U0804428

清代筆記叢刊

一

齊魯書社

目錄

第一册

廣陽雜記五卷劉獻廷著……一
島居随録二卷盧若騰著……八一
今世説八卷王晫撰……一一一
觚賸八卷續編四卷鈕琇輯……一四五
虞初新志二十卷張潮輯……二〇九
虞初續志十二卷鄭澍若編……三二五
蓠庵閒話二卷張爾岐著……四〇一
渌水亭雜識四卷納蘭性德著……四二七
池北偶談二十六卷王士禛著……四四五
香祖筆記十二卷王士禛著……六一五
閲微草堂筆記二十四卷紀昀撰……六七九
諧鐸十二卷沈起鳳著……八三五

第二册

堅瓠集首集四卷二集四卷三集四卷四集四卷五集四卷六集四卷七集四卷八集四卷九集四卷十集四卷
續集四卷廣集六卷補集六卷祕集六卷餘集四卷褚人穫纂輯……八八七
東城雜記二卷厲鶚著……一四一五

茶餘客話十二卷阮葵生著……一四三七
子不語二十四卷續十卷袁枚著……一四八三
熙朝新語十六卷徐錫麟輯……一六七七
重論文齋筆錄十二卷王端履輯……一七四一
耳食錄五卷樂鈞著……一八二九
歸田瑣記八卷梁章鉅撰……一八八九

第三册

退庵隨筆二十二卷梁章鉅編……一九四一
履園叢話二十四卷錢泳輯……二〇八一
初月樓聞見錄十卷續錄十卷吳德旋著……二二六五
清嘉錄十二卷顧祿撰……二三四五
兩般秋雨盦隨筆八卷梁紹壬纂……二四〇七
冷廬雜識八卷陸以湉著……二五二九
吹網錄六卷葉廷琯著……二六五五
鷗陂漁話六卷葉廷琯著……二七一一
甕牖餘談八卷王韜撰……二七六三
壺天錄三卷百一居士著……二八一九

第四册

金壺七墨浪墨八卷遯墨五卷逸墨二卷戲墨一卷醉墨一卷淚墨二卷黃鈞宰著……二八七九
夜雨秋燈錄初集四卷續集四卷三集四卷宣鼎著……二九七五
庸閒齋筆記十二卷陳其元著……三〇五三

埋憂集十卷續集二卷朱翊清著……三一三五
庸盦筆記六卷薛福成著……三二〇三
郎潛紀聞十四卷陳康祺著……三二七一
客窗閒話初集四卷續集四卷吳熾昌著……三三三九
燕下鄉脞錄十六卷陳康祺著……三四〇三
三借廬筆談十二卷鄒弢纂……三四七七
春在堂隨筆十卷　附小浮梅閒話一卷俞樾著……三五七一
薈蕞編二十卷俞樾纂……三六三七

廣陽雜記

劉獻廷著

上海文明書局印行

附劉處士墓表

北平王源撰

劉處士諱獻廷，字繼莊，別號廣陽子，大興人。生於戊子七月二十六日，年四十有八，卒于吳，歲在乙亥七月六日。與妻張氏合葬於吳之陵墓山。祖□□，父鑛，爲名醫。母張氏、吳氏。相傳其先爲吳人，曾祖以上俱無考。（處士自言如此。）處士穎悟絕人，博覽，負大志，不仕，不育爲詞章之學。年十九，親歿，挈家而南，隱于吳。初，吳有高僧說法，士人醵金從之講法華，處士聞之，與焉。坐食頃，伏几而鼾，僧說罷，處士鼾亦罷。明日復往，如故。衆竊笑，僧詫曰：客何爲者？呼與語，則大驚，拜伏地曰：公神人也。掖登座，處士夷然登座不讓，暢衍厥旨，衆大說。僧率衆蒲伏，願爲弟子。處士笑曰：吾正若誤耳，豈爲浮屠學者哉？拂衣去。由是從游者日衆。嘗謂學者曰：聖人謂人爲天地之心，人渺焉爾，且衆，胡爲天地之心？嘗學易而得其說。乾也坤也，初交而生風雷，無形也；水火次之，形而虛；山澤又次之，實矣。由是草木生焉，鳥獸育焉。草木鳥獸不已章乎？未竟也。草木不靈，則草木之生未竟而草木熄；天不生人，則天之生未竟而天地之生熄。人者，天地之實也，故曰人爲天地之心。身豈心哉？心心爾，所謂仁也。天地不能爲者人爲之。斡復否泰，存乎運，而轉移之者心。人苟不能斡旋氣運，徒以其知能爲一身家之謀，則不得謂之人，何足爲天地之心哉？故處士生平志在利濟天下後世，造就人才，而身家非所計。其挈家而南也，尚有背數千金，以交游濟危難散去。鄰舍一女子許字，夫貧，流于外，母將改聘之，女誓不從。處士聞之惻然，時僅餘藥肆一廛，立鬻金尋其夫，贈使婚娶，而家益貧。久之，西南大亂，民遑遑不聊生，處士乃入洞庭山，學益力。亂定，妻張氏旋卒，于是慨然欲徧歷九州，覽其山川形勢，訪遺佚，交其豪杰，博采軼事，以益廣其見聞，而質證其所學。初，故尚書徐健庵及其弟故大學士立齋兩先生聘之，不就。至是歸里，將付其子樊于其兄御史實廷徐，又聘之，乃就。而予以修明史，亦館于徐，與處士道同志合，日討論天地陰陽之變，伯王大略，兵法文章，典制古今，興亡之故，方域要害，近代人才邪正，其意見之同，猶聲赴響。而處士於禮樂象緯，醫藥書數，法律農桑，火攻器製，傍通博考，浩浩無涯涘。嘗從容謂余曰：吾志若不就，他無所願，但願先子死耳。予驚問故，曰：吾生平知己，舍子其誰？得子爲吾傳以傳，復何恨哉！嗚呼！生死無關于天下，不足爲天下士；即爲天下士，不能與古人爭雄長，亦不足爲千古之士。若處士者，其生其死，固世運消長所關，而上下千百年中不數見之人也。顧留京師四年，有所遇而訖不見用。庚午，復至吳，遂南遊衡嶽，因而歸，方謀與同志喆茅者嵩終老乃不一年死矣處士為人良易負絕世之學而處衆常自下誨人諄諄不倦其少也讀書每竟夜不眠父母禁不予膏火則然香代之因眇一目又折其左股落落攜敝衣冠躑躅風塵中人無敢易之者蓋其心廓然大公以天下為己任使得志行乎時建立當不在三代下而竟流然齎志以死也豈不悲乎死之日門弟子長號擗踊不欲生行路咨嗟涕洟予在京聞之驚痛欲絕召其子斐于天津與友人斂金為位哭之而使斐奔喪于吳未幾遂得吉壤以葬予不及銘其壙己卯正月過吳始一拜其墓而流涕為之表嗚呼處士之心天地所以不熄之心也古聖賢以其心傳于後而古聖賢未嘗死天下有以處士之心為心者處士又豈死哉後之覽者尚其有感而興焉

附劉繼莊傳

全祖望撰

劉繼莊者名獻廷字君賢順天大興縣人也先世本吳人以官太醫遂家順天繼莊年十九復寓吳中其後居吳江者三十年晚更遊楚尋復至吳垂老始北歸竟反吳卒萬崑山徐尚書善下士又多藏書大江南北宿老爭赴之繼莊遊其間別有心得不與人同萬隱君季野於書無所不讀乃最心折於繼莊引參明史館事顧隱君景范黃隱君子鴻長於輿地亦引繼莊參一統志事繼莊謂諸公考古有餘而未切實用及其歸也萬先生尤惜之予獨疑繼莊出於改步之後遭遇崑山兄弟而卒老死於布衣又其栖栖吳頭楚尾間漠不為枌榆之念將無近於避人亡命者之所為是不可以無稽也而竟莫之能稽且諸公著述皆流布海內而繼莊之書獨不甚傳因求之幾二十年不可得近始得見其廣陽雜記於杭之趙氏蓋薛季宣王道甫一流嗚呼如此人才而姓氏將淪於狐貉之口可不懼哉繼莊之學主於經世自象緯律歷以及邊塞關要財賦軍器之屬旁而岐黃者流以及釋道之言無不留心深惡雕蟲之技其生平自謂於聲音之道別有所窺足窮造化之奧百世而不惑嘗作新韻譜其悟自華嚴字母入而參之以天竺陀羅尼泰西蠟頂話小西天梵書暨天方蒙古女直等音又證之以遼人林益長之說而益自信同時吳修齡自謂蒼頡以後第一人繼莊則曰是其於天竺以下書皆未得通而但略見華嚴之旨者也繼莊之法先立鼻音二以鼻音為韻本有開有合各轉陰陽上去入之五音陰陽即上下二平共十聲而不歷喉腭舌齒脣之七位故有横轉無直送則等韻重疊之失去矣次定喉音四為諸韻之宗而後知泰西蠟頂話女直國書梵音尚有未精者以四者為正喉音而從此得半音轉音伏音送音變喉音又以二鼻音分配之一為東北韻宗一為西南韻宗八韻立而四海之音可齊於是以喉音互相合凡得音十七喉音與鼻音互相合凡得音十又以有餘不盡者三合之凡得音五共三十二音為韻父而韻歷二十二位為韻母橫轉各有五子而萬有不齊之聲攝於此矣嘗聞康甲夫家有紅毛文字惜不得觀之以合泰西蠟頂語之異同又欲譜四方土音以窮宇宙元音之變乃取新韻譜為主而以四方土音填之逢人便可印正蓋繼莊是書多得之大荒以外者囊括浩博學者驟見而或未能通也其論向來方輿之書大抵詳於人事而天地之故概未有聞當於疆域之前別添數則先以諸方之北極出地為主定簡平儀之度制為正切線表而節氣之後先日蝕之分秒五星之陵犯占驗皆可推矣

諸方七十二候各各不同如嶺南之梅十月已開桃李臘月已開而吳下梅開於驚蟄桃李開於清明相去若此之殊今世所傳七十二候本諸月令乃七國時中原之氣候今之中原已與七國之中原不合則歷差為之今於南北諸方細考其氣候取其核者詳載之為一則傳之後世則天地相應之變遷可以求其微矣燕京吳下水皆東南流故必東南風而後雨衡湘水北流故必北風而後雨諸方山水之向背分合皆當按籍而列之而風土之剛柔暨陰陽燥溼之徵又可以次第而求矣諸方有土音又有俚音蓋五行氣運所宣之不同各諸之為一則合之土產則諸方人民性情風俗之微皆可推而見矣此固非一人所能為但發其凡而分觀其成良亦古今未有之奇也其論水利謂西北乃二帝三王之舊都二千餘年未聞仰給於東南何則溝洫通而水利修也自劉石雲擾以訖金元千有餘年人皆草草偷生不暇遠慮相習成風不知水利為何事故西北非無水也有水而不能用也不為民利乃為民害旱則赤地千里潦則漂沒民居無地可瀦無道可行人固無如水何水亦無如人何虞學士始奮然言之郭太史始毅然行之未幾竟廢三百年無過而問者有聖人者出經理天下必自西北水利始水利興而後足食教化可施也西北水利莫詳於水經酈注雖時移勢易十猶可得其六七酈氏略於東南人以此少之不知水道之當詳正在西北欲取二十一史關於水利農田戰守者各詳考其所以附以諸家之說以為之疏以為異日施行者之考證又言朱子綱目非其親筆故多迂而不切而關係甚重者反遺之當別作紀年一書凡繼莊所撰著其運量皆非一人一時所能成故雖言之甚殷而難於畢業是亦其好大之疵也又言聖王之治天下自宗法始無宗法天下不可得治宜特為一書以發明之是則儒者之亟言而惜其書亦未就予之知繼莊也以先君先君之知繼莊也以萬氏及余出遊於世而繼莊同志如梁質人王崑繩皆前死不得見即其高弟黃宗夏亦不得見故不特繼莊之書無從蹤跡而逢人問其生平顛末杳無知者因思當是時安溪李閣學最留心音韻之學自謂窮幽探微而絕口不道繼莊與修齡咄咄怪事絕不可曉何況今日去之六七十年以後□□□并其出處本末而莫之詳益可傷矣近者吳江徵士沈彤獨為繼莊立傳蓋繼莊僑居吳江之壽聖院最久諸沈皆從之遊及其子死無後即以沈氏子為後然其所後子今亦亡矣故彤所謂傳亦不甚詳若其謂繼莊卒年四十八亦恐非也繼莊弱冠居吳歷三十年又之楚之燕卒死於吳在壬申以後則其年多矣蓋其人蹤跡非尋常遊士所閱歷故似有所諱而不令人知形蓋得之家庭諸老之傳以為博物者流而未知其人予則雖掘其人之不凡而終未能悉其生平行事乃即據廣陽雜記出於宗夏所輯者略求得其讀書著書之概因為掇拾而傳之以俟其日更有所聞而續序之

予又嘗聞之萬先生與繼莊共在徐尚書邸中萬先生終朝危坐觀書或瞑目靜坐而繼莊好遊每日必出或兼旬不返歸而以其所歷告之萬先生萬先生亦以其所讀書證之語畢復出故都下求見此二人者得侍萬先生為多而繼莊以遊罕所接時徐先生與繼莊各以館脯所入鈔史館秘書連甍接架尚書既去官繼莊亦返吳而萬先生為明史館所留繼莊謂曰不如與我歸共成所欲著之書萬先生諾之然不果繼莊返吳不久而卒其書星散及萬先生卒於京其書亦無存者繼莊平生講學之友嚴事者曰梁溪顧畇滋衡山王而農而尤心服者曰彭躬菴以予觀之躬菴尚平實而繼莊之恢張殆有過之惜乎不得盡見其書以知其人更二三十年直泯沒矣世有如晁子止陳直卿者倘附在其新韻譜之目而以予所述其書之大意志於其後猶可慰繼莊於身後也繼莊書中所述大兵征俄羅斯及王輔臣反平京文俱極可喜

繼莊之才極矣顧有一大不可解者其生平極許可金聖歎故吳人不甚知繼莊間有知之者則以繼莊與聖歎並稱又咄咄怪事也聖歎小才耳學無根柢繼莊何所取而許可之乃以萬季野尚有未滿而心折於聖歎則吾無以知之然繼莊終非聖歎一流吾不得不為別白也

廣陽雜記卷第一

清　大興劉獻廷繼莊著

彭秋水聞人言雲南西面爲緬國至此地皆平坦無復高山大澤矣

傅宏烈字竹君江西進賢人永歷時爲遂江縣知縣于王國光麾下投誠訖云中書授韶州府同知陞慶陽府知府上書論平西上知其忠密敕廣西梧州安置

吳應期岳州失守退至交水郭壯圖紋殺之以其失陷封疆也壯圖與應期有宿憾

馬應期字維尉

舜投四凶于四裔以禦魑魅四裔者四夷也余謂四凶在朝雖爲凶族然有君子所不能及者是以彼之下駟亦足以走我之上駟也不然亦豈能以變四夷禦魑魅哉今之君子且有居中國而身爲魑魅者不知舜何以處之

清世爵一品精奇尼哈哈番二品阿思尼哈哈番三品阿達哈哈番四品擺他喇哈哈番五品拖沙喇哈哈番

東四旗鑲黃正白鑲白正藍　西四旗正黃正紅鑲紅鑲藍

正黃鑲黃正白爲上三旗無王但有都統即固山額巾副都統即梅勒章京每旗滿洲蒙古漢軍各掌印都統一員副都統二員

每八旗滿洲有纛章京一員職與都統等止管擺呀喇掌龍纛

每旗喀把什蝦二員職與副都統等

又東西四旗各有喀喇昂邦一員職與都統等俱單管喀巴什

每旗甲喇章京滿洲六員蒙古二員漢軍五員職俱三品八旗滿洲蒙古漢軍共牛彔章京一千員職四品每牛彔下有分得撥什庫一員職六品小撥庫六名小撥什庫輪班管事不分人數每牛彔下馬甲三十副内有工匠一名喀把什二名郭吃喝擺呀喇二名跟王爺大擺呀喇十七名另有壯大一名管轄擺呀喇十七名步甲二十名無馬不出兵止守城當差無帳房内有步兵撥什庫二名

每牛彔鐵匠一名鞍匠一名

每馬甲一名帳房一頂私自備用者或二三四人合一頂聽便

馬甲箭五十條弓刀各一

馬甲明盔暗甲大擺呀喇明甲

每都統與擺呀喇纛章京有職金龍纛蒙古滿洲無月漢軍有月

王子三尖龍纛三稜火炎銀頂後有蜈蚣旂二

都統黑纓正邊方旂

擺呀喇紅纓火炎邊旂

梅勒章京無纛止有標四杆旂長二尺

甲喇章京本色纛無蝶

牛彔在家有官纛二杆漢京（疑誤作軍）一杆出兵加甲喇章京銜有纛

分得撥什庫遇出戰分兵之時外加甲喇章京銜有纛

加甲喇章京出兵爲夸蘭大有纛

小撥什庫背旂一杆方二尺黑纓

喀把什先鋒營壯大頭帶翎有飛虎背旂方二尺狐尾

擺呀喇壯大斜尖本色旂紅纓

甲喇章京俸銀一百三十（一本下有一字）兩白米一百三十斛計六十五石出兵有行糧每月銀六兩每日米八合三勺馬草二束料五升

牛彔章京俸銀一百零五兩米一百零五斛出兵每日加米八合三勺每月銀六兩

分得撥什庫每年銀六十兩米六十斛出兵每月加銀四兩

小撥什庫每年銀四十八兩米四十八斛出兵每日加小米八合三勺每月銀二兩

壯大喀把什與分得撥什庫同擺呀喇壯大亦與分得撥什庫同

加藍大每年銀八十五兩米八十五斛出兵行糧與撥什庫同

馬甲每年銀三十六兩米四十六斛出兵行糧與撥什庫同

步甲每年銀十八兩米二十二斛

鐵匠鞍匠每年銀十二兩米二十二斛出兵有口糧月糧

擺呀喇每年銀四十八兩米四十八斛

步甲撥什庫每年銀二十四兩米二十二斛

當日原圈地每人六賞一賞六畝共地三十六畝如家有壯丁二名該地七十畝人多者照數加增當差照人算數東西四旗共烏可勒一員即九門提督

東西四旗各喀喇大一員職與梅勒同

烏可勒喀喇大皆管步兵兼管九門把門馬甲每門滿洲蒙古共二十名每門有章京二名食俸八十五兩馬夫二名

每甲喇章京管牛彔或十三十四十五不等各甲喇下管加藍大四名畢管步兵職
五品步軍滿洲蒙古漢軍各固山大一員職與甲喇章京同俸亦同
何督師騰蛟長沙被害相傳永歷中贈中湘王萬季埜述吳漢槎言乃忠襄王中湘
誤也督師黎平人贈黎平王謚忠襄漢槎吳江人尊人名晉錫曾為湖廣巡撫故知
之甚悉及檢劫灰錄乃云贈中湘王謚忠烈云
隆武諱聿鍵終于福建紹武諱聿鐭終于粵西永歷諱由榔終于夜郎魯監國諱以
海終于海外絕奇萬季野云
劫灰錄乃馮甦所著甦字再來
寓字莫候切字書大雨也未詳出何書田喜寓字子渭山西馬邑人辛丑進士今為
內閣學士
冔風呂切音許商冠名詩大雅常服黼冔禮王制殷人冔而祭又覆也又休居切音
吁義同毛氏曰從吁從月誤作從曰或書作哻亦誤
馮保之逐新鄭其謀全出華亭江陵特與聞耳陶子師云張獻忠在蜀置平東定西
安南撫北四將軍以孫可望李定國劉文秀艾能奇四人為之又以孫可望為前軍
先鋒

辟臭蟲方用木瓜打碎燒煙薰之若加人言少許其子粒粒皆爆碎
馬背之藉鞍世俗或書作䩞致之字書䩞悉協切音爽說文履中薦也又屧也南史
齊江泌少貧晝則斫䩞夜則隨月讀書紫此則音義皆非也又有屧字他計切音替
履中薦也此則義同而音異又有䩞字悉協切音爽六書正譌俗作䩞非又有屜字
同屧亦非馬背藉鞍者惟有屉字他計切注云鞍屉確是此字無疑
山東仲家淺廟三進康熙六年巡鹽御史顧如華建案碑文子路父名仲子路生于
泗水葬于開州黃巾之亂宗人遷仲家淺唐貞觀間封衛侯宋顯慶間進河內公又
改衛國公明崇禎七年衍聖公孔胤植請于朝以六十一代孫于陛字玉鉉者為翰
林院五經博士世襲
永歷之走安龍孫可望將圖不軌行在所有古井壁以巨石上書符篆可望詢之土
人云井有孽龍昔張三丰鎖之于此不可開也可望恃有天命強發之水忽湧上可
望驚走水已及可望膝土人呼曰此龍來朝王王命免朝則水退矣可望且走且呼
連曰免朝免朝而水來益甚且及帶居民又呼曰此龍來朝萬歲以萬歲命免朝水
其退乎遂聞之於帝眾傳呼萬歲免朝水應聲而退復歸于井矣遂更以石壓之可
望自是知天命不在也其謀始頓息
又永歷在滇中駐蹕一山土人云此地瘴氣最厲外人住此無不死者萬歲不宜留
此帝曰吾居之何瘴之有自此瘴氣全消茲山至今無瘴
日本國人無不佩刀兵二民一婦無
裹蹏音馬蹏銀之別名即馬蹏銀也
楊可師曰寧波人有以魚須為尺者色黑若牛角柔若藤蓋出日本國云
方聲遠云考鄴都三臺碑記銅雀已沒水中冰井尚留其半金鳳上有真武閣乃獨
存耳紫瑢文宣帝本紀天保九年八月改銅雀曰金鳳金武曰聖應冰井曰崇光則
金鳳銅雀一也何以碑記之誤若此書之俟攷
訹字普故切誺也未詳出何書　諒字倉先切言語和悅也說文徐諧也又虞怨切
又過玄切義皆同
樂律參解四卷成都楊雲鶴先生著一號研連先生頗有發明先天圖義管窺或疑
二卷歙州黃為赤子心著一號婺齋

李成平家人朱老女年二十餘歲患怯症與諸藥服皆不愈有能求方于神者先擲
筶于神前以決可醫不可醫而後求方焉竹籤三百餘根籤書一藥于上于神前擲
之遇籤書止字者則方成矣朱老女求得一方服之立愈甚奇乃黃連黃芩黃柏麻
黃烏梅山查竹葉燈草之八味也
朱雪鴻云明時松江顧仲言幼時入陸文靖公宅觀燈為文靖所識拔相從至京師
因入夏桂洲幕中久之以薦受尚寶司少卿時嚴嵩入相仲言識其奸勸桂洲為之
備桂洲不納仲言乃持三百金屬西山僧某買一棺貯寺中而佯狂棄官與群兒行
乞燕市未幾桂洲為嵩所譖殺屍莫敢收仲言伺夜與群兒負桂洲身首納棺中嵩
心知仲言之為也召而鞫之仲言大聲曰是我是我然終不告公屍處也問亦何為
且公已殺之矣又欲棄其屍此豈國法所在耶嵩意解叱之去仲言乃扶棺葬之鄉
為文祭之曰古人曰一貴一賤交情乃見太師有焉一死一生乃見交情余小子何
多讓焉嗚呼哀哉尚饗
方日生曰新城有洞山長六七里火而行或廣或狹不一其處偶一咳嗽響應若震
六七聲乃止

徐芳云：明末輔臣溫、刻、周、奎、孫、愷、李醉。往聞之長老云：歲在甲寅多亂，予初不之信，及按史傳，堯之洪水，幽王之得褒姒，呂政之易嬴，新莽之篡漢，皆在是年。而今康熙甲寅，則有吳三桂之亂。其餘比比不可竟數，亦閱世者之所當知也。

汪武曹言：無錫有妖，如火，夜飛入人家攝物，乃至數百石水亦能攝之去，惟怕銅鑼。又有人以叉擊火，墮地乃一草人，朱書仰殺夜魅巡視南城一帶地方。又有擊得者，則一紙虎，虎雖不咥人，亦能爪傷人。祭之，必有一蟲附體上，此必有妖人行邪術者為之。自北而南，今至無錫，行將入蘇州界矣。戴皖臣言：此名麻城法，授之者發誓不傳他人，書符印入墨汁中飲之，而後傳法。其發願文云：只願今生圖富貴，不顧七祖入酆都。云行此法者，其七世祖靈皆入冥獄。武曹又言：崑山有飛賊，夜入人家竊物，捉之則飛身上屋，如鷹隼之疾，不知為人為妖，其腳跡甚小，常入徐道積家。又言：崑城有水，忽赤如血，而泗州盱眙夜有日出，色赤如血，方位常在巳上，泗州望之如在盱眙，盱眙望之如在泗州，于初二十六夜現，異哉。

汪我武曰：金山頭纖履翁有句云：長貧知米價，老健識山名。

夏振叔借山隨筆云：李自成，陝西米脂縣雙泉都人，幼為僧，還俗，名黃來，鬻于姬氏牧羊。崇禎三年，入西川賊不沾泥營，自號闖將。祖海，父守忠，墳在米脂縣城二百里外三峯子亂山中。崇禎十五年，知縣任邱邊大綬令原葬人李成為前導，掘海棺，棺中有黑腕骨如墨，頭額生白毛，長六七寸。守忠塚中盤白蛇一，長一尺二寸，有角，初見人，昂首張口向日，頃之盤卧如故。守忠骨節間色如銅綠，生黃毛五六寸許。

筠廊偶筆載：宋郿高辛集有異人，不言姓氏，貌若五十許，鄉之白髮者自言為兒時見之已如是。每夏，飲人以水，有過者輒呼曰：喫水，喫水。烈日下被羊裘，無汗流，裸卧雪中，時飲以酒，一石不醉。

流賊中有號一堵牆者，即孫可望也。

應潛齋性理大中云：科場搜檢始于賈似道。

玥字，魚厥切，音月，神珠也。

康熙十三四年間，嘆城知縣趙昕貪黷，所得貨載歸故鄉，時荒亂，鄉人奪之，焚其居。趙亦隨以狂疾卒于官，引發時，人爭拾瓦礫擊之，又佯為僧負土，沒其餘貲，其子貧

餒，至不能營葬。代之者，平湖陸隴其也。到官之日，除弊政，絕饋遺，薪水取給于家，夫人率婢妾以下紡織，給魚菜。日與紳士之賢者講道論學，當午輒出粗糲共食。二年，詿誤去。去之日，留者轎轂轂遮道而哭，海內爭欲望見其顏色，都人士稱循良吏，必以陸當之。卒以魏總憲保舉，復其官。嗚呼，貪黷者慘報若彼，廉潔者受用若此，居民上者可以悟矣。

康熙戊午四月五日未時，墨東地震。

順治間，吳梅村被徵，三吳士大夫皆集虎邱會餞，忽有少年投一函，啟之，得絕句云：千人石上坐千人，一半清朝一半明。寄語婁東吳學士，兩朝天子一朝臣。舉座為之默然。

明初軍制，仿佛漢之南北軍。錦衣等十二衛，衛宮禁者，南軍也。京營等四十八衛，巡徼京口者，北軍也。而所謂春秋班操兵，獨取山東、河南、中都、大寧者，則又漢調三輔之意也。然太祖以衛兵分隸五府，獨稱五軍營。自成祖親兵北伐，歸結營團操，始設五軍、三千、神機三大營，時有勝兵四十萬，以勳臣二人提督之。至己巳之變，于忠肅選驍騎十五萬，分為十營，名曰團營，而其餘者曰老家營，仍用勳臣提督，屬大司馬。天順初，革團營，八年而復。成化初再革，二年而復，又增為十二營，曰奮武、耀武、練武、顯武、敢勇、果勇、效勇、鼓勇、立威、伸威、揚威、振威，用中貴人監之，曰監鎗。正德間又簡精銳六千人，分隸東西官廳，為聽征。嘉靖庚戌，罷團營、東西廳，復設三大營，而改三千營為神樞營，特設提督勳臣一人，又時命文臣協理之，號曰戎政府。崇禎間，外有龍驤左、龍驤右、武驤左、武驤右四衛，為天子禁旅，名勇衛營。後又選京衛幼官應襲舍人六千，充護衛，名選練營。而可用者獨有勇衛營而已。

楊可師曰：康熙己未，遣官祭長白山，集議封典，部覆引五岳例，封為長白山之神。予時心竊疑之，以為宜稱帝而僅曰神者，不知始于何代。及壬戌冬，適泰安州，謁岱廟，讀洪武初祭告碑文，有云：予起布衣，不敢循舊典妄加封號，祇稱為泰山之神。乃知歷代原有封號，神之號始于明太祖，而昭代因之。議者特未言其故耳。劉獻廷曰：此百王之所不能易也，豈獨昭代哉。

康熙中，于成龍有三：一為總督，一為知府，一為參將，皆有賢聲。

康熙丁未，見邸鈔云：六合開河，得黑玉指玦一枚，上嵌金牌，鑿異篆二字，疑張桓侯故物，但未知字是何體。

寧部邱邦士維屏臨沒示子鈇云食有菜飯著可補衣無謟戾行堪句讀師此真有見之言也

姚江孫見龍祝髮為僧號水月居武林螄子門外言人禍福輒奇中浙撫范覲公承謨師事之康熙十九年庚申十一月十五日卒于崑山計其年蓋一百五十有九云

大原王茂京言吳梅村于壬子元旦夢兩青衣來呼曰先帝召汝梅村以為 章皇帝也急往乃見烈皇帝伏哭不能起烈皇帝曰何傷當日不止汝一人也語畢命之退至午門見懸白牌一面大書限吳偉業于八月二十二日到此遂驚覺後果以是年月日病卒云

龍安梁摶九言餘州生員張三顛為張獻忠所獲至成都司馬橋題詩橋柱云生為明朝人死作明朝鬼今赴此江流不負此江水卒遇害

又云崇禎十年李自成陷梓潼教諭會稽詹燕言遣百姓出城賊殺之于坑子上詹生平所著有蜀越互奇一書

臺灣延平王鄭氏起于明天啟四年甲子至 清康熙二十二年癸亥福建提督施娘通降之

鄭芝龍子成功成功子錦錦子克塽凡四傳計六十年

施娘于康熙二十二年六月十九日破澎湖七月十三日自澎湖進兵十九日至鹿耳門入臺灣二十二日延平王鄭克塽奉故明魯王第八子朱柏朱慈爌侯劉國軒伯馬錫舊等奉表歸降荊南寧靜王朱術桂一門八口即日自盡

清康熙二十二年明永歷三十五年也錢大于康熙錢重一錢六分以紅銅為之每千文作銀二兩三十五當作三十七時距永歷亡已二十一年鄭氏猶永歷號

臺灣鄭克塽投誠後設臺灣一府臺灣鳳山諸羅三縣而以臺灣廈門巡道統之

明宗室同鄭克塽降者九人魯王第八子朱柏舒城王孫朱慈爌荊州府寧靜王子朱儼鉁建昌府益王孫朱鎬宗室朱熹南昌府樂安王孫朱浚荊州巴東王孫朱江建昌府奉南王孫朱佺原封建昌永歷改住廣東瀘溪王朱慈爌後朱江朱柏朱逵朱儼鉁安插河南墾荒朱慈爌朱浚朱慈爌朱鎬安插山東墾荒

鄭克塽降日奏繳延平王冊一付延平王印一顆招討大將軍正印一顆副印一顆益副印用以隨帶軍前者又鄭成功受明御營御武副中軍勛戚關防一顆御營協理行在宗人府關防一顆御營御武副中軍總統御營軍務印一顆忠孝伯印一顆

甲子東巡衍聖公獻孔融琴一張周簋一具王羲之樂毅論墨蹟一卷宋搨聖教序一卷文與可竹一幅

閻古古塞上詩云地高天近星辰大春少秋多草木寒又棧道詩云峯末有峯青漢插地根無地黑江流又觀潮詩月轉中宵成白晝水吞平地作青天皆奇句也

萊陽黃樵云登州海市不止幻樓臺殿閣之形一日見戰艦百餘旂仗森然且有金鼓聲頃之脫入水又云崇禎三年樵赴登州知府蕭魚小試適門吏報海市蓋其俗遇海市必擊鼓報官府也蕭率諸童子往觀見北門外長山忽穴其中如城門然水自內出頃之上沸斷山為二自辰至午始復故

長山長四十里去登州府北門亦四十里

又云涉海者云嘗從海中望岸上亦有樓觀人物如岸上所見者

乙丑年正月二十日京師舊火藥局地轟壞屋傷人無數丁大年云明自洪武時即藏火藥于地穴地深三十尺實火藥于中上蓋石板再加橫木復覆以土以備不虞至崇禎十五年忽轟十六年更藏八窖今復發其五

浙江學使者張衡丁艱北歸將至高郵燒其次子坐船火光不上燎船中器具皆無

恙畫案衾枕鏡子銅盤等皆鎔王金樵讀律佩觽有云雷發徽州典肆內外扃藏金鐵物皆以類化而封識如故兩事頗相似丁大年云雷有陰陽陽者有聲陰則無聲而能化物張衡之事非火也亦雷之陰者也

康熙十八年七月二十八日巳時地震京城倒房一萬二千七百九十三間壞房一萬八千二十八間死人民四百八十五名

乙丑八月初六夜二更浙撫大堂內火光如斗自梁滾下忽化為童子驚呼守宿州卒逐之下露臺而梁折堂圮

史記外戚世家竇太后崩遺詔盡以東宮金錢財物賜長公主嫖則是東宮者太后所居之宮也而後世概以稱太子殆之西漢太后居東宮東漢以後太子居之而東漢太后居長樂宮

康熙二十三年七月暹羅國由廣東進貢方物三十九種內象二隻孔雀八隻斃其二六足龜八隻斃其三餘莫能知

直隸獲鹿縣海山石皆成松形

康熙二十四年八月建義侯林興珠提督劉兆麒率福建藤牌手征羅刹國勝之

乙丑年九月蒙古科爾沁多羅札克薩圖郡王鄂齊爾稜拜爾沁鎮國公和碩額駙那木都科爾沁和碩額駙二等台吉納蘇克畢力克圖由喜峯口巴鄰多羅郡王納木達巴鄰多羅額駙阿爾布濼由古北口多羅郡王沙克沙僧厄由獨石口鄂爾多思多羅貝勒宋賴普由張家口入關（一本作則）問安于十八日親賜宴于城外蘆溝橋陳兵以觀之

寧古塔多榛樹止三尺許而花大于車輪夜間人多不見相傳見者多死云（逸肖處處皆有）

宋牧仲云春花落瓣秋花落朵

徐芳懸榻編云辛丑夏如皋縣伐木造海船鋸一木數圍枘木中有觀音像座石水竹童子鸚鵡之形皆具乃止勿解今以一兩徵縣西門僧寺壁中其一兩不知所在

廣東海關一年額稅銀十八萬三千四百二十九兩一錢五分

江南海關一年額稅銀五萬三千六百三十七兩九錢

寧波海關一年額銀七萬四千

唐祭北海于洛州宋明祭于萊州　本朝改祭于混同江從副都御史徐元珙請也

康熙二十六年六月初四日添設貴州七縣曰貴班曰清鎮曰安平曰安南曰修文曰永寧曰畢節而偏橋等二十五衛所悉行裁併

崔兆琳先生贈王克誠（克誠疑王允字）先生圓亭詩有句云石身偃仰猶堪丈松意蕭疏不受官先生取為座聯

甯叩關人藍理自言破澎湖時洞腹出腸力戰不已　上授以副將未幾遷總兵

粲嘗古納腸而戰者三人晉郤克齊彭樂唐郭珙也今得藍理而四矣

宋時殿試分五甲朱考亭中高宗紹興十八年狀元王佐榜第五甲第九十名此其據也

明宗室科舉始于天啟辛酉年凡大冢宰李日宣之請也蓋欲借此以減宗祿云

張司馬煌言甬東道上詩國亡家破欲何之西子湖頭有我師日月雙懸于氏墓乾坤半壁岳家祠慚將赤手分三席特為丹心借一枝他日素車東浙路怒濤豈必是鴟夷

三族始于秦孝公五族始于北魏太武帝九族始于隋煬帝十族始于明成祖

祁班孫字奕喜山陰之梅市人父彪佳崇禎時巡按南京弘光時又為巡撫俱有清節國變衣冠正笏坐荷花池沈死班孫不應試肆力為詩古文好結客康熙元年以與魏畊交流寧古塔至則賂其暫帥弛約束四年脫身歸匿梅市一年頗為人知乃削髮為僧今以下物色之乃下髮為堯峯僧某弟子號曰呪林明主常州馬鞍山寺喜談議古今而惡講佛法縉紳先生多疑之而莫有知其姓名者言明末事輒拊面慟哭十二年十一月十一日忽沐浴曳杖繞室大呼曰我欲西歸有緣者隨我如是者終日觀者如堵駭不敢近入暮跏趺垂眉久之忽張目曰動一念矣遂卒云

李壯序杜詩稱元太監紐憐請以草堂祭祀杜甫得謚文貞載在廣奎章集中

漢光武時省官止七千五百餘員唐時文武官一萬八千八百餘員明洪武初武職二萬八千餘員錦衣衛二百十一員至成化間武職增至八萬一千餘員錦衣衛一千七百餘員

康熙間文武一萬五千六百員而八旗武職不在是數文職在京正雜大小二千五百四十六員　直隸正雜五百四十六員學官三百十五員　江南正雜七百五十九員學官二百五十六員　山東正雜四百五十七員學官二百三十八員　山西正雜三百九十二員學官二百零一員　河南正雜三百四十八員學官二百三十員　陝西正雜四百八十七員學官二百九十員　湖廣正雜六百三十員學官二百八十六員　浙江正雜四百二十四員學官一百七十四員　江西正雜四百八十四員學官一百八十二員　福建正雜三百四十七員學官一百三十四員　廣東正雜四百五十員學官一百九十一員　廣西正雜三百十八員學官一百十四員　四川正雜三百五十三員學官一百九十八員　雲南正雜二百六十五員學官一百一十員　貴州正雜一百四十四員學官八十二員（共一萬一千九百五十一員）武職直隸山西三百六十六員　陝西三百三十九員　山東一百二十八員　河南三十五員　江南四百十六員　浙江二百零六員　江西一百零九員　福建一百九十七員　湖廣一百八十九員　廣東二百七十六員　廣西一百九十八員　雲南一百員　貴州九十二員（共二千六百五十三員）

明設薊遼總督轄順天永平二巡撫宣大總督轄宣府大同山西三巡撫三邊總督轄延綏甘肅寧夏三巡撫

明之內閣中書省也六部尚書省也惟無門下省耳然六科之設即所以補之閣擬上或改票或依擬司禮秉筆票硃發下錦衣衛直房分送六科六科然後發部

閤票分送諸輔其權則在中書

錦衣衛職掌有四護衛一也緝訪二也刑名三也直房司四也　明制諸鎮先有總兵後添設巡撫其置衛則曰參贊軍務其無總兵官及後設總兵者則曰提督軍務

明薊遼總督駐密雲三邊總督駐固原宣大總督駐□□甘肅寧夏延綏曰三邊從以總督駐固原更曰四鎮

今人稱督撫糾參之本曰露章不知露章之名蓋始于漢時何武也武爲揚州刺史所舉奏二千石長史必先露章服罪者爲虧除免之而已今其名存而其義不可問已

丙寅年荷蘭噶嚍吧王耀漢連氏甘勃氏差使者賓先巴芝通事林奇逢等進貢方物四十種大珊瑚珠一串計六十八顆照身大鏡二面奇秀琥珀二十四塊哆囉絨十五匹內黃色一匹白色二匹烏色四匹硃紅色二匹葡萄色一匹中哆囉絨十匹內紅色二匹烏色八匹織金大絨毯四領烏羽緞四匹綠倭緞一段新嗶嘰緞八匹中嗶嘰緞十二匹織金花緞五匹白色雜樣細軟布共二百一十九匹大自鳴鐘一座大琥珀鐙一員聚耀燭臺一懸琉璃盞異式計五百八十一塊丁香三十擔冰片三十二斤蜜甜肉豆蔻四甕鑲金小箱一尺內丁香油一罐薔薇花油一罐檀香油一罐桂花油一罐葡萄酒二桶大象牙五枝鑲金鳥銃二十把鑲金馬銃二十把連彩色皮袋二十佩精細馬銃十把連繡彩皮袋十佩精細小馬銃二十把短小馬銃二十把連火石一袋精細烏銃十把鑲金佩刀十把起花佩刀二十把雙利刃劍十把起金花單利刃劍六把照星月水鏡一執照江河水鏡二執雕製夾板三隻

丙寅五月內土魯番國回王阿不喇米札法兒臧的也民巴哈都兒阿于漢遣使無路火者等進貢西馬四匹達馬十匹單峯駱駝二隻璐虎一聯黑鷹一聯西洋布二匹玉石一千斤金鋼二錢西弓二張西品一塊

粵東人有詠時事詩大將賜來黃帶子親王自領綠旂兵又送人發遣遼東詩中聯云南國佳人多塞北中原名士半遼陽皆絕唱也

王文恪公曰周之時有三朝庫門之外爲外朝詢大事在焉路門之外爲治朝日視朝在焉路門之內曰內朝亦曰燕朝玉藻曰君日出而視朝退適路寢聽政蓋視朝而見羣臣所以正上下之分聽政適路寢所以通遠邇之情唐皇城之北南三門曰

承天其北曰太極殿又北曰兩儀殿古之外朝內朝正朝也宋時常朝則文德殿五日一起居則垂拱殿大朝賀則大慶殿侍從以下五日一人上殿謂之輪對必述時政利害內殿引見亦或賜坐蓋三朝之遺意焉國朝大朝會則奉天殿即古之正朝也常朝則奉天門即古之外朝而內朝獨缺然華蓋謹身武英等殿猶內朝之遺制也

梁蠑林先生贈崔兔牀詩曰白頭何處說中原短筑無聲淚已吞築路半荒公子宅驚虬誰返大夫魂秋鶯餓失呼龍子戍冷嵩崒走兔村惜殺函關舊兵法雨風吹恨上夷門

萬都尉煒第七子出姓許在旂爲儀真知縣時劉雪舫在江北往拜之刺署眷弟許見之甚怒不爲禮以其布衣而儼然眷弟也王崑繩曰其怒也固宜許爲瑞安大長公主子與光宗同行輩劉則新樂侯公子與烈皇帝同行輩是當稱晚生先生曰先朝戚畹通不叙行輩大率以眷弟往還瀛國太夫人八十壽嘉定伯周奎署錦屏亦止眷弟他可知矣異哉

梁蠑林先生贈棲霞瞿庵和上詩其一云入眼殘山十五年大江南北影淒然六朝水逝荒鐘下百戰人餘夕照邊白首蘆花悲雁塞枯心柏葉問龍禪石鐺折腳黃梅熟消息應先智者傳其二云孫磐殘椒禮白雲高郎蘭若再逢君三生夢冷鷓鴣語萬壑聲消雀鼠羣雲窟坐從天外老風濤不向定中聞尽宵起看峰頭日別有心香柏子焚

王崑繩曰二十一史中兩漢晉六朝隋唐皆曰書南北五代宋遼金元皆曰史不知史乃官名不可以名書也虞夏商周皆名書而史記云者史官之所記也名不正則言不順千年以來無人發此義一字之失所關不小

劉青士濬文山朱子皇偕隱處州縉雲縣易衣而出耦耕而食歲輸一人出游一人辦賦役一人力田團所著之書甚衆前朝史傳已有成書張岩渝云

人當少年時用力于心思中年時用力于言行老年時用力于文章

中湘王何騰蛟字雲從號閩公堵胤錫字牧游閣部史可法字憲之

蔡瞻岷曰治天下必用申韓守天下必用黃老

又曰明只一帝太祖高皇帝是也明只一相張居正是也

瞻岷論史于司馬子長從最欵服以爲有良史之才而嘶如笑嘶鳴似咒

凡泛水諸禽其脚中空外連如鵝鴨之類是也水邊諸禽其脚皮半連如鷸鷺之類是也若雞不近水則中實不連矣李含英云

臨洺關在邢臺縣南關左倚高山右臨洺水勢甚雄壯然山頂之煙墩炮臺今誠虛設矣

个臣云彰德府道南半里許有土臺高二丈餘濶里許上造小圓城城內松柏甚茂扁曰古姜里城

明世宗命內臣蘇杭織造大學士楊廷和曰歷攷洪武永樂下及天順並無此有之惟成弘間一行耳可謂織造爲累朝故事乎廷和由此致仕

凡木圍五六尺長八九丈者非數百年長養不成即有成者中多虛空凡虛空起于內灌有天灌者自上灌注而下有地灌者自下蒸溼而上有人灌者中有朽眼溼從而入氣蒸而上濕注而下故大木即有十餘株可采用者不過三四而已

豐熙鄭人與其子坊皆善造僞書

乳香薰陸香攷異恭曰薰陸形如白膠香出天竺者色白出單于者夾綠色香亦不甚珣曰案廣志云薰陸香是樹皮鱗甲采之復生乳頭香生南海是波斯松樹脂也紫赤如櫻桃透明者佳禹錫曰案南方異物志云薰陸出大秦國在海邊有大樹枝葉正如古松生于沙中盛夏木液流出沙土狀如桃膠夷人采取賣與商賈若商賈不至則自食之宗奭曰薰陸木葉類棠梨南印土界阿吒釐國出之謂之西香南番者更佳即乳香也

江甯孝陵之側爲靈谷寺乃太祖以此地易寶誌公塔處也顏曰天下第一叢林大殿懸乖景陽鐘鐘界爲二十四夌方懸一杵焉界各爲律清濁高下各爲一音略如今之韻鑼嘀而備之于一鐘異哉

吳三桂即僞位于衡州雁峰寺側築壇而祀祀文用檀香版鏤字塗以石青燔柴用純牛殺之去污穢實以檀末而柴焉

董顯忠綽號渾爲王鐵山標下將官嘗送鐵山歸高郵以鐵山力至雲南布政子廷恩字天與今爲衡永郴道

雲南曲靖府知府李率祖字素園鐵嶺李氏也王輔臣爲總兵時與之交好輔臣陞平涼提督王景爲總兵與率祖不協率祖參其放僞不會同文官平西參其多事上命大臣勘問景革職率祖降級

宣城令吳正中紹興人起家吏員入爲兵馬司隨洪經略至湖廣長沙守道

長沙總統將軍高起龍妻陳氏盧州人幼爲張獻忠所擄從歸高氏起龍總兵雲南時有雲南府經歷陳某者盧州人往謁高值高他出其妻聞陳盧州人疑之立屛後問其家世居處父母名字皆合又曰有妹幼爲賊擄去不知所在高夫人曰汝識其人否曰忘之矣但予幼時頑劣妹強負予予嘗嚙妹臂傷焉惟記此事高夫人大哭而出乃兄弟也陳因以得所陞武清知縣云

楷樹子如莢荆實有紅黑二色黑子打油可以點燈紅色者中空無用也

郝天挺唐詩鼓吹出手廚板可厭何近人家弦戶誦乃爾無怪其出手即作學究語也

偶與宗夏論易因謂之曰易無思也無爲也本是說易易即是著卦諸家皆就人上說去於是有無將迎不安排之說此處考亭之說爲得之

又論老子不尚賢章中云不見可欲使心不亂乃承上二句言蓋賢也貨也皆可欲也上之人尚賢貴貨是示民以可欲而亂其心也惟不尚不貴則不見可欲而使民之心不亂本是明白直截後人卻截出此句就自己學術上說反說老子說得不是嗟嗟不深理會其言而遽非之寧不令柱下笑人邪虛其心實其腹弱其志强其骨四其字皆就使民上說

偶與日宏論時因謂之曰性情一也而有十五國之不同微乎危矣

乘除之法唐九執婆羅門以書爲訣其學不傳久矣回回土盤未廣流布世亦無有知者泰西來寄書數始爲合一余別有序一通推論其故湯道未更製方籌尤爲奇瓶與盤珠而三皆絕世之奇構也

徐炳文梅堰人孔東塘門人嘗輯二十一史孝子傳請其兩晉一册殊有可觀

辛未春吳爾旦提兵忽抵西口（嘗爾旦內犯在庚午夏此誤）京師戒嚴每斗米下錯手派至八名錢于傾國矣城內外典廨盡閉米價至三兩餘

曾天妹青蔡幼子也青蔡死櫬歸其如夫人亦死天妹幼無所歸奉世撫之如子此今人之所難也

舟中讀張戴人儒門事親一書覺耳目一新頗有悟入處真醫學中申韓也

寒山趙凡夫先生六書之學近代人無出其右者其說文長箋雖未盡合於理然亦弘博可觀矣先生以諧聲之故更求之等字有真定淳公先生師之供養于法螺庵與先生衡宇相望也

源公猜五天梵書以大梵書題法螺庵額曰達摩尚依至今猶在

洪武二十三年洪武正韻頒行已久上以字義音切尚多未當命詞臣再校之學士劉三吾言前後韻書惟元國子監生孫吾與所纂韻會訂正音韻歸一應可流傳遂以其書進上覽而善之更名洪武通韻命刊行焉今其書不傳仍行正韻

今爰書中有大誥減一等自死罪外無一不然此未知立法本意者也明太祖頒行大誥一切官民人等戶戶有此一本若犯笞杖徒流罪有者每減一等無者每加一等今民間雖有此本顧概有減等而不聞有加等此因仍之誤也然徒杖笞減一等者猶未相遠流配一減即為徒罪以律二死三流同為一減故也因以流罪廢而不用而律為空設矣然流罪下死刑一等儘有情罪深重者降而為徒法實不敵柰何因仍而不改乎

明禁中端午有龍舟驃騎之戲驃騎者一人騎而持幟前行後騎繼之各于馬上呈弄技巧蓋以習騎乘云實元制也龍舟亦有習水師之意

永樂時禁中有翦柳之戲翦柳即射柳也陳眉公云胡人以鵓鴿貯葫蘆中懸之柳上射之射中葫蘆鴿輒飛去以飛之高下為勝負往往會于清明端午日名曰射柳

宣德十年十一月朔當頒曆以是日日食移于十二月朔成化十五年十一月朔值冬至移十月朔弘治三年十一月朔值冬至移望日前此頒曆皆在十一月朔嘉靖間始改十月云

舊制殿試在三月朔日成化八年以悼恭太子發引改于十五日至今因之

正統十一年正旦日立春禮部言二節同一日宜殺立春日從之天順五年十一月十一日萬壽聖節又值冬至禮部言二節當行慶禮并致詞各異

儒者謂管仲煮海為伯國之術然歷代行之未有能廢者明朝國賦所資于鹽尤鉅以近日計之歲入餘鹽課稅等銀約一百萬三千兩有奇各邊中鹽引價約五十六萬七千兩有奇共于全賦蓋五之一云

永樂庚子舉人監生年少者入翰林院習夷字以通書為教師科舉時任其應試卷尾識譯書數十字三場畢送翰林院定去取仍送入場填榜蓋優典也中榜後改為庶吉士仍習譯其後習譯益多中第者益衆有一榜中三十餘人者天順中以奔競者多乃革之而用民間子弟

洪武乙丑科丁顯為狀元練子寧為榜眼花綸為探花子寧有送花狀元歸娶詩以狀元稱花不曉其故攷宋時稱鼎甲者皆為狀元或以是也是年黃子澄以三甲成庶吉士今狀元攷與翰林題名皆以黃為探花而遺綸名蓋是科題名碑有缺故誤傳耳

曾棨以典史中狀元人皆知之洪武辛未榜眼吳言信福建邵武人也以鈔局副使中人多未之知也正統壬戌又有松陵驛丞鄭溫中第

嘉靖中南給事高鶴者紹興人也嘗具疏劾嚴氏姻親忤旨降縣丞稍遷鳳陽府邑令偶有嚴氏家奴乘傳過其邑鶴執之杖至六十曰煩爾以此杖寄爾主不久為嚴所中免官陶祭酒撰高墓志不載此事

嚴嵩末年有分宜令麻城人也忘其名在京候嵩于私第坐旁室中俄有家奴從內出令見而起奴乃叩首令前令驚曰若何為行此禮奴曰我主盛滿已極旦夕禍作奴輩皆不免此時得公稍寬援楚足矣嚴氏敗令治其家是奴亦在治中令識其人特釋之嗚呼此奴賢知過其主遠矣

楊繼盛劾嚴嵩十惡內有子孫冒邊功一事下兵部查覆聶公豹為本兵袖一稟謂諸司曰吾意已定此功皆實不虛諸君勿多言是時王公遴為主事與同官籍辭曰此稿乃某人所為不可用公今日當與萬世持公論何但為一時免禍計耶聶艴然起入火房且行且詬趣具稿奏時楊公博張公時徹為左右司楊默然無言張言此事不可但已聶揚袖隨之入謂聶曰如公所言則事激而禍延縉紳不如不便懇以為第緩之可耳公何不說嚴公使自辭軍賞則部可無覆而諸司意釋公論且不廢矣聶大悟從之于是疏入肅皇聽其辭而更受錦衣百戶諸賢幸無摧折張一言之力也

陳文偉武昌人膂力過人嘗五更之田間猛虎撲地而來乃兩手縛虎肩而足蹴虎勢虎死後應會試場屋火以右手抵牆頭左手持同事人履肩而出者幾千人火勢迫乃揖後至者曰吾力至此矣遂名動天下後為山東安邱令流賊百餘人掠廩文偉敕羣吏第謹藏書諸實藏吾無慮也羣賊大掠庫金去良久問左右曰賊去幾何曰三十里矣敕左右以一騎一彈來馳赴之問諸賊孰為首者彈左耳中之又彈右耳中之賊大駭伏地請死文偉曰好為我送庫金還羣賊惟命文偉以一騎尾其後抵縣羣賊請死文偉曰我何有諸賊姑各杖三十遣之文偉自負拓弛意不以見功也御史竟以縱賊論劾免官罷歸

穆廟在裕邸時，邸中例有所給，于常祿外，稍户部者三歲弗敢請。歲用窘甚，承奉諫之曰：非賄世蕃不可。請王帑得千金，以王命謁世蕃而致焉。世蕃欣然受之，以屬户部，即與三載給。世蕃時詩于人曰：天子兒尚行金我，誰敢不行金者。華亭談其事曰：世蕃真天大膽也。

鄉賢名宦有祠，公典也，不惟有司不當私其人，雖子孫亦不當私其祖父。昔劉閣老健為相時，河南有司欲以其尊公及一某公並入鄉賢，告之劉，劉謝曰：吾鄉賢祠有二程夫子在，吾父何敢並焉。至如某公，固自當入。嗚呼，劉公之見遠矣。夫祖父無明德而强列俎豆，是辱之，非榮之也。近日士夫無一不入鄉賢，木主委積至列之案下，謂此鄉宦祠，非鄉賢祠也。

畫者象也，任其畫者爻也，潛龍勿用者辭也，用其辭者占也。斯義不明，而附會無不至矣。

易終于未濟，斯天道之不窮乎；書終于秦誓，斯亂運之將變乎；詩終于商頌，斯文斁之復貿乎；春秋終于獲麟，斯王道之永久乎。

涇野先生嘗言居要有九病：見善忘舉者妬，知惡不劾者比，依違是非者諂，借公行私者佞，意存覬覦者狡，懼禍結舌者偷，指摘疑似者刻，恕人傲己蓋其所長而掩者忿，喜人奔競護其所短而薦者貪。九者有一于此，終亦必亡而已矣。開誠布公，九病可以勿藥而愈矣。

古諸侯多天子繼別之支子，故不得犯天子以祭始祖；大夫多諸侯繼禰之支子，故不得犯諸侯以祭先祖。周道然也。漢唐以來則無是也。禮以義起，報宜從厚，今士大夫之家廟，雖推以祭始祖亦可也。

李長卿松霞館贅言曰：問鼠無牙，牛無齒，虎無脾，兔無唇，龍無耳，蛇無足，馬無膽，羊無神，猴無髀，雞無腎，犬無腸，豬無筋，十二屬各有不全，草木子論之當矣。然子何以屬鼠也？曰天開于子，不耗則其氣不開，鼠耗蟲也，于是夜尚未央，正鼠得令之候，故子屬鼠。地闢于丑，而牛則闢地之物也，故丑屬牛。人生于寅，有生則有殺，殺人者虎也，又寅者畏也，可畏莫若虎，故寅屬虎。卯者日出之候，日本離體而中含太陰玉兔之精，故卯屬兔。辰者三月之卦，正群龍行雨之時，故辰屬龍。巳者四月之卦，于時草茂而蛇得其所，又巳時蛇不上道，故巳屬蛇。午者陽極而一陰甫生，馬者至健而不離地，陰類也，故午屬馬。羊嚙未時之草而茂，故未屬羊。申時日落而猿啼，且申臂也，譬之氣數將亂則狂作橫行，故申屬猴。酉者月出之時，月本坎體而中含太陽金雞之精，故酉屬雞。戌時方夜而犬則司夜之物也，故戌屬犬。亥者天地混沌之時，如百果含生意于核中，豬則飲食之外無一所知，故亥屬豬。

問二十八宿之屬，其義何居？曰即前十二屬加一倍者也。亢金龍，辰宮也；角木蛟附焉，蛟龍類也。房日兔，卯宮也；氐土貉、心月狐附焉，貉狐兔類也。尾火虎，寅宮也；箕水豹附焉，豹虎類也。牛金牛，丑宮也；斗木獬附焉，獬牛類也。虛日鼠，子宮也；女土蝠、危月燕附焉，蝠燕鼠類也。室火豬，亥宮也；壁水貐附焉，貐豬類也。婁金狗，戌宮也；奎木狼附焉，狼狗類也。昴日雞，酉宮也；胃土雉、畢月烏附焉，雉烏雞類也。觜火猴，申宮也；參水猿附焉，猿猴類也。鬼金羊，未宮也；井木犴附焉，犴羊類也。星日馬，午宮也；柳土麞、張月鹿附焉，麞鹿馬類也。翼火蛇，巳宮也；軫水蚓附焉，蚓蛇類也。子午者天地一定之位，卯酉者日月所出之方，故八宮皆二，而四宮獨三。李長卿何人，可謂發人所未發。

崇禎壬子十二月二十六日，賊衆數十萬于鍾祥石牌作梁渡兵，二十七夜風大作，船盡碎。次日復成之，三十日平明，逼郢城，惟援剿總兵貴州溫如珍先日方至，立營

未定，力戰不勝，死傷者枕籍麾下數百人，衝陣而去。癸未元日，賊分兵破江陵，總兵錢中選遁，巡撫李振聲、欽天監博士楊永裕俱為賊擒，五營將士或殺或降者無算。已時陷城，撫軍宋一鶴、留守沈壽崇、邑令蕭漢、巡撫中軍李佳應死之。守備王瓚、知府王璣降賊。守道張鳳翥、通判張國選越城潛逸。聞賊李自成偽稱奉天倡義文武大元帥，羅汝才亦稱偽元帥，諸賊目則有偽政府侍郎、從事、防禦、府尹、州牧、縣尹等名，改順天府為揚武府。

崇禎十六年春，左帥移師東下，掠兩岸船俱盡，止于九江。夏五月晦日，陷會城。先是張獻忠為督師楊武陵困于瑪瑙山，僅以數十騎遁去，迨破襄陽，其衆不滿千人，乃遁于六安山中。逾年始出，陷蘄州、蘄水，既陷黃州，益以麻城里人叛黨洪明諸逃，及黃屬新附之衆，各數萬人，其勢益張，漸有飲江之志。密遣奸諜徧布城中，而楚藩所募護衛新兵，弁領張以敬者，黃岡諸生也，嘗奉教楚藩，督過之，因與賊通，約為內應。獻賊遂從樊口涉江而上，故相賀文忠聞之，親啟楚藩，請發鏹犒士卒，議守禦，楚藩不以為虞，曰：終朝冠蓋，寇若騎舟耶，亦應至矣。監軍王陽基適奉巡撫江北之命，聞寇逼，欲去，賀公涕泣挽留不得，二十八日遽揚帆西渡，防守鎮算兵亦遁走，人心洶

洶前三日有發以敬等逆謀馮生雲路以告賀公公不決密問撫軍撫軍大笑斥為狂生于是以敬等懼誅謀益急矣遂釀成鄂城之陷

周獻之云洋鉛查滓在上錫之查滓在下

經略圍海澄平涼據高原以臨城中日發巨炮歷半載餘始克城中人拾炮子十三斤者萬餘小者更僕不能數也然止傷一老人汲者餘皆打空地中堆積如山事定居人叔火神祠以報神德即以炮子砌祠地彰神功也

凡新考選給事到任後三日不出門待諸先輩來拜行交拜禮也交拜起坐禮禮後連叩首凡曾任給諫者皆來交拜三日後始出門答拜諸客不敢為客以僭先輩之故也

凡巡防巡鹽關差皆有精微批一紙以為憑限批發自內閣而科臣批之

大兄云滿洲擄去漢人子女年幼者習滿語純熟與真女直無別至老年鄉音漸出矣雖操滿語其音則土百不遺一云子謂人至晚年漸歸根本此中有至理非粗心者所能會也予十九歲去鄉井寓吳下三十年飲食起居與吳習亦自忘其為北產矣丙辰之秋大病幾死少愈所思者皆北味夢寐中所見境界無非北方幼時熟游之地以此知漢高之思豐沛太公之樂新豐乃人情之至非誣也

陳碭一本作陽字石丸江西南昌人曲靖府同知以科場入簾禮記仁者如射如誤作若降三級後授益陽知縣無任可到鬧平西死自請來衡招撫胡等天等吳國貴斬之于泉溪渡

孔明之出岐山以攻為守者也隆中已知天下大勢終于三分矣而出師不已者不如此欲求三分不可得也譬之弈棋能侵人始能自治否則坐而待之耳彼譙周輩何足知之

青田事功不少概見獨與太祖論相數語不惟知人並能自知而為相之道聖人復起亦不能易也可謂天挺人豪矣

滕黃出海南聚蛇屎熬鍊而成故有毒能殺人王維章云麂皮之有抡搭者乃以粟米壓成者也余向以為生成者茹紫庭言始知之

李胡拜為湖廣提督楊來嘉為襄陽總兵駐穀城胡拜來穀城來嘉擒之以獻平西胡拜後死于貴州

明京御史外轉者止于知府耳諺曰南道如老虎轉出作知府

明季兩司見巡按用青殼手本外貼小紅籤

嘉隆兩朝書目明倫大典欽命大岳錄鄭曉吾學編高岱皇明鴻猷錄薛應旂憲章錄王世貞國朝紀要吳瑞徵兩朝憲章錄范守己肅皇大紀王世貞史乘攷誤勞堪憲章類編皇明名臣類苑夏言桂洲奏議胡端敏公世寧奏議嚴嵩南宮奏議劉天和閩陝奏議劉天和督撫奏疏渭厓疏要毛伯溫議處安南疏稾王守仁撫夷節略王世貞異典述盛事述劉天和安夏錄司馬泰西虹疏草沈越棠陝馬政皇明經濟錄皇明疏議類鈔兩朝疏鈔嘉隆疏鈔樊繼祖雲中撫平錄湖北民隱錄汪宗尹少泉疏稾楊允繩抑齋疏草瀉南江行誼錄高拱南宮奏牘功臣封爵考名臣言行錄史鹿野奏議鹿野雲中奏議沈越清查京衛冗食奏疏沈越嘉隆兩朝聞見記

洪承疇經略滇黔兵餉之外歲給銀五萬兩以供其用

猓猓奉土主之神甚謹其像三首六臂項挂髑髏有訟官不能決者則令其誓于土主之前甚則于神前熱油鍋百沸置一錢于油中兩造以手入油拾其錢直者略無損傷屈者臂手糜爛

猓猓娶婦則請兵于官以刼之婦家亦以兵守刼歸未合婦輒逃去入深山中與私男子野合有孕而後迎歸所歡曰馬郎歸夫家永與馬郎斷絕矣

巡按七品官耳其中軍則參將也

巡按于諸有司卓異者薦之于朝次則獎之給之以銀兩而已順治初年一有司滿洲人按君獎之以銀大怒擲之于地

明季總督巡撫宴按君按君以賞封犒其中軍清初猶有行之者

只舊草井鹽井也在雲南武定府元謀縣

康熙甲戌殿元胡任輿江南上元之胡氏世有厚德鼎革後南京舊家仍守故宅者惟胡氏耳殿元之祖字復之每于除夜置酒男女分坐諸家人男婦亦下坐于兩旁必舉杯訓其子曰吾徒讀書人何所能經營家計得以溫飽者指諸奴曰皆若輩力也當善視之江南人咸目為長者其長子禹莫字□贊領鄉薦任輿江南解元今又大魁天下人以為積善之報胡氏祖以打金箔為業至今人猶稱之為胡金箔馬復之有莊與馬士英之莊鄰田甚腴士英令其子以三千金強買之復之無難色未幾國變田仍歸胡官價半原值耳畝中秋成已熟馬氏之工本也

江甯殿元焦弱侯竑朱之蕃蘭嵎今任輿甫三人耳

李太白詩曰：楊花落盡子規啼，聞道龍標過五溪。我寄愁心與明月，隨風直到夜郎西。茹紫庭曰：王昌齡為龍標尉，龍標即今沅州也。又有古夜郎縣，故有夜郎西之句。若以夜郎為漢夜郎王地者，則相去遠甚，不可解矣。甚矣古人之詩不易讀也。

明時科道官被劾者，自衙歸私宅，則下轎簾以障之，于門揭註籍二字，閉門以待命。

明南織凡閱操分二日：第一日則兵部職方司郎與科道涖其事，次日則內外守備與大司馬涖其事。第一日職方為主，有侍科不待道之規，倒焉。

崇禎間，左懋第以吏科查閱南京兵馬錢糧，與大司馬並坐。

明三邊總制駐劄固原，軍門為天下第一。堂皇如王者，其照牆畫麒麟一、鳳凰三、虎九，以象一總制、三巡撫、九總鎮也。河西巡撫駐蘭州，河東巡撫駐花馬池，陝西巡撫駐西安。甘肅、西涼、甯夏、延綏、神道嶺、興安、固原各一總兵。

韓世琦乃蒲州韓爌之孫也。幼被擄，故隸漢軍籍。其母其弟猶在蒲州，母終身不一至其子衙署，以滿漢衣服不便故也。母亦賢矣。

祖心大師乃韓日纘之子也。

霍山黃鼎，字玉耳，霍山諸生也。鼎革時起義，後降洪經略，授以總兵，使居江南。其妻獨不降，擁眾數萬，盤踞山中，與官兵抗，屢為其敗。總督馬國柱謂鼎曰：獨不能招汝妻使降乎？鼎曰：不能也。然其子在此，使往，或有濟乎。國柱遂使其子招之。鼎妻曰：大廈將傾，非一木所能支；然志士不屈其志，吾必得總督來廬，一面約吾解眾，庶今雖髮，然吾仍居山中，以遂吾志，不能若吾夫調居他處也。其子覆命，國柱自來廬州。鼎妻率眾出見，貫甲鐵兜鍪，凜凜如偉丈夫，如總戎見制臺禮，遂降，終不出山。黃鼎居江南久，後屢與鄭氏通。郎總督時，事敗，服毒死。

明成化辛卯，北京慈仁寺刊篇韻，禮部左侍郎眉山萬安序云：粵自開闢以來，卦畫肇興之文生，而後篆隸行草之體出；虞廷賡衡之歌謠興，而後雅頌離騷之詞作。逮漢哀平時，楊雄采史籀以下諸體者訓纂。永元中，許慎兼采之為說文。梁顧野王增加為玉篇，凡偏旁同者皆以類而聚。沈約始分四聲為切韻類譜，隋陸詞撰又增加為韻略，凡音響協者皆以類而集。唐天寶中，孫愐兼收雅俗，改切韻為唐韻。大歷中，李陽冰崇尚說文，以其無翻切，乃取孫愐切韻附益之。祥符中，陳彭年校勘玉篇，又增修唐韻，更名廣韻。然玉篇類形而不類聲，廣韻類聲而不類形。類形主母以統子，類聲主子以該母也。景祐中，丁度加修廣韻為集韻，司馬光為類篇。此篇韻之名所

由始也。司馬又嘗科別清濁為二十圖，以三十六母列其上，推四聲相生之法，為指掌圖，自謂天造神設，以便學者。厥後李燾作類韻編，鄭樵作六書略，黃公紹又作韻會，六書之義至此大備矣。金王與秘推廣玉篇，區其畫段為篇海；荊朴取司馬之法，添入集韻，隨母取切；韓孝彥改玉篇，歸于五音，逐三十六母取切，最妙。復述論圖詞，署諸篇首，以便檢閱。及仲子道昭，雖其學出自家庭，而獨得尤精。見篇中部目太煩，即形相推，羅在他部者悉加改并，如口品隨口入溪，僻雖隨隹入照，麤隨鹿，犇隨牛之類是已。又見韻中門法多雜，即聲相協，散在別音，亦加改并，如以幽隨尤，以添隨鹽，緣隨真，譚隨談之類是已。仍增減俗字于篇韻各母部下，凡若干，讀者一閱而聲奇字趣了目前，無復含糊囁嚅之態。道昭父子可謂有功于後世學者矣。

永歷時，有女總兵丁國祥，驍勇善戰，能于馬上打弩。其夫姓楊，亦總兵。秦王出降，從丁亦投誠，住貴州，常男妝與士大夫交接。

延綏祁三昇，流賊也，後在雲南為三桂後營總兵。今上初即位，冊封親王大人至滇，云：皇上頗聞三昇勇，請一見。歸為上言之。三昇于未亂時死，其死也，預知時至，坐脫而去，且知未來諸事。其兵為滇南諸營最，遺表請三桂以親臣統其軍。三桂命衛朴領之。朴字完初，三桂之幼壻也。後其兵歸王緒。夫三昇武人，且起于寇，而生死之際乃能如此，人固不可以迹論也。

咸陽人蔡世科，少年窮，身行伍，有異能，手足便捷，殊方異域，住三日即能通其語言，操其鄉音，人不能辨也。然猶諸戲，一經其目，輒能之。偽周時，王千城據四川，松潘總兵吳之茂降，呼千城為叔。之茂行三，軍中目為吳三將軍云。世科隸其軍中，與靖逆侯張勇對壘，為官兵所擒。將僇之，世科呼曰：予有機密要語，聞之提督，達此語訖，就僇未晚。勇命之前，屏人語久之，大喜，立釋其縛，寵任之，預聞機密。勇軍令嚴，帳中惟一二親信人，他人不得入也。令箭十二枝，各有暗記，與時辰相應，置榻前，連之以鎖，有要乃親發。世科一夜潛入其榻前，解鎖取箭而出，軍門驗箭放行。世科乘馬呼噪，奔兵壘。軍中大譁，靖逆驚絕，大恨，自此軍令愈嚴。未久臨陣，世科馬蹶，復為官兵所獲。靖逆欲寸斷之。臨刑，世科曰：余更有機密欲聞之將軍，語得達，寸磔無恨，然非面陳不可。靖逆笑曰：令之前，蓋欲覩其措辭以為一笑也。世科伺語不得聞之他人，請屏左右。靖逆命急其縛，置榻前，屏人耳語，刺刺不可了。久之，靖逆呼人釋其縛，不知其以何語動靖逆也。自此置之官廨中，令二人軟監之，不如前之舒散矣。靖逆死，不知所

任弟世係稍識字曾為道人裝賣藥于平涼市中為吳氏散劄收買雁翎今其年不過四十矣

俗以章疏為本不知始于何時古未有此今時章疏有題本有奏本凡奉部文成例而行者謂之題本有私意啟請者曰奏本體例各不同也

閩人黏本盛自禮科主試滇中丙午歲也時功令凡旂下人不第者勒令披甲吳藩下人皆貴游子弟頂故逸學生名應試者三百餘人三桂待本盛禮數甚異屬其破額廣收都中諸事三桂力肩之是科逸人中式者一百五十餘人從來所未有也

道鄰史閣部死難太夫人夫人皆在南京總督馬國柱歲給銀米後即為例給之終身

金陵人瞿天葵出身行伍道鄰拔為都司以好漢目之出示曰將以為好漢榜樣也道鄰死後天葵即住其家門首為之守門終身此義士足傳也

雲南鷄鵡山上有真武行宮制如太和殿中亦範銅為小殿一如金殿之式

洪經略入都後其太夫人猶在也自閩迎入京太夫人見經略大怒罵以杖擊之數其不死之罪曰汝迎我來將使我為旂下老婢耶我打汝死為天下除害經略疾走得免太夫人即買舟南歸

高麗書以牛為魚以魚為牛謂四足者宜為牛無足長尾者宜為魚也讀矮為射讀射為矮謂矮矢宜為射而寸身宜為矮也高麗人號稱能讀書而不能究六書之源委杜撰若此固夷狄也

江西吉安安福人胡耐庵卞總制幕友也後題授雲南易門縣知縣玀玀反被殺其子大仁來滇省覲則已死矣扶櫬無貲諸僚友方思醵金共襄其事有按察司經歷劉公曰前耐庵有千金寄某處人無知者某分毫未動今見在只此扶櫬有餘矣無勞諸公云云也耐庵之櫬以此得歸劉本吏員乃能為古人事可敬也劉公武昌人大仁歸葬後復來滇中冒籍為諸生受知于左將軍吳應期前館祖樹勲家繼入前將軍幕變後吳命其薙髮走吉安通韓非有之信大仁因通馬臬司穆將軍從來河南復應期命主公貴人多喜之後隨入滇中受職見滇事去謀反正歸誠事覺被僇昆明令程石門亦在其內

磁石吸鐵隔礙潛通或問余曰磁石吸鐵何物可以隔之猶子阿瑞曰惟鐵可以隔耳其人去復來曰試之果然余曰此何必試自然之理也後見一書曰蒜可以避磁石之吸鐵尚未之試

楷木即今之黃連頭樹也楷有癭可以為器

以柹子汁塗蟹殼而蒸之殼皆爆碎以漆點蟹殼上點處皆成穴將蟹黃自穴流入滾湯中為蟹粉

鱟魚之血其色碧漁人得雌鱟則其雄守而不去得雄鱟則雌者遠逝矣

潮有竹蚌一作蛙狹長尺餘而殼如蛤味甚美又有海豆采形如豆芽菜其首如泥螺醃酸生食初食之遍體生癮塊不癢少時即消

馬子驄云陝西邊西番一路西寧莊浪等處多三腳蟾蜍其脬可軟玉如泥西番取蟾蜍將眉割開其酥皆成塊者不待和合曬晾也此為最佳若中土人掐取酥凝合麪成餅曬乾用者力甚薄難取效也

鄭公三俊池州建德人南京戶部尚書轉吏部尚書取入北京吏部尚書以事充江甯驛徒公至南京青衣小帽至驛前向驛四拜而去遂歸建德鼎革時年九十矣以老得不出經略洪公公之門人也至池州以舟迎公公怒罵不納其使經略大哭曰

老師棄我矣終不得見而去

崇禎季年有言孝陵朽木甚多恐致火災有旨蒐芟孝陵朽木內官因之斬伐無忌數百年喬木盡罹斧斤孝陵杉板沿街賤售矣而百姓遂有皇帝伐賣祖宗墳樹之謠不祥莫大焉

平西同墨勒根蝦取四川兵至叙州府蜀王劉文秀兵多而銳不可當平西兵不戰而走至保寧墨勒根蝦已決意去蜀矣時郝雪海巡按四川駐陝西境上疏劾平西不能取蜀更引敵兵入秦境平西計無所出固山楊珅力持進兵議曰王威名震天下今退走則一旦掃地矣今日之計有進無退墨勒根蝦懼敵衆難之珅曰固山台部請自退吾王獨進與敵不兩立矣遂進兵吳國貴尚幼血戰而前所在有功大捷平西即上疏曰臣之退走所以引敵出險以殲之也兵家之計不可先傳按臣書生不知兵事妄言搖惑衆心幾敗大計上譴謫雪海于遼東後以魏環溪之薦復起楊珅字秀玉明琢州指揮在山海為平西標下將謀畫多出于珅乞師東方皆珅往也珅子彥先字穀松未亂已死其人高朗有古人風

明戶部印有三方通行印外更有戶部鹽引之印戶部茶引之印未知今日猶因之

否。

有明時凡腰玉者，輿前必用一人執朱拂以行。拂以竹為之，如今京師響竹之製，而竹條極細，長四五尺，自上至下皆以朱漆塗之，行風中搖颭有聲。

賜姓之圍金陵也，分兵掠上流，安慶守土之官皆逃，惟司理黃公熙績不去。非不去，不能去也。兵至城下，聞金陵兵敗，即解圍去。熙績以此行取入科，而世襲拖沙喇哈番。熙績，福建泉州晉江人也。

明季南京人沈向為四川巴山縣令，獻賊至隔江而營，列數十里，城中人皆逃，向以病不能去。獻賊以其城小而陋，不入而去。向以守土功行取為監察御史。二事絕相類。

許鉞少貧賤，與母相失，貴後不知母之存亡所在。有術者江西人，召卜之，曰：不死，可復相見也。迺記其八字而去。後遇老婦，使推祿命，與許母八字合，且閩人也，因問蹤迹，果許母，即走告鉞而迎養之，亦一奇事也。

孫延齡死，四貞亦遷雲南。偽周吳大將軍將清兵且至，退走南甯，城中無主。孫氏之人猶有數千，城守而傳將軍尚未至。時平西諸潰卒屢過城下，堅閉不納。有李將軍廷棟為鎗所傷，死城中，人懼，皆雉髮，而傳將軍前行周孝思亦至矣。孝思字之遴，鬱林道也。

崇禎二年，京城被圍，詔諸道勤王。時范景文賀公巡撫河南，首提兵入援，兵備楊嗣昌先行至保定。保定守方公一藻見嗣昌曰：京都被圍，勤王之師未有至者，今敵師老，亦將倦歸。某方練兵秣馬，思赴君父之急，但望輕位下，恐不勝任，得公來，我附驥尾，此千古一時也。因問兵之多寡，知軍中之騎，方曰：破口非騎兵不可，今奈何？某有戰騎五百匹，日夜操練，令士馬相習，願助公解都城之圍。嗣昌大喜，即深相結納。撫軍至，方入謁，長揖不拜。撫軍怒，方公曰：某鐵補吏，禮宜如此。撫軍斂容謝之。嗣昌以告撫軍，大奇之，即偕之入援，圍解，力薦楊方二公于朝。方後為遼東巡撫，即光琛之父也。光琛字獻廷，號雲鶴，為偽周長沙巡撫。賀公，吳橋人，其父曾為別駕。

雲南猓玀挽髻時，以木四五寸豎頂中，為結以布勒之，如獨角獸然，此即古之椎髻也。

湖廣境內有一種葥桿猺，婦人以葥桿橫髻于首，長三四尺，處子則髻七枝，嫁則髻

五枝，生子後遞減，至一而止。郴州亦有此一種，在郴時門人僕夫曾親見之。

周祚新，貴州人，宏光時兵部司官，遂家于南京，善畫竹，號墨奴，今其遺迹已貴如拱璧矣。

宏光時，兵部職方司劉泌、戶部新餉司王燧，字子亮，皆馬黨也。又有王重字有三，士英將用以掌選，為高傑所參而止。疏中目重為狡童。藩鎮驕橫至此，從來所未有也。

東吳猶重世家，宜興推徐吳曹萬，溧陽推彭馬史狄，皆數百年舊家也。宜興許氏、溧陽包氏皆新發，而欲自附巨族之後，鄉人嘲之曰：彭馬史狄包，瘋癆痠腳哮（方音作蒿）；徐吳曹萬許，馬趙溫關鬼（方音作舉）。吳人嘴舌輕利，一至於此。

梟首之尸，棄之水中，則直立而不仆，水灌入腔中，出沒動盪，甚可畏。

南都各部皆有花園，凡公會宴飲于是乎在。吏部名文園，兵部名衎園，工部名藏春園，獨禮部無之。後孔玉衡貞毓為宗伯時，亦建園，先名瀛洲，會俊題其名曰嘒嘒。此二字不知何來，作何解也。堂聯曰：咫尺恐為蓬萊，獻于牆俎豆間之矣。斯須不可去，謀之蹊，謀之邑，玉弟云乎哉。

潮洲十里外有棲鳳亭，云昔時有鳳棲于此。林武陵守潮時，題云：十里江亭昔日鰐魚，今去蓋千重雲樹，當年鳳鳥從來儀。

闕下曉雲龍樹起，城頭秋月過江來。衡州府署聯也。江聲回石鼓，日影上花甎。衡州詞林堂聯也。座間尺可談風月，詩裏偏能耐瘦寒。呂泰士贈錢塵潛掌選堂聯也。

黔之人物，尹珍已上無論已。明以理學文章氣節行誼著者，如孫應鰲、李渭、陳尚象以及王訓、詹英、黃紱、秦顒、蔣宗魯、徐節、田秋、徐卿伯、熊文燦、易楚誠、張夢鯉、許奇、申祐、吳淮、邱禾實、潘潤民、王祚遠、蔣勸善，而文恭為之最。黔之名宦，莊蹻、唐蒙以前無論已。明之清操惠政武功赫奕者，如郭子章、朱燮元、江東之、應朝卿、王重光以及尤安禮、吳訥、蕭象烈、成務、胡宥、劉大直、王象乾、吳國倫、馮晉卿、陳士奇、王三善、李雲、劉錫玄、郭成、胡從儀，皆今日所尸祝俎豆之者也。

黔苗之先有際際火者，隨武侯討孟獲，所在有功，云即安氏之祖也。黔人祀侯必塑際際火之象侍立于旁。

東海所屬淮安海州，去岸三十里，其地居人皆以魚骨為椽柱桌椅等物。

彭厚琴詠臺灣七律四首，其一云：臺灣絕域貢降箋，舉族歸朝盡內遷。歷授爵封千載後，地開禹貢九州前。人民半與魚龍雜，郡縣全依島嶼偏。四十年來空倔強，至今

始得罷戈船其二云當年犀角下扶餘衝壁誰擄軹道東西市赭衣魂已滅南朝紫蓋事終虛帆來日本通商近邑改天興置吏初一自孫恩分戰艦烽煙邊海幾邱墟其三云高華遺輿自隋朝營壘依然識舊標淡水雞籠雖竟渡颶風蜃市豈全消乘桴何意真浮海吐石無能遠駕橋抽調可憐諸將士不教辛苦說征遼其四云窮島軍需飛檄催蔗霜兼貴鹿皮來生番積（一本作眼）社三冬集互市洋船六月開浪嶠山形隨地盡廈門風信逐潮回荷蘭故土非甌脫窺伺將毋隱禍胎

朱娟兒秦淮倡也歸耿章光章光山東人明季進士投誠寓金陵後受秦王孫可望劄與通謀事覺被僇以尸歸其妻妾環而哭之娟兒止之曰此非哭泣時也國法叛人妻孥收入官發滿州為奴此時不早為計則恥辱狼籍更為死者羞力勸其主母并女媳妾媵等投井死娟兒獨後更堅閉前後門從容入井死嗚呼娟兒倡也不惟能死其主且能全主母一家之節何見之明而行之決也明末士大夫愧此倡者多矣

滇南玀玀俗無文書官徵其賦先與官刻木為符以一畫當一數百十兩錢分以長短為差畫訖中分之官執其半屆期持而徵之符合不少遲欠也此亦足想結繩之制矣

廣陽雜記　卷一　二十七

六盤山在平涼之西虎山原在平涼之北虎山高臨城中而六盤則轉輸之逵也圖海圍平涼先取虎山以窺城中次斷六盤之餉道而平涼不守矣

陳福寧夏人屠人子也後為甯夏總兵王輔臣反盡有平涼福以兵圍固原八閱月不克輔臣之子吉貞自平涼來援內外夾攻福大敗歸甯夏將更練兵以圖再舉兵變為其下所殺嗟乎輔臣于斯時不能北聯甯夏之叛卒以斷河西之聲援而坐守平涼以待斃此實不可解也

偽周授王輔臣陝西東路總管平遠大將軍授張勇陝西西路總管平遠大將軍

廣東韶州府乳源縣有地曰梅花源水峻險不與外通居人數百千家有張鄧二老為之主皆聽其指揮二老明季諸生鼎革後不薙髮據險自守官不得入而租賦輸納不缺追呼者山下遙呼之縋租而下如數不少欠平西之變胡國柱過乳源二老以野服見事定後二老已死矣眾以地歸朝廷朝廷以其地建置花縣屬廣州府今人所謂梅花洞者即其地矣產良馬

簡俐泰雲南諸生李定國入滇聞為內侍從入吳三桂宮中以能鑒古得幸雲南平取入京今亦為上所用

弘光元年鄭鴻逵守鎮江時北兵將至淮揚瓜埠士民舟檝家口將渡江避難者甚眾鴻逵以巨礮碎其舟露布中外以告捷

六科在朝內六部皆用平行手本紅印蓋紫粉印不可行之于朝內也北都統南京亦如此此明時之制也未知今日何如耳

吳李解魏為興化四大族

興化士人凡應舉者必醵分延道眾誦經禮懺以為祈禱亦可笑也

彭秋水在孫勸時獵人以虎獻剖之有胎胞形如藕而三節剖視有三子長可二寸許尾與身等眉目諸形皆未具而爪牙先生其威之所在有獨異也

秋水云有一土巡檢人言其常變形為驢入山已復為人秋水曾見其人癡呆不了了云

馬子騰云鶴鶉皆蝦蟆所化也

臺灣知縣某閩鄉聘之入簾過海為風飄至香山廣人送之還闈蓋庚午科也

自桂林至思恩府歸順州交趾路揆桂林府陸路西南行五十里至思橋上船西南永豐縣又西南容縣牛擺象州從此正西則黔河上柳州若自象州南則為黃龍江至白沙起旱南行經武緣上林遷江三縣地至賓州又南至思恩府自思恩府而南經田州向武泰康上應果化歸順又南二百里即交趾界　自思恩府西南行為泗城洲路　自上林縣轉東南經田龍鬨為南寧路

廣陽雜記　卷一　二十八

歸順土州東界鎮安西界泗城北界果化南界交趾

彭秋水堂聯云兩平婚嫁貧中樂廣信文章老更成亦佳集也

黃仲霖參馬士英作對歸署以白紙大書于門曰得罪權奸命在旦夕諸客賜顧門官一概辭謝

黃斌卿閩之漳州人崇禎十七年破家募兵勤王行至山東聞北都已陷至南京封以鎮南將軍印鎮蕪湖從方國安至馬士英欲奪其印以與國安以關防易之斌卿上表送印于朝散其眾而歸

馬錫士英之子也為京營提督大兵渡江梟其首于市

留都六部以大司馬為第一班在冢宰上兩班首領魏國公獨出一席領班魏國公前有小羊角燈一盞校尉執之以為興拜之節興則燈起拜則燈下不獨鴻臚贊之臚唱也想北都亦應爾矣北都領班則朱成國云

留都牌在禮部堂上故宗伯堂署獨大百官皆由後門入烈皇帝發喪舉哀亦在禮部

由衡州至廣西桂林府旱路衡州南九十里排沙南九十里祁陽縣南一百一十里永州府西南九十里黃沙河西南全州西南界牌再南興安縣再南三十里鹽官再南臨州再南六十里即桂林府　由衡州至廣西桂林府水路衡州府南由松柏司八枋河洲歸陽黃楊司冷水灘木瓜埠湘口轉而西南由石谿站江口（東安縣在北）余塘全州界牌（分水塘過斗）興安縣大沿江臨川縣正南即桂林府也　由桂林而南為平樂府又東南為梧州府又東南即廣東界　自湘口正南經永州府道州江華縣永明縣至廣西界

何光顯金陵諸生何遵之後也遵有專祠曰應直光顯平日與馬士英有隙宏光即位光顯知不免即上疏劾奏士英枷示于市以瓦缽合頭而死

常開平之後世襲懷遠侯明季常某奉烈皇帝旨册封海外某國王及歸復命則宏光帝已即位于南都矣未幾即上疏特參馬士英免為庶人　國朝兵至以此得免于北即以南門外常家莊庵中雜髮為僧人獨呼為常太爺云開平可謂有孫矣庵在太平途中當訪其名暨法號

宏光帝至南京即位于內官監蓋大內諸宮殿雖存而頹敗不可居即位後始建武英殿上所居曰興寧宮太后所居曰慈熙宮其額皆孟津所書

宏光時提督禁軍太監李國輔東華司禮太監韓贊周也

永寧府已為西夷攘去久矣而欽部尚注選人同知無任可到駐北勝州以待升調

袁九敘撫滇時丁外艱歸轎圍用白纏或曰昔某公遭艱歸于轎頂之中為一小龕奉紙位一載而行九敘將用之一友曰公非宗子神所依之主在六完老先生所若公復奉一主是神有二矣此禮惟長房長子得行公奔走可也九敘拜而謝之

雲南武定府城西北有師子山形如師子即蒙氏五岳之東岳也武定城正員當師子項下形家目之曰師子盤金鈴山有寺曰正續相傳建文帝駐錫處也彭秋水牧祿勸時林武陵亦官河曲同游正續彭有詩四章林和焉皆一時絕作也彭一聯云蒙岳千年傳帝釋孝陵坏土憶王孫林一聯云豈是句吳披髮去翻令同泰捨身來只此一聯妙絕千古矣

潮州總制劉進忠號劉狼兒甲寅之變進忠納款鄭氏封平□將軍尚之信伐之為其所敗後漳州府同知林學杭往招降之林以此升潮州知府

貴州章爾佩故相馬士英之婿也字靈壁起家孝廉為潊江太守以循良稱平西問曰爾有何善政得此于民哉對曰豈有他異不過與民相安耳州縣之吏親民事惟科聽斷安能悉孚人意即有善政得譽亦難太守稍遠于民苟無大害于民易于見惠與民相安人即循良目之矣平西語人曰此長者之言也其後必昌未幾其子萃冠貴省軍爾佩嘗謂人曰宏光時身在南京忽思家而歸以此得免若北兵至時猶在白門必為百姓之所菹醢矣

陝西固原之北寧夏之南有灰鹽堡井中出鹽築地為池方一二丈築而平之四圍築土為小隄輓井水灌池中經夜放去鹹水池中鹽皆成白牙有盈尺者味佳美不待煎也有鹽茶廳董其務

秦州鹽出山溪泥淖中民取煎之

雲南琅井在崑陽州白鹽井在姚州黑鹽井在楚雄皆有提舉司井皆在萬山中最下處溪河之中鹹水衝突而起如濟南之趵突泉然即其處甃石為井繚之以欄覆

之以亭搆橋以通來往環溪數千家皆竈戶也每擔鹹水税若干有司出入者烙桶以印而稽之　又有硝井水煎之皆硝玀玀飲此水以下飯

川北鹽水民所開也深數百丈堪輿指示其處捐數千金以從事井徑三尺許耳若不得則傾家矣百丈而及泉猶幸甚也用轆轤牛轉取之亦甚難川東鹽井取之較易且有火井以助煎熬貴州所食者皆川東之鹽也

襄陽府至陝西商南縣襄陽府水路九十里半扎店一百四十里小江口灣船處名沙陀營西北由漢江一百二十里至均州又一百八十里至鄖陽府北行入小江即淅水也六十里至李官店八十里淅川縣一百二十里荊子關二十里梳洗樓陝西界矣一百里徐家店一百一十里竹林關一百里龍駒寨

淅川縣南至李官橋八十里北至梳洗樓一百二十里邊河為縣河西皆楚地從間道至鄖陽府一百二三十里至均州一百二十里均州至鄖陽亦一百二十里均州至武當山頂一百二十里　淅川縣西南行六十里至火龍廟六十里至均州又一路四十里至稻田坪四十里過賽嶺至青塘四十里至均州路稍寬大又一路九十里至李官橋三十里至党子口六十里至均州乃大路也

襄陽府西北九十里太山廟九十里近鄧州州在平陸其西百餘里皆山河路崎嶇難行西北乃入内鄉過土嶺猶寬平可行車又徑路西北行九十里至韋集九十里至淅川縣不必由内鄉縣自鄧州西北一百二十里為内鄉縣六十里丹水五十里巡檢司一百二十里魁門關六十里花園關東北去九十里黄沙九十里灘河腦九十里盧氏縣九十里永寧縣自花園關西北六十里商南縣徐家店在縣西四十里商南縣北五十里武關山路崎嶇一百二十里龍駒寨西北一百六十里雒南縣北九十里商州始紫庭曰余癸酉泛舟之役在鄖問華陽人孟姓逃荒自潼關西十里銅峪由老君川至雒南縣求雒河由雒南盧氏永寧伊陽洛陽至黑石河入黄河小船載四五十石由府城西上七八十里至伊陽縣水長時洛南山中木排下汴洪竟漢川龍首渠自徵引洛至商顏下岸善崩乃鑿井于井下行水即此地而龍駒即龍渠之誤也但徵為今澄城縣隔渭水俟再攷

襄陽府至均州所屬小江口二百八十里大江直西往鄖陽府路萬山茶等共二十七灘去小江口不遠南為穀城北為光化縣船長三丈闊六尺可載百石春水漲可用百五十石船　小江口淅川縣南渡河一百六十里内太白官方殷家剔堰子白兎灘為險端工等四十四灘自小江口數至蜂兒巖為第七灘係内鄉縣界有界河又九灘為楊家堪係淅川縣界又至南馬蹬有板橋河水自東北注之去淅川三十里　淅川縣至荊子關一百零五里至梳洗樓二十里有月兒巖係商南縣界虎窩等六十二灘自虎窩灘數至淄河口為第十五灘又十九名黄河灘為小黄河水淺多淤沙淅川至荊子關所用扒河船長二丈餘寬三尺每船載米十五石夏秋二十石　荊子關至陝西商南縣所屬徐家店一百一十五里有王家淺等八十二灘有大連灘廟溝長樂猴兒石背陰灘豬槽灘五龍灘炭溝侯家算白石草長八龍龍虎諸灘俱最險徐家店西北數里有香油河水自洛南劉坪滿流入此處每船載米十石春夏可十五石　徐家店至商州龍駒寨二百二十里有大澗宿溝等一百七十五灘内大貫峪溝大柳樹灣一連五灘大桑園一連七灘小鷹石五灘大鷹石四灘屹峪岩五灘共有三十餘灘石大灘險難行自大宿澗數自武關河口共四十四灘有武關河水從洛南亂莊流入又過二十灘至背峪河大周灘有背峪河水從商州八里陂流入又經開峪河四灘有開峪河水從商州喬家陂流入又過四灘至稻田河灘有稻田河水從木劉溝流入又過六灘至桃花纘灘為商州交界又過九灘至銀花河龍嘴四灘為竹林關有銀花河又過四灘為大桑園七灘以上總計百灘又七十五灘為龍駒寨此處船上載七石春夏水大可十石　徐家店至龍駒寨有師婆灘瓦灘屹嵃灘周家灘朱泥溝王家壍皮脖子大象園孫山蘇溝口鷹石灘骨碌峽湘子灘長灘毛家別張家別曹口灘難兒關為最險難行　淅川縣至荊子關有三里榆石門灘老人倉官灘淄河口羅山嘴背漏灘鄢家曲清風嶺娘娘廟摩民灘貨家坡老虎灘即鐵田寺亂石灘邵市溝百神廟黄河灘黄河灣八龍廟琴兒灘石羊灘吳村灘龍泡灘為有名

廣陽雜記卷第一終

廣陽雜記卷第二

清 大興劉獻廷繼莊著

馬紹先，山東長山縣長白山人。其尊人馬負圖，字希文，甲午舉人。紹先嘗患病，夜不得寐，醫皆不效，乃自以其意為圜圖十餘畝，親操耒耜，學為圃於其間，久之疾愈，是亦可為善治疾者矣。

壬申春日，于茹司馬署中與虞臣卧地看楚地全圖。圖縱橫皆丈餘，不可張挂，而細如毫髮。余既短視，立則茫無所見，遂鋪圖于地，而身卧其上，俯而視之，楚地全局見其梗概矣。命虞臣執筆於側，書身所經歷諸水道，所恨者無界畫，則里至不能詳盡。卑自晉頠（當作裴秀）作準望，為地圖之宗，惜其不傳於世。至宋朱思本縱橫界畫，以五十里為一方，即準望之遺意也。今之職方圖記即用此法，非此則方向里至皆模糊不可稽考。然其事甚難，至十里一方，則竟無從著手。四至八到，方方湊合，求其毛髮不爽，難矣。今之輿圖奉 旨所寫，如此已足，彼若為界畫，是自窮之術也。

王而農先生，住查江，在衡州府西南約九十餘里。而農諱夫之，衡陽縣人，壬午舉人，與兄介之、弟參之皆為時所推重。先生之父王修侯先生諱朝聘，一字逸生，性篤孝友。衡守李公熹嘉其行，為表其父塋以旌之。少從伍學父先生游。學父諱定相，一字玉鉉，衡州人，與李若愚、魏說為文字友，游講席，得二王、羅李之要，博綜天文、地紀、人官、物曲、兵農、水利之學，皆淹貫。早歲吟咏，因選漢魏以來十一代詩文，各成一部，為詩文二壘。嘗謂詩文古今未有合一者，合詩于文，則文不宣理；合文于詩，則詩不達情。以貢入南雍，閒盱衡中土，見廟謨顛倒，上安民定亂十三策，奉旨存部。天啟三年疾革，呼修侯先生曰：丈夫不死于婦人之手，子丈夫也，吾死子手矣。遂逝。著有風雅集。劉繼莊曰：伍學父疾革時，獨呼修侯先生而託死焉，予觀其意，詎止目其妾安為婦人哉？王氏父子未年行優，果丈夫也，則學父為知人矣。修侯先生既得其學，已而走安成、亭州以擴其識力，比歸，而鄒東郭、泗山先生講學于南岳，遂受業焉。天啟辛酉，聞試主考繆昌期識之，語觸副主考，不得售，遂置副榜，因以貢游北雍，會烏程柬均選郎承意旨，崇略遂投袂歸，閉戶潛修，鄉人化之。州縣長聞風造請，皆以疾辭不見。所授生徒咸知名士，同郡諱允都歐陽珠、周應韶、歐陽瑾、夏汝弼、文之勇、劉近忠，及瀘州馬之訓，其最著也。後卧病南岳蓮花峰，臨終戒其子介之、夫之曰：吾幸全首領，歸從先人墓下，而時命如此，不欲以遺骨經城市，得葬此峰下，鏡片石於墓道，題曰明處士某人之墓足矣。逆卒如遺命葬之。其仲子參之，先殁。參之字立三，性至孝。壬午將就鄉試，以父母春秋高，不行。癸未流賊陷衡，走匿山中，不就偽試，偽吏呈不順者，以參之名首。賊不測，會賊去，乃免。為文婉折有風度，受知於督學芝田周公學。乙酉思進未仕卒。而農先生於壬申歲已八十矣，隱居山中，未嘗入城市。其學無所不窺，於六經皆有發明。洞庭之南，天地元氣，聖賢學脈，僅此一綫耳。

余聞張猷忠，衡州北不幾一人，以附要聖功，則果然也。

楊子雨為余言，臺灣賜姓公之賢，以為諸葛忠武、郭汾陽、岳武穆後之一人也。賜姓少時，思文帝絕愛之。其父芝龍懷逆謀，賜姓屢諫，以尊朝廷，恢復中原，遭其父之怒罵。後芝龍潛遣，皆提兵出關。思文詔賜姓誅，賜姓勸思文出關。思文曰：芝龍潛遣，朕將誰依？賜姓曰：臣父臣叔，皆懷不測，陛下宜自為計。賜姓與帝相持痛哭。帝曰：汝能從我行乎？賜姓曰：臣從陛下行，亦何能為？臣願捐軀別圖以報陛下，此頭此血，總之已許陛下矣。思文出關，賜姓遂入海，聚眾至數萬，據廈門、金門，而芝龍已降 本朝矣。思文至邵武，知大勢已去，有二宮人縊死，勅取三棺皆釘之而出，則皇后曾氏亦在其內也。嗚呼！思文皇后之死在行在，烈皇后之死在宮中，永明皇后之死在傜廣，雖先後不同，其成仁取義則一也。思文從此不知所之。賜姓之妻董氏，其父諱颺先，號沙築，晉江人也，先朝進士，于雨之表叔。于雨與賜姓幼同筆研。賜姓既據廈門，沙築住金門，後于雨以貧困往干沙築，賜姓知之，召至廈門，遂留之表奏。永明授以兵部車駕司郎中，以其未曾薙髮，遣之往來京師。永明以延平王爵封賜姓，而賜姓不敢受也。清使往招撫之，而賜姓不屈也，曰：和則可矣，奈何曰撫？大國若存此彈丸之地於海外，以延有明之一綫，請從安南、朝鮮之例，不廢貢職，大國苟不以為然也，則亦惟命耳。 上知撫之不就也，召芝龍，溫語曰：汝子有書至乎？汝知廈門撫議之就乎？芝龍曰：臣不知也，亦無書來。 上曰：汝子誠反矣，汝無罪也，已往不究，今後汝子使人來，汝即以聞。芝龍得 旨未兩日，而于雨適至都門，禍幾不測，幸芝龍以方得 旨而遽有人至，恐 上見疑，遂命于雨速行，得脫。後為人告發，遣芝龍於關東。後遣大兵征廈門，賜姓命居人遷徙，空其地以誘清兵。舟楫之既，皆賜姓任于雨。不知以為賜姓棄廈門也，事則敗矣，遂從其家人於內地，而身送之。既渡海，自與行，與清兵遇，遂望見亟取田膳之國居方鎮，握重兵，十之八九皆閩人也。姑以我晉江一縣言，則一公、二侯、二伯，其餘任將帥之職居八座者，共十有八人，若通八闞討之指亦不勝屈矣前此阿羅斯之捷昨歲阿奧特之退皆繖親家林興珠之功也興珠今老矣持藤牌而舞辟易萬間道以走清兵追之馬輒陷其道非土人不知也走匿村中田夫則于雨之故僕少焉巳發兵圍而搜之于雨雜髮以免而置繖篋故鞾於海濱渡口若由此以濟者然清兵信之清兵渡海而敗于雨從此亦不得復歸廈門然以其兄同蘇立在廣東不敢出投誠賜姓軍法凡有一人投誠則其宗族皆在必誅故也蘇立與許隆楊文廣皆廣東尚王之客為尚王行商海上頗跋扈尚王患之酖殺文廣蘇立許隆自此與廈門結連不可殺後蘇立乃為一游兵所殺其事楊符五曾為余言之尚未詳其顛末更當留心文廣之子今候補同知昨從湖南北上留于雨處一宿而去賜姓之死也面目皆爪破曰吾無面目見先帝及思文帝也余曰賜姓提一旅之師伸大義於天下取臺灣存有明正朔於海外者將四十年事雖不成近古以來未曾有也賢於文信國遠矣然賜姓既死無人繼起則其當日成就人材者必不得其道矣亦未聞有非常之人為之輔也于雨曰惡是何言也吾閩向為文勝之邦今一變而為用武夫前躍八尺後退一丈不可敵也諸如此者實繁有徒瀕海之地風土柔弱一變至道伊誰之力凡此皆賜

姓之餘勇也其成就人材為何如耶余聞此言爽然若失雖然武勇之士為他人所賣多至富貴忠義之士則從未之聞矣慨然曰黃金用盡教歌舞留與他人樂少年遂投箸而起

黃石齋先生被執拘禁中洪承疇往視之先生閉目不視洪既出先生舉筆疾書一聯曰史筆流芳雖未成名終可法洪恩浩蕩不能報國反成仇蓋成仇與承疇同音也楊于雨云

衡山縣城外康王祠內有閣臨瀟湘上扁曰水月林高爽軒豁東南向望月為最中奉義勇武安王頒曰雲拂潭空柱聯曰樓外山川知是何年圖畫檻前煙雨須看此日天工中丞三韓孫維震題也

湖南多異術凡肢體折傷以符水禁咒治之立刻可愈前向禹門見余傷臂殷勤言之又作字與向亦周必令此輩一看若猶可治何憚而不為余不敢辭故至衡山時亦周與術士二人偕來視予臂言傷已老須使之脫而後符水可施必也頻頻舉動力不勝任則再槍痛然後可為也余此臂已安之如命且亦無大礙不肯作字揖讓亦何苦而必欲為此遂笑謝之

南岳紫蓋峰下有羅克生者豪傑士也隱居不仕以詩酒自放以朋友為性命四方之客至南岳者必延過其家盡賓主之禮飲宴連日夜陪游山林朝夕不倦故戶外之屨恒滿尊中之酒不空過衡山未有不識克生者且熟諳南岳典故問無不知惜於丁未之秋去世今山中無復人矣衡山縣正當南岳之東自縣治西南三十里為岳廟南岳之都會也九仙觀則在岳廟之北十里余考南岳山形正西北向湘鄉縣乃其正南衡山岳廟反在其背周回八百里迴雁為首岳麓為足游者非經年不能盡五峰以祝融為最崔巍雲中非極晴朗不見其頂登此則諸峯皆在目前矣遊岳不登祝融猶入朝不見天子會靈山不睹釋迦也

祝融峯之東南有福嚴寺乃思大禪師飛錫所定之福地三生骨塔皆在焉而懷讓大師最勝輪坦與馬祖之磨鏡臺皆在其側石頭希遷之見相寶塔去亦不遠李鄴侯之祠即在寺左夫思大乃天台智者本師親受三種止觀而懷讓希遷又五宗鼻祖然則若宗若教皆發原於南岳地靈人傑信有然矣

衡山輿夫矯健冠天下走及奔馬上峻阪走獨木危橋輿在肩側其足逡巡二分在外與平如衡無少敧仄吁亦異矣

九仙觀有壇曰九仙壇在南斗注生殿前西階下一巨石與地平而稍高如我蘇虎邱之千人石差小特四分之一耳壇面鐫六字字大如屋曰九仙飛昇之壇作兩行東西向遒媚藏鋒法顏魯公麻姑仙壇體化極小而為極巨氣勢逼人旁有款識盡鑿去不知何故案九仙皆晉宋齊梁間人雲笈七籤詳載其事其飛昇皆有年月

南岳五峯皆環拱祝融惟祝融是向獨紫蓋一峯直走東北別為一支杜少陵望岳詩所謂紫蓋獨不朝爭長業相望也

南岳水簾洞即所謂朱陵洞有石刻朱陵大虛四字為道書第三洞天山上有泉至洞門如垂簾狀洞口有石方正可坐可眠在水中上刻沖退醉石四大字九仙云此洞與羅浮相通彭禹峯云字鐫瀑水石上為水所激濺不知若干年矣字形模糊固無恙也

岳廟前乃四通之衢百物輻湊列肆而居者數百家無異五都市中岳坊刻天下南岳四字相傳為宋徽宗筆柔媚如婦人無天子氣且與南岳不相稱南岳不在天下得無倒挂天上耶

韓公祠即所謂雲開臺也祠門西向堂中奉韓文公木主懸之梁際亦剝落不堪折而北有堂南向中供觀音大士像守祠僧所居在焉嗟乎今天下之書院祠祀十之八九皆守之以僧名不正言不順莫此爲甚儒有書院而無主持其事之人僧則不居閑若而爲俗士守祠是何異飛者入池而棺槨異處也且昌黎平生以闢佛爲事今乃與佛同處而爭奉香火者皆僧僧豈皆大顛哉無怪其煙寒火冷木主傾欹也衡生乃起而爭之以取僧賄不亦悲哉

祝融距岳三十里雖高插雲漢而路稱平坦石磴逶迤可騎可輿爲南岳之一勝但輿須二人以布兜之拽之前行俗呼縴夫猶舟之逆風以牽百丈者也

余案蔡九峯言岷山之支爲衡岳盡於洞庭之西緜亙八百里山列七十二峯十洞十五巖三十八泉二十五溪九潭九井山之最大者五曰祝融紫蓋天柱芙容石廩祝融高九千七百三十丈餘皆高四千五百丈從天柱峯起祖脈歷師子烟霞過南天門蕃身一支盡於祝融峯直下一支遞至朱明峯首結岳廟昔陳隋間思大禪師登祝融峯與岳神會神曰師何來此師曰求檀越一坐具地神曰諾師即飛錫以定其地今福嚴寺是也神曰師已占福地弟子當何居師即擲一石鼓下逢平地而止今岳廟前一石是此岳定基之始也廟制規模宏闊直擬皇居歷唐至今禋祀弗替韓昌黎詩所謂粉牆丹柱動光彩鬼神圖畫塡青紅當年廟貌亦可想見矣宋范致能有驂鸞記記廟制甚詳淳熙二年廟災今有司給錢五千緡米三千斛復新之元以讖文有朱明字乃於朱明峯下截斷龍脈引水過廟後又建黑神祠以衡亦帝不知太祖以朱氏起兵滅元國號有明應實在彼而不在此也此與亡秦者胡事絶相類元復有虞世魁重修南岳廟記歲久頹毀正統壬戌楚之藩臬撫長沙衡州共建其高弗及舊五尺忽風雷交作白晝晦冥霽視其柱已徙去半里許矣官民畏悚謝過復崇制如初久之復圯至成化庚寅知府樂平鄭晃給事中郡人劉昊相繼題請巡撫繁昌吳琛任其事出公帑三千金命衡州衞指揮同知王綱往市川江巨木得楠四十五章以充棟梁之用餘木取之近地凡四年觀厥成商輅記焉至嘉靖壬寅前門暨兩廊圯廢殆盡正殿穿漏階除鞠爲茂草分守藩司寶夏潘九齡請上重修得荒銀一千七百餘兩乃估買故雍藩廢府房七十間府在衡州後桂王府即其地也別駕楊公美愷修完東廊四十八間西廊三十五間後副都御史金公爍委郡丞王道補完西廊一十三間凡五載落成劉敞記焉正殿七十二楹象七十二峯之數

正坐子午向案石氏星經云南宮赤帝其精朱鳥司夏司火南岳姓崇名覃即神農爲赤帝治南方者黃帝定五岳以潛霍爲衡之副漢武帝南巡狩以衡山遼遠徙南岳之祭于廬江潛縣之霍山然不過一時事耳非古今不易之定位也正殿後爲謹身殿聖像高二丈八尺象天二十八宿圭長七尺二寸自唐虞三代舉望祀之典秩視三公唐天寶中加王爵宋真宗易以帝號至明太祖始去之惟曰南岳衡山之神爲百王不易之正典洪武四年賜金合一重一斤祭則奉香以獻銅香爐巨不可圍今皆亡矣鐵鐘二共約三千斤一以司晨昏一遇朝使大祭擊先振焉額曰百王秩禮星沙古藩筆也臺東靜儀以注水西爐以藏火中香爐礎高丈餘桂藩所築礎下御祭臺五鳳樓東西演樂亭東西北廊房共九十六間東廊銓德觀又名宰牲塲西廊祀忠靖王趙葵宋學士也其父夢岳神降生後立大功爲祭祀監牲神再下爲南臺寺次嘉應門七間謹身殿後爲廣生殿崇禎壬午暮春有龍出水激洗去其殿神像亦順流而下至龍隱港而至夢報住持迎歸之右轄神廟神有殊勳於岳姓陳名尚歲時享祀左有老萬壽宮新注生殿後宮奉聖父聖母適地生石筍如二人形雕鏤成之右列太子像又其後爲接龍橋即元人鑿斷龍脈之地有朱明亭凡游覽者皆宴樂於此管大勳有碑記其事曰嘉靖壬午上以震位方虛遣官祝釐名山大司徒劉凝齋曰衡岳舊水道由東北直繞廟前而西南以會于湘自元鑿廟後引水以斷龍脈而太祖龍飛已應朱明之讖世宗降生于郢皆其兆也茲者皇嗣未廣心竊念之大勳於是上其議於兩臺出藏金若干兩命知縣車鳴鑾經理之運河土以塡後龍使新瀾由集福碑右歷萬壽宮左跨東街以歸於橋隄甫成而皇子生嗚呼亦奇矣此南岳廟未燬以前之規模梗槩也邑人吳士寅有小引詳記之至戊子冬爲順治五年潰兵經過四出擄掠衡沙二郡富商大賈皆避入南岳爭以財賂布帛貯岳廟複板上板距地數十丈其道以神像爲梯履神之身手肩臂以及頭目顛頂而上藏貨財數十萬無何潰兵至縛廟祝肆加拷打不勝痛楚告其處引而登焉複板之上不通光遂持炬而登遺火延燒布帛不可撲滅殿燬火半月不熄并謹身殿後宮蕩無存矣惟中門以外不及於火越二年定藩內書院黃惟熾改門樓爲殿權設帝座像稱殿高丈有六稍如舊制辛丑夏衡宰官士民又從而廣之太守劉公進禮復新之衡岳廟廢興之大槩如此

衡山朝岳門佛子坳有子抱母樹如孩提之戀依依膝下見之令人動孺慕之悲後

為愚氏所斧今不可得見矣

余聞普陀法門以唱韻為小悟門其中必有玄與與余所悟四字無迥異者然求之二十年吳楚燕齊之僧無能言其學者抑又何也

衡山水月林主僧靜音餽余蘭林茶一包焯菜一瓶閑則安切音鑽平聲衡人俗字也此茶出石罅中乃鳥銜茶子墮罅中而生者極不易得衡岳之上品也最能消脹焯土音坎字書音罕曰其味辛與黃豆同煮以罌罨之而沃之以臘醋久之辣極與京師之辣菜味同而鮮美過之以芥為之（以上疑脫辣菜二字）而焯亦芥類也二物雖皆土産然佳妙杜少陵詩曰深藏供老宿取用及吾身自顧轉無趣交情何尚新今日之謂矣

長沙小西門外望兩岸居人雖竹籬茅屋皆清雅淡遠絕無煙火氣遠近舟楫上者下者飽張帆者泊者理楫者大者小者無不入畫天下絕佳處也

梁質人留心邊事已久遼人王定山諱燕贊為河西靖逆侯張勇中軍與質老相與甚深質人因之徧歷河西地河西番夷雜沓靖逆以足病諸事皆中軍主之故得悉其山川險要部落游牧暨其強弱多寡離合之情皆洞如觀火矣著為一書凡數十卷曰西陲今略歷六年之久寒暑無間其書始成前在都中余見其稿果有用之奇書也方輿之學自有專家近時若顧景范之方輿紀要亦為千古絕作然詳於古而畧於今以之讀史固大資識力而求今日之情形尚須歷鍊也此書雖止西北一隅然今日之要務孰有更過于此者在都門悤悤裘裘無片刻之暇不得錄一通為恨蓋其書規模雖定尚未脫稿塗乙改竄滿紙須余自錄不可假手他人也地北天南會合莫必每與宗夏言而恨之壬申之春余與質人遇於星沙狹路相逢而其書在篋別來一載有半質人亦鹿鹿道途未嘗改訂一字余留星沙尚有旬餘趁此光陰夜以繼日了此一願則河西五郡即為我囊中物矣書凡五冊冊各百餘紙共計五百餘紙思欲節其繁文撮其綱要然不敢太畧亦不下四百餘紙乃縮為蠅頭小草草草成形一紙可括其三四紙不過百餘紙耳遂奮然下筆與日競先後夜焚膏以繼之經始於辛未二月初一日至二十二日近疆夷地暨諸夷小傳皆錄畢矣尚有一冊乃西域諸遠國及籌邊方略皆質人未定稿也此則俟之異日縱有餘力亦不必寫而余書已成全璧樂何如之始悟天下事得寸即寸得尺即尺不可因循過日若前者以為日無多不發勇想則此書便當面錯過始而九衛大局已定繼而邊疆內地已周終而邊疆諸夷全書已竟無處不可住筆此即金唱經六才子中所謂挪展法也今已親證之矣

長沙府二月初間已桃李盛開綠楊如綫較吳下氣候約差三四十日較燕都約差五六十日五嶺而南又不知何如矣

袁堯文盛言湖南之妙宜卜築於此為讀書講學地柴米食物廬舍田園之值較江浙幾四分之一前紫庭亦有此言將為余買田置舍於衡山之陰以待四方之來學者而質人甚非之以湖南無半人堪對語者以柴米之賤而老此身於荒陋之地非夫也乃口占一聯云只圖柴米賤不顧子孫愚袁梁議論從此參差矣

長沙有李氏女其母尼也年將二十已許字人矣忽變為男子往退婚夫家以為詐訟之官官令穩婆驗之果男子矣遂雜髮留辮解足纏易男子裝學剃頭取耳以為業今三年餘矣列肆於市質人使人招之雜頭不來蓋聞其為當道寫中人客禁皆羞赧不前耳虞臣同紫華溺舁往其肆令其雜髮歸言其聲音相貌舉止意態猶儼然是一女子因細詢其原委果然也余憶泰西人身之說言女變為男只內腎脫出便是若男變為女則決無此理矣說在脈絡圖說中可檢也

長沙至江西路程自長沙至湘潭縣九十里至淥口九十里至醴縣三十里至湘東一百里起旱至萍鄉縣三十里至蘆鎮九十里覓舟至宣風五十里至袁州府五十里又覓舟至分宜縣九十里至新喻縣九十里新喻屬臨江至黃土鎮七十里至臨江府五十里至樟樹鎮三十里至豐城縣八十里至市叉鎮到江西省城南昌府共一千零四十里

自衡州由南昌下湖口水路自衡州府三十里至樟木市十五里至七里灘十里至大浦十五里至杜光埠十五里至川州八里至螺師灘十七里至斗米洲五里至大巖灘二十里進小河至吳集一百四十里至攸縣一百二十里至茶陵州九十里至高隴若從陸止六十里起旱六十里至潞江十五里至楮塘李田黃梅樹下共六十里至永新縣三十里至容江自容江歷方郎橋面上馬吉坪上周垣枕石頭敖城劉江正陽渡白水狼湖蘭村共一百六十里至永陽市自永陽歷三桃石山頭高沙共一百里至吉塘橋十里至神岡山十里至吉安府僱張家渡漁船往贛州水程四百五十里吉安甚難搭船至此停舟問訪自吉安歷峽江樟樹豐城縣河泊所至江西省停舟由廣潤門至吳城共一百八十里由吳城一百八十里出湖口縣

符天乙以寫算四例見示其除法則泰西新式也泰西除法始見於算旨前編發揮於西鏡錄此新式大約創自南敦伯舊法自上而下逐層以法除實每商一數必一一勾抹新法自下而上惟記除餘而已頗為簡便

仲遜述李天生之言曰人若一日不食二三升米飯四五斤肥肉如何可以讀得書壯哉斯言精神可想見矣

仲遜又言長安故城漢唐之所都皆在高阜今省城元至正中建也移於窪下矣若壅入水則西安之人可使為魚鼈當更考之

王智侯苦心五十年白首無成以其心得著書三部一攻守心法凡二冊若干卷大約以戚南塘紀効新書為主附以諸家之說參以心得皆可見諸施行者奇書也其一名兵機類要凡六冊若干卷皆采之通鑑二十一史以類相從各有題目亦槩然可觀其一尚未成書則治平諸大要也

高郵舟中值晚晴日色熠遠帆上皆作杏紅色春草映之皆成紺綠眼色為綠生於眼識光色與相參相值而識生焉吾又烏乎知其所在哉

杭人歐陽君寵精相術人稱其重瞳子余向疑古之所謂重瞳者皆別有故若果爾則眎一物必成兩物恨不與虞舜項羽智者同時以求其故今問之君寵乃一黑翳如瞳也歸與宗夏言之一笑向曾與之論及故爾

杜移年早歲曾識王孟津述其言曰書法之始也難以入帖繼也難以出帖可謂入理深談矣然詩文又何獨不然耶

張岫民出其近作一卷中有與泛日本者談海溝之異序曰去西岸東行帆過海滿程居其半其水黝黑約三百里奔流剽急自北而南海為之陷有若溝然故因其狀以名之又有糠洋亦日本必由之路有物浮於海面其狀如糠幾數百里風濤激逐凝聚不散蓋水脈有以限之也

維揚精忠廟乃梁昭明太子文選樓故址其殿額大雄之殿乃唐顏魯公所書尚有諸天牌位皆出魯公手今為王阮亭易去惟存殿額耳後為岳武穆王改建報忠也其樓聯云一代忠臣寺千秋帝子祠

張岫民出其所藏霹靂斧二竹葉符四皆妙麗瓌異霹靂斧其一上下相等下海如刃稍具斧形其一上狹而厚下濶而薄底銛利儼然斧也中有一空若受柄者去首十分之三去底十分之七外大可容拇指中小不能穿小指而反覆背面皆然則又

示人以決不可施柄也吁寰宇之內莫奇於雷矣竹葉符長可六七寸闊七八百分右偏淡黃色有自然符篆文出粵東羅浮山人傳昔有劉仙棲巖石中投竹符以驅木魅竹遂為林葉符篆亦異物也

張岫民之丁卯編乃紀是年所見之古人書畫名蹟也書則論其筆法畫則列其圖狀凡宋元明名人題跋詩歌悉載於後而殿之以顧維岳之品目次第前後附之以詩奇書也晉王右軍氣力帖卷一晉王右軍二謝帖卷二褚河南臨黃素本蘭亭序卷三唐碑宋搨化度碑卷四唐周昉春宵秘戲圖卷五宋林和靖詩帖卷六米敷文司馬端衡合璧卷七趙彝齋花卉卷八趙松雪飲馬圖卷九趙文敏蕙石管仲姬竹枝合璧卷十梅花道人水墨山水大軸十一梅道人風竹長幅十二元釋雪窗蘭蕙卷十三元胡廷暉山水小長幅十四曹雲西貞松白雪軒圖卷十五沈石田夜雨止宿圖軸十六沈石田設色自壽圖軸十七唐子畏折枝墨梅長幅十八仇實父青綠采芝圖軸十九無名氏獨舞翠盤圖二十籀史二十一太原所藏書畫歸南中者目二十二書籍目二十三共為一冊蓋是年枝安顧維岳延岫民於家校訂經史時出其所藏共為欣賞焉維岳吳中第一收藏家故所見之博如此

維揚禹王廟中有巨石一塊埋土中名曰浮山相傳神禹以此石鎮海眼者可發一噱

隆雲師言天台諸師地無賦稅皆刀耕火種以刀薙茅草焚之成灰以籬笆子下於灰內灰猶溫也他物不可種野獸率取而食之矣

天下錢穀總數每歲所進通共三千四百八十四萬四千九百七十五兩遇閏加一十七萬七千二百八十二兩內地丁銀二千九百六萬八千六十二兩遇閏加二十萬四千六百七兩一錢雜稅銀七十二萬八千三百九十兩增減不一鹽課三百六十六萬八千七百三十四兩六錢零遇閏加一萬二千一百五十一兩六錢關稅銀一百三十七萬九千七百八十八兩三錢各布政司細數列後

一北直地丁銀二百四十四萬五千一十兩七錢當雜稅銀三萬二千二百三十八兩一錢共二百四十七萬七千二百四十八兩八錢　一山東地丁銀三百二十九萬六千九百六兩當雜稅銀五萬八百八十七兩八錢共三百三十四萬七千七百九十三兩八錢　一河南地丁銀二百七十二萬三千八百九十五兩一錢遇閏加三萬四千三百四十五兩三錢零當雜稅銀一萬二千四百六十七兩二分共二百

七十三萬六千三百六十二兩一錢二分　一山西地丁銀三百一萬八千九百四十六兩八錢三分遇閏加二千三百六十三兩六錢當雜稅銀二萬八千九百七十八兩八錢六分共三百四萬七千九百二十五兩六錢九分　一陝西地丁銀一百五十八萬九千五百九十四兩三錢遇閏加二萬三千五百二十七兩六錢零當雜稅銀四萬三千九百六十五兩三錢九分共一百六十三萬三千五百五十三兩九錢　一甘肅地丁銀二十八萬三千七十兩七錢九分當雜稅銀一萬八千二百五十六兩七錢共三十萬一千三百二十七兩四錢九分　一安徽地丁銀一百六十九萬八千九百六十兩四錢遇閏加四百一十八兩三錢當雜稅銀五萬九十九兩七錢蘆課銀四萬一千八百九兩八錢一分共一百七十九萬八百六十九兩九錢

一江蘇地丁銀三百九十九萬六千一百七十六兩三錢六分遇閏加二萬六千五百九十三兩四分當雜稅銀一十二萬九千三百八十兩八錢又錢二萬一千六百文蘆課銀一十一萬七百五十四兩九錢共四百二十三萬六千三百三十三兩

一江西地丁銀二百二萬八千二百八十九兩七錢三分遇閏加一萬九千八百六十六兩四錢七分當雜稅銀四千三百二十六兩八錢一分蘆課銀五千四百一

廣陽雜記　卷二　十一

十七兩三分共二百三萬八千三十三兩五錢七分　一浙江地丁銀二百九十三萬九千八百八十二兩九錢七分遇閏加二萬二千五百九十六兩七錢當雜稅銀一萬一千六十一兩九錢共二百九十五萬九百四十四兩八錢　一湖北地丁銀一百一十二萬七千九百六十六兩六錢當雜稅銀二萬一千五百八十四兩八錢蘆課銀五千一百一十六兩六錢六分共一百一十五萬四千六百六十八兩一錢

一湖南地丁銀七十九萬三千四百二十九兩七錢五分當雜稅銀一千六百九十二兩五錢一分蘆課銀六百八十七兩五錢九分共七十九萬五千八百九兩八錢五分　一福建地丁銀一百二十四萬八千三百四十四兩三錢關稅銀一萬四千五百六十六兩六錢六分當雜稅銀一萬二百一十八兩九錢共一百二十七萬三千一百二十九兩九錢　一廣東地丁銀一百二十七萬二千五百一十九兩一錢遇閏加一萬六千六百三十一兩一錢當雜稅銀三千四百八十兩共一百二十七萬五千九百九十九兩二錢　一廣西地丁銀三十三萬八千六百七兩一錢五分遇閏加一萬一千四百二兩五錢一分當雜稅銀二萬五千八百六十八兩七錢二分遇閏加一千五百七十一兩二錢七分共三十六萬四千四百七十五兩八錢

七分　一四川地丁銀六萬三千三百三十七兩六錢九分遇閏加一千八百三十四兩九錢當雜稅銀一萬七千七百七十一兩一錢六分遇閏加七百五十七兩一錢五分共八萬一千一百八兩八錢五分　一雲南地丁銀八萬四千八百三十五兩八錢八分雜稅銀三萬一千一百三十六兩四錢八分共一十一萬五千九百七十二兩三錢六分　一貴州地丁銀六萬三千五百三十三兩一錢遇閏加四百八十六兩四錢雜稅銀一萬二千七百八十五兩四錢遇閏加八百五十兩六錢共七萬六千三百一十八兩五錢

一關稅銀一百三十七萬九千七百八十八兩三錢

一鹽課銀三百六十三萬八千八百九十四兩八錢遇閏加四萬一千九百四十兩九錢

京省需用俸餉總數在京俸各色共七百八十萬二千五百八十三兩零各省存留俸餉驛站修河顏料漕項共七百四十一萬五千六百七十六兩各省駐防及綠旂官兵俸餉共一千三百四十九萬二千七百五十五兩細數分列於後

一在京需用列後　王以下滿洲官員兩季俸銀一百一十二萬一千九百三十五

廣陽雜記　卷二　十二

兩七錢五分八釐　漢官兩季俸銀三萬七千九十四兩一錢　蒙古王俸銀五萬九千九百二十七兩五錢　各部院雜項一百一十七萬三千三百一十二兩二錢　各部院公費銀六萬一千五百一兩七錢

一在京每歲需用兵餉列後　盛京俸餉銀八十五萬二千六百四十八兩八錢　八旂月糧四百一十四萬五千七百三十二兩三錢　八旂拴馬銀一十五萬九千一十一兩五錢　八旂前鋒護軍披甲喂馬銀一十八萬五千六百二十二兩　八旂牛種銀五千八百五兩七錢五分

一各省每歲需用存留列後　北直每歲存留銀七十三萬八千七百八十五兩一錢　山東每歲存留驛站河道俸銀六十八萬五千九十四兩　河南每歲存留驛站顏料河工銀四十四萬七千四百九十兩八錢　山西每歲存留顏料綢價銀三十三萬九百六十一兩九錢　陝西每歲存留驛站等銀二十一萬八千二百三十二兩　甘肅每歲存留驛站等銀九萬三千三百九十八兩九錢　安徽每歲存留漕河驛站等銀七十六萬四千六百六十七兩　江蘇每歲存留漕河驛站俸工等銀一百二十九萬四千五百二十九兩　江西每歲存留驛站輕賫本折顏料銀四

十七萬八千四十六兩五分　浙江每歲存留各項銀八十三萬二千四百四十五兩零　湖北每歲存留俸工驛站漕項銀一十七萬八千七百四十七兩三錢　湖南每歲存留俸驛站漕項茶價三十一萬八千八百二十七兩九分　福建每歲存留俸食銀二十一萬七百五十六兩六錢零　廣東每歲存留俸食改徵米銀四十五萬五千五百五十八兩　廣西每歲存留顏料俸工銀八萬七千七百九兩六錢零　四川每歲存留俸食驛站銀四萬二千四百二十二兩五錢　雲南每歲存留銀九萬一千七百九十七兩三錢　貴州每歲存留銀六萬四千九百六十六兩六錢

鈔關每歲存留解銅鰕匹顏料貂皮共銀四十二萬九千四百四十兩

一各省歲需兵餉列後　直隸歲需兵餉銀八十二萬八百一兩一錢八分　山東歲需兵餉銀三十五萬五千七百七十四兩零遇閏加二萬七千六百三十六兩　河南歲需兵餉銀一十九萬八千三百五十九兩四錢遇閏加一萬五千九百七十兩四錢　山西歲需兵餉銀四十八萬二千六百八十三兩八錢遇閏加二萬八千五百九十二兩九錢　陝西歲需兵餉銀一百五十六萬五千七百四十九兩遇閏

加一十五萬三千一百一十六兩八錢　甘肅歲需兵餉銀一百四十八萬七千九百二十四兩　安徽歲需兵餉銀五十二萬八千八百八十七兩七錢九分遇閏加六千四百六十二兩三錢　江蘇歲需兵餉銀七十四萬六千四百七十三兩九錢一分遇閏加一萬三千九百兩八錢三分　江西歲需兵餉銀二十五萬八千一百四十二兩零遇閏加二萬二百七十兩六錢　浙江歲需兵餉銀九十七萬五千四百五十四兩九錢遇閏加一十萬七千二百四十二兩三錢　湖北歲需兵餉銀六十萬八千四百六十五兩四錢七分遇閏加三萬七千四百八十兩五錢三分　湖南歲需兵餉銀三十五萬一千四百二十七兩三錢遇閏加三萬二千四百五十二兩四錢八分　福建歲需兵餉銀一百三十九萬五千五百五兩八錢七分遇閏加一十一萬九十五兩六錢　廣東歲需兵餉銀一百三十五萬八千六百九十四兩五分遇閏加一十二萬五百八十四兩一錢七分　廣西歲需兵餉銀三十四萬六千五百二十兩八錢遇閏加二萬八千六百六十兩　四川歲需兵餉銀六十八萬六千九百六十兩六錢遇閏加六萬二千五百五十八兩一錢　雲南歲需兵餉銀八十萬五千九十五兩三錢九分遇閏加六萬五千四百二十七兩三錢　貴州歲需兵餉銀三十七萬七千一百七十一兩遇閏加二萬九千九百三十八兩六錢

關稅內歲撥兵餉銀二十九萬二千四百二十五兩五錢

天下錢糧出進存賸總數列後　每歲進銀三千四百八十四萬四千九百七十五兩加閏在外每歲出銀二千七百三十八萬八千五百八十八兩加閏在外每歲存賸銀七百四十五萬六千三百八十七兩

案天下之餉合滿漢之兵歲需者不過一千三百五十萬而止耳明天啟鄭宗周疏云嘉靖十年兵餉共六百八十萬至萬歷四十年後頓增至四千餘萬則今之兵餉尚不及萬歷年間三分之一耳

吳三桂據湖南兵駐松滋久乙丙之間和碩安親王統大兵自江西袁州直趨湖南兵至長沙之東三桂聞穆將軍為戰將不敢輕敵丙子二月自松滋退軍長沙距戰設質人自江西為韓非有求援三桂之意先敗安王而後援吉安訂於三月初一日合圍留質人曰汝於壁上觀吾單容歸以語東方諸豪傑也官山在長沙東南與瀏陽相值安親王軍長沙東官山之後三桂軍長沙西連營岳麓山亘數十里軍容之盛近古未有也三桂欲自與安親王決戰諸將苦諫而止皆誓死以戰三桂坐瀏陽

門樓質人以三桂命立城上安親王發兵十九路自城北鐵佛寺後布陣至城之西南長數十里三桂亦發兵十九路以應之將軍王緒先陷陣清兵合圍之數重旂幟晝偃金鼓無聲城上人盡失色以為此軍全沒矣少頃剛交鎗連發如急雹清兵紛紛墜騎王緒單衛突無前莫有攖其鋒者深入敵境獲全勝而返偽將軍吳應貴者三桂之姪也搏戰為流矢所中貫顱墮馬夏國相力戰救之而歸穆將軍追至城下三桂於近城設伏以防巨象伏岡下敵至起而衝之清兵披靡而走交鋒者凡三路馬寶軍大捷餘殺傷略相當呼聲動天地血戰至日中天忽大雨交鎗不得開各斂軍而退三桂初意氣吞官山先發十九路餘軍駐岳麓留為更番地不勝則後軍繼之必平官山而後已及見應貴傷復值大雨為之奪氣曰天意不測遂入城而守清兵亦掘濠不復出未幾應貴死

吉王見浚英宗第五子天順丁丑封於長沙六傳至嵩王子由楝天啟辛酉襲位後流賊犯湖南王與桂王同舟奔粵西而死今其府基為官倉當年規模猶可想見焉

明初太祖第八子潭王梓封長沙後以妃家坐事國除太祖第十七子谷王橞初封宣府永樂中徙封長沙後以事國除仁宗第五子襄王瞻墡宣德己酉封長沙正統元

年徙封陵陽

武夷茶佳甚天下茶品當以陽羨老廟後為第一武夷次之他不入格矣

江西有行水碗卦術者至人家以碗盛水投白米數粒於中立能知其家事凡祖先之姓字相貌年壽一一不爽間有一二字譌者亦必字異音同如之為知朱為諸之類似有人告之者然必有一同行人立門外強執途人而與之言剌剌不休而室中之人其言如見否則一無所知矣此理之最不可曉者

長沙萬福禪林主僧素默以藏字畫一束求售董元宰臨二王帖一卷破門石浪和上臨智永千字文陳正言水墨花鳥一卷魏國公徐瞻草書大幅一紙董字極佳真跡無疑破門石浪佳南岳飛來船下深入晉唐閫奧絕無近人蹊徑黃慎軒而後不可多得陳正言近時湖南人筆墨有士夫氣非工匠手所能徐瞻不知魏國公第幾世孫亦雄偉可觀此皆鐵日和上所遺以鎮山門者素師索價過高余不能酬也遂返之又有石浪草書其自作山居詩二十二首別為一體佳絕乃為俗僧借去臨摹數日而還則於每字之旁皆以惡札書楷字以釋之如楊升庵之釋岣嶁禹字碑者然見之令人駭絕笑絕恨絕此罪當加于焚琴煮鶴數等昔有人以方竹杖贈一僧後聞之則已規而漆之矣古今蠢人未嘗無對也山居即事詩自寫性靈不落體格絕無煙火氣今錄其十八首一間茅屋不堪誇不是雲埋霧便遮幸得老來無个事掃些竹葉煮松花一門徑深深路又荒草頭多露月來光其中亦有忘年者日日焚香坐草堂二年來無事可當心一把鋤頭斫古今翻轉溪雲睡去好長留明月伴松陰三山中日日有雲飛飛的飛來歸的歸惟有這些歸不得留為山寺補僧衣四小橋流水入山幽一徑松陰腳底收處處白雲堆谷口家家黃葉墮枝頭五一村深樹一村烟村樹深烟斷欲連不斷不連分野色濃濃淡淡夕陽邊六昨來相送出柴扉冷霧寒烟溼我衣一路腳尖深凍裂溪聲踏作雪聲歸七十年無夢到鄉關為个蒲團債未還幸有月來常問問不知身在幾重山八幸得為僧不甚貧東來西去若雲屯其中滋味無端的手指青山一故人九山中有事不尋常雲滿溪來月滿牀處處花枝皆梵字山山鳥語說文章十一間茅屋住山深烟霧層層石上斑幾日欲消消不得看來身在米家山十一紅霞遺散夕陽殘日暮還家鳥雀寒茅屋半間雲外出梅花一樹月中看十二沿門竹外種芭蕉嫩綠分陰過小橋乍得一番新雨後明朝色亦勝今朝十三一山黃葉喚秋風陣陣飛來詩眼中不是老僧吟不得溪聲送出曲無窮十四春到春山草木齊清泉白石燕啣泥有時步出溪頭看片片春雲挂樹枝十五踏斷雲根問路忙春風陣陣野花香無心石上看流水不覺穿雲到草堂十六山中十月正飛寒打熬梅花雪一團不及故園青竹子枝枝葉葉好相看十七日日山窗夢不驚牀頭書卷半公卿山僧未醒翁先醒過我籬邊三兩聲十八

丈墨師說湖南義象事吳三桂之來湖南有象軍焉有四十五隻曾一用之故長沙人多曾見之象各有一奴守之與奴最有情奴死人為之製棺詭象必來觀斂以鼻捲奴尸置棺中而蓋之不下釘人先於曠野中掘地為坎告象以其處則以鼻捲棺而來自置坎復為掩土徘徊留戀垂涕而去一二日後必復來去土開棺諦視其尸重為掩蓋嗣後或一日來或三五日一來必待其尸腐爛人形脫盡而後已凡象之於奴皆然也有一奴牧象私與一婦戲偕入草屋中象見之怒以鼻扃其門奴恐踰垣而出象以鼻捲奴擲之顛撲而下復以牙觸奴糜爛而死象忽自殺其奴乃從來未有之事官司拘象而問之象忽奔逸而去人皆披靡以為其逃也少焉捲一婦人來置之官前而自跪其官以鼻觸婦人使言婦人戰悸失音久之始吐其實官義之貸其罪別選奴以牧之余謂此象可以為刑官可以為律師世人目亂男女之倫者曰禽獸象獨非獸耶胡可以之而詈人也歎息者久之

偶與紫庭談及河州西寧涼甘肅等沿邊地方太祖不設州郡而置衛者蓋以邊遠重地提此線索於五軍都督府也紫庭為之擊節因誦李天生潼關詩云聖主垂裳西顧深前星已兆翠華臨風雷卜鼎渾非故朔漠開基遂至今萬里自天提鎖鑰三王同日貢球琳終憐戰骨崤函左雪暗春遲白草吟第五句亦即此意也

質人云今堂子中所祀鄧將軍諱子龍江西南昌豐城之間人少饒膂力家貧事母至孝常遇賊負母而走賊追及之將軍曰吾將避汝汝來尋我是當死也遂與賊戰數十人莫攖其鋒人始知其勇後入行伍以功得官歸有聯云百戰歸來剩得鬢邊白髮千金散盡惟留江上青山風度亦可想見矣後起為遼東游擊將軍死王事云向在洞庭山華亭李如山曾言之今益得其詳矣

質人言江西建昌有廣濟上人大方師之徒也立關募造建昌之太平橋三年而橋成皈依者甚衆有兵家子逸其姓及貫投師披剃為弟子忽有悟一日於師前作禮曰師父我們去罷師問其故沙彌取草一束手執兩端而寫其中如橋狀以火燒之作禮而去至十里外曠野中露地坐化廣濟師聞之三日後積薪於野辭別大衆趺

坐於上舉火自焚火已及膚猶端坐不動舉數珠擲火外萬眾環視唱佛號聲振四野師化數日而太平橋忽為火燬眾始悟前沙彌之焚草蓋其象也此事建昌人多有見者

貿人少時猶識大方後病熱昏夢走荒山曠野中忽遇大方偕行數武私自念言彼出家人也我儒者奈何與之同行遂駐步看大方遠去復取別道而走又遇二人偕行久之亦失伴行亂石草莽中虎跡縱橫甚可畏怖遂自悔曰適同大方走或跟定後二人皆不至此今將奈何忽見一茅屋有一人出曰汝死矣來此汝欲何所為答曰平生所願惟清勤二字耳其人走入屋持索而出曰恁麼則作牛去遂失聲大叫狂走而覺此夢亦奇先生當深思之

鎮江錢邦芑字開少後出家號大錯其弟字馭少能詩嘗人誦其居庸關詩居庸千尺劍門關信是中原第一關屬國久通高麗使遐嶠直界朵顏山六無私警兵纔息統有專歸戍自閒只羨盧龍田子泰炳然高節邁塵寰其二云瞥瞥生當戰伐年南軍正戍白狼烟倫輸滄海千艘粟門接醫閭萬仞天將略何人雄虎豹廟謨終歲筆金錢一從解甲投戈後博得中原日宴眠此詩共三首今逸其一矣

明成祖非馬后子也其母甕氏蒙古人以其為元順帝之妃故隱其事宮中別有廟藏神主世世祀之不關宗伯有司禮太監為彭恭庵言之余少每聞燕之故老為此說今始信焉

躬庵於燕都曾見一篋中藏烏思藏歡喜佛像二軀作男女交構狀非金非石非木儼然血肉也須髮皆真不知其為何物

鄧子喻江西人在郴州助紫庭丈量田地偶來談及何督師騰蛟死潭州埋沙港其地已為人築室於上矣康熙中見夢於其子并一老僕言其地且令扶歸其子來中湘如言得之顏色如生遂以棺斂扶之而歸

蕭山縣人來度官滇中嘗晝去於冥中列坐審判世間事亦有千古未結之案後語人曰余不久矣今將實授也未幾果死其生時嘗親為兒丈言之

上因修一統志令天下皆具輿地圖冊以致疆域道理之遠近皆聚於統志館中余向雖曾泛覽然未及鈔寫將以俟之異日也

蕭孟昉太和縣人富可敵國然能應接四方之士躬庵先生每過其家後因韓大任在吉安應接其糧餉　上聞及之而老于囹圄焉

泉州同安縣人林時山字樓船在臺灣以功封伯後因保舉施烺烺叛遭杖削職其子前在都忘其名字矣有書十數卷曰明季紀事自隆武二年起癸亥鄭氏國亡止皆臺灣事也文筆雖不能矯健而紀載詳明楊子雨在都門曾見之

劉益其言吉安烏兜人陳冀南字狂奴其弟陳邁字二止鼎革後不雉髮狂奴死於甲午二止隱山中惟一奴供炊汲子弟外不見一人後因山賊之亂諸郡縣發兵勦除兵過其居見其有髮以為賊也執之以歸縣鄉人皆知其賢謀劫之遂二止曰無以我一人故累及一鄉立諭眾散使歸報吾子弟可與棺一具來縣前吾將死矣時知縣蕭恒夜鞫之曰吾不忍先朝逃深山窮谷中以全吾髮為聖世之夷齊一奴外無他人往來室無寸鐵予將何為知縣審其非賊諭令雉髮曰是不能矣惟有一死已令子弟具棺于外矣令益賢之詳錄其口供而上之於郡守郡守諭之再四堅執如前守大奇之曰是非賊縱之使歸全髮山中數年後始死

康姓本西江吉安府福縣人其始祖姓匡諱恂宋埶祖時與洪灝同榜因姓犯帝諱請易之帝書王康姜三字令其自擇定康姓焉

長沙四十八顧門臨清池地當山麓境頗幽折開山之祖為秀白大師教下座主也今堂頭師別峰下山人為余言石頭希遷之見相寶塔乃衣缽塔也其肉身塔在兜率寺寺在衡山衡陽之間臨湘水言出師口未敢即信存之以備攷訂可耳

饒卿云豐潤縣南二十五里有車軸山上建無量閣尼寓氏居甯氏年五十餘一日告眾坐化曰三年後啟龕吾復活矣遂泊然而逝眾以全身封龕中屆期眾數千人啟龕顏色如生以手指案其肉頗動而血不凝以鍼刺之血出如注然竟不復活遂封龕而建塔焉

楊涵齋述建義侯林興珠阿克薩之捷甚詳建義本江西南安副將從陞長州協鎮平西兵至降於周後在湘潭涵齋勸之投誠偽周平封建義侯甲子之冬　上在景山召見語良久論及火器之利因問所以禦之者曰惟滾被為第一　上問滾被為何物侯曰即人家所用之棉被也　上笑曰是何能為侯曰柔能制剛耳因詳言其進退滾悶之法　上頷之又問曰滾被之外更有何法曰有滾牌臣家有其器　上立命取至曰汝家有能用此牌之人否曰有數人耳遽召六人來於　上前舞跳

上命善射者數人以礮頭射之數發皆不能中矢未發已滾至面前疾於飛鳥　上大喜問能用滾牌之人何方可以召募得人幾何可以成一旅曰多則一千少或五百可以用矣惟臣鄉漳泉之人多善此者須　閩募之　上曰此去閩遠往還非數月不可今直隸山東河南多臺灣投誠墾種者皆閩人召用之五百可得也侯曰誠如　上諭遂召募教演未幾而成亦未知　上之將何用也至乙丑春夏間　上命往征羅剎國阿克薩城羅剎國在極西絕荒遠幅員極廣阿克薩其極東之邊界也在烏龍江側與梭倫部柵木為城一將守之兵不滿千其人猛如虎豹而火器尤利發無不中梭倫時被其害子女參貂搶擄殆盡梭倫之貂為天下最以羅剎故不得時貢且數以羅剎之過上訴　上既平三藩未嘗一日忘羅剎也乃命彭春公領鐵騎三千為陸路將軍林興珠領滾牌五百為水路將軍往征之水陸並進　上曰阿克薩城吾得其地眾少不能守多則餽餉難吾非欲其地特以梭倫時來哀訴吾不忍其侵暴令汝往討其罪汝彭春體朕此意林興珠老將知兵宜聽其方略以時進取邊地早寒不宜久駐林侯南人且老不能寒城克令其先歸汝彭春撫其眾欲歸羅剎者教之歸有降者與偕來燬其城柵踐其土地蹂躪之使不可復耕牧則自外四十八旗揚兵而歸若五六月間不克亦即罷歸待來歲再討之兵進五月間至其地以梭倫人為向導初羅剎屢得志二十年無一騎至其地者城既狹小則皆散處於外備益弛梭倫人導吾眾走深山中亦不深諳道路略識方向耳見有人煙趣圍之數家聚耳屋皆以樺皮甚堅緻執其人問之則去阿克薩不遠矣有一人逸而走林侯曰宜亟進矣掩其不備而圍之令其在外者不得入在內者不得出少遲眾合不可當也無待舟師彭春公遂以鐵騎三千進比其人至兵已迫城下矣城中人不多眾散處不得合內外隔絕城四門皆有巨砲猛烈不可當然司砲者皆隔於城外無能施放者遂困之而城堅不能驟下城有守將其父亦守一城相距七百里城傳烽燧其父率眾五百自上流乘木筏順流而下五月二十三日圍阿克薩二十五日救兵已至偵知之林侯曰是兵自水來若使登岸則不可當吾以水軍往迎之皆斃之於江中大軍之圍不可撤也則皆令眾裸而入水冒藤牌於頂持擄刀以進羅剎眾見之驚所未見呼曰大帽韃子眾皆在水火器無所施而藤牌蔽其首槍矢不能入以長刀掠牌上折其脛皆踣江中殺傷大半餘奔潰而逸興珠不喪一人復圍城興珠曰此倖勝城若不克大軍至無噍類矣今三千五百人人取草一束堆

城下不下即火之城中呼號請降而出縱其守將歸有降者置軍中堅守之三日而城下侯遂先歸侯之眾在瀋陽陸騎而死者一人病死於途者三五人耳未嘗失一矢于敵也陛見　上大喜曰林侯之功史冊所未有也下部議賞不酬其勞　上命吏議彭春公既平其地而歸報而羅剎已於其地復建城比前愈巨益其眾耕牧如故掠梭倫益甚　上怒彭春公踐踏其地之不力也以前功折其罪敘侯之功亦不敘焉

林興珠雖老不能一日無婦人清制惟王行師可攜婦人貝勒貝子公皆有定數公以下不得有林以女子髡其頂詐為男子裝置帳中興珠不能交結諸當事更不善事　上之左右初　上命侍衛佛寶關寶隨師東興珠以帳有婦人不令二人坐來則坐之帳外烈日中二人以此怨之歸譖之于　上曰興珠固善戰然輕佻不持重無大臣體且私攜婦人　上曰彼老非婦人不適可無問也然以此少之

子霖在秦欲游太白李雪木曰凡氣弱不宜往地高寒冷侵人且多雹有片雲起雹即落有大如屋者路見雲色異即以免若行遲或不諳徑多為雹傷故諺云窮不游武當富不登太白

饒卿言有馬醫子病癖脊間有塊礙手病日甚百藥不效死矣其父恨之取刀刮其脊有物如筋狀韌甚取出刀斧不能割斷其物既出而子之鼻間栩栩然撫其胸前微溫遂縫刀割處置之于地久之漸甦經一晝夜能言索湯水竟生矣調理久之而愈此事雖怪誕然有至理華陀之术皆從此入想惜其學不傳耳聰明而能深思者當於此別開一路

李棠字紹林桂林府臨桂縣人以御史降廣東雷州知府三桂叛從檻車還至常德棠在朝曾特疏糾三桂故欲得而甘心焉至則以其人望宥之以為中書舍人來衡即位陞大理寺丞從投誠於韓撫軍世琦棠昔亦嘗論韓韓不以介意厚遇之入朝上怒其反覆謫戍遂左仲翔在常德嘗主其家

在衡時三月中聞蟋蟀聲眾臣以為異非曾曰吾鄉四時常鳴也又有蟢蛛墮于前色烟然如白銀此亦中原及東南所未見者

偶閱正楊二冊乃汝南陳耀文之所著以正楊升菴者也升菴之書固多謬戾而陳氏正之亦十得二三耳聞更有正正楊一書尚未得見正正楊與非非國語千古奇對也

紫庭言西洋有製南鉛法每鉛一石追出銀四兩銅六斤餘皆變為黑鉛亦厚利也

余向以黑鉛買南鉛則南鉛皆變為黑鉛然為時頗久若不多折耗則利亦可倍

楊升菴云史記旁羅日月星辰文選陸佐公新刻漏銘俯察旁羅升靈畢登庫尚書考靈曜云冬至十月在牽牛一度求昏中者取六項加三旁蠡順除之（陸宋筆改作郰依鄭注也）鄭元注曰盡行十二項中正而分之左右各六項也蠡猶羅也昏中在日前故言順數也明中在日後故言卻也據此則旁羅乃測天之器如今之日晷地羅也十二項者十二時分為十二方也此可補史記注之遺此說有據而晦伯非之傍羅為測器即不可以證史記而今人名向盤曰羅經則確本之此也余謂十二項即十二向也

楊云唐詩暮雲生嶺上積雪在闤間山凹之地堪為墟市者曰闤周禮曰禁其闘闤注闘以刀爭闤以口爭交市之地必多爭故禁之此亦可以證闤之為市其義所從來遠矣後世市謂之墟歸市曰趁墟言有人則闤無人則墟也蜀謂之場滇謂之街嶺南謂之務河北謂之集此解唐詩闤字甚可而陳刀非之亦太過矣

玫得漢高祖起沛時年四十八崩時年六十三

與紫庭談諸葛孔明之出祁山屯兵五丈原之失歎陳壽之論孔明分寸不失觀場矮人未可與論古今也紫庭見解超卓迥出倫類天下不多見也

衡岳集賢書院在集賢峰下祀李鄴侯韓昌黎趙清獻周濂溪羅洪先五先生明太常夏良卿謫守茶陵時同編修張治知縣彭簪所議建者後因朱晦菴張南軒二祠燬于方廣郡人曾鳳儀重修是院遂以朱張二子之主附之春秋合祀焉今亦以僧守之書院地基頗寬敞屋宇皆修整守祠者有數僧差覺不寂寞環院皆松篁左數武為退子頭胡文定公專祠在焉又半里為湛甘泉書院院旁紫雲洞左上有陳白沙先生祠甘泉少承白沙之學以白沙嘗[illegible][illegible]衡岳卒於是構祠於此院左有甘泉坐石有端默石有甘泉洞

南岳規模宏闊遜于岱宗無論嵩華初陟山麓即覺氣象迥別羣峰羅列層層浮出各極奇秀而雄渾博大絕無巉巖刻削之狀正如雷尊象鼎雖斑碧斕然而太樸渾淪之氣非鬼工匠斧所能擬議又如杜少陵諸絕作必非清新俊逸超脫幽奇等目所可形容者也

南岳絡絲潭當華岳嶺之右其上飛流數道穿諸嶺而來滙于潭潭在兩山峽中亂石林立急流觸之怒躍旋而成潭蓋水安流渾而為一則其色紺碧一遇擊搏衝破水而噴濺而起者其色如珂如雪如躍冶之銀凡水皆然然急灘過石而碎急不得復合而求合愈急則濺而為螺之水當方破未合之際色白如霜雪水為石碎千條萬縷而下歸於潭皆細如蛛絲重重灑潑潭如一極大車輪運轉於下而繅諸嶺之水抽為銀絲以下洩不知化母於何年月日理此一副機杼軋軋至今歷終古而不窮也初命此名者為誰氏可謂善於體物者矣

絡口潭而西路皮稍就平坦石益奇秀森列諸峯稍稍出泉左右交流淙淙若琴瑟笙竽路當平衍處皆良田疇引山泉以灌溉至絕頂而猶然人言南岳無地非泉或隱或見或緩或駛或上下承之或左右分之細若鳴弦壯如奔雷備為飛瀑仰為噴雲僧廚舉炊不汲而至伐香為碓起止自如泉所至為田所不至為圃乃此山之獨盛信有然矣

南岳玉板橋或曰御珽言宋徽宗嘗至此故名按徽宗未嘗南狩安得至此野人之言不止齊東不足信矣

於玉板橋回望岳廟在咫尺天朗無雲湘流亦明滅可見諸峯斷續起伏如龍蛇蜿蜒或見其首或見其尾或見其爪牙蟠旋糾結然無定向真奇觀也

上封寺西一里為湘南寺基寺踞烟霞峯麓亮極奇峻有巨石峭壁鐫大觀字趙峴筆也其下有隱升巖唐懶殘以指畫石曰身健端須飽此心閒山臨水極幽尋侍余書偏湘南寺卻向山中老定林

余謂南岳乃一幅朝會圖也祝融一峯獨尊故上攀峯不能望其面目如聖天子端拱穆穆於九重之上天柱諸峯環列左右如公孤岳牧垂紳正笏侍立於丹陛之索七十二峯羅列其下如羣寮庶采揚塵舞蹈於堦墀也紫蓋一峯別向而走如大將受命於朝鑿凶門而出得專征伐以討不庭五嶺諸山拱服天末如四夷八蠻稽首向闕於絕塞也中國威儀已定粉本於此山矣

南岳有飛來石船在祝融峯下長數十丈蓬桅篙櫓無不逼肖嵌空架兩石上昂首聳尾儼然百萬斛之艘凌空御風以行而暫維於此者國初有僧號破門結茅於其下師能詩善書書法為湖南第一庚寅順治七年南陽彭禹峯先生來游南岳與師把臂入林相得甚歡贈之以文中有云石船有時飛去如和上頭顱何次年辛卯三月十二日夜大雷電石船震碎禹峯之文遂為讖云聞之山僧曰是日午後見有野狐眠其上忽紫雲垂下雷聲大作而狐斃半夜大雨如注山水泛漲推船去疑以擊

狐之妖驚起蟄龍也翌日有南天門道人於其所拾得雷楔一長四寸闊一寸六分其上臈崩去少許亦異矣

南岳羣峯皆向祝融獨紫蓋別為一局然其支皆界湘而止湘水自西來繞衡之南而東九背九向歷歷可數蒸水來水茶陵之水皆在目前諸峯不能一一知其名浩然羅列殆以百數焉止所謂七十二哉昔人蓋目其巨者耳

身之所處者高則目之所及者遠人立平地平目而視不過數里目光之所切止於此矣

武昌縣城甚小即古之武昌也孫吳之所都庾亮陶侃之鎮皆此地今之武昌府則江夏也縣城臨江庾樓在焉元次山之退谷蘇長公之九曲亭皆在縣城西吳宮故址則西山寺也

喜雨亭記倣賦云歸之太守太守不有歸之天子天子曰不然歸之太空太空冥冥慎庵曰天子曰不然當作天子曰否蓋上下皆用韻而此句獨不然也

倣赤壁賦蓋二客不能從焉鏟慎庵曰此句之上必脫一句而焉字當衍蓋從字與萆字宮字韻叶而上句脫去亦不成文理也

慎庵摘崔考功黃鶴樓詩之五六云六之鸚鵡洲乃見成語漢陽樹則扭揑成對耳且芳草萋萋亦屬見成而晴川歷歷則何所本且歷歷漢陽樹截以成句而萋萋鸚鵡洲成何文理古樂府云天上何所有歷歷種白榆是歷歷字貫下樹字而萋萋字則連上芳草字矣律本二對今上四句皆不對矣而五六又草率如此太白閣筆而千古更無異辭實不解也若云只取氣格耳既云律矣何乃只取氣格耶細入毛髮吾恐考功青蓮復起於九京亦無以對吾慎庵矣

吾少讀東坡赤壁二賦已知即此一題將錯就錯原自絕妙千古而後人般般考訂校正一何愚也赤壁本赤鼻見酈道元水經注昔臨大江今壁下長巨洲成陸地距大江遠甚滄海桑田之變亦甚遠也赤鼻者乃一大石突出於外形如象鼻其色微赤故名即毛寶放龜處也鼻下有亭中豎石碑一座大書白龜渚三字亭前聚白石為巨龜形矯首水涯白龜渚之上復有亭中塑子瞻像有子瞻臨江仙諸詞亭中有額徐子星題曰萬古風流亭西向亭之東上有堂三楹榜曰二賦南向兩壁鐫諸名士詩文甚多又東北上有石級數重上建傑閣曰留坡庭中巨碑鐫前賦乃元趙松雪所書嘉靖中黃岡令孟津刻之於石又念奴嬌大江東去詞大梁郎鳳儀所書皆後偉可觀閣已廢不可登閣之南下有亭扁曰酹月轉而東南為新構王公新祠昨為霹靂所震今更新之矣赤壁諸亭閣皆坡公舊迹頗敗零落不可名狀而王公之祠巍峩輪奐乃爾宜乎神之怒也

王公祠東一小庵又東為吳公廟相傳大江昔經其下為泊舟所祠禱最盛今距江既遠冥無牲拴之獻矣嗟呼勢之所在人爭趨之勢去則冷雖明神不免而況於人乎

白龜渚距江雖遠以水大猶存溝港焉緬想石臨大江所謂巉巖蒙茸虎豹虬龍皆極形容之致今地既平坦石亦不高無足觀矣

太白詩云衡山蒼蒼入紫冥下看南極老人星老人星近南極中原不可見必登衡山之頂而下望之今時中原夏夜老人星出地平數度矣則南北差為之也余意祝融之頂夜觀象緯必能見近南極諸星如十字架蜜蜂等世之通天文者絕少故世罕知焉余至衡山又不能留信宿以見世人之所未見亦付之無可奈何已

衡山有望日亭僧云惟此地可望日出當天氣晴朗時雞初鳴坐此以俟日出如車輪奇異莫能狀而山下方夜半全暗云登岱宗日觀者言亦如此

望日亭之東壁刻岣嶁峯禹碑七十七字碑本在岣嶁峯韓昌黎詩曰岣嶁峯尖神禹碑字青石赤形模奇科斗拳身薤倒披鸞飄鳳泊拏龍螭事嚴迹閟鬼莫窺道士獨上偶見之我來咨嗟涕漣洏千搜萬索何處有森森綠樹猿猱悲劉禹錫寄李衡州詩曰傳聞祝融峯上有神禹碑古石琅玕姿祕文龍虎形韓以為在岣嶁劉以為在祝融蓋唐人多未之見也迨宋朱晦翁張南軒博采廣搜竟不可得晦翁著韓文考異謂衡山實無此碑以韓為傳聞之誤故六一居士集古錄趙明誠金石錄鄭漁仲金石略皆不載此碑嘉定中蜀士因樵者引至其所以紙打碑刻之夔門峽中後亦不知所在僉憲張季充自長沙得之云是宋嘉定中何致子一摹刻於岳麓書院者字皆科斗不可識嘉靖初國子生沈鎰自謂能辨此因為之釋且謂有神人授之夢中者益怪誕而湛甘泉信之為文書釋文後而楊慎郎瑛亦各有釋文字多不同皆大熟意使又翻刻於此余睹流傳刻本久矣形聲意義無轉求之不得其故大都古今人非自欺則欺人與為人所欺耳六經諸史暨三藏十二部諸家之書皆然不止一岣嶁碑已也

衡山有觀音洞洞上有石橋陵空架石自下望之非復人間境界橋畔蒼松側垂云

昔已枯死今其半復活焉羅念庵所手植也。

衡山山峽中遍地皆野蘭葉不及福建者花綠色加碧玉香遠過之。

靈巖鰍起和尚應南岳福嚴寺之請攜數千金領職事人等至衡山時鰍公名震海內道俗數千人送之入山至福嚴一宿監院方營齋夜大風拔木飛屋瓦落盡達旦不休師召衆問曰福嚴向多風否衆曰福嚴數千年道場向若多風何以安衆鰍公默然率衆即去至中山上堂而歸此後無復興之者鰍公東歸諱言其事故知之者少。

凡讀書交友登臨皆須全副精神應之若精神當勞瘁之時少一懈墮反成窒礙不可不慎。

余宿衡山雲開堂時夜半夢醒聞雨聲如注風撼屋宇皆動曉起主僧來言夜來峯頂大雪亟出屋後仰望自香爐峯以上皆爲雪覆如銀堆玉砌香爐而下依然翠靄千重時風雨猶未止想上封正在撒鹽飛絮時也雪景之奇於斯極矣。

武昌縣之西山寺基即吳大帝之避暑宮昔之靈泉寺也寺左有九曲亭乃東坡之所剏造而子由之所記焉者扁曰文章名義乃於北溟之所書又曰九曲煙巒則徐子星之所書聯曰身世總虛浮醒酒臨江笑孫郎宮名避暑霸業而今安在江山真面目登高作賦獨東坡亭倚九曲風流千古猶存亦徐子星筆也境佳絕東坡眼力固自過人。

雪嶠山居詩云不定游方不戀家下牀移步即天涯無心遇境境偏勝生眼看山山轉佳（佳作嘉）當頭帶曉煙行辟炊身沾殘雪卧蒹葭村衕一飽樂無事滿鉢擎來盡落花此詩別爲一格清硬極矣又有題畫詩曰買个小舟撑村南與村北何時撑上山拖舟抱雲宿又題畫句云石梁橫雲翠滿空一片秋山響飛瀑又句云沙鍋無蓋煮青天皆奇句非人力所能到也。

余自幼有五岳之志自壬申之春始登衡山上祝融望七十二峯紀遊覽當自此始雖然昔人五岳之遊所以開擴其胸襟眼界以增其識力實與讀書學道交友歷事相爲表裏而有顯秘之殊爲益於語言心思之表故其益益大觀成連先生之教伯牙可以悟此矣吾輩登一名山覽一奇境而自審其胸襟眼界依然矣下阿蒙又何苦費時日役精神勞僕夫之筋骨滅齊精之法食而登降上下爲耶反不若酣寢於茅屋之下之爲安且適矣不可不猛自警省。

李栩機不知何許人行乞於漢口不畏寒暑不擇飲食喜噉生肉語蹇澁不可辨至人家輒取紙筆亂書不止字多不識間有一二成句者四方人言其語多奇中有乩仙降筆稱爲仙人李栩機云不庵先生嘗見之曰其所書詩句多宗門語蓋宗門中人也漢皋小菴中有李異人傳紀其事余過之漢上立一木龕店前龕見圍繞無隙處栩機帶笠衣綠布棉襖口喃喃作聲眼時睒無已持烟筒連吸數十筒猶不止岳濤以其所書之紙呈予首幅云鬅鬆頭髮黑白眼睛天童法子金粟的孫其後字多不識矣觀此則是貲隱或石車會下之人果一禪客也每幅之後必有南京報恩寺恐此人乃金陵遺老逃而之禪別成心疾者也亦可憐矣而世人反以仙人目之不亦冤哉嗚呼世間事類如此者亦復何限爲之三歎。

甲戌四月十六日於郴州見毛蟲化爲胡蝶張翼盈尺幾與羅浮爭雄長矣。

郴州又有物形如蝦蟇色甚綠四足長過於身指爪甚異能援樹木升其巔附墻壁而上行如猿猱蟲豸也不知何名前可中丈石輩於衡園見此物於樹杪食花執而縛之投水中亦能游泳今日更見其一皆所未嘗見者。

料理秦邊九衢闠著色界丹碧爛然亦可喜也雖未盡吾胸中境界然山川之阨塞險要驛站之迂直遠近兵將之所駐札外夷之所遊牧已纖悉畢具矣圖邊塞者未之能過也。

李楚玉有友數十人皆閑曾少年英俊人各有長相約各執一藝務盡其理數日一會較其所得必快聚一二日有不中程者必罰焉今皆斐然可觀矣此與予教諸子之法不期而同聞之不覺狂喜然余弃走風塵未卜歸期諸子四處合并無時不如諸公多矣爲之慨然。

圖龢曰賓主必相忘而後可久余曰忘履足之適忘帶腰之適也忘賓主之適也圖龢爲之擊節。

彭岳欽住善化縣右離公陂門徑幽寂有山林之致書其門曰白髮消窮途青山傲古今請此聯可想見其人矣。

松坪詠一人送陸稼書去官詩中一聯云有官貧過無官日去任榮於到任時佳絕非陸先生誰當此者。

嘉定賓山衞築於明永樂七八年間時轉漕尚用元人海運行海者望海收帆此地皆平壤而黃浦乃入吳之口特築土山三百餘丈於江東對岸所謂賓山也有衞城

久廢地其基猶在今　上命移其碑於內地云

文璽師出家口會寧嘗游學於寧夏寧夏城北二里許有海寶塔古道場也地廢久矣有山西商何雍真兄弟六人以拳勇武斷鄉曲為人報不平賈于寧夏偶于途中避雨聞梵唄聲乃六僧結制修淨業者雍真有省慨然曰我於何日亦得如此足矣遊海寶見塔心動遂捐數千金建造叢林規模宏大請慧光和尚主持佛事慧光廣東人入終南山習靜苦行數十載龍天推出尤為一方唱導之師不受他人爐拂亦不偏執一家或禪或講隨學者之意嘗榜于柱曰大檀越不見僧過善知識能順物情戒律精嚴福慧具足憨山紫柏而後所僅見也文璽師在塔下曾為庫頭故言之甚悉

影餘處有三悟書三悟者星悟穴悟人悟也云其書出榮國姚恭靖手人悟一書為他人假去余取星悟穴悟二書觀之星悟則取神道大編天文實用之說以地平環上星安命宮而雜以中國五行生剋之理而成之穴悟則堪輿家言耳而發端於地員經緯度乃近時稍知西學者偽為之託名榮國耳術數之書大抵太公子房武侯藥師輩無一得免況榮國耶向者止於奇壬風角禽星陣圖等今又災及泰西之學矣然惟神道大編出於洪武中有吳伯宗之序（趙之謙按神道大編乃山陰周述學撰述學生明中葉不當又有洪武中吳伯宗序此殊有誤）天文實用及地毬經緯圖皆利氏西來後始出姚榮國安得有此一副學問耶市井小人被其愚弄無足怪者獨是讀書明理之儒亦從而信之鑿鑿言其不可解也

小謝新居宏敞正堂顏曰融中蓋取天台員融三觀義於三觀內獨挈中字則已不融矣當曰融三庶無偏倚

吳三桂之婿王長安嘗於九日奏女伎於行春橋連十巨舫以為歌臺圍以錦繡走場執役之人皆紅顏皓齒高髻纖腰之女吳中勝事被此公占盡乃未變之先全身而沒可謂福人矣

張碩忱有自製自行時盤暨兩小銃皆精妙不讓西人也

金華府武義縣明招山惠安禪寺乃晉阮遙集之宅捨以為寺者也唐有德謙禪師號獨眼龍者嘗主斯席球山見溈山因緣不契溈山指見獨眼龍者即謙公也宋呂東萊寓此著大事記朱晦庵葉水心陳同父皆往來於此有金貂亭蠟屐亭皆阮公遺迹玩珠則東萊遺迹也自元迄明無復興者今頹敗甚矣

諸葛景門於粵中見一異事長壽庵者今石濂和尚所居地本名有耆舊遷化已十四載矣封龕於室尚未入塔石濂偶有興造將荼毘焉已擇日矣忽見夢云我龕中肉身堅固不壞它日當出不可焚也請開龕以示四眾石濂疑信相參乃禱於龕前曰若予一人獨言恐涉誕妄如師有靈乞見夢於大眾其日大眾果皆有夢遂徧告諸山耆宿長者居士四眾雲集而啟龕焉顏貌如生端坐拱手指爪甚長惟頤及頸上有小蛀孔二置高座供養焉四座驚歎咸以為得未曾有也

林西仲閩之閩縣人戊戌進士為徽司理汰冗家居耿精忠之變不屈繫獄兩載丙辰九月復閩得釋西仲於乙卯二月夢頭落几上已而飛去至丙辰八月忽夢頭復歸而王師於次月復閩新安迴龍寺僧嘗為西仲塑小像彼時頭亦自墮失去踰年方得之鼠穴中用漆黏合宛有頸瘢可驗其斷續年月與夢彷彿相符幻異極矣

於開元宮看所藏圖雖不能辨其真偽亦佳絕矣畫至元人別開一路墮入十里雲霧中惟松雪守定唐人規矩此圖本唐閻立本粉本載在畫苑松雪臨之也有吳鉑菴跋文亦遒逸乃虞山錢介王所藏棄者也

廬山僧書紅葉上一詩佳絕隱公錄之牋上字亦佳詩曰小葉飛來不忍看赤顏曾為太虛寒樹頭零落秋將晚一片丹心血未乾隱公云此僧乃金道隱之姪也惜失其名

崇禎庚午阿迷州土司普明聲作亂初阿迷州鄰土司祿洪之父曾殺明聲父叔及姪久圖報復洪乃糾濃昂沙龍諸土司合謀共肆萋菲於當事明聲滋懼遂成騎虎至次年辛未所殘破州邑如彌勒州十八寨所村屯如竹園朋溝羅洪寨一畝田等俱蹂躪一空朝議大師征之更議用土攻土法令祿洪冀協力合勦不知其原為狐兔陽相仇而陰實和也是年秋雲南布政使周公世昌受命監軍統大兵七萬帀阿迷州圍數月明聲密偵我伍譁卒潰突入大營祿洪佯逃各將驚北奔潰自相踐踏死者甚眾士昌罵賊死文武官被害者共十八員明聲乘勝益猖獗即攻圍臨安三日夜知府秦懋觀登城數其罪賊歸罪中朝謂係滇將商士傑所為飛火礮上城焚秦侯衣城中諸紳共慮不守湊萬金墜城下并責以桑梓誼圍乃解先時明聲與土官吳必奎有鴻溝約更欲攻廣西府經路宜良徑入省會以踐前約時烏合之兵散不能收而司帑告匱惟閉門死守耳廣西知府張繼孟時攝行道事極知兵餉不敷欲圖權宜計乃數明聲十罪令門將張質生員王兒可持檄往說之及城賊恐我

從城上按撒謊果而泣曰數我罪義也知我仇智也招我降仁也更不我疑信也有此四德夫復何虞並問及鄉貫使者以扶風對明聲拊掌喜曰事何奇也昨交趾武懿公寄札云東漢時交趾作亂扶風馬伏波將軍招之降至今有嶺南銅柱今招我者亦同是邑未必非天所以宥小人而賜之生全也不降何待即令兵目阿補付以降文隨二使詣府乞降請於息宰河投見郡侯曰息者止也宰者殺也息宰二字有止殺之義即詩所謂遏劉也允其請達之當事輒再四諭阻恐中賊狡據而扶撫焉侯曰所慮固然但使兵連不解餽運不休古猶忌之矧今日兵無可連餽無可運徒束手自斃何益且忠信篤敬蠻貊可行息宰之約自許而自食之若之何其以示疑耶遂堅意整駕行時二月二十有五日也繼孟弟繼周暨郡人士諸隨侍員役苦口交阻繼孟不顧歷深林大箐經三日夜至息宰賊尚在疑信間以隔河投見執繼孟笑對使者曰彼欲詐彼情我亦欲申我法隔河非禮也渡之候賊夜偵無兵始率衆渡河札兵松林下使身伏道左叩首乞降繼孟馬上鞭指曰汝是昔明聲乎光天化日之下何以為祟已犯不赦之條但既來降應以不殺降之法待汝矣命於息宰寺侯鞫及至寺前賊千餘執械圍繞以防我謀諸從者毛悚繼孟不之懼銜轡以入明聲敬迓如神俯伏階下汗淋漓泣訴被誣之由備悉其款再泣乞容繼孟曰余涖任後不即整軍問罪正憐汝無知姑自悔過以開自新之路今既知罪自應達之御前可待汝以不死遂令畫供明聲感泣衆皆怗服解散且獻銃捧乃指而誓曰小人不自量力度勢敢狡焉以逞茲者首領之保君侯恩其敢諼也倘負德意有如此刀又叩謝曰昔伏波招交趾降見有銅柱今小人投君侯可云銅柱重光即傳兵目搜采貞珉以紀其事乞留一言繼孟援筆題之於壁見檐扁書皈依未繼孟曰汝既歸順於茲當易去扁上反字改曰歸依明聲叩謝而去繼孟慮郡人驚疑乃兼程歸郡滇夷人士郊迎而賀當事者靡不歎服及見案滇李君下車悉其事達之當宁是年七月明聲乘撫台未下欲報祿仇圍祿之畊尾賊三日而下洪僅以身脫繼孟聞之遂冒風雨七日至寧而為呼叱明聲跪泣以父叔姪之仇訴繼孟曰人誰無仇解而乃釋愈結不愈深乎乃促之令去仍責還祿之母及二妾一幼子而青衿弟被獲十八人俱解之當事給洪矣至九月明聲恨家奴何天衢投滇撫以歸復欲甘心於何兵已屯於鄉而明聲尚未赴也繼孟密令張節用間於有子之妾萬氏令氏弟萬人英達之伊予謂此時受撫彼子當襲不削數百世基泯矣萬氏依其說苦責其夫時三

鄉屢以兵北報而內又掣之肘兼陡發瘡恙閱三日中氣而死人幸禍根絕矣比次年春適營兵頭佘何如逃投臨安兵道稱萬氏不備渠作向導一鼓城可破也時武弁輩誤信其言急欲邀功報之當事者請兵餉舉行值繼孟入省與閱力止之當事者陽聽而陰已發兵且繼之餉適繼孟中恙伏牀聞之大不懌兵果圍阿迷城萬氏初以為奉旨之兵守死以待詢知之更以逐寇兵為名喪我軍五六百餘當事者始恐及前事已成噬臍案滇姜君星夜遺札繼孟令入阿迷解其紛而繼孟疾正劇強起臥於輿歷八日夜而至臨安見姜君議其事即日帶疾以入萬氏泣迎道左曰氏以少年嫠婦守齠齡之兒閉戶安居不期上之人何苦借人性命要自己功名耶即署州事何二宗亦密令其死於此則氏之所不解也向非君侯來合郡士民當不分玉石矣繼孟乃慰以溫言令撤其兵閱三日氏始不疑兵乃始撤繼孟旋郡萬氏攜其子福遠投見姜案君泣訴之詞極悲切案君憐其狀且諒其無它奏之御前允其撫而滇南始獲寧謐矣

予霖言北都正陽門西月城中有關壯繆廟東月城有觀音大士廟其觀音廟乃崇禎中敕建以祀經略洪承疇而配關壯繆者也後知洪生降改祠大士焉

涵齋言嘉靖以前世無白糖閩人所熬皆黑糖也嘉靖中一糖局偶值屋瓦墮泥於漏斗中視之糖之在上者色白如霜雪味甘美異於平日中則黃糖下則黑糖也異之遂取泥壓糖上百試不爽白糖自此始見於世繼莊曰宇宙之中萬美畢具人靈渺小不能發其蘊如地圓之說直到利氏西來而始知之硝硫木炭和合而為火藥方濟伯偶試而得之以此知造化之妙伏而未見者非算數譬喻所能盡而世人之所知者特其一二端倪耳吾知千世而後必有大聖人者出而發其覆也

賜姓之攻南京總統余新為梁化鳳所愚約降有日遂不為備值其誕日祝壽開神策門攻之余新甘輝洪復皆成擒余新跪而請降甘輝不屈而死洪復亦罵敵而死洪復泉州同安人初為優旦賜姓拔以為將丰姿嬌艷如婦人而勇冠三軍射能百步穿楊賜姓嘗曰觀汝才略可為大將惜汝之性情氣質柔媚耳復曰復蒙主恩今至于此必為鬼以報主大將則何敢云賜姓曰何為也復曰為將者陣前陣後豈能必勝復効力行間惟一死以報主恩復之願也賜姓嘗攻漳州營為敵所劫披靡而走思文所賜七印一囊貯之遺失于營中復獨騎隨敵後入營中挾囊而走敵始覺追之復發三矢連斃三人敵不敢追遂以印反命後果死江南之難

鄭芝龍幼逃入日本為人縫紉以餬其口餘貲三錢縫衣領中失去覔於路以求之不得而泣有倭婦新寡立於門內見而問之芝龍告以故婦曰以汝材力三百萬亦如拾芥三錢何至於是蓋其婦夜有異夢如韓蘄王之夫人也遂以厚貲贈之而與之夜合芝龍後得志取以為室即賜姓之母也

鄭鴻逵字羽公晚年得痿痺之疾手足廢不用每月必以油入浴桶通身浸之安平之人無敢食油者皆以供鴻逵之用也疾後不起有醫曰此疾惟人胎可愈鴻逵即剖孕婦取胎為藥未幾死賜姓殺醫以償孕婦母子之命

鄭鴻逵之子曰小國姓思文時亦同成功賜姓黃夫人之入部也惟小國姓不欲往曰吾入海尋森哥去矣賜姓幼名森字大木遂渡海至廈門未幾而死因失此人福建通省之官俱壞

安平城去泉州府城四十里乃芝龍所築海舶直至城下

涵齋曾見古銅器有名洗者有名丞者余疑丞即水中丞當於博古圖中攷之

鄭鴻逵家於白沙白沙距石井十里海濱之沙也潮長不設水落有路可通安平距安平約三十里鴻逵築半月城於其上曰釣浦後鴻逵駐金門

蔡道憲字元白號江門福建泉州晉江人丁丑進士死之時年二十九初授湞南推官至中途丁外艱辛巳改長沙府推官時堵公牧游為長沙守公嘗夢米芾來拜自以為芾之後身云癸未崇禎十六年賊張獻忠陷武昌七月陷岳州公督戰不支為賊所執降將尹先民說公降公罵賊不屈賊支解公公罵不絕口賊遂據長沙十二月進陷衡永還忽拔眾渡江明年甲申正月王師恢復長沙三月堵公復任始發喪治墓廬葬公於長沙府城南醴陵坡堵公為之誌壙後建祠肖像以祀之

在衡州時謀倪茹二子對句云人歸雁後思發花前花藥寺前迴雁峯後隋薛道衡聘陳作人日詩曰入春纔七日離家已二年人歸落雁後思發在花前蓋迴雁峯在衡州城南而花藥寺則少北且是日適人日也天然巧合二子不能屬改為二聯課之

陳允康贈鷓鴣（鴣疑作嶗）嵩山百拙和尚聯云淡月能描竹清風解弄琴

君子食無求飽居無求安事天治人莫如嗇絕學無憂書此三言以代銘座

宋司馬光云有一言可以終身行之者其誠乎劉安世問其所從入曰自不妄語始偶思及此語深有悟入光卒于哲宗元祐八年九月

余觀世之小人未有不好唱歌看戲者此性天中之詩與樂也未有不看小說聽說書者此性天中之書與春秋也未有不信占卜祀鬼神者此性天中之易與禮也聖人六經之教原本人情而後之儒者乃不能因其勢而利導之百計禁止遏抑務以成周之芻狗茅塞人心是何異壅川使之不流無怪其決裂潰敗也夫今之儒者之心為芻狗之所塞也久矣而以天下大器使之為之是以圖治不亦難乎

余嘗與韓圖麟論今世之戲文小說圖者以為敗壞人心莫此為甚最宜嚴禁者余曰先生莫作此說戲文小說乃明王轉移世界之大樞機聖人復起不能舍此而為治也圖麟大駭余為之痛言其故反覆數千言圖麟拊掌掀髯歎未曾有彼時只及戲文小說耳今更悟得卜筮祠祀為易禮之原則六經之作果非徒爾已也

黃庭嶺有望蘇亭施茶所也其上有老僧見修母子出家于內衛人全俊公請予為聯以贈予題茶亭云趙州茶一口吃乾臺山路兩脚走去題堂前云奉親入道成真孝教子離塵是大慈題山門云門外鳥啼花落菴中飯熟茶香

天下事有明知而故犯者只是不勇耳此孟子所以有養勇之說也余謂有作勇有斷勇遇事敢為此作勇也決於不為此斷勇也孟子曰人有不為也而後可以有為則斷勇又作勇之本也養大勇者宜自斷勇始

事之成敗猶兵之勝負固不可以此動我天鈞所謂舍豈能為必勝哉能無懼而已矣然既敗之後則須思失著在何處自以其失為它日前車之鑒如弈者然則得矣若冥然悍然不悔不悟而漫然曰吾不以得失動心而更諉罪它人則其人更無出頭之日矣

在郴州時門人輩游白鹿洞歸掘得仙桃數十枚剖而視之太乙餘糧類也

甲戌元宵前一日於郴陽旅邸北風陰雨覺冷甚蓋新春以來無風不南無日不晴梅柳桃李舊臘已如錦繡昨風轉北天即陰晦寒氣逼人如北方之冬室中非火不足以禦寒天之陰晴由於風之南北地之寒燠由於天之陰晴湖南大抵然也飯後燕冷沽酒羣飲人各二三杯而止亦皆醺然矣飲訖某某嗜忽然不見詢之則知往東塔街觀劇矣噫優人如鬼村歌如哭衣服如乞兒之破敝科諢如潑婦之罵街猶有人焉衝寒久立以觀之則聲色之移人固有不關美好者矣夫登徒子之好色也非好色也宋玉固已言之矣若夫觀郴郡之劇吾不識聲色之外復何所有也而好色此若是焉已矣此其故有非推測而知者也雖然有至人焉見吾之深探化元細推名理

故紙以終日，惟陳言之是耽，不猶諸子之立觀村劇乎？而諸子之視吾也，亦猶之吾之視彼也。莊生有言曰：其視下也，亦若是（此下疑有闕脫）。某人三往臺下覘之，皆不見云，不知其已登酒樓，羣然聚飲矣。口之于味，豈其適耳，家飲之於肆，酌其味同也，問其地則歌樓耳，未必能如密室圍爐之安也，問其有屬一而已，此圍室中之所可辨也，欲必於肆焉，徒取其熱而鬧耳。少焉，某人先挾某人醉歸，歸而臥，臥而起，起而吐，吐而復臥焉。某人復去，飯已具矣，使招諸子，則復至臺下立而觀矣，且云請余先飯，觀之不足，猶未返也。余飯未竟，而鼕鼕之聲自遠而近，漸至室中矣。以禮飲酒者，始乎治，常卒乎亂，而況以非禮飲者乎？上禮為之，而莫之應，則攘臂而仍之，而況非禮為之，而求其必應乎？爭而至於攘臂，也亦勢之所必至也。某人聞之，投箸而起，解之而歸。某人拙，某人之銳以解其紛，某人和衣伴某人以醉眠，某人則竟解衣而登榻矣。四體之即安佚，人之情也，惡安坐而樂久立，豈人情乎？攘臂相仍，至痛也，以至痛為至樂，吾未之前聞也。飲而陶然，斯為樂矣，必也翻腸倒胃，盡出而後已，譬之飲藥以求病也，某人某人則皆然矣。夫目之於色，耳之於聲，口之於味，四體之於安佚，則既爾矣，且未知鼻之於臭何如也。夫集數百十人于臺下，則酒氣汗氣下泄之氣，氤氳鬱釀

可想而知。根塵和合而識生焉，意識了別於中，而好惡因之，以立人之與人比量而知，不甚相遠也，而此則為乎測之。夜飲時，某人起而不酌，某人飲而誓之，余與某人皆有戒心焉，余反復中夜，究不測聾公之境界為何如也，嗚呼異哉！

甲寅康熙十三年（偽周元年），三桂之變，郴已歸周，三桂兵距江與清兵相持。乙卯春康熙十四年（偽周二年），揚威將軍和碩簡親王在吉安，為韓大任所敗，走取萍鄉，時大任進取吉安，而夏國相留守萍鄉。萍鄉城南有七星臺，高出城上，上列三營以守。清兵卒至，於二月十四十五日，與國相連戰，十六日，國相挈七星臺兵以助戰，清兵乘隙取七星臺，下臨萍鄉，而攻國相，不支，棄萍鄉而走。時馬寶自岳州來援萍鄉，留長沙，高會三日，兵出至半途，值國相兵敗，即與偕走。巡撫方雲鶴、布政李子受一陽、總統將軍高起龍亦隨出城，至瀏陽河而止，使反覘之，七門大開，空城無人，清兵猶未至也。蓋十六日夜，長沙湘潭人聞清兵且至，於二日中已逃盡，然清兵力竭，亦不能乘勝席捲而前。十八日夜，馬寶、國相等復入長沙守城，未及浚濠，而清兵於二十二日至城下，圍攻三日不克，有王子擐金甲，登雲梯而上，與羅羅相持，馬寶自後斧羅羅，斬於城下，而斷其梯，清兵遂捨王子之屍，殺死數百人，退於七里山、阿彌嶺，掘濠而守之。自

此吉安之援絕矣。初，龍泉人郭公子起義兵以應偽周，奄有龍泉、太和、安福等四縣，後與大任不協，不相接應，而吉安之勢已孤矣。至丁巳春康熙十六年（偽周四年），偽將軍穆占至，與揚威將軍兵合攻長沙，占驍勇善戰，三桂聞之懼，自澧州常德來長沙。三月初一日，有官山之戰。先是穆占自陝西來至岳州，將攻之，貝勒以三桂所築土城不可攻，不與占偕，占知不能取，即由平江走湘陰、瀏陽山中至官山，與揚威兵合取長沙。官山之戰，殺傷相當，穆占軍為平西戰象之所踐踏，亦不戰而退守。至戊午春康熙十七年（偽周五年），占南取郴州，自醴陵、茶陵、攸縣、安仁至永興界，有鄉人熊和尚者為之向導，自永興之東北十八都走廖江市之郴州之百丈（郴州與永興界高壽山，在東十里），走下都橋口、秧溪、田心、岔路口，至梯子嶺、早角樹，於蘇仙橋東郴江祠後而營。閏二月十八日取郴州（偽曆閏二月，清曆閏三月，凡是蓋三月十八日也）。州牧劉漢翀與居民相率而逃，易將軍、石固山、佟固山、達漢太、馬斯良（按察僉事）皆在軍中，以隨征韓德鴻為知州，久之郴州定，取永興而守。而觀音崖為偽周兵所據，時三桂已在衡州即位（三桂于丁巳四月初一日至湘潭，十一月至衡州，戊午三月初三日即位，七月十八日死）。明穆將軍留鎮郴州，易將軍等統大兵數萬人，將由永興之北直取耒陽，以窺衡州，三桂命馬寶以兵迎敵，寶等設伏於鹽沙嶺以待。山在永興北六十里，形如

甕，寶等俟清兵入谷，伏起，軍於谷口，設拒馬而阻之，清兵不得出谷，於峻嶺之上發火器以擊之，清兵殲焉。易將軍、石固山皆死，佟固山等僅免，以數騎遁，寶追至永興，將渡，便江有神兵見於雞公山，始退軍焉。兵雖敗，而穆占坐守郴州，終為衡州牽制云。

熊和尚以向導功授前鋒千總，小人得志而驕，淫掠暴虐，穆將軍命韓知州杖斃之。

石固山死，傳首衡州，梟于市，後一老僧收而瘞之。簡親王至衡，其家人子弟有在軍中者，懸重賞以購之，人言老僧，召而問之，固山之瘞，鎮之以銀，言而相符也，發而奉以歸，以百金貽之。

雞公山奉真武像，今　敕封佑國寺，命達爾漢（兵部郎中）、馬斯良（太常）致祭，改山為鳳凰山。

穆占征南大將軍。

予在郴州時，有巫登刀梯作法，為人禳解者，同諸子往觀之，見豎二竿於地，相去二尺許，以刀十二把橫縛於兩竿之間，刃皆上向，層疊而上，約高二丈許，予至少遲，巫已登其顛矣。以紅布為帕而勒其首，束其腰者亦用紅布，更為紅布膝褲，著足脛間，如婦人裝而赤其足，躡踏梯上，梯之左繫一青布袋，并一籃貯一鴨於中，下又一巫

嗚金鼓向之而禱久之梯上之巫探懷中出三筊連擲於地衆合聲報其兆吉巫乃歷梯而下置亦足於霜刃之上而莫之傷也乃與下巫舞蹈番擲更倡迭和行則屈其膝如婦人之拜行繞於梯之下久之而歸旁人曰此王母教也吾聞南方蠻夷皆奉王母教事皆決焉嗚呼聖人不作天下人心莫之依歸而鬼神因之出焉禱祀之事紛紛雜出矣刀梯之戲優人為目連劇者往往能之然其矯捷騰躍遠勝於巫非奇事也而其中亦有鬼神之說又聞南巫有打油火法熱油於釜百沸而沃之以水綠火騰上巫以袖收之至病人見魔之所啟其袖而數放之碧燄滿空物遺之而不燃也此所謂陰火矣惜無從見之

誓自今日始除經史典冊外其餘一切文玩悉皆屏除資生之具惟儲最下者如瓦缶布衾之類不得營金銅細磁紬帛等物事皆易辦舍亦不難也以此自誓如受詛盟

余於甲子初夏在包山沈茂仁家偶有所見奮筆書曰眼光要放在極大處身體要安在極小處迄今十年乃不克踐斯言也甚矣知之易而行之難也

耒陽有杜陵祠祠後有塚以為公墓僧守之按史大曆五年公至耒陽聶令餽牛炙白酒大醉一夕卒故耒陽有杜陵墓自宋以來祠祀之然以詩考之公是秋又下洞庭欲歸襄陽尚有別湖南幕府親友及過洞庭湖詩則公不卒於耒陽可知余聞岳州更有公墓但未知的在何許此地雖有可疑然不可謂非公經行流連處也

彭蠡字秋水溧陽人寓江寧順治末雲南撫軍袁九叙功懋藩司頗乃來胡敬敷淡史皆聘之入幕康熙元年題授武定州祿勸州知州八年丁外艱十一年服闋赴部復補澄江府新興州知州次年三桂叛下獄未幾釋出後授翰林院編修出為行營兵書隨胡國柱取樂昌攻韶州又隨攻永興授職方司郎中偽周平後歸隱長沙

馬子騰言襄陽名醫張岳來湖用附子必擇重三四兩者始得奏効云此語發人所未發今人用附子必擇重一兩四五錢者過重則以天雄目之矣余向亦以為然作聞此言爽然自失矣嗟乎物理無窮人知有限胡可輕言格致耶

彭秋水放餘吟凡一百三十六韻前一百韻用杜陵夔府排韻次第已更用本韻三十六字以足成之叙滇事甚悉亦奇才也

紫庭在浙川縣督糧之暇取鄧元錫函史纂成職官考一冊出以見示眉目亦自畫然所惜者缺六朝與五代遼金元明馮子諷其補成全璧有益于後學之事也秋水言人以謙和退讓含忍寬厚為治人事天第一義蓋深有得於猶龍之學者也

廣陽雜記卷第二終

廣陽雜記卷第三

清 大興 劉獻廷繼莊 著

偶與紫庭論詩誦魏武觀滄海詩水何澹澹山島竦峙草木叢生洪波湧起紫庭曰只平平寫景而橫絕宇宙之胸襟眼界百世之下猶將見之漢魏詩皆然也唐以後人極力作大聲壯語以自鋪張不能及其萬一也余深歎服其語以為發前人未發

紫庭慨然誦十九首曰不惜歌者苦但傷知音稀非但能言人難聽者正自不易也

紫庭曰有明時州縣之吏俸薪而外雜項公費不一而足其大者若城池橋梁倉庫之修葺皆有經費故稅賦之外雜役不派之民而官亦不困獨催科無術強有力者坐而免賦而貧弱重困催科撫字皆失之矣今賦有明之失無不完之糧最為得之獨是一切經費盡行裁革有司無點金之術以供諸役而給上官之求也勢不得不取之里下於是雜役之派有倍於賦稅者矣上之人於何知之官民之困未知所止也

康熙三十二年十二月　上諭本朝滿州官兵從來精銳驍勇所向無敵前厄魯忒噶爾丹之役官兵不能悉體朕意即行勦滅致失機會罔奏膚功朕每念及時罣懷故比年以來簡閱官兵歲凡兩舉朕躬親臨指示訓諭頃閱武時見諸士卒行列整齊隊伍明晰進退嫻熟嚴肅無譁所有軍令無不遵守該管官員號令約束既嚴且善此皆官兵協志同心各加奮力所致朕心深嘉八旗前鋒護軍撥什庫驍騎兵等各賞給一月錢糧開散官員火器驍騎兵亦照護軍賞給有管轄職官賞給內庫緞匹其緞匹戶部會同總管內務府衙門議奏這次閱武時官員內有降級罰俸者俱准開復以示朕體䘏將士申明賞罰之至意至八旗步軍官兵有察緝盜賊巡理道路等役甚多極為勞苦亦各賞給一月錢糧步軍官員亦給緞匹獎䘏勤勞用稱朕意

兵部題晉撫噶疏稱宣大軍站俱係營馬改撥止照營馬之例春冬日支乾四分夏秋支乾二分今宣府站馬已增乾料照民驛支給在案並據宣站守備舒龍翰等比照宣府加馬增乾之例造冊詳請查大同十一軍站額馬僅四十匹不等在昔差少之時猶能支持年來差使絡繹額馬不敷以致越站應付瘦斃逾多部臣照例議處然以宣屬站每馬八九十匹料草又照民站支領尚有瘦缺今大同與宣府同應一路之差同係極衝之站每站設馬僅及宣府之半實不足以供差使料草銀兩又止二分四分不及民驛之半不足以資餵養伏乞准照宣府之例一體加增支給具題前來據冊自天成至殺虎口八站每站應設馬八十六匹除現設馬匹外共應添馬三百五十匹等語查殺虎口一站先經臣部具題撤去其餘七站俱設額馬五十匹在案今該撫既云云應將天成等七站照宣府驛站添馬二十匹湊為七十匹共增馬一百七十匹再查各屬驛站馬匹每匹日支草料銀七分五釐今大同十站馬匹乾銀亦照宣屬支給可也

兵部題直撫郭疏稱宣化地方改為郡縣尚有宣化等驛遞夫馬名色工折銀兩及各屬供應車價長安等驛應設廩糧等項應宜改設與各府縣畫一使於遵行保奏前來一款宣化等驛原屬把總管理故有軍夫名色每年夫馬工折在宣鎮兵馬冊內預撥今既歸縣驛工折銀請照順永等府之例留支本處地丁錢糧或有不敷再於守道庫內撥給舊額夫馬糧料仍動倉糧折支其軍夫名色改為馬槓轎夫與直省驛站同冊奏銷等語應如議一款宣化屬供應車價舊例俱赴大同請領隔省請銀動逾經年應照八府之例改為本省支銷并將本年車價十分先給六分俟准銷日照數找給等語應如議一款長安鵰鶚二驛支應勘牌廩糧俱係各官捐賠恐不肖官吏藉名有派累里民之弊請於地方地丁錢糧內動用一體報銷等語查榆林等驛凡應付勘牌廩糧俱准支應在案今長安等驛亦照榆林等驛支應年終報銷可也

宗真述楊耕夫之言曰學者宜有擇地而隱之理隨寓而安斯真隱矣斯言也予久見及之所謂學而後知不足居則自無求安也然大段着力不得學豈易言哉

新安潘今伊著有大易圖說一冊今伊不知何如人其說不襲陳言發自胸臆雖不免附會穿鑿然不可謂無見者亦奇書也又十三隻做式圖一冊宗真得之燕湖市者不知作者何人發明何事有圖無書惟標名像非我佳人莫之解也宗真留以俟予予見之而魂驚魄惕此予向者意地中固有之而何斯人之先得我心耶其圖以一平方而截為十三塊或長方或半長方或銳角或鈍角展轉挪移互相轉湊或為圭形或為磬形或為屋宇形或為橋梁形或為飛燕形或為舞蝶形此宇宙之殊形異相總不出其範圍矣予意取一平方縱橫界畫如棊局然而經緯皆以百分為率以便算也然後如其式而截之增減離合以度求數數無遁情矣若更於大方之外增四弧矢如周禮衍美之法以證圓徑真數而方田少廣諸章其餘事耳嗚呼異

哉安得遇斯人而與之談皮數之學哉
年來過飲一覺之後達旦不寐蓋酒性熱催血入心故易瘀血漿於心即催之而入
肖脈心虛而繼之入者少故易覺耳此亦非攝生所宜也
乙亥春同諸子游登弇弇本汪氏園亭俗稱賽西湖者也歲在辛亥予年二十三歲偕顧小謝初遊臨安時予鄉達盧瑞臣分司嘉興鹽艉予友兄李虎文贅於其家往訪焉虎文設席於此款小謝及予為終日歡如昨日也屈指計之二十六年矣瑞臣虎文皆作古人予與小謝亦頭童齒豁而登弇頹敗零落盡改當年面目矣自非金鐵為懷能不凄然淚下也
盧子由武陵人聰明博與聞世異人醫道迥出尋常著有傷寒論金錍用教典釋文之法解仲景卒病論精深微妙世人不復能讀板廢不行久矣予來杭不及見先生獲與其諸子游亦皆不能言其父之學矣惜哉
余在西湖從未嘗一識玉泉寺前在漢上王鹿田先生極言玉泉觀魚之妙乙亥春特往觀之寺在岳墳之西池中魚色異常多藍青色有極大者飛魚二皆四翼又有白魚遍身青花儼如江西景德鎮所燒磁器瑰瑋可觀可謂名下無虛矣

我友梅定九中華算學無有過之者著有中西算學通一冊凡若干卷易泰西橫行之術為直行尤簡明也
林益長著有聲位左編一冊益長名本裕逆左人滇撫林天擎第四子也向與龍友時可華為起龍友禮予言其人後同湯建五過吳門訪予不值留此書於宗夏處益長之學蓋本之馬盤什馬盤什馬三寶第二子少年形豐偉過人乳下垂長尺許以巨碗藏乳下不假係縛行數武不脫落聰悲絕人不假師授自悟等韻字母之非更為新韻雄視宇宙嘗謂人曰假我數年以盡聲音之變雖鵝鳴鵲噪吾有以通其語言矣滇黔平盤什亦就俘廣陵散於今絕矣其書已經版行予求之數年僞周降將皆武人不知書無有藏弆者竟不可得家忠嗣云其父成璧亦異人少為羣盜未嘗讀書識之無乃古今之世代治亂是非成敗爛如指掌所著見聞錄若干冊明末清初雜事皆口授小史書之文亦可觀非粘忠嗣有之余尚未之見也益長之學得之盤什為多以開承轉縱合配宮商角徵羽即陰陽上去入也壓照華嚴字母十二位別立閏位一共十三攝橫開二十五聲華嚴字母之二合三合皆具一焉別有有音無字一位為號識之有字音者亦止二十二位耳以一入聲收六平三上去入如公眾貢穀孤古故穀句狗彀殺是也餘不異人意惟六平收一入聲為粗淺耳予向以平聲倍於仄聲上去多於入聲以一收三尚未確見也義理無盡心思亦無盡人苟能格致不患其窮也兒子阿樊因林本音譜一冊不分五音以入聲為門每門收三韻如穀字一門收公句孤三餘做此界畫精工字亦端楷宗夏在秦中與之深論此事互有發明然二子皆以五聲為非謂上去皆有陰陽則大惑也普天之下皆不知有四聲而此穀發之於沈約沈氏四聲平聲獨二已伏五聲之根矣但未確分陰陽耳周德清蕭尺木等確知有五聲矣而世之言聲韻者尚多未悟予幼未見諸家韻書已確見此理所定韻譜悉五聲馬盤什林益長之說後聖復起不異同也而阿樊殺然著書宗夏作書與龍友辨論宿聞羽見封銅聰明如此哉舊冬宗夏初歸始為之倡明此事阿樊正不知何日方有出頭之會嗟乎物理幽玄人知淺昧安得一切智人出興於世作大歸依為我啟蒙發覆邪
注疏家以經緯為星次舍為辰又有以無星處為辰者非也予謂五緯為星經星為辰此非臆說也論語以北極為北辰又大火為大辰皆可證也記曰日月星辰繫焉既言繫則非次舍與無星處矣

征誅一大局也郡縣一大局也入主混一一大局也其相距皆一千五百年奇哉
一十二銖為龠龠管也二管合二十四銖二十四銖為兩兩贅管也故字像之十六兩為斤則三百八十四銖故曰易重一斤三十斤為鈞月數也
文勝質則史注家以史官掌史解皆不可通史祝史也惟司戚儀識敘非其事也
姑蘇華山之西有弇名合流門臨小池古樹一株夭矯盤曲數百年物也門額乃趙凡夫題王百谷所書
屠倫名游野人陸西朋故人之子西朋受其父之託而與地可置暫寄友人家西朋一身尚無置足之地今又多此一番承當心身俱累矣吾輩最易犯此病不可不痛自戒慎也
頎一本作頎俊之曾識心誠和尚云在山見古樹一枝大數圍為之作禮此具古人何處見斯人耶
酒食先生饌注家皆云先生父兄也胡不曰父兄而曰先生且對父兄言宜云子而而云弟子則先生云者非父兄明矣
威字舊解云斬也錢慎斧曰若以斬釋威則文獻不足云者豈有負商道至春秋

時猶有存者耶。

武林鳳山門，即正陽門也，國初改今名。

錢唐江中之舟，類湘中之扒桿，大抵灘行，皆此類也。所張布帆，大約有二：一如常式，一橫張，如隙中插帆，如半中號旗，或左或右，此他方之所未有者。吾聞海舟有為羽帆者，左右斜張，如鳥之舒翼，亦甚便，此得毋類之？但不審何故獨用之此水也。

七里瀧山水幽折，非尋常蹊徑，稱嚴先生之人，但所謂釣臺者，遠在山半，去江約二里餘，非數千丈之竿不能釣也。二臺東西峙，霞以茅亭，其西臺即宋謝皐羽痛哭之處也。下有嚴先生祠，今為營兵牧馬地矣，悲哉！

李偉公偏寫蘭溪，大書一聯曰：郭有道掃地則可，王子猷種竹不能，名士風流，居然可見。

姜子發云：曾聞求未孩言，火炮中彈子必于沙中磨之極圓，出砲門後，空中之氣不能阻礙，其去必遠；擴蚯蚓成龍，以前括濟之，其鋒之銛利過於磨錡。此二語余所未聞者，拜教多矣。

金華形勢，南北山高峙，前後兩溪之水匯而西流，自是大國規模，然非用武之地也。

廣陽雜記　卷三　五

子發言其令伯端公，諱應甲，後更字眺翁，明季甲榜進士，家於盤上，自號盤上先生。國變後不入城市，髮鬖鬖垂兩耳，著有名山四藏等書，今亦不可得見矣。景門亦言其令伯崇禎朝拔貢，鼎革後亦棄去，終老荒村，未嘗見一俗人，家貧好飲，嘗袖幾帙提壺易酒，晚覓行風雪中，絕不受人憐，能詩，善填詞，景門誦其一二首，皆泠泠可聽。此等人物，皆當為之作傳，無使漠漠無聞也。

總河靳輔疏言：從淮安運糧二萬石，自黃河泝流而上，以賑關陝之飢，周郎風便，直抵秦川，漂沒之舟，五隻而已。此亦千古之所未有也。

子勝言黃河之水，泥沙在上，其下乃清流也。靖逆侯張勇令人於蘭州橋施百尺之緪，而沉桶於底，桶上有蓋，以機約之，桶至底而機張，蓋啟水入，緪之而上，則機復閉，其蓋，蜀水絲毫不混也。以之烹茶，美過金山第一泉矣。

衡陽學縣在小西門外，門臨西湖，相傳為周元公母舅家故宅，元公曾寓此，學之西偏有愛蓮祠，祀元公也。

涵齋言：朝廷令將於襄陽開河，直抵潼關，以通楚漕，大人來襄陽，會同川陝總督佛倫、湖廣總督丁思孔議其事，正月十三日，所差內閣學士德珠等即其人。

今之學者，知古而不知今，縱使博極群書，亦祇算半個學者，然知今之學甚難也。典故一事，今日所最當講求者，欲舉世無其人矣，即專家之事，今日甚少。以予所聞，非此帙耳。徐玄扈先生有典故全書，予求之十餘年，更不可得，紫庭在都時，於無意中得之，予始得稍稍翻閱。玄扈天人，其所著述，皆迴絕千古，然此書先生未竟之稿，而方國維、方岳貢重為編輯者也，故識之不能暢，入間或一引先生獨得之言，則皆令人拍案叫絕。意欲摘其數十則，錄於日知錄內，而卒不暇也。

意將楚水圖記所標古今沿革、城池里至、隄防等，更摘水經注中有合於今日者，更錄一通，分為四冊，以江漢沅湘為之經，而諸水緯之，亦少可觀矣。

正黃旗都統公常泰啟奏：八旗每佐領添設滿州砲手一名，於二月二十日在盧溝橋放演紅衣大砲十日，奉旨：去。

直隸巡撫郭題為申嚴盜馬之罪等事，嗣後有盜馬一匹以上者，不分官私，其竊主不分初再犯及馬數多寡，概發邊衛充軍，其收馬人自盜私賣者，亦照盜馬治罪。

大學士伊桑阿等傳　上諭：聞得厄魯特噶爾丹之食甚窘，向伊所屬番人索食，有前來哈密信息，哈密地方與邊口甚近，庭將寄頁駐防滿兵，發往甘肅提督孫思克

廣陽雜記　卷三　六

處預備，孫思克亦將伊所屬官兵整飭預備，此外伊省內就近官兵有應調遣預備之處，孫思克一面調遣預備，一面奏聞。又因子察漢巴兒弟班第從虎該克來時，從西喇他喇行走邊內，曾看一拉固山軍圖克圖亦從邊內出去，似此私竊行走，邊上官員如何竟無聞察，將此處亦行文孫思克，將邊上官員嚴行申飭，爾等會同兵部會議具奏。

會議西安等處流民招徠復業，查順治十年定例內，在盛京招民一百名者，文授知縣，武授守備；百名以下六十名以上者，文授州同州判，武授千總；五十名以下者，文授縣丞主簿，武授把總。若數外多招，每百名加一級。其遼東地方廣闊，田地頗多，招去官民任意耕種，俱照開荒之例，一百名每戶給播種牛一隻，齊耕具等給銀五兩，種值覓人工銀二兩。不論旗民，文授知縣，武授守備，招徠七十戶，給以播種牛隻耕具，種值覓人工銀兩者，文授州同州判，武授千總，招徠五十戶，給與播種牛隻、殺種值覓人工銀兩者，文授縣丞主簿，武授把總。其招徠人送至西安府，將戶口數目、牛隻、殺種值覓人工銀兩，照數交給之日，布政司給發實收，該撫將所招民人花名數目造冊咨報戶部之日，移咨吏兵二部，案所招數目議敘，即用俟命下之日，通八旗，已未

佐領升九標各省遊行可也

予寓衡時偶過吳舜德適有數十人來買魚種者也予問舜德曰皆州至此甚遠且路由寶慶武岡州皆山道甚艱險何故至此收買耶舜德曰是省惟衡州產魚種他處皆不生予曰衡州魚種產之塘中耶曰非也即在湘江中上自常寧界之柏坊鋪下至樟木市凡一百餘里內天地自然之利獨鍾於此四方之畜魚者率於夏初來衡收魚種為土人居之以困四方之利稅於官者不下千餘金其利可知矣噫異哉夫湘水發源粵西歷永州衡州長沙岳州合洞庭以入江不啻千里詎為界限獨衡之百里內產之湘水浩浩北流乃不移而之他耶此亦物理之難於推論者矣

癸酉四月望後二日舟泊昭陵夜卧至夜半即覺碧天如洗皎月自蓬隙照入舟中如白晝也對之淒然予嘗有詩曰孤舟寂寂更無鄰惟有長安月照人亦十七夜舟中也而苦樂之致不啻天淵矣

涵齋言許職未遇時以飲博為性命貧甚衣不蔽體涵老見其胸襟意氣迥出行輩以飛將軍目之曰天下若亂子必大貴感涵老之言攜魚沽酒與涵老痛飲而別然聞其貴後頗驕縱涵老以此少之

園懶言有張道人來長沙以元門清靜導引治病有效園老問之曰予每見人因坐功而致病者多矣未見有坐功治病有效者也今先生用之而效何也道人曰世人執一死法而治諸病如醫以一方而療衆疾非獨不效必致殺人今我因病以用法如醫者診病以處方所以起沉痾如操左券也予曰此與禪波羅蜜合摩訶止觀中有觀病竟一科即其事也園老曰彼人於法門經典暨諸家語錄皆通曉而獨此窠臼何也予曰道家有南北二宗南宗不言性北宗則曰性命雙修南宗有五祖北宗有七真也真皆祖王重陽各有語錄而丘長春盤山語錄為最其學先了心性謂之性宗後以坐功得丹得藥謂之命宗故曰性命雙修其言曰修命不修性卻似鑑老無寶鏡若還修性不修仙萬劫陰靈難入聖其道曉暢語錄者特指此以了性也園公曰彼又言有添油接命之法何謂也予曰此清靜而兼陰陽者也彼以人之色身或有缺壞或值遲暮色力已衰不能修清靜以了性命則置鼎器取坎離以補完先天然後清靜可修謂之泥水金丹其言曰竹破還將竹補宜抱雞須用卵為之更有始終皆用陰陽全不講清靜者兩家互相是非鬨爭未有已也園老曰予復往值與人談爐火燒煉事曰神丹一就服食而拔宅飛昇園老問之曰飛昇者飛向何處道人曰昇天耳君獨不見旌陽許真君之事乎予曰此等語皆為列仙傳所與耳予因出壬申正月十八日游南岳日記示之請一過至會仙橋玉振公為董沖陽所惑及山腰為碑下云古今人非自欺則欺人孰為人所欺耳之三語以相印證園老大笑曰先生可謂先得我心者矣

園老曰念佛以了生死今之念佛者只欲了死未嘗欲了生也宜乎卑卅念佛未嘗有一人能出生死者也

開紫庭所收藏西岳圖共三十四幅乃錢塘人監謝青所作謝青名淮筆墨大得藍田叔家法必田叔之族人矣三十四幅中法荊浩關仝者十之七法李營丘范華原諸家十之三蓋關仝長安人雖未作華山圖而筆法皺染皆從華岳來又嘗師事荊浩合而成家猶之李思訓生成都便有三峽氣象米海岳游宦京口便多北固山色此古人不師人而師造化之明證也此冊予欲開荊谿為得之

第一幅為登大華初地東為中方甕肚峰西為山蓀亭玉泉觀由老子洞入谷迤北為三里厂五里關入則靈官殿谷口竅坎鐙鐙有聲　第二幅為希夷峽有古木盤根石外飛湍瀑流東山峭壁一綫直下　第三幅莎蘿坪東壁為小上方大上方盤石攀梗而上多樓居迤南為會仙臺白鹿龕俱在雲臺峰下　第四幅為凌雲臺木橋高架橫澗而渡東上為凌雲臺宗武曰當作凌虛　第五幅為青柯坪跳石越澗委蛇上陟過十八盤至青柯坪　第六幅出青柯坪眺望三峰壁立與天接衆山皆成培塿　第七幅雨過行雲瀑瀉五千仞如匹練下注　第八幅北斗坪南為臥虎石北為玉女峯南一石廣闊方盤為毛女拜斗石徑下一穴為古列丈夫祠　第九幅為青柯坪而上東折為茅菴北折為藏經閣稍東為回心石　第十幅回心石北上倚千尺峽從石罅中懸梯陡陟出百尺峽二仙橋過神洞折而南為鐵牛臺北為胡孫愁東箱峽抵老君犂溝過此峯石愈峭險皆倚傍攀折而行　第十一幅為北峰俯視城郭村墟俱在有無中　第十二幅由石坊附崖擦行蒲伏至仙人礙下臨萬仞峭兩附壁上登天洞臨深莫測　第十三幅為蒼龍嶺長五六百丈徑止二尺許兩厓峻削幾千仞行者股栗即韓昌黎痛哭寄書處也過此灌木尺深抵將軍樹及五將軍樹雜然叢高道無以踰此　第十四幅過五將軍樹前一石石有韓愈投書川

而出又有一小石若塔虛懸徑外皆極險難陟躋此則凡仙掌矣愈峻愈危有徑如括曰天門所謂箭括通天有一門也曰宗土祠地形稍坦東登則黃神峪飛魚諸山羅列三公山前若拱若伏　第十五幅為中峯頂經茅斧石版再上文昌閣俯視萬松如青玉案登西峯頂則有摘星臺捨身崖飛來石蓮花峯南折則為蓮花洞為帝之別宮石嶺下為帝之上宮玉井在前浸淫而出凡二十八坎注北壁瀉下為飛瀑　第十六幅為西峯下諸山　第十七幅為西峰下白石嶺曲徑層折登老子鍊丹處再由草徑東轉則南峯之半　第十八幅南峰高出東西峰上觀日出最奇北下而東峰曰落雁曰顯靈宮　第十九幅從顯靈宮穿白石峽為避召崖大石偃覆若雲內一洞似布袠像　第二十幅東走為雷神祠避召崖一石坊曰天門石徑下趨南壁復東上曰聚仙臺下一石中空東南兩隙如牖內一石榻外一石龕供八仙像天造不假人工　第二十一幅乃太華南峰之南壁直下五千仞卻對三公山從天門小徑附壁走木棧為賀老避靜處懸崖奇險上峰下谿各去數十丈書全真崖三字大幾如屋　第二十二幅為博臺相傳為秦昭王從天神博施以鉤梯懸崖東峰之東從由華陽洞援索懸空而度太華絕險處也　第二十三幅玉女峯穴附於東峰之半徑從石隙上一巨石若龜昂立建祠其背前一石坎為洗頭盆水四時不竭北臨仙掌　第二十四幅東峰下眺城堡煙景蒼茫清洛諸水流入於渭渭與河合東折注潼關倚華麓南挖首陽北接中條遙指龍門韓邵諸山秦晉界限於是乎分　第二十五幅為華岳全圖　第二十六幅西岳圖案漢始立畤唐乃立廟世代屢遷跡多湮沒獨老子係青牛枯檜猶在今築城為衛校唐稍隘五鳳樓前為壁亭左右為坊為門四角為臺為樓入欞星門為宮門為大殿次入內宮門為寢殿再入內宮門引水為池為橋為臺臺上為閣額曰萬壽高二十餘丈正對南峰　第二十七幅華陰曙望華岳圖　第二十八幅進仙谷過石梁出石門轉東望毛女峯圖　第二十九幅青柯坪秋深圖　第三十幅蒼龍嶺雲氣圖　第三十一幅玉井泉聲松韻圖　第三十二幅西峯晚霞圖　第三十四幅太白呼吸通帝座處秋月為最　第三十四幅太華雪圖

髑庭一本作庵向在廣西太平府極言其山川奇秀草木鳥獸之瑋奇而水土大惡外鄉人不可居人蛇之毒最異遇婦人未有不縊之至死者見其氣急解裙以覆蛇蛇即盤旋於裙而不能去人遂得而殺之以內典之說推之則多淫好內者之業報也

魏德真言砂汞八石一遇黑鉛如油入麪永不得清惟鍊丹須用之耳此言深合予

心非久於其事者不能為此言也

因憶往事於白雲遇客言之今早見其中之委曲蓋有大不得已之苦衷未可為人道者也

余當時已見及於此反以深求而失之今其中尚有可疑之處然已得其八九矣

宗武言朝邑縣民婦羅氏其夫鐵工也隨大兵征雲南不歸不知存亡姑病革婦禱於西岳金天聖帝若姑病愈誓於捨身崖投崖以報姑病果愈婦同其姑其兒登山完願登大頂至捨身崖以裳覆面奮身而下疾於飛鳥其姑其兒臨崖大哭時宗武尊人長發先生令華陰衆報縣令人從甕峪至山後覓尸絕無蹤跡而華陰縣存案移朝邑逮其姑歸而婦則安居室中矣云投崖時已昏去耳中聞風聲甚久既甦則仆於其家庭中云朝邑令回文至華陰述其事自華山至其家約八十餘里朝邑在華陽之北而捨身崖則華嶽之南峯也時康熙十六年也此事經華陰朝邑二縣勘核絕非虛誑然非思議所及之境矣

孫宗武言今世全真道人所謂龍門法派者皆本之邱長春其地則王刁山也王刁山在華陰太華之東奇峭次於華岳開山之祖乃王刁二師故以人名山邱長春曾主其席演派至今徧天下也其法派凡二十字曰道德通玄靜真常守太清一陽來復本合教永圓明至真字並有焉真一者世號顛仙言其不死今猶在遼東云今興復白雲觀道人王萊陽乃其嫡派萊陽名清正今白雲觀已煥然非故矣蓋宗武於華陽時已與之友知其人甚悉又言華陽道派有二一太華一王刁也太華宗陳希夷王刁宗邱長春

宗武尊公諱雲錦字長發四川成都人蜀府儀賓也綏寇之亂出奔京師遂寄籍順天辛卯舉人

華山之背東為潼峪滿峪西為甕峪又南則雒南縣界

王刁山之口為杜峪有甘露寺寺有月季花樹大四五圍枝蔭一院天下所無有也

癸酉五月二十一日湘水大漲傳言永州出蛟地陷漂沒民居見有佛像大樹順流而下其言誕但傳言不一未知何地

癸酉九月初三日茹經之子遂舟同衆飲酒大醉至初四夜猶不醒移出二堂予診之六脈俱絕矣至初更時死異哉予今而後知酒之能死人矣

余枚吉詳述其尊人去世之異枚吉尊人字西屋卒於六月十五日兩手結印端坐三日夜垂鼻玉筋至腹頂上氣蒸如火更有風雷之異予問枚吉先生平日作何等工夫云先人素不信內典一日客淮安靜土庵恍然有悟曰吾幾錯過矣自此持誦

金剛經不假遂能作禪家語辛未春娶游佛國偏參數萬金身云
閻闠述其前日見里巷鄙家有喪往來雜遝而已獨立門前蕭然無事援筆書云世俗之禮不行世俗之人不交世俗之論不畏然後其勢孤勢孤然後能中立子聞其語亟令閻老書其語於便面以贈伯鈞蓋此語乃伯鈞對鍼之妙藥也
李厥公先祖諱□於崇禎末為臨洮總兵屢立戰功與曹文詔亦名詳載綏寇紀略厥公極言覺羅準大之賢準大一名朱允號松厓隨簡親王南征至廣西忽有志於學與厥公友善厥公偶與臨桂巫山隱者王佐人雨中相遇見其貌而知其賢同僧澤融入山訪之留信宿而返遂請其入城為松厓講論語松厓從此識義理有志於聖賢之學矣一日郊行見張別山墓荒蕪不修問知別山為明末死事忠臣遂大慟歸出橐中金并毀金銀酒器共得百餘兩大修別山墓道立碑碣置田若干畝招農夫一家六人為之守冢事畢招諸賓設祭禮畢自拜守冢者又以銀六兩並禮物贈之涕泣而去嗚呼仁心為質慕義無窮松厓有焉
又有辛公者亦滿洲人讀周易深有所得自廣西出兵滇中窮不能歸行裝能義命自守隨寓而安後歸粵西蕭如也

僧澤融者督師何雲從之部曲也何督師亡後遂披薙為僧
觀音巖在永興縣西五六里巖高數十丈臨江壁立懸崖覆洞山足至洞頂高八丈許洞之厂上附頂處架木為龕可布三四席中奉普門大士象懸梯以登梯凡三十四級下臨江處為僧舍遠望之如方壺蓬島自庵後循梯以登龕梯三接皆陡立自下望之如登天登龕縱目遠眺心神為之條暢江中巖前有師子石爪牙頭目逼真水漲時舟遭之立碎未人以形家言鑿碎其脊齒云庵之西別有靜室一所為樓三楹亦在懸崖之上有平地丈許鑿石級三層不可鑿者補之以梯去平地有六七丈壁有石坎大如斗中有泉水盈一掬冬夏不涸鐫觀音泉三字靜室之結搆猶未就也
永興城中地高於城牆者丈許亦一奇也
永興以上山益奇峭無寸土溪流曲折層累而上多灘險舟行甚艱東南五里許有彈子厓石壁臨流壁上有小孔無算貞如彈窩俗云漢李廣過之彈壁而成此荒誕可笑又東二十五里為侍郎巖石厓下有穴可泊舟俗傳唐韓愈謫陽山今時曾泊舟於此云
程江口在永興縣東九十里有程江水自東來流入耒水案程江水發源有四一出回龍山一出桂鳳山一出九峰山一出周源山合流而西至程江口入耒水其地出炭炭賈舶所聚也
郴州地當騎田嶺嶠為在天表相傳郴地與南岳祝融峰齊理或然也自瓦窑坪而東南山皆秀麗林木叢茂溪流湍激漩覆處為轉水之車設架置軸貫二輪於軸端外巨於內十之一有奇輪周列三十輻絙藤為之以湊於軸兩輪之間相去約六七寸編竹為方葥置之兩輻之間以為齒以水之高下為低昂沒於水際者十之三齒端橫竹筩如輻之數外軒而內輊軒者低留節而竅其輊之端順水之勢而斜帶焉湍水激其葥葥行而輪動水只知帶葥而流也而不知葥之反出水而上矣只催前葥之上也而不知後葥之復水而下矣只知帶葥而動也而不知筩之已攜水而升矣筩攜水而升勢既低斜水必下注迭出迭入迭注迭輸刻木為槽橫於輪旁以受水焉承之以梘分灌田間名曰筩車此法不用人牛之力而水自升亦水法之最善者矣中原江浙地水平衍但有山水處即堰壩而為之惜無講究及此耳郴諺曰一灘高一尺十灘高一丈仔細思量起郴州在天上信矣
蘇仙橋有郴江祠祀柳毅俗傳毅郴人也

郴州湧泉門烏石磯在溪側平地突出一磯崎崛秀皺亦一奇觀若移此石於中原不知受米老幾許隆重也
烏石磯旁有斷碑一片題曰唐宰相劉瞻故里郴土俗傳有九仙二佛劉瞻九仙之一也瞻為唐名臣以直諫顯乃有劉氏三仙之說不知何據
郴州城東橘井觀為蘇耽故里道書中第十八福地也宮觀規模稍存古意庭前古柏二十圍消澤無皺皮夭矯三十餘尺趙宋以前物也橘井在庭中甃砌嚴整古跡中之最有據者
義帝冢有祠乃郴州舊學宮故碑數十座略無可觀天下癈物無過於善知識語錄與學宮碑碣者矣發慨讀古碑乃元至元中所立者義帝滅秦興漢為世界升降之機樞擬作一詩以悼之
江南僧廊然者建菴於宜章中途武與絕人跡賊鬭皆披靡而去或有歸依為弟子者
蘇仙山上為靜思宮中為中觀下為白鹿洞靜思宮在山巔亦頗高中奉蘇耽母子像座宇皆堅緻略無谷眺之致宮後有亭亭中一石臨崖垂垂欲墜鐫沈香石三字

云蘇耽跨鶴昇仙處也亭中有蘇耽跨鶴像鶴形肥胖如鵝見之令人失笑其上更有茶盤石此地稍可然苦無水中觀門臨流水絶勝靜憩然屋宇頹敗僧亦不堪上一層有小閣可以眺遠觀前地有仙桃乃土中石子掘得之云磨服可治腰痛人云能治百病此物形如腰子治腰腎病理或有之白鹿洞石為絶洞宏敞東南向高丈餘深尋常石乳所結如華蓋下垂東北一小洞可傴僂而入云極深遠可通永興瓌瑋可游賤使在下江不知裝點何似矣洞前一亭乃州牧陳允臣所建石壁上鐫宋淳熙中諸人名氏字亦可觀予為之徘徊流連而不能去云

郴州吏目陳思安初隨大兵駐荊州後從奮威取寶慶乃僅得此一命功名之會難言之矣昔人言軍功河功為古今取奇之二竅一枉語耳

思安言郴州腳夫盜取廣客貨物變怪百出皆有至理如廣錫式如門檻者曰門檻錫每塊約重五六十觔廣者正鑿之印記亦非負之而走烏能於中盜取分毫乎其法取錫塊以繩纏縛入釜中水煮百沸錫塊周圍雖極熱然為水沃則不得烊化其中心去水既遠熱氣所逼全在乎是則已化為汁矣取錫離水以熱鐵錐透取一竅而軒輕其兩端錫汁從孔中流出取足而實其竅焉錫塊周圍不解傷擬而中心已虛矣又廣錫每十口為一捆捆載而過嶺者踵相接也先置最小者一捆而易客之次小者所爭分寸耳客固不覺也既又以次小者易差大者層疊偷換日計不足月計有餘不數番化最小而為最巨矣嗟乎盜亦有道不止妄意室中之藏稱聖已也天下事未有不從格物致知入門者觀郴賊之盜錫可知而今之讀書學道者皆鹵莽滅裂以從事何怪乎役役終身而無所得也為之浩歎

萬壽念禪師之道場在興寧界上之萬壽山

憶予年十四時始見南華便有掀翻宇宙之眼界所苦者字句之間時有窒礙遂搜諸家注釋讀之家塾之中藏書不廣郭向古注而外惟副墨與會解耳會解乃明馬程滸基慶良邦氏之所集以内七篇為宗取諸家之注總注於每篇之後又以外篇雜篇各以類從附之即以莊注莊也逍遙游則附以繕性至樂外物讓王四篇齊物論則附以秋水寓言盜跖三篇養生主附以刻意達生二篇人間世附以天地山木庚桑楚漁父四篇德充符附以田子方知北游列御寇三篇大宗師附以駢拇徐無鬼則陽三篇應帝王附以馬蹄胠篋在宥天道天運說劍六篇而以天下一篇冠於冊首曰莊子自序先君所藏本只有逍遙遊齊物養生之三卷後四卷徧覓不得也後游

吳門見金聖歎先生所定本亦依此序而刪去讓王漁父盜跖說劍四篇而冠天下篇於後予嘗問金釋弓曰曾見諸本會解否釋弓曰唱經堂藏此本今籍沒入官矣則聖歎當時印可此書可知予求茲全帙久而未之見也寓郴時於無意得之自人間世以後皆當日所未見者其道德經解則節取古今釋道典籍及諸家注疏拉雜注之無義例倫次殊不足觀也南華會解人間世篇引羅勉道曰莊子為書雖恢奇佚宕於六經外譬猶天地日月固有常經常運而風雲開合鬼神變幻要自不可缺古今文人每奇之顧其字面自是周末時語非後世所能悉曉然尚有可徵者如正獲之問於監市履狶乃大射有司正司獲見儀禮解之以牛之白顙者與豚之亢鼻者與人之有痔病者不可以適河乃古天子春有解祠見漢郊祀志肩吾乃掌堂涂之子猶周王族之子稱門子者乃儀禮鄭司農云故書儀為義其脰肩肩乃見攷工記梓人為器文數目顧脰肩即頎然如此類不一而足而士無古學不足知之作者之意鬱而未伸則竊之用轉而多誤

苟非迥出人情之外必不能成大計若夫王道本人情之言為天下人言之也

王勝蛟家有一狗斑爛其毛呼曰斑狗焉每月初二十一二十一必齋三日值齋日則不食終日奠檻水撥略不入口置飯於其前必臥而守之有雞貓等物來食其飯者必起而逐之復臥而守之如故至次日始食百不失一也

計數之學不能獨恃明悟必假器以為加減乘除之具焉若古之六觚之籌今之七珠之盤皆所記繁多之數補記載所不及者也余以為凡物之有數者皆可用以為計數之器物之大者莫如天然彼蒼者特寰宇中一大算盤也何以言之渾天之形兩極不動赤道中分界而為二是計數之一大盤也宮次十二縣象昭然三百六十五度井然不紊是盤中之三百六十五位也二曜五緯參伍錯綜或入北陸或出南陸少者二十七日一周於天多者二十八年一周於天則位位皆其算珠而二曜所以紀總五緯所以紀零也於是寒暑氣朔定而百千萬世之歲月時分秒無不可紀矣彼聖人者敬授民時係百世而不惑豈有異能哉不過以蒼天為一大算子耳

王元穎題畫竹二首削盡穠華是此君碧欄銀沼醉氤氳全憑出格幽微韻纔出無聲太古文定聚只消風引月夢來惟覺水依雲幾材寫盡湖州派消影知他閒不閒一解掉初含束閒紛紛何物點蒼苔非閒何寞眉間落應是湘娥淚畢竟無力空堪題淡墨不妝公自散非霞王獻正喜看新綠飛雪還催酒滴杯二

野語云古有數九九之說蓋自冬至後起數至九九則春已分矣如至後一百六日為寒食之類也嘗聞判太史局鄧宗文曰豈特此為然凡推算皆有約法推閏歌括云欲知來歲閏先算至之餘更有大小盡決定不差殊謂如來歲合置閏止以今年冬至後餘日為率且以今年十一月二十二日冬至本月尚餘八日則來年之閏當在八月若小盡止餘七日則當閏七月若冬至在上旬則以望日為斷十二日足則復起一數焉推節氣歌括云中氣與節氣但有半月隔若要知仔細雨時零五刻假如正月甲子日子時初刻立春則數至己卯日寅時正一刻則是雨水節也推立春歌括云今歲先知來歲春但看五日三時辰謂如今年甲子日子時立春則明年合是己巳日卯時立春若夫刻數則用前法推之凡朔望大小盡皆悉有歌括惜乎不能盡記然此亦麻家之淺事耳若夫精微則非布算乘除不可也余欲舊麻乃為此等歌括之所限其踈漏不合天行可知然亦不可不知也

明宏治十六七年間荆塗峽間忽有水怪作孽阻拒峽口淮水不得泄則壅而當溢春六濠潁之間田廬沒商船至湖時遇怪風浪多顛覆往來棹渡小艇或至中流或近岸若旋風起大浪三四擻逐而來人艇俱沒以是土人名其怪曰𧍒浪相誶不敢把又或夜靜月明梢人見有物若巨木偃卧沙際方報告驚譟則倏然入水風浪遂作於是又名神木如是者又四五年正德以後患息人復見於渦河中己巳歲渦河乾涸通騎相傳又徙於潁水後潁水復涸或又傳入黃河中墨談曰此物或即巫支祁也余聞洞庭湖中近亦有巨木作怪蓋木有生性蛟飛潛之物特未脫根於地耳不如金石之冥頑也木既經數百年之久其得於天者既厚而復脫根於地又漂沒於水中常得水土之滋其為怪也不亦宜哉

汝州之治諸井皆以夾錫錢鎮之每井率數十千問其故一老兵曰此邦饒風沙沙入井中人飲之則成癭夾錫錢所以治沙土也楮記室曰因思惠山泉清甘於二浙者以有錫也余謂水與茶之性最相宜錫餅貯茶葉香氣不散錫瓮煎水久則土下沈皆成鹹也

古者一井之地以二十畝為廬舍因為市以交易故曰市井楮記室引調言云

宋崇寧年西都修築者患死中池水易涸或云置牛首池中則水不涸置之果然

元朝末年官貪吏汚因蒙古色目人罔然不知廉恥為何物其間人討錢皆有名目所屬始參曰拜見錢無事白要曰撒花錢逢節曰追節錢生辰曰生日錢管事而索

曰常例錢送迎曰人情錢勾追曰齋發錢論訴曰公事錢覓得錢多曰得手除得州美曰好地分補得職近曰好窠窟漫不知忠君報國之為何事矣劉繼莊曰若明初吾不知也明季耳目之所睹記何一不然耶

全邊略紀桐城方孔炤潛夫之所著也潛夫於崇禎初為兵部職方郎時所著共十二卷其書略錄一代事跡耳未見歷朝實錄聞見淺陋而諸邊形勝道里遠近暨諸堡寨臺無考訂明末人留心邊計者胸襟眼界只於是耳可歎也

古人以謂飲茶始於三國時謂吳志韋曜傳孫皓每飲羣臣酒率以七升為限曜飲不過二升或為裁減或賜茶茗以當酒據此以為飲茶之證案趙飛燕別傳成帝崩後后一日夢中驚啼甚久侍者呼問方覺乃言曰吾夢中見帝帝賜吾坐命進茶左右奏帝云向者侍帝不謹不合啜此茶然則西漢時已嘗有啜茶之說矣非始於三國也

衡州六十里泉溪五十里𢭏草五十里小江口六十里新城街六十里快（一本作秋）牌頭四十里耒陽縣十里早頭市六十里上寶街六十里瓦窑坪四十里郴州

吉坦然江寧人流寓衡陽其尊人扈從永麻帝上雲南坦然時尚少亦隨之往甲午開科中式授大理府雲龍州知州後改授姚安府姚州知州清兵至投誠授蒙自縣知縣坦然隨其父往來於迤東迤西諸處知滇事最詳後出滇流寓粵東移衡陽焉余問以滇中諸事坦然多目擊者永麻之自緬歸也吳三桂迎入坐肇中百姓縱觀之無不泣下沾襟永麻面如滿月鬚長過臍日角龍顏顧盻偉如也有滿洲人見之以為真天子遂有密謀以圖中興者事泄誅四十餘人馬子曰我向聞其人而遺其人之名先生猶憶得否坦然曰亦忘之矣然於法場上見為首者長七尺餘形如虎豹骨言其膂力絕人騎射為滿洲之冠永麻以此益不得更延時日矣予曰聞帝崩之日天有風雲之變果然否曰吳三桂既得密旨請帝於北門庫飲矣遂弒之百姓初不之知也是日天極晴朗忽有黑雲起風雷交作城外里許有金汁湖在歸化寺側民儲水灌田者也有龍出於中蜿蜒升天頭角爪牙皆見眾方驚譟忽喧傳帝崩於北門備梓宮矣嗟乎人心天象如此而明竟亡天道果不可測也

本朝賜吳三桂四滿婦凡行軍必隨往此清制所以寵異諸王也

通天塔即自鳴鐘也其式坦然寂為之形如西域浮屠凡三層置架上下以銀鐶填之塔之下層中藏銅輪互相帶動外不得見中層前開一門有時盤正圓如桶分為

十二頭篆書十二時牌為下輪之所撥動與天偕運日一周於天而盤亦反其故處矣每至一時則其時牌正向於外人得見之中藏一木童子持報刻牌自內涌出於中層之上鳴鐘一聲而下其上層懸銅鐘一口機發則鳴每刻鐘一鳴交一時則連鳴八聲鐘之前有韋馱尊天象合掌向外左右巡視良久則結項負此式木之前北宜供佛前以代蓮花漏予戀坦然拆而示之大小輪多至二十餘皆以黃銅為之而製造粗糙聊具其形耳小用即壞負坦然未經師授曾於唵答公處見西洋人為之遂得其竅竅然於幾何之學全未之講自鳴鐘之外他無所知矣

坦然善醫治瘍頗稱之予未暇領教然甚言其難似可與論此事者

虞子霖言華山道士范工右明季司禮監秉筆太監也與王山史游有詩云非求不死長名岳有媿貪生逃帝宮亦中官中之有品節者

紫廷言有明棄大寧棄河套棄哈密而邊事日非土木之變不至於靖康者幸也余曰其崔浩之論劉裕克長安而不能守將急歸以成篡弒明英宗之得歸燕都之不陷不但于少保之功亦因也先謀圖晉亿思結好於中國精神之所注射在彼不在此也紫廷為予擊節

紫廷論趙宋規模遠遜漢唐今之稱復三代者當曰漢唐明不當曰漢唐宋也宋只可比司馬晉耳予曰然邵堯夫已見及於此矣客有問國祚於堯夫者堯夫以晉史封示之後世只知神堯夫能預知靖康之禍與懷愍一轍而不知兩宋之事事合符兩晉也

周獻之言其婿之舅姓沈字龍陽山陰人在都門妻懷來人生一子不茹葷得錢即買香以供佛年十八以疾卒其將死也父母環而哭之子曰吾非父母之子也吾前身乃老僧寄靈於父母家今去矣後十年吾更送一子以還父母送老人之終也十年後母年已將六十復生一子生三歲而獻之南來音信斷絕不知其後何如也

揭仲翔云福建邵武府太寧縣有石綱山四周危峰峭壁中開平地八十餘里惟一逕可入一逕可出百物畢具惟乏鹽耳殆桃源不能過也彭躬庵曰他日功成歸老鑑湖一曲吾已卜之石綱矣

浙齋曰聞廣東省出兵傳言剿謝厥夫之餘黨也厥夫閩人為盜於海上者

黃明亦閩人前歲衆於黎平官軍征討平其衆得其首上聞然實非其首也

虛谷大師本無錫秦氏其祖為長沙太守遂流寓衡山宗族間已久不通音問知師

年七十有六而精健如少年視聽尚不稍衰其教下法派則本之二楞一雨困時首也曾聽南華內七篇於丹霞師有省自此深好外典為人直通前古好學之誠出於天性更能誨人不倦見無復藏見處亦自超脫嘗授等韻之學於語拙韻主真定鉅鹿縣人為黃山第二代教授師當明中葉等韻之學盛行於世北京衍法五臺西蜀峨眉中州伏牛南海普陀皆有韻主和尚純以唱韻開悟學者學者目參禪為大悟門等韻為小悟門而徽州黃山普門和尚尤為諸方之推重語拙師幼不識字年三十矣入黃山充火頭寒暑一衲行住坐臥惟唱等韻如是者六年一旦豁然而悟凡藏典繙繹無留難者遂為第二代韻主教授師歲在丁卯傳法南來五臺顯愚和尚甚器重之桂王聞其名延入藩府執弟子禮學等韻後養於南岳以終老焉虛谷師嘗從之學深有所得受付屬迄今五十年矣嘗抱人琴俱亡之憾遇人即詔之學韻聞予至甚喜于於聲音之道別有所窺自謂頗窮造化之奧百世而不惑然於等韻必殷殷訪問者則以唐宋元明以來諸書切腳咸宗等韻苟於門法稍有齟齬則不能得字而未經唱誦則聲韻不真三四十年以來此道絕傳久矣間有一二人留心此事者未經師承口授終屬模糊不足學也大師始遇予於康甲夫家為余唱誦通釋一過梵音哀雅令人樂聞確有指授非杜撰也余既願學大師復不吝教留彼數日而等韻之事畢矣

余髫年於燕都仁壽寺遇蜀僧大悅自言善唱等韻少少為余言其梗概不及學也後至吳門與朱牡庵為友牡庵精音律而於等韻未有傳授攜李陳嘯庵先生者有皇極統韻一書亦精唱韻余雖得一晤而不及久作盤桓其後訪之緇流竟無一人矣

虛大師言攸縣人陳五蘇字逸子別號南雲拾殘有慧岳吟於南岳死已久矣虛師藏其手書一卷出以示余猶是性靈之作東南不睹此音久矣余錄其自西山路歸文殊庵紀異一首太乙司元精天地受掬膈人有一雙眼正能掬膈中視天地數作彀身理無為一小數異宕神奇安得不深然蕭稜以為造物之險奧西山雨日雪客予正其期眠餐非細故主人賴扶持主人忽有行客亦匆匆就道去凜寒雖有衲力弱還存杖投杖於水不能止衲亦隨身隕樹底森疎荒測險遂荒否用杖扶身杖不起四顧維目泉寒耳將欲開口何所語但見鳥無巢亦見虎有蹤深澗泳腹泉生齒祇畏生勇怒還於寒威相料理緩緩步步成倒我杖我足不受醉守林得球作樹間

殘紅子□心亦覺適然喜方過溪頭渡遠水唐突彌漫煙四起謦咳震谷岳未大安知乾坤莽莽界灝灝爾爾神禎楔冥冥昧昧從所觸眼光咫尺落樹根將憑何物為身蒔沫聽山犬吠無聲徘徊何處是山人由來此山抱惺惺惚尤攝盡收靈明倏然西林見一樹石出溪流不知煙去處振衲拂杖到谷口見籬落橋如逢要杖亦逸衲知寒還坐石頭看林巒他家童子遠道回遇我問我何處來我將語其故為我言昨日不到野雞滐前山後山晴顆顆我行其間曾傫傫言晴未已山真晴五峯擁出太陽精沾衣袑褋鷁停停我吟童笑度高磴神怡氣與閒一純向時過處無雞鳴南天門上微風雨穿袂收汗厎浸浸杖得東指到於城恍如有家作歸人十步百步易玄妙嶷嶷又似西山道西山道窈冥一作莫莫從此發深峭鸛雀飛起衣帶邊奔泉吼怒使之鳴不全蒼須養玄復玄須鬢依然句懸懸吾聞元化所居混沌所遊又聞須彌頂日月出其半麟鳳不敢遊赤帝篤言馳驟一本作騁我是俗下頑愚觀獨趣橋上看波濺前此橋跌墮咫今日與杖謀寒杖不能立催我急下層層石將抓文殊庵又是煤煤雪昔映水晶玉界道引我登堂坐堂奧此詩運筆造語無不奇肆足見其人集中尚有數十首俱瓌瑋可觀不及錄矣

逸子有句云將心與岳安悠悠可思

虛大師又述一人句云一家寒露落萬事森秋蠅

甲夫言吳氏軍中有樂器曰知一本作花角以竹為之如銅招軍式上安若哨子以吞吐為高下其聲悠揚悲壯調以宮商前此無有也

衡岳岣嶁峰古禹碑在焉乃昌黎朱張諸君子亟思一見而不可得者神奇恍惚雖不可以理論然非晚近物也

小嵩山有靜室衡陽先輩陳正典有書萬卷藏弆其處前方遜一曾為予言之許為予覓其書目此不知何故杳無音問或其家人不肯以書目示外人

雙石峯有雙石寺神禹跡在焉予主庚甲夫時往游之三五里外望見雙石峯有瀑流如匹練垂天半石橋當其前橫跨空際奇秀如唐人畫土人云此名禹王橋過此即雙峰寺還矣余謂二子曰此何異海上三山也昔人有若作一日神仙即一日神仙即死亦甘心之語少時從此橋經過詎非一日神仙耶山下有石在田中長丈餘其形如魚頭尾鱗鬣畢肖曰鯉魚石又一石形狀大小如前石而半身埋土中前半出土外想見通州漫㘭石魚湖上之樂取路登山更半里至禹王橋即山下之所望見者橋在半水嶺之前石壁陡立瀑流掛壁上橫飛斜拄萬態千狀俗傳此水為羅漢運糧處鄙俚可笑聖元曰時有魚自下逆水而上乘水勢沿石壁而登其巔不知其為水往也此為雨兆若自上順流而下雖久雨必晴矣余曰必鮎魚也曰然非鮎魚即黑魚耳過禹王橋折而下有方巨石二相距一二尺曰仙人對奕石更半里至雙峰寺寺在兩山相夾處扁曰禹關流泉坐處黑暗然鬱不可耐南岳名山而無精舍缺陷世界也

聚元言衡山草市人罩循良少習舉子業長棄去無賴以事到官知縣孫維寰見其儒雅詢知其為諸書命題為文稱賞之賞以銀令其歸讀書後為弟子員其人知音律自以其意譜漢魏樂府入調皆合律呂嘗乘舟夜泊湘潭月明如晝叩舷歌離騷聲裂金石鄰舟數百多聽者皆起聽無不泣下沾襟歌竟東方已白矣自此疾作竟不起今其墓已有宿草矣循良奇士惜其生於衡無所聞見而早死使其今日尚在相見時必有一番絕世講究而今已矣衡山人或有知其學他日入縣當悉訪之

仲翔言福建□氏之事壞於易明明[illegible]衣人也仲翔知之甚詳

婁勝功搆竹屋於筏上隨水上下門有聯云接天煙水橫三楚映水樓臺別一家座

中聯云水底有天行日月座中無地着塵埃聞之其令姪華也今寓中湘云

聽唐子騰與唐子霖談寧羌州王輔臣之變助之亂者雖有董九疇李國棟等而先殺寧羌知州者蔡元也子霖甚悉蔡元前後事叙其取秦州守關山及關山失而復取困清兵於內後由階州入川求救於王屏藩取漢中以通歸路王平涼與官兵對壘嘗獨騎追貝勒王入連營十三座無有嬰其鋒者聞之令人勃勃有生氣今此公總兵於古北口矣不勝浩歎

聽子騰談趙勇略王富威不合始末蓋自勇略鎮寧夏時也入川相遇於寧州幾成吞并富威亦危矣余謂子騰曰古云山東宰相關西將今之將帥半皆關人然晴逆勇略富威功業尤為俊偉三人皆秦產也極西北與極東南雲條皆為時出吾徒亦何為哉

衡州苦瓜即北方之癩葡萄江南之錦荔枝也閩廣滇人皆喜食味甚苦非虛寒所宜也

亦舟以俊觴款予劇演玉連環楚人強作吳歈醜拙至不可忍如唱紅為橫公為庚東為登通為疼之類又皆作北音收口閉口鼻音中使非余久滯衡陽幾乎不辨一

字余向林若觀劇令值此酷若如炎月傚如鬼東之惡醜如藥而主人之容同林誠
且彊必不能不終席此生平之一劫也
康繼武言安安福人予因問以安福風物繼武言彭孫康放仁奇士也放仁字當孫
天資過人性穎悟家貧無書背經其目者無不通曉通音律等韻天文麻法不從師
授自能解了占驗未來事多奇中乎西昭武忠知後必復康熙年號終身絕意仕進
嘗自言腹有藁二十二卷囊括萬象未經筆之於書繼武兄弟雖其叔也而以師事
之嘗欲授之以學曰汝等稍有出頭日當為我覓寫書人數十輩春半年程以成此
書書成走下江請政於諸大人先生然後藏之名山以待其人繼武曰余兄弟以奔
走衣食沈酣舉業口八比之外他無所言歲月悠悠以為有待不意其遽爾長逝也
逝之時年五十二今年亦不過五十三耳死於去年辛未之季春無諸疾苦時寓一
僧庵先一日呼其子至子年尚幼無所知囑曰吾即死汝殮我以白布二匹以還我
潔白之體買棺只須銀一兩餘不得至二兩也無他屬次日死其子手研池下得一
紙乃細書其死之時日并諸未完事云其妻不得於舅姑歸父母死後終身不見其
妻少時溺心禪學晚年乃言禪學無用余意其或得聞佛典也繼武曰曾來南岳訪
破門筆點錢欲狂死使今日尚在得先生來把臂入林不知作何許盤桓也異哉余
之此行也如此人物正予日夜之所禱祝而求之者縱千里萬里猶將買草鞋得得
而往乃在安福取道江西陸路之所必由者耶余意其人遠勝王而農其學不由師
見而入得之於天者為多且名心淨盡不假外飾真吾友也先余來而歿不及一載
而更無一人傳得其學者生既同時且來其地而竟不得一見令人氣盡因思天下
之大億兆之眾安能必其無絕倫超群之人好學深思心知其事者然其實學問之
人必不奔走風塵以求名興我輩不知如此人物乃在何許而彼亦不知天下有余
相須甚殷而會合無由彼蒼蒼者性與人殊不惟不足以恃且似有意播弄顛倒者
然不知餘生尚能得一二人以攄懷抱否窮至此不知涕洟之何從矣安福更有吳
習水者名雲年八十矣以文名深於理學大全綱目皆有纂述久客都下今歸老山
中矣明末明經也又有曾狂者字石楠善書亦先朝明經此二人者為世所知今
皆在安福然此等人又非余所敢亟見者
繼武言安福之西六十餘里袁州之界有武功山高與南岳齊而險峻過之中多古
洞湖湖山古四時不絕也又有蛤山山有洞曰石城深遠莫知所止將通闊處諸石

云中有大川三有舟可渡渡者亦攜入數十里忽風從下月四洞炬恐不繼多不能此
而返叅史前則阻水跋涉維難矣風洞中四時皆夜常有風花洞中石五色陸離前
空如雕鏤至此人萬花谷雪洞中有石白如於精瑣細如堆鹽際然月洞上有一竅
透於天光所照徹如半月亦天下之至奇也劉獻人劉孔當字喜聞者未第時讀
書於此嘗見二老者相對坐石上蹤跡之而不見如是者數四然後知隱處以待之
見其來也迎而就之二老者走入洞追而求之洞由此開前此未開也此洞中實有
岩嶽遠勝包山之林屋而世人尚多未知孔當後為名進士著有五經難字五經叶
韻共若干卷上附琉球紅夷字甲夫家有其書嘗見之余聞此不勝驚喜前在甲夫
家一住數日乃不知有此異書雖字叶韻不問有無若紅夷琉球則正余所懸金而
求之募賊以購者乃面失之於康甲夫也紅夷文字必用蠟底諾語以合其土音必稍
有異同琉球字又不知宗何國矣歸途當更過清溪以訪之（[illegible]）
錄元當見先師日記
繼武又曰放仁昔同繼武在書舍其師即繼武之叔日修之所居也時當八月晚霽
坐納涼日修年方壯健醉後呵罵奴婢放仁聞其音謂繼武曰日修叔祖不久歸音
與神離當不出兩月也後一月餘果暴病而卒
安福西門外明三百年科甲不可以更僕數李姻木橋而止姻木橋無有登甲榜者然
橋東地名魚蚌劉氏聚族居焉自鼎陳氏則在橋西陳二止先生晚年靜植而息其
有來訪者必先知之或不當晤則先避去
於途中思得諸土音之法宇宙音韻之變遷無不可紀其法即用余新韻譜以諸方
土音填之各郡自為一本逢人即可印證以此法授諸門人子隨地可譜不三四
年九州之音畢矣思得之不覺狂喜由此而思方輿之書所紀者惟疆域建置沿革
山川古跡城池形勢風俗職官名宦人物諸條耳此皆人事於天地之故概乎未之
有聞也余意於疆域之前別添數條先以諸方之北極出地為主定簡平儀之度制
為正切線表而節氣之後知日食之分秒五星之凌犯占驗皆可推求以簡平儀正
切線表為一則諸方之七十二候各各不同如嶺南之梅十月已開湖南桃李十二
月已爛漫無論梅矣若吳下梅則開於驚蟄桃李放於清明相去若此之殊也今麻
本亦載七十二候本之月令乃七國時中原之氣候也今之中原已與月令不合則
古今麻差為之也今於南北諸方細考其氣候取其確者一候中不妨多存幾句傳之

後世則天地相應之變遷可以求其微矣余在衡久見北風起地即潮溼變而為雨皆不爽一詢之土人云自來如此始悟風水相逆而成雨燕京以下水皆東南流故必東南風而後雨衡湘水北流故須北風也然則諸方山之背向水之分合支流何向川流何向皆當案志而求之為一則則風土之背正剛柔燥溼陰陽之微又可次第而求之矣諸土産此方所有他方所無者別為一則而土音譜合俾音譜共為一則而其人性情風俗之微皆可案律而求之矣然此非余一人所能成余發其凡觀厥成者望之後起之英耳

烏兜二隊鳥風起於鄉里至今烏兜二十餘里人皆化之耕讀不廢科舉深衣幅巾見官長亦不變此風海內無有也

陳狂奴孫字元開劉湘字巨源而劉益其言之然遺其名并譌其字今正之

安福城東門有復眞書院鄒東郭先生祠也祠中藏書甚富東郭為姚江門下第一人在龍谿之上

安福武功山高大與南嶽等千峰萬壑皆用南嶽之名如祝融天柱石廩亦有馬枉磨鏡臺馬古跡之可笑類如此石城洞錫湖之水出焉故曰錫山非蛤山也武功皆道院有僧舍曰白髮庵皆香火之所駐錫四方耆宿至以銀數十兩貯常住衣食不外求斬濟記

衡山之西南地名白果在中山之後行驢之市井也今有北來僧築其地書大字以筆蹟於門濡墨而運之不以手極奇

昭代典則晉江黃光叔所編輯共二十八卷自太祖高皇帝至穆宗莊皇帝做朱子綱目例然詳於制度略於事蹟雖間見缺略而體例尚有可觀

秦優新聲有名亂彈者其聲甚散而哀

子騰言流客木雅零者本姓朱河南天潢也能製奇器多異技有鐵標十二枝藏兩袖中舉手即發又有屏風置座後中藏萬弩機在座下軍中下營施之其後將有奸究舉足萬弩齊發又有摺疊船可藏巾笥有急欲渡即湊合而成遂挽而行令其人尚在嘗為木牛流馬人以為怪而毁之即其子亦不傳也人有求其法者曰以寶劍贈佳人為予用之

壬申之夏於衡州署中初定韻譜先立鼻音二鼻音為聲韻之元有開有合各轉陰陽上去入之五音共十聲而不歷喉腭舌脣齒之七位故有橫轉而無直送橫轉為

平上去入而平聲則有陰陽故五等韻惟不達此故多重疊次定喉音四為諸韻之宗太西蠟等諸以　阿伊嗚于之五音為韻父然于即嗚之橫轉上聲女直國書則有六音而第六字實即第五字也蓋外國皆不知有橫轉之五音故有此惑惟梵音十二字恰合此式然喉鼻不分則父子無別矣今定○為喉之喉開之開阿為喉之腭開之合伊為喉之齒合之開嗚為喉之脣合之合四音定而萬有一千五百二十之聲舉不出其範圍矣是之謂正喉音又從○字追出○字為○之半音從阿字轉出而字為阿之轉音從伊字想出　音而見之於齒之○思薇順故○之伏音從烏字究至于字于為烏之送音○而○於田字為變喉音又以閉口鼻音為韻分配○阿伊烏則為鶩齊英翁此四音為東北韻宗又以開口鼻音為韻配以○阿伊烏則為西南韻宗此八韻立而四海之音可齊矣次以喉自立交合凡得音一十有七喉音相互交合得音一十又衆嬈二音有餘不盡三合而成五音共三十二音為韻父韻歷二十二位則韻毋也橫轉各有五子子凡若干萬有不齊之聲無不可資毋以及父隨父而歸宗因宗以歸祖由祖而歸元天地之祕藏一朝啓之歸山後次第成書也

紫廷與余露坐蓬陰下論周易乾坤二卦深有理會其論四德實見前哲之謬

紫廷論內政軍令有心得焉

壬申五月二十八日奉　旨點心舟佐領下挑擺牙喇八名鎗手二名喝抡什一名共十一名候　旨備邊

李逸齋諱而熾與之武醫似有所見盛稱休寧人汪昂所著醫方集要之妙又言隆萬間黃州人萬全字密庵者名醫也所著有　萬氏家傳又名醫心法醫家秘要也

臨川為撫州附郭在江西之東南與福建交界陽明當日駐於此

李默老言南都有下酧酧者蒸祖有道士也今化去矣

默齋又言興化莆田縣萬麻時有林龍江者以三教名有三教堂今其法派猶有存者默齋有其書多至數百卷以方為論紀要默齋所著注古方也以方為論而溯道子立方之意以盡其變為類一十曰表曰裏曰寒曰熱曰虛曰實曰氣曰血曰痰曰火曰鬱曰盾嗣類各若干方方有若干變共為目錄一卷

傷寒纂絡脫與宗祖陶節庵六書集之為歌凡四十五則蔣仲芳從而和之加入十則共五十五則默齋為之更訂者二十一則又增補四十五則共為百則分為九門

傷寒六經本證八則傷寒正病二十三則類傷寒症六則傷寒痞症三則婦女胎前傷寒四則産後傷寒四則則分幾條條下補注注內錄法法辨同異注後紀方通為凡例一卷明醫規則亦默齋所著曰規則自序曰慎藥擇藥法曰求病之原曰上清下補說曰南北異宜曰處方謂劑十八法即古之十劑而增入溫清恢和推隨安養以佐之者也曰陰火乘位曰垣聽曰追非集自序曰問心錄自序共為一卷而垣聽為妙絕問心錄追非集二書惜不見全本然如此立題必有可觀

西安將軍馬喇特左筆帖式阿蘭圖於壬申五月二十日申時至暢春苑奏云憨頓私自逃走將軍馬喇并提督孫令肅州總兵官潘有龍遣發官兵追殺并祝囊來京等語上問大臣云朕當日說憨頓要逃走今果然逃走去了他跟的人少官兵追趕必定殺得他又云將軍馬喇將祝囊親身從內地帶來甚好余曰祝囊為西域中雄傑與秦奈角定合骨氣則夷狄中之堅將也二人竭力以奉其主憨頓為邊患者十餘年乃一旦為人所擒如縛雞然則又何耶憨頓雖逃去得脫與否尚未可知然吾聞祝囊信佛生平勸其主以讀佛書親近儒者則其為人所擒宜矣子騰尚不解余言紫廷則不以為河漢也

偶閱戎政便覽見四川巫山營游擊有名于成龍者因思今天下有四于成龍皆循良吏此于成龍未知其人何如也

子騰言陝西諸師如陳福西寧人即為西寧總兵後加提督趙勇略亦西寧人也為西寧總兵亦加提督王奮成固原人為固原提督乃千古之最少者于閩張靖逆何處人乃臨潼人也

夜夢同一人携儒兒在一處看雲有赤色如丹砂成龍形如彫鏤刻劃頭角爪牙鱗鬣纖細畢具正南向下自南而東北久之而殁其一人者不見惟吾與儒兒見之少頃又有赤實自南來亟呼其人同看而實形如馬纖細生動如前龍也則三人同見也境界靈異瑰瑋此何祥耶（朱龍龍象也馬乃午也戎者以兵戰）

閩海游以蔡長仁之為人長仁蔡元字也元自海上投誠投而復反反而又投後投陝西平涼守備黃九疇標下飲酒不事事王輔臣怨欲以軍政填然之元曰當太平時無用元為若一旦邊廷有警恐無覓元處也輔臣奇其言而止

紫廷誦閬中劉石舲詩以華岳三峰如虎踞黃河一綫下龍門鬬中形勢被此二句寫盡而雄渾高亮名句也又唐昭陵詩云健兒莫擲秋山火褒鄂英靈不可窺（褒鄂二公皆從葬昭陵云）又李子德愛妾換馬句云十斛五花如反掌驚鴻飛兔不同行可謂妙絕千古矣

與紫廷偶談及經略圖海至平涼初與王輔臣合圍平涼兵勢不可當海放礮馬三五百匹衝之平涼兵亂奇兵乘之大敗平涼兵城北虎山原平瞰城中且為餉道海疾趨取而據之城中乏食遂克平涼

子騰言四川多猴食猴者也鼻孔反上向天見雲起聞雷聲即趨避隱處取樹葉以覆其鼻少雨滴入擬死矣

子騰又言平涼靜寧之閒有物如貓而首大色黃人呼曰黃妖家貓見之即隨之去飲於河以滌其腸胃至妖前聽其食妖以舌舐之毛隨舐落磔貓而食之此不知何物後偶檢字書穀字呼木切烘入聲大屬似豹而小郭璞曰似貔而大腰以後黃一名黃腰漢書音義曰穀白孫子也案此即子騰所言之黃妖妖乃腰之誤久不讀爾雅不意於此遇之當更檢爾雅注疏及漢書音義耳

紫廷言人君之治天下惟是非賞罰喜怒好惡為之樞機是非賞罰隨喜怒好惡則亂喜怒好惡隨是非賞罰則治紫老好讀官書以為與聖經相表裏此等語皆深有得於管民者也

壬申五月二十一日甘州提督孫密題夷情奉　旨憨頓等屢諭勿令其逃去前旨甚明官兵既尾蹤憨頓何故復令逃去該總督嚴察具奏餘着兵部理藩院會同議奏

紫廷言太平府當塗縣有曹先生者而遺其字理學家兼精醫藥有神奇之目與王山史相與甚深紫廷嘗請其診脈曰脾胃疾也待其發病則自愈矣後果然

紫廷吟其舊句云燕安陷況滋花進檻露溫余謂此進字當作去聲讀庶雅若平聲即進速之進不如此解

陸龍患眼痛藥不愈有眼科黃冠師前治藍橋甚效其方亦了不異人惟用皂角子數枚必有傳也

紫廷偶述輿府之言曰精神生於喜悅智慧生於精神名言也輿府乃彭樹廬先生所著余未之聞常覓閱之必能益人神智也

子騰向有嗽疾端午後吐血一二日服山羊血及山漆而血止然病日深脇肋痛不可轉側嗽益甚夜卧精神恍惚此非參芪不能回陽余先用八味地黃湯二三劑已有起色又感冒風寒用發散藥一二劑汗出甚多氣弱已極遂用六君子湯加附子

一劑已愈其半矣然毋為寒邪所傷輒病余問之曰背寒少冷即從背寒至四肢矣余語曰此督脉為病也須用鹿角膠鹿茸即愈從紫庭處見得兩許始服一劑而精神迥異平日此事雖知余滋慚焉

子勝言平涼一帶夏五六月間常有暴風起黃雲自山來風亦黃色必有冰雹大者如拳小者如栗壞人田畝此妖也土人見黃雲起則鳴金鼓以鎗炮向之旋旋即散去或有中者必濺血雨雲則漸低而去入山穴中人逐其跡圍其穴以火藥熏之久之其物死掘而出之非大蛇則大蟆也口中腹中皆冰塊云

賜姓公未得臺灣也積蓄皆貯海澄鐵甲十萬副穀可支三十年藤牌滾被銃炮火藥皆以數萬計公時在廈門黃梧降　本朝海澄失公聞之神色不變　本朝封梧為海澄公世襲四十餘代施琅起身行伍隨鄭飛虹宗于隆武時為將後隨賜姓在廈門取臺灣將不利于賜姓賜姓殺琅降　本朝後卒滅臺灣云

紫廷欲作四瀆入海圖取中原之地暨諸水道北起登萊南至蘇松西極潼關為一圖苦無從着手余為之用朱墨本界畫法以筆從橫為方格每方百里以府州縣按里至填之府州定而水道出矣

夢中忽悟歸乘升術之理歸之而盡者從乘求歸之不盡者不可乘也有貫於此不知其從橫之數以開方法求之可得也

紫廷家藏楚地全圖從橫皆丈餘張挂甚難流覽亦苦紫廷欲改為書冊可置案頭以便披閱而請其法於予予為之先造經緯表一通從橫相遇可合可離亦闔中之變調也

紫廷言襄陽總兵王化行昔於隴州上山攻賊不得上將退矣慮敵之尾其後也先令一半以躲仰攻一半先退數十步立定仰攻先攻者退數步仰攻先退者復退更番而下退畢不失一人滿州見之以為諸葛復生云

魯監國世子今開墾於許州五女墳

漢飛言黃庭漳州人善戰持亟百戰不敗賜姓之攻金陵庭留守廈門於康熙二年以五千鐵甲投誠封慕義伯後今其開墾於鄧州

漢飛又言海澄公黃梧既據海澄以降即條陳平海五策一遷從沿海居民於內地距海三十里不令人居住一言鄭氏祖墳風水甚美當令人發掘一鄭氏有五大商在京師蘇杭山東等處經營財貨以濟其用當察出收拿一鄭氏雖居海中而其田產財賄皆在漳泉等處當察出收官一造八槳小船數十隻無風時出海以取貝門四面環攻令彼疲於奔命上然其策惟遷海一條未行鄭氏始祖之墓在泉州之石井發掘時不得尸在漳州者無遺骸矣梧漳州平和縣皂隸也與門役賴玉謀潛通賜姓殺知縣以降賜姓用二人以為將使守海澄而梧之叛賜姓也不遺餘力矣三藩變後鄭氏攻破海澄梧已死久矣發棺而戮其尸尸用汞殮肢體猶未壞也其子投井中出而剮之人見其眼胞睫睫不已云賴玉為泉州提督標人所殺遷海之策施琅復言之始行

向聞陳亮工有天下驛路圖而未之見也更須留心購求向欲取天下水道依水經注體例為一書以川水為經支水為注分合起止悉以見在者為據久之未得下筆今因料理楚地全圖三楚江山燦如列眉指掌副本雖已寫就究不如原本之善乃就原本造楚水圖記以江漢湘沅為經而貫串百川

琴之十三徽猶十二經絡之穴也以泛音觀之乃天地自然之妙非人力所能為也張一絃於弓鼓之作泛音與琴之十三徽無異　琴之定徽中疏而兩端密乃從首為方之法以七徽居中左右各六分之故有十三也法以規作半員平分十三格變

為直線則成疏密之度矣聲音之體本自見之於器則不能不方也此前所未言者

紫廷言　朝廷設駐防兵一千於漢中而西安荊州江甯各添駐防兵一千昔將軍圖海議於漢中荊州各設駐防誠為內外要着後撤去漢中兵今因飢荒流離復添設焉綢繆牖戶之計蓋本之圖公云

吉坦然為子勝定一方以斂肺止嗽為主用知母（蜜蒸）貝母（去心）桑皮（蜜炙）沙參杏仁（去皮）（飯上蒸）訶子薄荷肉桂沈香曰潤白散後復來診言前潤白散用白丑一兩煎湯浸之曬乾而服以引肺氣下行余曰此即張子和於壯陽藥中加牽牛之意坦然以余為知言

紫庭發興作衡山五言古詩一首共讀之而樂也衡岳自杜韓而後鮮見作者余嘗言諸大題目如岳瀆等決不可率意落筆題詩一首世人只為不知利害隨意塗抹以貽笑於大方浣花先生為此事中絕類離羣之聖而於岱宗西華南岳皆題望岳不敢正作我輩何人顧敢為浣花老人所不敢為耶紫老亦頗見及於此故於泰華諸題皆無題詠今忽技癢不禁邀余同賦余不能辭也

道林古剎自唐勤洪覺範皆嘗主斯席有明中葉有楊指揮者陰圖風水毀其寺令

之道林興復未幾也

長沙北門外有關帝廟神座下有石上有自然之文儼如梅樹根也

紫廷破二十子全書以管子四冊貽余管子雖不全出敬仲之手而其經世必為一家之言自是宇宙間不可少之大章句三代而後經綸天下者俱不能出其範圍儒者過信孟軻氏之言求之高闊不思仲尼以仁許管氏是何意可歎也

文墨師出詩集一編標題云錢荊山先生集予不識荊山為何如人乃一會稽陶姓自浙東攜來者大約亦浙人也詩雖不入彀而筆力甚雅每每出人意表近人中不數見者集中有朱竹垞汪蛟門友詩則斯人年亦不高而復有送雲岭大師詩似亦非後輩也夫

長沙西臨湘水浩浩北一本作如注無泊舟地故四方船筏艤輳中湘昔興中丞撫軍時曾於開福寺前開一河欲為泊舟所工未就而罷王撫軍因之大興版築開渠繞閘福引湘水東北流復注於湘可半里許川四方舟楫無風濤之虞做工者人給錢六十文米一升又柴米錢三十文故人樂於趨事有訟於官者先令原告出貲督工待審判而負罪者量其輕重罰之出貲做工今北門沿鄉一帶新造草屋儼然如市矣先築提塘數十丈以過水余此來見新沙氣象甚旺迴異春初此渠開則中湘之勝將移於此然亦不過一時計耳日久坍頹漸就堙塞可計日而待若能大興工作更引瀏渭之水西來沖刷汙塞方為永久之計然去瀏渭稍遠且多岡阜隔閡工費浩煩非此公所能辦也湖德先業師有云長沙西臨湘江苦無泊舟之處致四方商賈皆聚中湘所以湘會之地舟車不便撫軍于北門開新河一道亦星沙之急務與此可互相發明

管子雖不純乎一家言自是經世奇書自劉向校讎訂為八十六篇後有唐房元齡注而語頗淺陋恐不出元齡手或曰出唐博士尹知章也盧泉劉氏績間為補訂簡明貫穿多所發明又有趙用賢標本亦可觀明天啟間宣城文學梅士亨一本作亨有詮次管子成書十五卷以其言之純者為一字其解說駁雜者低一字為傳篇皆附以論說雖未必一言皆當然用心亦云勤矣紫老深好此書前與余談上下千古至管子語多與余合紫老嘗曰先生亦好讀此書耶予曰三代而後欲經綸天下者非穎上遺言何從著手諸葛孔明為千古一人其學術全從此書出紫老深然異之出其所刪定之者以示余更忠白文一書乃照其刪定者塗乙之

吳錦雯言崇明開基者為王顧董施宋陸六家而王施二家皆巨族矣崇邑從二百

里橫五十里周四百里數年前兵萬人臺灣平後裁汰至四千矣

長沙樂王宮後有竹園小亭幽寂可愛亭聯集杜句云身世雙蓬鬢乾坤一草亭亦佳

岳濤持小葉鹿含草一握來此草性同肉桂有引血歸經之功佳品也星沙在處有之

楚中佛事鐃鼓之外加以銅鑼哀雅梵音之中忽間此聲令人驚愕問其所誦經卷則普門品暨三官經也嗚呼彼三官者乃五斗米賊所設之教顧有經焉此地且與普門並駕而馳矣

廬州人陳繼緒言硝出開封歸德二府所屬八縣內不在亳州也

煙壳紙出鉛山縣

貴竹黎平有賴崗高崗皆生苗有漢人往貴為所殺官差府牌吏目往問之不服亦皆為其所殺貴西道副使張奇抱往撫而巡撫衛既齊已具題矣今朝中差大人往審聞將調兵往勦此撫軍之失算也

廬州人呼牛作阿有一本作孟二音亦奇

倪用照嘉興人嘗為廣西柳州前營守備亂後罷官偽周時改授融縣尉又調懷遠尉未幾辭官道入曹頭土司亂定後載其母柩將歸嘉禾至中湘阻夏逢龍之亂暫寓湘潭今已六七年矣予問以粵西諸事用照多身歷之其言多可聽用記一二事以備參考

孫延齡孫大堂之子也大堂為定南中軍定南既死國事孔四貞尚幼已曾許字延齡矣被虜後亂定流入滿洲家詢知為皇姑也遂送之入京蓋四貞曾為　太皇太后義女云　上問定南舊人四貞曾許聘人否衆皆言延齡遂嫁之以延齡為將軍平西之叛也四貞延齡俱少不更事諸都統皆定南故部曲多戰功延齡其後進也四貞待諸人禮儀如定南時諸將皆以跪拜四貞為恥尤不能為延齡下積怒非一日矣延齡有婢其父千夫長也婢還其父家父嫁其女於漢人而不告延齡延齡知之怒執其人杖之三十王都統以延齡之責其官也亦怒唆其人告之巡撫吏懷利刃欲刺延齡延齡遂以其事上奏四貞亦具疏請於上　上命大人來粵西審其事罪坐王都統餘皆免究大人入都復命收王都統於獄未幾滇南告變　上命宥都統仍管滇南主滿事征雲南延齡內不自安而四貞又平西義女反謀遂決一日請

諸都統入府議事議畢而出伏兵於門盡殲焉投桂林城反時提督馬雄駐柳州延齡使人持高腳牌往招之雄故不為延齡下見牌益怒曰豎子無禮碎其牌縱其使延齡提兵往攻為雄所敗然平西勢日甚雄亦不能守曰吾降平西不降延齡也乃使使自間道往松滋請降於平西平西大喜以雄為懷甯公然雄與延齡怨如故屢相攻平西左右多不喜延齡延齡又不能調和議用事者平西心亦疑之命吳大將軍往為二家講和密授之意使殺延齡吳大將軍至桂林駐城外使人請延齡議事議畢出營將上馬使人自後斬之孔四貞遂以冊籍出降後送四貞於雲南而吳大將軍守桂林未幾兵勢敗桂林亦震遂棄桂林退守南甯而傅宏烈之兵乘隙遂入桂林宏烈向為司馬時曾疏言平西必反以毀謗親王流之嶺南當延齡之叛宏烈自土司出見之延齡授以守備劄使守梧州江西人劉曉向宏烈在土司中相與結為昆季宏烈謂曉吾有取粵西策然必須面呈上言之然吾不能離此土須一人為我行曉即請往從間道走京師見　上密陳其策　上大喜以宏烈曾言平西深信其忠遂以七千人餉給曉使於廣東收兵以應宏烈曰捷以汝為平樂知府行監軍道事久之值吳大將軍退南甯而簡親王之兵猶未至桂林城空宏烈以七千人

先據桂林平粵西功第一　上授以撫蠻滅寇大將軍印巡撫廣西後平西死偽周軍退入滇南馬寶守楓木嶺　清兵攻之不下相持甚久粵東人王聖昔為黎平參將平西之變使守岳州林興珠投誠後以書招之誤投他人平西削其職後逃入粵西與傅宏烈為友及宏烈入桂林聖聞之由土司中來說宏烈曰今馬寶守楓木不下天下豪傑皆思下滇南將軍幸辭巡撫印說馬承印令提兵入雲南將軍將兵由古泥出通道至靖州則出楓木嶺後大兵攻其前將軍斷其後馬寶兵必潰而走將軍追之直至滇南取滇南如拾芥耳此不世之奇功千古一時也宏烈為然時馬雄已死其子承印襲父職守柳已降於　清矣宏烈發兵出古泥率二百餘人往說承印恐多人起馬氏之疑也馬氏諸將有王明劉烱然范大頭等皆梟傑不肯為　清宏烈說承印已有成說泊舟江口以待會兵宏烈之意必待馬氏之兵出境而後走古泥時王明等必欲反　清而承印年少不能自主遂劫執宏烈以歸偽周周授以司農不受而死方迎撫之辭迎撫提兵入滇也惟劉曉諫不宜往而宏烈不聽時曉已為平樂府矣後曉陞浙江糧儲道罷官流寓江南池州府　清兵復攻柳州承印之叔若飛皆先避從承印降而王明等軍皆在外　清兵既入柳州明等皆踰江遂

拜馬氏率眾走慶遠死劉烱以不給軍餉為其下所殺范大頭亦走死惟王明逃入八萬俄攻之不能得從叛明已死得其首然非真也明亦不知所往矣

兵濤云張文瞻之僕陵其標者能服信石余問之云果然自祖父以來皆能服以砒為末可盡二錢能却寒暨諸虛寒瘡疥之疾但夏日不可服若人食之發熱以豆腐一塊拌皮硝食之即愈若未經久服之人誤食而中其毒者但采烏柏葉四五斤吐食之吐清水一二碗即解云柏樹葉又能治蛇咬取葉搗汁燒酒沖服以渣貼傷處無不愈也若無病飲此汁則能害人余向亦聞烏柏葉能解砒毒但未得試今知其果然矣皆讀神農本草見諸金石毒藥條下多云可以服食延年益壽頗疑之而歷代名醫亦皆以為不可信客歲舟中楊符五言有人服巴豆者今又見服信石者不亦奇乎益知天下事經緯錯綜決非印板所能印定而出格之語不可與拘墟者道也

涵齋言見郎鈔有理藩院郎中馬廸奉　旨差往噶爾旦處提督孫思克差守備一員肅州總兵潘育龍差千總一員共三十餘名往送之哈密遇噶爾旦夷目領兵殺馬廸拘守備千總於哈密城惟脫通事人逃回提督奏聞其事　上云前理藩院二郎保已奏聞矣前有噶爾旦使者來今已差人隨之而往拘其通事人於肅州待使回發落也此事甚奇難以擬議須覓全鈔一看

張振先自街坊呼一賣藥猺人至有浙人吳姓者與振先同寓欲傳猺藥以治之也猺人姓戴地近岡州其人能漢語值余雍頭未及看其所用何藥岳濤云猺人背負藥籠出剉刀藥一把口作呪觀藥片下即知病愈之遲速配成二劑加燈心桃仁火酒為引

余聞涵齋云吾聞臺灣向為紅夷地鄭芝龍得而復失賜姓公復取之有諸乎涵齋曰非也臺灣向為看地嘉靖中紅毛國人取其一角為諸國貿易之所蓋紅毛國人領其主之船隻於各國占地為市而歲輸租賦地多而大者加官階臺灣口岸故臣其西則淡水山石林立不可泊舟惟東南有水灣折而下可通舟楫紅毛人築城於內曰赤嵌城有山對峙如鹿耳曰鹿耳門舟必從此入紅毛人於鹿耳環處皆有砲臺以故以為不可攻也臺灣之名蓋取之此賜姓公江南之敗復回廈門念廈門金門不可守海澄公黃梧又議無風時出小舟環攻疲於奔命遂思東取臺灣本意原欲因彭湖入而一夜風起濤漲諸石皆沒前此所未有也由淡水徑至赤嵌城下鹿耳之險無所用之使求救於本國而往返須三年圍城兩月食盡而降賜姓縱其舟歸本國

臺灣遂為鄭氏有。後紅毛國合　清兵以巨舟來攻鄭氏。以小舟往而釘小舟於巨艦之旁。人沒於水而火其舟。此後不敢復至。云自厦門出洋七更至彭湖。入師嶼泊舟。必待順風一日而至臺灣。凡八更。而更約六十里。否則為海溝急流所漂而東矣。此臺灣之大略也。涵齋又云。向在辰州遇一僧曰天放。雲南人。膂力絶倫。飲啖甚健。人問曰。和尚何不持齋。曰假和尚方持齋。余真和尚也。持齋何為。假和尚人前持齋。私下食肉。余則人前食肉。獨居持齋。何為不可耶。為雲南衛指揮之從。曾殺人亡命出家。左手出鐲一盈。其母命之以戒其性云。亦異人也。

廣陽雜記卷第三終

廣陽雜記卷第四

清　大興劉獻廷繼莊著

舟過中湘石頭洪。涵齋立鷁首。呼余出。言此地偽周時　本朝披甲五百人駐此。以絶其糧餉。有舟過以巨炮打之。後以去長沙遠。孤軍不能久駐。即撤回。今其上猶有寨基存焉。

有石灘橫截江中。曰過江龍。其上為作樹市。

德山在常德。龍潭在澧州。溈山在寧鄉。德山溈山。今日規模尚在。

何楷字玄子。思文時。曾彈鄭飛虹。并及賜姓。玄子歸。為盜所傷。截其耳。人云鄭氏使人為之。何鄭自此為世仇矣。後賜姓據厦門。有人來閩。玄子必捕之。其第三子常涕泣而諫其父。人皆知之。玄子死。三公子為賜姓所禽。置之獄中。因曾勸其父也。得以不死。勒令造鐵甲千二百副而後釋之。比校時曾受刑杖。玄子著有周易訂詁。奇書也。

鄭飛虹幼姣好。其父為府吏時。知府蔡善繼園有荔枝樹。飛虹同其弟自牆外以石打荔支。誤中善繼之頭。善繼怒。呼其父子至。一見飛虹而怒解。後飛虹蒸其後母某氏。其父欲殺之。逃往海盜李旦舟中。有寵於旦。旦死。欲置主。卜之於神。飛虹十卜皆吉。遂立以為主。其弟弃二。名之豹。梟勇絶人。遂雄踞海上。弟之彪。後改名鴻逵。

楊晉叔夫人。郭氏也。父名郭歲。與陳秀皆飛虹同時人。鼎足而立者也。後不相能。歸誠後皆世襲精奇尼哈番。夫人因長沙之亂。合家避居於官山。四王兵至搜山。家人皆走。夫人獨不去。自縊死。後晉叔於星沙大作佛事。以資冥福。偕以旛往官山招魂。有鳥如燕而長尾。隨旛飛至星沙樓庭樹上。每旛繞壇。鳥輒隨旛飛。旛畢。復棲樹上。凡三日夜。佛事既畢。化紙送佛訖。即飛向官山而去。夫人平日事姑事夫。孝誼備至。宜乎有此靈異也。涵齋嘗為之立傳。

王明亦閩人。在廣西提督馬雄標下為參將。孫延齡之攻柳州。雄數敗。雄素輕明。明忽自屬。請以三百騎往衝其營。雄初不許。後聽其以百五十騎往。蹋延齡營。四會而返。不失一騎。延齡自此不支。而明聲震粵西矣。

李阜吾。晉江人。為府前李氏。與林氏同宗。蓋其祖本姓林也。故泉人有林李同宗之語。今李厚菴乃其族人也。

賜姓攻金陵之前。經營海上。舟泊羊山。山在普陀之東。有雞山。羊山。鷄山一山皆嶼。羊山皆羊也。其地有龍。不可泊。賜姓曰。吾有命在天。龍何能為。事苟有成。自有百靈擁護。不成死此耳。舟泊。金鼓作。龍起震蕩。見紗帽紅袍人。揖賜姓上小舟。風吹小舟上岸。得不死。舟覆甚衆。精銳十喪五六矣。

世廟時有吕四官。以力鬭為暴於鄉。不容於閭閈。走海上。引倭時入寇四十餘年。從年八十矣。更來閩省其父母墳墓。人皆不識。曰吾吕四官也。流寓他鄉久。今暫一歸省耳。即去。人亦不敢蹤跡之。

衡山之大堡。煙火一百八處。行鹽之市井也。

柚出閩廣。蓋橙類。大如巨升。色黄如漿。柰柚一名櫾。亦曰條。唐本草曰壺柚。食性曰臭橙。亦曰生欒。李時珍曰。柚色油然。其狀如卣。故名壺。亦象形。今人呼其黄而小者正此意也。柚樹葉皆似橙。其實有大小二種。小者如柑橙。大者如瓜如升。有圍及尺餘者。亦橙之類也。今人呼為朱欒。形色圓正。都類柑橙。但皮厚而粗。其味甘。其氣臭。其瓣堅而酸。其花甚香。南人種其核。長成。以接柑橘。云甚良也。爾雅有櫠音廢。郭璞云。櫠大柚也。范成大云。廣南臭柚。大如瓜。可食。其皮甚厚。染墨打碑。可代氊刷。且不損紙也。爾雅亦曰。櫅音賫。列子云。吳越之間有木焉。其名為櫾。碧樹而冬青。實丹而味酸。渡淮而北。化而為枳。廣雅謂之櫾柚。櫾亦柚也。皆此物耳。予在衡州時買而食之。亦可口也。

予在衡署中度歲。日閒堂中競擲陞官圖喧笑。不知此中有何意味。而諸公耽之至此。予欲取兩漢魏晉南北朝隋唐宋元之選舉職官。各為陞官圖一紙。陞官圖說一冊。置學舍中。節日暇時。病餘課畢。以此消遣。久之而歷朝選舉職官考課銓選之法。皆了了矣。亦讀史之一助也。賢於博奕遠矣。

癸卯年。工部題清河縣仲家莊閘逼下陶家莊地方。建一石閘。估計銀三萬四千九百二兩零。此閘與仲家莊相去不遠。令該閘官就近兼管。新建閘擬名康濟。仲家莊石閘。改名廣濟。奉　旨依議。

舊春上元。在衡山縣。曾卧聽采茶歌。賞其音調。而於辭句懵如也。今又口衡山。於其土音雖不盡解。然十可三四領其意義。因之而歎古今相去不甚遠。村婦稚子口中之歌。而有十五國之章法。顧左右無與言者。浩歎而止。

川陝總督佛倫參奏第四疏。謹陳潼關收糴米糧。請勅部省督撫勸帑招商販抵關。亟濟被災兵民事。戶部議於潼關地方。選委賢能道廳等官。酌動捐納銀兩。隨米價消長收買。再令直隸山東河南山西湖廣五省督撫。各動庫銀十萬兩。招殷實商人

給發。令於糧賤處。無論米穀麥豆。收買抵潼關糶賣。其多出利息不計。止將原給本銀收取可也。　旨依議。

紫庭家廠書籤甚多。委積壁角。以飽蛀鼠耳。虞臣取而裁之。製成研匣一。傅會之以膠漆。錦不可得。即以油紙飾其外。下藏小匣。可以貯墨。函蓋相稱。廉隅端直。儼然成器矣。自此與吾周旋。晨光夜火。形影相接。又不知其歷幾年月也。夫天下之良材佳質。委之無用之地。不知何限。念之惘然。

川陝總督佛倫奏。欽奉　上諭。將西安納米事例。移在商州捐納。而西安在於司庫止令捐銀。但捐納米石數目。如仍照三十一年八月以後十分之數。每石折銀六兩捐納。恐數多而捐納者少。將請西安捐納仍照三十一年八月以前以十分減四。每石折銀六兩。準於西安司庫捐納。至於商州。既通水路。其捐納米數。應照三十一年八月以後之例。在西安則納銀者衆。而商州得以積貯米糧矣。

工部題請　昭陵寢殿傾。請重建造。　旨依議。

山西巡撫葉題。欽奉　上諭。截留漕糧二十萬石。分貯秦晉蒲州等處。布政司舒書偕兩省之員。在孟津等處。公同斛米。運至觀音堂交晉接運。兩省官員。於潼關蒲州等處。公同斛米。先將秦省應貯之米十萬石。於十二月初三日。運至蒲州等處。同撥員交兌。取獲秦省貯米之韓城朝邑華陰潼關衛。並晉省貯米之蒲州滎河臨晉各收米。實收詳報。

東壩有上下二壩。上壩地名廣通鎮。有小石碑。言地古名艮林鎮。初築隄以障水易。今名。其地四通八達。東至鄧埠無錫。西至高淳蕪湖。南至廣德泗安。北至溧水江寧。東南至溧陽宜興。東北至金壇丹陽。西南至寧國。西北至太平府。向無此壩。宣歙廣德建平諸水。一由蘇州出劉家河。一由吳江出松江入海。洪武初。水沒吳中田禾。戶部題請築壩。引水由太平蕪湖入於江。遂將高淳黄池一帶田沒成湖。其地糧稅。加派於蘇松二郡辦納。案此壩顛末。尚未究悉。當於地志暨實錄中攷之。

梁山即所謂天門山也。二山橫截江中。東西對峙。正當采石西南。天設此山為金陵門戶。蹲踞江邊。如二餓虎。隔江耽耽相向。山上長松古柏。鬱然參天。山後人家參差隱見於松柏中。風帆盤於兩山之間。予以玻璃鏡照毫髮。皆見。采石鎮閭閻相接。不下萬家。臨河人家。隙地皆接以白石欄楯。壯麗如畫。此天下所無也。

立人言江行順風至六百里則釘板俱熱不可復行行則虞其敗矣虞臣未信其理予為之往復推論始得豁然

采石磯有然犀亭昔溫嶠然犀照水處此事史載甚詳予嘗思之不得其解古今相傳如此類者多皆別有其故非好學深思者未可與共商此事也

采石磯臨江有三元洞在山半石壁中下瞰大江土人施木架閣於洞穴中供大慈尊像額曰妙遠有巨鼠數十穴石壁中游人來僧擊壁呼鼠道人鼠應聲出不畏客以飯飼之而去蓋人無害鼠之心故鼠亦不懼也唐人詩曰童子亦知善衆生無懼心悠悠可思昔錢龍友嘗為予言之而吳游亦嘗阻風過其地予入楚時嘗至其洞見窗几蕭然萬里江流橫過窗下佛前鐙火熒熒老僧正在定中令人肅然畏仰其地雖幽遠而往來過客以阻風故多來訪之非真阿練若也予問鼠道人安在僧曰前年有客放爆竹驚之今不至久矣可歎也

高孔霖有潁上風物記一書約五六十葉記潁上風土人物甚詳其輿地攷之二十一史及方輿紀要皆有原委

孔霖所作五言古詩逼真唐人歎此調今人不彈久矣李子鱗曰唐無五言古而有其五言古斯言一出而世皆趨漢魏遂不復見唐五言古矣哀哉

王望文扇頭有崔兔牀詩先生的筆也學道人同霹靂居電光轉處一身餘戰爭文字秋墳骨見為神仙捐紊書一　麼閣糟邱樣子殊罡風正厲片時無因緣隨受罡風轉大笑擕鐙照暗衢二　嚴冷人難浪得名浮雲久謝太虛爭但尋寂莫山川衆定有漁樵捍臂行三　大事難明心正哀能明此事堪捐哉人生共許生悲仰何用闍羅對面來四　蓮花火裏鬬新妝白日看天不用忙自有阿師家具在碎搥磁枕飽黃粱五　雲內雉雞叫五更孫懷如月向誰明泰家鶖鵝無年月龤歇而今子晉笙六

望文又誦兔牀題燕子磯一絕云大江疊浪鼓漁罾石上苔花繡幾層燕子不來今又去郁堪西望是金陵久不見先生詩舉目所見皆青燐傾耳而聽皆鬼嘯也見此如睹青天而聞霹靂

星維言有婦人患小腹中痛氣衝上不得卧百藥不效已骨立矣有吳人診之曰此乃經時不謹所致用白芍二兩香附一兩豬外腎一對煎湯滑石白礬各五分共為末以豆腐衣包之煎湯送下下黑血甚多一劑而愈亦異方也

襲首縣夫人病頭風已數年矣每發時痛欲死骨節間格格有聲已壞一目而痛不

止今發愈甚延予入內診之予曰是不難一劑可愈也出定一方用酥炙龜板二錢麻黃一錢槀本一錢甘草五分後更為定一方用何首烏苡仁牛膝令服二劑而愈

望文誦閩古古贈陳伯史詩海上生還九死餘老親未葬故踟躕絕無世上彈冠想徒有年來卻聘書伏臘不關新晦朔湖山猶伴舊樵漁侍郎若問田園事先帝郎陵亦已墟

子偶言明末高郵有袁體菴者神醫也有舉子舉於鄉喜極發狂笑不止求體菴診之驚曰疾不可為矣不以旬數矣子宜急歸遲恐不及也若道過鎮江必更求何氏診之遂以一書寄何其人至鎮江而疾已愈以書致何何以書示其人曰某公喜極而狂喜則心竅開張而不可復合非藥石之所能治也故動以危苦之心懼之以死令其憂愁抑鬱則心竅閉至鎮江當已愈矣其人見之北面再拜而去吁亦神矣

予寓維揚時聽望文談崔默菴醫學默菴太平縣人余寓白雲觀時聞錙一菴數道其人述其醫多神驗而望文嘗從之學醫有時疫流行與傷寒不同方論一書實前人所未發有一少年新娶未幾發疹徧身皆腫頭面如斗諸醫拱手延默菴診之默菴凡診一症苟不得其情必相對數日沈思數問反覆診視必得其因而後已診此少年時六脈平和惟少虛耳緊不得其故沈思久之肩輿遶道時已饑餓即在病者榻前設饌對食見病者以手擘目看其飲啖蓋目眶盡腫不可開合也問曰女思食否曰甚思奈醫者皆戒予勿食何也崔曰此症何礙於食遂命之食而飲啖甚健愈不解久之視其室中牀廚桌椅舉室皆新漆氣薰人忽大悟曰予得之矣亟命別遷一室以螃蟹數斤生擣徧敷體上不一二日腫消疹見則極順之症也蓋其人為漆所咬他醫皆不識云

崔默菴論疹症曰今人治疹率用升麻葛根湯使其毒氣盡升頭面後多難治戒升麻勿用多用葛根及橫解之劑少加桂枝令其毒氣散於四肢即險逆之症亦可為矣其治血熱之症用蘇木三四兩濃煎一碗頓服用之無不應手愈一婦人患眼症用大黃四兩酒煎少許服之立愈此等方法皆能益人神智故備記之

張枚臣武陵人諱錫信其尊人弘載先生諱嗣膽初任無為州同知甲寅隨征授福清縣丞與戴文開為中表兄弟文開火攻之學半得之弘載枚臣令祖少室先生與孫大東同事少室先生字惟熙少室其別號也仁和縣籍由材望天啟六年四月授守備陞廣東游擊奉命取西洋大炮製造施放崇禎辛未計功陞參將又陞江東副

總兵又陞大凌河掛印總兵左府都督同知賜蟒玉又調山東壬申七月二十三日登州失陷殉難

子麗扇頭有黃自先詩五首甚佳錄之於此薊北重陽雪已飛何人蕭颯不思歸風號萬里寒吹笛月冷千門亂搗衣秫酒柔糕香野店蟹螯蝦菜薦魚磯送君引我家園夢惆悵西山黯淡暉一憐君廿載歷風塵落落何求獨此身元亮歸來留傲世梁鴻熱處不因人豹斑自信應能變龍性難云尚未馴別去試觀東海上狂波不動日華新二日暮鴉羣集菜園天南孤雁獨高飛歸從熟路經淮海遊待來春過太原韓信祠荒秋短草武侯廟拱塞長垣臨歧駐馬登臺望動地西風別緒繁三手握神蓍自轉環目懸冰鏡照人顏頻聞鼓角心猶壯每卜數名贊欲斑定遠玉關飛食肉伏波銅柱老征蠻古人器業拋章句別後雕蟲取次刪四與君對月雨回闌此別重逢未定年江左名家尋顧陸謂幼鐵西明二子天涯老將滯幽燕千杯綠酒醺僧舍一路黃花送客船遂遇洪遵如許我依然長劍倚青天五後書秋九月望客燕門永寧僧舍送子麗先生還南兼懷洪去蕪

夷陵頗苦土司之橫而　朝廷則最左袒土官蓋由吳三桂在滇曉以土司為魚肉上主先入之言故也有永美宣慰司田順年者驕悍異常　朝廷嘗　詔入陛見加以宮保今亦少戢矣

符五舟中攜寒沱石硯三方石出夷陵中有花紋如筍石淡黃色而筍潔白如玉若橫截之紋極圓無少偏欹儼如世之圖太極者但石質堅硬不受墨非硯材也

符五言荊西有蝦蟆洞水坑石黑色貴州飯甑山有金星石皆硯材之良者金星石予家有之未知出飯甑山否若蝦蟆洞則從未之聞也

符五云有查如龍者下江人弘光朝曾為部郎後流落江湖未嘗一日忘天下也康熙初年偽造天下督撫提鎮書札官封印信花押圖章一一逼真書中之意皆聯絡聲氣共圖舉事恢復中原皆有報書草稿彙為一冊辭皆俊偉攜之走滇南萬山中僧舍去省不遠為血書一通上平西言天下督撫提鎮及朝中大臣皆有同心待王為盟津之會王華人也當年之事出於不得已今天下之機杼在王王若出兵以臨中原天下響應此千古一時也令一童子於王府上之其意欲露布此書於人脅王以不得不從之勢童子至王府不得其門而入逡巡歸後以假銀事敗露于曲靖府曲

靖知府宗率祖號素園向與平西有隙得此甚喜然見其書擒牽連天下無一遺者遂取而焚之唯以上平西血書申督撫聞之於朝命千總董三綱解之入京如龍臨發時呼三桂曰我死爾九族之滅亦不遠矣至京凌遲處死　朝廷之疑滇自此愈深矣

劉玄初蜀人為蜀王劉文秀幕客蜀平平西王復羅置幕中癸丑聞粵二王皆上書請解職東歸吳世子應熊使人啟平西曰　朝廷久疑王今二王皆有辭職疏而王獨無　朝廷之疑愈深速拜疏發使來猶可及也平西命玄初具稿玄初曰上久思調王特難啟口王疏朝上而夕調矣彼二王辭者自辭王永鎮雲南胡為效之耶不可平西怒曰予疏即上上必不敢調予具疏所以釋其疑也怒劉出為鹽井提舉未幾有貴州之變三桂思玄初言以之留守學士至夷陵駐兵松滋三月不進玄初上啟曰愚計此時當直搗黃龍而痛飲矣乃阻兵不進河上逍遙坐失機宜以待四方之兵集愚不知其為何說也意者王特送諸大臣入朝為王請乎諸大臣舉國之臣救死不暇烏能為王請也若曰待世子歸乎愚以為朝廷寧失四海決不令世子返國也夫弱者與強者鬬弱者利於乘捷而強者利於角力富者與貧者訟貧者樂於速結而富者樂於持久今雲南一隅之地不足當東南一郡而吳越之財能山陝之武勇皆雲翔蝟集於荊襄江漢之間乃按兵不舉思與久持是何異弱者與強者角力而貧者與富者競財也噫惟望天早生聖人以靖中華耳平西不報未幾玄初亦死

符五曰予少年曾夢一比邱尼攜之禮懺起見一菩薩如觀音大士而緇其衣符五問其名尼曰默慧菩薩也菩薩厲聲曰默慧汝身是也遂恍然而覺未幾有愚山知止和上建大悲懺為符五取法名明心號默慧適符夢境亦大異矣又五六年前夢中甚覺心疼取刀剖之中有六瓜墜地散走遂縫合如故此即彼法中所謂六識六賊也余平生不信釋氏之學而夢中所見如此殆不可解然夢雖如是而予之不信如故也予意符五聰明絕世而夢境又神異如此必再來人無疑水到渠成瓜熟蒂落必有其時矣符五有友劉子喬少年有才氣英穎過人曾夢至一處見禪牀几杖蕭然而闃無一人牀前書一聯云彌桃餘味今安在董袖遺香孰可緣凄然而覺劉最稱美男子自疑前生必是破戒沙門然而不能改也

螃蟹磯在江中不見形而水石相激之聲轟轟如雷去里許聲猶在耳名曰螃蠏必

一小石。而猶若是。瞿塘三峽。如豕如馬。又不知當何如也。

荻港居人不下數千家。百物皆具。市井鱗接。屋宇宏麗。有石橋。精緻如大內之製。遊擊開府於港內。門境蕭然。太平景象。可樂也。

符五云。雲南有土司三家最強。一曰龍鵬。一曰黎世屏。一曰黎思進。皆有衆數萬。火器兵仗。堅利絕倫。而黎世屏尤為強悍。此南土之隱憂也。

武昌賀逢聖。門前有石坊。曰天恩重問。後石折中斷。宗人有戲為聯者云。承不起天恩。當不起重問。斷斷乎有理。上不能致君。下不能澤民。默默乎無言。

雲南永歷朝丁酉科舉人江或才。望士也。洪經略入滇。或將隨公車北會試。謁見經略。經略不許。云。崇禎朝舉人許會試。永歷朝舉人不許會試。或曰。若以大清龍飛之日計之。則自天命元年。始將萬歷泰昌天啟崇禎四朝舉人。皆將不許。若曰崇禎固中國之主也。永歷先帝聖子神孫。西南半壁。固大明之江山也。奈何所取之士。有異於崇禎之朝。吾知之矣。崇禎先帝。曾為公設御祭九壇。固公之恩人。其所取士得為舉人。許其會試。所以報也。永歷先帝。公之仇也。所取之士亦仇也。其不許會試宜也。公愁命扶出。

辛未八月朔日。舟泊大通。大風雨。不能開船。聽符五談沙定洲妻萬彩雲事。萬江西人。初生時。有彩雲覆其屋上。其父見之曰。若男子必非常人。惜其女也。長隨父入滇南。家於臨安。美而艷。土官普明聲見而悅之。娶以為小妻。與其室異地而處。生子曰小普。彩雲有機智。未幾普氏之權。盡歸掌握。明聲死。小普嗣。剛很淫亂。而彩雲亦多淫行。常畜美男子數十人。以次入侍。小不當意。輒殺之。有沙氏子。土司之後也。彩雲悅其體吾寵之專房。一日。彩雲早起他出。沙子尚卧帳中。小普潛入室內刺殺之。彩雲哭之。如喪伉儷。後又得定洲。寵過前沙。定洲生於貧賤。然有權略。知書。時小普已死。普氏之業。遂歸定洲。後乘亂逐沐天波而踞滇省。彩雲助之也。彩雲亦人妖矣。

王輔臣本姓李氏。河南人。少為宦官家奴。後聞其姊夫在流賊中。往依之。驍勇善戰。而樗蒲一擲。餽有劉毅之風。嘗一夜輸銀六百兩。其姊夫知而謀殺之。彎弓於門內以待。輔臣歸。一發不中。反殺其姊夫而遁。後流入姜瓖營。為料其帳下健兒。有王進朝者。無子。與料善。問料曰。汝帳下人有可為我義兒者否。料曰。此有二人。其一知書。一不知書。惟公擇。不知書者則輔臣也。王擇不知書者。自此為王氏子矣。輔臣長七尺餘。面白皙。無多鬚髯。眉如卧蠶。如世所圖呂溫侯像。勇冠三軍。所向不可當。號曰馬鷂子。清兵之圍大同也。輔臣乘黃驃馬。時出剽掠。來則禽人以去。莫有攖其鋒者。清兵遙望黃驃馬騁而來。輒驚曰。馬鷂子至。即披靡走。輔臣與白成功萬秉貞三人。更迭乘黃驃馬出。清兵亦不辨乘馬者之為誰也。見即走耳。城破。姜瓖降。八王子以輔臣為蝦。隨入都。都中滿漢無不以一識馬鷂子為榮矣。八王得罪死。輔臣沒入身者庫久之。　章皇帝親政。嘗拊髀謂敎拜曰。聞有馬鷂子者勇士也。今不知何在。安得其人而用之。拜亦不知也。一日。拜之僕騎而過市。遇一少年。下馬而避道左。僕怪而問之。曰。我馬鷂子也。向者於某所識公。公忘之耶。僕言曰。我主甚念爾。爾來朝不可不早來謁。歸以啟敎。敎亦喜。俟其來。即率之以見上。　上大喜。立授御前侍衛一等蝦。未幾。洪承疇經略河南。　上命侍衛二人隨侍。一為張大元。一則王輔臣也。大元敖慢無禮。經略待之少不如意。輒悻悻見於詞色。嘗曰。我奉　朝廷命來隨。女豈女家奴。勞苦如是。不當題我為一鎮總兵耶。經略亦微聞之。輔臣事經略惟謹。經略未食。不敢食。未衣。不敢衣。視經略所向。經略行。輒左右之。遇險阻。必下騎自執其轡。有因經泥滑不可行者。必背負經略而過。雖家人不是過也。勤敏謙恭。未嘗以御前人自居。經略絕憐愛之。曰。兒族有好缺。我題女官。輔臣輒泣曰。臣奉命隨相公。死隨相

公耳。相公勤勞王事。臣安忍離相公左右而安居好爵耶。經略對之亦泣下。經略以夷陵為川湖要地。土司雜處。題請設鎮。而大元為請。雖酬其願。亦即為輔臣地矣。大元之鎮。經略擕輔臣上雲南。雲南平。設援勦五營。而題輔臣為右營總兵。鎮雲南迤東地方。駐曲靖府。後經略歸朝。遂隸平西王藩下。輔臣之事平西。無異經略。而平西之待輔臣。有加於子姪。念王輔臣不去口。有美食美衣器用之絕佳者。擕人不得。必賜輔臣。輔臣為人恭以事上。信以處友。寬以待人。而嚴以御下。然有功必賞。雖厮士亦樂為之用。嘗奉平西命征烏撒。與諸將會食於馬一棍營中。吳應期亦在坐。應期者。平西之姪也。為固山額真。飲酒薄醉。將飯矣。輔臣飯盂有死蠅焉。王總兵者見之。呼曰。飯有蠅。飯有蠅。時馬一棍為主人。御下酷厲。每以微過責人。一棍立斃。故有斯號。輔臣恐其以死蠅故而殺庖人。曰。我等身親矢石人也。得食足矣。安暇擇哉。倉卒之際。死蠅我亦嘗食之矣。王總兵性愚戆。不解輔臣意。乃曰。公能食此蠅。吾與公賭。輸吾坐下馬。輔臣忿言既出諸口。遂勉強吞之。吳應期在旁。曰。奈何王兒馬直如是好騎耶。人與兒賭食死蠅。兒便食之。若與兒賭食糞。兒亦將食糞耶。輔臣怒罵曰。吳應期。女恃王之猶子。嘗欺我。人懼女。王子王孫。吾不懼也。吾將食王子王孫之膽。

髓而嚼其心肝挖其眼睛矣遂擲杯拳擊案案之四足皆折案上十二磁盤菜碟
飯盂酒杯等一一應手碎左右侍從以百數皆辟易應期乘間逸去諸人亦勸輔臣
歸來朝酒醒氣平亦自悔之左右勸輔臣往謝應期曰岡山之言本出無心公怒罵
過甚往謝而解可耳王甫出門而吳已飛騎來矣執手入拜伏不起曰昨以酒故無
狀出語傷兄兄果含誠兄願兄恕之無藏怒王亦拜扶之起曰我醉出語傷兄兄不
罪我何反自責為遂拉諸鎮來開筵痛飲極歡而別從此相好如初無間言矣或有
以此言聞之平西者詞多溢惡平西不善也適曲靖差將官入省領餉銀事畢辭平
西歸平西勞之曰女歸言吾問爾帥眾各營將士無恙更語爾主前征烏撒時與吳
應期酒後爭嚷少年兄弟使酒罵坐此其常事乃至老卒相向亦復何妨誰是婦人
股有私孕懼其打落耶打即打耳何必牽引老夫乃云女是王子吾將食王之腦髓
心肝此誠何語令他人聞之掩口笑我曰吳三桂老子平日愛惜王輔臣如珍寶今
一旦思食其腦髓豈不令人寒心歸語爾帥今後更無作此等語王輔臣聞之亦快
快曰我與女皆　朝廷臣豈女家人而受制於女女自向女之姪視我為外人天下
無不散之筵席安能鬱鬱久居此耶乃密遣人持金錢入都偏賂　朝廷左右暨用

廣陽雜記　卷四　十

事者人人交口王輔臣上聞之亦耳熟矣適平涼提督缺出　上以邊鎮須材特點
王輔臣報至滇南平西聞之如失左右手歎曰小子貴亦不貧矣家私幾何乃如此
胡為耶及至辭王王待之愈厚執手涕泣曰倘至平涼無忘老夫女家眷人口衆萬
里迢迢何以當此遂出帑二萬兩以為路費輔臣至都久不得陛見蓋其平日專用
力於近侍之人閣部九卿全不留意故滿漢大臣多少之無人引見兵部曰事關儀
制在禮部禮部復曰提鎮引見兵部事也兩相推委而王輔臣又不肯變以金璧賄
賂部臣推隨衆常朝而已一日朝　上賜羣臣茶有近侍曾識王者行茶至前私問
無恙曰來幾時矣曰久矣勿勿不得欵語後　上燕居偶念平涼提督何久不至近侍
奏曰至矣前常朝賜茶時奴親見其坐班　上曰何不引見亟令人出外訪問立
詔之入　上坐內廷以待望見喜曰有武臣如此朕復何憂自此　恩澤頻加　賞
賚屢及無日不詔入語必移時廷臣駭然不知其何自也都下哄傳以為平西有密
語令王入奏又訛馬鷂子為馬兒頭種種不經之語令人發笑　上問輔臣出身曰
身者庫　上驚曰如此人物乃隸身者庫耶立　命出之改隸旗下因謂之曰朕欲
留女於朝朝夕接見但平涼邊庭重地非女不可其命欽天監擇好日以行時值歲

除而定期歲內　上又謂之曰行期近矣朕不能舍上元在邇其陪朕看燈過而後
行更命欽天監　吉日於上元之後屆期入辭　溫語良久授以方略重加賞賜
御座前有蟠龍豹尾鎗一對　上指謂輔臣曰此鎗　先帝所遺以付朕者朕每出
必列此鎗於馬前以無忘　先帝汝　先帝之臣朕　先帝之子它物不足珍其分
此一鎗以賜女女持此往鎮平涼見此一鎗如見朕朕見此鎗如見女矣輔臣拜伏
於地泣不能起曰　聖恩深重臣即肝腦塗地不能稍報萬一敢不竭股肱之力以
效涓埃涕泣而出癸丑平西王反念陝西為天下之脊而王輔臣張勇實握兵權又
皆舊部曲輔臣尤為親密雲南援勦右營標下聽用官汪士榮向為輔臣之所親信
三桂訪得之以書二通劄二道付士榮令其從間道走平涼以致輔臣而令輔臣以
書一劄一轉致張勇不再遣使輔臣得書立使人拘執士榮令其養子王吉貞賫逆
書二通偽劄二道解逆使汪士榮星夜入朝　上見之大喜置士榮於極刑留吉貞
於朝晉職為卿而嘉輔臣之忠貞也張勇聞之怒曰吾二人事同一體女即欲作忠
臣亦宜先使知會同遣使入乃背我獨獻忠於朝廷令　朝廷疑我是賣我也我看
女作忠臣者作至幾時自此張王遂成參商矣秦州之變世多知之茲不具記然初

廣陽雜記　卷四　十一

非輔臣本意方其下之謀為變也輔臣以死自誓曰寧殺我無負　朝廷言之至再
迨變局已成而輔臣亦無如之何矣平涼之兵既殺經略陝西督撫以反狀上聞
上亟召王吉貞入內曰女父反矣吉貞曰不知也　上即以陝撫之狀示之吉貞戰
慄別不能言　上曰無恐朕知女父忠貞決不及此由經略不善調御平涼兵變將
女父不得不從耳女宜亟往宣朕命女父無畏殺經略罪在衆人女父宜竭力約衆
破賊立功朕赦衆罪不食言也吉貞星夜歸平涼時輔臣尚在秦州平涼居守諸將
技癢正不可忍忽見吉貞歸歡呼曰大總爺至矣擁之入城奉為總兵設官分守焉
吉貞亦將　上命置腦後自吉貞歸平涼而天下之反勢成輔臣既殺經略詎不思
疾取西安而張氏雄踞西陲耽耽虎視一舉足而東則張氏卷甲尾其後跡躑首鼠
退保平涼而大示已四集矣輔臣初在大同城破之日有結髮妻自縊而死後娶
買妻妾七人平涼被圍時輔臣顧七人而歎曰死大同者今無其人矣七人聞之同
時皆自縊而死輔臣出戰雖屢勝而孤城坐困不支經略圖海招之降與之鐵刀設
誓保其無它輔臣出降隨經略轉戰有功事多不具錄事平　上撤經略還朝即
召輔臣入京鞍馬已具行有日矣乃出其後妻自七人縊後輔臣復娶一女至此忽

與之反目怒不可解登時欲出之召其父來與之決絕而密語之曰領汝女亟離此他方遠嫁我出汝女所以保全之也有工匠隨征久具呈於輔臣求批歸省輔臣取其呈手裂之曰汝歸即歸耳尚須此物耶汝歸不宜復來逢人不可道一王字命取銀賞之工匠涕泣辭去隨命司計者取庫中銀多少分之各為一封多以百計少或數兩一一標識餘一二萬金置之庫中以印條封之更錄簿一册記銀數并諸雜物曰吾為提督久豈無餘貲令人動疑累女後人也取舊賬目悉火之召諸將卒親隨人等至前曰女等隨我久東西南北奔走犯霜露冒矢石亦良苦今我與女等離女等宜遠去隨其人之功績各以銀一封與之曰女持此願歸田者亟歸願入行伍者速投他鎮去無言向在我處眾皆哭揮之行曰速去我事自當無累女等從此決矣既發遣眾乃命酒獨酌高歌飲訖見盛魚銀碗在案重二十餘兩沈吟曰此物當與誰適有童子捧茶至顧曰女在此幾年曾娶妻否童子曰未娶也遽命取石搥碗令扁以授童子曰與女歸娶一妻勿更來矣復酣飲高歌二三日問門下尚有幾人則惟數十人在矣召之來共坐呼酒歡飲至夜半泣謂眾曰我起身行伍受 朝廷大恩富貴已極前迫於眾人為不義事又不成今雖反正然朝廷蓄怒已深豈有饒

我大丈夫與其駢首僇於市曷何如自死然刀死繩死藥死死皆有痕跡則將遺累經略遺累督撫遺累女等我籌之熟矣待我極醉縶我手足以紙蒙我面冷水噀之立死與病死無異女等以痰厥暴死為詞眾哭諫之怒欲自刎眾從其言天明以厥死聞後經略入朝 上問王輔臣經略言反非其本意 上怒曰女與王輔臣一路人也圖海懦怯而死惟張勇坐鎮河西始終不變三秦賴其保障 上嘉其忠封靖逆侯世襲人謂靖逆之功實王輔臣激成之云

江西風土與江南迥異江南山水樹木雖美麗而有富貴閒閣氣與吾輩性情不相浹洽江西則皆森秀疎棟有超然遠舉之致吾謂目中所見山水當以此為第一它日縱不能卜居亦當流寓一二載以洗滌塵襟開拓其心胸死無恨矣

岷江萬里奔流至江南已就坦迤遠迤東去若安慶以上其浩蕩之氣猶未盡斂又受彭蠡之流阻以小姑之險瀕洞震動不可方物江南兩岸固不乏山亦皆寬衍平鋪此則層峦疊嶂與江勢爭雄峭森秀如荊關之畫而情為之移

湖口縣下石鍾山石無巨細皆挿空壁立如吳郡范墳萬笏朝天之狀石壁數百仞下臨無地秀極絕勝震澤之石公有漁人為棧道於壁間者望之如飛仙予與廣臣吁絕待五云先生若入蜀寸寸皆是物也久之亦厭極矣何奇之有予思自幼熟讀少陵詩若不入蜀便成唐突備遂茲願則一草一石皆別有妙悟忻新更讀一部活杜詩其境當何如也唱經堂於病中無端忽思成都有詩云卜肆垂簾新雨霽酒爐眠客亂花飛餘生得到成都去肯為妻兒一灑衣想先生亦是杜詩在八識田中作怪故現此境不然先生從未到成都何以無端忽有此想耶

酈道元所謂石鍾山東坡泊舟於此作記者乃上石鍾山也

下石鍾山有閣曰江聲在山半踞石壁上南望彭蠡西對大江游覽之地於斯為最乃其地為公所荒蕪不治北牖下有槽櫪馬矢堆積令人數絕此與才士流落不偶者何異若此閣在吳下所遇不知當何如也

同舟有劉公者庚午曾隨征阿魯得辛未隨 駕□□其言與予向之所聞無異

朝廷以舐戲愚北鹵信有之矣

湖口縣南望彭蠡不見涯際鞋山峙湖中浮圖如筆插天大孤山尚縹緲雲外也

上下二石鍾山為湖口名勝萬曆時宦官李道奉設關榷稅於此於上鍾山大治臺榭顏曰學圃後李去關撤其地亦廢今無片瓦存矣山塢中草深數尺堯峰僧坦然

自京師歸訪友於此不值有窮途之哭囊中惟錢十八文耳日坐江邊賣藥以度朝夕環視石鍾惻焉心動尋蘇舊跡渺無存者不有梵刹為山靈羞即毅然以募建為己任乃坐於關使者之門晝夜不臥凡二十五日使者心動施銀十兩公即募人雉草除礫築地為基而架木於其上覆之以席禪誦於內值使者解任歸泊舟山下見而異之曰吾以女得銀他往矣乃果為此難成之事耶復施銀二十兩書吏人役等各以其力眾擎而舉此庚午夏秋間事也為菴一顏曰潮音中奉大悲尊像西向偎前燈火熒熒庵之後半廈為公禪棲處面絕壁而開東牖旁一小廈為香積屋止此耳庵前尚無牆垣旁有隙地而無鄰屋恐其易傾以木支之山風時來吹落簷瓦公之願蓋未竟也

待五云打仗之際刀惟一捺耳不可直斫斫必傷刃為他人制矣馬上槍法決無向前直刺之理惟有回身一槍耳打仗不可不多備鞵子鞵鞋須穿過二三日者方妙新恐與足不相得也必備乾飯一包與肉脯置腰間饑時食之精神十倍更帶米一二升若飯盡可於地掘一小坑築土令實水溼之鋪樹葉一層置米上米淘過更以水溼之米上覆之以樹葉葉上鋪土以火煨之即成飯矣此法大妙非獨行伍人當

知也。帶白蠟米一包。硃砂少許。過暑熱。暨急難撲跌損傷時。食之。可以護心不死。若兵敗不可晚入人家。語皆從經歷中得來。故親切而有味也。

蘄州道士洑在江之西南。山極奇峭。有蘭若臨江。樹木叢茂。大石數十丈。踞江邊。舟過其下。仰望之。復自看身在舟中。舟在江中。恍如畫裏。佳絕。

武昌縣在江之西南岸。即古武昌鎮也。陶侃庾亮所鎮皆此地。東坡游赤壁時所望亦此。今之武昌則江夏也。

辛未秋。予寓漢上。晓卧處共有四官家。乃天地水火也。三官始於黃巾。而道士家因之。不知何時益之以火。漢口皆是也。天地水火為四正。益以風雷山澤。為八卦之神。亦是一說。

冰鑑和上。為帶隱和上之孫。而獨冠敬和上之法嗣也。冰鑑嘗參天童密老人。天童曰。荊州有天王道場。女能興之。不勝如覲近老僧耶。天王即道悟之道場。廢久矣。惟存一鐵塊耳。基皆為人所侵占。和上遂於此發願尋訪。久之而後得其遺基。竭力恢復。今已輪焉奐焉。儼然一祖庭矣。愚按天王天皇音既相同。其人又皆名道悟。皆在荊州。亦一奇也。由此濟洞二宗。各以其所見。互相是非。浴血而戰。兵連禍結。至今

廣陽雜記　卷四　十四

猶未已也。夫豈所謂鬪諍堅固者。非耶。洞庭橘香同岑和上。洞下尊宿也。嘗謂予言天皇實非其人。自古未有以天皇名寺者。濟宗所據之鐵案。以五燈會元即丘素之碑為據。夫即為荊州節鎮。考之唐書。實無其人。夫節度豈無闕者。而史遺之耶。濟洞二宗之子孫。各祖其祖。門戶既立。則兩造之言。俱不可信。蛛子少賤。為彼攻之。自有定案矣。

漢陽渡船最小。俗名雙飛燕。一人而盪兩槳。左右相交。力均勢等。最捷而穩。且其值甚廉。一人不過小錢二文。值銀不及一釐。即獨買一舟。亦不過數文。故諺云。行遍天下路。惟有武昌好過渡。信哉。

龜山。即禹貢之大別。形肖龜。故俗名之。

黃鶴樓。建漢陽門城樓上。巍巍百尺。西向大江。樓前有白石浮圖。工麗無比。如西番阿育王塔式。四周皆鐫大梵書。恨不能譯其語。南向建石坊。題曰勝像寶塔。大元至正中。威勝王太子建。樓南之臺。曰湧月。有祖黃石大書湧月臺三字。高古遒媚。俗以為曹孟德所書。夫曹公未嘗至此。其說附會可笑。

黃鶴樓中。僧俗皆奉純陽像。以黃鶴仙蹤。乃費文禕事。與呂洞賓全無干涉。呂咸通中人。而費考功之蹤。作於天寶。有何難致。而昧昧至此哉。蓋文禕無人知之。洞賓則名喧天壤故也。人不可無名。神仙猶尚如此。又何怪今之人。趨走如騖耶。予嘗謂佛菩薩中之觀音。神仙中之純陽。鬼神中之關壯繆。皆神聖中之最有時運者。莫知其所以然而然矣。舉天下之人。下逮婦人孺子。莫不歸心向往。而香火為之占盡。其故甚隱而難見。未可與不解者道也。

潘太郎弟燕邱。紹興上虞縣人。流寓都門三世矣。尊公明季乙卯北闈舉人。任太原府同知。國初補江西崇義縣。太郎昆季來武昌。入稽府學。順治初。拔貢出為雲南黑鹽井提舉。陞雲南鶴慶府劍川縣知縣。縣在西南極邊。與麗江府界鄰。麗江知府乃土官。有瀾滄江。渡江而西。則西番烏斯藏大寶法王地界矣。先生在滇久。見吳三桂所為多不法。知必為亂。遂歸武昌。未三年而變作。夏逢龍之變。人爭出城入山逃避。先生獨閉門飲酒高歌。曰無能為也。即平矣。先生之識。加人一等矣。

漢口不特為楚省咽喉。而雲貴四川湖南廣西陝西河南江西之貨。皆於此焉轉輸。雖欲不雄天下。不可得也。天下有四聚。北則京師。南則佛山。東則蘇州。西則漢口。然東海之濱。蘇州而外。更有蕪湖揚州江寧杭州以分其勢。西則惟漢口耳。

漢口三元庵後有亭。曰快軒。軒後高柳數百株。平野空濶。渺然無際。西望漢陽諸山。蒼翠欲滴。江南風景秀麗。然輸此平遠矣。

廣陽雜記　卷四　十五

漢水之西南。距大別之麓。皆湖渚。茭蘆菱芡。瀰漫蒼莽。江口繚繞。走龜山之首。約里許。自西達東。石甃平整。循隄而東。南望湖渚。有江南風景。

大江自南趨北。武昌城在北。即古江夏地也。城南為鸚鵡洲。漢江夏太守黃祖殺禰衡處。洲近南岸。而江流遶出其東。洲北武昌。南流而之大江者。曰鮎魚套。使無此洲。則江勢之浩淼為何如耶。

龜山有鍾子期聽琴臺。不知在何許。古跡謬妄。概不足訪。昔神禹道漢水至於大別。會於江。俗呼大別為龜山。以形似也。隔江有山。蜿蜒東出。俗曰蛇山。遙遙相望。半生以來。登覽之勝。無有踰於此者。蓋山雖不高。而當江漢之滙。四顧空濶。瀦泛數重。環拱於此。支交脈會。左右盤渡。目窮於應接矣。案尚書禹貢。漢水南至大別入江。左傳定公四年。吳師伐郢。楚子常濟漢而陳。自小別至於大別。京相璠春秋土地名曰。大別。漢東山名也。在安豐縣南。杜預釋地曰。二別江漢之名。無緣乃在安豐也。案欽水經。沔水自沔陽縣北。又南至江夏沙羨縣北。南入於江。酈道元曰。沔陽處沔水之陽。沔水又東經林障故城北。晉建興二年。太尉陶侃為荊州。都督鎮此。庾仲雍曰。漢口

一名沔口矣。紫地記：漢水東行，觸大別之陂，南與江合，則與尚書相符。但今不知所自矣。予嘗謂酈善長天人，其注水經，妙絕古今，北方諸水，毛髮不失，而江淮漢沔之間，便多紕繆，酈北人，南方之水非其目及也。小別不知在何許，俟更攷之。

自鐵門關西上為鯉山岡，有樓巍然，曰晴川，與黃鶴對峙，蓋取崔灝詩以名樓也。旁有禹稷廟，毘陵人毛會建刻南岳岣嶁碑於廟前，而紀其事。樓臨江東向，軒豁開爽，近勝黃鶴。蓋鯉山之首，走江中數百步，而大江橫過其下，左右無遮蔽，與市廛稍遠，縱目所之，山水之情，與精神融洽，不如黃鶴之散漫無章，可謂後來者居上矣。

予意黃鶴樓即黃鵠磯，後人訛鵠為鶴，而附會以費文禕事，一經崔考功題，而青蓮閣筆，已成千秋鐵案，乃今又轉而為呂純陽，字經三寫，烏焉成馬，天下事已往者皆成冷風蕩烟，又何是非之可論，只要事理燦然，恍人耳目，吾亦任之矣。又安從起古人於九京，而問其果然果不然耶？無奈展轉荒謬，詞不雅馴，令人難為聽耳。

酈道元曰：黃鵠山林澗甚美，譙郡戴仲若野服居之。山下謂之黃鵠岸，岸下有灣，目之為黃鵠灣。黃鵠山東北對夏口城，魏黃初二年孫權所築也。依山傍江，開勢明遠，憑墉藉阻，高觀枕流，上則游目流川，下則激浪崎嶇，實舟人之所艱也。對岸則入沔

廣陽雜記　卷四　十六

津，故城以夏口為名，亦沙羨縣治也。予意桑欽之所謂歎父山，當山與酈善長所謂翼際山者，皆今之所謂蛇山一帶耳。有鸚鵡洲口為城矣。黃鵠樓旁湧月臺有小石碑云：此山即元之高冠山也，高冠二字，未之前聞，意者因酈注有高觀枕流四字，元人於此置觀，後遂因之名山，復訛觀為冠耶？不然，山自太古，何獨錄之元耶？當更攷之。

黃鶴樓後有道院，甚精麗，其額顏曰覺岸，內塑純陽睡像，亭曰仙棗，即酈道上盧生與純陽各分半席而酣眠，大覺而後知大夢，祖生之鞭，必有先之者矣。亭南有小門，下距地數百尺，拖磴逶曲折而下，蓋漢陽門建於蛇山之首，而黃鶴樓復建於城上，據地最高，蛇山迤地東去，茲則南出，故陡絕耳。門上有官告諭禁人往來，蓋茲地為漢陽捷徑，若不禁止，熱中者輩趨於此，商山佳處，即成通衢矣。

蛇山界武昌城為南北二區，巡撫布政皆開府於山北，而總督公署則在山南，藩司之前，鑿山脈而斷之，建鼓樓於其上，為南北通衢，用形家言也。漢陽大別之鐵門關亦如是矣。妖言邪說，殃及山川，此天地之蠹，乃世之號為儒者，以窮理格物為宗，亦樂其說而娓娓言之，何也？

洪山寺，建於武昌東門外蛇山之麓，為明楚王所建，道場宏麗，為天下第一，照牆有碧琉璃交龍，壯麗異常，滿宇高傚如都門西山諸梵剎，製南向，為山門，為執金剛殿，為四天王殿，為彌勒殿，有豐碑一座在鐘樓前，紀年景泰，閒山為碧空鑑禪師，餘文不暇詳也。至大雄寶殿，已山半矣，南望數十里，湖光瀲洄，與岡阜互出沒，殿宏麗如大內乾清宮，三世天人師，三十二相圓滿具足，勝妙殊特，絕如寶山，阿難迦葉侍立左右，諸大菩薩，退坐天人師後，諸聲聞衆列坐兩廡，二織迹金剛神捧寶杵東西向，各長二十尺，金甲冑，威猛如生，殿柱皆合抱，蟠龍梁棟棖，題悉施金碧，攫人心目。平生所見莊嚴佛土，未有若斯之至者。吾恐天台智者大師於大蘇山入法華三昧，前方便，親見靈山一會，儼然未散，亦不過爾爾矣。大雄殿後為彌陀殿，中供無量光世尊，有亭二，進為上官往來游觀飲讌地，其後浮屠七級，則登臨之最勝處也。

予在武昌，見盤店招牌，書曰重砠白鹽，余不知砠為何物，思之久而不得也。問之宗夏，宗夏曰：砠，秤錘也，音相。鹽每包重八斤四兩，製權而衡之，而衡其輕重曰砠，如其數者為重砠也。

酈道元博極羣書，識周天壤，其注水經也，於四瀆百川之原委支派，出入分合，莫不

廣陽雜記　卷四　十七

定其方向，紀其道里，數千年之往跡故瀆，如觀掌紋而數家寶，更有餘力，鋪寫景物，片語隻字，妙絕古今，誠宇宙未有之奇書也。時經千載，讀之者少，錯簡脫字，往往有之，然古玉血斑，愈增聲價。但其書詳於北而略於南，世人以此少之，不知水道之宜詳，正在北而不在南也。余在都門，為崑山定河南一統志，彙選古今之沿革遷徙，盤錯處每得善長一語，渙然冰釋，非此無從問津矣。北方為二帝三王之舊都，二千餘年未聞仰給於東南，何則？溝洫通而水利修也。自五胡雲擾以迄金元，淪於夷狄者千有餘年，人皆草草偷生，不暇遠慮，相習成風，不知水利為何事，故西北非無水也，有水而不能用也，不為民利，乃為民害，旱則赤地千里，潦則漂沒民居，無地可瀦，而無道可行，人固無如水何，水亦無如人何矣。元虞奎章當然言之，郭太史毅然修之，未幾亦廢。有明三百年，更無過而問之者矣。予謂有聖人出，經理天下，必自西北水利始，水利興而後天下可平，外患可息，而教化可興矣。西北水道，莫詳備於此書，水利之興，此其粉本也。雖時移世易，遷徙無常，而十猶得其六七，不熟此書，則胸無成竹，雖有其志，何從措手？有斯民之志者，不可不熟讀而急講也。水經注千年以來無人

能讀縱有讀之而歎其佳者，亦只賞其詞句，為游記詩賦中用耳。然亦千萬中之一二也。吾友潁山黃子鴻，獨能沈酣此書，參伍錯綜，各得其理，好學深思，心知其意。吾於子鴻見之矣。千世之後，復有子雲，善長抑何幸與。更得宋人善本，正其錯簡脫訛，支分縷析，各作一圖，其用心亦云勤矣。惜其專於攷訂，而不切實用，凡有所短，無可如何。予東歸後，思以此本照宋板劃裂改正，裝裱成書，命門人鈔錄其圖，并二十一史輿地志攷，而顧景范有讀史方輿紀要，傳是樓有一統志稿，皆輯錄之，以為疏水經注之資云。

古書有注復有疏，疏以補注之不逮，而通其壅滯也。酈道元水經注，無有疏之者，蓋亦難言之矣。予不自揣，蚊思負山，欲取酈注從而疏之，魏以後之沿革事蹟，一一補之，有關於水利農田攻守者，必攷訂其所以，而論之，以二十一史為主，而附以諸家之說，以至於今日。後有人興西北水利者，使有所攷正焉。予既得景范子鴻以為友，而天下之山經地志，又皆聚於東海，此書不成，是予之罪也。當與宗夏勉之。

歷代史冊，浩繁極矣，苟不提挈其綱領，便如一屋散錢，無從着手。如春秋通鑑目錄大事紀，皆苦其太略，而朱子之綱目，又多書迂濶不切之事，關係重大者，反多遺漏。

前人之書，縱極盡善，不經我手，如觀它家寶，與予無益也。予最愛竹書紀年，有絕人之識。春秋而外，別為一家。久思取竹書以後，迄於有明，照例勒成一書，以備遺忘。年來奔走四方，無一日之寧，更有十倍於此者，亦皆置之高閣，況此考訂編輯之末乎。兩日兀坐僧房，看倪黃二子閱通鑑大全，此等書不知出於何傖之手，乃託文章巨公之名，以誑世之聾瞽。人家子弟，輒奉以為聖經賢傳，不敢別置一喙，閒人出一議，輒搖手閉目，以為侮聖人之言。嗟乎，學者識古今之成敗是非，以開拓其心胸，為他日經濟天下之具也。乃以此等臭穢瓦礫，填塞心胸，牢不可破，求其磊落軒天地者，又胡可得耶。哀哉，可為痛哭流涕長太息者也。然取之以攷年月紀姓名，亦胡不可。乃其中謬譌，亦復不少。予令宗夏置簡二冊，上橫書甲子，每簡二十二行，後一冊每簡十行，自堯甲辰始，每年紀其年號并大事，上一冊紀唐虞三代，其事簡，後一冊則入通鑑，事煩矣，故止十行。寓中無他書，惟據此耳，聊以此為續竹書紀年之草稾。經營一過，諸事皆有頭緒，他日可以讀史矣。倪黃二子學史，實自此日始。

通鑑託始於周威烈王戊辰，初命三晉為諸侯，其距春秋獲麟，尚七十年，所以避續春秋之嫌也。通鑑以前事，則宋京兆劉恕有通鑑外紀，起三皇本紀，至周共和，又一

蘭溪金仁山履祥，有通鑑前編，起陶唐至威烈，所以補通鑑之未備，令學者知古今之全也。乃外紀則取諸子書暨讖緯之說，以圖畫虛空於洪荒之世，今之小說，率取此二書合為一冊，牛鬼蛇神，紛然滿紙，不復可以寓目矣。言不雅馴，薦紳先生難言之。

自堯甲辰，至舜南巡狩，崩於蒼梧之野，共一百二十六年，是為乙酉，而夏禹即位，則在丁巳，中間相去七年，此七年者當何所屬。抑果如孟子之言，辟之於陽城耶。抑別有故耶。今亦不記皇極經世書，以此七年歸之於誰，而竹書紀年有異同否耶。

外紀記商王紂三十二年，以長歷通之，是為戊子，而武王即位，則書乙卯，若是則紂之二十三紀也。夫武王即位於己卯，而謂紂亡於戊子耶。無書可檢，故提綱以己卯推之。

予寓漢上時，漢陽令張壽民招飲，竹箸瓦杯，冢冢五篋，庭中黃菊蘂然，二白鶴飲啄於其側，叔度清風，蕭然可樂，世風一變至此，天意誠不可測也。歸與宗夏言而歎之。

林障山有故城，晉建興二年，太尉陶侃鎮荊州治此，後移沙羨，此處遂廢。今土人呼曰城頭山，在漢口之西三十里郭家口。人煙輻輳，百物皆具。宗夏言此地近日氣象日隆，人物殷，此漢口衰象已現，漢衰此其昌乎。蓋上游繁盛，古說荊襄，後則團風鎮，明季移於武昌，漢口之興，利在清初。今郭家口又將繼漢口而起矣。

長湖口漁罾數百里，星羅碁布，更是一重境界。予嘗言渡江令人雄毅，入湖令人深靜，驗之於此，益信然矣。

荊州護國寺，莊嚴華整，殿後有大鼎一座，以石臺承之，古色斑爛可愛，俗云大禹九鼎之一，不覺失笑。

報國寺乃關壯繆祠，極其壯麗，江陵舊城，乃羽所築，祠之宜也。而遂以江陵為古荊州，相去遠矣。

謂宗夏曰：余平生以來，未嘗見花，惟見竹耳。六七歲時，曾見山水，少長不更見矣。前在石鍾大別，依稀如隔羅縠，不謂之見。此語索解人不得。

煥章云：荊州沙市，明末極盛，列巷九十九條，每行占一巷，舟車輻湊，煙火甲宇內，即今之京師姑蘇，皆不及也。今則冢冢一帶爾，盛衰變遷，令人感慨係之。

荊州城最窪下，江水經其東南，以長隄障之，故溝洫皆壅斷，不能相通，決江水則荊州之人可使為魚鼈，不可守也。

寞瑞師言襄陽穀城縣牧豎八地得古延慶寺道場有殿三層皆在地中前殿亮槅皆鑿石爲之後有延慶祖師塔寞公不記其何代人又不知何故陷於地中滄海桑田高岸深谷信然矣

巖頭道場在武昌西南門外過渡處德山龍山皆在常德荆州南門外五里許即大江名曰御路口江正東西流江之北限以長隄障江水也江不甚潤而流頗急已有川江之勢案江陵即古之南郡治其地東南低故緣以金隄自靈溪始桓溫令陳遵造隄遵善於防攻使人打鼓遠聽之知地勢高下依傍將築略無差失夫陳遵之測量以耳不以目予嘗見瞽者張浩庵以舌餂銀而知銀色之高低則五官未始不可以互用不獲圓通祇是心粗耳俗傳明初馬后至江陵於此登岸故名其地爲御路口江洲栽蘆荻率於此泊捆入江陵焉

澤口剔漢入潛之地也屬安陸府與潛江縣治相距不過十餘里宗夏云若向西北泝漢而上則向鄖陽襄陽漢中矣由澤口向西南順流而下三十里至梅家嘴若再順流而南下則出大江建新隄漢口等處欲至荆州則自梅家嘴復逆流西上也

四絕名藍者天台玉泉棲霞靈巖也棲霞在潤州今隸江南境靈巖在兖州今山東玉泉縣在當陽縣今湖廣天台在台州今浙江境皆智大師道場棲霞靈巖尚俟攷訂

金粟寺乃吳大帝赤烏年康居僧會所建僧會於江南建三剎一金陵之保寧一太平之萬壽一海鹽之金粟也

荆州大寺觀雨廡壹壁圖寫靜樂國太子降神出家修道上昇諸聖蹟大約依倣悉達雪山事而爲之不知舠自何人膽大乃爾然亦天地自然之致也嗚呼今諸山知識往往互詆爲魔釋迦之預記胡不爽乃爾耶然諸公自不識魔字魔字之義壞於梁蕭衍之不知妄作譯場微意失已久矣

黃二五言人中樂府者細嚼黃豆塗之可不死立愈奇方

沙翁偶述雪嶠老人語風居句云穰空夜雨滋黃獨屋漏春風補翠藤近代尊宿之能詩者無踰老人恐無可齊已不是過也

章華臺在荆州沙市古城隍廟北約二里許路北有閣曰古章臺未知何故去一華字自此而北長隄里許隄旁有廢剎曰章華寺南望蒼然寺之東北有脅井一口頗劇周緻曰沈香井土人言此爲楚宮故蹟數丈之下始有水倒影杳然人影在下俯而上窺自井畔口上而東折路盡有地隆起上建八角石亭屹然孤立相去不過一箭遶而遶池曲折有路轉峰回之致亭之東北湖水斷續水落之後猶有數畝瀅洄縈帶其側殘荷敗葦飄零水際予與宗夏頗賞其位置土人以此爲古章華臺基又云此亭爲前藩司李公所重建欄楯皆稍麗古雅夾隄梅桃彌亘野田此而東北二百里中皆蒔夫渠春夏間乾坤繡錯後吳三桂兵駐松滋時大軍過屯此地蹂躪殘踐梅柳桃杏無一株存者臺基頹石崩圮墮落此與武林之西湖同一傷感今西湖稍復舊觀此地廢興當亦有其時矣郡志言章華有二一在沙市一在監利縣離湖之側予攷之舊册在監利者乃章華臺此則所謂楚王釣臺也酈道元曰江陵城西南有赤坂岡岡下有瀆水東北流入城名子胥瀆蓋吳師入郢所開也謂之西京湖又東北出城西南注於龍陂古天井水也陂北有楚莊王釣臺高三丈四尺南北六丈東西九丈今案之正正沙市又曰揚水又東入華容縣有靈溪水西通赤湖水口地多下湖周五十里城下陂池皆來會同水東入離湖湖在縣東七十五里國語所謂楚靈王闕爲石郭陂漢以象帝舜者也湖側有章華臺臺高十丈基廣十五丈左丘明曰楚築臺於章華之上韋昭以爲章華亦地名也王與伍舉登之舉曰臺高不過望國之祲祥大不過容宴之俎豆譏其奢而諫其失也言此渚靈王立臺之日漕運所由也此則監利之章華臺矣監利古華容地今離湖之遺稍在也

因讀史謂宗夏曰古之諸侯即今之土司也後之儒者以漢唐宋之眼目看夏商周之人情宜其言之愈多而愈不合也

破封建而爲郡縣固時勢之不得不然孟子已先言之矣天下烏乎定曰定於一學斯之論必受之於荀卿者也

沙市之西有觀音寺中有浮屠五級甲寅之變大軍與平西之兵隔江而陳浮屠遂爲瞭望之所浮屠之東少北有石尊勝幢浙江僧卓然言此地舊有龍潭每龍居之大爲民害自無方禪師建幢於此其患永息今成平陸矣予意此潭即天井水也天井水亦曰龍陂酈道元曰廣闊二百餘步在靈谿東江隄內水至淵深有龍見於其中故曰龍陂以方隅求之古蹟不失亦可樂也

娛量言蜀中黃連蛇乃近時新出之異類流行尚未徧中土醫家猶不能盡知此蛇產黃連地中形甚小惟食黃連花土人取而陰乾性與連同而功什百用時以水蒸之水氣成露搽黃色作連氣一匙之水勝黃連數錢予習聞之而未經目見昨在都

門吳侍御巽生自蜀中攜來教予亦未及索看煥章處亦有一條乾而藏之苦不甚佳以其形稍大耳茲一寓目他日舉以示人不為塗說矣

煥章談江陵形勝往跡亦略知其概云荊江西上有萬人隄最為險要若掘此隄則荊人皆魚鱉矣昔曾有人以此說進三桂三桂惜此百萬生靈而不用也予為沈吟感歎者久之

予以小時多事手未背誦筆故艱於拈弄學者若欲筆墨成章須一二年苦功眠食於此他日自能操縱如意橫視一世矣若其中之提挈綱領抽隙道竅予雖不能而知之無有復過於予者矣

近人文字目中所見者惟燕峰暨易堂耳燕峰孤立未見有與唱酬者易堂文雅鄭邦士集予未見然當推躬菴為弟一蔣蒼浩瀚有大氣以舉之南宋以來未之多見也

涵齋言大人記賴等奉 旨至貴州審黎平府高岡土司金倒一案即將黎平府知府張瀲城守副將侯奇立刻處斬更有武弁三四員問紋監候處決蓋大人已奉嚴旨而出也總督范承勛降四級調用巡撫衛既齋革職 覆旨後更命部議衛既齋擬斬奉 旨着解來京更議蓋自三藩平後 今上於諸土司加意撫卹以反平西之所為也

汪杲叔徽人名闕字尹子一字東陽以篆刻游於婁東得錢隨手散盡不事家人生產終於玉峰其學原本秦漢雜以宋元章法何雪漁而後亦近代之傑出者

張來圃名瑶嘉定人黃陶菴先生之門人來圃稍豐於財齎三百金衣錦繡泛舟金陵收古書籍滿載而返中流舟漏以襟袖拭之通身淋漓涌猶不止遂仰臥於漏所以背抵之舟得近岸艤之而行前輩風流今猶溢人齒頰也

再生和上初名澄如嘉定人精修苦行常食淡刺血寫經因出血過多昏去百日後復活故易今號崑邑之新洋江東有長者王國良豐於財其子病瘵垂斃長者入城完官稅日暮出城以子疾必欲抵舍至江干為渡船所苦遂露宿江滸平明始得渡歸而子死久矣長者恨子死不得一見也遂發願於新洋江造橋以便往來之利涉先出三百金造木橋一座又念不能經久若石橋則非巨萬不可長者即披薙為僧法號萬闃以募橋工自任往見石奇和上和上以其老而易之曰若要石橋成須是再生來長者歸鳩工經始未鄰而卒時再生在瑞光為化衆偶至崑山有杜居士知其事謂再生曰石橋之讖是再生來今師法號適符此記詎非橋工待師而成乎師遂發願以橋工為己任初然一指繼然一指橋工已就半矣值康熙十四年吳中大水時既詘於財而謗言復沸橋工幾於中輟蓋渡船之人恨橋成而奪其業故散布流言以阻之再生遂抽刀於縣前斷左臂血流如注起走數武復回故處血暈而仆衆善信延名醫以萬金良藥救之血止得不死徐果亭知之為募之於撫軍暨縣令皆出貲倡首而橋工次第告成今惟石闌碑亭未完耳嗚呼觀和上之所為知有衆生耳視斷其臂猶折橋枝也今世之高談性命傳佛心宗者固不乏人而爭名競利有甚於販夫屠沽乃自以為真善知識矣悲夫

辛未春予寓薦嚴寺中狂風怒號雨如飛箭靜坐無聊無端忽念諸故人死已過半今日之存者如深秋敗葉零落蕭條天各一方不能聚首余已置身妻子兄弟之外所恃以為性命者惟朋友耳乃所遇又復如此斯淚亦不能為之墮心亦不能為之哀矣中年以來苦多忘失庚午孟夏始有日記又錄友譜一帙記丁卯入都以來之新相知大都有三百餘人而丙寅以前丙午以後所交四方之士其間事關性情學問振古今而軒天地雖海枯石爛精神不可磨滅若夫杯酒言歡意氣推許雖曹[illegible]有徒亦記一不識十矣每思追錄存沒諸友姓氏錄成一卷置之座右暇時偶一披閱其性情意思之所在歷歷見之目前以代把晤年來奔走風塵略無寧居今雨窗稿坐無客無書遂取筆研游神往昔見二十年來衮衮諸公去來我前如野馬塵埃之奔馳於窗隙也人人有此一種境界但未一靜觀耳盡一日心力憶得三百餘人草錄一紙他日有觸緒而來者可以續入亦非何劉沈謝矣

偶念小雅綿蠻章因念鷦鷯巢於深樹不過一枝知止乎其所不知至矣吾將止於斯乎進而觀之天人上下之閒未嘗有一息之或止也草木不止於地也鳥獸不止於草木也人不止於禽獸也何也草木若止於地胡為乎說甲而萌芽也鳥獸若止於草木胡不樹根於土而走陸飛空也人若止於禽獸胡為乎不披毛而戴角也由此觀之則天固不止於人矣天之不止於人猶氣之不居於水下而火之不伏於地中也氣居水下必泡而起火伏地中必奮而出天不止於地故必學以求道也聖人因是故天池為鵬之所止而王畿為民之所止也至矣哉大學之言曰止於至善噫微至善吾將誰止焉

追憶往昔念四十年以來惟學問一事冷暖自知餘皆蟪蛄耳語云鑑於水不若鑑

於人。子曰。鑑於人不若鑑於己也。又曰前車之覆。後車之鑒。子曰前步之蹟。即後步之戒也。取譬莫近於此矣。蘧伯玉行年五十。而知四十九年之非。未知今之所是者。非四十九年之非乎。雖然。大衍之數五十。其用四十有九。夫惟此一為無過之地。故曰。以學易。可以無大過矣。淵乎微乎。吾將語誰。

趙鄰初言。無錫秦留仙之弟。號赤仙。有奴子七人。於甲子年。五人同謀手刃其主。肢體零落。五人皆逃。一顛死於水中。一死於厠。餘三人者次第擒獲。時值捕獲法寬。閑城門者四日。而翠華北來。錫人凶懼。舉首三人凌遲處死。刑畢。刑人之椿。已拔置室中矣。其夜忽自起立。如人相杵而行。舂者然。下築於地。周行室中五日夜。而後仆。室中之甕。皆糜碎如粉。亦千古未有之大異也。抑五人之死。皆冤乎。而實非冤。鄰初言予聞之。其摸當必不繆也。他日至梁谿。當詢之秦雒生也。

鄰初又言。秦赤仙有異相。性奇淫。棄其內而狎比頑童。故及於難。七人皆其所寵也。以千金買寶刀二。一挂牀頭。一置枕畔。時執以自舞。後奴即取此以弒其主焉。有女一人。聰慧絕倫。適陸氏。陸氏豐於財。其夫之文章書法。威儀言辭。皆婦自教之。才能為梁谿之冠云。

辛未之春。予至玉峰。診立齋先生之脈。頗異於常時。蓋立齋本六陽脈。加平人一倍有餘。始得其平。少弱即病矣。今脈如常人。而少弱。其病可知。惟左關一部獨旺。其病在肝。余為之書一方。用孔金丹以調胸膈之血。二陳湯以豁其痰。鉤藤以平其肝。黃連以清其熱。硃砂黑鉛以隊其逆。淡秋石以開其關。疾其有瘳乎。

立齋先生始患膈食。繼復嘔血。紅黑相間。舉家遑遑如也。余曰。公肝脈獨旺。食膈不下。皆此物為之祟。黑者瘀血。紅者新血也。瘀者不可留。新者不可吐。一日諸醫畢集。共議一方。平安耳。用石斛阿膠丹參等。余竊意立齋久嗜。肝脈不平。且見膈症。適又吐血。則其胸中必多瘀積。法當用升麻紅花。盡吐其胸中之瘀血。瘀盡自愈。否則用丸蒸大黃為丸。徐徐服之。而愈少遲也。富貴人惟喜溫補。聞用此等法。必大驚異。雖盧扁當前亦不聽信。予亦無如之何也。

與吳修齡論業字之義。業乃鐘磬簴上橫板如鋸齒者是也。

吳修齡先生論聲音之道。頗為有見。深以守溫字母劉鑑門法為非。以二合翻切。收盡諸法。立二十四條。以盡諧聲之變。亦可謂振古人豪矣。然以二合為局狹門。乃皆不知二合之奧理。以諧聲通翻切。而立法太多。實無異於劉鑑。若取其書刪之。附予音韻書後。亦可備中華翻切之一法。其言曰。聖人言治平之道。必本之身。審聲之士。顧可外其身以求用乎。作聲有鼻腭喉舌齒脣之六體。竭耳目以自審六體所作之聲。可以纖微不混。其法有二。曰二合。曰翻切。二合乃佛法秘密中事。字聲之晦昧者。合兩字之聲為一聲以顯之。最為親切。如多翁合成東字也。翻切大同而小異。翻之多者有二十餘聲。切聲有二百之外。以摩溢之法行之。可得翻切千數。如多翻宗切。登翻翁切。都翻風切。東字二合。如以父母求其人。必無第二。翻切如以兄弟求其人。或妻妾求其人。不能不多也。與二合同條而稍異者。又有切身之法。乃譯場中所立。有東字乃可合多翁二字以顯之。并無東字。將何以顯。於是切身之法生焉。合二字之聲以為聲。即合二字之形以為字也。如丁也為㐌。丁可為阿是也。翻切為震旦之法。顧之推以為三國時孫炎所作。見王肅傳中。近日顧炎武以為左傳之鞠窮為弓。句瀆為穀。已是翻切。皆未窮源。說文萬言。諧聲者八千。其中自成聲者十之一。餘九皆以翻切得聲者也。苟無翻切。字內但有二千字。何以周用。八千字中。諧本聲諧四聲諧翻聲諧切聲。凡有二十四條。朗然可據。此豈先有字後立聲乎。翻切必出於始制文字者。形聲一時所就耳。東漢為殤帝諱。改隆慮為林慮。隆林一翻故也。周易兼義及洛

誥釋文。皆言馬鄭已有翻切。而未盛行。其曰孫炎。就所見者言之耳。炎書不傳。而所立翻切之名。最為精當。昔人之丁顛寅言。雖未成書。翻法甚密。六朝人能通翻語。史冊載之。唐高宗有通乾天竅之避。李陽冰云。梟不從自得聲。從剿省也。德宗時有仕饒調甜珍張藥鑑之翻。皆灼然不謬。守溫作字母三十有六。翻法遂壞。後人著述。如林皆醉以狂泉者也。又有言翻即切。切即翻者。夫既即一。多翁翁多。皆可得東邪。天地即一。陰陽即一。人物皆靡失矣。梓人作博。予先作長條。乃為方塊。長條翻也。切則截之為方塊也。此豈有難解者。而憒憒至此乎。二合立體為本。翻切旁通為用。無二合則無以質翻切之錯誤。然二合本能生一切諸聲。而不能自生其聲。藉翻切以授出之。又二合雖得一字之真聲。而不旁通諸字。得翻切乃可旁通也。二合翻切二法。猶有不能顯之聲。不得已而用四聲四呼陰陽切聲。四法以助之。十得八九。不知昔之居然自任者何哉。二合切身。佛家綱要。絕非僻書也。儒生不知神珙守溫清泉佛弟子而茫然。誠不可解。平論昔人著述。孫愐翻切雖不縝密。猶能傳近似之聲。有功斯道。四呼束於字母。破碎汨亂。而能顯撮口字。彈門法為字母四呼所夾束。進而愈窮。然其局狹音和。附合於二合翻切。惟守溫蠢爾一物。所立字母。一母兼三四翻之

聲誤殺後人直當投淵者也夫聲發於形不關心聲心有智愚形無凡聖列子云聖人發心而用形知此則牧豎之歌與孔孟等矣又曰孫叔然翻切之書失傳唐有孫愐之唐韻守溫之三十六字母何人之四呼劉鑑之門法餘如司馬君實消泉韓孝彥者述紛然要不出於四家孫愐不知翻經切緯之意廣收雜物金矢一竅四呼如盲人摸象僅得一肢以為全體而所得者是真非贋門法如唐肅代之朝行間非無李郭不能專任使與七節度為等夷令出多門終至相州之敗至於守溫直是無知妄作貽毒後人而已予謂先生之論局狹音和二門二合翻切之説暨評論昔人皆精微確當有功聲韻先生亦嘗自負語予曰諸聲之道蒼帝而後直至小生獨是於二合之説猶未能心知其事也先生雖發悟於華嚴字母而金剛頂大海陀羅尼暨涅槃十四音未嘗寓目於五天梵音半滿字學茫如也二合之中已不辨其多含況三合以上乎蓋先生於天竺陀羅尼太西蠟話小西天梵書暨天方蒙古女直諸書皆未究心其所為聲韻者特震旦一隅之學耳若其合翻切於諸聲實發前人所未發而列門過多失同劉鑑使蒼帝本意如此亦可謂漫無紀綱者矣

修齡有自著書三十餘卷紀流寇事甚詳半藏家塾半在潘次耕處

陳青來執贄於予問為學之方予言為學先須開拓其心胸務令識見廣濶為第一義次則於古今興廢沿革禮樂兵農之故一一淹貫心知其事庶不愧於讀書若夫尋章摘句一技一能所謂雕蟲之技壯夫恥為者也

與青來言趙寒山草篆予之惡草篆者非惡寒山之草篆惡今人之學寒山者耳若寒山者所謂從容於法度之中故能變化於規矩之外今人未嘗一日從事於玉筯執筆輒擬寒山所謂學邯鄲之步未有不失其故者也

人有不由楷法竟學草書者乎無有也篆猶何反不然邪辛未夏諸商人聞江北旱蝗相繼爭糴米而東舳艫首尾相銜蔽江而下漢江之間米價日增而江南依然如故利之所在人爭趨之反貴為賤翻賤成貴甚矣白圭計然之術不可不講也

姜西溟有端研一方長五寸濶四寸式製古樸絕愛之予昔亦甚賞鑑近為顧華峰醉後使酒所碎雖以膠漆附會之非完璧也西溟言及氣猶填塞胸臆也西溟又言舊有一硯乃天然石子十倍於此乃為某人竊去貧士一佳硯亦不易畜可憐哉

余前閱客座贅語標云遯園居士撰皆記金陵事余意遯園必金陵前輩也問之黃子部果出顧陵初手陵初本姓張尊公諱國輔嘉靖中甲科官太宗陵初名起元戊戌會元鼎甲有文名故其書多可觀

南潯朱相公有大事記大政記二書舊已有版莊氏因此以成明史蒐禍者也更有續大事記三卷皆逆案以來事南潯與蒲州交好蒲州當國時一一錄記以成此書更有列傳數千紙皆未流布南潯之孫與陶子師交好已許借鈔矣明史又獲此秘本不啻貧兒忽發窖藏也

顧景范家有書曰三朝紀略紀泰昌天啟崇禎也未知出何人手言記載甚詳

子師言諸省志書多有紀其地之時事者皆當采出以備參攷今廣東通志後一卷已經割出余取而觀之果皆諸書之所未載者年來郡縣諸志汗牛充棟聚於東海乃無一人能發此竅徧為搜出今已不及可惜也

西溟言家藏寶晉齋帖二十卷甚佳余向所見只十卷耳

者觀光以坤五對漳浦索宣紙百幅草出閩入浙以來之詩文以半易坤五半贈對揚又畫巨松一幅後人刻其原書於池州復有棠刻之於浙江者名大滌函書又合倪鴻寶劉念臺陳卧子集為一部

東山翁式金同一少年來會子師曰路同文名煒詢之則路文貞之曾孫也文貞名

振飛字見白廣平曲周人明季總督漕運於淮安弘光朝公奉太夫人避居吳而南都已不守矣遂卜居洞庭之東山有家丁三百人一方賴以保障鄉人至今德之乙酉思文即位於福州召公為左都御史丙戌三月駕幸延平公居守建寧進太子太師武英殿大學士八月仙霞關陷上蒼皇西幸命公以文淵閣印視師安關公趨赴延平遂與乘輿相失航海走廣州廣州復陷依國姓於廈門遣隆武四年曆用文淵印頒行戊子六月永曆御極於端州手詔召公公力疾赴命三年己丑四月道卒於順德享年六十贈太傅謚文貞蔭一子中書舍人夫人王氏守太夫人喪於吳公之喪至自粵一慟嘔血踰月遂不起己亥十一月也合葬於東山法海塢中男三人長中書舍人澤溥字蘇生次中書舍人澤濛戊戌省墓卒次澤瀛奉思文詔改名太平孫五人長玄齡從改玄鼎澤溥子也同文乃玄鼎之孫云

次宣言其昔年阻風江上邂逅土人趙茂先者因主其家其所居地屬鎮江府與焦山相值名大港鎮有山曰圌山出江岸其始乃宋藝祖之後南渡後一人居此後成巨族今已二萬餘丁矣有總祠一人族長八人職之舉族人之聰明正直者四人為評事復有職勾攝行杖之役者亦八人祠有祠長房有房長族人有訟不[illegible]之官而

嗚之祠。評事議之。族長判之。行杖者決之。有干名教犯倫理者。縛而沈之江中。以呈官無不厭衆心者。後有族人與他姓訐訟。族長請之於官。判決明允。官民皆服。後遂以為常。余嘗謂聖人之治天下。自宗法始。宗法不立。民事日煩。天下不可得而治也。余別有專書論其事。今聞趙氏之風。益自信其不謬矣。茂先之父魁梧奇偉。長七尺餘。日飲酒四五十斤以為常。家貲八千金。以飲盡。自言終身曾有二更不飲酒。以病故耳。鼎革之後。常泛巨舟。往來海上。曾遭風飄至一島。闃無居人。見有石橋壯麗瓌瑋。橋上置一銅盤。徑可二三丈。復有一亭。範銅為之。有人云。名乘仙島。橋乃秦始皇所築以望安期生者。不知何據。當更考之。後又遇風飄泊。既久。時值昏黑。吹入一港中。而帆檣數丈。戛戛有聲。若與物相觸者。舟亦止而不行矣。迨明視之。舟在山岸石洞中。檣之有聲者。石礙之也。其洞石下垂者。五色陸離。玲瓏萬狀。水皆紺碧色。奇花異草。徧滿山谷。不可名目。後復往求之。不復見矣。

金陵人林六牛。仲雲姪壻。玉工也。其人多巧思。工琢玉。言製珠之法甚精。礱車渠為珠形。置大蚌中。養之池內。久則成珠。但開蚌口法。未得其要耳。舊法用碎珠為末。以烏菱角殼煎膏為丸。納蚌腹中。久自成珠。此用車渠。較為勝之。

張東昇言。有鹽城人韓霖。字雷門。自言昌黎之後。能作一丈二尺大字。

鄭初言余淡心所著。有汗青餘語一部。帙甚廣。皆記明末黨局事。此書當極力求之。

鄭初誦修齡自序文一聯云。崩騰易盡。終磨海島之頭。側理若窮。願寫彭城之背。上聯不審所出。晤修齡時問之。

武曾述閩撫張儀山義僕事。武曾向館於儀山。故知之甚詳。儀山有世僕李國華。待之厚。而僕素無異寒士家人。儀山有別業在紹興。吏往守之。與鄉紳沈姓者同居。沈宦得罪於鄉人。鄉人毀其居。并及李氏。遂復歸於閩。儀山罷官。後憐其忠。除其籍。使為民。國華服役如故。及將入都。使先於浦城具舟楫。州縣官以其罷任。甚怠其事。國華忿曰。主人數為之官。皆為它人賠累。待人如此。而獲此報。天道焉在。且未出境。人已凌之。余不忍見也。遂四日不食。人勸之不應也。一夜於鷁首桅竿自縊而死。儀山至浦城。撫其尸。慟哭而殮之。予謂儀山之僕。賢於程公之客矣。既脫籍為良民。方有飛鳥出籠困鱗縱壑之樂。乃能捨其生以報主。以愧天下之負恩者。尤人情之所難也。相與感歎久之。

伊在言。童西爽嘗為予作畫冊二十八副。藏之久矣。昨聞其凶問。遂命裝裱之。廣陵散於今絕矣。遂出二冊以視予。幅幅精妙絕倫。惜尚無人題跋耳。猶憶丁卯春。予將北上。西爽為予作畫屏一曲。予向苦圖本草者不得其真。學者案圖而索。茫如也。因謂先生曰。予南歸。取本草所載草木魚蟲。請先生圖之。彙為一冊。天下之保觀止此矣。西爽亦慨然許之。予南歸而西爽死矣。天也。

猶憶亡友王尚仲嘗為予言。天元曆理一書。嗤其妄誕。且曰曾見有開方者。自中心開至四面者。此千古未有之奇也。後於朱姓菴坐上見之。其紕繆實甚。真無知妄作也。大東先生。松坪之祖。深有得於西學。曾譯幾何體論。幾何用法。小測全義三書。皆世所未有者。幾何原本有十二卷。徐玄扈所譯者。只前六卷耳。幾則備矣。體未之及也。原本推論其理。作用全未之及。即幾何要法四卷。刻之於崇禎曆書。只取有關於曆者。大測二卷。割圓八綫之本也。若三角形銳角鈍角諸測法。未之有也。余聞松坪有此三書。如獲異寶。松坪許予已三年矣。當力索之。

與熊占論三禮。頗有入徹語。其言曰。出繼之子。惟降弟兄姊妹之服。以儀禮為讖。不當并降伯叔諸姑之服。知家禮之非。皆確當不易。以所著擇書及諸經論出以示余。予讀其論孟子決汝漢排淮泗而注之江。歎其能發古之所未發也。

熊占又論今人稱庶祖母之非。經有明文。曰祖庶母。置庶字於母上。以別於祖母也。若置庶字於祖上。是別庶祖於祖矣。天下安有所謂庶祖者哉。予聞而甚樂之。為之解頤。

西溟出晉唐小楷一冊視予。則宋搨樂毅論破邪論也。余見宋搨多矣。破邪推此本為第一。乃嘉定程孟陽所收藏者。孟陽西溟皆有題跋。

孟陽題樂毅論云。平生見樂毅論二善本。一為崑山張氏物。其一汪象武所藏。今在方季康家。後十三行洛神賦及東方像贊。皆精妙。偶從都下購得此本。又兼黃庭曹娥。可以樂之忘老矣。壬戌正月。偶菴老人書。

孟陽題破邪論云。小楷帖。世所傳模而已。其筋骨神彩。非真舊本。遂無由見。以故藏真者愈少。若傳書中破邪論。似此搨。平生未一二見也。偶菴老人書。

西溟跋云。樂毅論是右軍書付官奴者。正是王氏家法。故舊推楷書第一。予家藏宋搨晉賢所刻最善。此本差可伯仲。永興破邪論亦舊本。此二帖皆程孟陽所收。程不以書名。其風流故足重也。

又云。右軍之書樂毅。勁筆偏多。而婉麗不乏。永興破邪。變為險峭。筋多肉少。此晉唐

之分界也若不善學之便墮近來王雅宜一種惡道矣此臨池家所以貴於運腕運腕得法下筆自無枯朽之病隱人甲子清明第二日又識

西溟出手卷二一明祝枝山離騷經墨跡一宋搨定武本蘭亭離騷經純本章草其結搆轉換多得之孫過庭書譜西溟以為似藏真閒余言深以為然自始至終二十餘字無一筆溢出規矩之外絶無平日狂怪怒張之態非此卷幾不識枝山本領矣允明自跋小楷佳絶跋云東國紙此佳品其筆亦甚好予有所失之使用此寫不啻尚可觀也丙美難合騷中語亦世事人情丙戌佚老堂記六十七歲祝允明王雅宜跋云山居雨雪長林風吼塞壚擁爐紙窗明映但聞竹樹淅瀝寒鳥悲哀若筍時薦展枝山翁離騷經快讀數過真覺太古以前人也壬辰仲冬廿又三日雅宜道人王寵識

又一跋云予向藏祝京兆書二卷一用金粟牋書古詩十九首用筆模大令一為此卷其運用處少有不同要之皆本章草誠臨池之神品伯兄藥令偶賞之極譏各藏其一以誌同好乙未孟冬前二日弟彥暉跋誌

西溟跋云此書雖本章草其結搆之法多得之藏真余所見枝山十九首真跡遠不

如此脫盡蹊徑獨造天然明一代書法推枝山第一此帖又枝山第一乙丑六月因暑展玩終卷遂記之

其宋搨定武本蘭亭卷有高麗國庫收藏印前有唐蕭翼偕辨才象畫非子昂而印皆松雪結搆雖佳人衣裙皆用細筆勾畫絶非文敏筆意此卷本桑辛稍先世家藏後有人以重價購求獻之成容若而此本石刻則藏西溟家西溟於成容若齋中見此卷言及容若遂舉以相贈辛稍云松雪圖後尚有董宗伯跋一紙不知何故割去予曰此不難解割此真跡裝入他贋卷矣辛稍亦跋一紙文甚長後跋亦多俱不及錄矣

王子秀言昔聞溥子玨曾製一鏡能返照桅竿斗中烏雀歷歷可數凡物之在島在深非有蓋覆者皆可照見余思之不能驟通其故必於一處攝光返映如蜃樓之現於海氣中然但其製器之方尚大費思索耳

許激雲楓江人豪傑士能詩向與崔兔牀輩往還其人可知在金陵與諸遊俠同寓有相士密語激雲曰我觀諸少年皆當過鐵者也公胡久與處耶激雲不解所謂曰頭臨白刃非過鐵而何激雲惟而辭歸諸少年果皆朱光燦黨以此得免過鐵二字甚新奇其金陵詩數聯云端門有店堪沽酒內殿無牆好種田又云耆老盡今新舉

府野人逗遛舊宮門又云若向西山問道老依稀只說舊吳宮又云南去婦輕當劍佩北來人重虎狼皮又云自東弓刀看虎去卻駕車馬載鷹來似此數聯中原老成尚不易得也當覓其全帙讀之

顧昀滋梁溪人與其弟恒修蕭嘉猷譚洪舟黃斐然武進章我仁吳斗文宜興謝弼臣蔣景文靖江朱式屏輩同究性命之學昀滋嘗受學於宜興湯世調先生先生諱之錡讀高忠憲遺書悟其微旨潛修三十餘年人無知者常州金廓明先生師事之廓明別號闇齋住靖江縣世調先生去世昀滋輩遂以闇齋為師講東林之學以默認天理為宗旨主靜存養為工夫常結社靜坐宗夏於庚午中秋嘗就之問學稼躬亦與偕焉昀滋為之結七日之期教其默坐體認宗夏恍惚有得稼躬坐久成疾因之致疾自予南歸宗夏隨予奔馳曾無晷刻暇前之所得已成庸談昀滋避日復於錫山建學舍一區約諸同志共修靜功余謂昀滋正人傑也當此時士之為學者名聞耳詞章而外不復有學乃昀滋獨能以身心性命之故闇然自修且能捐重貲築學舍以待同人誠斯世之祥麟威鳳也

婁勝功有姪清初在李定國營中曾至緬國哇哇城余問以往事及城中風土俱其

人悉憶言之不甚了了地多番僧精舍滿貯梵書貝葉永明入緬晉藩兵駐孟坑其地人居以板為之上大下小如桅竿之斗然

康甲夫有恙諸公子皆病痲症從者亦莫能興湖南人多此症病痲忌食魚并家人皆不得食魚病者不得見魚若犯忌則他日必復病更忌韭誤食韭他日必發九次此理之不可解者

揭暄儀曾客交趾余問以其地之風土云安南與交趾今分二國安南王今交趾之塉也地產象以象為陣善火攻交鎗為天下最然其人柔弱不堪用也又曰臺灣地向有大肚禮嘉二種番人鄭芝龍始開其地後紅毛國假於鄭氏以開市國姓以金門廈門逼近內地恐不能守遂復取臺灣以建國余今日始知臺灣為之龍所開當更政之於楊添齋也

壬申夏紫庭失馬適某處捕盜同知被盜予笑曰司馬失馬捕盜被盜

偶同紫庭孜青綠出處案本草有空青曾青綠青扁青石膽五條予以法製錄之皆可成精銅幾能亂金也

空青楊梅青也別錄云生益州山谷及越嶲山有銅處銅精薰則生空青其腹中空

能化銅鐵錫作金弘景曰越巂屬益州益州諸郡無復有恐久不采之故也今出銅官者色最鮮深出始興者勿如涼州西平郡有空青山亦甚多恭曰出銅處兼有諸青但空青為難得今出蔚州蘭州宣州梓州宣州者最好塊段細時有腹中空者蔚州蘭州者片塊大色極深無空腹者藏器曰銅之精華大者即空綠小者即空青也宗奭曰真宗嘗詔取空青中有水者久而方得其楊梅青信州穴山而取極難得庚辛玉冊云產上饒似鐘乳者佳大片含紫色有光彩次出蜀嚴道及代北山生金坎中生生不已為青為口丹有如拳大及卵形者中空有水如油治盲立效出銅坑者亦佳又有楊梅青石青皆是一體而氣有精粗造化指南曰曾空二青乃石綠之得道者均謂之鑛李時珍曰方家以藥塗銅物生青刮下偽作空青者終是銅青非石綠之得道者也劉繼莊曰予昔在杭遇一滿洲老人雙目皆瞽藥不能立時奏效有貨空青者索價頗高甚言其效滿洲人信之酬以重價將用之矣始問之予予曰此物生銅坑中必銅精也銅性能伐肝有餘之症自無不愈今公年老而症俱虛當用溫補之品若用此恐無益有損聞予言且信且疑乃破青取水先點右目效則遂用之一夜大痛無口目睛爆碎始悔不用予言而猶賴予獲全其左目也後用養肝滋陰之劑將及一載左目復明學者不可不知也予有一法曰假空青用古鏡一圓以硇沙砒石等分為末水調塗鏡背上如錢上以瓷碗覆之埋入土中尺許必在人走路之下月餘取起則鏡蝕成一窩中包青綠水少許用之與空青無異也何必重價購求石中之水哉余意此石以法製鍊得銅必多然未之試也

曾青別錄曰生蜀中山谷及越巂普曰生蜀郡石山其山有銅處曾青出其陽青者銅之精弘景曰今銅官無曾青惟出始興恭曰出蔚州者好鄂州者次之時珍曰但出銅處年古即生形如黃連相綴又如蚯蚓屎方棱色深如波斯青黛層層而生打之如金聲者為真造化指南云曾青生銅鑛中乃石綠之得道者劉繼莊曰此物予未之見蓋亦石青類也造化指南以此等為石綠之得道者其言怪誕殊可笑見之今人噴飯而時珍亦為此言何邪

綠青即石綠亦曰大綠別錄曰生山之陰穴中頌曰本經次空青條上云生益州山谷及越巂山有銅處此物當是生其山之陰爾今出韶州信州時珍曰石綠生銅坑中乃銅之祖氣也今人呼為大綠范成大桂海志云石綠銅之苗也出廣西古江有銅處生石中質如石者名石綠一種脆爛如碎土名泥綠品最下劉繼莊曰石綠以

法製鍊每兩得銅五錢如金今丹家每以此誑人不知此即取鑛法也

扁青即石青一曰大青別錄云生朱厓山谷武都朱提弘景曰朱提音殊匙在南海中普曰生蜀郡恭曰此即綠青也朱崖以南及林邑扶南舶上來者形塊如拳大武昌者片塊小而色更佳簡州梓州者形扁作片而色淺時珍曰蘇恭言即綠青非也今之石青是矣是蜀諸處亦有之而今貨石青者有天青大青西夷回回青種種不同而回青尤貴本草所載扁青曾青碧青白青皆其類耳劉繼莊曰真老坑佛頭青以法製鍊每兩可得真赤金二三錢然真者不易得也

石膽即膽礬別錄云生秦州羌道山谷大石間或羌里句青山恭曰此物出銅處有之出蒲州虞鄉縣東亭谷窟及薛集窟中頌曰今惟信州鉛山縣有之生於銅坑中采得煎鍊而成又有自然生者尤為珍貴李時珍曰石膽出蒲州山穴中鴨嘴色者為上出羌里者色少黑次之信州又次之沈括筆談載鉛山有苦泉流為澗挹水熬之則成膽礬所熬之釜久亦化為銅也劉繼莊曰膽礬以水銀製之成精鋼與石綠中所分者無異若以分石綠法分之亦得但甚少此理予尚未究其微也

廣陽雜記卷第四終

廣陽雜記卷第五

清　大興劉獻廷繼莊著

湘江之源。出粵西陽海山。入郴州。與瀟水合。入衡州。與蒸水合。入沅州。與沅水合。寰宇志備湘鄉曰土湘。湘潭曰中湘。湘陰曰下湘。

癸酉正月十三日部議。議得原任總河靳輔疏。山東東昌府通判。原管十一州縣衛河道。共計六百餘里。道里綿長。不能分身兼顧。今查德州原設有管河州判一員。但德州河道止於一十八里。誠可兼歸州同帶管。將此州判裁出。添入東昌府。改為下河通判。分轄德州一州二衛。恩縣夏津武城直隸之清河故城八州縣衛河道。駐札武城縣。仍以現任通判。改為上河通判。分轄聊城唐邑博平臨清館陶六州縣河道。駐劄郡城。又直隸河間府管河通判一員。專轄景州吳橋等十一州縣衛河道。綿長八百里。內天津同知。止於分催滄州青縣靜海。并天津三衛六州縣衛之重空漕船。其修防疏浚之處不與焉。今應將景州吳橋東光交河南皮五州縣河道。與夫重運回空漕船。舊責令通判修防挑浚催儹外。其滄州青縣靜海三州縣。并天津三衛河道。與夫重空漕船。一并分與天津同知專管。修防挑浚催儹。至青縣河道二百餘里。主簿一員。不能兼顧。應與該縣興濟鎮巡檢。分管料理。又直隸故城縣河道。夾在山東武城恩縣二縣之中。江南沛縣河道。夾在山東魚臺滕縣二縣之中。故城現隸河間府管河通判專轄。遠住泊頭。沛縣現屬徐州同知專轄。遠住徐州。俱不能兼顧。應照直隸清河縣例。將故城改隸山東東昌府下河通判兼轄。將沛縣改隸山東泇河通判兼轄。至凡有河道州縣。俱有管河丞簿。以專司之。今山東博平一縣。直隸之香河南皮吳橋故城清河五縣。俱無專員。乃係典史帶管。夫典史有城社捕盜之責。不能兼管河道。查鄰近城僻之縣。可以不設縣丞。并有丞簿兼設之縣。如山東之冠縣。直隸之魏縣南樂清豐東明元城滑縣等縣。俱可通融裁并。應將冠縣之丞裁去。改為博平縣管河縣丞。將魏縣之縣丞裁去。改為吳橋縣管河縣丞。將南樂縣之縣丞裁去。改為故城縣管河縣丞。將清豐縣之丞裁去。改為清河縣管河縣丞。再查六名府元城滑縣各有縣丞主簿兩員。應將元城縣主簿裁去。改為香河縣管河主簿。將滑縣主簿裁去。改為南皮縣管河主簿。所遺元城滑縣衛河河道。並長垣縣新淫黃河。徙至境內。搬築堤工。俱應歸并各縣之丞。又大名縣亦有衛河。並無專員。應將東明縣縣丞裁去。改為大名縣衛河縣丞專管。而責成之。并內黃濬縣二縣管河縣丞。俱令大名府通判管轄。至於河南丹衛兩河。每年春夏之交。資其東流濟運。而修武湯陰二縣。並無專設河員。應將尉氏縣縣丞裁去。改為修武縣丹河縣丞。并河南武涉縣管河縣丞。令懷慶府通判管轄。再將永城縣之丞裁去。改為湯陰縣衛河縣丞。又安陽縣恒水。流入衛河濟運。令該縣縣丞專管疏濬。一并交與彰德府通判管轄。又衛輝府汲縣新鄉獲嘉淇縣管河縣丞。輝縣管河主簿。相應交與該府通判管轄。再江南揚州府管河通判。管轄高寶江儀四州縣之運河。事務煩煩。更兼興泰如通四州縣之下河。地方遼濶。一員不能兼顧。且下河已設立運河減水壩。且又建閘疏通一切溝洫渠堰。不必專員。豈可置之不問。應將下河興泰如通并范公堤串場河等處。分與揚州府管糧通判兼管。移駐泰州。幅員甚廣。州判一員。亦難綜理。應與該州州同酌量分管。以期無悞。若夫如皋縣亦無管河專員。查泰興縣僻處空閒。亦應將縣丞裁去。改為如皋縣管河縣丞。其通判興化鹽城海州四州縣河道。俱應責成該縣州州同州判縣丞主簿管理。而今廟灣同知兼轄等因。具題前來。查通判縣丞主簿俱各因事設立之員。倘若更調。各官職務。以致廢弛。亦未可定。且黃運兩河。俱設專員責成分管。已經年久。若照所題更調。事屬紛多。相應無庸議。奉　旨管河官員分調。調立之處。俱照該督題行。

顏乃來堂聯云。明哲保身。醉月高風杯在手。大夫告老。餐霞舊德杖於朝。又云。性不因人熱。情能到處流。亦佳。

康熙二十七年。平武昌塘報。六月二十四日。湖廣提督徐治都。督兵馳抵金口。初遇賊。擊敗之。隨廣發牌諭。招撫逆黨。二十八日。據脇逆撫標把總沈朝相等五人。密款歸順。夏包子於五月二十二日。密糾裁兵。乘各官上撫院衙門。蜂擁擒綁。脅從撥隨逆總兵楊兆先。統駐蒲圻。共一千四百餘名。約期進勦。請為內應。臣思我兵已搗逆賊肘腋。咸甯二邑。關係岳常一帶要害。隨給諭密授機宜。屬期速行去後。於七月初二日。朝相等擒楊兆先。并先兵九百餘名投降。其父母妻子俱被殺傷。自六月二十四夜擊敗之後。夏逢龍窺我兵單。私回武昌。起發戰船。悉兵赴金口。又密期楊兆先七月初二日。抄我後路。合兵齊犯。臣軍前止有本標官兵二千餘員名。偏撫標兵三百。長協水師六百。衛協二百。岳州洞庭共二百餘員名。令由岳州一路前進。蒲圻恢復。咸甯縣餘賊廣等營。尚未調到。後聞此信。惟戒嚴以待。至初二日。逆兵水路之船隻。泊金口龍床磯下。逆麾尋邊陸路偽兵。撲我營盤。密布山頭。拖抵鎗炮。自辰至酉。橋知蒲城已經投誠。於戌刻各處齊發。喊聲震天。攻近各營。被我兵鎗炮弓矢擊死甚衆。初三初四。彼此對放鎗炮。初五日午刻。乘北風順便。又發沙船戰船三十餘隻。由北岸而上。順風放下。施放大炮。陸路大肆猖獗。見我官兵船隻搶風上迎。水陸嚴整。不敢親迎。又將船隻忽擺磯下。船兵上岸。齊力攻我營盤。臣督率兵將。登牆迎敵。殺死逆副將大小首領官數十員。逆兵不計其數。天晚方收兵。停未寸晷。又復攻犯各營。直至初六。晝夜截殺。鎗炮之聲聞四野。又初七日初更時分。乘暴風天黑。大隊齊犯。我兵衝敵數陣。擊退回巢。見今攻打不休。前後接戰六晝夜。官兵不能刻停。臣捐貲賞賚。人人思奮。雖極勞而未見甚疲。臣思此項叛兵。見臣深入肘腋。拚命迎敵以求逃遁。乃敢如此大膽。公然四犯。且思在城從叛原兵。無幾何以有如此之多。番據拿獲逆兵供稱。在城兵丁。除撫標幾百名已投誠外。原兵不過三千。兼招來我兵三四千。以及招募無賴等。合二萬多人。今來金口者。有老本兵三千多人。夾挾新募水陸兵八千多人等語。臣查此會接戰。若非撫標官兵。擒獲逆首投獻。則我有手尾之勞矣云云。

逆以各路漢滿官兵船隻尚未過近。惟臣駐札金口。扼彼咽喉。勢所必爭。是以自七

月初二日起。今止旬有餘日。晝夜未曾停刻。臣惟親列行伍。鼓屬官兵。水陸督戰。逆被鎗炮矢石擊死甚衆。我兵傷亡無多。宣逆於十三日五鼓。陸路站隊架梁。直迫我營。水路來駕戰沙船四十餘隻。順風前來。施放鎗炮。意謂我疲。若水路拚命一戰。以爲死中求生之策。臣隨將本標辰協衡協等營。水陸俱分二股。其陸路令一股出營站梁逆殺。一股暗伏柵內。施放鎗炮矢石。水路船兵一股。搶風上逆。過來勢以便下壓。一股靜泊江岸。密排鎗炮矢石。更番迭出。聯絡水陸。自五鼓鏖戰至酉。逆首施放號煙。陸路約有三千餘衆。一齊奔我木柵。被我鎗炮矢石打死。跌落陷坑甚衆。餘逆奔潰。被我站梁官兵掩殺回巢。其水路兵撲我泊岸船。被炮子擊入逆船中火藥桶內。燒逆沙船二隻。沉四隻。逆衆大敗。

逆自十三日敗後。復調存省兵萬餘。於十五日黎明。乘北風大起。駕沙船四十餘隻。夏包子親領。直至紗帽山對江鯉魚料地方攏岸。臣知其詭制官兵。前去抵敵。來虛攻我大營。臣密調中軍。前去會合彼處駐營衡協都司勳。殺去後移時上游煙起。賊船下奔。臣指揮沿岸。以先鋒營開放戰船鎗炮。打壞沙船二隻。淹死逆兵五百餘名。哉將馳至楊都司營。會同密商。衆兵休息。俟逆船兵盡數上岸。以便一鼓追擒。賊果移兵扛樁撲鎗。率逆衆布作方陣。以爲衝我營盤之勢。值大風猛雨。乘彼安置未定。我兵齊力一擁。推毀撲鎗。平踏賊營。鎗炮弓矢擊死逆兵七百餘人。趕落水中淹死八百餘名。活擒偽總兵一員。衆官二十餘員。兵三百餘名。夏包子奔命上船。官兵追趕去訖。臣以賊膽已喪。親率水路官兵。合力齊攻。晝夜不休。奮勇奔彼山號。賊衆如山崩海潰。奔潰上船。於十六日夜半。水陸逃遁去訖。至三十里外聚住。見逢龍十六日帶殘兵數百。連夜逃回武昌。不得入城。十七日至黃岡縣。被民擒赴振武將軍瓦代軍前磔死。隨從止三人。十八日。偽中軍總兵胡耀乾等。殺妖僧偽軍師大員。赴軍前投誠。武昌平。

張耕煙。嘉興人。雲南江川縣知縣。偽周時。教世子。

闕鶡灘。江川人。進士。出家爲道士。被微。其師凡臨江貢生。於雲龍山出家。

四川傑囚黃金玉。安酋之亂。執兵扞賊。守圍圍而不去。

程兼字抑若。號樵髯。黃山人。家繁昌。有我溪外議。尤悔菴爲之序。

雷如。滿洲人。長沙守備。鄭司直書授以兵書。夏逢龍之變。鯉里料有功。徐提督薦之。今爲貴州黎平府副將。

李希膺。字雪村。平西時儒將也。與韓非有齊名。

周少參。陳海槐。廣東蠟丸。皆此二家所製。周貴中土。陳主外夷。

張靖逆幕客宋適之。周子柔極言其人。今出家於華山爲道士。

施雄山。隴州人。在秦州圍城。說偽監道馬口投誠者。技勇絕人。不可一世。翰墨雜藝無不通。惟以微物不合於人。今出家矣。汪天倩友也。

嘉定四先生。乃程嘉燧孟陽。李流芳長蘅。婁堅子柔。唐時升叔達也。孟陽號松圓。

衡陽鄒統魯。字近野。與王而農先生。同登壬午賢書。

江出岷山。其源自西羌萬山來。至嘉州。而沫水自嶲州合大渡河。穿邊界十山以合之。至敘州。而馬湖江會之。又十五里而南廣江會之。至瀘州。而內江又自資簡會之。自涪州。而黔江台南番諸水會之。至萬縣。而開江水自開達等州會之。然後總而入峽。是江自峽而西。受大水凡八。及出峽而下岳陽。則洞庭湖所受南北諸水也。又自是而下鄂渚。則會之者漢口與興元諸水也。又自是而下黃州東四十里。則會之者巴河也。又自是而下九江。則會之者彭蠡。今名鄱陽湖。所受江東西諸郡水也。又自是而下。則皖水。所受淮西諸水也。然後總而入海。是以自峽而東。又受大水凡五。略

計天下之水。會於江者。居天下之半。其名稱之大而可殘者。凡十有三焉。

洪武二十六年正月。升萊州府膠水縣為平度州。以濰州為濰縣。併昌邑縣隸之。

孫樹花談。聞人趙可興著。

黃性震字靜庵。漳浦道士。為鄭氏百夫長。投誠後為千夫長。在姚總督麾下。以招劉國軒說姚。姚命性探得其肯綮。顧假口以間之。為致國軒書。誤遺臺灣。遂有疑。因說國軒來投誠。

漢陽府。魏晉末為沔口重鎮。蓋漢水入口處。屈完謂楚漢水以為池。雖衆無所用之。魏初定荊州。屯沔陽。後移夏口。晉陶侃為荊州刺史。鎮沔口。宋紹興中。賊成留漢上。經營襄鄧。趙元鎮上疏乞下湖北帥司提備賊情是也。至長江之險。與武昌共為門戶。曰大別山。三國吳之所守者。禹功磯也。磯之旁為鐵門關。古置戍守。商舶鱗集。關關外屏。則今之漢口。而蔡店沌口巡檢新灘百人磯。亦皆要害。至劉家隔居漢沔之間。湖泊逶曠。佳葦叢密。盜逆竄匿之區。明正德間。邱仁楊清倡亂於漢川之同堤。嘯聚萬人。立寨沔陽之麻陽。偽稱大王。臺臣奏聞。以右布政司陳鎬副使將昇。率漢土兵擒之。嘉靖間。漢川風門河一帶。上下數百里。羣盜出沒。截掠商賈。知縣昌應會率兵

廣陽雜記　卷五　五

捕之。盜拒戰。劉應會左耳去。隆慶元年。羣盜白晝入劉家隔市鎮。殺捕盜人役。解其支體。地方圖保不敢窺其猖獗如此。皆防禦當嚴之地也。

晉宋間。佛學初行。其徒猶未有尊稱。通曰道人。其姓則皆所從授學者。如支遁本姓關。學於支謙為支。帛道猷本姓馮。學於帛尸黎密為帛是也。至道安。始言佛氏釋迦今為釋子。宜從釋氏。乃請皆姓釋。世以釋舉佛者。猶言楊墨申韓。今以為僧者。自不知其為姓也。貧道亦是當時儀制。定以自名之辭。不得不僧者。疑示尊禮。許其不名云耳。今乃反以名相呼而不諱。蓋自唐已然。而貧道之言廢矣。

顏魯公吳興地記。烏程縣境有顓頊冢。圖經曰。晉初衡山見顓頊冢。有營丘圓。衡山在州之東南。春秋傳所謂楚子伐吳。克鳩茲。至衡山者是也。今謂之衡山。或疑顓頊都帝丘。今濮州是。無緣冢在此。古今傳流。雖不可盡信。然舜葬蒼梧。禹葬會稽。何必其都耶。今州之西南有杼山。亦隸烏程。其旁有夏駕山王郥。相傳以為夏杼巡狩所至。杼。夏之七王也。禹葬會稽。則杼之至此。固無足怪。庸俗之言。未可謂全無據也。越王句踐。本禹之後。蓋吳越在夏。皆中國地。其後習於用夷。故商周之間。變而為夷。豈直夷狄也哉。六合之大。自開闢以來。迭為華夷。不知其幾變。如幽燕故壤。淪陷不滿二百年。已不復名為中國矣。而閩廣滇蜀。列為郡縣者。亦安知秦漢之間。皆夷狄耶。

常德萬人傑。其父偽周時守備。後因安插歸常德。以販木在武昌。適夏逢龍之變。投以偽總兵劉并。以偽空數十道。銀數千金。令歸常德招來豬婦。後武昌平。人傑伏誅。

李登周顒沈約陸詞之書。及唐韻今皆絕傳。宋韻屢易。皆一東二冬三鍾者也。最後為平水韻。夫切為源。韻為流。源密流疏。源分流合。今欲為其密者分者。豈可不遵疏者合者乎。度曲須知。亦有見於諧聲之道。為韻所束。遂致支離破碎。豈可踏其覆轍耶。

汪涯。字萬頃。漢陽人。賈似道為宣撫時。請為客。元世祖圍武昌。似道乞和。師退。當作露布獻功。涯瞋目曰。吻以利而退其師。又兒弄主上。何露布為。似道怒。搥殺之。其母聞之曰。汝以直死。我則不辱。可以下報先君矣。亦自沉涯。有江帆詩及采石獨酌之詠。江帆詩。江帆去去可腸斷。千古萬古趙王臺。掃風黃葉晚風定。□□飛盡碧鳥回。平生無成作筆硯。萬事不理問樽罍。年年看梅今白首。已矣英雄留七亮。采石獨酌詩云。欲落不落月在手。百年幾何持釣綸。不知春色落家表。綠煙漠漠入江濱。天翻地覆有今夕。酒醒詩成無可人。向來談笑今黃土。隨淚未了雞司晨。

天童悟赴黃蘗請上堂云。雙葉扁舟泛海中。來風來往福城東。洪波浩渺無餘事。祇

廣陽雜記　卷五　六

作拋綸擲釣翁。

金粟費隱諱通容。閩之福清縣人。唱水巖詩云。巖上草色肥。巖下水流急。策杖上巖頭。空山人獨立。

吳暢春。字梅初。漢陽人。崇禎八年。以吏員為潛山縣天堂寨巡檢。時流賊自河南東竄。延安麻黃麻間。暢春謂天堂雖小鎮。而非扼舒六。西達英霍。南包桐太。勢為賊所必爭。前或飄忽突掠。且震驚江皖矣。遺器械。積糗糧。募勇敢。練鄉兵。結死士。據嚴險。誓書衣裾。有誓死報國。負盟天誅之語。史閣部可法。方備兵安慶。心知暢春賢。馳札相慰勞。且曰。賊氣未殘。主上焦勞。凡為臣子。皆當枕戈飲血。共奮同仇。官有崇卑。忠義無兩。暢春益感激自命矣。是年十月。賊來犯乾坎。暢春督兵拒之。身中二矢。鬪愈疾。賊欲走金鐘潭。聞路已先斷。始大懼宵遁。乃於明年二月。焚掠英山。以漸近天堂寨。暢春結草千束。深夜舉火為疑兵。賊復驚退。可法又致手書。以寇雖退而必來。新殺既登。正宜預備。且深嘉暢春積糧守險。語諄諄如家人。暢春公息曰。此一腔血。為知己者灑矣。又附年丁丑正月。勁賊十餘萬。漫入至樓水龍潭。暢春用炮弩力戰。卻之。賊更從搖羊嶺樁盤林河。暢春再戰再捷。相持至二月壬午。偵者來告。賊僅七八

十騎可破也。暢春奮往。遇賊於埭口。斬首十七級。然已陷賊圍中矣。丁亥。賊偽以百人誘戰。暢春窮追至梅家寨。伏兵四起夾擊。我師且盡。暢春猶力鬬久之。手刃數賊。力屈被執。賊且逼降。暢春大罵。不屈而死。因南趨太湖。守備趙蔭亦死之。可法聞報。深加悼惜。以其事白應天巡案御史張鶯。萱為請議於朝。命兵部查議。於是尚書楊嗣昌等奏曰。趙蔭以加銜守備。領新兵三百人。去太湖九十里。戰於雞飛灘。勢窮身陷。怒賊自亡。居然壯夫之概也。暢春以卑卑末職。練鄉勇。當賊者兩年。著奇功。挫賊者七次。死於梅家寨。報國勒銘。征裳遺墨。凜凜烈士之風也。蓋自有賊患以來。文武大吏中。媿此兩人者多矣。當武宗世宗之時。知縣段豸王鐵唐一岑頭目鍾富等。俱以流賊倭寇戰亡恤錄。今宜贈趙蔭懷遠將軍。袭暢春本身三等。贈廸功郎安慶府經歷。蔭一子。世襲外衛所鎮撫。仍入祠潛山太湖名宦。以慰忠魂。而暢春子諸生卿請於宛城劉太史若宰。作吳梅初傳。

史記伯夷傳所謂青雲之士者。謂聖賢立言傳世者。附青雲則伯夷顏淵是也。後世謂登仕路曰青雲。謬矣。京房易傳云。青雲所覆。其下有賢人隱。續逸民傳。嵇康有青雲之志。南史。陶弘景年四五歲曰。仰青雲。覩白日。不為遠矣。梁衡陽王鈞謂孔稚圭曰。形入紫闥。而意在青雲。又袁豢贈隱士庾易詩曰。白日清明。青雲遂亮。昔聞巢許。今睹臺尚。阮籍詩。抗身青雲中。網羅孰能施。李太白詩。獵客張兔罝。不能挂龍虎。所以青雲人。高歌在巖谷。合而觀之。青雲豈仕進之謂乎。自宋人用青雲字於登科詩中。遂誤。至今不改。

史記載堯舜皆黃帝後。今試攷其相傳世系。則堯之二女。乃舜高祖輩矣。以之作配。瀆倫甚矣。案黃帝二十五子。得姓者十四人。為十二姓。姬祁酉己滕箴任荀僖姞嬛依是也。然堯姓伊祁。而舜之姚氏不在十二姓之列。非同姓可知矣。且年命修短不甚相遠也。黃帝至堯止四世。至舜已八世。蓋皆緣秦人焚書。太史公得書不多。故有此等謬誤耳。

方言。凡葬無墳者謂之墓。有墳者謂之塋。檀弓。古者墓而不墳。是邱聊淳曾娥碑。丘墓起墳。蓋言丘其平墓而為高墳也。後世以墳墓渾而為一。遂疑其重複。改為立墓起墳。非也。

左傳。楚成得臣與晉文公遇。曰請與君之士戲。戲者兵也。三軍之號戲下者是也。若曰以兵相見云耳。林堯叟謂得臣輕用民命。使解作戲弄之戲。學者習而不察。以為

資。然夫得臣亦英雄。豈有此失。真千古不白之寃。杜征南不下一字。蓋已得其解矣。否則左邱明能無扼腕。

世傳西施隨范蠡去。不見所出。只杜牧之詩。有西子下姑蘇。一舸逐鴟夷之句。而附會之耳。案墨子曰。吳起之裂。其功也。西施之沈。其美也。此吳亡後西施亦死於水。不從范蠡之證。墨子去吳越之世甚近。所言得其真。然猶恐別有見。後檢修文御覽。見吳越春秋逸篇云。吳亡後。越浮西施於江。令隨鴟夷以終。乃知此事正與墨子合。杜牧之未審也。蓋吳既滅。即沈西施於江。浮者沈也。反言之也。隨鴟夷者。子胥之譖死。西施有力焉。子胥死。盛以鴟夷。今沈西施所以報子胥之忠。故云隨鴟夷以終。范蠡去越。亦號鴟夷子皮。牧之遂以子胥鴟夷為范蠡鴟夷。乃墮後人於疑網之中。

今三年一鄉試。謂之大比。不知其語不倅也。禮記小司徒。三年則大比。使天下簡閱名數財物。豈是校士。

俗云。夏至有風三伏熱。重陽無雨一冬晴。驗之殊不然。及閱感精符云。夏至酉逢三伏熱。重陽戊遇一冬晴。乃知俗說之誤。

周室卜年八百。始武王己卯。終赧王乙巳。凡八百六十七年。而孟子曰七百有餘歲。夫孟子生定王三十七年。終赧王一十六年。當其時宜云八百歲而云七百歲何與。因孟子雜攷他書。知為七百而非八百。後人誤增周歷一周無疑也。漢皇甫謐曰。武王即位在乙酉。與所傳己卯相去六年。予謂從乙酉為是。商湯之後外丙二年。仲壬四年。孟子亦有明文。而紀商者失之。武王之誤六年。疑即失紀六年與口歸商者也。昭王南征不返。實二十五年。而云五十一年。則又誤二十六年矣。厲王以二十三年出奔。二相共和聽政。凡十四年。王崩乃立太子。統厲王凡三十七年。共和十四年已在其中。世傳在厲王三十七年之外。宣王四十六年之前。則又誤十四年矣。由數端而推之。孟子所云七百餘歲。信不誣也。

禹貢曰。既修太原。修者因其功而修之也。後世功禹而忘鯀。是執於成敗之見耳。案北方尚有鯀隄城郭。亦始於鯀。當時備水而作。至今因之。鯀之功德信遠。然後知舜不宗鯀。而禹獨宗鯀。鯀誠有可郊之理也。

天王天皇攷　天王道悟。法嗣馬祖。所出龍潭崇信。信出德山宣鑑。鑑出雪峰存義。巖頭全奯。其雲門法眼二宗。實乃天王之系也。有宋景德年間。吳僧道源。條集傳燈。未識從上碑版。謬收龍潭系於天皇之下。雲門法眼相隨而去。是故混淆之始。由於

遺源百世而下競起而爭亦始於傳燈也張無盡公稱書疑之雪峯迅速當出馬祖
後得達觀穎公所獲節度使邱玄素所撰天王塔銘始知雪峯為馬祖五世孫無盡
眼目擇法驗人果不謬矣諸家辯論代有其人柰何久假一期難歸此徑山容和上
五燈嚴統之所為作也然辨而不能清者已有景德傳燈錄矣不辨而自清者已有
唐之侍郎歸登所製南岳讓碑列法孫天王道悟圭峯答相國裴公宗趣狀馬祖之
嗣首曰江陵道悟權德輿所撰馬祖塔銘弟子十一人道悟在焉歷代帝王稽古略
引載天王詳而且明宋有佛國續燈敘明雪竇重顯為馬祖九世孫呂夏卿銘雪竇
顯之塔亦係馬祖九世孫覺範林間錄辨天王拱辰祖源通要乃載天王於馬祖之
下大川五燈會元辨清天王晦巖人天眼目五家宗派序亦博論天王雲壑心燈并
續天王元有念常佛祖通紀載入天王碑銘現載北藏我字函中明有少秋聯芳碑
記原載天王於馬祖之派汝稷指月錄亦載天王黎眉教外別傳天王係於馬祖之
統天童直說明析天王虎巖傳燈世譜編正天王吳定氏之定祖圖亦收天王歸於
馬祖之譜大興善寺一花五葉之圖雲門法眼詳於天王王谷正名錄備悉天王之
由或謂傳史無玄素之名殊不知宋儒避國諱玄素為元素歐陽□貶夷陵令書集
神女廟詩李吉甫一首邱元素一首貞元十四年石刻黃牛峽下夔州巫山界石刻
亦然可考也

東漢嚴光本姓莊因避顯宗諱遂偁嚴氏范曄作史不究其由遂曰嚴光其臺灘俱
以嚴偁又如蘇州因吳殺子胥投之江中後人憐而立祠山上人亦偁為胥臺也吳
滅人又偁為孫胥山言獨胥山在耳柰何吳人偁胥為蘇訛孫為姑後隋平陳因山
名遂更為蘇州

邠風曰無衣無褐鄭氏云褐毛布也此說非是褐乃編枲短衣不黃不皂賤者之服
非毛布也孟子曰若刺褐夫以褐夫對萬乘亦言貴賤之殊耳鄭氏誤以褐為毼遂
云褐毛布也不知褐字從衣毼字從毛乃今之斜毼價昂於絲麻多矣豈賤者服乎

左傳輔車相依林注輔頰輔車牙車人頰骨似車輔故曰輔車左右相持故曰相依
唐韓文公詩云近者尤良傲左車第一牙無故脫去今人不知直以為輔車若詩無
棄脾輔之義則脣亡一句何所附麗乎

易訟卦曰訟上剛下險險而健訟健字句如此之象有八訟之外蒙旅隨蠱恆解井
皆於卦名上截句童蒙初學時塾師點句混上遂以健訟相連今日頑民好訟者曰
健訟殊為大謬

離騷注皇覽揆予初度兮肇錫予以嘉名初度猶言初節也古者子生三月父命之
名謂命名之初節非謂生也今自小至壯至老但遇生辰輒云初度是期頤皆三月
時矣豈不大謬瑚案先師嘗曰初度謂初生之時日尚未離初度也

今人呼私印為圖書非也古者圖畫書籍皆有印記後以印記為圖書正如豎碑於
某處必有記銘後遂以碑為文章之名耳日久相沿恬不知怪惜無有正之者

自廈門至澎湖七更自澎湖至臺灣五更凡十有二更

海舶上司羅盤者曰夥長置一龕下鋪細砂安盤於上取平周回置燈夥長晝夜視
之較之以刻漏而定方向焉其水之淺深泥之顏色臭味皆知之驗之毛髮不爽一
見山則事在舵工夥長之任卸矣

臺灣土蠻男子皆贅婦家而從其姓氏故族貴女而賤男向也男女皆無衣裳今女
亦以布纏身矣今臺灣已立學塾鄉試必舉一人

臺灣惟有一城乃紅毛國所築者臨海畔俗呼紅毛城鄭氏向居之今臺灣府治不
在此城內

臺灣知府蔣某公家人翁總管於康熙二十三年自臺灣歸過澎湖遭風折舵急安
櫓櫓亦折遂斫去其桅割斷蓬索舟中惟本錠四具以纜沉之海中隨風浪飄泊任
其所之耳凡二十八日水久竭矣舟中二百餘人渴死者四分之一死者之尸以稻
裹之從水門投海中巨魚日俟其下隨取吞之慘甚矣後至一處見竹木蔥蔥知有
地矣然未見其人隨放銃炮以驚之久之有象四十餘騎自叢篁中出其人言語不
通畫砂為字則可識蓋安南國界也既登岸則以兵圍之食以魚飯館之茅屋中奏
聞國主然後具舟送至瓊州界

人初入海船必暈眩嘔吐久亦安之矣迨震蕩既久初登平地反皆暈搖顛行則顛
仆甚矣慣習之能移人也能不慎哉

揚雄甘泉賦屬堪輿以壁壘兮說文堪輿天地之神也今偁地師為堪輿非是

金剛三昧經失譯人名附北涼錄案梁慧皎撰道安傳有云自漢魏迄晉經來書多
而傳譯之師不言其名後學追究莫知年代安乃總集名目表其時人詮品新舊撰
為經錄眾經有據實由其功又隋朝費長房漢亦有費長房地仙也先為沙門周武沙汰反俗
隋興文帝詔為翻經學士開皇十七年進歷代三寶錄十五卷於中載金剛三昧經

是梁僧佑新集道安涼土異經而目錄中爲失譯源今還附入涼世又如三慧經等皆標僧佑錄安公涼土異經今附北涼錄云考安師入滅於晉孝武大元十年乙酉明年丙戌呂光稱後涼又越十五年辛丑沮渠蒙遜始稱北涼今據入涼世應是涼州張氏稱國時非必北涼也又三寶記載符秦道安亦嘗譯經二十四部況稱僧佑新集道安涼土異經或即道安法師之所譯與

又案金剛三昧經有新羅國元曉法師疏考宋贊寧高僧傳載元曉國師新羅國人初與義湘法師發心航海求法至唐州抵暮遭雨宿於土龕間乃古塚骸骨旁也已而致疑恍然悟三界惟心之旨即還國中著華嚴疏大弘員頓教義一日新羅國王因夫人腦嬰癰腫巫言應往大國求藥王即遣使渡海舟行將半龍王邀入宮中曰有三昧金剛經乃二覺圓通示菩薩行也今托夫人之病爲增上緣令持此經至彼流布又云汝去上白國王當請元曉法師造疏講演夫人之疾自愈使還具陳王即請法師造疏曉乃悟是經以本始二覺爲宗白王具角乘將几案在兩角間置筆硯始終於牛車造疏成五卷夫人之疾果愈王刻日請曉於黃龍寺演義又因薄徒盜其疏去復重錄成三卷名爲略疏後廣略二本俱行本土略本傳入中國後有翻經三藏改爲論云宋時覺範禪師林間錄中亦載前事明萬歷末顧聖澄禪師有注而華嚴元談宗鏡錄智證傳等皆引用金剛三昧經語員覺略疏又引東海疏說略見一斑第全書不可得見矣又翻譯名義集中載傳道法眼嗣有注今亦無傳

天台華頂沙門諱震撰金剛三昧經通宗記十二卷師號仁山法嗣尉剷公退居姑蘇天平山白雲禪寺華頂仁叟自著書目金剛三昧經通宗記一十二卷　禪宗正傳燈史二十五卷輯兩土諸祖迄於天童凡六十七代之傳各系以表　名宿分化燈史四十卷輯四祖下法嗣及六祖下二支五宗尊宿止於第十五世佛鑑佛眼一輩凡一百六十四家　濟宗續補燈史一十六卷輯臨濟十二世至三十世自東山演及昭覺勤下旁出法系除徑山杲餘皆指月錄所未載者凡一十九世計四百八十四家　三峰燈史八卷輯三峰鄧山兩世下諸尊宿共爲一編　濟洞燈史續略六卷輯天童下兩世尊宿及洞宗先輩并法嗣世數未詳者合成一編　法苑獻徵錄五卷編輯古今尊宿唱明之語及天童三峰授受事實并法中先輩交誼如序跋簡牘書銘筆記法語機緣之類　燈史紀年三卷校定周昭王甲寅至明崇禎甲申傳燈中攷年紀事

惕厲本乾九三古注夕惕若厲句淮南人間訓夕惕若厲以陰惜也漢書張竦爲陳崇奏王莽功德夕惕若厲公之謂矣張衡思元賦夕惕厲以省諐兮唐白居易賀雨表發於若厲之誠散作如膏之澤今人亦常用憂勤惕厲

淮北沛陳汝南南郡西楚也彭城以東吳廣陵東楚也衡山九江江南豫章長沙南楚也見史記貨殖傳今人以湖廣爲三楚太狹矣

蘇州東吳也潤州中吳也湖州西吳也見地理指掌圖今以蘇州爲三吳非

魏斯趙籍韓虔共滅范中行氏而分其地謂之三晉今山西河南北直三處也見資治通鑑今人直以山西爲三晉者非

章邯爲雍王王咸陽以西司馬欣爲塞王王咸陽以東董翳爲翟王王上郡謂之三秦見史記項羽本紀今人以陝西爲三秦者非

詩小雅景行行止景訓明行訓道言人有明道當效而行之如山之高當仰也魏文書云高山景行深所仰慕今人但用景仰二字者非

洪武三年五月初一日初設科舉條格詔內開第一場五經義各試本經一道限五百字以上易程朱氏注書蔡氏傳詩朱氏傳俱兼用古注疏春秋左氏公羊穀梁張洽傳禮記專用古注疏四書義一道限三百字以上至十七年三月初一日命禮部頒行科舉程式始定子午卯酉年鄉試辰戌丑未年會試第一年試四書義三道二百字以上經義四道三百字以上未能者許減一道四書主朱子集注易主程朱傳義書蔡氏傳及古注疏詩主朱子集傳春秋主左氏穀梁公羊胡氏張洽傳禮記主古注疏案此兼用古注疏暨諸家傳後不知何緣遂斥古注疏不用春秋止用胡傳爲主左公穀第以備攷張洽傳經生家不復知其書與人矣禮記專用陳澔集說古注疏盡斥不識近日舉子大師必勦說浮靡無根誠舉明朝初制一申明之使通今博古者得以自見亦盛事也

永樂十二年上在北京應天鄉試皇太子命洗馬楊溥編修周述爲考試官至十五年命侍講梁潛陳全十八年命修撰張伯穎左贊善陳仲完皆監國事也時猶以宮贊列修撰之後至七年己丑會試取中陳璲等以上幸北京俱寄國子監讀書至辛卯始廷試而皇太子乃以副榜第一人孔諤爲左中允賜出身尤爲異典

陽溝有書爲羊溝者崔豹中華古今注曰羊溝爲溝以阻羊之抵觸也又曰楊溝植高楊於其上也詳之當是陰陽之陽蓋潛行地中者曰陰溝則顯行於地面者爲陽

濟矣周禮春官小史掌詔王之忌諱鄭氏注先王死日為忌名為諱觀此則忌諱二字胡可妄用耶

漢書東方朔傳談何容易何容猶言豈可也則容字不連易字讀矣

常棣之華小雅第四篇宴兄弟之詩也唐棣之華逸詩也今人論兄弟事多引棠棣為言而因常誤唐間有書唐棣者及攷爾雅諸書乃知常棣棣也子如櫻桃可食唐棣栘也似白楊凡木之華皆先合而後開惟此花先開而後合故曰偏其反而反則不相親矣豈可以比兄弟乎

左傳成公二公杜注云不中為之役使史記始皇本紀吾全收天下書不中用者盡去之晉人尤多此語中字皆作去聲讀

明季臺諫與部疏議漕運總兵改用流官不必沿推口世爵案此官舊制流官世爵原相兼並推不待改也嘉靖中劉都督璽黃都督印皆以衛官任至總兵管漕運議者不舉此以聞於上第云欲革世爵改用流官遂奉旨祖宗舊制原用勛臣不知兼用流官正祖宗朝舊制也

受人儀物謙曰拜領然不獨我受望人受亦言領趙松雪與人柬云輒有素綢一匹以表微意伏冀笑領又云拜手持納祈笑領之

捭闔捭音擺開也今書作押誤

漕運舊例軍民各半互相轉運民運淮安徐州臨清德州水次交收漕運官分派官軍轉運於通州天津二倉往返經年多失農月於是周忱議將民運糧儲俱於瓜州淮安補給腳價兌與運軍自是轉運變為兌運至成化七年右副都御史滕昭議罷瓜淮兌運令南京各衛官與浙直等處官徑赴水次州縣交兌民加過江船費視地遠近有差由是兌漕又變為長運矣

漢書司馬遷報任安書李陵張空拳冒白刃拳音圈又音患亦作絭皆訓為弩弓史記長平四十萬眾張空拳猶可畏也已先用此字漢書師古注曰拳丘權反讀以為權聲之權大謬乃至竟有剩作拳字者

尚書音上官名與書名皆當作去聲讀平聲者誤

里中字音有相沿而呼而與本音殊相習而用而與本義乖者或亦通之海內而竟不知所從始姑就南都舉一二言之如蕊之音人者切野之音羊者切寫之音悉姐切且之音七也切在二十一馬韻中宜與鮓叶而南都蕊作熱之上聲未有作馬韻

呼者士之音鉏里切是與氏之音承紙切視之音承豕切在四紙韻中上聲也而作去聲呼皆如肆跪之音去委切兄弟之弟徒禮切上聲也而音作黃與弟呼屬去聲皁隸之皁造作之造音與早同而讀作去聲如躁字大之音不作徒蓋切亦不作口个切而別音打之去聲入之音本與日同也而作入音此與本音謬而呼相沿者也又如鈔略取也而寫書曰鈔書官曰鈔案造紙曰鈔紙弔問終也而官府取文書曰弔卷或曰弔鈔糧打作都冷切今作丁把切本取擊為義也而今預事曰打疊探事探人曰打聽先計較曰打量臥曰打睡買物曰打米曰打肉治食具曰打點張蓋曰打繖屬文起草曰打稾稟賜殺也與也供也給也受也而今以下白事於上者曰稟毆以杖擊也律有鬭毆之條而今人故以言相詆醜曰毆帳之為言張也一曰幬謂之帳而呼簿冊紀物事用度者曰帳仰持也資也下託上曰仰令公文自上而行下曰仰累一作慄疾也急疾也今官府有所吩咐均取於下其札曰票疋正也音與雅同詩大疋小疋用此字今借為布段之疋音匹者分別事辭也倆此个為者个是也今以倆人之不老實者曰者假音賈至也又借也今官府借為休暇之假音嫁造假給假此與本義乖而用相習者也

漢制以右為尊以貶秩為左遷居高位曰右職仕諸侯曰左官陳平以右丞相避周勃位第一平為左丞相位第二周昌相趙高帝曰吾極知其左遷凡謂左戚右賢居客之右朝廷無出其右右文之世並用此意自宋設左右僕射左右諫議左右正言明因之有左右都御史左右侍郎等官皆尚左不復以右為尊矣今人貶官猶曰左遷倘尚文猶曰右文不合於今然循習已久不可變且亦雅馴無害於義

數歷之數即揭字古通用今人倘人居官日久中外履踐者曰數歷即書歷試諸艱之意乃見有讀數作劉或寫數作劉者何不攷之甚耶

張端義貴耳集曰嘗聞老儒言漢之周易不以乾坤為首卦然後知太元經以中孚為首卦即漢之易邵堯夫曰凡一代之國必有一卦一君亦有一卦所謂大橫庚庚是也周禮簭人言凡國之大事先簭而後卜簭字字書作筮六書正譌曰從竹從巫巫古巫字巫主筮古者以竹代蓍會意

今人稱隱士見用多曰渭水飛熊蓋用呂尚事而不知飛之為非也史記西伯將出獵卜之曰所獲非龍非彲非虎非羆後漢崔駰達旨云漁父見兆於元龜注引史記非龍非螭非熊非羆為證然史實無非熊獨見於此注杜詩田獵舊飛熊孟詩飛熊

有非熊則往往俗用而李瀚蒙求亦有呂望非熊之句特無有用飛字者且熊又安能飛俗士可笑一至於此

今人不知甲字義而謂令甲即法律大誤漢書宣帝紀令甲死者不可生如淳注曰令有先後故有令甲令乙令丙顏師古曰甲乙若今之第一篇第二篇也則令甲爲最先之令矣故江充傳有令乙騎乘車可以互證至於房室有甲乙次第科目亦有甲乙次第漢謂大世宅甲第隋唐以來謂登科目亦曰甲第

古時之茶曰煮曰烹曰煎須湯如蟹眼茶味方中今之茶惟用沸湯投之稍着火即色黃而味澁不中飲矣迺知古今之法亦自不同也

學舍曰學宮俗謂學宮非也漢賈誼治安策曰學者所學之官也師古注官謂官舍蓋官者館也一職立一官使之典管故以官舍名官又劉歆傳諸子傳說猶廣立於學官爲置博士

今以學作黌宮其字於古無據考白虎通諸侯之學曰頖宮半者象玉之璜也是黌當爲璜字書雖收黌字而說文甚辨其非論字者當以說文爲正

詩召南於嗟乎騶虞宋戴氏鼠璞曰騶虞二人也言文王田獵雖騶從虞人之賤皆

有仁心故歎美之其說極是

安石著新經周禮義二十二卷熙寧中設經義局自爲周官義十餘萬言後揚中立著周官辨疑一卷以攻安石

張采曰周禮冬官之亡不盡係秦禁孟子曰諸侯去其籍今案冬官所屬皆屬□□畝濬度地量居則當井田不行冬官已先漫滅蓋戰國時固不可詰然別書載沅州劉有年洪武中爲監察御史永樂中上儀禮逸經十八篇一云永樂初太平守劉有年進逸禮則知唐所亡之書明初猶有表獻者矣

謁見師古注謂謁者書刺自言爵里若今參見尊貴而通名也又史記酈生踵軍門上謁案劍叱使者使者懼而失謁跪拾謁還走入報則謁即今之名帖矣尸言謁見謂先帖而後見也

昔人謂揚子江心水蒙山頂上茶蒙山在蜀雅州其中峰頂尤極險穢蛇虺虎狼所居得采其茶可蠲百疾今山東人以蒙陰山下石衣爲茶當之非矣然蒙陰茶性亦涼可除胃熱之病

爾疋釋親父之晜弟先生爲世父後生爲叔父女子謂晜弟之子爲姪皆學者所當知而今乃偁父之晜弟爲伯叔兄弟之子曰姪舛矣蓋伯仲叔季晜弟中之次詩曰伯氏吹壎仲氏吹篪又叔兮伯兮書仲叔季弟唐書狄仁傑諫武后曰未聞姪爲天子而祔姑於廟者則古人偁伯仲叔姪之義也今父之兄弟當偁伯父叔父兄弟之子當偁猶子

古人量酒多以升斗石爲言不知所受幾何或云米數或云衡數但善飲有至一石者其非一石米及一百斤明矣案朱昱雜記云淮以南酒皆計升一升曰爵二升曰觚三升曰觶此言較近蓋一爵爲升十爵爲斗百爵爲石以今人飲量較之不甚相遠耳

禮有醓醬卵醬芥醬豆醬用之各有所宜故聖人不得其醬不食今江南尚有豆醬北地則但熟麪爲之而已穿辨多種耶又桓譚新論有腱醬漢武帝有魚腸醬南越有蒟醬晉武帝與山濤致魚醬枚乘七發有芍藥之醬宋孝武詩有匏醬又漢武內傳有連珠雲醬玉律金醬神仙食經有十二香醬今閩中有蠣醬鯁醬蛤蜊醬蝦醬魚醬珠螺醬嶺南有蟻醬則凡臡而切之醃藏者概謂之醬矣乃古之醢非醬也

六朝時呼食爲頭晉元帝謝賜功德靜饌一頭又謝齋功德食一頭又劉孝威謝賜

果食一頭一頭即今一筵也然古未前聞不知何義

稻有水旱二種又有秫田其性黏軟故謂之糯米食之令人筋緩多睡其性懦也作酒之外產婦宜食之又謂之江米

百穀之外有可以當穀者芋也薯蕷也閩中有番薯似山藥而肥白過之種沙地中易生而極蕃衍饑饉之歲民多賴以全活此物北方亦可種也

董堅字子柔蘇州府太倉人書法爲三吳第一嘗曰董華亭資美而未學者也

後漢書梁鴻娶孟光舉案齊眉注以案爲古椀字又漢書霍光傳許后五日一朝皇太后於長樂宮親奉案上食注已前解爲椀矣

尸子曰楚人有鬻矛及盾者曰吾盾之堅莫能陷也吾矛之利於物無不陷也或曰以子之矛陷子之盾何如其人無以應也矛盾二字蓋本之此

詩夏屋渠渠毛注夏大也鄭箋屋具也渠渠猶勤勤也言君始於我厚設禮食大具以食我其意勤勤然正與字書以夏屋爲大俎相合自朱子以屋爲房屋謂渠渠爲深廣呂氏嚴氏皆從之今人則通稱房屋爲夏屋矣

唐初溫大雅撰創業起居注後房元齡許敬宗敬播等以編年體爲實錄姚思廉始

撰紀傳三十卷。顯慶初。長孫無忌與于志寧令狐德棻劉胤之楊仁卿顧胤接其後事。復為五十卷。龍朔中。敬宗又領史職。所作紀傳。或希時旨。或釋私憾。毀譽多失其真。後李仁實牛鳳及皆有續傳。而鳳及悉收姚許諸本。欲使其書獨行。唐事遂殘落殆盡。已而劉知幾與朱敬則徐堅吳兢更撰之。韋述因加筆削。刊去酷吏傳。為一百十二卷。至德乾元以後。于休烈令狐峘等又足之。柳芳又倣編年法。作唐曆四十卷。

孟子注。公輸子名班。魯之巧人也。世盡以公輸魯班為一人。□閱太平廣記。載魯班燉煌人。莫詳年代。巧侔造化。又六國時。有公輸班。為木鳶以窺宋城。似兩人。又古樂府。誰能刻鏤此。公輸與魯班。則明係兩人矣。

業博古圖。古器俱有款識。款謂陰字。是凹入者。識謂陽字。是凸出者。款在外。識在內。夏器有款有識。商器無款有識。識音幟。今人讀款識如見識之識。已謬。而有以器物形象為款制者。尤謬之謬也。

康熙戊辰年。夏逢龍之變。殉難者乃湖北巡撫柯□。糧道葉映榴。松江人□□□□□等諸公耳。其他授偽職者。則有督標中軍傅爾學。受偽職為巡撫。督標左營靳其功。受偽職為糧道。督標右營王相。城守李□。督標前營李□。及撫標沈嘉相。皆受偽

職為總兵。其中惟沈嘉相駢揚兆先于嘉魚首先反正。而王相繼之。其他皆駢首受戮。

夏逢龍於金口敗後。逃至黃岡縣。為生員易為勝所獲。送至將軍瓦代軍前。磔死。其始事於五月二十二日。獲於七月二十二日。僅兩月耳。

夏逢龍倡亂時。以譚以禮為偽東閣大學士。蔡□為偽西閣大學士。以胡耀乾為偽中軍。趙得為偽總兵。鎮守黃州府。漢陽人方□。為漢陽府偽知府。易正印為關防。

湖廣提督徐治都。自常德提兵由西南來。軍駐金口。檄辰州協鎮郭忠孝。忠孝至後二日。咸言金口失地利。不可駐兵。與提督左。遂命駐大均山。提屬出兵屢不利。失二把總。急招忠孝來。忠孝恐失大均。辭得檄而後至。提督見忠孝涕泣。以全軍付之。令其總統。後卒成功。

夷陵鎮總兵嚴弘。自西來駐兵蔡甸。偏沅將軍馬□。自西南來。荊州將軍噶□。統滿兵由北來至應城縣。為賊所困。江南將軍瓦□。統兵自東來。未至而賊滅。

史記始皇本紀曰。夫寒者利裋褐。漢書貢禹傳。裋褐不完。班彪王命論。思有裋褐之褻。注。裋褐之裋音樹。謂僮豎所著布長襦也。褐。毛布之衣也。荀卿淮南諸子亦有之。皆音樹。絕無言短褐者。杜詩顛倒在短褐。應是誤刻。

宋初有內庭日歷。樞密院錄送史館。所記不過朝見辭謝而已。景德中。始詔王旦楊億等十九人。撰太祖太宗兩朝史。天聖□年。詔呂夷簡宋綬陳堯佐等。加入真宗朝史。共為一百五十卷。王珪蒲宗孟李清臣又撰英仁兩朝史。為一百二十卷。非寇準而是丁謂。蓋記之神宗詔旨。神宗又使曾鞏合纂五朝國史。曾鞏以憂去。紹興末。李燾洪邁始修神哲欽徽四朝史。邁奏四朝諸臣雖貴顯而無事迹可書者。用遷固史劉舍辥澤許昌例。□為列傳。書成。共三百五十卷。建炎後。有趙甡之李心傳陳均等書。皆編年也。遼有室昉蕭韓家奴耶律庶成耶律儼等所記。金有完顏勗宗弼紇石烈良弼王若虛等所紀。

臏。五刑中去膝蓋骨之名。齊將孫臏。為龐涓斷其足。故稱孫臏。其名遂不可攷。臏非名也。黥。墨刑在面之名。漢英布嘗坐法黥。人稱黥布。黥非姓也。今人不察。而稱武官有姚臏董黥之語。豈不可笑。

世說曰。殷仲文讀書半袁豹。則筆端不減陸士衡。蓋惜其有才而不學也。若以半豹作稱頌語用。似有未妥。

周賓所識小篇曰。唐以來六曹尚書。各有四司。以本行為頭司。餘為子司。頭司者。吏部郎中。戶部郎中之類是也。明初亦仍其職。但改本部郎中皆為總部郎中。洪武二十三年。乃改吏部總司曰選部。戶部曰民部。禮部曰儀部。兵部曰司馬。刑部曰憲部。工部曰繕部。二十九年。始定今稱焉。近見南京一儀部郎。為人撰文。自稱曰總部。彼蓋止知禮部之有總部。而不知各部皆有之也。明初官稱。與今異者甚多。余嘗纂為明初官制一卷。

眹音引。目瞳也。兆灼龜也。二者蓋見幾微。皆先事而知之。韻注云。吉凶形兆謂之兆眹。今人誤以眹為朕。又倒為朕兆。於古無據。

韻會注。生曰名。死曰諱。左傳。周人以諱事神。名終將諱之。禮記祭義曰。文王忌日必哀。稱諱。是名諱二字。其別久矣。今問人之名曰尊諱。自道其名曰賤諱。謬矣。

廣陽雜記卷第五終

劉繼莊氏廣陽雜記。舊題門人黄曰瑚輯者。皆删本。德清戴子高藏有足本。書仍五卷。視删本多十之四。删本二三兩卷合爲二卷。四五兩卷合爲三卷。節次頗不盡同。書中亦間有曰瑚按語。然亦有删本有之。而足本轉不載者。又删本錄醫方極多。而足本僅寥寥數則。殊不可解。豈足本又經人删節耶。蓋繼莊此書。初亦隨手札記。未有定本。後人傳寫。或詳或略。遂多同異。悉心求之。當以足本爲善。余舊有一本。得於陶凫香。大咸豐庚申失之矣。此本乃趙撝叔所詒。得之子高者。屬葉鞠常先生以丁泳之本校之。增墓誌一篇。其掇拾疑雜一卷。疑門人誤羼入者。則删之。付之剞劂。以廣其傳。潘祖蔭識

廣陽雜記卷第五終

島居隨錄

盧若騰著

上海文明書局印行

序

有明貢臣曰盧巡撫牧洲先生遭時棣孝卓然以文章氣節與閩士相砥礪士林至今重之讀其書益復哀其志悲其遇而想見其為人也林子蘋雲倜儻而嗜古得先生島居隨錄寶同拱璧顧不欲私為枕秘將以壽諸梨棗竊聞先生著書等身乃文集僅有存者又聞其留菴備筆二卷甚佳皆經史及諸子中心得之語應尚在人間是書亦願使其從牢它日若獲裒成全集以饗學者之心斯則蘋雲之上願也是書似專為格物而作夫不物於物所以物物蓋將自充窮達世言之實關而茂閒始於乾品物流形託於未濟辨物居方也自蟲蝦蛸然言之卯關而卯閒和同不可以內一南而物生始齊不可以羸一壯而物成也蘇子紐丑亥以二首法乾元坤元六身象六子陰陽闔闢互為其根藉成告甘茶戍告若穀實豆費玲若天賜至馬諸横生盡以養縱生諸縱生盡以養一丈夫夫然故物理可得而推人極可得而立也且物生而有象象而滋滋而數數不可窮也名以命之類以從之探絪縕之原通消息之故博綜頤之索極蟲沙之變然則是書雖連竹無傷也劇於目怵於心驚猶鬼神其言若河漢而無涯也其間珠連繩貫似有脈絡分別部居似有次第令皆不敢妄為附會獨計先生當顛覆流離之際憤時事不可為欲以澎湖作田横之島自託殷頑日與波臣為伍所見皆蠻煙瘴雨鮫人蜃舍可驚可愕之狀爲孤家寡傾跌至八九不悔而猶抱遺編究終始非直比張華之博物齊諧志怪之志怪也其離騷天問之思乎

道光辛卯五日汀歸化後學羅聯棠序

島居隨錄目次

卷上

物生
物交
生化
應求

卷下

制伏
反殊
偏特
物宜
傀異
比類

道光丁亥鄉人吳君體士購樹梅以鄉先賢盧牧洲先生島居隨錄稿本二冊蠹粉剝落遺去比類一門辛卯冬屬傳君醇儒訪於盧君逢時遂得完璧正訛補闕亟付梓人經始於是歲十二月越明年九秋書成逢時牧洲先生之姪孫也

島居隨錄卷上

清 同安盧若騰著

物生

計然曰。人受命於天地變化而生。一月而膏。二月而脉。三月而胚。謂如水泡之狀。四月而胎。謂如水中蝦蟇胎也。五月而筋。六月而骨。謂血氣變為肉。肉為脂。脂為骨也。七月而生形。八月而動。九月而躁。十月而生。

陳楚之間。凡人猒乳而雙產謂之釐孳。秦晉之間曰健子。趙魏之間曰孿生。

孿生有隔日隔月者。殷祖甲以卯日生囂。巳日生良。嘉靖初。京師民米鑑妻。二月十一日生一子。十二日生一子。十三日生一子。萬歷年間。工部范紡妻生一女。四閱月矣。又生一男。

人有不及十月而生者。魏略云。黃牛羌人。孕六月而生。博物志云。荊州極西南界至蜀諸民曰獠子。婦人妊娠七月而產。令人孕七月八月生者常有之。七月者多可育。八月者多難育。七變而八不變也。宋濂七月生。

人有過十月而生者。伏羲母孕十二年生。黃帝母孕二十四月生。堯契禹及漢昭帝母皆孕十四月生。又漢武帝內傳云。王夫人孕十四月而生武帝。晉書云。苻堅母孕十二月生。十六國春秋。劉淵母孕十五月生。劉聰母亦孕十五月生。慕容喬母孕十三月生。夏雄十四月生。前涼錄索綏云。老子母懷孕十年乃生。老子傳又云。胎八十一年乃生。太平廣記。葉法善十五月生。博物志云。大人國其人孕三十六年生而白頭。唐李泌母周氏懷孕三年生泌。泌始生髮即至眉。宋供奉官郭坦母孕二十二月生。萬歷年間。中書馬呈德。大同人。其妻孕八歲而生子。子亦不甚大。但髮長尺。舜民畫墁錄云。鳳翔婦與黃冠通姦。即妊。不能決。在禁中四年。至英廟登極赦到。宣竟而婦生子。髮被面。齒滿口。余未之信。至岐下取案文閱之。不惧異矣云。太原溫磐石母懷身三年。然後生。墜地便坐而笑。髮覆面。牙齒皆具。宋林靈素。永嘉人。母孕二十四月而生。

人有不因交合而孕者。太昊母華胥。履巨人跡。意有所動。青虹繞之。遂因而孕。黃帝母附寶。見大電光繞北斗樞星。照於郊野。感之而孕。少昊母女節。見大星如虹下流華渚。感之而孕。顓頊母女樞。見瑤光貫月。感之而孕。帝嚳次妃慶都。感赤龍之精孕堯。帝嚳元妃姜嫄。出野見巨人跡。心忻然悅而踐之。身動如孕。期而生稷。帝嚳三妃簡狄祈於高禖。見玄鳥墜卵吞之孕契。瞽叟妻握登感大虹而孕舜。一云感樞星之精而孕。禹母脩己。一曰女狄。山行見流星貫昴。意感慓然。又於石紐山下泉中得月精如雞子。愛而吞之。遂孕。湯母扶都。感白氣貫月而孕。老聃母嬰敷。見日精下落如流星。飛入口中而孕。周昭王夫人觀白虹而有娠。生子兩手握拳不開。昭王噀之。即開。左手有文曰公。右手有文曰羽。遂賜姓羽氏。食采翁山。古哀牢國。即今雲南永昌軍民府也。相傳一婦名沙壺。浣絮水中。觸沉木有感。因孕產九男。其季子長而黠。遂推為酋長。魏書云。鮮卑兵投鹿侯。從匈奴三年。其妻在家有子。怪而殺之。妻言嘗行仰天視雨雹。入口吞之而生子。號檀石槐。後遂為鮮卑大人。梁王曇遂母晝寢。夢靈鳳集其身。因有娠。梁任昉母裴氏夢五色綵旗。四角縈金鈴。墜鈴於懷中。覺而有孕。徐陵母臧氏夢五色雲化為鳳。集其肩左。因而有孕。隋王通母銅川夫人。經山梁履巨石而有孕。遂生文中子。漢末零陵郡太守。有女悅門下書佐。令婢取其盥手水飲之而有娠。既而生子能行。太守抱兒使求其父。兒直上書佐膝上。書佐推之。兒仆地化為水。桓玄母馬氏見流星墜銅水甕中如火球。取入瓢吞之。有感而孕。後遂生玄。宋邵雍母李氏因山行於雲霞間見大黑猿。有感遂孕。南史。東海有女國。二三月競入水則妊娠。六七月產子。女人胸前無乳。項後生毛。根白。毛中有汁。以乳子。百日能行。三四年則成人矣。北史。富春之母。夢風雷而有娠。朝鮮靈巖郡西。有崔氏園。諺傳新羅人崔氏園中有瓜長尺餘。一家頗異之。崔氏女潛摘食之。歘然有孕。彌月生子。其父母惡其無人道而生。置之竹林。居數日。女往視之。鳩燕來覆翼之。還告於父母。父母往見異之。取而養之。及長為僧。名道詵。入唐傳一行地理法而還。復名其地曰鳩林。順慶府達州鸑鷟山有井。井側有巨人足跡。有女子履其跡而孕。生一子。棄諸野。馬牛避而踐。鸑鷟以羽覆之。母乃收而養之。長為高僧。即圭峰禪師也。宋書。百濟國出自索離國。其王出行。其侍兒於後妊娠。王還欲殺之。侍兒曰。前見天上有氣如大雞子來降。感故有娠。王捨之。後生男。王置之豕牢。豕以口氣噓之。不死。後徙於馬闌。亦如之。王以為神。命養之。名曰東明。及長善射。王忌而欲殺之。東明乃奔走。南至淹滯水。以弓擊水。魚鱉皆為橋。東明乘之得渡。至夫餘而王焉。

人有不從產門出者。世本云。陸終氏娶鬼方氏之妹。謂之女嬇。是生六子。孕三年。啟其左脅。三人出焉。破其右脅。三人出焉。修已背坼而生禹。簡狄胸坼而生契。魏志云。黃初六年。魏郡太守孔羨表言。汝南屈雍妻王氏。以去年十月十二日生男兒。從右

脇下小腹上而出。其母自若。無他畏痛。今瘡已愈。母子全安。異苑云。晉義熙中。魏興李宣妻樊氏懷妊。過期不生。而額上有瘡。兒從瘡出。長為將軍。名胡兒。又云。晉時常山趙宣母妊。身如常。而髀上作癢。搔之成瘡。兒從瘡出。母子平安。太康中。焉耆國王龍安遣子入侍。安妻妊娠十二月。剖脇生子。名曰會。後嗣為王。廣五行記云。李勢末年。涪陵民馬氏婦妊。從脇出子。母無恙。宋武帝時。武陵楊歡妻妊女。從腹中生。至齊猶存。後魏肅宗熙平二年。并州祈縣人韓僧真女令姬。從母右脇而出。靈太后命付掖庭。野史云。莆田尉舍之左。有市人妻生男。從股髀間出。瘡合。母子無恙。浮屠氏言。釋迦生下摩耶之右脇。神仙傳言。老子生時。剖母左腋而出。嵩高記云。陽翟有婦人。妊三十月。乃生子。從背出。五歲便入山學道。為母立祠。曰開母祠。瑯琊抄云。成化中宿州一婦孕。脇腫如癰。及期兒從癰出。瘡痛隨合。其子名佛記兒。又成化十八年三月。宿州民張真妻王氏孕。當產。臍下右邊痛不可言。歷三月。腹右畔開裂。產出一男。鼻準中有黑痣。嘉靖四十年三月。真定一婦人。於右脇下產一男。甚碩偉。六歲而死。又隆慶五年二月。唐山縣民婦有孕。左脇腫起。兒從脇生。俱無恙。甲辰徐州一婦脇骨生一肉瘤。漸長如核大。皮益瑩薄。彌月兒從此產。

人生三子四子者甚多。王冰玄珠密語云。人生三子。主太平。人生三女。國淫泆。人生十子。諸侯競位。人生肉塊。天下饑荒。雖有此說。然從來未聞有一生十子者。按漢方術傳云。南昌有婦人生四子。劉祇以問唐檀。檀以為京師當有兵氣。其禍發於蕭牆。此或一時之占驗。未必為定論也。唐哀帝時。潁州汝陰縣彭文妻。一產三男。宋至道三年。南劍民劉相妻。一產三男。永樂六年。山西靈丘縣民李天秀妻宋氏。一產三男。萬曆元年。沙縣民黃壽妻。一產三子。續已編。汝寧士蕪生者妻一乳三男。吳陸鏈知兗州時。過其家。生時三男出。皆皆秀。其髻一向左。一向右。一在中。以識顯難別。故髻以識之。他日生率三子來州謁見云。聞此有一乳三女者。與兒同年。欲求為配。陸奇之。為議而聘焉。石勒僭位三年。黎陽人陳武妻。一產三男一女。勒以為祥。賜乳婢一口。穀一百石。雜綵四十疋。拓跋魏高祖延興三年。秋秀容郡婦人。一產四男。四產十六男。唐永徽六年。淄州高苑民吳威妻。嘉州民辛道護妻。寶曆二年十二月。延州人賀文妻。皆一產四男。宋太平興國七年。鴈門縣民劉習妻產四男。祥符元年。高郵軍民王吉妻產四男。八年。永嘉縣民張保妻產四男。元至元二十年二月。高州民張丑妻李氏一產四子。三男一女。大德元年十一月。遼陽打鴈孛蘭奚戶那懷妻和

里迷一産四男十年正月江州湖口縣民玄丙妻甘氏一産四男致和元年當塗縣楊泰妻吳氏一産四子嘉靖十一年當塗縣民吳倫妻一産三男一女萬歷年間大同氏一産四男三十六年十一月二十二日福州東門守軍蘇九郎妻鄭氏一産二男二女侯甸西樵野記載天順間揚州民家一産五男體貌無異無一夭者母亦無恙陸粲庚巳編載武進人張麻妻一産五男成化間嘉善縣蘇亮妻初乳生三子再乳生四子三乳生六子萬歷庚寅宿州村民婦一産七子膚髮紅白黑青諸色各異以為妖也濟屬一人瘞之江淮里有富長者夜夢神謂曰明日有七將軍在阨遇爾門宜救之當獲福佑長者起覘門外果見所識人抱一筐衣覆其上發視之問知其由以錢勞之語曰是兒神已托夢於我我當鞠之爾但歸報已瘞勿泄也越三年婦老竟無子頗聞育在富長者家訪得之屬人懇求長者曰神以兒屬我安有還理於是與見兩兩家並子之焉嘉靖六年河間民李公寓婦陳氏一産七女○弇山堂記戊午舉人顧合璧聯璧其父四舉胎八子與周八士同○獨異志淮南程幹本富人二年間為水火蕩盡妻茅氏連八年孳生十六子相持行乞於市○宋乾道年潮州城西婦孕過期産子如指大五體皆具者百餘蠕蠕能動

男人有生子者宋史云宣和六年都城有賣青果男子孕而生子蓐母不能收易七人始娩而逃去西樵野記云嘉靖乙酉橫涇傭農孔方忽患膨脹憒憒幾數月自脇産一肉塊剖視之一兒肌體毛髮悉具周文襄忱撫姑蘇時有報男子生子者周不答但目諸門子曰汝輩慎之萬歷丁巳正月二十八日寧波府奉化縣後陽村男子張一産兒自穀道出一與同村盧某負販出往托宿必與俱若夫婦然兒之孕似盧為之父

人有生於獸者史記秦孝公二十一年有馬生人異苑云漢末有馬生人名曰馬異及長亡入胡地漢靈帝光和元年司徒長史馮巡馬生人風俗通曰巡馬生胡子問養馬胡蒼頭乃奸此馬以生子梁時有村人翁文秀見一鹿産一女子在地遂收養之及長與凡女有異遂為女冠梁武帝為別立一觀號曰鹿娘後死入棺武帝致祭開棺視之但聞異香不見骸骨蓋尸解也遂葬棺於毘陵因號其葬處為真山在今江陰東一十八里唐乾符二年河北馬生人中和元年九月長安馬生人秦州治東四十里天目山仙人天治隱居於此有五色鹿産一女於山左草莽間聞啼聲往視之見鹿乳焉治挈養於菴至七歲為築鹿女臺居之治飛昇後女欲南渡邑人餞之江浦云後百年復來礙江水而去景雲二年十一月山忽鳴聲聞遠近曾敕建天台山女道士王妙行行天下名山大川洞天福地投金龍玉璧王妙行即鹿女計百年矣西寧志云西羌之先為木渾可汗子孫乃狼種也隋書突厥之先國於西海之上為鄰國所滅只留一小兒與牝狼交狼有孕兒復被殺狼逃至高昌之西北後生十男其一姓阿史那氏最賢遂為君長

人有生於竹木者漢時夜郎女子浣溪上有三節竹流至足間聞嬰兒聲剖竹得男收養之及長自稱夜郎王以竹為姓隋時黎陽人王德祖撤其皮見一孩抱胎而出因收養之至七歲問誰育我具以實告因林木而生名曰梵天後改梵志作詩諷人甚有義旨蓋菩薩示化也劉宋時東陽鎮朱氏聞木巢中兒啼收育之後為高僧即寶誌公也

凡物九竅者胎生八竅者卵生而人又有生於卵者博物志徐君宮人娠而生卵以為不祥棄之水濱有犬名曰鵠倉獵於水側銜歸獨孤母以為異覆煖之遂烰生兒生時正偃故以為名徐君宮中聞之乃更錄取長而仁智襲君徐國即徐偃王也後鵠倉臨死生角而九尾實黃龍也尸子云徐偃王有筋無骨平陽志晉永嘉中有韓

媼者偶拾巨卵歸育之得嬰兒字曰橛兒方四歲時劉淵築平陽城不就募能城者橛因變為蛇令媼覡灰跡後曰憑灰築城可立淵果然淵怪之遂投山穴間露尾數寸忽有泉湧出成池後人名為金龍池在府城西南雷州志陳時民陳氏獲一卵圍及尺餘攜歸忽一日雷震而開生子有文在左手曰雷在右手曰州及長名文玉陳大建三年拜本州刺史多善政沒而神靈立廟以祀名雷公廟在府城西南瓊州志建安縣南四百里五指山一名黎母山一云婺女星見此山因名黎婺後訛呼黎母黎母廟在府城西舊傳雷攝一卵在山中生一女歲久有交阯蠻過海採香者因與成婚子孫甚衆是為黎母乃黎人之祖也故郡建廟祀之唐時南詔泝海邊漁者得雕卵破得嬰兒乳之長成人稱為宗摸師能以符咒化水土為酒食千百人皆醉飽一日化為雕飛集高興寺不知所止高興寺在玉案山崇福寺之北今屬嵩川州宋書高句麗其先出夫餘王嘗得河伯女因閉於室內為日所照引身避之日影又逐照而有孕生一卵大如五升夫餘王棄之與犬犬不食與豕豕不食棄於路牛馬避之棄於野衆鳥以毛茹之王剖之不能破遂還其母母以物裹置煖處有一男破而出及長字之曰朱蒙其俗言朱蒙者善射也夫餘之臣謀殺之朱蒙走至紇升骨城遂

居馬號曰高句麗。因以高為氏。

人有生異類者。漢竇武母產武而並產一蛇。投之林中。後母卒。有大蛇徑至喪所。以頭擊柩。若哀泣者。少間乃去。漢末張魯女浣衣石上。感赤光之祥。而懷孕生二龍。及女死將殯。柩車忽騰躍升山。遂葬焉。今謂之女郎山。在成都府溫江縣。一云今漢中府洋縣大龍小龍二溪。即張魯女生龍處。溪邊大石山有赤書展溪二字。庾信詩所云南國女郎砧也。晉太康間。暨陽農人任谷。倦卧樹下。夢羽衣人與淫。遂期。羽士復至。以小匕抉其臍下。出一白蛇。羽士挾蛇徑去。谷陽漸痿。貌類寺人。又詣言道術。得入宮。次寺人籍。永嘉中。吳郡萬詳婢。生子。鳥頭兩足馬蹄。一手。尾黃。大如枕。愍帝建興二年十一月。枹罕令嚴根婢產一女。一龍。一鵞。其龍子色似錦文。常就母乳。遠見神光。少得就視。未幾帝竟淪沒。劉聰后劉氏產一蛇一虎。時平陽雨肉。長三十步。廣二十七步。旁有哭聲。晝夜不絕。與聞百里。劉后所生一蛇一虎。各害人而走。尋之不得。頃之見於隕肉之旁。俄而后死。諸妖俱不見。東晉隆安中。吳郡有繆氏家於陽山之下。其女始笄。因出歸遂日暮欲雨。忽遇白衣老人。假館避雨。語竟遂失老人所在。已而有娠。父母惡而逐之。乞食於鄉。踰年三月十八日。產一肉塊。棄之水中。塊忽破。

有白龍出。蜿蜒母前。母驚仆地。須臾雷電晦冥。風雨交作。良久開霽。白龍復還產處。視母已死。乃飛騰而去。於是鄉人葬其母。仍建廟祀之。每歲是日龍必歸省。見形或長尋丈。隱顯於冢山。或小如蜥蜴。依伏於廟側。暴風雷雨。則其驗也。今白墡嶺龍湫靈濟廟是也。梁武帝太清元年。丹陽有莫氏妻生男。眼在頂上。大如兩歲兒。墮地便言曰。兒是旱疫鬼。不得住。母曰。當令我得過。鬼曰。有上官。何得自由。母可急作絳幘。故當無憂。母不暇作絳幘。以絳繫髻。自是旱疫者二年。揚徐兖豫尤甚。隋大業四年。鴈門采谷村有一婦人。生一肉卵。大如斗。埋之。後數日。所埋處雲霧晝合。從地雷震而上。視之洞穴。其卵所在。六年。趙郡李來王婢產一物。大如卵。唐大順中。資州王全義妻孕。而漸下入股。至足大拇指。拆而生珠。漸長大如杯。建昌府南豐縣八十里有龍母墓。宋熙寧間。農夫游戢妻劉氏浴於溪。遇黃犬逼之。有娠。期年產兩鮎魚。驚異以大缸貯之水中。須臾雷電晦冥。失魚所在。後三日劉死。葬於溪東礦阜之上。數日大雨溪漲。求見兩魚循繞墓旁。所行處地輒陷。蹤以為龍也。

人有幼生老生者。潘塤楮記室載。元順帝至元三年。民間訛言拘刷童男女。以故婚姻不問長幼。平江蘇達卿時為上海縣吏。有女年十一。贅里人蒲仲明之子為婿。明年生一子。遼史載。金始祖函普妻年六十餘。生二男一女。又留青日札載。唐張篤妻孟媼貌類其夫。篤事郭汾陽。既死。媼偽為丈夫衣冠。稱為篤弟。續事汾陽。汾陽奏媼年已七十二。軍中累奏兼御史大夫。忽思老而嫁。遂改適三原縣董楊店潘老為夫婦。復誕二子。曰滔。曰渠。滔年五十有五。渠年五十有二。媼年百餘歲。人呼為張大夫。此皆異常之事也。

人有多子者。漢中山王勝有子百二十人。晉慕容廆之弟吐谷渾有子六十人。胡蕃嗣子世隆。又有庶子六十人。北燕王馮跋有子百餘人。姚弋仲有子四十二人。蕭齊鄱陽王耿男女百人。宋張耆有子四十二人。或傳者謂為直厩。畜先以馬合。然後觀。從而御之。罔不成孕。李仙哲真州揚子縣人。任木州刺史。生男女六十九人。子孫參見。或忘其年名。披簿以審之。晉藩慶成端順王奇源有子百人。嘉靖三十四年冬王壽八十。撫臣王崇上疏乞請旌表。詔賜書嘉獎。賚以金帛。

物交

龍與牛交則生麒。與豕交則生象。與馬交則生龍馬。埤雅云。龍卵生思抱。雄鳴上風。雌鳴下風。因風而化。龜鱉亦卵生思抱。一云龜思鱉望。生卵於水濱岸穴。隔岸以目望。日出入朝東夕西。觀三七而成也。

釋典云。龍交則變為二小蛇。陸佃云。蛇交龜則生龜。交雉則生蜃。類書云。蛇與雉交而生子曰蟂。似蛇四足。能害人。陸璣云。蟂音梟。卵蛟也。或曰蛟也。禹貢圖云。正月蛇與雉交生卵。遇雷即入土數丈為蛇形。經二三百年。乃能升騰。卵不入土。但為雉耳。鵁交雌。常自蹲。其勢在尾近背上。蛇交雄入雌腹。已即退出。龜雌雄尾交。或云龜無雄。與蛇交即孕。龜與蛇交。誠有之。謂其無雄而不能相交。則非也。抱樸子云。螣蛇不交。變化論云。螣蛇聽孕。鰋鯉魚有雄無雌。以影浸於鱧魚。則其子皆附於鱧鬐而生。故一名鱧鯉魚。按許慎說文云。鰋與鱧同。或云鮎。亦產鱧。或云鰋與蛇通。瑇瑁一名玳瑁。陸佃云。瑇瑁不再交。望卵抱影。謂之護卵。鼠以尾交。鷺以目交。鶂鶂睛交。鴇鵝足交。螣蛇聽交。野獸傳枝。老鶴過氣。鸜鵒鳥接數。鴛鴦交頸。蝴蝶絡緯蟪蛄。皆以鬚為鼻。交亦在鬚也。亂鷄沙鷄。皆雄鳴上風。雌鳴下風自然成孕也。雀交不一。雉交不再。凡鳥皆雄求於雌。惟雀與鶉鶩則雌求於雄也。

為鵌鼵。道渭自鳥鼠同穴。唐孔穎達注疏云。一鳥一鼠共雌雄同穴而處。山因得名。有親見之者云。鳥形色似雀而稍大。頂出毛角。鼠狀如人家常鼠。但脣缺似兔。蓬尾似鼬與鳥狎昵。有類雌雄。關之土人。所說皆然。

鶴聲交而孕。一云雌雄相隨。如道士步斗。履其跡而孕。鵲音感而孕。以視而抱。白鷀相睨而孕。鵁鶄睛交而孕。鷺以目盼而受胎。

雉交不再。將卵時。雌避其雄而潛伏之。否則雄食其卵也。

雄鵠交時。以足相勾促鳴。如鼓翼相鬬狀。往往墮地。人或就而掩之。取其勾足為媚藥。故王荆公字說云。鴝從句。鵒從欲。

北戶錄云。孔雀不匹。以音影相接而孕。或雌鳴下風。雄鳴上風。亦孕。翼越集云。孔雀雖有雌雄。將乳時登木哀鳴。蛇至即交。故其血膽猶傷人。禽經云。孔雀見蛇則宛而躍者是也。

續博物志云。聒抱者。鶬鶂鸛鶴也。影抱者。黿鼉龜也。黿交在水中以胸相帖。許慎云。三年一乳。或云五歲始產。六十年骨方足。

易通卦驗云。立秋虎始嘯。仲冬虎始交。或曰。月暈時乃交。又云。虎交不再。

貓犬逢春秋交。

虎以大寒日交。七月而生。

蟲螽雌者與蚯蚓交。郭璞贊云。蚯蚓土精。無心之蟲。交不以分。曠於蟲螽。是矣。

博物志云。蠶三化。先孕而後交。不交者亦產子。子後為蠶。皆無眉。目易傷。收採亦薄。

南方異物志云。高魚似鱓。有雌無雄。二三月與蜥蜴合於水中。其胎毒人。高魚一名石斑魚。亦與蛇交。

道藏經云。蝶交則粉退。蜂交則黃退。

鵲純雌無雄。與他鳥合。鰌魚與他魚牝牡。故莊子曰。鰌與魚游。

蟲蟲一名土鼈。一名蟅。其蟲與燈蛾相牝牡。

生化

地鏡圖云。黃金之氣赤。夜有火光及白鼠。銀之氣入夜正白。流散在地。其精變為白雞。銅氣之精為馬。為僮。鉛錫之精為老婦。

廣輿記。載占城國有金山。山石皆赤色。其中產金。夜則飛出。狀如螢火。

鐵受太陽之氣。始生之初。鹵石產焉。一百五十年而成磁石。二百年孕而成鐵。又二百年不經採鍊而成銅。銅化為白金。白金化為黃金。今取磁石碎之。內有鐵片可驗。

丹砂受青陽之氣。始成鉚石。二百年成丹砂。而青始孕。又二百年而成鉛。又二百年成銀。又二百年復得太和之氣。化而為金。諸金皆不若丹砂金為上也。

雄黃變鐵。雌黃變錫。

白茅根乾之。夜視有光。故腐則變為螢火。

葱變為韭。老韭變為莧。

唐元宗天寶三載。武威番禾縣醴泉湧出石。化為麪。貧民取食之。憲宗元和四年。山西雲蔚代三州山谷間石化為麪。人取食之。宋真宗祥符五年。慈州民饑。鄉寧縣山生石脂如麪。可作餅餌。仁宗嘉祐七年五月。鍾離縣地生麪。哲宗元豐三年。青州臨朐益都石皆化麪。人取食之。

嶺南有樹小兒樹蛺蝶。及獨脚蜂。橫脚蛾。皆生於樹。其足連樹根。不能動搖。此氣化之類也。

酉陽雜俎云。嶺南毒禾夜有光。經雨則腐。化為巨蜂。其喙若鋸。長三分。噬人甚毒。

述異記云。晉末荆州久雨。粟化為蟲蟲害民。永嘉中。梁州雨七旬。麥化為飛蛾。

述異記云。梓樹之精化為青羊。又云千年木精為青牛。楓木之老者。化為人形。兩中有楓子鬼。

古今注謂橘蠹化蝶。爾雅翼謂菜蟲化蝶。列子謂烏足之葉化蝶。酉陽雜俎謂壞綿裙幅百合花俱化蝶。北戶錄謂樹葉化蝶如丹青。一云朽麥化蝶。凡蠹蝸諸蟲至老俱各蛻而為蝶為蛾。朽衣物亦必生蟲而化。其色亦各隨其蟲所食花葉及所化之物色。黑蛺蝶大如蝙蝠。橘蠹所化。北人或名玄武蟬。古度樹一呼那子。南人呼曰柁不葉而實。實從木皮中出。如綴珠璫。大如櫻桃。黃即可食。過則實中化蟻飛出。亦有為蚊子者。丹鉛錄云。有草蝶水蝶在水中。

異苑云。人髮變為鱓魚。抱朴子云。藝根化為蠐。陶隱居云。鱓是荇苓根所化。

羅願云。水蠆化蜻蛉。蜻蛉仍交於水上。附物散卵。復為水蠆。

蠶置於綿絮簡中。久則蠶死。死蠶於青草葉上。經宿霑露。則背圻化為青蟲飛去。

淮南子曰。孑孑為蟁。孑孑音吉厥。雨水中小蟲也。其行一曲一直。若無臂然。故名孑孑。孑無右臂也。孑無左臂也。一作孑孓。

蛆蛇之子也。蛆蜕化為蠅。蠅溺水死。得灰復活。故淮南子云。爛灰生蠅。水蛆長寸餘。
色黑。夏末變為蟲。
抱樸子云。頭蝨黑。着身變白。身蝨白。着頭變黑。
蜂有化為促織者。健而善鬭。所當無不勝者。
蠐螬居糞土中。從夏入秋。蛻而為蟬。蠐螬一名蝎。一名蠹。在朽木中。春雨後。化為天
牛。王充論衡云。蠐螬化腹蜟。腹蜟折背出而為蟬。爾雅云。蜩馬蜩乃蟬之最大者。本
生土中。云是蜣螂所轉丸。久而化成。此蟲至夏登木而蛻。酉陽雜俎。載朽木化蟬。
列子云。朽瓜化魚。段成式云。補闕張周見壁上瓜子化為壁魚。即蠹魚也。亦名衣魚
蟫魚蚋魚白魚。
山氣多蛇。水氣多蚊。
蚊子化生於木葉及爛灰中。產子於水中。為孑孓蟲。仍變為蚊也。嶺南有蚊子木。葉
如冬青。實如枇杷。熟則蚊出。塞北有蚊母草。葉中有血蟲。化而為蚊。江東有蚊母鳥。
一名鷏。每吐一二升。
蝌斗生水中。蝦蟆青鼃之子也。二三月鼃蟆曳腸於水際草上。纏繳如索。日見黑點。

漸至春水時。鳴以聒之。則蝌斗皆出。謂之聒子。所謂蝦蟆聲抱是矣。始出有尾無足。
稍大則足生尾脫。月大盡則先生前兩足。小盡則先生後兩足。
蚯蚓蟄結時。能化為百合。
唐太和九年。鄭注籠中藥。化為蠅數萬飛去。注始以藥術盡化為蠅者。敗死之象也。
吉弔生嶺南。蛇頭龜身。水宿亦木棲。龍所生也。
龍能變水。又能變火。
續博物志云。鯨魚大者長千里。小者數千丈。一生數萬子。常以五月六月就岸上生
子。七月八月導其子還大海中。其雌曰鯢。
石首魚至秋化為冠鳧。即野鴨有冠者。頭猶有石也。
鰐魚一種蛇變。水缸中夜以燈照之。項下有白點。通身浮水上。不可食。
鯊魚皆卵生。獨海鯊胎生。故其為魚也最凶
鱣魚鱘魚皆能化龍。
烏賊魚一名墨魚。羅願爾雅翼云。九月寒烏入水。化為此魚。物類相感志云。烏賊遇小
滿則形小。陶隱居云。是鷃烏所化。鷃一名青鵁。俗傳秦王東遊。棄算袋於海。化為此魚。

嶺南有天蝦。其蟲大如蟻。秋社後。羣墮水中。化為蝦。人以作鮓食。
施州衛城。衛一百二十里。蝦蟆池多蝦蟆。方春水生。輒跳躑出岸間。後漸先爪前趾
變羽。隨家翁飛去。土人嘗得於雀網中。
雀豹古今注云。遼海間有飛蟲如蜻蛉。名繘紬。七月羣飛闇天。人食之。云蝦所化也。
埤雅云。蚌蛤無陰陽牝牡。須雀蛤化成。故能生珠。
羅願云。雀入淮為蛤。雉入海為蜃。蜃蛟屬也。吐氣成樓臺城郭之狀。將雨即見。與大
蛤之蜃。同名異物。
禽經云。鸛伏卵。則逆月。謂向月取氣助卵也。
陶隱居云。鸕鷀不卵生。口吐其雛。或云是鶂鳥。如此鶂以名鷁。似鸕鷀而色白。人誤
以為白鸕鷀也。
任昉述異記云。江淮中有獸。名能音耐。乃蛇精所化也。冬則為雉。春復為蛇。晉時武
庫有雉。張華曰。必蛇化也。視之果有蛇蛻。
淮南萬畢術云。蝦蟆得瓜化為鶉。交州記云。南海有黃魚。九月變為鶉。又田鼠化鶉。
鶉如鵪。色蒼背長。

雷州海中黃魚。每年九月化鵪。出水集巖樹。人網之輒獲。又羊肝魚。形斑頭大尾有
星。老則化蛇。
列子云。蛙化鴽。夏小正云。三月田鼠化為鴽。八月鴽化為田鼠。注云。鴽鶴也。鵪與鶉
形狀相似。俱墨色。但有斑者為鶉。無斑者為鵪。又錙績霏雪錄云。鼢鼠化鴽。鴽化鼢
鼠。鼢鼠即田鼠也。隆慶辛未夏秋大水。靳黃瀕江之地。鼢鼠遍野。皆鯽魚所化。鯽魚
似鯽而小。又按許慎言鼢。乃伯勞所化。則化鼢之類亦多矣。
鼉鼠因風入空木而化為蝙蝠。鼠亦化蝙蝠。蝙蝠又化魁蛤。
逸周書云。季秋雀入大水為蛤。臨海異物志云。南海有黃雀魚。常以六月化為黃雀。
十月入海為魚。
張師正倦游錄云。海中有黃魚。能化鸚鵡。
張華禽經註云。仲春鷹化為鳩。仲秋鳩復化為鷹。故鳩之目猶如鷹之目。列子云。鷂
為鸇。鸇為布穀。布穀久復為鷂。禽經又云。鳩生三子。一為鶚。鳩鳲鳩也。非斑鳩。昔少
皞氏以鳥名官。有祝鳩鳲鳩鶻鳩雎鳩鶻鳩五氏。鶻鳩即鷹也。鷹與鳩同氣禪化。故
得稱鳩。

劉郁西域記云。皂鵰一產三卵者。內有一卵化犬。短毛灰色。與犬無異。但尾背有羽毛數莖耳。隨母影而走。所逐無不獲者。謂之鷹背狗。元至元間。史官熊太古經上都過鵰窠站。站吏指後山上一穴云。往年鵰窠其中。生三卵。一為犬。一為蛇。竊疑之。後於脫脫丞相家見一犬。坐客咸指此犬為鵰所生。始知向者所聞不誣。

袁達禽蟲述云。虎生三子。一為豹。

郭璞云。貆豬自為牝牡而孕。張師正倦游錄云。南海有泡魚。大如斗。身有棘刺。能化為豪豬。豪豬即貆豬也。泡魚即魚虎。亦能化虎。述異記云。老則變為鮫魚。兔舐雄豪而孕。五月而吐子。一云望月而孕。

王廷相雅述云。兔以潦為鼈。鼈以旱為兔。熒惑不明。則雉生兔。

鸛生三子。一為鶴。鳩生三子。一為鶚。鶻生三子。一為鴻。

莊子云。猵狙以猨為雌。列子云。貐變化為猨。王濟日詢記云。廣人言猨初生毛黑而雄。老則變黃。潰去勢囊。轉雄為雌。與黑者交而孕。數百歲黃又變白也。

猨五百歲化為玃。玃千歲化為老人。

豬羊孕四月而生。犬三月生。牛十月生。馬十二月生。虎七月生。象五歲生。鹿六月生。兔五月吐子。貓兩月生。鼠一月生。獼猴五月生。蟲八月化。

張耒雜志云。黃州兩頭蛇。一名山蚓。云是老蚓所化。行不類蛇。宛轉甚鈍。

續博物志云。兩頭蛇馬鼈食牛血所化。

續博物志云。泥壁未乾。揮涕其上。陰雨中化為蟲。狀如蚓。

俗傳燈蛾螢火所化。故慕光。

太平御覽云。豐年則蝗化為蝦。

蟾蜍吐生。擲糞自其口出。

福州有蟲。竹叢生如蘆。每節生蟲。如新蟬之未翼者。外無竅隙。隨竹而長。竹將枯乃穴其旁而出。

水鼠似鼠而小。食菱芡魚蝦。或云是小魚小蟹所化。牡驢交馬而生者為騾。亦作鸁。牡馬交驢而生者為駃騠。音決題。牡驢交牛而生者為馲䭾。音宅陌。牡牛交驢而生者為驢騾。牡牛交馬而生者為駏驉。

列子云。青寧生程。程生馬。沈氏筆談云。秦人謂豹為程。至今延州猶然。

啼猿之地。獸乃多有。每一聲遂生萬蟲。

郭義恭廣志云。鶉是鴽所生也。不能滋乳。如騾駏驉焉。

安南龍門江旁有穴。多出鸚鵡。魚色青綠。嘴曲而紅。往往化龍。

通典云。老雕入海為珹。珹一名珂。即馬軻螺也。或云牡蠣是百歲雕所化。

竹蠹生諸竹中。狀如小蠶。老則羽化為硬翅之蛾。

雷州海中有潦鯊。長四五尺。虎頭鯊體。黑紋鰭足。脊背有骨刺。能食人。春暮時陟於海山之麓。旬日而化為虎。惟四足難化。經月乃成。或云虎紋直而疎者。鯊化也。蝸蝸成章者。常虎也。

異物志云。鱭魚初夏從海中泝流而上。長尺餘。腹下如刀。肉中細骨如毛。云是鱭鳥所化。故腹內尚有鳥骨二枚。其鳥白色。如鷺。羣飛至夏鳥藏。魚出。鱭音薺。亦作鮆。一名鱭魚。一名紫魚。一名鮤魚。一名鮂魚。又鰳魚亦名鮂魚。與此同名異物。

述異記云。晉太康中。會稽縣蟛蜞及蟹皆化為鼠。蟛始變者有毛而無肉。大食新稻。

又云。江中魚化為蝗而食五穀者。百歲為鼠。虎魚老者為鮫。

楊柳春初開花。春晚花中結細黑子。蕊落而絮出。如白絨。因風而飛。子著衣物能生蟲。入池沼即化為浮萍。其子與絮相連。神農本草經謂柳花一名柳絮。非也。

萬畢術云。白青得鐵即化為銅。白青一名碧青。一名魚目青。

登州文登縣海濱成山有牛島。常以五月有海狸上島產乳。逢人則化魚入水。

鱧魚是公蠣蛇所化。性至難死。猶有蛇性。然亦有相生者。

廣東海鯊變虎。近海處人多掘為坑。候其前生兩足。緣坡而上。則製取食之。若四足俱上堤。則能食人而不可制矣。

南夷滿剌加國山有黑虎。或變人形。入市殺人。

魚化龍蛇。必雷為燒其尾。乃得化。虎化為人。其足無踵。其尾不化。須得蛻去乃化。

以盆覆寒食飯於暗室地上。入夏為蜘蛛。

孫權棄殘鱠於中流。化為王餘。即銀魚也。越王弩弦。化為枳箭。

朽葦為蛩。腐菌為蜂。秫米為蟲。芹根為蛭。

老韭為莧。獲為狢。兔鬚為蜈。鼠負為蛜。

水蠆為蛉。老雞為蛇。蝦蟆為鶉。黃魚為鸚鵡。紺蝶為青蛙。蝴蝶為鱧。根䘎為乾骨餘鳥也。

搜神記云。蟛蜞。朽葦所化。

老服翼為魁陸。汝魚之斑者為鹿。
海鰻魚。身首短於常鰻。二八月羣至數百。騰於沙嶼。移時為鳥。俗呼大鳩。
鷦鷯一名巧婦。化輒為鵰。
夏雀生鶉。桃蟲化鵰。蝴蝶化魚。
黿卵如鷄子。一產三百。
孚乳者。鼈以夏。蚌以秋。鷄三十日而化。鶩二十日而化。
人有化為石者。辰州府盧溪縣辛女巖有石。屹立如人。相傳高辛氏女於此化為石。河南府登封縣嵩山有啟母廟。相傳啟母化為石。啟生其中。漢元封元年。武帝幸緱氏。制曰。朕用事華山。至中岳。見啟母石。廣德州金牛嶺。相傳寺僧逐一金牛至此。牛入洞中不出。僧亦化石立洞外。鄧州新野縣太平府當塗縣俱有望夫石。乃貞婦望夫所化也。宋紹定元年。崑山石工采石於馬鞍山。山摧工壓。踰三年。他工采石。聞其聲相呼應如平生。報其家。鑿山出之。見其妻喜曰。久閉乍風。肌如裂。俄頃化為石。貌如平生。又幽明錄云。陽羨小吏吳龕。於溪中拾一五色浮石。歸置牀頭。至夜化為女子。則石亦能化為人也。盛宏之荊州記云。臨賀馮乘縣東五里。有故縣廟。相傳漢

淮南王安被誅。其子奔逃來至。一夜忽化為石人。當縣門而立。百姓怪而觀之。其追察者。手足每迍爛。
人有化為水族者。左傳云。堯殛鯀於羽山。其神化為黃熊。入於羽淵。黃熊。龍類也。漢靈帝時。江夏黃氏之母。浴而化為黿。入於深淵。其後時出。銀釵猶在其首。搜神記云。魏文帝黃初中。清河宋士宗母。浴於室。化為鼈。入於水。時復還家。吳孫皓寶鼎元年。丹陽宣騫母年八十。因浴化黿。兄弟閉戶。衛之。掘堂上作大坎。實水其中。黿入坎。游戲一二日。恒延頸外望。伺戶小開。便輪轉自躍。入於遠潭。遂不復還。
人有化為獸者。淮南子云。牛哀病七日。化而為虎。搏殺其兄。述異記云。漢宣城郡守封邵一旦化為虎。食郡民。呼之曰封使君。即去不復來。時人語曰。莫學封使君。生不治民反食民。異苑云。宋文帝元嘉中。高平黃秀入山經日。遂化為熊。隋開皇六年。霍州有老翁化為猛獸。唐顯慶二年。普州有人化為虎。延載中。涪州民范端化為虎。長安中。郴州佐史因病化虎。欲食其嫂。擒之。乃出而虎毛生矣。又憲宗元和二年。商州役夫將化為虎。家以水沃之。乃不果。宋乾道五年。衡湘間人有化為虎者。宋劍州男子李忠病久。其子市藥歸。忠視之。朶頤而涎出。子懼。視父乃虎也。遂走而出。乃與母弟反。閉其室。旋聞哮吼之聲。穴壁窺之。乃真虎也。萬花谷載。唐李儼為御史。奉使籍彖。路出荊南驛。遇一虎踞御道。伏草中。曰。幾傷吾故人。儼識其聲。是其友李積也。問之。曰。昨病飲。狂走入山谷間。化為虎。自是見人及鳥獸皆搏而啗之。向有一婦人銀採臂。吾銜致水下。此去百步。君過則取之。遺吾家。儼曰。君平生得無有自恨乎。虎曰。吾嘗私嬌婢。其家常有害我心。吾因醉一家盡殺之而去。此為恨耳。顧微廣州記云。湞陽縣俚民一兒。年十五六。牧牛。牛自舐兒甚快。舐處悉白。俄兒病死。殺牛以供客食。此牛者男女二十餘人。悉化為虎。李元獨異記云。偽蜀李勢美人鄭氏。化為雌虎。一夕食勢姬三人。未幾勢為桓溫所虜。交州記云。龍編縣功曹左飛。曾化為虎數月還作吏。蜀檮杌云。孟昶時百姓賴本。罵其母。忽然化虎上城。趙廷隱射殺之。郡國志云。滕州竟人往往化貙。貙小虎也。有五指。博物志云。江陵有貙人。能化為虎。宋治和蕭山縣民陳三。化為虎。
人有化為蛇者。隋書云。文帝七年。相州一桑門化為蛇。繞樹自抽。長二丈許。獨異志云。偽蜀李勢宮人張氏有妖容。勢寵之。一旦化為大斑蛇。長丈餘。遂於苑中。夜復來寢牀下。勢懼。遂殺之。

抱樸子云。獼猴猨玃滿三百歲。皆能變人。
人有化為龍者。述異記載。吳禁宮中有女子。化為龍。不可近。俄而復為婦人。甚麗。而食人。禁命為蛟。蠡告禁吉凶。台州府志載。吳尚書屈晃生子坦。坦偕其母自大固山徙隱於寧海之龍母山。坦尋化為龍。母亦尸解。葬其處。
人有化為蟲者。周穆王西征。君子化為猿鶴。小人化為蟲沙。述異記載。楚莊王時宮婢一旦化為野蛾飛去。又祝英臺化為蝶。祝本女子。初與梁山伯為友。讀書於宜興縣國山東南之善卷洞。後化為蝶。古有詩云。蝴蝶滿園飛。不見碧鮮空。蓋詠其事。南齊建元二年。於其故宅建碧鮮菴。謝豹蟲本人姓名。以羞死化為此蟲。見人則以足覆面。如羞貌。此蟲聞杜鵑聲則死。
人有化為魚者。異苑載。晉末江州人年百餘歲。頂上生鳳。後因入舍前江中。變為鯉魚。角尚存首。自後時時暫還。容狀如平生。與子孫飲。數日輒去。宋齊以來絕不復見。
東海有懶婦魚。云是懶婦所化。以其膏照讀書紡織則暗。照歌舞飲宴則明。
人有化為禽者。炎帝之女溺死化為精衛。常銜西山木石以填東海。蜀望帝化為杜鵑。王令寄其生子。百鳥為養其雛。續搜神記云。丁令威化鶴。止於遼東華表之上。為

詩云。有鳥有鳥丁令威。去家千年今來歸。城郭如故人民非。何不學仙冢纍纍。

男有化為女者。華陽國志。武都丈夫化為女子。蜀王寵之。至亡國。漢書云。哀帝建平中。豫章男子化為女子。嫁人生一子。獻帝建安二十年。越雋男子化為女子。劉曜時。武功男子蘇撫。陝男子伍長平。並化為女子。隆慶二年。山西御史宋纁上言。靜樂縣民李良雨。娶妻張氏。已四載矣。後因貧出其妻。自傭於人。隆慶元年正月。偶得腹痛。時止。二年二月初九日。大痛不止。至四月內。腎囊不覺退縮入腹。變為女人。陰戶次月經水亦行。始換女粧。時年二十八矣。

女有化為男者。洪範五行傳云。魏襄王十三年。有女子化為丈夫。漢末女子徐登。化為丈夫。有幻術。晉書云。惠帝元康中。安豐女子周世寧。八歲漸化為男子。至十七八而性氣成。又孝武帝康寧初。南郡女子唐氏。漸化為丈夫。劉聰時。內史女人化為丈夫。北燕馮跋。太平十七年二月。北部趙壽女。既嫁。化為男子。娶妻而無子。南史云。宋文帝元嘉二年。燕有女子化為男。唐書。僖宗光啟二年春。鳳翔郿縣女子朱齔。化為丈夫。旬日而死。宋乾道三年。永州支氏女。慶元三年。袁州黃念四女。括異志。廣州蕭氏女大娘子。並化為男子。嘉靖二十八年。大同右衛舍人馬錄女。年十七歲。化為男

子。按京房易占云。男化為女。宮刑濫也。女化為男。婦政行也。又云。女子化為丈夫。茲謂陰昌。賤人為王。春秋潛潭巴云。男化女。賢人去位。女化男。賤人為王。

木有化為石者。抱朴子云。石桂芝生石穴中。有枝條似桂樹。而實石也。高尺許。光明而味辛。肇慶府城東斧柯山。一名爛柯山。上有王喬洞。洞側老樹二。柯化為石。枝葉猶存。然貴州普定分司署內有假山。山間有樹。根幹枝條皆石。而中有葉如楓。裊裊茂翠。開花似桂。微黃。嘉靖丁巳。僉事焦希程賦詩紀之。桂海虞衡志云。石柏生海中。一幹極細。上有一葉。宛似側柏扶疏。無小異。根所附著如烏藥。大抵皆化石矣。此與石梅皆奇物。海濱人常得之。

水蟲有化為石者。張師正倦游錄云。令之通遠軍。乃古渭州之地。渾源出焉。中有水蟲。蟲類魚。鳴作黽黽之聲。見者即以挺刃擊之。或化為石。可以為礪石。名曰黽石。長尺餘。直一二十緡。兵刃經其磨者。刃光而不銹。亦奇物也。

應求

草木子云。精之榮以鬚。氣之榮以眉。血之榮以髮。類苑云。髮屬心。稟火氣而上生。鬚屬腎。稟水氣而下生。眉屬肝。稟木氣而側生。故男子腎氣外行而有鬚。女子宦人則無鬚。而眉髮不異也。

鮑景翔云。神為氣主。神動則氣隨。氣為水母。氣聚則水生。故人之一身。貪心動則津生。哀心動則淚生。愧心動則汗生。慾心動則精生。

立春節雨水。婦人無子者。於是日夫婦各飲一盃。還房有孕。取其資始發育之義也。

月令通纂云。正月初一至十二日止。一日主一月。每旦以瓦瓶秤日。視其輕重。重則雨多。輕則雨少。

二至前後。垂土炭於衡。兩端輕重均。陰氣至則土重。陽氣至則炭重。

周禮司烜氏以火燧取明火於日。鑑取明水於月。以供祭祀。按考工記云。銅錫相半謂之鑑燧之齊。是火為燧。水為鑑也。高堂隆云。陽燧一名陽符。取火於日。陰燧一名陰符。取水於月。並以銅作之。謂之水火之鏡。抱朴子云。金錫之性一也。五月丙午日午時鑄為陽燧。十一月壬子日子時鑄為陰燧。

麻知幾水解云。蜀江濯錦則鮮。濟源烹楮則皛。南陽之潭漸於菊。其人多壽。遼東之澗通於蔘。其人多髮。晉之山產礬石。泉可愈痺。戎之麓伏硫黃。湯可浴癘。胡仔漁隱叢話云。湯泉多作硫黃氣。浴之則襲人肌膚。惟新安黃山是朱砂泉。春時水即微紅

色。可煮茗。長安驪山是礜石泉。不甚作氣也。朱砂泉雖紅而不熱。當是雄黃耳。有砒石處。亦有湯泉。浴之有毒。

紹興府上虞縣蘭芎山。葛洪鍊丹井在焉。其泉作雄黃氣。泉出石間。石亦頗類雄黃色。

燒酒醉酒得火氣則自焚。油滿百石則火自生。油紙油衣油鐵得熱蒸瀰。皆自生火。

山有薤。下有金。山有葱。下有銀。山有慈石。下有金若銅。草莖黃秀。下有銅器。山上有薑。下有銅錫。山有寶玉。木旁枝皆下垂。

婦人懷孕三月。用斧置牀底。繫刃向下。勿令本婦知。當成男胎。以雞試之。一窠皆雄。

孫思邈云。婦人始覺有孕。取弓弩弦一枚。縫袋盛之。帶左臂上。則轉女為男。

水銀撒失在地。以川椒末或茶末取之。或以真金及鍮石引之。即上。得鉛則凝。得硫則結。

博物志言。削冰令圓。舉而向日。以艾承其影。則得火。故艾一名冰臺。

博物志云。地性蜀黍。年久多蛇。

淮南萬畢術云。獲黍置溝。即生蠐螬。

啖棗多。令人齒黃生䘌。河東出棗。故嵇康養生論云。齒居晉而黃。

削梨蒂插於蘿蔔上。藏之。經年不爛。擣蒜㕑香櫞蒂上。其香經久不歇。金橘藏綠豆中。經時不變。

桑以構接則葉大。桑上接楊梅則不酸。

銀杏樹。兩頭尖。三稜為雄。二稜為雌。雌雄同植。其樹相望乃結實。或雌樹臨水。亦可。

或鑿一孔內雄木一塊。泥之。亦結。

橘下埋鼠則結實加倍。桑下埋龜甲。則茂盛不蛀。

埤雅云。柘宜山石。柞宜山阜。

馬與龍同氣。故有龍馬。而蠶又與馬同氣。故蠶有龍頭馬頭者。蜀人謂蠶之先為馬頭娘者。以此。馬頭骨埋於午地宜蠶。

陳藏器拾遺本草載鳳凰腳下白物如石者。名鳳凰臺。候其棲止處。掘土二三尺取之。狀如圓石。白如卵者。是也。其說不知何所本。桂林府永福縣有鳳巢山。志載隋時雙鳳來巢。宋初復至。守臣以聞朝廷。遣使鑿巢下石。得美玉。物相感名。理固有之。

淮南子云。朱鼈浮波。必有大雨。

鼈純雌無雄。以蛇及黿為匹。故淮南萬畢術。燒黿脂以致鼈。

島居隨錄　卷上　十八

陶隱居云。以黑犬血灌蟹。三日燒之。諸鼠畢至。又安息香鱟脂燒之。俱能集鼠。

蚌孕珠如懷孕。故謂之珠胎。中秋無月。則蚌無胎。左思賦云。蚌蛤珠胎。與月盈虧。又螺肉亦視月盈虧。王充云。月令於天。螺消於淵。

蜆能候風雨。以殼飛。

焚龜板於桑根可以召雷。

鸛雀群繞旋飛。謂之鸛井。必有風雨。蟻封戶。天將大雨。

顧渚山有報春鳥。春至則鳴。秋分亦鳴。似鷓鴣之類。鶴飛則霜。鷗飛則雨。鷗即商羊也。鷺飛則露。鸚鵡天寒欲雪則群飛。暮鳩鳴即小雨。朝鳶鳴即大風。鳩鳥雄名睥白。雌名陰諧。睥日鳴則晴。陰諧鳴則雨。冬月鬼車鳥夜飛鳴。自北而南謂之出巢。主雨。自南而北謂之歸巢。主晴。又諺云。朝鶯叫晴。暮鶯叫雨。鶯一作鷗。一名山鵲。鳩鳴有還聲者謂之呼婦。主晴。無還聲者謂之逐婦。主雨。又云。鳩雄鳴晴。雌鳴陰。

鸛鳥號鳴。必主有雨。凡鶴群飛。可以候霜。一云。鸛俯鳴則陰。仰鳴則晴。鶬鸛之類也。以其蒼色。故曰鶬。

海燕忽成群而來。主風雨。諺云。烏肚雨。白肚風。赤老鴉含水叫。雨則未晴。晴亦主雨。

鵲噪早報晴。名曰乾鵲。

喚鶴叫。主晴。俗謂之賣蓑衣。

鴉浴風。鵲浴雨。八八兒浴斷風雨。

鵲巢低主水。高主旱。

家雞上宿遲。主陰雨。母雞背上負雞雛。亦主雨。

元鳥以春分來。秋分去。丹鳥以立秋來。立春去。伯趙以夏至鳴。冬至止。青鳥以立春鳴。立夏止。

感應志云。五酉日以白雞左翅燒灰揚之。風立至。以黑犬皮毛燒灰揚之。風立止。

雉屬離火。雞屬巽風。故雞煮則冠變。雉煮則冠紅。

羅願爾雅翼云。本草言伯勞所踏樹枝鞭小兒令速語者。以其當萬物不能鳴時而獨能鳴。故以類求之也。

錢鼠其臭可惡。白日銜尾成行而出。主雨。即俗錢鼠是也。

狗肝色如泥土。臭味亦然。故人夜行土上。則肝氣動。蓋相感也。

貓兒喫青草。主雨。

島居隨錄　卷上　十九

利屣地。主陰雨。眠灰堆高處。亦主雨。喫青草。主晴。向河邊喫水。主水退。

海馬海騷海牛海豬等。皮在陸地背候風潮則毛起。

山獺出廣之宜州及南丹州。其性婬毒。山中有此物。牝獸皆避去。無偶則抱木而枯。婦人入山。獺聞其氣。即躍來抱之。牢不可脫。因杷殺之。其陰補人精氣。試之之法。令婦人摩手極熱。取置掌心。以氣呵之。即趯然而動。

猵獺無雌。以猿為雌。故云猿鳴而獺候。

異物志云。鼠母頭腳似鼠。口銳蒼色。大如水牛。而畏狗。見則主水災。鼠母即鼶鼠也。

博物志云。山有沙者生金。有穀者生玉。土山多雲。鐵山多石。

博物志云。麒麟鬭而日蝕。鯨魚死而彗星出。嬰兒號婦乳出。

東溝內魚來攻水逆上。得鱣主晴。得鯉主水。諺云。鱣乾鯉濕。又鯽魚主水。鱔魚主晴。

續博物志云。鵜生應月。閏月益一節。芋以十二子為衡。亦應月之數也。

續博物志云。日月蝕而私者。生兒則多疾。日月晦朔弦望而私者。生兒則瘖瘂鉤紋子戾逆陣而私者。生兒多凶暴無禮。亦猶木日造麴而酸。水日造醬則生蟲。九焦日種穀則不生芽。六合日遣鬼。鬼不去。火日安蜂則蜜苦。土日種麻則不生。

鶴聞降真香煙則降。其糞能化石。
鵜鶘一名犁鶘。吳諺云。夏至前來謂之犁鶘。言主水也。夏至後來謂犁塗。言主旱也。
梅花開於冬。而實熟於夏。得木之全氣。故其味最酸。所謂曲直作酸也。人身肝為乙木膽為甲木。杏木有四蕊。兩蕊通膽經。故食梅則津生者。類相感應也。
占書。欲知五穀之收否。但看五果之盛衰。李主小豆。杏主大麥。桃主小麥。栗主稻。棗主禾。一云杏多實者。不蟲者。來年秋禾善。
以榆木化灰。聚置幽室中。天將雨則灰飛揚。
古語云。上巳有風梨有蠹。若無風則結實必佳。
齊民要術云。凡植榴者安僵尸枯骨於根下。即花實繁茂。
氾勝之云。黍生於榆。大豆生於槐。小豆生於李。麻生於楊。大麥生於杏。小麥生於桃。稻生於柳。五木自天生。五穀待人生。故五穀候於五木也。故曰見生而樹生也。麻草死而麥秋至。草木黃落秀發。故曰見死而種死也。
椰子樹初栽時。用鹽置根下。則易發。
蜩五月便鳴。俗云。五月不鳴。嬰兒多災。

竹之根鞭喜行東南。埋死貓於根下。則竹繁茂。
孔雀尾著龍腦則相綴。禁中以翠尾作帚。每幸諸閣。擲龍腦以辟穢。過則以翠尾掃之。皆聚無有遺者。亦若磁石之引鍼。琥珀之拾芥也。
羅勒一名蘭香。一名香菜。一名瞖子草。須五月甕糞生時種之乃生。否則不生。常以魚腥水米泔水泥溝水澆之。則香而茂。不宜糞水。陶隱居云。術家取羊角馬蹄燒作灰撒溼地遍踏之。即生羅勒。俗呼為西王母菜。
木蜜樹。一名枳椇。飛鳥喜巢其上。故宋玉賦云。枳椇來巢。蓋此樹枝葉實俱甘美如蜜也。
物類相感云。葡萄藤穿過棗樹。則實味更美。
文鰩魚生海南。大者長尺許。有翅與尾齊。羣飛海上。海人候之。當有大風。
胡桃多以櫸柳接之。
龍腦香合糯米炭芡生相思子貯之。則不耗。或以鷄毛相思子。同入小瓷罐密收之。
或以杉木炭養之。
遁甲書云。梧桐可知日月正閏。生十二葉。一邊有六葉。從下數。一葉為一月。至上十二月。閏有十三葉。小餘者視之。則知閏何月也。梧桐不生。則九州異君。檳樹有不生者。至夏忽然葉開。當有大水。農人候之。以占水旱。號為水檳。
冬至陰極陽生。梅桃杏李花皆五出。夏至陽極陰生。威靈仙鹿葱射干淨瓶蘋、梔子花皆六出。
羅願爾雅翼云。天之將雨。檉先知之。起氣以應。又負霜雪不凋。乃木之聖者也。
花之黃者。必開於土旺四季之月。春季則棠棣。夏季則黃葵。秋季則菊。冬季則蠟梅。
茉莉花置髮頭。能引蜈蚣。
鹽鐵論云。桃李實多者。來歲為之穰。
類從云。橘穊而實繁。楊穊而葉茂。
蘇東坡云。海南產益智。花實皆長穗而分為三節。觀其上中下節。以候早中晚禾之豐凶。大豐則皆實。大凶皆不實。罕有三節並熟者。
稻花白而瓣少者米賤。瓣多而色黃者米貴。諺曰。銀花賤。金花貴。
茄葉擲布路上。以灰圍之。則子必繁。謂之嫁茄。
磁石生山之陰有鐵處。壺石生山之陽有銅處。磁石能吸鐵。而瓦石不能吸銅。

撫州府城東英臣山有石人坐盤石上。塵穢生則風。潤則雨。晴日則偏體瑩潔如玉。
玉虛洞在鬱林州北流縣勾漏山中。每雲從洞出則雨。風從洞入則霽。
續博物志云。火井以草爨之則煙騰火發。湯井以草內之則霧起。
澂江府江川縣有古樹。春初葉萌自南兆旱。自北兆雨。自西風雨時禾稼登。屢驗。
陸佃云。望梅生津。食芥墮淚。五液之自外至也。慕而涎垂。愧而汗出。五液之自內生也。
鵲知來歲風多。巢必卑下而背太歲。
螄月黑則肥。月明則瘦。生於流水色黃而腥。生於止水者色紺而馨。
凡一方將有火災。必於一月半月之前。絕無鼠跡。凡人家有重病者。必有貓日夕向其舍悲號。至病人將革。往往稱見貓入室。
張野廬山記。天將雨則有白雲。或冠峯巖。或亘中嶺。俗謂之山帶。不出三日必雨。唐詩風吹山帶遙知雨。
物類相感志云。鉛粉蒸之不白。雄鷄冠子蒸之則白。牡丹有千葉者。亦有單葉者。單葉者不換則不佳。然須於山丹上接。此花宜寒惡熱。宜燥惡溼。根窠喜得新土厚土

則旺。性烈。風災日。宜高燥向陽。貼梗海棠。春間攀枝着地。以肥土壅之。自能生根。來
年十月截斷。二月移栽。櫻桃接貼梗則成垂絲。梨樹接貼梗則成西府。或云以西河
柳接亦可。海棠欲鮮而茂。至冬日早以糟水澆之根下。或云糖水。或云酒腳。

歸田錄云。人氣粉犀。按本草云。犀角挫細紙裹納懷中。待熱搗之立碎。

匏瓠牛踐苗則子苦。

茉莉花畏寒喜肥。宜米泔水或皮屑浸水澆之。六月六日以活魚腥水澆之尤妙。又
宜以雞糞壅之。

鐵精出鍛竈中。如塵。紫色。以摩銅器則瑩。又鐵得鷓鴣之膏則瑩。

襄陽石梁山出雲。應驗符合。鄉人候之。若白雲起則雨。黃雲起則風。黑雲起則多疾。

酉陽雜俎載。平原郡貢糖蟹。採於河間界。每年生貢。斲冰火照。懸老犬肉。蟹覺犬肉
即浮。因取之。

師曠曰。歲欲豐。甘草先生。甘草者。薺也。歲欲儉。苦草先生。苦草者。葶藶也。歲欲雨。雨
草先生。雨草者。藕也。歲欲旱。旱草先生。旱草者。蒺藜也。歲欲潦。潦草先生。潦草者。蓬
也。歲欲惡。惡草先生。惡草者。水藻也。歲欲病。病草先生。病草者。艾也。

大理府河首上關和山之麓有樹。高七八丈。葉如桂。花白色。每朵十二瓣。以應月數。
遇閏輒多一瓣。相傳仙人所種。更無別本。土人名之曰和山花。

南海有草。叢生如藤蔓。土人視其節以占一歲之風。每一節則一風。無節則無風。名
曰知風草。

鬱林州北流縣勾漏洞對面高崖上。夏間望見荷葉田田。然峻絕不可到。土人云。或
見荷花則歲必大熟。

水馬逆流水而躍。水日奔流而步不移尺寸。兒童捕之。輒四散奔迸。惟嗜蠅。以髮繫
蠅餌之。則擒抱不脫。釣至案几而不知也。

陽起石煅為粉。着紙上。日中曝熱。便能飛起。

東海有牛魚。其形如牛。海人採捕。剝其皮懸之。潮水至則尾起。潮水落則尾伏。

紫燕來巢。主其家益富。六畜自來。占吉凶。諺云。豬來窮。狗來富。貓兒來開質庫。

猫犬生子皆雄。主其家有喜事。犬生一子。家興旺。諺云。犬生獨。家富足。

島居隨錄卷上終

島居隨錄卷下

清　同安盧若騰著

制伏

江南梅熟之時。輒有細雨。連日不絕。謂之梅雨。沾衣便黑。以梅葉湯洗之。乃脫。芒種
後逢壬為入梅。小暑後逢壬日為出梅。梅雨或作黴雨。言其沾衣及物皆生黑黴也。

百蟲飲液雨水皆伏蟄。立冬後十日為入液。至小雪為出液。得雨謂之液雨。亦曰藥
雨。

臘雪灑几席間。蠅自去。醃藏一切果食不蛀蠹。冬至後第三戊為臘。臘雪密封陰處。
數十年亦不壞。

井中沸溢。於三十步內取青石一塊投之即止。

古井以雞毛投之。盤旋而舞不下者。必有毒。以熱醋數斗投之。則可入矣。

蛇以桑柴火炙之。則足見。

執日取天星上土和薰草柏葉以塗門戶。方一尺。令盜賊不來。

執日取六癸上土市南門土歲破土月建土合作人。著朱鳥地上。辟盜。

清明日取戊上土同狗毛作泥。塗房戶內孔穴。蛇鼠諸蟲永不入。

逐月旦日取神后土泥屋之四角及塞鼠穴。一年鼠皆絕迹。神后正月起甲順行十
二辰。

驚蟄時取春牛土撒簷下。辟蚰蜒。

陰陽雜書云。取亭部中土作泥塗竈。水火盜賊不經。塗屋四角。鼠不食蠶。塗倉困。鼠
不食稻。塞穴。百日鼠皆絕去。

燕不入室。是井之虛也。取桐為男女各一投井中。燕必來。

雷斆云。海鷗江梳投游波而立泛。言江海乾。投燕於其中。水立漲。

自然灰生南海畔。如黃土。灰可澣衣。琉璃瑪瑙玉石以此灰埋之。即爛如泥。至易雕
刻。

空青曾青合丹。俱可化銅鐵鉛錫成金。

金性惡錫。畏水銀。遇鉛則碎。翡翠石能屑金。伯勞血能昏金。駱駝驢馬脂豬肪餘甘
子牡荊樗皮苦酒皆能柔金。鷓鴣肉鉛蛇皆能解生金毒。洗金以鹽。或云。牡荊酒醋
石能消金為水。

水銀入耳。能蝕人腦。以金枕耳邊。則自出。水銀入肉。令人筋攣。以金物熨之。水銀當出蝕金。金見白色。是其候也。

錫礦能縮銀。荷葉草灰能粉銀。羚羊角烏賊魚骨鼠尾龜殼生薑地黃慈石。俱能瘦銀。羊脂紫蘇子油。俱能柔銀。

戎鹽累卵。

鵰血皆金。雄鵝枯銀。鵲腦化石。

臘踈角可鍇石。

鸛糞化石。鶴石歸酒。

雄黃去蛇。水銀去蝨。

鰻骨之煙。薰蚊蚋為水。

烏米酒地榆酒化玉為水。慈礬消玉為粘。蟾蜍肪軟玉如泥。肪不可多得。取肥者剉煎膏用之。

冬月收取地溲。以柔鐵燒赤投之。二三次。剛可切玉。地溲形狀如油如泥。色如黃金。氣甚腥烈。溝澗流水及引水灌田之次。多有之。亦能化銅制砒。

蒼朮粉銅。巴豆牛脂軟銅。乳香啞銅。

硃砂伏於鉛而死於硫。硫戀於鉛而伏於砒。鐵戀於磁而死於鉛。雄戀於鉛而死於五知。

胡粉能制硫黃。又雌黃得胡粉而失色。胡粉得雌黃而色黑。

羖羊角五靈脂伏龍肝馬鞭草硇砂能硬錫。巴豆蓖麻薑汁地黃能制錫。

古銅錢同胡桃地栗嚼之。俱碎。地栗一名烏芋。一名鳧茨。一名葧臍。

畜古銅器能辟邪祟。山精木魅多歷年代。故能為祟。三代鐘鼎彝器。歷年又過之。所以能辟祟也。

鐵遇神砂。如泥似粉。凡鐵內有硬處不可打者。為鐵核。以香油塗燒之即散。蝟脂焠鐵中。入少水銀。則柔如鉛錫。

種芋。三日內忌人來往。眼目多見。并聞刷鍋聲。疵多不肯滋。

雲母石八九月間以礬石拌勻。入瓦罐內。封口。三伏時則自柔軟。去礬。次日取百草頭上露水漬之。百日韋囊挺以為粉。又雲母一觔。鹽一斗。漬之銅器中。蒸一日。日中搗成粉。雲母石制汞。伏丹砂。

丹砂以石膽消石和埋土中。可化為水。

人佩雄黃。鬼神不敢近。入山林虎狼伏。涉川水毒物不敢傷。

生玳瑁甲佩之。可辟蠱毒。鸛毛佩之。可辟水毒。

水銀能伏鍊五金為泥。以金銀銅鐵置其上。則浮。

伏赭石以酒煮之。插鐵釘於內。扇之成汁。

鹵鹽同硇砂淹鐵。一時即軟。

消石能消柔五金。化七十二石為水。

海芋透山根金英草三種。俱可點鐵成金。

金銀有偽。投硇砂鍋中。偽物盡燒化。

硫是礬石之液。礬石是鐵之精。慈石是鐵之母。故鐵砂慈石制入硫黃。立成紫粉。

硫能化鉛。豬肪能制硫。

地榆根燒作灰。能爛石。

鷿鵜之溺。皆能透石。

臞僊神隱書云。種白芷能辟蛇。此本書所未言及。

栽牡丹花根下著白斂末。可以辟蟲。穴中點硫黃。可以殺蠹。以烏賊骨鍼其樹必枯。

凡諸樹木蟲蛀者。煎搗車香冷淋之即止。

陸農師云。薄荷貓之酒也。犬虎之酒也。桑椹鳩之酒也。芒草魚之酒也。

洪邁容齋隨筆云。艾難著力。若入白茯苓三五片同研。即時可作細末。

天靈草狀如雞冠花。葉亦如之。折之有液如乳。生江湖荊南陂池間。五月取汁。可制雄硫。煮雌煉砂。

苧麻子近蠶種則蠶不生。蠶咬人毒入肉。取苧汁飲之。愈。

野葛一作冶葛。毒草也。蔓生。葉如羅勒。光而厚。一名胡蔓草。山羊食其苗即肥而大。人食之即死。雜菜汁滴野葛苗。當時萎死。

魏道武嗽野葛至尺許。蓋先食雍菜也。野葛即斷腸草。一名鉤吻。

人家種蘘荷。決明。蛇銜草。俱可辟蛇。中毒者服蘘荷汁。并臥其葉。即呼蠱主姓名。置葉於席下時。勿令病人知之。陳藏器云。茜草主蠱毒。煮汁服。周禮庶氏掌除蠱毒。以嘉草攻之。嘉草者。蘘荷與茜也。

鹿蹄草可制雌黃丹砂。一名試劍草。能合金瘡故也。

硇陸亦者能伏硇砂。砒石雌黃拔錫旋花茜草俱能制雌黃。

萞麻子搗膏。以筋點於驢馬六畜舌根下。即不能食。或點肛內。即下血死。

鬼臼可制砂汞。忍冬汁能伏硫制汞。

蔄草可以毒鼠。謂之鼠莽。以黑豆煮汁澆其根。即爛。毛茛。即毛莨。其汁可以煮砂伏硇。

蚕休制三黃砂汞。

酸模。一名山羊蹄。取汁煉霜。可制雄汞。金星草制三黃砂汞。礬石。馬齒莧伏砒結汞。

煮丹砂伏硫黃。死雄制雌。蒲公英制汞伏三黃。烏頭伏丹砂砒石。海芋伏硇砂。

景天。一名慎火。人家以盆盛養於屋上。可以辟火。

汜勝之云。燒黍穰則瓠死。又種瓜之家不焚漆。

小猫犬食黍米。其腳踻。

豆腐之法。始於漢淮南王劉安。作腐家言。萊菔入湯中。則腐不成。故中豆腐毒。飲萊菔湯即解。暑月腐中有人汗。極害人。

夜臥以所眠之草。抽出一莖。長三寸許。鬼魅不敢來魘人。遇鬼火。以馬鞍兩鐙相叩。鬼火即滅。

關西人以蟹殼懸門辟邪瘧。江左人畫倒驢掛壁。止小兒啼。

酒得鹽而解。水制火也。

陶隱居云。葱能化五石。消桂為水。

蔓菁園中無蜘蛛。

糟薑瓶內入蟬蛻。雖老薑無筋。

蒼莖作挑燈杖。可辟蚊蟲。

虱建草水竹葉便特三種。俱去蟣虱。

萵苣百蟲不敢近。蛇虺觸之。則目瞑不見物。人食萵苣中毒。以薑汁解之。

芋梗能解蜂螫毒。

桃樹生蟲。煮猪頭汁澆之。即止。

淮南萬畢術云。木瓜燒灰散池中。可以毒魚。

物類相感志云。林檎樹生毛蟲。埋蠶蛾於下。或以洗魚水澆之。即止。

取楊梅仁法。以柿漆拌核暴之。則自裂出。

櫻桃經雨。則蟲自內生。人莫之見。用水浸良久。則蟲皆出。乃可食也。

赤豆湯洗色衣垢。楊柳枝去粘。研芥子入豆醬。不生蟲。牛乳去油衣垢。

荔芰為麝香所觸。則花盡落。瓜亦畏麝。又忌酒漆糯米觸之。

橄欖樹高將熟時。以木釘釘之。或納鹽少許於皮內。其實一夕自落。橄欖木作舟楫。撥著魚皆浮出。煮河豚團魚用橄欖可去其毒。

樺木脂焚之。能辟鬼魅。

物類相感志云。猪脂炒榧。黑皮自脫。榧子同甘蔗食。其渣自軟。

枳椇能敗酒味。以其木為柱。屋中之酒皆薄。

物類相感志云。荷梗塞鼠穴自去。煎湯洗鑞垢自新。桂釘木根。其木即死。續博物志云。桂得葱而軟。樹得桂而枯。

必栗香。一名花木香。一名詹生香。生高山中。葉如老椿。搗置上流。魚悉暴頤而死。木為書軸。白魚不損書。

乳香以韭實葱蒜煅伏成汁。能柔五金。

樟腦燒煙熏衣筐席簟。能辟壁虱蟲蛀。

淮南子云。蟹見漆而不乾。物類相感志云。漆得蟹而散成水。本草經云。漆得蟹而散。麻得漆而湧。

皂莢樹多刺難上。採時以篾箍其樹。一夜自落。鐵砧捶皂莢。即自損。鐵碾碾之。久則成孔。鐵鍋爨之。多爆片落。樹不結實者。鑿一孔入生鐵三五斤。泥封之。即結。皂莢伏丹砂粉霜硫黃硇砂。枸杞制硫黃砒砂。

物類相感志云。肥皂莢水死金魚。辟馬蝗。蠅見之則不就。

皂莢末置書葉間。可辟蠹魚。

七月取角蒿置氈褥中。可以辟蠹。亦可辟蛇。

物類相感志云。柘木以酒醋調礦灰塗之。一宿則作間道烏木文。

衛矛燔之。可以遣祟。故又名之鬼箭神箭。

葛洪肘後方云。荊葉治蛇毒。物類相感志云。荊葉避蚊。

大空。一名獨空。根皮可以殺蚤。擣葉篩蔬圃中殺蟲。

雷火所擊之木。用擊鳥影。其鳥自墜。出博物志注。

物類相感志云。瓦甑之契。投梟自止。注云。取甑書契字。置牆上。有梟鳴時。投之自止也。

蟾蜍制蜈蚣伏山精。
周禮蟈氏掌去鼃黽焚牡蘜以灰灑之則死以其煙被之則凡水蟲無聲牡蘜乃無
花菊也
關尹子云蝍蛆食蛇蛇食鼃鼃食蝍蛆蝍蛆蜈蚣也蜈蚣畏蜘蛛以溺射之即斷爛
又畏蛞蝓不敢過所行之路觸其身即死故常以係鐵閩山叢話云蠼捕金蠶托胎制蜈
蚣托胎即蛞蝓也
酉陽雜俎云度古俗呼土蠱色類蚓長二尺餘首如鏟背上有黑黃襴稍觸則斷常
趁蚯蚓掩之則蚓化為水有毒雞食之輒死
蚰蜒以鹽乳灌之即化為水牛乳亦可
鸑鷟能辟射工故禽經云鸑鷟飛則蜮沉又能啗蛇及蝌蚪養之可辟蛇虺射工蜮也一名
短狐一名射影似鼈三足無目而利耳聞人聲便以口中毒射之
漁人取燕肉為餌甚易得魚以猢猻毛置網角亦易得魚云魚見之如人見錦繡也
聖善寺閣常貯醋數十甕恐為蛟龍所伏以致雷霆也
龍嗜燕肉故食燕者忌渡水祈雨者用燕龍畏鐵及茵草楝葉五色絲故鎮水患者
用鐵激龍者用茵草祭屈原者用楝葉色絲裹粽投江龍亦畏蜈蚣
鮫鯉不可於隄岸上殺血入土則隄岸滲漏
守宮一名壁虎以朱捕蝎螂故也春秋考異郵云守宮食蠆土勝水也
鳳喜食龍腦故龍畏之唐開元中有鳳逐二龍至華陰龍墜地化清泉二道其一為
鳳爪傷流血泉色遂赤今其地有龍骨山
象畏豚聲聞之即怖而走
顧玠海槎錄云蚺蛇吞鹿及山馬從後腳入毒氣呵及角自解脫王濟手記云橫州
山中多蚺蛇大者十餘丈土人採葛藤塞入穴中蛇嗅之即靡乃發穴取之投戊己
酉陽雜俎云蚺蛇以婦人衣投之則蟠而不起
凡狐白貉鼠之類燕見之則毛脫
鵝步則蛇出鸛鳴則蛇結鸛鶴鵰鶚鷲皆鳥之食蛇者虎猴鹿麝牛野豬皆獸之食
蛇者唐書罽賓國常貢食蛇鼠蛇畏雄黃雌黃羚羊角鵝糞
沈存中筆談云天蛇生幽陰之地遇雨後即出越人深畏之其大如筯而扁長三四
尺色黃赤澆之以醋則消或以石灰糁之亦死

蝦蟆五月五日伏水草不鳴烏鵲七月七日集林木不飛玳瑁甲子庚申日閉口不
食丙日嘉魚出穴
甲子夜鼠伏庚申夜蝙蝠伏
鰻鱺魚燒煙熏蚊令化為水熏氈及屋舍竹木斷蛀蟲置骨於衣箱斷諸蠹
炮炙論云鮭魚插樹立便乾枯狗膽塗之復當榮盛鮭魚即河豚魚也雖小而獺及
大魚不敢啖之則不惟毒人又能毒物也鮭一作鯸
龜聞鐵聲則伏被蚊嚙則死香油抹眼則入水不沉老桑煮之則易爛
龜尿磨瓷器能令軟磨墨書石能入數分取龜尿之法以豬鬃或松葉刺其鼻即尿
出又法以紙炷火點其尻亦致失尿孫光憲北夢瑣言云龜性妒而與蛇交取龜置
瓦盆中以鏡照之龜見其影則淫發矢尿急以物收取之
山中常龜鹿喜食之狐好食蠅蜋豬好食蚌蛤
鼉鳴鼈伏
續博物志云龜脂得火可以燃鐵
李衛公言鸑鷟鵯鶉鷃厭火孔雀辟惡
續博物志云猿有手可以捕鼠而制於鼠鹿有角可以觸犬而制於犬
燕惡艾雀欲奪其巢則銜艾置其中
鐵味辛辛能害目魚龍護目故畏鐵有人淬劍於池池魚皆浮去
鱟性畏蚊螫之即死
述異記云鯉魚滿三百六十鱗蛟龍輒率而飛去一年置一神守之則不能去矣神
則鼈也故鼈一名守神
胡桃樹東南枝所之書芬字訖逗之於雞棲下則夜鳴不止以故瓦書契字置於牆
上忽聞梟鳴取以投之則不敢更鳴
蚌聞雷則瘦
抱朴子云真珠以酪漿漬之皆化如水銀以浮石蜂窠蛇黃等物合之可引長三四
尺為丸服之
鳧常在海邊沙上食砂石皆消爛惟食海蛤不消蹋其矢出用為燕脂勝者也
白蟻聞竹雞之聲化為水竹雞自呼泥滑滑是也
鵝見鷙鳥激糞射之其毛自脫

鴨伏卵。聞礱磨之聲。則毈而不成。無雌抱伏。則以牛屎嫗而出之。
㶉鶒溪游。雄者左。雌者右。羣伍不亂。若有敕令。性喜食短狐。所居處無復毒氣。溪
中之蚊逐邪害者。
鼠畫印閉穴以出。蠹而鼠竊用其印。以發扃鑰。
淮南子云。伯勞之血塗金。人不敢取。
淮南子云。鵲矢中蝟。蝟即反而受啄。火勝金也。
海東青鷹之鷙猛者也。然能制之者。鵃鷹鷂食燕即死。博物志云。啄木鳥能以觜畫
字。令蟲自出。續博物志云。鸛性甘帶。每遇巨石知有蛇。即如術士禹步。其石阞然而
轉。爾雅翼云。鴆鳥知木石有蛇。即為禹步以禁之。須臾木倒石崩而蛇出也。蛇入口
即爛。其屎著石。石皆黃爛。飲水處。百蟲吸之皆死。惟犀角可解其毒。
虎搏兔。先於四圍遺溺。兔不能出。坐受其搏。獐宿處四圍一自吐涎。留一門。虎從無
涎處入搏。獐即跳去。虎多不能出。
豺見犬則跪。虎食犬則醉。犬食番木鼈則死。番木鼈一名馬錢子。
羊性惡溼喜燥。食鉤吻而肥。食仙茅而肪。食仙靈脾而淫。食躑躅而死。

鷄糞化石成塵。
羊頭角能消鐵。羊脛骨灰可以磨鏡。
淮南子云。牛膽塗熱釜。釜即鳴。牛膽塗蛙。莫知其誰。注云。能變亂人形。峋嶁神書云。
蛙得牛膽則不鳴。
馬食杜衡善走。食稻則足重。食鼠糞則腹脹。食鷄糞則多眼骨。以僵蠶烏梅拭牙則
不食。得桑葉乃解。掛鼠狼皮於槽。亦不食。遇侮馬骨則不行。以豬槽飼馬。石灰泥馬
槽。馬汗著門。並令馬落駒。繫獼猴於廐。辟馬病。惡馬食牛肉即馴。
馬頭骨浸於上流。絕水蜞蟲。
鷹鷂能搏鸑雁。而反受逐於鶺鴒。崖鵰能搏鵴鷺。而不能得飛鴿。
淮南萬畢術云。東行白馬蹄下土。合三家井中泥。置人臍下。即臥不能起。
獅一名狻猊。一吼則百獸辟易。馬皆溺血。能食虎豹。其食諸禽獸。以氣吹之。羽毛紛
落。其乳入牛羊馬乳中。皆化成水。雖死後。虎豹不敢食其肉。蠅不敢集其尾。
鼉魚四足。黃身修尾。其形如龜。舉止蹣跚。口森踞齒。虎行崖山。聞鼉鳴。吼鹿必怖懼
落崖。爲鼉所得。

博物志載。後魏武帝伐冒頓。經白狼山。逢獅子傷人甚衆。忽見一物如貍。跳上獅子
頭殺之。唐史載。高宗時伽毘耶國獻天鐵獸。大如狗。蒼色。作聲。諸獸皆沸。能擒獅象。
則獅雖猛悍。又有制之者也。
彀似鼬而大。腰以後黃。一名黃腰。食獮猴。
鰻魚出南海。別號忽雷。一作骨雷。秋化爲虎。熊能制鰻。握其觜至岸。裂擘食之。
虎聞羊角煙則走。惡其臭也。虎害人獸。而蝟鼠能跳入其耳中。鼬鼠能飛食之。趕鼠
能拔毛投之。使生蟲瘡潰爛至死。獅駮酋耳黃腰渠搜扶拔。俱能食虎。酋耳即騶虞
也。不食生物。惟見虎豹即殺之。又蛟亦能食虎。惠州有潭。潭有潛蛟。人未之信也。虎
飲水而上。蛟尾而食之。俄而浮骨水上。人方知之。蘇東坡詩云。潛鱗有饑蛟。掉尾取
渴虎。
狨似猿猱而長尾。尾色紅。去來林間如飛。猿猱之族千百爲群。出采山核。狨至莫不
俯首帖服。不敢仰視。狨歷視其肥腯者。取小石或落葉識其首。以次噉之。無敢動者。
說苑云。師曠言鵲食猬。猬食鵔鸃。鵔鸃食豹。豹食駮。駮食虎。
西番有小獸名吼。形類兔。兩耳尖長。僅長尺餘。獅子見吼。即畏伏不敢動。吼溺著體
即腐。吼又畏鵪。引吭高鳴。吼即畏伏不敢動。

豹畏蛇與鼬鼠。淮南子云。蝟令虎申。蛇令豹至。
犀角鋸成片。以薄紙裹於懷中。蒸燥乘熱搗之。應手如粉。故歸田錄云。翡翠屑金。人
氣粉犀。
淮南子云。犀角置穴。狐不敢歸。漢書有駭鷄犀。置米飼鷄。皆驚駭不敢啄。置屋上。烏
鳥不敢棲。
種黍來蛇。燒羖羊角及頭髮則蛇不敢來。
酉陽雜俎云。南山有獸。名風貍。如狙。眉長好羞。見人至低頭。無人至乃於草木
忽得一草莖。折之長尺許。窺樹上有鳥集。指之。隨指而墮。取而食之。
猾無骨。入虎口。虎不能噬。處虎腹中。自內嚙之。書云。蠻夷猾夏。取此義。
以硃砂和牛羊脂與守宮食之。令其腹赤。五月五日刺血塗婦人臂。即有文章。揩拭
不去。與人交合即滅。
取逃人衣服。井中垂運之。則自歸。以甑帶麻縫奴婢衣衿一尺六寸。即無逃走之心。
取婦人髮埋竈前。令婦人安夫家。

木瓜灰和麥飯粽及米投水中。魚食之自翻。秦椒為末和稻飯。雀食之自伏地。

熊性惡穢物及傷殘。捕者置此物於穴。則合穴自死。或為棘刺所傷。出穴爪之至骨即斃。

熊掌難胹。得酒醋水三件同煮。熟即大如皮球。一云熊好食猴。

金剛石出西域。狀如紫石英。可以刻玉。百鍊不消。物莫能擊。惟羚羊角扣之即碎。又獏齒骨極堅。以刀斧椎鍛鐵皆碎。落火亦不能燒。羚羊角亦能碎之。又燒煙能走蛇虺。

鹿性驚烈。多別良草。恆食九物。餘則不嘗。凡餌藥者勿食鹿肉。以鹿常啖解毒之物。能制毒散諸藥氣也。九草者。葛葉及花鹿蔥鹿藥白蒿水芹甘草齊頭蒿山耳薺苨。

麝夏月食蛇蟲多。至冬則香滿。入春臍內急痛。自以爪剔出。着屎溺中覆之。常在一處不移。其香聚處遠近草木不生。或焦黃。人帶香過園林。則瓜果皆不實。酒得麝則敗。真珠與麝同收。則昏而無色。自剔者名遺香。最勝。捕得殺取者。名臍香。次之。麝為大獸捕逐。狂走墜死。人得之破心。見血流出脾上。作乾血塊者。名心結香。最下。瓜畏香。尤畏麝。唐鄭注赴河中。姬妾百餘。盡騎。香氣數里。是歲自京兆至河中。所過瓜盡死。蒂不穫。

淮南子云。狐目貍腦。鼠去其穴。

風貍被人擊死。以口向風。須臾復活。惟石菖蒲塞其鼻則死。

千年老狐。以千年枯樹燃照。則見真形。

熊食鹽而死。獺飲酒而斃。

古語云。獺膽分盃。或云以獺膽塗盃唇。能使酒稍高於盞面耳。

鑄鐵不銷。以羊頭骨灰致之。即消融。

膃肭獸臍置睡犬頭上。能使犬驚跳若狂。

鼬鼠即鼪鼠。一名黃鼠狼。健於捕鼠及禽畜。又能制蛇虺。莊子所謂騏驥捕鼠不如貍鼪者。即此。

獨似猨而大。其性獨。一鳴即止。能食猨猴。故諺曰。獨一鳴而猨散。

生人髮挂果樹上。烏鳥不敢來食其實。又人逃走。取其髮於緯車上卻轉之。則迷亂不知所適。

國語云。木石之怪夔罔兩。罔兩一作魍魎。又作方良。周禮方相氏執戈入壙以驅方良。是矣。罔兩好食亡者肝。其性畏虎柏。故墓上樹石虎植柏。

物類相感志云。煮老雞硬肉。入山楂數顆。即易爛。

櫻桃葉煮老鵝易軟熟。烹魚肉硬者。投鳳仙子數粒。即易爛。

琥珀用鐙草共碾。則易碎。

石灰伏雄黃硫黃。硇砂去錫暈。

木瓜味酸。得木之正氣。以鉛霜或胡粉塗之。則失酸味。且無渣。蓋受金之制也。

阿魏一銖安於柚樹上。其樹立乾。

貂鼠皮得風更暖。遇雪即消。着水不濡。眯眼立出。惟近火則毛易脆。

松柏不棲蟬。熊豹之皮不上蟻。

埋皂刺油麻於竹根下。則竹易凋。

闌天竹葉。儼似竹生子。枝頭成穗。紅如丹砂。經久不脫。且耐霜雪。花在梅雨中開。植之庭中。可避火災。

漢時宮殿上。多作鸀鳿鳥形以辟火。鸀鳿音燭玉。今人呼為白鶴子。狀白如鷺。長喙高腳。但頭無綠耳。姿標如鶴。故得鶴名。人有中射工毒者。將此鳥近病人。即能吸人身。訖以物承之。當有沙出。其沙即含沙射人之箭也。又可籠鳥近人。令鳥氣相吸。其毛及屎燒灰。亦可治。並治溪毒砂蝨。溪毒有氣無形。砂蝨沙中細蟲也。

永昌府瀾滄江中有物。黑如霧。光如火。音如折木破石。觸之則死。或云瘴母也。文選謂之鬼彈。內典謂之禁水。惟此江有之。他所絕無。

獨孤滔丹房鑑源云。蘇子油能柔五金八石。

諸榆性皆扇地。故其下五穀不植。

煮諸般肉。封鍋口。用楮實子一二粒同煮。易爛且香。

波斯人將訶黎勒大腹等在船上。用防不虞。或遇大魚放涎滑水中。數里船不能通。乃煮此洗其涎滑。尋化為水。

蘇方木以鐵器煎汁則色黯。

誤吞木屑。鐵斧磨水解之。

月令通纂云。伏內庚日。采青蒿懸於門庭內。可辟邪氣。陰地厥可制丹砂硫黃。水仙汁伏汞。煮雄黃拒火。

南宮從岣嶁神書云。紫背天葵出蜀中。靈草也。生於水際。取自然汁煮汞則堅。亦能煮八石拒火也。

三白草五月采花及根。可制雄黃。射
干俗呼扁竹。又呼仙人掌。一種紫花。一種黃花。一種碧花。
預知子取二枚綴衣領上。遇有蠱毒。則聞其有聲。當預知之。故有此名。又名聖知
子。
馬齒莧性至難燥。當以槐木搥碎。向日東作架曬之。三兩日即乾。如隔年矣。
杜衡自然汁。可伏硫砒。制汞。地膽草可伏三黃、砒霜。蠶蛾出時。折取苦菜。令蛾子青
爛。
蘗一名鶴頂草。庚辛玉册云。鶴頂。陰草也。擣汁煮粉霜。燒灰淋汁煎粉霜。伏礬石。結
草砂制硫。伏汞及雌黃、砒石。
栗子於眉上擦三過。則燒之不爆。
驢馬食菜瓜則眼爛。
經秋正黑石蓮子。入水必沉。惟煎鹽鹵能浮之。
龍舌草根杵汁。能軟鵝鴨卵。方家用煮丹砂。煅白礬。制三黃。
端州出雲白鳥。能辟蛇。
烏禾煮汁沃地。蠖蚓皆死。烏禾即稗之紫黑色者。

胡葱能軟堅。方術煮溪澗白石為糧。及煮牛馬驢骨令軟。皆用胡葱。
梂橄欖剝其皮。以薑汁塗之。則其實盡落。
楊梅樹生癩。以甘草釘釘之則無。梅子同韶粉食。則不酸不軟牙。
有鵁䴖處。犀必生焉。物類相感志云。犀觭角水中。則水無毒。
貘象鼻犀目牛尾虎足。嗜食銅鐵及竹。寢其皮辟瘟。圖其形辟邪。
虎豹之皮。不棲蜂蟻。獅子尾拂。夏月蠅蚋不敢集其上。
消石能消金石。又性畏火。而能制諸石使拒火。昇玄子伏汞圖云。消石生烏場國。其色
青白。用白石英炙熱點上。便消入石中者為真。其石出處氣極穢惡。飛鳥不能過其上。人
或單衣過之。身上諸蟲悉化為水。能消金石為水。服之長生。按此外國所產。別是一種。
婆娑石磨水。點雞冠熱血。當為水。
鴟鵂鸜鵒鴛鴦鴨鷯蟧俱能食射工。
銀得雄黃則枯。石得鵲髓則化。
龜脂可以燃鐵。駝糞能殺壁蝨。
橘得糯則爛。芙蕖得油則敗。

馬溺灌鹽。立化為水。白馬溺尤驗。
凡蛤之屬。開口聞雷。則不復閉。
羊皮為鼓。置蛩於上中。馬見之鳴。卻不敢行。
蝦蟇肪塗玉則刻之如蠟。故古語云。蟾肪軟玉。但肪不可多得。取肥者剉煎膏以塗
玉。亦軟滑易截。
鴉有隱巢。鷙鳥莫能見。
寒食麪。臘月雪花。煮為糊裱書畫。不蠹。又一法。煮糊用黃丹。
桐油污衣不可洗。以冬瓜滌之即去。
龍潛水中。以虎頭投之。則必驚怒。簸騰洶出之。乃已。西域人獻獅子。有繫井傍樹者。
獅子傍偟不安。少頃風雨晦暝。龍從井中飛出。是交相畏也。
中國馬見虎則便溺下。不能行。惟胡馬不懾。獵犬亦然。
狡兔遇鷹來撲。輒仰臥以足擘其爪而裂之。鷹即死。惟鶻則不用爪。以翅擊之使斃。
便啄其目而攫去。
虎鷹能擒虎豹。亦展沙眯其目。虎畏之。遠望輒妥首藏匿。今北方鷙鳥如雕者。亦能

搏麞鹿食之。鷲則彌大。能攫牛虎矣。
鷹畏青鶻。翼沾其身。則肉爛毛脫。獵時迹跡其後。略捎之即遠逝。青鶻輒飛翼濺之。
長至數尺。如是再三。翼漸微。以至盡。即為鷹擊矣。物之以智相制也。
博物志云。桃根為印。可以召鬼。又銀杏樹亦可刻符印。又雷火所擊之木。方士取刻
符印。可以召鬼神。

反殊

火本熱也。而有寒火。抱朴子外篇載。蕭邱在南海中。上有自然之火。春生秋滅。生一
種木。但小焦黑。又陸游云。火軍山其地鋤耘深入。則有烈燄。不妨種植。
木久則腐。燒為炭則入土不腐。葬家用炭。能使蟲蟻不入。竹木之根自回。
博物志云。太陽之草名曰黃精。餌而食之。可以長生。太陰之草名曰鉤吻。不可食。入
口立死。
人食斷腸草而死。虎食之而百日不飢。人食砒霜而死。虎食之而肥。
貘食鐵。蛟龍畏鐵。
蛟龍畏楝葉。而鳳凰食其實。

伏深齋地記云。東武城有勝火木。其木經野火燒之不滅。謂之不灰木。太平寰宇記云。不灰木俗多為鋌子。燒之成炭而不灰。出膠州。其葉如蒲草。今人束以為燎。謂之萬年火把。

余炎席上腐談云。肝屬木。當浮而反沉。肺屬金。當沉而反浮。何也。肝實而肺虛也。故石入水則沉。而南海有浮水之石。木入水則浮。而南海有沉水之香。虛實之反如此。

木皆中實。而娑羅樹則中空。竹皆中空。而廣藤竹則中實。

白礬鼠食則死。蠶食而肥。巴豆魚食則死。鼠食而肥。

楊億談苑云。江東居民言種芋三十畝。計省米三十斛。種蘿蔔三十畝。計益米三十斛。

洪邁容齋隨筆云。浙西常茄皆皮紫。其白者為水茄。江西常茄皆皮白。其紫者為水茄。

南海有綿菜。生於池沼間。葉類茨菰。根如藕條。食之令人思睡。呼為瞑菜。一名睡菜。

任昉述異記云。桂林有睡草。見之則令人睡。一名醉草。一名懶婦箴。即此類也。

物類相感志云。甘草作釘。鍼葡萄立死。以麝香入葡萄皮內。則葡萄盡作香氣。其愛憎與他草相反如此。

晁氏客話云。甘草遇火則熱。麻油遇火則冷。甘蔗煎飴則熱。水成湯則冷。

仇池筆記云。菱花開背日。芡花開向日。故菱寒而芡暖。

蜘蛛能治蜈蚣蜂蠆螫人。沈括筆談又載蜘蛛為蜂螫。嚙芋梗磨創而愈。不可曉。

獬豸一角。識罪而觸邪。甪端一角。能言而惡殺。窮奇牛狀馬尾而犬聲。食忠信之人而餌奸邪。

蝙蝠二種。大者名胡蝙蝠。身黑而光。晝伏夜出。見燈火則來。小者身黑而暗。晝飛夜伏。

蛇吞鼠。而有食蛇之鼠。蛇制豹。而有啖蛇之豹。蛇啖蠹。而有食蛇之蝸。蝸蝦蟆之大者也。一名田父。龜蛇同氣。而有呷蛇之龜。

鼉遇蚊叮則死。得蚊煮則易爛。而熏蚊者復用鼉甲。物相報復如此異哉。

鷄食蜈蚣。而鷄死蜈蚣亦聚食之。蛇食蝦蟇。而蛇死蝦蟇溺其骨。皆化為水。山中田鼠食菅蔗。而鼠齒至堅。菅蔗嚼之立碎。鰍鱔蚊螫而死。而其骨乾熏之。蚊翅足皆落。蚊母鳥口吐出蚊。其翅為扇。獨辟蚊。

漫畫鳥以觜盡水求魚。無一息之停。信天緣俗名青翰。終日凝立水中。不易其處。俟魚過乃取之。可喻人之貪廉相反。信天緣一名信天翁。滇人蘭廷瑞有詩云。荷錢行帶綠波空。唼鯉含浴淺草中。江上魚肥貪未飽。何曾餓死信天翁。

凡鳥皆雄乘雌。鴿獨雌乘雄。故其性最婬。亦與鳩為匹偶。

鵲鳩飛則雌前雄後。隨其行止。斑鳩拙於為巢。天將雨即逐其雌。霽乃呼而反之。或云斑鳩雄呼晴。雌呼雨。

易林曰。鵲必單棲。鶯必匹飛。鶪即博勞也。左傳謂之伯趙。樂府謂之伯勞。形似鴝鵒。鴝鵒喙黃。伯勞喙黑。此鳥好隻飛。未嘗雙。能搏鷙鷹。俗呼為鳳凰皂隸。言百鳥畏之也。蜀中名駕犁。滇中名鐵鸚哥。又名榨油郎。五更輒鳴不止。至曙乃去。

北人喜鴉惡鵲。南人喜鵲惡鴉。

陶隱居云。凡鳥之雌雄難別者。其翼左覆右者是雄。右覆左者是雌。又燒毛作屑納水中。沉者是雄。浮者是雌。雀糞名白丁香。左旋為雄。右旋為雌。

鱧魚首帶星。夜則北向斗。謝豹啼常北向。鳥有背明。其棲木不向明。鴟蛇伏氣首皆向東。

蝦蟇置地上。東行者為雄。陽物受生氣也。

鶺鴒雄高雌卑。鳩鴿鶻前雄後。

鷄鳴數應更。若初更一鳴而止。鷓鴣飛數隨月。若正月一飛而止。

魚行隨陽。春夏浮而溯流。秋冬沒而順流。

雁從風而飛。春夏南風。故北飛。秋冬朔風。故南飛。

禽經云。林鳥朝嘲。水鳥夜唳。陸佃云。凡鳥朝鳴曰嘲。夜鳴曰唳。

鷓鴣飛必向南。杜鵑鳴必向北。鵲立順風東向。

劉恂嶺表錄異云。北方梟鳴。人以為怪。南中晝夜飛鳴。與烏鵲無異。桂林人家羅取使捕鼠。以為勝貓。

鶴受陰而惡陽。雁受陽而惡陰。易曰。鳴鶴在陰。傳曰。鴻雁隨陽。故汲冢周書王會篇目鶴曰陰羽。禹貢名雁曰陽鳥。

造化權輿曰。乾陽為馬。坤陰為牛。故馬蹄圓。牛蹄坼。馬病則臥。陰勝也。牛病則立。陽勝也。馬起先前足。臥先後足。從陽也。牛起先後足。臥先前足。從陰也。馬健物。逆風而行則健。牛順物。乘風而行則順。又驢騾起亦先前足。羊駝起亦先後足。

熊性惡鹽，食之即死。胡孫亦然。狸牛性嗜鹽，人裹手塗鹽取之。又段成式云：鼠食鹽而身輕。

熊氏禮記疏云：鹿是山獸，屬陽，情淫而遊山，夏至得陰氣而解角，從陽退之象也。麋是澤獸，屬陰，情淫而遊澤，冬至得陽氣而解角，從陰退之象也。

魑山鬼也，獨足向後，見則大旱。獨足鳥，即孔子所謂商羊也，將雨輒鳴。

雀至夕則不見物，人有至夕昏不見物者，謂之雀盲是也。鵂鶹夜察秋毫，晝瞑目不見卯山。

畫家用雄黃胡粉，相近即黯妬，二物相讐故也。

藍蛇出蒼梧諸縣，狀如蝮，有約從約斷之用。其頭合毒藥，毒人至死；以其尾作脯食之即解。一物而首尾相反如此。

鳥棲樹，鴻則棲於野；獸棲野，猿則棲於樹。

桐木面日照者為陽，不面日者為陰。置之水上，陽者必浮，陰者必沉。陽材之琴旦濁而暮清，晴濁而雨清；陰材之琴旦清而暮濁，晴清而雨濁。

續博物志云：鷙鳥雄小雌大，庶鳥雄大雌小。

蠅雌者循行求食，雄者常立不移足。

淮南子云：蕉魚飲而不食，鱣鮪食而不飲。

穀屬金而糠之性熱；麥屬陽而麩之性涼。麻黃苗則發汗，根則止汗。人參能補陽中之陰，其蘆則反能瀉太陰之陽。橘皮下氣消痰，其肉生痰聚飲。當歸生血，鬚卻破血。酸棗醒睡，仁令人貪睡。蠐螬腰以前治大小便過滑，腰以後治秘結，皆一物而自相反也。

茱萸氣好上，椒氣好下。

巴豆能痢人，其殼能止；甜瓜蒂能吐人，其肉能解。生薑能懵人，食其心則醒。棟皮瀉人，枝皮則吐人。鳥獸肉皆補血，毛角鱗鬣皆破血。

陸佃云：陰包陽為雹，陽包陰為霰。雪六出而成花，雹三出而成實，陰陽之辨也。

天之陽火二：太陽，真火也；星精，飛火也。天之陰火二：龍火也，雷火也。地之陽火三：鑽木之火也，擊石之火也，戛金之火也。地之陰火二：石油之火也，水中之火也。人之陽火一：丙丁君火也。人之陰火二：命門相火也，三昧之火也。諸陽火遇草而焫，得木而燔，可以濕伏，可以水滅。諸陰火不焚草木而流金石，得濕愈焰，遇水益熾，以水折之，則光燄詣天，物窮方止；以火逐之，以灰撲之，則灼性自消，光燄自滅。

葵花傾日，不使照其根。鬼臼花在葉下，常為葉所蔽，未嘗見日，俗名羞天花，一名倒垂蓮，一名唐婆鏡。又葵花隨日轉移，菱花晝合夜開，隨月轉移。

睡蓮葉如荇而大，浮於水面，其花布葉數重，凡五種色，當夏晝開，夜縮入水底，晝則復出。夢草晝入地，夜則復出。

蜀中有朝日蓮，花色或黃或白，葉浮水上，開則隨日所在，日入輒斂藏葉下。

龍鬚菜，日未出則浮水，日出則沒。此菜產長沙府攸縣司空山南洗藥池。

大豆牛食之溫，馬食之涼。

燕山錄云：鵜鶘飲水數升而不足，鱣鮪入口若露而有餘。

凡木之華，先合而後開；惟唐棣花先開而後合。

鶩性安靜，雞性躁，養雞鶩者必順其性而後肥澤，故諺曰：囚鶩浪子雞。

埤雅云：鶩伏隨日，朝首東而暮西；鴨伏隨月。

水性寒，出於水者宜愈寒，而其味乃作鹹，鹹溫也。火性烈，出於火者宜愈烈，而其味乃作苦，苦涼也。是皆物以極而反，以激而生。故寒不生寒而一陽生，暑不生暑而一陰生。

有睡草，亦有卻睡之草；有醉草，亦有醒醉之草；有宵明之草，亦有晝暗之草；有夜合之草，亦有夜舒之草。

陳藏器云：蕈常食發氣，令關節急，嗜睡。

睡草五六月生田塘中，葉類艾蒿，根如藕梢，土人採根為鹽菹食之，令人好睡。卻睡草一名五味草，食之使人不睡。

廣南府有小孟貢江，產鮑魚，食之日御百女；其山產鸞鶿，餌刀圭，終世絕人道。土人以飼牡馬。

平陽府大寧縣東北二十五里有退過谷，谷內草牛馬食之常瘦，故名退過。

稽食賦云：瓜曝則寒，油煎則冷，物性之殊也。

偏特

徐偃王有筋無骨，出尸子。

鳳仙花蜂蝶不近，不生蟲蠹。

术律草風吹不動，無風自搖。獨活、鬼督郵皆名獨搖草。

巴豆人吞一枚便死而鼠食之可三年重三十觔。
段成式酉陽雜俎云世重黃楊以其無火也用水試之沉則無火凡取此木必以陰晦夜無一星伐之則不裂
物之換骨如人之齒龍之骨象之牙鹿之角蛇之皮蝦蟹之殼皆終身一換惟鹿則每歲一換龍象至六十年骨全而後換也
絡緯蟋蟀皆以鬚為鼻文亦在股
犀有三角一在頂上一在額上一在鼻上鼻上即食角也
蝶以鬚代鼻蛇之聽以目龜之息以耳牛之聽以鼻蠅之聲在鼻蟬之聲在脇木蠹之聲在鼻一云龍無耳牛兩耳皆實其聽皆以角
瑞應圖云白澤能言語猩猩狒狒俱能人言
百舌鳥能為百鳥音鸜鵒秦吉了鳴鵒皆能效人言又烏鳳能度小曲合宮商為百鳥之音
唐書南天竺出五色鳥能言開元中嘗獻
北史交阯之南有婆利國出舍利鳥解人言

鳥有當扈以其髯飛獸有耳鼠以其尾飛飛鼠以其背飛俱見山海經背飛者用其背上毛飛飛則仰也一云鸓之飛以髭
蠐螬大者如足大趾以背滾行反駛於脚
蛇卵生也而蝮蛇胎產蛇腹行也而鱗蛇首昂蜥蜴千歲蝮皆有足蛇毒蟲也而金蛇水蛇無毒蛇鱗蟲也而蝮蛇長蛇有毛
蛇怒時毒在頭尾
爾雅中國有枳首蛇中國之異氣枳首兩頭也
凡物皆一舌蛇獨雙舌有牙無齒其食吞其行紆
埤雅云蛇聾虎鼯
山海經云任水西南流注於伊水其中多三足龜食者無大疾可以已腫郭璞註云今吳興陽羨縣有君山山上有池水中有三足六眼龜鼉梁時獲四目龜於泰新龍淮水中唐時江州獻六眼龜宋史載趙霆獻兩頭龜潮州府程鄉縣城西南有六目龜池宋嘉熙中有龜六眼出沒其間故名又大明會典云暹羅國獻六足龜
山海經云葛山澧水有珠鼈狀如肺而有目六足有珠一統志云珠鼈生高州海中狀如肺四目六足而吐珠爾雅云龜三足為賁鼈三足為能
鵝無舌兎無脾又猴亦無脾以行消食
鷄無外腎而虧小腸
凡鳥下瞼眨上獨鸚鵡上下目瞼皆能眨動舌如嬰兒其趾前後各二異於衆鳥摩其背則瘠
淮北多獸江南多禽湖廣多魚雲南多花廣西多樹川蜀多藥山東無虎浙江無狼廣東無兎蜀無鴿
杜鵑相推而鳴先鳴者死
秧雞秋啞瓦雀夜鳴
齕吞者八竅而卵生咀嚼者九竅而胎生
凡畜獸臨殺之時怨氣聚於肝食之皆不宜於目惟羊肝能明目
雉善聽狼善視狐善疑
鼷鼠趾前四後五
牛羊食百草與他獸異故其胃有脘有胘有蜂窠亦與他獸異也脘一名百葉胘即

胃之厚處
駱駝脚有三節背有兩肉峯西域傳云大月氏出一封駝脊上有一峯隆起若封土故俗呼為封牛亦曰犎牛穆天子傳謂之牰牛爾雅謂之犦牛嶺南徐聞縣及海康皆出之南史云滑國有兩脚駝
袁達禽蟲述云虎豹懸於腹象口隱於頤
猿臂通肩龜腸連首蛟眉連蝮鼻反梟陽脣反
虎噬物隨月旬上下而嚙其首尾經嚙人則耳有缺
酉陽雜俎云牛黃在膽中牛有黃者恒吐弄之集賢校書張希復言嘗有人得其所吐黃剖之中有物如蝶飛去
象肉理段段不相屬味各不同四足如柱無指而鼻端有爪可拾鍼芥行則先移左足臥則以鼻著地
鼠肝有七葉膽在肝之短葉間大如黃豆正白色帖而不垂
金松出台州垂條如弱柳結子如碧珠三年子乃一熟
青州海中有島在樂安壽光諸城日照界其中產草名龍鬚馬食之日行千里

文登海中有海驢常秋月登島產乳其皮製為雨具水不能入

熊豎目蟒圓眼

龜甲裏肉鼈肉裏甲

麋目下有二竅為夜目故淮南子云孕女見麋而子四目

百舌鳥合百舌而成一舌故善變聲啄木舌端有棘鍼故善取蟲鸚鵡舌似人故能言

諸畜肝葉皆有定數惟貒肝一月一葉十二月十二葉其間又有退葉一云貒肝可祛瘵

猿雄者能嘯雌者不能猿性不耐著地著地輒瀉死

西北有獸類黃鼠名曰瞎撞無目而善聽聞人足聲輒逃匿

貓睛可定時子午卯酉如一綫寅申巳亥如滿月辰戌丑未如棗核一云子午線卯酉圓寅申巳亥銀杏樣辰戌丑未側如錢

馬火畜也有肝而無膽木藏不足故食其肝者死

貉貒俱耳聾貉性好睡故謂之貉睡俗訛作渴睡

狼腸直故鳴則後竅皆沸而糞為烽煙直上不斜

兔上唇缺目不瞬而瞭然故禮記謂之明眎

馬力在膝驢力在臆騾力在腰虎力在前足象力在鼻

大月氐有白皮牛剖其肉明日瘡愈出金樓子

象有金瘡見星月即合

水族目皆不瞬獨河豚目能開閉

鼉性嗜睡恒閉目能橫飛不能上騰夜鳴應更其聲如鼓故謂之鼉鼓陸佃云鼉身具十二生肖肉惟蛇肉在尾最毒也

蟾蜍擲糞自其口出

龜首常藏向腹以通任脈鹿鼻常反向尾以通督脈故皆靈而壽

獵人弊彩則麞麋注視麞善文章故字從章文麞膽白性怯飲水見影輒奔因其驚憧故謂之麞人食其心者多恇怯麋一牝輒交十餘牡其性婬迷故謂之麋陸佃云麋喜音聲

博物志云大腰無雄龜鼉類也細腰無雌蜂類也然龜鼉實有雌雄

裴顏崇有論曰鳥無胃肺蚯蚓無臟蛙以空中而生蠶以無胃而育蟒無脬馬亦無膽兔無脾猴亦無脾肢無筋蛸亦無筋一云五行肝膽屬木木死於午午者馬之宮故無膽也蝦蟆無腸鼈無耳為守神

山蜂螫人皆復引其芒去惟蚕蜂螫人芒入人肉不可復出蜂亦尋死

杜子美詩西川有杜鵑東川無杜鵑涪萬無杜鵑雲安有杜鵑

梨花六出銀杏花夜開人不得見

廣州有無核枇杷海南有無核荔枝

嶺南無牡丹即移植亦不花花則不利其主

閩中榕樹自南生至省會而止故省會號榕城諺曰榕不過浙

江東穀樹結實閩中產者不結實穀樹亦名楮樹其皮可擣為紙

栗但可種成不可移栽

木蘭樹雖去皮亦不死

犀舌上有刺好食棘刺皮上每一孔生三毛五溪記云山犀食竹木其小便即竟日不盡

山海經云亶爰之山有獸焉其狀如貍而有髦其名曰類自為牝牡食者不妒今豪豬

香狸皆一體自為牝牡香貍即靈貓也有四外腎自為牝牡黨錄其腎異耳山海經又云帶山有鳥曰鵸鵌其狀如烏五采而赤文陽山有鳥曰象蛇其狀如雌雉而五采以文皆自為牝牡

蚺蛇膽著醋能卷人髮終不可脫惟以芒草作筋乃可其膽浮水而走

橫州六曆山有飛貍翾肉翅如蝠

術家以十二肖配十二辰每肖各有不足之形鼠無牙牛無齒虎無脾兔無唇龍無耳蛇無足馬無膽羊無神猴無脾雞無腎犬無腸豬無筋

野馬似馬而小出塞外皮可為裘其肉落地不沾沙鵜鶘水鳥也一名越王鳥一名鶴頂出九真交趾不踐地不飲江湖不啖百草不食魚惟啖木葉狀如烏鳶而足長口勾末如冠可受二升許以為酒器極堅緻其糞似熏陸香山人得之以為香

段成式酉陽雜俎云四味果出祁連山木生如栗剖以竹刀則甘鐵刀則苦木刀則酸蘆刀則辛行旅得之能止饑渴

沈瑩臨海異物志云楊搖子出閩越其子生樹皮中其體有脊形甚異而味甘無奇色青黃長四五寸楷合南方草木狀云千歲子出交趾蔓生子在根下鬚綠色交加

如織一苞恒二百餘顆皮殼青黃色殼中有肉如栗味亦如之
祝穆方輿勝覽云人面子出廣東大如梅李春花夏實秋熟蜜煎甘酸可食其核兩
邊似人面目口鼻皆具
神護草生常山北可使獨守叱咄人寇盜不敢入門物類志謂之護門草一名靈草
王筠詩云霜被守宮槐風驚護門草即此
路石草一名陵石草生石上天雨獨乾日出獨濕花葉莖赤黑三歲一實赤如麻子
食之益氣耐寒生肌實骨髓
吉祥草葉如萱而小四時一色生泉石中山村人以插瓶祀先雖在陰室必翠不凋
家有吉事定自開花故名吉祥
候潮草有莢如榆莢潮至則開退則合
段成式酉陽雜俎云雅州出舞草三葉如決明一葉在莖端兩葉居莖之半相對人
近之歌謳及抵掌則葉動如舞按此即虞美人草也
黃頰魚古名黃鱨魚一名黃頰魚一名鉠軋音央軋或折而呼為黃鉠黃軋無鱗有
似能飛躍其膽春夏近上秋冬近下

何遠春渚紀聞云宋徽宗時將軍蕭注破南蠻得其所養盤龍長尺餘藉以銀盤中
置玉盂以玉筋攪海鹽飼之每鱗中出鹽則收取云能興陽事每以溫酒服一錢後
龍為蔡京所得及死以鹽封數日取用亦有力
龍有九似角似鹿頭似駝眼似鬼項似蛇腹似蜃鱗似魚爪似鷹掌似虎耳似牛
郭義恭廣志云木瓜枝一尺有百二十節可為數號方輿志云大食國有樹一年生
如栗子而長名曰蒲盧子可食次年則生麻茶澤即沒石子也間歲互生一根異產
如此
嶺南異物志云南方多溫臘月桃李花盡拆他物皆先時而榮惟菊花十一月開益
此物須寒乃發寒晚故發亦遲
越俗言夏菊初生例自陳根而出至秋遍地沿多者由花梢頭露滴入土即生新根
而出故名滴滴金劃地驗其根不相連屬也
忍冬藤左纏南藤生依南樹
竹有雌雄但見根上第一枝雙生者必雌也乃有筍
木鼈子一頭尖者為雄種時須雌雄相合以麻縷定及其生也則去雄者方結實

娑羅花出雅州瓦屋山五色爛然移他處則槁
月竹出嘉定州每月生筍
羅漢菜出黃安縣三角山昔有異僧種之而去採宜淨食雜以葷腥其味頓苦
根子菜根似蔓菁而大又似蘿蔔他處皆無惟安陸縣有之
叫雞出南甸宣撫司晝夜依時而鳴
大候州有垂絲竹
紹興府蕭山縣西二里湘湖出蓴絲最美採至西湖浸西湖一宿然後佳若浸他湖
便無味浸處亦無多地方圓僅數十丈
遠安縣西八十里桃李洞有木結實核如桃肉如李
大理府城北有念珠樹每穗結百八枚
柳州產苴草狀如茅食之令人多壽署月置盤筵中蠅蚊不近物亦不速腐號不死
草
筋竹出平樂恭城土人以竹作衫充暑服
勾芒木出梧州陸川縣句羊山其皮可織為布

凡魚皆屬火惟鯽魚屬土以其伏也凡魚皆相食惟鯉不相食所以化也
江鰻至潯陽則少鯽魚至鴨欄磯則少鯼條魚惟城陵磯冬至前後始有之
上杭金山上有三池名曰膽水浸以生鐵可煉成銅
龍愁竹出羅浮山大七八圍節長丈二葉似芭蕉
夢花出靖州綏甯縣其莖如藤其花黃白其枝條甚細俗云有夢失記者紐之即悟
真臘國有水稻高丈許隨水而長
孔雀尾端一寸名珠毛鸛左右腳裏第一指名兵爪牛陰肛雙筋自尾屬頸
風生獸生南海炎州上似豹青色大如貍網取之積薪數車燒之不然鐵鎚鍛頭數
十下乃死以口向風須臾便活取其腦和菊花服之可五百歲
南海有鰐魚狀如鼉斬其頭而乾之去齒而更生如此者三乃止
爾雅翼云凡魚無肚獨鯼魚有肚
救窮草出均州石階山其草冬夏不枯月食三寸可以辟穀
百花皆五出惟梔子花六出凡桃杏花六出者核必雙仁有毒殺人
款冬一名款凍葉似葵而大叢生花出根下十一十二月雪中出花

江南蘭花只在春芳荆楚及閩中者秋復再芳故有春蘭秋蘭之名。離騷秋蘭兮青
青。綠葉兮紫莖。劉次莊以爲沅澧所生。花在春則黄。在秋則紫。春黄不若秋紫之芳
馥。楚雄府廣通縣響水坡産蘭。莖葉皆香。不待花開。鼻端常聞。惟夏至一日臭。
虎千載則牙蛻而生角。燕千歲生胡䫇。
滇中青山有虎。能飛伏。狀如蝙蝠。蒙山有蛇。見人自斷。
蜀花六出。
處州府城西五十里三峯山禪智寺。有紫牡丹一本。高丈餘。每開五百餘花。花各十
二瓣。值閏年各開十三瓣。宋政和間移入御苑栽之。花即不開。詔遣還山。復開如故。
變柑出肇慶府新興縣。有苞大如升者。且皮薄如洞庭之橘。餘柑之所弗及。傳云移
植不百里。形味具變。因以爲名。
楚中有萬年松。長二寸許。葉似側柏。藏篋笥中或夾册子内。經歲不枯。取置沙土中。
以水澆之。俄頃復活。不知其所從出。
龍被殺。割肉懸柝間。見無人便自垂至地。聞人聲即縮。
龜肉剉盡而流腸屬於首。數日不死。鳥攫之反爲所噬。

神蛇斷而復續。
馬蛇中斷。而首尾各行。
池州府青陽縣九華山。出五釵松。每枝五花五股。其實可食。文理綜纈如羅穀衲子
金地藏自西域來攜種。惟塔寺前有之。其尤異者。每一株枯。則旁遺一小株。
延平府尤溪縣雙髻山。出異草如蠟燭。漬油可燃以照。
南安府大庾縣印山。産蓮。一莖五萼。
鄖陽府鄖縣天心山。一名錫義山。山高谷深。多生薇蘅。其草有風不偃。無風獨搖。
鬱林州陸川縣石袍山。有肉翅虎。下山食人。食訖飛還絶巖。
瓊州府儋州有清水池。其中四季荷花不絶。臘月尤盛。
雲南府城南滇池出衣鉢蓮。其花盤千瓣。葉分三色。
萊州府勞山下有耐凍花。國初張三丰自海島中攜取一株植之。雖隆冬嚴雪。葉色
彌翠。正月即花。蕃繁可愛。今二百餘年。柯幹大小如初。
青州有劉𭔭草。州人劉𭔭。宋元嘉中射一鹿。剖五臟以此草塞之。蹶然而起。𭔭密取
此草種之。多主傷折。呼爲劉𭔭草。見酉陽雜俎。

金錢花四季花俱午開子落。
物宜
山有玉而草木潤。身有玉而毛髮黑。
天子籍田三推犂下土。藏之。入宫不懼。利見大官。宜婚市。
二月取上壬日土泥屋之四角。宜蠶。
取春牛角上土置戶上。令人宜田。
采時立春日進春牛。御藥院取牛睛以充眼藥。
七月丑日潛取富家中庭土泥竈。令人富。不可令人知之。除日取富家田中土泥竈
招吉。
五月一日取古塚上土或甎石。入瓦器中。埋著門外階下。合家不患時氣。
靈砂餌猢猻鸚鵡鼠犬等。燒其心。輒會人言。靈砂者。硫汞制而成形。至以陽勾至陰
脫陰反陽。故曰靈砂。
生礬石納水。令水不冰。令洛水不冰。下有礬石。故人謂之温洛。文鸛伏卵。取礬石置
巢中以取温氣。礬石生於山。則草木不生。霜雪不積。
脩養書云。正月一日取五木香湯以浴。令人至老鬚髮黑。五木香。即青木香也。一株
五根。一莖五枝。一枝五葉。葉間五節。又龍葵子赤者名赤珠。服其苗髮白髮令黑。
麥門冬可以服食斷穀。故謂之禹餘糧。又曰不死草。秦名烏韭。齊名愛韭。楚名馬韭。
越名羊韭。皆此物也。
椰子殼可爲酒器。如酒中有毒則酒沸起或裂破。今人漆其裏。即失用椰子之意。
淮南萬畢術云。井上宜種茱萸。葉落井。人飲其水無瘟疫。懸其子於屋。辟鬼魅。行五
志云。舍中種白楊茱萸。增年除害。
桐梓二樹葉花飼豬。並能肥大。
油籠滲漏。剝穿山甲裏面肉靨投入。自至漏處補住。丹方及煮鹽者。以牡蠣泥釜。則
耐水火不破漏。
淮南萬畢術云。鴻毛作囊。可以渡江。此亦中流一壺之意。
鸊鷉膏塗刀劍不鏽。其狀似野鴨而小。
正旦。磔雄雞祭門戶。可辟鬼邪。
太平御覽云。正旦吞烏雞子一枚。可以煉形。岣嶁神書云。八月晦日夜半。面北吞烏

鷄子一枚。有事可隱形。
史記云。秦時殺狗磔四門以禦災。殺白犬血題門。以辟不祥。
圖纂云。五月戊辰日。以豬頭祀竈。所求如意。
張華物類志云。以狗肝和土泥竈。令婦妾孝順。
河魚圖云。虎鼻懸門中一年。取熬作屑。與婦飲。便生貴子。勿令人及婦知。知則不驗。
又云懸門上。宜子孫帶印綬。
虎爪蟹爪赤朱雄黃為末。松脂和丸。每正旦焚之。可辟惡魅。人有卒中惡病者。燒虎皮飲之。當解。
麈尾能辟塵。拂氈則不蠹。
燕山錄云。煮羊以䶉。煮鼈以蚊。䶉食竹根之鼠也。
朝野僉載云。五月五日午時。急砍一竹。竹節中必有神水。瀝取和獺肝為丸。治心腹積聚病甚效。
人有犯盜者。以狼筋熏之。即腳攣臉瞤。
鐵末浸醋書字於紙背。後塗墨。則字如碑字。鐵末即鐵落。亦曰鐵蛾。鍛家燒鐵赤沸。砧上鍛之。皮甲落者是也。
虎有威骨如乙字。長一寸。在脇兩旁。帶之令人有威。臨官帶之佳。無官則為人所憎。尾端亦有威骨。但不及脇骨。
蠱網縫領可辟健忘。
蚺蛇牙。長六七寸。土人尤重之。云辟不祥。利遠行。
石燕頭尾不損者。搗末研極細。藏之。寫字有誤時。以水點字。以末糝之。候乾。其字自落。又鎔蠟入胡粉和作一塊。以所錯誤字於熱熨斗上。以粉塊揩之。
凡碾工描玉。用石榴汁則見水不脫。
淮南萬畢術云。丙寅鵲腦令人相思。高誘註云。取鵲腦雌雄各一。道中燒丙寅日入酒中飲。令人相思。
博物志云。積艾草三年後燒。津液下流成鉛錫。
異物志云。香櫞浸汁浣葛紵。勝似酸漿。
顧野王玉篇云。杬木出豫章。煎汁藏果及卵。不壞。洪邁容齋隨筆云。今饒州處處有之。蓋杬不純是木。小人爭鬭者。取葉挼擦皮膚。輒作赤腫如被傷。以誣人。至和鹽擦卵。則又染其外若赭色也。按杬即芫字。山海經云。首山其草多芫。芫花俗謂之頭痛花。

物類相感志云。燈心煮鰌甚妙。鰌即泥鰍也。一名鰼魚。
黃鳥食之止妒。蒼魚食之止驕。鶺鴒食之不饑。酸餘食之不醉。鮨魚食之已狂。人魚食之已癡。
歐陽詢初學記載北齊佳氏以桃花白雪與兒靧面。云令面妍華光悅。
橄欖木枝節間有脂膏如桃膠。南人採取和皮葉煎汁。熬如黑餳。謂之欖糖。用泥船隙。牢如膠漆。著水益乾。
槐花未開時。狀如米粒。炒過煎水染黃甚鮮。其子上房七月收之。堪染皂。
無患子煮熟去核。搗和麥麪或豆麪作澡藥。去垢。同於肥皂。用洗真珠甚妙。
用曾青和壁魚設色。點神睛則光瑩能隨人轉。
齊氏要術云。桐梧生山石間者。為樂器更鳴響也。
柳絮可以捍氈。代羊皮為茵褥。柔軟性涼。與小兒臥尤佳。
榆皮溼搗如糊。用粘瓦石極有力。
鴨跖草。一名竹葉菜。其花汁可作畫色。及彩羊皮燈。青碧如黛。
鼠麴草花雜櫸皮染褐。至破猶鮮。鼠麴草山南人呼為香茅。江西人呼為鼠耳。楚人呼為米麴。北人呼為茸母。北方寒食采茸母草和粉食。宋徽宗詩。茸母初生認禁煙是也。
水蓼子春初以壺盧盛水浸溼。高掛火上。日夜使暖。遂生紅芽。取為蔬以備五辛盤。
紫藤江東呼為招豆藤。四月生紫花可愛。結子作角。角中仁熬香。著酒中。令酒不敗。敗酒中用之亦止。
榼藤生廣南山木間。其實三年方熟。其殼用貯丹藥。經年不壞。仁可入藥。
天門冬接根入湯。浣衣極淨。浣練勝於用灰。一名浣草。莙薘菜一名菾菜。菾音甜。其莖燒灰淋汁。洗衣白如玉色。苜蓿莢內有米如穄米。可為飯。亦可釀酒。
獨孤滔丹房鑑源。紫色蒿苣和土作器。火煆如銅。
落葵子蒸過。烈日中曝乾。去皮取仁。細研和白蜜塗面。鮮華立見。
平樂府賀縣有白土。膩其土白膩。可傅面。嶺南婦女率皆用之。又名鉛粉。
芋煮汁洗膩衣。淨白如玉。

桃枝竹出川廣中。皮滑而黃。犀紋瘦骨四寸有節。可以為席。
冬瓜一瓢。和桐葉與猪食之。一冬更不要與諸物食。自然不饑。長三四倍也。冬瓜斷
謂之瓜練。可以浣練衣服。
海漆出瓊州。花如芍藥。名倒粘子。汁以為膠。可代俑漆。蘇東坡造。
黃漆出朝鮮國。樹似椶。六月取汁。漆物如金。肅州金山出赤犂木。堪為漆用。一云金
山在永昌衛城北二十里。
淮南萬畢術云。祠冢之黍。啖兒令不思母。
藥有五天。決明為肝天。紫菀為肺天。神麯為脾天。遠志為心天。蓯蓉為腎天。
土硫黃拌穀。與鴨食之。易肥。
象胸中小橫骨。灰之酒服。令人能浮水出沒。食其肉。令人體重。
服巢之血滴眼。可見夜中物。蒼鷹之精注眼。可見霄漢中物。
鴝鵒取其目睛。和人乳研滴眼中。能見煙霄外物。
丹魚之血塗足。可步水上。
鼈為膾數食可長鬚。

麟跡鳳脂煎膠可續絃。一云鸞血可續斷絃。連折劍。
善究國之蟹百足四螯。其為膠也凝之鬣。
埤雅云。鸞血作膠可續弓弩琴瑟之絃。
蜀葵莖作火把。雨中不滅。
紅蝙蝠出瀧州。多雙伏紅蕉花間。若獲其一。則一不去。南人收為媚藥。
南海鶴子草。蔓生。其花麴塵色淺紫。蒂葉如柳而短。當夏開花。形如飛鶴狀。翅尾嘴
距畢備。春生雙蟲。常食其葉。土人收於奩粉間餇之。如養蠶然。蟲老不食。而脫為蝶。
赤黃色。女子佩之。謂之媚蝶。能致其夫憐愛。
鳲鳩之骨佩之。宜夫婦。
榼子蔓生。取子種仁帶於衣。令人媚悅。
鶖毛為被。柔暖宜覆嬰兒。兼辟驚癇。
樺木似山桃。其皮軟而中空。若敗絮焉。故取以帖弓。便於握也。又可以代燭。易燃而
無煙。
蛇油可合朱砂。能令印色隱起不黯。

植榴者。安僵尸枯骨於根下。則花實繁茂。杏樹以大石壓根。則花盛子牢。
亡人以黃金塞九竅。則尸不朽。寶母壅尸。亦不朽。又水銀灌尸。從歷。

傀異

人有五不男。天犍漏怯變也。天者。陽痿不用。古云天閹是也。犍者。陽勢割去。寺人是
也。漏者。精寒不固。常自遺洩也。怯者。舉而不強。見敵不興也。變者。體兼男女。俗名二
形。又名婆羅門半釋迦。能兩用人道。或上半月為男。下半月為女。又或從子至午則
男。從未至亥則女。晉書以為亂氣所生。謂之人痾。其類有三。有值男即女。值女即男
者。有半月陰半月陽者。有可妻不可夫者。五不女。螺紋鼓角脈也。螺者。牝竅內旋有
物如螺也。紋者。竅小。即實女也。鼓者。無竅如鼓。角者。有物如角。古名陰挺是也。脈者。
一生經水不調。及崩帶之類是也。
女人有生鬚者。唐李光弼母有鬚數十根。長五寸許。封韓國夫人。宣政雜錄云。宋宣
和初。都下朱節妻。年四十一。夕頷痒。至明鬚出。長尺餘。草木子云。元至正間。京師一
達婦。髭鬚長尺餘。宏治初。隨州應山縣女子生鬚。長三寸許。鄖縣一婦人美色。生鬚
三縷。約數十莖。長可數寸。人目為鬚娘云。

男人有出湩者。漢書云。南陽李元蒼頭。室疫死。惟孤兒繈始生數旬。諸婢欲謀殺分其
財。蒼頭李善潛負繈出亡。親自乳哺。乳為生湩。唐書云。元德秀兄子繈褓喪親。秀自
乳之。數日乳中湩流。能食乃止。
仲尼辨防風氏之骨。客曰人長之極幾何。仲尼曰僬僥氏長三尺。短之至也。長者不
過十之。數之極也。是言防風氏長三丈也。春秋長狄即防風氏之後。左傳宣十一年
敗狄於鹹。穀梁公羊傳曰。長狄兄弟三人。一者之魯。一者之齊。一者之晉。皆殺之。身
橫九畝。斷其首而載之。眉見於軾。顏師古曰。長狄防風之後。漆姓也。國號鄋瞞。兄弟
三人。僑如來伐魯。為叔孫得臣所獲。榮如晉襄公二年伐齊。為王子城父所獲。焚如
宣十五年晉滅潞國而獲之。博物志載長狄僑如身橫九畝。長五丈四尺。或長十丈。
失之誕矣。續博物志載老君生而長一十二尺。秦始皇時交阯人阮翁仲。身長二丈
三尺。拜臨洮守。威震匈奴。及卒。始皇鑄銅為像。置咸陽宮司馬門外。匈奴至者皆下
拜。符堅時左鎮郎夏默右鎮郎護磨那。拂蓋郎申香。俱多力善射。長至一丈八尺。每
食飯一石。肉三十觔。王莽時連帥韓博上言。蓬萊東南五城路如海瀕有奇士。身長
一丈。十圍。自稱巨無霸。軺車不能載。三馬不能勝。臥則枕鼓。以鐵箸食。莽以為壘尉。

此後史所載人之長大無復類此者。豈天地氣化漸薄耶。十六國春秋載始皇時有長人長五丈。見於宕渠。秦太史令胡毋敬曰。五百年後其後必有異人為大人者。及李雄僭號。祖先出自宕渠。有識者以為應之。博物志載秦始皇二十六年。有大人十二見於臨洮。身長五丈。足跡六尺。魏志載咸熙二年。有大人見於襄武縣。長三丈餘。腳跡長三尺二寸。白髮著黃單衣黃巾。續博物志載苻健始皇四年。有長人見身長五丈。是月霖雨。河渭泛溢。中流得大屐一隻。長七尺三寸。跡稱屐。指長尺餘。文深七寸。此則神怪之偶見而旋隱者也。山海經東海之外。大荒之中。有大人之國。郭璞註云。晉永嘉二年。有鶖鳥集於始安縣南甘里之鶖陂中。民周虎張得之。木矢貫之鐵鏃。其長六尺有半。以箭計之。其射者人身應長一丈五六尺。此則產於異域者也。唐開元二十三年夏四月。冀州獻長人李家寵。八尺有五寸。宋淳熙間。蘇州民有唐姓者。兄妹皆長丈有二尺。日啗斗餘。行倦則依市簷憩坐。如堵牆。不可出。出則傾市觀之。詔廩之殿前司。德壽欲見之。遣詣北定。懼其聚眾。乃臥而沒之河。至望仙橋覆舟焉。兄妹終身不嫁娶。萬曆年間。文書房內使姓徐者。長可九尺。刑曹郎接本。乍見之而悸。溺下不禁。侯甸西樵野記云。成化辛丑。蘇州衛數軍士。被公遣赴崇明。事畢。泛

海而歸。為大風飄至一島。山麓曠異。一人從林中出。長可三四丈。深目黑面。獰醜不可喻。見數人悉以藤貫掌心。繫於樹下。已而復入。眾極力斷之而竄。始放舟。前者偕數輩。狀貌無異。蹲立水滸。以手攀舷。舟中一勇士急掣刀斷其指。始獲捨舟而去。辦之乃一指中一節耳。試以小尺度之。尺有四寸。因獻嘉定令。今貯藏庫中。

山海經云。三首國一身三首。在崑崙東。爾雅云。北方有比肩民。半體相合。迭食而迭望。南方異物志云。嶺南溪洞中有飛頭蠻。項有赤痕。至夜以耳為翼。飛去食蟲物。將曉復還如故。搜神記載吳將軍一婢。頭能夜飛。永昌志云。西南徼外有濮人。生尾如龜。長三四尺。欲坐則先穿地作孔。若誤折之便死。

山海經大荒南有羽民之國。其民皆生元羽。有卵民之國。其民皆生卵。

京房易占曰。陰在首。天下大亂。在腹。天下有事。在背。天下無後。而宋書稱曾有兩女子。一陰在臍下。皆淫而不產。晉五行志云。有陰在首者。居揚州。有一男子。二陽累生。俱能行人道而淫。

比類

崔豹古今注云。古人相贈以芍藥。相招以文無。文無一名當歸。芍藥一名將離。故也。又云。欲蠲人之忿。則贈以青裳。欲忘人之憂。則贈以丹棘。青裳一名合歡。丹棘一名忘憂。故也。將離一作可離。合歡一作合昏。又一名夜合。以其葉至暮即合也。或云種之庭除。使人不忿。丹棘即萱草也。嵇康養生論云。合歡蠲忿。萱草忘憂。吳人呼萱草為療愁花。李九華延壽書云。嫩苗為蔬。食之動風。令人昏然如醉。因名忘憂。按山海經載少室山有木名帝休。其枝五衢。黃花黑實。服之不愁。又云牛首山出鬼草。其葉如葵。其秀如禾。服之不憂。則食萱草而療愁忘憂。亦物理之所有也。懷妊婦人佩萱草花則生男。故又名宜男。荊楚人呼為鹿葱。以其苗氣味如葱。而為鹿之所喜食也。一云水葱花葉皆如鹿葱。花色有紅黃紫三種。出始興。婦人懷妊佩其花生男者。即此花。非鹿葱也。

槿花蜀葵花茉莉花木芙蓉花棗花。皆朝開暮落。而銀杏花一開即落。尤速

爾雅翼云。在北為鷹。在南為鷂。或云大為鷹。小為鷂。鷹不擊伏草。不擊胎。鶻擊鳩自暖旦乃釋之。

鵰似鷹而大。尾長翅短。土黃色。鷙悍多力。盤旋空中。無細不睹。皂鵰即鷲也。出北地色皂。青鵰出遼東。最俊者謂之海東青。羌鷲出西南夷。黃頭赤目。五色皆備。鵰類

也。似鷹而土黃色。深目好峙。能翱翔水上捕魚食。故名魚鷹。雌雄相得。摯而有別。詩關關雎鳩即此也。鷂一名鳶。一名隼。一名鷂。一名雀鷹。鸇生三子。一為鴟鸇。小於鷂而最猛捷。能擊鳩鴿。一名鷂子。鸇色青。向風展翅迅摇。搏捕鳥雀。鳴則大風。一名晨風。鶻小於鸇。其脛上下。取鳥雀如攘掇。

鴟鵂大如鴝鵒。黃黑斑色。頭目如貓。有毛角兩耳。晝伏夜出。鳴則雌雄相喚。其聲如老人。初若呼。後若笑。所至多不祥。爾雅謂之怪鴟。又謂之鵋䳢。蜀人呼為轂轆鷹。楚人呼為呼咵。吳人呼為夜食鷹。鵂鶹大如鴝鵒。毛色如鷂。頭目亦如貓。鳴則後竅應之。其聲連轉。如云休留休留。故名曰鵂鶹。江東呼為車載板。楚人呼為快扛鳥。蜀人呼為春哥兒。皆言其鳴主有人死也。鴞即梟也。漢書謂之鵩。俚人呼為訓狐。又訛為幸胡。處處山林有之。少美好而長醜惡。狀如母雞。有斑文。頭如鴝鵒。目如貓目。其名自呼。好食桑椹。入室主人當去。

姑獲鳥鬼車鳥俱能夜入人家收人魂氣。並稱鬼鳥。姑獲鳥雌無雄。鬼車鳥九首。孔子與子夏見奇鶬九首即此也。又王充云。蒼兕水獸。九頭。是鳥獸皆有九頭者矣。

馬有墨在腎。牛與野豬有黃在膽。狗有寶在腹。鹿有瑀在角。諸畜獸有鮓答在肝膽

之間。鮓荅色白。似石非石。似骨非骨。打破層疊。似水浸。搬弄之可致雨。京房易占云。兵強主武。則牛腹生石。狗腹中有狗寶者。不飲不食。常望月而嘷。寶如石。大者如鵝卵。小者如雞子。本草云。專治噎食之病。或云不甚效。

凡虎夜視。一目放光。一目看物。獵人候而射之。弩箭纔及。目光即墮入地。掘得之如白石。此猶人縊死。魄入於地。隨即掘之。狀如麩炭也。

馬食穀則足重不能行。雁食粟則翼重不能飛。

狼糞燒烟直上。駱駝糞亦然。

廣志云。狐死首丘。豹死首山。

蜂窠重疊如蓮。蟻蛭如樓。

雉被鷹傷。啣地黃葉點之。虎中藥箭。食青泥解之。蛇被人傷。啣紫背龍牙治之。紫背龍牙。一名蛇啣草。

爾雅云。虎淺毛曰虥音棧。白虎曰甝音含。黑虎曰虪音育。似虎而五指曰貙音樞。似虎而非真曰彪。似虎而有角曰虒音斯。

貘能舐食銅鐵。糞可為兵切玉。尿能消鐵為水。此獸似熊。黃黑色。出蜀中。白居易云。象鼻犀目。牛尾虎足。寢其皮辟溫。圖其形辟邪。按山海經注云。邛崍山出貊。似熊而黑白駁。食銅鐵。貊即貘也。神異經云。南方有獸如水牛。尾黑如漆。食鐵而飲水。糞可為兵。其利如鋼。名曰齧鐵。唐史云。吐火羅獻大獸。高七尺。食銅鐵。日行三百里。禽書云。軒懸并星。胡狗也。狀如狐而黑。身長七尺。頭生一角。老則有鱗。能食虎豹蛟龍銅鐵。拾遺記云。狡兔生昆吾山。形如兔。雄黃雌白。食丹石銅鐵。昔吳王武庫兵器皆盡。掘得二兔。一白一黃。腹中腎膽皆鐵。取鑄為劍。切玉如泥。墨客揮犀云。骨托禽出河州。狀如鵰。高三尺。自呼其名。能食鐵石。古語云。犀因望月紋生角。象為聞雷花發牙。

然犀角可見水怪。沈象齒可驅水怪。周禮。壺涿氏掌水蟲。欲殺其神者。以棒木貫象齒而沈之。則其神死而淵為陵。註云。棒木山榆也。以象齒作十字貫於木。沈之則龍罔象之類死也。

辟水犀。即通天犀也。抱朴子言此犀刻為魚。銜之入水。水開三尺。開元遺事。有辟寒犀。色黃如金。交趾所貢。冬月暖氣襲人。隋文帝時貢一株。開元二年。復貢一株。白孔六帖。有辟暑犀。唐文宗得之。夏月能清暑氣。嶺表錄異有辟塵犀。為婦簪梳。帶於身。塵不近身。杜陽編有蠲忿犀。為帶令人蠲去忿怒。

熊羆魋三種。一類也。如豕色黑者熊也。大而色黃白者羆也。小而色黃赤者魋也。陸機謂羆為黃熊。建平人呼魋為赤熊。羆猛憨多力。能拔樹木。虎亦畏之。遇人則人立而攫之。故俗呼為人熊。熊行數千里外。每宿必有窟。山中人謂之熊館。虎則百里之外。輒迷不返。

麝香在臍。南中靈貓囊。其氣亦似麝。麝有肉麝水麝二種。水麝臍中皆水。瀝一滴於斗水中。用灑衣物。其香不歇。唐天寶中。虞人曾一獻之。養於囿中。每以針刺其臍。捻以真雄黃。則臍復合。此說載在酉陽雜俎。麂麝居山。麇麝居澤。麝似麞而小。黑色。一名香麞。

麞麇見獵人與采則注視。故為人所獲。捕蚺蛇者滿頭插花。蛇即注視不動。因逼而斷其首。侍其勝。擲刀竭。乃斃。水犀樂聞絲竹。人動樂則出聽。因而捕之。

虎噬物。隨月旬上下而嚙其首尾。貓噬鼠亦然。

畜鵝無雄。以雞卵祝竈伏出之。畜貓無牡。以竹箒掃背數次則孕。或用斗覆貓於竈前。以刷箒頭擊斗。祝竈神而求之。亦孕。

貉與貛同穴。鵪與鼦同穴。

蝟次端分兩頭。刺如棘針者為蝟。似蝟而赤尾者為[illegible]居。

麝性愛其臍。為人逐急。即投巖舉爪剔裂其香。就縶而死。猶拱四足保其臍。狨甚愛其尾。尾作金色。可為臥褥鞍被坐毯。人以藥矢射之。中毒即自嚙其尾。蛤蚧最惜其尾。見人取之。多自嚙斷其尾而去。

猴之類有數種。小而尾短者猴也。亦曰狙。似猴而多髯者豦也。似猴而大者玃也。大而尾長赤目者禺也。小而尾長仰鼻者狖也。亦曰蜼。似狖而大者果然也。似狖而小者蒙頌也。似狖而善跳越者獑猢也。似猴而長臂者猨也。似猨而金尾者狨也。亦曰猱。似猨而大能食猨猴者獨也。

登州島上有海狸。狸頭魚尾。又有膃肭獸。前脚似獸而尾即魚。

玃老猴也。生蜀西徼外山中。純牡無牝。善攝人婦女為偶生子。神異經云。西方有獸名䝙。大如驢。狀如猴。善緣。純牝無牡。羣居要路。執男子合之而孕。周密齊東野語曰。野婆出南丹州。黃髮椎髻。裸形跣足。儼然若一媼也。羣雌無牡。上下山谷如飛。自腰以下有皮蓋膝。每遇男子必負去求合。嘗為健夫所殺。死以手護腰間。剖之得印。方寸。瑩若蒼玉。有文類符篆。

范至能虞衡志云。嶺南一種懶婦。似山豬而小。善害田禾。惟以機杼紡織之器置田

所則不復近。異物志云。昔有婦懶織。姑過之。死為獸。其膏以照讀書績紡則暗。若宴
會歌舞則明。説文。鰯魚出樂浪番國。有兩乳。葉子奇曰。兮䱊也。名鰯。非魚非鮫。色如
鮎。有兩乳在腹下。雌雄陰陽類人。項上有孔通頸。氣出嚇嚇作聲。必大風。相傳為懶
婦所化。殺一頭。可得膏三四斛。取之燒。然以照讀書紡績輒暗。若照歡樂之處則光
明。

魚勞則尾赤。人勞則髮白。

原化記云。禍斗獸狀如犬而食火。糞復為火。能燒人屋。李延壽後魏書云。波斯國有
鳥。形如駝。能飛不高。食草與肉。亦啖火。日行七百里。劉郁西域記云。富浪有大鳥。駝
蹄。高丈餘。食火炭。卵大如升。鄭曉吾學編云。洪武初。三佛齊國貢火雞。大於鶴。長三
四尺。頸足亦似鶴。鋭嘴軟紅冠。毛色如青羊。足二指。利爪能傷人腹致死。食火炭。又
鶩鼠食火烟。

火鼠出西域及南海火州。其山有野火。春夏生。秋冬死。鼠產於中。甚大。其毛及草木
之皮皆可織布。污則燒之即潔。名火浣布。又炎地亦生火龜。

鴛鴦雌雄不相離。人獲其一。則一相思而死。故謂之匹鳥。鸂鶒亦好並游。左雄右雌

群伍不亂。其形大於鴛鴦。而色多紫。故謂之紫鴛鴦。九華山出碧雞。翠腹碧臆。鳴聲
甚清。雌雄相逐。性不肯羣。

魚狗。爾雅謂之鴗。禽經謂之魚虎。背毛翠色帶碧。翅毛黑色揚青。可飾女人首物。翡
翠似魚狗稍大。爾雅謂之鷸。或云前身翡。後身翠。如鴛翠雁翠之義。或云雄為翡。其
色多赤。雌為翠。其色多青。此鷸與天將雨則鳴之鷸。同名異物。

島居隨録卷下終

今世說

王晫 著

上海文明書局印行

今世說序

康熙癸亥秋予有兩浙通志之役其人物多得之於甚碣家乘所傳浮夸失實刪訂為煩而王子丹麓乃以今世說見示誦之清風襲人耳目為之一易昔人謂晉書如拙工繪圖塗飾體貌而殷劉王謝之風韻情致皆於世說中呼之欲出蓋筆墨蹊徑得其神似所謂頰上三毛者也丹麓少負異才所著霞舉堂集流布藝林而是書自謂非海內第一流不登且又避之又久而後成撰緝既專品隲彌當如德行言語諸科固當奉為指南即忿狷惑溺迹涉風刺要無傷於大雅縱使其人自為讀之亦復欣然頤解至於贈言同人亦間採一二為丹麓寫照焉大率與臨川所撰相為伯仲比諸元朗駕而上之予謂臨川宗藩貴重綿闕之功或有椿於幕下袁絕諸賢而元朗自西漢以逮金元上下數千百載供其掇拾乃丹麓以一布衣僻處窮巷斟酌損益一出心裁且止以四十年來睹記所及而工妙如此則其難易固相倍蓰矣昔典午一代清言流弊而　本朝綜核名實不尚虛無集中單詞隻簡清英淵雅適可為鼓吹休明之助有昔人之功而無其過讀是書者亦可以論世云遂安毛際可會侯撰

今世說序

宋劉義慶撰世說新語宏長風流雋旨名言溢于楮墨故通人雅彥耆殿少年皆喜觀而樂道之其後有瑯琊補華亭語林溫陵初潭秣陵類林其書咸有可觀然以視世說有間其故何也蓋劉去晉未遠竹林餘韻王謝遺風不啻耳提而面命之其涉筆簡而該其命意雋以永去其根荄擷其菁英誠史家之支子而藝苑之功臣也今王子丹麓華數十年以來見聞所及輯為一書取精多而用力勤殆與世說並時矣譬之飲食大官之膳有時厭飫榛梨橘柚則齒頰生津矧所採輯皆一時名流披卷展玩有如晤對昔人命千里之駕作永夕之譚今得于寸楮遇之詎非快事哉近梁水部慎可有玉劍尊聞而吾友陸景宣著口譜徐武令着廣羣輔錄丹麓此書真堪媲美見我武林之學必原本古人非妄為作者也故不辭而為之序同邑丁澎藥園撰

今世說序

夫學者屆首受書一聞古人之名輒俛焉歎阻所恨生不與之同時不獲聆其緒言覩其行事然而古人之言行載在簡編者可考而知也試思四海九州之大光嶽之氣絪縕降鬱積豈無有一二媲美古人者哉豈無有乘時挺生卓犖魁傑能創古人所未見者哉而循誦習傳之輩以為今人也而概忽諸此其人縱令生與古人同時日聆其緒言覩其行事亦漠然不相接以終其身焉已矣予友武林王子丹麓學贍而行修潛心經世大業一時賢豪長者多慕與之遊所著詩歌古文宏深與衍不啻富金匱而續青箱矣已復手訂今世說一書蓋祖劉氏所作世說新語而稍節其條目予受而讀之自　清興以來名臣碩輔下逮巖穴之士章句之儒凡一言一行之可紀述者靡不旁蒐廣輯因文析類以成一家言其大要采諸序記雜文之行世者而不敢妄綴一詞其詳慎不憚煩如是丹麓又言臨川當日以今人述古人故取裁多而徵信亦易吾之為此以今人述今人見聞多所闕遺書未成而謦欬者紛起吾甚悔其拙也予曰不然臨川之書叙列晉人者居多而上逮於東漢三國諸君子夫晉人尚清談一時名流慕效相與蔑棄禮教脫畧形骸以為曠達其流禍至於中原板蕩神州陸沈論世者於此為之三致嘅焉今去古日遠士大夫鑒於先代末流之弊駸駸乎抑遠浮華敦尚實行此亦轉移風會之一善機也是編所載多忠孝廉節之槩經緯權變之宜其大者實有裨於國家有功於名教至於風雅澹詞山林逸事足以啟後學之才思資藝林之淵藪者無不表而出之雖其人之生平不盡此數語即是編亦不足以盡當世之賢豪而條疏節取之下使人人解頤欣賞如入寶山如遊都市其為益也不既多乎且夫後之視今猶今之視昔也又烏知過此以往不有好學深思者起而酷嗜此書加之博稽詳覈以備一代人文之盛而後乃知丹麓倡始之功為不可泯也豈得謂古今人不相及而遂有所軒輊於其間哉予故因丹麓之請而為序之者如此歸安嚴允肇修人撰

今世說序

古無今今無人則其說已若言足傳人人足重世何讓古人使今獨闕寂哉或曰國有史其大也傳曰否大者傳其人細者傳其神且而亦知日影穿隙乎不必出見日識全日矣則夫一言一行傳其人之神何以異是王先生丹麓讀書不下古人結交必上今人予讀其所著書皆自成一世謂非今人能說亡何而今世說又成見其包舉聲彦言闗至極簡秀韶瀏胸無宿物傷不傷道而巧不累理嗚呼眞世說耳何今之見哉夫一世所傳不過數人人率不過數語今俊顧廚及辯多于昔善談名理爭勝于諸此固秀良輩出神鋒太儁然耶乃吾獨多王先生之殫見洽聞能使休明一世如此也先生曰恐不逮古而闕其讒險仇隙數則即其說不全補乎其俟予曰是隙之日也必排闥撤瓦以延光明將疑無全日哉知此即簡傲汰侈惑溺善讀者猶將闕之而補于何俟先生善予言乃書於篇同郡馮景香遠撰

今世說　序　一

今世說自序

自經史而外著述之家不知幾千萬計而其書或傳或不傳即幸而傳矣人或有見有不見獨世說新語一書纂于南宋多摭晉事而兼及于漢魏垂千百年學士大夫家無不觀而習之者雖臨川王之綜𢿱清遠自高亦以生當其時崇尚清流詞旨故可觀也至於今讀其書味其片語猶能令人穆然深思惟恨不得身覯其際與爲酬酢假得王謝桓劉群集一室耳提面命其心神之怡曠抑何如耶今　朝廷右文名賢輩出䦨閱才華遠勝江左其嘉言懿行史不勝載特未有如臨川裒聚而表著之天下後世亦誰知此日風流更有度越前人者乎予不敏志此有年上自廊廟縉紳下及山澤隱逸凡一言一行有可採錄率爲撒收而類紀之棄凡數易歷久乃成或疑名賢生平大節固多豈獨藉此一端而傳不知就此一端乃如頰上之毫睛中之點傳神正在阿堵予度後之人得覩是編或亦如今之讀臨川書者心曠神怡未可知也雖然臨川取漢末魏晉數百年之事網羅編次遂勒成一家言而予欲以數十年中所見所聞與之頡頏世有覽者毋亦笑予之心勞而日拙也夫

康熙癸亥仲春武林王晫題于牆東草堂

今世說　自序　一

今世說例言

一是集名賢斷自　本朝爲準，開有文章事業顯于勝國而卒于　本朝者，要不可不謂今之人也，亦爲採入。

一世說例多異稱，鈍嘗難于記憶，是集名賢或字或號，止載其最著者，雖至數見，俱各從同，以便披覽。

一是集條目俱遵世說原編，惟自新、黜免、儉嗇、讒險、紕漏、仇隙諸事，不敢漫列，引長蓋短，理所固然，乃若補爲全目以成完書，願俟後之君子。

一是集所列條目，祇據刻本，就事論事，如此事可入德行，則入德行，可入文學，則入文學，餘皆倣此，乃有拘儒欲指一事，概以生平，至罪予論列不當者，請勿請是書。

一是集事實俱從刻本中擇其言尤雅者，然後收錄，若未見刻本，雖有見聞，不敢妄列，昭其信也。

一孝標之注世說，博引旁綜，所采書目，幾至一二百種，近日無書可考，時賢復歷，徵據尤難，是集注內所載爵里以及生平大畧，俱不敢憚煩，廣爲蒐輯，若徧覓不得，甯使闕如，以俟後補。

今世說　例言　一

一昭代右文，名賢輩出，嘉言懿行，固不勝收，而是書止據所見諸集輯成，覽者無罪其不廣也，凡我遠近諸名家，倘以全集見貽，自當細搜續輯，彙訂今世說補一書，務期蚤寄鄴筒，庶免遺漏之虞。

一物力艱難，剞劂之資，全賴好事，倘有高賢傾囊解槖，以助棗梨，則闡幽表微，爲德不淺。

一汪鈍翁太史說鈴一書，詞旨雋永，妙並臨川，偶從吳江得見刻本，停舟借錄，約數十條，意在宏暢宗風，遂忘掠美之嫌。

一陸子麗京向著西陵新語，因暮年寄跡方外，未有全書，今嗣冠周手授稿本，是集採拾頗多，要非無據。

一汪太史舟次、林使君西仲、毛大令會侯、朱處士若始一見是書，遂相欣賞，品題之下，聞有權衡，要歸至當，受益良多。

一丁儀部樂國、孫子宇台、張子祖望、毛子稚黃、陸子蓋思、諸子虎男，各出槖頭新書，慨然借錄，淘金入冶，集翠成裘，良友佐理之功，自不可泯。

一方渭仁太史貽書相告，期以史局事竣，或得乞假歸來，佐成快舉，今急欲出書，請政當世，不能久待，殊爲歉然，然來書有云，事取其核，義取其公，辭取其馴雅，三復佳言，故當不負良友。

一是書原與同人互相參訂，集中所載先君實行二條，皆同人從志傳採入，故名字稱謂一從本文，非晫敢附於臨文不諱之義也，至晫平生本無足錄，向承四方諸先生贈言頗多獎借，同人即爲節取一二，強列集中，實增愧恧。

松溪主人王晫識

今世說　例言　二

今世說評林

洪暉吉曰。自劉義慶創爲世說新語。而劉肅倣之爲唐世說。何良俊廣之爲語林。李紹文復成皇明世說。至　本朝文物之盛。其持論風旨。尚無有編輯成書者。丹麓王子。殫見洽聞。凡數十年中之軼事。莫不排纂而表著之。相其體製。直欲遠擧新語。近抗語林。何止壓倒唐明世說也。

林西仲曰。品必取其最高。事必取其最奇。語必取其最雋。不須復道即摭拾之廣。似非積數十年之用意。未易得此。予嘗語人云。入杭若不賞識丹麓。必非佳士。或不爲丹麓所賞識。亦非佳士也。讀此尤信。

顧且菴曰。丹麓著述等身。上下古今。探微索奧。藝林得其片玉。莫不奉爲拱璧。茲復成今世說一編。言近旨遠。真得晉賢風味。予每嘆世人去古已遠。凡可悲可愕之事接於前。漠焉如不相關。曾不思所以斡旋補救之。丹麓獨能於冷語軼事。隨所睹記。皆逼露其精神。誠天下有心人也。且以見動止語默之細。皆足爲讀書窮理之助。學者其容忽諸。

諱依南曰。世間無可食。亦無可說。此李充語也。世間豈無可說者。蓋不屑爲說也。其

傲已甚。夫說自在世。我不能強爲喋。猶之不能越爲代也。以說還說焉。可。古世說如是也。今世說亦如是。存而不論。案而不斷。若曰記事論世。自史氏職。我不能越爲代也。敢曰無可說焉而不屑也者。是以說還說也。丹麓王子。可謂難矣。

張祖望曰。王子年著拾遺記。摭拾魏晉遺事。以姚馥金鞏茂先海若列之卷首。今丹麓以梁尚書家清徐中丞至孝爲開卷第一。高于東陽崖谷人遠矣。

葉林屋曰。此一部佚史也。雖單辭僻事。足以傳人。晉王右軍功業文章不入世說。而獨稱其工書。政不以此掩彼。丹麓是書。傳人之志也。惟其單辭。于是乎不朽。

毛稚黃曰。王子丹麓著今世說。所載大半同時交好。不然。亦其所知者也。其人寂寂者。固不遐遺。至若或負重名。或已鼎貴。而丹麓輒取片語微事寫之。乃轉覺其栩栩然行間字裏。幽隱畢現。畫家六法。以氣韻生動爲最難。此卷之墨妙極矣。雖然。丹麓固欲以獎美傳其人。然按其標部。由漸而至末。佳處固多佳。或亦有佳而猶未免是病者。連城之璧。光氣如虹。有微纇焉。則良工亦不掩之。是在解人善讀書耳。

吳慶百曰。劉氏世說。語本麈尾松枝所成。蓋何平叔清談之餘。後之竄入者。大不類本書。以彼片言單辭。另存鑑錄。足甘口吻。非凡響能及耳。丹麓雅人韻領。二晉睹此便欲突出其上。近與談氏玉堂錄。汪氏說鈴。同行鼎峙文苑矣。

黃主一曰。丹麓先生。鍵戶著書。花木竹石。位置幽閒。四方名流過武林者。必願交先生。先生即其著述。採其可紀者。依劉義慶例。集爲今世說。一時才人學士。風流逸韻具見是焉。交遊道誼。旅進旅退。粹梗泛然。先生以朋友爲性命。凡纖芥之長。不啻口出。並爲傳之。其樂道人善。留心人物如此。

丁素涵曰。臨川王世說。多採漢魏兩晉逸事。風流綿邈。至今傳之不衰。丹麓王子繼而爲今世說。窮搜廣輯。較之古昔爲尤難。然其博稽雅贍。不減臨川。此書一出。卓老初潭元朗語林。直可覆醬矣。

鄭官五曰。世說新語。多載王氏事。而太倉二王先生又刪定而批釋之。何王氏之多賢也。茲編縱橫採掇。而遠識拔俗。與前代諸編指趣則一。豈惟一世。雖千百世。其若貫矣。一以爲談助。一以爲要畧。非青箱緗中安得有此。

周敢文曰。今世說言簡而味長。耐人尋繹。如入桃花源。步步俱著勝地。其書故在語林初潭以上。

叔鶯淵曰。世說新語三十六條目。今闕其六。或疑不及臨川王。不知南陔白華。未嘗有詩。夏五號公。何妨或缺。況舍短取長。愈見立心深厚。手是編者。毋謂松溪臨川古今人不相及也。

今世說目錄

卷一
德行
卷二
言語　政事
卷三
文學　方正
卷四
雅量　識鑒　賞譽
卷五
品藻　規箴　捷悟　夙惠
卷六
豪爽　容止　企羡　傷逝
卷七
棲逸　賢媛　術解　巧藝　寵禮　任誕
卷八
簡傲　排調　輕詆　假譎　汰侈　忿狷　尤悔　惑溺

今世說卷一

清　仁和王晫丹麓撰

德行

梁蒼巖教子弟，家法醇謹，雖步履折旋進退，必合規矩。自理學經濟諸書外，稗官野史，都不令流覽。然必使涉獵詩詞，曰：所以發其興觀羣怨，俾識古人美人香草，皆有所寄托也。

梁名清標，字玉立，北直真定人。癸未進士，歷官尚書。篤學不倦，每退食，即簾閣靜坐，嘯咏自娛。

孫鍾元甫踰弱冠，丁內外艱，率昆弟苦塊倚廬，閱六載如一日。居恆不為嶄絕峭特之行，自公卿以逮布素，皆歡然誠信相接，如坐人春風中。

孫名奇逢，直隸容城人。年十七舉于鄉。既乃屏棄百事，潛心濂洛諸儒之緒。家庭雍睦，如見三代氣象。避地蘇門，累徵不起，從游日衆，所居漸成邑聚。

徐敬菴少負至性，父死豫章，蒲伏數千里，求遺骸。關隘險阻，猛虎在前，初不色動。慽父見夢，得死處，卒負骨以歸。

徐名旭齡，字元文，浙江錢塘人。澹書制行，然以古人自待。登乙未進士，歷官大中丞。

胡勵齋父患脾疾，日夜侍湯藥，衣不解帶，目不交睫。下至中裠廁牏，皆自滌之。及卒，三日勺水不入口，一慟吐血數升，遂以哀毀成疾，尋亦不稱室無妾媵，素無留蓄，士論惜之。

胡名兕，字保林，浙江仁和人。己丑進士，歷官右通政。性謙下，不以行能驕人，厚重不佻，終身無疾言遽色。

魏天民教子敬重師傅，飲食必親視，束脩金必至精者。嘗曰：人異子孫賢，而不敬其師，猶欲養身而反損其衣食也。

魏名兆鳳，字聖期，江西寧都人。為人忠孝，嚴嚴多大節。

嚴顥亭以宏獎人倫為己任，凡詞場藝苑，苟擅一長，必傾心倒屣，不惜齒牙為游揚。時論其名在三君八俊間。

嚴名沆，字子餐，浙江餘杭人。乙未進士，歷官少司農。性坦易，接人處事，洞然無偽。儉以收己，謙沖退約，雖踐九列，泊然如寒士。平時不至有辭色加人，雖家人婢子有過，但言相戒，取善改而已。

黃庭表性落落，惟與人交，當生死患難，不肯轉目相背負。

黃名與堅，江南太倉人。童年隨母讀詩，一目之，二三日即記憶。三歲能識字，五歲能誦詩。八歲，輒好唐人詩，髹小木匣，出入，輒為蒙師所禁抑。十四歲，慨然有志于古學，欲徧讀周秦以下書，閉戶三年，而未竟子大綱以上。甫己亥成進士，後又中博學宏詞科，官翰林。

方梓官孝友性成，事父少傅公，服勤盡養。少傅嘗曰：是子先意承順，不愧古養志者。

已少傅遇變閉門。乃盡鬻田廬。迎柩以歸。少弟稚弱。俯隨之吳門。遇寒疾。舌苔厚幾寸。許辨官以帛裹指拭口中。四十日始愈。指為潰爛。

方名成杞。浙江遂安人。少時夢入一山。見有語之者曰。子前世名本作因。自號本非居士。祖直光。令壽寧。以循良著。父占田。歷官東閣大學士。身為世冑。弱冠補郡庠。試不以貴介自矜。及子象瑛成進士。亦澹約如平時。手錄格言。以崇澹泊遠權勢為學誡。

黃仙裳幼赴童子試。為州守陳澹仙所知。後陳官給事中。以事繫獄。貧甚。黃售其負郭田。得百金。盡以贈陳。與之同臥起囹圄中。陳後得釋。兩人同出白門而去。陳歿後。黃赴桐鄉往弔之。至之日。正陳忌辰。舉哀號慟。感動行路。

黃名雲。江南泰州人。長身玉立。能詩文。善談論。有氣嫌疏淡。俗人偶不合意。輒謾罵之。人多目以為狂。不敢近。

陳名嘉。字函白。浙江桐鄉人。甲戌進士。

泰州守田雪龕。居官廉。黃仙裳與周旋。絕不干以私。後田落職。在州不得去。黃自汝寧歸。囊中僅有二十金。乃先至田衙。分其半以贈。後語人曰。是日吾先至家。則家中需金甚急。不得分以贈田矣。

黃客汝寧。太守金公為黃舊好。贈貽極厚。時有別駕鄰君所知。客多不能成行。黃一日偏召客置酒高會。酒酣。以太守贈金盡散諸客而去。故歸時止存二十金。其貧如故。人多笑之。黃不以屑意也。

田名作汜。字小泉。河南商邱人。

周櫟園在閩。有趙十五、陳叔度。皆工詩。沒不能葬。周出俸金葬之西郊。題曰詞人趙十五陳叔度墓。寥落無所之之士。時漬酒其下。

周名亮工。字元亮。一字減齋。一稱櫟下先生。河南祥符人。中庚辰進士。累官少司農。方頤豐下。目光如電。材器揮霍。善經濟。喜談論。疾齷齪拘文者。當大疑難。判斷生殺。神氣安閒。無不迎刃而解。性嚴峻。居官不肯詭隨。宦囊入編好與從遊當置一簿坐上。與客言海內人才某某。輒疏記之。宦轍所至。山陬海澨。有以詩書能為文名者。必枉車騎過之。有可錄者。即為排席闡揚。又令進其所知。使耳目聞不遺一士然後快。得一善。力扯揚之。惟恐不及。雖少年一才一藝。不惜齒牙出其名字。未生齒交相依如兄弟。有著作不隱著者。務表章之不遺餘力。尤嗜事及古篆籀法。每天明盥漱。出外舍從客談說古今圖史書畫方名彝器。皆條分節解畫非指秘。客退則手一卷。燈熒熒然至夜分歸寢。以為常。著述多至數十種。

趙名思。陳名鴻。俱福建侯官人。

毛大可游靖江。當壚馮氏者。悅其詞。欲私就之。毛謝曰。彼美不知我。直以我為狂夫也。徑去。

毛名奇齡。一名甡。字齊于。浙江蕭山人。官翰林。少與兄萬齡並知名。人呼小毛子。性伉爽。負才任達。與人坦然無所忤。賢者多交其才暱就之。善詩歌樂府填詞。所為大率託之美人香草。以寫其騷鬱之意。纏綿綺麗。按節而歌。使人悽悵。又能吹簫度曲。

計甫草客鄴城。偏詢謝茂秦葬處。得之南門外二十里。見小冢頹墮荒草中。為賦詩弔之。求其子孫不可得。因周諸鄰中當事。為封土三尺餘。禁里人樵牧其上。立碣誌之曰。明詩人謝茂秦墓。

計名東。江南吳江人。丁酉孝廉。忍窮好奇計欲勃有飛揚之氣。負經世才。常自比王猛、馬周。

王介人與郡司李嚴方公善。王無子。嚴贈之妾。妾故有夫。兵亂散。後訪至王所。王夜携立還妾。重妻其夫。

王名翃。浙江嘉興人。少失學。論五不辛。猶識字而已。弱冠偶聽琵琶。倚其依然會意。曰。此無難。吾亦能之。即據案唔唔學填詞。竟合綱。自後學不少輟。乃工詞曲。又進工詩。家故貧。自伐時貧益甚。居室如斗大。一長鬚僕門戶外。婦執爨給衆食。王樹膝苦吟。落落不問家人產。好奇計。多大言。遇知己。岸幘抵掌。談論不休。

嚴名正矩。一稱崇慶。湖廣孝感人。癸未進士。歷官侍郎。霞舉玉樹。閒六籍。推為飩席之雄。

荊元初為丹陽巨族。族之人推元初為祠正。每春秋時享。庀俎豆。省牲。奉粢。羣從子姓執遷祼獻。不以年至為讓。不以寒暑為解。祀畢。手料簡酒肉。序列長幼。飲三行。顧視同坐諸老人曰。吾族大。子弟數犯法。不可以無教。今乃書二簿。明微其善否。召不率教者前。責之曰。某年月日。以某事應謫罰。雖甚頑梗。若撻於市。無所容。退而相戒。莫敢犯。一郡之人。咸稱其宗法。

荊名文端。字甫之。江南丹陽人。曾官鴻臚。解去職家居。以孝悌聞。先人遺產。推其上腴以與仲叔二弟。仲委亡。子幼。荊成就之。登於舉進士。為人強力任事。雖謹篤諸性方嚴。寡言笑。不妄交遊。好面折人之過。其中寬然長者也。輕財好施。見孤嫠窮餓者。傾囊橐。暇則勸無餓德色。君子謂其處己也忠。而勸其教人也肅而寬。其事先也敬而有禮。從以子廷賓貴。封兵部主事。

毛太素督修秋租。田戶以稗澀充數。太素置不復問。或詰之。乃惻然曰。田戶力田作苦。尚不能飽妻孥。吾姑譬之風雀耗耳。比至歲祲。頗不能自給。勿顧也。

毛名之鷟。字爾旋。浙江遂安人。嘗學植高數千。毛丹黃留滿篋。文奇肆自恣。不名一體。應舉輒復失。遂絕意仕進。日課子為文。非子所可。年十九赴省試。太素嘆曰。汝子文他日必能榮世。然以汝文為俳。則推非吾意。若使汝從我試。恐汝生平汝就所能勉之。吾不復閱汝文矣。際可中戊戌進士。果以文稱於天下。

王蒓吉喪父。負土成墳。居廬不出。服闋。食貧自守。有非意加之者。處之歸然。不以一言較臧否。

王名蒓。字君黨。一字心娛。四川成都人。肆力經史。工詩古文詞。辛未成進士。試丹陽縣令。治潼有功。擢御史。曾遭母艱。時已大亂。遂移家入吳。丹陽之人。聞其至。爭願割田宅授之。辭。界之東門西陌。與父老過存見者。初不知為舊令也。子三。曰四名。于舊官司李。

田髯淵少負時名。善屬文。陳黃門謂其考功。此子才氣卓犖。他日必成偉器。後黃門歿。子幼。祭墓旁荒田數十畝。髯淵代內官租二十年。復與友人梓其遺集。謂客曰。無以償黃門大德生平。每以為愧。

田名茂遇。江南華亭人。戊子孝廉。才鋒豪邁。出流輩。為人慷慨。讀書穿穴經傳。落筆為詩歌古文。家食不能自休。與人交。好倡身為之。貧窮違眾。交哉不得而移也。

田髴淵妻孝，終歲布衣糲食，客至，治具甚盛，飯累月不厭。後進生以詩文就正，有小妨，必極口稱許。世謂髴淵家貧而能好客，才富而能好善。

蕭孟昉性慷慨，不恡施予。嘗鬻田穀數千石，具饔飧以活獄囚。又為逋賦者完室家，贖子女，其好義如此。

蕭名伯升，江西太和人。豪俠自喜，意氣平生，交遊滿天下。

沈臨秋為節母求海內詩文，得數百篇，置篋中，遇盜失之。沈號哭道中，七日不去。時余山寺老僧晨起，見供桌有一卷書，封識甚密，署曰：煩上人親致沈孝子。沈遂得之。

沈名灝，江南華亭人，癸未進士。

王瑞虹初聚族居長厰巷，一夕，盜入其室，無所獲，遂縱火。時火猝起，人又畏盜，皆屏跡不敢前。祖母沈年耄不能避，陷烟焰中，徑路且絕。王挺身投焰，負之出，毛髮為焦，兩得無恙，人咸異之。

王名瀚，字撰之，浙江錢塘人。少負至性，讀書不怫，及壯，狀貌奇偉，長七尺有餘，鬚髯如畫。平生自奉甚約，賓客過從，則牽衣投轄，窮日夕不厭。一以坦衷待人，幽玄洞見，所聞嘗而析，人過人不加恨，而多欲畏之，有告之以過，亦必欣然改容謝。與人無城府，不矣視人事如己事，為之規畫經理，必竭其智力而後已。

包驚幾篤於友誼，與吳東湖善。吳卒，撫其家甚至。後方嫁女，聞吳女將適人，貧不能理裝，即以其女之奩具贈之。己女後一載始嫁，時論稱之。

包名捷，江南吳江人，有才名，與弟撰同舉壬午南闈，時稱二包。子成，亦舉壬子孝廉。

毛繡簪嘗過一債家，其人設食坐毛，身出外酤。頃之，婦薄帷與毛通語，毛驚而去，遂棄債不復徵。

毛名際可，字鶴舫，浙江杭州人。

姜子翥被難繫獄，顧與治力營救，不能出。除夕，遣物槳餉礪，同囚守歲，久始得雪。

顧名夢遊，江南江寧人。性孤介，恥干進，屢試數十年，以次舉明經，屬撰佳章，去故交，頗有數短起，卒以病解任，後幽死。嘗與前四宋比五蓋比五段十餘年，與治走闕下，找石衣墓。南州蘇武子工古文，歿，與治偶之，敘行世。武子以有閑北平子司直，好奇餘客，遊秦淮，死無出者，與治舍險理喪，即又敘其文傳。司直貴考功篆山嚴寶，貧不歸石，既分宅居之，歿，葬顧氏塋，嘗歲時祭。始華山令禮清鑑，使進求得之行狀，又周旋擇贈公葬，與林及贈公家，悉其遺左，將歸存之。其高比類此。

張哲傳歡，有至性，多藹與治。

姜名埰，節江南鎮江人。

陸麗京學既淵，復立志以忠誠自勵。有人屬書郵寄者，務令必達，且終身未嘗私扣一函。時人比之阮長之不侮闇室。

陸名圻，一字景宣，浙江杭州人。文行彪炳一時，事親至孝，居喪執禮，人擬之高子羔。

趙希乾年十七，母病甚，割心以食母。既剖胸，心不可得，則叩腸而截之，母子俱無恙。其後胸肉合，腸不得入，糞穢從胸間出，穀道遂閉，飲食男女如平人。

趙，江西南豐人。至性純篤，鄉鄰如不出諸口。舉乙酉明經，以母老不仕，隱于星堆。

李叔範初讀書，及兄叔則補諸生有名，叔範遂讓長兄，使專治經史，而身任經營內外。已承父命使分產，叔範意逡巡不忍答，輒曰：有長兄在，凡田宅俱請受其下者。叔則亦曰：吾家一區一廛，並吾弟所益，吾當受其下者。兄弟交讓不置，里中聞者競嗟嘆。至以名呼曰：李氏兄可為模，弟可為楷。一時傳為嘉言。

叔則名士楷，叔範名士模，浙江鄞縣人。

沈去矜為人孝友，父歿，毀瘠嘔血。東鄉盜起，焚其堂，堂本分居屬兩兄。既燼，去矜即割己宅居之。久之，兩兄欲徙去，去矜念兄貧苦，僦屋固留以讓兄。

沈名謙，浙江仁和人。少穎異，六歲能辨四聲，益長，篤學，尤好為詩古文。嘗自言：作頌子定自刻，庶保無遺，若以俟子孫，恐就鮮斤不足當二分直也。鮮處杭之東，偏辨名籍，隱吳越郡楚之士，過往郵車嶽恆滿。

孫無言居廣陵，以能詩附布衣之士，有工一詩擅一技者，莫不折節下之。其少嘗通籍，自方伯郡守以下，或招之，亦不往。南州王于一客死武林，無言為之奔告故人，經營其喪，紀其妻子，俾歸葬于南昌。

孫名默，江南休寧人。性瀟灑絕俗，志欲歸隱黃山，累年未遂。四方賢士大夫作詩文送者以千百計。

唐容齋有母喪，會賊入邑中，殺長吏，吳人死者相枕藉。唐縗麻苴杖，卧於喪側，賊逐之，環棺三匝，且泣且罵賊。以刀斫唐，弗中，中几，几裂，刀亦寸寸斷。賊相顧驚怪，稍稍引去，自是遂相誡無敢入唐孝子門。

唐幼而好學，頗有清羸之病，父憐之，誡勿過自苦。唐不敢傷父意，乃夜引燈帳卧覽，而聲滅之，質明視詞，席間血絲如縷。文以大家為宗，每一篇出，見者以為……唐復起治家，甘儉食無兼品，而雅好客，客至展列門戶，然鬱鬱補恂恂怫……月餘，與人交不侵然諾，人有緩急之請，未嘗以無為解，有古俠烈丈夫之風。

陳際叔葬父，拮据營辦，頗竭資財。發穴得舊棺，急掩之，曰：異漢君不安，即覩靈未安也。仍厚禮葬師而遣之。

陳名廷會，一字暾實，浙江杭州人。生有至性，居父喪，斷去酒肉，偃然骨立，乃以貧故，授河渚間，旦夕哀號，涕零枕席，聞者為之酸鼻。

姜桐音歷世仕宦而無贏資，然性喜中友之急。山陰徐伯調家被賊，賊脅其子男而要之贖，徐不能，姜卸婦頭上粧贖之。

姜名廷梧，浙江會稽人，大司農一洪仲子。幼輪捷，行文不起草，口所誦即成句。嘗謂其詩類何景明，近為詩者莫過也。婦祁氏，名莊芙，忠敏公長女，皆有文，嘗與姜偕和，與姜遊湖則必貽詩相聞訊，有靜好集。

徐名緯，善出游，所至結交周偉，爭相爲禮，四方請者日益輻輳，第簡傲未能委曲隨世。似見字布，軒冕相形，悄然每見之詩文，以寫抗慨，以此人多短之，間有用者。

沈甸華聞人有過，輒自警曰：吾得毋有是。亦以此訓其子弟。又嘗言人多讀書則識進，且能自見瑕疵，故終身都無足疵。

沈名蘭先，浙江錢塘人。

王丹麓遺外艱，恣菲盡禮，銜恤賣漿風雪中，重趼遠涉，徧告當世鉅公，乞爲志傳，成帙曰幽光集，士大夫讀而悲之。

王名晫，一字木庵，浙江錢塘人。好坐讀上，號松溪子，見者稱爲松溪主人。喜讀書，所交多一時賢豪長者，遇同好，輒秉燭論心，日夕亙信宿不厭，其他雅相對時，日卒不妄交一言，匯類故多恨之。平生重然諾，與人期，或先所請，不爽時刻。性不耐飲，復善愁，凡在六合之內，或有才士淪落，佳人失所，每聞其事，輒爲於邑，甚至累日戚戚，終身不見有喜色。

孫幼聞少貧，訓童子學，拳拳忠勞，有不率教則撻之，亦自悔罵流涕。朱近修嘆曰：孫郎甯有氣人。遂相攜徧交邑之諸名士，由是著名。

孫名宏，浙江海寧人。幼孤貧，奉母氏依外家。孫達名深，孫宏既古質，弱性落拓，喜飲酒，弈棋，醉後叫號，胸氣益急，里社高會，進之飲，且來諸名士，如其好，醆故罔之。飲未逮負，陷闕不能發舒，握木椎摩其腹，諸名士相與揶揄，以爲樂。壬午舉于鄉，已就選，得寧平，挾論未幾，卒于官。朱名一是，一號火發，浙江海寧人。壬午孝廉，才以無所不有，爲大丈夫以隨處而有爲，工詩古文辭，經綸之宏略，少不見用于時，中歲頹自放，廢與方外緇衲爲侶，徒以善逃老，當世惜之。

呂翼令在白下，聞父喪，踉蹌就道，衝雪累程，遂廢眠食。比歸，一慟幾殞，勺水不入口者五日，杖而強起。書蓼莪詩題之座側，三復流涕。論者謂呂不廢蓼莪，正與王裒事異而情實同。

呂名律，浙江仁和人。事父母篤孝，年已強壯，依依膝下，不異孩提。親朋好會，餅餌與餚，遇品，輒身懷歸奉。不御酒肉，不苟言笑，雖一遊讌，輒辭終日。

袁重其狀貌癯然，能讀書識字，好以禮義自繩，不苟言笑，與四方賢士大夫交，言而有信，鄉里交嘆爲善人。

袁名駿，江南吳縣人。三歲而孤，母苦節六十年，乞當世賢士大夫詩文以頌母節，稱母德出金石，歲集一卷，積五十餘卷。公贈其帖曰：霸城錢宗伯爲作識字傳，母能識字，兒能識孝字，人生識字只兩箇，何用五倉四部強稱貫世之人，遠爲不如有袁孝子。袁。

包飲和授書里閈，身無私錢，比歲懷授書金，跽其父，慰飲之。獨一歲跽報，然不起，良久曰：兒於中擅取數緡，另償之，周甲貧也。又一歲，復然，易書也。其謹如此。

包名秉德，一字卯山，浙江蕭山人。著述自娛，出處不苟，齒與同邑黎世里沈七禹、錫城南黎五十一仲光、城東毛甡爲四友。

閔象南老好觀書，年七十餘，每夜漏下二三十籌，手不釋卷。嘗自抄錄古人格言於壁，以自勉訓子孫。所坐臥小室，人每勸撤材新之，象南曰：視吾不蔽風雨時何如，且久與之習，如故人，不忍棄也。

閔名世璋，江南歙縣人。外祖家四櫬未葬，出三十金，一日盡葬之。嘗渡江，過九華山，見下河饑民，餘屯江口，乃挽舟運風饒，貿米三日，賑之而去。又王喜鳳被誣逮於潛，以十二歲女質人金，如其數，營救得活。女思母，病欲死，母曰：女死，吾不獨生矣。象南捐十二金贖還之，母女皆獲全。其他諸行，詳魏冰叔善德紀聞錄。

今世說卷一終

今世說卷二

清　仁和王晫丹麓撰

言語

蔣虎臣與王阮亭談，所謂遇鍾離意，謦欬供成丹砂。蔣名超，江南金壇人，丁亥進士，官翰林。風流儒雅，宋既庭稱其修潔如處子，澹泊如道人，恬退如後門寒素。王名士禎，字貽上，山東新城人。生有異質，弱不好弄，日誦數千言，語必驚人。舉乙未進士，官戶部。上廉其才，改授翰林。

魏環極言：薄於朋友者，薄親戚之漸也；薄於鄉黨者，薄宗族之漸也。魏名象樞，一稱庸齋，山西蔚州人，丙戌進士，官都憲。性至孝，持正清操，以言事忤旨左遷光祿丞，補官，即請終養。都中帳餞，丁祠部以詩送之，乞黃精數斗以貽。嬰里居後，不復通書翰，士或以著述寄汪鈍翁，惟用方幅楮題姓名其上而已，其耿介如此。尋復召用，歷官尚書。

周櫟園偕馮伯宗過劍津西山，有竹數竿，丹如火，爾笑曰：乃知此君亦戲著緋。

施愚山語所親曰：我輩既知學道，自無大戾名教，但終日不見己過，便絕聖賢之路；終日喜言人過，便傷天地之和。施名閏章，字尚白，江南宣城人，己丑進士，官侍講。性本忠愛，篤友朋，獎掖後進，學有本原，力以名教為己任。嘗講學湖西，羣父老子弟環而聽者，輒數十人，聞李弟忠信禮讓之言，往往至於泣下。當世推論文章理學，莫不以宛陵為歸。

客指燕地蒲桃問汪鈍翁：吳中何以敵此？汪答曰：橘柚秋黃，楊梅夏紫，言之已使津液橫流，何況身親剖摘。汪名琬，字苕文，江南長洲人。精書勵志，行內自重，有守，又善繼記，通曰終身不忘。舉乙未進士，官戶部郎，浮沈郎署，位不副志，發為著作，原本經術。既築室堯峯之麓，幅巾杖履，山樵野叟，行歌互答，當道大吏求一見不可得也。嘗語人云：士大夫行己不可無本末，讀書不可無師承，立論不可無依據。會詔舉博學宏詞，公卿交薦，遂考授翰林。

宋荔裳、王西樵、曹顧庵同客湖上，一夕看演邯鄲盧生事，酣飲達旦。曹曰：吾輩百年間入夢出夢之境，一旦縮之銀鐙檀板中，可笑亦可涕也。宋名琬，字玉叔，山東萊陽人，丁亥進士，歷官廉使，所至輒有能聲。獄遭囹圄，意氣自如，揮毫高視，不覺吏有守人。王名士祿，字子底，山東新城人，壬辰進士，官司勳。有宇翔秀穎，儀狀爽，為人望所歸。撰紙閉戶，上攬古今，閒旁文章，至百六十卷；又撰閒中遺書為來鳥遺史六十卷餘。曹名爾堪，字子顧，浙江嘉善人，十歲能屬文，十二歲善詩，時人擬之聖童。壬辰登進士第，累官侍講學士。淹博多識，掌故又工，强記，所過山川祠墓，無不指畫形勢。士大夫一與之游，積久不忘，與貴賤，具能識其名氏爵里家世，與人世南之精於記，書學字畫之娛，人物志，無以過之。為文敏給博洽，兼長衆體，館閣試兩推為首，同館皆避取之。

徐竹逸喪子，客有譏之者，曰：徐君必有隱惡，故罰及其子。竹逸聞之，曰：昔仲尼有何隱惡，而伯魚殀乎？客聞而謝之。徐名喈鳳，江南宜興人，戊戌進士，官司李。少負軼才，淩厲亢慨，然以古作者自命，與人交，辯論無虛，勉出肺腑相示。

滬上校書王烟慧甚，善行酒，凡飲席必求典觴，且能使意之所屬曲為照顧，令不苦飲。張宏軒嘗曰：如王烟者，可稱傾城悅名士矣。張名錫懌，字悅九，江南華亭人，乙未進士，官刺史。

毛大可自言生平可幸者三：一行文無宋人論習，二無負郭田作衣租食稅，男兒三不為繼子，慈孝兩隔。

王瑞虹杜門謝客，不與外事，好閱通鑑綱目諸書，熟悉古今成敗利害。嘗誨其子晫曰：丈夫處世，固不當為賢士大夫所棄，亦不當為庸衆人所容。時嘆為名言。

衛澹足云：與丹麓處，如澹對黃花，使人幽賞。衛名貞元，山西陽城人，丙戌進士，官御史。

毛會侯自言一夕得霞舉堂諸刻，如餓猿探果，不能自定。毛名際可，一字鶴舫，負才儁異，海雅博聞，胸次瀟灑，虛懷善下，文極工妙，有剞意彈射，孜孜下拜，至與友朋往還，必以無所規益相責，宦轍所至，若解騎為羣吏冠。霞舉堂，王丹麓讀書處也。刻有南窗文略八卷、松溪漫興十卷、峽流詞三卷、尺牘二卷、雜著十種、本堂外編二種、遂生集十二卷、幽光集二卷、贈言兩集、文津二卷。

徐仲光曰：吾儕如鳥中子規，自是天地間愁種。徐名芳，江西南城人，庚辰進士。

袁籜菴云：名譽人之賊也，安逸道之賊也，聰明詩之賊也，爽快文之賊也。袁名于令，字令昭，江南吳縣人，官荊州守。

王于一問杜于皇：窮愁何似往日？杜云：往日之窮，以不舉火為奇；今日之窮，以舉火為奇。王名猷定，江西南昌人，太僕止敬子也。遭亂居廣陵，窮愁著書，力追大雅，海內能文之士，羣奮然推之。客死西湖，篇帙散失，大梁周司農為料其遺稿，刊行於世。書法亦遒勁，有晉人風度。杜名濬，一稱茶村，湖廣黃岡人。

杜于皇刻己集，才及數篇，手之而笑。或問何笑，杜曰：昔范蔚宗自贊其後漢書為天下奇作，吾嘗笑之。今吾意中之言，彷彿蔚宗，吾恐後之人又將笑吾，是以先自笑也。

申鳧盟曰：靜坐自無妄為，讀書即是立德。申名涵光，一字和孟，直隸永年人。父端愍公盡節，傳以理學訓其兩弟，皆能立身，勝名。觀仲名涵煜，隨叔名涵昐。

寧都三魏，或比之眉山三蘇氏，魏笑謝曰：人各自成其我，雖兄弟至親，不期相類，何事高擬。以辱古人。
徐氏三子皆從君天民之長曰祥一名際瑞字善伯是為伯子次曰禧字冰叔季曰禮字和公是為季子三子平日以父為師兄弟相為朋友四方及鄉里之賢者三子無不折節請受其益或講求天下古今之故或窮聖賢之理義或談論詩賦文章皆欲究得其所以然者伯子季子閱歷十二國所經歷數萬里其于世務人情多所諳識叔子二子所文奇偉雄拔之士祖伯子為至多各有文集十數卷行世

涂子山守貧。不務苟得。所與游少當意者。以是得狂名。魏冰叔嘆曰。人言子山狂。人
自不狂耳。
涂名酉江西新城人好為詩古文辭有名于時為人短小心無鱗甲性率易近人及考古義與人爭辯則疾聲搖頭不自止當無聊時往往高誦其得意句醉則執筆撚髭摘耳頰足蹈然有不可一世之意

宋去損精八分書。高雲客以為學從祖比玉。宋云。僕固不厭家雞。然何至舍古撫今。
宋名祖謙比玉名珏福建莆田人　高名兆福建侯官人淑身修行抗志懷古淮南陶季深相推簡然窮巷俗士曾不得至其門五父之衢亦無能尋其履綦之迹

吳介茲客山陰時。念林鐵崖去住未定。但覺千巖競愁。萬壑爭淚。
吳名晉江南江甯人　林名嗣環福建晉江人己丑進士官觀察偶以事為戍臣所中被逮久得釋寓居湖上以著述自娛無歸志卒以客死

或問陸麗京。諸賢雅負經世。吳司李治姑蘇。何以都不稱。陸云。平子事蹟不逮。無損
名士。
吳錦雯官蘇州司李

陸麗京嘗遘危疾。宛轉牀第間。猶喜滑稽。一夕。向陳際叔曰。奈何歲在龍蛇。陳慰之
曰。正恐吳中高士。陸後竟起。

或問計甫草暇日何以自娛。計云。賦詩彈棋。俱增惡業。但能日誦楞嚴經兩卷。便足
了一生事。

林鹿菴好客。雖處憂勞況瘁中。遇良友至則大喜。嘗謂人曰。友者儉歲之梁肉。寒年
之纖纊也。
林名璐字玉逵浙江錢塘人峻潔自好環堵蕭然篤學工文章時或中酒興來輒瞑目箕踞談論拂衣不復知有坐人

毛稚黃負才善病。六載起處不離牀榻。人以為憂。毛自若曰。病味殊亦佳。第不堪為
躁熱人道耳。
毛名先舒一名騤字馳黃浙江仁和人澹泊寡能不求聞達以古學振起西陵天下士翕然稱之

毛稚黃欲賣田刻集。意猶未決。諸虎男曰。產去則免役。紙貴可以操贏。是有兩得無
兩失也。毛笑領之。
諸名匡鼎為駿男浙江錢塘人並有令聞時人方之機雲

許彝千嘗登語溪大橋。目城中青楓歷歷。嘆曰。此樹不知歷幾興亡。
許名光明浙江杭州人

陸藎思云。子弟能讀書。不患不佳。不宜專習帖括。若者雖榮。終非俊物。
陸名進浙江仁和人才情敏給議論風生同人推會盟思不與舉座為之不歡

徐敬輿嘗誤金盡裘敝。為裘盡金敝。座客笑之。徐曰。皮之不存。毛將焉附。非裘盡乎。
何意百鍊剛。化為繞指柔。非金敝乎。客無以難。
徐名毅貞浙江仁和人

沈楷中父君化有怨家詣軍門。誣以大逆。遣吏捕。時方治反獄。誅殺日數十百人。吏
到門。舉家惶懼。楷中挺身出曰。我即君化也。訊時顏狀不變。詞理條暢。竟得釋。君化
嘆曰。兒之身我生之。自今日以往。我之身乃兒生之。
楷中名淪浙江蕭山人論尚書甚精有尚書說行世

政事

王阮亭為揚州法曹。地殷務劇。賓客日進。早起坐堂皇。目覽文書。口決訊報。呼舉之
聲沸耳。案牘成於手中。已放衙召客。刻燭賦詩。清言霏霏不絕。坐客見而詫曰。王公
真天才也。

龔芝麓拜御史大夫。抗疏每言時政得失。迨決獄。曰必平反。數十事事雖奏當有毫
髮疑。必推駁至盡。至輟已著展轉令高獲有生機。後已同事或期期不可。必動色力
爭。至再三不厭。
龔名鼎孳字孝升生時庭產紫芝因號芝麓江南合肥人甲戌進士歷官大宗伯天材宏肆數千言可立就詞藻縟蔚都不點竄為孝陵所識賞嘗在禁中嘆曰龔某真才子也瀰性好即席限韻翠鉛絲瀾翰文麗純衛尤好汲引善類獎借後進學者仰之如山斗

周櫟園按察入閩時。值寇警。所在城堡常四面火起。鉦鼓聲動地。周指揮畫柵簡石
渠答施設有序。手發大黃應弦殪敵。民嘯若神人。

史立菴為少宗伯時。同官議裁孝子節婦廩給。曰彼自分內事。何與朝廷。史曰。為子
不孝。為婦不節。亦何與朝廷。必以法繩之耶。議遂寢。
史名大成字及超浙江鄞縣人乙未狀元及第歷官侍郎性至孝以母病陳情終養為當事所稽曰吾豈以一官易一日之養乎遂家居十年例應削籍被遇敕得免

婁宛菴為溫州救攝瑞安縣事。適寇至。時寇輕瑞安。用少當之。姜帥鎮兵之守門者

數十人。騾殺而出。賊逐後又大至。姜乃斂民家醵錢。凡百餘。丹紙泥其顱。以告四鄰。張陳聞賊。望見駭驚以為列城。不敢近。

姜名希轍。浙江會稽人。崇禎壬午舉人。歷官京兆。為人欽朴渾樸。和易凝真。名業冠於一時。

林西仲出理徽州。時有府吏為寵倖所惡。林廉得其蹤跡。逮至。欲杖斃之。吏呼曰。小人罪固當死。但以不能改過遷善。實恨泉下耳。遂釋之。後吏以善稱於時。及林罷。吏泣於道左曰。非公之嚴。我竟以為惡人。非公之寬。我竟以為惡死。聞者咸異其言。

林名雲銘。福建閩縣人。弱冠舉于鄉。戊戌成進士。理徽九載。多異政。挙歸。里著作益饒。吳方達侍御見所注莊子。因嘆為標旨清峻迴絕塵埃。

顧且庵官侍御。彈劾不避權貴。然卒無妄言。嘗曰。言而當。足以裨國是。言之不當。雖天子不以為罪。使異日輕詆官非。訐一時朝野。以為得人。

顧名豹文。字季蔚。浙江錢塘人。乙未進士。

相州許酉山作鹽官令。政尚清峻。修教令。飭廉隅。禁頑暴。民不敢犯。邑固濱海。一日驚傳海水且大上。居人洶怖反走。許下禁令。刑白馬於神。為文詛之。及秋。怒潮退舍四十里。沙磧復為平壤。

許名三禮。河南安陽人。辛丑進士。知海寧。

嵇叔子治杭州事無巨細。皆委曲周詳。夜以繼日。不以為勞。郡有好古樂道之士。必折柬招之。不至。雖在蓬蓽。親造訪焉。

嵇名宗孟。江南山陽人。丙子舉人。累官杭州府同知。居官清介。未嘗過客宅。見其四壁蕭然。數椽不蔽風雨。客惜筆墨與泥塗相採。龍卸非雅。一坪交猶賠有中人之產。所不能堪者。

周釜山守栝三年。行廉政清。士民化之。有篙工拾遺扉一扇。不忍取。白府以歸遺者。

周名茂源。字宿來。江南華亭人。己丑進士。官比部郎。比部為王李諸公舊遊。當時所稱白雲樓。即其地也。周與同官宋直方、施愚山。時相過從。飲酒賦詩為樂。雖大風雪弗輟。一時都下盛傳。謂復見先輩風流。出守栝州。為治不尚威嚴。栝人歌思之。

胡勵齋以詞臣備兵常鎮。時鎮多黠盜。每擒治一人。輒株連百餘家。捕使按籍鉤索。胡毅然爭曰。蔑蔑特欲緩須臾死。害及無辜。庸可信乎。使者數至。數不與。復正色曰。殺人媚人。吾不為也。何惜一官。為數百人請命耶。卒力白之。

毛會侯宰城固。多異政。邑人渠桿為折尾虎所攫。毛為文禱於神。果獲之。人謂不減昌黎驅鱷。

荊涇野令歸安。內行修潔。輔以精敏。羨餘無所取。請托無所受。舉邑中數十年之敝政。一舉而更張之。有數猾吏乾沒為慈。荊廉得實。立收繫致法。士民戴若父母。

荊名虎起。家進士。陝西涇陽人。

郭鳴上筮仕。授崑山縣令。縣故劇。難治。吏人且多豪猾。郭赴官。未至縣五百里。吏人十數輩迎於道。乃詐稱疾不起。自懷部牒。間道行。一晝夜抵縣。守縣吏方會飲堂廡。見一老書生。儀狀樸野。直上堂踞坐。皆大怒叱逐之。不肯去。視其手中所持。若文書狀。迫視之。則部給崑山知縣牒也。大驚。互相推擁。仆堂下。前迎令者怪疾久不出。伺得其故。亦馳歸。適至。共叩頭請死罪。郭笑遣之。吏愈恐。不肯起。乃諭之曰。若所為。我盡知之。今為若計。欲舞文亂法。快意一時。而身陷刑戮乎。欲守公奉法。飽食煖衣。與妻子處乎。皆曰。欲飽煖守妻子耳。曰。果爾。我今貸若罪。後有犯者殺無赦。吏皆涕泣悔悟。終郭任無犯法者。

郭名文祥。山西介休人。年四十。以諸生貢入京師。授是官。卒。吏民聚哭於庭。閭縣皆罷市。往弔。皆其負販衣數事而已。無子。喪不能歸。縣人共買地葬於馬鞍山。吏立祠祀其像。歲時祀焉。罷之日。他邑來會者數萬人。吏民哭之如其私親。

李公望為廣陵訓導。郡中知名士必親造焉。嘗曰。昔陳仲舉遷豫章。至便問徐孺子所在。吾每想慕其風。惜廣文寒甚。不足道也。

李名公渭。江南興化人。以歸守廣五雲。嘗其式。終為昭陽博士。

黃巽斧令襄陽期年。政教大洽。襄民甚戴之。會　王師征湖南。先後且數萬至。芻糧勿備。諸大吏以為憂。黃獨匹馬入鄉。告百姓以故。百姓轉相傳告曰。事且急。奈何累我父母為。遂大供車牛。小供芻豆。執負不絕於道。三日而畢。軍輸以饒。諸大吏驚服以為能。

黃名上治。字智甫。江南武進人。丁亥進士。累官水部。少以理學經濟自任。傳伊川考亭學。說孟子史說。凡天下地形阨塞兵戰諸書。靡不貫之。為人跌宕不羈。遇不吉。網於抗志獄。

許蒼千司訓桐鄉。時值盜警。城無守禦。邑令惶怖。許曰。是可先聲奪之。命邑中火炬齊發。金鼓震撼。盜以有備駭去。邑令嘆曰。公此舉。雖古良將。惜炬爝猶削木。何以過是。

今世說卷二終

今世說卷三

清　仁和王晫丹麓撰

文學

王敬哉為禮部尚書，猶好學。寒宵擁爐篝燈，咿唔不輟。諸公子環坐聽其緒論，退而筆之，為冬夜語兒箋記。時人見其書，以為其體製嚴而賅，其用心仁以恕，其立言皆可為天下後世法。

王名崇簡，直隸宛平人。癸未進士。善自謙下，崇獎名輩，引後進孜孜若弗及。

王阮亭于役淮陰，泊舟秦郵湖，風雪凝冱，淒然動心，秉燭作歲暮懷人詩六十首，夜漏未半，屬草都就，詞旨清麗，間出奇峭語。茶村杜處士語人曰：使君才藻如許，當是天人。

程崑崙登焦山，拔草搜瘞鶴銘遺蹟，為衝波撼齧，缺蝕不完，別購善本，磨礱崖而刻之。拉阮亭同遊，相視叫絕，憑高弔古，各賦一章紀其事。江干之人豔稱之。

程名康莊，山西武鄉人，大司空風㞐孫也。名德博洽，為時輩所推。稱虎臣嘗評其文云：韓柳馬兒視無元朗劉宦鎮江通守，一時稱其廉也。

龔芝麓稱李天生長律詩云：風雅以來，僅有斯製。

龔名鼎孳，字孝升，江南合肥人。丁丑進士，官禮部尚書。李名因篤，一字子德，陝西富平人。應鴻博學宏詞，授檢討，尋即辭去。

方渭仁少年負氣，自豪里中。時有文會，每當同人搦管拈題，苦吟面壁，方與毛會侯輒握手修篁怪石間，相與縱譚天下事，或稱近所為詩歌共賞，間以詼諧。日向午，猶不肯成一字。同人來相敦迫，方始振筆直書，傳歙雲舒，不可端倪。

方名象瑛，浙江遂安人。性穎悟，天資穎異，年十餘時即能擷其菁成詩賦。圖盤隱，但書四少，尤嗜書，丁未成進士，益發憤讀書，日與同好以文章相切劘。四方人士翕然宗之。會舉博學宏詞，選入翰林。

毛大可過海陵，至淮上。時吏部張鞠存父子嗜詩，有名園中。秋夜會客數十人，伎樂合作，鼓吹竟夕。毛倚醉扣盤，賦明河篇凡六百餘言。及旦，淮上諸家傳寫殆徧。寓城施愚山還自京師，見之，目為才子。

施名閏章，江南宣城人。己丑進士，官侍讀。

宋定九稱汪舟次文理不謬，搖其花字不妥，舒其滯。

宋名允鼐，一號梅老，江南江都人。為人樸實，與人交，終始無失。學有源本，字某子文六朝，奇闢無同，不手鈔以識，家苦貧，僅一二老僕，耕而食，析而爨，苦書自娛，老不入州府。

汪名楫，一號悔齋，江南休寧人。性倜儻，負氣節，敏邁通達，治熟，富於學問文章，稱墨妙天下。名公卿咸折節願交。己未召試，官翰林。

吳志伊酷耽文籍，綜博無遺。嘗與吳錦雯會飲，馬鳴九許錦雯問郵殿二字何據。志伊曰：殿也。同本泰權古文，郵許同本說文長箋。錦雯嘆服。

吳名任臣，浙江仁和人。志行端愨，博學而思深，兼精天官、奇壬之術，射事多中，時人比之管郭。應徵博學宏詞，考授翰林。

錦雯名百朋，浙江杭州人。少奇穎，誦書五六行並下，操筆為文，數千言立就，未嘗起草。壬午舉於鄉，久乃謁選，兩為司李，部有異政。改令南和，尤得民心，病沒於官。百姓如喪考妣，哭甚哀，比肩接踵，紙錢騰價，一時畫室東西各建祠祀之，兒童亦愛戀為小屋祠吳公云。

梁兒朱祖斯誤娶同姓，後十年覺，得欲去其婦。友人曹射侯、陸麗京憐其雅非同望，輕致嗤，并作書勸之，因疏古名儒取同姓事。會吳志伊後至，曰：王沈與王基聯姻，劉嘩與劉暇為婚，世人無譏，緣非同原也。一時服其敏識。

曹名度，浙江石門人。

吳錦雯博物洽聞，貫串經史，嘗與徐世臣輩創為恢麗瑰瑋之文，天下誦之，號為西陵體。陸麗京目之曰：天下經綸徐世臣，天下青雲吳錦雯。

徐名繼恩，浙江仁和人。少擅才名，與兄明經遭亂不仕，隱於龍山中，更名沖，字依蓬。天性英爽，不耐嬰煩，嘗謂人非金石，豈見蜎出，不若趣形全真，肆意方外。

顧景范著方輿紀要成，吳撫軍先刻其五卷行世。孫宇台謂其書若長河亙天，珠囊照地，古今興亡、天下形勢，瞭如指掌，真人間所未有。

顧名祖禹，江南無錫人。沈毅有大略，為人奇崮而廉介，寬厚樸茂，不求名於時。讀書好遊，凡山川險易、古今用兵戰守攻取之宜、興亡成敗得失之迹，解為是書，一百二十卷。論者謂九州記、一統志諸書不能及也。

吳名興祚，字伯成，浙江山陰人。慷慨有才畧，為無錫令，政聲卓然，由閩臬至閩撫軍。

孫名治，一號蟄菴，浙江仁和人。隱居教授，為人倫所宗。

周櫟園觀察維揚，簿書稍暇，手一編不輟，即參拜大僚，酬訪賓客，坐輿幞中，往來市肆雜沓，日以十數卷自隨。歸語友人，輒能舉其詳曲，雖甚久遠，偶晰一字之疑，引據證明，必指其出何書、載何卷，以及行墨之次第。簡牘當命掌記依檢，應手而出，不差絫黍。

周櫟園少時讀書恆以夜，自更初至達旦，方一偃息。日則游行登覽，常謂人曰：雲影天光，皆足亂人心志；作此等功業，須是一隙不露，乃可靜悟。

錢牧齋目沈留侯、龔林寅考為經籍之苑藪，文章之圃田。

錢名謙益，字受之，江南常熟人。庚戌進士，歷官尚書。目下十行，老而好學，每手一編，終日不倦。晝則夜讀，苦眩，輒以足頁兩燭中。

沈名自南，一字恆斯，江南吳江人。璉璋特達，博通今古。癸丑進士，為山東蓬萊令。

楊以齋性樂閑適，不近囂埃，每讀莊子，輒以為能移我情。

楊名雍建，字自西，浙江海寧人。乙未進士，歷官貴州撫軍。

宋既庭謁龔芝麓於京師，一見歡甚，酒闌鐙灺，相與分韻賦詩，龔才思敏捷，落筆如飛，望之若神仙中人。

宋名實穎，江南吳縣人。醇靜寡欲，動止皆有常則。才名甚著，三十舉孝廉，以公車至京師，攝衣揖讓貴人上坐，意氣岸然，絕無所顧讓，自名公卿及四方進士慕之者，無不日夜排闥到門，以望見顏色為幸。

曹顧菴登南宮上第，宰相愛其門地才華，亟欲致之館閣。於時安邱孟縣兩館師皆極天下之望，恆傾心下之，顧菴以文詞翺翔諸公遊士之間，每一揮毫，霞明玉映，諸翰林皆自以為不及也。

王烟客插架千卷，皆丹黃勘讐。每當賓朋雜坐，舉史傳中一事，輒援據出入，穿穴舊聞。

王名時敏，江南太倉人，官奉常。

分湖葉元禮為鍾廣漢傲誄文，援筆作引，頗屬哀豔。李武曾曰：讀此如聞急風淒雨，令人益增鄰笛之悲。

葉名舒崇，江南吳江人，丙辰進士。

鍾名淵映，浙江嘉善人。

李名良年，浙江嘉興人。

林西仲少嗜學，每探索精思，竟日不食，暑月家僮具湯請浴，率和衣入盆，衣盡溼始覺，里人皆呼為書癡。

陳椒峯讀書至夜分，兩眸欲闔如綫，輒用艾灼臂，久之成痂，每一痂，益自奮，不敢怠。

陳名玉璂，字賡明，江南武進人。少有大志，凡天文地誌兵刑禮樂河渠賦役諸大事，莫不講求，瀾翻言之，娓娓賓客悵悵應酬終午，以至彈琴投壺博戲之樂，靡所不為，偶有所觸，援筆為詩文，白日之間，動至盈尺，見者避其俊才，比於劉穆之云。舉丁未進士，官中書。

吳漢槎最耽書，一目數行，然短於視，每鼻端有墨，則是日讀書必數寸矣。同學以此驗其勤惰。

吳名兆騫，江南吳江人。性傲岸，不為同里所喜。其友戒規之，吳大言曰：安有名士而不簡貴者。

王西樵目錢礎日詩，高朗者譬諸星緯，浩瀚者乃若江河，有目共見，終古如新。

錢名肅潤，江南無錫人。學博行文，嚴取予，家居孝友，落落有古人之節，閉戶修綏，門下皆知名士。雅好述作，博綜今古，柏鄉魏相國推其理學，為鄒魯干城。其論史諸文，以為陳君舉何去非成未速也。

紀伯紫言人生有三大事，性命、經濟、文章，柏鄉一身，巍然直任之矣。

紀名映鍾，一字憨叟，江南江寧人。

魏名裔介，字石生，一字昆林，直隸柏鄉人。丙戌進士，歷官太傅。

嵇叔子為李太虛作閒園影賦，纍纍數千言，編珠貫玉，地負海涵，刻畫都盡。李撫示趙洞門、李叔則，各舌撟不下。

李名明睿，江西南昌人。壬戌進士，歷官尚書。趙名開心，湖廣長沙人。甲戌進士，歷官尚書。

徐野君嗜山水，遊輒有記，嘗以示呂翼令，呂曰：數日目力之勞，省却古人多少筇撅蠟屐。

徐名士俊，浙江杭州人。少奇穎，于書無所不讀，敘為文，跌宕自喜。好為樂府詩歌古文詞。與人交，如坐春風飲醇酒。有問字者，傾心教之，有一長可錄者，不惜齒牙獎成之。故所至，逢迎恐後，爭推為上賓。日有課程，雖老勿替。諸書無論卷帙多寡，必自首至末，以覽竟為率。五經歲讀一過，有徐廣之風。曾遇異人，密授以導引法，年近八十，蒼髯丹顏，面鮮澤如嬰兒。

鄒程邨語言妙天下，小詞單文，令人色飛神動。

鄒名祗謨，字訏士，江南武進人。戊戌進士。天資穎異，過目靡所遺忘，上自經籍子史，下逮藝文雜著，以及天文宗數百家之書，細至古今人爵里姓氏世次年譜，無不畢記。至性沈摯，意氣真篤，與人交，久要不忘。

鄒程邨讀書如漢主校獵，不至野盡山窮，囊括其雌雄不止。

惲正叔與鄒程邨同客湖上，鄒向惲誦王丹麓不去口，後惲數過王，見其兀坐一室，時時握管搖毫，志在千古，歸與鄒言，交嘆為奇士。

惲名格，一名壽平，江南武進人。工詩文，通書法，畫尤絕倫。

王丹麓博學擅才藻，一時名聲滿江左，居北郭，為往來舟車之衝，四方士大夫過武林者，必先造其廬，問字納交，停軛不忍去。

方渭仁嘗稱丹麓為人，若述名海內而非聖之言不談，交遊盡天下名流，未嘗向俗客一通姓字。

來元成遇未見之書，雖至典衣購之不吝，夜閱書錄，必迄終卷而後快。

來名集之，浙江蕭山人。生有異質，過目成誦。庚辰成進士，給事掖闈，謝政後日手一編，探索討論，得則豁然開朗，罔罔字飛動，不得則倚閣累日，寢食俱廢，每有所識，舉一事，必批根導源，窮詰流末，條縷如畫，家人事如撲數。官府文牘，如自訴肌膚所疴癢，知其壯且疏者，輒為興歎。

黃太冲家多藏書，裝本厚二寸，洒墨塗乙，參互散亂，人求不得。太冲獨省記之，季弟澤望丹黃工緻，篇幅精瑩，記一書史一書，品第循環不紊。

太冲名宗羲，一號梨洲，浙江餘姚人。父忠端公死奄禍，太冲上書訟冤，伏闕門年纔十七。少嗜學不止，每寒夜自掃緇帨，以雙足置土爐上，錄書數紙，載一卷危坐霜月，則以麻帨寫小楷，帖外細書至丙夜。所學上本五經，考鏡百家，俱能探精微，闡其本末。

澤望名宗會善飲磊砢風概凡吞吐以豐蔬新肴每戲百行卯一格自朝及夕顧頻黃河海藉陶浮步阡陌吟嘯為常

高雲客少遭喪亂，自江左還舊鄉，補衣蔬食，塊處蓬室中，采摭隱逸，輯為高士續傳。

鑒別精嚴，論者謂非才識不讓士安。

高士始伯起至明凡得一百四十三人

興化宗子發陸懸圃以高節能文章名於江北，四方士稱曰宗陸。

宗名元鼎陸待高節行古道虛懷善下人

陸名廷掄號冰叔稱其文以直道自任有毅然之色與其為人相似

賈靜子負奇，好大言，嗜酒，不拘繩墨，常自許得為宰相，當一年平寇，三年可畫撤諸塞上兵，里人大笑，以為病狂，乃感憤著八陣圖數千言。

賈名開宗河南商邱人自稱野鹿居士少落拓不羈慕司馬相如之為人學擊劍鼓琴嗜遊遨已讀書為文詞力學好問數十年卒軌於正天下以純儒目之

王于一自謂讀書三十年，方悟慚愧二字。

黃文友道黃雲孫文如王謝家富貴子弟，便極奢華，無裘馬紈袴氣，又如渴虹飲水，霜隼摩天，變幻夭嬌，令人瞻懾。

黃名以寧江南武進人少負才氣豪邁傲世不可一世然與北海交遊忽然諧輒復繩繩蛇篤比於陶淵博覽強記著書滿家藏經閣難弟子恒數百人

黃名永一字艾菴江南太倉人乙未進士孝友深摯交情剴切和神善氣日坐人於春風中平與疾言遽色毀譽不經其心名滿天下而守如處子

毛季逆舟抵小孤山，逆瀾湯漭，柔不可上，索漁人舴艋，隨波沈入，已乃登，作賦一篇，還示吳慶百，吳讀竟歎曰：新穎動人，但覺洪濤春激胸臆。

毛名遠公浙江蕭山人丁巳孝廉

吳名農祥浙江錢塘人負軼才世推吳氏

江子九郊居，嘗製百蠶寫古人於箴面，風日晴好，輒煮茶焚香，隨取箴中人，相與盤彼我而評論之，竟日而罷，名曰雲社。

江名闓令浙江仁和人慷慨負志略年四十舉于鄉官黟陽令謝病絕意仕進徙居北墅荒野寥落孤介自高富貴人不敢輒有所遺即遺之多不受

陸儇胡自許儷語為海內少雙。

陸名繁弨一字拒石浙江仁和人大行鯤庭子

安靜子讀書如浪子入烟花場中，不知流蕩何所。

安名致遠山東壽光人

安靜子稱櫟園詩情浮其氣，意勝於法，遠想其思，徑致獨絕。

吳介茲云：讀吳埜人詩，如入冰雪窖，使人冷畏。

埜人名嘉紀字賓賢江南泰州人

朱若始讀史，尤愛史記、漢書，壯歲乃專攻漢書，曰：太史公如神龍變化不測，孟堅文整齊典贍，故可學而至。

朱名溶江南華亭人

錢葆馚總角即好倚聲，洒肆紛縟，倡家園廟，每因興會，輒有斜行。

錢名芳標江南華亭人丙午孝廉

徐子能和牡丹詩，得百餘首，貫花結蔓，香粉散落，吳人傳寫，為之手敝。

徐名增江南吳縣人

包飲和讀書有常候，比讀必過丙夜，常授書友人宅，其宅高樓當城隅，販傭僦馬，每丁夜渡江，其婦睡醒，聽包度紙聲，并竹中鷄，輒曰：鷄未啼，包二先生尚挽書起。徐徐後販婦聞包死，出涕。

徐武合喜著書，苦無由得錢易楮，爲常於破几上起草，東麻濡煤作字。

徐名沁浙江仁和人一稱管涔子一稱京山人一稱夾州學者一稱笑癡一稱囂愉少聰穎貫九歲通魯論易象十三熟六經左國十五編文選秦漢百家書善楷賾十八棄工詩古文辭

方正

李映碧童時讀日記故事，見漢湖陽公主坐後屏像，輒舉筆抹其面，師怪問，對曰：事諧則移天，即不諧亦移心，吾實恥之。

李名清一字心水江南興化人辛未進士歷官廷尉當刑獄數上章論科刑獄中人見疏無不感涕點其疏語於獄街之壁時共誦之合掌稱佛以過後以風節著稱

蔣慎齋至性過人，頗多密行，雖齋居獨處，皎然不欺。

蔣名永修一字日懷江南宜興人丁未進士官學使

王邁人居官強項不屈，任意為難，八年不通京師一字，所遷皆極邊，即單車就道，不協利害，家計蕭條，幾不能朝夕，亦不問也。

王名庭字言遠浙江嘉興人少負盛譽孝廉十四年首日其社門局宏典雅曾分校日事詩古文笑嘆歌詠留連不去中己丑進士累官參政

何雍音官侍御，與張祖望友善，人短之曰：此君遺落世事，傲慢難近。何曰：今人不少便佞，吾正喜其傲慢。

何名元英浙江秀水人乙未進士

張名綱孫一名丹字祖望浙江仁和人長鬚長尺餘手足胸背有毫寸許夏月好袒裸臥大樹下視富貴若不介意性恬淡不樂交遊好詠賦古文辭善山水深

漢儒谷不遇險阻每得高長秦而近

徐羽儀九歲善屬文，即見知邑令。益自砥苦，同舍生或窺鬭，徐正色以諫，生侮之曰：「童子何知！」徐自恨識不足格友，為之不食。同舍乃慚謝。

徐名一鴻，江西懷玉人。生而界慧，岳狀魁奇，經明行修，不枉道以濟世。恆自嘆曰：吾讀書不得明道為憂耳，何慕富貴？富貴能福人，亦能禍人。嘗應舉遊鄱陽湖，風破舟覆，遇救得免，同舟半皆溺死，僅免其長衣冠毀裂，又為文以祭之，乃去。

胡勵齋納言歸里居，恆端坐一室，左史右圖而外，若聲色貨利嬉遊遊觀之樂，去之若浼。蔽衆布袍，無異為諸生時。

勵齋聰明強記，於書無所不讀。既已貴，身不忘廉恥，杜門謝客，以古為歡。自經史子集以及老氏浮屠、太官形家、醫卜字義書類歟，皆無不手披定，勒為成書。

陸麗京持己端潔，嘗款捷臨平沈氏，有佽為主人所索，就匿陸帳中。陸危坐讀書，就帳外書「瓜田李下」四字去，矜拭帷見之，頗相欽嘆。

豫章陳伯璣避亂移家，與劉遠公流寓蕪江，杜門窮巷，雅志坐嘯，不輕以言予人。有引其家伯玉事為詞者，陳曰：「吾寧愛吾琴耳。」因署燬琴於旅次，并名其詩。

陳名允衡，江西建昌人。幼負俊名，才雄筆，父立字直，聲動天下，風采凝峻，有山斗之目。

柴虎臣生平拙於逢人，少營幹，疎懶率素，於儕偶間好面折，平議頗胸無俯仰，人亦諒之。

柴名紹炳，一字虎臣，別號翼望山人，浙江仁和人。生而奇敏，少喜文詞，馳騁聲聞，中年悔之，有意求道，以撰實恬淡為歸。天質素高，軀短小，膚色不華，而肝膈之無餘。於大廷屢遇與人言，未嘗不勉以為善，動覲禮則準於質實，居然有關洛之風。

翁仲謙性孤介，不與俗諧，家酷貧，值歲儉，不能餬口，終日啜水而已。鄰近或有招之食者，謝不赴也。嘗曰：「耐饑易，耐俗子難。」惟徐介白、顧茂倫餉之，方受。後病卒，茂倫賚古琴殮之。

翁名遜，一字研石，江南吳江人。能詩善書，不入格，而有高趣，介潔方正，雖貴遊至其門，亦見也。

徐名白，吳江人，來長洲，結其叔吟，屢落格韻，在東野、閬仙之間。

顧名有孝，吳江人。志在遺佚，身長七尺，錢妙擅經術，且能出入古今文章，其性事無無所遺，凡故人士皆歸之。

孫豹人愚　召入都，初以老病辭，不許，既列還籍，復有年老授銜之命。吏部集驗於庭，孫病臥不往，擬受歎促，乃徐入。逡巡主爵者望見其鬚眉皆白，引之使前，曰：「君老矣。」孫直對曰：「未也。我年四十時，即若此。且我前以老求免試，公必以為壯；今我不欲以老得官，公又以為老，何也？」衆皆目笑其愚，孫固自若。

孫名枝蔚，陝西三原人。身長八尺，髯如洪鐘，眉層廊，以詩文名天下。

今世說卷三終

今世說卷四

清　仁和王晫丹麓撰

雅量

繆念齋初擬廷對第一，其意把抱益下，人自奉益菲，御然若有不足於懷者。計甫單見之，嘆曰：「念齋之志行遠矣。」

繆名彤，字歌起，江南吳縣人。丁未狀元及第，於官修撰。

汪蛟門居百尺梧桐閣，隱几塵尾，頌酒彈棋，興致蕭遠，飄飄欲仙。

汪名懋麟，字季角，江南江都人。丁未進士，官中書舍人。虎事兄孝友，撫人而友之，性而能和，其立心淡泊而高明。

高念東家般陽，每風日晴和，自跨一驢出遊，嘉石濃陰，即繫驢而卧，見者不知其為貴人也。

高名珩，字蔥珮，山東淄川人。性方嚴，骨清神俊，氣靜情逸，少年登第，仕館閣，歷仕大僚，廉奉簡命，出入中外三十餘年，所在聲名赫奕，然不以富貴動其心，士大夫高之。

王匡廬不恆為詩，每遇林泉清曠，襟抱悠然，輒復有作。諸子或請編錄，王諭之曰：「吾寫懷遣抱，如絃之有音，所懷既往，則絃停音寂，何庸留此枝贅為耶。」

王名與敕，山東新城人。

丁藥園初至靖安，卜築東岡，躬自飯牛，與牧豎同卧起，暇則乘牛車行遊紫塞中，手周易一卷，吟諷自若。

丁名澎，字飛濤，浙江仁和人。乙未進士，官法曹。無事日作詩，與宋琬、嚴沆共大參愁山、嚴黃門顯亭、曹禦燕臺七子名滿京師。時上方興立口口，念無嫺典禮者，詔入東宮教主客，貢使至譯館，主客為證確如丁，持紫貂銀鼠共五葉居從史人，易其辭歸國，長安紳縉以為榮。謫居五載，署無邊隅狀，躬耕自樂，濛然有箕山之風。

方稺官天懷坦易，飲酒數斗不亂，每良辰令節，攜故人詣獅山劇飲，憤呼曠然自放，閒獨行道中，諸田父相謂曰：「村釀新熟，翁能從吾飲乎？但苦無佐酒具。」方亟歸，左提魚，右持盎，行烈日中，就其家酣醉，達旦始罷。

周櫟園嘗夜坐斗室中，獄事正急，鐵衣周羅戶外，方與黃山吳冠五共為詩，滿下數十刻不止。嘗對卧薄板上，已解衣卧，忽聯句成，兩人擁敗絮從口吻中澀不律，露臂爭書，燎板睡起，短燭撲滅，一笑而止。

周又嘗坐擊堂下，健卒擁楯立，鎖錯聲覺呼舉拜如沸，手擊據地，擬伍伯乞紙筆，作送客遊大梁詩三十三絕句，拉眾起對讀，詩語皆驚人。

吳名宗信，江南休寧人。

鼎革初兵戈四起人皆裹糧避山谷間徐竹逸與弟竹虛獨守敝廬晝則力田夜不廢讀儼如太平之世其避兵他處者率多受害歸竹逸語弟曰吉凶悔吝生乎動於今益信

董蒼水渡洞庭至鹿角山風大作波翻浪湧上流覆舟蔽湖而下僮僕震懾無人色董坦然危坐賦二詩投湖中竟得無恙數時輒行三百餘里見者疑有神助

董名俞一字蒼水江南華亭人選詩少年孫也童時讀諸古人詩略上口即能為譯佩之言父師見而叱之乃吟咏自娛不少衰庚子舉孝廉與兄進士闇石並以才名顯後坐公事擯棄不得用於世卜築南村爲方塘小榭竹翠花陰灌園種菜放歌嘯自得鄰叟煙霞冷高致如也

徐羽儀讀書靈鷲山夜陟北峯望月有虎怒嘯山谷震動或勸之避徐笑曰虎雖猛毆馬能醫人人惟畏虎虎故醫之意氣自若

明末兵亂有大猾招集散亡寇浙東西素與沈康臣有郤懸賞購沈急沈毅然儒衣冠往見曰某來矣殺一書生何購為猾奇之大笑縱飲而釋

沈名胤范一字甫齋浙江山陰人丁未進士官比部好學善諸書尤以詩聞

徐野君性坦易不與人忤每遇能文章者與言文章曉音律者與言音律善琴弈丹青諸藝者與言琴弈丹青諸藝常獨行村落山巔水涯值村翁溪叟樵牧童豎亦與談說周旋終日無倦色

吳錫疇閣失火時夜闌延燒將入宅吳起視從容還內取朝衣冠帶整束而出光燄燭天中鞠躬四頓首火隨熄

吳名錫疇江南宜興人壬辰進士官司李

朱子殷瓶無宿儲歌呼笑傲不改其樂宋既庭稱為積學辯才今日之樓君卿也

朱名皓浙江嘉善人

王丹麓意思深遠常有以自下與人言未嘗先一語名士讌集故未嘗不在竟日沖然若不知其在座者

吳六益負郭而居堂曰梅花書屋清溪喬木映帶前後每當桄潦載塗堦下水深至軿車馬到門罕得見吳讀書其中意泊如也

吳名愢號江南華亭人

鄒程邨為晉陵甲族會有蜚語中之者一日散萬金立盡鄒四顧壁立舉酒自慰曰田園無存幸吾賓客尚在耳

諸駿男嘗同姜真源過金山颶風大作舟直觸郭璞墓石時真源在別舟意諸必大惶怖諸方吟嘯自若作過金山詩

諸名九鼎一名駿男字鐵閣浙江錢塘人才館而學贍貫穿經史百家之言為人英偉倜儻有不可一世之概

姜名圖南字淮思浙江仁和人官御史

吳郡葉林屋以選詩遊四方其弟尚從行每同宿共一布被客雲居山夏月無帳窗外聚蚊薨薨至旦卒無一飛入室中其友朱若始過宿嘗之信乃賦能弟詩贈焉

葉名闓江南蘇州人寓居金陵工詩文好游尚字豈闇以畫名

李鄴生游學白鹿洞數年不歸獨居攻苦夜半孫燈忽見緋衣滿室不之動吟誦自如

李名夢蘭口口修湖人家貧喜讀書弱冠舉孝廉公車不第棄產南歸務益砥礪積書農時率一僕躬耕自給閒入城尤彬推結行矣言人不知其為名孝廉也吾兵能詩工書法人多求之日不暇給所見紬衣或疑濂溪鋒巷諸公群鑒云

黃大宗游楚嘗月夜破浪江行為戍卒所追扣舷吟嘯神思自若

黃名之翰江南山陽人是兵部蘭巖子多才好游晚岩自喜性尚然諾篤氣誼與貧士交解衣推食無倦容

識鑒

丁藥園知中州貢舉闈中搜采瑋異得一卷奇之同考以波瀾簡倨度其人已老請置於乙丁曰才與膽崎豈老生所辦必年少知名終為大器榜發乃盧陽李湘北天馥也同考出語人曰吾以世目衡文幾失此佳士李果方弱冠名振西清以文章道誼服天下

李號容齋河南永城人戊戌進士歷官侍郎著述甚富讀書不輟好賢下士海內仰為人宗

王匡廬家居教諸子弟絕不以時義程督之詩歌古文各徇其意覩中或諷曰諸郎君幸早露頭角何不令銳力場屋顧為爾耶王怡然曰君勿言彼伏櫪侍郎詎是寧馨物

周櫟園被誣詔獄幾死獄且成時父赤之家金陵客為之憂赤之曰吾今固甚念之然吾生平無一念足死吾子吾子又類我於理不死行當雪耳且義命有在吾即日夜憂之豈能遂脫吾子卒與客飲酒自若已而事果得雪竟如其言

赤之名文煒嘗行峽江人稱為如山先生周曰吾如山哉吾乃坦然者耳因以自號少以文自豪尤喜賓客嘗散數千金為人緩急立盡初官諸暨簿再仟令左遷王府官屬母夜過哀竟以病棄官教子成名迎去於所居為前有圃與山時賓客觴詠其中謂之秦淮釣侶又疏置一棺當風日晴好攜酒入臥命諸孫歌輓呼之或擲觚擊出使飲者稱以為笑樂更自撰為墓誌銘

邵新傳言向子平未是達人既知富不如貧貴不如賤便應知死賢於生

趙名燦，江南常熟人，壬辰進士，官刑部。

趙洞門為御史大夫，車馬輻輳，望塵者接踵於道。及罷歸出國門，送者纔三數人。尋召還，前去者復來如初。時吳蘭次獨落落然，不以欣戚改觀。趙每目送之，顧謂子友沂曰：他日吾百年後，終當賴此人。加未幾，友沂早世，趙亦以痛子殁於客邸。兩孫孤立，蘭次哀而振之，撫其幼者如子，字以愛女。一時咸嘆趙為知人。

吳名綺，江南歙縣人，官湖州守，為治簡靜，放衙散帙，蕭然浴鵠，縮林集几燈，大有蘇史。人從屏戶窺之，不辨其為二千石也。喜與賓客遊，四方名士過從無虛日，卒以是罷官。

友沂名而忭，長於詩賦，官中書舍人。

吳漢槎少時簡傲，不拘禮法，在塾中見人所脫巾冠，輒竊取溺之。其師計青瓣大加撻楚。後見吳所作膾賦，乃嗟賞曰：此子異時必有盛名，然當不免於禍。至丁酉科場事起，家謂計知言。

計名名，江南吳江人。

林視公自為生壙，每佳日命僕夫荷鍤，攜一卷詩，日造飲其所。人過問之，林笑答曰：卜吾真宅，娛此寂居，遊雲翩翩，古今無期。聞者謂有劉參軍、陶彭澤之風。

林名時隆，浙江鄞縣人，侍御祖述子。有文名，兄弟四人，兄名棟隆，官少宰，弟曰萬葉，能詩，工樂府。

有客薦相者陳生於毛稚黃，謂其術比許負。毛曰：貧賤吾所自有，富貴本非所望，夭壽不貳，修身俟之，僕自相審矣。政無煩此公饒舌。

今世說　卷四　識鑒　四

賞譽

宋荔裳標格意氣，風流文采，並足推倒一世。尤悔菴目為東海偉人。

尤名侗，字展成，江南長洲人，文辭超軼，經術醇深，弱冠名播天下，所交皆人倫英儁。初仕永平司李，後以博學宏詞科，特授翰林，朝野榮之。

汪鈍翁目王阮亭風姿玉舉，逸藻雲飛。

王阮亭和漱玉詞，有郎似桐花，妾似桐花鳳語，長安以此遂有王桐花之目。

王詞又有春水平鋪綠，蒙蒙江南綠，新婦磯頭烟水綠，鄉程郎嘆曰：昔聽子知名三紅秀才，今更不當稱三綠耶。

吳默巖謂讀王阮亭七題名，如乘騏驥，處處制以銜勒，而逸氣自在。

吳名國對，江南全椒人，戊戌進士，官翰林。

李坦園目毛會侯文精鍊有法度，不為枝葉之詞。

李名霨，直隸高陽人，丙戌進士，官大學士。德器淵粹，退食儒素，手不釋卷，詩文為海內所宗。

盧西甯少有異稟，斷乳後不食他物，晝夜飲酒三五升，一吸輒盡，家人謂之酒仙。

盧名琦，字荼村，浙江仁和人。生三歲未嘗聞呻吟，五歲能語，從兄問執外傅讀書，往往不肯讀，其兄東方甫曙，每因其未起，抱之至塾中，值所誦書，年十三成

有識人多有物色之者，中丁未進士，歷官侍講學士。

孫作庭稱唐濟武詩刻鍊之工，山響水笑。

孫名光祀，山東濟南人，乙未進士，歷官侍郎。

唐名夢賚，山東淄川人。生時父夢神人授以佛經，故命是名。少負異質，長卓有匡濟之略，己丑成進士，官翰林，言論風采，雄跨一世，同朝咸以公輔目之。

張虞木守會稽，言論讜直，顧且菴目為著月懷冰，潔潔有霜氣。

張名三異，湖廣漢陽人，己丑進士，為政多有循績，有古良吏之風。

周櫟園稱金冶玉抗厲希古，不可一世。

金名鼎，江南鎮江人，治經術，書不屑屑，退取好為古文辭，人有勝之者，面拔之如宿構，性不妄交，其在白門，惟周櫟園與某審盛此公相往來，他客值之，瞪目良視言。

卒不交一語，殊與譚轉遺語傳世，以此怪之。

許有介稱周櫟園秋月濯面，春風扇人。

許名友，福建侯官人。

儲同人稱周立五其德足以敦天下之鄙，其學足以正天下之謬，其文章足以起天下之衰。

儲名欣，江南宜興人。

今世說　卷四　賞譽　五

周名啟雋，江南宜興人。弱冠時，顴未高，兩顴過而秀，面有橘色，鄉人竊笑，皆曰此黃冠相耳。周聞之，若弗聞也。年三十二，猶困童子試。隨其父刑南於宿南城外官檢，假寐夢中見一碧冠緋衣人，右手操刀，左手提一人頭，鬚髮如戟，突從前易頭去，以手所提頭易其頭。周大驚，持父足疾呼，及半，手摩之，頭如故，凜凜若有累日未愈。顧漸高，兩顴骨漸豐，鬚髯鬑鬑然日益長。越年餘，又夢一白鬚老者，冠紅纓冠，杖長尾，遇一金甲人揖曰：吾來易而腹。語訖，金甲人抽所佩刀，啟周腹，出滌其臟腑而復納之。既納，以方竹笠覆腹上，復取釘椎釘四角。周夢中聞響聲丁丁，而怪其無痛也。釘畢，白鬚老者揮塵拂而祝曰：清虛似鏡，原本無塵。忽釘與笠皆然有聲，周寤。自是文學日進，屢試兩闈皆捷，售歷官侍講學士。

朱長孺見徐電發，嘆其天才駿發，語顧茂倫曰：此今之郭功甫也。世有王荆公，定當激賞其才。遂致為上客耳。

朱名鶴齡，江南吳江人，貫穿六籍，折衷百氏，著書滿家，羣推學海。

徐名釚，江南吳江人，英姿玉立，倜儻有大志，好古博學，通經濟，冠才名蔚起，援筆數千言，倚待文就。應薦博學宏詞，考授翰林。

毛可大稱顧茂倫人倫之雅鑒，品目之善裁。

毛稚黃道吾家大可生負異才，挺然埃壒之表，其顧視鄉之人，猶鵰鶚之繫而就雞羣也。

朱近修稱丁藥園風義高舉，雄睨藝林，天為加綸，地為加藻。

張祖望目陳其年其行敦篤而立誠，其材灝瀚而精英，其氣盤礴而淑靈。

陳名維崧，江南宜興人。美鬚髯，氣沖而威，神瞻以和，才情志意，如江河之浩浩，莫可涯涘。己未召試，官翰林。

王丹麓稱張祖望賦處，稱以上張衡，以下潘岳、郭璞之儔。

吳錦雯稱蕭尺木，亮節高致，博雅之宗。

蕭名雲從，江南蕪湖人。

吳錦雯目朱人遠，渥洼龍種，丹穴鳳雛。

朱名爾邁，浙江海寧人。

梁仲木至武林，一見孫宇台，便披衿契，謂人曰：若孫子者，所謂雲中白鶴，鄙根矩劉士光之儔也。

梁名以樹，直隸宛平人。任俠仗氣，博覽洽聞，與弟以樟並有高名，江淮人士皆宗之。

有人問孫宇台曰：朱朗詣仗氣絕俗，排斥一切，何以不罹禍患？曰：朗詣不矯矯立崖異，故能居磨涅之中，而無淄磷之損，蟬蛻塵垢，非凡識所及。

朱名士稚，浙江山陰人。金庭相潮之孫。為人慷慨，不負然諾，嘗究事故，有良史之才。

西陵諸名士風雅都長，虎臣、稚黃、去矜尤精韻學。虎臣作古韻通，去矜作江東詞韻，稚黃作南曲正韻。麗京歎曰：恨孫愐、周德清曾無先覺。

陸麗京度曲四劇，游武塘，錢仲芳大集賓客，即令吳伶演唱，新辭豔發，絲竹轉清，四座之間，魂搖意深。

宋定九稱張子羽，丰度標舉，屐齒皆韻。

張名綱一，字羽南，江都人。流寓白門，以文名于時。性澹簡，有塵外想，客過，啟茶瓜閒話，輒流連竟日。

龔半千稱屈翁山，龍章鳳姿，輝映南海。

龔名賢，一稱柴丈，江南江寧人。屈名大均，廣東南海人。

諸駿男幼有文藻，譽敘不凡，其舅祖嘗賞之曰：子居馬市，故自龍駒。

諸駿男道：我家阿虎，洵是虎癡。

諸駿男云：王丹麓精鑒朗識，如冰壺映物，無不澄澈。

王丹麓為陸蓋思妹壻，兩人刻意耽述作，時人為之語曰：王丹麓寢寐千秋，陸蓋思神明萬古。

徐武令云：讀丹麓片言隻字，如噉梅腊，可以香口。

李杲堂嘗言：說經無如，名擅八龍，皆有箋明，今見充宗。

李名鄴嗣，浙江鄞縣人。奇穎不凡，年十二三能詩，即有秀句，父稱當識絕。及絢節，老從有奇，與世一變，詩綺意入世，字寫草成。

充宗姓萬名斯大，浙江鄞縣人。

世目許九日：天才儁拔，風格雄峭。

許名旭，江南太倉人。

孫介夫稱嚴修人：其澹如菊，其溫如玉，其靜如止水，其虛下如谷。

孫名金礪，浙江蕭山人。

嚴名允肇，浙江歸安人。七歲受經，十歲能文，十一游庠，庠十五六百人，端居首。男書二十三舉孝廉，二十四成進士。嘗生長華胄，早負名，好學不倦，著述益工。官邑令。

吳門之有永叔兄弟，猶建安之有二丁，平原之有二陸，時人號稱雙珠。

永叔姓顧名湄，一稱伊人，江南蘇州人。落落自信，端介自守，卓然獨行之士。

宋去損云：方叔歸述雪舫軼事，如自栴檀林來，舉體皆香。

方叔周姓嬰名，福建莆田人。

許辭千少便岐嶷，總角風氣更進，嘗詣從祖原孝，原孝索冠見之，左右曰：孫見祖，何假著此？原孝曰：此子是許氏南宋之秀。

張岵思美才，稱尚馬爾求，比之參軍謝賓、逸少王珍。

張名新，號岵思，江南山陽人。同舉己酉孝廉。

鍾百里稱陳蝶菴才酒俱妙，殊足念。

鍾名宏，江南宣城人。

陳名周，字子，四川營山人。

陳吳興嘗言：浙東之有吳腸如，猶西華有青柯坪，黃河有碣石，蜀江有灩澦堆也。蓋有削處為阻之功，真文苑之傑偶。

吳名之器，浙江義烏人。壬午孝廉。

今世說卷四終

今世說卷五

清　仁和王晫丹麓撰

品藻

宋既庭與宋弟疇三俱以孝廉知名時稱大宋小宋或問汪鈍翁大宋何如人汪言阮思曠都不及真長逸少而能攝有諸人之勝（疇三名德宏江南長洲人辛卯孝廉）

或問計甫草侯二宋三可方古何人計戲為題目曰研德如張子布疇三如魯子敬（侯名元泓江南嘉定人）

陳其年與汪鈍翁論六朝之文詞雄旨洽鉤入深微多出諸賢尋嘗之外時冒樸庵在坐傾聽不置陳遽撫髯謂汪曰與子納交十年今夕始稱知己（冒名襄一字辟疆江南如皋人孝友易直能文章善結納知名天下）

胡旅堂與龔總憲書云研德疇三吳門之兩玉樹門下見之宛把臂入林半千自是我輩人氣不諧俗非時賢所識過蕪城時試留盤礴知其蕭遠耳（胡名介字彥遠浙江杭州人少有高志立名節寡交遊遊公卿間名聲甚盛）

毛大可目史訥齋雖睦居家事父怡愉不聞嘻嗃有似陳季方把臂堪托以妻孥似朱生見利思義不因人炎熱似梁伯鸞嗜酒疎脫每一飲必陶然盡醉而諸務不失簡則有似張黃門訓諸經百氏鉤深致遠可使擔囊負笈執經問字者不絕門舍雖傾筐倒篋隨叩隨應猶然鼠壤有餘物似馬季長（史名廷枸浙江蕭山人弱冠蜚聲文社家落脫遺頓袖東南凡人士讌會有所譔記不得史名不就）

王西樵嘗稱林鐵崖異人者三貌眉奇古略如李伯時所畫羅漢相則異在容貌下筆落落能為峰屼傲詭之詞出入於孫樵劉蛻之間則異在文筆每當讌會竹肉間作或值徜徉山水之際時而得意忘言如釋迦拈花達摩面壁時快論斗發又如春雷奮蟄奇鬼搏人則異在性情言語

曹子顧子聞兄弟八人目為雲礽王謝風貌阮何（子聞名爾坊意思蕭散不與外物相關尤嫻詩古文以外朗內潤目之三十六歲早卒其子彝士英姿好學詞翰並優中己未進士官翰林）

曹顧菴目王丹麓遂生集為鶯花杠梁文津為藝林脹腑

萬履安有子八人長孫貞一並稱令器李杲堂嘗論之曰粹然有得造次儒者吾不如公擇事古而信篤志不分吾不如充宗足以文章名世居然大家吾不如貞一至若學通古今無所不辯則吾不如季埜（姚江黃太沖每言浙東門風之盛莫過萬氏履安名泰一稱悔菴生有異稟美風儀進止不失尺寸舉丙子孝廉亂後遂隱居不仕文行為天下模楷李杲堂論其風格比之東漢郭有道陳仲擧君云）（公擇名斯選顏色充滿內朗外豐識解容出言款款有度）（悔庵書法最斐然諸子中惟充宗能言孝經學則託充宗欲從衝今古則託季埜季埜名斯同）（貞一名言主而不凡乃祖嘗言是兒慎當不負吾門此長性孝學好為古文家言每下筆獨出冠時黃太沖數稱其文為有紫剡源歸震川風味）

明州有鑒湖社做場屋之例糊名易書以杲堂為主考甲乙樓上少長畢集樓下候之一聯被賞門士臚傳其人拊掌大喜如加十賚

世稱莊濟庵所至如墨濡素練便出雲烟（莊名同生江南武進人丁亥兄弟同舉禮闈時年最少入直史館稱鑒璧人渾厚能自韜下所至無問識與不識折節論交詩文書畫脫手淋漓士林爭寶惜之）

黃俞邰目周櫟園吏事精能撫戢殘暴則如張乖崖其屢更盤錯乃別利器則如虞升卿其文章名世領袖後進則如歐陽永叔其博學多聞窮搜遠覽則如張茂先其風流宏長座客恆滿則如孔北海其心好異書性樂酒德則如陶淵明其敦篤友朋信心不欺則如朱文季其孺慕終身友愛無間則如荀景倩李孟元至其登朝未久

試用不盡則如范希文而遭讒被謗坎壈挫抑又如蘇長公（黃名虞稷福建晉江人）

王丹麓蚤年高隱甚負才望趙千門亟稱之比為天地私畜（趙名鈴山東萊陽人戊戌進士官司李）

黎媿曾文章雄視海內徐巨源嘗曰漢陽李文孫長汀黎媿曾（黎名士宏福建長汀人）（徐名世溥江西新建人）（李名以篤字子來湖廣漢陽人壬辰進士官司理）

董文友嘗言予與舒士非惟文章道同覺性情俱與我近

陸麗京目徐世臣勵志箕山斐然述作方之西園偉長非特不媿

陸麗京年德韓升往往領袖羣彥然虛懷沖挹不自滿假或問鄉自比雅黃志伊如何陸曰志伊學海雅黃雅宗故當不及

陸麗京與陳際叔孫宇台齊名友善一日聯袂出北郭道旁觀者竊歎曰此三人定國珠當何乃神理都肖

陸麗京云。西陵儷語家有靈蛇。若儇胡秀如春糸。仲昭絢若朝霞。故當並推。

仲昭姓王名嗣槐。浙江錢塘人。恢偲善談論。於書無所不窺。文詞瑰麗。尤工爲賦。己未召試。特授內閣中書。

毛稚黃嘗言。西陵有三絕。林玉逵文。搏挽神光。雲行雨步。陸儇胡駢體。行控送於絕麗。能使妙義迴環而來。張祖望詩。蒼潦頓挫。如大漢風。莽莽無極。

陸拒石年十五。作春郊賦。詞藻流美。筆不停綴。麗京云。王筠芍藥。避其敏。正平鸚鵡讓其工。

惲正叔過毛稚黃飲。謂毛曰。最未識駿男。然得阿虎。令人有雄舉之思。虎固當勝耶。毛曰。駿神鋒豪上。虎亦儁快。正如蒲梢駃騠。並驅康莊。未知誰先後耳。

毛稚黃過吳城陸氏。出語人曰。吾始交藎思。倜儻英澈。吞爲國寶。登其堂。仲季出揖。高仲骨削神寓。睟然升璜鸞隼。驥逸車卑。欲度諸兒。已茂林公扶杖出。肅然穆然。使人增之不見所居。

茂林名之遇。字穀明。浙江錢塘人。抱材不偶。學使者師爲越州教授。非其志也。山巔水湄。醉而自放。所與遊者惟處士徐野君。雪广道人。余驄度通古餘人罕覩其面。烟波上下。蕭散蕭閒。望見者以爲古狂狷者流。

高仲名。錢塘人。

升璜名雋。能詩工篆刻。

巽隨圖嘗言。老而好學。有德有言。吾敬張君祖望。博聞強記。不妄許可。吾敬毛君稚黃。雕龍繡虎。與物無競。吾敬丁君景延。閉戶著書。朗有卓識。吾敬李君東琪。汪洋千頃。能以度勝。吾敬沈君閒先。情辭斐亹。波瀾老成。吾敬孫君宇台。

巽名賢。字偕七。陝西華州人。七世宦郎署。代有聞人。爲關中甲族之冠。七歲侍宦。客對曰。山頭玉井蓮。師使舉。曰天上金盤露。客異之。比長。益好吟咏。嘗主京邸名重公卿。參軍某畢事已歸西陵。有數畝情詩酒文。而得詞益瑰麗。嘗自如。有子名始。年十四能文。竟有父風。

丁名澎。沈名[illegible]。俱浙江仁和人。

李名式玉。錢塘人。

規箴

王阮亭性和易寬簡。好獎引氣類。然人以詩文投謁者。必與盡言其失得。不稍寬假。

汪舟次兄弟好古力學。名沸大江南北。戶外屨常滿。父意歎之。誡曰。吾不願爾曹爲名士。名如剪綵鏤錦。貴不存也。爾曹與人交。以其文。無寧以其行。郭泰之異茅容。庾袞之敬禇德。豈爲名高哉。爾曹慎之。

汪父名汝蕃。字生伯。自言生平無異人。惟不敢二字。良便無愧耳。嘗爲友善庾出米數百石賑饑。身與妻子粗糲自如。亂後家中落。乃益勤於餘。雖寄得金。即贈也。營

蘄州顧赤方出其詩與苑愚山相讐校。嘗握手笑曰。吾儕本相好。攻瑕索垢。當猛鷙如鷹隼。毋留纖塵。爲後人口實。時嘆爲名言。

顧名景星。湖廣蘄州人。

文與也作畫。頗得侍詔家法。然多率爾之筆。汪鈍翁規之曰。此事定須覃思靈想。刻意經營。奈何頹唐落墨。便布人間。

文名點。江南吳縣人。

鄒子先趙砥之並居吳江之西郊。亂後。邑人多謝去子衿。俄學使者來。傳相告言不出且違戍。趙頗心動。鄒正色曰。我輩但當論是非。不當計利害。於是遂止。趙每爲人言微鄒君。幾喪吾守。

鄒名甲芸。趙名瀚。並江南吳江人。時論鄒之剛決。不枉趙之服義。推美君子兩賢之。

捷悟

喬文衣夜半過午門前。萬籟俱寂。猛思日中百億生靈。今歸何處。人世升沈如此而已。

喬名萊。直隸內邱人。官司[illegible]。

安西估魏丙貿卉布上海。市中夜就旅宿醉臥。風雨大作。失橐金三百兩。時上海令爲任特庵。素善讞。至是獄不能定。因詣城隍廟。禱於神。請以實告。乃留捕隨往者。使侍命於神。蘇宮捕夢嶷宮有幼婦出。右手抱細女。左手挈衣與之。及捷視則裙襴也。歸以告令。令俯首再三。仰面曰。夫賜衣而得裙襴。則非衣也。非衣者裴也。豈有裴姓其人者耶。捕叩頭曰。似也。閭左有裴愛無賴。不事家人產。其人慣旅舍傍而得出入於其舍。即收得裴。姑此當是。令曰。然。然則其抱細女者柳可知矣。夫細女。愛女耳。吾聞納音之數。陽姓從左。今左非衣而右愛女。其爲裴愛無可疑者。遂收裴拷之。得實。

任名辰旦。字千之。浙江蕭山人。丁未進士。

計甫草嘗從華徵索遊日觀峯。不見日出。於峯之傍見豐碑屹立。大書裡爲人子不登高。不臨深數字。計再拜稽首其下。即杖策下山。不復登。

陸麗京稱讀明禍。善思誤。嘗聞韓非子至一從而咸危曰。是一徙而成邑也。從令他人覆射。無一合者。惟弟左城中之。

左城名階。陸伸之弟。明經。令宏通。

胡備蜑官湘東司李時定南王駐師於衡一日召胡至帳下曰軍中有馬數千需槁五百具命若三日為期過期斬胡出已暮至江壖適有人跣足立星露中顧謂非司李胡公耶何為至此胡告之故曰小人家於江有漁艇百餘破其一可得槁五六具請後二日以報五百具艤次江上胡進之王王大悅

胡名貞開一稱悉庵浙江杭州人生數歲值隣家火中夜見其抱送不焚以壽觀行世下性喜任俠旁通藝術諸術每雄談四座為傾易已卯舉于鄉嘗流寓僑粵詔下大司馬蝌頃中式從別試騎射一日有司集壇下較射多觸躬謝不敢胡獨出一蹴上馬彎弓抽矢三發皆中的遂擢異等及遭鼎革自甘放廢閒府張公物色之辟至軍門備參謀平挌湘東司李有惠政未幾告歸嘗餐佐與人言雜談諧綢笑自號耳空居士工書愛畫石為文絕類蘇長公才大用小有志不就時論惜之

風惠

徐雷發發歲韶令天姿英敏年十二和無題詩有殘月無情入小樓之句長老咸嗟異之

魏昭士生甫二十餘月母口授歸去來辭及九歌一二章久之輒能背誦諸父嘗抱持誘以果餌使歌之聲悠揚可聽相詫為英物

魏名世傚江西甯都人是和公子性狷急勇於事仲父冰叔嘗稱其為文鋒鋭所至往往有泥羽之力

今世說　卷五　風惠　五

沈漢儀總角時嘗從父公趾遊苑中公趾曰名亦不足何以淵明愛菊對曰淡而能久也父嘆曰此兒出語可人

漢儀名家悦一字巨山浙江建德人

沈孚先十歲著大臣論稍長尚風節嘗讀漢書費禕傳至度遼將軍皇甫規自以西州豪傑不得與黨人上書自訟沈足筆填其下曰時蕭山沈功宗以童子冈將軍上書其慷慨如此

沈名功宗浙江蕭山人工楷善書法遇縑素必移易書滿好讀書每夜分列廣燭置燭架其中冥坐與客談達曙不寐

許彝千是許勉無子勉無讀書竟夜不輟許每臥聽父讀書旦輒默誦父嘆曰兒臥時乃過我醒時

卓有枚七歲出就塾師使讀論語有枚嘗置一本掩所讀書下時竊觀塾師從視則司馬公通鑑也師以此奇之

有枚工部去病少子也浙江仁和人生有異稟父比諸杭少讀因名曰人鬼貫經世才著有古文集行世

虞景銘十歲即善屬文嘗讀柳州乞巧更作辭巧文識者知其遠到

虞名黃昊浙江石門人丙午孝廉

吳咸卿七歲嘗侍客坐客論詩無孤獨連文者吳應聲答曰孤雲獨去閒非佳耶一坐驚嘆

吳名鷹錦史子

章言在幼從塾師學師出有友訪之比歸舉兒告以故而忘其姓氏師怒呵舉兒章曰母怒也我猶能約略記之因以筆狀其顴頰鬚眉栩栩然也師見而笑曰是得非某乎已而叩之果然

章名谷一稱古愚居北郭聖堂橋其地古名散花灘因又稱散花主人少時嘗神如秋水膚色如玉人多比之為衛洗馬嘗祗謁章貢舟歸浙有異媼附舟尾見章執而悦之數以足挑章章起默自念曰我違父母膝下久今此江有神倘一涉汙犯干神譴葬于魚腹則何日得復見父母乎不覺泣下遽整衣冠危坐達旦著八分隸體畫尤工既為時所稱

趙禹功九歲父遊學歸大雪不能舉火出古畫一幅命禹功詣友所易米不得家人悵然禹功閉戶乃吟詩曰吾家有古畫其價重連城不易街頭米歸來雪滿嬰父聞之笑曰有子如此飢亦何憾

趙名向浙江山陰人母性嚴卜不豫延醫至嘗出妻數月感悟始返里中稱逵孝子

宗定九子舉兒年五歲嘗同諸兒戲于庭一兒指月中言曰月中那得有桂樹舉兒曰汝謂月中桂樹為奇彼天地間之有樹當亦奇耶

今世說　卷五　風惠　六

舉兒名學詩號蘭言嘗讀書性和雅能體父母意父定九謂其識見動作俱不似稚子所為六歲即攜父甚愛之

王丹麓座客常滿有客謂孔子無鬚眾詰其說客曰本孔叢子子思告齊君曰先君生無鬚眉天下王侯不以此損其敬故知今像多鬚誤也時丹麓子鼎六歲在側應聲曰然則孔子亦無眉耶客語塞

鼎字用和器度端重聰慧性成喜讀書穎悟便能了了行文亦時露新穎八歲學吟詩有無情風雨得花落不盡春之句客有技及紅顏薄命者則舉大學集注中天夭少好貌一語為証以為夭字讀作上聲即妖義也十二歲即嫻識者謂其讖云

王丹麓病起畏寒每當雪夕閉戶謹風時幼子小能五歲坐著郗上曰大人寒故畏風抑知風亦畏寒王問故答曰風不畏寒何由喜撲人懷

小能是丹麓第五子資性聰敏容貌端妍孝事父母迥異凡兒四五歲時常頭角經市上見者莫不嘖嘖稱羨甚欲延手葉之

今世說卷五終

今世說卷六

清 仁和王晫丹麓撰

豪爽

世祖章皇帝嘗獵，過滹沱河。宋牧仲從行。時天大寒，河冰闊二丈餘。宋揚鞭大呼，一躍而渡。上壯之。

宋名犖，河南商邱人，年未二十，博學能文章，詩歌筆翰動天下。望而即之，温其如玉；出判黄州，盛已向學，與四方賢士大夫相交結，日肆遊江湖山谷之間。

王阮亭為同考，至白門，夜鼓柁行大江，泝漏下將盡，始抵燕子磯。王興發，欲登。會天雨新霽，林木蕭颯，江濤噴涌，與山谷相應答。從者顧視色動，王徑呼束炬以往，題數詩於石壁，從容徒步而還。異日，詩傳白下，和者凡數十家。

施愚山倡學湖西，閒適者車接軫，蕭孟昉為之供屝屨，飾廚傳，勝流畢集，賓至如歸。

吳六益訪汪鈍翁郎舍，每被酒，自誦其所作游五嶽詩，音響琅琅，若出金石，覺爾時意致遒上，不可復及。

汪然明教其子戌名，即放浪湖山，青簾白舫，選伎徵歌，日與二三知己傾尊賦詩，以為笑樂。望見者謂前則子瞻，後惟廉夫，差堪彷彿其概。

汪名汝謙，江南歙縣人，居武林虎山。錢宗伯嘗稱其量博而智淵，才老而然腸俠骨，豪蕩一世之志氣，如湫流瀆泉，觸地涌出。子玉交舉明經，婣娟畐己且進士，官觀察。

周櫟園性嗜飲，喜客，客日滿坐，坐必設酒，談諧辨難，上下今古，旁及山川草木方名小物，娓娓不倦。觴政嚴陣，叠出新意，務極客歡而去。

熊雪堂令汝陰時，廬州被圍，鄰郡偵探至城下，熊從埤堄間磨盾草作答，一手雙挾硃墨二筆，運腕如飛，一往勃勃，真覺骨騰氣涌。

熊名文舉，字公遠，江西南昌人，辛未進士，歷官侍郎。

吳慶百應薦入京，止竹林寺。毛季蓮嘗偕叔大可過，吳寓輒據榻狂吟所為宴集及登臨諸作，大聲撼四壁。吳顧大可曰：「君家阿咸正復不減，將不使卿單行。」

義興大饑，當事集紳士議賑。紳士曰：「賑饑是極難事，毋輕議也。」徐竹逸曰：「天下難事，我輩不為，誰為之者？」條陳數則，活數萬人。

李如穀官武昌郡守，荊州曹叔方以所編樂府投之。會李坐黄堂上，立取梁州序，親自度曲，以扇代拍，時隸役百十輩，肅屏息而聽，寂若無人。歌罷，即出千金贈曹。

曹名國棟，湖廣江陵人。

申鳧盟偕楊猶龍、殷伯嚴行燕薊中，林葉颯然，疑有虎。楊據片石，負杖叱咤，萬壑雷鳴，同行為之神王。

楊名思聖，直隸鉅鹿人，丙戌進士，歷官侍讀。天才傑妙，風神卓絕，工詩，擅書法，性慎許可，開伊量人物，時有皆嚬，以壇墠自命者，輒不肯屈一指，聞者憙之。殷名岳，直隸雞澤人，官肥鄉令。

侯朝宗豪邁多大略，少本有濟世志。嘗與吳次尾、夏彝仲醉登金山，指評當世人物，臨江悲歌，二子以侯比周瑜、王猛。

侯名方域，河南商邱人，幼博學，隨父司徒官京師，習知中朝事，嘗嘆曰：「天下且亂，所見卿大夫殊無足以佐中興者，其殆不救乎！」去遊金陵，為一時所引重，論者謂其詩追少陵，古文出入韓歐。

吳園次蕭散自得，陶然於酒，所至偕故交文士名娼高衲，放浪於山巔水涯，每醉輒歌吟笑樂，詠調終夜，酒痕淋漓，頭伏几案，與之遊者，至忘寢食。

宋俗上元夜張燈飲酒。睢陽司氏巨族也，張銀甕容酒數斗，約能勝飲者持甕去。羣少皆醉臥窘甚，時漏下三鼓，會賈靜子服麄衣，駕鹿車，自百里外至，忽叱咤登階，舉滿一飲，即擲甕付奴持之，不通姓名，坐賓駭散。

雲間田髴淵、董蒼水兩孝廉素稱好客，四方士大夫接踵而至。一日集園如草堂，赴者五十餘人，兩孝廉相躍迎入，未與談，即呼常從具衍篋出紙筆，分題鬮韻而賦之。有頃賦已，會食，命廚割腥酒炙，交至酒中，各唱所業，盡歡而罷。

計甫草自海陵歸，渡江，會大風雨雪，舟不得發，同行者皆垂首嘆惋。計坐舵樓下，手王阮亭詩讀之，至論鄭少谷絕句，哭失聲，既乃大喜，拭涕起坐雪中，觀江濤澎湃，吟嘯自樂。

李偶園性好遊，每興發，雖愛子牽衣割裾不暇顧。他事益漫不省，省獨遨遊天下，所至名勝，輒為文以記之。

李名淦，字季子，江南興化人，博學好古，少負才名，丰標落落，然與之言，吐撥古今，懸河注瀉，秀媚之氣見於鬚眉，性耽山水，每遊必窮幽崖陵澗，凡豺虎所窟，蛇豕所度，幽阻不能至者，必身歷之而後快。

淮海杜湘草過武林，冒雪遊西湖，樂甚。次日適王丹麓使至，遂以相聞，捧案作畫。忽傳方伯監司聯車到門，並謝不見，士論高之。

杜名首昌，江南山陽人，書法文翰，卓絕一時。

吳錦雯遊寓蘭陵，酒徒劍客及弄阮咸、撥箜篌者滿座上，日解組袍貰酒，酣對客揮毫，煙雲滿紙。

鄧霙生貌甚偉，身長七尺，館目青睛，指顏甚美，怒則戟張，時有急數，並居三十為人少言不泄，凡遇事不平，輒佩佩不畏強禦，王推座罵起，與人交舒爾要勇氣，好俠急友，忠鯁益強，直敢任，其天性也。

孫介夫遇王惟夏于邗關，執手道故。王固善飲，與入酒舍，洗醆而酌，浮滿數十盞。初坐客閧甚，聞兩人聲，聲耳皆瞪眸迎視，氣為不吐。

王名昊，江南太倉人，善詩歌古文詞樂府，吳梅村嘆其才為天下無雙。

陳興霸喜談兵論劍，抵掌天下事，酒後耳熱，輒罵古偽豪傑不中一文錢。

陳名孝威，江西臨川人，大士仲子。

毛稚黃言：丈夫既有此六尺身，何可不令千古。

丁野鶴官椒邱廣文，忽念京師舊遊，策長耳驢冒風雪，日馳三四百里，至華嚴寺陸舫中，召諸貴遊山人琴師劍客雜坐酣飲，笑謔怒罵，筆墨淋漓，興盡策驢而返。

丁名耀亢，山東諸城人，襟期曠朗，積書好奇，師高謙，驚坐目無古人。

吳舒凫托懷豪逸，情與興俱。

吳名儀一，浙江錢塘人，髫年入太學，名滿都下，二十為人師，經史子集，一覽成誦，古文法歐陽永叔、王荊公，詩宗杜子美，性善飲，飲醉值市井子，輒謾罵之。姜宸庵京兆重其才，延之幕中，歷遊塞，詩文益工。

今世說　卷六　豪爽　三

謝畫也好施，數千金都緣手盡，復假貸以贍，京師謂之窮孟嘗。

謝名歲，浙江山陰人，嘗登大觀臺觀錢塘江，湖忽思年五十無成，大慟，見者皆怪笑之。

楊序玉園居，器具精良，非世所恒有，客至命酒，珍錯畢陳，少醉即欲賦詩，或召冶童歌，自吹簫以和之。

楊名方然，一字東起，江南武進人，父以進士起家，累官中丞，家多伎樂，善歌舞，治園圃亭池之勝，為里中冠。楊生既習知歌舞，度曲吹簫擊鼓，鳴箏度曲俱妙，自為又美姿容，時比之衛玠，以望見為幸，每一出遊，至傾市觀之。好為文章，能學歌詩傳記，雅善鼓笑，不為博弈，從此有鼓龍歸，愈發憤力學，凡昔日所往還者，率謝昵不為通問，他吾讀書三載，即不如古人，何至若妄庸人徒逐岩幕以為娛昵，未幾以病卒，年止二十有七，諸從遊者無不涕洟。

王水雲常與茅子鴻偕渡大江，風濤洶湧，狂歌擊楫，快曰：吾胸中鬱勃之氣，對此稍舒。茅亦為之放眸。

王名舟瑤，字白虹，浙江餘杭人，伉爽負氣，不習帖括，貧時鑄錢，不甚償，多與賢豪結。賴士午舉孝廉，既久不得志，始推抑為令，除授興安，又為催之牒，邑城中才歎。百家為之蕃，月生閒觀所剏，乞免官，不許，嘗於郡謁目曰：作吏顧如此。尋以為詩多幽憂悄激頹，佗傺失志之人。楚黃曹石霞嘗言，每讀水雲集，風雨欲來，雅淡交下。

茅名兆儒，一字雪鴻，浙江錢塘人，孫介自持情深一往，精詞畫，畫涉筆輒工。

容止

梁蒼巖襟期瀟灑，意度廓落，大類坡仙。

彭禹峯長身修髯，聲若洪鐘，一飲能舉數升，一食能盡一彘，廓汪鈍翁目為撥亂之才。

彭名而述，字子籛，河南鄧州人，奇偉卓犖，氣益一世，庚辰進士，歷官參政。

張敉庵姿容瓌偉，飲噉日可三升，興至蒲博爭道，獨酌引滿，呼小僮撾鼓奏伎，奮衰激昂，大噱不止。

張名王治，字無近，江南太倉人，涉獵經史，雅擅絕才，中丁亥進士，官黃門。初敉庵兄西銘以經術負盛名，其負笈從遊者合為滿榻，洗腆饗御，僅莫及，敉庵幅身容接之，人人各盡其意。時論西銘之有敉庵，猶士衡之有雲，孟陽之有協也。

黃大宗狀貌奇偉，王昊廬見之，歎曰：風神超逸，卓有父風。

王名澤宏，字涓來，湖廣黃岡人，少負異姿，纔十餘歲，下筆妮妮千言，乙未成進士，官少詹，李文孫稱其溫然為君子。

周芮公沖懷貞淡，與之晤對，如揖廣成，如瞻水鏡。

周名廷鑨，字元立，福建晉江人，戊辰進士，耽吟咏，尤好與騷人納客相酬唱。

丁文博眉目明秀，如碧梧翠竹。

丁名彥，浙江嘉善人，己丑進士，官水部。

今世說　卷六　容止　四

吳六益目鑠硬曰：神姿崖異，有壁立萬仞之概。

閻伯宗性簡默，意致蕭遠，殊不大快人意，久與居處，覺欣然如飲醇醪。

閻名沛曾，一字儀久，河南祥符人，官淶水令，善詩，雅好騷幟，倫為後來之秀。

嵇叔子目王丹麓神致蕭散，超然物外。

程穆倩眉宇深古，視下而念沈，處治不媒進，處亂不程方。

程名邃，江南歙縣人，能詩，善書，尤工篆刻，蕭疎老蒼，超然有異。

李戒庵美風儀，嘗於上元夜著絳衣，與郡中名士集賀監祠，乘月上湖橋長嘯，十洲人遙望，俱謂神仙。

李名文純，字師伯，浙江郢縣人，父以官西川提學，如合州。戒庵少善詩，尤長於詩古文詞，各臻其妙，與人言古今成敗，若指掌，聽者忘倦，至所讀書無不經。

手戟平居靜守一几，涼汗牯庵寒風製寶，筆墨未嘗少閒。

丁大聲軀材拔起，意識豪略，吹咳如挺鐘，言同奔河。

丁名克振，浙江蕭山人，用經術教授鄉邑，其同人號為急又多慨，師有魯連之風。

柏巖山過涉園，魏青城稱其高風秀骨，英采忠姿，照映泉石。

柏名立本，江南華亭人，年未及冠，書理精妙，已入宋元之室。

姚名學塽字子存浙江嘉善人戊子孝廉官少參
韋六象神朗貌懺衣布不肉食長夜擁絮被危坐不寐讀書至旦為常高簡淡泊彷
佛如枯巖禪客與人言肺腑傾盡不事表襮塵俗人望之頹然自遠
韋名人鳳浙江武康人與兄劍威並能文章尚氣節
吳錦雯張祖望並有修髯夏日嘗促膝吟咏意思蕭曠毛稚黃戲以詩云吳公美髯
不易得張也于思亦自奇長日吟詩相對坐南風吹動萬莖絲相與大笑
沈去矜形弱不勝衣而骨性剛挺平時與人語氣繞斷及發辯議則電閃霆激摧屈
一坐
徐武令為人樸訥辭艱於口平居輒好書寫不知暮局每自比方葛洪
介公風儀蕭散寡言笑體羸若不勝而神鑒淵然每與一時諸名士接但以目會四
坐盡通還相品題不失分寸
介公名元燈字明介天童寺西堂

企羨

徐立齋扈蹕南海　世祖覲控玉虬一日顧問尤悔庵者三每覽西堂雜俎稱為才
子時有以讀離騷樂府獻者　上益讀而善之令梨園子弟播之管絃為宮中雅樂
比之清平調云
徐名元文字公肅江南崑山人己亥狀元及第官總憲
徐健庵負偽才好交樂善於士類尤極推獎宇內之人翕歸之如百川之赴巨海
徐名乾學字原一庚戌探花及第官贊善與弟果亭立齋並以文章顯名當世時號三徐學博才雄與之游恂恂樂識言論所及為藝林所宗
新城王西樵阮亭每過郵亭野店輒題詩壁上詩既驚人使筆斗大能孥虎攫尤悔
庵道經燕齋見之解鞍進食坐對移晷不能去
彭羨門驚才絕艷詞家推為獨步王阮亭稱其吹氣如蘭每當十郎輒自愧傖父
彭名孫遹字駿孫浙江海鹽人己亥進士　御試博學宏詞第一官翰林
王阮亭宦廣陵一夕雪甚漏且三十下風颿霰霾街鼓寂然燈下簡篋中故書得吳
賓賢詩且讀且歎遂泚筆為序明日走急足馳二百里寄之吳感其意為刺舟來郡
城相見歡甚
汪鈍翁初未游西山逢人輒相咨詢或曰西山雖復崇深意謂不如東南諸郡清潭
鏡澄層峯屏峙一花一石相對饒有勝情

廣平申和孟不欲輕通貴交惟致書汪鈍翁徵訊王吏部近狀汪報之曰吏部蕭疎
簡遠不失故武誠吾黨第一流也
申鳧盟遊未晤櫟園未睹滄海自是生平兩闕
周櫟園以少司農出為督糧使使江淮間四方之士慕之者爭願見司農舟車輻輳
道路為隘
周櫟園貽胡元潤詩卷輔以朋尊胡展帙長嘯啟罍浮白不知秋風吹墮白日
胡名玉昆江南江寧人
李方山客南昌有傳宋荔裳已死者特為詩弔之與宋初未識也後至武林聞宋尚
無恙李喜甚借友人馬疾馳相視且出詩讀之兩人因與泣下霑襟已命酒狂飲極
歡策馬而去
李名日景山東膠川人
王丹麓居郭巷門除蕭然顧且庵過每促席移晷嘗語人曰見丹麓如把秋英清芬
襲人如循古硎仰峭壁愀難梯接
計甫草過順德日晡方就旅宿忽念歸震川昔佐此郡有廳記二篇遂徒步入城求
遺址不可得乃入署旁廢圃中西向設瓣香流涕再拜而去
盛此公嘗願此生得一少年如張緒衛玠王子晉能飲一斗不醉得一老媼老黃能
痛飲酒記天寶遺事得一遲暮佳人能歌離騷舞三尺劍醉讀南華秋水篇
盛名於斯一名錢字鄰侯江南南陵人
王山史與李天生初未相識一日邂逅長安茶肆隔席遙接各以意擬名姓及詢之
皆不謬遂與定交
王名宏撰字無異陝西華陰人學粹天人性命充昭濂洛關閩之統
陸麗京酷推陳際叔文典冊類相如陸撰沈獻廷祝文推黃不覺謂為陳作陸有欣
色
沈名士逸浙江仁和人
陸麗京梯霞昆弟聚處嘗空瓦屋三間張放青步青就居於陸諸駿男過張曰昔張
陸岡居雖下今復有醴泉交讓之嘆
探齋名驥高文異采與兄麗京鯤庭並一時時號三陸
鈍青名堦浙江仁和人

步前名嘗穀青弟也庚子孝廉

胡彥遠高自樓托神理雋邁。嘗隱河渚。近止城北。芳樹池塘。環接户外。諸駿男每過談彌日。歸語人曰。嘗謂水與南穴汲郡北山緬邈。不謂近在咫尺。

閬中郎則飛。以賣靛爲業。遊於山水之間。喜吟咏。集成。求雲間張洮侯作序。過虔州。贈以詩謁權使者。見張序云。詩能張洮侯作序。豈尋常商賈耶。輒免其税。

張名彥之一名懿爲王屋。礎江南華亭人。卑栖知大尾陳沈好書詩。散與董黃齊名。尤香自負。使酒善役人。然實無他腸。人以是原之。

傷逝

曹顧庵侍從説詩數爻　世祖恩眷。攀髯餘痛。嘗結胸臆。每聽猿嘯鵑啼。便欲愴然。

實渫。

汪梅坡早年于女不育。哭之甚哀。每一念至。輒疑身是眼淚結成。

汪名鶴。浙江錢塘人。神情飛動。字雯遠。慶山目爲鬬鍾之才。癸丑進士。官翰林。

林鐵崖侍節駐珠厓。其地故多颶風。風起。拔山飛樹。林嘗袒立中庭。仰天祝曰。好將棊吹送到泉郡開元寺内。挂東西千丈二石塔上。然後呼僧縋引而下。得見吾父母耳。

榯棺一慟幸甚。

王巽公賦十二哀詩。追數舊遊。目覩口嘆。琳瑯摧灑。各竭思致。能令讀者摧慟。

王名撰。江南太倉人。古懷落落。平生不妄交。交必終身以之。

郯子野謂鍾廣漢若不殁。則神懷散朗。學義滄長。在後進中。吾未見其匹也。

郯名永麟。浙江嘉善人。

陳維雲云。郎黃相繼零落。蘭陵舊遊。酒旗歌板。故地闌風長雨。不可復尋。言之悽然。不待過黃公酒壚而始慟矣。

陳名琳。初名其年弟也。江南宜興人。

陸麗京與沈毅明。素無深好。聞沈負才蓋世。乘醉造其家。哭之失聲。從子儀胡不輕與人定交。哭亦一哀出涕。

沈名炳。浙江錢塘人。

趙山子既殁。有人識其短長。吳聞璋擲盃投袂。罵曰。斯人不死。鼠子敢爾。

趙名濬。江南吳江人。癸卯孝廉。

吳名鏘。一字玉川。吳江人。好遊。嘗爲抒懷。選名流勝集。言論蛻蛻可聽。其風氏字惠蘭。亦工詞翰。流傳藝林。歲時盡具饋餉。以吳不問生產。餉盈佐之。情好淡泊。晨昏或不給。偶和自如。

諸駿男過廣陵。嘆曰。小有之風流頓盡。于一之宿草久衰。柴丈遜跡於白門。梅岑栖蹤於遠郭。故人雲馳雨散。念此能不傷懷。

小有姓李。名盤。一名長科。江南興化人。

計甫草有才子準。早夭。哭之哀。爲作思子亭。

準字念祖。幼慧。能文章。獨好儒先之學。甫草爲聘宋既庭女。女名景昭。年十三。聞夫死。守貞居小樓。十年不下。從聞親戚有欲奪其志者。輒不食。凡二十日。嘔血至盡死。

王丹麓有三子。幼子小能。最鍾愛。六歲蚤殤。王大哀慟。或爲太過。王曰。佳者不存。存者又不能佳。吾目未瞑。方自愧不及。情君乃爲太過耶。言罷。復益欷歔。

今世説卷六終

今世說卷七

清　仁和王晫丹麓撰

棲逸

孫鍾元居蘇門夏峯，抑清泉，嘉樹映帶茅衡，一觴一咏，脩然物外。李工部以為先生本非隱者，其少時豪俠之氣，尚自稜稜爽露。

李名霨生，號愧庵，江西安福人，乙未進士。

徐伯調處梅市，扁舟箬笠，弋釣自娛，落落與世俗鮮有所諧。會宋荔裳分守紹興，宣城施愚山寓書於宋曰：山陰有徐緘者，謂之亞也。宋遣人招之，久不至。比宋罷官，客湖上，徐乃時時來，相與盱衡抵掌，抗言今昔。意所不合，雖尊貴甚有氣勢，口期期不服。

宋射陵奉母不樂仕宦，退隱射陽之濱，自號耕海潛夫，名其園曰蔬枰。

宋名曹，字邠臣，江南鹽城人。工為詩，尤精書法。海昌朱近修稱其古道照人，足以師表海內。

宋定九性不喜煩，與人對，終日即病，飲酌數夕亦然。或值勢利毀譽之場，便如避暑置身赤日下。移家鄉僻，閒居未嘗至柴門外。或客至，或入郡，始一到門，不則數月兀坐草堂而已。

定九處東原草堂，秋日無去樂，室罍泥時時落汚，凡庵乃命童子探巢，汲水洗之，復微洗無泥，時時噙梅花。堂有古梅一株，時人謂之宋郎梅。

王西山解井陘之綬，高臥海曲，清流映帶，喬木鬱盤，乃綸竿箬笠，釀黍種樹，間與田夫野叟較陰晴，課蟹稻以為樂。

王名龜，山東萊陽人，丁亥進士，官邑令。

魏善伯曉聞鳥語，知是天晴，起來獨立，自謂至樂。

魏和公登華山絕頂，日月從兩耳升降，視黃河如襪帶委地下，燕趙秦豫隱隱見黑子，俯仰天地，悲從中來，有入山披髮長往不返之意。

和公素抱高義，重然諾，好游俠，讀書眾林雅齋，以為有太史慈之風。

龔柴丈隱居清涼山曲，有園半畝，種名花異卉，水遶堂下，鳥弄林端，日長無事，讀書寫山水之餘，高枕而已。

郭去問隱居綿亭山中三十年，織簾讀書，不求仕進，時比晉劉驎之。

郭名鼎京，福建福清人，書法最工，兼擅繪。宋荔裳書云：每展郭畫，便思執杖從屣。

邱維正隱武原，秦駐山舍茅廬，種蔬，身率妻子力作以食，恆業樵，間釣弋，小暇說詩書，教二子孝弟，不見衣冠客，田夫牧豎，相爾汝。惟甚喜與朱近修善，朱來聞訪之，邱方負薪，熟眎曰：何憊也。出飯一盂，菜杯對食，喋喋竟日，不離樵事。朱曰：能出山信宿草堂中乎？不答，抱稚孫以嬉。久之，曰：十年欲遊洞庭山，無一貫錢而止。朱遂去。

邱名上儀，江南武進人，少攻舉子業，好奇計，後去而應武試，遂成進士，累官參將。每之官，肩襆被一囊，去來不名一錢。以外海賊屢起，倡其威，浙以西咸帖服。守土吏每民，邱嘆節風之。士民守參府門百人，賀之不內，樹豐碑，署天下第一清官，過其下輒拜而去。

沈去矜家臨平東鄉，嘗謂張祖望曰：居山食貧，亦能不改其樂，恨無黔婁之婦，頫士之妃。

羅瑕公云：棲居受用天氣，看春夏遞換處，光景絕微。

羅名孚尹，江南上元衛人。

申自然居無定所，野店僧寮，匡牀布被之外，更無長物，間走荒臺木末，哭其所知，謂人曰：終當以良死，化為杜宇，攪人魂夢耳。

申名濟，江南華亭人，以畫名於時。黃太沖嘗言：自然好哭似皋羽，無家似思肖。

賢媛

李孝貞事父，終身不嫁，閭巷聞而化之，諸婦女有爭言詬誶，相恐嚇，戒毋令孝貞知。時復為之語曰：生女慎勿嗔，養父不嫁有孝貞。

孝貞字鳳，秀州李夢康女也。夢康士而貧，夕不再炊，女織紝以佐饔。父疾，禱於天，有鳥銜果墮樂拌中，嘗而進之。既歿，里中世族爭欲聘孝貞，孝貞益不自安。一日請于父曰：女願事侍。父曰：善事舅姑耳。女曰：休矣，焉有舍我父事他人。親以為賢孝，竟不可奪。

汪魏美亂後隱居不出，其內嫻欲強之試禮部，出千金視汪。妻曰：能勸夫子篤則畀汝。對曰：夫子不可勸，吾亦不愛此金。其人慚而止。

汪名渢，浙江錢塘人，年二十二舉孝廉，甘貧不仕，嘗獨身攜樂臣往來山谷間，宿食無定處，與人落落，性不好繁華，時人號曰汪冷。嘗事或訓俸金為壽，不得，卻坟而埋之。里貴人請墓銘，百金拒弗許。妻錢氏，字淑婉，昌守武山女，初成婚，汪謂曰：吾本寒儒，得遇貴室，所望知禮義，孝事姑嫜，和妯娌，足矣。修吾拜，屛簪之飾，屛侍婢，以疏布親操作。

杜于皇母性方嚴，生平不肯見畫師。一日，于皇遇善手曾鯨，喜以白母，且云鯨老矣，寫照其宜也。母作色曰：安有婦人呈頭露面，與男子注目熟視，而不知羞者？先王制禮，男女有別，何嘗云老者不在此例耶？

宋定九少時，奉母陳家居，值歲凶，啼飢號寒，初不向宗族借貸。母曰：餓死事小，違十歲童子汗顏面以求人，使從此不知有廉恥品行，事大。於時以為名言。

陳江都人，州守九室第三女也。歸太學宋景夔，少嫺家教，婦五經周禮孝經女孝經諸書兼通，通繫二十一代史，有訓子詩六章，咸傳於世。

吳岩子吐辭溫文。出入經史。與人相對。如士大夫。吳青山人。爲卞玉配。以詩名。工書。法晚更好道。偶奇疾。疾作。則右手自運。動日夜作字不休。或濡筆書紙上。悉成元理。疾止。不復記憶。凡二年而愈。白髮朱顏矣。然有丹砂之色。長女元文。工詩辭。次女德姿。善書。並皆能好讀書。精筆札。先後事劉孝廉竣度。竣度以賢豪名廣陵。

丁季淵繼婦張夫人。親喪三年不脫衰。以親染風疾。終身不言。風嘗作討李賊檄。顧和知以爲孔璋讓其英雄。實王失其峻烈。傾名若璞。浙江錢塘人。上林署丞傾友白女。學使黃寓庸長子文學東生婦。生與夙慧。尤好讀史。上自班馬以迄列朝典故。能陳說成論。著其大旨。又以其餘力。自肄於詩古文。每夜分執卷諷詠。良苦。曰使吾得盡意讀書。即不能補班十志。或可詠雪謝庭。自嘗於食頃作七夕詩三十七首。一時嘆其敏妙。文章節行。爲武林閨秀之冠。

術解

胡勵齋博綜群書。尤精天官家言。日月薄蝕。星辰躔度。推測毫髮無遺。在長安與監中西洋專家反覆辨論。群皆嘆服。胡著有中星譜周天現界圖步天歌行世。

龍舒方直之工射覆。客匿黃錢一。命筮之。方曰。金體四文。既圓且方。流布天下。錢文爲光。竟中錢生。客莫不歡悦。方名其義。江南桐城人。天才橫溢。不讓其兄。力鍊健。能騰身屋上。履如平地。時推爲兼才。兄密之。優於天官易數。亦精射覆。人以公明量情。不能遠過。

吳志伊亦精樂律。曾於市上見編鐘一枚。叩之曰。此大呂鐘也。後游視款識。云古大呂之鐘。

陸麗京孫宇台並精京氏學。於甲申除夕各占元旦明晦。麗京決晴。宇台斷雨。次早曈曨日出。晚即滂沱雨來。人咸異之。

孫宇台既精易課。兼善潛虛。嘗與陸麗京同在臨平沈去矜座。陸舉之字問孫。云。今日當得錢客。孫應聲云。之丈十一也。已而果驗。

海昌范文園工相術。邑中有隙地。或塑太歲。范以爲威儀具足。應享魏峩。未幾遂成巨刹。又指木中千佛閣肖型慘戚。當厄於火。已而果災。范名驍文。白宗也。浙江海寧人。事親孝。與兄弟友。樹於朋友。信而又好推分。施與任濟人之厄。嘗夢神人付以右醫。自稱右醫道人。遂精相術。臨多奇中。入京師一日聯名動公卿。

巧藝

毛大可善歌。沈康臣吹洞簫和之。能曲折倚其聲。沈工書法王柳顏歐。繪畫擬董。變極神秀。通篆籀。偶刻石爲印記。士林寶之。

萬年少自詩文畫之外。琴棋劍器。百工技藝。細而女紅刺繡。猶而革工縫紉。無不通曉。唐叔升嘆謂我輩十指雖具。乃如懸槌。若是何種慧性。一能至此。萬名壽祺。江南淮安人。己卯孝廉。唐名堂。江西金谿人。

顧樵水詩篇秀絕。畫亦屬能品。嘗作秋林圖贈吳梅村。吳嘆曰。對此尺幅。使人幽思頓生。顧名儔。江南吳江人。吳名偉業。字駿公。江南太倉人。舉辛未會試第一。歷官司成。

洞庭葉林屋少嘗學劍。家貧。每投石超距。以驗其法。會有賊艦泊太湖。欲上山肆掠。葉偈率鄉勇卻之。一時稱其絕技。

王筠侶工繪事。不屑屑師古。所畫山水樓觀人物草木蟲魚。蕭遠閒曠。閒出古人之上。人爭貴之。性任誕不羈。非其所悦。雖催貴人迫之。不輕作。王名崇節。直隸宛平人。大宗伯欽哉冢子。生五歲而孤。多病。習懶慣。不喜爲章句學。學劍走馬擊武。科爲興州衛千總。久之。不樂。棄去。放浪家居。益肆力爲畫。宗伯素友愛。筠侶未嘗倚門地。請謁足不至公卿門。或乏食。不肯向其兄及從子輩索一錢。甘心貧約。以繪事自食其力。士大夫雅慕其人。求畫者滿戶外。必先償直。俊欣然命筆。援大司農見之。稱爲絕藝。厚酬以縑帛。辭不受。曰。崇節貧。安用帛爲。更易金如其常直。強之。乃受。其廉於取又如此。朝廷聞其名。召見中和殿。筠侶偉幹鬚髯長數尺。上命起立。視良久。令供奉畫苑。時年六十餘。以足疾引退。從子司空爲築室。娛老。足不出。未幾病卒。畫益貴。生平不飲酒。喜婦人。得金即持往。枝鄒立齋訓私一婦。其夫覺。逆之。甚妒。自縊。一夕。坐室中。見婦忽至。從有所聘。筠侶大驚。情客人於簾間見婦影隨之入。遂不見。亦異事也。

琴子佩具絕人之姿。不恃攻苦。輒能爲文章詞賦歌詠論議。即下及書數繪畫博塞遊娛之細。無不意志所至。手目畢達。琴名瓏。浙江蕭山人。

毛稚黃小姬瘵勢漸劇。欲肉骨。沈去矜以一刀圭愈之。毛大驚嘆曰。曾聞畝二豎過於五丁。東陽傾影。腰帶幾何。竟具神力乃爾。

沈文人工繪事。兼善音律。閒爲小詞。直窺稼軒之奧。其濃情逸韻。周勒山謂蔥草雪消。不足方也。沈名永令。江南吳江人。官龍門令。

胡循蜚下第南還。至汶陽之西。遙望黃埃起處。一矢驟至。少頃賊披介胄。奔堰日中。同行者盡蒲伏。胡躍起馬。從衆中出。拓弓大呼。連擊數賊。賊披靡走。胡徐過市下馬。解衣踞胡牀乘風綠槐樹下。久之。同行者始至。驚曰。神人也。

錢塘藍田叔工寫生。陳章侯請益法傳染。已而輕藍。藍亦自以不逮陳。終其身不寫生。曰。此天授也。

陳名洪綬。好畫蓮。自號老蓮。浙江會稽人。數歲見李公麟畫孔門弟子。勒本。能指其誤處。十四歲。懸其畫市中。立致金錢。從遊於酒人。所致金錢。隨手盡。尤喜為窶人儒生畫。貧不能空家索之。千金勿得也。嘗為諸生。學使索之。亦勿得。顧生平好婦人。非婦人在坐不飲。夕寢非婦人不得寐。有携婦人乞畫。輒應之。崇禎末命供奉不拜。以兵戈所寫博古牌。為新安黃子立摩刻。陳死。從子立畫見陳主。因命子立辦衣斂。曰。陳公畫地獄變相成。呼我摩刻。遂死。

張開鶴性簡曠。嗜飲。多少進輒醉。醉輒喜畫蘭。勃勃有生氣。陸子黃嘗得所畫懸之素壁。忽發香滿室中。陸異之。因額其處曰蘭堂。

張名道岸。字憩潤。浙江湖州人。若南四隱。張其一也。

祝培之年已七十。能於徑寸牙牌上。書桃源記。細髮為行。纖塵遮字。更留其下為作圖。周櫟園見之。嘆曰。使劉子驥遇此。定應覓其局促。攢眉而去。豈復生問津想。

周又書撫濟南。胡春以篆管作蕭笛。有穿雲裂石聲。

寵禮

世祖御極之初。命公卿大臣子弟入衛。時商邱宋文康公長子牧仲。年甫十四。儀觀俊偉。冠侍從冠。蟒衣袴褶帶刀侍上左右。上愛重之。每賜食中和殿。一日。牧仲

對食。遣使私出帶閒斜幅裹餅餌棗栗將懷之。上怪問。牧仲前跽謝曰。臣有祖母老甚愛臣。臣懷以獻榮。上之賜也。上喜。自是每賜食。必盡赦以歸。

琉球中山王請封。上慎於擇使。下部議。須通經術善詔命者。廷臣會推翰林汪檢以先正使。汪才質端偉。專對具宜。入見。上大悅。賜一品服。璽書金冊。臨軒遣之。汪自國門駕八騶天仗。前導龍旆飛揚。都亭張設。不絕於路。朝士賦詩送者數百人。

康熙二十年。琉球國世子尚貞遣陪臣來請襲封。上嘉其恭謹守禮。許之。故有是命。

金沙史遠公精畫事。鎮國公延之閣中。屬以縑素。時方初暑。史濡毫脫冠於案。公來縱觀。戒令勿起。史遂忘冠。坐為應對。蔣馭鹿從旁笑曰。山野之士。疎放自然。若史某者。真所謂脫帽露頂王公前矣。公笑應曰。君不見揮毫落紙如雲烟耶。

公精白描。作善小品。以漢東平自翔。閑居雅好詩文。兼事翰墨。禮賢下士。氣度淵宏。無有涯際。

史名鑒宗。江南金壇人。頎而長。美髭髯。高顴濃眉。睛光射人。心靈敏。多藝。能詩。善畫。工字學。兼精丹碧。凡智巧事人不能解者。一見輒悟。悉無疑。辛卯舉孝廉。慨有大志。浮沈學宮為生。抗節鄉學。不得志而死。

蔣名鑨。一字玉峰。江南武進人。鎮國公開府奉天。禮聘天下名士。馭鹿首應其選。毛稚黃云。馭鹿無千而好遊。忘名而善交。

任誕

金壽似詩敏。頗有唐調。汪鈍翁北遊時。金來話別。值賓客盈坐。金都不敘語。竟出其所作送別長歌。朗吟一徧。捧腹謂汪曰。此詩何如高達夫。舉坐默然。汪頷之而已。

金名式祖。江南吳縣人。

劉公戭性曠達。嘗置酒慈仁寺松下。遇遊人至。不論識與不識。必牽挽使飲。有不能勝者。必強灌之。至醉嘔乃已。

劉名體仁。江南潁川衛人。乙未進士。官吏部。

姜學在嘗襆被挾一童子。附估人舟。往登洞庭東山。山中多富人。絕不與通刺。相羊僧寺中。見一丐者題壁絕句。異而物色得之。延置上座。與之共飲食。丐者不知何許人。頻握姜手曰。若真知我者。姜遂大喜。

姜名實節。山東萊陽人。為黃門貞毅先生仲子。少不事舉子業。獨習為五七言詩。善鑒別書畫及周秦以來器物。遇其所欲。傾囊以償。以售不吝也。僑寓吳門。所居位置潔清。日邀致諸名士。賦詩飲酒。盡出其所蓄書畫彝物。摩挲賞玩。移日忘事不倦。嘗與貴公子暨縉紳吳中好事者。亦相顧以為不如也。丐者與姜論詩稱久晦跡。以他物償。或徧易之。丐者起枕僧榻。竟去不顧。他日姜又訪求丐者。於途人或請姜交。非其類。姜益大喜。錄其數詩歸。携以誑汪戶部鈍翁。汪特其詩多悅悅物外。詒因謂微獨丐者異人。即公子亦異人也。

梁公狄初與豫章王于一交。兩人相論詩。每篇成。不即示草。率相攜至荒臺古寺。

馬不經處。始出詩共讀。狂呼驚叫。或至慟哭而後返。

梁名以樟。一稱鵝林。直隸宛平人。庚辰進士。官太僕。令每在酒坐。主客獻酬。獨據席出袖中白板扇寫。高擲三擲。不覺四坐有人。

陸麗京與徐孝先分雖甥舅。契若金蘭。嘗劇醉共被臥。徐哈嚏中大吐。早起不覺。但見牀下地污。乃曰。舅昨若斗耶。陸亦不能辨。

徐名介。浙江仁和人。

陸麗京云。荀奉倩取婦遺才存色。此是至言。非閨興到。假令左思張載。可與同筆研。寧可共枕席耶。

柏斯民性僻山水。嘗寓西湖。一日。冒雨執繖。獨上北高峯頂。引領四望。衫履淋漓。見者咸笑為癡。柏意愈自得。

柏名古。一字寓梅。江南華亭人。遭鼎革。瓢屢空。工古文辭。嫻書法。慨然有千古之志。

沈撲儀家貧好客。每遇良友。輒慷慨沈飲。或勸以稍事生業。對曰。良朋樽酒。吾故裕以生者。

丁野鶴在楸邸。每晏起不冠。踞管倚樹高嘯。得佳句。呼酒。禿髮酣叫。傍若無人。閒以示楸邸諸生。多不解。因抵地直上牀。蒙被而睡。

王丹麓不好棋。每見客手談。輒亂其局。或竟擄子納奩中。曰。日朗天清。奈何為此鬼陣。

王介人善故。金吾張道濬一日張會貴客。並邀王。酒行舉樂。客皆正襟坐。王直入。解髮跣兩足。踞上席。客大驚。目眎王。王言笑自若。

諸虎男常云。酒可千日不飲。不可一日不醉。

沈子均從朱近修游妙峯菴。遙望棲鳳樊溪漾。故沈所居。人為沈弔。沈曰。可賀也。詰其故。曰。家所有惟身耳。我已攜家妙峯來矣。膚何弔。竟不歸。

（沈浙江奉化人。少時饒生產。任俠。贈人隨中落。又喜飲酒。醉或臥井中。不肯起。善詼諧。媚媚竟日不倦。亦工唱曲。偶從尊湖歸。唱於途。有人踰武至其家。怪問曰。客何來。應曰。欲走奉化。聽公曲。遂失路耳。沈以為知音。止宿設醴。成賓主禮而去。）

今世說卷七終

今世說卷八

清 仁和王晫丹麓撰

簡傲

汪鈍翁性褊急。不能容物。意所不可。雖百萬賁育不能掩其口。其所攤於當世人物之衆。不能數人。

汪鈍翁頗自患褊放。兼以此規王西樵。王莞爾曰。長安東馬喧闐。若無吾黨一二孫寂者點綴其間。便成缺陷。

周櫟園好客。然不耐俗士。有過從者。周便率意與談。盡輒望其去。坐少久。輒露不快色。去又輒忘其姓字。

謝石臞判常州日。持一卷書坐廳事。有吏抱牘至。輒揮之。鄉先達請謁見者。亦往往謝去。顧喜與諸生論古今。以文章爭勝。鄉人目之為傲吏。輒欣然有喜色。

（謝名良琦。字仲韓。一字獻菴。廣西全州人。壬午孝廉。）

陳散木性狷介。不為苟容。素健辯論。遇客或不合。抗首立狂之。不少遷隨。或憾焉。散木聞而曰。我之所嫉。怒我固然。即爾見喜。正復何益。

（陳名世祥。字善百。直隸通州人。才勇氣銳。落落寡合。與同好坐則金石。意所不屬。望望然去之。性嗜飲。善治臨池。生平博覽強記。每與座客會。鼓書肆應不竭。弱冠舉於鄉。久乃得官新安令。以不肯折腰解組。歸益縱行其意。興於詩詞。雅好遊名山水之所在。淹留至忘歲月。家人生產不問也。）

王山長嘗讓杜于皇傲慢不求友。杜云。某豈敢如此。只是一味好閒無用。但得一覺好睡。總有司馬遷。韓昌黎在隔舍。亦不及相訪也。

（王名岱。湘潭人。能詩文。兼工書畫。稱為落拓。以氣節自命。髮甬稱名滿海內。乙卯孝廉。官學博。）

燕人梁公狄。府立崖嶠。遠客萬里。初至。鄭客於梵舍。兀然坐一藜榻。有客造戶謁入。不延。里中薦紳聞梁至。置酒相迎。梁彊一過。見席中客有非類。即命人取水洗兩目。

徐大文將遊豫章。其友吳慶百。林玉逵送之。時徐年少慷慨。涉江遙指笑曰。吾過洪都。惜子安已歿。無可與言詩者。客或乞吾書。正恐麻姑碑板羞見吾耳。良久。立上車去。

（徐名林鴻。一字寶名。浙江海寧人。少時即名播江左。好遊。所至。公卿大夫及賢豪長者爭願交歡。）

來成夫授書江園。與其徒同邑沈功宗。山陰傅宗夜秉燭指廣擣其坐。縱談古今興衰得失。及漢魏以來理學藝文人物。徹三晝夜。及還軒冕與不當意。端視緘嘿。雖終日不出一語。問之。亦不對。故相值者多卜來語嘿。以示臧否。至為語云。言勿言。視來蕃蓋重之馬。來名蕃，浙江蕭山人。負風調，十歲出試輒冠軍。兼精六書，能作古文奇字、篆隸八分。第不輕爲人寫，好立名節。每道東漢人物，有以東漢人物相擬，輒大喜。來本甲族，蕃獨居貧，空甑衣擐，製所儲圖史外，惟以研盡十餘，貫米甑貯，架于其中。每出行，書衣筆袋手自持挈，至有挂雨肘景景欲大雪，忽攜毛持邊遊，戴笠登香爐峯四顧，蒼茫吟所製八君詠，時慟哭乃歸。

商邱徐恭士榜其門曰：問君何所長？客至，必指此問之。有一藝者，即與盤桓竟日；或都無可採，輒踞坐揮手曰：客休矣。徐名作肅，河南商邱人。

董文友少時氣勇神踔，視天下人無可交者。每朋聚，翁熱手揮而已。如不相識，及合坐捉筆爲文，獨寫數千言不休。文成，坐客不解一語，輒瞠目相視，人咸目攝之。

沈君善性不喜俗，嘗持不語戒，手懸一牌，上鐫不語戒三字。有貴人訪之，曲致殷勤，君善瞠目直視，出牌示之，不交一語。貴人去，適周安期、顧茂倫及其弟留侯來，相與傾倒，雄辯四出。或譏其太遽，君善指其口曰：天生我口，不解與傖語；見快人不與語，又安用我口耶。沈名自繼，江南吳江人，融使珫之子，與弟自徵、自炳、自南、自東、妹宛君，俱有才名，詩文盛行於世。周名永年，吳江人，少負才名，詩文倚待立就，才器通敏，風流宏長，禪宮庵西園北里，參承鍾互，詩酒泔漓，莫不分身赴應，獻酬曲中，海內咸以通人目之。留侯性簡亢，嘗謁大吏，大吏聞沈名，以所作詩文示之，沈覽畢，欲擲其居官。大吏曰：以詩文示子，子擲某居官，何也？沈曰：知公勤於政事，那有閒心檢點及此。大吏甚銜之。

排調

客問汪鈍翁：何意沈酣故籍中？汪徐應曰：身之好書，政如君侯之好博弈。

彭羨門在廣陵，見沈去矜、董文友碑，笑謂鄒程邨曰：泥犁中皆若人，故無俗物。

劉公勇棄官入蘇門，依孫鍾元，嘗築堂孫所居側。久之，厭其蕭寂，棄所攜一琴於堂而去，因名留琴堂。王儀曹作留琴堂詩，其起句云：身是槃由未得閒。聞者便爲絕倒。

葉元禮素病羸然，顧不耐杜門，客有憂之者，或笑曰：猿狙之性，動而彌壽。

有人語杜于皇：某一介不與，邵未一介不取，可謂一邊伊尹。杜應之曰：某無周公之才，使驕且吝，豈非半截周公。

宋禹域短而多髯，嘗同沈漢儀讌集，沈曰：吾爲監史，當以兩官舁一人。因指宋曰：汝以參軍兼主簿。衆客皆笑。宋名祠宏，一揆定山，浙江仁和人，丁未進士，官邑令。

許甫草故貧士，嘗置一妾，晨夕設食，惟粗糲而已。妻張夫人誚曰：古聞糟糠之婦，不聞糟糠之妾，如何？

舊有相國堂聯：放開肚皮吃飯，立定脚跟做人。或議首句不佳，徐野君曰：彼小人常戚戚者，震雷常在己箸間，那能放開肚皮吃飯。

陸麗京飯陳際叔家，半坐欲起，謂主人曰：陳家惟卜晝耳。際叔弟魯季對曰：君不聞孟公投轄耶？陸更入座。

毛大可嘗偕同詣李湘北，李笑曰：不謂今日初見二毛。

徐世臣與陸麗京同舟下臨平，談笑百端，竟日相持。時潘新禪及陸弟左城俱從壁上觀，但覺入其元中，不能定其勝負。潘名沇，浙江仁和人，癸丑進士，官翰林。

王丹麓年逾四十，益復困頓，婦戲語曰：同學少年皆不賤，奈何夫子獨長貧？王曰：吳盧少膚有言：貧者上天所設，以待學者之清俸。金陵吳介茲亦言：天以貧德人，今處儕類之中，天幸德我，特頒清俸，義難獨享，願以共卿。婦哂曰：君意良厚，但不知何日俸滿耳。婦姓鄒，文學公遠女，十六歸王，布裙操作，客至供饌惟謹。一日主政留客，適無錢，大爲踧踖，入謀諸婦，婦故難之曰：身所有祗此髮，凡惟君所裁。王曰：卿未嘗借筆畫眉，顧乃假手戲髮耶？婦笑，拔簪付之。

輕詆

周櫟園見士人日事奔競，輒曰：是以日遊神兼騎望大馬者。宋嘉祐中，朱有禍禁，士人多馳驟請托，有一人號爲望火馬，又一人號爲日遊神。

蔣絢臣與周櫟園論詩云：時選雖惡，然亦有足採者，臭泥中生蓮花，但採蓮花，勿取臭泥可也。周云：但恐盡是臭泥，無蓮花在。蔣名玢，一字用菴，福建閩縣人。

王阮亭自淮上還，青簾畫舫，乘風南下，與汪鈍翁相值秦郵湖，遥語曰：有事欲附致家博士。及遣信至，乃寄舫中所有第二泉四罌而已。汪以道遠稍難之，王攢眉曰：汪大乃成俗吏。

程周量嘗撫慈仁寺松，嘆曰：長安諸賢，率皆未登庾嶺，故使諸松浪得威名。程名可則，一號石□，廣東南海人，舉士，長會試第一，官桂林守。

大覺禪師云：吾心眼頗平等，然因指尻箕尾甚喜，觀水中荇藻亦喜，縱目空碧亦喜。

獨對清狂不甚人刀刀魚魯殊不耐
紆名通楙字玉林江南江陰人世祖拜為宏覺國師
陳士業嘗論當世名流卓然足自表見者屈指不過二十輩其餘率多樊英殷浩聞
其姓字或亦赫然與之狎處往往使人自咎其傾注之過
陳名宏緒江西新建人清晨公道亨子賦性警敏少而好學集書萬卷日與四方知名士講習其中家以是落岸然不顧
吳人有為正錢錄者攻擿虞山不遺餘力計甫草戲語客曰僕自山東來曾遊泰山
登日觀峯神志方悚慄忽欲小遺甚急下山且四十里不可忍乃潛溺於峯之側恐
得重罪然竟無恙何也山至大且高人溺焉者猶泰山不知也客躍起大罵吳梅邨
聞之頗是計言
周雪客嘗品白岳如五都之市雖珍異錯目一覽輒盡
周名在浚櫟園長子
陸麗京長於引古毛稚黃善於摽新毛讀陸文每曰若成語多
張祖望弟祖靜祖定俱能詩祖靜微遜孫宇台嘗讀其詩賞之曰人言張氏兄弟如
腰鼓夫豈其然

祖靜名麒祖定名振
地師沈六如過王丹麓指庭前不宜種樹謂口字著木是困形不佳王曰誠然吾賢
亦未宜立此口字著人豈不成囚字乎沈默然

一

假譎

周釜山少以詩名海內後與宋茘裳同為郎遂相與往來賦詩每一篇出輒避謝勿
及周有子鷹垂方年少嘗誑客以其詩雜釜山集中讀者竟無以辨既而知之輒
驚顧嘆服鷹垂由是知名
鷹垂名瑜田號淵雷言釜山少工徐庾家言鷹垂又復豐縟挾藻後先掩映真庾家之有子山徐氏之有孝穆也
雲間諸乾一董蒼水於重陽後作神山之會即彭仙人棲神處也時婁東吳梅邨在
坐遣遣覓女郎倩扶必不得夜分滄上張宏軒刺史來赴投刺後吳命以己車迎入
使者傳覆需雨車人顧訝之及至則挾一衣冠少年光艷暗射若溝雲籠月人各卻
步且不敢詢姓氏及移燭燭之則倩扶也一座譁然
諸名嗣郢一號匆菴江南青浦人辛丑進士
侯輔之少遭家難避居嘉興捕者奚至遠繫登舟侯默然手執周易熟視之倦則依
榜人臥捕者以為癡且以紈袴少年易制也將抵會城各簡視行李或登陸意益怠
侯睨視兩岸桑翳然無際突起竄身坐桑林中捕者眙盻出不意疾追不能得夜燃
炬大搜林中侯望見火光所指即疾避之微行近白門遇詰者以周易示之曰我卜
者也遂脫於難
侯名忭河南商邱人太常卿執蒲孝子大司徒恂大司成恪皆同父兄也兩兄貴兄子方鎮方夏方岳方巖方域皆以才名交滿天下家門赫奕莫與比輔之如雅馴飭儉身若寒素不為貴介驕塞之態闔户讀書孝友恭睦兩兄亦愛憐之嘗治聞貢入京師文日有名人勸之仕不應深居簡出擁書自娛澹然不苟言笑仲失衰樂不形於色平生寡嘗好好飲酒每飲必醉醉亦不亂性不喜廣交獨於兄子方岳相愛暨同里賈開宗徐作肅徐鄰唐宋犖等數人為文酒之友意泊如也

汰侈

翁逢春遊臨安輦橐中金二千於寓廡下一日被酒歸蹴金傷其趾遽怒呼曰吾明
日用汝不盡不復稱俠遂徧召故人遊士及妖童豔倡之屬期詰旦集湖上是日檥
舫西泠橋合數十百人置酒高會所贈遺纏頭無算抵暮問守奴餘金幾何則已告
盡矣
翁世居洞庭之東山官舍人

忿狷

劉伯宗下第孫阿匯嘆曰九華奇秀不入江上名山誌巢湖亦江淮巨浸不入禹貢
水經山川有知寧不感憤
孫名洲如江南六合人
黃九烟落落高蹤時人惡其冷鄧孝威曰今已無伯通之廡下安所得杜陵之草堂
耶只須移家渡江向九龍峯依阿垣羨為長策
黃名周星江南江甯人庚辰進士官户部以文章名節自任撰人僮集爲工圖章性就臟辦合辦處困窮不改其操君子高之
鄧名漢儀江南泰州人
馮幼將與張櫟園書云潘落既久耳目都慣塵沙撲面只似春風毒寄侵人亦如流
澌
馮名肇杞浙江會稽人
王仲昭性簡脫與俗忤年過壯盛鬱抑不得行其志日偕友人散髮袒裸浮拍糟邱
意極興酣嘻笑怒罵不復知人閒事
夏樂只慷慨任俠好與貧士遊客至輒命酒不給則解敝衣質之有障扇過門都使

欲塞户。偶有所感。乃首戴瓦盆。哭於西陵橋上。曰。新乎新乎。
（夏名基，江南徽州人。僑寓湖濱。能詩工書畫，曠然有高世之志。）

尤悔

王西樵里居時。屢空見逼。卒歲彫敝。嘗雪後出為人家送葬。從驢子背上作西樵山人傳一篇。稱心而言。自謂實錄。一出心跡乖反。遂使此文不復可傳。每為嘆絕。

袁重其將出遊。母為脱輕容衣浣濯更紉以衣予。袁衷之。裼以襲衣。久之。脆時就容飲。有鑷工為之按摩。誤為所裂。初不覺。歸寢。解外服。露母前所改衣。襤褸不可卻。大驚。捧衣長號。悔痛終身不能釋。

惑溺

張幼量行長白山中。見有巨黄石甚佳。以牛三百頭拽至園亭。每語人曰。此石絕似大癡畫中物。又嘗愛一竹根石。大不盈寸。根節宛然。撫翫不去手。
（張名萬斛，山東鄒平人。）

新城二王。好為香奩體。或以綺語為言。西樵云。不過使我於宣尼廡下。俎豆無分耳。
（陳其年嘗作詞懷二王，有云：名士傾朝能妄語。阮亭續至此，笑曰：家兄與下官不敢多讓。）

朱錫鬯詩才雋逸。文尤跌蕩可觀。然性好飲酒。嘗與高念祖入都。每日暮泊舟。輒失朱所在。及高往求之。朱已闌入酒肆中。醉臥壚下矣。
（朱名彝尊，浙江秀水人。舉博學宏詞，授翰林。高名佑釲，浙江秀水人。）

周櫟園官閩。每求江瑤柱。輒令蜑人取諸梅花厂石間。其甲上紋如瓦楞。映日視之。與綠玉相類。彩色爛漫。晃人眸子。周語人曰。即此膚理。便足鞭撻海族。惜其生實退陬。不登玉食耳。

楊香山客揚州。有鸞鶴者。傾橐為易二雙。載歸。嘲笑並至。楊曰。予門可羅雀。對之如得良友。老乏丁男。撫之如倚玉樹。寂處無絲竹之娛。屢空有交謫之感。戛然一鳴。悅心盈耳。憂鬱可捐。因賦詩十章。為友誦之。
（楊名檀元，直隸大興人。官郎司馬。）

邵僧彌性舒緩。有潔癖。整拂巾屣。盥灑几硯。皆人世所不急。乃為之煩數。巘奚僮僕患苦。妻子竊罵。終其身不為改。
（邵名彌，江南長洲人。清羸矚秀，好學多才藝。於詩宗陶韋，於畫仿宋元，於草書出入大小米，楷法逼虞褚。槁鹿工，半生揮灑，小幀尺幅，人皆藏弆以為重，或購之累）

數十金。乃用以校金石鐘鼎彝器及圖章玩好諸物。此外蕭然無他。所居曰晦室。置一榻其中。以染嬉為具自娛。留客到門。整敘雅步。移時始出。與人飲不半升。輒然就醉。生有重名。晚年病中年得小消疾。覺方書多禁忌。和扶燥濕。飲啖多寡。不能適其中。以此益困。殆其迂僻如此。）

王于一晚歲客湖上。狎一妓。頗麤陋。或嘲之。王笑曰。近代美人尚肥。

徐野君性灑落。不與人事。獨好觀俳優戲。以為騷人逸士。興會所至。非此類不足稱知己。

吳介茲食文官藥。每一含咀。不忍直下。嘗語王隆吉曰。香甘雪嫩。令人輒有奴視楊梅雞豆之想。
（王名廷棟，江南儀真人。壬子孝廉。）

李啟美嗜古學。抱疴十月。猶聚書牀頭讀之。將革。嘆曰。吾死矣。獨念茫茫泉路。能讀書否。悠悠來生。解讀書否。不勝於邑。
（李名潛，一名洵，字士美。江南興化人。）

辛先民客居吟嘆。聞有人招飲。直欲捐性命徇之。或諫其不節。辛笑曰。余五臟神願馳驅何。
（辛名民，一名鶴翔，字嚴公。直隸宛平人。壬午孝廉。官司理。）

徐伯調好鍊沖舉。餐氣嚥液。嘗自厭毛髮不潔。作遊仙詩以自喻。

洪潤珠以博雅擅名。乃有潔癖。每讀面。輒自旦達午不休。陸麗京偕胡共往看之。洪爾時神氣傲邁。旁若無人。
（洪名景融，浙江錢塘人。）

查醉白繼娶陸。陸故名家子。性敏。又善詩。燕婉酬唱。相得益歡。陸亡。查哀痛咯血升許。已復為悼亡詩百首。多酬陸韻。悵悵若有失。踰年竟死。
（查名繼昌，浙江海甯人。七歲善吟詩，十三游庠，序曰：夙慧。郡邑試士，或里社高會，皆少年咸集。查至，詞說慷慨，顧盻偉如，一坐驚嘆，無不願交查者。工臨池，能辨古彝器，及唐宋諸家翰墨圖畫。又學射學弈，雖不工，亦自負。）

王丹麓喜方術。一日檢書得同夢方。時念張廣平處京師。特千里致書相期試夢。聞者笑之。
（張名元曉，浙江杭州人。少時與弟鼎新同執經於陸麗京之門。嘗作詩與廣平云：子瞪張目無不識，弟亦下筆如有神。兒如亞子真可畏，元方季方安擬倫。後以詩文傑冠一時。）

王丹麓家既落。頗時喜刺。壽客至。質衣命酒。其詩曰。平生好賓客。資用苦不周。有懷莫可告。室人且見尤。施愚山稱之。輒失笑曰。蓋有類予者。（金行吳載松溪漫興）

今世說卷八終

右今世說八卷　國朝王晫撰案晫字丹麓仁和人是書仿劉義慶世說新語之體以紀　國朝諸老遺聞軼事並自為之注豈欲兼劉孝標為一手耶　四庫提要著錄附存目中譏其載入己事尤乖體例固深中其失丹麓又嘗撰遂生集並雜著十種曰龍經曰孫子吟曰松溪子曰連珠曰寓言曰看花述異記曰行役日記曰快說續記曰蕭言曰北墅竹枝詞又嘗輯檀几叢書以所撰草堂十六宜課婢約報謁例言貂卦四種廁於其閒又張山來所刻　昭代叢書亦收其所撰快說續記酒社芻言兵仗記龍經石友贊各種提要均著錄附存目中又嘗撰文津而提要云未見且譏是書所稱曹顧菴目遂生集為蕭苑杠梁文津為藝林餱脯若遂生集實了不異人云云蓋丹麓實游揚聲氣以博取盛名而文筆乃纖仄婉媚殊乏雅裁是書惟兼采眾長雖閒仍故步猶近方家舉止且我　朝開國之初人才尤推極盛流風餘韻高不可攀狂匪張融望古遙集願勒為一書者殊尠恐漸致湮沒此雖編璠截貝斷棄零縑所謂嘗鼎一臠亦知其味特重刊之俾知人論世者略有攷焉

咸豐壬子春分後十日南海伍崇曜跋

觚賸

鈕琇著

上海文明書局印行

觚賸自序

原夫天爲石補光乃荒乎三辰地以鰲勝力且維乎四極蓮生嶽上巨靈運掌而山開烏走雲中后羿彎弓而日落若其游神六合抗想千秋都非易測之情實有難窮之理然則莊生齊物何得置北溟而不談屈子離騷能無仰東皇而欲問乎況夫鬼盈睽載易留語怪之文神降莘言史發興妖之論古墳書要筆削辨六鷁之書飛龍門事著興亡誌一蛇之夜哭是知虞初小說非盡出於荒唐郭氏遺經固無傷於典則也余也生雖已晚世不逮夫鄉嬛思則雁渡心常傾夫蒼藪幼而就傳延吳札於楓江長且服官謁徐陵於柏府初垂綰帶便學長吟繼傍玉堂每聆新語入燕都而懷故國記覽黃華登梁苑而悟名賢耆碩行秘逅夫長纓素縛貫典黑貂旅食三年不斷梟魚之淚宦歸千里無餘劉寵之錢遊跡則雁池鳧渚關歷偏驂行裝則玉格貝編討搜獨富既而聽雞函谷策馬蘆關戢棠法於秦灰欲辨怪哉之氣懷和聲於周鳳道逍吉了之名碑碣文章收諸綠筏橋山陵寢繪以黃圖今則仍蟠銀章吏臨珠海鵬龍嗜虞朱旗銅石之鄉蝴蝶飛時丹竈羽衣之洞宮蓮開救得虎睨於荒江聆習娥陽成魚吟於蠻府聚花蜀王快雄鷄之當是話兩人歸春華賤之在簏於是傾篋發簡抄以小骨因而別地稽時彙爲全帙言其大畧蓋有三焉爲其蕭斷吳門曲留小海疏權易水歌屯悲風秋散群絃廣陵之音欲絕瀟湘閨筆重陽之句無多苟非關此嘉名誰復求之幽壤至乃江頭孝女黃絹無傳塞外文姬青娥莫贖廉斑燕子新愁鎖夜月之樓門倚桃花舊笑憶春風之徑雖美昭於蒨管斷艷發乎香穀更若大夫觀止雅擅多能君子主斯風雅博物祇不遺乎草木學邈乎經註衆及乎蟲魚功期翼雅爰以資其考索非止襲夫傳聞然而宇宙茫茫人如粟渺江河滾滾世亦萍浮目不越乎方隅每以常而爲怪心苟通乎大造將何幻而非真念茲得失之林總歸陳迹悟彼逝來之境庶得退觀姑存此日瑣言並曰珠能記事倘附他年野史亦云稗以備官焉爾

康熙庚辰三月既望吳江鈕琇玉樵甫書於高明官署之根青閣

觚賸總目

卷一　吳觚上

歲寒集　貞白樓詩　西山五七言
布賣焚餘　虎林軍營唱和　力田遺詩
序賦創格　紉蘭詞　芷崖詩句
秋燈　虎邱題詩　逸老堂對
秀門三絶　酒芝　陶磨剛正
釋氏覲送　奏毀淫詞　扁舟訪隱
公歸集　怨鶴行　鬼誤
術者言　僧虎　今樂府
益都高義　憤僧投池

卷二　吳觚中

仙根　根隱　事類翁子
鶴癖　沉香街　借卧魚缸
泥無身　史癡　小楊枝
白月　倭佛　去年此日
郃邑侯前生　桃花魚　蚊橋幻遇
蔵金券　吳充墓　瘡害
爐中造化　木偶出號　吳介繁
笠澤古柏　白鴿紅豆　羊珠
疥蟲　浮楠　芋栗
水災風變　科名異數　賦梅釋寃
酒兵　黑漆漆　釣叟慨言

卷三　吳觚下

姜焚餉　雲娘　沉香瘞貍
河東君　湯素岏　墨池
睞娘　顧吳才媛　李姊金氏
棲梧閣　小鸞　琬在

張麗人

卷四　燕觚

朱園墓表　詞鄭　西園湖石
延平女子　杜亭　劉將軍
李侍御　癸未榜　鬼徒
半仙　驢孕石　粵藩擬定
再世婚　圓圓　李祈六
水樹　姜郎　琥珀菜
竹垞詞　碧血　三別號
程公引　福壽難兼　服禁
晚遇　燕京元夜詞　五經中式

卷五　豫觚

訓史名言　鳴鉦應試　除夜覘士
呼名批頰　潛眾衿錄　李通判
淡如　古古詩　息壤
牡丹述　人蛸　孫家庄
礜鱸　雲蟲　尸行
判官薦才　產龍　劉船
蔡大漢　木介　筍根稚子
自怡編序　臘月雷　屋梁三花
廷式再見

卷六　秦觚

雨大文章　蔣山傭　秦將禮容
槲葉集　杜曲精舍　一廉
石經　景龍觀鐘銘　曹全碑
兕　七月天　米畫
慈淨　雞鴉幽婚　粟兒
妝化　空中黄緞　對羊

崆峒鶴 樹簑 水鴉兜
乳彝 旱草 天雨粟
神僧 屈曼 白巾
金蝦蟆 飛浮石 乩書
高宮磨

卷七 粵觚上

五瘴 仆木自起 六貞女墓
咬石丐 焚旗 天涯亭
雪遁 百歲櫬場 逍遙居士
花乳鶴 不昧堂 粵社以榕
巡檢附魂 荔根屏 相思子
花田花塚 語字之異 鴛鴦壩
南海神廟 兩海賊 徙民
產卵 浚濠得碑 西園瘞爐
舒氏義獄 廣東月令 惠士陳言
木中少女 八分書

卷八 粵觚下

張將子 共塚 白石獅
洪廟神夢 五華山故宮 琉球使
獻花寺僧 俺達殘暴 賊金
禍兆斬蛸 偽牘諭降 投江詩
金酋 肉毬 阿魏
月中仙樂 綠猺 石言
著書三家 孟謀絕句

續編

卷一 言觚

字訓 文章有本 畫
格軒雜咏 總戎佳論 故友箴言

玉劍訛 京師竹枝詞 藝林名句
醉隱記 桿諷 牡丹狀元
清容天 三通 書名
聖武成功詩 曹娥碑辨 家國同慨
西溟書 棉村麗句 詩聖
脱換法 鵲巢近體 律例
圓竹詩 首尾限字體 桃花圖
天粘 東里奇句 支干

卷二 人觚

淄川小聖人 嚴拒夜飲 芙蓉閣
食德祠 英豪舉動 妙覺
王价人 李生孝友 獻詩保寨
趙公裕從 預草典禮 月謠
得樹 簡公雪冤 湯司空
傅徵君 西臺駕行 阿顏
二潘 亞纁成神 張羽軍
義娘 覩人之法 歸凝

卷三 事觚

新城家法 喉舌膽鼓 啞櫬
海天行 丙辰會狀 綵
魚頭 李氏之富 溺妾入夢
象聲 白草散 嗣姑化男
名字前定 鼓皷 雙便
澤民實事 于家琵琶 夜光
豹仙 猿風鷹火 東坡亭
奇嗜 雨夢 紅衣土偶
相墓四大戲 樹怪 還金
紅娘子 小陵骨 十刀前知

小座師　岳家神兵

卷四　物飾

行在貢獻　畫水　白蜆

吐火獸　物九命　㺜

孝羊　白蟻　粵之貓

蜂君臣　石長　筆畫

奇飾　搭影　謟虎

桃核舫　大蝦蟆　味聖

蘇州土產　天井　萃仙丸

雷姑　玉龍　鼠魂

雁翎刀　頃刻酒　豕蜺

瓦溺器　助雷殪蛇　嘆逆

金銀變化

瓠牘卷一　　吳江鈕　琇玉樵輯

吳觚上

歲寒集

余幼從吳南郵先生於家塾受尚書左氏傳及時制義所見者述甚富惜在髫齔不及抄綴成編未幾夫子下世遺稿零落越今三十餘載偶於故簏中搜得數章敬錄於此擬道路憶山中云微陽澹遠薄靄容困歷軼珪帛策今志烟雲屬曩想遲遲楚粵郊一步一迴仰靈境隔紫霄風昔憑誕敬陰萋萋厲春霞歸雲麗秋覽軒閑納曙景襟豁春初爽自生性情悅願領丘壑長浩浩九門津悵悵千目綱野積被文錦雖貴非所貴銅斗時漸碧禹穴顧已莽新游非故鄉登頓益慨慷空抱嵇生琴戚戚發哀響追和玉東野審交云枳棘初生時青青似柑柚滋養待成林芒刺傷我手結交非其人不但初心負名義如日星斯人等埃垢君子田中禾小人田中莠同畝而異根安得秋實成脩為管華薄莫悲蘇李厚嚴初或依違辯終雖執咎咏梅花云百卉千妍競艷陽有人離角問孫芳寒交近與蒼松絕邈藉春官亦可傷賦得城春草木深二首云名區屯宿莽春向幾人家衛曉聽啼鳥碑殘臥落花棠梨無主燕池唱在官蛙何必曾侯印東門偏種瓜百戰餘荒壘陽和尚草萊青帘花外肆烏鵲雨中臺怨氣流為火腥痕孄作苔登高如可賦愧乏鮑生才田家秋興云九月築場後田家事事幽斷橋霜下坂修竹水邊樓鷄犬無心畫蒹蒲有望秋蒔蔬攜鍤短栽杙結籬稠燈火鄰舂共煮書社飲脩落桑秔入甕覆草積成丘蓬曝貪朝坐溪雲動晚驅雲離門補漏葉枝適尋傳學以無因永行綠得句留所須無凍餒城市有何求寡女行云明月夜照井上霜如花寡女閨中堂當軒軋軋朝復暮機中之錦他人裳夜闌月轉燈爐滅獨向空牀抱冰鏡君不見東家鶴髮娘垂老嫁人為媵妾西門行云西門有高塚乃是城中富家兒當年不樂為後人嗤後人嗤後人仍效之日復一日坐令青髮絲疏布衾屈木危此物我所製奈何坐令他人嬉城中車馬客不向西門塚上馳即向西門塚上馳塚中之人不能復起相追隨請盡今日歡明日非我知東門行云出東門意欲前欲前未及得前達閭兒啼女泣使我傢馬為流連君但行勿留連堂上有兩親機中有絲口一糠賊妾餔糟糠終不令君飢餓且寒道傍之水泥濁濁長安馬多食粟一車覆一車續願君為臣忠為吏廉吹風到茅屋結駟歸來非我欲西山爽氣云雨歇池館涼閒軒睇原隰遙峰如盥櫛蒼翠淨可吸竹樹延清暉苔階響餘滴檐鳥次第起遠背晨光泛我意求悅之曳杖適興即曠然融心魂神領興自給松風奏雙耳米鹽詎容入出門無可營坦坦任所適寄題周贊春新居二首云周子幽棲處浮名信可逃竹纔埋

瓦屋水足安魚舠近渚饒蘇蔣低簷見桔槔從知子去從雙板沒新蕪芋萊通小徑雞犬自
成郵亂水繞三面數家同一門執童來問字都叟共攜尊縱遣桃花出無人解覓源寄故鄉
諸友云白雲紅樹隱溪塘何處登高可望鄉百里畏途天外營兩年愁鬢客中傷刺春慚負
千金諾歸蜀空迴九曲腸倘有貧交問流落尚懸雙眼看蒼蒼夫子為王崑崙山人之甥明
末食餼歸安名馳三吳兩浙間鼎革後改名宗漢號南郵與兄東里弟西山偕隱日以文酒
相娛并手輯同志之詩曰歲寒集先生為人溫厚而嚴正終其身絕跡城府吳興莊氏子聘
修明史堅拒之卒免於禍

貞白樓詩

余族兄易庵先生名棻與先君同受知於黎博庵副使鼎革後築樓溪濱繞以修竹而種菊
其下賦詩飲酒絕意人世自南郵師殁先君即命余從易庵遊今易庵年已八十有二無子
以繼其傳手抄貞白樓詩寄余若冀余之傳之者存其一二亦可以見氣象之恬襟懷之峻
矣閏上巳序云上巳不詩閏而詩紀異也蘭亭已矣禊事猶存雖迹類嬉遊而志存翽祓懷
潔之士實欣尚焉於斯時也澄澤流鮮朗區披秀洛川名閥撫令節以舒光洧水麗妹激景
風而吐豔斯誠騷遊之欽辰咏喁之良遘矣遁者節序乖疎賓朋散逸黃龍夢杳白水吟空
言念曩今能無涕悼當右軍作記年冠永和乃其臨流感慨猶致數於世殊事異援厥所悲
一何遐也至元嘉祖道之篇永明禊飲之什金石畢陳鈞天雜奏曾眇寂寥風斯邈矣南樓
偻倚觸緒興哀漫賦五言忘其拙率詩云入春饒勝事我復愛花長曲水門關舊薰風節序
新祓除如有待觴咏豈辭頻寂寞尋芳侶重來訪隱淪上巳日種菊云來宵忘秋興霜花手
自栽力鋤非種去懸想故人來宿土承新露疎籬傍老梅相依成密友日夕共徘徊又秋懷
十首殊有靖節風致今錄其二風霜頗感厲敗葉走階几我庭日寥廓一望盡披靡人事苦
艮難天道有傾否古桂發幽馨吾無隱乎爾俯仰觀幻化斯理本如此又云西風頓涼冷衣
被應裝綿妻兒自卑央敬獻當我前問我我不應四顧空茫然南鄰貧織帛北里富薰天造
物本不齊豈復問愚賢

西山五七言

吳西山重暉行十南郵先生之弟少年詩名甚著惜早卒其詩長於寫景如野眺云花明背
郭寺柳暗入村橋醉歸云荇亂牽搖櫓鷗驚觸過船村居云木脫雲辭徑禾登鳥集門吳興
旅次云老藤隨樹倒危石帶沙崩村橋遠眺云天長眾鳥去林遠細烟升春窗對雨云窗雨
沈花影簷風落鳥聲游硤石東山云柳深嘗坐穩栢老鶴巢危晚寒云霜花騎古木水骨墜
狂流春夜步月云暗香花隱月迷路樹鈎衣七言如題畫云遠水日斜漁倚棹空山雲起客
登樓入山云江寒雁落蘆花國山冷人歸楓葉村秋響云檻外雨過峯嶺響簷前風定一蟬
鬧春怨云驚殘好夢憎啼鳥催理新妝惱侍兒新遷云竹孫脫籜看過屋鷗母樵雛並浴川
雨望云廢苑亭臺新牧隴孤村烟水舊漁家秋夜云幽砌露寒蛩近榻荒園樹落犬穿籬皆
可傳也

布囊焚餘

張元著先生起自海中部落解散亂身僧寺杭守臣覘得之與嘗僕楊貫玉蔡友羅自牧同
被執就逮之日公烏巾葛衣不言不食者數日惟啜水而已臨刑二卒以竹輿舁至江口先
生從輿中出見江上青山夾岸始一言曰好山色因索筆研作絕命詞付行刑者自牧與貫
玉俱從死焉所著詩詞貯一布囊悉為邏卒所焚其遺在僧寺及民家者僅數篇近體三首
云義幟縱橫二十年豈知閏位在於滇桐江空繫嚴光釣震澤難迴范蠡船生比鴻毛猶負
國死將碧血欲支天忠貞自是孤臣事敢望千秋青史傳又國亡家破欲何之西子湖頭有
我師日月雙懸于氏墓乾坤半壁岳家祠慚將赤手分三席特為丹心借一枝他日素車東
浙路怒濤豈必盡鴟夷又何事孤臣竟息機魯戈不復挽斜暉到來晚節慚松柏此去清風
笑蕨薇雙鬢難容五嶽住一帆仍向十洲歸疊山遲死文山蚤青史他年任是非古風一首
云蘇卿仗漢節十九歲華遷管寧客遼陽亦閱十九年還朝千古事歸國一身全余生獨不
辰家國兩荒烟飄零近廿載仰止愧前賢豈意避秦人反作楚囚憐蒙頭來故里城郭尚依
然彷彿丁令威魂遊華表巔有靦此面目難為父老言智者以為辱愚者笑我頑或有賢達
士謂此勝錦旋人生七尺軀百歲豈復延所貴一寸丹可踰金石堅求仁而得仁抑又何難
焉

虎林軍營唱和

吳愧菴名炎濬力田名樫章才望相埒康熙癸卯二月同以史事株連逮繫虎林軍營吳有
營中送春詩云一半春光縲絏過唾壺敲缺待如何鶯聲啼老聽難到柳絮飛殘積轉多暁
晚斜陽連雉堞朦朧短夢遶巖阿不堪往事成回首總付錢塘東逝波潘邊成四首其一抱
膝年來學避名無端世網忽相嬰望門不敢同張儉割席應知愧管寧兩世先疇悲欲絕一
家累卵昔難明自憐腐草同湮沒漫說雕蟲誤此生其二吳閶一路作羈囚棘木庭前聽五
詞已分殘形軀似葉却憐衔足不如葵下堂真愧先賢訓抱璧殘同楚客悲從使平反能苟
活他年應廢蓼莪詩其三圜土初經二月春薰風又到繫維身流螢夜度綈袍冷採蕨朝供

麥飯新敢望左驂歸越石還期長珮擬靈均多情最是他鄉侶闇譜龜茲慰苦辛其四閱歷
風霜祗自疑難將身世問時宜窮愁只合吾儕事姓氏羞爲獄吏知見說成書刑鑄鼎不聞
有夢召胥靡南山此去躬耕好未可重題酒後詩吳懷古四首詠岳忠武云將軍野戰最知
名半壁河山一力撑義在春秋臣節殫法過黠累陣雲明運移宋歷終江海功就蘄王敢弟
兄痛飲黃龍千載恨錢塘夜夜有潮聲詠伍相國云闔閭行歌未死身一言投契作宗臣報
仇暮日忘荊國抉眼哀年省越人羅剎江頭潮最怒姑蘇臺畔草長新蟲沙猿鶴無窮化願
向波濤問大神詠蘇文忠云杭州刺史最風流簫鼓樓船春復秋譏誚每攖丞相怒判書常
應老翁求六橋花柳蒙遺澤兩岸湖山紀勝遊當日憐才豈無意峨嵋夜月照高丘詠于忠
肅云閉元城外黑雲屯土木營邊日月昏手挾六龍羣喙定身擣一線國威尊戰爭有幾禁
南牧繒幣無多返北轅兩字獄成明主惜高名贏得並乾坤與美生對酌絕句云平生恨不
學屠沽輸與高陽一酒徒此日尊前須盡醉黃泉還有費錢無是歲五月吳與潘俱磔於杭
之弼教坊同死者二百餘人先一日吳語其弟曰我輩必罹極刑血肉狼藉豈能辨識汝但
視兩股上各有一火字者即我尸也聞者無不流涕

力田遺詩

潘檉章著述甚富悉於被繫時遺亡聞有留之故人家者因其獄法甚酷輒隱匿之如杜詩
博議一書引據考證糾訛闢舛可謂少陵功臣朱長孺箋註多所採取竟諱而不著其姓氏
矣余幼從學吳南村夫子時曾錄其古近體詩數篇留敝篋中今檢而存之并著博議所自
以俟能表章者其讀五代史云唐室亂天紀驕猛化倭王健者夜一呼萬乘起徬徨取守既
同適貽謀安得良遂令無雲地化爲狼與羊倒受太阿柄失勢還自戕有宋鑒其弊居重御
四方矯枉失之過國威遂不張善哉府兵制作法貴於涼卜居二首云每愛西山好烟霞無
晨昏茶香晴送鶴果熟曉爭猿得意花顏色會心鳥語言幽尋偏得性獨往志空存極望草
萋萋春原肥乳羝青桐誰見賞朱鳳爾何棲短褐晨霜重征塵夕照低浣花溪有約杖履不
應違關山月云繡衣金匼匝寶馬鐵連錢出身營向邊場死那能宛轉妻兒前難家復見故
鄉月見月思鄉情不歇天山飛雪卻向南隴頭流水分嗚咽幕前健兒歌且悲霜寒風勁胡
馬肥閨中遠不聞吹笛塞上愁誰聽擣衣可憐夜夜關山月只照從軍不照歸丁亥春與文
心兄理平川叢葉歸途有感云草堂辛巳賦歸來別業藍田且共栽磨驛蕭經征戰盡野花
初向別離開數邊畫角連笳起一樹斜陽帶鳥回照水獨憐華髮改詩書兩事老餘才憶戊
子秋過外家東衢里因寄表弟章伯升云數莪烽烟隔渚限清溪望色望中開山將落日排

雲去水抱孤帆拂岸來巷口燕巢春繞樹門前虎跡晚衝苔撥琴四壁貧何恨孫叔當年不
治財寘隱贈雲門諦輝之用枰字云扁舟問我雲溪行坐覺九峯秀色生雷局盡從疑處失
先機誰向敗中爭白雲侵戶明書几紅葉當堦覆石枰身世漁樵何處穩獨能蟬蛻任浮名
酬王雲頑夕坐有感見寄云虛無映捲蕭林壑尚餘夾露咽蟬高樹風吹月短層雄談曾壓
膽怪事幾經鄰重瑤華贈聊從紫氣占靈巖懷古云半空塔影迴參差入眼興衰欲問誰
麋鹿有情傷地僻草花無主恨年移溪山尚倚吳王劍江月空彎西子眉漠暮老僧爲指點
白雲封處六朝碑和陶乞食詩贈乞食諸公并序云辛卯秋村民十百爲羣望門投食予謂
救災鄉鄰誼也況上無所呼號下不爲劉郄而俛首一飯猶良民也淵明舊穀既沒新穀未
登日月尚悠悠爲悲未已乞食賢者之事乃衆人優爲之慨然有作溝壑彝所迫貿貿行安之
促步望烟火低頭好言辭善惡主人意高義無嗟來升斗竭所餘滿腹輒磨飢感激話疇昔
內熱胖羊詩同里無賑恤蜀云濟世材愧客供給薄强飯以相貽移居詩贈人云近知卜築
到江濆遯跡聊依水岸分波底白鷗漁有國天邊蒼莢雁爲羣故鄉回首桑麻接曲徑通人
雞犬聞吾亦經營滄海計乘槎浩蕩一從君

序賦創格

陳鶴客三島長洲人崇禎末爲博士弟子有聲國初晦跡授徒然故國黍離之感不去於懷
終以憂憤成疾年三十有四而卒曾爲余內兄畢西臨作當泣草序曰畢子西臨以終生上
策之年懷太傅度湘之志被明月於江皐晏歌九辯悲雨雪於陬遁棄作四愁乃示予以詩
其自命曰當泣草噫嘻悲夫仙人羽蓋望姑射以何歸帝子霓旌仰橋山而莫及玉泉河畔
水溉桃花銅馬門前風吹秀麥故府久爲拜月之庭行宮竟作祭天之宅朝園獵騎萬里揚
沙暮起笙歌九門落日西山草綠誰傳社飯於諸陵北殿貂黃徒思臘酒於故闕逢荊卿之
故友相對生悲登樂毅之空臺自然飲泣若夫道指金陵客歸江表風景蕭條河山綿邈金
凫銀雁盡出人間細柳新蒲悲從父老鳳凰臺上朝來麋鹿之遊鳷鵲觀前夕作牛羊之道
劉琨既逝嘯未舉而樓空祖逖云亡雞既鳴而天曉山中公子誰共攀夫桂樹道上王孫獨
自承夫芳草遂乃下雲陽登石屋望遠則目屬青龍臨空則悲生黃鵠彈箏拊筑傭工歌變
徵之聲鼓笛橫簫乞食吹小海之曲華屋增羊子之悲窮途起阮公之哭於是鶩雲螭乘白
霓王良爲御造父前馳巫咸申命詹尹陳辭遠遊誰去夾舉何之橫四海其焉極望夫君而
太息弔王朮於江陵莫椒漿於太乙風吹寂寞空存雲母之山雪盡飄零徒悵辛君之邑愿
城飛鶴惶住日以悲鳴蜀道啼鵑見故家而飲血浮雲白帝之鄉羽旗何處細草黃陵之廟

珮聲俱沒斯則懷古思今悲從中起表松栢於林間不獨齊君歌烏焉於江上寧唯趙子乘犢過翟義之臺咸歌薤露執紼拜田橫之墓盡唱蒿里聞者無不心傷見者為之髮指然則人壽幾何河清難俟問道則路無朱慱寄書則江無赤鯉候旭日於成山文鳥不來望飛雲於海曲青羊莫止錦江彩石信窮河漢之槎金馬碧雞日斷岣嶁之使所以仲連絶跡於海濱伯鸞息影于吳市莊舄之思越國哀感旁人鍾儀之操南音情惟故主雲莫非可忘誰荼苦其如甘旨嗟乎世修曼以多艱心悱惻而永嘆往路曼多焉得化蜺於曇萬來日苦少不逢斟雉於彭鏗悠悠蒼天其已焉哉乃為之歌曰上有漢兮雲漫漫望北斗兮不能舉舒長嘯兮心未安感皇穹兮獨無言歌既闋畢子泣數行下而去詩序以賦體用韻此為創見又有賦而全不用韻別創一格如南村先生病賦皆極文心之奇變不斤斤摹古求工者也賦曰人之生也如天之風如水之漪如耳之鳴如駟之驟如巫之祝如蟋蟀之隣如燈之葩如蠶如沸如冰如烟如鐵之出於火入於水如露如花如富家兒如仕如觀史如樂如御宮女如月之魄如夜之旦如旦之晝如晝之夜如炎如問途如咒如鄉音闋如賊如戰如瘀如笑如男女合如魘如兒言如婚如君臣如鬣如白雲如黃雲如黑雲如青雲如電如爆如仙如佛如竊如醉如老生之講學如弟子之從師如佞如蒂如盜如雲之出於山歸於山如水之洩於山蓄於山如傴如博而其死也幽幽爾荒荒爾遠遠爾沈沈爾冲冲爾冥冥爾而水然而夜然而石然而槁然而客之歸然而草之秋然而冰之澌然而偶然而塊然而角然而銅錫金璧種種然而瓦礫豐缶種種然而楹棁桂牖種種然而矛殳鉦戟種種然而腥然而背然而愚然而瘠然而其生未極死未及也而鬼為之祟而人為之祟而暑為之祟而風為之祟而日為之祟而飲食為之祟而仁為之祟而義為之祟而醫為之祟而巫為之祟而其耳也與天通不然胡雷而其目也與林通不然胡花而其鼻也與魚鱉通不然胡腥而其舌也與道人通不然胡鐸而其髮也與狐通不然胡穢而其髯也與秋通不然胡颯而其腹也與軍通不然胡戰而其膺也與大將通不然胡怖而其心也與蟬通不然胡繫而其背也與山通不然胡石而其尻也與朝士之口通不然胡結而其溺也與斧通不然胡割而其膝也與弩通不然胡動而其股與足也與金通不然胡沉堅而不能舉而生也而死也而非生也而非死也而或生也而或死也而未生也而未死也而生忘其為生也死忘其為死也而病也

紉蘭詞

三吳詞家稱朱陳兩檢討陳以蒼雄檀奇朱以生新標雋俱已褰高黃鵠價重烏絲若黃子鴻所著紉蘭別集風流俊逸非不可追響東堂齊蹤西麓也摘錄數闋以見其概昭君怨咏

落花云每當春來偏雨縱是雨過也好小徑不生塵箖香茵幾點穠苔綠襯一捻繡鞋紅印生怪燕喃喃帶泥啣踏莎行云宿雨隨收春寒頓軟博山銷盡沉烟篆起羅裁得稱身無黃昏發是偉刀剪燭影偏明花陰又淺井桐休放月痕來玉階剛卧金鈴犬風流子題城西某氏園亭云柳岸試雕舟蒼苔路彷彿認層樓想曉燕催粧春鶯教使雲翻舞袖雲遮歌喉誰曾當疎簾雖隱笑小扇不障羞紫陌壓香車傳五馬紅牆月冷悄候千牛風流渾未厭奈珠沉翠殞是事休休忍看雕雲畫棟冷落山丘但雲去雲來有時有夢花開花謝無地無愁題取斷腸詞句當我蟠頭一翦梅云迤邐山根帶浦沙也有樵家也有漁家酒旗挑出竹籬笆映朶桃花映朶梨花宿雨初收日向斜幾點飛鴉幾點棲鴉碧江偏是渺天涯半被山遮半被雲遮水龍吟云霜容莫笑龍鍾少年曾是推豪興高陽伴侶三春遊日聯鑣飛轂山北山南芳菲賞遍別尋幽勝記披襟直上雲峯絕頂渾欲喚青天應誰道多生蹭蹬舊情懷都來難穩十年回首交游嘯傲功名隆盛除卻枯吟酒腸棊膽消磨無剩但秋來猶愛斷鴻聲苦把危樓凭浪淘沙江上晚眺云萬里瀉長洪雪捲秋空自憑天塹界江東北向投鞭南擊楫多少英雄閒擬話從戎夕照沈紅布帆蕭索掛西風無限滄波量不得付與漁翁子鴻名儀常熟之鶯沙人

芷崖詩句

蕭詩字中表號芷崖居華亭之壯行鎮以攻木為業博學能文尤長於詩斤削之暇間以吟咏蓋呂徽之朱百年之流而以藝隱者也所著有南浦集道於沈子竹西喬頭得其詩若干首其五言若聞雁云稻粱謀自遠霜月韻偏哀過塘堰巷訪澄初上人云水清魚入定林靜鳥忘機七言若春夜同友集南陔齋云雄心每為風流折逸興能教禮法疎過澄懷草堂憶王子井壓云庭前孫直看槐樹池上丰神望柳絲乾桐月校書云空階蕙草遺香佩小院榴花憶舞裙贈別諸遠之云山寺落梅傷別易天涯芳草寄愁難可稱佳句其度關一律最為時所傳誦詩曰獨身遊萬里深雪度重關澄海吞邊月長城鎖亂山馬隨雞唱發心逐雁飛還東道多賢主蕭蕭壯客顏

秋燈

元宵張燈是處皆然而我邑獨盛於中秋且作龍艦數十俱龍燈為鱗甲蜿蜒垂虹釣雪閒波光月色上下輝映香輿夾路畫舫盈湖簫鼓管絃之聲達曙不輟顧英白有江城秋燈篇云吳中燈市元宵盛萬戶千門共輝映土風又見賽秋燈龍舟綵鷁相誇競昔日天家正太平秋宵燈火徹江城爭連冶袂攜花飲共踏長橋玩月行家家賭勝煙雲徧梅竹縱橫光彩

現製成絲勝出文縠剪就銀花迴舞燕還將百寶結流蘇繡戶珠簾擬畫圖燦爛遊人齊袪服盈盈艷女特當罏豪門得自蠶山景深夜宵愁涼露冷釣雪灘邊火樹新垂虹亭下星橋整別有殊方獻鬼功機關走馬實玲瓏雕鏤雲母矜滇巧錯落珍珠羨閩工最是龍舟喧夜棹滿湖絲管爭歡笑楓岸邊聞蘭氣香蘆洲更聽簫聲鬧誰知鞞鼓揭天來人去城空事可哀女墻弔月啼寒螀露井臨風墜綠槐淒涼亦止十年餘江上繁華轉勝初何人不慶昇平樂每事還嫌舊日疏土穀靈祠高樹幟建作勾欄呈百戲歌時畫棟遏雲流舞罷朱欄叢綺縱清秋明月勝元宵寶鏡懸空駕綵橋仙樂霓裳雲外聽天香丹桂月中飄秋燈更比春燈好是處樓臺似瑤島步月爭看響屧來踏燈又聽清歌繞借問觀燈數可誇千行寶炬擁香車競梳高髻稱浮渲並曳新裾號月霞先時甲第多更主宴樂燈筵雁舊侶遊俠歡邀饌玉珍屠沽意滿尊金縷窄袖輕衫樣最時邊關曲調有情癡止知勝賞年年是豈料滄桑事事非蕭條獨有楊雄宅不藉餘光來照壁閒吟聊備采風篇獨看江秋蘆月白顧英白名偉以字行吳江之同里人篤志好學所輯有唐詩明詩宗選古文粹選惜其後嗣不振而卷帙浩繁無有能行之者英白論詩嵩以格律深細對屬精切為工故微傷於氣然秋燈一篇婉麗悲宕而著偷盛衰之感寓焉洵無愧為風人也

虎丘題詩

虞山錢宗伯以謫歸有題詩虎丘刺之者曰入洛紛紜意太濃蓴鱸此日又相逢黑頭霜已蓋江總青史何曾借蔡邕昔去尚寬沉白馬今來應悔賣盧龍可憐折盡章臺柳日暮東風怨阿儂或云雲間陳臥子作

逸老堂對

吳中巽家饒於貲工書博學鼎革後絕意進取學使者張安茂題其居為才人節士之廬然負氣自高未甚韜晦順治中官方山備兵吳興與之友善因重修逸老堂乞其長句一聯鐫懸堂柱吳走筆書曰山川無恙歎前輩風流何處見冷烟衰碣古道斜陽儘悲涼人物止剩寒鴉臺閣重新問蒼穹英雄誰是有補天巨手迴日琱戈待整頓乾坤再來盃酒詞既悲壯書復蔚跂有怨家潛錄其語以吳陰蓄異謀首之帥府禍幾不測方山知之乘夜撤去力為回斡費千餘金事乃已

秀門三絕

寒山趙均室人文淑工寫形畫並無粉本但咏玩山中花草蜂蝶遇物成圖自得天趣其姑陸卿子妙有文華均爰善篆書淑精能繪事一家三絕吳中以為秀門

酒芝

江右李太虛為諸生時嗜酒落拓而家甚貧太倉王司馬岵雲備兵九江校士列郡拔太虛第一引見之謂曰吾固多子擇師無若子者顧遠在婁東子能一往乎李許諾次日即遣使送至家時王氏二長子已受業同里吳蘊玉先生蘊玉者梅村先生父也而太虛教其第四五諸郎兩人共晨夕甚歡梅村甫髫齡亦隨課王氏塾中李奇其文卜為異日偉器歲將闌主家設具燕兩師酒半出所藏玉卮侑酒李醉揮而碎之王氏子面加誚讓李亦盛氣不相下席罷後謂吳曰我安可復留此遂拂衣去吳知其不能行也翼日蚤起追於城闉出館俸十金為贈乃附賈舶歸然所贈貲大半耗於酒及抵家乖囊蕭然孟呼婦治具婦曰吾絕糧已久安所得眾憶君去後猶存故人酒一罌請佐君軟飽可乎婦往鄰家覓薪李即發罌罌內產一芝如盤紫光熤熤喜且愕曰此瑞徵也顧酒敗不可飲奈何挹之則清冽異常乃泛白獨斟婦負薪歸則罌已罄矣是秋登鄉薦明年成進士入詞館數載從以典試復命過吳門王氏子謁於舟次李亟詢吳先生近狀是時梅村亦登賢書因購吳行卷攜以北上為延譽京師辛未梅村遂為太虛所薦登南宮第一及第第二人年僅弱冠蘊玉先生享榮養者三十年可為疎財敦友之報而岵雲諸子自司馬沒後家漸替矣

陶庵剛正

黃陶庵先生少有盛名館於同里侯氏以道義相切劘虞山錢宗伯有一子名孫愛甫成童欲延師教之而難其人商之程孟陽孟陽曰我有教人子嘉定黃蘊生奇士也與同里侯氏交三世矣未可輕致公雅與侯善以情告侯公可得也宗伯乃具厚幣遣門下客李生至嘉定延之李先見侯道宗伯旨侯力為勸駕黃意不悅強而後可遂與李偕至宗伯家宗伯待以殊禮居浹月孟陽出海棠小箋示黃黃詢唱者為誰孟陽曰宗伯如君柳夫人作也子於帖括之暇試點筆焉陶庵變色曰吾居師席可與小君酬和乎孟陽曰此何傷我亦隨諸君子和之矣陶庵曰先生耆年碩德與主人為老友固可無嫌諸君亦非下帷於此者若淳權則斷乎不可孟陽慚退先是曾館某撫軍幕府有巳令聞先生在署索數百金賂先生父令致書偉為之左右先生復父書曰父生男之身尤望生男之心若行一不義取一非有男心先死矣尚何以養父乎其自命剛正如此忠孝大節豈臨時激於意氣者所能為乎

釋氏覿送

吳易字日生其母夫人善繡觀音技同針神乞繡者一金始得一幅生易之夕適見燈前導有帕首少婦引朱衣童入室倏然不見而易墮地蓋釋氏觀送也長而文學日著膂力過

人以癸未進士授兵部職方司。時南都已陷，歸興義旗，聚舟師數千，結營長白蕩，與提督兵下吳江。眾遂解散，全家俱溺於水。易乘小舴艋遁去，匿嘉善錢氏園中。日夜酣飲痛哭，不發一言。為邏者執送武林軍門，諭降不從，竟磔于市。

奏毀淫祠

舊傳明祖既定天下，大封功臣。夢兵卒千萬羅拜殿前，曰：我輩從陛下四方征討，雖沒於行陣，夫豈無功，請加恩䘏。高皇曰：汝固多人，無從稽考姓氏，但五人為伍，處處血食足矣。因命江南家立尺五小廟祀之，俗稱五聖祠。是後日漸蕃衍，甚至樹頭花前，雞塒豕圈，小有妖孽，輒曰五聖為禍。吾吳上方山尤極淫侈，娶婦貸錢，妖詭百出，吳人驚信若狂，簫鼓畫船，報賽者相屬於道，巫覡牲牢，闐委雜陳，計一日之費，不下數百金，歲無虛日也。睢州湯公巡撫江南，深痛惡俗。康熙乙丑，奏於朝而毀之，奉有諭旨，并檄各省，如江南土木之偶，或畀炎火，或投濁流，五聖祠遂斬無孑遺。

扁舟訪隱

徐俟齋不出山者幾四十年。巡撫湯公慕其品望，迷屏騶導，止從一小僮，駕扁舟訪馬鶴跡澗。松影在門，候之良久，竟不獲見，嘆息而返，吳人兩高之。

公歸集

平湖陸稼書隴其，初為嘉定令，以小舟載妨具抵任，內子躬自辟纑，易日用蔬菜。而慈惠字民，強毅任事。一時有神君之頌。忽有瞽者詣案自陳曰：聰明正直謂之神，公即神也。我不幸兩目無見，特乞公一字批斷來生作有目人，地下冥王必不違公言耳。稼書笑而允之。不二載被劾去。嘉定士民數千，泣留不得，因刻公歸集為贈。山右魏總憲上疏稱以天下第一清官，復其職，仍補靈壽縣，內擢監察御史，罷官歸來，潭著書自娛，卒于康熙乙亥年，歿時並無疾苦，午倦臥床，口喃喃若與人談者，有頃呼其家人曰：忠愍公在此交代，我其去矣。遂閉目而逝。空中簫鼓喧闐，合村無不共聞，歿後寂然矣。

怨鶴行

客有南州生者，錢塘人也。少年出遊，久不得意，流館西吳。其閭人鬱鬱以沒，一日託形野鶴，飛集生館，生方沉醉，對鶴訴其愁苦。鶴忽墮淚，生遂題絕敘仆書床，既而嗚咽，為閭人語曰：君不如歸去，妾死矣，然依戀不已，魂魄渡江尋君。至此言絕，而為鶴亦飛去。董若雨為之賦怨鶴行云：白鶴復白鶴，獨立兀如醉，驅汝汝不飛，那作仙人驥。解一不鳴亦不舞，斜陽傍行子，低頭語白鶴，惆悵儂如許。解二白鶴長鳴，行客沾裳，白鶴淚垂，一何琅琅。鶴鳴尚自可，鶴淚愁殺我。解三呼郎來前，念郎愁苦，儂不願封侯，願君還故宇。欲知腸斷絕，衣上錢塘雨。解四

鬼誤

驥邨嚴氏為苕中舊族，其亭館皆蕪廢不葺。有客宿其外樓，敗櫳斷槅，塵滿几案，殊曠寂，人靜後蒙被而臥，忽聞樓上窸窣聲，心慄焉，以為鬼來矣。俄而聲漸逼，心益怖，以手啓被出兩目視，於黑影中見渺小鬼數輩直入，客大駭，躍起持被撲鬼而裸踞其上，堅坐達曙，主人出呼，客下榻共視之，則其家捕鼠狸也。

術者言

順治元年夏五月，嘉興用里街徐國臣偕同人三五，中宵聚話，聞堂柱中礌礴三響，柱忽開裂，跳出一緇衣雛僧，長二寸許，背負黃袱，包遶地疾走，眾皆駭愕，環而逐之，隨手擢得，咥然有聲，以漆盒緘貯。移時開啟視則化為燕窩，殘泥零落，他無所有。是時天下初定，王師南下，所至歸命，禾郡已改服薙髮矣，而人情搖搖，潛蓄異謀，適遇柱僧之怪，亟召術者黃姓占之。黃築蓍良久，曰：此大不祥。夫僧者，薙髮之象也；負包而走者，無家可歸也；燕泥零落，巢破巢之下，無完卵也。吾郡其有大厄乎？未幾，儌人入禾，倡亂舉兵，王師聞變，自閶返旆攻城，城陷焚戮之慘，竟符前兆。

僧虎

會稽宋廿一者，家貧少孤，居日鑄山下，其業樵，事母至孝，每早起為母汲爨，候母飯罷，乃負擔入山，薪樵歸易甘旨供母。一日客至，留其早餐，比去日亭午矣。入山行里許，一老僧坐道傍，語廿一曰：我待若久矣，若來何晏也？子雖果腹，如老僧之餒何？廿一不解所謂，曰：我素不與師期，曷我責為？僧曰：我期即若期，若豈忘之耶？余倦，其請藉子為拄杖子可乎？竟起摸廿一背，廿一不得已負之行，行覺體漸重，戲之曰：黃面瞿曇，何食而肥若是？僧曰：四大本空，老僧與居士俱以未能解脫為恨耳，獨哂老僧也。且行且語，其山中人斫竹為器者，自高岡望見之，曰：此非宋廿一耶？曷為乎負虎而走？共擊竹大叫，虎乃自背躍下，跨澗而去。廿一驚仆澗水，斫竹者趨至，問故，廿一曰：向者我視為僧，不意其為虎也，微爾輩幾不免虎口。眾視宋所著絮襖，左肩黃土五點，掌跡宛然，右肩則爪透三分矣。廿一由是奉其母徙居近市，改業負販。姚竹友曰：人獸之機，轉於孝子，孝德所感，不大且速哉。

今樂府

李西涯擬古樂府，久傳于世。我邑潘吳二子，分類作明史記，成各撰今樂府，咏有明一代之事，復輯解題三卷，俱於被難時散軼。余家易庵夫子亦潘吳同志也，貞白樓詩稿中有今樂

府其辭曰權門犬吠權門好官自我為笑罵誰復論嘷以南嘷以北權門有賞恣出入函谷都城天地黑徒令志士空嘆息一朝權門冷落車馬稀羣犬狺狺失所依犬兮犬兮良可悲搖尾權門空爾為右權門犬椒山膽何壯哉一月官四遷達自狄道萬里來君恩一何渥臣心安敢灰一腔熱血不敢冷九死百折終不回寧與夏曾同日死不顧權奸怒若雷捐此七尺軀上報明天子忠臣之心聊復爾刀鋸鼎鑊甘如飴十罪五奸義不移疏草一入人人危椒山自有膽何用蚺蛇為右椒山膽錄存道樂以著題所自始焉

益都高義

順治十六年海上之變金壇厲紳罹禍最酷王公明新名在逆籍身戮家徙有妾方孕行至山東紅花埠產兒旅舍楊老僕密啟曰覆巢之下已無完卵一線之繫在茲嬰兒此去馮益都家不遠我主為其門下士受知極深馳告求匿必能納也妾是其言楊乃襁兒于懷痛哭夜走叩益都之門時馮公在告慨然曰此我事也疾揮楊去遂命侍姬乳之名曰協一示與己出無二協一年至弱冠崑山徐司寇高益都之義女內姪以字協一聞者傳為美談今協一以益都蔭歷仕至廣州太守而金壇王氏之孥復以輸金歸自塞外完娶骨肉仍享膴仕皆益都存孤之德也

憤僧投池

孫俠字商聲張西廬先生高弟也詩古文簡潔有法度性孤冷不喜諧俗自康熙癸卯西廬遭變後嘗謂斯文既喪世無可交者乃與此齷齪輩同其食息不如無生故有一生不得文章力百里曾無臭味人之句每就硯席輒怒其館主不合而去所著海棠綠傳奇痛詆傖父蓋以此也蘇州承天寺僧慕商聲名厚聘學詩初至見其曲房密室酒氣葷羶心已憤憤閱三月有貴人攜妓而來設讌招提是僧隅坐酗飲商聲窺視大怒盡辭之又不能即出適見齋前池水甚清奮投而死是年元旦商聲家祭懸其故婦之像於堂童孫侍立其側指謂商聲曰祖母來而泣下矣未及半載果獲此禍

觚賸卷一終

觚賸卷二

吳觚中　　　　吳江鈕琇玉樵輯

仙根

李子静學士少隨其父如石先生官於吳遇國變不能歸蜀僦居錦帆涇側館於鄉間柴氏柴氏子世饒夢入玉京試得狀頭師得榜眼以告子静子静心喜自負因折榜眼二字之半合為根字改名仙根仍回原籍應舉辛丑傳臚果一甲第二狀元則馬世俊也柴本姓馬名偶符耳如石先生名實癸未進士明末為吳縣令著有賢聲鼎革後杜門著書不以子貴易操方巾布袍終其身

樵隱

黄九烟名周星性極簡傲或以詩文就見者非面加姍侮則哂而置之其寓武水也遇隱士崔金友於市寠寠然肩負擔而口吟哦黄邀揖之入室并索觀所著崔出樵隱近咏相示其五律書懷云花落無人徑雲飛到處山訪友云野曠天垂遠花深月出遲詠螢云撲扇憐兒女窺書見聖賢七律懷舊云因風去住憐黄蝶與世浮沉笑白鷗贈友云吟思白社傾佳釀坐對青山讀異書黄不覺驚賞曰此真鏗金霏玉之音也我向所厭薄者大率皆蛙鳴狗吠耳

事類翁子

孫天閑名胥驥泉州人家甚窶屢赴童子試不售其妻已生一子一女力欲離異孫不得已聽之未幾孔文在自沐督學閩中拔置榜首旋令食餼甲午乙未聯捷妻乃悔從夫至廟鬻身為奴孫堅不許妻愧恨而死此與朱翁子事頗類孫貴後謀再娶有宦室女已受聘而夫病瘵改適於孫不半載而病瘵者愈孫督學江南不甚惜名節以漁色沒於任其不善後亦類翁子焉

鶴癖

長山王進士峠生素有鶴癖謁選得令如皋皋故產鶴乃大喜抵任後即於署內購畜十餘隻庭空夜靜唳聲徹雲與其蹁躚競舞則擲案牘而玩之忽見一鶴吞蛇以為鶴固甘帶也乃諭諸丐戶每人日納一蛇有罪應罰鍰者亦許以蛇贖由是一境之內捕蛇殆盡復移癖狸奴見其面空撲蝶俛仰可觀遂令百姓捉蝶因此罣吏議罷去

沉香街

嘉興項墨林名元汴游金陵眠院中一妓久而欲別妓執手雪涕意殊懨懨項歸乃廣購沉

水香斷為卧牀玲瓏工巧復以名瓶美錦製衣數篋裝巨艦訪之入門值有客在妓顧項若不復識項前通姓名且言有所持贈妓始婉容加禮焉項命潔前堂舁牀置其中闔院爭來致賀摩艷粉集項乃大張綺筵斂鈿絲管分行接響酒半忽抗聲指妓云我以世上有情種多在章臺故不惜千金以買一笑詎暮月之别便已相忘棼藻花浮於今乃信呼僕出篋中衣悉裂之奮大槌碎牀焚於庭烟焰晨空遍城聞異香經四五日不歇因名此街為沉香街

借卧魚缸

烏程唐宜之名時才而狂同人以為艳頪桑民懌其就試京師也攜一猢猻為僕家貧患病寄身枯寺向僧借魚缸晝夜坐卧其中後為鳳陽通判倪鴻寶先生贈以詩曰帝陵秀復添龍卧客路清惟有鶴隨

泥無身

吾邑盛澤卜孟碩名舜年少負儁才工書畫雲間陳仲醇董玄宰俱愛重之其自榜所居綠曉齋曰濯足須加漢光腹抵掌欲捋梁武鬚又曰闘歌喉烏衆人寡賭笑面花輸我贏常於暑月首挽高髻身穿大紅学布袍跣足行歌市中所用障面長三四尺而袖小蓋僅方廣數寸見者皆指為狂性喜視鬼每於陰雲晦月之夕獨至荒塚中露宿冀得一遇年三十二而殁臨没之歲人有乞其書畫者卷後但題曰泥無身近日越中有将致乩仙者亦稱泥無身蓋已仙去矣所著有綠曉齋集其自為墓誌銘甚佳詩歌疑率不拘繩律如鶯坐一身梛蜂歸兩股花何減唐音

史癡

嘉興東門外有史癡者娶婦甚美遣之别嫁佯狂行乞於市所乞之家貲必倍焉以是遇其來輒施以錢或有過門不入者雖招與之掉頭不顧也蓬首跣如亂絲冱寒時身衣草衫以破絮纏兩足日至河中濯之曳冰而走琤琮有聲以為樂乞錢沽酒飲輒醉餘錢置道旁牆隙中云有緣者任得之閒與人言禍福多奇驗有老嫗素相識忽詣之曰詰朝當有少錢助汝是夜即於嫗門端坐而逝人聞其死爭致賻錢嫗果大獲既舉棺若無人蓋尸解矣

小楊枝

如皋冒辟疆家有園亭聲伎之勝歌者楊枝態極妍媚知名之士題贈盈卷惟陳其年檀長閱二十年而楊枝老矣其子亦玉人也因呼小楊枝一日讌集辟疆出前卷相示虞山邵青門起其後曰唱出陳髯艷妙詞燈前認取小楊枝天工不斷消魂種又值春風二月時

白月

楚中杜于皇名濬以詩文往來淮揚間復善諧謔適中秋於廣陵豪家讌集同席十餘輩飲令須各誦唐律月在第二字坐間有紈袴子初不解詩口撰一語曰白月照詩人衆鬨問此係誰作能誦其上句否逡巡未對杜遽曰是黑風吹酒鬼也合坐大笑

佞佛

魏里丁清惠公之後有伯仲二人績學工文而酷嗜佛法仲於内室供準提畫像晨必焚香誦咒跪而禮之一日偶觸婦怒手裂像擲地仲不能堪潛詣伯曰弟獲大罪過無復生理當捐此穢身以圖懺悔何如伯曰弟言是也於是仲徑出門伯送於後仲至岸正衣冠一躍投河伯合掌曰善哉遂高唱往生咒而還適其家人見之援救得免

去年此日

戴耘野名笠吾邑之同里人高隱工詩妙達禪理康熙庚戌寓蝴蝶溪周氏王寅旭潘次耕造余同訪是歲之八月二十一日也周留宿小飲戴舉一令以凡案食物為問能辨對明晰者免飲否則罰隨手拈豆一顆問予曰或云豆形似蠶或云豆熟蠶時二說孰是予曰豆熟於蠶時者不一酉陽雜俎載刀豆莢形似劍脊三棱謂之挾劍豆則此豆亦以似蠶得名耳戴然之又指盤中雞卵問寅旭曰先有雞而後有卵乎先有卵而後有雞乎王以形化氣化之說應之復問次耕曰去年此日是何物也潘曰酉二十一日乃醋也衆共服其趣

邵邑侯前生

邵士梅濟甯人自記前生為棲霞處士生四子年六旬餘乃卒值四子皆出獨孫女塞涕送訣一青衣卒引見冥王語之曰汝復身當復為男登乙榜官至邑宰逮生邵家歷歷皆能憶之既領鄉薦東録青州道棲霞廣文缺往攝篆乃尋其故居巷陌門庭無不認識四子並已物故惟孫女孀居髮且白矣邵具道其故敘前生及沒時景狀悉符女甚貧悴因解俸金贈之令吳江不三月即解組歸自言冥數如此不可久於官也

桃花魚

吳公兹受名晉錫司理永州崇禎壬午入闈校士夜夢一婦人素粧麗質攜餜餉異指魚羹曰此桃花魚也因出詩相貽中一聯云桃花魚漾桃花水濯錦人吟濯錦詩次夕夢復如前尋獲一卷其二場表聯乃有此二語心甚驚異因薦之入彀及榜發則江陵姚士升也偶與同年友眉山朱公拙修語其事朱曰此我族某氏詩也氏少而慧嫺於篇詠夫早歿苦節十餘載以某歲卒第不知何緣入夢未幾姚入謁詢其生辰正氏卒之歲

蛟橋幻遇

宜興許郎行二，農家子也。康熙二十年間，偶入城，至蛟橋，遇一女，絶豔，許將與目成，已失所在。是日薄暮，抵舍，則所遇女先在室內，迎謂許曰：來從絳闕，暫寄紅塵，三生夙契，今當與君償之，幸無疑懼。問其姓名，曰：何淑貞。從婢年可十三四，曰秋鴻。是時許婦適歸甯，許因詭言我婦美不遜汝。何曰：邑中金閨之豔，幽谷之姝，徧數止某某三人，差不慚巾幗，我猶勝之，若君婦則歷齒蓬頭，既疥且瘖，直登徒所覺者耳，又何足言。婦聞，甚恚，率其諸姑姊妹集閨覘，僅聞語聲出戶，並不見形，乃共指而詈之。何曰：我與許君締未斷之緣，命自真宰，汝輩某與某私，某為某事，此豈貞靜者，而亦毀我乎？所刺幽隱，皆實事，遂嘿然散去。何善談論，其言皆古宮閫事，於漢時尤詳，遠近好異之士屨滿其門，或與稽往牘，或與晰奧理，酬答泉流，雖詰博者莫能難之。如是月餘，頗厭囂煩，挈婢辭許，不知所往。踰旬，暫見前婢持衣履來貽，且招許。許叩以所在，婢言但閉目行，少頃可達。許如言，覺兩足冉冉若乘烟霧，經丘穿壑，恍入桃源，曲欄重閣，花木幽深，何薄環約袖，躬自紡績，許至，瀠厄而進，山肴芳醴，酒闌，起曰：我姊妹五人，各有所適，北堂老母住河南，訪我第二姊吳君，留信宿，無害也。因相與繾綣，踰夕，惝恍出門，遇見曉村舊徑，忽然抵家。

藏金券

昆陵周文山名起岐，順治末，督學於楚，歲未及半，適故鄉有奏銷之信，例應左遷，暫居省院。院有一室，凡入臥於內者，輒見金甲神叱起之，人時畏避，指為凶室。文山不之信，設臥具於土牀，寢焉。夢一金甲神前來曰：吾待君二十餘年矣。牀下白金萬兩，可速取以歸，釋我典守之責也。詰朝，發其藏，獲一小匵，匵中有券，其文云：視學事竣，積有萬金，家無子女，適逢喪亂，瘞金於此，俟福厚者取之。願東公遴士，勿負我意。券無姓字，大約為明季學使者。燦然白鏹，悉如券數，囊之南返，家用以饒。

吳充墓

桃墩舊有宋大臣吳充墓，充之後，貧不自存，鬻其墓之土於里人顧姓者。顧遣人平其封，發石槨，充搢袍碧帶，偉焉如生，見風，忽化，兩夫人朱氏、戴氏，金釵及纏臂之屬，光焰猶新。其墓誌則貫平章筆也。按貫與吳不同時，蓋吳之後人乞貫為銘耳。桃墩亦吾邑地，去吳興之南潯可四五里許。

瘖言

金陵神樂觀陸道士，十七歲時毆死一僕，即火其骨，人無知者。十餘年，足外臁發毒成瘡，瘡口似唇而有舌，能言曰：我即僕也。日索飲食，飼以脂膏，自能吞化，飲以酒，四周皆紅。但開口言，必大痛垂絶。如是歲餘，忽曰：我欲他往，冤亦解也。明日下山，遇樵者，可求治之。陸如其言，果遇樵者，鬚髮皤然，厲聲曰：孽畜敢言我乎？夜半療汝。忽不見。是夜夢金甲神指陸臥室，指摺之曰：有藥在几。煎服取渣，以左手持，向水西門外，見婦人澣水，急棄於道而返。陸旦起視，箧有物，如亂髮而無端，因依所戒，至門外第十二家，果見一婦隨棄藥而歸，瘡遂愈。後探此婦，竟亦無他。

爐中造化

常州銀工居甘棠橋畔，一日有以銀二兩就鎔者，出冶，忽化異狀，中為小錠，如拇指甲，四圍細如梧子，珠貫其間，數之得九十七錠，窩絲悉具，稜角宛然，咸謂之爐中造化。

木偶出號

王司理繩河公寄籍檇李，實居吳江之茅塔村，其未遇時，借村中仲氏小樓三楹為授徒地。仲辭以此樓多怪，不可居，王不之信，遂於其內置榻設几，夜分燃燭而坐，見東壁有四五寸小人各執旌旆，數十列隊前行，末後一人冠帶肩輿，如州府官之出號者，王熟視良久，擊案叱之，朴落一聲，皆木偶也，聚而焚焉，怪遂絶。

吳介繁

秀水吳介繁，年三十許，康熙庚午之秋，臥病經月，垂絶者屢矣，家人左右環視，更番不輟。一夕，介繁昏然似稍安者，眾皆垂頭而睡，少頃，其婦先覺，移燈就牀，將進湯藥，忽不見介繁，衾翻枕橫，牀如蟬蛻，深幕重門並未啟也。舉家驚怪，達旦四出訪覓，聞村農相告，離此半里有一男子沾首濡足，宛轉泥中，絶似吳介繁。繁久知其病，何得露宿於田也？亟至其處，舁以歸，盥濯而詰其由，懵不能對。越數日，其神小復，乃曰：我方病劇時，每日向暮，輒有三青衣者伺我於牀，是夜汝輩守視偶懈，青衣者扶項束臂，負我從牖旁板隙而出，倏至田間，遇白衣老人怒叱之，遂委我適去。今介繁尚存，常口道其異。

笠澤古柏

笠澤三賢祠前古柏，鱗枝黛榦，蓋千年物也，前人歷有題詠。崇禎甲申之次，漸就枯萎，今止存根株而已。先是，祠後竹園中，忽於地出一花，如木芍藥，並無枝葉，里人施姓者見之，以為下必有異，持鍤坎之，盡花之莖，則有細絲絲絡土中，絲斷鍤止，亦無所見。又閱月，復生一花，施坎之如前，其絲蜒蜿丈餘，得物圓大如土茯苓，碎之，中脫而出，則宛然一鹿也，頭角尾足皆具。於是好事者爭穴土而入，見柏根迴環無端，大可二十圍，中徑之木，色光潤而清芬馥手，皆有細絲分懸其間，跡絲求取，若茯苓者盈畚累榻，或為人形，或為禽形，或為獸形，土人以鬻於吳門。多得善價。是歲有客從吳興來。道遇寄舟者。服製朴古。而形神憔悴。問其姓。曰柏。問其家若何。曰衰頽甚。今哀矣。問所往。曰將之杭州。今日已晡。欲宿於震澤之普濟寺。既至。艤舟寺前。趨而入。顧榜人曰。少待即歸。汝值久之不出。徧索寺內。無若人。從古柏下瓦礫間拾碎鏹少許。則所償寄舟之值也。俗傳此柏能為神。達觀禪師其化身也。觀此信有之矣。柳柏既能神。而何以槁死。豈神以樹為形。其萎也亦如仙家之遺蛻而去耶。

白鴿紅豆

吳門東禪寺白鴿禪師偶拾紅豆種之寺內。指而囑曰。汝宜速長。但他日不許無故開花。世變有大小。則花開有疏密。今其樹已數圍。人所見者。崇禎九年小開。十七年大開。隨遭國變。順治十六年小開。有鎮江之擾。康熙十二年復開。是冬滇黔寇作。花色如榨。英小於槐。角霜後英落。其子深紅可愛。

羊珠

陸佃曰。龍珠在頷。蛇珠在口。魚珠在眼。鮫珠在皮。鼈珠在足。蛛珠在腹。是知物類皆能孕珠。非獨蚌也。近日嘉興九里滙裏人徐心橋畜一羝羖。已五六歲。因為子娶婦。宰以饗客。屠者覺羊肚中有物。剖而濯之。得珠盈掬。圓大如豌豆。有老人云。羊食仙草。或雷雨時與龍交。則生珠。然博物之書所未載也。

疥蟲

曹溪金玉常短視。雖物寸許。即模糊不辨。近則能察毫末。年踰七十餘猶然。見人有疥者。輒為搜取其疥內蟲。云疥蟲有雌雄。雄者頷下有顏。種種然可數。亦有老少。少者色白。但其口稍黑耳。

浮桶

明甲申六月大旱。吾邑十九都沉瀉浮木桶七。土人爭取之。即沉水中。捷足者得其一。內藏牛頭馬頭瓦瓶各二。質甚粗碎之。表裏瑩澈如鏡。是後吳日生易琅義旗敗於此。殺人無算。桶浮處每年生草七莖。菁葱倍常。

芋栗

杜工部南鄰詩園收芋栗未全貧。或作芋粟。或作芋栗。芋栗不必植之園中。而芋與栗不當類舉。見𢈔庵𢈔杜定作芋栗為是。余往湖口。路經南陵。訪王進士五清於山居。留宿具饗。雜陳野蔬。中有粉蕷子。和醯醢以進。者王謂余曰。此即錦里之芋栗也。葉似栗而小。山家率於冬月取實。去殼磨而漉之。以水然後用之。是知芋栗皆屬園蔬。況莊子徐無鬼篇所載甚明。益信杜詩無字不有來歷。

水災風變

康熙庚戌六月十二日。大水猝至。閭以狂颷。村落之家。漂林沉竈。人皆露處。繞郭諸所帷偶。尤烈。枕屍大小。以數百計。先一夕。有漁舟宿太湖濱。夜半見水神列坐烟波間。絳服雕冠。如廷議國事者。爭論久之而散。忽於湖中起一長隄如虹。橫界水面。風濤大作。明旦遂有此異。吳江縣三大字額。向懸邑門譙樓。萬曆三十六年。水至邑令上樓向額再拜。取以投水。勢遂定。是日趙令促騎出署。水沒馬腹。不能行。耆老言邑有故事可行。如其言果驗。時湊藏入其興南斗祇差一度。箕主風。故風力猋疾。康熙丙子七月廿三日午後。北風陡發。雨如懸瀑。平地湧水。驟至數尺。夜半返風。而雨勢益狂猛。冀燈照室中。無不盡滅。屋瓦交飛。顏櫺覆壓者。十家而九。所在喬木倒折。殆盡。城隍廟有四古檜。大皆合抱。連根盡拔。真異變也。先一日。句容縣水發。時士子錄科者。多寓城外。水驟至。不及避。淹死數十人。吾邑仲姓亦與焉。

科名異數

常州藥儀部震林號萊三。辛卯舉於鄉。壬辰成進士。一百六十二名。以磨勘被落。乙未再成進士。名次仍在一百六十二。前後相符。一時驚羨。韓中丞贈額有科名異數之題。

賦梅釋雲

余所交海內三姦。一為慈谿姜西溟。一為郃陽康孟謀。其一則陽羨生陳其年也。其年未遇時。遊於廣陵。冒巢民愛其才。延致梅花別墅。有童名紫雲。儇麗善歌。令其執役書堂。生一見神移。贈以佳句。并圖其像裝為卷帙。題曰雲郎小照。適墅梅盛開。生偕紫雲徘徊於暗香疏影間。巢民偶登內閣。遙望見之。忽佯怒呼二健僕縛紫雲去。將加以杖。生營救無策。意極彷徨。計唯得冒母片言。方解此厄。時已薄暮。乃趨赴老宅。前長跪門外。啟門者曰。陳某有急求太夫人發一玉音。非蒙許諾。某不起也。因備言紫雲事。頃之青衣媼出曰。先生休矣。巢民遵奉母命。已不罪雲郎。然必得先生詠梅絕句百首。成於今夕。仍送雲郎侍左右也。生大喜。攝衣而回。篝燈濡墨。苦吟達曙。百咏既就。亟書送巢民。巢民讀之擊節。笑遣雲郎。其後紫雲配婦。合巹有期矣。生惆悵如失。賦賀新郎贈之云。小酌茶縻釀。喜今朝釵光鈿影。燈前滉漾。隔著屏風喧笑語。報道雀翹初上。又悄把檀奴偷相。撲朔雌雄渾不辨。但臨風私取春弓量。送爾去。揭鴛帳。六年孤館相依傍。最難忘紅蕤枕畔。淚花輕颺。了爾一生花燭事。宛轉婦隨夫唱。努力做藁砧模樣。只我羅衾渾似鐵。擁桃笙難得紗窗亮。休為我再惆悵。此詞競傳人口。聞者為之絕倒。

酒兵

唐人有酒銜愁陣出奇兵之句余常賞其豪雋然余飲不能一蕉葉故遇酒兵時絕少近得姚竹友庚辰中秋夕醉後放歌可謂善用酒兵者矣其詩曰丁丑之年仲秋節珠江放舟看明月酒徒多挾少年狂痛飲高歌曉未輟凌空擬駕鼉鼉遊波底乖龍魂欲懾星移物換秋復秋此樂至今思忽忽人生麋豕豈長聚客散天涯我歸浙秋涇橋東初把茅婚嫁因之罄囊篋舉觴對月月無光一夜煩憂頭蓋雪昨年飄轉瀛洲城閒置官銜類蠹虱主人獨酌羅浮春高腔小隊喧私宅令我有酒不敢飲霜娥夜怨無情客長揖飄然信所之西歸復理羊城棹一椽初賃伯通廡二三好友重接席佳時恰遇蟾魄圓觸著狂懷興逢勃盡發橐衣質庫還瓶之罄矣那復惜陳村豆酒買十甕綠柚黃蕉隨意設廣寒宮妃試新粧兩洗鉛華倍瑩潔微雲薄縠霓裳輕涼飈細曳凌波襪如此好景若不醉天公笑我真癡絕四筵狂客鼓掌起君言適與同調協會須較戶陳酒兵立監視師分撻伐旗幟兩翼各張軍射覆藏鉤隨弄劇濟陽驍騎稱餐髯一鼓而下氣先竭亞夫之師天上來轉戰中原傷一蹶大樹將軍氣最雄露布敵違袁彥伯崑崙關破酒尚溫大笑三軍盡投幘贊翁老興復不淺制勝出奇伺敵隙居如處女行脫兔量而後會戰必捷強吳勁楚埽穢空何有江黃與滕薛婁鼓絕喧未休驚起鄰翁罵膺哭鄰翁勸汝一杯酒爾何不樂此今夕百年幾遇月中秋窕其死矣空悲咽今年今夜共此月明日明年遂陳跡感我此言促引觴請為贅翁歌一闋歌殘月落杯影空不知東方之既白竹友名東明嘉興之秀水人年四十後頷下生小瘤如盂因更號贅翁夙負經世之畧兼工書繪而時無知者其落拓江河也必載酒以行其揮毫潑翰淋漓子墨也得酒乃益入神嘗自題醉畫絕句云醉中畫樹醒添石醒筆不如醉筆佳安得青州六從事百年同伴作生涯余觀贅翁之於酒而不沉湎於酒蓋意不在酒也所著詩文若干卷曰弄酒餘閒集

黑漆漆

天同一生王錫闡別號餘不精究曆理兼通中西之學遇天色晴霽輒登屋卧鴟吻間仰察星象竟夕不寐作書與人俱用古文奇字人多不識王亦不欲人識也里中有詢以水旱之占者答曰若將此事問先生先生肚裏黑漆漆王隱居笠澤有自著天同一生傳

釣叟慨言

雪灘釣叟曰昔蘇季子云貧窮則父母不子富貴則親戚畏懼今世異是富貴則父母不子貧窮則親戚畏懼此言殊有感慨

觚賸卷三　　　吳江鈕琇玉樵輯

吳觚下

姜楚蘭

劉東平澤清建閫淮陰興屯置權兼課魚鹽不貲之富幾亞郿塢淮浦名倡姜楚蘭者色藝冠時尤善琵琶嘗與某生交驩生金盡則每出纏頭錦為生取酒一日閫劉巡視浦上蘭特凝粧登臨街小樓鼓數曲聲音徹外劉從肩輿中諦聽良久意茲麗曲必成纖手亟遣從騎索之得蘭大喜即攜至幕府寵之專房時以絃歌自娛居踰月閒啟劉曰君侯牙樹名邦駿臂高鶱帷幄之謀金鼓之役皆非賤妾所敢預聞至於披較琴書品量服玩竊有微長妾固不惜纖軀晨夕於君侯之側也劉掀髯大笑曰解語花亦欲窺我清秘耶因命以筦鑰之任金玉錦繡悉以委焉未幾天旅南下劉惶懼出閫黃河蘭折簡致生曰賞虬髯之略濟麟東之困未為過也願借崑崙速宄邛邊生遂迓畫舫於城下細載宵行劉歸視蘭室么絃在壁鵾帳閒如撫膺太息而已鼎革後東平遠竄蘭自趙返淮與生偕老

雲娘

密雲汪參將廣陵人也有僕王忠常往來酒肆李家久之相善李以女雲娘歸焉年十八矣汪解任將還維揚呼忠謀備與具并所以載雲者雲曰主之行李甚壯取道河北征途不靖請效軍人裝執弓矢以戒不虞可乎汪聞而異之召雲娘至授五石弓折之如斷梗凡易數弓患不稱意願請忠曰須取我家弓來遂腰箙插矢乘駿馬以從是歲在己卯羣盜塞路行至一荒原雲縱馬而前遙見十餘騎擁塵突至飛矢拂雲袖雲揮袖矢落又一矢到雲隨以手承之即彀而發騎駭反奔中項仆地又於箙中出矢斃一騎餘皆敗遁由是參將抵家無寸著之失雲覩殊艷參將子一見心動欲押之雲曰妾下走陋質不意為公子憐然有忠在何忍及此無若逮忠而納以褫我乃從公子喜過望遂厚賂忠雲指示令去公子治吉席將為小星儲粧雲忽易戎服挈所佩刀出立堂上責公子曰爾家赤建高牙不能出奇報國偶遇萑苻蕭馬騰慄妾以一婦人奮衛長途迨於安吉所以報公子者至矣乃忘行不義玷我貞素耶遂以刀擬公子且前且却曰有追我者我即斷其頭如河北盜矣公子驚懷僕虓雲娘行及門門外已有碧衫奴控馬以待遂馳去永不復返

沉香瘞狸

合肥宗伯所寵顧夫人名媚性愛狸奴有字烏員者日於花欄繡榻間徘徊撫弄珍重之意踰於掌珠飼以精粲嘉魚遇饜而斃夫人悒悒累日至為輟饍宗伯特以沉香斲棺瘞之延

十二女僧建道場三晝夜

河東君

河東君柳如是名是一字蘼蕪本名愛柳其寓姓也丰姿逸麗翩若驚鴻性狷慧賦詩輒工尤長近體七言作書得虞褚法年二十餘歸虞山宗伯錢宗伯而河東君始著先是我邑盛澤歸家院有名妓徐佛者能琴善畫蘭草雖僻居湖市而四方才流履滿其室丙子春婁東張西銘以庶常在假過吳江泊垂虹亭下易小舟訪之佛他適其弟子曰楊愛色美於徐綺談雅什亦復過之西銘一見傾意攜至垂虹縫綣而別愛於是心喜自負謂我生不辰墮茲埃壒然非良耦不以委身今三吳之間簪纓雲集膏粱紈綺形同木偶而帖括呫嗶俾竊科第者皆傖父耳唯博學好古曠代逸才我乃從之所謂天下有一人知己死且無憾矧盛澤固駔儈之藪也能鬱鬱久此土乎遂易楊以柳而是其名閶耳城陳卧子為雲間繡虎移家結鄰覘有所遇雖時海內鼎沸嚴關重鎮半化丘墟虎旅熊師日閱挽敗黃巾交於伊雒赤羽迫於淮徐而江左士大夫曾無延林之恐益事宴遊其於徵色選聲極意精討以此狹邪紅粉各以容伎相尚而一時喧聚獨推章臺居松久之屢以刺謁陳陳嚴正不易近且覩其名紙自稱女弟意滋不悅而虞山宗伯與陳齊望巍科膴學又於陳為先輩因昌言於人曰

天下惟虞山錢學士始可言才我非才如學士者不嫁適宗伯喪偶聞之大喜曰天下有憐才如此女子者耶我亦非才如柳者不娶錢之門多狎客往來傳致迄於庚辰冬月柳始過宗伯為築我聞室十日落成促席圍鑪相與餞歲柳有春日我聞室之作詩曰裁紅暈碧淚漫漫南國春來已薄寒此去柳花如夢裏向來烟月是愁端畫堂消息何人曉翠帳容顏獨自看珍重君家蘭桂室東風取次一憑欄蓋就新去故喜極而悲驗寡之恨方殷解珮之情愈切矣辛巳初夏結縭於芙蓉舫中簫鼓遏雲麝蘭襲岸齊牢合巹九十其儀於是三泖鷹紳喧騰議至有輕薄之子擲磚彩鷁投礫香車者宗伯吮毫濡墨笑對鏡臺賦催粧詩自若柳歸虞山宗伯目為絳雲仙姥下降仙好樓居乃枕峰依堞於半野堂後構樓五楹窮丹碧之麗扁曰絳雲大江以南藏書之家無富於錢至是益購善本加以汲古雕鐫與致其上牙籤寶軸參差充牣其下黼帷瓊寢與柳日夕晤對所云爭先石鼎搜聯句薄怒銀燈算劫棊蓋紀實也宗伯吟披之好晚齡益篤圖史較讎惟柳是問每於畫眉餘暇臨文有所討論柳輒上樓翻閱雖縹緗浮棟而某書某卷拈示尖纖百不失一或用事微有舛譌隨亦辨正宗伯悅其慧解益加憐重國初錄用前朝耆舊宗伯赴召旋里吏議放還由此專事述作柳侍左右好讀書以資放誕登龍之客皆至高閣有時貂冠錦靴或羽衣霞帔出與酬應否則

肩筠輿訪於逆旅清辯泉流雄談鋒起即英賢宿彥莫能屈之宗伯殊不芥蔕曰此我高弟亦良記室也常戲稱為柳儒士越十年庚寅絳雲樓災時移居紅豆村莊良辰勝節必放舟湖山佳處留連唱和望者疑以為仙其中秋日攜內出遊詩曰綠浪紅蘭不帶愁參差高柳蔽城樓鶯花無恙三春侶蝦菜居然萬里舟照水蜻蜓依鬢影窺簾蛺蝶上釵頭相看可似嫦娥好白月分明浸碧流柳依韻和曰秋水春山澹暮愁船窗笑語近紅樓多情落日依蘭櫂無藉輕雲傍彩舟月幌歌闌尋麈尾風牀書亂覓搔頭五湖烟水長如此願逐鴟夷泛急流其他篇什多附見有學集不盡載生一女嫁毘陵趙編修玉森之子康熙初嗣子孝廉君迎宗伯入城同居而柳與女及壻仍在紅豆村踰二年而宗伯病柳聞之自村奔候未幾宗伯捐館柳留城守喪不及歸也初宗伯與其族素不相睦乃托言宗伯舊有所負梟悍之徒聚百人交訌於室柳泫然曰家有長嫡義不坐受凌削未亡人奩有薄貲留固無用當捐此以賂兇而紓難立出帑千金授之詰朝喧集如故柳遣問曰今將奚為宗人曰昨所領者夫人之長物耳未足以贍族長君華館連雲腴田錯綺獨不可割其半以給貧寠耶嗣子懼不敢出柳自念欲厭其求則如宋之割地地不盡兵不止非計也乃密召宗伯懿親及門人素厚者復紏紀綱之僕數輩部署已定與之誓曰若念舊德毋渝此言咸應曰諾柳出廳事婉

以致辭曰妾之貲盡矣誠不足為贍期以明日置酒合族其有所須多寡惟命府君之靈在不我惜也眾始解散是夕執豕烹羊肆筵設席申旦而羣宗麕至柳諭使列坐表次酒令健者闔其前扉乃入室登木樓若將持物以出者逡巡久之家人心訝入視則已投繯畢命而大書於壁曰并力縛飲者而後報官嗣子見之與家人相向號慟紼綍之屬先一日預聚於室隨出以盡縛兇黨門閉無得脫者須臾邑令至窮治得實盡兇於獄以其事上聞置之法夫河東君以泥中弱絮識所依歸一旦遘家不造殉義從容於以禦侮於以亢宗詎不偉歟方宗伯初遇柳時勁顏鮐背髮已蒼髮斑白而柳則盛鬋堆鴉凝脂竟體燕婉之宵錢曰我甚愛卿如雲之黑如玉之白也柳曰我亦甚愛君髮如妾之膚膚如妾之髮也因相與大笑故當年酬贈有風前柳欲窺青眼雪裏山應想白頭之句競傳人口而不知一與之醮終身以之即奉雁牽絲有所不逮也如此

湯素畹

湯氏素畹字雅娵大都兵燹雲中鑕也僑寓吳中以避風鶴之警畫紗丈擲藉以永日偶爾點筆輒亦悲鬱丙戌除夕詩云病餘弱質困烽烟驚入今宵怕說年臘盡不知春歲月春來猶見漢山川何勞茂草牽柳夢自有梅花作客緣眉黛未輸鴻與瓞只愁時事正紛然

墨池

李研齋之𪈆室曰鍾山秀。本浮渲梳頭凝粧特妙。每一出遊。則秦淮覲人爭相窺覷。其婢墨池性亦明慧。秀才常畫蘭竹。池輒侍側。宜墨之淡。令以口受筆。退其墨。李詩云。別有香在口。莫畏臙脂黑。此墨池所由名矣。

睞娘

睞娘者。姓易氏。居松陵之舜水鎮。祖某以閥閱世宦。累貲億萬。其父某。畫散其寶書古名畫。環室爲香木墀城。有十架。架藏百卷爲率。各以鏤金牌記之。其錦韜玉軸者爲最品。睞方四五歲。性聰慧。善記誦。父嘗戲舉古人姓名。叩以所作某畫。睞即指第幾卷中。靡不悉符。父以是愛之。令其掌鏤金牌。而司書城。呼曰畫奴。長及齒。戲作花鳥小圖。工刀札。善吟咏。姿體絕麗。未嘗假粉脂。而浮香發蒸。盈盈欲仙。星眸流盼。達宵明媚。復嫣然善睞。故其母氏更畫奴名爲睞。娘明甲申歲。海內鼎沸。兵燹所被。諸郡縣皆陸沉。秋八月。睞與父母夜飯罷。畫樞閣列繡燈。圍以紫絲步帳。月光掩映簾幙。睞方研墨濡穎。手摹吳道子畫觀音像。將寄於隣側醉香庵。施其庵之女冠。未舉筆。忽聞號叫成雷。燎火四張。外宅大呼曰。兵至矣。兵至矣。睞倉卒入內閣。取書城之錦韜玉軸者。持以出。從父母走。僻巷中潛達金牛村。居金牛村三載。貴

卷三　四

珠以顯。衣僞纖以佐饘。備於食之困。時舜水廬室悉爲灰燼。亂稍定。睞父將理故業。而無資可賤。睞注然曰。吾家世業隆。大不幸蹈於離亂。覺兆顚沛。非長策也。聞女之姑在午溪東新巷。姑以丈婿守節。女可就訪。合居共爲晨昏。女裝中有古畫十餘卷。嘗之當得千金。父以其值稍葺故廬而新之。女時可從父母從容完聚耳。父然之。爲買小舫。從一女奴。曰問香。賦詩淚別。詩曰。渫泊何由返故園。桃花春雨駐離魂。遥將別後雙紅袖。記取東風舊淚痕。遂至東新巷。次於姑家。姑字倩娘。夫家姓言氏。於新巷亦豪族。倩夫以瘵疾之病。走死亂軍。無子。倩故甚愛睞。娘視睞娘若子也。倩有表之自出潘生。緒其覩與倩乃異姓之叔嫂。生故世胄。其父母以行檢見黜於族。依倩之側舍以居。生能詩文。然無士君子行。覩倩寡處。閒窺日以事請見。睞目吟口。數眉攝足。以意挑倩。娘倩娘意戚焉。久而相悅。睞之卧室去倩之卧室可百武。在東廂小紅樓。鎖簾閉幔。旦晚不下樓。與倩之家。問香稍知之。以告睞。睞嘿不應。倩之家有一園。名隔夢。景頗幽勝。時暮春初旬。倩娘偕諸女從邀睞娘往遊。睞辭以午繡方倦。倩頻促之。乃啟隔夢門。轉曲池上小山。左側憩半峰亭。綠柳數樹。紅欄三折。茶以竹爐烹以石碰。復轉而左。隔太湖石累丈。海棠盛開。燗如繡屏。綠海棠行數十武。一徑皆櫻桃花。一徑皆薔薇花。倩曰。櫻桃未子。而花容少媚。不若薔薇紅香可愛也。挈睞左腕。低扇微笑。乃至薔薇架

下。嘗然一聲。片花亂舞。落紅滿襟。髮間垂垂拂衫袖。有細彩流蘇。貫相思子。綴以同心風凰結。雜花而墮。中睞之右肩。睞驚愕。隔花望見一生。烏巾倩容。凝睇於睞。問香遽呼之曰。潘秀才從誰來耶。倩娘曰。潘郎從櫻桃徑來耶。郎毋不識睞娘。何敢唐突西子。生視而笑。倩亦視生而笑。遂散去。睞知倩之責己也。頽顏不懌者累日。蓋倩娘素悅於生。恥睞之獨爲君子也。故潛生於園。以俟睞之至。將市織於睞。倩知事不可諶。於是始不慊於睞。而爲生計益深。一日睞娘曉粧方竟。綺窗無事。偶疊紅牋。作細字集唐句成一絕云。早是傷春夢雨天。惆悵啼鶯語報新年。東風不遣珠簾捲。引出幽香落外邊。蓋隱刺倩事也。書畢以玉篆獅鎮紙。忽聞樓級有點屐聲。乃倩娘至。睞拾袿褳屣趨迎倩。紅牋詩猶在鎮獅下。睞急取置鏡臺鎖橘內。而尾紙半露。倩出掠之。納於杏衫左袖。遽下樓級。睞止之不能。悒悒而已。倩出中堂。適遇生於梧桐軒下。倩出牋於袖。望生而投。曰櫻桃徑上有撥琴之桃。梧桐軒中。乃無擲車之果耶。生舒牋展視。乃絕句云云。後有畫奴戲草四楷書。倩曰。畫奴是睞娘小字。紅牋是潘郎良媒也。生攜牋而去。後累日新霽。始涼金風。初扇沼荷。零香庭草。淒綠睞孤坐凝睇。惆悵有思歸之意。見問香攜斑竹鎖絲藍。置黃金小方奩。進曰。倩娘以爲娘午茶。少潤詩脾。開奩視之。乃石榴子二盒。金柑四蒂。果畫簋奩。奩衣下文錦尺幅。繡帶雙結。緘重重於緘。而斷刖識某

卷三　五

跳也。得五十六字云。珠樓十二夜初長。秋恨應知怯晚粧。巫水有雲通楚夢。貫珠無夢問韓香。錦鼓舊琵調鸚鵡。蘭酒新醲懷鷓鴣。落月斜廊無限意。可能流影到西廂。篇末著云。米在田而可覓。水非米而何炊。睞以指畫者久之。作潘字。狀遂焉起立。碎紙而擲於地。隨棄擲不遂往見倩。時倩方坐繡裍裁鳳花細襪。忽見睞以睞至。書必有合。移席駢坐。爲睞整髻上墮釵。睞垂臉潮紅。嚴容噎氣。良久乃言曰。姪以髫年。背慈親外。孤踪單心。托命於姑。以姑之慈被以綺繡。餌以珍錯。良厚矣。乃不訓之以德。而假道於不令之生。傳以褻詞。姑縱不愛姪。獨不自愛乎。良者以楮墨閒情。蔓成小句。姑掠而取之。致以穢書見誘。修竹有節。高柏有心。豈相況也。陌上之金。尚不能亂桑中之婦。而謂紅閨流葉。乃自媒於東牆宋玉哉。姪非敢斷絕雅愚然。久安於此。實敗令名。請從此辭。欷歔再拜而起。倩以好言固留。不許。時舜水已成小聚。睞之父母將欲迎睞。睞適歸。驚書道梗。睞所不悅於倩娘者。匿不以告也。先是生之父母爲生婚於王氏。自溺志於倩。遂背婚於王。王亦以生狂蕩無檢。字女他姓。至是生欲因倩娘求合於睞。而不愜其願。故揚紅牋之詩以誣睞。使聞於睞之父母。因而求娶。隨欲餘倩以他事至睞父母家。起居外。並爲睞謀姻。口善心語。未白其人。而數目睞父。睞父無忤色。因極口譽生之才而諱其貪。又附睞母耳。密語睞父母。嘿然相顧。微歎。逆畜肯之。倩歸即爲生致六

後睐父母擇吉。將贅生於家。而絶不以聞於睐。至合卺之夕。銀釭斜照。綉帳高張。使閉微粧流盼。見此良人。則即隔夢園櫻桃花下生也。睐大號慟絶。而從婢問香馳走。驚呼睐父母至。睐悲極不能言。良久唯曰。倩娘誤我。父母再四詰難。狀伉儷之隙。非其本情。雖勉為笑語。而眉嫵間鎖愁。駐恨如不勝致。居又二年。生亦携數椽别墅。挈睐以歸。生之父母。剽悍極虐。妻知睐之不禮生也。為威怒以待睐。睐拜告方畢。含啼入室。意不聊生。歲辛丑。生以不給家食。為硯耕之謀。復隙寵館之隣女。見黜於主。睐食不禮生。生大愠。睐叱詈之聲達於庭戶。睐支頤語生曰。薄命之人。嘲笑可知。狂童之狂。負心若此。何顏何眉。無恥無禮。我死為鬼。爾生尚能為人乎。語未竟。雞楚亂下。散髮蒙面。流血被膚。難時明月入戶。青燐熒熒。睐瞑目嗚咽而歎曰。命盡此矣。令問香於妝匳中。取愁題一卷。詩詞若干首。及綠穗小寫百葉。皆幼時所畫花鳥粉本。悉焚之。火乃裂帛盈尺。和淚為書授之。問香曰。遲明汝為吾達易氏爹娘。書略云

女不幸少逢離亂。骨肉飄依。兩地異處。况復長年羸病。自知弱態易殞。薄靄難蒸。然從無髫以來。溺情芸艸。散志藝圃。將謂結禰名族。敦憐良家。俾荇蘋二人。得愜心於白蘋。鶼鶼所願也。不意媒妁之欺。近在至戚。誤我畫名。蹈彼藁計。致匹合於猜賴。終身之仰。失在一朝。怨魄不舒。愁魂欲斷。豈知有生之樂哉。女自春首分袂而後。鬱鬱為沉痾。當畢日一粥。而見粒則嘔。濡飲不及蠡勺。悲苦之狀。不可殫陳。當夫閨門暮掩。薄寒中人。愁兩浙瀝。燈花頻落。砧聲遠嗣。蒸鼓斷續。女於斯時。淒其淚零。倚枕竟夕。不知曼之何從也。及夫畫牖曉開。麗花笑暖。蠶蠶爭啼。凭欄數遍。因思稚年。西園隨伴。踏青姑歸。徒錦瑟於芳樓。馳紅衫於細馬。豔妹獨雜。詰笑為謔。方之今時。遂若隔世。同是一身。而苦樂頓異。命之不猶。夫復何言。今秋負心人。以窮蹇失意。遷怒於女。苦楚千態。毒無待覽。無復生理矣。今了髮問香。皆情父母。即夜是命盡之日。父母一來無視。永以遐隔。綠香帳裏。豈有冷翠寒衾。紅葉牌前。莫問韶顏稚齒。將見柳眼露凝。埋春化淚。蓮心風折。劈恨成絲。明月三更。天涯草碧。理家之期。當在曉風新夢間耳。父母春秋已高。強飯自愛。無以女為念。幸收女餘骨。覆以坏土。得以脫迹人間。銷形天上。梁黃槐綠。烟冷雲荒。遂畢此生矣。孟光同隱。未得其人。弄玉偕仙。徒為虛語。獨念父母畜我不卒。貌睐之歎。邈矣難再。梅花猶在頸乎。蓮花猶在足乎。鏡臺舊影。翠幃餘香。姍姍其來遲者。知是亭亭倩女魂也。

及晨睐父母得書。慟駭長慟而至。則睐已縊於前軒左楹間矣。生與父母俱遁。莫曉所在。睐父母及易氏諸戚。乃棺睐於兩楹。而以問香歸。蓋睐之為人。風神散朗。珊珊流雅。而幽情如織。蕙心長畦。畫能寫巧。而貌若不知。咳唾生珠玉。而寡於辯給。諸嘗戚憐。而揮染必本於性。故寫愉則墨以歡。寫哀則字與淚并。蓋孝穆所謂妙解文章者也。惜

紫紱無花。紅顏非耦。才豐命嗇。生短恨長。悲哉。睐生纔二十四歲。殯後數日。忽有豪士戟髯拳鬚。紅巾綠縷。跨劍躍馬而馳。從從碧眼奴。背負血囊。至睐之門。排門直入。置立馬柩前。掀髯大呼曰。負心人已殺之矣。從者下囊。前傾血模糊一髑髏著地。疾走。乃生之首也。其明年午溪盜亂。倩娘虜去。不知所終。人咸以為睐冤之所雪云。

顏吳才媛

顏芳在字柔仙。桐鄉工部雪臞公女也。歸我邑嫺溪周氏。所著有偶畫草。其送春詩最佳。詩曰。豈是春歸倩遇欄。意忽離緣。酬鶯語遏紅瘦蝶魂凝。澹泊無棄好。幽閒與古期。父仲方欲趁風雨到聰時。工部第五子祁之婦吳。亦能詩。月夜夢歸有感云。假寐承顏到膝前。花枝明月話歡然。正當絮語牽衣際。白鶴一聲悲遠天。工部亦祁書曰。閨閣之詠。不嫌婉弱。唐詩所選。亦無高老之什。看其用筆靈活。若白鶴一聲悲遠天。直可與諸姑相伯仲。芳在妹宛在。詩才蘭質。不避柔仙。以所適非耦。抑鬱而夭。吳名微字似音。

李婦金氏

距余居里許。有民家女金氏。幼無以自育。年十二。歸里人李乙。乙之父以治皮為業。人呼之曰皮。皮性茂而愛人傑。為其驅使。即利害無所避。康熙戊申。里中大姓有事。藏獲無可使者。以命皮。皮慨然任之。及事發。詞株及皮。已就縛。乙奮身走郡。告郡守曰。此皆乙所為。無與吾父事。於是郡守釋皮拘乙。論法當流於秦。金氏計且偕往。關數千里。不免多露之虞。泣曰。我從我夫。而不獲終事我夫。不若完節以報我夫之為愈也。雖然。我夫未行。吾不可以先死。雖貧家無髻珥可鬻。而竭手指勞。猶足供饘粥。俾乙無患飢渴。乙在縲數月。金氏拮据紡績。因得製衣置食。往來餉乙。見者為之泣下。乙酉應郡遣流人。乙之里同罪者二。其二人之婦皆促裝為從行計。氏獨托其三歲女於姻。乃往見乙於獄曰。勉之。自愛。新婦將為君養姑地下耳。歸未至家。恐有覺其將死者。遂自戕於他氏室。時年二十二。金氏死閱月。同里諸君子。為位於崇義寺。設醮三日。各以詩文弔祭。嘉其得死所也。

棲梧閣

桐城吳氏。年二十五而寡。以其所居有棲梧閣。世遂稱為棲梧閣吳氏。秉性高潔。好讀歷代羣史。而豔詞小說屏絶弗觀。今閱其年六旬有奇。已屆梳雪之辰。尚勤操作之業。著有吟咏。若古悲涼。無脂粉氣。若置之朱鳥集中。又為閨閣另開一生面矣。余於番禺宰姚公官署得金陵懷古詩八章。錄其四而存之。咏南齊云。六貴同朝澂虎彪。橫江勒馬下雍州。銀鎗酒市春雙盞。玉屧蓮臺月半鉤。趙鬼西京詩漢賦。阿兄東閣慶通侯。誰知講武旗頭入。芳樂茹吹

碧層秋。咏南梁云。同泰齋中拜佛嘛。壽陽千騎渡江波。金甌哭向中原缺。寶劍空嗔萬卷多。五月誰勸君父難。七官先反弟兄戈。江淮麾後襄陽促。秋草臺城放橐駝。咏南陳云。臨春閣上萬花妍。寶帳朱簾晏惠烟。叠鼓飛衝朱雀路。軍書壓損繡牀邊。娉婷入月昏銀鏡。狎客還家碎錦箋。腸有景陽宮畔井。胭脂春水咽殘絃。咏南唐云。江南一劍捲秋霜。半壁山河入雒陽。百尺樓空蓮葉碎。翠微亭冷鳥聲荒。臨城慷慨填宮曲。辭廟倉皇聽教坊。日夕淚痕誰洗面。錦書封恨報紅妝。

小鸞

我邑葉工部。與其夫人沈宛君。才華絶艷。子女數人。無不具有彩筆。而小鸞字瓊章者。其幼女也。鸞方十齡。與母氏初寒夜坐。於是銀蟾漾影。金粟凝香。潺潺既零。漸成涓滴。宛君口占一語曰。桂寒清露濕。鸞即應聲對曰。楓冷亂紅凋。宛君驚其敏慧。尤心憐之。惜未笄而卒。其詩詞附午夢堂集行世。

宛在

顏芳在之妹宛在。適吳興貴公子。其性蠢愚。偏多忿恚。每出則鍵宛在於深閨。庭涼月皓。徑壕花芳。不許一至吟玩。宛在以若中人呼之。結褵而後。意不聊生。憔悴經年。遂至奄逝。余見其遺稿二絶句云。秋入重門夜似年。麝蘭香燼不成眠。梧窗坐聽瀟瀟雨。挑盡殘燈獨黯然。繁痕消減兩眉蛾。強起臨粧畫已慵。對鏡自疑非似我。可能描取舊時容。似此愁言。讀者尚堪腸斷。况拈管之人乎。

張麗人

麗人姓張氏。其母吳倡也。以善歌籍入粵。生麗人。雅靚幽潔。性質明慧。幼即能記歌曲。尤好詩詞。每吟唐人銅雀春深之句。自名二喬。客或語二喬雙稱也。不如呼為小喬。麗人應聲曰。兼金雙璧。名有相當。因笑指鏡中影曰。此亦一喬也。於是二喬之名。豔稱於時。麗人稍長。其母將擇伶之美者贅焉。仙城豪貴。謀為落籍。有以三斛珠挑之者。麗人堅不為動。長歎辭曰。我母愛我。不可棄離。且已委身字人。蝶粉可污。燕巢終在。不聊勝於入他人手。吼獅撰焉。又隨風飄泊哉。年甫及笄。麗人隨諸伶於村墟賽神作劇。夜宿水二王廟。夢王刻期聘之為妃。醒以語其母。泣然淚下。拍板而歌羅郎比紅諸絶。宛轉悲愴。及期無疾而逝。粵人襞美周誌其墓曰。嗟乎。予知麗人故不屈於勢者。王何由致之。豈洛水凌波。乃符銅雀之讖耶。若夫粉黛何假。美人何真。艷色等空。春花易謝。後之過者。知為麗人埋香處。明月為鏡。清風引蕭。好鳥和歌。蛺蝶自舞。徘徊其間。尚有露鬢風鬟。一唱三歎者出焉。能不為傳書之榔殺乎。

觚賸卷四

吳江鈕琇玉樵輯

燕觚

朱園墓表

燕市旅舍。有歷陵貢士述其土故事云。歐陽文忠公。為其考崇公及太夫人擬瀧岡阡表成。勒諸石。遣吏齎之歸。并檄郡守董葺事。渡江風濤大作。有龍蜿蜒夾舟。舟欲覆。篙師呼曰。客有懷寶者乎。請投之以禳此厄。客曰無之。唯碑在焉。因共擠之江。龍乃冉冉去。波亦平。遂得竟渡。吏持檄以實告郡守。守訝之。令吏祭墓。且以告。則碑已歸然植於其側矣。守墓者曰。昨之夜。雷電發土。碑於是出也。遂視之。見表文中。獨以朱園祭而豐不如養之薄八字。滴水淋漓。自額及趺不絶。殊遠炳然。閱數百載如新。嗟乎。椎牛而祭。不如雞豚之逮存。昔賢著之與而發之。自公有甚痛於中者。故言之足以動鬼神。致靈異若此。夫非盡人之子。敷讀是文者。其尚有感於斯。

誚鄭

潘稼堂未遇時。常游京華。與余同主於柯都諫家。柯同鄉鄭文鼎。少年善詩。以潘風有高尚名。口占一絶嘲之。起曰。夷齊陸續到皇畿。日向朱門乞蕨薇云云。潘即和韻答曰。蒲東回首思依依。欲向關西心事違。輸却櫻桃紅一點。春風重著繡禧歸。每句隱一事誚鄭。予笑謂其詞絶妙。而意極虐。

西園蘭石

山右旅店。舊有彭西園姬人所畫蘭石。兩昏紅雲。芳墨摧殘。王阮亭士禛題其後云。無復湘中見汜人。西園蘭石愴猶新。回思十五年前事。空有蛛絲絡暗塵。

延平女子

郵亭旅舍。好事者往往覺為巾幗之語。書以媚筆。以資過客傳誦。多不足信。況公子二閒夜宿垛莊。所見延平女子題壁詩。騎壓未遠。墨痕猶新。小記短章。悽惋可誦。惜其依違寡斷。閒者不無夫人少商量之歎也。序云。妾閩嶠名家。延平著姓。十三歲索在家。耽婚女之詩。二八結褵。新婦獲參軍之配。何異蕉萃南國。得嫁阿侯。厥兒弄玉秦樓。相逢蕭史。方調琴瑟。栢起干戈。夫死於兵。妾乃被掠。含悲辭故里。魂銷劍浦之津。掩面離鄉。腸斷西陵之路。茲當北上。永隔南天。是題驛舍數言。聊破愁城百疊。嗟乎。昔年黃香兮輪。粉印青絲。今日滴血濡毫。猶封紅淚。秋墳鬼唱。哀似峽猿三兩聲。青塚魂歸。恨凝胡笳十八拍。詩云。野燒殘獲北風哀。細馬氈車去不回。紫玉青陵悵已矣。泉臺當有望鄉臺。那堪驛舍又黃昏。惟燭三條照淚痕。

想像延津沉故劍。相期青塚一歸魂。昨夜展親入夢來。救兒忍死暫徘徊。當時死後交情盡。誰把文姬贖得回。不道臨時死亦難。強為歡笑淚偷彈。同行女伴新梳裹。包帕蒙頭壓繡鞍。後書庚申季秋延平張氏題於沂水縣塔莊驛舍。

杜亭

德州盧世㴶營杜亭。設子美像。自稱杜亭亭長。著杜詩胥鈔。後殁。祭告詩曰。十年曾有約。三歲始能成。

劉將軍

劉將軍鋌勇敢善戰。每奏功以負氣。難下人。故旋起旋廢。畜健兒戰馬。雖家居。豢養如平日。黃貞父令進賢。將軍欵之。偶及技勇。命取板扉。以墨筆錯落亂點。袖箭擲之。皆中墨處。又出戰馬數十疋。一呼俱前。麾之皆卻。噴嗚跳躍。作臨陣勢。見者稱嘆。將軍曰。某技聞何足惜。獨令羣馬伏櫪。思戰場為可惜耳。言已欷歔。貞父亦改顏良久。

李侍御

山左李侍郎望石。初名立。其選庶常也。世祖親御筆改名贊元。復以監察御史出按楚。時鄂渚有大猾殷世昌。稔惡萬端。而神謀四達。前臺使莫能誰何。李至。佯置不問。一日。餞客江干。已微醉。從一尉一僮夜往叩門。世昌倉皇趨出。徑前手縶之。命尉當其頸。踏月還署。即置之獄。遠近願快。要為之求解者。書牘盈案。李概不發。立杖殺之。當世昌入獄時。語其家人曰。我少時見一道人。能知未來事。詢以終身。道人曰。他日所遇非桃非杏非坐非行。即祿盡時也。今按君姓名適符。尚欲覬生乎。

癸未榜

崇禎癸未一榜。結有明全代之局。然是科殊多盛事。子先登第則南豐湯鉊。中子來賀。庚辰進士。壬午鉊中鄉薦。來賀以揚州司理分校南闈。所取徐徽麟。與鉊中同登會榜。而門生乃為年伯。父子同科則常熟王曰俞。丁卯孝廉。六上春官。至是與子遵捷。而榜中復有一王曰俞。陽城人。兄弟同科則全椒吳國鼎國龍。并為詩魁。四代進士則武進吳剛思。而剛思母丁氏。乃觀察亮之媵。三子並貴。剛思壬戌進士。蘭思辛未進士。五經中式則嘉興譚貞良。楚谿馮元飈。仕於本朝者有五相。陳名夏。張端。成克鞏。杜立德。梁清標。六尚書。王崇簡。張玄錫。胡統虞。白胤謙。姚文然。朱鼎延。從人繼起者有狀元歸允肅。榜眼李仙根。吳昺。探花張璟章。會元宮夢仁。解元何龍文。其外甲乙榜百餘人。皆前科所未及。

鬼徒

宣城高檢討遣山言。其族兄某。於崇禎中。訓蒙村廟。暮夕散徒。納涼庭間。忽見廟殿青燐影影。因從窗楞窺之。內有一人。危冠方袍。南面而坐。兩傍童子以次侍立。約十餘人。深目巨鼻。貌極獰猙。高伯窗驚呼。殿內人從容徐步出。揖曰。吾亦師也。所訓諸徒。皆三十年後公侯將相。上帝憫其目不識丁。欲使稍習文字。畧知仁義。天下將亂。才遺之民。不王被其鹵莽啖噬也。吾身隱少微。適奉帝命來此。分方授業。暫假廟廡。月餘事畢矣。語後入殿。息燐寂無所見。

半仙

李適人言未來事多奇中。甲午從山東入京。皆稱為半仙。來少宰鼎延有子應順天試。詢得篤否。李大書云。有田皆種玉。無馬不成龍。朱以為嘉兆。及榜發。解首乃田種玉。而末名馬成龍也。梁司馬清標嘗邀之飲。同會六七人。請預道今夕事。李即書片紙寘燭檠下。頃之。座中共話關壯繆出處。依有致書與梁者。發示無一字。翻東背則字在焉。李因取紙出視。云。客所談者皆關公事。有送柬者至。顛之倒之。大可笑也。衆皆拊掌久之。

驢孕石

京師有宋姓者。武定相公鄭圜之僕也。自其家來至京邸。去彰義門尚數里。忽黃霧四起。擁驢不得行。少頃霧散。驢踉蹌抵門。復陸仆而斃。剖視其腹。有卵一枚。大可容升許。物其色白紫相間。而堅如石。衕人云。束熱取置爐中。煮宿尚可復大一圍。試之果然。

粵藩祿定

顏方伯敏戡。缺家居久不得調。康熙十六年。江南藩司缺出。客有以經營之說進者。顏曰。吾向在西泰。元旦假寐。夢東官舫。舫中白榜書。書有月臨波作葉。雲倚樹為屏之聯。出觀兩岸紳士祖餞。皆云迎方伯公者。行已至廣西界矣。十年前曾有此兆。異時當補粵藩。他非所望也。閱二載。顏以舊例引見。忽欽點粵西。竟沒於任。

再世婚

京城東偏有民家生一女。能言之歲。忽曰。我工部郎中鄭濂婦也。何以在此。我欲歸我家矣。跡鄭之居。與女家相去二里許。藏秘之不以告。女甫能行。即出戶覓鄭居。或時越出巷外。其家輒抱持之。防其逸。而女之求歸益堅。不得已。以聞於鄭。鄭乃迎之。甫八齡矣。重室蓬室皆若素游。直入臥床。南面而為婦言曰。我之子與媳安在。不速出見。衆方匿笑。旁睨。濂適自外來。起而曰。我別夫子日久。豈遂不相識耶。藏匿之處。奩篋之存。靡不一一指點。其處鄭郎中以事近怪。不欲宿而遣之。然聞者競相傳告。旋徹內庭。今上召詢濂。濂不敢隱。因命續再世之婚。濂辭以年齒甚懸。且臣之子已生孫矣。居室名言恐有未順。上曰。天命之也。侍十

三歲而婚誰曰不宜瀛奉旨屆期成禮伉儷如初

圓圓

延陵將軍美丰姿善騎射軀幹不甚偉碩而勇力絕人沉鷙多謀弱冠中武闈高選裘馬清狂頗以風流自賞一遇佳麗輒爲神留然未有可其意者嘗讀漢紀至仕宦當作執金吾娶妻當得陰麗華慨然嘆曰我亦遂此願足矣雖一時寄情之語而妄覬非分萌孽於此明崇禎末流氛日熾秦豫之間關城失守燕都震動而大江以南阻於天塹民物晏如方極聲色之娛吳門尤甚有名妓陳圓圓者容辭閑雅額秀頤豐有林下風致年十八隸籍梨園每一登場花明雪艷獨出冠時觀者魂斷雖時田妃擅寵兩宮不協烽火羽書相望於道宸居爲之憔悴外戚周嘉定伯以營葬歸蘇將求色藝兼絕之女由母后進之以紓宵旰憂且分西宮之寵因出重貲購圓圓載之以北納於椒庭一日侍后側上見之問所從來后對左右供御鮮同里順意者茲女吳人且嫻崑伎令侍櫛盥耳上制於田妃復念國事不甚顧遂命遣還故圓圓仍入周邸延陵方爲上倚重來詔出鎮山海祖道者綿亘青門以外嘉定伯首置綺筵餞之甲第出女樂佐觴圓圓亦在擁致之列輕鬟纖履綽約凌雲每至遲聲則歌珠纍纍與蘭馨併發延陵停巵流盼深屬意焉詰朝使人道情於周有營雲見惠之請周將拒之其暱者說周曰方今四方多事寄命干城嚴關鎖鑰尤稱重任天下尚隆推轂之儀將軍獨肩安服之柄他日功成奏凱則二八之賜降自上方猶非所惜君侯以田竇之親坐膺紱冕北地芳脂南都媚黛皆得致之下陳何惜一女子以結其歡耶周然其說乃許讌延陵陛辭上賜三千金分千金爲聘限迫即行未及娶也嘉定伯威畏留勝擇吉送其父襄家未幾闖賊攻陷京師宮闈殲滅貴臣巨室悉加掠繫初掌金帛次錄人產襄亦與焉闖檄重兵扶襄以招其子許以通侯之賞家人潛至帳前約降忽問陳娘何在使不能隱以籍入告延陵遂大怒按劍曰嗟乎大丈夫不能自保其室何以生爲即作書與襄訣勒軍入關竭貲發兵隨天旅西下殄賊過半賊情窘殺之懸其首於竿襄家三十八口俱遭慘屠蓋延陵已有正室亦遇害而圓圓翻以籍入無恙闖棄京出走十八營解散各奉其輜重婦女於途延陵追度故關至山西晝夜不息尚未知圓圓之存亡也其部將已於都城搜訪得之飛騎傳送延陵方駐師絳州將渡河聞之大喜遂於玉帳結五綵樓備翟茀之服從以香輿列旌旆簫鼓三十里親往迎迓雖雲鬟髮風鬟不勝掩抑而翠消紅泣嬌態逾增自此由秦入蜀進於東鉞滇雲乘龍洱海人臣之位於斯已極圓圓皈依上將匹合大藩回憶當年黛痕幽谷挾瑟幻關睹豈復思有茲日是以鶴市遺壤採香舊侶艷此奇逢羨有嗟吐九天之嘆梅村太史有圓圓曲曰鼎湖當日棄人間破敵收京下玉關慟哭六軍皆縞素衝冠一怒爲紅顏紅顏流落非吾戀逆賊天亡自荒宴電掃黃巾定黑山哭罷君親再相見相見初經田竇家侯門歌舞出如花許將戚里箜篌伎等取將軍油壁車家本姑蘇浣花里圓圓小字嬌羅綺夢向夫差苑裏遊宮娥擁入君王起前身合是採蓮人門前一片橫塘水橫塘雙槳去如飛何處豪家強載歸此際豈知非薄命此時只有淚沾衣薰天意氣連宮掖明眸皓齒無人惜奪歸永巷閉良家教就新聲傾坐客坐客飛觴紅日暮一曲哀絃向誰訴白皙通侯最少年揀取花枝屢回顧早攜嬌鳥出樊籠待得銀河幾時渡恨殺軍書抵死催苦留後約將人誤相約恩深相見難一朝蟻賊滿長安可憐思婦樓頭柳認作天邊粉絮看遍索綠珠圍內第獨呼絳樹出雕闌若非壯士全師勝爭得蛾眉匹馬還蛾眉馬上傳呼進雲鬟不整驚魂定蠟炬迎來在戰場啼粧滿面殘紅印專征簫鼓向秦川金牛道上車千乘斜谷雲深起畫樓散關月落開粧鏡傳來消息滿江鄉烏桕紅經十度霜教曲伎師憐尚在浣紗女伴憶同行舊巢共是啣泥燕飛上枝頭變鳳凰長向尊前悲老大有人夫壻擅侯王當時祗受聲名累貴戚名豪競延致一斛明珠萬斛愁關山漂泊腰肢細錯怨狂風颺落花無邊春色來天地嘗聞傾國與傾城翻使周郎受重名妻子豈應關大計英雄無奈是多情全家白骨成灰土一代紅粧照汗青君不見館娃初起鴛鴦宿越女如花看不足香逕塵生鳥自啼屧廊人去苔空綠換羽移宮萬里愁珠歌翠舞古梁州爲君別唱吳宮曲漢水東南日夜流此詩史微詞也　皇朝順治中延陵進爵爲王五華山向有永曆故宮乃據有之紅亭碧沼曲折依泉傑閣崇堂參差因岫冠以巍關繚以雕牆袤廣數十里卉木之奇運自兩粵器玩之麗購自八閩而管絃錦綺以及書畫之屬則必取之三吳絪載不絕以從圓圓之好延陵既封王圓圓將正妃位辭曰妾以章臺陋質謬汙瓊寢始於一顧之恩繼以千金之聘流離契闊幸保殘軀獲與奉匜之役珠服玉饌依享殊榮分已過矣今我王析珪胙土威鎮南天正宜續鸞戚里諧鳳侯門上則立體朝廷下則垂型禰屬稽之大典斯曰德齊若欲蒂弱絮於繡裀培輕塵於玉几既蹈非耦之嫌必貽無儀之刺是重妾之罪也其何敢承命延陵不得已乃別娶中閫而後婦悍妒絕倫羣姬之艷而進幸者輒殺之唯圓圓能順適其意屏謝鉛華獨居別院雖貴寵相等而不相排軋親若娣姒圓圓之養姥曰陳姑幼從陳姓本出於邢至是府中皆稱邢太太居久之延陵潛蓄異謀邢窺其微以齒暮請爲女道士實娥黑冠日以藥罏經卷自隨延陵訓練之暇每至其處清談竟晷而還府中或事有疑難遇延陵怒不可解者邢致一二婉語立時冰釋常曰我晨夕焚修爲善是樂他非所計耳內外益敬禮焉今上之癸丑歲

延陵逵逆丁巳病歿戊午滇南平籍其家舞衫歌扇稱盛嬌嬈聯艫接軫俱入禁掖邢之名氏獨不見於籍其玄機之禪化耶其紅線之仙隱耶其盼盼之終於燕子樓耶已不可知然遇亂能全捐棄不御皈心淨域晚節克終使延陵遇於九原其自愧何如矣

李菥六

嘉善李菥六遇京師臙脂巷有微疾鄰之兄弟二人居肆者也傍晚閉戶纖月流照窗間其弟方寢見窗外有人啟然而過驚以為賊呼兄出共擭之無所獲因攜燈扃室其弟忽仆地為鬼語曰吾欲至某家攝人誤入汝室汝何閉我而不出耶速出我毋失我期遂洞開其門仆者蹶而起是夕李菥六卒

水樹

喇麻國僧至京師其所經塞外地累月無水道旁有樹極高大僧渴則以佩刀劚之輒水出如注飲之清甘駝馬亦給抽刃水止樹膚復合不知其何名也

姜郎

王峄姜郎繡者性柔姿媚宛然金閶質也踏青之暇雅憩山亭偶歌步芳塵一闋珠聲圓於鶯囀吳生適至悅其佳唱橫笛和之繡凝眸良久意愜神投吳攜歸締盟密邇伉儷時有十八公風流蕭逵心傾於繡婉轉致之門下分桃斷袖莫踰其寵視人間麗姝皆為贅物然繡情鍾屬吳生雖餉以重實配以名姬非所好也十八公督秩北上偕繡以行吳生追送湖干僅於蕭縣官船踏馬目別長慟而返幾不欲生於是日青其婦搖稱玉趾製雲閣之履十雙復於鶴市孫家買乾膜十瓶纏攜縢負徒步入都露餐風宿者三十餘日始達十八公之第而朱闌海深難成良覿遂手提臥具夜宿其門繡聞之輒為向隅飲泣十八公廉知其狀憤交至乃褫繡之服襪而坐之於石責其忘尊慢賤然貴懷負繡嘿然無一言嬌啼而已維時紅日垂簷繡肌雪耀輾轉低徊益增妍豔十八公翻然心動隨以繡襦覆體許其與吳生一見乃有都下婉孌之徒歆羨情穠蓮池月鹿以青猴之裘至柏府雲甌以紫貂之冠至韋曲嫋奴以雙鶯之被至杜陵翠客以五花之裀至或輸錢而儲華屋或扶俎而進豐肴貂顏瓌坐玉映四筵既而銀蟾入戶角枕燦陳羣嬖畢退二美相攜逆於春明鐘動十八公亟遣健者促繡還第且將收吳而置之法忽失所在徧索九衢莫知所之矣

琥珀棠

元輔巴公搢拔時寶貨不可勝紀有一書案純以琥珀琢成面嵌水晶方廣二尺下承以替高可三寸亦以水晶為之貯水蓄金魚數頭硃鱗碧藻恍若麗空見者歎為奇器

竹垞詞

竹垞未十中年以後出其詩古文之餘力肆攻於詞故指事肖物有從革之工無雕繪之迹即其袁馬清狂昵昵兒女亦偶然遣情所托非若淺斟低唱滴粉搓酥引紅粧為知己者也其自題江湖載酒集云不師秦七不師黃九倚新聲玉田差近題竹垞壁云賦新詞竹山竹屋言所宗也以余觀之殆又過焉己未奉詔入都時余亦在青門相約和宋人樂府補題有桂枝香賦天樂等調其詠蟹一闋云肆葦蕭水見半漾湖流半撐湖嘴此際甚歌漸少滿滕香穗魚師蒸飯新炊後任欹斜纖頭船艣爬沙響連江露白一燈紅細便八跪雙螯都利披筠菹掩就仄行無計鼓紋閒塘蘆岸描成秋意須愁解甲隨潮去添瘦葦一枝扶起覆霜聽澀釜聲宛似玉琴鳴泉再詠蟬云蛻餘不作游仙夢炎天愛浮涼吹抱柳眠慵梧槐影合隨分小園堪寄綠陰滿地慣獨自悠颺一絲風裏咽住殘聲哀吟又聽別枝起柴門亂噪雨後濕雲斜照落霞斷雨尾南陌離亭西風故國多少愁人盈耳兒童此際穿蛛網膏芽筠竿樹底為徒驚飛纔桐移弄指玩兩詞意其憾憾身羈絆者迫其入芸局典棘闈珥筆禁近受眷最隆非常之遇不且過於扶醉尋鈿一朝釋褐哉

碧血

嘐城黃陶庵先生為諸生時即深究性命之學晚年始遂以國事日非不肯出就官乙酉城破投筆慷慨抗吭而死弟偉恭與其徒侯幾道雲同日併命焉後二十餘年幼弟洪耀出應郡邑試是夜家廟神主震動作聲微聞愀然若歎息者己未歲余於都門遇陸翼王元輔即先生門人也以博學鴻儒召試試時忽有風擊其卷恍惚聞先生入帶大書碧血二字示之陸為悚悟投筆而出遂不與薦

三別號

嘉善柯光祿岸初先生常言昆山徐氏三崑季皆世間偉人其別號健庵果亭立齋各道性情無不極似余從游日久信其知言相國面方口大豐眸有光寡於言笑與客飲至酒深或述往事間發諧語乃始微哂莊坐移晷無倦容盛暑必肅衣冠雖門生故吏不以褻見少時嗜奕及葉子戲自晉秩大司成遂絕不為昔李九我為南祭酒亦然蓋先後賢有同揆也司寇溫厚凝重短視而善鑒人凡受其賞識者次第擢巍科吐握之勤晨夕靡暇常至口噤舌燥手持簡牘耳受陳稟兼施並給曾不閒誤賓退而僕輒事鉛槧即飲闌漏徙無釋卷之時宮詹性恬榮進稱疾家居築室山南曰耘圃根楠橫棐列貯縹緗竹塢蓮池淡蕩遣其門者倘然有遺世之思年五十有二始舉一子遂命地師相地客有問者曰相地何用

宮詹自指曰。將以藏此軀耳。時司寇與相國尚無恙。而宮詹方在盛年。遽為此語。亦足以見達天之致矣。不數載而司寇與相國相繼謝世。果亭先生特膺寵命。洊陟宮詹。嗟乎。達天者其得天獨厚哉。

程公引

程汲字公引。其先本徽人。以行鹽寓居揚州。明末全家罹難。汲方十二歲。兵劈其首仆。久復甦。迨於既壯。身長八尺。狀貌魁梧。惟自頂及顱。創痕尚在。顧生產已盡。漂泊江湖間。適大賈方姓者自楚及吳。汲附其舟。方呼與奕。奕甚善。飲之酒。酒盡數斗。神觀卓然。方心異之。因相約為兄弟。假以萬金。仍使行鹽。以繼前業。汲悉散其金。結交當途貴客。康熙戊午。以太學生入貲。得杭州府同知。蒞任之明日。自持帚筆大書署門曰。官居佐貳。不受民詞。往時頗以碁酒自豪。至是楸枰杯勺。悉皆屏廢。凡謁上之狀。必手書而輸賄。以權勢不為屈。請以賄賂不能通。訟庭之肅。等於憲府。未幾方姓者至。將理舊逋。嘉其室冷如冰。太息而去。閱三載。以卓異聞。遷河間府太守。旋陞直隸巡道。已巳　皇上南巡。命于中丞扈從。汲以巡道董理巡撫事。鑾回之日。迎候舟車。倉卒不備。因削秩歸。乃還揚州故居。踰歲而殁。其殁也。門無賓客。室無媵婢。懷無子女。積無帑藏。孤燈繐幃。老婦嗚泣而已。觀其列騎樹戟。距布衣北行時。僅十有一載耳。勃然而興。奄然而逝。當是槐下淳于。重成一夢也。

福壽難兼

人生之幻。原無常境。然以俗情而觀。必俟結局乃定。河陽趙玉峰士麟。為江浙巡撫。內陞少宰。康熙丁丑子宸龢。弱冠成進士。入詞林。太夫人適當百歲。　御題百歲壽母以賜。是夏太夫人忽患脾泄。一夜數十起。旋即安善。強飯如初。舉朝共相慶。稱為嘉瑞。不踰年而宸龢卒。少宰以哭子過痛。亦殁於己卯五月。觀其臨終疏語云。上有百歲老母。下無三尺遺孤。忠孝兩違。抱憾冥極。言念及此。壽母雖有奇齡。固不若先少宰而以脾泄之疾終也。常熟歸孝儀允肅。中年登鼎甲。其夫人相從京邸二十餘載。孝儀卒於官。無子。止生一女。遠嫁維揚。夫人孤身扶柩而歸。未幾婿家以女病告。倉皇買舟抵揚。肩輿入視。女瞑目矣。遂長慟而出。亟命輿還舟。從婢揭簾請行。夫人拔笄自刺。已死輿中。夫幼育儒閨。長稱命婦。豈不謂榮。而迍邅並遘。至不欲生。何如蓬蓽者流。反得悠悠卒歲乎。是知目前之境。其倖獲之富貴。固無足欣。即現享之壽考。亦未足慶也。

服禁

宜興任巽尊弘嘉。性儉樸而貌恭謹。玉峰相國最器愛之。丙辰成進士。館選有期矣。巽尊猶

然藍縷。相國謂曰。廷見　天子。衣冠不在華侈。然亦須楚楚。巽尊曰。敬依夫子命。當借之同舍生。相國哂焉。嗣以考選為監察御史。多所建白。獨請定服制一疏。滿漢大臣意頗不愜。京師為之諺曰。九卿六部兩衙門。盡脫貂狐貉猞猁孫。侍漏五更寒徹骨。人人致怨任巽尊。

晚遇

高詠字阮懷。別號遺山。宣城人。姜宸英字西溟。慈谿人。俱以詩古文見重於時。其蹤迹不甚性亦相似。阮懷十五省試不售。年近六旬。始歲貢入太學。崑山徐相國為大司成。奇其才。延之家塾。常謂曰。先生弱冠蚤致盛名。余甫就傅。願一見顏色不可得。今乃屈至門下。實慚且幸。阮懷唯唯。絕無遜讓意。又數年。召試博學鴻儒。授翰林院檢討。未幾以老病去官而卒。西溟長身多髯。尤工書法。相國監修明史。疏其名以聞。因得借秩史館。屢試京兆。乃得售。康熙丁丑成進士。時　聖駕親征葛爾旦。奏凱旋京。舉朝獻頌。諸體畢備。唯西溟文最古雅。適遇傳臚。　皇上特拔置一甲第三名。已七十有餘歲矣。西溟素以行草擅長。登第後。乃善作小楷。以三指撮管端。懸腕疾揮。分行結體。疎密合度。其紙尾圖記曰。丁丑後書。

燕京元夜詞

京城元夜。婦女連袂而出。踏月天街。必至正陽門下摸釘乃回。舊俗傳為走百病。海寧陳相國夫人有詞以紀其事。詞云。華燈看罷移香屧。正遥陌遊塵絕。素裳粉袂玉為容。人月都無分別。丹樓雲淡。金門霜冷。纖手摩挲怯。三橋婉轉凌波躡。斂翠黛。低回說。年年長向鳳城遊。曾望蕊珠宮闕。星橋雲爛。火城日近。踏遍天街月。相國夫人姓徐。名燦。字湘蘋。才華敏贍。此其從宦京邸所作。

五經中式

康熙丁卯順天鄉試。海寧查嗣韓。侯官林文英。皆全作五經題文。監察御史以違例不准謄錄。榜發後。知貢舉者疏二人名以聞。上許其一體會試。戊辰俱成進士。登詞苑。益特典也。比來咕嗶之家。以帖括竊取科第。自本經而外。一無通曉。仕路之登進日繁。學殖之荒落日甚。查林二公。乃能於風簷刻燭時。立就二十三藝。洵未易才。若非幸遇聖明。則格於成例。終至淹沈矣。考之有明三百年來。五經中式者。僅二三人。崇禎甲戌會試。則福建顏茂猷。癸未則浙江譚貞良。馮元颺。今一科之內。而獲奇雋。又仍出於閩浙。於以徵化成天下。為尤盛焉。

鄉贅卷四終

瓠賸卷五　　吳江鈕琇玉樵輯

豫觚

訓吏名言

余筮仕陳之項城時崑山徐立齋夫子寓書南臺以手畜來云嘉政設施逐有次第足徵蘊蓄有素昔賢為政三年而後頌聲作然其始未免怨謗民譽不失亦何容易程子有云節用愛人常愧此四字足下今為民父母歷數時存此心無論更歷而張仍實為治要實有與民痾癢相關之意情隱既孚久而共信卓然之績何施不宜豈特百里無負已哉此真訓吏名言凡為守令者皆當敬書一通置之座右

鳴鉦應試

梅長公之煥自巡撫甘肅歸里暮年以乏嗣澳邑頗為鄉評所輕然好獎掖後進亦以此望重於時崇禎末麻城之就童子試者不下三千人而府錄其挾有周水心等四十五人皆府錄所遺憤刺謁梅因閽者言求見梅故緩步而出佯呵之曰若輩皆博徒豪飲者耳叢荒於嬉而乃溷我為諸子不敢致辭逡巡下階遽止之曰若輩飯乎且少休我為若輩具一餐須臾出酒脯極飫食畢諸子告退又止之曰若去乎若來云何也我且試若矣因面課而甲乙之曰可售者僅二十人耳周水心其首也遂許其致刺牘於學使者時諸學使按黃已久試麻城限止隔一日自縣至州且百有六十里度事不濟乃令兩健僕騎而馳各與一小鉦結束為驛使狀諸子隨其後夜分抵州急鳴鉦如警報者隨闖門而進學使者方啟轅燃燭見二騎直入投檄驚怖發覩則梅中丞之薦童子試者也即為貫收之四十五名內取十七名周水心果冠一榜

除夜覘士

陳楚產號五不讀書甚苦寄食硯田三十餘載齒踰知非始補弟子員隨捷兩闈筮仕萊陽令時值除夕欲覘萊俗與楚風同異若何徒步出郭所見烘爐戲鼓爆竹粘村比戶皆是行至郊墟忽聞茅屋有書聲出潛窺之見一士子與其婦坐讀敝幃一吟一紡青燈熒然已甚淒寂夜向午矣陳殊覺異即遣蒼頭從舁酒麪肉米相餉并贈以詩曰破窗無烟火寒門妹結絲斯人今日事似我少年時元旦士子來謝則董生觀光也時楚產尚艱嗣立遣其家於署內飲食教誨如子者數年亦成進士官至粵東司李楚產罷官知府遂為其屬觀光執弟子禮不輟存果之日麻城桂璜稱者其里人言之蓋好文愛士必兼前二事為稱首

呼名批頰

佟中丞鳳彩巡撫河南年已老每日五鼓燃燭治文書或坐倚假寐少頃輒覺然起自呼其名曰佟某汝為朝廷大臣封疆之重皆汝肩之奈何老不任事若此輒以手批頰數四侍者為之悚慄中丞在豫如論罷修河夫役協濟柳梢及調劑西征大兵秋毫無犯豫人感其德者猶繪像祀之

潛冥衿錄

永城有張生者屢就童子試不遇讀書芒碭山天齊寺攻苦之暇散步殿廡見東帝座下判官像貌偉麗戲拊其背曰人間安得如公者吾與論心訂交乎是夕生篝燈禪堂披簡孤坐忽聞扣門聲且曰君所願交者來矣啟扃而迎則晝所見判官也始頗疑懼繼稍款洽坐談之頃溫語莊言纚纚動聽生且喜得佳友由是定更輒來夜分乃去率以為常生久之與習因自陳轗軻有年莫測榮枯所指乞其稍示冥冊神躊蹙曰君無顯秩即一芹猶難擷也奈何生不覺憤惋堅請為之迴斡神徐曰當為君圖之閱數夕至曰已得之矣山東某邑有與君同姓者應於明年入泮吾互易其籍可暫得志然事久必露君其慎之翻後神不復見生亦歸里試果獲售悉如神言浮沈黌宮十餘載忽夢神倉皇前訴曰吾因與君一日之契潛竄衿錄已紫帝諭法當遠戍茲行與君永別耳生覺而惘然未幾亦以試劣被黜

李通判

李通判者山西汾州人其前世為鄉學究年踰五旬閒居晝卧夢二卒持帖到門云吾府延君教授請速往挾之上馬不移時至一府第如達官家青衣者引之入書館煥麗曲檻紆迴最後書室三楹坐頃兩公子出拜錦衣玉貌皆執弟子禮日夕講課不輟書室外院地邇廳事時聞傳呼鞭笞之聲特不見主人為怪且不曉是何官秩請於二子二子曰家君即出見先生矣未幾主人果出冠帶殊偉晤語間禮意款洽學究因言晚輩承之幕下久且閱歲不無故園之思主人微哂曰君至此已不可歸然自後當有佳處幸勿復多言學究凄然不樂竟忘其身在冥府也一日主人開讌邀學究共席辭以寒素不宜與先輩抗禮强之乃行廳事設有四筵揖便良久一僧肩輿而至極騶從之盛曰大和尚又一僧至如前曰二和尚直據南面二筵學究主人依次列坐主人與二僧語學究皆不解殽果亦並非人間物酒半忽見一梯懸於堂簷二僧出躡之冉冉而去主人促學究從而上舉足甚苦倏然墮地則已托生本州李氏矣襁褓中能語如成人但冥府有勿言之約不敢道前世事生四歲握筆為制義評隲其父文可否悉當後登崇禎一榜順治初通判揚州天兵南下出迎裕王王手掖之如舊相識曰當時事猶能記憶否一笑馳去潛窺裕王狀貌即所見二和尚也而大和尚未

卷五　二

知出世爲何如人。

淡如

祥符中年之間，水月菴高衲姓平號淡如，年八十五而示寂，先一日囑其徒曰：吾死當歸骨於龕，俟三歲後發之，如體已腐，焚之可也；倘此身不壞，必有更吾衣者，至汝其聽之。其孫寂鳳亦浮屠之有行者，奉其遺教，如期發龕，則淡如端坐於內，衣化塵飛，撫其體堅過鐵石，扣之鏗鏗有聲。遠近觀者雲集。中牟雍令亦適至，愕然曰：是師昨入吾夢，乞吾銀五兩有奇，爲一衲。其將欲飾金以示不壞之身乎？隨召匠而問其所需，果符所乞之數。今金像尚在庵中，士女焚禮不絕。有一營卒心疑其僞，潛以刃剗臂，血殷殷隨刃湧出，營卒大懼投地，懺服悉以金塗所剗處，刃口終不可合。庵僧因加扃鐍，遇誠者始啟觀焉。

古古詩

律詩全首用事，而高渾絕倫，不嫌繁重者，近時惟白耷山人擅長，由其熟於羣史，故遇一題援筆立就，而對屬精切，有天成之妙。太康軒姓者，夢劉將軍綎入其室而子生，因名曰綎，字以公劉。修髯偉幹，膂力過人，有聲介冑間，然數奇不甚顯於世。山人贈詩曰：江湖萬里破征雲，秋水微茫白鷺羣。旅舍自稱前進士，夜亭誰識故將軍。銛鐔搖動星辰氣，麟軨沈埋虎豹文。泗上重來歌舞地，空樓涼月落紛紛。篇內所謂前進士故將軍，正指其再生之事，點染極工。其他如題古函谷關一聯：范叔入來人不識，田文歸去吏猶眠。可與胡宿望氣竟能知老子，棄繻何不識終童語相伯仲。咏史一聯：大夏遠求邛竹杖，長秋私典羽林兵。大夏長秋巧於白頭蒼耳，而典雅過之矣。偶過黃子載公近鷗居，出古古詩相示，因畧舉其佳句而筆之。

息壤

淮南子：鯀堙洪水，盜帝之息壤，帝使祝融殛之羽淵。據續博物志：息壤在荊州南門外，狀若屋宇，陷土中，而猶見其脊。旁有石記云：不可犯，犯之頗致雷雨。有妄意掘發，水釜上不可制。考東坡詩序亦然。康熙乙丑春，余晤太原王司訓鈿於汝上，言壬寅歲從其先大人官荊南，時值大旱，土人請掘息壤，初不之信。閱三月不雨，不得已從其請，出荊州南門外隄上掘不數尺，有狀若屋而露其脊，復下尺許，啟屋而入，見一物正方，上銳下廣，迫視非木非土非石非金，其紋如篆，土人云：此即息壤也。急掩之，其夜暴雨不止，歷四十餘日，大江泛漲，遂決萬城隄，幾陷荊州，可爲前誌之証。石記今亦不存。

牡丹述

歐陽公牡丹譜云：牡丹出洛陽者，天下第一。唐則天以後始盛，然不進御，自李迪爲留守，歲遣校乘驛，一日夜至京師，所進不過姚黃魏花數朵。又賈耽花譜云：牡丹唐人謂之木芍藥。天寶中得紅紫淺紅通白四本，移植於興慶池東沉香亭。會花開，明皇引太真賞，命李白進清平調三章，而牡丹之名於是乎著。然考之雜誌，煬帝闢西苑，易州進牡丹二十種，有飛來紅、袁家紅、天外紅、一拂黃、軟條黃、延安黃等名，則花之得名不始自天寶年也。明皇時有進牡丹者，貴妃面脂在手，印於花上，詔栽於先春館，來歲花上有指印跡，名爲一捻紅，則花之繁植不僅在沉香亭也。錢惟演道洛下牡丹，東坡有詩云：洛陽相公忠孝家，可憐亦進姚黃花，則花之入貢，不止於李留守也。余官陳之項城，去洛陽不五百里，而遍訪所謂姚魏者，寂焉無聞。鄢陵、通許及山左曹縣間有異種，唯亳州所產最稱爛熳，亳之地爲楊豫水陸之衝，豪商富家比屋而居，高軒大艑，連檣而集，花時則錦幄如雲，銀燈不夜，遊人之至者相與接席攜觴，徵歌啜茗，一椽之僦，一箸之需，無不價踊百倍，浹旬喧譟，歲以爲常。土人以是殫其藝灌之工，用資賓客。每歲仲秋多植平頭紫，剪截佳本，移於其幹，故花易繁。又於秋末收子布地，越六七年乃花，花能變化，初本往往更得異觀，至一百四十餘種，可謂盛矣。然實非勝地，轉不名園，上林無移植之榮，過客無留題之美，周子有言：牡丹之好宜乎衆，嗟乎，豈牡丹之幸也哉。項與亳接壤，余日蹟於簿書，不能一往，閱三載復以憂歸，游覽之懷竟未獲遂，余之不釋，甚於花也，而終不忘於余心。友人劉子石友、王子鶴洲艷稱之，因其所言以類述於左。

花之以氏名者十有八

支家大紅　支家新大紅　支家新紫　甄家榴紅
宋紅　蔡家銀紅　孟白　石家大紅
支家銀紅　武家遺愛紅　董紅　魏紅
雅白　雅二白　大焦白　二焦白
王二紅　馬家黃
次品一
王家紅

花之以色名者十有六

花紅平頭　花紅無對　銀紅大觀　御衣黃
中黃　矞鬚黃　鸞頭紅　水獺銀紅
拖地白　大黃　小黃　鴨羽綠

佛頭青　花紅勝粧　斗口銀紅　花紅奮草

次品二

花紅樓子　宮袍紅

花之以人名者十有七

太真晚妝　郭興紅　老郭興紅　健紅

洛妃妝　綠珠瓊樓　楊妃沉醉　健白

貂蟬輕醉　飛燕妝　醉玉環　楊妃初浴

軟枝醉楊妃　楊妃一捻紅　蘊秀妝　孟烈紅

碧玉紅妝

花之以地名者八

瑤池春　漢宮春　明堂紅　閬苑仙姿

陝西大白　太和紅　生白堂　繡谷春魁

次品三

玉樓春　蕊宮仙顏　沉香亭

花之以物名者二十有七

金玉變　花紅縐紗　縞絲霓裳　醉仙桃

金輪　綠衣含珠　出爐金　金玉交輝

紫羅蘭　界破玉　斗金　金不換

斗珠　無瑕玉　琉瓶貫珠　黃絨鋪錦

白舞青猊　白雪錦繡　磚色藍　出水芙蓉

粟玉香　一尺馬　十張灰　五色奇玉

海市神珠　錦帳芙蓉　銀紅毬

次品十有一

霞天鳳　蕊珠　軟玉　丹鳳羽

芙蓉鳥　屑綺　蜀錦　臙脂樓子

花紅剪絨　雪魄蟾精　蓮花晚翠

花之以數名者三

第一紅　十七號　十九號

花之以境名者十有二

金烏出海　湖山映日　扶桑晚日　萬疊雲山

碧天秋月　秋水妝白　水月妝　瓊樓玉宇

冰輪乍湧　金精雪浪　寒潭月　一朶紅雲

次品一

雪塔

花之以事名者六

奪錦　泥金捷報　十二連城　綠水紅蓮

朱顏傅粉　祥光罩玉

次品三

奪元　墨魁　嬌紫妝

花之以品名者八

花聖　萬花一品　天香一品　奪萃

奪萃變　蓋花伍　獨勝　天葩奇艷

次品七

花王　花祖　奪艷　姿艷絕倫

羣芳蓋　嬌容三變　勝嬌容

以上皆異種。其尤異者，支家大紅，太學生支嶽甫手植，千葉明霞，鮮艷奪目，殊非深紫可比。新大紅色亦如之，綻蕊結繡，蟠曲下垂。二紅并妍，難第甲乙。一足馬色紅，有以足馬易之者，名遂著。健紅之名始於土人健宇所嗜，向無支紅，則健紅固一時之冠也。鄒衣黃俗名老黃，曉視晝白，午候轉爲淺黃，鶯然可愛。綠珠瓊樓色白，每瓣綠點如珠，雖丹青莫爲之，無其巧幻。出鑪金娟娟嫵媚，艷亞海棠，枝榦亦小。金輪爲黃中第一，古之姚黃恐亦遜此。魏紅如傅粉美人。錢思公常曰：人謂牡丹花王，今姚黃真可謂王，而魏花乃后也。諺云：姚黃出於姚氏，魏花肉紅色，出於魏相仁溥家，今之魏紅其遺種歟。焦白明秀，爲白中上品，與健雅伯仲。界破玉嫩白色，每花片上紅絲一縷印之。磚色藍藍間帶紅，望若紅衫女子貯碧紗籠中。十二連城白次雅健，五色奇玉白又次於連城，而花瓣各有紅紫碧綠諸色絲絡其間，洵云奇矣。金玉交輝白花鋪以黃蘗，綠衣含珠紅花綴以翠縷，亦奇玉之亞。古以存紫稱最，近唯紅白檀塲紫、支家新紫嬌膩無俗韻，固宜與大紅、新紅名甲海內云。其次者雖非本州所貴，歲以售之花賈。好事之家購而得。猶不止吉光寸羽、崑山片玉。況其尤者乎。雖然，盛衰無時，代謝有數，後日之蕪，安知不為今日之雒，則鬱英佳卉，泯滅無傳，是花之不幸，又甚於余。余烏能以無述也。時康熙癸亥七月望日。

人蝟

祥符縣三教庵，距城十餘里，僻在荒野，鄰近並無居民。適有武衿王生者，康熙壬戌七月，自遠道訪舊而回，孑身無伴，暑渴且甚，暫憩斯庵。庵僧以茶飲之。生遂憒然不能言，但兩目瞪視，形同木偶。隨有一僧以二寸許針從左手腕刺入，初覺微痛，漸乃不省。遂解去生衣，乾其頂，復將百針自腰以上，凡肩背胸膊，悉用磁釘，竟成人蝟。乃以柳輿舁之出庵，周行村鎮，口稱佛號，且曰有能施銀錢者，為拔一針。檀施頗集。旋至城市，觀者如堵。衆中一人迫視久之，亟呼曰：此我表弟王生也，何以至是？僧即駭走。市人擒僧鳴縣，押取解藥，為生去針，盡遁甦。時蒲圻黃岵雲令祥符，鞫治得實，置僧於法。

孫家庄

扶溝有孫家庄，惟孫姓者居之，性黠而驁，多行不義，頗贍於財，危樓高臺，搆至百楹，周以綠垣，甃甓甚固，佃戶之依以居者，茅舍三十餘家。康熙十三年七月初八日，雨中忽見庄東北

有巨人長十丈許，去庄前半里地，拔一大柳樹，望空旋舞，狂風刮地，其聲若雷。孫姓之屋，蕩掃無遺，摧壓而斃者九人。傍居佃戶，完然如故。是日孫氏有一甥，為巨人挈置別村樓脊，見其兩掌如箕。風定後，居人量所履之跡，長五尺八寸。吾邑官溪吳聖揆家，白晝晦冥，有龍自中風入，夭矯倏忽，破屋而逝，榱桷瓷棟，挾以俱飛，耕牛三頭，攝至雲中而隕。聞聖揆為人頗與孫相似，故亦致此異。時康熙三十二年七月間事也。

讐驢

閩賊之黨，袁鷹兒也。泉河北岸時時渡河焚劫，去陳州二十里，州民黃鳴梧之父為其所殺。梧年方少，日夜思報父仇，念衆寡不敵，遂單身投賊。梧能騎射，善琵琶，賊愛而容之。居賊營七閱月，陰求殺父者，則鷹兒之弟袁三也。鷹兒遣三入陳偵候官兵，梧從之。因潛至其家，約其族黨敢死者八十人，乘夜劫賊營，縛袁三歸。時官兵適至，餘賊各散去。梧見三，佯為不知者，曰：何驚吾主也。急解其縛，以好酒食啖之，直過其父死日，梧怒目持刃前曰：袁三，爾非去年此日之殺吾父者乎？殺人者死，請就縛。剝其上下衣，綑束如祭豕狀，貯柳筐中，陳於父墓前，釃酒灌袁耳，痛哭祭告畢，剖其腹，攫心肝焚瘞之。去梧家三里許，有一柳樹，其下即殺梧父處。梧乃挈袁首挂柳樹，乃歸。半載，僕家產一驢，其色純黑，甚健且良，有以十五金易之者，梧愛不與。一日跨是驢自州還家，行至前柳樹下，驢忽作人語曰：我袁三也。我殺爾父，我死宜矣，何剖腹屠腸之酷也。隨嚙梧左股墮地，自肩至背，嚙無完膚，復折其臂，偶歘悄捻項未至斷喉，得不死。適旁有枯井，急轉身入之。然驢猶望井跳躍不已，頓舐其井旁血至盡。里人過其地，見梧，遂舁以歸，療治數月乃愈。梧復欲殺驢，有識者謂曰：冤冤相報，何時了也，不如舍之。梧是其言，命奴牽去，鬻於市，獲銀六兩。今梧見存，猶折一肱。

雲蟲

中州山嶺間有物如蜥蜴，俟天將雨，則羣蟲從石罅緣沿而上，仰口噓氣如珠，青白不一，直上數丈，漸大如甕，須臾合併，散漫滃然，瀰空遂成密雲。山中人稱為雲蟲。

尸行

穎上舒子將言：其鄉人死而未斂，其子出備棺衾之屬，囑所親守之。夜室闃然，枕肱注目，忽於燈次見尸踽踽有動意，因大懼，起坐。尸亦起，急奔戶外，戶已扃，尸尾其後，繞堦逐之，遂踰牆走。尸抱其足，不得出，迨曉，其子返，猶僵立牆下，持所親足愈堅，百計挾治乃脫。所親已迷睐無人色，久之始甦。舒曰：是必天地不正之氣憑之為妖，如豕立於齊，石言於晉，當非豕與石能然耳。

判官薦才

項城王爾固允貞，好學能詩，以副車貢入太學，與余友善，自言康熙癸丑之冬，遘疾幾殆。至明年上元日午，偃臥榻上，忽見一隸戴白宣帽，衣藍布半臂，露肘及足，乘小赤馬，於草堂西北隅冉冉自壁間下，揖王而前曰：請若官裏去。王笑應之曰：世豈有秀才仕官者乎？隸曰：第去，則官可立致。當時室中之人，不聞其應對何語，即王亦不知隸為鬼也。適其母夫人以茶來，呼之，乃悟，因詰其事，闔室悲啼，請命。王復見隸，似憫之者，曰：若辭以母老子幼，多焚楮帛，可免此行。謹尊盍少飯我，湖邊幸勿於家於井於路，恐為他神所攫。因索紙商定辭職之狀，揚鞭破壁而逝。是夜二更，忽前隸見於燈下，津津有喜色，曰：得所請矣。手探夾袋中，取稟帖一幅示王，並無人名，其詞則曰：稟為薦才事。役自掌文案以來，已經九十餘載，未嘗更換，情實可矜。今有項城縣生員王允貞，年少老成，堪掌文案，懇乞俯准更換，庶案牘不致淹滯，而下役得以超升。其帖尾作行草大字批曰：據稟王允貞近方立志從善，前此之心，豈可問乎？文案之掌，夫豈細故，所稟不准。王始自信無恙。因問稟我者為誰，隸初不答，三問之，乃曰：蓮池東岳廟東廊第一殿判官衣青者是。又問汝為誰，曰：我則土地祠隸也。遂去。蓮池集在沈項之交，廟中果有青衣殿判，如隸所言。

產龍

實四者，沈丘槐店寄生之佃也。康熙庚午夏日，四婦將逼娩期，夢黑丈夫頎而髯，謂之曰：我欲暫托汝家，幸勿加害，當有以報。次日之晡，產一龍，蜿蜒蹢尺，鱗角俱備，項間有黃鬣如馬鬣，拂拂而動。婦極驚怖，意欲斫除，忽飛繞屋梁，因憶前夢，姑置養焉。不三日，長數丈，夭矯遊行；就乳則體仍縮小如初生時。熟習日久，飼以鷄卵亦能啖也。沈丘范令親往其家視之。

劉船

康熙初，沈丘程家村有劉船者，字小舟，充縣捕役，其年已老。夏月雷雨暴至，倚門南望，遙見雲霧中一人乘馬而至，兩腋各挾石鏃，將舉碇擊船，又一人大呼曰：非此劉船也。遂去。是時沈丘王邦瀏南岸別有劉船，亦字小舟，方於河濱鋤地，雷至擊死。程村之劉船一足及碇腫如盎，旬日而愈。

秦大漢

沈丘枳店民秦大漢，名光前，狀如金狄，絕有力。嗣陽之門傴而行乃得入。嘗所穫秋稈於市，每擔四十捆。適積雨後，市有大車陷淖泥中，三牛不能出，光前脫牛而以手出之。康熙十三年，時方用兵，親王出鎮荊州，有薦於軍前者，王賜袍一領，製布十二疋尚不掩踝，其足尺有四寸。植其靴高與食案等。餧飯肥馬，莫能勝載。刀矛之屬，不足供其展用，乃駢以索鉋而鑄三十觔鐵鎗與之，始得稱意。然不宜於慓疾之戰，廢歸，以病死。

木介

語云：木生介，達官怕。余於康熙乙丑冬抄，將從項城扶親柩南歸，士民故舊相送郊外。時雨雪已霽，地無積素，而樹枝多有凌澤封凝，厚至二三寸，雖晴旭耀射，經旬不化。余指示項人曰：此木介也，必有受其咎者。未幾，雎州湯公、鄢陵王公相繼徂謝，內而閣學以及卿貳，外而各省督撫，亦屏黜殆盡。

笋根稚子

西華縣黃灣寨富氏李泰真家，堂前有竹一叢，不甚茂密。二童子戲其間，啞言竹根見三寸小人，往來跳躍。泰真怪而覘之，已沒土內。隨掘土，果得一人，眉目口鼻皆具，兩手各分指，形足指拳踠如鳥爪，色極嫩白。康熙乙丑秋日，醫士陳子俊言其事。

自怡編序

康熙十六年，余筮仕陳之項城，迎養兩大人於官舍。先贈君芥菴公，春秋六十有八，性善讀書。適有崑山徐大司寇所贈資治通鑑在幕，每日端坐鐘閣，常至夜午乃就寢，寢則飲酒賦詩，與幕中諸子相唱和，裒成一帙，題為芥菴自怡編，而引其端曰：憶余七齡，先大人教以誦詩，時尚未諳聲律，既而攻舉子業，無庸也。年十七，外父黃利冲先生携余就浙試，偶得烟樹隨船去，漁榔雜浪聞句，於湖中外父頗領之。中歲以來，累遭外訌，僕於畿甸，事既已，輒欲研窮註疏，纘驂檢較淶水通鑑，為之標舉，建儲嫔，蒞用賢黜佞，重農田，定賦役，正禮律，興學校，諸大典，編輯成書，付兒誦習。詎意天不假我，父母年相繼見背，益悲不自勝，未暇卒業。會 皇朝定鼎，南北未靖，乃悉所有，葬我先人，志決廢門，偕隱，是命我子從吳南村遊。南村作擅詩古文名，與相唱和，得秋日雜感若干首，復和其伯氏東皐絕粒吟十律，方愧未工，而我子亦竊竊然習壯夫弗為之所為。余投筆誡曰：爾尚以與常作之師，其毋採華隨瞬實，誠欲進我子以經緯之策，弗徒繪風雲月露，與庾鮑角勝也。又二十餘載，余詩學益落，而吾子則受知於玉峯徐大司成，三雍追琢，德業稍進，擢繼來令古項，辛酉孟夏，以藍輿迎養入其邑衙。吾子於治賦興學，寬儒平獄之政，次第修舉，足副余編輯夏志，而見之施行，余心大慰。是喟然曰：吾向謂作詩者，唯閒衲子與宦遊人耳，汝今於蒞任之暇，撫莊調鶴之餘，始可與言詩也已。余且優游官閣，復理前業，庶效閒衲之所為，以畢我先人始教之意。因命諸孫日錄篋中所咏，題曰芥菴自怡編。康熙辛酉夏五書於古項子園之聽松軒。其明年九月，先贈君抱疾，十一月棄世。又明年，我母黃孺人亦終於項寓。嗚呼痛哉！余家酷貧，至無以為菽水懽，勉就祿仕，以幾古人致親之義，乃天不假年，相繼見背，余復痛先贈君之所痛也。哀哀父母，生我劬勞，而逮存之難如此，為人子者，其可不惕心於愛日哉。

臘月雷

康熙辛酉十二月十七日，項城大雨雪，積素盈尺。入夜益甚，二鼓，霹靂震，陡發雷光，熒射室內，蠟燭畢見，殷雷之聲達旦。東城王孝廉海晴家，龍入其堂，不破牖檻而去。詩稱十月震電，尚曰不寧不令，今乃臘月而雷，豈瑞雷乎。

屋梁三花

陝州喬鍾舞何貢士家，華堂初成，堂之東偏，即置貢士臥榻。每閒堂有蟋蟀聲，如是數夕。晨起視之，忽於堂梁之中，折縫生花，其色純赤，大如紅牡丹，鮮艷奪目。閱夕，其左右復生一花而差小，一碧一黃，相去各二尺許，遠近觀者雲集。三花累月乃萎。

廷式再見

項城韓雲門名墉，聘戚氏女，未幾，兩目失明。戚謂韓郎年少能文，必成大器，而配以盲女，非偶也，欲毀婚而終女子家。韓之父母將許之，雲門毅然不可，如禮迎娶以歸。戚不得已，媵以美婢。雲門曰：人情見欲則動，不若無見以全我居室之好。遂遣婢還戚。後以壬子拔貢舉於鄉，出為教諭，挈婦偕行，伉儷無間，豫人稱其篤行，以為宋之劉廷式再見於今。

觚賸卷六　　　　吳江鈕琇玉樵輯

春觚

兩大文章

人生大節，首在忠孝。若夫縻之爵祿不為榮，臨之斧鉞不為屈，以全其致親之義，以成其不負國之貞，非性分定而學力優者，蓋難言之。皇朝搞華之彥，疊蹟簪毫，撐國之才，蜚英綸句。如近日李徵君陳情辭職，葉方伯見危致命，忠孝之誠，洋溢楮墨，洵天地間兩大文章也。李徵君因篤，字天生，一字子德，西安富平人。康熙己未，詔海內博學鴻儒至京師，因篤試授翰林院檢討，以母老上疏辭歸，得允。其詞奏為微臣母老多病，獨子萬難遠離，泣血陳情，籲恩歸養事：竊惟幼學而壯行者，人臣之盛節；辭榮而乞養者，人子之苦心。故求賢雖有國之經，而教孝實人倫之本。伏蒙　皇上敕諭內外諸臣保舉學行兼優之人，比有內閣學士項景襄、李天馥，大理寺少卿張雲翼等旁採虛聲，先後以臣因篤姓名聯塵薦牘，獲奉俞旨，吏部遵行陝西督撫，促臣應召赴京。臣自念臣母年逾七旬，屬歲多病，又緣避寇墜馬，左股撞傷，晝夜呻吟，久成廢疾，困頓牀褥，轉側需人。臣止一弟因材，從幼過繼於臣叔曾祖家分奉小宗之祀。臣年四十有九，兒女並無，母子煢煢，相依為命，躬親扶持，跬步難離。隨經具呈哀辭，次第移咨吏部。吏部謂咨內三人，其中稱親擭病，恐有推諉，一概駁回。竊思己病或可偽言，親老豈容假借？臣雖極愚不肖，詎忍藉口所生，指為誘卸之端？痛思臣母遲暮之年，不幸身嬰殘疾，臣若貪承恩詔，背母遠行，必至倚門倚閭，風病增劇，況衰齡七十，久困扶牀，薄路三千，難通嚙指。一旦轎北辰而已遠，迴西景以無期，萬一有為子所不忍言者，則毛義之捧檄不逮其親，溫嶠之絕裾自忘其母，風木之悲何及，詬譽之恥奚償？即臣永為名教罪人，虧子職而負朝廷，非臣愚之所敢出也。皇上方敬事兩宮，越隆孝治，細如草木，咸被矜容。自能弘錫類之仁，推之士庶，儻憫子然母子，欽泣向隅，貸其烏鳥私情，置之仕路。蓋閣臣去臣最遠，故以虛聲採臣，而不知臣之有老母也。臣雲翼與臣皆秦人，雖所居里閈非遠，知臣有老母，而不知其既病且衰，委頓支離，至於此極也。即部臣推諉之語，概指臣三人而言，非謂臣當必舍其親而不之顧也。且臣雖謭陋，而同時薦臣者皆朝廷大臣，其於君親出處之義，聞之熟矣。如臣獵名遺母，則其始進已乖，不惟瀆教天倫，無顏以對　皇上，而循陔負疚，躁進貽譏，則於薦臣諸臣，亦為有靦面目。去歲臺司郡邑，絡繹遣人催臣長行，急若風火。臣趨朝之限雖迫於戴星，而問寢之私倍懸於愛日。然呼天莫應，號泣就途，志緒荒迷，如隨雲霧，低頭轉眄，輒見臣母在前，寢食俱忘，肝腸迸裂，其不可一日遠離也。況　皇上至聖至仁，以堯舜之道治天下，敦倫厚俗，遠邁前朝。而臣甘違離老親，致傷風化，有臣如此，安所用之？乃臣自抵都以來，屢次具呈，具疏九重，嚴遣情迫。上聞，隨於三月初一日扶病考試。蒙　皇上拔之前列，奉旨授臣翰林院檢討，與臣同官纂修明史。聞命悚惶，忝竊非分。念臣衡茅下士，受　皇上特達之知，天恩深重，何忍言歸。但臣於去秋入京，每更十月，數接家信，云臣母自臣遠離膝下，哀痛彌侵，晝夜思臣，流涕無已，雙目昏眊，垂至失明。臣仰圖報君，俯迫諗母，欲留不可，欲去未能。瞻望闕庭，進退維谷。乃於五月二十一日具呈吏部，未蒙代題。臣謹切下情，惟哀祈君父查見行事例，凡在京官員，門無以次人丁，聽其終養。臣心為獨子，與例正符。伏願　皇上特沛恩慈，許臣遠歸，扶養其母，叨沐聖澤，以終天年。臣母殘病餘生，統由再造，不惟臣母子啣環鏤骨，誓竭畢生，而報國方長，策名有日，益圖力酬知遇，務展涓埃矣。」葉方伯映榴，號蒼巖，松江上海縣人。康熙戊辰，映榴以湖廣糧儲道攝布政司事。適夏逢龍作亂，先遣僕奉其母出城，由水道還家，乃刺血書表，潛遣御前，於藩署大堂朝服正坐，自刎。其詞奏為臨難瀝血陳情，恭謝天恩事：竊臣一介豎儒，倖中辛丑進士，選授庶常，叨沐　皇上高厚深恩，歷任今職，常以潔己奉公，砥礪夙夜，但愧才具庸劣，寸長莫效。茲於康熙二十七年五月初九日署理布政司印務。忽於本月二十二日，督標裁兵陳夏包子倡亂，閉城造反，刦奪撫臣敕印，分兵圍臣衙署，百計脅從。臣幼讀詩書，粗知禮義，雖白刃在前，豈肯喪恥苟生？此時即欲率同妻女闔門殉節，第念臣母年已七十六矣，隨臣任所，長子監生業敷，文又遠在原籍，其餘二子年未成童，煢煢孤嫠，死將安歸？臣心不忍，因遣妻女奉臣母於水溝道出潛逃。臣此時微服匿影，或可倖免，以圖後效。伏念臣守土之官也，城存與存，城亡與亡，義所當然。謹將糧道衙門及布政司道號印五顆，封付家人葉喜、林鳴，向所過衙門呈繳，具題復謹繕謝恩一疏，囑付家人葉升等俟臣盡節之後，奔赴京師，詣通政司衙門賫投。臣謹於本月二十六日朝服向闕九叩謝恩畢，隨升臣衙門，罵賊，以佩刀自刎，勉盡一死，以報國恩。但恨事起倉卒，既不能先事綢繆，默消反側，復不能臨期捍固，獨守孤城，上辜三十載之　皇朝，下負七旬餘之老母，君親兩負，死有餘愧。伏惟我　皇上廟算如神，兵威丕振，幺麼小醜，指日掃滅，但臣不能忍死須臾以覩蕩定，惟有生生世世啣結無盡而已。」上覽奏惻然，褒卹有加。嗚呼，世有視終南為捷徑，而絕裾不顧，藉檻車為福堂，而係頸自甘者，彼何人哉？讀二公之文，亦可以少愧矣。

蔣山傭

顧亭林先生炎武，行奇學博，負海內重名。玉峯三徐先生皆其宅相也。有答監修徐學士書，以龍門雄健之筆，間作麗詞，以商山沈隱之年，深言時事，覽其遺編，別為一格，其誼切情隱，不覺語之工而思之追。嘗書曰：幼時侍先祖，自十三四歲讀完資治通鑑後，即示之以邸報，泰昌以來，頗窺崖略。然憂患之餘，重以老髦，不談此事，已二十年，都不記憶，而所藏史錄奏狀一二千本，悉為亡友借觀，中郎被收，琴書俱盡，承寄錫來劄，惓惓勉以一代文獻，豈非生平至願？恐衰朽未足副此。然既追周情，兼叨下問，觀書柱史，不為無緣，正未知絳人甲子、郯子雲師，可備趙孟叔孫之對否耳。夫史書之作，鑒往所以訓今，憶昔庚辰辛巳之間，國步阽危，方州瓦解，而老臣碩彥，品節矯然，下多折檻之陳，上有轉圜之聽，思賈誼之言，每聞於諭旨，烹弘羊之論，屢見於封章，遺風善政，迄今可想，而昊天不弔，大命忽焉，山嶽崩頹，江河日下，三風不警，六逆彌臻，以今所觀，國維人表，視崇禎之代，十不得其二三，而民窮財盡，又倍蓰而無算矣。身當史局，因事納規，造膝之謀，沃心之告，有急於編摩者，固不待汗簡奏功，然後為千秋金鑑之獻也。關輔荒涼，非復十年以前風景，而雞肋蠶叢，尚煩戎略，飛芻輓粟，豈顧民生，至有六旬老婦，七歲孤兒，挈米八斗，赴營千里，於是強者鹿鋌，弱者雉經，闔門而聚哭投河，併村而張旗抗令，此一方之隱憂，而廟堂之上，或未之深悉也。吾以望七之齡，客居斯土，飲瀣餐霞，足怡貞性，登巖俯澗，將卜幽棲，恐鶴唳之重驚，即魚潛之匪樂，是以忘其出位，貢此狂言，請賦祈招之詩，以代麥秋之祝，不忘百姓，敢自託於魯儒，維此哲人，庶興哀於周雅。當事君子，倘亦有聞而太息者乎？東土饑荒，頗傳行旅，江南水旱，亦察輿謠，涉青雲以遠遊，駕四牡而靡騁，所望隨示以音問，不悉。先生在南時，號蔣山傭，中年以後，跡絕故鄉，遍遊燕齊秦晉間，以終。嘗言生平最憎者舟輿，而欲棄跨衛，乃此身安處也。其持論時俄往往類此。

秦將禮客

張靖逆侯、趙勇略將軍，皆秦人，素望相埒，而氣度各殊。靖逆駐軍甘州，客有往謁者，所次旅舍，必細詢姓名，廷薄送驛，每日飛騎入報，比至州城，候吏前迎曰：某非從某地來者乎？隨導入館舍，飲饌供帳，莫不細備，客入見，多在宅內書堂，穉僮八人，肩輿載靖逆而出，辭以足疾不拜，捧手延坐，賓有於詞對，然琳瑯嫻雅，雖疎交必飫饜而退。勇略功懋性剛，其入咸都時，浙人王某業偽職來歸，勇略知其夙負文望，羅置幕下，掌書記，凡削稿進覽，必候其升坐，面無忤色，始從屏後轉出，逡巡捧紙，置案前，然後退立，勇略小不當意，遽擲紙於地，亦不言，屢有點竄。王蒲伏取紙袖之，仍從屏後喋喋歸館，易稿再呈，率以為常，故士人每憚從之。平涼從家居，身披寬袖直領之衣，首冠黑絨帽，以帕圍頸，雖王公至，不為改服，唯跂甚寒素，款門求謁，則禮接有加，是知風塵延攬，即功蓋天下者，未嘗不留意也。

槲葉集

李雪木名柏，武功人，關中三李，中南山人李子德因篤，二曲山人李中孚顒，與雪木也。雪木所著槲葉集，冷艷峭刻，如其為人。閱耕者云：農無穀，不農則肉；農無服，不農則穀；農無屋息木，不農則渠渠夏屋，有古謠遺響。雁字絕句云：紙有長空硯有山，毫端蘸雨拂雲閒，年年絕筆衡峰下，剩得南天萬里閒。詠雁字多矣，無似其落想空妙者。鳳泉別墅云：斗室無塵小徑幽，柴扉晝夜掩寒流，日沉澗底魚窺鏡，月上松梢鶴踏鉤，才弱羞陳三禮賦，家貧難買五湖舟，唯將碧眼酬黃卷，莫待青山嘆白頭。亦庶陸佳篇。

杜曲精舍

李雪木本武功人，後遷鄠縣。余同年友宋澄溪以商南令調任者，城閱雪木名，禮致之不可得，因捐二百金，買田一區，屋數楹於杜曲，迎而居之。雪木既移家杜曲，以書復宋曰：自到杜曲，神隱臺天者數晨夕矣。五陵固多勝跡，而杜曲為最，所買精舍，又在山水會聚處。昔司馬溫公、富鄭公與康節營安樂窩，一二宰相協力為之，乃在緯陽繁華之地，或少閒曠幽靜之致。此則林壑環處，有閒致，郊垌散曠，有曠致，老圃老農，衣冠古樸，有靜致，鷗鷺飛於水田，麋鹿遊於苔徑，有幽致。春則紅桃萬樹，冬則白雪千峯，夏則月隸曳概，半入青天，秋則霜葉醉暮，悠然丹崤，加以魚鳥之會心，煙霞之娛目，取之不盡，用之不竭，鶴谷鳳巖，豈足方也。老李坐臥於中，可以讀書，可以養道，可以養老，可以足衣食而長子孫，唯有偕耘鋤之婦，挈褓之兒，共樂高蹈耳。雪木孤介絕俗，非澄溪誠於禮賢，未易即致。存此書，以見緇衣之好，樂澗之安，兩得之也。

一康

郃陽康乃心字孟謀，為邑諸生，有文采，尤工於詩。康熙乙丑，王少司農士禎奉祀祭告西嶽，偏訪名勝，偶遊為福寺，見乃心題壁數絕句，嘉歎久之，曰：關中三李，不如一康。錄其弔秦莊襄王墓二首而去。康與大撰。其明年，學使者貢其名於太學，奧馳薦堂書三雍，己卯鄉試奉省，以第五薦，觀者謂元之取之於王琪，楊鐵崖之於袁凱，以今準昔，事有同符，蓋其天下才者，未有不愛天下之才者也。

石經

余既購西安石經全本，而未詳書者姓名及刊立始末，書詢李子德內翰，李達其詞子叔貢，往藍屋從趙子函家抄示云：漢靈帝光和六年，刻石五經於太學，講堂此初刻也。蔡邕以熹平四年與五官中郎將堂谿典議郎張馴韓說太史令單颺求正定六經文字帝許之邕乃書丹刻石立於太學門外此再刻也魏正始中又立古篆隸三體石經古文用蝌蚪鳥跡體篆用史籀李斯胡母敬體隸用程邈體此三刻也魏世□神龜元年以王彌劉曜入洛石經殘毀崔光之請補之此四刻也唐天寶中刻九經於長安禮記以月令為首從李林甫之請此五刻也文宗時鄭覃以經籍刓繆建石譬升準漢故事太和七年敕唐玄度覆定石經字體於國子監立石九經並論語孝經爾雅共一百五十九卷字樣四十卷開成二年告成此六刻也按六朝以前用分隸今石經皆正書且多倣歐虞法知其唐人書無疑禮記首月令以尊明皇諱純字以爲憲宗又知其非天寶以前人書矣則今西安府學石經乃唐文宗敕定而成於開成時者舊在務本坊韓建築新城棄之於野朱梁時劉鄩用尹玉羽請遷故唐尚書省之西隅宋元祐中汲郡呂公始遷今學明嘉靖乙卯地震石經倒損西安府學生員王堯惠等按舊文集其缺字別刻小石立於碑旁以便摹補唐書謂文宗朝石經違棄師法不足觀然其用筆雖出衆人而法猶不離歐虞殆非晚近所及唯王堯惠等補字大爲紕繆今華下東生文另家有乙卯以前搨本厎幾稱善焉趙子函名崡啓禎間孝廉盩厔人所著有石墨鐫華按光和在熹平後錢牧齋註杜亦云刻立石經受詔在熹平而碑成則

光和也今分初再刻似誤

景龍觀鐘銘

西安府學宮唐宋之碑林亦俗稱碑洞長安縣有景龍觀鐘銘爲唐睿宗書因去洞遠而搨者必搴其內空緣梯而上乃可椎刷故罕傳於世然文體閒雅書法遒媚極可愛也文曰原夫一氣凝真含紫虛而構極三清韞祕控碧落而崇因雖大道無爲濟物歸於善貸而妙門有數滅發在於希聲景龍觀者中宗孝和皇帝之所造也曾城寫質閬苑圖形但名在蹇林而韻停霜處朕翹情八素締想九玄命彼鼓延鑄斯無射考屋儀之鞬法得晉曠之宏規廣召鯨工遠徵鳧匠耶溪集寶麗窒收珍鑿風雨之辰節昏明之候飛廉扇炭屏翳營爐嚴鶴呈姿蹲熊發狀角而不振侈而克揚庶其曉散雷音鎮入鵷鷺之殿夕騰仙韻恒流鶬鸖之闕聲俗聽而盛登迷方聞而永悟洪鈞式啓寶字攸鐫其銘曰黃宸御歷青元樹因傾巖集竇竭府收珍杜變夜應張永規陳形包九乳儀超萬鈞上資七廟旁延兆人風巖韻急霜重音新自茲千歲從今億春懸王京而薦福侶銅史而司晨其復歎爲景雲二年太歲辛亥金九月癸酉金朔一十五日丁亥土鑄成

曹全碑

漢曹全碑出於郃陽之莘里村明萬曆中得之其石完好止缺一因字無書撰人姓名俗謂蔡中郎書以其文格似漢又爲八分體也碑陰有市掾曹史督郵嗇夫三老將軍令史門下祭酒諸人醵錢豎石蓋亦去思遺製

兎

曲禮兎曰明視陸佃曰兎吐也明月之精視月而生故曰明視王充論衡兎舐雄毫而孕及生子從口中出余見蒲城原子兎說以爲兎之雌雄其尊尾無異他獸每月一孕子生則以土培之而塞其穴出入必然或竊啓其户子輒不成蓋古所謂視月者視月之候而孕又謂吐生者得土而生土訛爲吐也

七月天

淮上金道洲人望初任粵西馬平余初任河南項城丁艱服闋皆補秩關中余至白水一載道洲乃令長武風好既諧偏隅相望因走役候之其復書云才到鶉觚剛剛一月欣傳鯉素耿耿生平感舊雨之彌新捧新詩之溯舊鴻賓雁旅曾經十換星霜蠹臂鼠肝不啻重逢笑語沾青衫而欲溼是誠何心指白水以爲盟恭惟執事奉自君袍方條子服猶縕佯表馬上之鞭中多□遑私挾懷中之錦會有逢迎距料儀不下秦總由寶貴瑜何生亮都付荒唐恩

嗟哉之有心遂易名而去國斯時也江邊舴艋尚插征旗嶺上烽烟渾如壽霧艱虞萬里既地老而天荒荏苒三年徒風悲而日慘梟之鳩來僮僕半葬於懊惱澤邊青蚨蒼書行吟於汨羅江畔尋滿侯之招問（今是南方伯）問生涯原是之無稱解語以飛輪撫丹鉛何工四六節備書之辛苦一歲累有千金填在任之逋亡百封章留殘喘謂斯人之不死絕壽希榮念垂白之高堂奉甘唯祿炎束帶而重歸三殿又極巍峩閶闔之龍下除書而分列五方（秦止五人分五省）偏夾蕭瑟關關之地滿與未遂毛檄遄征一至於斯亡無日矣顧長武者豳邠國之一隅當邊陲之三面驛騷而罷於奔命歲險而苦於頻仍地大如丸封函者此物居凹唯穴營窟者何嫌更且賦逋萬千民皆鳩鵠擾受類玄黃之戰前者已偽颼雷若神鬼之貲後來尤酷不受則明明民怨難逃搘拗之條受之則累累貲資立蹈考成之罰昔值豪生於瘴癘今則坐敗於催科望之未解者一也憶彼炎疆十二城聚然居首俯茲馮翊三十長瞻之在前豈雖口之福難消畢竟因差果錯迺牛後之叢旋至大似谷震鐘鳴望之未解者二也願有詰焉大可怪者羅池樹栥柑閱臘而仍丹南服陽生花未春而番紫女聲荷包飭冰無迨沣之時崗客攔著裏蟲地有不死之草夫何三冬衣葛未聞范叔啼寒頓易五月披裘應被嚴陵吽罽天心如此生意可知望之未解者三也若就服食居處而言以及風土人情之變尤堪

發人一噱。笑我長貧者矣。偕兄入洛，老米三餐，迎弟居邑，豆芽兩頓。記與君京邸有老米三餐兩豆芽之謔比宮柳下端於茲家風也庭前朱萮偏開，嵗而方苞。江上秋風，乃名立秋十日小魚出水能飛子有幼云秋鯽原饒鮮少肉故同泥燕未全衣其味惟佳路時則不出甫踰時而不見。今者一望周原，百年幽地，市無兼味，官厨以蒭韭為豐，圃乏嘉蔬，土人以菜蔡為謔。將使公劉壹底，餘即稱珍。無令釜中塵仍是寶。嗟乎噫嘻，來日大長，居者不易，況沉夜柝，如送鐵撥，清凄種種，顛毛怕聽銅琵，鐵綽明遠，撞蒼涼之調。我則何人，奉張燕公富創語之才，卿具雅匹。胡為海滯尚爾卑棲。誦何長懷，仰叨高誼。走七百里之使者，慰十八年之故人。翻笑成悲，情所必至，銘感入骨，口總難宣。本同學之少年，竟一官而老大。聖明在上，望吾兄於拔梧臺柏之間，局蹐難容，當論我於寨柳關榆之下。道洲才調風流，即此書已見一斑。其紙長式也。題一聯於堂柱曰：家臨渠母千金地，人到卯風七月天。未幾以受代詿誤去，計其時止七閱月耳。蓋亦有預兆焉。

米畫

蒲城米侍御襄，家藏南宮真蹟，許曾齋、方正學兩先生各有題詠，非易見之寶也。許云：樹色糢糊辯運乎，人家只隔水冷冷。白雲不解龍從出，遙卻峰巒一半青。方云：海嶽庵前見舊蹤，蒼茫雲樹隱南宮。別來幾點青山影，付與寒鷗一遂風。

蕊淨

山左邢子愿之妹名蕊淨，嫁於馬氏，善書觀音像，其書法亦有子愿風格。來禽館帖所稱比日賢妹將佳兒佳婦抵舍中，從樓一帶，嚴密深靚，可居。挹裝欣甚者，所謂蕊淨也。邵陽康子孟謨為余言之。

筠湄幽婚

宜君楊筠湄豪縕，歸婚中部劉氏，未娶而劉歿。筠湄年方弱冠，書齋夜讀，有垂髫女子，碧襦紅裳，含笑啟戶。曰：妾即君之婦劉氏也。良偶未諧，早歸泉壤，然誼托絲蘿，理無幽顯，故不憚遠叩書帷，以成委禽之願。筠湄性本清狂，遂近擁之，余稠繆綣，貞體宛然。自此及夕即來，踰嵗乃絕。將離之辰，掩泣流連，曰：君福位遠大，尚期勗之。筠湄因詢以科名爵祿之事，遂口占四語，云：中舉中進士，做官做御史，督學在山西，遐棲江南止。其後一一皆驗。果由安慶中丞遷楚而卒。

桑兒

磬玉之山有麗人焉，姓宋，小字桑兒，生而清眸纖指，黄髮赤髓，閭閻絕嘆惜之，皆曰宋家桑其宋家玉乎。隴西剌史典其州，心閒政裕，工於手。里州之鄉老以桑名上。剌史者為侍硯青

衣。剌史雅善鼓琴，退食之暇，每於月亭松閣，與至揮絃，桑輒攜小犢琴以從。拂石几，焚名香，終奏，氣盛肅立，無倦容。以是剛廉而入敖衙，而歸桑，恆沾墨瀋，蹙閣餘香，彿彿出往袖間。見者無不嘆。剌史風流，亦羨侍者之若仙矣。嵗在甲戌，桑年二八，而剌史秩滿。剌史啟今日久，詞解彌焉，從剌史至長安，館於肅寺。適有清河公子，號天下才，亦客秦，與剌史之居相望。剌史熟公子名，肩與往謁公子。豐艷岳峙，雄辯泉流，英邁英悍之色，驚於四座。桑立剌史後，數目公子。公子亦目桑，目桑若神移者。剌史微覘之，歸問桑曰：汝有所眷於公子乎？公子年少而才，負天下重望，汝能從之，遊則樓托之佳無踰於此。桑再拜，嘿無一言。乃遣桑至公子所。時維夏五之秋，雨霽涼生，新月半宵，清華如水。公子孫坐，引酌，倜儻有思，桑適至，遂起歡迎，綢所歡酒飲之，而曰：仙乎仙乎，其羽衣之墜空者乎，其蓮花之濯淨土乎。今夕何夕，我無以喻我懷也。桑性不勝勺，捧卮徐進三酌，以後面暈潮紅。前啟公子曰：兒家剌史皆殷派於閩中。貂穀珠履，日集其門，以兒視之，率麟楦耳，媿虎英雄，今乃得公。辭得嚴霜，蹙闕葉風，兒不自知魄化心融，言未已，悄乎變容，淚絲繩下，哽咽不能成音。公子亟以文帶承其婚睫，浴以沉水，相以輕綃，吹芳語，嫻雅之忘，瞎居久之，漸及昵狎。因戲謂桑曰：嚴霜之云，汝固畏剌史者耶？曰：剌史有父母之尊，云何不畏？公子曰：我異日建綏入境，面城南瞻，儼然剌史也，能勿畏耶？桑笑擽皓腕，徽拂公子頤曰：毒春較晚，惆悵芳時，怨且不免，遑言畏乎。公子感其意，隨命丹青善手，為圖小像，以誌弗諼。桑曰：兒對鏡自看，差亦無恨，惟寫眉時少損其黛，則芙蓉遠山，千秋於馬卿之側，竊所願耳。公子長揖向桑曰：某所不如敬而抱影南歸，珍為夜光，以終此生，若有如日。當剌史過公子時，公子方袒跣灑毫，雲烟歷落，頃刻盡數紙，付乞書者去。然後擊節踞榻，拱客就坐，相對嘯茗，剌技上下今古，衰哀不少休。意氣閒放，旁若無人，而一遇婉孌，其傾倒纏綿如此。然剌史益心重公子，曰：此情所由也，我當終成之。既而曰：嗟乎，物莫不各有遇也。龍潛於獄，掘之則雲雷之氣升；鵲鏁於石，剖之則忠孝之事出。非皆清河已事哉。窮巷幽姿，豈獨不然？世有融於知，屯於命，思友白鳥，而客青蠅者，觀於桑可以感矣。剌史嗣奉府符，會卒，治裝還州，瀕行回顧桑曰：善事公子。太息登輿而去。

牧化

山東中原縣離城二十里，有楊姓者，年二十許，牧羊山陂，偶瞑坐石上，久而不起。羣牧呼之亦不應。追視之，但見其口烟出如縷，繼有青焰從喉間吞吐不已。閱二時焰乃熄，而體殼挺然，蓋已逝矣。村民遠近奔赴，以為是子得道，焚香羅拜。白水方尉元貞曾目覩其事。

空中黄緞

余內兄畢西臨，自滇南歸，偶來粟者為余言：康熙二十七年春夏之交，去雲南省城四十里西南有山，每遇天晴之午，輒有黃色寶蓋從山頂漸起，漸高聳入天半，熌曜飛揚，徐徐而下，仍復軒舉，薄暮黃色始淡，至暝乃沒。如是者兩月餘。山麓舊有龍王廟，方伯遣府佐致祭，究不知其何異也。

對羊

羅次縣山素無野豎牧，忽見羣羊數百，徧散嶺谷，齧者、奔者、臥者、鬭者，各自成對，不參匹耦。縣人異之，上山競覩，草萋蒼然，一無所覩。未幾遂有吳逆之亂。

崆峒鶴

天下崆峒山五，其在秦地者，慶陽、平涼之間，相傳為黃帝問道處。山之絕頂有洞，每天日晴霽，則玄鶴一雙從洞中盤旋而下，翅大如車輪。石壁古文刻云：此鶴為堯時甲申載始見。順治四年復見二雛，今是山遂有四鶴。

樹蜜

爾雅翼：北方地燥，蜂多在土中；南方地濕，蜂多在木中，故多木蜜。杜工部入喬口詩云：樹蜜蚤蜂亂，江泥輕燕斜。錄箋引古今注：枳椇子一名樹蜜，證之。按枳椇子，秦中呼為楊棗，其實拳曲，如老人杖，核在肉外，味甘與棗同。余官白水，曾有以此果相餉者，初無關於早蜂也。況蜂以釀蜜，遶樹而噬，則見其亂；燕以臨江啣泥而舞，則見其斜。正寫水國春華之景，又何必強援以為與博耶。

水鴉兒

關內呼黃鶯為水鴉兒。畢乾累月，氣如焚燎，忽樹頭睍睆數聲，則滂沱立至，故獲此名。夫一鶯也，春囀上林，則巧同歌鳳；雨占下里，則拙並啼鴉。可知物無定名，亦在所遇之時與所值之地耳。

乳彝

扶風縣田者，偶見河岸土崩，鑁之得一銅器，狀如盂，高八寸，圍徑六寸，乳周其體，碎翠斑斕，中有古文，莫能辨識。田者橐以入城，醫師席姓出千錢易之，徧詢博古家，曰：此殷之乳彝也。古文為祖丁二字。席乃珍焉。合肥許四山孫荃視學西秦，席以彝獻，因錄其子於邑黌。

旱草

歲欲豐，甘草先生；甘草，謂薺。劉伯溫旱春詞：尋見兒童相報稀，遶薺菜先生是也。歲欲旱，旱草先生；旱草，謂蒺藜。康熙壬申，西安大饑，余自彭衙攝事奉先，散賑東鄉，有以蒺藜子啟者，余卻之曰：豈有斗米千錢之時，而受人餽遺者乎？啟者曰：野無青草，唯此則不濡而繁，敢以代芻。余因黯然，得句云：野獻蒺藜為旱草，澤鳴鴻雁是哀禽。

天雨蟲

害稼之蟲，螽蝝螟螣，生必以漸，故可禳可捕也。庚午八月七日，忽有小黑蟲長寸餘，從空而墜，轉瞬間，蔽地盈林，穿牖登几，幾欲無隙，蠕蠕之狀，惡不可耐。如是兩日，倏然不見。西延近邑河東蒲汾皆然，頗蠹秋穀。此異亦史傳所未聞者。

神僧

蒲城羅秀才家貧，授徒館於邑之東偏。暇日緩步池上，天正晴朗，聞樹杪颯颯聲，風雷驟作。羅生閉戶少息，出遇一僧，毿毿披髮，覆額肩面，布衲芒鞋，貌甚奇古。生揖之曰：師從何來耶？僧笑而不答，因邀至書館，授以一餐。僧曰：明日幸俟我於東嶽神祠，當設筵相酬也。如期而赴，良久，僧至，祠內空無一物。時已昏黃，僧乃於袖出圓紙，吹上屋梁，忽成皎月，光彩煜煜，四照向祠。東壁以手指畫門，雙扇門豁然開，長鬚平頭者數人從壁門出，布席設坐，錦屏繡褥，海錯山珍，靡不備具。酒既再行，僧曰：寂寂無以娛賓，可命妓之能歌舞者來。俄見十六麗姝亦出自壁門，纖腰作舞，雅樂雜鳴，既而咸呈妙技，或凌履綠屏，或反腰貼地，或雪飛雙劍，或星走三丸。羅本寒素士，觀之目眩神駭，遂起求退。僧舉袖一揮，妓僕器物俱隱入壁，梁月隨人，移照嶽祠外，旐旗褸鼓鼙已三嚴矣。羅向僧拜曰：我師固天上人也，不謂塵途遘茲神異，我將從師為汗漫遊，師許之乎？僧曰：子有骨相而無仙骨，未易言此。羅哀祈再四，仍於袖出一小木龍，令羅乘之，鱗角飛動，倏長數丈，千林萬壑，瞬息而過，狂濤怪浪，湖湃盈耳。羅震悚欲墜，僧已在前，遙呼曰：可下矣。下則一海島茅庵也，翠峰插漢，孤燈熒然。僧曰：君且止此，我往覓杯茗，為君解酲。庵外白額虎跳躍而來，張口向羅，僧至叱去。羅生悽怖欲絕，涕泣求歸。僧曰：我固知君之不能從我遊也。然君嘗餉我，有薄物奉君，為壺餐之報。因傾小瓶，藥丸如豆，斷庭前細竹數寸，贈羅，謂曰：君歸後，服邦十五，鬼井奇禍，用此乃免耳。羅祗受，假寐少頃，開目依然身在嶽祠門外，殘漏未終，天甫向曉，悵惘步回書館，竹枝丸藥猶在掌中，捉置櫝篋，不復省視。閱三載，果遭奇旱，羅益貧困，取僧所贈藥，偶向門砥成磨之，藥化大錢，砥成鎔為黃金，重二兩許。又以細竹枝劃地成圍，輒得胡餅一枚，喫至三枚，再劃則不成矣。日以為常，以此不致困乏。次年穀稔，遂失竹枝所在。服邦蓋謂嘉靖十五，即七八兩年，而鬼井乃秦之分野也。

屈吏

崇禎末蒲城人屈曼者為縣隸性嗜酒一日持檄下鄉中途醉臥夜半乃醒時朗月如晝見古槐樹間有年少書生烏巾紈袍仰月呼吸俄而口吐一珠色赤於火以手承弄曼跟蹤而前遽向生手奪取吞嚥生起爭不已既而曰假汝經年仍當歸我耳隨失所在曼吞珠後覺體甚飄忽舉念即至其所旋有黠者慶曼入省會投文距西安二百餘里食頃已到並不見其跋涉之跡試之他事皆然衆咸謂其得隱形術適御史巡蒲錄諸訟牒怨家重賂曼便入室掣牒左右無見者御史數覺隋前有聲人案牒翻翻自動心甚駭異意以所佩印重按之忽得人手其全體亦暴現立命笞斃曳埋蹊夕其地墳起成一小穴若有物出入狀蓋書生取珠為之

白巾

葉石林避暑錄話謂李思訓畫明皇幸蜀圖嘗見其摹本方廣不滿二尺而山川雲物車馬人畜草木禽鳥無一不具嶺谷間民皆冠白巾以蜀人為諸葛孔明服山居深遠者後遂不除余在關中時其民人依制宜戴纓笠而皆冠白巾雖遠古延亦不易大抵雍梁之俗自古然也

金蝦蟆

杜工部靈湫詩曰坡陀金蝦蟆出見蓋有由按瀟湘錄唐高宗患頭風宮人穿地置藥罏忽有蝦蟆躍出色如黃金背有朱書武字宮人奏之帝頗驚異命放苑池拾遺所咏是當年實事乃錢泰山箋注援酉陽雜俎所載月光屬蟾蜍化金背蟾蜍事以為月者陰精后妃之象托喻貴妃之暱祿山似近附會

飛浮石

飛浮山在黃河中出沒不時峰巒下垂上平如几山勢可三四里許近河好事者或棹舟敲取其石為玩石戢皆窪能吸水倒井順治丁酉歲出浮河面不久而沒非常見也史又作飛服山

乩書

陝西糧驛道祖公允圖事乩仙甚謹康熙丙子科祖裏典試出闈偶詢他事乩忽書云我乃延安府清澗縣受冤人李泰河也問何以至此又書我隨優生入場污其卷而出祖公潛訪其實為之雪冤通被召入京未果夫一鄉舉何關榮辱而行一不義至為怨鬼所阻既奪其名復暴其過不大可畏乎

高宮詹

中南山人常言高宮詹生有異質身御戚服雖時當酷暑曾無點汗使遺之氣終日不行以是出入禁闈從容中程凡侍從諸臣俱莫能及

觚賸卷七　　吳江鈕琇玉樵輯

粵觚上

五瘴

宋景祐初龍圖梅公摯以殿中丞出知昭州著有瘴說鐫之崖石曰仕有五瘴急征暴斂剝下奉上此租賦之瘴也深文以逞良惡不白此刑獄之瘴也昏晨醉宴弛廢王事此飲食之瘴也侵牟民利以實私儲此貨財之瘴也盛揀姬妾以娛聲色此帷薄之瘴也有一於此民怨神怒安者必病病者必殞雖在轂下亦不可免何但遠方而已仕者或不自知乃歸咎於土瘴不亦繆乎夫梅公所指五瘴切中仕者膏肓苟其知而反之非止卻疾亦以延生則真療瘴之良方也余仕粵載餘五者幸無一犯身泰心閒極於平善然是說也中土之人既達不獲聞而仕茲土者又或非所樂聞難復捫石剔苔以傳於世己卯秋潘太史稼堂從西粵來以搨本見示予亟錄之不敢自秘用以公諸仕於瘴土者

仆木自起

高明縣治東南六七里有村曰禾倉頭陂塘屈曲叢灌陰翳海王廟側鶴木一株大可合抱俯蔭潭水康熙丙子五月為颶風所拔村人剪截其枝而薪之其本則枯仆水中已三年矣乙卯五月初十日忽自起立於本上復生新枝其葉排比尖長蒼翠偏反殆如鶴羽褵褷勢將飛翥也合邑驚相傳告以為余蒞茲土致有此瑞欲以上聞余曰此天地國家之禎祥余何有焉衆議乃息是村又有龍眼樹而為枝實者已二十年皆可異也

六貞女墓

順德縣陳村土沃人稠李氏之族尤盛皆夾水而居丙辰春偽馬雄從廣州竊據新會有武進士伍皇多者村中大猾也首先納款為雄傲餉於鄉倚勢作威唯意所欲李氏六女窺伍強暴日甚懼必不免潛以酒相酹期於子夜潮生盡命一夕俱赴水死了無知者詰旦夾女家傳告驚悟遍於瀾落女屍見焉紅羅連臂明粧儼然其家合葬於龍山之陰當事者立石表之曰六貞女墓過客多有題詠而陳元孝來鶴合上三珠樹化鳥臙為六出花之句最稱工妙

啖石丐

廣州市上有丐者年二十餘鬅頭極粗而腹大如鼓每晨出則行且呼曰收買瓦石磁器聲聞肆即走隨其後好事者與以銀錢少許拾塊石片瓦命之食即納口咀嚼無異糕餌其莞紅米石其所最甘也唯與以磁器必索重價而後食嚙目伸頸微有哽咽難下之狀尋積

三界神廟天暑必浴於廟前之江如豕之腹浮水不溺羣鬨噪而聚觀焉

焚旗

兩廣總督轅門兩旗竿東西省各主其一康熙甲寅二月白晝飛火忽焚其右焦灼過半晉卜史曰火焚其旗不利行師是年孫延齡叛據桂林攻之屢挫蓋亦凶兆之先見者歟

天涯亭

番禺黎方路字台引甲午省試謁文昌於桂香宮而占焉得蕭然流落在天涯之句意甚怏悒及榜發有名竊謂神語無驗比下第歸道經山東行李悉爲賊掠蕭然一身又十餘年得廉州府欽州學正入境仰首忽見天涯亭暗憶前占始信數皆預定而中心益懷隱憂未幾尚藩謀叛以從逆失職流落而終

雪遘

浙江海甯縣查孝廉字伊璜才華豔豔而風情瀟灑常謂滿眼悠悠不堪酬對海內奇傑非從塵埃中物色未可得也家居歲暮命酒獨酌頃之愁雲四合雪大如掌因緩步至門其有東興佳客相與賞玩見一丐者避雪廡下强直而立孝廉熟視良久心竊異之因呼之入坐而問曰我聞街市間有手不曳杖口若啣枚敝衣楬腹而無饑寒之色人皆稱爲鐵丐者是汝耶曰是也問能飲乎曰能因令侍童以壺中餘酒傾甌與飲丐者舉甌立盡孝廉大喜復熾炭發醅與之約曰汝以甌飲我以卮酬竭此醅乃止丐盡三十餘甌無醉容而孝廉頹卧胡牀矣侍童扶掖入內丐逡巡出仍宿廡下逮旦雪霽孝廉酒醒謂其家人曰我昨與鐵丐對飲甚懽觀其衣極藍縷何以禦此嚴寒亟以我絮袍與之丐披被而去亦不來見致謝明年孝廉寄寓杭之長明寺暮春之初偕侶攜觴薄遊湖上忽遇前丐於放鶴亭側露肘跣足昂首獨行復挈之歸寺詢以舊袍何在曰時當春杪安用此爲已質錢付酒家矣孝廉奇其言因問曾讀書識字否丐曰不讀書識字不至爲丐也孝廉悚然心動命沐而衣履之徐詰其姓氏里居丐曰僕系出延陵心儀曲逆家居粵海名曰六奇祇以早失父兄性好博遊遂致落拓江湖流轉至此因念叩門乞食昔賢不免僕何人斯敢以爲污不謂獲遘明公賞於風塵之外加以推解之恩僕雖非淮陰少年然一飯之惠其敢忘乎孝廉益起而捉其臂曰吳生固海內奇傑也我以酒友目吳生失吳生矣仍命寺僧治栞花春一石相與日夕痛飲盤桓累月贈以屝屨之資遣歸粵東六奇世居潮州爲吳觀察道夫之從略涉詩書耽遊盧雉失業蕩産寄身郵卒故於關河孔道險阻形勝無不諳熟稔時天下初定王師由浙入廣舳艫相銜旌旗鉦鼓喧耀數百里不絕凡所過都邑人民避匿村谷間路無行者六奇獨

賀然來迎兵執送麾下因請見主帥備陳粵中形勢傳檄可定奇有義結兄弟三十人素號雄武祇以四海無主擁衆據土弄兵潢池方今九五當陽天旅南下正蒸庶徯蘇之會也倘傑效用之秋苟假奇以遊劄三十道先往馳諭散給羣豪近者迎降遠者響應不踰月而破竹之形成矣如其言行之粵地悉平由是六奇運籌之謀所投必合扛鼎之勇無堅不破征閩討蜀屢立奇功數年之間位至通省水陸提督當六奇流落不偶時自分以污賤終一遇查孝廉解袍衣門贈金蕭寺且有海內奇傑之譽遂心喜自負獲以奮跡行伍進秋元戎嘗言天下有一人知己無若查孝廉者康熙初開府循州即遣牙將持三千金存其家另奉書幣邀致孝廉來粵供帳舟輿備極腆備將度梅嶺吳公子已迎候道左執禮甚恭樓船簫鼓由胥江順流而南凡轄下文武僚屬無不願見查先生爭先饋貽蓬綺貴珠不可勝紀去州城二十里吳躬自出迎八騶前驅千兵後擁導從儀衛上擬侯王既迎孝廉至府則蒲伏泥首自稱昔年賤丐非遇先生何有今日幸先生辱臨丐之身未足酬德居一載軍事旁午凡得查先生一言無不立應義取之貲幾至鉅萬其歸也復以三千金贈行曰非敢云報聊以誌淮陰少年之感耳先是苕中有富人莊廷鉞者購得朱相國史概博求三吳名士增益修飾刊行於世前列參閱姓氏十餘人以孝廉夙負重名亦借列焉未幾私史禍發凡有事於是書者論置極典吳力爲孝廉奏辯得免孝廉嗣後益放情詩酒盡出其橐中裝買美鬟十二教之歌舞每於良宵開讌垂簾張燈珠聲花貌豔徹簾外觀者醉心孝廉夫人亦妙解音律親爲家伎拍板正其曲誤以此查氏女樂遂爲浙中名部昔孝廉之在幕府也園林極勝中有英石峯一座高可二丈許嵌空玲瓏若出鬼製孝廉極所心賞題曰縐雲閒句往視忽失此石則已命載巨艦送至孝廉家矣涉江踰嶺費亦千緡今孝廉既沒青娥老去林荒池涸而英石峯巋然尚存

百歲觀場

順德人黃章年近四旬寄籍新甯爲博士弟子六十餘歲鼓優補廩八十三歲貢名太學康熙己卯入闈秋試大書百歲觀場四字於燈令其曾孫前導同學之士有異而問之者曰我今年九十九非得意時也俟一百二歲乃獲雋耳督撫兩臺召見授餐其飲啖俱過常人各贈金幣遣之

逍遙居士

番禺隱士蒲衣子王隼生而善病癯體鶴立結茨廬於西山之麓者二十年夫人潘氏通史漢諳音樂自號逍遙子之曰孟齋有女瑤湘能詩擇婿得故人子李孝先遂妻之蒲衣子性嗜

音常自度曲孝先倚而和之瑤湘吹洞簫以赴節雨闌更靜則聲發深座中聽者有月墜雲璈之想未幾孝先卒瑤湘怡然矢節自稱逍遙居士蒲衣為刻逍遙樓詩集太史槃亭寄示瑤湘書云聞瑤湘讀書余甚喜余與汝祖若翁交凡兩世矣視汝一如己子故甚望於汝之成也余有女龍端少女一歲頗聰慧余授以詩上口即能背誦而余性懶不能常授以此龍端之學不及汝聞汝近讀漆園南華南華之文章善幻而其言道也必溯乎未始有道其言物也必主乎齊𤔫而列以不齊之狀總歸於化善讀南華者當知之又讀禮經禮經漢白虎諸儒之所著也二戴大小夏侯各師其傳然不越天下國家朝會讌饗燕勞贈答儀文繁節至言閨門則禮之節益謹矣更讀離騷楚臣屈原不得於君發為奇文香草美人芳蘭君子三湘九疑之間左倚桂旗右攬揭車汝誦之倘亦有恍焉如見者乎余何時得來汝父西山見汝於滌歷使汝將所讀書各誦一遍俾我冷然稱善也觀太史書精深雅麗其寄示當在瑤湘未字孝先時瑤湘非奇女子何以得此於槃亭哉

花乳糖

食物生於樹亦有成於樹者桄榔椰酒而外又有榫糖占城國柬埔寨及東洋諸處樹名丹榫其本在草木之間微有疎節榦似椰櫚葉似蒲葵三四月間白花生於葉底異穗同莖香朶纍纍採其莖則白乳淋漓而出槃筒盛之取熬成糖較蔗霜更為甘瑩然必成於花時猶婦人之育而始乳焉

不昧堂

長壽寺僧寄生童真入道精純一職中歲忽示微疾白其師石濂曰某二十年後再來助和尚重興飛來舊剎乞塔全身於此石濂許諾泊然而逝閱辛酉到甲戌之閏五洪潦侵龕意將荼毘見夢於和尚以法體不壞為言合山禪衆夢亦如是啟龕而觀莊容儼若乃於長壽西偏建不昧堂迎供肉身余於戊寅八月至堂瞻禮猶見其修髯皓齒結趺冥坐無異定中僧也

粵社以榕

學者目覽群籍而足未履方州不特見聞之隘即四子書亦未得其解也如伯牛有疾章牖陽小註曲為之說殊不知鄙脅之家土牀俱在南牖下伯牛卧床夫子從牖外執其手而嘆耳南方橋梁之以木成者數十歲而一易北方則一歲一易孟子曰歲十一月徒杠成十二月輿梁成蓋冬月潦盡然後徒杠輿梁可成春水大至則撤其材而藏之桑馬塞雲各因深淺而涉苟非踰晉越秦豈識厲揭之章哉余補官東粵其土之宜木唯榕最高大而壽鄉遂無不有社社皆依榕而立始知夏氏殷人之以松以柏亦猶粵之以榕也　朱竹垞曰北方之人四體不勤南方之人五穀不分顧亭林曰北方之人飽食終日無所用心難矣哉南方之人羣居終日好行小慧難矣哉此皆周行南北熟悉其人情土風乃有是語

廵檢附魂

河源縣藍口司廵檢王學青浙江山陰人康熙戊寅十一月卒於司署有女長而未字以哭父成疾踰月亦歿就木之頃忽躍然起坐術視其體曰我固王廵司也何以作婦人裝遂亟解其足就投於地復命左右薙髮留辮索戴緯笠披袍曳履若患狂譫者內外胥僕無不愕駭良久漸已豁悟乃呼其子宗昌來前言我陽曆未終幸邀冥王恕命復來人間惜汝妹心傷夫怙悲慟而亡今假其宅舍以托餘年然壯行之志尚熱於衷未知可聞之上官還我微秩否因欲往謁縣宰宗昌止之不能竟持版入見肅行曲跽不敢異儀猶指輪詞猶訴陳積宰為順天劉肇現已心訝其事座次酬答形貌妍媚戲語之曰貴司行年幾何則拱而對曰卑職犬馬齒五十七矣職既返出尚祈還秩惟實公實主之劉微笑而已雖時隴千殷公述牙惠州宗昌冠帶其姊侍叩軍府殷公極為嘆異贈以多金己卯二月二十二日也

蔫根屏

粵土疎而沃名花珍果是處繁殖而老樹之產於幽厓邃谷者歷年既久蟠根屈曲變幻象形好事之家檮劚追險鼻為几案清玩然工巧天成無若高明謝氏之蔫根屏者色純紫高五尺許橫斜二尺鐵幹雕奇新枝挺出宛如畫梅滿幅其疎花散布枝間含苞折蕊細大不一復有寒雀三四或翥或棲各具生態最上一枝倒垂尤極夭嬌夫天之生物神矣而以物肖物天奪人工抑又神也楓叟梓牛曷足異乎

相思子

紅豆名相思子其樹之葉如槐歲夏子熟破莢而出色勝珊瑚粵中閨閣多雜珠翠以飾首經年不壞相傳有怨婦望夫樹下血淚染枝旋結為子斯名所由昉也雍揚吳蘭次為吳興太守有詞云把酒祝東風種出雙紅豆梁溪顧氏女見而悅之日夕諷咏四壁皆書二語時因目蘭次為紅豆詞人

花田花塚

珠江南岸行六七里為莊頭村家以藝素馨為業多至一二百畝昔南漢劉鋹有美人小字素馨者居此故其植獨繁而芬芳酷烈亦勝他所花時珠懸玉照數里一白是曰花田南海布衣岑霍山詩珠江南岸晚雲晴處處□麻閒素馨煙雨傳遊子艇墓田曾誌美人銘迎

風梧入秋衫鹹龍月微聞夜夢醒腸斷青花聲去從當年朱戶已長扃明崇禎中名姬張喬殁後風流之士醵錢捧土葬之白雲山梅坳人致一花種其葬處得數百本五色相間爛然如錦是曰花塚遂與花田相望

語字之異

粵中語少正音書多俗字如謂平人曰狫謂新婦曰心抱謂父曰爸謂母曰嬭謂子曰崽子女未生曰猛衣一瓣曰一脅稱一熟曰一造禽之窠曰竇禽之卵曰春此粵語之異也其字之隨俗撰出者如穩坐之爲奀音穩人物之短者爲矮音矮人物之瘦者爲奀音芒山之巖洞爲岕音勘水之磯激爲泵音磅蓄水之地爲氹音泔通水之道爲圳音浸水之曲折爲㘭音囊路之險隘爲卡音汊隱身忽出爲閃音或截木作墊爲不音墩橫木上關爲閂音拴此粵字之異也至於士子行文亦多變體以華作䔢以兹作茲以帳作㡆以閱作閲以祝作柷以鬲作㕍以閒作閑以隣作鄰之類率皆仍訛襲陋有乖六書之旨然而師以訓弟父以訓子授受相沿遂成錮疾司文柄者尚宜出而正之

鸎鸎壙

長洲倪士義與其婦楊氏伉儷甚篤有同穴之誓明崇禎末士義年未三十而卒楊覲詣虎

丘相地葬之復營一穴於旁命工鑿鸎鸎兩字壙上歸即自刎遂合葬焉吳人稱爲鸎鸎壙番禺屈大均過此感其事而題曰血濺良人墓婦事可傷閨房無此劍紫玉不成奇俠烈光吳岳流傳自野王千秋蓮沼上人見紫鸎鸎

南海神廟

南海之神唐天寶間封爲廣利王其廟適對虎門韓昌黎碑文首序神秩之貴次序海濤之惡今廟前止成小涌以通官舫南望水田千頃溝塍相錯與韓碑絕不符矣余昔在關中遊慈恩寺訪所謂曲江池者祇見高隴平疇往來耕牧當年則宮殿遶其外萍藻積其中而風浪之興或至覆舟者也是知山川之形雖亙古常存而滄桑之感亦何時不見哉

兩海賊

周玉李榮皆番禺蛋民以捕魚爲業所轄繒船數百其上可以設樓櫓列兵械三帆八棹衝濤若飛平藩尚可喜以其能習水戰委以遊擊之任遇警輒調遣防禦水鄉賴以安輯自康熙壬寅奉有海禁之　旨於是盡毀其船分泊港汊逮其黨屬於城內玉等鬱鬱之性不堪籠絷詐稱歸葬請於平藩可喜許之即日攜家出海糾合亡命聲勢大張癸卯十一月連檣集艦直抵州前盡焚汎哨廬舍火光燭天禍於民居一無驗擾復破順德縣執縣令王胤而去可喜聞變亟發舟師剿捕獲賊首周玉餘黨解散出王令於賊舟釋其婢令得不死是時尚藩與督撫兩院俱諱其事王僅罷職而已

徙民

甲寅春月續遷番禺順德新會東莞香山五縣沿海之民先畫一界而以繩直之其間多有一宅而半棄者有一室而中斷者濬以深溝別爲內外稍踰跬步死即隨之遷者委居捐產流離失所而周李餘黨乘機剽掠趙撫王公來任安插賑濟存活甚眾公以病卒於粵遺疏極言其狀始得復界流民乃有寧宇

產卵

番禺縣市橋村民家女謝氏康熙丁丑歸於王閱歲而孕及分娩之期腹痛經旬委頓欲絕其姑亟投以催生丸產一物形如鵝卵連下六枚闔室驚異裹而埋之婦竟無恙

浚濠得碑

吳逆之亂潮州鎮劉進忠首叛逼爲聲援平藩尚可喜發兵討之以次子尚之孝督師屢出無功鳳凰山一戰挫衂尤甚乙卯可喜於粵秀山後浚濠築壘爲固守計於土中得一石碑其上有文云挖破老龍傷粵秀八風吹箭入佗城種柳昔年曾有限看花今日豈無情殘花

已自知零落折柳何須問廢興可憐野鬼黃砂磧直待劉終班馬鳴其文似詩似讖未有能解其意者

西園廢墟

康熙丁巳五月朝廷寬尚之信從逆之罪仍命襲父爵爲平南親王率師討孫延齡駐宣武縣有藩下人張伯全素不悅於之信而張士選者之信弟之孝之私人也亦與之信有隙至是之信忽召伯全至王軍伯全懼禍密約士選入京告變謂其心懷怨懟敢言訕上有　旨遣宜大人同伯全至粵勘問是時藩下之兵悉隸於固山王國棟國棟方與巡撫金儁交驩儁授意國棟偕尚之璋貲詔至廣西之信聞命即解王印還廣州待罪羈留五仙門提督行臺設兵嚴衛適李天植憤殺王國棟儁遂以反狀聞庚申八月十七日賜死於府學名宦祠焚屍揚灰沈上達家人鍾姓者收其骸骼餘墟廢之西園報資寺

舒氏義烈

尚之信之羈於五仙門也內外音信不能相通時之信母萬福金與其弟若子尚在舊府儕復涕泣不知所爲藩下總兵李天植密與府中人謀曰王國棟與吾輩同起廝養沐恩日久海加拔擢位至固山兵權歸其掌握寶貨充其帑藏王之所以待國棟者不可謂不厚矣俺

達公納款偽周曾無一言諫阻亦受輔翼將軍之秩今公已棄邪歸正承襲王爵因二三宵小讒搆致見羈執爲國棟者自宜剖肝瀝膽力白其誣否則繼之以死此正竭忠效命之秋也乃陰陽其間冀貴主以易富貴忘穫翼之洪慈肆反噬之慘毒王之抔土未乾而使舍骨肉危如累卵國棟之罪其可逭乎不若誘而殺之庶足慰在天之靈而紓合門之憤因傳福金命召國棟入商移家還京之計先伏武士於兩廡及國棟至共出擒之之信令剜去兩目臏天植與尚之節等寸割其肉投與羣犬噉之國棟家人奔告金廷撫撫同謀者皆慷慨就縛天植對獄無諱詞意氣甚壯廷撫以其狀聞坐反伏誅同死者一百八人即俺達賜劍之日也當天植受戮時其妻舒氏盡出家財散與親舊及其部卒復檢取篋内券約聚而焚之手執白刃呼二女至前告之曰汝不幸生我家命不得長與其汚而生不若潔而死揮刃各劈其首而殞又顧謂諸侍妾曰我夫以死報我主我輩可不以死報我夫乎閨中之姬十人皆令自裁乃自刎於堂上其凜凜義烈粤人富豔稱焉

廣東月令

正月　蜃氣成樓　水仙來賓　荷錢浮於水　二麥黃　木葉微脫

二月　蔗初芽　蕨拳輸粉　魚苗生　蜆降於霧　木綿吐英

三月　杜若芳　石蚴揚葩　江鷗避風　孔雀之尾開金　檳榔包坼

四月　佛桑紅綻　高榕蔭日　仙掌立　鯊入山麓化爲虎　樹蘭綴珠

五月　荔支丹　菩提舒葉　椰含漿　羣蟻朝其祖　鉤割鳴年

六月　白雨足　西潦至　芭蕉子垂　苦瓜入饌　早禾乃登

七月　秧針重碧　龍眼熟　蝴蝶營繭　素馨結爲燈　蕹田浮

八月　颶母見影　茶使蠅於樹　紙鳶翻風　黃柑分指　河魨乘潮而上

九月　紅蓼登　白欖落　嘉魚出於峽　南蠨迎社　香門開

十月　耕牛放閒　八蠶之功畢　嶺梅芳　橘柚錫貢　銀河夜見

十一月　桃李花　鷓鴣蘇葉　黃雀復爲魚　岩蜂聚糧　瑞香霏雪

十二月　蚊不絶吟　池塘竭　稚筍出　風蘭賀春　雷當有聲

天之節候見於地之物產故月令一篇載自禮經後人遵者於授時之曆舍宦遊所至其風土大略相同惟粤中則不特與朔方絶異即較之江淮亦甚懸殊是採屈翁山新語參以耳目見聞臧爲廣東月令通知爽陬譎詭固不止於再稔八蠶已也

忠士陳言

康熙四十一年莆田彭公古愚巡撫粤東時達春旱有惠州拔貢生盧蘇華者借冠隆之隱憂指譯悠而婉諷揣斯衆感伏闕嚴鈐其詞曰陳爲密雲細雨向日問天事竊惟憲臺遇隆聖天子之知得君何厚官拜大中丞之職受任匪輕耳目寄自九重視聽必無壅蔽撫綏加諸百粤恫瘝應未懸殊夫蒞茲土者宋有包孝肅正獨勝邪生是鄉者明有海忠介剛能無欲緬二賢之清範實我公之前規况草木知名久企祥雲過嶺而父老觀化彌疑甘雨隨車何意三春出作之時尚遠十郡來蘇之願始覺說疑說夢無非附影附聲空傳活佛者千家楊枝不滴水浸道碣望兮一路鄧屋無餘光詎仁澤之已枯乃和風之未動惟有搖搖倚草環生嘆戰之間止餘汩汩會東曲注庭闈之内於是憑社之狐猶思竊廢吹藜之火謠欲爭行蜮射潛飛中含沙而誰鄉鯨吞迭告置漏網於弗聞以致魚泣釜中未見揚湯止沸猿啼樹裏更逢縱火燒林非止同室操戈亦等鄉隣殺視直思孺子入井莫堪秦越殊觀甚則剝膚之翻靡申慘捐生而刎頸戴盆之冤莫雪甘就死而投淵負十四載之桀名僅凝香於卧閣妻三十人之訟牒同落絮於空庭如謂採訪宜真何處無潰川之口如謂謗言多妄偏者非載鬼之車不然干謁阻於故人豈無語遂鉻冷鐵不然投金溺於暮容豈外鑠立化堅冰或者恐遭觸之禍然而公則魚水之契方深或者疑晚歲之氣衰而公則薑桂之性未泯倏矣歲將改篇持晉猶是藏機胡然期已及瓜解嘲不辭袖手倘一日者元龜協卜名封鳳丹風御論敕運爲浦何異去後之思嗟靡及矣寇恂請借之舉將何補耶幕也蛙況井底仍擬窺天蠡測海隅輒思說日昔者涑水作相直言曾起坡公今而陽城在官持論或容韓子雖勺水無多未可代驅旱魃而靈源猶在何妨仰瀆神龍敢剖微衷以陳辭謹伏轅而待命

木中少女

維揚汪舟次奉使琉球甫出海見浮木丈許鐵鑷兩頭取而剖視中有一女裸卧綠髮冰肌以右手掩面左手蔽其醜嗟嘆微笑隨波以去而狂風旋作蓋風之有少女者殆謂是乎

八分書

獨漉子陳恭尹爲嶺南三家之一盛有詩名兼工八分書法而晚年好道結願放生人有乞其書者龍禽而至輒欣然灑翰視禽之多寡則疏密其書以應之間葉聞龍淋漓志其四方碑版之酬亦即遇物買放皆盡乃已蓋珊鉤鱗刷未免以多藏取譏而追做墨礦之換者其致遠矣

觚賸卷七終

觚賸卷八　　吳江鈕琇玉樵輯

粵觚下

張將子

張孝起字將子，吳江人。崇禎十三年，特賜進士，任廉州府推官。城陷被執，永曆元年始得出獄。從幸梧州，遷兵科給事，兼掌吏科。四年會十三營自楚戰敗，入行在，跋扈不法，孝起疏劾其罪，直聲大震。有鄖國公高必正者，闖賊李自成之妻弟也，驕蹇尤甚，孝起責以大義，卒懾服焉。五年從幸南甯，孝起出為高雷廉瓊四府巡撫，未至四府已陷，乃入廉州山中，依靖氛將軍鄧耀於龍門島。從依漳平伯周金湯，金湯敗走，孝起倉卒被執，不食七日死之。

共塚

順治庚寅正月，耿繼茂、尚可喜兵入廣州，屠戮甚慘，城內居民幾無噍類。其奔出者，急不得渡，擠溺以死，復不可勝計。浮屠氏真修曾受紫衣之賜，號紫衣僧者，乃募役購薪，聚胔於東門隙地焚之，累骸成阜，行人於二三里外望如積雪。即於其旁築為大坎，瘞焉，名曰共塚。亂定後，延侶結壇，設伊蒲之祭，番禺王孝康有祭共塚文，頗行於世。

白石獅

粵東既定，建平南、靖南二王府，東西相望，備極雄麗。而靖藩性尤汰侈，謂門前兩獅必用白石琢成，而石以星巖者為良，乃飛檄肇慶，行高要縣取之。時浙中楊自西雍建為邑令，承命鬩鑿，督促頻繁，斧斤丁丁，晝夜不得暫息，僅獲胚石二具，駕以巨艦，艤行至峽口，舟不勝載，與石俱沉。復命吏取，其費倍蓰。會藩官日喧詢於堂，令唯俯首隱忍而已。未幾，雍建內擢兵垣，疏言粵東不堪兩王，條其累民之弊二十餘事，因遷耿於閩。今其府已改將軍第，而獰猊列峙於門者，猶是楊公經營之石也。

洪廟祈夢

羅學恩，高明縣平步村人，弱冠補博士弟子，意氣傲岸，謂掇科第如拾芥，而久困棘闈。年將四十，始舉於鄉。又復自負，謂南宮之捷，轉瞬可俟，仍下第歸。由此悒悒若失，卜筮之詢，殆無虛歲。或言：「我村洪聖廟，其神甚靈，盍往祈焉？」學恩即攜襆被夜宿殿廡，恍惚夢神告曰：「汝欲成名，須俟參而姪乃同榜耳。」學恩寤，及偏訪知名之士，並無其人。偶一日自村入城，東門外亦有洪聖廟，見塾師訓課其中，稍與談論，忽一童子呈書於前，視其姓名，則參而姪也。因細問年歲里居，默誌而去，不以告人。是時姪方髫齡，越十有餘載，姪一舉登第，學恩欣然資以行李，偕入京師，崇禎辛未科，俱成進士。聯舫旋鄉，乃話前夢。

五華山故宮

雲南五華山，永曆故宮在其上。順治丁亥，洪承疇督師由貴竹大路取滇，李定國拒戰曲靖。吳三桂由廣西四川旁搗其虛，至黃草壩，入省城，永曆遁至阿瓦。三桂重購得之，縊於貴陽府。三桂以功封平西王，遂據山上故宮，增修二十餘載，備極崇麗。康熙癸丑，三桂反，出攻長沙，抗命。乙卯僭尊號，丁巳病死。偽周洪化，其孫也。戊午，詔王貝勒討賊，駐軍曲靖，賴將軍平耿精忠，由福建進征西粵，亦由四川黃草壩直薄省城，偽洪化斬之，滇南大定。康熙癸亥，金陵邵子為章赴幕府，訪其父老得當，題四截句於壁，一時爭相傳和。詩曰：「百萬雄師睥睨間，光朝一脈絕南蠻。擒人即是人擒路，誰道天公不好還。」「軍威南詔敢稱雄，轉眼興亡一瞬中。他日龍門成紀傳，君臣父子總無公。」「行營歷歷草萋萋，銅柱摩崖手自題。虎豹無睛威尚在，老軍猶說舊平西。」「客來天半起觚稜，不盡亭臺取次登。心力剛枯人事去，秋風誰與哭西陵。」邵子詩筆敏妙，惜有濡頭之癖，落魄寡儔，故不甚顯於時。

琉球使

康熙二年，科臣張立庵學禮、王梁雲琛奉使琉球，冊封國王尚質。其所紀入海之舟為板子形，上下三層，廣二丈二尺，高如之，長十八丈，桅之高如之，桅頭有斗，可容數人。舟設水井二口，官司啟閉。柁用廣西鐵力木。入洋有白水一線，橫亙南北，謂之分水洋。過此洋，水綠白紅藍，歷歷如繪，波而視之，其清則一。行三日，後見一山，橫於舟前，首尾約長千丈，以鏡照之，乃巨魚也。鱗黃背噴，其魚漸沉，然鱗鬣巖峙，猶沙嶼蔓叢，至晚潛消，舟始得進。又數日，將近伊藍埠，候泊龍潭。二龍垂天而下，風雲四起，恍惚晦冥，舟師大怖。風稍定，急移帆而南，次溫鎮，抵那壩港，入琉球界矣。凡宴使臣，擊鼓而歌者，大夫以下等官，舞則十齡幼童，皆貴官子弟為之。考之舊冊，大約渡海以夏至前後兩三日歸，以冬至前後兩三日，故使臣之在其國也，有迎風宴、中秋宴、重陽宴、冬至宴、餞別宴。是役於五月啟行，十一月始回舟復命。

獻花寺僧

武昌小南門外獻花寺僧自究，病噎，百藥不效，臨殁謂其徒曰：「我毒罹此患，胸臆必有物為祟，逝後剖去驗我，我殮之入地矣。」其徒如教，得一骨如簪，取置經案，久相傳示。閱歲，適有戎帥寓寺，從者殺鵝未斷其喉，偶見此骨，取以挑刺，鵝血噴發，而骨遂消滅。自究之徒亦病噎，因悟鵝血可治，數飲遂愈，偏以此方授人，無不驗者。明太祖破陳友諒時，兵環其城，寺中忽開異花，兵去而寺名獻花以此。

俺達跳慕

俺達公之信，尚王可喜之長子也。酗酒嗜殺，壺罇杯斝與弓刀矛戟之屬，隨其所至，必隶携以行。坐則輒飲，飲醉則必殺人。深宮靜室無以解酲，即引佩刀刺其侍者，雖寵僕嬖姬，瘢痍滿體。性喜畜狗，築狗房，設狗監，監之下隸以健兒數十人。閭甸必蹤之出府，所過居肆，例應各給豕肉飼之。街中人狗塞途，行者辟易。一夕聞有閧聲，亟呼監往視，監遇瘈狗而奔，不敢復往。之信大怒，命左右割監肉咳狗，肉盡而止。又取民間子十五以下為把竿之戲，竿長二丈，以篔簹為之，髹飾堅度，其光可鑑。數之葉緣上下，盤舞竿頭，之信把盃觀笑以為樂。其習技未熟者，多至顛殞，或穿腹折脛，恬不介意。

跛金

金光，字公絢，浙江義烏人。知書，有權略。尚可喜從遼陽入關，得光甚喜，置之幕下。凡有計議，必咨於光而後行。然光頗自負，意不欲屈人下，乘間潛逃。可喜遣健卒追還，抉其足筋，令不可走，而禮寄益加，於是跛金之名遂著。順治中，可喜入粵，進爵平南王。其長子俺達公之信酗酒暴逆，王之宮監適有事於公所，偶值其醉，怒指監曰：汝腹何大也，此中必有奇寶，我欲開視之。以匕首刺監腹，應刃而斃。王之堂官王化者，年已六十餘，盛夏苦暑，袒而立於庭。之信憎其老年，笑謂化曰：汝鬚眉太白，我當黑之。遂縛化，曝烈日中，自巳至酉，百計求免，始得脫。王大怒，恚呼之信，杖之三十，而毒忿益甚。光因乘間言：俺達公剛而多虐，勇而寡仁，若以嗣位，必不利於社稷，請廢而立次子固山王。王深然其說，因循猶豫，將未即行。光竊王無廢立意，恐謀洩見疑，遂曲順之信所為。凡鑿山開礦，煮海鬻鹽，遣列郡之稅，使通外洋之貨，無不從光擘畫，以是藩府之富幾甲天下，而光之富亦擬於王。丙辰二月，鄭錦下東莞，馬雄入南海，趙天元、謝厥扶俱以舟師迎降。之信計無所出，乃殺光以辭於鄭，謂向之抗衡上國，久持弗下者，皆此人之為也。遂納款偽周。時可喜屏居舊府，聞之，深悔不用光言，以速光之死，流涕太息者累月，不久亦殂。

禍光斬首

康熙丙辰二月，尚之信約眾謀逆，送印偽周，自稱暫管輔德將軍。次年丁巳五月，反正歸朝，自稱暫管平南親王。議者謂其前後兩銜，俱以暫字冠首，於義為斬頭，禍形已兆，宜天誅之難逭也。

偽牘論降

泉州人江魏，少年無賴，蹤踏犇竄，人橘隨地傷足兩跛，共呼拐子。海中鄭氏之家也，受偽命為將軍，聚眾部武山間，堇延衛徐，其所領卒，皆裹首露足，輕捷善走，峭壁百丈，攀緣如飛，頻出

摽掠官兵，莫能誰何。時兵留村公開府八閩，計欲論降，而以未得通使為憂。江右有翁輅、郭國祚，因相與謀，作兵公偽牘，既成，步行三百餘里，赴勝踰嶺，抵其帳下。江發書，起將殺之。偽總兵高茂方諫曰：將軍雄據險要，勒兵數萬，水戰見艇，山鬬猱捷，而馳驟平原，非其長也。況地無千里之饒，糧無千年之積，出則勢不能遠，守則師無所資，其能久乎？許之猶不失我富貴。江是其言，遂釋二人歸，然納欵之期猶豫未決。輅與國祚復遣兵公轅門，請見言機密事。公命延入，因抵掌陳江魏可撫狀，且權宜檄假公書，罪應死。公聞之大喜曰：壯士可用也。立作手札，擇標下之有幹略者偕以行。先是，茂方力勸魏，魏已心動，至是遂率其所部偽官百員、眾七萬餘人出降。兵公奏聞於朝，各與爵賞有差。康熙辛未，廣山瞿修齡在吳携軍募，見國祚年止二十餘矣，如冠玉，乃能深探賊巢，直登虎穴，負荊飛之勇，成連雲之功，可謂奇矣。

男惑卜識曰：庚寅夏五，萬寓羊城，有持副帥郭公剌以篆騰為請者，惑揣揭為羽扇風流，令人欽揖。揖惑而言曰：予即郭騰中所載偽牘論降之郭某也。片紙功名，謬屬先公採拾。幸兵惜乎子不及見公，而未得當為公所知者。予自江賊既撫，成功不居，賈勇莫試，改名世耀，應選翹關，委任千夫長。值臺灣未靖，師駐泉州，距彭城三十六島，勢阻險要，師不克進。金門總制陳公龍謂予善習流，簡卒甲士，結陣揚帆，指揮鵡首，不數日而盡擣其穴，臺灣以平。靖海將軍施公朗題敘戰功，加銜都督，推授古北口鎮標遊府。恭遇警蹕北巡，得邀顧問。時 上御日本貢刀，令予跨赤驥以試，深蒙嘉歎，隨手授曰：肯爾武備，戮力王家。越日，載錫龍章，昭示獎勸，尋轉參戎，量移副帥。此粵之干城所由寄也。塞雁北征，嶺鴻南集，風塵戎馬，老我歲華，而英齡銳志，猶若從脉餘勃勃，欲發諸績懿之無自表微之，遺意恚竊念先嚴秉鉞時，頗以公不見用為惜。詎公建牙東來，而墨莊久閉，已不復有揚其偉烈耶。因錄其書于後，庶不虛此乞書之一遇云。

投江詩

長沙朱氏女，遇吳逆之亂，盡室星散，弱質無依，遂為營卒所掠。氏志堅意決，眾莫敢犯。舟行至小孤山下，奮身投江。其屍逆流三晝夜，浮於故居水濱。夢訴於其父母，父母驚起，跡之，果獲女屍，慟哭收殯，玉顏如生。解其襦，得懷間絕句十章，重緘密糊，字不沾濡。今存其最悲痛者二首。一曰：少小伶俜畫閣時，詩書曾奉母為師。濤聲向夜悲何急，猶記燈前讀楚詞。一曰：狂帆嫁說過雙孤，掩袖潸潸淚忽枯。葬入江魚浮海去，不留羞塚在姑蘇。

金首

廈門遠在海中。鄭氏平後。始拓有其地。置一府三縣。通州王孝廉兆陞令臺灣。其家人歸言。縣南百餘里。山林蓊翳。猺民居之。蓋亦一蠻地也。其俗男女皆裸。各以方幅布蔽其醜處。並無屋宇。即於深樹間。屈枝結葉為居。中國人誤入其地者。縛而殺之。以金塗首。懸於家。有此者。衆號強宗。祭則拜而祝曰。願汝來世再生為人。仍入吾國。復為吾殺。受吾享祀。其愚誕如此。

肉毬

廣西鎮安府。止設通判一官。衙署荒涼。半隣鬼域。通判每涖廳事。輒有兩大肉腳。下垂簷間。肉毬如五斗盎。滾至案前。迫而捉之。闃無所見。其地瘴癘時作。至此遂無生還之望。故遊人甚憚之。

阿魏

諾皋載波斯國阿虞。長八九丈。皮色青黃。三月生葉。似鼠耳。斷其枝。汁出如飴。久而堅凝。名阿魏。本草亦從之。近有客自滇中來者。乃言彼處蜂形甚巨。結窩多在絕壁。垂如雨蓋。滇人於其下掘一深坎。置肥羊於內。令善射者飛騎發矢。落其窩。急以物覆坎。則蜂與羊共相刺撲。二者合併而化。久之取出。曬乾。是名阿魏。所聞特異。因並誌於此。

月中仙樂

明萬曆末。順德縣有吳章者。儒家子也。素好神仙之術。復耽音律。學書遂廢。生計亦疎。鄉人以其善書能解事。推為里老。夏五月。吳自鄉輸糧於縣。遂旅主人。園荔初熟。搖盤供客。吳以啖剩數枚。納之衣囊。將歸貽其婦。薄暮步出郭外。行十餘里。凉月皎然。隱隱聞笙簫聲。往前跡之。仰見祥雲一隊。首列旌幢。中擁彩輿。從者數十人。或駕青牛。或乘白鹿。鶴鸞繽紛。霞裾縹緲。手中各執樂器。所奏之樂。絕不與人間相類。吳奔逐諦聽。足若離地。而趨走甚速。未幾天色向曉。從者顧謂吳曰。子來已遠。得無迷於歸路乎。吳因詢坐彩輿者為誰。從者曰。我泰山主碧霞元君。巡遊南極。炎海天妃設凝冰果會。留讌三日。今始回宮耳。轉盼間。祥雲四散。吳從空墜地。乃山東布政司署內。適閽人啟扉驚。以為盜。執送藩伯。藩伯坐廳事鞫之。吳曰。章本順德民人。途遇仙樂。隨之而行。不知何以至此。藩伯詫其妖妄。搜檢衣囊。一無所有。唯鮮荔數枚尚存。剖之甘芳。如新摘於樹者。始信其言。遂檄還粵東。吳自後頗厭火食之物。舉體輕逸。壽至九十八歲。

綠毿

滇中猓玀有黑白二種。皆多壽。一百八九十歲乃死。至二百歲者。子孫不敢同居。舁之深谷大箐中。留四五年。稍此猓漸不省人事。但知飲臥而已。偏體生綠毛。如苔。尻突成尾。久之長於身。朱髮金睛。鉤牙鋸爪。其攀陟巖壁。往來如飛。攫虎豹麐鹿為食。象亦畏之。土人呼曰綠毿。

石言

端溪硯石。古今所貴。余官端州之高明。嗜硯而不蓄者。無辨硯之識。無購硯之力。而又無筆精墨妙。以發其英華。以賞識石也。然嗜硯之意。終未釋然。因取客遊於端而文之善言硯石者著之。侯官高兆固齋記曰。端州分野。直星紀。僧一行曰。天地兩戒山河與天之雲漢始末。謂星紀得雲漢降氣。為百川下流。云羚羊峽距郡東三十里。東三江之水。其山產石。類珷玞。唐宋以來。才人文士。采作硯材。蘇文忠稱為寶石。蓋東西粵扶輿之脈。蘊閟也。米至峽十里為大薨山。皆牛毛細皺。宛如畫鏡。峽山青蒼對峙。江流泓淨。頗似嚴灘。峽石鑛凡十一。北岸坑曰阿婆。曰白婆墳。其石質黯黝。不鮮佳者。亦有火捺。蕉葉白。可亂水巖。朝天巖。惟青花中黃星密灑如塵。眼大於螺。若人張目。湛湛無神。真賞家以此辨定。碧點長斜。似眼無瞳。每石一片。可得十二三點。十數點者。梅花坑在峽外三水境中。峽將盡岸南山坳。有洞。書宋治平四年。差太監魏某重開。土人名曰巖仔坑。其石叩之聲泠泠。久磨能濡。旁有塚。相傳其時

開鑿中處崩。閉數百十人。太監死焉。守土者葬其冠服於此。坑下度小山曰新坑。其石細潤微青。蕉葉白亦青。西上越水澗。隔裏曰朝天巖。土人名山坑為隔裏。其石堅實。不能滑膩。火捺紋成結。不運若蠟炬著壁。壁斜敧。及蛇損几案。蕉葉白色晦。氣韻純潔無痕者。亦可貴。古塔巖。其石比朝天巖。無火捺紋。蕉葉白。古塔巖後為屏風背。其石木如鸜。豬肝膿於風日。宣德巖在屏風背下。去水巖二里許。其石發於水巖。今不可得。巖仔坑東有洞。廣如屋。曰樓安洞。舊時開坑石工所棲之所。又東有小山圓阜。下為水坑。折上數十武。有萬曆二十八年。差督理珠池市舶內官監太監李鳳開坑封坑月日。立石。洞臨江口。小於圭竇。石工裸身盤屈。豬膏燃火。穩鏈螺旋而進。入洞西轉。有淵不測。先投以石。聞水聲。急轉西折。不則墮深淵矣。正洞容工一二十人。由正洞入西洞。西洞漸寬。東洞舊納四人。二人運鑿。二人仰臥。膝前置碗盤燈于胸以燭之。不能坐立。捧令容七龍且十四人矣。取石一人。鑿一人燃火。東三洞。正洞石上。上次東洞。西洞又次之。土人皆名曰老坑。石三層。上層近山。沙透漏。如蟲蝕。曰蟲蛀。其質纖遜。中層常有翡翠雜拉。中層火捺紋。蕉葉白。其絕品東床。穫青花。及眼生蕉葉白。下石工所名下層石也。又下麻雀班紋。成魚凍。或如唾涎。亦有眼。眼中瞳含沙。多脫去。此中石。時有蔚藍者。秀色可餐。不一見。下此底坂石。云中層下層。火捺紋如朝霞蔚起。散若馬尾。若刷絲。紫綃絢采熊熊。

大富錢有芒曰金錢火捺品上上𪋻然黑色曰鐵捺如蚓曰鳳涎皆石疵蕉葉白上下四旁必有火捺紋掩映。舊坑皎潔比紈素。近坑白中雜出青花也。青花上品。若澗沚細藻米碧瑩然縹緲隱隱。又如魚兒隊行。青花明顯如石花采者。石工稱為芋紋。品中中。三洞眼各異。正洞眼赤圈如珊瑚鳥目。石嫩眼侵土氣者若豪米。其瞳分明。亦足貴。東洞眼碧色數暈對之奕奕射人。曰鸜鵒眼。圓正明媚者不易得。他洞偶一有之。西洞眼黑圈瞳一黍如豉。三洞石正洞下層第一。入手溫潤柔膩。有生氣。鮮潔倩麗。磨之與墨相親。摩挲心動。東洞西側深處曰飛鼠巖。其石有紋曰黃龍。斜亘石面。工指為瑕。正洞亦有黃龍紋。游揚如雲氣。如鴻雁。亦移人情。三洞俱水中。冬日引水盡乃可取。正洞北潭底水深不可引。時有鬼神。東洞徑傾仄。水工列小童長跪。與杯勺揚水。水乃涸。以故開坑先引水閱月。費金錢至累千。舊制把總一員專轄守坑。律令盜坑石比竊盜論。其厲禁如此。永樂宣德間開坑未成。偵龍去棠梢未蜀人熊文燦總督兩廣日。指揮蘇萬邦致石工於江西。縋大中夜開坑。不敢自日中也。丁亥後守禁罷。至今凡六開坑。工受官役日有程。不擇精穰。鑿伐折裂。宋元明五百餘年未閒也。大抵石理日剝。精華日盡。氣韻顏色不能畫執。成誌要以老坑具妍姿者為從。予至端州值開坑。所見三十年前石與今異。訪之石工。其言殊別。徵其說各執所偏。予既喜身覩古人未言之見聞。復重慨夫文明之璞。一旦劃裂而出天地真瘞。山川元氣漸至渦耗。不數十年此山便成陵谷。無有問津之處。爰述於篇。庶幾後之君子覩覽寶藏。知此石實雲漢之鍾。第三江五州之榮衛。或可以少懲於真宰也。我邑潘未稼堂賦曰。潘子久客端州。自秋徂春。達門晝掩。蟆蝜侵生。塵有客過訪。寂若無人。披帷何有。硯石錯陳。壘架磊砢。堆牀輪囷。主人方盤礴其間。窮日達晨。摩挲品題。樂以忘貧。客顧而笑曰。是奚為者也。願春珍奇是不一類。珊瑚碎礫。明珠文貝。沉檀通犀。象齒翡翠。卸塵之欽。碎兩之龍。子曾不是求。而耽情於片石。甚無謂也。且是塊然者。非有聲色香味之可娛。賤之棄金。藏之專車。贈遺不名珍寶。藏弄不如圖書。兩手三硯為已多。而世[illegible]若將焉用。是無乃近於癖乎。主人忻然而笑曰。客但未知石之美耳。試知將嗜之不已而奚賦笑余。客曰。試言之。主人曰。二氣之英。五材之精。在地為石。在天為星。石之為質。頑然粗醜。迫其神奇。爲最無偶。所以怪石作貢。文石呈祥。甲乙品於衛公。袍笏拜於元章。要其程功而致用。無若硯石之最良。武夫寶劍。文人寶硯。晦明與居。寒暑無間。淬筆鋒之銛銳。發墨華之傳[illegible]貴利用而不窮。故宜取於齋甚。硯材上品。厥惟端溪。萬里滄江。一峽東之。秀氣廻薄。靈液滲滋。是生石實。美勝縣黎。爾其巖分三層。下層在水。石岐三洞。中洞最美。造化所祕。邃古莫啟。雖鑿泓漻。劍剸疏鑿。廖斷其膚。采入肌理。轉聚轉深。今得

其髓。三冬水落。良工是謀。傳敲涸水。燃膏燭幽。斧之登登。削粗劇淺。青華乃出。如琳如璆。其質則膩若搏粉。縝若刷絲。潤若含凍。柔若凝脂。其色則淵然而光。黝然而墨。望之有形。撫之無迹。南離炳曜。蒸為紫雲。馬肝純色。大痣閒紋。芙蓉出水。以照灼初陽。升天以鮮新美人。薄醉而酡顏。天孫七襄而錦紋。水月清華。凝為蕉白。平鋪馥鯖。橫截覺璧。雲霏其冪。林河耿耿。以湛碧。削春蔥之始萌。雪秋鶴之乍降。青花最貴。隱起石膚。乍沉乍浮。如有如無。雁行過於遠天。魚兒戲於清渠。綺縠之理。蘋藻之影。扶疎惟人。至靈乃有雙瞳。石亦有眼。巧出天工。黑睛朗朗。碧暈重重。如珠剖蚌。如月麗空。紅為丹砂。黃為象牙。圓為鸜鵒。長者為鴉。或孤標而雙映。或三五而橫斜。象台斗而可貴。惟明潤而最佳。至若點號翡翠。綸名金錢。玉帶橫亘。黃龍斜纏。鸜鵒之斑。蟾血之邊。各絢采以發色。或爭奇而鬭妍。天質美矣。復貴裁製。追之琢之。乃成佳器。爾乃選良工。考舊籍。量厚薄。程細鉅。審背面。定顏貌。留精純。去苦窳。因圓成規。遇方為矩。妙隨材而適用。任師心而法古。是有層模宋範。育式藏型。端方是尚。樸雅為經。間標新而樹異。有象物以賦形。或聳肩而壺腹。或璧沼而珠庭。或盤身而瓦脊。或鳳咮而鶴翎。鳳田之文。惟肖琴筍之德。可銘。於是鎚以散礫之砂。砥以切玉之石。丈以瑩而適明。理以細而彌澤。溫潤之色可餐。鮮秀之采欲滴。口噓呵而成津。手摩握而成液。其受墨也。若鱗鱗。融洽停勻。石與墨得。墨與石親。沛然膏流。油然酎醇。磨之無聲。洗之無痕。其宜筆也。沾濡不留。運轉無滯。墨飽固將。墨竭亦利。中山秃毫。迅掃不敝。使心忘手。使手忘器。故當委視龍尾。勝籍金星。澄泥斂色。雀瓦銷英。彼洮河與覺磯。詎美敢於抗衡者也。夫其藏夏不燥。隆冬不凍。君子之節也。涅不緇。滌不留垢。幽人之潔也。廉若內含。溫文外著。貞臣之烈也。聚不掩瑜。瑕不亂真。介士之別也。端凝靜默。有勵俗之守焉。厚重不朽。有陶世之壽焉。無色之色是為真色。無味之味是為至味。吾是以中心好之。樹之抱之。以之譚之。心實神怡而不可以告客者也。今夫珠璣象犀。珍怪難得之物。美則美矣。固權門豪家之所宜蓄。而於我乎何有。其求之也傷廉。其藏之也招忌。[illegible]若山川之美。文翰之富。廣坐可以共賞。一室可以自娛。石戶之封可守。石田之穫不虛。傳子孫而無累。貽朋友而欣愉。且人之歸自斯土者。莫不連載纍乘。黃陽道塗。而吾舟小於葉。身輕於鳧。唯此硌硌。與吾為徒。連箱累篋。負擔以趨。猶足誇奇珍於鄉里。而壓風濤於江湖也。客乃惝怳自失。逡巡而去。主人遂娶硯林。不知日之既暮。夫不持一硯。包孝肅之清風。寔能復繼。我得二公之文。雖不持一硯而端州之石。盡為我有矣。所取不已奢乎。

著書三家

著書之家，海內寥寥。近唯日知錄、正字通、廣東新語三書，可以垂世。日知錄爲吾鄉顧亭林先生所著，而廖昆湖、屈翁山皆東粵人。夫著書必兼才學識，而又有窮愁之遇，斯立言乃以不朽。正字通出衡山張爾公之筆，昆湖爲南康太守，以重貲購刻，弁以己名，實非廖筆。顧與張與屈，皆隱君子，所謂有窮愁之遇者也。稱粵山者必曰羅浮，稱粵石者必曰端硯，稱粵果者必曰荔枝，故翁山語爲獨詳。

孟謀絶句

關中詩派，多尚沉欝。郃陽康孝廉孟謀，清新豪蕩，自成一家。而七言絶句，尤所擅長。漁洋先生見其題秦莊襄王墓二首，以爲用古甚奇，遂有一見之目。詩曰：莊襄塚並白雲齊，蝸視長安萬井低。誰指韓生傳古墓，教人錯認灞陵西。園廟衣冠此內藏，野花歲歲上陵香。邯鄲鼓瑟應如舊，贏得佳兒畢六王。庚辰孟秋，觚賸將成，門人惠安從八千里外以此詩見寄，因補錄於末。

觚賸卷八終

觚賸續編卷一

吳江鈕琇玉樵輯

言觚

字訓

先贈君曰：刎之爲義，刀竪其側，將自戕也。濤之爲言，冰承其下，將自陷也。有一於此，災必及身，可不戒哉。

文章有本

傳奇演義，即詩歌紀傳之變，而爲通俗者，衰豔奇詭，各有專家。其文章近於游戲，大約空中結撰，寄姓氏於有無之間，以徵其詭幻。然博考之，皆有所本。如水滸傳三十六天罡，本於龔聖與之三十六贊。其贊首呼保義宋江，終撲天鵰李應，水滸名號，悉與相符，惟易尺八腿劉唐爲赤髮鬼，易鐵天王晁蓋爲托塔天王，則與龔贊稍異耳。琵琶記所稱牛丞相，即僧孺子牛蔚，與同年友鄧敞相善，強以女弟妻之，而牛氏甚賢，鄧元配李氏亦婉順有謙德。鄧攜牛氏歸，牛李二人各以門第年齒相讓，結爲姊妹，其事本玉泉子。作者以歸伯喈，蓋憾其有愧於忠，而以不盡孝譏之也。古以孝稱者，莫著於王氏，寔祥其首也。若夫萬里尋親，則滇南勘天記，亦係王紳之事。故近時傳奇行世者，兩孝子皆姓王，豈無所本而命意乎。

畫

坦園通編云：孟子去齊，宿於晝。晝當作畫，音獲。按史記田單傳，聞畫邑人王蠋賢，劉熙注：畫，齊西南近邑。後漢耿弇討張步，進軍畫中，遂攻臨淄，拔之，即此可証。近聞顧氏格軒曰：宰予晝寢，晝亦當作畫，音話，謂施畫於寢也。禮，諸侯畫寢，今以士人而用諸侯之制，是欲雕朽木而圬土牆也，侈而且僭矣，故夫子責之。不然，宰予爲四科之賢，豈有志氣昏惰，當晝而寢之事乎。

格軒雜詠

滄稼堂敘格軒遺書曰：其書約有三種，一撰述，二編纂，三詩選，皆細書蠅楷，計三十餘帙，可謂富矣。獨其遺詩少傳，蓋格軒於詩不苟作，亦不多作。余已錄其秋燈篇於吳觚，今復得村居雜詠，猶可想見其人於槃阿空谷之間也。其一：小築聊成隱，衡門幾徑斜。鳥多驚枕鳥，不斷咲臨花。秋月橫漁艇，春風響轆車。若吟時有得，把酒玩年華。其二：寰浮水迴海，鱸魚是故鄉。池猶鮮入饌，嗟韭翦初香。棘樹遮低屋，青苔積短牆。更多堪畫處，淡靄挂斜陽。其三：綠滿千蕉底，桂風媚柳絲。蠟衣原自鍊，燕語故相期。竹裏斜通徑，門前半枕橋。窗虛嫌不染，隔市亦非遙。其四：地僻人來罕，機忘鳥自來。魚苗能種水，雁字得書雲。香靜添風度，琴幽帶月聞。

滇邊帆影出。一望已紛紛。其五繇下黃花徑凝路直達天。竹深留雉宿草暖藉牛眠。豔侶遇捲杏。聯乘出水蓮。情唯希種秫。難買傍湖田。其六流水桃花路。來游可問津。擒撫酸沁齒摘芟冷侵唇。容見將迎少。書成借貸頻。乾坤容嘯傲。我欲任天真。

總戎佳論

項城于大海。永歷時。子鐵豸封伯。 皇朝賞其母而招之。乃始歸命。改授總兵。順治中由滇南還項。推牛設讌。大會故鄉父老。曰。向者捐親戚。背井閭。熟是一身遠游萬里。一旦躬擐甲冑。出入戎馬間。兵刃雷飛於前。礮石雷鬪於側。當是時。余豈復有生之心哉。戰必受傷。傷必重創。甚則洞胸穿腹。自期必死。而卒未嘗死也。懦夫弱卒。鋒鏑未交。心懷退縮。而枕屍於疆場者不少矣。避死者顧反得死。忘生者顧反得生。是有天焉。無容逆計也。因袒其體。徧示坐客。瘢痏之痕如鱗。見者無不驚嘆。義陵總兵張忠孝賢而好文。康熙三十一年。余覲家揚尤文營。一以中軍守備為其屬。張必降階握手。備致謙抑。曰。君以文章魁天下。致身戎軒顧憤何人。而屈君於麾下乎。僕困武畧一守城卒耳。猶憶少時與亡婦棲止茅舍。歲暮絕糧乃恩主帥之閒。賜錢二百。易麩一斗。將擣為夕餐。而腹楞心脉。趨蹶仆地。斗麩遂失。其卒歸而告婦。相對垂涕。以為無復伸眉之日也。倘兒出門。負暄東牆。偶以柳枝畫土。兒然若有物耀於目者。手坎之。得白金三兩。是年進百夫長。家亦小阜。今幸 聖明拔擢。建牙於茲。而猶猿之侶。久遊泉下。念之未能輒忘。僕擧此以告君者。要知困極則亨。理有必然。凡人遇小不如意。動生怨尤。此自絕於天耳。彼奢仁而愛人。俟命者乃知天之君子也。二公雖武人。然其言皆當於理。筆之以為偷生疾貧之鑒。

故友箴言

余有故友王師石。嘗言嘉甚丁清惠公。為南徽撫江時。巡視郭外。偶過刻字店。顧指左右。呼其人來。而肩輿已行。閱三日。中軍押一人投之階下。曰刻字店主到。公已忘之。熟視良久。乃曰。汝店商所刻匾字。筆畫有訛。呼汝令改耳。無他也。其人自公呼後。隨有夜役鎖至軍府。縲錯周其身。叱咤盈於耳。晝夜不能食息。速其還家也。中人之產。已費其半矣。是知慎爾出話為民上者。尤所宜盈子他日學成而仕。尚其念之。余時甫十一歲。已有味乎其言。既壯而後幸叨一命。奉之益恭。故余宰白水。題一聯於後堂云。丹毫一點。廷吾民利害攸關。須命悖出必將悖入。白日三竿。即爾室公私畢照。莫謂知顯不在知微。命故友之箴言也。

玉劍說

中山狼傳。為宋謝良所著。雖遊戲之筆。當時必有所指。而不欲明言。託此以抒情耳。玉劍尊聞曰。李獻吉下獄時。劉瑾欲殺之。急。乃書片紙曰。請對山救我。家人往告康。康即上馬馳至瑾門。白之。明日即赦出。其後獻吉反嫉害對山。馬中錫撰中山狼傳以刺獻吉。夫對山之救獻吉。原非望報於獻吉也。獻吉即有忮忌。何至若中山狼之甚乎。况其文體豐茂。非宋人不辦。馬東田。或有憾於獻吉。書此相誚。遂以為撰自東田。明文英華仍之。蓋亦未深考矣。

京師竹枝詞

指揮陳鎮。舊有京師月令。其二月云。是月也。壁虱出。溝中臭氣上騰。妓靴化為鞋。都下傳之。以資嗤噱。近日桐城方爾止有京師竹枝詞云。清晨旅舍降婁娟。使脫紅裳上炕眠。傍晚起來無箇事。一回小曲一箇煙。亦可笑也。

藝林名句

石門呂晚村初名留良。字莊野。中年以後。屏黜風騷。猜研理學。然其少時每一點筆。輒成佳咏。五言一聯云。病婦寶客滿。貧覺子孫多。吳薗次為吳興郡守。地接當湖。賓朋居至。才名交罷。不久罷官。吳梅村贈詩云。宦如春夢短。客比亂山多。兩押多字。藝林並稱名句。

醉隱記

區大桐字用瑞。高明人。前朝萬曆間。居詞垣十五年。所著多館閣之作。其孫崇楨手抄全集來錢。中有醉隱記。載醉翁其事可記。其文亦可傳也。記曰。去余鄉三十里。瀕江而居。有隱君子者。號曰醉隱公。醉隱公於他物無所嗜好。而獨寄其情於酒。方其寄情於酒也。沈冥酩酊。嘗累旬月。凡家之有無。親戚之往來。慶弔世之理亂。否泰。身之窮通榮辱。一切弗問也。以是欵者為妨於醉也。年十二三。即好讀古書。有志著述。尋以為妨於醉而去之。舉於有司。對嬰繫組。謂可恭取。以為妨於醉。又去之。終身不仕。或勸之仕。則因搔頭急呼家人取酒滌其耳。然後快。其才可以仕。竟不仕。其不仕直以酒。故曰醉隱也。醉隱公既浮沈於酒。於是鄉之好事者。多載酒從之遊。耕夫牧子。有招輒往。往輒盡醉。而人亦樂公之易與。于是風日之朝。月露之夕。或藉花蹊。或蔭竹塢。或杖山坰。或棹水鄢。皆無不醉之時。無不醉之地。遺形骸忘物我。以自適於天地間。廼自號其鄉曰醉鄉。鄉之前大江。曰酒池。江之對岸大厓山。曰糟丘。嘗命家人曰。我死。魂氣往來於是。祭我多具酒。親戚或見憶。以杯酒相酹足矣。醉隱公既歿。其子中書君仕鎣。即所搆模狀像思焉。曰醉隱模。歲時陳設。奠酹有樣。如存日。親友過者必酹以杯酒。屬余為記。余維古之以酒為隱者多矣。未必其真好也。彼生不遇時。或才不遇世。實匿跡棄浮沈糟麯。以避名而遠害。所謂有託而逃焉者。醉隱公生遇明時。懷才不仕。無所託而逃於酒。殆真隱者耶。昔伍到嗜芙。以于虐。不以芙君子譏之。其以飲食之故而遺親之命中書君是眾可謂善忌其所嗜者乎余唯不能酒然喜酒又喜人飲酒常遲客不至或客至不能具觴然日談無趣味嘗恨不與醉隱公同時觀其沉冥酩酊之態以發我趣又束縛紳弁無所逃於名義不能如醉隱公之脫然無累以適其酣暢之懷謀於歸日後括所積俸餘盡付酒家日與酒氏酣暢其間以庶幾所謂醉隱者也然且未遑也故樂道其事而記之

禪識

留村吳公總制兩粵時揚州吳薗次以同譜舊好來遊羊城寓長壽寺寺僧大汕者法筵甚偉而道力未真知薗次為總制重客屢夕請見常攢眉而言兩臺延召之頻三司應酬之密六時並無暇逸薗次曰汝於此間受諸苦惱何不出了家大汕赧爲慚悚此雖文人雅諷實可作禪門棒喝

牡丹狀元

崇禎戊辰揚州鄭元勳集四方才士於影園賦黃牡丹詩推虞山錢宗伯為騷壇主品題聲咏最者奉以金罍觴爲孝廉黎遂球下第南還亦與斯會即席成七律十章宗伯評置第一時號牡丹狀元其詩有月華蘸露扶仙掌粉汗更衣染御香又曰燕銜落蕊成金屋鳳蝕殘釵化寶胎皆句也而讀其全篇尚未盡體物之妙兼與揚州少切余因點筆題四絕於後聞道姚家稱艷倫雕欄重見一枝新色分鶯羽迎風艷香染蜂鬚泛露勻小草豈能稱富貴羣花從此拜君臣碧簫聲裡紅橋畔金帶徒誇往日春

清客天

太倉王太常子孫眾多而賢類皆鹿鹿無所短長康熙庚戌俱以弱冠試捷南宮泥金之報疊至適吳梅村在坐戲曰從吾者天當是君家門下清客耶太常駭問曰何梅村曰吾探主人所欲而巧於趨承事事如意者門客也今日之天無乃近是太常不覺笑噴

三通

書賈錢桂林嘗見雲間陳卧子言人而不讀三通安得謂之通三通者杜佑通典鄭樵通志馬端臨通考也按揚子法言通天地人曰儒通天地而不通人謂之伎讀三通庶幾通乎人矣嘗哉斯言

書名

著書必先命名所命之名與所著之書明顯確切然後可傳若意尚新奇字謀替代一有誤娛遂生嘗議不可不慎也太倉吳梅村與客坐談適有送姑蘇志者梅村斜睨標題呼童置几略不展覽客頗疑詰梅村曰睹其書名其書可知者之於古吾郡或稱會稽或稱吳郡或

稱平江國朝則踵唐制而曰蘇州則志蘇州者自應名蘇州志今稱姑蘇將志姑蘇山乎抑志姑蘇臺乎於理未達何寓目爲番禺屈翁山曰吾粵有嶺南文獻一書常病其文不足獻亦因之而嶺南之稱尤未當按唐分天下爲十道其曰嶺南道者合廣東西漳浦及安南國境而言也宋則分廣東曰廣南東路廣西曰廣南西路今從曰嶺南則未知爲東乎爲西乎故爲書者生乎唐則書嶺南生乎宋則書廣南東路生乎昭代則必書曰廣東以尊王朝以合國史其道端在乎是合觀二公所論可以知著書之體矣

聖武成功詩

康熙丁丑今上親征葛爾丹殲魁係纍大定漠北閏三月十三日奏凱而旋萬騎驍駿六師烈烈天子霽穀戎服從德勝門入諸王群臣匍匐郊迎珪組充溢覺倪拚舞誠所謂數天之鴻休無前之偉績也還宮而後在朝者摛藻彰勳諸體咸備京江張公新城王公各有凱歌數十首蔚皇穆盛世元音其他以蒼健稱者有慈谿姜西溟之頌以雄麗稱者有海寧查聲山之賦而崑山徐公果亭仿唐楊巨源體獻聖武功成詩五言十章章十二句尤爲典雅其第一章云玉帛朝宗會章書定保年顯承揚往烈欽若與真傳協律揚風奏恢猷似日懸時巡龍馭出清閣鳳綸宣紫禁桐頻錫黃壤賦屢捐鴻悅惟帝德不冒本如天二章云毅文姿定命奮武乾方隅跋扈殲三擊披猖蹶一夫規當收碩畫卯已靖萑苻海國雲沉艦天山月挂弧式圍真有截咨牧正無虞共仰垂衣治淳風叶瑞圖三章云正朔通禽瀚輿圖拓象胥豈期遺小醜尚敢栝恣睢負險營區脫逃遁樹擺廬詔曾馳博望名舞竊扶餘鬻貪侵藩部狼張震里閭安民行一怒中外有寧居四章云帳殿神居迥戎衣睿慮長麟書珠作服將玉爲章蒼般仁無敵勝殘武獨揚旌旗林蔽影組練日流光魚麗成前列龍韜運上方軍容分左右黃鉞在中央五章云貞卜師行吉狂知賊勢微自遑難大敗遂失虎狼威作過朱旂合何當赤羽飛倒戈青染鍔積甲鮮生衣路有千嶒委人無六騎歸渠魁亡可待早已決神機六章云嘉歲逢柔兆仁聲洽狄鞮戢驅勤展轄欽望慰揚覓傑徠侏佅歌合蒲萄飲醐醇傍雙收乳脂納貢上文犀瞬路投青海歌斜舞白題垂恩行大眷天外暨犀逑七章云金錍論雅奏玉帳啟高雯兩屈芳春節三占絕塞雲長征輕險阻勝略重要勤駭浪平浮馬危峰遠駐軍枯源泉自湧凍澤草能薰瑞應由誠感靡神仰大君八章云大武張皇地洪敷赫濯時山形規聚米士氣鼓行槊寇自歸逮尹咸猶斬郅支傾心輸欵稿漬唱息咽臨溢路聯冠珮充閭擁旋倪天街迎萬乘歌舞看班師九章云鑾發秦川永龍回番水清寄情周陸郝朗鑒肅彭彌兵自天河洗功因月窟成三農安稼穡一宿落欃槍大漢烟何峻周行砥似

予無窮宵旰意浩蕩及蒼生十章云三靈環瑞壓萬壽進簫韶廷集賡雲頌衢登擊壤謠祖
功分栯洄天德共鈞陶銀漢奎章麗金甌甸宇遙池開非舜驥門闢更詢堯自昔聞恭已尊
光獨聖朝韓學士見而歎曰我輩當焚硯矣是時　上在暢春苑奏進稱旨者加秩有差其
文書以葉金之箋貽以文錦之帶而各鐫姓名銜職於牙籤以來之一快之備所費多金裝
潢善手雜利頗厚

曹娥碑辨

華州王三史著有山志一書其曹娥碑辨曰世說新語載魏武與楊修解曹娥碑事註云曹
娥墓在上虞魏武未嘗至上虞是矣即蔡中郎避難在吳亦並未嘗至越也今按典略云魏
文為世子經陳太丘墓見碑題曰黃絹幼婦外孫虀臼思之不解楊德祖答曰陳寔之墓蔡
邕之辭鍾繇之書絕妙好辭也與世說新語大異余嘗謂此皆後人傳會之說必無之事也
武又謂當時有兩蔡邕皆字伯喈一陳留人即中郎一上虞人以孝行舉終隱不仕乃撰柯
亭之竹撰孝娥之碑者也事固有巧合者遂致訛傳耳

家國同讖

元僧雪庵題三山萬歲峰詩云一沼曾教役萬民一峰曾使九州貧江山假設方成就真箇

江山已屬人近有嶠州周姓者致政家居見其子日事營造口占四語示之云塊塊黃砂石
鈠鈠雪花銀老夫歸天後依舊與他人家國之理雖大小各殊而無德以居之勞民傷財轉
瞬易主同一可慨也

西溪書

姜西溪臨王廙帖貽余題其後云王廙字仲將其書真學元常草法伯英廙乃右軍之叔而
傳書法於右軍者也然右軍雖云出藍不如仲將多矣又題余述哀詩後云嘗怪子美有東
郡趨庭之句而不聞蓼莪之悲豈逸之耶得此補之二意皆前人所未發西溪逝矣覽其遺
墨不勝悽然存此以誌故人之感

棉村斷句

尚樵山之子玉藻號棉村康熙辛巳以事暫假出京題其游七星巖詩於素箋貽余高明官
舍詩曰誰鑿雲根一罅開青排古木翠鋪苔倒籠日月疑無地深貯烟霞忽有臺星斗參從
巖畔挂鼓鐘聲向窗中來浮生如寄幾回到又被猿啼聒耳哀余見其丰姿韶令辭筆超藝
延之根青閣宗觀舊篇次日以所作來示片紙零書琳瑯觸目咏燕云雨昏南浦飛偏急簾
捲東風畫正長菜莉云枕畔夢回羅帳月鬢邊香殺玉釵風紙鳶云毛骨已輕歸不去雲霄

雖近到無因梅花紙帳云風煙縱少何曾隔雨露雖多總未沾美人病云竊去始憐雲驟語
瘦來從愛舞腰纖夢云五更酒醒人歸後三月鶯啼花落時醒云重門夜靜梨花雨孤館春
寒柳絮風白鸚鵡云挂當玉樹春難辨棲向瓊樓夜不知非神擬西崑者無此麗以則也

詩聖

古來詩材之富無若老杜詩律之細亦無若老杜而律細於屬對之工見之風蝶勤依槳江
鷗懶避船烟花山際重舟楫浪前輕對以板為工也況牛吞雲雨如馬戒舟航竹葉於人既
無分菊花從此不須開對以活為工也側塞被徑花飄颻委墀柳卑枝低結子接葉暗巢鶯
以疊韻相對為工也羈棲愁裏見二十四迴明白狗黃牛峽朝雲暮雨祠以巧字自對為工
也西嶺紆村北南江繞舍東以四方合兩句對為工也遙拱北辰纏寇盜欲傾東海洗乾坤
邊塞西蕃最充斥衣冠南渡多崩奔以四方分四句對為工也壞客貂鼠裘悲管逐清瑟勸
客駝蹄羹霜橙壓香橘以隔句對為工也神女峰娟妙昭君宅有無曲留明怨惜夢盡失歡
娛以下句對中上句對為工也老耽詩律細非即孔子之從心所欲不踰矩乎此之謂詩聖

脫換法

樂行不如苦住富客不如貧主本佛經語而高季廸悲歌則曰貧少不如富老美遊不如惡

歸寄愁天上埋憂地下本仲長統語而陳臥子秋懷則曰不信有天常自醉敢憐無地可埋
憂是知不論何語一經脫換便成佳句格軒嘗稱吳門女子秋風一聯云清同月色歸深院
冷帶天香入畫樓其為落葉詩則曰黃隨寒影埋荒寺紅帶芳心出御溝亦善於脫換者也

機泉近體

近時有選嶺南五朝詩者意在臚列時賢而不在表章前哲故四朝之詩止三之一而　國
朝之詩反居其二然求其律細詞清則自梁屈陳三家而外惟何子葉道五七律為可誦也
葉道字皇圖香山相國之仲子著有機巢集余就其家購得藏稿選而錄之其過滄團憶歐
子建云斯人不可作懷古向殘園木路猶相念高風誰與言壁蟲乾有字籬竹老無孫莫問
三千客年年燕在闕寄匡山石西堂云武夷廻短棹廬嶽住高秋舊路皆紅葉孤僧想白頭
嶺送鄉夢入江通道心流三十浮家客無因學水鷗坐雨得月云秋風江上城殘月雨中明
愧我青萬盡教人白髮生涇燈搖草露涼葉動蟲聲共作天涯客登樓正有情雨中作云高
棟燒銀燭層簷送雨聲壁空孤影見簾靜濕寒生鐵笛催三弄銅龍報五更庭花將盡落莫
遣夜啼鶯重過西園云殺蘀初鶯語西園春盡宜每於好花處轉憶少年時紫玉綴蘭葉紅
牙撥竹枝徘徊行酒地空見粉牆時甘灘口占云步月出灘上夜歸人語稀竹風喧一卷螢

火候嬰靡獨賞與適遠吟吟聲漸微幾時臥空谷終日抱金徽過武侯祠云天涯爭奉武侯祠千古猶寬想在茲魚水亦知能遇主江山終恨不逢時南陽大勢言留在西蜀偏安計已遲從使老臣頻拜表出師心事至今悲春夕云黃蝶飛飛又夕陰數重簾幙隔平林水邊對月難尋影樓上看花盡見心漸老忽驚潘岳鬢多愁空抱馬卿琴青春只道時時在不謂柔桑已有椹日日云日日悲笳海上來蕭條風景暗相催愁潮打鶴猶閒立深雨迷花尚閒開晚出不知心所往夜吟唯有影相陪天涯縱得投閑地庾信江南未免哀歸至鐵网云舟路蒼茫數里烟風吹秋思晚凄然十年故國人空老一夜他鄉月可憐下瀨船從波底起臨崖燈向樹頭懸孤蘆自古容鷗鷺怪得閑身到水邊懷李東苑云樹裏陰濃晝寂然深雲蒸作一溪烟愁中生計沈杯底夢裏功名到枕邊野水流來初落葉江風吹起欲吟蟬逢門若肯停車從纔投侯芭載酒傳寄廣山嚴伯玉云寒落蒼梧老一村鄉心空倚夕陽門路迷盡怨王孫草地古能淹帝子魂新築店中多病債舊朝衣上有啼痕憑君莫問平原石共化寒灰總負恩登平湖閣云人烟亂後半窮荒湖上登樓見一方路合燒痕漠草黑窗分斜照遠山黃蒼嘯秋落心先覺水自天來夢更長四海茫茫身未老勝遊多感在他鄉猶準擬閒寄陳元孝云秋深高閣靜中登一榻山光宿上層別夢暗迷紅葉寺病身閒對白頭僧淺螢入雨能爲火冰漾臨風不化冰莫怨離憂隔江水此時吟盡佛前燈登中峯塔云海高覺日對斜曛一片鄉心在白雲塊奇磬從天際入向城帆到水中分聽聞山色層層見地抱江聲處處聞使欲忘憂共杯酒不堪明發更離羣暮冬歸訪西山草堂主人云草堂西望亡梅邊一片松聰晚送寒聲道漸知歸有路香山休嘆老無家斜陽靜對吟邊鶴淺水閒閑飲處花心總石樓貪猶宿滿房寒瀑月初華贈家博士任生云買得寒雲一片山朝簪抽罷住人間晏時亦爲偏安出避世誰能未老閒雨冰圍暮敲半夜竹深孤鶴歇重關舊遊記得西湖月滿匣詩題不忍刪和贈雲美云上清秋夜降真仙月裏霓裳曲盡傳電影射簾知一笑柳痕迷殿惜三眠書成招手呼青鳥歌罷翻身上紫烟不是人間能買笑復圍尋貢落金錢贈老人云望見煙朦碧數層冬殘留得滿簷冰一家金鎖皆持鑰十畝嘉禾半飯僧日午看棋眠杜樹夜深扶杖點河燈洞中知有能騎鶴不敢投君七尺藤夜舟云江燈忽向老漁分照見湖生遠處聞獨鳥半天啼到水餘霞終夜散爲雲樓邊海氣吞鐘亂樹裏秋聲落葉紛西船有人歌白苧寄將紅淚贈羅裙寄梁苕亭云數欲扶筇念有親閉門依舊水邊人萬滴作劍難消恨荷葉爲衣易訖塵月色此時香灑灑東風何日試粼粼爲誰紅蕊參差落吟斷空圍一片春畫壁云畫坐高齋新放晴當門山色背南城花飛苔徑日千點蛙打紙窗時一聲病後

客懷多寂寞夢中人事最分明十年買酒醒還醉醒學霞均醉步兵秋吟云隔竹西風送暮蟬蕭蕭疏雨意茫然數莖白髮添詩債七尺青藤挂酒錢地靜野鷗長占水日斜村樹自生烟交游十載凋零盡猶有遺民似葛天咏簾云一幅湘烟半掩門數聲春燕逸黃昏每當月到通花氣不待風來作水痕私語儘多斜見影秋波迎斷雨消魂爲誰遮挂珊瑚冷愁坐空宮憶舊恩元夕坐西山草堂感舊云雨晴荒野有春燈照入西山路數層屋殘漸低雞樹月石寒猶響馬蹄冰新愁緣酒酬千日往事紅灰化五陵不用更歌金管曲十年王謝半爲僧同王方之遊大小石樓云數里輕陰到石樓遠天斜照一時收村烟未出松門冷人影欲空潭水秋蝙蝠晝藏諸洞溼薜蘿深鎖一泉浮無端更聽山陽笛淚落西風憶舊遊里圍以貴公子而遭離亂刻意抒懷音多哀颯方在盛年爲怨家殺於道其業未竟識者惜焉

律例

自捐納之門闢雖貧如顏子無不市簞瓢躐爭求一命之服自風雅之道衰即愚若胡生亦必捉風捕月自詡五言之城計改亭曰捐納者遵例而行宜然已大清律無一人不作詩則九家連坐之條何以效蘇陸者比戶談王李者塞途也可謂善謔矣

園竹詩

湖州白雀寺篆竹盈園枝修節巨有女子刻詩於上云閑拔金釵撥翠鈿尋春人自惜殘春幽情無限誰能見跡兩東風總未真後書吳門蘇氏碧虬題

首尾限字體

余與頻陽李太史天生相晤於薜蘿庵剪燭論詩旁及雜體太史言往居雁門盧制府出限韻春閨題屬諸賢賦傅徵君青主以蓋頭兩絲風片烟波畫船八字為牡丹亭曲中語一笑而罷然搦管則實難綺靡而妥貼也余曰琇幼年曾有此作隨命小胥抄示太史曰辨加歲詩審博惟博故冥搜廣引妙趣紛披雖未免割雞牛刀之誚而咸千花塢遊五鳳樓亦何不可其勿以少作姑舍同遊存之兩腦紅染女兒溪絲悅未尋舊姓西風剪巧裁鈥作燕片雲閒織錦成雞烟銷香篆金猊冷波動簾紋彩鳳齋畫閑時攜諸女伴船浮蝶蝶摠鶯啼　兩馬黛過柳外溪絲幃況醉玉東西風簾上押金銀蒜片錦安龍闌木雞烟裊銅溝紅杏發波縈瓊澀碧苔聯畫屑的是金閨鳥船外樓頭伴妾啼　兩岸尋芳傍曉溪絲禱爭督過隣西風妖月姊春時酒片石孤花午後雞烟薄猜衣殊婉弱波瑰羅襪玉趺齊畫橋一自劉郎別船去天台空鳥啼　兩腳初收陽陽溪絲欄寄恨宋梅西風塵久隔占風鼓片夢難成擺夜雞烟鎖梨花魂欲斷波搖蘋葉影初齊畫欄十二鼓聲廢船望江頭掩淚啼　兩際滌泉水

注溪絲絲草綠小樓西風溝數誤緘書鯉片羽空憐舞錦雞烟垇蛾銷珠訣合波箋香膩墨
痕齋書畫欲寫琵琶怨船裡青衫莫浪啼　雨珠盈掬撥寒溪絲綫春晝日影西風柳半垂
藏水鴨片花時落打山雞烟凝庭戶熏蘭麝波峭廻欄倚袖齋書出江南三月景船行芳渚
鷓鴣啼　雨潤如酥暮晚溪絲織刺繡碧鵝西風液解舞衔珠鶴片段成文吐縱雞烟裡睹
釵香草集波閑傳札錦鱗齋書衣漬盞茗閒恨船栽東壺玉筋啼　雨燕飛飛下夕溪絲籠
繡帳憶征西風梢簌飄荀聲片紙單書窺庾雞烟點殘梅挺額批波涵織月影蛾齋畫屏
掩燭春寒淺船子聲過鳥夜啼　雨檻星飈倚碧溪絲絕鰈桂杏園西風褐曉訊採花風片
枕寒螿候日雞烟繞遠山眉黛蹙波横秋水額黄齋書樓春晚東風分船聲妻揚百舌啼
雨淋鈴閣唱前溪絲緊雞妄日易西風淡花珠愁裡月片山孤水夢中雞烟飄弱絮才如謝
波織輕紈服似齋畫戟朱門夫婿在船歸封寄數行啼

桃花園

宋侍郎楊紹雲吳江人去官歸里于震澤鎮之中蔡桃源洞至今猶存去鎮西三里許地名
馬甫明萬曆時諸生錢泊庵自兎湖徙居焉有桃園十二畝中坎小池外環幽竹春時花光
爛照兩岸日與諸名人觴咏其中風流勝地足繼宋賢百年來宅廢園空子孫俱盡無有過
而問者余表弟錢雲字宛米其族孫也好古工文愴然懷舊稿索遺題詩句彙而成集自冠
以序云千林夾岸記窝幽源百畝盈庭句吟紫陌醉歸杜老賦囊曲之家家棹去白仙歌武
夷之處處乃至𢹂劉郎之路滿澗連溪擕吳卿之山倚天照海桃花勝地作者名篇自昔為
然于今亦有如錢泊庵公少愛園居老多花癖營成別業棲浮笠澤之家遺稿名花枝裹龍
門之種激溪植接仿雨露之三年清洞澄霎候風光於二月液臙點點贴故千墻霄粉重重
午分一笑犬吠紅隖之影人驚客到門中魚吞碧水之香風送春流村外數度詩成金谷曾
自解花貪結子之瑚一時賓集蘭亭亦共有觴泛流霞之觴境殊不隔爭看棹入漁郎心既
常閒畫蕭嚴樓客客地止踰乎十畝原對衡門時忽閱夫百年已成古路池欹衰柳路縈數
樹荒烟徑沒平蕪冷墮半輪殘月蓁涼之後難言香蹟成蹊寂落之餘孰覩紫綠若隱渺矣
話傳送菓玉井常分謎馬意識迷名柳橋共話園中事往栖小亭看蒔之年江上村多溯窗
樹烘雲之處李吟錦浪近體生新韓賦紅霞古風艷麗欲賓朋之觴咏述士女之遊觀竹裡
芳華恍見有一家占住林間春色儼如從當日看來故我舊語生香江花猶媲亦有數章企
橋蜀錦紛披一間樓山永懷傍井將比諸人而東風之憶句可流傳柳視為兎葵燕麥之嗟
序堪並錄雲也居雖分乎北阮网在吳鄉路亦出乎南塘常過商里舒陽燕子無地序芳流
水鰍魚有時懷舊子孫何處洞中數世人家書卷誰傳陌上一篇風月（公詩失傳止留陌上今一編）正賴
詩題西瀼識杜氏之花潭已多韻用東坡品我家之錦樹遂使人歌一曲興紫雲紅雨之思
因令客唱數琴動白草黃桑之感不必過讀書之塢始知樹接溪橋無須訪載酒之隄已見
烟迷村路縱多諸體皆比瓊瑤爰勒一編共登梨棗翼永垂藝圃爭看好句如花且共識桃
園績賦佳篇似畫

天粘

蘇辭山抹雲窅窅天粘浪此少游松江詞也山抹微雲天粘衰草此少游滿庭芳詞也其用
意在抹字粘字蓋屢見矣況庾閬賦浪勢粘天張祐詩草色粘天鷄鶒恨俱有來歷俗本以
粘作連益信其謬

東里奇句

吳東里先生名宗潛崇禎末以諸生負重名於時鼎革後隱於醫有中秋家讌詩云大烹豆
腐瓜茄菜高會荊妻兒女孫句法極為奇創康熙丙寅年已八十餘其將易簀也忽起坐回
我尚有詩債未了亟呼孫口授靴洗介軒長歌令書之燭燼數十韻詩成瞑目而逝

支干

支干以紀天時而無關地理然長安有子午谷杜少陵云故人今居子午谷是也潤州有丁
卯橋許渾別業在橋畔因名其詩曰丁卯集吳興有癸辛里周密寄家里中因名其書曰癸
辛雜識我邑亦有庚申亭今雖其址已廢而其名絕雅可與閭營垂虹並傳

觚賸續編卷一終

觚賸續編卷二

吳江鈕琇玉樵輯

人觚

淄川小聖人

淄川孫先生名若群學賅品端言動有則鄉里咸稱爲小聖人癸巳成進士選京師任少
司寇克溥廷之官郎訓其子彥方處以廣廈坐不易床供以蔬食不兼豆雖隆冬盛暑衣
冠儼如司寇知孫有二子已就童試適是時山左學使者與司寇有舊將爲之地而未詳二
子名屢欲請之憚其嚴正終不敢發先生端居默默遇有關難輒指畫疑義亹亹滔滔竟暮
不倦凡及門與輦下諸子以制藝就正者一一評騭務洞其隱而運之說枯年之修短皆能
於文預決之康熙癸丑出爲交城令攜家以行旣而遣其長子歸淄就婚課以書藝忽驚歎
曰嗟乎吾子其不返乎泫然而別歸未匝月忽無故自縊死治交多異政秩滿遷蜀中州牧
卒於官迄今過其故里詢孫姓名或不盡識詢小聖人無不識也

嚴拒夜飲

李林先生貌極醜怪性復嚴峻鼎革後獨身北走凡所至之地輒買勝婢置左右不一二年
即棄去終已不顧而善於治財故一生羈旅曾無困乏東海兩學士宦未顯時常從假貸累
數千金亦不取償也康熙丙辰余在都下而先生適至兩學士設讌必延之上座三醻旣畢
即起還寓學士曰甥尚有薄蔬未薦舅氏幸少需暢飲夜闌張燈送回何如先生怒色而作曰
世間惟淫奔納賄二者皆於夜行之豈有正人君子而夜行者乎學士屏息肅容不敢更置
一詞陸舒城常言人眼俱白外黑中惟我舅祖兩眼俱白中黑外非習見不知其形容之確

芙蓉閣

兜翁山人少時家貧出贅於秋澤錢氏錢以鬻腐爲業每夜五鼓起篝燈磨豆山人輒攜書
就燈讀之婦翁弗善也訶然出門從所善商生至銅雀臺無所遇遂抵都下山人以詩酒豪
推重當時所歷交游之盛山川之奇不盡述其口之所嘗如雪蛆遠餽於蜀山荔蝦鮮嘗於
閩海紫蟹一夕五百螯嘗於瓜步黃魚一頭六百斤割脆於江陵其目之所覩如華家玉
樹高三四五丈玲瓏月地甕園名菊多至四千本瑚埂霸蘇臺江老梅一林虬枝遠覆穹如
樓閣其中置酒可十四筵滇江山茶五色彩燦重樓大於盤盂其下積花常二三寸此皆古
今所罕覯者晚年倦游歸嚴墓蕭堂村中曰蜨蜈寄東偏芙蓉閣爲太倉王文肅公題今其
閣已易主矣余訪購遺稿僅得雜文墨跡一本草法皆祖二王山人不以書名而書頗絕佳
才大者何所不可哉山人之初入都也客淮南李公春芳所時世宗齋居西宮建醮攬秋

大臣製青詞一聯懸於壇門春芳使山人爲之山人走筆題曰洛水靈龜單獻瑞陽數九陰
數九九九八十一數數通乎道道合元始天尊一誠有感岐山威鳳兩呈祥雄鳴六雌鳴六
六六三十六聲聲聞于天天生嘉靖皇帝萬壽無疆李以進呈深加獎賞由是公卿互相延
譽其本傳謂大臣應制青詞多假手山人者以此乃他書移之別氏則以雕蟲爲山人諱也

食德祠

瓊士之赴省試者越海涉川途經三千里往往困於裹糧多至中阻順德梁廷佐爲安定教
諭迎養其母馮氏馮目擊其艱呼廷佐而語之曰汝忝爲人師教與育皆汝事也今安定之
士貧不能應試而汝能漠然乎我手治絲葛得銷布若干匹并鬻我簪珥買田於是邑取其
入以供往來行李俾單寒士子俱踴躍於功名則我之留此方者較之貽爾子若孫爲久且
大矣廷佐遵命置腴田三百畝於居丁庄諸生羣感其德即於庄之左爲馮建立生祠康熙
辛未落成設位於內至者千有餘人屬屈翁山題其額曰食德誌弗諼也馮年二十娠廷佐
七月而寡撫廷佐遊而殁 皇朝制應旌難則令廷佐藏之積盈數缶廷佐亦於祠側築
藏髮龕焉致之婦人生祠前所未聞今適與冼夫人廟桐郵冼受祿保民馮置田育士冼以
功顯馮以節成巋然海內尤堪並峙

[illegible]

熊公廷弼當督學江南時試卷皆親自批閱閱則違長几於中堂繙撰諸卷於上左右置酒
一罇飯一口手操不律一目數行每得佳篇輒浮大白用誌賞心之快遇荒謬者則拜劍一
廻以抒其憤凡有雋才宿學致拔無遺吾吳馮夢龍亦其門下士也夢龍文多游戲桂枝兒
小曲與葉子新闘譜皆其所撰浮薄子弟靡然傾動至有覆家破產者其父兄羣起訐之事
不可解適熊公在告夢龍泛舟西江求解於熊相見之頃熊忽問曰海內盛傳馮生桂枝兒
曲曾攜一二册以惠老夫乎馮跼蹐不敢置對唯唯引咎因致千里求援之意熊曰此易事
毋足慮也我且飯子徐爲子籌之須臾供枯魚焦腐二簋粟飯一盂馮下箸有難色熊曰晨
選嘉肴夕謀精粲吳下書生大抵皆然似此草具當非所以待子然丈夫處世不應於飲食
求工能飽餐粗糲者眞英雄耳熊遂大恣咀嚼馮啜飯匕餘而已熊起入內良久始出曰我
有書一緘便道可致我故人毋忘也求援之事亟無所答而手挾一冬瓜爲贐瓜重數十斤
馮偃僂祇受然意甚怏怏且力不能勝來及舟即委瓜於地鼓棹而去行數日泊一巨鎮熊
故人之居在焉以書投未幾主人即躬謁馮延至其家華筵奇樂妙妓清歌咄嗟而辦席罷主
人揖馮曰先生文章霞燦才辯珠流天下之士莫不延頸企踵願言覿止今幸覩降玉趾足

天暇鄙人以拗戾之蹤也但念吳頭楚尾雲樹為遥荆蓁陋宇豈足爲長者車撤歒敬備不腆以犒從者先生其毋辭馮不解其故婉謝以别則白金三百乘并致舟中矣祇家後能飛書當路而被訐之事已釋蓋龔公固心愛犢龍子惜其露才拉名故示菲薄而行李之窮則假途以厚濟之忌謗之集則移書以潛消之英豪舉動其不令人易測如此

妙寬

貞姑妙寬字静韶我已江督翁之仲女也悄志於禪道悅苾蒭堅守不字之貞妙解無生之諦以是口誦青蓮皮飯摩娑手裁紫鳳巧遇肉祇售針絲之文章廣施貧子假貝多之歲月禁侍高堂迨年歷勞欲息禪悟已深預示冥期遂遊淨域若非玉毛之偶謫豈到人間此蓋會衆之再來爲還天上爰吟長句用誌奇踪詩曰天香飄處雁來時太息人間失女師文散五千通妙寶偈筵九十見貞持粗糲功爲慈雲積瀟灑心唯寿筍知慧業淨因誰得似千秋

寳龍寨馨兒

王价人

秀水布衣王价人高隱工詩與王言遠同里相友善順治中言遠爲廣州太守約价人損棠入粤將祥行之价人欣然命棹至瑞洪鎮有張睢陽公廟即鄱陽湖神也渡湖者必割牲祀廟然後敢發以是帆檣所集香火紛綸膋血池殷羽毛阜積价人以睢陽公義烈千秋功撐半壁陰主契寄之靈祛默桐風濤之巨險自應軫民財而紓物力乃明禋之侈同於暴殄神意當不其然因爲文祭告焚於鼎解維渡湖行不數里忽遭盧盜刦舟同舟之貲已髮搜及价人篋衍唯詩藁四五帙悉投於湖迨至羊城官署言遠欲理前約一無以應乞其副墨竟不能記錄隻字僅居歲餘復得詩百餘闋緘之篋笥而歸到家發視諸物不改而詞藁碎如刀劃迎風片飛無完紙矣故价人著作甚富而傳者絕少其金陵懷古十絕句極爲時所傳誦摘其二章云鍾山王氣曉飛龍雲外參差紫閣重遥想當年明月下宮人初總景陽鐘水滿秦淮長緑蘋千秋王謝已灰塵春風燕子家家入無復當時舊主人

李生孝友

李生中德之父京師東城驍騎校也康熙十二年從征入閩十三年中德參軍陝西攜家入秦秋满僑母而歸其父已自閩回娶妾生子恐嫡至非妾所樂遂不許相見而休之中德涕泣滴從啟父曰我母少時從大人入閩盤擱於鞍馬之間坎坷於鋒鏑之下艱難險阻備嘗之矣今頭且半白男幸獲升斗禄承救水歡方以團圓爲慶毋之賢大人所知也於七出之條無所犯何忍中道棄之煢煢遠年倚閭何倚我母止生一男而勿使男終毋之養乎言未

既以頭搶地流血沾衣父終不聽再請别室而居亦不可中德念留母違父非人子自靖之誼延於東直門外營密室居母復買一婢一傭供其汲爨之役每日下直後番晚侍父側視膳問寢無毅微慨容與庶弟燕笑如常倘有閒則潛往母所定省而父不知也如是者六年迨父病牀始告其父迎母還父深自悔咎妾決而瞑未幾妾亦隨殞遺有四子其母不以前事芥蔕視如已出而中德亦撫若同生歲延師訓之其饔食指漸繁不能設西席乃自爲師位於堂列坐諸弟講誦無輟余嘗過其家書聲琅琅從戶牖間出長幼之服裘葛以時寒燠必備其子六齡亦在鼓短褐敝縕而已余因歎其處人倫之變而孝友不失其常可謂賢矣

中德字子峻受業於余通满漢文能詩

獻詩保寨

戎馬盈郊干戈塞路當斯時也守土之臣建牙之將或喙粗而歎迎或匿章而潛竄貽辱含汙踵相接於世矣若夫智足保人辭能却敵寓仲連繫矢一書郭子儀立馬數語自古迄今未易數見而況閨之巾幗者流乎前朝俞指揮良輔南征入粤誅諸寨之未附者湖陽郭氏貞順從其夫周伯玉依溪頭寨俞兵將臨遠不數里貞順手製長歌題爲俞將軍引獻投麾下其詩曰將軍閫國之勳臣番附鳳翼攀龍鱗烟雲慘淡蔽九野半夜捧出扶桑輪前年領兵下南粤眼底羣雄盡流血馬蹄蹴碎淮河冰洗向江南作晴雪湖陽僻在南海濱十載不斷干戈塵客星移處萬里外天子亦念遐方民將軍高名邁千古五千健兒猛如虎糧囊旗嚮路地來不減襄陽晉羊祜此時特奉明主恩金印斗大龜龍紋大開藩衛制方面期以忠義酬高旻宣威布德民大悅把茅一笠誰敢奪耕種春耕萬隴雲霓龍夜卧千溪月去歲嶴陽戍守時下車愛民如愛兒壺山蒼蒼壺水碧父老至今歌咏之欲爲將軍紀勳績天家自有麒麟筆願屬壺氏頌太平摩崖勒盡辟山石良輔覽詩大喜斂兵而回一寨得全貞順復與伯玉卜築偕隱壽至一百二十五歲洵乎閨幃奇傑亦詞翰雄才也

趙公裕後

趙余寓公之符字爾合武清人壞慨謙和甚著聲望而延師訓子尤極留意予同年友項松心以文品見重於公適館三年而病公令其子晝奉湯藥夕視寢興迨其歿也棺衾之屬無不勝備復爲送柩歸鄉庀子入監承項之後者爲室城高阮懷是時適有博學鴻儒之選公以阮懷應招得入詞苑仍割京寓之半居之歲供衣米如故武清縣學宮圮壞公捐二百金首倡修整康熙戊午地震復傾公獨力重建廟貌聿新其隆文愛賢非尋常搢紳可及以是公子四人三舉孝廉一成進士世之欲裕後者當以趙公爲法

預草典禮

康熙二十六年十二月，文皇后賓天。上詢儀制於宗伯，僉辭無以應。蕭公永藻爲儀制司主事，已預草典禮，精詳周備，由是深加器重，不次拔擢，遂至廣東巡撫，其爲巡撫也，一介不取，紀綱之僕張二，潔如其主，以賂進者，亦正色峻拒。立品於贓穢中，此在近世尤難。

月涵

吳興黃說字若雨，華閥懿孫，才情恬曠，激配稱閥閱之賢，佳兒獲芝蘭之秀，中年以後，一旦捐棄，獨皈淨域，自號月涵。所至之地，緇素宗仰，於是海內無不推月涵爲禪門尊宿矣。月涵於傳鉢開堂、飛錫住山之舉，視若蔑如，而身心融悟，得之典籍，每一出遊，則有書五十擔隨之。雖僻谷之深，洪濤之險，不暫離也。余幼時嘗見其西游補一書，俱言孫悟空夢游事，鑿天驅山，出入莊老，而未來世界曆日，先晦後朔，尤奇。

得樹

崑山徐相國仲子樹本，字道積，嘗與余言：人要於安樂中求生，須以堅忍爲性，容忍爲度，因號忍齋。康熙丁丑成進士，與宮詹先生同寓京邸，每日早飯罷，輒閉門謝客，置几於堂，恭跪几前，習寫御試策一通，其書端勻遒媚，小有錯誤，則易卷重寫，如是者一月，而後廷對，心以眾賢爲期，二甲第二，入翰苑，非其志也。先是相國於宅後度土築園，偶得鄰家老樹，傍臨池上，顧而樂之，乃經始焉。迨乎園成，取子美老樹空庭得之句，名曰得樹，忍齋韶歲，魁科擢第，詔追命嘉名，洵非誣矣。

簡公雷霓

蜀中簡公諫居，天姿絕人，凡有記覽，過目不忘。康熙辛亥，視學江南，江南財賦所都，前學使者，無不措營金窟，公至，力反其弊，勢挾利誘，屹不爲動。每發榜後，進諸生而面誨之，某某解題中款，某某用古入化，並不攤卷於案，皆能背誦其文，余亦在列，所目覩也。試蘇州題中有上字，一生因公名上遂，寫上爲尚，公呼是生問故，生曰：寫名未敢正書耳。公怒曰：汝將以此求媚耶？士人行己，貴乎立品，即小可以見大，即窮可以徵達，推此意也，他日儆倖立朝，則婢膝奴顏，汝必安爲之矣。跪生於庭，立令改正。又數年，公補粵西右江道。北地崔雅者，傾險人也，向與公同官，屢有干請，公薄其爲人，不甚寵之。是時陞任粵藩，攝理院事，遂以故巡撫部公與公有交，借事誣衊，繫公於獄。公無以自明，吞金而殞。其明日之午，雅方啟門視事，忽狂呼曰：簡公來矣。倉皇亟趨下階，伏地叩頭不已，復起立，援帽脫衣，反手面縛，左右扶入內室，乃絕。雅雖斃下，部議白公無罪，而公已殞。天下莫不冤之。

湯司空

睢州湯潛庵先生，以江南巡撫內遷大司空，其殁於京邸也，同官唁之，身卧板床，上衣敝藍絲襖，下著褐色布袴，檢其所遺，惟竹笥內俸銀八兩，崑山徐大司寇賻以二十金，乃能成殮。其清介若此，而生前猶有以僞學劾之者，獨爲君子不其難乎。

傅徵君

傅徵君山，字青主，山西人，撫皇甫元晏之重名，兼司馬子微之高節，兼以筆精墨妙，爲世所珍。康熙己未，詔求博學鴻儒，當事競爲推薦，青主以老病辭，強之再三，乃令其子執鞭乘一驢車，至崇文門外稱疾，荒寺八旗自王侯以下，及漢大臣之在朝者，履滿其門，堅卧不起。朝廷遂聽其還鄉。是年應試中選者，俱授翰林院檢討，然其人各以文學自負，又復拓落不羈，與科第進者前後相軋，疑謗旋生，多不能久於其位，數年以後，鴻儒掃迹於木天矣。天下莫不歎徵君貞志遺俗，而有先見之明也。

西臺篤行

李伯熙名化龍，自號木洲居士，生時跏趺從母胎出，夕常夜見光明無際，有大士於光中現，提命伯熙，甚敢頂之，乃失。自是可以不燃燈燭，能昏坐讀書。其家在波羅南海神廟之西，名曰西臺。年十三，偕諸小兒往來廟前，題二絕句，人爭傳頌，遂儼然有詩名矣。後以明經入成均歸，教子於家塾，分人僉二門，稍不率，則令之從僉門出入，至人家，多命子執而益隨侍，或其子不在，過雨假蓋與屐，晴輒委棄途間，不瑣瑣以小信爲意。日以一驢負薪而炊，家人父子相與折薪煨芋食，雖耕夫漁父，即留共餐，執手語，終日無倦容。偶以苦吟行入一少婦家，思不屬，遂入其幃臥，鼾聲如雷，少婦爲具蔬以待，比其夫及翁媼還，伯熙尚撫枕推敲成篇，乃起索筆題之，相笑語，各無嫌猜也。朋友有過，則直言切諫，見過家故人子弟，則坐而詔之，不肖者誨之，相與流涕，甚至杖捷交下，無不跪而受命。晚年臥病西臺，有劉生者見其盛衣冠入學宮，問之，笑語如常，而伯熙已於此日逝矣。其篤行遺風，至今不衰，過西臺者，咸共壁間語，如見木洲先生焉。

阿顛

端州白雲山，其頂有湖，俗說爲鼎湖，湖與山相吞嚙，故其雲時時蒸動而出，人入其中，如風行破絮，恆對面不可相見。山宜蔣茶，山僧恃此而給，聚居其上，不待行乞也。有阿顛者，不知其所從來，投寄僧寺，爲之採茶，常竟日不食，雖值甚寒，不育衣布，自編草作衫，悍然爲蓑蔽其足，倍長瀏蛇之行，或掛杖頭置墻隙，輒跣足出入白雲深處，呼之多不應，與人語多不能解國共呼為阿顛其睽間瓊如黑石者二無事則出而執火境之見人來即從火取出收還故處曰境尚未熟熟則與爾共啖之其臥席中間有雙手掌痕夜分喃喃似誦亦無有解其語者山故多虎一日啞二牛去寺僧戲謂顛曰爾能擒此虎否顛曰諾遂編草為索請繫之來至日暮追跡射入峻阪邊於雲破處忽見顛以草索繫一白額虎自阪吒吒而下約二里許直至寺前指謂僧曰此盜食吾牛者隨引虎頸索鞭虎腹背數百衆畏索斷不可測咸請放之乃聽去虎垂尾疾走若犬畏人擊狀人以此識顛之異而顛固如常也蓋至今猶在白雲中

二潘

潘力田嘗戲謂吳愧庵曰世有潘吳之目豈不以潘勝吳耶吳曰世皆言蛟龍未見龍遊蛟也近日博學鴻儒復稱南潘北李李謂天生潘謂稼堂也稼堂與力田為異母昆弟雖儒顯殊途而才名接武可方二偶

亞猛成神

明萬曆戊午歲增城縣獄卒名亞猛者素稱樸健是年十二月適除獄有重囚五十餘人號哭不止猛聞於外亞猛亟止之兼問其故衆曰歲朝將臨合邑之人無不完聚我等各有父母妻子不能相見且係重犯無不可出是以悲耳亞猛俯首良久忽曰無難也我與爾等約今夕各還爾家俟正月二日齊來赴獄我從爾罪爾死爾俱不來我亦死爾來而或失一人我亦死爾人人來我至壽盡亦死等死耳何如行此善事而死也是時諸獄澗然且值啟獄不甚嚴獲悉放回家明年初二日前因陸續而至按名呼入不少一人亞猛鼓掌大笑曰善哉遂歛坐而逝獄衆感德泣濯其體而加詠焉以其事言於縣縣上聞撫御史請為縣獄之神今肉身尚在獄中凡有疾病疫瘴禱無不應尊之曰亞猛爺猛字不見於書唯閩粵之俗有之謂末子為猛亞讀如阿猛讀如來

張羽軍

張瑩字羽軍一字來舒吳縣人工詩善琴而豪於飲性喜交游重然諾即利害無所避年十八從其父於京師有旗人有法寶者才而好士以詩謁之一見傾倒留於家禮意優渥往來酬唱者半載瑩欲歸寶以五百金為贐瑩固辭曰大丈夫一日定交則終身生死以之彼須金而趨者猶然世上人耳非所望於公也揮手而別寶倚閩咸且歎以吟詠從其識業行事不甚備理　上聞之不悅寶懼禍舉其子奴婢十數人出走買舟直抵湖廣訪其舊友總兵某而某已殁惘惘無可依因命其中有故人張瑩從者也家在虎阜猶憶其年分歧之語投之必能納我遂泛長江由荊陵濟達姑蘇一日山塘晚市初罷瑩侍其父夜酌忽有叩門者瑩出見乃寶也瑩延之坐入告其父曰法公為我知己被罪出亡於國法無赦留者罪與之均今窮而歸我要法則執而首於官見法公矣昔孔融藏匿張儉義聲炳於千秋敢告嚴君將皆及而保客乎柳舍生而取義乎瑩父張目奮髯曰北海之母何人我豈不及一巾幗哉其留之因匿諸密室居焉先是寶出奔時　九重震怒命大索天下寶寄瑩日久恐事露累瑩乃與故所善鄉生謀更移無錫之惠山康熙二十四年　翠華南巡寶之僕告寶謀逆且歷指所匿處捕寶幷逮瑩與父瑩力辯父脫罪瑩竟論斬識等流秦凡官於秦者高其義皆願與交不以流人目之為之營居長安市中遂其屬眷皆環堵花木幽疏客至携入小樓輒具尊酒酒酣鼓琴一曲或賦詩四韻若忘其身在異鄉矣余惟瑩慷慨自命知難不避意必有英悍之色見於眉宇如朱亥郭解之流今觀其貌恂恂儒雅從歌終日則儒生也而烈士哉乃其父亦非常人也

義娘

泉州府同安之厦門前朝中左所地也順治初為海寇鄭錦所據壬辰我師進剿鄭寇大掠子女而還有騎士挾一婦人於馬上過同安東關婦見道旁有井紿騎士下馬小遺即躍入井騎士窺井大恚連發三矢中婦肩而去越十日有村民薛姓者由村入城行至半途天甫向曉忽於烟霧中見一婦人韶年麗容身衣碧色短襦腰繫淡黃裙雙趾纖細文履高底迎前往告曰妾乃厦門難婦王氏也夫死於兵而妾被擄失志不辱投身東關道旁之井聞君夙有高義幸出我於井拯葬骸尸埋棺井側妾當隨事默佑以報君德薛愕曰諾婦忽不見是日薛適有事於縣如意而出因於東關往求井婦死然在焉偕過博塢薛欲驗婦議遂入塢下衆復護大勝嘗鉞運家與子弟語其事即以錢買棺為子弟同至井所出婦尸顏貌如生為之拔簪整衣飾殮而埋之其地去井丈餘前臨大道又月餘薛夢婦拜謝而言曰妾荷君之義幸獲安葬妾身雖朽而妾心之感君者不朽也陰府憫妾之節命妾香火於此君若為妾立尺五之廟則妾之報君當不止囊昔矣惟君終始之薛覺而驚異次日昇運磚土築成小廟幷以粥香酬之自後暴客安頓事事順遂近遠就相傳說不數年紳士商民各致錢鏹大啟神宇丹碧輪奂而肖像於中題其額曰王義娘廟入廟者誠有禱輒應過衣冠不潔或出褻語者立致譴責以是土人及往來之客益加敬畏其叩謝集至今不衰

觀人之法

孔子曰居處恭執事敬不特持己之道宜然即此亦可得觀人之法康熙初兌贈君舉余同

表弟徐元灝，就童子試於江陰，僦一樓為寓，旁有小樓，一人設几榻其中，終日兀坐，不聞有步履謦欬之聲。先贈君異而詢之主人，則武進趙中喬松伍也。先贈君因引余與元灝謁之，兼以課藝就質。時趙年止二旬，容頗蕭穆，言語安詳，手評所質之文，亦甚簡雅。先贈君退謂余輩曰：此真讀書人，必不以諸生終者，汝其誌之。後二十年，余筮仕項城，趙已成進士，宰商丘，與余為同官。而先贈君見背，今又二十年，趙以刑部主政家居，特起為浙江藩伯，未敢進秩迎撫。崑山徐相國神就雅意作書，尤極端楷，即使就小札，從無一筆潦草猶擾。戊辰之歲，相國方以閣學解職在京，余將之任白水，相國頤余曰：我有閒酒詩三十章，姜西溟已序於前，汝駢體文甚佳，為我題一跋於後，兼可留別也。余以蕭呈中有潦字，誤寫作滌，相國粉塗其上，然後用細楷改正，而令發於卷。其於一字之微，嚴慎若此，他可知矣。蓋人未有意氣慢慢，舉動詼忽，而能成大器享大名者也。

歸藏

崑山歸莊，字元恭，依隱作達，踞廢於墟墓之間，蕭然敗椽，與孤人相酬對。嘗自題其草堂曰：兩口寄安樂之窩，妻太聰明夫太怪；四鄰接幽冥之宅，人何寥落鬼何多。吳俗每逢改歲，必更易紅箋，以吉語書門。一元旦，見其門有北平都督僉事南堂鄧丈大夫一聯，賀歲之客討而未解其意。元恭曰：我亦欲集福壽，求平安耳。元恭於行草法甚工，乞書者每作柱不竭之語魔之。以是寶其墨妙，多藏度於家，不敢輕以示人。一時遂有歸藏之目，然元恭實不藏也。

觚賸續編卷二終

觚賸續編卷三　　吳江鈕琇玉樵輯

事觚

新城家法

新城王氏，自參議公而後，累世顯秩，家法甚嚴。凡遇吉凶之事，與歲時伏臘祀廟祭墓，各服其應得之服，然後行禮。子弟名入泮宮，其婦始易銀笄綠襖，否則終身荊布而已。庸劣者總揮華伏臘者，褕裕偃蹇，貴賤相形，慚惶交至。以是父誡其子，妻勉其夫，人人勤學，以自奮於功名。故新城之文藻貽芬，衣冠接武，號為宇內名家。

喉簧腹鼓

酉陽雜俎云：許州有一老僧，自四十年以後，每寐熟，喉間有聲如鼓簧。許州伶人伺其寢，即譜其聲，按之絲竹，皆合古奏，僧覺亦不自知。稗史彙編云：陳子直主簿之妻有異疾，每腹脹則中有聲如擊鼓，遠聞於外，腹消則聲亦止，一月一作，經數十醫莫能治。腹鼓可對喉簧，竹革之音，由肉而得，此乃古今所創聞者。

啞樵

會稽東南有山曰平水。康熙初，有樵人經其下，見一大蛇如蟒，蜿蜒澗泥內，久之塗附其身。樵人群携而觀。澗旁有洞，蛇曳泥而入，隨以泥封洞口。樵歸，遂不能言，與人酬對，唯張手作狀而已。如是者三年，復過前遇蛇處，陰雲乍合，雷雨驟至，霹靂一聲，有龍從洞中出，騰空而去。樵人不禁大呼曰：向我奪去，不能出聲者，正此物為之也。於是能言如初。

海天行

海忠介公之孫述祖，倜儻負奇氣，適遭中原多故，遂不屑事舉子業，慨焉有乘桴之想。斥其千金家產，治一大舶。其舶首尾長二十八丈，以象宿；房分六十四口，以象卦；蓬張二十四葉，以象氣；桅高二十五丈，曰擎天柱，上為二斗，以象日月。治之三年乃成，自謂獨出奇制，以此乘長風破萬里浪無難也。瀕海貴客三十八人，賃其舟載貨互市海外諸國，以述祖主之。崇禎壬午二月，揚帆出洋，行至薄暮，颶風陡作，雪浪粘天，蛟螭之屬騰繞左右，舵師失色，隨風飄至一處，香霧迷漫，莫辨何地。須臾雲開風定，遙見六七官人，高冠大帶，拱立水次，侍從百輩，狀貌怪異，皆魚鱗銀甲，擁巨簪之劍，荷長積之戟，秉炬張燈，若有所伺。不覺舟已抵岸，官人各喜躍上舟，環視曰：是可用已。即問船主為誰。述祖不解其意，勿遽膝語。諾朝寸述祖同入見王。約行三里許，夾道皆如玉山，無纖毫塵土。至一闕門，門有二黃龍守之，過道旁樂態以水晶瑩澈，光明映徹，可鑒毛髮。述祖私念曰：此殆龍宮也。又踰門三重，方及大殿，其制與人間帝王之居相似而輝煌欲奪腐設千人之饌高容十丈之旗不足言矣王甫升殿首以紅巾圍兩肉角衣黄繡袍鬚長垂腹叙官進奏曰前丈下所司取二舟久不見至今有自來一舟敢以聞王曰舊例二舟陳設貢物今少一条何叙曰貢期已廹臣等細閱此舟制度暗合渾儀以達天衢尤宜利涉且復寬大新潔若將貢物搬擡俟到王宮以次陳設似無不可王尤奏曰從其凡貨凡人灑以符水速行勿遲叙唯唯下殿仍回至舟將人貨盡押上岸置之宮西琅玕池內唯述祖不肯前私問曰貢將焉往叙曰貢上天耳述祖曰述祖雖炎陬賤民而志切雲霄常恨羽翼未生九閽難叩幸遭奇緣亦願隨往叙曰汝濁世凡人也去則恐犯天令不可中有一官曰汝可具所生年月日時來述祖亟書以進官與叙言此人命有天祿且係忠直之裔姑許之俄頃昇貢物者數百人絡繹而至賫貢官先以符水徧灑舟中然後奉金葉表文供之中樓次有押貢官二員將諸寶物安頓述祖私窺貢單內開赤珊瑚林一座大小共五十株黄珊瑚林一座大小共七十株高者俱一丈四五尺夜光珠一百顆火齊珠二百顆圍大一寸五分鮫綃五百匹靈核錦五百匹碧瑟瑟二十斛紅靺鞨二十斛玻璃鏡一百具圓廣三尺各重四十斤玉屑一千斛金漿一百甕五色石一萬方其他珠名異品不能悉記安頓已畢大伐鼉鼓三通乃始啟行逆風而上兩巨魚夾舟若飛白波搖漾殊靜鏡平路無坦險時無晝夜中途石壁千仞截流而立其上金書天人河海分界六大字叙指示述祖曰昔張騫乘槎未能過此今汝得遂泛銀漢豈非盛事述祖俯首稱謝食頃之間咸云南天門在望矣既而及關賫貢官押貢官各整朝服并實諸役俱易緇色長衣亦令述祖衣之登岸陳設足之所履皆軟金地間以瑶石嵌成異彩仰觀瓊關瑤堂蜂樓碧閣俱在縹渺之中若近若遠不可測量門下天鄉四員晃翁傳旨令賫貢官入昊天門於神霄殿前進表行禮述祖及叙役叩首門外惟聞樂音鏘鏗香氣氤氳飄忽不斷而已隨有星冠羽帔者二人為接貢官叅收貢物引押貢官亦入行禮畢主宣問南方民事北方兵象語甚繁不盡述各賜宴於恬波館謝恩而出於是集叙登舟述祖假寐片時恍忽不知幾千萬里已還故處因敢領所押貨物與同行諸人王下令曰述祖之身曾入天界不可復歸人寰叙伴在池宜令一見則三十八人俱化為魚唯首未變述祖大慟前叩舟官引至一室慰諭之曰汝同行人命應皆葬魚腹其得身為魚幸也汝以假舟之故貸汝一死尚何悲哉候有閩船過此當俾汝歸日給飲食如常居久之忽有報者曰閩船已到王召見賜白黑珠一囊曰以此償逆舟之值令小艇送附閩船抵瓊山還家壬午之十二月也家人早聞覆溺之信設主發喪乍見述祖驚喜適望述祖亦不言所以但云狂風敗舟倖遇[illegible]擊天柱過救得免次年入廣州

出囊中珠鬻於番舶獲貲無算買田終老康熙丙子粤僧方趾麟親訪述祖具得其說時述祖年已九十六貌如五十歲人　元時陳孚出使安南其國宴享之際以珠盤進炙魚人面魚身置之席上孚舉箸取雙目啖之魚味在目彼國服其多識三十八人之首未變者蓋亦將為人面魚也

丙辰會狀

吳門彭修撰定求為雲客先生之子幼奉乩仙甚謹雲客嚴禁之然其能奉錄[illegible]既久遂能通神靈乩運腕不假思索始為詩文繼為制藝隨筆疾書悉成佳構林閒積篇用此技也康熙丙辰歲計偕入都余友吳大鴻與彭有舊得其概義秘本示余內有硃書元君許我必中丙辰會狀十字余竊異之及禮闈榜發與殿試傳臚果皆第一蓋功名之事原有定數而元君獨能預告之所謂元君者豈即所奉之乩仙耶或云乩仙是前朝進士松江杜麟徵

綡

蒲城王孝廉名綡謁選縣令唱名讀如梁王不應唱至再三王趨進曰知縣名讀如京而呼作梁未敢應耳吏部哄然曰汝進士出身即已名尚未識耶綡為鞶冠之纓古謂之幘梁故字書止有梁音汝乃以偏旁讀之謬矣又吳江有庠生沈鑫順治中江南督學御史歲試點名不解鑫字乃破鑫為二吁云合龍識字之難如此王綡以知縣內陞禮部康熙三十二年出為江西督學遷今之司文柄者其學問大抵然歟

魚頭

陳州環城皆水水產佳鯽康熙初旗人張自用巡撫河南陳州牧以鯽餽之稿書鮮鯽百頭張甚駭愕促召中軍以手指示之曰送魚者皆稱尾此獨稱頭陳州牧以進士得官當必有說中軍曰職有知書之胥白誄可令入對須臾誄至跪而答曰小人常讀詩經有在藻之篇其首章云魚在在藻有頒其首其次章云魚在在藻有莘其尾故魚有稱尾亦有稱首者今州牧之稱頭而不稱尾正見其尊上之意張大驚喜手扶誄起曰汝有此大學識豈可屈居下役汝即入我幕府專掌書記可也自後事必諮誄誄行則行誄止則止不踰年拔為本省提塘復改文職以同知解餉歸儼然擁閑封縉紳之座矣昔人有一字師今之白誄其一字官乎　唐賈島騎驢遊東都得鳥宿池邊樹僧推月下門之句又欲用敲字改推字沉思未定不覺衝驢適當韓公輿從而出遂於塗島以質公公曰敲字佳矣島起而下拜宋范文正公撰嚴子陵祠堂記成末句為先生之德山高水長李太伯在座曰公此文一出名世只一字未安公曰何字李曰先生之德不如以風字代德字公欣然從之元薩天錫有詩送笑

隱佳龍翔寺頸聯云地涇厭聞天竺雨月明來聽景陽鐘虞學士見之曰詩固好但聽聞字意重唐人詩有林下老僧來看雨改作地涇厭看天竺雨音調更勝薩大服而去皆所謂一字師也

李氏之富

江南泰興季氏與山西平陽亢氏俱以富聞於天下季自滄葦以御史回籍後尤稱豪侈其居規將數里中有複道週巡健兒執鈴柝者共六十人月糧以外每夕犒高郵酒十甕燒肉三十盤康熙九年霖雨連旬恐霉氣侵泥命典衣者曝裘於庭張而擊之紫貂青狐銀鼠金豹舍利猻之屬脫毛積地厚三寸許家有女樂三部悉稱音姿妙選闥謁窮延更番佐酒珠冠象笏繡袍錦靴一妓之飾千金具焉及笄而後散配僮僕與民家子而嬌憨之態未能盡除日至高舂晨睡方起即索飲人參龍眼等湯梳盥甫畢已向午矣製食必依精庖為之乃始下箸食後輒按牙歌曲或吹洞簫一闋又復理晚妝尋夜宴故凡娶季家姬者絕無聲色之娛但有伺候之煩經營之瘁也

溺妾入夢

山東畢務挹號秋厓仲弟務嘉皆舉進士同官於京師秋厓有妾少而艾甚見珍寵居久之請假歸省慮妾隨與而東不免風塵之困因買舟潞河俾其母偕以行甫出津門狂飆驟發舟覆而殁秋厓抵家後妾訃至矣聞之不勝震悼閱二載復至京就補道由德水去州城尚數里而遠西日已落投宿村店店主謝曰茅舍土牀固不足以甫尊客且小有不靖恐驚從者耳維時道路昏黑僕馬饑倦遂強而入宿焉秋厓疑於店主之言展轉不能成寐殘燈在几乍滅乍明忽於東壁影出紅綃一縷頃之又於紅綃上疊現青綃一縷宛似婦人衣帶未幾湘裙垂地玉顏半露攏髻低徊移步而前則昔年沉水之妾也欷歔而言曰妾荷君厚愛不幸罹茲水厄與君永絕久俟於此以求一見行當再生君家為君猶子君亟入京延僧於長壽寺設水醮一晝夜幸稽祈禳俾免殤殀言訖仍隱壁而去秋厓如夢始悟大呼有鬼羣僕燃炬四照闃無所見曉起存食兼程入都是時務嘉果於五日前舉雄與妾語適符方妾之溺於津門也求其尸再宿乃得錦靴未脫金環在指但兩手堅握不展展之則掌中各有黍米在焉秋厓季弟務康務致嘗與客道其握黍之異

象聲

都下有為象聲之戲者其人以尺木來隔屏聽之一音乍發衆響漸臻或為開市則廛主啟門估人評物街巷談議牙儈喧呶至墟散而息或為行圍則軍帥號召校卒傳呼弓鳴馬嘶鳥啼獸嘯至獵罷而止自一聲兩聲以及百千聲喧嘩雜沓四座神搖忽聞尺木拍案空堂寂如展屏視之一人一几而已吳南村先生嘗言古法之不傳於今日者有三嘯其一也象聲之戲蓋得嘯之遺意而極於變者今其人已沒而法亦不傳

白草散

明萬曆間龍谿林茂磬學溺賭家產蕩盡適有表兄李姓者將商廣州將往依焉至羊城太平門訪之李去香山縣貿易不得遇急欲覓香山渡而心緒忙迫閩粵語音不相通遂誤上肇慶渡渡法人給一牌將抵岸計牌收錢同載六十五人俱交牌與錢畢及林則實無一錢乃解衫為質渡主憐而免之迨於登岸則肇慶府而非香山縣也益彷徨無措仍以衫質食於店閒遊街市仰見督院榜示府中公子患病有能治者與百金是時吳公元夫總制兩粵亦龍谿人中年止生一子甫弱冠而身染黃病嘔吐膨脹不能飲食兩粵名醫延致殆徧百治不效故有此示茂自度窮困已極姑妄應之以博一飽不則詣屬同鄉當無大咎遂揭榜紙納於懷為守役所見執茂赴轅傳鼓言其故即命延入吳坐中堂茂慎悴極禮蒲伏階下吳問知醫乎曰知問其姓曰林問其居曰龍谿吳曰同鄉大姓也命起而與之坐少頃左右扶公子出面黃如金而腹大於瓠奄奄僅存一息茂略作按脈狀漫曰不難治也左右皆掩口笑吳問應用何藥林復漫曰此症非君臣佐使之劑所能愈過一草方當獲神效吳賜以酒食遣中軍官與同騎而出茂竊然已久忽饜珍味腹作痛議欲陸爲行至城外曠地請停騎於此閒覓草實遺矢也而於糞土中見野草一枝色白肥大林取入袖告中軍曰仙草已得矣聯轡還府而日向夕矣茂固不知白草之能療疾也聊藉以塞責兼可脫身耳亟命煮湯進公子是夜宿府中展轉不能成寐明日天尚未晚內傳林先生甚急茂驚懼不知所為蛇行而前而入見公子坐牀啜粥魂魄始定公子曰昨飲湯更餘大吐瀉破一甌中有三紅蟲析而視則血裹人髮糾纏成團今自吐後胸膈空洞思食與無疾同非先生其孰奉此再生之功未敢攤制公亦至再三稱謝茂竟甚為搖惴惟唯唯遜讓而已留閱數日設宴召茂贈以冬夏之服一篋黃金十笏白銀三百兩撥船甲士送歸龍谿方茂之出制府也潛往覓矢處發白草之根乃從敗棺而生益信能治髮瘕蓋以驅髮瘕宜得速效茂因攜棄理還家後遂習歧黃之術而家日以饒嗟乎天下之人中斜營鑽而盜虛聲享厚利者猶一林茂乎哉

嗣姑化男

荊州馬泮津有黃姓者樸老而鰥獨為鄉塾師一女名嗣姑生有慧質幼在塾隨父誦書年十四自稱白衣大士懸之案中禮供甚虔一夕忽夢大士呼而語之曰汝父固鄉里善人歡

宜育子。其奈年老何。我欲以汝子之因偏撫其體。吹以紅丸。甫下嚥。覺有熱氣如火從胸臆下達兩股間。述臆者七日。欻然而起。則已化為男子矣。先是翁以嗣姑許字同里諱姓。因往告以此異。諱姓訝其妄。鳴於官。官驗果真。乃解婚。四方觀者雲集。康熙丙辰初夏。渭川孫靜菴適過其地。亦造門請見。嗣姑冠履出迎。黛粉之痕未消。瑱猶在耳也。孫有句云。夢中變化真奇創。紅頰忽作男兒相。卸却羅衫蝴蝶裙。博帶寬衣相揖讓。見人低首尚含羞。珠環小髻烏蠻樣。

名字前定

金文通公之後。世居吳江之曹村。村分南北。如南北阮。南居者貧而勤學。北居者富而豢文方。公在娠時。其翁姥宿南村小樓。一夕忽有炮聲。夢驚而寤。聞空中語曰。今夕吉時。為汝家德兒上梁。詰朝訪之。則北村興蓋新宇。鼓樂升炮也。地極闃敞。制尤壯麗。廣庭夾道。環以流泉。庶民之家所未曾有。公生而彌月。太姥襁揭外氏。舅問甥有乳名否。曰未也。舅命之。舅曰。覩其形貌端秀。似有德者。可名德兒。太姥憶空中語。心頗喜訝。然秘不告人。閱三十餘載。公已貴。而北業漸替。以其居出鬻。太翁受之。今之端清堂是已。歎息數有前定。始與賀者言其事。公少時。遇運乩者詢終身祿命。乩曰。汝豈凡人也耶。故字豈凡。

餑餤

丁丑狀元李蟠。字根大。書法不甚精楷。文思亦復遲澀。當廷試日。諸進士薄暮皆出。而蟠獨留殿前。護軍催督甚急。蟠泣告曰。畢生之業在此一朝。幸毋相促。以成鄙人功名。護軍哂諾。直至四鼓始獲呈卷。上廉知之。以為苦心之士。拔置一甲一名。同榜探花則慈谿姜宸英也。姜作五言戲贈云。望重彭城郡。名高進士科。儀容如絳灌。刀筆似蕭何。木下還生子。蟲邊更着番。一般難學處。三十六餑餤。蟠偉幹虬髯。狀如武人。其為諸生時。以刀筆聞。廷試懷鏡餅三十六枚。餐之至盡。餑餤。都下方言也。

雙雙

吳門有名妓蔣四娘者。小字雙雙。媚姿豔冶。儇態輕盈。琴精弈妙。復善談諧。花月之筵。坐無雙雙不足以娛客歡也。毘陵呂狀元蒼臣過於席。一見傾悅。以千金買之。攜至京師。為置從市畫棟。窮極珍奇。以資服御。自謂玉堂金屋。稱人間佳配。而雙雙以為瑣窗芙蓉。雕龍鏤鵠。動而觸隔。非意所適。嘗治甲午除夕。共相餞歲。出兩玉卮行酒。呂斟其舊者奉雙曰。此我家藏重器。為卿浮白。新者自與。仍以舊者還呂曰。君雖念舊。妾自懷新。呂意怫然。明年放歸吳門。雙雙攜室南園。頗有卉木之勝。崑山徐生。其舊識也。泛扁舟訪之。雙留茗語。徐生曰。四娘已作狀元婦。何不令生狀元兒。而重尋舊遊耶。雙雙曰。人言嫁逐雞犬。不若得富貴婿。我謂不然。譬如置銅山寶林於前。與之齊眉舉案。囊玉帶金魚於側。與之比肩偕老。既乏風流之趣。又鮮宴笑之歡。則富貴猶雞犬也。又奚想乎。嘗憶從蒼臣於都下時。泉石莫由怡目。絲竹無以娛心。每當深閨晝掩。長日如年。玉宇無塵。涼蟾照夜。徙倚曲欄之間。悵望廣庭之內。寂寂楚音。忽焉腸斷。此時若有一二才鬼從空而降。亦擁之為無價寶矣。人壽幾何。難遇仙偶。非脫此苦海。今日安得與君對坐也。徐生大笑而別。

澤民實事

書曰。民惟邦本。本固邦寧。為邦本計者。莫先於興利除害。害不除。則利亦不能興也。故出而在外。入而在內。凡有地方之責。其於民間疾苦。或因時陳告。或即事籲聞。其始相其可行而後為。其既期於必行而後止。議定一朝。澤流萬姓。則言與人俱不朽矣。河南自闖賊蹂躪之後。田野半化汙萊。天朝底定。荒者減其額稅。惟靈寶一縣。以許姓旗大糧多。當事避嫌。未經豁免。虛糧二萬。貽累日久。康熙十七年。江釆白甫至其邑。夙夜籌畫。三請於院司。竟得奏蠲。合境歡騰。江亦因之內擢。舊例順天獄之罪犯軍流者。必俟咨行各省。僉妻到日。然後發遣。康熙四十年。錢再亭為京尹。請先擘定地方。押赴本省。領妻同解。則繫者不致淹滯於囹

圄。行者不致欺辱於道路。三便之奏奉　詔允行。又琉璃亮瓦二廠舊例。除官房當戶外。小民計屋輸租。而貧苦之號。倒壞之舍。糊口未能。算稅何出。請悉蠲之。於是歲免租四千三百有奇。當再亭在垣中時。建白俱切政要。而其尹京兆也。猶不忘民瘼。天下稱之。江釆白名繁。漢陽人。錢再亭名晉錫。太倉人。

于家琵琶

蒲州于孝廉有愛姬。曰紅桃。美容止。善談謔。尤擅名琵琶。北地閨閣多嫻此技。而紅桃纖指嬌情。攏撚叶曲。其調與衆絕異。故才一發聲。聞者即知為于家琵琶也。崇禎末。闖寇所至蹂躪。河汾間罹禍尤酷。孝廉被執。闖帥將殺之。牛金星見其年韶質秀。且已登科。乃為子師而免。紅桃亦於此散失。不知所往。孝廉從金星於軍。數月後館之晉王府中。晉府初經兵燹。雖重樓疊閣。而棟折垣頹。金粉凋落。沼蕪林敗。竹柏傾欹。孝廉於最後之宮。置一榻焉。妖狐晝嘯於庭。奇鬼宵號於牖。詭形怪響。百態千蠻。孝廉斯時。雖偷息人間。實同冥域。而心念紅桃。如醉如癡。一切可憎可怖之境。胸置度外矣。又逾一載。聞兵逼京師。列營保城北。序屆殘冬。雲同霰集。孝廉與牛子共一行帳。薄暮雪下愈密。二鼓初報。孝廉啟帳小遊。四望闃然。隱隱聞琵琶聲。觸其夙好。遂跣足踏雪。潛行求之。越數十行帳。獨一帳有燈。燈從帳出。俯而諦

聽。是耳所素熟者。大慟一聲，身仆深雪，不能起。帳中人疑其奸細，網縛入帳，識爲金星西席，乃釋而詢其故。孝廉曰：家有小姬，素善琵琶，兵鬨散去，已逾二載，顧見之私，雖痛不忘。今宵萬籟俱寂，清調遠聞，恍出吾姬之手，不勝悲痛，干觸麾下，疎狂之咎，尚期宥之。帳中人亦豪者，慨焉出姬相見，果紅桃也。乃復行酒列炙，俾孝廉與姬歡飲達旦。明日言於金星，以紅桃歸孝廉，仍遣二騎送回蒲州。孝廉入本朝，以揚州通判終。

夜光

藍田慕容猩修齡言：於康熙三十年四月陰晦之夕，從其主人勘地至一山間，時方二更，豁然天曉，紅光浮蕩，朗照林谷，行三四里許，仍復昏黑。昔于頔在海南，時三更，忽曉如日初出，移時復暗。是夜海中大金蠶浮出，有光照耀天地，遍嶺南悉見，乃知是蠶所爲。秦地去海萬里，何由得光？蓋深山大澤，俱有龍蛇之屬，不第金蠶有光也。

豹仙

徐州李蟠以文望雄於鄉，跌宕自喜。其家去州城一二里，有趙翁者所居之村，與李村相望，晨夕往來無間也。趙翁頗饒於貲，小築數十楹，外周以垣，中分兩院，而空其半，樹繼曲折，花木幽深。忽一日有美髯老人，從空屋中曳杖而出，自號豹仙，顏如童孺，衣冠甚古，長揖趙翁，偕入其室，則屏幃之麗，几案之精，皆非素有。翁顧視駭愕。豹仙曰：老夫生無氏族，居無井里，所至之地，安即爲鄉。昨從天目天台，渡江而北，遍訪幽棲，曾無愜意。適見君有閒館，絕遠囂塵，頗堪妥婢於此，當圖留珠之報，用酬割宅之恩，幸無辭也。言未既，其婢漸次出見，焚香於爐，瀹茗於盞，更侍進退，光豔照座。豹仙笑指諸婢曰：此皆老夫養生之具矣。趙翁遂念其禮意既殷，談論尤雅，頗忘怪異，輒與親暱，暇則輒相過從。豹仙自言得道漢時，市朝屢變，轉瞬間不覺千有餘歲。頗有孫氏八仙，從侍巾櫛，紅粉四班，命曰陰撰，輪月則進一班。於三百里外媚人取精，挹彼注茲，合閫而化。運之以氣，續之以神，延生之術，實由於此。趙翁度其必能前知，因叩以吉凶禍福，無不奇中。繁傳鄉曲，咸以真仙奉之。孀獨不信，一夕痛飲極醉，直造豹所，大呼妖獸，數其惑眾之罪。豹則早已避去，其室閴如，而孀仍毒詈不止也。趙翁隔院聞其聲，亟往諄勸，令僕夫乘月扶歸。明日豹仙復見趙翁曰：吾友無狀，深獲罪於老仙。醉人嘗恐，幸無較焉。豹仙曰：此君天祿甚高，老夫輩法當退避，計其年滿三十，當魁天下，四十六歲位至三公，但其生平有二隱事，實傷陰德，致干天罰，且性近見嗾，功名雖顯，不免淪隕，或至遷謫。若老夫則踪本萍浮，時當再遷，既被揮斥，未容留滯矣。辭別出門，有頃，過視其居，鳥鳴在樹，落紅滿地，依然一空院也。他日趙以二隱事詢李，李咲而不答，似有悔咎之色。康熙丁丑，蟠果狀元及第，尋以事去官。

猿風魔火

天津徐緯真素嗜方技，縱酒落魄。康熙初，偶有江淮之行，道經山東古廟，忽聞廟中大呼徐緯真救我，乃解鞍小憩，又聞呼之如前。入廟遍視，並無一人，唯有一大鐵鐘覆地，語出鐘內。徐問曰：汝是何怪，而作人語？且呼我望救耶？鐘內語曰：上古猿公，黃石老曾從學劍，我即其裔也。以劍術之疎，誤傷良善，蒙上帝譴責，囚此鐘已百有餘年，今限滿當出，幸君聞之。徐曰：我無千鈞之力，豈能獨發此鐘？鐘內語曰：不勞君手發也，君但去鐘上十二字，我即出矣。鐘體泥封篆文，若鐫取石敲磨，有頃立盡。鐘內語曰：可矣，然須速走，稍遲半刻，不無於君有害。徐遂踉蹌疾行二三里，回望來處，雲霧風暴，聲若山崩，遙見大白猿從空飛墜，叩首驢前，倏忽不見。徐生南遊半載，仍還都下，天街夜靜，明月滿戶，聞剝啄聲甚急，啟戶納之，則年少書生，儀容妍雅，再拜而稱謝曰：余濟南之鐘囚也，賴君拯拔之恩，得超沉淪之厄，上帝赦其夙愆，仍還仙秩，感君厚德，沒齒弗諼。念君志切飛騰，屢求國繹，今於天府瑯笈竊得道書三卷，授君以申環珠之報，必於一夕寫錄畢抄，慎毋緩也。出書置几，匆匆辭別。徐生展閱第一卷，其文如論語孝經，曰平平無奇耳。展閱第二卷，其文如陰符鴻烈，曰此亦不足習也。展閱第三卷，其文皆言吐火吞刀之技，徵風召雨之奇。乃大喜曰：我所求者，止在於是。遂亟錄之。天甫向曉，而少年已至，窺徐意在末帙，色若不懌者，歎曰：我所以報公者，豈謂是乎？第一卷具帝王之畧，第二卷威將相之才，第三卷術數之書耳。用之而善，僅以修書，用而不善，適以戕生。然緣止於此，當可奈何？言未既，人與書俱失矣。徐原籍山陰，自獲書後，嘗以其術試於故鄉，或捉月於懷，懸之暗室，或捏雷於掌，放之晴霄，以法爲戲，取薄酬而資旅食。一日飲酒大醉，時值炎暑，袒而坐於門，適涼飈驟起，向空畫符，招之入袖，良久不放，怒觸風伯，於袖中大吼，破袖而出，雷火隨之，屋梁俱枯，隨以致斃。又康熙庚申，高州大旱，有瓊山諸生黃寶臣者，自言得奇門真傳，有司往請之。寶臣結壇觀山寺，披髮仗劍，以目視日，竟暮不下一睫。天果微雨，詰朝烈日如故，有司詰其左道無驗，寶臣於是由觀山遷壇於發祥寺，登浮屠第四層，上下左右，悉封以符，語觀者曰：明午必雨，但從東南來則吉，否則當有性命之憂。因作書與家人訣。明日未時，烈日中狂風大作，寶臣謂其僕曰：雨從西北來，不祥，爾當速去。其僕甫下塔，霹靂一聲而雨如注。有老人見一赤麈口含火丸，從塔頂飛入，霹靂再震，寶臣顛仆塔外，右臂一孔如錢，血涔涔流不已而死。此皆素無修道之真，妄習褻天之術，宜其干神怒，遭冥誅也。

東坡亭

昔蘇公子瞻在惠州時結亭白鶴峰上今名東坡亭面臨東江而附州之歸善縣城適當其前自有亭以來城牆頹廢僅四五尺許屢葺屢圮久不修治康熙三十四年縣令林宸書決計完之土人以為東坡勝蹟仍其舊林不以為然卜吉鳩工以蠔灰累石備加堅葺月餘又復崩陷如故蓋蘇公之神棲游於此不欲障其眺望也亭之左右有水二泓一曰硃池一曰墨沼燃燭亭內雖風狂雨暴其焰不熄不搖

奇嗜

南海孝廉李捷字倩為性嗜醃鴨尾每膳必需家人以全鴨進者則割尾而棄其餘親友設讌以為褻而不供則怫然謝去雖珍錯盈前不肯下箸佛山鎮有一豪家筵宴不時烹飪狼藉其用醃鴨日以數十計懸其尾纍纍下釜時即命庖人剔投牆外倩為聞而歎曰委明珠於糞壤抵尺璧於污泥天下有拂人之性如此傖父哉世不愛寶我不忍其棄於地也遂徙居與豪家結鄰日享其醃尾焉粵中荔枝必俟五六月紅熟方以甘鮮擅名非其候則攢眉蹙口不可下咽倩為獨嗜蔚青者蘸以香山蝦醬一啖百枚嘗曰人間至味無踰於是惜不能與醃鴨尾日夕媲我饞耳蔗霜米飴皆所深嫉其令河內時見民有姓唐者以其音之似餹也輒怒目曰為姓譜中何一不可姓而必姓此予遇有罪者必倍其笞

兩夢

尚櫟山名崇乾其先番禺人本姓蔡鼎革後尚藩立為嗣因冒姓尚常自言藩生之有文名者唯余與盛某相埒壬子秋闈試後盛某之弟夢一貴人烏帽絳袍鼓吹登堂揖拜而後上文魁扁額詰旦告其母與嫂同是夢也後二日復夢前貴人到門除去扁額付年少頭陀投扁於水頭陀坐其上蕩漾而去旦又告其母與嫂夢亦如之及榜發櫟山獲雋而盛某被斥訪之房考官乃知盛某七藝已入彀因二場表語不合以櫟山卷易之櫟山又言徽歙之處夢通靈奇恍若舊遊因於佛前唄禱心期獲信展拜將闔有自然佑助之語出金剛口中再登復歇見一人手敲桐魚坐而誦經余側覘之亦頭陀也其貌與余酷似未幾喧呶聒耳慢然驚寤則報捷者在門矣嘗觀人世之事變態萬端恍如夢幻科名特其一耳有夢而失之者有夢而得之者是又夢中之夢也盛子失意後不久徂謝櫟山由縣令起家生有象喻文舉顧者此亦頭陀之善夢者哉

紅衣土偶

京師劉光廷有果園在東直門外其實長白甘脆稱為佳果熟時園丁晨起看視暮夕輒減

而莫測其故走告光廷光廷曰此必有竊者汝特守之不寐耳遂自往諦闞恰值月夜持桃梧伺於樹陰至四鼓後見有紅衣女子從牆外飛入不假攀援不慣鉤剌往來輕捷甚於猿鳥摘其肥而熟者即納口中光廷揮梧大喝紅衣者飄然颺去光廷開門跡之經三四里天色已明紅衣者至一土祠而隱光廷入祠追索諸土偶有埃盈寸唯右側紅衫侍女露首如沐光廷怒視曰汝是竊我果者耶持梧擊碎其像腹獲棗斗許而歸

相墓四大惑

人之生也有耳目可以視聽有手足可以持行尚不能精攻文以取青善治產以致富乃信堪輿家言求諸冥冥之朽骨茫茫之頑土謂富貴當安坐而致一大惑也相墓之書曰前有湧池後有丘陵東有流水西有長道謂之正穴然巖居者絕少園瀦澤居者難求崇阜居在山水之間又安能恰兼四者有之而必曰此為正穴一大惑也陳魏公俊卿父墓在莆田南寺之側本一富民葬處也葬後二十年間其子若孫無不瘸且多至失明有術人語之曰此害由墓而起當急徙之富民子大懼即別卜改窆而故穴為俊卿所得富民病者愈而俊卿官至右僕射封魏國公柯四者莆田之小民也有一山人善相地為富家卜葬夜卧於穴上神呵之曰此柯狀元祖穴奈何犯之可速遷免禍明旦以告主人其家遂別葬然鄉中大族並無柯氏他日山人假坐米肆肆主姓柯問家有葬者否曰我父枯骨尚在淺土遂以地言於柯移父骨瘞於其中生子曰潛舉辛未及第仕至翰林待詔然則宅兆之吉若有所待苟非其人不容妄冀乃祖父之殘骸延地師偏求善地一大惑也古今稱地師之神者晉有郭景純宋有張鬼靈然景純自知命盡而不能逃於刑誅鬼靈自知數促而不能免於夭折況其術萬不如景純鬼靈而欲為他人袪禍就福避凶趨吉有是理乎一大惑也

樹怪

石濤和尚以前朝宗室遁跡桑門結茅於歙之黃山歲暮雨雪與一二禪衲圍火庵內更定以後突見一人排戶直入其形甚鉅藍髮紫面張口若箕亦於爐旁踞坐諸禪侶驚愕散匿石濤凝然不動徐舉鐵火筯夾一紅炭置其口中其人啣炭觔負痛疾趨而去閱三日雪霽石濤攜筇出遊離庵里許見路側椏枝樹杈枒如人樹本上有橫坎廣七八寸鐵筯與炭在焉乃知前宵之排戶者即此怪也遂命僮斫而薪之石濤道行超峻妙繪絕倫太倉王麓臺謂海內丹青家不能盡識而大江以南當推石濤第一余與石谷皆所未逮

還金

順治十年三月龍谿老農黃中與其子小三操一小船往漳州東門貿蔬泊船浦頭浦傍廁

囊黄所買也父子飯畢入廁攜囊見遺有腰袱一具攜以回船解袱而視內有白金六封黄
詔其子曰此必上廁人所失若富貴之人必不親自腰纏若貧困之人則此銀卽身命所係
安可妄取我當待其人而還之小三大以爲迂爭之不聽悻悻徑回龍谿黄以袱藏船尾約
篙坐待良久遙見一人狂奔而來入廁周視徬徨號慟情狀慘迫黄呼問故其人曰我父爲
山賊妄指現繫州獄昨造謁貴紳達情州守許以百二十金爲酬今鬻田宅丐親友止得其
半恃州守許父保釋然後措據全餽事乃得解故以銀袱纏腰入州因急欲如廁解袱置板
心焦意亂結衣而出竟失此銀我死不足惜何以救我父之死乎言訖淚如雨下黄細詢銀
數與袱色俱符慰之曰銀固在也我待子久矣挈而授之封完如故其人驚喜過望留一封
謝黄黄曰使我有貪心寧肯辭六受一揮手使去是時船裝將滿而子久不至遂獨自刺船
歸行至中途風雨驟作艤棹荒村之側村岸爲雨所沖洗奔潰而崩露見一甕錫灌其口黄
亦不知中有何物但念取此可爲儲米器然重不能勝力舉乃得至船須臾雨霽風和月懸
柳外數棒鼓乃夜半抵家小三以前事告母兩相怨詈黄歸扣戶皆不肯應黄因誑曰我有
寶甕在船汝可出共舉之子母驚起趨船月光射甕頭如雪手舁而上鑿錫傾甕累累皆白鏹
約有千金黄愕然悟獲鹿之非夢矣黄之隣止隔葦牆臥聽黄夫婦切切私語甚悉明日以
攟發私藏首於官龍谿宰執黄庭訊黄一無所諱直陳還銀獲銀之由宰曰爲善者食其報
此天賜也豈他人所得而問乎笞隣釋黄由是還家入城遂然享焉

紅娘子

陸雲士之宰江陰也湯西崖以孝廉來遊有情必達他則不然雇客交妒西崖雲士曰公等
無多言也公試觀天下有幾西崖乎是時西崖甫踰弱冠顏美如玉而調筆娟秀所至傾坐
已有妓號紅娘子者已在杜秋之年矣西崖悅其妍婉比於啖蔗之甘客裝所蓄盡散罄頭
而去闈嵗西崖登第入翰林遣人致書雲士雲士大喜以爲湯君心念舊交不以雲泥有間
也發其緘寒暄外唯拳拳問紅娘子無恙且言紅有假子頗能文已令采芹於泮否虓不及
嗜昔禮遇之雅雲士大怒裂書投地作長牘漫語復之余聞雲士盛有男寵老而艱嗣畜愛
童字職書者爲子要以己政因致奪秩雲士家於杭杭人稱雲士爲子梅真觀則雲士亦不
得專以脂紅咎西崖也

少陵骨

至元十年喬中山以東漕掾出使延安道經鄜州土人傳有少陵枯骨在石中喬因往觀之
石樹州市道傍色青質堅人骨一具趺坐於內與石俱化而狀若生成按唐書文苑傳甫攜

家避亂荆楚扁居耒陽永泰二年啗牛肉白酒一夕而卒年五十九其子宗武流落江湘不
久亦歿元和中宗武子嗣業自耒陽遷甫之柩歸葬於偃師縣西北首陽山之前則少陵枯
骨應在首陽何由而見於鄜地乎今夜鄜州月閨中只獨看此少陵寄家鄜州在長安憶其
兒女之詩亦不久居於鄜也乃後之好事者因拾遺官號而訛改婦人之鞋因僞寓鄜州而
妄指石函之骨少陵身已逝矣而猶不免爲名累也如此哉

十力前知

十力禪師者空隱和尚之上座也十公能詩工八分書爲人慷慨有才略少時久遊西北邊
關及滇黔秦蜀多識天下豪傑與曹文詔虎大威兩總戎交厚年五十始皈依空隱出家匡
廬崇禎辛巳從空隱說法於廣州光孝寺與二頡薛起蛟同鄉舊識鬻修之暇輒抵掌談四
方兵將強弱與險要塞阨處娓娓不倦密語二頡曰汝輩經生不知興廢大勢尚嚅嗶唔
何爲者二頡因叩其興廢之由曰朋黨亂於朝盜賊亂於野大事去矣不久且將革命二頡
問李闖建營十八大者十萬小者不下四五萬已破豫楚復據秦晉意欲窺伺神京朝中貴
臣多有爲其心腹者草野之民憂之久矣代興者豈卽此寇耶曰非也天降禍亂以致闖賊
披猖然中國之民不過與中國之君相嫉始日月既殘雖有爝火尚不能以微光自存劉益
腐草之螢哉二頡曰然則誰得之曰有天命者得之老僧不及見矣汝等行當自知毋多言
癸未八月十公坐化於羅浮次年甲申懷宗殉國弘光偏安江左不久亦亡而清朝太祖以
天命建元其言始驗

小座師

潘稼堂素與南州交好康熙乙卯徐太史果亭典試浙江偕潘入閩潘待許汝龍甚極賞其
獲場五策𥁕稱於太史因此入彀撤棘後許竭徐并見潘於武林行館尊爲小座師己未潘
以布衣應詔授翰林院檢討康熙壬戌分校禮闈許卷仍以潘薦成進士遂爲真座師矣汝
龍改名汝霖今官至禮部侍郎

岳家神兵

余家吳江之北麻村居瀕麻湖康熙四十一年四月晦夕遙見燈火過野列如繁星穿林登
隴其行甚速鉦鼓喧震而杳無人聲湖內之舟舳艫相接旗燈高入天際其燈皆書岳府二
字村人聚家出走驚以爲盜久之乃滅及曉訪之遠近百里內無不有此咸以爲忠武神兵
過經吾邑也

觚賸續編卷三終

觚賸續編卷四

吳江鈕　琇玉樵輯

物觚

行在貢獻

歲當夏秋之交，上嘗巡幸口外。康熙四十七年七月，駕至索爾哈濟，有喇里達番頭人進彩鷂一架、青翅蝴蝶一雙。上問此兩物產於何地，頭人回奏：生穹谷山中，鷂能擒虎，蝶能捕鳥。天顏大喜，賜以金而遣之。又駐蹕郭哈密圖七立，有索和諾蛇哈賓獻麟革一方，奏云：此草產於鳴鹿山雷風嶺，自利用元年至今，止結數枚，必俟千月乃成，非遇聖朝，不易呈瑞。

畫水

我邑盛澤鎮牙儈所集，然往往有畸人才士挺生其間。自卜舜年、湯三俊後，三俊之孫豹處號雨七，沉思好古，散其素封之業，偏購法書名畫，日夕摩玩。故所作行草，得枝山筆意，而畫尤入神。嘗以為古今繪事，唯於林巒樓閣花鳥求工，至若寫無形而為有形，寫無聲而似有聲，則未能也，乃獨創意繪水。余家藏有百幅，靈幻妖奇，殆難名狀。其題為嚴灘急瀨、龍谷迴泉、習池影月、桃源落英，則往哲棲隱之水也；其題為雁蕩飛泉、匡廬瀑布、三峽驚流、五湖夕照，則勝地無名之水也；其題為曉月乘潮、晚虹收雨、風捲寒濤、烟含秋浸，則晴雨朝昏之水也；其題為炎浦蒸霞、寒溪飛雪、秋水駕浦、夏淙盈谷，則水之寫景於四時也；其題為曉沙臥鷺、芳洲飛蝶、浮浴繁英、海濱犀外，則水之假形於百物也。若夫曲渚平川，長波對浪，觸其潮汛，忽若撼城，引其淪漣，輒欲放艇，臨其瀲灩，花月逑江，遊其濛洞，雲烟湧壑，而水之變態極矣。余族兄嘗篷雅擅丹青，見而驚歎曰：此曠世仙筆也，人間畫師，皆凡品耳。雨七體貌清瘦，擇葷餘暇，復耽長生之學，餌石如丹，年未五旬，嘔血而卒。

白蜆

廣州海中有白蜆塘，長三百餘里，皆產白蜆。二三月南風起，霧氣蔽空，輒有白蜆，微細如塵，飛落海水，秋長冬肥，貧者買以代蔬。前朝何公熤以副都御史罷官家居，偶思食蜆，適蜆過其門，探囊無錢，夫人曰：何不書滑字售之？公笑而止。

吐火獸

上虞顧族聚居西華村，去海不遠。康熙二十九年八月，顧氏子偶與客登樓，南望遙見晴空有青色龍飛逐怪獸，其獸偏體純赤，狀如巨狗，青龍摸舞而前，此獸吐火迎鬬，龍噴雪花拒之，奮爪張鱗，火勝雪滅，盤旋久之，俱入於海。

物尤命

曠官朱子濤遊西山，見五色蝴蝶斃於崖間，抔土覆之，曰蝴蝶塚，弔之以辭，惜其文而不永於年也。吳中吳太守有餇水禽者，見鴛鴦一雙，義不忍食，命童子瘞於峴山之陰，自為文祭之，立碑明霞亭側，曰鴛鴦碑。憐其文而罹於禍也。嗚呼！文章尤命，獨人乎哉？物亦有之。

猓

猓生粵東山中，柔毛善緣木。陸佃曰：尾作金色，俗謂金線猓。楊億談苑曰：大小類猿，長尾旋自愛尾，中毒矢即自嚙斷。未聞其以獮猴為食也。余聞南海陳恭尹猓賦，而甚怪之，因錄以補博物所未備。賦曰：猛虎之搏，健夫可避；鷹鸇之擊，伏者不擊；狡兔長窟，三窟入地。雌猴與猓，若見大吏，昏戰爪皺，相注而跪。猓叶猴前，膝行蒲伏，伸手探囊，剖胃抵脊，驗其腴腹，執肥孰瘠。瘠者遣去，肥者戴石，使其滴涎，使自拔毛，須臾之間，飫彼貪饕，瘠猴得免，各歸其所，聚族相戒，嗷嗷爾汝。有介葛盧，願聞其語，猴之言曰：榛栗之林，植梨橘彙，上千層雲，尾柯夭矯，逑來剖青樹，未老彼肥，輕捷獨得，先飽空山，斷蹊無鄰之社，鬼嘯兒啼，以恐行者，違贛上屋，寨門撕兎，彼肥使巧，欺童屋寨，白晝大都，駭人索錢，操刀學割，舞蹴蹴彼肥，頻辱沐而衣冠。吾聞福始是曰禍先，果滿猓飽，更被惡言，謂汝不職，飲水刮腸，謂汝不潔，保灌於江，故曰足可躍，陷於機關，可奮弋於絲，坐客拊膺，大藏先之，方今之時，慎哉勿肥，此之謂也。恭尹此賦，豈目擊猓之為猴，而著之於詞歟？抑有見於同類者之擇肥而食，故假猓以況之，而多方以致肥之猴，亦其所自取歟？或曰：宋大武二品以上用猓坐，惟其有之，是以似之，大吏之喻，寄慨深矣。

孝牛

江西德安縣有王甲李乙同至南郡門外，是日牛集，李謂王曰：集有母牛而孕者，買之是費一牛價而獲二牛也。王然之，遂買以歸。不數月，果產一犢，又踰年而犢且角矣。李復謂王曰：母牛有子，則母之價已償，今其母老無能於田事，不如殺而鬻其肉，既增一健牛之用，復省一瘦牛之食，不兩得乎？王又然之，烹而置之衢，收其值與初市之價等。犢自失母後，淚不止，每出耕，過李輒怒目視。一日，鄉人數牧於野，犢亦在焉，李偶經其地，犢從山蹊閒突出觸李，仰仆，更以角刺其腹，腹潰而死。乙子訟甲於官，王之耕業盡廢，而孝牛之名於是乎著。康熙二十三年，玉樵子適在湖口，聞而歎曰：五常之理，賦於人而不及於物，是以萬物之生，唯人為貴。然觀於往籍，有義犬矣，能禦害也；有義虎矣，能酬恩也；有義駒矣，能助勇也。若夫牛則蠢然蠢然，尤物之頑鈍無知者，而乃以孝稱，嗚呼！彼人也，而背親忘養，其尚得靦顏而樸猶於世耶？

白蟻

粵處天下之南，地以陽勝，而為害於粵者三，皆陰類也。一山水多盜，一牆屋多鼠，一果木多蟻。蟻之屬，唯白蟻無所不蝕，其害尤甚。康熙辛巳，粵東藩庫交盤，每箱貯銀以千計，箱一箱少十二兩，或洞其腹，或陷其邊，則白蟻據為銀窩矣。

粵之貓

鼠之橫，無過於粵；而貓之昏庸猥惰，亦無過於粵。蓋其地使然，非盡物之咎也。嘗讀高太史啟乞貓詩云：鼠類固甚繁，家有偏狡獪。厥質亦陋微，朋聚工造怪。舞庭欲呈妖，憑社期免敗。饞同著飯蠅，暴比橫行蟹。貪偷自詑肥，穴竄穿齧隘。唯思淮南舉，不悟河東戒。嗟余守窮儒，有屋如斛廨。公然肆相欺，遠告來別界。嗲嗲鳴囊頻，穿穿窺幞快。伺睹忌燈熟，闖腥喜聲餲。空牀印凝塵，高壁隳隤塊。桉遺槃果亡，汁覆甖醬壞。蛛蠶駭怒鬭，急雨疑流嘯。書殘費補裝，衲綻煩烘曬。入廁客驚呼，守舍奴發誡。豈無老烏圓，昔壯今何憊。不修司捕職，垂頭象瘠瞶。難求許邁符，莫具張湯械。尋蹤漫設機，薰隙徒吹韛。遂令不眠人，中夜坐抑喟。君家產銜蟬，許贈不以貴。願得縱驅擒，淨若刈菅蒯。盡殺豈匪仁，去害容少懈。高枕幸無苦，君恩當再拜。薛文清瑄貓說云：余家苦鼠暴，乞得一貓，形魁然，大爪牙銛且利。私計鼠暴當不復患矣。以未馴雛縶之，羣鼠聞其聲，窺其形，頗有能者，屏不敢出穴者月餘日。既而以其馴也，解其維縶，適覿出穀雛，雛鳴啾啾，焉遽起捕之，比遂得，已下咽矣。家人欲執而擊之，余曰：毋庸，物之有能者必有病，噬雛是其病也，獨無捕鼠之能乎？遂釋之。已而泌泌泯泯，饑哺飽嬉，一無所為，群鼠復潛視，以為彼將匿形致己也，猶屏伏不敢出。既而鼠窺之益熟，覺其無他異，遂恩穴相告云：彼無為也。遂偕其類復出，為暴如故。余方怪甚，然復有雛雛過堂下者，又亟往捕之而走，追則噬者過半矣。余之家人執而至前數之曰：天之生材不齊，有能者必有病，舍其病猶可用其能也。今汝無捕鼠之能而有噬雛之病，真天下之棄材也哉！遂笞而放之。觀於高與薛之詞，則貓之衣缽相授，固以此擅能於天下，又不僅在粵矣。

蜂君臣

汝南張生善養蜂。生之言曰：養蜂必先治室，治室必於爽塏向陽之地，上而林木不得翳，下而蟲蟻不得侵。室以板為之，背穿而旁穀，四周加以堅泥，前後多穿小隙，為出入之門。蜂王大如人指，首黑腰長，其集有常處，曰蜂臺。王以下有蜂相、蜂將，相各率其屬以朝於王，曰蜂衙。侍王之側，曰蜂博士，其數十八。寒則擁翅以煖之，熱則鼓翅以涼之。博士與將相皆享蜜僚，不採花。採花之蜂，侍梅與桂者，偕其種情則刺而斥投室外矣。蜂王之子，歲一生，兩王

不得並立。老王居室，則稱王分封而出；稱王居室，則老王避位而出。其出也有從，其送也有使。從者一去不返，使者送至其所則仍歸也。王之出，或棲屋角，或棲樹枝，群蜂列隊伍以為環衛，若其所從之王翅翼有缺，飛息無常，則群蜂散而他徒，故累日不散者，良蜂也。養蜂之家遂收而別為室以居之。余因歎蜂有君臣之禮信然。嘉靖初，楊公一清致政歸，游北固山，見羣蜂擁蜂王而出，過鷙鳥，搏蜂王殺之。羣蜂環守不去，數日俱斃。楊公命家僮瘞焉，而為文以祭，謂之義蜂。此與海島五百人從死田橫何異？又豈得以尋常之君臣同類而並視哉。

石長

揚州江都上家，中庭有石，苔蘚乍闢，蘭粟徐湧，察而視之，日有加焉。郢上名為瑞石，有賦之者曰：如人累著，惟不覺而常增；似物迎年，非有培而自益。邦城錢霖玉未顯時，其父墓在吳興，地極褊小，塋後有石如筍，止高尺許。霖玉官日尊，石亦漸長，至山東巡撫罷歸，其石高已八尺，亦可謂瑞石矣。

掌畫

王秋山工為掌畫，凡人物樓臺山水花木，俱於紙上用指甲及細針掌出，較紙高止分許，大劈小皴，吮粉研硃，設色濃淡，布境淺深，無不一一法古名繪。其技絕神，無有能傳之者。紅豆詞人賦沁園春贈之曰：天壤王郎，具天下才，而巧若斯。向邊生腕裡，擬開彩筆；薛娘針下，碎襞靈絲。掇就成春，呼來欲活，展卷同驚未有奇。真奇也，比千秋圖畫，高一分兒。相逢別具襟期，看湖海風流一笑時。愛談兵席上，公然如戰；唧觴燭底，人醉如泥。技至此乎，誰為天者，長嘯髯疑不是伊。何疑甚？疑紅窗金剪，另有蛾眉。

奇瓠

長興米氏人，好古之士也。築一精室，名瓠齋，列於室者，酒尊韶箸茗碗食器，多取諸竹木自然之質，其最異為癭瓠。瓠之屬凡十具：一曰西母觴，合之則一巨桃，分之二桃而殊形也。一曰醉綠天，形肖蕉。一曰高士瓠，形肖梧。其次曰古錦囊，曰洞庭波，曰鑑湖冠，曰鮫綃，曰露珠明，曰一卷書，參差輪囷，名肖其形，用以觴客，洵稱奇殊，其室名亦質而新。

塔影

松江城內舊有四塔，曰普照，曰延恩，曰超果，曰興聖。夏監運家在四塔之東，而小室內有一塔影，長五尺許，倒懸於西壁上，不知何來。崑山徐大司寇宅亦在城內，宅後新築遂園，園中樓榭參差，桂竹蓊薈，屏蔽重重，又去山尚五六里，而山上塔影乃於園西偏小池見之，漪波峰石間，宛然小浮圖在焉。因即池上構軒，曰塔影軒。其園中之他池與他園之池則無此者

理之不可曉者

詔虎

山東萊州戈二者村野人也依山而居一日採薪荒岡腥風乍起轉盼間遇一斑斕猛虎懼而伏地虎以唇含其頸竟不傷噬御二衣領踰嶺而重置於山溝溝中落葉積四五尺虎以足鬨葉藏二於內仍以葉覆眈視良久而逝二度虎去已遠從葉出四望溝旁適有大樹亟援以上隱身高枝縛薪之繩猶在腰也更解繩自縛於樹使不易墜遙見前虎背負一獸過體斑文狀亦類虎而馬頭獨角負之距步蹀行若與卒之昇貴人者漸近叢溝下而坐之將獻二以供其飽忽失二所在驚惶戰栗屈足前跪獸怒以角觸虎額去虎腦潰而死二乃下樹脫歸按獸屬有名六駁者如馬黑尾一角鋸齒能食虎豹戈二所見殆所謂六駁者歟夫戈二之為虎攫也虎欲以二享駁也全其膚骨而不敢傷齧其度藏而不使出於是俯身為輿叢溝為俎以饜其欲虎之諂駁可謂至矣而莫償其勞反責其詐卒之兇名揚而殘體裂行諂不效乃以致敗天下之得失固有出於意外者乎

核桃舫

姑蘇金老鎸甚樸而有刻棘鏤塵之巧其最異者用桃核一枚雕為東坡遊赤壁舫之形上穹下坦前舒後奮中則方倉四圍左右各有花紋短窗二可能開闔啟窗而覷一几三椅巾袍而多髯者為東坡坐而倚窗外望禪衣冠坐對東坡而俯於几者為佛印師几上衡橫列三十二牌若欲搜抹者然少年隅坐橫洞簫而吹者則相從之客也舫首童子一旁置茶鑪童子平頭短襦右手執扇偃而颺火舫尾老翁椎髻芒鞋郛立搖櫓外而花篙篷纜之屬無不具也舷楹屏幕之形無不周也細測其體大不過兩指甲耳康熙三十七年春江南廵撫宋公家藏一器左側窗欹無有能修治者聞金老名賂銀十餅俾完之金老曰此亦我手製也世間同我目力同我心思然思巧而氣不靜氣靜而神不完與無巧同我有四子唯行三者稍傳我法而未得其精况他人乎

大甑灣

東安西寧雞羅定州三接壤之間羣山盤紆盜藪也聚前朝陳倫進兵開復即於其地設主壇墠壇上建一杜壇壇前小河匯而為潭潭廣畝許水深不可測名大甑灣環壇二十餘村每歲二八月丁後一日各村長幼咸集約二百餘人赴社其將祭也潭內必有大鍋浮出水面取以烹豕肉不溢不涸祭畢合飲則人人足焉仍以其鍋還潭鍋自沉潭底及屆祭期鍋復浮出歲歲皆然大甑之名所由昉矣壇有碑記之

味聖

味之聖者有水族之河豚有林族之荔枝有山族之玉面貍比諸佳人西子以沉紗始以泛扁舟終蓋其性樂水而一入吳宮便能亡國河豚於桃花春漲時盛鬻於吳市偶中其毒或致殺人似之趙合德纖肌玉瑩珠汗生香蘭湯晚浴出水不濡荔枝初擘膚若晶丸液不濡指啖之甘芳溢口似之楊太真豐體豔顏名在仙籍一騎紅塵嗜其所嗜玉面貍以果為糧至秋乃肥麩裹蒸食脂凝無滲似之不得已而思其次則寧波江瑤柱洞庭楊梅宜興柿狐亦其流亞然總非宮闈艷色也

蘇州土產

長洲汪鈍翁在詞館日玉署之友各誇鄉土所產南粵象犀西秦裘氈齊魯有蠶絲海錯楚蜀有楠梓良材僚眾備陳以為歡笑唯鈍翁嘿無一言眾共揶揄之曰蘇州自號名邦公是蘇人寧不知蘇產乎鈍翁曰蘇產絕少唯有二物耳眾問二者謂何鈍翁曰一為梨園子弟眾皆撫掌稱是鈍翁遂止不語眾復堅問其一鈍翁徐曰狀元也眾因結舌而散

天井

處州南明山山隙間不施人力形圓如井萊州天井山亦然孫子兵法曰地陷天井皆言天成之井也江南人家建造堂室必於其前空方丈之地為庭亦曰天井蓋取象於此

萃仙丸

康熙癸酉十月三日戶部尚書山東王隲奏事上前上問卿年幾何矣隲對曰臣不敢隱臣今實年八十上問居常用何藥餌對曰向者科臣陳調元貽臣一方名萃仙丸非有奇草異味而甚能益人調元服之八十尚生一子存年九十六歲臣亦用之日久以是倖享餘齡致犬馬之報於陛下耳上命以方進次日恭繕進呈上見隲跪起輕捷顧左右曰八旬之人豐鑠如此真福德老翁也隲出即教太醫院依方修合其方用白蓮蕊陰乾四兩川續斷酒炒三兩韭子微炒二兩枸杞子四兩芡實四兩乳汁拌蒸沙苑蒺藜微炒四兩兔絲餅二兩覆盆子酒炒二兩蓮肉乳汁拌蒸三兩懷山藥二兩乳汁拌蒸赤何首烏四兩九蒸九曬破故紙三兩酒炒核桃肉二兩龍骨三兩水飛金櫻子三兩去毛白茯苓二兩乳汁拌蒸黃花魚鰾三兩炒成珠人參二錢煉蜜丸如梧子淡鹽湯下武進鄒吾倫嘗遊其門聞之王曰吾自中年以後所御嬖童姹女共六十有八人而體未嘗疲萃仙丸之力也此語入邪不足為訓

雲姑

上海王元翰在都下見揭小榜者曰虞太博失去貓兒色白小名雲姑名物以人不減環花公主之銜蟬奴崑崙妲己也

玉龍

蕪湖朱人暸、為高陵令時、携有家藏白玉龍、高廣二寸有奇。四面皆作連瑣格眼。上下卍文。鼓旁猶跡外有一童、伏而俯窺。中有一猿、坐而仰視。意態俱極生動。其雕鏤精巧、疑鬼工所成。

鼠魂

嶽松禪師、姓畢氏。余室之族弟也。習靜於新城之地藏庵。忽得異疾、遇有微響、如蠅翼之動、輒驚怖欲絕。因鍵錮其戶。潛卧邃室。餽以食者、於暗中嘿然進之。師亦瘖不能語。首點指畫而已。晝夜不合眼。二年有餘。百藥不效。康熙辛巳秋月。平湖醫士崔維巖、初設肆於市。產醫即以嶽師之疾告崔。曰、聞之方書云。凡猫逐鼠急、鼠則先失其魂。遂伏不動。猫乃擒噬。病者偶感其氣、以鼠魂易人魂、故獲此疾。然易療也。嶽師延崔診視、投以解毒安神之劑、不旬日而愈。

雁翎刀

山東文登縣、僻在海隅。其瀕海之地、於康熙二十二年秋、有怪物出入。其間居民互相驚告。以為鬼至。每日向夕、輒閉門塞戶。如是兩月。不得已而聞於縣。縣宰之僕高忠、勇敢有大力。告其主曰、海怪擾民、家不貼席。此我主之事、而亦即忠之事也。願賜良馬一匹、銛鎗一枝。忠能除之。宰如所請。忠即跨馬躍鎗、獨至海濱。新月初升、平沙如雪。比至二鼓、見一藍面鬼、身長一丈有餘、雙角枝牙。毛肱鱗背、坐於沙上。列置蒸雞五隻、酒十瓶。舉觥獨酌、運掌若扇。忠馳馬直前、以鎗擬其肉角。鬼驚竄入海。忠遂據其坐、裂雞釃酒、神氣益壯。少頃、海水湧立。前鬼騎一怪獸、隨波而出。舞刀迎鬥。相持久之。忠乘間鎗刺其腹。鬼遺刀而遁。忠拾刀還縣。其上有雁翎刀三字。宰命收貯縣庫。於是瀕海之怪遂絕。

頃刻酒

臺灣所屬之澎湖、其對岸皆猺獞部落也。中國有賈於其地者、必設席於家延之。環坐置盆水席中。主人之婦、出採樹葉裹糯米少許、納口細嚼、吐於盆。主人與客共酌。初飲淡泊無味、頃之而頰發赬、皆酩酊而散。謂之頃刻酒。

豕蛻

康熙辛巳二月、肇慶府北門王道士家、畜一牡豕、將五十餘斤。晚卧牆下。飼之不食。援之不起。視其頸有紅痕如線。道士以其病也、將刲而鬻之。而日已暮。次日侵晨、召屠未至、忽見是豕徧體作粉紅色。委皮於地、若蠶之脫殼者。然口喟嘆有聲、起而疾走。道士心嫌其怪、舁豕并携所蛻之皮、送於福田禪院。僧以酥油塗之。新肉日漸光堅、而舊皮連蹄、尚挂於壁。

瓦溺器

東粵省城甜水巷旗人丁姓者、入市買一溺器、命童携歸、置於卧床之側。夜起小遺、而盎口閉塞、且舉之頗重。就月視之、口內外皆黃蠟封固。丁以石碎之、忽見三寸小黑人、跳躍而出。頃刻間長八九尺、身衣墨色布袍、手持利刃、入室登床、將殺丁婦。丁隨於牀頭拔劍格鬬。至雞鳴時、黑人倏然而隱。次夕更餘、復見燈下。丁仍揮劍逐去。越十餘日、其鄰金秀士之妻、告丁婦曰、我聞五仙廟法師善治妖。盍往求焉。是夜黑人竟奔秀士家、大聲詈曰、我與丁婦有三世夙讐、想之冥界、其父母兄弟死亡無遺、唯此女在耳。將盡殺以雪我冤。何與汝事、而令遣妖道驅我。為悉碎其日用器物、憤憤出門、遂不復見。丁婦自是無恙。

助雷殪蛇

英德縣余浣司有獵人、負弓弩射於山。適雷雨驟至、隱身叢翳、遙見數武外老樹上盤蜿巨蛇、長十餘丈、首大於甕。迅雷轟轟、將迫蛇。蛇仰首吐火、上衝紅光如彗。雷漸引去。少頃雷鋒甚怒、復迫蛇。蛇復吐火敵雷。獵人怒其猛毒、彀弓發弩、中其尾。蛇首頻縮、霹靂大震、蛇遂擊死。而獵人亦驚仆矣。聞空中有語之者曰、無恐、當即甦也。良久清醒、還家。家人見其背有朱書、代天除暴、延壽二紀、八字。浣之不去。此康熙辛酉四月間事。今距射蛇時、已二十餘載。英德人言其雄健猶昔、蓋天錫之齡、固未艾也。

嗟逆

康熙壬申癸酉兩歲、西安游饑、斗米千錢。道殣相望。渭南縣民趙午、鬻其子女已盡。家有一母一妻、無所得食。擢其釜甑、就東湖廣。趙以其母老而善飯、常生厭棄之意。其婦王氏事姑至孝、隨侍益謹。癸酉四月、行至商州山中。午謂婦曰、老母步履艱難、汝負攙兒行、俟我扶之徐走。婦是其言、逡巡於前途、息肩以待。午狂奔追及。婦問姑何在。午曰、少頃即至矣。婦忽曰、龍鍾老人、何以令其獨走。以攙兒投午、仍回舊路覓姑。午掌摑其婦數十、揭攙竟去。婦回至一僻所、見其姑面縛於樹、以土塞口、氣將絕矣。婦亟解姑縛、摳口出土、捧泉水灌之、乃甦。偕偕負姑行二里許、其夫已為虎噬、撥委衣殘骨、狼籍。婦視而喻曰、天乎、趙午大逆、遭此虎暴、非死於虎、死於神也。道旁聞者、無不歎息、稱婦之賢、而快午之斃。是時商州守數良佐賑龍駒寨、婦負姑行久、已狀餒、疲道經寨下、救守召詢、得其詳、厚賜以金、令婦還渭南養姑。婦泣而歸。

金銀變化

余同學友王仔衡言其親某以紅紙作簡封銀三錢致賀婚家婚家返銀折簡展視忽變爲小蝦蟆一頭眼若點砞通體白如水精瑩澈空明骨臟俱見趯然從紙窩躍出捕而藏之匱晨夕翫弄閱三日失去廣州陳弘泰貸錢於人而徵其息其人將鬻蝦蟆萬頭以償弘泰睹而心惻命悉放之江中逍與焚券數月後騎行夜歸路間有物光燄閃鑠驚馬不前視之乃尺許金蝦蟆也取以還家自此益致饒裕夫金銀本無定質變易不常故其聚散每因人心以爲去留天下之溺於富貴者取之既非以義守之又無其道而欲擕而子孫百世之業不亦愼乎

觚賸續編卷四終

虞初新志

張潮著

上海文明書局印行

原敘

古今小說家言指不勝僂大都餖飣人物補綴欣戚累牘連篇非不詳贍然優孟叔敖徒得其似而未傳其真強笑不懽強哭不戚烏足令耽奇攬異之士心開神懌色飛眉舞哉況天壤間瀾氣卷舒鼓盪激薄變態萬狀一切荒誕奇僻可喜可愕可歌可泣之事古之所有不必今之所無古之所無忽為今之所有固不僅飛仙盜俠牛鬼蛇神如夷堅齊諧所載者為奇矣此虞初一書湯臨川稱為小說家之珍珠船點校之以傳世洵有取爾也獨是原本所撰述盡摭唐人軼事唐以後無聞焉臨川續之合為十二卷其間調笑滑稽離奇詭異無不引人着勝究亦簡帙無多蒐采未廣予是以慨然有虞初後志之輯需之歲月始可成書先以虞初新志授梓問世其事多近代也其文多時賢也事奇而核文雋而工寫照傳神仿摹逼肖誠所謂古有而今不必無古無而今不必不有且有理之所無竟為事之所有者讀之令人無端而喜無端而悲無端而欲歌欲泣誠得其真而非僅得其似也夫豈強笑不懽強哭不戚餖飣補綴之稗官小說可同日語哉學士大夫酬應之餘伊吾之暇取是篇而瀏覽之匪惟滌煩祛倦抑且縱横俯仰開拓心胸具達觀而發曠懷也已

康熙癸亥新秋心齋張潮山來氏譔

謹按湯臨川虞初志原本未傳作者氏號載考委宛餘編虞初為漢武帝小吏衣黃乘輜采訪天下異聞異事益以是名其書也山來又識

虞初新志目錄

卷一

姜貞毅先生傳 魏叔子文集　魏　禧 冰叔

大鐵椎傳 魏叔子文集　魏　禧 冰叔

徐霞客傳 文津選本　王思任 季重

秋聲詩自序 文津選本　林嗣環 鐵崖

盛此公傳 賴古堂集　周亮工 櫟園

湯琵琶傳 四照堂集　王猷定 于一

小青傳　失　名

義猴傳 餘秋堂文集　宋　曹 射陵

卷二

柳敬亭傳 梅村文集　吳偉業 梅村

汪十四傳 鳳棲集　徐士俊 野君

武風子傳 邵村雜記　方亨咸 邵村

記老神仙事 邵村雜記　方亨咸 邵村

瑤宮花史小傳 西堂雜組　尤　侗 悔庵

九牛壩觀觝戲記 文潊　彭士望 達生

卷三

馬伶傳 壯悔堂集　侯方域 朝宗

顧玉川傳 文潊選本　曹　禾 峨眉

冒姬董小宛傳 瑩芝集　張明弼 公亮

賣酒者傳 魏叔子文集　魏　禧 冰叔

一瓢子傳 湘園文集　嚴首昇 平子

宋連璧傳 安雅居集　李煥章 象先

卷四

義虎記 文津選本　王猷定 于一

丁葯園外傳 文潊選本　林　璐 鹿庵

寄暢園聞歌記 曼翁文集　余　懷 澹心

陳小憐傳 定雅堂集　杜　濬 茶村

賣花老人傳 新柳堂集　宗元鼎 定九

神鉞記 諾皐廣志　徐　芳 仲光

焚琴子傳 辟疆園文鈔　顧　彩 天石

四氏子傳 瑩芝集　張明弼 琴牧

卷五

柳夫人小傳 藏山集　徐　芳 仲光

換心記 諾皐廣志　徐　芳 仲光

秦淮健兒傳 笠翁一家　李　漁 笠翁

山東四女祠記 聽鶯堂集　黃　始 靜御

魯顛傳 為可堂集　朱一是 近修

林四娘記 損齋焚餘　林雲銘 西仲

乞者王翁傳 懸榻編　徐　芳 仲光

雷州盜記 諾皐廣志　徐　芳 仲光

卷六

花隱道人傳 為可堂集　朱一是 近修

張南垣傳 梅村文集　吳偉業 駿公

孫文正黃石齋兩逸事　方　苞 望溪

郭老僕墓誌銘 壯悔堂集　侯方域 朝宗

五人傳 街南文集　吳肅公 晴巖

蕭洞虛小傳 湘颿堂集　傅占衡

鬼孝子傳 餘秋堂集　宋　曹 射陵

黃履莊小傳 奇器目略　戴　榕 文昭

卷七

書戚三郎事 賴古堂集　周亮工 減齋

紀周侍御事 大有奇書　陸次雲 雲士

姚江神燈記 為可堂集　朱一是 近修

紀盜 手授鈔本　楊衡選 璽藻

化虎記 詒皐廣志　徐芳 仲光
義犬記 詒皐廣志　徐芳 仲光
奇女子傳 懸榻編　徐芳 仲光
曲全節義疏 邸報　阿堦阮

卷八

江石芸傳 强恕堂稿　吳良樞 璿在
耕雲子傳 大滌堂稿　洪嘉植 去蕪
吳孝子傳 魏叔子文集　魏禧 冰叔
李一足傳 四照堂集　王猷定 于一
王翠翹傳 手捡鈔本　余懷 澹心
戴文進傳 陳苑文鈔　毛先舒 稚黃
解樵傳 手捡鈔本　顧彩 天石
趙希乾傳 手捡鈔本　甘表 中素
萬夫雄打虎傳 手捡鈔本　張愍 南村

卷九

劒俠傳 漁洋文畧　王士禎 阮亭
皇華紀聞 本書　王士禎 阮亭
毛女傳 留溪外傳　陳鼎 定九
寶婺生傳 北墅緒言　陸次雲 雲士
王義士傳 留溪外傳　陳鼎 定九
紀陸子容事 霞舉堂集　王晫 丹麓
雌雌兒傳 留溪外傳　陳鼎 定九
再來詩讖記 古今文繪　沙張白 定峯

卷十

藥䕀偶筆 本書　宋犖 漫堂
金忠潔公傳 國儀集　董以寧 文友
核舟記 茅簷集　魏學洢 子敬
沈孚中傳 北墅緒言　陸次雲 雲士
愛鐵道人傳 留溪外傳　陳鼎 定九
北墅奇書 大有奇書　陸次雲 雲士
鬼母傳 古今文繪　李清 映碧
狗皮道士傳 留溪外傳　陳鼎 定九
烈狐傳 留溪外傳　陳鼎 定九

卷十一

過百齡傳 古今文繪　秦松齡 留仙
八大山人傳 留溪外傳　陳鼎 定九
圓圓傳 北墅緒言　陸次雲 雲士
嘯翁傳 留溪外傳　陳鼎 定九
客窗涉筆 大有奇書選本　失名
聞見卮言 大有奇書選本　顧珵美 非六
棋書 大有奇書選本　來集之 元成
錢塘于生三世事記 學文堂集　陳玉璂 椒峯

活死人傳 留溪外傳　陳鼎 定九
義牛傳 留溪外傳　陳鼎 定九

卷十二

卲士梅傳 古今文繪　陸鳴珂 次山
彭望祖傳 留溪外傳　陳鼎 定九
程昻文傳 古今文繪　羅坤 宏載
薜衣道人傳 留溪外傳　陳鼎 定九
劉醫記 學文堂集　陳玉璂 椒峯
湖壖雜記 本書　陸次雲 雲士
看花述異記 霞舉堂集　王晫 丹麓
孝犬傳 留溪外傳　陳鼎 定九

卷十三

曼殊別志書磚 西河全集　毛奇齡 大可
補張靈崔瑩合傳 夏為堂別集　黃周星 九烟

陳老蓮傳 西河文選 毛奇齡 大可
桑山人傳 西河文選 毛奇齡 大可
李姬傳 壯悔堂集 侯方域 朝宗
記縊鬼 讀律佩觿 王明德 今樵
卷十四
平苗神異記 鄭寄鈔本 王謙 撝齋
紀老生妄訟 手校鈔本 吳陳琰 寶崖
會仙記 顧息齋文集 徐喈鳳 竹逸
太恨生傳 徐瑤 大望
瘞水盞子誌石銘 毛奇齡 大可
姍姍傳 黃永 雲孫
卷十五
記同夢 閨秀 錢宜 在中
述怪記 繆彤 歌起

啞孝子傳 王潔 汲公
孝丐傳 王晫 丹麓
中泠泉記 潘介 幼石
髯參軍傳 徐瑤 大望
李丐傳 毛際可 鶴舫
詩附錄
書鈕閣女子圖章前 周亮工 減齋
書王安節王宓草印譜前 周亮工 減齋
書姜次生印章前 周亮工 減齋
卷十六
因樹屋書影 周亮工 減齋
記桃核念珠 高士奇 澹人
核工記 宋起鳳 紫庭
張南邨先生傳 先著 遷甫
劉酒傳 周亮工 減齋
記古鐵條 詹鍾玉 去矜
唐仲言傳 周亮工 減齋
李公起傳 周亮工 減齋
書鄭仰田事 錢謙益 牧齋
記吳六奇將軍事 鈕琇 玉樵
卷十七
紀袁褫遇仙始末 毛際可 會侯
閔孝子傳 吳晉 介茲
人觚 鈕琇 玉樵
事觚 鈕琇 玉樵
物觚 鈕琇 玉樵
名捕傳 姚□ 伯祥
南遊記 孫嘉淦 錫公

卷十八
聖師錄 王言 慎旃
海天行記 鈕琇 玉樵
卷十九
七奇圖說 南懷仁
訒菴偶筆 失名
柳軒叢談 寄園寄所寄 失名
嘯虹筆記 寄園寄所寄 失名
燕觚 觚賸 鈕琇 玉樵
豫觚 觚賸 鈕琇 玉樵
秦觚 觚賸 鈕琇 玉樵
吳觚 觚賸 鈕琇 玉樵
卷二十
三儂贅人廣自序 嘯竹 汪价 介人

板橋雜記　余　懷澹心

虞初新志目錄終

虞初新志卷一

清　新安張潮山來輯

魏　禧冰叔

姜貞毅先生傳

公名埰姓姜氏字如農山東萊陽人也高祖淮以傑冠功拜懷遠將軍父瀉里諸生崇禎癸未北兵破萊陽瀉里守城死幼子三子婦一女皆殉節事聞贈瀉里光祿寺卿予祭葬諡忠肅公之將生也王母李感異夢其生衣胞皆白色三歲失乳母楊太孺人置水酒床頭夜起飲之一瓿立盡萬歷乙卯山東大饑盜蠭起公時九歲與兄圻夜讀書聲咿唔不絕盜及門歎息去年二十補諸生第一明年鄉試經義中式主司以五策指斥崔魏擯之崇禎庚午舉於鄉往見中表李雋培李貞清正名謂公曰子富貴何足異士大夫立身要當為朝廷任大事耳公敬而受之明年舉進士出倪文正元璐門殿試賜同進士出身授知密雲縣未行改儀徵縣公為政廉仁十年無所取於民不受竿牘客至去題其館壁曰愛民如子嫉客若仇嘗捐俸請免泗洲修河夫五百名百姓不知也又請革過閘糧船牽夫著為令舊例鹽封引儀徵令皆有賂公獨絕之商人感激為代備修河銀一萬兩下車日廉得大憝董奇董九功等置於法窩訪之害遂除袁公樞咸備兵揚州見下堂揖之曰吾聞行真州見先生聽斷不覺心折矣辛巳改禮部儀制司主事明年選擬南直隸朱公大典疏表公賢勞上諭一體考選因目閣臣曰有臣如此而不用朕之過也三月上御宏政門召見應對稱旨擢禮科給事中賜糕果湯餅公既拜官五月中條上三十疏上每采納十一月東方告急公受詔分守德勝門自元勳以下揮公不敢歸休沐時宰相大貪婪都御史劉公宗周有長安黃金貴之疏宰相懼卸其罪於言官又欲引用逆輔□□相表裏為奸惡公上疏極論罪在大臣不在言官并及涿州知州劉三聘疏薦□□事閣首輔怒又有上諭代人規卸為人出缺陛下果何見而云然及二十四氣蜚語騰聞清禁此必大奸巨慝造言官不利於己等語上大怒閏十一月二十三日御皇極門召見群臣謂埰欺肆敢於詰問朕何所見二十四氣之說不知所指何人何事着革職錦衣衛拏送北鎮撫司打問時行人司副熊開元面劾首輔既以補牘語不相應同時下獄幾死後並得赦初公下北鎮撫司獄三日勺水不得入口冰雪交積公僵臥土室無襆被身嬰三木血流貫械九卿臺省屢疏救不報（闕二字）例凡一榜獻五十一夾敲五十杖二十名曰一套公既備刑讞獄者必欲得二十四人姓名以報

上公以諸人皆正人恐禍不已忍死非肯列氣垂絕唯以指染口血書死字數階下半日稍甦清宏令廚進酒一盂使畢獄公終不肯承疏入上大怒謂者孳綴情實未當詰責衛司官令再訊一梏一夾各敲八十杖三十仍出密諭一小紙曰姜埰熊開元即取畢命只云病故衛臣駱養性具奏有曰即二臣當死陛下何不付所司書其罪使天下明知二臣之罰若生殺出臣等天下後世謂陛下何如主又密言於諸大臣而都御史劉宗周上殿力爭自辰至午不肯退上怒其執拗非對君禮將下有司治罪既矜其憨特革職放歸田僉都御史金公光宸奏宗周清直願以身代宗周上怒以為雷同罔上奪職請籍而兵部侍郎馬公元颺都給事吳公麟徵開陳大指婉辭規勸上心為少移旋出密旨諭衛司繳昨旨毋行於是公及開元始得移刑部獄矣刑部尚書徐公石麒擬附近充軍上怒公開元各杖一百是日特遣大璫曹化淳王德化監視衆官朱衣陪列午門外西墀下左中使右錦衣衛各三十員下列旗校百人皆衣臂衣執木棍宣讀畢一人持麻布兜自肩脊下束之左右不得動一人縛其兩足四面牽曳唯露股受杖頭面觸地地塵滿口中杖數折公昏絕不知人弟垓時官行人口含溺吐公飲之名醫呂邦相夜視公曰杖青痕過膝者不治吾以刀割劇處七日而痛為君賀矣半月去敗肉斗許乃甦邦相曾活黃公道周廷杖京師號君子醫也大璫復命上曰二臣顧何言曰二臣言皇帝堯舜臣得為關龍逄比干足矣上曰兩人舌彊猶爾明年春萊陽破公父死於難垓請身繫獄而釋埰歸治喪不許臺省亦交章請釋公上曰垓在七月疫上命刑部清獄公暫出上召見刑部以墨筆乂埰開元名曰此兩大惡奈何釋之於是再入獄十二月首輔伏誅有新參請釋二臣者上曰朕怒二臣豈為罪輔哉不許甲申正月闖賊偪據闖臣李建泰奉命督師山西上御正陽門行推轂禮建泰請釋埰開元上報可謫公戍宣州衛公過故鄉哭光祿公闖京師陷上殉社稷公慟哭南之戍所未至宏光即位赦公遂留吳門不肯歸會馬士英阮大鋮用事大鋮枉被垓劾必殺公兄弟復竄走丁亥避地徽州絕食樵子宋心老時以菜羹啖之或徒步數十里走吳孝廉家得一飽視黃山丞相園而自號敬亭山人蓋不敢忘先帝不殺恩也後還吳門終僧服不與世人接二子安館寶郎才亦不令進取戊子奉母歸萊陽母疾甚公默禱願減算延母山東巡撫重公名下檄招公公故墜馬以折股名瘍醫竹筏舁之使者歸報公夜馳還江南自號宣州老兵嘗欲結廬敬亭山未果癸丑夏公疾病呼二子謂曰吾受命謫戍今遭世

變流離異鄉生不能守先墓死不能正丘首抱恨於中心吾當待盡宣州以終吾志越數日則曰吾不能往矣死必埋我敬亭之麓口吟易簀歌一章嘔血數升而歿時年六十有七遺命碑碣神主不題故官棺用薄林不營佛事二子皆遵行之葬敬亭日遠近弔者如市同人私謚曰貞毅先生公隱居後多著述自選所為詩文刻敬亭集藏於家絕不示人傳甲乙以來殉節諸賢曰正氣集自題己亥後詩文曰餺飥集又著紀事摘繆皆藏之

魏禧曰公有體禧序及見懷諸詩皆未出公死而公二子乃寫寄禧山中也予客吳門數信宿公每陰雨公股足骨發痛步趾微跛踦哀哉北鎮撫司獄廷杖立枷諸制此秦法所未有始作俑者罪可勝道哉宣城沈壽民曰謚法秉德不回曰孝經曰事君不忠非孝也公死不忘君全而歸之可以為孝矣宜謚曰貞孝

金䴉亭曰余遊黃山訪先生視髮處山僧猶藏手蹟數紙詩格豪放字畫遒勁真希世寶也以魏公文姜公事作新志壓卷足令全書皆生赤水珠光

大鐵椎傳

魏禧冰叔

大鐵椎不知何許人北平陳子燦省兄河南與遇宋將軍家宋懷慶青華鎮人工技擊七省好事者皆來學人以其雄健呼宋將軍云宋弟子高信之亦懷慶人多力善射長子燦七歲少同學故嘗與過宋將軍時座上有健啖客貌甚寢右脇夾大鐵椎重四五十斤飲食拱揖不暫去柄鐵摺疊環複如鎖上練引之長丈許與人罕言語語類楚聲扣其鄉及姓字皆不答既同寢夜半客曰吾去矣言訖不見子燦見窗戶皆閉驚問信之信之曰客初至不冠不襪以藍手巾裹頭足纏白布大鐵椎外一物無所持而腰多白金吾與將軍俱不敢問也子燦寐而醒客則鼾睡炕上矣一日辭宋將軍曰吾始聞汝名以為豪然皆不足用吾去矣將軍強留之乃曰吾嘗奪取諸響馬物不順者輒擊殺之衆魁請長其羣吾又不許是以讎我久居此禍必及汝今夜半方期我決鬭某所宋將軍欣然曰吾騎馬挾矢以助戰客曰止賊能且衆吾欲護汝則不快吾意宋將軍故自負且欲觀客所為力請客客不得已與偕行將至鬭處送將軍登空堡上曰但觀之慎勿聲令賊知汝也時雞鳴月落星光照曠野百步見人客馳下吹觱篥數聲頃之賊二十餘騎四面集步行負弓矢從者百許人一賊提刀縱馬奔客曰奈何殺我兄言未畢客呼曰椎賊應聲落馬人馬盡裂衆賊環而進客從容揮椎人馬四面仆地下殺三十許人宋將軍屏息觀之股栗欲墮忽聞客

大呼曰吾去矣但見地塵起黑烟滾滾東向馳去後遂不復至
魏禧論曰子房得滄海君力士椎秦皇帝博浪沙中大鐵椎其人與天生異人必有所用之予讀陳同甫中興遺傳豪俊俠烈魁奇之士泯泯然不見功名於世者又何多也豈天之生才不必為人用與抑用之自有時與予燦遇大鐵椎為壬寅歲視其貌當年三十然則大鐵椎今四十耳子燦又嘗見其寫市物帖子甚工楷書也
張山來曰篇中點睛在三稱吾去矣句至其歷落入古處如名手畫龍有東雲見鱗西雲見爪之妙

徐霞客傳

王思任 季重

徐霞客者名宏祖江陰梧塍里人也高祖經與唐寅同舉除名寅常以倪雲林畫卷償博進三千手跡猶在其家霞客生里社奇情鬱然元對山水力耕奉母踐更繇役蹙蹙如籠鳥之觸隅每思飇去年三十母遣之出遊每歲三時出遊秋冬覲省以為常東南佳山水如東西洞庭陽羨京口金陵吳興武林浙西徑山天目浙東五泄四明天台雁宕南海落迦皆几案衣帶間物耳有再三至有數至無僅一至者其行也從一奴或一僧一杖一襆被不治裝不裹糧能忍飢數日能遇食即飽能徒步走數

百里凌絕壁冒叢箐攀援下上懸度綆汲捷如青猿健如黃犢以釜岩為牀席以溪澗為飲沐以山魅木客王孫貜父為伴侶僔僔粥粥口不能道詞與之論山經辨水脈搜討形勝則劃然心開居平未嘗鞶帨為古文辭行遊約數百里就破壁枯樹燃松拾穗走筆為記如甲乙之簿如丹青之畫雖才華之士無以加也遊雁蕩還過陳木叔小寒山木叔問留造雁山絕頂否霞客唯唯質明已失其所在十日而返曰吾取間道捫蘿上龍湫三十里有宕焉雁所家也攀絕磴上十數里正德間白雲雲外兩僧團瓢尚在復上二十餘里其顛罡風逼人有麋鹿數百頭圍繞而宿三宿而始下其與人爭奇逐勝欲賭身命皆此類也已而遊黃山白岳九華匡廬入閩登武夷泛九鯉湖入楚謁元岳北遊齊魯燕冀嵩雒上華山下青柯坪心動趣歸則其母正屬疾嚙指相望也母喪服闋益放志遠遊訪黃石齋於閩窮閩山之勝皆非閩人所知登羅浮謁曹溪歸而造石齋于黃山往復萬里如步武耳由終南背走峨眉從野人採藥棲宿岩穴中八日不火食抵峨眉屬奢酋阻兵乃返只身戴釜訪恒山于塞外盡歷九邊阨塞歸過予山中劇談四遊四極九州九府經緯分合歷歷如指掌謂昔人志星官輿地多承襲傅會江河二經山川兩戒自紀載來多囿于中國一隅欲為昆侖海外之遊窮流沙而後返小舟如葉大雨淋濕要之登陸不肯曰譬如澗泉暴注撞擊肩背良足快耳丙子九月辭家西邁僧靜聞願登雞足禮迦葉請從焉遇盜于湘江聞被創死函其骨負之以行泛洞庭上衡岳窮七十二峯再登峨眉北抵岷山極于松潘又南過大渡河至黎雅登瓦屋曬經諸山復尋金沙江極于犂牛徼外由金沙南汎瀾滄由瀾滄北尋盤江大約在西南諸彝荒而貴竹滇南之觀亦幾盡矣過麗江憩點蒼雞足瘞靜聞骨于迦葉道場從宿願也由雞足而西出玉門關數千里至昆侖山窮星宿海去中夏三萬四千三百里登半山風吹衣欲墮望見外方黃金寶塔又數千里至西番參大寶法王鳴沙以外咸稱奇國如迷盧阿耨諸名由旬不能悉西域志稱沙河阻遠望人馬積骨為標識鬼魅熱風無得免者元奘法師受諸魔折具載本傳霞客信宿往返如適莽蒼還至峨眉山下托估客附所得奇樹虬根以歸並以溯江紀源一編寓予言禹貢岷山導江乃汎濫中國之始非發源也中國入河之水為省五入江之水為省十一計其吐納江倍于河按其發源河自昆侖之北江亦自昆侖之南非江源短而河源長也又辨三龍大勢北龍夾河之北南龍抱江之南中龍中界之特短北龍祇南向半支入中國惟南龍磅礴半宇內其

脈亦發于昆侖與金沙江相並南下環滇池以達于五嶺龍長則脈源亦長江之所以大于河也其書數萬言皆訂補桑經酈注及漢宋諸儒疏解禹貢所未及予撮其大略如此霞客還滇南足不良行修雞足山志三月而畢麗江木太守偫餱糧具筍輿以歸病甚語問疾者曰漢張騫鑿空未覩昆侖唐元奘元耶律楚材銜人主之命乃得西遊吾以老布衣孤筇雙屨窮河沙上昆侖歷西域題名絕國與三人而為四死不恨矣予之識霞客也因漳人劉履丁履丁為予言霞客西歸氣息支綴聞石齋下詔獄遣其長子間關往視三月而返具述石齋頌繫狀據牀浩歎不食而卒其為人若此梧下先生曰昔柳公權記三峰事有王元冲者訪南坡僧義海約登蓮花峰其峰居山趾計五千仞為一旬之程既上燒煙為信海如期宿桃林平曉岳色清明佇立數息有白煙一道起三峰之頂歸二旬而元冲至取玉井蓮落葉數瓣及池邊鐵船寸許遺海負笈而去元冲初至海謂之曰茲山削成自非馭風憑雲無有去理元冲曰賢人勿謂天不可登但慮無其志耳霞客不欲以張騫諸人自命以元冲擬之並為三清之奇士殆庶幾乎霞客紀遊之書高可隱几余屬其從兄仲昭讐勘而存之當為古今遊記之最霞客死時年五十有六西遊歸以庚辰六月卒以辛巳正

月昇江陰之馬灣亦展丁云

張山來曰敘次生動覺奇人奇情躍躍紙上快讀一過恍如置身蓬萊三島不必更讀霞客遊記矣

秋聲詩自序　林嗣環鐵崖

徵吳子正當秋之日啟門簡出甕有鍼壁有衷甲苦無可排解者然每聽謠詠之來則濡墨吮筆而為詩詩成以秋聲名篇適有數客至不問何人留共醉酒酣令客各舉似何聲最佳一客曰機聲兒子讀書聲佳耳予曰何言之莊也又一客曰堂下呵騶聲堂後笙歌聲何如予曰何言之華也又一客曰姑婦楸枰聲最佳曰何言之冗也一客獨嘿嘿然乃取大杯滿酌而前曰先生喜聞人所未聞僕請數言為先生撫掌可乎京中有善口技者會賓客大讌于廳事之東北角施八尺屏障口技人坐屏障中一桌一椅一扇一撫尺而已眾賓團坐少頃但聞屏障中撫尺二下滿堂寂然無敢譁者遙遙聞深巷犬吠聲便有婦人驚覺欠伸搖其夫語猥褻事夫囈語初不甚應婦搖之不止則二人語漸間雜牀又從中戛戛既而兒醒大啼夫令婦撫兒乳兒含乳啼婦拍而嗚之夫起溺婦亦抱兒起溺牀上又一大兒醒狺狺不止當是時婦手拍兒聲口中嗚聲兒含乳啼聲大兒初醒聲牀聲夫叱大兒聲溺瓶中聲溺桶中聲一齊湊發眾妙畢備滿座賓客無不伸頸側目微笑嘿歎以為妙絕也既而夫上牀寢婦又呼大兒溺畢都上牀寢小兒亦漸欲睡夫齁聲起婦拍兒亦漸拍漸止微聞有鼠作作索索盆器傾側婦夢中咳嗽之聲賓客意少舒稍稍正坐忽一人大呼火起夫起大呼婦亦起大呼兩兒齊哭俄而百千人大呼百千兒哭百千犬吠中間力拉崩倒之聲火爆聲呼呼風聲百千齊作又夾百千求救聲曳屋許許聲搶奪聲潑水聲凡所應有無所不有雖人有百手手有百指不能指其一端人有百口口有百舌不能名其一處也于是賓客無不變色離席奮袖出臂兩股戰戰幾欲先走而忽然撫尺一下羣響畢絕撤屏視之一人一桌一椅一扇一撫尺而已嘻若而人者可謂善畫聲矣遂錄其語以為秋聲詩序

張山來曰絕世奇技復得此奇文以傳之讀竟輒浮大白

盛此公傳　周亮工減齋

盛此公名于斯南陵人家故不貲先世有義聲屋以內多藏書外多良田此公年十數齡即能誦等身書有聲邑里長肆力為古文詞雖不中有司尺度而聲稱藉甚然

是時此公但閉戶讀書園不出與人見也會其尊人捐館舍乃抗俠好交邑里人不智咸出此公下此公乃以為無足語去而之秣陵欲盡交東南士東南士亦厯交此公此公以為世且亂吾當見天子慷慨言當世事彼經生何足語會求其人於屠狗間於是益散金結客遂為廣陵兒所紿是時邊事急廣陵兒諷此公出家貲備公家緩急此公故慷慨欲見天子言當世事乃為所中久之事卒不濟而金垂盡嗒然與世無所合退而返里閈里閈又嗤笑之此公益不復事事歷落所為文益不中有司尺度侘傺無聊多飲酒與婦人近不數年病矣少瘉右臂詘伸不已若指遂不詘伸此公故工書丐其書者輒以左手濡墨納右指竅中見者以為苦顧其書則益工時為人據石擘窠書好為詩酒後嗚嗚吟不已間至秣陵遍訃羣義行之非其志也歲在辛未予自大梁來秣陵省家大人家大人好此公詩語亮曰此間有盛此公工為詩兒識之亮因以父命往交此公此公獨異予以為恨不十載前識明年此公目病數明瞭或不能視予竊憂之諷其勿讀書飲酒此公曰如是不如其遂盲也會目病甚又念母老乃別予歸意慘然若不復與予見者予私以為予當復見之意以其盲而止耳孰意遂不復見耶此公歸吾師靜原相公方督學江以北耳其名詢之郡大夫郡大夫以盲告公曰江以北其不盲者何限耶於是邑令盲試之旅諸士進於郡大夫郡大夫復盲試之旅諸士進於公公大奇之乃得補博士弟子員嗟夫此公盲矣猶不忘視屈其二十年鬱往之氣頫而與邑之黃口兒扶掖于于旅進旅退爭有司堦前盈尺地而不慚豈不悲哉豈不悲哉試使猶寄語予曰盲兒無以慰老親子毋嗤予為悲動者久之因慨夫祖宗立法遇厩士即負奇抱異質魁奇特起不使盲就有司尺度他途無由進又慨夫吾師靜原相公能於成格之中破例待人使既盲之士猶得出而就有司尺度且不惜堦前盈尺地與盲士娓娓不休嗟夫此固昌黎代張太祝望之當世而不得者今得之公豈不甚盛舉哉又明年癸酉予自林陵返大梁聞此公以目久不愈憤懣家益窘乏無從得醫藥於是遂長盲矣然嗚嗚吟如往昔丐其書者以筆濡墨納右指竅中如其不盲時此公必手捫幅兒起鶻落神來奕奕視不盲時有加環觀者自愧其雙眸炯炯也益好讀書凡坐眠床聽他人誦更番不令休入耳輒記憶不遺有所撰述口授友人滔滔汨汨凡數人不能供筆札常以書寄予大梁至數千言言予當不長貧賤他日擁節江上取道南陵魁湖之北桃源之南予墓在焉子當登我堂拜我老母為我書石曰盛此公埋骨處予諾之矣亦

則予之事也予何言予得其書忽忽如失者數日知此公將不永矣不數日凶聞至予為位哭之曾予戚進士官山左不能即至秣陵比至秣陵欲買舟省盛母會亂甚又不果行乃使掾往慰盛母掾歸為予言盛母年且開八衰耄倍孝謹故無子一女先盛沒一老僕樵以供兩嫠婦糗豆不贍裋褐不完敗屋數楹不蔽風雨行道見之咨嗟而為之友者弔唁閟然嗟夫天乎孰使此公而至此極耶予解橐金復促掾往贖其田之易與族人者佐盛母饘粥市石徵南陵令碑其墓予自書盛此公埋骨處從其生時請也西蜀蝶菴陳公時守兗陵公在大梁蓋常聞予數言南陵盛此公不置邑屬公公白檄令視盛母無恙手書盛此公讀書處為額懸其常危坐繩牀側復允予請以其行誼補郡乘其讀書之屋蓋已受值期以盛母存殁不能待盛妻也予歸其值祀此公於中俾其老僕守之此公好為古文詞盲而死無子弟為之收拾故多散亂其所著如毛詩名物攷三十卷休巷雜抄十卷歷法二卷輿地攷十卷羣書攷索十二卷今所傳者獨名物攷耳他皆不傳予遣掾就其家抄遺書盛母泣曰兒著書盛為人竊去惟有詩若干卷老年人坐則懸之肘臥則枕之老年人不即塡溝壑者憐吾兒並數寸之書亦不傳耳今且托之周君予受而泣因為之次第壽之梓

嗟夫此公能文章而不以文顯好彎弓馳驅而不以將名行誼不愧古人而不以行徵工為詩而不以詩稱黃金既盡日徒憤激退而自悔又以盲死筦簟未占嗣續中絕老母寡妻形影相弔生平故舊不為存問遺書狼藉行誼莫傳徒存此數卷之詩懸命於七十餘年母氏之手使不知此公者讀其詩以為其才且盡於此而知者因其已然想其未然咨嗟太息不能已已嗟夫孰使此公而至此極耶夫士既不能塊然獨處則不得不出而與人交與人交不受其益徒為所害如此此雖其不慎交遊所致然孰非天哉孰非天哉天為庸流俾長守富貴少為奸邪奇行必陰推折之從來久矣予又何憾于廣陵兒哉此公初名鏡今尺牘中所傳盛鏡侯是也

張山來曰古今盲而能文者自左氏以下推吾家張籍今得此公亦不寂寞矣然諸人僅工詩文而此公復能書則尤奇也

湯琵琶傳

王猷定于一

湯應曾邳州人善彈琵琶故人呼為湯琵琶云貧無妻事母甚孝所居有石楠樹搆茅屋奉母朝夕幼好音律聞歌聲輒哭已學歌歌罷又哭其母問曰兒何悲應曾曰兒無所悲也心自淒動耳世廟時李東垣善琵琶江對峰傳之名播京師江死陳州蔣山人獨傳其妙時周藩有女樂數十部咸習蔣技固有善者王以為恨應曾往學之不期年而成聞於王王召見賜以碧鏤牙嵌琵琶令著宮錦衣殿上彈胡笳十八拍哀楚動人王深賞歲給米萬斛以養其母應曾由是著名大梁間所至狹邪爭慕其聲咸狎暱之然頗自矜重不妄為人奏後征西王將軍招之幕中隨歷嘉峪張掖酒泉諸地每獵及閱士令彈塞上之曲戲下顏骨打者善戰陣其臨敵令為壯士聲乃上馬殺賊一日至榆關大雪馬上聞觱篥忽思母痛哭遂別將軍去夜宿酒樓不寐彈琵琶作觱篥聲聞者莫不隕涕及旦一鄰婦踏樓上曰君豈有所感乎何聲之悲也妾孀居十載依于母而母亡欲委身無可適者願執箕帚為君婦應曾曰若能為我事母乎婦許諾遂載之歸襄王聞其名使人聘之居楚者三年偶汎洞庭風濤大作舟人惶擾失措應曾匡坐彈洞庭秋思稍定舟泊岸見一老猿鬢眉甚古自叢箐中跳入篷櫳哀號中夜天明忽抱琵琶躍水中不知所在自失故物輒惆悵不復彈已歸省母母尚健而婦已亡惟居旁坏土在焉母告以婦亡之夕有猿啼戶外啟戶不見婦謂我曰吾侍郎不至聞猿啼何也吾殆死惟久不聞郎琵琶聲倘得為我一奏石楠之下應曾聞母言掩抑哀痛不自勝夕陳酒漿彈琵琶於其墓而祭之自

是猖狂自放日荒酒色值寇亂負母竄食兵間耳目聾瞽鼻漏人不可邇召之者隔以屏障聽其聲而已所彈古調百十餘曲大而風雨雷霆與夫愁人思婦百蟲之號一草一木之吟靡不于其聲中傳之而尤得意于楚漢一曲當其兩軍決戰時聲動天地瓦屋若飛墜徐而察之有金聲鼓聲劍弩聲人馬辟易聲俄而無聲久之有怨而難明者為楚歌聲淒而壯者為項王悲歌慷慨之聲別姬聲陷大澤有追騎聲至烏江有項王自刎聲餘騎蹂踐爭項王聲使聞者始而奮既而恐終而涕泣之無從也其感人如此應曾年六十餘流落淮浦有桃源人見而憐之載其母同至桃源後不知所終

軫石王子曰古今以琵琶著名者多矣未有如湯君者夫人苟非有至性則其情必不深烏能傳于後世乎戊子秋予遇君公路浦已不復見君曩者衣宮錦之盛矣明年復訪君君坐土室作食奉母人爭賤之予肅然加敬焉君仰天呼呼曰已矣世鮮知音吾事老母百年後將投身黃河死矣予悽然許君立傳越五年乃克為之嗚呼世之淪落不偶而歎息於知音者獨君也乎哉

張山來曰韓昌黎穎師琴詩歐陽子謂其是聽琵琶予初疑之蓋以琵琶未必能如詩中所云之妙也今讀此文覺爾汝軒昂頃刻變換潯陽江口尚遜一籌耳

小青傳

失名

小青者，虎林某生姬也。家廣陵，與生同姓，故諱之，僅以小青字云。姬夙根穎異，十歲遇一老尼，授心經，一再過，了了。覆之，不失一字。尼曰，是兒蚤慧福薄，願乞作弟子，即不爾，毋令識字，可三十年活耳。家人以為妄，嗤之。母本女塾師，隨就學。所遊多名閨，遂得精涉諸技，妙解聲律。江東固佳麗地，或諸閨彥雲集，茗戰手語，眾偶紛然。姬隨變酬答，悉出意表，人人唯恐失姬。雖素嫻儀則，而風期異艷，綽約自好，其天性也。年十六歸生。生，豪公子也，性嘈唼憨跳，不韻。婦更奇妒。姬曲意下之，終不解。一日，隨遊天竺，婦問曰，吾聞東方佛無量，而世多專禮大士者，何。姬曰，以其慈悲耳。婦知諷己，笑曰，吾當慈悲汝。乃徙之孤山別業，誡曰，非吾命而郎至，不得入。非吾命而郎手札至，亦不得入。姬自念，彼置我閒地，必密伺短長，借莫須有事魚肉我，以故深自斂戢。婦或出遊，呼與同舟，遇兩堤之馳騎挾彈遊冶少年，諸女伴指點謔躍，倏東倏西，姬澹然凝坐而已。婦之戚屬某夫人者，才而賢，嘗就姬學弈，絕愛憐之，因數取巨觴觴婦，瞷婦已醉，徐語姬曰，船有樓，汝伴我一登。比登樓，遠眺久之，撫姬背曰，好光景，可惜毋自苦。章臺柳亦倚紅樓盼韓郎走馬，而子作蒲團空觀耶。姬曰，賈平章劍鋒可畏也。夫人笑曰，子誤矣，平章劍鈍，女平章乃利害耳。頃之，從容諷曰，子既嫻儀則，又多技能，而風流綽約，復爾豈當墮羅剎國中。吾雖非女俠，力能脫子火坑。頃言章臺柳，子非會心人耶。天下豈少韓君平，且彼縱善遇子，子終向黨將軍帳下作羔酒侍兒乎。姬曰，夫人休矣。妾幼夢手折一花，隨風片片着水，命止此矣。夙業未了，又生他想，彼冥曹姻緣簿非吾如意珠，再辱奚為。徒供群口畫描耳。夫人歎曰，子言亦是，吾不子強。雖然，子亦宜自愛。彼或好言飲食汝，乃更可慮。即旦夕所須，第告我，無害。因相顧泣下沾衣，徐拭淚還座。尋別去。夫人每向宗戚語及之，無不咨嗟歎息云。姬自後幽憤悽惻，俱托之詩或小詞，而夫人後亦從宦遠方。姬益寥闃，遂感疾。婦命醫來，仍遣婢捧藥至。姬佯感謝，婢出，擲藥牀頭，歎曰，吾即不願生，亦當以淨體皈依，作劉安雞犬，豈以一盃鴆斷送耶。然病益不支，水粒俱絕，日飲梨汁一盞許，益明妝冶服，擁襆欹坐，或呼琵琶婦唱盲詞以遣。雖數暈數醒，終不蓬首偃臥也。忽一日語老嫗曰，可傳語冤業郎，覓一良畫師來。師至，命寫照，寫畢，攬鏡熟視曰，得吾形似矣，未盡吾神也。姑置之。又易一圖，曰，神是矣，而風態未流動也。若見我而目端手莊太矜持故也。姑置之。命捉筆于旁，而自與嫗指顧語笑，或扇茶鐺，簡圖書，或代調丹碧諸色，縱

其想會久之，復命寫。圖成，極妖纖之致。笑曰，可矣。師去，即取圖供榻前，爇名香，設梨酒奠之曰，小青，小青，此中豈有汝緣分耶。撫几而泣，淚雨潸潸下，一慟而絕。時萬曆壬子歲也，年才十八耳。哀哉。人美于玉，命薄于雲，瓊蕊優曇，人間一現。欲求如杜麗娘牡丹亭畔重生，安可得哉。日向暮，生始踉蹌來，披帷見容光藻逸，衣袂鮮好，如生前無病時，忽長號頓足，嘔血升餘。徐簡得詩一卷，遺像一幅，又一緘寄某夫人，啟視之，叙致惋痛。後書一絕句。生痛呼曰，吾負汝，吾負汝。婦聞恚甚，趨索圖，乃匿第三圖，偽以第一圖進，立焚之。又索詩，詩至亦焚之。廣陵散從茲絕矣。悲夫。楚焰成烈，何不以紀信誑之，則罪不在婦，又在生耳。及再簡草稿，業散失盡。而姬臨卒時，取花鈿數事贈嫗之小女，襯以二紙，正其詩稿，得九絕句，一古詩，一詞，併所寄某夫人者，共十二篇。古詩云，雪意閣雲雲不流，舊雲正壓新雲頭。米顛顛筆落窗外，松嵐秀處當我樓。垂簾只愁好景少，捲簾又怕風繚繞。簾捲簾垂底事難，不情不緒誰能曉。爐煙漸瘦剪聲小，又是孤鴻唳悄悄。絕句云，稽首慈雲大士前，莫生西土莫生天。願為一滴楊枝水，灑作人間並蒂蓮。春衫血淚點輕紗，吹入林逋處士家。嶺上梅花三百樹，一時應變杜鵑花。新粧竟與畫圖爭，知在昭陽第幾名。瘦影自臨秋水照，卿須憐我我憐卿。西陵芳草騎轔轔，內使傳來喚踏春。盃酒自澆蘇小墓，可知妾是意中人。冷雨幽窗不可聽，挑燈閒看牡丹亭。人間亦有癡于我，豈獨傷心是小青。何處雙禽集畫闌，朱朱翠翠似青鸞。如今幾个憐文彩，也向秋風鬬羽翰。脈脈溶溶灩灩波，芙蓉睡醒欲如何。妾映鏡中花映水，不知秋思落誰多。盈盈金谷女班頭，一曲驪珠眾伎收。直得樓前身一死，季倫原是解風流。鄉心不畏兩峯高，昨夜慈親入夢遙。見說浙江潮有信，浙潮爭似廣陵潮。其天仙子詞云，文姬遠嫁昭君塞，小青又續風流債。也虧一陣黑罡風，火輪下，抽身快，單單別別清涼界。原不是鴛鴦一派，休算做相思一概。自思自解自商量，心可在，魂可在，着衫又撚裙雙帶。與某夫人書云，元元叩首瀝血致啟夫人台座下，關頭祖帳，迴隔人天，官舍良辰，當非寂度。馳情感往，瞻睇慈雲，分燠噓寒，如依膝下。糜身百體，未足云酬。娣娣姨姨，無恙。猶憶南樓元夜，看燈諧謔，姨指畫屏中一憑欄女曰，是妖嬈兒倚風獨盼，恍惚有思，當是阿青。妾亦笑指一姬曰，此執拂狡鬟，偷近郎側，將無似娣。于時角彩尋歡，纏綿徹曙，寧復知風流雲散，遂有今日乎。往者仙槎北渡，斷梗南樓，狺語嘷聲，日焉三至。漸乃微詞含吐，亦如尊旨云云。竊揆鄙衷，未見其可。夫屠肆菩心，餓狸悲鼠，此直供其揶揄，不即辱以當壚去

則弱絮風中住則幽蘭霜裏蘭因絮果現業誰深若使祝髮空門洗粧浣慮而黯思綺語觸緒紛來正恐蓮性雖胎荷絲難殺又未易言此也乃至遠笛哀秋孤燈聽雨兩殘笛歇謖謖松聲羅衣壓肌鏡無乾影晨淚鏡潮夕淚鏡汐今茲雞骨殆復難支痰灼肺然見粒而嘔錯情易意悅憎不馴老母姊弟天涯間絕嗟予未知生樂焉知死悲憾促歡淹無乃非達妾少受天穎機警靈速豐茲嗇彼理詎能雙然而神奭有期故未應寂寂也至其淪忽亦非自今結褵以來有宵靡旦夜臺滋味諒不殊斯何必紫玉成烟白花飛蝶乃謂之死哉或軒車南返駐節維揚老母惠存如妾之受阿秦可念幸終垂憫嗒昔珍賸悉令見殉寶鈿綉衣福星所賜可以超輪消劫耳然小六娘竟先期相俟不憂無伴附呈一絕亦是鳥語鳴哀其詩集小像托陳媼好藏覓便馳寄身不自保何有于零膏冷翠乎他時放船堤下探梅山中開我西閣門坐我綠陰床髣髴生平於響像見空幃之寂颺是耶非耶其人斯在嗟乎夫人明冥異路永從此辭玉腕朱顏行就塵土興思及此慟也何如元元叩首叩首上後附絕句云百結迴腸寫淚痕重來惟有舊朱門夕陽一片桃花影知是亭亭倩女魂生之戚某集而刻之名曰焚餘

張山來曰紅顏薄命千古傷心讀至送鴆焚詩處恨不粉妒婦之骨以飼狗也

又曰小青事或謂原無其人合小青二字乃情字耳及讀吳口紫雲歌其小序云馮紫雲為維揚小青女弟歸會稽馬髦伯則又似實有其人矣即此傳亦不知誰氏手筆吾友殷日戒髣髴憶為支小白作未知是否姑闕疑焉

義猴傳

宋曹射陵

建南楊子石袍告予曰吳越間有髯丐子編茅為舍居于南坡嘗畜一猴教以盤鈴傀儡演于市以濟朝夕每得食與猴共雖嚴寒暑雨亦與猴俱相依為命若父子然如是者十餘年丐子老且病不能引猴入市猴每日長跪道旁乞食養之久而不變及丐子死猴乃悲痛旋繞如人子躃踊狀哀畢復長跪道旁俛首引掌乞錢不終日得錢數貫悉以繩錢入市中至棺肆不去匠果與棺仍不去伺擔者輒牽其衣裾擔者為舁棺至南坡瘞丐子埋之猴復于道旁乞食以祭祭畢遍拾野之枯薪聚於墓側取向時傀儡置其上焚之遂長啼數聲自赴烈焰中死行道之人莫不驚歎而感其義爰作義猴冢

張山來曰有功世道之文如讀徐阿寄傳

虞初新志卷一終

虞初新志卷二

清　新安張潮山來輯

柳敬亭傳

吳偉業梅村

柳敬亭者揚之泰州人蓋曹姓年十五獷悍無賴名已在捕中走之盱眙困甚挾稗官一冊非所習也耳剽久妄以其意抵掌盱眙市則已傾其市人好博所得亦緣手盡有老人日為醵百錢從寄食久之過江休大柳下生攀條泫然已撫其樹顧同行數十人曰嘻吾今氏柳矣聞者以生多端或大笑以去後二十年金陵有善談論柳生衣冠懷之輻輳門車嘗接轂所到坐中皆驚有識之者此固盱眙年過江時休樹下者也柳生之技其先後江湖間者廣陵張樵陳思姑蘇吳逸與柳生四人者各名其家柳生獨以能著或問生何師生曰吾無師也吾之師乃儒者雲間莫君後光莫君之言曰夫演義雖小技其以辨性情考方俗形容萬類不與儒者異道故取之欲其肆中之欲其微促而赴之欲其迅舒而繹之欲其安進而止之欲其留整而歸之欲其潔非天下至精者其孰與於斯矣柳生乃退就舍養氣定詞審音辨物以為揣摩期月而後請莫君莫君曰子之說未也聞子說者驩咍嗢噱是得子之易也又期月

曰子之說幾矣聞子說者危坐變色毛髮盡悚舌撟然不能下又期月莫君望見驚起曰子得之矣目之所視手之所倚足之所跂言未發而哀樂具乎其前此說之全矣於是聽者儻然若有見焉其竟也恤然若有亡焉莫君曰雖以行天下莫能難也已而柳生辭去之揚州之杭之吳吳最久之金陵所至與其豪長者相結人人昵就生其處己也雖甚卑賤必折節下之即通顯敖弄無所詘與人談初不甚諧謔徐舉一往事相酬答淡辭雅對一座傾靡諸公以此重之亦不盡以其技強也當是時士大夫避寇南下僑金陵者萬家大司馬吳橋范公以本兵開府名好士相國何文端闔門避造請兩家引生為上客客有謂生者曰方海內無事生所談皆豪猾大俠草澤亡命吾等聞之笑謂必無是乃公故善誕耳孰圖今日不幸竟親見之乎生聞其語慨然屬與吳人張燕筑沈公憲俱張沈以歌生以談三人者酒酣悲吟擊節意懷愴傷憶凡北人流離在南者聞之無不流涕未幾而有左兵之事左兵者寧南伯良玉軍譟而南尋奉詔守楚駐皖城待發守皖者杜將軍宏域於生為故人寧南嘗奏酒思得一異客杜既已泄之矣會兩人用軍事不相中念非生莫可解者乃檄生至進之左以為此天下辨士欲以觀其能帳下用長刀遮客引就席坐客咸振慴失次

生拜訖索酒詼嘲諧笑旁若無人者左大驚自以為得生晚也居數日左沉吟不樂熟視生曰生揣我何念生曰得毋以亡卒入皖而杜將軍不法治之乎左曰然生曰此非有君侯令杜將軍不敢以專也生請銜命矣馳一騎入杜將軍軍中斬數人乃定左幕府多儒生所為文檄不甚中窾會生故不知書口畫便宜輒合左起卒伍少孤貧與母相失請貤封不能得其姓泪承睫不止生曰君侯不聞天子賜姓事乎此吾說書中故實也大喜立具奏左武人即以為知古今識大體矣阮司馬懷寧生舊識也與左郤而新用事生還南中請左曰見阮云何左無文書即令口報阮以捐棄故嫌圖國事於司馬也生歸對如寧南指且約結還報及聞坂磯築城則頓足曰此示西備號必起矣後果如其慮馬左喪過龍江關生祠哭已有迎且拜拜不肯起者則其愛將陳秀也秀嘗有急生活之具為予言救秀狀始左病恚怒而秀所犯重且必死生莫得措梧乃設之以事曰今日飲酒不樂君侯有奇物玩好請一觀可乎左曰甚善出所畫己像二其一關隴破賊圖也覽鏡自照歎曰良玉天下健兒也而今衰指其次曰吾破賊後將入山此圖所以志也見衲而杖者數童子從其負瓢笠且近則秀也生佯不省而徐睨為誰左語之且告其罪生曰若負恩當死顧君侯以覩

信即入山且今相從而殺之即此圖為不全矣左頷之其善用權譎為人排患解紛率類此初生從武昌歸以客將新道軍所來朝貴皆傾動顧自安舊節起居故人無所改逮江上之變生所攜及留軍中者亡散累千金再貧困而意氣自如或問之曰吾在盱眙市上時夜寒藉束藁卧扉履踵決行雨雪中竊不自料以至於此今雖復落尚足為生且有吾技在寧渠憂貧乎適復來吳中每被酒嘗為人說故寧南時事則欷歔灑泣既在軍中久其所談益習而無聊不平之氣無所用益發之於書故晚節尤進云傷史氏曰予從金陵識柳生同時有揚生季衡故將也亦客於左奏攝武昌守拜為真左因强柳生以官笑弗就也揚今去官仍故業在南中亦縱横士與予善

張山來曰戊申之冬予于金陵友人席間與柳生同飲予初不識柳生詢之同儕或曰此即梅村集中所謂柳麻者是也滑稽善談風生四座惜未聆其說稗官家言為恨今讀此傳可以想見其掀髯鼓掌時也

汪十四傳

徐士俊野君

汪十四者新安人也不詳其名字性慷慨激烈善騎射有燕趙之風時遊西蜀蜀中山川險阻多相聚為盜凡經商往來于茲者輒被劫掠聞汪十四名咸羅拜馬前願作護身符汪許之遂與數百人俱擁騎而行聞山上嚆矢聲汪即彎弓相向與箭鋒相觸空中墮折以故綠林甚畏之秋毫不敢犯商賈盡得數倍利而白挺之徒日益貧困心忮之而莫可誰何也無幾時汪慨然曰吾老矣不思歸計徒挾一弓一矢之勇跋履山川向猿貅豺虎之地以博名高非丈夫之所貴也因決計歸歸則以田園自娛絕不聞戶外事而曩時往來川中者盡被剽掠山徑不通乃踉蹌走新安羅拜于門外曰願乞壯士重過西川使我輩弱者可强貧者可富俾嘯聚之徒大不得志於我非人也壯士其許之乎是時汪十四雄心不死遂許之曰諾大笑出門挾弓矢連騎而去于是重山叠嶺之間復有汪之馬跡焉綠林聞之咸驚悸謀所以勝汪者告諸山川雷雨之神當以汪十四之頭陳列鼎俎乃選驍騎數人如商客裝雜于諸商之隊而行近賊巢箭聲颯沓來汪正彎弓發矢而後有一人持利刃向弦際一揮弦斷矢落汪忙迫無計遂就擒擒入山寨中見賊黨咸持金稱賀然猶意在往劫汪之發行者暫置汪於空室縶其手足不得動俟日晡取汪十四頭陳之鼎俎以酬山川雷雨之神汪忽瞪目見一美人向汪笑曰汝誠豪傑何以縛至此汪且憤且講曰

毋多言汝能救我則救之娘子軍不足為也美人曰我意如斯但恐救汝之後汝則如飢鷹怒龍夭矯天外而我凄然一身徒婉轉嬌啼作帳下之鬼為之奈何汪曰不然殺其一失其一亦無策甚矣吾行百萬軍中空空如下天狀況區區賊奴何足當吾前鋒哉因相對慷慨激烈美人即以佩刀斷其縛而出之汪不遑起謝見舍傍有刀劍弓矢悉挾以行左挈美人右持器械間行數百步遇一騎甚駿遂趨坐其上賊人聞之疾驅而前汪厲聲曰來來吾射汝應弦而倒連發數十矢應弦倒者凡數十人賊人終已無可奈何縱之去汪從馬上問美人姓名美人泣曰吾宦女也父為蘭省給事中現居京國今年攜眷屬至京被劫妾之老母及諸婢子盡殺獨留妾一人凌逼蹂踐不堪言狀妾之所以不死者必欲一見嚴君可以無恨又私念世間或有大豪傑能拔人虎穴者故踟躕至今今遇明公得一拜嚴君妾乃知死所矣汪曰某之重生皆卿所賜京華雖遙遠當擔簦杖策衛汝以行于是陸行從車水行從舟弃走數千里同起居飲食者非一日略無相狎之意竟以女歸其尊人即從京國返新安終老馬老且死里人壯其生平奇節立廟以祀稱為汪十四相公廟有詩輓應春秋歌舞以樂之血食至今不衰

張山來曰吾鄉有此異人大足為新安生色而文之夭矯奇恣尤堪與汪十四相副也

武風子傳　方亨咸　邵村

武風子者滇南之武定州人也名恬先世以軍功官于衛恬以冑子少學書已棄弗學性好閒不謀榮利嗜酒日惟謀醉簞瓢屢空晏如也凡游藝雜技過目即知之滇多產細竹堅實可為箸武生以火繪其上作禽魚花鳥山水人物城門樓閣精奪鬼工人奇之每得其雙箸爭購錢數百于是武生之交戚貧者因以為利生顧未嘗售也頗自矜重一箸成輒把翫不釋保護如頭目或醉後痛哭悉焚之醒復悔悔而復作然靳不輕與人好事者每瞷其謀醉時置酒招之造必盡懽酒酣以火與箸雜陳于前而不言生撫髀起頃刻完數十雙擲手不顧也或于酒中以箸相屬則怒拂衣出終身不與之見或遇貧士及釋道者流告以困窮輒忻然為之雖累百不倦于是滇之士夫或相餽遺皆以武生箸為重王公大人遊于滇者不得武生箸即不光生固落落儒生耳未嘗以風子名丁亥之歲流賊從蜀敗奔假號于滇滇士民惕于威波靡以從生獨匿深箐中不出賊于民間見其箸異之遍召不得因懸賞索之或告曰曷出以圖富貴生大笑曰我豈作奇技淫巧以悅賊者耶偵者聞于賊繫以來至則白眼仰天嗜無一語賊命作箸列金帛于前設醇醪于右以誘之不應陳刀鋸以恐之亦不應賊怒揮斬之縛至市曹而神色自如終無一語時賊帥有侍側者曰腐儒何足膏斧鉞曷縱之徐徐當自運其技也釋之而生自此病矣披髮佯狂垢形穢語日歌哭行市中夜逐犬豕與處人遂皆呼武風子武風子云及王師定滇風子病少差亦稍稍為人作箸以謀醉人重之逾常時安定守某者受貴人屬召為之不應守怒撻之于庭血流體漬終不應自此風子之蹤跡無定矣或琳宮梵舍或市肆田家往必數日留留必作數十箸以謀醉然出入無時于是其箸可得而不可得矣余嘗見其箸作凌煙閣功臣圖者箸粗僅及繩而旌旗鎧仗侍從衛列無不畢具至褒公鄂公英姿毛髮道子傳神莫或過之其畫細如絲渫紺色入竹分餘如鏤武定太守顧與山為余言其作箸時削炭如筆數十置烈火中酒滿壺于旁伺炭末紅若錐左執箸右執炭薾薾有聲如蠶食葉快若風雨且飲且作壺乾即止益之復作飲不用杯杓以口就壺不擇酒期醉醉則伏火而卧或哭或歌或說論語經書多奇解及醒而問之則他囈語以對或正作時酒未盡忽不知其所往逾數十日或數月復

來復卒成之其狀貌如中人年近六十餘拜揖跪起無異惟與之語則風子矣與山曾作武異人歌贈之故時往還也但所繪故事多稗官雜劇有規以不雅馴者笑而不答亦終不易或曰非病風者也狂人也或曰其有道者歟不然何富貴不淫威武不屈耶余于是作武風子傳

張山來曰武生豈真風子耶不過如昔人飲醇近婦以寄其牢騷抑鬱之態宜其箸之不輕作也　邵村先生與先君同年余幼時曾一聆謦欬癸亥冬瓜洲梁子存齋以此傳錄寄未幾而何省齋年伯又以刻本郵示益信奇文欣賞自有同心也

記老神仙事　方亨咸　邵村

蜀中劉文季為余言昔獻賊中有所謂老神仙者事甚怪能生已死之人續已斷之肢與骨賊衆敬如神明焉其初被擄時將殺之賊擄人不即殺審其人凡一技一藝者皆得免神仙比能以泥塑像獲免賊中遂以塑匠呼之一日塑匠滌大釜沃水析屋為薪燎之水沸沸凡數以一楞左右攪成膏賊衆駭爭相傳獻賊聞謂妖人又將殺之塑匠曰願一言以死王不欲成大事耶何故殺異士獻賊異而問之曰臣有異術能生人此膏乃仙授或刀斧或槍掠受重創者臣能頃刻完好獻賊即榜一人試之立驗獻賊殘忍日殺人剸刵人笞至掠無算笞凡數百血肉糜潰氣息僅屬者付塑匠以白水膏傅之無不生且立刻杖而行軍中爭趨之餽遺飲食無虛日以是衣食資槖漸充矣獻賊有愛將某者攻城為飛礮所中去其頭奄奄一息矣塑匠曰易與耳即生割一人頭按之傅以膏一日而起飲啖如未割也時孫可望在賊為監軍夜被酒殺一嬖妾且行三十里醒而悔之道遇塑匠笑問曰監軍夜來未醉耶何有不豫色然可望告以故塑匠曰監軍果念其人乎吾當回馬覓之可望曰唉起營時尸不知何在想為犬豕啖矣何從覓塑匠曰監軍若令我覓何物犬豕敢啖貴人乎可望曰風子紿我汝欲逃耶我當遣介士押汝覓塑匠笑曰何處覓覓何能得可望怒曰汝何戲我塑匠指道旁卵一甃橐曰何需覓即此是也可望曰已朽之骨何與之塑匠笑謂監軍盍啟之可望下馬解甃則星眸宛轉厭厭如帶雨梨花帳中之魂已返矣可望喜噪一軍皆驚聞于獻賊獻曰此神仙也當封之口封恐衆未知時營大澤中下令軍中人備一几以次日集廣原是時賊數十萬令以數十萬几累之擇累之最高者謂拜仙臺於是衣塑匠以深衣巾以綸巾方履絲縧塑匠身高六尺廣

頼潤匈大有鬚望之如世所繪社神者然命之升臺臺高且危塑匠怯不欲登獻賊令軍士各持弓矢引滿以向之曰不登即射塑匠不得已及其半惴惴惶懼而萬矢擬之如的不敢止勉登其上獻賊令三軍釋弓矢羅拜其下呼老神仙者三於時聲震天地自此不復呼塑匠而皆曰老神仙矣老神仙亦自此不輕試其術有渠賊某者戰敗傷足脛骨已折所不斷者皮僅寸耳求老神仙治辭以不易其哀號宛轉戚陳金帛以請老神仙揮之曰此身外物吾無需雖然吾不忍將軍之創也吾無子將軍能養我乎某指天而誓願終身父事之老神仙從容解所佩囊出小鋸鋸斷其足上下各寸許取生人脛度其分寸以接之傅以藥不數日而愈自此賊中凡求其藥者皆不敢侈餽遺爭投身為養子矣獻賊有幸姬曰老腳者美而慧善書畫腳不甚纖因名凡賊中移會偵發文字皆所掌獻賊嬖之然處有所思老腳見其獨坐私往侍之賊不知為老腳疑旁人伺以所佩刀反手擊之中其腰折骨剸腹出腸而死獻賊省之悔恨惋痛急召老神仙老神仙曰已死不能救獻賊罵曰老狡監軍妾不亦已死者乎汝不能救當殺汝以殉老神仙逡巡曰需時日乃可獻賊急欲其生限三日老神仙請期三七比以酒合藥灌之一七喉間即格格有聲老神仙賀曰可救矣七日當復因取水潤其腸納腹中引針縫之傅以藥夾以木板約以繩果七日而老腳步履如常時及獻賊死賊衆潰從蜀奔滇生平素德于老神仙者衛之來滇永明至賊衆多為僞王侯老神仙嘯傲王侯間擁厚貲闢室城東隅累石成山鑿井為池旁植花木蓄朱魚數百頭客至浮白呼魚出水以娛醉則高歌而卧不顧也迨永明奔緬甸老神仙從之行及騰越居常向空咄咄若有所訴一日謂文季云吾老矣將奈何文季曰等死耳公何惜但公之異術素靳不與人致絕其傳是可惜老神仙曰吾非靳也吾師授我時有戒也因訊其所授之由曰某陳姓河南鄭州人名家子少嘗入鄉塾性不樂章句塾側有塑神佛者時就與嬉塾師時扑責之歸而父母復責以不學不能耐遂出亡悵悵無所適因禱于關帝得一籤云他日王侯卻並肩自顧一畏家子何得並肩王侯哉然神不誣我與王侯並肩者惟仙人素聞終南山多隱仙願往從之窮岱涉恐飢寒遍訪無可從者一日至山後遥望絕壁上有洞人出入因拔荊棘蹈巉巖達于洞見一道者坐石上脩然異凡人余幸曰此吾師也因長跪以請道者不顧拂袖歸洞余不敢入即洞口稽首而已如是者三日忽一童子持一物示余云師食爾狀如糕色白方僅二寸味甘如飴食之遂不復飢余竊喜益信拜求

至七日道者忽出問余曰癡子汝欲何為余告以求仙道者哂曰去汝非此中人何自苦為余自念無所歸惟投崖死耳涕泣以求已而道者曰吾念汝誠有書一卷授汝資一生衣食好為之勿輕洩洩則雷擊也速去毋久留徒飽虎狼耳余得書驚喜倉皇下山省之皆禁方也可三十頁道延安人爭傳某巡撫者有愛女戲鞦韆傷足骨出于外醫莫能療募能療者金二百騾一匹余往應募依方試之果瘳余于是囊金乘騾歸吾父怒出亡且疑多金是時賊已起謂余必從不義首于官將置之法余族兄孝廉某白無罪出獄訊其故因出書余父閱余出持大杖奔族兄家余族兄反覆解喻不信並陳書以實余父愈怒裂書火之族兄從火中奪得僅四頁余急懷而逃今之所用者皆燼餘之四頁耳年久其四頁者亦不知往矣其自述如此居無何以疾死嗚呼不龜手藥一也一以封侯一不免于洴澼絖顧所用異耳向使老神仙能體父志不陷于賊挾此術遊當世盧扁華佗不得專於前矣惜其狃于貨利遂安神仙之名而終以賊死雖然人之遇仙與不遇仙惟視福德之厚薄老神仙得其書而不能全其福可知矣嘗見稗官所誌侯元者樵山遇老人授兵法卒以作賊戮其身事頗類此常怪仙人不得其人即秘其傳可也何往往傳非其人以致戕害仙亦何恩哉且終南道者亦未必真仙聞其書乃以處子陰戶油煉之火光滿室獻升屋梁光息而書成此豈仙人救人之方乎本草以多用蟲魚致遲上昇十年況殺人以救人不獨一人且數十百人是老神仙者則亦始終一賊而已

張山來曰仙家有禁方而不以傳世則禁方徒虛設耳若以殺人救人為過何不去此種類而止有金石草木之藥乎乃計不出此而往往傳非其人以致遺累是亦授受之未善也

瑶宮花史小傳

尤侗展成

歲癸未予讀書王氏如武園偶為扶鸞之戲得遇瑶宮花史云花史何氏小名月兒明初山陽富家女也年十六獨在花下摘花為一書生所調父母怒而譴之遂赴水死王母憐其幼敏錄為散花仙史此掌文真人唐孫過庭告予云初降壇作詩云片片落英飛羽客翩翩獨向風前立緩行徐過小橋東只恐春衫香汗溼其標韻如此花史年少放誕風流既為情死眉黛間常有恨色性善諧謔既與予狎暱朝戲百出一座鬨堂間以微詞挑之輒不對或亂以他語久而憮然不知情之一往而深也寒夜害與予聯句云樹頭落葉舞天衣蕭瑟風篁吟露晞青火半銷殘月繼詩鐘初罷

曉星稀新寒剪到羅帷急愁淚彈來香息微消遣夜深惟有夢巫山攜得片雲歸白後相對多作斷腸哀怨之語予戲以尺素貽之是夜遂夢花史冉冉而來年可十八九頭上百花髻戴芙蓉冠挿瑟瑟鈿朵著金縷單絲錦穀銀泥五暈羅裙駕鸞襪五色雲霞履妝束雅澹神姿艷發顧盼嫵媚不可描畫搴帷微笑若有欲言予胸次忽爲一物塡壓又似鬼手來捉人臂驚呼而覺但見殘缸明滅紙窗風聲條條若有彈指而泣者詰朝問之云吾夜間到君牀頭兩次君爲五臟神所守覺則退耳予問五臟神誰何花史云凡人一身皆有神守耳目手足有神外守五臟魂魄有神內守有緣者神與之親無緣者神不與之親吾與子情深矣奈三生石上無一笑緣何因泣下欷歔既有言楚江事楚江花史侍兒也與幼婢小紅皆端麗明慧日侍香案花史云楚江前世與君爲鄰兩情眷眷不遂病死君作一柬焚告楚江云三生知不斷願結未來緣君舉孝廉亦早逝迄今二十年可續前盟矣遂請於王母許於甲申二月降生趙地賜以玉瑞一事翠鳳履一雙花史賦鷓鴣天詞送之云整束皆環下碧霄數人腸斷念奴嬌曲房空剩殘香粉獨對瀟湘憶翠翹尋別話酌清醪盈盈徐送小紅橋從今不伴烟波客愛向風前鬬柳腰楚江和云朝飡風露暮凌霄不羨金閨盼阿嬌卻恨柳絲牽月線強移花色點雲翹情猶戀意如醪依依不舍舊藍橋東君可許歸相伴暫向塵封學楚腰然自楚江下世花史意致黯然不復如前日歡洽矣王母聞其以詞贈答切責之命遊神巡察不許私至且曰尤生不患才少花兒獨患情多倘涉幽期恐有山魈木魅之疑也自爾踪跡遂絕予嘗贊杜蘭香傳乃湘江三歲女子爲阿母青童攜去後駕鈿車詣包山張碩言本爲君作妻以年命未合小乖大歲東方卯當還求君此與楚江事絕類而予淪落不偶無室家之樂幽婚如夢忽忽忘之然每策蹇往來邯鄲道上秦樓日出遊女如雲恍然若有所遇卒無有鼓瑟而至者而予亦已老矣豈仙人固好食言耶抑予塵心未盡負此褰脩也花史詩詞甚多其最著者太華行一篇先是甲申元日眞人同湘江諸侶遊太華山樂甚命予兩人作長歌記之予走筆急就而花史詩故作蟲書亦欲儕使倆也眞人笑而擇之其辭曰登峰當登第一山婆娑屹立不可攀巨靈擘開峰爲掌雲氣時流十指間蒼龍玉馬隨風步黃冠鶴羽皆童顏半壁飛泉珠雨散水天相對乘時閒爾乃坐青蓮遊玉田金鼎石室篆如烟團團捏塵成清夜鐵笛一聲江天寒玉女乘鸞相接引萄火棗列嘉蔬歌一曲樂萬年進一酌成百篇松風枕上聽流泉陶然醉倒不知還

呼吸三光應列斗挽我兩山一斟斟少陰今德合秋成氣含金爽據丁酉伊古少昊居此都尊收別館稱中阜何若凌虛此一遊憑風羽化飛飛走視昔登顛發狂號垂書作別眞堪唏仙兮仙兮不可及髣髴斯遊不竟口我向瑤宮索地書大文千言若蚪蚪展予曰洪史記帳中神君不見其形但聞其語而已至乩仙并其語不可得聞也亦恍惚矣然花史嘗許予現形一夕月明竹下有雲鬟翠袖倚而招予者望之翩然即而求之邈然不知其所之焉是耶非耶吾又何能測之哉花史每呼予爲鬼子

張山來曰世間唯乩仙一事最爲難解以爲眞仙則不當爲人所召以爲非仙則詩句敏而且工字跡亦多別致或者慧業文人死而精魂不散偶借人間筆墨以消遣光陰耳古人云寧爲才鬼尤勝頑仙則謂才鬼爲仙亦無不可

九牛壩觀觝戲記

彭士望 達生

樹廬叟負幽憂之疾於九牛壩茅齋之下戊午閏月除日有爲角觝之戲者踵門告曰某亦有以娛公叟笑而頷之因設場於溪樹之下密雲未雨風木泠然陰而不躁於是鄰幼生周氏之族之賓之友戚山者牧樵耕者犂擔行擔者水浮楫者咸停釋而聚觀焉初則累重案一婦人仰臥其上竪雙足承八歲兒反覆臥起或鵠立合掌拜跪又或兩肩接足兒之足亦仰竪伸縮自如間又一足承兒兒拳曲如蓮花出水狀其下則二男子一婦一女童與一老婦鳴金鼓俚歌雜俗曲和之良久乃下又一婦登場如前臥竪承一案旋轉周四角更反側背面承之兒復立案上拜起如前儀兒下則又承一木槌槌長尺有半徑半之兩足負轉或竪拋之而復承之婦既罷一男子登焉足仍竪承一梯可五級兒上之絕頂復倒竪穿級而下叟憫其勞令暫息飲之酒其人更移場他處擇草淺平坡地去石𥑮乃接木爲蹻距地八尺許一男子復其上傅粉墨揮扇雜歌笑闊步坦坦時或跳躍後更舞大刀回翔其上此戲吾鄉暨江左時有之更有高丈餘者但步不能舞最後設軟索高丈許長倍之女童優馬手持一竹竿兩頭載石如持衡行至索盡處輒倒步或偃臥或一足立或偃行或負竿行如擔或時墜挂復躍起下鼓歌和之說白俱有名目爲時最久可十許刻女下婦索帕蒙雙目爲瞽者番躍而登作盲狀東西探步時跌若墜復搖晃似戰懼久之乃已仍持竿石加重益其銜也方登場時觀者見其險咸爲股栗毛豎目眩暈惴惴然惟恐其傾墜叟視場上人皆暇整從容而靜八歲兒亦齊慄如先輩主敬如入定僧此皆一誠之所至而專用之於習慘澹攻苦履蹉跌而不遑審其機以應其

勢以得其致力之所在習之又久乃至精熟不失毫芒乃始出而行世舉天下之至險阻者皆為簡易夫曲藝則亦有然者矣以是知至巧出於至平蓋以志凝其氣氣動其天非鹵莽滅裂之所能効此其意莊生知之私其身不以用於天下儀秦亦知之且習之以人國戲私富貴以自賊其身與名莊所稱僚之弄丸庖丁之解牛佝僂之承蜩紀省子之養雞推之伯昏瞀人臨千仞之蹊足逡巡垂二分在外呂梁丈人出沒於懸水三十仞流沫四十里之間何莫非是其神全也叟又以視觀者久亦忘其為險無異康莊大道中與之俱化甚矣習之能移人也其人為叟言祖自河南來零陵傳業者三世徒百餘人家有薄田頗苦賦役攜其婦與婦之娣姒兄之子提抱之嬰孩餬其口於四方贏則以供田賦所至江浙兩粵滇黔口外絕徼之地皆步擔器具不外貸藉草木之性捃摭續食亦以哺其兒叟視其人衣敝縕飄泊羈窮陶然有自樂之色群居甚和適男女五六歲即授技老而休焉皆有以自給以道路為家以戲為田傳授為世業其肌體為寒暑風雨冰雪之所頑智意為跋涉艱遠人情之所儆怵摩厲男婦老稚皆頑鈍儇敏機利捷於猿猱而其性曠然如麋鹿叟因之重有感矣先王之教久矣夫不明不作其人自處于優笑巫覡之間為夏仲御之所深

疾然蓋知天地之大物各遂其生成稗稻歧實無偏頗也彼固自以為戲所遊歷幾千萬里高明鉅麗之家以迄三家一閧之村市亦無不以戲視之叟獨以為有所用身老矣不能事洴澼絖亦安所得以試其不龜手之藥託空言以祀之固哉王介甫謂雞鳴狗盜之出其門士之所以不至不能致雞鳴狗盜耳呂惠卿輩之詔諛曾雞鳴狗盜之不若雞鳴狗盜之出其門蓋足以致天下之奇士而孟嘗未足以知之信陵無忌知之所以收漿博屠者之用千金市死馬之骨而遂以報齊怨宋亦有張元吳昊雖韓范不能用以資西夏寧無復以叟為戲言也悲夫

虞初新志卷二終

虞初新志卷三

清　新安張潮山來輯

馬伶傳

侯方域朝宗

馬伶者金陵梨園部也金陵為明之留都社稷百官皆在而又當太平盛時人易為樂其宗女之問桃葉渡遊雨華臺者趾相錯也梨園以技鳴者無論數十輩而其最著者二曰興化部曰華林部一日新安賈合兩部為大會遍徵金陵之貴客文人與夫妖姬靜女莫不畢集列興化于東肆華林于西肆兩肆皆奏鳴鳳所謂椒山先生者迨半奏引商刻羽抗墜疾徐并稱善也當兩相國論河套而西肆之為嚴嵩相國者曰李伶東肆則馬伶坐客乃西顧而歎或大呼命酒或移坐更近之首不復東未幾更進則東肆不復能終曲詢其故蓋馬伶恥出李伶下已易衣遁矣馬伶者金陵之善歌者也既去而興化部又不肯輒以易之乃竟輟其技不奏而華林部獨著去後且三年而馬伶歸遍告其故侶請于新安賈曰今日幸為開讌招前日賓客願與華林部更奏鳴鳳奉一日歡既奏已而論河套馬伶復為嚴嵩相國以出李伶忽失聲匍匐前稱弟子興化部是日遂凌出華林部遠甚其夜華林部過馬伶曰子天下

之善技也然無以易李伶李伶之為嚴相國至矣子又安從授之而掩其上哉馬伶曰固然天下無以易李伶李伶即又不肯授我我聞今相國某者嚴相國儔也我走京師求為其門卒三年日侍相國于朝房察其舉止聆其語言久乃得之此吾之所為師也華林部相與羅拜而去馬伶名錦字雲將其先西域人當時猶稱馬回回云

侯方域曰異哉馬伶之自得師也夫其以李伶為絕技無所干求乃走事某見某猶之見分宜也以分宜教分宜安得不工哉嗚呼恥其技之不若而去數千里為卒三年倘三年猶不得即猶不歸爾其志如此技之工又須問耶

張山來曰予素不解弈不解歌自恨甚拙因從學于人雖不能工然亦自覺有入門處乃知藝無學而不成者觀馬伶事益信

顧玉川傳

曹禾峨眉

顧玉川名大恩字道民邑東鄙楊舍人漆目戟髯類羽人劍客少遇異人授神行術三日夜達京師六日而返父母怪問之玉川語之故袖葡萄殞果以獻由是里中傳以為神性任俠喜施舍尤好奇服所至兒童聚觀常衣紙衣行則瑟瑟有聲冠紙冠方屋而高二尺或時蹇跣行歌道中或時幘巾深衣肩古藤杖杖懸葫蘆大于身而

岢于項邀風則與倚徙徐挂杖而趨行歌自如渡河未嘗假舟楫跨葫蘆以杖導水上下水面望之如遊雲氣中與人言多方外駭異不根之說人間無從詰之獨其項忽開往返數百里音問不爽道路行旅歷歷咸見此足奇也明啟禎交玉川子每遊京師月必一二過尤厚虞山錢宗伯謙益宗伯傳臚及第第三人玉川子以其捷音歸歸五日而郵報至郵中諸少年疾馳七日夜始抵錢氏室則已泥金煥然無所穫宗伯言于諸公卿聞其風者以識面為幸一日遠遊歸騎白牛披孔翠裘戴槲笠如車輪手椶櫚扇後隨一槖駝背罨大葫蘆其旁懸缶累累然種所得奇花草菁葱鮮潔如山嶽自行邑之人初未識槖駝擁觀以為怪時學使者方較試六郡士咸集羣指顧睨盱忽一人昂然從衆中出紙衣紙冠皆皂色與玉川相對鼓掌笑遂挽槖駝上抱葫蘆以行如山禮中方相然識者曰此梁溪鄒公履也玉川之好怪而所與遊多類此玉川常乘槖駝往來旁郡縣至毘陵槖駝墜於野觸百計挽之不能出乃毀岸出之而槖駝死矣後訪道入華山不知所終或謂玉川實病死于家誠其子孫諱之云

張山來曰余讀水滸傳竊羨神行太保戴宗之術又以為尚不及縮地法私嘗疑之謂為文人遊戲筆墨未必實有其術今讀此則是世有其人惜予不及見耳

冒姬董小宛傳

張明弼公亮

董小宛名白一字青蓮秦淮樂籍中奇女也七八歲母陳氏教以書翰輒了了年十一二神姿艷發窈窕嬋娟無出其右至鍼神曲聖食譜茶經莫不精曉顧其性好靜每至幽林遠壑多依戀不能去若夫男女閧集喧笑竝作則心厭色沮亟去之居恆攬鏡自語其影曰吾姿慧如此即詘首庸人婦猶當歎采鳳隨鴉況作飄花零葉乎時有冒子辟疆者名襄如皋人也父祖皆貴顯年十四即與雲間董太傅陳徵君相倡和弱冠與余暨陳則梁四五人刑牲稱盟序于舊都其人姿儀天出神清徹膚余常以詩贈之目為東海秀影所居凡女子見之有不樂為貴人婦願為夫子妾者無數辟疆顧高自標置每遇狹邪擲心賞眼皆土苴視之己卯應制來秦淮吳次尾方密之侯朝宗咸向辟疆嘖嘖小宛名辟疆曰未經平子目未定也而姬亦時時從名流讌集間聞人說冒子則詢冒子何如人客曰此今之高名才子負氣節而又風流自喜者也則亦胸次貯之比辟疆同密之屢訪姬則厭秦淮囂徙之金閶比下第辟疆送其尊人東粵遂留吳門聞姬住半塘再訪之多不值時姬又患買非受廛

于夫夫則必逃之鰓鰓之徑一日姬方醉嘔聞冒子在門其母亦慧倩亟扶出相見于曲欄花下主賓雙玉有光若月流于堂戶已而四目瞪視不發一言蓋辟疆心籌謂此入眼第一可繫紅絲而宛君則內語曰吾靜觀之得其神趣此殆吾委心塌地處也但即欲自歸恐太遽遂如夢值故懷舊戚兩意融液莫可舉似但連聲顧其母曰異人異人辟疆旋以三吳壇坫爭相劚凌遠而別閱屢歲歲一至吳門則姬自西湖遠遊于黃山白嶽間者將三年矣此三年中辟疆在吳門有某姬亦傾蓋輸心遂訂密約然以省覲往衡嶽不果辛巳夏獻賊突破襄樊特調衡永兵備使者監左鎮軍時辟疆痛尊人身陷兵火上書萬言于政府言路歷陳尊人剛介不阿逢怒同鄉同年狀傾動朝堂至壬午春後得調辟疆喜甚疾過吳門踐某姬約至則前此一旬已為竇霍豪家不惜萬金劫去矣辟疆正旁皇鬱抑無所寄託偶月夜蕩葉舟隨所飄泊至桐橋內見小樓如畫闌閉立水涯無意詢岸邊人則云此秦淮董姬自黃山歸喪母抱危病鍵戶二旬餘矣辟疆聞之驚喜欲狂堅叩其門始得入比登樓則燈炧無光藥鐺狼藉啓帷見之奄奄一息者小宛也姬忽見辟疆倦眸審視淚如雨下述痛母懷君狀猶乍吐乍含喘息未定至午夜披衣遂起曰吾疾愈矣乃正告辟疆曰吾有懷久矣夫物未有孤產而無耦者如頓牟之草磁石之鐵氣有潛感數亦有冥會今吾不見子則神懨一見子則神立二十日來勺粒不霑醫藥罔效今君夜半一至吾遂霍然君既有當于我我豈無當于君願以此刻委終身于君君萬勿辭辟疆沉吟曰天下固無是易易事且君向一醉晤今一病逢何從知余又何從知余閨閣中賢否乃輕身相委如是耶且近得大人喜音明蚤當遣使襄樊何敢留此請辭去至次日姬靚妝鮮衣束行李屢趣登舟誓不復返姬時有父多嗜好又蕩費無度恃姬負一時冠絕名遂負逋數千金咸無如姬何也自此渡滸墅遊惠山歷毘陵陽羨澄江抵北固登金焦姬著西洋布退紅輕衫薄如蟬紗潔比雪艷與辟疆觀渡于江山最勝處千萬人爭步擁之謂江妃攜偶踏波而上征也凡二十七日辟疆二十七度辭姬痛哭叩其意辟疆曰吾大人雖離虎穴未定歸期且秋期逼矣欲破釜焚舟冀一當于蟲歸侍之姬乃大喜曰余歸長齋謝客茗椀爐香聽子好音遂別自是杜門茹素雖有竇霍相檄佻健橫侮皆假貸賂賄以蟬脫之短緘細札書縷母盟無月不數至迫至八月初姬復孤身挈一婦從吳買舟江行遇盜折舵入葦中三日不得食抵秦淮復停舟郭外俟辟疆闈事畢始見之一時應制諸名貴咸置酒高

宴中秋夜，觴姬與辟疆于河亭，演懷寧新劇燕子箋。時秦淮女郎滿座，皆激揚歎羨，以姬得所歸，為之喜極淚下。榜發，辟疆從中副車，而憲副公不赴新調，請告適歸，且姬索逋者益衆，又未易落籍。辟疆仍力勸之歸，而以黃衫押衙託同盟某刺史，刺史莽，衆譁，挾姬匿之，幾敗事。虞山錢牧齋先生維時不惟一代龍門，實風流教主也，素期許辟疆甚遠，而又愛姬之俊識，聞之，特至半塘，令柳姬與姬為伴，親為規畫，債家意滿。時又有大帥以千金為姬與辟疆壽，而劉大行復佐之。公三日，遂得了一切。集遠近與姬餞別于虎嘯，買舟以手書并盈尺之券送姬至如皋，又移書與門生張祠部為之落籍。八月初，姬南征，時聞夫人賢甚，特令其父先至如皋，以至情告夫人，夫人喜諾已久矣。姬入門後，智慧絡繹，上下內外大小罔不妥悅，與辟疆日坐畫苑書圃中，撫桐瑟，賞茗香，評品人物山水，鑒別金石鼎彝，閒吟得句，與採輯詩史，必捧研席為書之。意所欲得，與意所未及，必控弦追箭以赴之，即家所素無，人所莫辦，倉猝之間，靡不立就。相得之樂，兩人恒云天壤間未之有也。申酉崩圻，辟疆避難渡江，舉家遁浙之鹽官，履危九死，姬不以身先，則願以身後，寧使兵得我，則釋君，君其問我于衆府耳。中間智計百出，保全實多。後辟疆雖不死于兵，而瀕死于病，姬凡侍藥不問寢食者，必百晝夜。事平，始得同歸故里。前後凡九年，年僅二十七歲，以勞瘁病卒。其致病之繇，與久病之狀，并隱微難悉，詳辟疆憶語哀辭中，不惟千古神傷，實堪令奉倩安仁閣筆也。琴牧子曰：姬殁，辟疆哭之曰：吾不知姬死而吾死也。予謂父母存，不許人以死，況裀席間物乎？及讀辟疆哀辭，始知情至之人，固不妨此語也。夫飢色如飢食焉，飢食者獲一飽，雖珍羞亦厭之。今辟疆九年而未厭，何也？飢德非飢色也。棲山水者，十年而不出，其朝光夕景，有以日酣其志也。宛君其有日酣冒子者乎？雖然，恐之風波疾厄盜賊之際，而不變如宛君者，真奇女，可匹我辟疆奇男子矣。

附冒辟疆影梅菴憶語 選十五則

壬午清和晦日，姬送余至北固山下，堅欲從渡江歸里。余辭之，力益哀切，不肯行。舟泊江邊，時西先生畢今梁寄余夏西洋布一端，薄如蟬紗，潔比雪豔，以退紅為裏，為姬製輕衫，不減張麗華桂宮霓裳也。偕登金山，時四五龍舟衝波激盪而上，山中遊人數千尾余兩人，指為神仙。遶山而行，凡我兩人所止，則龍舟爭赴，迴環數匝不去。呼詢之，則駕舟者皆余去秋淛回官舫長年也。勞以鵝酒，竟日返舟。舟中宣磁大白盂，盛櫻珠數升，共啖之，不辨其為櫻為唇也。江山人物之盛，照映一時，至今譚者侈美。

秦淮中秋日，四方同社諸友感姬為余不辭盜賊風波之險，閒關相從，因置酒桃葉水閣。時在坐為眉樓顧夫人、寒秀齋李夫人，皆與姬為至戚，美其屬余，咸來相慶。是日新演燕子箋，曲盡情豔，至霍華離合處，姬泣下，顧李亦泣下。一時才子佳人，樓臺煙水，新聲明月，俱足千古。至今思之，不異游仙枕上夢幻也。

余數年來欲哀集四唐詩，購全集，類逸事，集衆評，列人與年為次第，付姬收貯。至編年論人，準之唐書，姬終日佐余稽查抄寫，細心商訂，永日終夜，相對忘言。閱詩無所不解，而又出慧解以解之。尤好熟讀楚詞、少陵、義山、王建、花蕊夫人、王珪三家宮詞等身之書，周旋座右，午夜衾枕閒，猶擁數十家唐詩而卧。今秘閣塵封，余不忍啟，將來此志，誰克與終？付之一歎而已。

乙酉客鹽官，嘗向諸友借書讀之，凡有奇僻，命姬手抄。姬於事涉閨閣者，則另錄一帙。歸來與姬遍搜諸書，續成之，名曰奩豔。其書之瑰異精秘，凡古今女子，自頂至踵，以及服食器具，亭臺歌舞，針神才藻，下及禽魚鳥獸，即草木之無情者，稍涉有情，皆歸香麗。今細字紅箋，類分條析，俱在奩中。客春顧夫人遠向姬借閱此書，與龔奉常極讚其妙，促繡梓之。余即當忍痛為之校讐鳩工，以終姬志。

姬於吳門曾學畫未成，能作小叢寒樹，筆墨楚楚。時於几硯上輒自圖寫，故於古今繪事，別有殊好。偶得長卷小軸，與笥中舊珍，時時展玩不置。流離時，寧委奩具，而以書畫捆載自隨。末後盡裁裝潢，獨存紙絹，猶不得免焉，則書畫之厄，而姬之嗜好真且至矣。

姬能飲，自入吾門，見余量不勝蕉葉，遂罷飲，每晚侍荊人數杯而已。而嗜茶與余同性，又同嗜岕片。每歲半塘顧子兼擇最精者緘寄，具有片甲蟬翼之異。文火細煙，小鼎長泉，必手自吹滌。余每誦左思嬌女詩「吹噓對鼎鑊」之句，姬為解頤。至沸乳看蟹目魚鱗，傳瓷選月魂雲魄，尤為精絕。每花前月下，靜試對嘗，碧沉香泛，真如木蘭沾露，瑤草臨波，備極盧陸之致。東坡云：分無玉椀捧蛾眉。余一生清福，九年占盡，九年折盡矣。

姬每與余靜坐香閣，細品名香。宮香諸品淫，沉水香俗。人以沉香著火上，煙撲油膩，頃刻而滅，無論香之性情未出，即著懷袖，皆帶焦腥。沉香有堅緻而紋橫者，謂之橫隔沉，即四種沉香內革沉香紋者是也。其香特妙，又有沉水結而未成，如小筦大菌名淫茶香余多蓄之每慢火隔砂使不見烟則閣中恬如風過伽楠露沃薔薇熱磨琥珀酒傾犀斝之味久蒸衾枕間和以肌香甜艷非常夢魂俱適外此則有真西洋香方得之內府迥非肆料丙戌客海陵曾與姬手製百丸誠閨中異品然焫時亦以不見烟為佳非姬細心秀致不能領略到此

黃熟出諸番而真臘為上皮堅者為黃熟桂氣佳而通黑者為夾棧黃熟近南粵東莞茶園村土人種黃熟如江南之藝茶樹矮枝繁其香在根自吳門解人剔根切白而香之鬆朽盡削油尖鐵面盡出余與姬客半塘時知金平叔最精於此重價數晦之塊者淨潤長曲者如枝如虬皆就其根之有結處隨紋鏤出黃雲紫繡半雜鷓鴣斑可拭可玩寒夜小室玉幃四垂毾㲪重叠燒二尺許絳蠟二三枝設參差臺几錯列大小數宣爐宿火常熱色如液金粟玉細撥活灰一寸灰上隔砂選香蒸之歷半夜一香凝然不焦不竭鬱勃氤氳純是糖結熱香間有梅英半舒荷鵝梨蜜脾之氣靜參鼻觀憶年來共戀此味此境恒打曉鐘尚未着枕與姬細想閨怨有斜倚薰籃撥盡寒爐之苦我兩人如在蕊珠衆香深處今人與香氣俱散矣安得返魂一粒起於幽房扃室中也

余家及園亭凡有隙地皆植梅春來蚤夜出入皆爛熳香雪中姬於含蕊時先相枝之橫斜與几上軍持相受或隔歲便芟翦得宜至花放恰採入供即四時草木竹葉無不經營絕慧領略殊清使冷韻幽香恒霏微于曲房斗室至穠艷肥紅則非其所賞也

秋來猶耽晚菊即去秋病中客貽我翦桃紅花繁而厚葉碧如染濃條婀娜枝枝具雲罨風斜之態姬扶病三月猶半梳洗見之甚愛遂留榻右每晚高燒翠蠟以白團回六曲圍三面設小座於花間位置菊影極其參橫妙麗始以身入人在菊中菊與人俱在影中迴視屏上顧余曰菊之意態盡矣其如人瘦何至今思之澹秀如畫

姬最愛月每以身隨升沉為去住夏納涼小苑與幼兒誦唐人詠月及流螢紈扇詩半榻小几恒屢移以領月之四面午夜歸閣仍推窗延月於枕簟間月去復捲幔倚窗而望語余曰吾書謝莊月賦古人厭晨歡樂宵宴蓋夜之時逸月之氣靜碧海青天霜縞冰淨較赤日紅塵迥隔仙凡人生攘攘至夜不休或有月未出已齁睡者桂華露影無福消受與子長歷四序娟秀浣潔領略幽香仙路禪關於此

靜得矣

釀飴為露和以鹽梅凡有色香花蕊皆於初放時採漬之經年香味顏色不變紅鮮如摘而花汁融液露香入口噴鼻奇香異艷非復恒有最嬌者為秋海棠露海棠無香此獨露凝香發又俗名斷腸草以為不食而味美獨冠諸花次則梅英野薔薇玫瑰丹桂甘菊之屬至橙黃橘紅佛手香櫞去白縷絲色味更勝酒後出數十種五色浮動白瓷中解酲消渴金莖仙掌難與爭衡也

冬春水鹽諸菜能使黃者如蠟碧者如苔蒲藕筍蕨鮮花野菜枸蒿蓉菊之類無不採入食品芳旨盈席

火肉久者無油有松柏之味風魚久者如火肉有麂鹿之味醉蛤如桃花醉鱘骨如白玉油鯧如鱘魚蝦鬆如龍鬚烘兔酥雉如餅餌可以籠食菌脯如雞㙡腐湯如牛乳姬細考之食譜四方郇廚中一種偶異即加訪求而又以慧巧變化為之莫不異妙

取五月桃汁西瓜汁一穰一絲漉盡以文火煎至七八分始攪糖細煉桃膏如大紅琥珀瓜膏可比金絲內糖每酷暑姬必手取其汁示潔坐爐邊靜看火候成膏不使焦枯分濃淡為數種此尤異色異味也

張山來曰予雖舉別業與碎磁相鄰碎磁嘗為予言宛君事甚悉復以憶語見示予深羨辟疆奇福如許癸亥秋又以家公亮儒來謁願入選快讀一過乃知慧業文人固應有此因自嗟命薄不能一締如此奇緣能無浩歎

賣酒者傳

魏禧冰叔

萬安縣有賣酒者以善釀致富平生不欺人或遣童婢沽必問汝能飲酒否量酌之曰毋盜瓶中酒受主翁笞也或傾跌破瓶缶輙家取瓶更注酒使持以歸由是遠近稱長者里有事醵飲者必會其肆里中有數聚飲平事不得決者相對咨嗟多墨色賣酒者問曰諸君何為數聚飲平事不得決相咨嗟也聚飲者曰吾儕保甲貸乙金甲逾期不肯償將訟訟則破家事連吾儕數姓人不得休矣賣酒者曰幾何數曰子母四百金賣酒者曰何憂為立出四百金償之不責券乙得金欣然以為甲終不負已也四年甲乃從償賣酒者四百金客有處重貲於逆旅者雪不能行聞賣酒者長者趣寄宿焉逾日賣酒者曰嘻客同擲以贏錢買酒肉相佽噉客多負私快快曰賣酒者乃不長者耶然吾已負且大飲啖酧吾金也雪霽客行償博所負賣酒者笑曰子

人乃取客錢買酒肉耶天寒甚不名博客將不肯大飲啖盡取所償負還之街者談
五行立決人死疏先後宜死者六人矣賣酒者將及期置酒召所買田舍主畢至曰
吾往買若田宅若中心願之乎償毋虧乎欲贖者視券償不足者追償以金又召諸
子貸者曰汝貸金若干子母若干矣能償者捐其息貧者立券還之曰毋使我子孫
患苦汝也及期賣酒者大會戚友沐棺更衣待死是日也賣酒者顏色揚揚如平時
戚友相候視至夜分迺散去其後第八人以下各如期死賣酒者沽吏七年魏子曰
吾聞賣酒者好博無事則與其三子終日博喧爭無家人禮或問之曰兒輩嬉否則
博他人家敗吾產矣嗟乎賣酒者匪惟長者抑亦智士哉賣酒者姓郭名節他善事
頗衆予聞之歐陽介庵云

張山來曰自古異人多隱於屠沽中賣酒者時值太平故以長者名耳叔子謂匪
惟長者抑亦智士誠具眼也

一瓢子傳　　嚴首昇平子

一瓢道人不知其姓名性嗜酒善畫龍敝衣蓬跣攜節竹杖挂一瓢遊鄂渚間行歌
漫罵學百鳥語弄羣兒聚詬以為樂顧其神明映徹怪舉奇顛躋踈踈起吐語作洪

鐘聲有時衣新絳衣從人假騶馬擁大蓋往來市中觀者如堵隆慶丁卯居澧陽年
可七十澧人異之或具酒畜墨汁乞一瓢子畫不能得一日飲龔孝廉園中頹然一
醉直視沉吟久之座中顧曰此一瓢子畫勢也一瓢子骨相既奇如蛟人龍子吏部
衣衫贏而起舞顧謂座客為我高歌入塞出塞之曲又令小兒跳呼四面交攻已信
手塗潑煙霧迷空座中凜凜生寒氣飛潛見伏隨勢而成署其尾曰半舜耕問其故
笑而不答有飲一瓢子酒年餘不能得其畫者久之畫一人科頭赤腳踞地而遍節
骨隱起作努力狀以贈之其善謔如此信口輒成詩間有異語多奇中澧人漸敬之
競饋問皆受而棄之華陽莊靖王請改館一瓢子不可所居無定處一日宿文昌祠
中禮文昌像作梵唄儀落成其腦乃遺書莊靖請速營棺具吾將老焉王如言為治
木木具一瓢子坐其中不覆令人舁而過市拱手大呼與人訣別周遍街巷達郊外
召賢巷命衆曰可覆我衆不敢覆視之已去矣遂覆而埋之舉之甚輕如空棺然澧
人為題石於澧水橋頭署畫龍道人一瓢子之墓蓋隆慶辛未七月也或曰一瓢子
少讀書不得志棄去走海上從軍征倭寇有功至裨將後失律匿於摩崖出沒吳楚
間乃以貲市妓十餘人賣酒淮揚所得市門貲悉以自奉諸妓更代侍之日擁歌舞
具飲食以自豪凡十餘年始亡去乞食湖湘間終於澧

附游一瓢傳　　陳　鼎　二游

啟禎之時楚湖之南澧州有游食道人衣結領穿與襪不可遇求乞市中每日得
酒一瓢風雨中輒醉臥道上其言在可解不可解之間或驗或不必驗無甚異於
人人亦不之異以其游食謂之游道人以其嗜酒一瓢又謂之游一瓢也嘗醉中
大言曰我善畫龍人或以紙試之瓢墨滿瓢狂噀著紙又以破袖漬墨淡塗張紙
空中俟墨乾時煙雲吞吐鱗甲生動有飛騰破壁之勢得者至今寶之偶華陽王
過市前騶訶斥不起王曰得全於酒者得全於天也天全之人自非凡品輿致宮
中供養致敬一日忽舉手謝王曰吾祿食已盡後事累王矣奄然長逝王以兩石
缸函其尸葬之半載後有自都門來者見游在都附書於王果一瓢手蹟王異之
發其缸空如也因歎神仙之游戲人間而人不之識也獨拙和尚澧州人目擊其
異并識其詩四絕一曰嚼快鋤頭挖苦參不知山下白雲深多年寂寞無煙火細
嚼梅花當點心二曰游食多年不害羞也來城市看粧樓東風不管人貧賤一樣
花花到白頭三曰破寺無僧好挂瓢閒時歌舞醉吹簫黃昏月落秋江裏沒個人
來問寂寥四曰門外何人喚老游老游無事聽溪流而今世事多荊棘莫葉飛來
怕打頭

張山來曰予於文瀫中見嚴作遂從而瀨江陳子二游復以是作見寄所紀事大
同小異因並錄之以彰瑜亮云

宋連璧傳　　李煥章象先

宋連璧者字玉梧吾樂北郭人也巨族諸家率淳謹璧獨以俠行驚里中性至孝父
瀉臟丞晚得異疾日將出綠汁數合醫不治有道士衣破絮至其家謂璧曰是非鴆
乳熊莫能療也顧山左何從得君其聽之而已璧叱曰是豈天上物耶乃徒走入泰
中深山遇虎幾啞璧禽獵人大至虎逸去璧日伺幽篝伏莽灌木叢祠蹤跡熊穴窺
熊出潛刃其乳熊懷之出熊至璧倉皇驚墮岸谷下傷兩趾病不能步而持乳熊如
故也夜宿廢廟中疑戶外有拖履聲至璧曰援遠人命援遠人命履聲入取袖中草
捏之即熱璧緊之乃曩所遇道人也璧大駭師何至是道士曰待爾久矣乃以藥傅
璧足輒能立道士授一書皆符咒曰爾善用後四十年與爾會鳩茲之市璧遂至家
父吞乳熊肉瘳後數年父以他病歿璧愈厭棄世俗欲為五嶽遊乃稍稍理前道人

所遣書皆能隱形駆風雷雨又剪紙爲人馬甲盾器械咨侍御游公落府關搃邑侍御禍家又以侍御𦤎妖妄報緹騎至縛侍御與壁檻車至河西務壁曰煩諸公致詞中貴我野人不習豪家欲他往諸緹騎急視之檻車寂無人矣壁與侍御亡之淮上壁曰君可歸投中取一符付侍御急則焚之是時壁變姓名爲張思任於是朝廷捕亡者張思任而壁之家人不知也壁乃潛某宗伯家遇之厚時權要與宗伯隙壁曰國賊也乃走長安上書劾權貴除偾覆善類爲逆關後値宜下司寇請室上大怒執之就斬西市桎梏忽脫地寂無人矣是時壁又變姓名爲李抱真於是朝廷捕亡者李抱真而壁之家人不知也壁輒潛前道人約至鳩茲市就居侯道人且三載一日人大呼牆外曰此中匿亡者三人曰宋連璧張思任李抱真可速出壁大駭無措其人已排闥入則昔所與別道人也責之曰以爾夙有道契故售之書爾奈何與黨錮事爲天下逋逃客耶吾以是遲三年始至壁頓首謝願自此與師永絶世緣不復戀妻孥矣道人曰不可爾還里當再與家人見壁遂攜橐抵家其妻已殁久兒夢瑞壁去方周歲見不復認則棲一廟中曰我張思任後改李抱真與兹村有緣故來壁同母弟珠當捕張李時亦疑其爲兄終未敢以告人也至是心動趣之急啟扉兄弟各相識因撫其子具告所以留數日去

張山來曰宋連璧雖不當誤道人所期然排解黨錮處亦足見其豪俠

虞初新志卷三終

虞初新志卷四

清 新安張潮山來輯

義虎記

王猷定于一

辛丑春余客會稽某宋公劾豐之署與有客談虎公因言其同鄉明經孫某嘉靖時爲山西孝義知縣見義虎甚奇屬余作記縣郭外高唐孤岐諸山多虎一樵者朝行叢箐中忽失足墮虎穴兩小虎臥穴內穴如覆釜三面石齒廉利前壁稍平高丈許蘚落如溜樵厯踵而躍者數仆僵遶壁泣待死日落風生虎嘯躍壁入口銜生麋分飼兩小虎見樵蹲伏張爪奮搏俄延視若有思者反以殘肉食樵入抱小虎臥樵私度虎飽朝必及昧爽虎躍而出俾午復銜一麋來飼其子仍投餕與樵樵饑甚取啖渴自飲其溺如是者彌月寖與虎狎一日小虎漸壯虎負之出樵急仰天大號大王救我須臾虎復入拳雙足俛首就樵樵騎虎騰壁上虎置樵攜子行陰崖灌莽禽鳥聲絕風獵獵從黑林生樵益急呼大王虎却顧樵跽告曰蒙大王活我今相失恐不免他患幸終活我導我中衢我死不忘報也虎頷之遂前至中衢反立視樵樵復告曰小人西關窮民也今去將不復見歸當畜一豚俟大王西關三里外郵亭之下某日時過饗無忘吾言虎點頭樵泣虎亦泣迨歸家人驚訝樵語故共喜至期具豚方事宰割虎先期至不見樵竟入西關居民見之呼獵者閉關柵共擒虎欲獻邑宰樵奔救告眾曰虎與我有大恩願公等勿傷眾競擒詣縣樵擊鼓大呼官怒詰樵具告前事不信樵曰請驗之如謬願受笞官親至虎所樵抱虎痛哭曰救我者大王耶虎點頭大王以赴約入關耶復點頭我爲大王請命若不得願以死從大王言未訖虎淚墮地如雨觀者數千人莫不歎息官大駭趨釋之驅至亭下投以豚矯尾大嚼顧樵而去後名其亭曰義虎亭

王子曰余聞唐時有邑人鄭興者以孝義聞遂以名其縣今亭復以虎名然則山川之氣固獨鍾於此邑歟世往往以殺人之事歸獄猛獸聞義虎之說其亦知所愧哉

張山來曰人往往以虎爲山獸之暴今觀此記乃知世間尚有義虎而人不知此余所以有義虎行之作也

丁樂園外傳

林璐鹿菴

丁樂園先生名澎杭之仁和人也世奉天方教戒飲酒而樂園顧嗜酒飲至一石猶益壯言愈理人咸異之詩賦古文辭自少年未達時即名播江左其後仲弟景鴻季

弟滌皆以詩名世目之曰三丁至香匳豔句四方閨秀尤喜誦樂園詩家有攬雲樓三丁讀書處也客乍登樓樂園伏案上疑晝寢迫而視之方觀書目去紙才一寸驟昂首又不辨某某客嘲之曰卿去丁儀凡幾等樂園戲持杖逐客客匿屏後誤逆其僕樂園婦聞之大笑一夕要小婦樂園過視光麗心喜甚出與客賦定情詩夜半披幃諦審驟人小婦卒無語詰旦視之爨下婢也知爲婦所紿樂園又大笑延陵大姓遣一姬能詩久誦樂園詩誓曰主人令吾自擇配願得如丁君足矣陽羨吳參軍與丁世講也詭以樂園意請約姬姬許之丁有侍兒小字冬青主謳喜鼓琴主婦不悅將遣府吏納千金聘之世方企羨兩女子已得所久之延陵姬發舟泣曰吾旦夕裝事丁郎爲幕府紿入掖庭緣已矣方扣舷隱水冬青忽至延陵姬道故冬青亦泣曰吾故主人翁相對泣不輟護騎以告樂園嚴粧食者累月然樂園數得孺子妾猶鞅望主婦賢家人多不直丁君樂園居法曹無事日作詩與宋觀察荔裳施大參愚山嚴黃門灝亭稱燕臺七子詩名滿京師吏人竊其牘擬鵰炙竈下養思染指不獲明日言於庭樂園復賜吏人鵝炙時樂園官京師猶守天方教同官故以豬肝一片置乜蒼樂園短視吏人以告獲免 上方冊立西宮念無嫻典禮者調入東省兼主客

主客即古典屬國也重使至譯問主客爲誰廉知公持紫貂銀鼠美玉象犀從吏人易公詩歸國長安縉紳以爲榮代入東省侍郎李公爽棠從東出樂園從中入瞠目相視侍郎遣騶卒問訊樂園趨謝侍郎笑曰是公耶吾知公短視矣謝爲樂園退而笑曰吾短視與詩名等謫居東崎嶇三千里郵亭驛壁讀遷客詩大喜孺子妾問曰得非開賜環詔耶樂園曰 上聖明賜我遊湯沐邑出關遷客皆才子此行不患無友久之糧盡餒而啼孺子妾慰勞曰卿有友必簞食迎若樂園笑曰恐知卿言當先以酒療吾渴初至請安卜築東岡躬自飯牛與牧豎同卧起然暇輒爲詩詩益溫厚無邊讁態國子潘公聞其名欲往見樂園遁不往一日乘牛車入城樂園車上執周易騶過潘公節低頭讀易不及避潘公歸語陸子淵曰吾今日得遇樂園先生矣子淵問故潘公曰此間安有車上讀書傲然不顧若此人者乎必樂園無疑也嗣此西園飛蓋必延樂園飲酒賦詩禮爲上客然樂園亦困甚塞上風刺入骨秋即雨雪山川林木盡白河冰合嘗不得汲樵蘇不至五日不爨取蘆粟小米和雪嚙之然孺子妾輒生子當爾時坐卧屋下日照戶鉊渥醇酒然畏風不能視日日晡山鬼夜啼饑鼯穿嘶忽聞叩門客嗣然有喜從隙中窺之虎方以尾擊戶樂園危坐自若居東凡五遷家日貧詩日富登臨眺矚供其筆墨作歸思軒記以寓意友人林璐聞之曰卿歸矣異者邯鄲道上呂仙祠即盧生受枕處也仕宦過者疾驅去以避不祥卿銜命過其下停車徐步入道人方坐蒲團不起卿異之索筆題壁曰向翁乞取還鄉夢留得凌雲化鶴飛之句得非詩讖乎貽書報樂園惆然悟又一年始歸果如林生言

張山來曰敘瑣屑事猶眉法現是頰上添毫手也

寄暢園聞歌記

余懷澹心

吳門徐生君見以度曲名聞四方與余善著南曲譜索余序余爲之序有曰南曲蓋始於崑山魏良輔云良輔初習北音絀於北人王友山退而鏤心南曲足迹不下樓十年當是時南曲率平直無意致良輔轉喉押調度爲新聲疾徐高下清濁之數一依本宮取字齒唇間跌換巧掇恒以深邈助其悽淚吳中老曲師如袁髯尤駝者皆瞠乎自以爲不及也良輔之言曰學曲者移宮換呂此熟從事也初亦難毋務多迎頭拍字徹板隨腔毋或後先之長宜圓勁短宜遒然毋剽五音依於四聲毋或矯也毋豔又曰開口難出字難過腔難高不難低難有腔不難無腔難又曰歌難閑難此不傳之祕也良輔盡洩之而同時婁東人張小泉海虞人周夢山競相附和惟梁谿

人潘荊南獨精其技至今雲仍不絕於梁谿矣合曲必用簫管而吳人則有張梅谷善吹洞簫以簫從曲毘陵人則有謝林泉工擫管以管從曲皆與良輔遊而梁谿人陳夢萱顧渭濱呂起渭輩並以簫管擅名盡度曲之工始於玉峰盛於梁谿者殆將百年矣此道不絕如綫而徐生崛起吳門掌魏赤幟易漢幟恨良輔不見徐生不恨徐生不見良輔也徐生年六十餘而喉若雛鶯靜女松間石上按拍一歌縹緲遲迴吐納瀏亮飛鳥遏音游魚出聽文人騷客爲之惝怳爲之神傷妙哉技至此乎一日徐生語余曰吾老矣恐不能復作少年狡獪事得吾之傳者乃在梁谿今太史留仙秦公尊人以新公所畜歌者六七人是也君倘游九龍二泉間不可不見此人聞此曲余心識之久矣庚戌九月道經梁谿適潁川劉考功公勇攜大航西門外留余方舟同游惠山而吳明府伯成秦憲使補念顧孝廉修遠及其子文學夫石朱公子子葆劉處士震修皆在席太史留仙則挾歌者六七人來盡挈樂器凌波而至會於寄暢之園於是天際秋冬木葉微脫循長廊而觀止水倚峭壁而聽響泉而六七人者衣青紵衣躡五絲履恂恂如書生綽約若處子列坐文石或彈或吹須臾歌喉乍囀累累如貫珠行雲不流萬籟俱寂余乃狂叫曰徐生徐生豈欺我哉六七人者各

道姓名斂袖低眉傾其座客至於從事三絃十棚簫鼓則授之李生李生亦吳人是夕分韻賦詩三更乃罷酒次日復宴集諸伎家六七人又偕來各奏技余作歌貽之俾知徐生之言不謬良觴之遊終或於孤耶而留仙父子風流跌宕照映九龍二泉間者與山俱高與水俱清也是為記

張山來曰吳俗於中秋夜善歌者咸集虎丘石上次第競所長唯最後一人為最善聽者止數人不獨忘言并不容贊予神往久矣今讀此記益令我穆然以思悠然以想也

陳小憐傳

杜濬于皇

陳小憐郯城女子也年十四遭兵亂失所落狹斜有貴公子睨之購以千金貯之別室作小妻相好者彌年大婦知之恚甚磨礪白刃欲得而甘心焉公子不得已召媒議遣居間者以為奇貨遂將小憐入燕中住西河沿西河沿亦狹斜也小憐姿態不凡遂傾動都人士聲價翔貴雖達官富人有華筵上客欲得小憐一佐酒必先致意通慇懃為期旬日之後然後得其一至時燕聚四方之士座中遑遑多年少美姿容者結束濟楚媚態百出自謂必得當於小憐小憐邪睨也而錢塘知名士范性華者老成人也館於燕一日以赴某公讌遇小憐雖傾異其姿然平濟遇之耳范時年五十餘人地固自軒軒顧貌已蒼然意不在佻達而小憐一見獨為之心醉注目視范自入座以至酒闌目不他視凡范起則視其起范步則視其步范復就座則視其就座往則目送旋則目迎已則時起數步之外必回頭視范如恐失之小憐固慧謹忽如此舉坐咸訝異范反為之踧踖不自得笑而左右顧而小憐自如也將別則詳問范姓字歸而朝夕誦之有潘生者往來於其家又素識范謂小憐曰爾念范君如此盍往訪之小憐正色曰吾既已心許范君終身矣若猝往是奔也姑少待范君相過斯可矣潘以其言白范范猶恐其難致就走伻探之值小憐是日有鉅公之約肩輿在門矣立改其所向語其媼曰某公之約一惟汝多方辭絕之我赴范君召不顧矣小憐至范所語次謂范君曰君知我日者席間注目視君之故乎范曰初不知小憐曰吾見君之酷似吾故夫也吾不能舍君矣是時小憐年始十七范答曰以子之姿慧從良固甚善然當擇年相若者吾豈若偶耶小憐應曰君誤矣三十年以內所生之人豈有可與論吾心者哉范大奇其言叩之知嘗讀書粗通朱子綱目范初無意至是固已心動矣因留連旬朔相與定盟然後去而小憐所與一時宦方與范相忌

剛之雅不能平慨計致小憐曲室中出而扃其戶以困之小憐顧室中有几長丈餘遂泚筆於几上書范性華三字幾千百滿之時宦歸而視几上字色變不能言然中實作勝會廣召賓友及狎客妓女皆與酒酣客為觴政下令人各引滿既酌自言其心上人為某不實者有如酒次第至小憐或戲之曰爾心上人多矣莫適吾誰也小憐瞋曰是何言一人而已起持巨觥命滿酌一飲絕瀝覆觴大呼曰范性華舉座相顧以為此子無所引避矣其篤摯至於此然久之無成事范於是仰天歎曰辭政獨非丈夫乎何獨力不能舉一女子而忍負之也且小憐與吾約者極不難耳嘗過懇朋至於舌敝金盡之下識范性華者多矣而將伯之助寂然又安事交遊為乃為詩自傷云只愁世少黃衫客李益終為薄倖人信乎其為薄倖人矣小憐以河清難俟竟為有勢者強劫以去猶留書與范云非妾負君妾終不負君也噫是可悲矣先是小憐每數日不晤范輒廢眠食及范至則又莊語相勉以大義且曰出處一不慎則君之詞翰俱可惜矣聞者以為此非巷中人語又力勸范迎其室人來燕中曰小憐異日得事君子固甘為之副范用其言得與室人病訣厚殯成禮小憐一言之力也范尤感之云

徐無山人贊曰昔晉羊皇后醜詆故夫以媚劉聰其死也化為千百億男子溷溷者皆是也陳小憐何人獨不以故夫為諱而吾友范性華以似其故夫見許豈羊皇后之教反不行於女子乎噫是為立傳

張山來曰屢次轉折無不入妙尤妙在故夫一語一見不復再見是文之有品者

賣花老人傳

宋元鼎定九

賣花老人者不知何許人家住維揚瓊花觀後茅屋三間傍有小閣室中茗椀丹竈經案繩牀皆楚楚明潔柴門內方廣二畝以種草花為業家畜有五色瓜云即昔之廣陵人邵平種也所種芍藥玫瑰虞美人罌粟洛陽夜合萱草蝴蝶夜落金錢剪春羅剪秋羅朱蘭藍菊白秋海棠雁來紅共十數種早晨擔花向紅橋坐賣遇文人墨客即贈花換詩以歸或遇俗子購之必數倍其價得錢沽酒痛醉餘者即散諸乞兒市人笑為花顛嘗九日渡江經旬不歸人問之答曰吾訪故人殷七七於鐵甕城中耳袖中出杜鵑花一枝紅芬可愛所往來者有羊道人珏道人圍棋烹茗為樂珏道人疑即唐廣陵人李珏以販糴為業成仙者羊道人疑即宋建炎中賴羊仙耳昔瓊花觀中有黃冠持畫一軸獻帥守守皆雲氣鳥篆不可識使人尾之乃入觀後井中

玉勾洞天深處相傳老人或為童子或為黃鶴十年於茲矣識者謂即黃冠後身云

張山來曰逸趣橫溢潺言多姿

神鉞記　徐芳仲光

庚辰夏某鄉有不孝子王某父早喪僅一老母料窮之母晨擁妻酣睡而役母使炊候熟方起且曰如是小不如意即恣口詬罵生一子甫數月母抱之視釜沸候兒忽騰跳墜釜中母知不救即潛竄不孝子聞兒叫起視已死乃大恨曰媼殺我子抽廚得刀遂出蹤家百武有關帝廟母見不孝子至闖入廟伏神座下不孝子撚刀入怒帝傍周將軍像從座躍下提刀砍不孝子倒正中其項廟祝聞刀聲錚然移出則不孝子流血滿地而周將軍一足尚在門限外未入呼問老母具述其事蓋幾不免而神救之也自是遠近喧傳其廟周將軍數人共以金重裝其像足仍門外如故信州居民近是鄉者日裹糧走謁于過玉山居停葉七十為道其異夫帝廟非西市也神之刀非鈇鉞也木偶之將軍非有血氣知覺指臂運動也然異變所激則金可使飛土可使躍塊然之手足可使踊躍而搏假令神不誅是子其母且不免神視子之斬刃其母而不之救無為貴神矣然必無是也即使更入他廟神之鈇亦皆能躍而誅之也蘇子瞻云掘井得泉水非專在於是而世不察或疑為誕或以為像之靈爽若是而奔走之皆祀罵剚劍而不達於感應之義者也數十年前吾郡有祖母抱孫墮池中死者畏其子之怒避去子藏椎伺石破中誘其母歸過之索椎手既入石輒合不可出雷火下焚其面乃自聲罪究轉石間數日死以理言石豈開闔齧人之物哉罪逆之至凡其所觸皆為難矣

張山來曰聞至不孝子弒逆處令人髮指眦裂讀至神鉞砍頸處令人拍案稱快世之敢於悖逆者皆以為未必即有報應耳則曷不取是篇而讀之也

又曰吾鄉有一人負其至戚者已非一端而猶謂未足又欲挾强而負至戚不能絨默因訴其族人此人遂大詬遇過其母死於至戚之家其母固嫠居而姑息者也雖未如其言而此言則亦難逃於神鉞者矣吾願世之為母者慎毋姑息而自貽伊戚也

焚琴子傳　顧彩天石

焚琴子者姓章氏閩之諸生也為人磊落不羈傷心善哭類古之唐衢謝翱而才情過之為詩文下筆累千言皆感人心脾少應鄉試文已為主司所賞及觀五策指陳時事太過至斥邊鎮以為亂逆叛志主司乃懼不敢錄遂下第生遂棄諸生不為登鼓山所謂天風海濤亭者北望神京痛哭失聲曰今天下將有變得如余者數輩委以兵農財賦諸大政猶可鎮定顧乃斅鄒以青衿困英雄俾兒曹口吳者登廟廊而食肉誠何為哉誠何為哉余且燒其詩書絕筆不為文矣既而疆場多故閩亦被於兵革悉如生所料云生既不得志出遊於潮過潮刺史韓文公廟讀其逐鱷文哭之又歷韶惠廣雷諸郡悲嶺海之烟瘴思寇萊公諸賢時枯竹生筍蠟淚成堆風流如在也則又哭之哀聽鷓鴣作行不得哥哥聲則抗音而哭以亂其鳴久之學琴於惠州僧上振得其音節之妙遂歸變姓名以琴遊入閩王公大人爭延致而聽其琴有願從而學者雖善然終莫能及也久之有將軍自塞上來駐防閩省嗜琴厚禮延生使鼓琴於幕下將軍據上坐而置一座於旁命生坐生怒目視將軍曰吾博通萬卷書而明公惟知馬上用劍槊吾豈為若門下士耶奈何不以賓禮見而屈於傍吾不能鼓琴矣奮衣徑出不顧將軍慚下與抗禮謝罪強留之乃踞上坐為一鼓琴將軍稱善左右無不竦聽然其聲淒愴噍殺有殺音焉生曰琴者天下之至和也吾琴雖雖如鸞鳳鳴今枝上無螳螂捕蟬而絃中忽變西北肅殺聲何也豈軍中殆將有警耶撫琴畢三軍之士皆為嗟歎有流涕者生盡醉痛哭上馬而去將軍贈之金不受從此軍淪於海澄焉久之閩人目生為琴師雖江浙間頗多聞其名者然當道不以禮遇招亦不往往亦不為久留常酒後耳熱摔琴於地引滿大卮放言高論驚其座賓談古今得失雖老師宿儒深通經濟者不能難也其最愛童子曰金蘭亦善琴竊得生傳常負奚囊從生遊數十里外生詩成金蘭輒繕錄之盈帙客訪生不遇金蘭代為款接以生驚人句示人由是人頗異之以為抱負非常之士不得志而隱於琴然當事卒莫有薦之者竟佯狂以卒云生篤於伉儷婦陳氏少生十歲亦頗知書嗜音生客入為其妻鼓琴茶香入幃鬢影蕭疏顧而樂之以為閨房清課亦人生韻事也一日謂其婦曰吾向聞紅顏薄命卿才情如此而推命者多言歲行在卯當死豈汝亦天上人不久當去耶因感慨悲傷為彈別鵠離鸞之曲曰琴音和吾與汝尚無恙然第七絃無故忽絕少而悲者當之居數日金蘭死生撫屍一哭不勝其悲吐血數斗曰吾死後廣陵散絕矣遂焚其琴不復鼓也因自號焚琴子云生至康熙乙巳年四十九竟卒聞其婦先亡一歲云顧子曰焚琴子之事余蓋聞之漳州陳別駕云別駕為余言最詳因屬余急為立傳殆古之有心人也觀生之少而肆於文文不

得志而遊一寄於琴再寄於哭夫哭之無有識生之才而用之者宜其傷於情而碎於琴也然生流風餘韻宛在丹山碧水之間近今登鼓山之亭如聞其哭聲生其化鶴而來歸乎抑松風夜濤空林鬼哭生何往而不在也悲哉

張山來曰予嘗觀文人之不得志者往往怨尤佗傺作不平之鳴心竊議之以為若輩即使得志亦未必能有所樹立徒與肉食者等耳今觀焚琴子之器識誠有度越尋常者未可謂此中無人也

四氏子傳　張明弼琴牧

四氏子萬歷初吳人也有姓名四氏子者人名之因以為名焉氏子家雖貧亦庠清門凡纓緌之徒初皆與游顧其體中凝黯各半亦復各時方其黯也能作詩文自作自書自謳醉滿四鄰若出金石及其凝也天地變黑白皆親疏怨德皆相反妻孥無協志者其父痛諭之不從則撻之氏子亦報撻焉久之恒撻其父既而著為論曰父子主親父若撻子當其舉手之時親誼已絕子安得不報撻又且君父一也君有罪湯武誅之可以稱聖父有罪子撻之容得不號賢乎又立論古今無真名人但能訶詆人則名歸之孟子詆楊墨莊周詆孔子韓愈詆佛豈好詆人哉自為名焉耳故氏

子遇當世大儒其聲名經暘谷達濛汜者皆極力疵詬之且作嗔奉笑面曰是才不如我而名居吾上何也或相見至有受其大詬者氏子既撻父母詈兄嫂詆題當世之碩立者國人皆鄙之漸不與游氏子游甚困其兄割貲食之氏子未厭有所如皆枳棘則益下急自恣棄書不讀但好世說水滸嘗有人扣其門氏子則怒曰誰敢扣若爺門耶曰我也曰誰為我我為誰急取大棒擊其脛出行見人有頫首者曰避我耳詈之答詈則相撲見仰首者曰驕我耶亦詈之答詈亦相撲故氏子有所之輒挂閡既乃以所搏人自嫁於眾曰彼為彼妻之厚我也而詈我雖然豈予罪哉因出袖中一物曰此某妻之臂飾誂我者也輕薄者競傳之劇言若語各以加人遂令邑少潔門其妻中康人也稍勸之氏子則手格之曰吾厚其妻爾乃厚其夫乎其子年長皆心誹之不敢言已而邑之人皆知其詭也則家相告曰慎毋與四氏子游有與立談者死期必至矣其怨家亦相告曰此獄豕也旹有犬豕卧偃厠中見獅子遇則負溲溺以侮之獅子不敢近也今氏子負獄豕獲避之而已勿與角也於是氏子居都會中若空虛行巷市閭惟逢雞犬草木不能逢一人也氏子游益困則念世說中祖逖復詈上回罹袖中金墮因過物即懷之人或率眾追辱指名於千百人之前他人醜之思入壁遊氏子坦然徐步不以屑意也又欲作南塘夜出冢山叢柵之事終歲召人人無肯與同役者如此十餘年頗自悔其所親因從容謂之曰若為儒而撻父母何也曰吾與父母戲耳何嘗盡力撻之哉且侮撻之必沽酒以禳之若詈兄嫂何也曰吾亦戲耳且子睎吾凡使之身有吾詈跡者吾當罪子之盡絕六親百朋又何也曰吾初皆戲耳乃吾六親百朋無一達人見我執物而不他彼絕我我寧絕彼耶其人曰子毋詆通人達士以為不如子又奈何氏子曰盡戲也吾戲言江水不如吾沼江與沼不移位豈非戲耶其人曰若之戲則盡然矣今日者名敗身僇父兄不以為子弟交游不以為朋友處環堵之室上漏下濕烟斷糧絕子何不盡以戲周旋之顧怨尤佗傺乃爾耶氏子默然無以應無何其長子茱少亦韶令將弱冠得狂疾終日喃喃詈人然聽其所詈則皆其父也其父至則枚數其罪而撻之氏子號叫不得免或言慘於氏子父被撻時氏子乃械子因諸室則以一木瀉其父詬之曰父母可撻乎又代應之曰不可曰是宜撻日撻至百數其餘罪皆然數年竟狂死

外史氏曰吾猶及識四氏子身短不盈四尺其目瑩然若攫食之鶻頤頰殺張若索鬬之鷄其氣如含瓦礫抱荊棘有觸即擲射邑人謂其頑囂不友似渾敦不可教誨

不知話言似檮杌惡言毀善貪冒貨賄又似窮奇饕餮以為兼有四氏之惡故目為四氏子而四氏子不肯受也曰凡吾所為皆戲耳雖然四氏子戲其子戮木之罪而日撻之豈亦戲狂耶或以戲辣耶令死矣亦可云戲死耶夫其父則狂而反號其子為狂其子父木而撻之則戲而其父反以諸罪為戲皆戲也吾疑天公之憒憒久矣今乃以其子之口與手作天之口與手而日數之日撻之又酷巧嗟乎天公則誠戲耳四氏子焉乎戲

張山來曰世豈真有若人耶然觀吾猶及識之云云則是真有其人矣乃知天生若人誠近於戲當亦未嘗不悔之耳後乃假手其子以巧報之則彼蒼之丈過也

虞初新志卷四終

柳夫人小傳

清　新安張潮山來輯

徐　芳仲光

柳夫人字蘼蕪，虞山錢牧齋宗伯愛姬也。然倩工詞翰，在章臺日，色藝冠絕一時。才儁奔走，枇杷花下，車馬如煙。以一廁掃眉才子列爲重。或投竿銜餌，致玉臺書仙之句，紙御尾屬，柳視之蔑如也。即空與紙，無當者，獨心許虞山，曰：隆準公即未必絕古今，亦一代顛倒英雄手也。而宗伯公亦雅重之，曰：昔人以遊蓬島、覓桃源，不如一見溫仲圭。吾可當世失此人乎？從因緣委聘。柳既歸宗伯，相得歡甚，題花咏柳，殆無虛日。每宗伯句就，遣鬟持示柳，擊鉢之頃，蠻箋已至。風追電躡，未嘗肯地步讓。或柳句先就，亦走鬟報賜。宗伯畢力盡氣，經營慘淡，思壓其上，比出相視，亦正得匹敵也。宗伯氣骨蒼峻，虬松百尺，柳未能到。柳幽艷秀發，如芙蓉秋水，自然娟媚，宗伯公時亦遜之。於時旗鼓各建，閨閣之間，隱若敵國云。宗伯於柳不字，凡有題識，多署柳君。吳中人寵柳之遇，稱之直曰柳夫人。宗伯生平黃通，晚歲多難，益就寂寞。嗣君孝廉某，故文弱，鄉里豪黠頗心易之。又嗛宗伯公牆宇孤峻，結侶伺釁。丙午某月，宗伯公即世，有衆蜂起，以責逋爲口實，謀而環宗伯門，撞撞詬誶，極於疏族。孝廉魂魄喪失，莫知所出。柳夫人於宗伯易簀日，已畜殉意，至是泫然起曰：我當之。好語諸惡少：尚書蓋負若曹金，即負固尚書事，無與諸兒女。身在，第少需之。諸惡少聞柳夫人語，謂得所欲，鋒稍戢，然環如故。柳中夜刺血書訟牘，遣急足詣郡邑告難，而自取縷帛結項死。尚書側旦，日郡邑得牒，又聞柳夫人死，遺錄四出，捕諸惡少，問殺人罪，皆狼狽鼠脫，不敢復窺界地。構畫得孝廉君德而哀之，爲用匹禮與尚書公並殯某所。吳人士嘉其志烈，爭作詩誄美之，至累帙云。

東海生曰：柳夫人可謂不負虞山矣哉。或謂情之所鍾，生憐死捐，纏綿畢命，若連理梓、雉朝飛、雙鴛鴦之屬，時有之矣。然柳於虞山，豈其倫耶？夫七尺腐軀，歸於等盡，而擲之當。僕嬴以存弱趙，杵臼以立藐孤，秀實以緩奉天之危，紀信以脫滎陽之難。或輕於鴻羽，或重於泰山，各視其所用。柳夫人以尺組下報尚書，而紓其後身之禍，可不謂重與？所云重用其死者也。夫西陵松柏，才矣，未聞擇所從者；卿月仙齋，邱散花女，得所從矣，而節無聞；韓香、幼玉、張紅紅、羅愛愛之流，節可錄矣，又非其人也。千秋香躅，惟張尚書燕子一樓，然紅粉成灰，尚在白楊可柱之後。夫玉容黃土之不惜，而願以從死之名爲地下虞荒矣。微曰含人泉臺下，隨未敢必其然也，人固不可知乎。尋之讓，或以一念蔡生平之疵，或以脫節撥逐志赴義。畢竟一決，柳夫人存不必稱，而沒以發妥，脫如遺，豈不壯哉！

張山來曰：前半如柳絮花笑，後半如笳響劍鳴。柳夫人可以不死矣。

換心記

徐　芳仲光

萬歷中，徽州進士某，太翁性下急，家故饒貲，而不諧於族。其兒兩腓瘦削無肉，或笑之曰：此相當乞。翁心恨之。生一子，即進士公。教之讀書，性奇僿，唔唔十數載，尋常書卷，都不能辨句讀。或益嘲笑之，曰：是兒當負販行，當過人。翁聞益恚。有遠族姪某，負文名，翁厚幣延致，使師之，曰：此子可教則教，必不可，當實語予，無爲久羈。姪受命，訓牖百方，而懵如故，歲餘辭去，曰：某力竭矣。且叔產固豐，而弟即愚，不失田舍翁，奈何以此相強？翁曰：然。退而嗔語婦曰：生不肖子，乃翁真乞矣！趣治具餞師，而私覓大梃韃壁閒，若有所待。蓋公恨進士癖已，意且撲殺之，而以產施僧寺作終老計。母知翁方怒，未可遽呼。進士竊語，使他避。進士甫新娶，是夜閉戶籌議，欲留恐禍不測，欲去無所之，則夫婦相持大哭。不覺夜半，倦極假寐，見有金甲神擁巨斧，排闥入，捽其胸劈之，抉其心出，又別取一心納之。大驚而寤。次日，翁延姪飲爲別，翁先遣進士前送至數里。最後牽衣流涕曰：惻隱之心，人皆有之。師何忍某之歸而就死？師其然，曰：安得此達者言。進士曰：此自某意，且某此時頗覺胸次開朗，願更從師卒業。因述夜來夢。師叩以所授書，輒能記誦，乃大駭，亟與俱返。翁聞剝啄聲，掣梃門俟。已聞師返，則延入。師具以途中所聞告翁，以爲誑試之良，然乃大喜。自是敏穎大著，不數歲補邑諸生，又數歲聯捷成進士。報至之日，翁坐胡牀大笑曰：乃公自是免於乞矣。因張口啞啞而逝。族子某爲郡從事，庚辰與予遇山左道中，縷述之。古今未聞有換心者，有者此始。精誠所激，人窮而神應之，進士之奇顯，進士之奇愚適而出也。所謂德慧存乎疢疾者也。或曰：今天下之心可換者多矣，安得一一捽其胸剖之，易其殘者而使仁，易其污者而使廉，易其姦回邪佞者而使忠厚正直。愚山子曰：若是，神之斧日不暇給矣。且今天下之心皆是矣，又安所得仁者、廉者若忠直者而納之，而因易之哉！

張山來曰：有形之心不能換，無形之心未嘗不可換。人果肯換其無形者，安知不又有神焉并其有形者而換之耶？則謂進士公爲自換其心也可。

秦淮健兒傳

李　漁笠翁

嘉靖中秦淮民間有一兒貌魁梧色黝異生數月便不乳與大人同飲啖周歲詁恃交失鞠於外氏長有膂力善拳擊嘗以一掌斃一犬人遂呼為健兒健兒與羣兒鬭莫不辟易羣兒結數十輩攻之健兒縱拳四揮或啼或號各抱頭歸愬其父兄父兄來叱曰誰家豚犬敢與老子相觸耶健兒曰焉敢相觸為長者服步武之勞則可耳乃至父兄前以兩手擎父兄兩腿去地二尺許且行且止或昂之使高或抑之使下父兄恐顫仆莫敢如何但咕咕笑鄉人聞焉健兒性善動不喜讀書外氏命就外傅不率教師夏楚之則聳撲裂眦曰功名應赤手致焉用瑣瑣章句為師出即與同塾諸兒鬭諸兒無完膚又時盜其外氏簪珥衣物向酒家飲醉即猖狂生事外氏苦之逐於外為人牧羊每竊羊換飲詐言多歧亡主人怒復見擯時已弱冠矣聞倭入寇乃大快曰是我得意時也即去海上從軍從小校擢功至裨將與僚友飲酒酣鬭力斃之罪當死遂棄官逃之泗易姓名隱於庖丁民家有犢丙夜往盜之牽出必斸呼曰君家牛我騎去矣呼竟倒騎牛去以斧砍牛臀牛畏痛迅奔若風追之莫及次日亡牛者適市物色之健兒曰昨過君家取牛者我也告而後取道也奚其盜索之則牛已脯矣無可憑市中惡少推為盟主晝縱六博夜遊俠斜自恃日甚嘗歎曰世人

虞初新志　卷五　三

皆不足敵但恨生十載後不得與拔山舉鼎之雄一較勝負耳邑使者禁屠牛健兒無所事事取向所屠牛皮及骨角往瓜揚間售之得三十金將歸飲於館中解金置案頭酒家翁見之謂曰前途多豪客此物宜善藏之健兒擲杯砍案曰吾縱橫天下三十年未逢敵手有能取得腰間物者當叩首降之時有少年數人醵於左廂聞之錯愕起問姓名里居健兒曰某姓名不傳向嘗豎功于邊陲今挂冠儆服牛耳于泗上諸英雄少年問能敵幾何輩健兒曰遇萬萬敵遇千千敵計人而敵斯下矣諸少年益錯愕健兒飲畢束裝上馬不二三里一騎追之甚迅健兒自度曰殆所云豪客耶比至則一後生健兒遂不介意後生問何之健兒曰歸泗後生曰予小子亦泗人歸途迷失望長者指南之於是健兒前驅馬上談笑頗相得健兒謂後生曰予服弓矢善決拾乎後生曰習矣而未閑健兒拔弓試之力盡而弓不及彀棄之曰此物無用佩之奚為後生曰物自有用用物者無用耳乃引自試時有鷲唳空後生一發斂羽鷲墜馬前健兒異之後生曰君腰短刀必善擊刺健兒曰然我所長不在彼在此脫以相示後生視而劍曰此割鷄屠狗物將焉用之以兩手一折刀曲如鉤復以兩手伸之刀直如故健兒失色舉腰間物非復我有矣雖與偕行而股栗之狀漸不自

抑後生轉以溫言慰之復前數里四顧無人後生縱轡一喝健兒墜馬後生先斬其馬曰今日之事有不唯吾命者如此馬健兒匍伏請所欲後生曰無用物盍解腰纏來獻健兒解橐輸之頓首乞命後生曰吾得此一橐金差可十日醉子猶芻菜何足誅鋤擲馬舞故道去健兒神氣沮喪足循循不前自思三十金非長物但半世英雄敗於乳臭兒之手何顏復見諸弟兄遂不歸泗向一郵墅結廬賣酒聊生每思往事輒悒悒欲死一日春風淡蕩有數少年索飲裘馬甚都似五陵公子而意氣豪縱又似長安遊俠兒擊案狂歌旁若無人且曰滌器翁似不俗當偕之遂拉健兒入坐健兒視九人皆弱冠唯一總角者貌白晳若處子等閒不發一言一言則九人傾聽坐則右之飲則先之健兒不解其故而末坐一冠者似嘗謀面睇視之則向斬馬劫財之人也謂健兒曰東君尚識故人耶健兒不敢應後生曰曩昔途中解囊纏贈我者非乎而誰我儕豈攘攘者流特於郵亭肆中聞子大言恐世故眾與子雌雄不意竟輸我一籌今來歸趙璧耳遂出左袖三十金置案頭曰此母也於今一年子當倍之又探右袖出三十金共予之健兒不敢受旁一後生投劍怒目曰物為人攫而不能復還之又不敢取安用此懦夫為健兒懼急內袖中乃治鷄黍為擕諸後生不肯留

虞初新志　卷五　四

歸金者曰翁亦可憐矣峻拒之則難堪眾乃止時甕下新醅健兒欲乞諸郎後生指屋旁枯株謂之曰盍載斧斤健兒曰正苦無斧斤耳後生躊躇久之曰此事須我十弟我九人無能為也總角者以兩手抱株左右數繞株已仆矣遂拔劍砍旁柯然之酒至無算乃辭去竟不知其何許人健兒自是絕不與人較力人毆之則袖手不報或曰子曩日英雄安在健兒則以衰朽謝之後得以天年終不可謂非後生力也

張山來曰嘗見稗官中有趙東山跨技順城門其事與此相類甚矣毋謂秦無人也

山東四女祠記

黄　始靜御

丙辰十月出都門畏陸行之勞悴也舍而之舟舟行六七日將至黄河崖遇一村風急不得行遂泊舟人曰此四女鎮也初未詳四女何以名泊少間風息卧舟中悶甚起行崖岸間一望荒沙市人皆閉戶無憩立所迄市尾一古祠若無人焉者入門閒如也庭一碑藤蘚網布碑前古樹半無枝葉秃而龍身右轉得一徑進則老屋三楹而已中坐像二一老翁龐眉而古衣冠一老媼白髮高髻咸非近世飾稍兩傍侍坐者四人雖儒衣儒冠而修眉皓齒皎若好女子心頗疑之無從詢其說乃捫蘚剔碑

拭其文讀之蓋明成化年碑也碑載漢景帝時地有傅姓長者好善年五十無子生四女皆明慧知禮壽日觴父父曰吾五十無子雖壽爲四女憾然曰父則於子有爲終養計也兒即女亦可代子職養父母父母其勿憂明日俱改男子裝四女共矢不嫁以侍其親時佛未入中國惟讀五經百家周秦以上書博覽奧義如大儒閒則行善事德化洽於鄉里庭前古柏樹葉生龍爪樹身生鱗金色燦然鄉里咸駭異以爲孝感所致如是者三十年一日天神鼓樂降於庭樹化爲龍載翁媼及四女上昇而去里人感之遂爲建祠今所樹趾遺跡也嗚呼自漢景帝迄今不知千幾百年及徧歷求國典圖紀載都無所謂四女祠者而孝感之報徒得之於荒烟蔓草中乃知古人軼事其湮沒不傳者概不乏云

張山來曰昔漢緹縈上書贖父罪因除肉刑此祇一人耳不難自行其意今四女同心猶爲僅見也

魯顛傳　朱一是近修

顛不知何里人獨行吳越間體上裸披單大襆襆中圍一孔下體着絮厚寸汗垢染不易也嶺飛逐足跣而跳手一竅隨習顛顛俯首則竅鼻息相接以爲常顛所遇群兒什百怪隨之顛即踞地展襆頭出中孔伸縮像龜行群兒狎且笑又坦腹仰臺兒拳腹堅群兒爭拳之痛更擊以石石碎腹無恙然顛喜酒酒酣飲群兒願覩顛異飲多就家索酒酒顛也夜倒懸橋梁或城女墻臥新斛焉橫江徐氏者好事人也要顛歸問吐納水火之術不答惟日戲群兒如故顛食畫一器徐故予大器無問多寡食輒盡又故以肥膩冷水諸不可口物内器無問多寡予顛顛亦食輒盡問顛浴乎曰浴然殿人浴徹窺之見顛方呼呼然俯水面飲前浴人垢不更去已垢也夜過橋梁城女墻則懸足架上垂首臥夜分人定即溺人乘顛起入問之顛語莊微及日用細碎卒不答吐納水火事在吳越十餘年人皆識之一日過華亭太守方岳貢出見市兒數百譁曰顛來顛來怪問顛不答再問再不答以爲惑民繫且杖杖下而顛死矣後有人入杭之西山復見顛曳杖嬰嬰行朱子曰顛吾知其不死

張山來曰世人謂顛爲顛吾知顛必以世人爲顛則謂顛非倒臥而世人爲倒臥亦無不可

林四娘記　林雲銘西仲

晉江陳公寶鑰號綠厓康熙二年任山東青州道僉事夜輒聞傳桶有聲響戛然問之

則寂無應者其僕不勝擾持槍往伺欲刺之是夜但聞怒罵聲已而推中門突入則見有鬼青面獠牙赤體挺立頭及屋簷僕震駭失槍仆地陳急出詞之曰此朝廷公署汝何方妖魅敢擅至此鬼笑曰聞尊僕欲見刺特來受槍耳陳怒思檄兵格之甫起念鬼又笑曰檄兵格我計何疏也陳愈怒遲明調標兵二十名守門抵夜鬼卻從墻角出長僅三尺許頭大如輪口張如箕雙眸閃合有光冷蹦於地冷氣襲人兵大呼發炮矢炮火不燃檢視中矢又無一存者鬼反持弓回射矢如雨集俱向衆兵頭面掠過亦不之傷兵推奔潰陳又延神巫作法驅遣夜宿署中時朧月微明陳甫就寢鬼直詣巫臥所攫去衾氈衣褲巫窘急呼救陳不得已出爲哀祈鬼笑曰聞此神巫乃有法者也技止此乎遂擲還所攫次日神巫慙懼辭去自後署中飛磚擲瓦夜昏不寧或見牆傾棟崩急避之仍無他故陳患焉嗣余有同年友劉望齡赴都取道青州詢知其故謂陳曰君自取患耳天下之理有陽則有陰若不急於驅遣亦未擾擾至此語未竟鬼出謝之劉視其獰惡可畏勸令改易賴面鬼即辭入暗室中少選復出則一國色麗人雲鬟靚妝根娘婷婷而至其衣鮫綃霧縠亦無縫綴之迹香氣飄揚莫可名狀自稱爲林四娘有一僕名實道一婢名東姑皆有影無形惟四娘則與生人了無異相也陳日與讌飲賦詩親狎備至惟不及亂而已凡署中文牒多出其手遇久年疑獄則爲廉訪始末陳一訊皆服觀風試士銜文甲乙悉當名譽大振先是陳需次燕邸貸京商二千緡商急索不能應議償其半不允四娘出責之曰陳公豈負債者顧一時力不及耳若必取盈陷其圖利敗檢於汝安乎我鬼也不從吾言力能禍汝京商素不信鬼笑曰汝乃麗人以鬼怖我若果鬼也當知我在京盛合職業四娘曰盧舍職業何難詳道汝近日於某處行一負心之事說出恐就死耳京商大駭辭去陳密叩商所爲終不洩其隱人之忌如此性耽吟咏所著詩多感慨淒楚之音人不忍讀凡吾閩有訪陳者必與狎飲臨別輒贈詩其中慶詞曰彼多驗有一士人悅其姿容偶起淫念四娘怒曰此豨何得無禮喝令杖責士人歘然仆地號痛求哀兩臂杖痕周匝舉坐爲之請乃呼婢東姑持藥飲之了無痛苦仍與歡飲如初陳叩其爲神始末答曰我莆田人也故明崇禎年間父爲江寧府庫官逋帑下獄我與表兄某悉力營救同臥起半載實無私情父出獄而疑不釋我因投繯以明無他然魂不散耳與君有桑梓之誼而來非偶然也計在署十有八月而別別後陳每思慕不置康熙六年陳補任江南驛傳道爲余述其事屬記之

林子曰左氏傳言涉鬼神後儒病其誣余竊疑天下大矣二百四十餘年中豈無一二人出於見聞所不及乎今陳公緱匡正士也非能造言語者且吾鄉士人往往有親見之者王龍谿云神怪之事聖人不語力與亂明明是有怪與神豈得云無鬼能見形預人事不可謂非神怪矣然强魄暫留人間終歸變滅不能久存是在精氣爲物游魂爲變之外非可以常理推究言有言無皆惑也此聖人所以不語也夫

張山來曰先君明季時客楚撫軍署中賓客雜遝室無空虛旁有園扃鐍甚固先君謂衆客曰曷不遷入此中俾稍稍舒眉乎或答曰此內有鬼是以未敢耳因詢其狀乃知前撫軍有女乃笄而死遂葬此中每際清風明月輒見形於迴廊曲檻間徘徊徙倚如不勝情人懼其爲祟故常扃之先君大喜曰審若是是固我所禱祀而求者也遂請獨居其內日以二小童給侍夜則遣去竟有所遇而卒無所見聞事載天山樓隨筆今林四娘獨能變現若此則又何也豈必無罪而冤死者乃能爲厲耶

乞者王翁傳　　徐　芳仲光

瀧口王氏樵郡大姓也其先世某翁嘗行乞至瀧口陳長者家日尚早小憩門首有頃戶啓一小鬟捧盆水向外傾瀉去有聲鏗然隨水墮地視之金釧也翁大喜復念此釧必主婦洗妝寘盆中而鬟不知倘主婦索釧不得而疑鬟盜或撻之急且有變吾貧人橫得重資未必能享而貽鬟累以至不測大不祥遂留以待久之微聞戶內喧聲似有所訶責斯須前鬟出流血被面望溪便擲翁急前持抱問故鬟號愈力曰主婦失釧而枉子盜子何處得釧與撻死寧溺死翁曰然釧在毋恐乃出諸袖中俾持入且曰待子於此久矣鬟入報主婦以爲謊遣僮出問翁具以實對事聞長者長者曰世安得有此人亟召入居然壯男子也因問若能爲我任奔走乎對曰幸甚於是使司門戶稽察輒勝任則又使出入市買徵責租課又輒稱長者益喜遂以前鬟妻之而使主莊佃某所翁益殫竭心力以謹恪報長者知翁可任益親愛待以家人禮諸錢穀會計之重要者悉以寄之翁任事既久橐漸裕而所娶鬟生數子皆穎敏既長使之分道商販遂大富致産巨萬翁乃謝陳氏事攜鬟與子歸瀧口爲素封家享年耄耋孫曾輩讀書爲諸生者十餘人翁皆及親見之今門第文人之盛與陳頡二云噫一乞人得金鐶值數十金可以飽矣返之異哉愚山子曰翁非特廉也仁且智也其不取非有廉也逆計主婦之重責鬟鬟急且死而俟其出救之以白其枉而脫其禍仁也救鬟得釋而免於乞知也使翁匿鐶而往十數金止矣卒歲之奉耳視此所得孰多乎方其逡巡戶外時豈嘗計及此哉而報隨之謂天之無心又安可也今之讀書明禮義據地豪盛長喙銛距擇弱肉而食之至於冤楚死喪宛轉當前而不顧者蓋有之矣况彼遺而我遇取之自然者乎吾故不敢鄙夷於乞而直翁之大乞而賢即翁之可也或曰王氏大姓也而其祖貧至於乞此其子孫之所深諱而予暴之無乃不可乎愚山子曰不然人惟其行之可傳而名亦惟其品之可尊而貴名與貴不關其所遭闡其人之賢不肖也若翁之所行是古之大賢王氏子孫當世世師之又奚諱乎師其廉仁且智者以窮則守身而達則善世何行之弗成焉乞寧足諱也彼行之不逮雖榮顯貴勢若操莽倖卞杞檜之流乃真乞人之所不爲而其子孫所羞以爲祖父者也

張山來曰東坡有言上可以陪玉皇大帝下可以陪卑田院乞兒然則可以陪乞兒者皆足以陪玉帝者也蓋乞人一種非至愚無用之流即具大慈悲而有守者不屑爲倡優隸卒不肯爲機械以攫人財不得不出於行乞之一途耳至王翁之高行則又爲此中翹楚矣

雷州盜記　　徐　芳仲光

雷於粵爲最遠郡崇禎初金陵人某以部曹出守舟入江遇盜知其守也殺之幷殲其從者獨留其妻女以衆中一最黠者爲僞守持牒往而群詭爲僕人莫能察也抵郡踰月甚廉幹有治狀雷人相慶得賢太守其寮屬暨監司使咸誦重之未幾太守出示禁遊客所隸毋得納金陵人隻履否者雖至戚必坐於是雷人益信服新太守乃能嚴介者此也亡何守之子至入境無敢舍者問之知其禁也心惑之詰朝守出子道視非父也訊其籍里名姓則皆其父子悟曰噫是盜矣然不敢暴語密以白監司監司曰止吾旦日飯守而出子於是戒吏以卒環太守舍而伏甲酒所旦日太守入謁監司飲之酒出其子質不辨也守窘擬起爲變而伏甲發就坐擒之其卒之環守者亦破署入賊數十人卒起格鬬胥逸去僅獲其七獄具如律械送金陵殺之於是雷之人乃知向之守非守也盜也東陵生聞而歎曰異哉盜乃能守若此乎今之守非盜也而其行鮮不盜也則無寧以盜守矣其賊守盜也其守而賢即猶愈他守也或曰彼非賢也將間而括其藏與其郡人之資以逸曰有之今之守亦孰有不括其郡之藏若貲而逸者哉愚山子曰甚哉東陵生言也推其意足以砥守

花隱道人傳　朱一是近修

道人姓高氏名曨字公旦其先晉人也商於揚家焉至道人貧矣從商而讀頗讀異書不喜沾沾行墨能以己意斷古今事見世竊儒冠目瞶瞶然者笑去蓋與為伍慕朱家郭解為人尚俠輕財急人困然砥行慎交游里中少年有不逞者始畏道人知既事蹶張則又求道人道人手其自新亦時援手故揚人傾心四方賢豪來者聞道人名多結歡焉甲申知亂將作移家避南徐時閫帥鱗集江上爭羅致道人幕下道人知事不可為竄伏自污卒得以全乙酉揚中兵禍慘民鳥獸散道人獨先眾入城訪親知弔死扶傷陰行善多然道人是時感念深矣自以遭時變亂年壯志摧流離困折無復風塵馳驟之思乃築室黃子湖中棄其鮮肥素習衣大布衣樺冠草屨曳杖籬落間挽漁父牧兒與飲飲輒醉放歌湖濱湖水為沸揚似鳴不平者未幾歲大祲居況於水道人曰未聞巢父買山而隱獨支遁見譏耶古之大隱有隱市者吾何為不然遂走揚城東南隅卜地宅之躬荷鍤撥瓦礫結屋數楹一几一榻張琴列古書畫攜一妻二子婆娑偃息其中陶陶然樂也宅旁築圍墻圍地數畝植菊五百本一僕長鬚赤腳善槖駝之術道人率之藝植灌溉夏日當午蟲有長頸烏喙蠹菊顛者秋有白皙如蠶咬菊根者必伺而攻去之以為渠魁他惡種種咸治無赦道人察其患害而保護朝夕故菊茂於常始自蓓蕾以及爛熳其列也如屏散也如星疊也如錦其色如玉如金如霞如雪其味如元酒其香如薝蔔道人洞開其門門如市盛開其堂堂如肆往來如織觀者如堵不見主人見其扁額曰花隱咸謂之花隱道人若忘其昔之為高公旦者其友梅溪朱一是誚之曰子隱於花則善矣然花隱之名益著得非畏影而走日中者耶吾見子之愈走而不息也道人嘻然笑而不答

張山來曰從來隱於花者類多高人韻士而菊則尤與隱者相宜妙在全不踏襲淵明隻字所以為高

廣初新志卷五終

廣初新志卷六

清　新安張潮山來輯

張南垣傳　吳偉業駿公

張南垣名漣南垣其字華亭人徙秀州又為秀州人少學畫好寫人像兼通山水遂以其意壘石故他藝不甚著其壘石最工在他人為之莫能及也百餘年來為此技者類學嶄巖嵌特好事之家羅取一二異石標之曰峰皆從他邑輦致決城闉壞道路人牛喘汗僅而得至絡以巨絙錮以鐵汁刑牲下拜劖顏刻字鉤填空青穹窿巖巖若在喬嶽其難也如此而其旁又架危梁梯鳥道游之者鉤巾棘履拾級數折傴僂入深洞捫壁投罅瞪盼駭栗南垣過而笑曰是豈知為山者耶今夫羣峰造天深巖蔽日此蓋造物神靈之所為非人力可得而致也況其地輒跨數百里而吾以盈丈之址五尺之溝尤而效之何異市人摶土以欺兒童哉惟夫平岡小坂陵阜陂陁板築之功可計日以就然後錯之以石棊置其間繚以短垣翳以密篠若似乎奇峰絕嶂纍纍乎牆外而人或見之也其石脈之所奔注伏而起突而怒為獅蹲為獸攫口鼻含呀牙錯距躍決林莽犯軒楹而不去若似乎處大山之麓截谿斷谷私此數石者為吾有也方塘石洫易以曲岸迴沙邃闥雕楹改為青扉白屋樹取其不凋者松杉檜栝雜植成林石取其易致者太湖堯峰隨宜布置有林泉之美無登頓之勞不亦可乎華亭董宗伯元宰陳徵君仲醇亟稱之曰江南諸山土中戴石黃一峯吳仲圭常言之此知夫畫脈者也羣公交書走幣歲無虛數十家有不能應者用以為大恨顧一見君驚喜歡笑如初君為人肥而短黑性滑稽好舉里巷諧媟以為撫掌之資或陳語舊聞反以此受人調弄亦不顧也與人交好談人之善不擇高下能安異同以此游於江南諸郡者五十餘年自華亭秀州外於白門於金沙於海虞於婁東於鹿城所過必數月其所為園則李工部之橫雲虞觀察之預園王奉常之樂郊錢宗伯之拂水吳吏部之竹亭為最著經營粉本高下濃淡早有成法初立土山樹木未添巖壑已具隨皴隨改烟雲渲染補入無痕即一花一竹疏密欹斜妙得俯仰山未成先思著屋屋未就又思其中之所施設窗櫺几榻不事雕飾雅合自然主人解事者君不受促迫次第結構其或任情自用不得已亂殺曲隨後有過者輒歎惜曰此必非南垣意也君為此技既久土石草樹咸能識其性情每創手之日亂石林立或臥或倚君躊躇四顧正勢側峰橫支豎理皆默識在心借成衆手常高坐一室與

客談笑叱役夫曰某樹下某石可置某處目不轉視手不再指若金在冶不假斧鑿甚至施竿結頂懸而下縋尺寸勿爽觀者以此服其能矣人有學其術者以為曲折變化此君生平之所長盡其心力以求彷彿初見或似久觀輒非而若獨規模大勢使人於數日之內尋丈之間落落難合及其既就則天墮地出得未曾有嘗於友人齋前作荆關老筆對峙平碗已過五尋不作一折忽於其顛將數石盤互得勢則全體飛動蒼然不群所謂他人為之莫能及者蓋以此也君有四子能傳父術晚歲辭涿鹿相國之聘遣其仲子行退老於鴛湖之側結廬三楹余過之謂余曰自吾以此術遊江以南也數十年來名園別墅易其故主者比比是矣蕩於兵火沒於荆榛奇花異石他人輦取以去吾仍為之營置者輒數見焉吾懼石之不足留吾名而欲得子文以傳之也余曰柳宗元為梓人傳謂有得於經國治民之旨今觀張君之術雖庖丁解牛公輸刻鵠無以復過其藝而合於道者歟君子不作無益穿池築臺春秋所戒而王公貴人歌舞般樂侈欲傷財獨此為耳目之觀稍有合於清淨且張君因深就高合自然惜人力此學愚公之術而變焉者也其可傳也已作張南垣傳

張山來曰疊山壘石另有一種學問其胸中丘壑較之畫家為難蓋畫則遠近高卑疏密險易可以自主此則必合地宜因石性物多不當棄其有餘物少不必補其不足又必酌主人之貧富隨主人之性情猶必藉羣工之手是以難耳況畫家所長不在蹊徑而在筆墨予嘗以畫上之景作實境觀殊有不堪遊覽者猶之詩中煙雨窮愁字面在詩雖為佳句而當之者殊苦也若園亭之勝則止賴布置得宜不能乞靈於他物豈畫家可比乎

孫文正黃石齋兩逸事

方苞望溪

杜先生岕嘗言歸安茅止生習於高陽孫少師道公天啟二年以大學士經略薊遼置酒別親賓會者百人有客中坐前席而言曰公之出始吾為國慶而今重有憂封疆社稷寄公一身公能堪備物自奉人莫之非如不能雖毀身家責難逭況儉嗇乎吾見客食皆鑿而公獨飯粗飾小名以鎮物非所以負天下之重也公揖而謝曰先生誨我甚當然非敢以為名也好衣甘食吾為秀才時固不厭自成進士釋褐而歸念此身已不為己有而朝廷多故邊關日駭恐一旦肩事任非忍饑勞不能以身率衆自是不敢適口體強自勗厲以至於今十有九年矣嗚呼公之氣折逆奄明周萬事合智謀忠勇之士以盡其材用危困瘡痍之卒以致其武唐宋名賢中猶有倫比

至於誠能動物所糾所斥退無怨言叛將遠人咸喻其志而革心無貳則自漢諸葛武侯而後規模氣象惟公有焉是乃克己省身愛民體國之實心自然而流於天下者非躬豪傑之才而概乎有聞於聖人之道孰能與於此然惟二三執政與中樞邊境事同一體之人實不能容易曰信及豚魚媢嫉之臣乃不若豚魚之可格可不懼哉

黃岡杜蒼略先生客金陵習明季諸前輩遺事嘗言崇禎某年余中丞集生與譚友夏結社金陵適石齋黃公來遊與訂交意頗洽黃公造次必於禮法諸公心嚮之而苦其拘也思試之妓顧氏國色也聰慧通書史撫節按歌見者莫不心醉一日大雨雪觴黃公於余氏園使顧佐酒公意色無忤諸公更勸酬劇飲大醉送公臥特室榻上枕衾茵各一使顧盡弛褻衣隨鍵戶諸公伺焉公驚起索衣不得因引衾自覆薦而命顧以茵臥茵厚且狹不可轉乃使就寢顧遂暱近公公徐曰無用爾側身向內息數十轉即酣寢漏下四鼓覺轉面向外顧佯寐無覺而以體傍公俄頃公酣寢如初詰旦顧出具言其狀且曰公等為名士賦詩飲酒是樂而已矣為聖為佛成忠成孝終歸黃公及明亡公繫於金陵在獄日誦尚書周易數月貌加豐正命之前夕有老僕持鍼線向公而泣曰是我侍主之終事也公曰吾正而斃是為考終汝何哀故人持酒肉與訣飲啖如平時酣寢達旦起盥漱更衣謂僕某曰某某以卷索書吾既許之言不可曠也和墨伸紙作小楷次行書幅甚長乃以大字竟之加印章始出就刑其卷藏金陵某家顧氏自接公時自懟無何歸某官李自成破京師謂其夫能死我先就縊夫不能用語在縉紳間一時以為美談焉

金棕亭曰甘食悅色人情所不能已者而兩公淡嗜好之性出於自然故為千古第一流人物覺閔仲叔之不受豬肝顏叔子之蒸盡縮屋尚未免為食色所累望溪文直接史遷今連綴二事亦宛然龍門合傳之體

郭老僕墓誌銘

侯方域朝宗

郭老僕死而葬於城北之金家橋其主人為誌其墓而銘之曰老僕名尚十八歲事予祖太常公方司徒公之少而應秀才試以及舉孝廉登進士第老僕皆身從之司徒公仕而西抵秦涼之塞南按黔方北盡黃花居庸邊鎮上老僕又皆從司徒公嘗道經華山攀崖懸洞而陟其巔老僕則手挽鐵索從焉華山老道士年百八十歲矣謂司徒公曰公貴人也然生平當於功業留心福用當勝園玉而陪天子飯此後一

月難作凡有五大難過此可耄耋此僕當濟公於難者也幸善視之然老僕殊不事事司徒公嘗遣視南園之墅久之所司皆荒失命人迹之則老僕自攜琵琶與一婦人飲於鹿邑之城門樓司徒公怒斥之不使近戊辰赴官京師老僕固請從至則日酣飲於城隍市司徒公朝所命老僕暮輒醉而盡忘之司徒公怒而罵老僕則倚壁而鼾鼾聲與司徒公之罵聲更相間也積二歲餘以為常司徒公為烏程相所擠下獄顧謂諸僕曰爾輩皆衣食我今誰當從乎老僕泣拜於堂下司徒公熟視曰噫爾豈其人耶老僕前曰主人盛時安所事老僕老僕亦酣醉耳今老僕且先犬馬死主人又患難豈尚不盡心力主人不憶老道士言乎自此不飲酒亦不與其家相通從司徒公於獄者七年烏程相與韓城相相繼秉政皆苛深託諸緹校詗察往來士大夫親朋奴僕往往避匿去老僕嘗衣敝衣星出月入以事司徒公初燕女有姚氏者數嫁不終饒於財每曰我當嫁官人耳老僕乃偽為官人娶之日取其財易酒食交歡諸緹校者故得始終不及於難後姚氏察知其偽大哭罵老僕以手提其耳齧其面面上痕常滿及司徒公出視師乃以老僕為軍官冠將軍冠服將軍服以見姚氏姚氏則大喜老僕入謝司徒公曰老僕嗜飲酒今七年不飲酒此後願日夜倍飲酒以償之久之飲酒積病遂以死年五十七老僕有四子其次嘗犯軍法當死諸大帥卜從善等羅拜司徒公曰非願公壞法乃軍中欲請之以勸忠義也當是時郭老僕之名播兩河云銘曰

汝士大夫之師而乃居於奴奴乎奴乎奴尚則有士大夫卒無

張山來曰老僕之奇不在後之戒酒而在前之飲酒蓋戒酒猶屬忠義之士所能若飲酒則大有學問在苟非日飲亡何則當司徒盛時其播惡造業當不一而足矣

五人傳

吳肅公晴巖

天啟朝逆璫魏忠賢扇虐諸卿大夫以忠直被刑戮怨憤徹閭里匹夫匹婦髮豎心傀然未有公然發憤抗中貴毆緹騎不恤其身家之殞惟義之殉若蘇民之於吏部周公順昌者也嘗讀頌天臚筆及詢之吳父老未嘗不擊節慨慕之云初吏部負人望竭告家居時切齒朝事令不便於民者輒言之當事蘇人德之會都諫魏公大中被逮所過州邑莫敢通吏部輕舸候吳門相持慟哭罵忠賢不去口為約婚姻奉炙酒累日乃去璫聞之恚璫所私御史倪文煥劾吏部黨奸人削籍蘇固已人人自憤矣天啟六年緹騎中使李實以忠賢旨復坐講學聚徒與都御史高公攀龍御史周公宗建諭德繆公昌期御史黃公尊素李公應昇俱逮治詔使至蘇吏部慷慨自若而蘇民無少長皆憤五人其最烈云五人者曰顏佩韋曰馬傑曰沈揚曰楊念如曰周文元佩韋賈人子家千金年少不欲從父兄賈而獨以任俠游里中比逮吏部郡人震駭罷肆而詔使張應龍文之炳者虐於民民益怒顧莫敢先發佩韋於是爇香行泣於市周城而呼曰有為吏部直者來市中或譟或詢或泣或切齒詈或搏顙擗天或卜筮占吉凶或醵金為贐或趨裝走京師撾登聞鼓奔走塞巷衢凡四日夜洶宣詔諸生王節楊廷樞文震亨徐汧袁徵等籲計曰人心怒矣吾徒當為謁兩臺以釋衆怒又謂父老毋過激激抵重吏部禍父老皆曰諾乃相與詣西署將請於巡撫都御史毛一鷺一鷺璫私人也是日吏部囚服同吳令陳文瑞由縣至西署佩韋率衆隨之而馬傑亦已先聲析呼市中從者合萬餘人會天雨陰慘晝晦人持香如列炬衣冠淋漓僕僕相躡泥淖沒脛齘吏部舁肩輿衆爭吊吏部校道不得前吏部勞苦諸父老佩韋等大哭聲震數里移時抵西署署設幃幕儀仗應龍與諸緹騎立庭上氣張甚戢下陳銀鐺鎖鐐諸具衆目屬哽咽節震亨等前白一鷺及巡按御史徐吉曰周公人望一旦以忤璫就逮禍且不測百姓怨痛無所控告明公天子重臣盍請釋之以慰民乎一鷺曰奈聖怒何諸生曰今日之事實東廠矯詔且吏部無辜徒以口舌賈禍明公剴切上陳幸而得請吏部再生之日即明公不朽之年即不得請而直道猶存天壤明公所獲多矣一鷺張周無以對而緹騎以目相視耳語謂若輩何為者訝一鷺不以法繩之而楊念如沈揚兩人者摸臂直前訴且泣曰必得請乃已念如故閶門鬻衣人揚故牙儈皆不習吏部并不習佩韋者也蒲伏久之麾之不肯起緹騎怒叱之忽衆中聞大聲罵忠賢逆賊逆賊則馬傑也緹騎大驚曰鼠輩敢爾速斷爾頸矣遂手銀鐺擲階者然呼曰囚安在逆檻報東廠佩韋等曰旨出朝廷顧出東廠耶乃大譁而吏部輿人周文元者先是聞吏部逮號泣不食三日矣至是躍出直前奪械緹騎者之傷其額文元憤衆亦俱憤遂起擊之柄之柄跳衆群擁而登欄楯俱折脫屐擲堂上若矢石然自緹騎出京師久驕橫所至凌轢郡邑長唯唯俟命蘇民之徼倖出不意皆踉蹌走一匿署閣緣桷桷動驚而墮念如格殺之一踰垣仆淖中蹴以屐腦裂而斃其匿廁中翳荊棘者俱搜得殺之一緹吉皆走匿王節等知事敗而當衆氣方張之時即欲前諭止不可得諸父老練事者亦旋悔稍稍

散是日也緹騎之逮御史黃公尊素者適舟次胥江擒於郡執市人擁之郡人閉城中之毆緹騎也亦毆之焚其舟擠水中次日雨甚鄉大夫素服謁兩臺策所以救地方而一鷩則夜已密書飛騎白東廠且草疏告變矣檄下縣曰誰為祈聲聚衆者誰為熱香號泣者誰為驍雄賈勇首難因而戕天使者必悉誅無赦殆衆以吏部故用義氣相感發五人一呼千百為群聞捕誅稍稍懾五人毅然出自承曰我顏佩韋我馬傑我沈揚我楊念如我周文元俱就繫曰吾儕小人從吏部死死且不朽及吏部死詔獄五人亦斬於吳市談笑自若先刑一日暴風雨太湖水溢而傍陵人則言文煥家居晝坐忽忽見五人嚴裝仗劍狂佈導吏部來忽不見廷井石闌飛起舞空中良久乃墮聲若如雷明年烈皇帝即位忠賢伏誅吏部子茂蘭刺血上冤狀詔卹吏部誅文煥蘇士大夫即所夷璫祠廢址葬五人身首合葬而監石表之至今稱五人之墓云

街史氏曰奄寺之禍古有弑君覆國者矣而何物魏逆威燄所煽俾率土靡然廉恥道喪振古為極矣向使中朝士大夫悉五人者則肆諸市朝何為哉五人姓名具而人之無亦以人道之所存不於彼而於此歟

張山來曰此百年來第一快心事也讀竟浮一大白

簫洞虛小傳

傅占衡

今簫非簫也蓋古尺八近予臨川車衣擅其巧今世稱洞虛子者是也裘戴湖村人字龍文幼涉學凡藝近文史者皆工而尤妙於竹凡竹之屬皆善而最善者簫尺八也自言年七歲弄俗簫成聲輒惡其聲十歲時得吳市簫吹之亦不厭已意然好彌甚至妨蒞食刓刻鑴失變舊法畫則操造水濱怪石旁或入幽岫林樾蒼脩中當月野霜庭馬睡雞醒之際啟塞抑按未嘗去手一日悟其法起舞拍牀罵前人鈍不聞此妙矣頃之其鄉人持一管萬里外遇解音容購之萬錢雙絹自是洞虛子簫聞天下顧產僻不足不到吳越歌舞場家居十指不給其役俗簫稍稍竊具粗似丹碧之名洞虛亂吳市中暴得直而真洞虛子家故貧自若也時溷蕩以酒人客高門雅士間語次罵坐衆欲毆之已而聞簫聲滿坐皆歎又相與洗盞更酌蓋其為人如此四方之知洞虛子者至今莫知其何許人也其簫衣裹濯治得議制之妙無瑕疵聲無累飾以行草秀句山水漁釣宮觀煙樹人物花鳥蟲豸雜工寫描勒入神而其獨得之妙在選竹竹至千尺取十一蓋有柯亭爨下遺識乎嘯咏之頃輒以斤銘自臨園公林監武詠病之好事者寄其辭不問也予寄得二焉其一瀟湘合流八景分峙隙間題詠霎焉可數其一十八尊者圖予龍眠筆蘇于瞻贊秦太虛記皆具云置酒倚琴而吹之因謂予是簫如北方佳人絕世獨立飾粉黛皆土耳昔人品庾信月明孤吹然非洞虛簫寧稱予山丈予衣大喜遂別作一枝遺予形以一卯一竪一觸一詠而題其上云青筠欲孔王褒賦明月吹成庾信文且曰簫之壽計年計十人之壽計十計百先生作傳洞虛之壽不可計敢請予笑諾之因訪其利病最要歲衆乃曰簫孔下出貫綸者雨日差後而斜睨勿居中而徑往予究其聽巧絕倫戲為簫洞虛子傳之嗟夫恐亦如流馬木牛尺寸具諸葛書中人不能用也

張山來曰此日之簫其貫綸處皆近後而斜睨無居中者其殆皆本於車君耶

又曰黃九烟先生為予言韓翁能吹鐵簫冠服詭異時而衣大袖紅衫如宋高公子時而破衲襤褸如貧乞兒予聞而異之因訪焉南城而居敗屋一楹几上置大小竹管若干具皆有簌長四五六寸不等裂斤楮三四寸許者書簫譜約三四十字排滿几案翁衣裕裘冠低帽如營伍中人語操北音予請聆其技乃出鐵簫者三其二制與常簫等左右手各握一具以鼻吹音無參差也其一約長二尺餘口

吹余因詢其所裁竹管答云竹不論長短皆可吹但須因材割竅耳予簫孔止四五句熟之則諸曲皆可合也尚有鐵琴一今在真州未攜來不能為君奏矣嗯予技顏能已病撫軍某患目疾予授以吹簫而愈制府某患齒病予授以吹簫而愈所治者非一人矣復為余言今醫家每以王道治病王道性燥裂恐反增疾予則純以霸道治之是無皆取其魂而去其魄僅輕清之氣耳予因知翁未嘗讀書談謂霸為王謂王為霸也因讀簫洞虛傳附記於此

鬼孝子傳

宋　曹射陵

海鹽陸冰修述閩中高雲客之言曰其鄉有鬼孝子者生七八歲父亡於外家無宿糧孝子即能以力養其母俾母安其室而無他志將來冠聘某氏女未娶孝子忽以疾死自是母無所依有鄰人某者將娶之謂媒者曰若之夫久相失矣若之子又卒亡矣若之家無二尺之童且無衣無食矣若其何以自終乎予欲與若偕老若其許之乎媒者悉以告其母母將許之孝子是夜忽聲作於室嗚嗚然環榻而告母曰兒雖死兒心未死也兒與母形相隔魂相依也鄰人欲奪吾母母遂將從之乎母驚哭曰夫身亡吾素志始汝父死賴有汝汝死吾復何賴汝為我謀我何以生孝子曰

兒之生，曾以力養吾母，亦曾以餘力聘某氏女。兒不幸早喪，母無所依，某當歸吾聘資為母生計。母曰：如不應何？孝子曰：兒當語之。是夜果見異於某家，某信，備前資以歸其母。母以是自給三年，詩資盡，母復呼孝子之魂而告之。孝子曰：兒生能以力養吾母，死亦能以力養吾母。母曰：吾兒鬼矣，烏能復以力養？孝子曰：母當市中語擔者曰：爾倍平日所擔，吾兒當佐汝。母果入市語擔者，擔者曰：若兒死矣，烏能佐吾擔？其母曰：請試之。擔者果增以倍，孝子陰佐之，擔者疾走如平日。因以所獲錢穀歸半於其母。孝子日佐之無間，母以是自給至老。嗚呼！孝子當父死後能盡孺慕之孝以養其母，俾母安其室而無他志，迨身死後復能精魂周旋其母，俾母獲全生平之節，而且以死力佐擔養母，以至於老，豈非孝子之為德，非死之所能間乎！爰記其事而傳之。

張山來曰：予嘗謂鬼勝於人，以人不能為鬼之事，而鬼能為人之事也。然世之齎志以歿者，不能憑依於人以為厲，豈真如子產所云用物精多則魂魄強，不且反是耶？今鬼孝子竟能自行其志，可以為鬼道中開一法門矣。

黃履莊小傳　　戴　榕文昭

黃子履莊，予姑表行也。少聰穎，讀書不數過即能背誦。尤喜出新意，作諸技巧。七八歲時，嘗背塾師，暗竊匠氏刀錐，鑿木人長寸許，置案上，能自行走，手足皆自動，觀者異以為神。十歲外，先姑父棄世，來廣陵，與予同居。因閱泰西幾何比例、輪捩機軸之學，而其巧因以益進。嘗作小物自怡，見者多競出重價求購。體素病，不耐人事，恐劇，勵因竟不作。於是所製始不可多得，所製亦多，予不能悉記，猶記其作雙輪小車一輛，長三尺餘，約可坐一人，不煩推挽，能自行；行住以手挽軸旁曲拐，則復行如初。隨住隨挽，日足行八十里。作木狗，置門側，卷臥如常，惟人入戶，觸機則立吠不止。吠之聲與真無二，雖黠者不能辨其為真與偽也。作木鳥，置竹籠中，能自跳舞飛鳴，鳴如畫眉，淒越可聽。作水器，以水置器中，水從下上，射如線，高五六尺，移時不斷。所作之奇俱如此，不能悉載。有怪其奇者，疑必有異書，或有異傳。而予與處者最久，且未常不見其書，叩所從來，亦竟無師傳，但曰：予何足奇？天地人物皆奇器也。動者如天，靜者如地，靈明者如人，賾者如萬物，何莫非奇？然皆不能自奇，必有一至奇而不自奇者以為源，而且為之主宰，如畫之有師，土木之有匠氏也。夫是之為至奇。予驚其言之大，而因是亦具知黃子之奇，固自有其獨據，非一物一事求而學之者所可及也。

昔人云：天非自動，必有所以動者；地非自靜，必有所以靜者。黃子之奇，其得其奇之所以然乎？黃子性簡默，喜思。與予處，予嘗紛然談說，而黃子則獨坐靜思，觀其初思求入，亦覺戛戛似難；既而思得，則笑舞從之，如一思凝而不得，必擁衾達旦，務得而後已焉。黃子之奇，固亦由思而得之者也，而其喜思則性出也。黃子生丙申，於今二十八歲，其年月日時與予生期毫髮無爽，亦奇也。因附書之。

附奇器目略

一驗器　冷熱燥濕，皆以肉驗，而不可以目驗者，今則以目驗之。

驗冷熱器　此器能診試虛實，分別氣候，證諸藥之性情，其用甚廣，另有專書。

驗燥濕器　內有一針，能左右旋，燥則左旋，濕則右旋，毫髮不爽，并可預證陰晴。

一諸鏡　德之崇卑，惟友見之；面之媸妍，惟鏡見之。鏡之用止於見己，而亦可以見物，故作諸鏡以廣之。

千里鏡　大小不等

取火鏡　向太陽取火

臨畫鏡

取水鏡　向太陰取水

顯微鏡

多物鏡

瑞光鏡　製法大小不等，大者徑五六尺，夜以燈照之，光射數里，其用甚巨，冬月人坐光中，則遍體生溫，如在太陽之下。

一諸畫　畫以飾觀，或平面而見為深遠，或一面而見為多面，皆畫之變也。

遠視畫

旁視畫

鏡中畫

管窺鏡畫　全不似畫，以管窺之，則生動如真。

上下畫　一畫上下觀之，則成二畫。

三面畫　一畫三面觀之，則成三畫。

一玩器　器雖玩，而理則誠。夫玩以理出，君子亦無廢乎玩矣。

自動戲　內音樂俱備。不煩人力。而節奏自然。

真畫　人物鳥獸。皆能自動。與真無二。

燈衢　作小屋一間。內懸燈數盞。人入其中。如至通衢大市。人煙稠雜。燈火連綿。一望數里。

自行驅暑扇　不煩人力。而一室皆風。

木人掌扇

一水法　農必藉水。而成水之用大矣。而亦可為諸玩。作水器。

龍尾車　一人能轉多車。灌田最便。

一綫泉　製法不等。

柳枝泉　水上射復下。如柳枝然。

山鳥鳴　聲如山鳥。

鸞鳳吟　聲如鸞鳳。

報時水

瀑布水

一造器之器　工欲善其事。必先利其器。況目中所列諸器。有非尋常斤斧所能造者。作造器之器。

方圓規矩。

就小畫大規矩

就大畫小規矩

畫八角六角規矩

造諸鏡規矩

造法條器

張山來曰。泰西人巧思。百倍中華。豈天地靈秀之氣。獨鍾厚彼方耶。予友梅子定九。吳子師邵。皆能通乎其術。今又有黃子履莊。可見華人之巧。未嘗或讓於彼。祇因不欲以技藝成名。且復竭其心思於富貴利達。不能旁及諸技。是以巧思遜泰西一籌耳。○原本奇器目略頗詳。茲偶錄數條。以見一斑云。

虞初新志卷六終

虞初新志卷七

清　新安張潮山來輯

書戚三郎事

周亮工減齋

江陰城陷。微戰抗命者。邑有戚三郎與婦王。篤伉儷。夫婦皆好推施。一子甫五齡。家所向惟關帝君祠。戚夫婦虔事之。月朔望。未辨明。即爇香祠下。二十年如一日。城陷。被兵執。縶戚足。帶糾其臂。數被創。擁至通衢。見妻為他兵拽去。戚呼號救之。復被創。前後凡十三創。首亦被刃。推擁過帝祠。不勝步矣。倒地上。兵見其氣息僅屬。舍之去。戚心獨朗朗。念虔事帝。得死楹下足矣。然度難死。帝顯赫。或有以援我。日且暮。覺祠中有異。糾臂帶忽裂。裂聲如弓弦作霹靂鳴。戚臂左受創。糾縛既斷。因得以右扶首。將墮。喉固未絕。因兒轉正之。心朗朗念帝顯赫。有援我也。黎明。兵數過。戚見血痕模糊。謂死矣。不復顧。久之。有老翁媼趨視戚。憐之曰。三郎斃矣。盍拖之歸。戚雖憒然。心識其為比鄰錢翁沈媼也。頃之。兩人續以薦糜至。越二日。入曰。兵封刃。行且去。郎活矣。乃不復至。戚首為血縕。乃因之固。漸能起。舉視室中。無一存者。五齡兒固坐足旁泣。而屋中乃僵二尸。辨之。鄰錢翁沈媼也。戚恐甚。久之。悟兩人殆肅帝命以援予者。因強起跪。覺過帝祠。欲拔地。身不能屈。立作叩首狀。首又若將離者。乃依楹祝曰。身賴帝活。惟帝終有以庇予。因念翁媼死而生我。不可久暴露。吾室有木可為櫬。第安所得匠。憶衆為帝治寢宮城園工未竟。匠或有存者。往迹之。見三匠踦戶語。戚告以故。戚隨戚歸。戚指示木所在。匠遽為操作。戚匍匐乞米以為食。久之不得。僅從空室得冬炒半囊。歸入室。失三匠。而存五櫬。戚念約為二。而五之。去又不俟予歸耶。趨帝宮。宮無人。三尸仆戶內外。固三匠也。戚驚懼。是時兵遣去。人漸歸。乃倩所識以櫬曆翁媼及匠而瘞之隙地。戚數得帝佑。神理亦漸瘥。復至帝祠。能稽首拔地矣。爇告帝。謂帝恩我無極。第妻無由見。帝其以夢示。歸而夢帝臨之曰。疾去數里外。有舟待。越月之十四日。終不可見矣。辨明。力疾負子行至津亭。見有艤舟柳下。若有待者。其人為成三。戚曰。若何待。成曰。吾之室被擄而南。吾將操舴艋往。獨不可往。度邑中失侶者多。應有往者。故遲之。戚曰。帝示我矣。予為此子。兒母得附舟行。幸矣。具告以夢。成亦手額曰。帝祐君。合浦珠自當還。吾即不得。藉君庇以分神貺。浮泙斷梗。或冀幸一遇乎。言訖。相與泣數行下。憂患易感。意氣殊相得也。抵昇州。舟刺鬼面城下。乃入市。揭示四達之衢曰。江陰戚三郎覓妻王。能為驛騎者。予多金。成亦揭示。如戚有某者見戚所揭示往見戚曰子我金告爾妻所在戚雖揭示謬語耳固無從得金語某曰我實無金期一見婦耳某歎曰世固有不持金而求得婦者疾起去戚挽之告以戚為帝所指示始昧昧至此實不持金城陷家破安得金某聞戚語悽然憫之曰即告爾妻所在不得爾金易耳顧無金彼武人亦手返爾妻耶具告以妻所在戚與成傍徨久之某忽曰子何能戚曰能書某曰機在是矣某公者矢願於報恩塔下倩人書百部首楞施四方方覓人子誠善書計可得數金事或可圖歟盍疾去戚乃尾某行而以子偽成見某公以情告試以書書誠工某公既善其書又憫其遇施十金某踉蹌擕戚至某標郝總旗所郝他出郝婦曰誰耶戚告以故婦曰誠有江陰王氏者子我金我與爾婦戚喜婦無多索跪獻金婦持金入久之不出又久之出四顧曰何為者戚與某戚驚唉婦愕然曰何為者乃誣我得金室固無爾婦安得爾金命閽者榜逐之戚掩涕怨某相與且去成方與戚子望其與妻俱歸已得故怒目曰不得婦又失金不值一死耶奈何遂返明日與我俱明日戚擕子偕成往刎剄於門郝方立毬場弄鷹召入成瞪目欲裂鬚而前吾成三是為吾友戚三戚婦在公所昨擕金贖婦公夫人得金乃不與婦吾與戚邑陷家破與婦失去死絲粟耳無家死失婦死失金亦死公不與戚婦十步之內以頸血相濺矣突出刀靴中欲自殺郝愁張急止之曰安有是吾婦何從昧爾金勿自殺吾入詢誠有是吾不以為婦矣乃急入久之聞譆譏聲已復聞郝撻婦戚與成咸跪呼於外曰勿撻夫人但願還婦足矣食頃郝出氣結擲金於地曰急持去成稽首曰戚急得婦不急金且金歸公室一日夜矣又吐之公大人義不為也爭之益力郝曰義哉子為友乃以死爭計戚所持金爲足贖婦然吾高子行何計金當以婦歸子友因呼婦出戚方注目不瞬謂妻且至望不類少近則成與婦相抱痛哭婦蓋成妻也先是成妻之被擄而南也過郎舍書壁曰我江陰成三郎妻王氏為某標郝擄見者幸以語吾家久之成字微落獨存戊某第見戚所揭示故遽報之戚云郝見婦反覆成訝曰異哉子以死爭友而顧乃自爭天下嗜義者獨為人哉天合子子疾去成曰金出戚而婦歸我我何去去則戚之金不返我誠我爭矣郝曰奈何成曰小人勇於力婦善鍼黹公誠能錄小人夫婦願得二十金予戚聽其覓婦小人即除馬通婦拮据下甘心也郝曰義哉然吾無所需子有張將軍者方覓役易為子言之郝即趨張所戚亦隨成往張見成許納出廿金予成券成成以金予戚戚曰子激於義售夫婦身期全吾夫婦耳顧吾婦何在得金安往

相與絮泣張曰爾姑擕金去得間當具以語我當為覓之戚見張位都赫往來甚夥意顯者苟留意憂不得妻耶乃叩首曰子向賣十金耳成售身倍其金予我我義不敢受然成綠我金得妻又不忍分我金吾儕落魄得金即隨手遽金盡婦終不可得且負兩公義易以金留公所公但為我覓妻妻得成之心盡我即倍償成金無愧於成矣張頷之納金令爾亦覓所在來語子毋獨恃子閱一日成方除馬通過壞墻聞諸婦人多操鄉里音成私度曰戚妻脫在是誰復知者乃亦操鄉里音過曰戚三郎屬子尋婦今安所得耶婦聆之迫於監者不敢答晚如廁遺片紙墻隙復操鄉里音曰此紙納之隙留以備明日成遂闢之覺有異俟人定趨取紙細書戚三郎妻王氏即今在此君急語我夫成得之大驚喜急聞之戚戚擕子來先愬之郝郝與俱來戚直前跪曰速見妻所在聞即在府中願憫之張即詢所繫婦首王氏即戚妻耶呼之出真戚婦也戚見婦驚悸錯愕未敢往就搖搖不知悲其子見母出突奔母懷仰視大痛婦亦俯捧兒哭失聲戚至是始血淚迸落戚成跪張前戚婦亦遂跪聽命張曰是誠爾妻然是人少有色故遴為首約值五十金半猶不足望得婦耶戚挽郝言之曰邑陷家破安得金將軍憫之且娓娓言帝所以祐之者復告以夢期以動張張曰果無一贖始贖即減定值何以示來者堅不許戚曰成售夫婦身僅得此金而又苦不足天乎安所得金戚乃大哭婦哭而戚子又踉蹌往來哭於父母旁郝哭張之廝養哭張姬妾環屏內者亦哭久之張亦涔涔淚下矣哭聲鼎沸間張突躍起曰止止吾還汝婦不須金也城陷家破爾誠無所得金且爾數被創弗死非帝祐不至是爾誠善者吾還爾婦不須金也成以爾故售身於吾爾夫婦還而成留成即不怨爾爾何以謝成吾既還爾婦兼還爾友夫婦爾夫婦其與爾友夫婦俱還此二十金即為爾輩道里需不須金也吾還爾婦然我有言爾亦毋我違爾之子秀而慧我撫之盍以予我我老矣無嗣誠子我我不奴視子不隔膜視子也戚急遽未有以應婦忽趨前唾耳語戚久之復揚揚謂戚曰子尚需乳耶戚遽膝前曰將軍生全兩家夫婦且欲子下愚子何不可者將軍喜急前抱兒兒亦暱將軍不復甚戀父母將軍益喜呼戚夫婦坐待以親串禮舉兒入室遍拜所親已復劍兒出衣冠煥爽賓從以下皆羅拜慶將軍有子戚與成兩家謝將軍去計戚初見張將軍日實帝所示十四日內也人咸以為戚虔於帝之報云戚歸既安其室復過某公為書經塔下者三閱月因得往來視兒將軍亦多所贈久之將軍病卒將軍擁高貲族子利之戚以戚自有父母非吾

族類也侯史其歸戚子亦因之便去諸母惡族子競以所有與戚戚子所攜甚厚至今為江陰巨室成亦依戚終其身子歸後新帝祠江上知名之士咸為詩文以紀之戚書鐫於祠石

張山來曰關帝能犯韓嘿佑戚郎則曷不於其婦被擄時顯示神威耶豈數當有難有不可免者耶又豈必待祈禱而後應耶然終不可謂非帝佑也

紀周侍御事

陸次雲雲士

明天啟時御史周公宗建疏劾魏閹奪職被逮並楚至不能出聲許顯純向公厲聲曰此時復能詈魏上公不識一丁否卒斃於獄六月沈獄七月還尸家中訃音未至有清江浦舟子接一秀士許以一金雇舟問其姓氏自何所來曰我周季侯自京師來又問吳中被逮諸公狀蹙蹙曰俱死矣又問魏監曰伊罪惡貫盈不久顯戮矣至吳江入門不出舟子呼之家人出詢知其故曰季侯吾主人也赴逮在京安有此事喧鬧間夫人急出曰良有是事昨夢侍御還家備言死狀且云上帝鑒其忠直俾為神吳郡舟子許其一金為我酬之勿失信也出金與之舉家環哭舟人亦哭曰吾得載忠魂生平奇事肯受金耶夫人曰侍御生平清介汝不受直非其心也舟子拜領而去

姚江神燈記

朱一是近修

往余聞姚江有神燈以為誕詢邑人曰有之四三月間始見東郊獄廟為戚余候其時攜同輩往數數不獲遇廟僧曰天驟熱將雨遇矣余又候熱往日暝抵廟登山巔玉皇殿憑高俯眺忽見二燈冉冉從廟出若懸乎足底回首四望俱有所見如晨星落落布野已漸稠密百千萬億熠熠往來不可紀極矣有一燈獨行者有並攜二燈者有百什燈排列徐徐若官人出行鹵簿前導者有若二隊相值各分去者有相值若揖若語而別者有高擎者有下移者有置燈總坐者有穿林踏險而行者有渡江者始渡若揭衣跣踏登岸則速者其光或顛若有所懆或光動若庭燎或滅或復明或數燈合為一或一分為數或迎風疾行欻反向而熾或徐行則斂或駐則漸微或排列一綫若星橋燈市或獨燃幽處若寒膽熱燈熒熒然或高在山半若懸乎或出江間蘋草中若漁火或遠或近在數十步內熟眡燈下若有二足影喁喁若聞語聲而實無語余見燈聚處使人疾趨眡則無有其人回眡余所在反有之余不覺也至初更鐘鳴則盡滅嗚呼其神耶非神耶以余所見詢神也然神之德盛塞天地貫古今

無乎不在而必姚江必東郊必四三月必熱將雨始見是豈神耶夫儒者採賾索隱採傅聞覽怪誌其疑惑聚訟宜也余目所經見且久立凝睇而不知所繇然求為博物君子不其難耶抑誠有不可知者耶不可知則神矣余故詳述焉以質世之多聞者其年丙戌其月癸巳其日己卯同游者為年友湛侯于君進及裕沈葉三君俞秀才咫顏余門下士

張山來曰吾鄉有靈金山每歲以六月十八日建醮施食檄召諸鬼鬼火羣起倏合倏分其文乃韓國公李善長讀書山中時所撰久之其板湮滅至不可識道士別鐫一板焚之而鬼不至因仍以舊板刷文重讀燐火復熾迄今每遇醮壇則新舊二檄並焚云可見鬼神一道與人互相感通姚江神燈非妄言也

記盜

楊衡選聖藻

有穿窬之盜有豪俠之盜有斬關闢門貪婪無厭冒死不顧之盜從未有從容坐論盃酒歡笑如名士之盜者蓋盜者迫於饑寒或為讎惡報怨不得已而為之盜而名士盜亦奇矣南城蕭明彝先生家世為顯官厚其貲庋於田時當秋穫挈其愛妾刈於鄉之別墅有少年三人自屋而下啟其戶連進十數輩曰蕭先生睡耶就榻促之起為先生着衣裳進冠履若執僮僕役甚謹曰先生有如君男女之際不可使窺外事請鍵其室迎先生至外廳設坐面南向爇燭其下曰某讀先生今古文可一一為先生誦之最佳者無如某篇某篇之中有某聯某句非巧思不能道嘗於某顯宦處私伺先生宴連飲十五犀觥諸公不及也江南藩司碑記惟先生文為絕筆左右有恐嚇先生者其盜魁力止之曰此蕭先生不可以常態驚也索酒餚相啖食先生為之陳庖廚飲酣曰某等聞先生名久矣不惜千金路費至此可出其貲橐以償吾願先生曰昨有四百金稻穀償借來遲耳今早已送之城中此所留者僅供酒之需不過二十七金人參八兩玉帶一圍而已願持贈諸豪士左右疑有埋藏者盜魁曰此先生真實語也不須疑啟其篋如數夜將半先生倦且恐盜魁曰先生倦乎吾為先生起舞解長服甲鎧繡鮮金光爍爍奪人目拔雙劍起舞廳中往來近先生鼻端迹其狀如項莊鴻門意在沛公時也良久乃止先生侍益恭盜益重先生自啟戶論文始終敬禮先生卒不敢犯如此先生房委曲四顧夜累持燈遍書幌曰此總檔宜向某處上下此樓宜對某方所惜鳩工時少經營耳登樓窺先生藏書見名臣奏議忠臣譜二集曰吾願得此筆筒中舊置網巾二副納之袖中字畫多時賢為者曰烏用

此姑存書蘇擇其不佳者毀裂之有美人一幅乃名筆曰此不可多覯者雖君某留有小楷扇一柄藏筆牀側曰吾與此公有舊好宜珍之亦攜之去將出門邀先生送先生強留曰若輩皆少年豪俠待至明日歸取四百金相遺何如盜𢝋曰世俗無其事余何能待請姓名不答曰後會有期惜先生老若少壯當與之同往先生出走里許見木舟二泊溪口盡登搖櫓而去語作吳下音嗟乎盜而如是何以常盜目之哉吾恐盜虛粹者滅禮義棄詩書反不若是之深於文也謂之曰名士之盜

張山來曰有盜如此即開門揖之似亦無不可者雖然天下豈少此輩哉獨恨踰其賓而諱其名且所欲無厭固不若此輩之直而且廉耳

化虎記　　徐芳仲光

年來予鄉多虎嚙人甚衆及行腳歷閩楚豫皆然或曰是帝所役以襄戈鏑所不及或曰所在桔鬼魑魅激鬱而化是二者疑皆有之而無如危予允臧所述黃翁事尤異黃翁者崇溪人去樵城十餘里生三子俱壯矣乙未春使耕田山中晨出酉返如是數日一夕鄰子謂翁曰田蕪弗治倘無意乎翁曰兒曹日躬耒耜奚蕪也鄰子曰未也翁心怪詰旦三子出翁密尾偵其所往則見入山林中祛衣掛樹隨變為虎

嗟躍四出翁大恐奔歸竊告鄰子拒戶匿處迨夜三子歸呼門良久不應鄰子諭之曰若翁不爾子矣問其故以所見告三子曰有之帝命所驅不自由也因嗚咽呼翁曰罔極之恩寧不思報無如父名早在幼中兒輩數日遣出正求其人可以代者既爾迫露不可復止然某所衣領中有小冊幸為開付不然父固不利兒皆坐是死矣翁因取燭覓衣領中果得小冊皆是樵邵應傷虎者而翁名在第二翁曰奈何三子曰第開門當自有策翁勉聽三子受冊泣拜因告翁曰此俱帝命父當蒙厚衣數重勿結帶加黃紙其上匍伏虎倚兒自有救父法翁如言三子次第從後躍過各嚙一衣虎吼而出遂不復返翁至今猶在自昔以人化虎多有之矣如封邵李徵冀即皆易皮換面而去未有涸處人中若三子者且帝既以傷人役之而又列其父冊中尤極難處之事而三子求代不得又曲盡以全之可謂形易而心不易者矣天下固有五官四體居然皆人而君父當前竟不相識者豈既已虎矣而猶有恩之不可化哉雖然三子既虎矣奈何列翁名冊中豈司此者偶忘之乎又豈年來氣數之變雖負恩之大至於戕賊其父帝亦恣其所為而不甚問也耶則非予之所敢知也

張山來曰三子求可以代父者其計甚拙設代者當死於虎則僅足敝其本辜未可以代其父罪設彼不當死於虎而三子枉法以殺之則是父罪未免而已先犯於法矣將若之何

義犬記　　徐芳仲光

丙申秋有太原客南賈還策一衛橐金可五六百偶過中牟縣境憩道左有少年人以梃荷犬至亦憩犬向客呻啞若望救者客買放之少年窺客裝重潛躡至僻處以梃搏殺之曳至小橋水中蓋以沙草負橐去犬見客死陰尾少年至其家識之即詣縣中適縣令升座衙班甚肅犬直前據地呼號若哭若訴驅之不去令曰爾何冤吾遣吏隨爾犬導隸出至客死所向水而吠隸撥草得屍還報顧無從得賊犬亦復至號擲如故令曰若能知賊乎我且遣隸隨爾犬又出令又遣數隸尾去行二十餘里至一僻村人家犬竟入逢一少年跳而嚙其臂衣碎血濡隸因縛之到縣具供殺客狀問其金尚在就家取之因於橐中得小籍知其邑里姓字令乃抵少年辟而籍其橐歸庫犬復至令前吠不已令因思曰客死其家固在此橐金安屬犬吠將無是乎乃復遣隸直往太原此犬亦隨去既至其家方知客死又知橐金無恙大感慟客有子束裝偕隸至賊已瘐死獄中令以橐驗而付之其犬仍尾其子至扶櫬偕返道

往數千里旅食肆宿與人無異

論曰夫人赴機在智觀變在忍禍起倉卒張皇震攝而不知所出智不足也不忍忿忿之心蹈義赴難而規畫疏略志雖誠而謀卒無濟忍不足也故曰成事難使犬當少年戕客之時奮其齒牙以與賊角糜身巨梃而不之避烈矣然於客無補御寇猶痛疾走控籲而於賊之窟宅未能曉識縱令當事憐而聽我荒畦漫野於何索之冤雖達賊不可得也惟明有報賊之心而不驟起以駭之知縣之可訴而姑忍以俟逡巡追躡以識其處賊已在吾目中而後走訴之已落吾彀中而後奮怒於一嚙而讐可得金可還太原之問可通而客之櫬可以歸矣其經營細穩不必痛之遽伸而務其忠之克濟是荊軻聶政之所不能全子房豫讓諸人所不得遂而竟遂之者也豈獨信訟公庭旅走數千里外之奇且壯哉夫人孰不懷忠而遇變則渝孰不負才而應猝則亂智取其深勇取其沉以此臨天下事何事不辦焉予既悲客又甚義客之有是犬也而勝人也

張山來曰義犬事不一而足特錄此篇者以其事為尤奇也　又曰犬固義矣而此令亦有良心設墨吏當之此金尚能歸客之子乎

奇女子傳

徐　芳仲光

奇女子者豐城楊氏女歸李子為婦譚兵圍南昌遊騎四出掠丁男賣鬻婦為小校王某所得校山東人故有妻婦曲意事之甚見暱已生一子矣亡何校家漸落從軍去婦詭語妻曰生事蕭條恨不身生羽翼妻曰何也婦曰妾故夫本大家先世遺貲良厚當播越時曾以金珠數斛潛瘞室今夫死妾擄棟宇皆燼此中重貲瓦石同沒使得從而之此妾與夫人何患不富乎妻豔之曰果爾盍遣人發之婦曰此妾手瘞無人識也嗟惜而罷他日妻又問婦曰妾固籌之欲得此金非妾行不可妾婦人安能遠出必易服往還且數月而此咻咻何堪久擲妻大喜曰弟行耳若子吾自撫之婦故綣戀不肯妻慫恿力乃擇日釋笄雜鞵鞴褲腰弓刀從兩健兒躍馬而南渡章江去家數十里止逆旅以醇酒飲兩健兒皆醉夜潛起斬馘之馳騎至里以馬策撾家門大呼夫從牖罅瞷視見是少年將軍不敢出里老數輩稍前諦問婦曰別有勾當不關公等門啟婦歇馬中堂踞坐索故夫呼叱甚厲里中疑有他故恐相累共從夫出夫傴僂前謁伏地不敢起婦曰頗識吾否夫對曰萬死不能識將軍婦曰試認之夫謝不敢側目微睇惘然失措婦歎曰真不識矣於是推几前抱夫起痛哭曰妾非他妾君被掠楊氏婦也具述其易裝巧脫狀一時喧動里中親識更闐門賀李氏子再得婦事聞邑令為給牒獎許紳士之賢者多婦義略相率為詩歌美之皆曰奇女子奇女子云此甲午年事

論曰易有之婦人之義從一而終鄭亭之婦以引腕小嫌舉刀自斷其餘其肯隱忍嘔掠為廝養生子乎女行如此節不足稱矣然人之情於近則暱之所遠則益疎而鄉之婦巾幗娩弱異地飄墮以數千里而絕星分勢無回合乃能訹謀幻出珥耳蔡檻之中颺翮縱籠之外弄愚婦如轉丸剪兇雛若拆朽其深智沉勇有壯男子不辦者矣彼臺柳之假手虞侯樂昌之乞憐半鏡奄奄氣色視此孰多乎女子如此不謂之奇不可也往盱郡之變里中有長年為卒鷙駕一舟舟所載掠得婦十數人胥首祛服笑語吃吃無有幾微慘悴見顏面者長年退而歎息而某村少婦歸一乖夫乃百計營夫以重金求贖婦見夫瞠目曰此非吾夫夫駭走哉於不免蠢情遷腹變其甚者又如此矣且天下之得新捐故擧其夫不肯一顧者豈少乎抑如柳先生所傳河間婦者自昔已如是耶或曰女子不忘夫是矣而舍其子無乃忍乎東海生曰此所以奇也非是子無以信其妻而故夫不可見矣廝養之子異子也世之不能為女子者皆其不能舍者也女子之以金珠豔其妻想奇巾幗而介胄膽奇夜醉殲兩健兒手奇抵家不遽識夫踞而駭之而後哭之始終結撰亦無不奇然尤更奇於舍其子夫惟其能舍斯所以能取也歟

張山來曰拙菴之論備矣尤妙在小校從軍去後始露其謀設非然者則小校必偕之而行矣

曲全節義疏

阿畢阮

巡視南城監察御史阿□□畢□□阮爾詢等題為曲全節義以敦風俗事該臣等看得王知禮即正法牽連叛犯李乾同之子李殿機也其母張氏給配象房校尉王伏殿機年甫三歲隨母撫養因入後父王姓後充校尉以私回原籍曾經鑾儀衛革退於廿三年將身賣與鑲紅旗佛爾海佐領下厄爾庫家據幼聘王氏供稱年三十四歲伊叔伊兄逼嫁決志不從探得伊夫尚存不忍即死守婦人從一之義訪尋千餘里外以圖完聚是女子真有大夫行也據厄爾庫之供我雖一窮巴牙拉無人供役價買李殿機因隻身不便使喚復買婢蕭氏配為夫婦今重王氏節義不肥伊僕身價情願斷出不忍拆李殿機已配之婦並許與蕭氏同歸前後二婚悉係發落輕財好義此巴牙拉真有義士風也據范一魁雖供年六十二歲但以異姓人攜一女子遠行迹涉嫌疑事干非分因喚穩婆更番驗過已得真實據女子之供是范一魁憐王氏立志尋夫不顧是非成敗護持完節似亦人情所難得者此皆我　皇上至德深仁恩濡化洽人心風俗直接唐虞是以女子懷貞匹夫向義共成一段奇緣播之海內傳之千萬世見貞節之風超出於尋常事外者臣等查在官人與旗人原有定例何敢於例外妄奏但王氏貞心守節冒死尋夫若竟不准其完聚王氏無從着落情似可憫雖據厄爾庫之供情願斷出聽其完聚然又非現行之例臣等再四躊躇因事關風化仰體我　皇上堯舜不忍一夫一婦不得其所至意故備述其情事本末合詞上聞格外之仁均候聖斷非臣等所敢擅也伏乞勅部議覆施行

張山來曰此事已經部覆如其所請矣王氏守志尋夫固為難得而巴牙拉厄君聽其與蕭氏同歸不索身價尤屬義舉予故亟表而出之

按唐詩中有閨秀三人聯句前列名處合稱光威裒今此疏三君聯名因彷其例稱阿畢阮云

虞初新志卷七終

虞初新志卷八

清 新安張潮山來輯

江石芸傳

吳良樞蔀在

江石芸吳山桃花厓女子也幼習經史窮元會運世之數及長好兵法鑄劍誅妖攝人萬里外一日過小孤山遇白衣道士授以書盡通其義人謂之莫能曉也以時無知者遂隱於吳山種桃花無根花四時常開名其地曰桃花厓厓下月當日午而明或曰此龍宮女子也有寶珠其光奪日入月因聚羣盜劫之其珠不可見石芸曰珠固在若烏能得也舍若珠劫我珠若將失其珠烏能得我珠唯自寶其珠以無失其珠可耳厓之中有黃夫人者與之善黃夫人家有虎名白公出入常騎之能陟山渡水石芸家有白牛一頭臥桃花下鼻無繩常出入自如人以為黃夫人虎不敢近久之石芸與夫人亦不知也於時構茅屋厓下讀易終日不為人所知所著有悟真詮有為之序者曰不知何許人也予嘗見石芸觀其所著書其女子邪其非女子邪天乎其不知我也宜其不知何許人也

張山來曰補天立極應歸女媧氏其光奪日入月則丹成矣驪烟染蟲設想着語皆不在人間宜世人之不知也○又曰洪子去蕪搜我強意堂稿美不勝收僅登其一餘者自當借光梓入閒幽集中以成大觀也

耕雲子傳

洪嘉植去蕪

耕雲子秦人也隱於楚江之西嘗有人見其登匡廬頂攜一竹杖衣蔦蘿衣不冠冬夏不易見月出則撫掌大叫麋鹿不踐從之行言之者皆謂神仙人也身長七尺長鬚而修下雙瞳子烱烱如流電光人問其姓字不答性嗜酒有餉則大笑盡飲去亦不謝卒有人終餉之不懈人疾病過其前者則止之語其故治以藥草遂愈酬以錢不受曰吾非醫者恐用此其行事多如此類然其不能與人以可見者人遂不能知也嘗入市衆譁之謂其異人趨而前則不為禮各相視無語則又兩手爬搔眼顧五老峯雲起移時去或曰耕雲子非秦人也耕雲子曰秦無人也或曰耕雲子有道人也龍蛇其身者也人莫知其所自來其隱君子邪洪子曰古無神仙無異人天下有道將安其身於烟霞泉石之中乎夫何皇皇如也欲與天下之士日相見哉顧天有不可逆者而終嚼然長往矣鳳集於棘鷄雀調之神龍潛乎深淵終能雨此九土也

張山來曰古無神仙非無神仙也耕田鑿井含哺鼓腹夫人而神仙也古無異人何以異於人哉堯舜與人同耳然則神仙異人之有其於中古乎讀此可以知世變矣

吳孝子傳

魏禧冰叔

孝子姓吳名紹宗字二璧建昌新城縣人世居梅溪里性聰敏幼善屬文萬歷丙午督學駱公日升拔置諸生第一時年二十屢試輒高等孝子父道隆善病久之痺不能起前後血泣下醫藥十餘年無效者戊午正月病甚孝子惶恐無所出乃齋戒沐浴焚香告天地刺肘上血書疏將謁太華山自投捨身崖下代父死太華山者撫州崇仁縣之名山也距新城三百里相傳神最靈異諸來謁者有罪輒被禍不得上甚則有靈官擊殺之同行人聞鞭聲錚然或忽狂病自道生平隱惡事而神殿左有懸崖陡絕曰捨身崖人情極不欲有生者則擲身投之頭足盡破折死孝子既告天作疏明晨獨身行二日至山上宿道士管遜吾寮同寮宿者南昌鄉先生二人同郡邑諸生三人十八日孝子升殿默禱焚疏既同寮人相邀遊著棋峯路經捨身崖孝子於是越次前行至崖所欻然投身下同行人驚絕不知所為一時傳駭聚觀者千人

道士使人賫棺往就殯自山頂至崖下路迂折四十里而殿上道士急奔崖所呼衆人曰誰言吳秀才投崖死也今方在神座下叩頭方巾道服如故衆奔走殿上視之果然方孝子之自投崖也立空中不墜開目視足下有白雲起又遙望見石門門上一大孝字俄而見三神人命之曰孝子吾左側石有仙篆九十二畫汝識記之歸書紙食汝父不獨却疾且延年矣更授催生治痢瘧驅瘟咒並諸篆孝子叩頭謝畢身已在殿上孝子乃言吾如夢中也孝子既定疾走歸一日有半而至家至則父垂絕不能言孝子急書九十二畫篆焚服之室中人皆聞香氣甫入口父即言曰是何藥耶明日起坐啜粥旬日疾大愈孝子徒步反復六百里不飲食者五日而父乃益康強善飯以詩酒自娛年九十二耳目清明無疾終焉由是孝子名聞遠近邑大冢宰涂公國鼎與為同道友進士黃端伯過周謀舉人黃名卿涂伯昌貢士琛光呂皆拜為弟子孝子當國變時避亂秦寧以病卒諸生廖愈達家愈達予所傳三烈婦夫也愈達來新城主孝子子吳長祚予故竝得交一日而見孝子之子烈婦之夫為榮幸焉愈達言孝子生平好名義輕財往往出錢物為人解訟鬬既感神應益自脩人病苦者恒用符篆救之以施藥為名

媿禧論曰。聞孝子常詣太華山。登座附神耳語。為人祈禱。頗不經。然邑君子往往道其事甚悉。梅溪東出四十里。為南豐縣。縣貢士趙希乾者。與禧交。母嘗病甚。割心以食母。既剖胸。心不可得。則叩腸而截之。母子俱無恙。其後胸肉合。腸不得入。𦛗𦛗從胸間出。而穀道遂閉。飲食男女如平人。假謂非有神助。其誰然哉。其誰然哉。

張山來曰。古有以祝由治病者。今九十二書家以及痢疕諸家。殆即其道耶。然吾以為必孝子行之。乃能有驗。若人人可行。斯又理之所難信者矣。

李一足傳

王猷定于一

李一足。名夔。未詳其家世。有母及姊與弟。貌甚癯。方瞳微髭。生平不近婦人。好讀書。尤精於易。旁及星歷醫卜之術。出嘗駕牛車。車中置一櫃。藏所著諸書。遇山水閒。所至人爭異之。天啟丁卯。至大梁。與鄢陵韓叔夜智度交。自言其父為諸生。貧甚。稱貸於里豪。及期無以償。致被毆死。時一足尚幼。其母啣冤十餘年。姊適人。一足亦婚。母召其兄弟告之。一足長號。以頭搶柱大呼。母急掩其口不願。奮身而出。斷一梃為二。與弟各持伺仇於市。不得。往其家。又不得。走郭外得之。兄弟奮擊。碎其首。仇眇一目。抉其一。祭父墓前。歸告其母。母曰。仇報。禍將及。乃命弟奉母他徙。遂別去。時姊夫為令於兗。往從之。會姊夫出。姊見之。驚曰。聞汝擊仇。仇復活。今偏跡汝。其遠避之。為治裝。贈以馬。一足益恚恨。乃鍛其梃曰。沒稜難砍仇人頭。遂單騎走青齊海上。見漁舟數百泊市米。一足求載以濟。遂捨騎登舟。渡海。至一島。名高家溝。其地延袤數十里。五穀尠少。居民數百戶。皆蛋籍。風土淳朴。喜文字。無從得師。見一足至。各率其子弟往學焉。其地不立塾。晨令童子持一錢詣師。師書一字於掌。以教之。則童子揖而退。明日復來。居數年。積錢盈室。辭去。附舟還青州。走狄邪。不數日。錢盡散。終不及私。由遼西過三關。越晉。歷甘涼。登華岳。入於楚。抵黔桂。復歷閩海吳越閒。各為詩文紀遊。二十載。乃反其家。仇死。所坐皆赦。母亦沒。登其墓大哭。數日不休。自以足跡徧天下。恨未入蜀。會鄢陵劉觀文除夔守。招之同下三峽。遊白帝綿梓諸山。著依劉集一卷。其弟自母喪不知所在。一日欲寄弟以書。屬韓氏兄弟投汴之通衢。韓如其言。俄一客衣白袷。幅巾草屨。貌與一足相似。近前揖曰。我張太蒙也。兄書已得達。言訖不見。辛巳。李自成陷中州諸郡。韓氏兄弟避亂至泗上。見一足於途。短裼敝屣。鬚眉皆白。同至玻璃泉。談笑竟日。數言天下事不可為。問所之。曰。往勞山訪徐元直。韓笑之。一足正色曰。此山一洞。風雨時披髮鼓琴。人時見之。此三國時徐庶也。約詰朝復來。

竟不果。甲申後。聞一足化去。先一日。徧辭戚友。告以遠行。是日。鼻垂玉筯尺許。端坐而逝。袖中有周易全書一部。後數月。濟人有在京師者。見之正陽門外。又有見於趙州橋下。持梃觀水。佇立若有思者。韓子智度不妄言人也。述其事如此。

張山來曰。觀一足行事。亦孝子。亦俠客。亦文人。亦隱者。亦術士。亦仙人。吾不得而名之矣。

孝賊傳

王猷定于一

賊不詳其姓名。相傳為如皋人。貧不能養母。遂作賊。久之。為捕者所獲。數受笞。有司賊號曰。小人有母無食。以至此也。人且恨且憐之。一日。母死。先三日。廉知鄰寺一棺寄廡下。是日。召黨具酒食。邀寺中老闍黎痛飲。伺其醉。舁棺中野。負其母屍葬焉。比反。闍黎尚酣臥也。賊大叫叩頭乞免。闍黎驚不知所謂。起視廡下物亡矣。亡何。強釋之。厥後不復作賊。

張山來曰。有孝子如此。而聽其貧至於作賊。是誰之過歟。

王翠翹傳

余懷澹心

余讀吳越春秋。觀西施沼吳。而又從范蠡以歸於湖。竊謂婦人受人之託。以艷色亡人之國。而不以死殉之。雖不負心。亦負恩矣。若王翠翹之於徐海。則公私兼盡。亦異於西施者哉。嗟乎。翠翹故倡家。舉人賤行。而所為耿耿若此。鬚眉男子。媿之多矣。余故悲其志。綴次其行事。以為之傳。傳曰。

王翠翹。臨淄人。幼鬻於倡。冒姓馬。假母呼為翹兒。美姿首。性聰慧。攜來江南。教之吳歈歌。則善吳歈歌。教之彈胡琵琶。則善彈胡琵琶。吹簫度曲。音吐清越。執板揚聲。往往傾其座客。平康里中翹兒名籍甚。然翹兒雅淡。顧沾沾自喜。頗不工塗抹倚門術。遇大腹賈及傖父之多金者。則目笑之。不予一盼睞溫語。以是假母日忿而詈罵。會有少年私翹兒金者。以計脫假母而自徙居嘉興。更名王翠翹云。當是時。歙人羅龍文饒於財。俠游結賓客。與翠翹交驩最久。兼暱小妓綠珠。而越人徐海者。狡佻無賴。方為博徒所窘。獨身跳翠翹家。伏匿不敢晝見人。龍文習其壯士。傾身結友。接歡痛飲。推所暱綠珠與之。徐海亦不辭。酒酣耳熱。攘袂持杯。附龍文耳語曰。此一片土。非吾輩得意場。大丈夫安能鬱鬱久居人下乎。公宜努力。吾亦從此逝矣。他日苟富貴。毋相忘。因慷慨悲歌。居數日。別去。徐海者。杭之虎跑寺僧。所謂明山和尚者是也。居無何。海入倭。為舶主。擁雄兵海上。數侵江南。嘉靖三十五年。圍巡撫阮鶚於桐鄉。

翠翹綠珠皆被擄。海一見驚喜。命翠翹彈胡琵琶以佐酒。日益寵幸。號為夫人。所諸姬羅拜翠翹。既已驕愛無比。凡軍機密畫。惟翠翹與聞。乃翠翹陽為親暱。陰實幸其覆敗冀歸國。以老淚潰潰常不睫洗面也。會總督胡宗憲開府浙江。善用兵。多計策。欲招致徐海。自撥麻葉陳東而離散王直之黨。迺遣華老人齎檄招降。海怒。縛華老人將斬之。翠翹語海曰。今日之事。生殺在君。降不降何與來使。海乃釋其縛。畀金而遣之。老人歸。告宗憲曰。賊氣方銳。未可圖也。然臣睨海所幸王夫人者。左右視有外心。或可藉以殲賊耳。而羅龍文者。微聞是語。曰喜與翠翹舊好。乃因幕府上客山陰徐渭。以見於宗憲。宗憲以鄉曲故。降階迎揖。因生亦有意功名富貴乎。吾今用君矣。與語大說。遂受指詣海營。攝舊日任俠衣冠。投刺謁海。海亟延入。坐上座。置酒。握龍文手曰。足下遠涉江湖。為胡公作說客耶。龍文笑曰。非為胡公作說客。乃為故人作忠臣耳。王直已遣子納欵。故人不乘此時解甲釋兵。他日必且為虜。海愕然曰。姑置之。且與故人飲酒。錦綳音樂。備極豪侈。倜然自以為大丈夫得志於時之所為也。酒半。出主夫人及綠珠者。見龍文。龍文改容禮之。極宴。語不及私。翠翹素習龍文豪俠。則勸海遣人同詣督府輸欵。解桐鄉圍。宗憲甚德龍文。計益市金珠寶玉。陰賂翠翹。

翠翹益心動。日夜說海降矣。海信之。於是定計縛麻葉。縛陳東。約降於宗憲。至桐鄉城。甲冑而入。是時趙文華阮鶚與宗憲列坐堂皇。海叩首謝罪。又謝宗憲。宗憲下堂摩其頂曰。朝廷今赦汝。汝勿復反。厚勞而出。海既出。見官兵大集。頗自疑。宗憲猶豫。海不欲殺降。而文華迫之。宗憲乃下令。命總兵俞大猷整師而進。會大風。縱火。諸軍鼓譟乘之。賊大潰殲焉。海倉皇投水。引出斬其首。而生致翠翹於軍門。宗憲大饗參佐。命翠翹歌吳歈。歌遍行酒。諸參佐或膝席。或起舞捧觴。為宗憲壽。宗憲被酒大醉。瞀亂。亦横槊鄭袖與翹兒戲。席亂罷酒。次日。宗憲頗愧悔醉時事。而以翠翹賜所調永順酋長。翠翹既隨永順酋長去之錢塘江中。恒悒悒抱牀嘆曰。明山遇我厚。我以國事誘殺之。斃一酋。又屬一酋。吾何面目生乎。向江潮長號大慟。投水死。

外史氏曰。嗟乎。翠翹以一死報徐海。其志亦可哀也。羅龍文者。世稱小華道人。善製煙墨者也。始以游說陰賂翠翹。誘致徐海休兵。可謂智士。然其後依附權勢。與嚴世蕃同斬西市。則視翠翹之死。猶鴻毛之於泰山也。人當自重其死。彼倡且知之。況士大夫乎。乃倡且知之。而士大夫反不知者何也。悲夫。

張山來曰。胡公之於翠翹。不以賜小華。而以賜酋長。誠何心乎。觀翠翹生致之後。不能即死。居然行酒於諸參佐前。則其意有所屬。從可知已。其投江潮以死。當非報明山也。

戴文進傳（畫苑三高士傳之一）

毛先舒　稚黄

明畫手以戴進為第一。進字文進。錢塘人也。宣宗喜繪事。御製天縱。一時待詔有謝廷循。倪端。石銳。李在。皆有名。進入京。衆工妬之。一日。在仁智殿呈畫。進進秋江獨釣圖。畫人紅袍垂釣水次。畫惟紅不易著。進獨得古法。入妙。宣宗閱之。廷循從旁跪曰。進畫極佳。但赤是朝廷品服。奈何著此釣魚。宣宗頷之。遂麾去。餘幅不視。故進住京師頗窮乏。先是。進鍛工也。為人物花鳥。肖狀精奇。直倍常工。進亦自得。以為人且寶貴。傳之。一日於市。見鎔金者。觀之。即進所造。憮然自失。歸語人曰。吾瘁吾心力為此。豈徒得精意將托此不朽吾名耳。今人爍吾所造。亡所愛此。技不足為也。將安托吾指而後可。人曰。子巧托諸金。金飾能為俗習翫愛。及兒婦人御耳。彼惟煌煌是翫。安知工苦。能徙智於縑素。斯必傳矣。進喜。遂學畫。名高一時。然進數奇。雖得待詔。亦轗軻亡大遇。其畫疎而能密。著筆澹遠。其畫人尤佳。其真亦罕遇云。予欽進鍛工耳。而命意不朽。卒成其名。贊曰。立志探懸。鬼神所贊。孰是殫精。而脣近譏。戴君操椎鍛

金為生。感慨徙業。卒成高名。蓋人極而天呈矣夫。

張山來曰。明畫史又有仇十洲者。其初為漆工。兼為人綵繪棟宇。後徙而業畫。工人物樓閣。予獨嫌其畧帶匠氣。顧不若戴文進為佳耳。且戴兼工山水。則尤不可及也。

髯樵傳

顧彩　天石

明季吳縣洞庭山鄉。有樵子者。貌髯而偉。姓名不著。絕有力。每樵。採獨行山中。不避蛇虎。所得薪。人負百觔而止。髯獨負二百四十觔。然鬻於人。止取百斤償。人或訝問之。髯曰。薪取之山。人各自食其力耳。彼非不欲多負。力不贍也。吾力倍徙而食不兼人。故賤其值。且值賤。則吾薪易售。不虞有利乎。由是人頗異之。如刮目焉。髯目不知書。然好聽人談古今事。常激於義。出言辨是非。儒者無以難。嘗荷薪至演劇所。觀精忠傳。所謂秦檜者出。髯怒。飛躍上臺。摔檜毆流血幾斃。衆咸驚救。髯曰。若為丞相。奸似此。不毆殺何待。衆曰。此戲也。非真檜。髯曰。吾亦知戲。故毆。若真。膏吾斧矣。其性剛疾惡類如此。髯有兄進香茅山。墮崖折胸死。或傳其暮夜飲酒不誠。被王靈官鞭殺者。髯怒。走一日夜。詣茅山。飲大醉。數王靈官曰。汝有罪三。人敬祖師。來進香。固

有善心飲酒小過無死狀汝輒殺之不仁罪一祖師以慈庇下土量甚宏大汝居位下行殘忍不遵祖師意不恭罪二吾凡小人也酬香而來小被酒汝輒殺之吾來不酬香昨賞大飲今日罰汝汝反不能殺無勇罪三汝宜毀撤昌為撤鞭瞋目坐踞於此欲奪鞭碎像衆譬道之乃止負凡胃歸葬洞庭有孫子陳學奇聘鄒氏女為室婚有期矣女凡忽奪妹志獻蘇宦某為妾學奇泣訴於官官畏宦勢無如何也學奇訟女凡宦並庇凡不得伸學奇窘甚一日值猜於途告之故且曰若素義激能為我尋此乎猜許諾然需時日以待之毋迫我也學奇感泣猜去當身為蹤者與僕蹤者如雨訴失身狀願公為昆侖猜曰毋迫一日蹤者夫人率孥賂遊天平山蹤者不能禁猜嘿賀曰計行矣於是密具舟河干衆妾登輿猜紿第三輿乃鄒氏也出門紿其副迂道疾行則至河干謂女曰登舟舟逸開帆疾如馳舉僕駭愕號呼來追猜拳三人仆地不能出聲徐去則女舟已至陳門矣學奇得室圻感謂古押衙不是過也猜謂學奇亟宜鳴之官以得妻狀官始不直蹤者至是稱快詢知義由於猜賜酒帛花綵以榮之蹤者杜門若不聞者自是義猜名益著年五十餘矣甲申闖賊破京城崇禎帝山殉至或傳於市中曰李自成坐却龍廷矣猜不信歷問三四人言如一口猜大憤曰吾生年七八歲時即知皇帝姓朱今李賊何為者耶故君安往耶何文武滿朝無一人出力救耶吾年老不能復為賊百姓也乃大呼天者三投具區以死死之日義聲振吳下云

顧子曰義哉猜也見義必為矢志不屈求之士人中亦戛戛難之況猜子乎猜無姓名吾師吳頌筠曾為立傳傳未悉予又詢之朱子僧臣所言如此良不妄矣彼附勢利忘君親者觀猜梗概亦可以知所儆乎

張山來曰觀劇忿怒殺人所聞者非止一事此猜奇處在後數段劫鄒女尤見作用至自投具區以死眞可謂得其所矣

趙布乾傳

甘　表中素

趙布乾南豐東門人幼喪父以織布為業年十七母抱病月餘日夜祈禱身代不少愈往問吉凶於日者日者推測素驗言母命無生理又往卜於市占者復言不吉布乾踟躕不去曰何以救母病占者惡其煩數曰汝母病必不治若欲求愈無乃割心救之耶布乾歸侍母左右見病益危篤時日光斜射牀幃形影孑立寂寂旁無一人布乾忽起去間中得雞髮小刀立於牕外剖胸深寸許以手入取其心不可得忽風聲震颯門戶皆動以為有人至四顧周章急取得腸抽出割數寸蓋人驚則心上忡腸盤旋滿胸腹云布乾置腸於釜上昏仆就室而臥頃刻母姑來視病見釜上物以為布乾股肉也烹而進之母再視布乾則血淋漓心腹間不能出聲始知布乾為割心矣城邑喧然傳其事聞於令令親往視之命內外醫調治母子病不數日母病愈旬日布乾亦漸次進飲食胸前腸出不得納每日子午間糞滿溢下月餘後布乾起無恙終身矣從胸上出趙氏故宋裔為南豐巨族宗黨以為奇孝供贍其母子而更教之讀書學使者侯峒曾聞其事取充博士弟子員崇禎壬午以恩詔天下學選一人貢於成均學使者吳石渠既考試畢進諸生而告之曰百行以孝為先趙布乾割心救母不死不可以尋常論建武多才校士衡文布乾不應入選今欲諸生讓貢布乾以示獎勸諸生咸頓首悅服於是以布乾選補壬午恩貢又三四年而有甲申乙酉之變布乾避亂山中將母不遑遂賣卜奔走於四方以養其母又十餘年母壽八十餘而卒予自幼時常見布乾過先君談飲食起居如常人而聚勵高準方耳睛光滿晬予頎然而長多渾樸之風與之立久胸間時聞穢氣予年十歲先君請布乾入書室命衣肅揖再拜求解衣開胸視之兩乳正中間腸突出寸許色鮮紅如血以絲帶繫竹筒懸於頸乘其腸糞出洗換竹筒日必再三換常時滴黃水不絕蓋已三十餘年自是布乾少家居母死未十年而布乾亦卒年六十一

甘表曰朝廷不旌毀傷愚孝尚矣然布乾一念之誠若有以通天地格鬼神也豈不可嘉哉湯公惕菴最惡言布乾事予則以為應出特典一加旌賞蓋事不可法而可傳使知孝行所感雖剖胸斷腸而不死豈非天之所以旌之耶天旌之誰能不旌之然旌而不傳不若不旌而傳也安得龍門之書以施於後世哉嗚呼古今忠孝之士非愚不能成而世之身沒而名不傳者又何多也悲夫

張山來曰予友王不菴嘗為予言孝子事惜屬口述不獲載之簡編今甘子中素以斯傳見示乃知事之度越尋常者終不能泯其姓字也

萬夫雄打虎傳

張　惣南村

涇川有萬姓字夫雄者少負膂力以拳勇稱初亦未嘗事田獵也一日與夙所負誼爾汝昆季范姓友早行深山中忽林莽出巨虎搏范以去范號曰萬夫雄救我救我萬亦詫然不知所措遽撼大樹拔之怒持樹往追經里許震天一吼虎為逡巡退步

者三。范得以脫。因挺擊虎。中其項。虎負痛。竟不能樂。萬乘勢一再擊之。虎斃矣。母虎暨虎子相尋至。萬度不能中。止且卻。且前。又奮鼓生平之勇。縱送格撲。而二虎復相繼而斃於其手。嗟乎。萬夫雄。一鄉野鄙人耳。素不識詩書為何物。亦不識交道為何事。而倉卒間。不忍負異姓兄弟之意。卒斃三虎以救其友。其義豈不甚偉。萬夫雄亦誠烈丈夫哉。余嘗見世之歃首而處者。交同手足之親。誼比金石之固。設有緩急。即蜂蠆微毒。不致貽禍殺人。當其紛紛未定之時。雖夙昔周旋密邇徒輩。靡不滅跡匿形。鳥飛雲散。悄然而不一顧。焉其視萬夫雄為何如也。或云。一人而斃三虎。頗似不經。殆屬烏有子虛之談。噫。誠有之矣。家九宣從涇川來。為余述其事最奇。亦曾親見其人。短小精悍。與之語。意氣慷慨。鬚眉狀貌殊磊砢不凡。飛揚跋扈猶可想望其打虎時英風。至今颯颯云。蓋義憤所激。至勇生焉。即萬亦不自知其何以至此也。從古忠孝節義。蹈水赴火。為人之所不能為。並為人之所不敢為。往往以蚩愚誠朴而得之。萬夫雄有焉。

南邨野史曰。余友蒼略氏聞其事而異之。太息曰。士亦視所托身為肯耳。得交萬夫雄其人。雖陷入虎口。猛虎不能害也。甚矣。人固不可無義烈男子以為之友哉。

張山來曰。叙次明晰。斷制簡老。行間殊凜凜有生氣。斯為有關世道之文。

虞初新志卷八終

虞初新志卷九

清　新安張潮山來輯

劍俠傳

王士禎阮亭

新城令崔懋以康熙戊辰往濟南。至章邱西之新店。遇一婦人。可三十餘。高髻如宮妝。髻上加氈笠。錦衣弓鞋。結束為急裝。腰劍。騎黑衛。極神駿。婦人神采四射。其行甚駛。試問何人。停騎漫應曰。不知何許人。將往何處。又漫應曰。去處去。頃刻東逝。疾若飛隼。崔云。惜赴郡匆匆。未暇躡其蹤跡。疑劍俠也。從姪鵷因述萊陽王生言。順治初。其縣役某解官銀數千兩赴濟南。以木夾函之。晚將宿逆旅。主人辭焉。且言鎮西北里許有尼菴。凡有行橐者。皆往投宿。因導之往。方入旅店時。門外有男子著紅帩頭。狀貌甚獰。至尼菴。入門。有廨三間。東向。牀榻甚設。北為觀音大士殿。殿側有小門扃焉。叩門久之。有老嫗出應。告以故。嫗云。但宿西廨無妨。久之。持硃封鎖山門而入。役相戒勿寢。明燈燭。手弓刀以待曙。至三更。大風驟作。山門砉然而闢。方愕然相顧。倏聞呼門聲甚厲。眾急持械謀拒之。廨門已啟。視之。即紅帩頭人也。徒手握束香擲地。眾皆仆。比天曉始甦。銀已亡矣。急往市。詢逆旅主人。主人曰。此人時遊市上。無敢誰

何者。唯投尼菴客。輒無恙。今當往愬耳。然尼異人。須吾自往求之。至則嫗出問故。曰非為夜失官銀事耶。曰然。入白。頃之。尼出。嫗挾蒲團趺坐。逆旅主人跪白前事。尼笑曰。此奴敢來此作狡獪。罪合死。吾當為一決。顧嫗入室。一黑衛出。取劍背之。跨衛向南山徑去。其行如飛。倏忽不見。市人集觀者數百人。移時。尼徒步手人頭驅衛返。驢背負木夾函數千金。殊無所苦。入門呼役曰。來視汝木夾官封如故乎。驗之良是。擲人頭地上。曰。視此賊不錯殺卻否。眾聚觀。果紅帩頭人也。羅拜謝去。比東歸。再往訪之。菴已空無人矣。尼高髻盛裝。衣錦綺。行纏羅襪。年十八九。好女子也。市人云。尼三四年前挾嫗俱來。不知何許人。常有惡少夜入其室。腰斬擲垣外。自是無敢犯者。

某中丞巡撫上江。一日遣吏賫金數千赴京師。途宿古廟中。扃鐍甚固。晨起已失金所在。而門鑰宛然。怪之。歸以告中丞。中丞怒。亟責償官吏。告曰。償固不敢辭。但事甚疑怪。請予假一月。往蹤跡之。願以妻子為質。中丞許之。比至失金處。詢訪久之。無所見。將歸矣。忽於市中遇瞽叟。胸懸一牌云。善决大疑。漫問之。叟忽曰。君失金多少。曰若干。叟曰。我稍知蹤跡。可覓露車乘我。君第隨往。冀可得也。如其言。初行一日。有人煙村落。次日入深山。行不知幾百里。無復村疃。至三日。踰亭午。抵一大市鎮。叟曰。至

矣君但入當自得消息不得已第從其言比入市可肩摩轂擊萬瓦鱗次忽一人來問曰君非此間人奚至此告以故與俱至市口負醫叟已失所在乃與曲折行數街抵一大宅如王公之居歷階及堂寂無人戒令少待頃之傳呼令入至後堂堂中惟設一榻有偉男子科跣坐其上髮長及骭童子數人執扇拂左右侍拜跪訖男子詢來意具對男子頤指語童子曰可將來即有少年數輩扛金至封識宛然曰寧欲得金乎吏叩頭曰幸甚不敢請也男子曰乍來此且好將息即有人引至一院扃門而去餽之食極豐腆是夜月明如晝啟後戶視之見粉壁上累累有物審視之皆人耳鼻也大驚然無隙可逸去傍徨達曉前人忽來傳呼復至後堂男子科跣坐如初謂曰金不可得矣然當予子一紙書輒據案作書擲之揮出前人復導至市口惝怳疑夢中急覓路歸見中丞歷述前事叱其妄出書呈之中丞啟緘忽色變而入移時傳令吏歸舍釋妻子豁其賠償吏大喜過望久之乃知書中大略斥中丞貪縱謂勿責吏償金否則某月日夫人夜三更睡覺髮截三寸寧忘之乎問之夫人良然始知其劍俠也日照李洗馬應鷵云

張山來曰予嘗過中山狼恨今世無劍俠往愬之讀此乃知尚有異人第不識於我有緣否也

皇華紀聞　王士禛阮亭

天順間思縣人趙雲性至孝母劉病篤聞懷慶府濟源廟神有靈藥誠求可得雲往求之越二日水中涌出一絹囊內盛絳桃花片約二升許持歸煎湯奉母疾果愈其餘愈疾又十餘人

白馬營在思縣西十五里夏秋之際清晨輒現城郭人物林木髣髴日出乃不見往平馬令村亦有此異蓋山市海市之屬陸地亦有之

賴塔拉把土魯滿洲人素以勇稱常從征浙閩一日浴於溪水底有物槎枒如古木因呼儕輩縛以繩共引出之則一龍首鬚髯宛然縛者乃其角眾皆驚走賴神色不變徐入水手解其縛少頃雷雨晦冥龍騰空而去眾皆無恙人更稱為縛龍把土魯（把土魯勇也元時把土魯必出上賜本朝亦然）

張大悲合肥人居邑之香爐巖好仙術常畫地為限牛不能出似作泥丸食之坐臥處往往有雲氣後不知所終

朝城陳給事贊化崇禎間為桐城令偶有餽蛋者其一有五色光令家雞翼之俄卵破得一小白鳳不數日寖大時去時來其伏卵之雞重至三十觔毛變五色久之同翔去

王文正桐城人七歲得道書能役鬼神後禱雨皖城有道人亦禱雨池口池口雲起文正招雲過皖道人曰皖有異人即棹片席渡江訪之文正亦浮磨江中迎之諮論竟日臨別道人以三指拊文正背有頃背痛則有三銅釘入骨文正急用甕自覆圍火炙之戒家人曰七日勿啟可活至五日家人不能待試啟之釘已出三寸許文正歎曰命也遂死

何公晃潛山人少遇異人授符篆二卷能役鬼神初置田於亂墩山磽确無水公晃每取手巾瀝水町畦盈溢會大旱郡守遣役檄呼之公晃笑曰吾非可檄者但汝往來烈日良苦吾書符汝掌中當得片雲覆頭可固握之使至如其言守怒固令開視則疾風雷電驟作乃大驚禮致之常行路迷津問芸者不答公晃取柳葉布田盡化為角芸者競取之至禾皆被踐踏及登岸視之乃柳葉耳

崇禎癸未潛山縣溪河中結冰如錢形上有古篆文四人莫辨之

南華寺六祖鉢非金非石魏莊渠督學廣東遍毀佛寺至曹溪索鉢擲地碎之為二每片各有一字視之乃委鬼也莊渠異之寺因得不毀

崇禎中有彭舉人某病中夢至一官府其神冠冕坐堂皇狀如王者閽胥傳呼魏校一案須臾有一官人峨冠盛服而入其神問何以毀曹溪鉢答言吾為孔子之徒宦督學校在廣東所毀淫祠幾千百所豈但一鉢神云聞鉢破中有魏字如此神異烏可以為異端而毀之答言魏是予姓既數已前定雖欲不毀其可得耶神語塞揖之而出彭病痊為人言如此

林癸午不知何許人年十餘投陽江北賈中為人牧豎每出牧以簫管一枚自隨牛有逸者取簫畫地牛不敢出晚歸輒束簫高望中望俯地叟寄若有神物伺之者河畔一巨石形如犬癸午每坐嘯其上忽一日謂其徒曰吾當以來日上昇明日往眎與石俱不見事在萬歷初年

崇禎丙子秋廬州城東二十里北亭洲田間有雷出地奮而成穴眄者梁某投以石空空有聲內一雄雞其中適夜雞鳴無恙乃發之有金人如翁仲者數枚各重十五六觔有二金像冕而坐者拜跪如后妃者各重五六十斤地皆金錢珠貝旁有鏡一光燭穴中寶硯一硯池中有玉魚能游泳他異物不可指識者甚眾梁攜歸光動四鄰

鄰人覺而爭往遂白之官有司親臨發之隧道如城高五尺餘深三丈中有碑乃僞漢劉龑塚也文曰維大有十五年歲次壬寅四月甲寅朔廿四日丁丑高祖天皇大帝崩於正寢粤光天五年五月癸未朔十四日丙申遷神於康陵禮也文多闕不盡載翰林學士知制誥正議大夫尚書右丞賜紫金魚袋臣盧應初撰並書按五國故事龑天福壬寅歲四月避暑甘泉宮未幾殂通鑑及十國春秋皆作三月據碑當以五國故事為正十國春秋又云。康陵在興王府城東二十里之漫山陵中以鐵錮之堅不可啟光天乃龑子玢年號玢立僅二年為其弟晟所弒即改光天二年為應乾元年按光天無五年十國春秋稱殤帝光天元年八月葬天皇大帝於康陵與碑皆不合又考僞漢諸臣列傳止有盧膺仕岩為工部侍郎才藻俊茂晟時拜中書侍郎同平章事無應初名識之以俟博雅者考焉。

澹歸禪師集六和尚小傳云吳震崆侍御小字六和尚髫時讀書燈下水中盂內躍出一僧長三寸許遶案而行且言震崆驚問之曰吾能知人終身亦知人前世震崆意稍定曰試言我終身曰汝以某年登科某年登第初任某官再三任某官曰更言我前世曰汝前世某山某僧吾即汝同道之友今相報耳曰何以教我曰當早回首無忘來處因忽不見明日案上瓶花枯枝更開一生功名片語不爽

韶人黃思德紀事云韶城西南樓有關帝廟順治丙申五月二十日未時思德遊芙蓉山歸從舟中見樓上毫光炫曜關帝披金甲藍紗巾立樓牖而北少頃面轉西移時而沒兩岸居人皆見之且驚且拜二十一二十四二十五三十凡四日依時復現次年丁酉七月初十十二二十四日依時復現或黃蓋或二將隨侍見者不啻千萬人因鐫碑勒像以誌靈異此事余在京師聞之袁密山景星通政至曲江乃得其月日之詳如此

張山來曰皇華紀聞凡四卷先生奉使南海時所筆記也余竊僭取異事數條蓋欲與拙選相類云爾倘讀者欲覲全豹則自有原書在

毛女傳　陳鼎定九

毛女者河南嵩縣諸生任士宏妻也姓平氏美而且淑歸士宏閱三歲而無子乃往禱少室行二十里度絕嶺方舍車而徒以休輿夫忽猛獸橫逸平氏驚墜深谷士宏四顧皆千仞壁不可下大慟而歸召沙門梵誦誓不再娶平氏既亡三年里有張義向豈任家往樵山中猝聞幽篁深青間婉婉呼張義者義大駭回顧見一毛女過體無黃毫長六七寸許因咋舌不敢語毛女曰我任家大嫂也汝不相識耶義驚曰大嫂固無恙乎何幸而得此曰我初墜緣藤得無傷既而饑甚見安石榴女貞子甚繁因取食味殊澀不可口三日後則甘香滿頰三月乃生毫半歲則身輕如葉任騰躍上下矣第山中之水惟此有泉渴則來飲耳不意得與汝相見義具道任生哀慕狀毛女曰我已翛然輕舉與鸞鶴為伍其樂何如肯復向樊籠哉為我謝任生早續姻盟以豐後嗣毋徒自苦也言已一躍而往義亟報任生任生大喜即偕義詣樵所取之伏草中俟三日毛女果至直前抱之毛女曰誰耶曰夫也曰妾貌已醜君不足念也曰我不嫌汝何忘夙昔之好乎因泣下毛女心動乃允之遂與歸初飲食腹微痛蹣跚時而定半月毛盡脫依然佳麗也自是情好益篤生子女數人歷四十餘年而死

外史氏曰神仙可為也使平氏當飲水時不呼張義則凌躡碧虛之上一死生而無極矣何至埋身黃壤哉甚矣情緣之難割也

張山來曰使我為任生則隨毛女入深山中亦效其餌女貞實共作仙家眷屬何樂如之計不出此何也

賚發生傳　陸次雲雲士

賚發生忘其名順治初我師破金華賚發生夫婦相散失生臥積屍中得免死婦行不知所向為健兒所獲無何健兒移師駐華亭生覓耗於華亭不可得困乏無聊坐歎於旅館之側旅館主人鑒其貌憐而問之生告以故主人曰若識字乎曰識曰習會計乎曰習主人曰盍留我館中勸若事而徐訪爾妻可乎生曰得如是誠幸甚生入館悉代主人勞主人逸甚而業加盛利倍入主人有女欲妻之而未發也一日者旭始旦一人急遽趨而來至館飯飯畢酬值急遽趨而去生視其有所遺啟之爍然白鏹五十金也以告主人俟其返日亭午其人復急遽趨而來汗漬衣息喘喘詳視几地茫然也生問之曰覓遺金生曰遺幾何曰金五十生曰何用乎曰持向營中往贖婦失之矣將奈何生曰金固在還之於子無苦也即出金其人受金拜謝去越數日失金者持二柬云蒙子還金事諧矣某日當婚此婚君所賜也敢請主人與君飲卮酒生固辭主人曰吾勿暇而不可卻也生稟主人之命至期往往見失金者之家乃亦一善族也日未晡生閒步溪頭遙見一葉扁舟半篙春水中有翠袖雲鬟之人掩袂而坐云載新婦至生偶舉目視婦儼然故妻也婦偶舉目視生儼然故夫也於是生一慟而偃於碧草之上婦一慟而伏於孤篷之中舟及門促婦起不能起也聞

其故曰適見一人如故夫故傷悼欲絕耳問其人何若婦言其儀表衣冠宛然生也娶婦者忽覺生見生悲臥不能起問其故不肯言固問之曰適見一人語未畢哽咽不能續娶婦者憬然曰我知之是婦即君婦矣君既得金君之金矣還金而贖婦是天命我代君以完其偶也君無悲吾感君義敢不以此為報乎生難之娶婦者請其主人以為主主人曰還金者義士也還婦者義不在還金下娶婦而失婦不可也吾有女當妻還婦者所娶婦當返還金者聞者咸以為善而兩從之更推主人之義與二義士相鼎立

陸子曰余讀忠山學士兎絲女蘿之篇見有商山人失婦為健兒妻健兒亦失妻為商山人婦征途相遇各易以歸者歎其奇絕而寶瑩之遇更奇亂離之際鏡破珠沉不勝數矣而健兒以不吝使商山人認婦而得妻彼還金者亦猶是也天乎人乎雖曰天意而所以格天者吾以為不在天也

張山來曰篇中有極難措語處須看其不棘手之妙

王義士傳

陳　鼎定九

王義士者失其名泰州如皋縣隸也雖隸能以氣節自重任俠好義甲申國亡後同

邑布衣許元博德溥不肯薙髮刺臂誓死有司以抗令棄之市妻當徙王適值解高德溥之義欲脫其妻而無術乃終夜欷歔不成寐其妻怪之問曰君何為彷徨如此耶王不答妻又曰君何為彷徨如此耶曰非爾婦人所知也妻曰子毋以我為婦人也而忽之子第語我我能為子籌之王語之故妻曰子高德溥義而欲脫其妻此豪傑之舉也誠得一人代之可矣王曰然顧安得其人哉妻曰吾當成子之義願代以行王曰然乎戲耶妻曰誠然耳何戲之有王乃伏地頓首以謝隨以告德溥妻使匿於母家而王夫婦即就道每經郡縣驛舍就驗時儼然官役解罪婦也歷數千里抵徙所風霜艱苦甘之不厭於是皋人感之斂金贈歸夫婦終老於家焉

外史氏曰今之吏胥祇知侮文弄法以求溫飽何嘗知有忠義也王胥竟能脫義士之妻而其婦尤能慨然成夫之志噫嘻亦千古而僅見者矣

張山來曰嬰臼猶趙氏客也此婦竟遭遇之乃逸其名氏惜哉

紀陸子容事

王　晫丹麓

錢塘陸子容名鎬一名自震少負異姿喜讀書經傳史記背誦如流邑侯梁公試童子以古文詩詞拔取第一廩其貧解金贈之子容盡以買書晝夜誦得咯血疾已又向友人借二十一史力疾研尋隨有論撰疾愈篤遂死其師張祖望哭以詩曰荒圍寂寞綠苔生腸斷當年陸士衡春鳥不知人已去棠梨樹上兩三聲子容有內兄某者素不習詩讀張詩而哀之欲和不能輾轉牀第間倦就寢忽見子容相謂曰君和張先生詩未得耶予已和成為君誦之誰向蓬門問死生諸公枉道駕車行我遊泉路無他樂惟聽蕭蕭松柏聲其人驚寤寂無所見時銀釭半滅惟有月映繐帷而已詰旦以詩示祖望且告以故祖望把其詩流涕曰聲情淒婉何其詩之神似子容也傳爲人間和者幾數百人予亦有詩云一讀遺編百感生文章無價漫推衡子期去後知音少腸斷高山流水聲好事者輯而存之近得卒業因歎結習之不能忘如是哉夫幽明異路縱甚所親愛亦皆棄之如遺而獨於詩文之際往往欲自見其長有不能盡泯者豈非心之所結雖生死亦莫為之隔耶吾知慧業文人應生天上子容終不樂以才鬼自鳴於時矣因紀之

張山來曰語有之寧為才鬼尤勝頑仙然才鬼附乩作詩文者世多有之今此則於夢中和韻尤為奇也

雎雎兒傳

陳　鼎定九

雎雎兒者不知何許人亦未詳其姓氏自言崇禎時孝廉也未幾為道士往來江陰無錫間與予里黃介子先生善每過其家必袖一刺大書年家眷弟雎雎兒頓首再拜投入相見必交拜別去必頓首衲衣外別無他物惟腰佩竹筒三大錢圍長五寸而已後遊雲間雲間諸氏素封家也有空屋三百餘楹雎雎兒住僦之如數與之值既入鍵其戶獨坐堂上取所佩竹筒揭蓋傾之如介子狀者躍於地不止須臾盡化椅棹帷帳器皿無不具既而復取一筒傾之如介子者復躍於地須臾殽果飲食牛羊雞犬無不具又以一筒傾之則僮僕婢嫗妻妾男婦數百人皆集矣供奔走者除堂宇者整器用者頃刻如大富貴家諸氏從門隙窺之大驚以為怪於是雎雎兒乘車馬擁僕從交遊通國居久之諸氏以為妖使人辭焉雎雎兒盡以妻妾僮婢器用牛羊之類納諸筒內飄然長往不知所終

外史氏曰黃介子高足徐佩玉弟覆玉與松江倪永清為予言雎雎兒高士也以幻術避世而世卒不容屢遭斥逐終遁深山嗚呼士生亂世道亦窮矣

張山來曰昔陽羨諸生以眷屬什器飲食納口中今雎雎兒以眷屬什器飲食納竹筒中似遜陽羨書生一籌然書生眷屬有外夫而雎雎兒則無之是雎雎兒又

勝於陽羨書生也

再來詩讖記

沙張白定峯

弘治中，閩之侯官有老儒某，博學善文，屢舉不第，性迂介，貧困日甚。生一子，不能讀書，傭耕自給。年七十，鬱鬱死。死之夕，取生平著作題詩其後，囑其妻善藏之，遂卒。貧無以斂，門人某某四五人醵金斂之。內某生者，家富，尤篤於誼，偕同學涕泣執喪瘞之而後去，又時時周卹其孥。嘉靖改元，江南有某公者，十五發解，十六捷南宮，夙慧神敏，起家庶常，不五年出典閩試。拔士公明，風簷操筆，為程氏之文，文不加點，八閩傳誦焉。九月之望，值公誕辰，撫按監司莫不具觴為壽，以翰苑之重銜命典試，禮儀賓主，盛絕一時。都人士莫不欲豔目為神仙中人，薦紳先達亦相顧而愧弗如。蓋不難其遇，難其少而遇也。抵暮醉甚，而晉接無間，避歸使舟，閉艙酣寢，戒舟人盡卻賀客。比酒醒，已夜半矣。月射紗窗，皛皎如晝，顧瞻岸崖，清興忽發，遂潛易衣幘，呼一小豎自隨，乘月信步，不覺數里，所見山川林壑，恍若舊遊，意頗訝之。俄聞哭聲甚哀，出自村舍。公聞之，悽然心動，尋聲踪跡之，至一僻小聚落中，一家茅屋數椽，了無籬落。命小豎排闥入視，則有老嫗年且八旬，頭髮皓白，然一紙燈，設野蔬麥粥，祭其亡夫而哭之，詞旨悲惋。公揖而問嫗：夫人何為者？過哀乃爾。嫗揮涕而謝，掇一破繩床命公坐。已乃泣告曰：妾擬晝祭亡夫，而兒子適出，遲之至今。度弗返矣，不得已夜祭之。覓杯酒為奠不可得，用是感傷，輒遑夜哭之戒，知不免為君子所譏耳。公曰：賢夫何人？沒來幾載？祭既無具，曷不姑俟質明乎？妾夫侯官老儒，才豐命嗇，沒於宏治某年。今日乃忌辰也。未亡人伉儷情深，雖乏椒漿，不忍不祭，移忌就明，理不敢出。公聞之愕然，蓋其忌辰即公之生辰，而以歲計之，適二十一。覲嫗容貌憔悴，而吐詞溫雅，有儒家風，且驚且憐之，因問曰：賢夫既是碩儒，必富著述，遺編存者可得見乎？嫗聞而泣然首肯，若有所思，既而告公曰：妾事先夫五十年，見其精勤嗜學，無間寒暑，瓶無粟，突無烟，淡如也。著述之富，充棟汗牛。制義文字別為一編，六十以後每取而讀之，未嘗不撫几太息，泣下數行。妾恐傷其意，每篋藏之，不使得見。將死前一月，忽熾烈焰，誓將焚之。既而展玩再四，徘徊不忍，囑妾曰：一世苦心，難付秦炬，當藏吾棺中，以為殉耳。言已欷歔。久之，易簀之夕，又向妾索觀，題詩其後，而語妾曰：好藏之，當有識者。既而笑曰：文義高深，非吾再來，安識其中神妙乎？吾生無愧怍，死而食報，易世而後大興吾宗，令天下寒儒吐氣也。言已大笑而絕。迄今二十年，唯門生數輩抄而讀

之，他未有過而問者也。公聞，急索觀之。開卷第一藝，則發解首墨也。從初迄末，一字不殊。公益駭然，細加繙閱，則自應試游庠、決科、會試，一切試卷墨、裁論、表、策、判以至廷試策、館選論，皆在集中；閩闈五程亦皆集中語也。最後有一詩，蓋臨終絕筆。其詩曰：拙守窮廬七十春，重來不復老儒身。煩君盡展生平志，還向遺編悟夙因。公讀之，恍然大悟，點首浩歎，仰視破屋頹垣，真同故居，因問嫗曰：向有臥榻，今則安在？嫗以燈引公入，則朽簀敝衾，塵土堆滿。嫗擁破席臥草薦中，公對之數息泣下。嫗亦駭然，問公：君子對貧居而飲泣，豈於先夫有師友淵源之雅乎？公曰：非也，賢夫所謂再來人，即我是也。今日之會，豈緊非天？嫗曰：先夫之亡，妾柔腸寸斷，因聞再來之語，私嚙屍股，刺指血塗之，以圖後驗。君子豈有此徵哉？公解靴出股，齒痕宛然，作血殷色。於是嫗大啼泣，公亦悲不自勝，徐慰嫗：夫人無憂。賢夫讀書七十年，老不食報，而取償於吾。吾之逸，賢夫之勞貽之也。苟昧夙因，即年少登瀛，皆僥倖耳。吾當大興前生之門，以酬夙願，使天下老儒有所感奮，不徒為夫人溫飽計也。嫗收淚而謝。公又問：令子焉往？嫗曰：先夫沒後，妾母子無以自存，幸及門數生猶敦古處，每當忌日，必遺卹祭。今某生甫發賢書，未暇躬至，故遣兒子詣之，不識何以不至。公問某生姓名，則是科所拔解元某也。餘四五人亦皆新貴。公又慨然久之。既而東方漸明，嫗子已至，後有蒼頭負酒米錢物相隨而來。其子蓬鬢布衣，一田家莊夫耳。嫗命與公相見，詢其何以歸遲。子言：某解元以座師壽誕，率同年稱觴，衙署舟次，兩不獲見，彼候師而我候彼，是以歸遲。公顧負米者曰：若某解元僕耶？曰：然。曰：歸語汝主，速來會此。其僕星馳而去。嫗語其子以再來故，子欲以父禮事公。公曰：不可，此隔世事耳。俄而某解元及同年數輩來，聞公語，皆頓首曰：兩世師弟，古未聞也。未幾，縣令來，又未幾，太守至，公對多官備述所以，無不愕然稱奇。公於是首祭老儒之墓，加封樹焉，大集姻族，咸有饋贈。其於嫗母子有恩者，倍酬之。為嫗子買田宅、奴婢，傾貲賑給之。自撫按藩臬下至公所取士，莫不有贈，嫗母子遂為富人。又為其子娶婦。數日間傳遍八閩，自江以南，悉播為美談。老生宿儒聞之有泣下者。公以歸期急，不及久留，辭嫗母子去，終其身往返不絕焉。後其子生子女各五。某解元者與為婚姻，五子讀書，三登甲第，最少者猶以鄉貢起家，至二千石。科名綿綿，為閩中鼎族云。

張山來曰：前生處約，而今生處樂，貴所不必，以其於前生毫無所益也。若盡能如此公，則無復有遺憾矣。

虞初新志卷九終

虞初新志卷十

新安張　潮山來輯

筠廊偶筆

宋　犖牧仲

今上御極之四年。鹿邑中翰梁公。遂以 詔使過洞庭。風雨中。見一人長髯藍衣紗幘。氣度閒雅。乘一物似馬。半沒水內。侍者持杖擁護。隨其後。與波濤上下。舟中數十人共見之。相距纔數武耳。逆風而行。良久迷離不見。其年八月。公返棹過齊安。與余杯酒間細言之。或曰。此洞庭君迎 詔使。理或然也。

楚之黃安縣野塘荷葉數百。為暴風捲起。插三里外稻畦中。一葉不亂。

揚州水月菴杉木上。儼然白衣大士像。鸚鵡竹樹善財皆具。

余於武城見一小兒。四五歲。手足似螳螂。頭高起作兩歧。見人念阿彌陀佛。惟索錢無厭耳。

孝感夏孝廉振叔焯見一兒六七歲。浴水中。勢與轂道各二。後不知所終。

樵人於王屋山得茯苓如屋。送濟源某公。服之十年不盡。

一閩人山居。門前忽現宮闕數重。巍煥插天。須臾不見。蓋山市也。

同里孝廉王暭之有妹。生不能言。及笄。有道人過門乞食。云善治病。或問之。治啞否。曰能。孝廉遂以妹請。道人命取水油各一盞。咒之。傾一處。以箸攪成膏。漸結為丸。曰以水調服即能言。但須焚香謝天耳。孝廉以藥授妹服之。頃刻能言。急覓道人。不見。舉家向空拜謝。聞仙樂喧闐。冉冉而去。

閩中洛陽橋圮。有石刻云。石頭若開。蔡公再來。鄞人蔡錫。中明永樂癸卯鄉試。仁廟擢兵科給事中。陞泉州太守。錫至。欲修橋。橋跨海。工難施。錫以文檄海神。忽一醉卒趨而前曰。我能齎檄往。乞酒飲大醉。自沒於海。若有神人扶掖之者。俄而以醋字出。錫意必八月二十一日也。遂以是日興工。潮旬餘不至。工遂成。語載錫本傳中。乃實事也。人不知而以其事附蔡端明。且以為傳奇中妄語矣。錫官至都御史。以才廉聞。

張山來曰。宋先生予父執也。撫吳時。以大集暨此帙見贈。獲之不啻拱璧。敬採異事數條。載入選中。蓋仿前人節錄搜神記續齊諧記之例。非敢有所去取也。

金忠潔公傳

董以寧文友

金鉉字伯玉。武進之剡村人也。因殉節。謚忠潔。人稱金忠潔云。初以順天籍領解。成進士。時年十九。不習吏。請改教。授其大父戶部主事汝升。舊多藏書。乃與弟鍝日夜讀之。繼擢國子監博士。遷工部主事。先是時。明懷宗已誅魏忠賢。而太監張彝憲旋用事。至是而賊李自成兵始熾。添內餉。命彝憲總理戶工錢糧。建別署。忠潔曰。此天下存亡之機也。奈何誅一忠賢。復任一忠賢。且我為工曹。必將屬視我矣。乃抗疏言先言。彝憲既有獨踞之庭。必強二部郎官閒闔進謁。挂士節。辱朝廷。疏上不報。而總理已建署。果檄郎官以謁尚書儀注見。復上疏固爭之。旨諭職事相關。自當禮見。餘不必通謁。金鉉亦不得激陳。彝憲意甚得。與其黨議接侍郎官禮。或曰。視尚書當稍倨。憲曰。吾當稍恭而待金鉉倨耳。金遂集諸郎官倡議曰。職事可令掾吏移之。吾曹有一人登彝憲堂。即屬彝憲假子。毋許入孔子廟。當提吾靴撕腫其面。辱之朝堂。於是諸郎官詣尚書。各請以公事出。至期。彝憲坐堂。皇黃衫緹衣。倡贊畢。但見吏不見郎官。日晡。尚書始來。乎侍午乎。久之。又不至。乃恚曰。避金鉉不即來。待晚乎。命小璫伺門外。望扇導來即報。已而馬蹄前後過之。無一人入者。乃大慚憤。借驗放十六門火器。誣指十八位無火門。劾以故悞軍機。曰必殺鉉。會尚書爭之力。僅削籍歸家居。益與弟鍝盡讀所藏書。尤善易學。而父汀州太守顯。母恭人章。吏時時慰勉之。至父死服闋。復起為兵部車駕司主事。分守皇城。益修城守火器。時崇禎十七年二月

也。李自成已陷大同。而宣府鎮方有太監杜勳監視。又上疏曰。宣府京城之蔽。宣府不殺。慮在京城。撫臣朱之馮忠勇足恃。恐受內臣之掣。請亟撤之。並撤居庸關監視。不聽。至三月。果聞杜勳以宣府迎賊。朱死之。因哭語弟鍝。目今我哭朱公。數日後。汝曹哭我也。及賊至居庸關。太監杜之秩與復迎降。遂進薄彰義門城下。杜勳縋城上。入見大內。惟張皇賊勢以逼帝。遍語諸璫。謂吾黨富貴自在。云忠潔則倉皇點禁兵歸謀匿母。因哭告母曰。鉉守皇城。城亡當與偕亡。今日從母乞此身殉王事。母曰。噫。久謂汝讀書知大義。乃今始向我乞身哉。且我命婦。與汝偕勉之。汝魂歸可會我於井矣。趣之出。又命僕追往。以朝衣隨之。見賊於京城殺監察御史王章於城上。王章亦武進人。字芳洲。與忠潔素厚。方為之欷歔數聲。見市中宮人遍至。言賊入皇城。帝后已死社稷。欲趨入宮。又傳聞提督京城太監王承恩從死。曰。微獨吾鄉王御史也。若輩中尚有一人知大義者。我乃後之。不已為若笑耶。遂衣朝衣投御河死。死時有呂胖者。亦內監也。僳然而至。兩手反接而睨視之曰。是金兵部耶。是人素不居我輩於人面。豈渠能死。吾獨不能死哉。渠生欲遠我。我偏近之。亦自沉於此。僕以奔告其母。母曰。孝哉鉉也。既信於王公。又能激呂監死。吾安可以誑鉉。急正冠帔。投井中。妾

王氏隨之下遂與俱死綜歸收葬畢焚其書而長慟曰吾母乎吾兄乎此時曾相見而相依乎哀號數日又死井中後 王師至家人請入皇城求得忠潔屍已與呂監骨相雜不可分斂而皇城又不得入櫬竟合兩骸槀葬御河堤而王御史之喪歸里

張山來曰明末死於忠義者較前代為獨盛特存此一編以當清夜聞鐘發人深省

核舟記

魏學洢子敬

明有奇巧人曰王叔遠能以徑寸之木為宮室器皿人物以至鳥獸木石罔不因勢象形各具情態嘗貽余核舟一蓋大蘇泛赤壁云舟首尾長約八分有奇高可二黍許中軒敞者為艙箬篷覆之旁開小窗左右各四共八扇啟窗而觀雕欄相望焉閉之則右刻山高月小水落石出左刻清風徐來水波不興石青糝之船頭坐三人中峨冠而多髯者為東坡佛印居右魯直居左蘇黃共閱一手卷東坡右手執卷端左手撫魯直背魯直左手執卷末右手指卷如有所語東坡現右足魯直現左足各微側其兩膝相比者各隱卷底衣褶中佛印絕類彌勒袒胸露乳矯首昂視神情與蘇黃不屬臥右膝詘右臂支船而豎其左膝左臂掛念珠倚之珠可歷歷數也舟尾橫臥一楫楫左右舟子各一人居右者椎髻仰面左手倚一衡木右手攀右趾若嘯呼狀居左者右手執蒲葵扇左手撫爐爐上有壺其人視端容寂若聽茶聲然其船背稍夷則題名其上文曰天啟壬戌秋日虞山王毅叔遠甫刻細若蚊足鉤畫了了其色墨又用篆章一文曰初平山人其色丹通計一舟為人五為窗八為箬篷為楫為爐為壺為手卷為念珠各一對聯題名並篆文為字共三十有四而計其長曾不盈寸蓋簡桃核修狹者為之魏子詳矚既畢詫曰嘻技亦靈怪矣哉莊列所載稱驚猶鬼神者良多然誰有游削於不寸之質而須麋瞭然者假有人焉舉我言以復於我亦必疑其誑乃今親睹之繇斯以觀棘刺之端未必不可為母猴也嘻技亦靈怪矣哉

張山來曰眼鏡中有所謂顯微鏡者一蝨之細視之大如棗栗由此推之則一核未嘗不可視為東瓜矣

沈孚中傳

陸次雲雲士

沈嵊字孚中居武林北墅不脩小節越禮驚衆作填詞奪元人席好縱酒日走馬蘇白兩堤髮如戟衿未青不屑意也崇禎某年當九日攜酒持螯獨上巾子峰頭高吟

浮白有傖漏筆竊記其一聯云有情花笑無情客得意山看失意人為之叫絕拉歸精舍痛飲達旦家人覓至曰今邑試郎君何不介意耶嵊方醉眯未開假無詳步扶入試院則已几席縱橫置足無地嵊乃積坐廢硯立身高級大書登高詞於粉壁之上其首闋曰萬峰頂上險韻獨拈餘撐傲骨與秋鏖天涯誰是酒同儔面皮雖老儘生平受不起青山笑難道他辟英雄一紙賢書到做了禁登高三寸封條題畢而下有拍其肩狂叫者曰我得一賢契矣嵊視之則令也潛視其後良久矣令宋姓兆和名字禧公雲間名士不屑為俗吏態者把嵊臂曰昔賀監遇李白為解金龜當酒我雖遠遜知章君才何異太白此日之事今古攸同盍拈是題與君共填散曲誌奇遇乎嵊曰善令未成而嵊稿脫更復擊節擢之冠軍薦之學使者補弟子員聲譽大起嗣是非令醉嵊即嵊醉令交誼既狎畧師生而爾汝更冠易服戲樂不羈嵊弟有訟對簿於令令佯為研鞫嵊躍出廳事大呼曰錯矣錯矣令拂袖起事聞直指以白簡斥令令恬然勿怨也明鼎既移閣部馬士英擁其殘旅遁迹西陵嵊往說兵士英偽為壯語云當背城決勝嵊馳歸語里人曰此地頃為戰場矣里人羣譁曰丞相宵奔將軍夜遁誰能任戰欲殃吾民爭擊斃嵊燒其著書所存者獨息宰河綰春圓傳奇二種綰春圓尤為詞場稱艷云

陸次雲曰余童子時嘗從道中見孚中策騎過有河朔少年風及長讀其詞而歎其死語云凡人之死有重於泰山輕於鴻毛者孚中之死鴻毛耶泰山耶吾烏能論定之

張山來曰文人不諳世務是以為世所輕稍不得意輒作不平鳴若止觀其文誠足令人敬之重之甚矣全才之難也

愛鐵道人傳

陳鼎定九

愛鐵道人逸其姓名雲南人也少時曾為郡諸生明亡即棄家為道士冬夏無衣褲惟以尺布掩下體不火食所食者瓜蓏蔬果滇中四時皆暖雖臘月有鮮物故道人竟辟穀性愛鐵見鐵輒喜必膜拜向人乞之頭項肩臂以至胸背腰足皆懸敗鐵行路則錚錚然如披鎧自號曰愛鐵道人久之言人禍福多奇中愚男女皆以神仙奉之而道人亦遂以神仙自居更號曰愛鐵神仙嗜飲市人爭醉以酒婦人持酒與則傾潑不飲或詰之則厲聲曰若不聞孟聖人云男女不親授受乎於是神仙之名四走有不遠數十百里來問吉凶時道人寄跡破廟日環繞門者數百人道人大怒罵

曰我何神仙我貪酒花子耳知底吉凶汝輩來問我即拏檄撒之衆乃散與蜀中銅袍道人張閑善銅袍者服銅片為衣而服之者也故號曰銅袍道人嘗攜杖頭錢與受鐵飲於市醉則歌嗚嗚大慟而後休甲寅亂二人不知所往

外史氏曰以鐵為衣以銅為袍豈炫異以駭人耳目耶抑道家別有所屬而寓意於銅鐵耶皆不可得而解也

張山來曰既有鐵便應有銅受金銀者為貪夫則受銅鐵者自是異人矣

北墅奇書　陸次雲雲士

順治時山左有李神仙游行京邸庚子北直鄉試有兩生密詢試題李笑曰公皆道德仁藝中人也無庸卜題出乃志於道全章二人皆中式辛丑會試又有以場題問者李曰五後四可場中首題乃知止而後有定一節果五后字二題乃夫子之文章一章三題乃易其田疇二節果四可字靈異最多此特其一事耳

張山來曰先君視學山左時李神仙來謁自署曰治仙先君延入署中仙命人於架上隨手取書一册復令信手揭開隨於袖中取出字紙一條乃其首行也又云明日有貴人送禮至及次日衍聖公以巨羅見贈後不知所之矣

陳我白瞽目善揣骨居揚州吳江相國金豈凡召之先令徧相諸人多驗後及公陳徧摸之云此窮相不足道公不語傍人曰子無悞言陳復摸摸輒搖首曰不差公復不語陳摸至公眼遽跪曰此龍眼當大貴衆愕然公笑曰果神相也重贈以金復為延譽蓋公未生時父翁禱於神廟甚虔夜夢神許賜以二子視之即寺傍丐者私念有子如此不如無矣神復曰汝勿慮當易其眼取殿廡龍眼納之未幾生公故公以為神也

張山來曰審若是則富貴之後身仍為富貴乞丐之後身仍不免貧賤耶真不可解○余卜居維揚時陳我白已大富不復為人揣骨故無從一詢休咎聞其頗精於弈目雖瞽人不能欺之尤為奇也

河南劉理順鄉薦久不第讀書二郎廟中聞哭聲甚哀問之乃婦人也其夫出外七年不歸母貧且老欲嫁媳以圖兩活得遠商銀十二兩將攜去姑媳不忍別故悲耳劉聞之急呼其僕曰取家中銀十二兩來僕曰家中之用止有納糧銀在明早當投櫃矣劉曰汝且取來官銀再設處可也因代為其子作一書稱離家七年已獲五百餘金十日後便歸矣先寄銀十二兩等語覓人送其家姑媳得銀及書以告商商知其子在取銀去越十日其子果歸所得之銀及所行之事與書中適符母以問子子駭甚但曰此神人憐我也惟每日拜謝天地而已劉公是年會試廟祝見二郎神親送之中崇禎甲戌狀元其子從於廟中見公題詠乃知書銀出自公手舉家往謝公竟不認尤不可及也

薊門有人新置繭袍一領衣之過蘆溝橋值推車者碎其右袂其人自顧絶無一語推車者跪而請曰小人誤碎君服貧不能償乞賜痛責以懲過碎衣者曰衣已碎矣責爾何為拂袖竟去推車者歸忽顛狂曰吾寃不能報矣鄰人聚觀詰問其故曰衣繭袍者為某與我讐積前生今日我數當盡碎其衣欲致其擊我我則隨擊而斃使彼受法抵償而無如其不較也吾如彼何哉其量若此吾怨已解然彼於前世尚負我五金乞鄰翁為我語彼持此金來資我殯事我則與彼釋此寃矣鄰人走訪詳語其人其人大驚拜推車漢於破炕之下推車漢歷叙前因碎衣者淚汗叩求上五金償夙負復上五金曰以此為君祈福修佛事推車漢曰如是吾不惟不汝寃且汝德矣一笑而逝

順治戊戌進士湯聘為諸生時家貧奉母忽病死鬼卒拘至東嶽聘哀籲曰老母在堂無人侍養望帝憐之嶽帝曰汝命止此冥法森嚴難徇汝意聘扳案哀號帝曰既是儒家弟子送孔聖人裁奪鬼卒押至宣聖處曰生死隸東嶽功名隸文昌我不與焉回遇大士哀訴求生大士曰孝思也盍允之以警世鬼卒曰彼死數日屍腐奈何大士命善財取牟尼泥完其屍善財取泥若稱檀香同至其家屍果腐爛一燈熒然老母垂涕死七日尚無以殮善財以泥圍屍臭穢頓息遂有生氣魂歸其中身即蠕動張目見母嗚咽不禁母驚狂呼鄰人咸集聘曰母勿怖男再生矣備言再生之故曰男本無功名命限已盡求報親恩大士命男持戒許男成進士但命無祿位戒以勿仕後聘及第長齋繡佛事母而已迨母死就真定令卒於官豈違勿仕之戒歟

張山來曰大士慨發慈悲吾夫子獨不為裁奪者以死數日而復生是為索隱行怪非中庸之道故不為耳

順天江霞子云其母舅汪公於崇禎十三年任四川巡道經略到省單騎往謁中途所乘馬無病而死蜀道難行計無所出忽有少年對馬言曰我當變馬與公乘之左右以為妖人擁至公前公云此狂人也釋之少年出門去而馬忽活公喜甚乘之至轅門甫下馬而復倒矣公入謁事畢秉肩輿歸方行見一老者牽一人至喊云救命

視其人即少年也老者云適見公乘馬死小人隨藏身山穴變馬負公出馬腹而彘身不意宅舍竟爲此人所占伏乞勅彼吏換各還故有公詰少年少年云此係難得之物願受官刑斷不還矣公欲繩之以法而無法可加老者知不可强拳詈交及少年惟有笑公勸老者爾有此手段不若另覓好舍何如老者曰公肯爲某留心某當從命少年拜謝去老者亦隨公回署越半載一日向公云公書吏之子今夜暴亡明晨弗令掩蓋使移置郊外當拜公往舍之惠公許之明早升堂問某吏可有子昨夜死否吏曰有之公云汝欲令其重生否吏曰安能得之公云汝命無子雖生必命出家不則生而復死吏曰與其死隔寧使生離公令其舁之郊外吏泣謝去公歸語老者老者求一新衣隨公出郭吏夫婦已先迎候觀者萬衆見老者扶屍起脫其衣以己衣衣其身隨脫己衣以其衣衣自身老者忽臥地棺中人突然起矣拜謝汪公吏夫婦呼之絶不應亦惟有向之拜謝而已吏夫婦痛哭去是人遂作道人妝雖若舞勺之年而所出者盡神仙之語謂公云時事不可問宜急隱答曰君父事了却稍俟之後再促公公言如故因歎云固有定數不可强也遂辭去明年寇大警公卒於官

袁武宋口述

明末關東有爲玉器之工李宛者白皙無髭之人也其里中有張遣者長髯傾黑之人也宛遣俱抱病宛先三日死遣後三日死宛至冥冥官曰張合死李猶未也放轉生鬼卒曰李舍壞矣冥官曰即借張舍舍之鬼卒送宛魂附遣體而去屍忽起遣之父驚喜曰兒生矣妻曰夫活矣子曰父能動矣宛張目曰我李宛也此何地爾何人而子我夫我父我耶競趨李宅李闔家怪而逐之宛曰我李宛也父何以不我子妻何以不我夫子何以不我父耶其父曰我子宛且腐我子無髭而爾多髯大異矣何詭說耶宛曰此張遣之軀冥曹判而假我生者也盍辨我之聲乎其家人曰聲果宛聲也張之父子追至亦曰聲誠非遣聲也而李之家究不敢納也宛曰不信試取我器具來須臾剖玉磨瀘爲璧爲珪事事俱宛之素藝遣所不能者於是信其果爲宛也張不能强之歸李不復驅之去此王文衲游邊云親見其事者

張山來曰冥官亦舞文如此耶雖與受賄者不同然亦恐宜掛彈章也○不識李宛之妻肯與之同宿否以白皙無髭之壻而忽易以長髯傾黑之夫能無怏怏即張遣之婦見其夫復生而爲李宛之妻所踞心能甘乎俱不可解

鬼母傳

李清 映碧

鬼母者某賈人妻也同賈人客某所既妊暴殞以長路迢遞暫瘞隙地未迎歸適肆有鬻餅者每聞雞起即見一婦人把錢俟輕步纖音意態皇皇蓋無日不與星月作者店人問故婦人愴然曰吾夫去身單又無乳每餓兒啼夜輒中心如剜母子恩深故不避行露急持啖兒耳店中初聆言亦不甚疑但晝投錢於笥暮必獲紙錢一或馬或曰是鬼物無疑夫紙爇於火者入水必浮其體輕也明旦盡取所持錢悉面投水甕伺其浮者物色之店人如言獨婦錢浮耳怪而蹤跡其後飄飄颺颺迅若飛鳥忽近小塚數千步奄然沒店人毛髮森豎喘不續吁亟走鳴之官起柩視衣骨燼矣獨見兒生兒初見人時猶手持餅啖了無怖畏及觀者蝟集語嘈嘈然方驚啼或左顧作投懷狀或右顧作攀衣勢蓋猶認死母爲生母而呱呱若覓所依也傷哉兒乎人苦别生兒苦别死官憐之急覓乳母飼馳召其父父到撫兒哭曰似而母是夜兒夢中趯趯咿喔不成寐若有人嗚嗚抱持者明旦視兒衣半濡宛然未燥訣痕也父傷感不已攜兒歸後兒長貿易江湖間言笑飲食與人不異惟性輕跳能於平地躍起若凌虛然說者猶謂得幽氣云兒孝或詢幽産始末則走號嚶野目盡腫

張山來曰余向評既已爲鬼亦安事楮鏹爲今觀此母則其有需於此無足怪矣

狗皮道士傳

陳鼎 定九

狗皮道士者不知何許人亦未詳其姓氏明末嘗冠道冠躡赤舄披狗皮乞食成都市每至人家乞食輒作犬吠聲酷相類家犬聞之以爲真犬也輒羣集遶吠之道士輒與對吠不休鄰犬聞之亦以爲真犬也突出吠之道士怒忽作虎嘯聲群犬皆辟易每獨居破廟至深夜輒作一犬吠影聲少頃作衆犬吠聲儼然百十犬相吠也久之通國之犬皆吠而達乎四境矣歲餘獻賊入寇道士突至賊馬前數十步大作犬吠聲獻賊怒令羣賊策馬逐殺之道士故徐徐行賊數策馬馬不前獻賊益怒令飛矢射之如雨皆不中獻賊益大怒以爲妖親策馬射之中其首不入矢還中賊馬馬驚獻賊大駭乃已他日獻賊僭尊號元旦朝賊百官忽見道士披狗皮列班行執笏作犬吠聲獻賊大怒令羣賊縛之道士乃大作犬吠聲盈庭如數千百犬爭吠狀聲徹四外合城之犬聞聲從而和吠之聲震天地獻賊大聲呼衆皆不聞爲犬聲亂也獻賊大驚而退既退犬聲息道士亦不知何往

外史氏曰世之言神仙者比比余則疑信相半今觀狗皮道士之所爲豈非神仙哉不然何侮弄獻賊如猢猻小兒哉

張山來曰人皮者不能吹賊狗皮者反能之可以人而不如狗乎。

烈狐傳　陳鼎定九

明末有狐幻老人狀年可六七十詣昆山葛氏欲僦其荒圃以居葛辭以無屋老人曰君第諾我勿論屋有無也葛異而諾之老人即與葛約曰我異類也與君家有夙世緣故相依耳往來請誡從者勿相擾則佩君高誼矣葛曰謹奉教乃去越數日老人投刺進謁曰徙來矣既至從者數十人皆衣冠楚楚陳幣悉珠玉錦繡值數千緡葛辭之老人固請葛然後納其幣及去建圃扉即不見葛愈異之使人私瞷之見圃內皆高堂大廈畫棟雕題儼然縉紳家也他日治酒招葛樽俎之盛帷幄之富極人間之異葛有子方弱冠風流都雅傾一邑偶過其居見一麗人年可十五六如海棠一枝輕盈欲語歸而思之不置久之遂成病且欲死父知其情走告老人以姻請老人曰恐吾輩異類不足以辱君子耳葛固請之乃許擇吉迎之奩贈以萬計既歸夫婦篤好事舅姑甚孝未幾國變亂兵入其家見婦艷欲汚之婦大罵奪刀自刎而死乃一九尾狐也

外史氏曰狐淫獸也以淫媚人死於狐者不知其幾矣乃是狐竟能以節死嗚呼可與貞白女子爭烈矣

張山來曰曩於友人處見小書一帙皆紀妖狐故事狐之多情者固不乏而烈者則未之前聞今得此文可為淫獸增光矣○葛翁肯與聯姻亦非尋常可及狐之以烈報之固宜

虞初新志卷十終

虞初新志卷十一

清　新安張潮山來輯

秦松齡留仙

過百齡傳

錫固多佳山水間生瑰偉奇特之士常以道藝為世稱述若倪徵君雲林以畫華學士鴻山以詩王僉事仲山以畫乃今過處士百齡者則以弈其為道不同而其聲稱足以動當世則一也百齡名文年為邑名家子生而穎慧好讀書十一歲時見人弈則知虛實先後進擊退守之法曰是無難也與人弈弈輒勝於是閭黨間無不奇百齡者時福清葉閣學臺山先生弈品居第二過錫山求可與敵者諸鄉先生以百齡應召至則尚童子也葉公已奇之及與弈葉公輒負諸鄉先生耳語百齡曰葉公顯者若當陽負何屢勝百齡艴然曰弈固小技然枉道媚人吾恥焉况葉公賢者也豈以此罪童子耶葉公果益器之與欲俱北以學未竟辭自是百齡之名噪江以南遂益殫精於弈不幾年學成曰可以應當世矣會京師諸公卿聞其名有以書邀致者遂至京師有國手曰林符卿老游公卿間見百齡年少意輕之一日諸公卿會飲林君謂百齡曰吾與若同游京師未嘗一爭道角技即諸先生何所用吾與若耶今願畢其所長博諸先生歡諸公卿皆曰諾遂爭出注約百緡百齡固辭不敢林君益驕益強之遂對弈枰未半林君面頸發赤熱而百齡信手以應旁若無人凡三戰林君三北諸公卿譁然曰林君向固稱第一今得過生乃奪之矣復皆大笑於是百齡名品遂第一名噪京師當是時居停主某錦衣者以事繫獄或謂百齡曰君為錦衣客須謹避不然禍將及百齡毅然曰錦衣遇我厚今有難而去之不義且吾與之交未嘗干以私禍必不及時同客錦衣者悉被繫百齡竟免已天下多故百齡不欲久留遂歸隱錫山日與一二酒徒狂嘯縱飲不屑屑與人奕獨徵逐角戲以為樂百齡素饒出遊輒得數百金輒盡之博簺其戚黨譏訶百齡百齡曰吾嚮者家徒壁立今所得皆以弈耳得之弈失之博夫復何憾且人生貴適志區區逐利者何為哉若百齡者可謂奇矣以相國之招而不去以金吾之禍而不避至知國家之傾覆而急歸為公卿門下客者垂四十年而未嘗有干請若百齡者僅謂之弈人乎哉

張山來曰善弈者多在垂髫然其人往往嗇於壽今過君獨歷四十餘載豈其命名百齡果為之兆耶

八大山人傳　陳鼎定九

八大山人明寧藩宗室號人屋人屋者廣厦萬間之意也性孤介穎異絕倫八歲即能詩善書法工篆刻尤精繪事嘗寫菡萏一枝半開池中敗葉離披橫斜水面生意勃然張堂中如清風徐來香氣常滿室又畫龍大幅閒蜿蜒升降欲飛欲動若使葉公見之亦必大叫驚走也善詼諧喜議論娓娓不倦嘗傾倒四座父某亦工書畫名噪江右然瘖啞不能言甲申國亡父隨卒人屋承父志亦喑啞左右承事者皆語以目合則頷之否則搖頭對賓客寒暄以手聽人言古今事心會處則啞然笑如是十餘年遂棄家為僧自號曰雪個未幾病顛初則伏地嗚咽已而仰天大笑笑已忽跣足踊躍叫號痛哭或鼓腹高歌或混舞於市一日之間顛態百出市人惡其擾醉之酒則頹止歲餘病間更號曰個山既而自摩其頂曰吾為僧矣何可不以驢名遂更號曰個山驢數年妻子俱死或謂之曰斬先人祀非所以為人後也子無畏乎個山驢遂慨然蓄髮謀妻子號八大山人其言曰八大者四方四隅皆我為大而無大於我也山人既嗜酒無他好人愛其筆墨多置酒招之預設墨汁數升紙若干幅於座右醉後見之則欣然潑墨廣幅間或洒以敝帚塗以敗冠盈紙骯髒不可以目然後捉筆渲染或成山林或成邱壑花鳥竹石無不入妙如愛書則攘臂搦管狂叫大呼洋洋灑灑數十幅立就醒時欲求其片紙隻字不可得雖陳黃金百鎰於前勿顧也其顛如此

外史氏曰山人果顛也乎哉何其筆墨雄豪也余嘗閱山人詩畫大有唐宋人氣魄至於書法則胎骨於晉魏矣問其鄉人皆曰得之醉後嗚呼其醉可及也其顛不可及也

張山來曰予聞山人在江右往往為武人招入室中作畫或二三日不放歸山人輒遺矢堂中武人不能耐縱之歸後某撫軍馳柬相邀固辭不往或問之答曰彼武人何足較遺矢得歸可矣今某公固風雅者也不就見而召我我豈可往見哉又聞其於便面上大書一啞字或其人不可與語則舉啞字示之其畫上所鈐印狀如屐予最愛其畫恨相去遠不能得也

圓圓傳

陸次雲雲士

圓圓陳姓玉峰歌妓也聲甲天下之聲色甲天下之色崇禎癸未歲總兵吳三桂慕其名齎千金往聘之已先為田畹所得時圓圓以不得事吳快快也而吳更甚田畹者懷宗妃之父也年耄矣圓圓度流水高山之曲以歌之畹每擊節不知其悼知音之希也甲申春流賊大熾懷宗宵旰憂之廢寢食妃謀所以解帝憂者於父畹進圓圓圓圓掃眉而入艷送一顧帝穆然也旋命之歸畹時闖師將迫畿輔矣帝急召三桂對平臺錫蟒玉賜上方託重寄命守山海關三桂亦慷慨受命以忠貞自許也而寇深矣長安富貴家皆皇皇畹憂甚語圓圓圓圓曰當世亂而公無所依禍必至曷不締交於吳將軍庶緩急有藉乎畹曰斯何時吾欲與之締歡不暇也圓圓曰吳慕公家歌舞有時矣公鑑於石尉不借入看設玉石焚時能堅閉金谷耶盍以此請當必來無卻顧畹然之遂躬迓吳觀家樂吳欲之而故卻也強而可至則戎服臨筵儼然有不可犯之色畹陳列益盛禮益恭酒甫行吳即欲去畹屢易席至邃室出群姬調絲竹皆殊秀一淡妝者統諸美而先眾音情艷意嬌三桂不覺其神移心蕩也遽命解戎服易輕裘顧謂畹曰此非所謂圓圓耶洵足傾人城矣公寧勿畏而擁此耶畹不知所答命圓圓行酒圓圓至席吳語曰卿樂甚圓圓小語曰紅拂尚不樂越公矧不逮越公者耶吳頷之酣飲間警報踵至吳似不欲行者而不得不行畹前席曰設寇至將奈何吳遽曰能以圓圓見贈吾當保公家先於保國也畹勉許之吳即命圓圓拜辭畹擇細馬馱之去畹爽然無如何也帝促三桂出關三桂父督理御營

名驤者恐帝聞其子載圓圓事留府第勿令往三桂去而闖賊旋拔城矣懷宗死社稷李自成據宮掠宮人死者半逸者半自成詢內監曰上苑三千何無一國色耶內監曰先帝屏聲色鮮佳麗有一圓圓者絕世所希田畹進帝而帝卻之今聞畹贈三桂三桂留之其父吳驤第中矣是時驤方降賊闖即向驤索圓圓且籍其家而命其作書以招子也驤俱從命進圓圓自成驚且喜遽命歌奏吳歈自成蹙額曰何貌甚佳而音殊不可耐也即命群姬唱西調操阮箏琥珀已拍掌以和之繁音激楚熱耳酸心顧圓圓曰此樂何如圓圓曰此曲祇應天上有非南鄙之人所能及也自成甚嬖之隨遣使以銀四萬兩犒三桂軍三桂得父書欣然受命矣而一偵者至詢之曰吾家無恙耶曰為闖籍矣曰吾至當自還也又一偵者至曰吾父無恙耶曰為闖拘繫矣曰吾至當即釋也又一偵者至曰陳夫人無恙耶曰為闖得之矣三桂拔劍斫案曰果有是吾從若耶因作書答父略曰兒以父蔭待罪戎行以為李賊猖狂不久即當撲滅不意我國無人望風而靡側聞聖主晏駕不勝眦裂猶意吾父奮椎一擊誓不俱生不則刎頸以殉國難何乃隱忍偷生訓以非義既無孝寬禦寇之才復愧平原罵賊之勇父既不能為忠臣兒安能為孝子乎兒與父決不早圖賊雖置父鼎

俎旁以誘三桂不顧也隨效秦庭之泣乞　王師以勦巨寇先敗之於一片石自成怒戮吳驤併其家人三十餘口欲殺圓圓圓圓曰聞吳將軍捲甲來歸矣徒以妾故又復興兵殺妾何足惜恐其為王死敵不利也自成欲挈圓圓去圓圓曰妾既事大王矣豈不欲從一土行恐吳將軍以妾故而窮追不已也王圖之度能敵彼妾即褰裳跨征騎自成乃凝思圓圓曰妾為大王計宜留妾緩敵當說彼不追以報王之恩遇也自成然之於是棄圓圓載輜重狼狽西行是時也闖膽已落一鼓可滅三桂復京師急覓圓圓既得相與抱持喜泣交集不待圓圓為闖致說自以為法戒追窮聽其縱逸而不復問矣旋受王封建蘇臺營郿鄔於滇南而時命圓圓歌圓圓每歌大風之章以媚之吳酒酣恒拔劍起舞作發揚蹈厲之容圓圓即捧觴為壽以為其神武不可一世也吳益愛之故專房之寵數十年如一日其蓄異志作謀叛陰結天下士相傳曰多出於同夢之謀而世之不知者以三桂能學申胥以復君父大讎忠孝人也曷知其乞師之故蓋在此而不在彼哉厥後草莽南面三十餘年又復浪沸滇池致勞撻伐跋扈艷妻同歸殲滅何足以償不子不臣之罪也哉

陸次雲曰語云無徵不信圓圓之說有徵乎曰有徵諸吳梅村祭酒偉業之詩矣梅

村效琵琶長恨體作圓圓曲以刺三桂曰衝冠一怒為紅顏蓋實錄也三桂齎重幣求去此詩吳勿許當其盛時祭酒能顯斥其非卻其賂遺而不顧於甲寅之亂似早有以見其微者嗚呼梅村非詩史之董狐也哉

張山來曰吳三桂未叛時予讀祭酒圓圓曲不解所謂甲寅後友人因為予言其故深服先生先見之明今讀此傳益知圓圓曲之妙也

又曰唐陳鴻作長恨傳白居易因譜為歌今雲士乃因歌作傳詳略之際較之前人稍難誠足輝映後先矣

嘯翁傳

陳鼎定九

嘯翁者歙州長嘯老人汪京字紫庭善嘯而年又最高故人皆呼為嘯翁也嘯翁嘗於清夜獨登高峯巔豁然長嘯山鳴谷應林木震動禽鳥驚飛虎豹駭走山中人已寐者夢陡然醒未寐者心悚然懼疑為山崩地震皆徬徨罔敢寢達旦羣相驚問乃知為嘯翁發嘯也嘯翁之嘯幼傳自嘯仙能作鸞鶴鳳凰鳴每一發聲則百鳥迴翔雞鶩皆舞又善作老龍吟醉臥大江濱長吟數聲魚蝦皆破浪來朝龍鼉多迎濤以拜他日與黃鶴山樵天都瞎漢瀟湘漁父虎頭將軍十數輩登平山六一樓拉嘯翁嘯嘯翁以齒落固辭強而後可初發聲如空山鐵笛音韻悠揚既而如鶴唳長天聲澈霄漢少頃移聲向東則風從西來萬木盡伏排闥擊戶危樓欲動再而移聲向西則風從東至鬨然蕩然如千軍萬馬馳驟於前又若兩軍相角短兵長劍緊接之勢久之則屋瓦欲飛林木將拔也於是炷香爐而嘯翁氣竭昏仆於地衆客大驚亟呼山僧灌以沸水半晌乃甦歸而月印前溪矣嘯翁能醫工畫善歌既耄聲猶遏梁云

外史氏曰古善嘯者稱孫登嗣後寥寥不見書傳迨至我朝稱善嘯者洛下王昭陽李而已然予嘗一聞之矣第未知與蘇門同一音響否昨聞嘯翁之嘯則有變風雲動山岳之勢大非洛下者可幾及也豈嘯翁之嘯直接蘇門者耶

張山來曰予遇嘯翁欲聞其嘯翁以齒豁辭不意其在平山發如許高興惜予不及知也

客窗涉筆

失名

康熙間天津城外有旅店其後一室夜多鬼店主鍵其門時有傖人至其家人無宿處欲入此室店主告以故其扮淨者云無懼吾能服之衆飲酒半酣各歸寢扮淨者取筆塗赤面着袍靴裝關公丑塗墨面持刀裝周倉小生白面持印作關平左右立

關正坐點燭若看兵書狀頃之炕後一少婦出前跪呼冤裝關公者心懾不能言扮周倉者厲聲問有何冤可訴上婦指炕者再周又厲聲云汝且去明日當伸若冤婦拜謝忽隱去至明日三人啟炕磚視之下果有一屍詢店主云此屋本一富家者前年遷去某賃之其鄰佑云屋主向有一妾後不復見殆冤死耶衆云今夜必復至當細詢之至夜三人仍裝像於室衆伏戶外伺之初更婦人又自炕後出怒指三人云吾以汝為真關君特與訴冤汝輩何能了吾事乃披髮吐舌滅燈而去衆大驚三人不敢復入室

張山來曰此鬼謬矣即非真關君獨不可藉其力以鳴於官而究其冤耶

康小范言其伯父諱元積者順治辛丑進士自幼能知前事方誕生時與同輩三人皆沙門中道履堅粹者冥主賜以進賢冠繡紫衣禮而遣之至一橋有以杯茗進同輩飲之某獨疑而寘之遂別去某困諸生久每思及此曰吾既紆繡來闢老非誰我者後登進士謝恩之日班次適兩同年面目宛然當日兩僧與偕來者詢之兩君則皆惘然想即橋上杯茗為之敝也

崇禎末張獻忠屠戮楚中麻城人為賊所殺魂走川中不自知其死也急欲東歸每

至途中飆為風吹轉夜行三載終不得歸於是聞風聲即伏地握草木根乃不復回將至故邑城門尚閉於嶽廟後少憩見有一神奉簿登殿向嶽帝云與麻城梅某一子帝云此人孽重不得有子神又云天曹所命不敢違判官持一簿向帝云梅某於某日見一凍人買一草束烘之得活是當得子帝云可將坐廟旁人與之四五人拽是人行是人呼云我人也何投胎之有衆笑云汝是人何畏風夜行耶是人始悟已為鬼至殿上又云某即投胎不願之梅某家向識其人何可為若兒判官云但往為若兒有好處是人記所言數人押至梅某家梅某婦產一兒即能言家人以為怪欲殺之兒述前生并托生事梅驚異於是力行善撫子成人今尚在也康熙丙辰二月梔濟霖言之

張山來曰方嶽帝未奉天曹命時梅某婦已有孕矣豈預知有投胎者耶此與回生者胸前微溫同一不可解也

聞見卮言　　顧程美

順治甲午正月四明一士人金良者召仙仙大書乩云解元金良士人大喜及開榜解元乃鍾朗也蓋鍾字旁有金字朗字旁有良字神仙之游戲耳然金君於次科亦即中式

骨時義興善卷寺雷震其柱題字凡三一曰詩朱漢一曰射鈎記一曰謝君之皆大書可徑尺非篆非隸深入木理正統間周文襄公命試削之字隨削而入鄉人摹搨云佩之可以愈瘧宋祥符間岳州玉貞觀雷書一柱曰謝大仙人問乩仙曰雷神之名　本朝順治間福州鐵書錦坊有賣米者雷震死其三人有字大書屍上其文曰北口月八長口月八昼無人識者人題之於萬壽塔壁夜有蜘蛛垂絲於字之中直貫而下視之乃米中用水糠中用木查九字也詢知其人平日果然天誅不爽矣

乩書　　朱集之元成

燕川吳生善請仙順治丁酉督學歲試將及數子問場中題書曰尹字帶兒孫一旦不離心復問次題出經題否曰否否否比入試首題是得見君子者斯可矣至得見有恒者斯可矣乃知尹字兒孫君子也一旦心恒字也次題樂正子强乎三段三否字也同時有武學生亦問試題書四語曰二人並肩不缺一邊立見其可十字撇添及入試論題乃天下奇才四字始悟二人並肩天也不缺一邊下也立見其可奇也十字撇添才也拆字巧妙如此非仙語不能到也

康熙己酉科山陰袁顯襄叩乩仙問場中題目乩云不可語曰然則終無一言耶曰題目即在不可語上曰乞明示之乩一畫字出題乃知之者一節有四者字且在不可語上一章之上袁遂獲雋

貴州番民雜處多閑術能以木易人之足有郡丞某過其地記室二人從遊其地寓於客邸一人與婦人淫其夫怨之易其一足一人不與婦淫其妻怨之易其一足明日蹣跚於庭丞知速其人始遜歸作法而足如故

張山來曰淫其婦而僅易其足可謂罪重而罰輕矣

錢塘于生三世事記　　陳玉璂椒峯

錢塘于生某忠肅公裔孫也篤行不妄言雖盛暑不解衣帶每沐浴必深自斂匿人怪之一日浴昭慶寺僧寮同學蔡生者排戶逼視見其兩腋間肌寸許左豕右蛇豕鬣而蚺蛇鱗鱗然生泣下已乃曰此予三生業也於今猶不忘予初為豕甚憎其生既就死極梃刃湯火神識終不去已為蟒蛇在巖穴下自顧獰惡時掩藏而口苦饑百蟲啐腥附於甲立啖盡已念業益重間日食一大禽又念殺生無已時誓日飲水又念毒涎入水殺魚蝦慄飲人殺人慨然曰生而害生曷不死遂引首於山曝烈日中以死見冥官曰汝有人性重生命舍生當拔汝為人言罷生又泣曰予未嘗以告妻子今亦無用自匿矣蔡聞言悚然因語于李九來筆之書陳子曰輪迴果報為浮屠家說予不樂道閱太平廣記諸書載此類甚多亦不之信今九來親得之其友可無疑嗟乎物類以不嗜殺而得為人人嗜殺將不得復為人亦理有必然者金壇某巨公死距百里許農家適產牛見腹下殊毛若書某公姓名衆駭語聞其子當歸閉之別室以終其年予聞之巨公姻黨亦無足疑夫天下之為亂臣賊子者多矣豈能盡執其人而刀鋸鼎烹之故往往有逃於法者苟非有冥報使詰窮力竭賄賂無所施千請無所用人亦何憚而不為亂臣賊子故冥報者所以濟國法之窮也吾友魏冰叔作地獄論其說實有裨於世道人心當書此文質之

張山來曰余曾作輪迴說謂人為異類世苟不知便不足以為戒故必毛上成字方可耳

活死人傳　　陳鼎定九

活死人姓江四川人名本實家素封明亡散家財棄妻子入終南學仙十年得其道遂遨遊四海既而止妙高峯從關老人結廬煉金丹又十年丹成座下弟子百餘人

推荊溪陳留王爲首。能駕雲往來。能水面上立。能峭壁間行。嘗縛虎爲騎。出入市中。活死人怒呼而責之。曰所貴乎道者。清淨無爲也。無爲而至於無欲。方臻衆妙之門。故曰有聲之聲。延及百里。無聲之聲。延及四海。今汝所行。皆有爲也。有爲則駭世惑俗。豈清淨之道哉。於是陳留王乃盡棄其術。掩關息坐三年。然後請見活死人。大悅曰。子可以授吾大道矣。既授。乃集羣弟子告曰。吾聞成功者退。今吾道既已得人。吾將隱矣。乃命掘一土穴。山半僅可容身。活死人入居之。命以土掩。毋使有隙。但朝夕來呼我可耳。既埋。羣弟子如命。朝夕往呼之。活死人在土中。必大聲應。三年呼之不應矣。羣弟子乃樹以碣曰活死人之墓。

外史氏曰。神仙多爲駭世惑俗之事。活死人既怪其弟子駭世惑俗。何爲活埋土穴。而使呼之應之三年之久耶。豈夫子所謂索隱行怪者。即世之所謂神仙耶。

張山來曰。活埋土穴中。令人呼之而應。此當是其弟子輩故爲此言。以駭世耳。未必果有其事也。

義牛傳

陳鼎定九

義牛者。宜興銅棺山農人吳孝先家水牸牛也。力而有德。日耕山田二十畝。雖飢甚。不食田中苗。吳寶之。令其十三歲子希年牧之。希年跨牛背。隨牛所之。牛方食草澗邊。忽一虎從牛後林中出。意欲攫希年。牛知之。即旋身轉向虎。徐行嚙草。希年懼。伏牛背不敢動。虎見牛來。且踞以俟。意相近。即攫牛背兒也。牛將迫虎。即遽犇以前。猛力觸虎。虎方垂涎牛背兒。不及避。蹼而仰。偃臥澗中。不能躍。水壅浸虎首。虎斃。希年驅牛返。白父。集衆舁虎歸。烹之。他日孝先與鄰人王佛生爭水。佛生富而暴。素爲鄉里所怨。皆不直之。而袒孝先。佛生益怒。率其子毆死孝先。希年訟於官。佛生重賂邑令。反杖希年。希年斃杖下。無他昆季可白冤者。孝先妻周氏日號哭於牛之前。且告牛曰。曩幸藉汝。吾兒得免果虎腹。今且父子俱死於讐人矣。皇天后土。誰爲吾雪恨耶。牛聞之。大怒。抖擻長鳴。飛奔至佛生家。佛生父子三人方延客歡飲。牛直登其堂。竟觸佛生。佛生斃。復觸二子。二子斃。客有持梃與牛鬬者。皆傷。鄰里趨白令。令聞之怖死。

外史氏曰。世之人子不肖。父讐不能報者比比矣。乃是牛竟能爲吳氏報兩世殺身讐。噫。牛亦勇矣哉。宜乎令聞之怖死也。

虞初新志卷十一終

虞初新志卷十二

清　新安張潮山來輯

邵士梅傳

陸鳴珂次山

邵士梅號峄暉。山東濟寧州人也。其前身爲高小槐。本高家莊人。向充里正。急公守法。不苛索民間一錢。病革時。見二青衣人如公差狀。令謹閉其目。挾與俱行。行甚捷。惟聞耳邊風濤聲。少頃至一室。青衣已去。目頓開。第見二嫗侍房帷間。則已托生在邵門矣。口不能言。心輒自念。覺目中所見。棟宇器物。驟然改觀。即手足髮膚。何似非故我也。至二三歲能言時。輒云欲往高家莊。高家莊云云。父母怪而叱之曰。兒妄矣。高家莊安在。及出就外傅。間以語傅。傅曰。此子前身事。宜秘之。遂不復言。己亥成進士。授登州郡博。適奉臺檄署棲霞道。經高家莊。市井室廬宛然如昨。因集土人而問之曰。此地曾有高小槐乎。曰有之。去世已歷年所矣。及詢其沒時月日。與士梅生辰無異。遂告之故。覓其子。一物故。一他出。惟一女適人。相距里許。呼與語。語及少時膝下事甚了了。并訪里中諸故老。其一尚存。瞶瞶黃髮。年九十餘矣。相見道故舊。懽若平生。士梅因恍然有得于生死之際。從此冰消。乃賦詩云。兩世頓開生死路。一身會作古今人。遂捐貲置產。厚卹其家。後陞滿量移。作令吳江。吳中人士。咸傳其事。余初未之信也。適登州明經李白胞弟曰桂。爲余同年。便道過訪。余偶言及。曰。是非我登州邵峄暉先生乎。其事甚真。余所稔聞。因述邵在登時嘗以語同官李盤以語曰白者纖悉如此。余稍詮次其語。爲立小傳。夫高小槐一里正耳。片善之積。尚能死無宿草生得成名。況其他哉。雲間野史陸鳴珂撰。時康熙七年五月晦日也。

張山來曰。觀里正之善者。其福報如此。其惡者來生從可知矣。

彭望祖傳

陳鼎定九

彭望祖名遠。江西人。幼端方沉靜。寡言笑。弱冠舉諸生。從師讀書西山草菴中。冬月有道士衣單麻衣。冒大雪來求宿。忽病足不能起。望祖憐之。日分飲食奉之。三年。道士足愈。起謝曰。吾受郎君惠厚矣。無以報。出丹書三卷授之。曰讀之可證飛仙。遂去不復見。望祖得其書。熟讀之。明亡。棄舉子業。來遊江南。順治中。京口明經張行貞延爲孺子句讀師。賓主甚相歡。他日飲青梅下。行貞戲言閩粵蝤蛑之美。恨不得啖。望祖曰。是固無難致也。行貞曰。噫。先生何云不難哉。固無論山川險阻。第相去數千里。即伏櫪駿馬。乘傳日夜兼程。行至此亦槁矣。望祖唯唯。抵暮。行貞入。望祖命童子瀝掃書舍庀香具法壇戒童子先寢童子甚怪之假寐竊起窺望祖於篋中取草龍一具祭於壇須臾龍忽蠕然鱗甲爪牙皆動望祖乘之騰去不半夜歸矣龍兩角掛紫纓皆鮮荔也乃撤壇收草龍置篋中而東方已白呼童子起進之行貞大駭詰童子童子具以告於是行貞知望祖有神術謹事之歲餘望祖忽於午夜出草龍收行旅琴劍書篋掛於上乘之而去不知所終

外史氏曰神仙固多幻術也往往以幻術遊戲人間第無緣值之耳或曰望祖特術士耳非神仙也雖然數千里不半夜而往還即謂之神仙也亦宜

張山來曰余嘗羨左慈於盂中釣松江四腮鱸魚今望祖尚有藉於草龍猶覺遜一籌也

程弱文傳　羅坤宏載

弱文程氏名璋歙人程某之女也其母夢吞花葉而生幼極穎慧九歲即好弄翰墨工詩文日摹曹娥麻姑諸帖書法尤稱精楷性復喜植花更愛花葉能於如錢蓮葉熨製為箋書心經一卷及笄適里人方元白伉儷甚歡元白偕友人吳某作客廣陵弱文憂形顏色不能自已嘗作詩文緘寄元白元白開緘輒閉戶欷歔悵惋累日一日平頭復持緘至友人伺其出私啟視之乃製新柳葉二片翠碧如生各書絕句一首其一曰楊柳葉青青上有相思紋與君隔千里因風猶見君其二曰柳葉青復黃君子重顏色一朝風露寒棄捐安可測又有染說一篇原愁一則寄元白文情綿惻娟楚動人年二十一而卒著有文集數卷歙人有傳之者元白傷悼過情終不復娶亦不復作客遂入天台山為名僧焉

張山來曰吾邑有此閨秀當訪購其集而表章之

辟衣道人傳　陳鼎定九

辟衣道人祝巢夫名堯民洛陽諸生也少以文名明亡遂棄制藝為醫自號辟衣道人得仙傳瘍醫凡諸惡瘡敷其藥少許即愈人或有斷脛折臂者請治之無不完若剖腹洗腸破腦濯髓則如華陀之神里有被賊斷頭者頭已殊其子知其神謂家人曰祝巢夫仙人也速為我請來家人曰郎君何妄也頸不連項矣彼即有返魂丹烏能合既離之形骸哉其子固強之而後行既至堯民撫其胸曰頭雖斷身尚有暖氣暖氣者生氣也有生氣則尚可以治急以銀鍼紉其頭於項既合塗以末藥一刀圭熨以炭火少頃煎人參湯雜他藥啟其齒灌之須臾則鼻微有息矣復以熱酒灌之

逾一晝夜則出聲矣又一晝夜則呼其子而語矣乃進以糜粥又一晝夜則可舉手足矣七日而創合半月而如故舉家拜謝願以產之半酬之堯民不受後入終南山修道不知所終無子其術不傳

外史氏曰世稱華陀為神醫能破腦刳臂然未聞其能活斷殺之人也乃堯民能之不幾遠過於陀耶孰謂後世無畸人哉

張山來曰理之所必無事之所或有存此以廣異聞可耳

又曰使我得遇此公便當以師事之

劉醫記　陳玉璂椒峯

劉雲山萬曆間醫也然當時其術未行身死三十七年而名始著陳子聞之曰異哉理可信哉客曰杭州巨室某者子患惡疾垂斃其家已環而哭之有一醫突至曰我劉雲山也視畢而病者愈贈以金不受去曰他日聘我於毗陵城之司徒廟巷踰月巨室子果至見雲山巷之老人曰子謬矣雲山死且三十七年矣然雲山生時信鬼神曾夢授斯廟之神募錢尚書地以廣其祠宇因自為像於神旁其形容尚可識也巨室子躍入驚顧駭愕抱其像哭泣而去由是吾郡之人觀者拜者祭禱者奔走無虛日亦復有驗陳子聞之曰異哉理可信哉雖然使雲山之術得展於生時吾固知雲山之志可畢也乃負其術而不遇其時此雲山之所以至死而猶不肯泯沒者乎雖其事近於荒唐怪異君子亦當憫其志而姑信之也康熙四年三月某日記

張山來曰藝術果精其為神也固宜

湖壖雜記　陸次雲雲士

淨慈寺羅漢其始止十八尊吳越王夢十八巨人而範其像南宋時僧道容增塑至五百尊覆之以田字殿殊容異態無一雷同焚香者按己年歲隨意數之遇愁者愁遇喜者喜按羅漢之異不止一端煙霞洞後石壁有石羅漢六尊亦見夢於吳越王乞完聚同氣王為補刻其一十二又願雲現果錄載明時休寧趙賈出海病痁同舟者棄之窮島趙甦匍匐至一大寺見有異僧問彼沙彌知為羅漢賈向一僧求其送歸僧曰可入袖中即越海擲賈室中飄然竟去賈還捐貲造建初寺畫神僧之事於壁以彰佛力又明李太倉有一巨姓老年無子齋十萬八千僧訖有十八異僧後來求食家僮拒之一僧竟入堂中以指濡唾作行書書其几曰十八高人特地來謂言齋罷莫徘徊善根雖種無餘澤連理枝頭花未開隨書隨成金字家僮驚報主人急

出僧已逝矣巨姓頂禮詩几稍誠一裁忽見未字轉動自下而上竟成半字遂得一女

明末淨寺一僧嘗晝寢夢伽藍語之曰有張姓新貴人至矣急迎之僧驚寤旋往山門物色見一書生倚松太息僧詢之曰君得無張姓某名乎書生曰然僧急拉之曰新貴人盍過我書生急謝曰公勿誤我乃不取科舉秀士也今八月初六日矣諸試俱畢無計觀場過此排悶安得為新貴人耶僧曰君之為新貴人神告之矣未錄科易事耳吾為爾續取書生曰續取須金僧曰吾為若輸金書生曰吾觀場無費不如休也僧曰吾為若措貲第得科名後無相忘足矣書生曰斯何敢僧續名為投卷市參授餐僦寓場事畢又為卜筊於伽藍得大吉益喜躍榜將發拉書生曰君候於榜當必在我舍書生曰公無慮我捨公將安歸於是轟飲徹夜將旦僧先入城觀揭榜果見姓名高列矣馳歸拉生赴宴至則再視視上名雖是而籍則非相顧錯愕生甚慚而僧甚悔各不復顧分道歎息而去

張山來曰此當是寺僧平時勢利炎涼故伽藍惡而戲之耳

高麗寺者高麗國王為某世子所建也宋神宗時國王嘗祈嗣於佛得一子晝夜啼惟聞木魚聲則暫止有聲自空中來或遠或邇王命尋聲所自起愈尋愈遠渡海而南傾耳清聽得之於武林鏡湖之畔一僧端坐招提靜宣貝葉擊魚按節梵韻清揚使者敬禮僧前請涉朝鮮以療世子僧曰世子云何使告以故且曰其臂間湛然有佛無靈字佛之所賜而題識謂之無靈此何說歟僧曰異哉為爾往視渡海見王王出世子僧合掌作禮世子笑而頷之王異之問何故僧曰王之世子吾師也吾師曾為比丘矣其先蓋與夫也肩輿得金自給之外每以餘貲投井底積既久金益多出金建剎於湖上遂為釋吾欽其德為之徒乃師一年歿明年盲三年為雷擊以死吾深不平因濡筆題佛無靈字於其臂孰意其生於此歟王曰審如是乎佛有靈矣彼種種者安知非夙生之孽併報一世而後償其善果乎因為建寺於其舊地顏曰高麗且進金塔以表奇因誌失載碑不存矣余紀其畧以貽主僧今寺惟無殿梁尚在人比之魯靈光云

張山來曰使其徒不於臂間書佛無靈三字則佛竟無靈矣

三茅觀踞吳山之最勝按茅山誌記茅君示現以雲氣為衣服而不辨眉目一道士曾於觀前見一幻影與此說符是靈奇不獨茅山矣觀中張山丰曾來寄跡故於其左肖三丰像建三仙閣中坐仙平平耳左立仙首戴笠玉質亭亭扶杖欲出右睡仙側臥覆衾曲肱加枕如得五龍蟄法而呼吸有聲也其境不凡故仙踪恒集萬曆時有凌姓醫者事仙最虔每以鍼術施人而不孳孳於利者通觀中見羣乞兒席地會飲候值隆冬同雲欲雪丐者且袒臂裸襟握拳射覆凌異而視之丐者投以一觴凌曰吾不飲酌以一盞凌曰吾不飲問何故曰以奉仙故一丐曰勿強之我輩醉宜歸矣飄然而散所遺在地數荷葉鮮翠如盤似傾露珠而新出水者凌思木葉盡脫時焉得有此丐者殆真仙而以此貽我也拜而收之珍藏什襲每行鍼先以鍼絨葉上療疾即愈人擬之徐秋夫至今其裔以鍼名世

一畝田在武林門內有誰菴者僧靜然主之靜然晨夕焚修誦經不息於順治戊子元旦方宣梵唄有鼠窺於梁嗣後每叩魚聲其鼠即至漸乃由梁及戶由戶及几僧呼鼠子爾來聽經耶鼠即點首蹲伏金經之右經止乃徐徐去率以為常如是踰年一日者復來聽經經畢向僧如作禮狀禮畢寂然不動僧撫之曰爾圓寂耶已涅槃矣越數日體堅如石有梅檀香僧為製一小龕塔而瘞之如浮屠禮

張山來曰余亦曾於講院聽經竟不解所謂而婦人女子見其作點首會意狀殊

不可解然異類往往能之則婦人女子聽經會意又不足奇矣

吳山之最勝者曰紫陽山徑曲奥石瓏璁洞幽開水潺湲巖秀刻故米芾書其石曰吳山第一峰仙境也真仙出焉宋嘉定間有丁野鶴者全真其處山麓有善姓恒齋丁一日丁受齋不即去忽有無賴子數輩掠一垂斃乞兒投其家眾急走無何乞兒斃矣善姓還急丁曰無恐盍閉我於靜室聞彈指聲方出俄而無賴之眾復轟然集矣聲以斃命裂眦攘臂正欲劫其貲而斃者倏然自地起趨出戶眾呼之不應拉之不止追之不可及也歸於無賴之家復告斃眾錯愕急散去而丁彈指出室中謝善姓不復至矣人由是知丁之奇未幾召其妻王守素付偈與別曰懶散六十年妙用無人識順逆兩俱忘虛空鎮長寂抱膝而逝守素遂漆其屍遺蛻尚在不異生平其妻後亦證道云

張山來曰此日假人命最多安得丁仙徧滿人間也

崇禎末年有江右客寓珠寶巷攜一硃盒中藏碧草一本上有生就小龍其大如指長踰三寸光似淡金鱗角爪牙無一不備循枝盤繞氣色如新博物者不知其所從出時潞王播越在浙僑其府中按潞王名敬一精通釋典名潞佛子工書善畫尤精

於舳至今有石刻留虎跑寺。製為路琴前黍兩角。材最精良。其府中頗畜異物。有沸水石。有竹節盆。其大如輪。有純陽像。乃仙筆也。風右則蘋飄而左。風左則蘋飄而右。有舍利一顆。晦夜放光。視其燥溼。可占晴雨。有四面觀音一尊。得之大鱉腹中者。王之繡佛長齋。從剖鱉得佛像始。而後陵谷變遷。不知其烏有矣。

潘司治前有百獅池。甚深廣。順治八年季冬。群兒繞欄嬉戲。忽見赤蟹浮於池上。共訝嚴寒焉得有此。遂鉤取之。有螯吞鉤而起。舉之甚重。視之一股解人也。急報潘伯。潘伯陳姓。曰。蟹具八足。此間豈有行八之人與名八之地乎。一卒曰。去司不遠八足子巷中有丁八。潘伯曰。速捕之。至則遁矣。廉得巷中有皮匠婦與丁八有私。而匠復數日不見。鄰人疑而舉之。捕匠婦。一訊而伏。誠與丁八成謀。以皮刀磔匠而沈之池。將偕奔而未逭也。獄成。究不得八。潘伯旋開府粵西。偶至一山寺。寺僧具迎。隨開府者一童子。忽執一僧曰。殺人丁八在是矣。僧失色。開府曰。若安識之。童子曰。余鄰也。雖變服而貌不可變。童子蓋浙人。而挈之以適粵者也。既得八。械送之浙。同伏法。窮兇寃債。雖髡髮萬里之外。其能避乎。

武林山之最高者。獨推五雲。惟高斯寒。故米時山僧。每在臘前進雪。崇禎癸未時當重九。有數書生。約登此山。以作龍山之會。賈勇而上。休息廟中。為時正早。廟祀五通之神。一生戲拈神筴卜曰。我輩今日得入城否。筴語答以不能。書生睨視堦磬。大笑曰。何神之有靈。刻尚未午。而云我輩不得歸家耶。隨步下。至一溪頭。見雙鯽游泳迴異凡魚。書生共下捕之。或遠或近。或潛或躍。或入手中。潑剌又去。書生以必得為期。脫衣作網。濡手沾足。良久得之。貫以柳枝。攜出山麓。至南屏酒家。而月上東山。禁門扃鑰矣。因命童子烹魚取醉。遣此良夜。童子謂魚游釜中。久之不熟。命童子添薪益火。而其游如故。又加踴躍。有碎釜聲。書生急往視之。儼然魚也。取出乃木筴耳。因共驚悔。翌日歸筴廟中。以牲醴禱神而去。

超山在皋亭山北。山不深而穴虎。順治十八年冬月。有僧聞虎嘯。欲拽杖往伏之。竟為所噬。其徒延虎師捕虎。師江右人。捕虎有年矣。初造阱。即知當獲七虎。每獲一虎。鄉人贈之以金。其法以羊置阱中。鳴以相誘。煮青螺斗許。徧撒山隅。虎至。倀鬼導之。倀見螺。貪剔螺肉。忘為虎護。虎遂孤行。即誤入阱。虎師遂束之以歸。蓋僧之徒。隔山遙望。所見如此。越月。師云。今日當獲第七虎矣。鄉人益以金為贈。師懷金縱步往視。虎在阱中。大吼一聲。猛如霹靂。忽阱外二伏虎自草中起。各銜師一足。中裂其體而去。夫擒虎乃祛害也。虎宜不能與師讐。而卒為之害者。意者有祛害之心。而因之以為利歟。吁嗟。虎師知虎之死於阱中。不知己亦殉於阱外也。

張山來曰。人為虎所食。其鬼為倀。理應仇虎。乃不惟不仇之而已。而反為之用。何耶。吾鄉素多虎。獵師亦必以餌誘倀。然未聞其為虎所害也。

看花述異記

王　晫丹麓

湖墅西偏有沈氏園。茂才衡玉之別業也。茂才性愛花。自號花遯。園故多植古桂老梅玉蘭海棠木芙蓉之屬。而牡丹尤盛。疊石為山。高下互映。開時熒熒如列星。又如日中張五色錦。光彩奪目。遠近士女游觀者日以百數。三月十八日。予亦往觀。徘徊其下。日暮不忍歸。主人留飲。飲竟月已上東牆矣。主人別去。予就宿廊側。靜夜獨坐。清風徐來。起步階前。花影零亂。芳香襲人。衣裾幾不復知身在人世。俄見女子自石畔出。年可十五六。衣服娟楚。予驚問。女曰。妾乃魏夫人弟子黃令徽。以善種花。謂之花姑。夫人雅重君。特遣相迓。予隨問夫人隸何事。曰隸春工。凡天下草木花卉數之多寡。色之青白紅紫。莫不於此賦形焉。然則何為見重也。曰君至當自知。因促予行。予不得已隨之去。移步從太湖石後。便非復向路。清溪夾岸。茂林蓊鬱。沿溪行里許。但覺烟霧溟濛。芳菲滿目。人間四季花同時開放。最奇者稍前一樹。高大餘花。極爛熳。有三女子。紅裳艷麗。偕游樹下。見客亦不避。予歎息良久。花姑曰。此鶴林寺杜鵑也。自殷七七催開後。即移植此。又行數里。一望皆梅。紅白相間。綠萼倍之。當風處有一亭。榜曰梅亭。亭內有一美人。淡粧雅度。徙倚花側。予流盼移時。幾不能舉步。花姑曰。奈何爾。此是梅妃。梅亭二字。猶是上皇手書。妃性柔緩。不爾恐獲罪。予笑謝乃已。行至一山。巖壑爭秀。花卉殆與常異。聽枝上鳥語。如鼓笙簧。漸見朱甍碧瓦。殿閣參差。兩度石橋。乃抵其處。相厥棟宇。彷於王者。傍有二司。如官署。右曰太醫院。予大驚訝。問花姑曰。此處亦須太醫耶。花姑笑曰。乃蘇直耳。善治花。瘠者能腴。病者能安。故命為花太醫。其左曰太師府。何曰。此洛人宋仲儒所居也。名單父。善吟詩。亦能種植藝牡丹術。凡變易千種。人不能測。上皇嘗召至驪山。植花萬本。色樣各不同。賜金千兩。內人皆呼花師。故至今仍其稱。入門由西街行百步餘。側有小苑。畫檻雕欄。予遽欲進內。花姑慮夫人待久。不令入。予再三強之。方許。及階。見一花合蒂。濃艷芬馥。染襟袖不散。庭中有美女。時復取嗅之。腰肢纖嫋。情多愁態。予不敢熟視。花姑曰。君識是花否。予曰。不識也。曰。此產嵩山塢中。人不知名。採者異之。以貢煬帝。會車駕適至。煬賜名迎輦花。嗅之能令人清酒，兼能忘睡。予曰：然則所見美女，其司花女袁寶兒耶？花姑曰：然。遂出，復由中道過大殿，殿角遇二少婦，皆龍髻迎，且笑曰：來何暮也？花姑亟問夫人何在。曰：在內殿觀諸美人歌舞奏樂，為樂容既至，當入報夫人。予遂止之曰：姑少俟，諸美人可得竊窺乎？二婦笑曰：可。謂花姑：汝且陪君子，我二人候樂畢相延也。去後，予乃問花姑二婦為誰。曰：二婦本李鄴侯公子妾，衣青者曰綠綠，衣緋者曰醉桃，花經兩人手，無不活，夫人以是錄入近侍。遂引予至殿前，簾外見絲竹雜陳，聲容備善，正洋洋盈耳，忽有美人捻髮舉袂，直奏曼聲，覺絲竹之音不能過，既而廣場寂寂若無一人，予聞之不勝驚歎。花姑曰：此永新歌，所謂歌值千金，正斯人也。語未畢，聞簾內宣王生入。予斂容整衣而進，望殿上夫人丰儀綽約，衣絳綃衣，冠翠翹冠，珠璫玉佩，如后妃狀，侍女數十輩，亦皆妖麗絕人。予再拜，命予起曰：汝見諸美女乎？予謝不敢。夫人曰：美人是花真身，花是美人小影，以汝惜花，故得見此，緣殊不淺。向汝作戒折花文，已命衛夫人楷書一通，置諸座右。予益遜謝。旋命坐，進百花膏。夫人顧左右曰：王生遠至，汝輩何以樂嘉賓之心？有一女亭亭玉立，抱琴請曰：妾願撫琴一聲，繞動四座，無言，冷冷然撫遍七絃，直令嶠木澄幽，江月為白。夫人稱善，曰：昔子頓嘗令客彈琴，具娘審聲歎曰：三分中一分箏，二分琵琶，絕無琴韻。今聽座女彈一絃，能清一心，不數秀奴、七七矣。因呼太真奏琵琶。予聞呼太真，私意當日稱為解語花，又曰海棠睡未醒，不料邂逅於此。乃見一人纖腰修睞，衣黃衣，冠玉冠，年三十許，容色絕麗，抱琵琶奏之，音韻悽清，飄出雲外。予復請觀箏，夫人笑曰：近來惟此樂傳得美人情，君獨歸此情見乎辭矣。顧諸女輩曰：誰擅此技？皆曰：第一箏手，無如薛瓊瓊。乃有一女，著淡紅衫子，繫砑羅裙，手捧一器，上圓下平，中空，絃柱十二，予不辨何物。夫人曰：此即箏也。頃乃調宮商，於促柱轉妙音，於繁絃始憶崔懷寶詩，良非虛語。曲終，又有一女抱一器，似琵琶而圓者，其形象月，彈之，其聲如琴，音韻清朗，予又不辨何物，但微顧是女，手紋隱處如紅線。夫人舉余意指示予曰：此名阮咸，一名月琴，惟紅線善此。予方知是女即紅線也。夫人忽指一女曰：渾忘卻汝，汝有絕技，何不令嘉客得聞？予起視，見一美人，含情不語，嬌倚屏間。夫人語，微笑。予遂問夫人是女云誰。夫人曰：此魏高陽王雍美人徐月華也，能彈臥箜篌，為明妃出塞之歌，哀聲入雲，聞者莫不動容。已持一器，體曲而長，二十三絃，抱於懷中，兩手齊奏之，果如夫人言。俄有一女跨丹鳳至，諸女輩咸曰：吹簫女來矣。女謂夫人曰：聞夫人延客，弄玉

願獻新聲。夫人請使吹之，一聲而清風生，再吹而彩雲起，三吹而鳳凰翔，便冉冉乘雲而去，耳畔猶聞嗚嗚聲，細察之，已非簫矣。別一女子，短髮麗服，貌甚美而媚，橫吹玉笛，極要眇可聽。夫人曰：誰人私弄笛？諸女輩報曰：石家兒綠珠。夫人命亟出見客，女伴數促，不肯前。中一女亦具國色，乃曰：兒亦善笛，何必爾也？綠珠聞之，怒曰：阿紀敢與我較短長耶？我終身事季倫，不似汝謝仁祖歿，遂嫁郗曇，不以汗顏，翻送微技。是女羞憤無一言。夫人不懌，命止樂。忽有囀喉一歌，聲出於朝霞之上，執板當席，顧盼撩人。夫人喜曰：久不聞念奴歌，今益足暢人懷。念奴曰：妾何足言，使麗娟發聲，妾成傖父矣。夫人指曰：麗娟體弱不勝衣，恐不耐歌。予見其年僅十四五，玉膚柔軟，吹氣勝蘭，舉步珊珊，疑骨節自鳴。乃曰：對嘉賓豈能辭醜？因唱迴風曲，庭葉翻落如秋，予但嗟奈何而已。麗娟曰：君尚未見絳樹也。絳樹一聲能歌兩曲，二人細聽，各聞一曲，一字不亂。每欲效之，竟不測其術。夫人曰：絳樹術雖異，恐無能勝子，吾且欲與王生觀絳樹舞。乃見飛舞回旋，有凌雲態，信妙舞莫巧於絳樹也。絳樹謂麗娟曰：汝欲效吾歌不得，吾欲學汝舞亦不能。夫人大悟曰：有是哉！漢武嘗以吸花絲錦賜麗娟作舞衣，春暮宴於花下，舞時故以袖拂落花，滿身都着，謂之百花舞。今日奈何不為王生演之？麗娟復起舞，舞態愈媚，第恐臨風吹去。忽聞雞鳴，予起別。夫人曰：後會尚有期，慎自愛。仍命花姑送予行。視諸美人，皆有戀戀不忍別之色，予亦不知淚之何從也。花姑引予從間道出，路頗崎嶇，回首忽失花姑所在，但見曉星欲落，斜月橫窗，花影翩翩然若顧予而笑，露坐石上，憶所見聞，恍如隔世。因慨天下事大率類是，故記之。時康熙戊申三月。

哀攄菴曰：具三十分才情，方能有此撰述。若有才無情，則不真；有情無才，則不暢。讀竟始服其能。

李湘北曰：此丹麓戒折花文絕妙注疏也。將千古艷魂和盤托出，笑語如生，不數文成將軍之於李夫人、臨邛道士之於楊玉環矣。

徐竹逸曰：遠興如落花依草，可補虞初志艷異編之所未備。文心九曲，幾欲佔盡風流。

張山來曰：予嘗謂以愛花之心愛美人，則領略定饒逸趣；以愛美人之心愛花，則護惜別有深情。丹麓惜花如命，固應有此奇遇。

又曰：向讀艷異諸書，見花妖月姊，往往於文士有緣，心竊慕之，恨生平未之遇也。

今讀此記益令我神往矣。

孝犬傳　陳鼎定九

孝犬。廣東東莞縣隱士陳恭隱家牝犬也。色白而尾騂。四足皆黑。恭隱痛父死國難。矢志不進取。隱居山中。以吟飲自縱。不與時人通。此犬隨恭隱。未嘗須臾離。每出則犬先行數百步。若以為導者。遇豺狼蛇虎。則亟返嚙恭隱衣袂。曳之還。若不使前者。恭隱悟。即旋。犬又隨後。離數十步。作大聲嘷。若以為衛者。以是為常。夜則於廬舍前後巡。且吠達旦不少休。數年。犬一乳五子。皆牡。既長。恭隱分贈前後左右鄰家畜。皆能司門戶。不忘初。分之歲餘。母犬日往各家視乳犬一週。若訓之勤者。有食。乳犬輒讓母犬食。乳犬既壯。母犬即不往視。而乳犬每早輒齎來恭隱家視母犬。又數年。母犬病癩瘦將死。乳犬日齎來與母犬舐癩。遂愈。每至元旦。五乳犬輒齎來遶母犬搖尾。若為母犬賀歲狀。後母犬死。五乳犬皆哀號不止。恭隱憫之。瘞之後山。五乳犬每早輒齎往瘞處號。如是者數年不輟。

外史氏曰。世之人能以酒食養父母。輒自詡曰孝。且有德色。子曰。至於犬馬。皆能有養。其難者敬耳。覩茲五犬之慇慤其母。敬矣哉。嗚呼。世之犬不若者衆矣。

張山來曰。義犬事甚多。不勝其載。今此犬獨以孝聞。故特存之。

虞初新志卷十二終

虞初新志卷十三

清　新安張潮山來輯

曼殊別誌書鍾　毛奇齡大可

曼殊。豐臺賣花翁女之女。陳檢討維崧序云。跰躚纖處青門種樹之翁。纖龍拋來滿袂賣花之女。○汪主事懋麟詩云。荒村侍婢賣花回。補屋牽蘿曉鏡開。抔底紅顏如芍藥。安家生小住豐臺。○汪春坊楫詩云。春到長安芍藥開。好花曾一到豐臺。自從解語歸金谷。不是花時客也來。○張學士英詩云。聞說豐臺住小姑。百環新髻世應無。又添一段游人話。芍藥開時說曼姝。生時。母夢鄰嫗以白花一當也一根寄使。賣其前鄰奶奶廟也。後鄰錢氏疑昔者乃錢氏嫗。因名阿錢。周瓚善清原續長恨歌云。張家小女名阿錢。種花家住豐臺側。生成骨格一枝賣的衣家百花色。阿錢慧甚。能效百鳥音。京城販兒推貨車行吽賣。嘍啷不可辨。阿錢遙聞便知之。十歲前。村學針線。把剪即能刻花種人獸。不構譜。餅熟習者。各有以千錢購番繡旛燈於前村家。阿錢方學繡。立應之去。既長。色白。目有曼光。十指類削玉。勳髮委地可鑑。續長恨歌云。十枝春筍扶釵出。一寸橫波入鬢流。銀蒜雙垂綠素號日幢翩射妝閣。○張編修廷瓚詩云。子夜清歌解不羈。曾看寄鬢倚銀屏。交花掩後香雲截腸斷。春山一樣青。才櫳頭。作十種名。最上以髮綁縮。作連環百結。蟠頂前。名百環髻。留視圖自序云。跡予生平所梳百環髻。○王舍人嗣槐詩云。東風吹罷衣空閨。自掐蟲採將千種花。纖作百環髻。○續長恨歌云。八幅湘裙初拂地。百環新髻早宜春。○方編修家英詩云。自製新妝號百環。春風搖漾畫闌間。無端夢逐空王去。淒絕豐臺舊日山。○張中書容詩云。百結雲鬟別樣妝。曼殊花放卜巫陽。紙今留視閨釣在。滅卻生時一段香。○喬侍讀詩云。百環髻就玉為神。別有華領好春。斜傍青山長不掃。有誰堪作畫眉人。顧性貞靜。十二從廟歸。路人觀者嘖嘖稱好。姑則大慍。歸不再出。予來京師。益都夫子為予謀買妾。有以阿錢言者。孫遣二世兄往視。不許。吳文學闡思詩云。爭似畫臺解語花。臉波春色覩朝霞。盈盈五年嬌小不覺。青齊宰相家。○喬侍讀詩云。村庄無復往來機。但封名花引與長。莫道小家劉碧玉。一生不嫁汝南王。先是阿錢病。西山尼師過其門。咨嗟曰。阿錢不年。不宜為人妻。或曰。為小妻即免。遂決計作妾。然往請者宰騎貴深。不自顧。及二世兄往。謂猶是相公家也。越數日。予親往詢。余喜甚。且有謀舉予善丈者。李檢討澄中詩云。守身堅擇好媒姻已數。夫不惜充下陳。但願嫁通儒。毛郎富文史。作賦過三都。○續長恨歌云。紛紛梁肉皆塵土。不願將身入朱戶。蘭生空谷人自知。憤憤張家有賢女。毛君一賦奏凌雲。柱下才名天下聞。○龍檢討燮詩云。湘湖詞客毛先生。日昨捧檄來燕京。子虛賦獻宜侍從。閣中兒女皆知名。○李中允鎧詩云。毛子壯游天上逢。五色賦詩出花下淵河。翩翩宜有十斛珠。乃訂三生。綠窗盈盈賦麗情。慕義良獨難。是夜。予夢大士取瓶中花手授予。次日捧戴。定為捧瓶。北方以下。○續長恨歌云。許嫁野人多閒暇。落花無人碧鷄夜。天然芳冢不由人。撥幽叢花光化身。○胡文學渭生詩云。媒氏新傳玉帳音。定情何用百黃金。驚簾前一見如相識。曾拂逢花珮瑁髻。○邵學士遠平詩云。昨夜陵雲帶露開。聲花飽進到豐臺。湘簾一控春如海。鸞朵花光入座來。其母兄與其母疑予年大。又貧。且相傳婦妒。欲悔之。阿錢不然。陳序云。原思入仕。仍然環堵之家。仲路居官。不離縕袍之色。況予桓家郎主。性極嚴衍。與國夫人埋多貧。低王茂宏將觴九錫。時來愁謗之獄。劉孝標永歎三同。歲有紛紜之論。而乃情堅一諾。面許三生。○續長恨歌云。相國馮公重古風。為訪名姝刊舞曲。舞曲春花闌漫生。未婚三唱踏莎行。怨傳婦妬數中止。宮貧復恐離鄉里。阿錢卻喜才人及髮女身。倩顧同生死。○劉文學錫旦詩云。夢假一枝如露種。肯執連理獻雲遮。

檢討陳君就予飲，更名曼殊。曼殊者，佛花也。汪主事詩云：昨宵夢乞楊枝露，從此更名號曼殊。○陳序云：僕於阮婦之新婚曾學劉貞之平視，屏前乍見，遼詩天人燭下潛窺，已驚絕世，偷此同官之歡，酒屢爲愛晏，以嫩名以嫗風，周前周觀既俾喜，遂倚搭夫其夾簾錫之以曼殊。○姜州丞政詩云：曼陀花散列人間，色相端然菩薩幾。○蔡修撰升元月上紗窗夜烏啼詞云：傾心蕙質玉亭亭，解語識迦陵，慈雲一滴楊枝露，訂三生，卻向天花落處認前身。○長恨歌云：同官佳佳停驂御，欲拜青娥不能去。迦陵太史為徵名，曼殊本在西來處。曼殊既歸，執贄，即願從學，取書觀，有悟才，把筆即能畫，其字每類予，見者輒謂予假爲之。任黃門長旦傳云：檢討善詩文，能書，曉音律，曼殊心習焉，蹤從檢討。○方編修詩云：夫子江東早擅名，學書學字總聰明。○吳文學陳瑛詩云：學書不學衛夫人，別有簪花體格新，爭怪枯毫以夫壻，燕飲作對仿來真。○施侍講閏章詩云：夫人才，把筆便作逸少字，如此好夫壻，何處不可以。○朱供奉葉兆樂府云：檢板能歌絕妙詞，銀鉤學寫札思。嘗爲予書刺，早起呵凍，連作十餘刺，心痛遽罷。陳序云：於是雜弄簡編，閒觀丈史，畫眉樓畔，即是書林，傅粉房中，便成家塾，學新聲於紋上，調難字於枕閒，硃黃紙滑，鶴書夫子之銜，纈碧釵輕，戲作門生之贄。○張檢討鴻烈詩云：暫見仙姝漫七年，每聞素腕寫黃牋。○潘檢討耒詩云：學得簪花字體新，蛋箋十幅撲芳茵，修成外傳多情思，為有燈前掀髻人。○予有曼殊病詩云：黛挽雅書刺繡妝，想望壺曼陀花一朵，看向日邊拈。予生平好歌，至是酒後歌，每歌必請予復之，三復則已。能矣，按拍度節，絲黍不得與，尤喜歌真定夫子祝家園詞。梁司農夫子桂枝香曲閒向賞心樂事祝家園裏。○馮太傅夫子長歌云：從來繡閣惜娉婷，紅牙欲按聲轉停，聞君雅擅周郎顧，妾若歌詩君細聽。○續長恨歌云：學書便仿簪花格，偷曲初成按拍時。○又云：粃宮中年何草草，但有曼殊愁填補，酒闌一唱祝家詞，溫柔鄉里真堪老。米絲樓板雨怡然，花底微歌月底眠。○田編修雯詩云：百縮雲鬟巧樣成，淡黃裙子稱身輕，清歌按板偏能會，不數紅紅記豆名。○胡文學詩云：新翻子夜與前溪，醉曲周郎總不迷，一唱黃雞嬌欲絕，霸聲同歇戲樓西。○王光祿三錫詩云：歌殘金縷

不勝悲，記得南園卧病時，夜起與郎花下坐，含顰一唱祝家詞。○曼殊自為詩云：隋草街虛攜幸惱，接斷垣酒闌攜錦瑟，請唱祝家園。弟苦無彈者，不可已，呼盲女街前琵琶，聽數曲，諦視其攏撚剔撥，遂能彈。朱供奉洞庭秋色詞云：想晴通心曲，未絲柱畫盡，攜書卷玉鏡臺前。○尤檢討侗新樂四時花曲云：羅穀起琵琶，家古子夜吳歌近日韻。○哀絃催信詩云：郎自豔吳曲，娘自緩秦箏，曼陀梁上燕，解語弄春聲。○馮檢討勗詩云：細拋紅豆譜相思，腸斷金槽一縷絲，誰道梁塵驚散後，酒闌猶唱祝家詞。○吳別駕融詩云：淥水春來鼓，金槽夜自彈，市樓盲女在，莫作段師看。頗得奇疾。初書刺心痛，謂脘寒也，既謂傷肝，輸東風木揚，春作秋止，又既謂中滿有痞積在胃，傷氣積不行，歷數載，審候終不得其要領。每疾作，適體若焯，使婢按摩之不足，以帔作兜負之，行又不足，縋筐而坐之，東西推挽，若鞦韆然。任黃門傳云：然有奇疾，疾劇則必約絲為兜，布若花籃，坐其中，懸諸空際，左旋右轉，乃少可，特終不可治，醫過搜方術不治，遂立願捨身作佛弟子。不治，乃召繪者圖之，名曰留視圖云。已而竟不可治。○陸文學宏定詩云：病倚籃輿把翠旌，後庭編徑曲闌斜，蛛兜行遍雖無跡，猶是金蓮處處花。嘗夢都廟奶奶喚歸去，一日攜兒至，曰：汝本吾家物，我擠眼，汝當隨我行。其兒曰：家去罷，不去奶奶么喝。醒乃刻桃木為偶人，飾之衣被，以生平所梳百環髻，流涕送廟間。趙編修執信詩云：淡紅香白好容顏，曾瞥雲作百髮，叢作佛花元自誤，如今爭肯住人間。○吳文學陳瑛詩云：阿[illegible]生小態嬋娟，多病皈依繡佛前，不信曼陀花一朵，忍教憔悴夕陽天。○又云：妖夢頻隨阿母回，香煙分影禮蓮臺，百髮巧挽留視畫裏，真真喚不來。○沈文學李友詩云：雕香分送淚模糊，六尺生綃便作圖，認取白衣龍外立，前身應是小龍姑。○予送偶人詩云：且送青娥去，言隨阿母歸，荷花開作面，荷葉裁為衣，夜盡中庭別，魂離何處依，花時香案下，相待莫相違。○曼殊自為詩云：百計延醫病轉深，暫同阿母案傍身，此身久已魂離殼，莫道含顰又一人。乃復圖其形，名留視圖，而題詩焉。梁司農夫子詩云：百朵雲光結髻斜，焚香小坐潑鉛華，畫圖展向春風裏，好謾雪瓊第一花。○任黃門詩云：捨身現在禮慈雲，月月纖腰減半分，何事畫工還染色，君紅衣猶鶴綠紋。○沈明府甲日詩云：淨寫石畔冷如冰，消得春風數尺綾，一自擅離分影去，夜深只坐佛前燈。○阮庶常爾詢詩云：新鑄香檀舊夢頻，留供佛前身，由來仙骨原無二，不信曼陀寫玉人。○汪春坊霦詩云：寶篆依然繡佛前，香臺敧生髻鬟偏，夢魂縹緲知何處，只在遠花秋水邊。○高從士遂詩云：百結雲鬟奏陌塵，一齣玉骨瘗江濱，可憐遺落春風影，挂向花前還如人。○鄭縣丞勳詩云：細雨難滋天上花，春光杳渺白雲賒，可憐粉黛空留視，腸斷當時油壁車。初，予婦將至，徙居南西門墳園，慮不容也，益都夫子憐其窮，強予開閣，而曼殊難之。其後有假予意遣之者，曼殊死復活。曼殊有回生記云：曼殊以壬戌十月十一日死，越三日，高郵葛先生治之復甦。○李檢討曼殊詩云：食貧二三載，雨情如斯須，何意南來者，事變出不虞，卑家色憐傷，丞相謂曼殊，毛郎生遜尊，宜貧徒區區，欲圖便開為，作計莫太息，曼殊二無語，淚落紅羅襦。○又云：始至相逼迫，既乃復郎綸，郎意久異同，計事一何忍，曼殊大悲摧，天乎我何辜，郎今負義信，慟哭聲嗚嗚，氣結腸欲斷，死生在須臾，倉皇覓良醫，強起事觴訣，藥餌徐徐下，數日魂始甦。○李中允詩云：一斷胎府別館咫尺，明河懸脈脈，但相望郎言逝浪傳，謂當利與車，聽鸞啼鶯雀閒，言一悲憤氣吧如絲，纔已乃泣吞聲，仰首呼蒼天。○續長恨歌云：食貧三載恩情重，恩情豈道長相共，但家郎主驚地來，鶯散鸞孤夜深，愛深情無賴，金門客愁然，飄風蕩魂魄，倉卒墳園時，阿姊將伏特車，無處覓郎將，流光迅如電，好信不來飛語過，野花村落白楊，卻安得仙郎日相見，含情一擲倒玉山，杳杳冥冥去世間，駕騎投樂鵝扶起，卻得桃花還結子，畫圖識舊時容，玉貌花姿全不是。○孟益州遠記云：其初歸也，則不以遇暮為非匹，而推以得偶乎才子為幸；其瀕危也，畢言紛擲，矢若金石，惟願得死於才子之手。○彭侍講孫遹詩云：儂飾從來不染塵，無端贇作斷腸春，悲來地下三彈指，喚起迦文坐畔人。○張文學閻然詩云：曾趨南園臥病時，金槽錦瑟祝家詞，新聲不向豐臺度，付與啼鶯戀舊枝。○曹學士禾詩云：芍藥初開戀妾死，豐臺鍾見草萋萋，甘心逞弄西施黑，若憶貧官與忌妻。○楊文學卧讀張夫人拜新月詞云：拜新月，拜月

在前夢死，魂回生，偃蹇眉未歸時。至是病轉劇，嘗曰：今吾小可者，吾當為尼，懺除之。李中允詩云：古今傷心人，妝悅以永歎，無法王力遣此長恨端，杓杓青蓮花，阿母夢所寒，因之時孫中禮參清齋禪。○續長恨歌云：從此香奩日日扃，長齋頂禮願難成，綠兒盧約香壓，鴻伏枕空房小屋驚。既而謂予曰：向阿三病時，予從子阿三死京邸。予籍其園居，遣君日來，以為幸。今君將南行，而予以病殘，留尼寺中，其能來乎？泣曰：他日君歸者，吾請以尼隨君行，惟君置之。既而病發死。曼殊之死，京劇爭作挽弔，自梁司農夫子暨張曾諸學士下，詩詞丈賦不可勝紀，又有作鼓子詞同聲唱和成帙，如雲間李帳李旗顧士元爲左西令、阿源長魏里、周阿周郁成、肇璘、建志、金振甲、馬曹嘉、王麟遐、陶星、劉真林諸君，至同館生有記，君盧仙史作安中花雜劇者，富貴別具。死時，痛甚，及斂，面有生色，坐而衣，骨節綏澤如平時。任黃門詩云：無藻無力倚闌干，怕見庭花易華殘，偏使瓦棺將掩處，鴻雲猶作蹴時。有初，陳檢討穪人死，索予為墓銘，而貽予以絹。絹淺黃色，為製裙而喜，囑曰：假使貽絹有桃暈紅者，當復製一裙。越四年，無有貽者。既斂，乃買金擋裁一裙，納柳棺中。長恨歌云：去路茫茫在何處，擣芮空濛隔烟霧，金檔貴知剪紅裙，大叶曼殊將不去。○高徵王詩云：履裙淺淺剪鮒黃，一束纖腰白玉床，長恨無人十洲外，飛行爲見逍遙香。○吳文學詩云：誠盡綠腰小蠻淡黃裙子帶圍寬，可憐紅綃空前，不付金箱付玉棺。

張山來曰：予亦復有長恨，閒為詩五十首，名清淚痕，同人皆有贈輓詩歌。今讀此，不覺觸予舊恨也。

補張靈崔瑩合傳

黃周星九煙

余少時閱唐解元六如集有云六如嘗與祝枝山張夢晉大雪中效乞兒唱蓮花得錢沽酒痛飲野寺中曰此樂惜不令太白見之心竊異焉然不知夢晉為何許人也頃閱稗乘中有一編曰十美圖乃詳載張夢晉崔素瓊事不覺驚怜叫跳已而潸然雨泣此真古今來才子佳人之軼事也不可以不傳遂為之傳

張夢晉名靈蓋正德時吳縣人也生而姿容俊爽才調無雙工詩善畫性風流豪放不可一世家故赤貧而靈獨蚤慧當舞勺時父命靈出應童子試輒以冠軍補弟子員靈心顧不樂以為才人何苦為章縫束縛遂絕意不欲復應試日縱酒高吟不肯妄交人人亦不敢輕交與惟與唐解元六如作忘年友靈既年長不娶六如試叩之靈笑曰君豈有中意人足當吾耦者耶六如曰無之但自古才子宜配佳人吾聊以此探君耳靈曰固然今豈有其人哉求之數千年中可當才子佳人者惟李太白與崔鶯鶯耳吾唯不才然自謫仙而外似不敢多讓若雙文惜下嫁鄭恆正未知果識張君瑞否六如曰謹受教吾自今請為君訪之期得雙文以報命可乎遂大笑別去一日靈獨坐讀劉伶傳命童子進酒屢讀屢叫絕輒拍案浮一大白久之童子跽進曰酒罄矣今日唐解元與祝京兆讌集虎邱公何不挾此編一往索醉耶靈大喜即

仟然不欲為不速客乃屏棄衣冠科跣雙髻衣鶉結左持劉伶傳右持木杖謳吟道情詞行乞而前抵虎邱見貴游蟻聚綺席喧闐靈每過一處輒執書向客曰劉伶告飲客見其美丈夫不類丐者就以酒餅貽之有數貴人方酌酒賦詩靈至前請屬和貴人笑之其詩中有蒼官青士朴握伊尼四事因指以問靈靈曰松竹鬼虎誰不知耶貴人始駭令賡詩靈即立揮百絶而去遂見六如及祝京兆枝山數輩共集可中亭亦趨前執書告飲六如早已知為靈見其佯狂遊戲戒座客陽為不識者以觀之語靈曰爾丐子持書行乞想能賦詩試題悟石軒一絶句如佳即賜爾巵酒否則當叩爾脛靈曰易耳童子遞進毫楮靈即書云勝跡天成說虎邱可中亭畔足酣遊吟詩豈讓生公法頑石如何不點頭遂并毫楮擲地曰佳哉擲地金聲也六如覽之大笑因呼與共飲時觀者如堵莫不相顧驚怪靈既醉即拂衣起仍執書向悟石軒長揖曰劉伶謝飲遂不別座客徑去六如謂枝山曰今日我輩此舉不減晉人風流宜寫一幀為張靈行乞圖吾任繪事而公題跋之亦千秋佳話也即紙筆伸縑須臾圖成枝山題數語其後座客爭傳玩歎賞忽一翁縞衣素冠前揖曰二公即唐解元祝京兆耶僕企慕有年何幸識韓六如遜謝徐叩之則南昌明經崔文博以海虞贊文告歸者也翁得圖諦觀不忍釋手因訊適行乞者為誰六如曰敝里才子張靈也翁曰誠然此固非真才子不能即向六如乞此圖歸將返舟見舟已移泊他所呼之始至蓋翁有女素瓊者名瑩才貌俱絕世以新喪母隨翁扶櫬歸先艤舟岸側時聞人聲喧沸乍啟櫳窺之則見一丐者狀貌殊不俗丐者亦熟視櫳中忽登舟長跪自陳張靈求見屢遣不去良久有一童子入舟強挽之始去故瑩命移舟避之崔翁乃出圖示瑩且備述其故瑩始知行乞者為張靈歎曰此乃真風流才子也取圖藏笥中翁擬以明日往謁唐祝二君因訪靈忽抱痾數日不起為傍人所促遽返豫章靈既於舟次見瑩以為絕代佳人世難再得遂日走虎邱偵之久之杳然屬新人方誌來校士慈既深惡古文詞而又聞靈跅弛不羈竟褫其諸生靈聞乃大喜曰吾正苦章縫束縛今幸免矣顧一褫何應再褫且彼能褫吾諸生之名亦能褫吾才子之名乎遲往過六如家見車騎塡門胥尉盈座則江右寧藩宸濠遣使來迎者也六如擬赴其招靈曰甚善吾正有厚望於君吾曩者虎邱所遇之佳人即豫章人也乞君為我多方訪之冀得當以報我此關天關地第一吃緊事也幸無怨忘六如曰諾即偕濠使過豫章時宸濠久蓄異謀其招致六如一博好賢虛譽一慕六如詩畫兼長欲倩其

作十美圖獻之九重其時宮中已覓得九人尚虛其一六如請先寫之遂為寫九美而各綴七絕一章於後九美者廣陵湯之謁（字雨君善畫）姑蘇木桂（字文舟善琴）嘉禾朱家淑（字文孺善書）金陵錢韶（字鳳生善歌）江陵熊御（字小馮善舞）荊溪杜若（字芳洲善箏）洛陽花萼（字朱芳善笙）錢唐柳春陽（字絮才善琵琶）公安薛幼端（字端清善簫）也圖咏既成進之濠濠大悅乃盛設特讌六如而別一殿像李生副之李生者愉人也酒次請觀九美圖因進曰十美欹一殊屬缺陷某願舉一人以充其數請親持圖來獻比持圖以獻即崔瑩也濠見之曰此真國色矣即屬李生往說之先是崔翁家居時瑩才名噪甚求姻者踵至翁度非瑩匹悉拒不納既從虎邱得張靈遺雅屬意靈不意疾作遽歸思復往吳中託六如主其事適李生旋里聞耦熟聞瑩名預遣女畫師潛繪其容而求姻於翁翁謀諸瑩瑩固不許於是李生銜之因假手於濠以洩私忿時濠威殊張甚翁再三力辭不得瑩窘激欲自裁翁復多方護之瑩歎曰命也已矣夫復何言乃取笥中行乞圖自題詩其上云才子風流第一人願隨行乞樂清貧入宮祇恐無紅葉臨別題詩當會真舉以授翁曰願持此復張郎俾知世間有情癡女子如崔素瓊者亦不虛其為一生才子也遂慟哭入宮濠得之喜甚復倚六如圖咏以為十美之冠而六如先已取李生所獻者摹得一紙藏

之。瑩既知六如在宮中。乘間密致一緘。以述己意。六如得緘。乃大驚悅。始知此女即靈所託訪者。今事既不諧。復為繪圖進獻。豈非千古罪人。將來何面目見良友。因急詣崔翁。索得行乞圖。返宮。將相機維挽。不意十美已即日就道。六如悔恨無已。又見濠逆迹漸著。急欲辭歸。苦為濠羈縻。乃發狂。號呼顛擲。溲穢狼藉。濠久之不能堪。仍遣使送歸杜門。月餘。乃起過張靈。時靈已頹然臥病矣。蓋靈自別六如後。邑邑亡憀。日縱酒狂呼。或歌或哭。一日中秋。獨走虎邱。千人石畔。見優伶演劇。靈佇視良久。忽大叫曰。爾等所演不佳。待吾演王子晉吹笙跨鶴。遂控一童子於地。而跨其背。優伶人笙吹之。命童子作鶴飛。捶之不起。童子怒。掀靈於地。靈起曰。鶴不肯飛。吾今既不得為天仙。惟當作水仙耳。遂躍入劍池中。眾急救之出。則面額俱損。且傷股不能行。人送歸其家。自此委頓枕席。日日在醉夢中。至是忽聞六如至。乃從榻間躍起。急叩豫章佳人狀。六如出所摹素瓊圖示之。靈一見詫為天人。急捧置案間。頂禮跪拜。自陳才子張靈拜謁云云。已聞瑩已入宮。乃撫圖痛哭。六如復出瑩所題行乞圖示之。靈讀罷。益痛哭大呼。佳人崔素瓊。隨踣地嘔血不止。家人擁至榻間。病愈甚。三日後邀六如與訣曰。已矣。唐君。吾今真死矣。死後乞以此圖殉葬。索筆書片紙云。張靈字夢晉。風流放誕人也。以情死。遂擲筆而逝。六如哭之慟。乃葬靈於玄墓山之麓。而以圖殉焉。檢其生平文章。先已自焚。惟收其詩草及行乞圖以歸。時瑩已率十美抵都。因駕幸榆林。久之未得進御。而宸濠已舉兵反。為王守仁所敗。旋即就擒。駕還時。以十美為逆濠所獻。悉遣歸母家。聽其適人。於是瑩仍得返豫章。值崔翁已捐館舍。有老僕崔恩殯之。瑩哀痛至甚。然煢孑無依。葬父已畢。遂挈蒼頭抵吳門。命崔恩邀六如相見於舟次。瑩首訊張靈近狀。六如愴然收涕曰。辱姊鍾情遠顧。奈此君福薄。今已為情鬼矣。瑩聞之嗚咽失聲。詢知靈葬於玄墓。約明日同往祭之。六如明日果攜靈詩草及行乞圖至。與瑩各挐舟抵靈墓所。瑩衣縗絰伏地。拜哭甚哀。已乃懸行乞圖於墓前。陳設祭儀。坐石臺上。徐取靈詩草讀之。每讀一章。輒酹酒一卮。大呼張靈才子。一呼一哭。哭罷又讀。往復不休。六如不忍聞。掩淚歸舟。而崔恩佇立已久。勸慰無從。亦起去。徘徊邱壟間。及返。則瑩已自經於臺畔。恩大驚。走告六如。六如趨視。見瑩已死。歎息跪拜曰。大難大難。我唐寅今日得見奇人奇事矣。遂具棺衾。將易服斂之。而瑩通體衫襦皆細縫嚴密。無少隙。知其矢死已久。六如因取詩草及行乞圖並置棺中為殉。啟靈壙。與瑩同穴而葬。碑題其上云。明才子張夢晉佳人崔素瓊合葬

之墓。時傾城士人。聞傳感歎。無貴賤賢愚。爭來弔誄。絡繹喧闐。雲蒸雨集。哀聲動地。殆莫知其由也。六如既合葬靈瑩。檢瑩所遺橐中裝。為置墓田。營丙舍。命崔恩居之。以供春秋奠掃之役。嗚呼。才子佳人。一旦至此。庶乎靈瑩之事畢。而六如之事亦畢矣。而六如於明年仲春。躬詣墓所。拜奠。夜宿丙舍。倦而輾轉不寐。啟窗縱目。則萬樹梅花。一天明月。不知身在人世。六如悵然歎曰。夢晉一生狂放淪落不偶。今得與崔美人合葬。此間消受香光。亦差可不負矣。但將來未知誰葬我唐寅耳。不覺欷歔泣下。忽遙聞有人朗吟云。花滿山中高士臥。月明林下美人來。六如急起入林迎揖。則張靈也。六如訝曰。君死已久。安得來此吟高季迪詩。靈笑曰。君以我為真死耶。死者形。不死者性。吾既為一世才子。死後豈若他人泯沒耶。今來此花滿山中高士偃臥時。來造訪耳。復舉手前指曰。此非月明林下美人來乎。六如回顧。有美人姍姍來前。則崔瑩也。於是兩人攜手整襟。向六如拜謝合葬之德。六如方扶掖之。忽又聞有人大呼曰。我高季迪梅花詩。乃千古絕唱。何物張靈。妄稱才子。改竄為花。定須飽我老拳。六如轉瞬之間。靈瑩俱失所在。其人直前呼曰。當捶此改詩之賊。才子。捽六如欲毆之。六如驚寤。則半窗明月。闃其無人。六如憮然。始信真才子與真佳人。蓋死而不死也。因匡坐梅窗下。作張靈崔瑩合傳。以紀其事。然今日六如集中。固未嘗見此傳也。余又安得而不亟補之哉。

畸史氏曰。嗟呼。蓋吾閱十美圖編。而後知世間真有才子佳人也。從來稗官家言。大抵真贋參半。若夢晉之名。既章章於六如集中。但素瓊之事。無從考證。雖然有其事。何必無其人。且安知非作者有為而發乎。獨怪夢晉之才。目空千古。而其尚論才子佳人。則尚以太白與鶯鶯當之。夫太白。誠天上仙才。不可有二。若千古佳人。自當以文君為第一。而夢晉顧舍彼取此。厥後果遇素瓊。毋乃思崔得崔。適符其讖耶。至於張以情死。崔以情殉。初非有一詞半縷之成約。而慷慨從容。等泰山於鴻毛。徒以才色相憐之故。推此志也。凜凜生氣。日月爭光。又遠出琴心犢鼻之上矣。而或者猶追恨於夢晉之蚤死。以為夢晉若不死。則素瓊遣歸之日。正崔張好合之年。從此或白頭唱和。蘭玉盈堦。未可知也。噫。此固屑屑蚩蚩者之厚福也。何有於才子佳人哉。

張山來曰。夢晉若不蚤死。無以成素瓊殉死之奇。此正崔張得意處也。

陳老蓮別傳

毛奇齡大可

洪綬好畫蓮。自稱老蓮。數歲見李公麟畫孔門弟子。勒石。能指其誤處。十四歲懸其

畫市中立致金錢初法傳染時錢塘藍瑛工寫生蓮請瑛法傳染已而輕瑛瑛亦自以不逮蓮終其身不寫生曰此天授也蓮游於酒人所致金錢隨手盡尤喜為窶儒畫窶儒藉蓮畫給空豪家索之千緡勿得也嘗為諸生督學使索之亦勿得顧生平好婦人非婦人在坐不飲夕寢非婦人不得寐有攜婦人乞畫輒應云崇禎末愍皇帝命供奉不拜尋以兵罷監國中待詔　王師下浙東大將軍撫軍固山從圍城中搜得蓮大喜急令畫不畫刃迫之不畫以酒與婦人誘之畫久之請彙所為畫署名且有粉本渲染已大飲夜抱畫寢及伺之遁矣朝鮮兀良哈日本撒馬兒罕烏思藏賸蓮畫重其直海內傳模為生者數千家甬東袁鵾貧為洋船典簿記藏蓮畫兩幅截竹中將歸貽日本主主大喜重予宴酬以囊珠亦傳模筆也蓮嘗模周長史畫至再三猶不欲已人指所模畫謂之曰此畫已過周而猶嗛嗛何也曰此所以不及者也吾畫易見好則能事未盡也長史本至能而若無能此難能也吾試以為文言之今夫為文者非持論即摭事耳以意屬文以文屬事雖備經營亦安容有作者之意存其中耶自作家者出而作法秩然每一文至必銜毫吮墨一若有作者之意先於行間舍夫論與事而就我之法曰如是則當如是則不當而文亡矣故夫畫氣韻兼

力渢渢容容周秦之文也勾綽捉勒隨境蛭錯漢魏文也驅遣於法度之中釘前燕後陵轢矜軼摶製頡斫作氣滿前入家也故畫有入神家有名家有當家有作家有匠者家吾惟不離乎作家以負此嗛也其論如此蓮畫以天勝然各有法骨法法吳生用筆法鄭法士墨法荊浩疏渲傳染法管仲姬古皇聖賢孔門弟子法李公麟觀音疏筆法吳生李公麟諸天羅漢菩薩神尪鬼魈法張騤騎衣冠士法閻右相士女法周長史昉几幛尊卣鉼罍什器戎衣穹廬番馬駱駝羊犬法趙承旨鉤勒竹法劉涇折枝桃牡丹梅水仙草花法黃檢校錢選烏晴花蘋點漆凸厚法宣和蠛蠓蛺蝶蟰蛸螳螂蟋蟀法宣和亦雜法崔徐黃父子蓮法於蓮於青年以蓮稱

章侯傳古牌為新安黃子立摩刻其人能手也章侯死後子立晝見章侯至遂命妻子辦衣歛曰陳公畫地獄變相成呼我摩刻然則蓮畫之貴豈獨人間耶原評

張山來曰陳章侯水滸牌近年如畫燈如席上小屏風皆取為稿本其為益於世者甚多則其食報於將來者所必然耳

桑山人傳

毛奇齡大可

山人許氏汴人少舉茂才崇禎中嘗獻勦賊三策於閣部督師楊君不用既而為東平侯劉澤清慕客與澤清語不合辭去鄉人怨家發其隱事於我師之鎮汴者走匿桑下因姓桑號桑山人山人乃與嵩陽曹道士遊夜生耳鳴絲竹偕發若有物挽其頂聳身大餘骨節皆通嘗賣藥嵩山廟市以水酌喑者能言許州小男為狐所苦呼狐斬之既還汴怨家見曰此許澄茂才也帥捕十許人跡至山人乃獨身指揮盡縛諸捕者揖怨家去謝之而身遊衡陽不返云

張山來曰此等道士我恨不得遇之

李姬傳

侯方域朝宗

李姬者名香母曰貞麗貞麗有俠氣嘗一夜博輸千金立盡所交接皆當世豪傑尤與陽羨陳貞慧善也姬為其養女亦俠而慧略知書能辨別士大夫賢否張學士溥夏吏部允彝亟稱之少風調皎爽不羣十三歲從吳人周如松受歌玉茗堂四傳奇皆能盡其音節尤工琵琶詞然不輕發也雪苑侯生已卯來金陵與相識姬嘗邀侯生為詩而自歌以償之初皖人阮大鋮者以阿附魏忠賢論城旦屏居金陵為清議所斥陽羨陳貞慧貴池吳應箕實首其事持之力大鋮不得已欲侯生為解之乃假所善王將軍日載酒食與侯生游姬曰王將軍貧非結客者公子盍叩之侯生三問

將軍乃屏人述大鋮意姬私語侯生曰妾少從假母識陽羨君其人有高義聞吳君尤錚錚今皆與公子善奈何以阮公負至交乎且以公子之世望安事阮公公子讀萬卷書所見豈後於賤妾耶侯生大呼稱善醉而臥王將軍者殊怏怏因辭去不復通未幾侯生下第姬置酒桃葉渡歌琵琶詞以送之曰公子才名文藻雅不減中郎中郎學不補行今琵琶所傳詞固妄然嘗昵董卓不可掩也公子豪邁不羈又失意此去相就未可期願終自愛無忘妾所歌琵琶詞也妾亦不復歌矣侯生去後而故開府田仰者以金三百鍰邀姬一見姬固卻之開府慚且怒且有以中傷姬姬歎曰田公寧異於阮公乎吾向之所贊於侯公子者謂何今乃利其金而赴之是妾賣公子矣卒不往

張山來曰吾友岸堂主人作桃花扇傳奇譜此事惜未及琵琶詞豈以其詞不雅馴故略之耶

記縊鬼

王明德今然

凡係有人縊死其宅內及縊死之處往往有相從而縊及縊之非一人者俗謂之討替身謂已死之鬼求以自代此種渺茫幻妄惑世誣民之談豈君子所樂聞然書謂

子不語怪。夫於怪僅曰不語。則是怪亦世所嘗有。非云世絕無怪也。吾鄉有張姓者。其家僅足自食。夫先臥。婦則仍工女紅。偷兒乘夜踰垣。往竊未敢竟入。伺於窗外。見牀側一鬼婦。向本婦先嬉後泣。拜跪再三。本婦睨視數次。忽長歎。潸然淚下。偷兒心驚異。心伺之。婦即自理絹帛。仍有不忍即行之狀。鬼婦更復再拜祈求。本婦方行自縊。偷兒急甚。大聲疾呼。其夫鼾哮若不聞。偷兒無法以救。適簷下有竹竿。取從窗櫺中攛擊鬼婦。其夫方覺。偷兒呼令急為開門。相助解救。在此婦固不自解覓死為何事。其夫亦不問呼門為何人。而偷兒亦自忘乎其為偷兒矣。事後各道其詳。因發牀側之壁視之。其中泥畔。寔有先年自縊繩頭尚存。雖云朽爛非真。而其形其跡則仍宛然。由此以觀。則凡世俗所傳。亦未盡屬無根之談。荒唐之論矣。據故老所示辟除秘法。不知出自何典。頗有行之而驗者。法於自縊之人。尚在懸掛未解時。即於所懸身下暗為記明。於方行解下時。或即用鐵器。或即用大石鎮而壓之。然後於所鎮四面深為挖取。將所鎮土中層層撥視。或三五寸。或尺許。或二三尺。於中寔有如雞骨及如各骨之物在內。取而或棄或焚。則可辟除。將來不致有再縊之事。寔為屢試屢驗。其理殊不可解。但及時即挖。則得之淺而易。遲則深而難。然亦不出八九尺外也。

雖云幻妄無稽。不知何以行之。實有可據。得毋如聖哲所云。天地之大。何所不有。心知理之所必無。安知非情之所必有。其殆是歟。愚故從而筆之。即或行之未驗。聊以解愚夫愚婦之疑。亦未必非拯救自縊之一預道也。

張山來曰。世間自盡之鬼。如投河自縊自刎之類。俗謂其必討替身。予素不之信。審若此。則此等鬼必有定額。不容增減耶。真不可解。

虞初新志卷十三終

虞初新志卷十四

清　新安張潮山來輯

平苗神異記

王　謙撝齋

城步。非邑也。故屬湖廣寶慶之武岡州。設官城步巡檢司。苗民雜處。民不及什一。數歲輒竊發。守土將吏不能勝。恒被害。有明宏治甲子。峒苗李再萬倡亂。巡撫閻公訏平之。疏請建縣治。用資彈壓。爰割武岡之綏寧二里半隸焉。城於巫水之上。凡五峒十八寨環其外。為宰者聞父老談舊事。目瞪股慄。若不終日。城雉不盈百。東西南列三門。北門故有漢前將軍關帝祠。巋然踞城上。邑人敬事之。禱求必應。然未嘗現身示異也。余以康熙庚申謁選。得是邑宰。親故餞別者。為余危。余笑謝之。初蒞治。苗不敢猖獗。迨癸亥七月朔。粵西全州西延峒苗楊應龍嘯聚苗猺一千七百餘黨。將侵城步。殺人祭旗。誓以七夕決勝。謂孤城無備。可談笑取。先是。余逆揣變作。陰募敢死士三百人。練習有法。及偵得實。旦騎相地勢。秘授計。閱七日。賊直薄城下。望見旌旗刀戟皆嚴整。相顧錯愕。如出神異。不復有闞志。余屬典史徐士奇、把總王明守北面。練總楊應和守南城。撫苗陳天武守西城。余獨當東面。扼其衝。率精銳出城。乘賊暮

氣深入。其阻應龍倉猝失措。有左道用符演咒法。無一效。皆手戮之。餘黨膽落。奔潰不二里。伏兵四起。除被刀箭中火器死者。生擒五百餘人。渠魁應龍。故馬寶部下裨將。助賊為妖者。黃羊山道士周大聖也。及訊賊。曷不奔竄而屈首受擒。僉曰。方將遁。恍惚有赤面長髯大將。乘白馬自天而下。指揮神兵八面旋繞。不得脫。余始驚異。旋閱我軍。所見無異辭。日晡振旅歸。亟登城謁帝。仰見帝面汗淚如雨。如甫釋甲狀。益加悚惕。叩首謝。自惟涼德。何敢辱帝力。或者正可勝邪。誠可回天。今茲平苗斬妖。不請一兵。不傷一民者。真神助。非人力也。余何人斯。敢妄據天功哉。爰是新廟貌。肅几筵。遐近奔走者日盛。邑人士作平妖傳。及詩歌傳奇紀事。謂百年來所未有。苗患遂不復作。今又二十餘稔矣。每歲七夕。余必齋肅祀帝。無忘厥功。獨怪帝乘馬故赤色。此獨白。或疑馬援嘗伏五溪蠻。得毋伏波將軍來耶。余謂不然。神像既汗淚示靈異矣。余非疑乘馬者非帝也。疑帝之馬何以白也。姑闕疑以俟考。

附吳寶崖曰。按明初吳勳戚家畜一白馬。肥且健。一夕關帝夢示云。某省寇亂。欲假而馬助兵。旦起視廐中。馬僵卧不起。蓋攝其神往矣。迨奏凱。勳戚益敬服。京師人異之。因建白馬廟奉帝。自是帝現身顯靈。擇倭破賊。輒騎白馬。以為常。今大司馬

遂寧張公嘗云爾則城步平苗神異信哉爲帝無疑也特舊傳帝馭赤兔馬一日千里豈一蹶不復振耶抑久用而疲用人間馬協力耶附識以資傳聞之異云

附紀香木作像　　錢塘吳陳琰寶厓

觀察永年王公初仕城步平峒苗之亂感關帝神兵之助將特立帝像以祀一日巫水暴漲浮一香木於張家沖殊勝蓊蔚僧法徹見而異之謂若有神運當留鎮山門士民請於公作像奉之公爲碑文以紀恩按先輩黃貞父云江南文德橋有香楠木一株長五丈許浮秦淮而下諸生徐嘉賓夢神告曰是乃聚寶門外關廟物也於是收而斲之作三義像二事何後先合符也大抵神物不世出有主則靈巫水之木安知非感王公正氣爲彈壓溪蠻百世不復萌亂之兆耶江南之木感於夢則一介不可妄取天下事類然矣矧倚恃權要攘竊神物如周宣王鼎爲嚴嵩奪者可勝道哉

張山來曰今壬午歲苗民投誠雉髮懾伏於　皇天子之威靈直當與虞帝之舞于羽而格有苗者輝映後先讀此記而益信

紀老生妄訟　　吳陳琰寶厓

永年馬光煃中崇禎庚辰進士癸未殿試　本朝由行人考選巡按湖北有鄖陽老生某投牒云運將鼎革不聞漢壽關公扶我國祚請下令訊之馬可其請遣役鄖陽司理某親鞫司理奉令惟謹委胥役往招之役亦莫知所從謁關廟叩首謝過起見香爐側白鏹一錠始未嘗見也過悟神亦如人世嘗勞然者旋復司理懸牌某日聽鞫屆期老生果至空際忽有旋風自城南來突現帝像衣冠皆與今世同隱示氣數難回帝亦從時制也現身未久騰空而去司理及胥吏驚怖欲絕老生已昏仆七竅流血死愚哉老生憒天運而咎神神其能宥乎若巡方貿然許司理貿然行胥役貿然往皆愚之愚者而帝必現身說法所以儆愚者至矣哉冒瀆者可鑒矣馬氏尚存案卷永年王察觀公猶及見之

張山來曰若巡方不貿然許司理不貿然行胥役不貿然往亦不能顯此靈異

會仙記　　徐喈鳳竹逸

會仙者非真仙也有似乎仙則仙之矣非會其面也聞其言如會其面矣曷言乎有似乎仙也知人心中之事知人未來之禍福非仙而能之乎曷言乎如會其面也不見其形得聞其聲有問必答語皆切中非如會其面乎壬戌春正月扶風橋許生名丹字若髮同其父玉卿入城探親去城三里許遇兩美女視之而笑許生素謹樸不動念是夕宿親袁氏家臥小樓上燈滅忽聞剝啄聲問之則稱奴家許生父子怪之急叩主人門大呼有鬼主人率僮婢秉燭出一無所見生踰時許辭主人主人退復作聲述許家平日事詳而確且說奴與生有夫婦緣故來相訪許益疑而畏之假寐不與言遂倚樓唱時曲數闋達旦而去閱十日生自外入臥室見前遇美女艷服坐其床旁一美婢侍許生怪之細詢其來歷自言姓胡字淑貞五百年前在宋真宗宮生寺人奴采女意甚相悅訂來世爲夫婦不意奴墮孤胎生轉數世不相值今奴修煉將成乘生娘子歸寧于此夙緣毋疑我也生以告其祖漢昭漢昭故明秀才年已七十餘聞而怪之急入室無所見但聞婦人聲以太公呼之請坐受奴家拜漢昭心知是妖而無法祛之夜伴生寢淑貞執婦道甚謹與漢昭敘談引經據古無一俚語以漢昭在未嘗與生狎比曉里人知之競來訊詰淑貞因人而語與子言孝與弟言悌與姑言慈與婦言順一如大儒之言間有以故事相難者淑貞悉其原委出人意表往往難者反爲所窮於是漢昭信其妖而不邪故出以成其夫婦緣其初至也有詩定情也有詞風流芳艷允爲情種乃許氏戚族咸爲生慮或叱之或怒詈之甚或持刀向空揮之或挾生匿避之淑貞曰吾爲情來諸人不以情待我盍去諸吟怨別詩而去去遂不復來然侍女素娥時通音問取履式製履精緻勝於常婦口誦淑貞相思曲情甚殷一日生涎其美以手戲之素娥厲辭拒不似人間婢子之易挑者自後素娥來必偕秋鴻有時偕數婢來曰春燕曰一枝紅曰青青柳皆古美人之名使人聞之而魄動癸亥五月淑貞遣秋鴻迎生去生難之秋鴻曰閉目附吾肩可頃刻至生如其言耳聞風浪聲目不敢開少頃秋鴻曰至矣生開眼視石壁削立秋鴻以扇拂壁豁大門肅生入內皆精舍女樂兩行鼓吹奇妙不可狀淑貞一姊一妹俱出見分主客坐素娥抱一女孩曰此小姐所產十閱月矣以其生綠陰下因名綠陰生接置膝上女即以爹呼之留生宿具供具鮮華都非塵世所有淑貞隨其姊若妹早暮焚香誦佛與生趺坐而不與同寢留四日淑貞曰官人宜歸矣家中娘子欲投河倘不測奈何即遣秋鴻送生歸歸而婦已泣河干矣臨別手製烏衣鶴舄贈生歸而視之頗與閩舄類是年冬又遣婢迎去其路較前略近生問何地素娥曰前黃山今銅峯也素娥秋鴻輩時到生家爲之理家事雖瑣屑必當許生余之內甥也向余述其詳余疑之而亦羨之屬生致素娥求一會以問休咎生果以余意致之素娥曰

諾當以甲子正月十二日為期屆期余敎小朋往生設酒饌暢飲畢余曰仙莫爽約乎漢昭曰必不爽請安枕以待之漏未二下忽榻前呼曰老相公丁幾來矣老相公稱漢昭也余披衣起問之曰來者素娥姐乎應曰是徐相公請安卧不消起來我小姐有詩贈徐相公周夫人誦詩云云初聞不盡曉問之又誦一徧曰小姐更有詩專贈徐相公的誦詩云云余曰亦未盡曉又誦一徧尚有未曉處問之一一說明既而曰相公壽有九旬晚景都佳余問曰我前世是何等人曰相公前世是醫生誤用藥傷人之子夫人前世是堪輿誤看地絕人之嗣是以今世生而不育然相公忠厚正直暮年必得一子只是積德要緊時同候會者周子雲槎仇子長文陸子求聲各有所問皆就事直答不作影響語語久辭去瀕行曰吾妹秋鴻即送香水來飲頃之空中忽報曰秋鴻送香水在此移燈照之果有一壺在几手撫壺熱如新瀹茶秋鴻自言須請許二官來斟呼許生出取香水分酌之氣馨味甘仙家所謂瓊漿者非乎聞有步履聲推門入口唱曲嫋嫋不絕出即告去余留之曰秋鴻姐何不歌一曲使吾輩共聽好音乎秋鴻應聲而唱雖不辨其為何曲而曼聲縹緲聞者莫不神飛曲終飄然去余錄其詩示同人同人屬而和得詩詞若干首彙錄之顏曰仙音集噫嘻

子不語怪恐惑人也若淑貞之事怪耶非耶其形但與許生見他人未有見者來也無影去也無跡窗戶不啟倏而坐人之牀以為怪則真怪也然始以情繼以義所言者中庸之道所習者人事之常投以詩詞輒次韻和答以為非怪則真非怪也蓋胡者狐也美姿容篤因緣者淑也匿其貌不與他人見者貞也狐而近於仙也夫古人登嶽涉海以求仙而仙未易得會今余於咫尺間親為問答飲香水聆妙曲直以為會仙可矣第其女綠陰許生所生非狐矣後必有出世之時余果壽尚得見之

張山來曰狐而貞且淑者其性也淹博而知禮義者則其學也吾不知其以誰氏為師

太恨生傳　　徐瑤大璧

太恨生東海佳公子也與余形影周旋神魂冥合因熟悉生情事生父司李公望重一世生承家學折節讀書當代名流咸傾其才調丰神俊邁性孤潔寡欲未嘗漁非禮色娶元女夫人婉嫕貞淑生相敬如賓夫人嘗謂生曰吾夙躭清淨苦厭凡縟滕下芝蘭幸蚤林立生平志願已足當覓一窈窕備君小星吾即守木叉戒繡佛長齋不復煩君畫眉矣生曰自卿為余家婦門庭雍睦方期百年偕老豈忍令卿誦白頭吟耶雖然卿業有命余寧矯情第選妾須德才色皆備乃善正恐書生命薄難獲奇緣有幸卿意耳先是太原某世為洞庭山人以貧故僦其妻為生子保媪未幾某死遺一女無依寄養右某家某家婦悍名曰養女實婢畜之女受困百端無生理媪悲甚往爭曰向固以吾女為若女而女困辱至此於義已絕吾挈女去矣某家咸憎女聽媪挈歸生家年十六矣女雖支離憔悴而柔婉之態楚楚動人夫人一見絕憐之親為薰沐教以女紅無不精緻時戊辰冬生自茂苑歸問所從來夫人語之故因謂生曰曩欲為君置妾而難其選今此女明慧端懿乃天賜也亦有意乎生睨而笑曰惟卿所命生母亦見女賢密諭媪欲為生成之會生仍往茂苑尋丁外艱事遂寢居半載夫人乘閒謂女曰吾視汝德性貞醇體度莊雅雖名閨淑媛無以過之豈宜為庸人婦吾郎君才品風流真堪壻汝當以赤繩繫汝兩人幸事獲濟即妹視汝汝盍早自決計女沉吟未答既而泣拜曰妾惸惸母子困苦伶仃來托宇下夫人遇妾誼踰所生常恨碎骨粉身不足為報生死禍福敢不惟命今所以不輕一諾者誠慮人心叵測事變難知三生緣淺好事多磨折耳幸尊夫人與郎君約郎君家世清華先業未竟當勉圖光大努力青雲慎無以兒女情長令英雄氣短且太夫人春秋高

永歡養志端在郎君詎可牽惹閑情致乖色養一也郎君與夫人雖鳴戒旦鴻案相莊萬一割愛分寵遺刺綠衣妾罪大矣二也郎君外服未闋大節攸關妾當珍此女兒身俟除服後上啟高堂明成嘉禮倘稍逞情緣冒嫌涉疑妾不足惜人其謂郎君何三也誠如妾言妾無悔矣夫人笑曰固知汝有心人也好自愛因具以告生生驚喜曰安得此大學問語謹受教自是生必欲得女女一意以身委生而夫人亦惟恐不得當也大率女之為人性殊靈警而嚴於舉止情極肫惻而簡於言笑居常女伴相微逐女獨靚粧凝神蕭然自遠終日坐閣中專理刺繡影匿形藏非媼呼不入中堂間遇生輒遠引以故終歲同處室中絕未通一言生情不自禁欲得女一晤語倩夫人為介女難之夫人因請曰郎君無他意第欲共汝作良友相酬對耳至則儼容端坐雙目睇視而已然生亦以遠嫌不敢數請相見即女見生必邀夫人與俱乍語乍默若近若遠間或並坐月中偕行花下各陳慰勉之辭半吐愁思之句雖情好愈摯而燕昵俱忘歷三年不及於亂夫人每從旁戲曰汝兩人內密外疏何乃無風月情生卧室與女粧閣雖隔絕而室密通生中夜朗吟與女咫尺聲時相答也女嘗謂生郎君驚才逸韻妾如獲侍巾櫛永伴文人素願已愜第自恨未嫻翰墨他日含毫

中弗克供捧硯役柰何。生笑曰：以汝夙慧，奚患不識字耶。結褵之後，汝備弟子禮，奉余為師，燈前月下，授汝女論語、孝經及古詩詞何如。女點首曰：尚須教我法華多心諸經也。隨口授關雎數章，并解說意義，女微笑覆之，不失一字。生出外，女隨夫人過書齋，視几硯上塵，拂拭之；圖籍縱橫者，整齊之；庭花色悴，則汲水灌之。性愛焚香，竟體芬郁。髮人雅好淡素，桃荆釵裙布，必整必潔，泊如也。生每遺以香細諸物，必堅却之，或以夫人命始受。又常倩製一錦囊，不可，強之，則云俟兩年後為郎製之。其謹慎識大體如此。始女寄養某家時，族女殊甚，至是聞女美且賢，乃大悔，遂改養女為養媳，誘媪凡及姪，坐姪主婚，而以媒氏屬媪甥，更為流言以撣生曰：女固某家婦也，而生實圖之。生有忤奴，利其金，因挾為奇貨，於媪前作楚歌，而陰告某家，且授之計。生素以名義自持，又見肘腋間多媒孽之者，猶豫未決。會以事遠出，某家聞之，疾令媪甥持五十金為聘，紿媪兄劫媪使受約，某日來娶。生歸，益錯愕不知所為，夜同夫人謂女曰：吾向以汝為囊中物，今變起不測，勢難復挽，柰何。女曰：妾計決矣，倘事勢窮促，以死繼之，否則祝髮空門耳，外此非妾所知。生曰：汝柰何輕言死哉。余與汝綢繆情境，三載於茲，居恆晤對，儼若賓師，情固難拋，義則可判。今奸人逐影弄聲，將甘心

於汝，萬一以余故輕生，外間耳食，其以汝為何如人，殺身不足以雪恨，秪增余悲耳。且汝縱弗自惜，獨不念汝母乎。惟向空王乞命，於計較可，辦香供佛，余當一以貲女。然汝淒涼禪榻，斷送青春，余又不忍令汝出此也。女欷歔久之，曰：嗟乎郎君，今生已矣。面壁長號，生頻呼之，不復應。時壬申正月十二夜也。先是女密藏剃與剪於衽，為女伴所覺，搜去之。至是乃手製女僧冠服，促媪於燃燈夕偕入尼菴。臨行，夫人持女痛哭，不忍捨，左右皆掩泣，莫能仰視，生但目送而已。虞辭楚帳，嬙離漢庭，不足喻其悲也。菴內老尼詰其事，不肯為女剃度，哀懇再三，終不許。而某家偵知之，懼有變，急倩媪妯娌趨菴中防護甚嚴。女自度不免，中夜起，呼媪哭曰：母乎，兒至此命也夫。為佛語未畢，氣結不能出聲，媪急抱持之曰：兒欲何言。女欲言復大哭暈絕，如是者三。良久始曰：兒與郎君跡若路人，分踰知己，生平志念，皎如日星，本期辦一死以報郎君，今流離轉輾，計無復之，求死不得，求為尼又不得，命之窮也，一至於斯，天實為之，其又何尤。兒為郎君涸眼全枯，驚魂久散，願念死出無名，徒令枉死城中增一叢冢耳。今與郎君恩斷義絕矣，天荒地老，永無見期，好謝夫人，善慰郎君，勿復以兒為念，郎視兒作已死鬼可耳。言訖，母子相抱大慟，仆佛前。而某家人舟適至，蜂擁入菴，

挾女而去。生自與女訣別後，心搖意亂，忽忽如有失。及媪歸述女言，益狂惑失志，觸目神傷。夫人覺之，且慰且讓曰：吾本欲為君締此良因，不圖變出非常，累君至是。雖然，君自與女無緣耳。君向不早為之所，因循蹉跌，坐失事機，迨奸人計賺時，以君之力擲足與爭，挺身而前，未必無濟，乃袖手任其鼓弄，今大事已去，悔恨何及。且天下豈少良女子，而獨沾沾於是為。生仰天太息曰：夫人休矣。余非登徒子，誓不欲雜情奴態，暮翠朝紅，自見女後，畢世惆悵，無端傾倒。試問遇合之奇，有如此女者乎。我見猶憐，有如此女者乎。兩心相得，有如此女者乎。乃婉孌一室之中，荏苒三年之久，余亦非啻男子也，所以禁欲窒私，坐懷不亂者，亦冀正始要終，各明本懷耳。事幸垂成，一朝雲散，若以丹誠所感，雖滅頂捐軀，亦復奚恤。顧乃咽淚吞聲，甘為奸人所賣，誠欲以禮相終始也。鼠牙雀角，適足增羞，抑豈今賣柴傭持我短長乎。今而後余終當以情死耳。血殷腸裂，骨化形銷，此恨綿綿，寧有窮極。卿卿勿復生別念，縱使贊如絡秀，麗若瑛珠，不能易此恨矣。自是益不自聊賴，或竟日枯坐，或徹夜悲歌，積久遂成心疾。余見且傷之，為作咄咄吟一卷，情懺詞一卷，以廣其意。且生與女相愛悅若此，而卒不相遇，真堪遺恨千古，焉容秘而不傳，而不知者反以女為生口實，因詳述之，以告天上人間千秋萬世之情癡有如生者。

幻史氏曰：余觀生與女，發乎情，止乎禮義，宜無常兒女子所得儗乎。當其適然相遭，理既允當，於勢又便，況有關內以作之合，如此而不遇，豈人生快意之事，造物者故厄之，使弗克有終耶。不然，生與女命實不猶耶。然跡其後先言行，女非有意負生者，形禁勢格，變至無如何耳。而生也寧守經毋達權，事固弗易為流俗道。悲夫。語云：未免有情，誰能遣此。余又感夫以禮相閑者之情，尤不能已已也。

張山來曰：吾不知太恨生守經之心為何心，不惟有負此女，抑且負元女夫人矣。

瓮水盞子誌石銘

毛奇齡大可

水盞子者，越器也。其器不知造於何代，亦莫按其製。相傳隋萬寶常析鐘律，能叩食器應鈕，後人即以水盞入樂。或曰古有編磬，與水盞同。古金以鐘不以鈕，今以鈕易金。雲鈕即編鐘也。編鐘一變而為方響，再變為鈕水盞子，雖不必以瓦，然由變而推，則易石以瓦，或亦非無然者與。陳詩云：坎其擊缶。史記秦王為趙王擊瓦缶，而莊周子乃鼓盆而歌，雖或以節音，非以倚音專聲赴奏，有如柷然，然而猶瓦為之。明興平伯從子高通善婢佳子，能叩食器為越州歌，箏師搊箏在傍，能曲折偷其聲。姑蘇樂

工課易以鐵不成乃購食器之能聲者得內府監製成化法器若干則水淺深分下上清濁叩以犀匙凡器八而音周强名曰水盞子順治乙酉王師臨安平江都隨破家人之在文樓者皆散去佳子投射陂死康熙甲辰予過通於淮陰城託鎮淮將軍食食頃懷二盞出供奉器也中挹水級叩之泠泠然語其事而三歎鎮淮將軍命瘞之淮城東唐程將軍咬金墓側如瘞佳子者而使予誌於石其文曰

編竹為簫編石成磬方響不傳水盞可聽破十六葉更為八瓷中流深淺高下因之玉郎漸安犀槌自撚憂即函胡挑將宛轉試斟淥酒遙倚素曲半袖紫錦五指琢玉既越甃甌亦邁戲弄中曲擲扑能使神動吹角出陣鳴笳在疆北鄙好殺南風不揚烏啼失林雷裂震地官渡戰亡安西軍潰巳聳都尉將邀昭妃錦車翠幕驅馳何為昔者杞梁妻赴淄水朝鮮有婦墮河而死或援箜篌或形操暢彼美善懷與之相向身同波溢技乃響絕殘金斷絲方寸不滅爰歸黃土仍歌青臺英雄粉黛千秋同埋昭華之琯藏於幽隴元康阮咸乃闕古塚鼓缶無路招魂有詞彼美而在尚其依斯

張山來曰八音中惟土無新製予嘗欲以磁器補之今讀此乃知素有其器也

姍姍傳

黃永雲孫

姍姍者字小姍周姓戴溪黃夫人侍兒也母夢吞素珠一粒覺而娠群筮卜之宜男及姍姍生咸賀之曰是雖女也當有福慧數歲戲於庭適夫人勑銀工製釵曰如一封書式姍姍應聲曰一封書到便興師夫人為之發笑自是極憐愛之親為剪髮裹足令從女塾學得近筆墨稍長課之綉金針號一見精絕秉性婉娟善伺夫人意先事即得夫人每曰此吾如意珠也幼有潔癖熏香浣衣惟恐弗及凡其服食器用卒不令諸同伴近之晝則旁習女紅夜則隨夫人合掌海南大士既退但閉閤寢坐終不聞語聲其靜心類如此丁亥姍姍年十五夫人將為之字而孝廉黃永雲孫者時以下第歸里雲孫故倦游然門外多長者車轍問奇履滿劈箋調墨日不暇給思得麗妹為記室厥配湘夫人才而賢相與謀之曰是欲副余天下豈有樊素朝雲其人者乎即有之當以禮聘而雲孫負相如之渴所好又特異每曰豐肌肥婢傭奴配耳昭陽第一妾在吾寧築避風臺俟之以故薄游於廣陵姑蘇之間幾於紅粉成陣而卒無所遇一日為黃夫人六袠初度雲孫以族之猶子從而拜賜焉姍姍侍夫人出常粧便服遲遲來前鬢雲膚雪柔若無骨而姿態閒逸娟娟楚楚如不勝衣立而望之殆神仙中人也雲孫暫見心蕩私自念曰其道在邇求之則遠彼美人者眞國色無雙矣時親族畢集群進而壽姍姍延佇既久雲孫得數數目之姍姍面頰發赤為一流盼而已禮畢遽隨夫人入雲孫悵然别去賦浣溪紗一闋於是呼媒者告之故使通殷勤而夫人重惜之不欲以備小星之選固拒不許雲孫書空無聊計無所出乃夫人之長君來王次君雪崗固善雲孫力為之請夫人曰吾以掌上撫之極不忍使為人作妾必欲為雲孫請者有姍姍在命家嫗以其私詢之姍姍不言嫗曰是前稱壽者恂恂少年吾聞其才名冠江南捧硯司花猶勝黨將軍羔酒其私心慕予惟恐不得當也唯夫人命可乎姍姍首肯先是里中貴子弟為夫人內姻者咸願以金屋貯姍姍姍姍聞之輒大恚至是聞嫗言為一破顏以是知其心許雲孫矣既報可雲孫大喜過望相夫人出私資聘之是時適當順治戊子十月諸應春官試者悉北上雲孫將趣吉娶之偕往以父命不果且促之駕不得已治裝將去而聞姍姍忽遘疾雲孫為留竟月延醫治之意殊怏怏不欲行使者傳夫人語曰兒疾在我雲孫豈以一女子病而輟試事越夕僕夫趣行其友許聖本等餞之郊外雲孫賦减字木蘭花一闋志别曰東君有意知許梅花花也未小漏春光怎禁西風一夜飄凄然相對花底濕存花欲淚殘月如弓幾剪燈花又曉鐘遂去而姍姍病益劇醫來猶强起櫛沐

然已骨立不支似猶舉首盼泥金也既又聞雲孫被放愁容憔悴捧心而泣夫人再三慰諭曰若何所言但告我姍姍曰妾命薄辱夫人膝下十六年於茲無祿早世不得長侍阿母夫復何言夫人固問之曰豈有思於雲孫耶姍姍長吁瞪目顧左右曰扶我扶我起而頓首曰郎君天下才睠我厚今試北非戰之罪乃以妾故也且妾夜者夢持檄召我冉冉登雲而去意者在瑤池紫府之間為我謝郎君生死異路從此辭矣撫枕淚落如雨自後不復進藥數日竟死死之三日雲孫抵家湘夫人淚光熒熒然猶在目也雲孫曰將無妾面羞郎來時未晚耶湘夫人曰不然生定吾語若歎曰吁姍姍死矣雲孫既內傷姍姍居平忽忽不樂幽思隱慟時結於懷嘗以一杯臨風告於靈曰吾將入海乞不死藥返魂香以起之則三神山有人風引舟不能到欲得少君方士之術上天入地求之遍而七夕夜半未及比肩無誓可憶佳人難再得當復奈何然其後姍姍亦數入夢是耶非耶不可嚮邇于綉李夫人歌云紛被被其徘徊包紅顏其弗明兩語俱神似或云姍姍從夫人度修彼法先以淨體化去不欲梁玉清累太白理或有之大要使白骨可起則月下風前呼之或出牡丹亭一齣不得盡謂湯若士寓言也姍姍既死三閱月同里墨莊書史為之傳

論曰余聞姍姍遺事甚詳其吳娃紫玉之流與或曰天下多美婦人何必是此負情儂之言不足為雲孫道也雲孫登堂乍逅未得再顧而鍾情特甚豈冶色是溺蓋亦歎為才難者乎史稱阮嗣宗醉眠鄰女壚側及其既死又往哭之可謂好色不淫雲孫近之矣

張山來曰才媛遭妒婦吾甚恨之今黄夫人賢德如是而姍姍不克永年豈彼蒼亦妒之耶

廣初新志卷十四終

廣初新志卷十五

清 新安張潮山來輯

記同夢

閩秀 錢 宜在中

甲戌冬暮刻牡丹亭還魂記成兒子校讐譌字獻歲畢業元夜月上置淨几於庭裝褫一册供之上方設杜小姐位折紅梅一枝貯膽瓶中然燈陳酒果為奠夫子忻然笑曰無乃大癡觀若士自題則麗娘其假託之名也且無其人奚以奠為予曰雖然大塊之氣寄於靈者一石也物或憑之一木也神或依之屈歌湘君宋賦巫女其初未必非假託也後成叢祠麗娘之有無吾與子又安能定乎夫子曰汝言是也吾過矣夜分就寢未幾夫子聞予歎息聲披衣起肘予曰醒醒適夢與爾同至一園彷彿如所謂紅梅觀者亭前牡丹盛開五色間錯無非異種俄而一美人從亭後出豔色眩人花光盡為之奪意中私揣是得非杜麗娘乎汝叩其名氏居處皆不應迴身摘青梅一丸撚之爾又問若果杜麗娘乎亦不應銜笑而已須臾大風起吹牡丹花滿空飛攪餘無所見汝浩歎不已予遂驚寤所述夢蓋與予夢同因共詫為奇異夫子曰昔阮瞻論無鬼而鬼見然則麗娘之果有其人也應汝言矣聽麗譙紞如打五鼓向壁傳燈未滅予亦起呼小婢簇火瀹茗梳掃訖亟索楮筆紀其事時燈影微紅朝暾已射東牖夫子曰與汝同夢是非無因麗娘故見此貌得無欲流傳人世耶汝從李小姑學尤求白描法盍想像圖之予謂恐不神似奈何夫子乃强促握管寫成并次記中韻繫以詩詩云瞥遇天姿豈偶然濡毫摹寫當留仙從今解識春風面腸斷羅浮曉夢邊以示夫子夫子曰似矣遂和詩云白描真色亦天然欲問飛來何處仙閒弄青梅無一語惱人殘夢落花邊將屬同志者咸和焉

張山來曰閨秀顧啟姬評云麗娘見形於夢疑是作者化身此語可云妙悟至二人同夢則尤奇之奇也 吳山吳子以三婦合評牡丹亭見寄於予予愛其二評無一不佳直可與若士並傳姑錄其記同夢以誌異

述怪記

繆 彤歌起

予同官蔣扶三言工部郎中鄭司直寓中有物怪憑庋居多不寧司直始居之不信一日從者病司直亦不之信又一日其親者病矣司直不信如故不數日司直病作倏見一物頭大如斗在壁間司直以手擊之隨手入壁亦隨手出司直曰吾目炫也猶不之信夜既半司直呻吟不得卧忽有兩青衣登司直牀曰王將至未幾開戶外

傳呼甚厲。云故御史某來。人馬齊擁而入。二青衣始若懼。繼作餽送狀。某御史者。倏然去。少頃王至。司直伏枕上。見男女大小出迎。駕旌旗閃爍。騶從呼擁。從外而入。壁上。若有揩級。人馬層累而登。王金冠紫袍。軒軒而至。歌童舞女。數十輩。次第奏樂。珍饈羅列。賓客酬酢。王親自灌洗舉觴。座中大半皆司直同官。既欲邀司直赴宴。司直正辭謝。聞忽傳玉帝旨。勑王入臨武闈。王受旨拜跪如儀。左右擁王去。留二青衣。以二幣餽司直曰。吾王且去。以公長者。特以奉公。司直欲受之。青衣跪而請曰。願拜君賜。司直曰。王之惠也。何故賜汝。青衣請之再。又曰。吾等居此已久。公何實逼處此。願公早移他所。司直曰諾。又問曰。汝王入武闈。我當為武闈同考。汝知否。青衣曰。君不得與。遂謝去。司直大呼。左右皆熟睡。不數日司直病愈。兵部題同考官。列司直名。竟不得與。司直名端。己亥進士。北直棗強人。今為黔中學使者。予聞扶三言如此。異日質之司直。曰良然。故記之。

張山來曰。王以二幣奉司直。而青衣索之。豈鬼神亦不能禁需索陋規也耶。

啞孝子傳

王　潔 浚公

崔長生。邳州人。生而瘖。性至孝。人呼為啞孝子云。孝子既啞。手復攣。傭工養其父母。出入必面。歲己亥。淮徐大祲。孝子出行丐於市。人憐之。予以糟粃糠稗。受而納諸簞。自掘野草。剝木皮以食。歸則扶其跛父病母於茅簷。盡傾簞中物。懽然進。簞日不空。父母竟賴以不死。遇見字蹟。必拾。朔望拜燬於先聖櫺星門下。而颺其燼於黃河。一日於故紙中得遺金。守待失者不得。匝月。乃易母彘飼之。茁壯。著息。遂為父母治衣棺。先是知州東萊侯贊卒於官。歸葬。交游一無至。孝子獨拜靈輀。徒跣送百里。乃返。及其父母歿。哭之慟。三日不食。舁柩葬於中野。遂不知所終。

涓蠡外史曰。予聞諸慢坡老圃曰。孝子之生也。母夢與蓋者至門。而孝子終貧賤瘖復攣。人疑之。余固信其天爵之至貴。而無復加矣。今士大夫日誦詩書。稱說仁義。而晨昏內省。不知於啞孝子何如也。嗚呼。可勝歎哉。

張山來曰。一贊深得史公遺法。

孝丐傳

王　晫 丹麓

丐不知其邑里。明孝宗時。嘗行乞於吳市。凡丐所得食。多不食。每分貯之筒。罐中。見者以為異。久之。詰其故。曰吾有母在。將以遺之耳。好事者欲窮其說。跡之行。行里許。至岸傍竹樹扶疎。一敝舟繫柳陰下。舟故敝。頗潔。有老嫗坐其中。丐坐地。出所貯飲

食。整理之。捧以登舟。陳食傾酒。跽奉母前。伺母舉杯。乃起。唱歌為兒戲。以娛母。觀其母意殊安之也。母食盡。然後他求。一日乞道上。無所得。憊甚。有沈隱君孟淵者。哀而與之食。且少周之。丐寧忍餓。終不先母食也。如是者數年。母死。丐遂不知所終。丐自言沈姓。年可三十許。長洲祝允明紀其事。

論曰。世衰道微。人於所瞻愛。讌飲務極華侈。尊貴在前。斗酒為壽。傴僂磬折。每伺其顏色。以為喜懼。至於父母。則泊然也。間有自詡能養。或亦等於犬馬。且多不顧父母之養者。以視斯丐。何如耶。

張山來曰。古之老萊子。以戲綵娛其親。今觀孝丐所為。知古今人不甚相遠。

乩仙記

洪若皐 虞鄰

乩或作卟。與稽同。卜以問疑也。後人以仙降為扶乩。名之曰乩仙。亦謂其仙。又謂之扶鸞云。凡乩仙多自稱呂祖。按呂祖名嚴。字洞賓。河州人。唐禮部侍郎渭之孫。會昌中兩舉進士不第。去游廬山。遇異人。得長生訣。遂仙去。故乩仙最善賦詩。喜與諸書子言科場事甚驗。予邑有諸生。姓張名振韓。字元振。善請呂祖。云傳自金壇黃逊子。其咒乃呂祖親授。持咒極熟。隨意篤符請之。無不立應。同時有庠生朱日昌。篤意王人玉暨予兄弟。咸傳符咒。稱大仙弟子。凡仙降。先賦詩。喜飲酒。行令。索句。輸者罰巨觥。或罰跪。月三八。命題作文。郡城有白雲山文畢。仙命送置山中某巖某穴處。次日往攜。咸仙親筆所評者。凡有所遺贈。悉批示取於某巖某穴中。仙弟子各贈以自寫呂純陽小像一幅。懸奉於家。一日於白雲山書院樓中批。既久。咸未食。仙曰。汝輩餓乎。衆曰然。曰予為汝輩乞之。停乩數刻。復批曰。可於窗前取。而分啖之。視之。蓋竹箬盤貯松花餅數十枚也。叩其由來。曰予適向天台國清寺僧處乞與之耳。衆食之。腹殊飽暢。復一日。各予以胡蘆一。仙桃數枚。其胡蘆皆五色絲紬拈成者。內衘赤城山硃砂數粒。桃亦不甚大。味與凡桃等。久之。請於予家樓上。凡請仙必須樓。所謂仙人好樓居者也。予年方舞勺。登樓禮揖。批云。此子可教。隨命予名若皐。凡為仙弟子者。其名咸仙所命云。因令予同會文。題不忮不求。至何足以臧。藝完。命送置於白雲山土地香爐下。次早往領。獨取予文。圈點疊加。備極褒美。其硃紫色。其筆如懸針倒薤。字法絕似螳螂很膝。蜻蜓點水。不類人間所為。末注三千六百九十日。予言始驗。予絕不之信。先君極敬重之。每仙降。先君必登樓禮四拜。飲酒必令盡歡而散。是時先君年望六。次年偶往鄉。染時疫歸。發熱三日。不汗。六日熱甚。發譫語。醫人咸卻走。計無

所施或言祈之仙符方發扶乩乩躍入地再持起縱橫亂擊持者手破流血沙盤皆碎裂予筆俯伏哀求方大批云爾父病亟何不早請我予筆復俯伏謝過隨批云急取梯來向樓簷某行瓦中取予藥方下即如言取下黃紙一卷藥方一道靈符三道皆紫硃所書與前批評文章筆跡無異其藥件皆人所常服者隨令抄謄赴坊取藥原方焚之復命取水一碗用桃仁七枚搗碎和之焚三靈符於其內飲父囑飲後手持木杵向牀中四旁擊之予筆捧水至牀前父素信仙一吸而盡復如言持杵左右前後擊仙停乩以待曰汗乎視之果大汗如雨隨命服湯藥既服復停乩以待曰睡乎視之果睡即命取白米煮粥以俟少頃舉乩曰睡覺乎視之復曰睡已覺曰急進粥爾父病瘳矣予退命碧桃子守爾家因供碧桃仙於家碧桃嗜水朝夕奉水一大碗無他供也未三日而父服食如平時一似未嘗病者他日設酒食酹謝仙父伏地感而且泣未幾仙贈父小像墨跡甚淡視之如影然酷肖父狀上書九天紫府純陽道人贈其詞曰靈雨飄衣清歌滿谷鶴之餐雲鹿之咽月先生一蓬萊客為人間謫仙耶今少炙其貌深測其衷若難以形容隻譜片詞為君售也贊曰臉臞而衷腴所舉又若梅其語言落華而務實至接物宏以寬溫溫安安渾渾漫漫纖繁蘭桂鴻漸於磐近天子之龍飛慶上國光輝其容舒舒其象如愚是武城墨士絃歌片隅抑西河先生課古人書稱泗杏之通儒威哉猗與父什襲之不輕褻迨滄桑之會張生既物故王生董生亦相繼亡仙久不請順治戊子予登賢書壬辰會試予兄復請問予捷與南宮否仙亦降但不似向者之靈顯也但批中阿二字再叩並不答是科予落第予鄰何公紘度陳公璜中式蓋祈何與陳姓之半而成阿字也乙未會試予問如前批詩云大固崔巍正展旗春光逗發遠為期君家福分非輕淺先報瓊林第一枝是科予果雋南宮兄筆又請問予殿試某甲則批一里字再問則云二十二十又二里及聞報則二甲四十二名也蓋里字移兩畫於上成二甲更逆數是年三月某日揭曉之期以驗仙之所云三千六百九十日者殆晷刻不爽云誠足奇哉予思乩仙靈驗者亦多矣未有親能以物相授受者也夫葫蘆仙桃小像之類藏之嚴穴中無論已若窗前松餅簷上藥方有人挾之而至乎抑凌空而飛至乎且評閱文章其筆墨奚自而來也豈天上亦有文房乎或曰筆仙墨仙類工於筆墨有資於文章之用其人咸仙去則天上安得無筆墨況呂祖游湘潭鄂岳間多賣紙墨於市以況迹紙墨有則他物可概知矣予曰然則誠仙乎或曰以予之大人病且踣呼吸之間能令

立起非仙而能若是乎或之言雖如此然予聞食仙桃者可百歲而上之張生王生董生咸食桃者也均不能週甲子則仙不仙又未可必也是予終不能辨姑記之以俟後之辨之者

張山來曰呂祖能詩能書能飲能行醫政皆所優為獨是八股一道不識何以亦能評閱豈一能則無所不能耶

中泠泉記

潘介幼石

中泠伯芻所謂第一泉也昔人遊金山吸中泠胸脈皆有仙氣其知味者乎庚辰春正月予將有澄江之行初四日自真州抵潤州舟中望金山波心一峰突兀雲表飛閣流丹夕陽映紫躊躇不肯艤岸但不知中泠一勺清澈何所耳次日覓小舟破浪登山周石廊一匝聽濤聲噌吰激石哮吼逾遲從石磴陟第二層穿茶肆中數折得見世所謂中泠者瓦亭覆井石龍蟠井闌鱗甲飛動寺僧爭汲井水入肆是日也吳人謂錢神誕爭詣寺中為壽摩肩連袵不下數萬人茶坊滿不納客凡三往得伺便飲數甌細啜之味與江水無異予心竊疑之默然起復巉陟險窮盡金山之勝力疲小憩仰觀石上蒼苔剝蝕中依稀數行磨刷認之乃知古人所品別在郭璞墓間其法於子午二辰用銅瓶長綆入石窟中尋若干尺始得真泉若淺深先後少不如法即非中泠正味不禁爽然汗下浹背然亦無從得銅瓶長綆如古人法而吸之而飲之也郭公冢髮故在山足西南隅洪濤巨浪中亂石峋嶙森森若奇鬼異獸去金山數武而徘徊躑躅空復望洋蓋杳乎不可即矣日暮歸舟悒快若有所失自恨不逮古人佛印談禪坡公解帶爾時酒甕茶鐺皆挾中泠香氣奈何不獲親見之也越數日舟自澄江還同舟憨道人者有物藏破衲中琅琅有聲索視之則水葫蘆也朱中黃外徑五寸許高不盈尺傍三耳銅紐連環亘大餘三分入環耳中一縷勾蓋上銅圈上下隨綆機轉動銅丸一枚繫葫蘆傍其一縮蓋上怪問之秘不告人良久謂余曰能從我乎願分中泠一斛予躍然起拱手敬謝遂別諸子從道人上夜行船雨日抵潤州則譙鼓鳴矣是夕上元節雨後遲月出不見然天光初霽不甚晦冥鼓三下小舟直向郭墓石峻水怒舟不得泊揭手彳亍躡江心石五六步石竅洞洞然道人曰此中泠泉窟也取葫蘆沉石窟中銅丸傍鎮葫蘆橫側下約丈許道人發綆上機則銅丸中鎮葫蘆仰盛又發第二機則蓋下覆之笥閤若膠漆不可解乃徐徐收銅綆啟視之水盎然滿亟旋舟就岸更以瓦瓮須臾沸起就道人要瓶啜之也覺

消沓一片，從螢爛間沁人心胃。二三盞後，則薰風滿兩腋，頓覺塵襟滌淨。乃喟然曰：
水哉水哉，古人誠不我欺也。嗟乎，天地之靈秀，有所聚必有所藏，乃至拔而為山，穴
而為泉。山不徙山而峙於江心，泉不徙泉而異乎江水層疊之下。而願令屠狗賣漿
采傭偉父，皆得領茲山、味茲泉，則人人皆有仙氣矣。今古以來，真才埋沒，簪冠鼎半，傳
獨中泠泉也乎哉。次日辰刻，道人別去，予亦發棹渡江，而都舟一賈介方孫裘其踞
命僮童敲火煮井上中泠，未熟也。道人姓張，其先蓋閩人云。

張山來曰：吾鄉趙恒夫先生謂金山江心水與郭璞墓無異，因以兩巨舟相並，中
離二尺許，以大木橫亘其上，中亦空二尺許，如井狀。以有蓋錫罐一，上繫大長繩，
別一小長繩繫其蓋，繩之長凡若干丈。縋於井，繩盡，先曳小繩起其蓋，而水已滿
罐，徐曳大繩，則所汲皆江心水矣。想以郭璞墓不得其汲之之法耳。若遇此道人，
效其製，當更佳也。

髯參軍傳

徐瑤天璧

蔣翁性好酒，家貧無所得酒，輒過余索飲。間說少時所見聞事，多新奇可喜，而髯
參軍尤奇，作髯參軍傳。

明思宗時，公子某，不著其姓氏云。公子之子與蔣翁友，因悉公子遇髯參軍事。先是，
公子奔走某相國門，從京師持三千金歸，道遇一傖，狀獰獰，所肩行李鐵扁擔，光黑
甚重，伺公子信宿，公子初弗介意也。會抵一旅舍，公子先驅入，止右廂，傖繼至，就右
廂炕上臥。旅舍主人密呼公子告曰：客必從京師來，囊中必有金，不則若與俱至？公
子始心動，倉皇失措。主人勸公子勿戀金。飲酒坐甫定，忽一虬髯，身長八尺餘，腰大
十圍，鬚盡赤，激張如蝟，即座上挪弓刀，呼酒食甚急，叱叱作雷聲。公子益驚怖，股栗欲
仆。髯微顧曰：君神色俱殊，度有急，盍言之？公子屏息若瘖，主人乃為述持金遇傖狀。
髯曰：傖今安在？則指右廂臥炕上者。顧公子無動，直提刀排闥入，罵曰：鈍賊，胡不拾
囊道上而行劫耶？因弄其鐵扁擔，屈之成環，擲炕上曰：若直此，聽若取客金；不直，則
延引項就刃。傖僵卧不動，良久始匍匐下地請死，顧視扁擔成環，泣下請益哀。髯笑
曰：故料若不能直此，聊為若直之，去，無污乃公刃。公子、主人皆咋舌，從門外觀已，復
趨前羅拜請姓名，髯笑不荅，令俱就寢。旦日，請護公子行，公子大喜。至揚州，謂公子
曰：君今但去，無患，吾行矣。公子叩頭謝曰：某受容大恩，無以報，願進三百金為壽，且
從此抵某家計四日耳，盍俱渡江而南？髯笑曰：吾趨家行陣，今隻身來為幕府標官，
設貪金，豈止三百哉？吾惡限迫，不能從。或緣公事過江，則訪君，幸為我具餅十五斤、
生彘二口、酒一石。公子不得已與別。居數月，而髯果至，呼公子曰：饑甚。公子亟進餅、
生彘、酒如前約。髯立飲至盡，即所佩刀刺殺生彘，而手自揉餅作餅，且炙且啖，盡其
半。公子曰：參軍酒力可拔山，度舉幾百鈞？髯曰：吾亦不自料舉幾百鈞，雖然，請試之。
乃站庭檻上，而令數十人撞之，屹立不少動。曰：未盡也。復豎二指，中開一寸，以繩繞
之，亟數健兒盡力曳兩頭，倔強如鐵，不能動半分。於是公子進曰：今天下盜賊蠭起，
朝廷亟用兵，以參軍威武，殺賊中原如拉朽耳。今首相某，吾師也，吾馳一紙書，旦夕且掛
大將軍印，爲用隸八麾下。為髯仰天大笑，徐謂公子曰：君顧某相國門下士耶？吾行矣。
論曰：蔣翁所稱髯參軍，殆真奇傑非常之士矣乎！當思宗時，如參軍者自不乏人，誠
得十數輩為大將，建義旗，進止自如，賊固不足平。乃當日握重兵者，率皆逗欵凡庸，
退葸不前，何無一二人類參軍也？即有一二摧鋒陷陣之士，而朝廷之上顧束縛之，不
克以功名終，坐使天下流離顛轉，以至於亡。嗚呼，是誰之過歟？是誰之過歟？

張山來曰：唐鑄萬先生評云：句句為髯寫生，而着眼全在公子相國，此絕頂識力
也。此評已盡此文之勝，予不必再措一辭矣。

李甸傳

毛際可鶴舫

李甸，江西人，邑里名字無可考。往來江漢三十載，常如五十許人，隨身一瓢外無長
物。每乞牛肉鹿膏，並捕鼠生啖之，餘納諸敗襖中，盛暑色味不變。遇紙筆即書，語無
倫次，或雜一二字如符籙，余聞以意測之，始成詩。人與之語，皆不荅。某郡丞使人渡
江强邀之署中，留數日辭出，郡丞與以輕葛文舄，插花滿頭，徜徉過市，兒童競奪之，
輒抱頭匿笑不予。未幾易敝，縷縷風雪中自若。或曰：李甸向為諸生，有聲，屢試不第，
有所託而逃。然讀其詩，似深山高衲，不與陽狂玩世者比，終不測其何如人也。余於
友人邸舍中物色得之，為余書扇，相對竟日，卒無他語。

詩附錄

瀑泉古今說廬白，頓向雲居絕頂來。津通五龍時怒吼，勢推三峽更喧豗。横奔
月窟千堆雪，倒瀉銀河萬道雷。鎖斷臨峰懸白練，逈看珠網掛層臺。

瀲灩湖光數頃淳，誰知曲澗萬峰頭。路開古殿當前月，散作空山不盡流。金壁
影搖冰鏡裏，魚龍深住廣寒秋。一輪直接曹溪路，白浪家風過大洲。

何年敝石架長虹，碧落無門却許通。曾是御風人去後，故留鳥道礙虛空。

銀臺金殿影交加。處處晴光映寶華。家業現成歸便得。纔生疑慮隔天涯。
披雲坐月太奢華。旋汲清泉吃苦茶。無事山行空眼底。草鞋跟斷又歸家。
羅列香花百寶臺。臺中泥塑佛如來。重重妙影隨機現。都在衆生心地開。
千崖雨濕松添老。一味秋聲菊轉新。莫謂山中無甲子。素珠粒粒紀時辰。
嶒峻高石寺門橫。面面波光一派清。龍背鑿開羅漢寺。龍鱗幻石梵天城。

張山來曰。昔之異人隱於屠釣。今之異人隱於乞丐。自後遇若輩中有稍異者。便當物色之。○李白詩。不止於此。今姑擇其尤者錄之。

書鈿閣女子圖章前　周亮工 減齋

鈿閣韓約素。梁千秋之侍姬。慧心女子也。初歸千秋。即能識字。能擘阮。度曲。兼知琴。嘗見千秋作圖章。初為治石。經其手。輒瑩如玉。次學篆。已遂能鐫。頗得梁氏傳。然自憐弱腕。不恒為人作。一章非歷歲月。不能得。性惟喜鐫佳凍。以石之小遜於凍者往。輒曰。欲還鑿山骨耶。生幸不頑。奈何作此惡謔。又不喜作巨章。以巨者往。又曰。百八珠尚嫌壓腕。兒家詎勝此耶。無已。有家公在。然得鈿閣小小章。覺巨鋟徒障人雙眸耳。余倩大年得其三數章。粉影脂香。猶繚繞小篆間。頗珍秘之。何次德得其一章。杜茶邨曾處千秋。命為鈿閣題小照。鈿閣喜。以一章報之。今並入譜。然終不滿十也。優鉢羅花。偶一示現足矣。夫何憾。與鈿閣同時者。為王修微楊宛叔柳如是。皆以詩稱。然實倚所歸名流巨公。以取聲聞。鈿閣弱女子耳。僅工圖章。所歸又老寒士。無足為重。而得鈿閣小小圖章者。至今尚寶如散金碎璧。則鈿閣亦竟以此傳矣。嗟夫。一技之微。亦足傳人如此哉。予篋藏晶玉犀凍諸章。恒滿數十函。時時翻動。惟亡姬某能一一歸原所。命他人。竟日參差矣。後盡歸之他氏。在長安作憶圖章詩。得數頻相就。低宗恒所宜。微名空覆斗。小篆憶盤螭。凍老甜留雪。冰奇膩染脂。紅兒參錯好。慧意足人思。見鈿閣諸章。痛亡姬如初沒也。

張山來曰。我若為梁千秋。止令鈿閣鐫顛倒鴛鴦。不復為他篆矣。

書王安節王宓草印譜前　周亮工 減齋

王安節概其先醉李人。久占籍白下。與弟宓草。著同受教於尊公左車先生。左車好奇。以匃名之。字曰東郭。以尸名其弟。字曰弟為。久之。乃改今名。字安節。幼癯弱。壯乃鬚眉如戟。負穎異。質詩古文詞。及制舉業。皆能孤行己意。避人居西郭外莫愁湖畔。罕與人接。然四方文酒跌宕之士。至金陵者。無不多方就見之。安節以其詩文之餘

旁及繪事。水石人物花草羽毛之屬。動筆輒有味外之味。曾為余兩作禮塔圖。兩作浴佛圖。狀貌皆奇古。略無近人秀媚之態。真足嘉賞。畫成。輒自題識。予每謂人。安節甫二十餘。分其才藝。便可了數輩。使更十年。世人不說徐青藤矣。圖章直追秦漢。人亦皆為予作。今錄次於後。予友方爾止一女不輕字人。覓婿於江南。久之。奇安節。遂以女妻之。爾止負一代名。不妄許可。至一見安節。即以女妻之。安節可知矣。宓草亦作印章。古逸無近今餘習。亦次於後。宓草不亞安節。繪事遂欲與兄並驅。同人咸曰元方季方。難為兄弟也。安節王母與兩尊人。及安節皆落地不任葷。獨宓草微能食乾鱔。人稱其為一門佛子云。

張山來曰。安節兄弟三人皆高士也。予僅識宓草。然阿兄阿弟。亦莫非神交。當不讓端復昇得之耳。

書姜次生印章前　周亮工 減齋

姜次生正學。浙蘭谿人。性孤介。然於物無所忤。食貧於邑。甲申後。棄去。一縱於酒。酒外惟寄意圖章。得酒輒醉。醉輒嗚嗚歌元人曾稽太守詞。又好於長橋上鼓腹歌。衆環聽。生目不見向人。聲乃益高。每醉輒歌。歌又必曾稽太守詞。不屑他調也。方邵村侍御為麗水令。生來見。謂侍御曰。公嗜圖章。我製固佳。願為公製數章。正學生平不知干謁。但嗜飲耳。公醉我。我為公製印。公意得。正學意得矣。侍御乃與飲。醉即歌曾稽太守詞。於是侍御得生印最多。侍御署中釀。亦為生罄矣。一夕漏下數十刻。署中盡熟寐。忽剝啄甚。侍御驚起。以為寇且發。不則御史臺檄也。侍御驚起詢。則報曰。姜生見侍御。遣人謝曰。夜分矣。請以昧爽。生剝啟曰。事甚急。侍御以生得他傳聞意外也。急趨迎之。執手問故。曰。我適為公成一印。殊自滿志。不及旦。急就令公見也。事孰有急於此者乎。遂出掌中握視之。侍御乃大笑。復曰。如此印。不直一醉耶。於是痛飲辨明而去。去又於橋上歌曾稽太守詞。橋側餅師腐家起獨早。競來聽之。謂此君起乃更早。遂已醉耶。生意乃快甚。生無妻無子女。常自言曰。麴蘗吾鄉里。吾印必傳吾之嗣續也。吾何愛別。侍御返里。年八十卒。辛亥秋。侍御以生所為印示余。予入之譜。復集括樓岡太史述生事。錄之於前。侍御曰。每展玩生印。覺酒氣拂拂從石間出。生歌曾稽太守詞。聲猶恍惚吾耳根目際也。

張山來曰。僕不識姜君。然讀此傳時。亦覺耳中如聽歌曾稽太守詞。酒氣拂拂從歌聲中出也。

虞初新志卷十五終

清　新安張潮山來輯

因樹屋書影　周亮工減齋

德州程正夫言順治癸巳正月十八日夜風雨甚恩縣祁村陂中水阜立成山廣四丈高二丈許峰巒秀拔谿壑迴環一磴委蛇相通觀者遠近裹糧至日千餘人禱祠焉過考諸書古無此異不知何祥也余按正德中文安縣水忽僵立是日天大寒忽凍為冰柱高五丈圍亦如之中空而旁有穴數日後流賊過文安民避入冰穴賴以全活者甚衆正如此類

小品中載有薦藝士於顯貴者其人因平易顯貴雖禮之然未嘗問其所長瀕行其人曰辱公愛有小技願獻於公乃索素紙為圍棊盤信手界畫無毫髮爽顯貴驚嘆

正統間周伯器年九十修杭州志燈下書蠅頭字界畫烏闌不折紙為範毫髮不爽

韋友直伯益以篆名官翰林待詔同人聞其名心未之服咸求觀見筆法伯益命粘紙各數張作二圖其一紙縱橫各作十九畫成一棊局其一作十圓圈成一射帖其筆之麤細間架疎密無毫髮之失諸人歎服再拜而去　古今絕技亦有相同者如此

張山來曰皖城石天外曾為余言有某大僚薦一人于某有司數日未獻一技忽一日辭去主人餞之此人曰某有薄技願獻于公望公悉召幕中客共觀之可乎主人始驚愕隨邀衆賓客至訪客何技客曰吾善吃烟衆大笑因詢能吃幾何曰多多益善于是買烟一觔客吸之盡初無所吐衆已奇之矣又問仍可益乎曰可又益以烟若干客又吸之盡請衆客觀吾技徐徐自口中噴所吸烟或為山水樓閣或為人物或為花木禽獸如蜃樓海市莫可名狀衆客咸以為得未曾有勸主人厚贈之由此觀之誠未可輕量天下士也

荊南居客麻城忠遵聞有一鸚鵡見長老善誦經每來忽鳴曰望慈悲長老曰小畜雖教爾能言鸚鵡自後不復鳴麻縱之徑赴僧側啾唧致謝僧曰宜高飛免再墜人求指示僧令誦佛經八年僧至桃源一小兒來謝曰吾麻氏鸚鵡也荷方便今在蕭家作男子矣驗之脇下尚有雛毛

有官閩者攜雙鸚鵡歸江右兩禽晨夕相依如昆季官者以一贈陳子右翰韓子人穀亦得其一陳韓固親串過從無間鸚鵡時互相問哥哥好未幾陳子齋中有異物搏鸚鵡死陳子痛之甚既除地以瘞之又語人穀賦詩弔之詩成人穀持告其冢同頗勝躑躅上曰哥哥死哥哥死傷悼不勝遂不食越日亦斃去二子廣之名詞為之志述江右三吳諸詞人皆有作因彙為一集顏曰羽聲合刻鄧子左之為之序序亦悽惻卧動物固多情如此又吾梁山貨店市肆養鸚鵡甚慧東關口市肆有料哥亦能言兩店偶二鳥相較鸚鵡歌一詩料哥隨和音清越不相下料哥再挑與言不答一字人問其故曰彼音劣我而黠勝我我開口便為所竊矣臬司有愛子病篤購以娛之賈人籠之以獻鸚鵡悲戀不食自歌曰我本山貨店中鳥不識臺司衙內尊只傷心懷舊主難將巧語博新恩留之五日苦口求歸乃返之山貨店垂頭氣盡萬曆中間事也

張山來曰向聞有人供一高僧其庭中鸚鵡于無人時向僧曰兩來思你救我倆出籠計僧為之云出籠計除非是兩腳篡直雙眼緊閉少頃鸚鵡足直目閉而死主人憐惜命解縱瘞之解後鸚鵡忽飛去向僧謝曰兩來意多謝你個出籠計附記於此

劍俠見於古傳紀中甚夥近不似無其人且未聞其事惟聞宋悵丈尊公幼清孝廉素好奇術曾遇異人於淮上席間譚劍術其人曰世人膽怯見鬼神輒驚悸欲死魂魄尚不能定安望授鬼神術宋曰特未見耳爲是提其人忽指坐後曰如此人公畏不畏回首顧之座後輒有神赩面赤髭猙獰怪異如世所塑靈官像宋驚懼仆地其人曰得云不畏耶又予姻陳州宋鏡予光祿尊人鬮田公諱一韓神廟時在兵垣劾李寧遠疏至一二十上寧遠百計解之卒不從一夕公獨卧書室中晨起見室內几案盤盂巾舄衣帶下至虎子之屬無不中分為二旅無偏缺有若生成而戶扃如故夜中亦無少聲息公知寧遠所為即移疾歸光祿時侍養京邸嘗親見之乃知世不乏異術特未之逢耳蜀許寂好劍術有二僧語之曰此俠也願公無學神仙清淨事異如此諸俠皆鬼為陰物婦人僧尼皆學之此言近理世之好異者當知之

張山來曰若我遇其人當即懇旋而赤髭者為我洩忿矣尚何所畏耶

張瑤星語予辛未秋予覲先大夫于東牟遇道人馬繡頭者亦異人也道人修幹黃髮覆頂舒之可長丈許不櫛不沐而畧無垢穢自言生于正統甲子至是約百八十餘歲矣行素女術所至淫娼鴇姐多從之遊時孫公元化開府于登聞而惡之呼來將加責焉道人曰公秉鉞一方選士如林乃不能容一野道人耶公屬繫曰予

選士以備用耳若臃腫何所用道人曰萬有一備指使可乎時方大旱公曰若能致雨乎曰易易耳問所須曰須泉數百張結壇于郊公等竭誠惟我命是從稍齟齬者不効矣公曰姑試之不効乃公不爾恕也命治壇如其式凌晨率僚吏往道人至則索燒酒一斗並犬一器啖之盡乃登壇命公等長跪壇下時方溽暑萬里無纖雲道人東向而噓則有片雲從其噓處起復東向而呼則微風颯之少焉濃雲四布雷電交作雨下如注道人高臥壇上鼾聲與雷聲響答互應地上水可二尺諸公長跪泥淖中不敢動歷三時許道人乃寤曰雨足乎衆歡呼曰足矣道人揮手一喝而雨止雲散烈日如故孫公踉蹌起扶掖而下以所乘八座乘之而騎從以歸歸即送入先大夫署中先大夫故好士署中客約廿餘人每夕必列席共飲飲必招道人與俱道人言笑不倦而多不食或勸之食則命取大罌盡投諸殽核其中以水沃之一舉而盡復勸之食則命取他席上殽核投罌中盡之如初乃至盡庖廚中數十人之饌悉投悉盡或戲曰能復食乎曰可則取席上諸桮盂盌盎之類十五累之舉而大嚼如嚼冰雪齒聲楚楚可聽也先大夫治兵廟島拉與俱宿署樓上樓濱海時嚴冬海上無日不雪雪即數尺人爭塞門墐戶以避寒威而道人夜必敞北窗以首枕窗而臥

庚初新志　卷十六　三

早起雪覆身上如堆絮道人拂袖而起額上汗猶津津然或投身海中盤礴游泳如弄潮兒及登岸遍身熱氣如蒸而衣不少濡濕也既而往游東江東江帥為劉興治道人至則聚諸淫媼如在登時興治聞之怒呼而責之將縋以法道人曰公尸居餘氣乃相嚇耶公何能殺我人將殺公耳興治益怒道人指其左右曰此皆殺公者也俟城石轉身則其時矣興治命責之鞭扑交下道人鼾睡自若興治無如何也道人出語其徒曰辱我甚不可居矣乃往海中浴浴竟見有一木大數圍知是土人物從求得自持斧略加刳鑿纔可容足輒坐其中亂流浮海而去不知所終其後興治以貪殘失士心改築島城城石盡轉而興治為其下所刺方道人之在署中也每酒後輒撫膺痛哭先大夫叩其故則指予曰郎君有仙才而年不永使從我遊不死可數也先大夫曰年幾何曰盡明歲之正月次年壬申春王四日道人方與島中諸將士痛飲忽西向而慟曰可惜孫公今日死矣蓋登州城陷之日也乃知向日酒後之言蓋託諷耳予嘗謂道人嘯命風雷如反掌預識休咎如列眉徹幔公觀如觀掌瑣絕寒暑饑飽如化人而獨不避穢行與淫媼遊且比及頑童曰中有真陰可採補也此夫持論豈世上自有此一種如楞嚴所稱十種仙或唐人所稱道天狐屬耶抑天上帝仙亦如人間職官不盡皆立品行紛孫登者耶吾又安得叩九閽而問之

曲周陳公令桐言其邑富翁子婦自父家還明日偕臥不復起家人呼之不應抉戶而入烟撲鼻如硫黃就牀視之衾半焦火燄之有孔二體俱焚惟一足在火之焚人理殊不可解王虛舟曰焚砂石為龍火焚金鐵為佛火焚人之火是為慾火佛言婬習交接發于相磨研磨不休如是故有大猛火光于中發動意其研磨之極慾火熾熾而忽熖遂以自焚其不焚牀第廬舍者火生于慾異於常火亦如龍火止焚砂石佛火止焚金鐵耳 陳公諱于階

張山來曰舊小說中已有吞鱗鞋焚祆廟事矣○某道人坐功久忽然火發焚其一髮及帷主人救之始熄可見火無邪正皆足為害也此道人余曾見之

亳州孫骨碌者人像其形故以骨碌稱生時有首有身身上具肩無臂手身下具尻無腿足如截瓜然其父無子以其男體姑育之長而家益富坐臥啟處飲食男女一切需人為用見賓客皆人抱以出立則豎而倚之門屏間失倚則仆地衣具袖為觀美備不鄉纈則前後轉從無定在裙襪履生平未嘗設生三子長公登進士次幼為諸生今且貤封矣此等世雖生不育育亦貧且賤而孫君獨富貴造化固不可測矣

庚初新志　卷十六　四

張山來曰此君之父因無子而育之可也但不識何等女子居然肯嫁之乎

海豐有優者金鳳少以色幸于嚴東樓東樓晝非金不食夜非金不寢也嚴敗金亦衰老食貧里中比有所謂鳴鳳記余優塗粉墨身扮東樓矣近阮懷寧自為劇命家優演之懷寧死優兒散于他室李優者但有客命為懷寧所撰諸劇輒辭不能復約其同輩勿復演詢其故曰阿翁姓字不祠起尚死不得人說每一演其撰劇座客笑罵百端使人懊惱竟日不如辭以不能為善也此優勝金優遠矣不知懷寧地下何以見此優

閩人李春明者為人長厚閒有談人曖昧事輒塞耳走人以李塞耳呼之一日耳內奇癢召工取之內黃金二分易銀一錢四分市穀一斛內有大珠二顆最圓美市之富室得六百金其年穀甚賤夜既寢夢有人提其耳曰邦有道穀賤而省曰神為得為使我積穀乎乃出金市穀入三千石次年穀價騰貴貲難得四千餘金家日起至十數萬人以為厚德之報大抵談人閨閫原非盛德事使其事誠有之與我何與無而言之則為誣善矣斯事有無不必論後生固當以為法矣

江州黎媿曾為余言廣州民有以善射著名者常挾毒矢入山中值雷雨

入野祠雷隨入礦碑繞身者三匝然終不為害民跪而祈曰民誠罪遽擊何所逃殺何格格悸人耶雷聲漸引去已復至復出如是者再若將導之去者終不害民民忽悟曰神將用我矣遂不避逐雷聲行抵山下見雷方吐火施鞭箠擊巨樹一朱衣女子尖從樹中出雷遮遶樹數舍紅衣下雷復至紅衣出則雷又遠去格鬭久之終不成擊民乃引毒矢伺紅衣出貫之霹靂大作遽拔其樹民歸入其室家人競言雷方入屋震人幾死幸家無恙惟釜翻露硃書數字于底不可識有黃冠通雷文者云是勅神威力延壽一紀八字也山中人言樹平時無他異亦終不知女子為何妖按唐小說中亦有神追朱衣女子自樹中出久之漸上有數點緋雨飛下云是帝命誅飛天夜叉此女子得非其類耶

張山來曰減齋先生與先君子為莫逆交予少時獲覩書影甲寅之變書皆不存今燕客先生來揚佐郡余復懇得是書不啻與父執相對也

記桃核念珠　高士奇澹人

得念珠一百八枚以山桃核為之圓如小櫻桃一枚之中刻羅漢三四尊或五六尊立者坐者課經者荷杖者入定於龕中者蔭樹趺坐而說法者環坐指畫論議者袒跣曲拳和南面前趨而後侍者合計之為數五百蒲團竹笠茶奩荷葉瓶缽經卷畢具又有雲龍風虎獅象鳥獸狻猊猿猱錯雜其間初視之不甚了了明窗淨几息心諦觀所刻羅漢僅如一粟梵相奇古或衣文織綺繡或衣袈裟水田絺褐而神情風致各蕭散於松栢巖石可謂鬱之至矣向見崔銑郎中有王氏筆管記云唐德州刺史王倚家有筆一管稍粗於常用中刻從軍行一鋪人馬毛髮亭臺遠水無不精絕每事復刻從軍行詩二句如庭前琪樹已堪攀塞外征人殊未還之語又輟耕錄載宋高宗朝巧匠詹成雕刻精妙所造鳥籠四面花版皆於竹片上刻成宮室人物山水花木禽鳥其細若縷而且玲瓏活動求之二百餘年無復此一人今余所見念珠雕鏤之巧若更勝於二物也惜其姓名不可得而知長洲周汝瑚言吳中人業此者研思殫精積八九年及其成僅能易半歲之粟八口之家不可以飽故習茲藝者亦漸少矣噫世之拙者如荷擔負鋤與人御夫之流憃然無知惟以其力日役於人既足養其父母妻子復有餘錢夜聚徒侶飲酒呼盧以為笑樂今子所云巧者盡其心神目力歷寒暑歲月猶未免於饑餒是其巧為甚拙而拙者似反勝於巧也因以珊瑚木為飾而囊諸古錦更書答汝瑚之語以戒後之恃其巧者

張山來曰末段議論足醒巧人之夢特恐此論一出巧物不復可得見矣奈何

核工記　宋起鳳紫庭

季弟獲桃墜一枚長五分許橫廣四分全核向背皆山山坳插一城雉歷歷可數城顛具層樓樓門洞敞中有人類司更卒執桴鼓若寒凍不勝者枕山麓一寺老松隱蔽三章松下鑿雙戶可開闔戶內一僧側首傾聽戶虛掩如應門洞開如延納狀左右度之無不宜松外東來一衲負卷帙踉蹌行若為佛事夜歸者對林一小陀似聞足音僕僕前拔側出浮屠七級距灘半黍近灘維一舟篷窗短舷間有客憑几假寐形若漸寤然舟尾一小童擁鑪嘘火蓋供客茗飲也艤舟處當寺陰高阜鐘閣踞焉叩鐘者貌爽爽自得睡足徐興乃爾山頂月晦半規雜疎星數點下則波紋漲起作潮來候取詩姑蘇城外寒山寺夜半鐘聲到客船之句計人凡七僧四客一童一卒一宮室器具凡九城一樓一招提一浮屠一舟一閣一鑪竈一鐘鼓各一景凡七山水林木灘石四星月燈火三而人事如傳更報曉候門夜歸隱几煎茶統為六各殊致殊意且並其愁苦寒懼疑思諸態俱一一肖之語云納須彌於芥子殆謂是與狀削之尺絹繪經而層織水戲殺酒而階替器之淫也吾滋懼矣先王著考工蓋早辨之焉

張山來曰宋人以象為楮葉雜之真葉中不能辨嵩若是則曷不摘真楮葉玩之乎今之鬼工桃核精巧絕倫人皆以其核也而賞之庶不虛負此巧耳

張南邨先生傳　先著遷甫

張南邨名愬字僧持父興公先生琪以名宿教授里中多達材弟子南邨幼為詩出語每不猶人父友紀竺遠一見其詩稱之曰氣清再則曰骨清曰神清已而目屬之曰子必將以詩名江左矣入應天學用才名交遊賢俊治古文辭專力於詩家世奉佛南邨胎性不納葷血初猶食蟹年八歲父將攜之見博山禪師前一夕南邨方持蟹父見之驚曰兒將見博師可食此乎南邨聞言即置不食自是解脫悉蠲除杖人在天界南邨親近最久東南古錐宿德禮謁殆遍以故生平多方外交韲盂粥缽究然頭陀蹤跡恆在僧寺中或經年累月不返少學易於中丞集生余公余公戍武林從之武林西泠其所熟遊故吳越往來尤數而苕霅間故人聞其至每爭延之癖好山水不憚險遠必往遊其遊有章程要領或獨遊或偕一二童子塗遇樵人禪客即為伴侶解衣造深飲泉摘果即忘飢渴於五嶽則陟嵩岱猶以不能遍歷衡華為恨若

武夷匡廬九子黃山天台雁蕩諸山所至削木柿為記采樹葉題詩以為常南邨為人坦夷近情不為矯激之言不為崖異之行耿受從心否塞任運尤不以禮數恩義責望人與人處尤能寡怨忘隙作見或輕忽之稍久必親而敬焉有屋數椽不蔽風雨家人恒至乏食然不敢謨遊士大夫間舉止迂野可愛形體短小雖老精神可敵壯夫遇良讌會能通夕不眠嘯咏達旦不擇地而處不擇食而食不擇榻而寢投足之所即甚湫隘囂雜他人掃除未竟視南邨已展卷矣口腹之奉不過鹽豉菽乳就枕即熟睡無輾轉不寐之時蓋胸無機事不以美惡攖心能致然耳嘗遠遊過胠篋者再中途幾不能成歸人或怪其無恨色曰失者償之義也又何問焉除夕自外返去其家不遠止宿逆旅主人次日日晡始緩步而歸其性情安雅如此雚居未嘗與人爭至論詩輒相持不下宋詩行雖貴卿巨子前亦偶詞折之其論詩不逞才不使事不涂叫號不涉怨誹其宗旨也自以襄陽摩詰為師於古歌行換韻大篇暨古體千數百言鋪陳開闔句力宏富者乃不謂然自少至老主此論不變雖所見未盡然亦可謂篤於自守者矣南邨稱詩五十年遠近之人亦以詩歸之生鄉名人王移如顧與治之後與同時訢人並立可指數終老如紀曳之言歲甲戌年七十有六夏得脾疾治之尋愈至冬復作遂不起予二元予鈞正予淳元予亦受詩可不墜其聲予自儆居邨南望衡密邇相得甚懽酒闌燈灺每有知己之言欲以身後為託今不可作矣世復安得和易素心風雅不倦如斯人者乎

贊曰策杖而出裹糧而遊遊少倦而且休至佳處而輒留把酒而歌執卷而吟悠悠乎王孟之音有形神而無古今不忤於世不迕於天可獨可羣亦儒亦禪束身止一榻而遺文乃有千數百篇稱之為詩人奚愧焉

張山來曰予慕南邨久一旦遽甫為介得以把臂入林今讀此不勝人琴之感

劉酒傳

周亮工 減齋

劉酒汴人無名字自呼曰酒人稱曰劉酒云畫人物有清勁之致酒後運筆尤覺神來人以為張平山後一人酒不屑也凡作畫皆書一酒字款其似行書者次似篆籀者其得意筆也嘗為上雒郡王作畫王書之曰張平山後一人酒意嗔急索畫曰尙未熟乃捲入傍室縱筆畫百十大酒字於上下左右王怒甚裂其幅驅之出酒固怡然酒於醉睡之外惟解畫他一無所知坡公云予奉使西邸見書此數句愛而錄之云人間有漏仙兀兀三杯醉世上無眼禪昏昏一枕睡雖然沒交涉其奈略相以相似向如此何況真箇是酒索予頌其草室予書曰畧似庵以坡公所錄前四句去醉睡字為聯酒得之欣然意足也酒與余交最久無妻子每謂予曰死以累君一日方持盃大飲忽然脫去開口而笑杯猶在手余感其宿昔之言為買棺殮之

張山來曰劉酒自畫之外無非酒者其名酒其款酒其死亦酒吾知其所畫必醉仙也

記古鐵條

詹鍾玉 去矜

京師窮市上有古鐵條垂三尺許闊二寸有奇形若革帶之半中虛而外銹澁兩面鼓釘隱起不甚可辨持此欲易錢數十文人皆不顧去積年餘有高麗使客三四人旁睨良久問此鐵價幾何鬻鐵者謬云錢五百使客立解五百文授之其人疑不決即詭對曰此固吾鄉人物侯吾詢主者頃之使客復來鬻者曰向幾誤主者非五金不可使客即剖五金無難色其人則又為大言曰公等誤矣吾曾市語舉大數以為言五金蓋五十金云使客曰吾誠不惜五十金但不得更悔鬻鐵者私念一廢鐵夾條增價五十金稱今失此售主並乞數十文錢亦不可得因曰吾以此博公多金保無後言公幸告我此為何名使客請先定要約而後告于時觀者漸眾使客乃畢五十

金畀鬻鐵者而以若帶者付其徒乘馬疾馳去度其去遠始告眾曰此名定水帶昔神禹治水時得此帶九以定九區平水土此乃九之一若攜歸吾國價累鉅萬豈止五十金而已哉又問得此何所用使客曰吾國航海每苦海水鹹不可飲一投水帶其中雖鹹海立化甘泉可無病汲是以昆珍耳市有好事隨至高麗館請試驗之遂命汲苦水數石雜鹽攪之投以水帶水沸作魚眼數十少頃掬水飲之甘冽乃勝山泉遂各欵服而去鬻鐵者言聞陷京師時得自老中貴蓋先朝大內物也嗟嗟自經變故以來凡天府奇珍異寶流散人間汎汎無聞者何可勝數獨是帶為高麗使所賞識頓增價百倍不墜而走海外物之顯晦固自有時哉

唐仲言傳

周亮工 減齋

唐仲言名汝詢華亭人世業儒仲言生五歲而瞽未瞽即能識字讀孝經成誦及瞽伍默坐聽諸兄佔嗶而暗識之積久遂淹貫始冠既畢五經今兄弟取六經子史以及稗官野乘皆以耳授顛末原委默自諳次純類瑜瑕剖別精核蒐從章句之秕以冥捜微妙以畫心通罔有遺蘊矣於是遂善屬文尤工於詩海內人士踵門造謁仲言每一晉接歷久不忘與之商榷今古纖以偏什千言百首成之俄頃而音吐鏗然使

聰者忘疲。予姊門徒輩從旁抄錄一字，亥豕輒自覺察，不可欺也。貌甚寢而心極靈，常解唐詩，其所援拾古丈以為箋註者，自習見以及秘異，遡流從源，使羅略盡。然必先經後史，不少紊淆。雖詩賦之屬，所援引亦從年代次序之。如某字某句，秦漢並用，則必博採秦人，不以漢先。詳贍致精，有若此也。所著有編年集、姑蔑集及唐詩解共若干卷，行於世。錢虞山云：唐較杜詩，時有新義，如解溝壑疎放句，云出於向秀賦嵇志遠而疎，呂心放而曠，亦前人所未及也。

李公起傳　周亮工 減齋

李公起，名峻，鄞縣人。父子龍，官侍御，出按遼陽，卒於任。公起隕地而聾，雖聾，歧嶷孝友。弟髮及額，侍御公訃至，號慟無晝夜，咽枯而嘶，凡五日水漿不入口，乃更啞。免喪，始盡取先世藏書，繼諸之手，自校讐，雖凌寒溽暑弗倦也。既聾啞而問難辨證之路永絕，凡有疑義，俱於經史中嘿自剖析，無有罔殆。性好客，郵筒走天下，四方學士大夫亦樂趨之。賓主以紙相通，以筆有問奇者，則裁紙作粗及農桑，微如佛老，迨國家所有所常典故、戶口邊疆，叩之必應，成盡精核。或既書與客，又自尋繹幽奇，畢呈而終無遺佚，轉更遐暢矣。晚年尤好種植，奇花異卉，常滿階庭。舍旁有雙園、竹波軒、青蘿閣諸勝，成與客遊處。性既寧澹，好學之外，嗜慾益清，反覺口耳為煩也。行世有鷗集、鄮雲編、水學錄、研史凡若干卷。

張山來曰：以一人而兼聾啞二病，乃能淹博貫穿如此，那得不令人敬服。○使此君與唐仲言相遇，則兩無所見其奇矣。

書鄭仰田事　錢謙益 牧齋

鄭仰田者，泉之惠安人，忘其名。少椎魯，不解治生，其父母賤惡之，逃之嶺南，為寺僧種菜。寺僧飯僧及作務人，仰田面黛黑，補衣百結，居下坐，自慚踧踖，無所容。有老僧長眉皓髮，目光如水，呼仰田使上，指寺僧曰：汝等皆不及也。寺僧始嗤而遂。仰田向日無所歸，號哭於野外，老僧迎謂曰：吾遲子久矣。偕入深山中，授以祈字歌訣，月餘遂能識字。因投以青囊袖中書，遁、射覆諸家之術，無所不通。既其行于世，以拋梅拆字為端，久而與之遊，能知人心曲隱微，及人事世運之伏匿，亦不言其所以然也。天啟初，將卜相，南樂指全字為占。仰田曰：全字从人从王，四畫當相四人。問其姓名，曰：全字省三畫為土，當有姓帶土者；省四畫為丁，當有姓丁者；省兩畫縱橫為木，當有名屬木者；以所省之文全歸之，當有名全者。南樂曰：木非林尚書乎？曰：獨木不成林，名也，非姓也。已而拜莆田、貴池、元城、涿州四相，一如其言。晉江李熠與奄黨吳淳夫有郄，指吞字以問。仰田曰：彼勢能吞汝，非小敵也。从天从口，非其人吳姓乎？然則何如？曰：吳以口為頭，彼頭已落地矣，汝何憂？踰年而吳伏法。魏奄召仰田問數，仰田蓬頭突鬢，踉蹌而往，長揖就坐。奄指囚字以問，羣奄列侍，皆愕眙失色。仰田徐應曰：囚字，國中一人也。奄大喜。出謂人曰：囚則誅囚也，吾詭辭以逃死耳。乙丑白門，奄勢益熾，俞少卿密扣之。仰田晝臥屋梁下，梁上有斷繩下垂，仰田指之曰：如此矣。未幾，奄果自縊。其射決奇中，不可悉數，米謝石不足道也。丙子冬，前知余有急徵之難，自閩來視余，自清江浦徒步入長安，為余刺探獄緩急。余抵德州，復自長安徒步來報，年八十二矣。行及奔馬，兩壯士尾之不能及。至鄭州，風雹大作，脫鞋襪繫之兩臂，赤腳走百里，上程氏東樓，日未下舂，神色閒暇，鼻息呴呴然，談笑大噱，至分夜而後寢。臨行謂余：七月彼當去位，公之獄解矣，然必明年而後出。吾當以殘臘過虞山，為太夫人厄宅歲之事，公毋憂也。余歸，數往招之。己卯春，將襆被訪余，忽謂家人曰：明日有大僧扣門乞食，具數人餐以待，吾亦相隨往矣。質明沐浴更衣，若有所須。有僧至，促舉入室，端坐奄然而逝。仰田遇人無貴賤，一揖之外，箕踞嘯傲，終日不知有人。人遺之錢帛，即受，否亦不計。每見人深中多徵、岸自好者，輒微言刺其隱，人亦不敢怨，懼其盡也。余嘗謂仰田：公非術士，古之異人也。仰田笑曰：吾行天下大矣，莫知我為異人，然則公亦異人也。又嘗語曰：吾當嘔狂走，為公急難。侯嬴有言：七十老翁何所求？哉士為知己者死，縱令斫吾頭去，頭上只一穴耳。臨終謂其子曰：三年後往告虞山，更數年，葬我于虎邱寺之東。仰田信人也，其言當不妄，書其語以俟之。

張山來曰：仰田以異人自負，惟牧齋知之，彼即有知己之感。然則異人亦好名乎？

記吳六奇將軍事　鈕琇 玉樵

海寧查孝廉培繼，字伊璜，才華豐豔，而風情瀟灑，常謂滿眼悠悠，不堪酬對，海內奇傑，非從塵埃中物色，未可得也。家居歲暮，命酒獨酌，頃之，愁雲四合，雪大如掌，因緩步至門，翹首有來興佳客相與賞翫，見一丐者避雪廡下，強直而立。孝廉熟視良久，心竊異之，因呼之入坐，而問曰：我聞街市間有手不曳杖、口若銜枚、敝衣捋腹而無飢寒之色，人皆稱為鐵丐者，是汝耶？曰：是也。問：能飲乎？曰：能。因令侍童以甕中餘酒傾甌與飲，丐者舉甌立盡。孝廉大喜，復燎炭發醅，與之約曰：汝以甌飲，我以卮酬，竭此醅乃止。丐盡三十餘甌，無醉容，而孝廉頹臥胡牀矣。侍童扶掖入內，丐逡巡出，仍宿

廡下達旦雪霽孝廉酒醒謂其家人曰我昨與鐵丐對飲甚歡觀其衣極藍縷何以
禦此嚴寒以我絮袍與之丐披袍而去亦不求見致謝明年孝廉寄寓杭之長明
寺暮春之初偕侶偶步遊湖上忽遇前丐於放鶴亭側露肘跣足昂首獨行復挈
之歸寺詢以舊袍何在曰時當春杪安用此為已質錢付酒家矣孝廉奇其言因問
曾讀書識字否丐曰不讀書識字不至為丐也孝廉悚然心動薰沐而衣履之徐詢
其姓氏里居丐曰僕系出延陵心儀曲逆家居粵海名曰六奇祇以早失父兄性好
博弈遂致落拓江湖流轉至此因念叩門乞食昔賢不免僕何人斯敢以為污不謂
能遇明公賞於風塵之外加以推解之恩僕雖非淮陰少年然一飯之惠其敢忘乎
孝廉亟起而捉其臂曰吳生固海內奇傑也我以酒友目吳生失吳生矣仍命寺僧
沽梨花春一石相與日夕痛飲盤桓累月贈以衣襪之資遣歸粵東六奇世居潮州
為吳觀察道夫之後略涉詩書耽遊盧雉失業蕩產寄身郵卒故於關河孔道險阻
形勝無不諳熟維時天下初定　王師由浙入廣舳艫相銜旌旗鉦鼓喧耀數百里
不絕凡所過都邑人民逃匿村谷閭路無行者六奇獨貿貿然來邏兵執送麾下因
請見主帥備陳粵中形勢傳檄可定奇有義結兄弟三十人素號雄武祇以四海無

主擁眾據土弄兵潢池方今九五當陽　天旅南下正蒸庶傒蘇之會豪傑效用之
秋苟假奇以遊劄三十道先往馳諭散給羣豪近者迎降遠者響應不踰月而破竹
之形成矣如其言行之粵地悉平由是六奇運籌之謀所投必合扛鼎之勇無堅不
破征閩討蜀屢立奇功數年之間位至通省水陸提督當六奇流落不偶時自分以
污賤終一遇查孝廉解袍衡門贈金蕭寺且有海內奇傑之譽遂心喜自負獲以奮
跡行伍迨秩元戎嘗言天下有一人知己無若查孝廉者康熙初開府循州即遣牙
將持三千金存其家另奉書幣邀致孝廉來粵供帳舟輿俱極腆備將度梅嶺吳公
子已迎候道左執禮甚恭樓船簫鼓由胥江順流而南凡轄下文武僚屬無不願見
查先生爭先饋贈筐篚綺囊珠不可勝紀去州城二十里吳躬自出迎八騶前驅千兵
後擁導從儀衛上擬侯王既迎孝廉至府則蒲伏泥首自稱昔年賤丐非遇先生何
有今日幸先生辱臨糜丐之身未足報德居一載軍事旁午凡得查先生一言無不
立應義取之貲幾至鉅萬其歸也復以三千金贈行曰非敢云報聊以誌淮陰少年
之感耳先是苕中有富人莊廷鑨者購得朱相國史概博求三吳名士增益修飾刊
行於世前列參閱姓氏十餘人以孝廉夙負重名亦借列焉未幾私史禍發凡有事

於是書者論置極典吳力為孝廉奏辯得免孝廉嗣後益放情詩酒盡出其橐中裝
買美婢十二教之歌舞每於良宵開讌垂簾張燈珠聲花貌艷徹簾外觀者醉心孝
廉夫人亦妙解音律親為家伎拍板正其曲誤以此查氏女樂遂為浙中名部昔孝
廉之在幕府也園林極勝中有英石峰一座高可二丈許嵌空玲瓏若出鬼製孝廉
極所心賞題曰縐雲閱旬往視忽失此石則已命載巨艦送至孝廉家矣涉江踰嶺
費亦千緡今孝廉既沒青娥老去林荒池涸而英石峰巋然尚存

張山來曰聞吳將軍乞食時好以荻葦于地上判某日及草行字英雄失意而
志不餒如此至其不忘查君之德尤可謂跫然足音矣

虞初新志卷十六終

虞初新志卷十七

清　新安張潮山來輯

紀袁樞遇仙始末

毛際可會侯

康熙庚辰正月廿六錢塘庠生袁樞字惠中夢一長髯頎白者自稱崆峒道人邀以入山修煉三載可證仙籍且戒其弗洩既寤即與同人言及之次夕復入夢云再洩吾言當令汝啞晨起若有人促之行至一畝田果見所夢道人拉之同往倏忽已至關外樞以親老固辭道人投藥一丸恍然入腹遂不能言遇友引歸舉家惶怖中丞張公廉得之知為觀風所拔士詢其始末樞具以筆對憐其貧捐奉十金與之遂下有司補獲大索十日不得其父具呈乞移咨江西天師府七月十七日方得天師移覆外給治啞符二道并仰浙江杭州府城隍司公文中丞公亟傳樞親賫公文詣廟焚之歸即先吞一符覺遍體煩懣骨節有聲夜夢一人手持城隍諭單上書廿六日往請真人矣少頃見道人偕金甲神至城隍延之賓坐道人向樞曰因汝有慝故罰啞一年城隍曰天師文內令其能言若仍啞何以復命道人曰既天師傳命不滿一

年亦宜半載為期然此後仍當慎言耳遂命之歸至廿八日又吞一符以天師符內囑閉七日再服故也八月初一日子時夢人令其發聲即語言如常屈指果及半載赴戟門謝中丞公曰天師來札云為汝建壇作法錄一金甲神來三日有驗今信然矣其事頗涉怪為儒者所不道然昔人謂城隍之神與山川社稷壇等歲時致祀以示國家懷柔百神之意不必實有其人也乃袍服酬對與人世達官無異又世外仙人惝怳難信而樞親見之于城市中城隍目為真人必非妖魅可托至天師奕秩相承數千年來自洙泗外鮮與比盛今以其移覆中丞公者觀之則封號亦不為倖致也然非中丞公重士恤災委曲救拔亦安能使天師建醮遣神若是哉又樞語余云方啞時友人母病危中欲有所叩忽信筆書云丁丑丁丑二人相守五鬼東廂大家撒手其母至丁丑日丑時而歿至今不知其所以然也尤足詫異云

張山來曰天師有如此法力其世寵也固宜

閔孝子傳

吳　晝介茲

閔孝子者湖州之南鎮人年四十餘種田為業少未嘗讀書且性粗魯不恨于族里屋數間阡陌相望晨夕率妻子春若父唯謹父為老諸生年七十又二忽患痰喘藥不效日益篤孝子憂之族里咸勸孝子急治具不聽妻亦勸不聽一日父病霍然又數日受杖脫矣然問者欲得其故孝子作謾語笑謝之人以孝子粗蠢莫之異究其妻亦詰得秘藥活之耳旬日孝子如罹重疾臥牀第呻吟不止狀甚苦妻曰若何為者翁前病誠當憂今病日起憂何為者孝子唯唯呻吟不止如故妻復曰若亦病耶呻吟何為者孝子唯唯復呻吟不止如故妻以為真得疾秘不以示亦以乃翁病新愈懼貽乃翁憂一日晨起猝見其捫心難堪狀妻益疑因伺其寐發所捫處睹之見創大驚促之曰若何為者孝子不能隱徐曰予人子不忍父病之不可救也嘗聞人言親不可藥救者得子心片許雜饘粥啜之可救某日因禱土神前願剖心活吾父夜半吾父呼飲時予引刀刺胸出心割若許納飲中以進不意吾父果霍然也當刺胸時不甚苦割畢創即斂好如未刺時今始不復忍宜秘若勿語其妻乃且聞傷心恐死亟白之醫醫錯愕曰吁是觀安所得藥妻長跽泣請醫不可卻妄出藥塗之去言必死妻亦以為必死泣相向詰朝藥忽迸落創痕俱失所在矣妻喜出望外從孝子詣醫報謝醫復錯愕曰吁是觀安所得活殆有異醫即里中人為偏聞之里中里中人美其里有孝子也具聞之郡邑大夫郡邑大夫上其事大中丞且為孝子旌門賜

旌門日惟其父扶立門左郡邑大夫讀孝子出云先二日已遠去或曰孝子終粗蠢人也頗安從知接見郡邑大夫禮甲辰春予過姑蘇同舟人有從南鎮來者為予言若此惜未詳其名外史氏曰刲股療親古不深許刲割心者哉然孝子故粗蠢能為所難至不計其生又旌門日先期遠去不欲以孝名尚得謂粗蠢哉今世之不粗蠢者大率全軀保妻子耦于自為者也拔一毛以利君親有所不為若孝子者可以風矣

張山來曰割肝刲股世多有之今割心尤奇孝也子夏有言雖曰未學吾必謂之學矣其閔孝子之謂耶

人觚

鈕　琇玉樵

熊公廷弼當督學江南時試卷皆親自批閱閱則連長几於中堂鱗次鋪試卷於上左右置酒一罌劍一口手操不律一目數行每得佳篇輒浮大白用賞心之快遇荒繆者則舞劍一迴以抒其鬱凡有雋才宿學甄拔無遺吾吳馮夢龍亦其門下士也夢龍文多遊戲挂枝兒小曲與葉子新鬭譜皆其所撰浮薄子弟靡然傾動至有覆家破產者其父兄群起訐之事不可解適熊公在告夢龍泛舟西江求解於熊相見

之頃熊忽問曰海內盛傳馮生佳技兒曲曾攜一二冊以惠老夫乎馮跼蹐不敢置對唯唯引咎因致千里求援之意熊曰此易事毋足慮也我且飯子徐為子籌之須臾供枯魚焦腐二簋粟飯一盂馮下箸有難色熊曰晨選嘉肴夕謀精粲吳下諸生大抵皆然似此草具當非所以待子然丈夫處世不應於飲食求工能飽餐糲者真英雄耳熊遂大恣啖咳馮啖飯七餘而已熊起入內良久始出曰我有書一緘便道可致我故人毋忘也求援之事並無所答而手挾一冬瓜為贈瓜重數十斤馮傴僂祗受然意甚怏怏且力不能勝未及舟即委瓜於地鼓棹而去行數日泊一巨鎮熊故人之居在焉書投未幾主人即躬謁馮延至其家華筵奇饌妙妓清歌咄嗟而辦席罷主人揖馮曰先生文章震燠才辨珠流天下之士莫不延頸企踵願言覲止今幸親降玉趾是天假鄙人以納履之緣也但念吳頭楚尾雲樹為遙荊柴陋宇豈足羈長者車轍敬備不腆以犒從者先生其毋辭馮不解其故婉謝以別則白金三百鎰升致舟中矣抵家後熊飛書當路而被訐之事已釋蓋熊公固心愛猶龍予惜其露才揚名故示菲薄而行李之窮則假途以厚濟之怨謗之集則移書以潛消之其豪舉動其不令人易測如此

張山來曰使我為猶龍子則竟作求解技兒矣

泉州府同安之廈門前朝中左所地也順治初為海寇鄭錦所據壬辰我師進勦鄭寇大俘子女而還有騎士挾一婦人於馬上過同安東關婦見道旁有井紿騎士下馬小遺即躍入井騎士窺井大怒連發三矢中婦肩而去越十日有村民薛姓者由村入城行至井邊天甫向曉忽於煙霧中見一婦人韶年麗容身衣碧色短襦腰繫淡黃裙雙趾纖細文履高底迎前泣告曰妾乃廈門難婦王氏也夫死于兵而妾被掠矢志不辱投身東關道傍之井聞君夙有高義幸出我於井拔前鏃尸埋棺井側妾當隨事默祐以報君德薛應曰諾婦忽不見是日薛適有事於縣如意而出因於東關往求井婦宛然在焉偶過博場薛欲驗婦語遂入場下采復獲大勝囊錢還家與子弟話其事即以錢買棺約子弟同至井所出婦尸顏貌如生為之拔前整衣履殯而埋之其地去井丈餘前臨大道又月餘薛夢婦拜謝而言曰妾荷君之義幸獲安葬妾身雖朽而妾心之感君者不朽也陰府憫妾之節命妾香火於此君若為妾立尺五之廟則妾之報君當不止曩昔矣惟君終始之薛覺而驚異次日躬運磚土築成小廟亟以瓣香酬賽自後舉家安順事事獲濟遠近競相傳說不數年紳士商民各致錢鳩大起神宇丹碧輝煥而肖像於中題其額曰王義娘廟入廟莊誠有禱輒應過衣冠不潔或出穢褻語者立致譴責以是土人及往來之客益加敬畏焚叩駢集至今不衰

張山來曰節烈止為一家之事耳陰府猶重之若此況為臣而殉國者乎

事觚　鈕琇玉樵

會稽東南有山曰平水康熙初樵人經其下見一大蛇如蟒蜿蜒澗泥內久之塗附其身樵人釋擔而觀澗旁有洞蛇曳泥而入樵以泥封洞以歸遂不能言與人酬對唯張手作狀而已如是者三年後道前過蛇處陰雲乍合雷雨驟至霹靂一聲有龍從洞中出騰空而去樵人不禁大呼曰向我卷舌不能出聲者正此物為之也於是能言如初

張山來曰白龍魚服自當致困今此龍乃咎樵而啞之殊非理也

荊州馬洋潭有黃姓者樸老而鰥獨為鄉塾師一女名嗣姑生有慧質幼在塾隨父讀書年十四自繡白衣大士懸之室中禮供甚虔一夕忽夢大士呼而語之曰汝父固鄉里善人數宜有子其奈年老何救彼以汝子之因徧撫其體吹以紅丸甫下咽

覺有熱氣如火從胸臆下達兩股間遂脹者七日數然而起則已化為男子矣先是翁以嗣姑許字同里譚姓因往告以此異譚愁詫其妄鳴於官質驗果真乃解姻四方觀者雲集康熙丙辰初夏渭川孫靜菴通過其地亦造門請見嗣姑冠履出迎黛粉之痕未消環猶在耳也孫有句云夢中變化真奇劇紅顏忽作男兒相卸卻羅衫蝴蝶裙博帶寬衣相揖讓見人似有斷含羞珠環小髻猶驚樣

張山來曰男女幻化史家謂之人妖今觀此則正所以彰善也

蒲州于孝廉有愛姬曰紅桃美容止善談諧尤擅名琵琶北地閨閣多嫻此技而紅桃纖指嬌喉攏絃叶曲其調與衆絕異故才一發聲聞者即知為于家琵琶也崇禎末闖寇所至蹂躪河汾閨幃罹禍尤酷孝廉被執闖帥將殺之牛金星見其年韶貌秀且已登科乃為于師而免紅桃亦於此散失不知所往孝廉從金星於軍數月後館之晉王府中會府初經兵燹雖重樓疊閣而棟折垣頹金粉凋落沼荒林敝竹柏傾欹孝廉於最後之宮置一榻焉妖狐晝嘯於庭奇鬼宵窺於牖詭形怪響百態千狀孝廉斯時雖偷息人間實同異域而心念紅桃如醉如癡一切可憎可怖之境朝置度外矣又踰一載聞兵進逼京師列營保定城北亦居殘冬衆同戰集孝廉與牛于

共一行帳薄暮雪下愈甚二鼓初罷孝廉啟帳小遺四望皎然隱隱聞琵琶聲觸其風好遂跣足踏雪潛行求之越數十行帳獨一帳有燈聲從帳出俯而諦聽是耳所素熟者大慟一聲身仆深雪不能起帳中人疑其奸細縛入帳識為金星西席乃釋而詢其故孝廉曰家有小姬素善琵琶兵間散去已逾二載顧見之私雖寐不忘今宵萬籟俱寂清調遠聞恍出吾姬之手不勝悲痛干觸麾下踈狂之咎尚期宥之帳中人亦豪者慨焉出姬相見果紅桃也乃復行酒列炙俾孝廉與姬歡飲達旦明日言於金星以紅桃歸孝廉仍遣二騎送回滿州孝廉入　本朝以揚州通判終

張山來曰孝廉之念舊帳中人之還姬均足千古

徐州李蟠以文望雄於鄉跌宕自喜其家去州城一二里有趙翁者所居之村與李村相望晨夕往來無間也趙翁頗饒於貲小築數十楹外周以垣中分兩院而空其半欄楯曲折花木幽深忽一日有美髯老人從空屋中曳杖而出自號豹仙顏如童孺衣冠甚古長揖趙翁偕入其室則屏幃之麗几案之精皆非素有翁顧視駭愕豹仙曰老夫生無氏族居無井里所至之地安即為鄉昨從天目天台渡江而北遍訪幽棲曾無愜意適見君子別館絕遠囂塵暫稅妻婢於此當圖啣珠之報用酬割宅

之惠幸無訝也言未既美姬漸次出見焚香於爐瀹茗於盌更侍遞進光艷照座豹仙笑指諸姬曰此皆老夫養生之具矣趙翁告退念其禮意既殷談論復雅相忘怪異時與親暱暇則輒相過從豹仙自言得道漢時市朝屢變轉瞬間不覺千有餘歲輔有狐氏八仙從侍巾櫛紅粉四班命曰陰獵踰月則遣一班於三百里外媚人取精挹彼注茲合同而化運之以氣保之以神延生之術實由於此趙翁度其心能前知因叩以吉凶禍福無不奇中漸傳鄉曲咸以真仙奉之蟠獨不信一夕痛飲極醉直造豹所大呼妖孽數其惑衆之罪豹則斂已避去其室闃如而蟠仍毒詈不止也趙翁隔院聞其聲亟往譯勸令僕夫乘月扶歸明日豹仙復見趙翁曰吾友無狀深獲罪於老仙醉人當恕幸無較焉豹仙曰此君天祿甚高老夫輩法當迴避計其年踰三十當魁天下四十六歲位至三公但其生平有二隱事實傷陰德致干天罰且性近鬼蹤功名雖顯不免海隅或至遠謫若老夫則跡本萍浮呼當馬應既被謾駡無庸留滯矣辭別出門有頃過覘其居鳥語在簷落紅滿地依然一空院也他日趙以二隱事詢李李嘿而不悅似有悔咎之色康熙丁丑蟠果狀元及第尋以事去官

張山來曰八狐媚人取精則豹仙非豹直老魁耳李公有如許膽識其大魁也固宜

天津徐續其素嗜方伎縱酒落魄康熙初偶有江淮之行道經山東古廟忽聞廟中大呼徐續真救我乃解鞍小憩又聞呼之如前入廟遍視並無一人唯有一大鐵鐘覆地語出鐘內徐問曰汝是何怪而作人語且呼我望救耶鐘內語曰上古猿公黃石老曾從學劍我即其裔也以劍術之疎誤傷良善蒙上帝譴責因此鐘已百有餘年今限滿當出幸君開之徐曰我無千鈞之力豈能獨發此鐘鐘內語曰不勞君手發也君但去鐘上十二字我即出矣鐘體泥封篆文皆滿取石鑿磨有頃去盡鐘內語曰可矣然須速走稍遲半刻不無與君有害徐遂跨驢疾行二三里回望來處雲霾風暴響若山崩遙見大白猿從空飛墜叩首驢前倏忽不見徐生南遊來歸乃遂都下天街夜靜明月滿戶聞剝啄聲甚急啟戶納之則年少書生儀容妍雅再拜稱謝而曰余濟南之鐘囚也賴君拯拔之恩得超沈淪之厄上帝赦其夙愆仍還仙秩感君厚德沒齒弗諼念君志切鼎鐘學於圖讖今於天府竊得道書三卷投君以申環珠之報必於一夕藝燈舉抄慎毋緩也出書置几匆匆辭別徐生展閱第一卷其文如論語孝經曰平平無奇耳展閱第二卷其文如陰符鴻烈曰此亦不足習

也展閱第三卷其文皆言吐火吞刀之秘徵風召雨之奇乃大喜曰我所求者正在如是遂亟錄之天甫向曉而少年已至窺徐意在末帙色若不懌者嘆曰我所以報公者豈謂是乎第一卷具帝王之略第二卷成將相之才第三卷術數之書耳用之而善僅以修業用而不善適以戕生然緣止於此當可奈何言未既人與書俱失矣徐原籍山陰自獲書後嘗以其術試於故鄉或捉月於遠燈之暗室或揜雷於雲敲之晴霄以法為戲取薄酬而資飲食一日飲酒大醉時值炎暑袒而坐於門適涼颸驟起向空書符招之入袖良久不放怒觸風伯於袖中大吼破袖而出雷火繼之膚髮焦枯隨以斃焉又康熙庚申高州大旱有瓊山諸生黃賓臣者自言得奇門九傳有司往請之賓臣結壇觀山寺披髮仗劍以目視日竟日不下一睫天果微雨始躬烈日如故有司誚其左道無驗賓臣於是由觀山遷壇於梵祥寺登浮圖第四層上下左右悉封以符謂觀者曰明午必雨但從東南來則吉否則當有性命之憂因作書與家人訣明日未時烈日中狂風大作賓臣謂其僕曰雨從西北來不祥爾當速去其僕甫下塔霹靂一聲雨如注有老人見一麻鷹口含火丸從塔頂飛入霹靂再震賓臣顛仆塔外右背一孔如錢血涔涔流不已而死此皆素無修道之人妄習

褻天之術宜其干神怒遭冥誅也

張山來曰猿公既言用而不善適以戕生何徐君之不謹耶

順治十年三月龍谿老農黃中與其子小三棹一小船往漳州東門買糞泊船浦頭浦傍廁糞黃所買也父子飯畢入廁擔糞見遺有腰袱一具携以回船解袱而觀內有白金六封黃謂其子曰此必上廁人所失者富貴之人必不親自腰纏若貧困之人則此銀即性命所係安可妄取我當待其人而還之小三大以為迂爭之不聽悻悻回龍谿黃以袱藏船尾約篙坐待良久遙見一人狂奔而來入則周視徨傍號慟情狀慘迫黃呼問故其人曰我父為山賊妄指現繫州獄昨造謁貴紳達情州守許以百二十金為酬今鬻田宅乞親友止得其半待州守許父保釋然後拮据全饒事乃得解故以銀袱纏腰入州因急欲如廁解袱置板心焦意亂結衣而出竟失此銀我死不足惜何以救我父之死乎言訖淚如雨下黃細詢銀數與袱色俱符慰之曰銀固在也我待子久矣挈而授之封銀如故其人驚喜過望留一封謝黃黃曰使我有貪心寧肯辭六受一揮手使去是時船糞將滿而子久不至遂獨自刺船歸行至中途風雨驟作艤棹荒村之側村岸為雨所冲洗轟然而崩露見一甕錫灌其口黃亦不知中有何物但念取此可為儲米器然重不能勝力舉乃得至船須臾雨霽風和月懸柳外數聲欸乃夜半抵家小三以前事告母兩相怨詈黃歸扣戶皆不肯應黃因誑云我有寶貝在船汝可出共舉之子母驚起趨船月光射甕頭如雪手舁而上鑿錫傾甕果皆白鏹約有千金黃愕然悟集鹿之非夢矣黃之鄰止隔葦牆臥聽之夫婦切切私語甚悉明日以擅發私藏首於官龍谿宰執黃庭訊黃一無所諱直陳還銀獲銀之由宰曰為善者食其報此天賜也豈他人所得而問乎笞鄰釋黃由是還家入城遂終享焉

張山來曰先王父亦有還金事事載江南通志中先君亦因行善事媿我輩不能繼述日趨貧困唯有委命自安而已

物觚

鈕琇玉樵

歲當夏秋之交　上嘗巡幸口外康熙四十年七月駕至索爾哈濟有喇里達番頭人進彩鷂一架青翅蝴蝶一雙　上問此二物產於何地頭人同奏生穹谷山中鷂能擒虎蝶能捕鳥天顏大喜賜以金而遣之又駐蹕鄂哈密圖屯有蒙和諾蛇哈密獻鱗草一方奏云此草產於鳴鹿山雷風嶺自利用元年至今止結數枝必俟千

月乃成非遇聖朝不易呈瑞

姑蘇金老貌甚樸而有刻棘鏤塵之巧其最異者用桃核一枚雕為東坡遊艇舫之形上穹下坦前舒後奮中則方艙四圍左右各有花紋短窗二可能開闔啓窗而視一几三椅巾袍而多髯者為東坡坐而倚窗外望禪衣冠坐對東坡而俯於几者為佛印師几上縱橫列三十二牌若搜抹者然少年隅坐橫洞簫而吹者則相從之客也舫首童子一旁置茶鐺童子平頭短褐右手執扇傴而颺火舫尾老翁椎髻芒鞋邪立搖櫓外而枕篙蓬纜之屬無不具也舫艫唇纂之形無不周也綢測其體大不過兩指甲耳康熙三十七年春江南巡撫宋公家藏一器左側窗啟無有能修治者聞金老名贈銀十餅使完之金老曰此亦我手製也世間同我目力同我心思伏思巧而氣不靜氣靜而神不完與無巧同我有四子唯行三者稍傳我法而未得其精況他人乎

張山來曰氣靜而神完非深于莊子者不能道

山東文登縣僻在海隅其瀕海之地於康熙二十二年秋有怪物出入其間居民互相驚告以為鬼至每日向夕輒閉門塞戶如是兩月不得已而聞於縣縣宰之僕高忠勇敢有大力告其主曰海怪擾民家不貼席此吾主之事而亦即忠之事也願賜良馬一匹銛鎗一枝忠能除之宰如所請忠即跨馬伏鎗獨至海濱新月初作平沙如雪比至二鼓見一藍面鬼身長一丈有餘角枝牙毛肱鱗背生於沙上列炬熱雞五隻濁酒十瓶攫獻獨酌運掌若扇忠馳馬直前以鎗擬其肉角鬼驚竄入海忠遂據其坐取雞釃酒神氣益壯少頃海水湧立前鬼騎一怪獸隨波而出舞刀迎鬭相持久之忠乘間鎗刺其腹鬼遺刀而遁忠拾刀還懸其上有雁翎刀三字宰命收貯縣庫於是瀕海之怪遂絶

東粵省城甜水巷旗人丁姓者入市買一溺器命童攜歸置於臥牀之側夜起小遺而壺口閉塞且舉之頗重就月視之口內外皆黃蠟封固丁以石碎之忽見三寸小黑人跳躍而出頃刻間長八九尺身衣黑色布袍手持利刃入室登牀將殺丁婦丁隨於牀頭拔劍格鬭至雞鳴時黑人倏然而隱次夕更餘復見燈下丁仍揮劍逐去越十餘日其鄰余秀士之妻告丁婦曰我聞五仙廟法師善治妖盍往求焉是夜黑人竟奔秀士家大聲詈曰我與丁婦有三世夙冤之冥界其父母兄弟死亡無遺唯此女在耳將盡殺以雪我冤何與汝事而令遣妖道驅我為我碎其日用器物慎

憤出門遂不復見丁婦自是無恙

張山來曰報仇而隱于溺器中亦可謂破釜沉舟而卒不能報徒遂於其願何也

康熙壬申癸酉兩歲西安洊饑斗米千錢道殣相望渭南縣民趙午鬻其子女已盡家有一母一妻無所得食攜其釜甑就衆湖廣趙以其母老而善飯常生厭棄之意其婦王氏事姑至孝隨侍益謹癸酉四月行至商州山中午謂婦曰老母步履艱難汝負擔先行俟我扶之徐走婦是其言遂於前途息肩以待午任奔追及婦問姑何在午曰少頃即至矣婦怒曰龍鍾老人何以令其獨走以擔授午仍回舊路覓姑午掌摑其婦數十攜擔竟去婦回至一僻所見其姑面縛於樹以土塞口氣將絕矣婦亟解姑縛摳口出土捧泉水灌之乃甦傴僂負姑行二里許其夫已為虎噬攫殘衣殘骨狼藉婦視而啼曰天乎趙午大逆遭此虎暴非死於虎死於神也道傍聞者無不嘆息稱婦之賢而快午之斃是時商州守戴良佐散賑龍駒寨婦負姑行久色狀餒瘦適經寨下戴守召詢得其詳厚賜以金令婦還渭南奉姑慼泣而歸

英德縣舍洸司有獵人負弓弩射於山適雷雨驟至隱身箐篠遥見數武外老樹上盤繞巨蛇長十餘丈首大如甕迅雷轟轟將迫蛇蛇仰首吐火上衝紅光如彗雷漸引去少頃雷聲甚怒復迫蛇蛇復吐火敵雷獵人惡其猛毒彀弓發弩中其尾蛇首擲縮霹靂大震蛇遂擊死而獵人亦驚仆矣聞空中有語之者曰無恐當即甦也良久清醒還家家人見其背有朱書代天除暴延壽二紀八字浣之不去此康熙辛酉四月間事今距射蛇時已二十餘載英德人言其雄健猶昔蓋天錫之齡固未艾也

余同學友王仔衡言其親某以紅紙作筒封錢三錢致賀婚家婚家遂錢折筒展視忽變為小蝦蟆一頭眼若點漆通體白如水精瑩潔空明骨臟俱見躍然從紙筒躍出捕而藏之篋晨夕翫弄閱三日失去廣州陳宏泰貸錢於人而徵其息其人將鬻蝦蟆萬頭以償宏泰睹而心惻命悉放之江中遂與其人焚券數月後騎行夜歸路間有物光燄閃爍驚馬不前視之乃尺許金蝦蟆也取以還家自此益致饒裕夫金銀本無定質變易不常故其聚散每因人心以為去留天下之溺於富貴者取之既非以義守之又無其道而欲據為子孫百世之業不亦傎乎

張山來曰若蝦蟆不復化去則尤甚阿堵物也

名捕傳

姚□伯祥

全璧玉伯發孝廉自言丙午偕計至德州見道旁有捕賊公當與州解相謑詬之云放馬賊盡劫上供銀若干追之則死賊手不追則死坐累各相向叫天泣數行下然賊馬塵尤處猶目力可望也忽有夫婦兩騎從他道來諸捕咸驚相慶曰保定名捕至矣當無憂也諸捕控名捕馬問何從來言夫婦泰山進香耳然名捕病甚俯首鞍上其妻亦短小好婦人以兜羅覆面手抱一嬰兒諸捕告之故哀求相助名捕曰賊幾人曰五人曰余病甚吾婦往足矣婦搖手我不耐煩名捕嗔罵曰懶媳婦今日不出手衹會大坑上搏老公耶婦面發紅便下馬抱兒與夫更束馬肚結簿褙褲振臂袖中刀長二尺許光若鏡也夫言將我箭去妻曰吾彈固自勝言未訖身已在馬上絕塵而去諸捕皆奔馬隨之須臾追及賊騎婦人發聲清亮順風叫賊曰我保定名捕某妻為此官錢故來相索宜急置毋審我丸也賊言丈夫乎乎化猶敢爾賊發五弓射婦婦從馬上以彈弓撥箭箭悉落地急發一彈殺一人四人拔刀擬婦婦援戰揮斥如意復斫殺一人三人懼少却婦更言曰急置銀拜兩尸去俱死無益也三人下馬乞命置銀以二屍鋪馬上而逸未幾諸捕至舁銀而還比婦猶據鞍奉常吾刀藏之下馬偏拜諸捕曰兒子着刀不健縱此三寇要是貂襦使俑耳州守為治酒宴勞五日而去姚伯祥曰此昔伯發口授予予為之記所謂舌端有寫生手也

南遊記

孫嘉淦　錫公

遊亦多術矣昔禹乘四載刊山通道以治水孔子孟子周流列國以行其道太史公覽四海名山大川以奇其文他如好大之君東封西狩以蕩心山人羽客窮幽極遠以行怪士人京官之貧而無事者投刺四方以射財此遊之大較也余皆無當焉蓋余之少也溺於名利而中無所得不能自適每寄情於山水既登第授館職乾繫都門非所好也己亥之夏以母病告假歸省其秋遂丁母艱罔極未報風木餘悲加以荊妻溘逝獨子夭殤不能鼓盆幾致喪明學不自遇為境所困欲復寄跡山水之間聊以不永懷而不永傷焉詩云駕言出遊以寫我憂此之謂也庚子秋東裝襄東抵晉陽繫舟石室之山憩旦難老之泉柳溪汾晉之水圓通白雲之觀浮沉其中者累月東出故關道井陘過真定歷清苑觀背水於獲鹿食麥飯於滹沱望恒岳於曲陽訪金臺於易水仰伊祁於慶都思軒轅於涿鹿已而北走軍都臨居庸登天壽東浴湯泉遂至漁陽上崆峒下五田涉盧龍懷孤竹浮沉其中者又累月家世塞北今到邊西三過風景約略相同時值冬春層冰皚皚飛雪千里叢林如東陰風怒號不自

知其悲從中來也因而決計南行返都中治裝適吾友李子景運不得志於禮闈遂
與之偕辛丑二月二十四日出都此吾南遊之始也都中擾攘蹀躞如霧出春明
門覺日白而天青過盧溝橋至琉璃河盧溝者桑乾也琉璃河者聖水也南有昭烈
故居又有酈道元宅注水經之所也南至白溝昔宋遼分界之處南至雄縣有湖一
望烟水瀰漫極浦橈帆雲中隱現亦河北巨觀也過任邱有顓頊氏之故城南至於
河間九河故道湮滅不辨滹沱易清衛漳潞衛高交淇濡皆經其境以入海府昔曰
獻縣昔河間獻王之都南出阜城至景州景州古條地周亞夫封於此有董家里仲
舒下帷之所也東至德州入山東境州城臨運河船桅如麻南至平原昔謫徒貴參
毛公薛公以及東方生管公明皆奇士今得毋有存焉者乎平原君廟内有顏魯公
碑惜匆匆過未見也東南至齊河自涿州背西山而南七日走九百里極目平曠至
齊河始見山齊河水清抱縣城如碧玉環石橋跨之兩岸桃柳新綠嫣紅臨水映發
爲徘徊橋上者移時南四十里曰開山遂入山途中矯首欲望東嶽而適微雨雲山
歷亂時於雲外見高峯以為是矣曾不數里又有高者午後見一峯甚高怪古突起
煙嵐擁護謂必是矣已而川勢東開山形北轉遠而望之更有高者益余從泰山之

北來午前見背午後見脅至泰安州始當其面而又值雲封故終日望而未之見也
次早欲上土人云不可山頂有娘娘廟領官票而後得入票銀人二錢曰口稅夫東嶽
自有神所謂娘娘者始於何代功德何等愚民引夫婦奔走求福為民上者既不能
禁又因以為利不得已亦領票得票欲上人又云不可山之高四十里窮日乃至其巔
茲向午已過且天陰下晴上猶陰下陰上必雨雨濕風冷請以異日因而觀城中之
廟廟去城之南門二百步許而以北城為後垣一城之中廟居大半殿階墀多古栢
云漢武東封時所植階墀有碑其文曰磅礴東海之西中國之東參穹靈秀生同天
地形勢巍然古者帝王登之觀滄海察地利以安民生祝曰泰山於敬則致於禮則
宜自唐加神之封號歷代相沿至今曩者元君失馭海內鼎沸生民塗炭予起布衣
承上天后土之命百神陰祐削平暴亂正位稱職奉天地享鬼神以依時統一人民
法當式古今寰宇既清特修祀儀因神有歷代之封號予起寒微畏不敢效益神與
穹昊同始靈鎮一方其來不知歲月幾何神之所以靈人莫能測其職受命於上天后
土為人君者何敢與焉懼不敢加號特以東嶽之神名其名依時祭神惟神鑒之洪
武三年六月二十日可謂辭嚴義正矣廟中望山頂如屏風中挂白練問之人曰南

天門也因與景運約起二更奮勇急趨雞鳴至其巔可觀滄海日出也如約起遙見火光
明滅高與星亂至則皆貧民男女數千宿止道旁然炬以乞錢救寒矣而民鮮恥可慨已
山足曰紅門紅門以後路皆石階時聞階旁澗有水聲四更至迴馬嶺階級愈峻如行
壁上雞鳴至玉皇廟謂至頂矣導者笑曰甫半耳因少憩黎明緣澗水度石橋見兩峯
對立中有瀑布時宿雨初晴朝光澄澈山嵐護石松翠浮空瀑流飛響清心韻耳磴道
從西峯上有碑題曰五大夫松碑下仰望見兩峯之頂高插煙霄心竊擬謂此山巔也舉
登久之迴首遐眺見松山頂在屐足下昨所望見諸峯在松山下齊魯數千里之山又在諸
峯下益已飄飄凌雲矣不意峯迴路轉更見高峯天門之峯無點土亦無寸草石脈
長而廉隅四出駢植聚簇皺若蓮菊磴道直上十里乃城中所望若白練者益吾從碑下
望松山似高於城中望天門今於此地望天門實高於碑下望松山道旁石上刻四大
字曰仰之彌高其信然矣磴列鐵柱中貫鐵索援索而登抱柱而息此磴道盡又無所見
益下望天門乃其絕頂既至其上又有高峯擁蔽焉紆迴躋躡見所謂娘娘廟者在泰
觀峯下正殿五間而三門皆有銅柵門內金錢積深二三尺堂上有三銅碑明末大璫所
鑄餘無可觀東廡廊下石柱中斷余坐其上而休焉俯視有字拂拭辨之則李斯篆也

其文曰咸德丞相臣斯臣去疾御史大夫臣德昧死言臣請具刻詔書金石刻因明
白矣臣昧死請制曰可篆法高古秀勁非漢晉人所能及廟後石壁高十餘丈唐摩
崖碑在焉崖西洞中有泉甘冽崖後上里許登泰觀峯乃泰山之巔也舉頭天外俯
視寰中浩浩茫茫四無涯際東見青營負山阻海北顧塞垣横亘萬里河朔諸州星
羅棋布循大行而西中洲之沃衍咸陽之阻隘皆可指數黄河由華陰走兗徐瀠環
若衣帶嵩山二室如兩卷石淮陽之間一望平蕪登泰山而小天下果不誣也峯巔
有殿庭中石屹起高古者金泥玉檢丈餘封於此門前石表始皇所建高二丈餘而
無字日觀在東月觀在西高皆與泰觀等古蹟名勝不可徧觀遂下至松山而少
憩回思三觀如在天上又下見朝陽洞石穴幽邃又下見水簾洞流水懸巖下至山
麓見一巨人與之壯立翹足伸手而不能攀其頂古有長狄在齊魯之間豈其遺種
與次早由泰安趨曲阜曩在山上視泰安城如掌大汶水一綫環於城外但條若堵
蹲於汶上出泰安城不見水與山也行五十里見大河廣潤乃汶水也又五十里見
宗山巍峨乃徂徠也相去百里而俯視不過數武其高可想矣徂徠之西曰梁父對
峙若門從門南出平曠沃衍泗水西流孔林在泗水南洙水在孔林南曲阜在洙水

南沂水在曲阜南孔林方千餘里其樹蔽天其草蔽地至聖墓有紅牆環之牆中草樹愈密仔細叢濃側不容人而景色開明初無幽陰之氣至聖墓崖者草碑曰大成至聖文宣王墓西偏小屋三間顏曰子貢廬墓處東南有泗水侯墓正南有沂國公墓牆東南有枯木石欄護之子貢手植楷也旁有楷亭其北有駐蹕亭人君謁墓更衣之所門外有洙水橋橋南高阜一帶闢其東南為門門距曲阜城可二里道傍植檜行列甚整蔽日參天皆數千年物也入曲阜之北門路東有復聖廟廟前有陋巷巷南折而西則孔廟之東華門也廟制如內廷宮殿而柱以石為之蛟龍盤旋乃內廷所無至聖與諸賢皆塑像石刻至聖像有三車服禮器藏於衍聖公家聖公入覲不可得觀殿南有亭顏曰杏壇古杏數株時值三月杏花正開壇南有先師手植檜高三丈而無枝丈皆左紐子貢之楷雖不腐而色枯此則生氣勃發焉大門內外豐碑無數南有高樓曰奎文閣閣南門下漢魏之碑十餘皆額尖而有圓孔門外有水上作五橋橋南有門門外有柵自殿庭至柵內蒼松古柏虬龍蟠屈不可名狀泰安漢柏人不足道矣吾於是驚然興也夫孔子者天所獨生以教後世者也考其生平三歲喪父七歲喪母中年出妻晚年喪子夫哀死而傷離寧獨異於人哉今觀志學

一章七十年內日進月益不少退之窮而少假其功蓋其自待厚而所見有大焉者矣余乃戚戚欲以身殉何其陋也詩有之曰高山仰止景行行止雖不能至然心向往之曲阜東南有九龍山其南曰馬鞍山兩山之間松楸茂密者孟林也林南為鄒縣縣南有孟廟廟左有宣獻夫人祠夫人者孟母也滕縣在鄒南地平曠可以行井田滕南有嶧山始皇刻石其上嶧東有陶河過陶河至邳州下邳乃子房擊秦後潛匿之所又項籍者下相人也下相在邳州昔曹操決水灌呂布於下邳今其城在山不可灌矣余徘徊其地求下邳下相之故城及圯橋進履之所而土人皆無知者邳南有落馬湖黃河所溢也湖南曰宿遷宋人遷宿於此又南曰桃源黃河之北岸也河自山天門走平陸無高下阻激之所而馳波跳沫洶湧澎湃其猛鷙迅疾天性然也南至清江浦黃河南曲運河北曲兩河之間不能一里而運低於黃數十丈河性衝突設有不虞淮陽其為魚矣淮安城西有韓侯釣臺當淮陰未遇時忍飢釣魚城下誰過而問之及其雲蒸龍變向之落魄皆為美談英雄成敗有時若此類湮沒而不稱者可勝道哉淮安南曰寶應寶應南曰高郵地多湖四望皆水高郵以南始見田疇江北蒼莽似河北之盛見草長成茵麥秀成浪花膝餘紅樹擬添綠風景固殊

焉南至於揚州揚州自古繁華地當南北水陸之衝舟車輻輳士女遊冶業以豔商聚處僭擬無度流俗相效競以奢靡此其弊也城內無可觀隋宮迷樓二十四橋之勝蹟今皆不存瓊花觀內止餘故址城北有天寧寺謝東山之別業也其西偏曰杏園余嘗寓杏園之僧舍竹樹蓊鬱池臺清幽想見王謝風流杏園東曰虹橋園亭維列水次遊人棹酒船於其中虹橋之北則蜀岡也歐陽文忠公建平山堂於其上堂右有大明寺井昔張又新作煎茶水記謂揚子江中冷泉第一惠山名泉第二虎邱石井第三丹陽寺井第四揚州大明寺井第五即此是也東至於泰州昔韓魏公知泰州夢以手捧日者再今其州堂猶顏曰捧日南至於瓜州遂渡江揚子江闊而清含虛混碧上下澄鮮金焦在中如踏鏡面金山四面皆樓閣環繞層累覩粧刻飾適望焦山林木青蒼土人云焦山山裹寺金山寺裹山惜余未上於焦止見山於金止見寺而已過江由小河入山至鎮江府鎮江古京口四面阻山形格勢禁以臨天塹實南北必爭之地孫仲謀始都此築城名曰鐵甕府城其遺也南至於丹陽閘有練湖而未見東南至常州古延陵地吳季子之所居俗在三吳為淳樸至丹陽西見山綿亘百餘里至無錫曰九龍山其南峯曰惠山惠山之東曰錫山峯巒皆秀麗登惠

山飲石泉清冽而甘且厚下視無錫羣山拱峙衆水環流名酒嘉魚美稻之饒樂土也昔泰伯讓居於此惠山之南曰夫椒夫差敗越之所也夫椒之南曰陽山越敗夫差之地也陽山以南羣峯列峙巍然而蔥鬱者曰穹窿陵支硎元墓上方諸山也靈巖之東樹林陰翳有秀出於樹中者虎邱也虎邱南六七里蘇州城也姑蘇控三江跨五湖而通海閶門內外居貨山積行人水流列肆招牌燦若雲錦語其繁華都門不逮然俗浮靡人誇詐百工士庶殫智竭力以為奇技淫巧所謂作無益以害有益者與虎邱小而奇外望一土阜而中有洞壑路旁巖下有泉曰憨泉泉側有石中裂若劈試劍石也曲折而上一大磐石平鋪數百步千人坐也四圍奇峯峭拔若削北闢一竇中有清池劍池也劍池之西又闢一竇窈窕幽奇而亦有池虎邱石井也劍池之東有亭可中亭也亭下池上大刻虎邱劍池顏魯公書也入刻生公講臺李陽冰篆也登虎邱而四望竹樹攤什芙蕖覆水濃陰沉綠天地皆青然賦稅重民不堪命焉靈巖秀而高上有西施洞山巔有奇館娃宮之故址也門據橫石內闢清池殿西有巖流泉四出迴廊曲檻周於巖上人有二池焉其清爽幽奇令人樂而忘返絕頂石上刻曰琴臺登琴臺臨太湖太湖周八百里包衆山於其中水清色白長風一吹

波與山同七十二峯下隱約窺於銀濤雪浪中滴翠浮青宇內奇觀也南出吳江由藍溪至浙東嘉杭之間其俗善蠶地皆種桑家有塘以養魚村有港以通舟麥禾蔚然茂於桑下靜女提籠兒童晒網風致清幽與三吳之繁華又別矣出藍溪至塘棲夾河左右遠望皆山而南一帶尤高大而清蒼者則西湖上之諸峯也南至武林門捨舟竟入城內出候潮門至江口一望浩渺大不減揚子而色與黃河同則錢塘江也錢塘西湖之勝自幼耳熟既見江急欲至湖上居人曰遊西湖者陸輿而水船余曰不然江山之觀一入輿船則不能見其大且異境多在人蹤罕至之處輿與船不能到也因步行登萬松山而望西湖一片空明千峯紫翠冠山為寺架木作亭樓臺煙雨綺麗清幽向觀畫圖恐西湖不如畫今乃知畫不足以盡西湖也過松嶺渡長橋至南屏南屏之山怪石攢列下有古寺所謂南屏晚鐘也北曰雷峯有塔高而色紫所謂雷峯夕照也西曰蘇隄從南抵北作六橋以通舟植梅柳於其上所謂蘇隄春曉也隄西有園亭引湖為沼以畜魚所謂花港觀魚也隄東有洲旁有三塔影入洲中所謂三潭印月也潭北有亭翼然水面者湖心亭也亭北突起而韶秀者孤山也山有紫垣繚繞者　行宮也其東直抵杭城者白隄也蘇隄縱而白隄橫孤山介兩隄之勝焉其西有岳武穆廟廟外鐵鑄秦檜夫婦而其首為人擊碎嘗讀史至國家興亡之際不能無疑於天也當武穆提兵北伐山東河朔豪傑響應韓常內附兀朮外奔使其于秦檜以暴疾假武穆以遐年復神州而返二聖至易易耳而顧不然待其人之云亡邦國殄瘁易代而後乃復祀武穆而繫檜豈天心悔過而假手於人以義前愆耶抑天終不悔而人奮其力與天爭耶人之言曰善惡之報不於其身必於其子孫今聞秦氏滅而岳氏式微此又何說焉使天下好善而惡惡人之好惡之心何由而生也天之好惡既與人同胡為誤於其身復誤於其子孫而終不悔耶嗚呼此其故聖人知之矣昔者聖人之作易也君子長而小人消曰泰小人長而君子消曰否運之有否泰數也天之所不能違也非小人得志而害君子則運不成故萬世之人心好君子而惡小人者天之理之常一時之氣運福小人而禍君子者天之數之變萬物之於天猶子之於父臣之於君也龍逢比干其君不以為忠申生伯奇其父不以為孝孝子不敢非其親忠臣不敢懟其君而於天又何怨焉廟西有墳內有二塚武穆王與其子雲也墳南亭臺臨湖結搆朱欄碧檻與綠水紅蓮相掩映所謂麯院風荷也初在南屏望湖路人指曰高而頂有塔者南高峯也其遠與高同者北

高峯也茲由岳墳而西道出北高峯下路旁皆山蒼松翠柏巖岫連雲林中徐步忽見清溪白石磷磷落花沉澗鳥語如簧心中恍惚莫有所遇沿山深入見一村落酒帘樹間茶棚竹下路西有坊題曰飛來峯過坊而西乃見奇峯特峙流水環周洞在山腹橋當洞口度橋入洞巖鑿空幻石骨玲瓏乳泉滴瀝積而成池洞頂怪石如古樹倒垂雲霞橫出孔穴貫串八達四通或巨或細或暗或明出洞西行溪邊巖下石皆奇秀卓立林間者往往與松竹爭長山側有放生池池上有冷泉亭高峯插天修篁蔽日流泉清池環亭左右盛夏正午冷落深秋亭北有寺扁曰雲林未暇入也過寺而西小園別墅布置佳勝縱目流覽忘其路之遠近幽林密箐曲折其中有時仰望不見天日心中驚疑不知誤入何境欲一借問而深山無人林間企望見一僧度嶺而去因亦至其嶺上天風南來微聞鼓樂之聲尋聲覓路忽見一片瓦礫屋壞牆存土焦石黑路聞人語云天竺新遭回祿見此乃悟身在天竺峯也當是時日將暮予見天竺寺既已燒殘又四圍幽邃深林不類人境懼其為虎豹之窟穴山魈木魅所往來因返復至飛來峯下尋前所見村落而歇焉次早復至飛來峯不入洞而登其巔遠望旭日出海江潮湧金曉霧成霞山嵐抹黛景色變幻林壑怪奇自疑此身或恐飛去昔韓世忠忤秦檜解官攜酒日遊西湖建翠微亭於飛來峯上惟斯人也而後稱斯山也下飛來峯復至冷泉亭問所謂靈隱乃知扁雲林者即是也時值四月八日寺於此日齋僧遠近僧來者甚衆本寺住持披法衣上堂講經其大和尚曰諦暉年可九十餘矣巍然據高座首坐二人侍者八人其下行列而拜跪者可三百衆比邱與比邱尼咸在其威儀俯仰皆閑謹獨惜所講無所發明即成書而誦之其下不必盡聞聞者不必盡解徒聽侍者拜云則拜起云則起而已嗚呼佛法入中國千餘年矣愚民絕其父子之天性飲食男女之大欲而為僧自宜求成佛而佛又必不可成不成佛而徒自苦奚取於為僧且此堂上堂下說法聽法諸衆非不自知然本誠誦隨人跪起之不可以成佛然而必為此者蓋有所不得已也貧無所養不能力作因削髮而為僧而天下之愚夫愚婦非為殿宇莊嚴戒律威儀以聳動之不能發其信心而得其布施故此濟濟而楚楚者名為學佛實為救飢計也井田久廢學校不興彼既無田可耕又不聞聖人之道以為依歸窮而無所復入其為僧無足怪也歐陽子曰佛法入中國乘吾道之廢缺而來韓子曰明先王之道以道之鰥寡孤獨廢疾者有養也則亦庶乎其可也飛來峯之東南有三天竺再入有中天竺再入有上

天竺乃昨所睹燒殘者男女雜襍猶在瓦礫場中燒香也出天竺而南至于忠肅公
之墳陽明先生題其門曰赤手挽銀河君自大名垂宇宙青山埋白骨我來何處哭
英雄于墳之南南高峰也峰南度一嶺而西石壁嵯峨下有巖洞陶復陶穴曰石屋
西上里許有水樂洞兩洞竝列一有水而一無從無水者入與有水者通其水塞洞
砰磅訇磕而至洞口即入地從不流出洞外亦一奇也又西上烟霞嶺極目皆山幽
深奇偉更過於靈隱天竺之間問之人云此中名山古刹甚多屈指不能數其名累
月不能窮其境吾始知吾之足力不能偏至也而遂還次日同年蘇耕餘載酒船相
邀予以湖上之景未偏觀也與之出清波門城下多柳而白隄多橋所謂柳浪聞鶯
斷橋殘雪也循白隄復至孤山入　行宮　行宮之制甚奇複閣重廊周廻相通鑿
石為基削巖成壁引水成池植花成幄橋水磴山至於後宮殿在山上合巖石於殿中
注清泉於座下一室之中而山水之觀畢具左右高樓近挹湖光遠吞山色如登玉
霄金闕而望十洲三島之仙蹤也放鶴亭在　行宮東北古梅巨石清雅不群惜亭
殊巨麗不似當日處士風流下亭復登舟遶孤山之背至昭慶寺而還於湖中之景
不能十一而已暮矣予益信轎輿船之不能遠到而遊西湖者未盡見西湖也留數

日遂渡江而東錢塘江中亦有兩山彷彿金焦遙望海門屹然對峙惜時非八月不
能觀大潮渡江至蕭山蕭山有湘湖產蓴絲嘉魚旱則引湖水以溉田潦洩於海風
景似西湖而有用過之蕭山東則山陰道上矣千巖萬壑大者奇偉小者佳麗山下
皆水大溪小港經緯綉錯東至白鶴浦有小山舟人指曰禹戮防風氏之所也泛舟
入山陰城登卧龍山出城至於鑑湖昔明皇賜賀知章鑑湖一曲後遂指此一曲為
鑑湖其實蕭山會稽山陰三縣之水皆鑑湖也嘗登山而望之三縣桑田其平如砥
想皆滄海所變水在其中渟滿不流而色清若鏡故曰鑑湖也曰鑑湖欲遊吼山鑑
湖之水無波故舟多夜行夢中不知泊於何處但聞雨聲徹夜不絕天明起視初無
雨舟在巨潭四圍皆山並無來路不知舟何以得至潭中潭南巖上乳泉亂滴如簷
溜東峯有洞水滿其中西峰怪石起出長垂下注若巨象舒鼻以飲潭水其北竹林
茂密樓閣清幽曉夢初醒疑非塵世舟人語曰此所謂曹溪東有洞者獅山西如鼻
者象山有樓閣者石匱先生之書院也登樓四望見樓後之山尤高峻怪石森列有
如臺者如柱者如首戴笠者如巨人立者所謂吼山也下樓棹舟由獅山之洞中曲
折行數百步而後出如漁郎自桃源歸也吼山有空明菴門前流水門內清池東樓

碧瓦倒影池中高巖峭壁卓立樓後瀑泉飛濺常如驟雨其奇不減曹溪也吼山返
棹乃謁禹陵禹陵之山高圓若塚眾峰環拱有如侍衛陵側有菲泉泉東有廟廟旁
有砥石亭相傳葬禹時所用石高五六尺圓如柱端有圓孔似孔廟之漢碑記曰公
室視豐碑三家視桓楹窆石似楹蓋葬碑也由禹陵至南鎮南鎮者會稽山也其最
高者曰鑪峰其下有廟為歷代祭告之所自南鎮廻舟夜泊山陰城外月幾望矣氣
霽雲歛月白江清天水相涵空明一片人在舟中身心朗徹如琉璃合恍然若有所
悟黎明至於蘭亭今之蘭亭非昔之蘭亭矣擇平地而建亭中立大碑　御書右軍
序於其上亭前為石成渠以為曲水崎嶇踡跼初無遠致且不可以流觴左右各鑿
一池以為是鵝池與墨池也亭西里許曰天章寺而亦非舊矣然此皆人為之者故
有廢興若所謂崇山峻嶺清流激湍則依然在山陰之水不流惟蘭渚湍急潺湲
於茂林脩竹之間風致又別也返城中登蕺山下有寺乃右軍之舊宅其南有題扇
橋山上有書院劉念臺講學於此予棹舟在山陰道上三日夜有山皆秀無水不清
廻環往復不辨西東從蕺山乃瞭然蓋紹興之西南皆山而東北近海吼山在東蘭
亭在西禹陵南鎮在其南北有梅山下有梅市梅福之所居也遠望南鎮之西有高

於南鎮者曰秦望始皇帝刻石於此又禹穴非禹陵也禹藏書於宛委之山曰禹穴
又會稽有陽明洞道書云第十一洞天而余皆未至遊人憚於登陟舟所可至者至
之若高遠幽深神聖仙靈之遺跡則懼而不果去抑吾在紹興凡三望海登下方山
望海登禹穴登蕺山皆望海第見沾沾沙阜而已實未嘗見水吾猶悵然以山海之
奇未盡探也由紹興復返杭州登鳳凰山一名紫陽山昔高宗南渡廣杭城包此山
於苑內以為遊觀之所左江右湖登臨彷徨致足樂也自杭州溯浙江至於富陽富
陽之山雄壯似幽燕諸塞而青翠過之富陽以南川勢漸窄兩山對峙一水中流羣
山倒影上下皆青出種梓關勢漸開遠近布列山皆妍媚桐君山陡立江岸其南內
拓開一平原石壁環峙如天生城闕則桐廬也阻山臨水居民在山水之間瓦青牆
白纖塵不染其清華朗潤令人神恬南至鸕鷀原山勢怪特峰巒滴崒峙植東
江流如一綫入原口轉而西則富春也南北皆山其中皆水不餘寸土兩釣臺在北
山下石峰直起而頂方旁有子陵祠凡釣臺左右之山其巔皆有流泉錦峰繚繞上
入高青怪石嶙嶸下臨沈碧瀑流噴薄墜玉飛珠澗水層波調笙鼓瑟高山流水之
觀止矣嘗憶陶隱君語云高峰入雲清流見底兩峰石壁五色交輝青林翠竹四時

其備曉霧將歇猿鳥亂啼夕日欲頹沉鱗競躍實慾界之仙都惟此地足以當之西至於嚴州高山四塞大水環周可稱天險漸入橫溪至於蘭谿自杭州至蘭谿四百餘里岡巒綿亘雄於富陽清於桐廬奇於富春秀於蘭谿人在舟中高視遠眺不能坐卧偶值俯仰兩岸之山次第從船窻中過如畫圖徐展舟行之樂無踰於此蘭谿南曰金華川勢大開極目平疇遠望崇山煙雲繚繞摩天礙日傳聞其上有朝真冰壺雙龍之洞乃王方平叱石成羊之所也西過龍游至於衢州凡西安道上之山岡巒華蘊而滑瘦如削烟嵐高潔刻露清秀西南至常山多楓桂雲眠樹間山橫雲上高澗深林令人有小山招隱之思西至玉山復登舟至於廣信為江西界山形粗猛突兀橫亘直豎緣河羅列春皆一石特起方圓平直各自為象西至弋陽有龜峯山衆峯直起如笋有青山頭峯頂皆圓有如人首或冠或冕或蝶或幘或光如僧或髻如妓寺隱叢篁泉出古洞樓閣芭蕉延滿巖谷奇險幽秀兼而有之西北至貴溪見天然橋一石橫兩峯之巔下空若洞亦奇境也聞貴溪有鬼谷山鬼谷子之所居又有象山陸子靜讀書其上嘗曰雲山谷石之奇目所未睹聞之人而不知知有龍虎山張真人而已西至安仁地平曠南至瑞洪遂入鄱陽自安仁以西四望不見山至

瑞洪以南西望遥不見樹短草黃沙煙水雲天而已湖水甚濁波濤皆紅出湖入章江至南昌登滕王閣章江南來渺瀰極目彭蠡北匯煙波萬頃東望平疇天垂野闊連峯千里西列屏障所謂西山暮雨南浦朝雲霞鶩齊飛水天一色益寶録也南昌阻風泊舟於生米渡次蚕渡江幾至不測語曰安不忘危又曰千金之子坐不垂堂余自維揚登舟過揚子泛吳淞涉錢塘溯桐溪經鄱陽在舟數月僥倖無恙習而安焉設非遭此遂安其危而忘垂堂之戒也豈可哉南至於豊城觀劍池西入清江至臨江府城東有閣皁山昔張道陵丁令威葛孝先皆居此西過新喻山尤多分宜之山清而秀袁州之山奇而雄至蘆溪乃陸走過萍鄉復登舟經醴陵出淥口至湘江入湖南境右江風俗勝於三吳兩浙男事耕耘兼以商賈女皆紡織所出麻枲綿葛松杉魚蝦米麥不為奇技淫巧其勤儉習事有唐魏之風獨好訐而健訟則楚俗也湘江之水清而文兩岸之山秀而雅草多芳蕡扶踈猗靡皆有蕙薄荳蘭之致每當五嶺朝霞三湘夜雨或光風轉蕙皓月臨楓吟離騷九歌招魂之句如覩澤畔之憔悴也如遶芙蓉荷裳之芳潔也如聞湘靈山鬼之吟嘯悲啼也南至衡州謁南嶽凡嶽鎮非獨形備其氣盛也向登泰山鬱鬱葱葱靈光煥發渡江以來名山無數神采

少減馬茲見南嶽乃彷彿如睹泰山連峯爭出高不可止複嶺互藏厚不可窮石壁林青流泉界白氣勃如蒸嵐深似黛頂在雲中有若神龍其首不見而爪舒鱗躍光怪陸離火維地荒天假神柄應不誣也衡山七十二峯其最大者五芙蓉紫蓋石廪天柱祝融南嶽廟在祝融峯下謁廟後望五峯其頂皆在雲中登舟南行數日無時不矯首古語云帆隨湘轉望衡九面予九面望而卒未嘗見其頂始歎衡山之雲之難開也西次祁陽見唐亭元次山之所建西至於永州自右江至衡陽數千里間土石多赤一望紅原綠草碧樹丹屋爛若繪絢至零陵山黑而石白天地之氣一變城下瀟江北合於湘瀟西之山皆幽奇柳子厚多記之西入湘口水愈清而岸之石玲瓏奇峭不可指數所謂少人而多石其信然興西至於全州為粵西形勝之地湘山崔嵬高踞俯視衆山環拱諸水會同山下有光孝寺無量壽佛示寂之所云肉身在塔內予入而諦觀之不似也南至於興安有陽海山半山有分水嶺水脊流水可以泛舟至嶺而分其北流者為湘江南流者為灕江一水而相離故曰湘灕也志云臨賀始安桂陽揭陽大庾為五嶺水經注云湘水出零陵始安縣然則興安者始安也予自長沙溯湘江至永全挽舟直上如登峻坂山腰迴舟轉入灕江下桂林如建瓴源

泉混混咫尺分流而北入北海南入南海其嶺之高可知矣灕江初分屈曲山間別鑿一渠以通舟秦伐南越史祿鑿此漢戈船將軍出零陵下灕水於此置陡陡猶閘也諸葛武侯續修之渠上有武侯祠祠後有伏龍山山石多怪玲瓏槎枒連峯疊嶂皆如米顛袖中之物伏龍以西羣峯亂峙四布羅列如平沙萬幕八門五花江為遊騎縱橫其中前有高峯曰馬頭山卓立俯視如大將秉巨纛以出令也南過靈川至於桂林粵西高大中丞予業師也留署中過夏時時跨馬出遊郊坰及郭山水之勝皆見之城中屹立者曰獨秀山高數百丈下有石室頂通光耀其東北曰伏波山高峭與獨秀等巖中懸石下垂如柱其西有疊彩巖石紋若疊巖腹有洞冷風日夜不休曰風洞迎風而入曲折崎嶇漸覺光明忽然豁敞身入樓閣戶牖軒窗欄檻迴環開戶一望水天無際山林窈冥蓋灕江從城北來兩岸之山怪怪奇奇向在舟中未盡見也茲入洞內黑走山腹忽睹世界皆成異境舟泛銀河人至天台亦若是矣城南有劉仙崖石洞如屋內刻張平叔贈桂林白龍洞劉真人歌道鉛汞之術甚詳城西有七星巖上有棲霞洞石階直下數百級頂上水紋如波中有鯉魚長丈餘頭目鱗尾皆具洞後深黑秉炬進數百步冷氣迫人同行者懼遂偕出聞土人道其中之

景甚怪王荊公云世之奇偉瑰怪非常之觀常在於險遠而為人之所罕至故非有志者不能至也有志矣不隨以止也然力不足者亦不能至也有志與力而又不隨以怠至於幽暗昏惑而無物以相之亦不能至也然力足以至焉於人為可譏而在己為有悔盡吾志也而不能至者可以無悔矣吾甚悔吾之未盡吾志而隨人以止也其東有龍隱洞清流從洞中出而入江江中有山輪囷若象鼻舒江中舟行鼻內江岸山上有洞直透山背以通天光望之圓明如滿月志稱漓江三洞水月最佳者是也茲行也在桂林之日為久綠苗土穫蚺蛇山羊錦雞孔雀黑白之猿荔枝佛手之樹黃皮白蠟之林芭蕉之心長大如椽天雨之花其紅射日可謂見所未見獨其俗兇悍褊小嗜利好殺天地之靈鍾於物而不鍾於人何哉予以六月初旬至桂林七月暑退登舟返棹蓋之至也雲峯吐火稻穗湧波荷惡綻紅江流漲綠署中俛仰曾幾何時而稻禾全刈木葉半黃雲白天晶涼風蕭瑟回思江南暮春滿飛草長西湖梅雨花落鳥啼有如隔世王右軍云向之所欣俛仰之間已為陳迹寧其然矣過全州復入湘山寺有偈曰再來人予啞然而笑夫佛再出世猶吾再入寺也而何怪焉過衡州登合江亭湘水南來烝水北至兩江合處一峯特起曰石鼓山上有武侯祠

向嶠韓詩註云合江亭旁有朱陵洞登其上而不見返舟問榜人云洞在亭下當事者封其路遊人往往不得至焉在舟又望南嶽霧隱雲封終不能見其顏江山之於人如友或不期而遇或千里相訪而不值何哉北至於湘潭有昭山昭王南征至此北至於長沙城東有雲母山列仙傳云星沙雲母服之長生者也城北曰羅洋山城南曰妙高峯湘江在城西水西有嶽麓山志曰衡山七十二峯迴雁為首嶽麓為足是也其顛有道鄉臺昔鄒志完謫長沙守臣溫益逐之雨夜渡湘宿於此後張敬夫為之築臺朱子題曰道鄉道鄉者志完之別號也聞志完初謫時潸溢其友慰曰使志完居京師得寒疾不汗五日死矣獨嶺南能死人哉由今觀之向與志完同時在京師者皆已湮沒而志完以謫特傳亦可以知所處矣道鄉臺下有嶽麓寺碑李北海所書也凡地之美惡視乎其人不擇地而安之皆可安也予過五嶺泛三湘望九嶷歷百越皆古遷客騷人痛哭流涕之所入而遊焉瘴花蠻紅鸚鵡能語水清石怪皆有會心比及長沙山林稚曠水土平良已如更始餘民復睹司隸雅容賈太傅乃不自克而抑鬱以死語云少不更事太傅有焉北過橘州昔范質夫南謫夫人每罵章惇過橘州舟覆公自負夫人以出徐曰此亦章惇為之耶予性褊服膺范公以自

廣今過其地想見其為人北至於湘陰有黃陵廟二妃之所溺也其東有汨羅江屈子之所沉也過巴陵入洞庭浩浩蕩蕩四無涯涘晚見紅日落於水內次早見炬火然灼水面漸望漸高乃明星也吾遊行天下山吾皆以為卑水吾皆以為狹非果卑果狹也目能窮其所至則小之矣物何大何小因其所大而大之則莫不大因其所小而小之則莫不小蘇子瞻曰覆杯水於地芥浮於水蟻附於芥茫然不知其所濟少焉水涸蟻即徑去見其類出涕曰幾不復與子相見豈知俯仰之間有方軌八達之路乎計四海之在天地之間也猶杯水也舟猶芥也人猶蟻也吾烏知蟻之附芥不以為乘桴浮海耶其水涸而去不以為是海變桑田耶四海雖廣應亦有涯目力不至則望洋而歎因所大而大之耳今在洞庭吾目力窮焉即以洞庭為吾之海可也自湘陰泊於磊石又泊於鹿角又泊於井圍皆在湖中時近中秋天朗氣清所謂長煙一空皓月千里浮光躍金靜影沉璧者吾見之焉北至巴陵岳陽樓在巴城上而今不存矣予登其址而望焉見君山秀出其東曰扁山又東曰九龜山皆在湖中城南曰白鶴山其側有天岳嶺上有呂仙亭亭前有岳武穆廟昔武穆刻期八日平楊么於洞庭居人德而祀之廟貌巍然據湖山之勝夫岳陽為純陽三過之所宋

滕子京重修之范文正公作記蘇子美書邵竦篆額當其盛時仙靈之所往來賢士大夫所歌詠今皆為荒榛蔓草頹垣文墨之士無論矣純陽有仙術亦不能留其所噫武穆蹇蹇雖罹於羅織以忠義之性結於人心而遺跡獨存然則人之不死固自有道矣在巴陵阻風五日所謂陰風怒號濁浪排空薄暮冥冥虎嘯猿啼者吾又見之焉北出浬河口入岷江西北一望荊襄漢沔沃野千里似燕趙兩河之間洋洋乎大國之風也江南岸為臨湘嘉魚蒲圻之境連延皆山赤壁在嘉魚雄峙江滸其上有祭風臺昔蘇子瞻賦赤壁於黃州武昌之下游也考之史云劉備居樊口進兵逆操遇於赤壁則當在武昌上游又操敗後走華容今嘉魚與華容近而黃州絕遠然則周郎赤壁斷在嘉魚無疑也北至荊口兩山對峙東曰鷲磯西曰大軍鷲磯有達摩亭乃折葦渡江之所北曰沔口沔水又名滄浪靈均遇漁父於此沔口之北西曰漢口漢陽府也東曰夏口武昌府也據山為城塹江為池武昌城內包三山漢陽城內有兩湖黃鶴樓與晴川閣距兩城之上相望也漢陽城外有大別山下有鎖穴乃孫吳鎖江之處予嘗登大別之巔以望三楚荊衡連鎮江漢朝宗遠水動蜀高樹浮秦水陸之衝舟車輻輳百貨所聚商賈雲屯其山川之雄壯民物之繁華南北兩京

而外無過於此然沱潛漢沔之間瀟湘沅澧之際江漂湖匯民多水患盜賊乘之楚俗慓輕鮮思積聚山藪水泖流民鳩處其人率峙縱龐雜而難治亦可慮也北入孝感應山山接九宗澤連雲夢峰高野淵氣勢沉雄北出武勝關崇山峻嶺連延千里右列方城左擁穆陵所謂冥阨之塞淮南子云山有九塞此其一也北至於信陽信陽古中國東鄙息申息者楚之北門也又東鄙蔡昔桓公侵蔡蔡潰遂伐楚非上策也由蔡至郢崇山大小不可勝計所謂方城為城漢水為池無所用衆非虛語也能伐楚者莫如秦出武關下漢川則撤荊襄之藩籬出三峽下夷陵則扼郢岳之要害故秦并六國亦地勢然也北過確山至遂平有楂枒山唐李愬及吳元濟戰於此北至西平有灈水昔光武敗王尋於昆陽多殺士卒灈水不流即此也北至於葉縣為沈諸梁之封邑其北有黃城山下有沮溺故里子路問津處也北渡汝水至襄城其南有首山汝蔡潁許之際平疇沃衍而首山雄峙其中史稱天下名山八三在夷狄五在中國皆黃帝所嘗遊首山其一也昔黃帝問道於崆峒遂遊襄城登具茨訪大隗崆峒在郟鄏而具茨在新鄭與首山相望也襄城鄭氾地周襄王出居於此西至禹州大禹之封邑北至告城古陽城地也臨潁水而箕山負嵩嶽左成皋右伊闕崇

廣和新志　卷十七　二十三

山四塞清流縈迴其高平處有周公測影臺巨石屹立高可七尺下方五尺上方三尺周禮大司徒以土圭之法測土深正日影以求地中日南影短日北影長日至之影尺有五寸即此也北至登封介嵩山太少二室之間太室之巔橫比若城垣少室之峯直起若臺觀雖無岱宗衡華之高奇而氣象雍容神彩秀朗有如王者宅居中正端冕垂紳以朝萬國不大聲色而德意自遠中嶽廟在太室之南少林寺在少室之北羣峯圍繞界隔塵囂水石清幽靈區獨闢時值深秋白雲紅葉翠柏黃花點綴巖岫天然圖畫岳陽黃鶴極江湖之浩淼靈隱少林盡山岳之奇麗睡常入夢醒猶在目非筆舌所能傳也在寺中問達摩遺蹟僧云寺西四五里深山之中有古石洞乃九年面壁之處至今洞中猶有達摩影而予未之見也出嵩山渡洛水至偃師道中見田橫許遠之墓北有緱山子晉升仙之所也北上北邙望見洛陽昔孟堅西都平子二京諸賦道洛陽之形勝甚悉而予未暇覩至今猶耿耿焉由孟津渡河至孟縣為河陽也周襄王狩於此北渡沁水上太行太行之上首起河內尾抵薊遼碣石恆山析城王屋皆太行也修坂造雲崇岡礙日路皆青石鏡光油滑實天下之至險登太行而四望九州之區可以歷指秦晉斂山吳越阻水青齊負海燕趙沿邊

中原平土正在三河周魯宋衛陳鄭蔡許邾宿杞郜沈虞邢虢春秋所書諸國以及夏殷東漢北宋五代梁唐之故都皆在於此總挽九州闤闠華夷土田肥美物產茂實所謂天下之中也地之腹也陰陽之所會風雨之所和也過太行而北則吾山西境矣總而計之天下大勢水歸二瀆山分三幹河出崑崙江源岷蜀始於西極入於東溟大河以北水皆南流大江以南水皆北注漢南入江淮北入河雖名四瀆猶之二也大行九邊西接玉門東抵朝鮮是為北幹五嶺衡巫西接峨嵋東抵會稽是為南幹岷嶓華嵩是為中幹岱宗特起不與嵩連亦中幹也北方水位故燕秦三晉之山色黑而陂陀若波東方木也故齊魯吳越之山色青而森秀若林楚南閩粵峰尖而土赤粵西黔蜀石白而形方天有五行五方應之江性寬緩河流湍急焦白郗紅洞庭澄清其大較也斯行也四海瀕其三九州歷其七五嶽睹其四四瀆見其全帝王之所都聖賢之所處通都大邑民物之所聚山川險塞英雄之所爭古蹟名勝文人學士之所歌詠多見之焉獨所謂魁奇磊落潛修獨行之士或伏處山藪水涯混跡漁樵發販之中而予概未之見豈造物者未之生耶抑吾未之遇耶抑雖遇之而不識耶吾憾焉然苟吾心之善取則於山見仁者之靜於水見知者之動其突兀洶

廣和新志　卷十七　二十四

湧如睹勇士之叱咤其淪漣娟秀如睹淑人君子之溫文也然則謂吾日遇其人焉可也抑又思之天地之化陰陽而已獨陰不生獨陽不成故大漠之北不毛而交廣以南多水文明發生獨此震旦之區而已北走胡而南走越三月而可至崑崙至東海半年之程耳由此言之大塊亦甚小也吾以二月出都河北之地草芽未生至吳而花開至越而花落入楚而栽秧至粵而食稻粵西返棹秋老天高至河南而木葉盡脫歸山右而雨雪載塗轉盼之間四序還周由此言之古今亦甚暫也心不自得而求適於外故風景勝而生樂性不自定而寄生於形故時物過而生悲樂寧有幾而悲無窮期焉吾疑吾之自立於天地者無具也宋景濂曰古之人如曾參原憲終身陋室蓬蒿沒戶而志意充然有若囊括於天地者何也毋亦有得於山水之外者乎孟子曰萬物皆備於我矣老子曰不出戶知天下非虛言也為地所囿斯山川有畛域為形所拘斯見聞有阻礙果其心與物化而性與天通則天地之所以高深人物之所以榮悴山河之所以流峙有若燭照而數計焉生風雲於胸臆呈海嶽於隱几不必耳接之而後聞目觸之而後見也然則自茲以往吾可以不遊矣然而吾乃無時不遊也已

張山來曰。浩浩落落。萬有一千餘言。就其登涉所至。隨筆點染。鋪敘綺麗。芊綿亦復激昂慷慨。適足以囊括宇宙。開拓心胸。真千古奇文至文妙文。不得僅賞其模山範水已也。

虞初新志卷十七終

虞初新志卷十八

清 新安張潮山來輯

聖師錄

王言 慎旃

子輿氏言。人之所以異于禽獸。以其存心。而禽獸之中。乃有麒麟鳳凰不踐生草不食生蟲。首耳但食殘暴之虎獅豸惟觸不直之人。烏能反哺。羊有跪乳。其存心皆可以為朝廷旌仁孝而揚德威。他如蝌至期而輸稻。蜂輪值而衛王。唐明皇之象。不肯為祿山作舞。昭宗之猿。不肯為朱溫起居。宋少帝之白鷳。殉帝于海。是物知有君臣也。鴛哀其子而腸斷。猿抱母皮而死。是物知有父子也。平章之鴿死殉其雄。郡佐之鵝亢和其配。汾水之旁有雁邱。鹽城之湖有烈鴛。是物知有夫婦也。橫空之鶻弋鸛殺蛇。北平王氏之貓能哺他子。是物知有同類也。隴山之鸚鵡思上皇。襄陽之燕殉王女。孫中舍之犬負米。姚生之馬嗚冤。陳州之鶴祥。老鶴州之騾逸歸。是物知忠于所事也。熊分果以飼墮坎之人。虎銜耳而拾抱哭之母。猩猩性愛其類。殺其一而致百亡。魚傷著觸之兒。身亦觸石而死。是物知有仁義也。翁媼之猴日守侍。蘄侯家之鹿斷角以殉。至放生之黿。釋命之雞。俱能圖報救死之德。是物知感恩也。洪店犇牛悲鳴而訴王臻之誣殺。夾道蚪蚪。昂首而訴商僕之戕生。是物知賢守令也。然則物何異于人哉。微獨無異。抑恐世之不若者衆矣。家公向欲彙集一帙。為聖師錄。本諸楊子聖人師萬物句。因病不果。予小子閒閱往籍。竊取其義而識之。博物君子。得無責其不備耶。

白鷳

厓山之敗。陸秀夫抱祥興帝與俱赴水。時御舟一白鷳奮擊哀鳴。與籠墜水中死。

鶴

陳州倅盧某。蓄二鶴甚馴。一創死。一哀鳴不食。盧勉飼之。乃就食。一旦鳴繞盧側。盧曰。爾欲去。不爾羈也。鶴振翩雲際。數四徊翔乃去。盧老病無子。後三年歸臥黃浦溪上。晚秋蕭索。曳杖林間。忽有一鶴盤空。鳴聲凄斷。盧仰祝曰。若非我陳州侶耶。果爾即當下。鶴竟投入懷中。以喙牽衣。旋舞不釋。遂引之歸。後盧歿。鶴亦不食死。家人瘞之墓左。

雁

元裕之好問。于金泰和乙丑赴試并州。道逢捕雁者。捕得二雁。一死一脫網去。其脫網者空中盤旋哀鳴，亦投地死。裕之遂以金贖得二雁，瘞汾水傍，壘石為識，號曰雁邱。

顧敬亭豫園傍，有羅者得一雁，鍛其羽，縶其足，立之汀畔以為媒。每見雲中飛者，必昂首仰視。一日，其偶者見而下之，特然如土委地，交頸哀鳴，血盡而死。

正德間，有張姓者獲一雁，置于中庭。明年，有雁自天鳴，庭雁和之，久而天雁自下，彼此以頸絞死于樓前，因名樓曰雙雁樓。

王一槐教諭銅陵，有民舍除夜燎爐，辟除不祥。一雁偶為煙觸而下，其家以為不祥也，烹之。明日，一雁飛鳴屋頂，數日亦墮而死。

燕

襄陽衛敬瑜早喪，其妻霸陵王整妹也，年十六，父母舅姑咸欲嫁之，誓不許，截耳置盤中為誓，乃止。戶有燕巢，常雙來去，後忽孤飛，女感之，謂曰：能如我乎？因以縷誌其足。明年復來，孤飛如故，猶帶前縷。女作詩曰：昔年無偶去，今春猶獨歸，故人恩既重，不忍復雙飛。自爾春來秋去，凡六七年。後復來，女已死，燕遶舍哀鳴。人告之葬處，即飛就墓，哀鳴不食而死。人因瘞之于旁，號曰燕冢。

元貞二年，燕人柳湯佐家雙燕巢梁。一夕，家人持火照蝎，其雄驚墮，貓食之。雌朝夕悲鳴，哺雛成翼而去。明年，雌獨來，人視巢有二卵，疑其更偶。徐伺之，則二穀耳。春秋去來，凡六載，皆然。

夏氏子見梁間雙燕，戲彈之，其雄死，雌者悲鳴躑躅，自投于河，亦死。時人作烈燕歌。

郁七家有燕將雛，巢久忽毀，鄰燕成羣，銜泥去來如織，頃刻巢復成，明日遂育數雛巢中，乃知事急，燕來助力者。

鸜鵒

宋高宗時，隴山人進能言鸜鵒，高宗養之宮中。一日問曰：爾思鄉否？曰：豈不思，爾思之何益。帝遣中貴送還隴山。數年之後，使過其地，鸜鵒問曰：上皇安否？曰：崩矣。鸜鵒悲鳴不已。

關中商人得能言鸜鵒于隴山，愛而食之甚勤。偶事下獄，歸時歎恨不已。鸜鵒曰：郎在獄數日已不堪，鸜鵒遭閉累年，奈何？商感而放之。後商同輩有過隴山者，鸜鵒必于林間問曰：郎無恙否？幸寄聲。幸寄聲。

李邈菴自記，自滇遊回，有僕染瘴而死。僕攜有二鸜鵒，流淚三日，不休亦死。

鶴

高郵有鶴雙栖於南樓之上，或弋其雌，雄獨孤栖，旬餘，有鶴一斑偕一雌與其巢，若媒誘之者。然竟日弗偶，遂皆飛去。孤者哀鳴不已，忽鍇喙入巢隙，懸足而死。時遊者群客見之，無不嗟詠，稱為烈鶴，而航為詩歌弔之，復有烈鶴碑。

衛衢梓巢鶴，父死于鈎頂之冢，揚一雄來匹其母，母哀鳴百拒之，雄卻盡啄殺其四雛，母益哀，頓以死。羣山乃扶其雄逸去。

某氏園亭中有古樹，鸛巢其上，伏卵將雛。一日，二鸛徊翔屋上，悲鳴不已，頃之，有數鸛相向鳴，漸益近，百首皆向巢，忽數鸛對喙鳴，若相語狀，颺去。少頃，一鶴橫空來，閤閣有聲，鸛亦尾其後，羣鸛向而噪，若有所訴，鶴復作聲，若允所請，暫而上，擒巢銜一赤蛇，吞之，羣鸛喧舞，若慶且謝者，蓋鸛招鶴搏蛇相救也。

華亭董氏庭前有虬松一株，枝幹扶踈，亭亭如蓋，有雙鶴結巢其顛，後雄被彈死，其雌子然，獨處日夕，哀鳴越數日亦死。

泰州鹽場僧寺樓窗外樹上有鶴巢，馬雌鶴伏卵其間，村民伺雌覓食，潛以鸛卵易之，鶴不知也。久之雛破卵出，則鸛也。雄鶴訝其不類，謂雌與他禽合，怒而啄之，雌者亦鳴而已。既而雄者飛去，少頃，諸鶴羣集，視其雛，咸向雌而噪，雌者無以自明，以喙鑱牆隙死。吳嘉紀野人作詩紀其事。

黃鶯

有人取黃鶯雛，養于竹籠中，其雌雄接翼，曉夜哀鳴于籠外，則更來哺之，人或在前，略無所畏。積數日，不放出籠，其雄雌繞籠飛鳴，無從而入，一投火中，一觸籠而死。剖腹視之，其腸寸斷。

鷺鷥

成化六年十月間，鹽城天縱湖漁父見鷺鷥甚多，一日弋其雄者烹之，其雌者隨棹飛鳴不去，漁父方啟釜，即投沸湯中死。

鵲

大慈山之陽有拱木，上有二鵲，各巢而生子。其母一為鷙鳥所搏，二子失母，其鳴啁啁，其一方哺子，見而憐之，赴而救之，即銜置一處哺之，若其子然。

鴿

江浙平章哎哎家養二鴿，其雄覺于狸奴，家人以他雄配之，遂鬭而死。謝子蘭作義鴿詩弔之。

鵝

天寶末。德清沈朝宗有鵝。育卵而腸出以死。其雛悲鳴不復食。啄敗薦覆之。又銜芻草毋前。若祭奠狀。長吁數聲而死。沈氏異而埋之。後人呼為孝鵝塚云。

湯鄰初煥佐郡江右。在任生女。及遷郡人饋以鵝。頭為盒擠壓折。折氏之字。憐而畜之。後罷郡歸。親黨又饋以鵞。乃缺一掌者。亦憐而畜之。一雌一雄。遂成配偶。雄曰烏郎。雌曰蒼女。呼其名即應。聲至行則謹。缺掌先食則讓。折頸者先畜至三十餘年。迨湯夫人歿。二鵞哀號數晝夜。絕食死于柩下。

常州陳四畜黑白二鵞。兩窠相並。各哺數雛。一日黑者死。眾雛失怙悲鳴。白者每展至其窠。呼雛與己雛同啄。晚必先領歸窠。始引己雛入宿。人皆見而義之。

雞

衢州里胥至貧民家督賦。民祇有一哺雞。擬烹之。胥恍忽見桑林畔有黃衣女子乞命。里胥驚惻少間。見民持刀取哺雞。意疑之。止勿殺。後再至。見雞率群雛向前踴躍。有似相感之狀。胥行百步遇虎。忽見雞飛撲虎眼。胥因奔免。

象

唐明皇嘗教象拜舞。天寶之亂。祿山大宴其黨。出象紿之曰。此象自南海奔來。知吾有天命。雖異類必拜舞。左右命之拜。象皆努目仰首。不肯拜。命之舞。努目斂足不肯舞。祿山怒。盡殺之。

上元中。華容縣有象入莊家中庭臥。其足下有撅。人為出之。象乃伏。令人騎入深山。以鼻掊土。得象牙數十以報之。

元有馴象。明太祖登極。不肯拜跪。竟死堦下。

明廣西有象。封定南公。吳三桂入橫。欲將象解京。象昂首直觸。象奴百計勸勉。終不服。三桂大怒。刀矢不能傷。以火砲攻斃之。

鹿

銀臺侯廣成家。豢一鹿于堯峰。且數年。侯死。鹿跳躑斷角。累日不食亦死。山僧憐而葬之。碣曰義鹿塚。

熊

晉昇平中。有人入山射鹿。忽墮一坎內。見熊子數頭。須臾有大熊入。瞠視此人。人謂

必害己。良久大熊出果。分與諸子。末後作一分著此人。此人饑久。冒死取噉之。既而轉狎習。每旦熊母覓食還。輒分果此人。賴以支命。後熊子大。其母一一負將出。子既出盡。此人自分死坎中。乃熊母復還入坐人邊。人解其意。便抱熊足。熊即跳出。遂得不死。

虎

後漢人郗亟寶者。居父喪。鄰人格虎。走趨其廬中。即以蓑衣覆藏之。鄰人尋蹤問寶。曰虎豈可有念而藏之乎。後此虎送禽獸至。若助祭然。寶由是知名。上虞楊威。少失父。事母至孝。常與母入山採薪。為虎所逼。自計不能禦。于是抱母且號且行。虎見其情。遂弭耳去。

猿猴

唐昭宗有猿隨班起居。賜以緋袍。朱梁篡位。取此猿。令殿下起居。猿見全忠。徑趨其所。跳躍奮擊。遂令殺之。

吉州有捕猿殺其母。以皮并其子賣之龍泉蕭氏。示以母皮。抱之跳躑。遂斃。蕭氏子為作孝猿傳。

鄧芝射中猿母。見猿子為拔箭。以木葉塞瘡口。悲哀不已。為母吮血。芝遂投弩而歎曰。山獸猶畏母。人可不如猿。吾不獵矣。

咸熙中。有翁媼弄猴于瑞昌門外。一日媼死。翁葬之。未幾翁死。無人葬。猴守之日久。人憐而葬之。咸稱為義猴。

正德辛巳。有夫婦以弄猴為衣食者十年矣。寓于嘉州之白塔山。主者死。瘞于塔之左。猴日夜號。其婦更招一丐者為夫。猴舉首揶揄之。婦弄猴使作技。猴伏地不為技之。輒奮嘷。入夜走主者之墓。跑土悲號。七日而死。

汪學使可受初尹金華。有丐者行山中。見群兒縛一小猴而虐之。丐者買而教之戲。日乞于市。得錢甚多。他丐忌且羨。因酒醉丐者。誘至空窯。椎殺于窯中。翼日縛其猴復使作戲。而汪公呵導聲適至。猴即嚙斷繩。突走公之前。作寃訴狀。公遣人隨而往。得屍窯中。亟捕他丐鞫問伏法。闔邑駭而悼之。買棺焚丐者屍。烈焰方熾。猴哀叫跳入死矣。

牛

隋河縣洪店有盜殺人于王臻戶前。眾執臻。已誣服久矣。知縣趙清過洪店。一牛奔[illegible]

前跪而悲鳴，若有所訴。清曰：「誰氏之牛？」衆曰：「王臻牛也。」清曰：「臻其有冤乎？」抵邑，即辯釋臻父子。後鞫大盜王山，得其殺人狀。齊河人稱神明，作義牛記。

天長縣民戴某朝出，其妻牧牛于野，平昔畜犬隨之。俄入草芥不出，戴妻牽牛尋之。未百步，見虎據叢而食犬。虎見人至，棄犬趨人，戴已為虎搏矣。牛見主有難，怒然而前，虎又釋人而應牛。二物交加哮吼，虎張爪牙，牛以二角奮擊，逾時牛竟勝虎，戴乃得免。

嘉靖乙卯，胡撫鎮賢統兵禦倭，至臨山，少憩樹下，見屠兒將解一牛。一犢尚隨乳，將利刃銜至車薪內，以蹄蹈沒泥中，屠兒遍索不獲。

犬

孫吳時，襄陽紀信純一犬名烏龍，行住相隨。一日城外大醉，歸家不及，臥草中。太守鄭瑕出獵，縱火爇草。犬以口銜純衣，不動。有溪相去三五十步，犬入水濕身，來臥處週迴以身濕之，火至濕處即滅。犬困乏，致斃于側。信純獲免，醒見犬死，毛濕，觀火蹤跡，因而痛哭。聞于太守，命具棺衾葬之。今紀南有義犬塚，高十丈餘。

晉泰興二年，吳人華隆好弋獵，畜一犬，號曰的尾，每將自隨。隆後至江邊，被一大蛇圍繞周身，犬遂咋蛇死焉。而華隆僵仆無所知矣。犬彷徨嗥吠，往復路間。家人怪其如此，因隨犬往，隆悶絶委地，載歸。二日乃蘇。隆未蘇之際，犬終不食。

太和中，楊生養狗，甚愛之。後生醉酒，行大澤草中眠。時冬月，野火起，風又猛，狗號呼，生不覺。前有一坑水，狗便走往水中，還以身灑生左右草，沾水得着地，火尋過去。他日又闇行，墮于空井中。狗呻吟徹曉。有人過，怪之，往視，見生在井。生曰：「君可出我，當厚報君。」人曰：「以此狗相與，便當相出。」生曰：「此狗曾活我于已死，不得相與，餘即無惜。」人曰：「若爾，便不相出。」狗因下頭向井，生知其意，乃語人以狗相與，人乃出之，繫狗而去。後五日，狗夜走歸。

袁粲值蕭道成將革命，自以身受顧託，謀起義，遂遇害。有兒方數歲，乳母攜投粲門生狄靈慶。慶曰：「吾聞出郎君者厚賞。」乳母號呼曰：「公昔有恩于汝，故冒難歸汝，若殺郎君以求利，神明有知，行見汝族滅也。」兒竟死。兒存時常騎一大狗戲，死後年餘，忽有狗入慶家，遇慶于庭，嚙殺之，併其妻，即向所騎狗也。

饒州樂平民章華，元和初嘗畜一犬，每樵採入山，犬必隨。三年冬，比舍有王華者同上山採柴，犬亦隨之。忽有一虎榛中躍出，搏王華，盤踞于地，然猶未傷。章華叫喝且走，虎遂捨王華來乘章華。既獲復坐之，時犬潛在深草，見章被銜，突出，躍上虎頭，咋虎之鼻。虎不意其來，驚懼而走。二人皆僵仆如沉醉者，其犬以鼻袪章以啟氣，即吐出涎水。如此數次，章稍蘇。犬乃復以口噬王華之口，亦如前狀。良久，王華能行，相引而起。犬憊伏不能起，一夕而斃。

唐裴軍大校衛瓊家畜良犬四，常畋，迴廣囿，飼以梁肉。其一獨瑱茹咽喉齒牙間以出，如隱蓄藏然。後食食已，則復至衛廳舁之。一日令僕伺其所往，則止垣枯窬，有母存焉，老疥瘠臥，吐哺以飼。衛奇歎久之，乃命從犬歸，以收前席之餘餅餌飽之。犬則搖尾俛首，若懷知感爾。後衛奸逆，從指顧如飛，將值獵罷，前必獲，未嘗逸北。死，犬加勤劬。後衛卒，犬日夜嘷吠。越月，將有事于邱隴，則留犬以禦奸盜。及懸棺之夕，犬獨來足踊土戍，扣首叩擗，見從掩土未畢，犬亦氣斃。

會稽張然滯役，有少婦無子，惟與一奴守舍，奴遂與婦通。然素養一犬，名烏龍，常以自隨。後歸，奴欲謀殺然，盛作飲食。婦曰：「與君當大別離，君可強啖。」奴已張弓拔矢待然食。然涕泣不能食，以肉及飯擲狗，祝曰：「養汝經年，吾當將死，汝能救我否？」犬得食不噉，惟注睛視奴。然拍膝大呼曰：「烏龍！」犬應聲傷奴，奴失刀遂倒。狗咋其陰，然因取刀殺奴，以妻付縣殺之。

五代南唐時，江州陳氏族七百口，畜犬百餘，共一牢而食。一犬不至，諸犬不食。

上黨人盧言，常見一犬羸瘦將死，憫而收養。一日醉寢，而鄰火發，犬忙吠，乃上牀于言首嗥吠，又銜衣拽之。言驚起，火已熱其屋柱，突烟而出，始得免。

扶風縣西有大和寺，在高岡之上。其下有龕谿若堂，中有貧者趙叟家焉。叟無妻兒，病足傴僂，常策杖行邑里中。人哀其老病且窮無所歸，率給以食。叟既得食，常先聚群犬以食之。後歲餘，叟病寒，臥于龕中。時大雪，無衣，裸形俯地，且戰且呻。其群犬俱集于叟前，搖尾而嗥。已而環其衽席，競以身蔽叟體，由是寒少解。後旬餘，竟以寒死。其龕中犬皆哀鳴，晝夜不歇，數日方去。

楊光遠叛于青州，有孫中舍居圍城中，族在西州別墅。城閉久，食盡，舉家愁歎。犬彷徨其側，似有憂思。中舍因囑曰：「爾能為我至莊取米耶？」犬搖尾若應狀。至夜，置一布囊并簡，繫犬背上。犬由水竇出，至莊鳴吠。居者開門，識其犬，取簡視之，令負米還。如此數月，以至城開，孫氏闔門賴以不餒。愈愛畜此犬。後數年斃，葬于別墅。至其孫彭年，語龍圖趙師民，刻石表其墓曰靈犬志。

淳熙中王日就宇成德分水縣人少負俠氣夜獵從騎四出有畜犬鳴鳴銜衣挽之不卻且道且前怪之亟隨以歸明日偵視其處虎跡縱橫歎曰犬人畜也猶知愛主吾奉父母遺體不自愛可乎遂散其徒讀書

湖州顏氏夫婦出傭留五歲女守家溺門前池內家有畜犬入水負至岸復往奔至傭主家作呼導狀顏驚駭歸家見女伏地奄奄氣息急救乃甦

滁州一寺僧被盜殺死徒往報官畜犬尾其後至一酒肆中盜方群聚縱飲犬忽奔噬盜足衆以為異執之致官訊服

沈處士恒吉嘗畜一金絲犬長不過尺甚馴處士日宴客犬必卧几下後三載處士病犬即不食數日處士卒殮于正寢犬盤旋而號竟夕方罷停柩者期年犬日夜卧其側將葬遂一觸而斃

劉釗鐵嶺衛人畜一犬出入必從釗嘗以馬負薪山中犬亦從一日犬忽獨歸向釗子國勲鳴躍不已勲異之隨其所往見釗為盜所殺棄屍石間取其馬去勲為營葬畢人皆罷歸犬獨守塚不去日夜悲泣淚濕草土數日抉土及棺死棺旁

淮安城中民家有母犬烹而食之其三子犬各銜母骨抱土埋之伏地悲鳴不絕里人見而異之共傳為孝犬

常州芮氏家貧日飼犬以糠粃其鄰為富室姚氏犬多餘食所限僅一小竹籬姚犬每向籬竇低聲搖尾若招呼狀芮犬蜷曲卧地惟昂首相應絕不過食其餘粒如是以為常

馬

秦叔寶所乘馬號忽雷駮常飲以酒每于月明中試能竪越三領黑氈及胡公卒嘶鳴不食而死

僞蜀渠陽鄰山有富民王行思嘗養一馬甚愛之飼秣甚于他馬一日乘往本郡遇夏潦暴漲舟子先渡馬回舟以迎行思至中流風起船覆其馬自岸奔入駭浪接其主蒼茫之中遂免沉溺

畢再遇兗州將家也開禧中用兵累有功金人認其旗幟即避之後居于霅有戰馬號黑大蟲駿駔異常獨主翁能御之再遇死其家以鐵組縶之圍中適遇嶽祠迎神聞金鼓聲意謂赴敵馬嘶奮迅斷組而出其家慮傷人命健卒十人挽之而歸因好言戒之云將軍已死汝莫生事累我家馬聳耳以聽汪然出涕喑啞長鳴數聲而斃

龍泉縣有白馬墓即開國勲臣胡公深所乘之桃花馬也公以征陳友定遇害其馬馳歸門外悲嘶殞絕夫人義之因葬焉號為白馬墓

天順中吳之嘉定姚生素心險與嘗搆怨于母弟陸菜陸充糧長乘馬自木瀆夜歸姚候至中途無人操刀伏于橋下馬亦覺之至橋躑躅不進陸加鞭揵馬始進而已殺橋下矣是夜月暗更幽寂無知者馬逸歸對陸妻嘶不已若有訴狀妻知夫必死非命持燈尾馬後至一曠野夫果死焉妻又謂馬曰吾夫屍雖得然正犯不得何以雪冤馬即前行前撞姚門見姚嚙之蹴之其妻執以聞官乃棄姚市

孫駙市家有馬生駒甚奇令牡交其母以傳種子母俱不肯乃塗其身以泥而交焉及洗出本色母子皆跳躑以死人號為烈馬云

流寇破河內縣尹丁運泰罵賊被磔所乘馬賊騎以入縣至堂下大嘶人立狂逸不可制竟觸牆死

和碩親王有良馬曰克勒猶漢言棗騮馬也高七尺自首至尾長可丈有咫耳際肉角寸許腋下旋毛若鱗甲然翹駿倍常識者謂是龍種王甚愛之王薨馬躑躅哀鳴未幾隨斃

騾

明末張獻破蜀城蜀藩率其子女宮人投井死王所乘白騾躑躅其旁亦跳入殉焉後樵蘇者當陰雨瞑晦時于蜀宮故址往往見白騾出沒蔓草間

張行人鶴洲訟繫西曹以常所乘騾抵逋于人騾悲鳴不食一日墜其新主自逸歸王西樵吏部與張同患難目擊其事感之作義騾行

羊

邠州屠者安姓家有牝羊并羔一日欲刲其母縛上架之次其羔忽向安前跪前膝兩目淚零安驚異良久遂致刀于地去呼童稚共事刲宰及迴遽失刀乃為羔子銜之致牆根下而卧其上屠偏索方覺遂并釋之放生焉

猫

唐時北平王家猫有生子同日者其一死焉有二子飲于死母母且死其鳴咿咿其一方乳己子若聞之起而聽走而救銜其一置于其棲又往如之反而乳之若己子然

姑蘇婁門外陸基一小民負官租出避家獨一猫催租者持去賣之閶門鋪岡忽小

民過其地，跽入懷，為舖中所奪，輒悲鳴顧視不已。至夜銜一綾帨，內有金五兩，飾投之而去。

仁魚

海中有仁魚，嘗負一小兒登岸，偶以鬐觸傷兒，兒死，魚不勝悲痛，亦觸石死。

鼈

宋傳慶中一士夫家得一大鼈，其婢不忍殺，放之池中。年餘後，婢有病將卒，夜有大鼈被泥登婢胸，冰之遂愈。

黃德環家人烹鼈，將箬笠覆其釜，揭見鼈仰把其笠，背皆蒸爛，然頭足猶能伸縮。家人憫之，潛放河溼間。後因患熱將殛，德環徙于河邊屋中將養。夜有一物徐徐上身，覺甚冷，及曙能視，胸臆悉塗淤泥，其鼈在土間，三曳三顧而去，即日病瘥。

蟹

松江幹山人沈宗正每深秋設簖于塘，取蟹入饌。一日見二三蟹相附而起，近視之，一蟹八腕皆脫，不能行，二蟹舁以過簖。沈歎其義，遂命折簖，終身不復食蟹。

蝌蚪

紹興郡丞張公佐治擢金華守，去郡，至一處，見蝌蚪無數夾道鳴噪，皆昂首若有訴。異之，下輿步視，而蝌蚪皆跳躑為前導。至田間，三屍疊焉。公有力，手挈二屍起，其下一屍微動，湯灌之，逡巡間復活。曰：我商也，道見二人肩兩筐適市，皆蝌蚪也，意傷之，購以放生。二人復曰：此皆淺水，雖放，人必復獲，前有清淵，乃放生池也。我從之至此，不虞揮斧，遂被害。二僕隨後尚遠，有腰纏，必誘至此，并殺而奪金也。丞命急捕之，人金皆得，以屬某守石公崑玉，一訊皆吐實，抵死，腰纏歸商。

蜂

正德間，鎮江北固山下有羣蜂擁王出游，遇鷙鳥攫殺之，羣蜂環守不去，數日俱死。楊邃菴相公一清令家伻瘞焉，表其上曰義蜂，親作文祭之。

太倉張用良素惡胡蜂螫人，見即撲殺之。嘗見一飛蟲投于蛛網，蛛束縛之甚急。忽一蜂來螫蛛，蛛避，蜂數含水濕蟲，久之得脫去。因感蜂義，自是不復殺蜂。

張山來曰：佛氏謂蠢動含靈，皆有佛性，今讀此錄，不其然歟。

海天行記　　鈕琇玉樵

海忠介公之孫述祖，倜儻負奇氣，適逢中原多故，遂不屑事舉子業，慨焉有乘桴之

想，斥其千金家產，治一大舶。其舶首尾長二十八丈，以象宿；房分六十四口，以象卦；篷張二十四葉，以象氣；桅高二十五丈，曰擎天柱，上為二斗，以象日月。治之三年乃成，自謂獨出奇制，以此乘長風破萬里浪無難也。瀕海賈客三十八人賃其舟，載貨互市海外諸國，以述祖主之。崇禎壬午二月，揚帆出洋，行至薄暮，颶風陡作，雪浪粘天，蛟螭之屬騰繞左右，舵師失色，隨風飄至一處，昏霾莫辨何地。頃見雲開風定，進見六七官人，高冠大帶，拱立水次，侍從百輩，狀貌醜怪，背魚鱗，銀甲，擁巨螯之劍，荷長鑱之戟，秉炬張燈，若有所伺。不覺舟忽抵岸，官人各喜躍上舟環視，曰：是可用已。即問船主為誰，述祖不解其意，姑進與諾。諾，朝呼述祖同入見王。約行三里許，夾道皎如玉山，無纖毫塵土。至一闕，門有二黃龍守之，迴遭垣牆悉以水晶疊成，光明映徹，可鑒毛髮。述祖私念曰：此殆龍宮也。又踰門三重，方及大殿，其制與人間帝王之居相似，而輝煌藏叢，廣設千人之饌，高容十丈之旗，不足言矣。王甫升殿，首以紅巾，閹兩肉角，衣黃繡袍，翁長垂腹。衆官進奏曰：前文下所司，取二舟，久不見至，今有自來一舟，敢以聞。王曰：舊例二舟陳設貢物，今少一，奈何？衆曰：貢期已迫，臣等細閱此舟制度，暗合渾儀，以達天衢，允宜利涉，且復寬大新潔，若將貢物擺擱，俟到王宮以次陳設，似無不可。王允奏曰：徙其凡貨凡人，滌以待水，遂行，勿延。衆唯唯下殿，仍回至舟，將人貨盡押上岸，置之宮西琅玕池內。唯述祖不肯前，私問曰：貢將焉往？衆曰：貢上天耳。述祖曰：述祖雖炎陬賤民，而志切雲霄，常恨羽翼未生，九閽難叩，幸遇奇緣，亦願隨往。衆曰：汝濁世凡人也，去則恐犯天令，不可。中有一官曰：汝可具所生年月日時來。述祖亟書以進，官與衆言：此人命有天祿，且係忠直之裔，姑許之。俄頃，舁貢物者數百人絡繹而至，齎貢官先以符水遍灑舟中，然後奉金葉表文供之中樓，次有押貢官二員將諸寶物安頓。述祖私窺貢單，內開：赤珊瑚林一座，大小共五十株；黃珊瑚林一座，大小共七十株，高者俱一丈四五尺；夜光珠一百顆；火齊珠二百顆，圓大一寸五分；鮫綃五百匹；靈梭錦五百匹；碧琵琶二十斛；紅靺鞨二十斛；琥鏡一百，其闊廣三尺，各重四十斤；玉屑一千斛；金粟一百器；五色石一萬；其他珠名異品，不能悉記。安頓已畢，大伐鼉鼓三通，乃始啟行。遂風而上，兩巨魚夾舟若飛，白波搖漾，練靜鏡平，路無坦險，時無晝夜。中途石壁千仞，截流而立，其上金書天河海分界六大字。衆指示述祖曰：昔張騫乘槎，未能過此，今汝得遂泛銀潢，豈非盛事。述祖俯首稱謝。食頃之間，咸云南天闕在望矣。既而及闕，齎貢官各整朝服

賓諸役俱易赭色長衣亦令述祖衣之登岸陳設足之所履皆軟金地間以瑤石嵌成異彩仰視境闕琛堂綵樓碧閣俱在飄渺之中若近若遠不可測度門下天卿四員宛符傳旨令貢官入昊天門於神霄殿前進表行禮述祖及衆役叩首門外惟聞樂音繚繞香氣氤氳忽不斷而已隨有星冠嶽帔者二人為接貢官察收貢物引押貢官亦入行禮畢王旨宣問南方民亦北方兵象語甚繁不盡述各賜宴於恬波館謝恩而出於是集衆登舟述祖假寐片時恍忽不知幾千萬里已還故處因啟領所押貨物與同行諸人王下令曰述祖一人曾入天界不可復歸人衆衆伴在池宜令一見則三十八人俱化為魚唯首未變述祖大慟前取舟官引至一室慰諭之曰汝同行人命應皆葬魚腹其得身為魚幸也汝以假舟之故貸汝一死尚何悲哉候有閩船過此當俾汝歸日給飲食如常居久之忽有報者曰閩船已到王召見賜白黑珠一囊曰以此償造舟之價命小艇送附閩船抵瓊山還家壬午之十二月也家人蚤聞覆溺之信設主發喪乍見述祖驚喜遍望述祖亦不言所以但云狂風敗舟倖遇擎天柱遇救得免次年入廣州出囊中珠鬻於番賈獲貲無算買田終老康熙丙子粵僧方趾麟親訪述祖具得其詳時述祖年已九十六貌如五十歲人

張山來曰若非有年月姓名便如讀太平廣記矣　先君嘗疑李賀白玉樓記謂九州萬國語言文字各不相同今觀此則上天果與中華同矣余謂長吉事屬荒唐今讀此文則是實有其事但不識所謂天人河海分界六大字以及貢單所列為篆乎為楷乎為中國文字乎為各國文字乎真不可曉

虞初新志卷十八終

虞初新志卷十九

清　新安張潮山來輯

南懷仁

七奇圖說

上古製造宏工紀載有七所論天下七奇者是也

一亞細亞洲巴必鸞城　瑟彌辣米德王后創造京都城也形勢矩方每方長五十里周圍計二百里城門共一百處門皆以淨銅為之城高十九丈濶厚四丈八尺以美石砌成城樓上有閣閣樹木諸景引接山水湧流如小河然造工者每日三十萬人

二銅人巨像　樂德海島銅鑄一人高三十丈安置海口其手指一人不能圍抱兩足踏兩石臺跨下高廣能容大船經過左手持燈夜則點照引海船認識港口以便叢泊銅人內空從足至手有螺旋梯升上點燈造工者每日千餘人凡十二年乃成

三利未亞洲厄日多國孟斐府尖形高臺　多祿茂王所建地基矩方每方約一里周圍四里臺高二百五十級每級寬二丈八尺五寸高二尺五寸頂上寬容五十人造工者每日三十六萬人

四亞細亞州嘉略省茅索祿王塋基　亞爾德彌細亞王后追念其夫王建造塋基下層矩方四面各有貴美石柱二十六株穿廊圓拱各寬七丈餘內有石梯至頂頂銅鑄一乘銅馬二疋茅索祿王像一尊其奇巧一製度二宗高三精工四質料純細白石築造將畢王后憶念其夫王悵悶而殂

五亞細亞洲厄佛俗府供月祠廟　宏麗奇巧基址建在湖中以免地震損倒高四十四丈寬二十一丈內有細白石柱凡一百五十七株各高約七丈廟內多細石絕巧人像廟外四面各有橋以通四門橋最寬闊以細白石為之正門前安置美石精工神像築工者至二百二十年乃成

六歐邏巴洲亞嘉亞省供木星人形　斐第亞天下名工取山中一最堅大石彫刻木星人形身體宏大工精細巧安坐廟中時有譏笑者語工師曰設此宏大之軀起立寧不衝破廟宇乎工師答曰我已安置之萬不能起立

七法羅海島高臺　厄日多國多祿茂王建造崇隆無際高臺其基址起自丘山以細白石築成頂上多置火炬夜照海艘以便認識港涯叢泊

附公樂場　古時七奇之外歐邏巴洲意大理亞國羅瑪府營建公樂場一坐體勢橢圓周圍樓房異式四層高二十二丈餘俱以美石築成空場之徑七十六丈樓房下有畜養種種猛獸諸穴于公樂之時即出猛獸在場相鬭觀者坐圍圓臺級層層相接高出數丈能容八萬七千人座位其間各有行走道路不相逼礙此場自一千六百年來至今現存

附海船　海舶百種不止約有三等小者僅容數十人用以傳書信不以載物其腹空虛自上達下惟留一孔四圍點水不漏下鎮以石一遇風濤不習水者盡入舟腹密閉其孔塗以瀝青使水不進探舟者縛其身于檣桅任水飄蕩其腹空虛永不沉溺船底有鎮石亦不翻覆俟浪平舟人自解縛萬無一失一日可行千里中者容數百人自小西洋以達廣東則用此舶其大者上下八層高約八丈最下一層鎮以沙石千餘石使舶不傾側覆盪二三層載貨與食用之物海中得淡水最艱須裝千餘大桶以足千人一年之用他物稱是上近地平板一層中下人居之或裝細軟切用等物地平板外則虛百步為揚帆習武游戲之地前後各建屋四層為尊貴者之居中有甬道可通頭尾尾建水閣可納涼以待貴者遊息舶兩傍列大銃數十門其鐵彈有三十餘斤重者上下前後有風帆十餘道桅之大者二十丈周一丈二尺帆濶八丈約需白布二千四百丈為之鐵錨重六千三百五十餘斤其纜繩周二尺五寸重一萬四千三百餘斤水手二三百人將卒銃士三四百人客商數百有舶總管責官一員是西國國王所命以掌一舶之事有賞罰生殺之權又有舶師三人通天文二士舶師專掌候風使帆整理器用吹號頭指使夫役探試淺水礁石以定趨避通天文士專掌窺測天文晝測日夜測星用海圖量取度數以識險易知里遠又有官醫主一舶疾病有市肆貿易食物大舶不畏風浪獨畏山礁淺沙又畏火舶上火禁極嚴千人之命攸係其起程但候風色不選擇日時亦未嘗有大失若多舶同走大者先行引路舶後尾樓夜點燈籠照視燈籠周二丈四尺高一丈二尺皆玻璃板湊成行海晝夜無停有山島可記者指山島行至大洋中萬里無山島則用羅經以審方審方之法全在海圖量取度數即知舶行至某處離某處若干里瞭如指掌

張山來曰極西巧思獨絕然吾儒正以中庸為佳無事於奇闘巧也

詠卷偶筆

婺感縣一婦不孝於姑雷下擊之婦忽以血裤蒙頭雷為所厭欻然墜地形如雁而稍大其家以香湯沐浴之奉以香火座上雷仍自撤其翅羽其家又為作法事一旦風雨飛騰而去此婦自以為得計每出入必挾血片自隨一日河邊漂衣天無纖雲忽聞雷轟婦已斃矣

張山來曰鬼神之屬類惡污穢污穢之取惡固宜但往往偶一相值即不能運其威靈誠不可解我若為雷神則以柳下惠爾為爾我為我之度遣教皐陶執之而已之用法並行不悖亦何不可

康熙癸丑上海縣有人以假銀買猪三十六頭又有他人以錢四百託買一頭同載入舟俄而疾雷揭蓬轟擊三十六頭一時皆斃獨一頭無恙則用錢所買者也賣猪人以假銀買貨為人所執訟之於縣縣官詰之供云實係賣猪得來非某假造官問汝識其人乎曰買猪人雖識其貌不識其住處而載猪之船現在郎家橋於是押同舟子物色其人果獲之縣官痛責枷示焉

張山來曰雷所擊者不孝與用銅為多而光棍不與焉則何也吾非謂不孝與用銅不當擊祇以光棍為更當擊耳雷之不及光棍殆亦畏之耶抑多而不勝擊耶

高懷中業鱔麪於揚州小東門日殺鱔數千一婢憫之每夜分竊缸中鱔從後窗拋入河如是積年一日麪店被焚婢踉蹌逃出為火所傷困卧河濱夜深睡去比醒而痛減火瘡盡愈視之有河中污泥堆於瘡處而地有鱔行跡始知向者所放生來救之也（按醫方河底泥能塗湯火傷）高感其異遂為罷業及折鍋下有洞穴生鱔數石盤其中盡舉而縱之河

上海朱錦初投潘尚書為家人後其子遊泮入謝于公潘曰汝子已係朝廷士子可以門生禮見勿復作主僕觀也即檢其靠身文書還之朱不勝感激曰荷洪恩須當報效庶慊微心耳潘曰我富貴已足何賴於汝朱懇請不已潘沉吟再四乃曰現今文廟圮壞汝能修葺賢於報我遠矣朱即獨力營繕頗稱華煥此事已過百餘年人亦無有憶及之者順治己亥科會元朱錦亦上海人官翰苑至康熙壬子殁臨卒時文廟正梁年久朽壞亦以是刻崩殞視其建造之姓名即朱錦也始知會元乃其後身事詳上海志又縉雲鄭曆唐天啓丁卯孝廉亦以儒學為兵火所燬躬自督造晨夕不輟其子惟颺載颺相繼登進士今人惟知崇飾寺觀以希冥福而於幼所誦法之聖人反秦越視之抑知東家氏之靈爽固若是其彰彰也乎

張山來曰此事若論功當以潘為首而朱次之豈為潘已富貴耶至于不報前之朱鐵而報于百餘年後之同名者則又何也

儀眞孔姓者於荒年購得孔氏家譜遂請縣官陳聖裔時值變亂之餘塋冑散落無稽為申請得補奉祀生遂於家設聖位然其人無行淫人之妻夫死遂娶為妾而己妻亦有淫行鄉里薄之鄰有塾師夜夢一儒者乘車上竪一旗題曰司馬牛弟子從者甚衆皆頭帶包角巾（巾頂有帶繫於額上方）語塾師曰來日此處有事汝當避之覺而駭甚如言避去至午後火發孔姓者從外奔歸見火勢尚微亟入欲攫其譜甫進門內火忽四合遂夫婦並焚死

張山來曰此事予猶及見之然亦此人不肖故遭此報耳

柳軒叢談

婺源江君輔幼工弈稱國手年十七忽一人扣戶稱江北某家延請角技君輔襆被隨之往月餘抵中州某宦宅其人先入內見某宦詐云吾途窮鬻吾子為歸計既得金立契復涕泗曰父子情不忍面別請從後門去免吾子牽衣慘狀也宦信之君輔方久坐堂上訝無出肅客者忽一髫頭婢肩水桶見江大聲曰爾新來僕速出汲江驚異厲聲爭之宦從內出持券示曰爾父賣爾作僕何云江曰異哉君數千里遣使迎我手談反為此不經語乎誰為吾父出所著弈譜呈宦証之宦大驚曰汝果能勝我言即不謬爾對着君輔連勝數局宦爽然深相禮貌其地有國手從無出其右宦忽請對局輔又連勝宦大喜待為上客盤桓數月作書懇薦好弈鉅公處獲金數百歸

張山來曰此當是某宦故作此狡獪耳不然賣子為僕豈不覿面而遽成交耶

嘯虹筆記

篆學閩中多出於新安為他郡所不及如汪夢龍休寧西門人名濤字山來多膂力人呼之夢龍將軍眞草隸篆以及諸家書法無所不精每寫一家從不致雜入一筆大則一字方丈小則徑寸千言鐵筆之妙包羅百家前無古人少時至楚中販米逆旅暇日偶至一寺見衣冠者十餘輩在佛殿以沙聚地成字徑丈曰岳陽樓山來笑謂曰是可以墨書也何艱於八法乃爾耶衆驚愕因白之郡守延入署煮墨一缸山來以碎布蘸墨書於匾上頃刻成守欵賞久之因囑山來落款於後曰海陽汪濤書至今樓雖屢修而此匾不能易也其徒王言字綸紫北門人綸紫篆書出宦光之上隸書直追中郎至今行楷各盡其妙

張山來曰僕與汪君同字山來彼于書法精妙乃爾僕則十指如懸槌深以為愧豈靈秀之氣為彼所獨得耶猶憶為童子時得一圓章形扁而空其中一面刻月色江聲共一樓七字一面刻雪夜書千卷花時酒一瓢二句俱朱文其傍一刻辛酉秋日篆五字又汪濤二字一刻山來二字今此石尚存篋中向亦不知山來為誰由今觀之眞足發一笑也

燕觚　　鈕琇玉樵

宣城高檢討遺山言其族兄某於明季中訓蒙村廟暑夕散徒納涼庭間忽見廟殿青燈影影因從窗楞窺之內有一人危冠方袍南面而坐兩傍童子以次侍立約十餘人深目巨鼻貌極猙獰高拍窗驚呼殿內人從容徐步出揖曰吾亦師也所訓諸徒皆三十年後公侯將相上帝憫其未諳時務欲使稍習文字略知仁義天下將亂孑遺之民不至被其肉莽吭噬也吾身隱少微適奉帝命來此分方授業暫假廟居月餘事畢矣語後入殿息燈寂無所見

京城東偏有民家生一女能言之歲忽曰我工部郎中鄭濂婦也何以在此我欲歸我家矣跡鄭之居與女家相去二里許某秘之不以告女甫能行即出戶覓鄭居或時趨出巷外其家輒抱持之防其逸而女之求歸益堅不得已以聞於鄭鄭乃迎之蓋八齡矣升堂遂坐皆若素遊直入臥牀南面而為婦言曰我之子與媳安在不速出見衆方匿笑旁睨濂適自外來起而曰我別夫子日久豈遂不相識耶籠篋之庋香奩之存靡不一一指點其處鄭郎中以事近怪不踰宿而遣之既聞者驚相傳說旋徹內庭今　上召詢濂濂不敢隱因命續再世之婚濂辭以年齒甚懸且臣之子已生孫矣居室名言恐有未順　上曰天命之也待十三歲而婚詎曰不宜濂奉　旨屆期成禮伉儷如初

張山來曰不識定情之夕亦有所痛楚否

豫觚　　鈕琇玉樵

永城有張生者屢就童子試不遇讀書芒碭山天齊寺攻書之暇散步殿廡見東廂座下判官像貌偉麗戲拊其背曰人間安得如公者吾與論心訂交乎是夕生篝燈禪室披簡孤坐忽聞扣門聲且曰君所願交者來矣啟扃而迎則晝所見判官也始頗疑懼繼稍欵洽坐談之頃諧語莊言纚纚動聽生且喜得佳友由是定更輒來夜

分乃去。卒以為常。生久之與習，因自陳轗軻有年，莫測榮枯所詣，乞其搜示冥冊。神蹙額曰：君無顯秩，即一芹猶難攝也。奈何？生不覺憤惋，堅請為之迴斡。神徐曰：當為君圖之。閱數夕，至曰：已得之矣。山東某邑有與君同姓者，應於明年入泮，吾互易其籍，可暫得志。然事久必露，君其慎之。嗣後神不復見。生亦歸里試，果獲售，志如神言。浮沈黌宮十餘載，忽夢神倉皇前訴曰：吾因與君一日之契，潛竄衿錄，已蒙帝譴，法當遠戍。茲行與君永別耳。生覺而惘然，未幾亦以試劣被黜。

張山來曰：神雖因生被譴，而愛才若此，殊足千古。

李通判者，山西汾州人。其前世為縣學究，年踰五旬，閑居晝臥，夢二卒持帖到門，云吾府延君教授，請速往。挾之上馬，不移時至一府第，如達官家。青衣者引之入重闥，煥麗曲檻紆迴，最後書室三楹，坐頃，兩公子出拜，錦衣玉貌，皆執弟子禮，日夕講課不輟。書室外院地逼廳事，時聞傳呼鞭笞之聲，特不見主人，為怪，且不曉是何官秩。請于二子，二子曰：家君即出見先生矣。未幾，主人果出，冠帶殊偉，晤語間禮意款洽。學究因言晚輩承乏幕下，久且閱歲，不無故園之思。主人微哂曰：君至此已不可歸，然自後當有佳處，幸勿復多言。學究淒然不樂，竟不知身在某府也。一日，主人開讌，邀學究共席，辭以寒素不宜與先輩抗禮，強之乃行。廳事設有四筵，掃徑良久，一僧肩輿而至，極騶從之盛，曰大和尚。又一僧至，如前，曰二和尚。直據南面兩筵，學究主人依次列坐。主人與二僧語，學究皆不解。酒果亦並非人間物。酒半，忽見一梯懸於堂廡，二僧出躡之，冉冉而去。主人促學究從而上，攀援甚苦，倏然墮地，則已托生本州李氏矣。襁褓中能語，如成人，但冥府有勿言之約，不敢道前世事。生四歲，握筆為制義，評騭其父文可否，悉當。後登崇禎乙榜，順治初，通判揚州。 天兵南下，出迎裕王。王手掖之，如舊相識，曰：當時事猶能記憶耶？一笑馳去。潛窺裕王狀貌，即所見二和尚也。而大和尚未知出世為何如人。

賓四者，沈卯槐店賓生之佃也。康熙庚午夏日，四婦將逼娩期，夢黑丈夫傾而舞，謂之曰：我欲暫托汝家，幸勿加害，當有以報。次日之晡，產一龍，蜿蜒踰尺，鱗角俱備。頃間有黃鬣如馬鬣，拂拂而動。婦極驚怖，意欲斫除，忽飛蟠屋梁。因憶前夢，姑置奩。不三日，驟長數丈，夭矯遊行，就乳則體仍縮小如初生時。熟習日久，飼以雞肫亦能啖也。沈卯范令，親往其家視之。

張山來曰：不知此龍何以報母。

秦觚　　鈕琇玉樵

崇禎末，蒲城人屈曼者，為縣隸，性嗜酒。一日持檄下鄉，中途醉臥，夜半乃醒，時朗月如晝，見古槐樹間有年少書生，烏巾氅袍，仰月呼吸，俄而口吐一珠，色赤於火，以手承弄。曼躡蹤而前，遽向生手奪取吞嚥。生怒爭不已，既而曰：假汝經年，仍當歸我耳。隨失所在。曼吞珠後，覺體甚飄忽，舉念即至其所。旋有黠者雇曼入省，會投文，距西安二百餘里，食頃已到，並不見其跋涉之跡。試之他事皆然。衆咸謂其得隱形術。適御史巡蒲，錄諸訟牒，怨家重賂曼，徑入堂，掣牒左右無見者。御史微覺，階前有半體人，案牒翻翻自動，心甚駭異，急以所佩印重按之，忽得人手，其全體亦遂現，立命箠斃。曼埋踰夕，其地墳起成一小穴，若有物出入狀。益書生取珠為之。

張山來曰：屈曼得珠反以自斃，想亦書生欲御史之衷耳。

吳觚　　鈕琇玉樵

嘉興東門外有史癡者，娶婦甚美，遣之別嫁，佯狂，行乞於市，所乞之家貨必倍售，以是過其來，輒施以錢，或有過門不入者，雖招與之，掉頭不顧也。蓬首髮如亂絲，沍寒時身衣草衫，以破絮纏兩足，日至河中濯之，曳冰而走，琤琮有聲，以為樂。乞錢沽酒飲，輒醉，餘錢置道旁牆隙中，云有緣者任得之。間與人言禍福，多奇驗。有老嫗素相識，忽詣之曰：詰朝當有少錢助汝。是夜，即於嫗門端坐而逝。人聞其死，爭致賻錢，嫗果大獲。既舉棺，輕若無人，蓋尸解矣。

余所交海內三龔，一為慈谿姜西溟，一為邵陽康孟謀，其一則陽羨生陳其年也。其年未遇時，遊於雉皐，冒巢民愛其才，延至梅花別墅，有童名紫雲者，儇麗善歌，令其執役書堂。生一見神移，贈以佳句，并圖其像，裝為卷軸，題曰雲郎小照。適墅梅盛開，生偕紫雲徘徊於暗香疎影間，巢民偶登內閣，遙望見之，忽佯怒，呼二健僕縛紫雲去，將加以杖。生營救無策，意極傍徨，計唯得冒母片言，方解此厄。時已薄暮，乃趨赴母宅，前長跪門外，敲門者曰：陳某有急求太夫人，發一玉音，非蒙許諾，某不起也。因備言紫雲事。頃之，青衣媼出曰：先生休矣，巢民遵奉母命，已不罪雲郎，然必得先生詠梅花句百首，成於今夕，仍送雲郎侍左右也。生大喜，攝衣而回，篝燈濡墨，苦吟達曙，百詠既就，亟書送巢民，巢民讀之擊節，笑遣雲郎。其後紫雲配婦，合巹有期矣，生惆悵如失，賦賀新郎贈之云：小酌荼䕷釀，喜今朝，釵光鈿影，燈前滉漾，隔着屏風喧笑語，報道雀翹初上，又悄把檀奴偷相。撲朔雌雄渾不辨，但臨風私取春弓量，送爾去揭鴛帳六年孤館相依傍最難忘紅蕤枕畔淚花輕颺了爾一生花燭事宛轉婦隨夫唱努力做藁砧模樣只我羅衾渾似鐵擁桃笙難得紗窗亮休為我再惆悵此詞競傳人口聞者無不絕倒

張山來曰聞翁在水繪園每年奉倖三百餘金辟疆訝其多翁曰我不須金但以某郎伴我一夕一金可耳然不知為紫雲為楊枝也

合肥宗伯所寵顧夫人名媚性愛貍奴有字烏員者日於花欄繡榻間徘徊撫玩珍重之意踰於掌珠飼以精粲嘉魚過饜而斃夫人惋悒累日至為輟饍宗伯特以沉香斲棺瘞之延十二女僧建道場三晝夜

虞初新志卷十九終

虞初新志卷二十

清　新安張潮山來輯

三儂贅人廣自序　汪价三儂

余小時讀書西圃以林鳥為里舍每展卷自首訖尾方理他冊不抽閱不中輟坐必竟夜不停晷不知寒餓不梳髮類而一夕正拈枯管作時論忽聞檻外呦呦鬼聲自思不敢為孽伯有彭生斷不我厲我宜畏俱頭惡刹者耶燃火跡之聲出竹畦中見一敗葉為蛛絲所罥風入竅中鳴余始悟曰向以為鬼而嗥者即此是也又一夕疑耳室有偷兒在焉持杖逐之見頎然而立者人也以杖橫擊偷之衣紛然而墜但無聲息遽以燈照乃老蒼頭澣其故衣懸至室中因思天下事原無實相皆是人以其意造之嗣是無疑懼心余嘗為牧豬奴戲凡讌集詡為豪舉輒得大采又嘗畢狹斜遊每遇名姝無乞介人纏頭者亟反以橐金佽助嘗火二者皆有利焉宜其溺矣忽思輕俠亡賴非大雅所樂聞正當一嘗惡趣即解脫耳一意斂斷更不復為向應京兆試數見刖於有司友人同斥者多惝怳悲惶淚簌簌雨下余則廓落宴笑猶故吾也甲申當國變天地崩裂邑令修故事群士大夫臨於縣庭口呼大行含辛以為淚余獨號踊幾不欲生平日淚不輕揮謂其近於婦人也自喪二親以來中心抽割惟此一慟余鮮兄弟止仲子一人早遊芹水會逢世亂乃隱於市端木貨殖亦何所譏壺以內妻妾二人雍容井臼各生二男共保抱之無異視四子友愛一如同產二氏皆先戕化去奉倩哀殞裘莊鼓歌俱失物情之正余惟順天委運禮以制哀而已諸子善承吾教亦喜誦古人書亦饒為歌詩亦嗜杯酌亦精於奕亦涉書林書苑亦好作四方遊余嘗戲語曰諸如類我不忝所生頹老不過幸無克肖今皆得成遂皆有妻孥皆服章縫為聖門弟子駸駸乎有進取之意得者自得失者自失不以縈老人之懷至若朋友吾性命也願言結契莫非俊人率爾相遭便如夙昔脫口披肝膈之言對面傾詩書之款有若志跡乖離判若行路者即其人可知矣鼎新以後同學吾友仕粵東者死兵合浦令陳贇臣大埔令蔣文若化州守曹鼎孟粵西者死疾興安令宋王非黨嶧者死罣誤博羅令吳丕能師河北者死顛連河北左監柴沈元培遂貢大廷者死於兕於盜保定公羊病而死正定為盜劫殺仕冢仕茗仕岳者皆以真樸不能突梯上官並見黜落兗州通判項華友武庚令吳定遠令朱兼兩以進士為吏部選人沉廢數十年不得沾一命者多有嗟嗟士人著進賢冠為南面貴人可謂榮矣乃累累遺棄屏終其身困踣不聊以至死余雖不幸猶得傴游林水泰然以作

老酒國詩城長為三儂湯沐邑此非天縱之畸民哉余一生遭罹大抵平樂間有奇厄冥冥之中默為提救壬申隨先君宦楚道經彭澤江岸忽崩檣桅盡折舟壓其下料無生理食頃有聲鬨然舟浮水面是歲家中不戒於火藏書數萬卷悉成灰燼歸而典衣質屋復集數千卷乙酉城陷為亂兵所掠僅存零帙偏從書肆配合其粗有頭訖者又得數百卷辛卯被一窮戚胠竊殆盡於三四年中節湯糜之費又聚得數十卷丁酉遇禍皂隸入吾室楞然烏有也見几上書梱之以去因憶往昔平陽書泉珍護甚嚴惟恐飽蟫鼠之腹乃於二十餘年之內一災於火二災於兵三災於盜四災於皂隸可勝歎哉乙酉江左鼎沸海上帥縱兵劫民舍日呼縛儒冠者破我闥而入勦掠靡遺余幾被縶越牆而僅免己亥入豫州過老兒莊羣盜截劫一魁曰彼書生者行李可憐不足供東道大笑揚鞭而去余於行路凡三遇虎壬申先君命余至荆州謁賀悳藩道經玉泉山有虎踞崖僕夫駭走虎躍入田攫一雞掠余馬尾越澗去庚子遊密之超化巖飲於張鑑空山齋紅怨侑酒不覺狂醉扶置馬上酐然據鞍而行聞從人譟躁聲次日始知有虎引二子飲澗中御無動色甲辰遊富春山登子陵釣處因訪桐君見山門絕巘一白額虎坐瞷溪流余與衆客方側行巖下虎張爪

豎尾欲來撲人衆客噤戰俯地余拱手語之曰山君山君聞聲久矣今日得睹神采幸無妨我去路僕所攜三寸弱管耳當揮斥成長律奉獻虎點首者三一嘯跳入叢莽與衆客越宿樵子之廬燃燈疾書五排六十韻天方曙以詩焚故處祝之曰一言相贈余不爽約君有英神能無印可乎是夜夢虎頭人來謝敎持鹿酒共酌興正酣為役夫催起乃驚失之余短於目窮睫之力不及尋丈道途拱揖不辨為誰迫老而視不加眊昏暮能審文字點畫燈下書紅箋能作細楷以光常內歛也相傳文人目多青歸咎讀書焚膏繼晷以致損明此言近誣殆由天分宋學士作咨目瞳文罪其失職寃矣余絀於目而耳倍聰嚶嚶私語雖遠必聞睡夢之中有聲即覺四足者無羽翼子之用者去其齒殆是之謂乎賤目眶大而睛露有議其蜂目不祥因目為暴者此世俗之惑也古有獸其形而人其心者羲農之牛首而蛇身是也有人其形而獸其心者桀紂之長巨姣美而筋骨趫勁是也而又何法相之足云乎余足不健於行然亦曾走百里不見苦趣至如登山覓勝捫蘿躡險命且不惜不能守齒剛舌柔之說好齮齕剛物未六十而齵然落其二時選古鋒以言語抵忤人人以不堪初時不省後乃悔之吾年既邁有客相見必減我以年數譽我以紅顏則其為我懋亦可

知也余在蓉江受異人術能鍊臂為鐵聽力士佗如虎者張拳擊之余臂無恙至十數擊而彼拳痿痛不能舉矣海昌查伊璜嘗言有豪客者鐵臂與余無二客本武林寠人也伊璜宴客湖心亭客艤破舟亭畔索酒伊璜拉與同飲酣斗盡惟飲畢恐以餘饌贈之後客仗劍從軍底定閩粵以功帥於交廣之間錫有封爵伊璜以明史事掛罣客感酒食之惠陰為營救寃乃白同一臂術耳客以寠而俟余特用之以戲猶是孱書生也可哂也庚子擢得白髮為文以罵之白髮對以臆曰鹿仙畜也千年而蒼又千年而白龜四靈之一也五百年而紫又五百年而白然則白也者物老而堅斯足以當之余由是得老而娛得白而喜吾願天下學道人共聞斯語余南士弱夫素倚舟楫與鞍轡不相謀隨李御史渡河撤輿而馬御史振策逐余馬而馳余身若翥霄塄之外目迷陰瞪耳轟然湍始而驚既而爽終而安焉後此羣騎並出余馬必先驁崇禎末習射於石岡之汝南書塾弓張矢落同學者以為笑余憤欲勝之味射義志正體直持而審固之語懸的者三匝月心柔手熟忽焉大進以是知人不貴自然貴勉然性不可恃而習有可通大抵然矣余善飲而不善啖飯可二缶常食不能噉大臠客之饕者喜並余餐僑朔方者數年日食蒸餅不托之屬生嚼鮮葱有同嗜焉

歸而餜且兼人反覺稻粱之寡味五歲時私闖酒室垂首甕面吸取浮醴遂至沉酣家人徧索乃酣臥於瓶甖之側長而偕稱大戶常時列宴衆客支離狂花病葉獨沛國朱揄生寨旗對壘終夕不言歡時有朱雞喙汪天亮之目主人悅間亦取憎侍者計余一生曾有二醉壬寅與合肥龔伯通飲於懷慶之高臺寺同飲者王蜀隱沈雲門所飲者五香柿酒此朔方燒醴之最儁者四人篝燈細酌自酉達卯傾二甖無餘瀝飲時但覺甜美可人無茗芋意從者報曰日高舂矣四人啟戶而視觸受風色心目迷眩一時俱倒余睡至日晡而後三公者相對嘔咯病不起者累日是年在鄴之旅舍候李御史行旆凝坐無憀聞西郊演劇觀者甚衆趁步一往臺之旁列肆酤酒士商聚飲不覺流涎因選席而坐傲然獨酌已而興發拉客中之豪者並釂拇戰不已遂蔓及他席大衆轟飲余玉山頹矣彼此違次未及叙姓氏亦未識余邸舍群起而扼余舁之野廟神幔之前迨曉悟笑而回名教中自有樂地昔賢所云時復戲之余不習鐺杓而洞於茶理友人戴惕菴為邑之陸羽余時過領日鑄以消七碗之興及至杞子國有馬布菴者又盧仝之後勁也一槍一旗居然獨步嘗戲語之若與吾鄉惕菴共品泉源正未知誰當北面余於甲辰偶然禁酒有句云我當上奏天帝延

酒星謫去補茶星此亦老僧謎言非實爾也性好食醋失此則諸味不調又好秋末蟹夏初蠶豆二物充庖不想他味人以汪生所嗜不殊屈到之芰姬文之昌歜近日俗尚食煙余每語人奈何以火燒五臟請觀筒中垢膩將何以堪其人猛省誓不再食少焉憶之便渝戒矣病酒之夫狂飲不待明朝難產之婦好合何須滿月嗜煙之酷乃至同於酒色何惑溺也余家常乏獨衣冠必鮮整人目之若雄於財者然少而惜福繭絲不以附內體服之務重不輕為塵涴即至褸裂亦不輕擲記曰敝帷不棄為埋馬也嘗記先大夫於余入泮時製一西洋布袍凡遇佳節良讌則衣之幾三十年不之浣濯有勸余改作褻衣者賈子曰冠雖敝弗以苴履先人所賜吾不忍也先人之敝廬不過數楹團聚家人三世不易其舊余日坐臥者止於半舫園寒香峯梅比鱗次容我頭足一席地耳俯仰之餘不見其窄出而翔步王公之第崇構邃峻宏垂雲俯余處之落落然了無與也公自見其朱門貧道如游蓬戶大智之言豈欺我哉余愛樓居及庋板之房不耐卑庳下濕又愛短簷淨几其牕四開晨起披襟爽受風日如入闇室幽暖便悶欲絕又愛舟行放棹蘆洲葦渚之間來其容往有會心處嗒爾忘歸余向不喜浴雖夏月亦止以巾拭汗老始習之乃覺除渰消癥體氣榮暢即冱寒且樂就湯室焉余得天強固不嬰重疴偶爾違和亦不用藥醫之以至清之酒醫之以至快之書辛巳午月賤體忽憊頭岑岑然作楚一日夕不思湯餌若柔時癘者適有餉余佳釀呼至牀頭開看芬香拉鼻急命溫之取太史公荊軻傳連飲連讀瞬息之間拍案而起古書難信切不可以身試方吾友賈靜子雕陽才人也體有不適欲行倒倉之法余諍之曰奈何於腹中演戲法不聽一服之後下泄不止而斃豈惟藥石即平時飲膳皆可傷人余嘗於醉後飲養花宿水不死於相國寺僧舍誤中鮮菌毒不死此小人倖免也子美死於白酒牛髓太白縱飲采石捉月而亡李杜詩人之魁也皆以輕率自殞其生可不慎哉壯時不免房帷之好後乃以漸而淡至為汗漫遊遂與色遠即燕趙歌姬充列侑飲從無一人沾昵者北妓入席見客即拜立而執役主人加之訶叱余命之入坐諸執事並令隸人司之北人且謂介人壞其鄉俗體貌知命之年便絕婉孌友人俱誚其假席間每引為笑資李贍齋至謂五十斷慾不如捐館作泉下人彼長余四齡竟以喫牛戴溫一妖姬而殂夫精炁神人之三寶而丹藥之王也先祖遇一異人授以龍虎吐納之法習練四十年道成夏月盛重衾臥熾日中無纖汗冬以大桶滿貯涼水沒頂而坐竟日不知寒余以骨頑無仙

分不之向學然於玄牝要訣頗熟聞之大要以寶神嗇精為主世之愚儋縱情肆欲以致陽弱不起乃求助於翕蟲之末蛤蚧偶蠱也眾之以為媚藥山獺淫毒之獸取其勢以壯陽道海狗以一牡管百牝亂之助房中之術何其戕真敗道貴獸而賤人也且方士挾採陰之說謂御女可得長生則吾未見蛤蚧成丹山獺尸解海狗之白日沖舉也記誦之外無時不親操諸務盥潄汛掃不以煩廝役花則手灌之草則手薅之魚鳥則手飼之或雜伍漁樵或混同傭乞或時與童穉相嬉擲弄腦髏以嬉戲年雖近耄人以為有童心舉步輕趫容色亦不衰不似龍鍾齒豁人年來遊興不減夢想時在湖湘岳麓諸子惜余筋力柅余車不得遠行在家閒極有花即看有酒即飲有對弈者即終日老友相值即解杖頭以醵緇流之上者樂共余談余亦樂坐榻揑之室謂之清時小太平適與紅裙會方袍骨董不至以唐突取厭哈邦水桂姬有休將量大敗紅袖但得情癡怨白頭之句非乞憐語佳人會生憐耳孫子數人與長者點定文字粗為疏解犖小則牽逸衣裾分棗栗與之各饜所欲而往分之必均偶有參差聚而向老人計較尤可愛也余行李半天下所至以客為家客兩河者前後十數年始於蔡荒李御史慕懷孟薛宗伯知之呼至其家與仲倩二兄讀書翁園後為賈大中丞召修省志別去越三年會弔宗伯之喪黃門衛公先生正在讀禮留與峴山草堂商榷今古又為洛陽太守宋燦煌邀閱試卷別去介人之久於兹土者實以宗伯父子恩分滋深故依劉御李焉首不能他指耳時沈官詹繹堂先生分巡大梁清慈明允為海內岳牧表余驅車入郡歷收河嶽之英倚則以鈞陽清署為歸鄙其他逆旅主人無不歛暱如戚屬水行則戒榜人無妨縱棹河上逍遙陸行則命輿執轡者試走舍輿馬而徒恣其流覽余之所為適余之所為介也余頗精音律於古今離合之義無不博綜吾邑陸君揚綎齋化工手也從余考訂音聲字有訛舛悉為釐正遂使八風二十四氣相為噓吸海內名公卿以及文章之士皆與之遊其名直達禁掖擊阮傳人乃以介人為導師亦可異也余嘗作一想取尼父猗蘭操桓子野挽歌孔明梁父吟謝安洛生咏嵇康廣陵散袁山松行路難李太白烏夜啼令相如鼓琴桓伊吹玉邃高漸離擊筑禰衡撾漁陽鼓君陽出而歛冠短袖為之捉搦其間左顧右盼意氣激昂擬清絲發哀弄人聲天籟雲奏雪飛一洗梨園法曲之陋顧不樂哉博塞之戲盛於魏晉近日士大夫皆以奉十齋打葉子為名流雅尚相煽成風沒溺海內余不之效祇是黑白二子比勢覆局木野狐之誚恐亦在所不免當余少賤

頗耽戲術射覆藏鉤與夫頃刻花遶迴酒之類種種幻化皆所熟諳至於召請乩仙尤極靈響即非真仙當亦才鬼已外應試失利情懷悼悵舞仙童以釋悶令其搬演雜劇窮姿盡態有老梨園所不到者一時傳播男婦聚觀擁塞堂廡終日哄笑匝月而不散胞兄恐遺揶揄余深悔其賤因逃匿於外以謝之世俗無聊動拈骰子以卜乙亥試王峰同寓友人毓卜休咎余一呼而六子皆赤果於是年入泮先君六旬時遘疾彌月醫藥不能療余心焚灼抱骰盆跪於中庭祝曰大人病果無恙幸賜吉徵一擲而五子各色獨一子旋轉不定余默懇之一躍而成順色病亦旋瘳昔宥奴喝子成盧明皇叱子成四慈聖之側立不仆光獻之盤旋三日精誠所注符應立呈樗蒲有神豈虛也哉余與漢陽李雲田偶過汴市見有爭錢而相搏者雲田曰古人名錢曰刀以其銛利能殺人也執兩戈以求金謂之錢亦以示凶害也余曰執兩戈以求金謂之錢執兩戈以求貝謂之賤執十戈以求貝則謂之賊而已矣雲田曰兩戈一金當更有精義子試說之余曰兩戈不敵一金錢真神物也雲田曰得一金而來兩戈豈不可危余曰操兩戈以求一金亦復何畏有一老父笑而前曰此貪者之必滯以酷也敬領兩公高論老夫快極惜王介甫不得一證斯言已已從三衢假道至

汾水關化道中貲斧告匱張伋尹靡所騁適遇一蒙館其館師教讀心廣體胖音爲俳余入語之曰先生誤矣胖蒲官切當讀如盤館師曰門下精於翻切字願受台教因教以上字母下韻腳中間過脈如經堅丁顛諸訣一一指授呼調數四令其師弟同余念誦一堂之中齊聲唱和初如小兒喤喤學語舌本都強少焉漸覺柔利至數百遍而趁口以出自然通協主人聞之狂喜出揖余曰等字切法里俗罕傳村塾蠢兒肉案衣桁何幸得公提誨請問公姓氏今將何往何爲停車於此余實告以前往江右行李空乏之故主人曰是不難命家僮立取青錢文綺見餉余拜受之得以即時就道余以字學童而習之音義略無訛舛不謂浪遊乃受其益以解字而得酒食以切韻而得錢財是亦學圃之美談也二氏皆視世人爲愚俗故一以沖舉歆之一以輪迴懼之余明於死生之故不溺其說然其標旨清微振辭高妙有足聳惜人之闕塞者故夫道家之六甲秘文萬畢神術釋氏之三車要義四諦真言罔不洞究我於靜地修玄不在採芝咽液高座說法不在豎拂拈槌將使上清羽客龍守丹鑪大喜知識都向離門外瞌睡也余不信屋相家言李虛中唐舉世無其人二家推余限度按余部位皆云至貴之格公卿將相早於年三四十内得之人多以此佞余余

初亦喜聞其佞逮至彼來往往不驗今閱七十甲子矣黃粱熟矣癡夢不復作矣雖欲信之又烏得而信之又不信師巫之術吾吳多有女巫召人先靈與人敘語余幼隨家人往叩於隔戶隱隱有聲家人白日見鬼哭而問訊余惡之從後闖窗偵見一人垂首覆巾作語遂發其奸余在河南與李御史同謁嵩嶽見有所謂馬子者托神附體儼坐堂層執纏棍者森列左右愚民朝山者有不跪神座免拜馬子訓飭而去忽而恫喝邀索眾皆驚竄財如阜積余惡之令御史皆縛之至眾神叩頭哀乞免死聲色移人余性亦有殊焉者喜泉聲喜絲竹聲喜小兒琅琅誦書聲喜夜半舟人欸乃聲惡群狎聲惡騶人喝道聲惡賈客壽昇聲惡婦人詈聲惡男子呻嗄聲惡盲婦彈詞聲惡刮鍋底聲喜殘夜月色喜曉天雪色喜正午花色喜女人淡妝真色喜三白酒色惡花柳敗殘色惡執熟媚人色惡貴人假面喬妝色至余平日有喜色無愁苦色有笑聲無嗟嘆聲竊謂屈原之九歎梁鴻之五噫盧照鄰之四愁六恨賈誼之長太息楊雄之畔牢愁殷深源之咄咄怪事皆其方寸偏仄動與世慹惜不與介人同時爲作曠蕩無涯之語以廣之余不識金錢之數不知方物之值不聞營殖之方不設會計之籍倘然而來者倘然而去空中忽盈忽虛若與阿家翁無與焉年七歲時

族伯亡應余承祧有宗人出而爭嗣郡司馬某當讞得宗人財袒之余起告曰爭爲人後者利其產耳兒不願如俗情奉人宗祀遂辭以出司馬謂先君曰有是佳兒宜不賴此其爲志大財疎自童齔已然矣傾余行篋從無十金之積白鏹青蚨亦數來數往但不戀清寒吾輩人余曾生平凡收諸生修脯亦曾心織筆耕賣文字作生活亦曾以文應採風之使得受前茅上賞不以事生產不以食身房入口林頭阿堵不知何故咄嗟而散余最僻古器幸而購得寶玩不已倘或失去經時怏怏如憶故人向在東都所得當道之贈悉三代尊彝鼎甗名書賣貨抵舍家人意其貴重啟視之确确然皆邱上中物也余誇而家人笑不久即星失假使余囊金以歸要亦垂手盡不能作臨沮守錢翁人言介人癡不癡也向有三畏畏道畏獺犬畏笑面多機智人不幸旋觸當人怒卒吹蜮沙興文字獄執余而囚之余日事著述若不知有狴犴者各讓余曰子才之不戢以至於斯今猶是放宕其辭以自騁乎余曰馬遷腐刑居蠶室而著史記陸平原臨刑曰古人立言以垂不朽吾所恨者予書未成耳蔡中郎被收請黥首刖足繼成漢史此三賢者介人之師也子烏足以知之或又引善惡報應之說曰子有何惡而遘此刑獄余曰盜蹠爲暴肝人之肉而食之卒得上壽孔下惠

潔行修潔以黜斥沒其年崇侯虎進炮烙以痡百姓國滅不與其難西伯修德行仁因於羑里司馬雖欲殺聖人終柄宋國仲尼賢過堯舜拘於匡圍於蒲微服於宋信如報應之說則是盜蹠崇侯司馬之善報為不爽而柳下西伯仲尼之忠報為斷如也有是理乎知己之恩倖於生我古人云士為知己者用又云士屈於不知己而伸於知己又云感恩則有之知己則未也又云天下有一人知己可以不恨甚矣知己之難也而余之生也凡得知己者十發未燦應董子試甬東謝象三先生目之曰渥洼之神駒也困以鹽車恐未得千里騰逸此一知己楚黃曹石霞先生令鄮月兩課士余輒冠一軍迨解官放浪西子湖與白門諸山水間連手吟唱狂叫絕倒此一知己光州唐雪影先生選邑士廿人時校藝於衙齋文必面閱必戒諸少雋者奉余為經師辛卯之役謂余必掄元及報罷仰天嗟唶至於流涕此一知己湘潭沈旭輪先生李吳三簡首諸士曰時中文古文盲腐二史其鼻祖也終恐不利時官之日此一知己之萊李琳枝先生以省方試士拔余罪隸之中弁冕都人士序余文曰介人之文能令人悲能令人怒能令人喜能令人下酒能令人已疾是介人以文生天下而群儈乃欲報之以殺忍乎哉此一知己河陽薛行屋先生人倫淵藪坐余澹友軒相

與訂千秋業余斷梗又折角如意也而先生折官位輩行以交詑為珠采玉英希世之寶此一知己七閩黃石齋先生講學湖上弟子數千人蟻汁廡下易正一書荃蹄文象妙契圖先獨以授余曰滄桑而變惟此子不刊其書誰闡之得丈立藩衛門牆吾何恨矣此一知己吾鄉之文久沒雲霧中潛壺許子與余力剔之並草松陵分題漢上他無可與語者嘗曰有志三代同心二人此一知己上洋妓王翩仙姿才無雙頗不近貴人得余文必焚檀拜讀讀已又拜相對清譚無一語墮人間粉澤者此一知己有授偽秩官人偕邑中雕面少年密謀傾余事且露主者曰斯人制作胚胎大家必將羽儀天下必務殺之再擊不中歎曰才士固不可殺受我之口無可準的若輩方欲剸我以刀而官稱為大家呼為才士此亦一知己李獻吉前朝之文人也葬於崆峒山塚已崩阤幾出貍首顯人無過而問焉者余語肅州史太守張良洞剪蓬石墢蘚政其側妙瑩墳大抵荒唐為士人耳食語獨明詩人李獻吉墓埋骨不過百年沒於豐草碑識無存焉為太守者所當急為表治以培風雅守即鳩工往葺余親為舉土而封出故碑而重泐之曰明詩人李夢陽之墓雲間彭燕又當代之文人也以五十年老孝廉授汝寧司李才華震焉不屑以肺石繩人或譏其有文才無吏幹

一日來謁李御史於汴署余從屏後覘之見其內衷紅褶心為竊駭御史甚加禮遇觴之坐談論甚洽茶凡三瀹燕又漸忘分位以足加勝哆口橫議旁若無人御史微哂無惱意入而呼余曰子見夫狂司李乎余曰見之才不檢御幸夫子憐而恕之御史曰我無責乎爾天下豈皆愛才者恐終以是禍未幾巡方使者會稿至御史謂余曰彭司李掛彈章矣疑跡纍纍罪且不測余切懇御史斡旋為文人留一生地御史難之曰直指駐節彰德汴之去鄴也遠疏發追無及矣余為懇請乃刪其重大者數條遣一幹役策飛騎詣直指所追還原疏更為改繕脫又得從薄譴以歸余初不令燕又知也余方童丱嘗夢一人纖細娟好自稱金鑾宮人以綠沉筆一矢授余曰乾德初蒙公見借今以奉還由是文思大進放騁詞塗不可捉搦患難後於貲善僧樂曾晝夢作文有朱衣人裂而擲之地余啟之曰豈以文受禍不當更費喻麋耶今後但為歸潛杯水之文不復為驚濤怒壑之文但為軟面消口之文不復為馨牙棘齒之文但為依離倘閬之文不復為開疆鑿嶮之文但為女子皖窅嫿昵之文不復為丈夫傑戟森峨之文如是可乎朱衣人色霽而去及余提筆匠心獨詣其為砰奇如故也又夢朱衣人怒訶曰違吾意旨由汝虎視文林但無望龍門燒尾余乃絕意金

閨日與黜生者為友上追風人下逮三唐吟老過相鼓吹余壯盛時力為時文若科目可旦暮掇焉者甲午同考官某與余有神契欲收之夾袋密相招授以關節余驚從之曰科名為何物可以關說獲之且余命多蹇刹恐非桂籍中人丈之售不售無所逃命若使一日詭遇是與命拗也人禍天譴均有之矣當事怪恨便與余絕老而力為古文歲戊午薛黃門衛公先生謀之要津欲以博學宏詞薦余上劄啟謝曰僕鳳遭屯難況痼書城雕蟲瑣事不足名家實乏史材無容參竊宏博之稱非所擬也且也山麋野性不樂冠裳豈其濛汜餘年顛忘卯酉孝莊宮河渚仲蔚沒蓬蒿匹夫有志不可回也固辭而後已刑部伴阮劉公結三十年中州縞紵近為侍從親臣出督無關挽迎余樂江之署飲酒賦詩公於署前方池之上搆一新亭鐫　御賜松風水月字為之額朝夕瞻對題曰敬亭志不忘君也余為之頌系之以詩復命日擬以余才緩頰左右余懇止之曰草澤寒蝴久甘噤伏豈可以不祥名字上干　帝座公為默然退語幕客曰此公老鈍命與才違余之古今文洵非逢年之物天下鉅公鑒以富貴相貽此世人謂為奇遇蠖屈亂拱感涕以受者而余顧麾而去之若將浼焉然則介人七尺其為不肖之未鉏早飆之敗葉也審矣向甚自少至老所為詩古文

辭刪九而存一客見之問余曰其中所稱最快意之作可得聞乎余曰流落散人實多筆墨之樂試為足下略言一二李御史察荒兩河時駐節歸德余入謁御史手授丙申詩刻一册凡百有餘首余同寓命從者搽醴釃酒依韻和之漏五下而卒業黎明投入寓府御史立邀進累大呼曰君以一夕敵我一年才之相去奚但百倍而已遂留幕內可為大快者此其一河陽妓小紅兒性憨善飲常倚其量以壓人一日余取大觥容數升者奉之紅兒不辭曰我善酒爾善詩爾成一詩我盡一爵今日試以詩酒一決楚漢余吟紅飲酣對數巡紅兒微有醺態余乃一連疊咏紅不能支踣而乞降余縱之睡自吟自飲坐客各舉杯稱賀可為大快者此其二繆侍讀念齋先生過睢有青樓何媛以詩晉謁備陳墮落苦狀侍講心惻呼其嫗盡償所值聽其擇人而字無他染也余作種德記以贈之一夕余病不能飲而為酒糾為之約法曰苟有把不能飲者罰以酒能飲者罰以詩即以繆侍講捐金與何媛落籍為題衆聞以詩贈繆皆應曰諾一客曰余何能飲而不罰之酒余曰若以酒罰能飲者則是賞也非罰也余乃隨罰隨吟令小童錄之計所為詩竟得免罰酒三十二甌侍講笑曰昔人讌集詩不成者罰依金谷酒數未聞有不與飲而罰之詩者有之自介人始矣余私

喜曰不意於風雅林中而得逃酒法余素負酒人之名每罰即俛首受之無可解免此番乃得以詩硬抵公然强項不飲衆不敢譁可為大快者此其三戊子入鄉闈號舍中啾然有聲其鳴甚哀余信為場屋文鬼大聲誦余向日秋嘯詩曰三年齷齪逢選卒七義光芒嚇主翁其聲遂滅有顧香王者邑之才士以不得青其衿而死余為立傳人閱之喜其描情繪意有若寫生無不頤解己酉客上蓍僧伽舍鄰寓有二生披而讀之忽相抱痛哭至於失聲余驚問之彼亦負奇侘傺而不得一遇者其為此態也益重有所傷也我之詩可以妥鬼精靈我之文可以役人情性可為大快者此其四周少司農櫟園先生被蜚語中以閩事窮極拷訊終無賍證時臬司李官以獄決失輕比次逮問大司農同繫刑部死者數人滯於獄者八載　世祖忽念無辜有貸死意廷議改流寧古將為散戍征人　升遐之日特諭放令還鄉辛丑偕王過客司李東萬南歸道經雪苑留宿宋公牧仲家余適邂逅宋出　上賜先相國古畫同觀司農一一賞鑒畢列坐開宴余曰姑緩之請再觀令童取余所著火山客譃閱之諸生朗讀不已都忘杯箸鼓掌而笑巾幘盡欹主人勸且飲諸公曰得此奇文愈讀愈快正如身入龍藏爭看寶貝惟恐其盡誰肯撤而去之竟閱　遂且不備賓禮可為

大快者此其五畢懷沈雲門嶔崎異人與余訂金石交艱得子嗣頗制於內不容置妾媵秋一人於外宅產一男聰穎明俊且八齡矣扎為里人兜攬至家夫人見而驚異曰阿張家生此九苞鳳雲門進啟曰此即夫人子也得其實夫人大喜踰望消日為育麟之宴親朋製錦稱慶文皆屬余捉刀一為中書段玉美一為給諫薛衎公一為河北大將軍鮑濟宇一為大總戎魯璧山一為懷慶太守彭悟山一為張乾雅諸同學兄弟一日之內橫筆揮霍悉副其請無一雷同門面語可為大快者此其六庚子修豫志午日賈大中丞邀飲開府談次論及諸葛孔明王景畧二人優劣互有異同適襄城令獻襄酒三百罌陳列堦前詔同事並啟分貺中丞笑曰請諸公各草葛王優劣論一篇佳者悉持去不須分也諸同事閒言賈勇各就席搆思余伸紙搖筆不加點竄俄頃而稿畢中丞令余口誦余音辭朗鬯鏗戞中丞為之擊節歎賞諸同事皆擲筆長噓自壞己作余進揖謝賜督軍校四人儐酒於前余攤之徐步而出可為大快者此其七嘗見館孩村腐妄為詩文多有口自吟誦扑手點頭自鳴其得意者若稍知痛癢則不然矣韓愈曰小稱意則人小怪大稱意則人大怪劉蛻曰十為文不得十如意則求余所為最快意之作當又絕少

也有譏余文多遊戲者余曰方朔之客難假難以微辭崔寔之答譏因譏以寓興崔駰之達旨寄旨以解思韓愈之釋言憑言以攄志楊雄之解嘲托嘲以放意班固之賓戲隨戲以遷懷也客曰子雲擬經之徒孟堅述史之士奈何鼓其舌穎以筆墨為遊戲乎余曰昔孔子目冉父為犂牛斥宰予為朽木觀仲由之好勇取暴虎以示規聞言偃之絃歌舉割雞以志喜遊戲之語雖聖人有所不廢而況為聖人之徒者哉少辨方言作儇雅四卷蒙難時作火山客譃十五卷廣禪喜一卷會有感喟作鼠嚇五卷豫遊最久作中州雜俎二十四卷同人問訊作十里面目六卷老閒半舫作化化書十二卷人林題目八卷蝌春秋一卷三儂贅人詩文全集未定卷數今雖衰栽踵門而乞文者必應之如償風逋不以為疲後有作者得吾書而秘之中郎之帳聽之如李漢序韓文以壽之百世聽之即不然如張伯松不喜法言叱覆醬瓿亦聽之

張山來曰文近萬言讀之不厭其長惟恐其盡允稱妙構　予素不識三儂而今嗣枉東曾通縞紵因索種種奇書尚未惠讀不知何日方慰予懷也

板橋雜記　　余懷澹心

金陵為帝王建都之地公侯戚畹甲第連雲宗室王孫翩翩裘馬以及烏衣子弟湖
海賓遊靡不挾彈吹簫經過趙李每開筵宴則傳呼樂籍羅綺芬芳行酒糾觴留髡
送客酒闌棋罷墮珥遺簪真欲界之仙都昇平之樂國也
舊院人稱曲中前門對武定橋後門在鈔庫街妓家鱗次比屋而居屋宇精潔花木
蕭疎迥非塵境到門則銅環半啟珠箔低垂升階則猧兒吠客鸚哥喚茶登堂則假
母肅迎分賓抗禮進軒則丫鬟畢妝捧艷而出坐久則水陸備至絲肉競陳定情則
目挑心招綢繆宛轉紈袴少年繡腸才子無不魂迷色陣氣盡雌風矣妓家僕婢稱
之曰娘外人呼之曰小娘假母稱之曰娘兒有客稱客曰姐夫客稱假母曰外婆
樂戶統於教坊司司有一官以主之有衙署有公座有人役刑杖籤牌之類有冠有
帶但見客則不敢拱揖耳
妓家各分門戶爭妍獻媚鬬勝誇奇凌晨則卯飲淫淫蘭湯灩灩衣香滿室停午乃
蘭花茉莉沉水甲煎馨聞數里入夜而擫笛搊箏梨園搬演聲徹九霄李十為首沙
顧次之鄭頓崔馬又其次也
長板橋在院牆外數十步曠遠芊綿水煙凝碧迴光鷲峰兩寺夾之中山東花園亘

其前秦淮朱雀桁遶其後洵可娛目賞心漱滌塵襟每當夜涼人定風清月朗名士
傾城簪花約鬢攜手閒行憑欄徙倚忽遇彼姝笑言宴宴此吹洞簫彼度妙曲萬籟
皆寂遊魚出聽洵太平盛事也
秦淮燈船之盛天下所無兩岸河房雕欄畫檻綺窗絲障十里珠簾客稱既醉主曰
未歸遊楫往來指目曰某名姬在某河房以得魁首者為勝薄暮須臾燈船畢集火
龍蜿蜒光耀天地揚槌擊鼓蹋頓波心自聚寶門水關至通濟門水關喧闐達旦桃
葉渡口爭渡者喧聲不絕余作秦淮燈船曲中有云遥指鍾山樹色開六朝芳草向
瓊臺一圍燈火從天降萬片珊瑚駕海來又云夢裏春紅十丈長隔簾偷襞海南香
西霞飛出銅龍館幾隊蛾眉一樣妝又云神絃仙管玻璃杯火龍蜿蜒波崔嵬雲連
金闕天門迥鶴舞銀城雷奮開皆實錄也嗟乎可復見乎
教坊梨園單傳法部乃威武南巡所遺也然名妓仙娃深以登場演劇為恥若知音
密席推獎再三強而後可歌喉扇影一座盡傾主之者大增氣色纏頭助采遽加一
倍矣頓老琵琶妥娘詞曲則祇應天上難得人間矣
裙屐少年油頭半臂至日亭午則提籃挈榼高聲唱賣逼汗草茉莉花嬌婢捲簾攤
錢爭買捉腕捺胸紛紜笑謔頃之烏雲擁雪竟體芳香矣蓋此花苞於日中開於枕
上真媚夜之淫葩殢人之妖草也建蘭則大雅不群宜於紗幮文榭與佛手木瓜同
其靜好酒兵茗戰之餘微聞香澤所謂王者之香湘君之佩豈淫葩妖草所可比綴
乎
南曲衣裳妝束四方取以為式大約以淡雅樸素為主不以鮮華綺麗為工也初破
瓜者謂之梳櫳已成人者謂之上頭衣衫皆客為之措辦巧樣新裁出於假母以其
餘物自取用之故假母雖年高亦盛妝豔服光彩動人衫之短長袖之大小隨時變
易見者謂是時世妝也
曲中女郎多親生之女故憐惜倍至遇有佳客任其留連不計錢鈔其傖父大賈拒
絕勿與通亦不顧也從良落籍屬於祠部親母則取貲不多假母則勒高價謬所謂
娘兒愛俏鴇兒愛鈔者蓋為假母言之也
舊院與貢院遥對僅隔一河原為才子佳人而設逢秋風桂子之年四方應試者畢
集結駟連騎選色徵歌轉車子之喉按陽阿之舞院本之笙歌合奏迴舟之一水皆
香或邀旬日之歡或訂百年之約蒲桃架下戲擲金錢芍藥欄邊閒抛玉馬此平康

之盛事乃文戰之外篇追夫士也色荒女兮情僭忽衰微而金盡亦遂歡寡而愁殷
雖設阱者之恒情實冶遊者所深戒也青樓薄倖彼何人哉
曲中市肆精潔殊常香囊雲舄名酒佳茶餳糖小菜簫管琴瑟並皆上品外間人買
者不惜貴價女郎贈遺都無俗物正李仙源十六樓集句詩中所云市聲春浩浩樹
色晚蒼蒼飲伴更相送歸軒錦繡香者是也
虞山錢牧齋金陵雜題絕句中有數首云淡粉輕煙佳麗名閒天營建記都城而今
也入煙花部燈火樊樓似汴京一夜紅箋許定情十年南部早知名舊時小院湘簾
下猶託鸚歌喚客聲（舊院馬二娘字晁采）惜別留歡恨馬蹄勾闌月白夜烏啼不知何與汪三
事趣我催人伴我歸別樣風懷另酒腸伴他薄倖耐他狂天公要斷煙花種醉殺揚
州蕭伯梁頓老琵琶舊典型檀槽生澀響零丁南巡法曲誰人問頭白周郎掩淚聽
（紹興周高叔善頓老琵琶）舊曲新詩壓教坊縷衣垂白感湖湘閒開閣集教孫女身是前朝鄭妥
娘（鄭女英小名妥娘列朝詩選閏集詩中）新城王阮亭秦淮雜詩中有二首云舊院風流數頓楊梨園
往事淚沾裳樽前白髮談天寶零落人間脫十娘舊事南朝劇可憐至今風俗鬬嬋
娟秦淮絲肉中宵發玉律抛殘作笛鈿以上皆傷今弔古感慨流連之作可佐南曲

談資者錄之以當哀絲急管黃浩翁云解作江南斷腸句世間惟有賀方回倘遇旗亭歌者不能不畫壁也以上紀雅游

八瓊逸客曰此記須用冷金箋畫烏絲欄寫洛神賦小楷裝以雲鸞縹帶貯之蚊龍篋中薰以沉水迷迭於風清月白紅豆花間開看之可也

余生萬歷末年其與四方賓客交遊及入范大司馬蓮花幕中為平安書記者乃在崇禎庚辛以後曲中名妓如朱斗兒徐翩翩馬湘蘭者皆不得而見之矣則據余所見而編次之或品藻其色藝或僅記其姓名亦足以徵江左之風流存六朝之金粉也昔宋徽宗在五國城猶為李師師立傳蓋恐佳人之湮沒不傳作此情癡狡獪耳風乍起吹縐一池春水干卿何事彼美人兮巧笑倩兮美目盼兮彼君子兮中心藏之何日忘之

尹春字子春姿態不甚麗而舉止風韻綽似大家性格溫和談詞爽雅無抹脂鄣袖習氣專工戲劇排場兼擅生旦余遇之遲暮之年延之至家演荆釵記扮王十朋至見娘祭江二齣悲壯淋漓聲淚俱迸一座盡傾老梨園自嘆弗及余曰此許和子永新歌也誰為韋青將軍者乎因贈之以詩曰紅紅記曲采春歌我亦聞歌喚奈何誰

唱江南斷腸句青衫白髮影婆娑春亦得詩而泣後不知其所終嗣有尹文者色豐而姣蕩逸飛揚顧盼自喜頗超於流輩太守張維則暱寵之惟其所欲甚歡欲買為側室文未之許屬友人強之文笑曰是不難嫁彼三年斷送之矣卒歸張未幾文死張後十數年乃亡仕至監司負才華任俠輕財結客磊落人也

李十娘名湘真字雪衣在母腹中聞琴歌聲則勃勃欲動生而娉婷娟好肌膚玉雪既含睇兮又宜笑殆閒情賦所云獨曠世而秀群者也性嗜潔能鼓琴清歌略涉文墨愛文人才士所居曲房密室帷帳尊彝楚楚有致中搆長軒軒左種老梅一樹花時香雪霏拂几榻軒右種梧桐二株巨竹十數竿晨夕洗桐拭竹翠色可餐入其室者疑非塵境余每有同人詩文之會必至其家每客用一精婢侍硯席磨隃麋爇都梁供茗果暮則合樂酒宴盡歡而散然賓主秩然不及於亂於時流寇訌江北名士渡江僑金陵者甚衆莫不豔羨李十娘也十娘愈自閉匿稱善病不妝飾謝賓客阿母憐惜之順適其意婉語遜詞概勿與通惟二三知己則歡情自接嬉怡忘倦矣後易名貞美刻一印章曰李十貞美之印余戲之曰美則有之貞則未也十娘泣曰君知兒者何出此言兒雖風塵賤質然非好淫蕩檢者流如夏姬河間婦也苟兒心之所好雖相莊如賓情與之洽也非兒心之所好恐勉同枕席不與之合也兒之不貞命也如何言已泣下沾襟余斂容謝之曰吾失言吾過矣十娘有兒女曰媚姐十三纔有餘白皙髮覆額眉目如畫余心愛之媚亦知余愛嬌啼宛轉作掌中舞十娘曰吾當為汝媒歲壬午入棘闈媚日以金錢投瓊卜余中否及榜發落第余乃憤鬱成疾避棲霞山寺經年不相聞矣鼎革後泰州刺史陳澹仙寓叢桂園拜一姬曰姓李余披幃見之媚也各黯然掩袂問十娘曰從良矣問其居曰在秦淮水閣問其家曰已廢為菜圃問其老梅與梧竹無恙乎曰已摧為薪矣問阿母尚存乎曰死矣因贈以詩曰流落江湖已十年雲鬟猶卜舊金錢雪衣飛去仙哥老休抱琵琶過別船

葛嫩字蕊芳余與桐城孫克咸交最善克咸名臨負文武才略倚馬千言立就能開五石弓善左右射短小精悍自號飛將軍欲投筆磨盾封狼居胥又別字曰武公然好狹邪遊縱酒高歌其天性也先昵珠市妓王月月為勢家奪去抑鬱不自聊與余閒坐李十娘家十娘盛稱葛嫩才藝無雙即往訪之闌入臥室值嫩梳頭長髮委地雙腕如藕面色微黃眉如遠山瞳人點漆叫請坐克咸曰此溫柔鄉也吾老是鄉矣是夕定情一月不出後竟納之閒房江上之變移家雲間間道入閩授監中丞楊文

驄軍事兵敗被執并縛嫩主將欲犯之嫩不從嚼舌碎含血噀其面將手刃之克咸見嫩抗節死乃大笑曰孫三今日登仙矣亦被殺中丞父子三人同日殉難

李大娘一名小大字宛君性豪侈女子也而有鬚眉丈夫之氣所居臺榭庭室極其華麗侍兒曳羅綺者十餘人置酒高會則合彈琵琶箏瑟或押客沈元張卯張奎數輩吹洞簫唱時曲酒半打十番鼓曜靈西匿繼以華燈羅幃從風不知喔喔雞鳴東方既白矣大娘曰世有遊閒公子聰俊兒郎至吾家者未有不蕩志迷魂沒溺不返者也然吾亦自逞豪奢豈效齷齪倚門市娼與人較錢帛哉以此得俠妓聲於莫愁桃葉間後歸新安吳天行天行鉅富貲產百萬體羸素善病後房麗姝甚衆疲於奔命大娘鬱鬱不樂畜所歡胥生者賂僕婢通音耗漸托疾薦胥生能醫生得入見大娘大娘以金珠銀貝納藥籠中以出與生訂終身約後天行死卒歸胥生胥生本貧士家徒四壁立獲吳氏資漸殷富與大娘飲酒食肉相娛樂教女伎數人歌舞生復以樂死大娘老矣流落閶闔仍以教女娃歌舞為活余猶及見之徐娘雖老尚有風情話念舊遊潸焉出涕真如華清宮女說開元天寶遺事也昔杜牧之於洛陽城東重覩張好好感舊論懷題詩以贈有云朋遊今在否落拓更能無門館慟哭後水雲

秋景初斜日挂衰柳涼風出座隅酒盡滿襟淚短歌聊一書正為今日而設余即出素扇以貽之大娘捧扇而泣武據牀以哦哀動鄰壁

傾娟字眉生又名眉莊妍靚雅風度超群鬢髮如雲桃花滿面弓彎纖小腰支輕亞通文史善畫蘭追步馬守真而姿容勝之時人推為南曲第一家有眉樓綺窗繡簾牙籤玉軸堆列几案瑤琴錦瑟陳設左右香煙繚繞簷馬丁當余常戲之曰此非眉樓乃迷樓也人遂以迷樓稱之當是時江南侈靡文酒之宴紅妝與烏巾紫裘相間座無眉娘不樂而尤豔顧家廚食品差擬郇公李太尉以故設筵眉樓者無虛日然豔之者雖多妬之者亦不少適浙東一傖父與一詞客爭寵合江右某孝廉互謀使酒罵座訟之儀司誣以盜匿金犀酒器意在逮辱眉娘也余時義憤填膺作檄討罪有云某某本非風流佳客謬稱浪子端王以文鴛彩鳳之區排封豕長蛇之陣用誘秦誆楚之計作摧蘭折玉之謀種夙世之孽冤煞一時之風景云云傖父之叔為南少司馬見檄斥傖父東歸訟乃解眉娘甚德余於桐城方瞿庵堂中顧登場演劇為余壽從此摧幢息機矢脫風塵矣未幾歸合肥龔尚書芝麓尚書雄豪蓋代視金玉如泥沙糞土得眉娘佐之益輕財好客憐才下士名譽盛於往時客有求尚書詩文

及乞畫蘭者縑箋動盈篋笥畫款所書橫波夫人者也歲丁酉尚書挈夫人重遊金陵寓市隱園中林堂值夫人生辰張燈開宴請召賓客數十百輩命老梨園郭長春等演劇酒客丁繼之張燕筑及二王郎（中翰王式之水部王恒之）串王母瑤池宴夫人垂珠簾召舊日同居南曲呼姊妹行者與燕李大娘十娘王節娘皆在焉時尚書門人楚嚴某赴浙監司任逗遛居樽下褰簾長跪捧卮稱賤子上壽坐者皆離席伏夫人欣然為罄三爵尚書意甚得也余與吳園次鄧孝威作長歌紀其事嗣後還京師以病死歛時現老僧相弔者車數百乘備極哀榮改姓徐氏世又稱徐夫人尚書有白門柳傳奇行於世

董白字小宛一字青蓮天姿巧慧容貌娟妍七八歲時阿母教以書翰輒了了少長顧影自憐針神曲聖食譜茶經莫不精曉性愛閒靜遇幽林遠澗片石孤雲則戀戀不忍捨去至男女雜坐歌吹喧闐心厭色沮意弗屑也慕吳門山水徙居半塘小築河濱竹籬茅舍經其戶者則時聞詠詩聲或鼓琴聲皆曰此中有人已而遍舟遊西子湖登黃山禮白嶽仍歸吳門喪母抱病賃居以栖隨如皋冒辟疆過惠山歷澄江荊溪抵京口陟金山絕頂觀大江競渡以歸後卒為辟疆側室事辟疆九年年二十七以勞瘁死辟疆作影梅菴憶語二千四百言哭之同人哀辭甚多惟吳梅村宮尹十絕可傳小宛也其四首云珍珠無價玉無瑕小字貪看問妾家尋到白堤呼出見月明殘雪映梅花又云念家山破定風波郎按新詞妾按歌恨殺南朝阮司馬累儂夫婿病愁多又云亂梳雲髻下妝樓盡室蒼黃過渡頭鈿盒金釵渾拋卻高家兵馬在揚州又云江城細雨碧桃村寒食東風杜宇魂欲弔薛濤憐夢斷墓門深更阻侯門

卞賽一曰賽賽後為女道士自號玉京道人知書工小楷善畫蘭鼓琴喜作風枝嫋娜一落筆畫十餘紙年十八遊吳門居虎邱湘簾棐几地無纖塵見客初不甚酬對若遇佳賓則諧謔間作談詞如雲一座傾倒尋歸秦淮遇亂復遊吳門吳梅村學士作聽女道士卞玉京彈琴歌贈之中所云昨夜城頭吹篳篥教坊也被傳呼急碧玉班中怕點留樂營門外盧家泣私更妝束出江邊恰遇丹陽下渚船剪就黃絁貪入道攜來綠綺訴嬋娟者正此時也在吳作道人裝然亦間有所主侍兒柔柔承奉硯席如弟子指揮如意亦靜好女子也踰兩年渡浙江歸於東中一諸侯不滿意進柔柔當夕乞身下髮依良醫鄭保御築別館以居長齋繡佛持戒律甚嚴刺舌血書法華經以報保御又十餘年而卒葬於惠山祇陀菴錦樹林

玉京有妹曰敏頎而白如玉肪風情綽約人見之如立水晶屏也亦善畫蘭鼓琴對客為鼓一再行即推琴斂手面發赬乞畫蘭亦止寫筱竹枝蘭草二三朵不似玉京之縱橫枝葉淋漓墨瀋也然一以多見長一以少為貴各極其妙識者并珍之攜來吳門一時爭豔戶外屨恆滿乃心厭市囂歸申進士維久維久宰相孫性豪舉好賓客詩文名海內海內賢豪多與之遊得敏益自喜為閨中良友亡何維久病且歿中替後嫁一貴官穎川氏三年病死

范珏字雙玉廉靜寡所嗜好一切衣飾歌管艷靡紛華之物皆屏棄之惟闔戶焚香瀹茗相對藥爐經卷而已性喜畫山水摹仿大癡顧寶幢槎枒老樹遠山絕澗筆墨間有天然氣韻婦人中范華原也

頓文字小文琵琶頓老孫女也性聰慧略識字義唐詩皆能上口授以琵琶布指從索然意弗屑不肯學學鼓琴雅歌三疊清泠泠然神與之浹故又字曰琴心云琴心生於亂世頓老賴以存活不能早脫樂籍賃屋青谿里巢門圭竇風月淒涼僅為健兒傖父所阨最後為李姓者挾持牽連入獄雖緣情得保猶守以牛頭阿旁也客有王生者挽余居間營救偕往訪之風鬟霧鬢顏悴可憐猶援琴而鼓彈別鵠離鸞

之曲如猿吟鵑啼不忍聞也余說內卿許公屬其門生直指使者縱之後還故居吳郡王子其長主張燕筑家與琴心比鄰兩相慕悅王子故輕俠傾金錢賑其貧悴將攜歸置別室突遘奇禍收者至見琴心詫曰此真禍水也憫其非辜驅之去獨捕王子王子被戮琴心逸後終歸匪人嗟乎佳人命薄若琴心者其尤哉其尤哉

沙才美而艷豐而逸骨體皆媚天生尤物也善弈棋吹簫度曲長面修容留仙裙石華廣袖衣被燦然後攜其妹曰嫩者遊吳郡卜居半塘一時名噪人皆以二趙二喬目之惜也才以瘡發剜其半面嫩歸吒利鬱鬱死

馬嬌字婉容姿首清麗濯濯如春月柳灩灩如出水芙蓉真不愧嬌之一字也知音識曲妙合宮商老技師推為獨步然終以誤墮烟花為恨思擇人而事不敢以身許人卒歸貴陽楊龍友龍友名文驄以詩畫擅名華亭董文敏亟賞之先是閩中鄭聖僕有二妾一曰李陀那一曰珠玉耶聖僕歿龍友得玉耶并得其所蓄書畫瓶研几杖諸玩好古器後攜婉容終日摩挲笑語為樂甲申之變貴陽馬士英冊立福王自為首輔援引懷寧阮大鋮搆黨煽惟撓亂天下以致五月出奔都城百姓焚燒兩家居第以龍友鄉戚有連亦被烈炬頃刻灰燼時龍友巡撫蘇松盡室以行玉耶亦殉

婉容莫知所終龍友父子殉難閩嶠母丙歸金陵依家僕以終天年婉容有妹曰嫩亦著名又有小馬嫩者輕盈飄逸自命風流真州鹽賈用千金購得奉溧陽陳公子公子昵之未久并奩貝贈豫章陳伯璣生一子一女如王子敬之有桃根也

顧喜一名小喜性情豪爽體態豐華趺不纖妍人稱為顧大腳又謂之肉屏風然其邁往不屑之韻凌霄拔俗之姿則非羅壁間物也當之者似李陵提步卒三千人抵鞮汗山入陿谷往往敗北生降矣漢武帝悼李夫人賦有云佳俠含光余題四字顏其室亂後不知從何人以去或曰歸一公侯子弟云

米小大頗著美名余未之見然聞其纖妍俏潔涉獵文藝粉指墨痕縱橫縹帙是李易安之流也歸昭陽李太僕太僕遇禍家滅

王小大生而韶秀為人圓滑便捷善周旋廣筵長席人勸一觴皆膝席歎受又工于酒糾觥錄事無毫髮謬誤能為酒客解紛釋怨時人謂之和氣湯

揚州顧爾邁字不盈鎮遠侯介弟也挾戚里之富往來平康悅小大貯之河庭時時召客大飲效陳孟公高季式授女將軍酒正印左右指麾客皆極飲沾醉有醉而逸者鎖門脫屐臥地上至日中乃醒時吳橋范文貞公官南大司馬不盈為揖客出入棘戟有古任俠風書畫與鄭超宗齊名

張元清瘦輕佻臨風飄舉齒少長在少年場中纖腰蹁步亦自楚楚人呼之為張小腳

劉元齒亦不少而佻達輕盈目睛閃閃注射四筵曾有一過江名士與之同寢元轉面向裏帷不與之接拍其肩曰汝不知我為名士耶元轉面曰名士是何物值幾文錢耶相傳以為笑

崔科後起之秀目未見前輩典型然有一種天然韶令之致科亦顧影自憐矜其容色高其聲價不屑一切卒為一詞林所窘辱

董年秦淮絕色與小宛姐妹行艷冶之名亦相頡頏鍾山張紫淀作悼小宛詩中一首曰美人在南國余見兩雙成春與年同艷花推月主盟蛾眉無後輩蝶夢是前生寂寂皆黃土香風付管城

李香身軀短小膚理玉色慧俊婉轉調笑無雙人名之為香扇墜余有詩贈之曰生小傾城是李香懷中婀娜袖中藏何緣十二巫峰女夢裏偏來見楚王武塘魏子一為書於粉壁貴陽楊龍友寫崇蘭詭石於左偏時人稱為三絕由是香之名盛於南

曲四方才士爭一識面以為榮

珠市在內橋傍曲巷逶迤屋宇湫隘然其中有麗人惜限於地不敢與舊院頡頏以余所見王月諸姬并著迷香神雞之勝又何羨紅紅舉舉之名乎恐遂湮沒無聞使媚骨芳魂與草木同腐故附書於卷尾以備金陵軼史云

王月字微波母胞生三女長即月次節次滿并有殊色月尤慧妍善自修飾頎身玉立皓齒明眸異常妖冶名動公卿桐城孫武公暱之擁致棲霞山下雪洞中經月不出於牛女渡河之夕大集諸姬於方密之僑居水閣四方賢豪車騎盈閭巷梨園子弟三班駢演水閣外環列舟航如堵牆品藻花案設立層臺以坐狀元二十餘人中考微波第一登臺奏樂進金屈卮南曲諸姬皆色沮漸逸去天明始罷酒次日各賦詩紀其事余詩所云月中仙子花中王第一嫦娥第一香者是也微波繡之於帨巾不去手武公益眷戀欲置為側室會有貴陽蔡香君名如蘅強有力以三千金啖其父奪以歸武公悒悒遂娶葛嫩也香君後為安廬兵備道攜月赴任寵專房崇禎十五年五月大盜張獻忠破廬州府知府鄭履祥死節香君被擒搜其家得月留營中寵壓一寨偶以事忤獻忠斷其頭函置於盤以享群賊嗟乎等死也月不及嫩矣悲

夫

王而有姿色先歸顧不盈後歸王恒之廿泱泊怡然自得雖為姬侍布荊釵裙布風

妹渦幼小好戲弄窈窕輕盈作嬌娃之態保國公買置後房與寇白門不合復還秦
淮

寇湄字白門錢牧齋詩云寇家姊妹總芳菲十八年來花信迷今日秦淮恐相值防他紅淚一沾衣則寇家多佳麗白門其一也白門娟娟靜美跌宕風流能度曲善畫蘭粗知拈韻能吟詩然滑易不能竟學十八九時為保國公購之貯以金屋如李掌武之謝秋娘也甲申三月京師陷保國公生降家口沒入官白門以千金予保國贖身匹馬短衣從一婢而歸歸為女俠築園亭結賓客日與文人騷客相往還酒酣耳熱或歌或哭亦自嘆美人之遲暮嗟紅豆之飄零也既從揚州某孝廉不得志復還金陵老矣猶日與諸少年伍臥病時召所歡韓生來綢繆悲泣欲留之同寢韓生以他故辭執手不忍別至夜聞韓生在婢房笑語奮身起喚婢自箠數十咄咄罵韓生負心禽獸行欲嚙其肉病甚劇醫藥罔效遂死蒙叟金陵雜題有云叢殘紅粉念君恩女俠誰知寇白門黃土蓋棺心未死香丸一縷是芳魂以上紀麗品

金陵都會之地南曲靡麗之鄉紈茵浪子瀟灑詞人往來游戲馬如游龍車相接也其間風月樓臺尊罍絲管以及孌童狎客雜伎名優獻媚爭妍絡繹奔赴垂楊影外片玉壺中秋笛頻吹春鶯乍囀雖宋廣平鐵石心腸不能不為梅花作賦也一發河滿人何以堪歸見梨渦誰能遣此然而流連忘返醉飽無時卿卿雖愛卿卿一誤豈容再誤遂儻喪失平生之守見斥禮法之士豈非黑風之飄墮碧海之迷津乎余之編輯斯編雖曰傳芳實為垂戒王右軍云後之覽者亦將有感於斯文也

瓜州蕭伯梁豪華任俠傾財結客好遊狹斜久住曲中投轄轟飲俾晝作夜多擁名姬簪花擊鼓為樂錢宗伯詩所云天公要斷煙花種醉殺揚州蕭伯梁者是也

嘉興姚壯若用十二樓船於秦淮招集四方應試知名之士百有餘人每船邀名妓四人侑酒梨園一部燈火笙歌為一時之盛事先是嘉興沈雨若費千金定花案江南豔稱之

曲中狹客有張卯官笛張魁官簫管五官管子吳章甫絃索盛仲文打十番鼓丁繼之張燕筑沈元甫王公遠宋維章串戲柳敬亭說書或集於二李家或集於眉樓每集必費百金此亦銷金之窟也張卯尤滑稽嫵媚善伺美人意怒一日偶忤李大娘大娘手破其頭上鬃帽擲之於地卯徐徐拾取笑而戴之以去

張魁字修我吳郡人少美姿首與徐公子有斷袖之好公子官南都府佐魁來訪之閽者拒口出褻語且詬厲公子聞而仆之然卒留之署中歡好無似移家桃葉渡口與舊院為鄰諸名妓家往來相熟籠中鸚鵡見之叫曰張魁官來阿彌陀佛魁善吹簫度曲打馬投壺往往勝其曹耦每晨朝即到樓館插瓶花爇爐香洗岕片拂拭琴几位置衣桁不令主人知也以此僕婢皆感之貓狗亦不厭焉後魁面生白點風眉樓客戲榜於門曰革出花面蔑片一名張魁不許復入魁慚恨遍求奇方洒削得芙蓉露治之良已整衣帽復至眉樓曰花面定何如亂後還吳吳新進少年搔頭弄姿持簫摩管以柔曼悅人者見魁輒揶揄之肆為詆訶以此重窮困龔宗伯奉使粵東憐而賑之厚予之金使往山中販岕茶得息頗厚家稍稍豐矣然魁性僻常自言曰我大賤相茶非惠泉水不可沾唇飯非四糙冬舂米不可入口夜非孫春陽家通宵椽燭不可開眼錢財到手輒盡坐此不名一錢時人共非笑之弗顧也年過六十以販茶賣芙蓉露為業庚寅辛卯之際余遊吳寓周氏水閣魁猶清晨來插瓶花爇爐香洗岕片拂試琴几位置衣桁如曩時酒酣燭跋說青谿舊事不覺流涕丁酉再過

金陵歌臺舞榭化為瓦礫之場猶於破板橋邊一吹洞簫矮屋中一老嫗啓戶出曰此張魁官簫聲也為嗚咽久之及數年卒以窮死

歲丙子金沙張公亮呂霖生盟宮陳則梁漳浦劉漁仲雉皋冒辟疆盟於眉樓則梁作盟文甚奇末云姓盟不如臂盟臂盟不如心盟

中山公子徐青君魏國介弟也家貲鉅萬性豪侈自奉甚豐廣蓄姬妾造園大功坊側樹石亭臺擬於平泉金谷每當夏月置宴河房選名妓四五人邀賓侑酒木瓜佛手堆積如山茉莉珠蘭芳香似雪夜以繼日把酒酣歌綸巾鶴氅真神仙中人也福王時加中府都督前驅班列呵導入朝愈榮顯矣乙酉鼎革籍沒田產遂無立足羣姬雨散一身孑然與傭丐為伍乃至為人代杖其居第易為兵道衙門一日與當刑人約定杖數計償若干受杖時其數過倍青君大呼曰我徐青君也兵憲林公駭問左右有哀王孫者跪而對曰此魏國公之公子徐青君也窮苦為人代杖此堂乃其家廳不覺傷心呼號耳林公惻而釋之慰藉甚至且曰君尚有非欽產可清還者本道當為查給以終餘生青君跪謝曰花園是某自造非欽產也林公唯唯厚贈遣之查還其園賣花石貨柱礎以自活吾觀南史所記東昏宮妃賣蠟燭為業杜少陵詩云問之不肯道姓名但道困苦乞為奴嗚呼豈虛也哉

同人杜集松風閣雪衣眉生皆在飲罷聯騎入城紅氍翠袖蹋馬揚鞭觀者塞途太平景象恍然心目

丁繼之扮張驢兒娘張燕筑扮賓頭盧朱維章扮武大郎皆妙絕一世丁張二老亦壽九十餘錢虞山題三老圖詩末句云秦淮烟月經遊處華表歸來白鶴知不勝黄公酒壚之歎

無錫鄒公履遊平康頭戴紅紗巾身着紙衣齒高跟屐佯狂沉湎揮斥千黄金不顧初場畢擊大司馬門鼓送試卷大合樂於妓家高聲自誦其文妓皆稱快或時闌入梨園氍毹上爲參軍鶻也

柳敬亭泰州人本姓曹避仇流落江湖休於樹下乃姓柳善說書遊於金陵吳橋范司馬桐城何相國引爲上客常往來南曲與張燕筑沈公憲俱張沈以歌曲敬亭以彈詞酒酣以往擊節悲吟傾靡四座蓋優孟東方曼倩之流也後入左寧南幕府出入兵間寧南亡敗又遊松江馬提督軍中鬱鬱不得志年已八十餘矣間遇余僑寓宜睡軒猶說秦叔寶見姑娘也

萊陽姜如須遊於李十娘家漁於色匿不出戶方密之孫克咸並能屏風上行漏下三刻星河皎然連袂閒行經過趙李垂簾閉戶夜人定矣兩君一躍登屋直至臥房排闥閧張勢如賊盜如須下牀跪稱大王乞命毋傷十娘兩君擲刀大笑曰三郎郎當三郎郎當復呼酒極飲盡醉而散蓋如須行三如須高才曠代偶效樊川略同謝傅秋風團扇寄興掃眉非沉溺煙花之比聊記一則以存流風餘韻云爾

陳則梁人奇文奇舉體皆奇嘗致書眉樓勸其早脫風塵速尋道伴言詞切至眉樓遂擇主而事誠以驚弓之鳥遽爲遺網之鱗也掃眉才子慧業文人時節因緣不得不爲延津之合矣

十七八女郎歌楊柳岸曉風殘月若在曲中則處處有之時時有之予作憶江南詞云江南好景本無多只在曉風殘月下思之祗益傷神見之不堪回首矣沈公憲以串戲擅長同時推爲第一王式之中翰王恆之水部異曲同工游戲三昧江總持柳耆卿依稀再見非如呂敬遷李仙鶴也

樂戶有妻有妾防閑最嚴謹守貞潔不與人客交語人客強見之一揖之外翻身入簾也亂後有舊院大街顧三之妻李三娘者流落江湖遂爲名妓忽爲匪類所掠纍繫吳郡獄中余與劉海門夢錫兄弟及姚翼侯張鞠存極力拯之致書司李李岐巷僅而得免然亦如嚴紱芳劉嫈惜備受笞楚決杖矣三娘長身玉色倭墮如雲量洪善飲飲至百觥不醉時辛丑中秋之際庭蘭盛開置酒高會苗蘭蕊及玉峰女士馮靜容偕來居停主人金叔侃盡傾家釀分曹角勝轟飲如雷如項羽章邯鉅鹿之戰諸侯皆作壁上觀飲至天明諸君皆大吐靜容亦吐髻鬟委地或橫臥地上衣履狼藉惟三娘醒然猶不眠倚桂樹也蘭叢賞其餘勇尚與翼侯豁拳各盡三四大斗而別嗟乎俯仰歲月之間諸君皆埋骨青山美人亦棲身黃土河山邈矣能不悲哉

李貞麗者李香之假母有豪俠氣嘗一夜博輸千金立盡與陽羨陳定生善香年十三亦俠而慧從吳人周如松受歌玉茗堂四夢皆能妙其音節尤工琵琶與雪苑侯朝宗善闍黨阮大鋮欲納交於朝宗香力諫止不與通朝宗去後有故開府田仰以重金邀致香香辭曰妾不敢負侯公子也卒不往益前此大鋮恨朝宗羅致欲殺之朝宗逃而免并欲殺定生也定生大爲錦衣馮可宗所辱　雲間才子夏靈胥作青樓篇寄武塘錢漱廣末段云二十年來事已非不開畫閣鎖芳菲那堪兩院無人到獨對三春有燕飛風絃不動新歌扇露井全飄舊舞衣花草朱門空後閣琵琶青塚恨明妃獨有青樓舊相識蛾眉零落頭新白夢斷何年行雨蹤情深一調留雲跡院本傷心正德詞樂府銷魂教坊籍爲唱當時烏夜啼青衫淚滿江南客觀此可以盡曲中之變矣悲夫以上紀軼事

附錄盒子會

沈周作盒子會辭其序云南京舊院有色藝俱優者或二十三十姓結爲手帕姊妹每上燈節以春檠巧具殽核相賽名盒子會凡得奇品爲勝輸者罰酒酌勝者中有所私亦來挾金助會厭厭夜飲彌月而止席間設燈張樂各出其技能賦此以識京城樂事也辭云平樂燈宵鬧如沸燈火烘春笑聲内盒奩來往門芳鄰手帕綢繆通姊妹東家西家百絡盛裝殽飣核春滿檠豹胎間挾鯉冰脆烏欖分橙擲玉生不論多同較奇有品裏輸無例陪酒呈絲逞竹會心歡鬥鈔穉金走情友閑坐一月自春風酒香人語百花中一般桃李三千戶亦有愁人隔墻住

虞初新志卷二十終

虞初續志

鄭澍若著

上海文明書局印行

序

山來張先生輯虞初新志幾於家有其書矣誠以所紀載者事非荒唐不經文無鄙俚不類殺之湯臨川之續合虞初原本光怪陸離足以鑿方心開靈牖觸發引人入勝雖天地之大何所不有凡可喜可愕可歌可泣之事千態萬狀即可喜可愕可歌可泣之文亦層出不窮也予閒取　國朝各名家文集暨說部等書手披目覽似於山來先生新志之外尚多美不勝收爰擇錄其尤雅者名曰虞初續志非敢謂開拓萬古心胸有關樂觀止之歎然而其文其事則皆可以叱風雲鏘金石助塵譚而備輶軒之咨訪者也乃不揣固陋授之梓人請以質諸大雅其役免續貂之誚否時

嘉慶七年壬戌歲仲夏月穀旦鄭澍若醒愚氏書

虞初續志目錄

卷一
馬文毅公廣西殉難始末　徐乾學
述趙希乾事　邱維屏
孝節婦鄭氏傳略　章藻功
義士李倫表傳　李漁
林四娘記　蒲松齡
崇明老人記　陸隴其
曼殊葬銘　毛奇齡
曼殊回生記　毛奇齡
卷二
闞典史傳　邵長蘅
賣宮人傳　陸次雲
義貓記　徐岳
江天一傳　汪琬
徐作霖張渭傳　侯方域
梁烈婦傳　王猷定
瞽女琵琶記　吳陳琰
徐菴古佛記　陸次雲
誌王成事　蒲松齡
卷三
侯方域魏禧傳　邵長蘅
總制汪公逸事　毛際可
家貞女墮樓記　毛奇齡
重建宣城徐烈婦祠碑記　毛奇齡
黄孝子傳　歸莊
似見篇序　陸次雲
卷四

沈雲英傳　毛奇齡
彭夫人家傳　魏禧
戴南枝傳　潘耒
看三生石記　毛先舒
張林宗先生傳　周亮工
孝烈張公傳　王猷定
廣德州守趙使君傳　陸次雲
虎口餘生記　邊大綬
隱逸傳　徐岳
卷五
海烈婦傳　陸次雲
宋道人傳　王士禎
喬復生王再來二姬合傳　李漁
乙邦才傳　汪琬
黄烈婦傳　邵長蘅
楊老癡傳　施閏章
卷六
周端孝先生墓誌銘　徐枋
劉孝子尋親記　姜宸英
毛子傳　施閏章
婉蘭傳　徐岳
誌寄生　蒲松齡
王別駕傳　陸次雲
跳月記　陸次雲
神告記　毛奇齡
瓊枝曼仙記　徐岳
卷七
朱文學記　金日升

人變述略　失名
施曾省先生傳　李來泰
王白虹妾胡氏小傳　施閏章
崔猛傳　蒲松齡
張麗人傳　鈕琇
自序　陳祖范
口技記　東軒主人
卷八
周君調齋傳　楊无咎
雜記　高士奇
畫壁自序　范承謨
沈華陽傳　失名
卷九
啞道人傳　徐岳
左忠毅公逸事　方苞
俞老僕墓誌銘　馮景
記呂尚義破賊事　李紱
書王士俊　袁枚
書魯亮儕　袁枚
女李三傳　胡天游
毛生　樂宮譜
老僧辨奸　沈起鳳
新會兩生傳　車騰芳
楊孝子傳　毛奇齡
張獻忠降生記　李調元
徐靈胎先生傳　袁枚
卷十
諸君簡畫記　毛先舒
天姆記　徐岳
王山傳　馮景
無名生傳　車騰芳
趙孝子傳　胡天游
書譚半城事　陳祖范
片言保赤　沈起鳳
徐夫人受封記　袁枚
邯邑人士小傳　鄭方坤
丙子六秩自述書付子姪　夏之蓉
蕊宮仙史　樂宮譜
書麻城獄　袁枚
卷十一
王王屋傳　周亮工
續板橋雜記　珠泉居士
卷十二
秦淮聞見錄　雪樵居士

虞初續志目錄終

虞初續志卷一

清　王縡鄭澍若醒愚編

馬文毅公廣西殉難始末　徐乾學

廣西偏處南粵，而桂林當貲永之外，以全州為門戶，左倚蒼梧，右據柳江。國家因前代之舊，置省會於此，巡撫都御史行臺在焉。康熙十二年季冬，吳三桂反，書至粵，馬公雄鎮方撫其地。案令甲，巡撫止治吏事，未有提督軍務之命，公便宜急起，約提師某公飭疆界，嚴烽堠，屬兵峙糧，以絕三桂連結閩粵之路。未三月，將軍孫延齡叛應之。延齡故定南王孔有德女夫也，初有德鎮廣西，戰歿無嗣，廷議以其功高，不忍使他人代，將用延齡為將軍，俾統藩下軍，仍鎮桂。延齡紈袴子，不知順逆，因與都統王永年有隙，十三年二月下旬七日，遂殺永年及副都統孟一茂等三十餘人，以兵圍臺署，傳偽命，遺公冠服，且脅之降。公朝服北向叩首曰：臣亡狀，祇以一死報國。拜畢，闔書室自經，家人蹋戶救之。適有自提師所來者，謂當與總督會兵，即至。公曰：果爾，吾何難少竢。因密疏陳延齡叛逆狀，且言賊圍守之嚴，一切上下文書皆截劫不得達，臣責在封疆，義惟一死，昨潛報督提，並云救兵將至，姑少待之，望亟移鄰近禁兵，拯粵民於塗炭。時三月朔日也。疏至，上始知公義不黨逆，為之色喜。踰月，督提兵不至，公語長子世濟曰：賊勢雖強，人心自固，汝速赴闕請兵來，我為內應，破之如振槁葉耳。無徒父子相守為賊所屠也。世濟潛達江西，巡撫江西董公衛國奏其事，上益喜，遣章京一人馳諭，以來至則授以四品京卿。六月，賊圍愈急，公夜為再陳粵西情形，疏付長孫國楨。極言桂林人心素輕孫賊而畏吳逆，遠不相救，有反掌可復之勢，倘大兵亟到，功可立就。粵西既復，吳逆腹背受敵，平蕩可期。臣遠在五嶺萬里外，若機有可圖，臣敢不竭力。如其不濟，惟有與妻子同齒劍，死期無負　皇上知遇而已。俾與客朱昉鑿墉而出，數日客李子燮又將次子世永潛出，從之抵京，上復大喜，并朱、李二客，並授以官。于是賊偵知公終不肯屈，而子若孫入朝請師者相踵，乃使其凡延基率兵排闥前執公。公引佩刀自剄，血流被體，賊卒前抱奪之，公握刀甚固，截卒手，落其三指，終被奪，不得死。賊舁公出，并親屬四十餘人幽別室，而守公者甚嚴，卧起不得自適，如是者四年。一幼女四孫及婢僕四十人，以凍飢相繼死。十六年夏，三桂忌延齡異己，以公在，或為所誘，乃使賊吳世琮至桂林，攻殺延齡，隨召公，稱偽詔，欲降之。公鬚髮怒張，目眥盡裂，罵曰：吾大臣，義當死，所不即死者，

欲手刃汝輩叛賊歸報　聖主耳。今志不遂，死矣，何多言。世琮見公語峻，無降意，攝公置他帳，使其黨說誘百方，更進以酒食。公傾食擲器，怒罵不絕口。賊度公終不可屈，遂先殺公幼子世洪、世泰，次家僕諸老道等九人，次及公。公顏色不變，怡然飲刃而逝。蓋六月十一日也。配李氏，子婦董氏，女二姐、五姐，妾顧氏、劉氏，子妾苗氏，聞變相率自縊，客孫成、陳文煥匍匐宵行至梧州，告哀於將軍傅宏烈，宏烈以聞。上惻然憫嘆曰：馬某果不負國矣。其議所以褒恤之者。議上，俾從優，吏議成、文煥亦得除郡佐縣令。焉十八年春，三桂死，粵東西以次悉平。次年夏，世濟奉　詔迎公喪，及冬至粵。粵人言公既亡命，賊下令禁收其屍，暴野外四十許日。賊將趙天元過之，見其左右各挾一子，色凜凜有生氣，下馬太息，解衣覆其上。次日使人瘞之廣福寺後，桂民感公義烈，私以雞香酹酒奠瘞下者，至今無虛日。初李夫人在囚所，未知公遇害，守者房、李二弁登垣告之，婦董請于李夫人先死，次二女，次顧，次劉，次苗，二女與顧已就繯，猶以其輩行相讓，李夫人身為收斂，乃奮身入繯而卒。今粵人言如此。又部曲易友亮者，奉衣一襲進曰：此上所賜御服也，公不忍污賊手，先卒數日授某，謹收之。今幸不隕命，敢以歸。箇世濟泣受之，以粵人言徵之，成、文煥所述符。吳求公屍，自公與李夫人以下，骸骨皆在。十九年世濟還京復命，上賜衣於朝，上嘉嘆無已，即以衣賜世濟，贈公太子少保、兵部尚書，賜葬加祭，謚文毅。親灑宸翰以樹隧道。廕一子入監讀書。配李贈夫人，祔葬。子婦董以世濟官三品，亦得贈淑人，論者謂公報主之志，久而獨監，而上褒忠之典加而無已，君臣之際，可謂兩盡其道者矣。公歷官名績及世系葬域，皆詳碑誌家傳，茲不備著。

鄭醒愚曰：死吳逆之難，惟公與范文貞公並傳不朽，而闔門殉節，尤罕見也。

述趙希乾事　邱維屏

予崇禎八年聞南豐趙孝子為母疾剖其心，母既愈，孝子不死，而孝子腸出臏間，失反自上出，後數自會城轉歸于南豐，凡五過，未及悉其詳，且求見其人，久之孝子已由學生用宏光間登極恩選補太學，時能去而以言星命術來寓都昌。過始見之，從得其友所為傳：孝子姓趙，名希乾，字仲易，南豐河東人。父師高，遊于吳，而豐城李見羅先生寓吳，從之學，歸著浩然集、良獨金銳錢鈔、議九邊屯田議等書。而會死，遭兵亂，希乾盡失其書，頗自為恨。希乾幼孤，依其大母。母皆娶婦，希乾殊有篤，家人嘗覬優為劇，見安安事，即用呼希乾，希乾由是小字安安。既娶婦，以不能事其姑，希乾

出之年十七希乾母病殆甚希乾念父之死以疾也心甚惶惑詰旦者卜之日者遂昀希乾而嘻曰危矣刲心其可瘳乎聞者皆怪日者語何決至此希乾心識日者言歸齋沐中夜起作疏告神書遺言付仲父及弟封識之即取刀坐床上劙其胸肉𥰡几間而是時天大風起衝其門希乾輒驚為家人知之頃之無有希乾竊捫其心不可得更反刀剜其胸腸大出心終無所取無何引刀斷腸數寸內其餘裂絮梢窒其穴呼弟妹起令取几上肉幷腸煮進其母是時天既明其仲父出見以謂希乾刲股也顧希乾血出處悶絕乎床乃大呼謂希乾死矣久之而甦比創合希乾竟無恙希乾過余時去其事已二十年方丁太母艱而其母亦無恙余怪希乾腸已斷不復屬而噉飲如恒人求觀其胸下腸截一竹筩置腹間筩腰鼻皆有帶縣繫手頸及背承所出腸筩既解而腸端澀濡濡下乃如是不死死固渺不以刀刀哉始聞者言趙生事皆笑其愚及觀其友傳亦有取其愚者予竊以謂皆未之得希乾為余言其大父父死時皆年三十有幾大母李有兄公之暴幾不能安其室希乾弟希元出為從父師賓後希乾為其大父父適子孫也又無兄弟苟如希乾意以自刃死則其父斬焉且令兩世節婺何以生哉然則希乾不可不謂之愚也其得不死非獨誠孝之感抑天不令其大母母無依而已矣希乾為人愿樸年三十有六以亂奔亡時所讀書盡佚數從予借酉銘定性書諸篇抄閱予知其學之日至也

彭躬菴曰不但序事如畫即道己意處亦如畫鄭醒愚曰此篇與前志少異故錄之

孝節婦鄭氏傳略　章藻功

孝節婦鄭氏福閩縣人諸生林國奎妻也年二十一于歸舉生二子國奎病且卒婦決計殉縊不得死就庭除前井姑覺偽從井援曰為我存兩孤婦乃强活支離一室屏不出戶外已而兩孤症殤一婦意今一身可以累姑姑促投江水前渚漁者舉網截浪得不死哉還未幾姑寢疾婦磨刀剖胸剪肝雜糜煮進姑姑疾遂瘳姑婦相倚者五年族有亡賴子夜分鑽室入婦驚蹴姑起次日亟徙宅避之亡賴子造煖書千言誣婦婦大恚舉刀割左耳不能斷奮力拉耳擲稽前姑與宗老具牒訴邑令令勿顧婦益恚曰誣不白存一耳聽齦齕之言何為復割其右者嚙齒奮刀刀躍背墜席觸腦入寸許宗老復往訴令令勿顧如初大中丞卜公康知檄邑取林氏父兄狀胥吏始驚怖罔知所為公示期設座轅門縱往觀先捧兩耳進徧視觀者隨閱嫂

言怒甚每一行命批頰十數已傅杖杖三十論充邊衛戍除手足酒與嫂之父而各所生亡賴子者事白後半年左耳更生完好右始長輪廓悉具公聞復申與語以姑年三十二格于例未得題請先是郡始旱四郊未獻禍忽雷電大作沛然雨竟夕適中丞下檄來時也遠近傳者莫不頌公神明而太息痛恨于貪鄙昏庸之邑令云

鄭醒愚曰節婦予祖姑也少時家慈為予言祖姑事甚悉既而思作一傳以傳吾祖姑又慮吾文不足以傳祖姑者是中止後讀述異記薄其不詳及覩此乃喟然而嘆知凡事之有關於忠孝節義者大人君子固已發揚之惟恐後耳又烏待吾之傳吾祖姑也哉

義士李倫表傳　李漁

義士李鑑字倫表杭州郡學諸生福建巡海道陳公大來之幕客也為人厚重醇樸外不足而內有餘陳公喜詼諧善揮霍多羣樂之嗜倫表則力崇儉素終年不近色與人言吶吶然不能出諸口事事與公相左雖由性然亦欲以見諫耳若是則公宜憚而與居即居亦不久孰意其親之愛之信而任之歷十餘年如一日雖骨肉周親不啻也甲寅之變耿藩遣使持檄至約與同叛時公方視事見檄竟指對使手裂于公堂入謂倫表曰綱常壞矣吾輩處此當若何倫表曰公意何居蓋先叩兩端而後決其是也大來曰海道不轄兵難以議戰惟集同城文武合謀奮死力圖守以俟大兵之至濟則君之靈也不濟則以死繼倫表曰善但守則必需積貯乃今庫帑罄然倉無斗粟奈何且慮同城文武未必皆心此心姑嘗試之可耳言畢促公早出距叛集衆之令未下而所屬文武已先易服以示右袒且慮當堂毀檄明示不從耿藩問罪之師旦暮即至池魚林木之殃在所不免肘腋之內即有伏戈反向冀邀功于首事之一人者公甫出即退謂倫表曰事不諧矣有死無二但少一程嬰杵臼為宗祀計雖忠不孝為可慮耳倫表曰先生豈疑我哉設有不諱我當任之此頭可斷此言不可食也公笑曰知君必爾姑以前言戲之耳訖拜託倫表亦拜而受之公自是勇于殉難無纖毫內顧于衷矣遂偕妻妾僕女共二十有一人同時繯首時公四子惟居長一人名汝器者年十五六餘皆黃口殘餘死者綢護生者皆以一身任之然任之非易事也此時地覆天翻人心叵測既以叛者為是即指不叛者為非同城文武保無欲絕饑比之後以快撲莽之心者乎此同時僚寀之可慮也且前此海禁甚嚴公亦奉命惟謹有愚民嗜利忘害違禁出洋以冀非常之獲者公必殺無赦是以滰泉

二郡之民奉公者戴之如母畏法者疾之若讐乘此紀綱蕩絕之時保無還怨于毗類以快其私怨者乎此遐邇人心之可慮也是此四孤也者質為衆射之的此即當日程嬰杵臼合謀謂立孤難而死易杵臼匿假孤于山中嬰出誘舉取假孤與杵臼而殺之兵孤始獲苟延之勢也當日為屠岸賈者一此時則徧地皆其人矣倫表以一身撫四孤既三倍于程嬰受託之數又以一身兼二役安所得僞匿假孤之杵臼而殺之其難之又難可知已倫表則施妙用于其間欲為忠臣撫孤先結不忠者之心以消其忌且此際之奸民不憚死者而憚生者不畏忠臣而畏逆臣權在故也倫表往來其間飲酒劇棋無虛日諸孤賴以安枕未幾而藩使復至移諸孤及倫表入省城安置時海上有事倫表慮生者行後諸棺燬于兵火且俱在海道署中此時搢紳者係倫表同鄉故不令他徙將來代之者至豈復能容故力請緩期俟擇土瘞棺而後去使者不能待欲先挾諸孤以行倫表以明哲保身之術授之使先行而已後至孰意諸孤行後鄭錦率海兵登岸耿劉漳泉二郡與之使畫疆而守居其地者無兵符不得出境是以諸孤在省倫表在漳風馬牛不相及矣倫表安厝諸棺各得其所又皆覆以淺土為將來移葬之地時有總兵趙得勝者駐兵海澄料陳公必有厚積計欲發其所藏生前寄心腹者惟倫表一人未有不知其處者執赴海澄訊之與綱紀孔立同日被逮立則陳氏之義僕也挺身而前謂司鎖鑰計出納者惟我一人李乃西賓焉與內事趙曰果如是當直言無隱立曰主人素輕財俸錢入手隨時散去況負積逋以數萬計有亦償債豈獲存留趙不信拷之所招如故榜掠至數百而不死次日復訊如前始斃杖下立妻有殊色趙將內之歎曰主為忠臣夫為義僕豈可以一人事讐而玷全家名節乎自經而死趙志未遂復將有事于倫表時耿鄭不睦鄭疆告警檄趙出師趙繫倫表于獄俟歸日處分倫表幽囚困苦備嘗慘酷後趙以抗耿被殺倫表得脫返漳不數月而　王師至矣耿乞降鄭亦復歸于海倫表遣人迎諸孤為扶櫬還鄉計詎料鄭兵伏于草莽奪陳氏諸孤而去倫表搶地呼天謂我勤勞數年冀撫諸孤成立扶喪北返然後冒死叩閽乞　聖天子獎舉忠臣而恤其後乃今若是是我負託九原為善不終何以見知己于地下觸項流血怨艾不已時在新海道毓賢王公署中王公勸慰再四雖強為眠食而五中摧裂膏肓之疾遂貽于此矣自是日漸尫羸醫卜皆云不吉王公謂其子曰汝不勸父生還必作異鄉之鬼汝能免於不孝乎其子泣諫不從必欲以身殉知己王公曰汝殉知己固宜但

聞兩尊人在堂望汝甚切古之俠士有親在不敢以身許人者汝獨厚友而薄親擬其輕重無乃不可乎倫表聞之幡然失色乃詣諸棺所哭別而行夫以病軀歷遠道兼之所欲弗遂憤而繼之以勞求其弗死不可得矣然猶幸不死於道而死於家天報善人惟此一着其餘皆不可問也其尊人告予曰吾兒易簀之前命家人設五神位於中堂祀東西南北及中央上之五帝家人詢其故謂五帝奉玉皇詔而來將有以命我也家人曰若是非特免災且多後福矣對曰不然其所以命我者乃使治鬼非治民也言訖從容談笑而逝予謂果如斯言始足以服爲善者之心否則福善禍淫之說幾乎謬矣奪顏回以年斬伯道以嗣皆若前車之既覆者也仁義道德之業孰肯復為之哉

林四娘記

浦松齡

青州道陳公寶鑰閩人夜獨坐有女子搴帷入視之不識而艷絕長袖宮裝笑云清宵兀坐得勿寂耶公驚問何人曰妾家不遠近在西鄰公意其鬼而心好之捉袂挽坐談詞風雅大悅擁之不甚抗拒顧曰他無人耶公急闔戶曰無促其緩裳意殊羞怯公代為之殷勤女曰妾年二十猶處子也狂將不堪狎褻既竟流丹浹席既而枕邊私語自言林四娘公詳詰之曰一世堅貞業為君輕薄殆盡矣有心愛妾但圖永好可耳絮絮何為無何雞鳴遂起而去由此夜夜必至每與闔戶雅飲談及音律輒能剖悉宮商公遂意其工於度曲曰兒時之所習也公請一領雅奏女曰久矣不托于音節奏強半遺忘恐為知者笑耳再強之乃俯首擊節唱伊涼之詞其聲哀婉歌已泣下公亦為酸惻抱而慰之曰卿勿為此亡國之音使人悒悒女曰聲以宣意哀者不能使樂亦猶樂者不能使哀兩人燕昵過于琴瑟既久家人竊聽之聞其歌者無不流涕夫人窺見其容疑人世無此妖麗非鬼必狐懼為魘蠱勸公絕之公不能聽但固詰之女愀然曰妾衡府宮人也遭難而死十七年矣以君高義托為燕婉然實不敢禍君倘見畏疑即從此辭公曰我不為嫌但燕好若此不可不知其實耳乃問宮中事女緬述津津可聽談及式微之際則哽咽不能成語女不甚睡每夜輒起誦準提金剛諸經咒公問九原能自懺耶曰一也妾思終身淪落欲度來生耳又每與公評騭詩詞瑕輒疵之至好句則曼聲嬌吟意緒風流使人忘倦公問工詩乎曰生時亦偶為之公索其贈笑曰兒女之言烏足為高人道居三年一夕忽慘然告別公驚問之笑云冥王以妾生前無罪猶不忘經咒俾生王家別在今宵永無見期言已

慘然公亦墮淚乃置酒相與痛飲女慷慨而歌為哀雯之音一字百轉每至悲處輒便哽咽數停數起而後終曲飲不能暢乃起逡巡欲別公固挽之又坐少時雞聲忽唱乃曰必不可以久留矣然君每怪妾不肯獻醜今將長別當率成一章索筆構成曰心悲意亂不能撫敲乖音錯節慎勿出以示人掩袂而去公送諸門外湮然而沒公悵悼良久視其詩字態端好珍而藏之詩曰靜鎖深宮十七年誰將故國問青天閒看殿宇封喬木泣望君王化杜鵑海國波濤斜久照漢家簫鼓靜烽烟紅顏力弱難為厲蕙質心悲只問禪日誦菩提千百句閒看貝葉兩三篇高唱梨園歌代哭請君獨聽亦潸然詩中重複脫節疑傳者錯誤

鄭醒愚曰前志有林四娘記吾閩林西仲先生文也其中事迹與此篇迥殊即林四娘自述姓氏里居亦相去遠甚惟二人皆以為晉江陳公寳鑰事耳然陳綠崖官山東為留仙父母之邦而此寔陳公任青州道時之事留仙自當詳悉顛末林西仲則與綠崖有桑梓之誼云陳公任江南驛傳道為其所述則事又近乎可信錄之以見與前篇傳聞之異

崇明老人記　陸隴其

吾家某于九月廿六日在洣涇周我園家與雲間佳士王慶孫同席慶孫述曾至崇明縣中見有吳姓老人者年已九十九歲其婦亦九十七歲矣老人生四子壯年家貧鬻子以自給四子盡為富家奴及四子長咸能自立各自贖身娶婦遂同居而共養父母焉卜居于縣治之西列肆共五間伯開花米店仲開布莊叔開醃臘季開南北雜貨四鋪並列其中一間為出入之所四子奉養父母曲盡孝道始擬膳每月一輪家週而復始其媳曰翁姑老矣若一月一輪則必歷三月後方得侍奉顏色太疏復擬每日一家週而復始媳又曰翁姑老矣若一日一輪則歷三日後方得侍奉顏色亦疏乃以一餐為率如早餐伯則午餐仲晚餐叔則明日蚤餐季週而復始若遇五及十則四子共設于中堂父母南向坐東則四子及諸孫輩西則四媳及諸孫媳輩分昭穆坐定以次稱觴獻壽率以為常老人飲食之所復置一櫥櫥中每家各置錢一串每串五十文老人每食畢反手于櫥中隨意取錢一串即往市中嬉買果餅啖之櫥中錢缺則其子潛補之不令老人知也老人間往知交遊戲或博弈或樗蒲四子知其所往隨遣人密持錢二三百文安置所遊家并囑其家佯輸錢于老人老人勝輒踴躍持錢歸老人亦不知也亦率以為常蓋數十年無異云老人夫婦至今猶無恙其長子年七十七歲餘子皆頒白孫與曾孫約共二十餘人崇明總兵劉兆以聯表其門曰百齡夫婦齊眉五世兒孫逸膝洵不誣也康熙二十二年十月十六日某為予備述慶孫之言賢然不勝景仰贊歎因援筆而記之以告世之為人子者

原評云按崇明老人壯而鬻子自給老猶博弈樗蒲雖克享大年不過碌碌庸人耳所可敬者其子四人厮養卒也不讀詩書不知理義乃父鬻其身而不怨及拮据成家惟知孝養其親又不特能養口體且能養親之志焉益亦難矣嗚呼世之有親不能養養而不能曲盡其道者視此能無愧乎

曼殊葬銘　毛奇齡

曼殊小妻張姓京師豐臺人十八歸予能食貧人謂之糟糠之妾既而大婦至徙居右安門墳園累病不可解嘗夢鄭廟阿母喚之去牽予衣不忍醒而怨之飾桃梗須已送廟間若代己者乃繪圖其影于幃而自題之名留視圖觀者哀焉先是曼殊將歸時相國馮公予師也為予擇娶之而憐其慧視若己女至是公將致政歸謂曼殊曰本以毛生無子故娶汝今三年不身而大婦忽南至汝自料能安其身耶抑否乎且毛生年大家故貧也蕭山去此遠貧不汝鞠家去此遠則叵測年大棄汝早黃鵠口禁則其摧挫有難言者汝曷不請去而貿貿為益公愛是人并愛予以為為予兩人計無過是也曼殊聞其言大驚反覆泣謝執不可且曰本謂公教以禮義不謂其出此也獨不聞女不嫁二夫耶當斯時有婦轢而坐于傍者笑而曰有是哉誰則以妻汝而夸謾若是顧曼殊曰毛先生非汝夫也曼殊乃大恚號咷呼曰天乎人不以我為妾斯已耳乃謂我無夫不如死投身擲於地公急止之曰賢哉歎而起曼殊歸謂予予曰然惟公亦為予言之汝試思予豈欲去汝者特為予汝計無出此便獨需汝自決耳曰吾決之矣君果遣予則予請先死君前不然尚憐予而終收之言訖詘雙膝著地曰以乞君既而有戚媪居京師者假予言遣之初不信重強之以為果然哭踊氣絕一婢持抱之不得死三日高郵葛先生力救得活然自是氣鬲血上壅涎液結轖不可下嘗泣曰吾死固分獨不能為君生一兒指婢曰俟此子長可當夕吾無憾矣又曰吾病不可耐病小間吾當從阿濟居尼寺中雖然君南行時其能捨面一攜手耶君毋嫌予他日願以尼從行康熙二十四年五月二日病發卒年二十四初曼殊有二婢一名金絨兒即予師馮公所遺媵也一名來子光祿王君貫贈者後以乏食賣來子惟金絨兒存至是金絨兒年十七曼殊所稱俟此子長者是也前一月

金絨兒亦病及聞主母死不能起匍匐出伏靈牀下叩頭哭越七日亦死初予將葬曼殊於豐臺張氏之阡黃門任君謂予曰生不忍相離而死棄之予曰然遂攜櫬歸蕭山將附於臧予之地而系以銘銘曰生矣相隨豈既死而魂無不之歸哉歸哉汝在斯

曼殊回生記

毛奇齡

曼殊以壬戌十月十一日死死而有息顧僵禁不內藥眼鼻血迸出醫者謂中死法不治會十五日入朝同朝官韜籍稱高郵葛先生國士在孫黃門家盍診之既診曰是氣厥也肝衝以逆極憤不得洩擁周身之涎與血而填之肺俞之間故氣不下接藏不上䟽五藏八會皆結轄而不得其通是非湯液所能攻也然而何以致此先是予來京相國馮公予師也憐予無子擇取曼殊為小妻及予室南至以屋窄徙居曼殊右安門而馮公憐之惟恐曼殊終失所囑予遣曼殊而迎曼殊至其家親勸之去曼殊執不可座有旗下婦辮髮曉譬甚至曼殊謝之泣公亦泣既而公乃推案起曰賢哉請月致米石薪蔬銀五金以佐不給曼殊歸詘兩膝踞地曰勿遣予慰之既而予戚媼有居京者假予言遣之不信重強之且曰汝之去就何足關而堅拗乃爾曼殊聞其言大憤且誤以為眾予意號咷曰命至此耶搜身而擲之其婢持救之不得躑躅氣絕曼殊之死以是也葛先生曰有是哉有人如此而吾不為之急救吾負吾術矣乃治匜鉢理錡鬲瀹本煿石手斫而指調之先以物刷眉間紋染皮膩末搩鼻竅中焚石炭於盎澆以醯用巾覆首接盎沿使臭沸而騰入於鼻初不為動遲久而眉小皺又既而軌喉曰可治矣乃以酢梅刷其齒橋錐齒間研丸子嚥之不內再嚥之且搏雞翎之翹者探喉間忽涎涌如泄乃復藥注之涎盡然血尚未下當是時病者拳手坼目稍開動而日已逾午葛先生飢乃就鄰人買不托食之於是和劑市泉香穄煮今嚥時日已墮地曰吾去但煮渣食當能言預貯茗汁和他丸侍之聞鄰廟鐘聲若有喃喔在床者急取火視大哭已而服聰果能言初曼殊善病嘗夢奶奶喚之去不肯曰俟汝三年奶奶者大士稱也至是復見奶奶至曰吾攜汝飲汝葛漿水一喉而醒葛漿者疑葛陂之訛也然而先生果葛姓方予下朝時卜前門武安王祠其卜祠有碧玉生來字碧玉者小妻也生來生之也又曰正是人間第一仙則在武安已呼先生為仙矣嘗讀倉公傳嘆古有聖儒能起死人令之生今無是矣葛先生非耶先生名天膝號子生淑承其字也父寅谷以醫仙去十月二十日記

原評云較倉公傳有倫脊但分敘兩事不覺界劃六么拍序中仍有散序方見名手

虞初續志卷一終

閻典史傳

清　玉綬鄭澍若醒愚編

邵長蘅

閻典史者。名應元。字麗亨。其先浙紹興人也。四世祖某。為錦衣校尉。始家北直隸之通州。為通州人。應元起掾吏。官京倉大使。崇禎十四年。遷江陰典史。始至。有江盜百艘。張幟乘潮。闖入內地。將薄城。而會縣令攝篆旁邑。丞簿選懦而怠。男女奔竄。應元帶刀鞾。出躍馬大呼於市曰。好男子從我殺賊護家室。一時從者千人。然苦無械。應元又馳竹行。呼曰。事急矣。人假一竿。直取諸我。千人者。布列江岸。矛若林立。士若堵牆。應元往來馳射。發一矢。輒殪一賊。賊連斃者三。氣懾。揚帆去。巡撫狀聞。以欽依都司空銜。巡縣尉。得張黃蓋。擁纛前驅。清道而後行。非故事。邑人以為榮。久之。僅循資遷廣東英德縣主簿。而陳明選代為尉。應元以母病未及行。會國變。挈家僑居邑東之砂山。是歲乙酉五月也。當是時　本朝定鼎改元二年矣。豫王大軍渡江。金陵降。君王出走。審帝尋被執。分道貝勒及他將。略定東南郡縣。守土吏或降或走。或閉門抗拒。攻之輒拔。速者功在漏刻。遲不過旬日。自京口以南。一月間下名城大縣以百數。而江陰以彈丸下邑。死守八十餘日而後下。蓋應元之謀居多。初薙髮令下。諸生許用德者。以閏六月朔。懸明太祖御容明倫堂。率眾拜且哭。士民蛾聚者萬人。欲奉新尉陳明選主城守。明選曰。吾智勇不如閻君。此大事。須閻君來。乃夜馳騎往迎應元。應元挈袂起。率家丁四十人。夜馳入城。是時城中兵不滿千。戶裁及萬。又餉無所出。應元至。則料尺籍。治樓櫓。令戶出一男子乘城。餘丁傳餐。已乃勸輸巨室。令曰。輸不必金。出粟菽帛布及他物者聽。國子上舍程璧首捐二萬五千金。捐者麕集。于是圍城中有火藥三百罌。鉛丸鐵子千石。大礮百。鳥機千張。錢千萬緡。粟麥豆萬石。他酒酤鹽鐵芻槁稱是。已乃分城而守。武舉黃略守東門。把總某守南門。陳明選守西門。應元自守北門。仍徼巡四門。部署甫定。而外圍合。時大軍薄城下者已十萬。列營百數。四面圍數十重。引弓仰射。輒傷城上人。而城上礧礟機弩。乘高下。大軍殺傷甚眾。乃架大礮擊城。城垣裂。應元命用鐵葉裹門板。貫鐵絙護之。取空棺實以土。障隙處。又攻北城。北城穿。下令人運一大石塊於城內。更築堅壘。一夜成。會城中矢少。應元乘月黑。束藁為人。人竿一燈。立陴睨間。市城兵士。伏垣內擊鼓吼噪。若將縋城斫營者。大軍驚。矢發如雨。比曉。獲矢無算。又遣壯士夜縋城入營。順風縱火。軍亂。自蹂踐相殺。死者數千。大軍却離城三里止營。帥劉良佐擁騎至城下。呼曰。吾與閻君雅故。為我語閻君。欲相見。應元立城上與語。劉良佐者。故宏光四鎮之一。封廣昌伯。降　本朝總兵者也。遂語應元。宏光已走。江南無主。君早降。可保富貴。應元曰。某明朝一典史耳。尚知大義。將軍胙土分茅。為國重鎮。不能保障江淮。乃為敵前驅。何面目見吾邑義士民乎。良佐慚退。應元偉軀幹。面蒼黑。微髯。性嚴毅。號令明肅。犯法者鞭笞貫耳。不稍貸。然輕財。賞賜無所惜。傷者手為裹創。死者厚棺斂。酹而哭之。與壯士語。必稱好兄弟。不呼名。陳明選寬厚嘔煦。每巡城。拊循其士卒。相勞苦。或至流涕。故兩人皆能得士心。樂為之死。先是貝勒統軍略地蘇松者。既連破大郡。濟師來攻。面縛兩降將。跪城下說降。涕泗交頤。應元罵曰。敗軍之將。被擒不速死。奚喋喋為。又遣人諭令斬西門首事各一人。即撤圍。應元厲聲曰。寧斬吾頭。奈何殺百姓。叱之去。會中秋。給軍民賞月錢。分曹攜具登城痛飲。而許用德製樂府五更轉曲。令善謳者曼聲歌之。歌聲與刁斗笳吹聲相應。竟三夜。貝勒既覘知城中無降意。攻愈急。梯衝死士。鎧胄皆鐵。刀斧及之。聲鏗然。鋒口為缺。礟聲徹晝夜。百里內地為之震。城中死傷日積。巷哭聲相聞。應元慷慨登陴。意氣自若。旦日大雨如注。至日中。有紅光一縷。起土橋。直射城西。城俄陷。大軍從烟焰霧雨中蟻附而上。應元率死士百人。馳突巷戰者八。所當殺死以千數。再奪門。門閉不得出。應元度不免。踴身投前湖。水不沒頂。而劉良佐令軍中必欲生致應元。遂被縛。良佐箕踞乾明佛殿。見應元至。躍起持之哭。應元笑曰。何哭。事至此。有一死耳。見貝勒。挺立不屈。一卒持鎗刺應元。貫脛。脛折踣地。日暮擁至棲霞禪院。僧夜聞大呼速斫我。不絕口。俄而寂然。應元死。凡攻守八十一日。大軍圍城者二十五萬。死者六萬七千。巷戰死者又七千。凡損卒七萬五千有奇。城中死者無慮五六萬。尸骸枕藉。街巷皆滿。然竟無一人降者。城破時。陳明選下騎。傳戰至兵備道前被殺。身負重創。手握刀。僵立倚壁上不仆。或曰。闔門投火死。

論曰。尚書序曰。成周既成。遷殷頑民。而後之論者。謂於周則頑民。殷則義士。夫跖犬吠堯。鄰女詈人。彼固各為其主。予童時。則聞人嘖嘖談閻典史事。未能記憶也。後五十年。從友人家見黃晞所為死守孤城狀。乃撫其事而傳之。微夫應元故明朝一典史也。顧其樹立。乃卓卓如是。嗚呼。可感也哉。

費宮人傳

陸次雲

費宮人年十六未詳其何地人德容莊麗懷宗語周后命侍公主主絕憐之宮人見上憂冠氛昌熾未嘗不竊抱杞人慮也王承恩者懷宗之近侍也宮人私向之問冠警承恩曰若居深禁何用知此宮人曰惟居深禁不可不知而預為計也承恩奇之冠愈熾懷宗憂愈深宮人之問承恩者愈數承恩曰若何不詢諸他人而惟予數數也宮人曰人皆泄泄孰是以君國為慮者吾見公忠誠故相問耳承恩益奇之曰若云預為計計安出宮人曰設不幸計惟有死要不可徒死耳承恩曰古人云使生者死死者復生生者不食其言可謂信矣若能之乎宮人曰請驗之異日有魏宮人者年差長于費亦端麗素與費善聞其言曰卿計甚難吾不能為難者當其時惟一死以伸吾志耳承恩益奇之甲申三月十九日李自成破都城王承恩走報帝帝與后泣別宮中之人皆環泣后自縊袁貴妃亦自縊帝拔劍刀所御嬪妃數人召公主至曰爾年十五矣何不幸生我家左袖掩而右手揮刀斷左臂未死手慄而止隨與承恩至南宮登萬歲山之壽皇亭自縊帝居中而承恩右承恩且從容拜命而相隨於鼎湖也時尚衣監何新者趨入宮見帝不得見公主仆地他宮人悉散走費宮人哭侍其側相與救之而甦公主曰父皇賜我死我何敢偷生且賊至必索宮眷我終難逭也宮人曰請以主服賜婢婢當誑賊以脫主顧安所往乎何新曰國丈第可也主授衣與婢而泣與之別新倉皇負主出李自成射承天門將入宮魏宮人大呼曰賊入大內我輩必受辱有志者早為計奮身躍入御河須臾從之死者盈三百翠積脂凝河水為之不流而香且數日也費宮人目送其死而還服主服匿眢井中賊鉤而出見李自成曰我長公主也若不得無禮自成見其豐艷心欲納之而每陛御座輒神搖目眩見白衣人長數丈者在前立又恍如帝之蹕易乎其左右也心畏之而不敢以賜其愛將羅姓者羅於闖術陷攻取居首功故自成賜之以酧勳羅甚喜宮人曰闖命吾不敢違矣然我帝子也爾能設祭祭先帝而祔從難太監王承恩於其側從容盡禮則從子矣羅更喜甚從其請宮人泣拜先帝渠併拜承恩曰王公王公爾能死而復生以驗吾言乎吾將踐平生言矣諸賊大張樂為羅賀羅痛飲大醉入內宮人亦具酒為同牢卺酌又以大觥進飲羅羅曰吾得子欲草一疏謝闖王而愧無人宮人曰是何難我能之君盍寢俟我擬疏稿君也羅愈喜陶然就臥鼾如雷宮人屏去侍女挑燈獨坐閱中外之籍俱靜於是以纖指挾匕首睨羅賊之喉加刺之羅頭裂目痛躍起復仆復躍而始僵賊衆驚闖排闥救之已無及時華燭尚明衆見宮

人盛妝端坐而無詰者視之則已刎頸項而憖然逝矣聞於自成自成駭歎而禮葬之遂以為公主已死而不復索

陸士雲曰夫子云惟女子與小人為難養也女子小人宦官宮妾也宮妾如費魏宦官如王承恩即丈夫君子何以過耶余傳之以愧天下之丈夫而不丈夫號為君子而不為君子者

鄭醒愚曰毛西河言宮人頻死呼曰吾之不得殺自成天也蓋宮人初志在得自成不能得自成而死豈非天哉然亦足褫自成之魄矣

義貓記　徐岳

山右富人所畜之貓形異而靈且義其睛金其爪碧其頂朱其尾黑其毛白如雪富人畜之珍甚里有貴人子見而愛之以駿馬易不與以愛妾換不與以千金購不與陷之盜破其家亦不與因攜貓逃至廣陵依於巨商家亦愛其貓百計求之不得以鴆酒毒之其貓與人不離左右鴆酒甫斟貓即傾之再斟再傾如是者三富人覺而同貓宵遁遇一故人匿於舟後渡黃河失足溺水貓見主人墮河吽呼跳號搶救不及貓亦投水與波俱汩是夕故人夢見富人云我與貓不死俱在天妃宮中天妃水神也故人明日謁天妃宮見富人屍與貓俱在神廡下買棺瘞之埋其貓於側嗚呼蟲魚禽獸或報恩於生前或殉死於身後如毛寶之白龜思邈之青蛇袁家兒之大獰犬楚重瞳之烏騅馬指不勝屈若貓之三覆鴆酒何其靈呼救不得殉之以死何其義又豈畜類中所多見者耶然其人以愛貓故被禍破家流離異域復遭鴆毒非貓之幾先有以傾覆之其不死於毒者幾希矣及主人失足河流吽跳求援得相從於洪波之中以報主人珍愛之恩以視夫為人臣妾患至而不能捍臨難而不能決者其可媿也夫其可媿也夫

江天一傳　汪琬

江天一字文石徽州歙縣人少喪父事其母及撫弟天表具有至性嘗語人曰士不立品者必無文章前明崇禎間縣令傅巖奇其才每試輒拔置第一年三十六始得補諸生家貧屋敗躬畚土築垣以居覆瓦不完盛暑則暴酷日中雨至淋漓蛇伏張敝蓋自蔽家人且怨且歎而天一挾書吟誦自若也天一雖以文字知名而深沉多智尤為同郡金僉事公聲所知當是時徽人多盜天一方佐僉事公用軍法團結鄉人子弟為守禦計而會張獻忠破武昌總兵官左良玉東遯爬下狼兵躁於所

過奘掠將抵徽徽人震恐僉事公謀往拒之以委天一天一腰刀抹首黑夜跨馬率壯士馳數十里與狼兵鏖戰祁門斬馘大半悉奪其馬牛器械徽賴以安順治二年夏五月江南大亂州縣望風內附而徽人猶為明拒守六月唐藩自立於福州聞天一名授監紀推官先是天一言於僉事公曰徽為形勝之地諸縣皆有阻隘可恃而績溪一面當孔道其地獨平迤是宜築關於此多用兵據之以與他縣相犄角遂築叢山關已而　清師攻績谿天一日夜援兵登陴不少息間出逆戰所殺傷略相當於是　清師以少騎綴天一於績谿而別從新嶺入守嶺者先潰城遂陷大帥購天一甚急天一知事不可為遁歸屬其母於天表出門大呼我江天一也遂被執有知天一者欲釋之天一曰若以我畏死耶我不死禍且族矣遇僉事公於營門公目之曰文石女有老母在不可死笑謝曰焉有與人共事而逃其難者乎公幸勿為吾母慮也至江寧總督者欲不問天一昂首曰我為若計若不如殺我我不死必復起兵遂牽詣通濟門既至大呼高皇帝者三南向再拜訖坐而受刑觀者無不歎息泣下越數日天表往收其尸瘞之而僉事公亦於是日死矣當狼兵之被殺也鳳陽督馬士英怒疏劾徽人殺官軍狀將致僉事公於死天一為齎辨疏詣闕上之復作顧天

說流涕遍諸貴人其事始得白自興兵以來先後治鄉兵三年皆在僉事公幕是時幕中諸俠客號知兵者以百數而公獨推重天一凡內外機事悉取決焉其後竟與公同死雖古義烈之士無以尚也予得其始末於翁君漢津遂為之傳

汪琬曰方勝國之末新安士大夫死忠者有汪公偉凌公駉與僉事公三人而天一獨以諸生殉國予聞天一游淮安淮安民婦馮氏者刲肝活其姑天一徵諸名士作詩文表章之欲疏於朝不果蓋其人好奇尚氣類如此天一本名景別自號石嫁樵夫翁君漢津云

徐作霖張渭傳　　侯方域

徐作霖者有儁才少不得志於有司以入貲為諸生張渭曰朝廷歲一大縣補生徒百人小者亦四五十人每歲取天下之士且逾萬數而作霖以貲入豈不異哉張渭者慕徐渭之為人因名渭自謂狂生人亦狂之使酒難近獨推作霖作霖短小精悍高辭盛氣遇人皆以奴蓄之顧謂渭善也渭頰繞其面鬚毿毿然又騎馬折其左臂常蹉跎類世之兒童戲繪以為冥官像者短舌無正音醉後談天下事則袞袞不倦然文敏妙日成十餘篇作霖好學深思常偃仰臥竟日或草剏後復改之然出而人以為高文典冊焉會南昌萬元吉知作霖崇禎三年庚午舉孝廉第一作霖既就徵春官而渭益落常試居下自神其文爭之提學使者海曾鯨取熟視曰子文誠善吾特未識也竟高拔之後數年而復袖其文爭之提學使者任俊化俊化怒更黜渭渭大噪而郡之搢紳先生亦有言渭實名士者久之乃復其故崇禎七年甲戌作霖入對策言今天下劇賊窟秦蜀躁晉豫孔棘殆矣天子不可不及時收人心若崇任苛深責文法恐天下亂傳冠得之以示文震孟共嗟歎署上第而宰相溫體仁惡其言直排之不收也庚辰作霖復罷春官渭亦且摧挫老矣每醉則謂其友人曰吾焉用也天下方有事胡不用我天下且不知文士況能知我哉遂怒罵其坐客或酹而哭坐客益以渭為狂作霖忽怒罵曰若富貴子席父兄餘業飽十數碗肉羹耳天下亂形已成無英雄能救之者吾輩固旦暮死而謂渭狂何哉舉坐酒皆醒而其友人吳伯裔吳伯循侯方域則皆哭泣時方嬉遊脩春社於吳伯裔之家因慘怛不樂罷去閱二歲而為崇禎十五年壬午宋城破作霖不知所終其友侯方域曰作霖死矣作霖慷慨意氣丈夫也烏能鬱鬱涸迫貿乎作霖必死矣後甲申宏光立錄中外死事者宗伯亦廉知作霖果死遂為請贈以為祠部郎而張渭當城破時賊以刀砍之

頤頦且斷矣渭猶右手攬其鬚之血而以折臂手自承其頤徐步行口吶吶罵不止又一賊從後至斫以刀乃仆而死渭故貧饒心計縱橫術立置產過萬而其子後當於市儈駔猾者不數月皆盡無所得作霖無子有弟作肅姪世琛文行甚高人見之猶想見作霖云

侯方域曰嗚呼古之死而不知其所者多矣其懷材質者或不得見用於世而傳之亦異又足悲也四子之文學不具論以余交當世之搢紳先生以及知名士未有如渭與霖之大略者也循稍文弱然其死又何壯也渭乃自比徐渭師稱衡何足道哉嗚呼而皆不幸而死矣由今論之豈其不幸歟豈獨其不幸歟

梁烈婦傳　　王猷定

烈婦張氏清苑梁公以樟妻也父為四川布政國紀母李氏烈婦生有至性識大義庚辰公以進士授太康令明年調商邱時賊犯開封所過屠燬商邱聞賊過境咸惶懼公按行城堡脩守禦拓戍遞凡砲臺之屬無不具歎單騎走風雪中拊循士卒烈婦疵公懸甑廢食泣下慰勞兼至當世時朝廷屢詔督撫殺賊而督撫及諸將畏賊不敢戰倡議招撫廷臣又各持門戶封疆益壞郡縣守令多儒生不習兵事聞風則

棄城逃匿，甚則奉印綬以降。公憤甚，語烈婦曰：吾為天子命吏，誓必滅賊，與城存亡。烈婦曰：諾。弟月公佩刀各奮衣而起。壬午春三月，闖賊李自成合衆賊號賊衆數十萬攻商邱。公乘城距守。既夕，胄而進，拜辭其父中議公。公與烈婦訣曰：城且陷，倘陷我必死，知汝亦必死。左右皆掩面泣。烈婦亦泣，指所居樓示公曰：尸我於是。命老僕楊材積薪環其樓，且告曰：若城朝以陷，則火朝以舉；夕以陷，則夕以舉。毋遲我死。公冑而出，呼守陴者發砲石，顛踣傷賊，賊稍卻。烈婦傾橐裝市牛酒以資軍賞。越五日，賊攻益急，仰射人馬顛死，鼓音四面不止，相驚以賊至，人馬喋喋遶城。至夜過半，一城傳呼曰：賊入。公嬰城以戰，賊刀公仆地。烈婦聞之，驅婢媵登樓曰：吾夫死矣，若等從我死，毋苟活。遂衣平時白衣，係環於梁，將自縊，呼楊材舉火。材哭不忍發。烈婦厲聲叱曰：汝忘爾主訣別時語耶？背之耶？賊至等死，少延使我不速死，汝罪莫贖矣。材伏哭叩頭，舉火。烈婦死，三十餘人從死，其慷慨赴義如此。一子樊，方九歲，隨烈婦登樓，火熾，哀號竅中。老嫗急挾之曰：主人惟此郎，幸得脫，歸以從梁氏。從樓上推墮兒，僕王政負兒逃。是夕，邑民求公於亂屍中，救之，越三日甦，而烈婦則已死矣。商邱人相與感歎，立烈婦祠，春秋祀之，至今不絕也。

論曰：商邱古睢陽地，今人過雙廟，每欷歔留連不忍去，以為張許猶生云。越千年而烈婦出，與之比烈，異哉！其邑人言，昏夜嘗見白衣人矗樓址間，則烈婦固不死也。予與梁公善，恒述烈婦生平孝敬勤儉，輒嗚咽，茲不具論，論其大者。

瞽女琵琶記　吳陳琰

金陵卜者好女子也，雙目瞽，挾琵琶漫遊，遍宇內。然冥行無侍，衛止宿亦無常所。一日，吳江急足某者遇諸塗。時積雨乍晴，潦水沒踝，行人艱危，獨見女飛涉水面，衣袖皆無沾濡。急足大驚，陰尾之出郊野，徘徊間，忽回顧曰：若何為者？急足跪請曰：下邑執役，候京兆指揮，久不得當，無所自存。今幸遇夫人，願從仙去耳。女子笑曰：且休，今夜令若獲金一斤足矣。遂別。望女子行若鶩帆，急足不得已歸。夜中果獲金一斤。竊自幸，因再往伺之，忽聞女子在後徐呼曰：若又何為者？急足復跪請曰：夫人真仙也，床頭金易盡，惟夫人是從。女子曰：無多言，汝於數更得金一鎰。遂別，乃行視前益快如迅電。急足至夜不寐，黎明恍惚間，金已在前，果一鎰。又一匕首，霜刃冽然，擲地有聲。急足惶怖，慴伏良久，心悟，不敢復往伺。有朝貴墨而淫縱，知其事，艷之，必欲羅致。遣卒四出，責治期限，然無見也。忽夜半所居四壁皆琵琶聲，或前或後，或鬧或不聞，畢家驚悸，不知所從來。日出，忽大聲砰然起空中，一琵琶落枕上，分裂為二，內得書一札，字跡端勁，大略言國家倚毗公等外禦邊疆，內循郡邑，任重兒微，神爽式憑，報塞無由。夫心不清者智慮短，慾太盛者年齡促。又曰：天下驛騷，民命如倒懸，公等安享作姬，食得靡極，妾雖女子，能斬公首。朝貴得書惶悚，不久，竟以他事下獄，棄市。淮南有沈隆生者，與女子邂逅丹陽，授以吐納秘傳。順治年間，人猶有見之者。

徐菴古佛記　陸次雲

石佛菴在映壁菴石壁之上，一椽小築，壓壁之肩。徐菴在石佛菴之上，一椽小築，較石佛菴稍寬，壓菴之肩。石佛菴一石佛，石佛之外無餘佛。徐菴三古佛，古佛之外無餘佛。石佛之像，高三尺，垂目趺坐，與世像同，而古佛甚異。佛身之高幾一尋，中則釋迦求道像，清槁貧削，眉臥準軒，螺髻結而不理，盤坐一枯樹根，若有所思而未悟者；腹臍內吸，若久不粒者；肌骨稜稜，粟粟若卉；花遍繞強自攫而者，背僂若鳥，鶩其頂者；膝蹋若藤，穿其膝者。右普賢，身跨一灰象，兩手平衡捧貝葉，兩目不瞬，注貝葉。貝葉失矣，手猶是，目猶是也，若從無字句處參觀而有得者。所跨象眡齒突，順外叟目，宛轉善睨人，人亦與之左右睨，往往人象相睨，有久而不捨者。左文殊，與普賢雁行於釋迦之次，一手持藤杖，一手着膝上，坐獅，獅之狀龐然，以伏貌橘而性善，然人之愛獅不若愛象也。及晦夜入佛堂，爐香不紅，琉璃火滅，有兩炬炷燭射，聰闇人即大恐，退以為室有虎也。乃從壁隙睥睨，審其所在，炯炯者獅之目，蓋獅目陽燧為之也。故人之宿於菴者，愛象又不若愛獅。

譚人云：無起不結，無衫不履，畫家逸品，反在神品之上。

誌王成事　蒲松齡

王成，平原故家子，性最懶，生涯日落，惟剩破屋數間，與妻卧牛衣中，交謫不堪。時盛夏燠熱，村中故有周氏園，牆宇盡傾，唯存一亭，村人多寄宿其所，王亦在焉。既曉，睡者盡去，紅日三竿，王始起，逡巡欲歸，見草際金釵一股，拾視之，鐫有細字云：儀賓府造。王祖為衡府儀賓，家中故物多此款式，因把釵躊躇。欻一嫗來尋釵，王雖故貧，然性介，遽出授之。嫗喜，極贊盛德，曰：釵直幾何，先夫之遺澤也。問：夫君伊誰？答云：故儀賓王柬之也。王驚曰：吾祖也，何以相遇？嫗亦驚曰：汝即王柬之之孫耶？我乃狐仙，百年前與君祖繾綣，君祖歿，老身遂隱，過此遺釵，適入子手，非天數耶？王亦曾聞祖有狐妻，信其言，便邀臨顧。嫗從之。王呼妻出見，敝衣蓬首，菜色黯焉。嫗歎曰：嘻！王柬之孫子乃一貧至此哉又顧敗箧無烟曰家計若此何以聊生媪因細述貧狀嗚咽欲泣媪以釵授婦使姑質錢市米三日後請復相見王挽留之媪曰汝一妻不能自存活我在仰屋而居復何裨益遂徑去王爲妻言其故妻大怖王誦其義使姑事之妻諾踰三日果至出數金糴粟麥各一石夜與婦共短榻婦初懼之然察其意殊拳拳遂不之疑翌日謂王曰孫勿惰宜操小生業坐食烏可長也王告以無貲曰汝祖在時金帛憑所取我以世外人無需是物故未嘗多取積花粉之金四十兩至今猶存久貯亦無所用可將去悉以市葛刻日赴都可得微息王從之購五十餘端以歸媪命趣裝計六七日可達燕都囑曰宜勤勿懶宜急勿緩遲之一日悔之已晚王敬諾囊貨就路中途遇雨衣履浸濡王生平未歷風霜委頓不堪因暫休旅舍不意淙淙徹暮簷雨如繩過宿濘益甚見往來行人踐淖没脛心畏苦之待至亭午始漸燥而陰雲復合雨又大作信宿乃行將近京傳聞葛價翔貴心竊喜入都解裝客店主人深惜其晚先是南道初通葛至絶少京中巨室購者頗多價甚昂較常可三倍前一日貨葛雲集價頓貶後來者皆失望主人以故告王王鬱鬱不得志越日葛至愈多價益下王以無利不肯售遲十日計食耗繁多倍益憂悶主人勸令賤鬻改而他圖

從之虧貲十餘兩悉脱去早起將作歸計啟視囊中則金亡矣驚告主人主人無所爲計或勸鳴官責主人償王歎曰此我數也於主人何尤主人聞而德之贈金五兩慰之使歸自念無以見祖母蹀躞内外進退維谷適見鬬鶉者一賭輒數千每市一鶉恒百錢不止意忽動計囊中貲僅足販鶉以商主人主人亟慫恿之且約假寓飲食不取其直王喜遂行購鶉盈擔復入都主人喜賀其速售至夜大雨徹曙天明衢水如河淋零猶未休也居以待晴連緜數日更無休止起視籠中鶉漸死王大懼不知計之所出越日死愈多僅餘數頭併一籠飼之經宿往窺則一鶉僅存因告主人不覺涕墮主人亦爲扼腕王自度金盡罔歸但欲覓死主人勸慰之共往視鶉審諦之曰此似英物諸鶉之死未必非此鶉鬬殺之也君暇亦無所事請把之如其良也賭亦可以謀生王如其教既馴主人令持向街頭賭酒食鶉健甚輒贏主人喜以金授王使復與子弟決賭三戰三勝半年許積二十金心益慰視鶉如命先是有某王者好鶉每值上元輒放民間把鶉者入邸相角主人謂王曰今大富宜可立致所不可知者在子之命矣因告以故導與俱往囑曰脱敗則喪氣出耳倘有萬分一鶉鬬勝王必欲市之君勿應如固强之惟予首是瞻待首肯而後應之王曰諾至邸

則鶉人肩摩於墀下頃之王出御殿左右宣言有願鬬者上即有一人把鶉趨而進王命放鶉客亦放略一騰踔客鶉已敗王大笑俄頃登而敗者數人主人曰可矣相將俱登王相之曰睛有怒脈此健羽也不可輕敵命取鐵喙者當之一再騰踔而王鶉鎩羽再選其良再易再敗王急命取宫中玉鶉片時把出素羽如鷺神駿不凡王成意餒跪而求罷曰大王之鶉神物也恐傷吾禽喪我業矣王笑曰縱之脱鬬而死當厚爾償成乃縱之玉鶉直奔之而玉鶉方來則伏如怒雞以俟之玉鶉健啄則起如翔鶴以擊之進退頡頏相持約一伏時玉鶉漸懈而其怒益烈其鬬益急未幾雪毛摧落垂翅而逃觀者千人罔不歎羨王乃索取而親把之自喙至爪審周一過問成曰鶉可貨否答云小人無恆産與相依爲命不願售也王曰賜而重直中人産可致頗願之乎成俯思良久曰本不樂置顧大王既愛好之苟使小人得衣食業又何求王請直答以千金王笑曰癡男子此何珍寶而千金值也成曰大王不以爲寶臣以爲連城之璧不過也王曰如何曰小人把向市廛日得數金易升斗粟一家十餘食指無凍餒憂是何寶如之王言予不相虧便與二百金成搖首又增百數成目視主人主人色不動乃曰承大王命請減百價王曰休矣誰肯以九百易一鶉者成囊鶉

欲行王呼曰鶉人來鶉人來實給六百肯則售否則已耳成又目主人主人仍自若成心願盈溢惟恐失時曰以此數售心實怏怏但交而不成則獲戾滋大無已即如王命王喜即秤付之成囊金拜賜而出主人懟曰我言如何子乃急自鬻也再少靳之八百金在掌中矣成歸擲金案上請主人自取之主人不受又固讓之乃盤計飯直而受之王治裝歸至家歷述所爲出金相慶媪命治良田三百畝起屋作器居然世家媪早起使成督耕婦督織稍惰輒訶之夫婦相安不敢有怨詞過三年家益富媪辭欲去夫妻共挽之至泣下媪亦遂止旭日候之已杳矣

異史氏曰富皆得於勤此獨得於惰亦創聞也不知一貧徹骨而至性不移此天所以始棄之而終憐之也懶中豈果有富貴乎哉

鄭醒愚曰懶若能致富世之浄手惰民豈復有貧賤哉須知王成之富非懶得之實由至性不移得之也

虞初續志卷二終

虞初續志卷三

清　王韓鄭澍若醒愚編

侯方域魏禧傳

邵長蘅

侯方域字朝宗商邱人祖執蒲官太常卿父恂崇禎間官戶部尚書方域既世家子幼從其父官京師習知中朝事而于君子小人門戶始終之故尤孰悉喜結納名士與貴池吳應箕宜興陳貞慧最善阮大鋮者故魏奄義兒屏居金陵謀復用諸名士共為檄數大鋮罪應箕貞慧主之大鋮愧且恚然無可如何詗知方域與二人者相善也私念得交侯生因侯生以交於二人事當已乃屬其客陽交懽方域方域覺之謝客不與通時大鋮家有伶一部以聲伎擅名能歌所演劇燕子箋者又值諸名士以試事集金陵朝宗置酒高會趣徵阮伶大鋮心竊喜立遣伶往而令他奴詗之方度曲四座稱善奴走告大鋮心益喜已而抗聲論天下事集踞叫呶語稍及大鋮遂戟手罵詈不絕口大鋮聞之乃大怒而恨三人者尤刺骨後數年南都擁立大鋮驟柄用興大獄將盡殺黨人捕貞慧入獄應箕亡命方域夜出走渡揚子依鎮帥高傑得免方域儻蕩任俠使氣好大言遇人不肯平面視然一語合輒吐出肺肝譽之不容口援友之阨能不惜千金然亦喜睚眦報復居鄉時扞文網崇禎末劇寇李自成圍汴急詔侯恂出督師援汴方域進曰大人受命討賊廟堂議論牽制奏請不應徵調難集願破文法以賜劍首誅一甲科令守而晉師許定國師噪當斬以徇軍事辦威立疾驅渡河就左良玉于襄陽約陝督孫公傳庭犄角於秦賊乃可圖也恂叱曰是跋扈也小子多言輒遣歸方域既負才名以明經累舉于鄉輒報罷辱邑邑致疾卒年三十有七是歲順治十一年也明季古文辭自嘉隆諸子貌為秦漢稍不厭衆望後乃爭矯之而矯之者變逾下明文極敝以迄於亡朝宗始倡韓歐之學於舉世不為之日遂以古文雄視一世末年游吳下將刻集集中文未脫稿者一夕補綴立就人益奇之既沒而文章乃大著初陳貞慧就逮入詔獄鍛鍊久之會大鋮敗脫歸後十餘年卒於家　王師下金陵吳應箕謀起兵被執不屈死方域著有壯悔堂文十卷詩六卷遺稿一卷版行魏禧稍後出其文章與方域並名於時魏禧字叔子一字冰叔贛之寧都人其生以天啟甲子後方域六歲然不相識方域既早歿而禧名繼起與之埒故世或稱侯魏云禧年十一補邑弟子員試輒冠其曹後十年會甲申之變慟帝死社稷禧聞號慟從博士後日哭臨縣廷居則憤惋叱咤如不欲生謀從曾給事應遴倡義從詗不果已乃謝棄諸生服隱居教授禧負才略善學畫理勢修幹微髭目光奕奕射人每事前決成敗懸策而後驗若十常七八方流賊之熾也水平久人不知亂且謂寇遠猝難及禧獨憂甚移家翠微峰居焉翠微峰距寧都西十里四面削起百餘丈中徑坼自山根至頂若斧劈然緣坼鑿磴遶梯而登出其上穴如甕口因置閘為守望士友稍稍依之而彭士望林確齋亦至士望南昌人字躬菴遺亂喜結客立義聲公卿間與禧立談定交遂偕林挈妻子來家翠微林故南昌宗室子變姓名為林確齋世所稱易堂諸子也其後數年寧都中寇被屠掠而翠微獨完禧既謝諸生益肆力為古文辭授徒窮山弟子著籍者常數十人喜讀史尤好左氏傳及蘇洵其為文主識議凌厲雄健不屑屑橅擬如世之貌似大家者遇忠孝節烈事則益感慨激昂摹畫淋漓故其所為新樂侯劉文炳傳及姜採江天一諸傳尤工年四十乃出游涉江逾淮游吳越思益交天下非常之人聞有隱逸士不憚十里造訪於吳門交徐枋金俊明西陵交汪渢乍浦交李天植常熟交顧祖禹毗陵交惲日初楊瑀方外交藥地楿木皆遺民也康熙十七年詔中外舉博學宏詞禧亦在舉中被徵以疾辭郡太守縣令吏督趣就道不得已舁疾至南昌就醫藥撫軍某疑其詐以板扉舁之至門禧絮被蒙頭臥稱病篤乃放歸後二年赴維揚故人約舟至儀真暴心氣病一夕卒年五十七著有文集二十二卷詩集八卷左傳經世若干卷凡禧字善伯弟禮字和公並有集行世

論曰侯方域魏禧操行不同予論次兩家文乃合傳之方域才氣瓌弛似陳亮其遭大獄瀕死亦似之然亮猶登第一夕而卒而方域竟夭諸生悲夫明宣德中周文襄忱薦龔詡為太倉學官詡辭不就語人曰吾仕無害於義思負金川門一慟耳而禧之論以謂詡一門卒非有知己之恩國士之責也既已更立三朝身逢賢聖之主而嘐然不肯少污其志賢矣嗚呼禧儻自謂與

鄭醒愚曰磊落傲岸之氣二公得此以傳

總制汪公逸事

毛際可

公名喬年字歲星明天啟壬戌進士官刑部出守青州陞東萊道視學秦中歷任三邊總制寇陷襄城死之公仕宦不攜家室讞決告令錢穀鉤會暨督學試生儒皆身任校閱無入幕賓一子早夭遂安余國楨計偕過山東有執鞭卒訊及邑里輒訝曰君里有汪公者其嗣子遘疾吾青人士登泰山祈禱者以千計今無恙乎曰死矣卒

撫膺泣下。青州黃紱曰。吾少未習公。然吾鄉人至今稱汪夫子。里諺有汪不解搪之語。以其聽斷明決。不俟信宿他搪也。視學秦中。以儆率諸生。卒服盡布素。校士必焚香告天。故拔置盡一時寒士。後井姓者繼公時。人為之謠曰。有學無井。怕須待汪。有錢莫省。須待井。迄今兒童猶傳誦之。黃州赤壁有八十老翁。嘗為公部曲者。曰。公任總制未數月。赴援河南。師次襄城。刃既接。大帥賀人龍等久蓄異志。皆潰去。公孤軍守城。賊圍環匝。號數十萬。百道攻城。公登埤坐矢石間。隨機以應。殺賊數千人。賊憤甚。左右泣諫曰。衆寡不敵。盍自為計。公怒奮拳。折其一齒。無何城陷。猶手刃三賊。被執。公罵不絕口。賊劓其耳鼻。磔屍而去。襄人建忠烈祠以祀。近常州陳玉璂嘗記李顒父可從同公遇難事。與其言相符云。公遺行罕所紀述。余所習聞。則多得之於老儒退校及行道素不謀面之人。可以知公之大畧矣。

鄭醒愚曰。着墨不多。全神已繪。

家貞女墮樓記　毛奇齡

家貞女者。祥符知縣會侯女也。貞女已成婦三日。而猶稱女。或曰。昔荀爽之女為陰瑜妻。雖既死而稱荀氏女。或曰。祥符民父母會侯。曾上貞女事於臺。以父母故女之。

貞女許字方翰林渭仁之子奕昭。方毛故世婚。比之羊鄧。而會侯與渭仁又以文章相親好。共訂為婚姻。故無所貸。獨是奕昭久病瘵。當會侯以被召來京師。予見奕昭於會侯之寓。疑其肌瘠而損容澤。不外若恐不年。而會侯再任祥符。其明年。奕昭就婚祥符官舍。則負病往。自京師達祥符千餘里。跋涉道路。病愈劇。會侯初難之。然既已至此。無還理。乃遂於病中強為脫禱甫脫。即就外舍。當是時。其病中之扶持起居。嘗藥和歠。雪垢搢蕆。其事有累於貞女者。不待言也。至病革。奕昭泣曰。吾此來百悔。亦何及矣。雖然。吾敢以三日誤汝終身哉。女曰。子不讀莪苗之詩乎。其夫有惡疾。雖未婚。猶不忍去也。況三日耶。既而易簀。女不食。父強之始食。初女少時。以食燕羊致病。中死法久斷不食。至是忽食之。以為得速死也。會會侯以卓異再被召。將赴考選。而謠諑適至。會侯居平頗斷斷。女伺父不懌。陽為好容飾施。然如尋常。初欲自裁。有二侍婢同臥起。及是稍懈。嘗坐私室淚縱橫被面。母至。強拭曰。不謂小寒。遽噫嗢至此。時二月易冬服。女僮請擇其襇澣者。曰。吾能再御此耶。女僮怪問之。隨亂以他語。康熙二十年三月六日。日暝。登樓呼女僮執燭隨後。亦不疑。行至牕欄。將閉牕。委身而墮。樓去地二丈許。下甃以石。攖擲之。將必糜碎。而股體不壞。惟口嘔於血。昨子

黑白涸數日。一若有鬼神維護之者。噫。異矣。祥符鄉三老咸會侯者為會侯勒石頌去思。而并上其事於臺。表之。雖女年尚少。未當旌。然而靡他可知矣。祥符紳士皆有詩。而予為記之如此。且以告夫後此之為詩若文者。

重建宣城徐烈婦祠碑記　毛奇齡

宣城徐烈婦生而許字其同鄉兒施氏。稍長。邑豪湯一泰者。豔其色。倚從子官翰林恒赫。謀之徐之無賴者。而委之禽。烈婦父拒之勿受。然慮有變。立趣施娶女去。豪大怒。湯族居洪林。獨翰林以貴故郡居。會翰林從郡還。阿於途。湯族傳豪者作鬧而譁之曰。止家有婦而不能庇。而第阿族人何耶。翰林初不解。及詢知。亦怒。使訟之郡。郡太守張君直施。則復訟之臺。使者使下郡覆讞。當是時。兩造各詣縣解。豪張甚。麾僕捽擊施。徐之在解者血濺。濆落甚。至篡取其媒氏匿之。勿令解。及解而施之父諸生也。諸生有不平者。譁而起。各執詞詣郡亭。豪亦賂諸生相持。太守見諸生者各有為。然未分也。令曰。諸生直施者居墀左。直湯者右。則多居左者。豪益怒。麾僕伺郡亭擊居左者。烈婦時就解。既已怖甚。至是泣曰。湯橫如此。吾不終為施婦矣。萬一篡之。如之何。其姑聞其書不省。夜同祖母寢。遽瞑。忽失烈婦所。時四月晦日。而後跡之。則

遺一屨在青角塘傍。既明。出其屍以告太守。太守方坐廳事。聞之仰而曰。有是哉。貴乎得死所矣。趣駕視驗。則自領巾而袒。而禱而纏袜連紉不解。太守與觀者數百人皆掩泣。已而謀所以停棺者。近塘有張睢陽祠。衆欲殯於祠而祝不可。請卜之神。卜襲吉。祝猶難之。衆曰。然則惟祝卜之耳。俗卜剖箬以取向背。其象衡拂神則縱。祝擲之箄縱。於是衆閧然。蜂擁而入。萬歷二十七年。郡太守張君德明請於督學御史陳君子貞。操江都御史耿君定力。旌之。建烈女祠。未幾督學御史熊君廷弼者。翰林門下士也。其按宣城則盡反前事。毀祠。褫諸生之左施徐者而笞之。人凡六易箠。（漢制笞令仰今之竹板也。當笞者箠背。俯為反。仰為一易。）箠竟內之獄。有瘐死者。已而督學御史賈君繼春題至。則又反前事。旌瘞死者。題以官。而給廩餼於諸生之未死者。使得按年貢。其按年自被害日始。崇禎元年。巡按御史田君惟嘉聞於廷。復祠名不泯。香名祠在迎春巷東。至康熙二十年。侍讀施君閏章屬其為祀。記曰。予至宣城。宣城人多能言烈婦事者。云烈婦名須姑。其父子仁。與諸生施大德者同里閈。相愛不能已。遂為婚姻。湯故名閥。然施徐亦不相下。時徐尚有司寇君名元太者。鄉居。當烈婦之死。或畧相棺如瓶而蠅不敢近。衆奇之。弔之者塓其香。路傍如邱山。司寇君亦延大有受弔祠下。時以為榮。然且

湯徐之亂其勢力不敵如此祠此者可鑒矣重爲詞曰
惟此祠以烈名宜與勢爭毀成祠再成名不毀祠此者以世世

鄭醒愚曰婦有定識有定力乃能殉節完貞

黃孝子傳　歸莊

黃孝子名向堅字端木建文時殉難給事中諱鉞之裔也先世常熟人從徙家蘇州之西郊孝子之父以崇禎癸未選得雲南大姚知縣挈其室及弟之孤赴任孝子留家已而兩京陷沒閩浙不守西南復立國江楚兩粤連年戰爭行旅斷絕雲南遠在荒徼書問不通孝子思戀晨昏日夜西南望慟哭目盡腫一旦忽自奮願獨行萬里訪親親朋謂途中險阻兵戈即去安得達止之不肯拜祖墓別妻子而行誓不得父母不歸在途半年達大姚得見父母皆無恙留五月餘復奉父母發大姚八閱月抵家孝子一身跋涉山川歷戎馬縱橫之地往還曲折二萬餘里竟得如其志余奇之因掇其紀行一編節而傳之孝子以辛卯年十二月朔擔一囊一笠一草履啟行從吳江入嘉興至杭州渡錢塘江歷嚴州衢州入廣信之玉山歷撫州臨江渡章江歷袁州入長沙之醴陵渡湘江歷寶慶至武岡州時壬辰二月下旬也八九十日之中陸行者十九江行者十一觸冰雪風雨陷泥淖涉深溪踰峻嶺手常擎益酸楚不能舉足重繭痛不可忍或血瘀赤腫則刺血出之復行體憊甚往往偃卧道旁人見孝子問知其故無不歎息傾以爲困憊如此而前途尚遠又兵馬塞路荒山多虎不可往孝子知有父母不顧其身乃曰出門時早知如此雖艱危敢不自力乃養足五日復前行由武岡而西歷靖州循沅江而上入貴州之晃州貴州自丁亥以後北兵自楚攻其東西兵自蜀攻其北王皮兩將軍左右支大敵固守累年不下至己丑爲西兵所敗故境內遺殘滅殆無孑遺自靖州洪江驛以西至晃州驛鮎魚坡諸處不惟重巖絕澗深谷荒箐上下艱難而城郭邱墟人烟斷絕暴骨如莽又其地苗獠雜處耕者皆持矛負弩矢自衛荒茅漲沙之中往往得虎跡行過戰慄不能自保次平溪有關則帥府在焉兵衛甚嚴以孝子短髮吳音疑爲奸細執以見主帥孝子涕泣以情告得免以後凡遇官吏無不盤詰然從此所歷山川風景所見官吏人民別一氣象江南風俗變革六七載忽睹此如異國焉自平溪西南歷鎮遠偏橋一路高山排列深溪架梁幽險如鬼窟將至平越山勢益峻兩旁皆夷落土人云往時苗常出爲行旅害今十里立一塘而塘兵又多爲虎所食孝子聞其言心惴惴常恐不免自平越而西歷清平新添龍里又西南至貴陽遇徽州人程姓者知其父履歷告之孝子於是知父無恙已掛冠五年矣貴陽新建王府殿宇崔嵬衛甚肅象馬塞道文武鵠立程姓者導孝子至前奏事明日得令票遣去孝子乃得復前途中兵馬紛擁爭前驗票或擘破其手中蓋自足不復能蔽雨歷威清平壩普定安莊及關索嶺嶺陡絕登至半嶺喘甚力盡而仆有老僧飲以茶久之強起踰嶺而西既下嶺則布帳漫山徧野人馬縱橫旌旗蔽空砲聲如雷震動山谷孝子行後遲一騎突前執之入營詰問驗票慰勞爲設食問之曰安西前營也前行數里復遇後營筭容如前營孝子雖一時震眩耳目然在途已習見又知去二親不遠喜多於懼矣自嶺而西渡盤江歷安南衛普安州去普安數日程爲安隆安隆故廳也今改爲府非道所經遂入雲南之平夷衛遇故陽宗知縣浙東錢士驌孝子於是知其父起居益詳今在白鹽井也西歷霑益曲靖渡楊林海子至雲南府雲南自乙酉秋遭沙土司之亂沐藩失守遠竄丁亥西兵入平土司諸寨遂東一路殘滅殆盡惟省城百姓迎降無血戰之苦今爲之改觀一如都會焉時江南人之流寓滇中及滇人之官於江浙而不得歸者聞之皆來集如桃源中人遇漁父競相叩問聒耳不休自雲南又西並滇池出碧雞關歷安寧過楚雄而抵姚安姚安府官爲遣役送至白鹽井時五月望日也計在途一百九十五日自蘇州至此蓋萬里矣孝子至門一婢望見便飛報急走入白主人曰蘇州相公來主人不信方詰問而孝子上堂矣孝子拜父母先賀無恙後謝候起居晚父母驚喜亦稍相勞苦起而抱相號泣蓋孝子與父母隔絕十年矣所攜弟之子時從外負薪歸驚疑立門外探望其父呼進各認面目乃兄弟相拜泣問昔日僮僕無復存矣所居山舍自書籍之外無長物其父語孝子曰予自丙戌冬蒙按臺吳公薦得行取至丁亥春報至會滇西亂道阻不行誓不復仕數年以來家鄉隔絕無復歸夢今春在琅井於友人案上得李卓吾續藏書有王原尋親事歎息謂今世當不復有此人不意汝乃能之原之父時年六十有四與吾適年合亦先兆也久之孝子啟父母作還家計父曰吾年老頗思故鄉然途中艱阻奈何孝子曰既可來何不可往所苦者無行資父曰苟能往資尚不難乙酉秋滇中猶鄉試我分房校士得門生八人當以累之孝子遂以六月初旬持父書詣諸門生家南歷楚雄過地震城頭雉堞皆崩孝子幾不免至南安以病目留者旬日又西北行歷賓川過雞足山循金沙江上鶴慶再上劍川其地漢夷雜處人皆依羊皮氈衫帶刀出入見之心怖還歷鄧

川大理望點蒼山循西耳海而東海水綠如柳汁方大雨水漲踏海岸行數里浪湧過膝前及米而聞有悍兵劫掠夜半走荒谷鸚䳇猿狖群出樹間從尋山得路歸白鹽井時九月杪也又奔走四月往返三千餘里矣父之門生遇者三人皆有贈而行資未足其父曰歸途尚有門生在黑鹽井孝子曰如此可行矣乃詣府遞告歸文書欲執符信以行卒不可得諸故人謂孝子父子亂世流寓亦常耳何必故鄉固止毋行從留連久之孝子與藍輿輿二親乘之與弟步從以十一月四日發白鹽井次姚安過冬至而行及黑鹽井果如所望斧資得不乏遂出綠豐至雲南時得黔楚消息知南北方相持戰爭不息父子坐旅中惝怳累日因留過歲詣將軍府得給票癸巳正月十一日發雲南出歸化第一關逢遇來者云黔中雨雪四十餘日深至馬腹着樹皆冰如劍戟心以為憂而行不為之阻尋入貴州界則濃雲飛雪陰霾嚴風祁寒逼人已而積雪漸消流潦縱橫瘴霧蔽天如在甑中前及平壩有騎兵并輜重及所擄婦女數百十計跨驢者策杖者相扶攜者絡繹而至問之曰從廣西來又前遇敗兵數千排一象踉蹌散走無復部伍則云從四川來蓋是時安西戰勝於桂林撫南敗於保寧勝兵所擄獲者敗兵之奔還者皆道黔中故孝子與先後遇於途云自

發白鹽井至平壩皆孝子來時故道頗以為今歸有家口非來時獨身比慮貴陽有阻乃迂道從龍場驛而北歷養龍渡烏江入四川之遵義界由思南達思州所歷三度關鸚鵡溪武勝關雲盤寨諸處皆險阨荒深寂無烟火惟見黃茅白骨夜則鬼哭聲虎豹嘷嘯或突其前往往魄奪神駭自思州南及清浪始復從故道入湖廣界則所在潰兵暴掠蓋是時滇兵新敗于武岡也乃多從間道行及新化方得脫險孝子為父改裝易服前及藍田鎮始舍陸從水孝子乃得脫草鞋奉父母登舟渡湘江將出醴陵故道聞前路有警又改從北渡洞庭中流風甚水波惡柁壞前帆幾絕舟欲覆者屢矣頃之船竟隨浪湧至岳州城下尋至武昌沿大江過黃州入九江自湖口入直隸之東流歷安徽池州蕪湖采石至南京望鍾山沿揚子江下鎮江歷常州而歸蘇州六月十八日也自孝子始出門至是越三年計五百三十餘日凡歷京省七府三十有三州縣衛司關驛鎮寨不可勝紀計行二萬五千里有奇若夫山川之高深靈異古蹟之名勝木石鳥獸之奇怪天時地氣人民風俗之變不可殫述且孝子所過皆疾行又艱苦萬狀亦不復詳也

歸子曰孝子之父孔昭字含美與先兄同舉於鄉余以孝子故始識之含美言歸途日行數十里或百里二老人坐輿中猶苦勞倦而向堅始終徒步每止舍買食物執爨具湯沐施衽席晨起復具食整裝肯向堅一身為之無一刻寧息初不以為勞夫涉萬里遠者或以征伐或以仕宦奉天子之威命有官爵之榮人徒之眾猶憚不敢前或往而不返孝子以孑然之身往返絕域如履康莊此豈人力之可能與彼其精誠上通於天故所至得天助焉昔年海虞瞿生元錫省其父留守公於桂林比達矣而桂林陷公死之生死於亂兵父子卒不得相見豈人倫之際固有幸不幸與孝子質樸無威儀言不能出口歸方訓家以給菽水嗟夫忠孝之事固非飾邊幅務聲名者之所能為哉

歸莊曰篇中叙地名書法有例所過府必書要地則州衛長官司亦書大川必書志所經也山嶺不悉書不能詳也所至之地皆曰歷經其界曰過更一省曰入入必書縣或衛或驛詳道路也從間道而至曰達省會曰至惟武岡州亦曰至而安隆則附見焉姚安曰抵稅駕之所也

鄭醒愚曰非作計里鼓乃為孝子歷歷寫出苦情苦況耳業墨與他孝子傳又是一格

似見篇序

陸次雲

似見篇者余繼室王之遺詠也幽顯分飛有如哀雁余故愍少陵望靈似髣見之句以名其集嘹唳餘音其引人涕淚可知也余所居破屋半間穿風漏日每無儲粟桁鮮重衣蕭寂荒寒王至不以為戚日笑語於老姑之前使與白髮顏於愁苦中每生歡喜余問之子何樂而如是耶曰余何樂乎強為歡以娛姑耳越再歲舉一女余生計甚艱將應貴陽太守之聘而以道遠為愁王曰君無愁上奉北堂有我在為丈夫而不乘長風破萬里浪與閩閫之人何異乎余乃行賦詩相贈有堂上有慈親影外無昆季承歡頼汝賢委汝以為我之句王曰君返當以三載為期此外無一詞也余至夜郎太守旋以憂去余不及二載而歸歸而出見懷詩相示詩盈帙雖辭旨酸辛而賞其清高謝甚快也居一載余生計益艱閩總督自南歸將聘余而之北余語王曰浙之距燕較金筑之遠僅三之一且郵書之便雖三千餘里通若呼吸不似向之杳然也王曰然語雖然之而掩袂私泣異於昔至都制軍以眾人待余余不樂辭去復受偏沅巡撫之聘撫軍以國士待余余欲歸省親不即得家問時至皆母口授而王所書累牘連篇無一私語也一日者於書中藏一札曰母病甚余欲君歸思綦

及事。止君勿歸。恐誤大事。事雖君自酌之。余方跼蹐踟躕。越數日而家間復至。皆母氏之言。云病愈矣。毋遽返。又不及其私也。方眈逆追悔時。人勸之曰。寇可畏也。盍遠避。曰寇至死於寇。避寇亦恐死於賊。設有急。吾從戶臨流。當抱女共沉以死。止水當前。勿去也。其有定識而矢志如此。歲丁巳。余以元旦忽驚竊心甚慼。五月初六日醒而若昏。若朝及夕。至夏杪而訃音至。其長逝之時。即端陽後一日也。余歸而舉其喪於零香剩粉之中。得其遺稿。又復盈帙。偶一覽之。益酸辛而不忍讀。閱今五年。生死悠悠。不來入夢。豈長齋繡佛之人。已生天上耶。鴻都之客遠矣。少君又不復生。何從見之。何從問之。所悲者。煢煢弱女。失母無依。吾序其詩而付以讀之。以當閨訓。嗟乎。潘岳悼亡。見遺挂之在壁。猶睹嚬而不勝。矧余展其手澤者。更何如哉。

高渡人曰。天下奇文只是真。真到極處奇。奇到極處字字是珠。亦字字是淚。此一序可以作王夫人之狀。可以作王夫人之誄。以似見名篇。哀多如更聞矣。

鄭醒愚曰。振筆疾書。情真語摯。覽之令人黯然。增伉儷之重。

虞初續志卷三終

虞初續志卷四

清　玉燭鄭澍若醒愚編

沈雲英傳

毛奇齡

少時赴洛思山作文。俗名洛思。秋有言此地長巷沈氏有女節烈而知書。能通春秋胡氏傳。同社沈兆陽其高足也。予急持兆陽詢之。曰誠然。但其人吾姑行。授書於家衎。非同姓兄。不以授吾老於孤經。每苦傳題多沿誤。藉其正之。予聞之憮然。請隨兆陽即往謁。不可。請通名。不可。乃詢其節烈事。同會聞之皆歎息去。既而遇其從弟舉人晏瞻於杭。見其當時所授游擊將軍敕字半殘缺。而其文甚纖細。是倪文正公在館後草詞。習氣予欲傳寫之。而以帝遲別。其後予出遊。則其人已死。初為誄詞弔之。既而其從弟索予為墓銘。其中即以所見敕彷彿記入。因題曰故明特授游擊將軍兼道州守備烈女沈氏雲英墓誌銘。載於予集中有年矣。暨予入史館。以啟禎年間事無暇論。及且是時以莊烈皇帝一朝實錄未備。乃輯十七年間邸報及他所遺記捱年纂輯。名曰長編。此時竟未從一問及也。今歸田後。索故鄉遺事。了不可得。及觀志則於選舉志中其尊人名下註云。雲英別有傳。而傳又無有。嘗記己酉歲予在淮西。金使君署。未中俞右吉作座客。出其所著三述。補索予為敘。三述者。奇事述。畏事典也。弇州創三述。自洪永至嘉隆止。而右吉補之。乃取雲英事入異典中。以為女子授將軍。此在明朝未有之典。則知事出非常。凡屬有心人皆能搜剔遺軼。不使失墜。今幸與之同產斯土。又生當其時。身覩目擊。乃不一為之表章。豈非憾事。況喪亂之際。事易湮沒。即傳聞甚確。尚有訛傳失真之慮。有如此明白証佐。而及今不記。後將渺茫矣。因擬為數行。附錄於後。見者亦有以知其大概云爾。

沈雲英者。長巷里沈氏女也。父至緒。中崇禎四年武科進士。雲英生晚。隨父出入京騎。馬能騎射。九歲見論語。有省。請受學。期年偏誦四子書及孝經女誡唐詩宋詞。略涉目即記憶不忘。於是向塾師請受一經。塾師請受其難者。乃受春秋胡氏傳。明令取春秋取士。以胡氏傳為題雜而無理。曰傳題傳題雖强記朝夕研辨十餘不失五。以故學者多難之。雲英一指授無不通曉。雖老師宿儒無過者。崇禎十六年隨父任道州守備。流賊寇道州。父出戰。已敗賊於麻灘驛。斬其渠。陳前賊憚將從去。會大雨。左體被創。騎𩋆班流血足僵墜鞍。為捲賊所殺。掠其屍去。雲英年二十。自帥十騎。衆被甲直趨賊砦。乘賊未集。伍進。殺三十餘級。負父屍而還。賊大駭。將復之。值惠桂吉三王竄永州賊將追三王而以此叵測未易偶頡舍之去時湖撫王君聚奎睹其事奏請除敕贈至緒昭武將軍祠之麻灘驛蔭一子入監以雲英為游擊將軍使仍領父衆脩其夫貢萬策為故閤部督師標大剿營都司守荆州南門流賊陷荆州萬策被殺雲英號呼曰吾命絕矣因哭辭詔命扶父柩回籍　清師渡西陵雲英赴水死母王氏力救之免貧無食開塾於家祠之左訓其族中兒族中諸生有習胡氏傳者悉師之順治十七年白洋覩湖歸歎曰吾不能久居此矣散遣塾中兒沐浴臥而卒嘉興俞汝言作有明三述補以雲英烈女而授將軍異典也載其事三述補中

退士曰文能通經武能殺賊得之女子已屬奇事若其奪父還尸孝也夫死辭爵節也國亡赴水忠且烈也忠孝節烈萃于一女子之身此亘古所未有豈特授將軍職為始為異典哉　其父其夫皆殉國難尤奇

彭夫人家傳

魏禧

夫人姓王氏鄧州九重堰人曾祖以吏為塾江主簿父懋恕貢士為密雲令夫人年十三歸彭公而述公幼孤大父及大母母皆在夫人孝養之得其歡公故負氣概有兇隸欲殺之夫人持短刀牀間夜則令公臥內壁曰來我死之君得跳去公酖酒每

醉歸則侍立以待其醒徐稱姑平日訓戒語飲為之少丙子流賊起夫人奉姑奔鄉中所居樓為賊陷長女罵賊死夫人奉姑得免時新穀未登夫人往田間擷稻先熟者舂溢米以啖姑自拾粃而食丁丑鄧州城陷夫人又奉姑挈子以免庚辰公成進士葬父賓客會葬者驛絡數千人夫人支吾中饋嘔血髮盡脫辛巳公令陽曲鄧城再陷而夫人先數日已奉姑他去公才夫人為官輒以政事告夫人夫人進以寬和功令皆修練儲備四時甚急夫人曰我婦人不知外事但勿務以官速化殫民力耳姑病革屬夫人曰必葬我汝舅之隴汝夫酒人恐忘事其後夫人卒從平陽扶姑櫬返里舍葬焉方公與夫人護喪歸李自成已破潼關鄉路絕故瘞母平陽而僑家蕪湖池州山中山多虎又土寇不時至夫人夜率僕婢持挺刀籌火坐公鼾睡聲如雷夫人曉大義能知人甲申四月夫人與公在武昌聞國變夫人不食者累日謂公曰恨我婦人不能救國家之難因自投江中救之得不死後五年公擢貴陽多亂屯衆出入者不下數十萬夫人每脫簪珥佐公享士標下張將軍使酒難近軍中皆惡之夫人謂公曰君善視之我覩其人樸直他日可與同患難者必此人也及靖州之敗卒得與死力以免外姻王將軍羲素豪邁偶以書來夫人令諸子讀之至半曰雄心盡矣將軍其不免乎未數月死有故將軍亡命公所公與為兄弟交夫人心異其為人而戒諸子勿從之游曰此人跡甚奇然不可處亂世第三子始奮好非常客獨厚善之公歿後將軍不用奮言為人所凌踐奮慍不肯護夫人怒曰客所以在此由汝父也汝父歿而人欺其客汝輩何以為人卒令奮護之如公在時諸子有布衣交官其鄉諸子皆望之夫人曰吾聞其人非古處者其或以貧賤交為嫌乎已而果然公之卒也在雲南板橋歸喪萬里水陸數易涂皆夫人主之諸子受成命行事而已微夫人喪幾不得歸初公負大志以封侯自許故進仕不少止在雲南時夫人嘗勸之歸曰仕宦豈有盡哉獨不記二十五歲夢中耶蓋公庚午歲病甚不知人寤而曰吾至雲南一見其山川城郭人民風俗言之歷歷及之官所見皆與夢同而公竟以是死夫人好種樹家居鄧西鄙茱萸河暇則督家童種榆柳森然成行列循姑墓松柏皆夫人手植又種二株白楊於烈女墳常撫樹流涕公有友德于公公死而無依夫人命子孫歲時祭其墓為種白楊樹數株墓上曰以志吾不忘

魏禧曰余讀左氏傳楚夫人鄧曼多識略雖賢豪士何以加夫人固鄧產其智量何其相似也甲申聞變不食投江幾死又過人遠矣

陳椒峰曰逐段散叙若不相屬如秋山數點出于雲際而字字生致無一語粘滯處遍真史遷矣

戴南枝傳

潘耒

戴山人易字南枝不詳其世系出處語操越音數稱說劉念臺先生及酉戌間事蓋越之遺民云來游吳門年七十餘矣蒼顏古貌幅巾方袍談論娓娓喜吟咏能作徑寸八分書吳人傳客之先師徐俟齋性行高峻平居闔戶不見一人特與山人相得稱老友先師暮年喪子欲自營葬地以告山人山人曰堪輿家言人人殊且君無力延致吾粗明此術當為君求之先師言先文靖公葬陽山吾不欲離其側子勿求諸他所山人乃芒鞋箬笠循陽山左右求之久乃得一地屬諸大姓購之不得而先師歿僅一嫠婦一孤孫饘粥不繼謀葬先師於祖塋而族人不可山人曰吾業已為俟齋任此事不得地一日不了於是棄絕百事買小舟遍歷諸山村舟所不至徒步跋涉高山荒谷無不窮搜風餐水宿無間寒暑山人素不為人相地人亦無以是煩山人者獨為先師營度皆自辦之經年乃得地於鄧尉之西真如塢以告耒曰地甚佳又在梅花深處與高士相宜地價須三十餘金無所出耒先以十金成券餘將徐

圜之會未有黃盧之遊山人募於人無應者乃矢願賣字以買地初求山人八分書者非其人多不應得者必厚酬至是榜於門書一幅止受銀一錢人樂購之貲稍稍集又相旁地當買者並買之凡四十餘金而地畢入未遠游歸驚喜過望葢吳下營葬惟卜地最難地師既鮮良者海有名即高自標置侵家具舟輿備飲饌同相視三四年或不能得一善地先師既慭遺孫孫族黨無相關者未又遠隔百餘里於何求地則葬費雖直猶易舉未於是力任之義故間有助者又費七十餘金而先師竟葬矣既葬山人復為之培土栽樹伐石立表又費三十餘金意猶未已山人酷貧寓無隔宿炊冬月常衣綌其求地也目之所營神之所馳無往不在是黧面繭足徬徨山谷中不知疲悴其賣字也銖積寸累悉歸之地不妄費一錢一蒼頭不能忍飢輒辭去寄食僧舍中語及徐先生必流涕人多笑其迂譏其愚終不為悔至誠感人事竟以集嗚呼先師簪纓世家親族故舊甚衆身後鮮過而問焉者山人非有師弟之親簦笠之雅徒以片言心許不惜傾身命以踐之無所為而為豈非天下之高義哉尤是類也豫讓之吞炭與杵之藏孫桃哀之併衣保安之積絹何所不可為山人不言其生平然大略可知矣山人作釣臺詩至數百首有家不歸年八十避賀壽者之釣臺句月乃返焉

贊曰越多奇士若唐玉潛林霽山輩義甚高山人其流亞與侯斎先生苦節五十年所遭遇多奇阨晚得山人办遂以克葬葢有天焉然吳中第一義舉為越人將去念之令人慚士有一節而足以垂名千古者余謂山人不及他事然以不朽有餘矣

看三生石記　毛先舒

宿白雲菴次日夙起欲恣游聞雨聲淙淙然後稍止天陰霾猶不開已望軒窗外山上人行不持蓋虎男喜語余果霽矣已忽聞雨更驟皆驚徐視之則風至樹鬣墜簌中雨耳時子九翁倦不果行余偕虎男出菴曰今日決當踐三年約訊山僧多不曉者凡五六問而得徑石在下天竺寺右狹路遠遠入凡一里餘見山玲瓏岝嶭曰是矣然無徵不知果何塊屬三生古石也益折而西有亭可憩與虎男物色久皆仿佛耳更西出山勢益巃嵸石形益奇取賓頫入見三石壁閒如筆祭斷方莫得之乃有醉歌客數輩亦來看石互相詫三石分一生二生三生既去余竊思東坡記圓澤託生事歷三世且因歌名石不當是三虎男曰然當必有驗因搜泥剔蘚捫石膚求之忽得數字題云正德庚辰人日方豪江暉陳宜自靈山來江暉者號豆是吾鄉先達正德中官太史者也因念三君至此題石紀勝茲地古來游者殆屬屈指今已一百四十六年云然終不得石更搜良久始得石之陰鐫字曰三生石乃畫若新不如江題漫漶始爽然以為不負尋幽之興皆拊掌笑石高三丈許徑七八丈崔嵂巉削黝蒼鋼苔洞罅通穿雲氣蒸出如細霧中小凹處可容五六人坐陟石尋徑上過山脊即韜隱寺也圓澤昔與李公約在天竺寺外不知騎牛扣角牝何緣至此虎男復謂余今得石信向吳客以比江郎三片者真妄語耳余曰是不足訝袁籜菴才繡如江律細如髮而西樓傳奇且誤用三生石事皆隸諸情豔何況若輩吳兒耶已天徵雨遂辭石去還菴已燈火矣酒殽陳設子九翁獨坐不飲遲吾二人至則大呼酒來彼此縷述遊狀翁聞太史昔題曰吾家曹是公興復不淺乃爾而吾今茲不復拜此石也吾滋媿吾滋媿因相與劇飲徹曉乃寢

張林宗先生傳　周亮工

先生諱民表字法幢一字林宗一字塞菴大梁之中年人世居晶澤里宮保孟男之子也先生生不茹葷血四五齡便知結趺稱佛號至二十餘窮極梵典每有詮解不落下乘宮保公為娶和夫人經十載猶未同袵席宮保公慮其廢舉子業且乏嗣也衆正色責之已乃稍稍為制藝入內舍云性嗜古文詞落筆即抗古人家藏書數萬卷皆手自點定喜飲及草書飲少許即頹然揮灑如雲煙醒視之自謂有神助生平著述甚富僕帙近百卷秘不以示人友人請以行世先生笑謝之大抵先生古文詞宗韓昌黎詩法魏晉及杜少陵餘子不道也宮保公家固貧先生又好施與家遂中落先人廬舍在東門內五十年未嘗一葺治然殊不屑屑意中惟愛賓客與人接竟日無惰容張睡心先生嘗言座上客常滿尊中酒不空孔北海但有其願先生實有其事葢非虛語云先是宮保公卒於白下先生奉柩還里過宋城柩將入郡侯難之先生抗聲上書義意悲盡郡侯愧謝一時士夫傳誦焉先生以辛酉舉於鄉十上公車不遇年七十志不少衰郡邑大夫有以地方利病詢者人諷先生以葛巾野服見先生曰吾既以孝廉舉也葛巾野服非孝廉服也吾不能學衆之偽時方舉天下賢良方正同里張東齋諸公欲以先生聞先生曰吾既以孝廉舉也逆行例旅吾不能學衆之偽郡邑亦徵請恐後先生皆峻辭拒之晚年書法益進詩益工與尉氏阮太冲汝南秦京相友善自稱拆然漁隱又號蕊淵道人四方之至大梁者自王公貴人以至走卒販夫無不以得見先生顏色為幸先生以應酬煩頓時匿名中作中作詩

外有水泓然蒲津二十四之一也先生刳小舟蕩漾其中有訪者即拉與俱無日無客無客不醉先生集中有南陂諸詩即其地也嘗頂高冠飄二帶帶上繡脊蘇半州僕灑淵明酒三寸縱客予瓦冠之句乘敗車無頂幔一老拧牽之朗吟車中老幼環視如溫公在雒上時春日每造郭外老杏下飲輒大醉門人子弟扶掖而歸頹然自放世無由測其淺深好汲引後進孜孜若不逮以故四方從遊之士如金谿文大士輩無慮數十百人中多賢者時予初見先生先生謬語人曰此德器也吾家子弟行當付託之遂使三子問業於予凡八載至卯辰予幸博一第始辭其家塾別先生去壬午寇圍大梁先生勸當事密檄左寧南趨大梁背北城而陣通黃河一線為之餉道當事者不行豫鎮陳永福怯欲入城先生以死爭之謂歲凶粟不支入則飽獨兵矣勢且兵與民俱盡當事者不聽卒至搜餉以養兵而民之死者遂不暇冠蓋郤人有諷先生以去者先生曰死則死耳奈何以身為眾倡時撫軍高公慮城且陷素重先生日命人瞯先生城上以占一城安危先生耄矣猶日率門人子弟拮据矢石間不少怠以故圍城五閱月士民食盡卒無叛志水灌城先生急取所著詩文若干卷自負之至其內弟和玉炅家結木筏登之長子允集次子允㮚三子允嶲及門人

文大士輩咸與俱長公子附漂木登西城欲從撫軍請救其父而撫軍已去徘徊號慟賊疑其異欲持去公子曰吾張某子也安肯從賊遂罵賊死先生望援久不至水益大號泣求登筏者益多先生皆移筏救之筏重且沉乃移筏就和氏屋屋上人垂綆相接先生援之上引者援者皆久乏食腕無力數上下者久之而水益至遂沒項背已且濡首矣次子與文大士溺於先生之側撫軍命舟來迎戒長年曰不得張孝廉勿返舟至先生亡已三日矣僅載先生父子兩骸出撫軍哭之慟並葬之柳園松棺淺土僅免暴露而先生自負之集盡付波臣廣陵散從此絕矣三子允嶲時年十一依浮木與老僕婦栖人屋上垂兩日夜老僕婦餓甚欲謀啖公子公子覺急附浮木順流下遇直指雷臣王公濟人舟至號曰我張某子也舟中人素德先生救之得免先生為德於鄉數十年無長幼弗沾其澤者此其報乎公子流離河北予弟請公覓之三月始得予時令濰遂如濰為述先生永訣言吾生平為文迄今五十年無一表見今國破家亡吾死兒脫見周子道吾所以予聞而泣失聲今轉諸孤撫於予家予官南臺過徵先生詩文之散逸者彙而梓之庶幾先生血胤不絕而先生之文采風流亦借以存其萬一天下賢士大夫儻亦有進而憐之者乎知必有不朽先生者在予生也晚不能盡識先生行事特述其梗概如此以俟先生之知交採擇又錄

虞山曰林宗與祥符王損仲尉氏阮太冲汝南秦京相友善予之交於林宗以損仲也宗尉西亭多藏書予偶林宗購其書目天啟中予以閹禍里居客從大梁來林宗緘寫聞闕寓予酒間片語皎如信誓林宗之生平為可知矣

鄭醒愚曰先生之才之品俱足傳得牒園先生文更傳不朽

孝烈張公傳

王猷定

公諱清雅字玉楚世居滑山縣北鄉父純吾公生三子長即公次清憲次寀清皆業儒公貧而力學累試輒不售立塾授生徒嘗截竹為筒每食必念父乾餱脯鎚藏諸筒袖歸以進年三十一清寀死公晝夜哭憤以頭觸柱遂眇左目人咸敬之其家在城北白玉澗之濱距城八里崇禎十年獻賊焚殺北鄉舉家避頭塞長子超藝同清憲居城援緄公力勸父避寨上父不可時年八十矣公乃偕幼子超藝侍朝夕外報賊勢急父病將革命公攜超藝去公痛哭掖父起父瞑目曰吾恨不能殺賊同畢此命言未訖氣絕猶視公公抱父痛幾隕促超藝同僕雲滿從窖中舁棺具衣冠以殮賊將至滿趣公去公擗踊叱曰吾身親身也肉未寒而舍之去將安歸汝從超藝

伺澗中倘焚廬吾以身殉滿曰滿年七十餘敢惜死願守棺煮茶待賊公從之於是蹲伏梁隅超藝匿廁舍賊擁入大索不得欲開棺滿奉茶叩頭乞免賊童笑將加刃一賊曰徐之老僕尚知禮一賊抽刀逼其喉曰出汝主貸汝一賊裂帛拭齒髮笑指將舉火滿仰屋睨公公從梁閒墮賊大驚斬棺公撫棺哭以兩手覆棺手斷血濺賊手羣賊笑賊怒砍公仆地超藝聞殺公從廁旁躍出泣求代將伏公背賊舉刀碎其首父子死焉超藝死年十六英爽不奪賊悔而憐之相與移棺中堂以草覆公父子屍而去有頃後堂火發滿登屋以帚漬水撲之火滅越三日賊盡去滿泣告鄰人乞兩棺殮其主屍長號不食死

鄭醒愚曰張涧孝烈其僕亦非常人也如此主僕俱遭橫死固曰劫運然天實為之謂之何哉

廣德州守趙使君傳

陸次雲

趙使君諱景和字萬育錢塘人天啟丁卯孝廉也夙與相國史文忠公可法相友善居嘗抵掌時事相對唏噓每至泣下文忠曰方今滄溟正沸清晏難期設遇時危當山雎陽吾輩事也使君曰倘遇疾風敢不為勁草乎初使君教諭于禾作人為賊後

授廬州州守張獻忠方踞蜀不得進俄而李自成犯闕鼎湖問至使君北向慟哭曰君死社稷吾將安歸欲自剄偕行者奪止之還赴留都時馬士英柄國引阮大鋮為大司馬日與衆正為仇史相國督師江北尤為所忌有薦使君才可大用者馬知其為史友勿善也久之調為廣德州守時淮陽圍急寧南侯清君側之賊大理姚思孝等請救淮南士英厲聲曰君臣寧死於敵勿死於左此皆良玉死黨為游說不可聽也於是調黃劉諸鎮衛石頭而北守易疎文忠血書告急棄勿顧使君聞耶報大憤曰惜吾友一腔熱血空付之馬革矣揚城破史相國血城上拔劍自刎死時宏光已出奔矣士英惶急懼寧南兵扼安慶將走浙挾母偽稱太后道由廣德其兵沿途殺掠無復紀律皆衣婦人衣紅紫綺繡重襲一曳疊釧在臂簪鈿盈首而猶涎州治傳檄諭守出庫金以犒軍備法駕以迎太后使君裂檄奮怒因下令曰有不奉詔而南軼者毋許入士英於城下請守見誘以甘言使君叱之曰爾為元臣不思報主釀成覆敗國家何負汝而若是耶汝云保駕駕今安在不保主上而保太后人傳若母誰不知耶爾速去吾箭鋒恥飲爾賊臣血士英命子都督錫服背夾攻民心甚固州城旋毀旋築從刃不支為其乘闇而入使君還坐廳事士英至不起迎士英曰爾小吏敢抗我哉使君曰爾蠻獠非人類廣德州守今日為國死然恨不死外難而死賊相耳吾今得與亡友道林踐久要於泉下矣吾且為厲鬼逐爾士英趣卒刺使君使君挺身受創死其妾秦氏死於井是時其子蒼壁方九齡僕人錢義匿之脫於難戊午登賢書壬戌成進士其孫荃蘇詩文克繩家學人以為孫忠之報當馬兵蹂躪廣德時忽雷雨大作恍見使君毅魄在雲霧中士英懼即捲甲去去而武林不容會稽不受胥適於閩卒父子伏法駢斬延津而使君廟祀於州久而愈烈云

陸次雲曰蒼壁字晉襄吾友也有父風能讀父書道父遺事其子張許子弟何如哉天待趙氏不可謂不有加矣且吾觀士英流毒無窮倉皇逃死而不免於死其死延津視死維揚與廣德者何若哉

汪東川曰以使君為經以相國為緯以瑤草挽合于經緯之間雖所敘者一邑之事而天下得失具在其中此之謂大手筆

鄭醒愚曰趙君不死於外難而死于賊相之手非惟九原飲恨即閱者至今猶扼腕切齒文寫罵賊處真勃勃如生

虎口餘生記

邊大綬

余自壬午春伐賊墓人洶洶謂必招禍不測余諭之曰如賊果修怨余一身當之定不爾累衆皆疑信不一而艾朝棟高映元馮起龍等實為賊之姻黨聞賊行牌至西安有四月十九日起馬入秦之語遂羣謀俟賊到時執余豎艾詔黑光正等獻賊逆謀啜啜有撥余欲中聞撫臺而其巡捕常吉遇與高映元內親恐其撓撥中阻遂密稟張按臺不意黨人在勢要門牆者為先容甫至沈閣值新按臺至為余同鄉金公逆黨陰不自安共謀去余會部咨甄別賢否撫臺列余薦剡按臺又欲會題陞城堡廳黨人益惴惴懼值十六年大計伊探訪余官評稱最其恨愈深遂捏造單款極力傾陷然終以司冊無過未能大害止褫降處報到之日米人老幼泣嗟痛余之去而余舉家慰快謂得脫苦海且遠仇讐也撫按皆諭留候題賊舊管事余力辭解任出離之日不能為行李時長兄順為山西澤州守因赴澤是為歲之七月初旬至十月六日而聞賊破潼關旋闖陷西安州縣皆望風投獻晉中震驚余十一月自澤歸里然指逾歲賊烽已逼晉而東會真定叛卒殺撫臺迎賊固關失守三路犯神京遠邇震恐父兄親戚咸為余憂勸逃跡以避余憮然曰一身可隱其如八口何即妻孥可捐父母何賴萬一家難吾何以見先人於地下也況同堂手足一公族衆寧忍全一己之生貽多人之害乎吾原為朝廷滅賊計今日為社稷死有餘榮矣何以避為遂遣衆意三月二十一日驚傳都城已破萬乘殉國余聞之北向慟哭再拜成服杜門謝客以聽天命越四月廿八日聞人言嘖嘖道賊犯山海敗績西走余聚親契諸生謝銘石等密謀欲興義師邀賊以雪國恥擬次月朝舉義旗而次日賊之緹騎到矣先數騎追城持令箭詭言見公館實以覘余之居處也余竊知有變立街頭待之頃有衙役二人傳偽令曹懷五累執余余挺身往見即付賊使白姓吳姓者押萬歲取爾做官無恐也余隨之行入堂弟大任宅老幼驚避賊坐索飲食無應者不勝怒肆行砍毀搜掠執一僕為供應偽官又遣人來供奉並縛余不使離寸步內外不通一信傍午余長兄來視余始知母妻家口盡下獄一門兄弟俱被執則澤守兄暨堂弟康生大顯大任大猷姪銘琯銘琦從弟諸生大防大中大謨大訓叔知縣維隆維明族叔諸生有道武舉有謨寄倉閣邑父老討保長兄始得來一面余聞之五內如割相對不交一言即與兄永訣矣謝生銘石來探余耳語曰聞賊已敗大兵且至兄放心行毋為賊屈我將謀有以脫兄者余頷之初一日執余西行衆為備一蹇街僅僕散逃見一市徒相識邑人覘者塞巷皆為泣流余欣然就道是日至有莊二日至

安平。三日至無極。此日大雨。賊衆悉披雨具。余露身淋漓。行三十餘里。次日至真定。入城。喧傳萬歲駕將至。賊黨衣紅者滿街。一老府兵見余。咸揶揄曰。是伐墓人耶。帶余見僞帥。馬入其二門。一賊衣藍紗者。云是旗鼓。詢伐墓始末。入後堂。稟僞帥。訖。傳言且出。遂同吳旗牌至其家宿。至次日初五日。甫出。即有賊來傳。馬老爺上南門。發兵候駕。至。便起行。吳姓者遂帶余往見。至街頭。則云老爺上西門矣。復至西城上。吳姓者先到。指余曰。出城見賊兵自北而南。塵土蔽天。然皆老幼參差。狼狽伶仃。十賊中夾帶婦女三四輩。全無紀律。余見之。不勝忿懣。如此鼠輩。而所向無堅城。致萬乘屈。況真可痛哭流涕也。恨余被執。不能殺賊。見其滅亡耳。立數刻。吳姓復同一任姓者押余入城。至督府前。候一二時。僞帥不返。傳曰。萬歲至矣。不進城。至關帝廟吃中火。即行。二賊又帶余出城。至廟外。此時隨余縣役四人。止存一王姓者。餘豎跟驢人俱亡矣。余自分見闖賊決無生理。盡以後事囑王役。託其傳語家人。我死於國難無恨也。須臾間。掌號。賊衆起身去。僞帥傳諭帶余西行。是日至獲鹿之上安。次日出固關。值闖賊方殺人。死者委積。云關下百姓以塞井故。又將賊卒之不帶弓箭者盡砍斷左手。血肉淋漓。慘不可言。是時押余者三人。任姓者夜遁。偕縣役王姓遁去。遺

下一馬。余乘之。同吳陳二賊出關。見闖賊下馬。陳賊欲稟知。吳賊搖手。而過。使是時一言。余粉齏矣。初七日。過平定州。西賊中傳言大兵追至核桃園。已抵關下。調後營人馬回防關。二賊復押余回住平定東關外候示下。至初十日傍晚。始傳止調精兵其輜重先行。此時闖賊已先上太原。吳賊同一賊僅押余馬步共八九十。夜行一宿天明至壽陽南關。搜米覓水炊飯。食吃。喂馬未飽。余伺而臥。吳賊出。少時其賊僮來催余曰。起起。牽馬行至南街路西一小門。呼余入。則吳賊在其內。命余拴馬卸行李伊入室仰臥酣睡。其僮亦上樓臥。余亦假寐。許久不醒。聞馬嘶。余呵之不起。出鞭之凡再。三賊熟臥弗覺。余遂出門北行。迎一賊衣黃者。問汝尋得水否。余詭曰南頭無水。余復北尋耳。疾趨至舊店。入門見三賊方束裝。謂余曰。汝已行。何復返。余應聲曰來取水具耳。進其後房。院有一角門。外即壽陽城下。河中無水。余跳下。循城北行。復上東岸。踰墻入空房內。四顧不可蔽。復踰垣出。北行。遇二鄉民持挺。蓋搶營者。詢余何來。余詭曰亦搜物者。舍之而南。余北走。不百步許。聞後面喊聲。意追者至。停步伺之。則四五傖父各執鎗棒圍余曰。汝從賊來耶。余應曰。我逃難耳。索財物。余曰。赤身財於何藏。盡上下衣與之。換破衣二件。僅蔽體。遂東北行。時日方午。虛為賊所跡。潛

身山畔土窑中。匿至晚。賊騎來者六七次。皆未獲。見月出甚高。余始敢出穴。不辨東西。視月所向。攀緣上下。經墟墓淵澤中。燐火螢熠。殊非人境。至曉。逢行路者。問所向余曰。逃難回鄉。問為何許人。余詭曰。保定諸生。為賊所掠。其人憐之。指從此東北有方山寺。可以棲身。余謝之。行凡三十里。遂投僧寮。住六日。始東行。僧衆各贈余錢數十作路費。由山僻小徑。詢路而行。飢則匄食。晚宿山廟。凡經由土寇之衆數處。余已作乞匄形。無阻撓者。但聞固關娘子關俱賊兵把守。不敢過。遇荷蕢者三人。識小路隨之入流黃口。萬山險絕。猿猱所經。林木翳天。且遇陡絕處。頂踵相磨。上天入淵。凡數十折。始返陸。渡井陘大河六七道。涉濘泥。念余西過時。自分不返。茲復生還。不勝感愴。過真定。與余同行者二人。分路向新樂。余循舊路而東。至肅寧。折而北。至西柳村。問路鄉人。詢姓氏。知族弟堃在其外父王宅。傳語來見。相對悽其。留余宿。更余匄服。黎明。聞砲聲震天。乃土賊為亂。闔鄉戒嚴。傍午始息。借余一蹇。僕送至王家莊。胡宅為妹丈太學生永清。其尊人舊河南太守龍江公暨其長公劍原在門。見余來。驚喜交集。相持唏嘘。入見二妹。不勝慟悼。次日遣人報信至縣。老母專三僕來接。傍晚到縣。途遇猛雨。冒行抵舍。親戚族衆慰勞者塞戶。謁老母。悲慟欲絕。真再生相見。猶疑

夢寐也。是為五月廿九日。計被執時。正滿一月。憶余先曾祈關聖籤。有直須重見一陽後。始可求神望佛持之語。余至真定為五月五日。闖賊至。自分必死。幸賊勢迫促未見。至壽陽而逃。則重見一陽之說也。先一日。宿山中。朦朧之際。耳中聞先大人聲曰。兒苦中又苦。我傷而又傷。爾弟見佛聖現化。即生矣。隨見有圓光大如初出日。金光燦爛。內有佛菩薩騎獅象而過。皆有鬚髯。不類尋常所見像。須臾光散。其清如鏡正照余身而覺。天明至壽陽。遂獲脫難。順治元年。仲秋既望。再來人邊大綬識於長安僧舍。

隱逸傳　徐岳

烏程温相公致政歸。因尋地入山。迷道。昏黑。遙見隔林火光。匍匐投之。聞讀書聲。欲尋門叩問。不得。於墻外呼之。告以借宿。回云。此處虎狼甚多。我家中人出反扃其戶以倒鈎藤繞門外。我不得開以延客。奈何。從者俱有兵器。斬藤啟門而入。蓋倒鈎藤虎狼所畏。一觸其刺。則展轉鈎綴。至斃而後已。相公從者多山中人。識此藤性。不然雖有兵仗。不能去也。登堂。見一人於燈下讀史。相公與之論千古興亡得失。瞭若觀火。與之論人材高下。學術醇駁。俱有卓識。與之談河圖洛書歷諸家異。不洞悉源委。相

公曰子具如此全才可以出而仕矣曰十年後天下亂矣大廈非一木所能支也相公亦大慨嘆偶及當國時事知為烏程相公即欠伸作痛楚狀云舊恙陡發遂不復言問姓氏亦不答夜半家人歸攜禽獸之屬頗多益弋獵所得也明日相公回遣人蹤跡之不知所之矣夫隱逸之士或躭泉石或厭軒冕或棲托元真或避世待清不一其倫若烏程相公所遇者不但蹤跡不可再見名亦不得聞則又高人一等矣

虞初續志卷四終

虞初續志卷五

清　五疁鄭澍若醒愚編

海烈婦傳

陸次雲

海烈婦徐人陳再益妻也陳質而愚海秀而慧康熙六年時因秋漲水沒荒廬無所得食有所知官雲間謀往寄迹海曰人事不常千里投親未知何似不如休矣陳强之同適毗陵而聞所知者遠于閩矣遑遑無倚僑僦於常有楊二者常之無賴也偶窺見海託交於陳因其窶濟以金陳甚德楊結昆弟海曰楊非善類無近也陳弗聽楊窺伺多方海益閉影不得間林顯瑞者運丁之豪猾也素與楊暱楊遇之告以遇一國色不得近林曰子何不説彼再益者為我掌書記而使其挈妻附舟以歸則我與若皆可得志矣楊以告陳陳悦甚海不可曰楊非端人則林亦必楊之類也楊尚不可近矧就林以處乎陳愠曰非是便安能歸未見之人子何必其不善也又强之甫登漕艘而林遽遣陳適吳門矣海在舟正襟孤坐顏雖似玉而冷嚴過霜雪楊與林相計於舟中張樂演淫艷戲劇希動之命舟婦邀海海不視是日命舟師藍九持牲醴祀河神藍至神廟牲血忽自濺躍盤盂外益神怒林行勿享也林以為藍紿戒甚怒詈藍恨之林視海無如何楊勸以操刀往劫之至夜半林往劫海海大呼鄰舟以為逐賊共喧起林急遁海偏搜艙艙並鑰閉不得出乃自縊林大懼楊為匿尸米中欲俟人靜投諸河林與藍九金求其潛往姑蘇謀再益約謀成當厚償藍夙恨林鳴之官令即捕林隨於米中見海尸尸出而察其屍宛見其愁瘁之中含正氣凛然肅然神奕奕衣裳衾帶之間密紉層縫無少罅也其為死訐審矣陳歸哭悔已無及林究辟楊二猝思免脱為同舟之人擒擊斃于石

陸子曰海烈婦禋祀毘陵宇内共聞之矣而知其名者未悉其實言或多殊將失其實余為略而傳之懼傳疑也烈婦節凛冰霜貞堅鐵石故應菩薩低眉金剛怒目彼魑魅魍魎何所施其伎倆也

宋道人傳

王士禎

宋道人者長治人少孤為人牧羊霍山中一日失羊群牧皆彷徨無所措宋年十三獨入深山求之行二日見一老僧趺坐石窟中四無人跡僧面生黃毛長寸許心知有異跪陳其故老僧張目曰爾羊固在須申秋可得今且歸矣宋出告群牧及期約伴結束以往果得羊又溢出四五百頭尋老僧已不見衆議以其溢者得百金一而

分金不平。遂聞之官。官盡歸其金於宋。其徒王姓者心利其貲。故為好語致宋於家。陽為撫子。母夜令婦人入室。而已踵其後。誣以姦而逐之。宋失貲無所依。乃復入山行。久之見一茅菴。別有一老僧居之。泣拜告以故。請留執樵採。久之乃許。老僧不甚食。廚中所有。惟燕麥芋魁。食之遂不飢。居五載。僧遊之。宋留侍不行。僧顧曰。子謹愿奈鈍根何。視壁上畫古大夫五。一正面。一側面。一背面。二人偶坐其旁。曰。但日且此骨節寸寸皆須留意。宋茫然不解所謂。第日坐臥其下。夜夢二人。自壁下。指示銅人穴道脈絡甚悉。宋忽豁然有省。一日僧遠出。留宋居守。則虎狼蹤跡交錯于菴之前後。越七日。僧歸。謂宋曰。山中猨趐家邀我誦經。汝當隨往。比行及半途。又謂曰。汝且止此。聞木魚聲乃來迎我。遂徑去。宋候移晷。飢甚。躡蹤往。道阻一河。河上有翁嫗視二童子汲。若叩師所往。曰此處無人居。安得延僧誦經者。不得已渡河而前。峭壁摩天。更無蹊徑。倏聞木魚聲在北山上。馳赴之。又聞聲在南山。顧視日已暝。有虎百十餘。咆哮而至。急趨投翁嫗所。木柵石屋。亦有雞犬。翁出叱之。羣虎皆弭耳去。招宋留宿。啖以麥粥。昧爽睡覺。則身臥磐石上。屋柵皆不見。驚愕久之。遵舊路欲返菴中。道逢婦人。井汲而絡其背。問之則跌傷折骨。宋審其穴脈。試按摩之。應手而愈。延過其家飲食之。因留卜居焉。自是為人按摩。即骨已破碎無弗愈者。久之娶妻生子。巡撫都御史圖克善雅重之。欲為其子納粟太學。不受。亦不受人一錢。今在福山王尚書第。年七十三矣。

喬復生王再來二姬合傳

李漁

喬王二姬。生前無名。皆呼曰姊。喬晉人。即名晉姊。王蘭州人。即名蘭姊。既曰無名。則何以有復生再來之號。曰死後追憶。不忍呼其小字。故為是稱。一則冀其復生。一則喜其再來。皆不忍死之之詞。猶宋玉之作招魂。明知魂不可招。招以自鳴其哀耳。歲丙午。予自都門入秦。赴賈大中丞膠侯、劉大中丞耀薇、張大將軍飛熊三君子之招。道經平陽。為觀察范公字正者少留。以舒喘息。時止挾姬一人。姬患無侶。有二妁聞風而至。謂有喬姓女子。年甫十三。父母求售者素矣。盍往觀之。予曰。旅囊羞澀。焉得三斛圓珠。辭之弗獲。適太守程公質夫過予。見二妁在旁。訊曰。納如君乎。予曰。否。具以實告。太守曰。無難。當為致之。旅出金若干。授二妁。少選則其人至矣。雖非殊色。亦覺稍異凡姿。蓋純任本質。而未事丹鉛者。此女出自貧家。不解聲律為何事。以北方鮮音樂。優孟衣冠。即富室大家。猶不數見。矧細民乎。然日有二三知己。攜樽相過。命

伶工奏予所撰新詞名凰求鳳。此詞脫稿未數月。不知何以浪傳。遂至三千里外也。二姬垂簾竊視。予以聲暫目之。非惟曲詞莫解。亦且賓白難辨。以吳越男子之言。投秦晉婦人之耳。何異越裳之入中國。焉得譯者在旁。逐字為之翻譯乎。次日詰之曰。昨夜之觀樂乎。對曰。樂。予謂能解斯樂意旨乎。對曰。解。予莫之信。謂果能解。試以劇中情事一一為我道之。渠即自顛至末。詳述一過。纖毫弗遺。且若有味乎言之。詞終而無倦色。予始異焉。再詢詞義。則能明矣。曲中之味。亦能咀嚼否耶。對曰。有是音。有是容。二者不可偏廢。容過目即逝矣。曲之餘響。至今猶在耳中。是何以故。莫能自解。予更奇之。然信其初言。而終疑其後說。謂聲音道微。豈淺人能辨。必飾詞耳。乃彼自觀場以後。歌興勃然。每至無人之地。輒作天籟自鳴。見人即止。恐貽笑也。未幾則情不自禁。人前亦難捫舌矣。謂予曰。歌非難事。但苦不得其傳。使得一人指南。則場上之音。不足效也。予笑曰。難矣哉。未習詞曲。先正語言。汝方音不改。其何能曲。對曰。是不難。請以半月為期。盡改前音而合主人之口。如其不然。請計字行罰。予大悅。隨行婢僕皆南人。衆音嘈嘈。我方病若楚咻。彼則恃為齊人之傅。果如期而事畢。儼然一吳儂矣。事之不期然而然者。往往不一而足。此時身已入秦。秦俗質朴。焉得授歌之人。適有一金閶老優。年七十許。昔為肅王府供奉人也。主亡無歸。流落此地。因招致焉。始授一曲。名一江風。師先自度。使聽。復生低徊久之。謂予曰。此曲似經過耳。聽之如遇故人。可怪也。予曰。汝未嘗多聽曲。焉得故人而遇之。復生追憶良久。悟曰。是已。是已。前所觀鳳求凰劇中。呂哉生初訪許姬。且行且唱者。即是曲也。予不覺目瞪口呿。奇奇不已。謂師曰。此異人也。當善導之。於是師歌亦歌。師闋亦闋。如是者三。復生曰。此後不煩師導矣。竟自歌之。師大駭。謂予曰。此天上人也。予曲授三十年。閱徒多矣。數十遍而微知大意者。慧人也。中人以下之資。數百遍尚難釋口。不待痛懲切責。未能合拍。乃今若此。果天授非人力也。斯言近實。而未驗。乃不三日而愚智判然矣。因當日隨來舊姬。與之同學。均一曲也。人一能之。己百之。猶不免于痛懲切責。以是知師言不謬。而此女洵非人間物也。由是日就月將。無生不熟。數旬以後。師謂青出于藍。我當師汝矣。客有來聽者。以界隱隔之。無不食肉忘味。復生曰。樂必指虎互奏。焉必鸞鳳齊鳴。始能悅耳。蓋以一人度曲。無倚洞簫和之者。無乃岑寂太甚乎。予知此言。為綫灌而發。以同堂共學者之非其倫也。未至蘭州。地主知予有登徒之好。有先購其人以待者。到即受之。不止再來一人。而再來其魁楚也。始至之日。即役以歌。問

以師為師，而今則以復生師之矣。復生之奇，再來猶師之奇；復生贊不去口，而且樂形於色，謂而今而後，我始得為俗風之厭合埧之花矣。請以若為生，而我亢且其餘脚色，則有諸姊妹在此。後主人撰曲，勿使諸娘浪傳，秘之門內可也。時諸姬數人亦皆勇於從事，予有不能自主之勢，聽其欲為而已。歲時伏臘，月夕花晨，與予夫婦及兒女誕日，即一觴二簋，亦必奏樂於前。賓之嘉者，友之韻者，親戚鄉鄰之不甚迂者，亦未嘗秘不使觀。如金陵之方邵村侍御、何省齋太史、周櫟園憲副，武陵之顧且菴直指，沈裔瞻文學，皆執譜宮商，殫心詞學，所稱當代周郎也，莫不以小蠻、樊素目之，他可知已。予於自撰新詞之外，復取當時舊曲，化陳為新，俾場上規模瞿然一變。初改之時，微授以意，不數言而輒了，朝脫稿，暮登場，其舞態歌容，能使當日神情活現氍毹之上，如明珠、煎茶、琵琶、剪髮諸劇，人皆謂曠代奇觀。復生未讀書而解歌詠，嘗作五七言絕句，不能終篇，必倩予續，是即妖折之微。性柔而善下，未嘗以聰慧驕人。再來之柔更甚，嘗以嘻笑答怒罵，毆之亦不報，有婁師德之風焉。聲容較之復生雖遜一舍，然不宜婦而宜男，立女伴中，似無足取，易妝換服，即令人改觀，與美少年無異。予愛其風致，即不登場，亦使角巾相對，執麈尾而伴清譚，不知者目為歌姬，實予

之韻友也。予數年以來，遊燕、適楚、之秦、之晉、之閩，泛江之左右，浙之東西，諸姬悉為從者，未嘗一日去身，而能候予之飢飽寒燠，不使須臾失調者，則二人之力居多。壬子冬，復生誕一女，以不善攝生致病，然素善諱疾，不使人知，其意無他，以予終歲浪遊於外，知其疾，必阻之，恐作失羣之鳥，不獲偕行故耳。癸丑，過楚，客於漢陽，病漸加而容不減，非惟不治藥餌，仍望以絲竹養生，因所耽在是，非此不足陶性情也。越夏徂秋，稍有倦色，予始知而藥之，奈世無良醫，一二至者，皆同射覆，非曰寒，即曰燥，即曰中暑，總無辨其為瘵者。病劇半載，從未纏褥，惟臨終數日始殭臥不起。前此皆力疾而行，仍施膏沐，同儕訊以故，答曰：非不欲臥，恐以不起愁主人，徒擾文思，無益於病者。時予方輯一家言之初集，未竟故也。言畢，即令焚香祝天，謂予得侍才人，死無可憾，但惜未能偕老，願以來生續之。又以此語囑同輩，令勿使予知。諸姬中惟與再來最密，臨歿以女授之，屬其撫育。凡人之死，未有不改形易貌，或出譫語，渠自抱疴至終，無一誕妄之詞，訣語亦無微不悉。死時面目較生前覺好，含斂之物，悉經手檢目視，倩人組櫛畢，乃終。予方慟悼不已，諸姬復以前言告予，益撫棺慟哭，不忍獨生。甲寅入都中，諸姬不與，惟再來及黃姓者二人相俱。再來居常安好，從予七年，不識參耆芝朮為何味，忽於舟山得疾。天癸不至，腹漸膨然，詫以為娠，蓋素望誕兒，凡客贈纓頭，人皆隨得隨用，彼獨藏之，欲待生兒襲襁褓。至是誤以可憂為可喜，如是者屢月，病不稍減，而經忽至焉，始知從前見食而嘔者，病也，非孕也。始則認憂為喜，今則轉喜成憂矣。又以向受復生託孤之命，詎意母亡未幾，女亦旋殞，未免負託九原，時時抱痛，皆致疾之由也。予未出門時，諸姬中有一善妬者，好與人鬩，予怒而遣之，再來不解予意，謬謂一遣百遣，乃向內子及諸妾曰：生卧李家牀，死葬李家土，此頭可斷，此身不可去也。內子故設疑詞難之，曰：主人老矣，不若乘此芳年，早求得所之為愈。再來曰：主人老而主母之中儘有艾者，諸艾可守，予獨不能安於室乎？諸妾又曰：我輩皆有子，汝或不生，從將奚恃？對曰：主母恃諸郎君，予請恃其所恃。內子及諸妾聞之，無不沾沾淚下。有一人而三男者，嘉其賢淑，欲以幼子予之，再來曰：姑緩數年，如果不育，請踐斯語。其性之貞烈若此。臨逝執予手曰：良緣遂止此乎？時欲泣無聲，且無淚矣。二姬之年，皆終於十九，再來少復生一歲，死亦後一年。噫！予何人哉！嘗試捫心自揣，我無司馬相如、白樂天、蘇東坡之才，石季倫之富，李密、張建封之威權，而此二姬者，則去文君、樊素、朝雲、綠珠、雪兒、關盼盼不遠，是為何故？且造物既予之

矣，胡復奪之？予是則奪非，奪是則予非，必居一于此矣。且予又有感焉，婦人所尚者二：貌與年也。予貌若何，無論安仁、叔寶，不敢與之比衡，即偕王粲、左思並立，猶自覺形穢。至與古人序齒，即赴耆英、真率二會，猶居上座，矧諸少年場乎？若是，則此二人者，宜求為厲水之不暇，奈何反作堅冰，不解自甘碎裂於盆盎中耶？或曰：推其本念，究竟出於憐才。夫才之有無多寡，姑置弗論，即曰有之，亦惟有才者斯能憐才，彼非多識字、善讀書之人，知才為何物而憐之乎？此千古難明之事，茲惟傳其行略，以示不忘而已矣。若謂二姬應為我得，人皆有目，吾將誰欺？

張壺陽曰：情緣奇合，古今不少概見。笠翁以肉帛之年，得尤物於秦晉之際，以之充後陳，容或有之，使之諧聲律，不惟地非其產，亦自用違其才，何期夙根湊合，如此之奇也。得此娛老，是鄉且慮有丁飆之變，乃竟雙雙遐舉，其愛良人也甚，宜不然。世豈無孫秀、韓希載其人，側目以待，但愧我無賈至、楊公南之福，不及見元載琚英耳。

佟碧枚曰：昔人謂相如傳殆其自作，太史公愛其文詞，不忍去，因為刪拾成篇，入之史記。笠翁之文詞及一種深情逸致，真不減相如，異日有太史公出，必將采而

若之二姬可以不朽。視世之艷冶自命。而僅享瞬息之榮者。其所得大小厚薄為何如也。

毛稚黃曰。孫仲謀語周郎。喬公二女雖流離。得吾二人為壻。亦足為歡。今喬王二姬得笠翁之文以傳。雖夭亦快。且使其後笠翁而死。則何從得此。然則其不幸也。乃其所以為大幸也歟。

乙邦才傳　　江珖

乙邦才字奇山。山東青州人。明愍帝時。以隊長從監軍太監擊賊河南江北間。主者未之奇也。總兵黃得功與賊戰於霍山。得功乘勝舍其大軍。單騎前逐賊。陷淖中。賊圍之數重。射殺得功所乘馬。得功亦仰面射賊。洞胸。與之相持。會天欲暮。所餘二矢耳。得功自分必不免。而邦才適自別道馳還。登高望見之。識其胄曰。黃總兵也。大呼復馳之。賊散走。得功乃自拔上。邦才換以己馬。分箙中矢與之。步從得功。且走且反射。凡殺追騎十餘人。始得及其大軍。於是得功德邦才。以語主者。主者始大奇之。稍拔為標下材官。而是時有張衡者。從總兵劉良佐。亦以驍勇知名。賊兵圍六安。危甚。提督馬士英帥軍救之。始至。立斥其左右副將。而號於諸軍曰。孰為乙邦才張衡者。入見。兩人廷謁。即牒補副將。以其兵授之。出文書曰。為我入六安。取太守結狀以報。兩人則應曰諾。即出簡壯士二百騎與之約。使人持一角。十人共建一纛。夜趨賊營。突貫賊陳。遂入城。周城而呼曰。大軍至矣。城中人大喜合譟。兩人者促太守具食。食已。揮太守曰。署狀。急懷其狀。復引騎冒圍出。賊大驚。既而知其邦才衡也。皆止不敢偪。既得報。竟不亡失一騎。自兵興之後。潁壽六安霍山諸州縣數被寇。邦才常在其間。大小十餘戰。破圍陷陳。所俘馘無算。主者或攘其功。或移諸他將者數矣。同列為邦才不平。時時諷之使言。輒謝曰。此我衆不惜死耳。我一人何能為。終退讓不自言也。宏光帝即位。史公可法出督師。願得邦才與俱。以總兵官駐揚州。未幾　大清兵至。而邦才戰敗死矣。邦才形貌僅及中人。自皙呦澀。猿臂而蠭腰。善投壺。不知書。而進步安雅。殺禮士大夫。與潁州劉子公勇善。

汪子曰。予讀公勇所書乙將軍始末。輒慨然想見其人。因稍刪潤之如此。公勇又云。邦才素不飲酒。獨好美婦人。某嘗過之濠上。直其獵還。為某席地置酒。自彈琵琶。命侍姬歌秦聲和之。意歡甚。已復置琵琶於郄。注視某曰。邦才自出行間。數受上方銀幣之賜。致位大將。所可報國家者。惟此身耳。幸而所轄無事。不能不以聲色自娛。一旦有警。直判此為國家死矣。其後卒如其言。豈不痛哉。張衡者不知其所從始。自言山西人。在劉良佐軍中。軍嘗郄。衡獨身斷後。以是亦積功至總兵官云。

黃烈婦傳　　邵長蘅

烈婦姓周氏。其先華亭人。徙居梁溪。年十九。歸江陰縣諸生黃晞為繼室。不數年而黃氏家難作。先是晞父毓祺。字介子。前明啟禎間。以文章道德為諸生祭酒。甲申聞變。仰天大哭。擗踊嘔血。既乃類中風狂走者。嘗結客蹈海不死。作詩有可憐上帝好泥醉。自笑遺民與石頑之句。自是變易名姓。轉側江淮間數年。所至皆覘其豪傑。為怨家所告。捕繫金陵按察司獄。後竟死獄中。而禍猶未解。晞兄弟四人同坐收籍。其家沒入縣官。周氏名在籍中。當行。初毓祺亡命時。晞挈氏轉匿窮山。偶出。為邏者所得。繫縣獄。晞自分不免。手書與氏訣。氏大慟。是夕引練帶就牀第自縊死。婢覺救之。得不死。然傷甚。頸面殷紫。逾月。既念夫在獄。饘粥縴泬。匪妾孰職。乃潛返故居。日挑野菜。屑糠粃為餅餌。以餬口充腸。而餽獄食必謹。家居夏月不施帷帳。蚊蟲嚌嘬。擽緣達旦。曰。吾還與獄中人共苦耳。繫獄十閱月。會事小解。得釋歸。及是晞再就逮。烈婦撫膺歎曰。吾不免矣。晞方避地董氏。屋後有深池。烈婦潛夜出投水中死。比覺之。蹤跡至池上。則屍已浮水面。昇入室。久之。嘔出水斗許。又不死。而董西來者亦義士。語其妻曰。吾聞服金屑能殺人。烈婦聞。喜甚。曰。何不昨告我。西來。晞之姑子。家故貧。其妻釵鐶俱質錢。獲取歸。餘屑而服之三錢。盤旋腸胃間。如割刃然。又不死。俄伍伯驅之入舟。抵郡。晞有友某者。來視烈婦。或言金不赤。不能殺人。友疾趨歸。脫其妻約指叟環庸。以遺烈婦。服之又不即死。然烈婦已陰挾利刃。藏衣縫中矣。是日詣府。當僉解。太守出坐廳事。左右吏卒獰立。撲籍呼烈婦名。不應。亦不跪。直趨上階。右手引袂障面。左手抽刀自刺喉。茄刃者再。垂欲斷。血衝涌撲地。太守怛然失色。左右皆大驚。是日也。日食既。陰風怒號。正晝如暝。或見或謂烈婦所感云。府前人嘖嘖傳說。一時好事者遂醵金治木。為烈婦殯。及夜半。喉間稍有聲。漸活。又不死。太守既心動。又值天變。見與情洶洶。暫釋歸。而上其事于按察。烈婦歸。創甚。卧淨土席。春主湯粥。晞姊也。為言鴨血解金毒。強烈婦飲。烈婦終不肯飲。曰。家門禍深。孳孳何意求生。亡何。頸創漸合。金亦竟亡恙。按察某者。故嘗求睎于毓祺。不應。心銜之。及得太守所上文書。為烈婦申據請免逮者。則大怒。追逮愈急。縣卒及里鄰十餘人入春。秦周氏舉洶洶。烈婦故徐行出應曰。我在也。叱索命老僕呼巾車來迓。其家頗聞。卒曰。我不罪莪歎徐之伺我氣絕若藁葬持片紙去即官事畢了也又手撿單衫一對老僕曰主人出門久無衷衣備浣濯汝持此寄之已乃入室閉戶自縊死嗚乎烈婦凡死者五矣死縊不得死溺不得再死於毒不得死於刃又不得至是乃得死嗚呼烈矣頃之卒蹋戶入見烈婦帶纏頸神色如生皆羅拜歎息去烈婦死以順治庚寅十一月十二日年二十有八是時睎尚訟繫按察司獄董西來走金陵具疏前事睎曰吾固知吾妻必死不意其能從容乃爾睎乃就獄神廟下倚牀泚筆作黃烈婦事述顛肆晰而系于其末曰嗚呼伯夷餓死屈原沉淵王蠋雉經豫讓伏劍彼所謂成仁取義之士也所以趨死之道不一由其一皆可得死夫子烈婦獨使多途偏歷靡苦不嘗然後予之死焉若是者何也余聞國家甲申之難學士大夫慷慨赴死者多有往往一發不中不復能自舉其身始于偷生卒于釁面亡他志節不堅而力怯于再振也若夫術愈窮而志愈勵烈婦蓋當其難矣語有云婦人不下堂下堂羞殺我烈婦常誦言之不得已而至暴骸浮尸非其本意卒而顛趺頓撼卒死於家一以顯百折不回之苦節一以遂正命內寢之初心夫於烈婦之死不可謂無意也蓋睎之持論云耳睎竟坐沒入輸祈下為奴後年餘同鄉人斂金贖出之乞食南歸而骨肉喪亡略盡睎子身授徒毗陵大室爭延致為子弟師睎學有原委對答議論經緯史上下貫穿千餘年斐亹不倦幅巾白布袍終其身睎字仔新壽七十餘卒所著詩文百餘篇毘陵士友家多有其鈔本

論曰睎父子忠孝人也予讀睎所為先府君行略未嘗不哀其志顧語多觸諱文亦不能大傳而遺老行盡漸無有能舉其姓氏者悲夫予傳黃烈婦乃毒聯書之欲今後世知有毓祺睎名韓退之有云濟達父子自吾人始顧未知予文遂足傳毓祺睎父子否耶

退士曰集中所錄節烈民間婦女居多烈婦則士大夫家婦也獨其五死不得而卒死節烈之奇未有奇於此者故錄之

鄭醒愚曰一腔烈血已從呱呱墮地時帶來矣山可移石可轉獨烈婦之死百折而不可回也奇哉

楊老癡傳

施閏章

老癡姓楊氏名貞字彥恆宣城北鄉人也晚自稱老癡人皆曰老癡老癡云父宗禮兄弟五人同居相友老癡少孤篤學獨喜為詩不干仕進顏其堂曰悲蘇奉母濮陽

無晨夕離出則衣短衣與農人餉婦課耕田間意有所適便朗吟清嘯不務剗琢略似陸放翁士大夫多樂從之游成化間翰林簡討莊昶聞老癡名自江浦肩輿訪之值一野老荷鋤問老癡何在荷鋤者微吟自若莊笑曰公即老癡耶對曰然遂握手交極歡老癡嘗暮春見窶士游學有飢色吟以諷之曰山前山後子規啼聲聲呼道不如歸士應聲曰不是歸人歸不得莫聽山翁說是非老癡驚問姓名曰左輔字廷弼江西進賢人因揖留之曰才如是乎老夫伴讀居歲餘去成進士以老癡嘗贈古琴劍自京師致琴一劍一而老癡已卒左輔官行人冊封海外既返爲紆道哭祭其墓感動行路先是御史賀某按部作憶母詩限呵字不成召問老癡輒續之云回思拜別寒窗下淚手綫和帶線呵賀呼絕厚爲之禮其爲詩仕眞捷給多類此所居曰斗山有斗山集藏於家又愛橫塘山水遂移家焉其地一名燕窩卒年六十有七子綱纘世其業族益蕃今號燕窩楊氏

施子曰自余童時聞鄉人藉藉言老癡長求其事無傳焉問其集則火矣今存詩纔數十篇朴而不野豈所謂隱居放言者耶嘉其人為次其軼事淵明有言今我不述後生何聞哉於老癡亦云

鄭醒愚曰按進賢志傳略云左廷弼名輔居進賢中洲白湖嶺之支麓今名左家山族不甚蕃然世為清門輔家貧受經伏讀間從嚮者鍸口於宣城人少識者偶違敬亭老人楊先生傾蓋延接得館穀歸即聯捷成進士授行人時官方嚴肅輔尤刻苦一老僕供汲冬寒無絮擁羊皮以臥奉使海南於屬國帑交無所受嶔廉勤篤學之士也所著有浮海集今不傳

虞初續志卷五終

虞初續志卷六

清　王暉鄭澍若醒愚編

周端孝先生墓志銘　徐枋

先生諱茂蘭，字子佩，私謚端孝，姓周氏，為宋太師左丞相益國文忠公必大之後。本為江右廬陵人，從益國五傳而遷吳郡之崑山，後三傳而別居郡城。郡城再傳，為贈太常卿渭川公，諱冠官龍遊令。龍遊生贈太常卿冲宇公，諱可賢。冲宇生贈太常卿忠介公，忠介諱順昌，即熹宗朝天下所稱為周吏部清忠絕世以忤逆璫緹騎逮忠介者也。忠介故四子，先生為長。忠介逮時，為天啟丙寅，先生年二十二。時變起不意，吳民傾城號哭擁忠介，忠介不得行，稍間間行赴逮，先生不得從。於是日夜徒行至京口，始及忠介。忠介麾之曰：吾此行必死，復有此變，禍益不測，汝往俱死，則誰為我究未竟之事者？汝其速返。先生哭絕於地，同行至親及家人環護之，良久復蘇，而忠介舟已遠去矣。時吳城譌言日至，一日數驚，忠介夫人吳氏日同諸女謀死所，聞急步疾呼，輒恨死之晚。先生強為鎮靜，上以安其母，下以慰弟妹長幼六人，彌縫扞桂，無所不極。自丙寅三月至丁卯八月，十有八月間，覆巢之下，尚得全遺卵者，先生一人之力也。烈皇立，璫敗，崇禎改元，先生奔京師，伏闕訟冤，請誅逆黨倪文煥以報父讎，又請三代贈官以伸父志。刺十指血書疏，淋漓千言。姚文毅公一見改容，為過廉盥手而讀之，既而愀然謂有非所宜言者。先生曰：請易之。文毅曰：今關十指枯矣，奈何？先生俛而泣曰：尚能嚙舌，以父冤糜骨無所恨。於是復以刀剌舌取血，再書以進。既而俱如請。當是時，使國法無遁誅之醜，忠魂被殊褒之典，同難諸公盡徼特恩，為三百年所未有者，先生一人之力也。先生既卒事，甫二年而葬，贈太常渭川公、贈太常冲宇公。又一年，而昏一弟，嫁一妹。又二年，復遣一妹嫁。又二年，而完其兩弟昏。又一年，營賜塋葬忠介。又二年，為忠介起特祠。又一年，而嫁其幼妹。又二年，而天下亂矣。烏乎！先生於砧鼎僅免之餘，拮据十二年，完忠介所未竟，俛仰無歉，然遂憾天若相之，以畢舉於承平時，亦異矣。吳夫人春秋高，奉養盡孝，年五十而居喪毀瘠，自丙寅從憂勞成痼疾，遇異僧授導引術，疾盡瘳，晚益精強。乙酉世變，避兵，太常三代誥命失去其二，久之有武人者捧而歸之，人皆以為孝感云。初忠介典銓時，先生年十六，家居，四方有以書幣至者，輒卻之，其志節如此。以故其守身六十年，無纖介。至今丙寅考終，先生年八十二。前後配皆毛氏，無子，早死。又娶陳氏，生一子靖。二女，女皆夭。孫二，俶、來鷁翔；女孫一。即於丙寅十二月甲申葬於吳縣之貞山，先生所卜也。銘曰：先文靖公，昔為諸生，莫紓忠介之難，奮不顧身。忠介有子，繼志述事，底於有成。年幾大耋，克守其身，考終令名。今將即窆，悼昔悲今，以為之銘。則文靖遺孫，秦餘山人，是豈偶然，為誄墓之文。

鄭醒愚曰：是父是子，均不死矣。

劉孝子尋親記　姜宸英

初，順治乙酉五月，王師破建昌城，明益王遁去，長史劉君某挈家亡匿山中。其伯子龍光，即孝子也，為諸生，先赴試歸，吳未得父耗，憂泣成疾。戊子歲，始決策至盱江。時亂後，藩府毀廢，舊人無在者。邑有張令公祠，宿禱焉，夢中恍惚如聞神語云：寄居石㴩。醒求其地不得，徬徨道左，遇一尼，謂曰：石㴩在閩廣交，今方阻兵，道塞，有倮潛行七日可達也。遂如其言，取道往。所過藤峽、通仙、一線天，皆山谷窮絕處，匍伏晝夜行數百里，不見人烟。最後至白石嶺，嶺陡接霄漢，陂道陿者纔六七寸，俯臨不測之谿，捫壁絕險，既上復下，巉巖銜虎豺，榛棘被膚，血流股足。每仰天一號，則陰風颯然，山木悲嘯，瀕於阽危者數矣。嶺盡得村，尋得父所，依姚氏居，母管孺人在焉。既入門，母子相持而泣，已問知父已喪，行歷年所，則號絕仆地，久之始甦。居數月，間與櫬復踰嶺，侍母而歸。歸年，母卒。當母寢疾，孝子侍湯藥不解衣帶者四閱月也。初，長史避難數遷，獨攜先世世系圖冊一篋自隨。至歲戊子，母時聞有聲窸窣出篋中，啟鑰無有，閱則復然。一日，母見緋衣人數輩冉冉從篋中出，益大驚，逾宿而孝子至。其所居即見娘堡，舊傳宋王龍山者於此見母得名。異矣哉！鬼神幽明之故，君子之所慎言也；而父子骨肉之間，顛沛流離之際，徵應巧合，又往往若有陰相之者，非苟然而已也。其子某，因婦翁金進士殷似儁，傳之余。嘗慨自明季中原兵起，延蔓四五十年，其間父子分散各所，夫婦生死異路，抱忠孝節烈名填溝壑者何限！其幸不相隨以沒，而間著於逋臣逸士之手者，又多避忌諱不出，或文辭蕪漫，不足以傳。今表孝子之墓者，有韓閣學之辭特工，又綴以余文，則所以不泯君於後世，庶在乎此也。孝子字彝藏，蘇之長洲人。

鄭醒愚曰：孝子之心，所謂真宰上訴天欲泣。

毛子傳　施閏章

毛甡，蕭山人也，初名奇齡，字大可，一字齊于，曰吾浮于乾也。少與兄萬並知名，人呼小毛子負才任達善詩歌樂府填詞與人坦然無所忤賢者多愛其才暱就之而亦以才見忌一時詩人嘗就姓問高下姓畧示次第或聞而恚之往往思中傷姓又因諸生家貧遭亂佯狂髡緇衣走山澤中間效元人作小詞雜曲以自娛仇者摘其語以爲謗誹謀訐而殺之既而按驗無實得不坐姓自以爲無罪雖數瀕死無所害益復不簡備仇者憤不得洩乃胠其篋發所著書焚之又欲借他人事搆之死里中善姓者咸謂當出亡相哭而別于是之齊之楚之鄭衛梁宋間嘗登嵩山越數峯遠望懷愴不能上曰吾力衰矣傷哉貧且多難吾安歸乎姓所爲奉託之美人香草以寫其騷激之意纏綿綺麗小詞雜曲亦復縱橫跌宕按節而歌使人悽悅遊靖江當鑪馮氏者悅其詞欲私就之姓謝曰彼美不知我直以我爲狂夫也便去過海陵抵淮上山陽令朱禹錫故善姓爲召諸名士詞人畢集爲歡而吏部張新標父子嗜詩有名園中秋夜會客數十人伎樂合作姓倚醉扣盤賦明河篇凡六百餘言及旦則淮上諸家傳寫殆徧宣城施閏章還自京師見之目爲才子自是客淮數月留連朋好不能去姓雖處困窮所至嘗乞食至不當其意雖招之不赴也姓自少受知華亭陳子龍評其文曰才子之文然跌蕩文酒頗不自惜平生長于治詩取毛鄭諸家折衷其說著毛詩稽古篇舊集多燬存詩詞若干卷友人蔡大敬爲刻行于世論者謂以沈宋之法行溫李之詞時罕及者姓年四十餘尚無子自言當以客遊老云

婉蘭傳

徐岳

陳生盧谷楚郢貧士客遊廣陵無所依托以授經積貲娶室蔡氏因家焉未幾蔡氏死中饋乏人躬親井臼一日晨起汲水見錦囊若沉若浮提之甚重負以入室啟視之一女郎尚有微息負之行室中霍然一吐遂張目凝睇悲不自勝慰解再四曰妾金陵張氏婉蘭也徽商某以千金買我爲妾主母妬置之別室不令主人近主人今春往漢口近將歸主母醉妾以醇醪沉于河不知君子從何救至於此再生之恩何以爲報然生室淺陋不能藏因商於居停適居停與其主母爲內戚謂陳生曰我甚憐此女之慧而不得其所今又如此事可圖也因往見其主母寒溫畢問曰某姬何在其主母失色支吾居停曰毋誑我我已盡悉及早善處猶可掩蓋倘再遲一刻到公庭事有不可言者其主母跽問計曰陳生楚人適斷絃若能貲以千金并出婉蘭衣飾嫁之令其西歸永無後患耳其主母一一如之復厚贈焉陳生即與婉蘭諧伉儷挾以歸焉

誌寄生

蒲松齡

寄生字王孫郡中名士父母以其襁褓認父謂有風格鍾愛之長益秀美八九歲能文十四入郡庠每自擇偶父桂菴有妹二娘適鄭秀才子僑生女閨秀慧艷絕倫王孫見之心竊愛好思慕良切積久寢食俱廢父母大憂苦研詰之遂以實告父遣冰於鄭鄭性方謹以中表爲嫌却之而王孫益病母計無所出陰婉致二娘但求閨秀一臨存之鄭聞益怒出惡聲焉父母已絕望聽之而已郡有大姓張氏五女皆美幼者小名五可尤冠諸姊擇壻未字一日上墓途遇王孫自輿中窺見之歸以白母母探知其意見媒媼于氏微示之媼遂詣王所時王孫方病訊知之笑曰此病老身能醫之芸娘問故媼述張氏意並道五可之美芸娘喜即使往候王孫媼入撫王孫而告之王孫搖首曰醫不對症奈何媼笑曰但問醫良否耳其良也召和而緩至可矣執其人以求之守死而待之不已癡乎王孫欷歔曰但天下之醫無愈和者媼曰何見之不廣也遂以五可之容顏髮膚神情態度口寫而手狀之王孫又搖首曰媼休矣此余願所不及也反身向壁不復聽矣媼見其志不移遂去一日王孫沉痼中忽一婢入曰所思之人至矣喜極躍然能起急出舍則麗人已在庭中細認之却非閨秀着松黃袍細褶繡裙雙鉤微露神仙不啻也拜問姓名答曰妾五可也君深於情者而獨鍾閨秀令人不平王孫謝曰生平未見顏色故目中止一閨秀今知罪矣遂與要誓方握手殷殷適母來撫摩遽然而覺則一夢也回首聲容笑貌宛在目中陰念五可果如所夢何必求所難遘因而以夢告母母喜其念少奪急欲媒之王孫恐夢見不得真託隣嫗素識張氏者偽以他故詣之而囑潛相五可嫗至其家五可方病靠枕支頤婀娜之態傾絕一世近問何恙女默然弄帶不作一語母代答曰非病也連朝與爺娘負氣耳嫗問故曰諸家問名皆不願必如王家寄生者方嫁是爲母者勸之急遂作意不食數日矣嫗笑曰娘子若配王郎真是玉人成雙也渠若見五娘者恐又憔悴死矣我歸即令倩冰如何五可止之曰姥勿爾恐其不諧益增笑耳嫗銳然以必成自任五可方微笑嫗歸復命一如媒媼言王孫詳問衣履無不與夢適合大悅意稍舒然終不敢以人言爲信過數日漸瘳秘招于媼來謀一覘見五可媼難之姑應而去久之不至方欲覓之媼忽忻然而入曰機幸可圖五可向有小恙日令婢輩相扶一過對院公子往伏伺之五娘行緩澀委曲可盡覘王孫喜如其教

明日命駕早往媪先在焉即令繫馬村樹導入臨路舍設坐掩扉乃去少間五可果扶婢出王孫自門隙目注之女經門外過媪故指攔雲樹以遲纖步王孫窺覘盡悉勢狀又入夢中喜顛不能自持未幾媪至曰可以代閨秀否王孫申謝而返始告父母遣妁要盟乃媒往則五可已別字矣王孫失意悔悶欲死即刻復病父母憂甚責其自悞王孫無詞惟日飲米汁一合積數月雖骨支牀較前尤甚媪忽至驚曰何憊之甚王孫涕下以情告媪笑曰癡公子前日人趁汝來而故却之今日汝求人而能必遂耶雖然尚可為力早與老身謀者即許京都皇子我能奪之使還王孫大悅求策媪命函啟遣伻約次日候於張所桂菴恐以唐突見拒媪曰前日張公業有成言延數日而遽悔之且彼字他家尚無函信諺云先炊者先餐何疑也桂菴從之次日二僕往並無異詞厚犒而歸王孫悅病復起由此閨秀之想始絕初鄭子僑卻聘閨秀頗不懌既聞張氏姻成心益抑鬱忱㤈若病日就支離父母詰之不敢言婢窺其意隱以告母鄭聞之怒不醫以聽其死二娘慰曰吾姪亦殊不惡何守頭巾誠殺我嬌女鄭恚曰若所生女不如早亡免遺笑柄以此夫婦反目二娘故與女言將使仍歸王孫若為媵女俛首不言若甚願之二娘商鄭鄭益怒一付二娘置女若已死不復預聞二娘愛女切欲實其言女乃喜病始漸瘥竊探王孫親迎有日矣屆期以姪完婚偽欲歸寧昧旦使人求僕與於兄兄最友愛又以居村鄰邇即以所備親迎與馬先迎二娘已至則妝女入車使兩僕兩媪護送而去到門以氈貼地而入時鼓樂已集從僕吒令吹擂一時人聲沸聒王孫奔視則女子以紅帕蒙首駭極欲奔鄭僕夾扶使令交拜王孫不知何由即亦拜訖二媪扶女逕坐青廬始知其閨秀也舉家皇亂莫知所為時漸瀯暮王孫不復敢行親迎之禮桂菴遣僕以情告張張怒欲遂斷絕五可不肯曰彼雖先至未受雁采不如仍使親迎父納其言以對來使使歸桂菴終不敢從相對愁籌思甚慼俱無所施張待之已久知其不行遂亦以輿馬送五可至因另設青帳於別室而王孫周旋中間躁蹀無以自處母乃調停於中使序行以齒二女皆諾及五可閒閨秀差長稱姊有難色母甚慮之比三朝同會於母所見閨秀風致宜人右之自是始定然父母皆恐其積久不相能而二女更無間言衣履易着相愛如姊妹焉王孫始問五可卻媒之故笑曰無他聊報君之卻于媪耳向未見妾意中止一閨秀已見妾亦畧靳之以覘君之視妾較閨秀何如也使君為人病而不能為妾病則亦不必強求容矣王孫笑曰報亦慘矣然非于媪何得一覲芳容五可曰是妾自欲見君媪何能為過舍門時豈不知耽耽者在外也夢中業相要何尚未之信也王孫驚問何知曰妾病中夢至君家以為妄後聞君亦夢妾乃知魂魄真到此也王孫異之遂述所夢時日悉符父子之良緣皆以夢成亦奇情也

異史氏曰父癡於情子遂幾為情死所謂情種其王孫之謂與不有善夢之父何生離魂之子哉

王別駕傳　陸次雲

王別駕泗州人字繭菴諱之佐明末以諸生上書言國是將用之俄聞逆闖京師未幾闖逆遁洪經畧入撿奏疏得其書大異之授以通判懷來試其治有政聲尋改補兩浙嚴郡倅政聲益起清介自守困同寒士書無不讀見聞甚異善斷疑獄剖燭若神其尤奇者攝篆武康時有山氓某姓者詣案白事云其兄為虎噬傷曰屍何在曰焚之矣別駕曰既已焚之爾盍去其人洋洋出明日別駕集胥役命駕往視焚屍地胥役曰山中人死於虎恒事也其地在萬峯之中去富窮日且荒穢無憩止地奈何別駕曰無多言必欲往山氓忽見別駕至色為奪至濵口見孤懸一屋為氓居焦土一區其焚屍所也詢其遠隣云其兄之死未見也其事氓向某等自言之別駕潛令役人搜其室得斧段鎗於牀下鎗有血別駕曰兇器在矣汝將逃弒兄之罪乎氓色沮而辭不伏別駕曰無怪爾之不伏也吾檢驗以示汝胥役曰無屍矣將奈何別駕命熾炭於焚屍之地撒胡麻於上而施掃之屍脂出麻盡入遂相融結而成人形手足肢體無勿具左脇下爆胡蔴數粒至腋脾要害所爆不一皆其受創處也觀者駭異別駕傾氓曰弒兄之罪今伏乎山氓股慄叩首曰公神人也敢不伏遂盡吐殺兄狀邑中共以為孝肅再見也

高淳人云如別駕者雖欲不謂之孝肅不可矣誰謂古今人不相及

汪東川云其事不朽文更能不朽世之留心吏治者當奉以為秘術不可忽畧看過

鄭醒愚曰聲色不動治獄如神具見學問經濟

跳月記　陸次雲

苗人之婚禮曰跳月跳月者及春月而跳舞求偶也載陽展候杏花柳稊庶蟄蠕蠕青處穴居者蒸蒸蠢動其父母各率子女擇佳地而為跳月之會父母羣處於平原之上子與子左女與女右分列於廣隰之下原之上相燕樂燒生獸而啖焉操匕不

以箸也。漉唾酒而飲，馬吸管不以杯也。原之下，男則椎髻當前，纏以苗帨，袄不迨膝，褌不迨膝，褌袄之際，錦帶束焉，植雞羽於髻巔，飄飄然當風而顫，執蘆笙，笙六管，長二尺，蓋有六律無六同者焉。女亦植雞羽於髻，如男尺簪寸環，衫襟袖領悉錦爲緣，其錦藻繪，遜中國而古紋異織，無近態焉。聯珠以爲纓，珠纍纍擾兩鬢，綴貝以爲絡，貝搖搖翻兩肩，裙細褶如蝶版，男反褌不裙，女反裙不褌，裙衫之際，亦錦帶束焉。執繡籠，編竹爲之，飾以繪，即綵毬是焉，而研與媸雜然於其中矣。女並執籠未歌也，原上者與之歌而無不歌，男並執笙未吹也，原上者語以吹而無不吹。其歌哀艷，每盡一韻，三疊曼音以繚繞之，而笙節參差與爲縹緲而相赴，吹且歌，手則翔矣，足則揚矣，睞轉肢回，首旋神蕩矣。初則欲接還離，少且酣飛暢舞，交馳迅逐矣。是時也，有男近女而女去之者，有女近男而男去之者，有數女爭近一男而男不知所擇者，有數男競近一女而女不知所避者，有相近復相捨，相捨仍相盼者，目許心成，籠來笙往，忽然挽結，於是妍者負妍者，媸者負媸者，媸與媸不爲人負，不得已而後相負者，媸復見媸，終無所負，涕洟以歸，羞愧於得負者，彼負而去矣。渡澗越溪，選幽而合，解錦帶而互繫焉，相攜以還，於跳月之所，各隨父母以還，而後議聘，聘以牛，牛必雙，以羊，羊必偶，先野合而後儷，反循蜚氏之風與，嗚乎，陋矣。

高澹人云：筆舞墨歌，天花亂墜。

汪東川云：結語只用四字，筆力千鈞，使一篇游戲文章，遂足羽經翼傳。

神告記

毛奇齡

康熙十六年三月，安西估魏丙貿布上海市中，夜就旅主人宿，醉卧，風雨大作，失橐所藏金三百兩盡。先是旅主人俞甲相橐金，估布料其數，而以他事入鄉，屬其季俞乙守舍，至是捕驗，賊不得穴入，而以門出，謂乙盜金。乙不知所爲，經於梁，出舌，力救得甦。上海令任君素善斷，至是疑之，方庭鞫時，卧一垂死人，使聞刑無所施，而估失金盡，哀號有如窮猿，獨念此二人者生與死，未可知，然且必根株其人，掠肌膚，折骨肉，以求實，即得實而兆求之，下所傷已多，萬一不得，則自今以往，其爲無何而覓害者，將不止二人也，跼蹐久之，命舁去，獨詣城隍廟，禱於神，請以實告，而留捕隨往，若使待命於神寢宮。俗神祠得置寢宮殿，從羅列帷幔，禪被巾盂屏几如生，而虛其位。時十九日，捕夢伏寢宮下，私念此位中當得神，至而久不至，少選有幼婦出，呼曰：神已詣縣去矣，留衣賜汝，遂右手抱細女，左手挈衣與之，及接視則裙襴也，歸以告君。君是夜亦夢神幞頭緋衣，前執手云：已得賊，而君未知耶？其云神詣縣者，正以神來告是語也。質明則估又入報，夜分時賊已還金一百兩，投旅舍去，君是曉方疑乙處罪，或姑還金至。得捕語，則俯首再三仰而曰：夫賜衣而得裙襴，則非衣也，非衣者裴也，豈有裴姓其人者耶？捕叩頭曰：似也。聞左有裴爰無藝，不事家人產，其人餂旅舍旁，而得出入於其舍，即敕得裴姓此，當是。君曰：然然，則其抱細女者，抑可知矣。夫細女爰女耳，吾聞納音之數，陽姓從左，今左非衣，而右爰女，其爲裴爰無可疑者，躡然吾懼以私臆入人罪，使蹤跡之，無實，復命捕詣神，再候命，既則捕復夢伏寢宮下，見一吏呼曰：神至矣，至則實其所虛位，已而復入，見前婦出，持敗褌與捕，而以米筐遺少僕隨老僕攜去，乃復告所夢於君，君曰：是已，仍與褌者，果非衣也，敗者已露也，米則八十有八，禮尺出，老者先之，今少者繼出，意者賊當敗，續出金八十八兩，遂取裴禱之，得實，其狀云：風雨夜，先入舍，匿盜金至十九日，夢神敕還金，因先投金一百兩，今續存八十八兩在泮中，餘各有所，遂泗泮得金，定招伏，而追給餘金所未全者，邑人張錫懌曰：晉史載成都令察奸如神，唐順陽劉君神於摘發，而李果宰洛陽，獨曰古今正人能達鬼神，則又何與？君秉性正直，往合神聽，且誠於格禱，祇以一念矜生之隱，委曲求實，致鬼神聰明，亦委曲發寶以告之，若其解斷明晳，能抉周官掌夢之秘，雖君實多學，然亦務清潔，寡嗜慾，神啟其智，有如是也。當君初莅時，爲七月二十五日，越三日而火燔民居，是日大風作，燎如揚箕，君竊念甫下車而菑及吾民，豈吾實不德耶，徒步拜火所，泥御於衣而止，焚輪間風不息而火息，嗟乎，神已。君名辰旦，字□□，蕭山人，由丁未進士爲今官。

瓊枝曼仙記

徐岳

張獻忠破荆州，召惠府樂戶數十行酒，內有瓊枝者色藝出羣，獻忠命之歌，曰：我雖賤，豈肯以歌侑賊觴？毅然弗從，以刃挾之，曰：汝技止此耳，我不畏死，奈我何哉？獻忠縱之，嗟夫同時有曼仙者，獻忠亦召至，極逞技能，刻意逢迎，獻忠大悅，寵倖無比，獻忠每夜將寢，必豪飲，曼仙侍，是夕曼仙置毒於酒，滿斟以奉獻忠，妮之，手挽其頸以汝先飲此，卻之不得，立飲而斃，獻忠始覺，碎礫其屍，噫，當獻忠猖獗時，寧土諸臣望風逃潰，納欵稱臣，哦冠世儒，効力奔走於指揮之下，瓊枝曼仙一娼耳，奮不顧身，視死如飴，不史媿於忠臣義士之所爲耶？若瓊枝之死，曼仙之毒賊，成亦死，不成亦死，成則爲國殺賊，而身死於賊衆之手，其如天祐賊人，先飲而斃，事雖不成，其俠烈

之氣不令千載憤歎耶乃既不得如英烈夫人來朝廷褒贈之典又不若徐氏獲名人詞翰之光以風也惜哉

鄭醒愚曰瓊枝曼仙之欲殺獻忠與貴官人欲殺自成相等然惜其事皆不成而死文中所謂俠烈之氣令人千載憤歎者非耶

虞初續志卷六終

虞初續志卷七

清　玉燬鄭澍若醒愚編

朱文學傳

金曰升

文學諱祖文字完天世為檇李人祖先應募禦倭功最累世都督大將軍世襲蘇州衛指揮以廉勇聞文學幼孤母劉勵節撫之備嘗荼苦文學長而端方穎異雅不好武被服儒行有古人風弱冠補博士弟子痛母志節未揚不遑寢食吏部周公順昌初未識文學會文太史震孟為孝廉時與文學習談其母貞操特詳吏部聞而憐之慨然為白當道得賴題取旨部牒下郡而文學始知乃為之感泣搏顙願為公死無何吏部忤璫被逮變起倉猝都人士惶懼不知所為文學念此行必無全理願相隨視其後事以圖報應家人或相勸阻遂不復歸與吏部同宿公所中夜從容謂吏部曰公濺然就道良甚然事未可知脫有緩急誰可告者吾當先往為地吏部首肯良久曰徐銀臺（名如珂號念陽）肝膽如雪必能相濟顧侍御（名宗玉號巖史）新入臺中意氣不薄可與計事此外則定興之鹿（名善繼號乾岳）吳橋之范（名景文號質公）熱腸急難一言相諾生死不渝皆可告者文學遂別去先走都下比吏部未至有以滅門事中吏部者得銀臺力辯而解至棠檀詩禍之事侍御已先為之所矣已而懸購數千文學私牽旦夕告完或得議獄緩死百計丐貸都門不足則走定興定興不足則走吳橋冒暑單騎間關千餘里往返數十日拮据稍就而吏部已斃獄矣吏部畢命之日文學夜宿野店有牌魄然精誠相感豈其誑耶文學微服僻處偵察動靜每一感慟聞者悽惻凡往來津渡出入禁門時遭邏卒徼幸獲免亦危矣然以身滯長途弗獲視殮有違初心遂至悒鬱以死彌留之際猶以吏部後人為念嗟乎文學之所以報吏部者不已至乎而總為一念孝思所激夫以文學之至性篤行固足不朽矧其附青雲之士哉

鄭醒愚曰因孝思所激遂以身殉義與游俠一流迥別

人變述畧

失名

人變者述姑蘇義民殺校尉之變也天啟甲子秋冬間逆璫擅政屠毒縉紳其門有五虎五彪五狗十孩兒二十小孩兒四十猴猻五百義孫之屬所讐怨多在江南乙丑六君子逮常熟顧憲副大章與焉丙寅逮江陰繆宮諭昌期吳江周侍御宗建俄又逮無錫高中丞攀龍長洲周吏部順昌江陰李侍御應昇其時傳逮指名者尚有八十餘人緹騎之至必踞坐府署中檄所司徵逮者逮者至弗得則列諸械於署前

皆耳目所未經如一銅錫摘人指立可折其他不可枚舉以是為號侈索賄賄滿所欲乃開譏其初至也父老有生而未見之者蓋神祖寬仁五十年如一日以江陵之焰縉紳止於廷杖然而士氣摧殘已驅成邪媚世界矣況修捺煎熬待士於囚虜之下乎江南既數見緹騎以為常而緹騎亦視江南為熟遊故道逮繆宮諭者得三千金未滿所欲倉皇遂去問之曰急上赶差也凡此輩出璫之兒孫及左右皆有賄入則數十倍利如市販然一時皇皇莫必其命周吏部之逮在丙寅三月吏部家故貧直節亢爽過事敢言初傳有天黎點將諸錄蓋逆兒所造羅列諸正人斥為黨獨未及吏部名吏部慨然曰此度逸有不與之恥也益奮發無所顧忌巡撫周公起元以爭織造元削奪歸吏部為文送之所指斥內外甚具後毛一鷺繼起元撫吳鷺固二十孩兒之一也蒞任之日吏部則以送起元文送之鷺恨切齒遂與李實搆摘魏給諫逮過吳門吏部與聯姻事而吏部逮矣時武進有特走武林餽千金於李實求逮孫宗伯慎行鄭庶常鄤者會有言孫病劇鄭已學道而免然孫終不免戍又欲殺之淮上丁卯春鄭與文殿撰震孟皆傳逮意令驚怖自盡如丁翰簡乾學故事諸公於鄉里故無嫌怨直是諸兒孫借以獻媚俗所謂送書帕云爾逮者至蘇吏部因服侍

罪邑令陳君至曰公稍了家事吏部笑曰使君大異人意吾聞江陰知縣岑之豹當繆公諭之逮率兵快奄捕繆夫人欲一見不可得自稱在五百義孫隊中此近例也使君何異人意且諦思之吾無家事可了顧左右曰前有一僧求書卷額此當了卻因命紙筆大書小雲棲三字擲筆笑曰此外更無一事矣後鄭庶常弔詩曰銀鐺猶勒小雲棲蓋實錄也吏部同令君宿縣署緹騎大索金錢數日猶未開讀士民望吏部顏色如見天人無不灑泣欲為請命時陰雨連宵如為忠義泣至開讀日出自縣署就逮百姓夾道執香哭聲千雲既入察署諸校尉擁龍亭緋衣捉械怒目上視巡撫毛一鷺拱立左巡按徐吉拱立右觀者蜂擁不下數十萬人三學諸生肅而前述士民意曰大人有事地方詎不知吏部居鄉立朝者盍為請於朝撫按戰慄不許一尉厲聲曰今日事與秀才何與諸尉各舉械將擊諸生忽見叢中一人從人肩上躍出搜拳奔堂上急捽尉之捉械者諸尉競捽之人叢中復有四人奮出一躍登堂遂與諸尉毆首一人者即顏佩韋餘四人者馬杰沈陽楊念如周文元也五人捽問尉此旨從何出尉曰實是魏上公命我來於是五人大呼共擊殺偽旨者值天雨來者各以傘屐喧聲震地堂下萬屐齊擲諸尉伏撫按脇下曰爺救我撫按傴趨隱諸尉

後曰老先生畢竟是罵上人逸巡俱卻入署內士民喧從之一尉踰垣上驚墮而入後詢其黨名李國柱本非校尉乃行五百金賄謀與偕來者也是日開讀不成禮撫按具疏奏聞眾還過姑蘇驛復遇一尉蓋往浙逮黃侍御尊素者驕驛遞需折夫馬百金五人復聚毆之燬其舟之半五人皆謀曰我輩拚死為國除害直以千眾下武林殺稅使焚其府以千眾下崑山盡顧秉謙之家然後自囚請死雖寸磔有餘快顏佩韋曰不可吾儕小人死何足惜江南賢士大夫尚多使罪我輩而反借此傾諸賢是我輩累之也巡撫聞其言則大喜初逆璫亦無甚怨於諸賢其兒孫實嗾使之及見撫按疏璫色變名呵曰財賦盡在江南彼為變奈何政府部堂長跪不起久之曰有兒在乃勒令撫按搜捕渠魁五人者挺身自投曰渠魁務從我也無波及直向撫按大笑爾陷吏部死官大人小我為吏部死百姓小人大撫按無如之何獄成大辟處決五人顏色不改逆璫聞之頗銜李實疏為激變實怖欲死乃命浙撫潘汝楨請建生祠以自解免相望成風生祠遂徧天下政府魏廣微顧秉謙馮銓施鳳來張瑞圖輩咸手撰碑文以為榮未一年天祚聖明逆璫授首蘇州生祠垂成而廢蘇人即其下葬五人大銀臺吳公默題曰五人之墓址甚曠巨碑屹立望之者咸以為五

人墓道不知皆逆祠舊物也或曰是逆物五人固不享宜悉仆之或曰碑文作者之名暮夜毀去過者唾罵其視五人之名坦然墓上或揖之或拜之者不啻霄壤是宜兩存永留忠義如纔開富貴場中冷眼先是五人誓義日江陰李侍御就逮常州郡城士民聚觀者亦數萬方開讀時有髮垂肩者十人各挾短棍直呼入察署殺魏忠賢校尉士民號呼從之諸尉跳踉走趨牆脫履狀甚狼狽一貴胄童子十餘歲撫掌曰我恨極矣殺卻江南許多好人遂從一肥尉後擊削蔑刀斷其片肉擲墻前狗食之時尉無死者太守曾櫻素惠民撫之須臾而定故義民之名遂不傳

施曾省先生傳

李來泰

施察字曾省直隸寧城人父宏猷以理學祀於鄉學者所稱中明先生也察孝友出天性四歲時母以肉食奉舅姑而自淡食察為祖父母所愛數令侍食退而見母食淡悲痛仆地移時不能起其後侍食不舉肉祖父母知之每食肉必以餘均母子曰兒孝無傷兒意也七歲就外傅能守家學通詩易尤篤志孝經晨起必焚香拜讀之語人曰夫子志在春秋行在孝經天經地義不可須臾忘也規行矩步見父母色稍怫則長跪請呵責色愉乃已初婚之夕客强沃以酒固辭不服父以為忤客自斟之

即跪謝罪客去退而跪於寢門漏三刻父引其手曰婚姻大禮也孺子過矣居父喪水漿不入口貧不能葬朝夕哭泣上食三年不離苫次既殯奉木主寢室事大小告而後行體羸甚讀書晝而夜母戒止之後乃候母寢帷燈默誦以為常術者言母算盡五十日夜憂懼至形噩夢號呼覺起禱九華山表一紙焚之伏地良久兩袖皆濡泣請減算益母也母竟以八十終弟譽少長十歲撫摩教誨不遺餘力一夕月下共語忽歎曰吾兄弟始五人今存者惟我與爾願世世為兄弟因相抱而泣聞者感動譽讀書陽羨會鷹新與客會食烹池魚曰吾弟出門時魚方二寸今盈尺矣遂嗚咽廢箸終身布衣而衣弟以帛曰弟客遊在外也其友愛類如此曾世大父志穆無嗣祭父捐其田為義田歲數不登族人欲鬻田完逋賦祭力復之曰此父志也志穆所遺四喪三女悉己力經營之人稱為錫類云卒時年僅三十七嘗謂所親曰惟愛而後教行惟敬而後情至今人於兄弟升斗不相假而欲其受教難矣脫有督責必且鬩牆弗暇則又秦越同氣也時以為名言

鄭醒愚曰孩提即知孝親友悌非平日涵養篤愛何以能此所以孝悌當預養於童蒙時也若先生者又根於天性矣

王白虹妾胡氏小傳

施閏章

禹航王子白虹喪其妾胡氏故娼也逾年而悼不衰哭以詩四章乞余為傳書數至嘉其微而賢不忍終沒故書之胡名成靜江西萍鄉人生八歲兵掠而北長淪樂籍自傷殘辱矢必嫁官人會王孝廉上公車納之從歸王道病且死者再胡晝夜侍湯藥得稍甦抵家調膳數月忠謹如一日胡本以色見取而米鹽針績事皆身任夫人悉歸以筦鑰王令興安則署以內事倚之更納新姬無慍色王遇事多任氣人莫敢言胡獨婉譬以解時節宴飲則泣下傷少離父母不得問猶畧記其里籍會興安有業銀者萍人也歸索而得其母至則母子不相識興安君指示曰若奚疑益體骨聲貌酷似矣復奚疑於是相抱大哭留養於官舍王以父艱還封公以下凡八喪會葬者數百人食飲百費皆經紀於胡無缺事王泣曰若功過介婦矣然坐是得勞疾所生女又夭不敢慟而心傷旋病死諸姬臧獲皆哭之哀先是始識王京師則約曰君擢第必納我王固漫許之胡已決意為王婦既下第遙望見便失聲前相持哭涕霑兩人衣且曰君不第不失一官顧我不得為良人婦死且不瞑又大哭王義而贖之舉債金數百王以姬累而卒賴其助吾於是知人之貴自振拔也向使姬庸婦不能

早決王為俠丈夫既識其人不能於失志時痛自傾倚王必不納納矣或恃色怙寵不過聲妾畜之久而愛弛必不能見禮重以終也吁乎人可以不自振拔哉

鄭醒愚曰沂國夫人賢乎不可尚矣如胡氏者亦可謂善自振拔者矣

崔猛傳

蒲松齡

崔猛字勿猛建昌世家子性剛毅幼在塾中諸童蒙稍有所犯輒奮拳毆擊師屢戒不悛名字皆先生所賜也至十六七強武絕倫又能持長竿躍登夏屋喜雪不平以是鄉人共服之求訴稟白者盈階滿室崔抑強扶弱不避怨嫌稍逆之石杖交加支體為殘每盛怒無敢勸者惟事母孝母至則解母譴責備至崔唯唯聽命出門輒忘比鄰有悍婦日虐其姑姑餓瀕死子竊啖之婦知詬厲萬端聲聞四院崔怒踰垣而過鼻耳脣舌盡割之立斃母聞之大駭呼鄰子極意溫卹配以少婢事乃寢母憤泣不食崔懼跪請受杖且告以悔母泣不顧崔妻周亦與並跪母乃杖子而又以針刺其臂作十字紋朱塗之俾勿滅崔並受之母乃食母喜飯僧道往往饜飽之適一道士在門崔過之道士目之曰郎君多凶橫之氣恐難保其令終積善之家不宜有此崔新受母戒聞之起敬曰某亦自念之但一見不平若不自禁力改之可免否道士笑曰姑勿問可免不可免請先自問能改不能改但當痛自抑如有萬分之一我告君一解死之術崔生平不信厭禳但笑不言道士曰我固知君不信但我所言不類巫覡行之亦盛德即其不效亦不至有所妨崔請之乃曰適門外一後生宜厚結之既犯死罪此子能活之也呼崔出指示其人蓋趙氏兒名僧哥趙南昌人以歲祲饑僑寓建昌崔由是深相結請趙館於其家供給優厚僧哥三十二登堂拜母約為昆弟踰歲東作趙攜家去音問遂絕崔母自鄰婦死戒子益切有赴訴者輒擯斥之一日崔母弟卒從母往弔途遇數人縶一男子呵罵促步加以捶扑觀者塞途輿不得進崔問之識崔者競相擁告先是有巨紳子某甲者豪橫一鄉窺李申妻有色欲奪之道無由因命家人誘與博賭貸以貲而重其息要使署妻於券貲盡復給終夜負債數千積半年計子母三十餘千申不能償強以多人篡取其妻申哭諸其門某怒拉繫樹上榜笞刺劉逼立無悔狀崔聞之氣湧如山鞭馬前向意將用武母搴簾而呼曰唶又欲爾耶崔乃止已弔而歸不語亦不食兀坐直視若有所嗔妻詰之不答至夜合衣臥榻上輾轉達旦次夜復然啟戶出輒又還臥如此三四妻不敢詰惟懾以聽之既而遲久乃反掩扉熟寢矣是夜有人殺某甲於牀上刳腹流腸甲妻亦裸

尸牀下。官疑申。捕治之。横被殘梏。踝骨皆見。卒無詞。積年餘。不能堪。誣服論辟。會崔母死。既殯。告妻曰。殺甲者。實我也。徒以有老母故。不敢泄。今大事已了。奈何以一身之罪。殃他人。我將赴有司死耳。妻驚挽之。絕裾而去。自首於庭。官愕然。械送獄。釋申。申不可。堅以自承。官不能決。兩收之。戚屬皆誚讓申。申曰。公子所為。是我欲為而不能者也。彼代我為之。而忍坐視其死乎。今日即為公子未出也可。執不異詞。固與崔爭。久之。衙門皆知其故。強出之。以崔抵罪。瀕就決矣。會卹刑官趙部堂案臨閱囚。至崔名。屏人而喚之。崔入。仰視堂上。僧哥也。悲喜實訴。趙徘徊良久。仍令下獄。囑獄卒善視之。尋以自首減罪。充雲南軍。申為服役而去。未期年。援赦而歸。皆趙力也。既歸。申終從不去。代為紀理生業。予之貲。不受。緣橦技擊之術。頗以關懷。崔厚遇之。買婦授田焉。崔由此力改前行。每撫臂上刺痕。泫然流涕。以故鄉鄰有鬬。申輒矯命排解。不相承稟。有王監生者。家豪富。四方無賴不仁之輩。出入其門。邑中殷實者。多被刼掠。或迕之。輒遣盜殺諸途。子亦淫暴。王有寡嬸。父子俱烝之。妻仇氏屢沮王。王縊殺之。仇兄弟質諸官。王賕囑。以告者坐誣。兄弟寃憤莫伸。詣崔求訴。申絕之使去。過數日。客至。適無僕。使申瀹茗。申默而出。告人曰。我與崔猛朋友耳。從徙萬里。不可謂不至矣。曾無廩給。而役同廝養。所不甘也。遂忿而去。或以告崔。崔訝其改節。而亦未之奇也。申急訟於公堂。謂崔三年不給傭價。崔大異之。親與口對狀。申忿相爭。官不直之。責逐而去。又數日。申忽夜入王家。將其父子嬸婦並殺之。粘紙於壁。自書姓名。及追捕之。則亡命無跡。王家疑崔主使。官不信。崔始悟前此之訟。蓋恐殺人之累己也。關行附近州邑。追捕甚急。會闖賊犯順。其事遂寢。無何。明鼎革。申攜家歸。復與崔善如初。時土寇嘯聚。王有從子得仁。集叔所招無賴。據山為盜。焚掠村疃。一夜傾巢而至。以復讐為名。崔適他出。申破扉始覺。越墻伏廁中。賊搜崔不得。擄崔妻。括財物而去。申歸。止有一僕。忿急不能為地。乃斷繩數十段。以短者付僕。長者自懷之。囑僕越賊巢。登半山。以火爇繩。散挂諸荆棘。即返勿顧。僕諾而去。申窺賊皆腰束紅帶。帽繫紅絹。遂倣其裝。有老牝馬初生駒。賊棄諸門外。申乃縛駒。跨馬銜枚而出。直至賊穴。賊據一大村。申縶馬村外。踰垣入。見賊衆紛紜。操戈未釋。申竊問諸賊。知崔妻在王某所。俄聞傳令。俾各休息。轟然嘁應。忽一人報東山有火。衆賊共望之。初猶一二點。已而多類星宿。申坌息急呼東營有警。王大驚。束裝率衆而出。申乘間漏出其後。反身入內。見兩賊守帳。紿之曰。王將軍遺佩刀。兩賊競覓。申自後斫之。一賊踣。其一回顧。申又斬之。竟負崔妻越垣而出。解馬援轡曰。娘子不知途。縱馬可也。馬戀駒奔馳。申從之。出一隘口。申灼火於繩。徧懸之。乃歸。次日崔還。以為大辱。形神跳躍。欲單騎往平賊。申諫止之。集村人而謀之。衆恇怯莫敢應。解諭再四。得敢往二十餘人。又苦無兵。適於得仁族姓家獲奸細二。崔欲殺之。申不可。命二十人各持白梃。具列於前。乃劓其耳而縱之。衆怒曰。此等兵旅。方懼賊知。而反示之。脫其傾隊而來。闔村不保矣。申曰。吾正欲其來也。執匿盜者誅之。遣人四出。各假弓矢火銃。又詣邑借巨砲二。日暮。率壯士至隘口。置砲當其衝。使二人匿火而伏。囑見賊乃發。又至谷口東。伐樹置岸上。已而與崔各率十餘人。分岸伏之。一更向盡。遙聞馬嘶。暗覘之。賊果大至。縋屬不絕。俟盡入谷。乃推墮樹木。以斷歸途。俄而砲發。喧騰號吽之聲。震動山谷。賊驟退。自相踐踏。至東口。不得出。集無隙地。兩岸銃矢夾攻。勢如風雨。斷頭折足者。枕籍溝中。遺二十餘人。長跪乞命。乃遣人縶送以歸。乘勝直抵其巢。守巢者聞風奔竄。搜其輜重而還。崔大喜。問其設火之謀。曰。設火於東。恐其西追也。短。欲其速盡。恐偵知其無人也。已而設於谷口。口甚隘。一夫可以斷之。彼即追來。見火必懼。皆一時犯險之下策也。取賊鞫之。果追入谷。見火驚退。二十餘賊。盡劓剮而放之。由此威聲大震。

遠近避亂者。從之如市。得土團三百餘人。各處強寇。無敢犯。一方賴之以安。

異史氏曰。快牛必能破車。崔之謂哉。志意忼慨。蓋鮮儷矣。然欲使天下無不平之事。寗非意過其通者與。李申一介細民。遂能濟美。緣檀飛入。窮禽獸於深閨。斷路夾攻。蕩幺麽於隘谷。使得假五丈之旗。為國効命。烏在不南面而王哉。

張麗人傳

鈕琇

麗人姓張氏。其母吳倡也。以善歌轉籍入粵。生麗人。體貌瑩潔。性質明慧。幼即能記歌曲。尤好詩詞。每吟唐人銅雀春深之句。自名二喬。客或譏。二喬雙稱也。不如呼為小喬。麗人應聲曰。兼金雙璧。名有相當。因笑指鏡中影曰。此亦一喬也。於是二喬之名。豔稱於時。麗人稍長。其母將擇伶之美者贅焉。仙城豪貴。謀為落籍。有以三斛珠挑之者。麗人堅不為動。長歎辭曰。我母愛我。不可暫離。且已妾身字人。螺粉可污。嬲然在不聊勝於入他人手。吼獅換馬。又隨風漂泊哉。年甫及笄。麗人隨諸伶於村墟賽神作劇。夜宿水二王廟。夢王刺期聘之為妃。醒以語其母。泣然淚下。拍板而歌驪郎比紅諸曲。宛轉悲愴。及期。無疾而逝。粵人黎美周誌其墓曰。嗟乎。予知麗人故不屈於勢者。王何由致之。豈洛水凌波。乃符銅雀之讖耶。若夫粉黛何假。美人何貞。

艷色等空春花易謝後之過者知為麗人埋香處明月為鏡清風引簫好鳥和歌蛺蝶自舞徘徊其間倘有霧鬢風鬟一唱三歎者出焉能不為傳者之柳毅乎

自序

陳祖范

予以康熙丙辰年五月二十日生妣許孺人先產二男殤女兄二予行三王母韓曾王母范府君切顧本之思名予祖范字亦韓自字曰見復生九歲府君挈往婁門寒碧家塾十二歲孺人棄世隨侍出外率閒歲一歸省王父自為經義所親炙者郭述堂嚴思菴韓宗伯學不純師粗得端緒而已十九授室孫氏廿一歲子鑒生廿三補弟子員廿四生濙廿七食廩是年喪妻繼娶朱氏時予三十歲三十以上零丁寒苦枵腹而束手鄉里之所笑憫也朱氏性行與予協較明敏稍其助開門授徒徒益集府君年高脩脯足以養心安之日課之隙詣寢舍侍眠食老人時扶杖過書塾婆娑庭樹間為後生小子論居心治身之道人倫日用之方諄諄忘倦曰汝先生徒教人作時文噫末也三十七歲府君棄世數年中完婚娶濙婚至四十八遇改元恩科舉於鄉秋貢於禮部鄉先達有欲巽而起之者足忽蹇不與殿試遂歸明年為甲辰正科私自揣念年力向衰才智無有當途豈須一我而必支離強其間哉本無溫飽之心徒自勞苦奚為者咄休矣勸行者苦口大都謂浮圖將合尖泛海已傍岸豈有止理予曰及今尚可止過此則義不當止勢又不得自止既已拒外論堅持己意於是僦屋華濮之濱混跡耕漁新舊生徒裹糧相從吟社諸老翁月一讌集閒有良朋自遠而至如李芥軒儲六雅沈歸愚張天扉釋借山輩延緣葦間相送柴門殊有伊人宛在之致久之昭文令勞尊三邀為新志辱而制府尹公聘修通志辛亥秋舍江村往省會自此形跡又在隱見間矣雍正十年天下開設書院當事謬採虛聲連有山長之招或辭焉或就焉辭者雲南五華廣東端溪江甯鍾山就者蘇之紫陽徐之雲龍安慶之敬敷揚州之安定在紫陽前後三年雲龍一年敬敷安定皆一年有半強而後往終歲便辭辭不獲已再往旋託故舍去所以然者士習難醇師道難立大懼上負　詔旨下貽物議也又此席有似宋時祠祿仕而不遂者處焉吾不求仕而久與其列為汗顏耳六十一歲繼室亡後有妾生子三安祉增生平於世務蓺用無一曉詩文辭翰粗曉而未工大抵矜慎持擇之意勝而適時便口則不足局於才偏於性也其為人也於道無萬分之合而鄙情佚志歷幾湔除一二焉今七十加三即旦暮入地不為無年即復得幾年不過爾爾閒中追憶筆而存之

虞初續志　卷七　八

口技記

東軒主人

揚州郭貓兒善口技其子精戲術揚之當事搢紳無不愛近之庚申余在揚州一友挾貓兒同至寓比晚酒酣郭起請奏薄技於席右設圍屏不置燈燭郭坐屏後主客靜聽久之無聲俄聞二人途中相遇揖敘寒暄其聲一老一少老者拉少者至家飲酒投瓊藏鉤備極歡洽少者以醉辭老者復力勸數甌遂踉蹌出門彼此謝別主人閉門少者履聲蹣跚約可二里許醉仆於塗忽有一人過而覺之扶起乃其相識也遂掖之至家而街柵已閉遂呼司柵者一犬迎吠頃之數犬羣吠又頃益多犬之老者少者遠者近者猶者狠者同聲而吠一一可辨久之司柵者出啟柵無何至醉者之家則又誤叩江西人之門驚起知其誤也則江西鄉音詈之羣犬又數吠比至則其妻應聲出送者鄭重而別妻扶之登床醉者索茶妻烹茶至則已大鼾鼻息如雷矣妻遂詈其夫唧唧不休頃之妻亦熟寢兩人鼾聲如出二口忽聞夜半牛鳴矣夫起大吐呼妻索茶妻作囈語夫復睡妻起便旋納履則夫已吐穢其中妻怒罵久之遂易履而起此時羣雞亂鳴其聲之種種各別亦如犬吠也少之其父來呼其子曰天將明可以宰豬矣始知其為屠門也其子起至豬圈中飼豬則聞羣豬爭食聲嗒食聲其父燒湯聲進火傾水聲其子遂縛一豬豬被縛聲磨刀聲殺豬聲豬被殺聲出血聲燖剝聲歷歷不爽也父謂子天已明可賣矣聞肉上案聲即聞有賣買數錢聲有買豬首者有買臟腑者有買肉者正在紛紛爭鬧不已砉然一聲四座俱寂

鄭醒愚曰技至此神乎技矣在奏者窮形盡相幾千萬變皆鳴而作記者亦復曇舞筆飛不啻雙管齊下技也而進於道矣吾於斯記亦云然

虞初續志卷七終

虞初續志　卷七　九

虞初續志卷八

清　王灝鄭澍若醒愚編

周君訒齋傳　　楊光啟

周君諱靖，字牧甯，號訒齋，忠介公之家孫，而芸齋先生之子也。弱冠通六書之學，既長，博極羣書，亭經籍史，蔚為儒宗。時汪太史琬以文名重當世，與君居密邇，書招至其家，辨析疑義。君因摘其藁中訛謬，辭音事實，厥有數端，柬以書相往復，太史亦心折焉。語人曰：此吾之益友也。君生有至性，孝友篤誠，恪守前人遺訓，其事芸齋先生也，色養備至。先生於杖國之年，詔君而命之曰：吾自先人罹難以來，以一身督理家政，險阻艱難，備嘗之矣。今老矣，政將及汝，汝其勉諸，吾不復與聞矣。君長跪受命。先生於是益從容內養，樂其餘年。回思昔日拜疏訟冤之時，嘔心灑血，不啻如隔世焉。嗚呼！非有克家之子，能盡厥職，而能若是乎哉！自古修正史者，名臣子弟，例得附書。魏璫之難，若魏孝烈先生學洢，痛父而亡，以及忠介之後，刺血鳴冤如芸齋先生者，皆當大書特書，以光國史者也。芸齋即世，君哀毀盡禮，既除喪，乃慨然曰：國有史，家有狀，實相表裏，吾家世忠孝，豈可令傳聞異辭，或失其實，致有遺憾乎。於是褁褰入都，臚陳始末，上諸史館。忠介之忠，固已光昭日月，而芸齋先生克繼前徽矣。其初志為遺民宿老者五十餘年，而終得附書於明史，皆君孝思之誠之所致也。君嘗執贄當湖陸公稼書之門，稼書講性命之學，得關洛正傳，君服習其教，為入室弟子。涵養德性，澹於榮利，遂棄舉子業，絕意進取，葺數椽於忠介塋旁，蒔花栽竹，嘯咏其中，有終焉之志。然其遇大事，持大義，輒義形於色，如訟言磨碑，有墓之非真，爭湯祠配食之不典，皆侃侃謇謇，不少避，避人以是畏其純直而服其持正也。性樂善好施，朱孝介先生次子鐄以貧死，久不克葬，君百計圖維以助之，乃始獲歸土焉。族之孤寡，酌其輕重而資其薪水，以至戒殺放生，皆出乎心之至誠，初非好名而祈福也。子二人，曰鳳來，曰鸞翔，咸訓之以義方，申之以勤儉，匪若俗之教子，但孜孜以名利為心也。君宅芸齋先生憂，恪遵古制，堅不茹葷，遂有河魚之疾，繼遭母陳太君喪，則疾愈劇。對人常忽忽若有失，卒用是不起。所著書有經史隨筆十二卷，雜錄五卷，詩八卷，而篆隸考異一書，識者以為尤可傳云。

楊易亭曰：予素心之交，不及數人，訒齋其一也。徐子俟齋之歿，託孤於予，其壟也，南枝掾堂共襄厥事，而竭力經營，為將伯之呼，以補予之不逮者，則訒齋之力居多焉。

豈非其風烈固殊乎。惜哉斯人不可作矣。

雜記　　高士奇

直大內，見三異物焉。一小金合，大寸有六分，內貯雕刻牙器百種，如几榻、舟車、盤匜、筆研、投壺、棊局、弦管、升斗、算子之屬，具體而微，不覺手指，用金鉗鉗而觀之。其一鏤象為球，周身百孔，凡九層，亦有七層五層者，以金簪自孔中撥之，圓轉活動，層層相似，又皆刮磨光潔，中藏骰子一枚，丹碧粲然，其外潔白無縫，非有湊合粘連之迹，名鬼工球。其一酒杯，二十有四，由大及小，如窣堵波，高二寸許，鏇木為之，質黃色，有木理，薄如紙，柔軟而輕，噓氣輒可飛動，然能注酒。三者精巧絕倫，雖有離婁、公輸，或亦不能施其心目。不知當時何以搯剔而成，守者曰：此自外國航海來貢，云皆鬼工所作，藏之侈為異寶。今天子曉御宮門，與閣部大臣議政務，退而閒視　兩宮。暇則與諸侍臣講論道德仁義，日研究乎經史，舉凡奇技淫巧之物，不一寓目。曾有以是言者，取觀之，以為瑣屑無當於用，遂棄而置之別所。不然，先生烏得而見之。余曰：大哉聖謨，洋洋也。書有之：不役耳目，百度惟貞。又曰：不作無益害有益，功乃成；不貴異物，用賤物，民乃足。古者聖王臨治區寓，遠近之人非服食器用，不敢以獻。今此三者足稱異物，然皆無益於用，使寶而藏之，天下將必有窺　朝廷之嗜好，競以奇技進者。天子有鑒於書之所言，棄而不取也。

畫壁自序　　范承謨

承謨蓮頭垢面，繫頸攣手，逢　萬壽聖節者三。丙辰三月十八日，肅誠向　闕拜舞，深愧忝生聖世，不克振拔，淪為誤　國庸臣，辱親賤子。乘未灰餘燼，志梗概於壁，俾後之見者，知余不肖不才，所遺不幸也。週余生而庸弱，先太傅督訓嚴切，冀有成立。辛卯春，世祖章皇帝以元勳子選充侍衛，復以年方幼稚，免入直廬，從令在家讀書。大慶賀，入班行禮。是年，詔八旗滿漢子弟有文學者，與漢人一體鄉會試，余得登賢書。明年壬辰，成進士，選庶吉士。甲午解館，授侍讀學士。余病懶性成，常經月不至翰館，而陞轉之階，皮越常次。嗚呼！先皇帝之恩，何以報稱耶。迨先帝龍馭上賓，余浮沉班末，年餘，循資陞學士。時伯兄充浙東援勦總兵官，先太傅左右侍養無人，余復以多病，恐曠厥職業，力求解任，辭至再，始得請。歷三載，廷議撤援勦諸路兵馬，伯兄歸京師。丙午孟秋望日，闔族集東皋，習射飲酒，諸幼年子弟輩賦詩屬對。是日，先太傅顧而樂之，因謂余兄弟曰：吾家世受　國恩，爾等乘年富力強，宜速補官為國家効力中外勿以予老為念申諭再三不意余兄弟罪孽深重先太傅於是年八月初二日棄不肖輩長逝服闋補秘書院學士先是先太傅在日皇帝尚沖齡一日余與同官進內請安上詢曰爾誰氏子爾父何官今在否年幾何余悉具先太傅始末以對上喜曰爾若予耶如此者數回後值朝賀期先太傅入賀上指問左右而不名但曰此非某官乎且稱説祖宗朝往事甚詳左右皆驚為異數余解任後代余者同衆入內上問曰此為誰范承謨何久不見閣臣曰承謨病解任矣此其代者上曰果病耶劇耶病愈尚起用耶對曰病須調理一痊即補上頷之者再先太傅聞宸注如此感激益深因追憶昔年太宗世祖隆恩輒向北流涕不止故亟圖報稱之語時加訓飭次年上親御萬幾余與同輩日侍左右至冬巡撫浙江缺人廷推及余上色喜諭曰浙江東南要地國計民生悉委爾矣可善為之余受命惶悚自顧駑鈍膺茲繁要晝夜拮据寢食不遑而德薄才微政多闕誤以致上干天和旱潦頻仍蟲疫疊降二三年間僕僕山陬水澨勘荒拯災請蠲請賑改折免徵心勞形憊幸聖天子愛民如保凡為民請命之疏雖部議格不行上必駁令再議或徑批如所請行嗚呼不才如謨何幸有此遭遇也久之事益繁食日減舊痾新疾交攻孱軀不得已以病告上憫念微勞准馳驛回京調理維時內而科道外而將軍總督提鎮巡鹽御史及兵民商賈具疏叩閽挽留者日相繼始猶軫恤病臣未即報允後乃允提臣請復留浙年餘余力疾視事不敢少懈會閩督需人時余以他過鐫級例不准列上特簡往任壬子十二月二十五日接邸報是日忽感氣逆之症攻衝五內猝病陡險雖極力調治時減時發遂力辭新命承蒙俞允因請陛見欲面陳病狀上允之入都時即賜召對首詢江浙民生疾苦暨經由諸處光景余悉條奏無隱次即俯問病勢何似獎勞備至親遣御醫就舍胗視賜秘府之方頒上方之藥洵無虛日未幾以薦舉人才一案致詿吏議具疏認罪靜聽處分兼值舉行察典內外官三品以上例令自陳余因又以病告期得罷免藏拙邱園及命下仍令速赴新任御醫回奏又云爆疾稍痊可以理事余感激主知不加斥逐任用彌篤尚安敢辭海疆之險偷衽席之安也陛辭日上曰閩海氛未靖地方困苦已極為天下第一煩劇要地卿廉能素著亦為天下最故特倚任仍賜御衣帽上廐良馬鞍轡迴異常數復命近侍就廷前宣諭曰此朕時刻所御之服解以衣爾如見朕也次日入謝賜宴畢面

辭就道閒關萬里堂上卑衣許國以身不復將此而戀戀君親之心從此與道路俱長矣行至山東界宿羊留店為折臂三公故里其夜賜驥忽殂余嘆息良久知馳驅天末終無功也及踰浙抵仙霞關一望層巒疊嶂瘴霧迷漫險灘怪石奔流急湍中藏猛虎毒蛇磨牙礪爪擇人而噬以故村落荒涼城郭破碎崎嶇甚於蜀道變幻疑於鬼窟履任後諏訪情勢檢閱籍册不覺失聲大呼曰閩疆之敗壞一至此耶大計軍政所以勸懲文武此省豈無廉能循吏知勇干城而使之淪落一官淹蹇萬狀廉吏勇將之心不堪問矣黜幽糾慝么麽充數而貪酷悍妄日惟苞苴是營安享富貴是執柄者與敗檢者之心不堪問矣學校考取人才干請囑賄而寒畯之彥百無一聞是奇才異能之心不堪問矣沿海苦兵火者二十餘年有司加耗重徵敲骨吸髓而蠲免之實惠不沾蠹役之魚肉彌甚是父老子弟之心不堪問矣兵卒荷戈守山戍海負嵎則有虎豹窺伺則有鯨鯢藉其死力以爭此土而糧餉欠至半年廩銀缺額百餘萬呼庚呼癸之兵心更不堪問矣嗚呼海天半壁危如一綫雖智若良平勇如賁舍亦難展足措手而況蕭墻之禍已醖於撤藩哉癸丑冬部臣入境奉旨藩下左右兩鎮歸地方官管轄余與撫臣劉秉政提臣王進功密議欲量落一二營分防他處更勿迫其行庶不至人心驚惶進功始應之而中撓焉必圖盡遣以孤其勢余復密詔之曰此非孤其勢也適迫渙散之軍心驅之附彼也失計非小須稍緩二三月候浙江協餉至補給舊欠月餉再預發兩三月銀米安家然後令彼前往則途次庶無騷擾戍所庶無他虞急之恐倉卒生變進功雖意折仍私自調撥廩催赴戍及擇期報明發餉起伍無何果人心洶洶矣俄而滇逆蠢動風聞嘯聚訛言沸興及停止遷移之差員賫命星至命精忠復綰兵符因得借口操練兵馬暫頓器械從前防撥之形迹催行之舉動豈不徒滋疑貳乎身為邊臣大帥久駐戍行而不察時事不揆人心事未至則剛愎偏執事一至即倉皇失度亦可哀也已至撫軍為全省大吏責任非輕會議之時畧無可否竟若置身局外者不更可嗤耶余不幸不得同心協力公忠為國之寮寀而罹於禍宜也然予亦不因時艱勢危輒敢廢弛政事而不急急收拾人心以為補苴計也故自蒞任來條奏諸疏請速展界者安民也請撥現在協餉者安兵也請將綠旗官兵裁去原額補足者實營伍也請免續投誠進弁許投到有罪安插本處者清山陬海澨也題補城守副將沿海勞弁者叙功苦而激不次之感激報効也報巡歷邊海一帶形勢啟行日期者為欲置身外耶以

備調禦防範也再如頒刊示而准探捕者活溝壑也就彌盜而聯保甲者儲鄉勇也寬林簡修而招撫成者一安投誠一散爲衆也延林燧董生等因時相機者撫海逆也天或假以時日獲奉　俞旨諸事就緒滇鋒一挫閩勢自張而逆謀自戢天乎天乎何竟使余爲誤　國庸臣辱親敗子乎當逆居喪卧病時余每親至弔慰乘間輒諷諭以大義冀感動其心余客稽子留山竊慮之常相告曰昔魏文貞有言曰寧爲良臣毋爲忠臣又語云神龍見尾不見首公其慎之舊弁王天祐等亦謁進曰連日之會輕蹈不測左右多戒心公獨談笑自若竊窺撫提二公中懷叵測不可與語余俱應之曰誠然余非昧於此也然以孤危之身處艱難之際當疑忌之秋唯示之以誠使小人無能乘其隙稍以緩彼之謀圖濟我事至於死生禍福誠不暇計既委身事主父母之身即君之身而云君憂臣辱君辱臣死且予非不知徒死無益但時事如此百無一備同城共處舉動牽制上下左右皆彼腹心雖日日閉門豈其能免耶皆歎息而退督標兵馬向稱精銳聞自李公去世漸次頹靡及余來點閱狼狽不堪名具實亡閩安鎮爲閩省門戶顧任三月餘未遑巡視後見羣情稍安欲量帶數十名兵弁往視形勢而該營將佐方以賑房什物弓箭器械朽壞未整爲辭逆即隨

遣官來言曰邇日民心稍安訛言稍息恐公遠出又復搖動少頃撫軍亦來力阻且爲相約曰某在此久頗能得彼秘密有所聞即來告共圖報効　朝廷斷不能誤乃公事余曰閩安之行不過一視海口非久期長往既諸公止予不行亦可靖藩祖孫父子叔姪兄弟世受天家非常寵遇量無他志若公忠孝自矢肯以　朝廷之心爲心　社稷蒼生之福也語竟心輒戀戀退而不能釋復一客進曰公既不得看海何不因滇寇震鄰以設備鄰封爲辭潛出省令既據上流亦一策也予曰計過矣楚於閩相去遼闊間隔西江風馬牛不相及毋論輕舉貽笑且啟釁端禍不可解不見閩安未果之行乎所攜兵弁爲數有限尚以諸件未備爲辭今往據上流誰與爲徒錢糧軍伍城池人心一無可恃今即不量多寡率爾前往或據延平或據建甯誓死以圖一濟但彼逆念雖久逆形未著倘或疑我據地欲陰謀之激變軍心訛傳京師風聞者糾彈於前按罪者苛繩於後既冒輕出失守之名兼招激變殞滅之禍身名俱喪恥莫甚焉余不爲也三月十五日甲寅天初明逆遣員詣署跪請曰王守制數月未親軍務今海艘遊蕩乘滇南多故萌窺伺心訛言愈熾衆情愈惑今新奉固守地方　勅命不敢以私心廢公事願與諸公會商爲護內防外之策因喪服未釋不便

就教敬遣下員促駕未幾撫軍來約同往詢以所商何事近有何消息但支飾他語雖心竊疑之乃故坦然共詣以示無懼是日愁雲漫漫冷霧漠漠太陽慘淡無光色入逆邸中覺廊廡殺氣不可以目予知既陷虎口勢無退理挺身而前仰天大罵賊衆兵刃環臨重加束縛時一二狼卒有誤持劉臂者逆黨馬九玉急叱曰不干巡撫事東政但俛首無言兩頰微紅而已逡巡閒即揮之去伊惶恐斜趨而出嗚呼痛哉君親倫理滅絕盡已余噴血切齒醜言痛詆欲激怒以速吾死庶幾上酬主德下報親恩乃大罵一日夜求死不得又欲不食死逆每羅列飲食予斥擲之舌敝唇裂齦肉俱腐罵至第八日氣雖漸微聲雖漸細聞者猶狼籍塞耳瞋目怒視又恐余自死環守不懈余身層層縲紲肢體拘攣不能動作惟一息尚存罵聲不已不意延至第九日十日而精神頓復氣之微者漸壯聲之細者漸宏側耳其旁者不以爲恨而反以爲奇嗚呼痛哉豈余當死於刀鋸鼎鑊而不當死於饑哉豈予罪深孽重不能爲朝廷守疆土以致震驚　宸陛毒禍生靈當死於　國法哉當此之時神魂恍惚常見　先皇帝儼然臨於其上先太傅儼然臨於其旁即遠而　太宗皇帝先高祖大司馬余幼所未經身事者亦親承音容笑貌於夢寐之閒悲誨殷勤嘉言慰諭豈

余思念所聚結而爲形哉　天錫神聖默佑余之堅貞憔悴哉約計七百餘日之中着舊日衣帽時歷寒暑從未更換蟣蝨蚊蠅恣其攢嘬蓬垢疾病任其纏綿粥食半盂便可終日逆雖時遣問訊而惡語更加後亦不敢屢至防守者見余刻刻覓死百折不回感動於中多方慰解且爲余言從前羅難時署中賓客親友及家人輩俱一一被執凌逼勸誘桎梏窘辱艱難慘切之狀幸皆忠義自勵視死如歸不爲稍撓而二三婦女婢僕之類又能從容盡義夫婦女子相繼投繯嗚呼痛哉閩之文武大僚平日建高牙擁大纛亦云極一時之赫奕矣而望塵稽顙蒙面圖官保妻子而活賊命者如雲屯霧匝獨余賓客戚友身未邀一命之榮口未占升斗之祿感予區區之意尚能念君父重名節以身殉孤臣即健兒奔走之徒巾幗臧獲之細皆知寸心不二臨難不移聞者得無稍愧乎余以識闇計疏波累貽禍萬死其何恤焉余居畫垣迴壁中罵未已繼之以詩文左右不敢具筆硯乃燒桴存煤畫字墻上其識判太毋者左右旋即塗去前後僅存若干篇彙爲文以存大略俾見者知不肖不才所遭不幸得死不易云螺山兒矜炭筆識壁

鄭醒愚曰洋洋數百言寫出驚天動地心迹此文貞公實錄豈第有光家乘耶

沈華陽傳　　失名

公諱雲祚，字子淩，號岱來，南直隸太倉州人。崇禎丙子舉於鄉，庚辰成進士，授華陽令。時羣寇縱横久，海内糜爛，逆賊張獻忠屢出没於楚蜀之交，所在殘破，揭竿而起者，漫不可制。公初釋褐，萬里單舸，泝江流，犂賊壘，遠令巖邑，慨然有保障全蜀之志。壬午四月，蒞視事，即以計擒誅狡賊秦纘勳等。先是蜀有搖黃賊之禍，秦纘勳者，川東石砫土司秦良玉之族也，潛伏内地，為賊耳目。已并其黨誘執之，寘於獄。夜半殺獄卒逸去，吏請閉城大索。公曰：無張皇擾民，無益也。潛發書土司，授以方畧。土司果擒賊至，悉斷其手足指矣。吏驚以為神。公曰：吾策之審矣。賊踰獄，必以石砫為逋逃藪，秦夫人方以勤寇効節朝廷，詎肯庇纘勳而隳功名乎？於是立決殺之。甲申正月，獻逆破夔門而入，蜀中大震。公知事迫，廣至蜀府請見，欲為王陳守禦之策，不應。而内江王雅信公，公乃欲藉内江得之蜀，往說内江曰：人無愚智，皆知賊勢披猖，成都必及於禍。今蜀府貨財山積，不及今捐之募死士東向殺賊，一旦豕突疆埸，軍民奔逸，誰為王守此府庫乎？愚者欲財而府禍，智者轉敗以為功。蜀中有險可憑，有兵可戰，特患無財可用。誠不愛萬全之賞，鼓勵行間，臣等身編行伍，致死爭先，上賴朝廷威

靈，猶可埽除寇亂，保全家國。不然，拱手授賊，無為也。且獨不見周楚之已事乎？先闖逆圍大梁，周王下令斬賊一級賞五十金，賊以是不克而去。獻逆破武昌，閱楚府私藏，笑其有財而不知用。公以是激内江，内江心動，入為蜀王言之。王内惜金錢，苟幸無事，以祖制難。公見王府擁財不發，大吏擁兵束手，一縣令孑立危城，欲戰守而無蚍蜉蟻子之卒，欲召募而無斗粟束芻之餉，張空拳上下叫號，義舉動掣肘，益至是而知事不可為，不待城亡罵賊之日，已自分必死矣。三月，闖逆陷京師，先帝殉社稷。六月，獻逆破重慶，殺巡撫，乘破竹之勢，鼓行而西，所過無堅城，縱火焚掠數百里，煙焰屬天，漏刃餘民扶老攜幼，號哭道路，西奔者日夜不絶。是月，成都火器局無故火發，燬廬舍，軍民死無算，人情益洶洶，疑肘腋皆賊。蜀藩始懼，悔用公言不早，甫出財佐召募，而賊已水陸薄城下矣。八月五日，御史劉公之渤、總兵劉公佳胤乘城而守，總兵出戰大敗，奔還。賊乘勢急攻三日，城陷，蜀王率其妃嬪自沈井，總兵走死浣花溪。公與劉御史及理刑劉士斗、成都令吳繼善等俱被執，幽於大慈寺。是時賊有衆百餘萬，據名都，雄視全蜀，謂天下不足定，將即偽位，乃遣其黨即幽所饗諸文武，欲降之以備百官，而臨以白刃，賊固屬意諸大吏也。公奮然怒，從衆中躍而起，手擲案大罵逆賊，死萬段，指其口曰：有口食賊肉耳，豈食賊粟哉！公長軀雅度，至是氣憤盈，目光炯射，鬚髯戟張，揎袖指賊，罵聲響撼廊廡，出賊不意，相顧錯愕，奔告逆，遂殺公。時年四十有三。兩劉公亦同日死之。嗚呼！公自聞警以來，已決計於死，而今果死矣。當日法吏戎臣伏節而死者相枕藉，舍生取義，豈獨難一縣令？然是日為縣令而死者，獨有公，則公之死又似不易也。夫人臣之義，未有陷賊而不死者，彼偷生者何人哉！於是而知公為得死所矣。余嘗謁公於華陽，語及寇亂，歎息國論之失於操縱，坐使中原流離，益州天府已殘燬不支，而文法煩密，雖有豪傑，欲自奮不能，國家事正未可知，萬里孤臣，死不知所。語次慷慨，余以為公悲之。至是道路藉藉，果傳沈知縣獨死賊矣。乙酉十一月，義師復雅州，有反正參議郝孟旋道其事，而參將鄒振從賊中來，㮣其死時狀，謂獻逆怒公，揮衆叢刃之，骨肉為醢。始得其詳。聞公妻子尚有存者，余訪得之於九溪山，其戚張士偉以公之子來見，僅八齡。士偉為余道挈公遺孥奔走流離，瀕死而生，且述秦纘勳事，謂公臨事曉暢機宜，發冡洞中獄，要使當日少用其言，不以繩墨束縛之，使得展布四體，先事辦賊，即未能滅賊，必不至為賊所破；縱大勢不可為，亦當如巡遠百戰殺賊，少伸忠臣義士之氣。惜乎其未遂也，相與流

涕久之。士偉，江南奇士，有經濟才，余檄之權洪雅令，能畫策佐軍需不乏，無何死於職，未竟其用，至今惜之。

論曰：余次序華陽公事，而知守節死義之臣，天之所屬意，必有所以扶持於其間也。方賊之斬艾蜀民，搜牢仕宦，數千里埽地無迹，即畏死而降者，往往齮齕不遺，而華陽之寡妻弱子獨能脫其身於刀塗血道之中，雖提攜捍禦之有人，亦天之憫其忠而不忍使之無後也。天步方艱，尚闕褒揚贈卹之典，一旦皇路清夷，訪求死事孤忠，則公之食報於身後者，宜何如其偉乎！第恐其子語焉而不詳，士偉既死而無所傳，故傳其大節以授之，且名之曰世廕，以竢諸異日焉。

鄭醒愚曰：英氣凜然，讀之令人毛髮欲竪。

虞初續志卷八終

廣初續志卷九

啞道人傳　　清　玉蟬鄭澍若醒愚編　　徐岳

啞道人不知其名姓以其口不言書以代語遂呼啞道人道人往來齊魯間久漸有知其生平者云道人少讀書為諸生有聲庠序間以敗檢為學使者褫其衿走遼左從軍其拳勇過人從小校至偏裨後失律應誅亡匿羣盜中摽掠海上久乃遁去隱僻寮道院間遇異人授以修煉之術乞食市中舉動顛狂往往手指其事或書一二隱語多奇中有疾者求之或以藥或以所乞食與之無不愈一日值淮陰司理出道人以一紙投之大約云與生前有緣指點司李心事慕其備一棺于某日化去司李如其請道人遍指諸熟識家訃届期沐浴坐棺中舉手向送者拱揖而逝舉之甚輕若無人者夫道人為諸生則敗檢為裨將則入盜藪是烏足以語道而異人授之超舉之術耶豈所謂放下屠刀立地成佛者固所不論耶及其得道而顛而啞則又濟顛之酒肉寒山拾得之垢污也異人行徑往往有然者

左忠毅公逸事　　方苞

先君子嘗言鄉先輩左忠毅公視學京畿一日風雪嚴寒從數騎出微行入古寺廡下一生伏案臥文方成草公閱畢即解貂覆生為掩戶叩之寺僧則史公可法也及試吏呼名至史公公瞿然注視呈卷即面署第一召入使拜夫人曰吾諸兒碌碌他日繼吾志事惟此生耳及左公下廠獄史朝夕獄門外逆閹防伺甚嚴雖家僕不得近久之聞左公被炮烙旦夕且死持五十金涕泣謀於禁卒卒感焉一日使史更敝衣草屨背筐手長鑱為除不潔者引入微指左公處則席地倚牆而坐面額焦爛不可辨自膝以下筋骨盡脫矣史前跪抱公膝而嗚咽公辨其聲而目不可開乃奮臂以指撥眥目光如炬怒曰庸奴此何地也而汝來前國家之事糜爛至此老夫已矣汝復輕身而昧大義天下事誰可支拄者不速去無俟姦人搆陷吾今即撲殺汝因摸地上刑械作投擊勢史噤不敢發趨而出後常流涕述其事以語人曰吾師肺肝皆鐵石所鑄造也崇禎末流賊張獻忠出沒蘄黃潛桐間史公以鳳廬道奉檄守禦每有警輒數月不就寢使將士更休而自坐幄幕外擇健卒十人令二人蹲踞而背倚之漏鼓移則番代每寒夜起立振衣裳甲上冰霜迸落鏗然有聲或勸以少休公曰吾上恐負朝廷下恐愧吾師也史公治兵往來桐城必躬造左公第候太公太母起居拜夫人於堂上余宗老塗山左公甥也與先君子善謂獄中語乃親得之於史公云

俞老僕墓誌銘　　馮景

老僕姓俞名文金華人少讀書明大誼身長八尺軀幹魁偉廣眉修髯耳長三寸許發聲如鐘為仇家所陷囚於獄吾父出之德焉委身為奴老僕性嚴未嘗見齒憚之然事主謹若老僕析薪姑蔑山家中寒不乏當山行遇虎挺擊之斃人勸勿再往老僕不應其婦哭而牽其裾老僕怒叱曰人生聽命於天乎抑聽命於虎耶絕裾以去時年七十矣予兒時好嬉戲老僕常柔聲規誨予易之不以介意數抽棘為矛與鄰兒十輩戰于園皆蒲伏而歸老僕有子年與予齊亦名之使戰老僕聞詈予數十予始憚老僕從此罷嬉老僕在家日少歸必問予所讀章句誦之熟則大喜以山中五色文石獻予予樂焉每歸自塾釋書於几揖父母起居畢便詣灶下望薪有無以驗老僕至否蓋予年十二猶數望薪老僕一夕醉進諫曰官乎此非弄石時矣日長矣炎去成人幾何不書之愛而石是好蘭溪之石可勝既乎失時不學負老奴矣其聲益微予悲傷其意且心怍遂大奮於學康熙癸丑秋敝廬火老僕年七十九

左擔而趨出於火中者率為人奪去惟老僕不失一物至今又十許年耄矣不能入山析薪猶自扶杖至江干問薪價低昂云老僕在予家三十八年未嘗一日病今丙寅夏臥牀不起聞予自淮歸強起謂其婦曰扶我謁相公老僕於予凡易三稱兒時曰官壯有室則曰郎予遊京師上書當塗名聞天下老僕數曰此真相公矣遂稱至今蓋予自童而少而壯老僕三易稱而予髮益種種矣悲夫老僕享年九十有二沒之日予見薪而泣明日執爨者告市薪予益泣歛之加襚葬於不食之地遂誌之而賜以銘銘曰

其僕則名其實士李元蒼頭略相似

鄭醒愚曰俞之樸勤具有至性他人欲勉為之不能也

記呂尚義破賊事　　李紱

大庾縣民呂尚義世居南源山下其地在大庾崇義二縣之間土田肥美然界連廣東層巒峻嶺山有錫礦礦徒出沒峒老則亡為盜賊剽掠村莊人莫敢居惟尚義結廬其下數十年賊莫能害尚義與妻俱善用鳥鎗發無不中裝攻尤敏十步可放三鎗每遇賊至夫婦二鎗連環不絕歲殺賊無算賊恨尚義刺骨康熙四十年有廣東

萬猴山賊渠藍華率賊二百餘人白日持鎗礮過大庾嶺昌言將往南源殺尚義復仇南安參將營兵莫敢阻拒聞之韓鎮楊鈞隨遣二守備率兵數百人往捕比至南源則賊已為尚義擊敗竄匿山谷矣時尚義妻已沒一女亦能用鳥鎗父女二人共殺賊五十餘人其餘匿山谷者尚未解散官兵以林深箐密莫敢搜捕尚義慨然前行曰第隨我來賊可盡得也尚義鷹目洞徹見遠茅草中有伏賊百步外能見之發鎗即中咸驚起遂踰山以逸官兵環視不敢捕惟得沙礮三位而還崇義高令尚瑛召尚義至衙予酒食賜銀欲署為捕頭大庾令亦欲委之彼此列狀爭于府蓋二縣俱有山賊惟尚義所在則賊不敢犯也尚義俱謝不受委曰吾農民不願充役但兩縣官長為安靖地方計吾所居在兩縣間何敢辭勞南源一帶吾女在可無事其餘兩縣地方但有山賊吾願隨官兵往捕賊聞吾至即逃矣於是兩令大喜厚賜而遣之然廣東礦賊自是役大創亦不復至南安云時鑲紅旗祝公鍾賢為南安守公子兆龍親見其事兆龍與余同在八旗志書館為余言其端末如此余惟古稱弧矢之利以威天下至兵刃既接則有以氣與力為強弱者自明之初年西洋火器入於中國遂為軍中無敵之技雖由基之巧項羽之氣烏獲之力一鳥鎗殺之有餘矣雖然

習其技者貴精主其事者貴勇技不精則手心不相應藉放鈍拙不足以制寇矣志不勇則臨敵倉皇失措往往棄利器為敵用若呂尚義父女二人鳥鎗可連環不絕技已甚精以二人當二百餘人而氣定神閒不為賊亂則勇亦殊絕使天下為將弁者盡得尚義輩效馳驅豈不皆精兵哉兵不必皆精而尚義輩特以山居老余故為太息而記之

鄭醒愚曰具此奇勇通謝不受委品地亦高

書王士俊

袁枚

田文鏡總督河東以不喜科目聞王士俊宰祥符謁田田問出身王眉蹙口澁若為慕不得已者而對曰士俊不肖某科翰林也田以為謝已愈惡之每見嗔喝吹毛索疵王憂懣不食幕府客晏香山高士也被酒大言曰制軍有意相督過將早晚劾公公去無名可惜不如探一有名事去問何事曰今新增河南墾民不能堪公以狀啟田田必據此劾公公雖去公名傳矣晏若姜勝投印依頭出俄乎王漲然之歸稿數千言通牒大府布政使楊文乾心嗛田所為而屈於勢不能言忽得王牒驚曰此何時尚有奇男子耶咐僕焚香供牒再拜遍呈田果具疏劾王楊佯助田怒譏曰狂哉王令知公愴之故借此求名若據彼牒劾奏是落伊度內也且罷止罷官不如姑舍是而別摘他罪中之使轉身不得田領之王感楊恩私誓如父子然亡何　天子擢楊巡撫廣東士俊送出境悲不能自止楊亦泫然曰事未可知何忍遽別姑行一驛乎既又留之曰事未可知姑再一驛乎王自度無全理惆悵相隨忽見北來飛騎擇黃封投楊楊下馬北向九叩首招王曰我乞汝同往廣東　天子許以府道用矣速歸辦裝可也王至廣東投肇高廉道再擢布政司田文鏡卒竟督河東代其任

書魯亮儕

袁枚

己未冬余謁孫文定公於保定制府坐甫定閽啟清河道魯之裕白事余避東廂窺偉丈夫年七十許高眶大顙白鬚彪彪然口析水利數萬言心異之不能忘後二十年魯公卒已久矣予奠於白下沈氏縱論至於魯坐客葛聞橋先生曰魯字亮儕奇男子也田文鏡督河南嚴提鎮司道以下受署惟謹無游目視者魯効力麾下一日命摘中牟李令印即攝中牟魯為微行大布之衣草冠騎驢入境父老數百扶而道苦之再拜問訊曰聞有魯公來代吾令客在開封知否魯謾曰若聞云何曰吾令賢不

忍其去故也又數里見儒衣冠者簇簇然謀曰好官去可惜伺魯公來盍訴之或搖手曰咄田督有令雖十魯公奚能為且魯方取其官而代之肯捨己從人耶魯心敬之而無言至縣見李貌溫溫奇雅揖魯入曰印待公久矣魯拱手曰觀公狀貌被服非豪縱者且賢稱噪於士民甫下車而庫虧何耶李曰某滇南萬里外人也別母遊京師十年得中牟借俸迎母母至被劾命也言未畢泣魯曰吾暍甚且湯浴我徑詣別室且浴且思意不能無動良久擊盆水誓曰依人而行者非夫也具衣冠辭李李大驚曰公何之曰之省與之印不受強之曰毋累公魯擲印鏗然厲聲曰君非知魯者竟怒馬馳去合邑民焚香送之至省先謁兩司告之故皆曰汝病喪心耶以若所為他督撫猶不可況田公耶明早詣轅則兩司先在名紙未投合轅傳呼魯令入田公南向坐面鐵色盛氣迎之旁列司道下文武十餘人睨魯曰汝不理縣事而來何也曰有所啟曰印何在曰在中牟曰交何人曰李令田公乾笑左右顧曰天下摘印者有是耶皆曰無之兩司起立謝曰某等教勅亡素致有狂悖之員請公并劾魯付某等嚴訊明其情弊以懲餘官魯免冠前叩首大言曰固也待裕言之裕一寒士以求官故來河南得官中牟喜甚恨不連夜排衙視事不意入境時李令之

民心如是士心如是見其人知矜節故又如是若明公已知其然而令裕往裕沽名譽空手歸裕之罪也若明公未知其然而令裕往裕歸陳明詔公意旨庶不負大君子愛才之心與　聖上孝治天下之意公若以為無可哀憐則裕再往取印永遯不然公轅外官數十皆求印不得者也裕何人敢逆公意耶田公默然兩司目之退魯不謝走出至屋霤外田公變色下階呼曰來魯入跪又招曰前取所戴珊瑚冠覆魯頭歎曰奇男子此冠宜汝戴也微汝吾幾誤劾賢員但疏去矣奈何魯曰幾日曰五日快馬不能追也魯曰公有恩裕能追之裕少時能日行三百里公果欲追疏請賜契箭一枝以為信公許之遂行五日而疏還中年令竟無恙以此魯名聞天下先是亮儕父某為廣東提督與三藩要盟亮儕年七歲為質子於吳吳王坐朝亮儕黃裌衫戴貂蟬侍側年少豪甚讀書畢日與吳王帳下健兒學擊劍勾撕盜賭跳之法故武藝尤絕人云

鄭醒愚曰奇人奇事得此妙文傳之可稱雙絕

女李三傳

胡天游

女李二者河南鹿邑縣人也父某單貧業田嘗以隱事與邑大豪相恨豪陰謀殺之使客陽與飲召之酒而毒以飲遂發病心知豪所為將死女從母泣於前某齘齒切叱曰若何泣若非我子也且吾為人殺幸有兒俟壯或行能復仇若眇矛兒稚後無望也吾恨終不吐矣女時年十餘聞父言晝夕憤悲時時蓄報豪志比數歲稍長日祈鬼神往祝某墓願魂魄相助挾利刃候道上期乘便刺豪豪出入乘馬從僮奴彪彪然勢不得逞乃匄人為詞屢愬有司大吏咸徧列於官者三年矣一人無肯白其事者女甚恨曰此曹雖官人實盜耳徒知掊金錢取醉飽何能為直冤痛者乎遂辭其母當呼枉京師鹿邑道京師二千里女孫弱無相攜挈慷慨行暮託逆旅逆旅主人或怪其獨來疑有他固不內則潛伏草間既至將擊登聞鼓自訟數為吏所閼以陳於刑部與都察院交格之一如有司大吏之在河南者久之會有新任令於鹿邑者頗強直任事女聞乃走還令方升車出遮前大呼且涕且陳伍伯箠驅不能動令以某死深歲月且無驗意其未信更詰得死時語及奔京師狀乃為受牒縛鞫客與豪皆自窮服昔者荆平王既殺伍奢子胥亡之江東卒覆楚國而鞭平王之屍李嵩戕蘇謙子不韋變姓名穿室掘冢以刻其報然必藉闔廬之威兄弟賓客之助若夫窮特孤露挾持羸困冒觸忍愧以終立乎事無殆乎志然則子胥之謀非足以為勇不韋之奮非足以為烈也緹縈沈痛而上書曹娥憂思而沉江或有揚刃於都亭或假傭庸以襲仇其赫爾者於世其於古何如也今已論正豪罪未即洩豪死牢戶中豪家滋憎女甚構宣謗詞以為嘗受汚有邑公子獨心知女賢請聘之其母與長老姆媼皆勸之行矢不許及母卒殯埋悉召宗族親戚里隣告之曰吾痛父見害楚毒幾十年幸得雪仇而名為人垢忍不早就死者傷無兄弟終奉老母今吾大事已其將有所自明室而掩之遂自絞也於是豪子暮拍之突視其面凋猶生然將舉刃斷之有血激諸口類噴怒者豪子駭仆不能動左右亟扶負歸亦竟得疾以死女死康熙中至今且五十載歲戊午予居長安始聞感當世無能文章揚洗昭暴之使家說戶唱相有爭勸乃撰述其事歌而系之

毛生

樂宮譜

前明熹廟時天下多故盜賊充斥錦帆綠林之徒所在多有洪州數舉子入都挾資頗重道淮徐之間一少年求附舟叩其所自自云施姓蓋亦應春官試者為獨行恐盜故來語作吳音窺其行李衣冠似是烏衣子弟既入舟取筍中佳茗煎以江水遍飲同袍俊語名談傾一座眾皆悅之以為良友恐不得當也已而江岸夕陽亂流明滅孤舟泊蘆葦間少年進曰江天暮景殊佳某有短笛願為諸君一奏遂撫管倚蓬吹之悠揚數弄直使魚龍驚飛魑鬼欲躍眾皆擊節曰桓伊李牟今復生矣語未畢忽一豪客躍入舟中持一鐵柄傘奮擊少年墮水死呵曰忤奴不丐食村落來此奚為眾視其人形容怪偉鬚髮林林如蝟戟皆駭極仆跌結舌重呼曰賊賊客曰公等非赴試者耶曰然有重資耶曰有之願獻賊賊毋殺我客哭曰余不殺賊賊真且殺公適吹笛者是也眾皆起謝客曰賊眾且悍夜將報余畏者可暫去前三里村高翁店一宿無患也不畏者留更看余殺賊於是去者半留者半客戒留者先寢聞呼則起視自引酒狂飲連飛數十觥不醉飲罷取鐵柄傘枕之臥鼾聲如雷眾假寐俟之夜半忽聞客呼曰賊至矣挾傘踞船頭時月黑星繁微辨人影一賊持刀斧客曰若殺我弟我今取若頭客不答即舉傘格之賊應手而仆刀斧環進客從容揮傘呼呼作風聲與蘆葦瑟瑟相應賊左右撲刺落水餘賊奔逃客已奪得賊弓矢連發射之盡告觀者股栗汗流浹衣裾客忽挾傘入艙坐神氣瀟然眾酌酒勞客復飛數十觥掀髯請眾曰公等窮年咕畢足跡不出三里外寧知世路之嶮巇哉眾唯唯又曰國家求才恃甲自維有其具利焦尚平乎甯坐家頒弄佳子毋以之毋之[illegible]

飼虎狼之口也。今第行無畏。衆羅拜曰。向者不敢啟問。今將軍沾我恩厚矣。願聞姓名。以圖報效。客悉扶之起。乘伞扣舷曰。余亦舷將軍。亦無姓名。亦不望報。吾去矣。一躍而逝。既而春闈。一舉子逢客於號舍。心訝此君能挽兩石。乃復能識丁字。真異人也。趨前問無恙。客睨視若不相識。亦不即答。入號熟寢。窺其舍。鐵硯珮管各一。別無長物。初不敢呼問。客直睡一晝夜不少寤。次日午晌。舉子文已畢。將繕寫。心德客慮其沉睡將不克終卷。欲以己餘勇賈之。遂呼客。客大恚曰。豎子敗吾事。斷送會元矣。舉子踧踖不知所對。既而客嘆曰。毛生毛生。豈非命也夫。千金之璧。當首貢玉。廷安能隨行逐隊。自居牛後。為渴睡漢揶揄哉。今以吾文與公。可獲亞名。亦不負公數千里冒險跋涉也。索紙書之。風行海湧。三藝立成。擲於舉子之前。曰吾去矣。即挾空卷投有司。稱疾而出。舉子閱其文。允稱傑構。書法亦矯健非常。嗟嘆不已。因棄己作。書客文以進。果成進士第二名。

非非子曰。余聞鄉先生述毛生事甚悉。惜失其名字。嗟乎。天地奇氣。必有所鍾。畸人傑士。宜不絕於世。顧有幸有不幸。斯隱顯異焉。使毛生建高牙。擁大纛。虎帳鷹揚。立功萬里外。則班衛之勳。豈多讓哉。即不然。以彼其文。掇巍科而冠多士。秉筆詞翰之林。亦足與枚馬鄒楊爭烈。何至霧豹雲龍。首尾不詳。若是哉。昔宋景濂錄秦士。余紀毛生文。雖不逮。有同慨云。

老僧辨奸　　沈起鳳

嚴分宜未貴時。與敝府王公讀書菩提寺東院。一日同閱荊軻傳。至樊於期自殺處。嚴曰。此騃漢也。事知濟不濟。輒以頭顱作兒戲耶。遂大笑。王曰。烈士復讐。殺身不顧。志可哀也。遂大哭。又閱至白衣冠送別時。嚴復大笑曰。既知一去不還。適復遣之使去。太子丹真下愚也。王又大哭曰。壯士一行。風蕭水咽。擊筑高歌。千古尚有餘痛。繼閱至囊提劍斫其踞高罵。嚴更笑不可仰。曰是真不更事漢。不於環柱時殺之。而乃以婦罵了事。主更涕泗沾襟曰。豪傑上報知己。至死尚有生氣。銅柱一中。祖龍亦應膽落。一時哭聲笑聲。喧雜滿堂。一老僧傾聽久之。嘆曰。哭者人情。笑者真不可測也。二十年後。忠臣義士。無遺類矣。後王官中年縣令。頗有政聲。而嚴竟以青詞作相。專權誤國。植黨傾良。為明代奸邪之冠。老僧預知之。而不能救。殆佛門所謂定劫歟。

鐸曰。傳言愚忠愚孝。有旨哉。古之亂臣賊子。皆聰明絕頂人也。是故不重才而重德。

新會兩生傳　　車騰芳

阮大年者。明季新會諸生也。少落魄不修邊幅。在諸生中亦無所知名。獨事母孝。母歿。負土成墳。日至墓所。旋繞而哭。三年以為常。甲申歲。聞神京陷。崇禎殉國。即慟哭不食。久之乃食。或謂之曰。聞賊入京城。諸肉食者皆乞憐馬蹄下。得美官。子獨何為。曰。嗟乎。此予所以欲死也。即日為號召其鄉人。欲以舉事。逾數月無應者。乃駕扁舟走厓門。哭於楊太后廟中。沿涯蛋民聚而觀之。皆為感泣。生為陳說忠義。諭以舉事狀。即皆應曰諾。願從君所為。生知其可用。乃徧閱漁舟。可百餘艘。人可四百餘。衆乃復為約。令卜日與俱屆期。而李生適至。李生者。名子俶。亦新會諸生也。素謹厚。家故饒。值歲洊饑。出粟以賑。鄉人德之。比聞國變。乃率其鄉人。書大行皇帝為位。以哭於家廟中。遠近來觀者。皆感泣下。拜生曰。自高皇帝創業以來。迄今垂三百年。我等祖父子孫。皆食其福。生為明民。死為明鬼。不亦可乎。中有壯士三十餘人。振臂前曰。苟君舉事。有不從死者。非人也。生曰。盍書名。於是旬日間得五百餘人。是時新會巨盜聚夥崑崙山中。時出肆掠。生使人往招之。則皆如約。合之得千六百餘人。生乃毀其家。具舟筏。備芻糧。刻日偕赴。及聞阮生在厓門。欲過與俱。初二子素不相識。及相見。抱持大哭。一時旁觀者。皆髮指。皆觀憤不欲生。生曰。今留都擁立有年矣。盍往赴之。

衆皆如約。乃從海道進發。至中途。颶風大作。覆溺漂散者幾半。遷延久之。將及崇明。聞留都已敗。諸從行者亦稍稍散去。兩生知事不濟。獨與數十人反其鄉。比聞台州監國。而閩越互相水火。皆策其無成。故未動。居久之。聞黎遂球舉事贛州。聲頗振。決往從之。乃與家人訣。時左右無一人從者。獨二子攜持同行。踰度關下。贛水竭。黎於軍門外。時遂球軍令戒嚴。為其鄉人也。見之即問兩生來意。對曰。欲從公覓一死所耳。遂球以其言不利。姑置之未幾。我　大清兵南下。城陷。遂球遇害。二子各持短兵。力刺數人。皆死於亂軍中。

論曰。予側聞新會兩生事。野史所不載。詢之故老。罕能言之。方忠愍公與難時。有蒼頭某者。自軍中逃回。後至八十餘歲。每為人言兩生死事狀甚悉。而新會阮又咸大年族子也。亦能記兩人起事時事。皆歷歷可信。夫二子者。可不死也。乃決於一死。死而人莫之知也。悲夫。

楊孝子傳　　毛奇齡

嘗讀典例。無有以刲臂割肝旌孝子者。故西河出游。人以刲臂事屬傳。必謝之。或不得已稍見之雜文。如題吳門沙孝子卷。如新安程鄉人事母狀。如為京口汪將軍記事如錢塘方氏母子五人節孝錄序。而獨於上海楊孝子則不然。孝子名文蔚。本浙之上虞人。其父榮生官在明天啟間。隨其所親宦上海。而家之。康熙丁未。父病時年八十七。孝子走廁偷嘗其糞甘。號於天。請身代不得。竟死。越十年。母病見血中死法。醫者凡數輩。皆前後相顧去。孝子獨念父危死不救。今復然。生男何為也。世已無鍼石爍灼。豈湯膳亦告絕者。闔戶。剚左臂以其肉襍饘汁進之。三淺三進。母初進而體下。再進而汗津以去。三進而愈。時康熙丙辰九月二十一日。又二年戊午。上海令任君廉其事。請告之臺。將奬之。孝子泣曰。是欲重我以迕德也。且予何如人。其敢以迕德越典例。再拜固辭。固強之不受。乃為之題其門曰以身壽母。而請西河為之傳。西河氏曰。予兩過上海。未得訪所謂孝子者而見之也。予友丁明府曾與之游。每盛稱其人謙而和。恭而能容。輕財好義。而不自放於俠烈。人以孝稱之。必變色蹴踖。却不受。每朔吉必詣城隍祠禱之。願減年以益母年。然秘不令諸兄知。若惟恐以獨行傷兄意者。方母病時。體羸甚。又年高將逾八十。耄而瞶。以為不療。即療必不能康強如平日。乃既愈又健。皆眙愕不知所為。丁明府曰。孝子將剚臂。束臂以兩麻。令肉墳起。然後迫噬之而脫之以刀。故其創甚鉅。骨露凡一百二十日始合。創人不知也。又曰。初以臂肉鉅雜饘進之。揚其膏令竭。屢進屢竭。今所餘臂肉。猶有重至八銖外者。嗟乎。孝已別有雜贈時文卷。附傳後。

鄭醒愚曰。孝欲令人知。必不能為此苦孝也。楊孝子之所以獨有千古也。

張獻忠降生記　李調元

李祖惠言。延安府膚施縣有林生者。縣之柳樹澗人。家貧苦讀。試輒不利。舌耕於金明驛之東土橋。遺妻守舍。紡績自給。塾去家兩舍。一日歸省。未至家。天已昏黑。愁雲密布。少頃大雨如繩。遂避雨於道旁古廟中。廟三楹。牆垣倒壞。無住持。中有神像一座。金衣剝落。神前有破香案。亦欹斜將圮。意待雨少霽即行。而飛霖愈猛。雷電交作。遙望村火點點。簷外泥深三尺。跬步難行。無如何。遂生於香案下假寐。忽見兩廊人夫喧闐。騶子奔馳。洒掃增道。旁有大廚。豕羊羅列。宰夫數十百人。鸞刀縷切。堂上燈燭輝煌。龍文鳳綺。供設甚盛。中一人緋衣平天冠。似王者規模。指點手下安排几桌。結綵張筵。旁列鼓樂。似人間地方官伺應上司狀。探馬卒絡繹不絕。閙擾之聲。爆火之光。徹內徹外。少焉忽有飛報者。云煞星下界矣。緋衣人即踉蹌趨出門外。祇候甚恭。林生亦從稠人中遙望見雲端冉冉。一簇人馬擁乘輿飛奔而下。兩旁皆仙娥嫂

婇環夾左右。笙簫縹緲。響遏行雲。漸漸前導至前。緋衣人又疾趨數武。至道旁拱立。貌益恭。乘輿忽墮廟外。喝騶輿中走出一人。赤髮藍面。巨齒獠牙。猙獰甚。即大步入。緋衣者謹隨後至大廳。赤髮人直上座。略不飲讓主禮。緋衣參揖後。即趨側席陪坐。赤髮人坐定。即拍桌呼曰。飯來飯來。莫悞我事。緋衣人即呼階下數十青衣舁餐盤而上。珍羞羅陳。大率皆人間未有。其隨來人眾。俱有供給在兩廊下。一時鼓樂齊鳴。歌舞畢備。饌畢。又青衣數十爭上徹席。緋衣避席拱立言曰。今日星君下界。雖奉上帝勑旨。亦萬民劫數。但職系東嶽。以好生為心。伏乞十分中暫留殘喘三分。則所德非淺。言訖。又復恭聽。赤髮者初聞若怒。既見上下俱欵洽隆至。有赧色。微頷首而起。大步出門外。隨者皆擁護。緋衣人仍送出旁候。乘輿一片光明。望之投已杳中而沒。林生牽從緋衣侍者密問之。此何人。答曰。汝學生也。一驚而醒。則身猶在香案下。東方已白。簷溜漸稀。雨已晴矣。視廟榜。乃東嶽也。遂趨步歸。至家。妻啟戶出迎。林生見桌上盛喜雞子一盆。問之。妻答曰。昨晚比鄰張嫂誕子。所送也。林生異之。後五歲。張翁送其子入塾從讀。改名獻忠。年餘不能記一字。翁遂使牧牛。又無賴。往往從牽兒撲戲。及長。漸為狗偷。充本縣快手。不數年為流賊。林生老猶在焉。

徐靈胎先生傳　袁枚

乾隆二十五年。文華殿大學士蔣文恪公患病。天子訪海內名醫。大司寇秦公首薦吳江徐靈胎。天子召入都。命視蔣公疾。先生奏疾不可治。上嘉其朴誠。欲留在京師效力。先生乞歸田里。上許之。後二十年。上以中貴人有疾。再召入都。先生已七十九歲。自知衰矣。未必生還。乃率其子爔載楄柎以行。果至都三日而卒。天子惋惜之。賜帑金。命爔扶櫬以歸。嗚呼。先生以吳下一諸生。兩蒙聖天子蒲輪之徵。巡撫司道到門速駕。聞者皆驚且羨。以為希世之榮。余舊史官也。與先生有撫塵之好。急思采其奇方異術。奮筆書之。以垂醫鑑而活蒼生。倉猝不可得。今秋訪爔於吳江。得其自述紀略。又訪諸吳人之能道先生者。為之立傳。傳曰。先生名大椿。字靈胎。晚自號洄溪老人。家本望族。祖釴。康熙十八年鴻詞科翰林。纂修明史。先生生有異稟。聰強過人。凡星經地志。九宮音律。以至舞刀奪槊。勾卒嬴越之法。靡不宣究。而尤長於醫。每視人疾。穿穴膏肓。能呼肺腑與之作語。其用藥也。神施鬼設。斬關奪隘。如周亞夫之軍從天而下。諸岐黃家目瞠心駭。帖帖讋服。而卒莫測其所以然。蘆墟迮耕石臥病。六日不食不言。目炯炯直視。先生曰。此陰陽相搏證也。先投

一劄須臾目瞑能言再飲以湯竟躍然起嗜曰余病危時有紅黑二人纏繞作祟忽見黑人為雷震死頃之紅人又為白虎銜去是何祥也先生笑曰雷震者余所投附子霹靂散也白虎者余所投天生白虎湯也近驚以為神張雨村兒生無皮見者欲嘔將棄之先生命以糯米作粉糝其體裹以絹埋之土中出其頭飲以乳兩晝夜而皮生任氏婦患風痺兩股如針刺先生命作厚褥遣强有力老嫗抱持之戒曰任其顛撲叫號不許放鬆以汗出為度如其言勿藥而愈商人汪令聞十年不御內忽氣喘頭汗徹夜不眠先生曰此亢陽也服參過多之故命與婦人一交而愈有拳師某與人角伎當胸受傷氣絶口閉先生命覆卧之奮拳擊其尻三下遂吐黑血數升而愈其他如沈文慤公未遇時胗脉而知其必貴熊季輝强壯時握臂而知其必亡皆所謂視於無形聽於無聲者其機警靈速皆此類也先生長身廣顙音聲如鐘白髮偉然一望而知為奇男子少時留心經濟之學於東南水利尤所洞悉雍正二年當事大開塘河估深六尺傍塘岸起土先生爭之曰誤矣開太深則費重淤泥易積傍岸泥崩則塘易倒大府是之改縮淺短離塘岸一丈八尺起土工省費而塘以保全乾隆二十七年江浙大水蘇撫莊公欲開震澤七十二港以洩太湖下流先生又爭

之曰誤矣震澤七十二港非太湖之下流也惟近城十餘港乃入江故道此真下流所當開濬者其餘五十餘港長二百餘里兩岸室廬墳墓以萬計如欲大開費既重而傷民實多且恐橋泥倒灌旋開旋塞此乃民間自濬之河非當官應辦之河也莊公以其言入奏　天子是之遂賦工屬役民不擾而工已竣先生隱於洄溪矮屋百椽有畫廊泉小橋流水松竹鋪紛登樓則太湖奇峯鱗羅布列如兒孫拱侍狀先生嘯傲其間人望之疑真人之在天際也所著有難經經釋醫學源流等書凡六種其中鍼刺利弊剖析經絡將古今醫書存其是指其非久行於世子爔字榆村儀易有父風能活人濟物以世其家孫垣乙卯舉人以詩受業隨園門下贊曰記稱德成而先藝成而後似乎德重而藝輕不知藝也者德之精華也德之不存藝於何有人但見先生藝精伎絶而不知其平素之事親孝與人忠葬枯粟乏造修輿梁見義必為是據於德而后游於藝者也宜其得心應手驅遣鬼神嗚呼豈偶然哉猶記丙戌秋余左臂忽短縮不能伸諸醫莫效乃抱舟直詣洄溪旁無介紹惴惴然疑先生之未必我見也不料名紙一投蒙奓門延請握手如舊相識具雞黍為歡清談竟日贈丹藥一丸而别故人李蓴溪迎而笑曰有是哉子之幸也使他人來此一見費黃金十

笏矣其為世所欽重如此先生好古不喜時文與余平素意合故采其嘲學究俳歌一曲載詩畫中以警世云

鄭醒愚曰傳其人之藝並傳其人之遭際根本學術經濟敷施受恩生新照耀人耳目筆曲而達仍復博大昌明絶不膚泛末段綺散餘霞峯青江上尤適如其分量焉

虞初續志卷九終

虞初續志卷十

清 玉虹鄭澍若醒愚編

諸君簡畫記 毛先舒

杭之中稍東曰豐樂橋橋稍東曰古橘園故宋之橘苑也苑廢久種橘已盡惟有古銀杏兩株盤輪扶疏疑為宋故物云園有主焉諸君君簡君簡少好畫又學篆刻喜何震陳琮刀鐫時時見古法然不甚自貴愛獨深愛畫嘗自稱先君子博學遊藝尤喜翰墨與華亭董宗伯其昌趙文學左為客交自其為童子時旁侍觀兩公用筆墨揮寫入妙蒼秀淡淹董稱最工空濛瀟瑟趙為之冠兩公分間互相放寫終不能自掩其真也君簡既好畫日取兩公畫及諸家所作玩之久而融然化裁臻微予聞問君簡于此畫法誰氏君簡笑曰吾且忘吾手安知誰法予聞而憮然不復知所問矣大體得法于古人不必以甚似為工蕭遠疎逸絕蹊逕矣君簡先世多顯官尊君伯茂公豪賢多貲至君簡而日貧君簡不知貧惟日弄筆墨自娛客過索畫君簡即與畫然持錢來者甚少君簡亦恥役手為金錢或持錢贈君簡君簡便受之午突無煙君簡得錢即酤酒坐待所與客者過引壺斟酌醉而後已君簡交不濫不黷游好三四人周旋久之義亦彌篤室處委巷起居于于爾夫君簡身不習宦非逃者也畫不為售非藝者也交不干上非為名者也吾於君簡不知所以名之雖然豈其無得於中而能若是與歲既暮銀杏葉方落矣不知近客來亦多遺錢否吾當過與君簡坐枯樹而飲

天婚記 徐岳

山右有羊子壽者羊叔子之裔也子壽之祖年三十未有家室牧羊山中里人以其誠實有願為之婚者彼力曰德容兼備而復厚奩資者娶之聞者莫不竊笑時隆冬南風大作瓦石俱飛墮一婦于庭姿容絕艷衣飾縞素自言蔡氏女父母俱亡家在真定之平山縣頃見我亡母云與此處羊郎行十三者有姻緣挾我至此倏失我母人咸異之真定至汾幾二千餘里瞬息飄至洵屬天緣衆為釀資諧伉儷焉客有戲十三者曰佳人之德容備矣百兩之將關山修阻風姨不能致奈何女聞之曰我家固巨商有金窖於都門室中我父母相繼淪亡不及發尚有老僕居焉今我與俱往窖金十萬有奇皆可得也奩資不亦厚乎擇日往僕已死惟嫗存焉告以故遂盡取地下物即貫於京今子若孫以百指稱富室云山東新城王氏累世科甲至今不絕

嘗見其先立峯民部大槐記載曾祖某避難新城為傭一日大風晦冥一女子從空而墮問即萊州初氏女也晨起取火不覺至此蓋頃刻而五百餘里矣主人以為天作之合結為夫婦今之濟濟拭拭於仕途者皆初之所出也

鄭醒愚曰既得艷妻復成巨富今之作此非非想者多矣惟未知有一人能如願否覽此浮一大白

王山傳 馮景

王山者歸安縣重潮村人生六歲其父鬻於婺人范堯章為奴堯章旅寓菱湖侍山有恩既而堯章老益貧山壯未有室為主經營生計旦夕盡瘁不私錙黍堯章甚誼之病革謂山曰若苦矣我妻我子不逮若之事我勤我病累月若衣不解帶目不交睫眼脂糊兩匡而炊藥不衰若苦矣我還若賣身券我死聽若所之山泣對曰奴六歲事主於今四十年恩猶父子奴之去留不在券也堯章歎息良久曰雖然子苦矣以吾終還子券矣遂還山券而沒山竟留不去傭庖取直以供主母堯章僅遺樓樓二間棺停其中未葬鄰火發將及樓時水涸風烈烟焰蔽空山趣主母幼主亟去主曰如柩何山曰山力能出出之不能則與柩同燼矣遂閉門拒火撫柩呼天火燎檐山以盱水仰澆之俄而風迴火熄是夜焚者三百家范氏樓獨存康熙癸酉仲春事

馮子曰昔蔡順母棺未葬火逼其廬順伏棺叫天火遂越燒他室長沙孝子古初父喪未葬鄰人失火初匍匐柩上以身扞火火為之滅今又於王山見之矣

鄭醒愚曰山一僕耳乃撫柩呼天願與主同燼則視蔡順古初事為更奇

無名生傳 車騰芳

無名生不知何許人遇甲則曰某姓遇乙則又曰某姓人終莫測也嘗寓止維揚閒所至攜一襆被書一囊僦室而居亦時賣藥市中與之言佯諧散誕絕口不言時事日不火食惟市胡餅數枚食已即臥夜起讀書讀已輒哭居人厭之故所居恆不踰月輒他徙甲辰歲予將北上夜泊舟於無錫之梛塘渡旁有小屋數椽燈光隱隱出林表更闌復聞讀書聲不辨其為何書也夜將半聲轉淒切已而大哭予心奇之擬次早蹤跡其人及旦而舟發遠矣明年自京還復經其處詢之土人言去歲有某生寓此過夜輒哭未幾辭去莫知所往予益奇之比抵家又踰年適杜子蘅若來自江陵遇予羊城寓舍偶及善哭生事則於去年秋寓止焦山寺中為寺僧所逐夜半攜書數卷自沉於江越數月有虬髯老叟黃冠布衲渡江訪之詢知已死乃乘棹江上

溯洄竟日是夜泊舟江岸隣人頌之若哭若笑復為詩朗吟數次投詩於江挐舟而去亦不知其何人也杜衙若云

趙孝子傳

胡天游

趙孝子名萬全者父應麟明天啓中為儒生貧不自得託教授去游四方時生孝子甫晬應麟出與家人約後數年即當却歸迨久絕無有問其去留者孝子長十餘歲依於母母勤勵機紝教使讀書孝子數從問父何在返今何在也母持之泣且曰兒省憶而父甯使父得歸卒撫爾乎孝子撫案大痛即時時約飲飯夢卧不肯白汝未幾年十九請其母曰曩兒願往求父母徒憫兒幼勿欲許且今稍長能勝計疾行毋顧日月幸必奉父還始應麟以困罷甚艱從他方游且得富貴久客益留歷挫阨懷皇帝末劇盜攻陷京師天下大潰烽戈棘道路游客者多不得歸應麟自侘悒失又弱無他資竟轉徙遠郡以歿棄其家二十年矣孝子既獨行求父蹤淮南北遍齊魯營蓟環燕穿楚豫迹秦隴寸寸偏噗虎嗥怪之場無不涉所值雖馬傭沽保浮屠術師販負役人歌呼索食者潛察毋敢忽慮其父之或遁於是也晝從人哺糜再日屢不得食嘗荒險危毒費五六年髮肉毀脱易黝然槁瘠然終已不過心疑應麟死

視骸骼之殘委溝野者輒自劃指出血漉漉之堅不入乃捨去復跽號於塗初孝子將出懼已不審父狀且未即得則張牘書應麟名備鄉里年歲容貌揭於背以行久之趣往馬邑馬邑故山西邊且兵燹久湖計父老無足知訊痛自傷罔度所為既而旁皇邑中遂已不得去張文義者縣人也聞之慨然遽曰豈為趙君兒乎亟走來視問其雅故會幡誦所書牘良契文義趣萬生過我勉具容吾幸識而翁昔亡自兵中道何從來餘五十年顧耄老即無所寄食窮歸我常為我投書甚適方且哀其旅死也而槨封之高不及馬腹手表之木亦拱于原得亦子矣孝子聞若言擗地慟奔之窀所號血絕仆不肯起須後復者數焉已太息曰吾初誓求父要期生迎使還天實靳我必勿使克雖然固甚不安于藁痛若罷腰脊庶招魂魄歸猶或必解吾母竟裹應麟骨步負以復于其家馬邑人爭來聚觀為泣下少留之不可孝子既歸日緩號躬鋤塊築墓時時悲哀望思顧甚貧亦不敢更出復託教授供其母極勞且勤母亡與應麟終得合葬舍于墳三年以康熙己巳歲卒後四十餘年郡縣有知其事者為狀于開府上之朝表萬全異孝詔祠之廟賜金俾壕石而旌其門

鄭醒愚曰皇天不負苦心況孝子乎孝子之突遇張文義得裹父骨以歸非天而何

書譚半城事

陳祖范

譚照字儒溪弟曉字鎮川邑東里人也家世耕讀兄弟友愛照持門戶而曉用圭頓之術治生殖產財至不訾曉無子病將死其女壻徐生陰圖利之曉不可曰宜為吾後者兄之次子培也在外人曷與焉曉既死照念弟以纖嗇辛勤起家己掩而有之義勿忍又培好少年激嬉之習非克家子不欲令蕩廢叔父業而培亦旋死居頃之適倭寇張甚颶風一日踔數千里直抵吾邑居民無藩籬之限將盡殲焉衆惝懼議築城以禦括公帑募私索僅充其費十之五邑之大夫士民咸張目拱手計無所出照聞之躍然起曰吾財有所用之矣盡籍其藏得四萬餘金獻于官城不三月而工畢一邑獲保障無虞而照竟為貧人以老至于今照曉兄弟之名與崇墉相敝設使照無此舉其財亦未必能貽之三四世不竭也曉推其財以與兄兄用其財而義于邑以揚其弟之名而已亦與焉可謂奇士也已其事在嘉靖甲寅年

鄭醒愚曰世之爭產爭繼至控訐不休者見此友愛兄弟實當愧死

片言保赤

沈起鳳

錢塘袁公簡齋為先大父同譜由翰苑改授上元縣令風骨錚然不阿權勢引經折

獄有儒吏風時民間娶婦甫五月誕一子鄉黨姍笑之某不能堪以先孕後嫁訟其婦翁越日集訊於庭兩造具備觀者環若堵牆公盛服而出向某舉手賀某色愧俯伏座下公曰汝婦愚可謂得福而不知者矣繼問其婦翁汝曾識字否對曰未也公笑曰今日之訟正坐兩家不讀書耳自古白鹿投胎鬼方穿脅神仙荒誕固不必言而梁嬴之孕逾期孝穆之胎未降有速有遲載於史冊總之逾期者感氣之厚生而主壽未降者感氣之薄生而主貴主壽者若堯年舜祚爾等諒亦習聞主貴者不必遠徵即如僕亦五月而生雖甚不才猶得入掌詞垣出司民牧謂予不信令汝婦入問太夫人可也某唯唯即命婦抱兒入署少選兒繫鈴懸鎖花紅綉襖而出婦伏拜地下曰蒙太夫人優賞許螟蛉作孫兒矣公正色謂某曰若兒即我兒幸善視之他日功名勿使出我下可耳繼又顧衆笑曰爾衆中有明理之士幸諒予心勿以前言為河漢也衆齊聲附和於是兩家之疑盡釋後兒讀書食餼於庠秉公長生祿位朝夕供養不衰

鐸曰含垢納汙之說為臨民者言此印板律例非讀書人不能解也然捨身以保赤子類非守經者所能公殆現不壞身運廣長舌向訟庭為衆生說法耶

黃蓋以武人而治石城，況鍾以小吏而治吳郡，後如馮堅王輿宗輩，或以典史，或以直廳，故王晉溪謂吏治之善，不必出於甲科。然遇此等公案，豈是無學人杜撰得來？蓋不熟晉陳之論，失油絡者必受飛災，不讀周易之丈，授沐枕者終成冤獄，學優則仕，旨哉是言。

鄭醒愚曰：居民上而果能片言化民，民相率而化於禮義，豈特保一赤子已哉。

徐夫人受封記　　袁枚

尹文端公母徐氏，江甯人，為相國子妻。相國家法嚴，文端總督兩江，夫人猶青衣侍屏匽。文端調雲貴入覲，世宗從容問：汝母受封乎？公叩頭免冠，將有所奏。世宗曰：止，朕知汝意。汝庶生也，嫡母封，生母未封，朕即有旨。公拜謝出，相國怒曰：汝欲尊所生，未啓我而遽奏，上乃以主眷壓翁耶？擊以杖，墮孔雀翎。徐夫人為跽請，乃已。世宗聞之。翌日，命內監宮娥各四人捧翟茀翬衣至相國第，扶夫人榻上，代為櫛沐，衽服褕飾，花鈿爍然。八旗命婦皆嚴妝來，圍夫人而賀者相環也。頃之，滿漢內閣學士捧　璽書高呼入曰：有　詔。相國與夫人跽，乃宣讀曰：大學士尹泰非藉其子繼善之賢，不得入相；非側室徐氏，繼善何由生？著敕封徐氏為一品夫人，尹泰先肅謝夫人，再如詔行禮。宣畢，四宮娥擁夫人南面坐，四內監引相國禮夫人。夫人驚蹴踖，欲起，四宮娥强按之，不得動。既乃重行夫婦合卺結褵之儀。內府梨園亦至，管絃鏗鏘，肴烝紛羅。諸命婦各起持觴，為相國夫人壽，酒罷大懽笑去。後三十年，文端側室張夫人受封，文端奏謝恩，奏及之。上曰：朕實不知　先帝有此事，乃竟暗合，豈非鄉家之運耶？公繼室鄂夫人，鄂文端公猶女也，與文端相見，鄂老矣，嘆曰：吾日夜思抽身退，未知能否？夫人曰：女聞古之君子，事君能致其身。又曰：明哲保身，未聞有抽身者。兩文端為之莞然。

邯邑人士小傳　　鄭方坤

閩人鄭方坤曰：邯鄲本趙郡，古稱多慷慨悲歌士。間從歷覽之餘，見夫叢萬諸山，扶輿蜿蜒，從大行千里而來，怪石盤陀，可遠觀而不可褻玩，而漳滏雙流，淨不可噦，如輪如帶，作摐金戛玉之音，人傑地靈，固當以志節文章顯。然自百十年來，誌乘缺如。一二先達貴人，尚籍籍在人口，餘則佚矣。以彼懷清履潔，文彩爛然，顧乃匿影銷聲，終老牖下，斯天公之憒憒，去白日之昭昭，曾不如枯莖宿莽，猶能留根荄于人間，鳴呼！有賢不彰，豈非官斯土者之責歟？不佞用是心惻，故于百里內外，凡所過村塾梓宮，必停車所遇，頽叟髯翁，必相延訪，所見殘碑斷版，以及投澗覆瓿之屑，有存者，必搜剔摩挲，不忍釋手。或因文以得其人，或因人以徵其事，有芳皆擷，無隱不彰。彼其所挾藝能，固未必傾驟詣極，然亦具有瀟洒出塵之姿，蹇遁不羣之韻。彼其我法自用，雖未必粹然一軌于正，然闊不掩其嘐嘐自喜之習，與夫踽踽涼涼，不屑不潔之概。傳曰：人三為衆，矧今又倍於以砭俗骨而振頹風，顧不偉乎？昔孫子荊有言：其山巖巖而嵯峨，其水泙渫而揚波，其人磊砢而英多。竊援斯語，為邯邑表士風，即為邯邑人士作傳贊云。

劉縉，邯人，字高風，少補弟子員，有文名，性孤潔，不可一世，衣冠動作，迥與人殊。每風日晴和，輒出遊于市，手一編，且行且讀，衆咸以狂目之，不顧也。設帳于東明，觀問字者屨常滿，說經鏗鏘，尤熟于歷代史，抵掌談成敗，如親見之。間及忠孝節義事，則色飛眉舞，或泣下沾襟，不自禁。嘗游西韓巨室，乃素所受業者，念先生貧，瀕行，奉一镮金為壽，語且，則招他弟子十數人至，曰：與諸君別久矣，未知所詣何如，請試一文，最佳者以此金贈。有程姓者壓卷，即倒篋授之，竟徒步歸。門人張某嘗乘間問曰：人言師狂，生不以為然，則笑曰：人狂我我，焉得而不狂也？既而歎曰：命固然矣。跡其行事，殆古所謂嶔崎歷落人耶。

張鎮嶽，字崧高，弱歲能文，下筆如飛，起鶻落，奇氣勃勃，從十指間出。為諸生，試輒冠其曹。熊鍾陵先生者，以宿儒督學畿南，視斯世文，無一足當意，即所拔前茅，士當廷謁，頃擲試卷與讀，輒嫚罵，繼之以扑。諸學宮弟子悉股栗，顧獨咨賞鎮嶽文，曰：若張生者，誠所謂鷙鳥累百不如一鶚者矣。然鎮嶽殊落拓，又耽酒，每沉醉，入棘闈，遽納卷出，宿酲猶未解，以此輒報罷。人或尤之，笑曰：非醉也，命也。易一命，即儁矣。自是不復省試，日棄產佐酒，產盡，則以書畫玩好之屬入酒家，飲嘗客遊于永年武安，因其文以取科名者，蓋十數輩。著作甚夥，嬾不自收拾，存者什一二耳。後竟以酒病而卒。

李桂品，字蘭如，邑諸生也。博學善辯，膽氣絕人。明季館於武安，方講業，忽土寇至，以刀擬之，則大怒，踞案叱曰：若何為者？吾邯鄲李蘭如也。俄而一錦衣怒馬者入，曰：聞李先生名久，未辨真偽。答曰：何偽也？曰：果真耶？請為數二十八將名，則為屈指數。數已，因撫髀太息言曰：此皆古烈丈夫，奮其智勇，際會風雲，拯生民於塗炭，紀勳業于旂常，視彼赤眉銅馬，眛于逆順之機，名污簡編，而身膏斧鑕者，智愚賢不肖何如也。冠大歎服，戒其黨即遠去，毋涸李先生為也。後以連不得志，鬱鬱成心疾，閱月一夕發則泣罷鼓歌莫能自遏平生所最契者惟劉高風張崧高二人一日忽揭酒衢以某日於某所開講既至寂不發一言或請之曰無解人既劉高風至乃言曰今人不但不知書理乃亦不識字義即如子字應作了頭雨點乃回顧顧母也高風大慟曰吾無母可顧矣奈何二人相抱而哭竟日乃罷後以病卒無子

冀璲字長石按察使先祚之孫聰穎能文少即工書法古帖臨摹不下數千徧每搆一筆必凝精聚神而成之閱十餘年技益進出入于褚河南米襄陽之間而自為一體家臨瀣水之濱求書者趾相錯性頗簡傲不受人邀促遇所欣適即徧妓齊莱傭以敗素零紈請者罔弗應其有不可即當路貴人賫金帛來輒麾使去曰昔陶淵明不為五斗米折腰後世稱之吾亦豈肯以阿堵物役吾腕耶其所作七言小詩最楚楚有致年僅三十二而卒長響未聘而蘭玉早凋吁其可惜也夫

郭墨一名西字楚玉水村其別號志趣高潔有泥塗軒冕之風少即棄去舉子業不事於先人墓田側築室數楹蒔花種菜蕭然有以自樂好詩書尤工為有韻之言時曲周劉半舫先生主詩壇物色之引而置諸騷雅之林於是三輔人士無不知有郭水村也者其咏新月句云隔水森疎樹依山覺曉昏登山句云碧落含清景鴻濛蘊翠微遊冗圃句云隔座邀山兼寺影閉簾邀樹帶溪聲招同社句云小窗細雨春如夢好友孤燈話即詩讀其詩想見其為人冷韻逸情誠哉長江之別派而望澤之橫枝也已

馬鉅任者失其字自號小顛髫年補諸生縱酒吟詩好為詼諧曼衍之談深博無涯涘即善辨者不能折業師張某聞而歎曰此子固大佳然見地太超才鋒太露終非有成器耳閱數年忽棄家去莫知其所往居久之有僧至邑西之靈芝寺趺坐竟日不發一語識之者曰此真小顛也強之歸遁於觀音道衲服更名應試復以第一食餼於庠一日五更起乘家人睡熟卒啟戶遁再視髮往來林慮百泉間遂下吳越沂黔楚歷岷峨衡湘諸勝釋名行顛號萬峯禪師嘗以牛米火水四字縱橫顛倒作文機人不能測所屬若招提無定所有以巾拂付者則謝去癸亥前人猶見之甲子後遂滅其跡云

鄭醒愚曰任氏社者留意人才此先大夫宰邯時所作也各傳贊頗上添毫允為邯邑生色

丙子六秋日述書付子姪　　夏之蓉

投老殘年忽忽六十撫念疇昔愴焉興懷爰為仿史公自叙之例述一生梗槩以告我後昆余八九歲時不與群兒伍聞諸兄讀古書輒竊聽之肆於楮紙中作課誦嘗隨大父食蟹匡循書不食問何為曰將以奉母大父喜語人曰是兒有至性比長從諸兄學一目五行可下見古人篇籍似有夙契年十九吾父見背家道中落益刻苦學問周禮尚書三禮一抄毛詩左氏春秋再抄史記漢書節抄漢唐宋元明諸家文槩抄令諸本具存凡詳批密註逐加丹黃者悉吾二十歲以前所誦習也大父嘉予好學鍾愛特甚頻以衣衣我以酒食勞我時值歲祲益貧困諸兄古耕於外吾母屏當家計日苦不給予與嘯門居一椰書屋中枵腹伊吾不敢使母知時或分半餅作食日當午忘梳髮盥面寒夜無膏油藉檐秋光月光下手作一編冥思苦吟不知飢之三唱丁酉歲與嘯門同入鄉學明年渡湖館龍岡吳氏地僻無交游得縱觀古人之書精勤致疾鼻血涌出左目不見物歸而調息者歲餘得復明乃更銳意進取與同學盧君睿思茅君心友輩聯文社張設旗鼓各不相讓予性喜朴素衣服不求靡麗少時一布袍服之近二十年兒輩每以為言予曰人之重輕豈關服飾大凡內不足乃借資於外每見後生喜美鮮好者卜其中無有也飲酒可三升許食不計豐腆臨薤醢皷怡然甘之一切繁華之娛翕然之玩皆深惡痛絕非其所好足跡所經及天下之大半其在北者為齊魯燕趙在東南者為吳越閩南粵楚豫所過名山大川如趙岱匡廬金焦武夷祝融羅浮九疑太室少室以及南海之大盤江之長沅湘之清錢塘之壯黃河之濁洞庭彭蠡震澤之汪洋蕩汩或登涉其巔或挂帆蕩槳於廣洲琴渚之曲遇會心處悠然神遠尤喜中夜欸乃解以為霜清月白聽之生人遐想也遭時　聖明四膺衡文之任所在拔孤寒遠英俊砥俗已廉立之準的崇奬朱者斥之鄭亂雅者黜之當時士子有為騈語頌予者曰機儀雲房辨以幾微處後王前處之碻當益實錄非虛語也且其為功亦有不止於文章之事者當在程鄉時會令某變於鄉之豪暴誣諸生姚泉張湘以下七人罪幽之囹圄凡六閱月數請撫予廉得其狀按郡日趣赴訟為令所格不得前復嚴檄之三日乃至至則髮長五六寸傫傫然蹈囚也諸生號哭伏地陳冤狀予為力請於中丞某公得釋令扶除亭平樂人移欲以生祠祀我當在岳州時華容令某貪酷吏士民疾之如仇予校士演武廳突擁千餘人環控聲言令且出當羣毆之眾口洶洶莫敢誰何予從容下階立叱之曰爾輩何為將為亂法之民耶亂法者當斬丞還其牘叔俯首避去後中丞開公欲案其事以

狀詢予復之曰所謂千餘人者蓋環立觀射者耳備已還無由得主名者也事遂寢
未幾今亦聾宮是其為功殆亦不止於文章之事也先是予東鐸監督偵歲荒憲司
委令捕蝗查飢戶平糶糶給南北二廠廠粥隨在整飭皆有裨益生平叨國士之目
者四人十九歲時從西受王先生遊以傳燈見許批予文曰規之若近即之始遠眼
中未見如此人癸丑捷南宮謁坐主溧陽任先生謂予曰子之文在近日為廣陵散
矣為嘉歎者久之丙辰擬南郊瑞雪賦孝感涂先生一見嗟賞目為軼才即保送鴻
詞科甲子列試差第一鄂相國西林謂予文蘊藉深遠迥出時輩此四先生者品騭
各殊而叨國士之目一也生平知己三人少未聞道多汩溺於詞章追與王君書臣
交從事濂洛關閩之學戲言戲動必正色規之此直友也滇南傅君謹齋予同年生
僦居近三載龐鴻之氣入我肺腑此諒友也息園齊君博雅之士每與商榷經史窮
源竟流若繩貫而璣組此多聞友也孔子所云益友不綦備矣乎生平所得士凡四
人其一為顯城樂甯侗字孩夫品端學邃力追古人今以明經老矣其一為建甯朱
仕琇字梅崖甲子科所取解元也其一為南海茹敦和字三樵本浙人僑居粵東今
成進士其一為山陰周大樞字元木壬申北直鄉闈本房卷是宦況冥幽默不求聞

達之士而吾獨於語言文字外窺其本原識其底裏摳衣北面用以自豪然終不敢
以門弟子之禮禮之者也昔人嘗言險厄中有鬼神予親歷之丁酉鄉試病臥號舍
中聞有呼起起者再少頃牆門至以薑湯進予飲甫起而壁崩得免壓焉泊蘇州寶
帶橋颶風作船纜絕昏黑中撇蕩十餘里得淤沙尼之止比曉閱視則上下亂石齒
齒僅一隙可容舟粵東院署舊有祠祀鬼神無主者數為厲以文檄之跡遂滅過洞
庭湖驚風拍天遙見波濤中二巨人逐水面行如飛既乃掠舟去此類聖賢所不道
而事跡彰顯如是天道恢恢亦可畏哉予素以迂拙自守與人交不為谿刻斬絕之
行亦不喜發人陰私有欺我者雖覺未嘗發露下逮臧獲悉御以寬見人不足恒矜
憐之縱解推無多而意常有餘不善營殖亦不工會計凡器用價直之低昂米鹽出
納之多寡惟人指搞不屑屑綜核然財用竭則復來生平亦未嘗匱之少學為詩十
二歲咏中秋月即為大父所賞嗣官翰林與諸公酬倡無虛日在楚粵閒題咏尤富
始宗少陵繼辯杳於五局今則以陶韋為歸宿矣所著詩二十卷古文八卷經解八
卷史論十一卷雜記八卷俱已成帙近復手目料揀稍不愜即重加釐正歐陽子有
言吾不畏先生畏後生耳正今日之謂也予所居宅即鶴來堂舊址大父所經營創

建者析箸時分屬吾伯今歸予宅東隙地數畝向為菜圃乙亥仲春斬荒疏穢搆別
業九間短簷淨几其窗四闢中積古書數百卷櫛比鱗次坐臥其中足以娛老子姪
數輩萃處課藝間亦陳說古今夜分不寐長孫十齡解行文為條疏其義例幼小者
牽繞衣裾分梨栗與之古云名教中有樂地誠哉是言老而視不加眊燈下能於紅
箋上作細楷耳亦聰喁喁私語雖遠必聞齒僅脫其二餘皆牢固蟹螯芡角尚能自
啖鬢有一莖兩莖白者拔之亦不復生腰腳甚健前登紫琅山捫蘿躋險不見苦勉
賓客僉謂我皆云似四十以上人攬鏡自照無龍鍾態或者其亦非誑我也今年七月
值六十生辰兒姪輩謀作梨園之戲或云當乞言親串予笑謂之曰噫爾之所以祝
我者未若我之自祝也昔大父八十有五神明不衰一時欽為國瑞此於百中什一
耳吾父捐館舍時僅五十有二吾同懷兄弟七人或二十餘而卒或三十或四十餘
而卒惟筠莊兄五十有八皆未有至六十者今獨予與嘯門兩人存而予得先周甲
子緬懷往事致為難矣況齊眉老妻雙鬟猶昔爾輩顯名科第不墜家聲孫枝駢聯
繞膝予以康健之身生太平無事之日仰荷 帝澤退歸鄉園坐半舫齋于于徐徐
看花酌月但酌我大觥我樂已極何事粉榆子弟耶至親串壽言大半敷陳套語其

於我一生力學之勤秉性之儉居官之慎取友之端待物之誠邀福之厚未必能如
自道者之親切有味也用是約撮梗槩具述於斯以為今日祝嘏之詞也可以為他
日作行狀作墓志之取資亦無不可

觜學城曰自道甘苦不用一幫貼語而德行文章事業皆於言外見之其段落起
伏直是變化因心皆王弇州贊歸熙甫云千歲有公繼韓歐陽斯文同此嚮慕

戴燕貽曰散散叙去而提挈關鎖照應之法無不該其中有瀾大處有細瑣處皆
從史記得來

蕊宮仙史　　樂宮譜

乾隆癸卯春余偕楊孝廉英甫為扶鸞之戲有女仙降壇署曰蕊宮仙史自叙為宋
祥符間人貴顯早逝遊於閬風之苑獲遘上元夫人命居蕊珠宮掌玉女名籍云云
為詩詞操筆立就淒豔絕倫叩其生時事蹟終不肯言固請再三輒書曰噫家燕燕
戀中隱隱有徐波解纜有黃葉水者至亦女仙也於仙史為中表姐妹並有文詩述
雜書仙史閨中軼事數十條皆隽異可喜予從兄木虛手錄成帙惜不盡記憶今紀
其略云仙史姓薛氏名瓊枝湘潭人年十七才艷絕世隨父某守杭州遂家焉所居

曰問花樓俯臨西湖雲樹煙波凭檻可接性愛蘭手植千百本衣袖裙衩皆蕙繡之或書為冊卷花葉左右題句殆遍嘗謂人曰此花逸韻幽香自是我輩後身當倍加珍護毋令與衆芳伍也閣中置書數百函竟日龍涎焚香展對風日清美輒命畫日造萬花叢中吟嘯忘倦既恐有蹤跡者遂於清夜易裝紫衣烏帽乘白雲駒侍女數十人皆綠衫短劍累騎從行於時芙蓉秋放笙管篠停鏡水流鮮佳月流素徙倚湖亭自製新曲聯袂歌之聲振林樾鷗鷺翔興酣更拔佩劍起舞陸離頓挫與歌聲相應於是劍光月光花光水光交相映發湖中一草一木皆有歌舞之態蕩舟如蟻集觀亭外寂然無譁翌日爭傳以為真仙下臨皆莫知其為太守女也久之徙湖上得畫卷一旁有題句云夢裏湖山是也非向人楊柳自依依六橋日暮花成雪腸斷碧油何處歸惆然神傷遂不復出每當疏雨懸簾落英飄砌對鏡自語泣下沾襟疾且篤强索筆自寫蘭花小引旋即毀去更為仙裝倒執玉如意一柄侍兒旁立捧膽瓶插未開牡丹一枝凝視良久一慟而絕著有問花小稾四卷今無傳本降壇詩甚多余尤愛其絕句懷湘君云數行征雁起平沙暮雨江寒杜若花欲搭空船迎帝子濕雲封處竹枝斜答黃素水云歸真猶許住蓬萊回首前塵亦可哀莫問問花樓外樹六朝金粉已成灰又有片雲同我墜明月向誰多春日婦楊柳野風香薬花之句仙乎仙乎此篇得於吳君蘭雪余絕愛之並錄於此

書麻城獄　　袁枚

麻城涂如松娶楊氏不相中歸輒不返如松嗛之而未發也亡何涂母病楊又歸如松復毆之楊亡不知所往兩家訟于官楊弟五榮疑如松殺之訪於九口塘有趙當兒者素狡獪謾曰固聞之蓋戲五榮也五榮驗即拉當兒赴縣為証而訴如松與所狎陳文等共殺妻知縣湯應求訊無據獄不能具當兒父首其兒故無賴妄言請無隨坐湯訪喚五榮者生員楊同範虎而冠也乃請譏同範緝楊氏先是楊氏為王祖兒養媳祖兒死與其姪馮大森避如松毆匿大家月餘大母慮禍欲告官大懼告五榮五榮告同範同範利其色曰我生員也藏之誰敢奪取者遂藏楊氏複壁中而訟如松如故逾年鄉民黃某壅其僮河灘淺為大耙啖地保請應求往驗會雨雷電以風中道還同範聞之大喜循其衣衫笑曰此物可保與五榮歸僞認楊氏晰仵作李榮使報女屍李不可越二日湯往屍朽不可辨殮而置揭焉同範五榮率其黨數十人閧於場事聞總督邁柱委廣濟令高仁傑重檢高試用令也覬鋧湯缺所用仵作

薛荣又受同範金竟報女屍肋有重傷五榮等遂誣如松殺妻應求受賄刑書李獻宗舞文仵作李榮妄報總督信之劾應求再委高鞫高掠如松等兩踝骨見猶無辭乃烙鐵索使跽肉煳起焦灼有聲雖應求不免皆不勝其毒皆誣服李榮死杖下然屍故男也無髮無腳指骨無血裙褲逼如松取呈如松督亂妄指認抵搁初掘一冢得朽木數十片再掘井木無有或長髯巨靴不知是何男子最後得屍足弓鞋官吏大喜再視髑髏上髮鬖鬖白髮又驚棄之麻城無主之墓發露者以百數每不得又炙刲臂血染一袴一裙先其亡兒棺取腳指骨湊聚諸色自塵河灘而引役往掘果得獄具署黃州府蔣嘉年廉其詐不肯轉召他縣仵作再檢皆曰男也高仁傑大懼詭詳屍骨被換求再訊俄而山水暴發井屍衝沒不復檢總督邁柱竟以如松殺妻官吏受贓擬斬絞奏麻城民咸知其冤道路洶洶然卒不得楊氏事無由明居亡何同範隣嫗早起見李榮血模糊介同範家方驚疑同範婢奔至曰娘子未至期遽產非嫗莫助舉兒者嫗奮臂往兒頸拗胞不得下須多人掐腰乃下妻窘呼三姑救我楊氏闖然從壁間出見嫗大悔欲避而面已露乃跪嫗前戒勿洩同範自外入手十金納嫗袖手搖不止嫗出語其子曰天乎猶有鬼神吾不可以不雪此冤矣即屬其子持金訴縣縣令陳鼎海寧孝廉也久知此獄冤苦不得間即白巡撫吳應棻吳命白總督總督故邁柱聞之以為大愚色忿然無所發怒姑令拘楊氏陳陰念拘楊氏稍緩或漏洩必匿他處且殺之滅口獄仍不具也乃僞訪同家畜娼而身率快手直入毀其壁果得楊氏麻城人數萬歡呼隨之至公堂召如松認妻妻不意其夫然憔悴至此直前抱如松頸大慟曰吾累汝吾累汝堂下民皆雨泣五榮同範等叩頭乞命無一言時雍正十七年七月二十四日也吳應棻以狀奏越十日而原奏勾決之旨下邁柱不得已奏案有他故請緩決楊同範擒知總督意頗前乃誘楊氏具狀稱身本娼非如松妻且自伏為娼罪邁復據情奏　天子召吳邁兩人具內用特簡戶部尚書史貽直督湖廣委兩省官會訊一切皆如陳鼎議乃復應求官誅同範五榮等

袁子曰折獄之難也三代而下民之議獄甚矣居官者又無務之除刑何由平彼枉濫者何卓馬麻城一事與元人宋誠夫所書工獄相同雖事久卒白而轇轕變幻危乎艱哉慮天下之類是而竟無平反者正多也然知其難而慎焉其於折獄也庶矣

此吾所以書麻城獄之本意也夫。

鄭醒愚曰：歲壬子，同鄉魏蘭齋偕其親串湯藎忠自西粵來主余家，述其祖應求公令麻城，以楊涂訟事幾罹不測，人知其冤，莫詎何也。既而獄白，好事者為譜傳奇，名一線天云。因屬余為文記之，以告後來。壬戌得子才集讀之，則書麻城獄一篇，與藎忠所述不爽毫髮，遂焚余文。蓋余之文，或冀以麻城之事而傳；得子才書之，則奸民之詐偽，猾吏之譸張，盡情畢露，應求公以斯文而不朽矣。文字攸關，豈淺鮮哉。

王王屋傳　周亮工

蘭陽王王屋，初名澤久，字春腳，後更名斥。母李氏孕公，公鳴於腹，生而敏給，善諧謔，里中人率以為狂士也。舉於鄉，戊辰計偕，度已文必入，殺某公方分校春秋，某方與璫湊，公不欲出其門，論中故為詆語，首云偎觀天下事，末復雜以戲劇事。撤棘後，則某果已魁，公及閱所為論，始有病狂喪心之評，後某終以璫累，里人始知公非狂者。辛未，公仍以春秋魁多士，除滋陽令。公銳自見，又婞急剛鯁，會王孫市隙人，公執笞。撤行立，忤諸王孫，黨搆之，直指希旨暴劾公，檻車徵繫。公雖廿日令，然頗有惠聲。其逮也，士民數千人攀轅痛哭，白日慘黯，遮總緹騎自卯至申，不得前，甚有嗷瞍孤貧鳩杖鶉衣，亦視力投金錢檻車贈之，且環而稽首。緹騎曰：無苦令，令清苦官，幾日耳。且泣且拜，緹騎咸為揮涕。下刑部獄，瀕死，賴惜公者力爭，僅免，謫睢陽尉，年三十四。憤恚失志死，自預為誌銘，以追之銘人者如銘己，即取以自銘。世共達之。公著詩一卷，文二卷，詩清婉有致，文則力追昌黎、柳州，倘假之年，正未可量也。予憐其志，為序而梓於秣陵。

鄭醒愚曰：廉潔峭厲，文如其人。

廣初續志卷十終

廣初續志卷十一

清　王縉鄭澍若醒愚編

續板橋雜記　珠泉居士

秦淮古佳麗地，自六朝以來，青溪笛步，間頻多韻事。洎乎前明，輕烟淡粉，燈火樓臺，號稱極盛。迨申酉之交，一片歡場化為瓦礫。每覽板橋前記，美人黃土，名士青山，良可慨已。迺承平既久，風月撩人，十數年來，裙屐笙歌，依然繁艷，詎江左流風於今未艾？抑山溫水軟，良由地氣使然歟。

前明河房，為文人讌遊之所，妓家則鱗次舊院，在鈔庫街南，與貢院隔河遙對。今自利涉橋至武定橋，兩岸河房，麗姝櫛比，有本幫、蘇幫、揚幫之稱。雖其中妍媸各別，而紛華靡麗，綺嚟嘹笙歌，皆足使裙屐少年迷意蕩志也。

自利涉橋東為釣魚巷，至水關臨河一帶，亦麗者所居，地稍靜僻，每有名姬心厭塵市，擇此居之。然自夏初水長，以迄秋中，遊艇亦復絡繹不絕。

由文德橋而西為武定橋，迤西至新橋，亦有河樓，地處西偏，遊踪暫至，故卜居者少。至白塔巷、王府塘諸處，室宇湫隘，類皆卑屑所居，不敢與水榭頡頏，間亦有麗人，余則未之見也。

貢院與學宮毗連，院牆外為街，街以南皆河房。每值賓興之歲，多士雲集，豪華者挾重貲擇麗姝僑寓焉。寒素之士，時亦翠伴閒遊，尋蓮訪藕，好風引夢，仙路迷人，求其獨清獨醒，殆什無二三也。

秦淮河發自祖龍，水由方山來，西流沿石城達于江。當春夏之交，潮汐盛至，十里盈盈，足恣遊賞。迨秋季水落，舟楫不通，故泛舟者始于初夏，訖於仲秋。當夫序屆天中，日逢竹醉，（五月十三日相傳出遊，較端午尤盛。）遊船數百，震盪波心，清曲南詞，十番鑼鼓，騰騰如沸，各奏爾能。薄暮須臾，燭龍炫耀，簾幕畢鉤，倩妝倚檻，聲光凌亂，雖無昔日燈船之盛，而良辰美景，樂事賞心，洵昇平氣象也。

秦淮河船上用蓬廠，懸以角燈，下設回欄，中施几榻，盤盂尊彝，色色皆精。船左右不設窗寮，以便眺望。每當放船落日，雙槳平分，撲鼻風荷，沁心雪藕，聆清歌之一曲，望彼美兮盈盈，真乃綠窗仙眷，飄飄然矣。

青溪一曲，銷夏最宜，而遊目騁懷，春秋亦多佳日。至于冬令，朔風如刀，招招者絕迹矣。然倪生圍爐淺斟低唱，作暖寒會，正不減[illegible]

茶寮酒肆東則桃葉渡口西至武定橋頭張幕挑帘食物具備諸名姬又家有廚娘水陸珍奇充盈庖室倉猝客來咄嗟立辦燕飲之便莫過于斯

院中雖各分門户而去此適彼轉徙無常是以姊妹行亦隨時更易間有親生子女一門團聚者大槪土著居多若乃買雛教歌認為己女待客梳櫳受侑者其名愛鈔者其實嘗有一女而上頭數次者傖父大賈無難欺以其方使彼慳囊頓破也

河亭設宴向止小童歌唱佐以絃索笙簫年來教習女優凡十歲以上十五以下聲容並美者派以生旦各擅所長粧束登場神移四座纏頭之費十倍梨園至于名妓仙娃亦各嫺法曲非知音密席不肯輕囀歌喉若寄生草剪靛花淫靡之音乃倚門獻笑者歌之名姬不屑也

日初過午貴花聲便盈街市茉莉珠蘭提籃擘榼不異昱翁前記所云近更綴以銅絲幻成魚籃飛鳥可以懸諸帳中比及昏黃則雪花齊放矣酒醒夢迴芳馨橫溢和以氣肌薌澤如遊眾香國中

院中衣裳粧束以蘇為式而彩裙廣袖兼效維揚惟睡鞋用之者少余見河房諸姬咸以素布製為小襪似膝袴而有底上以錦帶繫之能使雙纏不露且竟夕不鬆脫也其履地用方頭鞋如童子屐而無後跟即古趿鞋遺製燈影下曳之以行亦俊イ丁有致至于抹胸俗稱肚兜夏紗冬縐貯以麝屑緣以錦繡乍解羅襟便聞香澤唇絳椒交映有情此尤服之妖者以上紀雜遊

秦淮名妹首推二湯二湯者本郡人以九十行稱孿生姊妹也態度則楊柳晚風容華則芙蕖晚日並翠眉而玉頰各靨瞳而頳唇乍見者如一對璧人無分伯仲注目凝眺覺九姬靨輔微圓左手背有黑痣一小點可識別也早墮風塵從良未遂闌户數十指惟賴二姬作生涯雖車馬盈門不乏貴游投贈而纏頭到手輒盡居新橋之牛市臨流數椽湫隘已甚余嘗於辛丑夏初邂逅一晤今秋往訪適為勢家招去侑觴不復謀面聞之桐城孫楚儂云二姬窮愁日甚雖年纔二紀而消瘦容光較初破瓜時已十減六七矣然三分丰韻尚堪領袖秦淮也嗟乎人美如玉命薄於雲如二姬者殆以奇姿遭造物之妬歟　楚儂又語余云桐邑楊米人曾為二姬作雙珠記傳奇情文並茂惜尚秘之枕函余未得而讀之

朱大蘇州人身體弱小人戲以朱骨稱之蓋細骨輕軀蹺塵無迹倚舞迴風當挽留仙之裾也鬟髮如雲明眸似水聚與之遇神光陸離在儕輩中齒稍長矣而風度高雅無折腰齲齒習氣故文士樂與之遊隨園主人過江者宿也遂初既賦寄興掃眉雅與姬善蒼苔紅粉嘗相對於銀鐙綠酒之間余於庚辛兩度抵寓時一過從瀹茗清談目為鹽友惜近以病廢退居僻巷中生計蕭然無復過而問者芙蓉綠水秋將老鸚鵡金籠語可憐舊日繁華不堪迴首矣姬有女年方十歲教以歌曲不肯發聲自言願歸里門織布為業余聞之歎曰此大知識之女也宜成其志姬亦以余言為然

徐二江陰之青陽鎮人本姓張乳名銀兒年十七適同里徐樵田舍郎不解溫存大有駿馬馱癡之感樵又性耽逸樂不願力田惑於匪人夫妻偕赴吳門轉徙秦淮作脂粉生活性情豪邁不屑效倚門倡與人較錢帛非心之所好即誘以多金帑靡也余遊金陵首與姬晤雪膚花貌豐若有餘而裙底弓彎郤又瘦不盈握贈以詩有一泓秋水雙鉤月洗盡秦淮爛漫春之句見者謂非虛譽先是姬賃居洞神宮前馬姬家斗室兩間殊苦窄陋且為傖父所侮不安厥居余傾囊佽助並糾同志為卜居於城北細柳巷中此庚子七月間事也明年春余再抵白門姬又遷上邑之娃娃橋嗣余就館崇川聞為無良速訟移家維揚壬寅仲冬便道過訪雖座上客滿不異曩時

而風雨飄颻漸覺朱顏非昔矣迨今秋載造其廬則已舉家赴淮託言索逋實乃生計蕭索意欲別揀枝棲聞其瀕行猶倩人至周稼軒幕中詢余近狀蓋賦情特甚焉為誦袁郎詩云青山憔悴鄉憐我紅粉飄零我憶鄉殊覺今昔同情不勝慨嘆

姬幼工技擊不輕示人余嘗乘其薄醉强一試之矯若猿飛疾同鳥落騰蹤丈許觀者咸目眩神驚姬一笑斂身依然尋常椅榻也　姬在娃娃橋時有本郡人張二寄居姬家鉛華不御橫波流光雅有嬌憨之態惜翻雲覆雨愛憎無常逐水桃花未免稍輕薄耳

王秀珠小名愛兒父母皆蘇州人生于金陵遂家焉適伶人張七以母命非本志也姿首清妍舉止閒雅不樂與姊妹行為伍所居鈔庫街之西閣閣幽深翛然絕俗有傖父某以白金四十啗其母謀一夕歡不可得惟二三知己相對永夕杯茗清談鮮及於亂遇緩急傾貲相助不望報也其性情矜尚如此余友周子稼軒孫子楚儂皆與之善嘗語余云姬非五鼓不眠非日中不起早飯晌午晚膳三更習以為常不能改也自奉甚薄宴客必豐盛服盈笥弗以被體能鼓琴善南北曲非興會所至雖素心人不克強之彈聲是蓋青樓中最有品者然終以不得其所鬱鬱多病楚儂賦詩云

我本飄萍鄉斷梗白門同是月殘時姬為涕泣久之有妹曰二姑沈靜寡言笑高自位置亦大有姊風

董三蘇州人肌膚不甚白而天然韶令雖粗服亂頭自有一顧傾城之致余戲以墨牡丹名之惜遇人不淑孽海飄零所得纏頭盡償博債眉黛間常有恨色同居二人長董大眼光如醉次董二姿亦白皙然以視三之風韻嫣然不覺瞠乎後矣

張玉秀行大蘇州人隨其母寄居江甯眉目軒爽舉止大方巾幗具鬚眉之氣少時楚省吳公子見而傾倒出數百金梳櫳之為歡匝月公子就官浙東未半載卒於署僕從雲散官橐蕭然旅櫬不得歸里姬聞之立出囊中貲遣人赴浙扶柩西旋舟過江關素服哭臨呼號欲絕遂於江口招提廣集緇流禮懺二晝夜傾貲命其家人伴送至楚為之營葬而返以此俠聲振一時辛丑歲狎客朱元官為余道其事甚悉余嘗一再詢之淚眥熒熒隱有母也天只之恨別時許作一傳荏苒三載未踐言今秋過訪已於六月間從良矣問之鄰姬言有同邑名士鄒生年甫三旬絃斷未續偶與姬晤姬知其高世才也贈以所蓄纏頭易金奉母飄然長往絃閒倡隨相得筆耕針黹稱嘉耦焉吁異哉姬之所為殆有大過人之才識而濟以豪俠果斷者不圖於青樓中得之余既深嘉其志且喜其得所歸也為之綴序其事以償夙諾云　聞姬善崑曲有崩雲裂石之音其繼妹張二弱質纖妍亦嫻詞曲姬有義女名雙福年十一白皙聰俊與姊鳳兒並工戲劇余於王氏水閣聽演尋親記跌包一齣聲情並茂不亞梨園能手鳳兒年十三亦姬義女自姬從良後其母尚賴三人作生計焉

郭三名心兒丹陽人父早亡及笄之歲母惑媒氏言誤字維揚郭某成婚未幾竟以脅誘墮入風塵年十九移家金陵之桃葉渡妖冶傾一時向來秦淮以蘇幫為文揚幫為武姬雖產於雲陽而來自邗江遂為揚幫魁楚時人戲以武狀元目之所交好皆達官貴人及文士負盛名者赶熱郎未易得見顏色余曾於辛亥邂逅河亭頎而婉豐而逸素肌纖趾溫平如瑩於今三年姬齒二十有六而盈門車馬不減當初余友李子影生甚與善嘗為余言姬賦性豪爽重意氣善知人無門戶習至於媚骨天生更不待擇新來異也贈以短句四章有云醉聞嬌囀聲猶媚暖壓豐肌汗亦香浸道司空渾見慣溫柔只合喚仙鄉睨桐孔徵六孝廉聞而擊節以詩寄余有儂本好句惟卿兩解識芳心共我三之句時孝廉在上洋戎署也　姬有義女曰小姑揚州人忘其姓年纔十七長眉擁髻巧笑靨承顴鞾袖曳裾風流秀曼亦後起之儁也

王四本郡人蘭姿玉質秀韻天成性喜清幽雖在風塵常深自秘匿不甚見客所居月波水榭綺窗錦幔不染纖埃几榻尊彝位置俱極楚楚入其室者如別有洞天幾忘門以外之甚囂塵土也

施四蘇州人窈窕秀骨眉目含情唇一點小於桃英趾雙翹瘦於蓮瓣年雖稍長調笑無雙殆疑雨集所咏半容工泥夜情味勝雛年者也松陵某尹暱寵之攜居胥江別館三載後復歸秦淮

徐九揚州人早負盛名惜余未之見孫楚儂贈以詞云簾前記執纖纖手中堂細酌盈盈酒語軟情溫惆悵巫山一段雲背人特地留儂住驚風又拂衣衫去無悶無愁萬喚千呼不轉頭又云鶯春正滯邗江棹悲秋始返金陵道此日相逢疑是飛瓊下碧空茜裙半掩榴花飾雲鬟低亞胭脂赤相對多情只少些兒畫不成近聞已歸吳江某明府公子為側室甚有寵云

唐小本郡人住槽坊巷年方及笄品貌雙絕綺閣深藏俗子未易謀面善歌能飲解誦風詩每一掉文如匡說解頤不數鄭家婢泥中之對也其大婦曰嚴三齒長于姬而婷容修態堪與頡頏亦緣位置自高羞與曲中人伍人罕見之

謝玉字楚楚本郡人年十六肌理玉雪秀慧絕倫與其母居釣魚巷中善南北曲嬌喉一囀飛鳥遏音母珍同掌珠欲得佳子弟字之玉亦自矜聲價不屑作尋常人雖給侍讌遊猶虛屏山之夢也

趙小字靜芳江陰人中人姿耳有軼樗子昵之一時獻諛者遂有文狀元之號余觀其人沈默寡言無輕挑氣習要亦善自修飾不隨俗波靡者

許壽子本郡人年逾二紀舉止風韻儼如閨閣中人有張生某夙與善生以筆耕為業而未有家室歲入悉以遺姬既而生以失館旅居饔飧不繼姬招致之日用皆取給於姬衣履亦姬親製纖復為宛轉營謀得膺某邑侯之聘館穀豐美瀕行時姬置酒祖餞生戀戀不忍別姬於酒半忽抗聲謂生曰青樓中那有情好所綢繆者錢耳君留戀烟花罔思自立浪遊數載如夢如泡今年已三旬一誤豈容再誤自茲以往君當絕迹狹邪亟圖嘉耦妾不能終事君亦不願再見君此間君勿復來亦無復以妾為念也言已欷歔泣下如雨生大感慟即振袂去詞閒就館三年積貲頗厚且娶妾生子不負姬別時所囑云　先是有潤城某公子慕姬名策騎過訪適姬所賃屋為主者別售迫令徙居某立出千金購以贈姬至今青溪豔稱之

徐二賚本郡人居釣魚巷之上街其夫為梨園領袖姬於儕偶中年最長余相識時已不作脂粉生涯然素腰淡抹自然幽雅徐娘雖老尚有風情也皖桐光澂六孝廉夙興之甚有無錫秦姬者與姬有葭莩親向居丁字簾前庚子秋復自梁溪來寄居姬家者匝月余因徐姬得識秦姬雖齒加長矣而纖腰踽步婉嫕愁人亦此中翹楚也

徐壽姐杭州人適維揚徐某僑寓秦淮年已二紀倜逸風流妙解音律同居數姬妵善度曲余嘗避暑河亭壽卿諸姬柳陰列坐絲肉競發雲委塵飛靜聆移時宛在□虛□也

馬四蘇州人身軀弱小明眸善睞膚如凝脂殆江淹賦所云氣柔色靡人惟雙趺不甚纖妍常穀小刀鞋（俗名拖鞋）作忙促狀是其微疵

王二蘇州人早墮風塵由琴川轉徙金陵余於庚夏相晤於熊氏河亭容貌亦自娟妍第苦貧乏不能自存贈以貲且為延譽得漸生色及辛歲抵甯則被服麗都座客常滿矣綿艷雖在已無戀戀故人之色余急面詰之姬面發赬一座粲然　姬有妹曰鳳姐年方十齡致亦楚楚穀之歌曲發響清妙起合自然詢其材也

湯四湯五揚州人姿首皆明豔而四姬尤柔曼豐盈余嘗戲之曰子好食言而肥歟姬不解謎以言為鹽（吳音言鹽相似）率爾對曰吾素不嗜鹽聞者絕倒

陳小江北人向居王府塘董二家後徙潘家河房年及破瓜眉目疏朗唇輔間幾點微麻天然嫵媚余同鄉鄧子峨雲與之甚昵余云姬姿致亦備人耳所絕勝者一痕酥透雙鴛含春觸手溫柔不待解然銷燈驚詫殤雲也　董二本郡董老子女年十五六亦有微麻白皙瓌逸王府塘魁首也

金二本姓丁蘇州人居釣魚巷豔名頗著余於庚夏曾一遇之明眉慧眼纖趾柔腰幾欲傾其流輩惜兩顴微高婉容稍減有某公子者甚與善珠玉錦繡稠疊贈遺嘗於一月中費金千計兩情膠漆引喻山河秋以為斯絲蘿永託聞者咸謂金姬能博公子歡慶得所歸公子亦喜得阿嬌擬以金屋貯之一日公子啓扉而入闃其無人詢之鄰媼則姬於前夕盡室以行不知所往公子疑信半參書空咄咄偵騎四出蹤跡杳然悲情填膺一病幾殆噫青樓薄倖如金姬者其尤哉

高四太倉州人居東水關頎身玉立情致嬌憨皖桐家某秋一見傾倒戲云姬向與某昵暮乃富于貲而舍俗不韻者某秋力辨其誣謂假慧如姬必能擇人贈以詩有云文君自解憐司馬碧玉何曾嫁汝南可謂情癡矣乃某秋盡傾橐中金卒以不歡而散迨次年秋某秋領鄉薦鹿鳴宴罷復過之姬慚沮閉戶以疾辭竟不出見

周四又稱梁四蘇州人年逾三十風韻猶存善彈琵琶名著青溪桃葉間有兩女（大官二官）貌不甚美而演劇頗佳十餘齡耳已識曲中三昧同時小女伶有周玲（乳名妞妞字點點蘇州人）方全（從良改名[illegible]江陰人）吳雙福大汪銀兒胡四喜秦巧姐等（皆蘇州人）並工院本而周玲實創厥始四喜獨冠其曹鑑湖邵子升岩嘗語余云周玲之尋夢題曲四喜之拾畫叫畫含態騰芳傳神阿堵能使觀者感心娛目迴腸蕩氣雖老伎師自歎弗如也（以上紀麗品）

聞之金陵父老云秦淮河房向雖妓者所居不過數家間宴延賓亦不恒有十餘年來戶戶皆花家家是玉冶遊遂無虛日丙申丁酉夏間尤甚由南門橋迄東水關燈火遊船銜尾蟠旋不睹寸瀾河亭上下照耀如晝諸名姬家廣筵長席日午至丙夜座客常滿樽酒不空大約日糜千金真風流之藪澤烟月之作坊也余遊金陵在庚辛之交已不及見爾日繁華名妹如朱素貞劉大葉皆如石氏飄風退為房老矣而風月平康今猶視昔至五月初五十三兩日遊船之盛正不減曩時也

珠市地近內橋已為市闤舊院則廢圃數十畝而已中山東花園僅存其名故址不可復觀迴光鷲峯兩寺亦金碧剝落香火闃如至長板橋尤泯沒無迹詢之故老漫指曠野中石橋以應無從辨其是非因誦西風殘照楊柳彎腰之曲覺當時尚有秋水一泓茲則盡成平陸亦劫塵之小變也夫

明初於聚寶石城西關諸處建輕烟淡粉梅妍柳翠等十四樓以聚四方賓客凡搢紳宴集皆用官妓與唐宋不異宴娛之金陵元夕詩所云花月春風十四樓也今諸樓皆廢遺址無存長干里一帶室廬亦盡成廛市鷲湖朱竹垞先生秦淮舟中詩云聞道秦淮樂未闌小長干接大長干桃根桃葉無消息腸斷東風日暮寒吾湖東林陳蘭谷先生亦有詩云輕烟澹粉亂棲鴉畫過城南鴛狹邪不為東風吹夢渺怪渠吹蕊六朝花

沈香街即鈔庫街在貢院對河相傳嘉興項子京焚所製沈香牀香煙四五日不散因以名街余謂尋常中原少情種然千金買笑期月便忘蒙落花深毋乃太甚快哉項生酒半抗聲裂衣抱牀一吐胸頭惡氣足令此輩愧生顏變矣乃街之名由此而傳則又妓之不幸而街之深幸也夫

桃葉渡在青溪曲處渡頭坊表金碧煥如每當夕照西沈酒舫喧闐與競渡聲相間對岸為御河房相傳前明威武南巡曾經駐蹕水榭外垂柳千絲拖烟漾月暑氣徙倚清風徐來不待帷展紫綃始消塵燠也

丁字簾前厥名舊矣今利涉橋之西水榭三間最為軒豁玉筋篆額尚懸楣間縱非當日故居當亦相去不遠桃花扇傳奇云桃根桃葉無人問丁字簾前是斷橋可證也

秦淮遊舫不拖篷幕彼姝鮮乘舟者競渡則有樓船進自水西門浮几紗窗拂拭楚楚名姬三五載酒嬉遊簾影衣香隨風搖曳余於辛丑夏五猶及見之嗣以當事者禁之而止

端午龍舟傾城遊賞極一時之盛矣中元節為盂蘭集福會諸名姬家皆禮懺設齋度修佛事好事者則於河流施放水燈隨波熒熒頗堪寓目至中秋前後夕壘几為臺陳設香菓喧闐鼓吹宴樂連宵或踏月嬉遊逢橋打瓦亦歡場韻事也

河亭徙倚以永朝夕不須倚翠偎紅自可嬉怡忘倦余於今秋寓居王氏水榭每晨起盥櫛粉畢即聞鄰女教歌之聲風外悠揚使人意遠至日亭午遊艇如梭呈絲逞竹入夜則燈光煥發爆竹喧闐偕雲陽校書掀簾憑眺爇香啜茗娓娓清言幾忘涼月之西沈也

市井方言名姬不屑道間有一二語在章臺間習聞之如這也不該提那也不必了是也年來忽尚一少字每詢以事之隱諱者輒矢口而答曰少余嘗戲作集句曰這也不該提那也不必了白晢誰家郎魂斷一聲少

受郎珍惜只儂知難忘霞使月滿時最是將歸猶未忍阿母傳語怪來遲此疑雨集中王次回贈左卿詩也庚子八月十日余在江陰徐校書家亦嘗竊取其詞以記事云受儂珍惜感儂癡最是霞使月滿時虛說並頭遂予好個中苦意只儂知

同鄉沈子潔夫語余云長洲詹孝康湘亭於今春應試白門昵渠四養女磬兒有扇底新詩六十首誌其事其友王鐵夫賦誌夢詩五十章和焉磬故吳人謀歸吳以事詹志未諧而卒詹哀之以三百金市其柩歸葬於虎阜再來亭之西隅邗邑司鐸沈賓漁為譜千金笑傳奇詹王兩君詩冊暨詹漁傳奇潔夫皆親見之能誦其略惜余後至未睹為憾潔夫又云同時有趙約老與磬女弟荷兒狎荷以馬湘蘭小影贈之亦韻人也兹已從良矣吁青溪不少名姝何四條絃家獨多佳話耶

有賣花馬媼者蘇州人住洞神宮前黑廊下年四十餘而寡日於河房中送花為業

子媳一人並工手藝所居前空屋兩楹常供客館鄰寓有陳生某家本越中浮蹤白下值歲除主人以生夙逋無償迫令他徙生請以五日為期意將遷延卒歲而主人不可發聲徵色生負氣出門進退無所躑躅於利涉橋上將為抱石之謀適媼自橋南送花歸來見生倚欄子立神氣頹喪迥異平時疑而詰問生若罔聞詞色間轉似憎媼饒舌者媼益駭惑強攬其袪以歸研詢多時始得其實媼喟然曰子誤矣以子之貌當非久困者何識短智淺遽不欲生妥雖貧猶能為力所負鄰寓房膳若干金即當代為措償今夕移寓妥居度此殘歲俟有機緣再圖他適可也言已便詣鄰居告以故攜取行李而返生感其情即為棲止迨次年生汲引乏人仍無安硯之所食用皆仰給於媼媼積久無倦容亦無德色偶有嘉肴名菓必先奉生子及媳咸服事惟謹嗣生妻物故子以覓父來寓媼知生無以為家復百計張羅為其子納婦即於鄰左賃屋以居生父子幾忘旅人之困焉後年餘生始就邗江一巡司幕席挈之偕往無多歲入僅給饔飧淮陰一飯之酬尚將俟諸異日也同時有潘媼者亦蘇人子三歲習梨園伯仲居河房在文德橋西季則家於白塔巷相距里許媼往來兩地日以為常橋北有八角碑亭乃必經之路某歲除夕媼自河樹歸出門數武見有儒衣冠者投繯於亭角疾呼家人解救獲甦時已昏暮舁歸河亭詢其姓氏則張生名某籍隸浙西亦緣賦閒僑寓壽聖菴中負西客百餘金歲暮莫償而客坐索不去生不得已詭以告貸他出至此自經媼聞之笑曰負欠不過百餘金耳醉守錢奴何僑人太甚耶立傾篋出金償西客且送生歸寓勸慰良殷改歲後復不時饋遺已而生就館西江依依惜別媼誓不望報敦促啓行迄今音問不絕如親串焉二事皆得之雲間袁子蠟春所述余於二媼猶及見之一賣花一豢妓而濟困扶危各具一副俠腸大為窮途生色孰謂若輩中無人物耶爰採入軼事以傳之且以風彼輸肩鑽研錢孔曾二媼之不若者

秦淮雜詩自漁洋山人後作者如林美不勝錄近時吾郡徐雨亭先生濟著有竹枝詞十首質而弗俚逸而不纖亦足徵前代之流風誌一時之韻事也詞云何處春光景倍佳烟花十里舊秦淮豪家日費千金賞博得青樓一鳳鞋 紅粉結隊鬧鉛華高髻盤雲嚲髩鴉相與踏青聯袂去舊王府裏看桃花 綠鷁飛鳧取次過遊船如織疾於梭翠眉不許人窺見水榭簾邊黛影多 繡罷鴛鴦戲彩毬勝肢無力任勾留生來少小風流慣只解嬉春不解愁 茶蘼開罷錠紅榴底事秦淮作勝遊兩岸河房添好

景石欄杆外競龍舟。丁字簾前柳數行。晚涼浴罷换新粧。嬌喉齊唱桃花扇。誰似當年鄭妥娘。梨園樂部夜相邀。活現風情未易描。留得儂家餘曲在。春鐙燕子語笙簫。不愛從湖十頃蓮。偏愛訪妓莫愁邊。遊人盡道城南好。萬柳莊前繫酒船。水調伊梁動客愁。渡頭桃葉尚名樓。畫船入夜笙歌沸。笑指星河看女牛。雲髻風鬟掃黛蘭香羅細葛怯輕寒。中秋踏月嬌癡甚。慣會逢橋打瓦盤。　相傳雨亭在金陵為人司織局。每吟詩興。輒與相和。所錫客遊草中。又有秦淮即事詩云。浸擬瓊枝話六朝。輕烟淹粉已沉銷。蝶香人去遺歌扇。桃葉春歸冷洞簫。別院空傳鸎語滑。落花猶襯馬蹄驕。長堤剩有多情柳。依舊絲絲舘畫橈。清麗芊綿。不亞新城綺製也。以上紀軼事。

雪鴻小記

珠泉居士

余自辰秋金陵返棹。遊興漸闌。雨截高甲。足不履塵市。每吟微之曾經滄海除卻巫山之句。真覺取次花叢懶迴顧矣。丁未暮冬。穎川明府攝篆維揚。相偕至止。揚固舊遊。城北校書。又金陵舊識。暇時過訪。頗慰離懷。然當棋罷酒闌。閒談往事。誤人紅粉老我青衫。不禁相對歔欷。共悼天涯淪落也。校書居允家花園。自園北至水閣。雨岸河房。鱗次同人。徵色選聲。嘗拔其尤者五人。以佐文字之飲。迨次年夏五。花天變態情海生波。出其門闌。風流雲散。此五人者。亦偕城北校書。飄然遐舉。焉客意枯坐。聊為記敘。譬彼飛鴻蹤。雪隱約爪痕而已。若謂三生杜牧。贏得名存。則我豈敢。

方璇。江陰人。本姓水。乳名阿全。方玉奴之義女。幼為金陵女伶。余於辰秋曾相識於王氏河亭。色藝俱佳。已傾流輩。以其命名未雅。易之以璇。字曰娜來。於今三年。河干邂逅。烟鬟月瘦。雲髻花嫣。正盈盈二八時也。性耽清雅。沈靜寡言。初居小秦淮之南。因避塵囂。移家古旗亭曲巷中。閨閣幽深。非素心人。未許排闥。玉亦將順其意。珍如掌珠。綠萍。俞尹。余同鄉中表戚也。以栽花之仙吏。為掌玉之文星。投簪後。僑寓竹西。絕憐愛之。適有儈父使酒罵座。意將迷辱娜來。綠萍囑余護持。得寢其事。余每餘暇。過從清談。移晷嘗見其理雙鬟。束雙彎。笑笑生芳。步步移妍。真可相對療饑。不待醉紅腻綠也。為賦玉梅二絕贈之。有管領春風第一枝。及朗於新月澹於雲之句。娜來頗解賞音。浼余書於香箋。時時吟誦。出入懷袖中。會夏秋。玉奴以事速訟。倉猝間偕返里門。明月蘆花。不勝惆悵。　玉奴亦江陰人。年逾二紀。姿致猶人。惟腻理靡顏。不愧温如之目。善飲酒。工觴政。度曲亦清越擅場。

王瓏。太倉州人。年十八。與兄嫂共居。豔名噪一時。客歲上巳。余偕友人訪之。值瓏將

赴某鉅公招。華粧炫服。忽忽就道。閱日載造。其廬適因清恙午睡初起。帕羅慶額。芳澤無加而逸韻風生。嫵麗欲絕。始嘆濯水芙蕖。妙在鉛去彫飾耳。於時試茗之餘。繼以歡讌。余于薄醉。浼其輕歌。瓏力疾為度十二紅一曲。雙蛾微斂。橫波流光。一串珠喉。流轉如鸝。音入耳。聞聲對影。令人真個銷魂也。夏五初旬。聞其許字吳人王某。余初疑傳言之妄。往探其實。則已班騅鳳駕。貢實宜家矣。詢伊長嫂。愛奴乃知瓏雖年少。早已矢脫風塵。而志在隨人。又不願作勢家姬妾。因與王某夙契。識其氣宇非長貧賤者。決計于歸。葉紛華如敝屣。焉噫。黑風孽海飄泊多矣。瓏以稚齒韶顏。獨能早登彼岸。度亦有善根哉。

愛奴。蘇州人。向居金陵。近以年長。退為房老。色猶未衰。舉止温和。長于應對。都人士每樂道之。

黃翠兒。字綠筠。常熟女伶。王天福妾也。初大婦三胖子遇之虐。嗣以色藝冠時。樂家仰食於翠。始善視之。余於去春相識時。翠已十九年矣。融酥作骨。搏粉為肌。素質豔光。雖王蕊瓊英。未足方喻。鑑湖童子杏浦見而傾倒。留頓浹旬。欲以多金贈之。翠亦幽怨盈懷。願奉公子。盥匜因格於勢。未果。無何而有小玉奴之事。小玉奴者。天福之媳。早歲曾適黃姓。繼歸于王。亦以脂粉為生。其父母知之。有年一旦訟之有司。意欲別售富室子。事本與翠無涉。有以讒言進者。將居翠為奇貨。遂被逮。時翠方娠。杏浦為之上下營救。余亦多方調護。始以疾放歸。驚心甫定。恨珠遽隕。風雨摧花。幾經摧折矣。先是有河南某丞慕翠名。思購為妾。丞素漁於色。且自頂及趾無雅骨。翠百計辭之。悻而獲免。會以訟餘。眷荷金陵。丞又極於所往。覘翠孤弱。將劫以行。閉闥戶悲號。截髮以誓。奸謀乃寢。此其反也。歲聿云暮。天福夫婦方以訟破家。不能自存。翠雖心乎杏浦。而身處窘鄉。義難恝然以去。且天福夫婦亦不肯遽捨此錢樹子也。維時杏浦館於安宜。問遺不絕。嘗寓書於余。暨潘子研香。就近保護之。研香賦詩十絕。紀其事。余謂杏浦洵有情癡。當以歲時日晟作延津之合也。詎意天不假緣。杏浦於閏夏遽賦玉樓。鸞鏡未諧。鵬飛何遽。吾為杏浦傷。并為綠筠痛矣。附錄研香詩。憶人琴之悼。且以貽好事者。詩云。青娥原是謫仙人。幻宿空花悲宿因。誤落黑風三萬劫。明珠一粒委泥津。娟娟翠竹似容光。門巷春深駐畫娘。何處憔枝橫更進。江干憔悴女兒箱。琅玕一片總凌空。只在山陬水曲中。紅杏交枝春意鬧。此君無節不玲瓏。妬花風色太披猖。從此温柔未有鄉。廡下孤桐廚下爨。賞音那得蔡中郎。淪落空憐絕世

姿阿誰顛倒獨情癡名花借得東風力暮暮朝朝好護持春歸紅袖瑰同去月上青樓影共還望斷天涯人不見夢中情淚滴成斑如今小艇逐鴟夷烟水蒼茫杳不知蓮子心腸紅豆影可憐苦憶暗相思西風白下柳絲絲舞咽秦淮水一涯半紙雲藍情萬縷總教人不憐烟花春光依舊入揚州宵市橋邊古渡頭一樹馬蹄迷客路顧郎曲折到紅樓騎省多愁鬢已絲為君更唱斷腸詞安能天意從人願大婦同行小婦隨

陳銀兒蘇州人居水關之東弱歲學歌聲如雛鳳一夕工數劇老伎師歎弗如豪客贈遺無虛日然性慷爽阿堵物不以關懷及長益嚴鉛華素服淡粧亭亭玉立與綠竊夾河而居年並十九固一時雙璧也余友陳子心儀雅愛尋芳而輕薄萬千慨心者少客春上巳偕余閒步平康獨於銀兒一見心醉迷香洞中擬作蘇姑子好夢蝦即往訪挑以辭不答屢叩之或以疾辭私詢其義妹福兒始知銀與新安蔡生訂有婚誓迨告子歸不同章臺柳矣余笑謂心儀曰花枝已屬東風管珍重流鶯別處啼二語可代銀作答心儀為之惆悵者累日然猶幸佳期退邁無妨造室晤言挹彼清芬不必定作攀花人也未幾聞綠竊為訟累銀益嘆此中不可居而生亦適以油壁來迎遂於四月杪辭家竟去吁銀亦可謂出淤泥而不染者矣第閒生以丞睞待遇倚寓維揚年當揆室使君固自有婦也銀於定情時位非小星然他日相逢莫能兩大爭春梅雪恐費平章則銀尚於此乎為重矣偶與心儀論及之心儀又為之悶悶者累日　福兒年十五姿韶令銀嘗教之歌曲亦能嫻其聲

陸慶兒嘉興人本良家女為王三妻春媽虐於其姑驅事妓家非本志也歲甚自守楚夢猶虛余友潘子研香亟稱之因往訪焉年方及笄淡濤妝抹鮮華飾而笑容秋月瘦棠朝霞柔媚中別饒幽致挑菜節研香邀遊平山復相遇於長春嶺之西榭時值峭寒未解殘梅在枝慶兒立花陰風吹鬟影若思弱態如不勝情研香語余曰是兒終非風塵中人也即於席間賦滿庭芳一闋云綠鬢低鬟翠娥斂黛湘裙微蹴蓮鉤盈盈二八相見未嬌羞眾裏勝常道罷生姿處一响凝眸金耳索聲喑啞煙兒轉引歌喉人間多恨事花時雨橫月上雲稠況黑風裏摧折飄零那得藏嬌金屋深處護玉軟香柔嗟乎是傷春杜牧端的為花憂余亦口占一闋和之云紅豪溯鮮綠幽雲膩香泥漫印雙鉤低徊索笑相識尚吟羞攜手落梅風外盈盈酒併入明眸嬌無那霞杯怕飲的回歌喉舊遊曾記憶橋頭柳暗渡口花稠怎澀婆蓬卷簾樣風流恰遇潘郎清潤閒吟罷心醉溫柔還試問相思此後何處柔忘憂對酒高歌慷當以慨慶為鳴唱久之迨夏中聞有武林某公子以重金購為側室甚有寵余喜研香之言驗矣更重為慶兒幸也

余昔往來邗上侍桃每無多日一時名姝如林巧兒金瑞芳等皆未謀面今鉀游既數寓目遂多雖冀北之羣尚落藍田之屑歲齒加長而風韻猶存或名稍輕而幽情獨抱芳心豔影宵教一例沈埋因復附書數人亦雪泥之爪云爾

楊大蘇州人藉甚聲名甲於北里向為鹺尹董某所眠潛居別館者數載後因胞於大婦仍返邗溝雖給侍讌遊不復握雲攜雨蓋以報董之知遇也余於今春相識已逾李隗請待之年而秀外慧中嫻然絕俗落落大方當為此姬首屈一指

趙三字繡芳亦蘇州人金瑞芳之義妹也姿容倩潔不以脂粉污顏即粗服亂頭未韻殊絕至於足翹細筍腰折迴風尤覺顛掉纖柔具有萬方儀態余友倩鄉主人夙與之善

張三字素娥亦蘇州人姿儀中人而賦情特甚相交繾綣一往而深不以貧富易其念且遇急難不惜傾囊贈遺是亦風塵中獨具真性者

楊小寶本郡人年十七姿致明淨眉宇間毿毿露爽善南北曲兼工小調一矢口應絃合節歌場推為獨步其母素有瘋疾或忤佳客小寶周旋其間每一言解頤能令公喜余以解語花目之

閔德兒蘇州之木瀆鎮人年二十餘豔名甚著幾欲方駕王陳諸姬余每於城陰放棹時邂逅水亭修蛾曼睩貌亦秀韻非常第喉舌間重濁不類吳音且以其頎之狀病於雙趺未免苗條太甚也

閔德本名姬周二侍女姬向與閔某善有鍥臂盟後閔以遊蕩不羈姬延之至家寢食與共雖伉儷不過也居久之閔潛與德私與姬情殊不屬姬覺遂閔及德德遂偕閔徙居城陰作脂粉生計焉

蘇高三者姓高行三崇明人寄籍姑蘇轉徙維揚時郡人亦名高三加蘇字以別之其實姬亦從夫之名並未以姓氏者也頎身玉立慧眼波流見者罔不色授魂與且善伺人意必中肯問其年已數到星張軫翼矣向與城北校書（本姓張名銀兒江陰人詳見續板橋雜記）豔名相埒今竝以齒長不與諸姬伍而城北以風情著美姬以歌曲擅長皆有聲於時不至門前冷落也自方黃兩家各以無賴速訟河房中咸懷崔鼠之驚城北既浮

家興會娗亦戢影邗溝每過城隅不勝人面春風之感

虞初續志 卷十一 十四

虞初續志卷十一終

虞初續志卷十二

清 玉經鄭澍若醒愚編

秦淮聞見錄

雪樵居士

新安給諫王杼亭先生友亮咏秦淮七古云江乘王氣日銷歇黃旗紫蓋天所鍾楚玉埋金厭不得瘞絕更聞秦祖龍鞭衣三千鑿淮水衣帶縈紆百餘里雖園未闢紫髯公大統先歸赤帝子從此東南運始昌相承五姓作金湯烏衣瑞兆曾占都朱雀嘉名更立航紛紛割據都如夢禁得春潮幾回送尚留風月此中偏畫舫湘簾簫鼓開按秦淮水源出句容華山秦始皇用望氣者言鑿方山斷長壟以泄王氣自通濟門入郡城

玉墀先生題羅兩峯板橋遺跡圖云談龍羅家鬼趣圖去尋舊院影模糊蘆根瑟瑟如人語中有鶯鶯燕燕無綠蕪一片秋香埋半沒橋身半沒街艷迹但遺殘礎在也曾親近玉人鞋此柏婆娑似舊人戲桓幾度可憐春祇緣生長烟花裏猶作亭亭倩女身者番遊緒已愴然又對風斜雨細天畫最淒涼天最慘看君筆上起蒼烟其繪圖之日尚有綠蕪殘礎今皆無存詢之耆舊在迴光鷲峯寺之間蔓草荒烟何從考據徒增感慨耳

郭頻伽麐中秋日細娘招集秦淮水榭七律云當筵索賦定情詩金縷鞋盃繡手持正是秋風多病日最難人月並圓時瓊樓玉宇寒如此翠袖香衾或未知勝事秦淮應說徧一宵清坐共楊枝院中之細娘不亡未知誰氏詩以存人可也又秦淮席上和叔溫原韻云柔情如酒酒如川小坐真成小比肩羅綺前頭須福命功名到手要華年山偷眉黛從人畫天借燈光補月圓好向客中同作達青衫紅粉定誰賢

葉琴張大娘養女居丁官營口閣中七絕四首失作者名姓僅憶其一云晚風殘月唱來清怪我當筵酒自傾聽到歌喉珠樣轉一時愁煞好啼鶯

雙湖太守禁娼簡齋太守以詩解之趙雲崧觀察翼戲題五絕句丙叠東紅袖滿啼痕詩老為招已斷魂十四樓高功保障平康擁法好沈門八十秋鬚已白除惜花心在老逾顛哥舒半段槍無敵東南救人間娘子軍南部煙花手親拜君房下筆抄書新女閭摸到齋槙例算是貧他夜合貲巧為蛾眉作主張一言感煞東紅粧知君九十閒蹉日定杯湘蘭百枝觴多少妖姬又冶容家家度娃斛香汲青樓占得長生位也抵先儒祀瞽宗

虞初續志 卷十二 一

銅陵明經王保厚心單自號蓬萊小吏性情倜儻天資豪邁丁卯冬宴集張氏水閣賞紅白箇梅即贈座中二姬云寒風料峭日初斜滿樹梅花欲放花一種風情誰得似紅兒家近雪兒家

雲南段晉山昕青溪七律云秦淮煙水接青溪一片香風隔岸吹花影畫樓簾不捲柳絲酒舫扇相窺湘蘭舊宅鄰桃葉玉樹新聲瓔竹枝渡口往來船不斷有人添拜小姑祠

華亭金棟贈金心娥校書二律云金屋樓遲記昔時阿嬌未貯渺相思重來舊館如巢燕曾見名花想折枝月榭風廊聯倚醉釵光鬟影幾成癡却憐帶笑含愁處不許郎裁贈別詩欲步簾前不厭頻彈碁瀹茗鎮相親幾時暮雨逢神女一夜秋風動旅人衣上淚痕燈下落簪邊花影鏡中新慳囊愧乏瓊瑤贈手界烏絲紀夙因余於席間得晤心娥和如春霧淡若秋英果非膚脂俗粉也

對亭給諫詠桃葉渡云湘簾低亞秦淮綠月照玲瓏人似玉風流不唱後庭花自愛儂家桃葉曲憶昔橫波兩槳飛載將紅袖向烏衣帆隨渡口潮痕落人伴堂前燕子歸新粧理罷春衫薄花與腰肢同綽約歌成團扇不勝愁苦憶江頭波浪惡過眼娉婷似夢中碧天望斷彩雲空觸餘幻影臨流水一樹夭斜笑晚風

秦澗泉秦淮絕句云金粉飄零野草新女牆日夜枕寒津興亡莫漫悲前事淮水而今尚姓秦

董近溪過湘蘭故宅云石城東畔石橋斜徐園園荒有落花一代煙消歌舞歇侯門不及舊兒家

馬擱村士圖秦淮雅集七律云東風吹綠白門潮六代鶯花春正饒勝地喜逢佳日集名流爭赴美人招烏欄斟月波心舫紅板橫煙柳外橋新起歌樓高百尺珠簾不捲聽吹簫

凌芝泉秦淮春漲歌云春煙黯淡春雲馳二月江南雨聲裏萬里湖通一夜風秦淮新漲騰騰起新漲秦淮日漸高百花開處濺銀濤青溪渡口才三尺紅板橋頭又半篙橋頭渡口天搖碧斷陸沉沙杳無迹浪影初侵纖網灘波痕已沒漁衣石風狠日影球參差潮漸增多春漸遲楊柳綠拖桃葉渡杏花紅泛小姑祠此時水閣春光滿此日玉人眉黛展曲岸紅窗扇扇開高簾銀鉤層層捲窗開簾捲情無際祇覺河干倍有情誰家繡閣熏龍餅何處珠樓奏鳳笙繡幌珠櫳春晝長水聲瑩韻雨悠揚粉

脂凝處流成錦花片飛時浪帶香暮汐晨潮春事過掠波小燕還相賀可知人是鏡中身始信船真天上坐處處樓臺倒影門鴨頭綠皺縠紋輕春愁從此如春水傍春欄干日日生芝泉名霞江甯人著有鳳巢山房詩集予見此詩於曹鳳珍校書家周蓮亭隸書詩字俱佳每為歎賞

泰州園椒墩維瓛白門絕句云夜夜秦淮夜夜簫鮆魚時節長秋潮曾經丁字簾前坐細雨青燈話六朝周雪客詩云三弦撥動揚州調故老聽來盡白頭曾偉謨詩云輕鬟斷送南朝事一曲春燈燕子箋悲涼感慨大雅遺音

婁兆蘭秦淮春晚云隔簾燈燼月低欄似水韶光欲駐難煙波潮落早六朝春夢烏啼闌王孫車馬芳塵遠商婦琵琶夜月寒十里花飛流不盡青衫有淚幾時乾婁君青陽人著有春庭詩草

陳巧齡家居城北近邐文德橋下座無雜客庭有苔痕靜袖垂髫嫣然媚態贈緘卞斂墨蘭一幅斂為玉京妹此卷畫於崇禎癸未中秋後一日年十四五時也巧齡珍愛時常展玩殆與額相觸彭甘亭居士原題三絕句云粉印螺香一尺綃秦花簾下想垂髫如何便解靈修怨不寫東風豆蔻梢闌心向婉說桃根曾着黃絁入道門似箇伊人畫秋照藕絲冠底淡眉痕舊院風流話水天青溪執素半飛煙亭亭一朵秋花影尚在恒河浩劫前

沈吉坪於庚辰夏午招邀王朝霞張寶林紀昭林胡蓮漪宴集王氏水閣醉後題壁一律云垂楊墻外繫蘭橈長夏秦淮暑易消花氣半窗人語細歌聲一片酒兵驕華燈照水疑星隕香篆隨風若霧飄最愛曲欄紅影裏當頭明月隔簾簫

閨秀詩少有咏秦淮之作近見碧梧夫人咏媚香樓七古云春淮烟月板橋春酒粉殘脂膩水滴翠黛紅裙競粧裏垂楊勾惹看花人香君生長號無雙新築紅樓號媚香春影亂時花弄月風簾開處燕歸巢盈盈十五春無主阿母偏憐小兒女弄玉簫居引鳳臺簫郎未遇吹簫侶公子侯生求燕好輸金欲買紅兒笑桃花春水引漁人門前繫住遊仙棹奄黨纖兒想納交纏頭故遣校童招那知西子含顰拒更比東林結社高樓中剛腸墨色無奈風波生頃刻易服悲離阿狀作重房對把鸞孀路天涯從此別情濃錦字書憑若個通桐樹已曾棲彩鳳繡幃爭肯放游蜂因愁久已拋眼扇教坊忽報君王選啼眉擁髻下粧樓從今風月憑誰管柘枝舊譜唱當筵部曲新翻燕子箋總為聖情憐硯睨桃花宮扇賜簾前天子不知征戰苦風前且聽儂花

鼓阿監宮傳鐵鎖開吳人猶在瓊臺舞銀箭聲殘犬尚溫君王匹馬出都門西陵空自宮人泣南內誰招帝子魂最是秦淮古渡頭傷心無復一香樓可憐一片青溪水猶尚門前嗚咽流

周月溪邀笛步七律云步名邀笛溯春潮有客今來聽玉簫波裏月搖雙槳活樓臺人占百花嬌黃鸝紫燕新楊柳紅襯青山舊板橋背日桓伊今不見空留佳話重南朝又桃葉渡詩云渡頭此夕更喧闐滿耳笙歌不夜天青雀舫攜桃葉渡紅兒詞唱柳屯田煙花勝地原堪賞風月良宵更可憐嫁逸少兒殊不善吳人難遇是良緣

奚蓄紅校書名翠娘居釣魚巷壁間絕句云絲管聲中欲暮天蘭橈爭水正喧闐尋常一樣江城月看到秦淮分外圓

彭湘南秦淮口占云秦淮河畔亂沙汀芳草魂生六代青春去雨中人不惜杜鵑啼與落花聽

李戴溪秦淮夜泊云輕搖畫槳泛清波十二紅樓帶醉過綠暗香風簾半捲玉簫聲裏月明多

陸調颿校書立秋前一日送汪雪峯歸里七律云勸歸常似鳥啁啾一唱驪歌反淚

流怕問前期搖白首何堪殘夜即清秋幾年歌管樓臺客一夕風濤舴艋舟欲望征帆惟慣狎江干不敢輕回頭

江夢亭於秀英席上送李約園于役京江云衰柳紅闌一片秋迴廊曲折徑通幽美人愛客連宵至樺燭同君永夜遊綺席悲歌頻撫劍霜林蕭颯欲披裘明朝燕子磯邊水又送輕帆過潤州

金陵夜市購紈扇一柄畫竹數竿空翠欲滴題云幽篠千竿綠幾重輕烟淡雨更空濛侍兒憐爾情閒事問是情濃是竹濃末署秦淮女子夢湘法管夫人畫意併題余過訪夢湘無知者不勝悵悵

汪立齋懋才秦淮口占云晚風楊柳暮潮平打槳秦淮自在行舊雨多疏新月冷朝雲都散夢魂消任添紅友奈窮愁怕占青樓薄倖名人老漸如僧入定非關鶯燕太無情

顧將雙淚啼為雨明日留君不出城余讀此詩每為酸鼻若某集中贈妓詩云憑君莫拭相思淚留看明朝更送人此熟風景語也近見楊月娟校書送別云休將別淚共沾巾歌舞叢中老大身千樹桃花同薄命一年風景少長春憑知孫叔憑誰問但說相思莫當真紅葉半江秋色好未應愁絕是征人此詩愈曠達愈覺悽惋門外漢未易語此

清秋氣爽與高綺樓偶過吳小素楊玉香家拈其壁間佳句學簡齋太史題綺樓曰不知夢裏因何事一笑嫣然眼倦開此不知得妙畫橋停午知何處多在垂楊柳影中此知得妙夢回枕上聞餘澤知是花香是粉香此似知非知得妙

豫章楊亦山懋題余青溪風雨錄云珠玉隨風咳唾新柳枝桃葉倍精神生花筆寫如花貌並占千秋不讓人吁之欲出畫蛾眉露浣薔薇讀豔詞誰識前身紅豆子江南處處種相思夢到秦淮最易醒三生舊恨苦飄零一池水皺干卿甚眉影斂尤記得清綺語年來欲自删琵琶聲裡淚痕乾嫣雲又逐秋風動請龍香侶入社難

柳如是本事澹心板橋雜記極為詳備近見颳北集中題柳如是小像足稱河東君知己其詩云女假男粧訪名士絳雲樓下一言契美人肯嫁六十翁雖不鬚眉亦奇氣妾膚雪白髮雲烏伴郎白髮烏肌膚肯同搭粉稱虞侯弁髻持門勝丈夫扁舟同過京口泊桴鼓金山事如昨何代青樓無偉人可惜儂家貧主恐早聞鐵史寫降箋不遣朱游和蠡螺妾勸郎死郎不麿妾為郎死可自憑諸公偏享期頤壽毛惜終髙

節俠稱三尺青絲畢命處尚悲不死在金陵畫圖今識東風面果然絕代紅妝艷詎知賦粉柔脂中別有愛民心一片君不見同時卞玉京心許鹿樵事未成旋識貴人為棄婦流離含淚畫蘭英又不見顧眉生榮華曾擅橫波名當其夫婦從賊日降泥塗面逃出城一樣平康好姿首青青終讓章臺柳

辛未七月大府有驅逐之令院中諸姬雲散風流張素琴春林輩掛帆遠去李雨亭寄懷二絕句云苦怨鶗鴂命不齊臨風難覓一枝棲此行好記門前柳春夢歸來路不迷一帆輕送晚風行楓葉蕭蕭送遠旌莫怪殷勤真惆悵陽關怕聽斷腸聲

又贈張春林二絕句云雲鬟霧鬢態嫣然對影間愁轉自憐命薄如花春不管風光容易擲流年偷解瑤環意若何賺郎來覓好重過連心紅豆同誰識相思苦更多

袁簡齋太史集中多有秦淮之作予愛其與郭鳳池侍講秦淮話舊四律錄其二首云高頭新月畫纖纖十二年來吏隱兼人似孤鴻雲驟散詩如老將律精嚴黃梅雨久春潮闊紅樹花深畫舫添料得憑欄定含睇六朝春在水精簾欲續驚鴻帶雨聽風發小住王河亭家家短笛横窗過日日長眉傍水青深夜花明燈照影開樽酒

罷月當廚尋春我有藍橋路且飲瓊漿再乞靈

望江寄廬門題馬湘蘭墓云葉飄難禁往來風未肯銷埃向彼叢畫到蘭心偏素素死依僧院示空空知音卓女情難切薄倖王郎信未終一點憐才真俠意青青竹節夕陽中絕世英雄奇女粧荊家曾說十三娘年來文士勳相擬始識伊人不可忘零露似熏濃茁蕊百花想見蝙衣裳平生除拜要離塚到此才燃一瓣香相傳江甯南城外瑞相院後叢竹中為馬湘蘭墓厥冬友侍讀又以為新安貞女某氏之塚陳楚筠作詩以証其誤是耶非耶吾安能起塚中人而問之

府東廊有寄贈馬湘蘭畫冊並自題墨蘭云何處風來氣似蘭簾前小立耐春寒囊空難向街頭賣自寫幽香紙上看偶然拈筆寫幽姿付與何人解護持一到移根須自惜出山難比在山時又斷崖倒垂蘭云絕壁懸崖噴異香垂涎空惹路人忙若非位置高千仞難免樵家門伴晚粧又一葉蘭云一葉幽蘭一箭花孤單誰惜在天涯自從寫入銀箋裏不怕風寒雨又斜四詩皆有寄托或云湘蘭不能詩疑好事者所為予錄其詩而還其畫

沈雲椒侍郎秦淮五日云菖蒲綠映石榴紅艷艷盈東西放幾叢不辨誰家樓閣裏遠

廣初續志　卷十二　六

山多在畫屏中欄干影裏綺疏橫叉酒齊酣笑語迎樓上風衣樓下水一簾香霧不分明丹荷風颭佛幢如扇影參差漾碧虛一片湖光星萬點家家水閣上燈初柳陰檻外泊船頭都向樽前聽短謳卻到中流清景好蔣王山上月如鈎

陸晧霞吳瑤香長於象棋對局清宵曾不知參橫月落余與顏金臺伍紫珙偶過其室見其對弈不休態有餘妍金臺為賦七律云滿欄花氣夜闌深雙美簾前倚一枰雨陣並圍如對壘單騎直入不俱生黛眉橫處饒奇計玉手停時運甲兵局罷相看齊撫掌侍兒都唱凱歌聲紫珙步韻云坐間玉潔與冰清客至歡迎不欲枰背水獻軍疑險絕憑城一將又逢生欲擒虎子思投穴解事經奴勸罷兵未許旁觀參勝負漏聲聽罷更雞聲

吳松亭秦淮夜泊云難遣秋宵遠別情半堤柳影半河星誰家倚檻橫吹笛盡訴鄉愁與客聽

余與程達人屢訪陸綺琴不遇復於七月十四夜過其室與訂隔夕重來達人題其壁云幾度來游一晤難相期三五共盤桓姮娥未許粧相見要待冰輪滿處看

高寶樹題吳頡林杖香小照云雲鬟寶髻劇堪憐小到驚花十九年位置恰宜清淨地閉門調想當然

通州某秀才少年貌美其佃戶有女悅之竟以成病臨卒謂其父曰吾為某秀才死也吾思嫁某自念門戶寒微事必不諧今雖死為兒致此意則目瞑矣其父告某某往視而氣已絕戊午鄉試過女子於淮清橋儼然如生入闈夜臥夢簾前爐沸驚醒起視見女子靚粧倚笑而無語試畢題七律於秦淮寓寓云勞勞水驛又山程橋畔相逢帶笑迎路遠尚然同跋涉情深原不隔幽冥風清林院魂鄉冷爐沸油簾夢更驚自揣唱隨誰得似三條燭下話三生是科某領鄉薦為設位以祭之

商寶意先生於龍潭旅壁見秦淮偶興四絕後書桂堂二字達人飢誦終不知為誰題其詩云淡黃楊柳曉啼鴉絲雨溫香濕落花應有躍魚吹雪上水邊亭子正琵琶水榭湘簾特地遮朝煙上興曲欄平舊時紅豆拋殘處只恐風吹子又生雞門過雨綠煙鋪檀板金樽俗有無小艇已將煙月去人間空說女兒湖鱗鱗碧瓦照春萊晉井宵聲鳥語哀第一林泉誰省得數枝猶發舊宮槐

陸茗玉校書性耽幽寂春蘭秋菊手自栽培尤善蓄水仙花開特盛余見其壁間有雲林卅六峯樵叟賞水仙詩蓋丙子丁丑戊寅所作其丙子四律云翠袖黃冠冷艷

廣初續志　卷十二　七

發美人名士讓清華檀心未敢沾膏露玉佩遙看出絳紗夜月幾簾微有影東風回馭郎粧家憐卿相伴無多日淨几雕欄養嫩芽波波羅襪了無塵占盡江南別樣春淡泊自甘風骨秀鉛華不事玉容真冰姿一樣圍姑射雲水千鄉伴洛神冷趣幽香誰共賞年年綠閣度芳辰夢入瑤池雅淡妝瓊姿合坐水晶牀似沾月姊三分白肯遜梅兄一段香金盞不堪承玉液銀臺猶自怯元霜娥眉八尺留芳久痴蝶狂蜂未許忙白壁黃琮細碾成丰神迥異昔人清不因春困嬌無力為愛詩狂瘦有情檻外繁霜懷舊恨窗前旭日解朝醒雲華一現還歸去懶伴塵緣過一生丁丑四律云捲幔奇香逐曉風錦堂人到覓仙蹤年年瘦骨憔杉重夜夜溫情枕恨濃一自清芬初照眼何來塵俗更沾胸商量詩句經年後閬苑歸來許再逢一歲花開一度妍妙明木淺靜涓涓錦帷深閉紫霜夜玉髮低垂暮雨天含笑入簾呼小玉多情解語認非煙山礬未許稱難弟豪放溫柔各迥然愁倚幽窗興欲狂輕盈體態試新粧何當金盞銀臺宴更熱龍涎鳳腦香相伴琴樽都靜雅擕來眉宇自清揚無言有恨緣何事天女維摩怯散場違君逆旅眼偏明怕唱驪歌淚濕纓風信催殘香漸淡陽和烘得夢難成如聞玉佩迴春夕為解春愁唱紫情記得蕊珠宮裡住出山還想在山清戊

寅四律云洛浦精神迥不同詞人長伴一春中止緣花亦憐狂客豈爲詩能奪化工暗室香飄疑解佩隔簾影動怯迴風錦屏翠袖和烟冷一片檀心靜裡通豈緣珍重怕追歡脈脈哀情欲訴難晨日芳心含未吐幾人青眼早來看瓊肌未許窺瑤室燕瘦分明倚畫欄碧玉搔高空自惜清泉照影不勝寒驚喜冰姿細細開香遺韓壽本憐才引將日影烘嬌面逼出風情破玉腮淡掃蛾眉朝紫禁濃熏豆蔻立瑤臺主人愛讀羣芳譜惜煖禁寒手自栽不依籬落愛華堂盆蕙瓶梅結契長西子浣時原近水太真浴罷自生香霜侵鵓背來何暮雨濕鶯聲去莫忙銀燭畫堂今夜客美人芳草鎖柔腸

又晚崧齋主人水月軒宴賞水仙詩云珊珊環珮下瑤臺玉質金相費剪栽南國夜寒同錦帳東房日暖孕珠胎果然近水花先發不怕偷香客又來自界烏絲同作賦泌妃獨愛魏王才

尤西堂泛舟秦淮感舊云一篙春水綠平橋蘭艇相將逐暮潮河畔柳枝新繫馬渡頭桃葉舊吹簫六朝金粉愁烟沒二月鶯花苦雨銷憑仗酒樽能送客未容問答老漁樵又臨江仙詞云十四樓前歌舞地珠簾畫障神仙月明花底弄紅弦無雙桃葉曲最小莫愁年戰鼓催殘金粉盡空餘墜舄遺鈿香銷南國憶嬋娟東風芳草綠裙帶我猶憐

江曙亭雨後招吳玉香校書小集月波榭云秋霖夕霽暝煙催新試輕羅稱體裁簾外燕拖殘雨入意中人愛晚涼來凭欄雪藕傳紈扇隔座香葱送酒杯六尺桃笙清似水今宵好夢近宮槐

儀徵張曰恒題江令宅云南都多舊跡江令最知名長板雙橋合青溪一水迎仙臺廻騎杳高樹免鵑鳴悵望城東路年年春草生

秋日過馮金鳳校書次適值病起亂頭粗服丰韻獨佳壁間周可中絕句云身如梧葉怕經秋清恙間愁雨未休爲道冷風禁不得湘簾低下好梳頭

黃竹山寄題秦淮酒樓云青溪小住一春勞帘影低垂綠樹高廿四風催花爛熳十千酒醉客粗豪銀屏紅燭歌金縷錦帳烏雲墮玉搔贏得詩成題憶昔烏絲界就急揮毫

李佩雲校書粧次懸子野自書千秋歲引云小巷清砧簷前鐵馬併入簾櫳蕭索哀鳴雁說遺陽事鶯樓鶴語黃姑約夢回時酒醒了燈花落一半是他將意緒一半是

儂將情滿總是溫柔鄉路惡當初想到而今好而今悔不當初莫十年心十年事消磨却按子野天啟時人其詞其字越二百餘年爲佩雲得之亦有夙因耶子野有懷名妓王修微一闋佩雲或其後身乎

李嘯村勉青溪口占云粉墻紅掃落花塵一帶樓臺樹影新雨細風斜簾未捲繞無人在亦消魂

惜鷹巢定志工詩著有竹香樓稿丙寅六月許香巖太史招集西樓時夏蘭數花因作西樓篇云崔巍石頭城澹蕩秦淮水淮水繞城流西樓矗雲起不厭野人過終日清樽醞纖歌遏白雲華月出高梓誰操清冷音猗蘭殊不以按西樓即西樓記中穆素徽所居之舊址也香巖太史葺其地而新之樓俯秦淮清流照影十載寓公遊屐頗盛今許公已歸道山樓臺易主殊深今昔之感

秋聲在樹黃葉敲門寓齋殊覺岑寂適李懶仙枉過詢其近狀因述中秋前夜偶過高秀英水閣見其獨坐無聊情多悒怏歸途口占七律云坐對清秋獨倚欄當頭涼月小於丸恰逢薄醉愁如訴更愛纖腰秀可餐夜靜迎風聽葉落室空對影把箏彈花香茗椀消殘夢暗解羅裙帶又寬

釋棲碧同訪念堂吳月樵諸公青溪野飲云橋畔一帘動相招酒伴過人同詩思淡秋在夕陽多江令前朝宅桓郎何處歌莫忘今夜月曾照醉顏酡

馬掬村秦淮詩云南國繁華地西流歌舞場千秋聚佳麗幾度閱興亡時雨催新漲游人買畫航六橋排雁齒九曲轉羊腸掩映珠簾捲參差蘭槳忙浪花晴噴雪粉陣晝飛香撒笛吳童秀徵歌楚客狂白頭多逆旅弱冠半膏粱樓榭千家麗煙花十里長鍾山風影繁泮水夕陽黃比户筵初設連艫燈亂張星毬橫爍爛火樹發輝煌酒氣疑騰霧波聲詩沸湯直如居不夜何異泛銀潢煩惱歸何處溫柔老是鄉多情皆杜牧絕色總秋娘腰細勝垂柳喉嬌賽鼓簧瓊簫音斷續金縷曲低昂鴻雁原知別鴛鴦豈論行揚州春夢醒巫峽莫山蒼渡口尋桃葉祠邊拜女郎醉歸遙帶日感舊秋生涼王氣黃金盡嬌歌玉樹荒年年憐後主世世笑秦皇

悵遠許叔魁秦淮雜詩云塵月沈沈玉樹枯吳娘曾此繫明珠文章枕綺鶯花命天限三年嫁小姑丁字簾西舊水亭玉兒低首儘叟屋何當解脫玲瓏骨蓮首焚香夜誦經（誦槲吟秋）落旗亭謝小鬟去年相過在邯鄲（馮金寶）琵琶一曲江州淚月缺珠沉好夢難詩人老去尚鶯鶯張籍秋風少官情（揚州秋）南屋又蘭（馬又蘭居白塔巷）東小玉（謝小玉住王府）

塘批紅抹白拜門生按詩中所謂吟秋又蘭者名重一時今皆退為房老若金寶小玉杏不知其所之矣美人名士同茲浩歎此司馬青衫所由濕也

司馬溫公曰婦者家之所由盛衰也苟慕其富貴而娶之鮮不挾富貴而輕其夫傲其舅姑者養成嬌妒患有極乎予思富貴之女尚不宜娶近乃有購院中姬為簉室者其流弊可勝言乎劉葛莊句云閒花止好閒中看一折歸來便不香又郭止齋贈友人娶妾詩云照眼瓊英似好看殷勤移種入雕闌幾曾荆棘成連理錯認忘憂是合歡國色天香雖共賞土階茅茨可相安誰人解得遊仙趣抱着梅花耐歲寒玩其語意可以醒世矣

江成齋志和春日尋陽香輪舊宅云愁來不解酒腸寬看到鶯花興又闌殷齒苔青沾宿雨裙腰草綠帶春寒吟殘隽句懷人苦尋遍遊蹤欲見難記得綠窗紅影裏叮嚀惜別勸加餐

院中雛姬非親養者約束甚嚴選曲教歌無虛日惟張畹蘭其假母鍾愛特甚任其嬌癡常於春間邀同輩年相若者角技余與荆瘦桐過其室見其色藝俱佳調笑無忌亦一時韻事瘦桐為賦詩云一春難得暢幽懷為愛風流綺席排龍腦篆濃浮睡

鴨鳳頭苔破印弓鞋花因客好香全吐月愛歌清影上階問道廣寒人罕到霓裳今夜近清淮

畹蘭十歲時即為雲林山人所賞代選輕舫遨游河上山人別倚危欄看其蕩舟來往併記二絶云星眸慵展趁朝涼不慣晨粧嬾下牀報道畫船簾外等熏花理鬢一時忙小鬟初上木蘭舟暗數誰家好畫樓忽聽欄邊呼小字佯羞障面不回頭

長沙王梧青鳳年七十重過秦淮輕舟泛月髦而多情憶及老友蔡止山玉瓊圃張守軒業均歸道山即莫日之二湯與郭玉娘等亦無從問訊不勝欷歔其居停元寶宮為余絮及並出其留題二律云狂奴故態怕重提再過青溪日又西畫舫綠波雙槳活雕欄紅影一般齊鬟因新浴花都滿酒到微酣曲漸低照眼繁華今視昔卅年春夢已全迷無端幽恨上眉彎破涕真難引笑顏良友停雲栖碧草美人行雨傍青山偶來北里聽歌後似過西州忍淚還誰與招魂花月夜斷腸鶯語尚關關

周蓮亭為余誦曰決意不留情太忍斷腸相送我原痴此院中女子送春詩也君知其人乎又焦漱芳箋頭錄近作云家傍青谿舊釣磯凭欄遠眺意遲遲水紋圓處魚爭餌樹影斜時鳥度枝芍藥開殘春意懶杜鵑啼徹客魂痴江南三月東風緊吹到閒愁兩摘知余久客白門竟不識此兩人如相馬者之失千里駒殊可愧也因自誦一律云天台尋遍失雲英枉說仙山頂上行門掩梨花誰識面詩吟柳絮始知名錦心繡口生來艷玉骨金肌別樣清不信樊川春雨後深林尚有好啼鶯

汪蔗田豐秦淮泛舟云水關初啟綠潾潾路入仙源好問津絲管一船烟外月樓臺十里鏡中人綺羅香沉薔薇露琥珀光搖竹葉春午夜燈光星影亂居然此地鬭紅塵

金陵莊元燮無題云髻雲撩亂不曾梳先向池邊飼碧魚露滴翠荷嬌不定戲分小妹當珍珠杜容裳即事贈張畹蘭云捲簾偷看步遲移鳳子花前曬粉衣欲撲幾回還住手憐他欵欵是雙飛二詩俱寫出女兒情態真白描高手也

宋人詩云吩咐花香莫過牆隔牆人正繡鴛鴦閒香定要停針線繡不成雙不寄將近人王芷堂贈秀英校書刺繡云晝長先把睡魔降學繡鴛鴦坐綺窗惟恐意慵針指嬾累他幾日不成雙此與前二絶異曲同工令人百讀不厭

賴補菴維勤重過白下由水關入城口號云鴻爪重來記雪泥十年幽夢落青溪近人紫燕從容語識面黃鶯不住啼楊柳三眠春意倦烟嵐一角黛痕低落花流水仙

源近返棹漁郎路不迷

雪後邀黃栗夫坐王蘭官河亭捲簾閒眺冷艷逼人蘭官曰若此際弄絲竹一聲必異尋常清脆其妹朝霞即起擫笛吹小桃紅一曲真不啻黍谷春回也栗夫賦詩云當年玉樹未曾凋風景猶疑近六朝一桁青帘搖屋角幾人鶴氅過溪橋冷如強敵真難避雪似寒愁不易消惟有紅兒差解意獸爐圍住自吹簫又曹元寵丹王氏雪中觀妓云恰似春風三月半楊花飛處牡丹開真繪寫入神

錢塘袁鄭亭同吳次侯先生晚泛秦淮絕句云兩岸紅燈射碧波一枝蘭槳蕩銀河捲簾都有蘭香影只覺高樓月更多夜半人歸露滿天一重簾影一重烟東風吹起長堤柳盡捲笙歌上畫船

青陽陳梅緣蔚秦淮旅邸五古云客舍傍清淮日暮窗扉敞詩懷撩幾番憑欄看月上淡影浩無涯空水相摩盪盈盈酒在壺此際同誰賞之子期不來結念幾神往須臾小夢中喜叩門環響

韓伯起題周曼陀校書畫香獨坐圖云不用痴心看畫中水晶簾下記相逢果然一縷沉檀氣直透羅衣入内重

錢塘厲太鴻現尋秦淮舊院遺址調寄柳營曲云支瘦筇訪城東板橋夕陽依舊紅名士詞工狎客歌終醉臥錦燕叢閒愁埋向其中溫柔老卻英儇香銷南國盡花落後庭空風吹夢去無蹤

又題顧橫波畫蘭箑頭小桃紅詞云秦淮不見翠蛾顰搨扇香痕潤往事眉樓有誰問墨花春霧均舊怨都銷盡南朝豔粉才人風韻題詠到湘帬自註龔宗伯有題畫蘭帬子如夢令為橫波作

院中七夕家家乞巧江夢亭為梅巧齡賦詩云清秋庭院拜雙星瓜果筵罍列幾層細語未聞聞笑語他生不祝祝今生銀河搖漾疑無路烏鵲辛勤最有情自昔宮中雞犬盛五更愁聽一聲聲

厲影憐校書得蕭仁叔邦上來書語多未解問字於陳敬吾敬吾即其語意題後一律云憔悴於今已細諳懨懨春雨病江南離愁無那書何益夢境難佳醒不堪尺素由來多舊恨老生藉此作常談何時笑語搴簾入展盡攢眉為解驂

江甯顧與治先生同杜于皇飲眺孔雀庵五律云橋想佳人倚園思公子為猶餘夕陽好空照柳絲垂流水無情去春風著意吹暗將吾髮換君少亦生悲自註孔雀菴左為馬湘蘭故居右為徐府東園今皆廢為野圃疏畦正所謂荒園一種瓠兒菜占盡秦淮舊日春也

夏培叔秦淮見聞云傍晚紛紛載酒卮有箏琶處過船遲一河風月無人管都付橋南楊柳枝

丹徒孔竹嶼秦淮雜詠云琉璃一片浸長空倒映餘霞漾斷紅幾曲平橋數株柳畫船搖過太初初丁字簾前月一鉤羅衣初試恰新秋晚來水調臨風起隔岸誰家共倚樓又深陽宋漁山辰秦淮絕句云嗚咽秦淮日夜流蘋花荇葉滿荒邱南朝江令無人問愁絕年年拜蔣侯

溧陽彭安琴賦舊院行為闕客庵題姜姬畫蘭云素箋小幅懸秋榭陣陣香風吹欲下誰移九畹一枝蘭年年花葉無凋謝並頭花影不含顰幾葉蕭疏淡出塵髮將可憐傳妙手寫來煙雨卻如真如真即名姜其氏風流應擅長千里自書甲戌上元前為贈關闕蔡公子公子才華宗伯家南國徵歌過狹斜（蔡為龔江宗伯子）雲間莫生好詞藻生看點染紫萸花（姬自題作莫生寫御在座更助筆墨之趣）莫生蔡子百年後如見幽蘭親寫熟尺無最恨石頭城多時芳草埋香繡我曾十度過秦淮無處頹垣覓斷釵何緣世上逢金盌空向墓端賦錦鞋笑儂家本金陵地不知舊院多遺事舊院歌樓三百春風月鶯花難盡記記得城南淮水傍舊和坊對大功坊文德橋頭近南巷鷲峯寺側轉西廊西廊南巷皆香陌踏成滿路胭脂迹青樓到處可停車朱戶誰家不迎客客來江上盡王孫一望平康即斷魂樹迴楊柳多繫馬花發枇杷故掩門門裏闌干十二曲詩兒三五新妝束自言好女郤姓秦預料小名多字玉玉女珠娘未出來簾內嗔教阿母催昨日遊人調錦瑟今晨闕客下梳臺臺前卻扇歌宛轉微顏翻墜桃花淺藍尾酒傾燈下散紅箋汗透宵分喘歌舞相尋慕儇朝容易纏頭百萬消方杯玉釧光同腕更索羅裙色稱腰當時紅板橋邊路絡繹香輿織煙霧只聽日日弄銀箏盡說家家擁錢樹錢樹移來金穴邊豪華巨賈粉少年多選狎客貴杯斝又買新姬教管絃滿城絃管風吹散萬紫千紅齊爛漫最先一本鳳尾蘭紅錦千端還不換采蘭時上木蘭舟蓮花開日向西洲不論重陽與寒食名流爭約同遊遊來遊處谷看梅早又踏雨花臺畔草烏龍潭上數呼啞桃葉渡前歌懊憹懊憹於今奈若何正嘉前事已多訛趙家供奉無人說（武皇時趙燕如善音律徵入供奉）但說湘蘭勝蹟多（神廟時金陵院中以馬湘蘭為第一）湘蘭昔住青樓上幾架吟詩樓自創只有王生得入來撇蘭寫竹常相向（湘蘭與王百穀最善）聞道王

生愧不如江南才子盡曳裾漫載白鳳詩詞客還向碧雞尋校書此時舊院真繁盛五侯七貴爭相勝每將上座選紅裙不許庸奴窺翠鏡北里齊名趙彩姬後來朱鄭亦稱奇（朱無瑕字泰玉鄭妥娘皆當時名妓）象管鸞箋歌夜夜燕釵鳳帔舞時時便房曲館常逃戀技巧兼呈心目眩或能撾鼓聲如雷或能投壺光若電或能彈棋拂手巾或能操琴聽淵鯨更有吳門薛素素彈丸走馬翻身顧（素素吳姬住舊院善彈丸走馬）於中絕技何者無尤競新詩吟柳絮詩能吟絮畫能蘭濕霧輕煙墨瀋殘黃金買賦猶為易紅葉題詩始信難舊院當年推領袖錦江莫出湘君右屈指姜姬正並時如真豈在守真後（姜名如真馬名守真）彩雲化去百年中舊院樓臺條已空忍教回首蘼蕪徑莫結同心松柏叢四陵松柏何從問朱雀烏衣悲一瞬落花遠聽鷓鴣啼橫塘久散鴛鴦陣非徒舊院劇傷心向日離亭不可尋白髮亂餘亡故老翠鈿錯後絕知音二十年來江上宿那堪玉樹今翻續燕子斜陽晚自紅臺城荒草秋還綠我從舊院路傍過何從彷彿遇淩波土花繞處沉釵股瓦葉沾時拭黛螺院內於今惟菜圃翻看紙上留蘭譜一代美人香草魂可憐都被君收取蘭葉蘭花有幾莖如君翻作舊院行忽教往恨成新恨應化無情作有情

白下歌姬有披剃於陽羨山中名妙音尼者金壇王次回彥泓贈七律云散朗高情迥不群翠鬟剃得一絹雲釵鈿脫來栴檀壓羅綺裁裝貝葉文茗椀近添禪悅味舞衫新換戒香薰潮音梵唱聲清妙舊曲如今不許聞又代答一律云淨却情根淨髮根笑看刀下翠紛紜辭家偶爾來青嶂善客猶能贈白雲世上含顰羨鳥迹面前啼笑水風紋春心久作寒灰死艷曲何妨一再聞

黃秋舲鈺即席贈鳳珠金縷曲詞云驀地相逢驟劇堪憐梨窩乍淺柳絲腰瘦恰好芳齡才二八情態乍諳時候更俊似㛹㛹飛燕酒星眼斂飛眉欲語問三生福分何人厚才與貌堪居首半酣小立銀燈後最銷魂歌喉婉轉暗拋紅豆月更分明人更嫵翠黛誇多鬟綠恐搯大不堪消受盡征裘花氣酥胸愛酒痕紅上頰著肉擎玉帶纖纖手

孫吟秋秦淮題壁云桃花流水木蘭舟丁字簾前訪舊遊不見玉人空悵望綠楊吹絮下朱樓

厚奄未詳姓氏秦淮竹枝詞十首云閒到桃花春水多青溪九曲半笙歌西關三月隨潮歐遍放遊航泊內河一年景物一番新銷盡黃金爲買春水卧鴛鴦風舞蝶花多解語却含顰花天酒海任流連風景移人太放顛千道燭龍浮水面家家簾捲看燈船雨後潮生景更殊紅欄綠水兩平鋪登樓不用危梯引好是纖纖玉手扶綠柳陰陰絕點塵憑欄恰露好腰身此時我亦如魚樂看到波心有美人晚粧不藉麝蘭熏十二湘簾捲夕曛照影似嫌珠翠俗斜簪茉莉壓烏雲晚卸船篷古渡頭迎潮雙槳捷如鷗三更風露侵羅袖便覺涼生六月秋夕陽影裏放輕舠風解迎人月又邀自製新聲歌水調隔簾都和一枝簫琵琶聲裡能留客鸚鵡籠中解喚郎委地青絲慵不挽女兒多愛學男粧年來稱客滿吟鞭慚愧風前唱竹枝紅豆好拋千萬粒沿河處處種相思

方子雲秦淮水榭夜坐云曲曲欄干繡幙垂櫓光水氣動輕颸羅衣涼襯人無奈猶爲簫聲立少時

皇甫古尊在金陵市上得金字扇一柄乃前朝名妓徐翩翩所書扇尾署名曰金陵蕩子婦某古尊喜甚求題於厲太鴻先生得賣花聲一闋云花月秣陵秋十四粧樓青溪迴抱板橋頭舊日徐娘無覓處芳草生愁金粉一時休團扇誰留婦人只有小銀鉤句尾可憐蕭瑟似浙流漂泊翩翩字驚鴻能詩有俠骨遊長洲顧太學詩云一日發江口五日下長洲可惜送君淚不隨江水流又周暉聞柔娟書紈扇以贈云識面因何即別離無多綢繆亦相思天涯處處催人去自笑前身是子規

林初文章送客詩云不待東風不待潮渡江十里九停橈未知今夜秦淮水送到揚州第幾橋

李雨亭過王桂娘舊宅云門前遊水感年華牡蠣墻高柳半遮蝴蝶一生身入夢杜鵑三月血如花人經舊地東風冷簾捲空庭落日斜怕有傷心雙燕子重來還認是王家

立巷先生歸林數載偶游秦淮口占七律云板橋春浪恰容篙檢點茶爐上小舠魚到河梁欣脫網鷹盤霄漢久除絛名心似水由來淡詩品如棋德不高惟有狂奴狂未減銀瓶索酒尚粗豪

辛巳冬天寒特甚余與江夢亭周蘭軒過趙五福粧次夢亭戲曰含笑問娘曾記得今年寒比去年寒可爲今日誦也五福又曰今歲立春在上年臘月明年立春又在正月半兩頭無春其冬多冷夢亭即其語意口占云風滿簾櫳雪滿天美人呵凍撥爐烟嚴寒凜冽非無意不許江春入舊年

張素琴去後其女花子尚留曲中自嫌名不雅馴請易別字友人高寄生向識素琴今復見花子之友人誦其紅拂當年事青樓此日心之句周笑曰徐娘已辦走路矣後果嫁江陰郁文叔文叔死復還秣陵削髮爲尼居簾子營小庵中

王竹軒題楊韻香粧閣云夜深香霧月當欄簾捲西風水一灣怪底畫眉新樣好開窗日日對鍾山

熊蔭泉觀察學駿秦淮雜咏云秦淮三月畫簾開便有遊人打槳來燕子不歸春又暮幾家閒煞好樓臺笑語勾留畫舫停紅粧綠鬢影娉婷簾前燈映樓頭月十里人家一畫屏

按齊武帝於興光樓上施青漆謂之青樓是青樓乃帝王之居曹植詩青樓臨大路駱賓王詩大道青樓十二重皆言其華也梁劉邈詩倡女不勝愁結束下青樓此稱妓居之始今則直以青樓爲妓館矣近郎介甫湘宴集秦淮水閣自懷張銜如葉青華詩云綠竹聲中雜醉酲不堪旅館又離亭吳從客路無多綠樓傍垂楊格外青越水吳山懷舊雨驚飆風泊感晨星明朝又掇中江棹出岫雲難片刻停

貢院前元寶官教習小部清音余愛其雛伶胡長生邀陪鄭僧如胡云明晨即返蘇

州節愛其纖弱豔因哭曰爾名佳甚余為爾咏之口占一律云門巷重尋路欲迷江湖閒夢最相思華堂簫管春如海驛使風霜鬢已絲猶記名花留豔子果然境樹有新枝東皇歲歲催芳信留個何曾為主持

賴吉人舟泊北河口寄陸綺琴校書云涼夜風寒倚柁樓空江瑟瑟起閒愁嬋娟覓伴推雲出鷗鷺貪眠逐浪流蘆荻洲邊添酒戶琵琶聲裏老江州多情惟有長堤柳萬縷千條挽客舟舟至吳城復寄孫袁並附一絕云一艇輕裝寄已遲寒先衣到我心知秋來鴻雁回頭少腸斷燈前暗卜時

馬星園青溪曲二首云清畔照床蟬坐唱同心曲月尚依儂懷郎去一何促郎去妾心去郎歸妾心歸試看雙蝴蝶不肯學車飛又月波榭晏起二絕云隔簾花氣冷侵衾十二銀屏取次添春睡正酣人未起很聞紫燕喚鈎簾幽蘭繞砌綠雲團青到簾衣露未乾自笑近來花樣瘦梵閒春晚怯春寒又過許香嚴西樓云遠宵風雨妬花枝畫出春光欲去時一樹海棠開遍了主人笑語客來遲

蕪城過客未悉其名氏贈張大家月香女史十絕余愛其末首云吟成一字九迴腸除却溫柔不是鄉但願他生脩化土和泥燒瓦作鴛鴦

劉月川孝廉招邀予遊夫王芝亭馬夢溪小集月波榭五律一首云樓傍隋青溪清樽對夕暉偶然簾半捲忽見燕雙歸天容名士聚春怕好花稀何處吹長笛坐久客忘機

雛姬花子即風雨錄中之張畹蘭其養母珍重特甚余亦深為愛惜周蘭莊笑謂予曰爾兩人同一愛而不同所以愛因口占七絕云蜂貪釀蜜蝶貪香得得花閒盡日忙同是愛花心一片兩般情性費商量越日玉香準廣其意作四韻云名花多解語訴盡是和非蝶為尋香至蜂如入市歸春飽紅豔秋冷淡依依但到將殘候蜂蝶蝶亦稀

劉金堂澄贈吳福真校書移居云金屋裝成錦作圍舊時梁燕尚依依又從楚館營新壘恐到秋深不肯歸

胡鳳巢蔚浪游吳楚嘉慶己巳寄寓秦淮予至而鳳巢已先往揚州見其寓齋留題七律云落拓天涯是棄材荊扉常掩長莓苔人間鴉彩還歡心似爐烟熱亦灰夜半清歌隨月落秋深紅葉上樓來此時獨坐憑欄客一片鄉愁掃不開

馬掬村遊笛步懷古云桃葉渡頭採芳杜鈄楊半擊垂楊樹風流遺跡望中迷一灣

水逝無今古想見南朝愛竹人岸邊聽笛橫烟楞植伊三弄去無言梅花亂落青溪雨又題陸綺琴校書畫蘭贈周了緣云想像樓唇暈墨妍數枝寫贈帶湘煙美人慵性天生妬未許周郎徧覓逢又秦淮竹枝詞云驚醒烏雲夢裡仙一聲花賣夕陽天晚艇來飛郎來接捲起珠簾上畫船閒倚闌干繡闌閒閑枝無數為儂迴顧君莫學西流水舫廊捐時瀨不來攜歌畫泛舟秦淮云笙和笛響入青冥雲愁無心也最傷一曲歌喉珠一串美人妬殺倚樓聽

釋樓碧是岸著有花笑軒集其題春江燕子樓主人秦淮雜詩云雨雨風風落盡花幾株殘柳夜啼鴉多情最是秦淮客如此淒涼不憶家

江甯談念堂承基著有石禪精舍稿秦淮新柳云東風吹面軟搦搦柳條新又作銷魂色來看打槳人朝烟低遠水舞雪換前身眉樣誰相似妝樓爲寫神又青溪曲四首云澄碧波環薜荔門城陰風景似江村倚他垂柳支離甚不畫眉痕畫水痕鍾阜浮嵐半有無古祠遺址盡荒蕪白蘋紫荇參差影自捲餘聲醉小姑翻銀閘口瀉濤聲雨過波紋一夜生飛鷺欲眠遊舫去晚潮鳴咽打臺城詞客臨流酒易醺雞鳴埭下一舟停渾身疊雲香羅軟靜聽風搖九子鈴又秦淮曲二首云潮起歡情濃潮落歡不見如何載歡船卻喚雙飛燕灘田引潮去閘閘放潮入閘前雷鼓喧田中枯林急怡園酒樓壁間絕句云他鄉難仗酒消愁離畔黃花恰暮秋長笛一聲聽外落不堪人在水邊樓

汪郁園述次大雲有懷沈巧齡校書病中云薄暮青帘凍不翻驕驄人過息敲門打頭柳絮添詩意迎面冰丸撒酒痕夜永鶴瘖同客悄宵寒氣怯傍衾溫遙憐病骨支離甚歌哭淋漓瘦又奈

如皋閨秀熊澹仙遭題桃葉渡云木蘭雙槳夕陽明有客臨岐正送行萬點飛花春一片渡頭終古別離情又黃艮男詩云團扇新詩七寶成豔歌曾得感君情盈盈十里秦淮水何處王郎當送迎

楚南王柳齋與余有車笠之好三過白下鬢髮蒼然而風情不減庚辰秋仲招提陸綺琴黃秀琴李佩雲胡蓮漪輩排日聽歌賦遊仙詩六首云不司符籙不朝天贏得頭銜號水仙聽遍霓裳新譜後廣寒隔別又三年下界曾傳萼綠華居然仙豔映朝霞雲端月地人來少閒看碧桃紅杏花十二層城四面開雲軿風馭任徘徊飛瓊嬌伴儂猶記離恨天中少再來何年天女散瓊花塵世靈苗漸吐芽種出江南花解語

果然多事是仙家青鳥書來近不同歲星三住蕊珠宮幾回借飲瓊漿去依舊龍鍾一老翁小吏蓬萊侍玉皇金堦玉闕苦匆忙青蓮謫後耽詩酒始信壺中日月長

明季柳敬亭蘇崑生俱流寓金陵往來諸姬院曲出入公卿座間其豪情俠氣卓絕一時 國初諸老亦多題贈板橋雜記桃花扇傳奇詳其顛末尤悔菴看雲草堂集中贈蘇崑生二絕云三十年前大將牙張燈劍舞撥箏琶相逢蕭寺驚憔悴紅豆江南正落花九江漂泊九華歸楚尾吳頭舊夢非莫向樽前歌水調山川滿目淚沾衣

雲林三十六峯樵子由白下移寓邗江寄贈若玉校書八律云才上蘭橈未出城高樓玉笛兩三聲吹來離緒心先醉喚起秋愁客易驚落拓自慚牛馬走叮嚀誰學鷓鴣鳴雲帆雨檝年年慣漫說風波不可行昨夜樽前笑語同驪歌聲斷去匆匆忍拋神女巫雲外空老襄王驛夢中瓊樹觀前秋色冷玉勾斜處夕陽紅傷今弔古尋常事別有閒愁寄遠鴻採藥劉郎轉暗思天台曾到幾多時相逢六載才膠漆始信三生有早遲感遇頻看衣上酒替人常記枕邊詩平生自笑同痴蝶選盡名花愛一枝鷞魂落落不禁銷底事飛瓊又見招自薦遊仙秋夜枕閒吹引鳳紫雲簫風輕廿四花多劫人似初三月正嬌紅豆拈殘時記曲謫來猶自想鈞韶病後腰肢減一圍雲

英不似舊丰儀嘗當春困歌先嬾梅為爐銷影不肥寶鴨香濃愁損鬢桂花風冷怯侵衣嫦娥幸喜偷靈藥醫得清光永夜輝命薄何妨不自疑聰明思與福爭奇三更空想蕉邊鹿一局難收劫後棋鐵板銅弦歌懊惱長齋繡佛誦慈悲皈依欲拜蓮花座也似英雄末路時憐我輪蹄足未停飄飄難聚雨中萍野鷗自愧衣常白堤柳何緣眼誤青陌上尋春歌緩緩筵前擊節惜惺惺此生惟有花知己訴與流鶯不忍聽跌宕空餘北海樽荒雞無復舞劉琨蘭因絮果芳塵杳紙醉金迷綺夢溫管領六朝卿等在遠憐三徑菊猶存相思此後瀰能寄夜夜回頭到白門

杭州何春巢秦淮竹枝云猩紅一點着櫻唇淡抹春山黛色勻壓鬢素馨三百朵風來香撲隔河人遠近聽來笑語聲板橋西畔泛舟行尋常一柄芭蕉扇搖動春懸便有情簡桃最是晚來多萬點紅燈映碧波我已三更驚夢醒猶聞簾外有笙歌夕陽兩岸畫樓臺紅藕香中一棹回別有芳心卿不解扁舟且為納涼來

近過諸姬粧閣中見其楹聯頗多佳句如馬翠娘粧次云嬌如新月真宜拜瘦似秋英轉耐看高秀英閣中句云綠雨紅雲春一片穠香淡夢月三更贈吳冠香聯云並命鳥銜紅豆蔻同心瓶插紫丁香余葯園贈王翹雲聯云終日校讐排悶錄他生報答有情仙某司馬贈若玉聯云化為蝴蝶魂猶瘦修到鴛鴦劫更多

山右王童山久滯邗江近移白下寓齋小幅書休甯陳楚南句云貧歸故里生無計病在他鄉死亦難其久客難歸之苦可概見矣閒心田誦其僑寓秦淮與鄰姬夜話七律云老去心情止自知怕聞絲竹懶吟詩年年滯跡三千里日日思歸十二時旅客生疎門慣掩迴廊曲折月來遲鄰姬也怨飄零苦話到鄉愁雨淚滋

滇南王青池又遷咏盆蘭四絕即贈單芳蘭校書云風捲清香透碧紗瑤階百葯長蘭芽美人含笑為余道一歲曾開五度花折花簪鬢索題詩翠袖慇懃勸玉卮賞遍自誇原不爽買來還是未開時花先四照客狂歌滿座笙簫雜綺羅客到此時狂不得好詩難並好花多別卻湘妃伴翠娥素心猶似想嚴阿較勝閒與庸奴看倚入朱門可奈何

小住清溪鶴避十載知我罪我俱未可以口舌爭也秋浦姚鐵舟附書來規諷語摯情長真難備錄又寄七律一首云六朝風景舊繁華占住青溪計未差做吏情懷同蛺蝶廣平知己問梅花生來倜儻原非福夢裏團欒不是家春草年年傷碧色江郎何事滯天涯

附錄雪樵和鐵舟原韻一首云歲月蹉跎改鬢華學書學劍事都差詩緣寒瘦難求草筆已澌殘不夢花塔影招來歲渾院春風吹過莫愁家登樓王粲歸思切不愛枝棲近水涯

院中郭三名喚一時因訟事牽連袁香亭為之關說當事者覆札云朵雲飛至誠恐狼藉花枝欲于園中立五彩欄使封家十八姨莫逞其勢然弄郭郎者只是逢場作戲須上臺時看如何扮演再理會下場可耳香亭復寄詩云一波才定又生波廣困封姨可奈何不是花奴偏惹事總緣柳弱受風多登場更比下場難牛鬼威風色已寒要識李夫人面目何如留待帳中看

陸靜功壺中偶談載松江胡壽楯久客金陵醉過青溪喚渡舟子不應自倚石欄唱吐選見對岸有二女子小舟並坐其衣淺綠者吟云草綠苔青憐枕生月明梨與御風行淒涼何處橫吹笛恰似當年舊帕盟少頃衣白者復吟云於今醒却舊痴迷紅豆拋殘莫更提蕩子心情同蛺蝶好花多處拈香栖壽楯留心切記聽耳邊街鼓業近四更殘月微明由他道回寓次日仍過其處徧問舟人並不聞二女吟詩壽楯悚然不復敢深夜遊行

庚辰春莫偶過因是庵適值牡丹開盛邀集胡蓮漪張寶林作花前竟日之遊兩人居處異地辰邀已至各攜摺疊扇一柄均畫折枝牡丹一書姚鐵舟善慶庵看牡丹二律一書初潭集賞牡丹一則實非有心預購何巧合乃爾因併錄之

鐵舟名翔黃池人其七律云扶筇同過梵王家綠雨紅雲爛若霞止道禪門爲善果誰知淨土有名花生來富貴嬌無力吟到清平點不加誰識甚深微妙諦空中香色總繁華芬芳魏紫與姚黃四面樓臺護曉妝鹿苑苔深雙屐少鼠姑苞圻一僧忙延前莫惜中人產檻外能留幾日香拚向花間頭白盡摩挲老眼看春光

初潭集載王簡卿赴張功甫牡丹會衆賓既集一堂寂無所有俄而左右報云香發未即捲簾異香自內出薰郁滿座羣姬以酒肴絲竹次第而至別有名姬十輩皆衣白首飾衣領皆牡丹一姬首戴照殿紅執板奏歌侑觴歌罷樂作乃退復垂簾談論自如良久香起捲簾如前則十姬易服與花而出大抵簪白花則衣紫紫花則衣鵝黃黃花則衣淺紅如是十盃衣與花凡十易所歌者皆前輩牡丹名詞酒竟歌樂無慮百數十人列行送客燭光香霧歌吹雜作客皆恍若遊仙

余在姑蘇又聞王學耕誦其時校書寄某詩云不恨離多恨夢癡夢中攜手說相思一聲鐘動鴉啼樹又是柔腸欲斷時迨至秣陵逢人致詢有能知其儂居油市而伊人秋水渺不知其所之矣

江昭鶴訪紫雲校書云誰家水閣近黃昏滿耳笙歌笑語溫悄立桐陰風露冷曲終繞扣一聲門

李嘯村上巳集飲秦淮七律云板橋雨過水拖藍約踐今朝恰盍簪馬齒壓吹人第一蛾眉留對月初三歌傳桃葉春猶淺笑索梅花酒正酣恨是綠肥紅瘦日卻從江北憶江南

南滁馮鈞少霞東題李笛樓秦淮煙月錄云買得秦淮作比隣不知占盡幾多春小紅度曲花含笑太白題詩筆有神得意文章關福命會心碁酒總經綸板橋他日搜遺翰定讓先生第一人又陪哈蔭亭孫虎溪曹義池周月溪周了緣板橋踏月五律二首云夜氣壓重樓青溪結伴遊人烟隨岸遠燈火逐波流長笛三更月輕寒六代秋誰家小兒女猶自唱伊州往事記名流秦淮第幾樓吟詩留古意打槳放扁舟客舍難為夜羅衣不奈秋閒心消未得買酒看吳鉤又憶秦淮七律云六朝陳迹隔秋煙最憶江南八月天勝國樓臺餘照裏故侯門第晚風前羣山遙傍雲雙屐吹簫桓伊月一船何日得隨南向雁重來江上聽吟箋

金陵瑣事載林奴兒號秋香成化間妓風流姿色冠于一時學畫于史廷直王元父二人筆意清潤從良後有舊知欲求一見因畫柳枝于扇題二十八字以拒之云昔日章臺舞細腰任君攀折嫩枝條從今寫入丹青裏不許東風再動搖

羽士朱嶽雲福田江甯人著有嶽雲詩鈔咏秦淮舟子七絕云一年生計在煙波金粉秦淮過眼多那更捕魚江上去可憐夢裏亦笙歌

周櫟園與友人話秦淮盛事詩云紅兒家近古青溪作意相尋路已迷渡口桃花新燕語門前楊柳舊烏啼畫船人過湘簾綫翠幌歌聲紈扇低明月欲隨流水去洞簫猶在板橋西曲曲銀河瀉晚霞蘭叢玉色間琵琶暗潮夜濕欹闌石細雨朝開隔岸花菡萏無心臨翠蓋芙蓉有意映窗紗當年月底分明畫妒殺垂楊一半遮誰識合歡夜不開吹笙無力自徘徊鐘聲漸遠隨波去花氣將眠過渡來曲曲盤盤流豔夢垂垂楊柳綰深杯一生明月秦淮好到眼雲烟第幾回彿水殘鴉弱自持輕寒簾外影離離風吹香動花無骨露逼歌聲月有絲漁笛暗隨紅雨落酒爐閒受綠陰支鐘山松老雲霞漫近日金陵客不宜又馮鈞少憶江南詞云江南憶蓮漏怕重聽十里畫船歌管接五更殘燭夢魂醒記得雨初晴春過處何事燦如雲鸜鵒恰當來客語鴛鴦生爲讓船分天色正黃昏

陳佛奴既往揚州於秋杪寄湘亭一札併寄香物數事湘亭題後七絕云冰麝芳煤遠寄將幽窗焚處斷人腸分明裏日人初到一陣衣香早上堂

或誦秦淮某校書絕句云雨急風狂勢欲傾呼僮忽取傍簷燈奔來簷溜如溪響隔着窗兒喚不應又云此王翹雲詩也

旌陽汪潤齋佩瑄工繪事畫五色菊於箑頭寄贈紫珍校書並題二斷句云曾過三徑話從容描出幽姿氣味同耐得秋光禁得冷回頭莫怨負東風擬將瘦骨比寒芳賦粉調朱鎮日忙不信色香都絕俗寄人籬落避秋霜

李嘯村上巳憶白下詩云清明恰是禊蘭辰遙卜秦淮眼一新楊柳晚風深巷酒桃花春水隔簾人橋邊車過香生路樓外船歸月滿津憔悴不堪來舊館相憐誰為洗沙塵

廣西桂林許健庵其源同蔣心餘先生話青溪舊遊斷句云十年浮梗寄江湄何處春來繫客思記得青溪舊遊處桃花深護小姑祠

如皋馮玉林原與王桂娘同居桂娘去後遂歸馮氏改名福姿其始至白門卧病數月霜葡雪梅未免憔悴隔年餘再遇於鈔庫街則桃花春水顧影堪憐聞與邗江湯某綢繆臨別留贈七律云一掛輕帆便各天相思有夢亦徒然蔗甘終竟荼同苦藕斷何堪絲又牽歡會從今思昨日光陰容易過中年懸知兩地離愁苦怕看當頭月再圓

喜齡胡七養女居淮清橋水巷十五歲時色藝俱佳不屑噲伍春日放美人風箏洪勺泉題詩云霧鬢烟鬟白練裙御風行處傍斜曛應酬久厭思離俗位置空高太不羣幾見嫦娥曾入月由來神女慣為雲因緣一線非難斷莫把飛昇早認真

馮筠少茉莉詩云磁盆軟土絕塵埃清白風姿婉媚才捧入鬟雲連葉少捻將纖指待花開夢回珊枕香猶賸妝罷朱樓賣又來一蕊一珠攢萬朵秦淮風景足低徊又玉簪花結句云只恐鬟雲簪不住小鬟生怕倚欄干又梧桐一聯云遊戲功名憐介弟風塵賞識讓中郎俱摹寫有神曲切入妙

鮑御橋絕夢詩寄白門某校書云驚離燕別太匆忙猶喜宵來入夢鄉為道風波難跋涉更憐清減細端詳繁絃健唱新翻曲小袖仍藏舊日香珍重良宵休再到板橋

殘月有輕霜聞柳橋與馬月香有終老之盟此殆寄月香也余曾晤月香於張鳳林席間身軀短小雅淡宜人殊足繫人懷思

鍾沁香李雨亭劇賞胡雙喜張寶林馮秀卿曲藝之佳因同二公乘興踏月適雙喜抱恙失音不勝怏悒沁香於席間口占云樽前唧唧似蟲鳴病裏歌喉怕倚聲名曲要聽偏少福舊絃重理亦多情樊川薄倖人都老王粲思歸賦未成時予將銀燭華臺今夜酒青衫紅粉問三生

汪元琛金陵雜詩云青溪一曲鴨頭波相約湔裙踏淺莎更聚月明桃葉渡但聞人語不聞歌

白下秋闈士子雲集秦淮諸姬家詩詞楹帖觸目紛披但萬斛沙中寸金難得偶於楊韻香校書水閣見呂阜園舊句一律云柳絮吹殘柳浪搖春淮日日長春潮水高船影平欄過風急歌聲隔岸飄檢點妝香焚寶鴨編排小令配瓊簫桃花門巷深如許記得天臺路一條

予與趙漱夫同過東水關余飲香校書漱夫急急欲行飲香戲曰冬去春來疏闊許久況已過清明春光易老何不追歡竟日殊覺負此良辰予愛其吐屬絕似汪蛟門好女兒一闋云隔樹鶯聲喚起春情九十韶光今已半看梅萼凋殘桃花歷亂楊柳輕盈怪煞檀郎不定覓後約負前盟若道是別離猶未久已倏忽花朝無端上巳又早清明

王功甫敏代卞小鳳送某回中州七律云幾年聚首共蹉跎執手踟躕奈別何夜雨淒涼傷舊雨清歌冷落怕驪歌熏爐那及郎情熱蠟燭真同妾淚多短堠長亭人獨去滿帆風雪渡黃河

偶遇嘉興友人柏菊溪屢詢秦淮女子竹香近況若何予雖久居白門曾不知竹香為誰轉問菊溪乃菊溪亦只聞其詩而並不知其姓氏居址因誦其春夜懷人一律云簷鐸聲聲夜漏遲丁東入耳最淒其剛愁酒醒誰相伴恰喜燈明影不離芳草隄邊留舊恨垂楊屋角掛新絲此情難向人前訴只有萎花鏡裏知

長沙嚴仲簡年才弱冠僑寓秣陵閒居院中情殊急遽常側聽夜漏黎明馳去其友黃星堂調以詩云鴛枕偏媆一夜愁濃香淺夢數更籌笑君恰比春霜薄紅日高時影不留

雲林逸叟浪遊吳越間二十餘載癸未冬六十初度忽整歸鞭陸調航校書邀集張

晼蘭蔣秀英胡雙喜四喜輩共設餞于因是庵留別諸姬二律云白頭分袂最淒涼無奈桃花戀夕陽綺席難辭今日醉旗亭猶憶昔年狂佳人滿座都傾國遊子還家恰杖鄉恨別傷離徒懊惱燈殘酒醒莫思量生憎薄倖到而今誰識樊川一片心玩月怕圓愁月缺看花不折惜花深休傷遠夜空吹笛自有知音莫碎琴紅豆拋殘白門道垂垂翠葉易成陰

聞周介軒述壬午秋闈楊研齋龍霖亭仝友人扶乩于秦淮水榭然祝後乩忽自動得斷句四首云何處鐘聲日暮時鷲峰寺外夕陽遲笙歌散處遊人散自剔蒼苔讀斷碑秦淮誰說舊風光兒女酸心淚不乾底事相違白門道帶圍難禁一時寬蘭槳燈火夜深紅數遍欄干第幾重記得當時歡喜地五河亭在板橋東名士名姬笑語總依稀風景似當年不堪幽恨重提起春雨梨花落墓田楊問作者名姓乩復動曰兒乃秦淮舊人張喜林憲公等兒搭無可迴避但兒粗識之無不通文藝於鷲峰寺前逢舊好張簡夫強與俱來詩則簡夫口占也楊又問諸人誰可獲雋乩曰祿籍掌自文昌我輩何能分曉再書絕句云棘闈深鎖萬燈明貪業春蠶夜有聲老將重經酣戰處秋風淚灑石頭城予憶簡夫殆亦老諸生而客遊秦淮者

春日同李雨亭閑遊秦淮偶過某姬家適一僧先在予為誦烏宿池邊樹僧敲月下門句姬力白無他云是舊隣偶爾過訪越日以其事聞于楊香輪香輪述一趣語云昔有夫出外經年始歸謂其妻曰獨處無聊亦與戚里往來乎妻云自君之出足不踰閾即寂寞難遣以小詩自娛其夫欣然索詩稿閱之開卷第一題即是月夜招隣僧閑話

袁韞玉西樓記初成就正於馮猶龍覽畢置案頭不致可否袁惘然而別馮方絕糧室人以告馮曰無憂袁大今夕餽我矣家人以為誕袁歸躊躇至夜忽呼燈持百金就馮至門門尚開問其僕曰主方秉燭相待袁驚趨而入馮曰吾固料子之必至也詞曲俱佳尚少一齣今已為增入乃錯夢也袁不勝折服今尤膾炙人口事載堅瓠集按西樓舊址在秦淮河武定橋下自許公香嚴修葺後又經易主若非法齣流傳亦安有過而問者

溧陽彭貢園光斗秦淮絕句云雙雙蘭槳畫橋西上巳風光入望微一派綠楊遮不住歌聲輕度夏侯衣誰製新詞教小紅蓬艙低按玉玲瓏楊枝已去徐娘老莫向尊前唱惱公

汪來峰寄寓秦淮習靜辟囂托病不出有養病一律云年來踪迹苦勞形借病偷閒戶半扃藥倩美人量水煮詩煩老嫗解吟聽秋聲到樹驚殘夢月影移花上短屏枕畔每聞隣舍曲三更歌管不曾停又貢園再過釣魚巷有賣花聲詞云檻外綠楊遮影透窗紗曲欄處處玉無瑕記得模糊曾畫壁是那人家深巷酒旗斜路好鬢蓋陰陰庭院隔籬笆綠擁紅藏昏似夢風送琵琶余將有揚州之役鄭玉爵江曉亭共觴於厲四娘家適其女玉林校書購芍藥數十本曉亭賦芍藥一律即送予之邗上云花神莫厭酒徒狂綠竹筵前徹夜忙簾內影搖千片錦牆頭風送一城香莫呼小字愁分袂（芍藥一名將離）但惜餘春勸舉觴明日廣陵騎鶴去虹園嬌艷費平章

秦淮沈翹翹卒亡二十餘年矣友人琢某生弔翹翹絕句二首云舞衫如蝶鬢如鴉醉倒城南碧玉家一宴紅樓春夢短酸風苦雨送梨花眉斂秋霜冷畫屏崔娘卷裏太零丁紫蘿紅杜都零過何處空山葬草青後閱耳食錄知為河南韓生弔都下沈翹翹之詩愛其淒惋有致並錄之

王建宮詞云密奏君王知入月喚人相伴洗裙裾按黃帝內經女子二七而天癸至月事以時下又曰女子不月則王建所云入月即月事也近人諸春生欲寄宿院中

尹新官以月事婉辭施賢堂為賦絕句云鴛鴦此夕費安排便宿便飛事不諧為報嫦娥今入月與郎同學太常齋

日札載美人妝面既傅粉復以胭脂勻掌中施之兩頰其濃者為酒暈妝淺者為桃花妝薄薄施朱以粉罩之為飛霞妝梁簡文詩有分妝間淺靨繞臉傅紅斜之句近日秦淮曲中競尚飛霞妝華亭王秋壎絕句云水晶簾下看多時淺淡飛霞鏡裏知莫更樽前添酒暈輕顰微笑喚紅兒

馬湘蘭舊宅今改為佛庵貢園七絕云拍拍寒塘野鷺飛數株衰柳冒禪扉壞牆風過幡影猶認樓頭舊舞衣

宣西庵江千曉發寄王寶珠校書云催人腸斷五更鐘不管離愁幾萬重江上蘆花舟上客一聲偎曉趁西風

長安客話金陵陳大聲鐸嘲北地巷曲云門前一陣騾車過灰揚那裏有踏花歸去馬蹄香綿裙綿襖綿褲子膀胱那裏有春風初試薄羅衫生葱生蒜生韭菜腌臢那裏有夜深私語口脂香開口便唱冤家的歪腔那裏有春風一曲杜韋娘舉杯定吃燒刀子難當那裏有蘭陵美酒鬱金香頭上鬏髻高二尺蠻娘那裏有霧鬢雲鬟宮様粧行雲行雨在何方土炕那裏有鴛鴦夜宿銷金帳五錢一兩等頭昂便忘那裡有嫁得劉郎勝阮郎近日秦淮曲中人人競秀戶戶爭華陳設做商彝漢鼎綺窗嵌雲母玻璃曲檻長廊望徹湘簾繡幙曉風殘月聲傳鳳笛鸞笙奇服艷妝翟裘珠繡瑤釵寶珥火齊貓睛味厭山珍海錯人思火棗冰梨淺斟低唱飛瓊恰胥漢飛來檀板金樽玉娟比瑤池玉澥遙想大聲見聞習慣故鄉風景故一過趙女燕姬直是人間天上

黃陶庵先生不肯和河東君詩蓋賦性莊嚴其詩却極有風趣如竹枝歌云東湖西湖蓮花開一日搖船採一回蓮葉田田無限好只因曾見美人來柳條不繫玉蹄騎拗作長鞭去路斜春色也隨郎馬去粧樓飛盡別時花近有詩本不佳而自矜身分者柳塘以沈餘霞校書小照求題于某生某意不屑置之餘霞請于曰某不難點染賜多矣聽其言詞鄙俚必無佳句倘一落墨行將奈何後見某莫愁湖句云詩人何事無高見不咏功臣咏莫愁回憶餘霞之言誠為不謬禾幾湘潭王瑞軒來云余赫餘霞不幾今始知其移居鷲峰寺後地頗清幽曾出梅花小照屬題得七絕一首云一重門掩一層花入夜寒芳透碧紗不是色香清絕處美人何事肯移家予笑曰君

為某公捉刀餘霞雖不知詩而實能知人因述前事共相慨歎

謝小娟年十四明眸皓齒顧盼嫣然鍾沁香贈七律云脈脈泉聲愛細流兒家小築徑通幽等閒公子留紅葉多少才人願白頭對鏡修容疑入月搴簾識面抵封侯禪心笑我沾泥絮也逐東風上玉樓

揚州汪蛟門贈柳敬亭賀新郎詞云何物吳陵叟儘平生詼諧遊戲英雄屠狗寒夜蕭條聞擊筑敗葉滿庭飛走令四座欷歔良久說到後庭商女曲悵白門寂寂烏啼柳天付與懸河口可憐飄泊寧南後記强侯接天檣櫓橫江刁斗亡國豈知還叔寶世事儘銷酹酒滿目斕斑像友心識懷光原未反但恩仇將相誰知否少平勃黃金壽

鍾沁香贈言露香校書云橫看側視總銷魂疑是前生淨六根粉黛輕勻花有致半姿皎潔玉無痕繡簾風細游絲軟寶鼎香清篆影溫知否最難商量處一鉤新月近黃昏又贈蓉裳校書云爛斕衣裳五色線章臺誰信有瓊枝知名久列羣芳譜繡像新增百美詞袖影風飄春筍嫩眉彎黛淺遠峰低留人細語鶯聲軟猶憶盈盈十五時蓉裳本吳人愛着繡裳見者目炫彈絲品竹藝冠一時雖稍長猶自矜持常與雛姬小鬟角勝云

雲林逸叟重遊白下喜晤吞玉校書贈詩云誰云別後見時難春去秋來雁一般夢裏悲歡傷聚散燈前驚喜話溫寒重逢解語名花好直當知心舊雨看露鵲喜檐應有信綠楊深處卸征鞍

情性嬌痴劇可憐風寒露冷夜將眠眠時記得清閒課睡鴨重溫換水仙余見此詩於馮雙喜壁間末無名氏詢之云購自夜市中錄之以俟知者

杭州宋笠田樹穀山塘閒步云疏狂猶記少年時幾處歌場鬧靄詩此日舊遊零落盡酒痕只有故衫知似此風光絕可憐相攜朋好踏春煙怪他楊柳舒青眼止向長街看少年近入劉檗田玉再遊秦淮云衰柳斜楊客再遊舊人無復唱涼州劉郎老去風情淡自撫吟絲賦感秋秦淮畫舫劇玲瓏短檻疏簾四面通忽聽隣舟歌子夜借人絃管醉西風二公詩傷時感逝中年以外人殊難多讀

顧與治秦淮感舊七古云淮流雨足波光膩詞客停船午相遇文園多病阻清歡坐起尋思溯洄意此時落日酒初醺望裏悠悠總詩思何人對此最深情風前別下鍾山淚遊子皆言風景殊居人倍感河山異余生曾作太平民及見神宗全盛治城內連雲百萬家臨流爭傲笙歌次一夜扁舟價十千但恨招呼不能致佳人向晚傾城來只貴天然薄珠翠不知鄰澤自誰邊樓上舟中互流視采龍門罷喧未已蜿蜒燈光夜波沸偶將一葉到中流半夜移舟無繫旅當時只道長如斯四十年中幾遷易渡頭猶是六朝烟畫閣珠簾久顛頹鷁首金鑣戈甲人馬嘶亂入王侯地即今月好幾船開惟有空明照酬醉繁華既往莫重陳暮燕搖搖定猶未但願遊人去復來再見太平全盛事卷中多錄國初人詩詞亦見明季末造士夫觸目傷懷有不能自已者我輩生當盛世江山秀發花柳繁敷彩筵均有餘樂謂非履戴生成之獨厚乎

江夢亭題沈素琴水閣云數椽斜枕舊青溪窗外輕紅杏一枝花映清流人倚檻雙雙照影水都痴張子含雨中同小雲司馬二波騎尉題吳姬冠香樓月圓三絕句詩云玉簫金管蕩橫波何似吳姬細馬馱爭怪雙鬟忘不得當年曾與唱黃河九曲秦淮話六朝不堪同聽雨瀟瀟櫓牀小響分明記青粉垣西舊板橋未到黃昏掩側門初三下九易消魂東風二月梢頭恨都在江南紅豆邨

武進黃仲則景仁中秋夜游秦淮歸城南作云城南好酒如春泉醉擁酒家樓下眠醒來露重葛衣冷正見浩月當中天呼僮起步六街去香塵寶轂青溪邊玉簫子夜

聲未歇雛姬十五歌可憐此時據鞍我亦樂顧影不覺猶少年惜哉花月只空度春江回首愁如烟去年此夜人初別今歲今宵已成憶懷人中酒臥年年此時愁熱天涯客桃葉渡莫愁湖昔日佳麗今有無殘金剩粉不盡排徊漏下啼城烏城烏啞啞天將曉走馬卻出長干道到此惟餘萬古愁荒荒片落高城小

白門馬子周秦淮雜咏云丁字簾前月上時簾中低唱竹枝詞雛鬟出谷啼猶軟乳燕臨風態不支我對青衫懷白傅誰鈔藍本贈紅兒憐卿親捧銀箋紙補寫前宵感遇詩

江寧秦楷皆孚遠學淵泉殿撰之孫芝軒尚書哲嗣以孝廉官武部員外工詩少學明七子近師山谷放翁著有風雅堂書屋詩鈔其和清溪舟泛圖八首云紅蠟能填碧玉簫青油初泛木蘭橈聽歌已過橫塘口流水潺潺冷竹橋短籬缺處補移楊野蔓無人自有香七十二航歌板寂更從此地闢清涼黃蘆苦竹偏荒汀水榭頹欹閉曲檻疏雨一畦人不到豆棚蛛網挂蜻蜓祇林雙社鎖山扉樹杪危巢白鷺飛忽見青帘颺一角隔林犬吠酒人歸翠波層巒淨晚鴉鳴頭波艦雨三瀰悵他眉譜翻新樣爲作雙蛾鬥博山欲問臺城十里隄寒梢橘刺路還迷石橋巷口南朝寺草蔓裙腰

蛺蝶低。消夏簾煩折簡呼。一舸穩載阮嵇徒。吟懷漸減風懷冷。不藉詩娛藉酒娛。畬
鈎窗網待重新。翠羽明珠恐未真。欲采蘋花慰幽怨。小姑祠下唱迎神。
滇南敝廷中字秋橋匡山方伯哲嗣宮萊陽少尹。七攝縣事。山左稱循吏焉。著紅蕉
吟館詩集逼真晚唐其秦淮曲云苴蓮含苞圃香雨。芙蓉根抱相思土。斷雲殘月不
分明化作秦淮烟一縷。秦淮十里九停橈。金粉依稀認六朝。一道盈盈衣帶水。紅樓
分岸住妖嬈。銀屏珠箔紛無數。雕欄畫棟參差露。玳瑁梁高燕穩棲。流蘇帳暖春難
去。洞房曲折繡簾遮。簾內深藏解語花。侍兒宛轉知留客。鸚鵡聰明會喚茶。綠酒紅
燈開夜宴。釵聲鬢影圍佳麗。纖手親擕白玉盤。冰梨雪藕隨時薦。鬆鬆髻子學蘇州。
珠翠尋常不上頭。茉莉半開工婚夜。芝蘭斜插更宜秋。輕盈體態天生就。冰綃束緊
腰肢瘦。衣染鵝黃柳色嬌。裙拖湘水春痕縐。歌喉一串太玲瓏。鶯讓悠揚燕讓清。紅
豆迴環新記譜。綠陰別院夜吹笙。十五吳娃初省事。眼波已解隨人試。花信專工纏
綣枝。爐烟也篆鴛鴦字。更有年華廿二三。可人中婦倚嬌憨。溫柔儘讓秋娘慣。風月
尤推阿姊諳。秦淮十里春無縫。銷金不比銷魂重。杜牧空留薄倖名。高唐未醒迷離
夢。我昔乘舟過白門。紅紅翠翠解溫存。雙飛綵鳳曾留影。十索新歌總斷魂。江山無
恙繁華歇。人間天上仙凡別。莫問當年舊板橋。斜陽衰柳蟬聲咽。

虞初續志卷十二終

蒿庵閒話

張爾岐著

上海文明書局印行

清 張爾岐著

予以舉子業饋時偕習經傳每於義理節目外為說家所略者偶有弋獲如咀嚼滋肋閒得少味不必肥胾大臠也主聽人譁所聞見亦時有切于懷者並劄記之如是者二十年巾笥漸滿今夏校錄成帙將以貽好事者為譚助以其於經學則無關大義於世務亦不切得失故命之閒話云 庚戌五月濟陽張爾岐題

漢書藝文志云易經十二篇顏師古曰上下經及十翼故十二篇其十翼之目為彖上彖下象上象下繫辭上繫辭下文言說卦序卦雜卦初無傳字蓋當時既以翼名書不須復加傳字也其所謂彖本指卦下之辭所謂象本指兩象及爻下之辭所謂繫辭本統指卦爻之辭而夫子所作之翼即以為標目者若曰此所釋者經之彖此所釋者經之象此所統論者經之繫辭云爾非直以所作之翼為彖為象為繫辭也此孔氏舊本也漢費直始分彖象之翼加一傳字附各卦後如今本乾卦自大哉乾元至天德不可為首也之例此舊本之初變也鄭康成王弼更分彖象繫於卦下象係於爻下增入文言加彖曰象曰文言曰以別之繫辭以後尚自如舊此易本之再變也歷代宗之即今十三經注疏本是也程子作傳亦據是本晁說之始考訂古經釐為八卷卦爻一彖二象三文言四繫辭五說卦六序卦七雜卦八此易本之三變也朱子所云未能盡合古人者也呂祖謙乃定為經二卷傳十卷其序則周易上經周易下經彖上傳彖下傳象上傳象下傳繫辭上傳繫辭下傳文言傳說卦傳序卦傳雜卦傳朱子以為始復孔氏之舊遂據之以作本義彖象傳字始於費氏繫辭以下諸傳字則呂氏所增也永樂時修大全以程傳本為主而分本義以從之後來坊間單行本義亦用其式已大非朱子之舊矣何論孔氏嘗私據呂氏所序定為一本藏之家塾曰雖無老成人尚有典型

杜預左傳後序云汲郡汲縣有發其界內舊冢者大得古書周易及紀年最為分了周易上下篇與今正同別有陰陽說而無彖象文言繫辭疑於時仲尼造之於魯尚未播之於遠國也據此說晉時周易經傳猶各自為篇則謂消雜分附始於費鄭者猶未可盡信也

易緯乾鑿度云易一名而含三義所謂簡易也變易也不易也鄭康成依此義作易贊及易論云易一名而含三義簡易一也變易二也不易三也孔穎達正義述用其

說愚以簡易變易皆順文立義語當不謬若不易則破此立彼兩義背馳如仁之與不仁義之與不義以不易釋易將不仁可以釋仁不義可以釋義乎求謔與謗如此非程朱誰為正之或問伏羲之後文王周公之前未有卦爻辭何以定吉凶朱子曰此無可考但周禮經卦皆八別皆六十四則疑已有辭矣愚意卦爻辭未繫以前或只據卦名以斷吉凶如乾之健坤之順屯之難蒙之不明需之宜待訟之爭辨當事簡民淳之日只此一字已足以決猶豫前民用矣降及殷季情偽日雜人之聰明亦浸不逮古文王周公不得不多設言語以告之及孔子之世文王周公之辭人不能曉於是作十翼以輔之漢唐而後雖有十翼亦不解此諸老先生之所以皇皇作傳作義也先儒不待辭而明十翼孔子之前不待十翼而明文王周公之辭則文王周公之前不待辭而定吉凶可推知也此時為之也

或疑聰明何以浸不逮古曰只是私心太勝如心所欲為卦辭雖明說凶說不當為亦認作吉若先不欲為卦辭雖明說當為亦認作凶若去其私虛己以聽何不逮古人之有

渙奔其机机即几也唐石經及監本大全本並同近日讀者或譌作杌為俗本所誤也

莧陸夬夬本義云莧陸今馬齒莧感陰氣之多者大全小注朱子曰莧陸是兩物莧者馬齒莧陸者章陸一名商陸皆感陰氣多之物按注疏亦具此兩說其以為一物者則云莧陸一名商陸竊謂言兩物近確嘗聞馬齒莧與鼈臛同食成鼈瘕雜和鼈肉同器藏之信宿化為鼈左道刻章陸根為人形咒之能知禍福名章陸神醫書又云取商陸花陰乾百日擣末服之卧思念所欲事即於眼中自見二物真草木之妖異者其感陰氣之多可知小人倏閃變現鬼怪百出政相似也

孝經天子章子曰愛親者不敢惡於人敬親者不敢慢於人注疏以為使人皆不敢慢惡其親近日說者又直作不敢慢人不敢惡人解俱覺未安夫不敢惡於人不敢慢於人似謂天子愛敬其親必躬脩德行廣布仁恩不使天下之人惡之慢之也天子而為人所惡慢則危及宗廟不得為孝矣愛敬盡於事親而德教加於百姓刑於四海人尚有惡之慢之者乎若作不敢慢人惡人解固脫卻二於字大非文理其以為不使人慢惡吾親者求之語氣亦似多設一層也

女曰雞鳴第二章琴瑟在御莫不靜好此詩人擬想贈答之辭若作女子口中語以覺少味蓋詩人一面敘述一面點綴大類後世紐索曲子三百篇中述語敘景錯雜成文如此類者甚多溱洧齊雞鳴皆是也溱與洧亦旁人述所聞所見演而成章說家況傳淫奔者自敘之辭一語不知女曰士曰等字如何安頓

大東杼柚其空傳曰杼持緯者也曹氏曰柚梭也釋文說文云盛緯器據曾毋投杼其為梭無疑今齊語呼理經之具以竹為之密如篦者曰杼不知何以差異至此

桑柔為謀為毖亂況斯削蘇氏曰王豈不謀且慎哉然而不得其道適所以長亂而自削耳古來亡亂之主亦自有其深憂過防之事如秦之惡儒生漢之錮黨人宋之禁道學皆以為萬世無窮之慮防閑距阱唯恐不至他如勤征戍急聚斂鰓鰓過計自謂遠猷辛之謀非所謀慎非所慎根本既撥覆壓將至怙然安處而不悟亦可哀也哉詩人之言可謂麻木處一痛針

節南山正月十月之交刺小人也兩無正責君子也國家衰亂之會小人據勢希寵而不知止君子引身避害而不肯留古今之通患也詩之刺小人也為怒訾切齒之言身攖小人之忌而不顧忘身謀者也其責君子也為委曲推究之詞務破其自全之隱而激之使出忘其身謀並欲人之忘其身謀者也嗚呼事君之節備矣

黍離詩傳黍穀名大似蘆高丈餘穗黑色實圓重此偶誤也黍幹低小即陝地豐年亦無過五六尺者別有一種蜀秫乃高至丈餘北人謂之高粱得無秫黍二字聲相近致此誤耶詩緝云黍有二種粘者為秫可以釀酒不粘者為黍如稻之有杭糯也此語更誤黍有赤白黑三種並粘可釀未聞有不粘者若夫秫之為物則正似蘆而高丈餘者耳與黍迥別王氏農書言之甚析詩傳又曰稷亦穀也一名穄似黍而小或曰粟也今按稷與黍苗甚似高下亦相等唯不粘為異亦有赤黑二種其曰粟也者則誤甚粟北土恆食正名曰穀穗圓長如管顆粒附著不散黍稷則穗並長散來牟詩所以咏雜離也杭稻之鄉種此者蓋鮮容有未詳

惡不仁者其為仁矣連下不使不仁者加乎其身一氣讀俗講云惡不仁者便是為仁誤甚此矣字語氣只略住與其為人也孝弟夫子之求之也兩也字牽于盡發章兩與字並類註云故其所以為仁者必能絕去不仁之事而不使少有及於其身正以者字代矣字玩之可知俗說之誤牽于盡發章兩與字平聲皆低徊擬議之辭當略讀斷若急口讀過無味矣四書勿論註不可忽即其釋音亦當一一細勘

孟子[illegible]

有誤以食人食於人。為孟子之言者。註蓋以或勞心或勞力二句緊承。故曰其為古語可無疑。獨下文四句恐人誤認。故但註曰四句皆古語。其實古語本通六句也。

死徙無出鄉節。顧麟士云。達說講首二句云。死者徙者舉無出鄉。而人懷故土之戀。鄉田之治。同此一井。而人安其業之風。同井字亦稍作著力說妙。據此則以上句言其變。而下句言其常。皆為安土重遷盛世之象也。愚謂此說未是。上句既云徙。是容有徙時矣。安得強之使常同井。且鄉大而井小。若鄉田而同一井。更無是理。今詳語脈。首句自為一事。重在無出鄉。第二句以下。自為一事。所重在出入相友等。鄉田同井。乃喚起語。若云鄉中田之同井者。其出入必相友云云也。注云。同井八家也。正恐人誤以為著力語。故設此句。不然。誰不知一井八家。而朱子復云爾乎。

三里之城節。註云。言四面攻圍。曠日持久。必有得天時之善者。趙氏古注云。環城圍之。必有得天時之善處者。然而城有不下。是天時不如地利。趙注似長。兵家言天時多言向背。如背孤擊虛背亭亭擊白奸之類。每日每時。各有其宜背宜向之方。環而攻之。則四面必有一處合天時之善者。不待曠日持久而後有也。四字為增設矣。

操則存四句。本韻語。鄉字平聲。趙注云。鄉猶里。以喻居也。孔疏云。操持之則存。縱舍之則亡。其出入徇物。而不有常時。莫知其所向之鄉。或有讀如向音者失之。

周禮刑官之屬。夷隸掌役牧人養牛馬與鳥言。貉隸掌役服不氏而養獸而教擾之。掌與獸言。世傳公冶長解鳥語。嘗疑其誕。不則特具異智神解者。今觀周公設此二隸。豈古來原有此種伎倆。可習而知耶。抑荒徼之人。别有師授耶。若然。介葛盧解牛鳴。遼史載神速姑解蛇語。皆不足異矣。

中庸無憂者其惟文王乎章句云。書言王季。其勤王家。蓋其所為。亦積功累仁之事也。今按通鑑前編。季歷在太丁帝乙之世。數立征伐之功。王命為牧師。又賜之圭瓚秬鬯為侯伯。即其勤王家之實。所謂王家。殷室也。功在殷而周遂日大矣。

旅酬下為上章句云。旅酬之禮。賓弟子兄弟之子。各舉觶於其長而衆相酬。各舉觶於其長者。各舉觶自飲而酌以酬其長也。而衆相酬者。兄弟與賓各因其子弟所舉之觶。而交錯相酬以徧也。凡酬皆先自飲。洗觶更酌以與賓。賓受而不舉。至旅酬則賓兄弟各少者一人。於其長前舉觶自飲。洗觶更酌以酬其長。長受之。少者復位。長乃各取其觶。賓酬兄弟之黨。兄弟酬賓之黨。皆先自飲而酌以授之。以次飲徧。所云下為上者。只是一人舉觶為飲酒之端耳。讀者或誤以為少者代長者酌酒。儀禮中惟燕禮坐燕時乃有執爵者行酒。餘並親酌。無代酌法也。

尚書蔡氏傳云。天有三百六十五度四分度之一。歲有三百六十五日四分日之一。天度四分之一而有餘。歲日四分之一而不足。故天道常平運而舒。日道常內轉而縮。天漸差而西。歲漸差而東。此歲差之由。此段蓋明古今冬至日躔中星所以不同之故。四分度之一者。四分其度而得一分也。如一度百分。止得二十五分是也。四分日之一者。四分其一日而得一分也。一日十二時。止得三時是也。天之腰圍名曰赤道。三百六十五度二十五分七十五秒。日行不由赤道。别名曰黃道。止三百六十五度二十五分六十四秒。一歲之策止三百六十五日二十四分二十五秒。較之黃道尚縮一分三十九秒。較赤道則縮一分五十秒矣。故曰天度四分之一而有餘。歲日四分之一而不足也。日在赤道南二十四度。即為冬至。日在赤道北二十四度。即為夏至。今歲冬至日之所在。較前歲冬至日之所在。尚縮數秒。而已在赤道南二十四度矣。蓋日之所行。不在天體極寬處。而斜絡於赤道之內。故於經度未滿。而已至進極而退。退極而進之處。積至數歲。其縮漸多。此古今冬至日躔中星之所以不同。而歲差所由立也。平運內轉二語。可稱簡妙。

閏月定四時傳。初學或苦難讀。略為疏之。積三百六十五日九百四十分日之二百三十五。而與天會者。曆家以九百四十分為日法。一日分作九百四十分。以便布算。一歲日行之數。既得全日三百六十五。而又零此一日分之二百三十五分也。下凡言九百四十分日之幾者。並言全日之外。又有此零數也。一日常不及天十三度十九分度之七者。月不及天既有十三度。而又零一全度之七分也。十九分亦度法。將全度分作十九分也。餘分之積。又五十九百八十八者。每會餘分四百九十九。十二會。則共積五十九百八十八也。如日法九百四十。而一得六者。置五千九百八十八分於此。而以九百四十分為一日除之。得六全日也。不盡三百四十八者。六全日之外。尚餘此數也。日與天會。多五日有餘為氣盈。月與日會。少五日有餘為朔虛。蓋三百六十日為一歲之大較。盈者多於此數。虛者少於此數也。一歲閏率則十日九百四十分日之八百二十七者。合氣盈之數。朔虛之數。共得此數也。一閏再閏。以至七閏。皆可自此積算而得也。

氣者。寒暑之氣。以日之曆天而生者也。如日在星紀。則氣極寒而為冬至。日在鶉首。則氣極暑而為夏至之類。前年冬至之日。到今年冬至前一日。日歷天一周。故曰日與天會共得三百六十五日有餘較三百六十日多五日有餘故曰氣盈朔者月之始也每月朔月與日合謂之合朔此後漸離漸遠至望而極望後又漸行漸近至次月之朔復與日合故曰月與日會十二會僅得三百五十四日有餘較三百六十日少五日有餘故曰朔虛

或疑蔡傳與詩十月之交朱傳日月右行之說不合是殆各取布算之便實不相妨主日月左旋者言日月不及天之度也主日月右行者以日月不及天之度爲右行過天之度也且朱傳亦但約略言之他日解正蒙閒餘章卻與蔡同知當日原不專主右行之說也愚意若言日月右旋則日月當附天而行若言左旋則日月當各乘一機而不附於天　疏義云天道外旋日月内轉月又在日之内高下相去亦六度則日月固不附天矣日月不附天則左旋說爲長也

范宣子囚叔向樂王鮒欲爲之請叔向弗應室老咎之曰祁大夫必能免我祁大夫卒免之其知人之明處變之度不待言至一段守身經國遠識更不可及鮒小人也小人不可與作緣久矣況受其脫囚之恩乎受其恩而與之爲異彼必有辭伺其所欲又將失已君子之受制小人身名坐隳者皆自一事苟且階之叔向寧不免其身必不肯受小人之惠而爲所制大臣之識也

秦醫和曰夫女陽物而晦時淫則爲内熱惑蠱之疾以女爲陽物蓋對飲食鬼物諸可致病者而言以其生氣所聚故爲陽物情焰内熾煖觸外爍兩火合矣發爲内熱内熱所煎智水自竭然晚日暮志敗神奪此惑蠱所由來也以爲晦時之非則鑿說也

太極圖或以爲得之陳希夷或以爲得之僧宗元此皆信嚮二氏輕蔑吾儒之言吾儒亦每辨其誣不知此圖即信得自二氏亦非二氏所得奄有也釋氏方以已性起滅世界豈肯先言太極陰陽而後言形生神發神仙家亦止言條精鍊氣方欲絕棄聖知豈提仁義烏有所謂定之以中正仁義主靜立極者哉學者讀書但當論其與孔孟合不合不必問出自何人也

西銘云富貴福澤將厚吾之生也竊議其不然天之福茲一人者亦欲其錫福來子耳福彌大者責彌重責彌重者憂彌深若曰厚吾生已也天豈以君相之位爲私賞哉

王摩詰與魏居士書云近有陶潛不肯把板屈腰見督郵解印綬棄官去後貧乞食詩云叩門拙言辭是屢乞而多慚也嘗一見督郵安食公田數頃一慚之不忍而終身慚乎此亦人我攻中忘大守小不鞭其後之累也摩詰見解乃爾據此而推鬱輪袍非誣也當其把鄭虔手泚涕咏凝碧池頭之句與夫囚首聽處分時迴想柴桑老人曳杖訪覲如風味孰慚孰不慚

古人上衣下裳婦人則不殊裳儀禮昏禮純衣纁疏云不言裳者以婦人之服不殊裳是以内司服皆不殊裳彼注云婦人尚專一德無所兼連衣裳不異其色是也所謂連衣裳蓋如深衣之類後世以有衣無裳爲男子之服殊衣裳爲女子之服不知始自何時四五十年前野老聚會猶有上著短衣下曳布裳者自道袍盛行而此種遂不見矣

齊河張如命解聲律嘗言洞簫最下貫繩一孔乃聲音所自出簫之善否全在此近見傅占衡作洞簫子傳述簫工之言曰簫孔下出貫繩者兩宜差後而斜眺勿居中而偃住此其利病最要處二說合符乃知如命於此道真有領悟也長清張非聞嘗病王子魚言律呂之非與李振之所言合如命又每言根之韻宮僅樂琥瑾琴諸譜俱未是解音之道天地閒自有解人若舉處而徐摭之古鐘律可考而得也

漢陳遵善書與人尺牘皆藏弆以爲榮古人往來書疏例皆就題其末以答唯遇佳書心所愛玩乃特藏之別作柬爲報耳晉謝安輕獻之書獻之嘗作佳書與之謂必存錄安輒題後答之甚以爲恨觀此知漢人藏陳遵尺牘愛其筆畫非取文義也又古人名刺既相見後亦還之魏野留富鄭公名刺作山家之寶亦以鄭公故非通例也王荆公投老後訪人常以金漆版書名紫紋囊盛之

寸楮往來始於崇禎年以嚴禁請託於投揭爲便也唐李涪云今代盡敬之禮必有短啟短疏出於晉宋兵革之代時國禁書疏非弔喪問疾不得輒行尺牘故羲之書首云死罪是違制令故也且啟事論兵皆短而緘之貴易於隱藏蓋事出一時沿易不改觀李氏此言乃知其非盛世事也

宋寇萊公衆謂豪侈以功業甚盛人不之非魏野贈詩云有官居鼎鼐無地起樓臺反語示諷耳北使至賜宴居觀座中問譯者云誰是無地起樓臺相公蓋誤以此語爲眞也

宋錢惟演建言二后並配中丞范諷劾其奸落平章事以節度使知隨州盛度爲知

[illegible]

古人所嗤之習以為趨炎附熱之左證者即在此乎

古人命名取別甲乙而止無他意義其不以隱疾不以日月不以國邑山川求為易諱而難犯也未嘗有因娃為名者唯僕名乃時有之如郭門高敬新居之類近日士人乃以此法命子不知其非取義既隘族姓繁多者動輒相犯至有不復立名者亦習俗之一失也

字以表德尊名其依名立義自古已然近代字外復有別號或出自學者之標目或本人自有寄託或以地或以德或以山水皆與名與字無涉各有義稍相近者亦出偶然非定例也數十年來又專傍字義轉取別號矣

更鼓初更無前二點五更無末二點世多穿鑿之論實或不然古人分刻置漏晝夜各五晝則為朝為禺為中為晡為夕夜則為甲為乙為丙為丁為戊日入後即為甲夜之分然尚可辨人又歷三刻天乃正曛日未出三刻前已辨人然尚屬戊夜之分五夜分段雖各有五點辨色之頃自可不用惕號故前後各闕其二也

康熙甲辰夏四月廿三日隕霜殺麥先一日大風繼微雨寒慘類初冬至五夜星月皎然已隕霜矣二日後麥芒漸白俯視但空稃唯近人居者林木下者道旁三四步內者皆成實以近人居氣稍煖林木下得陰蔽道旁塵坌滲寒液故也後見王氏農書云晨起田間熅火令烟徹隴畝可以辟霜又聞用人曳長繩往來拔麥上亦可免惜當時不及知耳

時憲曆法西洋人湯若望立即利氏學也利氏入中國同至者數人湯其一也所立法未之聞據頒行曆日其與舊曆不同者數事一者推算太陽出沒節氣時刻各省早晚不同此里差法也元耶律楚材以西域與中國相去之遠立為里差以增損之名曰西征庚午元曆是元已立里差法也又唐命僧一行正曆遣太史監南宮說等於河南北平諸處分測日晷及極星夏至日中立八尺之表同時候之陽城晷長一尺四寸八分弱夜北極出地三十四度十分度之四浚儀岳臺晷長一尺五寸微強極高三十四度八分南至朗州晷長一尺七寸六分極高二十九度半北至蔚州晷長二尺三寸九分極高四十度南北相去三千六百八十八里九十步晷差一尺六寸三分極差十度半是唐人已用里差矣一者晝夜九十六刻亦非創立大統曆雖云百刻實每時止八大刻時首時尾各一小刻晝夜大刻九十六而小刻二十四六小

刻折作一大刻故曰百刻時憲曆[illegible]去餘分以便起算梁天監中作曆曾用此一者每月初交中氣日躔即到本宮如雨水之日日躔娵訾之類大統曆則不然其所定各宿宮分度數不同亦自無害於理歷代曆法宿度各有損益未嘗相仍也其最駭人耳目者觜參之後先初亦疑之及見湯氏星圖解云諸宿皆微有動移歲月不同積久斯見觜宿距星漢洛下閎測得二度唐一行宋皇祐元豐皆一度崇寧年庚元測五分今測之不當無分且侵入參宿二十四分知其所以易置二宿者本之測驗非苟為異也曆之為道隨時變易求合天度而已

漢哀帝時用夏賀良之言漏刻以百二十為度至謂改元易號增益漏刻可以永安國家誣誕甚矣韓文公記夢詩百二十刻須臾間即用此事漏刻可增固自可減也

利瑪竇歐羅巴國人萬曆辛巳來貢耶穌像萬國圖自鳴鐘鐵絲琴上命馮琦叩所學惟嚴事天主精器算耳越庚戌瑪竇死詔以陪臣禮葬阜成門外劉侗帝京景物略云然又聞瑪竇初至廣下船髡首袒肩人以為西僧引至佛寺搖手不肯拜譯言我儒也遂僦館延師讀儒書未一二年四子五經皆通大義乃入朝京師其所著書

有交友論二十五言畸人十篇天主實義同至諸人亦各有論著分言理言器為二種刻之曰天學初函又所攜書七千餘卷並未及翻譯所言較佛氏差為平實大指歸之敬天主修人道寡慾勤學不禁殺牲專以闢佛為事見諸經像及諸鬼神像概勸人毀壞所詆皆佛氏之粗者誕者有答虞德園銓部書及答蓮池二書頗令結舌亦一快事然其言天主殊失無聲無臭之旨且言天堂地獄無以大異於佛而荒唐悠謬殆過之甲申後其徒為耶穌教會者男女猥雜幾與白蓮無為等大非利氏之舊矣以此為闢佛助儒何異於召外兵而靖內難乎要之曆象器算是其所長君子固當節取若論道術吾自守吾家法可耳

耶穌教每月數日祀天主割牲陳饌隨其所有實之天子祭天地諸侯祭山川之義僭甚矣或曰貴賤雖殊皆乾父坤母而為之子先王制禮乃大有限制諸侯而下皆不得伸一歡以答生成於心不有歉乎曰不然天子圜丘方澤所陳者皆四方郡國之匯匪田野細民之拮据也賤者修其物貴者修其儀普天之下固未嘗一人不祭天地也祭之事覯亞旅耕田牧者養羊豕雞豚庖人司烹宰婦孺潔器具粢酒醴奉而進之二人之前者宗子主婦而已餘人未嘗輒得至前也苟欲事天士大夫各勤

其職。庶人謹身節用，以供王稅。於義備矣。因是而推，斯民和樂之氣，即為德馨；怨恫之聲，即為胙聞。諸吏之腹民自養者，即益竊天地神祇之牲牷粢盛而食者也。利氏固解人，當時何不以此告之。

月令季冬命四監大合百縣之秩芻，以養犧牲。令民無不咸出其力，以共皇天上帝名山大川四方之神。於季冬。又曰：凡在天下九州之內者，無不咸獻其力，以共皇天上帝社稷寢廟山林名川之祀。所謂出力獻力，賦稅是也，非親祀也。洪武三年，令中書省臣凡行郊祀禮，以天下戶口錢糧之籍陳於壇下，祭畢收藏內庫。此即古帝王與天下九州共事上帝之意。

邏緣督有測經度法、測緯度法，皆不用渾儀，詳具革象新書。利氏測驗，更為便巧。如渾蓋通憲、簡平儀、測倒正影法，各有成書。其測北極高下法，則指顧可辨者。其法云：用平圓板一面，或銅或木，務要平整，愈大愈佳。中掛一線，線端綴一丸子，以取其直。中心畫十字線，此直線即天頂也，橫線即地平也。此線以上為地上。從中心以規運一大圈，以當天之圓體。十字閒均作四停，每停刻成九十度，共刻成三百六十度。用時只刻一停九十度亦足矣。如板式寬大，再每度分作六十分，更妙也。中心定一量天尺，可以旋轉者。中界直線，兩頭割去一半，以看度分。尺上離心各三寸，置兩耳。耳中各鑽一小眼，務要兩眼直對，可以遠望。夜對北極望之，看在地線上幾十度，即知此地北極出地若干度，為此地離赤道若干度。

曆頭有二社三伏，本皆古人時祭之名，特標揭民，使於某日社，某日伏也。社即王社國社之屬，月令仲春之月，命民社是也。伏祭始於秦。史記秦本紀云：德公二年初伏。正義云：六月三伏之節，秦德公為之，故曰初伏。又年表云：初作伏祠社，磔狗邑四門。即其事也。近日伏祭已不聞舉行，民閒春秋醵錢祠醮，猶名曰社，但用之梵宇叢祠，亦未有知報地德者，失本意矣。解伏者云：火氣猶烈，金遇之而伏。但推其義而不指其事，義於何附。

俗節飲酒，皆古人祭祀之期也。酒誥云：祀茲酒。古人無泛然飲酒者，率皆祭畢而後飲。祭有常期，故飲亦有常時。後世祭禮廢而飲酒如故，遂成俗節。如元宵始於漢家常以正月上辛，祠太乙甘泉，以昏時祠到明，後世倣以為燈節。春祈秋報，率以仲月，因有中和節、花朝、月夕之飲。三月民閒有上墓之祭，因有清明之飲。五月五日弔屈原[illegible]

故飲酒盛於冬，而甚於臘。九月祭禰，故飲重陽。伏祠磔狗，意主禳除。七月十五伊蒲之供，出於佛氏，皆不立飲節。臘蜡祈年，並於十二月，而聚會飲食，亦於是月焉。古人因祭而飲酒，後人崇飲而忘祭，不勝三代未遠之感。

沈龍江丈雅社約云：淮獻自兩事，今人乃混而為一，不對於禮乎。又云：元旦家家以薄帷卓上置，以席中設天地神牌，參以酒果，其意雖善，卻僭分。今擬止設香案，行四拜禮，不更陳一物，稍於人情為近，而禮亦無妨。此二事吾鄉人恬習之，嘗以為非，而人莫之信，得此約為佐，庶悟也。

洪武中，降御製民閒祭先祝文，不特增人霜露之感，其痛切沉至，直通幽冥，真聖人之言，非文字工拙所可量。乃民閒鮮知而用之者，因錄之。其文曰：維某年某月某朔某日，孝孫某闔門眷屬，告於高曾祖考妣靈曰：昔者祖宗相繼鞠育子孫，懷抱提攜，劬勞萬狀。每逢四時交代，隨其寒煖，增減衣服，撙節飲食，或憂近於水火，或恐傷於蚊蟲，或罹於疾病，百計調護，惟恐不安。此心懸懸，未嘗暫息，使子孫成立，至有今日者，皆祖宗劬勞之恩也。雖欲報之，莫知所以為報。茲者節屆春夏秋冬，天氣將溫熱涼寒，追感昔時，不勝永慕。謹備酒殽羹飯，率闔門眷屬，以獻尚享。

禮夏祀竈，今以季冬，雖與古異，實本功令。乃云竈神於是月二十四日上天，言人功罪，設糕餳酒脯之屬以送之，名曰辭竈。惡誕之甚，蓋惑於晦日上天之說，遂誤以祠為辭耳。

明初祀關壯繆公，稱漢前將軍。萬曆末，內出金牌，書勅封三界伏魔大帝神威遠振天尊關聖帝君，於正陽門外祠醮三日，太常祭祀則仍舊稱。天啟四年，部復得旨稱帝。見帝京景物略。吾鄉邢信卿先生云：未出金牌之先，京師緇黃喧傳有此封號。宦者入內言之，上曰：此殆天意，遂有是命。

志稱馬超已歸先主，而猶呼其字，關羽欲殺之。先主曰：人窮歸我，殺之何以示天下。張飛曰：如是當示之以禮。明日大會，請超入，羽飛並仗刀立，超顧坐席，不見羽飛，見其立也，乃大驚。明日歎曰：我今乃知其所以敗。關張之於先主，恩若兄弟，而嚴於君臣之禮如此。此千古之所以心折於二公也。鄙俗廟祠三義，先主居中，關張左右，並儼然南向坐。舍君臣而言朋友，鬼神有知，寧安居否。

帝京景物略云：按稗史元君者，漢時仁聖帝前有石琢金童玉女，至五代殿圮像仆[illegible]

有所據。然仁聖帝號。宋真宗所加。非漢故號也。順治甲午。或於泰山得玉印一。獻之官。徑四寸許。文曰天仙昭監。疑是封禪時物。嘗見其拓本。字畫近拙。

泰山高四十里。其說本之漢官儀云。自下至古封禪處四十里至天門。郭璞書又云。從山下至頂四十八里三百步。山東按察司張五典。何驗其不然。其泰山道里記云。予再陟其巔。知不若是之遠。乃立一法量之。其法用竪竿一根。長一丈。刻以尺寸。竿頭置一環。用橫竿一根。長亦一丈。當中置一環。兩端皆五尺。取其輕重相稱也。以繩繫於橫竿之環。而又穿於竪竿之環。牽其繩之尾。則橫竿可上可下。而不失其平也。於是以竪竿所立之處。視橫竿所至之處。則五尺為一步矣。此以量其遠近也。每量一步。若在平地。則橫竿由端以至竪竿。前後俱著於地。若前高後下。則橫竿前著於地。而後懸於空。視竿所懸處至地尺寸若干。此以量其高下也。又置一格眼冊。每葉用三百六十格。每量一步。則填一格。平地則於格內填一平字。其高若干尺若干寸。亦於格內注之。填完一葉。則是三百六十步為一里。其高則累尺寸而書之。不爽也。屬盛州守轉委迎薗張君彬如法量之。由山下至絕頂。凡量四千三百八十四步。而紆迴曲折。皆在其中。高三百八十六丈九尺一寸。內除倒盤低十八丈五尺七寸。抵高數外。實高三百六十八丈三尺四寸。折步七百三十六步六分八釐。平高共積五千一百二十步有奇。實一十四里零八十餘步耳。昔人所稱四十餘里者。果何所見哉。由此而推。天下之不可盡信者。殆如此矣。量山之法。世亦有用表影勾股積算者。不如是之確而可據也。千古聰斷之論。一朝訂之。洵一快事。且其一時恬熙意象。更令人神往。

泰山有一淵。每禱雨。沉牲一。善沒者輒取食之以為恆。一日入水。接二時乃出。持其父兄泣曰。初入時得一鵝。引繩貫之。過索豬首不可得。潛行至西南隅。失足墮穴中。乃又一淵也。浮上求出。瀰瀰頫石。據地潛行。大乃不可窮。且浮且捫。良久得所從墮穴口。淨而上。如升層樓矣。記言重淵九淵。沒者所墮。殆其類也。章邱諸生王如元。庚午歲試。寄宿其家。親見之。

終始五德之說。本無確據。大明集禮云。國家以火德王。故樂不用羽。即墨王邦直云。本朝土德。色尚黃。當用宮徵商羽四調。而去角。洪武正韻。以東字為首。角音也。非所當。後禮部頒會。改以公字為首。則宮音矣。集禮本奉勅編纂。而王說相左如此。漢家服色制度。天子下其事與丞相議。丞相推以為今水德。事頗相類。

律呂之說。古今聚訟。前代所疏。多在尺度之短長。有明自李文利而後。律數多少。更多異同。以九寸為黃鐘。三分損益隔八相生者。歷代相承之說也。韓邦奇王廷相主之。以三寸九分為黃鐘。益六分而為大呂。以下乃九分遞益。以至九寸而為蕤賓。蕤賓損六分而為林鐘。以下乃九分遞損。以至四寸八分而為應鐘者。李文利黃積慶也。以三寸九分為黃鐘。九分遞益。以至仲呂。仲呂益六分而為蕤賓九寸。自蕤賓九分遞損。以至應鐘。應鐘損六分而為黃鐘者。王邦直也。至瞿九思則又駁斥其說。以黃鐘為九寸。而損益之法。乍多乍少。自以為稽之曆數。驗之符影。無不合符。於是諸說紛紛。莫能畫一矣。因為圖者其異。以俟能折衷者。

韓邦奇　王廷相

黃鐘九寸。九分之寸釐毫同法。大呂八寸三分七釐六毫。太簇八寸。夾鐘七寸四分三釐七毫三絲。姑洗七寸一分。仲呂六寸五分八釐三毫四絲六忽。蕤賓六寸二分八釐。林鐘六寸。夷則五寸五分五釐一毫。南呂五寸三分。無射四寸八分八釐四毫八絲。應鐘四寸六分六釐。

李文利　黃積慶

黃鐘三寸九分。十分之寸下同。大呂四寸五分。太簇五寸四分。夾鐘六寸三分。姑洗七寸二分。仲呂八寸一分。蕤賓九寸。林鐘八寸四分。夷則七寸五分。南呂六寸六分。無射五寸七分。應鐘四寸八分。

一　王邦直

黃鐘三寸九分。大呂四寸八分。太簇五寸七分。夾鐘六寸六分。姑洗七寸五分。仲呂八寸四分。蕤賓九寸。林鐘八寸一分。夷則七寸二分。南呂六寸三分。無射五寸四分。應鐘四寸五分。

瞿九思

黃鐘九寸。大呂八寸七分。太簇七寸九分。夾鐘六寸九分。姑洗五寸七分。仲呂四寸七分。蕤賓三寸九分。林鐘四寸二分。夷則五寸。南呂六寸。無射七寸二分。應鐘八寸二分。

明初學者。宗尚程朱。文章質實。名儒碩彥。往往輩出。國治民風。號為近古。自良知之說也。人於程朱。始敢為異論。或以異教之言詮解六經。於是議論日新。文章日麗。浸淫至天啟崇禎之間。鄉塾有讀集註者。傳以為笑。大全性理諸書。束之高閣。或至不蓄其本。庚辰以後。文章猥雜最甚。能綴砌古字經語。猶為上駟。俚詞諺語。頌聖祝壽。喧嚣滿紙。聖賢微言。幾掃地盡。而甲申之變至矣。嗚呼。誰秉國成。非此讀書作文者邪。何以至此極也。追究其始。菲薄程朱之一念。實漸致之。何以故。師嚴然後道尊。衆世師紫陽者。近二百年。一旦以為不足信而背馳之。其心固已傲矣。傲心漸肆。必且不信孔孟。人而不信孔孟。其心之所存可知矣。罔上虐民。敗人國事。何足異乎。嘗為設一喻。童子之敢於忤師者。必其破乃翁家私者也。文章關乎世運。推言之。乃知其非謬。

明修永樂大典。以武進布衣陳濟為總裁。真千古僅事。天子不嫌其布衣。而畀之纂述之任。諸大臣詞臣。不以其布衣輒已。而安處其後。使得其能。濟以布衣。使君相忘已而聽之。天下能文之士。不聞有異議。皆不可及已。明朝寶鈔之制。用綿紙。厚如錢。色青黎。外用墨欄週界。界內上端。橫書大明通行寶鈔六字。其下復為龍文欄界。寬寸許。中一橫墨線界為兩方。上方橫書壹貫二大字。字下畫錢索之形。兩旁篆書大明寶鈔天下通行八字。下方細書七行書云。戶部奏准印造大明寶鈔。與銅錢通行使用。偽造者斬。告捕者賞銀貳百伍拾兩。仍給犯人財產。洪武年月日。識以兩朱印。印文不可辨。背面下截為花文欄界。內橫書壹貫兩大字。字下亦為錢索形。上截空處。亦識以一朱印。一貫。五百文。四百文。三百文。二百文。一百文。凡六等。制並同。惟橫書字錢索形。各如其數。實闊之一。木工云。鈔正面墨欄之長。即鈔尺也。墨欄之一長一橫。即民間市尺也。語似有本。

世傳明鈔用大學生課本傚紙為之。其青黎色。是紙墨雜合所致。按宋孝宗造湖廣會子。亦下江西湖南漕司。根刷舉人落卷。及毀抹茶引。應副抄造。以宋例明。當不誣。

央際鄭氏曰。古文錢字作泉者。言其形如泉文。一變而為刀器。再變而為圜法。自圜法流通於世。民實便之。故泉與刀為廢。按泉字篆文。古錢狹長之形似之。刀器則邪銳如刀。嘗見人有拾得古錢如刀形者。外有周郭。蓋新莽時物。非必周以前物也。圜法則以圜函方。即今錢形也。景王大泉小泉。人猶有畜之者。又王莽天鳳元年。改作貨布。長二寸五分。廣一寸。首長八分有奇。其廣八分。其圜好徑二分半。足枝長八分。[illegible]

蒿庵閒話　卷一　十四

制如此。而莽傚為之。周禮外府掌邦布之出入。泉府掌以市之征布。斂市之不售貨滯於民用者。以其價買之。及禮記子碩欲以賻布之餘具祭器。孟子廛無夫里之布。諸布皆鑄金為之者。非與帛為類之布也。

文獻通考。周景王二十一年。患錢輕。更鑄大錢。徑一寸二分。重十二銖。文曰大泉五十。肉好皆有周郭。以勸農瞻不足。又王莽天鳳元年。貨泉徑一寸。重五銖。文右曰貨。左曰泉。大錢徑一寸二分。大錢十。當是周一尺二寸矣。則周尺之長。止得八錢三分錢之一也。今以貨泉十較之。適得大錢八錢三分錢之一之長。則貨泉所言徑一寸。周尺之一寸也。此亦尺度之一徵也。

唐開元錢。唐高祖武德四年所鑄。亦讀作開通元寶。非元宗開元年也。古錢文。止載名物銖數輕重大小。其以年號為文。始於宋孝武帝孝建四銖錢。後魏傚之。太和五銖。永安五銖。相繼而作。北齊後周梁隋。並不襲其法。唐惟高宗乾封泉寶。肅宗乾元重寶。再用年號。其一代通行者。開元一種而已。五代亦止用唐錢。獨晉鑄天福元寶。至有宋之世。每鑄必以年號元寶為文。唯太祖之開寶。則文曰宋通元寶。仁宗之寶元。則文曰皇宋通寶。不欲字文重複也。自是而後。錢文以年。遂為定法矣。

唐憲宗時。商估至京師。委錢諸路進奏院及諸軍諸使富家。以輕裝趨四方。合券乃取之。號飛錢。此即鈔法之始。但商估與富貴人私為之。宋初許民入錢京師。於諸州便換。朝廷始置務給券。其時商人齎券入諸州。當日給付。不得留滯。違者科罰。此法實便公私。所為鈔者。錢券也。至執券而給錢不時。則鈔滯矣。甚而無錢可給。則鈔虛矣。再甚而以虛鈔為實錢。則鈔不得不廢矣。

朱子社倉記言社倉利害甚悉。然有不能得之於今者。其時皆有賢士大夫為之主。或請官粟。或發私藏。如金華縣則潘叔度出家穀五百斛。建陽縣社則魏元履借穀於常平使者。建昌吳氏社則吳氏兄弟發私穀四千斛為之。其法夏假之民。至冬而償。平歲加息什二。小侵弛其半。大侵盡弛之。數年之後。子什其母。則息可蠲。惜此法誠善。然積多歲久。一不得人。弊自此起矣。今既無所得粟。惟當於秋熟時。鄉里各自給社積穀。各推一人司其斂散。為長吏及鄉先生者。時加獎導。而不與其事。亦足以備凶荒。安鄉土矣。

林次崖荒政叢言。唐肆其荒政者。於救荒之道。可稱詳盡。萬曆乙卯大饑。吾邑趙令[illegible]

蒿庵閒話　卷一　十五

侍錢入米商家倍直求之斗米幾陪至銀一兩二錢正北二吉折價之市也蓋官米

在市平糶則羸粟之家欲高其直而不能厚待米商至者日衆穀價將自平亦無事

於抑此吾邑所以頌趙公德不衰而歎抑價者之有心斯民而謬於計也

庚辰嘗與耕者偶語壟上予曰粟貴如是幸未有道殣耕者曰官粥之旁當累累矣予駭其言其人因備言官粥之害曰遠來多道斃聚食者多染疾此易知也至於粥厰閉止有時有足甫及而粥已罷不沾一粒而死者有食粥粥罷無歸而死者饑腸久碰熱粥下咽亦往往立死官人止以能捨粥為恤民此等豈盡知乎又曰煮粥不如散米人得米雖以糠菜一人一日之粥五口一日之食也在司牧之有心斯民否耳其言多與林唐兩書合

又嘗與一先輩語曰民困矣當權修城令得博食先輩駁之方定官價時邑人多稱善者乃知荒政大非易事留心斯民者所當熟思而豫計也

嘗言兵革之禍類傷寒死生在晷刻防禦固難而倖全者亦時有饑饉之災類延羸氣息雖厭而盡期可以豫定苟非困乎未易使之起也故有心經濟者城守荒政並是要務

宋人遇凶歲多籍民之大壯者為兵恐其去為盜也後來多游惰竊食不得其用歐陽公原弊論極言其害予思籍兵亦救荒一策但不當令坐食耳若以其坐食之費人授之田與牛與食略倣井田之法為之稿斂三時在田冬月集而教之既脫民於溝壑盜賊而又野無失農之害籍有得兵之利庶可行也惜無繇起歐陽公而質之耳

庚辰後五六年民間畜牧幾盡牛一頭直二十金大者至三十金貧者相博而耕率六七人曳一犁日三四畝已困憊矣或以一牛曳耬子其制似耬無斗子而一足日亦可二三畝發土悵淺耳漢趙過為搜粟都尉平都令光教過以人輓犁過奏光以為丞教民相與傭輓犁率多人者日三十畝少者十二畝以故田多闢此與近事頗相類意其輓法必別有便巧不然日安得至三十畝乎宋太子中允武允成獻踏犁不用牛以人力運之詔依其制造成以給民民甚賴之踏犁制未聞又西洋人耕之法亦莫可得而詳也

華口海防議云廣中所産鰾膠形如掌大堅韌異常與浙中所産不同用釘迷縫旋於木器製為防牌鉛子殆不能透如米不甃亦衛民一器也武備志載唐猊鎧法用

硝三觔砦硇半觔硝石五兩前二味汁內封鍋同熬令烊加飴傾瀉木片上如牛皮厚為柳葉魚鱗之形乘軟穿小孔俟冷乃綴成甲此亦廣中鰾膠之類

桓臺王大司馬輯火經言隨時改火人不病火症鳳尾蕉可俠火災

一跛者自言中秋飲酒醉時新黍登場就臥其上遂足軟不能起或云稻澀黍稭成骨軟病者甚多不皆因酒醫書言男子周身三百六十五骨節上應天度女子則無頂威骨一此骨在髏前左洞骨一右棚骨一二骨在鳩尾上初步骨二在二足底後乃正三百六十骨也俗傳男子三百六十節女子二百四十節臆說耳若信少一百二十節尚得為具體耶

有市醫以滾痰丸治一老人致斃其子將鳴之官醫出前藥對衆嚥言曰前所餌與此藥形味不異耶其子曰不異醫曰此藥甚平何能殺人殆天命耳不信吾當自餌之因立吞一掬其子去明日醫已死矣蓋青礞石煉製不易而大黄沉香並墜人元氣故也丹溪亦言一人發疽後虛損其人自以為風煆青礞石合白丸子料飲之而斃青礞石之不可輕餌如此近見酒人服滾痰丸以為快亦太輕易矣

崇禎十四年宿遷有估客載黄豆一船約五百石一夜盡生黑丸作人面形耳目口鼻具備人或種之所穫亦然時王愈之避地宿遷親見之

天啟二年京師創首善書院鄒吉水馮三原兩先生及諸君子講學其中御史倪文煥承崔魏風旨疏請碎碑毁先聖主焚經籍其言有曰聚不三不四之人說不痰不痒之話作不深不淺之揖啜不冷不熱之餅書院遂廢嗟乎彼何人斯亦安足責獨是數君子不能安靜俟時以銷羣陰乃輕露聲光逢其畏忌至於黨禍大起邦國殄瘁痛哉

武定袁熙宇化中先生熹廟時以御史劾魏璫下獄死方其初第所識一老諸生與一豪胥同時請見先生令門者分別延入豪胥先揖令升階不交一語送至階下從返乃延老諸生走迎握手道故流連移日送門外候跨蹇去乃返即此一節已見風槩矣

費縣王在海雅量先生萬曆甲辰進士知長治縣時縣有死於杖者衆疑少年某所為毆而訊之即誣服已以當死移獄臬司矣後獲殺人者左右言前既以某抵決白臬司此當縱舍不治以竟前獄不然恐以失聽獲譴不細先生曰奈何自愛其五斗

而使無罪者銜冤就死地。為逮其發。吾寧以不明甘白簡耳。遂自請立出前少年。而以真盜抵法。中丞直猜。愈以為賢。交章薦之。後以御史按遼左告歸。

樂陵張念山先生澂。初名自悟。知曲周縣。未詣治。或以書揭縣門曰。自悟不自悟。貪酷恐你做。自悟若自悟。官久自然富。先生得書。續題其後曰。自悟今自悟。是後廉潔自厲。多惠政。歷官至御史中丞。二事並王愈之所聞。前輩處遇如此。真不愧古人。

萊陽維石先生。庚午入賢書時。其叔父諱珂樓翁。至濟南看之。因過濟陽。訪邢慰山先生。邢從容問曰。君家兩猶子。並秀一時。究當孰勝。曰。督手足遂時名。弟不如恭若夫嶽氣直情。傾絕戲墨。弟也獨矣。當時先生之見。信家庭者如此。後十五年而蓋節。乃知此事非取辦臨時者也。

濮州葉廷秀潤山先生。崇禎朝。以言大臣忤旨。謫戍福建某衛。甲申賜還。未至而明亡。著道士服。往來叢祠佛舍。不歸視妻子。或言及國事。輒流涕嗚咽。至戊子尚未剃髮。坐法死。

蘇壯□□先生。亦濮州人。明亡。約□部尚書張某同死。蘇之女。先許字張之孫。張謂其僕曰。寄語親家翁。死節誠好事。尚須看顧兒女。過活不能相從也。信欲死者。當往迎孫婦。未幾。蘇遂死。而張委質。

濟南衛指揮李興邦。字振宇。甲申聞變。慟哭易服。誓以死殉。持刺遍辭所親。或以官卑無社稷責勸之。曰。官雖卑。亦官也。況世蒙國恩。敢不盡節。遂不食。僞權將軍至濟南。官司出迎。李聞炮聲問故。撫牀大慟而絕。

嘉靖初。桂萼上言。小學之教。本古庠序。序以明教。庠以行禮而視化。非獨教之。將有以養之也。非獨養其德性。亦將養其身體。固其壽命。而堅強其血脈也。今之教者。嚴課程。急記誦。以傷其魂魄。強所不能。苦其思索。以損其聰。數與養背病矣。臣治縣。建為學舍。左右相向。中設四堂。前後為門。左右為塾。以篤實長者二人。平旦坐左右塾。序行道出入。每食時至日夕。亦如之。次為習禮堂。中繪陳祥道楊復禮圖。曰接子禮。曰童子禮。曰士相見禮。曰婚禮。曰事父母禮。曰婦事舅姑禮。曰祀先禮。曰射禮。立一師掌之。諸童子進學。即率見先生。習升降拜揖坐立之節。隨授一圖。指示學者。令其通曉。間令演習。以辨雜服。又次為句讀堂。內榜管氏弟子職。亦列數圖示之。日講一圖。次以孝經小學。教之句讀。令其粗熟。仍為講說文義。約之入身。又次為書算堂。榜六書法。每日止教一兩字。即以四方上下自一至十若干支等名。教之。又次為德

嵩菴閒話　卷一　十八

樂堂。內置鼓磬笙管投壺詞章乃矢禮樂之器。或教以鼓節。或教以歌詩。或擊貍首辭鼓之半。以習投壺。或擊貍首辭鼓之全。以習射儀。四堂遍而日亦且晡矣。自聽樂室復之書算。以次至句讀。至習禮。皆略復肄業。復於門左右塾。以次序出。如此則家無弟子之憂。而子弟得養其德性。養其血脈。養其耳目心思。而非僻之干。無自而入。此疏在當時。未聞能行與否。養蒙之法。理當不易。

昏禮以昏時行之。取陽往陰來之義。如吉期在丁。至丁日之昏。方往親迎。新婦入門。即行合卺之禮。明旦。婦見於舅姑。於儀節甚順。近日山東以丙日之昏往迎。丁日蚤旦入門。三日始見舅姑。名義既不協。禮節亦有未安者矣。

婦人跪拜非古。于文定公筆塵言之頗詳。按喪大記云。夫人弔於大夫士。夫人入。升堂即位。主婦降自西階。拜稽顙於下。夫人退。主婦送於門內。拜稽顙。婦人拜跪其來久矣。少儀云。婦人吉事。雖有君賜。肅拜。為尸坐則不手拜。肅拜。為喪主則不手拜。鄭氏云。婦人以肅拜為正。凶事乃手拜耳。又云為喪主不手拜者。為夫與長子。當稽顙也。其餘亦手拜而已。觀此則婦人肅拜之外。自有手拜稽顙二禮。但不當用之吉事耳。周天元後始混施無別。明代命婦入朝。贊行四拜。皆下手立拜。惟謝賜時一跪叩頭。雖猶存古意。實之君賜肅拜之文。已參用近法矣。

典籍既繁。道術亦歧。學者各以所好為勝。主奴汗附。不僅佛老吾儒之出入已也。嘗以飲食喻之。可知決擇。六經四子。五穀也。人待之以為生。不可一日無者也。傳注疏解。蔬茹鹽酪也。食五穀者所必資。不得之。無以利喉爽口。性理通鑑。覈核也。覈核可以備味助養。而不為食主。二十一史。諸子之為儒家言者。覈核之侍烹飪攙攢者也。詩賦辭說。名香也。備之足以快意。廢之未為甚闕。書義。酒醴也。酒醴雖五穀所釀。漸遠本味。而又易傷賊。以供獻酬。固不可闕。耽之者或至廢日失性。雜家及二氏。藥餌也。投之有沉疴者。立見起色。然過劑則轉生他病。或至殺人。若夫幻怪淫艷之書。與妖道惑衆之教。敗俗則鴆毒耳。糞穢耳。豈堪近人。王荊公父子。並好老子。各有注解。荊公喜紛更。而又好勝。與無為不爭之旨。正相反。而好其說何也。呂惠卿亦作道德經傳。元豐元年表上之。似當時好尚如此。李彥平讀書云。吉甫讀莊子至參萬歲而一成純。遂大悟性命之理。故其老莊二解。獨冠諸家。跡惠卿所為。不知所悟者何等性命。令人發笑。嘗數佛老宗風。高潔而文士之得罪名教者。往往逃入其中。以自掩飾。

嵩菴閒話　卷一　十九

韓文公送文暢序。有儒名墨行墨名儒行之語。蓋以學佛者為墨。亦嫌其普度之說而以此名歸之。今觀其學。止是摒煉精神。使之不滅。方將棄倫常。割恩愛以求證悟而謂之兼愛可乎。又其送文暢北遊詩。大以富貴相誇詡。至云酒場舞閨姝。獵騎圍邊月。與世俗為溺人何異。送高閑序為旭有道一段。亦以利害必明。無遺錙銖。情炎於中。利欲鬬進。為勝於一死生。解外膠。皆不類儒者。竊計文暢輩亦只是抽豐詩僧不然。必心輕之矣。

唐杜鴻漸死。以僧服殮。宋王旦臨終。遺命髡首披緇。近日鍾惺臨終。亦命剃染。自定釋名曰斷殘。皆好異之過。明朝凡皇太子諸王生。率剃度幼童一人為僧。名曰替僧。神宗皇帝替僧。名志善。見張江陵集。

天啟中。濟南盛傳呂仙自敘傳。云是殷文莊嵩端肅得之乩筆者。傳云。呂仙本唐宗室。避武氏之禍。挾妻而遁。因易呂姓。以山居。名嵒。字洞賓。妻又死。號純陽子。攷之范致明岳陽風土記云。呂先生。河中府唐禮部尚書渭之孫。海州刺史讓之子。會昌中兩舉進士不第。去遊廬山。遇異人授劍術。得長生不死之訣。似有可據。然何大相異也。近又有孫華帝君傳。云韓湘乩筆。自敘乃直隸人。所傳以退之為叔父。亦良怪異矣。

六祖衣缽。傳自達磨。藏廣東傳法寺。衣本西方諸佛傳法信器。缽則魏主所賜。嘉靖中。莊渠魏校督學廣東。取衣焚之。缽碎之。

十干中戊字。本音茂。詩吉日維戊。既伯既禱。是戊禱相叶。後讀音如務。陳履常後山叢談云。梁氏之父名茂。始讀戊為武。温嗜殺。並諱其嫌耳。瑯琊代醉編云。舊五代史梁開平元年。司天監上言。日辰內戊字。請改為武。朱温父名成。以戊類成故耳。陳說是易其聲。張說是易其形。二說不同。今按温父名誠。不名成。曾祖名茂琳。二說並失考矣。

孟子五伯章言歸於好。好去聲。是好好惡之類。方如此讀。此處疑當作本字。許考切。左傳此句杜預注云。義取修好。故傳續其盟辭。正作和好字解矣。

鄭吉水曰。世人相見詐窮。便是貪欲影子。這窮字斷送多少豪傑。試看先輩赫赫者。大段窮人。如何他使耐的。今人便不耐。此處不可不思。先生此言。真我輩藥石。又念耐窮如何得赫赫出來。此中大有事在。不得所事。只知耐窮。一惛惰無能之人而已。

勿求增財。但求減用。減欲斯減用矣。

墨子書有曰。文王舉閎夭泰顛於罝罔之中。授之政。西土服。此言與兔罝之詩合。亦學詩者一異聞也。

周公戒伯禽曰。德行廣大。而守以恭者榮。土地博裕。而守以儉者安。祿位尊盛。而守以卑者貴。人眾兵強。而守以畏者勝。聰明睿智。而守以愚者益。博聞多記。而守以淺者廣。此六守者。皆謙德也。

子瞻子由墓在嵩山之陽。元郟令復為老泉具衣冠葬之。左子瞻。右子由。成三蘇然老泉自葬蜀。子瞻卒常州。甲申。郟賊剪其墓中古柏三百餘本。

莘縣。周衛地。衛宣公殺公子伋使盜待諸莘。即此。秦屬東郡。漢東郡陽平縣。東漢置侯國。魏晉俱陽平縣。後齊樂平縣。後周置武陽郡。又析其地置莘亭縣。以地有古莘亭。隋置莘州。又改為莘縣。唐復置莘州。復為縣。屬魏州。五代因唐。後梁改魏州為天雄軍。後唐改魏州為魏郡。晉改廣晉府。漢改大名府。周復為天雄軍。縣並屬焉。宋屬大名府。元屬東昌路。明屬東昌府。

呼延贊其子病。贊刲股為藥療之。見宋史。吾濟楊上（卿名一字廣）為子刲血寫經。亦頗相類。

宋紹興中。立三殿於臨安。以奉聖容。上元結燈樓。寒食設秋遷。七夕設摩侯羅。嘗聞摩侯羅名物。夢華錄載京師舊俗。七月七日。街上賣磨喝樂。乃小塑土偶。悉以雕木綵裝欄座。或用紅碧紗籠。或飾以金珠牙翠。疑即此。唐人詩云。七月七日長生殿。水拍銀盤弄化生。或曰化生摩侯羅之異名。宮中設此。以為生子之祥。邑令杜公乃訪大同於七夕。以蠟若綵為女人形。塗朱施粉。衣奇錦。佩金珠。肩輿鼓吹。道送婚姻家。酒殽果餌繼至。至則裒媼童婢焚香點燭。繼以笑弄。名之曰摩侯羅。既云生子之祥。又不當止為女人形。要是兜女嬉戲之事。設之原廟何居。

盱郡鄧元錫作函史。上編八十二卷。載上古至元末君臣事蹟道術。下編二十一卷。載天官方域人物時令曆數災祥土田賦役漕河封建仕宦學校經籍禮儀樂律財賄刑法兵制邊防異域。共一百三卷。鄒平馬驌所為繹史。其體制略與之同。但所載止於秦亡。而多至一百六十卷。視此為加詳矣。

晚唐詩人陳陶。適西山。飼藥餌賈中。有大姊貨藥沽酒醉舞而歌者曰。藍采禾。疑為陶夫婦世俗作藍采和。

靚渡始於句踐見越地傳習水報英說於戲耳。

唐有一人製序一人製銘者如尹師魯序張先夫墓而歐陽修為之銘蘇頌序上官昭容集而張說為之銘。

聖人之所以為聖人以其公天地萬物為一體屈伸消長進退存亡一由乎理之自然而不自私也老莊必欲外天地萬物極其智術為巧免之計其自私也甚矣

萬物始終莫非陰陽合散之所為釋氏乃有輪迴之説則萬物始終不在造化而在釋氏矣

莊子之言雖曰形容道體然不能必信而行之是亦知之實有未至也使知之到則必信之篤信之篤則行之必至矣程子所謂須測天道未盡者蓋謂此

異端欲知其得失亦不可不觀其書但吾學既明雖觀其書亦不為所惑苟吾學未明而先觀之鮮不陷溺其中矣

老莊之書切不可深溺若溺其説而踰智不已猶居齋齋言居楚楚語發於心術久蹈有不覺者矣

莊子好文法學古文者多觀之苟取其法不取其詞可也若併取其詞為己出而用之所謂鈍賊也韓文公送高閑上人序蓋學其法而不用其一詞此學之善者也

形雖無而理則有理雖有而形則無純以理言故曰有無為一老氏謂無能生有則無以理言有以氣言以無形之理生有形之氣截有無為兩段故曰有無為二

參同契句讀二則

管括微密闓舒布寶要道魁柄統化綱紐爻象內動吉凶外起五緯錯順應時感動四七乖戾誃離俯仰文昌統錄詰責台輔百官有司各典所部原始要終存亡之緒

人身之中有管括則其微密闓舒則能布寶者是要道之魁柄統化之綱紐也若爻象一動乎內吉凶必起於外如五緯之在天為錯為順應時而感動與二十八宿之互相乖戾誃離俯仰之不同統默運於無形無異之內也學道法乎此則文昌統錄詰責台輔百官有司各典所部而不至有妄動之凶矣其道如何亦惟原其始要其終斯吾心存亡之端緒可得而驗也原其始察念所自起以審真妄要其終順念之既止以返虛無則此心或存或亡不至有昧而虛極靜篤之境可漸

盡由以鍵關閉管合同為己之樞轄動靜不出戶雖不內榮衛坎乃不用聽兌合不以談而吉順鴻濛三者既關鍵緘默處空而妄念歸虛無無念以為常止難以推於心中不縱橫操縱神相抱覺悟候存亡

吾身有竅由以通視聽或開或閉皆合同而不離者斯乃為己之樞轄時而動時而靜無竅窮之期者也學道者於離目則收視而內榮衛於坎耳則返聽而不用聰於兌口則不以談而希言以順鴻濛三者既關鍵而不外馳惟和緩四體以處空房其守乎外者如此委順其志以歸虛無無所思念以為常道其心之正則難以推移其心之專則不縱橫縱橫也則神與相抱覺悟也則候察心之存亡其持乎內者如此內外交養清靜之旨備矣

汪氏曰前此虞夏商周之書書時不係月書月不冠時惟春秋書春王正月朱子曰以書考之皆書月不著時疑古史記事之例只如此至孔子作春秋然後以天時加王月以明上奉天時下正王朔之義

汪氏曰文定以為魯史本書十一月孔子改作春正月朱子云某不敢信竊疑魯史名以春秋則似亦書曰春正月是周曆已改子月為春也汪氏名克寬字德輔

程子曰諸侯之立必由王命隱公自立故不書即位不與其為君也既不受命於天子以先君之命而繼世者則正其始文成襄昭哀是也既非王命又非先君之命不書即位莊閔僖是也桓弒君而立宣受弒賊之立定為逆君者所立故書其自立也

程子曰鄭伯失為君之道無兄弟之義故稱鄭伯而不言弟克勝也言勝見段之强使之强所以致其惡也不書弟殺不係於弟也張氏曰春秋於諸侯之國事則稱國言君與大臣共圖之也於其君之父子兄弟出入誅殺之事則稱君著其君之志也

唊氏曰左氏云豫凶事仲子而在天子寧有歸其賵乎不辨衆者猶不當爾汪氏曰穀梁以仲子為惠公之母蓋泥於文九年書僖公成風故爾獨程氏發明惠公寵愛仲子僖公尊崇成風之説而以為惠公之仲子僖公之成風胡氏因之其義最精

張氏曰司盟之設聖人蓋為諸侯之仇怨不釋者設猶待後世之詛朱子曰盟詛畢竟非君子之所為非去盟崇信俗不可得而去也

唊氏曰按例無有改字以為義者蓋有改其本姓者如此時隱公之母實子不行夫人禮亦當如定十五年書姒氏卒書姓也劉氏曰諱姓非義也特書君氏又不足明

為正

汪氏曰說左氏者以春秋感麟而作文止於所起非經成而麟至矣苟曰經成而後麟至則春秋筆絶於哀十三年十二月螽殊無意義

世之舍儒而學佛者將謂其同於儒而學之耶抑謂其異於儒而學之耶既同於儒矣學儒自足以之道不必舍此而之彼也苟異於儒矣又不當身列於儒而學其非儒者也既舍儒而趨佛則儒佛必有分矣有分則此是彼非不容強置也

人同於始而異於終學不同也人同而學異者志不同也故莫先於辨志

志定而後可言學所志甚大而所成不逮或相背馳者操術有異也故次辨術

術擇其正而又有奪之者則業未顓也人多所習者皆以為不可廢辨之而後緩急可知則一源之道也又當辨業

學聖而行不至猶之未學也徼其跡而或學或不學不可掩矣故次辨跡

跡者人所同適也君子履之小人亦或履之誠與偽之殊也聖者履之賢者亦履之安與強之殊也不偽而誠則成矣安之則為聖強之亦不失為賢故辨成

五載一巡狩節此定朝巡之期五載之內共一巡四朝四朝者四方諸侯分在四年

來朝其實只來一次巡狩之事已詳上節故此節於定期之下單言朝時述職之事敷奏以言是其述職明試二句則因其述職盡所以待之之道經只舉言之善者與有功者一邊說其不善與無功者可以推見

肇十有二州節封十有二山濬川經理地輿分九州為十二州取其便於統攝所以廣德化也以此句為主封山以表疆域濬川以防民害皆經理中一事

象以典刑節象如天之垂象以示人言其立法示人明白分曉如天象著明使人人知所趨避而不敢犯贖只贖鞭朴之刑五句從重說至輕皆法之一定者眚災二句蓋用法之權衡重刑輕刑皆用此意酌定所謂怙終賊刑者亦只施以所應得之罪而不許其贖與宥耳非格外加重而必置之死也傳中由輕即重由重即輕語須善讀末二句史臣深見舜好生之心揭出以示天下萬世之用刑者語意如云舜之制刑嚴為防禁使人不敢犯詳為審酌恐其有所枉蓋敬而又敬惟於刑為加意矜恤也哉按注疏作舜勅戒百官說亦自有味

流共工於幽州節承上文言舜之敬慎刑罰因歷舉舜生平用刑之當蓋以類紀之四罪實非一時事說者見下接堯終遂以為皆在堯晚年且以天下咸服為即位張

本誤也

萬菴閒話卷一終

蒿庵閒話卷二

清　張爾岐著

愚讀儀禮自鄭賈注疏外偶得吳氏考註稍一涉目輒掩卷置庋閣以其註皆采自鄭賈往往失其端末至其自爲說則大乖經意故也及儀禮鄭注句讀成乃取考註爲之勘訂其不用鄭賈者四十餘事唯少牢篇尸入正祭章補出尸受祭肺四字爲有功於經餘皆支離之甚不須剖擊兆病立見就其書殆庸妄者託爲之不然草廬名宿豈應疎謬至此後得三禮考註序讀之又取其書與之覆較遂確然信其非吳氏之書也序云忘其僭妄輒因朱子所分禮章重加倫紀其經後之記依經章次秩序其文不敢割裂一仍其舊附於篇終今此書則割裂記文散附經內矣序又云二戴之記中有經篇離之爲逸經禮各有義則經之傳也以戴氏所存兼劉氏所補合之而爲傳傳十五篇今此書十五篇則具矣士相見公食大夫二篇但采撥禮記之文以充數求所謂淸江劉氏之書無有也至於逸經八篇序則又詳列其目矣公冠遷廟釁廟取之大戴奔喪投壺取之小戴中霤禘於太廟王居明堂取之鄭氏注逸經雖曰八篇實具其書者五篇而已其三篇僅存篇題非實有其書也今此書則取大戴明堂列之第二蓋不知王居明堂之與明堂爲有辨也三者與序皆不合其不出於吳氏也審矣序又云正經居首逸經次之傳終焉皆別爲卷而不相紊此外悉以歸諸戴氏之記朱子所輯及黃氏喪禮楊氏祭禮亦參伍以去其重複名曰朱氏記而與二戴爲三草廬本書次第略見於此數言今此書朱記了不可見而又雜取二戴之書名爲曲禮者八篇龐雜粹會望之欲迷與草廬所云此外悉以歸諸戴氏之記者又不合矣何物妄人謬誣先儒至此真可恨也

又何喬新書儀禮敘錄後云三禮考註近刻於吾盱廬陵楊文貞公以爲此文正公所考定而晏璧彥文掩爲己作者也竊嘗考之文正公考定儀禮正經與記一仍其舊今考註仍於朱子通解經傳雜然無倫其所註釋徒取鄭康成賈公彥之文而綴輯焉亦與易書戴記纂言之文不類決非出於公手豈晏氏不見公本而以己意爲之耶考註一書前人已判其爲僞而猶流傳至今者以此經習之者鮮人不及深考遂致坊賈流布不已耳愚爲拈出庶不使後學受其疑誤將以暇日準吳氏所序次第訂爲一書當亦禮家之巨觀也

陳白沙柬潘舛絃曰儀禮之訛多矣一經手校即爲完帙野人平生際遇未有如此奇者敢不拜賜當其時已有此歎儀禮之鮮善本久矣但不知潘氏所校視官本何似也

詩之風雅頌體各不同黍離降爲國風先儒之說未備始正其失春秋穀梁傳序云列黍離於國風齊王德於邦君所以明其不能復雅政化不足以被群后也楊士勛疏云作詩之體風雅先定黍離若是風體大師不得列之雅頌之中若是雅頌之體仲尼亦不得退之於風詩之中而云列黍離於國風者詩人詠歌實先有風雅之體黍離既是國風誠不可列之於雅頌但天子不風諸侯不雅仲尼刊正還同國風亦是仲尼列之觀此疏是黍離降爲國風之說唐人已能辨其失矣

卦變前十卦主貞後十卦主悔謂三爻變者所變之卦若在前十卦內則以本卦彖辭爲主是爲主貞若在後十卦內則以之卦彖辭爲主是爲主悔三爻變以本卦之卦彖辭占而又有此輕重之別也蓋前十卦本卦之氣尚多後十卦本卦之氣欲盡也其所謂前十卦者初二三初二四初二五初二六爻變也初三四初三五初三六爻變也初四五初四六初五六爻變也皆前十卦也所謂後十卦者二三四二三五二三六爻變也二四五二四六二五六爻變也三四五三四六三五六四五六爻變也皆後十卦也啟蒙卦變圖甚詳借化張介臣嘗爲圖說實繁以爻位約之如此

袁楷云繫辭中釋鳴鶴在陰以下七爻自天祐之一爻咸九四以下十一爻皆文言傳也今混入繫辭散而無統且亢龍有悔一爻已見文言中餘爻皆其類可知況擬議變化自是一章結語陽卦多陰後即繼以乾坤易之門是言六子後繼以乾坤中間尤不宜以咸四諸爻閒之於是取此十九爻依序卦之次書乾坤文言之後錄爲小冊又曰諸子曰皆孔子門人所加如後儒指彖象曰之例遂開歐陽永叔之疑愚謂經文固無可更之理其所言亦自有見

乾健也震坎艮皆得健之一節者也震之動坎之中孚艮之止皆健之爲也曰坎固陷矣曰陷其遇也中孚則其德也陷而中有定主焉非健何以能之止之與動不異趣乎曰人之不據於俗者止也不紛於欲者止也行止各當而未始靜此固天下之至健也此三男之德所以皆同乎父德也坤順也巽離兌亦皆順之一節也順故無所不入順故能麗柔順故說見乎外三女之德皆母德也人之具乾德者多能自立於正故丈夫於震坎艮之彖言其德而已鮮戒詞也人之具坤德者恐其徇物而自失故巽則言利見大人而離兌皆以利貞示戒焉

損乾之三以益坤之上則為損當其未損固依然泰也以損下之故而為損當得益
為泰乎損上卦乾爻之陽以益下卦坤爻之陰則為益當其未益固猶是否也以損
上益下而為益既益矣豈復有否乎其損下益上也方自以為益聖人曰此損也其
損上益下也不知者或病其損聖人曰此益也亦戒深矣
小畜以陽之大而畜於陰之小也又其所畜者小也陽為陰畜似無亨理然所畜尚
小又卦德則健而巽卦體則二五皆剛中而志行故其占亨此時陰之畜乾如密雲
不雨自我西郊也五陽皆為陰畜下之三陽以遠近為畜之淺深初得正而遠故為
復自道二雖漸近然得中而同於初故為牽復三迫近則為輿脫輻夫妻反目也六
四畜陽者也以陰畜陽易致傷害教之以有孚則可免四之畜乾必藉同體之力五
有孚攣如富以其鄰所以能畜也上九則畜道成矣推本言之曰尚德載然君子也
婦貞厲危小人也月幾望君子征凶示君子以處小畜之道也
天施地生非震不為功進德修業非震亦不為功藉其一旦之力所以開無窮於方
來也故亨
雖有聖人不能使無憂患至而能盡其謀不失其度者其平日之積待此者嘗豫也

甘此者嘗恬也窮達死生無定遇有定力故曰震驚百里不喪匕鬯
初之與上不僅以其質異也一則震初而虩虩一則震極而索索也初可為而極難
反也
不可必者震之時不可同者遇震者之質中與不中正與不正可自必者也殊質而
同歸者也二喪而復得五危而不喪三蘇蘇而四未光犯患者同而處患者異知震
危之事來自人分者常少而起自己分者常多也
危厲及前自顧無以致之則能御加我以其勢而理足恃奪我以安榮而不能奪我
以名譽自顧有以致之危厲切其外矣愧怍復攖其中君子之當震者常一而小人
之當震者常二也三不當四未光失亨理矣
九二之巽巽以其言上九之巽巽以其德巽者權之物也喜憂患而不失我正上之
巽則喪己而徇之安得以不凶傳不云乎邦無道危行言遜言可遜也行不可不危
也
初有濟屯之才而與己為應則建以為侯者五之事也求之而與俱往以應五之所
任者四之事也非知亨屯之大機者不能然故曰明也

[illegible]
而未光者非下不足以廣其意而然乎不然陽剛中正之君非不知布德於民者也
經曰屯其膏機其見效而咎君之辭也傳曰施未光本其由來而咎臣之辭也此建
侯之不可以已也
小過小者過矣當此時無亨理聖人曰處此則有道矣小者過也過於小也不甚過
而小過也凡此者貞之備也曰可小事小者可過小也又曰不宜上宜下小者之過
小勿失甚而但小也此非與時偕行者不能及矣知卦下係亨告占者不告小者
艮兼動靜義得其所者靜亦止動亦止失其所者失之動亦失之靜三居上下之間
上之得與失下之得與失三均與有功三均與有罪也居此而欲使兩足相及情足
相喻豈一止之能哉止而至於列其夤厲孰如之
弟李虞問不相與何以釋止其所也曰卦之相與者相徇者有之相成者有之相傾
者有之此嘗待彼止其所則責望之意盡矣盡己是者忘人非稽見分者遺來效惟
不相與者類也
上自止其所而下以之全下自止其所而上以之安適己之分而有相適之益居其

中者實動之三非所止而止隔絕物之通亦成己之害
吉祥之與人事為類也如有耳而聰附之有目而明麗之無耳無目聰明之理存乎
空際不為人有也君子之正位所以善人事也而命凝於此得類而止也如鼎然潔
其中而奠之馨美來集矣詩曰瑟彼玉瓚黃流在中同此說也
質同而傾敧搖妄者必先毀受同而撓擾沸涌者必先竭非有鬼神數自然也正位
者之於言動持其外者有數矣持其內者有數矣百道而一於慎所以能沿餘也所
以能備敗也故曰凝命
初之求二以為好也聖人正名之曰我仇則怨匹矣世之款洽得咎者安可以不擇
也賊其德者等於賊身且過之
雖有實慎所之也聖人之惜有實也有實難矣而以不慎喪之是可惜也
合之不以正者以為苟可以合而已足無所事正也目前之欲饑而永終之禍伏焉
其敝而始悔晚矣君子不為欲動故利害明利害者是非之亂也不可以他求者也
竊按陰陽老少主蓍策言其詳具筮儀三變既舉註內及繫辭傳乾之策二百一十
有六節本亦諸者當詳之周公本就各爻繫辭因奇偶各百九十二其畫相類無以

别也故姑以初九等字為别若得寬布六爻而每畫下繫之以辭則亦不用初九初六等字矣今之用初九初六等字以代其本畫也

孔氏曰爻辭多文王後事升卦六五王用享于岐山明夷六五箕子之明夷皆文王後事也故馬融陸績等皆以為爻辭出於周公是也

易之吉凶倣天下之動而列其所獲天下之動多端故易之所列亦多途也我之動於易必有所合知所合則吉凶居可知矣蓍策而求可無庸也若考飛伏稽納甲推積算末矣故學易者必本乎靜靜則易之全者儼在我乃得因其動而指所之

免於刑戮夫子以取南容則免刑戮之難也朱子以謹言行釋之蓋時當無道動人不平者甚多窺伺君子者亦衆言行宜加謹也言不非人而事不招非涉世之妙術

賚集傳云此頌文武之功而言其大封功臣之意也愚按大封功臣者武王也則經文我字正是詩人代武王自言篇中豈容自頌其功集傳云頌文武之功者乃後人解經推原而為此說耳非當時詩人之意即一邊頌文一邊頌武也言其大封功臣之意一語足括經意其字即指武王而言序云賚大封於廟也朱子初無駁語集傳正本其說先輩文乃有云我周之有天下者文之謨而定天下者武之烈以武王之謚入口氣內蓋沿集傳而失之

桑柔次章至四章集傳以為皆征役者之怨辭不知若直作詩人歎其征役不息於理何缺而必多此一番曲折也待知者商之若直作詩人說四章前數我字皆通人己之辭土字與卷阿同解亦自可通

春秋書春王正月胡氏以為以夏時冠周正関可疑蔡氏云商周正朔以是月為歲首朝會聘問頒曆授時於是始焉耳時不改月亦不改也引商書及秦紀為證似有可據然自是商秦時宜不可引以概周以為春秋書法亦爾也若春秋所書正月是建寅之月諸公即位並在是月此何等要事何以不用本朝之歲首而用前代之正月乎王濟之作春王正月辨引經中諸月事明其非夏正甚詳惜其尚遺此也近日一文士亦作春王正月辨獨主蔡氏誠取王作一觀其說可以立破其中可笑者駁紫陽孟子註周七八月即夏五六月云田家作苦雖畏夏而尤畏秋子與七八月之說良有深意奈何以為五六月乎此真說夢矣觀孟子下文云勃然興之惟五六月之苗為然若至正秋稿則竟稿矣乃知作此辨者真弄筆書生豈足言耕作事哉

書經本名尚書正義曰尚者上也言此上代以來之書故曰尚書九峯作傳亦止名

曰書其配以經字疑自有明始然又易詩春秋禮記亦初不配經字試錄文猶然惟小試卷者乃云某經而坊間書傳詩傳亦云某經集註皆妄加也

注解齊使說一段亦謬嘗自為之解越不伐楚則不伯王度其所以不伐楚之故為不得晉之好耳今日晉固不肯伐楚矣使其肯伐楚必將覆楚之軍殺楚之將楚之葉陽翟危而陳上蔡不安矣故曰晉之事越不至於破楚不止也得晉之效如此越乃憚於得晉何也越王曰我之欲得晉不必使之與人戰也但得其聚兵大郊分楚之兵力而我可得志矣使者曰若但欲使晉分其兵力不知楚之兵力已分不必晉也且王之所求欲晉楚交兵而後鬬之也晉楚不鬬則越兵不起不知越兵不起則晉楚亦不鬬是知二五而不知十也越兵一起晉楚必鬬而晉越之交合而楚可圖矣

索隱解雖字為唯字之誤似可從不然則復雖二字連上讀言小者不能伯而復雖也

儀禮賈疏云榮屋翼也翼即今之搏風云榮者與屋為榮飾言翼者與屋為翅翼也俗呼屋兩傍自脊前後下注飾瓴為之者曰包檐蓋搏風之譌也其云四阿四注則四面為簷云兩下為之者當前後為簷也

鶴鳴於九皋傳曰皋澤中水溢出所為坎觀古人馳騖江皋及登東皋舒嘯之語皆水旁高處可居者則此九皋亦謂坎邊之地非水中也淇之澳汾之曲並此類濮氏曰澤曲曰皋正同此解

越王棲於會稽范蠡曰持滿者與天定傾者與人節事者以地雖少伯一時對君之辭然吳越興亡勝負總不出此數語即少伯一生舉動皆數語注腳也通篇眼目實在於此持滿者與天持滿者當本之天道也定傾者與人定傾之道當盡人之事因人之情也人字內兼彼己節事者以地舉事而欲得其節因地之勢地之利以為宜也觀越之初伐吳吳之伐齊北會諸侯於黃池越之後世散於海上及蠡之逃去可得持滿與天之解觀蠡之教越事吳遣少子見莊生可得定傾與人之解觀其浮海出齊又去齊止陶可得節事以地之解注家以為天與之人與之地與之誤甚矣

保辜字見公羊傳襄公七年鄭伯髡原如會未見諸侯卒於操傳云傷而反未至乎舍而卒也注云古者保辜諸侯卒名故於如會名之明如會時為大夫所傷以傷辜死也君親無將見辜者辜內當以弒君論之辜外當以傷君論之疏云知古者保

章者亦依漢律
冠禮於廟重冠也未冠而不以告既冠而不以面何也冠而見於母經有其文何不
見於父冠而見於卿士何不於舅豈經文不具使然歟抑亦有說歟
昏禮婦見舅姑其文著矣為子者似亦不宜無以見於父母當其執笲而薦特豚而
饋其夫皆安在乎是可疑也且醴婦之儀夫家何人為之若婦人則不必言今詳其
拜則使拜矣使拜者婦人所以答男子也是何男子而今之與新婦僕僕為禮乎至
於醴婦房中明者其為家老矣家老可以醴婦亦一疑也
鄉飲以獻賢能就先生而謀賓介是矣何以不夙戒而戒於是日飲之者將獻之也
為賓者何以一辭而許難進之風固如是乎經言主人獻賓賓酢主人俱不言奠爵
於席前非文之不具也蓋賓拜而後進受爵賓受爵而後主人拜是手相受授也至
於酬賓而奠觶薦西似進爵之變節注疏並不言其故近日說家乃以為獻酢皆然
而文不具果信然歟
朱子語錄云張忠甫所較儀禮甚子細然卻於目錄中冠禮元端處便錯了不知其
錯處如何

文獻通考於儀禮門中載朱子古禮經傳通解二十三卷集傳集注十四卷今皆未
見又預宮禮樂疏引用朱子儀禮經傳圖解又自一書
吳氏三禮考註於儀禮諸篇皆以記隨經而取二戴公符投壺釁廟等篇繼之曰儀
禮逸經又名射義聘義等篇曰儀禮傳蓋略倣朱子古禮經傳通解之例而解處多
誤當時何不據朱黃成書衣章也而又自生枝節為也如冠禮角柶以角為四升酒
器柶為楔齒皆謬甚
唐文宗開成二年冬十月國子監石經成劉昫曰時上好文鄭覃以宰臣判國子祭
酒依後漢蔡邕刊碑列於太學創立石壁九經諸儒校正訛謬上又令翰林勒字官
校字體又乖師法故石經立後數十年名儒皆不窺之以為蕪累
鄭覃石經只有經文每經之下皆書某人注如儀禮則曰鄭氏注蛇足之甚至有司
徹篇亦有誤書字豈當時未及檢正所謂強弩之末者歟監本十三經注疏萬曆十
三年開某人奉旨校刊謬誤甚多儀禮經文至脫去一兩行今人校書多據監本監
本何足據也近日人補石經字亦據監本有司徹篇有石經闕處適當監本脫處者
幸於剝蝕中依稀辨出三字乃知書以舊本為貴也吳氏本經文差處少亦似明初
舊本若一落今日坊間不知作何狀矣
泮水第二章詩傳昭叶之繞反與藻蹻教為一韻愚謂昭讀如字而教讀作平聲四
句換韻與首章一例似亦可通
春秋莊公二十二年冬如齊納幣穀梁傳曰納幣大夫之事也公之親納幣非禮也
故譏之儀禮自納采以下五禮皆使使往鄭氏曰皆必由媒交接設紹介皆所以養
廉恥吾鄉納幣皆多親往殊失此義聞京師之俗納幣非既昏後不相見蓋猶有禮
意也
鄭康成注中庸云天命謂天所命生人者也是謂性命木神則仁金神則義火神則
禮水神則信土神則智正義曰冬主閉藏充實不虛水有內明不欺於物信亦不虛
詐也金木水火土無所不載土所含者多知亦所含者眾故云土神則智漢唐人言
五常者如此則以水為知以土為信自宋儒始也
又正義引賀瑒云性之與情猶波之與水靜時是水動則是波靜時是性動則是情
數語亦自分曉
索隱行怪者心在求人知也故人亦有述之者其述之者惟不知中庸之為道故隱

怪得而眩之浮屠神仙之說其飛揚浮動之意少年文士之未知道者多為所引不
然則名節既虧者借以自蓋吾儒既無新奇可喜之論而大義昭然豈容假借故宋
人有云後人有聰明過孔子者儒門淡薄收拾不住淡薄云者政以無隱怪處耳
甚矣吾衰也蒙引以為氣衰存疑以為志衰畢竟是氣衰故志衰蒙引說勝
自行束脩以上蒙引云人但自行束脩以上以自為自己之自則以上是來學大全
邢氏曰此禮之至薄者厚則有玉帛之類故云以上以包之則自當訓作由存疑說
主邢氏
如有周公之才之美使驕且吝時講以驕吝粘才美云以才驕人以才自吝其說本
於蒙引顧未當還只兩開說去為是細讀註及小註自見小注云聖人只是平說有
周公之才美而驕吝連他才美壞了況無周公之才美而驕吝者乎甚言驕吝之不
可也曰甚言其不可明是連無才美者包在內若說有才美者是以才美自驕吝彼
無才美者又以何事豈反不驕不吝乎蓋驕吝二字原說的廣程子氣盈氣歉甚渾
妙人苟德有未足便墮此兩箇坑坎驕字易說吝字當以易經中吝字參看輔氏云
不能居廣居立正位行大道為向上一者事胡氏云驕張玉吝收縮程子曰人若吝

時，於財上亦不足，於事上亦不足，必有歉之之色。張子曰：人之不能行己者，於其所難者則惰，其異俗者，雖易而羞縮。思思䟫䟫，無由作事。味此數語，可得吝字之解。何必粘著才吝。古人所謂口欲言而囁嚅，足欲前而趑趄，又吝字正解也。

食饐而餲。注：饐，飯傷熱濕也。餲，味變也。傷熱濕者，本其致餲之由言之，非二事也。近作文者多以二事數行失之矣。爾雅釋器云：食饐謂之餲。郭注云：飯䭜臭。凡論語皆分曉。

足食足兵。註中倉廩實，指民之食；武備修，謂弓矢甲冑之屬也。去兵者，如云器械不必精利，即孟子制梃以撻秦楚之意。時藝有以民即為兵入講者，甚可笑。不知當時無召募之法，未有以人為兵者。夫子言去兵，何嘗都無卒伍什兩之法哉。

顔子所以不貳過者，以其心常存而主於理，故能有不善，未嘗不知，知之未嘗復行也。

麻冕用三十升布。鄭注以朝服十五升，因倍其數而解之，似無別據，頗疑其難成，良可疑也。

魯人獵較。注：趙氏、張氏之説雖不同，其歸則一。獵後若不較所獲之多少，則獵時自不較奪。古人田獵既畢，擇取三等，中殺者每等得十以充君庖，其餘以與士衆習射於射宮，射而中，田不得禽則得禽；田得禽而射不中，則不得禽。蓋田時各奮勇武，及既獲，則公之辭讓而後取也。若夫獵較者，不復習射，唯以所獲之多少為所取之多少。當其獵時，自互相攫奪，此亦古法變壞之一端。然皆用以祭其祖先，殊無大過。夫子欲革其俗，故先簿正祭器，使上下尊卑祭有常器，器有常品，用三鼎五鼎者，乃有獸腊；庶人只用特牲，則所獲豕彘之屬皆不得用，而人將漸知，頗覺其較奪之非，而復古者習射之制矣。

白駒，於焉嘉客。殆以賓字為虛字，如云善自客留於此也。

子曰：君子安其身而後動，易其心而後語，定其交而後求。全身名之道，無出此者矣。

車有收以斂載，小戎取行不取載，故俴其收，此軫制也。駕服馬者，衡從輈軫稍曲而上向下鉤衡者，謂軥也。恐其不驗，以皮五處束之，楘然有文也。此鉤衡之制也。設游環於服馬背上，引驂之外轡貫其中而執之，使不得出。又以皮二條，前繫衡兩端，後繫軫兩端，使驂不得入，此御驂之制也。於陰板之上別設靷二條，以繫驂之頸，以白金沃續靷之環以為飾，此驂馬引車之制也。

二章鋈以觼軜，環於軾前，以繫兩驂內轡，而以白金飾其上也。轡是絡首者，靷是繫頸者，不可混。

三章。被甲之駟甚和矣。三隅之矛，以白金飾其鐏矣。畫雜羽之中干，苑然有文矣。弓則以虎皮為韔，馬則金鏤為膺矣。韔其二弓以備壞，以竹為閉，以紲縢之。

月出一章，用字多不可解，姑以意強釋之。僚、懰、僚並訓好貌；皎，訓明也。好者，使娟媚麗之謂；明則顧盼生姿，光彩動人，如有暉燿也。窈訓幽遠，糾訓愁結。凡人中有所係心之所憾，都非耳目聞事之比，之彼説曲難詰，其念縈凝盤旋於此，而不可解，故曰窈糾。　悄字，王氏以為言不説而靜默，錢氏以為默憂。凡有憂者多不言，二解得之。俗亦云悄無聲，正此字。　懮受訓憂思，亦有勉強忍受不能自聊之意。　慅，王氏以為不安而騷動，如云怔忡擾亂也，只是意亂心煩之謂。　夭紹訓糾緊之意，中心煎迫不得舒縱也。慘，王氏言不舒而憂愁，似不甚貼，似是慘瘁不樂之意。男女相悅，千凝百怪，詩可謂能言麗情矣。

人道之當然而不可違者，義也；天道之本然而不可爭者，命也。貧富貴賤得失死生之有所制而不可強也，君子與小人一也。命不可知，君子常以義知命矣。凡義所不可，即以為命所不有也，故進而不得於命者，退而猶不失吾義也。小人常以智力知命矣，力不能爭，則智邀之，知力無可施，而後謂之命也。君子以義安命，故其心常泰；小人以智力爭命，故其心多怨。衆人之於命，亦有時安之矣，大約皆知其無可奈何，而後安之者也。聖人之於命安之矣，實不以命為準也，而以義為準，故雖力有可爭，勢有可圖，而退然處之，曰義之所不可也。義所不可，斯曰命矣。故孔子之於公伯寮，未嘗無景伯之可恃也；於衛卿，未嘗無彌子瑕之可緣也；孟子之於臧倉，未嘗無樂正子之可力為辨而重為請也。亦曰義所不在耳。義所不在，斯命所不有矣。故聖賢之於命，一於義者也，安義斯安命矣。衆人之於命，不必一於義也，而命皆有以制之，制之至無可奈何，而後安之，故聖賢之與衆人安命同也，而安之者不同也。

學記曰：凡學之道，嚴師為難。師嚴然後道尊，道尊然後民知敬學。後世既無碩師為人所宗仰者，須推一古人為之矜式，如有明之尊程朱是也。故其初年，人材蔚興，風俗醇美，隆萬而後，人敢肆為異論，至於醜詆程朱，幾如三家村老學究，且漸漸侮及先聖，於是名節大壞，無禮無學，而天下遂大壞矣。

有所為而為善，便是不誠；不誠便是不忠。有矜持於人而為善者，有希圖報應而為

善者世俗莊諧不墮此便入彼若能知是本身分上事不為便不可為人真實改過遷善方是兩腳踏實地

物之敝以永終而見其宜敝也久矣至永終而始見耳君子見其始備其節數而豫求之其後十年可一日決也此愚人之所驗而知者之所信

今夫陳敗亡之蹟而觀之無無因而得者守誦者之所明也吾所不及見所不及聞與吾所已見已聞人無異情事無異勢如之何不可以相求也

人生而靜靜者之生之道也動者之死之道也然人不能有靜而無動聖人立禮節以靜其外舉理義以靜其內故曰定之以中正仁義而主靜立人極焉息氣恒多生理亦或以全也

左傳子產不毀鄉校仲尼聞之曰謂子產不仁吾不信也此吾夫子言仁一大公案也仁字最難識從此處反參之則仁之為仁瞭然矣

嘉靖八年林希元上荒政叢言言救荒有二難曰得人難審戶難有三便曰極貧民便賑米次貧民便賑錢稍貧民便賑貸有六急曰垂死貧民急饘粥疾病貧民急醫藥病起貧民急湯米既死貧民急葬瘞遺棄小兒急收養輕罪係囚急寬恤有三權

曰借官錢以糴糶興工作以助賑貸牛種以通變有六禁曰禁侵漁禁攘盜禁遏糴禁抑價禁宰牛禁度僧有三戒曰戒遲緩戒拘文戒遣使膚綜真荒政者詳矣不及次崖之約而盡也

人能無求固自佳事此中大有事在非一無求可了古來隱逸有等極多漸之上九曰可用為儀蠱之上九曰高尚其事此豈處士純盜虛名者比哉不然販夫菜傭絕意仕進亦可以高士目之矣

盜跖篇莊子明是非之不易爭也知其不易爭而安之雖無救於彼之非猶可得乎此之是老氏自全之術也知其不易爭而必欲爭之爭之而勝我無益於是之分而增一爭之失爭之而不勝既多一爭之失而兼失其是之分則此之是彼非之資也何如不爭之為得也豈特老氏夫子亦言之矣曰邦無道危行言孫孫亦不爭之謂也

人有資性醇厚立身謹愿而好詆程朱者於集註本義諸書皆極力以求妄生穿鑿必別立一解欲駕其上若肯平心靜氣於先儒成說心體而躬踐之豈不有益乃費盡聰明祇成一無忌憚罪過亦深可惜推原其故自良知之說一倡一二妄人逆敢排口詆笑儒先其說流布四方雖有美質亦被引壞百年以來餘毒未殄近日雖號為道註其人大率意在制義揣摩時趨而已至於古人為人苦心著書本旨皆未暇體究其中一種平淡真切之味實未曾細咀而熟嘗之也勿怪乎異說之紛紛也六月偶閱人易學說感而書此

有一良友平生有志於學中間忽被細人誑誘自荒於酒百勸不回又為佛者所惑自是遂不復言學一日取朱子文集四冊貽之冀有感悟不數日竟回作中庸說一卷約有萬餘言皆極力辨駁朱子之失大率引佛氏之說以解學庸論語為之吒歎累日令子姪輩為焚其說其人以長厚為鄉里所推亦能深思快論嘗一遊盧山稍見佛氏書遂至於此自後遂頹惰荒廢道落世事獨時時縱筆為詩文不別好醜殆類狂易云

荀子云國法禁拾遺惡民之慣以無分得也此語有味人偶有所得於分之外必不能復力於分之內其得失常相敵而用之也必侈侈於用而不力則立盡之術也原其始則無分之得為之禍也故治民者惡之

仲尼之門人其賢者多矣而世稱七十子太史公取弟子籍出古文者為列傳然與家語少異荀卿稱仲尼子弓子弓最高弟弟子然而□其詳也漢文石室圖仲尼弟

子別有林放遽伯玉申棖申黨史記所不載宋思陵摹石臨安御學及尚書左僕射同中書門下平章事秦檜記此本蓋從臨安石本傳摹雖年代久遠而典型具存彷彿復見洙泗之間斷斷如也韓子曰惜乎吾不及其時揖讓其間撫卷太息久之

今人好以古官名相稱謂其職掌崇卑多不相類最甚者莫如以知州為刺史漢初置州牧建武十八年罷州牧置刺史刺史即牧之職也特名異耳專制一方凡郡守縣令皆所統御今知州視之懸矣以是相稱不近誣乎

益人神智信莫如書所謂書指經傳史記之屬若申韓管商及稗官小說最壞人心術敗人德業不可不慎也曰諸葛武侯以申韓之書教後主非歟曰此武侯誤用心處當時效驗已自可見世人以雜書教子弟謂有裨文筆不知人之能作文字者原無待於此其不能者讀此終亦無益而刻薄狡猾淫泆放縱執拗穿鑿諸病紛紛起矣有心世道者當嚴禁而痛懲之

漢書儒林傳王式曰聞之於師客歌驪駒主人歌客毋庸歸今日諸君為主人日尚早可未也注驪駒在門僕夫具存驪駒在路僕夫整駕其詞也今人或以送別之詞為驪歌失考矣

一言一動不可不慎富貴不慎便易欲怨貧賤不慎便易來侮取士難則士習日苟吏治德則學術日壞勢使然也明乎此者可以與言選舉之法矣

目之明者樂得天下之美以為養失美得惡則明者不如瞽者之無與於見也故治世貴智而亂世貴愚是非之分不明所以安吾內者多也

貴無定相見有籍之貴者貴也必矣故大將之門多將林臣富之室多力僕何也以是人皆待我而貴且富也待我而貴且富我亦待之貴矣

做人者於人無損在己則為惡德媚人者人未必悅在己則為辱行是故君子守禮之為貴

陸氏樹聲云凡處人己之間遇事之可否以理裁之則可以氣加之則不可

曾子易簀事當時季孫何故以大夫之簀賜於士曾子亦何故受之嘗見一書說楚國嘗聘曾子為相是當時亦曾做大夫來故季孫得以此為遺既已去位則此物便非所宜故及其疾病一聞人言即舉而易之未知是否

諸子之說曰亡者東走逐亡者亦東走言跡之不足以徵心也此說不然亡者東走

逐亡者亦東走此自走之始言也同走未幾而走者異矣其人而亡者歟始而東終而亦東者也不然則逐者逮之而後西者也其人而逐亡者歟始而人東亦東繼而人東己必西也逮人則與人俱西不逮人則人東己獨西也甲獲兔而乙攫之其為爭易知也有人助甲而拒乙其為助為爭不易知也未幾而亦無不可知在乙既拒之後也拒乙而安坐其旁無所與利者真助甲者也乙既拒而自攫之甲或分甲之半則非助甲也與乙同爭而異獲也則知謂跡不足以徵心者妄說也唯當勿眩於其始耳眩於始則必誣善而為不善者所欺不能徐俟之過耳不能徐俟而眩於其始遂謂跡不足徵心而概略之勢必至苛以繩善人而寬以容罷士小人愈有以自詭而君子且無以自立何者跡也者名教之大坊也聖賢之所慎立而世守膚妄者之不便也

禪宗者在昔為佛法之幹蠱在今為文士之嬖相唯其為幹蠱也故直指心性不立文字今則標奇選異炫耀世俗依然噉名積習耳勿論其為吾道之畔亡即在彼法當亦無所裨補也

月令中夏農乃登黍天子乃以雛嘗黍鄭注登進也以嘗雛也而云以嘗黍不以牲

主穀也正義曰黍是火穀於夏時與雛同薦也如鄭此說則黍非新成直取舊黍故下孟秋云農乃登穀注云黍稷於是始熟明仲夏未熟也又按夏小正五月始云種黍菽糜豈可云此時已登新黍乎

昔者子之先君子喪出母乎夫出母者所生之母也呂相絕秦曰康公我之自出則出之為生也明矣南城張教授孟常所言以辨孔氏不曾出妻出母非被出之母乃謂自所自生之庶母也

氏族博考云張氏世仕晉晉分為三又世仕韓此即晉之公族以字為氏者譜家謂黃帝子少昊青陽氏第五子揮為弓正觀弧星始制弓矢主祀弧星賜姓張氏此非命姓氏之義也按晉有解張字張侯自此晉國有張氏則因張侯之字以命氏也

春將雨則必寒與平旦日將出而寒同陽氣動乎內在外之陰為陽所迫故寒勢愈甚傷寒者將汗而戰慄不自勝亦此意也屯卦之象政類此

按春秋襄公十有三年夏取邿杜注云邿小國也任城亢父縣有邿亭今吾邑古任城亢父邪此蓋承通志之誤而不深考耳通志既以臨邑為春秋之隰又以濟陽為春秋之邿濟陽固析臨邑之半不聞古臨邑有隰又有邿則邿何得在今濟陽邪

愚嘗思其致誤之故晉任城亢父屬高平國與濟陽郡同在兗州部內當杜氏作注時邿國在任城亢父中間分合不恒邿或在濟陽封域之內未可知也但古濟陽非今濟陽矣城西二十五里有廢城故址周四里許人以為邿城其旁纍纍高冢五六俗即以為邿王墳皆承訛習妄轉生支節者矣嘗思今之濟陽固臨邑之東西圖也自臨邑之東西聞以求當時臨邑之縣治當不出此數十里內矣而他處不聞有城故址可按驗者竊疑此城殆故臨邑城也安得塗泥於邿中突出片石以證吾之言乎

華陽國志云周失綱紀蜀先稱王有蜀侯蠶叢其目縱始稱王次王曰柏灌次王曰魚鳧後有王曰杜宇教民務農七國稱王杜宇稱帝號曰望帝更名蒲卑會有水災其相開明決玉壘山以除水害帝遂委以政事法堯舜禪授之義遂禪位於開明帝升西山隱焉時適二月子鵑鳥鳴故蜀人悲子鵑鳥鳴也據志所言蜀帝自以二月捨位去子鵑自以二月鳴蜀人感鳥鳴而思故主非蜀帝化子鵑也

近日吾鄉叢師為童子描上大人帖常倒書爾小生八九子二句不知其為禪語也此語不知有自何時唯見禪宗正脈臨濟宗載之提刑郭祥正字功甫謁白雲禪師白

雲上堂曰夜來枕上作得茵山頌謝功甫大儒遠訪之勤當須舉與大衆已後明分舉似諸方豈惟謝功甫直要與天下有鼻孔衲僧脫卻著肉汗衫乃上大人邱乙已化三千七十士尔小生八九子佳作仁可知禮也郭初聽後聞小兒誦之忽有省以書報雲雲以偈荅曰藏身不用縮頭斂跡何須收腳金烏半夜遶天玉兔趕他不著白雲之意蓋欲合儒釋而一之

綜核之說可除蒙蔽其病必至苛察權謀之說可開昏塞其失為機詐曠達之說可破拘攣必至破名檢清靜之說可息囂競必至於廢人事報應之說可以勸善懲惡必至覬倖而矯誣緣業之說可以寬忿寡怨必至疎骨肉而忘愴為養生之說可拯殉慾之害而已

自古無停喪之俗自建安離析永嘉播遷於是有不得已而停者而晉書慕容儁載記常煒言魏晉之制祖父未殯葬者不聽服官南史兗州刺史滕恬為丁零翟遼所殺尸喪不反恬子羨仕宦不廢論者嫌之鄭鮮之傳南齊書高帝時烏程令顧昌玄坐父法秀宋泰始中北征死亡屍骸不反而昌立宴樂嬉遊與常人無異有司請加以清議本紀根武將軍邱冠先為休留茂所殺喪柩絕域不可復尋世祖特赦其子雄方敢入仕河南氐羌傳當禮壞樂崩之日而猶為之禁先王之遺教未亡可見於此矣今之人死非戰場棺非異域而停久不葬曷不舉魏晉之制而著之於令乎

按呂令五月令民勿艾藍以染鄭氏注曰此月藍始可別夏小正曰啓灌藍蓼蓋種藍之法先蒔於畦生五六寸許乃分別栽之常六七莖為一叢即小正所云啓灌者也藍蓼藍之似蓼者藍有數種藍蓼今名小藍此種為優八月方可染金氏以啓灌為取汁今以藍蓼為二種蓼以為麴並誤五月取汁者則大葉藍耳且惡旨酒之主豈肯諄諄於麴蘖閒哉

鄭康成注引用杜子春鄭大夫鄭司農之說子春河南緱氏人生漢末至永平初尚在年九十餘鄭衆賈逵皆受業焉大夫者河南說鄭興少贛司農者鄭衆仲師興之子也

後漢劉盆子傳陽翟黃綱持程夫人權力求占山澤以自營殖种拂召翌問曰程氏貴戚在帝左右不聽則恐見怨與之則奪民利為之奈何翌曰名山大澤不以封蓋為民也明府聽之則被佞倖之名矣若以此獲禍貴於申甫則自以不孤也拂從翌言遂不與之名山大澤不以封蓋為民也四字注疏家所不及直會得先王立制本意是為真經術方种拂問時二念交戰翌舉故典以助其氣遂能拒權倖止侵漁是為經術實用然在拂先有恐奪民利一念故能聞言而決若無為民種子在其胸中一聞此言不笑則叱之矣

靳公維懿自濟陽知縣陞德州知州上任日見山西巡撫楊順坊即停輿問曰此賊尚未死耶左右曰死矣尚有子孫耶曰微弱不能自立矣曰便宜卻老賊即遣人剔取其銜名以下大書曰殺人媚人奸賊一名楊某押送州獄特作一枷林盛之楊氏子孫皆逃避一時姦豪為之咋指斂跡公治縣多著能績然疾惡太嚴大致如此所謂殺人媚人蓋沈氏事也尹先之曰此公政是崑銅一輩人故見順名如見血仇也又曰順若逢公當飽公老拳公若逢順亦當遭順毒手

後漢周舉傳太原舊俗以介子推焚骸有龍忌之禁至其亡月咸言神靈不樂舉火由是士民每冬中輒一月寒食莫敢煙爨老小不堪歲多死者舉既到州乃作弔書以置子推之廟言盛冬去火殘損民命非賢者之意以宣示愚民使還溫食據此子推焚死以冬太原舊俗寒食亦以冬今清明前一日俗以為寒食殆有他故解者以為為子推誤也

朱子曰康節詩云幽暗巖崖生鬼魅清平郊野見鸞凰聖人道其常也只是就那光明處理會說與人那幽暗處知得有多少怪異

予每習業未久輒以憂患而止王俞之曰人生適意事少憂患時多古人文章德業恒於悲憤無聊中成之如必待前憂盡釋始議專思來者方新誰能逆拒恐遂負初心矣予深念及禍金溫其曰止討是非足矣若多方校計安知辟禍之不適與禍逢也自恨弱植得良友一言耳目加瑩血氣加王

與僧凡夫語次及避亂事曰亂固須避然不可遂失常度命之所在乃拙莫移若只思苟免不顧理義平生學問何在又余愍一人僧移書曰學者遇不如意事現前便須為判曲直處分了即放開心胸令如青天白日若事過時移尚自煎縈此是自生苦惱也

鄧溫伯嘗言喜怒哀樂發不中節不能辦一事不足治一人又曰人非忠孝為心氣質粹美者不可令讀兵家言並有至理

張非聞名問達曰人為異端所惑者必其於生死之際尚有係戀是不知天命之本然也或有已見道理尚惑於神怪者雖是膽薄亦是所見未透

百事平氣以御是一安樂法骨肉之內此法尤為吃緊即事有拂逆當如治亂絲從
容和順其結自解若動火力爭倍增憎害矣
舍爾靈龜觀我朶頤丈夫之深恥
予於人少違多順深恐自失君子和而不流一日三復之
世間矜貴艷羨之事皆無益於身豈惟無益出吾精者以取物物不可得而精者逸
物而費故氣之不昌蓄之者薄也蓄者之薄取物之甚也老氏之所以貴嗇也
蔡虛齋先生云善當長身者能以一生而為千載之業以一日而遺數百年之休當
思千載之業如何百年之休如何士人如醉如夢碌碌過一生者皆過一日而失之
者也予業多作輟意所擬為或因人言而止書此志悔
事至不能思思之既得又苦不斷何怪其動而有悔也凡人情於我有未可者必我
有以致之感應之理萬不失一須平心深思始見耳
吳城葉奕繩嘗為懍麗明言強記之法云某性甚鈍每讀一書遇意所喜好即劄錄
之錄訖乃朗誦十餘遍粘之壁間每日必十餘段少亦六七段掩卷閒步即就壁間
觀所粘錄日三五次以為常務期精熟一字不遺粘壁既滿乃取第一日所粘者收

蔔中俟再讀有所錄補粘其處隨收隨補歲無曠日一年之內約得三千段數年之
後腹笥漸富每見務為汎覽者略得影響而止稍經時日便成枵腹不如予之約取
而實得也葉有文采善劇曲濟南人士推為淹洽其所言真困學要訣予讀書苦不
能記當時雖聞此法而不能用年既衰暮迴憶偶所披覽已無隻字下筆窘索徒有
恨恨見少年有志者輒述此語之不惟自悔亦冀此法不沒人間也
邢懋循嘗言其師教之讀書用連號法初日誦一紙次日又誦一紙并初日所誦誦
之三日又并初日次日所誦誦之如是漸增引至十一日乃除去初日所誦每日皆
連誦十號誦至一週遂成十週人即中下已無不爛熟矣又擬目若干道書之於上貯
之筒每日食後拈十餘講說思維令有條貫逮作文時遂可不勞餘力
張如命云東坡文字亦有信筆亂寫處如前赤壁賦壬戌之秋七月既望下云少焉
月出於東山之上徘徊斗牛之間七月日在鶉尾望時日月相對月當在陬訾斗牛
二宿在星紀相去甚遠何緣徘徊其間坡公於象緯未嘗留心臨文乘快不復沐考
耳
邢延慶云居官者每留心事上而不知恤下居家者多留心恤下而不知事上真顯

倒相此語可為名言
經傳用字有以相反為義者如治亂曰亂去汚曰汚闢荒曰荒馴物謂之擾麗網謂
之罹多見為秖見柏舟一篇之中自其匹為特自謂曰人
近代官司上移下曰仰甘草名大苦唐宋官長稱秀才曰先輩
文移用查字本音槎浮木也乃以為稽考之義音茶殊為難通崇禎年始改用察不
知何故其時文字避忌頗繁疑是親王諱
華不注不音跗跗注戎服山形似之故以為名也左傳成公十六年鄢陵之戰郤至
三遇楚子免胄而趨風楚子使工尹襄問之以弓曰方事之殷也有韎韋之跗注君
子也識見不穀而趨無乃傷乎杜注云韎赤色跗注戎服若袴而屬於跗與袴連
非君親之仇餘怨皆可釋非蹈蹠之惡餘過皆可原
成武諸生崔永先云左雒石先生盡節後兩僕奉其遺櫬而南史閣部迎之淮上命
之衰経主喪閣部諸公與之哭弔成禮兩僕一名羅寅一名宋敬
韓淮陰有後為韋姓土官蕭相國匿其子貽書尉佗封海濱賜姓蕭取韓字之半今
蕭書尉詔並勒鼎彝

遼陽道臣何應魁大同人方遼陷時與二妾俱死又大陵河有副將何可剛不肯降
為軍士所殺二人俱死於遼濱州趙生良璧所神遇者果何人歟
雷獸曰海中有獸名曰猾其髓入油中油即沾水水中生火不可救止以酒噴之即
滅不可於屋下收故曰水中生火非猾髓而莫能李時珍曰此獸之髓水中生火與
樟腦相同其功當與樟腦相似按史載在一夷主人有獻猛火油者其油得水愈熾
以攻城燒人樓櫓或即此物歟云以酒噴之即滅當亦其禦之之法不可不知也樟
腦韶州所產猛火油亦南人所為豈即是物所造耶
前數年有某人序人詩中一語云有將明之才或者議之按將明之語宋人箋啟中
多用之蓋采烝民詩仲山甫將之仲山甫明之為句也又王讜本名尚字將明
陳仲醇論佛曰佛法者天地間一大養濟院也人服其奇快不知正從原道中鰥寡
孤獨廢疾者有養也一語參悟而出吾讀古人書每或得其一句故為一篇或得其
一篇斂為一句東坡屈原廟賦有曰世愈狹而難存狹字奇矣然即詩謂天蓋高不
敢不跼謂地蓋厚不敢不蹐而約言之者也
古人重冠漢明末此禮遂廢間有用者人多傳笑其實不止明末為然柳子厚答韋

中立書云古者重冠禮將以責成人之道是聖人所尤用心者也數百年來人不復行。近有孫昌胤者獨發憤行之既成禮明日造朝至外廷薦笏言於卿士曰某子冠畢應之者咸憮然京兆尹鄭叔則拂然曳笏卻立曰何預我耶廷中皆大笑天下不以非鄭尹而快孫子觀子厚此言冠禮之廢久矣記云八十拜君命一坐再至瞽亦如之一坐再至者一跪頓再至地即今之連叩也非老非殘疾不其野於禮乎

喪大記夫人為寄公夫人出節陳氏注云婦人不下堂此謂自房而出拜於堂上也大記又云婦人迎客送客不下堂下堂不哭此二段可訂近日婦人哭位之失

蘇東坡與范子豐書云今日李委秀才來相別因以小舟載酒飲赤壁下李善吹笛酒酣作數弄風起水涌大魚皆出上有棲鶻坐念孟德公瑾如昨日耳據此書則赤壁賦所云客有吹洞簫者即李委也乃云是楊繼昌得之石刻則何説

洞簫即今人所吹單竹簫古人正名為笛今所謂笛則橫吹耳

隸字即今通用真書是也以其為隸胥所便故名今人多以八分書為隸非是

先師廟之有從祀其典甚鉅升黜屢經朝議洪武二十九年黜揚雄嘉靖九年黜公伯寮等十三人夫公伯寮之當黜不待言矣秦冉顏何二人則以疑史記誤書而黜

愚謂過而廢之不如過而存之是當仍議復也揚雄之事莽戴聖之贓吏馬融之附勢誣騭王肅之畫篡逆荀爽之忘宋仕元俱無容平反他如荀況劉向賈逵何休王弼杜預并以學術有疵黜非如雄等之大傷名教即不得復列兩廡亦當祀於鄉如林放例可也

夏小正曰正月啓蟄故漢氏之始以啓蟄為正月中雨水為二月節及晉太和以後始改氣名以雨水為正月中驚蟄為二月節至今相承不改

按司馬法一甸出戎馬四匹兵車一乘牛十二頭甲士三人步卒七十二人此六十四井所出也一同萬井則戎車百乘出賦者止六千四百井也一封十萬井則戎車千乘是出賦者止六萬四千井畿內百萬井則戎車萬乘是出賦者止六十四萬井當時王地之利覺以予民者多矣後之君子乃好與百姓爭尺寸墝埆之土視此何如

方田法始於宋神宗景祐時其後屢行屢罷至徽宗大觀五年復行方田官吏妄增田税至井不食之山而方之御史臺受訴有二百餘畝方為二十畝者有二頃九十六畝方為七十畝者虔州之瑞金是也有税租一十三錢增至二貫二伯者有税租二十七錢增至一貫四伯五十者虔州之會昌是也民大擾懼乃遂罷之其時又以中官楊戩主後苑作始立公田以樂尺打量民田取其贏者入官別立租課有宋仁厚之澤盡矣

方田法用竹繩方量每面千步立封識乃令民於方內認所種田竹繩不能引之使長稍出稍邪使衙原欺家強者各自取盈則貧下者不得自有其地矣且有一段分割三四方內者奇零未錯打算為難一聽猾胥之分派此瑞金之所以有地而無地會昌之所以無税而有税也歲己亥東省行方田法親見其弊故知之頗悉

孟子言方里而井井九百畝周以百步為畝每里三百六十步方之當得一十二百九十六畝自九百畝而外尚餘三百九十六畝以為溝塗遂路之地則地之不税者多矣此商鞅之所以鋭意剗除也

江陵集云巢城北苑中有廣寒殿瓦甓已墜榱桷猶存相傳以為遼蕭后梳妝樓成祖定鼎燕京命勿毀以垂鑒戒詞人題咏甚多至萬曆七年五月四日忽自傾圮其梁上有金錢百二十文蓋鎮物也上以四文賜余其文曰至元通寶紫至元乃元世祖紀年則殿創於元世祖時非遼時物矣以此見世所傳古蹟訛誤者多而信耳者

往往據以為真殊可笑也江陵此説甚足信而志帝京景物略者固公鄉人頗猶道此證據則何也

曆法每十九年為一章第一章之初年月日時俱會於甲子朔旦冬至是為曆元以後章首冬至必在朔旦而非甲子日時四章七十六年為一蔀朔旦冬至在夜半亦與第一章同而月日非甲子二十蔀為一紀凡一千五百二十年冬至朔旦乃甲子日甲子時而非甲子歲首三紀共四千五百六十年至朔同日而年月日時俱會於甲子如初矣孟子所謂千歲之日至正求此一元之初年月日時俱會甲子朔旦冬至者也近代推曆者斷自宋文帝元嘉元年甲子為始入元上年癸亥閏四月六月朔大暑十一月朔甲子冬至數至明天啓癸亥共計二十甲子一千二百年則崇禎庚辰實第一紀第十七蔀之一年也

近俗喜聯宗凡同姓者勢可藉利可資無不尤弟叔姪者矣此風大盛於啓其時重嘗姓故競相依附至於毋故一榜諸中式人與主司同姓者則為姪其母與主司同姓則為甥其妻與主司同姓則為姪婿與主司之母同姓則為表姪與主司之妻同姓則為妻姪姓稍殊僻或上推至祖母曾祖母必求有當交互組織無非媾親骨肉

其異第也。又有可異者。杜子美重送劉十弟判官詩云。分源豕韋派。別浦雁賓秋。年事推兄忝。人才覺弟優。注云。劉杜本一姓。故公與劉十為兄弟。習俗移人。一至此乎。

閒京師之俗。有喪者。用僕隸代哭。甚者以乞丐代之。濟南城中人。間有用之者。名曰號喪。鄉間則無此事。蓋誤讀文公家禮代哭之文。而致此謬也。家禮本用儀禮。儀禮士喪禮云。乃代哭不以官。鄭注云。代更也。孝子始有親喪。悲哀憔悴。禮防其以死傷生。使之更哭不絕聲而已。人君以官尊卑。士賤以親疏為之。三日之後。哭無時。周禮挈壺氏。凡喪縣壺以代哭。

學者知縱酒宿娼賭博之當戒。不知說閒話看閒書管閒事之尤當戒。前三事。固下流之歸。稍知自愛。皆能決去不為。後三事。初若無害。其廢業敗德生禍。究竟不異。然其毒伏藏甚深。人多不覺。及其既覺。已難追悔。閱此。願多各自知警。

五帝紀。堯知子丹朱之不肖。不足授天下。於是乃權授舜。授舜則天下得其利。而丹朱病。授丹朱則天下病。而丹朱得其利。堯曰。終不以天下之病。而利一人。而卒授舜以天下。此史遷以世俗之見。妄測聖人也。以事實論之。以天下授舜。天下固利矣。丹朱亦不病。授丹朱。天下固病矣。丹朱亦不利。聖人舉動。如天施地生。萬物咸若。豈有欲利天下。而獨病其子之理。殆與陳亢疑孔子遠其子。識見略同。且其於利病。反覆計較。始而斟酌。繼而痛割。聖人心事。斷不爾爾。

夏本紀云。禹傷父功之不成受誅。乃勞身焦思。居外十三年。過家門不入云云。禹出聖人仁孝。況痛精誠。直至地平天成。止了幹蠱一事。勿論功能二字不足言。即悲天憫人。猶是聖人安常處順之事。非所以論禹也。

史記載武王至紂死所。自射之。三發矢。以黃鉞斬紂頭。懸之太白旗。信如此言。武王豈特非聖人已也。新語云。紂死。紂之官衛。舉紂之軀。棄之王門之外。民之觀者。皆進蹴之。武王乃使人帷而守之。此為近情。史乃舍此而錄彼。何也。

厲王之難。其所近者。好利之榮夷公也。幽王之難。用事者。好利之虢石父也。大臣好利之效如此。原二人所以見用。則厲王先自好利。而幽王嬖嬖妾之故。所謂木先腐而後蟲生之也。

芮良夫曰。榮公好利。而不知大難。知好利者必亂。史言石父為人佞巧善諛。知好利者必諂。好利其病本。然與諂其枝葉也。

周惠王有弟頹之禍。襄王有叔帶之禍。悼王敬王有子朝之禍。皆王心一念偏愛所致。史曰。初莊王嬖姬姚。生子頹。頹有寵。曰惠后生叔帶。有寵於惠王。曰景王愛子朝欲立之。皆明著禍原。以為永鑑。世俗每以誠意正心為迂談。以此思之。迂耶否耶。

刑政寬猛。各適時宜。如衣服之裘葛。食飲之冬夏。孔子曰。殷因於夏禮。周因於殷禮。所損益可知者是也。秦初并天下。所宜損益可知者。乃推終始五德之傳。自謂方今水德之始。必剛戾刻削。毋仁恩和義。然後合五德之數。於是決意刑殺。毒害天下。而秦亦以亡。如祁寒而飲人以冰。盛暑而附人於火。不知裁成輔相之理。而濟其太甚。以為奉若天道。知時變者。如是乎。其君臣好謂人愚儒。此獨不謂愚乎。雖始皇天資自爾。其使之自信不疑者。此五德之說也。乃知世間異端邪說。禨祥小數。諸不在詩書六藝之科者。皆能殘害生民。滅人國家也。

盧生說始皇曰。今上治天下。不能恬淡。此語實黃老之本旨。盧生在彼法。殆似知道者。他語則誕甚。或隨俗俯仰之言耳。卒能脫身亡去。亦其知道之驗。

秦世以誅刑立威。及其既衰。生一胡亥。殺扶蘇。夷滅諸公子。又生一趙高。殺胡亥。生一子嬰。殺趙高。又生一項羽。殺子嬰。而秦無遺種矣。侯韓相殺。皆襄公以來嚴慘之習。漸積而致然也。易曰。積不善之家。必有餘殃。此之謂也。

天生項羽。以助沛公滅秦耳。秦滅。自不令項羽得以宰制生人。和風麗日之下。不容復有霜雪。仁暴之互為盛衰。勢自然也。其死時特出一語曰。是天亡我。殆鬼神或使之。

右張稷若先生蒿庵閒話二卷。計二百九十九條。向有真合齋磁版印本。予假鈔於歷城周書昌。秣攜至嶺南藏行篋五年。始校而刻之。其自序謂無關經學世務。故命之閒話。然先生邃於經術。達於世務。所劄記多精義。為前賢所未發。其下者亦專辨名物。匡謬譌。非小說家所能有。亭林顧氏嘗云。精於三禮。卓然經師。吾不如稷若。先生篤道力學。能文章。正與顧同。是書蓋日知錄之亞也。其文集三巨冊。胡書巢太守（德琳）選刻其半於東昌。他所著已刻者。易說略八卷。儀禮鄭注句讀十卷。夏小正注一卷。弟子職注一卷。未刻者。詩說略五卷。老子說略二卷。學者多傳錄。春秋傳議一書未就。草藁在書昌所。又有濟陽志九卷。晴之未見。平生事行。有先生自敘墓志及樂安李象先（煥章）所作蒿庵處士傳。近日秀水盛秦川（百二）瑞金羅臺山（有高）又為之傳。雖傳載其天道論中庸論。後為終論

數篇且謂百餘年來山東大儒惟先生與馬宛斯驌云乾隆四十年十一月二十一日益都李文藻書於潮郡寓館

蒿庵閒話卷二終

跋

右蒿庵閒話二卷　國朝張爾岐撰按爾岐字稷若濟陽人蒿庵其號也江鄭堂漢學師承記稱其閉戶著書是以世無知者平生交游顧炎武而外則長山劉友生樂安李象先關中李中孚王宏撰四人而已所著書有夏小正傳註一卷吳氏儀禮考註訂誤一卷弟子職註一卷老子說略二卷濟陽縣志九卷蒿菴集三卷及是書晚年湛然物外自爲墓銘而卒顧炎武游山左與友善嘗與汪琬書稱其學本先儒立言簡當又與友人論師道書曰獨精三禮卓然經師吾不如張稷若其推重如此阮文達國朝儒林傳稿顧謂其門戶之見未忘或失之駁雜蓋專門名家在鄭氏禮學也云云是書其劄記之文　四庫提要著錄附存目中歷城周永年貸閱藏書刻之特重梓焉庶益流佈以備爲守程朱之說者覽焉道光庚戌長至後五日南海伍崇曜謹跋

淥水亭雜識

納蘭性德著

上海文明書局印行

淥水亭雜識卷一

清　納蘭性德容若著

癸丑病起，披讀經史，偶有管見，書之別簡。或良朋涖止，傳述異聞，客去輒錄，而藏焉。逾三四年，遂成卷，曰淥水亭雜識，以備說家之瀏覽云爾。

燕山竇十郎故居，或云在城西，或云在昌平，或云在涿州，或云在蘇州。時馮瀛王道贈詩有靈椿一株老之句。今北城有靈椿坊，疑是十郎舊里，此靈椿所以名坊也。

元時海子岸有萬春園，進士登第恩榮宴後，會同年於此。宋顯夫詩所云臨水亭臺似曲江也。今失所在。元有數氏訪山亭在城西，今莫詳其處矣。

李長沙賜第在西長安門西，俗呼李閣老衚衕是也。其別業在北安門北集中西涯十二詠，程篁墩學士和之，有桔槔亭、楊柳灣、稻田、菜園、蓮池而響牐、鐘鼓樓、慈恩寺、廣福觀，皆在十二詠中。今其遺址不可問，當在越柱祠近。蓋響牐即越橋下牐，而鐘鼓樓則園中可遙望爾。

紅螺山大明寺碑，元昭文館大學士、太史院使、領司天監事、典從義、旗丈宣文閣監書博士、兼經筵譯文官王與書，稱寺始於唐。金世宗大定間，召佛覺禪師於真定之弘濟，來住茲山。元仁宗時，詔雲山禪師以榮祿大夫大司空，佩一品銀章，主大聖安寺。內侍大司徒王伯順以大明為聖安宗派，請太皇太后發帑五萬，為修寺之資。至正中，雲山從聖安歸老於此，盡捐前後所賜金帛，重脩焉。蓋沙門檢校司空在遼時已然，金元循之不改也。碑又云兩紅螺死，為雙浮圖瘞之寺中。今寺南一池曰紅螺池，三面皆果園，花時游覽頗盛。殿西有竹一畝。寺東南二里許，為明懷甯侯孫武敏公墓，有兩碑，一李賢撰，一彭時撰，中一碑刻諭祭文。

呼奴山白雲觀，有元大德八年集賢學士宋渤碑。

千佛寺建於明萬曆初，中有長沙楊守魯、安陽喬應春二碑，皆鎮陽林湖書。湖以鴻臚寺主簿直文華殿中書。應春碑稱諸天阿羅漢，皆太監楊用所鑄，劉同人帝京景物略乃謂為朝鮮國王所貢，當以碑為實也。

欒王廟，天啟中魏忠賢所建，落成時，帝加獎諭，賜賚甚厚，當年必有豐碑，今無片石，蓋為人所踣矣。

龍華寺明碑二，其一，燏陽釋道深撰，廣陵起昂書，撫甯侯朱永篆額；其一，金陵朱之蕃撰，高陽孫承宗篆額，永春李開藻書，文辭甚俚，不足觀。

資福寺明正統閒僧圓昇建至嘉靖初尚膳監太監馬潮修之中有山西按察司僉事督理宣府邊儲四明錢俊民碑書之者禮部左侍郎任丘李時也殿前梵鑰上勒片石有壬寅三月三日字未知何時所建明正德癸酉司禮監太監張雄建寺於宛平縣香山鄉畏吾村賜額曰大慧并護勅勒於碑寺有大悲殿重檐架之中範銅為佛像高五丈土人遂呼為大佛寺嘉靖中太監麥栄從督東廠於其左增蓋佑聖觀於是合寺觀計之殿宇凡一百八十三楹拓地四百二十一畝蓋是時世宗方信道士而厭緇流內官惟恐寺剎之毀故建道觀于其旁而寺後之山又有真武祠藉此以存寺也寺之始建大學士茶陵李東陽為碑工部尚書湯陰李燧書之新甯伯譚祐篆額其增置佑聖觀也大學士餘姚李本撰文禮部尚書高安吳山書之成國公朱希忠篆額其後萬曆壬辰重脩則太子太保禮部尚書太倉王錫爵撰記

功德寺有木毬使者其事近於怪按宋張世南遊宦紀聞載雪峰寺僧義存於唐懿宗咸通十一年開山創寺乾符二年賜號真覺禪師寺有木毬相傳受真覺役使呼僕廷客毬皆自往來嘉泰間寺災毬忽滾入池中得不壞然則以木毬為使浮屠固有其術蓋有先版庵而役之者矣

五台山僧侈言娑羅樹靈異至畫圖鏤版然如巴陵淮陰安西伊洛臨安白下峨嵋山在處有之聞廣州南海神廟四本特高今京師臥佛寺二株亦有干霄之勢顧或著或不著草木亦有幸不幸也

懷柔城極堅整西南在平地東北則因山為之其南甕城可盤馬麗譙片石記萬曆九年增修丈尺末云並用純灰鋪底灌抵完全以垂永久宜其歷百年尚如新築也

釣魚臺在懷柔縣西三里山水殊勝澗流至此廣丈餘橫版以渡東南一望諸烟村樹彷彿江鄉瓊華島土取自塞外輟耕錄西軒客譚可稽也石移自艮岳明宣宗廣寒記可證也

西山有君子城疑即寰宇記所云君子城譌為箕子城者也

駕到口在西山其曰駕到不知何年事

齋堂村在西山之北百餘里產畫眉石處也元豫章熊自得偕崇真張真人往居撰燕京志歐陽元功張仲舉皆有詩送之元功詩云先生去隱齋堂村境趣佳處如桃源西出都門二百里山之盤屈水浩蕩一重一掩一聚落一溪十渡深而渾羊腸險徑挂山腹邊房小屋粘雲根立當阮塞若關隘視人衍沃同川原市朝甚邇俗厖遠

土產雖少人烟繁鉏畬藝陸宜麥菽樹柵作圈收雞豚園蔬地美夏不燥煤炭價賤冬常溫前年熊郎入賣藥施貧者藥人感恩熊君攜笈今就予繞舍木葉書精纖崇真真人又繼往況是偓佺之子孫紫簫夜吹遼鶴至林響谷應松風喧登高東望直沽口海日涌出黃金盆應憐曼倩戀象闕坐羨龐公歸鹿門仲舉詩云燕垂趙際中有桃正在西湖之上源源頭落花無流出亦有浴鳧時在壑隱君葺芳披幽勝瑤篸小莊如陸渾環之蒼松數十樹拔出太古虛無根攢峯叠壁何盤盤地多磽埆少平原先生生計雖若薄最喜靜無人事繁黃精本肥朮苗脆罋場有瓜牢有豚吟詩作畫百不理一家笑語常春溫功名祇遺世途累飽煖已荷皇天恩近聞京志將脫稿貫穿百氏手自繙朱黃堆案墨滿硯鈔寫況有能書孫雲晴輒屬羽客去秋熟方來山鳥喧土牀炕燒石窯炭黍酒香注田家盆要知精舍白鹿洞不待公車金馬門元之大一統志卷帙繁富攷證亦甚詳矣而自得復撰燕京志仲舉謂其貫穿百氏必有出于大一統之表者惜乎其書之不傳也

聖朝建都燕山民物日富八九十歲翁敦茂龐碩朝廷優之蠲役弗事歲時得陛殿上上皇帝壽百官衣朝服鞠躬以進視班次惟謹毋敢越尺寸而諸耆老高幘博袖從容暇豫以齒後先門者不敢誰何視百官退乃陟峻陛承清光歸而嬉戲井陌或騎或步更過飲食和氣粹如大駕出則厖眉黃髮序鈞陳環衛間見者咸曰樂哉太平之民也此元王士熙張進中墓表進中居京師亦耆老之一也進中字子正善為筆管以堅竹毫以鼬鼠淇上王仲謀上黨宋齊彥吳興趙子昂皆與之遊以一筆工而數得持筆入禁中觀元盛時尊養耆老之典亦庶幾上庠之風矣

明初有玉鴿十二從南方來飛集燕山識者謂北平當王蓋兆燕山十二陵也

都中遺老述萬曆閒西山戒壇四月游女之盛鈿車不絕茶棚酒肆相接於路至有挾妓入寺者一無名子嘲以詩云高下山頭起佛龕往來米汁雜魚鹽不因說法堅持戒那得觀音處處參

項羽徙齊王田市為膠東王徐廣曰都即墨又立齊將田都為齊王都臨淄又立故秦所滅齊王建孫田安為濟北王都博陽正義曰在濟北是為三齊後田榮自立為齊王并王三齊之地正義三齊記云右即墨中臨淄左平陸謂之三齊

句吳按史記泰伯奔荊蠻荊蠻義之從而歸者千餘家號曰句吳正義引世本注云泰伯始所居地名許慎淮南子注云吳人語不正言吳而加以句顏師古云句夷俗

發聲亦猶越爲於越也義又云泰伯居梅里在常州無錫縣東南六十里至十九世孫壽夢居之號句吳吳越春秋泰伯號句吳起城在西北隅名曰故吳注泰伯所都謂之吳城在梅里平墟今無錫縣境其後楚封春申君黃歇爲相以吳故墟爲都邑即此也

吳有數稱漢書項羽傳舉吳中兵曰吳中漢書灌嬰傳渡江破吳郡長吳下按吳縣本平地吳言之猶言根下故下云見葉氏過庭錄曰吳下今人多稱平江爲吳門按李德裕文指潤州爲吳之門戶又王充論衡云孔子與顏淵上泰山東望吳閶門外白馬如練充謂人目所見不過十里魯去吳千有餘里使離朱望之終不能見他書作吳門而此云閶門者誤也此吳門即冀郭門也冀與魯爲鄰非今閶門明矣又見漢五行志洪州亦有吳門鎮曰吳門又吳縣有大吳鄉曰大吳沈休文安陸王碑文鴻騫舊吳李善注劉琨勸進表亦有舊吳曰舊吳梁簡文帝浮海石像銘曰長處全吳今崑山有全吳鄉又長洲縣上元鄉全吳里是也梁同光二年升蘇州爲中吳軍節度吳越時稱中吳府亦曰東吳

吳會世多稱平江爲吳會意謂吳爲東南一都會也自唐以來如此今郡中有吳會亭府治前有吳會坊皆承其誤按史漢等書所載皆以吳會爲吳越漢吳王濞傳上患吳會輕悍此時未分會稽爲吳郡益指吳會稽之地耳至吳郡既立之後若曹子建詩云行行至吳會吳會非吾鄉諸葛孔明論荊州形勢云東連吳會東漢蔡邕傳云寄命江海遠迹吳會謝承後漢書施延傳云吳會未分吳張紘謂收兵吳會則荊揚可一王羲之爲會稽內史時朝廷賦役繁重吳會尤甚石崇論伐吳之功曰吳會僭逆則斥言孫氏莊子釋文浙江今在餘杭郡後漢以爲吳會分界今在會稽錢塘已上皆指二浙之地又按吳孫賁傳云策已平吳會二郡朱桓傳云使部伍吳會二郡宋褚伯玉吳郡錢塘人隱居剡山齊太祖即位手詔吳會二郡以禮迎遣六朝亦有下吳會兩郡造船若干者此類甚多證據尤切或謂會稽二字可獨稱會乎按宋元嘉時以揚州浙西屬司隸校尉而分浙東五郡立會州以隋王誕爲刺史晉宋間亦以會稽爲會土故謝靈運有會行吟此獨稱會之微也

蘇臺青箱雜記云蘇州有姑蘇臺故謂蘇臺相州有銅雀臺滑州有測景臺故亦稱相臺滑臺又見古畹叢

三楚史記貨殖傳淮南爲西楚彭城以東東海吳廣陵爲東楚衡山九江江南豫章長沙爲南楚孟康曰舊名江陵爲南楚吳爲東楚彭城爲西楚

水鄉陸士衡答張士然詩云余固水鄉士注吳地也當時水勢瀰漫浸流奔急自後人築堤立塘捍市錯置水柵千峨流湖變說

三吳之說互有不同十道四蕃志以吳郡丹陽吳興爲三吳通典及元和郡國志並同又以義興吳郡吳興爲三吳郡國志同酈道元注水經云永建中陽羨周嘉上書以縣遠赴會至難求得分置遂以浙江西爲吳東爲會稽後分爲三號三吳即吳興吳郡會稽也按晉書咸和三年蘇峻反吳興太守虞潭與庾冰王舒等起義兵於三吳時冰爲吳郡舒爲會稽則是吳郡吳興會稽爲三吳矣安帝隆安三年孫恩陷會稽劉牢之遣將桓寶率師救三吳及陶回爲吳興太守時大饑穀貴三吳尤甚回開倉賑之不待報及割府庫軍資以救乏絕一境獲全詔會稽吳郡依回賑卹據此則與水經合矣又虞潭傳蘇峻反潭爲吳興太守詔加潭督三吳晉陵宣城義興五郡事孝武帝寧康二年太后詔曰三吳奧壤水旱並臻宜時拯卹三吳義興晉陵及會稽遭水之縣全除一年租以此兩事攷之則義興固在三吳之外而太后之詔亦不在三吳之數豈一時稱謂初無定說抑史傳各有詳簡差互耶或云虞潭所督三吳晉陵宣城義興

計六郡而稱五郡潭自爲吳興增督五郡益丹陽其一也桓寶救三吳者以孫恩既陷會稽遂逼吳中故云今當以十道四蕃志及郡國志別說爲正

陸廣微吳地記以金陵爲中吳鄂州爲南吳武昌爲下吳即三吳也地理指掌圖三吳今蘇潤湖州亦據吳丹陽吳興三郡而言也

虎丘山在吳縣西北九里唐避諱曰武丘先名海湧山高一百三十尺周二百十丈山在郡城西北五里吳地記云去吳縣西九里二百步遙望平田中一小丘比入山則泉石奇詭應接不暇吳越春秋闔閭葬此三日金精爲白虎踞其上因名虎丘郡縣志云秦皇鑿山以求珍異孫權穿之亦無所得其鑿處遂成深澗今劍池兩崖劃開中涵石泉深不可測爲吳中絕景王元之張敬夫皆有銘晉王珣虎丘銘曰虎丘先名海湧山山大勢四面周迴嶺南則是山徑兩面壁立交林上合蹊路下通升降窈窕亦不卒至王僧虔吳地記云虎丘山絕崖聳壑茂林深篁爲江左丘壑之表吳興太守褚淵昔嘗述職路經吳境淹留數日登覽不足乃歎曰今之所稱多過其實今睹虎丘逾於所聞斯言得之矣顧野王虎丘山序云高不抗雲深無藏影卑非培塿淺異棘林路若絕而復通石將斷而更綴抑巨麗之名山信大吳之勝壤也御史中丞沈初明等遊山賦詩並

書屋壁梁郡守謝舉有虎丘山賦宋何求及二弟點胤陳顧越唐史德義並隱此山紹興中洛人尹焞避地山中書堂存焉舊有東西二寺即王珣別館皆在山下山半大石盤陀數畝高下如刻削因神僧竺道生於此說法號千人坐石他山所無白蓮池虎跑泉亦朱公遺迹陸羽泉即藏殿側石井試劍石因大石中裂故名及望海樓真娘墓皆有古人賦詠

舊稱虎丘為王珣宅未審所據王劭諸州舍利感應記虎丘山寺其地是晉司徒王珣琴臺是矣

三江史記正義曰在蘇州東南三十里名三江口下文于分處號三江口此三十里太近一江西南上七十里至太湖名曰松江古笠澤江一江東南上七十里白蜆湖名曰上江亦曰東江一江東北下三百餘里入海名曰下江亦曰婁江三百里富云二百餘里於其分處號三江口顧夷吳地記云與野王地志同松江東北行七十里得三江口東北入海為婁江東南入海為東江并松江為三水經云松江自太湖東北流徑七十里江水奇分謂之三江口吳越春秋稱范蠡去越乘舟出三江之口入五湖之中此亦別為三江五湖庾仲初揚都賦注太湖東注為松江下七十里有水口流東北入海為婁江東南入海為東江與松江而三也古迹如此先儒蔡仲默取以證禹貢之說

吳王闔閭十九年伐越越王句踐迎擊之吳敗于檇李左傳謂闔廬傷將指卒于陘史記乃謂敗之姑蘇自是夫差敗處史記正義謂姑蘇檇李相去百里疑太史公誤又吳王夫差二年悉兵伐越敗之夫椒報姑蘇也此語亦當云報檇李矣

姑蘇臺因山名合作胥今作蘇者蓋吳音聲重凡胥諝字皆轉而為蘇故後人直曰姑蘇隋平陳乃承其譌改蘇州以吳越春秋越絕二書攷之一作姑胥一作姑蘇則胥蘇二字其來遠矣

山得水而景物奇變泰山在平地不及匡廬之多態澎浪為彭郎小孤為小姑詩人借景作情不宜堅案故實

牡丹近數曹亳北地則大房山僧多種之其色有夭紅淺綠江南所無也

白櫻桃生京師西山中微酸不及朱櫻之甘碩

福建江西廣東深山中有畬民同於猺獞不與平民相接有作工於民家者食之階石不以人禮待之其人射鳥獸種麥此山住一二年移至別山官府不能制有數種姓自相婚配

今之黑鬼可人可魚晉時謂之崑崙即蜑民也海船用以守纜恐為魚蟹所傷

高麗日本之間海中有釜山為往來之中頓海道無程而順風行一日夜可得千里貿易者曾有順風行五日至長岐島者故知其國去甯波五千里日本海中有魚與人無異而虎首有尾通番者謂之海和尚

日本至中國海面五千里而篛島有來去者望見海船即來息力于檣篷倦不能動或施之以米或攫而食之

日本之外有一國彼人謂之東京其間有夜海白日皆黑得見天星海水有一處高起二三丈如檻然凡有東京販者而日本人為駔儈則中國貨貴若日本居貨以待東京人之來則賤也日本人入操場練兵必以夜蓋燈火整亂易見也其教藝處不令中國人見之

日本唐時始有人往彼而留居者謂之大唐街今且長十里矣

日本之東北有食人者倭亦畏甚因山作關以拒之倭人精於刀且不畏死登岸則難敵而舟甚小故湯和立法於海中以大船衝沈其船

淥水亭雜識卷一終

淥水亭雜識卷二

清　納蘭性德容若

唐肅宗撤西北邊兵平內賊代德遂以京師為邊鎮明棄三衛亦然

明於金陵關中洛陽無不可都本朝惟都燕足以兼制南北而明預建宮殿於三百年前天也

陸廣微吳地記云宋時蘇州田租三十萬王圻續文獻通攷云南宋江南水田每畝租六升明洪武年凡淮張之文武親戚及籍沒富民之田皆為官田宣德實錄載太守況鍾疏云蘇田以十六分計之十五分為官田一分為民田所以洪武加租至二百二十萬也建文曾減之燕王篡位悉復洪武之制從又漸次增之至二百七十萬蘇之田租雖重其逋負時有蠲赦民謠曰朝廷貪多百姓負拖萬曆末年上司恐州縣橫征揭牓令民納至八分不許復納

宋之漕法積於半途次年至京遇有凶饉處轉運使得以轉移其間民以不困蔡京改為直達以濟徽宗之妄費而漕法始變

明之軍衛仿唐府軍之法其後官存而軍丁漸消遂無實用召募起焉既有召募之兵而軍衛之屯田如故徒為不肖衛官所衣食亦困民之一端也

明都於燕海運最為便利元史載海運之逋負少者每石不及三合多者不及三升然須選近海為官丁乃可陸地之人談海色變不足與言

捕勒魚處當兗濟之東海運之半道也何獨於北半道而難之

鑄錢有二弊錢輕則盜鑄者多法不能禁徒滋煩擾重則姦民銷錢為器然紅銅可點為黃銅黃銅不可復為紅銅若立法令民間許用紅銅惟以黃銅鑄重錢一時少有煩擾而錢法定矣

禁銀用錢洪水年大行之收利權於上耳以求贏利則失治國之大體

中國天官家俱言天河是積氣天主教人於萬曆年間至始言氣無千古不動者以望遠鏡窺之皆小星也歷歷分明

西人云以望遠鏡窺金星亦有弦望夫月借日光以有光故有弦望金星自有光不仗日光不知何以有弦望

武侯木牛流馬古有言是小車者西人有自行車前輪絕小後輪絕大則有以高臨下之勢故平地亦得自行或即木牛流馬乎而坎壈曲折大費人力也

西人測五星謂近地二十度雖晴時亦有清濛氣星體為此氣浮而上登不得其真數須於此氣以上測之又須有次第乃正如木水金前後相次而行欲測金星先測木星在何處俟其西行至某度乃於其度測水星又於水星上測金星乃不受金濛之混誠良法也

西人曆法實出郭守敬之上中國曾未有也

西人醫道與中國異有黃液白液等名其用藥雖人參亦以燒酒法蒸露而飲之

西人之字因人之語聲而作之其書名曰耳目資唯諧聲一門非六書也

西人長於象數而短於義理有書名七克亦教人作善者也尊其天主為至極而謗佛又全不知佛道

後世言曆者必宗元史以曆書為郭守敬所作而出古人故也明朝鄭世子之於樂亦然余嘗謂作明史樂志宜以冷謙所作用於朝廟者為上卷刺取鄭世子樂書之精義為下卷後世言樂者亦必宗之同郭守敬矣

世子於古人惟取管仲子長之說而極輕班固荀勗以下不論也自漢至宋能歷歷詳舉其故可謂異人世子外祖何塘謂黃鍾之體本是一尺乃度尺也以度尺分為九寸名為律尺非有二也此論既出孟堅以下之醉夢皆醒矣世子之學自何公開之

世子謂漢人以度尺之九寸為黃鍾律短故樂高最為有據且出自世子雖敢有疑竊謂樂聲之高不始於漢也男外陽而內陰力壯而聲下女外陰而內陽力弱而聲高故女之歌聲高於男者二律倚之簫而可證也夏桀作女倡樂聲之高殆始於此

古之簫即律管也三十六律管長短作一排形如鳳翅故楚詞曰吹參差兮誰思也然管多而一人吹之何以高下曲折繹如今之簫乃古之籥名異而體同王褒有洞簫賦不言其狀未知洞簫即籥否王子晉之笙其制象鳳形亦如參差竹九歌吹參差兮誰思王元長曲水序發參差于王子皆言笙李善注則謂洞簫

五音有二義一者高下二者類聚高下者宮商角變徵徵羽變宮也類聚宮大而濁商清而渺角徑而直徵文而繁羽細而碎此之謂類聚其類以成調故曰類聚竹聲唯有高下絲聲兼備二義

今世以琴之第一弦為宮非也乃太律之徵林鍾也第二弦為太律之羽無射也第三弦乃為正律黃鍾宮故國語曰聲莫大於徵非謂正律徵也

唯作八音而無人之歌聲謂之徒奏唯人聲而無八音謂之徒歌徒歌曰謠謂此非謂民謠也旋宮至姑洗仲呂則聲高極非人聲所能倚故有徒奏而徒歌則與刲者隨便爲之耳

明代之樂冷啟敬所作聲下而濁其黃鍾乃太律之無射下於正律黃鍾二律朝天宮道士云凡用於郊廟者以啟敬之大簇爲宮若如啟敬之法聲如悲咽矣作者無過習者之門道士所用適是古之黃鍾所以爲庶爲伶人所侮而不覺

革薄則聲亮厚則聲雌木金石薄則聲下厚則聲高議樂須學士與伶工共成之學士知古不知今言理不言器伶工知今不知古言器不言理彼此相譏在虛心者則彼此可以相成也人之虛心者鮮則成偏見鄭世子博極群書又甚習伶工之器所以特絕

樂者聲也凡以算數言樂者多拘泥參差不合於律鄭世子二藝俱精以算算樂妙有神解河南久被兵火未知書版不散失否世子文筆稍蕪書繁難於翻刻得健筆徑者具辭存三分之一庶可易傳

攷工云魚膠黏凡黏之類不能方不能方謂易翻也而今世之弓必以海中石首魚之鰾爲之未有用鼠膠者也考工弓體又上壓而下竹今弓胎多用竹激矢能遠木胎者不及也

宋人歌詞而唐人歌詩之法廢元曲起而詞廢南曲起而北曲又廢今世之歌鹿鳴塵飯塗羹也

獀伶戲於元世而梁時大雲之樂作一老翁演述西域神仙變化之事獀伶實始於此

宋時士大夫猶有起舞以勸酒者自獀作而舞遂廢

今所喫之烟草孫光憲已言之載于太平廣記有僧云世尊曾言山中有草然烟喫之可以解倦則西域之喫烟三千餘載矣

史記烏氏倮用谷量牛馬秦始皇令比封君與朝請巴寡婦用財自衛爲築女懷清臺此用禮安富遺意亦秦致富強之本教也後世動破壞富家詭云強幹弱枝之計者亦暴秦之不如矣（高歡問爾朱榮公有馬十二谷云云以谷量馬乃邊塞舊俗也）

高允伯恭以昔歲同徵零落將盡感逝懷人作徵士頌合三十四人其頌末曰昔因朝命與之克諧披襟散想解帶舒懷此欣猶昨存亡奄乖靜言思之中心猶摧亦從世敦孝同年之意也（東漢同擧者謂之同歲生見李固傳）

周李軌封奇章公隋牛弘封奇章公

齊氏胄子以通經入仕者唯博陵崔子發廣陵宋游卿而已

隋秦孝王妃生男文帝大喜頒賜羣官李文博云王妃生男於羣官何事乃妄受賞此與晉元帝所云此事豈容卿等有勳正可相合

宋文帝欲犯河南行人曰云云大武帝聞而大笑曰龜鼈小豎自顧不暇何能爲也

宋時有龍虎大王亦佳對也

唐昭宗欲伐李克用李茂貞無可將者而朱溫楊行密輩其下智勇如林蓋朝廷用盧攜王鐸之流其所舉者李係宋威耳智力勇藝者壅於下悉爲強藩所用

永嘉時事大壞唯有南遷而已王衍賣車牛以安衆心不久隨司馬越徑去棄其君於賊手世說載之以爲美談劉臨川非有識者也

宋文帝時員外散騎侍郎孔熙先與范曄謀逆事露付廷尉熙先望風吐款辭氣不撓上奇其才遣人慰勉之曰以卿之才而滯於集書省理應有異志此乃我負卿也又責前吏部尚書何尚之曰使孔熙先三十年作散騎郎那不作賊此與唐武后之見駱賓王討己檄文曰有才如此而使之淪落不偶宰相之過也皆緯有帝王之度足令才士心死若梁元欲赦王偉卻不可同年而語

沈慶之議北伐曰今欲伐國而與白面書生謀之事何由濟後顏峻曰今擧大事而黃頭小兒皆得參預何得不敗白面黃頭恰可相對

劉歆自以朝政多失作遂初賦以嘆往事而寄己意其辭曰處幽潛德含聖神兮抱奇內光自得真兮寵幸浮寄寄無常兮寄之去留亦可傷兮大人之度品物齊兮舍位之過忽若遺兮求位得位固其常兮守信保己比老彭兮其言頗似曠達而爲莽佐命終致夷滅視孫綽之賦義正桓溫相去何啻霄壤

宋真宗時知制誥周起患貢舉之弊建議糊名以革之糊名之制始此

中晚唐立君必由寺人南宋立君必由權相其國可知

劉琨經略遠不及祖逖東晉人絕重之循名不責實之故習

陶侃勤於職業虛浮之士不敢議之功名顯著故也何敬容亦勤於職業虛浮之士即大譏之敬容能早知侯景之反梁人不能及後世亦頗忽其人甚矣邪說之害止也

漢陳蕃曰朋月之間不見黃生則鄙吝之萌復存於心唐陸象先謂人曰賀季真清談風流吾一日不見則鄙吝生矣是學蕃語

騏驥得伯樂而後服鹽車青萍結綠得薛卞而後長價然則伯樂薛卞有功於良馬寶劍也多矣二子名亦以是不朽則良馬寶劍亦有功於二子矣

北宮純涼州所遣以衛京師者也於漢兵縱橫時累挫其鋒陸氏不負宮純亦不負陸氏矣

白敏中以李贊皇薦得入翰林及為相詆贊皇者甚力呂惠卿以王荊公汲引得預政所以推害荊公者無所不至三代以還似此者指不勝屈是可歎也

黃雀白鼈蛇魚之類猶知銜恩圖報況人乎彼懷私罔上負恩蔑禮者曾蟲魚之不如矣

灌夫不負竇嬰於擯棄之時任安不負衛青於衰落之日徐晦越鄉而別臨賀石山出境以見東坡劉元城事司馬公在朝不通書問閒居則問無虛月巢谷徒步訪穎濱於漳海之南今無復若人矣

韓退之自其遠祖麒麟以文名於北朝文業不絕數世後至其父仲卿兄會文譽益甚傳至退之遂為一代醇儒其子昶孫綰與諸孫皆舉進士而昶子襄復狀元及第韓氏流澤可謂長矣

漢鼂錯議削七國其父曰劉氏安鼂氏危矣南齊徐文景方貴盛其父深憂之曰我正當埽墓待喪耳唐路巖屢遷要地其父寄書曰聞汝已判戶部是吾必死之年又聞欲求僕射是我必死之日也彼皆不學無術而識見若此巖延年之母為其子埽墓地李絡秀知其子周嵩周顗俱不得善終二人女子耳而有識見尤難儀

李益文名與李賀相埒每一篇出樂工爭以賂求之被聲歌供奉天子天下施之圖繪與太子庶子李益同朝世稱文章李益以別之大曆十才子韓翃之名獨重時又有刺史韓翃德宗命知制誥曰與詩人韓翃

漢高帝素恨雍齒比沙中偶語張良勸帝封之以厭眾心偶語果息曰雍齒且侯吾屬無患晉文公出亡里鳧須盜其資而去文公飢餓不能行介之推刲股以食然後能行文公返國國人多不附乃赦里鳧須之罪使之驂乘遊於國中見者皆曰里鳧須且不誅吾何懼也晉國大甯良策殆本諸此

蔡京當國刻黨籍碑凡忠臣名士一網俱盡然其中亦有本非君子而偶以一事不合京意亦指為黨平生過惡頓反得洗雪如曾布曾肇王覲章惇輩不可枚舉宦豎亦近三十人漢皇甫規深以不與黨人為恥數子倖倖乃獲附驥尾士固有幸有不幸耶

漢顏駟對武帝曰文帝好文而臣好武景帝好美而臣貌醜陛下好少而臣已老唐盧照鄰著五悲文自以高宗尚吏而己獨儒武后尚法而己獨黃老后封嵩山屢聘賢士而己獨廢噫士之不遇如二子者亦多矣悲夫

秦陵金井內水孔如巨盃水仰噴不止楊名父子器親見之歸而疏諸朝請易地事下工部湯陰李司空鐩怒其多言害成功陰令人塞其孔謂誹謗狂妄奏命錦衣官校枷杻押赴陵所驗看名父親三木朝鮮候駕詩曰禁鼓無聲曙色遲午門西畔立多時楚人抱璞云何泣杞國憂天竟是癡群議已公須首實眾言不發但心知殷勤為問山陵使誰與朝廷決大疑孝廟竟葬此中

苻堅銳意伐晉曰以吾之眾投鞭於江足斷其流及登晉陽城望晉兵部陣嚴整憮然而懼曰此亦勍敵何謂弱也五代慕容彥超謂漢隱帝曰臣視北軍猶蠛蠓耳退問兵數及將校姓名頗懼曰此亦劇賊未易輕也兵甫合輒先遁二事如出一轍

耿弇為張步所攻光武自往救之或謂劇賊兵盛宜閉營休士以須上來弇曰乘輿且到臣子當擊牛釃酒以待百官反欲以賊遺君父耶李道宗將四千騎擊高麗皆以為眾寡懸絕宜深溝高壘以俟車駕之至道宗曰吾屬為前軍當清道以待乘輿乃更以賊遺君父乎二子武夫也其所見乃有儒生不及者人臣當以此為法

尚書令左雄薦冀州刺史周舉為尚書又薦故冀州刺史馮直任將帥直嘗坐贓受罪舉并以劾雄雄曰詔書使我選武猛不使我選清高舉曰詔書使君選武猛不使君選貪污雄曰進軍適所以自伐舉曰昔趙宣子任韓厥為司馬厥以軍法戮宣子僕宣子謂諸大夫曰可賀我矣吾選厥也任其事今君不以舉之不才悞升諸朝不敢阿君以為君羞不寤君之意與宣子殊也雄悅謝曰吾嘗事馮直之父又與直善今宣光以此奏吾乃是韓厥之舉也（宣光周舉字也）天下益以此賢之梁冀跋扈帶劍入省尚書張陵叱令出勅虎賁羽林奪劍冀跪謝陵不應劾奏冀請廷尉論罪詔罰一歲俸百官肅然冀弟不疑為河南尹嘗舉陵孝廉謂陵曰昔舉君適所以自罰也陵曰明府不以陵不肖悞見擢序今申公憲以報私恩不疑有愧色二事乃相類

黃門監魏知古本起小吏因姚崇引薦以至同為相崇意輕之請攝吏部尚書知東

都選知古慽焉時崇二子分司東都恃其父有德於知古頗招權請托知古歸悉以聞他日帝詔崇曰卿子才乎皆安在崇揣知帝意曰臣二子分司東都其爲人多欲而寡慎是必嘗以事干魏知古帝始以崇必爲其子隱及聞崇奏乃大喜問安從得之對曰知古微時臣卵而翼之臣子愚以爲知古必德臣容其爲非故敢干之耳帝于是愛崇不私而薄知古欲斥之崇曰臣子無狀撓陛下法而逐知古外必謂陛下私臣乃止然卒罷爲工部尚書新唐書載此事謂姚崇巧於料事而知古薄待所知至動人主之疑終身不復用可見倫理一也交友不能信者事君必不忠

錢徽傳長慶元年徽爲禮部侍郎時宰相段文昌出鎮蜀川故刑部侍郎楊憑子渾之求進盡以家藏書畫獻文昌求致進士第文昌將發面托徽繼以私書保薦翰林學士李紳亦托舉子周漢賓於徽及牓出渾之漢賓皆罷李宗閔與元稹有隙宗閔子婿蘇巢及楊汝士季弟殷士俱及第文昌紳大怒文昌赴鎮辭日内殿面奏言徽所放進士皆子弟藝薄不當在選中穆宗訪于學士元稹李紳二人對與文昌同遂命中書舍人王起主客郎中知制誥白居易重試内出題目孤竹管賦鳥散餘花落詩而十人不中選尋貶徽爲江州刺史中書舍人李宗閔劍州刺史右補闕楊汝士開江令初議貶徽宗閔汝士令徽以文昌紳私書進呈上必開悟徽曰不然苟無媿心得喪一致脩身慎行安可以私書相證耶令子弟焚之嗚呼如徽居心行事休休有容大臣器量也

王勃落霞與孤鶩齊飛秋水共長天一色當時以爲奇絕然亦有所本庾信馬射賦落花與芝蓋齊飛楊柳共青旗一色隋長壽寺碑浮雲共嶺松張蓋明月與巖桂分叢然勃則青出於藍也

攷唐書文廟下不言籩豆之數明憲宗實錄成化十二年七月祭酒周弘謨請增籩豆舞佾言唐玄宗既正孔子南面之位服以袞冕宋徽宗改正孔子冠服加十二旒金世宗加孔子冠十二旒服十二章今聖朝尊崇孔子既用天子之禮而籩豆則非天子之制乞勅禮部會議增十籩十豆各爲十二從之是成化以前至唐宋用十籩十豆遼憲宗始用十二籩十二豆後張璁更定祀典復用十籩十豆也其略如此

李燾續資治通鑑長編一孝宗隆興元年癸未進太祖建隆至開寶十七年事一孝宗乾道四年戊子進太祖建隆元年至英宗治平四年閏三月五朝事迹一孝宗淳熙元年甲午進熙豐祐聖符靖崇觀和康六十年事一孝宗淳熙九年壬寅合寫長

編重進又進續資治通鑑長編舉要六十八卷今只存五朝事迹

明制父兄官三品大僚子弟不得居言路考之前代不然唐書三鄭列傳鄭餘慶憲宗立復拜同中書門下平章事子澣本名涵第進士累遷右補闕敢言無所諱憲宗謂餘慶曰涵卿令子而朕直臣也更可相賀鄭覃文宗太和九年拜同中書門下平章事弟朗由山南幕府入遷右拾遺鄭絪憲宗即位拜中書侍郎同中書門下平章事絪餘慶從父是澣爲從孫時正官右補闕只以三鄭列傳證之唐父子兄弟從祖孫不相避明矣惟杜佑列傳佑子從郁元和初爲左補闕崔羣等以宰相子爲嫌再徙秘書丞然不過嫌之云爾初未嘗如明制必相避者也

韓魏公三守鄉郡每謁先壠輒有詩自矜其榮遇如曰至日郊原擁節旄先塋躬得奉牲醪霜威壓野寒方重山色凌虛氣自高衣錦不來誇富貴報親惟切念劬勞又曰畫錦三來治鄴城古人無似此公榮首過先壠心先愴一見冢山眼自明又曰風入旌旗撼曉光兩塋親展喜非常濃陰敵野瞻喬木遠勢橫天認大行自歎重茵當及養縱垂三組敢誇鄉路人或指榮雖甚明哲何如漢子房又曰暫趨先壠彌旌旆因恤吾民穡事勞田舍罕逢車騎過聚門村婦擁兒曹又曰兩饗先墳已致誠郤戢軒從指東塋鴻驚去旆參差起馬避喬桑結曲行又曰鄉守三逢禁火天每驅旌纛掃松軒衰殘豈足酬恩遇光寵徒知及祖先如此者不一而足孟郊云春風得意馬蹄疾一日看偏長安花王禹玉云出門四塞如黃霧始覺身從天上歸論者咸譏其器量二人者雖不可與公同語然比之向時刺客取首延頸以俟吏碎玉瑛笑而摘之若兩人矣

遼尙宴宋使酒一行觱篥起歌酒三行手伎入酒四行琵琶獨彈然後食入雜劇進繼以吹笙彈箏歌擊架樂角觝王介甫詩涿州沙上飲盤桓看舞春風小契丹蓋紀其事也至范致能北使有鷓鴣天詞亦云休舞銀貂小契丹滿堂賓客盡關山則金源燕賓或襲爲故事未可定耳

玉堂賞花會賦詩者四十人學士則南陽李賢安成彭時檇李呂原莆田朴文安成李紹永新劉定之錢塘倪謙東吳錢溥侍讀則金城黃諫廬陵陳文長洲劉鉉侍講則眉山萬安漁陽李泰中允則古杞孫賢贊善則汜陽牛綸修撰則吳中陳鑑博野劉吉錢塘童緣華容黎淳編修則西蜀李本晉陵王倎餘姚戚瀾宜興徐溥寶山丘濬泰和尹直安成彭華書川陳秉中臨川徐瓊四明楊守陳臨江吳匯台討則

嚴州傅宗安成張業河東邢讓翰林五經博士則天台鮑相典籍則西蜀李鑑泰和陳鎰侍書則浙江謝昭其二人則禮部員外郎臨淮凌耀宗中書舍人江東曹冕詩成李賢序之彭時作後序

婦人勻面古惟施朱傅粉而已至六朝乃兼尚黃幽怪錄神女智瓊額黃梁簡文帝詩同安鬟裏撥異作額間黃唐溫庭筠詩額黃無限夕陽山又黃印額山輕爲塵又詞蕊黃無限當山額牛嶠詞額黃侵膩髮此額妝也北周靜帝令宮人黃眉墨妝溫詩柳風吹盡眉間黃張泌詞依約殘眉理舊黃此眉妝也段氏酉陽雜俎所載有黃星靨遼時俗婦人有顏色者目爲細娘面塗黃謂爲佛妝溫詞臉上金霞細又粉心黃蕊花靨宋彭汝礪詩有女夭夭稱細娘真珠絡髻面塗黃此則面妝也

澤州李俊民用章舉承安五年進士第一金亡後其同年三十三人惟高平趙楠僅存又挈家之燕京俊民感舊遊以詩題登科記後云試將小錄問同年風采依稀隱目前三十一人今鬼錄與君雖在各華顛又云君還攜幼去幽燕我向荒山學種田千里暮鴻行斷處碧雲容易作愁天錄中張瑀卿介甫晁李中實臣任德維公理孔天昭文安王毅知剛趙銖敬之皆中都大興府人

元裕之寄書耶律中書薦當時士大夫在河朔者固安李天翼漁陽趙鑄燕人張聖俞曹居一王鑄且曰凡此諸人雖其學業操行參差不齊要皆天民之秀有用於世者也按虞文靖學古錄有田氏先友翰墨序稱彰德田師孟輯其先友手翰中有劉百熙字善甫曹居一字通甫趙著字光祖俱燕人其稱著曰大俠按元集作鑄者字才卿別是一人也

唐設九科童子居其一員半千楊炯吳通元裴耀卿李泌劉晏皆由是舉宋則楊億宋綬晏殊李淑均以童子出身然漢有童子郎梁有童子奉車郎以童子拜官者多矣元童子科見於選舉志者一十六人仁宗延祐七年舉陳聃則大興人也

明弘治壬戌狀元康德涵海榜眼孫直卿清皆以不拘小節被劾去國然二君實才雄一代德涵詞鋒如雲直卿勁氣毅然不可奪論者謂二君爲是科冠冕以忌嫉者多老於擯斥可惜

蕭道成既篡宋光祿大夫王琨在晉世已爲郎中攀廢帝車慟哭曰人以壽爲歡老臣以壽爲戚不能先驅螻蟻乃復頻見此事西涯李閣老詠田蚡樂府曰雖云死速不如遲幸未淮南語泄時語意本諸此

庾子嵩目和嶠曰森森如千丈松下壺目叔向曰朗朗如百間屋乃啟一徒對漢人曰李元禮曰謖謖如松下風此等標榜語亦是當日習氣

鄭鉅郭仙升獻詩不切時事惟崇道德玄宗皆令罷官爲道士蕭瑀好本佛亦令出家爲僧孔武仲曰如使佞佛者爲僧諂道者爲道士則士大夫爲異論者息矣

宋制五品以上者爲大夫六品以下者爲郎官皆散官也然各寘於官銜之上如曰光祿大夫太保承德郎某部主事之類惟翰林則寘於官銜之下如曰翰林院學士奉政大夫翰林院檢討從仕郎之類蓋史官尊重不欲以散官壓之自明時重翰林始

明時朝覲三品則乘轎歷千封從三代俸入優厚例以隸執長柄大扇擁護四品以下只於馬上用翣扇遮日而已自九卿外三品者多在閒散地如太常太僕光祿卿京兆尹之類弘治間多陞僉都御史威權雖重然僉都係四品陪儀制反減削矣至末年僉都御史出城即乘轎至今僉都爲巡撫者肩輿用八人假用三品儀從也國子祭酒則自燈市以北改用大轎故祭酒僉都與府尹皆曰半城轎府尹本三品不知於何處騎馬

明朝翰林院官五品多借三品服色講官破格有賜斗牛服者毛公紀歸田雜識云當孝宗朝東宮出閣選侍講讀是時禮重宮僚特賜予或親御春坊面賜溫諭坊局官即用孔雀金帶服色及奉朝省覲便用仙鶴服色犀帶又云故事每歲親郊慶成賜文武大臣宴於奉天殿上御寶座尚膳進饌傳旨官人滿飲教坊九奏樂其如儀余自爲翰林院學士即得如例升殿以五品官坐於四品之上三品後蓋屢預焉我朝大臣賜坐僅見此與耕籍幸學而此爲尤重又言春秋二丁祭文廟遣大學士一人行禮前一日御殿百官朝服侍班傳制廷試天下貢士上御文華殿內閣率諸臣以第一甲三卷而奏上親批定名次明日早先御華蓋殿內閣復於黼座前折卷奏名中書填黃榜然後御奉天殿傳臚丘文莊公謂謹身殿即華蓋也華蓋請卷外朝臣無由而至是日惟內閣得入殿內而九卿以下皆在閤限之外此亦一代典故

建置官署必立土穀祠翰林院所祠則昌黎伯韓子也古稱鄉先生歿而祭於社夫以土穀名祠亦祭社之義宜以鄉先生主之京師燕地竊謂祀昌黎似不若易以常山太傅嬰也

大興縣題名記光祿少卿新安尹校書隆慶四年立順天府尹丞相題名記工部尚

書豐城雷禮文也。嘉靖三十九年立。察佐題名碑記二。一爲禮部左侍郎鉛山費寀撰。嘉靖二十二年立。一爲順天府通判晉江張問仁撰。萬曆十三年立。宛平縣題名記。翰林院檢討鄒鎣撰。嘉靖二十八年立。

古葬宮人之所。謂之宮人斜。京城阜成門外五里許。有靜樂堂磚甃二井。屋以塗南通方尺門。謹閉之。井前結石爲洞。四方通風。宮人有病。非有名稱者。例不賜墓。則出之禁城後順貞門旁右門。承以敝具。舁出元武門。經北上門北中門。達安樂堂。授其守者。召本堂土工。移北安門外。易以朱棺。禮送之靜樂堂。火葬塗井中。凡宮人故。必請旨。凡出。必以銅符合符。乃遣。嘉靖末有貴嬪捐貲易民地數畝。其焚瘞不願井者。悉內地中。

盧溝河畔。元有苻氏雅集亭。蒲道源詩。盧溝石橋天下雄。正當京師往來衝。苻家介側敞亭構。坐對奇趣供醇醲。又有野亭。見貢仲章雲林詩集。今一望磽礫。并民居亦寥寥也。

懿安皇后張氏。性賢明。魏璫誅戮朝士。后聞楊左諸君子死。色不豫者累月。李自成入犯思陵。將殉社稷。傳旨後宮。令自裁。時周皇后及貴妃宮嬪之承寵者。皆遵旨畢命。獨長公主年尚幼。未奉詔。帝怒。拔刃斫其臂。公主仆地。而宮監王永壽。方從懿安皇后宮至。白帝曰。懿安皇后業縊死宮中矣。帝乃走煤山自縊。當魏忠賢柄國時。有養女任氏。美而狡。進之熹宗。立爲貴妃。及賊入宮。任說曰。我天啟皇帝后也。賊不敢犯。既而流轉民間。或送于宮。永壽從旁竊窺之曰。此任貴妃也。貴妃睨永壽。面發赬。旋閉目如不聞見者。永壽終亦不敢直訐也。永壽事熹宗。不入魏黨。甲申寇亂後。削髮爲僧。往來西山間。談及故宮事。輒語人云。

淥水亭雜識卷二終

淥水亭雜識卷三

清　納蘭性德容若著

今人多云設虛位禘其祖之所自出。如楊志仁復議。論者僅嘉靖十年舉行一次。後不復行。適考之實錄。嘉靖十年辛卯舉行。詔以後丙辛年行之。十五年丙申四月。仍行大禘禮。二十年辛丑四月。九廟火。詔暫罷。遂永停矣。其實行大禘凡兩次。

洪範五福六極無貴賤。蓋古無不肖而貴。亦無有德而賤者。貴則祿及之而富矣。故富可以槩貴。賤則祿弗及而貧矣。故貧可以槩賤。周禮八柄馭羣臣。二曰祿以馭其富。六曰奪以馭其貧是也。

望其轂欲其𢾽爾而纖也。注。鄭司農云。讀爲紛容𢾽參之𢾽。疏。先鄭云。此蓋有文。今檢未得。此句本見上林賦紛溶𢾽蔘猗狔從風。前注遠崇于軫。讀爲倚移從風之移。疏。司馬長卿上林賦云。從風倚移。此二句連文。而復云檢未得。未知何意。

兌爲口舌。其於人也。但可以爲臣爲妾而已。以言說人。豈非妾婦之道乎。

凡人於交友之間。口惠而實不至。則其出而事君。必至於靜言庸違。故舜之御臣也。敷奏以言。明試以功。而孔子之於門人。亦嘗聽其言而觀其行。

淮南子氾論訓。直躬其父攘羊而子證之。尾生與婦人期而死之。是徑以直躬爲人名矣。然此說本於呂氏春秋。

呂子。昔者禹一沐而三捉髮。一食而三起。以禮有道之士。周公吐握之說。見於荀子。人罕稱禹也。

齊武帝云。學士輩不堪經國。唯大讀書耳。經國一劉係宗足矣。沈約王融數百人。於事何用。此大字是多字義。

藝士傳。徐之才常與朝士出遊。遙望羣犬競走。諸人試令目之。之才即應聲云。爲是宋鵲。爲是韓盧。爲逐李斯東走。爲負帝女南徂。此段復見之序傳。是溫子昇與李神儁語。當時傳聞之謬。亦失於檢正。

宋人有嫁子者云云。其子竊而藏之。君公知其盜也。逐而去之。君公。其舅之稱歟。故婦人謂夫之兄曰兄公。

郭況族姊爲皇祖考夫人。謁見光武。大喜曰。今乃得大舅乎。按大舅稱皇公。董徵遷安州刺史。因述職路次過家。置酒高會。乃言曰。腰龜返國。昔人稱榮。仗節還家。云胡不樂。誡子弟曰。此之富貴。非是天[illegible]

嗤千古。

李紳周員外席上觀柘枝詩。畫鼓花環錦臂攘。今京師迎年鼓製施雨銅環以手擊之高下。環聲相間。疑即其遺製也。

宋湜字持正。名字與皇甫偍同。詩偍偍正持也。

杜子美昔遊詩。幽燕風用武。供給亦勞哉。吳門轉粟帛。泛海陵蓬萊。後出塞云。漁陽豪俠地。擊鼓吹笙竽。雲帆轉遼海。粳稻來東吳。按唐會要。開元二十七年。李適為幽州節度河北海運使。唐書。姜師度穿平虜渠以避海難。蓋元之海運自崇明抵直沽。唐時海運。則自登州轉而平州。以達於薊。故子美云然也。

天地人謂之三才。輪人以轂輻牙為三才。弓人膠漆絲為三才。然其所謂三才者亦眇矣。

史記韓世忠江上事云。金山有紅袍者墜馬騰而跨之馳去。今則未見有馳處。史言誣乎。古今地異乎。

周禮注疏。疏。糝食菜餗蒸。若今煮菜也。按今俗蒸餅。用菜為餡。此類是矣。

易鼎九四。鼎折足。覆公餗。鄭注云。糝謂之餗。震為竹。竹之萌曰筍。筍者餗之為菜也。是

八珍之食。按周亦以筍為珍味。故其詩曰。維筍及蒲。饋食之籩。亦有筍菹。

廩法有數名。春秋御廩災。天子亦有御廩。單言廩。則平常受米之廩。明堂位。魯有米廩。有虞氏之學。以有虞氏尚孝。合藏粢盛之委。故名學為米廩。非廩祿也。詩亦有高廩。以其萬億及秭。非藏米之數。故以藏穗言之。與常廩御廩又異。

周禮注。堂塗謂階前。若今令甓祴也。疏。漢時名堂塗為令甓祴。令甓則今之磚也。祴則磚道也。令音零。祴音陔。

輦車注。輦善也。輦車若今定張車。疏亦未知定張車何所用。但知在宮內所用。故差小為之。謂之輦車也。愚按定張車與果下馬。俱宮內所用。

服虔曰。持高帝衣冠月旦以遊于眾廟。已而復之。按月旦謂月出時也。

傳介子年十四。好學書。嘗棄觚而嘆曰。丈夫當立功絕域。何能坐事散儒。棄觚與班生投筆相類。

春秋書星孛。有言其所起者。有言其所入者。文公十四年秋。有星孛入於北斗。不言所起。重在北斗也。昭公十七年。有星孛于大辰。西及漢。不言及漢。重不在漢也。

按宋史祈報禮曰。凡旱蝗水潦無雪。皆禜禱焉。故本紀太祖乾德元年十二月甲寅。命近臣祈雪。開寶五年十二月乙酉朔。祈雪。乙卯大雨雪。六年十二月壬午。命近臣祈雪。七年十二月辛亥。命近臣祈雪。太宗雍熙二年十一月戊子。禱雪。十二月癸卯。南康軍言雪降三尺。三年十一月丙戌。幸建隆觀相國寺祈雪。十二月乙未朔。大雨雪。宴群臣玉華殿。四年十二月壬寅。幸建隆觀相國寺祈雪。丁巳大雨雪。淳化二年十一月己酉。幸建隆觀相國寺祈雪。至道二年十二月。命宰相以下百官詣諸寺觀禱雪。甲寅雨雪。大有年。仁宗天聖九年十一月己丑。祈雪於會靈觀。神宗熙寧元年十一月癸未。命宰臣禱雪。十二月乙亥朔。命宰臣禱雪。癸丑。禱雪於郊廟社稷。哲宗元祐七年十二月庚午。祈雪。紹聖元年十二月庚辰。命諸路祈雪。終北宋之世。祈雪凡十有五見。或曰此禮古乎。愚曰考之周禮未見。而左傳昭公元年子產曰。山川之神則水旱癘疫之災。於是乎禜之。日月星辰之神。則雪霜風雨之不時。於是乎禜之。此非祈雪之明證乎。或曰雪風雨之不時當禜矣。而霜則何為。愚曰詩正月繁霜。正月建巳之月也。春秋冬十月隕霜殺菽。十月建酉之月也。於此二月而霜。非災變之尤者乎。遇災而懼。故亦為之禜禱焉。

文獻通考止有祈雨祈晴。並無祈雪。愚嘗謂通考雖千古奇書。而多未備。茲其一端

也。又攷唐書禮樂志。並祈雨祈晴亦缺。疏矣。祈雪禮實昉於宋。

晉書賈謐傳。謐為秘書監。掌國史。先是朝廷議立晉書限斷。中書監荀勗謂宜以魏正始起年。著作郎王瓚欲行嘉平以下朝臣盡入晉史。於時依違未有所決。惠帝立。更使議之。謐上議。請從泰始為斷。於是下三府。司徒王戎。司空張華。領軍將軍王衍。侍中樂廣。黃門侍郎嵇紹。國子博士謝衡。皆從謐議。騎都尉濟北侯荀畯。侍中荀藩。黃門侍郎華混以為宜用正始開元。博士荀熙。刁協謂宜嘉平起年。謐重執奏。戎。華之議事遂施行。潘岳傳。謐晉書限斷。亦岳之辭也。按正始魏主曹芳年號。始庚申。終戊辰。凡九年。嘉平則芳在位之第十年己巳。司馬懿殺曹爽。自為丞相時也。又後十六年。方為泰始元年乙酉。司馬炎篡魏自立矣。竊以賈謐限斷。請自泰始。雖聖人亦不能廢其言。

呂氏春秋尊師云。子張魯之鄙家也。顏涿聚梁父之大盜也。學于孔子。段干木晉國之大駔也。學于子夏。高何縣子石齊國之暴者也。指於鄉曲。學於子墨子。索盧參東方之鉅狡也。學于禽滑黎。此六人者。刑戮死辱之人也。今非徒免於刑戮死辱也。由此為天下名士顯人。以終其壽。王公大人從而禮之。此得之於學也。

史記李斯列傳。秦王乃拜斯為長史。聽其計。陰遣謀士齎持金玉以遊說諸侯。諸侯名士。可下以財者厚遺結之。不肯者利劍刺之。離其君臣之計。又張耳陳餘列傳。秦滅魏數歲。已聞此兩人魏之名士也。

或問名士之稱何昉。余曰見於經。則月令聘名士。見於史。則李斯傳諸侯名士。張耳陳餘傳。此兩人魏之名士。見於子。則子張顓孫聚段干木高何縣子石子索盧參。此六人為天下名士顯人是也。大抵名士之稱權輿於六國之末。而極盛於東漢之世。張天如史論。有云桓帝之世。有宦官。有名士。天子為宦官而驅除名士。靈帝之世。有宦官。無名士。宦官不復畏名士。而專制天子。

北齊濟南王立為皇太子。初學反語。於迹字下。注云自反。侍者未達其故。太子曰。跡字足旁。亦豈非自反耶。以足亦反為跡也。

魏書安同父屈。仕慕容暐為殿中郎將。同長子亦名屈。典太倉事。盜粳米者也。孫竟與祖同名。

魏黃門王遵業風儀清秀。從容恬素。若處丘園。嘗著穿角履。好事者多毀履以學之。可與郭泰折角巾作對。

世傳宣爐由煉銅十二火。故有光彩。而雲南麗江之銅甚精。曝以日光。即有光彩。安知宣爐非此銅所鑄。宣爐世所重者。如鰍耳魚耳雅式者也。亦有至怪之式。如波斯馬槽者。而實出宣朝所作。

宋硯大抵不發墨。近年竭江以取下巖之石。曰蕉葉白者。發墨如泛油。則知傳世宋硯。本非良材。硯取發墨。非止易濃。亦以作字有寶光耳。

宋之團茶。末而加以香藥。失茶之本味。極為可笑。而墨則必貴香。冰麝之值倍煙值。造墨用獨草。取煙獨草則煙細。而煙非桐油不黑。墨工在徽歙。而煙則產於楚地。彼處產桐子故也。

丈衡山曾見一紙。廣二丈。趙文敏不敢作字。題記而已。此必王家之物。不知紙工以何器成之。

墨之善者不獨在煙。亦在於杵。墨料同而蒸硾多。百日者則倍勝。更多更勝。李廷珪墨可以刮舌。殆亦以此。

墨用鹿角膠。非良法也。墨忌者鹵氣。鹿生深山中。其角猶有鹵氣。生海濱者更甚。但用黃牛之革。天泉漂之。至鹵氣去。煎之成膠。即以入煙最善。若[illegible]

為之。即不盡美。故曰膠新杵到。

古之車戰。以一車統百人。萬人祇須百車。統之法甚簡易。廢車用步。法不得不密。密則煩矣。

古兵法只用車。駕車以馬。故周禮夏官稱司馬。國大則馬多。故問國君之富。數馬以對。

獠獞兵器。每洞各習一種。其習標槍者。鐵刃重二斤。把圍之木一臂。而開發無不中。狼兵則專習筅。田州岑氏則習雙刀。皆絕技也。鄰洞莫非世讎。其精兵留以自衛。應調乃次等者。

西人風車。藉風力以轉動。可省人力。此器揚州自有之。而不及彼之便易。西人取井水以灌溉。有恆升車。其理即中國之風箱也。

中國用桔槔。大費人力。西人有龍尾車。妙絕。其制用一木柱。徑六七寸。分八分。橘囊如螺旋者。圍於柱外。斜置水中而轉之。水被誘則上行而登田。又以風車轉之。則數百畝田之水。一人足以致之。大有益於農事。苟得百金。鳩工庀材。必相倣傚。通行天下。為利無窮。

中國鳥銃利器也。倭人來。始得其式。倭人鳥銃之底不銲。銲者有失。作螺旋鐵砧塞之。不炸。又可水滌也。近處有照星。銃端有照星。照星照門與所擊之物相應。發無不中。矢又去遠。遠勝弓矢。

宋之神臂弓。本弩也。名為弓者。有故。弓弦必刮弩臂而行。弓力不盡於矢。神臂於臂之行矢處。削而下之。弦得空行。力得盡於矢也。

龍蟄而起。其破牆屋穴如椀許大。無風雷。無雲水。蛟發則乘風雷。作大水。出而傷物甚多。龍故稱為神也。釋典言龍有蛇形。馬形。蝦蟇形者。又言天帝宮殿在空中。乃龍持之。又言龍能變人形。唯生時。死時。睡時。婬時。嗔時。不能變本形。又言龍有熱沙著身。烈風壞衣之苦。有金翅鳥吞噉之苦。

天龍為貴。海龍次之。江湖之龍又次之。井潭之龍下矣。

龍喜睡。數百年一覺。甚至積沙。其身成村落。覺即脫神棄身而去。不傷於物。神龍行雨以利物。毒龍為懸風以害物。

海中夏秋間。時有取水之龍。雲斷處如懸一帶。裊裊而動。海運之道。每當龍宮而過。舟師識之。其水湛然。人不敢作語聲。不知者發銃。則驚躍而破舟。為定海有龍夜歸。目如雙炬。指揮某姓者不知。以為魑魅。發矢射之。傷一目。風濤大作。舟擊撞而破者甚衆。其從龍出。只見一炬。龍於蛻時不能變形。則非人所能匹。柳毅傳。亦不諳釋典者所作。

釋典言毒龍目光及人。其人即死。又言以龍心念力。故水即沛然。則不在乎取水以成雨也。

龍以石為食。爭攫所及。石即如粉。夏禹鑿三峽門。龍門必是役龍為之。非人力所及也。故曰神禹。

陳寵曰。蕭何草律。俱避立春之月。而不計天地之正。三王之春。實頗有違。此亦三王改月并改時之一證也。

上巳祓除謂之禊浴。見祓除疏。摯虞東晳之對皆失引。或賈氏是唐人語。

明弘治六年奏準。每科一選。不拘地方。不限年歲。待進士分撥辦事之後。行令有志學古者。各錄其平日所作古文十五篇以上。限一月以裏投送禮部。禮部閱試訖。編號分送翰林院考訂。文理可取者按號行取。吏部該司仍將各人試卷記號名送內閣。照例考選。每科取選不過二十人。留不過三五人。

渌水亭雜識卷三終

渌水亭雜識卷四

清　納蘭性德容若著

古人詠史。敘事無意。史也。非詩矣。唐人實勝古人。如江流石不轉。遺恨失吞吳。武帝自知身不死。教修玉殿號長生。東風不假周郎便。銅雀春深鎖二喬。此日六軍同駐馬。當時七夕笑牽牛。諸句有意而不落議論。故佳。若落議論。史評也。非詩矣。宋已後多患此病。愚謂唐詩宗旨斷絕五百餘年。此亦一端。

詠史只可用本事中事。用他事中事。須賓主歷然。若只作古事用之。便不當行。如太平天子朝元日。五色雲車駕六龍。元者。玄元皇帝老子也。唐世奉為始祖。事固誣誕。天子五色車用漢武甲乙日青車。丙丁日赤車事。周伯弜引杜預左傳序語謂之具文見意。以其意在文中。更不出意也。乃為高手。

今世之大為詩害者。莫過於作步韻詩。唐人中晚稍有之。宋乃大盛。故元人作韻府羣玉。今世非步韻無詩。豈非怪事。詩既不敵前人。而又自縛手臂以臨敵。失計極矣。愚曾與友人言此。渠曰。今人只是做韻。誰曾做詩。此言利害。不可不畏。若人不戒絕此病。必無好詩。

詩乃心聲。性情中事也。發乎情。止乎禮義。故謂之性。亦須有才。乃能揮拓。有學。乃不虛薄杜撰。才學之用於詩者。如是而已。昌黎逞才。子瞻逞學。便與性情隔絕。

雅頌多賦。國風多比興。楚詞從國風而出。純是比興。賦義絕少。唐人詩宗風騷。多比興。宋詩比興已少。明人詩皆賦也。便覺版腐少味。

山谷猩猩毛筆詩。不失唐人手致。反自題為戲作。失正眼矣。

唐人詩。意不在題中。亦不在詩中者。故高遠有味。雖作咏物詩。亦必意有寄托。不作死句。老杜黑白鷹。曹唐病馬。韓偓落花可證。今人論詩。唯恐一字走却題目。時文也。非詩也。

自五代兵革。中原文獻凋落。詩道失傳。而小詞大盛。宋人專意於詞。實為精絕。詩其塵飯塗羹。故遠不及唐人。

人情好新。今日忽尚宋詩。舉業欲干祿。人操其柄。不得不隨人轉步。詩取自適。何以隨人。

詩之學古。如孩提不能無乳姆也。必自立而後成詩。猶之能自立而後成人也。明之學老杜學盛唐者。皆一生在乳姆胸前過日。

庾子山句句用事，固不靈動。六一禁絕之，一事不用，故遂至於瀉海空疎，了無意味。

唐人有寄托，故使事靈。後人無寄托，故使事版。

劉禹錫云：閣上掩書劉向去，門前脩刺孔融來。借古以敘時事，則靈動。武元衡云：劉琨長嘯風生坐，謝朓題詩月滿樓。曾用古事而無寄託，便成死句。

建安無偶句，西晉頗有之，日盛月加。至梁陳謂之格詩，有排偶而無粘。沈宋又加剪裁，成五言唐律。長慶集中，尚有半格體。

七言，漢人猶未成體，至魏文帝之燕歌行而成體。至梁人漸近於律，至初唐而遂成七言律詩。

七言歌行始於六朝，其間有長短句，有換韻，音節低昂，聲勢穩密，居然近體，非古詩也。

北史盧思道傳曰：周武帝平齊，授思道儀同三司，追赴長安，與同輩楊休之等數人作聽鳴蟬篇。思道所為，詞意清切，為時人所重。新野庾信徧覽諸同作者而歎美之。今讀其詞，居然初唐王楊諸子。隋煬帝江都宮樂歌，七言律體已具，律詩亦不始於唐。

五七言絕句，唐人加以粘綴聲病耳，其體未變於古也。

五言律詩，其氣脈猶與古詩相近。至於七言律詩，則別一世界矣。

六朝人凡兩句謂之聯，凡四句謂之絕，非必以四句一篇者為絕句。

休文八病，宋人已不能辨。大約有聲病，守粘綴，無疊韻，不口吃者，八病俱離。

口吃詩即翻也，疊韻詩即切也。古今貴紐翻口吃也，屋北鹿獨宿疊韻也。口吃亦名雙聲。

獨樹臨江夜泊船，或本作獨戍。遯謂大江中有戍兵處可泊船，以獨戍為是。後讀宋史王明傳，見其地有獨樹口，不覺自失。

唐人以韻字之少者與他部合之，為通用。咍當與佳通，以隔一部，故遂與灰通，以致字聲亂極。

韻本休文小學之書，以為詩韻已誤，今人又作詞韻，謬之謬也。

人之作詩，必宗三百篇，而用韻反不宗之，豈非顛倒。

東翻登，冬翻丁，聲固不同，而非不可同押者也。休文諸公強作解事，分為二部，後人以是唐人所遵，不敢相異。

趙文敏詩，不獨在元人為翹楚，在宋可比晏同叔，而本傳云以書畫掩其文章，以文

章掩其經濟。元世祖開國之君，所用當不謬也。

楊鐵崖樂府，別是一種奇特之文，謂之樂府則不可。李賓之亦然。

漢人樂府多濃郁，十九首皆高澹，而文選注亦有引入樂府者，不知何故。

樂府，漢武所立之官名，非詩體也。後人以為詩體。

古人樂府詞，有切題者，有不切題者，其故不可解。

少陵自作新題樂府，固是千古傑人。

大抵古人詩，有專為樂歌而作者，謂之樂府；亦有文人偶作，樂工收而歌之者，亦名樂府。

樂府題，今人多不能解，則不必強作。李于鱗優孟衣冠，徒為人笑。

焦仲卿妻，又是樂府中之別體，意者如後之數落山坡羊，一人彈唱者乎。

曲起而詞廢，詞起而詩廢，唐體起而古詩廢。作詩欲以言情耳，生乎今之世，近體足以言情矣。好古之士，本無其情，而強效其體，以作古樂府，殊覺無謂。

律詩近體也，其關承轉合，與時文相似，唯無破承起講耳。古詩則歐蘇之文，千變萬化者也。作時文者，多不敢擅作古文，而作律詩者，無不竟作古詩，可乎哉。

古詩漢枚乘所作，有在十九首中者，然亦不殊於建安，但舉建安之名，以為宗極可也。

阮公詠懷，不下建安人作。自此而後，西晉已變，建安體絕於阮公。

西晉之白紵舞詞，不言何人作，那得下於漢人。

東晉竟無詩，至陶謝而復振。

康樂矜貴之極，不知者反以為才短幅狹，將為東坡如捲黃麻縆千百尺乎。詩至明遠而絢麗已極，雖不似建安，而別立門戶，不肯相下也。

昌黎作王仲舒碑，又作誌；作劉統軍誌，又作碑；東坡作司馬公行狀，又作碑。其事雖同，而文詞句律，乃無一字相似者。蔡中郎為陳太丘、胡廣作碑，及為二公作祠銘，同者乃十七八。

韓退之作博士李君墓誌，通無一語及其家世宦迹才行，直詔其誤服方士柳泌藥，下血以死，且援引數人同以是死者，自李虛中、孟簡、盧坦而下六七人，其文甚奇。公刻意而作，意欲後世永為鑒戒，然古今碑誌無此體也。虞伯生作晏氏家譜序，亦歷數宋賢儀賈晏殊而下數十人之子孫登顯，當亦效昌黎而作，然於晏氏亦有何取

搆頌語不似昌黎之渙然於季氏也

歐陽公謝賜衣帶馬表東坡幼時老泉命擬作語意甚工明成化丙午場屋出此題以試士所刻程文則益該博精切至弘治壬子復出姚儆謝黃金廄馬則益工矣余意論宋人尚四六丙午刻本不失為宋表壬子所刻唐人則無是語也後見常袞集中有謝緋衣銀牙笏玉帶表云臣學媿聚螢才非倚馬典墳未博謬膺良吏之官詞翰不工叨忝侍臣之列惟知待罪敢望殊私銀章雪明朱紱電映魚須在手虹玉橫腰祗奉寵榮頓忘驚惕蜉蝣之咏恐刺國風蟻螻之誠難酬天造然則唐世已有此體矣

唐之詩人惟陳子昂張說高適集中間有幽州之作此外遊宦於茲土者寡宋則非奉使不至故題咏亦無多王之渙九日送別詩云蓟庭蕭瑟故人稀何處登高且送歸今日暫同芳菊酒明朝應作斷蓬飛竇鞏蓟門詩云自從身屬富人侯蟬噪槐花己四秋今日一莖新白髮懶騎官馬到幽州馬戴詩云荆卿西去不復返易水東流無盡期日暮蕭條蓟城北黃沙白草任風吹張耒詩云十月北風燕草黃燕人馬飽風力強虎皮裁鞍雕羽箭射殺陰山雙白狼四詩辭俱工其餘雜見於出塞送行之

作如屢戰橋恆斷長冰塹不流徐陵詩塞禽惟有雁關樹但生榆王褒詩也萬里寒光生積雪三邊曙色動危旌祖詠詩也日生方見樹風定始無沙裴說詩也沙河流不定春草凍難青王貞白詩也風折旗竿曲沙埋樹杪平馬戴詩也黃雲戰後積白草暮來春釋皎然詩也塞館皆無事儒裝亦有戈已行難避雪何處合逢花項斯詩也戍樓承落日沙塞礙征蓬張蠙詩也有雪常經夏無花空到春下營雲外火驅馬月中塵于鵠詩也野燒枯蓬旋沙風匹馬衝黃滔詩也兒童能走馬婦女亦彎弓歐陽脩詩也邊日照人如月色野風吹草作泉聲汪鎮詩也皆善狀燕中風景者

李群玉湘妃廟詩相約杏花壇上去畫闌紅紫鬭摴蒱范攄雲溪友議曰群玉題廟見二女曰二年當與君為雲雨之遊段成式戲之曰不意足下是虞舜之辟陽詩人輕薄至此比於周秦行紀甚矣按舜升遐已一百十歲三十徵庸帝妻二女度其年已及笄至此時亦是七十八歲老媼後人紛紛摹擬湘筠染淚比迹巫山非獨褻慢聖人亦且有乖事實

唐李益贈盧綸詩曰世故中年別餘生此會同卻將悲與病獨對朗陵翁盧和云戚戚一西東十年今始同可憐風雨夜相對兩衰翁句律悽惋如出一口

張繼在臨川寄皇甫冉詩曰京口情人別久揚州估客來疎潮至潯陽回去相思無處通書以上三句見下一句別是一體然其聲調亦不媿盛唐冉答之云望望南徐登北固迢迢西塞望東關落日臨川問音信寒潮惟帶夕陽還不但格律與之相埒而一時相與之情亦可想見矣

王建宮詞太儀前日暖房來囑向昭陽乞藥栽勑賜一窠紅躑躅謝恩未了奏花開今人有遷居或新築室朋儕醵金往賀曰暖房蓋自唐人已有之矣

蘭亭記絲竹管絃之詞識為重複然不特右軍言之西漢張禹傳後堂理絲竹管絃則漢初已有此語矣

六一詩云徐福行時書未焚逸書百篇今尚存令嚴不敢傳中國舉世無由識古文謂日本國有逸書歷閱之貿易往來不然昔有傳聞彼國無易經舟中有此經即波浪不得過亦不然

元遺山論唐詩鼓吹以柳子厚登柳州城樓詩冠之篇首此詩果足以壓卷乎且其中許渾詩入選最多今人膾炙不厭無怪乎詩格日卑

丁鶴年西域人洪武初回回人禁例甚嚴行止皆不得自由丁嘗有詩云行蹤不定

鳥東西心事惟隨雁北飛劉伯溫家居危疑九日詩云薏苡明珠千古恨郤嫌黃菊似金錢其意皆可傷也

花間之詞如古玉器貴重而不適用宋詞適用而少貴重李後主兼有其美更饒烟水迷離之致

詞雖蘇辛並稱而辛實勝蘇蘇詩傷學詞傷才

宋人好推譽本朝人物以六一比子長猶十得五六以放翁比太白十不得三四

昔人好取華麗字以名類事之書如編珠合璧雕金玉英玉屑金鑰金匱寶海寶車龍筋鳳髓麟角天機錦五色線萬花谷青囊錦帶玉連環紫香囊珊瑚木金鑾香藥碧玉芳林之屬未能悉數閩國學鏤版向有玉浮圖不知何書當亦屬類家也又有孟四元賦孟名宗獻字友之自號虛靜居士金時冠於鄉於府於省於御前故號四元其律賦為學者法然金史不入文苑之列惟見於劉京叔歸潛志

三教中皆有義理皆有實用皆有人物能盡知之猶恐所見未當古人心事不能伏人若不讀其書不知其道唯恃一家之說衝口亂罵只自見其孤陋耳昌黎文名高出千古元晦道統自繼孔孟人猶笑之何況餘人大抵一家人相聚只說得一家話

自許英傑不自知孤陋也讀書貴多貴細學問貴廣貴實開口捉筆駟馬不及非易事也

儒道在漢為讖緯所雜在宋為二氏所雜雜讖緯者粗而易破雜二氏者細而難知苟不深窮二氏之說則昔人所雜者必受其瞞開口被笑

楞嚴云以世界輪迴取顛倒故人當仙其類充塞世之學仙者守清淨而閒陰陽非色界天無女人但有色身故名色界慾念消盡者生於此玉帝猶在慾界第二天其上更有四層皆有女人有女則有慾但以次輕微而上耳神仙統於玉帝事可知矣

人世事釋典無不言之謂有力者從脩羅虎豕中來

唐太宗命三藏法師取經既至西域有老僧年已七百歲謂之曰此間經籍甚多人命短促能讀幾何須服我延年藥庶可讀少分藏師以帝命有定期而辭之

楞嚴翻譯在武后時千年以來皆被台家拉去作一心三觀萬歷中年憨交光始發明根性宗趣闡室一燈矣錢牧齋研究之工遠過鍾伯敬鍾於楞嚴知有根性錢竟不知也生天牧齋必在伯敬前成佛當在伯敬後

人不可強所不知以為知唐荊川博極群書其作稗編門類議論無不精確唯所列

釋氏之純宗教不分為人所譏萬松老人耶律文正王之師也其語文正王曰以儒治國以佛治心王極稱之謂雲門之宗悟者得之於緊峭迷者失之識情臨濟之宗明者得之於峻拔昧者失之鹵莽曹洞之宗智者得之綿密愚者失之廉纖獨萬松老人全曹洞之血脈具雲門之善巧備臨濟之機鋒誠宗門之大匠四海之所式範其傾心至矣老人有萬壽語錄釋氏新聞又善撫琴嘗從文正王索琴王以承華殿春雷及種玉翁悲風譜贈之見湛然居士集且作詩寄老人有一曲悲風對譜傳之句又嘗寄孔雀便面附以詩云風流彩扇出西州寄與白蓮老社頭遮日招風都不稱休從侍者索犀牛傳之法門亦佳話也

元人事佛最可笑者游皇城一事作史者乃載入祭祀志甚無識見

明慈聖太后生於漷縣之永樂店事佛甚謹宮中稱為九蓮菩薩每歲十一月十九日為其誕辰百官率於午門前稱賀長安百姓婦孺俱于佛寺前焚香祝釐享天子奉養四十三年古今太后稱全福者所未有也

火葬倡於釋氏末俗因之焚尸之慘行路且不忍見況人孫人弟乎燕京土俗以清明日聚無主之骼堆若丘陵又剖童子之棺斂而未化者裸而置之高處剪紙為旗縛之於餘此尤不仁之甚矣或謂火化俗始自元代然世祖至元十五年曾嚴焚化之禁且載大元典章論世者未之攷爾

史稱極作五斗米道而今世真人實其裔孫以符籙治妖有驗說曰云其祖道陵與葛玄許旌陽薩守堅為上帝四相其言無稽而符籙之效不可沒也故莊子曰六合之內聖人論而不議六合之外聖人存而不論

少所見多所怪見駱駝謂馬腫背楞嚴言十二類生甚詳而譯界外化書覺之以為異事人安可不學乎

釋典多言六道唯楞嚴合神仙而言七趣神仙在天下之人之上雖是長年實有化時故又言壽終仙再活為色陰魔也道士每言歷劫不死夫眾生以四大為身神仙又以四大之精華為身故得長年至劫壞則四大亦壞身於何有而可言歷劫旅次一食可以療飢一宿可以適體謂到家可乎

以一藥偏治眾病之謂道以眾藥合治一病之謂醫醫術始於軒轅岐伯二公皆神仙也故醫術為道之緒餘

楞嚴所言十種仙唯堅固變化是西域外道餘九種東土皆有之而魏張人元旌陽

地元丘長春天元為最盛取藥於人之精血者為人元取藥於地之金石者謂之地元取藥於天之日精月華者謂之天元而餐松食柏如木客毛女輩者名為草仙非所貴也地元人元有治病接命之術天元無之

明惠安伯張慶臻患癱瘓伏床七年涿州馮相國請道師梁西臺治之吸真氣二三口再閱日慶臻設宴請道師能自行賓主之禮京師人所共知者

勞山青城太白武當諸深山人迹不至之地有宋元以來不死之人皮着於骨見者追走皆草仙也既入此途則與三元永絕故平叔云未煉還丹莫入山山中內外盡非鉛也然唯絕於人元而地元天元則可作

楞嚴所謂堅固動止而不休息即華陀之五禽戲法莊子所謂熊經鳥伸也以之治病亦有效成仙則未聞也

什師維摩經注有云天人以山中靈藥置大海中波濤日夜衝激遂成仙藥又在楞嚴十種之外以非人所能為故也

獸中唯狐最靈猿次之狐多成仙服役于上帝如宮奴閹者然猿地仙耳

金華人家忌畜純白貓能夜蹲瓦頂盜取月光則成精為患也獸亦知天元哉

鹿仙非鹿成仙也山中道士知人元之法者以鹿代人取藥物以有成者之名也人之得藥者有洗心之工丹房器皿棄之而去故得成仙不棄去祇成接命者異類類為孳無不擊於雷神娃致禍也乍能變為人形以為稀事可味耽溺不舍以致喪名非藥之咎也楞嚴又有云日月薄蝕精氣流注著物成妖亦天元之意也古人不脩而得仙者其偶遇此精氣乎

魏伯陽以六十四卦譬喻丹道之藥物火候後人遂引易成仙家之書

仙書唯參同契入藥鏡悟真篇是真書其外鍾呂問答仙佛同源等皆偽

諺語云劍法不傳有王老人云非不傳也劍以犁比之鋒鍔如犁刃而以身為之柄

徽州目連獿人之身法輕如猿鳥即劍法也

唐人小說所言劍仙似乎寓言而錢牧齋於明末有客謁之方巾青布袍錢以下客畜之數日後造錢之友馮班謂曰古有劍術子即其人也聞牧齋名故來見之乃俗流不我識也班問其術答曰亦服藥亦參煉術成遇大風即翛然起行不覺已乘空矣後則微風初起而為之又後則見旭日之光即為之久久無不如意矣言別遂至門外相揖班揖起已失其人

由吾道榮善洞視蕭軌之敗言之如目見蓋即道家之所謂出神也

中行說難漢使曰且禮義之敝上下交怨而室屋之極生力屈焉此老氏之旨當時文帝尚黃老故其一時相習成風如此

張紫陽之丹法陰陽清淨兼用之不得其全者互相攻詆終無效也唯治病則偏者亦有效接命則偏者不可矣

人唯種禾以取米則稼自得本無種稼之法地元之用金石亦然而世之種稼者甚多

涿州馮相國之長子名源淮作元戎於楚時追取銀魂每兩一分存者散碎為銅鐵天主教之法也其人來中國攜銀甚多以追取其魂故行囊不重滌名老子藏金法以藥汁蒸取黃金之汗以治大病其效如神明末宿將嘗有之嘗以示客狀如麻油自云攻南方時有大將被銃傷垂死者與二匙即愈鉛汗亦可用噎膈者進之直下無阻嘔吐之甚者大腸中糞穢從而出立刻命盡非得金石重藥無以治之草木藥輕浮隨嘔而出也故地元家謂草木經火則灰經水則爛不可為丹藥金則水火不能傷故能養命抱朴子中有服金銀法王涯置金沙於井而飲其水甘露之變受刑肉色如金

以藥汁浸珠自成粉能治危病又能救記性不健忘

相如傳言在梁著子虛賦天子讀而善之相如曰此諸侯之事未足觀請為天子遊獵之賦上令尚書給筆札相如以子虛虛言也為楚稱烏有先生者烏有此事也為齊難亡是公者亡是人也欲明天子之義故虛藉此三人為辭其為子虛也既立此三人名以為上林之地矣後上林賦亡是公語與烏有先生齊難緊接無從分段不知緣何有先後篇之别豈著上林時始改剟前賦而為之耶不然則前賦為不了語矣

渌水亭雜識卷四終

池北偶談

王士禛 著

上海文明書局印行

池北偶談序

予所居先人之敝廬西為小圃有池焉老屋數椽在其北余宦遊三十餘年無長物唯書數千卷度置其中輒取樂天池北書庫之名名之池上有亭形類畫舫曰石帆者予暇日與客坐其中竹樹颯然池水清澈可見毛髮游魚浮沉往來於寒鑑之中顧而樂之則相與論文章流別晰經史疑義至於國家之典故歷代之沿革名臣大儒之嘉言懿行時亦及焉或酒闌月墮閒舉神仙鬼怪之事以資嗢噱旁及游藝之末亦所不遺兒輩從傍記錄日月既多遂成卷軸因憶二十年來官京師所聞見於公卿大夫之間者非甚不暇未嘗不筆之簡冊散在篋中未遑編劃一日乃出鼠齧之餘盡付兒輩總次第為一書區其條目曰談故曰談獻曰談藝曰談異其無所附麗者稍稍以類相從凡廿六卷藏之家塾示吾子孫大之可以畜德小亦可以多識賢乎博奕嘗聞諸聖人之言矣康熙辛未秋漁洋山人王士禛序

辛巳長至海寧門人陳　禧書

池北偶談目錄
卷一 談故四之一
鑾儀衛 特賜進士及第
部曹入詞林 二程後
上考 配享
經筵日講 復內閣
傅爾都嘉利亞國 起居注
藥樹監搜 俄羅斯
兄弟九列 父子尚書
父子同時顯貴 父子宰相
父子尚書 戊子北榜三及第
甲午浙榜三狀元 德清蔡氏二狀元
戊戌三及第 蘇州會元狀元
崑山徐氏三及第 同邑一榜及第

僚婿狀元 一邑甲科之盛
全椒吳氏兄弟 父子學士
兄弟學士 特恩賜會試
長洲彭氏二及第 難蔭異典
丙五經入翰林 土魯番表文
北岳祀典 卻鵓鴿
祭酒題名 司業題名
補鄉試 坐次
翰林結銜 中堂
起居注 郊勞
禁師生 初選方面
賜生員金 賜御筆講義
巡方 土黑勒威勒
翰林卿寺屬 大中

閱江樓 發陵
督撫內陞 會元解元入翰林
京堂 伯高
外國封使 殉葬
試錄盡錄 布政陞尚書
賜謚 歐陽從祀
文武互用 學士贈尚書
卷二 談故四之二
鍾恭愍恩卹 五學士
李選侍 明熹宗
會議 不避廟諱
大名居士 讀講諭洗
張真人 有子
寧陵城 明太宗稱祖

翰詹官朝班 起居注
序秩 批旨
國初明史總裁 薦舉優異
四布衣 上賜
考察 賜衣
賜居第 明史開局
五十相 加侍郎銜
陳澔從祀 西園雜記之誣
內大臣 奪情
從祀疏 常參
琉球入學 四相
大臣宮銜 建祠
土魯番表 蒙古表
御書 增起居注官

勝笞　綠頭牌
官年　柳條邊
朝鮮疏　特賜謚
謚典　琉球世纘圖
題名碑　土地
卷三　談故四之三
太學題名碑　祭禹陵
翰詹之長　正副考試官
七品銜　狀元出典鄉試
闈學　廣文
印文　癸未
八股　督捕
特旨內陞　考選
結銜　漢軍漢人

義王　義字謚
閣謚　詹事府
臣下私諱　宰輔編年錄
賜御筆　講筵問答
于成龍陸隴其　宋官制
國朝官制　宋四聖御押
宋祠祿　大學士兼尚書
學士大拜　學士兼侍郎
讀卷　先校編檢科道
國朝狀元　三國貢物
國書之制　試卷稱名
伐木　優老
賜宴從忠　御製詩
善果寺御書　乘肩輿

兼銜　宮銜
謁陵詩　安南始末
周禮部使交趾詩　林舍人使琉球詩
卷四　談故四之四
親謁孝陵　殿試改期
會試二亥　日講
朝報　臺灣府縣
東野氏世襲　階官避家諱
武職丁憂　訪遺書
御書　毀淫祠
戊巳二官名　荷蘭貢物
四詹事　起復
試官　八旗開科

徵聘不至　祭北海
周張後裔　臺灣開科
滿洲鄉試　漢尚書
閣臣　千秋康氏
暹羅表　太皇太后朝儀
裙帶官　彤
停止閏月　長白山
山東解元　崇禎紀事
縣名避年號　玄狐
遵化改州　鄉飲酒禮
卷五　談獻六之一
朱公遺婢帖　畸士
申殷張　韓計
張學士　駱金吾

左良玉　張楸
王烈女　萬端蕭公家訓
薦隱逸　蔡卞白敏中
聯語　先忠勤公家訓
忠勤公諸孫　司徒公歷仕錄
方伯公遺事　方伯公同學
方伯公答人詩　方伯公知人
侍御公殉節　王劉二奇士
節義　封丘古蹟
卷六　談獻六之二
李太守　重慶三忠
楊太常　二烈女
文烈　二文正墓
張綵　蔡道憲

事叔至孝　張侍問
孔公父子　龐嚴
劉富川　張爾英
致身錄　劉元子
徐東癡　朱滎
王李　黃熙績
米元章二壻　篤師誼
兩郝天挺本末　孫蜜暉
忠勤公黔志列傳　死節
段復興　蔣氏王氏
王應熊　魏尚書格言
家門諭　聖門戒律
圖讖　朱彤
馮可宗　劉吏部

王公家書　陳忠愍
曹植司馬順　門戶
元韓　高忠憲
崇禎三相　酈道元
二王好佛　薛佩玉
卷七　談獻六之三
陳氏　畢孺人
馬文肅家書　蘇門孫先生言行
蘇門三賢　王董兩烈婦
刁蒙吉　左翼宸
范呂二公　長白先生
丘方山　沈文端公家書
施允升　王端毅公遺事
楊斛山先生　楊以齋

王東皋　丘文莊
耿公祖孫　周將軍
三公薦人　自此古人
史閣部　乙將軍
任太守　南尚書
李忠定公從祀　趙忠毅公擇言
王雅王縉同名　邢太僕
左公遺事　左公姑
朱子論蘇王　李忠定公
二蔡後　牧齋詩傳
元人　康馬
孫太僕　戴京兆
重卯　把松女
蘇少公葬地　白氏

卷八　談獻六之四

介推　壯節王公傳
傅山父子　葉文莊論陶南村
蔡趙二相子　孫燧
歐劉　梅宛陵取士
謚文公　烏程
秦襄毅公年譜　二王公薦士
詩虎臣　隱逸傳
孔明之學　王恭靖公逸事
穆文簡論王安石　穆文簡論格物
三進士出處　楊文公
王東皐　宋開之
薛忠武　蘇章事
徐公長者　王倫
張尚書　盛王贊
高文襄　石琚
元法　張璁
陸完　史兵部
刻言行錄　伍寧方著書
金忠節　姚端恪
遵典集　張氏
雙烈

卷九　談獻六之五

魯仲連　韓固
李顒　劉念臺先生
沈文端公　商丘三張
常給事　李忠定公
秦檜復謚　王東皐逸事

癖　孫文定戒子
楊國忠　成相國二世厚德
翰林建言　韋蘇州
葉忠節　姚平仲
郭布顏邪說　邊尚書
王文成　仁宗徽宗
蘇叔黨大節　武陵起復
真誥　浙江人物
兩薛居正　神魚井
野紀矇搜　吳康齋李文達
司空表聖　峴山幢宋人題名
蘇汝霖陳光龍　王秋澄
王邦直　楊襄毅
大椿堂　黃詩
兩龔后　王若之
徐鉉　李師中
馬驌　蕪湖烈婦
二尹　張昭
圖文襄厚德　鈞陽二老
光孝寺鐵塔文　三帝陵詩
至誠　朱忠莊公遺疏
在疚記

卷十　談獻六之六

崇禎五十相　初夫人劉太夫人
漢州銅柱記　杜公厚德
成給事　瑣綴錄
邊大綬　歙向
周珍　二八俊八顧八及

兩黃祖　樓護養呂公
韓定辭　烈婦
應徐二高士　秦李宗異
司馬公和安石詩　張獻宗黃巢
羅文毅　叢氏
耿逸菴張仲誠　烈女
林氏　名平
楊尚書古道　王方伯
何顏僞道學　宋兩唐伯虎
紀載失實　翟黃
趙孝廉　黃館
烈女　賀醫閣
王山隨劄　冷孝子
范文肅家法　六女

陳太守　足下黑子
秦雁子孫　宋公子鮑

卷十一　談藝九之一

公文介公詩　安磐詩
彭函園　黃徐詩
倪仁吉　尹子求
岐梁倡和集　紀映淮
錦秋亭辨　雷雨津
張鯤詩　張閎
粵詩　李因篤
陳伯璣　滕王閣詩
詩帳　飛廉館瓦
趙州黃水　施宋
二戴　鄘露

徐渡　下僚能文
詩兆　對句
史晨伯　秦中諸誌
韓昌　程明府
右車　嚴熊遇
高鏞　張文峙
費密　馬黃
伏生光武二圖　和韻詞
高司寇詩　白墮琴高
文太青　中州集
龔陳詩　一絢絲
阿字音　韓翃詩句
裹鮓帖　鬼豹
三六　僧詩

梅村病中詩　公文介論樂府

卷十二　談藝九之二

浙川二詩　彭侍郎詩
三家店詞　霍亮雅
丁野鶴詩　新淦筆工
滄溟蔡姬　二中字音
論五言詩　王季常論詩語
用事　憶秦娥詞
記觀宋子昭畫　范氏詩畫
反錦　古剌水詩
記觀宋牧仲書畫　唐詩本六朝
杜詩本古記　能字
累恩　阿房宮賦

皎然賈島詩　爾雅翼序體
李王二公書畫　龜毛兔角
杜秋詩解　又中字音
閨秀畫　女子善書
陳洪綬詩　陽關曲注
杜律細　崔孝廉
宋林唐兩義士　吳畫佘績
世祖御筆　汪靜宜
脱十娘鄭妥娘　安閒狐狸
唐才子傳　黃媛介詩
豁堂詩　記觀杜氏書畫
蘇黃詩品　同父論曹瞞之非
陶詩甲子辨　羽陽宮瓦
林裡詩句　五代史草

池北偶談　目錄　十一

朱壁揭鉢圖　阮懷寧
卷十三　談藝九之三
林茂之　張浚書
御畫牛　放翁詩
記觀王氏書畫　郭眉伯
柏梁詩句法　石經孟子
嘯　劉公㦷詩
漢印　江陵宅詩
續後漢書　雙行
時文詩古文　唐書
授正字詩　王秋澗論文
特進　三復姓表
遼史　王振鵬
摘句圖　燭離

林初文詩　前輩墨蹟
南宋詩　黑猿圖
瘞鶴銘　葉文莊集
補漢綱目　元詩
黃幡綽書　雩
績　干人
評泊　唐詩字音
三原公詩　杜茶村詩
魏文靖公　板橋詩
趙松雪書杜集　冶源
李侍郎　四句詩
僧鄞子　歸熙甫帖
石鼓詩　坡詩
三尺　出帝論

池北偶談　目錄　十二

意盃　魏晉宋詩
文海
卷十四　談藝九之四
孫氏　蘇子美雪詩
歐陽詞　桃源詩
發字音　王損仲
空同詩　二金石錄
曾子固詩　潞公詩
地名　王介甫詩
張伯誠注杜　閻立本畫孝經
杜子皇語　吳皇后臨蘭亭
應璩書語　舞馬
漫興　多父敦天馬鼎
祁工部詩　二宋二程

寇主簿　謔對
后山詩　賀若
魚上木　秦鏡詩
唐年世總釋　左傳奇文
牛耳　春秋讖
左傳引尚書　旂首
白蓮詩　襲錫華蓋
袁崇煥　王會翁家
朱文公書　三傳
辛高陸　陳宣慰詩
聯句　人復詩
湖湘詩　劉綺莊著書
詩使本朝事　樂天倫詩
樊川集　朱新仲詩

池北偶談　目錄　十三

人名字音　心太平庵硯
唐舍人詩　未央宮銅盆
聞古古詩　唐人工書
徐豐崖論詩　商喜畫
毛傳如紀事　讀書臺
漢鹿銀槎　灌嬰廟瓦
外國墨　中山狼傳
三劍　司馬相如玉印
卷十五　談藝九之五
文徵本草　寒碧琴記
國風圖　耿夫人詩
朱文公書　竹枝
徐氏　婦人經濟
打毬詩　黜朱梁紀年圖

尤悔庵樂府　孫樵論史
小樂府　史筆
詩地相肖　記觀宋葝叢畫
皇甫湜評韓文　朝鮮詩
勞山說　敬一主人詩
岣嶁音　集句
退谷論經學　孝經庶人章
朱淑貞璿璣圖說　鑑銘
蜀產　裴碑
千字頌　方爾止
宣爐注　石溪亭
光考功詩　惠詮順怡詩
弓縛　劉翼明
謝道韞硯　戲對

池北偶談　目錄　十四

鳳州古鏡
卷十六　談藝九之六
景乾碑　山泉翁詩
集詞　耕者王清臣
草賢　考功詩
三禮　唐宋詩句
蟹字韻詩　梵雅
安邦試錄　粵風續九
彭氏詩　趙一子
四六話　宋元人集目
杼山集牒　王威寧詩
武侯集　葉水心論三國志
管夫人畫　毘陵集
林艾軒駁詩本義　誦詩

學杜　沈下賢集
鵝上木　佛手柑詩
木瓜詩解　廟堂碑
表語木樂天詩　后山師曾黄
歲謁　艾軒用法語
蜀鑑　李元賓集
唐人不明理　熊館
唐人歌樂府　潘高
武風子　銅雀硯辨
扈從清涼詩
卷十七　談藝九之七
記觀施愚山書畫　二曹詩
明懷宗御書　林茂之
松筠菴詩　墓誌

曹能始　頻濱詩刻
汗青　紫泥
宋諸帝書　一技
鄧燿　康海學柳
屏山詩禪　李鎮東書
姑溪集　楊鐵厓二賦
滄浪集　但徠集
蘇子美詩　皮陸
劉仲塗集　龍標宮詞
徐介詩　柳開論文
刋書　吳曾
文表　按經圖
呂衡州集　左傳檀弓敘事
馮班　擬古

王慧詩　借禪喻詩
曾昌一品集　伊川道詩小序
題畫詩三則　朱佐日
鮑詩　耶律文正詩
儒將詩　香奩詩
仲殊詩　歌行引
茅山　胡釘鉸詩派
排律　吳惟信
劉令嫺詩　安補古碑
卷十八　談藝九之八
明宣宗畫　婦人畫
張益集　朝鮮採風錄
神韻　梅詩
周嬰巵言　常棣叶韻

中晚詩句　一鳴集
官銜　邰濳
沈嘉客　名媛詩
七子三獨夫　二王詩畫
王右丞詩　契丹大金二國志
王義山詩　杜注
王承旨詩　盧延讓
慈恩塔詩　陶李
琉球二僧詩　詩三百非孔子所刪
敏速　石敬塘家廟碑
東絹　魏野詩
鐵帆　徐曹詩
題壁逸書　白洪厓
論坡谷　明文樂府

閩中詩　無羊之什
卷十九　談藝九之九
宋人絕句　蘇詞注
胡恢書　僧作制義
孟子逸語　法言語
瓏璁　荀子語
舩　劉李
詩僧　詺語似詩
蟛蜞集　肅府淳化帖
進西岳賦表　蔡狀元詩
指掌圖　羅鄂州
二內禪頌　避諱當改正
西施　相鼠鮖鼠
蜀蒞泥妍媸　魏南陽

鄜鬱　呂太一
王苹　月泉吟社
谷音　韋蘇州
夢山詩　黃夫人詩
隃麋　孫豹人詩
遼宮詞　平陵城
中南草堂圖　潞王琴
焦山鼎詩　誌公碑
米太僕研山
卷二十　談異七之一
博羅韓氏女　章格菴
道君畫鷹　道州祠堂
劉雲山　趵突泉異
陳玉笥　錦裙宋繡

六足龜　羅漢
丙丁龜鑑　白烏
奇姓　古銅器
地震定數　棃花漁人
麟　慶忌
楊李　記前生
萬維獄　丁貞女
魏舍人妾　莫如
義鼠　龍睛
追寫真　善謔
前定　工人善琴
盧昭容　義虎
客氏刺　驢
來陽伯　咬石

周府馴虎　楊世榮
金蠶　劉張二仙
鳩食麥　蠟螺硯
荊州鏡寃　吳道子水陸畫
雨中式　魚男魚爺
卷二十一　談異七之二
毎牛雖馬藺人猙人　銀杏樹觀音像
唐童子　體香
黃顙　柳耆卿墓
普救寺　神女廟神鴉
三僧　一字字
趙廣戴祿　古石刻
墨魚　鐵漢和尚
鮒馬　厚葬薄葬

鳥異　二五寶
青原道場　冰山
異鴉　昭烈券
蜀府鬼　馬岱後
張饝　孝芝
十具牛　壽冢
千里人　畢尚書
謠語　排調
引經　士大夫
兩周盤龍劉桃枝　程蘇謔語
孫忌語　雙塔
何老菴　虹橋板
漢人唐人秦人　真龍石龍
淨池魚　五行

常熟三鼎甲　杜氏
春宣太后晏子語　姚康伯
李頻　寶藥
追尊始祖　沈石兄
棗栗　一生七子
郝推官　林四娘
泰時人　雖非女子
謝在杭　南江野人
尼涵光　陳伯史
宋齊丘語　漢碑異姓
香山墓

卷二十二　談異七之三

銀瓦寺古鏡　短人
嶗山道士　宋孝廉數學
張谷山　陶松雲
李神仙　洞庭神
雷侍御子　前知
地震　梁尚書
劉尚書琴　王祭酒
民毋鼻子　倉頡
靖州雞鵝　趙解元
異馬異牛　波斯犬
梅異　靈驗
名龜　蜘蛛塔
義蜂冢　萬孔
謝鳳　懿徽二宗事相類
木晶　宋諸相八字
何中官　相國孫

宋三賢八字　左手把筆
故藩址　山無僧寺
米太僕研　煞風景
白帽子　宫侍御
名字　老子
論語讖　王廷喆
聖泉　蘇文
廣門碑刻　風聞
少正　郝氏遇仙
神黃豆　癸亥地震
族望　魚石
吽蛇　泰山孝子
蘇公墓　洞溪物產
戍御史遇仙　饗豆

卷二十三　談異七之四
善慶菴老僧　萬歲
命名　東野氏
獨角青牛　前定
南宋國學　秦雛子孫
祀王右軍　蜂分日
鬬駝鬬象　董宗伯
鄭刺史祠　造書
隆石　濮陽蘇氏
黃衣人　湯學士夢
蔡氏狀元　瓷易經
吳漢槎　羊馬
赤蝦子三都　準字諱兩見
師生同姓名　吹笛

青鸞　念佛鳥
鏊字拚字　帨
刀圭　風磨風扇
筆盧　捉卧貴人
正德錢　閻羅
虛實　犀角刀子
關壯繆現身　陸舟
獸種　官銜
博野婦人　不敢欺
三西湖　天醫
火神　鴛鴦鏡
鹿盡心　內江石壁魚
松頂生蘭　驢駒媚
姓異　紉俠

八才子圖　濮州女子
浦回子　靜寧州道士
王九皋
卷二十四　談異七之五
一家完聚　關索
洗眼方　治馬傷
孫文定　男子生子
采人參　白海棠
端肅拜　三相女
白蝶異　異姓
兩裴迪　黃巢
餘閒錄之訛　禾山寺顏書
郭文毅　女化男
范忠貞　挑戰

醬鷄　樂毅棗
井溢　短人
黑牡丹　范祠烏
文昌閣鵲　萬歲
無上將軍　師貧
庫庫　六丁
偏諸　銀杏
趙康敏　墨芍藥
郃進士三世姻　賽從儉
劉大成　二狼石
舞蠅虎　水鱉
熱洛河　老神仙
蹇少保　賀相國
張道人　日者

龍異　荷蘭刀劍
銅人　山溪烈婦
張巡妾　童謠
趙廷鐵　御馬
顧東橋　斷腸草
恪妃　河豢喇嘛

卷二十五　談異七之六

劉吏部詩　放生池
釣臺　熊仙人
蕭氏　杞縣狀元
蔡侍郎　趙然琅邪二臺
荻港神　女化男
萬眉山　劍術
岳陽改名　洞庭神

韓湘像　夢解元
尤生　李希政僕
泣萄　洞庭丐者
宣城烈婦　錢孫翁
定數　羅漢
徐容　化鶴
湯氏傭　裴還鄉
黃大王　鄭瑞清世子
平陽僧　江河之異
鄱陽湖異　夢道士
帛白　石鏡
老僧　玉磬
墓樹　張公洞樹
血影石　景公
李道甫妾　雒公山神
焦桂花　擊硯圖
高陽民　潁州道士
牡丹　客星
老姜　二相
謹空　風異
汾州二生　魚腹書
名字之異　支機石

卷二十六　談異七之七

三僧　大將軍小將軍
琅邪秦碑　孫真人
盟山糖樹　李子金
石砮　黃蓮
詩竹　花仙

行雹　雨五鬼
李學顏　空中婦人
濟寧婦人　山市
黃連花　化虎
一家上壽　普陀石
鬼粥硯　姓氏志
物異　忠勤祠神現
白雲湖　五羖大夫
賢妾　心頭小人
天上赤字　小獵犬
白毫　錢能
曾祖父母　女俠
僧三世報　兩戴逵
紿參　甯尚賓

滄溟見夢　呂鴻臚
羅池碑　祁侍郎
西洋畫　陳丈人
起汕又繫　白牡丹
九尾龜　月中女子
黃天態　李坤
騾生子

池北偶談卷一

清　濟南王士禛阮亭著

談故

鑾儀衛

本朝鑾儀衛。鑾儀使。秩二品。舊制。武臣不乘肩輿。康熙六年。鑾儀使王鵬冲上疏陳請。奉旨。王鵬冲著與尚書等。遂張蓋肩輿。視六卿矣。鵬冲精鑒別書畫古器。直隸長垣人。前冢宰永光子也。

特賜進士及第

戊戌春。世祖親覆試江南丁酉貢士。以古文詩賦。拔武進吳珂鳴第一。是年禮闈榜後。上諭特賜珂鳴進士。與中式舉人張貞生等。一體殿試。尋改庶吉士。同時崑山葉方藹試瀛臺賦甚工。上深喜之。踰年己亥秋。復行會試。葉中式。賜一甲第三人及第。

部曹入詞林

郎中與司業較俸。陞內院侍讀。自張允欽始。內院詞臣與臺省一體。年例外轉監司。自宋之繩始。尋皆罷不行。吏部自十八年停內陞與五部一例。選郎金拱敬以加銜

僅得太僕寺丞。康熙九年始復故云。

二程後

康熙八年。車駕幸太學。後允御史傅世舟請。求二程子後於河南。撫臣以明道二十一代孫宗昌。伊川□□□代孫延祀名上。俱為五經博士。如朱坤例。坤。欽文公裔也。十二年。衍聖公孔毓圻疏請以子張子裔孫。顓孫好賢為博士。某年湖南巡撫請以濂溪裔孫周冕為博士。部議皆格不行。

上考

癸卯甲辰之間。更定內外官考滿之例。營競紛然。未數年輙罷。因話錄載裴充為太常寺。太祝語卿長曰。本設考課。為獎勤勞。若一以官高下為優劣。則卿合上上考。少卿合上中考。丞合上下考。主簿合中考。協律合下考。某等合喫杖。語雖諧謔。實切情事。古今一概可歎也。

配享

宋初定帝王廟。配享功臣。多不愜人意者。如魏武以荀攸程昱配。文帝以賈詡王朗配。唐玄宗配享不及曲江。廣平。肅宗配享不及汾陽。鄴侯。皆不可解。

經筵日講

康熙庚戌七月上召翰林學士熊賜履至瀛臺進講道千乘之國一章繼講務民之義一章上大喜隨命擧經筵日講儀注以進是歲十月有旨諭禮部帝王圖治必稽古典學以資啟沃之益經筵日講允屬大典宜即擧行爾部詳察典例擇吉具儀來奏

復內閣

康熙九年十月內院復爲內閣復翰林院官屬一遵順治十五年之舊以圖海巴泰爲中和殿大學士兼吏部尚書索額圖李霨爲保和殿大學士兼戶部尚書魏裔介杜立德爲保和殿大學士兼禮部尚書對哈納爲文華殿大學士管刑部尚書事折爾肯哈占爲中和殿學士塞赫達都爲保和殿學士馬朗古張鳳儀爲文華殿學士靳輔爲武英殿學士田種玉爲文淵閣學士陳敳永爲東閣學士折庫納熊賜履爲翰林院掌院學士俱兼禮部侍郎

博爾都嘉利亞國

康熙乙酉大西洋博爾都嘉利亞國貢使瑪納撒爾達蘇入貢有旨該國從來未通

中國凡賜賚皆加一等其人物貢物與荷蘭略同

起居注

康熙十年二月講筵初開工部尚書王熙翰林學士兼禮部侍郎熊賜履進講大學康誥曰克明德章及尚書人心惟危道心惟微二句三月禮科給事中吳國龍疏請復設起居注得旨報可

藥樹監搜

文昌雜錄載元相詩松門待制應全遠藥樹監搜可得知云唐時殿門外有藥樹監察御史監搜之位在焉唐制百官入宮殿門必搜御史掌之太和中乃下詔宰臣奏事俾其監搜云云康熙初御史李秀奏請百官佩刀雖上殿奏事亦爾後李御史宗疏罷之

俄羅斯

俄羅斯國以順治十七年遣使入貢不知正朔自稱一千一百六十三年

讀王弇州所記有明盛事及徐應秋談薈所載因憶本朝盛事數則記錄於左

兄弟九列

眞定梁公清苑清遠清標兄弟相繼爲吏部侍郎清標歷戶禮兵刑四部尚書大拜清寬清標皆給事中維本子清遠山東僉事維樞子皆前吏部尚書夢龍曾孫

父子尚書

宛平王公崇簡以太子太保禮部尚書致仕子熙以禮部侍郎加尚書遷左都御史兵工二部尚書大拜公時六十餘尚無恙

父子同時顯貴

掖縣張尚書忻以大司寇家居子文安公端拜相年三十六滄州戴尚書明說爲戶書子編修王綸以順治乙未及第二人王緒戊戌進士官御史

父子宰相

高陽李公蔚前明文敏公國𣚴子大名成公克鞏前明文穆公基命子皆父子宰相

父子尚書

靈壽傅大司空維鱗前明太宰永淳子父子皆尚書

戊子北榜三及第

順治戊子順天鄉試第四名張永祺壬辰榜眼及第第五名戴王綸乙未榜眼及第

第八名熊伯龍己丑榜眼及第

甲午浙榜三狀元

順治甲午浙江熊鍾陵讀學伯龍主試一榜狀元及第者三人乙未史大成鄞人甲辰嚴我斯歸安人庚戌蔡啟僔德清人

德清蔡氏二狀元

康熙庚戌狀元蔡啟僔壬戌狀元蔡升元俱德清人升元即啟僔從姪

戊戌三及第

順治戊戌鼎甲三人常熟孫承恩崑城孫一致全椒吳國對皆江南人皆中甲午順天榜

蘇州會元狀元

順治以來蘇州會元六人乙未秦鉽長洲人丁未黃礽緒崇明人癸丑韓菼丙辰彭定求乙丑陸肯堂丁丑汪士鋐俱長洲人狀元七人戊戌孫承恩常熟人己亥徐元文崑山人丁未繆彤吳縣人癸丑即菼丙辰即定求己未歸允肅常熟人乙丑即肯堂兼會狀者三人

崑山徐氏三及第

崑山徐氏兄弟三人長乾學康熙庚戌探花及第刑部尚書次秉義癸丑探花及第右庶子次元文順治己亥狀元及第以户部尚書大拜同胞三及第前明三百年所未有也惟宋李宗諤（昉子）子昭遘昭遘子果卿果卿子士廉三世探花及第

同邑一榜及第

順治己亥狀元徐元文（榜姓陸）探花葉方藹皆崑山人丁未狀元蔡啓僔榜眼孫在豐皆德清人明崇禎癸未榜眼宋之繩探花陳名夏皆溧陽人

僚壻狀元

武進楊修撰廷鑑呂閣學宮僚壻也一明崇禎癸未狀元及第一順治丁亥狀元及第（廷鑑二子大鶴乙亥庶吉士按察使大鵬己未翰林侍）

一邑甲科之盛

本朝一邑科第之盛者無錫壬辰狀元鄒忠倚乙未探花秦鉽（長洲籍）秦又會元也己亥榜眼華亦祥（榜姓祀）甲辰探花周弘（榜姓秦）崑山三徐兄弟及第外又有己亥探花葉方藹德清庚戌二及第外又有丙辰榜眼胡會恩壬戌狀元蔡升元常熟戊戌狀元孫承恩丙辰探花翁叔元己未狀元歸允肅

全椒吳氏兄弟

全椒吳氏兄弟同胞五人其四皆進士長國鼎前癸未進士官中書舍人三國縉順治己丑進士四國對順治戊戌進士榜眼及第官翰林侍讀五國龍亦前癸未進士官禮科都給事中國對國龍孿生也國龍子晟康熙丙辰進士昺辛未進士榜眼及第

父子學士

桐城張禮書英秉翰林院學士掌院事子廷瓚同時官翰林侍讀學士又同爲日講官

兄弟學士

華亭王左都鴻緒先爲内閣學士二兄頊齡九齡皆翰林侍講學士

特恩賜會試

順治乙酉鄉試山東法若真以五經疏聞於朝特旨授中書舍人仍與會試丙戌遂入翰林其弟若貞同科進士給事中

長洲彭氏二及第

長洲彭氏定求丙辰狀元寧求壬戌探花同曾祖兄弟

難蔭異典

順治中御史張煊以忤溧陽相死世祖皇帝親政後特以其子諸生基遠爲太常少卿累陞兵部侍郎外遷蘇松兵備副使康熙中直督尚書朱昌祚直撫尚書王登聯中法死上親政後其子須寬以朱之子緌爲兵部督捕理事官王之子盛唐爲大理寺少卿

五經入翰林

康熙丁卯順天鄉試海寧查嗣韓侯官林文英皆以五經疏聞特賜舉人明年戊辰俱中式嗣韓榜眼及第文英庶吉士

土魯番表文

土魯番自順治十三年入貢至康熙十二年國王瑪墨忒塞伊忒韓復遣其臣兀魯和隆等獻馬其表略云土魯番國王某上言於乃聖乃仁天下治平皇帝陛下恭惟皇上一統攸同何異於古之占什特忠深套生相同乎昔之達剌汗法紀軍威比隆於楷黑塞勞聰明格物媲美乎伊思謙達爾皇上睿知天錫如日升之無不照皇上撥亂爲治如月恒之無不臨雄桁閃爍超越乎墨烏威爾皇恩浩蕩實出於度量寬仁國祚無疆而萬國咸寧洪福靡際而皇圖應運後稱一千八十三年二月二十八日予昔在禮部見荷蘭暹羅琉球諸國表文用金花箋文義皆如中國或謂是閩粵人代作也

北岳祀典

五岳皆祭於山獨恒岳祭上曲陽自漢宣帝神爵元年始而恒山實在渾源州相傳舜望於山川北至大茂山大雪不能前有石飛墮遂祀焉即今曲陽廟廟石長不滿丈濶僅四尺餘濮陽蘇穀原（祐）侍郎疑石晉後燕雲陷遼宋遂遥祀於此然史漢唐書之文明甚不始宋也沈存中筆談云北岳謂之大茂山半屬契丹以大茂脊爲界岳祠舊在山下石晉之後稍遷近内今祠乃在曲陽云云蘇説本此也明弘治中馬端肅公曾請改祠於山事下禮部竟格於倪文毅公按南園漫錄云倪公父謙常奉命祀曲陽禱於神神指旁侍一人與之遂生公因名岳以是固執不肯改祀云順治十七年上允刑科給事中粘本盛之請罷曲陽廟祀祀渾源千年固陋之訛至是始釐正焉

卻鸚鵡

康熙二年。西邊大帥某得黃鸚鵡。以黃金作籠表上。上卻其獻。嚴飭之。

祭酒題名

國初設祭酒。滿洲一員。蒙古一員。漢人一員。順治十七年。裁去蒙古祭酒。其滿洲祭酒題名。姑兒馬咔起順治元年迄康熙四年七月凡二十二年。阿都里起四年迄七年六月卒於位。貫祿起七年迄十二年四月在遷吏部員外郎。宜昌阿起十二年迄十七年二月陞詹事府詹事。阿禮瑚起十七年迄二十二年陞盛京刑部侍郎。漢祭酒題名。李若琳天啟壬戌進士順天大興人。薛所蘊崇禎戊辰進士河南孟縣人。胡統虞崇禎癸未進士湖廣武陵人。高珩癸未進士山東淄川人。李呈祥癸未進士山東霑化人。王崇簡癸未進士順天宛平人謚文貞。李爽棠順治丙戌會元及第順天大興人。單若魯丙戌進士山東高密人。沙澄丙戌進士山東蓬萊人。馮溥丁亥進士山東臨朐人拜相謚文毅。吳偉業崇禎辛未進士及第江南太倉人會元。張士甄己丑進士順天通州人。金鋐壬辰進士順天大興人。章雲鷺丁亥進士順天宛平人。熊伯龍己丑進士及第湖廣漢陽人。李中白丁亥進士山東長子人。李儀古己丑進士直隸任丘人。蔡汝楫乙未進士山東高密人。陳敱永乙未進士浙江海寧人謚文安。單若魯補任。熊伯龍補任。王守才旗人時更易官制軍漢人通用後停。宋德宜乙未進士江南長洲人拜相謚文恪。李仙根辛丑進士及第四川遂寧人。楊正中戊戌進士順天通州人。徐元文己亥狀元及第江南崑山人拜相。沈荃壬辰進士及第江南華亭人。馮源濟乙未進士順天涿州人。王士禛乙未戊戌進士山東新城人。李元振辛丑甲辰進士及第河南柘城人。翁叔元丙辰進士及第江南常熟人。曹禾甲辰進士江南江陰人。汪霦丙辰進士浙江錢塘人。吳苑壬戌進士江南歙縣人。張榕端丙辰進士河南磁州人。孫岳頒壬戌進士江南吳縣人。

司業題名

國初設司業。滿洲二員。蒙古一員。漢人一員。順治十七年。裁去蒙古司業。其滿洲司業題名。東四旗司業。李虎沙。傅達禮。白清額後任陝西巡撫副都御史。尹布。葛思泰後累陞總督川陝兵部侍郎。拜山。西四旗司業。蟒吉兔。鄂代。曾爾和。花善。滿都。虎達鼎。漢人司業題名。薛所蘊。羅憲汶崇禎癸未進士江西南昌人。劉肇國癸未進士湖廣潛江人。呂纘祖順治丙戌進士及第直隸滄洲人。李爽棠。單若魯。王熙順治丁亥進士順天宛平人文貞公子拜相。曹本榮己丑進士湖廣黃岡人。姜元衡己丑進士山東即墨人。張永祺壬辰進士及第順天大興人。楊永寧壬辰進士山西聞喜人。陳敱永。田種玉乙未進士順天宛平人。馬晉允戊戌進士浙江餘姚人。張貞生戊戌會元江西廬陵人。熊賜履戊戌進士湖廣孝感人拜相。熊賜璵戊戌進士湖廣孝感人。宋德宜。李仙根。胡簡敬乙未進士江南沭陽人。田麟壬辰戊戌進士遼東自在人。楊正中。吳國對戊戌進士及第江南全椒人。杜臻戊戌進士浙江秀水人。吳本植戊戌進士直隸安平人。陳廷敬戊戌進士山西澤州人。王飈昌戊戌進士山東高密人。譚篆戊戌進士湖廣景陵人。李天馥戊戌進士江南合肥人拜相。吳本植補任。王封溁戊戌進士湖廣黃岡人。蘇宣化己亥進士順天大興人。周之麟己亥進士浙江蕭山人。葉方藹己亥進士及第江南崑山人謚文敏。蔣弘道己亥進士順天大興人。朱之佐己亥進士順天大興人。

張玉書辛丑進士江南丹徒人拜相。王維珍庚戌進士旗人。田喜篝辛丑進士山西馬邑人。劉芳喆辛丑進士順天宛平人。彭孫遹己亥進士浙江海鹽人。徐倬癸丑進士浙江德清人。彭定求丙辰狀元及第江南長洲人。董誾癸丑進士江南吳江人。徐倬補任。秦宗游己未進士浙江山陰人。吳涵壬戌進士浙江石門人。彭會淇丙辰進士江南溧陽人。張豫章戊辰進士及第江南華亭人。

按國初官制。祭酒陞內院學士。後品級考既定。遂陞讀講學士。多或一年。少或數月。即遷去。至康熙十二年。重定品級考。改讀講學士為五品。祭酒仍舊四品。與讀講學士較俸陞遷。故崑山徐公。任祭酒者餘三年。陞內閣學士兼禮部侍郎以去。華亭沈公繼之。時復設詹事府。遂陞少詹事。兼侍講學士。康熙初。詹事府兩坊衙門既裁。史官必歷司業。然後得陞侍讀。時侍講亦裁去。故編修檢討。無不為司業者。率不數月即遷去。康熙十四年。復設坊局。於是修撰編檢。多陞中贊。而司業與之較俸。陞讀講諭洗。亦非三年餘不得遷矣。祭酒司業。自國初未有題名。予任祭酒。與宛平劉公議補其闕。因誌梗概云。

補鄉試

自庚申已後。諸僭逆以次削平。各省次第補行鄉試。故福建有庚申科。主考戶部郎中劉元勳。大理寺評事白夢鼐。廣西貴州皆壬戌科。廣西主考翰林院編修喬萊。刑部員外郎楊佐國。貴州主考翰林院編修沈旭初。戶部主事陸鍾呂。雲南四川皆癸亥科。雲南主考翰林院編修米漢雯。戶部主事高琯。四川主考翰林院編修方象瑛。吏部文選員外郎王材任。

坐次

詹事府少詹事。舊與掌詹同三品。在京得乘四人肩輿。後重定品級考。改為四品。在朝班列左右通政大理少卿下。至大朝。則三宮詹與大學士內閣掌院學士都御史列坐殿上。兩坊掌坊庶子侍讀侍講諭德洗馬諸官皆五品。翰林而坐太常太僕少卿順天府丞鴻臚寺卿四品之上。是又不論品級崇卑也。壬戌癸亥間。崔夏聲蔚林蔣裕庵弘道為少詹。皆四人肩輿。則以講官加正詹故耳。祭酒四品。與讀講學士較俸陞遷。朝班則坐諸學士下。兩坊庶子上。康熙二十一年正月。賜宴乾清宮。座次在東面西。與朝班同。二十年七月。賜宴瀛台。在南面北。則序坐於太常卿僉都御史下。太僕卿光祿卿上。

翰林結銜

今翰林官結銜，獨列散官於本官之下。如詹事、祭酒等官，則散官在上，與部院諸司無異。按周宗伯識小編云：唐翰林學士皆以他官兼，故學士結銜在本官下。五代後唐置端明殿學士，以趙鳳、馮道為之，後鳳遷禮部侍郎，因求宰相任圜升學士於本官之上，蓋示貴重耳。宋因之，惟宰相則否。本朝翰林列散官於本官之下，與諸司異，亦祖此意。若宮坊以上兼翰林官者，皆列兼官於本官之下，散官亦列於上，不復與翰林同矣。翰林故事相沿，多不知所出，惟此考據為詳。又按五代會要云：初置端明殿學士，名目如三館之例，職在官下。及趙鳳轉侍郎，令人諷任圜移職在官上，至今為例。

中堂

明洪武十五年，設內閣大學士，上命皆於翰林院上任。十八年，又命殿閣大學士、左右春坊大學士俱為翰林院官，故院中設閣老公座於上，而掌院學士反居其旁，諸學士稱閣老曰中堂，以此。按湘山野錄錢希白見王冀公欽若，戲曰：中堂遂有如此宰相乎。又聞見錄富鄭公與康節食蔔，公曰：未如中堂菁董之美云云。元王惲秋澗有中堂事記，記元初中書省事，皆前此矣。

起居注

明初甲辰年，設起居注，秩正四品，以宋濂、魏觀為之。吳元年，改正五品。後革。十四年復設，改正七品，以單仲正為之。久之復革。萬歷初，張位始請復設，江陵相定議，以修撰、編檢史官充日講者，日輪一員，記注起居，兼錄聖諭、詔冊等。今日之制，即本江陵遺意也。蓋明初起居注別為專官，而萬歷後乃歸之史官爾。然今制自掌院、詹事以下，皆得充起居注官，不專史官，此其異也。按唐六典，起居郎二人，從六品上，掌錄天子之動作法度，以修記事之史，屬門下省；起居舍人二人，亦從六品上，掌錄天子之制誥德音，以修紀言之史，屬中書省。此即古左右史之分職，至明而合為一官，今仍之耳。

郊勞

安親王，平湖南；康親王，平閩粵；章泰貝子，平滇黔；凱歸，上皆郊勞於盧溝橋西二十里。諸王、都統、滿漢大學士、尚書、侍郎、阿思哈尼哈番以上大臣皆從。既至，詣朝皇帝對天行三跪九叩頭禮，諸王、大臣及出征王、將軍等隨行禮。畢，上御黃幄，諸王大臣侍班，鴻臚寺引出征王、將軍等朝見，行三跪九叩頭禮。禮畢，賜茶，回宮。

禁師生

唐人五代最重座主門生之禮，明代尤甚。萬歷中，門戶既成，一為師生，終身以之。惟嘉靖八年，張璁、霍韜為主考，戒諸生不得修弟子禮。本朝沿明之舊。順治十五年戊戌科，給事中胡悉寧建言，鄉會試不分經房，不稱師生。至康熙十八年己未科，始復分房舊例，而師生之禁仍舊。

初選方面

順治己丑會試後，以兩廣初定需人，遂用新進士候銓者，二甲授參議，三甲授知府，進士釋褐即為四品監司郡守，蓋創例也。然止此一科為然。

賜生員金

康熙二十二年春二月，駕幸五臺，駐蹕完縣。召父老慰問，賜金。有蔡丹桂者，自陳縣學生員，家貧無以為養，上命講飛龍在天利見大人，及德輶如毛，毛猶有倫句。稱旨，賜白金五兩，金盤頻婆果六枚，仍諭曰：爾當努力讀書，開卷有益也。事載西巡日錄。

賜御筆講義

初，上以御筆頒賜內閣、翰林、起居注諸臣，即部院大僚皆不得與，惟刑部尚書蔚州魏公象樞一拜賜耳。康熙二十一年，廣西巡撫郝浴疏請頒賜御筆清慎勤三大字，部議俞其請，遂遣官偏賜各直省督撫云。壬戌，翰林檢討汪楫、中書舍人林麟焻冊封琉球，癸亥，翰林編修孫卓、禮部郎中周燦冊立安南，亦以為請，皆獲頒賜。琉球得守禮之邦，安南得忠孝守邦各四大字。其講筵四書、書經講義成，例頒賜在京三品大臣、國子祭酒、四品亦得拜賜；在外則三品督撫及在籍三品大臣亦與焉。二十四年，頒賜易經講義，士禎以少詹亦得拜賜。汪今官福建布政使，林今官貴州提學道僉事，皆予門人。

巡方

世祖皇帝時，用部主事及中書舍人、行人、評事、博士等官，假監察御史銜巡按各直省，差竣，都察院覈最之。最者得內陞京堂五品，餘則仍回居本職，不真授御史也。後仍歸御史，而巡方亦停不遣。康熙六七年間，復用各部郎中以監察御史銜巡視鹽課，未幾復舊。

土黑勒威勒

順治中，百官罰俸者有土黑勒威勒之名，康熙初尚沿舊制，未久停止。

翰林卿寺屬

太僕寺舊有丞，後裁去，增設滿洲員外郎八人，翰林院本無主事，起居注館既設，增記注滿洲主事四人，中書舍人六人。

大中

明太祖初定天下，建國號，意在大中，既而祈天，乃得大明，然當時錢文有大中通寶。

閱江樓

友人紀伯紫（映鍾）金陵人，嘗有詩云：「惆悵天涯頭盡白，楊花空滿閱江樓。」佳句也。按洪武初，欲於獅子山（即盧龍山）頂作閱江樓，先令儒臣作記，故潛溪諸公集皆有此文，樓實不果作。

發陵

康熙二十二年，陝西平涼府盜發韓康王定王二冢，法司按律擬罪，上以發掘前代帝王陵墓，特令加等，因諭歷代帝王陵應加守冢人戶，下九卿雜議，并禁稱故明發陵等語，聖諭云：凡云發者，必如禹興等有罪發為庶人，然後可；彼生為藩王，雖發之耶？上之仁明如此。

督撫內陞

康熙中，總督內陞者，秦督吳洛刑部尚書，漕督帥顏保工部尚書，浙督李之芳兵部尚書，川陝總督哈占兵部尚書，浙閩總督王騭戶部尚書，浙閩總督王國安刑部侍郎，巡撫內陞者，廣東巡撫馮甦，安徽巡撫薛柱斗，山東巡撫張鵬，貴州巡撫田雯，俱刑部侍郎，甘肅巡撫巴錫工部侍郎，伊圖戶部倉場侍郎，江蘇巡撫余國柱左都御史，貴州巡撫楊雍建兵部侍郎，山東巡撫徐旭齡工部侍郎，江蘇巡撫趙士麟兵部督捕侍郎。

會元解元入翰林

世祖極重科名，自丙戌迄己亥會試第一，皆入翰林，惟丁亥李人龍不與，後以閣薦為中書舍人，壬辰程可則，以磨勘被黜，乙未邑同年伊翁庵（闢）舉進士，引見南海子，上顧學士曰：此人山東解元也。遂改庶吉士，後授御史，官至都御史，巡撫雲南。自辛丑至庚戌，例又一變，康熙癸丑，上以會元韓菼為狀元，榜中解元，皆改庶常，丙辰亦以會元彭定求為狀元，乙丑以會元陸肯堂為狀元，凡一榜解元亦然，遂為定例，人遭逢固有幸不幸也。按夢粱錄，宋時中省魁者，殿試有陞甲恩例，前十名亦如之。

京堂

京堂本以侍史部科道官內陞者，無徑授之例。康熙中，張靖逆侯勇子雲翼，馬文毅公雄鎮子世濟，陳海壯啟泰子汝器，皆授大四品，廣西平樂進士袁景星，陳忠愍公福弟壽，皆授小四品，趙都督應奎子衍祥，許都督占魁子登隆，皆授五品。

伯高

檀弓：伯高死於衛，赴於孔子，孔子曰云云，吾哭諸賜氏，遂命子貢為之主，曰：為爾哭也，來者拜之；知伯高而來者勿拜也。金陵白評事仲調（夢鼐）為湯陰王東皋（伯勉）吏部門生，康熙丁巳，吏部卒於家，訃聞京師，仲調為位而哭，又於蕭寺中受弔，凡弔者拜之，如子弟執父兄之喪，蓋古禮云。

外國封使

國朝聲教之遠，梯航至者數十國，而受封遣使者，惟安南琉球二國，安南又凡三遣，始則康熙三年，諭祭黎維祺，奉使者侍讀學士程芳朝，繼則康熙五年，冊封黎維禧，奉使者編修吳光也，六年八月，維禧遣都統使巽元清，奪其諒山高平地，元清奔貶朝，兩廣守臣以聞，七年遣使宣諭，則侍讀李仙根、職方主事楊兆傑為正副使，琉球封王，順治中，遣給事中張學禮、行人王垓為正副使，居閩數年，罷歸，康熙初復遣，時張已改御史，王已遷戶部郎中矣，康熙十二年，暹羅請封，上以海道寫遠，令以敕印付其使臣帶往，於事理甚便，而亦不失柔遠之體。按嘉靖二十年，降安南國為安南都統使司，仍以莫登庸為都統使，國初定鼎，莫敬耀來歸，未受封卒，授其子元清都統使，黎維禔亦來歸，未受封卒，子維禧立，康熙五年，冊封維禧安南國王，康熙二十一年，琉球安南復入貢，遣編修孫卓、儀制司郎中周燦往安南，檢討汪楫、中書舍人林麟焻往琉球，二十三年，暹羅復入貢云。

殉葬

八旗舊俗，多以僕妾殉葬，朱御史小晉（裴）始建議禁止，得旨允行，朱歷官至戶部侍郎。

試錄齒錄

科場試錄齒錄，其來已久，東觀奏記載鄭顥知舉，宣宗索科名記，顥寫祠部員外郎趙璘採訪諸家科目記，撰成十三卷，始武德元年，至大中十年，敕付翰林，自今放榜後，並寫及第姓名，及所試詩賦題目，進入內，仍仰所司，逐年編次，明三百年鄉會試并沿其制，康熙初停止，至庚戌會試，乃復舊例，鄉會試錄，仍進呈，乙卯鄉試以兵餉不免再停止。尋又復。

布政陞尚書

李文達公天順日錄。載天順二年。以山東布政使陸瑜。為刑部尚書。四年。以朝覲官布政使蕭暄。為禮部尚書。又欲以布政使賈銓。為戶部尚書。不果。明盛時。中外用人如此。天啟時。以布政使張五典。為兵部尚書。則以其子御史銓死節。蓋異數也。本朝順治中。布政使往往入為侍郎。康熙初。定品級者。布政使內陞止於太常光祿卿。而又不及太僕。何也。

闕謚

予鄉啓禎名臣闕謚者。如鍾司空龍淵。羽正畢司徒白陽。自嚴曹司空見素。珖先太師大司馬霽宇公。象乾其尤著者。曹通議樸素。珍司空之兄也。躬行實踐。號為醇儒。品不在龍淵先生之下。然名位稍卑。例不得謚。竊謂朝廷易名重典。亦顧其人何如耳。今例尚書以上。乃得謚。國史三品以上。乃得立傳。其以名位湮沒者多矣。近王給諫北山日高疏請死節諸臣。不必拘定品級。皆當予謚。以鼓忠義之氣。其論最正。格於部議不行。

歐陽從祀

今言嘉靖中。議祀典。進后蒼。文中子。胡瑗。歐陽修。四人從祀。歐陽以濮議故。特進之也。予謂歐陽公。人品學術。亦自不愧。然以世廟君臣之私。進之。則謬矣。公之生也。以此負謗。其歿也。以此從祀。所謂求全之毀。不虞之譽者也。

世祖御書

西山新法海寺。前對裂帛湖。世祖皇帝翠華駐此。瞻眺湖光。因賜今名。殿有巨碑。刻敬佛二字。筆勢飛動。世祖御書也。

文武互用

本朝用人。器使有不拘文武資格者。以武臣改文職。如順治中。總兵官李國英。改四川巡撫。後為總督。川陝兵部尚書。總兵官胡章。改山東右布政使。遊擊王肇春。黃明改知府。以文臣改武職。如莊浪道參議朱衣客。改隨征四川總兵官。吏部侍郎陳一炳。戶部倉場侍郎周卜世。前總督浙閩兵部侍郎劉兆麒。俱改都督同知僉事等銜。充山西山東直隸等處提督總兵官。

學士贈尚書

本朝大臣身後例有恩䘏。或予謚而贈官者。絕少。康熙十八年。十一月。翰林學士喇沙里卒。以侍講筵久。特贈禮部尚書。謚文敏。蓋異數云。

池北偶談卷一終

池北偶談卷二

清　濟南王士禛阮亭著

談故

鍾恭愍恩䘏

明景帝易儲。鍾恭愍公同、章恭毅公綸、廖恭敏公莊皆抗疏。恭愍公疏先入，死杖下，被禍尤慘。至英宗復辟，特擢恭毅禮部侍郎，恭敏復官大理少卿，尋進侍郎。成化中卒，贈尚書。而恭愍止贈大理寺丞，恩䘏獨薄，當時亦無言之者。

五學士

國朝官制，設內三院：曰國史，曰秘書，曰弘文。院各有學士一員。既設翰林院，以內三院為內閣，則止設閣學二員，而別以一人掌翰林院事，俱兼禮侍。康熙十九年庚申，乃有學士五人：內閣徐立齋元文、李容齋天馥，掌院葉訒菴方藹，而張敦復英以講學內直，特陞翰林院學士。李厚菴光地以軍功超擢學士，至是入京陛見，奉特旨入內閣。四公皆兼侍郎，葉則加尚書云。近李諫臣振裕、王藻儒掞、李倚江柟、顧鷦樵藻同時為內閣學士，亦四人。李去，陸義山菜代之；王擢戶侍，徐勝力嘉炎代之；陸乞休，韓慕廬菼代之，亦四人。

李選侍

明光宗朝選侍李氏，鼎革後尚存，至康熙甲寅歲五月十八日始卒。

明熹宗

有老宮監言：明熹宗在宮中，好手製小樓閣，斧斤不去手，雕鏤精絕。魏忠賢每伺帝制作酣時，輒以諸部院章奏進，帝輒麾之曰：汝好生看，勿欺我。故閹權日重，而帝卒不之悟。

會議

翰林記：正統十年，始命內閣與六部、都察院、通政司、大理寺堂上官、六科掌印官會議，遂為例。如合會儒臣，則本院、詹事府、左右春坊、司經局、國子監皆與。國朝制，凡大事及章奏會議，內則親王、貝勒、大臣，外則九卿、詹事、科道，而內閣、翰林院不與，詹事府凡事皆得與，坊局不與。

不避廟諱

唐避太宗御諱，率改世曰代。于詩皮襲美文，數多不諱世字。鹿門隱書一條云：三王之代，民知生而不知化；五帝之世，民知化而不知德。又與元徵君書云：檃來世聖人責乎無意於民。又皆世民二字連用。

大名居士

金史衛紹王本紀，載尚宮左夫人鄭氏罵胡沙虎事，贊云：於金掌奏目女官大名居士王氏所紀，得資明夫人援璽事，附著於篇。則金時宮掖，蓋有記載女官矣。

讀講諭洗

康熙中，更定品級考，後又定朝班坐次，侍讀侍講班在諭德洗馬之上。然凡郊廟祭祀，諭洗皆與陪從，而讀講則否。及推陞祭酒，則庶子與講讀皆得開列，而諭洗則否。又左右春坊庶子正五品，侍讀侍講學士從五品，而庶子必陞講學。皆品級考之宜加審詳者。

張真人

隆慶中，江西守臣言張氏職名賜印不載典制，宜永裁革，詔革去真人之號，以為上清觀提點。萬曆初復之，相沿至今，無釐正者。使與衍聖公公然並列，何哉。

有子

萬曆初，訓導侯貴上言：論語成於有子、曾子之門人。子張不及有若，進子張而出有子於廡，非是。予嘗謂十哲未允，當進有子而黜宰我。冉有貢之言，誠不易之論。及予為祭酒，已具疏欲言之，同人謂恐涉紛更而止，至今以為憾。

寧陵城

侍講湯先生斌言：初寧陵城小而卑，呂新吾先生以刑侍家居，謀大之，縣人難於改作，或生怨謗。公曰：三十年後，當知吾意。至流賊之亂，適三十年矣，境內百姓攜家入保者以數萬計。縣人德之，為立祠。

明太宗稱祖

宋孝宗淳熙十五年，太上皇廟，洪邁請廟號世祖。尤袤言：光武以長沙王後布衣崛起，不與哀平相繼，稱祖無嫌。太上繼徽宗正統，以子繼父，非光武比。乃定號高宗。明嘉靖十七年，加上太宗廟號曰成祖，豈未聞袤之言耶。

翰詹官朝班

翰林記載：翰林院朝房在午門外右第六區，殿閣大學士、本院學士以下皆在焉。詹事府在右第十八區，詹事、少詹事以下皆在焉。今制內閣大學士、本院學士、詹事、少詹事。皆拜於殿上。不與部院同班。

起居注

康熙十年。復設起居注館在午門內之西。與實錄館相對。其官則自掌院學士詹事以下。史官以上。皆得充之。初止八人。後增至十六人。今桐城張公英以禮書兼掌院事。以為起居注官。史侍常書公兼掌院事。亦然。

序秩

翰林記。凡修書考試等事。書職名。學士。序於春坊大學士庶子之上。讀講學士。序於諭德之上。侍讀侍講。序於府丞中允之上。修撰。序於贊善司直之上。今春坊大學士府丞司直。罷不設。大抵學士。在詹事之上。（學士兼禮部侍郎為三品。詹事本三品。而兼侍讀學士。）少詹事。在讀講學士祭酒之上。庶子。在侍讀侍講之上。讀講。在諭德洗馬之上。（陞遷則同。較俸次。）中允贊善司業。次之。史官又次之。庶吉士又次之。

批旨

翰林記。宣宗時。始令內閣楊士奇等。及尚書兼詹事。夏原吉蹇義。凡中外章奏用小票墨書。貼各疏面以進。謂之條旨。中易紅書批出。今謂之票旨。尚沿其制。而批紅則內閣學士之職。

國初明史總裁

國初順治二年。曾奉旨纂修明史。大學士剛林。祁充格。范文程。馮銓。洪承疇。李建泰。為總裁。學士詹圖賴。宋伊圖。甯完我。蔣赫德。劉清泰。李若琳。胡世安。侍讀學士高爾儼。侍讀陳具慶。朱之俊。為副總裁。郎廷佐等九員。為纂修官。

薦舉優異

康熙戊午。薦舉文學。洪洞進士范鄗鼎。以病辭。巡撫疏參。溫旨令遵前諭來京。以副求賢至意。此諸人至京。又諭戶部月給銀米。其不與五十人之選。擇高年者授以官。部議皆授司經局正字。特旨改內閣中書舍人。初。太原傅山。定興杜越。年皆七八十。以老病請於吏部。不與御試。故部議不及。特旨傅山杜越等。文行素著。俱著授內閣中書。右文之盛。古未有也。

四布衣

上嘗問內閣及內直諸臣。以布衣四人名字。即富平李因篤。慈谿姜宸英。無錫嚴繩孫。秀水朱彝尊也。後公卿薦舉。獨宸英不得與。繩孫目疾。是日應制。僅為八韻詩。閣中閱卷已不錄。上特令與因篤彝尊二人。同授翰林。是時宸英方在京師。不免向隅。信遇合有定命也。閱卷四人。大學士高陽李公。寶坻杜公。臨朐馮公。掌院學士崑山葉公。

上賜

上優禮儒臣。癸丑。賜宴瀛臺。翰林官皆與。戊午。士禎同陳葉二學士內直。時四五月間。日頒賜櫻桃蘋果。及櫻桃漿乳酪茶六安茶等物。其茶以黃羅緘封。上有六安州紅印。四月二十二日。賜天花。特頒御筆上諭云。朕召卿等編纂。適五臺山貢到天花。鮮馨罕有。可稱佳味。特賜卿等。使知名山風土也。用烏絲闌書。又賜御書。人二幅。士禎得存誠二字。唐人張繼楓橋詩。廷敬得龍飛鳳舞四大字。唐詩一首。（曲江宴·柳一條）方藹得存誠二字。唐人崔國輔詩。（遠郊·琳）別賜士禎石刻二幅。一清慎勤三大字。一格物二字。諭云。去冬曾以石刻賜經筵諸臣。時爾士禎未與。故特頒賜。八月入直。又同陳葉張三學士。和御製賜輔國將軍俄啓詩。仍命次日擕名字印章入內。各書一幅。即發養心殿裝潢。隨御筆同賜之。皆異數也。

考察

翰林記。載翰林官考察之法。成化間。本院學士會同內閣考察。弘治元年。令翰林官亦從吏部考察。本朝翰林京察。在吏部過堂。例凡數變。順治中。讀講諭洗中贊司業以上。皆後堂相見。具迎送之禮。康熙癸丑。始在前堂。過半堂。呼官及姓。不呼名。至已未。則自少詹讀講學士。直呼名矣。京堂官自僉都御史大理少卿左右通政。亦皆呼名。體統凌替。非古制也。

賜衣

翰林記。載洪武十四年。賜翰林官羅衣各一襲。永樂中。賜內閣七人。二品織金紵絲衣。康熙中。每冬。賜內閣及學士。日講起居注官。貂裘人一襲。自癸丑後。滇黔用兵。輟賜。

賜居第

翰林記。洪武中。賜編修羅復仁居第。宣德中。賜楊溥第於東安門。康熙丁巳。上命左諭德兼修撰張英。內直講書。特賜第西華門內。翰林院侍講高士奇。亦然。後杜編修訥。亦賜第厚載門。

明史開局

康熙十七年。內閣奉上諭。求海內博學宏詞之儒。以備顧問著作。時閣部以下。內外廣舉者一百八十六人。十八年三月朔。御史體仁閣下。（試璣玉衡賦省耕二十韻詩）中選者。彭孫遹等五十人。有旨俱以翰林用。開局編修明史。候補少卿一人。邵吳遠改侍讀。監司湯斌。李來泰。施閏章三人。郎中吳元龍一人。改侍講。進士彭孫遹。中書舍人袁佑等。授編修。貢舉監生生員布衣倪粲等。授檢討。以原任翰林院掌院學士徐元文為監修官。翰林院掌院學士葉方藹。右春坊庶子兼侍講張玉書。為總裁官。開局內東華門外。

五十相

石林燕語云。本朝宰相。自建隆元年。至嘉祐四年。一百四十年。凡五十人。明崇禎十七年間。命相亦五十人。可以觀治亂矣。

加侍郎銜

本朝監官。加侍郎銜者絕少。康熙元年以來。惟欽天監管理曆法南懷仁。加工部侍郎。歿後贈禮部侍郎。太醫院使馬之俊。歿後亦贈禮部侍郎。

陳澔從祀

康熙二十六年。江西巡撫安世鼎疏言。宋儒陳澔。南康府都昌縣人。著禮記集說。學者宗之。當與程朱蔡沈胡安國並議從祀。部覆陳澔禮經集說。上有師承。源流明白。但性理精深之處。未能遠逮程朱。即較之蔡沈胡安國。亦覺有間。且生平行誼。湮沒無考。既已專祀於鄉。其著書立言之功。亦足云報。崇奉兩廡。未敢輕議。

西園雜記之誣

海鹽徐咸著西園雜記。述嘉靖初議大禮。極言張桂之論。確不可易。諸元老大臣。徒以大功出一書生。不勝其憤。不論事之是非。義之當否。相率羣相力排之。非正公正當之論云云。又載慈壽皇太后。飾美姬數十人。列左右以惑帝。尤為悖誕。所謂不知世有廉恥事者矣。

內大臣

本朝官制。滿洲勳舊。別有內大臣。不為閣部院官。及八旗都統等官。有軍國重事。在禁中。與滿洲大學士尚書等雜議。謂之黑白昂邦。按唐制。兩樞密使。左右中尉。稱內大臣。然彼乃中貴。實異而名同耳。

奔情

奔情非盛德事。唐宋名相多蹈之。賢如曲江公。亦所不免。明新都楊文忠公。屢疏力

辭。起復升庵。謂國朝宰相不起復。自公始。前此三楊蹇夏諸名臣。奔情者習為故常。不知何以李文達獨受惡名。明末武陵奪情。則有軍旅之事。較之無事之時。自可末減。湘潭王山長岱常著說。雪武陵之冤。亦自有理。然漳浦之論。固萬古不易也。

從祀疏

康熙二十年。都察院僉都御史張吉午。疏言故明翰林院學士方孝孺。當建文靖難之際。平居則明道黜邪。臨難則成仁取義。能以理學為天下倡。其所著遜志齋集。自程朱而後。未多見也。吏部尚書羅欽順。當正嘉之際。學者厭棄淵源。談空好異。欽順作困知記。以正人心。斥雜學似是之非。明心性毫釐之辨。至萬曆啟禎間。聖道式微。異端盛熾。賴有光祿少卿顧憲成。都察院左都御史高攀龍。倡正學於東林。都察院副都御史馮從吾。倡正學於關右。都察院左都御史劉宗周。倡正學於浙東。皆能羽翼聖經。發揮賢傳。有功於理學名教。並當急議從祀。以光大典。但此六臣。或阻於忌諱。或扼於權奸。所以故明未及表章。實為勝國之闕。今正在纂修明史之時。伏乞睿恩從祀。登之學宮兩廡。使天下知正學云云。

常參

文昌雜錄。載宋時百官日赴文德殿。東西向對立。宰相一員押班。再拜退。謂之常朝。又云。唐制京司職事官。有朔望參。有五日參。唯職事官五品。并供奉官八品以上。及員外郎。監察御史。太常博士。則每旦參。有常參官。九參官。六參官等云云。春明退朝錄。唐有職事者。謂之常參。今隸外朝。不釐務者。謂之常參。本朝順治中。月凡六朝。世祖皇帝。嫌其頻數。定以三旬。逢五日常朝。壬戌夏有旨。文武官每日五更入朝。列班午門外。俟部院啟奏官出。始散歸署。既而大理寺司務趙時揖。上疏言之。尋有旨。九卿詹事掌印給事中掌道御史如故。餘並停。趙。杭州人。

琉球入學

康熙二十三年。冊封琉球。翰林院檢討汪楫。中書舍人林麟焻等疏言。中山王尚貞。親詣館舍云。下國僻處彈丸。常慚鄙陋。執經無地。嚮學有心。稽明洪武永樂年間。常遣本國生徒。入國子監讀書。今願令陪臣子弟四人。赴京受業云云。事下禮部。部覆。史載唐貞觀中。興學校。新羅百濟。俱遣子入學。琉球自明初始內附。會典載大琉球國朝貢不時。王子及陪臣之子。皆入太學讀書。禮待甚厚。又載洪武永樂宣德成化間。琉球官生。俱入監讀書。今該國王尚貞。以本國遠被皇仁。傾心嚮學。懇祈使臣汪

祥符轉奏願令陪臣子弟四人赴京受業應准所請聽其遣陪臣子弟入監讀書云云。時予為祭酒。咨覆禮部。略云。查大學志載洪武二十五年秋琉球國遣其子及陪臣之子日孜等入監。命工部給羅絹為秋衣。冬。琉球中山王遣其舅仁悅慈等至永樂二年。琉球中山王從子三五良亹等九人以謝恩至。奏請入監。給賜一如洪武中故事。命工部建王子書房於監前以處之。三年。琉球山南王遣寨官子李傑至四年中山王遣寨官子石達魯等六人至。其後李傑石達魯等每在監三年。得乞歸省。九年。中山王遣王相之子懷德寨官子祖魯古至。十一年。遣寨官子周魯等三人至。是年有奏歸省者。命禮部厚賜以榮其歸。是後乞歸省。或令候其使者還國以行。永樂以後至於正德。常三四遣。至嘉靖五年。中山王遣官生蔡廷美等四人至。十一年歸國。十七年遣梁炫等四人至。二十三年歸國。又遣蔡朝用等五人至。今在南雍廣以光哲堂。歲時給衣物如例。向慕文教。琉球於諸國為最篤。國家待之亦為最優云。

康熙二十七年。琉球國王遣耳目官魏應伯等恭進朝貢方物。又遣陪臣子弟梁成楫鄭秉均阮維新蔡文溥等四人同貢使赴京入監讀書。於正貢方物外。敬加屏風紙三千張。嫩蕉布五十疋。

四相

順治中。閣臣無定員。自康熙元年至今二十年。滿大學士止三人。存內三院之舊也。壬戌歲。寶坻杜公。臨朐馮公。同致政歸。而宛平王公。以前兵部尚書大拜。又兩月餘。錢唐黃公以吏部。漢陽吳公以禮部尚書。同日大拜。始有四相。前此癸丑歲。李杜馮三公在內閣。而孝感熊公。以翰林學士大拜。亦四相。

大臣宮銜

自康熙元年以後。閣部大臣無加宮銜者。壬戌十一月。以太宗文皇帝實錄告成。加武英殿大學士禮部尚書。□公明公俱太子太傅少傅。保和殿大學士戶部尚書高陽李公。太子太師致仕太子太傅。保和殿大學士禮部尚書寶坻杜公。太子太師致仕文華殿大學士刑部尚書臨朐馮公。太子太傅。故太子太傅中和殿大學士吏部尚書都統公圖公。追贈少保。仍兼太子太傅。二十餘年所未有也。

建祠

壬戌冬。廣西巡撫郝中丞（浴）上疏。為死節前巡撫廣西都御史贈兵部尚書諡文毅馮公雄鎮平蠻滅寇將軍巡撫廣西兵部尚書諡忠烈傅公弘烈。請建雙忠祠。略允之疏略云。原任撫臣馮雄鎮當逆氛狂熾。矢志不二。幽禁三年。罵賊而死。原任撫臣將軍傅弘烈。仗義興師。臨危不屈。殺賊之心。死而益烈。云云。二公真不愧俎豆者矣。

土魯番表

康熙二十一年。土魯番上言。伏以我皇上。猶昔者斷堪達爾之君。一統金疆。扎穆西特之君藻鑑五□。亦若化日普臨。率土眾星光照。萬靈抑循哈地穆之君。廣□恩溥思他穆之君。勇力絕倫。譬之矛鋒之銳。龍爪之威。莫敢正向。而攖鋒者恭候聖安。切照前經遣發進貢。鳥盧大者。曾上諭五年一次進貢。欽此。所以惧此進貢者。原因臣國遭逢荒亂。今幸太平。亟遣亦思喇木火者。前往進貢。至於以後應進貢物。合當照舊爾焦地音阿克剌卑進貢舊例。但天朝建都極東。臣國地居極西。應否照舊進貢。表請裁奪。

蒙古表

康熙二十一年。蒙古為請旨事。外藩蒙古王貝勒貝子公。白吉等諸臣。誠惶誠恐謹奏者。向因逆賊吳三桂相率叛亂。軍民極其荼毒。幸我皇上不憚身心之勞。致政國治。仰見天朝早臻太平。是以祭告太祖皇帝。太宗皇帝。世祖皇帝。復上太皇太后。皇

太后徽號。溥頒恩詔。大赦天下。及加賜賚。率土俱歡。恭上我皇帝尊號為聖神大德治平天下聖皇帝。伏祈皇上俯准臣等所奏。臣等不勝欣躍。奉旨。朕自御極以來。夙夜孜孜。勤求化理。期於中外乂安。生民樂業。今逆寇雖已蕩平。治化尚未孚洽。前諸王大臣等。請上尊號。已經有旨。近藩王等所請。亦不必行。該部知道。

御書

康熙十九年。以御書手卷賜日講起居注諸臣。學士葉方藹。太極圖說。詹事沈荃。心經。侍讀學士張玉書。莊子說劍篇。

增起居注官

辛酉四月。增起居注日講官八人。湯荊峴（斌）。秦對巖（松齡）。徐健菴（乾學）。曹峨眉（禾）。王瓚湖（項齡）。朱竹垞（彝尊）。嚴藕漁（繩孫）。潘稼堂（耒）。合舊講官共十六人。

謄卷

唐闈際美。舖試蜡日祈天宗賦。誤書銜賜作衜。駟榜出。登第往參座主。曰。諸君試日。天寒急索。寫札或不如法。恐文書到西京須呈宰相。請先輩各買好紙重來謄錄。如法寫淨送納。抽其退本。舊時直省小試解卷送禮部例須別謄淨本。亦是唐人遺意。

至鄉試。朱墨原卷解部。即不得羼。

綠頭牌

國朝。六曹章奏。悉沿明制。惟緊急事。或涉瑣細者。則削木牌而綠其首。以滿洲字書節略於上。不時入奏取旨。不下內閣票擬。謂之綠頭牌子。蓋古方策遺意也。

官年

三十年來。士大夫履歷。例減年歲。甚或減至十餘年。即同人宴會。亦無以真年告人者。可謂薄俗。按洪容齋四筆。宋時有真年官年之說。至形於制書。乃知此風由來遠矣。獨寇萊公不肯減年應舉。又司馬朗傳。伯達志不減年以求成。則漢魏間已有之。

柳條邊

哈達城。在撫順東北。有哈達河。其東插柳結繩。以界蒙古。長亘千里。南至朝鮮。西至山海關。有私越者。置重典。名柳條邊。見高宮詹士奇扈從東巡日紀。

朝鮮疏

康熙十五年。朝鮮國王李淳。奏為臣先祖臣穆莊王。橫被野史詆誣。敢陳冤痛情節。冀許刪改。特示昭雪事。臣五代祖昭敬王。於明朝萬曆戊申歲。薨逝。元妃朴氏無子。

繼妃金氏生一子。甫三歲。庶子光海君琿嗣位。蓋以金氏遵先王意。舍己出而為之請於中朝。得准封也。光海既立。聽信讒賊。自生猜怨。仇視母后。幽閉別宮。僇辱備至。而戕兄殺弟。屠滅諸姪。殄絕彝倫。無復人理。內作色荒。嗜慾無節。外營宮室。十年未已。斥逐耆老。昵狎羣小。繁刑重斂。下民嗷嗷。神人咸怒。宗社將墜。時有金瑬李貴等。以昭敬王舊臣。不勝邦國危亡之憂。奮發忠憤。誓靖內難。乃於天啓癸亥三月。糾合義旅。大集廷臣。奔告王大妃於別宮。宣教廢琿。迎立昭敬王孫綾陽君倧。即臣曾祖父穆莊王也。以太妃命。權署國事。遣使請命於明。明朝始不允許。復乃洞察本國事情。特降封典。此實當時天下耳目。共所聞知。穆莊王匡復之烈。雖不敢上擬殷周廢立之正。亦可謂無愧漢宣。此所以臨莅東國二十有七年。而功光往牒。業垂後裔者也。頃年陪臣之使還也。偶於沿途。買得皇明十六朝紀。其中記本國癸亥年事。直以纂逆書之。其他汙衊之言。不啻狼藉。臣先父王淵自得此書。居常腐心。復慮明朝國乘復有謬誤。方擬赴愬天朝。祈加釐正。不幸奄忽。齎志未伸。煢煢微臣。奉此遺戒。何敢一刻忘於心。而重艮罹禍。事有未遑。遷延遲回。遂至今日。此固臣之大罪。而亦臣之日夜啣痛者也。茲敢歷陳先祖臣穆莊王受誣事略。冀皇上之哀憐垂察焉。其所

謂十六朝紀。不知撰次者為何許人。而乃遽張訛傳。掇拾忘語。一則曰。倚走馬試劍。謀勇著聞。常在廢君左右用事。一則曰。密約繼祖母王太妃。以救火為名。令兵入宮。甚至謂綁縛廢君。投之烈焰。嘻。此豈人理之所可有者乎。復有登萊巡撫袁可立。侍郎畢自嚴諸人之疏。至以婣倭等語。大加詆誣。夫以穆莊王之聰明仁孝。素有令聞。留心經術。不□□□□而謂之走馬試劍。自際昏亂。弟死讒口。屏處危懼。莫保朝夕。而謂之常在左右。金墉十年。內外隔絕。閤門棘戶。穴通飲食。而謂之密約祖妃。其虛罔誣衊。固已極矣。而當廢君之在位也。戕太妃之父。竄太妃之母。奪太妃懷中八歲之兒而殺之。廢君之與太妃。非特子道已絕。亦太妃父母之讎也。然而終使昌邑山陽。得以自全於放廢之日者。實賴我穆莊王。泣涕惓惓。上以寬太妃。下以救羣臣。以克盡乎保護之道也。居則贍其衣食。病則濟以醫藥。矜恤之誼。始終不替。故光海君癸亥三月見廢。至辛巳七月。以天年終。葬以王禮。官供祭祀。恩禮之厚。無愧古昔。彼投燄等語。又何誣妄之太甚耶。至於婣倭一欵。尤萬萬無理。日本。即小邦先世之深仇。而隔海之外種也。雖強毋不敵。姑與之羈縻。而既是我之仇。又非我之匹偶。今以黃儒之駭。儓隸之賤。若指之為婣。於倭則亦必駭然而憤。怫然而怒。矧以王室之

親。貴介之尊。寧有忽事忘恥。結秦晉於異類之理哉。穆莊王妃。即昭敬王朝宰臣領敦寧府事韓浚謙之女。王之在邸。以禮委禽。及至癸亥。進主中壼。與王同受天子誥命冠服。而其氏族之譜。亦既具於當時請封之奏。臣不知登撫諸人。何所徵據而作此不倫之語。至上誣天子也。伊時遼陽既陷。登海初開。中朝聲息之流布於小邦者。只是江東毛鎮一路而已。小邦情實之得達於中朝者。亦只有江東毛鎮一路而已。文龍方且占據一島。積貨自衒。飾功行賄。西面而邀勳爵。恣威肆喝。東嚮而責餽餉。首尾將十年矣。及其驕恣日肆。意欲無厭。或侵欺低貨。而勒取貂參。或多縱點校。而盡括民產。或誘斬邊民。而虛充首級。西闗騷然。若在塗炭。穆莊王既纘序。知民不堪義責常切。彼不悛改。祇益嫌隙。而小邦之所以受慝於文龍者。有不可以一二計。則文龍之巧作蜚語。肆然搆誣於廢興之際者。又豈可量哉。因此而督撫有奏。因此而禮部有疏。始則以無罪見疑。而為憂。終則以至冤將伸。而為幸。上自先太妃。下至百官民庶。悉舉廢君淫暴無道。斁倫亂紀之罪。先穆莊王寬仁孝順。天與人歸之狀。咸直奏於天子。或呈申於當路。文龍亦反前說。更上題本。及其事實悉暴。誣冤大伸。明朝乃於天啓乙丑歲。遣太監胡良輔等。許准封典。仍賜誥命。丙寅。又遣翰林院編修

表曰廣幂來頒詒牧囊以錫賚恩綸浹洽昭雪無餘則環東士數千與亦既脫離雁籞而獲見天日矣不料閱歷數紀之後興亡百變之餘尚有一種傳訛未盡除於私相記載之中者也夫末俗多陋流言易訛斯固叔季之通患而齊東之人或未悉於藩服交南之事多不許於燕代則草野之所紀述稗家之所論著容亦有此孟浪之失矣至於任當日之記註執當日之簡策考證有據聞見亦該想不至於顛倒紕繆如野史者而猶或溺於傳訛眩於去取以之而布諸天下以之而傳於後代其將為先祖九地之冤小邦百世之痛者為何如哉今臣伏聞天朝方修明朝史書其於傳信紀實之際必有以正訛釐舛以成一代之正史小邦呼籲此正其時茲尊差陪臣福□君李桃議政府參贊鄭哲等專陳卑悃仰瀆天聽伏乞皇上特命修史諸臣細考明朝行查始末及小邦前後申奏刪除詿誤快許湔雪以示勸懲以裁成永世之令典仍將印本宣賜小邦則非但小邦今日君臣受恩啣結糜粉是期抑臣之先祖先父亦將感泣於冥冥之中矣臣不勝大願謹具奏聞

特賜謚

本朝最重易名之典官至尚書大學士乃得賜謚近惟翰林院掌院學士喇沙里公

以講筵舊勞又勤王事以死特贈禮部尚書謚文敏掌院學士葉公方藹以講筵舊勞特加禮部尚書尋遷刑部侍郎仍帶掌院學士加禮書舊銜卒亦謚文敏掌詹學士沈公荃亦以講筵舊勞加禮部侍郎仍掌府事卒謚文恪皆異數非常例也

謚典

古易名之典太常博士議之吏部考功奏行之有未允者所司駁之其重如此明掌於禮部本朝則內閣典籍司之每一人擬八謚或六謚以上內閣閣臣擇其三四進呈御覽欽定其一

琉球世纘圖

琉球國或云流求或云留求自元以前不通中國明洪武五年中山王察度始遣使入貢入本朝為屬國職貢不絕然紀載諸書不詳其世次予門人汪翰林舟次楫使琉球歸作中山沿革志進呈御覽云世系沿革彼國有屬禁祕不以告多方購得琉球世纘圖一卷今擇者以漢文釋之知其國自南宋始稱王元延祐間國分為三（中山 山南 山北）明宣德時復合為一（明初山南王承察度山北王怕尼芝亦遣使入貢受封）自宋及今代已四易所謂姓歎斯者無攷謂皆尚姓者亦非也世纘圖載之如左○大琉球國中山王舜天以來世纘圖○舜天　舜馬順熙　義本　英祖　大城　英慈　王城（作二城或）　西威　察度（中山始通中國）　武寧　尚思紹　尚巴志　尚忠　尚思達　尚金福　尚泰久　尚德　尚圓　尚宣威　尚真　尚清　尚元　尚永　尚寧　尚豐　尚賢　尚質　尚貞（即今襲封世子）

題名碑

劉公嘉話錄慈恩寺題名起於進士張莒題姓名於雁塔下後書之於版遂為故事宋龐文英文昌雜錄云本朝進士題名皆刻石於相國興國兩寺趙昇朝野類要云進士（及第名各集鄉人）於佛寺作題名鄉飲起於唐之慈恩寺塔也予按進士題名列諸梵刹於義無取至明乃立題名碑於國學題名記或學士或祭酒撰其與始自永樂壬辰已前在南雍今京師太學持敬門內諸碑則自永樂十四年丙申科始至崇禎十六年癸未科止螭首龜趺星羅林立一代之鉅觀也本朝最為右文而題名碑止順治丙戌一科丁亥已後無之當時不知何故廢而不舉後遂相沿此闕典也

土地

今吏部禮部翰林院衙門土地祠皆祀韓文公明南京吏部土地祠則祀蹇忠定公

池北偶談卷二終

池北偶談卷三

清　濟南王士禛阮亭著

談故

太學題名碑

予前記本朝國學進士題名碑未立，為闕典。官祭酒時，欲疏請，未果。丁卯，御史言之，禮部覆疏允行。按《水東日記》云：內官阮安督工建太學時，悉取前元進士碑磨去刻字。今三年一立石，皆是物也。此雖與五代時劉鄩守長安取古碑甃城事微不同，然古蹟湮沒，亦可惜也。

祭禹陵

康熙己巳二月，上巡幸武林，因渡錢塘，親謁大禹陵，諭總督侍郎臣王騭曰：朕巡行江表，緬懷禹德，躬率羣臣展祭陵廟，顧瞻殿宇圮傾，禮器缺略，人役寡少，荒涼增歎。愚民風俗，崇祀淫祠，俎豆馨香，奔走恐後，宜祀之神反多輕忽，朕甚慨焉。自昔帝王陵寢理應隆重培護，況大禹道冠百王，身勞疏鑿，奠宅率土，至今攸賴，豈可因循，特書地平天成四字懸之宇下，著地方官即加修理，畢備儀物，守祀人役亦宜增添，俾規模弘整，歲時嚴肅，兼賜銀二百兩給與守祀之人，此後益令敬慎，地方官亦須時為留心，以副朕尊崇道慕之懷。其即遵諭行。蓋是行原因視河，故於禹陵時加崇重如此。

翰詹之長

康熙二十七年，掌詹事府事、禮部尚書湯公斌改工書，以禮部左侍郎張公英兼管詹事府事。二十八年，翰林院掌院學士李公光地調通政使，以文華殿大學士兼戶部尚書徐公元文兼管翰林院事，皆不設正員。其後張公以禮書兼掌翰詹二衙門事。

正副考試官

舊例，翰林、給事中同為考試官，則翰林為正，給事為副。吏部與五部同為考試官，則吏部為正，五部為副。獨康熙壬子科，戶部郎中郭昌、吏部主事彭寬同主廣東試，以郭為正，彭為副（以郎中、主事為序，不論衙門）。丁酉科，工科給事中許承宣（予門人）、翰林院編修汪霦，同主陝西試，以許為正，汪為副。今丙子科，福建鄉試亦以給事中党聲振為正，檢討王者臣為副（者臣，予門人）。此出偶然，非故事也。

七品銜

宋制，見任官得應制科，文官許二次，武官一次，謂之鎖廳。國朝惟內閣中書舍人、貢監出身者許應鄉試，舉人出身者許應會試，他即無之。近江寧黃虞稷、慈谿姜宸英以諸生薦入館修史，特加七品服俸，覃恩得以其品貤封父母，而實未授官也。

狀元出典鄉試

舊例，詞林第一甲一名及第者止充會試同考官，不出典各布政司鄉試。自康熙己酉科，己亥狀元徐元文以侍讀典陝西試，甲辰狀元嚴我斯以修撰典山東試，始變常例。其後壬子科，庚戌狀元蔡啟僔典順天試；乙卯科，癸丑狀元韓菼典順天試；丁巳科，丙辰狀元彭定求典順天試；辛酉科，己未狀元歸允肅典順天試；丁卯科，乙丑狀元陸肯堂典江西試，遂沿為例。

閣學

明《殿閣詞林記》有殿學、閣學、詹學、翰學之名。國朝閣臣大拜，祇稱中堂，或稱相公，而內閣學士則稱閣學。按葉石林《避暑錄》云：宣和末，陳亨伯以捕方賊功進龍圖閣直學士，稱龍學。顯謨、徽猷二閣直學士欲效之，而難於稱謨學、猷學，乃易為閣學。此稱閣學之始。

廣文

唐宋以來仕宦多乞鄉郡，以便養，猶有古意。明代始不得官本籍，至廣文寒官亦有越在萬里者。本朝廣文皆銓本直省，但不仕本郡耳。

印文

明嘉靖中，大同五堡之變，失總兵官所佩征西前將軍印，職方請給新印。海鹽鄭端簡公時為主事，議改印文，柳葉篆或稱副將軍，或增減其字，以防詐偽。且言胡忠安公在禮部，失行在禮部之印，改鑄易為行禮部印。此在內衙門且然，況邊鎮兵權，又反側不靖時耶？近用兵諸省恢復地方，請印，吏科給事中趙之符亦有此請，部議未行，然識者韙之。

癸未

永樂癸未初即位，天順癸未南省火，皆改於明年會試。至崇禎朝，六會試，竟以癸未終，此亦數也。

八股

康熙二年，以八股制藝始於宋王安石，詔廢不用，科舉改三場為二場，首場策五道，二場四書五經各論一首，表一道，判語五條。起甲辰會試，迄丁未會試，皆然。會左都御史王公熙疏請酌復舊章，予時為儀制員外郎，乃條上應復者八事，復三場舊制其一也。尚書錢塘黃公機善之，而不能悉行，乃止請復三場，及寬民間女子裹足之禁，教官會試五次不中者仍准會試三事，皆得俞旨。餘五事，後為臺省次第條奏，以漸皆從，如寬科場處分條例，復恩拔歲貢，復生童科歲兩考等，是也。

督捕

督捕衙門，始兵部兼攝之。順治甲午，尚書王公永吉奏增設兵部督捕衙門，滿漢左右侍郎各一員，滿漢司官各六員。後以太僕寺少卿協理，旋改左右理事官，秩四品，視常僕少卿。壽光魏昭華琯以大理寺卿首遷督捕侍郎，後以建言徙塞外卒。至康熙三十八年，復裁，事歸刑部。

特旨內陞

順治初，太子太保永昌王公弘祚以戶部郎中修賦役全書，加太僕寺卿，書成，陞本部侍郎，至尚書。其後工部營繕郎中霍叔瑾以大工加僕少，至通政使。順治乙未科，予舉南宮之歲，洪士銘以經略輔臣文襄公子，耿效忠以靖南王孫，世祖特旨留部，又特旨以京堂內陞。洪以儀制郎中遷太常少卿，遷太常卿；耿以武選郎中遷太僕少卿，至順天府尹。

考選

黃訓讀書一得云：羅豫章大質公撰遵堯錄，稱宋仁宗明道中，宰相欲除二親故為正言司諫，帝謂祖宗法，臺諫官須宸選，若自大臣除，則大臣過失誰敢言者。仁宗此言可以為萬世法。

結銜

輟耕錄云：中書右丞相伯顏所署官銜，計二百四十二字。明天啟中，魏閹擅權，倣縉紳為內官便覽，首列己銜，亦至二百許字。古來權姦如出一轍。勺中志略云：天啟中，凡司禮監題本年月之下，上層排臣王體乾、臣魏忠賢，下層排梁棟、李永貞、石元雅、涂文輔諸人。及刻內臣便覽，體乾復讓忠賢居首，特高一字。

漢軍漢人

本朝制，以八旗遼東人號為漢軍，以直省人為漢人。元時則以契丹、高麗、女直、竹因歹、竹亦歹、朮里闊歹、竹溫、勃海八種為漢人，以中國為南人。

義王

孫可望與李定國皆張獻忠義子，冒張姓，號東府西府。後獻忠敗死，俱走入滇。二人以爭權積不相能。可望戰敗，乃降。世祖皇帝方以文德柔遠，封可望義王，世祖賜第東長安門外。可望死，其子徵灝襲封。康熙十二年，臺省以為言，下諸王大臣九卿會議，降封義公，改慕義公。蜀綿州鹿頭關龐士元祠，可望重修，有石坊，大書偽銜柱國太師、兵部尚書，凡數百字，猶稱張可望云。

義字謚

明大學士高公穀謚文義，二百七十年，謚義者止此一人。本朝順治初，大學士德州謝公陞卒，謚清義。

閣謚

本朝謚法，閣臣不由翰林，皆得謚文。如洪公承疇謚文襄，宋公權謚文康，王公永吉、金公之俊皆謚文通，孫公廷銓謚文定，衛公周祚謚文清，李公之芳謚文襄，皆非翰林也。

詹事府

國朝順治中設詹事府，皆以漢人翰林官兼之，止設滿洲詹事一員。康熙初省。十四年十二月十三日立皇太子，府復設，自詹事至正字，滿人漢人各一員，而滿人不兼翰林官。初，詹事府與九卿議政之列，初設時失考故事，久之乃復。詹事次通政大理卿之下，少詹事次左右通政、大理少卿之下，非故事也。故事詹事與學士俱為實錄等副總裁，侍經筵，今則有已遷正詹，而仍為纂修者。御史言之，竟未釐正。二十二年，沈宮詹繹堂荃移文吏部爭之，是年春講，始侍經筵矣。

臣下私諱

晉咸和三年，拜王舒為撫軍將軍、會稽內史。舒疏父名會，乞換他郡，朝廷乃改會作鄶。宜城有夷水，以桓溫父名彝，改蠻水。後唐同光三年，以郭崇韜父名弘，改弘文館為崇文館。長興四年，以馬贇父名平，不欲斥其家諱，改同平章事為同中書門下三品。南唐元宗以董思安為漳州刺史，思安辭以父名章，特命改名南州。又後主嗣位，以鍾皇后父名太章，尊后為聖尊后。於禮，君所無私諱，為臣下諱，失禮意矣。

宰輔編年錄

宋宰輔編年錄，宋太常博士永嘉徐自明撰，起建隆庚申，迄嘉定乙亥，凡二十卷。明呂邦燿又為續錄起嘉定九年迄祥興二年凡二十六卷明雷郊王宗諸公各撰公卿等表吳郡許重熙又為殿閣大臣年表近予從姊夫萊都高倬尚為續表迄南渡乙酉而止惜其無年者書散佚殊可惜也

賜御筆

康熙丁巳夏以御筆格物二大字清慎勤三大字石刻賜日講官翰林院學士陳廷敬侍讀學士葉方藹侍講學士張英尋又賜忠恕存誠等墨蹟又賜詹事府詹事沈荃龍飛鳳舞忠恕等墨蹟大字

講筵問答

丁巳春夏上日御弘德殿講書是時初進講通鑑講義上每先自講一過德音清朗義理貫徹每有詰問皆出意表一日問諸葛孔明何如伊尹陳學士廷敬對以諸葛亮三代王佐伊尹之亞上問諸葛亮成就如何比得伊尹陳對以所遇之時不同葉讀學方藹對云伊尹聖人諸葛亮大賢大抵伊尹可比孔子諸葛亮可比顏淵上首肯一日講博學之節上云知行孰重葉對云宋臣朱熹之說以次序言則知先而行後以功夫言則知輕而行重上云畢竟行重若不能行則知亦空知耳又一日講一日暴之節上云古來君子小人不並立君子進則小人退小人進則君子退一定之理孟子此語說得最好

于成龍陸龍其

近日廉吏方面有黃州知府于成龍有司則嘉定知縣陸龍其于永寧人貢士陸平湖人庚戌進士陸後補靈壽知縣特召為御史于為上所深知數年中歷藩臬司使巡撫順天辛酉歲入見賚予甚厚上親製詩賜之有卿近王化始鎖鑰重臣膺之句尋擢兵部尚書總督江南江西

宋官制

宋初至元豐以前官制最為繁猥六部九寺皆為空官特以寄祿秩序班位而別以他官判職事如兵部事歸樞密院戶部工部歸三司設審官院三班院流內銓判吏部之事設判禮部判貢院判禮部之事設判審刑院及詳議官判刑部之事又有使有權使有權發遣使之名他如太常歸判司禮院太僕歸群牧司鴻臚歸客省之類官自官職自職名實外亟范文正公在政府奏言今六尚書九卿之職皆權知權判無一正官弁是權假數易無窮莫安其職如欲復三公九卿六尚書之任則體大難舉願且命兩地輔臣兼領綱要仿周官三公下兼六卿如召公領冢宰尚伯領司徒畢公領司馬遺意又維引漢制三公分部九卿唐太宗時宰相兼職事以為證又條列審官流內銓三司司農寺群牧司國子監太常禮院三班院殿前馬步軍司審刑院大理寺刑部等職事并令兩府兼判云 初然以宰執分判六卿九寺更為從官至元豐新制行六部置尚書侍郎而各以郎官屬焉九寺各置卿少卿及丞簿之屬為寺監官國子監置祭酒司業及丞簿之屬為學官又有御史臺有兩省通謂職事官以唐文散階換部寺省監官歸整本職如以金紫光祿大夫易吏部尚書銀青光祿大夫易五部尚書正議大夫易列曹侍郎之類通謂階官而食其俸即明制所本也但明制以六部合都察院通政司大理寺謂之九卿與詹事府俱得會議大政而太常太僕以下為小九卿本朝官制率沿明舊特於六部外設督捕隸兵部置滿漢侍郎各一員理藩院尚書一員侍郎二員又設宗人府正令以覺羅為之府丞一員以漢人或漢軍為之秩在副都御史下通政使大理卿上又設啓心郎二員以烏金超哈為之後裁即古之宗正也順治十六年裁去尚寶寺迄今未置黃潭長語云宋制所謂官乃古之爵也所謂差遣乃古之官也所謂職乃古之加官也

國朝官制

國初內三院滿洲大學士謂之榜式烏金超哈官大學士亦稱榜式如范文肅公甯文毅公是也六部初不置尚書率以貝勒管部事置侍郎以佐之有滿洲漢軍即烏金超哈漢人各二員後置尚書久之又省去漢軍侍郎定為漢滿尚書各一員侍郎各二員漢軍亦有為漢侍郎者滿洲郎中員外郎初稱理事官副理事官後乃改從漢官之稱惟協理兵部督捕太僕寺漢少卿二員改稱理事官科道初亦稱理事官後改同漢人俱稱給事中御史云

宋四聖御押

格物要論載王魯齋押字跋云予觀司馬文正公之押署名而小花精神風致自然見於誠意之表唐末五季諸人押字莫不怪詭飄揚傾欹放蕩宜亂亡之相尋也昔人重押字至有鐫萃刻石以傳者孫文定公廷銓顏山雜記載鳳凰山玉皇宮宋藝祖以下四聖御押惟仁宗渤闕兩拳於此藝祖更太宗叉真宗也

宋祠祿

宋士大夫多領宮觀食其祠祿予嘗以問葉讀學訒菴方藹葉云宋置宮觀官從官者

領之俾食其祿亦宋朝忠厚之一端也于考之不然神宗熙寧二年王安石為參知政事創制置三司條例司始行青苗均輸等法出呂誨范純仁錢公輔鄭獬等於外罷富韓公弼平章事是年始增置宮觀官丘文莊公世史正綱云王安石行新法而欲去異議者彼皆先朝舊臣素有聞望一旦去之無名乃為祠祿處之不知所為宮觀者所業何道為之使者所治何事而一時士大夫甘心受其豢養何耶此蓋安石增置之法非祖宗故事然終宋之世不改亦不典甚矣

大學士兼尚書

國朝入閣皆仍兼尚書銜惟康熙初益都孫文定公柏鄉魏公前後俱以吏部尚書大拜而不兼尚書其後復改內三院為內閣魏公得兼禮部尚書文定則告歸久矣

學士大拜

本朝以學士大拜者二人高陽李公丙戌進士戊戌大拜兼工部尚書孝感熊公戊戌進士乙卯大拜兼刑部尚書李年三十四熊年四十一

學士兼侍郎

續綴錄正統中陳高曹苗皆進授各部侍郎仍供事翰林一時以為館閣盛事今內閣學士掌院學士例皆兼禮部侍郎不為異典矣

讀卷

今內閣九卿讀卷但擬十卷呈御覽各以首卷進呈候旨命讀則讀不命則否水東日記載景泰辛未廷試日陳閣老得三卷向南房紙窗圈點云云則是明制讀卷官亦著丹黃今無此制矣又九卿但論衙門不論官之崇卑如己未魏雙鳳以督捕理事官壬戌科張鵬以通政司參議皆得讀卷而宗人府丞太常卿等三品例不與翰林講讀學士多為收掌官於事體殊未當也

先授編檢科道

世祖皇帝嚴重庶吉士每親自考校乙未館選丙申特先授漢書庶吉士王益朋王命岳等官六科給事中監察御史（內翻作諫授吏科給事中再以族祖大學士正宗媒改吏部主事）戊戌館選己亥御試於南海子特先授清書庶吉士馬晉允富鴻業（後改鴻基）等十人為編修檢討而陳敬（北通州人與今說巖禮侍同名皆同館也說巖亦奉旨加廷字）殷觀光二人革職皆非散館故事

國朝狀元

國朝狀元多不永年中間惟丙戌傅閣學以漸丁亥呂閣學宮大拜己丑劉修撰子壯

池北偶談　卷三　七

壬辰鄒修撰忠倚戊戌孫修撰承恩辛丑馬侍讀世俊皆不數年而殁豈氣數為之耶孫修撰之殁世祖章皇帝深悼惜之賜白金三百兩歸其喪蓋曠典也

三國貢物

康熙丁未夏荷蘭國甲失吧王油煩嗎綏極遣陪臣卑獨遜呵閏等入貢內有刀劍八枚其赤繞指狎檳樹四株各長二丈許西洋小白牛四高一尺七寸長二尺有奇白質斑文項有肉峰荷蘭馬四銳頭卓耳形態殊異又玻璃箱壯丁香哆囉尼絨之屬是歲暹羅國王森烈拍臘照古龍拍臘馬嘑陸坤遣貢使握坤司答喇耶邁低禮貢六足龜孔雀馴象等物回回國貢牛三角三目云

國書之制

本朝文移書疏之制國書則自後而前漢書則自前而後凡宮城榜書並用清漢蒙古三體按草木子載元朝行移文字漢字自前而後蒙古字自後而前畏吾兒字則橫書之

試卷稱名

宋呂申公試卷中自稱名王栢題其後謂古意尚存盛如梓云淳化中立糊名之法祥符中立謄錄之制則又在申公之前矣

伐木

江南造戰艦下令郡縣伐木洞庭民家孀嫗止一女縣吏至其家伐木復令具舟送木至郡既至郡候縣府道院查驗動淹旬月嫗計無所出乃鬻女以償諸費施彥執炙轂錄載宋劉都鐵虞需林木甚大所在騷沸鄧光祖知嚴州殊不經意徐集各里正以朝廷所降木色丈尺人予一紙令各口界中寺廟館驛官道和與所降色樣合者供之既供令匠往視皆合令里正自伐官特予糧須臾木大集民間毫無所苦康熙二十一年以太和殿大工凡楚蜀閩粵產木之地皆差部員往採明旨嚴禁騷擾姚給事濮陽（祖頤）疏請禁伐祠廟冢墓間樹得旨允行仁人之言其利溥哉

優老

通政使司參議虞廣山（世璞）雲南昆明人以書受知世祖皇帝特授光祿寺署正供奉內庭康熙十六年世璞年八十餘上念其先朝舊臣特自光祿寺丞擢本寺少卿遷通參久之御史或言其老病不任職上特令以禮致仕仍給全俸二十一年雲南平世璞疏辭俸祿且乞骸骨特賜白金三百兩馳驛回籍遂次貴州病卒

池北偶談　卷三　八

賜宴褒忠

康熙二十一年壬午，正月上元，賜羣臣宴於乾清宮，異數也。凡賜玉酒者二：大學士、尚書、侍郎、學士、都御史，皆上手賜；通政使、大理卿以下，則十人為一班，分左右列，命近侍賜酒，且諭醉者令宮監扶掖。獨光祿卿馬世濟以文鎮公（雄鎮）子，右通政陳汝器以贈兵侍前福建巡海道副使（啟泰）子，特召至御座側賜酒，上之褒忠優厚如此。翌日，上首唱柏梁體昇平嘉讌詩，刻羣臣繼和。汝器句云：勵節褒忠感賜觴。蓋紀實云。

御製詩

御製登城詩云：城高千仞衛山川，虎踞龍盤王氣全。車馬往來雲霧裏，民生休戚在當前。眞帝王詩也。

善果寺御書

世祖御書賜弘覺禪師云：洞房昨夜春風起，遙憶美人湘江水。枕上片時春夢中，行盡江南數千里。唐人岑參詩也。在都城西善果寺。

乘肩輿

本朝順治初，漢人京官亦多乘馬。予壬辰計偕入京師，見高郵王文通公每入朝皆乘馬，其後始易肩輿。三品以上用四人肩輿，四品以下則二人耳。然旗下大官例乘馬，無肩輿者。自近年始。宋朝野類要云：百司出局人從先報上馬者，蓋舊禮只是乘騎，自中興以來，始得乘肩輿也。建炎朝野雜記云：東都舊制，耆德大臣或宗室屬近行尊者，特旨許乘肩輿。建炎初，上以維揚甎滑，謂大臣曰：君臣一體，朕不忍使羣臣奔走危地，可特許乘轎。歷史謂唐時宰相乘馬，五代始用檐子。本朝近年，惟文潞公以太師平章軍國重事，司馬溫公始為門下侍郎，以臥疾，就拜左相，不可以騎，二公並許乘檐子，皆異恩也。外官肩輿不用帷蓋，蓋古褰帷之意。今惟江寧、開封督撫、司道、府廳、縣官皆用煖轎，蓋沿宋明都城之制，至今未改耳。

兼銜

翰林官遷吏部侍郎，例兼翰林院學士；至尚書則否。其特用為他部侍郎者，亦不兼學士。近如李容齋（天馥）遷戶侍，項眉山（景襄）遷兵侍，皆不兼銜。惟葉文敏訒菴（方藹）以翰林院掌院學士兼禮部侍郎，加禮部尚書，管刑部侍郎事，前此未有也。又杜肇餘（臻）以吏侍兼翰林學士，服闋補刑侍，遂不兼銜。及再遷吏侍，亦不復兼學士，則銓部之踈也。甲子秋冬，嚴存菴（我斯）以詹事府少詹事，董默菴（訥）以翰林院侍講，皆超遷禮部侍郎，則兼翰林院侍讀學士。其後王子言（曰高）以正詹遷禮侍，亦止兼侍讀學士。庚午，予自少詹遷副都御史，又遷兵侍，亦不復兼學士銜矣。

宮銜

康熙元年已後，大臣無加宮銜者，惟閣臣高陽、寶坻、臨朐三公，以世祖皇帝實錄成晉宮銜，其後宛平、漢陽、長洲三公以太祖實錄聖訓告成，亦晉宮銜。甲子四月，刑侍南宮宋公（文運）以老病乞休，上嘉其廉慎，特加太子少保致仕。丁卯四月，巡撫直隸僉都御史于公（成龍）亦加太子少保，皆異數也。

謁陵詩

康熙辛酉二月，上謁孝陵，諸公卿三品已上皆從，多賦詩紀事。刑書蔚州魏公環溪（象樞）一絕極令人感動，詩曰：薊門西望望皇畿，共侍鑾輿展謁歸。禮罷校門雲自閉，夢迴寢殿淚頻揮。老臣將去填溝壑，何日重來拜翠微。廿載承恩無寸補，鐘鳴漏盡尚依依。予謂五六句最沁人心脾，然是後漢宦者張讓語耳。

安南始末

安南入本朝順治初，莫敬耀來歸，未受爵而卒，授其子元清為都統使，居高平。黎維禔亦來歸，未受封而卒。康熙三年，遣編修吳光、禮部司務朱志遠諭祭維禔。五年，遣侍讀學士程芳朝、禮部郎中張易賁冊封其子維禧為安南國王。六年，維禧奪元清高平地，遣侍讀李仙根、兵部主事楊兆傑諭還之。粵西孫延齡、馬雄納元清，負恩助逆。病死，其弟敬光為黎氏所誅，來奔，令地方官送歸本國，死於泗城土府，爵除。維禧死，弟維禔嗣。維禔死，弟維禛嗣。康熙二十二年，遣侍讀明圖、編修孫卓冊封維禛為安南國王，仍賜御筆扁額忠孝守邦四大字。又遣侍讀鄔黑、禮部郎中周燦諭祭兩故王維禧、維禔，二禮並舉，稱盛事云。

周禮部使交趾詩

周禮部星公（燦），陝西臨潼人。自安南使歸，有詩一卷，頗見風土。粗載數首於此。諒山南去萬峯稠，細雨深林石徑幽。一水隨人千百折，中宵勒馬問安州。（夜抵安州）回首燕臺不計程，空山坐待月初生。乾坤自是無遺照，行盡天南一樣明。（見月）一枝挺出森森玉，兩葉分披展綠雲。名是千秋兼可啖，長栽籬落護山村。（千秋菜）四圍山色映晴巒，此地交人號格甘。竹樹參差冬稻熟，風光觸目似江南。（茶山早晴）滄江岸上有荒祠，移栽桃枝近水湄。短柱高簷雙錦鵲，（周阝祠廟以木雕雙鵲為飾）報功異域禮同之。（祭吳王交之功臣城隍）今宸翰相楳日月光龍書鳳篆照遐荒。交人奉比義文畫。首出中天頌聖皇。其六 才名奕奕世無雙。三譯常思載上邦。別後懷君何處是。寒風落日富良江。留別阮司馬公望黎司空俉阮攸憲廷彖黃大參公賓 關門曉日拜天顔。得識南郊青瑣班。記得深林風雨夜。多君相伴出茶山。留別阮廷 住武維匡宋出陳小四始寔 翠幹森森傍水涯。相垂雀尾亂紛拏。秋來結就檳榔米。交子逢人代責茶。檳榔 衣冠文物重南疆。何事關名太不祥。題曰畏天思此義。萬年帶礪控炎荒。易鬼門關曰畏天關 周順治己亥進士。庶吉士。

林舍人使琉球詩

康熙甲子。莆田林舍人玉巖麟焻使琉球。歸有竹枝詞一卷。與周禮部同時示予。幷錄數篇。以誌本朝文物之盛云。手持龍節渡滄溟。璀璨宸章誥百靈。清比胡威臣所切。觀風先到却金亭。明使臣陳侃建 徐福當年採藥餘。傳聞島上子孫居。每逢弁服簪纓問。欲乞瀛秦未火書。日斜沙市趁虛多。村婦青筐藉綠莎。莫惜簪花無酒甕。人歸買得小紅螺。疋練明河牛斗橫。琵琶街鼓欲三更。思鄉坐擁黃紬被。靜聽蟹寬蟋蟀聲。蟋蟀能鳴 譯如麻布 三十六峯瀛海環。愁潮日夜響潺湲。樓西一抹青林裏。露出雞籠齒山。射獵山頭望海雲。割鮮侗酒醉斜曛。紙錢挂道松楸老。知是歡斯部落墳。心齋生白室能虛。柴几焚香把道書。讀罷憑闌笑幽獨。藤墻西角對棕櫚。廟門斜映虹橋路。海島高巢古柏枝。自是島夷知向學。三間瓦屋祀宣尼。王居山第兔園開。松樾棕花錦石栽。多少從官思授簡。不知若箇是鄒枚。奉神門內列鵷行。乞把天書鎮大荒。喚取金縢開舊語。侏傌感泣說先皇。閩宮虎橋壓山原。將享今看幾葉孫。二十七王禋祀在。璧圭錫卣見君恩。擇章曾記作都梁。木白狼歸漢曉。何似島王懷聖德。工歌三拜鹿鳴詩。宗臣清俊好兒郎。學畫宮眉十樣粧。翹袖招要小垂手。簪花研帽舞山香。望仙樓閣倚崔嵬。日看銀山十二回。笙鶴縹雲飛咫尺。不教弱水隔蓬萊。纖腰馬上側乘騎。草圈銀釵折柳枝。連臂哀歌上靈曲。月明齊賽女君祠。久播異域歲將徂。自笑流連似賈胡。三老亦知歸意速。時時風色相銅烏。林。康熙庚戌進士。與林同使者為汪檢討舟次楫。別撰中山沿革志若干卷。進呈御覽。二君皆予門人也。

池北偶談卷三終

池北偶談卷四

清　濟南王士禛阮亭著

談故

親謁孝陵

康熙甲子冬。大駕幸金陵。親謁明太祖孝陵。上由甬道旁行。諭扈從諸臣皆於門外下馬。上行三跪九叩頭禮。詣寶城前行三獻禮。出復由甬道旁行。賞賚守陵內監及陵戶人等有差。諭禁樵采。令督撫地方官嚴加巡察。父老從者數萬人。皆感泣。總督兩江兵部侍郎王新命刻石紀事。己巳春南巡。再謁孝陵。古今未有之盛舉也。

殿試改期

國朝每科殿試之期在三月十五日。自辛丑科後。以三月十九日為萬壽節。遂改殿試於二十日。至今為例。壬戌科。駕幸盛京謁陵。改殿試於九月二十日。戊辰科。以大行太皇太后升遐。改會試於二月十九等日。殿試改三月二十六日云。

會試二亥

順治三年丁亥。重行會試。十六年己亥。復重行會試。

日講

今上親政後。選翰林官直講禁中。先在弘德殿。後移於乾清宮。講官始則熊賜履。繼為史鶴齡。孫在豐。張英。徐元文。陳廷敬。葉方藹。張玉書。湯斌。歸允肅。大抵以掌院學士一員與翰林官一員同講。止二員。惟戊午。陳葉日講。而上幸南海子。葉偶病假旬日。以張代之。後葉疾愈入直。遂三員同直講。史以編修歸歿於家。特賜祭葬。其恩禮非外庭所敢望也。

朝報

今之朝報或曰邸報。亦有所本。見王明清揮麈錄趙昇朝野類要云。朝報日生事宜也。每日門下後省編定。請給事判報。方行下都進奏院報行天下。其有所謂內探省探衙探之類。皆衷私小報。率有漏泄之禁。故隱而號之曰新聞。蓋自宋時已然。又六科綸音冊子。號晚帖。以當晚即知之。次日乃登邸報。故曰晚帖。亦有小報謂之小抄。

臺灣府縣

康熙二十二年。臺灣平。設府一。曰臺灣。縣三。曰臺灣。曰鳳山。曰諸羅。又設總兵官。分巡廈門道各一員駐焉。幅員之廣。古未有也。

東野氏世襲

康熙二十三年上東巡周公後裔七十三代孫世襲奉祀生員東野沛然上疏願懇奉旨交與該部禮部覆無庸議奉旨周公承接道統繼往開來功德昭著其子孫應給職銜着九卿詹事科道會同確議會議得周公後裔應授官職撥給祀田修葺廟宇行文該撫查明以沛然世襲五經博士如孔顏曾孟仲氏例先是沛然上疏行在上召問周公姬姓爾疏稱東野何故沛然對曰昔魯公伯禽季子魚賜東野田一成因以為氏上曰周公廟在何處對曰在闕里城東北二里上愴然隨御製祭文遣恭親王致祭禮部尚書介山御前侍衛觀保鴻臚寺卿務成格闕興邦太常寺寺丞張量馨山東提學道副使唐賡堯陪祭其後沛然卒子枝獻嗣為博士云是時子貢後裔端木謙端木直亦上疏請部議不允

階官避家諱

予嘗疑六朝以來朝廷為臣下避家諱至改州郡名者有之考愧郯錄乃知宋時律文有私諱冒榮徒一年之禁四銓之法遇磨勘階官之稱與其三代諱相值者許其自陳授以次官謂之寄理遂以繫之官稱之首又李文簡燾奏疏亦載雍熙二年有詔凡除官內有家諱者三省御史臺五品文班四品以上許用式奏改餘不許嘉祐六年翰林學士賈黯知審官院奏准下太常禮院大理寺同議言祖父之名子孫所不忍道不繫官品之高下并當迴避乃詔凡府號官稱犯祖父名而非嫌名及二名者并聽迴避其後韓絳除樞密副使自言樞字與祖名下一字同乞避免不許遵嘉祐之詔也宋敏求提舉萬壽觀敏求父名綬自言壽字犯父嫌名詔改醴泉觀則嘉祐之詔復不行矣及吳中復提舉荊湖北路兵馬中復父名舉乞改稱提轄詔以朝廷官稱不當避守臣私諱遂不許然後知迴避私諱唐宋以前載在律文亦孝治天下之意明代以來始刊削耳又燾疏引晉江統言其叔父春為宜春令與縣同名故事職與祖父名同皆得改選而未有身與官職同名改選之例統以為身名所加亦施於臣子凡佐史朝夕必稱厥官倘指實而語則觸尊者諱或詭詞迴避則以私廢公統以為身名與官職同者宜與祖父名為比武帝許之據此又不獨迴避先諱矣朝野類要云授職任而犯三代名諱者許避之而開禧初張嗣古除起居郎以犯諱辭免改名修注官其餘若一名偏犯則不避

武職丁憂

武職舊無丁憂之例康熙二十四年四川提督何傅疏言竊惟議禮制度聖王御世之大權地義天經人子立身之大本養生莫如送死教孝所以作忠據夔州副將孫斌呈詳云云通喪制禮既無貴與賤之殊沿例宅憂乃有文與武之別俱屬毛而離裏忍絕怙以滅親豺獺尚有一祭之知介胄豈無三年之愛臣久失怙恃見素韠而興懷恭際休明瀝丹心而上請賣天下萬世之公義非孫斌一人之私情伏懇特渙綸音定武職三年通喪之例垂光史冊云云得諭旨遂為定制孝治之隆度絕千古矣又浙江提督陳世凱上言武臣丁憂特其一節宜令讀書識忠孝大義得溫旨已復武臣俱當留心典籍責令提鎮倡率之

訪遺書

康熙二十五年四月上諭禮部翰林院自古帝王致治隆文典籍具備猶必博採遺書用充秘府以廣見聞而資掌故甚盛事也朕留心藝文晨夕披覽雖內府書籍篇目粗陳而裒集未備因思通都大邑應有藏編野乘名山豈無善本宜廣為訪輯凡經史子集除尋常刻本其有藏書秘錄作何給值採集及借本抄寫事宜爾部院會同詳議具奏務令搜羅罔佚以副朕稽古崇文之至意旋又奉旨關係經史方許採進時禮侍徐乾學疏進宋朱震漢上易傳并圖說十五卷宋張浚紫巖易傳九卷讀易雜說一卷魏了翁大易集義六十四卷曾穜大易粹言十卷呂祖謙東萊書說十卷元金履祥尚書表注十二卷宋李樗黃櫄毛詩集解三十六卷趙鵬飛春秋經筌十六卷王與之周禮訂義八十卷蔡節論語集說十卷李燾續資治通鑑長編一百六十八卷唐開元禮一百五十卷共十二部

御書

康熙二十三年駕幸闕里御書萬世師表四字懸大成殿次年以四字頒行天下學宮又御書白鹿書院額廬山白鹿洞并賜監本五經四書其河南府二程祠邵康節祠鳳翔府橫渠書院建寧府紫陽書院徽州府文公闕里長沙府石鼓書院皆頒御書學達性天大字古今罕覯之盛舉也

毀淫祠

康熙丙寅擢江寧巡撫都御史湯斌禮部尚書掌詹事府事湯瀕行疏毀吳下淫祠五通五顯劉猛將五方賢聖等廟恭請上諭勒石上方山得俞旨通行直省初湯以

閻學遣巡撫過予邸舍予為言吳中婦女好入寺院燒香首當禁止湯以為然在吳遂力行之風俗一變若淫祠一節尤於世道人心裨益不小湯自言昔為方面時只遵寧陵呂叔簡先生從政錄行之其撫吳亦此志云

戊已二官名

漢元帝初元元年置戊已校尉屯田車師前王庭班書師古注自甲至癸皆有正位唯戊已寄治今所置無常居故取戊已為名或云戊已居中鎮覆四方今所置校尉亦處西域之中撫諸國也然戊已自是兩官後漢耿恭為戊校尉關寵為已校尉是也

荷蘭貢物

荷蘭國自康熙六年入貢今二十五年臺灣平設郡縣其王耀漢連氏甘勃氏遣陪臣賓先吧芝復奉表進貢表詞有云外邦之丸泥尺土乃是中國飛埃異域之勺水蹄涔原屬天家滴露云云貢物大珊瑚珠一串照身大鏡二面奇秀琥珀二十四塊大哆囉絨十五疋中哆囉絨十疋織金大絨毯四領烏羽緞四疋綠倭緞一疋新機嗶嘰緞八疋中嗶嘰緞十二疋織金花緞五疋白色雜樣細軟布二百一十九疋文

采細織布一十五疋大細布三十疋白毛裏布三十疋大自鳴鐘一座大琉璃燈一圓聚耀燭臺一懸琉璃盞異式五百八十一塊丁香三十擔冰片三十二斤甜肉荳蔻四甕廂金小箱一隻內丁香油薔薇花油檀香油桂花油各一罐葡萄酒二桶大象牙五支廂金鳥銃二十把廂金馬銃二十把精細馬銃十把彩色皮帶二十佩廂金馬銃中用繡彩皮帶十佩精細馬銃中用精細小馬銃二十把短小馬銃二十把精細鳥銃十把廂金佩刀十把起花佩刀二十把廂金雙利劍十把雙利闊劍十把起金花單利劍六把照星月水鏡一執江河照水鏡二執雕製夾板三隻

四詹事

本朝詹事府屢裁康熙十五年立皇太子乃復設正詹兼翰林院侍讀學士少詹兼翰林院侍講學士至故友華亭沈文恪公荃始以講筵勞加禮部侍郎二十五年東宮出閣讀書乃召江寧巡撫都御史湯公斌以禮部尚書兼詹事時詹事為郭公棻少詹事為盧公琦歸公允肅三公皆仍其舊故同時有四詹事未幾郭遷閣學即以湯為正詹不另補

東宮初出閣欽定講官五人湯郭二公外則滿洲正詹尹泰少詹舒淑左春坊中允閣世琛左春坊贊善黃與堅也郭既遷去以右春坊諭德徐潮補充之予以少詹事予告在乙丑九月出閣在丙寅閏四月

起復

趙昇朝野類要云已解官持服而朝廷特再推用者名起復起復即奪情也今人以禪後即吉為起復者誤

試官

今諸司官初選即實授唯監察御史中書舍人必先授試職一年滿內閣都察院方題實授沿明舊例也按明杌范敏試吏部尚書李實試禮部尚書徐恢試戶部尚書茹常試兵部尚書開濟試刑部尚書楊靖王進試侍郎詹徽茹太素試都御史又有試給事中至正德中陸完為試都御史此例今人不知

八旗開科

八旗鄉會試開科始於順治辛卯壬辰至丁酉停止康熙已酉庚戌復舉行至丙辰停止丁卯夏五月以亢旱肆赦再復開科之例

按開科之例前後稍有不同順治壬辰乙未滿洲蒙古用滿文另為一榜壬辰狀元麻勒

吉丙辰江總督乙未狀元圖爾宸工部侍郎庚戌癸丑滿洲蒙古概用漢文即附漢人通為一榜辛未中戊復開科例仍之

徵聘不至

康熙已未博學宏詞之徵內外薦剡百八十餘人不至者四人浙江應撝謙嗣寅江西魏禧冰叔山西范鄗鼎彪西陝西李顒中孚范登順治辛丑進士關明絳州辛復元全先生之學與應李以理學著於南北惟魏以古文擅名其兄際瑞弟禮皆有詩名時號寧都三魏

祭北海

丁卯四月副都御史徐元珙疏請釐正祀典其略云臣按歷代祀典唐望祀北海於洛州即今河南府也宋望祀北海於孟州即今懷慶府也明亦望祭於懷慶府我朝典制東海祀於萊州南海祀於廣州二祀近海誠為允當西海則於蒲州望祭蓋西海遙遠循宋明之舊而望祭之宜也至北海則仍祭於懷慶夫宋都於汴而懷慶在其北彼時幽燕皆非宋土即出國門而望北一祭亦權宜之計有明定鼎燕京仍往南而祭北海我朝因之殆非宅中以蒞四海之義伏查北鎮醫無閭山在奉天府屬

今為北鎮山海關迤北之海，非北海乎。况盛京發祥重地，土厚水深，源流綿邈。皇上聲教四訖，幅員之大，亘古未有。長白山水，并烏龍鴨綠諸江，亦盡朝宗於海，則北海之祭，不應仍在懷慶。此祀典之急宜釐正者。伏查順治十七年，科臣粘本盛題請改祭北岳於渾源州，祈下部議。嗣後告祭，更定於迤北近海地界云云。得旨下九卿詹事科道會議。上言明臣丘濬言京師東北乃古碣石淪海之地，於此立祠，就海而祭，為宜。濬所云碣石，今在永平府，但我朝幅員廣大，混同江水發源長白，流入北海，今北海之祭，應改混同江遙望祭可也。得旨允行。

周張後裔

康熙二十四年，僉都御史姚締虞言：宋儒周惇頤有開繼之功，下部議，得旨以惇頤二十九代孫嘉耀世襲五經博士。二十六年，戶科給事中汪晉徵言：孔孟以來道學之統，至宋周程張朱而始著，乃程朱二氏久置世襲博士，周惇頤子孫亦為博士，其張載子孫應一體卹錄云云。九卿等覆議：順治十二年八月，據江南布政使司呈請朱熹裔孫煌，禮部題授世襲五經博士。康熙九年五月，禮部覆御史傅世舟疏，題授二程裔孫程宗昌、程延祀世襲五經博士。二十四年四月，九卿詹事科道會議，僉都御史姚締虞疏，題授周惇頤裔孫嘉耀世襲五經博士。張載關中大儒，與濂洛並重，載裔孫亦應照例授世襲五經博士。陝西巡撫副都御史布哈疏請以載裔孫張夢熊應詔，夢熊未及襲而卒，以其子從先為博士。

臺灣開科

康熙丁卯夏四月，福建提督張雲翼疏請臺灣鄉試宜照甘肅寧夏例，於闈場另編字號，額中一二名。禮部覆准臺灣新經歸附，文教初開，應將臺灣一府三縣生員照甘肅寧夏之例，另編字號，額外取中舉人一名。得旨允行。是科五十一名蘇峨，鳳山縣附學生，習易經。

滿洲鄉試

丁卯夏，恩詔八旗滿洲蒙古漢軍原有定例，同漢人一體開科取士，前因用兵暫行停止，今仍照舊舉行。禮部題請於直隸舉人額外，滿洲蒙古取中舉人十名，另編滿字號；漢軍取中舉人五名，另編合字號（漢軍舊編為金字號，今改也）。會試亦於漢進士額外，滿洲蒙古取中四名，漢軍取中二名。皆與漢人一體作文考試，盛京生員附入在京八旗，本年鄉試期迫，俟庚午辛未科舉行云。

漢尚書

順治初，始設漢尚書，吏部陳名夏、戶部謝啟光、禮部李若琳、兵部劉餘祐、刑部党崇雅、工部張鳳翔，都察院掌院事左都御史房可壯，後惟陳党二人拜相。

閣臣

世祖時拜相者，自同安洪文襄（承疇）外，直隸四人：涿州馮文敏（銓）、靜海高文端（爾儼）、大名成公（克鞏）、高陽李文勤（霨）。江南四人：溧陽陳公（名夏）、武進呂公（宮）、吳江金文通（之俊）、高郵王文通（永吉）。山東四人：德州謝清義（陞）、掖縣張文安（端）、安丘劉公（正宗）、聊城傅公（以漸）。山西二人：曲沃李公（建泰）、衛文清（周祚）。河南一人：商丘宋文康（權）。陝西一人：寶雞党公（崇雅）。浙江一人：海寧陳公（之遴）。四川一人：井研胡公（世安）。康熙已來拜相者，直隸四人：柏鄉魏公（裔介）、寶坻杜文端（立德）、宛平王公（熙）、真定梁公（清標）。江南五人：長洲宋文恪（德宜）、崑山徐公（元文）、丹徒張公（玉書）、合肥李公（天馥）、桐城張公（英）。山東三人：益都孫文定（廷銓）、臨朐馮文毅（溥）、武定李文襄（之芳）。山西一人：沁州吳公（琠）。湖廣三人：孝感熊公（賜履）、漢陽吳文僖（正治）、大冶余公（國柱）。浙江一人：錢塘黃文僖（機）。熊公罷相後再起，為禮部尚書，已卯復相。

千秋康氏

本朝順治已來，直省民間一產三男者，歲有數十，多不勝紀。定例官給米三石、布十疋而已。按南唐時，金陵人康國輔娶司馬氏，一產三男，唐主以為瑞，皆封將軍，號千秋康氏。柳子厚集有為廣南鄭尚書奏百姓一產三男狀，侈為休徵。想爾時此事絕少，故以為祥瑞，而優異如此。

暹羅表

康熙二十三年，暹羅國進表云：啟奏大清國皇帝陛下，伏以聖明垂統，繼天立極，無為而治，德教孚施萬國，不動而化，風雅澤及諸彝。巍蕩莫名，卑國世荷皇恩，久沾德化，微臣纘襲踐祚，身屬遐方，莫能仰瞻天顏。幸遇貢期，敢効輸款，謹遣正貢使坤孛述列瓦提、二貢使臣坤巴實提瓦抒、三貢使臣坤司吝塔瓦喳、正通事坤思吝塔披彩、辦事文披述嗒新禮嗦等，梯航渡海，齎捧金葉表文、方物，譯書前至廣省，差官伴送京師，朝貢進獻，代伸拜舞之誠，恪盡臣子之職，恭祝皇圖鞏固，帝壽遐昌。伏冀俯垂鑒納，庶存懷遠之義。微臣瞻天仰聖，不勝屏營之至。

太皇太后朝儀

舊制元旦冬至及太皇太后皇太后萬壽節，上詣兩宮行禮，大學士尚書都統已上隨駕詣宮前行禮，侍郎已下則否。二十年，御史任某條奏，部議隨駕官如故，侍郎已下於午門前行禮。遂為定制。

裙帶官

宋時親王南班之壻。號曰西官。又謂之裙帶官。見朝野類要。

彤

彤水在于邑東鄙。古西安城下。又姓也。左傳。文公十一年。宋公於是以門賞彤班。漢書功臣表有芷侯彤跖。劉熙釋名曰。耳彤也。

停止閏月

楊光先者新安人。明末居京師。以劾陳啟新。妄得敢言名。實市儈之魁也。康熙六年疏言西洋曆法之弊。遂發大難。逐欽天監監正加通政使湯若望。而奪其位。然光先實於曆法。毫無所解。所言皆舛謬。如謂戊申歲當閏十二月。尋覺其非。自行檢舉。時已頒行來歲曆。至下詔停止閏月。光先尋事敗。論大辟。光先刻一書。曰不得已。自附於亞聖之闢異端。可謂無忌憚矣。○王蜀閏丙戌年正月。後因胡秀林向隱異同。求得唐曆。乃閏乙酉年十二月。遂改用之。宋元豐元年。歲在戊午。閏正月。知定州薛向繳進遼國曆。乃在十二月。古亦有此。見吳曾漫錄。

長白山

內大臣覺羅武等。謹題為遵旨看驗長白山事。康熙十六年。四月十五日。內大臣覺羅武。一等侍衛兼親隨侍衛首領臣耀色。一等侍衛臣塞護禮。三等侍衛臣索。奉上諭。長白山。係本朝祖宗發祥之地。今乃無確知之人。爾等四人。前赴鎮守兀喇地方將軍處。選取識路之人。往看明白。以便酌量行禮。臣等欽遵上諭。於五月初四日起行。本月十四日至盛京。十六日由盛京起行。本月二十三日至兀喇地方。轉宣上諭於將軍等。隨查兀喇寧古塔。及兀喇獵戶所居。村莊等處。俱無確知長白山之人。僉云曾遠望見。惟都統尼雅漢之宗族戴穆布魯。原係採獵之人。今已老退閑月。稱我輩原在額赫納陰地方居住。我雖未曾躋長白山之巔。曾聞我父云。如往獵長白山脚下。獲鹿肩負以歸。途中三宿。第四日可至家。以此度之。長白山離額赫訥陰地方不甚遙遠。我不知其他等語。因訪問雖不曾至長白山。如赴額赫訥陰地方。水路幾日可至。陸路幾日可至。亦有知往額赫訥陰地方陸路之人。否據官獵戶噶喇大額黑等。口稱如乘馬。由陸路前赴額赫訥陰地方。十日可至。如乘小舟。由水路而往。途中全無阻滯。二十日可至。倘遇水漲阻滯。難計日期。有獵戶喀喇者。知赴額赫訥陰地方陸路等語。臣等隨諭每人攜三月糧而往。又思或三月糧盡。或馬匹倒斃不能歸家。亦不可定。隨語鎮守寧古塔將軍巴海。可載一船米於額赫訥陰地方豫備。倘我輩米盡。以便於彼處取用。將軍巴海云。大船不能過松阿里河大險處。當即載米十七小船。至額赫訥陰地方豫備。臣等即擬於六月初二日起行。又思由水路而往。倘遇水漲阻滯。稽遲時日。不能即至。因與噶喇大額黑約。我輩乘此馬匹肥壯。速由陸路往。看倘有過長白山。回時再由水路逆流而上。前赴額赫訥陰地方。約定臣等帶領固山大薩布素。於六月初二日起行。經過文德痕河。阿虎山。俾勒訥佛祁爾薩河。滹沱河。沙布爾堪河。納丹佛勒地方。輝發江。法河。木敦林。巴克塔河。納爾渾河。敦山。卓龍窩河等處。及至訥陰地方江干。不意噶喇大額黑乘小舟而行半月程途。七日齊至。因語固山大薩布素。我輩乘小舟由江中逆流前赴額赫訥陰地方。汝帶領官兵馬匹。由瓦努湖河逆流而上。由佛多和河順流而下。前來額赫訥陰相會。約定遣發去後。臣等於十一日。至額赫訥陰地方。固山大薩布素等。於初十日已至。因前進無路。一望林木。臣等與固山大薩布素商議。令薩布素開散章京喀達與識路徑之喀喇。帶領每旗甲士二名。前行伐木開路。并諭如望見長白山。可將行幾日方得望見。有幾許路程。相度明確。來報我輩。住二日。亦即起行矣。隨於十二日遣發前行去後。本日據固山大薩布素差人顧素前來。報稱我等別大人們。行三十里。至一山頂上。望見長白山。不甚遙遠。似止有一百七八十里等語。又續差艾喀來報稱。先差人來後。又至一高山頂上。望見長白山甚明。約有百餘里。山上見有片片白光等語。臣等趁未有雨水之時。急往看驗長白山。因留噶喇大額黑等。督捕珠珠。於十三日起行。十四日與固山大薩布素等。會於樹林中。捫摩開路前進。十六日黎明。聞鶴鳴六七聲。十七日。雲霧迷漫。不見山在何處。因向鶴鳴處。尋路而行。適遇路蹤。由此前進。直至長白山脚下。見一處周圍林密。中央平坦而圓。有草無木。前面有水。其林離住扎處。半里方盡。自林盡處。有白樺木。宛如栽植。香木叢生。黃花燦爛。臣等隨移於彼處住扎。步出林外。遠望雲霧迷山。毫無所見。臣等近前跪誦綸音。禮拜甫畢。雲霧開散。長白山歷歷分明。臣等不勝駭異。又正值一路。可以躋攀。中間有平坦勝地。如築成臺基。遙望山形長闊。近觀地勢頗圓。所見片片白光。皆冰雪也。山高約有百里。山頂有池。有五峯圍繞。臨水而立。碧水澄清。波紋蕩漾。殊為可觀。池畔無草木。臣等所立山峯。去池水約有五十餘丈。地週圍寬闊。約有三四十里。池北岸有立熊。一望之甚小其繞池諸峰勢若傾頹頗駭瞻視正南一峰較諸峰稍低宛然如門池水不流山間處處有水由左流者則為扣阿里兀喇河右流者則為大訥陰河小訥陰河繞山皆平林遠望諸山皆低相視畢禮拜下山之際峰頭有鹿一羣他鹿皆奔獨有七鹿如人推狀自山峰陸續滾至山下聞散章京畢揚武里等駐立之處臣等不勝駭異因思正在乏食此殆山靈賜與欽差大臣者隨望山叩謝收其七鹿臣等上山之時原有七人也自得鹿之處退至二三十步回首瞻望又忽然雲霧迷山臣等因清淨勝地不宜久留於十八日言旋回見先望見長白山之處因雲霧蒙蘢遂不得復見山光矣二十一日回至二訥陰河合流之處二十五日回至恰庫河此河乃訥陰東流會合之所二十八日正行之際適遇頒到勅旨臣等不勝歡忭捧讀敕旨感激靡盡當經叩頭謝恩訖二十九日因馬瘦不堪馳驅自恰庫河水路乘小舟而歸經過色克騰險處圖白黑險處噶爾漢險處噶大渾險處薩滿險處薩克錫險處法克錫險處松阿里大險處多渾險處來一葉小舟歷此大江九險得以無恙而渡者皆仰賴皇上洪福之所致也七月初二日回至兀喇地方又往看寧古塔等處地方於本月十二日至寧古塔徧看會寧府等處地方畢於七月十七日自寧古塔起行八月二十一日抵京師臣等奉命於人跡罕到之處創闢路徑行於不見日色深林之內無一日阻滯得見長白山皆我皇上敬念祖宗誠心感格神明之效也緣係欽差事宜謹疏奏聞奉旨長白山祖宗發祥重地奇蹟甚多山靈宜加封號永著祀典以昭國家茂膺神貺之意着禮部會同內閣詳議具奏禮部覆疏金史大定十二年封長白山為興國靈應王明昌四年又加封開天弘聖帝明洪武三年並去嶽鎮王公封號止稱為神今本朝祭五嶽五鎮俱稱嶽鎮之神相應將長白山封為長白山之神相擇吉地建祠照五嶽例每年春秋二季致祭祭祀所行禮儀應用等物亦照五嶽今未建祠之前應特遣大臣往封致祭其封神祭文及每年春秋二次祭文交與翰林院撰擬工部酌量題請建造祠宇成日始行春秋二祭可也奉旨這建祠致祭事宜着再詳議具奏

山東解元

山東解元在明時仕多不達至順治戊子吾邑伊中丞翁闢以乙未改翰林授御史今至節鉞甲午大嵩趙庶常浮山作舟以己未丙午鄆城魏侍讀子桐希徵以丙辰壬子濱州王檢討甲先鼎以癸丑乙卯德州李編修紫瀾濤以丙辰丁巳諸城王編修何思沛思以己未辛酉德州孫檢討子未勷以乙丑丁卯陽穀劉庶常[illegible]以辛未凡歷十五科而入翰林者八人

崇禎紀事

崇禎紀事吳郡姚宗典所著其中紀載多失實而獨於宜興故相誠稱其功又見弘光大紀一書亦多出傳聞如云某年月日劉澤清殺其叔孔和孔和長山故相國青岳先生鴻訓子部領義兵至淮澤清忌而殺之非其族也又云流賊偽制將軍某至濟南推官鍾性樸死之鍾字文子順天人癸未進士本朝順治初為濟南府推官後擢提學道予即其庚寅首取士也而謂死流賊之難何也

縣名避年號

順治中改嘉興府崇德縣為石門縣以避太宗年號也明穆宗朝亦改隆慶州為延慶州許重熙五陵注略曰宋時皆改郡邑名以就年號如祥符紹興之類國初亦以洪武名其門避年號非古也

玄狐

本朝極貴玄狐次貂次猞猁猻玄狐惟王公以上始得服康熙十一年重定衣服等威之制三品以上始得服貂及猞猁猻未久復故日講官每歲賜貂自滇中告變停賜康熙十九年乃徧賜講官九人

遵化改州

康熙十六年以孝陵故陞遵化縣為州以豐潤縣屬之知縣鄭僑生即陞知州後歷官湖廣提學僉事

鄉飲酒禮

康熙己酉順天府尹疏請八旗一體行鄉飲酒禮從之

池北偶談卷四終

池北偶談卷五

清　濟南王士禛阮亭著

談獻

朱公遺婢帖

總河尚書義烏梅麓朱公之錫，溫然長者。以清慎受知世祖皇帝，後齎志以歿，又無嗣子。近見公遺婢帖，真盛德事，錄之以示後生，知前輩用心如此。帖云：前送回張氏女子，原無大過，只見娃子氣，好言教導不甚知省，誠恐聲色相加，流入婢子一類，所以量給衣飾，還其父母。初時原是待年，五六日後便有遺歸之意，故自後并無半語諧謔，猶然處子也。而此女臨去時，哭泣甚悲，既恐人笑，又恐人不相信，不肯甚之。足下可將此女原無大過、完璧歸趙一段緣由，向其父母中媒昌言明白，以便此女將來易於擇婿也。康熙中，徐兖淮揚間人，盛傳朱公死為河神。十一年，總河王中丞徇民情疏請建祠濟寧，下部議寢其事。按公此事，與宋張乖崖及明左都御史沂州王公璟事略同，王事見西園雜記。

畸士

杜牧之所記燕將錄，陳同甫所記龍伯康、趙九齡事，宋景濂所記秦士錄，近日錢牧齋所記東征二士錄，皆瑰瑋倜儻。鼎革之際，不乏畸士。友人汪苕文、劉公㦷皆作乙邦才傳，汪又作沈通明、申甫傳，予常作劉孔和傳，每欲廣搜成一書，未暇也。

申殷張

永年申和孟涵光，節愍公長子，有文章志行，以詩名河朔間。同學多為大官，申獨隱居不出。有故人自京師寄書，申報以詩云：日日秋陰命笛與，故人天上落雙魚。荷花未老新醪熟，為道無聞作報書。其簡傲如此。一時同隱廣羊山中者，有殷岳宗山、張蓋覆輿。殷工五言古詩，平生不解為近體，常為雎寧令，輒自罷歸。張善草書，通輕俠，晚值亂離，鑿坏以居，不與人接，人有傾之者，或夜讀經傳達旦，時或痛哭。張贈申詩云：草澤賢豪盡上書，奎章閣外即公車。我甘漁父因衰老，獨有涵光是隱居。後發狂死，和孟為立傳，刻其遺詩二卷。

韓計

北平韓鼎業字子新，流寓中州。李空同墓在禹州山中，為流賊所發，韓收其骸骨葬之。吳江計孝廉甫草東遊河北，訪謝榛墓於鄴西門外，為立碣表曰明詩人謝茂秦墓。二事皆有古人之風。按空同在禹州，與具茨接。獻吉本扶溝人，且生於汴，故取為號，歿即葬焉，非平涼之空同山也。

張學士

辛亥秋，駕將出關謁陵，又有遣大臣巡察之議。侍講學士張貞生於乾清門面奏言過戇，下考功議，革職為民，蒙恩止鐫二級。於九月廿二日扁舟南歸。學士居富川有講學園，即文信國故居也。一時賦詩贈行者甚多。宋荔裳按察云：三殿褒衣何事補，西江遷客累朝多。高念東侍郎云：讀書學道千秋事，士所當為正自多。家兄西樵云：言聽便為天下福，計違不負一生心。學士留別詩云：秋風送客復來船，江遠帆孤一夢懸。焚草燈前期報國，披肝殿上顧回天。聖明豈是誠難格，臣憨還應術未全。賴有宗工交勗勉，臨岐中贈繞朝鞭。張為國子司業時，刻鄒南皋先生宗儒語略，頗闡陽明良知之說，其後乃一宗考亭。嘗書郎壁云：至危是人禽之界，最緊在義利之關。居京師寓吉安館中，蓬蒿滿徑，突無炊煙，瀕行至不能具裝，故人餽贐，一無所受，其狷介如此。予亦贈詩三首，其一云：上殿似聞辛慶忌，行吟休擬楚靈均。學士尋奉特旨召用，聖主知人之明，度越千古矣。

駱金吾

駱養性字泰如，京師人。崇禎朝為大金吾。熊魚山開元、姜如農埰二公俱以直言得罪，下錦衣獄。一日漏下二鼓，一小中官持懷宗御筆至，云諭駱某即取熊、姜二犯絕命繳。駱附奏繳旨，略云：言官果有罪，當明正典刑，與天下共棄之。今昏夜以片紙付臣殺二諫官，臣不敢奉詔。奏上，帝怒為之霽，二公皆得不死。駱至順治中尚在，宋荔裳識之。

左良玉

左良玉偃蹇武昌，不奉朝命，其東下以討馬阮為名，實叛逆也。侯方域為寧南侯傳，以私恩語多失實，論者猶以是予之。董卓傳：卓既廢立，乃與司徒黃琬、司空楊彪俱帶鐵鑕詣闕上書，追理陳蕃、竇武及諸黨人，以從人望。古來奸賊依倚盜名，類同一轍如此。

張黻

廬陵張幹臣學士貞，世祖黻，明成化時仕為後軍都督府經歷，嘗以救林見素得罪。與陳白沙交善。予從學士處見白沙送別詩手蹟云：草閣春風忽雨人，坐臨江水看江雲尋常肝肺詩中寫六十頭顱鏡裏分洛絮風鶯還著樹行人日出又離羣布帆遠下南京道望斷梅關不見君張氏以理學直諫為家學其淵源有自矣

王烈女

張秋王烈女名婚諸生王碧俟女風姿絕世而貽宕不羣崇禎辛巳冬張秋被兵將犯烈女女大罵而死血凝河冰經春不化

葛端肅公家訓

德平葛端肅公為明嘉隆間名臣東阿于文定公稱大臣有德望者獨推公公與予家世姻婭先太師公長女公孫婦也嘗讀公家訓謹錄數則於左

予初仕為彰德府推官視府篆遇冬至在趙王府慶賀畢王傳令旨各官即以朝服見予謂朝王舊禮皆吉服今遽更變不敢從王令長史持一冊來云此書開載應朝服予謂既非沿習又無素考一旦改變理不可從所持不知何典記未可遽信長史復啟王大怒將引禮官拷掠欲以恐喝長史復來云殿下盛怒不具朝服恐不容見予曰不見亦得即請於朝違令旨之罪亦可認若不應服而服則關係甚大各官罪不可測聞單藩初令各官朝服惟李夢陽不肯事竟如何長史往復良久日已高王遂令照常吉服朝見後見崔後渠公云不圖子有是識有是力也

予在鄭三年餘每公出必自齎盤費騾驛私餽下程俱不敢受嘗至汴城查盤事畢以餘金買銅茶壺一具遇大風雪黃河冰不可渡待於河上仍鬻壺以為途費今聞里中驛遞之費至於不可紀極如之何民不貧困流亡也

予遇急缺風憲行取時年二十九歲限以十月到部舊例選科道三十以上方得與若遲兩月即合例予平生謂處事最不可用意纔用意便非順天命故依限赴部呂文選從周范曰君年二十九例不得選臺省予曰自知無分居數日授兵部主事守山海關冢宰汪誠齋語左都御史王浚川公曰葛君年二十九更兩月則及格矣渠不肯候是其人亦可取公曰是予山東提學時門生也在彰德甚有聲崔後渠亟稱之公又語予曰君不謀臺省良有見居官何必臺省能稱職即是好官耳

予鄉平度李正夫以文選副郎改翰林部例一人出衙門則舉同鄉一人為代武城王舜渠及邢北原先薦予於正夫正夫遂告之冢宰文選皆曰可予素不識正夫特相過訪屏人曰今見鄉兄吾所舉可謂得人且曰呂東濵欲凡一見予有難

色正夫又曰凡謂詮曹不易見耶我當同凡一往予曰否否既已見矣則當有言是涉於求吾弗能也正夫曰今求者多以為事當出於某故皆不得而凡顧以一見為難乎予曰鄙志以為不可求故不能從正夫又曰昨王道思薦李中麓東濵謂某已薦凡今胡如此予曰中麓兩同年也素相厚得吏部猶我也況中麓不在京師豈可令士大夫謂某瀋與之爭乎請鄉兄遂薦之正夫乃悵然罷去於是決用中麓矣予詣正夫謝相負之罪正夫曰予初不知凡之高如是山東正氣也吾重之有加於代吾為吏部矣郭君衡亦稱道以為君子立身當如是後中麓以文選陞太常值予服闋以予前相讓之意仍欲薦予與冢宰許松皐公暨文選王象山嘉猷言皆允乃作書促予北上時以日淺不可遂行比至都有舊吏部林東城春周棠山鄉皆以起復先至中麓甚憾于遽既數日偶吏部有胡綏溪綜者不為衆僚喜議欲出之於外以為予地中麓聞來語予予曰擠人而奪其位此豈君子之心果如所云予當乞病歸必不忍就也且前日吾能讓凡今顧可擠人乎中麓曰迂哉偽予予曰誠然寧迂勿躁也中麓意乃止越數日祠祭主事缺乃補之

予在山海關時陶真人仲文以遼陽庫官任滿回夾帶軍妻至關詰出予發巡捕指揮徐鳳儀問究軍妻解回原衛仲文家人依律擬追問渠甚啣之渠妻與關民張寶妻結為姊妹仲文至京有真人之寵寶與妻遂相往來徐是山海守關因與諸武定侯郭勛家人被其誣奏至於逮係仲文語人曰山海主事亦可拿乎意蓋在予也時予以起復至京詹角山語予曰此人不可不防予曰禍福固有定數不能宛曲求解聽之而已予奉補禮部遂選制郎中仲文時加禮部尚書擇日來部到任予與衆僚議不可相見是日當託故皆不入部衆以為然至日渠來見四司無人各留一名帖而去竟亦無如之何也

寧府宸濠反同謀者郡王將軍而下若干人本犯皆令自盡家屬發高牆禁錮後命科道官各一人至彼看議姑容回本府為庶人既得脫禁輒復營謀請封夏桂洲掌禮部時為之題覆酌量俱准襲中尉女皆為鄉君已封若干人矣予在儀制有援蹤奏請者予查刑部移來原題稿其祖若父皆親同謀反人遂具稿參駁呈嚴介溪宗伯嚴曰此事桂洲久已准行今遽變易桂老在閣豈不取怪況予亦江西人先已准錄我乃希之人其謂我何予曰郎中亦知桂翁在閣顧其所行必當致怨然法不可行只得據正題覆意外之禍聽之而已既具題桂洲竟擬旨云某

等你部裏既查係謀反者子孫。都不准襲。今後再有奏擾的。治罪不饒。全無恕意。蓋亦自知先題准之非。得此一解。永無後虞也。

寧藩逆叛。只令弋陽王。以本爵管理府事。渠乃無涯之心萌。初求審理理刑。吏部題覆與之。既以教授輔導職卑。恥同各府。奏欲以審理輔導。予在儀司參之。以為郡王府。止有教授。親王乃有審理。弋陽王。雖理府事。尚貫郡王。緣稱添有審理。已為非分。今又舉海教授。欲以審理輔導理刑之官。非可以兼輔導。若如所請。將來攏蜀之請。又不知其如何。所據弋陽王拱樻非望奏瀆。祈天語嚴加戒飭。稚宜安分。恪守成憲。無得仍前妄意奏擾。自取罪愆。奉旨。是拱樻屢有奏擾。不務安靜。着今後恪遵憲章。保守祿位。毋得聽信撥置。自取罪愆。明旨昭然。宜知警戒。各衙門亦當稍知裁抑矣。未幾。奏乞長史。吏部郎。選與長史二人。又乞校尉。兵部又題與校尉五十名。其校尉巾帶。奏乞照例給與。事在儀制司。予諭其齎本人曰。親郡王各有體制。原不相同。今弋陽王。欲全比親王。是入繼親王也。何謂以本爵管理府事。汝速歸啟王。宜安分。吾決不與。渠曰。兵部已與校尉。校尉應有巾帶。予曰此自兵部大錯。校尉可有巾帶。決不可得。後長史。亦竟被言官參革云。

予自陝西布政使入覲。紛羨一無所攜。有時相予官太常尚寶。同衆遊飲。亦只照常。送一帕儀。吏白他省藩司。未嘗有以此送嚴管家者。而顧以貽其主人。恐嗔怪。予曰。厚則吾力。實有不能。相諒與否。聽之而已。嚴管家者。分宜家人嚴年也。

巡撫培養一方元氣。不比巡按。專有發奸擿伏之任。故貴寬簡長厚。予在河南。只重循良有司。不奬喜事獵虛名者。更嚴禁貪酷之吏。常刻木榜曰。爾之俸薪。皆出於民。吏殘民以逞。取充囊橐。不有明罰。必有幽責。不於其身。必於其子孫。後予在吏部。佐中外考察數四。舊屬官鮮以貪墨敗者。不可謂無所感孚也。然待人而興。猶屬庸士。若豪傑則自知砥礪矣。勉之勉之。

予在吏部四載餘。兩推太宰。一次相公。各有所託。且曰。即以元輔次輔所薦為正陪。予謂冢宰統百官。均四海。一遂柄用。大關君子小人之進退。須從人望。焉可徇人。竟推南太宰周公延。疏上。大拂時相意。得調旨另推。兩員來春。二公復申前請。謂閣中已秘揭薦過。非此二人不可。予不能從。明日東閣會推吏推總憲屠公僑。一廷相顧。不言而罷。予徑出。至端陽門。楊虞坡凡趨來同行曰。今日之舉。正人增氣多矣。凡不見環聽者悚然乎。疏上。相公大怒。衆各具揭薦所囑者。且云吏部偏

執意見。越三日。疏揭俱不發。聞上共納袍袖中。左右莫測。又數日。忽宣召吏部守禮趨至迎和門。中官捧御筆特旨出。批部疏面云。着點復職之任。然者。福建李古冲。時家居故云。聖明總攬乾斷。不惑私議。兩相受上眷知之深。費許多心計。竟不能用一私人。豈尋常世主所及哉。

陶仲文既荷寵與常。入直萬壽宮時。於便殿賜坐賜食。從容談論。聞上兩次詢大臣賊否。至守禮則先發云。此朕所素知。是在禮部山陝河南有聲者。聞他清操如故。陶出甑恚憤累日。與其徒曰。蜀與川公。好造化。上每訪問諸大臣。便先稱之。蓋修舊怨不能遂。其中傷也。此自鬼神呵護。然聖德高明。均於大造。吾子孫當世知所以報稱可也。

丙辰自南京謝政歸里。舊宅已推與弟姪輩。始自營第一區。檢笥中得二百餘金。查莊上畜糧。僅數百石。於是年期起室一進。約數年竣工。興作之費。每至稱貸。爾輩其知締造之艱。兢兢保守之。此宅以有家廟。家塾。幾世未析。百口同居。勢不得不從闊大。以後子孫出居。每宅寬只許五楹。深約三四進。勿妄扳援此宅規制。其同爨弟姪輩。欲析居時。除爾曾祖見產瓜分之外。各與城宅一區。鄉莊一所。田二頃。瑩地數畝。以稱予親親之誼。

予在仕途三十年。今得優游林下。與世味淡然相忘。似皆得閒靜力。士大夫但有為名。使人喜之心。做官就要矯激自炫。以急人知。煦煦行惠。至違道以要虛譽。居鄉必不能修已遠利。表正風俗。即知自好。亦多甘為鄉愿之行。俟命君子。所謂無入而不自得。蓋以立身行已。自有法度。對不自失而言耳。顧居鄉無難。只要在家讀書靜坐。不管閒事。敦倫理。屏嗜慾。勿干請有司。禁絕假託用勢者耳。若做官要做人。事事念念。為義為公。成敗利鈍。皆無足計。須先知內外檢點。卓然自立。不依阿諛。恐附人。持法公平。宅心忠恕。勿恃一守而輕僨慢民。勿為宦成而肆志傲物。兢兢翼翼。作事謀始。凡自我行。務上有益於朝廷。下有利於生民。而無求赫赫之名。其庶矣。大凡人能清約。即能秉正。事無不可為。夫出處一機。爾輩自今。即學廉靜無欲。異日居官。自當得力。使人稱為清白吏子孫可矣。

又二則曰。同年中。天植忠直。吾不如郭君鞏。嘉靖癸巳十月。予行取至京。君鞏為御史。暇則相見。十二日夜。星隕如雨。無一人建言者。五日後。君鞏過我曰。凡能為程舜敷否。予曰。凡欲為楊貴卿乎。蓋楊曾論邵真人下獄。追主使之人。竝逮舜敷

不隱得謫故戲及君弼因曰星陷大變舉朝無言者我言官也數日來甚不得已已草奏矣凡為我討論之疏上三日不下君弼復過曰事不測矣少頃逮錦衣獄復奏上者拿來午門前打四十棍錦衣夾拶已近百矣雨腿露骨死而復甦予視之初無悔意既而巡按蘇松屢奸剔弊臨淄止為朱玉峰建一坊題曰崇德為文衡山建一坊題曰表節雖顧味齋在閩中亦不及也從遷順天巡撫時夏桂洲起用南來各巡撫皆候境上保定巡撫蘇舜澤以書邀君弼君弼辭之未幾以地方小事票令閑住既以太宰熊北源薦起督宣大總兵張達輕出犯敵營陣亡事出頃刻君弼駐陽和相去二百里比夜始知給事中唐禹勸其不救下錦衣械繫打一百謫戍鎮番今十餘年矣行乎患難無所怨尤忠直之性挫而愈厲是吾所瞠若者也雅性恬介吾不如與汝薦蓋其幼時性慕冲玄故於世味澹然無欲予在儀制時汝薦為戶部郎中一日來司中見架上紙十餘刀問曰此何用予曰將以換書曰此官物換書則其私也予曰戶部亦有之凡何所用曰公則用餘則貯司庫以待來者後守廬州府治對有山所出柴木舊供府用曰此官物也計其值皆入庫作正數他可知矣毋卒於官扶喪歸宅為水所壞借其族兄房三間停柩且居

之不謂陋也繼補保定則宿於堂之東閤十日始一入宅廉靜之風保屬皆化時谷近滄為屬高陽令深服之巡撫真保時山陝地震閭臣以考察京官慰之李南渠任其事九卿以下皆列為等第汝薦以李同年得在一等與嚴世蕃徐陟陸煒趙文華輩同列渠甚病之時予免歸遺予書曰今次考察及九卿甚異事所謂一網打盡矣吾尚可久居此乎未幾竟引疾歸避居山寺數月不一至其家如此高舉豈吾所及公隆萬間復起歷戶部尚書左都御史功名氣節一代仰之如山斗及其歿後每生忌日講祀家祠下輒千百人文集若干卷孫尚寶卿昉翰林編修曦刻之家塾

薦隱逸

康熙十年浙撫范中丞薦山林隱逸鄞縣葛世振明崇禎庚辰第二人翰林編修也既以老疾辭不起復奉溫旨敦迫再以疾辭遂允其請又薦布衣董漢策以科道試用舜為御史劾罷至下諸法司而秦督鄂善薦盩厔布衣李顒辭不至顒起田畯嘗一就科舉遂隱居讀書修明橫渠藍田之學富平李天生因篤昔嘗為予言之

蔡卞白敏中

人有不可以一節取者宋史載蔡卞歷揚廣越潤陳五州廣州寶貝叢湊一無所取及徙越夷人清其去以薔薇露灑衣送之即此一事論之雖與沉香裁石同稱可也而乃出於卞之巨姦白敏中在郎署李衛公器之多所延譽遣錢十萬俾會省閣諸公娶已有日時秋霖涉旬賀拔惎員外求官不得將欲出京來別惎與敏中同年閽人告以方候劇官惎起駐車留書叙滿遊之困敏中得書歎曰士窮達當有時命豈有美饌上邀當路豪貴而反遺故人遂留惎先宴既而劇貴聞與惎宴眾皆去異日敏中謁衛公以留故人負於推引衛公稱之曰此真古人所為以此一節觀之敏中過人遠甚然史稱敏中受知德裕薦知制誥尋為翰林學士至大用及德裕之貶詆之不遺餘力議者皆惡敏中相業略無足稱怙威肆行卒諡曰醜而黨附宗閔指斥衛公尤為當世鄙薄蔡太虛著論謂敏中不獨負德裕抑且負國家

聯語

張忠定公延登一為司空兩為總憲以功名著累朝又鄉會試得人最盛如劉文正理順吳忠節鱗徵馮中丞元颺尚書元飇夏考功允彝及周挹齋延儒輩皆門生也少時見公廳一聯云門多將相文中子身繫安危郭令公

先忠勤公家訓

先高祖潁川公登嘉靖辛丑進士為貴州參議以王事歿於黔贈太僕寺少卿子六人長贈布政使之裕次戶部左侍郎贈尚書諱之垣即先曾祖也次戶部員外郎之輔次淮安府同知之城次浙江按察使之猷次高陽知縣之棟公教諸子最嚴家訓云所存者必皆道義之心非道義之心勿汝存也制之而已矣所行者必皆道義之事非道義之事勿汝行也慎之而已矣所友者必皆讀書之人非讀書之人勿汝友也遠之而已矣所言者必皆讀書之言非讀書之言勿汝言也諾之而已矣今刻石忠勤祠中先祖方伯公暨不肖兄弟恒舉此訓廳事屏壁間亦皆書之

忠勤公諸孫

高祖忠勤公一日擁諸孫膝上時伯祖太師公象乾方伯公象坤光祿公象晉皆方七八歲公戲問太師曰汝將來中第幾應曰第二問方伯曰第一問光祿亦曰第二公喜其後方伯中嘉靖甲子解元光祿隆慶丁卯太師隆慶庚午皆第二人如其言四伯祖孝康公象蒙癸酉亦第二人其後叔祖戶部公象斗翰林公象鼎中丞公象恒皆以戊子先祖方伯公象晉以甲午叔祖考功公象春初名象嵊以癸卯相繼鄉薦皆

戚進士向見談會諸書所載多訛舛。詳述之。

司徒公歷仕錄

曾祖大司徒公常自纂歷仕錄一卷。謹錄數則於左。以為家訓云。

予初選荊州府推官。出京時。即聞彼地士大夫有好請託者。予概不敢從。時如江陵相公乃翁曹部憲年伯紀山公。亦不狗從。後遂卒無以竿牘來者。鄉官薛太守雲澤自京師回。傳江陵公語曰。王公大有執持。我甚服之。

楚撫某公陞任。取荊州杉板二十副。計費數百金。太守趙公難之。以問予。予曰。公政績甚著。且屢登薦牘。今送杉板。是賄而求薦也。不可。趙公韙之。已而薦竟居首。趙公名賢。汝陽人。歷官南吏部尚書。

荊州府庫有王府故錄銀。遼王差校尉取銀。未發時。孫太守入覲。通判王某署府事。王提庫吏當大殿立斃杖下。其兄具告撫按。俱行推官。王三月不發犯人。予欲報命。長史不得已始發下犯人十四名。皆稱冤。王怒。出府往道署。署門閉。遂至府前登鼓樓。予與太守趙公同至鼓樓謁王。王怒甚。云王推官辱我。我何面目管束諸宗儀。趙公力辭罷去。予隨以事至省。遇荊門州謁巡撫。同鄉谷近滄公。公曰。王府事不可激。予應曰。亦不可狗。公曰。昔有神童見一老僧。僧曰。汝退一步則死。退一步則亡。神童應曰。旁行一步。亦有何妨。予正宜旁行時也。予曰云何。公曰。予今諾歸。即送家累杞縣令姪象坤處。次日遂起。永州月餘。回同岳州推官辛君會訖家累且歸。而身出查盤。侯王稍氣平。仍具文來。我再添一官會鞫。庶好擔當。予曰凡問軍一徒五。王怒愈甚。然竟無所施。王素不道。後發高牆禁錮云。

予為舉人時。以太僕府君忠勤死事。入京乞卹。時嚴世蕃用事。賄賂公行。予謂縱賂得之。適足為先人辱。遂竟歸。歸督諸弟子姪。晝夜閉戶讀書。相繼成立。竟得卹典。

予以給事中。充正使。與禮部員外郎同年蹇理菴公。冊封鄭府崇德王事。充即日行。餽謝甚腆。一無所受。理菴與予意同。後理菴官至薊遼總督兵部侍郎。

穆宗時。陳皇后出中宮。中外人心不安。予具疏請皇后正位中宮。以端治本。奉旨后侍朕久。無子多病。移居別宮。以暢意耳。汝不知內庭事。妄言。恥再上疏。言皇后乃先帝選擇。以遺陛下。有關雎樛木之德。抑鬱成疾。已為不可。乃云別宮暢意。豈有夫婦睽離而暢者。欽奉旨。后疾調理稍愈。即還本宮。

湖廣有大姤曰何心隱。即何夫山。即何雨川。即梁無忌。即梁光益。的名梁汝元。本江西永豐人。以侵欺皇木銀兩。犯罪拒捕。殺傷吳善五等六人。初擬死罪。後得末減充貴州衛軍。逃去各省。及孝感縣。倡性倏來。假講學為名。聚衆擾害地方。種種不法。各省歷年訪緝不獲。曾有卷案。萬歷七年。新店把總朱心學。於祁門縣獲之。予發候按察使查卷問理。已而心隱病死。後數年。臺省諸公尚有為何稱冤者。蓋以假講學之名。遂為所惑。實不知其有各省訪拿存案耳。迄今公論始明。

予為戶部侍郎。管太倉。見倉斛斗。其一獨大異常。問之。云凡攢到倉。該倉斗級每人先支一斗。此舊規也。予曰。是何言。即照常私與。亦是違法。況另置大斗乎。即禁革之。是年修總督倉場公署。或云。此銀例出各倉斗級。予曰。是烏可行。宜乎大斗私索也。乃與大司農張心齋公言。部發帑金修之。著為例。

予平日不囑託官府。故入仕亦不狗人請託。萬歷十八年。太夫人壽日。鄉人具軸禮來賀者三百餘人。予曰。某素不敢管人家閒事。有何德於鄉黨。敢勞諸君。答曰。正以公不說事。不害人。大家陰受其賜。故來耳。

予初考選刑科。即請益於掌科朱後菴公。纘 公曰。切記不可聽人主使為他人報私仇。壞自己名節。予佩服之。後果有具稿暗遞。欲書予名者。急謝去之。月餘同鄉一道長。却持此本問予。予以實告。不可洩。但唯唯越數日竟上之。識者駭異。果以一此敗官。

前輩涉歷事久。多有高見。有疑難事。不能自決。不可不以咨問。予曾有二事。一詣教兵部侍郎吳公望湖。一詣教兵部尚書張公心齋。二公論甚透切。予深服之。

予生平得朋友之益居多。同學于公華峰等。同僚吏部尚書趙公汝泉等。同年兵部尚書劉公雨齋等。劉公在省尤相得。予家居。劉總督兩廣。聞予病。書來若疾痛之在其身。寄藥寄生藥者再。兵部尚書鄖張公弘軒。總督薊遼。書來林下者二每自念未能酬報。吾子孫記之報之。

業師魏雪汀先生。諱智。任知縣。同僚荊州府知府趙公汝泉。名賢。河南汝陽人。史部尚書徐公思重。名學謨。直隸嘉定人。禮部尚書孫公口山。名用。福建人。知府江公心源。名一麟。都御史。

省中何公來山。名起鳴。四川人。韓公元川。名楫。蒲州人。通政梁公靜齋。名問孟。河南人。都御史張公湖東。名鹵。儀封人。都御史丁公覲峰。名懋儒。東昌人。知府朱公

後菴名繪。平定人。少卿。溫公一齋名純。涇陽人。尚書。鴻臚寺賈公虛菴名儒[illegible]
人。左少卿。
南太僕劉公仁軒名穗。衡陽人。少卿許公敬菴名孚遠。海鹽人。侍郎。
順天府丞。宋公越峰名南雍。山陰人。太僕卿。
戶部張公心齋名學顏。肥鄉人。兵部尚書。劉公紫山名思問。盂縣人。南戶部尚書。
楊公夢山名巍。海豐人。吏部尚書。王公雲澤名廷瞻。黃州人。尚書王公後齋名友
賢。睪鄉人。尚書。
公生平篤於師友。魏歲貢賢。公之師也。公既貴。常遇諸塗。讓其乘騎。於魏扶持上
下。而身跨蹇驢以從。鄉人至今稱之。

方伯公遺事

先祖方伯公年九十餘。讀書排纂不輟。雖盛暑衣冠危坐。未嘗見其科跣。常揭一聯於廳事云。紹祖宗一脈真傳。克勤克儉。教子孫兩行正路。惟讀惟耕。齋中一聯云。容人所不能容。忍人所不可忍。癸巳歲作自祭文。有云不敢喪心。不求滿意。能甘澹泊能忍閑氣。九十年來。於心無愧。可偕衆而同遊。可含笑而長逝。蓋實錄云。公年雖大耋。時時夜夢侍先曾祖司徒府君。或跪受扑責。如過庭時云。

方伯公同學

方伯公少在京邸。從青州張見堯先生學。同學者臨朐馮文敏公（琦）。蒙陰公文介公鼐。馮與公同年生。方伯少兩歲。兄事之。後為諸生。受知提學理菴寔公。遂召入書院凡四人。則公及濟寧于中丞若瀛。臨青柳尚書佐。其一即文介也。（公萬曆辛丑進士。改庶吉士。時馮公以吏部侍郎。教習庶吉士。）

方伯公答人詩

方伯公素不喜修煉之說。恒揭案靜澹泊四字於壁。讀書眠食外。惟暝坐調息而已。嘗有答侯晉陽大參一絕句云。問予何事容顏好。曾受高人秘法傳。打疊身心無一事。饑來喫飯倦時眠。公歿時。不肖年二十矣。回憶公一言一行。真羲皇以上人也。按饑來喫飯倦時眠。乃傳燈錄載海禪師語。王陽明與人論學。亦嘗引之。

方伯公知人

二伯祖方伯中宇公（象坤）年十八領解。為嘉靖甲子。明年乙丑成進士。歷仕山西右布政使。宰官貲至無以殮。撫按以下。為賻金治後事。乃得歸。清正名臣也。公蒞職尤執為河南提學時。萬曆壬午鄉試榜將發。直指問公曰。解頭當屬何人。公曰。杞之周九皋。否則汝陽李宗延耳。已而周果領解。李次之。李公仕至戶部尚書。

侍御公殉節

伯父侍御百斯公（與胤）登崇禎元年戊辰進士。入翰林。改御史。甲申。公家食已八年矣。聞三月十九日之變。同妻于盡節。於几案間。得手書一紙云。京師卒破。聖主殉社稷。予聞之雪涕沾衣。不及攀龍髯而殉命。遂偕妻于氏。子士和。併命寢室。命也奈何。群從海從遊隨時也。公清介忠信。言笑不苟。鬚眉若神。葬日。會者萬人。莫不流涕。南城陳伯璣允衡論次公遺集。比之宋江文忠萬里云。崑山歸莊元恭詩云。鼎湖痛絕龍攀髯。龍城守諸公繼危從。誰是簡書無韻責。獨捐頂踵又從容。九泉骨近平原廟。千古名齊日觀峰。欣慕執鞭嗟隔世。好憑詩句想遺蹤。

王劉二奇士

予鄉王遵坦字人平。益都人。太僕少卿濬之子。劉孔和字節之。長山人。相國鴻訓之子。二人皆負氣跅弛相友善。王居家桑谷。劉居長白。皆有林泉之美。崇禎間。見天下將亂。散財結客。甲申歲。孔和殺闖賊偽令。率精騎萬人。南赴金陵。至淮陰。以兵屬劉澤清。澤清與孔和素交。時為海鎮。貴重無比。然好為詩。一日大會將吏。廣坐朗吟。賓佐交口譽之。孔和仰視獨無語。強問之。曰。公誠名將才。然此事定復不急。澤清怒形酒。賓客皆惶懼失次。孔和欻然而出。澤清益怒。遣人追及舟中殺之。已而金陵以為副總兵官。則孔和死數日矣。遵坦入本朝。隨肅王平蜀。為巡撫四川都御史。卒於閬。劉有奕棋贈丘將軍長歌云。伏生之里大將出。生來所志惟馬革。幕中已多指視功疆場血戰不勝筭。堪嗟再謁興速發。不知三世還執戟。別君十載一瞬間。歷盡鋒鏑與桔槔。背負那可入韓罪。睛白腳足嘲吳刺。多君談笑貴家中。坐待明光銷鐵蝕。非關廣武拜軍師。聖主憤邦丈人吉。如今驅戰真市人。聒聒怒蛙誰與輸。顧君擁臂除東海。莫令桑梓生荊棘。安有健兒把犁鋤。但見春林巢小鵲。從來外攘必內安。隱憂不在河北賊。夜涼淨白戒談事。更向局中問劫急。已知文偉能辦賊。不待當場辨白黑。贊君斂手推棋枰。論兵父父終羞吃。君功定可勒燕然。我詩空須錦蘭織。王有詩云。怪鵂撲人山鬼哭。草際幽燐舊年少。古冢老狸夜[illegible]。[illegible]為羅八[illegible]甘作使。噤不敢言但相指。夫君意氣不自持。拔劍向風劍光死。一身誰道困蓬蒿。呼天喝月未足豪。驪骨如柴少撫勒。小挂風期非我曹。愁多緻少天白頭。倒挪河水西

向流一寸之心，括千古元氣茫茫生百憂。金盆濯足錦為廟，以此相酬已堪羞。奇語驚冰九尾兜，鷓鴣啼上寒楓枝。劉又有贈王詩云：都無殺者黃江夏，豈有食之嚴鄭公。後竟死劉澤清手，與黃祖事絕類云。丘名磊，鄒平人，少為諸生，有才名，後走遼東諸軍門上書，積功至總兵官，佩鎮東將軍印，亦死澤清之手。

節義

王氏，亳州人，李殿機妻也。殿機父死於法，母張氏沒官，給配象房校尉王福。殿機因訐王姓，鬻粥於紅旗厄爾庫家。王氏在本籍，年三十四歲矣，叔凡強之嫁，誓死不從。康熙二十八年，覓夫至京師，時殿機已配蕭氏矣。南城御史阮爾詢具疏上聞，竟為夫婦。殿機、蕭氏皆斷出為民，同歸於亳。

封丘古蹟

同年岳給事鎮九（吽考）起家封丘知縣，有古循良之風。唐高達夫嘗為縣尉，向無專祠，岳於西門外別祠祀之。縣南黃池，北蟲牢，皆春秋古跡。又有青陵臺，韓憑妻冢，岳皆為建祠立碑表之。此事近今長吏所少。

池北偶談卷五終

池北偶談卷六

清　濟南王士禛阮亭著

談獻

李太守

近日廉吏以松江太守李正華為第一。正華，貢士，獻縣人，予鄉李御史（森先）按下江，誅鋤豪右，有海忠介之風，中蜚被逮，吳民號泣攀送者數萬人。既登舟，僚屬皆伍相視，揮淚。正華最後至，攜一酒瓢，滿酌送侍御，慷慨言曰：吾曹期不愧天日，不愧朝廷，不愧百姓耳。成敗利鈍，造物司之。公今日之行，榮於登仙，諸君何至作楚囚相對耶。侍御掀髯大笑，諸君改容謝之。後以考成不及格鐫級去。行之日，囊無一錢。松江人醵金數百，強投舟中，復人數一衣，獻之。凡數千錢，正華一無所受。松人走白巡撫中丞，下檄使受之，移書慰勉，乃量受為行李之費。既歸家，騎一驢往來田間。歲一至郡城，南鼎甫（延鉉）官河間時，與之往還，甚稔，予過獻，問其所居，在縣西門，數椽僅蔽風雨云。

重慶三忠

獻賊自荊州上峽，攻陷重慶，蜀撫都御史陳公（士奇上舟），重慶太守王公（行儉），巴縣令王公（錫），同日罵賊被磔死。鄖都林君明偲作三忠傳，今巴人立三忠祠祀之。

楊太常

楊懷玉者，以琴供奉明懷宗，官太常丞。鼎革後，攜賜琴流轉吳越間，文士多為賦詠。絕似宋末汪水雲也。同時有供爾彈者，會稽人，亦以琴供奉禁中，興化李鏡月（沆）有長歌贈之，悽惋可誦。

二烈女

丙寅六月，福建巡撫張仲舉疏言：閩縣未婚烈女吳淑鳳，從容蹈節，矢志靡他；連江縣未婚烈女楊聯姐，投繯就義，百折不回。部議奉旨旌表。

文柔

文柔者，李之儀端叔配，胡武平宿孫女也，為東坡所知，呼為法喜上人。東坡南遷，手自製衣以贈，曰：我一女子，受此等人知，復何憾耶。見端叔自撰墓誌。

二文正墓

元耶律文正（楚材），明李文正（東陽）墓皆在都城西。近畏吾村王文貞公（崇簡）云：為孝廉時，見耶律王墓上斷碑尚可讀，二十餘年來，墓田歸旗下，此碑無從復問，西涯墓坏土僅

存明萬歷時有進士王文選者嘗為封樹幾輔人物志云公墓在阜城門外畏吾村後人式微鬻其地石不復有矣

張綵

張綵焦芳劉宇曹元皆為逆瑾爪牙腹心而綵又其鄉人也苑洛見聞錄獨稱綵過止逆瑾功德數事謂大學士焦芳尚書劉宇首阿附瑾綵皆勸退之如是不下十餘條孝子慈孫百世不改而苑洛以鄉曲之故亂天下萬世公是非亦見其愚矣

蔡道憲

蔡公道憲閩人以進士為長沙府推官數夢與宋李忠節公芾酬酢後天兵下湖南蔡殉節潭人歲時報賽常見二公往來車騎甚盛全州謝石臞（良琦）記其事云

事叔至孝

宣城施愚山（閏章）少孤事叔舉至孝一日值叔誕辰大集親戚上壽而叔以小故忤意堅臥不起愚山跪榻前移晷辛亥客都門每憶叔輒涕泗事叔如此古人所希有也發有遺詩一卷愚山屬予為論定序而行之

張侍問

予邑新城本長山縣地元始為縣閱長山志名宦宋止知縣翟大順一人丞簿則有明以前無考適閱東軒筆錄得張侍問一人知志之闕漏多矣張侍問為淄川長山縣主簿縣有盧伯達者與曹侍中利用通姻復憑世蔭大為邑患縣令憚其勢莫敢與較張一日承令乏適伯達以訟至庭即數其累犯杖之未幾伯達之姪士倫來為本路轉運使人皆為張危之或勸令自免去張曰盧公賢者肯銜隙以害公正之吏乎了不繫意一日士倫巡按至邑召張語之曰君健吏也吾叔賴君懲之今變節為善士矣為發薦章而去侍問固不愧名宦乃士倫亦鄉之賢大夫也錄之以補志乘之闕（范文正公妨閣撰侍問墓長山宋代筆錄訛作張問宜正之）

孔公父子

史載孔道輔原魯使契丹從人以文宣王為戲道輔艴然徑出澠水燕談載元祐中上元駕幸迎祥池宴從臣伶人以先聖為戲刑部侍郎孔宗翰奏唐文宗時有為此戲者詔斥之今聖君宴犒群臣豈容有此詔付檢官置於理二事絕相類宗翰字周翰即原魯子也（宋史道二年皇太子諸王宴集禧苑以孔子為戲有容李至言唐太和中以此為戲文宗召伶人以恩無復去公以為戲尚不可況聖乎）

麗巖

因話錄角部載江淮一舉人姓嚴登科記誤書麗巖遂賃舟丐食往壽春謁從事麗君事極可笑按唐書麗巖壽春人元和中登進士第元微之喜其文體類己歷太常少卿京兆尹姓名地里皆巧合其一人耶

劉富川

劉欽鄰字鄰哉號江屏其先江右人籍揚州之儀真順治庚子舉人辛丑進士筮仕廣西富川知縣甲寅賊陷富川劉不屈死之兩廣總督疏聞得旨劉某忠憤死節深為可憫應得卹典從優議奏予在揚州時劉初釋褐識其人恂恂儒素而大節如此可敬亦可哀也適見徐御史敬菴（旭齡）疏云守土者必有城存與存城亡與亡之義然後可以固封疆敵愾者必有寧使進尺勿使退寸之心然後可以克大敵今賊來則以請兵救援而出賊退又以隨兵進勦而入守令逃竄而委責任於將弁將弁息而望恢復於禁旅又云國家深仁厚澤培養臣工三十餘年承平日久文武燕安綢繆牖戶之計不深故捐軀殉國之志不決昔安史之亂杲卿力徇河北故十七郡皆歸朝廷淮蔡之平裴度誓不與賊俱生不浹月而掃清巨寇臣就目前事勢而論立欲削平僭逆必先振刷紀綱云云真藥石之言也

張商英

宋張商英反復狙詐小人之尤杲禪師與天覺論元祐人物因問溫公如何天覺曰大賢也杲曰相公在臺諫時如何論他天覺曰只是後生時死急要官做故如此予嘗謂便要官做亦何至仆溫公之碑耶吾鄉益都房安恪公（可壯）天啟中為御史為東林部黨之魁而晚節不終順治初為溧陽相所逐時年七十餘矣京師邸舍器用皆自為鑰或以為言公曰老夫不久當復召耳予嘗問其姪孫星燁云公嘗自言少年血氣盛只是要官做其言與天覺相類孟氏云是集義所生者非義襲而取之也論人者不可不辨

致身錄

虞山極辨史仲彬致身錄之偽而予鄉趙隱君士喆著建文帝年譜多取之劉公子孔和亦有題致身錄一篇云國初殺運烈不除越三十載還相屠以仁守之真不足雖有節士謀多疏哀哉中山誠意輩已盡大計孰顧徒嗟吁聖祖信數不建輔使作皇覺之裔餘鬼門一出四十載歸來老佛惟雪顱竄身萬里伏滇國泰伯不得終封

異。功葬西山一㘭地。豈有方遂之疑乎。當時二十有二人。左右食餼相攜扶。未必才智似孤。遊不可及者武子愚。二百餘年士最盛。摧傷太過今如無。千秋直史不可滅。帝在均房應屢書。

劉元子

光州劉元子黃裳。嵩陽先生繪之子也。好談兵。倜儻負奇。嵩陽守重慶。銅梁大司馬張襄憲公佳胤以童子見知。愛如己子。致署中。與元子兄弟讀書。時元子十許歲。妬襄憲之才。夜與弟黃鼎潛往縊之。賴太夫人走救得免。後襄憲開府。元子尚在公車。過襄憲公。酒酣耳熱。輒謾罵。襄憲遜謝而已。元子後以兵部郎參謀征倭軍事。

徐東癡

吾邑徐隱君夜。字東癡。又字稚蓬。年二十九。棄諸生。隱居東臯鄭潢河上。掘門土室。絕跡城市。有朱桃椎杜子春之風。癸亥春。予及先兄過之。欲約同志為搆草堂。又遺書縣令云。元道州狀舉處士張季秀。請縣官為造草舍十數間。給水田一二頃。免其當戶徭役。今得保遂其志。使士庶識廉恥之方。又楊君謙餘談所記中峰和上草堂。乃馮海粟煉泥。趙松雪搬運。中峰塗壁。吳人至今傳為美談。明府能為此盛舉。繼三公之後者。亦佳話也。竟不果。

朱浚

盧奕之有杞。華原柳氏之有璨。韓忠獻之有侂冑。吳玠吳璘之有曦。所謂君子之澤。五世而斬也。何燕泉餘冬序錄載朱文公曾孫浚。為浙漕。值賈似道當國時。每有劄子白事。必稱某萬拜。按文公世系。公長子塾。塾生鑑。鑑生浚。浚仕至朝散大夫右文殿修撰。兩浙轉運使吏部侍郎。丙子。元兵至福安州。浚不屈死之。浚能殺身成仁。而不能不失身於權貴。明末亦有之。如張捷楊維垣是也。浚死節事。宋史及綱目皆不書。

王李

掖縣王漢。字子房。倜儻有經世才。中崇禎丁丑進士。為高平河內二縣令。上書言事。懷宗奇之。召對。擢御史。巡按河南。進巡撫都御史。死永城賊劉超之難。予少見其奏疏及小武當詩一篇。真奇才也。同邑李森先。字琳枝。崇禎庚辰進士。入本朝為御史。屢上疏論事切直。三下刑部。不少摧折。巡按下江。清剛端勁。置淫僧三昧優人王紫稼於法。江南人莫不快之。中忌者。被逮。吳中罷市。哭送者萬人。世祖廉知之。召內擢

卿寺。而李不幸死矣。李修髯長身。飲酒無算。家有椒雨園。在南郭外。日與酒徒酣飲其中。醉則衣白衣。徒步歌呼過市中。幘欹側。酒痕狼藉。有陽城之風。

黃熙績

順治己亥。海寇破京口。瓜儀寧國等處。金陵幾不守。寇安慶。推官黃熙績力守全城。辛丑論功罪。監司守令以下。死者數十人。熙績以前功特擢給事中。仍世襲阿思哈哈番。通判李皇詔亦得敘陞員外郎。世襲阿達哈哈番。黃閩人。李楚人。

米元章二壻

段拂吳激。皆米元章之壻。拂字去塵。元章有潔癖。見其名字。喜曰既拂矣。又去塵。真吾壻也。以子妻之。拂南渡後仕至參知政事。激字彥高。入金為翰林學士。以詩樂府知名。與蔡松年齊名。號吳蔡體。

篤師誼

汴梁王金章。崇禎參政。常從老儒劉文奇學。崇禎末。劉家沒於水。王為置田園廬舍於蘇門山中。後年七十餘病卒。為之營葬。情禮甚備。予見其哭師詩。哀樂有過人者。其警句云。門無司馬求書使。室有黔婁正被衾。餘不具錄。陶九成輟耕錄載楊李顧德輝葬其師新昌俞觀光事。此近之矣。

兩郝天挺本末

金元間有兩郝天挺。一為元遺山之師。一為遺山弟子。予考元史郝經傳云。其先潞州人。徙澤州之陵川。祖天挺。字晉卿。元裕之嘗從之學。裕之謂經曰。汝貌類祖。才器非常者是也。其一字繼先。出於朵魯別族。父和上拔都魯。元太宗世。多著武功。天挺英爽剛直。有志略。受業於遺山元好問。累拜河南行省平章政事。追封冀國公。諡文定。為皇慶名臣。嘗修雲南實錄五卷。又註唐人鼓吹集十卷。元時漢人賜號拔都者。惟史天澤張弘範見輟耕錄。漢言勇也。近常熟刻鼓吹集。乃以為隱逸傳之晉卿。而致疑於趙文敏之序。稱尚書左丞。又於尚書左丞上妄加金字。誤甚。

孫靈暉

新城鮮陋。其在南北朝。則長樂武強二縣地也。長樂。今青州之高苑。武強。今濟南之長山。偶讀北齊書孫靈暉傳。乃予鄉前哲。而志不載。因錄於此。孫靈暉。長樂武強人也。魏大儒秘書監惠蔚。靈暉之族曾王父也。靈暉少明敏。有器度。惠蔚一子早卒。其家書籍多在焉。靈暉七歲便好學。日誦數千言。唯尋討惠蔚手錄章疏。不求師友。三

禮三傳。皆通宗旨。時就鮑季祥熊安生質問疑滯。其所發明。熊鮑無以異也。舉冀州刺史秀才。射策高第。授員外。將軍。後以儒術甄明。擢授太學博士。遷北徐州治中。轉潼郡太守。天統中。令朝臣推舉可為南陽王綽師者。吏部尚書尉瑾表薦之。徵為國子博士。授南陽王經。王雖不好文學。深相敬重。啟除其府諮議參軍。綽除定州刺史。仍隨之鎮。綽所為猖蹶。靈暉惟默默憂悴。不能諫止。綽敗。以管記馬子結為諮議參軍。乃表請將靈暉為王師。朝廷以王師三品。啟奏不合。後主於啟下。手答云。但用之。仍手報南陽書。並依所奏。儒者甚以為榮。綽除大將軍。靈暉以王師領大將軍司馬。綽誅。停廢。齊亡數年。卒。子萬壽。聰識機警。博涉羣書。有辭藻。尤甚詩詠。齊末陽休之辟為開府行參軍。隨奉朝請。滕王文學。豫章長史。卒於大理司直。

忠勤公黔志列傳

先高祖太僕府君死事於黔。明世廟諭祭文。有忠勤報國之褒。故稱忠勤公。黔記名宦傳云。王重光。濟南新城人。以進士為司空曹郎。嘉靖中。貴州左參政。會赤水黑白羿蠻叛。公與參將於某。衝嵐冒瘴。竭力勤事。以死事聞。賜祭。贈太僕少卿。公祠在永寧衛。有指揮王之屏。張朝者。奉委采木。不避險艱。水漲。有巨木擱灘頭。朝之屏先卒徒入水。掀撥巨木。溺死事聞。賜葬。今從公祀祠。蠙衣生曰。予聞王之先有王叟者。與其嫗力田作苦。家贏擔食之儲。有竊措大夜穿其墉。叟覺。以戒嫗。是偷兒也。扼其吭而燭之。曰。嘻。君故儒士。而顧穿窬耶。夫婦甚憐惜之。耳語曰。勉旃勉旃。吾終不暴君之短。因出粟與之。庚人無知者。太僕蓋其孫云。由太僕而後益昌大。今所稱新城王是已。此傳同年某中丞撫黔時。特錄相寄。時曲沃衛少師方有纂修一統志之請。不一載。滇黔告變。志未進呈。故具錄於此。

死節

富川知縣劉欽鄰死節之後。又得數人。謹書之。饒寇陷浮梁。知縣王臨元死之。陷新昌。典史諸士英死之。臨元山東平山衛人。順治辛丑進士。（賊執以紫衣誘降不從自縊死）浙寇陷武義。署縣事蘭谿丞徐喆死之。（賊索印力拒而死）喆山西廣昌人。貢生。海寇陷溫州。總兵官祖弘勳迎降。巡道僉事陳丹赤死之。（賊將脅之降大罵遇害）丹赤福建閩縣人。順治辛卯舉人。初贈光祿寺卿。加贈通政使司通政使。朱龍據定邊堡以叛。守備劉士英同其妻妾鄭李俱死之。孫崇雅以神木叛。榆林道參議楊三知。全家死之。三知順天良鄉人。順治丙戌進士。（其妻□氏與二女先死妾□氏不死為賊所得大罵遇害）贈光祿寺卿。王贈光祿寺少卿。喆贈浙江按察使司僉事。劉士英贈參將。世襲拜他喇布勒哈番。諸士英贈江南宣城縣主簿。

段復興

段公復興。兗州陽穀人。明末為秦中監司。有威惠。崇禎癸未冬。李自成入關。西安陷。諸郡瓦解。賊檄至慶陽。公怒裂之。斬其使。誓以死守。十一月十六日。賊陷慶陽。公巷戰力竭死之。母夫人妻楊氏妾劉氏宗氏張氏子瑞女成暨婢僕七人。皆自焚死。慶人立祠。春秋饗祀。有禱輒應。以比唐段太尉。關中人稱二段云。

蔣氏王氏

蔣氏。淮安大河衛人。許字山陽高昂。未嫁而昂夭。女趨喪。哭甚哀。自矢不嫁。每歲寒食。必往祭墓。今五十餘。尚在。又康熙十六年。閩逆初降。巡撫楊熙疏請旌表孝子王鑑女忠貞。忠貞年十六。許字儒士楊儼。儼死。誓以身殉。家人止之。因請奔喪。自縊夫柩之側。

王應熊

巴縣劉孝廉非眼（道聞）作故大學士王公應熊傳。頗紀實。無諛詞。其贊云。立朝才不居鄉赫赫。峻整方嚴。夏日冬雪。天資則美。聖學未充。責人無已。居己不洪。伏鉞秉旄。入相出將。遇非其時。用違其量。民之焦勞。其何能淑。翰林有餘。宰相不足。應熊以崇禎癸酉冬。內傳入閣辦事。不由枚卜。在政府僅五月。攻之者衆。遂罷歸。歸後弟應熙與同邑戶侍倪斯蕙子天和相軋。遂成大獄。倪氏傾覆殆盡。巴人少之。癸未周延儒罷相。舉應熊自代。詔起田間。比至。周已賜死。陳演不欲其入。紿應熊止涿州。而上疏力辭。上以問陳。陳對曰。此要君之術耳。上怒。遂勒歸。南渡以為督師。專辦蜀寇。甫抵遵義。獻賊已據成都。臨將曾英。擁衆數萬駐重慶。應熊無師可督。蟒衣玉帶。端坐堂庭謁而已。丙戌冬。肅王誅獻賊於南部之鳳凰山。假子孫可望。奔重慶。陷其城。同入滇黔。明年丁亥秋。應熊卒於永寧之土城。○倪所居有巴字園。俯臨城堞。南對塗山下有龍門浩。擅巴郡江山之勝。自題一聯云。居臨巴水真成字。家對龍門好著書。予昔過重慶。聞之門人林舉人云。

魏尚書格言

蔚州魏環溪尚書（象樞）。順治中。以光祿丞養親家居。服闋。以臨朐馮相國易齋（溥）薦。起為御史。不五載至尚書。所著有庸齋閑話。與辭文清讀書錄同旨。偶錄數則於此。

有不可知之天道。無不可知之人事。　好名是學者病。是不學者藥。　居大臣而德不純，學不粹，不如下僚。居下僚而政不平，刑不中，不如素士。為士而理不明，學不正，不如庶民。

偶見水與油，而得君子小人之情狀焉。水，君子也。其性涼，其質白，其味沖。其為用也，可以滌不潔者而使潔。即沸湯中投以油，亦自分別而不相混。誠哉君子也。油，小人也。其性滑，其味濃，其為用也，可以污潔者而使不潔。倘滾油中投一水，必致擊激而不相容。誠哉小人也。

五倫之外無道，六經之外無文，四書之外無學。

貧賤立品，富貴立身，方是天地間真男子。

成德每在困窮，敗身多因得志。

為仙為佛，論死後地位；為聖為賢，論生前地位。此虛實有無之別。

世間第一種可敬人，忠臣孝子；世間第一種可憐人，寡婦孤兒。

恭謹忍讓，是居鄉之良法；清正儉約，是居官之良法。

吳芾云：與其得罪於百姓，不如得罪於上官。李衡云：與其進而負於君，不如退而合於道。二君皆宋人也，合之可作出處銘。

父母有過，子猶幾諫諭親於道。心無欺慢，兄弟有過，豈容背訕，而吐衷腸，誰能離間，啟怨而交良朋所患。一人作偽，一家習慣，骨肉手足，譸張為幻，人而異情，犬豕之類。

家門喻

魏環溪尚書聖人家門喻，略載於左。

聖人門（觀者自下而上，取君子之進也）。門闌正路三條：中行（中路），狂（左路），狷（右路）。門闌內外二界：喻義（內門），喻利（外門）。門內戒規三節：老在得（戒），壯在鬬（戒），少在色（戒）。門內畏箴三則：畏天命（一則），畏大人（二則），畏聖人言（三則）。門內賞罰二格：懷德（賞），懷刑（罰）。門內才品四種：剛（第一種），毅（第二種），木（第三種），訥（第四種）。門內課士三等：行己有恥，不辱君命（一等）；宗族稱孝，鄉黨稱弟（二等）；言必信，行必果（三等）。門內黜士四等：患得患失之鄙夫（下等）；無忌憚之小人（又下等）；德之賊（最下等。此規自上而下，取小人下達意）。門內取士四科：德行（一科），言語（二科），政事（三科），文學（四科）。叩門三法：反三隅（力叩法），悱（口叩法），憤（心叩法）。入門一步：致知格物。聖人家（自下而上同前）：孝（基），弟（址）。門戶堂室：聖人（室），君子（堂），善人（戶），有恆（門）。護家四堅：信（四堅），忠（三堅），行（二堅），文（一堅）。向上三階：樂之（上階），好之（中階），知之（下階）。自外達內四程：權（四程），立（三程），適道（二程），共學（一程）。自內達外四程：禮動（四程），莊涖（三程），仁守（二程），知及（一程）。傳家四法：游藝（家外），依仁（家內），據德（家內），志道（家內）。成家四事：樂忘憂，憤忘食，誨不倦，學不厭。

聖門戒律

盧陵張學士幹臣作聖門戒律八條：一名穿窬之類（多方鑽刺者是），一名患得患失鄙夫（貪戀以職榮祿者是），一名妾婦（阿附取容者是），一名壟斷賤丈夫（攫為奇貨者是），一名墻間乞人（望門干謁者是），一名無忌憚小人（倚法作奸違行者是），一名德之賊（鄉愿不可方物者是），一名不遠禽獸（積迷不悛沉湎恥辱者是）。

圖讖

漢光武好以圖讖決事，宣布天下，桓譚以此得罪。而苻堅以請讖殺王彫，王佩此一事，過光武遠矣。其後乃以讖言入五將山，竟為姚萇所執，當是末路情情耶。

朱彤

朱彤，京兆人，隱居不仕。閻負、使渠以彤與王猛並稱，堅以猛為侍中，猛表讓於彤。其後猛死，堅欲南寇，引羣臣會議太極殿，苻融、石越等皆諫，彤獨贊之，卒致淝水之敗，以至亡國，此豈景略匹耶？處士盜虛聲，何代無人。

馮可宗

益都馮起震，字青方，老儒也。工畫竹，有名啟禎間，時號馮竹子。有子二人，長可賓，成進士，官給事中，好聲伎，侍妾數十人。其弟可宗，南渡掌錦衣衛事，為馬阮牙爪，尤豪侈自恣，居第皆以紫檀為窗櫺。乙酉死於金陵。同時有馬文室者，貴陽相之厮役也，亦官都督，金陵破，官於其居宅井中淘金得數萬兩，或為賦淘金行焉。

劉吏部

劉吏部公瓛徵仁，慷慨任俠，意氣自許。嘗遊睢陽，睢陽守贈遺頗厚，歸經人家墓田，徘徊久之，曰：此地自佳，惜葬不合法，不急遷，且有奇禍。因迂道訪其家，具為主人道之。曰：公誠長者，顧力不能遷，奈何？劉曰：是易耳。盡解橐中裝與之而去。此與漢書原涉事頗相類。

王公家書

故尚書王公德完，字布泉，蜀廣安州人。萬曆庚子，臨朐馮公琢菴（琦）、南充黃公慎軒（輝）同侍皇長子日講，退請王公曰：今日皇長子，聞言母后憂危，殆不自保。馮又曰：今日之計，母后安則皇長子安，而天下安；否則危矣。須得一人拚性命說破，庶有濟乎。王公慷慨起曰：此言官責也。公詞臣可無言，然某言之必死，老母弱子，以累慎軒矣。疏入，神宗大怒，下詔獄究問主使之人。當是時，馮公自分不免，王公備任楚毒，但云道路喧傳，高皇主使，語不及他。拜杖論歸，天啟中起廢，官至戶部尚書。公之孫有漸，予門人也，以公獄中家書及馮黃二公手札示予，敬錄於此。家書云：十月二十八日，男上中宮本，蓋中宮危則皇長子危，皇長子危則宗廟社稷危。此回天機括，曲突徙薪上策。男赤心為國，奮不顧身，冒昧陳言，致皇上震怒，拏送鎮撫司考訊。人臣盡忠報國，獨立敢言，誰為主使？皇上初震雷霆，計且不測，幸賴二祖列宗在天之靈，皇上覺一金甲神人持鞭而趣宮殿動搖因此上心驚惶男遂免於廷杖止繫錦衣司中出則無期也各衙門上三疏救皆不能男思人臣為宗廟社稷即死亦可不朽刲伏我祖宗父母積德累仁今得不死非聖主恩深焉能再造耶萬里長途兩位老母衰年斷此信息驚惶憂慮恐致成病則不孝之罪無所容於天地間矣馮公書云千古綱常萬年宗社係凡此舉蓋向來所言止及國本而凡所言者事之本也烈心奇節與鄒爾瞻等而所關比爾瞻更大國史野史大書特書不一書矣雷霆之下笞箠條在百僚悚心千夫隕涕嘗九死於九關幸而不死社稷實式靈之既逆隆古千天譴士之處此當以忠智相兼有身在無忘主恩有舌在無談國事事在身外身在世外隨波浮跡足寄此生榮卑就遊形跡宜晦即過故舊一夫一馬亦勿受也貂璫滿途百凡宜遜慎耳行矣足下相與淺而意則深業已成千秋之業為千秋之人事事須與此舉相稱令龍逢黃綺合為一人乃為全盛若異日出而肩大任建大業則在天不在我然聊以凡之出處卜之也勿頻作報書有所欲言異日見便相聞可耳黃書略云臣罪當誅兮天王聖明此語至當真見古人之心辟如父母反目泣諫不從大杖而走豈須臾忘怨慕哉常存此心自不見直言得罪有毫髮之可矜負也天下人公共大事被凡一肩擔盡所關至大而弟所言欲百尺竿頭更進一步蓋責備賢者愛不能已耳此事孫北海侍郎孟智錄載之止言黃而不及馮且錄名臣亦不及文敏何哉

陳忠愍

陳都督福字東海陝西定邊堡人積功至右都督駐夔州予壬子使蜀見之真儒將也與予登夔府東城觀八陣圖謁白帝城昭烈廟奏軍中之樂行酒極歡酒酣送予江岸執手殷勤而別此後予歸居聞陳還寧夏總兵官尋滇黔告變陳百口尚在夔門時蜀中已陷賊以左將軍印誘之招致百端陳皆執其使以聞朱龍華叛亂據花馬池等城討平之進圍固原朝論方倚為長城謂必辦賊一日賊忽以五百人偽降陳坦然不疑置之左右陳部下有九營而自居中號令嚴肅日晡諸營不得相往來夜二鼓降人發難中軍驚擾時大風雪諸營無敢赴救者遂刃陳取其元去此乙卯冬事也陳忠勇乃心王室今大帥無出其右其死也上震悼特贈為公諡忠愍擢其弟參將奇為天津總兵官尋為光祿寺少卿今為右通政

曹植司馬順

吳江顧生庶其（謨祺）三餘漫筆云三叔周之畔臣殷之忠臣也說本陳同父若曹丕篡漢陳思王植發服而哭司馬孚慕魏甘陽亭侯順歎曰事乖唐虞而假為禪代遂悲泣由是廢黜而卒二公非漢魏之忠臣歟

門戶

吾家自明嘉靖中先高祖太僕公以甲科起家至隆萬而極盛代有聞人當明中葉門戶紛紜之時無一人濡足者亦可見家法之恭謹矣先伯祖太師霽宇公（諱象乾）出入相將六十年與葉文忠公沈文端公郭文毅公兼師友之誼最厚故小人造東林同志錄東林籍貫皆列焉先祖方伯公（諱象晉）為禮部主事時鄉人亓詩教韓浚勢張甚以公名閥素有清望餌以掌曹欲引入其黨公力却之遂觸其怒丁巳以察典中傷里居者十餘年此其梗概也至從叔祖吏部（諱象春）為東林聞人而才濡於家法始一變矣夏琰公（允彝）幸存錄云辛亥京察孫丕揚主之曹于汴湯兆京佐之而所處湯賓尹王紹徽輩則攻東林者也紹徽有清望而賓尹負才名故察處聚全直糾其不平丁巳京察鄭繼之主之徐兆魁韓浚佐之而所處皆東林也世之所謂清流者一網盡矣是時有齊楚浙三黨鼎峙齊為亓詩教韓浚楚為吳亮嗣官應震浙為劉廷元姚宗文輩而湯賓尹輩陰為之主於是有宣黨崑黨種種別名宣即賓尹崑則顧天埈也

亓韓

亓詩教萊蕪人韓浚淄川人趙忠毅著論所目為四凶也皆同郡曾山東欽詮部先方伯時官儀制主事同鄉前輩皆屬意亓韓欲援以為德冀為之用屬張華東公（延登）適殷勤時伯祖太師以薊督召入中樞公曰朝廷威柄惟銓與樞亦有兄在本兵弟復為銓曹者力謝辭之亓韓怒不附己遂以察典中傷夏考功云丁巳之察不平彌甚竟無一人起而爭之者蓋在朝清流驅逐盡矣諒哉先是癸丑考選諸公皆以名德首推公時太師方以大司馬家居寓家書曰弟以資望應得臺省且欲假歸俟考選後乃入弟即迴避例亦當改翰林公復書言王事孔棘且君命不宿於家不可以私故違君命即具呈迴避公生平恬退如此

高忠憲

高忠憲公自言少年以氣節自許以此一念受譴亦不畏及得罪遠竄值風雨閉卧舟中數日天晴登岸入旅店中忽推窗見桃花爛然遂有悟併氣節之想亦冰消矣

崇禎三相

夏瑗公云。烈皇英明勤敏。自當中興。而卒致淪喪者。以輔佐非人也。庶幾如范景文之博大好賢。方岳貢之清勤愛國。不失賢相。惜用之稍晚。謝陞不徇物情。不違公論。三公於二鄙。皆虛公不濫。但闖寇之難。范死節最烈。照耀千古。方以直稍微。虜入內闕。變即自縊。為僕所釋。欲再縊。而寇已入。受刑至慘。終不屈死。或惜其死稍晚。然大節終無貶也。謝又出方下矣。

酈道元

酈道元史稱嚴猛。為中尉。汝南王悅嬖人丘念弄權。縱恣。道元收付獄。悅請於胡太后。太后赦之。道元殺念。并劾悅。時蕭寶寅在關中。反狀已露。悅遂奏道元為關右大使。行至陰盤驛。遇害。世但知其文士耳。

二王好佛

王右丞兄弟好佛。多與名僧游處。其山川梵宇之作。往往精妙。然唐書王縉傳。載縉喜飯僧徒。對揚啟沃。輒以因果為證。每西番有警。輒使群僧誦仁王經禳之。大曆刑政日以凌遲。縉又縱弟妹女尼等。廣納賄賂。如市賈焉。孟子謂頌詩讀書。必知人論世。旨哉言乎。

薛佩玉

予年來訪求殉節者謹書之。近又得貴州都勻知縣薛君殉節狀。於同年子吳雯天章。薛君諱佩玉。山西芮城人。辛丑進士。出予友李宮詹容齋之門。為人狷介。負氣。臨事不苟。康熙十三年正月十一日。滇逆至都勻。戍將及兵士數千人內叛。偽受偽印。薛君不可。登樓自縊。僕薛某解救之。曰汝誤我。非愛我也。急麾去。遂死。其子鑨。今為諸生。

池北偶談卷六終

池北偶談卷七

清　濟南王士禎阮亭著

談獻

陳氏

康熙十五年丙辰春。甘肅撫臣疏稱。會寧縣典史汪玉虹妻陳氏。被執罵賊。不辱。投井死。得旨給銀三十兩。立貞烈碑。

畢孺人

叔祖翰檢公。諱象節。字子庚。中萬曆壬辰進士。選庶吉士第一。元配畢孺人。年甚少。於邸中從容立祠。告於靈前。自縊死。奉旨旌表。馮文敏公（琦）為傳。比葬。有雙鶴翔於墓所。良久而去。彈園襟誌云。萬曆乙未夏。翰林檢討王象節病危。妻畢氏皇迫自縊。家人覺之。救免。夫卒。竟閉戶縊死。辛亥夏。戶部主事陳序道卒。妻許氏哀慟不食。淚盡血出。死於柩。臺道臣皆請旌表。從之。卓哉兩烈婦。事正相類。紀之以勸天下之為人婦者。偶閱此錄。附家乘。

馬文肅家書

無錫馬文肅公（世奇）以崇禎辛未登進士。報至日。其父涵虛公夢人告曰。忠臣不事二君。又少時夢自吟從今別却江南日。化作啼鵑帶血歸之句。後果殉甲申之難。其答成忠毅公（德）二柬云。吾輩舍一死別無法。吾不為其難。誰為其難者。國家大運一身大數。總有天主之。天予我以成仁取義。固無憾也。勉之。吾輩正不必避古人耳。又云。諸教所謂是母是子。莫之燬之。成忠毅公（德）柬云。慷慨伏節易。從容就義難。吾輩將為其難乎。抑為其易乎。又柬云。弟幸老母舍妹俱在此。老母單欲先引決。弟止之。以從容慷慨二義為告。弟志在為其難。懼變起倉卒。我輩無以自明。故復以二義相商也。文肅自跋云。玄升（忠毅）一門四人俱死。吾一室三人。庶可相匹。（妻朱氏李氏姬[illegible]人）士夫多有削髮為僧者。雖於身體髮膚受之父母之義。未免有憾。然亦不得已之苦心。彼念上猶在南也。與兒書。略云。忠孝二字。是吾家風。好守之。一姐先死。（朱氏）玉潤後死。（李氏）女流得之。尤稱殊節。吾可無憾矣。玉潤父母。可善視之。又云。吾少於夢中曾吟詩二句云云。此文文山語也。曾向汝母言之。舊歲又夢汝祖父語我曰。汝六十一歲。厲星在命。過不得。或謂必無是。以中一填起金星。為恩星也。今成我以千秋之節。又有兩侍妾。為我添此光彩。何必非恩乎。特與汝識之。公孫琳。字雲錦。康熙壬子舉人。年少

有志節工詩文不愧家學與予善惜早卒未見其止耳

蘇門孫先生言行

蘇門孫徵君鍾元先生奇逢以康熙乙卯卒年九十二矣其自贊云問爾爲誰曰歲寒氏歲既云寒爾何爲爾曰幼讀書妄意青紫長知立身頗愛康恥雖困公車屢蒙薦起骨脆膽薄不慕榮仕衣敝文縕食甘糲粃隱不在山逸不在水隱於舉人七十年矣繞膝多男及門有仕老而學易欲探厥旨聊以卒歲如斯而已先生十四歲謁楊忠愍子尚賓補庭補庭問設在圍城中內無糧芻外無救援當如何先生應聲曰効死勿去尚賓歎曰足下子生平矣天啟中左浮丘魏廓園周蓼洲三公以璫禍被逮皆先生與鹿忠節繼善之父及其甥婿張子度果中周旋於患難之中左公弟光明魏公子學洢周公友朱祖文皆主其家又與高陽孫文正公書曰左魏諸君子善類之宗橫被奇冤誰不扼腕昔盧次楩一莽男子耳謝茂秦以敝布衣行哭燕市曰諸君子不生爲虞生也乃從千載下哀湘而弔賈乎李獻吉在獄何仲默致書楊邃菴求爲引手康德涵義急同調至不自愛其名浮丘廓園之品固當直路獻吉何次楩敢望其一介書生尚負慚於茂秦閣下功德前無邃菴情才扶世之感諒必激於中豈無意乎及三公死各坐贓數千先生又與鹿太公醵金代上之先生晚年語門弟子云吾生平尚友凡三變乙丑丙寅之際則慕陳太丘郭林宗癸甲之間則管幼安田子泰今耄矣其惟魏武公乎奉聖夫人客氏弟光先介所知以名馬貽先生以家貧不能具芻茭辭光先再致養馬之需以病軀不能乘辭先生常語門人曰讀有字底書要識無字底理又曰予五十年始識得一貧字嘗有詩云爲人百歲只爲子學道終身總學貧定力原從貧處得猿啼鬼嘯也成鄰先生家祭儀注略云晨起櫛沐後入祠三揖自入小祭便不可廢朔望日焚香拜元旦昧爽設祭四拜四仲月用分至日各設祭行四拜禮子孫供職事凡佳辰令節寒食寒衣皆拜設時食忌日設食拜子孫素食不享客有事出門焚香拜歸亦如之吉慶事卜期設祭兒女婚姻焚香以告生辰彌月設食以獻新婦廟見設祭主婦率之行禮凡祭婦人另行禮各如儀先生嘗題壁云人生最繫戀者過去最冀望者未來最悠忽者現在夫過去已成逝水勿容繫也未來茫如捕風勿容冀也獨此見在之頃或窮或通時行時止自有當然之道應盡之心乃悠悠忽忽姑俟異日蹉跎他人歲月虛擲良可浩歎先生孝友堂家規云邇來士大夫絕不講家規身範故子孫鮮克由禮不旋踵而身與家者多

矣祖父不能對子孫子孫不能對祖父皆其身多慙德者也家中之老老幼幼夫夫婦婦各無慚德此便是羲皇世界孝友爲政政孰有大焉者乎先生前後廬墓六年常言少年妄意功名自雙親見背後廬墓痛苦中認取本來面目覺向來氣質之偏先生嘗言七十歲工夫較六十而密八十歲工夫較七十而密九十歲工夫較八十而密湯孔伯斌云先生之學以慎獨爲宗以體認天理爲要以日用倫常爲實際康熙甲辰先生以大難錄一事牽連北上途中語門人曰憂患恐懼最怕有所一有所則我心無主古來忠臣孝子義士悌弟只是能自作主張學者正在此處著力先生病革時語學者云近得一語實爲要訣但未敢拈以示人許平仲能化老僧還俗此語適徵天德王道一齊了貫

蘇門三賢

張果中字於度容城人少從學於江村鹿公（[illegible]大理寺卿）左浮丘魏廓園罹璫禍被逮皆主其家敬齋贈以詩所謂夕陽亭下頻留客廣柳車中每貯人是也後從孫徵君入蘇門詣蹈遠隱卒葬夏峯村北原徵君爲之傳彭了凡蠡縣人僑爲諸生甲申從遊河朔依徵君以居土人授粟不受竟坐死嘯臺旁徵君題之曰鐵夫墓理也和宇寒石西華人本姓李聰與閻逆同姓改今姓有詩文若干卷亂後散軼徵君嘗貽書西華左令恤其老母幼孫稱爲嚚速從一人予嘗作蘇門三賢詩云

王黃兩烈婦

王貞烈孔氏河南儀封人進士貞壇女適諸生王碧壺碧壺蕭敏公七世孫也乙巳七月夫死自縊以殉死三日父母往哭之目忽開移時而瞑黃烈婦孫氏山東福山人歸萊陽黃熙子道廣道廣死亦自縊將死語其弟曰歸語父母勿悲我父母劬勞無以爲報是所以報耳（貞烈先兄門人）

刁蒙吉

刁蒙吉先生包祁州人天啟丁卯舉人隱居講學曾見其潛室劄記二卷錄二條於左爲善世豪傑易爲謹心聖賢難易言趨吉避凶蓋言趨正避邪也若認作趨福避禍便誤

左翼宸

左翼宸先生[illegible]萊州人少失愛於繼母薛氏以孝聞後舉孝廉爲[illegible]縣令聞賊寇其境竭力拒守城陷被執將殺之譁以身蔽先生泣曰我繼母也兒事我孝願以身代

孝怨賊感而釋之居鄉一介不取冬常單衣有老蒼頭世實者製絮衣以進曰主人義不他受此衣實力所營願主人安之竟力卻不受所著有知非集

范呂二公

范文忠公景文夢章甲申絕筆云坐臥小樓竟亦難耐故此決絕萬曆中文忠為東昌府推官時雒陽呂忠節公維祺為兗州府推官後同入為吏部郎天啟甲子乙丑間同以忤璫歸崇禎中又相繼為南京參贊兵部尚書文忠撰忠節太翁墓誌謂予與介孺生平行徑與味無一不同卒皆以大節著呂公子兆琳字敬芝順治己亥進士官御史與予善孫履恒康熙甲戌進士謙恒癸酉舉人

長白先生

元張慎與名暭讀書長白山中淹貫經史生徒千里負笈屢徵不起學者稱長白先生元明善宛顏令去思記云與齊處士張臨善楊康夫撰鮑孝子志又載先生至元間由丘園官至祭酒狀元張夢臣中丞張朴大參張誠等皆先生門人又鄒平縣北地名河濱有先生為其父阡表中自云為司業貳上庠僅半載與康夫言相近元太史與先生同時記稱處士不知何謂今長白先生龍池上有三賢祠祀伏生范文正公及先生也嘉靖中鄒平丞朱仲恩夢一丈夫冠服朴異不類時人自稱予有名無爵世所稱長白先生者乃太學生張松遠祖也松嘗記其事姪孫中丞仁軒公元一曾孫尚書華東公鋑建先生祠於縣東七里尚書為之記

丘方山

丘方山名鳳河南新安人以刀筆仕至南京龍驤衛經歷少讀小學大學中庸禮記躬行有德日以朱墨二圈記別理欲有弟蕪其田以為己分田多瘠先生即以己田易之已而沃弟田復蕪先生又易之初仕獻縣丞稱清官第一後自南京告老歸居方山下鄉黨以為錢宣靖公後一人先生與洛陽尤西川時熙友善西川門人孟雲浦化鯉狀其行呂忠節公維祺作諡議予於纂修明史時曾以其行狀諡議送史館

沈文端公家書

歸德沈文端鯉家書一通略云王父母賜扁曾央大哥往辭否留已後只以不相見為至宰可複節上差些勿要開了此端出入公門揩惹是非且受勞苦拜客只可騎馬不可乘車家下凡百儉素恬澹不要做出富貴底氣象不惟俗樣且不可長久大抵盛極則衰月滿則虧日中則昃一定之理惟有自處退步不張氣燄不過享用不作威福雖處盛時可以保守近者江陵張老先生一敗塗地只為其榮寵至極而不能自抑反張氣燄以致有此可為明鑒我今雖做熱官自處常在冷處必不肯多積財貨廣置田宅使身終之日留下爭端自取辱名爾能體我此意凡百學好已知持滿之道只愁爾一向做得門面大了無富之實有富之名日後子孫不免受累為今之計要減些田土捐些受用衣服勿太華美器用寧可欠缺留些福量遺與後人此至理也秋夏糧及早上納多加與些火耗各莊上人常約束他莫要生事捨與窮人綿襖一百箇趁早預備親戚中貧惡孤寡者明暮年光景須剜可過何苦如此只圖瀟落為快也我求歸之意已與申老先生說過尚未見許沈埭近日頗知讀書坊牌既不能止隨府縣建在何處只是不可妨礙人家既有自備木料官木料不必用之又寄予城云昨相知有書云地氣自南而北今吾鄉人半入南中矣此以似為四明相而發予跋之云右口德沈文端公家書一通字字聖賢忠恕之旨予欲續名臣言行錄因從宋牧仲所借歸手錄藏之然以文端公敬慎如此而猶不免四明之忌仕路真可畏哉公為先伯祖太師公隆慶辛未會試房師其文集正續稿皆太師序刻之

施凡升

宣城施凡升先生鴻猷愚山之祖也萬曆中倡明講學私淑盱江羅近溪與鄒南皋焦澹園諸公遊嘗有羅姓者兄弟鬩墻先生要之家反覆勸釋聲淚俱下兄弟遂相抱而泣先生為講學歌詩三日始散去其叔祖某絕產千餘金應歸先生一介不取捐為義田以贍族又置義學以教族之子弟所著有中明子集若干卷

王端毅公遺事

三原王端毅公遺事凡四十則公子康敏公所述夏日京邸偶得一編讀之因錄一二則以自警公家法甚嚴子孫雖孩提無敢嬉笑於側盛暑中必使著衣襪侍左右嘗曰教爾讀書非為利達計也正欲使知為人底道理公謝政後有一通家子在官寄茶一簍公受之後復寄二簍亦受之但答書云令先君為時名臣吾子宜清白律己勿替家聲何勞為老夫之故數數寄贈吾受之心甚不安此後勿再寄寄亦不受矣公門人蔡虛齋餘志錄一條云公嘗問今學者滿天下何故異才難得予對云是固有由上之人所以養之者本未盡其道下之人又幸際時之昇平而借之急耳以生所見言之如生稍知章句訓詁人便舉而進之於學宮矣未幾作經義甫成篇便得補廩又未幾作三場文字便期中舉人中進士矣一中進士則官已到手或

無暇於學或自以為無用學矣其仕而能學者無幾蓋識見既淺踐履必薄規為必粗非所謂俟其熟而食之者也況自幼入小學所學多非學做人之實事人才之不如古以此公曰然吾兒子承裕今年二十二丙午年已中舉人然吾未欲其急於仕且令靜覽群書閱世務異他日得實用爾承裕即康敏公仕至戶部尚書

楊斛山先生

富平忠介斛山楊公清節冠一時其以建言罷出都夫人乘一驢公自步從至三原馬谿田光祿生日聲伎滿堂聞公至急揮去設齋盥相對而已關中士大夫至今能言之公裔孫紹武順治己丑進士與予友嘗遺公文集

楊以齋

海寧楊以齋雍建通政予同年進士知高要縣入為給事中初上諫獵疏世祖皇帝震怒親幸南海子召九卿以下至晾鷹臺然後召楊入諭以安不忘危之意責以沽名天威甚厲眾皆為危懼然世祖實獎其敢言有意進用之康熙初彗星見上天變修省疏廷議遣滿洲大臣巡方上疏止之凡所論奏皆關天下大計給事中舊司封駁久廢不行楊獨行之直聲震一時本朝諫官當以以齋為第一御史當以李琳枝森為第一銓曹當以王東臯勉伯為第一天下公論如此

王東臯

王東臯勉伯河南湯陰人丙戌進士久於銓曹一介不取恒居官廨雖胥吏亦服其清正同年范印心以平陽監司入覲念其貧懷金將遺之約同年館卿錢綖同往語久之卒不敢言而退寒冬惟一羊裘數年不易也御史李棠過湯陰見其居室庳陋歎其清節特疏薦之時王已自選郎改御史內陞京卿歸里上有意以都御史召竟未及用而卒海內惜之滿洲總憲某嘗數鹽法之弊合肥龔端毅公曰古云有治人無治法但以兩淮付王伯勉兩浙付魏象樞各加僉都御史久任何患鹽政不肅清乎

丘文莊

丘文莊公濬著世史正綱持論嚴正至其為相則逐三原王端毅公惡莊定山欲誅之何其明於論古而闇於立身如此

耿公祖孫

館陶耿大叅明成化丙午舉人弘治丙辰進士官御史以忤劉瑾謫官累官山西叅政其曾孫中丞如杞字楚材亦中萬曆丙午舉人丙辰進士廷對甲第悉同官遵化

道副使以忤魏忠賢為閹黨巡撫劉詔所譖逮繫累官山西巡撫予丈狀貌無一不同中丞孫顒然亦中康熙丙午舉人庚戌進士今為翰林編修

周將軍

前明崇禎十五年本朝大兵入畿輔山東次年始北歸封疆大帥無敢一矢加遺惟周將軍遇吉時調防天津大兵至巡撫馮元颺令出戰周以五百騎伏楊柳青大兵至邀擊之自辰鏖戰及酉其夜大兵徙營北去聞滿洲諸公言壬癸入關之役往來數千里如入無人之境惟見此一戰周後與其夫人禦闖寇死偏關殉烈

三公薦人

明弘治中閣臣以顧將入佐孝宗召閣臣劉文靖謝文正李文正三公議選廷臣堪理邊關糧草初擬顧佐王儼上云掌印須留管家當召衙門官先生輩知之可舉其有才力者三公退擬侍郎陳清李士實以進上改批用都御史劉仲宇通政司叅議熊偉按士實南昌人武宗時佐宸濠為大逆不識當日三公何以薦之

自比古人

王儉自比謝文靖張裕自比裴文忠王昭遠自比諸葛忠武侯

史閣部

康熙二十年吳江吳漢槎兆騫自甯古塔歸京師駐防將軍安某者老將也語之曰予銳可語史館諸君昔王師下江南破揚州時吾在行間親見城破時一官人戴巾衣藍騎一驢詣軍前自云我史閣部也親王引與坐勸之降以洪承疇為比史但搖首云我此來只辦一死但慮死不明白耳王百方勸諭終不從乃就死此吾所目擊者史書不可屈抑此人云

乙將軍

乙將軍邦才山東青州人以總兵官隨史相守廣陵同日授命

任太守

任民育山東濟寧人中甲子乙榜為揚州知府亦不屈死志皆軼之

南尚書

工部尚書渭南南公二太居益巡撫福建時紅毛夷以明月珠珊瑚樹異香火馬諸珍寶物賄請互市公絕其使焚其貢物口占一詩云明月珊瑚貴[illegible]番書字字誑軍門牙前立下焚珠令不敢持將獻至尊授部將以方略討之擒其酋高文律閩人立

石平遺墨以紀公績此崇禎間事也康熙六年丁未五月何蘭貢使卑獨攀呵閣等入貢時公姪廷鋐為主客郎中與予共事為述之如此

李忠定公從祀

宋南渡人物李忠定公第一張魏公生平不強人意處甚多而為宋齊愈劾罷忠定尤南渡治亂之關予往讀名臣言行錄恒欲著論以明之頃見鄉左之幟張浚不當從祀歷代人王廟議明白正大千古定案遂為閣筆其略云建功於中興之際首當聯絡公忠之人宋至靖康建炎之間人臣皆以緘默柔媚輸國於人為奉職而以恢復雪恥為不忠宋齊愈黃潛善汪伯彥之徒其尤也非李綱秉國整立規畫何以成朝廷哉浚乃甘以身為潛善客與齊愈厚而陽其書立邦昌之罪劾綱以私意殺侍從致綱罷黜綱罷而兩河相繼淪陷失身非類得罪君子雖有隨時倖立之功名而其虧喪已不可贖矣夫從祀重典也謂宜黜浚而陟綱云鄒有仰止堂文集清峭可誦

趙忠毅公擇言

康熙丁未讀高邑趙忠毅公閒居擇言謹錄數則於此　太宰陳公有年典選予為

主事一日謂予曰僕不敏必多過失幸教之予曰人惟清澹日復一日安得有過陳公大笑曰是謂我不作事也因議用海公瑞何公以尚二公皆廢棄而剛直為天下所畏陳公力言於政府竟皆起之　沈戶部棱湖廣臨湘人嘗一再見予予癸巳春得罪歸戶部送之郊予抵里未幾而使人來書曰夏季領俸念大賢家居而祿祿如棱乃食祿於朝可恥也謹以原封奉上予受之　大臣以道事君不可則止非以位言也如是乃為大臣耳故當兩全可為大臣近日如太宰孫公鑨陳公有年蔡公國珍可以為大臣矣孫太宰丕揚楊少宰時喬可惜也而楊更可惜以其廉慎耳　近日講學者薛文清之外惟後渠而已所謂極高明而道中庸者也　論語之和平沖雅如楚狂衰鳳之歌莊子所載乃其全文而論語刪之若迷陽路語斷不可闌入論語中知此則知文體矣　宋災伯姬以待姆不至而死左傳謂其女而不婦女待人婦義事也是時伯姬六十矣以待姆不至寧死於火此婦德之至也而曰不婦以為婦與女不同可不待姆而逃火豈不謬哉　荷蓧丈人遭亂世而長隱而子路以為無義以為亂倫然則孔子所謂無道則隱非耶論語之文如此為難解　寺人勃鞮吾文公之讎也及即位而見之初不肯見既而見之曰不見者是吾惡心也吾請去之人孰無惡心皆能去之則為善人矣　宋鄂州知州羅願以父汝楫為御史時嘗附秦檜論岳武穆不敢入武穆廟一日自念吾政善姑往祀之再拜遂卒鄂州廨願為乾道淳熙間名臣其卒朱子尤痛惜之恨未見其止鄂人感其德為之圖像以祀歐陽宜諸曰願素行無愧於侯其卒也未必侯所為意者善惡之報不於其身則於其子孫欒盈非為汰而受欒黶之惡以殺其身亦理之或有者予謂羅公賢者以其父之構陷武穆而又近於其廟愧恨不敢入五內切剝久矣一旦瞻其遺像大命遂傾惜哉小人之子孫惟宜愚不肖耳稍賢智則其苦皆若鄂州求死不得也（按元鄭山王序鄂州小集以為南渡後文章有先秦西漢之風者新安二羅大羅名頌書知鄂州小羅名願即鄂州也字端良號存齋乾道二年進士爾雅翼即其所著也）

宋太祖出兵下江南後主遣其臣徐鉉來將以口舌勝趙普廉請擇館伴鉉乃中批差三班陛下名使臣以往鉉反復問之其人唯唯言不識字而已鉉無如之何也即此一事太祖之智過普遠矣所謂無言誰敢酬可為處世之法

王維王縉同名

唐書宰相世系出琅邪文憲公儉後者有蘭州刺史景景子縉秘書郎好畤丞昱昱子維此別一維縉也又河東王氏始趙州司馬儒賢儒賢子揚州司馬知節知節子

協律郎冑冑子汾州司馬處廉處廉子五人長維字摩詰尚書右丞次縉字夏卿相代宗又次繟江陵少尹次紘次紞太常少卿又太原王氏始右武衛大將軍靖靖子右金吾衛大將軍琇琇子縉太子詹事為雁門郡王智興之父太原節度使宰之祖又別一王縉也宋王縉嚴州人官右司諫忤秦檜者凡四王縉

邢太僕

吾鄉太僕邢公子愿侗以書法文章名神宗朝然其行誼甚高初知南宮縣同年渭南南公（憲仲工部居益之父）為棗強令會御史按真定皆在郡候察而南公病殁後事一無所備先生直入白御史曰南棗強死無為經紀後事者某願請旬日之假馳往治喪畢事復赴郡聽察幸甚御史素重公名許之竟為停察事聽往治喪至今南氏子孫感公高誼不忘御史亦賢者惜逸其姓字

左公逸事

左公懋居親喪至孝不出戶者三年祜慎終追遠題扁讀者無不泣下一日縣令夢天帝榜其門云大孝格天又其從弟某家有狐為祟先生時在京師家書偶及之先生復書云邪不干正可善諭遣之書未至一日狐忽語家人云公在都諭我使去我

何敢偷生遁無他。公浩然之氣通乎鬼神如此。

左公母

徐烈母，寶海州儒家女，萊陽左公母也。知書有大節。明崇禎甲申，左公御命督餉江左。母居京師。三月，京師陷。公從兄吏部郎懋泰以車載母間道東歸，而身與張尚書忻、部侍郎。母徒步以從。至白溝河，仰天歎曰：嗚呼！此張公叔夜絕吭處也。呼懋泰前，責以不能死國。吾婦人，身受國恩，不能單間偷活。寄語吾兒勉之，勿以我為念。又見二公責之曰：公，大臣也。除一死外，無存身立命處。二公勉之。言訖而死。蓋出都不食已數日矣。與左公之死相距僅一載。萊陽宋孝康林寺綖為予說。

朱子論蘇王

孔文仲號正人，而攻伊川，至詆為五鬼之魁。朱子以蜀洛之故，甘心蘇氏，更有甚焉。其與汪尚書書云：蘇氏之學，害天理，亂人心，妨道術，敗風教，不在王氏之下。其徒若秦觀、李廌，皆浮誕輕佻，士類不齒。云云。至其推尊張浚，全以南軒交誼，甚矣不黨之難也，可歎。

李忠定公

周益公云：淳熙末，李忠定諸子皆不存。其姪申之進公奏議，請謚於朝。孝宗似未習其人，予為歷陳本末。上曰：張浚比耶？有司請以忠定易名，制曰：可。嗚呼！忠定豈浚之比哉。孝忠賢君，忠定名臣，同時而不相知如此。則忠定在紹興中，其棄置屏斥，不亦宜乎。

二蔡後

文丞相云：莆中有二蔡，其一派出君謨，其一派出京卞。京卞子孫慚其先人所為，多自詭為君謨後。予頃見江右藩錢，分宜相子孫中式者，竟不列其高祖名。嚴孝子慈孫，百世不改，可畏哉。

牧齋詩傳

錢宗伯牧齋作列朝詩傳，本仿中州集，欲以庇其國稱淹雅。然持論多私，殊乖公議。略舉一二。如徐有貞陷冤，以桑梓之故，一則稱其文武兼資，一則舉其功在社稷，欲以一手掩萬古人耳目，可乎哉。李文鳳月山叢談云：徐有貞力主南遷之議，及貞性險賊，至今吳人舉其鄉望名臣，以有貞為稱首，上自王濟之下，及今時能言之士，莫不皆然。後世宜有公論，固不始於牧齋也。

元人

元名臣文士，如移剌楚才，東丹王突欲孫也；康布忠貫雲石，畏吾人也；趙世延、馬祖常，雍古部人也；孛术魯翀，女直人也；迺賢、葛邏祿人也；薩都剌，色目人也；郝天挺，朵魯別族也；余闕，唐兀氏也；顏宗道，哈剌魯氏也；贍思，大食國人也；辛文房，西域人也。事功節義文章，彬彬極盛，雖齊魯吳越衣冠士胄，何以過之。

康馬

武功康狀元德涵，三原馬光祿伯循，相友善。康詞鋒如雲，馬言不出口，或靳之。伯循曰：但聽德涵言論，自足快意，何待吾言。

孫太僕

孫沙溪太僕緒，故城人。博雅有風調。嘉靖間嘗著無用閒談四卷，頗足解頤。然持論時有過偏，如駁考亭、陽明，僕為已甚。又載彭文憲時，信星士談命，言公百四十餘歲當有腹疾。彭謂家人曰：備曹謹識之。是年勿進吾生冷。按此乃五代王樸事，載宋人小說，何得竄言文憲。以此推之，其紀述未必盡實錄也。

戴京兆

戴京兆初名嘗子，京字型遠，杭州人。登順治己丑進士，官山東提學。清方孤峭，人不可干以私，所拔皆一時名士，與施愚山閏章先後齊名。內陞大理寺丞，予告，久之起補順天府丞，再予告歸。幅巾野服，參學徑山，絕跡公府。人品為武林第一。康熙辛酉，兩子亦相繼卒。天之報施善人何如哉。先兄子側為諸生，戴拔第一，復拔充貢賦，最蒙擊賞，每侍生來教，如父兄焉。

重師

漢人最重其師門生故吏，至有棄官行服者。前輩師事李元禮，貽書云：久曆過庭，不聞善誘，陟岵瞻望，惟日為歲，直如子事父矣。薄俗要當知此。以父事之。

抱松女

宣城諸生羅愷妻孫氏，年始笄，遇兵亂，從姑避山中。松下兵獲姑，將殺之。孫亟出請以身代，兵脅之去。孫抱松大呼曰：死耳，義不可辱。遂見害。三日猶抱松不仆。人呼為抱松女。

蘇少公葬地

眉州蟇頤山有老翁泉。葉石林云：東坡晚亦號老泉居士。墨莊漫錄云：蘇黃門葬於許王定國作挽詞云徒泣巴山路空悲蜀道程弟兄仁達意千古各垂名注云公與東坡常泊巴江夜雨相約伴還蜀竟不果歸今東坡葬汝公歸眉王祥有言歸葬仁也留葬達也又少公自作潁濱遺老傳云先君之葬在眉山之東昔嘗約祔於其壙雖遠不忍負也又卜居賦序云昔先君相彭眉之間指其庚壬曰此而兄弟之居也今子瞻不幸已藏郟山予年七十有三異日當追蹈前約昔貢少翁為御史大夫年八十一家居琅邪一子年十二自憂不得歸葬元帝哀之許以王命辦護其喪譙允南年七十二終洛陽家在巴西遺令其子輕棺以歸今予廢棄久矣少翁之寵非所敢望而允南舊事或可庶幾其賦云諸子送我歷井捫天庶幾百年歸掃故阡按長公葬汝州郟城縣釣臺鄉上瑞里嵩陽峨眉山少公附焉今河南志并載二公墓而四川志載止老蘇墓不及少公定國之詩遺老傳卜居賦之語豈不果耶外兄徐東癡夜適書來訂此疑因書此復之

白氏

白氏許州人蘇宗之母潁濱先生五世孫婦也年二十餘即寡外家迎歸竊議改醮白氏微聞之肇車徑歸曰我為蘇學士家婦乃失身乎於宅東北為祭室畫兩先生像圖黃州龍川故事於壁香火嚴潔躬自灑掃金天興元年許州被兵白拜辭兩先生前曰兒子往京師老婦死無恨即自縊於室年七十餘見金史列女傳

池北偶談卷七終

池北偶談卷八

清　濟南王士禛阮亭著

談獻

介推

說苑介子推十五為荊相堂下有二十五進士堂上有二十五老人是又一介子推也

壯節王公傳

宋壯節王公復守徐州闔門死節宋史僅附書趙立傳亦不詳何許人一日讀劉昌詩興伯蘆浦筆記乃知公為吾鄉人傳載世系官階始末甚悉筆記十卷乃萬曆中綏安謝兆申所鈔丹陽賀氏藏本流傳甚少因全錄之傳云公諱復字景仁淄州淄川縣人也曾祖昊國子博士祖琮尚書虞部員外郎父愈澶州濮陽縣令贈光祿大夫公少好讀書博通史傳慷慨有氣節家有唐以來名臣畫像每指顏杲卿像謂人曰士當艱難捐軀殉節當如顏公矣以門蔭補官試大理評事遷本寺丞公家故饒財不樂私蓄嘗率其里之貴豪遇郊歲各輸銀絹十萬以助賞賚郡國效之久之除京東肇運遷京東轉運判官按部過淄川父老迎候公下車慰謝先是淄川苦調外寄征公嘗與父老言他日或能奏蠲之至是以白公公曰官卑不敢言然重食吾言以為父老羞敢以私田之入代輸三年除兩浙轉運副使時太平日久民不知兵方臘初叛所過守將望風奔駭公下令所部嚴保壘修戰備竭力討賊屢戰有功賊平擢徽猷閣待制遷都轉運使朱勔以花石奉艮岳多取漕艦以載號直達綱公曰今寇起倉卒飛輓繁困而倖幸之徒猶貫苑囿惑上心固執不與勔譖於上公疏奏謂不可以不急之務疲民費財擢龍圖閣直學士以事忤宰相王黼降充龍圖閣待制（宋史云以龍圖閣待制知徐州已止稱此官）移知成都興利去害民繪像立祠刻石高宗皇帝詔公知徐州（上官階俱不書）粘罕以衆數萬薄徐徐城孤勢危公合戰數不利遂閉城拒守金人重圍央攻晝夜不息城中兵糧單竭死者甚衆敵勢益張凡二十餘日城陷公躬擐甲冑巷戰竟曰度不可禦乃返州治易朝服南鄉再拜曰臣受國厚恩當以死報今日得死所矣謂賊曰死守者我也監郡而次亡與焉可獨殺我而舍僚吏與百姓（一作史同）其帥凜然歎異曰使南朝皆如公我豈得至此今汴京已陷二帝北去公尚為誰守乎公罵不絕口帥復說之曰必欲全活生靈請立降當為易官封就知此州公罵曰汝等

勿誘我我誓有死耳帥察其無降意命左右撾其口流血公含血噀之子倚在旁不勝憤突出見粘罕頓手無挺乃得布囊盛瓶擲之中其旁千户長㬟粘怒執倚刳其心以祭千户長欲懼公速降公不顧為帥敲死闔門百口俱遇害時建炎三年正月二十九日也帳下趙立求得公尸拜伏痛哭裹以䌷褥葬於黃樓之側累甓以誌之敵退立具奏其事天子震悼詔特贈資政殿學士謚壯節給恩澤五資賻贈絹帛各二百疋初公未遇害筮而遇乾六體不變術者曰滅門之象也公曰死生定數也茍獲死所敢逃乎卒時年五十二徐人立廟祀公及倚亦號雙廟敕賜名曰忠烈（史立廟祠建州）積官至正議大夫累贈光祿大夫娶趙氏濮郎肅恭僖王宗博之女封安平縣主贈永康郡夫人再娶劉氏章獻明肅皇后之姪徐州陷不食三日卒贈咸平郡夫人先是公長子倚從高宗過維揚及趙立已亡徐州有武衛軍隸公義不他屬願從倚高宗聞之詔於樞密院劄計議官特命倚為之仍領武衛紹興八年和議成奏乞訪先臣遺骸優詔許之行至泗州得疾抵徐城驟暴卒明年奉使藍公佐迎護徽宗梓宮交割地界貽書當路漕使訪公瘞所漕委幙屬王之翰往焉故跡漫沒莫得其處忽有老媼指謂之曰君非求王侍制瘞所乎其在此間即所指求焉有冢巋然

蓋以甃砌啟視見大甕覆其上回視老媼化為虎撤甓取骸聯絡不斷如鎖子骨獨一手指闕之翰炷香禱須臾有指一節浮水上觀者莫不歎駭之翰易官敘藏於京師資聖院後子孫徙葬於兗州萊蕪縣先塋云紹興十年承宣使田諤扈從顯仁太后回鑾倚子逵留淄川一詩送諤云兩地音塵隔死生十年常效執珪吟羨君已作還東鶴顧我空存魏國心日下既蒙新眷遇海邊休忘舊知音倚憐萬里親庭在為向雲山處處尋詩至而倚卒已一歲矣藍公佐使還一日侍上語次上曰王倚有兒女否奏曰倚五子流落中原居江南所生兒女尚幼弱上惻然詔令諸女入禁中命宮嬪保養之十餘年賜金帛遣嫁右傳得於公之元孫默（按史附公於趙立傳已非撰又有徽太后若非興伯畢記公之始末無從考鏡參稗史可無作乎）

傅山父子

傅山字青主一字公之他太原人母夢老比丘而生生復不啼一瞽僧至門云既來何必不啼乃啼六歲食黃精不樂穀食強之乃復食讀十三經諸子史如宿通者崇禎中袁臨侯（繼咸）督學山西為巡按御史張孫振誣劾被逮山橐饘左右伏闕上書白其冤馬君常（世奇）作義士傳比之裴瑜魏劭亂後夢天帝賜以黃冠衲衣遂為道士裝醫術入神有司以醫見則見不然不見也康熙己未徵聘至京師以老病辭與范陽杜越君異俱授中書舍人歸山工分隸及金石篆刻畫入逸品子眉字壽毛亦工畫作古賦數十篇常粥藥四方兒子共輓一車暮抵逆旅輒篝燈課讀經史騷選諸書詰旦成誦乃行否即予杖

葉文莊論陶南村

孫大雅作滄螺集有陶南村傳載其不應浙帥泰不華南臺御史丑驢辟舉張士誠開府姑蘇以軍諮屈之亦謝不往洪武癸丑命守令舉人才復以病免藝圃種菊有靖節之風又稱其所著輟耕錄文獻足徵其人品著述為世所重如此乃水東日記謂書史會要為楊文貞所不取又謂輟耕錄可鄙豈惡其人者惡及儲胥文莊亦有所不免耶何雌黃之過至此

蔡趙二相子

蔡絛京之子撰西清詩話宣和五年或言絛論議專以蘇軾黃庭堅為本奉旨特落職勒停（見吳曾漫錄）後山居士集有與魯直書云正夫有幼子明誠頗好文義每遇蘇黃半簡數字必錄藏以此失好於父正夫挺之字也蔡趙輩勢能禁天下不敢習蘇黃詩文而不能得之於其子異哉（明誠撰金石錄）

孫璘

孫璘字文蓭浙人為福寧總兵官吳萬福客閩逆叛於福州以書招諸大帥璘力勸吳公斬其使絕之發兵拒守而賊兵奄之吳公死之璘從死林舍人石來（名嶙）有詩弔之云誓師幕府勸移兵青史應傳忼慨名死節千秋比袁祭胥教人笑褚淵生同時有嵇永仁者字留山無錫人古文有名為制府范忠節公（承謨）客亦從死

歐劉

劉原父與永叔相友善然原父常言好個歐九可惜不讀書仁宗嘗問宰執劉敞何如魏公極稱其才歐對曰劉敞文亦未佳其博雅足重也二公似以名高相忌後村江西道中詩云每嘲介甫行新法常恨歐公不讀書浩歎諸劉今已矣路傍喬木日蕭疏

梅宛陵取士

元人劉性作宛陵集序云仁宗嘉祐二年歐陽公知貢舉梅聖俞為試官得人之盛若眉山蘇氏南豐曾氏郿張氏河南程氏皆出其間葉石林詩話謂是榜得蘇子瞻

為第二人。子由及曾子固。皆在選中。今人止知蘇曾為歐公門生。不知張程二氏皆出其門矣。又東坡兄弟生平。於六一師弟之分極深。然於宛陵。祗稱梅二丈。亦所未解。

諡文公

劉後村云。諡。古也。複諡。非古也。封演云。諡二字者。一字為文。一字為節。世言歐陽永叔卒。將諡文。常秩時為太常博士。議當諡文忠。或謂必留此以待介甫。已而果然。然唐宋以來。諡文者。獨韓退之。朱元晦。為不愧。他如白居易李翱陸希聲權德輿楊億王安石姚燧歐陽玄輩。皆諡文。亦未盡允也。獨孤及云。二字不必為褒。一字不必為貶。果在字數。則是堯舜禹湯文武不如威烈慎靚王也。齊桓晉文不如趙武靈秦莊襄楚考烈也。唐人論如此。則謂文必優於文忠。亦未必然。初元晦議諡文忠。劉後村時年十七。代其父尚在作駁議。因止諡文。其略曰。正主庇民之學。鬱而未伸。著書立言之功。大暢於後。合文與忠諡公。似矣而非也。有功於斯文。而謂之文。簡矣而實也。請以韓子之諡諡公。右諡議。見後村集第二十五卷。

烏程

予鄉長山劉青岳相國。崇禎間。殁於戍所。予內大父張忠定公延登及諸鄉大夫於朝房候烏程相。祈代題給勘合。溫不可。比入閣。即日具揭。次日而准給勘合之旨下矣。楊鬼岫宮諭士聰玉堂薈記載此事云。烏程之結主知。亦非偶然也。

秦襄毅公年譜

康熙癸亥冬十月。偶從同年汶上岳給事鎮九秀峰得單縣秦襄毅公紘。自撰年譜一卷。乃公八十歲以戶部尚書家居時自述。時嘉靖十七年也。吾東新纂通志。出庸妄之手。前代名臣。如公。及曹縣李襄毅公秉。沂州王恭靖公璟。皆削其名氏不載。目今奉旨。修一統志。將何所據為文獻之徵耶。因寓書高侍郎念東。俾與巡撫徐中丞敬菴旭齡言之。而錄公言行數則於左方。以補言行錄之闕云。○為御史。數忤內官。謫沅陵縣北容驛驛丞。都御史軒公上章。為予分辨。留中不出。同僚或謂予曰。足下何以處此官。予曰。事上臨下。素位而行。持節守廉。誓死不改。○景泰七年。年三十一。在北容。構茅屋三間。題其扁曰安遇。日讀五經諸史。日夕汎江。以漁釣為樂。又於軒前自題聯云。處困而亨。有言不信。予為御史時。量褊不能容物。由此一謫。器量漸宏。去就漸輕。識趣漸明。雖一時謫官。而得終身受用。天未必無意也。○天順元年。遷知雄縣。治民惟用絜矩二字。御史惟用易大畜豶豕之牙一爻。至於刑罰。一以欽恤為主。忠國公石亨。令人來討雄縣南塲傳舍。許以知府。予不從。人皆尤予。未一載。亨事敗。出其門者皆坐嚴譴。有京差捕獵內臣害民。予執法禁革。誣奏繫御史獄。雄民擊登聞鼓代訴者五千餘人。調府谷縣。縣乃極邊戎馬之地。予亦不敢鄙夷其民。修學廟以興文教。築城堡以嚴邊防。里甲公用錢每人一年。上戶不過二錢。○八年。巡撫徐公廷璋。保任葭州知州。釋冤濫。寬租賦。五七日不用鞭扑。同僚退而笑之。予曰。本州負稅事有所由。正當徵收時。吏書兵隸。假托催糧。惟事求取。民財納給。得有所挾。因而延緩。是豈徒民之罪哉。時在坐致仕官數輩。皆為泣下。○成化元年。在葭州。欲以二月十三日齋沐祈雨。有父老百餘詣縣告曰。本州邊地苦寒。每歲至四月。方有雨。此時祈雨。徒勞心耳。予曰。天道焉可知也。至期。焚香焚檄。十五至十七。連雨三日。予乃發粟賑貸。給民子種。通借牛犋。民大悅。四月麥苗將黃。乃選差公當老人催徵。五月十五日。催完發運。六月初三日告徵通關。在葭七月。里甲公用每人止用銀六分。禱雨四次。輒應。或以事出境。公幹。百姓聞予將回。則喜曰。雨來矣。○巡撫項公忠奏予才堪治繁。調秦州。道經西安。項公謂予曰。秦民難治。皆以刁民作梗。倘到彼有此等。即打死申來。予曰。刁民人皆惡之。所惡不同。上司於刁民。則惡其害人。州縣官於刁民。則惡其害己。但患御之無道耳。苟御之有道。刁民將化為良民。若專事誅鋤。反使貪官得計耳。項公笑而不言。到秦一年。三年拖欠糧草皆完。健訟與盜賊歛跡。項聞之喜曰。秦州得人矣。里甲公用錢。上戶一年。不過銀二錢。○秦州有囉哩戶。乃回回別種。漢人不與通婚姻。自相嫁娶。有以兄弟娶姊妹者。有以姑嫂配甥侄者。予訪得清水秦安等縣。亦有囉哩。乃移文各縣。令其共為婚姻。秦俗尚鬼。每歲清明日。各辦花山。祭儀。費至三四千金。臨期於城壕拾取死囚骨殖。棺斂葬之。云不如此。則厲鬼降禍。予嚴禁之。曰。爾民遇節。棄祖墓不拜。擄却妄費財物。諂事厲鬼。何耶。使厲鬼果能為禍。予願以身當之。此風遂息。○服闋。秦人三疏保留。吏部不准。秦人自哭於東拱辰門。吏部不得已。將見任秦調別州。仍授予秦州。郭定襄伯贈行詩云。早登金榜列儒紳。誰不爭先覩鳳麟。曾以霜威消瘴癘。還將和氣布陽春。廟堂正擬徵黃霸。父老俄聞借寇恂。不獨兒童騎竹待。郊原草木亦欣欣。

二王公薦士

宋王文正公。在政府。謹惜名器。欽進材品。使人各得其所。雖咈於己者。亦不以私廢公王沂公當國，未嘗顯拔一人。范希文以為言。公曰：恩若己出，怨將誰歸。二公真古大臣之風。下此則朋黨而已，又下此則賄賂而已。

蔣虎臣

翰林修撰蔣虎臣先生超，金壇人，自號華陽山人。幼就禪寂，不茹葷酒。祖母夢峨眉山老僧而生。數歲嘗夢身是老僧，所居茅屋一間，屋後流泉遶之，自伸一足入泉洗濯，其上高山造天。又數夢古佛入己室與之談禪。年十五時，有二道人坐其門，說山人有師在峨眉二百餘歲，恐其墮落云云，久之乃去。順治丁亥，先生年二十三，以一甲第三人及第，入翰林。二十餘載，率山居，僅自編修進修撰，終於史官。性好山水，徧遊五岳及黃山、九華、匡廬、天台、武當，不避蛇虎。晚自史館以病請告，不歸江南，附楚舟上峽入峨眉山。以癸丑正月卒於峨眉之伏虎寺。臨化有詩云：偶向鑊湯求避熱，那從大海去翻身。功名傀儡場中物，妻子骷髏隊裏人。嘗自謂蜀相蔣琬之後，在蜀與修四川通誌，以琬故，徧叩首巡撫、藩臬諸司署前，其任誕不羈如此。

隱逸傳

宋史隱逸傳載种放，而遺鄭延卿。少與呂文穆、張文定遊，隱居水南，錢惟演留守西京，常率歐、尹諸公訪之。舊唐書陽諫議入隱逸，元史余闕不入忠義，皆不可解。

孔明之學

徐莊裕公問讀書續記云：漢儒為學，能見得靜字，惟孔明一人。學以廣才，靜以成學等語，亦得規模領要。

王恭靖公逸事

徐莊裕問讀書續記所載名臣六十四人中，清古一條云：王璟，字廷采，山東沂州人。左都御史，為巡撫，坐忤權要免官，後起為吏部侍郎、左都御史。正德末，士大夫當權豎亂政之後，多營私殖，政以賄成。公門下不受私謁，澹然如布衣時。家無僮僕之奉、田園之適，惟讀書課子孫而已。去之日，言官惜而留之。公嘉靖中諡恭靖，近見新修山東通志削去公及李襄敏公秉、秦襄毅公紘，名不載，因詳著於此。李公謚諸書皆作襄敏誤秉敏謚法考作襄毅

按恭靖公一字東皋，成化進士，以清節著聞。擢南臺御史，改北，巡視保定諸郡。進光祿寺卿、僉都御史，總理兩淮鹽法。浙東大饑，被命賑濟，所全活四十萬人。巡撫保定，乞罷皇莊以甦民困，孝宗嘉納之。正德丙寅，入協理院事，忤逆瑾，矯旨罷。瑾誅，起撫

山西。時流賊入河東，設險防禦，多所斬獲。召為吏部侍郎、左都御史，掌院事，風裁清峻，朝廷倚重之。嘉靖初，進太子太保，乞歸，卒。○公未遇時，肄業瑯琊山寺，夜半有巨手自窗入，類人掌而有毛。公取硃筆書一山字於上，怪哀號乞免，且言公貴人，異日當至都憲。公復援筆書一山字於下，怪乃得出。○公為諸生，與友人胡某同讀書別業，夏夜胡每苦熱，公輒言涼，因易地而寢，胡覺清風徐來，都忘炎暑，忽聞有人語曰：此非王都憲，乃胡教官耳。叱之不見，遺二蓮葉於榻前。○公赴省試，在途為雨阻三日，逆旅主人子婦為狐所祟，怨三日不至，問之，曰：王公在此，故不敢耳。比公歸，主人以告，求為除之。公書王璟在此四字，令置壁上，狐遂絕跡。○公諸生時夜讀書，有賊竊持槍隔窗刺之，公走避得免。月下窺知為某，閱三十餘年，未嘗告人。公後顯貴，其人以俵馬差累，求救於公，公略無難色，但笑曰：某日夜若刺我死，當誰救汝。此後慎勿害人。其人感泣謝罪。其厚德如此。

穆文簡論王安石

莘邑穆文簡公孔暉，弘治中鄉舉領解，出王文成公之門，為理學大儒，然其學多入禪宗。其古文精勁，自子書出，可匹崔文敏公後渠，如送沈朝綬、送王如行諸序可見。予尤喜其與武城王文定公道論王介甫書，今錄於此。孔暉頓首純甫先生足下：昨在陽明先生坐上，同觀象山荊國祠堂記。予時未敢謂然者，必象山之意多為荊公恕。不為人之社稷計，不為天下生靈憂，不為後學慮，恕一夫而不憫天下後世，此何心哉。不然，乃象山之偏見自喜也。將以正名定罪，釋天下蒼生之憾，為社稷大計，不當姑隨也。大舜殛鯀於羽山，鯀之惡不大於安石，安石之罪浮於鯀。予謂以安石擬鯀可也。鯀名重，安石亦名重；鯀悻直自用，安石亦悻直自用；鯀圮族，安石亦圮族；鯀陻汩，安石亦陻汩。鯀不能除天下之害，亦不能成功；安石禍及天下生靈，生靈何辜。宋之元氣遂不復振，其罪尚為不浮於鯀乎。夫以傾人社稷、流毒四海者，尚取其志，豈舜當取鯀之志矣。何者，鯀之志欲平水土也。孟子曰：食志乎？食功乎？安石之操介，在古人一節之士甚多，未可以一節而掩元惡也。非聖人無法，聖人作春秋以訓萬世，安石獨廢之，此不容誅矣。安石秉周禮，蓋功利之心勝也。何者，周禮之政，天無曠時，地無曠利，人無曠力，此聖王所以富天下者，盡三才之道者也。安石藉其近似，專以利言，又無管仲之才，所以萬無一利，而害不可勝言矣。天下以為君子者，安石惡之；天下以為小人者，安石好之。好人之所惡，惡人之所好，此之謂拂人之性，辟則為天

下僇矣欲恕安石者是求為過高之論恐誣後學不淺不審聰聖以為何如孔暉頓首

穆文簡論格物

穆文簡大學千慮論格物曰倉頡篇云格量度之也見文選運命論註此朱程以前書乃訓詁之最古者以其書久廢故見之者鮮考之内典隋智顗法華經文句解分別功德品云格量功德又云格量多少其一篇内格量字甚多此又在唐以前者大莊嚴經論云況復如來德何可格量格量之義古皆用之而程子未之見意雖暗合而解釋弗暢故使聖經難明然其為說合於聖門無疑豈前人所及哉問格之訓至終廢乎曰不可當云格量物理以求其至其義始備此解甚新然文簡學近於禪亦可恥

三進士出身

本朝進士出身最奇者三人一予同年任暄猷杞縣人明末團結鄉勇以禦流寇南渡授官後軍府左都督靖邊伯豫王下江南投誠遂隸旗下中順治壬辰進士以官勳被黜復中乙未進士官至江西南贛道僉事一吳李芬郃陽人崇禎乙卯舉人粵西時官至左都御史投誠願以科第進中康熙甲辰進士一錢士熹五河人南渡為副總兵官既而為浮屠久之復補諸生中康熙庚戌進士年已七十餘未幾卒

楊文公

宋王文正公嘗言昔楊文公有言人之操履無若誠實吾每欽佩斯言云文公為文正誦法如此而石介作怪說乃謂其蠹壞聖人之道詎不誖哉

王東臯

湯陰王東臯（伯弢）官文選郎中清介有執持為本朝吏部第一嘗語同官尹瀾柱（源進）曰宋岳忠武王吾湯陰人也王之言曰文官不要錢武官不怕死吾生平服膺斯言惟求無愧耳又曰作吏部無他才能只須守定不徇不忘率由舊章八字

宋開之

王在吏部同時以清直稱者南宮宋開之（文運）亦以文選郎内陞歸卧不出魏環溪（象樞）疏薦之起鴻臚寺少卿庚申四月光祿寺少卿缺人應宋序轉適光祿正卿亦缺特旨以宋為正卿後至刑部侍郎卒謚端愨

薛忠武

明鄭國忠武公薛祿膠州人其父居海島為人牧羊時聞牧處有鼓樂聲出地中心識之語忠武兄弟曰死即葬我於此從如其言葬焉已而勾軍赴北平其兄不肯行忠武年少請往後從靖難師累功至大將軍封陽武侯進封鄭國公其地至今號薛家島

蘇章事

宋人小說載坡公與章惇題名石壁事頃見者舊續聞又一事極相類子厚為商州推官子瞻為鳳翔幕簽因差試官開院同遊小飲山寺聞報有虎二人酒狂同勒馬往觀去虎數十步馬驚不前子瞻乃轉去子厚獨鞭馬向前取銅鑼於石上戛響虎遂驚竄謂子瞻曰子定不如我儘聞乃樵李項氏抄白本也

徐公長者

宣城徐翁尚書元太父官浙江某縣典史偶以言忤巡按御史受辱扑責羞憤自免歸時尚書與弟通政元氣皆失學翁每流涕忽忽不樂尚書兄弟跪請其故曰而兄弟皆廢學吾無後矣因述受扑直指事復流涕不已尚書兄弟曰兒輩不類自今願力學以慰大人心願勿悲也乃發憤下帷兄弟相繼登第尚書謁選得某府推官即

直指之家也心私喜得報父怨瀕行置酒戚友畢集候翁出稱觴翁稱疾堅卧不起尚書入跪問故且言此行冀得報夙怨何反不樂為翁曰此吾所以病也吾為小吏當日誠不為無過但直指稍過當耳且緣渠扑責激而罷歸教子以有今日則直指乃吾恩人非仇也汝思報怨吾所以病汝往當以吾言開心告之盡捐夙嫌是吾子也否則非吾子也尚書唯唯翁乃起盡歡而罷時直指久失職家居聞尚書來恐甚郊迎盡禮尚書首述父命誓無芥蒂自是情好甚洽後翁躋大耋三子皆成進士兩登九列焉此與蔡確父黃裳瀕死囑其子必報陳氏確既登政路遂以事真恭公子世儒極典賢不肖霄壤矣

王倫

王倫宋臣其死不失為忠義金史不應載且與宇文虛中同貶尤非是

張尚書

堂邑張蓬玄（縉）自明時已為尚書入國朝為大司寇年已七十餘一日侍宴上前下堦而仆世祖命内侍掖以行出長安門尚有詔追問能騎否徐諷令以禮致仕遂進所撰禮經樂經而去張公在明時為東林所推嘗自作年譜謂甲申之變欲死而不得

吏部侍郎孫二如昑謂己曰其子不死者以洪範也公有禮樂二經道統在焉亦其子之九疇也何必死

盛王贊

賓應喬聖任郎可崇禎中以御史按浙江至金華遇山水暴漲舟不得進索挽舟者縣令盛王贊呼曰農忙矣今請以身挽喬遂改而陸行仍薦之於朝時兩賢之此與唐何易於事相類

高文襄

新鄭高文襄拱為相恣橫已甚至以賜䘏大禮大獄建言贈楊忠愍諸臣官起用葛端肅趙文肅諸公指為徐文貞之罪其疏有曰皇上先帝之親子也議事者先帝之臣遺諸皇上者也而乃敢於悖君臣之義傷皇上父子之恩非所以訓天下也謬此與章惇一輩小人倡為紹述之論者何異

石琚

玉堂嘉話載金丞相石琚致仕居鄉閭司隸呵導過門即起立客曰丞相何為如此公曰參軍雖微朝廷命官也吾敢不敬先曾祖司徒公居鄉亦然

元法

元宋子貞作耶律文正公神道碑云河南初破被俘擄者不可勝計及大軍北還逃者什八九有詔停留逃民資給飲食者皆死律論城郭保社一家犯禁餘并連坐由是百姓惶駭公進說曰十餘年間存撫百姓以其有用故也若勝負未分慮涉攜貳今敵國已破去將安往安有因一俘囚罪數百人者乎上悟詔停其禁

張璁

毅宗孝靜皇后崩禮官議當循累朝故事后謚用十二字張璁獨謂當用四字其黨霍韜亦非之卒用八字璁尋以病告歸他日世宗與李文康公詩言及此事亦以為非是璁以庶僚躐致宰相惟敢於負孝宗敢於犯名教而不之恤術已售矣以故主之嫡后骨肉未寒雖數字之虛文亦斷斷持之徒欲以仇孝宗者媚世宗而卒為世宗所薄小人用心竟何益哉

陸完

吳中士人多私其鄉之先達時有曲論如陸完黨於逆濠最為姦邪有某者送錢牧齋宗伯入朝作古詩數篇歷述吳中先賢致期望之意隱與焉此詎可欺天下萬世

耶

史兵部

古邑舊令史公諱能仁河南鹿邑舉人崇禎間來為縣清正而有剛柔互用至今尸祝之庚辰辛巳歲大祲人多流亡時邑境甘露降於林木地生羊肚菜公賦詩曰上天降甘露偏地生羊肚饑食羊肚菜渴飲甘露乳涕泣告吾民慎無去鄉土真仁人之言也後調繁淄川遷兵部主事去順治辛卯復至縣雖三尺之童亦束炬徹迎至十餘里不絕可稱循吏矣惜至今未祀名宦

刻言行錄

有見嘉靖中錢文信公集乃鄢懋卿所刻宋明名臣言行錄□□□延元所刻而序則出南樂魏相手□□□見故相某□以書誡其孫諄諄以忠孝為訓而考其平生大相剌謬亦此類

伍寧方著書

吳人伍寧方袁萃撰林居漫錄彈園雜志續眉山論諸書攻李三才自比於蘇明允辨奸論而其於當時臺諫所推重定國是者則徐紹吉徐兆魁邵輔忠劉廷元數人也其後熹宗之際皆為閹黨兆魁廷元至大司寇輔忠至大司馬紹吉至都御史崇禎初定逆案數人皆褫職定罪是時袁萃已前歿矣至其書并攻孫立亭呂新吾諸公語尤狂悖

金忠節

金忠節公鉉素精易理讀邵康節先生集手書於後曰甲申之春定我進退進雖遇時外而勿內退若苦衷遠而勿滯外止三時遠不卒歲優哉游哉庶畢吾世至甲申三月以兵部主事巡視皇城盡節玉河時有中官呂胖子同死二公骨不可辨其家人遂同葬玉河之岸焉公少好誦鄢汝愚先生詩龍泉山下一書生偶占三巴第一名世上許多難了事市人何用苦相驚後果一十八歲領順天解忤璫削籍大節視汝愚無愧云

姚端恪

刑書桐城姚端恪公文然真實經濟人也其好生之念尤出天性常拈句云嘗覺胸中生意滿須知世上苦人多命諸子各錄一紙粘於壁淄川高世泰公戊子所得士也任南郊令卒官逋官糧二千餘兩妻子十三人例當沒官公捐貲數百鍰復醵金代

輸高妻子竟獲免。好行其德皆此類。公戊子典山東試，闈中得先考功兄卷，異之曰：他日必為風雅名家。

遵典集

遵典集亦伍袁萃撰，所取章疏大抵黨邪醜正，如趙興邦攻湯兆京、孫居相、亓詩教，攻孫瑋、周起元，徐兆魁攻顧憲成、孫光裕，攻高攀龍、岳元聲，趙興邦攻呂坤，韓浚攻劉宗周，姚宗文薦徐大化，胡來朝薦邵輔忠、徐兆魁，皆推為千古公論，而劉光復輩之論李三才尤詳哉言之。光復揭內贊及福清，井及先少師，謂少師以位育顧三才之黨去有餘僇，其詆毀君子，可謂不遺餘力。至所標榜如邵、趙、二徐及劉廷元、周應秋、呂圖南輩，皆逆案中人，而周忠惠、劉念臺諸公之死，卒與日月爭光，桀犬之吠於君子何損毛髮，徒自織耳。若先少師之見毀於光復，先方伯之被擯於亓、韓，今日觀之，何啻華袞乎。袁萃自負乾坤正氣，然乎否耶。

張氏

甲寅，劇賊作亂，有陳某妻張氏，早孀，撫孤十二年矣。賊至，題詩壁上，有句云：乾坤此際當自決。遂雉經。愚南守陳君某為作傳。

雙烈

靈璧有諸生王登秀者，生二子，長已娶而病，其婦某氏侍湯藥五年，終始如一日。疾亟，既視含殮畢，遂縊死。其季未娶亦病，婦某氏女也，隨其母來省夫疾，遂不肯歸，父母趣之歸，曰：身已字人，嫁不嫁等耳。病如是，而秦越人視之乎。遂侍左右，五日夫死，亦自縊殉之。知縣馬君驄御騎親詣其家弔祭。

池北偶談卷八終

池北偶談卷九

清　濟南王士禛阮亭著

談獻

魯仲連

新城東北錦秋湖上有魯仲連陂，傳為魯仲連所居。按前書魯仲連子十四篇在儒家。

轅固

新城有地名牛固，相傳轅固故里也。未知所據。前書藝文志齊后氏故二十卷、齊孫氏故二十卷、齊雜記十八卷。轅固，齊人，說詩獨不見於班史，史但云魯申公為詩訓故，而齊轅固、燕韓生皆為之傳，或取春秋，采雜說，咸非其本義云。

李顒

种放賜告西歸，有一高士隱居三世，以野蔌一盤、詩一章贈放，云：接得山人號舍人，朱衣前引到蓬門。莫嫌野蔌無多味，我是三追處士孫。宋史列於隱逸傳中，予嘗非之，若此君差無愧耳。近盩厔李顒兩經徵聘不出，有古人之風，顒以理學倡導關中。

劉念臺先生

劉念臺先生居常敝帷穿榻，瓦竈破釜，士大夫飾輿騎而來者，多毀衣以入，偶服紫花布衣，士大夫從而效之，布價頓高。會稽令趙士諤問疾至榻前，見其單陋，出而歎曰：豈意今日得覩管幼安。萬曆丁巳，京察，韓浚、劉廷元尋怨東林，士諤時為考功，爭之，曰：劉大行之清修，人所不堪，此謂所親者乃山陰。給事中徐雉使浙，渡江來見先生，辭之，雉曰：昔人不得見劉元城，以為如過泗洲不得見大聖。雉如徒過，何顏見鄉之父老乎。先生乃見之。其為世所企慕如此。黃少詹石齋祭告禹陵，事竣，謁先生及門者三，先生不見，曰：際此亂朝，豈大臣徜徉山水之日。石齋聞之即行。海寧吳忠節公麟徵，初第時，常夢至一古寺，有角巾而書碑者，所書乃文信國零丁洋詩，問之旁人，曰：山陰劉宗周也。後二公先後殉國。

沈文端公

商丘沈文端公鯉家居，生日，族人上壽，時明神宗遣使存問，從弟某私語公曰：兄位宰相，蒙恩存問，而群從子姪濟濟如此，可謂盛矣。公愀然久之，曰：弟以為盛，吾方憂其衰耳。弟愕然問故，公曰：吾鄉宋立菴太宰纁家法可徵，彼方當貴盛，吾家不及也。

頃立誇生日吾預其家宴座中子弟數十人不聞飲啖聲昨吾生日見諸子弟飲啖不顧長者家法如此是以知其衰也後沈再傳遂不振而宋莊敏公從孫文康公權位宰相文康長子中丞犖今為江蘇巡撫

商丘三張

張昉字於東崇禎庚午舉人潛心伊雒之學不言而躬行甲申後居一土室不入城市時為五言詩學陶靖節書學顏平原守令欲一見不可得今七十餘尚在其兄某少慕神仙棄家訪道五十年不歸弟翽字大羽赬面修髯狀貌奇偉倜儻通輕俠一旦渡江走大雄雞髮為沙門獨留其髮數年刻期端坐而逝

常給事

常若柱山西人順治丁亥進士改庶吉士授給事中居京邸惟攜人及一老僕供給僕貧不能具饘粥居諫職數日上疏劾闖賊僞相牛金星當明正典刑以雪普天之恨坐褫即日賃一車夫婦共坐出國門老僕步從行路皆歎息

李忠定公

世史正綱於李忠定公歿書觀文殿大學士隴西公李綱卒於張浚則不書又引何彥澄家藏朱晦翁墨蹟一帖云十年前率爾記張魏公行實當時只據渠家文字草成後見他書所記多不同常以為恨揭傒斯云宋之不能中興由張浚之逐李綱殺曲端引秦檜殺岳飛也中興宋鑑云張魏公有不可解者二力攻李忠定而寧與汪黃同朝維揚之幾國危矣曾微一言聲時相之欲一不可曉也力引奸檜使至得政而寧與趙忠簡語不相下二不可曉也中興大事記云使浚移其攻忠定之筆而攻汪黃豈不快公議哉浚徒以有子南軒至今稱為正人無識者至比之武侯謬矣汪右鄧左之幟著張浚不當從祀辯語載前卷中

秦檜復謚

宋寧宗嘉泰四年追封岳飛為鄂王開禧二年追奪秦檜王爵謚謬醜此天下萬世公議然當韓侂胄欲用兵而先有此舉也乃邊釁既開又誅侂胄以媚敵遂復秦檜爵謚則誖矣

王東皐逸事

王東皐（名但）長文選時內大臣某嘗奉世祖皇帝旨遣工部侍郎張某至部以旨示滿洲尚書韓代尚書以無漢字召公至屬書之公難之曰以譯字命郎中出上意耶某不敢不書大臣意耶某腕雖斷不敢書也二公皆歎服其有執公嘗宿部休沐甚少而選郎章奏甚煩五鼓啟事視他司為多一羊裘着之十餘年毛盡脫滿洲同官聚謀曰王長官一寒至此奈何醵金製狐裘一貂帽一持遺公公不受曰伯勉生平不受人一錢何敢拜公等賜同官公言於冢宰冢宰力勸始受公改御史內陞時都御史以兩淮鹽法敝欲舉公往公力辭不可曰內陞借補之員例不奉差今必以此事相付從前弊竇不敢欺隱以負主上遂止

癖

阮遥集有屐癖祖約有錢癖初不辨得失後客詣約有財物屏擋未了見客至便傾身障簏詣阮阮方吹火蠟屐歎曰未知此生當著幾兩屐神色閑暢於是勝負始判阮公高流何至與錢奴較優劣耶和長輿亦有錢癖當時與杜元凱王武子輩竝稱典午人不顧名教流弊至此

孫文定戒子

益都孫文定公（廷銓）服官居鄉恂恂廉慎其子寶侗有高才侍公京邸每鄉試必遣歸家戒不得入京闈嘗曰吾為大臣汝又薄有文譽倘或以一第相溷為結納之階平生廉隅掃地矣寶侗至今尚為諸生文定此一節真有唐賢蕭王忠肅二公之風

楊國忠

天寶九載楊國忠請復張易之兄弟官爵陸務觀詩何至詔書褒五郎是也此與宋復秦檜謚明英宗立王振廟同

成相國二世厚德

大名成文穆公（基命）大拜後改作居第購得民居有樹貞節坊者令勿毀其第遂抵一隅其子青壇相國（克鞏）大拜後修家廟地為前明陳鴻臚之室有少卿坊適當闢門之衝當毀其後人式微召而告之曰吾亦故家也忝居相位詎忍壞故家之棹楔遂改闢門其屋當改造坊久而敝頹屋以瓦修屋則坊圮乃并其坊新之人稱其兩世厚德云

翰林建言

康熙間翰林建言者四人始則孝感熊相國（賜履）以論時政闕失得譴謫上親政擢學士不三年遂大拜繼則盧陵張學士幹臣（貞生）以諫差滿洲大臣巡方鐫二級去復詔以原官起用辭不至再召至京卒於位又海陵陳編修雁羣（名紀）上書論督撫大吏貪污

又勸上用威刑上親鞫遣戍寧古塔連及臺省數人又倚氏衛檢討爾錫齡上書條列時政上御乾清門奏對不稱旨既而衛以祖母喪歸歸六年復至京奉旨調外補霸州判二十六年以原官起用二十七年特旨陞山東布政使然四君子人品各有不同熊受特達之知固不必言張居王山與木石為伍讀書刻苦一介不以取與衛教授汾西在姑射山中雖長吏罕覩其面皆非陳所及也

韋蘇州

韋蘇州史失為立傳宋沈明遠始補傳其生平端末終亦未詳集中有逢楊開府一篇少事武皇帝亡賴恃恩私云云後人遂疑為三衛而韻語陽秋因附會以為恃韋后宗族云云噫語武斷可笑腐儒之見乃如此

葉忠節

葉映榴字丙霞江南上海縣人順治辛丑進士由庶吉士改部曹出視陝西學政稍遷湖北督糧參議戊辰武昌兵變從容作疏公服自刎死奉旨優䘏特贈工部侍郎己巳上南巡其子葉敷迎駕上諭禮部等衙門當楚省兵譁之際葉映榴盡節捐軀朕心深切憫悼特詔所司優贈亞卿廕予䘏廕今巡行江南見其子葉敷迎伏道旁彌增矜惻忠節之臣應特與謚以彰異數爾等會議具奏部覆特謚忠節丙霞故刑部侍郎有聲予弱不勝衣在部曹與予為文章之交嘗以虔州圍城中詩二百餘篇屬予序論竟未及報乃甫脫贑圍復遭楚難疾風勁草大節凜然贈官易名迥出令甲之外死不朽矣

姚平仲

老學叢談載陸務觀姚將軍趙宗印二詩惜不得姚名字今渭南文集有姚平仲傳庶齋豈未睹之耶

郭希顏邪說

明嘉靖中中允郭希顏以謫外家居上疏建儲罣世宗之怒傳首九邊後人憐其罪酷有為請謚者又或入其疏於名臣奏議中可笑按希顏此疏本以遷謫妄有覬覦固不必言其在詞林見議禮諸臣驟貴又見相嵩以議興獻王祔廟稱宗得大拜希顏遂建言欲黜孝宗武宗二廟不與九廟之數而以興獻上接憲宗公論惡之遂以計典罷斥其人穿窬之不若而論者不察猶側諸直諫之列何哉黃穀誠宗伯汝良野紀矇搜備詳其事且謂二祖列宗之靈實殛其魄此萬世公論論世者之所當知

邊尚書

弘治初孝宗上賓予郡邊尚書華泉貢為兵科給事中疏劾太監張瑜太醫劉泰高廷誤用御藥逮瑜等下獄大理卿楊守隨謂同獄諸臣曰君父之事誤與故同例以春秋許世子之律不宜輕宥此事與泰昌時孫文介慎行論紅丸事相類尚書工詩博雅為弘正間四傑之一世但其知文章而不知其丰裁如此又先生仲子習字仲學頗能詩其佳句云野風欲落帽林雨忽沾衣又滿署不成雨夕陽開晚晴而老餓貧窶至不能給朝夕以死則先生清節可知也

王文成

王文成公為明第一流人物立德立功立言皆跻絕頂康熙中開明史館秉筆者訾謷太甚亡友葉文敏訪時為總裁予與之辯論反覆至於再四二十二年四月上宣諭湯侍讀荊峴斌令進所著詩文且蒙召對中有王守仁論一篇上閱之問湯意云何湯因對以守仁致良知之說與朱子不相刺謬且言守仁直節豐功不獨理學上首肯曰朕意亦如此睿鑒公明迥出流俗之外史館從此其有定論矣

仁宗徽宗

元臣巙巙曰宋徽宗諸事皆能獨不能為君耳吳騾錄記周正夫曰仁宗皇帝百事不會只會做官家此語在巙巙之前可謂絕對

蘇叔黨大節

宋人議蘇過叔黨附梁師成師成妻死為服緦麻云云頗略具大節元袁伯長清容集有跋叔黨竹石牧牛圖云小坡竹石綽有父風後倅定武罵賊不屈死之其氣節不墜先於前人矣事詳揮麈錄劉後村跋小米畫云叔黨之才百倍元暉元暉至侍從叔黨死小官命也夫揮麈錄又載叔黨政和中召入禁中畫窠石而終不遇

武陵起復

予嘗謂楊武陵奪情事後人論之過刻聞之山長教授毖云其父容嚴首昇周聖楷輩為武陵所抑遂騰謗書又當時與黃石齋先生矛盾故論者多少之耳予按禮曾子問云子夏問曰三年之喪金革之事無避也者非與子曰吾聞諸老聃曰昔者魯公伯禽有為為之也注曰魯有徐戎作難喪卒哭而征之公羊傳閔子要絰以赴公難退而致位以究私恩春秋亦紀晉襄公墨縗之事漢唐以來遂有起復之禮能改齋漫錄云前漢翟方進喪既葬二十六日除服起視事後漢桓焉為太子太傅以母

奭自乞聽以大夫行喪踰年賜牛酒奪服宋王性之默記云本朝不獨宰相卽百執事皆起復惟富鄭公以太平而辭儒臣如楊大年王元之晏元獻皆未持服富公之後如陳升之亦百日起復此蓋朝廷體貌況在兵革之際云云按已上諸公非盡有金革之事若武陵則金革之事也顧論者不責彼而責此何歟又考明初名臣亦多起復至羅一峯論李文達後此風始息奪情固非美事然南陽以一峯武陵以石齋獨受惡名則不幸也聖楷字伯孔湘潭人有才名後為獻賊僞常德知府發掘楊相祖墓巖慘卒為獻賊所殺

真諦

樂郊私語載楊璉真伽至海鹽州渴城北德藏寺欲發掘陸左丞朱提舉妻女之墓寺僧真諦聞之怒形於色楊五更肩輿擁衆出真諦忽起抽葦馱杵奮擊從者數百人不能拒人見真諦於衆中趫躍每踰尋丈捷如鷹隼楊大懼遁去後二年真諦徧脚峨眉不知所終此僧殊快人意但恨不在賊髡發諸帝陵寢時耳

浙江人物

西園雜記論兩浙人物劉文成為謀臣之首宋文憲為文臣之首方正學為忠臣之首于忠肅為功臣之首宸濠之變孫忠烈首輸忠死節王文成首倡義勘亂此皆題也獨謂世宗之初張羅峯首建議以成大禮此所謂貂不足狗尾續者耶

兩薛居正

五代宋初有兩薛居正其一錢唐人仕吳越武肅王官太尉卒謚貞顯

神魚井

何騰蛟字雲從明末以都御史撫楚其先山陰人戍貴州黎平衞遂為黎平人所居有神魚井素無魚騰蛟生魚忽滿井五色巨鱗大者至尺餘居人異之後騰蛟盡節死井忽無魚

野紀矇搜

黄穀菴尚書良汝作野紀矇搜明二百餘年間大事稍備其持論頗正然不可解者二事其一謂李西涯與劉文靖謝文正為三仁其一嘉靖初大禮議主張桂輩而詆楊文忠也

吳康齋李文達

世論吳康齋太刻野紀矇搜云與弼以布衣老儒一旦授五品侍從人皆詫為殊榮

寧復過望蓋與弼之聘薦自石亨亨小人後來敗露輿論推求能無為盛德之累如蔡邕受知董卓遂喪生平故不受耳與弼好遯不汙見險能止見地優於楊時多矣此論甚公矇搜又云王文恪評李文達云國朝三楊後得君最久者無如李賢亦能展布才猷然當時亦以賄聞云云文達相業視三楊有過無不及後王亦入閣相業如何勿亦不自見其睫乎頃見施愚山閏章在史館作文達列傳頗致微詞不敢謂然施或未覩穀菴此論耳

司空表聖

史謂司空表聖躁於進取前人辨之屢矣考一鳴集有答孫郃書益證史官之妄書略云古之山林者必能簡於情累而後可久今吾少也岔然不能自勝於胸中乃不誠於退者然亦窮而不撓辱而不進者蓋自審己熟雖進亦不足救時耳彼一飾之饕或請濟於其隣雖童子不可以空器紿之也矧當艱否之運吾君吾相方以爵秩來天下之賢將與之共拯其可沽虛而自售耶又云愚雖不佞為士大夫獨任其恥者久矣其可老而冒之耶韓吏部激李桂州之必行貴陽道州無勇雖致二賢適自困亦何救於大患哉觀此書躁進者肯為此語否史之妄不辨可知

峴山幢宋人題名

襄陽峴山羊公祠有石幢一枚凡六面高六尺每面濶九寸有蓋有座一面直書下第一行刻使帖襄陽縣第二行刻淮慶曆七年十一月六日中書劄子襄州奏當州城南五里有峴山一所上有古祠碑又有晉太傅已下俱磨滅僅存聖旨字末行上存帖到速採石大字書刻上件其四面界作六層刻詩下題名又一面大書題名又幢一臥峴山上其文可辨者十三字曰石於山顛播清芬而不已餘盡漫漶末云開國男張九齡撰前一幢詩可辨者三首尚書工部員外郎直龍圖閣知襄州事王洙七言古詩云襄陽南出大路岔小山曰峴名特尊山形與它不峻極屹若巨首臨江濆大山半宮不成壓絕水關左非為疊砠巔最屓戴危石箕踞曼衍羅芳蓀漢流長驁濱其兒東望瀰迤皆平原槎頭下瞰罟罶集蔡洲近眺田圍繁何物茲山匪秀出得使今古聞聽喧自昔羊公好登覽山名直為賢者存鹿門望楚鎮區境鳳林冠蓋延山樊崋巖翠壁互幽勝日月虧蔽烟嵐屯公胡遺彼而樂此談者未始聊診綸吾謂聖達竟超詣高覽便欲周乾坤孔登泰山小天下阮升廣武歎豎子缺一會稽探穴禹書出之衆望海雲濤翻此中風景亦虛遠極目見盡江山源東吳未定勞機策置酒嘯

咏紓勞煩數顧温甫恤躬後誓將百歲游精魂對公盛德與山永正唯湛輩如公言今茲去公僅千載凜然英氣猶軒輊我來追古一長息舊迹㢮毀成悲吞民冢占山童其木嘉植不得容本根利取新蘇積稛篸粥之陶瓬供燒燔羊公無廟忽不祀但縱淫鬼歆牲粢中亭有碑即墮淚至今觀者懷仁恩於民何誅不足問非民忘德由官惛下教里邑復祠宇敘諸祭典躋之元思仁愛樹蓺所茇禁止樵伐修壖垣且欲王命得守固謄言狀事馳九閽書聞天子字缺一報可金石款刻垂後昆字缺五遺愛勛爾風化常字缺二給事中知蔡州事吳育絕句羊公千載得清吟芳迹雖遙契昔心更與峴山為故事凜然風格照來今尚書屯田員外郎知光化軍事李宗易律詩叔子祠荒歲已深異時賢守重登臨峴山岑寂瞻風概漢水靈長想德音奉詔始開新締葺有知郡復歎湮沉又刊翠琰留南夏先後功名照古今其端明殿學士尚書禮部侍郎李淑諸人詩皆缺已上每面十一行十二字名字可辨者范仲淹李淑吳育劉敞李宗易張去惑孫沆韋不伐李康伯賈黯裴昱馬雲黃通連庠又宋人餞題名甚多知名者張唐英趙德麟魏道輔岑巖起李方叔已上凡七則大者方員徑寸小者殺其半字畫端勁非俗書也予以康熙壬子過襄陽徘徊祠下未及摹搨止錄諸公題名予門人淮陰張立臣弨有嗜古之癖辛亥過襄曾有拓本頃索之略錄如右

蘇汝霖陳光龍

廣西孫延齡馬雄之亂死節者前則巡撫馬公雄鎮富川知縣劉公欽鄰後則巡撫將軍傅公弘烈又有間關賊中百折不回乃心王室如提學道僉事蘇公汝霖平樂縣知縣陳公光龍亦疾風勁草也蘇棄家逃至肇慶軍前題補布政使部議以品級太懸不允蘇尋死於粵然軍前題補品級相懸者不可勝計如胡一璉以僉事題補布政使是也獨蘇格於部議可歎陳僅題授梧州府同知尋以病請一妾鄧氏一子粵郎皆死猺峒中讀其與袁太常書甚可悲也蘇字鶴洲石埭人壬辰進士陳黃陂人舉人

王秋澄

王秋澄先生教萬曆中官吏部文選郎中力持公法政府權璫無所措手繼者為顧涇陽孟雲浦馮思豸生虞皆效之遂相繼黜逐伍袁萃林居漫錄云然又嘗薦起鄒忠介趙忠毅諸公為正人所倚先生吾鄉淄川人也

王邦直

王邦直字子魚又字東溟即墨人以歲貢官鹽山丞上疏罷歸殫精聲律之學著書千百卷坐臥一小閣二十年成律呂正聲六十卷其說謂君聲最清管以三寸九分本呂氏春秋其數配之楊子雲太玄縷析比合而以諸家九寸之說為非是萬曆甲午詔修國史翰林周公如砥上其書史館深為大學士南充陳公所歎賞周公云班固律曆志載即墨徐萬且氏治太初曆第一而子魚追配之於千載之後其外孫黃御史宗昌序刻之康熙十八年予在明史館亦上其書

楊襄毅

蒲州東門外有雨阜蜿蜒形家相傳以為貴地楊襄毅公博為吏部尚書時命堪輿擇吉壤得此地以告公曰此關閭郡文章科第我曷為私之即於其地建文昌祠人皆服公厚德不可及後公長子俊民官至戶部尚書第四子俊卿官錦衣餘三子皆官監司俊卿子元祥元祥子世芳皆官詹翰世以為公厚德之報云元祥未弱冠登第入翰林早死母哭之慟一夕見夢曰母勿過傷兒當復來未幾生遺腹子即世芳也未弱冠亦登第入翰林母猶及見之吳天章雯說

大椿堂

蒲州有大椿堂為楊襄毅博王襄毅崇古張文毅四維三公讀書之所其後三公相繼登進士第大拜一至吏書一至兵書張即王之孫也山西至今傳為盛事

黃詩

黃先生端伯江西人精禪理少時見其瑤光閣集一卷皆宗門語乙酉以給事中殉節金陵將授命有報恩寺僧一輪過省呼令代書一絕云對面絕思量獨露金剛王若問安身處刀兵是道場書畢從容就義死此詩載乙甲事案

兩蕭后

遼聖道二宗皇后皆最久皆有宮闈之變聖宗仁德皇后善琵琶法天后搆斥誣其與琵琶工燕文顯李文福通投書聖宗寢帳聖宗不之信其後竟為搆斥所殺道宗宣懿皇后工詩尤善琵琶耶律乙辛誣其與伶官趙惟一通搆死才藝足為婦德之累況可枕音樂乎仁德事載契丹國志遼史本傳不載宣懿事詳焚椒錄

王若之

王若之字湘客益都人明南京戶部尚書基家孫為人蕭洒疏誕有晉人風致工尺牘好彈琴善五言詩嘗刻尺牘五言四卷以門蔭入官仕至長蘆都轉運使南渡官

金陵大兵渡江若之轉徙寓姑孰佛寺以書畫鼎彝古金石文字自隨車尚兼兩洪文襄公檄諭之降不屈死王所寶古琴名桐笙今尚在其家

徐鉉

南唐以徐鉉使北請緩師後主曰卿行當止上江救兵勿令東下鉉對曰今社稷所賴惟此救兵何可輒止臣此行未必能紓國難但置之度外耳此不惟純臣之誼亦識事機後金人圍汴京唐恪耿南仲輩專主和議止各道勤王兵遂致二帝北狩之禍非鉉之罪人乎

李師中

蘇明允預識荊舒之姦人皆服其先見同時李待制師中因邸吏報包希仁參政或曰朝廷自此多事矣師中曰包公無能為今鄞令王安石者眼多白甚似王敦他日亂天下必此人明允擬之王衍盧杞師中擬之王敦其識不相上下皆不減張安道呂獻可今人但知老泉何也

馬驌

馬驌字驄御一字宛斯濟南鄒平人順治己亥進士仕為淮安推官終靈璧令生而清羸博雅嗜古尤精春秋左氏學撰辨例三卷圖表一卷隨筆一卷名氏譜一卷又著繹史凡分五部一曰太古（三皇五帝計十篇）二曰三代（夏商西周計二十篇）三曰春秋（十二公時事計七十篇）四曰戰國（春秋以後至秦亡計五十篇）五曰外錄（紀天官地志名物制度等計十篇）合一百六十篇篇為一卷始開闢原始迄古今人表其書最為精博時人稱為馬三代崑山顧亭林炎武尤服之康熙癸丑歲卒於官靈璧人皆為制服云

蕪湖烈婦

江南初入版圖時有裨將於蕪湖掠一婦人義不受辱衣服上下縫紉周密其夫訪贖之主將堅不許婦悲憤投水死至晚泊舟舵前窸窣有聲則婦尸已在次日泊舟復然以篙逐之俄頃復至又次日復然乃舁而棄之岸月餘此將在船頭納涼忽大呌曰婦又至矣翻身落水而死

二尹

成化間曆城尹恭簡公旻為小人所擠尹直著瑣綴錄尤極誹謗其說久行於世至有不辨二尹邪正者一日閱李文鳳月山叢談公道較然因錄於左方李云成化末小人用事南昌李孜省挾左道干進位尚書掌通政司託言神降有江西人赤心報

國之語以太宰歷城尹公不右江西人乃計謀極力擠罷而用豐城李裕代之及盧泰和尹直入內閣起永新劉敷長憲臺高安黃景貳禮部四人皆世稱寡廉鮮恥者而新建謝一夔安成劉宣俱不保晚節一夔進工部尚書宣貳吏部物議沸然不平獨服盱江何公喬新節行介特未幾孜省誅死直等相繼免公論始明云當時謠曰公道不如王恕選法不如尹旻

張昭

張昭濟南蒲臺人忠義前衛右千戶所司吏英宗復辟石亨曹吉祥等恃寵貴官至三千餘員昭奏之直隸山東大饑復上書言六事上皆從之後任南昌府司獄學士張元禎謂之曰君昔三疏位卑而議論甚高官小而事業則大已寫入金縢令名無窮矣浦志出庸手恐遺此公因讀月山叢談錄之以存其人

圖文襄厚德

大學士謚文襄圖海公既定平涼軍中論功取諸將偏裨士卒記功牌報部記過牌悉聚焚之不以語人其厚德如此子諾敏公今為刑部尚書人以為陰德之報前贊雞令高君某云在軍前親見之

鈞陽二老

一日與客談及逆璫時閣老劉宇曹元不知何許人及考列卿年表元南直隸含山人宇則河南鈞州人與馬端肅公同時同里馬公勳德如泰山北斗至今人稱鈞陽公而宇曾不得比於蚍蜉之細官位之不足重人如此

光孝寺鐵塔寺

廣州府光孝寺有鐵塔一乃劉悵所造上有文曰大漢皇帝以大寶十年丁卯歲敕有司烏金鑄造千佛寶塔一所七層并相輪蓮花座高二丈二尺保龍口有慶祈鳳曆無疆萬方咸底於清平八表永承於交泰善資三有福被四恩以四月乾德節設齋慶讚謹記後列中宮姓名（予廣州遊覽小志別詳之）

三帝陵詩

一路荒山秋草裏行人惟拜漢文陵唐人詩也四十二年如夢覺春風吹淚過昭陵宋人詩也祠官如可乞長奉泰陵園先帝侍臣空灑淚泰陵春望已模糊明人詩也文帝仁宗孝宗三君德澤感人之深如此

至誠

古來名臣多矣然千百年後讀史至諸葛忠武侯司馬文正公之薨輒感動流涕者至誠為之也

朱忠莊公遺疏

明中丞朱忠莊公諱之馮本名之蕃字德止號勉齋京師人金忠潔公鉉其妹之夫也二公平日以理學相砥礪後皆死甲申之變公子丁未進士敦厚示公殉節時遺疏及家書各一通敬錄之疏云我國家金甌全盛不謂人心離散財用困窮一至於此此臣之所為痛哭流涕也臣力已竭臣罪滋深南望九叩一死以報我皇上念我太祖高皇帝功德高厚我皇上憂勤獨深曆數無疆中興可待惟以收人心培節義二者為先務而已收人心在愛民力愛民力在拔廉官此大學所以反復於用人理財也我朝士氣原振自逆璫摧折遂致廉恥風微從來伏節死義之士多在敢言極諫之中此宋朝所以待士仁厚也云云遺書云吾弟吾兒讀書須讀經世書佔俾之學無用也呂新吾先生呻吟語不可不讀我以死報國此心慊然朝聞夕死原無二也勿以為念公死時有宣府諸生姚時中同日自經於學宮

在疚記

忠莊朱公著在疚記一卷語多精詣略載數條於左○深山靜坐十年使習與性離歷世順應十年使外與內合為學之事或幾化矣○人自晝至夜當知何所事知者則性命生死俱了○鳶飛戾天魚躍於淵即是仕止久速○古之人修身見於世非誠不能誠則貫微顯通天人○一世不盡見百世必有見者○紀綱之壞存乎風化氣節之壞存乎培養人心之壞補偏救弊存乎執中約言之存乎朝廷○聖人之死還之太虛賢人即不能無物而況眾人乎○實變氣質方是修身○士憎茲多口則何以故曰特介行者不周世緣務獨立者不協眾志小人相仇同類相忌一人扇謗百人吠聲予嘗身試其苦者數矣故君子觀人則眾惡必察自修惟正己而不求於人○待小人尤宜寬乃君子之有容不然反欲小人容我哉○中者不落一物庸者不遺一物○隨事無私皆可盡性至命而忠孝其大者○平日操持非實試之當境決難自信○隱惡揚善聖人也好善惡惡賢人也分別善惡無當者庸人也顛倒善惡以快其讒謗者小人也○赴大機者速斷成大功者善藏○同是中庸而有君子小人之別微矣哉

池北偶談卷九終

池北偶談卷十

清　濟南王士禛阮亭著

談獻

崇禎五十相

崇禎朝閣臣五十人韓爌孫承宗黃立極張瑞圖李國檣施鳳來來宗道楊景辰李標劉鴻訓周道登錢龍錫成基命周延儒何如寵錢象坤溫體仁吳宗達鄭以偉徐光啟錢士升王應熊何吾騶文震孟張至發（始由外入閣）林釬孔貞運黃士俊賀逢聖傅冠劉宇亮薛國觀楊嗣昌程國祥方逢年蔡國用范復粹姚明恭張四知魏照乘謝陞陳演蔣德璟黃景昉吳甡魏藻德李建泰方岳貢范景文丘瑜

初夫人劉太夫人

先始祖妣初夫人諸城人年始笄一日忽為大風吹至新城之曹村時始祖琅琊公方為某大姓傭作未婚遂作合焉三世至穎川公而讀書仕宦四世至太僕公始大其門二百年來科甲蟬連不絕皆祖妣所出也萬歷中吳門伍袁萃著林居漫錄記其事後嘉興賀燦然作漫錄駁正於此條下云王氏之興必有陰德此類語怪（云云）不知此事乃實錄也又先司徒公萬歷間以終養告歸舊有撫楚時銅瓜二命工鎔之忽成峰巒洞壑之狀及南極老人西王母八仙之形無不酷肖是日先高祖妣一品劉太夫人九十壽辰也觀者皆快異此事載朱平涵相國（國楨）湧幢小品中（伍以王氏科祥於司徒公而不云太僕公則誤也太僕公登嘉靖辛丑進士司徒公登嘉靖壬戌進士孫司徒公登丁未進士亦誤朱公小記又記先太師公宣大出秉書瑞雅之九事暗可行然謂為王見卷中誤也先司徒公別字見卷太師公別字齋宇朱筆誤耳）

溪州銅柱記

五代楚王馬希範復溪州銅柱記云天策上將軍江南諸道都統楚王希範天策府學士江南諸道都統掌書記通議大夫檢校尚書左僕射兼御史大夫上柱國賜紫金魚袋李弘臯撰粤以天福五年歲在庚子夏五月楚王（凡空一字碑皆另行）名天策府學士李弘臯謂曰我烈祖昭靈王漢建武十八年平徵側於龍編樹銅柱於象浦其銘曰金人汗出鐵馬蹄堅子孫相連九九百年是知吾祖宗之慶緒綿遠則九九百年昌於南夏者乎今五溪初寧郡帥內附古者天子銘德諸侯計功大夫稱伐必有刊勒垂諸簡編將立標題式昭恩信敢繼前烈為吾紀焉弘臯承教濡毫載叙厥事蓋聞牂牁接境盤瓠遺風因六子以分居入五溪而聚族上古謂之要服中古漸爾羈縻

洎帥號精夫，相名姎氏。漢則宋均置吏，稍靜溪山；唐則楊思興師，遂開辰錦。邇來豪右時恣陸梁，去就在心，否臧由己。溪州彭士愁（通鑑作仕愁，五代史作士然，吳任臣十國春秋作仕然。）世傳郡印，家總州兵，布惠立威，識恩知勸，故能歷三四代，長千萬夫。非德教之所加，豈簡書而可畏。亦無辜於大國，亦不虐於小民，多自生知，因而善處。無何忽承間隙，俄至動搖。我王每爾含容，常加姑息，漸為邊患，深入郊圻，剽掠耕桑，侵暴辰澧，疆吏告㓂，郡人失寧。非萌作孽之心，偶昧戢兵之法。焉知縱火，果至自焚。時晉天子方務遵養，且基倚注，雄以文皇帝之徽號，繼武穆王之令謨，冊命我王，開天策府，天人降止，備物在庭。方振聲明，又當昭泰。眷言僻陋，可俟綏懷。而邊鄙上言，各請効命。王乃以靜江軍都指揮使劉勍，率諸部將，付以偏師，鉦鼓之聲，震動溪谷。彼乃棄州保險，結砦憑高，唯有鳥飛，謂無人到。而劉勍虔遵廟算，密運神機，跨壑披崖，臨危下瞰，梯衝既合，水泉無汲引之門；樵采莫通，糧糗乏轉輸之路。固甘衿甲，豈暇投戈。彭師杲為父輸誠，束身納款。我王愍其通變，爰降招攜，崇侯感德以歸周，孟獲畏威而事蜀。王曰：古者叛而伐之，服而柔之，不奪其財，不貪其土。前王典故，後代蓍龜。吾伐叛懷柔，敢無師古，奪財貪地，實所不為。乃依前奏，授彭士愁溪州刺史，就加檢校太保，諸子將吏，咸復職員，錫命有差，俾安其土。仍頒廩粟，大賑貧民，乃遷州城於平岸。溪之將佐，感恩向化，請立柱以誓焉。於戲！王者之師，貴謀賤戰，兵不染鍔，士無告勞，肅清五溪，震讋百越，底平疆理，保乂邦家。爾宜無擾耕桑，無焚廬舍，無害樵牧，無阻川塗，勿矜激瀨飛湍，勿恃懸崖絕壁，荷君親之厚施，我不徵求，感天地之至仁，爾懷寧撫。苟違誡誓，是昧神祇，垂於子孫，庇爾族類。鐵碑可立，敢忘賢哲之蹤；銅柱堪銘，願奉祖宗之德。弘皐仰遵王命，謹作頌焉。其詞曰：昭靈鑄柱垂英烈，手執干戈征百越。我王鑄柱庇黔黎，指晝風雷開五溪。五溪之險不足恃，我旅爭先若平地。五溪之衆不足憑，我師輕蹋如春冰。溪人畏威仍感惠，納質歸明求立誓。誓山川兮告鬼神，保子孫兮千萬春。

推誠奉節弘義功臣、天策府都尉、武安軍節度副使、判內外諸司事、永州團練使、光祿大夫、檢校太傅、使持節永州諸軍事、永州刺史、兼御史大夫、上柱國、扶風縣開國侯、食邑一千戶馬希廣奉教監臨製造。（按希廣即廢王。）

天福五年正月十九日，溪州刺史彭士愁與五姓歸明，衆具件狀，飲血求誓。楚王略其詞，鐫於柱之一隅。

右據狀，溪州靜邊都，自古已來，代無違背。天福四年九月，蒙王庭發軍收討，不順之人，當都頭將本營諸團百姓軍人及祖父本分田場土產歸明王化。當州大鄉三亭兩縣，苦無稅課，歸順之後，請祇舊額供輸，不許管界團保軍人百姓亂入諸軍四界，劫掠盜逃去戶人。凡是王庭差綱收買溪貨，并都幕採伐土產，不許輒有庇占。其五姓主首州縣職掌有罪，本州申上科懲，如別無罪名，請不降官軍攻討。若有違誓約，甘請准前差發大軍誅伐。一心歸順王化，永事明庭。上對三十三天下將宣祇為證者。

王曰：爾能恭順，我無差徭，本州賦租，自為供贍，本都兵士，亦不抽差，永無金革之虞，克保農桑之業。皇天后土，山川鬼神，吾之推誠，可以元鑒。

靜邊都指揮使、金紫光祿大夫、檢校太保、使持節溪州諸軍事、守溪州刺史、上柱國、隴西縣開國男、食邑三百戶彭士愁；武安軍節度左押衙、金紫光祿大夫、檢校司徒、前溪州諸軍事、守溪州刺史、兼御史大夫、上柱國彭師佐（此下有檢校尚書左僕射田弘贇、檢校左散騎常侍覃彥仙、檢校國子祭酒朱彥瑤、檢校太子賓客向宗彥、檢校司徒彭允瑫、檢校司徒田律暉。）；武安軍節度左押衙、充溪州副使、銀青光祿大夫、檢校尚書右僕射、守溪州三亭縣令、兼御史大夫、上柱國彭師俗；武安軍節度左押衙、左義勝第三都將、銀青光祿大夫、檢校刑部尚書、前守富州別駕、兼御史大夫、上柱國彭師杲（此下有檢校太子賓客彭允貴、檢校左散騎常侍覃彥富、檢校司馬田弘右。）；武安軍節度左押衙、充砂井鎮遏使、銀青光祿大夫、檢校尚書左僕射、兼御史大夫、上柱國彭師旗；武安軍節度討擊副使、左歸義第三都將、銀青光祿大夫、檢校左散騎常侍、兼御史大夫、上柱國彭師晃。（此下有檢校尚書左僕射覃彥勝、試大理評事兼監察御史彭允綠、檢校右散騎常侍田彥道。）

銅柱高一丈二尺，內入地六尺，重五千斤，并石蓮花臺，維天禧元年十一月十五日移到，至十六日豎立記。

予按陸游南唐書，謂彭師暠不知其世家。希萼與弟希崇爭國，希萼敗，見執，希崇遣殺兄名，於是命師暠幽希萼於衡山，使甘心焉。師暠歎曰：留後欲使我弒君耶？吾豈為是哉。至衡山，與廖偃護視甚謹，遂築行府，奉希萼為衡山王，請命金陵。元宗為出師定楚亂，希萼遂入朝，偃、師暠俱從行。馬令南唐書云：希崇遣彭師暠、廖偃囚希萼於衡山，師暠奉希萼為衡山王，臣於南唐。十國春秋云：希萼入府視事，吳宏、彭師暠見希萼，皆釋不殺；賜希廣死，彭師暠葬之瀏陽門外。師暠疑即師杲也。然則彭氏雖溪蠻，乃馬氏之忠臣。與周行逢據湖南時，有謠云：滿天太保，滿地司空，觀此碑所書

蓋自馬氏時已然矣

杜公厚德

寶坻杜文端公立德器厚重人不見其喜慍之色京師有無賴子偽與騶卒鬬乘醉隨公與後辱罵公公若不聞無賴子隨至邸第罵不止久之公遣問曰罵可已乎無賴子歸酒既醒或告以昨辱宰相倉皇詣第謝罪公慰遣之仍予二金令改行生理無賴子感泣而去歲時必至公門叩拜卒為善人予鄉文定孫公廷銓司寇高公珩居鄉亦然皆可為士大夫法

成給事

初益都馮公薦起魏光祿樞隱於田間并及成主事性於是魏授御史成授給事中成即魏己丑門生也曾以中書舍人假御史巡按福建有清聲在京師却掃絕交遊亦康介之士然其著書自述有云不用磁器以木代之夫磁器非玉杯象箸之比詎可廢之亦矯矣在省中無他建白惟請遣官清丈蜀省田增加賦稅會有兵事其說不行

瑣綴錄

尹直瑣綴錄極詆尹恭簡公旻予頃閱月山叢談已錄其說二公邪正瞭然可見又駱兩溪文盛南埜雜談云吳康齋陳白沙卓然一代人物即有所短亦白璧微瑕而尹直瑣綴錄肆其醜詆所謂醜正惡直小人而無忌憚耳可見公論自在千古但駱議梅聖俞以私憾作碧雲騢毀范文正公則非蓋碧雲騢出魏泰之手假名聖俞耳泰即作東軒筆錄者

邊大綬

明末任丘人邊大綬為米脂令發賊李自成祖父墓賊旋敗衄走死王氏聞見錄載唐末巢寇犯闕一道人指安康守崔某請斸黃巢谷金統水泉源中得窟窟中有黃腰人舉身自撲而死道人曰吾為天下破賊訖未幾巢滅大駕還京古今事相類乃如此

歆向

後書祭遵傳詔與驍騎將軍劉歆武威將軍劉向等伐公孫述按劉植傳歆植之從兄字細君與植弟喜皆從植為驍騎將軍封浮陽侯向植之子嗣植為昌城侯徙封東武陽侯歆乃向之從伯父也

周璆

陳蕃傳蕃為樂安太守郡人周璆字孟玉高潔之士蕃字而不名特為置一榻去則懸之此亦仲舉事在徐穉前

二八俊八顧八及

東京之末黨人有八俊八顧八及之名太學所標榜也李膺杜密以下為八俊郭林范滂以下為八顧張儉劉表以下為八及至儉鄉人朱竝上書告儉與同鄉二十四人別相署號共為部黨則以儉及檀彬褚鳳張肅薛蘭馮禧魏元徐乾為八俊田林張隱劉表薛郁王訪劉祗宣靖公緒恭為八顧朱楷田槃疏耽薛敦宋布唐龍嬴咨宣褒為八及中間惟張儉劉表同餘皆異名字

兩黃祖

孔融為北海相左丞黃祖勸融結袁曹融怒殺之此別是一黃祖皆漢末人

樓護養呂公

前書樓護傳護為廣漢太守莽子宇與呂寬謀以血塗莽第門發覺莽怒殺宇而呂寬亡寬父與護相知寬至廣漢過護到數日有捕寬詔書至護執寬莽大喜徵護入為前煇光又云護有故人呂公無子歸護護身與呂公妻與呂嫗同食及家居妻子頗厭呂公護聞之流涕責其妻子曰呂公以故舊窮老託身於我義所當奉遂養呂公終身按此呂公即呂寬父所謂與護相知者當是既執獻寬而收養其父母耳護出入王氏以勢利交得官又患難中賣故人子以媚權奸縱養其父母終身罪難末減孟堅既誤收之游俠傳中又載此事以為美談首尾自相矛盾又誤之誤者也

韓定辭

唐末詩人韓定辭仕為鎮冀深趙等州觀察判官尚書祠部郎中兼侍御史為王鎔聘劉仁恭與馬彧倡和所謂崇霞臺上神仙客學辨痴龍藝最多者事載全唐詩話按安陽韓重修五代祖塋域記定辭乃忠獻王琦四世伯祖忠獻五代祖又實稱庶子府君歷仕鎮帥王紹鼎景崇鎔三世有子二人長定辭次昌辭昌辭仕為鼓城令即忠獻王高祖也東坡畫書前琦而云定辭不知何許人豈未考其家世耶

烈婦

康熙十八年十月署江西巡撫布政使王新命上言浮梁縣縣丞饒紹德妻朱氏母

權氏遇賊搜洗慮被污辱皆投繯死十九年三月偏沅巡撫韓世琦上言瀏陽縣生員汪天濃妻魯氏於十五年六月遇棚賊爲亂於爐煙峒遇賊露刃迫脅抗罵不屈被殺禮部議旌表

應徐二高士

杭州應嗣寅徵士名撝謙性至孝母病數年撝謙侍疾晝夜不懈母憐之強爲娶婦終不入私室母卒遵祥禫始行合巹檯坐卧不下樓人罕梯接以經學教授里中生徒甚盛所著有周易應氏集解易學圖說書經蔡注拾遺詩傳翼禮學彙編春秋集解古樂書今文孝經辯定編注古本大學中庸本義語孟朱註大全拾遺較定文公家禮諸書康熙已未詔徵不至卒於家自撰無悶先生傳略云學不適時不好標不喜王陸家言爲文章不詭合自怡悅而已密友多窮交經年不見與日見無異足跡不出百里而泰華濱渤皆於書冊見之生不及古人而羲農堯舜若接聲響也著書若干萬言人來觀者亦不吝云云同郡徐介字狷先陸圻景宣之甥也食貧隱居三十妻死不更娶一麻布頭巾數十年不易嘗集陶杜詩各一卷

秦李宗吳

蘇門之秦李李玉同時之宗吳諸子其文詞高下不知何如然皆不失爲君子而朱文公鄭端簡皆力詆之蓋諸子恃才凌物或不能無以爲小人則二公亦難以一手揜萬世耳目也朱子左袒王介甫而詆二蘇公揄蘇王二氏門人之文則寧取呂惠卿而不取少游又左袒張浚而終不得不推重李忠定君子不黨吾不謂然

司馬公和安石詩

司馬文正公爲中丞奏彈王安石言非行僞王制所誅非曰良臣實爲民賊安石亦云自新法之行始終以爲不可者司馬君實也公集中載和安石二詩如安石明妃曲云漢恩自淺胡自深公則云妾身生死知不歸妾意終期寤人主和烘蝨云醯酸蚋聚理固然爾輩披攘我當坐直如水火枘鑿之不相入而君子小人之用心亦可見矣張于始云溫公之門一傳而得劉器之再傳而得陳瑩中介甫之門一傳而得呂惠卿再傳而得蔡確三傳而得章惇四傳而得蔡京五傳而得王黼

張獻忠黃巢

張獻忠亂蜀日城市祠廟焚燬無遺唯於梓潼縣七曲山張亞子廟咸有增飾過張桓侯廟亦不敢燬唐黃巢之亂所過多被殺傷然獨厚於同姓如黃姓之家及黃岡

黃梅等縣皆以黃字得免盜賊行事相類如此

羅文毅

故園雜記載狀元羅應魁復官以病請告還鄉從游者頗衆遂立爲鄉約凡爲不善者不齒大惡者棄之於是有強梁一二人被執投之水鄉人不平訟於官而應魁適已卒其徒十餘人皆坐謀殺人爲羅倫從者律使應魁不死將置重辟矣予謂文毅嫉惡已甚不可爲法適足爲盛德之累耳

黃氏

文登黃大司空蘭本漢秺侯金日磾之後相傳日磾四十五代孫永遷縣之黃家嶋家焉遂以爲姓至今科名甚盛江西多淦氏舊傳亦日磾後有金賦者爲制置使宋高宗爲加點水遂有淦姓詳載予皇華紀聞

耿逸菴張仲誠

耿介字逸菴河南登封人順治壬辰進士翰林簡討遷大名道副使康熙丙寅服闋禮部尚書掌詹事府湯潛菴斌疏薦之略云原任翰林院簡討轉直隸大名道副使丁憂回籍河南登封人耿介賦質剛方踐履篤實服官冰蘗自矢家居淡泊自甘潛心經傳學有淵源今雖年逾六旬精力尚健老成宿素罕見其倫遇者皇上念衡既齊之賢復其原官凡有寸長誰不思奮臣才具最下恩遇過隆豈敢竊位蔽賢自昧舉知之義懷寔鑒臣愚誠將介徵取來京賜以引見可否錄用自有廬裁非臣愚所敢擅議也云云吏部覆准下河南巡撫起送入京奉旨授翰林院侍講學士未幾陞詹事府少詹事予嘗爲湯公作繪川書院詩有云嵩陽有耿介上蔡有張沐著書各滿家衆流匯川瀆耿公實康成嵩甘杞菊張公赴徵車萬里向巴蜀正謂是也沐字仲誠順治戊戌進士曾知內黃縣復以魏尚書環溪極薦起知四川資縣謝病歸

烈女

閿鄉縣旌表孝子王鎮女慧貞年十六許字儒士楊儼夫死謀以身殉家人防之因請奔喪遂自縊

林氏

丁卯夏四月巡撫浙江金中丞鋐以海寧縣民陳雲生母林氏年一百八歲而勤紡績疏請旌表部議給銀建坊曰貞壽

召平

漢史召平凡兩見。一在蕭何傳，勸何悉以家私財佐軍，得免禍。一在齊哀王傳，諸呂欲為亂，朱虛侯使人陰出告其兄齊王。齊王與中尉魏勃謀發兵。齊相召平聞之，乃發兵入衛王宮。使魏勃將。勃既將，以兵圍相府。召平曰：道家言：當斷不斷，反受其亂。遂自殺。一召平耶，智愚之懸殊乃若此。

楊尚書古道

蒲州楊大司馬（博）既貴，休沐歸里。有父執某老儒也，所居陋巷蓬蓽。公往謁，下車徒步，拜於牀下。老儒直呼其名。蒲人至今傳之。

王方伯

王庭，字言遠，嘉興人。順治己丑進士。初仕為廣州府知府，歷官山西布政使。廉介不苟，所至以清惠稱。罷官歸，足跡不入城市。常衣布袍，行田間，人不知其二品大僚也。年踰八十乃卒。五言詩清真古澹，有陶韋風，與石湖、邢昉相上下，足稱逸品。

何顏偽道學

何心隱在萬曆間，屢變姓名，蹤迹江湖間。所資金帛不貲，嘗遊吳興，誘其豪為不軌。又與一富室子善，偕之數百里外。忽曰：天下惟汝能殺我，我且先殺汝。紲之湖中，取其家數百金，然後縱之。其黨呂光者，力敵百夫，相與為死友。又入蠻峒，煽惑以兵法，教其酋長。事聞於朝。先曾祖時為湖廣巡撫，捕之，獲於嶺北，置諸法，罪狀昭然。有御史趙崇善者，挾私讎，追劾先公殺心隱媚江陵，而推心隱講學。時先曾祖久以戶部侍郎養親家居矣。雖事之本末，自有公議，而崇善挾捷幡幡，良可畏也。此事之詳，具載大宗伯周寅所先生（應賓）識小編、王弇州先生別集。其所載顏山農挾詐趙文肅千金，與姦良家婦，為心隱所毆事，尤醜。山農即心隱講學師也。道學狼籍至此，可歎可歎！崇善此疏，刻入萬曆疏鈔，或未詳何顛末者，恐輒信之。鄙復述及，以質公論云。

宋兩唐伯虎

宋唐伯虎，字長孺，初名曉，丹陵人，庚之兄也。治易、春秋，皆有家法，性孝友。史載其迎父瀘南，及臨邛獄事，時人以為難。及附見文苑傳。王鞏隨手雜錄云：全州進士唐伯虎至冥司，主者放還，語伯虎曰：到人間為我精法華經，亦當勸人誦之。後仕為梧州推官，六十餘卒。

紀載失實

賊平時，小說紀載多失實。嘗於史館見一書曰弘光大事記，內言甲申年山東大姓新城王氏、淄川韓氏起義兵。爾時先伯父御史公（與胤）全家殉節，先祖布政公年八十餘，家居棻酒，公奉侍避兵山中，無義兵事。其云韓氏，蓋韓氏有僕王某、李某，皆乘亂聚眾為寇盜，亦非義師。其濟南以東舉義者，有長山劉相國（鴻訓）之子孔和、李侍郎化熙，而記不及之。又云：流賊偽制將軍至濟南，推官鍾性樸死之。按鍾公字文子，順天人，崇禎癸未進士。國初為濟南府推官，遷本省提學道僉事。予順治庚寅自童子為諸生，中辛卯鄉試，皆鍾公所拔。烏有甲申死難事耶？野史之不足信如此。

翟黃

新序：魏文侯與士大夫坐，曰：寡人何如君也？翟黃曰：君非仁君也。云云。文侯怒而逐翟黃。次至任座，對曰：君仁君也。曰：子何以言之？曰：其君仁者其臣直。向翟黃之言直，臣是以知君仁君也。文侯復召翟黃，拜上卿。唐魏文貞直諫忤太宗，長孫皇后朝服而賀，亦同此意。

趙孝廉

趙孝廉起鵬，字羽明，德州人。篤於行誼，常撰一本歌以勸宗族，作師友俎豆錄八卷為傳贊，又作一室合祀之。每節家祭後必及焉，仍以餕其子孫，加以果帛，歲時不絕。

黃綰

黃綰，陽明之門人。以議大禮附張桂，得進用。永嘉呼為平原十九客。講學之流弊至此。

烈女

林氏清玉，武平縣人，許字鍾廷楷。楷以康熙十八年四月自京回，中途病亡。清玉聞訃痛哭，竟往夫家，拜靈慰姑，候喪葬事畢，解金耳環吞之而絕。部覆旌表。

賀醫閭

賀醫閭先生集一條：先生聞巡按御史考試丁憂生員，歎曰：壞人倫，壞風俗，莫甚於此。古人凡有喪者，天子之命，三年不過其門，教孝也。忍心害理，君子肯為之乎？近日風俗日下，方面大僚、郡縣有司，凡地方富饒者，無不營謀幹請，督撫公然題留，吏部公然覆准。不知一郡一縣，何以必不可少此一官？而上下以賄成，至於家亡喪心如此。使醫閭而在，不知如何扼腕矣。醫閭集又一條云：內外文武，罕不出於宦官宮妾之門。安望天下之治。予謂宋仁宗謀相於王素。而欲得宦官宮妾不知名者。此一事便卓絕千古。

王山隨劄

張萱山耕學生貞以言事謫歸。居廬陵王山。有定巖、覆笥峯、木琴淵、虎子巖諸勝。皆伐木開道。手自劖闢。萱山住此二年。復應詔出。歿於京邸。又一年。予入都門。見其居王山時茅屋隨劄一卷。想見此公學道刻苦。非人所及。略錄數則於此。王山金頂之勝。在於高。尤在於孤。然不高則不孤。愈高則愈孤。君子立身亦然。絕頂惟高而孤。雖天清氣朗。無晝不風。風聲四起。衆山動搖。人立其上。脚根不穩。風欲扶之而翔。行者相顧爽然。予獨欲於震撼處放步。然而危矣。王山筍類多苦。烹之亦有真味。又產苦菜。沒之一宿。瀸米咲之。頗勝園蔬。然以其苦。多為人棄。人生營營。無日不苦。日在苦中。安之若飴。至飲食細故。非刀俎物命。便不可下箸。安得攜此二苦。咊令飽嘗耶。王文成訪地藏洞一異人。值其睡方醒。問第一義。諦不答。徐曰。周濂溪、程明道。汝儒家兩箇好秀才。語畢復睡。張子坐臥巖中。有以仙術告者。回思自幼識字。及壯。奔奔波波。老忽將至。雞鳴而起。便秀才二字做不了。何暇言仙。巖棲一年。日月逝矣。內省多疚。深自戰兢。敬寫聖容。奉以出入。道大莫名。非敢贊揚。聊以自警。贊曰。古今一人。大哉孔子。天地終始。要其立言。非有殊旨。道不遠人。躬行而已。諸儒沾沾。新奇自喜。門戶異同。恍惚疑似。行非所知。言大而侈。惆我童蒙。茫茫涯涘。逐影捕風。出彼入此。行不顧言。口視人指。而今而後。求歸於是。未能希賢。尚勉為士。登高自卑。行遠自邇。不善則改。聞義則徙。恭對聖容。庶幾有恥。宿雲霧壓大雪。忽念及康齋先生十月單衾。微夜至以夏布帳加覆。毫無厭貧之意。頓使人不暖自暖。不火自溫。客來山中者。輒贈竹杖。強之登臨。或曰。孝子不登高。不臨深。或曰。知命者不立乎巖墻之下。予曰不然。天下惟看破生死底人。方不為生死所奪。可為忠臣。可為孝子。可以樂天。可以立命。

冷孝子

冷孝子名昇。益都顏神鎮人。諸生。父植元。好遠遊。崇禎己卯歲。適嶺表。鼎革後。兵戈阻絕三十年。孝子發憤。依肇慶道趙君韞退進美往。端州冀便諮訪。一日有裔某者。亦山東人。往西粵。孝子跪請訪求。閱歲裔返。微聞其父歿於龍州土司。孝子遂辭去。溯牂牁而上。歷三百七十餘灘。自橫州達南寧。又經遷隆思明。行五千里。遇邢利人蔡鄭二叟。詢知與其父舊。為龍州土司客。乃與偕往。復與葬師譚姓者。遍覓得父櫬於

龍州北門交帶橋側。負骸骨歸。孝子自叙其事。為龍州扶櫬記。冷一寒士。父歿三十年。竟能覓遺骸於蠻荒萬里之外。視王紳滇南慟哭記尤難。書之以風世云。

范文肅家法

文肅范公文程家法最嚴。子弟不稍假色笑。長子官戶部侍郎。次子官翰林學士。往往侍立終日。不命之坐不敢坐。故忠貞承謨歷官督撫。皆以清節著聞。終殉逆藩之難。論者以為家教云。忠貞弟承勳。今為雲貴總督侍郎。

六女

廣州順德縣李氏簡姑、定姑、介姑、潔姑、寅姑、璇姑。遭滇寇之亂。誓志同死。聯臂投淵。又南海縣樵夫陳茂逵。虎斃命。婦張順娘。覓遺骸築墳殉節。禮部題准旌表。南海縣義女黃隨香罵賊捐軀。赴焰死。禮部覆無旌表僕女之例。

陳太守

陳龍巖福建晉江舉人。累官江寧知府。居官以清介聞。隨州妖人朱方旦左道蠱惑四方。督撫藩臬所至郊迎。為立書院。至金陵。總督某公方延之衙署。忽轅門傳鼓聲甚急。遣問之。陳立轅門外。直對云。無餘事。知府某以朱方旦左道惑衆。來請發下鞫審。正法以安地方耳。制府雖怒其戇。然素知其廉幹。亦不罪也。後陳卒於任。總督于成龍親弔哭之。

足下黑子

書墁錄云。郭忠武使渾忠武瑊洗足。見汾陽足下有黑子。捧玩久之。汾陽問其故。渾答云。瑊也足亦有之。汾陽令跣而視之。笑曰。不及我。明皇雜錄。安祿山初事張韓公仁愿。韓公嘗令洗足。韓公足下有黑子。祿山竊窺槐韓公問之。祿山曰。某賤人也。不幸兩足皆有黑子。比公色黑而加大。韓公觀而異焉。因加寵薦。兩令公功名相埒。若祿山叛逆。亦與韓公相似。相豈足貴哉。又北夢瑣言。載西門軍容與吳行魯事亦同。豈一事而傳聞異詞耶。

秦羅子孫

說聽載秦檜裔孫某宰湯陰。綽有政聲。每欲謁忠武祠。輒逡巡弗果。將及瓜。謂同僚曰。少保雖與先世有怨。豈在後嗣耶。且吾守官無愧神明。往謁何害。遂為文祭之。拜不能起。嘔血數升而死。事在嘉靖初年。魏莊渠提學河南。歸為所親言之。此與宋御史羅汝楫子鄂州知州願事全相類。汝楫附秦檜劾忠武。願即著爾雅翼。以古文名。

朱子稱為南渡第一者也。

宋公子鮑

春秋文公十六年，宋公子鮑禮於國人，鮑美而艷，襄夫人欲通之，乃助之施，既而夫人使昭公田於孟諸，使帥甸攻而殺之。左氏曰：書曰宋人弑其君杵臼，君無道也。予以為丘明之言誖矣。弑昭公者，公子鮑為首惡，罪不可逭。觀鮑日數於六卿之門，又竭粟以貸國中，此與商人田常篡何異？襄夫人以祖母欲淫其孫，為昭公之不禮於己，輒先殺公子卬等，而昭公不能救，令之田，欲殺之，蕩意諸言之，而昭公不敢適諸侯，蓋襄夫人平日有馮太后武曌之惡，公素畏之，而鮑因嬖幸以陰肆其篡弑之謀，非一日矣。故昭公弑，鮑遂立，雖曰王姬，實鮑之謀。善乎劉原父權衡曰：公子鮑為不臣，襄夫人為不母，而宋公未有無道之實也。且公子鮑欲盜其國，而先施於民，襄夫人欲通於鮑，而遂弑其君，宜推公子鮑為首惡，不得輕此兩人之罪，反惡宋公也。昔儒謂左氏是非謬於聖人，不其然歟。

池北偶談卷十終

池北偶談卷十一

清　濟南王士禛阮亭著

談藝

公文介公詩

吾鄉公文介公鼒，萬歷中為詞林宿望，詩文淹雅，絕句尤工。如習家池云：峴首名碑漢水長，習池煙樹野亭荒，羊公流涕山公醉，竝枕殘碑卧夕陽。西郊金末釣臺云：花石遺綱入戰圖，荊門衰草釣臺孤，不知艮岳宮前鬼，得見南軍入蔡無。蘄南問宋遺戰地云：戰勝河東下荊丘，高梁失御陣雲愁，六飛不入燕山府，直見衰塵下廣州。明湖獨眺云：窄岸平橋萬柳斜，半城春水半人家，東風吹雨宵來急，一片鄉心到海涯。別邢子愿云：南浦分攜暮雨微，平林望斷送將歸，新詩一一題團扇，隴首秋雲片片飛。衍元白詩寄馮用韞云：千里襟期付此詞，郵筒珍重寄相思，將來莫道玲瓏唱，淚盡夷陵緩棹時。生平有意皆成幻，死去憑誰得報君，燈影幢幢對疎雨，一聲哀雁入秋雲。濟南晤李季重云：一望幷州雁影沉，三年幽夢皆湖陰，歷城四面寒泉水，堪照青陵臺下心。泉林寺云：百里天涯一夕分，月華中斷悵離羣，坐聞莊子城頭水，卻憶爽喜臺上雲。闌眺望金華山水云：新安水色括蒼煙，煜煜金華婺女連，靈異果應仙路近，始知此是蔚藍天。（杜子美梓州金華山詩上有蔚藍天，謂梓州之金華山，此乃借用。）百折桐江繞釣臺，四明雲起接天台，半空突出冰輪湧，定是龍湫雁宕開。衛樓云：十二樓開列玉京，分明天上落層城，層前寂寂三珠樹，半夜鶴飛來上鳴。旅縣道中云：齊縗行盡海雲生，處處看山自問名，麥秀漸漸桑柘綠，馬頭不見曲侯城。襄陽云：江上輕帆落浴鳧，鏡中倒影數峰孤，林鶯送客籬花笑，曾見銅鞮歌舞無。南竺寺云：曉霞挂重塔，微月碧殷空，林豎松檜響，十里聞秋風。皆不減唐人風致，而列朝詩取之甚少，不可解。蓋牧翁多抑西北人也。

安盤詩

安盤字松溪，弘嘉間為都給事中，有直聲，蜀之嘉定州人，升菴先生友也。其詩風神獨絕，而世罕知之。予登凌雲寺，石壁刻詩甚夥，惟松溪四絕句最為高唱，記其二云：青衣江上水溶溶，隔岸遙聞戒夜鐘，暫借竹牀聽梵放，月華初到第三峯。林竹班班日上遲，鳥啼花暝暮春時，青衣不是蒼梧野，卻有娥眉望九疑。蓋凌雲九峯，枕青衣江之東，而娥眉三山正直其西，至其地，知其詩為工也。

彭西園

彭堯諭號西園公子河南鹿邑人官通判崇禎末頗擅詩名予年十八九時與先兄考功同上公車於北道逆旅見壁上畫蘭石甚有風致其旁細字註曰西園侍兒畫施同寫中書舍人吳郡文啓美亨太題其後云今人羨煞西園老攜得西施共小窗後十餘年重過之畫猶宛然題一詩云無復湘中見汜人西園蘭石恰如新低回十五年前事只有蛛絲絡暗塵此詩不復憶在京師彭庶子景門為予誦之附識於此

黃徐詩

黃魯直晚自刊定其詩止三百八篇徐昌國自選迪功集亦止三百餘首昔人自愛其名如此

倪仁吉

女郎倪仁吉義烏人善寫山水尤工篇什予嘗見其宮意圖詩其一云調入蒼梧斑竹枝瀟湘渺渺水雲思聽來記得華清夜昧雨銀釭獨坐時先考功凡曾得其全集倪手種方竹數十竿甚愛惜萊陽董樵處士遊婺郡倪高其人斫一枝贈之

尹子求

虞山詩揮毫對客曹能始簾閣焚香尹子求子求名伸蜀宜賓人予過敘州詢其後人無有得其遺詩及泝峽記略一卷於其門人樊星煒樊云蜀亂尹先生死之有胡生約之者攜此集避兵莒部胡一死此集流落一彝生家久之敘州士人某客遊其地一日與論先生詩彝生搖手曰浪得名耳出此集則塗抹幾偏士人遂乞取以歸而予略為論次刻之樊字子景老儒也子求止有一孫名鑫字若滄亦樊云

岐梁倡和集

蘇文忠公鳳翔八觀詩古今奇作與杜子美韓退之鼎峙文定皆有和作謂之岐梁倡和集然魄力不逮文忠矣文定作文忠墓誌謂自黃州後其文一變如川之方至而轍瞠乎不能及然此早歲之作亦自不敵也頴濱集中如魏佛貍湖陰曲等篇亦是高作

紀映淮

金陵紀青字竺遠能詩少為諸生棄去入天台國清寺為僧久之復捨去其子映鍾伯紫尤負詩名女名映淮字阿男嘗有秦淮竹枝云栖鴉流水點秋光愛此蕭疏樹幾行不與行人綰離別賦成謝女雪飛香及笄嫁莒州杜氏早寡年五十餘以節終予在儀制時下有司旌表之予昔在秦淮賦詩云十里清淮水蔚藍板橋斜日柳絲毿栖鴉流水空蕭瑟不見題詩紀阿男伯紫見之殊不喜後二十年從子啓大官莒學正訪得其遺詩數篇其一云清谿有桃葉流水載佳人名以王郎久花猶古渡新織揉秦代月枝帶晉時春莫謂供憑攬因之可結鄰又李花一孤村流水數間屋夕陽不見人牯牛麥中宿

錦秋亭辨

自夏莊橋渡時水俗名烏河而東並河北行內河外湖浩淼無際十里至灣頭新博二邑分界處也時水自南而北小清故河自西而東匯於灣頭與湖相望中亘長堤灣頭煙火數百家夾河以居艤舟漁艇鱗次市橋再渡灣頭橋而北市屋盡處堤直如絃廬於博昌城凡十里櫸柳夾之兩岸皆稻塍荷塘籬落菜圃與緯蕭交錯時十月下澣過之煙雨空濛水禽矯翼黃葉滿地人行其中宛若畫圖時見牧人簑笠御觳觫歸村落間邈然有吳越間意明日晴遂由東城騎行而南舍騎過石梁登架筆山山疊土為之三峰起伏雜植桃柳錦秋亭在東峯此亭元中統所建齊乘以為在東南城上而山乃嘉靖甲辰僉事黃禁所築則亭之移當在是時也北枕城堞西望河堤東南俯臨極浦備煙波曠渺之趣因憶徐隱君夜舊示予錦秋亭辨具錄於此以備茲亭故實使來者有所考焉北湖名錦秋新城博興二縣志皆以為本於坡詩其所謂詩即今志所載霜風收綠錦五言八句者是也予獨疑詩中北闕字不類宋時事跡而東坡全集及單刻膠西集都無此首詩之氣格亦不類然無據以奪之及閱元兵部侍郎于公欽齊乘錦秋亭一則乃知此詩即于公作所謂取坡詩命名者非此詩乃取和文與可橫湖絕句而名之也後來作誌者據欽書采入不細詳文義牽連讀去以致承襲謬誤而不之改據欽所記亭為中統間邑人所建中統乃元初年號後蘇公百數十年當時豈遂有亭可賦詩耶然何以知其取詩即橫湖絕句也以其篇中連綴錦秋二字而知之也今欽詩霜錦雲秋等字亦仍本此輒錄欽原文并錄蘇詩於後齊乘一則錦秋亭博興東南城上中統中邑人所建取坡詩命名此下于自叙遂蓋舜地淄時般濼諸水匯為馬車瀆以入海博興宛在水中舟楫交通魚稻成市昔嘗過之愛其風景絕類江南賦詩亭上云霜風收綠錦萬頃水雲秋海氣朝成市山光晚對樓舟車通北闕圖畫入南州且食鱍魚美吾盟在白鷗北鱸雖小亦四腮不減松江有菜采齊人不識目鱸為舅云蘇公橫湖絕句貪看翠蓋擁紅粧不覺湖邊一

夜窺卷郤天機雲錦段從教匠棟寫秋光外祖李木王公世目博洽公北湖遊記載欽常自濟南華不注山下經小清河東入此湖折而南入時水至索鎮舍舟歸益都（此亦本齊東時水條下所載）則知欽過此賦詩是其常所往來之地矣獨記中於此詩偶失簡察尚沿舊志之訛而外伯祖康宇先生作志亦仍之安知後來不有據此而編入蘇集者是不可不辨也謂宜於湖之北岸勝處祠蘇于二公額以盟鷗更榜卷雲寫棟四大字於其上庶俾後來知此緣起特為筆述俟吾地之大人君子有志乘藉者折衷焉歲在庚戌五月九日湖上老漁徐夜記（康宇先生即先祖方伯公也）

雷雨津

雷兵部雨津（字起釗）蜀之井研人明崇禎甲戌進士嘗過楚題洞庭廟云我是人龍君亦龍吾今胡為乎泥中愬君借得青驄雨手攬風雲滿太空甲申後從張公玉笥監軍死予識其子吳江知縣珽字笏山

張緄詩

鄒平長白山醴泉寺即范文正公畫粥處四山環合一溪帶瀠溪上有范公祠祠中多前代石刻有嘉靖十三年松少山人張緄八絕句最佳節錄於左危閣煙霞出峯

巒桑鹿來春泉落西磵群綠讀書臺臺前碧玉樹葉葉上青霄工師求大木陰棟萬年朝風畫谿楊色煙春巖蕙香人言背絕壑繞是上書堂山護埋金窟泉通畫粥廚傳燈衣鉢在曾伴老龍圖靈刹尊峯合名祠串日遊難逢浮海術易棄下山愁緄河南鈞州人詩名不甚著而詩之工如此

張閎

滇永昌張含愈光集升菴先生所定又閎纖修允廸亦永昌產在崇禎間有詩名端簡王公（弘祚）以二公皆其鄉前輩常欲合刻其詩丁未戊申間公為大司農以二公集屬予選輯刻之予謂閎集可删者過半非張匹敵當專刻張集而以閎集附後公以為然庚戌公乞骸骨歸卧金陵不知竟果此志否

粵詩

南海屈介子（大均）少為諸生有聲旋棄去學浮屠法釋名一靈字翁山居羅浮久之出遊吳越又數年忽加冠巾遊秦隴與秦中名士王無異（弘撰）李天生（因篤）輩為友作華嶽百韻詩固原守將某見而慕其才以甥妻之翁山突玩少室賦詩云同樓紅翠三花樹對寫丹青五岳圖自固原攜妻至代州上谷再遊京師下吳會自金陵歸粵妻隨病死翁山之詩尤工於山林邊塞一代才也同時陳恭尹字元孝王邦畿字說作梁佩蘭字芝五王鳴雷字震生陳子升字喬生皆廣州人工詩元孝詩尤高如積雪迴孤棹寒湘共此心離憂在湘水古色滿衡陽又鄉山小別吟蒹夢水驛多情浪與風枕柳過雨垂空地璚瑁乘潮上古城之類皆佳說作句如雲低滄海樹潮上夕陽城曙色寒山外秋風古渡前殊近錢劉又有絕句云昨冬歸去今春信言是端陽入楚山吟取荆州舊時事洞庭秋盡客應還喬生昔昔鹽云鴛鴦樓外烏欲棲玳瑁梁間燕吐泥月墮園隨漢東蝽天河傾向汝南雞萬方儀態革鐙出一笑橫陳翠帳低愁見曉鴻征塞北不知天將定遼西又有南中塞下曲一篇極似楊用修格調翁山詩予嘗為選百篇以為唐宋以來詩僧無及者五律如帆隨南岳轉雁背碧湘飛久病悲歡盡新寒衣衲重絕句如突突桃李花薄命寄君掌河水雖東流河魚自西上又歸風詞南越輕綃似碧雲裁為飛燕御風裙中流舞罷將仙去萬歲千秋復就君客雁門云三年作客傍滹沱聽盡哀笳出塞歌白髮不愁明鏡滿秋霜只怨雁門多此類不能悉記也予嘗語程職方云君鄉東粵人才最盛正以僻在嶺海不為中原江左習氣熏染故尚存古風耳

李因篤

富平李天生因篤年三十棄諸生博學強記十三經注疏尤極貫穿長律得少陵家法常以四十韻詩贈曹秋岳曹歎曰數百年無此作矣李有句云林谷關音本乾坤老衆才予謂理語經語最不易下坡公寫杜詩至致遠恐終泥停筆謂學人云此句不足為法王敬美云曹子建後作者多能入史語不能入經語謝康樂出而易辭莊語無不為用然則用經固以康樂為宗也

陳伯璣

陳伯璣允衡建昌南城人御史本予清羸如不勝衣五言詩古澹自成一家如寒日明孤城斜風下飛鳥又籃輿望歸鳥日暮空城曲此類二十餘篇不減王韋亂後寓黃山移燕蕪再移白下前甚撰詩慰國雅及娶堅徐世溥遺文之類凡十餘種又著古人幾部若干卷康熙癸卯歸豫章時施愚山（閏章）周伯衡（體觀）皆為江西監司為卜築蘇雲卿東湖故居後數年竟羸病死

滕王閣詩

南州滕王閣燬於金聲桓之亂順治中蔡尚書（士英）開府江右重新之海內名流多賦

詩惟海鹽彭羨門孫遹擅場。其警句云。依然極浦生秋水。終古寒潮送夕陽。彭今為內閣學士兼禮部侍郎。

詩帳

施愚山分守湖西。製苧帳。題詩其上。寄林翰茂之。一時名士多屬和。名曰詩帳。或一絕句云。斗帳殷勤白苧裁。使君親自寫詩來。孤山處士朝眠穩。軸日烘門懶未開。

飛廉館瓦

元王文定惲秋澗集。有飛廉館瓦硯歌。略云。劉郎昔日秋風客。神鳥冥飛憶初格。豹章爵首尾蟠蛇。建章千門風冽冽云云。此亦在銅雀之前。知漢瓦無不可為硯也。

趙州畫水

趙州畫水。世傳是吳道子筆。陸儼山大駕北還錄云。宣德間定州何生作也。

施宋

康熙已來詩人。無出南施北宋之右。宣城施閏章愚山。萊陽宋琬荔裳也。昔人論古詩十九首。以為驚心動魄。一字千金。施五言云。秋風一夕起。庭樹葉皆飛。旅宦百憂集。故人千里歸。獄雲寒不散。江雁去還稀。遲暮叢離別。愁君雪滿衣。此雖近體。豈愧十九首耶。己未在京師。登堂再拜。求予定其全集。宋赴浙江後。詩頗擬放翁。五古歌行。時闖杜韓之奧。康熙壬子春。在京師。求予定其詩筆。為三十卷。其秋與予先後入蜀。予歸之明年。宋以臬使入覲。蜀亂。妻孥皆寄成都。宋憂鬱歿於京邸。此集不知流落何地矣。

二戴

戴本孝字務旃。和州人。詩畫皆超絕。嘗在京師。夜與友人談華山之勝。晨起即襆被往遊。其高曠如此。弟移孝字無忝。四十不娶。亦有詩名。皆老於布衣。本孝貽予畫。自題詩云。叢薄何蓊鬱。喬木無餘陰。斧斤向天地。悲風摧我心。不知時榮者。何以答高深。又云。草木自爭榮。攀援與依附。凌霄桑寄生。滋蔓尚可懼。惜哉不防微。良材化枯樹。

鄺露

鄺露字湛若。南海人。狂生也。負才不羈。常敝衣跛屣。行歌市上。旁若無人。順治初。王師入粵。生抱其所寶古琴不食死。其詩名嶠雅。過賈誼宅三閭廟云。浮湘七澤下靈渠。牢落殘雲伴索居。庚子日斜聞鵩鳥。重陽沙澀見江魚。天高未敢重相問。年少何勞吏上書。此去與城望京國。定從王粲賦歸與。露少客金陵。遊阮大鋮之門。嘗為阮序其集。

徐波

吳中詩老徐波元歎。康熙初年七十餘尚在。居天池落木菴。與中峰蒼巖二高僧往還。虞山先生寄詩云。皇天老眼慰蹉跎。七十年華小劫過。天寶貞元詞客盡。江東留得一徐波。落木菴空紅豆貧。木魚風響貝多新。當明燈下須彌頂。雪北香南見兩人。元歎自撰頑菴生壙志云。喜登臨而筋力遊衰。未厭吟詩而發言莫賞。又為落木菴記云。癸酉十月。與竟陵譚友夏寓其弟服膺德清署中。晚起出遊。見予白髮盈梳云。子從此別。歸必住山。請擇嘉名以名其居。服膺出幅紙。俾作擘窠大字。友夏執筆擬誤曰。子還吳。可謂落葉歸根矣。遂有此目。今三字揭諸菴門。松栝數株。撑風敲日。元冬霜月。蕭蕭而下。雙童縛帚。掃除不給。齋廚爨煙。皆從此出。事之前定如此。元歎中年見知膠西相國高公。公常勸之出山。辭曰。母病三年。子生未彌月。此身非我有也。竟亦無後。乙酉後有寄楚僧寒碧詩云。楚鬼微吟上峽謠。中元法食可相招。憑君為管興亡恨。雨打秋墳骨亦銷。寒碧少游鍾譚間。此詩蓋為二公作也。

下僚能文

近下僚中。往往多才人。婁縣縣丞花鴻字則威。閩邵武人。著史測十卷。論南北朝事甚可聽。又雄縣馬之驦。字吏侯。雨為江都丞。張管河主簿。撰詩防及張秋志各若干卷。泰州州同知趙三麟字乾符。韓城人。頗能詩。有絕句云。虞舜昔南巡。不見南巡跡。但餘此蒼崖。一片瀟湘石。

詩兆

順治己亥客京師。日聽劉公戭吏部鼓琵賦詩贈之云。與君更作他年約。黃鶴山中訪戴行。至壬寅歲相遇於京口。京口有黃鶴山。在城南五六里。即招隱寺宋戴顒故居也。始悟前詩蓋有定數云。

對句

小說載李空同督學江西。有一生姓名偶同。李出對句云。藺相如。司馬相如。名相如。實不相如。生應聲云。費無忌。長孫無忌。公無忌。我亦無忌。空同喜。不知此對自宋有之。見齊東野語云。司馬相如。藺相如。相如果相如否。長孫無忌。費無忌。能無忌乎。蓋後人傅會空同。如夏忠靖尚書給事之對耳。

史辰伯

史兆斗，字辰伯，吳江人，庠士明古（鑑）之後，徙居長洲。博雅多藏書，少及與劉子威、王百穀交，尤熟吳中典故。康熙初卒，年八十餘。汪苕文曰：此翁死，吳中文獻絕矣。

秦中諸誌

誌以簡核為得體。康德涵武功志最稱於世，嗣是關中繼起者，則有趙浚谷之平涼府志、胡可泉之秦州志、汪來之北地志、喬三石之耀州志、王渼陂之鄠志（邑人劉璞增益）、韓五泉之朝邑志（邑人王學謨增益）、張光孝（號左華山人，封山之甥）之華州志、馬懽之同州志、劉九經之郿志，皆稱作者。而渭南史蓮勺記，嘗知汾州之介休，作志七卷，義例精覈。以上皆秦人，而北地又秦疆也。何大復雍大記亦與康同時作於關中。

韓畕

韓畕，字石耕，北平人。亂後遊江南，徧歷台宕諸勝，客死平湖。畕善鼓琴，尤工五言詩，有句云：春愁當二月，酒渴起三更。

程明房

宣城梅淵公（清）常遺予墨朴一，其堅如石，文曰：程明房造。云程君房初字明房，此蓋其早年所製。

右車

自廣武君後，古今人多以左車命名者，漢功臣表有中牟共侯單右車。

嚴感遇

嚴感遇，烏程人。少豪宕，舉止與俗異，常畜一白鷴，行止與俱。鷴死，哭之數日。老而貧，居山中，窮餓處，忍飢賦詩。一日米盡，友人遺白金一餅，攜之市米，遇小漢玉器，輒買以歸，玩弄之，餓而僵仆幾絕。

高鑄

高鑄，字淵穎，保定人。少從孫鍾元先生學，嗜酒，好遊名山水，自負鐵鑿，每得詩，必題石，手鐫之。常游林慮，竟日忘返，聞峰下耕者喧呼，廻視向所來處，乃知術虎過也。鑄有詩數十卷，其門人陳僖藹公編集。

張文峙

張可仕，字文奇，更名文峙，字紫淀，楚人，家金陵。能詩，與歸安茅元儀善。茅死，有姬楊絕以才色稱，戚畹田弘遇欲得之，以千金壽文奇，求喻意，文奇絕弗與。通范文貞公禮為上客。公殉國，文奇設位雨花臺，為文哭之。崇禎末，集子史成句，為四言詩一卷，諷切時事，號擊磬集。弟可度，字剛侯，好佞佛，一食清齋，過然終日。

費密

費密，字此度，成都人。少遇逆獻之亂，竄身西域不毛之地，已乃溯漢江，下遊吳楚，居淮南。老父常寓泰州，泰州守知其賢，為除徭役。予嘗見友人几上一卷，偶取視之，其首篇云：大江流漢水，孤艇接殘春。詢之，乃密作也。遂賦詩與定交。密跛一足，後往蘇門謁孫鍾元，稱弟子，著鹿峯集。

馬黃

馬應龍，字伯光，安丘人，都御史文煒子，萬歷壬辰進士，歷禮部郎中。卒，博雅好古，注道德經二卷，考訂古本周禮六卷，參同契二卷，尚書七卷，毛詩七卷，藝林鈎元錄二十六卷。初為杞令，纂杞乘四十八卷。今安丘舊志二十八卷，最精賅有體裁，著其父文煒撰，實應龍少時手筆也。黃楨，字德兆，亦安丘人，嘉靖癸未進士，歷文選郎中，與樂安李太僕舜臣齊名，號為李黃，有擬騷行於世。

伏生光武二圖

王維畫伏生圖，今藏北平孫侍郎退谷（承澤）家；吳道子畫光武燎衣圖，今藏新安程穆倩邃家。

和韻詞

先吏部凡作長調，往往好壓險韻，一調疊韻有至十餘闋者。在杭州與宋荔裳、曹顧菴倡和滿江紅詞，同用上秋狀等字，凡句云：雨滲一犁田犢喜，波添三尺河魚上。用史記河魚大上語也。又自課織簾還有手，便從荷蓧非無杖。又易得酒醪謀若下，難逢春水如天上。又司馬高才元和庶，彥淵傳學真須杖。恡吾徒，底事暖蟲魚，臣無狀。又堤柳已隨坡老沒，竹枝誰儷康夫上。又漆後斷紋仍可鼓，削餘方竹還堪杖。又顧我已甘居廡下，如公才合居樓上。疊出不窮，皆奇句也。後在揚州，與陳其年輩倡和念奴嬌詞，同用屋字，亦至十餘往復。如還似離騷傳屈子，句裏龍堂鮫屋。削迹眼底擅場風雅，未遣中書禿。又十載名場相犄角，我子支駒逐鹿。又我似小乘初禪，愧他杯度肆口嘬人間肉。又汝機鋒殊自在，已似南能稻熟。又更貪清曉晶簾，卧看青山。此類甚夥。凡常自跋云：右小詞諸闋，皆雜次諸公韻，諸公率許其押韻之工，僕則自謂此實欲省思力，如昔人云：匆匆不暇草書耳。嘗謂詩不宜次韻，次韻則處傷逸氣。

詞不妨次韻或逼出妙思其持論如此

高司寇詩

淄川高念東侍郎少時與兄解元綖東琿同舉省試公東北上謁郃平尚書華東張公登延公言君輩少年登第不啻登仙老夫少年意氣亦爾今老矣迴憶五十年中功名官職都如嚼蠟更數十年君閱歷當自知之公辛巳以南總憲考滿過家薨於里第司寇及兄癸未丙戌先後成進士司寇入翰林十年至佐銓已乃以事左遷又十餘年再貳司寇憶尚書之語慨然賦詩云翹東北指五雲邊緒論追陪豈偶然晚節功名如嚼蠟少年科第似登仙曠懷久矣推先輩微語還堪悟後賢畢竟山中娛芋好十年宰相亦堪憐

白墮琴高

葉石林舉東坡獨看紅蕖傾白墮白墮人名此正如吳下饌鵝設客云請共過食右軍不知此例正多如山谷詩春網薦琴高琴高亦人名皆自曹瞞惟有杜康作俑

文太青

文光祿太青翔鳳戲作口吃詩云黠子向客共吵口漆栗筆塞手柳酒本塞客揮麈風

州有三出手柳酒宣州有四出漆栗筆硯也予使蜀過鳳縣彈丸小邑在棧道中所謂佼手纖白固無從見之驛酒殊薄劣柳自入棧亦頗稀少予近和海鹽門人陳子文奕禧詠鳳縣金絲柳詩云鳳州三絕無纖手又少旗亭酒共傾惟有金絲幾株柳臨江映驛拂人行

中州集

元裕之撰中州集其小傳足備金源一代故實虞山極喜之晚年撰明列朝詩集略倣元例然元書大有紕謬如載諸相詩取宋叛臣劉豫杜充之類蔡松年史稱便佞元首推其家學且取其論王夷甫王逸少之語略無貶詞曲筆如此豈足徵信而顧倣之哉

龔陳詩

先兄考功常云合肥公流水青山送六朝才子語也陳其年維崧浪捲前朝去英雄語也龔公自東粵歸過金陵賦詩云綺閣臨春玉樹歌空江鐵鎖野煙消興亡何限閑亭感流水青山送六朝陳有烏絲詞三卷多瓌奇閑房游俠之詞尤妙如春陰徐外天如墨又五梅花下交三九雖秦李不能過也

一絇絲

往在京師吳門文點為予作讀書圖汪苕文題詩云借問鄰家嫂笙管一絇能絡幾多絲後改作一絇絲絡幾多時一日讀馬永卿懶真子云諺云一絇絲能得幾時絡喻小人逐日前之祟也絇字當作綸太元經絡之次五曰蜘蛛之務不如蠶一綸之利綸音七侯反與絇音同

阿宇音

宋人謂漢唐人多以阿字為發語如阿嬌阿誰阿家阿房宮之類則阿房之阿亦當作去聲又山谷詩語言不韻無阿堵阿字反作平聲予蜀道集詩有句云綠苔未央配黃土阿房宮本此

韓翃詩句

韓翃詩春衣晚入青楊巷細馬春過皂莢橋按青楊巷在荊州梁何遜居白楊巷蕭眘居青楊巷時人語曰時有二僑白楊何遜青楊蕭眘皂莢橋在揚州晁無咎揚州詩曰皂莢村南三四里春江不隔一程遙雙陂閼起如牛角知是隋家萬里橋

裹鮓帖

王右軍裹鮓帖真跡裹鮓味佳一一致君所須可示勿難當以語虞令凡十九字後

有米友仁跋趙子昂諸人圖記藏北平孫侍郎退谷家前有亡宋南廊庫經手人郎墨印記

鳧翁

黃詩春溪蒲稗沒鳧翁樂府化為白鳧如老翁急就篇春草雞翹鳧翁濯顏師古注翁頸上毛也衆鳧在水中引濯其毛也黃詩蓋出此與老翁義別漢郊祀志鳧翁雜五采文又北齊武成帝湛小字鳧翁北齊童謠云中興寺內白鳧翁四方側聽聲雝雝道人聞之夜打鐘

三六

王彬工篆隸與王志齊名時人語曰三真六草為天下寶劉孝綽稱其兄弟孝儀孝威曰三筆六詩

僧詩

在京師出城送客偶憩野菴見壁上題詩甚有意義詩云春風迢遞憶天台五月冰寒說五臺無數好山遊未盡秋霜又欲上眉來考之乃明嘉善西林寺僧雪溪闡映作也映有西林集

梅村病中詩

太倉吳梅村（偉業）祭酒。辛亥元旦。夢上帝召為泰山府君。是歲病革。有絶命詞云。忍死偷生廿載餘。而今罪孽怎消除。受恩欠債須填補。縱比鴻毛也不如。餘三章不具錄。先是先生嘗病中賦賀新郎詞云。萬事催華髮。論龔生天年竟夭。高名難沒。吾病難將醫藥治。耿耿胸中熱血。待灑向西風殘月。剖卻心肝今置地。問華佗解我腸千結。追往恨。倍淒咽。故人慷慨多奇節。為當年沈吟不斷。草間偷活。艾炙眉頭瓜噴鼻。今日須難決絶。早患苦重來千疊。脫屣妻孥非易事。竟一錢不值何須說。人世事。幾完缺。時浙西僧水月。年百餘歲。能前知。先生病亟。挐舟迎之。至則曰。公元旦。夢告之矣。何必更問老僧。遂卒。

公文介論樂府

鄭漁仲曰。繼三代之作者。樂府也。樂府之作。宛同風雅。今之行於世者。章句雖存。聲樂無用。崔豹之徒。以義說名。吳兢之徒。以事解目。蓋聲失則義起。樂府之道。幾乎熄矣。此言樂府原為詩樂之用。而事義則必有所由起。均不可廢也。愚謂風雅之後有樂府。如唐詩之後有詞曲。聲聽之變。有所必趨。情辭之遷。有所必至。古樂之不可復久矣。後人之不能漢魏。猶漢魏之不能風雅。勢使然也。如漢朱鷺、翁離之作。魏晉諸臣擬之。以鳴其一代之事。易名別調。各極其長。豈以古今同異為病哉。後世文士。如李太白。則沿其目而革其詞。杜子美、白樂天之倫。則創為意而不襲其目。皆卓然作者。後世有述焉。近乃有擬古樂府者。遂顛以擬名。其說但取漢魏所傳之詞。句摹而字合之。中間豈無陶陰之誤。夏五之脫。悉所不較。或假借以附益。或因文而增損。踊躇牀屋之下。探胠滕篋之間。乃藝林之根蠹。學人之路阱矣。以此語於作者之門。不亦恧乎。夫才有長短。學有通塞。取古今之人。一一強同。則千里之謬。不容秋毫。肖貌之形。難為觀面。若曰樂府則樂府矣。盡人而能為樂府也。若曰必此為古樂府。使與古人同曹而竝奏之。其何以自容哉。李于鱗曰。擬議以成其變化。噫。擬議將以變化也。不能變化而擬議奚取焉。予知其不可而不能不為也。第命曰古樂府。而不敢以擬稱云。右蒙陰公文介公孝與（鼐）樂府自叙也。虞山錢牧翁嘗亟取東阿于文定公論樂府之說。不知文介此論。與文定若合符節。予嘗見一江南士人。擬古樂府。有妃來呼豨豨知之之句。蓋樂府妃呼豨皆聲而無字。今誤以妃為女。呼為喚。豨為豕。湊泊成句。是何文理。因於論詩絶句著其說云。草堂樂府擅驚奇。杜老哀時託興微。元白張王皆古意。不曾辛苦學妃豨。亦于、公二公之緒論也。

林程詩句

林君復詩。陰沈畫軸林間寺。零亂棊枰竹上田。寫景最工。近程孟陽（嘉燧）有句云。古寺正如昏壁畫。層湖都作水田衣。語意本林。而工又過之。

五代史草

徐東癡（夜）高士。冬夜過宿。因及從叔祖季木考功（象春）昔所藏書畫。云嘗見有歐陽公五代史草藁一卷。又楊康夫詩草一卷。塗乙宛然。歐卷其後人漫送一許姓武弁。不知流落何處矣。又叔祖立宇中丞（象恒）家有王右軍畫紡績圖。

朱璧揭鉢圖

揭鉢圖凡見數本。最後見朱璧本。有鄧文原、趙仲穆及秋壑、鈐山二相圖書。最為奇古。舊為先伯祖太師公所藏。今歸徐隱君東癡。後有董思白書賓頭盧伽羅事。又有吳匏菴、沈石田二跋。予所見太師故物。此卷與李伯時摹支道元十六應真、周文矩說劍圖而三耳。說劍圖今入秘府。按張泉吳中人物志云。朱玉字君璧。崑山人。王振鵬弟子。畫見稱於時。玉畫得其技。至順壬午。奉中宮教。金闕藏經佛像方不盈矩。曲盡其妙。所居虹月樓。楊康夫作記。劉璋明書畫史云。何景高善界畫。宗朱君璧。玉蓋以字行也。

阮懷寧

金陵八十老人丁胤常與予遊祖堂寺。憩呈劍堂。指示予曰。此阮懷寧度曲處也。阮避人於此山。每夕與狎客飲。以三鼓為節。客倦罷去。阮挑燈作傳奇。達旦不寐。以為常。燕子箋、雙金榜、獅子賺諸傳奇。皆成於此。所知錄云。大鋮既降于本朝。在營中。諸公聞其有春燈謎諸劇。問能自度曲否。大鋮即起執板。頓足而唱。以侑酒。

池北偶談卷十一終

池北偶談卷十二

清　濟南王士禛阮亭著

談藝

淅川二詩

南陽淅川古商於地同年于道子（光嵩）令其地為予言金人侵宋時伐香嚴寺木造舟木中有紋理成詩云栽松種柏興唐日解板乘舟破宋時可惜香嚴千載樹等閑零落歲寒枝又順治辛卯歲雷山道人伐松葺回陽觀諸生李嘉明者禱於神質明松上有絕句字如蟲蛀者云修廟還當廟裏松廟成松去鶴巢空不如留卻青松在侍得長生老化龍衆異之遂止

彭侍郎詩

淅川志載縣人彭侍郎（凌霄）龍巢寺詩句云殘碑猶宋字逝水自秦川最佳侍郎字用沁萬歷甲辰進士先方伯公同年也新野馬仲良（之駿）有寄彭詩云春山春日好高枕若為情窗户白雲裏朝昏芳草生把書看鳥滅捲釣數魚行云云

三家店詞

涿州三家店題壁一詞不注名氏甚工客面京塵登臨目送飛鴻絕不堪重說故園煙波闊　一點孤燈一片朦朧月交明滅雙眉寸結忍聽秋蛩咽又上谷旅店有題壁云一將有餘魏武帝百身莫贖楚懷王語極豪健亦無名氏

霍亮雅

霍亮雅曲周人倜儻任俠喜酒好博塞之戲亦工文章卒後中和孟（光涵）為作傳其邑人劉津逮（瀚）哭以詩云門前債客雁行立屋内酒人魚貫眠或曰此十四字是敗家子弟小影耳

丁野鶴詩

徐東癡言少時於章丘逆旅見一客袴褶急裝據案大嚼旁若無人見徐年少呼就語曰吾東武丁野鶴也頗有詩數百篇若無人知子為我定之因擲一巨編示徐尚記其一律云陶令兒郎諸葛妻妻能炊黍子蒸藜一家命薄皆耽隱十載形勞合靜棲野徑看雲雙屐蠟石田耕雨半犂泥誰須更洗臨流耳戛戛幽禽盡日啼野鶴晚遊京師與王文安（鐸）諸公倡和其詩亢厲無此風致矣

新淦筆工

宋岳侍郎珂玉楮集載唐世有判郡江表者時宰囑以新淦出筆託製以相寄刺史至召佳手一老父應命百日才得二管馳貢相府既訝其遲又薄其鮮試之乃絕不堪大怒曰數千里勞寄兩管惡筆來刺史聞之懼欲罪老父老父訴曰使君勿草草我所製乃歐褚所用丐先示以相君翰墨再製苟不稱甘就鼎鑊既示之笑曰如此只消三十錢筆不日獻五十管馳上之相一試大喜優賜匠者夜寫偶試思陵張顥筆因為賦詩云世間未必無皐夔九疑虞舜不可追武皇銳意開絕漠推鋒乃亦有衛霍嗟哉格物本一理顧人所用何如耳筆工在昔本市傭東毫傳管求售同誰云進伎不進道意匠輙與歐褚通虔州刺史覓佳筆雙筦何堪須百日星馳一騎到長安試手鳳池隨棄擲老奴恂慄承相嗔能用此筆能幾人顧窺翰墨誠工拙必使揮毫誇入神斗柄初回聞電笑索篇果符人所料中山聚族倘來歸束帛郎容及年少是知人才用舍識別惟一心臯夔衛霍無古今妍媸能否惟在上所使此筆區區正其比我生識字僅一丁眼前所見徒毘陵未知當年新淦定何若正恐鍾衛二王無合作君不見此老一去知幾年當時墨戲無復傳紛紛鶩毛抱篇帚恰賞書傭三十錢岳公忠武王孫所著有桯史金佗粹編等書此集凡八卷乃故衛王府抄本也集中又有贈李微之秘監詩自注云微之以史館牒來索予所撰東陸筆略此書不知尚傳於世否識其目當更訪之又學圃萱蘇載唐宣州陳氏世能作筆家傳右軍求筆帖至唐柳公權求筆於宣城先予二管語其子曰柳學士能書當留此筆不爾退還即可以常筆予之柳果以為不入用別求遂予常筆陳曰吾先予二筆非右軍不能用也與此絕相類

滄溟祭姬

李滄溟先生身後最為寥落其寵姬蔡萬曆癸卯年七十餘矣在濟南西郊賣胡餅自給叔祖季木考功見之為賦詩云白雪高埋一代文蔡姬典盡舊羅裙（云云）邢太僕子愿有與孫月峯巡撫書云竊見李滄溟先生攀龍係真膺素取則先民鎔古鑄今蔚為代寶而今五畝之宅已非文靖之舊襄陽之里空標孟亭之名侗每詢訪人士皆云李駒淪歿有子繼亡止遺孽孫又復無毋才離襁褓寄命嫠媼僦居窮巷托跡淨港並日無粗糲之食經年乏漿汁之饋伏願明公下記所司略損公帑為贈數椽之敝屋小復白雪之舊居月或給米一石布若干疋藉以長養壯髮綿延伏臘一綫猶龍之緒實被如天之福斯文一脈其壽逆心觀二書滄溟清節可知矣

二中字音

中興中酒二中字音。予嘗言之。適讀王敬美集。一段附著於後。云中酒二字。始見徐邈傳。中聖人義。如中著之中。而音反從平聲。樊噲傳。項羽既饗軍士中酒。顏注云。飲酒之中也。不醉不醒。故謂之中。義宜從平聲。而音乃竹仲切。何也。然古人讀如氣味如中酒之類。皆從平聲。無竹仲一讀。又宋王觀國學林云。老杜新數中興年。百年垂死中興時。中並去聲。孫氏詩序曰。任賢使能。周室中興焉。陸德明音義曰。中丁仲反。觀國按中字。有鍾衆二音。音鍾者。當二者之中。首尾均也。音衆者。首尾不必均。但在二者之間耳。此中興之中。所以音衆。又如中年。中葉。中天。中塗。中詘之類。皆當從衆。

論五言詩

作古詩。須先辨體。無論兩漢難至。若心摹倣。時隔一塵。即爲建安。不可墮落六朝一語。爲三謝。不可雜入唐音。小詩欲作王韋。長篇欲作老杜。便應全用其體。不可虎頭蛇尾。此王敬美論五言古詩法。予向語同人。譬如衣服。錦則全體皆錦。布則全體皆布。無半錦半布之理。即敬美此意。又嘗論五言。感興宜阮陳。山水閑適宜王韋。亂離行役鋪張叙述宜老杜。未可限以一格。亦與敬美旨同。

王奉常論詩語

明詩。本有古澹一派。如徐昌國高蘇門楊夢山華鴻山輩。自王李專言格調。清音中絕。同時王奉常小美。作藝圃擷餘。有數條。與其兄及濟南異者。予特拈出。如云。今之作者。但須真才實學。本性求情。且莫理論格調。又云。詩有必不能廢者。雖衆體未備。而獨擅一家之長。如孟浩然。洮洮易盡。祇以五言雋永。千載並稱王孟。有明則徐昌國高子業二君。詩不同而皆巧於用短。徐有蟬蛻軒舉之風。高有秋閨愁婦之態。更千百年。李何尚有廢興。二君必無絕響。此真高識迥論。令于鱗大美。早聞此語。當不開後人抨彈矣。先兄考功。曩有題襄陽集一絕云。魚鳥雲沙見楚天。清詩句句果堪傳。一從時世矜高唱。誰識襄陽孟浩然。

用事

作詩用事。以不露痕跡爲高。往董御史玉虬文驥外遷隴右道。留別予輩詩云。逐臣西北去。河水東南流。初謂常語。後讀北史。魏孝武帝西奔。宇文泰備河西行。流涕謂梁禦曰。此水東流。而朕西上。乃悟董語本此。深歎其用古之妙。

憶秦娥詞

無錫秦簡討留仙松齡從軍荊州。雨泊仙桃鎮。中夜聞琴聲甚清。趣跡之。乃一老書生也。破屋數椽。風貌朴野。秦賦憶秦娥詞贈之云。西風切。雁聲淒斷重傷別。重傷別。水村孤棹。雨絲殘葉。天池雅調刪繁節。亂離時候誰人說。誰人說。朱絃暗鬻。茅堂清絕。

記觀宋子昭畫

丙辰二月二十一日。過商丘宋子昭犖戶部。觀畫。李伯時白描十八應真。最爲奇妙。有友諒益之二小印。巨然山水。爲賈秋壑故物。有悅生小印。首有宣和之寶。又勾龍爽蜀嚴圖。吳仲圭山水卷。爲東原杜瓊家藏。後歸沈恒吉。即石田父。後歸吳文定。有石田跋。郭忠恕雪景。黃居寶花鳥。胡廷暉山水。沈石田秋林讀書。宋元人畫二冊。其高房山小幅。有鮮于伯機題云。素有煙霞癖。閑圖見亂山。何當謝塵跡。縛屋住雲間。趙松雪題云。每愛侍郎山水。絕與畫史離群。誰似高懷如許。曾看香爐曉雲。展子虔畫高嶽歸晉陽圖。最奇。子虔高齊宇文周時人。即不必確出其手。亦唐宋高手所臨摹也。

范氏詩畫

吳橋節孝范氏。名景姒。文忠公景文女弟也。好讀書。通經史。尤工書畫。繪大士像。彷彿龍眠。有冰玉齋詩若干卷。歸同邑王世德。二十而寡。年三十九卒。文忠撰墓誌。見集中。

反錦

左傳。僖二十三年。晉重耳及曹。僖負羈饋盤飧。寘璧焉。受飧反璧。今鄒餽曰反璧。本此。又昭十三年。衞人餽叔向羹。與一篋錦。叔向受羹反錦。則以反錦爲詞。亦可。而世無舉此者。右見瀛南子。瀛南子。鄒平張松所著。松字瀛涯。博學好古。讀書十行俱下。國安楊狀元方城布政山東。致先生於塾。許以領解。先生不可。謝歸。竟不遇。僅以太學生。仕止祁縣令。

古剌水詩

左公蘿石手書一帖云。乙酉年五月。客燕之太醫院。從人有自市中買得古剌水者。上鐫永樂十八年。熬造古剌水一罐。淨重八兩。罐重三斤。內府物也。揮淚賦此。玉泉山下水遠流。帝陵前。盧溝橋下水。其流聲濺濺。瓶中古剌水。製自文皇年。製之尚天府。元石流清泉。列皇飲祖澤。旨之如冀然。逆寇犯天紀。守陴臣匪賢。君不棄社稷。鼎湖垂自天。經筵赤金几。斤斧生炊煙。況茲天府水。寧不落市廛。小臣侍筵者。睹水心如煎。再拜嘗此水。含之不忍咽。心如南生柏。自清子柳巢柏大小百株俱皆南向在梓州予曾爲文記之淚似泉流川。捧之以南旋。跪詠豊芑篇。

記觀宋牧仲書畫

丁巳四月初二日。過宋牧仲犖刑部邸舍。觀書畫。洛神賦全圖。卷長丈許。山用礬頭。餘皆丹碧。上有元公主金闌小印。是宋人臨閻立本筆。世祖順治三年。賜閻臣內府藏畫百軸。此其一也。一郭河陽江山雪霽卷。長丈三尺。首有政和印。尾寶字小印。振之印。焦是睢州袁司馬樞家物。一鍾馗小妹圖。吳道子筆。妹卓劍於地。一鬼捧劍室旁侍。一鬼在前。按板而歌。有元人喬簣成墨印。喬中山印。希世之寶印。一宋人翎毛二十幅。多雪景。皆林椿吳炳馬遠作。一宋元名人真蹟。首有道君飛白看雲二大字。米芾李之儀陳升之諸帖。康里子山臨十七帖。又無名氏臨十七帖。後題建文己卯三月。臨於海館。牧仲又云。在武昌某士夫家。見吳道子水墨普賢像。甚奇。又京師愍忠寺。有貫休畫羅漢十八軸。世祖朝。吳人持以進御。會崩。遂留寺中。價七百金。

唐詩本六朝

唐詩佳句。多本六朝。昔人拈出甚多。略摘一二。為昔人所未及者。如王右丞積水不可極。安知滄海東。本謝康樂洪波不可極。安知大壑東。春草年年綠。王孫歸不歸。本庾肩吾何必游春草。王孫自不歸。還家劍鋒盡。出塞馬蹄穿。本吳均野戰劍鋒盡。攻城才智貧。結廬古城下。時登古城上。本何遜家本青山下。好登青山上。莫以今時寵。能忘昔日恩。本溤小憐雖蒙今日寵。猶憶昔時憐。颯颯秋雨中。潺潺石溜瀉。本王融潺湲石溜瀉。綿蠻山雨聞。白髮終難變。黃金不可成。本江淹丹砂信難學。黃金不可成。如何此時恨。噭噭夜猿鳴。本沈約噭噭夜猿鳴。溶溶晨霧合。孟襄陽木落雁南渡。北風江上寒。本鮑明遠木落江渡寒。雁還風送秋。郎士元暮蟬不可聽。落葉豈堪聞。本吳均落葉思紛紛。蟬聲猶可聞。崔國輔長信宮中草。年年愁處生。故侵珠履迹。不使玉堦行。則竟用庾詩全因履迹少。併欲上堦生也。

杜詩本古謠

漢桓帝時童謠云。小麥青青大麥枯。誰當穫者婦與姑。丈夫何在西擊胡。吏買馬。君具車。請為諸君鼓嚨胡。杜大麥行。全襲其語。兵車行句調。亦本此。

能字

能。奴登切。又乃帶切。獸名。熊屬。足似鹿。說文曰。能獸堅中。故稱賢能。而彊壯稱能傑也。音奴登切。字書三足鼈曰能。音乃帶切。阮嗣宗詠懷詩。誰云君子賢。明達安可能。與萊哉相叶。阮瑀七哀詩。身盡氣力索。精魂靡所能。與來萊相叶。則是賢能之能。亦乃帶切。叶平。

罘罳

顏太初說略。引鄭康成顏師古崔豹諸說。辨罘罳之制甚詳。以為闕屏間刻鏤鳥獸雲氣。疏通連綴之狀。唐蘇鶚引子虛賦罘網彌山。證罘當為網。廡以為非是。予按柏梁詩上林令云。走狗逐兔張罘罳。則罘罳之為網明甚。罘罳之為網戶。正以其象類網而借用耳。

阿房宮賦

杜牧之阿房宮賦。文之奇不必言。然於事實殊戾。按史。始皇三十五年。營作朝宮渭南上林苑中。先作前殿阿房。阿房宮未成。二世元年。還至咸陽。曰先帝為咸陽朝廷小。故營阿房為室堂。今釋阿房宮弗就。是彰先帝舉事過也。復作阿房宮。二年冬。右丞相去疾。左丞相斯。將軍馮劫。諫止作阿房宮者。二世怒。下去疾等吏。去疾劫自殺。斯就五刑。是終秦之世。阿房宮未成也。又考史。二十六年。秦每破諸侯。寫放其宮室。作之咸陽北阪上。南臨渭。自雍門以東。殿屋複道。周閣相屬。所得美人鐘鼓。以充入之。則牧之所賦妃嬪媵嬙。王子皇孫。辭樓下殿。輦來於秦。朝歌夜絃。為秦宮人者。指此。此實不名阿房宮。而謂有不見者三十六年。非阿房事實矣。予既辨此。後讀程大昌雍錄。趙與旹賓退錄。皆已辨之。大略相同。聊存之。

皎然賈島詩

唐文粹載皎然古意詩云。一朝力士脫靴後。玉上青蠅生一箇。紫皇案前五色麟。忽然掣斷黃金鎖。才調集載賈島詩。妻是九重天子女。身為一品令公孫。鴛鴦殿裏參皇后。龍鳳樓前拜至尊。其俚已甚。予嘗合文粹及唐人選唐詩。刪為一集。今刻於崑山。

爾雅翼序體

宋淳熙初。羅端良願撰爾雅翼。其自序。皆四言。間雜五六言。叶韻。文甚奇肆。洪炎祖為之註。序之變體也。端良以淳安縣社壇陶令祠堂二記得名。小集五卷。宋景濂推平仲為序。宋序亦仿爾雅翼序體。而不及遠矣。

李王二公書畫

丁巳秋嘉禾友人携示宋李公菴手札六通云李君贊太僕所藏也其一云芾皇恐頓首再拜上覆芾闕筭無能猥繼清獻之緒爲貧所迫冒昧宦遊試吏於江陵司計之官甫幸善罷到侍郎進擬會稽征屢遲次摧罰繼而閩閩淮壖竊儀真縣庾之祿幾年又以内艱而去流離困躓無所告語靜思厲鑽乃分之宜自此絕意榮望敢意宇民復在畿邑斐然學製寧逃傷錦之譏瞶敗必矣此芾之所甚懼也不圖齋緣幸會獲庇所知當賴餘光下照匿瑕之仁庶免於戾此心口切私意自幸芾皇恐頓首再拜又王巖叟畫梅一卷有南昌袁氏家藏珍玩子孫永保印忠徹印後有四明烏斯道七言二絕句

龜毛兔角

龜毛兔角見楞嚴經然述異記亦云商紂之時大龜生毛兔生角乃兵甲將興之象也故宋吳淑事類兔賦云爲商紂而生角

杜秋詩解

幼讀杜牧之杜秋娘詩考其始末略記之文宗太和五年春上與宰相宋申錫謀誅宦官申錫引吏部侍郎王璠爲京兆尹以密旨諭之璠泄其謀鄭注王守澄陰爲之備上弟漳王湊之（穆宗子）賢有人望注令豆盧著誣告申錫謀立漳王上怒罷申錫爲右庶子命守澄捕著所告晏敬則王師文等於禁中鞫之誣服左常侍崔元亮等力爭於延英宰相牛僧孺亦言之乃貶漳王爲巢縣公申錫爲開州司馬九年巢公湊薨追贈齊王初李德裕爲浙西觀察使漳王傅母杜仲陽坐宋申錫事放歸金陵詔德裕存處之會德裕離浙西牒留後李蟾如詔旨至是王璠李漢奏德裕厚賂仲陽陰結漳王圖爲不軌上怒甚宰相路隋曰德裕不至有此果如所言臣亦應得罪乃以德裕爲賓客分司秋娘即仲陽也然禖得皇子謂漳王也江充喻鄭注豆盧著輩也王幽茅土削湊自漳王貶巢公也四朝三十載自憲宗元和二年誅李錡歷穆敬文凡四朝也

又中字音

中興中字去聲杜詩漢家新數中興年楊仲弘詩一代人才傾中葉此字概無平聲中酒中字平聲如氣味如中酒洞賢清聖時中之皆平聲此字概無去聲近人用二字往往交誤姚福云中酒作去聲於義爲長蓋中有中傷之義又令兩京有治中呼作平聲非是周禮天官凡官府都鄉州及都鄙之制治中受而藏之鄭司農曰中者

要也謂其職治簿書之要也

閨秀畫

徐元嘆落木菴集云訪江城毛休文於竺塢笓文菴出其母汝太君畫扇十八面山水草蟲無不臻妙三百年中大方名筆可與頡頏者不過一三而已近日閨秀如方維儀之大士倪仁吉山水周禧人物李因胡淨鬘（陳洪綬妾）草蟲花鳥皆入妙品安丘張杞園謂曾見邢慈淨髮繡大士極工慈淨子愿之妹又崔子忠青蚓二女亦工畫

女子善書

滕州宋方伯子婦姜字淑齋自號廣平内史善臨十七帖筆力矯勁不類女子又高密單某妾學右軍楷書似黃庭遺教二經二人皆髫齔女子也

陳洪綬詩

陳洪綬以畫名予嘗見其小詩頗有致今錄於此楓谿梅雨山樓醉竹塢茶香佛火眠清福不知今日憶神宗皇帝太平年

陽關曲注

坡公陽關三絕其二云濟南春好雪初晴行到龍山馬足輕使君莫忘霅溪女時作陽關腸斷聲龍山在濟南郡城東七十里章丘城西南四十里古平陵城唐之全節也次公注云龍山桓溫九日所登之山按此龍山在今江南之太平府與濟南了不相涉詩意何緣及此可見注詩不易信如陸務觀語周益公云云也

杜律細

蕪湖蕭尺木（雲從）以畫擅名江左嘗作杜律細一卷以爲杜律無抝體穿鑿可笑而援據甚博聊記一二條於此以資撫掌如江草日日喚愁生草音驟詩勞心慘慘又勞心草草皆牢騷之轉音也盤渦鷺浴底心性底即低說文下也隋韓道衡使江南作人日詩首二句人笑之曰是底言低同輕忽之也獨樹花發自分明發音飛左傳建而不旆音霈荀子議兵篇引作載發注發旆也分去聲爾疋律謂之分郭璞讀也此應作仄者若杜社日詩陳平亦分肉當作平然不合律亦作仄聲蓋此字元有二聲十年戎馬暗南國暗音庵書高宗諒闇鄭注作梁菴小室曰庵闇戶曰闇不明曰暗異域賓客老孤城客音開元幽凡如青雲客讀書客俱作平聲孤音鉤如姑作鼓沽作估籀作股例渭水秦川得見否得音登公羊傳登來也注登得也則得可云登易豫錄豫大有得勿疑朋盍簪簪音尊得叶也又一雙白魚不受釣白音杯七命燕髀

腥膻髡殘象白臺淵之飈萊黃之駱叶魚音劇荀子禮論絲蝟縷翣禮記作魚曰魚躍沸池篤亦音勇易黃魚叶宮人罷不平聲沈韻載十一尤受音收傳玄詩悠悠建平皇澤未流朝選於衆乃子之捉未聞細柳散金爪散平聲生南反元詩酒戶年年減山行漸漸難欲終心懶慢轉覺意閑散潘岳笙賦披張女之妙彈羅廣陵之清散散叶彈諸仿此

崔孝廉

予門人崔華孝廉字不凋太倉之直塘人性孤潔寡合畫翎毛花卉甚工尤工詩清迥自異吳梅村常目為直塘一崔其佳句云欹橋坐清晝澗冷出蘋間又一寺千松內飛泉屋上行又此中枕簟客初到半夜梧桐風起時又丹楓江冷人初去黃葉聲多酒不離吳人目為崔黃葉云予論詩絕句云溪水碧於前渡日桃花紅是去年時江南腸斷何人會只有崔郎七字詩二句亦崔詩也

宋林唐兩義士

陶南村輟耕錄載唐義士珏玉潛林義士德暘景曦收瘞宋陵骨事同異或謂昭陵玉匣走天涯等四首為唐作今考林集具載又冬青花一首亦載集中獨所謂馬箠

問髑形一篇集無之似屬唐作耳考林集有答唐玉潛詩云歔欷孤心老未衰一簪瘦菊一瓢詩黃埃赤日漫多事蒼狗白雲能幾時山酒柏香春壽母按書芸冷夜呼兒横琴妙在無絃處何必知音有子期蓋二公同時友善同為義舉爾時各有詩紀事皆以冬青寄意而王筠庵（國器）鄭明德（元祐）二君所記傳聞異詞耳南村以東嘉去杭千里冬青豈易持去縱持去豈能不枯瘁疑是唐詩作林詩此則未取林集參互考證之也按林又有詩酬謝皋父云夜夢繞勾越落日冬青枝此尤可證又有精衛蔡吉了南山有孤樹鑿玦歸漢圖等篇皆可互相發明草木子亦以為林景曦唐玉潛二公事葉世傑去元未遠所記多元朝遺事聞見尤可據也明嘉靖初建藩光澤王重刻霽山集序之甚詳

吳畫余繡

康熙丁未從同年徐敬庵（旭齡）處見秀水吳氏畫扇二一學李小將軍山水一洛神圖妙入毫髮吳字素聞其人亦天人也予在廣陵時有余氏女子字韞珠年甫笄工仿宋繡繡仙佛人物曲盡其妙不啻針神曾為予繡神女洛神浣紗諸圖又為西樵作須菩提像皆極工妙程村彭羨門皆有詞詠之載倚聲集

世祖御筆

康熙丁未上元夜於禮部尚書王公（崇簡）青箱堂獲恭覯　世祖章皇帝御筆山水小幅寫林巒向背水石明晦之狀真得宋元人三昧　聖上以武功定天下萬幾之餘游藝翰墨時以　金蓮頒賜部院大臣而留中丘壑又有荊關倪黃輩所不到者真天縱也

汪靜宜

劉公戩吏部姬汪氏靜宜字稱嫻金陵人有詩云長信不知君意切相思猶隔兩重雲不須更買長門賦但畫蛾眉以待君六月高風振海吹遙遙親舍白雲隨誰知天上芳菲淚濕却新愁似斷絲康熙丁未在京邸作也踰年歸轎至青縣覆舟死

脫十娘鄭妥娘

金陵舊院有頓脫諸姓皆元人後沒入教坊者順治末予在江寧聞脫十娘者年八十餘尚在萬歷中北里之尤也予感而賦詩云舊院風流數頓楊梨園往事淚霑裳樽前白髮談天寶零落人間脫十娘又鄭姬無美順治中尚無恙虞山錢宗伯贈詩云閒開閨集教孫女身是前朝鄭妥娘

安問狐狸

漢張綱曰豺狼當道安問狐狸西漢侯文著東部督郵對京兆尹孫寶曰豺狼當道不宜復問狐狸語在綱前

唐才子傳

楊文貞東里集載唐才子傳西域辛文房著十卷總三百九十七人皆有詩名當時其見於唐書者百人其行事不關大體不足為勸戒者不錄研北雜志記王執謙伯益事云同時有辛文房良史西域人並稱能詩按全唐詩話唐詩紀事二書例皆以詩系人文房此書視二書當尤詳備惜今無傳矣元文類載文房蘇小小歌一篇云東流水底西飛燕啣得錢唐紋錦書幾回錯認青驄馬著處閑來油壁車鴛鴦杯殘春樹曉鶯篝菊衾冷夜窗虛蓮子檀成南北岸苦心相望欲何如

黃媛介詩

禾中閨秀黃媛介字皆令負詩名數十年近為予畫一小幅自題詩云懶登高閣望青山愧我年來學閉關淡墨遙傳緣卻意孤峯只在有無間皆令作小賦頗有魏晉風致少時太倉張西銘溥聞其名往求之皆令時已許字楊氏久客不歸父兄屢勸

之改容不可聞張言即約某日會某所設屏幛覘之既罷語父兄曰吾以張公名士欲一見之今覩其人有才無命可惜也時張方入翰林有重名不逾年竟卒皆令卒歸楊氏

豁堂詩

錢塘正嵒禪師字豁堂賦詩清麗予於金陵靈谷寺見其同凡詩集二卷愛之碧采數首於此御教場中月真時下山全不道歸遲三松影落半湖水一路沿鐘到淨慈扁舟赤壁醉西風千古雄雌在眼中欲得周郎重迴顧銅絃鐵板唱江東晉人名理宗莊老玄辭風流說謝安雖為神州鍾紫氣惜君未見馬駒兒幾日春遊偏若耶入城滿面是煙霞正愁仙福難消受又喫人間御貢茶皆無香火氣唐弘秀集中所少

記觀杜氏書畫

偶過杜子靜編修鎮出書畫同觀記其尤者於左一郭河陽慕王宰平泉圖著臣郭忠恕奉旨摹有御府圖書後有東坡李氏園詩予由書書法類長公署紹聖二年十月二日按長公以元祐八年自定州南遷紹聖二年公在惠州少公亦在謫所而此乃御府所藏不知何從書之此為可疑又有洛陽富直柔紹興癸丑春題字景定壬戌重午臣賈似道敬觀題字襄陽李友真陳懋欽陸祖凱至正元年六月題字張渥叔厚至正壬辰跋吳興趙孟頫子俊跋商文毅公弘載跋子俊跋以為李文饒洛陽平泉且引隴右諸侯日南太守之句而卷首署李將軍畫中有偉丈夫設皐比亭中亭下壯士林立挾弓矢衣袴褶頗矜自雄按平泉為衛公別墅不應稱將軍若蘇詩乃為李茂貞園作鳳翔八觀之一也茂貞以僖宗光啓三年平李昌符尋為鳳翔節度使園正其時營造詩中所謂云昔李將軍負險乘衰叔者是也俗又稱皇后園蓋謂茂貞之妻然又不應稱平泉又杜子美有王宰山水歌所謂能事不受相促迫王宰始肯留真跡云云則當是開元大曆間人與文饒茂貞皆不相及皆不可解然畫潤清麗非俗筆富趙諸題字尤精妙聊記於此俟博學君子辨之一趙文敏山水卷山濃水淺一小舟出沒煙霧中舟上人小如蠅頭氣韻生動可愛江岸有牧人驅兩烏牛一喘水際一前行昂首若有待而鳴喚其羣者著延祐庚申歲子昂七字後有陵陽牟巘漢東孟淳吳興周魯三詩又鄧立誠一詩云王孫去後草萋萋故國荒涼路欲迷夢入江南圖畫裏綠陰愁煞杜鵑啼吳僧妙才詩云前汀水暖新漪綠灘鵝鵲鵲日日東來路入平湖半煙樹片帆何日雨中聞二詩尤佳一米元章細楷黃庭內景經自署中岳外史首尾皆有紹興內殿秘賞御印及賈似道姓名小印柯九思印南宮墨蹟傳者多大字如此者尤為稀有閩孫退谷侍郎極賞之又元章行草奕棋圖長歌後署元豐二年為宏齋筆勢奇偉類黃魯直詩云神仙縹緲何年別忽此逢迎山石裂前溪練瀑派玉簾更後雲林霧痕缺聚頭磕額方外人摶肩抱膝骨法新棋枰對奕環座看誰信棋斧忘青春我今髮雪三千丈尚要崑崙撐頂上爐心且養九轉丹拂劫銖衣記無恙 宏齋出此卷皆方外一種閱世高人面目相看皆三生歷劫中崑崙頂上聚首磕額者劃然良覿喜不自勝為書其左方元豐二年米芾後有文休承王元美二跋 又元章九月十一日曉渡揚子五言古詩墨蹟有孤嶼水中圓遙空海邊潤之語殊有陰何風致後有董宗伯跋一梅花道人山水上方有竹間題五言絕句詩八分書

蘇黃詩品

蘇文忠作詩常云效山谷體世因謂蘇極推黃而黃每不滿蘇詩非也黃集有云吾詩在東坡下文潛少游上雜文與無咎伯仲耳此可証俗論傳會之謬野老閒載記林季野目魯直詩未必篇篇佳但格制高耳

同父論曹瞞之非

陳同父論曹操當合張魯之資乘漢中之勢整兵臨蜀則劉璋震恐欲召劉備而無所及備雖至而亦不能禦況荊州用武之國備必不釋以與人而徑入蜀則璋不得不降璋降蜀平然後命夏侯淵張郃守之躬自還鄴整兵向荊使許洛之兵銜其膺蜀漢之兵擣其荒絕吳之糧援則荊州破則備蹙然後傳檄江東雖有智者不能為吳謀矣云云近日臨川傅占衡平叔論劉曄云操破張魯劉曄說以乘勝取蜀操不聽說者咎操失此機事令蜀用法正計遂破淵郃軍得漢中予以為不然操既平張魯兵威已極士皆思歸若復規益州艱在轉運是強弩之末非所以保勝而自全也宛河北討烏丸猶躊躇前卻荊吳果謀襲許倖而未成耳烏林以北操有戒心於江東久矣安肯遠涉巴蜀操之用兵必顧萬全皆類此也二說殊相矛盾予嘗考其時昭烈入益州在建安十九年操破漢中在二十年是時昭烈已領益州牧有諸葛公為股肱法正為謀主趙張馬超之屬為爪牙劉巴彭羕之流皆處之顯任盡其器能絪舉日張蜀中已成磐石之勢安得謂蜀人懾操之威必不拒守而且謂備不入蜀璋必不降如蹉者之道黑白耶

陶詩甲子辨

臨川人傅平叔占衡永初甲子辨云。陶詩中凡題甲子者十。皆是晉年。最後丙辰。安帝尚在琅琊未立。雖知裕篡代形成。何得先棄司馬家年號。而豫題甲子乎。自沈約李延壽並爲此說。顏魯公醉石詩亦云題詩庚子歲自謂羲皇人。蓋始以集考之。謂庚子後不復題年矣。不知陶公之出處大節。豈在區區耶。晉書陶傳削去甲子之說。昭明靖節傳亦無是語。一在南史前。一在宋書後。同時若此。不妄附會云云。及讀宋文憲公集。乃知此論先發於潛溪。平叔特踵其說耳。宋跋淵明像云。有謂淵明耻事二姓。在晉所作。皆題年號。入宋之時。惟書甲子。則惑於傳記之說。而其事不得不辨。今淵明之集具在。其詩題甲子者。始於庚子。而迄於丙辰。凡十有七年。皆晉安帝時所作。初不聞題隆安元興義熙之號。若九月閑居詩。有空視時運傾。擬古九章。有忽值山河改之語。雖未敢定於何年。必宋受晉禪之後所作。不知何故。反不書甲子也。其說蓋起於沈約。而李延壽著南史。五臣註文選。皆因之。雖有識如黃庭堅秦觀李燾真德秀。亦踵其謬。而弗之察。獨蕭統選本傳。以曾祖晉世宰輔。耻復屈身後代。朱元晦通綱目。遂本其說。書曰晉徵士陶潛卒。可謂得其實矣。烏虖。淵明之節。其待書甲子而後見耶。

羽陽宮瓦

橘軒雜錄。鳳翔府。古雍州。秦穆公羽陽宮。故基在焉。其瓦有古篆羽陽千歲字。昔雲中馬勝公得之。陰字在硯之左。奇古。非銅雀所及。東觀餘論云。長安民獻秦穆公羽陽宮瓦十餘枚。若今筩瓦。然首有羽陽千歲萬歲字。老學叢談云。銅雀瓦。皆陽字。紀建安十三年造。嘗聞其土著人云。瓦甚大。一片可爲四硯。

池北偶談卷十二終

池北偶談卷十三

談藝

清　濟南王士禛阮亭著

林茂之

戊申九月十六日。偶過陳翰林子端廷敬所。出手鈔白雲先生陳昂五言律二卷。讀之。因憶辛丑壬寅間。予在江南。嘗與林茂之古度先生遊。爲言白雲出處甚奇。時林方撰其萬曆甲辰以後六十年所作。屬予論定。予謂先生昔能傳一陳白雲。吾獨不能傳先生乎。因爲披揀得百五六十首。皆清新婉縟。有六朝初唐之風。施愚山閏章過廣陵讀之。驚曰。世幾不知此老少年面目矣。予真茂之知己也。乙巳予見之金陵時。兩目已失明。垂涕而別。亡何遂卒。今日讀陳詩。及鍾退谷叙茂翁識陳始末。感慨書之。

張浚書

宋張魏公手書謁范文正公祠一絕云。拜公祠廟識公顏。神氣如生晚不還。守土小生偏感仰。太平功業重如山。後書樞密副使綿竹張浚頓首趨。字畫甚拙。詩亦劣。

御畫牛

戊申新正五日。過宋牧仲慈仁寺僧舍。示觀我　世祖皇帝畫渡水牛。乃赫蹏紙上用指上螺紋印成之。意態生動。筆墨烘染所不能到。又風竹一幅。上有廣運之寶。

放翁詩

玉階蟋蟀鬧清夜。金井梧桐辭故枝。一枕凄涼眠不得。呼燈起作感秋詩。小說載此爲蜀中某驛卒女詩。放翁見之。納以爲妾。爲夫人所逐。又有卜算子詞。不合畫春山依舊留愁住云云。按劍南集。此詩乃放翁在蜀時所作。前四句云。西風繁杵擣征衣。客子關情正此時。萬事從初聊復爾。百年强半欲何之。玉階作畫堂。鬧作然後人稍竄易數字。輒傅會。或收入閨秀詩。可笑也。

記觀王氏書畫

華陰王弘撰字無異。工書法。博學。能古文。頃來京師。觀所攜書畫。聊記之。定武蘭亭五字未損本。有米元暉宋仲溫二跋。又仲溫臨趙文敏十七跋。又與唐寺石刻金剛經。貞觀中集王右軍書。又漢華山廟碑。沈石田秋實圖。三物。皆華州郭宗昌胤伯家物。皆有胤伯跋。華山碑有虞山錢宗伯長歌。即所謂郭香察書未遑辨者也。又李營丘古木。賈秋壑題詩。語潦倒可笑。華亭董宗伯得之南充陳文憲公者。有跋。又唐子

華水仙圖甚妙

郭胤伯

華州郭胤伯宗昌博雅好古善鑒別書畫金石篆刻分法為當時第一所撰金石史與盩厔趙孝廉崡石墨鐫華並行於世常熟錢宗伯詩所謂關中汲古有二士郭髯趙崡俱嵯峨是也郭性孤僻所居泚園在白厓湖上常搆一亭柱礎墄甓皆有款識銘贊手書自鐫之既極人工旋復改作凡三十年亭竟不成華陰王山史弘撰語予云

柏梁詩句法

柏梁詩大官令云枇杷橘栗桃李梅語本可笑而後人多效之如韓文公陸渾山火云鴉鴟鵰鷹雉鵠鵾蘇文忠公韓幹牧馬圖云騅駓駰駱驪騮騵李忠定公題李伯時畫馬云騂騏騮駱駰驪黃陳后山上蘇公云桂椒楠櫨楓柞樟林艾山資中行云鐘鎛鼎鬲匜盤盂韓子蒼詩蓴藕諸芋蓮荷蔞然皆施於歌行耳若鄭林鴻鶻鵙鵬鶚鴉鵰鱒魴鯿鯉鰋鱅鮫用之律則非矣蓋皆本史游急就篇如鯉鮒蟹鱓鮐鮑鰕竽瑟箜篌琴筑箏騂騧騅駮驪騩騥騃驛羖羯羝羭之類又仰山荅溈山云瓶盤釵釧券盂盆禪語偶亦相似

石經孟子

喬三石作石經記恨獨無孟子謂自開成至今七百年無好事及此者近賈中丞漢復始為補刻以成完書

嘯

唐天寶末有峨眉陳道士善長嘯能作雷鼓霹靂之音聽者傾悚大理評事孫廣著嘯旨一卷有流雲龍吟深溪虎高柳蟬古木鳶巫峽猿等名其法不傳族叔與咸字崧生開封太守曙峰公鄗之孫也美如冠玉性聰悟詩文伎藝寓目即工尤能爲長嘯響振林木崇禎壬午年死於兵

劉公㦸詩

劉吏部公㦸仁趾詩往往有風味嘗有寄友人絕句云西湖小閣多晴月好友同舟半是僧寄語江南老桑苧秋山紫蕨憶行縢公㦸自編詩選此予為口誦之公㦸喜以為予真能賞音也又公㦸友人某素嗜琴歿數年矣公㦸一日攜諸姬郊行過其墓停車酹酒使諸姬於墓下各操一曲而去其標致如此

漢印

同年子蒲州吳雯字天章以博學宏詞薦在京師偶得漢銅印文曰河曲嶽色雯家蒲州中條山南永樂鎮臨大河對岸即華嶽三峰也雯有詩云門前九曲崑崙水萬點桃花尺半魚

江陵宅詩

荊州江陵相故宅今為公廨有人題詩云恩怨盡時方論定封疆危日見才難人傳以為確論李天生因篤說

續後漢書

元郝經伯常撰續後漢書竊取習鑿齒漢晉春秋之義年表一卷本紀二卷列傳七十九卷附錄八卷共九十卷自云奮昭烈之幽光揭孔明之盛心祛操丕之鬼蜮破懿昭之城府明道術闢異端辨奸邪表風節甄義烈核正偽推本六經之初補首二史之後謝陸少連季漢書所本也經文集三十卷黃俞邰家有之惜此書不傳姚燧國統離合表序曰陳壽晉臣云云通鑑因之反帝魏而主蜀後為目錄事皆書漢豈晚知其非欲正之而未及歟至綱目書出始曰漢中王即皇帝位統斯正矣而於其子獨曰後主何哉且自建興以及炎興用天子制以臨四方者實四十年鄧艾至成都書帝出降明年猶書魏封故漢帝禪為安樂公亡國之餘且然豈即位正始之年不帝而反曰後主乎其凡曰後主皆溺於熟口順耳不思而失於刊正者也予按古來文人稱操率曰魏武曰曹公於昭烈反曰先主曰劉備亦習而不察耳劉後村集云翁仲山作蜀漢書游丞相極稱之猶議其書安樂公之非又盧陵貢士蕭常作續後漢書大綱與仲山同而書後主曰少帝周丞相作序謂歐公議正統不黜魏其客章望之作明統論以辨之南軒經世紀年直以昭烈繼獻帝又引習鑿齒漢晉春秋以蜀為正魏為篡考訂詳備二書不知尚存於世否耳

僂行

耆舊續聞云後唐進士謁前輩各投所業一卷至兩卷但於詩賦古調中取其最精者行兩卷號曰僂行已謂多矣桑魏公維翰只行五賦李相愚只行五首詩便取大名裴說補闕只行五言十九首至來秋復行舊卷今投贄詩文以多多為善者乃疥駱駝也

時文詩古文

予嘗見一布衣有詩名者其詩多有格格不達以問汪鈍翁編修云此君坐未嘗解

爲時文故耳。時文雖無與詩古文，然不解八股，即理路終不分明。近見王惲玉堂嘉話一條，鹿菴先生曰：作文字當從科舉中來，不然而汗漫披猖，是出入不由戶也。亦與此意同。

唐書

予嘗論新唐書不及舊書，蓋務奇字句，全失本色。又制詔等文詞，率皆削去，雖謂事增於前，辭省於舊，適遜舊書之詳雅矣。

授正字詩

三原孫枝蔚字豹人，老詩人也。以年授官，放還山。初得正字，賦詩云：一官如寵鶴，萬里本浮鷗。獻賦曾非妄，童年況異劉。山人今上路，小婦免登樓。臨水看蝌蚪，惟添錯字愁。

王秋澗論文

元秋澗王惲，述承旨王公論文語曰：入手當如虎首，中如豕腹，終如蠆尾。首取其猛，腹取其楦穰，尾取其螫而毒也。見本集。喬吉夢符論作今樂府法，亦云鳳頭豬肚豹尾，大概起要美麗，中要浩蕩，結要響亮。見輟耕錄。

秋澗又記鹿菴先生曰：前漢列傳，多少好樣度，於後插一銘詞，篇篇是個碑表墓誌。作者觀此足矣，不必他求也。

特達

康熙己未春，御試博學宏詞諸儒，閣臣擬進題有圭璋特達賦，或未達其義。按禮行人合六幣，圭以馬，璋以皮，璧以帛，琮以錦，琥以繡，璜以黼。圭，東方也；馬，動物也。璋，南方也；皮，文物也。皮馬不上堂，故圭璋特達於上，然則璧琮琥璜，皆非特達矣。

三復姓表

名非伯越，乘舟難效於陶朱；志切投秦，出境遂稱於張祿。此鄭準爲荊南節度使成汭復姓表也。見釣磯立談。范文正公全襲用其語。又蜀檮杌：孟昶時翰林學士范禹偁冒姓張，天成中登第，復姓上郡守啟曰：昔年上第，偶標張祿之名；今日故園，復作范睢之裔。亦在文正之前，而引用尤切。

遼史

夏日過汪鈍菴琬，談及遼史，予言遼自聖宗統和六年開貢舉，歲放進士二三人，及第者二十四年放楊佶等二十三人，後及道宗時，遂至百餘人，漢人由進士至大官者甚衆。然列傳所載，皆耶律蕭氏所謂五院六院及二審密國舅貴族，而漢人不與，即文學傳王鼎外亦寥寥。豈當時漢進士無一人事蹟可書者耶？鈍菴云：此當時無史官，失紀載之故也。金國事蹟人物，得元好問、劉祁數君而傳，夫子曰：文獻不足，杞宋無徵，正謂是也。

王振鵬

元仁宗在東宮時，材藝之士，文章則翰林學士清河元復初，書翰則翰林承旨吳興趙子昂，畫山水則集賢侍讀學士商德符，而永嘉王振鵬其一也。振鵬妙於界畫，運筆和墨，絲分縷析，左右高下，俯仰曲折，方圓平直，曲盡其體，而神氣飛動，不爲法拘。嘗爲大明宮圖以獻，世稱爲絕藝。延祐中，遷秘書監典簿，後拜千戶，佩金符，總海運。見虞伯生集。

摘句圖

予讀施愚山侍讀五言詩，愛其溫柔敦厚，一唱三歎，有風人之旨。其章法之妙，如天衣無縫，如園客獨繭，約略舉之，若別緒不可理。適盡碁江頭、人日日初晴、朔風一夜至、月明無遺迹、倚枕不能寐數篇是也。至於清詞麗句，疊見層出，予嘗欲仿張爲主

客圖之例，摘其尤者，列以爲圖，與康樂池塘生春草、元暉澄江淨如練、仲言露濕寒塘草，月映淸淮流，并資藝苑鼓吹。或詰予曰：論詩固可摘裂如此耶？予曰：謝公與子弟論毛詩何句最佳，或舉楊柳依依，雨雪霏霏，公謂不如訏謨定命，遠猶辰告，爲有雅人深致。夫三百篇尚然，況騷選以下乎？因作摘句圖。

盡日孤雲在，青松滿院寒。　山月長清夜，江雲無盡時。
花亞巖中樹，烟横溪上村。　到門聞午磬，遶屋過寒泉。
人煙梅市白，山色剡溪深。　片雨前峰過，高松獨鶴還。
江路多春雨，山村易夕陽。　野橋沙際濕，山塢雪中深。
泉聞深樹裏，山響亂流間。　共看谿上月，正照城頭山。
松火圍寒坐，溪窗閒夜漁。　夕陽沉積霧，空翠辨前山。
明月來天柱，長江入縣樓。　鶯聲花嶼曉，龍氣雨潭腥。
水綠澄湘浦，天青入洞庭。　山廚連馬櫪，官舍奪僧居。
清泉蓮谷口，老樹識山家。　不辨草微色，秋山紅葉重。
江城連夜雨，山館獨吟身。　柳葉藏洲寺，梅花雜吏人。

明月非霜雪滿城生夜涼 春光門外水夕梵雨中燈
黃葉連江下孤帆冒雨歸 野戍風中角江梅雪後花
雨色江城暮灘聲野寺秋 谷雲園小閣松露響寒宵
亂山成野戍黃葉自江枝 波平嶽麓寺天入洞庭船
雲樹分曉早江村出霧遲 雲氣涼依水鶴聲清滿林
潮影涵官閣泉聲滿郡樓 縣門流水對城堞半山街
孤城春水岸歸鳥夕陽枝 樹葉春藏寺谿聲夜滿樓
臺迴收山郭江青送酒杯 浦絕叉漁艇人荒種蛤田
城郭千檣外汀洲片雨中 蘆渚起寒燒楓林明翠微
風起帆爭報漁歸浦掛罾 看雲孤閣暮聽雨萬峯秋
孤村流水在盡日白雲閒 江帆連雉堞烟樹暖漁村

綠水通村港黃魚出板橋 高柳不藏閣流鶯解就人
片石此天地荒祠自古今 欲問垂綸意桐江秋水深
飛瀑林中雨斜陽山半晴 翠屏橫少室明月正中峯
清磬晝長寂片雲晴自深 烟寺初低椰江城半落花
野蔓沒舟竈天風來嶽雲 竹色翠連屋林香清滿山
寒雲終日住秋色一山歸 潭烟依檻集山色度溪來
露將松影白泉與磬聲寒 檻花經雨盡沙鳥過江飛
果落跳松鼠泙開過水禽 家傳殉國劍身老釣魚磯
風流滿江漢祇覺似君稀 村徑半牛跡山田多水聲
亭空木葉下風緩浦雲留 暮烟隨野潤山翠入江明
松雨連山響江雲入寺來 暮雀依寒竹仙猿下雪松
翠合江天色愁連今古情 疎磬夕陽外平田春水西
水氣垂天潤濤聲裂地寒 月照竹林早露從衣袂生
影孤彭蠡雁路遠洞庭波 生猿安鼠穴猛虎雜人蹤

人老三秋後舟臨十八灘 風笛荷花外漁燈葦葉間
山勢龜蛇鬭江流沔漢分 鶯濤自風雨樹杪復重泉
鷲嶺橫天碧龍湫到海深 微雨洗山月白雲生客衣
予嘗以暇日撰盛鶴山木二集所錄愚山詩為多意猶未盡因別取五言近體為摘
句圖傳諸好事者

燭雛

說苑齊景公使燭雛主鳥而亡之公怒欲殺之晏子曰請數燭雛之罪而殺之云云公
止勿殺而謝焉漢書東方朔數漢武帝乳母五代史補敬新磨責中牟縣令以滑稽
回人主之怒皆自晏子語得來

林初文詩

宣城老儒丘華林者工書法嘗賦梅花詩百首以示梅禹金梅但為點句讀而已一
日閩人林初文章孝廉以一絕句示梅云不待東風不待潮渡江十里九停橈不知
今夜秦淮水送到揚州第幾橋梅擊節遂字為加圈贊丘見之愠曰林詩二十八字
正得二十八圈吾詩百篇最少豈不直得二十八圈乎人傳以為笑

前輩墨蹟

吳匏菴推尚書告考妣文五月二十八日久旱始雨適校白集至春雨篇因次韻一
首志喜字極妙 李西涯詩秋來霜露滿東園蘆菔生兒芥有孫我與何曾同一飽
不知何苦食雞豚字極妙 皇甫子循帖鄙集雖完甚不自滿懼有議之者孰若愛
我而刪棄之乎謹以一部奉覽足下深相知必能益我也即日訪碩首清甫表姪字
甚拙 歸熙甫帖送行文為諸友所強極不欲作而出語輒犯時諱見昨所示春容
大雅之辭知其編淺矣乞高明裁示如不可出當別作數語酬之耳有光頓首瀫山
尊兄執事字亦拙 鍾退谷帖上已清明各賦得數詩謹呈覽譚君詩及酒牌看竟
乞付來手惺上彭舉先生字亦拙 張嵋峽帖明日之游不審約元翁否幷問何時
出城不勞再速也 又震川帖序文詳委同盦贈人當如是矣俗後刊落數字為公
任校讎之職耳鄙作令學徒謄稿至今未來容別上更有言請教也有光頓首瀫山
尊兄

南來詩

南來蒼雪法師名讀徹居吳之中峯常夜讀楞嚴月明如水忽語侍者庭心有萬曆

大錢一枚。可往撿取。視之果然。師貫穿教典。尤以詩名。嘗有句云。斜枝不礙經行路。落葉全埋入定身。一夜花開湖上路。半春家在雪中山。此類甚多。己未二月。師弟子秋阜過訪。說此。秋阜有句云。鳥啼殘雪樹。人語夕陽山。亦有家法。

黑猿圖

康熙戊申歲。在京師見明宣宗御畫黑猿圖。上方有御筆云。宣德壬子之夏。廣西守臣都督山雲。以猿來進。朕既一覽。而足間因幾務之暇。偶繪為圖。以資宴玩。念卿輔理之勤。宜與同之。特用頒賜。以見朕意。賜少傅楊榮。上有武英殿寶。按壬子。宣德七年也。文敏自建文四年。太宗即位。以編修直文淵閣。至是在殿閣三十年矣。其進工部尚書謹身殿大學士。則在永樂二十二年甲辰九月。仁宗即位之後。加少傅則在宣德五年庚戌四月也。予又嘗於祁縣戴楓仲樾處見宣宗栗猿西山雪霽二幅。

瘞鶴銘三則

門人淮陰張弨力臣。耳聾而博雅好古。康熙丁未十月。挈小舟渡江至焦山。覯瘞鶴銘。得仰石一。凡六行。存二十六字。仆石一。字在石下。存三十字。又二殘字。又一石側立剝甚。存七字。仆石之背。有宋人補刻三行。按圖列見存字。鶴。側石第一行。上皇。側石第二行。歲得於華。側石第三行。亭甲午歲化於朱方天其。此宋人補刻石第一行。屬側石第三行。未遂吾翔。仰石第一行。遂也乃裹以玄黃之幣藏乎茲。宋人補刻石第二行。屬仰石第一行。山之下仙家。仰石第二行。玄石旌事篆銘不朽詞曰。宋人補刻第三行。屬仰石第二行。相此胎禽浮丘。仰石第三行。華表留形義。仆石第一行。唯髣髴事亦微。仰石第四行。厥土惟寧後蕩。仆石第二行。洪流前固重。仰石第五行。爽塏勢掩華亭爰集。仆石第三行。真侶瘞爾。仰石第六行。峯山徵君。仆石題名第一行。與銘三行斜連。丹陽外仙尉。仆石題名第二行。江陰真宰。仆石題名第三行。

按宋劉昌詩興伯蘆浦筆記。載邵柅密亢篆本所存字。華陽真逸撰。張本今俱闕。上皇山樵。今闕山樵二字。鶴壽不知其紀也。壬辰歲得於華。原闕一字。當為亭。今鶴至辰九字俱闕。甲午歲化於朱方。天其未遂吾翔。原闕一字。當為寥。今甲至其九字俱闕。有宋人補刻上有亭字。廓耶奚奪。今俱闕。此下原闕三字。遂也迺裹以玄黃之幣藏乎茲山之下。仙家。今遂至茲十二字俱闕。有宋人補刻。無作。此下原闕四字。此字不完。故玄石旌事篆銘不朽詞曰。今俱闕。玄字已下有宋人補刻。相彼胎禽浮丘。今六字俱存。但彼字本作此。此下原闕二字。予欲無言爾。今俱闕。此下原闕五字。當有當門二字。去鼓。此下原闕一字。當為華字。今張本華字見存。表留。此下原闕二字。當為形義。今張本表留形義四字俱存。惟髣髴事亦微冥爾將何之解化。此下原闕五字。今異至化七字俱闕。入。原本不完。此下又闕二字。惟寧後蕩洪流前固重扃右。今惟寧上又有厥土二字俱存。洪至右七字俱闕。字。華亭爰集真侶瘞爾。原本有闕文。今華字上又有爽塏勢掩四字俱

存。丹陽真宰。原本此四字不知其次。今又有徵君外仙尉江陰七字俱存。張云。原石惟寧上見存厥土二字。何以改作解化。華亭上見存勢掩二字。何以改作未下。勢掩上又存爽塏二字。何以改作荊門。蓋張今本視邵本又闕六十五字。內存宋人補刻三十二字。視邵本反多十三字。即厥土爽塏勢掩徵君外仙尉江陰是也。其竹入已下不完八字。無形跡可考矣。筆記據臨海誌有鶴飛入雷門鼓中。孫恩破鼓。鶴乃飛去。事在晉安帝隆安三年。斷其非逸少書。而據漁隱斷其為陶隱居書。張則據焦氏筆乘斷其為顧況書。王觀國學林引顏氏家訓曰。學二王書之得體者。有陶隱居。又引道書云。陶隱居道號華陽真逸。茅山又近焦。以是斷其為陶書。學林又云。今世所得碑本。不過二百字。未嘗有歐公所得六百餘字者。然邵本止一百二十餘字。

葉文莊集

崑山葉文莊公集。世無刻本。所傳止水東日記四十卷。予從其遠孫翰林學士訒菴訪所見公集稿二冊。未編卷次。序記碑記雜志凡二百四十六首。附宣府志序例一卷。後有葉氏族譜。甚簡覽。自高祖以來。俱載干支八字。公自注三十五歲干支。則庚子戊子庚辰丙子也。又一冊有巡撫宣府關防詩文。多手稿。皆公親筆點竄。有塗乙至數行者。公文章平實條暢。蓋德宣以後。弘治以前。文體大略如此。亦楊文貞王文恪諸公流派也。國史經籍志載公集四卷。不知何據。學士云。集至今未梓。其弟方蔚則云。公集舊已版行。歲久失傳耳。

補漢綱目

賓應宋克生作漢孝平元始元年至光武建武元年綱目序云。孝平之世。王莽以外戚擅權。宮闈侍太后。朝堂列奸黨。弒帝弒后。篡奪國璽。朱文公綱目。初始二年。編年之下。雖不與莽。而甲子則書莽而削帝嬰。猶未敢以為然也。是年莽廢帝嬰為定安公。而嬰尚存。光武建武元年正月。方望以帝嬰復位於臨涇。則嬰儼然帝也。客曰。嬰廢於定安第。及長不辨六畜。方望以嬰稱帝於臨涇。而綱目不許之。以其不成帝也。應之曰。帝嬰二歲。太后已立為皇太子。復改元。安得不與以帝乎。王莽篡位。而帝嬰在定安第。猶夫春秋之公在乾侯。宋末之帝昺在厓山也。既不許莽以正統。則甲子應書帝嬰在定安第。而莽之偽號附焉。至於六畜不辨。乃莽使人守第。禁出入。則莽之罪也。客曰。莽之竊位。冠以帝嬰編年。而漢帝元更始元年。予亦附書何也。予曰。綱

曰亦未之許也。綱目又不許元以正統。則正統仍在嬰矣。元以諸將立之。其去劉盆子劉信也幾何。後身降赤眉。降王長沙。則更始之不得稱帝。奚待辨哉。予從綱目。孝平元始起迄初始二年以下。皆冠以帝嬰之號。歷十七年。至乙酉建武元年止。夫建武則漢有正統。而帝嬰已滅。予乃題朱文公之意。而非敢與文公諍也。自孝平元始元年至光武建武元年。凡二十五年。

元詩

樊文詩世以為元微之自寓。然吾觀元氏長慶集中。誨姪等詩云。吾生長京城。朋從不少。然而未嘗識倡優之門。觀此則小説未必真微之事也。

黃幡綽書

唐明皇霓裳羽衣曲碑。黃幡綽書。今在蒲州。見于奕正天下金石志。

雩

史繩祖學齋佔畢。辨杜牧之阿房宮賦。未雩何龍。雩當作雲。猗覺寮記亦議此句。引北史高那肱事。以為牧之之誤。而又引爾雅蝃蝀謂之雩。云蝃蝀虹也。如此則讀屬下句。意複而詞不順。且龍字無着。似當以史説為長。

綃

猗覺寮記。凡布物曰帛。布網曰爭網。布紙曰爭紙。合用綃字。楚世家曰。綃繳蘭臺。徐廣云。繁也。音爭。今齊魯俗語尚然。

千人

丹浦欵言云。杜詩千人何事網羅求。當作千人。杜牧之詩。自滴階前大梧葉。干君何事動哀吟。按此説則南唐元宗戲馮延已云。吹皺一池春水。干卿何事。語固有本。然十家註劉會孟本只作千字。錢本注云。晉作千。或作干。干字恐無義。千字對上句在字。亦未切。子田之説是也。

評泊

韓致堯詩。白玉堂東遙見後。令人評泊畫楊妃。李子田云。評泊者。論貶人是非人也。今作評駁者非。近諸本或作斗薄。或傳訛陡薄。殊無意義。萬首絕句本作評泊。當猶近古。

唐詩字音

李子田舉唐人詩用字。音與今人別者。如劉夢得停杯處分不須吹。分作去聲。王建每日臨行空挑戰。羅虬不應琴裏挑文君。挑皆上聲。包佶曉漱瓊漿冰齒寒。冰去聲。段成式瓶牛獨駕長轅車。長上聲。予按白氏長慶集中。此例尤多。如請錢不早朝。請作平聲。四十著緋軍司馬。司入聲。紅闌三百九十橋。十讀如諶。為問長安月。如何不相離。相思必切。燕姬酌蒲桃。燭淚粘盤壘蒲桃。蒲上聲。三年隨例未量移。量平聲。金屑琵琶槽。琵琶從聲之類。子田皆未暇及。又劉夢得幾人雄猛得寧馨。寧平聲。抛却丞郎爭奈何。爭去聲。獨孤及徒言漢水纔容舠。纔去聲。盧綸人主人臣是親家。親去聲。讀如靚。徐鉉騎省集。莫折紅芳樹。但知盡意看。自注云。但平聲。予按老學菴筆記云。但姓音讀如檀。又宋陶穀尖簷帽子卑凡廝。廝入聲。宋文安三十六所春宮館。鄜州運司馬也。好畫為飛。亦如白詩。又猗覺寮記。舉李商隱可惜前朝元菟郡。菟去聲。九枝燈檠夜珠圓。唐彥謙燈檠昏魚目。釋文。檠音景。前漢蘇武傳注音檠。唐人如此尚多。未能枚舉。又陸游燒灰除菜蝗。仄條。拭盤堆連展。連上聲。今山東製新麥作條食之。謂之連展。連讀如輦。東坡詩。左元放作平聲。司馬相如。如作上聲。

三元公詩

三原王端毅公遺事。載公巡撫三吳時。題一寺壁絕句云。彩鷁西飛日未斜。江村雨岸有人家。吉祥寺裏梅千樹。不到春來不著花。亦宋文貞梅花賦之比。

杜茶村詩

黃岡杜濬于皇。晚號茶村老人。少時詠蘇長公。堂堂復堂堂。子瞻出峨眉。早讀范滂傳。晚和淵明詩。合肥龔端毅公酒間嘗擊節誦之。以為二十字説盡東坡一生。真不可及。

魏文靖公

蕭山魏文靖公詩。傳者絕少。壬戌冬。偶見黃子久畫沙磧圖一卷。卷尾有文靖題詩云。江村望極際春明。匝地人家喚欲應。芳草一川潮灩灩。嬌鶯隨處柳層層。茅茨遥水通幽島。苔徑穿雲接斷塍。回首夕陽天未隱。老漁猶自未收罾。秀麗可誦。

板橋詩

白氏集有板橋詩云。梁苑城西三十里。一渠春水柳千條。若為此路今重過。十五年前舊板橋。曾與玉顏橋上別。更無消息到今朝。今訛作劉夢得。而説者疑中山集不載此詩。蓋未考長慶集耳。

趙松雪書杜集

康熙辛酉六月在慈仁寺市見趙松雪手書杜詩一部用烏絲欄字作行楷末有新鄭高文襄公跋云趙文敏書前人以為上下三千年縱横十萬里都無此書云云有管志道跋

治源

司馬文正公詩話載青州劉概孟節詩昔年曾作瀟湘客云云概棄官居野原山今州南四十里臨朐縣有治源亦名冶泉有水竹之勝或云歐冶鑄劍之地世為馮氏別業即文正所謂去人境四十里者也野原蓋冶源之訛

李侍郎

六合李侍郎敬字退菴順治戊戌己亥間予在京師辱忘年之契論詩无一字不輕放過其詩有云酒醒亭午後人憶秣陵西瓜步新添水清明遠送行此例數十句唐人絕調也有集二十卷手自編刻去留甚嚴甫刻成而病臨歿戒其子曰我死後二十年始可行世今倏忽三十年矣其集世竟無知者實本朝一作手也順治辛丑過揚州予造舟中因論近日布衣詩予舉程嘉燧吳兆公曰終須還他邢昉第一

四句詩

祖詠試終南山望餘雪詩云終南陰嶺秀積雪浮雲端林表明霽色城中增暮寒四句即納卷或詰之詠曰意盡閻濟美試天津橋望洛城殘雪詩只作得廿字云新霽洛城端千家積雪寒未收清禁色偏向上陽殘主司覽之稱賞再三遂唱過二事絕相類題韻皆同

僧鄧子

僧澄瀚字鄧子濟寧人工詩有絕句云昨宵初罷上元燈又欲看山向秣陵騎馬乘船都不會飄然誰識六朝僧為時所稱

歸熙甫帖

歸熙甫與門生王子敬一帖云東坡一書二傳曾求魏八不與此君殊俗惡乞為書求之畏公作科道不敢秘也借書雅人事乃亦狗勢力如此且在嘉靖間世風已爾矣

石鼓詩

筆墨閑錄云退之石鼓歌全學子美李潮八分小篆歌此論非是杜此歌尚有敗筆韓石鼓詩雄奇怪偉不啻倍徙過之豈可謂後人不及前人也後子瞻作鳳翔八觀詩中石鼓一篇別自出奇乃是韓公勍敵

坡詩

坡公送蘇伯固五言詩云三度別君來此別真遲暮白盡老髭鬚明月淮南夜酒醒月隨人淚濕花如霧後夜逐君還夢繞江南路公自注效韋蘇州予云此生查子詞耳

三尺

唐詩空聞明主提三尺宋人云三尺乃歇後語此說非是予按漢書高帝紀吾以布衣三尺取天下師古曰三尺劍也韓安國傳所云三尺亦同而俗本或云提三尺劍劍字後人所加耳提三尺三字全用班書語安得謂之歇後

出帝論

濮議或問中一段全用五代史晉出帝論故著嘗試論之曰句正謂出帝論也

意盡

祖詠試終南山雪詩云云主者少之詠對曰意盡王士源謂孟浩然每有製作佇興而就寧復罷閣不為淺易山谷亦云吟詩不須務多但意盡可也古人或四句或兩句便成一首正此意

魏晉宋詩

予撰五言詩於魏獨取阮籍為一卷而別於鄴中諸子晉取左思郭璞劉琨為一卷而別於三張二陸之屬陶淵明自為一卷宋取謝靈運為一卷附以諸謝鮑照為一卷附以顏延之之屬蓋予之獨見如此偶讀嚴滄浪詩話云黃初之後惟阮公詠懷極為高古有建安風骨晉人舍陶淵明外惟左太沖高出一時陸士衡獨在諸人之下又云顏不如鮑鮑不如謝與予意略同又晉人張陸潘惟景陽殊勝在太沖之下諸家之上傅元篇什最多而可錄極少如擬北方有佳人云一顧亂人國再顧亂人城千古笑柄較諸嘉隆七子剽擬古樂府尤紕謬也

文海

淳熙間詔臨安府開文海周益公奏文海乃近時江鈿編類殊無倫序莫若委館閣官銓擇本朝文章成一代之書孝宗然之遂以付呂祖謙書既成上問何以為名益公乞賜名皇朝文鑑見玉堂雜記按朱子亦有與東萊論文海書予在淮安推閱日有書賈攜故書求售內有寫本文海及徐夢莘三朝北盟會編二書不果售至今以為憾

池北偶談卷十三終

池北偶談卷十四

清　濟南王士禛阮亭著

談藝

孫氏

陸務觀作孫夫人誌云。夫人幼有淑質。故趙建康明誠之配李氏以文詞名家。欲以其學傳夫人。時夫人方十餘歲。謝曰。才藻非婦人事也。夫人威敏公沔四世孫。李氏即易安也。

蘇子美雪詩

往讀退之雪詩。龍鳳交橫飛。及銀杯縞帶之句。不覺失笑。近讀蘇子美雪詩。有云。既以脂粉傅我面。又以珠玉綴我腮。天公似憐我貌古。巧意裝點使莫偕。欲令學此兒女態。免使埋沒隨灰埃。據鞍照水失舊惡。容質潔白如嬰孩。更為嗜飯。子美詩極為歐陽所推。與石曼卿梅聖俞齊名。而其俚惡乃至此。何耶。子美嘗自言平生作詩被人比梅堯臣。寫字比周越。可笑。所謂人苦不自知耳。

歐陽詞

今世所傳女郎朱淑貞去年元夜時。花市燈如晝。生查子詞。見歐陽文忠集一百三十一卷。不知何以訛為朱氏之作。世遂因此詞疑淑真失婦德。紀載不可不慎也。

桃源詩

唐宋以來作桃源行。最傳者。王摩詰。韓退之。王介甫三篇。觀退之介甫二詩。筆力意思甚可喜。及讀摩詰詩。多少自在。二公便如努力挽強。不免面赤耳熱。此盛唐所以高不可及。

嵍字音

全唐詩話。唐詩紀事。並載馬戴贈韓定辭詩云。燧林芳草綿綿思。盡日相攜陟麗譙。別後巏嵍山上望。羨君時復見王喬。按字書。嵍音務。顏氏家訓云。柏人城東北有孤山。闞駰九州志。以為舜納於大麓。即此山。世俗或呼為宣務山。予嘗為趙州佐。共太原王邵讀柏人城西門內碑。碑是漢桓帝時縣人為令徐整所立。銘云。土有巏務山。王喬所仙。方知此巏務山也。巏字遂無所出。務字依諸字書。即旄丘之旄也。旄字。字林一音忘付反。今依附俗名。當音權務耳。入鄴。為魏收道之。收大嘉歎。其作趙州莊嚴寺碑銘云。權務之精。即謂此也。予按此。則馬詩當作莫毫反耶。定辭即忠獻曾祖

行。東坡書此詩。乃云不知何許人。豈一時失於考據耶。

王損仲

錢牧齋於萬歷後文士。獨許祥符王損仲惟儉為博雅。王嘗刪定宋史。累年求之不得。唯見其詩文二卷。古事抄。署史。史通。文心雕龍二訓故。凡若干卷。

空同詩

空同贈昌穀詩。崢嶸百年會。一篇略云。大歷熙寧各有人。敲金戛玉何繽紛。高皇揮戈造日月。草昧之際崇儒紳。英雄杖策集軍門。金華數子真絕倫。宣德文體多渾淪。偉哉東里廊廟珍。我師崛起楊與李。力挽一髮回千鈞。其推唐宋大家及明初作者。可謂至矣。牧齋獨不舉此何也。

二金石錄

趙明誠與其婦李易安作金石錄。其書最傳。曾子固亦集古篆刻作金石錄五十卷。見子開所撰行狀。今元豐類稿第五十卷所載金石錄跋尾。僅十五條。蓋未竟之書也。曾書在趙前。而世罕知者。

曾子固詩

劉淵才恨曾子固不能詩。今人以為口實。今觀類稿中諸篇。亦荊公之亞。但天分微不及耳。若皇甫持正蘇明允陳同父。乃真不能詩也。

潞公詩

文潞公承楊劉之後。詩學西崑。其妙處不減溫李。五言如雲淡天迷楚。樓高地占秦。哀箏雨行雁。小字數銘銀。巷陌三條月。池塘十步春。府門初夜閑。多少夜遊人。觀山燈衡薄頻章望。楊林久駐鑣。香囊徒叩叩。雲月自苕苕。翠佩傳情密。微波託意遙。翩鴻漸高逝。翻恨隔神霄。衡楊柳亭臺暮。梨花院落溶。玉池波湛湛。珠幌影沈沈。遠思隨莊蝶。春懷怯雁琴。豈辭不飲恐。擁鼻獨清吟。深院小檻風驚葉。幽庭露泫柯。芳壓千里遠。幽恨九迴多。螢影穿簾押。蛩聲出砌莎。寸心無以寫。望月但長歌。秋夕七言如小閣登臨春暮時。綺欄飛閣映游絲。鶯啼曲檻韓馮樹。蝶晦幽庭賈禹碁。閑對碧雲吟桂水。狂思長抉宿蘭池。徘徊望斷江邊客。采得瑤華寄與誰。登通山驛獵猵蘭叢與桂枝巢。居未必有先期。靈臺千仞烏隨轄。阿閣三重鳳豈知。度柳牾催蟬噪噪。出雲高送雁離離。漢宮玉樹知何限。爭忍重吟畫扇詩。秋風高樓閑背夕陽移。眇眇長懷不自勝。錦瑟有時聞北里。鈿車何日到西陵。地寒黃草猶難種。天遠瑤華宜易凝。多謝蘇門清

嘯容了無塵事染壺冰憾綠帙青箱次第開慨然英氣轉難裁莫言每事俱長往須
有清風屬後來彈鋏始知皆瑣旅枕戈方信是雄才平生自信真非謬只是休容是
鵠梯詩史蘇文忠公常稱潞公長律無一字無考據世猶未知其工妙如此明內鄉
李子田撰藝圃集近石門呂莊生吳孟舉撰宋詩鈔皆遺潞公予偶讀公集摘錄如
右。

地名

容齋四筆載興國宰書稱潊水有驅策云潊水者彼邑一水耳郡中未嘗知之近時人自系鄉里多舉其地一山一水或一古蹟令人茫然不知何地甚有割裂古名如常州稱南蘭而去陵字江甯稱白鍾蓋合白門鍾山而各去其一字此何說也又嘗見諸城二士人詩卷一稱蘇臺一稱泰臺或問之則蘇臺者謂超然臺泰臺謂瑯邪臺耳尤可絕倒

王介甫詩

王介甫白鶴吟云白鶴聲可憐紅鶴聲可惡白鶴靜無匹紅鶴喧無數白鶴招不來紅鶴揮不去長松受穢死乃以紅鶴故云云當介甫得政變法爭新法者白鶴也所謂招不來者是也呂惠卿之流乃紅鶴也所謂揮不去者是也介甫之受穢豈不以惠卿輩耶此老好惡顛倒至此可憐哉

張伯成注杜

懷麓堂詩話云杜律乃張法非虞法宣德初有刊本按張性字伯成江西金溪人元進士嘗著尚書補傳獨是翁吳伯慶有輓詩云箋疏空令傳杜律志銘誰與繼唐碑予在京師嘗得張注舊本

閻立本畫孝經

閻立本畫孝經圖一卷褚河南書故明大內物後歸孫北海侍郎承澤家相傳明時東宮出閣例以此圖為賜吳祭酒梅村偉業詩每見丹青知聖孝累朝家法賜東宮是也壬戌冬秋於宋牧仲齋見之

杜于皇語

康熙三年予與杜于皇濬陳其年維崧輩同在如皋修禊於冒氏水繪園賦詩或問杜阮亭詩何如答曰酣酣落筆搖五嶽詩成嘯傲凌滄洲又問君詩何如曰但覺高歌有鬼神誰知餓死填溝壑

吳皇后臨蘭亭

唐文皇後惟宋高宗最愛蘭亭序常御筆臨賜群臣至宮闈亦化之按宋吳世昌蘭亭考云憲聖慈烈皇后嘗臨蘭亭帖佚在人間咸甯郡王韓世忠得之表獻上驗寶文知是中宮臨本賜保康軍節度使吳益刊於石時紹興十七年秋七月丙寅又云太后居中宮時嘗臨蘭亭山陰陸升之代劉珙春帖子云內仗朝初退朝曦滿翠屏硯池渾不凍端為寫蘭亭刻吳琚家琚亦善書北固寺天下第一江山六大字琚筆也劉後村跋高宗宸翰云大將韓蘄王高價得硬黃本以為逸少真蹟駛獻不知其為椒殿所書也周必大在翰苑時作太皇閣帖子云筆法似慈皇信哉

應璩書語

應璩與滿公琰書云高樹翳朝雲文禽蔽綠水甚似魏晉間人五言

舞馬

杜詩舞馬既登牀珊瑚鉤詩話云舞馬籍之以榻也朱翌引樂府雜錄云有馬舞者攏馬人著綵衣執鞭於牀上舞馬蹀躞蹄皆應節是登牀而舞乃馭者而馬應節於下也二說未知孰是

漫興

秀水朱竹垞簡討彝尊云杜詩老去詩篇渾漫與今本皆訛作漫興非也予考舊刻劉會孟本千家注本果皆作與字趙云駛佳句而語驚人言其平昔如此今老矣所為詩則漫與而已無復著意於驚人也劉後村集跋陳教授杜詩補注亦云或信筆漫與云云孰近日虞山錢宗伯本仍作興字略無辨證又云倪雁園粲簡討有宋刻十家宮詞內王建太平天子朝元日作朝迎日亦新

多父敦天馬鼎

祁縣戴楓仲廷栻有多父敦一上有銘云多父作寶敦用祁眉壽萬年子子孫孫永寶用凡十八字又有天馬鼎一中凹處作馬鼠形或云呂氏春秋周鼎作鼠令馬履之據此當是周物

祁工部詩

工部主事祁珊洲文友予同年也廣東東莞人嘗知盧江縣有詩云一夜東風吹雨過滿江新水長魚蝦子每喜誦之

二宋二程

元宋本誠夫與弟聚顯夫文學齊名亦號二宋程端禮敬叔與弟端學時叔俱以道學著名亦號二程聚嘗撰國朝風雅見揭帆光庭元英華序

寇主簿

葉石林詩話載吳縣寇主簿國寶一絕句云黃葉西坡水漫流蘆蘆風急滯扁舟夕陽暝色來千里人語雞聲共一邱語甚工且云寇徐州人嘗從陳無已學予考後山集有贈國寶二絕句云承家從昔如君少得士於今孰我先曰擬說詩心已解世間快馬不須鞭又有和寇十一詩十數篇所謂畫樓著燕春風裏楊柳藏鴉白下東者是也又有贈寇荊山詩蓋寇之字陳又有寇參軍集序稱寇氏凡弟曰元老元弼元弼名具仕許州參軍蓋國寶諸父云

謔對

萊陽姜吏部如須垓南渡後流寓吳郡與徐孝廉昭法枋友善一日同行閶門市姜顧徐曰桓溫一世之雄尚有枋頭之敗徐應聲曰項羽萬人之敵難逃垓下之誅相與抵掌大噱市人皆驚

后山詩

陳無已平生皈向蘇公而學詩於黃太史然其論坡詩謂如教坊雷大使舞又有詩云人言我語勝黃語扶豎夜燎齊朝光其自負不在二公之下然予反復其詩終落鈍根視蘇黃遠矣任淵云無已詩如曹洞禪不犯正位切忌死語恐未盡然予獨愛其二律云林廬煙不起城郭歲將窮雲日明松雪溪山進晚風人行圖畫裏鳥度醉吟中不盡山陰興天留憶戴公又白下官楊小弄黃騎臺南路緣無央含紅破白連連好度水吹香故故長踔滑踏青穿馬耳轉危緣險出羊腸熟知南杜風流在預怯排門有斷章后山集南陽王文莊公鴻儒弘治十二年刻於潞安有公序及魏衍集記元城王雲天社任淵二序詩十二卷六百七十九首雜文八卷一百六十九首談叢理究詩話長短句附焉共三十卷

賀若

琴曲有賀若最古瀘相傳以為宋太宗酷愛宮詞中十小調子乃隋賀若弼所撰出湘山野錄宋翔猗覺寮雜記云賀若夷也夷善鼓琴見王涯傳又云東坡序武道士彈琴云賀若宣宗時待詔即若夷也

魚上木

元人竹枝詞云黃魚上得青松樹阿儂始是棄郎時然本草陶注鯷鱧魚能緣樹食藤花雞翅鯢魚能上樹贊曰有足若鯢大首長尾其啼如兒緣木弗除以木部方物略曰鯢魚出西山溪谷及雅江狀似鯢有足能緣木

秦鏡詩

淄川袁松籬藩孝廉得秦鏡高念東侍郎為賦詩云河山歷歷看來空萬古消沉向此中便是秦時明月在可能還照櫟陽宮興亡轉歎見河頻照膽咸陽跡已陳多少人間惆悵事金人辭漢鏡辭秦烱如秋水了無塵曾照阿房宮裏人惟有玉羞今不死蓮花掌上五雲新

唐年世總釋

威光注云唐天祐元年昭宗天復四年改元朱温弒帝立哀帝蜀仍稱天復二年蜀天復五年三年蜀天復六年四年蜀天復七年朱温篡位稱梁開平元年五年晉岐淮南蜀武成元年六年晉岐淮南七年晉岐吳淮南楊隆演王建稱制加吳王八年晉岐吳蜀永平元年梁乾化元年九年晉岐吳十年晉岐吳十一年晉岐吳十二年晉岐吳蜀貞明元年梁十三年晉岐吳蜀通正元年十四年晉岐吳漢乾亨元年十五年晉岐吳光天元年蜀十六年晉岐蜀乾德元年吳武義元年十七年晉岐十八年晉岐吳梁龍德元年十九年晉岐同光元年晉莊宗復唐改元岐奉唐內屬二年三年天成元年明宗五改元越寶正元年吳二年吳乾貞元年三年漢大有元年四年吳太和元年長興元年二年三年四年應順元年閔帝立潞王末帝立改元清泰二年吳天祚元年三年石敬瑭因契丹立號晉天福元年自天祐至是三十三年昇元元年烈祖即位古今之亂唐未絕天故清泰方元已建天命人心無改也孰謂五季無君哉二年蜀廣政元年三年閩永慶元年四年五年六年漢光天元年七年元宗立改元保大天德元年漢乾和元年殷大二年晉開運元年三年四年五年晉六年漢乾祐元年七年八年漢仁九年周廣順元年十年十一年十二年周顯德元年十三年十四年十五年北漢天會元年中興元年再改交泰元宗十六年始奉周顯德年去帝號自昇元至是三十二年天祐至是五十五年自武德至是三百四十二年矣使元宗能安天命事大國以右宗祀周能世教王道明寶之則三代之意也大周顯德六年元宗十七年周命城金陵七年元宗十八年庚申宋建隆元年宋建隆二年元宗十九年辛酉位仍奉其正朔元宗殂後主即宋又始稱詔於唐三年後主二年壬戌乾德元年後主三年癸亥二年後主四年甲子三年後主五年乙丑四年後主六年丙寅五年後主七年丁卯開寶元年後主八年戊辰二年後主九年己巳三年後主十年庚午四年後主十一年辛未五年後主十二年壬申六年後主十三年癸酉甲戌歲後主十四年宋開寶七年乙亥歲後主十五年宋開寶八年後主城陷被執唐亡自烈祖至是凡三十九年自高祖至是凡三百五十九年殷周革命而祀宋國後周嘗之世梁猶祀禹末之君度不逮世宗矣

左傳奇文

左傳奇文以上叛下亦曰叛如王叛王孫蘇是也男子喪妻亦曰寡崔杼生成及疆

而寘猾是也。男亦曰媵，以井伯媵秦穆姬是也。公羊謂昭公欲弑季氏，則以上殺下亦可曰弑。

牛耳

盟用牛耳，卑者執之，尊者涖之。鄫澤之盟，衛侯請執牛耳；發陽之役，衛石魋蒙之。盟魯孟武伯，皆小國執牛耳。惟鄫衍之役，吳以大國執之，不合盟禮，故孟彘不從。

春秋謚

春秋謚有三字者，衛之貞惠文子是也。有生賜者，衛侯之於北宮貞子、析朱成子是也。有出奔而仍得謚者，臧武仲、中行文子是也。有作亂被誅而仍得謚者，崔武子、欒懷子是也。困學紀聞云：衛侯賜北宮喜謚曰貞子，析朱鉏謚曰成子，是人臣生而謚也。魏明帝時有司奏帝制作興治，為魏烈祖，是人君生而謚也。

左傳引尚書

左傳引尚書，以禹謨作夏書。傳二十四年，地平天成；文七年，戒之用休；襄二年，成允成功；二十六年，與其殺不辜；哀十八年，官占惟能蔽志，皆大禹謨也。皋陶謨亦作夏書。莊八年，皋陶邁種德，皋陶謨也。此二篇今虞書，以太甲作夏書。昭十年，欲敗度，太甲篇也，今實商書。以洪範作商書。文五年，沈潛剛克；襄三年，無偏無黨，皆洪範也。今

實周書，雖古今叙書或有不同，而太甲之為夏書，尤不可解。

旂音

劉貢父詩話云：司馬君實論九旗之名，旗與旂相近，緩急何以區別？小雅庭燎夜向晨，言觀其旂。左傳，龍尾伏辰，取虢之旂。當為斤音耳。康熙己未，御試博學鴻儒，施愚山侍講閏章卷閣擬一等，上親閱定名第，以旗字押韻偶誤書旂，遂改置二等，亦由施素讀二字不甚分別故也。

白蓮詩

陸魯望白蓮詩：無情有恨何人見，月白風清欲墮時。語自傳神，不可移易。苕溪漁隱乃云移作白牡丹亦可，謬矣。予少時在揚州過露筋祠，有句云：行人繫纜月初墮，門外野風開白蓮。

龔鼎華藝

龔鼎字克懋，一字懋卿，章邱人，少貧，牧豕，年三十始補諸生。時邑中李太常伯華袞西野方尚金元詞曲，鼎謂傷雅道，獨與濟南殷正甫、李于鱗、許殿卿為古文辭，相友善。年六十，以歲貢仕江都縣訓導，遷威甯教諭，開平衛教授，歸五年卒。所著有懋卿集、太極圖解、性命辨，劉尚書白川稱為朱元晦功臣、王伯安諍友云。鼎父恕，嘗以輸租詣京師，見遺錢百緡於道，整載而馳，及前遺錢者付之，徑去。華藝字空塵，亦章邱人，御史珩之孫，邑諸生，妙於繪事，落筆輒超其上，曰空塵詩畫。今人丐之畫，輒瞪目不應，當其意得，迥出筆墨蹊徑之外。詩亦如之。五言尤超詣。題王仁甫卜築云：大隱不在山，出處乃適意。送呂中甫山人云：秋老留紅葉，風輕轉白蘋。宿惠上人院云：愛此疎林月，兼之一磬清。孤坐云：雨霽聞啼鳥，風停數落花。過楊九山川上居云：鱸頭留宿火，花徑閉秋雲。人以擬浩然微雲疎雨之句。黨亦滄溟友，予少見其集，今無從購矣。黨姓字亦見楊升庵集。鼎有寄滄溟絕句云：瓜田十畝濟城東，雲外青山小苑通。流水桃花迷處所，幾家春樹暮煙中。黨睡起自述云：槐午睡方熟，忽肩者稚子，老妻撼繩牀，飯熟呼不起。不能工磬折，疑亂無人理。我憫我自知，不要旁人喜。

袁崇冕 附高應玘　張國籌　張自慎

袁崇冕，字西野，進士弼之子，兄公冕，弟軒冕，皆用科第起家。崇冕獨以布衣終。工金元詞曲，所著春遊、秋懷諸曲，足參康王之座，與李中麓唱酬。王渼陂曰：雅俗相兼，渢渢有餘音。楊方城曰：神聖工巧，元人之儔。中麓曰：金石之音，元黃之色，其為名流擊

賞如此。嘗有客以黃鶯學畫眉詞謁李太常，坐客皆言佳。西野後至，太常曰：翁素知音，試擇佳句幾何？予已有定評。西野目畢，應聲曰：止起五字是詞家語，餘無足取。太常展手示之云：止末老已投閒一句。客皆大笑歎服。同時有高應玘者，中麓弟子，亦工詞曲，以貢仕為元城丞，見知王元美、魏懋權，所著有醉鄉歸田諸稿。其北門鎖鑰雜劇，論者以為詞人之雄。又有張國籌者，以貢仕為行唐知縣，善金元詞曲，所著有脫穎、茅廬、章臺柳、韋蘇州、申包胥等劇，在袁西野、李中麓伯仲間，皆章邱人。與太常同時又有張自慎者，字敬叔，商河人，遊中麓之門，著金元樂府三十餘種。太原萬伯修曰：北曲一派，海內索解人不得，眼中獨見張就山耳。就山，自慎別號也。

王魯翁冢

宋穆贇廷秀墓在女郎山之陽，有石表，王壽卿魯翁撰文幷篆書，有黃山谷贊云：見魯翁用筆，可以酒酹陽冰之墓云云。今移置文昌祠中。

朱文公書

朱文公與徐度載書云：放翁詩讀之爽然，近代惟見此人為有詩人風致，如此篇初不見其著意用力處，而語意超然，自是不凡。令人三歎不能已。近報又已去國，不知

所坐何事。恐只是不合做此好詩。罰令不得做好官也。文公於詩頗邃。故能識放翁詩佳處。洛陽劉大竑公謂李杜只是酒徒。真孟浪語。

三傳

元盛庶齋如梓老學叢談云。蕭何傳不言律令。李邕傳無一字及筆札。五代劉昫傳不書修唐史。

辛高陸

陸放翁晚年。為韓侂冑作南園記。為世所譏。然當時文士實不止此。平稼軒詞用司馬昭假黃鉞異姓真王故事。高似孫獻詩九章。每章用一錫字。皆一時名人。又葉紹翁四朝聞見錄云。莆陽陳讜。文士也。輸靈璧石以壽韓。刻金字於石。至稱之曰我王。

陳宣慰詩

元陳伯通宣慰雲中。人跛而眇。自述云。肢傷一體異師德。目眇三分李雁門。先凡西樵吏部甲辰歲以磨勘事下西曹。鍛鍊良苦。凡談笑賦詩有句云。縱跛尚如習鑿齒。有腸終類佛圖澄。較陳句又勝之。

聯句

聯句。有人各賦四句。分之自成絕句。合之仍為一篇。謝朓范雲何遜江革輩。多有此體。頃見朱太史騰笑集中。有古藤書屋送吳徵君魏上舍聯句。甚得齊梁之意。今錄於此。握手古藤下。秋深旅愁積。歸來西溪宅。猶及種春麥。吳我亦袖輕瓢。明發辭紫陌。倦鳥不同飛。各自張旅翮。朱姚二子澹雅才。肯為時俗役。英詞送相應。如以桐扣石。魏嘉柳塘水瀲瀲。蒲坂山騤騤。吹歲君到時。古藤花滿格。大房一斗泉。釀酒冰雪白。酒熟君不來。落花良可惜。姚蓋都董楠字孟木。工部尚書可成之叔也。常撰古今聯句詩集六卷。與張之象回文類聚。皆不可少之書。

人參詩

人參詩。昔人甚少。前已言之。適讀唐詩紀事。又得段成式求人參詩云。少賦令才猶強作。眾醫多失不能呼。九莖仙草真難得。五葉靈根許惠無。周繇遺柯古人參詩云。人形上品傳方志。我得真英自紫團。慙非叔子空持藥。更請伯言審細看。又高麗采參讚云。三椏五葉。背陽向陰。欲來求我。椵樹相尋。椵音賈。葉似桐。

湖湘詩

高念東侍郎珩。以康熙戊申。奉命祭告南岳。往湖湘間。有詩數百篇。予喜其絕句錄之。如行人到武昌。已作半途喜。那識武昌南。煙水五千里。未入衡州郭。先看衡州城。城門垂薜荔。大抵似巴陵。綠淨不可唾。此語足千古。天水澹相涵。中有數杪樹。花放不知名。稻秀猶能長。芳草隱清流。但聽清流響。兩岸層層嶂。孤城面面山。橫襟憑一葉。睥睨洞庭間。幾月舟行久。今朝倦眼開。千峯翔舞處。一片大江來。南岳雲中盡。東流海上忙。他年圖畫裏。著我在瀟湘。芋火夜經聲。悲喜寒嚴寺。牢相世間人。何與山僧事。磨甎竟不成。磨銅何不可。寄語馬大師。努力庵前坐。高又有送人詩云。故園小圃又東風。杏子櫻桃次第紅。明日春明門外路。清明消遣馬蹄中。

劉綺莊著書

丹鉛錄極稱唐劉綺莊桂楫木蘭舟。楓江竹箭流一篇。其詩果不減太白。升庵博雅。亦未詳綺莊何許人也。按吳中人物志。劉綺莊。崑山尉。研窮古今。博考傳記。作類書一百卷。號崑山編。其平生著作最夥。而所傳祇此一詩。可惜也。

詩使本朝事

或謂作詩使事。必用六朝已上為古。此說亦拘墟不足信。要之唐宋事須選擇用之。不失古雅乃可。如劉後村詩。專用本朝故實。畢竟欠雅。如鍊句豈非林處士。勸書寧是穆參軍。鄭虔粥庾甫方謀。寇老憐堯夫少出。富未受潘郎呼作友。便教米老拜為兄。山房惜未從公擇。書局聞曾擬道原。立志如歐母。生兒似富公。野人只識羨芹美。相國安知食筍甘。自注。富鄭公事。事先白傅求閑後。衛似溫公約史年。公閑去伴种司諫。我懶思尋晴長官。清於坡老遊杭市。儉似乖厓在劍州。軍皆歌范老。民各像乖厓。賈董奇才無地立。歐蘇精鑒與人同。安知李膺揮門外。不覺劉幾入彀中。此類數十聯。皆宋事也。後見後村四六亦然。

樂天論詩

樂天作劉白倡和集解。獨舉夢得雪裏高山頭白早。海中仙果子生遲。沈舟側畔千帆過。病樹前頭萬木春。以為神妙。且云此等語。在在處處。應有靈物護之。殊不可曉。宜元白於盛唐諸家興象超詣之妙。全未夢見。

樊川集

予舊藏杜牧之樊川集二十卷。後見徐健庵所藏宋版本。雕刻最精。而多數卷。考後村詩話云。樊川有續別集三卷。十八九皆許渾詩。牧仕宦不至南海。別集乃有南海府罷之作。甚可笑。

朱新仲

南宋朱舍人翌。字新仲。著猗覺寮雜記。凡四百餘條。言甚博辨。劉後村嘗稱其論杜詩云。縱之逼說劍。收之入檀弓。二句。未經他人道過。

人名字音

崑山顧甯人炎武詩有云。落日江頭送伍員。秋風壠上別徐君。偶來圯上逢黃石。便向山中禮白雲。竊疑員字。舊作王問切。唐人語曰。今君四俊。苗呂崔員是也。後見吳曾引春秋左氏傳。伍奢子員。陸德明釋文音云。平聲。乃知顧詩用韻有據。又如馬援援字作延絹切。無作平聲者。宋王景文詩云。直翁相法謂史自了平生事。不了山陰陸務觀放翁見之笑曰。我字務觀。乃去聲。如何把做平聲押了。此雖謔語。亦可為用字不詳出處者戒。貞觀年號及陸務觀俱去聲今人皆讀平聲

心太平庵硯

有漁於道士洑者。得一硯。八角。製作古雅。背鐫心太平庵字。蓋陸放翁故物也。和州項副使得之。今歸淄川畢載積州守。有隙

唐舍人詩

亡友唐畊塢允。宣城人。故明中書舍人。工楷法。詩最清婉。嘗有句云。殘花野蕨園荒後。破帽疲驢避長官。蓋本徐文長詩。疲驢狹路愁官長。破帽殘衫拜孝陵。然宋王君玉已云。疾風甚雨青春老。瘦馬疲牛綠野深。

未央宮銅奩

順治中。渭南漁人。於渭水中。得秦時未央宮香奩一具。銅綠如鸚鵡毛。可愛。溧陽狄秋水敬為潼關道兵備副使。得之。副使子億。予辛未所取士。今官翰林。

閒古古詩

閻古古爾梅在濟南。有詩云。四圍松竹山當面。一望樓臺水半城。雖本白太傅燈火萬家樓四面。星河一道水中央。實難甲乙也。劉後村亦云。地占百弓全是水。樓無一面不當山。予少時在濟南。亦有句云。郭邊萬戶皆臨水。雪後千峯半入城。今前集不載。

唐人工書

唐人留意書學。即不以書名者。往往有歐虞顏柳風氣。蘇絳作賈島墓誌云。善攻筆法。得鍾張之奧。元王惲玉堂嘉話云。李陽冰篆二十八字。後有韋處厚李商隱題。商隱字體絕類黃庭經。然賈李不以書名。予在京師。所見元人諸題跋字畫多工。過今人遠甚。

徐豐厓論詩

海鹽徐豐厓咸詩談云。本朝詩。莫盛國初。莫衰宣正。至弘治。西涯倡之。空同大復繼之。自是作者森起。於今為烈。當時前輩之論如此。蓋空同大復皆及西涯之門。虞山撰列朝選。乃力分左右袒。長沙何李。界若鴻溝。後生小子。竟不知源流所自。誤後學不淺。

商喜畫

京師外城西南隅聖安寺。寺殿有商喜畫壁。康熙庚申冬。高念東刑侍將歸臨淄。予與施愚山宋牧仲諸詞人。餞於寺。共為聯句五十韻。牧仲有句云。畫壁商喜留。按崑山劉璋圭甫明書畫史。商喜善畫山水人物。畫虎得勇猛之勢。今大西天經廠殿壁龍神。及大軸文殊普賢變相。亦喜筆。喜宣德中。授錦衣衛指揮。牧仲云內官誤也。西華門內玄都勝境在弘仁寺西有元人劉鑾塑三清像甚奇

毛傳如紀事

孔文谷序唐詩紀事云。詩三百篇毛傳。蓋其紀事。今為考亭所絀。欲究遺經。當必考之。毛傳名通之論。宋王得臣麈史云。關雎后妃之德也。葛覃后妃之本也。此一句。孔子所題。其下乃毛公發明之言耳。其以為子夏所傳。必有授受之自。惜世遠莫得而見也。升庵引朱子白鹿洞賦。有曰廣青衿之遺問。樂菁莪之長育。或舉以為問。先生曰。舊說亦不可廢。然則考亭之盡去小序。終亦有不自安於心者乎。歐陽子作詩本義。其序問篇云。毛詩諸序。與孟子說詩多合。故吾於詩。常以序為證。惟周南召南失者類多。隨而正之。歐陽子所見。豈出朱子下也。

讀書臺

濟南近有人耕田間。掘得讀書臺三字石刻。按此為宋侍郎張公掞讀書處。蘇文忠公書也。見元遺山濟南行紀。

漢鎏銀槎

宋犖牧仲觀察。藏漢鎏盂二。內有魚藻文。云在秦州時。耕夫得之隴畝。故宮中。吾兄西樵為作歌。又有元人所造銀槎。最奇古。腹有文曰。至正壬寅。吳門朱華玉甫製。華玉號碧山。武塘人。見陶南村輟耕錄。

灘嬰廟瓦

吉水李梅公侍郎元鼎有硯五瓣。如梅花狀。質如黃玉。雜翡翠丹砂之色。纍纍墳起。云是灌嬰廟瓦。一時文士多賦之。故友鄒程村祗謨作硯考。引洪文敏容齋隨筆灌瓦硯銘為證。

外國墨

元人陸友友仁墨史載外國製墨。高麗貢墨。猛州為上。順州次之。其文曰平虜城進貢。或曰。順州貢墨。或曰。猛州貢墨。李公擇遺東坡墨半丸。其印文曰張力剛。云得之高麗使者。魏泰道輔云。新羅墨有蠅飲其汁。立死。常戒人和墨勿用新羅墨。日本墨遍肌印文。如柿蒂形。陸子履奉使契丹。得墨銘曰陽巖鎮造。皆其國精品。滕子濟有墨一大笏。為龍鳳之文。面曰鎮庫。萬年不毀。又西域僧為蘇太簡言。彼國有佳墨。中國不及。是雞足山古松為之。金有劉法字彥矩。常山人。自製墨。銘曰栖神巖造。楊文秀。金時以善墨聞。其法不用松炬而用燈煤。子彬傳其法。以授耶律文正楚材。文正授子鑄。造一萬丸。銘曰玉泉萬笏。

中山狼傳

中山狼傳。見馬中錫東田集。東田。河間故城人。正德間右都御史。康德涵李獻吉皆其門生也。按對山集有讀中山狼傳詩云。平生愛物未籌量。那記當年救此狼。則此傳為馬刺空同作無疑。今入唐人小說。亦如天祿閣外史之類。

三劍

孫北海承澤家藏三劍。其一銅劍。長尺餘。有鳥篆十字。云吳季子之子保之永用劍。篆甚奇古。其一玉劍。長尺有二寸。博三寸。中鑿一孔。刻其上若芒。又云有人得之成湯墓中。其一魚腸。秀水朱處士彝尊云。疑鄭康成所謂大玫者也。考之。桃氏作劍。未聞攻玉。玉劍之載於六經者無之。遂定以為圭。因作釋圭。

司馬相如玉印

錢編修宮聲中諧有司馬相如小玉印。因憶元陸友仁得衛青玉印。翰林盧伯生諸公皆有詩。友仁因著印史。按衛宏曰。秦以前。民皆以金玉為印。惟其所好。自秦以來。惟天子之印稱璽。又以玉。群臣莫敢用。按此宏說或不然。又後世謂詔令為璽書。按國語。襄公在楚。季武子取卞。使季冶逆。予之璽書。注云。古者大夫之印。亦稱璽。

池北偶談卷十四終

池北偶談卷十五

清　濟南王士禛阮亭著

談藝

文俶本草

寒山趙凡夫子婦文俶字端容。妙於丹青。自畫本草一部。楚詞九歌天問等。皆有圖。曲臻其妙。江上女子周禧得其本草。臨倣。亦入妙品。禧弟子姚亦江陰人。美而艷。作畫得俶遺意。癸辛雜識云。至元斥賣內府故書於廣濟庫。有出相彩畫本草一部。極奇。又於杭太廟前尹氏書肆見彩畫三輔黃圖一部。極精妙。此亦其類也。文點字與也。文肅公孫。俶從姪也。畫有衡山家法。亦善花卉。汪編修琬贈之詩云。君家道韞擅才華。愛寫徐熙沒骨花。曾向兒時窺指訣。筆端桃萼一枝斜。

寒碧琴記

南昌王于一猷定作寒碧琴記云。昔子瞻為登州司戶參軍。子由省之。攜琴游大海。舟覆琴墜海。後高麗人得之。獻其王。王知為蘇氏物也。藏之數百年。迨明崇禎間。高麗困於兵。請援。遣總兵某帥師救之。瀕行贈以琴。琴遂復還中國。按東坡年譜。元豐

八年乙丑五月。復朝奉郎。知登州。到郡才五日。即以禮部郎官召。作別登州舉人詩。有五日匆匆守之句。公未嘗為司戶參軍。且到郡非久即召。少公亦未嘗省公於登也。崇禎間。亦未嘗遣師援高麗。于一好奇。誕每為人欺。多此類。

國風圖

南宋馬和之侍郎。常寫毛詩進御。畫家稱其行筆飄逸。時人目為小吳生。又云。善畫人物佛像山水。效吳裝。務去華藻。自成一家。高孝兩朝。深重其畫。每親書三百篇。令和之圖寫。戊申歲在京師。得其畫檜風羔裘素冠萇楚匪風四章。每幅書本詩於後。楷法殊妙。有御府圖書。

耿夫人詩

吾邑耿侍御省亭鳴世妻徐氏。都御史華平楨庭之母也。有賢行。能文章。兵後失其集。僅傳寄子詩云。家內平安報爾知。田園歲入有餘資。絲毫不用南中物。好做清官答聖時。有德之言。與撚脂弄粉者迥異。

朱文公書

益都高木玉梓予從女兄之夫。博雅君子也。嘗遺予晦翁墨蹟一卷。詩云。風雪集歲

宴。摒閒聊自休。今晨展遐眺。倚此寒幽巖。一顛倒字同雲暗空室。皓彩迷林邱。崩奔小澗歘飛舞。增綢繆。仰看鸞鶴翔。俯視江漢流。乾坤有奇變。澒洞驚兩眸。三酌不自溫。倚杖空冥搜。悲歌動華薄。璀璨忽滿袠。向來一杯酒。浩蕩千里遊。亦復有茲賞。微言寄清酬。解携今幾許。光景逝不留。懷人眇山嶽。省已紛愆尤。對此奇絕境。一惟生百憂。茫然發孤詠。遠思誰能收。雪中與林澤之祝弟登劉園之宴。坐嘯有懷南嶽舊遊。賦此呈擇之厲和。并寄敬夫。凡乾道三年冬十二月。上浣新安朱熹奉寄。時燈下走筆。右詩蓋書寄南軒者。昔人謂先生字學曹公。今此書正類東坡先生。卷首有柯敬仲題字。後有歐陽圭齋及大梁班彥功跋。彥功，元人，善詞曲者。

竹枝

昔人謂竹枝歌詞雖鄙俚。尚有三緯遺意。山谷聞人歌劉夢得竹枝。歎曰。此奔軼絕塵。不可追也。夢得後工此體者。無如楊廉夫虞伯生。他如黃土作墻茅蓋屋。庭前一樹紫荊花。黃魚上得青松樹。阿儂始是棄郎時等句。皆入妙。近見彭羨門孫遹嶺南竹枝。深得古意。詩云。木棉花上鷓鴣啼。木棉花下牽郎衣。欲行未行不忍別。落紅沒盡郎馬蹄。妾家谿口小迴塘。茅屋藤扉蠣粉牆。記取榕陰最深處。閑時來過吃檳榔。半年水宿半山居。冬採香根夏採珠。珠好須從蜑戶覓。香燒還仗博山鑪。又山陰徐緘竹枝云。勾踐城南春水生。水中鸂鶒自呼名。伯勞飛遲燕飛疾。郎入城時儂出城。亦本色語也。

徐氏

廣陵徐氏女子。嫻工填詞。有入李易安之室者。如珠簾輕揭憔悴。憐黃葉。忽憶小亭人乍別。正是重陽時節。　當初一段清秋。平分兩地離愁。試向西風寄問。知他還似儂不。　起來慵向粧臺倚。亂綰凌雲髻。歸期曾說柳青時。鎮日懨懨。只是惱春遲。　小園昨夜西風妒。笑落漫天雪。侍兒佯笑捲簾紗。卻道玉梅已放滿枝花。　獨坐數歸期。花影重重日影低。無計俳徊思好句。支頤。除卻春愁沒箇題。　閒倚畫樓西。芳草青青失舊堤。猶記當時人去處。依依。紅杏花邊卓酒旗。自注白詩擁膝支頤學二郎　看西風吹起滿庭碎葉。閑珠戶。獨坐還怯。窗外芭蕉點點。做盡淒切。禁不住芳心欲折。　殘燈挑盡隱隱半明半滅。羅衾祇借香溫熱。今夜裡這愁腸。勝似離別。寬褪了裙兒幾摺。

婦人經濟

葉石林。每令諸子女兒婦列坐說春秋。近日武林黃夫人顧氏名若璞所著臥月軒文集。多經濟大篇。有西京氣格。常與諸女媳坐則講究河漕屯田馬政邊備諸大計。副笄中乃有此人。亦一奇也。

打毬詩

三朝北盟會編載。徽宗北狩。至真定。金人高會擊毬。請帝賦詩。詩曰。錦袠駿馬曉棚分。一點星馳百騎奔。奪得頭籌須正過。休令綽撥入斜門。揮麈餘話載道君種祀禮成再賜太師進字韻詩云。歸問雪中誰詠絮。更搜花底自巡簷。佳句也。

黜朱梁紀年圖

長洲宋既庭實穎作黜朱梁紀年圖論。其義嚴正。略云。王莽不得為新。安祿山不得為燕。朱全忠豈獨得為梁乎。且其時移檄興復唐室者。有晉岐蜀淮南四國。或為唐之臣子。或為唐之賜族。則唐實未嘗亡也。今黜朱梁紀年。而以晉岐淮南之稱天祐者為主。始於天祐四年。至後唐莊宗同光元年而止。亦春秋書公在乾侯之義也。圖考。

甲子天祐元年。

唐昭宣光烈孝皇帝。

乙丑天祐二年。

丙寅天祐三年。

丁卯天祐四年。　夏四月。朱全忠僭稱皇帝。偽國號梁。偽年號開平。廢唐帝為濟陰王。淮南四川移檄興復唐室。

戊辰晉岐淮南稱天祐五年。　春正月。晉王李克用卒。子存勗立。　朱全忠弒昭宣帝。　夏五月。晉王伐偽梁夾寨。破之。

己巳晉岐淮南天祐六年。　六月。偽梁劉知俊奔岐。岐遣劉知俊伐偽梁靈州。大敗梁人。

庚午晉岐淮南天祐七年。　偽梁遣兵襲鎮州。取深冀。鎮定推晉王為盟主。晉遣兵救之。

辛未晉岐吳天祐八年。　偽梁改號乾化。　晉王伐偽梁。軍於柏鄉。大破之。

壬申晉岐吳天祐九年。　春正月。晉王及鎮定之兵伐幽州。二月。朱全忠救之。大敗而還。六月。朱全忠為子友珪所弒。

癸酉晉岐吳天祐十年。　二月。朱友貞殺友珪而自立。

甲戌晉岐吳天祐十一年。
乙亥晉岐吳天祐十二年。朱友貞改偽年號曰貞明。
丙子晉岐吳天祐十三年。
丁丑晉岐吳天祐十四年。
戊寅晉岐吳天祐十五年。
己卯晉岐吳天祐十六年。
庚辰晉岐吳天祐十七年。朱友貞改偽年號曰龍德。
辛巳晉岐吳天祐十八年。
壬午晉岐吳天祐十九年。
癸未晉岐吳天祐二十年。晉王李存勗建國號曰後唐，改元同光。冬十月，唐主入大梁，朱友貞自殺。唐毀偽梁宗廟，廢朱温、朱友貞為庶人。
後唐莊宗光聖神閔孝皇帝。
甲申同光元年

按：益都鍾尚書龍淵先生（羽正）作正統論，略云：三代、漢、唐、宋，正統也。東周君、蜀漢昭烈帝、晉元帝、宋高宗，正而不統者也。秦始皇、晉武帝、隋文帝，統而不正者也。雖非正統，不可不以帝予之也，以天下無久虛之理也。若夫王莽、曹丕、朱温，義既不正，勢又不一，不得言正，又不得為統，而乃從而帝之，此司馬、歐陽之誤也。

尤悔庵樂府

吳郡尤悔庵（侗）工樂府，嘗以臨去秋波那一轉公案，戲為八股文字，世祖見而喜之。其所撰樂府，亦流傳禁中，世祖屢稱其才。既而世廟升遐，尤一為永平推官，以細故罷去，歸吳中，時時以樂府寓其感慨，所作桃花源、黑白衛二傳奇，尤為人膾炙。予嘗寄詩云：南苑西風御水流，殿前無復按梁州。淒涼法曲人間遍，誰付當年菊部頭。猿臂丁年出塞行，灞陵醉尉莫相輕。旗亭被酒何人識，射虎將軍右北平。尤為泣下。康熙己未，尤以召試入翰林，為檢討。（近見江左黃九煙周星作憶當他臨去秋波那一轉制義七篇，亦極游戲之致。）

孫樵論史

孫樵云：史家紀職官、山川、地理、禮樂、衣服，宜直書一時制度，使後人知某時如此，某時如彼，不當以禿屑淺俗，則取前代名品，以就簡絕。此病在唐人已有之。近日錢牧齋、艾千子皆訾滄溟、弇州，本此，非創論也。

小樂府

楊廉夫自負其五言小樂府，嘗云：七言絕句體，人易到，吾門章木能之。古樂府不易到，吾門張憲能之。至小樂府，二三子不能，惟吾能之耳。向見吾友孫處士豹人（枝蔚）數章，頗奇，略記於此：蕭儼向舒州，君王怒未休。僂高苦無井，不及景陽樓。又：置酒宣華苑，嘉王好酒悲。韓昭方用事，涕淚莫輕垂。

史筆

陳同甫作忠臣傳，以武庚為忠臣孝子之首；孫可之作西齋錄，發凡起例，大義凜然。惜其書不傳於後世，是古今一大缺陷事。

詩地相肖

范仲闇（文光）在金陵，嘗云：鍾聲獨宜著蘇州，用唐人「姑蘇城外寒山寺，夜半鐘聲到客船」。如云縣署門外報恩寺，豈非笑柄？予與陳伯璣（允衡）論此，因舉古今人詩句，如「流將春夢過杭州」、「滿天梅雨是蘇州」、「二分無賴是揚州」、「白日澹幽州」、「黃雲畫角見并州」、「澹煙喬木隔綿州」、「曠野見秦州」、「風聲壯岳州」，風味各肖其地，使易地即不宜。若云「白日澹蘇州」，或云「流將春夢過幽州」，不堪絕倒耶。

記觀宋荔裳畫

庚戌七月，予寓公路浦，萊陽宋荔裳（琬）北上，過予，所攜名畫甚夥，因得縱觀。最奇者為郭河陽枯木、劉松年羅漢（上有御府圖書、皇姊圖書各一）、趙松雪百馬圖、黃子久浮嵐暖翠圖、文徵仲松泉高士圖，又元孫雲處士王振鵬畫維摩不二圖一卷，甚奇妙，楷法類趙承旨。自記云：至大元年二月初一日，拜住怯薛第二日，隆福宮花園山子上西荷葉殿內，臣王振鵬特奉仁宗皇帝潛邸聖旨，臨金馬雲卿畫維摩不二圖草本。又云：至大戊申二月，仁宗皇帝在春宮，出張子有平章所進故金馬雲卿繭紙畫維摩不二圖，俾臣某臨於東絹，更敘說不二之因。某謹按釋典有云（維摩詰所說經），故唐僧皎然詩云：禪女來相試，將花欲染衣。禪心定不起，還捧舊花歸。東坡有坐上戴花詩云：結習漸消留不住，卻須還與散花天。又云：毗耶居士談空處，結習已空花不墮。試教天女御鉛華，千偈瀾翻無一語。又云：要令因疾致文殊。又臂痛謁告詩云：小閣低窗晏臥溫，了然非默亦非言。維摩未病吾真病，誰識東坡不二門。又維摩贊像詩云：當其在時或問法，俛首無言心自知。杜工部題顧愷之畫維摩像云：虎頭金粟影，神妙獨難忘。又東坡題石恪畫維摩云：試觀石子一處士，麻鞋破帽露兩肘，能使筆端出維摩，神通又過維摩詰某詳觀馬雲卿所作維摩不二圖筆意超絕似亦悟入不二門豈非神通過於摩詰者乎某嘗時奉命臨摹更為修飾潤色之圖成并書其概略進呈因得摹本珍藏暇日展玩以自娛也東嘉王振鵬又丁南羽畫師利像亦奇按元史以功臣木華黎赤老溫博爾忽博爾朮四族世領怯薛之長怯薛猶言更番宿衛也

皇甫湜評韓文

韓吏部文章至宋始大顯其在當時皇甫湜號為知公者然其諭業一篇備論諸家之文不過曰韓吏部之文如長江萬里一道衝飆激浪瀚流不滯然而施之灌溉或爽於用若有微詞反不如李北海賈常侍沈諫議之流無貶詞也若天不生歐公則公之文幾湮沒而不彰矣按持正此文出自袁昂書評後世敖陶孫王弇州諸家文評詩評皆仿之

朝鮮詩

鄒平張尚書華東公延登刻朝鮮使臣金尚憲叔度朝天錄一卷詩多佳句略載於此曉發平島云三秋海岸初賓雁五夜天文一客星初至登州云南商北客簇沙頭畫鷁青簾幾處舟齊唱竹枝聯袂過滿城明月似揚州蓬萊閣云橋石已從秦帝斷星槎誰許漢臣通登州次吳秀才韻云澹雲輕雨小姑祠菊秀蘭衰八月時水城夜景云五更殘月水城頭詠史何人獨艤舟不向東溟覓歸路還依北斗望神州夜坐聞擊柝云擊柝復擊柝夜長不得息何人寒無衣何人飢不食豈是親與愛亦非相知識自然同抱義使我心肝惻九日云黃縣城邊落日朱橋驛裏重陽菊花依然笑客鬢髮又度秋霜東方曼倩里云夜開宣室儼珠旒執戟郎官走綠髯首鼠輸騶俱碌碌漢庭綱紀一俳優早春云水際城邊野馬飛漸聞宮漏晝聞稀東風日日蘼蕪綠塞北江南總憶歸王灘流水繞江涯江上松林是我家昨夜夢尋烏石路山前山後早梅花

勞山說

勞山在萊州府即墨縣境中崑山顧甯人炎武序勞山圖志曰自田齊之末有神仙之論而秦皇漢武謂真有此人在窮山巨海之中於是八神之祠遍於海上萬乘之駕常往東萊而勞山之名由此起矣山皆亂石巉巖下臨大海偪仄難度其險處土人猶罕至焉秦皇登之是必萬人除道百官扈從千人擁輓而後上也五穀不生環山以外土皆疏瘠海濱斥鹵僅有魚蛤亦須其時秦皇登之必一郡供張數縣儲偫四

民廢業千里驛騷而後上也於是齊人苦之而名曰勞山也楊太史光曲致知小語曰山祖崑崙起自西北勞山居東南為中國山盡處行遠而勞所以名也二說未知孰是以理揆之顧說為長顧近著所著日知錄內辨勞山三則又與前說不同

敬一主人詩

鎮國公敬一主人諱國鼐世祖章皇帝之庶兄也居瀋陽以庚戌七月薨於京師性淡泊如枯禪老衲好讀書善彈琴工詩畫精曲理樂與文士遊處常見其仿雲林小幅筆墨淡遠擺脫畦逕雖士大夫無以踰也有恭壽堂詩一卷頗多警策今略錄數篇登醫無閭山觀音閣云平生愛邱壑歷勝恣登眺醫閭夙所期茲焉愜懷抱鳥道薄層雲盤紆凌樹杪繫馬憩中林拂石坐荒草野衲候柴荊朱顏髮皓皓問渠來何時云在此山老修嶺逸鶯鷹斜陽急歸鳥古洞駕長虹細泉層迴繞亭亭階下松百尺參青昊托根獲斯地子落無人掃逶迤度幾峯下瞰羣山小曠然豁心目頓覺離紛擾再上白雲關萬象咸可了石門破蒼霞返景隱空杳煙霞情所鍾登涉險亦好大海面巑岏波光動林表自古遐相傳其中有蓬島安期與羨門往事終緬邈混瀁失端倪氣色變昏曉豈識天地心物理費探討冷然此遊豫何用心悄悄戊申春日行次薊門登獨樂寺云春雨濕歸鞅行色藉以沐落日投薊門遂寄禪宮宿誰為初地功高樓倚空築梯雲歷層檻聊縱千里目迴颷遞晚鐘薄霧籠寒竹芳草麗郊原新林變川陸豈意道路人復此慰幽獨臨風思近睽倚檻恣遙矚渤海杳游沉盤山亘紆曲安期駐秦鑾廣成降帝屋聖哲既已往陳跡遺巖谷空同與滄溟煙波悵斷續宿向陽寺云聖朝存象法古寺復開鐘花引山門路雲開野殿松高齋談前理遠嶼淡秋容日暮還攜杖月明林外峯贈正寓云老僧多逸興五十學吟詩意出煙霞外情深搖落時依巖營丈室愛菊坐東籬欲共探幽勝邀君整杖藜遊十山祖越寺登蓮花峯云七嶺行初盡千巖宿霧開路迴青嶂側寺入白雲隈洞戶聞清梵碑文暗綠苔蓮花天際出漸覺絕塵埃龍泉寺云梵宇起中天重巖響碧泉虛堂清曉磬幽壑靜鳴蟬曲引螺峯翠松含象嶺煙空憐名勝地塵世幾高眠宿香巖寺絕頂云雨霽空山夕尋幽入杳冥雲封千澗白霧濕萬峯青飛鳥依簷宿流泉伏枕聽勝緣空翠裏孤月自亭亭大安寺云萬仞盤危磴千峯此獨尊山光滄宿霧海色上朝暾野殿松杉古殘碑文字存悠然雲外想何必問花源悼剎和尚云一葉流東土花飛遼東山同塵多自得玩世去人間古塔煙霞在禪關水月閒空悲留偈處今日共躋

癸贈御院焦冥道士云蓬壺逋魏闕羽客待金門邱壑心寧遂煙霞氣自存誰經清漏永掃徑落花繁西出函關叟何曾返故園秋懷云終朝成兀坐何處可招尋極目邊天闊幽懷秋水深浮雲窺往事皎月對開心興到一樽酒沉酣據玉琴立秋云蕭蕭夜雨滿皇州景物淒其大火流懷抱不堪聞落葉相思何處是南樓關河朔氣催征雁塞草西風勁紫騮回首雲山忘歲月一聲蟬噪又新秋秋懷寄耿駙馬云八月霜飛秋色深郊原草木日蕭森孤蹤漫憶懸遼海萬騎還悲扈上林曾記郵亭風雨夕獨懷京國歲寒心他時花滿西山麓好對潺湲理玉琴丙午七夕立秋云寂寞天孫駐七襄殷勤烏鵲駕河梁相逢預恨離筵促別後應知清漏長玉露初含丹桂冷金風時動碧羅香宵殘歸路遲環佩機杼經年罷晚粧丙午中秋云碧天如水夜初涼三五蟾光滿帝鄉何處笙歌侵曉漏幾家砧杵急秋霜仙臺深閉金莖露月殿高懸桂子香獨抱幽懷渾不寐西風雁唳到虛堂廣山孫暘錄其詩傳之

峋嶁音

峋嶁音訓皆作去聲予向有金山寄友人詩憶君楚澤佳風日也上峋嶁九面山或以為誤按常熟顧充仲達字義總略云峋嶁一字三音平聲鉤樓上聲苔旅去聲句

陋又按無可和尚通雅峋共于居侯果羽古后四切嶁龍朱郎侯隴丑郎豆四切史記音苟樓猶龍茯龍莜可平可上也又張謂長沙土風碑五嶺南指三湘北流鄗連滄浪邐迤峋嶁亦平讀也

集句

夢溪筆談亟稱王介甫集句風定花猶落鳥鳴山更幽以為上句靜中有動下句動中有靜且云公始為集句詩有多至百韻者黃震曰荊公集句諸作其巧具博皆不可及近代頗有之然無如泗上施端教匪莪平生集句詩數千首屬對精切縱橫曲折無不如意偶舉一章如贈鸚鵡長律云莫恨雕籠翠羽殘（劉憲）主人情義自辛勤（王初）人憐巧語情雖重（白居易）鳥憶高飛意正殊（李正封）三舍鄭牛徒識字（李山甫）千年丁鶴任歌呼（羅隱）多言應伴高吟客（鄭谷）學語還稱問字徒（崔珏）始覺琵琶絃索春（白居易）終憐吉了舌模糊（羅隱）文章辨慧皆如此（白居易）事業紛吹亦大都（魏朴）歸去不煩詞客賦（羅鄴）夢來還記隴頭無（張祜）勸君不必分明語（羅隱）且自三緘問世途（胡曾）格律奇甚兩詣妙境奇作也

退谷論經學

辛亥五月望後一日雨後過孫退谷先生城南書屋先生教以讀書當通經因言元儒經學非後人所及蓋元時天下有書院百二十各以山長主之教子弟以通經學經學既明然後得入國學即如吳淵穎程普德輩其集人多不知明初人猶多經學皆元時遺逸非後輩所及因出近日所撰詩經集解三十卷示予意主小序且言生平學問以朱子為宗獨於毛詩不然予問呂氏讀詩紀嚴氏詩緝如何先生云呂氏集衆說不甚成片段嚴氏太巧只似詩人伎倆非解經身分又言春秋程傳考事不盡憑三傳亦不盡歸三傳取義不盡拘類例亦不盡屏類例朱子因此書不敢復注春秋其推尊可謂至矣然其時以黨禍方作至恒公九年閣筆未為完書予於是廣集諸儒之說妄為補之有成書矣又言古本孝經與今傳本迥別且言五經翼是十五年前所撰不過集諸經序論耳無當經學也時先生已七十有九讀書日有程課著述滿家可謂耄而好學者矣

孝經庶人章

江行雜錄載溫公先壠在鳴條山山有餘慶寺公一日省墓至寺中有父老五六輩上謁進脫粟飯公享之既畢前啟曰某等聞端明在縣日與諸生講書村人不及往聽今幸為略說公即取紙筆書庶人章講之既已復前曰自天子章以下各有毛詩

兩句此獨無何也公默然少許謝曰某生平慮不及此當思所以奉答父老出語人曰吾講書難倒司馬端明昨見東郡耿君隱之贈云曾見古本庶人章末引詩云畫爾于茅宵爾索綯

朱淑貞璿璣圖記

辛亥冬於京師見宋朱女郎淑貞手書璿璣圖一卷字法妍媚有記云若蘭名蕙姓蘇氏陳留令道質季女也年十六歸扶風竇滔字連波仕苻秦為安南將軍以若蘭才色之美甚敬愛之滔有寵姬趙陽臺善歌舞若蘭苦加捶楚由是陽臺積恨讒毀交至滔大恚憤時詔滔留鎮襄陽若蘭不願偕行竟挈陽臺之任若蘭悔恨自傷因織錦字為回文五彩相宣瑩心眩目名曰璿璣圖亘古以來所未有也乃命使賫至襄陽感其妙絕遂送陽臺之關中具與從迎若蘭於漢南恩好踰初其著文字五千餘首世久湮沒獨是圖猶存唐則天常序圖首今已魯魚莫辨矣初家君宦遊浙西好拾清玩凡可人意者雖重購不惜也一日家君宴郡倅衙偶於壁間見是圖償其值得歸遺予於是坐臥觀究因悟璿璣之理試以經緯求之文果流暢蓋璿璣者天盤也經緯者星辰所行之道也中留一眼者天心也極星不動蓋運轉不離一度

之中所謂居其所而斡旋之處中一方。太微垣也。乃壹字四言詩。其二方。紫微垣也。乃四言回文。二方之外。四正乃五言回文。四維乃四言回文。三方之外。四正乃六言詩。其文則不回也。四維乃三言回文。三方之經。以至外四經。皆七言回文詩。可周流而讀者也。紹定三年。春二月。望後三日。錢唐幽棲居士朱氏淑貞書。首有璿璣四小篆。後有小朱印。予向見斷腸集。不載此文。諸家撰閨秀詩筆者。皆未之載。宋桑世昌澤卿。明雲間張玄超之象。撰回文類聚。亦未收此。家考功凡輯然脂集三百餘卷。多徵異聞。因錄一通歸之。後有仇英實父補圖四幅。亦極妍。按張萱周昉李伯時輩。皆有織錦回文圖。英此圖。殆有所本也。

鑑銘

又回文類聚載唐婦人所作轉輪鉤枝八花鑑銘云。花上八字。枝間八字。環旋讀之。四字為句。遞相為韻。其盤屈糾結為八枝者。左旋讀之。自篇字起至詞字止。當就支脂字韻。右旋讀之。自詞字起至篇字止。當就先仙字韻。茲不具錄。

蜀產

明時蜀王府。例以三月三日。取薛濤井水。製箋二十四幅。以十六幅貢京師。近督撫監司稍募工仿製。殊不能佳。予使蜀時。訪之。井傍石甸尚存。雕鐫精麗。井在錦江東。亦名玉女津也。按續博物志云。蜀松花紙。雜色流沙紙。彩霞金粉龍鳳紙。近年皆廢。惟十色綾紋紙尚在。今絕響矣。

裴碑

成都遭張獻忠之亂。金石文字。一無存者。惟武侯廟碑尚完好。蓋武丞相元衡帥蜀時。裴柳二公皆在幕中。實元和四年己丑也。碑首稱節度掌書記侍御史內供奉賜緋魚袋裴度撰。營田副使檢校尚書吏部郎中兼成都少尹侍御史賜紫金魚袋柳公綽書。

千字頌

昔人欲另編千文。有難之者曰。枇杷二字。如何破用。遂止。曾見武林卓珂月人月崇禎初。作千字大人頌。錯綜成章。甚有思理。枇字云。虧尊黃金。膳枇素木。枇音七。義取祭用素枇也。杷字云。姑婦任績。夫男秉杷。杷田器也。開章云。大人御天。君子名世。立千秋基。興諸夏利。高文起家。建景閭帝。二百餘年。我皇陟位。河澄寶出。鳳舉毛從。廣雲兩旦。漢日再中。羣黎作乂。列州攸同。可謂高文典冊。篇中嶽伯分佐。藏星可招。貢珠

盈市。舍矢五挾。投淵潔耳。何傷盛朝。帳染墨蹟。帷集書囊。武功稱甲。吉運始丁。誠推韓歎。今賞終纓。皆警策。

方爾止

劉貢父平生未嘗議人長短。有不避。必面折之。退無一語。此長者之行也。亡友桐城方爾止。瀟洒有天趣。每見人誦詩者。輒為竄改。其人不樂。方亦不顧也。然退未嘗不稱其長。而掩覆其短。予以此重之。方事多可笑。秀水李良年。字武曾。方一日與札故作增字。李明日見曰。先生誤矣。某字武曾。非增也。方曰。吾正恐人誤作武曾諱如耳。聞者皆笑。

宣爐注

如皋冒辟疆襄。博雅嗜古。嘗為桐城方密之乾撰宣爐歌。自為之注。甚精核云。宣爐最妙在色。假色外炫。真色內融。從黯淡中發奇光。熱火久。燦爛善變。久不著火。即納之汙泥中。拭去如故。假者雖火養數十年。脫則枯槁。宣廟時。內佛殿火。金銀銅像。渾而液。又云。寶藏燬金銀珠寶。與銅俱結。命鑄爐。宣廟詢鑄工。銅幾煉始精。工對以六火。則殊光寶色現。上命煉十二火。條之。復用赤火。鎔條於鋼鐵篩格上。取其極清先滴下者為爐。存格上者。製他器。爐式不規規三代鼎彝。多取宋瓷爐式仿之。宣爐以百摺彝。乳足。花邊。魚耳。蚰蜒。諸耳。薰冠。象鼻。石榴足。橘囊。香奩。花素方員鼎為最。索耳。分襠。判官耳。角端。象鬲。雞腳扁番環。六稜四方。直腳。漏空。桶。竹節等。為下。宣爐仿宋燒斑。初年沿永樂爐製。中年嫌其掩爐本質。用番國溴擦薰洗。易為茶蠟。末年愈顯本色。著色更淡。後人評宣爐五等色。栗殼。茄皮。棠梨。褐色。而藏經紙色為第一。金凝盔腹下為湧祥雲。金凝盔口下為覆祥雲。雞皮色。覆手色。火氣久而成也。嘉靖後之學道。近之施家。皆北鑄。北鑄間用宣銅器改鑄。銅非清液。又小冶。寒儉無精采。且施不如學道多矣。南鑄以蔡家勝。甘家蔡之魚耳。可方學道。真宣爐本色之厄有二。嘉隆前尚燒斑。有取本色真者。重燒。有過求本色之露。如末年淡色。取本色真爐磨治一新。甚有歲一再磨。景泰成化之獅頭彝爐等。後人偽易。鑿宣款以重其價。宣爐又有呈樣無款。最真妙者。後人得之以無款。恐俗目生疑。取宣別器有款者。鑿嵌畢。竟痕跡難泯。皆宣之厄也。

石溪亭

蜀資江道中。石溪橋有無名氏粉書一詩云。桃花依舊放山青。曲几焚香對畫屏。記

得當年春雨後，燕泥時活石溪亭。

先考功詩

先考功西樵兄少時有詩曰：雄風凉大壑，雌蜺貫秋城。時推警策。按法苑珠林，又有雄雷雌雷。

惠詮順怡詩

東坡最喜杭僧惠詮落日寒蟬鳴一篇，至為和作。施彥執又記其大慈塢祖塔上題一首云：谷口兩三家，平田一望賒。春深多過雨，夜靜獨鳴蛙。雲暗未通月，林香始辨花。誰驚孤枕曉，溝臼搭江沙。此詩亦佳。能改齋漫錄載湖僧順怡詩：久從林下遊一首，云韓子蒼為予言，後四句不同，結句云：唯聞犬吠聲，更入青松去。按此即惠詮詩，坡公所和者，但本作青蘿耳。竹坡詩話作僧守詮。冷齋夜話又載順怡詩云：久從林下遊，頗識林下趣。從渠綠陰繁，不礙清風度。閒來石上眠，落葉不知數。山鳥忽飛來，啼破幽寂處。又云荊公愛之。則是惠詮詩自為坡和，順怡詩自為介甫所賞。韓誤記為一耳。

弓縛

道書謂一卷為一弓，佛書為縛。之一禪學云：多羅樹葉書二百四十縛。縛與卷同。硯北雜志云：徐季海題佛經云：上第幾隔隔，如梵夾也。

劉翼明

東武劉子羽秀才翼明有句云：桃花柳絮春開甕，細雨斜風客到門。

謝道韞硯

孫北海侍郎承澤藏謝氏道韞小硯一，有銘云：絲紅清石，墨光洪璧。資我文翰，玉砎堅質。末有道韞字。家兄考功云：詳其文句，可迴讀。然倒正皆殊不工。砎音厲，水激石聲。作冰字用，尤誤。恐非謝筆耳。

戲對

世傳夏忠靖公奉使江南，與給事張某共事。一日張登廁，公戲之曰：解衣脫冕而行，給事給事。急給音同。張應聲曰：棄甲曳兵而走，尚書尚書。常輸音同。閱墨莊漫錄載前句乃張姦諷胡世將語，後句乃趙九齡戲對，以譏李似矩尚書者也。忠靖事，蓋出傅會。

鳳州古鏡

學齋佔畢載鳳州有道赤山，景德中，軍人入一洞穴中，有石鏡臺一，鏡圍五寸，背鑄水族回環，有銘三十二字，云：煉形神冶，瑩質良工。當眉寫翠，對臉傅紅。如珠出匣，似月停空。綺窗繡幌，俱涵影中。方取鏡聞洞後有風雨聲。此鏡萬歷中膠州趙氏自汴京得之海壑翁，完璧自為記。按張君房麗情集載王蜀時天雄軍節度使王承休妻嚴氏有美色，王衍愛幸之，賜以粧鏡，其銘同。

池北偶談卷十五終

池北偶談卷十六

清　濟南王士禛阮亭著

談藝

景範碑

鄒平縣西南五六里有小山曰相公山山前有景相公墓墓上有碑雖闕文尚可讀近予奕正作天下金石志亦未之載錄於左云

大周故銀青光祿大夫中書侍郎同中書門下平章事上柱國晉陽縣開國伯食邑七百戶贈侍中景公神道碑銘并序

翰林學士朝議郎尚書水部員外郎知制誥柱國賜緋魚袋臣扈載奉敕撰

翰林待詔朝議郎守司農寺丞臣孫崇望奉敕書

帝軒轅乘土德之運其臣曰耆龍祝融能辨方域以制區夏帝嬀氏禪陶唐之基其臣曰伯夷后夔能典禮樂以和人神上古佐命之遺(闕五字)焉三政嗣興圖史寖盛彌綸輔翼代有其人皆金策丹書紹續功業其訓聚而為墳典形其美流而為歌頌陋彖繇之質略我則潤之以(闕五字)之淪朽我則鏤之以貞珉銘以紀功碑以誌行千載

之下築然可觀者其惟神道之表乎故中書侍郎平章事景公諱範皇朝元佐(闕二字)顯德二祀冬十一月薨於淄川郡之私第天子廢視朝輟饌輦之念制贈侍中遣使贈賻飾終之典優而厚(闕二字)誥詞臣(闕一字)文(闕一字)琰盛矣(闕二字)孔悝表鼎不出廟門杜預豐碑空沈漢水姑自矜於名代誠未顯於邦家與夫輝煌帝恩導揚休烈(闕八字)者可同日而語也(闕六字)綸有直而敘之用丕顯我大君之命臣聞景氏之先出於芊姓從楚王於瞢澤(闕一字)侍臣畫漢(闕一字)於雲臺丹推名將濟美亞(闕六字)生偉人雄周之輔長山之下淄濟為川地勝氣清惟公故里夫嘉遁絕世高卧於是者足以(闕一字)乎顯氣而為(闕七字)生於是者足以(闕三字)而為世傑故公之先由烈考太僕府君之上曰王父竇大王父閏皆貞晦不仕介享天爵而樂許(闕十三字)[illegible]仲曰豢公(闕四字)世(闕二字)聿登相位而申甫之祥著矣昔者聖人之教天下也本之以仁義制之以經籍是謂人文是謂人(闕六字)以(闕一字)開物成務者(闕四字)所於此(闕二字)以公輔之位必由稽古升廊廟之禾必以經術顯而公以明經擢第於春官氏則賢哲之(闕六字)為吏於清陽(闕十字)掾於高密郡秩滿而(闕一字)授范縣令大鵬之翼鍛北溟以未舒蟄雷之聲殷南山而不(闕一字)然則(闕七字)于之(闕五字)討通人之才變而順則方圓之量不能局故公之佐縣

政也人謂其勤且潔矣典刑書也人謂其(闕八字)邑恪(闕一字)以(闕八字)使(闕一字)政(闕一字)而從入者則人謂其賢且能矣粤若日月之彩得天而大明風雲之期遇屯而勃起(闕十字)磻谿(闕一字)璜(闕十字)我大周聖神恭肅文武孝皇帝建大功於漢室為北藩於魏邦初筵既開得賢斯盛於是我公(闕九字)而君臣之(闕九字)龍飛在天躬載耀靈至於霄極皇業肇建制以公為秋曹郎進階至朝散大夫而(闕九字)萬(闕十二字)之樞惟聖人執左契臨萬邦經久制大命曰政之機國之大柄總於樞務者可謂重矣而公(闕九字)忠而賢(闕十一字)公為左司郎中充樞密直學士尋轉諫議大夫充職今皇帝嗣位之時登用舊臣而并人來我大喪擁眾南侵親征之舉迅若奔雷分命大臣保壘(闕七字)於公仍拜武卿(闕九字)振帝伐張黃鉞白旄殪羣兇而皆盡麥旗河鼓導清蹕以言旋大祲既已平九服又已定(闕四字)時惟輔臣而公昌言可(闕八字)聖謨碩望可以鎮流俗爰立之命帝心允乎六府肇修兵賦元大邦之調用(闕五字)公自立不回信而有守(闕十字)哉大運逢時洪鈞在手貴忠孝於君父享富貴之崇高而盡瘁之勞因成恙疾封章屢上優詔褒稱聽解利權(闕一字)專(闕七字)以列卿歸第懸車故鄉嗟風樹之忽禍訴昊天兮何極見星而往夕露方多泣血以居晨號屢絕哀與性盡卧疾而終享年五十有二(闕七字)

觀夫公之行事則其道也淳而粹充充焉無能稱其言也直而肆謇謇焉無所忌耿介以自立強幹以自(闕一字)故其仕也(闕一字)一命之卑(闕一字)三(闕六字)無悔吝古人之操何以尚也秉筆者得無愧於詞矣許國夫人李氏嗣子太廟齋郎嚴信等(闕三字)靈(闕一字)光(闕二字)烝嘗暴其賢人(闕九字)子事終之禮佳城閉且長楸宴雲勒銘垂休以示千古其詞曰

長白蒼蒼潟水湯湯哲人之生逢時會昌哲人之逝魂遊故鄉(闕一字)高山兮峩峩逝水兮驚波(闕一字)而(闕一字)一死(闕十九字)山有頹坂水有高岸人何世而弗新善何名兮獨遠猗歟公兮時用丕顯

顯德三年歲次丙辰十二月己未朔十日戊辰

山泉翁詩

青州城南花林疃泉石清幽有塵外之趣山泉翁賦詩云山藏柳市無車馬水隔桃源有子孫馮宗伯琦愛其語遂與鍾司空羽正約卜鄰其地

集詞

秀水朱竹垞彝尊集唐詩為填詞一卷名蕃錦集殊有妙思略錄數闋於此○照語滴

簾鉤。李賀 池北池南草綠。王建 京口情人別久。張籍 與君歌一曲。白居易 ○有時半醉百花前。山月皎如燭。韋應物 贈瑤華之綺旎。陳子昂 得明珠十斛。李賀 ○秋風清。李白 秋色白。李賀 望盡青山獨立。盧綸 披閒戶。盧照鄰 度飛報上。同 吟詩秋葉黃。杜甫 幽蘭露。李賀 香楓樹丹。吳融 吠犬鳴雞幾處。上同 蒼翠晚。劉長卿 染羅衣。李賀 鳥還人亦稀。白居易 ○江海茫茫春欲遍。劉長卿 長岸上無人。孫光憲 野色寒來淺。羅隱 向晚因風一川滿。薛濤 蘭閨柳市芳塵斷。駱賓王 越女含情已無限。許渾 灑霧飄煙。包佶 天畔登樓眼。杜甫 此夜斷腸人不見。顧況 紗窗只有燈相伴。裴說 此首詠春雨，尤字字入神。

耕者王清臣

天啟初，潁川張遠度買田潁南之中，村地多桃花林。一日攜榼獨遊，見耕而歌者，徘徊瞳聞聽之，皆杜詩也。遂呼與語，耕者自言王姓名清臣，舊有田，畏徭役，盡委諸其族，今為人傭耕。少曾讀書，客有遺一冊於其舍者，卷無首尾，讀而愛之，故嘗歌，亦不知杜甫為何人也。異日遠度過其廬，見舊壁揩煤字漫滅，乃燒細枝為筆，所書皆所作詩，後經亂不知所在。張獨傳其一篇云：人生如泛梗，飄飄殊無根。飲啄得幾許，營營晨與昏。對此春日好，荷鉏出南原。近觀草色軟，靜聽鳥語繁。諸有弄化本，雜遝呈真元。曉然以供我，寧不倒清樽。有身貴適意，窮達安足論。此亦杜五郎之流歟。

草賢

崔琰善章草，王隱謂之草賢，此在草聖之前，而人罕知之。

考功詩

從叔祖李本考功象春，跌宕使氣，常引鏡自照曰：此人不為名士，必當作賊。嘗奉使長安，飲於曲江，賦詩云：韋曲杜陵文物盡，眼中多少可憐墳。其傲兀如此。有題項王廟樂府一篇云：三章既沛秦川雨，入關更縱阿房炬。漢王真龍項王虎，玉玦三提王不語。鼎上杯羹棄翁姥，項王真龍漢王鼠。垓下美人泣楚歌，定陶美人泣楚舞。真龍亦鼠虎亦鼠。此詩劉公㦷絕愛之。公與文光祿太青友善，詩亦齊名。錢牧齋尚書云：文天瑞如魔波旬，具諸天相，能與帝釋戰鬬，遇佛出世，不免愁宮殿震壞。王李不如西域婆羅門邪師外道，自有門庭，終難皈依正法。然其警策處，要自不可磨滅。列朝詩中僅錄三首，又非佳作。

三禮

楊太史用脩觀光致知小語云：周禮、儀禮、大戴禮曰三禮。喪禮、葬禮、祭禮曰三禮。出表 天神人鬼地祇亦曰三禮。出典

唐宋詩句

晚唐人詩：風暖鳥聲碎，日高花影重。曉來山鳥鬧，雨過杏花稀。元人詩：布穀叫殘雨，杏花開半村。皆佳句也。然總不如右丞興闌啼鳥緩，坐久落花多，自然入妙，盛唐高不可及如此。

蟹字韻詩

顧姒字啟姬，杭州人，適鄂生某。康熙庚申從其夫至京師，嘗見所著靜御堂集，小賦詩詞頗婉麗。九日，予與同人飲宋子昭工部小園，限蟹字韻。翌日鄂詩先就，顧代作也。其末云：予本澹蕩人，讀書不求解。爾雅讀不熟，蟛蜞誤為蟹。予亦戲顧善歌所製詞曲，有一輪月照一雙人面之句，予最賞之。

梵雅

安丘馬禮部應龍撰梵雅十二卷：釋言第一，釋義第二，釋相第三，釋教第四，釋佛第五，釋菩薩第六，釋解開第七，釋外道第八，釋人倫第九，釋天文第十，釋地理第十一，釋鳥獸第十二。

安邦試錄

孫沙溪無用閑談載安邦鄉試錄，并其賦表極佳，雖中華文士無以過之。安邦者，安南一道之名也。試錄題云：洪德二年辛卯。黎灝僭號 初場四書義四篇，五經義五篇，二場制誥表各一篇，三場詩賦各一篇，四場長策一篇。交阯明初為十四道之一，蓋沿中國科舉之制，而稍損益之耳。其擬謝玄讓前將軍表曰：奈彼氐秦，生心猾夏，逞虎貪狼噬之惡，正爾憑陵，賴風聲鶴唳之威，居然奔潰。諒本皇天之助順，亦由廟算之先幾。詎意圖功，驟加異寵。言念百年之緒，猶後即誅；豈伊一戰之勞，敢先受賞。末擬賦曰：靈蛟恥於榮陽，恨稿葉半灘，水土自閑於汎濊，人何擇於善泗。又云：惜半始終奉表，名皇反復國陵之車，梲不來齊村之禍。抗自速智，已局於挈瓶；悔猶追於鼎足。賞輻啟紫瓶，贏告凶。檻車之困未幾，鍾室之恨何窮。鳥言卉服，何以有此，亦奇矣。

粵風續九

粵西風淫佚，其地有民歌、猺歌、狼歌、獞歌、蛋人歌、狼人扇歌、布刀歌、獞人舞桃葉等歌，種種不一。大抵皆男女相謔之詞，相傳唐神龍中有劉三妹者，居貴縣之水南村，善歌，與邕州白鶴秀才登西山高臺為三日歌，秀才歌芝房之曲，三妹答以紫鳳之

歌秀才復歌桐生南嶽三妹以㯶飛秋草和之秀才忽作變調曰郎陵花詞甚哀切三妹歌南山白石益悲激若不任其聲者觀者皆歔欷復和歌竟七日夜兩人皆化為石在七星巖上下有七星塘至今風月清夜猶彷彿聞歌聲焉同年睢陽吳井滄淇為潯州推官采錄其歌為粵風續九雖侏儷之音時與樂府子夜讀曲相近因錄數篇民歌曰妹相思不作風流待幾時只見風吹花落地不見風吹花上枝（相思曲）想妹蝴蝶思想也為花蝴蝶思花不思草兄思情妹不思家（蝴蝶思花）娘在一岸也無適弟在一岸也無適兩岸人煙相對出獨隔青龍水一條（隔水曲）妹嬌娥憐兄一箇莫憐多已娘莫學鯉魚子那河又過別條河（與妹同）嫩鴨行遊塘㭨上嬌娥尚細不曾知天旱蜘蛛結夜網想晴只在暗中絲（塘上）妹相思妹有真心弟也知蜘蛛結網三江口水推不斷是真絲（妹相思）科舉秀才取紅豆相思及早辦前程黃菊花開九月九枝枝葉葉有娘名（黃菊花）猺歌云思娘猛行路也思睡也思行路思娘留半路睡也思娘留半牀一白馬兒白馬端正也難騎娘騎馬頭表馬尾馬轡共共妹臨比（二臨比即怎的）鄧娘冏行江邊路却滴江水上娘身滴水一身娘未怪表憑江水作媒人（三鄧與也）黃蜂細小螫人痛油蔴細小炒仁香鴨兒細細著水面表綠細小愛憐娘（四）狼歌六吞六齊度菊

口龍（六島也吞見也齊度大家也菊飛入也口龍山中也）大路無數岔江河無數曲望東西南北花色一般紅又舊錢便好使舊米好做糍望北斗超生望有彭照顧（彭謂所私）各想心各愁心頭如馬踐條條朧真力百色盡眉瘦（朧猶也真力重也）三十六圖第四十變圖難（言求偶之難大家與羅斂行同）意獞歌口三六四里踏得耳花桃花脈淋了好花桃淋了密淋了細綠綠淋了離乙乙養勒佛排挖養勒花排菲呈樣對鴛鴦里樣梁山伯山伯祝英臺（此述出臘歌之詞也入也脈辯也淋謂視也離陸離之意乙猶亞也五六句承四五句言桃花踏著之擬艷已下五句喻歌之人勒孔也挖甚齊也菲美麗也男女相悅言男如佛女如花耳鴛鴦比比之於鳥梁祝比之於人）蛋歌（蛋有三種蛋木蛋魚蛋蚝比魚蛋也）錯畔行過蘇行巷魚過水透到花街木樨花發香十里蝴蝶聞香水面來一蛋船起離三江口只為無風浪來遲月明今網船頭㩒情人水面結相思（二令等也三江滘江淳江）鹿在高山喫嫩草相思水面緝麻紗紋藤將來作馬逐問娘鞍落在誰家（三麻紗網也魚蛋浮家宅故所賦不離江上也）狼人扇歌者書歌於扇字如蠅頭一面則花鳥其詞有云比萬兩千金君心又眉意比火帝龍師結夫妻卦世（火帝龍師二人名也）擔歌者峒人多以木擔聘女或持贈所歡以五采斷作方段斷處文如鼎彝歌與花鳥相間字亦如蠅頭布刀者峒人織具也書歌於刀上間以五采花亦明漆沐之又有師童歌者巫覡樂神之曲詞不錄

彭氏詩

郴州彭氏布政使崑峯（而述）女適李淑鴻字青立文達公裔孫學士恒茂之子予門人也鴻亦能詩而才不及婦予嘗序其蝶龕集刻之京師如咏白蓮云月亦驕花色風偏送葉香刺繡云針宜停午倦窗喜趁新晴送外云山川日以遠雨雪天將寒皆佳句也又雷家灣云峯峯斜倚俯清潺一葉孤舟亂後艰洞阻白雲雞犬在此中大有避秦人金銀洞云絕壁蟠橋萬壑深春風何意此登臨安禪暫借蒲團力坐聽神龍澗底吟又陰厓如幃俯青蘿脈脈寒泉激素波亘大一舟沙際望四山香氣鳥聲和種桃柳云繞畦煙水望迷離種得桃枝間柳枝好是年年芳草地春晴須記聽鶯時惜杏樹云幾經剪拂始成林夏晚移牀就綠陰却怪一朝風雪惡惜杏空負十年心此類數十篇皆可誦也

超一子

超一子者廣陵殷氏女早寡學道三年坐化遺詩偈一卷有云靜中無箇事及復弄虛空地老天荒後魂飛魄喪中有師開道統無法度愚蒙忽底虛空碎夕陽依舊紅又看花云土來澆灌水來栽顛倒工夫任我來滿院春風花自語不將顏色向人開

四六話

宋王銍作四六話二卷與詩話賦話文話並傳於時又有作四六談塵者唐宋以來重四六如此故溫公知制誥以不能作四六辭識小編載洪武六年諭禮部尚書牛諒禁止四六文字并表箋亦然諒等乃錄柳子厚代柳公綽謝上任表韓退之賀雨表以上命頒行天下以為式然其後制誥表箋皆用四六未嘗變也

宋元人集目

秀水曹侍郎秋岳溶好收宋元人文集嘗見其靜惕堂書目所載宋集自柳開河東集已下凡一百八十家元集自耶律楚材湛然集已下凡一百十有五家可謂富矣近時石門吳孟舉（之振）刻宋詩鈔亦至百數十家多秘本蓋吳與其縣人呂莊生（留良）兩家所藏本而頴濱南豐尚不及載則未刻尚多也吳曾為予言唐樊宗師宋二劉公是公非集其家皆有之又嘗見金陵黃俞邰（虞稷）徵刻唐宋元書目所載有金趙秉文滏水集二十卷元郝經陵川集三十九卷癸亥俞邰以徐都憲立齋（元文）疏薦入明史館予時向之借書所見如李覯集司空圖一鳴集沈亞之下賢集柳開河東集王令廣陵集韓駒陵陽集李之儀姑溪集耶律楚材湛然居士集皆目所未載者又予家

所有張養浩歸田類稿、石介徂徠集、尹洙河南集、岳珂玉楮集，則黄氏之所未備也。

近朝鮮入貢使臣至京，亦多購宋元文集，往往不惜重價，祕本漸出，亦風會使然。水東日記云：張文忠公全集今在故副都御史雲中孫廷瑞家，蓋齋府舊物，有歐陽圭齋序。予所見本有孛术魯翀序，而無圭齋序。

杼山集牒

釋書。杼山集十卷，有湖州刺史于頔序，詩七卷，碑誌、傳讚、書序二卷，聯句一卷。首載敕浙西觀察使牒湖州當州故皎然禪師集牒，得集賢殿御書院牒，前件集庫內無本，交關進奉，牒使請速寫送院，訖並報者。牒州寫送使者，故牒。貞元八年正月十日牒。都團練副使權判兼侍御史李元使，潤州刺史兼御史中丞王緯。按唐六典，集賢殿學士掌刊緝古今圖籍，凡天下圖書之遺逸、賢才之隱滯，則承旨而徵求焉。當時一衲子之集，至下敕觀察使牒本州寫送，其於文事可謂勤矣。後世如此等事，豈可易得。張睿卿稚通所編吳興唐五家集略同，但作四卷。

王咸寧詩

予改官翰林侍講時，淄川唐濟武夢賚太史寄詩云：蠟燭五侯新制誥，鞦韆三影舊郎中。語雖巧特工妙。後讀王咸寧詩有云：江浙老成新運使，戶曹公道舊郎中。乃知前輩已有此句法，但工拙異耳。

武侯集

宋龍泉葉氏習學記言序目云：諸葛武侯集，荀勗和嶠令陳壽所定，亮之言，魏晉所不欲聞，然且存之而不敢沒，非亮至誠，孰能使之哉？予謂是固忠武至誠動物之效，而晉武帝之視宋哲徽二宗，勗嶠之視章惇蔡京輩，務併蘇黃諸公著作，一字不存於世。明太宗靖難後，舉世以方正學文章為諱，其用心胥壞矣。葉謂晉武好善忘讎，自是盛事，故其後裔雖亂而尚延，旨哉。曹操殺孔北海，其子丕獨愛融文辭，每歎曰：揚班儔也。募天下有上融文章者，輒賞以金帛。此又在晉武之前，皆後世所不及。

葉水心論三國志

葉水心謂陳壽三國志，筆高處逼司馬遷，但少文義緣飾，終勝班固。又云：近世有謂三國志當更修定者，蓋見注所載尚有諸書，不知注之所載，皆壽書棄餘。按陳壽之書，古今毀譽者非一。班氏良史，以壽勝固，殊不可解。若其稱名三國，名義乖舛，自陳同甫、郝伯常諸人，皆改正其書。此外作者尤衆，林霽山集有胡君李漢正義序，楊康夫正統雖甚，其言尤著。近世欽人謝陛少連季漢書出，不惟名正言順，抑且文詞斐然，惜水心不及見耳。駟不及舌，葉氏之謂矣。

管夫人畫

祁縣戴楓仲藏管夫人道昇小畫一幀，有細書十字云：山迴新綺閣，竹擁舊朱門。祁子悳太僕題云：竹繞層樓罥網蛛，絲絲縷縷挽雲衢。儂來素面流輕粉，尚衣羊肝半臂無。戴博雅有文，與傅青主善，有半可集。

毘陵集

唐獨孤及毘陵集二十卷，有朝議大夫前守庱州刺史隴西李舟序，補闕安定梁肅後序。此序載文粹中。末有祝允明跋云：毘陵集二十卷，秘藏天府，世罕其傳。吳文定公在宋閣抄藏於家，其孫經府君與貞山給事為內兄弟，給事因得假歸錄之。云詩三卷，通八十二篇，與今詩紀所載無異。餘賦一，表二十七，書二，議九，銘三，頌一，論一，說二，碑五，序五十一，集序三，讚六，記述十二，策書四，文十二，行狀二，碑銘五，靈表一，墓誌二十七，祭文九。康熙癸亥閏六月，借抄於晉江黃氏。

林艾軒駁詩本義

宋林艾軒光朝與朱子同時同里，說詩最不喜歐陽本義。與趙子直書云：詩本義初得之，如洗腸胃，讀之三歲，覺得有未穩處，大率歐陽二蘇及劉貢父談經多如此。又一書駁本義關雎、樛木、兔罝、麟趾等解甚悉。大抵歐陽本義雖未必盡合，然較考亭盡去小序而以臆斷，不啻勝之，未可厚非。

誦詩

予六七歲始入鄉塾受詩，誦至燕燕、綠衣等篇，便覺棖觸欲涕，亦不自知其所以然。稍長，遂頗悟興觀羣怨之旨。宋王融、陳叔齡與樂軒陳藻讀國風於古寺，至采蘋捹卷而泣，頓悟中庸之旨。叔齡以告網山林亦之，網山遂以藻見於其師林艾軒曰：吾嘗謂詩不歌、易不畫，無悟入處。今于元潔尤信，知此者可與言詩。然采蘋之詩，亦未見可泣處。

學杜

宋明以來，詩人學杜子美者多矣。予謂退之得杜神，子瞻得杜氣，魯直得杜意，獻吉得杜體，鄭繼之得杜骨，它如李義山、陳無己、陸務觀、袁海叟輩，又其次也。陳簡齋最下。後村詩話謂簡齋以簡嚴掃繁縟，以雄渾代尖巧，其品格在諸家之上，何也？

沈下賢集

唐吳興沈亞之下賢集十二卷。古賦詩一卷。雜文雜著（如湘中怨、秦夢記、馮燕傳之類）三卷。記二卷。書二卷。序一卷。策問對一卷。碑誌表一卷。行狀祭文一卷。有宋人序。題元祐丙寅十月一日。無名氏。末有萬曆丙午。閩人徐𤊹興公跋云。鈔諸焦太史者。後附張祐杜牧李商隱三詩。黃俞邰（虞稷）得之周櫟園戶侍。戶侍得之謝在杭方伯家。下賢文。大抵近小說家。如記弄玉邢鳳等事。

雞上木

予贈徐隱君東癡夜詩云。先生高卧處。柴門翳苦竹。雪深門未開。村雞鳴喬木。曰午炊煙絕。吟聲出茅屋。云云。故友葉文敏公（方藹）最愛之。而不解雞鳴喬木之句。以為江南若見雞上木鳴。則以為妖孽矣。然古詩已云。雞鳴高樹顛。陶詩云。雞鳴桑樹顛。而諺亦有云。雞寒上樹。鴨寒下水。此皆目前習見語。訒菴豈忘之耶。

佛手柑詩

益都王太平（仲遵）有詠佛手柑詩云。斷此黃金體。施於祇樹林。度人難下指。合掌即傳心。味向騈枝悟。香從反覆尋。諸天有真訣。巨擘競森森。予每數其工。太平又嘗作禪意詩數十篇。

木瓜詩解

紫陽解詩。多失本意。其甚者。如木瓜一章。尤為穿鑿。輔廣童子問亦知其非。而不敢斥師說。則欲盡抹倒小序家語。以傅會其謬。依違可笑。云有學者請於先生曰。某於木瓜詩。反復諷咏。但見其有忠厚之意。而不見其有褻慢之情。小序以為美齊桓。恐非居後揣度者所能及。或者其有所傳也。竊意桓公既歿之後。衛文公伐齊殺長立幼。衛人感桓公之惠。而責文公之無恩。故為是詩。以風其上。不然。則家語所謂吾於木瓜見苞苴之禮行焉。胷豈鑿空而為此言乎。先生以為不然。曰若以此詩為衛人欲報桓公之詩。則齊桓之惠。何止於木瓜。而衛人實未有一物報之也。（此論甚是。詩人言外之意。）愚謂（此下輔氏之說）以此言之。則小序之說。亦傳會之失。實無所據明（此是辨斷）而先生疑以為男女贈荅之詞。則亦以為衛風多淫亂之詩。而疑其或然耳。（此說是）至於家語所載夫子之說。乃王肅所纂集。固雖盡信。而其言亦又無甚意味。且於小序之作。未知其孰為先後也。（若是。則秦火已後。六經四子之書。皆不足信矣。因傳會師說。而并欲廢家語。可謂妄人也已。）吾其定解。有女同車。風雨。子衿等篇。皆傅會無理。諸家之說。斯為最下。

廟堂碑

虞伯施夫子廟堂碑真蹟。康熙壬戌。江南一士夫攜至京師。或酬直五百金。不許。張學士素存（玉書）云。親見之。又有陸士衡真蹟一帖。歸戶書真定梁公蒼巖（清標）。宋牧仲犖曾見之。

表語本樂天詩

宋任忠厚悼坐上書入籍。久不得調。授時相啟云。籠中翦羽。仰看百鳥之翔。岸側沈舟。坐閱千帆之過。蓋用白樂天詩。沈舟側畔千帆過。病樹前頭萬木春語。

后山師曾黃

猗覺寮記云。陳后山平生尊黃山谷。末年乃云。向來一瓣香。敬為曾南豐。人或疑之。非也。無已少學文於子固。後學詩於魯直。各有師承。是詩（觀兗文忠公六一堂圖書）又有句云。世雖嫡孫行。名在惡子中。又與林秀州書云。有聞於南豐先生。不敢不勉。答晁深之書云。始僕以文見南豐。辱賜以教。云云。又妾薄命二篇。至有殺身以相從之語。自注為曾南豐作。其推尊至矣。至荅秦觀書云。僕於詩初無師法。一見黃豫章。盡焚其稿而學焉。其自敘源流甚明白。惟於兩蘇公。雖在及門六君子之列。而其言殊不然。其荅李端叔書云。兩公之門。有客四人。黃魯直秦少游晁無咎。長公之客也。張文潛少公之客也。言外自寓倔強之意。此則不可解耳。

虞揭

虞道園序范德機詩。謂世論楊仲弘。如百戰健兒。德機如唐臨晉帖。揭曼碩如美女簪花。而集如漢廷老吏。曼碩見此文。大不平。一日過臨川。詰虞。虞云。外間實有此論。曼碩拂衣便去。留之不可。後曼碩赴京師。伯生寄以四詩。揭亦不荅。未久卒於位。偶讀梁石門寅集。述此記之。文士護短盛俊王前。千古一轍。可笑也。

艾軒用法語

吳子經。臨川人。與歐陽文忠游。著法語。有云。稚子夜啼。拊背以嗚之。而不止。取果餌與之。而不止。於是其母滅燭。其父伏戶下。為鬼嘯。為狐鳴。則其口如窒。此事所以貴乎權也。韓子蒼謂其絕似莊子。孝宗朝。林艾軒（光朝）在太學。曰試長勢策。云譬如嬰兒夜啼。拊之不止。哄之不止。卒然滅燭伏戶下。為虎嘯狐鳴。則其喙如窒。全用吳語。校文者傳以為笑。少司成陳少南見之。大驚歎曰。此筆當與太史公爭衡。必寘首選。林希逸作艾軒文集序。載其事。蓋當時艾軒實竊吳詞。訕笑與賞歎者。皆不知其本法語也。

蜀鑑

蜀鑑十卷。起秦人取南鄭。秦人伐蜀。迄西南夷本末。有文子嘉熙丁酉跋云。與資中郭允蹈居仁。共爲此編。又有姚咨嘉靖丙寅跋云。是編予得之雒涪外史顧玄緯氏。玄緯得之兵侍鄞范東明。翁翁又得之章丘李中麓吏部。粗校假錄。越二十餘年。予始得手鈔。凡六踰月乃畢。夙興夜寐。無論寒暑。蓋不知老之將至。是書予壬子入蜀時。購之不可得。康熙癸亥。乃借之朱簡討錫鬯。朱好寫書。多未刻秘本。跋中李中麓氏藏書。百六十年來。識近始歸崑山徐宮贊健菴。梁溪顧氏書至孝廉修遠。宸尤富。後書歸吳中丞伯成。興惟四明范氏天一閣書。不以借人。至今無恙。餘姚黃梨洲宗羲。多就閱其秘本。

李元賓集

唐李觀元賓文集五卷。附詩四篇。始郊天頌。終邠寧節度饗軍記。凡雜文五十篇。諸碑銘亦有奇處。王與孟簡吏部奚員外諸書。粗率叫呶。如醉人使酒罵坐。蓋唐中葉已後。江湖布衣挾行卷干薦紳。延接稍遲。贈遺稍薄。則謗詬隨之。漫以成習。觀諸書可見。編首有陸希聲序。謂始元賓舉進士。其文稱居退之右。元賓早世。其文未極。退之窮老不休。故能卒擅其名。又云。元賓尚於辭。故辭勝其質。退之尚於質。故質勝其辭。此序載文粹中。予謂元賓視退之。如跛鼈欲追騏驥。未可以道里計也。

唐人不明理

唐人多不明理。如歐陽詹自明誠論。先云。文王周孔自性而誠者也。顏子游夏得誠自明者也。下却云。尹喜自明誠而長生。公孫弘自明誠而爲卿。張子房自明誠而輔劉。公孫鞅自明誠而佐嬴。此等議論。可謂離經畔道。宋儒之罪人也。

熊館

予蜀道詩。有熊館四時陰之句。亡友葉文敏訒菴方藹以爲射熊館。乃漢上林館名。不可借用。非也。雙溪筆談云。熊於山中行數千里。悉有跧伏之所。必在石巖枯木中。山民謂之熊館。訒菴或偶忘之耳。又有句云。東道連胸服。按胸服音潤春。而顏師古地理志注音朐。予從顏音。

唐人歌樂府

唐人所歌樂府詞曲。率是絕句。然又多翦截律詩。別立名字。殊不可曉。如王右丞風勁角弓鳴一首。截取前四句。名戎渾。揚子談經處一首。截取前四句。名崑崙子。旗亭伶人所歌高常侍開篋淚霑臆一首。作萬首本是長篇。截取前四句。名涼州歌是也。又考教坊記諸曲名。如胡渭州穆護子砂。又作涼州伊州甘州之類。皆載。而無戎渾崑崙子之名。

潘高

金壇潘高孟升。南村詩。雅語時入古人。予最喜一絕句云。黃鵝穀穀雨沫沫。燕麥風輕上鶯魚。記得去年寒食節。全家上冢泊船初。

武風子

武風子。雲南之武定人。名恬。或言其先軍衛官也。嘗行乞市中。或寄宿僧寺。狀若清狂不慧。特有巧思。能於竹箸上。燒方寸木炭。畫山水人物。臺閣鳥獸林木。曲盡其妙。嘗畫滇煙閣功臣。瀛洲十八學士。鬚眉意態。衣褶劍佩。細若絲黍。而一一生動。或以酒延致之。以箸散布其側。醉輒取畫。運斤成風。藩王督撫藩臬大吏。欲邀致。即逃匿山谷不見也。其箸一束。直白金數星。官滇南者。遠餽京師。用充方物。亦奇技也。風子醉後。或歌或笑。或說論語有奇解。年六十餘卒。盧氏雜記云。故德州王使君倚。有筆一管。約一寸許。管兩頭各出半寸。以來中間刻從軍行一幅。人馬毛髮。屋木亭臺。遠水。無不精絕。每一事刻從軍行二句。云用鼠牙刻之。故崔郎中鋌有王氏筆管記。此其類焉。

銅雀硯辨

崔後渠彰德府志辨硯云。世傳鄴城古瓦硯。皆曰曹魏銅雀博硯。皆曰冰井。蓋猶名而未審其實。魏之宮室。焚蕩於汲桑之亂。趙燕而後。迭興代毀。何有於瓦礫乎。鄴中記云。北齊起鄴南城。屋瓦皆以胡桃油油之。光明不蘚。筒瓦用在覆。故油其背。版瓦用在仰。故油其面。筒瓦長二尺。闊一尺。版瓦之長如之。而其闊倍。今或得其真者。當油處必有細紋。俗曰琴紋。有花曰錫花。傳言當時以黃丹鉛錫和泥。積歲久而錫花乃見。古塼大者方四尺。上有盤花鳥獸紋。千秋萬歲字。其紀年非天保則興和。蓋東魏北齊也。又有塼筒者。花紋年號。如塼內圓外方。用承簷溜。亦可爲硯。宋刺史李琮元豐中。於丹陽郤不疑家。得唐元次山家藏鄴城古塼硯。背有花紋及萬歲字。與鄴中記合。又曰大魏興和二年造。則唐賢所珍。已出於南城矣。

息從清涼詩

高侍講士奇扈從清涼山雜詩云仙蹕陪遊陟升參年來萬里閱崎嶔東西行徧幽山路三度春風宿羽林辛酉扈從迴嶽容爾沁壬戌扈從奉天府癸亥扈從清涼山皆以二月出都輕寒未放杏花枝樹底停鞭感歲時不止今年負花事漫將遊跡比分司元王惲完州詩誰者分司滋水王老子若花香裏過今春滋水濺濺出谷流沙原路斜草新抽鶺鴒亭午山村外報道郵籤過定州佛頂分來五髻青淨空闕刹玉輿停茜衫黃帽搖金鐸宮錦齊開梵字經紫府仙山寶異區長松鬱鬱翠崢嶸興來那得勾龍爽重寫峯巒入畫圖勾龍爽有紫府仙山圖載宣和畫譜新安城上有高樓金粉香銷幾百秋傳是章宗遊賞地纖花細草滿春洲野淀瀰漫一望迷漁莊蟹舍接通隄遠天雲樹蒹葭裏只少樓臺似浙西

池北偶談卷十六終

池北偶談卷十七

清　濟南王士禛阮亭著

談藝

記觀施愚山書畫

辛亥秋偶觀施愚山閏章所攜書畫東坡書二通其一與柳子玉寶覺師會金山詩又其一云呂晉叔得承事年八十三讀書作詩手不廢卷室如懸磬但貯古今書帖而已作詩示懸雲老師後有常熟嚴文靖公訥跋又元人趙仲穆畫竹愚山作記沈絳堂畫之又徐渭畫芭蕉自題云蕉葉屠埋短後衣墨描鐵鏽虎斑皮老夫貌此堪誰比朱亥椎臨袖口時筆墨奇肆之甚

二曹詩

南史曹景宗賦競病二韻詩蓋與古語暗合僖七年鄭大夫孔叔言於鄭伯曰心則不競何憚於病又宋曹翰平江南後久為環衛一日內宴羣臣賦詩翰以武人不預自陳少習為詩亦乞應詔太宗限刀字韻翰援筆立成詩云三十年前學六韜英名常得預時髦曾因國難披金甲不為家貧賣寶刀臂健尚嫌弓力軟眼明猶識陣雲高庭前昨夜秋風起羞看盤花舊戰袍太宗覽之驟遷數級二曹事絕相類大奇

明懷宗御書

在京師士夫家見明懷宗愍皇帝御書王維詩松風吹解帶山月照彈琴十字筆勢飛動上有崇禎建極之寶

林茂之

林翁茂之古度居金陵年八十餘貧甚冬夜眠敗絮中其詩有恰如秋鶴入蘆花之句方爾止文寄翁詩云積雪初晴鳥晒毛閑攜幼女出林皋家人莫怪兒衣薄八十五翁猶緼袍及卒周櫟園侍郎亮工葬之鍾山

松筠菴詩

康熙庚申刑侍高公珩再致政歸淄川未行移居宣武門西松筠菴相國益都馮公溥過之流連竟日高公贈詩云戶倚雙藤禪宇閑無人知是相公來相看一笑忘朝市風味依然兩秀才馮公和云隱几僧寮戶不開天親無著憶從來而今老去渾忘却祇識維摩是辨才予亦和云二老前身二大士相逢半日畫爐灰宂年古寺經行地記取寒山拾得來

墓誌

墓誌之始。事祖廣記。引炙轂子。以為始於王戎。馮鑑續事始。以為起於西漢杜子夏。高承事物紀原。以為始於比干。槎上老舌。引孔子之喪。公西赤志之。子張之喪。公明儀志之之語。予按檀弓。孔子之喪云云。蓋職志之志。猶今之主喪云爾。改志作誌。不可也。封氏聞見記。青州古冢有石刻銘云。青州世子。東海女郎。蓋吳以為東海王越女嫁苟晞子。又東都殖業坊王戎墓有銘曰。晉司徒尚書令安豐侯王君銘。凡數百字。又魏侍中繆襲。葬父母。墓下題版文。則魏晉以來。例有之矣。

曹能始

明萬歷中年以後。迄啟禎間。無詩。惟侯官曹能始宗伯學佺詩。得六朝初唐之格。一時名士。如吳兆徐桂林古度輩。皆附之。然海內宗之者尚少。錢牧齋所折服。惟臨川湯先生義仍與先生二人而已。能始官四川參政。與監司謁撫按。必於館中別設一几。隸人置書几上。對衆一揖。即就几披閱。不交一言。其孤亢如此。晚年大節。如江萬里尤不可及。予生甲戌。以辛卯中鄉試。乙未中會試。與先生相去一甲子。無不符合。

潁濱詩刻

古北口一寺。中有石刻蘇潁濱詩云。亂山環合疑無路。小徑縈迴長傍溪。彷彿夢中尋蜀道。興州東谷鳳州西。蓋公元祐間奉使契丹時所題。而遼人刻石者。

汗青

青溪暇筆云。古者書用竹簡。初稿書於汗青。汗青者。竹之青皮。如浮汗。以其易於改抹也。既正。則殺青而書於竹素。殺去聲。削也。言殺去青皮而書於竹白。則不可改易也。後漢吳祐父恢。以火炙竹令汗。取其青寫書。謂之殺青。簡則汗青殺青一也。姚說未知何據。

紫泥

青溪暇筆云。晉朝為詔。以青紙紫泥。紫泥猶今泥金之類。蓋泥紫色以書字也。予按漢舊儀。天子信璽六。皆以武都紫泥封之。青囊白素裹。兩端無縫。西京雜記云。漢以武都紫泥為璽室。加綠綈其上。非以書字也。叔林伐山云。今之紫泥。古謂之芝泥。皆濡印染楹之具也。姚說誤。

宋諸帝書

宋諸帝多工書。如太宗及仁宗飛白。而高宗其尤著者。今徽宗書。往往從書畫題跋見之。於京口鶴林寺。曾見高宗書石刻。青溪暇筆。記明南京舊內忠實不欺之室扁書。清勁奇古。類朱熹。乃理宗御筆。以賜郡守馬光祖者。太祖仍而不改云。

一技

近日一技之長。如雕竹則濮仲謙。螺甸則姜千里。嘉興銅爐則張鳴岐。宜興泥壺則時大彬。浮梁流霞盞則昊十九（號壺隱道人）。江寧扇則伊莘野仰侍川。裝潢書畫則莊希叔。皆知名海內。時陶南村所記朱碧山製銀器之類。所謂雖小道必有可觀者歟。

鄧燿

李宗城汝藩作鄧彰甫傳云。彰甫名燿。江陰人也。其先世。為唐宗人。惟武曌之亂。避地日南。迄宋大中時。遂君其國。凡八傳。至昊旵無嗣。其女名昭聖主國事。皆李姓也。閹奸人陳日煚。以詭計入贅。奪取之。始以避女主而遁。終以立女主而亡。事亦奇矣。昊旵遺腹子號。育於舅氏。冒鄧姓。實虞禍也。三世以官顯其國。至司空光遠公曰明者。幼岐嶷。國王器之。妻以女。拜左參知。初不知其為李氏裔也。文皇帝時。伊國逆臣黎季犛。殺其主。司空舉義師伐之。竟以德報怨矣。季犛奉其幼主。間道赴於闕廷。季犛佯服。懇請幼主歸國。甫入境。伏發復殺之。并及天使。上赫然震怒。特遣成國公朱能英國公張輔出師討罪。三擒偽王。滅其國。悉郡縣之。司空實先內附。為嚮道。著厥功懋焉。拜行在工部尚書。公先世以宗親王異域。茲乃以陪臣躋九卿。斯尤奇矣。子師晦任州守。以言事謫江陰尉。遂家焉。彰甫為司空九世孫。虬鬚白皙。雙眸炯然。善細書。絕技擅場。所書洛神賦。縱橫僅寸餘。竭目力。始悉其縷析絲分。毫芒彪炳。八法精勁。行伍井然。又能於粒米上書一絕句。異哉。按後漢師宜官。能於方寸間書千言。頗自矜重。間挈空囊過酒家。書其壁。觀者雲集。酒大售。因覓其直飲酣。輒削書而去。梁鵠受其法。魏武重之。可方駕矣。

康海學柳

康德涵武功官師志。學柳子厚先友記。柳作獨孤申叔墓碣末。載其友十三人姓氏。與先友記同一奇格。

屏山詩禪

劉屏山子翬。朱文公師也。其屏山集詩。往往多禪語。如牧牛頌云。軟草豐苗任滿前。蒼然觳觫臥寒煙。直饒牧得渾純熟。痛處還應著一鞭。徑山寄道服云。遠信殷勤到草菴。却慚衰病豈能堪。聊將佛日三端布。為造青州一領衫。棐几休誇紵與紈。紉蘭製芰亦良難。此絕倫滿三千界。要與寒兇共解顏。此類是也。先生常語文公曰。吾少官莆田。以疾病時接佛老之徒。聞其所謂清淨寂滅者。而心悅之。比歸。讀儒書而後知吾道之大。其體用之全乃如此。故文公講學。初亦由禪入。

李鎮東書

昔人評謝康樂詩。如初日芙蓉。顏延之詩。如鏤金錯彩。梁武帝取其語以入書評。云李鎮東書。如芙蓉之出水。文彩之鏤金。

姑溪集

宋李之儀端叔姑溪文集五十卷。古賦詩十一卷。銘贊一卷。表啟書四卷。雜書一卷。此上下闕卷數手簡十七卷。序一卷。記二卷。題跋五卷。祭文青詞二卷。墓誌三卷。詞曲三卷。後集二十卷。古賦詩十三卷。銘贊一卷。序跋一卷。手簡三卷。誌狀二卷。端叔在蘇門名次六君子。裹毛氏津逮祕書中。刻其題跋。觀全集。殊下秦晁張陳遠甚。然其題跋自是勝場。

楊鐵厓二賦

楊廉夫作悲舒王賦。刺王安石云。舉周官之勸說兮。胡獨忌夫春秋。宜夫有變而弗

畏兮。人有譏而易售。聽鳴鴞以為鳳兮。唾鄒麟以為羖羊。松柏老而剪棄兮。喜植榆之驟長。數語曲盡安石罪狀。可當爰書。又摩厓碑賦云。笱執溫凊之小節兮。不匹馬而北方。則千麾而萬旟兮。肯復効忠於蒼荒。又云。迎上皇以來歸兮。嗟長慶之驩聲斂南內其不祥兮。起膝下之天兵。使權臣其鳳變兮。何李父之貸刑。此殘碑之墮淚兮。與凍雨而交零。兩段或抑或揚。尤深當肅宗功罪。史筆也。廉夫有東維子全集。

滄浪集

宋蘇舜欽子美滄浪集十五卷。首有歐陽序。古律詩八卷。誌狀二卷。書二卷。上書疏狀啟表二卷。記序雜文一卷。有南宋施元之跋尾。云蘇子美集十五卷。歐陽文忠公為之首序。子美在寶元慶歷間。有大名。其文章瓌奇豪邁。自成一家。不幸淪落早世。故生平所著止此。而近時亦少見之。元之因俾鋟版於三衢。又得尚書汪公聖錫所藏豫章先生詩。為子美作也。并附之左方。乾道辛卯六月己巳。吳興施某書。

徂徠集

宋石介守道徂徠集二十卷。詩卷。辨說原釋傳錄雜著五卷。論二卷。書六卷。序一卷。記一卷。啟表一卷。石門吳孟舉振之所貽宋刻也。守道最折服者柳仲塗。最詆諆者楊文公大年。觀魏東郊詩怪誕。可見其文體強勁。實有唐人風。較勝柳穆二家。終未脫草昧之氣。

蘇子美詩

滄浪集有及第後與同年宴李丞相宅詩云。拔身泥滓底。飄迹雲霄上。氣和朝言甘。夢好夕魂王。軒眉失舊斂。舉意有新兆。爽如秋後鷹。榮若凱旋將。一第常事。而津津道之如此。子美之早廢不達。已略可見矣。昔人譏孟郊春風得意馬蹄疾之作。子美何以異此。

皮陸

唐本笠澤叢書四卷。以甲乙丙丁為次。前有自序。及江湖散人傳。後有宋政和元年毘陵朱袞序。乃江西士大夫家舊本。黃俞邰得之金陵餅肆中。自跋云。出晉望手編唐本古雅。殊可寶惜。予舊藏皮襲美文藪十卷。有襲美自序。宋柳開仲塗序。亦皮所自編也。凡松陵唱和集詩。二編俱不載。

柳仲塗集

宋柳開仲塗河東文集十五卷。附行狀一卷。門人張景所編。其文多拗拙。石守道極

推尊之。其過魏東郊詩。上擬之臯夔伊呂。下擬之遷固王通韓愈。殊為不倫。東郊野夫傳。開所自述。與補亡先生傳。皆載集第二卷。又穆脩伯長集。代州馮秋水方伯如京順治中刻之金陵。文拗拙。亦與開類。詩尤不工。唐末宋初風氣如此。其視歐蘇。真陳涉之啟漢高耳。景字晦之。避難適蜀。改姓名曰李田。所至題曰。我非東方兕。木子也。不是牛耕土田也。欲識我蹤跡。一氣萬物母。景作柳集序。破題云。一氣萬物之母也。見湘山野錄。

龍標宮詞

李太白清平調。行樂詞。皆用飛燕昭陽事。然予觀王少伯宮詞。如平陽歌舞新承寵。簾外春寒賜錦袍。斜抱雲和深見月。朦朧樹色隱昭陽。玉顏不及寒鴉色。猶帶昭陽日影來。皆為太真而作。皆用昭陽事。蓋當時詩人之言多如此。不獨太白。

徐介詩

錢牧齋先生注杜詩。卷首附錄有徐介題耒陽杜工部祠堂詩云。手挼汨羅水。天心知所存。故教工部死。來伴大夫魂。流落同千古。風騷共一源。消凝傷往事。斜日憶頹垣。偶看王得臣麈史云。熙寧初。調官。泊報慈寺。陽羅徐秀才出其父屯田總詩。清苦

平淡有古人風。其過杜工部墓一首云：水與汨羅接，天心深有存。遠移工部死，（四五六句）同江山不受平寒，日下西原。字句稍不同。蓋屯田即介也。前本手接二字不可曉，疑有誤。

柳開論文

元盛如梓恕齋叢談載柳開論文曰：古文非在詞澀言苦，令人難讀，在於古其理，高其意。然予讀開河東集，但覺苦澀，初無好處，豈能言之而不能行耶。

刊書

恕齋叢談云：書籍版行始於後唐。昔州郡各有刊行文籍，寰宇書目備載之，雖為學者之便，而讀書之功不及古人矣。且異書多泯沒不傳。後漢書注事最多，所引書今十無二三。如漢武秋風辭見於文選、樂府、文中子，晦菴收入楚詞後語，然史記、漢書皆不載，藝文志又無漢祖歌詞，不知祖於何書。予按五代會要：後唐長興三年四月，敕差太子賓客馬縞、太常丞陳觀、太常博士段顒、尚書屯田員外郎田敏充詳勘九經官，委國子監於諸色選人中召能書人端楷寫出，付匠雕刻，每日五紙，與減一選。漢乾祐間，周禮、儀禮、公羊、穀梁四經始鏤版。周廣順三年六月，尚書左丞判國子監事田敏進印版九經書、五經文字樣各二部。顯德二年，中書門下奏國子監祭酒尹拙狀：校勘經典釋文三十卷，雕造印板，欲請兵部尚書張昭、太常卿田敏同校勘。葉夢得言：唐柳玭訓序言在蜀見字書雕本，不始馮道，監本始道耳。河汾燕閒錄：隋開皇十三年，廢像遺經，悉令雕版。又毋昭裔有鏤版之言。蓋刊書始隋，暨唐至五代、宋而始盛耳。

吳曾

宋臨川吳曾虎臣著能改齋漫錄十五卷。虞山錢公注杜詩多引之。當時有知麻城縣鄭顯文者，遣其子之翰赴御史臺論曾事涉謗訕，有旨曾、顯文各降兩官。賴臣僚繳奏，孝宗明聖，黜顯文，其子送汀州編管。後京鏜愛其書，始版行。見恕齋叢談。著書之難如此。今觀曾書，多不滿王介甫之論，奸人殆猶黨惡人故智云。

文表

吳郡劉欽謨昌，成化中督河南學政，刻中州文表一書。表章元六家遺文，皆中州產也。許文正公衡遺稿五卷、附錄一卷；姚文公燧內集八卷。欽謨自跋云：聞之李中舍應禎云，文公集五十卷，松江士夫家有之，南北奔走，竟莫能致。此乃錄本，多殘缺，視刻本不啻十之二。又云：在百泉召見姚裔孫，鄙野貧賤，不復事儒業，有文獻公樞手書碧色箋，特寶愛，紙墨如新云。雍古馬文貞公祖常石田集五卷，跋云：得之光州兵侍霍公。予所見石田集十五卷，至元五年刊行。霍之居即文貞故石田莊也。又云：馬中丞墓在光州西南十五里，碑石趙孟頫書。（愚按：文敏歿於元英宗至治二年，而文貞以順帝至元四年卒，是時趙前卒已久矣，疑必有誤，或是集趙書耳。）許文忠公有圭塘小稿三卷。王文定公惲秋澗集六卷，跋云：公之子公儀、公孺、公懿，子以可皆能文，而子孫墳墓漫不知其所在。李术魯文靖公翀遺文二卷，跋云：文靖有集六十卷，今多不傳。子遠死於忠，遠婦死於節。昌至鄧州，閱士籍得其後之習業於官者，猶自稱魯齋政家云。欽謨博雅好事，嘗撰吳先賢讚若干卷，此書尤可愛重。雎州湯潛菴斌學士出為江蘇巡撫，予語以當重刻之，惜未果。

授經圖

崇文總目有授經圖，其書不傳。明周藩西亭王孫乃因章俊卿考索圖增定之，為四卷。卷首有自序，及西亭之子勤羹一跋。圖首授經世系，次諸儒列傳，次諸儒著述，歷代經解。此書舊無刊本，大梁水後，西亭藏書數萬卷皆付巨浸。賴泉州黃俞邰家有寫本，康熙間與朱檢討竹垞彝尊同較定，刻之金陵，其書始行於世。

呂衡州集

唐衡州刺史呂溫和叔文集十卷：賦詩二卷、書序一卷、表狀二卷、碑銘二卷、銘文一卷、頌讚一卷、雜著一卷。卷首有劉夢得序，末附柳子厚故衡州刺史東平呂君誄。有跋云：右呂衡州集十卷，甲子歲從錢牧齋借得前五卷，戊辰從郡中買得後三卷，俱宋本。第六第七二卷均之闕如。越三年辛未，友人姚君章始為予錄之，因取英華文粹照目寫入，以俟他年得完本校定。又云：此本一照宋本鈔寫，第二卷闕砧已下十五首，宋本所無，案陳解元棚本鈔入。辱守居士書。

左傳檀弓敘事

劉知幾云：敘事之工，以簡為主。因思左氏記晉平公飲酒，杜蕢云：辰在子卯云云，三四十言；檀弓只以十七字盡之，云：子卯不樂，知悼子在堂，斯其為子卯也大矣。語益簡，味愈長，可為文章之法。歐尹在洛，同作雙桂樓臨園驛記，永叔先成，凡千餘言，師魯止用五百許字，永叔服其簡古。他日誌師魯曰：文簡而有法。又云：簡而有法，在六經中，惟春秋足當之，可知簡字不易到也。又類苑載：真宗御製法音集，詔學僧於傳法院箋注，楊大年充提舉。一僧注六種震動，幾三百字，大年都抹去，自下止二句曰。地體本靜。動必有礙。其論當若此。

馮班

馮班字定遠。常熟人。博雅。善持論。著鈍吟雜錄六卷。嘗云。朱子言譏稱鄭康成。後儒不從也。郤用陳澔注。程子極信詩小序。後儒不從也。郤從朱子。又云。祝字有去聲。後人別作呪詛字。錢牧齋不知。訊許是一字。王弇州不知。作文字不可不講字學。定遠論文。多前人未發。但罵嚴滄浪不識一字。太妄。

擬古

樂府古詩。不必輕擬。滄溟諸賢。病正坐此。前人擬古。莫妙於陸機。江淹。馮班云。江陸擬古詩。如搏猛虎。捉生龍。急與之角力。不暇氣格悉敵。今人擬古。如牀上安牀。但覺怯處種種不逮。此論良是。若傅玄豔歌行云。一顧傾朝市。再顧國為墟。呆拙之甚。所謂點金成鐵手也。王弇州云。平子四愁。千古絕唱。傅玄擬之。致不足言。是未賞耳。玄又有日出東南隅一篇。汰去菁英。竊其常語。尤可厭者。本詞使君自有婦。羅敷自有夫。緯有餘味。乃益以天地正位之語。正如低措大記舊文不全時。以己意續貂。罰飲墨水一斗可也。諒哉。

王慧詩

王慧字蘭韞。太倉人。同年長源贊學之女。有雋才。所著凝翠軒詩一卷。極多佳句。閨詞云。輕寒漸暖暮春天。小立閒庭待燕還。一縷柳花飛不定。和風搭在繡牀前。又五言。如杏花都掩屋。楊柳半垂溪。花陰依略約。竹色捲瀟湘。風懷看綠柳。愁緒比黃楊。紈扇三春月。緗琴五夜霜。七言。如別去新篁方解籜。重來芳樹欲過頭。蕭蕭竹影遮紅藥。細細波紋映白魚。纔過輕雷收筍若。旋斟新水試茶芽。一枝杏供宜金屋。半醉紅扶侍畫叉。蘆葉楊柳溪橋初過雨。杏花樓閣半藏煙。淚淹紅袖傷離日。愁在黃昏細雨中。硃添小印思題扇。劍擘輕羅憶點妝。牆角紅殘桃結子。石盆青淺菊分芽。柳絮飛殘青滿徑。豆花零亂綠圍村。宗榮謝後猶花信。櫻筍過時已麥秋。幾處溪山留薜荔。一秋風雨在芭蕉。皆佳句也。又宿田家。偶見粘窗破紙。乃韓偓香奩詩。惜而賦絕句云。麗情佳句有誰知。暫見窗前字半欹。為惜風流埋沒甚。自攜紅燭拂蛛絲。此等懷抱。亦非尋常閨閣所解。

借禪喻詩

嚴滄浪詩話。借禪喻詩。歸於妙悟。如謂盛唐諸家詩。如鏡中之花。水中之月。鏡中之象。如羚羊挂角。無迹可求。乃不易之論。而錢牧齋駁之。馮班鈍吟雜錄。因極排詆。皆非也。

會昌一品集

李衛公一代偉人。功業與裴晉公伯仲。其會昌一品制集。駢偶之中。雄奇駿偉。與陸宣公上下。別集憶平泉五言諸詩。較白樂天劉夢得不啻過之。

伊川尊詩小序

程伊川云。詩小序。便是當時國史作。如當時不作。雖孔子亦不能知。況子夏乎。如大序。則非聖人不能作。（理野云。據此則小序不可改。）又云。問小序是何人作。曰。但看大序。則可見矣。曰。莫是國史作否。曰。序中分明言國史明乎得失之迹。蓋國史得詩於采詩之官。故知其得失之迹。如非國史。則何以知其所美所刺之人。使當時無小序。雖聖人亦辨不得。曰。聖人刪詩時。曾刪改小序否。曰。有害義理處也須刪改。葉氏習學記言云。作詩者必有所指。故集詩者必有所繫。或記本事。或釋詩意。皆在秦漢之前。讀詩者以其時考之。以其義斷之。惟是之從可也。欲盡去本序。自為之說。失詩意多矣。

題畫詩三則

往見倪雲林小畫自題詩云。蕭蕭風雨麥秋寒。把筆臨摹強自寬。賴有俞君相慰藉。松肪筍脯勸加餐。又在京師人家見一詩云。梓樹花開破屋東。鄰牆花信幾番風。閉門睡過兼旬雨。春事依依是夢中。末題云。至正癸卯。呈德機徵君。右二詩皆佳。又嘗見破窗風雨卷。武夷山樵者錢惟善題云。一鐙風雨寒窗破。讀書不知秋怒號。恍如扁舟在江海。但覺四壁皆波濤。對牀高臥無此客。倚劍長歌空二毛。曉看庭樹故無恙。千峯雲氣落青袍。金蓋山人錢岳題云。歐亭山下讀書堂。破紙窗寒儘自搪。但怪蛟龍嘶匣底。不知風雨暗江南。雲橫黑海秋帆斷。花落彤樓曉夢酣。五色石崩天頂漏。須君手脫巨鼇簪。（惟善字思復。錢塘人。以羅刹江賦得名。號曲江居士。有江月松風集。）又羅塞翁畫猿一軸。余鏜題云。地卻故山久。披圖眼忽明。老夫歸未得。說與曉猿驚。韓性題云。果葉秋未黃。連臂攀山雨。白晝聞清啼。愁雲黯天姥。數詩皆佳作也。（性字明善。魏公八世孫。居紹興。卒謚莊節先生。元史儒學有傳。）

朱佐日

張景春吳中人物志云。武后嘗吟詩。白日依山盡。黃河入海流。云云。問是誰作。李嶠對曰。御史朱佐日詩也。賜綵百匹。子承慶嘗為昭陵挽詩。入高等。由是父子齊名。

按此詩。諸集皆作王之渙。之渙。開元間詩人。紀事詩話亦不載佐日名字。張說不知何據。

鮑謝

唐鮑防。字子慎。襄州人。仕終工部尚書。工詩。與謝良弼齊名。時亦稱鮑謝。見全唐詩話。

耶律文正詩

元耶律文正湛然居士集十四卷。中多禪悅之語。其詩亦質率。間有可采者。略摘數篇。管城從我自燕都。流落遐荒萬里餘。半札秋毫裁翡翠。一枝霜竹翦瓊琚。鋒端但可題塵景。筆下安能劃太虛。聊復贈君為土物。中書休笑不中書。（贈李郡王筆）昔年萍水便相親。握手臨風話素心。刻燭賦成無字句。按徽彈徹沒絃琴。風來遠渡晚潮急。雨過寒塘秋水深。此樂莫教兒輩覺。又成公案滿叢林。（寄平陽淨名院潤老）班姬零落到而今。聞道翻身入道林。歌扇舞裙忘舊業。藥爐經卷半新吟。閑眠白晝三杯酒。靜對青松一曲琴。更看他年棲隱處。蓬山樓閣五雲深。（過武川贈[illegible]令人）狐死曾聞尚首丘。悲予去國十年遊。崑崙碧聳日落處。渤海西傾天盡頭。君子云亡真我恨。斯文將喪是吾憂。尚期晚節回天意。隱忍龍庭且強留。（過燕京和陳秀玉韻）閑騎白馬思無窮。來訪西城綠髮翁。元老規模妙天下。錦城風景壓河中。花開把欖芙蓉淡。酒泛蒲桃琥珀濃。痛飲且圖容易醉。欲憑春夢到盧龍。閑乘羸馬過蒲華。又到西陽太守家。瑪瑙瓶中簪亂錦。琉璃鍾裏泛流霞。品嘗春色批金橘。受用秋香割木瓜。此日幽歡非易得。何妨終老住流沙。（贈蒲察元帥）河中春晚我邀賓。詩滿雲牋酒滿巡。對景怕看紅日暮。臨池羞照白頭新。柳添翠色侵凌草。花落餘香著莫人。（朱淑真詞。春寒著莫人）且著新詩與芳酒。西園佳處送殘春。（河中遊西園）萬里西征出玉關。詩無佳思酒瓶乾。蕭條異域年初換。坎軻窮途臘已殘。身過碧雲遊極樂。手遮西日望長安。年光迅速如流水。不管詩人兩鬢班。（庚辰元日）時已上數作。頗有風味。皆從軍西域之作也。

儒將詩

劉後村跋總管徐汝乙詩云。宋武臣能詩者。賀鑄。劉季孫。為坡谷深許。其後有劉翰武子。潘檉德久。尤為項平菴。葉水心所賞重。明景泰中有十才子。湯恭將肩勳最著。予見其東谷遺稿十卷。了無可取。成化間金陵姚福者。世襲千戶。著定軒集。遊喧錄。窺豹錄。及青溪暇筆若干卷。予嘗見暇筆草稿。福手書也。記軼事頗亦可喜。而論詩

膺陋。如自記蔡琰歸漢圖詩云。若使胡兒能念母。他年好作倒戈人。所取彭三吾咏明妃詩云。妾分嫁單于。君恩本不孤。畫工休盡殺。夢弼要人圖。謂得風人之體。真三家村學究見識。可為噴飯。又嘗見南皮李賸鵰撰明詩統。取一詩云。君王莫殺毛延壽。留畫商巖夢裏賢。腐儒所見略同。乃爾。又明名將。如郭登。戚繼光。陳第。萬表。皆有詩名。

香奩詩

眉山暗淡向殘燈。一半雲鬟墜枕稜。四體著人嬌欲泣。自家揉碎砑繚綾。楊廉夫香奩詩也。見集中。今訛作韓偓。非是。

仲殊詩

漫錄載僧仲殊詩云。瑞麟香暖玉芙蓉。畫蠟凝輝到曉紅。數點漏移衙仗北。一番雨滴甲樓東。夢遊黃閣鸞巢外。身卧彤幃虎帳中。報道譙門初日上。起來簾幙杏花風。右在平江呈黃左丞安中作。東坡所謂蜜殊也。

歌行引

炙輠錄云。歌行引本一曲爾。一曲中有此三節。凡始發聲謂之引。引者導引也。既引矣。其聲稍放。故謂之行。行者其聲行也。既行矣。於是聲音遂縱。所謂歌也。惟一曲備三節。故引自引。行自行。歌自歌。其音節有緩急。而文義有終始。故不同也。正如大曲有入破滾煞之類。今詩家分之。各自成曲。故謂之樂府。無復異製矣。又姜白石詩說云。載始末曰引。體如行書曰行。放情曰歌。兼之曰歌行。悲如蛩螿曰吟。通乎俚俗曰謠。委曲盡情曰曲。

旉山

杜牧之弟沈下賢詩云。一夜小旉山下夢。水如環佩月如襟。坊刻訛作小孤。與本題無涉。按吳興掌故。旉山在烏程縣西南二十里。易曰。震為旉。旉。花蒂也。說卦。山之東曰旉。此山在福山東。故名福山。又名小旉山。與旉山相連接。唐詩人沈亞之下賢居此。予鄉華不注。不作跗解。亦與旉同義。

胡釘鉸詩派

茶譜記胡生以釘鉸為業。居近白蘋洲。旁有古冢。每茶飲必酹之。忽夢一人曰。吾姓柳。感子茗惠。教子為詩。後遂名胡釘鉸詩。若然則釘鉸詩派乃本柳文暢耶。又雲溪友議。列子墓在鄭里。有胡生家貧。少為磨鏡鍍釘之業。遇名茶美醞。輒祭。忽夢一人

刀劃其腹納以一卷書既覺遂工吟咏號胡釘鉸此一事而傳載異耳。

排律

唐人省試應制排律率六韻載諸英華者可考至杜子美元白諸人始增益至數十韻或百韻近日詞林進詩動至百韻誇多鬬靡失古意矣

吳惟信

宋吳惟信中孚湖州人寓吳嘉定之白鶴村吳有羣先生者於九經注疏悉能成誦嘗見中孚賦絕句云白髮傷春又一年閒將心事卜金錢梨花落盡東風軟商略平生到杜鵑亟下拜曰天才也老夫每欲效顰則漢高祖唐太宗追逐筆下矣觀此可悟作詩三昧韓退之詩似論蘇子瞻詞似詩昔人謂如教坊雷大使舞終非本色正此意也

劉令嫻詩

梁徐悱妻劉氏令嫻孝綽之妹咸有才名其祭悱文清綺可誦及讀玉臺新詠所載令嫻詩如光宅寺云長廊欣目送廣殿悅逢迎何當曲房裏幽隱無人聲又有期不至云黃昏信使斷銜怨心悽悽迴燈向下榻轉面闇中啼正如高仲武所云形質既雌詞意亦蕩勉名臣悱名士得此才女抑不幸耶。

妄補古碑

崑山慧聚寺有毘沙門天王像唐楊惠之所塑旁二侍女尤佳徐稚山紀其事謂此像得塑工三昧具戒俊人不可妄加修飾因思古人書畫詩文寧闕缺不可妄補皆如此西園雜記載杭州中天竺佛殿後壁山水王叔明所畫歲久剝落有遊蘅子者補之為方宗陵豪所譏此今古通病也近見秦中諸碑如九成宮之屬下方多刓缺俗人輒以惡書補之更數十年真面目不可復識矣

池北偶談卷十七終

池北偶談卷十八

清 濟南王士禛阮亭著

談藝

明宣宗畫

予嘗見明宣宗畫黑猿一軸有御筆題云鎮守廣西都督山雲所進圖中一橫木猿臂掛其上不解何謂一日予門人常熟錢王炙(陸燦)從粵東來云嶺外有黑猿大不盈尺二臂相通緣則臂挂於橫木上一臂漸縮一臂漸長所謂通臂猿也乃知畫貴格物。

婦人畫

近日婦人工畫者海寧李因是菴善畫松鷹及水墨花竹翎毛江陰周禧善人物花鳥其妹祜與之頡頏飛鳥倪仁吉秀水黃媛介皆工山水木石桐城方維儀工白描大

張登集

國史補稱張登小賦有織成隱起往往蹙金之狀摭言亦云如蹙金結繡而無痕迹王彥輔云曾在汴京相國寺得唐漳州刺史張登文集六卷權文公為序云詩賦之外雜文合一百二十篇又云求居寄別懷人三賦與證相一篇意有所激鏗然玉振然所得書肆鏤版裁六十六篇已亡其半彥輔欲續姚鉉文粹錄登之文不果惜也

朝鮮採風錄

康熙十七年命一等侍衛狼瞫頒孝昭皇后尊謚於朝鮮因令采東國詩歸奏吳人孫致彌副行撰朝鮮採風錄皆近體詩也今擇其可誦者粗載於此林悌詩十五越溪女羞人無語別歸來掩重門泣向梨花月(閨思)驕馱倦客日暮穆黃州可惜踏青節未登浮碧樓佳人金縷曲江水木蘭舟寂寂生陽館孤燈夜似秋(中和道中)白光勳詩秋草前朝寺殘碑學士文千年自流水落日見孤雲(弘慶寺)偶因休浣到沙門把酒題詩古寺存紅藕一池風滿院亂蟬千樹雨連村深慚皓首從羈宦猶喜青山似故園閒說錦湖煙景與何時歸棹問真源(奉恩寺)吳時鳳詩地即黃岡勝官如玉局閑居然小雪日喚作此堂頹(小雪堂)金宏弼詩處獨居閑絕往還只呼明月照清寒憑君莫話生涯事萬頃煙波數疊山(書懷)趙昱詩十年長揜故山扉塵土東華幾接衣想得鑑湖春夜月子規應喚不如歸(贈鑑湖主人)姜克誠詩江日曉未生蒼茫十里霧但聞柔櫓聲

不見舟行處。（湖堂早起）鄭礥詩。遠遠沙上人。初疑雙白鷺。臨風忽橫笛。寥亮江天暮。（闕）成運詩。江關春樓起。天和雪嶺圍。雲從詩筆出。鳥拂酒筵飛。浮海知今是。趙名悟昨非。松風當夕起。蕭颯動荷衣。（樹竹西）白光勉詩。旅泊依村日。重遊屬暮年。鐘聲隔岸寺。人語渡湖船。月上兼葭遠。煙橫島嶼連。夜深風更急。落雁不成眠。（晚泊漢津）金宗直詩。偶到仙槎寺。巖空松桂秋。鶴翻羅代蓋。龍蹴佛天幽。細雨僧縫衲。寒江客艤舟。孤雲書帶草。獵獵滿池頭。（仙槎寺）為訪招提境。松間紫翠重。青山半邊雨。落日上方鐘。語共居僧軟。杯隨客意濃。頽然一榻上。相對髻蓬鬆。（佛國寺）奇遇詩。南山松柏幽。北山煙霧深。遊子暮何之。庭樹生秋陰。歸雲向遠岑。宿鳥棲前林。幽懷杳不極。清風吹我襟。（直菴詠懷）鄭道傳詩。曉日出海東。直照孤島中。夫子一片心。正與此日同。相去曠千載。嗚呼感予衷。毛髮豎如竹。凛凛吹英風。（嗚呼田橫島）魚無迹詩。馬上逢新雪。孤城欲閉時。漸能消酒力。渾欲凍吟髭。落日無留景。棲禽不定枝。灞橋驢背興。應與故人期。（途遇雪）權應仁詩。結屋倚青嶂。攜瓶盛碧溪。徑因穿竹細。籬為見山低。枕石巾粘蘚。栽花屐印泥。繁華夢不到。閑味在幽棲。（山居）趙希逸詩。春寒料峭酒微醒。羈宦連年恨不平。燈暗小窗聞馬齕。夢回孤枕數雞鳴。祗憑吾友論交道。欲向何人說世情。已判此身同許國。與君終

始寸心明。（次吏部卿韻）鴨水西邊是漢關。天扃地鑰限重灣。荒煙亂磧麟州戍。落日孤雲馬耳山。風定空江波瀲瀲。雪消春郭溜潺潺。思家未得平安字。歸思惟憑夢往還。（龍灣偶感）金瑬詩。楊花落盡草萋萋。是客傷離思轉悽。佳節一年寒食過。亂山千疊子規啼。廣翻去國身全老。王粲登樓賦漫題。想得天涯回白首。昭陽江上夕陽低。（寄）李達詩。二妃昔追帝。南奔湘水間。有淚寄湘竹。至今湘竹斑。雲深九疑廟。日落蒼梧山。餘恨在江水。滔滔去不還。（湘竹怨）鄭士龍詩。隨意攤書坐。孤吟對晚暉。岸風帆腹飽。洲雨荻芽肥。雞趁遙江色。簾垂礙燕飛。誰知米蘭節。和病試春衣。（郊居）鄭之升詩。細草閑花水上亭。綠楊如畫掩春城。無人為唱陽關曲。獨有青山送我行。（留別）崔慶昌詩。危石纔交一徑通。白雲千古秘仙蹤。橋南橋北無人問。落木寒流萬壑同。（武陵溪）水岸依依楊柳多。小船遙聽采蓮歌。紅衣落盡秋風起。日暮芳洲生白波。（采蓮曲）柳永吉詩。落葉鳴廊夜雨懸。佛燈明滅客無眠。仙山一蹋陽遲春。烏帽欺人二十年。（偶泉寺）金貴忠詩。常苦愁腸日九迴。忽聞啼鳥報春來。三年藥物人猶病。一夜雨聲花盡開。世事紛紛難自了。天機寂寂遞相催。平生久負凌雲氣。惆悵如今半已摧。（病中）林億齡詩。寂寞荒村隱少微。蕭條石徑接柴扉。身同流水世間出。夢作白鷗江上飛。山擁客窗雲入座。雨

侵書榻葉投幃。飄然又作抽簪計。學士何由化素衣。（送友還山）崔壽城詩。老猿失其群。落日古槎上。兀坐首不回。想聽千山響。（題畫）金淨詩。江南殘夢日悽悽。愁逐年華日日添。雙燕來時春欲暮。杏花微雨下重簾。（江南春思）鄭知常詩。桃花紅雨鳥喃喃。繞屋春山間翠嵐。一頂烏紗慵不整。醉眠花塢夢江南。（醉後）俟遊詩。一夜山中雨。風吹屋上茅。不知溪水長。祗覺釣船高。（山中雨）李植詩。春風急水下輕舠。朝發驪陽暮漢江。篙子熟眠雙櫓靜。青山無數過船窗。（泊漢江）權遇詩。倚策乘閑出郭西。殘僧古寺路高低。祭星壇畔春風早。紅杏半開山鳥啼。（竹長詩）許筠詩。重巒隱映日西斜。小院回廊曲曲遮。疑是趙昌新畫就。竹間雙鶴坐秋花。（[illegible]）朴瀰題平壤館壁西京古蹟詩三十首。道田儀曹其六云。檀下神人始此都。至今遺廟古城隅。不知當日阿斯達。亦有攀髯墮者無。（一）太師杖鞅筆猶存。舊事鴻濛未足論。惟有青山三尺墓。東人須與孔林論。（二）周家井制出鄒賢。猶是其詳不得傳。試向含球門外望。平郊十里是商田。（三）丹絡元非赤土宜。清泉何事涌中途。鹿盧汲取瓊漿飲。千載令人說太師。（四）高句驪起漢鴻嘉。宮殿遺墟草樹遮。惆悵乙支文德死。國亡非為後庭花。（五）朝天片石出江濤。麟窟苔封草樹深。惆悵天孫何處去。野棠花發古祠陰。（六）又送詔使還京師詩序。幷載於左。皇上

紀元之十七年戊午。上駟武備二大人頒大行皇后謚於下國。時則不佞謬膺賓君儐命之托。馳迓龍灣。因護其行。抵王京。二大人傳宣帝命。以寡君有疾。停郊迎儀。前度使臣之回奏也。小邦君臣且感且悚。惟是飲冰之行。吳首虛徐。請少留而不可得。時值大歉。公私未立。殆不能備供億之禮。二大人大加蓋傷。一革浮費。所索者惟詩文與書法而已。寡君命朝紳或製或寫。以應案中所齎。蕭然若寒士。前此所未有也。武備公仍將兩朝宸翰示不佞。暨都監諸官。其書曰正大光明者。即先皇帝筆。今皇帝手書跋尾者也。其曰清慎勤。今皇帝筆也。生龍活蛟之蜿蜒。銀鉤鐵畫之勁健。真可以參造化。驚風雨。跋語珠光玉潔。自有不可掩之華。蓋公世懋勲庸。錫予蕃庶。最以此珍玩。不以出疆而舍之云。海外鯫生。非蒙天使眷顧。則亦何遂之從。而獲此大觀也哉。自臨境至回旆。首尾四十有二日。不佞又伴至鴨綠江上。大人徵詩若序。要作他日不忘之資。顧不佞素短於章句。重以簿仕數十載。勞攘簿書。拋棄翰墨。自慚不足以副大人之勤教也。辭之益固。命之益懇。因略叙其概。兼呈篇什。以供一粲云爾。詩五言十韻。有云紙上風雷隱。毫端造化奇。城路風旌掣。滄江鼓角悲。云云。伴送使資憲大夫行司憲府大司憲兼成均館大司成廣州後人歸巖李元

元楨鈗緘後癸戌辰進士改庶吉士

神韻

汾陽孔文谷猷云。詩以達性。然須清遠為尚。薛西原論詩。獨取謝康樂、王摩詰、孟浩然、韋應物。言白雲抱幽石。綠篠媚清漣。清也。表靈物莫賞。蘊真誰為傳。遠也。何必絲與竹。山水有清音。景昃鳴禽集。水木湛清華。清遠兼之也。總其妙。在神韻矣。神韻二字。予向論詩。首為學人拈出。不知先見於此。

梅詩

宋梅聖俞。初變西崑之體。予每與施愚山侍讀言及宛陵集。施輒不應。蓋意不滿梅詩也。一日。予曰。扁舟洞庭去。落日松江宿。此誰語。愚山曰。韋蘇州、劉文房耶。予曰。乃公鄉人梅聖俞也。愚山為爽然久之。

周嬰巵言

周嬰。字方叔。莆田人。撰巵林十卷。援據該博。偶記其數條。可資詩詁者。如石尤風。引元相詩。困象睢盱頻逞怪。石尤翻動忽成災。義山古意詩。去夢隨川后。來風貯石鄰。以石鄰對川后。益奇相飛廉之屬。○又古咄唶歌。棗適今日賜。誰當仰視之。引方言云。賜。盡也。潘岳西征賦。若循環之無賜。維摩詰經。如來鉢飯。悉飽衆會。猶故不賜。太平廣記。引啓顏錄。山東人謂盡為賜。是也。又光明經。食已飽足。飯不消澌。澌與賜同。予按集韻。儩。盡也。見釋典。澌。洩水門。南史有石澌。杼山詩。應思石澌訪春泉。石澌清心胸。不云盡義。○又楊用修曰。唐人云。君茁無姓。究委餘編。曰。君茁姓歷。瑒之從弟。見文選注。非也。按陸雲與兄平原書云。前作登臺賦。極未能成。而崔君茁作之。又云。君茁作愁霖賦。極佳。兄丈慨云。欲燒筆研。曹志茁之婦。公其婦與兄。皆能作文。頃借其釋詢二十七卷。當百餘紙寫之。則君茁清河族也。休璉與二陸。相距且百年。其從弟安得尚存。復修少年鉛槧事耶。○又高似孫緯略。金樓子云。劉子玄。為水仙花賦。時人謂不減洛神。予固不敢望。知幾云云。按金樓子者。梁元帝也。劉子玄。知幾也。知幾在證聖帝。作史通二十卷。後以名類玄宗。改名子玄。在元帝後百餘年矣。御覽引金樓子云。劉休玄為水仙賦云云。是南宋南平王鑠也。水仙。乃水上神女。陶弘景亦有賦。高氏以休玄為子玄。以水仙為花名。豈不謬歟。此類數十條。皆足解頤。胡元瑞、陳晦伯作正楊筆叢等書。以駁用修。方叔作廣陳論胡。尤為楊氏功臣。予按以休玄為子玄。正如書家以劉德升為景升也。

常棣叶韻

詩。常棣。兄弟鬩于墻。外禦其侮。每有良朋。烝也無戎。劉原父七經小傳云。戎疑當作戍。戍亦禦也。吳才老補音云。務字古人讀作蒙。疑侮當作務。以叶戎。童子問載朱子云。戎汝二字。古人通用。是叶音汝也。如南仲太祖太師皇父。整我六師。以修我戎。亦叶汝也。予按三說。當以原父為長。

中晚詩句

北齊房君豹有山池在歷城。參軍尹孝逸將還鄴。詞人餞宿於此。自為詩曰。風淪歷城水。月倚華山樹。時人以比謝朓。此自北齊詩耳。數詩數誤作中唐。且訛華山為華陽。方叔正之是矣。至云猿啼洞庭樹。人在木蘭舟。句格近六朝。而方叔疵之。謂是晚唐面目。則謬甚矣。郡皇甫少玄百泉兄弟論詩。以此二語。為五言極則。藝苑流傳。焉可誣也。

一鳴集

唐司空圖一鳴集十卷。雜著八卷。碑版二卷。前有自序云。所撰密史別編。又有絕麟集述。亦其自著也。其與王駕論詩曰。國初。雅風特盛。沈宋始興之後。傑出於江寧。宏肆於李杜。右丞蘇州。趣味澄夐。如清沇之貫達。大曆十數公。抑又其次。元白力勍而氣孱。乃都市豪估耳。又與李生論詩曰。江嶺之南。凡是資於適口者。若醯。非不酸也。止於酸而已。若鹺。非不鹹也。止於鹹而已。酸鹹之外。醇美者有所乏耳。王右丞、韋蘇州。澄澹精緻。格在其中。豈妨於遒舉哉。晚唐詩以表聖為冠。觀此二書持論。可見其所詣矣。

官銜

官銜二字。習俗相沿。不識其義。家語禮運篇云。官有銜。職有序。注。銜。治也。執轡篇云。古之銜天下者。以六官總治焉。故曰銜四馬者。執六轡。銜天下者。正六官。官銜之義本此。封氏聞見記云。銓曹聞奏之時。先書舊官品於前。次書擬官於後。使新舊相銜不斷。如人口銜物。又如馬之有銜。以制其首。古人謂銜尾相屬。即其義也。此臆說殊無所據。

郚潛

郚潛。字潛夫。自號五岳外臣。南通州人。性傲僻。不諧俗。好嫚罵人。人多惡之。及與李本寀部彥吉黃貞父陳仲醇諸公遊所著友誼錄循吏傳印史諸書多可傳者年五十無子娶後妻成久之嫌其貧者棄去一婢又為勢豪所奪遂隻身客如皋城門西年八十矣康熙乙巳予過皋訪之茅屋三間黝黑如漆邵筋骨如鐵白髮鬖鬖被領雙眸炯然具果穀留予飲尚盡數觴與修禊冒氏洗鉢池尚能與予輩賦詩陳其年云古今文人多窮然未有如邵先生者聽其言愴然如劉孝標所自序也予去廣陵聞邵即以是歲下世矣

沈嘉客

沈嘉客字無謀河間故城人居鄭口性孤迥有潔癖與德州盧德水侍御世㴶臨清汪未央孝廉軾交好以詩相倡和於吳交姚孟長宗伯楊子常彝顧麟士夢麟於梁交吳讓伯伯裔徐霖蒼作霖與容城孫鍾元奇逢尤善中年作閉關疏送客不出雜落一畝之宮花竹清深圖書充牣縣令至必式廬復其徭役年八十餘卒予嘗愛其一絕云淮南作客逢春雨破帽疲驢幾日程六合城南呼艇艓綠陰相送到南京

名媛詩

周嬰方叔極稱辨博然有不必辨者如詮鍾辨文明太后青臺雀歌杜蘭香贈張碩詩數條不知名媛詩歸乃吳下人偽託鍾譚名字非真出二公之手何足深辨又向來坊間有明詩歸更俚鄙可笑亦託名竟陵又足辨耶

坊刻又有皇明通紀亦託名鍾惺內載左都御史曹思誠為魏忠賢建祠事曹近刊究偽云與惺素無仇怨惺何不自惺等語不知惺歿於天啟乙丑而坊賈偽託之也曹氏遍懇京師與鍾為難可發一笑此康熙二十年事去鍾之歿已五十七年矣

七子三獨夫

陸機五等諸侯論六臣犯其弱綱七子衝其漏網呂向注七子謂吳王濞七國劉更生傳春秋地震為在位執政太盛也不為三獨夫動亦明矣師古曰獨夫猶言匹夫也七子三獨夫皆奇也

二王詩畫

金陵王槩字安節善畫山水其兄蓍字宓草工花卉翎毛兄弟皆能詩往往可誦蓍本名尸槩本名匄後改今名嘗見槩兩篇云磊砢吮筆臨秋水蕭颯蒼冷到天為愛芙蓉江月好小亭長伴鷺絲眠又潯陽江水抱城流庾亮曾經此夜遊亦是新涼當

八月渡枚高會擅千秋風騷接席無今古喬梓凌雲富唱酬傑閣共傳詩句好飛揚興不減南樓縣詩人方文爾止壻也

王右丞詩

世謂王右丞畫雪中芭蕉其詩亦然如九江楓樹幾回青一片揚州五湖白下連用蘭陵鎮富春郭石頭城諸地名皆寥遠不相屬大抵古人詩畫只取興會神到若刻舟緣木求之失其指矣

契丹大金三國志

契丹國志二十七卷宋淳熙七年秘書丞葉隆禮奉詔撰進其書帝紀十二卷后妃諸王外戚傳三卷列傳四卷石晉降表宋遼誓書議割地界書共一卷南北朝饋獻禮物外國貢獻一卷四京州縣沿革一卷風俗官制科舉等一卷王沂公富鄭公行程錄一卷張舜民使北記等一卷諸番雜記歲時雜記二卷又大金國志四十卷宋端平元年淮西歸正人改授承事郎工部架閣宇文懋昭上其書帝紀二十六卷開國功臣一卷文學二卷張邦昌錄一卷劉豫錄一卷立偽楚偽齊冊文宋宗室隨二帝北狩一卷兩京制度陵廟儀衛官制科舉兵制等四卷兩國誓書一卷京府州縣一卷初興風俗一卷許亢宗行程錄一卷金志記載與南遷錄多相合與史多謬其文學傳則全節取元好問中州集或云宋人偽造似也契丹志簡淨可觀金志則仿其書而為之者耳

王義山書

予謂劉後村詩好用本朝人事近見宋末王義山稼村集殆尤可厭如半道老泉生二蘇最難錦水又三劉師魯僅存遺集在樂天無限故人思田園彭澤菊三徑意思濂溪草一般上帝遣符徵范鎮斯民失怙哭溫公梅花窗下恭同契綠草庭前太極圖榜文爭看乖崖掃士類歡呼常衮來無已許令恭後社庭堅端的是前身有時覓句尋歐約不憤謀文學荒家此真不劣詩魔惡道並出矣宋末如王義山何夢桂之流醜腐庸下而詩文獨傳至今文之傳不傳信有命耶

杜注

錢牧齋注杜主宋紹興吳若李海本若自序云凡稱樊者樊晃小集也稱晉者開運二年官書也稱荊者王介甫四選也稱宋者宋景文也稱陳者陳無己也稱刊及一作者黃魯直晁以道諸本也又宋胡仔苕溪漁隱云子美集予所見者凡八家杜工

部小集則潤州刺史樊晃所序也注杜工部集則內翰王原叔洙所注也吳彥高集云是元祐閒祕閣校對黃本鄧忠臣慎思所注託名原叔改正王內翰注則王寧祖也補注杜工部集則學士薛夢符也校定杜工部集則黃長睿伯思也重編少陵先生集并正異則東萊蔡興宗也杜注詩補遺正謬集則城南杜田也少陵詩譜則緒雲鮑彪也

五承旨詩

宋刻鑒戒錄載前蜀興聖太子隨軍王承旨佚其名詠後主出降詩云蜀朝昏主出降時銜璧牽羊倒繫旗二十萬軍齊拱手更無一箇是男兒此與花蕊夫人詩大同小異必有一誤此詩既此書說姑亦兩載之

盧延讓

何光遠鑒戒錄載王蜀盧侍郎延讓獻王建詩卷中有栗爆燒氈破猫跳觸鼎翻之句後建與潘峭在內殿平章邊事令宮人於爐中煨栗栗爆出燒損繡褥子建多疑每於爐中燒金鼎子惟徐妃二妹侍茶湯而已是夜宮猫誤觸鼎翻建曰栗爆燒氈破猫跳觸鼎翻憶延讓詩有此一聯先輩裁詩信無虛境來日遂有六行之拜自給事升工部以俚鄙之詞遂獲顯擢與孟公松月夜窗虛迴異如此人生窮通豈非命乎或云是盧延遜獻宋太宗詩潘峭作潘美

慈恩塔詩

元白因傳香於慈恩寺塔下忽覩章先輩八元詩吟咏竟日悉令除去諸家之詩惟留章作其五六句云迴梯暗踏如穿洞絕頂初攀似出籠殊不成語不知元白何以心折如此盛唐高岑子美諸公同登慈恩寺塔賦詩或云秋色從東來蒼然滿關中五陵北原上萬古青濛濛岑或云秋風昨夜至秦塞多清曠千里何蒼蒼五陵鬱相望高或云秦山忽破碎涇渭不可求俯視但一氣焉能辨皇州杜此是何等氣概視章作真小兒號嗄耳每思高岑杜輩同登慈恩塔高李杜輩同登吹臺一時大敵旗鼓相當恨不廁身其間為執鞭弭之役

陶季

寶應布衣陶澂字季一字昭萬有舟車集予為刪定其客湖南閩中諸詩多似高岑龍標今日一作手也過東阿曹子建墓有句云可憐衰草地猶是建安人為時所稱

琉球二僧書

琉球天王寺有僧號瘦梅道人賦七夕詩云閶闔簾外赤龍下漢武殿前青鳥來又萬松院僧不羈有詩云黃葉落三徑白雲歸數峯予門人汪翰林舟次楫林舍人石來麟焻康熙癸亥奉使其國見之石來有詩云瘦梅道者人不識梵夾吟題昏雨肩賦得赤龍青鳥句樊南甲乙可同傳浮屠亦有不羈人祇樹蕭蕭絕世塵唐體詩中風格好白雲黃葉闕清新

詩三百非孔子所刪

孔子但正樂使各得其所而已未嘗刪詩觀自衛返魯云云可見且一則曰詩三百再則曰誦詩三百家語對哀公問郊亦曰臣聞誦詩三百不可以一獻知古詩本來有三百篇非孔氏自刪定也又左傳列國卿大夫燕饗賦詩率皆三百篇中之詩多在孔氏之前其非夫子手刪了然可見葉水心習學記言云史記言古詩三千孔安國亦言刪詩為三百篇按詩周及諸侯用為樂章今載於左氏者皆史官先所采定就有逸詩殊少矣不待孔子而後刪十取一也論語稱詩三百本謂古人已具之詩不應指其自刪者言之也輔廣亦謂司馬遷言古詩三千傳聞之誤其說與予見略同

敏速

南唐近事載處士史虛白嘗對客奕旁令學徒四五輩各秉紙筆先定題目隨口而書略不停綴數食之間眾製皆就封氏聞見記雒縣尉張陟在中書日試萬言令善書者三十人各操紙執筆俱占題目身自巡席依題口授周而復始午後詩筆俱成得七千餘字唐詩紀事長沙王璘日試萬言崔詹事廉問衣冠於朝先試之璘請十吏皆給筆札璘口授十吏筆不停綴首題黃河賦三千字復為鳥散餘花落詩二十首皆可謂敏速矣又韋皐嘗於二十四化設醮請符載撰齋詞於時飲摩訶池上載命小吏十二人捧硯人分兩題緩步池間各授口占其敏如此

石敬瑭家廟碑

朱竹垞云曾於廟市見五代石敬瑭家廟碑孫周翰撰文翰雖不甚工亦是古物惜未購之此碑石今不知所在

東絹

蜀鹽亭縣有鵝溪縣出絹謂之鵝溪絹亦名東絹子美詩我有一疋好東絹是也周紫芝之詩百尺寒松老幹枯韋郎筆妙古今無何如莫掃鵝溪絹留取天英紫鳳圖此

雖若誤然北征自作於赴行在時而題韋偃畫松則在入蜀之後固不可同日語也

魏野詩

宋小說載魏野同寇萊公遊陝郊某寺詩云若得時將紅袖拂也應勝似碧紗籠湘山野錄云添蘇長安名姬也孫僅尹京兆日野寄詩云見說添蘇亞蘇小隨軒應是珮珊珊孫愛之以示添蘇意如獲寶求善筆札者大書其詩於壁野以事抵長安孫邀置府宅人未之知也有好事者與客過添蘇家見其風貌曾質固不前席野忽舉頭見壁所題乃索筆於側別紀一絕云誰人把我狂詩句寫向添蘇繡戶中閑暇若將紅袖拂還應勝得碧紗籠添蘇始知是野大加禮敬二說不同

鐵帆

僧鐵帆能詩順治末予官揚州鐵帆住木蘭寺劉吏部公㦷體仁聞之寄予書云是天寒衣納重鐵帆耶天寒衣納重乃粵僧一靈句公㦷誤記耳東坡在黃日參寥往視之京師士大夫寄書云聞有僧在彼是隔林彷彿聞機杼和尚耶坡笑語參寥云此是吾師七字號公㦷帖全用此語

徐曹詩

徐禎卿洞庭葉未下瀟湘秋欲生一篇非太白不能作千古絕調也曹學佺亦有泰淮送別一篇云疎雨豆花雨遠水荻蘆煙忽弄月中笛欲開江上船情致殆不減徐徐五集中有一絕云渺渺太湖秋水闊扁舟搖動碧琉璃松陵不隔東南望楓落寒塘露酒旗曹一絕可以相敵新林浦云夾岸人家映柳條玄暉遺跡草蕭蕭曾為一夜青山客未得無情過板橋

題壁逸詩

予少時與先兄考功同上公車每到驛亭輒題素壁筆墨狼藉車不存稿逸去多矣數年來往往從友人口中得之恍忽如夢不忍盡刪略記於此河口花明錦纜春碎綠紋子領邊巾不知何事牽情思歎壓紅箋賦洛神（徐隱君東痴嘗口誦此詩）不見湘中舊汜人西園蘭石愴如新低徊十五年前句祇有蛛絲絡暗塵（彭少宰羨門誦之）關河連夜雨驛路一聲蟬（湯右曾西厓王戢孟穀誦之）風迴郎閣聞鈴馱日落關山見戍旗彷彿夢中尋蜀道打包身度棧雲西（徐學士健菴誦之且題其右云古驛斜陽聽鋒聲分明棧路蜀山行憐君綿句成先讖天遣才人過錦城）往迹流傳本事詩廿年如夢不堪思重來頭白風情盡誰記迴橈繞柱時（汪推官叔定誦之）趙北燕南水四圍此中避地可忘機平平炎暑迎秋熟拍拍鷗羣接翅飛蟹舍都連黃蔑舫釣人相映綠蓑衣淮南小別今三載魚稻珠湖願竟違（曾祭酒本朝月頌旅舍曰漁洋詩也）

白洪崖

先世父侍御公崇禎中巡視茶馬作西巡雜詩數十首有云不須赤打白洪崖予幼誦之不解為何語頃見丁謂獻白稹詩云五百青蚨兩家缺赤洪崖打白洪崖蓋用此

論坡谷

許彥周詩話云東坡詩不可輕議詞源如長江大河飄沙卷沫枯槎束薪蘭舟繡鷁皆隨流矣珍泉幽澗澄澤靈沼無一點塵滓只是體不似江河耳林文軒論蘇黃云譬如丈夫見客大踏步便出去若女子便有許多粧裹此坡谷之別也

明史樂府

長洲尤展成侗晚以博學宏詞入史館在局中仿李西涯體作明史樂府百篇佳處殆不減李今略載數首於此作佳傳云入學宮辭孔子衣帶題詩自經死出史局別同官官方餉豬不暇看一死一生交情見留與若翁作佳傳閒門使云閒門使鐵簡賜谷長史兼理六王事當局不敢讓臣誼應如是殿下百世後難逃一個字下詔獄

欲發死嗟乎此真文成子張辟彊豚犬耳生程濟云為忠臣為智士死高翔生程濟身免乎軍中祭君免乎宮中剃君乘車臣執轡君登舟臣操楫寒則炮衣飢持鞴四海從亡多故人道旁相見惟流涕萬水千山風復雨送君還上金陵去天外龍蛇有日歸鴻飛冥冥不知處靖難云七國反誅家令淮將軍出山東定北平起討齊黃曹國公出金陵亡建文君非景帝燕王亦非吳王濞靖難雖然百戰功成敗何常總天意太祖生男二十五為王為庶知誰主燕子高飛上帝畿紇干凍雀無毛羽可憐高煦亦英雄頃刻燒死銅缸中威武大將軍云平陽侯張公子威武大將軍三君一轍耳漢家天子白登邊大同宣府往復還朕稱將軍封萬戶驃騎當為江與錢旌旗獵獵向北駐樓船搖搖望南渡豹房家裏樂未終又見春江花月處朝發牛首山夕宿鳳皇臺鄱陽凱歌何雄哉戎服簪花金銀牌揚鞭却指隋堤笑一狩江都竟不回大禮云明倫典問誰作唱者璁和者萼筆者方削者霍洪與綰唯且諾天子有私臣朝中有盧人武夫何知咄郭勛配爾祖英烈傳中山睨眙開平歎根本彗云根本彗腹心彗門庭彗孽妖掃地偷龍睢彗未退兮李將軍大馮君小馮君忠臣孝子出一門刺血上書動至尊但看六月飛霜雪君門之彗乃可滅河套冤云嚴夏兩家鷸相鬩

曹銑仇鸞分左右嚴鵠方勝又鵠孫銑欲劾鸞胡為北奄未復身先死朝堂書落西市將軍梟尸何足言宰相斷首寧無冤君莫哭君不見朱仙鎮上風波獄長生藥至五利欒文成死致一真人上天去復有紫府神霄兩高士天子齋居日夜禱祀相公宿直爭獻青詞緹衣半道斷首滿稽故人媚天修玄奭為四十五年元氣削王金方進長生藥海瑞疏云世宗在位四十五建言諸臣盡圜土末年乃有海瑞疏直訐爽輿于上慹擲地不已遶殿步忠臣豈肯逃亡去大行賓天應釋汝獄吏酒有相勞苦但願飽吃得死所誰知晏駕驚聞訃比日方看臣哭主當時尚擬子罵父逐新鄭云華亭去分宜江陵逐新鄭賢否故懸殊門戶總同轍主少國疑賴元老一留一去由馮保宰相踉蹌出午門先皇顧命寒秋草大臣獄起重驚悸不惜身殁無遺表夫人泣涕致相公敬為故夫獻微賢富貴何常忽易人江陵籍錄還如掃噫嘻乎前人跌後人滑古來名位多相軋死姚崇算生張說趙高傳云委鬼當頭坐茄花滿地紅趙姚曹節竟私通涿州道上馬游龍月華門前車鬭風內操撾鼓鳴刀弓杆狴流血朝班空祠堂昭德兼崇功乾兒義子多如蟲讀史至此再三歎殆哉岌岌將作難滿朝彈章君不見中宮獨看趙高傳

闈中詩

淄川袁孝廉松籬藩名士也以康熙癸卯冠禮經壬戌尚困公車闈中賦詩云二十年前古戰場臥聽譙鼓夜茫茫三條畫燭連心熱一徑寒風透骨涼苦向緇塵埋鬢影憑誰青眼託文章明宵別後長安月偏照河橋柳萬行武康陳孝廉興公之羣吟之至泣下是科袁竟下第乙丑病蠱卒

無羊之什

詩國風如燕燕蒹葭晨風東山七月諸篇述情賦景如化工之肖物即如小雅無羊之什云或降於阿或飲於池或寢或訛爾牧來思何蓑何笠或負其餱麾之以肱畢來既升即使史道碩戴嵩畫手擅場未能至此後人如何著筆

池北偶談卷十八終

池北偶談卷十九

清　濟南王士禛阮亭著

談藝

宋人絕句

偶為朱錫鬯太史彝尊舉宋人絕句可追蹤唐賢者得數十首聊記於此亭亭畫舸繫春潭只待行人酒半酣不管煙波與風雨載將離恨過江南春陰垂野草青青時有幽花一樹明晚泊孤舟古祠下滿川風雨看潮生冷於陂水淡於秋遠陌初窮見渡頭賴是丹青無畫處畫成應遣一生愁竹外桃花三兩枝春江水暖鴨先知蔞蒿滿地蘆芽短正是河豚欲上時黃葉西陂水漫流籧篨風急滯扁舟夕陽暝色來千里人語雞聲共一丘露白霜紅郭外田山濃水淡欲寒天參軍抱病陪清賞一擲呼盧亦可憐斷腸聲裏無形影畫出無聲亦斷腸想得陽關更西路北風低草見牛羊梁州一曲當時事記得曾拈玉笛吹端正樓空春晝永小桃猶學淡燕支斷雲一葉洞庭帆玉破鱸魚霜破柑好作新詩寄桑苧垂虹秋色滿東南投荒萬死鬢毛斑生入瞿唐灩澦關未到江南先一笑岳陽樓上對君山江上荒城猿鳥悲隔江便是屈原祠一千五百年間事只有灘聲似舊時夜雨連明春水生嬌雲濃暖弄微晴簾虛日薄花竹靜時有乳鳩相對鳴目盡孤鴻落照邊遙知風雨不同川此中有句無人見送與襄陽孟浩然獨凭危堞望蒼梧落日君山似畫圖無數柳花飛滿岸晚風吹過洞庭湖來時秋雨滿江樓歸日春風度客舟回首荊南天一角月明吹笛下揚州梨花淡白柳深青柳絮飛時花滿城惆悵西闌一株雪人生看得幾清明到處相逢是偶然夢中相對兩華顛還來共醉西湖雨不見跳珠十五年烏塘渺渺路平堤堤上行人各有攜試問春風何處好辛夷如雪柘岡西掃地焚香閉閤眠簟紋如水帳如煙客來夢覺知何處挂起西窗浪接天曾作金陵爛熳遊北歸塵土變衣裘芰荷聲裏孤舟雨臥入江南第一州皂莢村南三四里春江不隔一程遙塘堤斷起如牛角知是隋家萬里橋去年此日泊瓜洲衰柳蕭蕭客繫舟白髮天涯歎流落今宵聽雨古宣州山驛蕭條酒倦傾嘉陵相背去無情臨流未忍輕相別吟聽潺湲坐到明照江丹葉一林霜折得黃花更斷腸商略此時須痛飲細腰宮畔過重陽洞庭木落萬波秋說與南人亦自愁欲指吳淞何處是一行征雁海山頭陌上花開蝴蝶飛江山猶是昔人非遺民幾度垂垂老遊女還歌緩緩歸白髮先朝舊史官風爐煮茗暮江

寒蒼龍不復從天下拭淚看君小鳳團濯錦江邊憶舊遊纏頭百萬醉青樓而今莫索梅花笑古驛燈前各自愁濟南春好雪初晴行到龍山馬足輕使君莫忘霅溪女時作陽關腸斷聲琵琶絃急滚涼州羯鼓聲高舞膌鞵破費八姨三百萬大唐天子要纏頭逍遥堂後千尋木長送中宵風雨聲誤喜對牀尋舊約不知漂泊在彭城秋來東閣涼如水客去山公醉似泥困臥北窗呼不醒風吹松竹雨淒淒千詩織就迴文錦如此陽臺暮雨何只有聰明蘇蕙子更無悔過竇連波落日同騎款段遊儂依松石弄清流蓬萊漢殿春分手一笑相逢太華秋舟中一雨掃飛蠅半脫綸巾臥翠籐殘夢未醒窗日晚數聲柔櫓下巴陵何人把酒慰深幽開自無聊落更愁弃有清溪三百曲不辭相送到黃州向來松檜欣無恙坐久復聞南磵鐘隱隱修廊人語絕四山滴瀝雪鳴風自愛新詞韻最嬌小紅低唱我吹簫曲終過盡松陵路回首煙波十四橋夜暗歸雲遶柁牙江涵星影雁團沙行人悵望蘇臺柳曾與吳王掃落花征帆一似白鷗輕起揭船蓬看晚晴梅子著花霜壓岸自披風帽過臨平

蘇詞注

東坡詞行憂寶瑟僵乃用漢書金日磾傳行觸寶瑟僵語解者頗引楊行密紿朱延壽病目行觸柱僵有何干涉乃知註書之難東坡猶不敢居有以也

胡恢書

南唐書今止傳陸游馬令二本胡恢書久不傳惟江陰赤岸李氏有之李即忠毅公應昇之叔忘其名矣按恢金陵人夢溪筆談稱恢博物強記善篆隸韓魏公當國恢獻詩云建業關山千里遠長安風雪一家寒公憐之令篆太學石經官華州推官而卒

僧作制義

明時南京五大寺僧每年考校於禮部命題即法華楞嚴等經其文則仿舉子制義文義優者選充僧錄等官某寺僧耳疑者曾刻其制義黃俞邰云曾見之

孟子逸語

孟子逸句有云人之所知不如人之所不知信矣見梁武帝答臣下神滅論又見釋道安教指通局又君王無好智君王無好勇智之過生平禍患所遵正當仁義為本見蕭子良與孔中丞書謝迭讚維園鉛摘載之其餘殊不類

法言語

法言春木之芚兮援我手之鶉兮二語全仿原壤歌貍首之斑然執女手之卷然

瓏璁

劉節之汎有詩云虛堂微月影玲瓏若粥筵中解靜聽已許來年仍小泊未須催曉唱瓏璁瓏璁二字出揚子法言瓏璁其聲者其質玉乎則商玲瓏作商瓏玲亦何不可之有

荀子語

李廣射虎沒石飲羽荀子解蔽篇已云冥冥而行者見寢石以為伏虎也唐詩山風吹空林颯颯如有人荀子已云見植林以為後人也

舡

蜀人謂衣紐曰舡蓋方言也海鹽陸處士冰修（淑嘉）贈予詩有跣足到門衣不舡之句用此谷水談林釋杜詩天子呼來不上船乃引方言鑿矣

劉李

中州集中如劉迎無黨之歌行李汾長源之七律皆不減唐人及北宋大家南宋自陸務觀外無其匹敵爾時中原人才可謂極盛非江南所及

詩僧

新城釋成楚字荊菴受五戒於法慶今居靈巖頗能小詩落花云高枝忽別離逝水隨飄蕩雨後云青猿臨澗飲白鳥向空翻秋日云風來夕沼綠荷敗霜落秋山黃葉多山居云險崖句後參宗旨陷虎機前驗作家新齋云嵐氣千重縈嶂背清流萬道出雲根贈界林大師云派衍靈山第一枝無言得髓是吾師偶然豎拂天花落絕勝空生晏坐時記之當續訪其全云同時僧智泉者亦新城人有移竹詩云別去寒山寺來依明月樓亦有致

詔語似詩

漢光武諸書詔最有情態西京所無沿及明章亦然光武賜侯霸璽書云崇山幽都何可偶黃鉞一下無處所古勁絕似漢人詩句又范書語往往有似詩者如柴門絕賓客（楊震傳）僕妾盈紈素（梁冀傳）之類是也光武微時嘗歎曰仕宦當作執金吾娶妻當得陰麗華亦似漢人樂府語

蟛蜞集

閩人林小眉崏明崇禎癸未進士才甚雋逸以伉直死獄與余賡之同難著蟛蜞集

十卷。同年張給事赤菴（讜）及其子人中。走七千里以序相屬。引歐陽公序穆伯長。袁石公序徐文長為比。會予使東粵。失其集。聊識之。俟索其本為序之。

肅府淳化帖

予記陳卓曼仙。補刻肅府淳化閣帖事。門人海寧陳弈禧子文。適寄所著皋蘭載筆至。中述蘭帖始末甚詳。采錄其略。用備參考。肅府淳化閣本。自莊王受封。太祖賜之。宋刻。（相傳有龍鱗、鳳咮、暈痕三帖。）憲王時。洮岷道潁川張鶴鳴得李子崇本於白下。材官本於皋蘭。請肅王賜帖校讎。見古法帖數段久缺。而茲獨全。知為馬房先怪以前物也。姑蘇溫如玉、南唐張應台。為之雙鈎。鶴鳴揭之黔陽。憲王乃鐫石於蘭。未竟而薨。世子識鋐。卒業於萬曆辛酉。先後七年。其初搨用太史紙。程君房墨。人間難得。搨工間有私購者。直五十千。刻用富平石。一百四十四。葉二百五十三。藏府東書園殿。鼎革時。石幾淪。欽順治甲午。洮岷道揚州陳卓補刻。復成全壁。然神明不備。視初搨徑庭矣。乙卯平凉逆焰及蘭靖逆奮威二將軍。自河西來軍於龍尾皋蘭之間。攻城不下。賊欲破石為礮。偽知州徐某力救得免。今移置州學。有張尚書鶴鳴。王尚書鐸。憲王父子。四跋云。

進西岳賦表

杜甫進封西岳賦表有云。維岳授陛下元弼。克生司空。按舊書紀。天寶九載正月。羣臣請封西岳。從之。三月辛亥。西岳廟災。制停封。二月。右相楊國忠守司空。天雨黃土。霑於朝服。杜所謂元弼司空。謂國忠也。國忠以椒房進。夤緣三公。天下知其非據。而甫獨引大雅甫申之詞以諛之。可謂無恥。他日作麗人行。又云愼莫近前丞相嗔。乃自為矛盾。杜固詩史。其人品未可知。顧自許稷契。亦妄矣。

蔡狀元詩

庚戌狀元蔡崑暘（啟僔）公車過淮安。謁山陽令邵某。邵。其鄉人也。批其名刺云。查明同報。蔡怒而去。至京。遂狀元及第。題一絕句於扇。寄邵云。去冬風雪上長安。舉世誰憐范叔寒。寄語山陽賢令尹。查明須向榜頭看。蔡後官春坊中允。假歸卒。

指掌圖

東坡先生指掌圖。於五代之君。書法各異。於梁曰梁太祖朱溫。於唐曰後唐莊宗諱某。於晉曰晉高祖姓石氏名某。周太祖姓郭氏名某字仲文。於漢則曰漢高祖睿文聖武昭肅皇帝姓劉氏名某。豈非以五代惟後唐及漢得國差正。而異其書法耶。郭周七國條下。書放鍾離謨歸江南。按史。鍾謨傳。但云其先會稽人。不言本姓鍾離。字豈誤書抑衍文耶。

羅鄂州

宋羅鄂州願古文。南渡後第一。為朱文公所推重。其爾雅翼後序。通篇用韻。尤屬奇刱。宋文憲公序鄂州小集。因效其體。亦韓文公志樊紹述之意。然奇崛。出鄂州下矣。

二內禪頌

宋高宗紹興內禪。羅願端良作帝統。孝宗淳熙內禪。王子俊才臣作內禪頌。皆仿典引貞符之體。帝統有云。神器大寶。一朝可付。十世必復。留無嫌久。報無移德。俾我太宗之志。獲明於二百載之後。又云。選世至七。復遇厥聖。還之於宸極。大統以正。頌中有諷。蓋深致不滿太宗之意。此文似在王作之右。近梁溪顧修遠宸撰宋文選。止取王頌。而不載帝統。豈未覩鄂州文集耶。

避諱當更正

古今避諱有沿襲不改者。如秦始皇諱政。以正月為征月。晉避司馬昭諱。樂府以昭君為明君。唐祖諱虎。改虎林為武林。呂后諱雉。以雉為野雞。武后諱曌。以詔書為制書。鮑照為鮑昭。楊行密據揚州。州人改蜜為蜂糖。錢元璙據浙。浙人改一貫為一千之類。皆當改正。

西施

程良孺讀書考定云。管子小稱篇。毛嬙西施。天下之美人也。自管子至吳越。二百一十三年矣。如果一西施。不應先及。

相鼠鼫鼠

詩相鼠。孫奕云。相地名。陸璣云。河東有大鼠。能人立。交前兩脚於頭上。跳舞善鳴。按地志。相州與河東相鄰。荀子。鼯鼠五技而窮。本草廣雅。皆謂螻蛄。一名鼫鼠。易晉如鼫鼠。孔穎達正義引蔡邕勸學篇云。鼫鼠五能。不成一技。荀子（亦云）。（亦）云。蛄為螻蛄也。

蜀恙泥妍蝺

爾雅釋山。獨者蜀。蜀。虫名。好獨行。無恙。恙亦虫名。風俗通云。恙。毒虫也。善傷人。神異經。北大荒中。有獸咋人則病。名曰猛。猛。恙也。如泥。泥亦虫名。妍。蝺。皆虫名。妍。黃頳身。有光彩。蚩形蝺蝺然也。

魏南陽

畢萬之魏今蒲州之永樂鎮非大名元城也韓愈之南陽今修武之南陽非南陽鄧州也漢書地理志修武應劭曰晉始啓南陽今南陽城是也秦昭紀魏入南陽以和白起傳攻南陽太行道絕之張儀傳魏絕南陽皆是

酇鄼

叔園雜記酇有二音一則旰切一才何切才何者縣屬沛國蕭何初封邑則旰者縣屬南陽蕭何子孫所封也讀書考定蕭何封酇侯今世家作鄼侯字相似之誤也酇才何切孟堅泗水亭碑文昌四友漢有蕭何叙功第一受封於酇古今字韻全書酇鄼二字並見十五歌注云酇縣名在譙郡或作鄼鄼本音嵯前漢書功臣表酇直音贊史記功臣侯年表并同索隱曰酇縣在沛方以智通雅云當時在南陽今在襄陽之光化者蕭何封邑也沛縣之酇本作鄼音嵯今在永城縣漢地理志載南陽酇縣侯國不言沛之鄼侯國非其明驗乎升菴弱侯定以沛鄼為何封邑而云師古無據者謬也按鄼酇兩音自是兩字叔園混而一之讀書考定主沛之鄼與楊焦旨同以何起沛封必近之而以班碑為據通雅則以師古注為據南陽蕭何封邑音讚本春秋陰國唐為懷州陰城縣有何廟高后封何夫人同為酇侯小子延為筑陽侯酇與筑陽同隸南陽郡也二說正相剌謬至沛郡之鄼應劭音嵯師古曰此縣本為鄼應音是也中古以來借酇字為之耳讀皆為鄼而莽呼為贊治則此縣亦有酇音然功臣表元狩三年共侯慶以何曾孫紹封酇不言別是一酇叔園之說未知何據又按劉肅唐世說云凡封功臣多就本土張良封留是為成例按班固泗州亭碑云漢書班氏所修泗州碑孟堅所作何須穿鑿更制別音此駁師古注與楊焦二說同

呂太一

杜詩自平宮中呂太一黃鶴注云當作中官呂太一錢牧翁注舊書廣德元年宦官市舶使呂太一逐廣南節度使張休又韋倫傳代宗即位中官呂太一於嶺南矯詔募兵為亂按劉肅唐世說呂太一拜監察御史裏行詠院中叢竹以寄意曰擢擢當軒竹青青重歲寒心貞徒見賞籜小未成竿後遷戶部員外郎吏部云當須簡要清通何必竪籬插棘又按唐會要魏知古嘗薦洹水縣令呂太一又張嘉貞薦呂太一及苗延嗣等時號令君四俊此又一呂太一也皆與中官無涉

王苹

歷城秀才王苹字秋史少年能詩頗清拔絕俗常有亂泉聲裏誰通枕黃葉林間自著書黃葉下時牛背晚青山缺處酒人行之句苹師田中丞漪亭雯而友吳徵士天章雯丙寅秋寄詩於予予偶以書寓巡撫張中丞南溟鵬言苹之才中丞特名馳引之客座且贈金焉苹之才中丞之誼皆塵中所少故記之

月泉吟社

宋末浦江吳渭倡月泉吟社賦田園雜興近體詩名士謝翱第其高下詩傳者六十人清新尖刻別自一家予幼於外祖鄒平孫公家見古刊本後始見琴川毛氏本常徧和之竊謂皐羽所品高下未盡當意因戲為易置次第如左　春日田園雜興

○第一名子進本名魏新之號石川第二名魏子大梁必大第三名全泉翁全璧字君玉第四名山南隱逸劉應龜字元益第五名躡雲翁台老仲嘉第六名仙村人第七名方賞方德麟號藏六第八名高宇梁相字必大第九名俞自得第十名槐窗居士黃景昌第十一名東湖散人十二名徐端甫十三名仇近村仇遠字仁近十四名陳希郃陳舜道十五名子直魏石川十六名司馬澄翁馮澄字澄翁十七名陳緯孫何教十八名聞人仲伯陳希聲十九名君瑞二十名田起東劉汝鈞號叢山二十一名羅公福連文鳳號應山原第一名

谷音

谷音二卷元清江杜本清碧所輯其人皆節俠跅弛之士詩亦岸異可喜常疑清碧自撰託名於人及得其清江碧嶂集觀之殊膚廓無足取與所輯迥不類谷音吾友施愚山為湖西監司時亦嘗刻於臨江

韋蘇州

李元賓集有代人上韋蘇州書二篇刺韋褊急躁露殊不類其為人今錄於左　月日於法司上書郎中閣下彝不耽書嗜酒已至於老東西南北無立錐之地竊以閣下有經濟之器因敎小人直戇之性非敢失色於左右俛求於去就不圖行絓時禁坐貽伊戚惶怖無暇縶維不安仰天椎心收血續淚所言奔鹿逐網飛蛾蹈火顛躓縻排彝何以堪彝知過矣舉家十口兒女幼弱寄中僑郡目下絕粒閣下錮彝在此令吏推責反覆感難詞理俱屈衰髮一名如經十秋素來無業只慣飲博罔曾負累以至訊問事過奇喘無禍不有且彝於天下何異株塊比於閣下累螻蟻如國家之棄肉食者謀雖艱之長胡及馬腹況中籌之子如何敢及早聞閣下清節五五洪量海納軍謀在握文藻盈帙中外騰口聲歸其高彝是用口口微誠戚彼知己不測閣下以言罪之嘗聞不以言廢人閣下何必取威於懦夫而後行令且明主有誹謗之木

諸侯有鄉校之譏。今主上何媿於燕，閣下何短於鄭。纖伏惟念彝之失，寬彝之誅，使得□□，便當鉗口，閣閣鉗下，以牀前非，則伏諸忠信越境不敢留也。彝死罪死罪。又代李圃南上蘇州韋使君論戴察書，文多不具錄。

夢山詩

海豐楊夢山宮保太宰巍，有存家稿八卷，五言最簡古，得陶體，明人所少。予喜其一絕云：前年視我山中病，洛日獨騎驄馬來。記得任家亭子上，連翹花發共啣杯。予在京師日，曾選訂其集為三卷，謝貢外方山重刻之。

黃夫人詩

楊升菴夫人黃寄外詩曰：歸曰歸愁歲暮，其雨其雨怨朝陽。乃黃魯直答初和甫詩句也。見豫章外集。詩云：君吟春風花草香，我愛春夜璧月涼。美人美人隔湘水，其雨其雨怨朝陽。闌苍盈懷報瓊玖，冠纓自濯非滄浪。道人四十心如水，那復夢為蝴蝶狂。

陰麼

陰麼墨名。後漢書西羌傳有陰麼相。曹鳳注云：陰麼屬右扶風，今汧陽縣也。

孫豹人詩

孫豹人枝蔚遊焦山，中流風浪大作，舟人失色，孫長嘯詠詩云：風起中流浪打船，秦人失色海雲邊。也知賦命元窮薄，尚欲西歸太華眠。孫，三原人，流寓江都。

遼宮詞

萊州趙伯濬進士嘗作遼宮詞百首，可與周憲王元宮詞頡頏。伯濬隱居登之松椒山，躬耕著書，去家五百里，終身不歸。著皇綱錄、建文年譜。

平陵城

後山叢談云：齊之龍山鎮有平陵故城，高五丈，四方五里，附城有走馬臺，其高半之，闊五之三，上下如一。其西與南則在內，東北則在外，莫曉其理。今平陵城故址尚在在歷城章丘界，所謂走馬臺者，不可復識矣。坡公詩：濟南春好雪初晴，行到龍山馬足輕。即此地。孟子之平陸，則在今汶上縣。此城本東平陵，唐齊王祐反，縣人不從，太宗嘉之，詔改縣名為全節。後山云平陵，亦訛也。

中南草堂圖

程幼洪邑郎中，閒寅和御府所藏摩詰終南草堂圖，上方橫書王維終南□墨草堂圖九字，闕一。為道君御書。倪元鎮題云：予讀岑參集有歸終南草堂詩，今摩詰之寫是圖也，豈其贈別之作耶。大抵高賢達士，於謝政歸閑之際，不能無詠歌圖繪以贈之。昔盧鴻有嵩山草堂十圖，亦猶是也。故徽廟標書，以便後之覽者。此幅向為杜南谷先生所藏，予得之，日夕展對，不惟諸品為之減色，而吾儕之進耿深有賴於斯圖矣。黃子久題云：右丞此圖，與雪谿捕魚二卷同一筆意，而秀媚過之，豈其後先之分耶。又梅道人吳仲圭、紫芝俞和詩各一篇。

潞王琴

故明潞藩敬一主人風尚高雅，嘗造琴三千張。予猶見長安市上售其一，有隸書中和二字。又嘗仿宣和博古圖式造銅器數千枚，瘞地中。予昔在金陵，登弘濟寺，見臨江石壁上刻其畫蘭極工。

焦山鼎詩

焦山海雲堂有古鼎一，高一尺三寸二分，腹徑一尺五寸八分，口徑一尺四寸五分，耳高三寸，濶四寸二分，足六寸一分，深八寸二分，腹有銘，其詞曰：惟九月既望甲戌，王格於周廟，□子□于圖室，司徒疑南仲佑□惠□立中庭，王呼史受冊命□惠曰：官司治王□側□，作錫汝元衣束帶戈琱戟緱，轡彤矢鋈鋚旂。世惠敢對揚天子丕顯敷休，用作尊鼎，用享于烈考，用匄眉壽萬年，子孫永寶用。此予兄弟手搨，屬新安程穆倩邃譯本。凡蝕二字，疑六字，闕九字。秀水朱竹垞彝尊云：其曰立中庭者，毛伯敦銘文亦有之，薛尚功釋為立，而楊南仲謂古立位同字，古文春秋書公即位為公即立，則是銘立字亦當讀作位也。鼎故京口某公家物，分宜枋國時，聞此鼎，欲之，某公不即獻，因嫁禍焉。鼎遂入嚴氏。嚴氏敗，鼎復歸江南，因置焦山寺中。家兄西樵為圖賦長歌紀之，予亦有五言古詩三十韻，記載注純翁叙序之。

誌公碑

常白山醴泉寺誌公碑，唐開元乙卯歲立，文作齊梁體，可辨者十之三，書法圓勁在歐虞間，每行凡七十九字，其下多斷缺不存。其碑陰乃誌公像也。碑可辨者錄於此：

大唐齊州章丘縣常白山醴泉寺誌公之碑。

闕二字。京大薦福寺，闕五字。華嚴，闕一字。一處，闕一字。綴文沙門玄傑，闕五字。薦福寺，闕二字。翻經院校勘沙門正智寺都維，闕一字。備道寂延此寺十，闕三字。闕二字。曇花未出，鷹距知寂滅之名，覺日猶，闕一字。曷窮斷苦空之相，闕一字。夫金儀下降，

舍靈闕一字淨月之光寶教旁流闕四字雲之潤三車闕一字駕闕二十九字化工闕三字香不法
所以化身周流於別土神闕三字於塵沙或十大聲聞駝形闕二字一方菩薩納景涼臺
槪闕一字背嶺以宣憩清辯起闕二十六字未掩白足闕二字佛法之闕三字月闕一字歲闕一字王
城之舍蓋闕一字出闕一字道闕一字境發闕一字若不人闕一字見闕四字諦幢高闕一字者與今
此醴泉寺者是宋齊闕二十八字經文師即闕二字身之菩薩闕一字遊神境來居慈山棲託
巘阿聿脩禪寂以為此地玄武之分青龍闕四字首以開驪塽天齊而劃野劫闕二十六字
尚父之闕一字居九合一匡齊桓公之霸國爾其常白山者迺摩天闕一字地暎映蔽虧
抱泉石以娛神出雲霞而養性山毛地髮名花將軟草連芳闕二十九字人闕二字繪闕二
形勝闕二字招提自後七級崇圖闕一字起舍佉之才五層闕一字重標戰勝之門海目
山亭妙相彌於變態虹梁鳥革大壯闕十三字綵畫闕二字塵凡闕二字香闕一字水調八解之
闕一字風闕一字五音之說息心之輩見流注以超昇迴面之徒仰幽關而悟入時逢闕二
字代屬闕三十二字金林玉闕一字寥落幽巘我國家灌頂四天纂承千祀以佛乘為鳥駟
用道品為城郭八方起塔闕二字道形九闕一字聚隨情殷闕三十二字佛闕二字此精廬闕一
通堯日三齊族姓向梵境以翹誠四虛闕二字仰釋天而矯首又屬中宗孝和皇帝龍

興漢道入天經闕二十七字周法界去景龍二年歲次口子爰有齊州正智寺都維僧仁
萬俗姓李字道寂慨茲隳墜抗表闕一字宗天鑒至誠特賜名闕三十三字否而還泰山靈
掩以重開法俗歡康人神一悅初師之行進表也夢乘船上山及翌闕一字赴朝所止
無礙豈非興廢闕一字定通闕一字懸期闕二十九字假裝東上將闕二字州闕二字三藏義淨法
師各代高僧天下重德先奉敕於大薦福寺闕三字律以闕六字勝緣闕一字城在東倍增
闕二十六字四闕一字降靈五闕一字德闕一字人天之表名揚宇宙之間聖闕一字難闕一字神功
叵測及將命星發載達京闕十四字時有闕三十四字身闕二字輟絃歌歲闕三字即以二月八日
親率合境老幼大會新寺表慶天恩又於闕二字之闕一字尊卑就列鴈行齊聽闕三十三字
忽見有醴泉闕四字三四尺深淺三尺餘色淨味甘爰符瑞典挹酌同歎咸覺痾豈
不以闕一字福闕一字圖三靈允答光揚寶闕一字滋液金場故闕二十七字上聞闕二字恋感有
敕改名為醴泉寺仍更抽入冊九僧住持行道自玄波再安子題重開日殿赫而闕一字
升月宮華而挂滿若乃闕二十八字海精勤以齊潔戒月澄空闕二字密霧禪燈焰室巧避
輕風灌闕二字之龍闕一字洗眦闕一字之烏眼長袪五住遠劫四心刷闕一字鴈以飛雲巘
闕二十七字捨生之地續桂闕二字有情根執足充闕一字鳴金鼓闕一字功不朽流禍無窮斯

並先帝之本願莊嚴法師幽贊威神之所致也又師遊戲生死示闕二十五字儼如親對
即平時所將黑犬亦素具闕二字願闕二字無願不從迺至有患心痛者但取願前少土
和水服之應時便愈遺形是託神靈保持由是闕二十五字梁寺史傳師本俗姓朱氏金
城人也少出家闕二字道林寺僧儉法師為和上業存禪闕一字宋太始初漸彰異迹居
止不定飲食無時長髮跣足每闕二十七字詞同讖記言不虛發應驗如神或闕一字視通
於北闕一字分形遍於南國奇怪忽恍不可殫論以天監十三年歲次甲午十二月八
日闕二十九字相奄然示終時有異香闕二字芬馥特敕厚加殯送葬於鍾山獨龍阜仍於
墓所闕一字開善精舍敕陸倕製銘於冢內王筠勒碑於寺陰闕二十六字生及其去也以
精靈度物哀憐庶類福祚皇王且彼託鍾山此依常白彼葬龍阜此闕一字龍臺前王
挹勵建開善之境闕一字後帝傾闕二字醮闕二十五字至今大唐太極元年歲次壬子皇帝
御天下之三載凡一百九十九年化化之緣古今無盡明明之德日月彌新其所變
現之梗概闕二十七字之闕一字衆所未諒恭敬者隨時受福疑慢者應驗立徵事迹繁夥
不可備載當嘉聲上徹先帝令左臺監察御史米務先親加檢覆闕二十八字正所以
知歸一感闕一字緣獲未曾有闕二字復命倍沃天心刺史楊元禎分符北極露冕東藩

闕一字雨逐於行東仁風隨於轉扇黃金闕二十八字追烏跡於上乘想闕六字緇寶地闕一
動天宮鳥瑞香圍延光帝載縣丞主簿縣尉闕一字金闕四十三字羣物揚舲彼岸錄事闕二
字鄉闕一字等門滋蘭闕四字牙忠信滿於州閭因果闕一字於闕四字虎命闕一字奉闕三十六字
九地荷於津通貝樹披春帝王之遺文秩矣金闕三字諸佛之正道通矣迷津闕一字路
菩薩運載之乘行矣闕八字之闕二十七字況玄天大造充溢於盡空淨域鴻緣牢籠於無
外昔迦闕三字如來垂讚歎之闕一字彌勒當闕三字表歌揚之偈若稽古訓式樹闕一字碑
仍於闕二十七字銘曰義天兆昧優花未披但迷五蘊執辨二儀闕二字火宅耀我金儀神
足繼軌闕二字揚毅闕一字其闕一字有闕一字成觀方闕二字戴表靈闕二字開闕二十七字綱燈我寶地
壞我金場花殘鷲沼煙毀龍香霞標歇滅石徑荒涼淇爲萬乘興千齡纂帝日月連
闕一字飛行闕一字教闕一字念新闕五字高闕二十八字精標五門瓦擬倣虛眼闕一字與存刑欲
赴天泉闕一字規國德寄餘墳廟傳詞翰墨瑞醴通流嘉祥允集惠光佛闕二字題宸極
洪紺軒加闕二十八字泚洪先帝聖藻東資神境冥扶默贊分形散影既惡彼山又遺兹
猶寶鐸聞振金繩共樹作闕三字真身永和闕八字其功闕一字泉闕五字天闕二十七字宣聞諸典故
鐫金鏤玉遺誠緇素式讚王猷闕二字淨廣勒像賢劫刊碑覺路於開元三年歲次乙

卯二月己酉朔十五日癸亥下圖。

米太僕研山

米太僕友石。燉家藏一研山。有七十二峯。洞壑奇絶。每天欲雨則水出。欲霽則先燥。太僕以五百金購之。明末流寇入京師。米氏奔迸。以古器數簏寄親戚家。此物遂為一戈夫所得。又有一風字硯。太僕知六合縣時。嘗入覲北京。往返兩月餘。硯墨猶未燥也。康熙戊午夏。公孫紫來漢。知長葛縣。行取入都。出硯示予。為說如此。紫來今官翰林侍詔。

池北偶談卷十九終

池北偶談卷二十

清　濟南王士禛阮亭著

談異

博羅韓氏女

明末廣州亂後。有周生者。市得一袴。丹縠鮮好。置牀側衣桁上。夜分將寢。忽一好女子寒慄驚悶之。曰妾非人也。生惶遽出。比曉。鄰里聞之。競來偵伺。聞有人聲自袴中出。若近若遠。久之形漸見。姿首綽約。若在輕煙中。曰妾博羅韓氏女也。城陷被賊俘掠。橫見凌逼。罵賊而死。此袴平生所著。故附之以來。諸公倘見憐愍。為作佛事。當往生淨土。永脫輪迴。言訖嗚咽。衆共歎異。乃為召僧禮佛。焚袴。自是遂絶。程職方石臞說。

章格菴

黃州曹石霞胤昌。崇禎己卯解元。癸未進士。以文章名世。父卒官順寧。旅櫬未返萬里入滇。順寧有民家生一兒。七歲不言。一日忽語父曰。楚人曹石霞。吾門生也。今日至此。當往見之。家人疑怪不信。兒輒自往。父母尾之至通衢。果有肩輿來者。兒從稠人中直前。止其輿。字而呼之曰石霞。吾待汝久矣。曹愕然。兒又曰。此地未可語。當至邸舍告汝。既至邸。兒又曰。可屏人闔戶。如其言。兒南向坐曰。我章格菴正宸也。一念之誤。三墮輪迴。始在豫。繼在粵。在此候汝。又數年矣。今可隨我去乎。曹歎訝再拜曰。某以父櫬未返。跋涉關萬里。遠涉南荒。未能即從夫子。請俟異日。兒默然久之。曰然則吾先行待汝耳。遂至其家。是夕死矣。曹賦詩紀異。不數月。竟卒於順寧。其子以櫬歸至某郡。忽重不可舉。視其壁上。乃有曹入滇時弔洪半石天祿詩。洪亦黃人。葬於此。乃啓洪窆。祔於櫬前。請同歸葬。於是遂行。楊職方鄂州兆傑說。

道君畫鷹

楊職方又言。武昌張氏有子婦。為狐所媚。百計驅之不獲。一日置酒召客。張宣和御筆畫鷹於堂上。比客去。狐夜分始至。云幾不免。婦問之。狐曰。汝家堂上有神鷹。見我即奮欲搏擊。微項有鐵綰。將不免矣。質明狐去。婦以語其夫。或謂之曰。此畫誅神物。曷爇去其綰。狐必不敢復至矣。如其言。至夕。果有狐擊死堂下。從其家道回稼。共見鷹從火中飛去。

道州祠堂

道州有濂溪先生祠堂。近歲周氏子孫。有為諸生逋賦者。州守張大成。逮東人僅詣祠堂枷鎖先生像三日。見諸彈章。比年吳中奏銷逋稅。唐荊川、繆西谿諸公名列官户。亦不免云。

劉雲山

劉雲山。常州醫也。康熙丙午。杭州有巨室子某。病亟。忽有一醫到門曰。我吳人劉雲山也。投一匕而霍然。贈之金。不受。曰他日尋我於毘陵之司徒廟巷。踰月。某至常。詢問廟側有老人曰。雲山死三十七年矣。顧雲山生時信鬼神。曾授夢於斯廟之神。暮地廣其祠宇。因自為像於神旁。尚可識其形容也。巨室子驚愕。入拜其像。宛然。哭祭而去。陳椒峯（玉璂）記其事。

趵突泉異

濟南趵突泉。地中涌出三尺許。餘則方塘漫流。清鑑毛髮。康熙庚戌。藩臬置酒邀提督楊宮保（捷）。忽大雷雨。龍首入户。泉涌起丈餘。水大上。諸公急呼騎。水頃刻及馬腹。踣墜而死者數人。從來未有之異也。

陳五罰

濟寧陳益脩（宇玉罰）。恂恂君子也。明崇禎末。濟寧有回回楊生花等。素豪猾。武斷鄉

里。一日欲毀關壯繆祠廟。拓其居屋。陳號召諸生。鳴於官。懲首事者。廟得以存。及鼎革之際。生花挾舊憾。帥其黨。邀陳於天井閘壑之瀕死。仍以刀刺其睛。唉之以礦灰實目眶。棄諸野外。家人舁歸。謂必無生理矣。至夜。陳昏憒中見綠衣神人。强之以酒外眥內白。痛稍差。次夜復見一神人。以手擊其臘。後目中血出如注。痛良已。又次夜見一老媼。食以杏李。又以羊眼盈把。令口吸之。比曉。雙瞳烱然矣。生花及其姪樸來亂為盜。族誅。去陳事纔八月也。陳乙酉與弟尚謙同舉省試。丙戌登第。官貴池知縣。仕至户部主事。予在京師見之。

錦裙宋繡

陸魯望云。瓦官寺有陳叔寶羊車一輪。天后錦裙一幅。予在金陵遊上瓦官寺。猶見錦裙所製幡裙紺碧色。錦作雲龍紋。四角綴十二鈴。焦山枯木堂有宋刻絲觀世音像。亦奇古。

六足龜

暹羅國進貢有六足龜十枚。比至京師。止存其三。其足前二後四。趾相連。予在主客時見之。（其龜三足曰賁。）

羅漢

予在海陵。一士夫家見毘盧國僧。號羅漢。自言明英宗土木之變。始入中國。能風雪中裸體而浴。一日席上有胡桃。羅漢以齒碎之。凡數十枚。嘗住通州之軍山。以遷濱海界。徙居海陵。高郵守某之祖。傳有小像一軸。像上畫一老僧相向坐。自記此僧名羅漢。毘盧國人。一日守聞軍山有毘盧僧。心疑即其人。試往謁。乃與畫上老僧了無差別。蓋已閱三世百年矣。

丙丁龜鑑

丙午丁未。從古以為厄歲。陰陽家云。丙丁屬火。遇午未而盛。故陰極必戰。亢而有悔也。康熙丙午冬。户部尚書蘇納海、督撫尚書王登聯等搆死。丁未春。災祲疊見。彗星出。太白晝見。白青出西北。經月餘。是歲七月。輔臣蘇克薩哈誅死。吾友程職方謂予欲裒輯前史所載丙丁災變徵應為一書。頃見宋理宗淳祐中。柴望所上丙丁龜鑑十卷。自秦莊襄王五十二年丙午。迄五季後漢天福十二年丁未。通一千二百六十載中為丙午丁未者二十有一。備摭事實。系以論斷。元至正中。又有續丙丁龜鑑者。

補宋元事之闕。前人已有此書。當考據故明三百年中丙丁事。以續二書之後。

白烏

康熙庚戌。六合縣民王振家庭樹產白烏二。督府麻勒吉表進於朝。

奇姓

予在儀曹時。見有兗平人。碧某者。史誤呼作碧。其人不應。問之。云碧音如與。此萬姓統譜、奇姓通諸書所不載者。又任給事（璂）云。高密有高姓。音閣。又禚姓。音卓。諸城有則姓。音妙。又壽光有寨姓。河南有驢姓。吾邑有俳姓。壬子典試四川。有副榜慶譔。音拓。明有指揮八通。副將九驗。近見山西鄉試榜。有峯姓、困姓。

古銅器

庚戌臨淄人。於古城畔田。得銅器數百枚。形製瑰異。白諸官。悉取入藩庫。無從考其款識。殊可惜也。辛亥春。京師草場火。火熄。得石數千百。皆有篆籀之形。不測其故。又明末河南鄢陵人浚城壕。得石數百。皆有人物。鬚眉宛然。或謂恐傷地脈。掩覆之。後有兵。

地震定數

宋小說載崔公誼為莫州任丘。熙寧初。河北地震。而公誼挈家南歸。一日宿

孫村馬鋪中風雷陰晦夜半有急叩門者云傳語崔主簿君合係地震壓殺人數輒敢擅逃過河今已收魂作獄到家速來崔自度必死乃兼程送妻孥至壽陽次日遂卒康熙戊申山東地大震莒州尤甚莒與日照縣鄰地震之夜凡日照人客莒者皆從崩壓中得不死莒人客日照者皆死信有定數已未七月京師地震通州尤甚死者凡數百人

梨花漁人

會稽姜鐵夫埏說其鄉近歲有漁人獨居無家室所居有梨花數十樹人呼為梨花漁人一夜月明放舟湖中聞岸上有人呼渡移船近之未抵岸其人已在舟中矣視之尼也年可十七八衣縞而姿首甚麗詰所從來不應將及家登岸穿林冉冉而去漁人心知非人明日晚歸燈火熒然則尼已先在室中矣漁人稍疑懼尼曰我非人也居湖邊某村父母自幼送我為尼今年月日死以與君有夙緣故來相從且君當得佳婦亦須我為作合幸勿訝也自此雞鳴而去夜即復來如是將一載鄰里皆聞漁人室有異香里中某氏有女及笄一日忽有鬼物憑之言禍福多奇中且云汝女病惟某漁人善醫且夙緣當為某婦否者死矣其父母懼邀漁人至其家漁人不知所以固辭歸迨暮尼復來告曰我與君夙緣已盡當從此辭此女當為君婦祟即我所為君何辭耶漁人誼不負心因與盟誓尼感動泣下亦不復強明日漁人以告女之父母鬼遂不至不數月漁人竟卒

麟

宋荔裳琬觀察說其鄉趙鵬程者官彰德太守府庫中有一麟相傳明武宗時土人所獲誤斃之以獻於官貯庫中趙任滿欲取之吏不可乃斷其一腰攜歸毛作黃色紋理如刻畫蹄通明類黃玉宋常見之

慶忌

萊人張允㳟明天啓壬戌進士為南陽守浚河役夫夜宿岸側聞橋下每夜有哭聲共伺之乃一巨鼈因置鐵鑊烹之忽鑊中人語曰勿殺我我當利汝眾懼益烈其火少頃無所聞啓視之鼈已死剖腹得一小人長數寸許眉目宛然以獻於守攜之歸識者謂即管子涸澤之精名曰慶忌是也康熙壬子歲濟南人烹鼈亦於腹中得小人如同狀人多見之

楊李

隋末酸棗邑所進玉李一夕忽長清陰數畝是夕院中人聞空中語云李木當代帝欲伐之左右曰木德來助之應也不可伐又楊梅玉李同時結實帝問二果孰勝院中人曰楊梅雖好不若玉李之甘帝歎曰惡楊好李豈人情哉又民間歌云河南楊花落河北李花榮楊花飛去落何處李花結果自然成南唐將受吳禪江西楊化為李信州李生連理其事前後略同又釣磯立談載武義中童謠云江北楊花作雪飛江南李樹玉團枝李花結子可憐在不似楊花無了期與隋謠亦相類

記前生

同年濟寧郜嶧字悔士自記前生為寧海州人纖細不爽後以己亥登進士為登州教官覲至所居里訪其子得之為謀生事且教之讀書為諸生又自知官止縣令及選吳江縣知縣遂辭疾歸又其妻早卒郜知其再生館陶某氏俟其髫而聘之復為夫婦河南張給事文光能記三生事李御史嵩陽樂安李貢生煥章皆能記前生事此耳目覩記之尤著者

萬維獄

順天萬維獄嵩中順治丁酉京畿解元康熙庚戌成進士其入學題乃夫子循循然善誘人食餼則博我以文約我以禮丁酉領解首題即顏淵喟然章明年世祖御試題則克己復禮為仁自謂平生與復聖有因緣比庚戌會試三書題無顏子語自謂當落第榜發中式房師乃儀制主事曲阜顏修來光敏也

丁貞女

丁貞女聊城之沙鎮人靖難功臣某裔也貞女幼孤無兄弟依母以居及笄母欲議婚貞女曰母老矣又鮮兄弟不願適人願終身養母母不能強及母卒從兄某為議婚貞女又不許獨處三十餘年年五十矣閨範嚴肅里中人咸稱曰貞女堂邑黃中丞圖安七十喪偶聞貞女之名遣聘焉貞女先一日召其從兄語曰明日當有議婚者至吾將許之兄及娣姪輩謾應弗之信也詰旦黃氏騫修已及門先是貞女縞衣數十年是日乃易色服既許字卜吉彝母始于歸黃氏猶處子也中外子孫多人待之皆有恩禮東昌人傳為美談

魏舍人妾

魏舍人麟徵納妾京師甫一月妾病且殆求歸母家已而延魏至榻前操吳音曰某前生姑蘇人君前生逋吾五十金今來索償事畢矣此去當生平陽某氏年十八即中

甲稚復與君消復絲語訖而逝。此康熙辛亥春正月事也。

莫如

孫侍郎退谷先生說，昔為祥符令，有人發一古冢，乃東漢馬武妾葬處，中有石，即武為其妾自製誌文，甚古，字畫精絕。又有香奩一具，中貯脂粉，皆宛然。奩底一小銅印，鐫妾莫如三字，印在孫處，碑歸張給事文光家，今不知所在。急就篇有「解莫如」之句，注云：漢有毛莫如。

義贏

同年張鶴洲行人，嘗乘一贏，甚愛之。康熙甲辰，鶴洲以科場事下刑部，饘粥不繼，乃以贏抵逋於人。一日過市，贏嘶悲鳴，墮其新主，而逸歸張邸，稍近之，輒啼齧不已。家兄考功為賦義贏行。嗚呼！此贏勝華歆、賈充、褚淵六臣之徒多矣。

龍睛

吳江金文通公之生時，母夫人夢人告曰：「與汝子龍睛，將來位極人臣。」公大拜後，蕭山醫者陳生善相人，試令相之，曰：「乞兒相也。」衆駭笑。已而至目，大驚曰：「此龍睛也，當貴極人臣。」衆乃服。能改齋漫錄載陸農師言：曾魯公得龍脊，王安石得龍睛。

追寫真

宋憲使荔裳琬幼失恃，每憶母夫人形容，輒泣下。吳門某生者，自言有術能追寫真人，歿數十年，皆可得其神似，乃令設壇淨室中，自書符咒三日，陳丹青紙筆，令宋禮拜出，闔鑰其戶，戒毋譁。比夜，忽聞屋瓦有聲，已夜分，聞擲筆於地，鏗然，屋瓦復有聲，生乃開戶引視之。燈燭熒然，丹青縱橫，筆落地上，而紙仍緘封未啓，啓視則像已就，宛然如生。宋捧持悲泣，重酬之。生云：過六十年，則不復可追也。蘇穀原迪蒴瑮言：云濱淵宋僉憲敬夫幼失怙，不識父形容，請方海山人貌之，持歸，家母夫人視之，如生，悲不自勝。世或有此理耳。

善譏

京師有市猾某者，本驟馬行牙人，以附黃臕李至巨富。一日，堂成，讌士大夫，壁間有孔，客疑問之，答曰：「手腳眼也。」蓋工匠登降攀附置手足處。宋荔裳在坐，應聲曰：「吾有對句矣，乃頭口牙也。」合坐大笑。又某人某者，以散官居旗，常狎一婦，婦齧其舌，持赴刑部，令急騎追之。宋適往視，戲曰：「君所謂駟不及舌。」

前定

世事莫非前定，所云動乎四體，有不知其所以然者。往予在淮南，好觀棧道圖，有興化顧生符稹，工此技，妙入毫髮。予令畫絹素屏扇凡十數，自為長歌題之，復以其一贈姊夫劉大田。倬既而予有入蜀之役，同行即劉君也。辛亥歲，在京師，沈文恪繹堂為侍讀，以小冊索書，予為書陸放翁詩云：「殘年作客遍天涯，下馬郵亭便似家。三疊淒涼渭城曲，數枝閑淡閣中花。壁間投簡相逢晚，理鬢薰衣一笑譁。俱是邯鄲枕中夢，墜鞭不用憶京華。」比入蜀，信宿閣中，乃憶前事，真詩讖也。因賦一詩寄沈，長句有「關外極天涯，長憶西園夜鬭茶。萬事輸他前定在，今朝真看閣中花」。丁未歲四月二十九夜，夢中得絕句云：「溪鋪翡翠映煙空，溪上飛橋落彩虹。愛玩花蕤憶元相，一枝渾臥碧流中。」既覺，不知所謂。末句則元微之使東川所賦亞枝紅詩也。至是過襃城，亦驗。予己酉奉使淮上，過奉高，閱泰安州誌，至贏博字，輒心惡之。辛亥壬子，遂連遭渾沂兩兒之痛。入蜀時，過百牢關，作一詩懷諸兒，結押廬字，忽心動曰：「廬，廬居也，得毋不祥乎。」又閱劒南詩有云：「成都放榜第一人，楊姓，具慶下，愴然有感。」又心惡之。比榜放，解元果楊兆龍也。心益動，時先慈宜人已見背，予在萬里外，未知也。昔阮孝緒於鍾山聽講，母王忽病，兄弟將召之，母曰：「孝緒至性冥通，必當自到。」果心驚而返，信有是哉。

工人善琴

萬曆末，詹懋舉者守潁州，偶名木工，詹適彈琴，工立戶外，矯首畫指，若議其善否者。呼問之，曰：「頗善此乎？」曰：「然。」使之彈，工即鼓前曲一過，甚妙。詹大驚異，詰所自，工曰：「家在西郭外，往見一老人，負薪入城，擔頭常囊此，因請觀之，聞其彈，心很悅之，遂受學耳。」詹予以金，不受，曰：「某賤工也，受工之直而已。」又曰：「公琴皆下材，工有琴，即老人所貽，今以獻公。」果良琴也。詹乃從竟學，一時琴師莫能及。

盧昭容

古月頭陀，皖人，胡姓，名明勲，字半菴。順治丙戌，居京口，兩膝忽患瘍，痛入骨髓，數日宛成人面，眉目口鼻皆具，易醫一百三十餘人，瀕死者數矣。辛卯十二月七日，瘡忽人言曰：「我梁時盧昭容也，子害我於洛陽宮，今日報汝，醫何能為？」詣佛懺悔可耳。既甦，即謝醫，發願書經，書水懺至九卷，遂杖而起，終三十六卷，復閉關書法華經、華嚴經各一部，遂能行。又書涅槃經、金光明經、心地觀經、報恩經、金剛經，凡五百萬字，瘡竟愈。後在真州，有降乩者，書盧昭容，邀半菴與會，自書生時像，首飾鳳髻，衣宮衣，間半菴。洛陽宮相見。今似否。胡為悚然。胡。天啓中官中書舍人。嘗收左忠毅公骸骨云。

義虎

汾州孝義縣。狐岐山。多虎。明嘉靖中。一樵人朝行。失足墮虎穴。見兩虎子臥穴內。深數丈不得出。徬徨待死。日將晡。虎來。銜一生麋飼其子。既復以飯與樵。樵懼甚。自度必不免。迨昧爽。虎躍去。暮歸飼子。復以飯與樵。如是月餘。漸與虎狎。一日虎負子出。樵夫號曰。大王救我。須臾虎復入。俛首就樵。樵遂騎而騰上。置叢箐中。樵復跪告曰。蒙大王活我。今相失。懼不免他患。幸導我通衢。死不忘報。虎又引之前。至大道旁。樵泣拜曰。蒙大王厚恩。無以報。歸當畜一豚。縣西郭外郵亭下。以候大王。某日日中當至。無忘也。虎頷之。至日。虎先期至。不見樵。遂入郭。居民噪逐。生致之。告縣。樵聞之。奔詣縣廳。抱虎痛哭曰。大王以赴約來耶。虎點頭。樵曰。我為大王請命。不得。願以死從大王。語罷。虎淚下如雨。觀者數千人。莫不歎息。知縣萊陽人某也。急趣釋之。驅至亭下。投以豚。大嚼。顧樵再三而去。因名其亭曰義虎亭。宋荔裳琬作義虎行。王于一猷定作義虎傳。紀其事。

客氏刺

順治己亥。在京師慈仁寺市。見鬻故書者。賣一敝刺。大書客氏拜三字。實應朱國楨生克以三錢得之。賦客氏行。予笑曰。使當天啓時。此一紙過詔旨遠矣。

䮊

先太師公。曾於塞上得馬一角。按爾雅。䮊如馬。一角。注。元康八年。九真郡獵得一獸。大如馬。一角。角如鹿茸。即䮊也。王會圖有俞人之雖馬。注。雖馬一角。

來陽伯

來陽伯。復。三原人。神於醫。尤多技術。常使人脫靴。腰隨之長幾丈許。靴亦如之。尤精女紅。官吳中時。刺繡之妙。吳中閨閣無能及者。來。三原人。萬曆中進士。官至布政使。

啖石

仙人煮石。世但傳其語耳。予家傭人王嘉祿者。少居勞山中。獨坐數年。遂絕煙火。惟啖石為飯。渴即飲溪澗中水。遍身毛生寸許。後以母老歸家。漸火食。毛遂脫落。然時時以石為飯。每取一石。映日視之。即知其味甘鹹辛苦。以巨桶盛水。掛齒上。盤旋如風。後母終。不知所往。

周府馴虎

先祖方伯公。為河南按察使時。周王府有馴虎。日惟啖豆腐數斤。猛虎如此。何異騶虞。

楊世榮

楊世榮者。汾陽人。以鬻器為生。夜夢人告之曰。汝富貴至矣。覺則身忽長二丈餘。一衣須布十八疋。每食啖一豕羊。用一鐵鞭。重百六十斤。鄒平張方伯鍊。時知縣事。錄為民壯。後遷寧武道。以之自隨。會流賊亂。每步戰殺賊。賊皆披靡。以積功至參將。鼎革後不知所終。

金蟇

先太師舊有金蝦蟇一枚。崇禎辛未。濟卒陷城。一賊得之。置腰間。輒爬其腹。如是者數四。賊怒。擊破之。有白氣冲天而去。

劉張二仙

劉吏部公䥴鑄劉先生傳云。劉任。字弘父。潁川人。生而一瞳子正方。登隆慶丁卯賢書。嘗著唐巾。衣淺紅窄衫。乘駿馬。挾彈林薄間。一日謂家人曰。仙伯期我海上。某日暫還。題一詩。有明白來時明白去。君看直北起雙鳧之句。遂瞑。後十五年。有故人從燕中來者。云見先生書一詩於西山關若僧。曰。日者一先輩留此。亦時時往來寺中。問其狀。則先生也。遲寺中數日。待之。不復至矣。又同里張葵孝廉者。髮長等身。無一莖異。七歲時。讀書樓上。忽一黃冠來告曰。從吾步空下。即仙矣。葵有難色。黃冠叱之。即能步空下。居城東十里許。一日有道士服過之者。曰。吾望氣而來。乃子耶。幸勿墮落。遂別去。然張竟無他異。

鴿食麥

康熙癸丑。吾邑旱。東山曹村。有鴿千百成羣。食麥。近羽孽也。

蝙蝠硯

張華東公。延登。崇禎丁丑三月。遊泰山。宿大汶口。偶行飯至河滸。見水中光芒甚異。出之。則一石可尺許。背負一小蝠。一蠶腹下。蝠近百。飛者伏者。肉羽如生。盤右天然有小凹。可以受水。下方正受墨。公製為硯。名曰多福硯。銘之云。泰山所鍾。汶水所浴。堅勁似鐵。溫瑩如玉。化而為䳒。生生百族。不假雕飾。天然古綠。用以作硯。龍尾繡蹠。文字之祥。自求多福。爾雅。蝙蝠服翼。郭璞注。齊人呼為蟙蟔。因又名之曰蟙蟔硯。公門人劉文正理順。馬文忠世奇。夏考功允彝。高中丞名衡。諸公皆為銘。蟙蟔亦奇物也。

荆州鏡冤

荆州有某氏子。素乜賴。一日於後圃築墻。夜夢一美女子前拜曰。妾在地下。數百載矣。修煉將成。明日大劫。懼不可逃。惟君救之。妾胸前有古鏡一枚。君慎勿取。但為妾復掩其藏。誓報厚德。覺而歷歷能記。明日集畚鍤掘地。未丈許。果得一棺。發之。中有女子。古粧靚服。顏色如生。胸前有鏡。方圓數寸。寒光射人毛髮。某憶夢中語。欲掩之。其僕曰。鏡必有異。第取何害。某遂取之。女子忽化為灰燼。某駭甚。遽掩其棺。是夜復夢女子泣告曰。吾煉形已成。為汝所敗。然自劫數應爾。於汝何尤。汝但珍護吾鏡。吾當福汝。某遂寶鏡。虔奉之。鏡時時有聲。一旦女子來曰。楊相公開府江陵。思得奇才共濟。此功名之秋也。試往軍門獻策。吾當助汝。時武陵楊相公督師駐荆。某信其言。遂往上謁。楊公與之語。某談兵料敵。高議縱橫。不可窮詰。公奇之。延至幕中。每有戎機。輒與參決。將聞於朝官之。一日某以小過箠其僕。僕竟死。方在幕府。不知為訃。女子忽至曰。無傷也。君但請暫歸休沐。輿尸以出。吾能護汝。如其言。至轅門。忽輿中血出如注。軍校輩驚視之。得僕尸。馳報府中。召某問之。但云罪當死。既而語以兵事。亦惝然不復能對。公怒。究其故。某始對以女子所教。已都不知。今鏡尚在。公命取鏡。鏡忽作大聲飛去。自是女子不復至矣。某竟瘐死獄中。鄭禮部次公日在成都說。

吳道子水陸畫

平陽晉藩堂有吳道子畫水陸百二十軸。明世宗朝。西河郡王城北有隙地。傳為廢寺址。其地中間方數尺。雨雪不濡。中夜常見光怪。王令人持畚鍤發之。五丈許。得石函。以鐵綆二道束其外。發之。又得錫函。最中函以木。木函啓軸見。乃吳道子真蹟也。王甚珍之。王薨。嗣王以乞揮使呂某。呂又死。其家貧。鬻之寺僧。以恆直得之。此崇禎間事。予兄西樵使山右。為賦長歌。今載集中。

兩中式

儀制郎中武進某五一。順治壬辰會試中第一百六十二名。以磨勘革去中式。乙未會試。復中第一百六十二名。名次毫釐不爽。信事有定數也。兵科給事中周根郃南宮人。丁酉庚子。亦兩中順天鄉試。辛丑成進士。按宋章惇曾冠冠秦檜客也。皆再登第。

魚鳥魚翁

蜀中自嘉定至隆慶江間有魚。曰魚鳥。楊用修異魚贊云。嘉定魚鳥。巍新厥名。鱗鱗迎勝。天崇其標。其文實繁。江閩可徵。或以為嘉魚。非也。嘉魚出丙穴。在漢中。將桃花時則從穴出。亦名鮇魚。或名鯫。爾雅曰。鮥。當魱。郭注。海魚。似鯿而大鱗。肥美多鯁。今江東呼最大長三尺者曰當魱。說文。鮥。當互也。正字通。魱呼故切。鰣別名。一名鯦。其九切。俗作鮊。非。鯸鮐鼎切。䱥魚名。異魚圖贊。鮥魚極肥。一斤千頭。名曰鰊鯢。不以網收。廣東文昌縣有井。出巨魚。紅頂。名魚翁。見一統志。

池北偶談卷二十終

池北偶談卷二十一

清　濟南王士禛阮亭著

談異

每牛雖馬菌人竫人

予在禮部見荷蘭所進西洋小牛異之考王會圖所載有數楚之每牛每牛牛之小者王會圖又有兪人之雖馬注雖馬一角大者曰麟按爾雅騉如馬一角不角者騏大荒南經曰蓋猶之山有小人名曰菌人東經有小人國名竫人或曰竫人

銀杏樹觀音像

辛丑壬寅間京口撤造戰艦江都劉氏園中有銀杏一株百餘年物也亦被伐及工人施刀鋸則木之文理有觀音大士像二妙鬘天然衆共駭異乃施之城南福緣菴中時蘇州瑞光寺有觀音像亦大木中文理自然結成之

唐童子

松江唐童子勳五歲而瞽年十二詩多可誦其先有汝詢字仲言者亦瞽而能詩嘗註唐詩傳於世周宿來茂源贈童子詩云家風師曠遠家學卜商傳又永平孟元輔熊弼

忠毅公子少而失明好讀書聽輒成誦嘗選唐人詩五十家亦奇人也

體香

先考功西樵於癸丑七月廿二日以哭先淑人不起屬纊時口鼻中作栴檀蓮華蘭蕙種種異香凡三日夜盐都高木王梓予從姊之夫孝友忠信人也以康熙甲寅春捐館病革時體中亦有異香此皆予聞見最確者

黃顙

宋范公稱過庭錄載黃顙傳即今所傳虬髯事也然其間云於汴州見太宗殊紕謬黃顙死曹操呼其子彰而此傳李衛公所遇亦稱黃顙

柳耆卿墓

儀真縣西地名仙人掌有柳耆卿墓按避暑錄柳死旅殯潤州僧寺王平甫為守出錢葬之真潤地相接或即平甫所卜兆也予真州詩云殘月曉風仙掌路何人為弔柳屯田

普救寺

西廂傳奇河中有普救寺畫墁錄郭威宿師河中逾年登蒲阪以望城中憤蒲民固守曰城開日當盡誅之幕府曰若然守愈固矣第告之曰誅守城者餘皆免城既開乃即其地為普救寺蒲志云舊名永清院院僧與郭威約城克之日不戮一人因改名普救寺二書大同小異然寺名實始五代傳奇假以成文耳

神女廟神鴉

巫峽神女廟有神鴉迎送客舟陸放翁入蜀恨不及見予壬子冬下三峽至十二峯果有鴉十餘往來旋繞以肉食投之即攫去十不失一其鴉比常鴉差小棲絕壁石洞中得食即入洞去天祿閣外史曰嘉陵之墟其鳥曰鳶臨溪啄飲則孕吐於口而生方密之以智通雅云嘉陵漾江之口下至巴東皆有神烏所謂嘉陵之鳶指此或謂山烏穴鼵即爾雅之鵌

三僧

坡詩有琴聰蜜殊謂僧思聰仲殊也放翁筆記云思聰大觀政和中以琴遊權貴間遂還俗官御前使臣仲殊自縊以死參寥尤為坡公所喜政和中老矣亦還俗又墨莊漫錄載呂溫卿為浙漕屢起大獄復欲網羅參寥參寥本名曇潛東坡改之曰道潛呂索牒勘驗竟坐刑之還俗編管兗州

一字字

筆記云錢勰字穆父范祖禹字淳夫皆一字予按古如爰絲房喬顏籀劉乂之類皆一字字也今文士有竇應陶澂字季萊陽董樵字樵二人皆以布衣遊於都門初不相識予為介之曰二君非但詩筆相當即一字字亦絕對也二君遂賦詩定交按龍川別志有隋時道士屈突無為字無不為晁景迂一字伯以父見陸務觀文集劉敞劉攽兄弟字伯貢父仲原父見歐公所作原父墓誌前涼張天錫字公純嘏見十六國春秋此又三字字也陶一字昭萬有太原傅山字青主一字公之佗

趙廣戴祿

趙廣合肥人李伯時小史伯時作畫常令侍左右久遂善畫尤工畫馬幾亂真遭亂為賊脅之作畫不肯從斫其右手乃以左手畫大士宋南渡士夫家所藏伯時大士多是廣筆戴祿者臨邑邢子愿先生家僮亦精六書之學與子愿書往往亂真邢與寒家有姻婭之好予幼時多見屏幛間署子愿姓名率戴書也

古石刻

大梁城西水磨閒土人掘地得一石有日月逝酒漿五字乃古篆也周櫟園侍郎墓

勒以傳。謂非仙者不能道。施愚山有詩記之。

墨魚

蜀嘉州凌雲烏尤山下，有魚曰墨魚，行則噀墨云。郭璞注爾雅，於此魚食硯墨所化立春後泛子。漁人以燈火照之，輒止不去。南越志謂烏鰂懷墨而知禮。蜀本草圖經云烏鰂名海鰾鮹，九月烏鷃入水所化。不知即此一種否。予在蜀見之。

鐵漢和尚

鐵漢和尚居金陵牛首東峯下，獨坐數十年，嘗畜二猿子自隨，有所須，猿輒解意。與龍眠方學士坦菴（拱乾）善，特搆一軒，方來即居之，號曰坦軒。和尚化去，一猿悲鳴不食死，葬於塔側。學士題其遺像云：兩箇猢猻杖一根，獻花石上獨稱尊。怪公事事能超脫，留此贓私誤子孫。

駙馬

憫真子云：御馬之副謂之駙馬。杜預尚主，武帝拜鎮南大將軍，給追鋒車第二駙馬。吾鄉有為尚書子壻者，與婦兄同赴京師。一日，向友人訴廝夷云：婦兄馬肥，吾馬獨瘦。友人笑答曰：彼正馬也，君駙馬耳，那得一例。合坐大笑。此雖戲語，深合故實。

厚葬薄葬

秦始皇穿治驪山，上具天文，下具地理。漢文帝遺詔，霸陵山川因其故，毋有所改。二君之賢愚，人皆知之。乃亦有相反者。宋壽州張侍郎撫州晏丞相俱葬陽翟，相去數里。有盜發張墓，得金寶珠玉甚多，遂完其棺櫬，揜覆其穴。繼發晏公墓，無所有，器皆陶甓。破其棺，惟木胎金裹帶一，盜失望大恚，以刀斧碎其骨而出。世謂張以厚葬完軀，晏以薄葬碎骨，事之不可知如此。

烏翼

益都縣顏神鎮，康熙辛亥冬，烏鴉鴛鴦之屬以千萬計，飛過城中，皆墮地死。遠近四山皆滿。甲寅春復然。已而相國沚亭孫公（廷銓）薨於私第，公世為鎮人。

二玉璽

順治十七年，富陽典史孫某解餉北上，舟過高郵，見湖中夜有光，令榜人跡之，得玉璽水中，方四寸六分，盤龍雙紐，辨其篆文，漢高帝大風歌也。十二月，疏獻於朝。鄧州人丁象輝賦大風玉璽歌。又康熙四年十月初八日，溧水民耕田得玉璽，其文乃人心惟危十六字，亦上於朝。

青原道場

龍眠無可和尚，本方姓，故明崇禎庚辰進士，早以文詞知名。亂後為浮屠，曾住金陵高座寺，劉公（戡）見之，衣壞色破衲衣，行纏束腰，居然苦行頭陀也。最後住吉安青原山。青原古道場也，明王陽明、鄒東郭、南臯諸先生亦講學於此。住山後有倒荊久枯，忽發三枝。會施愚山（閏章）分守湖西，講學白鷺洲，與之往來，青原宗風一時復盛。

冰山

康熙戊申，予邑北錦秋湖中冰立如山，高可數丈許，巖洞林巒皆具，千峯萬壑，宛轉闗通，遠近走觀之，入其中者如在深山，而表裏洞徹類晶玉，旬日始消。

異鴉

邑東北耿氏墓林中有鴉一隻，碧色，飲啄自異，不與羣鴉為伍，亦不見其蕃育。人往往見之。按唐書，滕縣有羣烏㗖柴為城，中有白烏、碧烏各一。又城東旬名店，有白燕二，居民家井中，皆康熙十二三年間事。

昭烈券

獻賊破荊州時，民家有漢昭烈帝借富民金充軍餉券，武侯押字，紙墨如新，見綏寇紀略。

蜀府鬼

獻賊據成都，以蜀王府為宮，所居人鬼相雜。一日聞後殿有歌吹聲，自往視之，見有數十人手持樂器，而皆不見其首，大驚仆地，乃移居北城樓，不敢入宮。

馬岱後

黎州土司馬金者，蜀漢將軍馬岱之後。張獻忠在蜀，以金印招之，金得印，擲之地，誓衆拒之。金時年十六，未幾卒。

張儲

張儲字曼胥，南昌人，大學士位之弟，多才藝，醫卜星相堪輿風角之術，無不通曉。萬曆間遊遼東，歸語人云：吾觀王氣在遼左。又觀人家葬地，三十年後皆當大貴。行伍閭巷中兒童走卒，往往多王侯將相，天下其多事乎？人以為狂。既而其言果驗。儲年七十餘卒。其外孫夏吏部抑公（以鈞）云。

孝芝

洛陽呂忠節公（維祺）撰孝經大全，三十年至崇禎十三年庚辰告成，夢神人錫以丹篆又袖出一物如黑飴。倏生二白角。化為黃羝羊。約七八寸。僂游草際。請公曰。此孝芝也。明日果有芝生庭中。凡十八莖。剗者誤去一莖。明日復生。說者謂應十八章之數云。公自作孝芝記。

十具牛

王景略臨終。托其子皮十具牛。為治田之資。不為求官。亦葛侯八百本桑之意。今江淮以北謂牛四頭為一具。俗語亦有所本。

壽冢

梁國兒仕姚泰。封平輿侯。嘗於平凉自作壽冢。將妻妾入冢飲讌。酒酣。升靈牀而歌。八十餘乃卒。可謂達者。近淄川高侍郎念東珩亦自作生壙。時與友人唐翰林濟武夢賚飲酒賦詩其中。德州程工部正夫先自作一棺。題曰休息菴。自作銘刻其上。酒酣便即偃臥。有詩云。版屋蕭然密四周。遐心人息矣聖人休。百年恍惚真疑夢。萬事紛紜已到頭。廣柳何時催去駕。猗蘭此夕詠閑愁。相煩雅客來欣賞。莫待邙墦土一丘。

千里人

南燕慕容超時。高句驪獻千里人十人。

畢尚書

淄川畢白陽自嚴先生。明崇禎初為戶部尚書。精心會計。為時名臣。時練餉新餉諸項日增。臺諫多歸咎司農。一言官以亢旱上疏。有烹弘羊天乃雨之語。先生笑謂人曰。此非烹弘羊。直是要烹白陽耳。

謔語

王完虛中丞熙明萬曆甲辰進士。好詼謔。初仕為鄒平知縣。縣與章丘接境。一日與章令某相見。令問足下以何年生。對曰乙亥。因問章令。答云亦乙亥。王笑云。某是鄒平一害。兄便是章丘一害。

排調

同年薛給事生齋以才氣自許。嘗在淮陰酒間。謂予云。子文士耳。異日終依我幕下。予答曰。恨吾子非嚴鄭公耳。汪苕文亦有詩調之云。十載雕蟲稍擅名。未曾紈袴學長征。他年若得登三事。但取蕭郎作騎兵。

引經

德清陳端菴𣴎順治己未進士。筮仕為新城令。性仁厚。每杖人。輒對之泣。有王生者宅為人所奪。久不給直。訟於官。陳不能決。第好語曰。毛詩云。維鵲有巢。維鳩居之。王秀才獨不能作鵲耶。聞者笑之。

士大夫

南史紀僧真得幸齊世祖。請於上曰。臣出自武吏。階榮至此。即時無復所須。唯就陛下乞作士大夫。上曰。此由江斅謝瀹。我不得措意。可自詣之。僧真承旨詣斅。登榻坐。斅顧左右曰。移吾牀遠客。僧真喪氣而退。告上曰。士大夫固非天子所命。六代時士大夫之重如此。

兩周盤龍劉桃枝

蕭齊時。兩周盤龍一奉叔之父。於淮陽大破魏軍。一徐州民。與建康僧法智作亂為王元邈所誅。南北朝兩劉桃枝。一北齊人。洋湛間多拉殺諸王大臣。在凉風堂殺斛律明月者。一陳戚。南將軍克齊朐山城。

程蘇諱語

元祐初。司馬公薨。百官方有慶禮事。畢往弔。伊川引子於是日哭則不歌。東坡云。然檀弓。衛太史柳莊寢疾。公曰。疾革當祭必告。公再拜稽首請於尸曰。有臣柳莊也者。非寡人之臣。社稷之臣也。聞其死。請往。不釋服而往。遂以襚之。又梁左軍將軍馮道根卒。是日上春祀二廟。問中書舍人朱异曰。吉凶同日。今可行乎。异引衛獻公以對。上即幸其宅。伊川何未衷於此。樂城遺言載此條。則是頻濱事。非東坡。

孫忌語

南唐孫忌語馮延已曰。僕山東書生。鴻筆麗藻。十生不及君。詼諧歌酒。百生不及君。諂佞險詐。累劫不及君。

雙塔

京師雙塔。乃安祿山史思明所造。而劉侗景物畧不載。元廼賢易之詩云。安史開元日。千金搆塔基。世尊寧妄福。天道自無私。寶鐸迷絲罥。銅輪碧蘚滋。停驂指遺蹟。含憤立多時。

何老菴

吾邑東六七里。有何老菴。何元時人。修道於此。獨居數十年。每夜有蛇虎伴之。菴後有積水。曰豢龍池。相傳何老擾龍處。

虹橋板

榕城書肆有虹橋板一片，色黝而澤，文理堅栗，聲清越，材中琴瑟，云産武夷山中，不辨何木也。與化林穆之瓊賦虹橋板行，記其事。

漢人唐人秦人

昔予在禮部，見四譯進貢之使，或謂中國為漢人，或曰唐人。謂唐人者，如荷蘭、暹羅諸國，蓋自唐始通中國，故相沿云爾。馬永卿引西域傳言秦人，我丐若馬。注謂中國人為秦人，各以通中國時為稱，古今不易也。

真龍石龍

宋中丞牧仲犖說：順治二年，在京師，見大內所藏真龍，全身盤屈，貯匣中，一角五爪，鱗甲如鐵，長丈餘。陳宮詹說巖，巖說：康熙十四年，陽城張侍郎東山家鑿石，中有石龍一，鱗甲頭角宛然刻畫，亦長丈餘。

淨池魚

宗弟九青侍讀穎扶風人，家渭水上，去太白山二十里，云太白一峯直上三十里，盛夏雪凝不絕，人無能登其巔者，惟六月可上。上有太白神廟，以鐵瓦覆之。有五池，有鳥紅色，大如雀，池有滓穢，則啣去之，名淨池鳥。山奇寒，無林木鳥獸，此鳥亦不知栖止何所也。按客座新聞云：每墮葉，則鸞鶖鳥啣出之。紅魚有長丈餘者。

五行

陸象山云：五行書以人始生年月日時所值，晨推貴賤貧富夭壽禍福甚詳，乃獨略於智愚賢不肖。曰純粹清明則歸之富貴福壽，曰駁雜濁晦則歸之賤貧夭禍，易有否泰，君子小人之道迭相消長，各有盛衰，純駁清濁明晦之辨，不在盛衰而在君子小人。今顧略於智愚賢不肖，而必歸之富貴貧賤壽夭禍福，何耶？沙隨程氏云：易以道義配禍福，陰陽家獨言禍福而不配以道義，如此而詭遇獲禽，則曰吉；得正而斃，則曰凶。故文中子曰：京房、郭璞，古之亂常人也。二說可互證。

常熟三鼎甲

常熟南門地名山塘涇，琴川水經處，三鼎甲居第相望：中孫扶桑承恩、前趙東田晉、後翟文懿鑾，三公臚傳年皆三十九，尤奇。扶桑弟樂人暘為予說如此。

杜氏

康熙丁酉，山東東昌府館陶縣民婦杜氏，年一百十三歲，載縣志。

秦宣太后晏子語

國策：楚圍雍氏，韓令尚靳求救於秦，宣太后謂尚子曰：妾事先王也，先王以髀加妾之身，妾困不支也；盡置其身於妾之上，而妾弗重也，何也？以其少有利焉。此等淫褻語出於婦人之口，入於使者之耳，載於國史之筆，皆大奇。又晏子春秋：景公蓋姣，有人視景公僭者，問之曰：竊姣公也。公將殺之。晏子入見，公曰：色寡人，故將殺之。晏子曰：嬰聞拒欲不道，惡愛不祥，雖使色君，於法不宜殺也。公曰：然。若沐浴，寡人將使抱背。此段問答亦奇。

姚康伯

崇禎時，內殿石驟長數寸，上以問大學士何文端公如寵，何謝不知。歸問其老友姚康伯，康伯曰：此璞也，中必有玉。翌日以對，上命剖之，果得玉。上詰其博物，何謝曰：臣友姚康伯教臣也。因召見，欲授以官，不受。姚字休那，與文端俱桐城人，張學士敦復英說。

李頻

唐詩人李頻，字德新，睦州人，名列唐書文藝傳。才調集所載中流欲暮見湘煙一篇其作也。懿宗時為建州刺史，卒，見神梨嶽，郡人祠祀之。宋紹興中封靈顯忠惠公，後加靈佑善應王，再加廣濟王，又加福佑威濟信順王。明洪武初改建州刺史之神，載在祀典。宋真文忠公序其詩，今所傳梨嶽集是也。詩人殁而為神，未有如頻之昭昭者。

寶藥

江浦周西水兵部名于漆，幼不能言，然頗能記前世為某邑人，所常栖止處廣庭中設一几，庭前有紅薔薇一叢，時時夢到其地。七歲時戲門前，有僧過門顧之曰：此郎有夙因。周應聲即能言，家人驚異，因令讀書，一過目如宿習。數月偏通經書、左國史漢。年十四，讀書山中精舍，一日，日夕獨坐溪邊石上，遇老僧謂曰：郎忘七歲門前相見時耶？叩其名，曰：我寶藥也。閩人。周因留之舍中，日夜與論象緯律曆六壬丁甲勾股洞章之術，未半載盡通其說。瀕行，復以黃河海道九邊三國授之，且曰：吾數學未傳人，今當遊四方訪之。又秘語周以十年之內天下必大亂，君異代人物也。自丙子迄甲申，果九年而明亡，皆如其言。周入本朝，以明經謁選人，常念寶藥，別時贈詩，有元夕燈前尋寶子，秋風臺下拜鄒生之句，未詳所謂。及謁選，得房山令，上元與僚屬讌於賈公祠，問之，唐詩人賈閬仙祠也；問有子孫乎，吏對有賈某者，其裔也，見以通稅繫獄周急令出之代完其逋是年秋調平谷令抵縣日即出勘田畝夜宿山村古廟比晨視其頷則鄧衍祠也於是悟賢築之語一無爽焉周述其學著三才儒要三十卷

追尊始祖

唐以老子為玄元皇帝蜀王衍追尊王子晉為聖祖至道玉宸皇帝

沈石兄

萊陽沈石兄名迅明崇禎辛未進士官給事中鼎革後家居一日其傭奴鉏田見禾葉上皆有篆書如虫蝕者其文曰沈迅死是年沈禍作舉家自焚

棗栗

白虎通義曰婦人之贄以棗栗腵脩棗取其朝早起栗戰慄自正也今齊魯之俗娶婦必用棗栗諺云早利子也義本白虎通而稍訛南宋時太學生齋祭用棗子荔枝蓼花曰早離了也殊可捧腹矣

一生七子

明天啓中大名民家一生七子俱成立每疾病則七人同之王比部令少寓天雄猶及見其第三子云康熙戊申安徽巡撫張中丞朝珍疏報歙縣民吳士全妻呂氏一產四子同年李望石元贊說順治中按楚有漢川縣民王某妻一產六子按北魏延興三年秀容郡婦人一產四男四產十六男與此相似

郝推官

郝某失其名嘗為湖廣某郡推官一日送直指宿驛中夜坐篝燈倦而假寐恍惚見有白衣女子鍼刺其頷驚覺遂就寢既臥又若有刺其股者創甚急呼童子然燭視之果有鍼在左股疑其刺客乃秉燭遍視室中空無所有至屋隅暗處有簾障之隙而窺焉見一物如大鳥人立遍體似水晶臟腑皆見見人即前攫急以手中梃逼之遂倚壁上不能起大呼從人破窗而入梃刃交下乃死竟不知其何怪也劉吏部公㦷說

林四娘

閩陳寶鑰字綠厓觀察青州一日燕坐齋中忽有小鬟年可十四五姿首甚美搴簾入曰林四娘見陳驚愕莫知所以遂延閒四娘已至前萬福蠱髻朱衣繡半臂鳳嘴靺鞨腰佩雙劍陳疑其仙俠不得已揖就坐四娘曰妾故衡王宮嬪也生長金陵衡王

昔以千金購妾入後宮寵絕倫輩不幸早死殯於宮中不數年國破遂北去妾魂魄猶戀故墟今宮殿荒蕪聊欲假君亭館延客固無益於君亦無所損於君願無疑焉陳唯唯自是日必一至每張筵初不見有賓客但聞笑語酬酢久之設具請陳及陳鄉人公車者十數輩咸在坐嘉肴旨酒不異人世然亦不知何從至也酒酣四娘斂述宮中舊事悲不自勝引節而歌聲甚哀怨舉坐沾衣罷酒如是年餘一日黯然有離別之色告陳曰妾塵緣已盡當往終南以君情誼厚一來取別耳自後遂絕有詩一卷長山李五絃司寇化熙有寫本云又程周量會元記其一詩云靜鎖深宮憶往年樓臺簫鼓遍烽煙紅顏力弱難為厲黑海心悲只學禪細讀蓮花千百偈閒看貝葉兩三篇梨園高唱□□□君試聽之亦惘然

秦時人

遼東醫無閭山中有人斸參見毛人長丈許驚而卻走毛人招之曰吾非妖魅乃秦時築長城卒昔同輩數萬人今僅七人在耳因問其飲食居處狀曰始饑食松柏實渴飲澗水久之不復饑渴矣言已去如飛焉友人某親聞之操江宜中丞永云又巴山中有白鬚叟采藥者嘗見之自云唐時人岳儀部石齋貞說

離非女子

故友南粵陸漢東舉孝廉有小硯是南漢劉鋹宮中物有鋹宮人離非女子篆銘鄉死子幼此硯不知流落何所石埭令姚六康琳為予言之姚亦粵人

謝在杭

謝在杭肇淛閩之長樂人少詣書邑蕭氏園園素多怪異人無敢居者謝不之信一夕坐燈下忽一女子前拜且泣謝叱之女子曰妾負冤久求公申之非魅也妾湖州德清人幼隨父客此同行某甲者中表戚也利父貲橐遂殺父恐妾鳴於官司併賞諸死今數載矣公異日必官於湖望逮甲窮治抵罪使妾家知妾父子死所父子目瞑矣謝許之戒勿復出為祟自是竟無它是年謝中鄉試果筮仕湖州推官抵任後即檄縣捕甲至一訊立伏遂抵罪郡人以為神姚禮部璉曾令長樂為予言如此

南江野人

蜀張獻忠之亂遺民奔竄山谷久之遂為野人南江有二野人能手格猛虎恒攀猱麂啖之縣崖絕壁騰上如鳥隼雖其家人親戚招之疾走不顧也岳儀部石齋南江人為予說

尼涵光

尼涵光，江西宜黃人，姓鄒氏，歸譚大司馬綸之孫。其夫椎魯不知書，涵光棄去，走京師，上書請南遷不報。會鼎革，遂為尼。每談故明門戶事，源流甚晰。居寶應朱秋厓蛟家，曾見之。

陳百史

秀水張侍郎（撤）大流塞外時，一夕召乩仙，仙至大書云：我陳百史也，今為尚陽堡土地。因謂諸公可召吾兒來。時其子掖臣徙居尚陽家城外，張謂城門下鑰，請俟明日。又書云：渠今夕飲城內某家，往偵之，果然。比至，凡書數百言，皆言家事及訓誡之語。復在遼陽海寧相邸中，亦往往見形，與談笑如平生。

宋齊丘語

宋齊丘表請與故吳太子璉絕婚曰：非獨婦人有七出，夫有罪亦可出。此與左傳人盡夫也之語，可為絕對。

漢碑異姓

金薤琳琅所載漢碑，碑陰故吏門生姓名有絕異者，如韓敕碑有麃（公次）充、宙番（君舉）、加進元（烽，魯人，元官之後）、卲弓、如骨（通）、孔宙碑有叔香、如廬（海浮劇人）、北蕤章、魯峻碑敢（？）東鄉袁（？）、河閒（成人）景君碑羽（？）臨（照）、水丘（郎陵人）、（？）中（名李遠）、字見詩立遠。又漢碑陰有弟子（洪丞相隸釋謂視受業者）、門生（次相傳授者）、門童（冠未）、故吏（豫陵）、故民（處非民）、處士（非士）、義士、義民（非所）。又有故修行（趙明誠謂從漢百官志注，河南尹官屬有循行百三十人，皆書百官志，亦有之修乃循之訛，都鄉謂當信碑本，以正漢書之誤）、故午（似是避職役）。

香山嶴

嶴門在香山縣大海中，忽起一石塊，廣十餘丈，長六里許，首尾相屬不斷，如蓮之有莖。中途甃城，名關閘。蹴之抵嶴門，則如蓮菂，番人依山築城，廣袤四五里，三面皆臨巨浸，惟北通地脈一莖耳。海中諸峯包裹，前十里為十字門，如兩眉橫列，而缺其正中。又南十里為小橫琴，塞隘口。又南稍折西為大橫琴，重案也。番人之停舶必於澳灣之所在，即名澳。香山故有澳名浪白，諸番互市其中，而今之嶴門，則舊名濠鏡地，有南北二灣。明萬曆中，有大西洋人至此樂之，遂請濠鏡為澳，而就二灣停舶，久之，益自彼國遣眾聚居，歲輸稅五百金。本朝除之，番人安其業者已數世。所居率依山為樓三層，方者圓者三角者六角八角者，俱為螺旋形，以入其教曰天主。其寺曰三吧，高十餘丈，於屋側啟門，戶石作雕鏤，金碧照耀。寺僧曰法王，以時集男女禮拜，其

所奉曰天母，名瑪利亞，抱一嬰兒，曰天主，為耶穌。被服珍怪，障以琉璃，望之毛髮生動，云漢哀帝時人也。寺有風琴，其琴銅絃，彈之以和經唄，并管簫諸樂器，藏機木柜，聯以絲繩，輪牙相錯，一人轉機則諸音竝奏。有定時臺，巨鐘覆其下，立飛仙臺隅，為擊撞形，亦以機轉之，按時發響，起子末一聲，至午初十二聲；復起午末一聲，至子初十二聲，晝夜循環無少爽。前揭圓盤，書十二辰，俟某時鐘動，則蟾蜍移籌指某位。有千里鏡，番人持之登高以望舶械仗颿檣，可矚三十里外。又有玻璃千人鏡、多寶鏡、顯微鏡、小自鳴鐘、自行表，以及海洋全圖、璇璣諸器，皆極工巧。花有貝多羅、丁香；禽有五色鸚鵡、公鳳、倒掛；獸有獴猜、短狗。其人昂鼻蜷髮，目深碧不眴，貴女而賤男，晝臥而夜起。男有白黑二種，白者貴，黑者為奴。衣以多羅尼、辟支，曳高屐，戴黑氈笠，相見脫之以為禮。腰佩長刀，刀著地尺許，間有握赤藤者，則甚貴，嶴中四人而已。其女子則華褐寶纓，出以錦被蒙其首，而跣足不襪。其家政女子操之，父死，女襲其業，男子則出嫁女家，不得有二色，犯者女訴之法王，立誅死；或許悔過，則以銕鈎鈎其手足，血流被體而免之。嶴中有議事亭，番目四人受命於其國，更番董市事。凡市經四人議，眾莫敢違，及官司有令，亦必下其議於四人者，議得當，以報聞。其行賈之地曰馬西，以中國絲帛、白鉛易胡椒、檀香、蘇木以歸，且與馬西約，不得以所產市他國。康熙辛未，馬西背約，私與他國市，嶴人怒，駕舸往所市之國責之，馬西患之，遂相仇殺，死者三百餘人，市道中絕。稍西曰小西洋，去中國萬里，半年始至，所產有碧琉璃諸器。極西曰大西洋，去中國九萬里，三年始至。往者以其太遠，祗就旁島邊販，未嘗親至其地也。番舶之出以冬月，冬月多北風；其來以四五月，四五月多南風。既出則嶴中黑白鬼一空，計期當返，則婦孺遶屋號呼以祈南風，亦輒有驗。其舵工素與海習，雖卒遇颶母浮椒，亦萬不失一云。右見龔兵部翔麟珠江奉使記。

池北偶談卷二十一終

清　濟南王士禛阮亭著

談異

銀瓦寺古鏡

謝郎中方山（槤）言明末德州修河堤於銀瓦寺前地中得古鏡一規製甚小照見隔城樓閣塔寺人物往來纖毫畢具寺僧深匿之今亡

短人

田少司寇漪亭（雯）言德州兵器庫自明季扃鑰久順治初有司開視之於室奧壁下見一短人身纔尺許形如老翁徧體有毛左膝長跪左手垂而拳右足履地右肘拊膝而手承頤鬚髮皓白攢眉閉目若悲苦之狀頃之雷電繞屋失所在

嶗山道士

嶗山又名勞山在即墨界山中多一二百歲人有高密張生者讀書道觀觀有老道士形貌怪醜執爨蘇之役張意恩之一日買二牛其家去山百里餘苦無人遣送方躊躇頃道士忽謂張曰君似有所思得勿以牛故耶吾為君送之張異其言遂遣之已失牛比歸問家人曰某日某時有道人送二牛至憶其時正立談頃也自是知非常人頗禮之又一日張為其徒說周易道人從窗外聽之呼曰君所述皆俗說試叩之名理出人意表生授其學遂以說易擅東方一日薄暮大雷雨震電張開門從窗隙中見天神數百輩圍繞道士房如作禮狀懾悸不敢喘息比達曙雨止開門視之道士門已反鎖寂無人矣是夜山中道觀數十百處皆見道士焉

宋孝廉數學

雲間宋孝廉幼清（懋澄）副都御史直方（徵輿）父也精數學直方生時預書一紙緘付夫人曰是子中進士後乃啟視之至順治四年丁亥捷南宮開前緘有一行字云此兒三十年後當事新朝官至三品壽止五十後果於康熙丙午以宗人府丞遷副都御史至三品明年丁未卒官年正五十也又嘗與淮南白孝廉同年友善白亦精數學一日晨起謂夫人曰今年九月某日白兄當死渠無子我當渡江取別為治後事遂買舟渡江比至白已候門迎笑曰我固知兄今日必來相送遂閉門相對痛飲數日至期白無病而逝先生為治後事畢乃歸歸謂夫人曰白兄事已完吾明年三月亦當逝矣如期而卒宋有九籥集如稗官家劉東山杜十娘等事皆集中所載也

張谷山

張谷山潁州人自與小兒嬉戲人不知其有道者也張有表兄客蘄州一日除夕嫂方製餛飩祀先念夫而歎谷山在側曰嫂無憂吾為嫂今日一至兄所請寄餛飩為信頹去蘄二千餘里日未移晷已返云適至蘄見兄無恙嫂笑其妄谷山探懷出家書及夫昔所寄衣云此豈妄耶自是人始驚其神異後入武當山不知所終遺二陶器盛夏盛肉不腐此與萬回事相類劉公敵吏部說

陶松雲

陶松雲者居吳江自云少時遇許旌陽謂曰吾弟子三十餘人皆在下界汝其一也今命汝以度人為功行汝其慎之常有一士夫往謁陶求養生術陶語人曰此人不久當死安望長生問其故云凡人作虧心事一事則神縮一寸今觀此君神纔數寸耳竟如其言

李神仙

利津李神仙者占卜射覆多奇中雲化李吉津宮詹（呈祥）在京師一日問李前程事李書一聯云洗耳自同高士潔披襟不讓大王雄後半載宮詹以建言流徙出關途次永平有一秀才迎道側具刺自言貧苦求資助視其名則高士潔也大駭數及出關一守備王姓者受宮詹恩聞公至遠來相送因為誦前詩及第六句王駭曰雄即某小字也李公太息以為定數不爽如此至康熙元年詔許生還李公一日偶舉此事語長洲尤太史展成（侗）尤又駭曰此詩乃某昔年戲作論語詩中之一也李今已老尚往來燕趙齊魯間

洞庭神

宋牧仲（犖）言其鄉謀中翰（道）奉使西粵時道出洞庭風日晴明呼風而渡忽雷雨驟至雲氣晝晦舟中人共見一神人美鬚髯戴烏紗巾騎異獸行水上獸身半在波濤中從露頭角後一人形貌怪偉啣獸尾而行其速如飛去船里許人獸皆漸騰上雲雨晦冥遂不復見舟人以為洞庭之神也（謀丙戌進士官山東提學道僉事）

雷侍御子

井研胡菊潭相國（世安）嘗說其邑雷侍御某為縣令時生一子八歲而夭後復生一子年七八歲一日晨睡不醒喚久之乃覺自云適見其兄來呼入一山似非人境且贈之詩云三生未了塵凡業一夕初完渾沌胎紫氣臺前千劫盡白雲天外百花開正

吟末句忽云父母喚汝可去爲我致問安好也高念東侍郎說。

前知

郭學憲詠福山人兵部尚書君弼先生綜曾孫嘗言其縣人劉某少雲遊四方餘二十年始歸明末山東亂諸郡縣皆嚴守禦縣令召劉問休咎劉云城必無恙守亦得不守亦得然某必死兵令笑曰城既無恙汝但留城中何患劉曰數定矣不可逃也遂辭去至城西一村村人皆避兵他徙劉獨止不去適有兩人避兵過之劉指東路曰此去直東凡有山林處皆可避即逢遇敵騎毋恐必無害兩人强之同行不可但云明日見我骸骨於村西某樹下即兩君報我矣疾走勿復顧兩人不得已趨去道遇鐵騎絡繹竟免俘掠兵去如約訪之果死樹下矣城亦無恙乃告於令葬之

地震

康熙戊申六月十七日戊刻山東江南浙江河南諸省同時地大震而山東之沂莒郯三州縣尤甚郯之馬頭鎮死傷數千人地裂山潰沙水湧出水中多有魚蟹之屬又天鼓鳴鐘鼓自鳴淮北沭陽人白日見一龍騰起金鱗爛然時方晴明無雲氣云

梁尚書

鄢陵梁尚書熙官陝西一日按部河州有通官四人迎於道左其一人望見梁公股栗伏地叱之稱病不謁梁怪之勒令出見一見怒甚即核其交通外夷侵冒軍實罪狀劾而殺之將服刑告人曰吾死固矣吾少時至一山寺見寺僧饒於貲吾以計殺而掠之今三十餘年矣頃望見梁公之貌宛然僧也又一目眇吾死固矣尚書從孫曰緝侍御然說。

劉尚書琴

鄢陵刑部尚書劉公諱前刑書璟子也性嗜琴嘗蓄一蕉葉琴其輕如蟬翼蓋古物也一日晝寢初覺見一黃衣人坐而鼓之其聲絶妙起視則無所覩矣公自是琴理益精河南亂後失琴所在。

王祭酒

吾郡歷城明翰林王公敕字雲莊成化甲辰進士及第第三人諸生時讀書臥牛山寺夜見地有火光發之得石匣有書二冊讀之遂能御風出神知未來休咎生平異事甚多嘗與僧采枸杞山上僧先下扣門公已先在殿扃官河南四川督學試日諸生見鎖院窗扉各有一公危坐一日見白雲一片命騎追之雲落地化爲石色如雪煮食之其甘如飴曰此雲母也行輝縣山中忽下輿拜曰丈乃在此令掘地得奇石置之百泉書院又於道左古垣中開視得紫石硯二枚各有鴝鵒一眼雌雄相向嘗云地如竹篩眼凡有異寶皆可見又采杞僧臨終公問所欲曰欲富貴兼之公曰但堪作一藩王耳未書其背曰蜀王氏王生第二子背上隱隱有書字尹公簡見寢疾問之曰有大鵠入室飛旋已而颺去公之神也果然官終南國子祭酒預知死期但化時四城門皆見公羽衣鶴氅而去如雲水道人鄉人於良鄉道中遇鼓吹從南來視之乃公也王陽明素推服之張尚書鶴鳴爲作傳先贈司徒公生時大父方伯贈司徒公取公名名之

民母鼻子

民母嫡母也見漢服虔注又王伯厚漢制考云始生子爲鼻子

倉頡

倉頡祠墓在壽光縣城西門瀕河劉文和公珝縣人也幼時讀書外塾每往返涉水輒有白鬚老人負之久之問何人答曰我倉頡所遣送迎公者他日富貴毋相忘公既貴後謁蒼頡祠有侍者形容宛如所見遂新其祠墓云

靖州鵝鵝

靖州觀音寺興副將某署相鄰一日廚人宰鵝鵝忽飛上寺殿鳴唳僧異之因乞施寺中每朝夕課誦鵝輒上殿跪聽曰食蔬飲水而已自順治中至今二十餘年尚在又明字寺有一鵝亦在佛前晨夕聽經如是四十年化去一夕見夢老僧曰弟子已往生武岡王府三年後師可來一相視僧異其言及期往武岡郡王生子適三歲矣不能言見老僧忽開訊曰別師三載無恙乎僧歸紀其事於石有吳君者從軍湖南至寺親見之蠢動俱含佛性信然

趙解元

趙浮山作登州大嵩衛人順治甲午領解乙未公車入京師居汾陽館館中厲事有武安王神像趙居其側偶狎一妓其父趙翁嘗官通判里居放榜之夕忽夢入一大城有偉丈夫自委巷出揖翁問曰君非趙某耶曰是也曰吾濡娃關帝下直日功曹也爾子本應今科高第入翰林以近日得罪神明奏聞上帝且降罰矣頃之鼓樂騶從駢闐而至有神人峩冠藏服手黃紙功曹亟指示曰旨下矣可俯伏聽之翁如言竊視紙上則大書趙作舟三字以硃筆勒之功曹曰君可去矣郎君罪止罰科耳作

舟既下第歸，入門，翁詰其故，且具述夢中所見，作舟悚然。後躋蹬公車者二十四年，署東平州學正。康熙己未，始登第，改翰林院庶吉士，親述其事如此。

異馬異牛

癸亥在京師，見一馬，索值千二百金，通身毛如新鵝兒黃，無一莖異，惟尾鬣獨黑。又一馬，索值五百金，通身如雪，上作桃花丸，紅鮮可愛。又額駙石公家一紫花牸牛，文如海棠色，施銜勒，走及奔馬，云得之南中。

波斯犬

嘗於慈仁寺市見一波斯犬，高不盈尺，毛質如紫貂，聳耳尖喙，短脛，以哆囉尼覆其背。云通曉百戲，索價至五十金。亦宋太宗桃花犬之屬也。

梅異

宣城自本朝來，科甲久不振。康熙己未，施侍講愚山（閏章）、高檢討阮懷（詠）以辟薦，孫編修予立（卓）、蔣編修楚畹（鬐）以鼎甲，四人同時入翰林。時施園有梅，三月復開四花，其方位恰應四人所居，人以為異。梅孝廉淵公（清）繪為圖。壬戌，阮吉士（爾詢）亦入翰林。或謂宣城有文昌閣，久頹廢，甫新之，五君遂相次入翰林云。（壬戌蔣卒，癸亥施孫相繼卒，乙丑高卒，又不知何說也。）

籤驗

京師前門關帝廟籤，夙稱奇驗。予順治己亥謁選，往祈，初得籤云：今君庚甲未亨通，且向江頭作釣翁。玉兔重生應發跡，萬人頭上逞英雄。又云：玉兔重生當得意，恰如枯木再逢春。爾時殊不解。是年十月，得揚州推官，以明年庚子春之任，在廣陵五年，以甲辰十月內遷禮部郎。所謂庚甲者，蓋合始終而言之；揚郡瀕江，故曰江頭也。然終未悟後二句所指。至庚申年八月置閏，而予以崇禎甲戌生，實在閏八月，過閏中秋四閏月，遂蒙聖恩擢拜國子祭酒，於是乃悟玉兔重生之義。籤云欽咏，皆前定，詎不信夫。

名龜

麟鳳龜龍並稱四靈，漢唐宋以來，取龜字命名者不可勝紀。至明，遂以為諱，殊不可解。惟張太嶽生時，其母夢一大龜入室，因名之曰龜，後夢神人謂洩天機，乃易名。

蜘蛛塔

京師城西慈慧寺有蜘蛛塔。萬曆中，少詹南充黃公平倩（輝）書碑。平倩耽禪悅，與僧恩菴善，嘗住此寺。一日方誦金剛經，次一蜘蛛緣案上，向佛而俯，驅之復來。黃曰：爾以聽經來耶？為誦終卷，又為說情想因緣竟，蜘蛛立蛻化去。因以桑門法起塔，復書碑記其事云。

義蜂冢

金山有義蜂冢。鎮江府廨有蜂一筒，遙出其王，蟄群蜂相揉藉爭死之，不下萬餘。嘉靖中，鎮江嚴同知者為立義蜂冢，徐尚書蒼齋（問）作蜂冢歌紀事云：群蜂勢方屯，主蜂自殘折。意氣許與成君臣，義心欲奮秋陽熱。摧軀抉股同死君，田橫門客多如雲。後人重死不重義，奉頭鼠竄何紛紛。微蟲感恩乃至爾，吁嗟萬靈不如此。金山山高江水寒，孤冢蒼茫為誰起。西園雜記云：嚴名應階。綠雪堂雜言云：在北固山，楊邃菴閣老表為義蜂冢。

萬孔

明成化中，萬安為相，與萬貴妃通族，為古今笑柄。然陳後主時，都官尚書孔範與孔貴嬪結為兄妹，已前此矣，乃知奸邪行事，亦有所本。

謝鳳

宋謝鳳，康樂之子，超宗父也。元嘉中為鄞令（今奉化縣），著靈異，縣人祠之。元大德十二年饑，有巨艘自南剏運米至結亭，聞有人招之者，曰：吾謝鳳也。人賴以活。至正中，甯海賊犯境，官軍逆戰，仰見大旗飛揚，萬騎雲合，旗有謝字，賊駭而奔，斬獲無數。貝瓊清江集有謝公廟記。

艮嶽二宗事相類

學圃萱蘇載唐懿宗於苑中取石造山，崎危詰屈，有若天成。又命取終南草木植之，山禽野獸縱其往復。造屋室如庶民家，未及半年，奇花異草自然生滿宮殿，識者以為丘墟之象，與宋徽宗艮嶽事絕相類。

木晶

門人南陽李鴻賞贈予印章，色類桐楠，堅如玉，上作龜紐，甚精，云是木晶，海外產也。

宋諸相八字

宋人小說載蔡京八字丁亥、壬寅、壬辰、辛亥，與東京鄭粉兒子干支盡同。猗覺寮雜記載莊敏與吳沖卿、王禹玉同詣天祿山人卦肆，莊敏先云：己未七月初九日寅時生；禹玉午時生，天祿皆云極貴，後俱宰相。能改齋漫錄載曾布八字：乙亥、丁亥、辛亥、己亥與章惇同乙亥生章戲呼曾為四亥公又蕭注八字癸丑乙丑乙丑丁丑王安石以辛酉十一月十二日辰時生韓絳以辰年辰月辰日辰時生布以大觀元年八月二日卒其弟肇以三日卒先後才一日京與祖某父準皆以七月二十一日卒三世同忌日見老學菴筆記

何中官

勺中志略載弘治時中官何文鼎以壽寧侯事忤孝宗死後於宮中常覓銅缸為厲按西園雜鈔云孝皇始甚怒既聞文鼎言然之止責置南京閑住鄭端簡公吾學編餘云文鼎素忠直二張竊視御帷文鼎持大瓜錘之幾死泰陵竟不罪文鼎三說皆不同然死而為厲之說非實錄

相國孫

雲間某相國之孫某乞米於人歸途無力自負覓一市傭代之嗔其行遲曰吾生相門不能肩負固也汝傭也胡為亦爾對曰吾亦某尚書孫也此聞諸董蒼水俞孝廉者貴人子孫不可不知

宋三賢八字

富文忠公八字以甲辰正月二十日巳時生蘇子容以庚申二月二十二日巳時生仲以癸亥正月十一日申時生李公擇孫莘老相善公擇卒以元祐五年二月二日莘老以三日先後才一日俱見吳會漫錄

左手把筆

東強宋中郎犖康熙丁未進士工諸體書後知獲嘉縣忽遭風疾遂以左手把筆其工不減於舊老學菴筆記載陸元長宗室不傲洪子輔皆用左手作字勝於右手又趙廣以左手畫觀音大士信有之矣

故藩址

濟南德藩故宮面南山負百花洲宮中泉眼以數十計皆澄泓見底石子如摴蒱然青州衡藩故宮亂後尚存望春樓及流觴曲池上有偃蓋松蓋數百年古物予順治丙申飲於此甘橘繡毬尚數十株後丙午丁未間周中丞有德另建撫署乃即德藩廢宮故址移衡藩木石以搆之落成壯麗甚衡藩府宮鞠為茂草矣放翁記長安民家契券四至有云某處至花萼樓某處至含元殿者古今皆然

山無僧寺

陸放翁云天下名山惟華山青城茅山無僧寺吾鄉勞山亦無僧寺明萬曆間憨山大師建海印寺於勞山尋為道流所訟謫戍粵東

米太僕研

米紫來翰林漢說其大父太僕公萬鍾知六合縣日蓄一古研甚寶惜一日渡江沉於水急懸重賞募善泅者下取之百計不能得但惋惜而已次早將解纜忽有紅霞起水面其光燭天公曰必吾研也命舟人於其下索之研果隨手出公大喜賞之如格

煞風景

予在江南時目擊煞風景者四事一金陵桃葉渡順治初一縣令邵姓者建橋其上榜曰利濟一青溪長板橋明末為葛禮部寅亮所毀一焦山焦先祠像設作冕旒如王者旁設儀仗一金山築城壘有鎮江孔知府者曲阜聖裔也於諸門米書乾坎艮震等字山有裴頭陀龕金洞孔改題曰開山第一洞每舉似人皆為捧腹

白帽子

張影繡庶常獻南宮人康熙戊午赴順天鄉試時其父病意不欲往父強之再三乃行是夜宿旅舍夢有人送一白帽子令著覺而惡之自是每夜必驚心悸欲歸而父書至言病良已遂勉終場事歸寢夢亦如初抵家父已久愈而報人尋至則張領解矣是夕遂不復夢明晨賀客屬至一客忽云邑中自大司馬白公後久無冠冕者喜君繼之張始怳然而悟白公諱圭前明正統某科解元累官兵部尚書

宮侍御

泰州宮侍御宗袞夢仁初名弘宗久困場屋欲更名一夕夢鄉前輩林會元東城春手書一冊予之林公字子仁於是更名夢仁是科己酉遂舉順天鄉試明年庚戌中會元癸丑殿試入翰林改御史

名字

予兄叔子士祜十餘歲時在家塾一日會食有舉焦太史姓名為問者或曰此無它亦如魏相字弱翁之類耳兄在末坐遽對曰非也此本考工記輪人竑其幅廣以為之弱舉坐驚歎以為夙慧

老子

唐追尊老子為玄元皇帝至宋政和中崇奉道教又詔陞老子於列傳之首別為一帙尊道德為大經御製註解令學者與易書等經分習之禁以耳明伯陽命名其為

兩代尊奉如此

論語讖

論語讖云孔子讀易韋編三絕鐵撾三折漆書三滅後世但知韋編一語下二語遂不著又王原叔云顏子讀書鐵镝三摧風俗通古今注云趙高用事獻鹿為馬指鹿為馬鄭康成禮器注趙高欲作亂以青為黑黑為黃今人但知鹿馬一語高僧傳或支道林嘗養一馬人或問之答曰當以神俊今人但知其賞馬不知其嘗鷹惟攸公有支遁鷹馬圖詩世說郭林宗還鄉里送車千乘獨李膺與林宗共乘渡河衆上大槐坂觀者望之若喬松之在霄漢然世止知同舟而不言同車

王延喆

明尚寶少卿王延喆文恪少子也其母張氏壽寧侯鶴齡之妹昭聖皇后同產延喆少以椒房入宮中性豪侈一日有持宋槧史記求鬻者索價三百金延喆紿其人曰姑留此一月後可來取值乃鳩集善工就宋版本摹刻甫一月而畢其人如期至索值故紿之曰以原書還汝其人不辨真贋持去既而復來曰此亦宋槧而紙差不如吾書豈誤耶延喆大笑告以故因取新雕本數十部散置堂上示之曰君意在獲三百金耳今如數予君且為君書幻千萬億化身矣其人大喜過望今所傳有震澤王氏摹刻印即此本也有又持琥珀求售者中有蜘蛛形狀如生索直百金延喆謂蛛果生耶曰然然則碎而視之果爾即償百金否則一錢不直手碎之果有生蛛自內躍出行几上數匝見風化為水乃立以百金償之其豪快如此

聖泉

貴陽城西南有聖泉有貴人至輒沸起驗之百不失一滇逆將倡亂雲貴總督甘公文焜暨諸大吏一日遊泉上泉不沸怪之未幾亂作甘死之又陸邨縣歟說孫可望在黔中時有僭逆之志至泉卜之水竟不至可望怒以礮擊之今泉上石欄礮痕尚存

蘇文

宋時諺云蘇文熟喫羊肉殿帥姚某性饕餮每得坡公手帖輒換得羊肉數斤故坡有傳語本官今日斷屠之謔杜祁公為相清儉非會客不食羊肉按宋時京官曰支羊肉錢故云

厦門塼刻

明李崇禎庚辰歲有閩僧貫一者居鷺門厦門今夜坐見籬外坡陀有光連三夕怪之因掘地得古塼背印兩圈花紋起而刻古隸四行其文曰草雞夜鳴長耳大尾干頭銜鬣拍水而起殺人如麻血成海水起年滅年六甲更始庚小熙皞太平千紀凡四十字閩縣陳衎盤生明府著槎上老舌一書備記其語至今癸亥四十四年矣識者曰雞酉字也加草頭大尾長耳鄭字也干頭甲字鼠子字也謂鄭芝龍以天啟甲子起海中為群盜也明年甲子距前甲子六十年矣庚小熙皞寓年號也前年萬正色克復金門厦門今年施琅克澎湖鄭克塽上表乞降臺灣悉平六十年海氛一朝盪滌此國家靈長之福而天數已預定矣異哉

風聞

陳衎云風聞二字出漢書尉佗傳風聞老夫父母墳墓已壞削又晉書顧和對王導曰明公寧使網漏吞舟何忍採風聞以察察為政

少正

陳衎云少正卯其人名卯而官少正也當時魯鄭皆有少正之官列於卿故子產亦稱少正按氏族博考云以官為氏者有公正宗正少正正令等蓋卯官少正其後列國為此官者子孫因以為氏耳

郝氏遇仙

霸州郝恭定公惟訥母李太夫人戶部侍郎傑之配也孕公時家有盜警夫人倉卒墜樓傷股忽有老嫗詣門自言能療且曰腹中兒當大貴吾幷活之先一手摩股久之投藥少許骨格有聲遂相屬胎竟不墮酬以金帛辭弗受竟去不知所之後公中順治丁亥進士歷官左都御史工刑禮戶吏五部尚書

神黃豆

神黃豆產滇之南徼西南彝中形如槐角子視常豆稍巨用箬瓦火焙去其黑殼碾作細末白水下之可永除小兒豆毒服法以每月初二日十六日為期半歲每服半粒一歲每服一粒一歲半每服一粒半遞加至三歲服三粒則終身不出痘矣或曰按二十四氣服之以二十四粒為度雲南楢玉峯士麟中丞王子珩刑部說

癸亥地震

康熙癸亥十月初五日山西巡撫穆爾賽疏報太原府屬地震凡十五州縣而代州崞縣繁峙為甚崞縣城陷地中毀廬舍凡六萬餘間與丁未山東己未京師之災相

似。

族望

唐人好稱族望。如王則太原。鄭則滎陽。李則隴西。贊皇。杜則京兆。梁則安定。張則河東。清河。崔則博陵之類。雖傳誌之文亦然。迄今考之。竟不知爲何郡縣人。殊可恨。宋人罷官者。多居近畿。不歸其鄉。死即葬焉。子孫亦遂占籍。如鉅野晁氏。東萊呂氏。華陽范氏。梓州蘇氏。歷代居京師。又如歐陽居潁。而葬新鄭。蘇公居汴。而葬郟。後世過廬陵眉州者。豈復可尋其彷彿耶。此二者至明乃無之。

魚石

前即墨令周屺公（斯盛）說。汧陽縣有魚石。如饅頭狀。破之即成兩石。各有一魚形。鱗鬣宛然。以手摩揩之。作魚腥云。此山一溪中。所產石子盡然。溪有魚石娘子廟。求石者必禱之。不禱則石皆無魚也。前郟令陸雲士（次雲）又說。新昌縣有水簾洞。洞口出石。亦如饅頭狀。人戲云。欲得糖者。或肉或菜者。破之。一一逼肖。造物狡獪如此。

呼蛇

口西有呼蛇。能呼人姓名。應之即死。然性畏蜈蚣。逆旅主人。每以筐貯蜈蚣。客至輒授之。令置枕旁。云夜半舍外有呼姓名者。慎勿應。但開筐縱蜈蚣。蜈蚣即徑去食蛇腦。已仍還筐中。

泰山孝子

順治十年。四月。泰安州知州某。於泰山下行。忽見片雲自山嶺下。雲中一人。端然而立。初以爲仙。及墜地則一童子也。驚問之。曰曲阜人。孔姓。方十歲。母病。私禱泰山府君。願殞身續母命。母病尋愈。私來捨身巖。欲踐夙約。不知何以至此。知州大嗟異。以乘輿載之送歸。

蘇公墓

郟縣二蘇公墓。明末劇寇吳宗聖作亂。松柏剪伐無餘。順治初。知縣張石只（篤行章丘人丙戌進士）至謁墓下。復爲封樹。立碑。增植松樹千餘株。題詩云。峨眉遥望獨傷情。樹盡碑殘野草生。莫道荒村烟火絕。山家今日是清明。是夜夢一青衣曰。東坡遺致謝。問先生今何在。曰在臨汝。公至彼當相見。是歲七月。以事至汝州。有青衣款門。遺一卷。乃坡墨蹟。蜀岡送蘇伯固之嶺南。五言詩也。青衣忽不見。張異之。因命工摹勒於石。并自記其本末如此。

洞溪物產

陸次雲洞溪纖志所載物產有絕奇者。畧記於此。風鬼出黔中。無形無影。能以旋風攝人。夜叉產蜀之黎州。穴生。長七尺。亦名曰鷙路。見婦人盜之入穴。生子以楊爲姓。木客產粵洞中。衣服舉止與人不異。往恍忽有無。山野婆亦產粵西。狀如嫗。陟險如飛。遇男子負去求合。當有人刺其腰間。得一玉印。篆文莫能識。黃丈鬼生粵東。畏身著黃衣。能爲疫癘。潛牛居江中。能上岸與牛鬬。角軟入水濡之。復鬬。其力甚銳。肉翅虎飛而下山食人。食已復飛去。月山叢談云。夔州府有鬼物。名小神子。高尺餘。一二十爲群。依人以居。自景泰間始有之。皆異聞也。

成御史遇仙

前御史樂安成公寶慈勇。明崇禎中。以疏救黃公石齋（道周）謫戍。鼎革後。隱嶲山中。一日大雪。登絕頂。遥見松林中有人僵臥。意其凍死。趨而視之。四面皆積雪無人跡。其人衣木葉。臥處丈許。獨無雪。見公至。蹶然而起曰。候公久矣。問其年。云不記年歲。祇憶少在京師。見楊椒山赴西市。遂發憤出家學道耳。向見左蘿石。沈周泉二公。耗訊公起居。故候於此。問二公何在。曰在上帝左右。因又言二公每欲薦公自代。沈公云成公正人。顧嘗疑我。今其疑須釋。成公聞之。惘然有間曰。昔沈公疏論漳浦。遺書及我。我不答。此事人無知者。誠不妄矣。道人自言有長生術。當授公。公曰。吾陳人也。以速死爲幸。長生何爲。道人曰。聊試公耳。二年後。清明日。當偕二公候公。言畢謝去。步履如飛。公果以康熙戊戌清明無疾而逝。

嚳豆

同年李侍郎奉倩（廷）言。樂安縣有孫公者。年九十。强健如四五十歲人。自言生平惟服嚳豆。每歲槐子將熟時。輒令人守之。不令鳥雀啄落。既成實。即收作二枕。夜聽其有聲。有聲者即嚳豆也。因棄其餘。如是數易而得嚳豆所在。每樹不過一枚。每歲服不過一粒。如是者數十年矣。無他術也。

池北偶談卷二十二終

池北偶談卷二十三

清　濟南王士禛阮亭著

談異

善慶菴老僧

顔神鎮善慶菴孫文定公香火院也有住持老僧年八十餘辛未夏一日早起索浴罷呼侍者曰好語主人吾去矣遂趺坐而寂壁間留偈云者箇臭皮袋撇下無罣礙洪爐烈焰中明月清風在惜忘其名矣

萬歲

古亦有人主自呼萬歲者新序梁君出獵見白雁羣公孫襲下車撫矢云云梁君援其手上車入廟門呼萬歲曰幸哉他人獵得禽獸吾獵得善言

命名

左氏傳申繻曰名有五不以國不以官不以山州不以隱疾不以畜牲不以器幣按春秋諸侯公子卿大夫之名犯此者甚眾沿及漢初猶然如棄疾去病蟣虱狗彘猈尼姓助涉之類見於史漢者不可枚舉陸龜蒙小名錄序云三代之時殷尚質直以生日名之如太甲太乙武丁是也周以伯仲次之如泰伯仲雍叔達季歷之類是也自周以降隨事而名之至有黑臀黑肱之鄙革肩狐毛之異負芻之賤棄冠之強杵臼還篠髡頑狂狡不壽不臣皆名不正而言不順也然則繻之言何據乎

東野氏

東野志世表載魯公少子魚始以東野為氏子宗宗子靁靁子曜曜弟晞又六代灝弟浡七代緝弟紳十代繪弟純十四代璋弟琪弟璜十六代輔弟輸軾轄二代無化等名必出杜撰無疑

犢角青牛

明時六月十二日御廄洗馬於積水湖導以紅仗中有數頭錦帕覆之最後獨角青牛至諸馬莫敢先之見陸啟浤叔度北京歲華記蓋崇禎年中事也今三伏日洗象亦導以紅仗在宣武門西響水閘上明時洗象則自八月十二日始更三日為期亦見歲華記

前定

唐人小說記王涯舒元輿兄弟事甚奇老學菴筆記一事絕相類苗劉之亂有內侍

秦同老者被命荆楚前一日還行在尚未得對亦死焉又有蕭中道者曰侍左右忽得罪黜為外郡監前一日出城遂免事皆前定如此

南宋國學

南宋國學即岳忠武王故第其土地祠在東南隅神即忠武也封號曰正顯昭德孚忠英濟侯見夢梁錄又云景靈宮即韓蘄王賜宅

秦羅子孫

說聽載秦檜裔孫某宰湯陰縛有政聲每欲謁忠武祠輒逡巡弗果將及瓜謂同僚曰少保雖與先世有怨豈在後嗣耶且吾守官無愧神明往謁何害遂為文祭之拜不能起嘔血數升而死事在嘉靖初年魏莊渠提學河南歸為所親言之此與宋御史羅汝楫子鄂州知州願事全相類汝楫附秦檜劾忠武願即著爾雅翼以古文名朱子稱為南渡第一者也

祀王右軍

同年馮再來刑侍甦嘗著滇考有云初雲南未知尊孔子祀王逸少為先師元世祖至元十五年除張立道中慶路總管（立道陝人）始言於賽典赤（回回人名瞻思丁）建孔子廟置學舍歲時率諸生行釋采禮從立道率官興賽典赤并祠鄯闡城至今血食不絕以王右軍為先師固奇且右軍生平足跡未嘗至滇滇人何為祀之皆不可解

蜂分日

謝皋父晞髮集有粵山蜂分日記云頤粵之南某山其民老死不知歲曆惟戶養蜂四時旦暮悉候之蜂之分也其日必吉人家無大小營易皆趣成之事未及辦則以侍後之分日至於婚嫁興作皆候焉蜂移之家若鄰若僕無遠近遞相報不敢隱有販者至其地留一年書蜂分之日凡百有奇歸取曆驗之皆黃道紫微天月德吉曜也其不分者非凶星則常日也物性之靈能通造化如此

鬪駝鬪象

圭塘小藁有鬪駝賦蓋跡南羽毛之屬無不可教鬪者康熙中余京南施觀家與虎鬪虎竟為象所斃此又一奇也

董宗伯

高念東先生書來云昔聞宋直方與中丞說董思白宗伯臨終時忽索鏡自照作美人相

鄭刺史祠

王璣似字魯玠益都諸生也康熙元年省父保寧太守玉生(字雅龍)歸次鳳翔橫水西迷失道時方五月晦甚遙見山麓屋宇隱隱出林表策馬赴之可五六里至則古木參天藤蔓糾結漸入陰翳不見曦景蝙伏鼠竄梧鼯磔磔驚起叢薄間心悸欲返更誤入敗垣北得一亭蒿藜沒徑闃無人蹤繫馬楷楊轉入東北隅有堂巍然堂後素壁上題詩滅沒不完有云殘魂搖遠夢弱骨冷空山又云金刀斷織韓香事千載銜冤泣月明方吟諷然疑之忽聞牖下窸窣有聲一巨蛇出草間拔刃逐之乃引至別院一室類祠廟室中有塑像綠衣少年衣冠甚古室東西正黑如夜西北隅微茫有物如床几不敢近稍以刀穴壞牖土石視之天光穿漏則一敗棺耳睇其中豐髻纖足女子也雖衣花成土而依稀可辨胸壓匕首剪刀出其左臆憶壁間詩殆以此困以土覆其身而出比紆迴出林木日已將夕僮僕方傍徨道左乃覓路東行恍忽見一女子捫心倒行馬前既而形隨目矚化身百千投逆旅假寐夢女子來云荷君厚意後十三年再得相見比覺問店主人云鄭刺史祠也闖寇已來久為豺虎之窟欲契其處而未果也然十三年後竟無所遇云(王生子門人)

造書

法苑珠林云造書凡三人長名曰梵其書右行次曰佉盧其書左行少者蒼頡其書下行按佉盧虱吒書隋言驢唇也西域有驢唇書蓮葉書佛書之妄不必言其長梵而少蒼頡亦陰抑儒書如謂宣聖為儒童菩薩之類

隕石

順治十三年二月初十日午時寧陵縣忽有響聲自東北來黑氣如斗光芒甚異墜落城中民家其形如石重二斤十四兩見總督李尚書(陰祖)報疏

濮陽蘇氏

濮陽蘇氏其先本元蒙古之後至穀原兵侍(佑)始以進士起家官至總制以文章名海內其祠堂藏始祖某所用鐵鞭重百斤至今尚存

黃衣人

康熙甲子春有刑部筆帖式某素奉神佛甚謹一日忽有旋風起庭際風息見黃衣人衣冠甚偉立庭中呼其名謂曰吾天神也以汝事神甚謹故降汝家可掃除東廂吾居之某從其言焚香拜禱如所言次日黃衣忽問曰汝都家有病者吾能愈之某傳語迎神果即日愈御史遣色者有妹病劇闔而拜求之黃衣曰當為汝查勘良久曰宿業深重以君虔禱但可遲限三日終不能生也果三日卒已而求者踵至黃衣人謂某曰本以汝善人故來棲止今車馬雜沓久且不利於汝吾當去此汝福本薄如甘節可延壽命甚無妄求若有贏餘則促算矣遂去不見

湯學士夢

左庶子湯潛菴(斌)夜夢登高山已陟其半忽一人自後越之先登湯鼓勇繼之遂至山巔顱一室空無所有惟壁上懸麻姑仙壇記既覺不知所謂癸亥臘月詹學缺特用右坊王庶子儼齋(掞)甲子二月詹學復缺湯遂繼擢上官日適某督撫疏內有蔡姓名經者宛平王相公笑云蔡京宋奸臣胡同其音高陽李相公曰彼乃京字此麻姑仙壇記中所云蔡經耳湯聞之竦然事之前定如此是年六月特擢湯江蘇巡撫蓋麻姑壇在撫州而蔡經家吳之洞庭也

蔡氏狀元

德清蔡翁者某室落成夢人持一盤授之盤有四紅箋各大書一字後其孫奕琛為刑部侍郎南渡拜相官一品奕琛子啟僔國朝康熙庚戌科狀元及第啟僔子名升元康熙壬戌科狀元及第皆其曾孫也兩狀元皆生於此宅升元從弟彬辛酉浙省解元人始悟四一字之兆升元生時其父夢一金甲神人持紅箋大書懸其廳事云第一甲第一名蔡升元遂以名之而字曰徵元及壬戌殿試日又夢如前升元及第其父年才四十六見只編德清老人蔡四者以服鹿角膠壽至百八歲豈即其人耶

瓷易經

益都翟進士某為饒州府推官甚暴橫一日集窯戶造青瓷易經一部楷法精妙如西安石刻十三經式凡數易然後成蒲城王孝齋(綦)官益都令曾見之

吳漢槎

吳江吳孝廉漢槎(兆騫)以順治十五年流寧古塔二十餘載康熙辛酉歸至京師相見出一石硯其狀如石作紺碧色云出混同江中乃松脂入水年久所結所謂鼐鎮之矢也又高麗碁子一枚乃碑礫所製又云寧古塔東北二百餘里乃金之會寧府有斷碑尚存書法如柳誠懸頃為一流人所碎碑文可以辨識者有俯瞰闕庭又云學威於東觀云

羊馬

西域種羊或云以皮肉埋地或云以脛骨埋用初冬季春未日其詳見於異物志劉溪漫筆諸書吳立夫淵穎集有波斯國種羊皮書稱歌又元僧楚石詩自言羊可種不信繭成絲予嘗考之不自立夫楚石始也北齊高昂詩隴種千口羊泉連百壺酒朝朝圍山獵夜夜迎新婦形諸歌詠其來久矣雙槐歲鈔以骨羊草馬作對云雲南越賧城地之西多薦草產善馬始生若羔歲中紐莎縻飲以米瀋七年可御日馳數百里世稱越賧駿見唐書周嬰卮林云太平廣記引談藪作隴種千口羊詩紀所乃云千口牛頭也

赤蝦子三都

雙槐歲鈔云東粵順德縣有地曰壽星塘山水幽勝有物名赤蝦子如嬰兒而絕小自樹杪手相牽掛而下笑呼之聲亦如嬰孩續續垂下甫至地而滅俗謂蓬萊仙女遺類也諾皋記載昔有姚汪王三姓食都樹皮餓死化為鳥都皮骨為猪都婦女為人都皆棲大樹即如人形而絕小男女自相配偶在樹根者名猪都在樹尾者名鳥都在樹尾可攀及者名人都左腋下有鏡印闊二分其禁有山魈法打土壟法食其巢味如木菌有術者周元大能禹步為厲術以左合赤索圍木斫之樹仆剖其中三都皆不能化乃執而烹之周侍郎櫟園詩人都擁樹形同鳥是也又月山叢談載廣西思恩縣近村樹杪有二人約長一尺五寸武人裝束曰竹經老屬其行如飛此當即赤蝦子之類蓋閩粵皆有之

準字諱兩見

宋寇萊公準作相諸司公移諱其名改為准至今相沿不易汴京舊有平準務蔡京為相以其父名準改為平貨務又官司公移皆避其名如京東京西皆改畿左畿右然予按求古錄載泰安州冥福寺五代後唐長興四年中書門下牒石刻已用准字唐韻二字並收准字下注曰俗莊子平中准管子懷繩與准鉤准繩文子放准尋繩皆用此字不始寇公也

師生同姓名

古人同時同姓名者如毛遂陳遵韓翃李益文章門第往往有之然不聞師生同姓名也康熙癸丑會試今翰林學士張敦復英為同考官本房中式舉人張英海鹽人丙辰會試編修馬殿聞鳴鑾為同考官本房中式舉人馬鳴鑾河南人

吹笛

宋人小說記張子韶言閭巷有人以賣餅為生吹笛為樂僅得一飽貧即歸臥其家取笛而吹如此有年鄰有富人察其人甚熟欲委以財千餘初不可堅諭之乃許諾錢既入手遂不聞笛聲但聞籌算聲耳其人大悔急還富人錢於是再賣餅明日笛聲如舊此與唐劉伯芻所言安邑里粥餅人匆匆不暇唱渭城事絕相類今士大夫不及吹笛人者多矣

青鸞

雙槐歲鈔有貞鸞烈鸞二詩因憶昔在揚州署中有青鸞二飲啄必俱一日其雄為鹿觸死雌日夜哀鳴不忍聽聞數日亦死予感其義作青鸞操

念佛鳥

唐韋蟾岳麓道林詩靜聽林飛念佛鳥細看壁畫駐經馬按王得臣麈史安陸有念佛鳥小於鸜鵒色青黑常言一切諸佛宋元憲詩鳥解佛經言張齊賢守郡日為作古詩一篇

鏊字擀字

鏊魚到切字書曰餅鏊今山東俚語尚然富鄭公言太宗既下并州欲乘勝收復薊門浴於眾參知政事趙昌言對曰自此取幽州如熱鏊翻餅耳殿前都指揮使呼延贊曰此鏊難翻又北夢瑣言王蜀時有趙雄武能造大餅每三斗麵擀一枚大如數間屋因號趙大餅擀字亦俚語

帨

塵史謂野有死麕之詩曰舒而脫脫兮無感我帨兮婦人服飾獨言帨者按內則注云帨婦人拭物之巾也居則設於門右佩則分之於左常以自潔之用也古者女子嫁則母結帨而戒之徐太宰震定野有死麕為淫詩甚有理

刀圭

刀圭字常用之而未有確義碧理雜存云在京師買得古錯刀三枚形似今之剃刀其上一圜如圭璧之形中一孔即貫索之處蓋服食家舉刀取藥僅滿其上之圭故謂之圭言其少耳泉布錯刀皆古錢名

風磨風扇

西域哈烈撒馬兒罕諸國多風磨其制築垣牆為屋高處四面開門門外設屏牆迎風室中立木為表木上用圍置板乘風下置磨石風來隨表旋動不拘東西南北俱

能運轉。風大而多故也。耶律文正詩。衝風磨舊麥。懸杵搗新粳。又有風扇於賬房中。高懸布幔。下多用頭髮。當面設繩索。牽動自然有風。不用揮扇也。見陳誠西域錄。

沙塵海子在撒馬兒罕之東五百餘里。有草春生秋死。臭氣逼人。取其汁。熬以成膏。即阿魏也。又有小草高二尺許。通身枝葉細如藍。清秋露降凝於枝幹。甘如飴蜜。可熬為餹。名達郎古賓。即甘露也。

筆蘆

姑熟青山李白墓生蘆。其形如筆。號筆蘆。績溪舒頔道原有詩云。筆蘆蕭蕭青山巔。頔元末人。有華陽文集七卷。

捉臥甕人

昔見宋竹垞簡討韓詩云。捉臥甕人逢新格。初不解。及觀通志有趙昌言捉臥甕人格及擲珠局格。犍棊格。金龍戲格等名。始悟所謂。

正德錢

於慈仁寺市見正德錢二。面幕皆有文如蝸螭狀。與今制殊異。正德又夏國僞年號也。錢不知何年所造。

閻羅

世傳趙定宇馮具區皆為閻羅王。近聞比部張屏公維言。癸丑秋。居保定。忽夜夢至一官署。堂廡宏壯。見有官府衣冠坐於堂上。披覽文書。視之乃先兄西樵也。張與先兄昔同官。交甚厚。因前問此何地。君所覽是何文書。先兄笑曰。此非人間。我已死矣。神主此文書。察世人善惡耳。張云。然則我何為至此。豈非死耶。先兄答君不應死。但此地不宜久留。當即送歸。俄而夢覺。張時未聞先兄之訃。將至京師。問之王太史曰西樵以今年七月死矣。先兄歿時。徧體作種種香。當以證菩薩果位。然平生忠厚正直。死作閻羅王。理亦有之。釋典謂閻羅是嗔相報身。先兄以悲憤歿。豈其徵歟。

虛實

今墟市之稱。義取朝實暮虛也。宛丘有羲神實。羅苹路史注。實者。對虛之名。天文旗中四星為天市。其中星多則實。虛則耗。神農所在。人民常實。非若虛墟。朝實而暮虛也。地以實稱亦奇。

犀角刀子

周嬰巵林載唐牛肅紀聞云。牛騰唐鄴城令。中書令裴炎甥也。炎遇害。騰謫牂牁建安丞。時中丞崔察用事。貶官例皆辭行。誅殛甚眾。騰將見察。懼不知所為。忽遇一人謂曰。公有犀角刀子乎。曰有。曰甚美。授以神咒。令見察時但俯伏掐訣。言掌犀角刀子掐手訣乃可以誦神咒。其訣左手中指第三節横文。以大指爪掐之。而密誦咒七遍。無患矣。咒曰。吉中吉。迦戍律。提中有律陁阿婆迦呵。已而果免於難。婁自云。崇禎癸酉。為縣令所難。綫廷獄時。偶有象牙刀子。以代犀刀。掐訣誦咒如前。亦獲免。因錄之以傳於世。

關壯繆現身

袁太常密山景星言。順治丙申年五月二十二日。關壯繆忽現身廣東韶州府西城上。身凭女牆。以右手捋髯。時方亭午。鬚眉面目。歷歷可睹。廿三日。廿八日。復現。舉城官民奔走禮拜。總督尚書李棲鳳親詣廟祭焉。據甲子使粵劇拜皇華紀聞。

陸舟

朱秋厓䘵云。寶慶西去十里地曰黎城鎮。古黎王城也。又西北七十里曰張公鋪。屬天長縣。康熙乙巳二月二日。張公鋪人見平地中。忽擁官艦數十。帆檣樓櫓畢具。船首列羽旗大纛之屬。儀衛森然。所過之地。迅如飛鳥。跡其過去。草木皆靡。竟不知何祥也。

獸種

家語曰。馬十二月而生。狗三月而生。豕四月而生。猿五月而生。鹿六月而生。虎七月而生。虫八月而生。淮南子本此。魏略云。黄牛羌種。孕身六月生。廣志云。猿民皆七月。蜀郡記云。猪猿娠。七月生。蓋獸種也。

官衙

官衙二字。習俗不識其義。家語禮運篇云。官有衙。職有序。注。衙。治也。執轡篇云。古之御天下者。以六官總治焉。故曰御四馬者執六轡。御天下者正六官。官衙之義本此。封氏聞見記云。銓曹聞奏之時。先書舊官品於前。次書擬官於後。使新舊兩衙不斷。如人銜物。又如馬之有銜。以制其首。人謂銜尾相屬。即其義也。此臆說殊無所據。

博野婦人

郭宮庶快園叢說。博野有一婦人。一生不飲食。而育男女數人。操作與常人無異。亦疾病云。

不敢欺

今市井俚語云。不敢欺。亦有所本。國策。秦興師臨周章。顏率謂齊王曰。不敢欺大國疾定所從出。敝邑遷鼎以待命。

三西湖

粵紀編云。惠州豐湖。在郡城西。人呼為西湖。東以城為儲胥。西南北三方。皆摩山為衛。儼然與武林相似。蘇長公嘗買此湖。為放生池。出御賜金錢築堤障水。人號曰蘇堤是天下有兩西湖。兩蘇堤也。潁州亦有西湖。坡知潁州。謝表云。出守二邦。輒為西湖之長。是又三西湖也。

天醫

俗說雷部擊人。必有天醫隨之。或誤擊。則旋活之。近雲南府。有二人同行。遇雷皆死。其一人恍忽見一比丘坐其傍。以手摩其腦曰。汝不應死。勿慮。汝家人尋至矣。時有目擊者。歸告二人之家。家人皆號泣至。至則生矣。比丘亦不見。宗兄行人爾成公說。

火神

武進諸生楊某館於某氏。其人富而豪侈。每夜飲必三鼓。一日醉歸。見館中燈火甚熾。從窗隙竊窺之。見桌邊二燭卓立甚巨。有緋衣人據案觀書。意其楊也。明日詢之。楊對以實。早寢未嘗夜讀。然心怖之。至夜假寐以伺。近三鼓。忽有大聲傳呼排戶而入。隨有二巨燭出地上。已而紅焰滿室。僕隸遝雜。擁一緋衣人至。據案而坐。取案上書册翻之。楊懼而呼呼。緋衣人若不聞者。將五鼓。緋衣者徐起。徑趨楊卧處。眾皆從之。忽舉牀四腳。盤旋室中。復擲之空中者數四。天將曙。又聞傳呼聲。寂無所見矣。久之楊始甦。起視門戶扃鑰如故。問院中人。毫無所聞也。因急辭主人歸。歸數日。火大作。所居皆燼。始悟所見乃火神耳。楊從中鄉試。

鴛鴦鏡

楚人王蘭士。嘗遊江西。一日遇風雨。投宿古祠。遂假寐。門忽洞開。見翁媼二人。入祠直據上坐。僕從十許人。旁列。復有二翁媼扶服入跪其前。坐者怒數其罪。顧從者鞭之數百。跪者哀號乞憐。且曰。業生此不孝子。不敢辭罪。所見穢當碎其鴛鴦鏡事。猶可及也。坐者沉吟釋之。王復欬發聲。遂無所覩。晨起。雨霽將行。復有年少持一鏡入拜祠下。某怪而問之。曰此鴛鴦鏡。漢物也。視之背作鴛鴦二頭。甚異之。謂少年曰。肯見售乎。少年不可。展轉閒。鏡忽墜地而碎。少年方驚惋。某告之曰。汝必有失德壞人閨門事。不實相告。且有陰譴。少年懼。吐實。乃與里中謝氏女。約私奔。期會祠中。鏡即女所遺也。因語以夜來所見。少年大悔恨。再拜而去。王視其額。乃謝氏宗祠也。

鹿盡心

順治中。安邑知縣鹿盡心者。得瘵瘵疾。有方士。挾乩術。自稱劉海蟾。教以食小兒腦即愈。鹿信之。輒以重價購小兒。擊殺食之。所殺傷甚衆。而病不減。因復請於乩仙。復教以生食。乃可愈。因更生鑿小兒腦吸之。致死者不一。病竟不愈而死。事覺。聞被害之家。共寘方士於法。

內江石壁魚

四川內江縣儒學後有石壁甚鉅。明三百年中。衣冠科第甲西蜀。順治初。隸縣冀應熊。為成都知府。好作擘窠大書。一日至內江。謁文廟。愛石壁之奇。書而鐫諸石。石破有清泉一泓。魚十餘頭。游泳其中。見風水涸。魚皆化為石。自是科第不振矣。螺集錢有人以石子壓紙。或見欲得之。酬價二十緡。復破之。乃有一魚躍出。其中泓然清流也。有李傚主有小石彈丸。置研池中。水終日不耗。陶穀取之。投地石裂。中有小魚躍出死。自是研無復潤澤矣。

松頂生蘭

予門生翰林湯西厓。右曾嘗於湖南永州道中。見古松數萬株。是宋刺史柳開所植。亘數百里。有蘭寄生長松杈椏。可徑丈。歲歷四垂。時正作花。香聞遠近。其地曰奇蘭鋪。草木寄生。理固有不可解者。

驢駒媚

座客偶舉唐小說。崔小玉傳中。有驢駒媚。不知何物。按僧贊寧物類相感志云。凡驢駒初生。未墮地口中有一物。如肉。名媚。婦人帶之能媚。

姓異

一兩雙五六七。柒八。九第二第五第八。九百。皆姓也。聞見記。戴縣令妻伍氏。縣丞妻陸氏。主簿妻漆氏。事以為笑。不過音同耳。

劍俠

某中丞巡撫上江。一日遣吏齎金三千。赴京師。途宿古廟中。扃鑰甚固。晨起已失金所在。而門鑰宛然。怪之。歸告中丞。中丞怒。亟責償官吏。告曰。償固不敢辭。但事甚疑怪。請予假一月。往蹤跡之。願以妻子為質。中丞許之。比至失金處。詢訪久之。無所見。將歸矣。忽於市中遇瞽叟胸懸一牌。云善決大疑。漫問之。叟忽曰。君失金多小。曰三千金。曰我稍知蹤跡。可覓車子來我。君第隨往。冀可得也。如其言。初行一日。有人烟村落。次日入深山，行不知幾百里，無復村墟。至三日，踰亭午，抵一大市鎮，叟曰：至矣，君但入，當自得消息。不得已，第從其言。比入市，則肩摩轂擊，萬瓦鱗次。忽一人來，訊曰：君非此間人，奚至此？告以故，與俱至市口，覓督叟，已失所在。乃與曲折行數街，抵大宅，如王公之居。歷階及堂，寂無人。戒令少待。傾之，傳呼令入。至後堂，堂中惟設一榻，有偉男子科跣坐其上，髮長及肩，童子數人，執扇拂左右侍。拜跪訖，男子訊來意。具對。男子顧指語童子曰：可將來。即有少年數輩，扛金至，封識宛然。問曰：寧欲得金乎？吏叩頭曰：幸甚，不敢請也。男子曰：旨來此，且將息了卻去。即有人引至一院，扃門而去。日予三餐，皆極豐腆。是夜月明如晝，啟後戶視之，見粉壁上纍纍有物，審視之，皆人耳鼻也。大懼，然無隙可逸去。徬徨達曉，前人復來傳呼，復至後堂。男子科跣坐如初，謂曰：金不可得矣，然當予汝一紙書。輒據案作書，擲之，揮出。前人復導至市口，惝恍疑夢中，急覓路歸。見中丞，歷述前事，叱其妄。出書呈之。中丞啟緘，忽色變而入。移時傳令歸舍，并釋妻子，豁其賠償。吏大喜過望。久之，乃知書中大略斥中丞貪縱，謂勿責吏償金，否則某月日，夫人夜三更睡覺，髮截若干寸，寧忘之乎？聞之夫人良然，始知其劍俠也。日照沈洗馬（濂）聞之望江龍簡討（燮）云。

八才子圖

今世傳孟襄陽、王右丞輩七賢過關圖，皆策蹇重戴，青箱雜記亦云：世傳潘閬、安鴻漸八才子圖，皆策蹇重戴，其為唐七賢、宋初八才子，不可得而詳也。東觀餘論跋滕子濟所藏唐人出遊圖云：此卷據其名題，或有弗同時者，而揚鑣並驅，睇盼相語，豈亦於世得意忘象者乎？題名云：宋之問、王維、李白、高適、岑參、史白，凡六人，尤為不倫。

濮州女子

明末山東將亂時，濮州民家子周猱頭者，居負郭之周家村，語多清狂，人謂不慧。一日自城中歸，過真武廟側，有假髻女子立道旁樹下，絕色也。謂周曰：與君夙緣，當為君婦。遂攜至家，拜母。母疑其踪跡，俾子遣之。女子笑曰：我以夙緣奉天帝命，為汝家婦，詎能違我？久之事姑孝謹，即鄰里無不敬愛之。周家素貧，又值荒歉，女子日具食養姑，皆豐潔。周被役築城，同事者戲語曰：同執畚鍤，能俾君婦治饌相勞乎？周歸語婦，答曰：此不難，但張帷幕，吾自致之。如其言，果日獲飽食。一日潛告其姑曰：此地不久必大亂，不可留也，曷避之？乃偏辭鄰里，挈姑與夫，擔負去，不知所往。未幾，榆林賊起，濮被兵甚慘，果如其言。

浦回子

浦回子者，固原人，業染，所居對城隍廟。一道士夜坐廟門，火光繞身，浦意其異人，獻以茗果，不納，浦益恭。道士乃食其一果，謂曰：子誠信有根器，他日訪我羅山。浦如其言訪之。踰年歸，以道授其妻，復去。王輔臣亂後，還鄉，容色如少年。鄰人曹文炳者叩之，曰：久居終南山，山中老人多眉長過面，披之兩耳間者。澗中有二黑猿，見我執手甚歡。其言即不能辨，飲以瓢水，清甘如醴，由此不饑不寒，雪天可著單衣，旬日不食自若也。歸數日，求見其妻，妻拒之曰：各做自家事，何必相見？浦因別去，徐步出郭門，鄰人送之，奔馳不及而返。

靜寧州道士

陝西靜寧州，一道士賣藥於市，手持小葫蘆，修廣僅寸許，傾之得土數升，皆成金丹。以與病者，立已。求者益衆，不能給，以麈尾一揮，人人袂間各得三粒。一日以小瓢貯丹，任人自取，極力多攫，止得三粒。數百人悉得藥，而瓢仍不空。後不知所之。

王九皋

王九皋，字鶴鳴，濮州人，萬曆壬午舉人。自少至老，夜未嘗寢，終身不知有夢。少時常

遇關壯繆，親指隙地，今為建祠。今濮州大關帝廟是也。

池北偶談卷二十三終

池北偶談卷二十四

清　濟南王士禛阮亭著

談異

一家完聚

浙東亂時。諸暨陳氏女年甫十六。為杭鎮撥什庫所得。鬻於銀工。逼之。堅不肯從。杭人郭宗臣。米膳生。尚御公孫。好義醵金。以贖難民。知女之義。贖之。方至。忽友人某贖一童子。問之。即其夫也。翼日贖一嫗。至。乃其母也。繼又贖一嫗。至。其姑也。有兩翁覓其妻。踉蹌至門。則其父與翁也。兩家骨肉。一時完聚。詢之。蓋將於十二月二十四日婚。而兵忽奄至。遂被掠。三人具衣帨。治酒肴。為之合卺。給裝而歸之。人以為女子貞節所感。

關索

雲貴間有關索嶺。有祠廟極靈。云明初師征雲南。至此。見一古廟。廟中石爐插鐵箭一。鏃其上曰。漢將關索至此。雲南平。遂建關索廟。今香火甚盛。月山叢談。雲南平夷過曲靖。曾寧過江川。皆有關索嶺。上各有廟。蓋前代凡遇高埠置關。關吏備索以挽舁者。故以名耳。傳說之久。遂謂有是人。而實妄也。

洗眼方

右通政袁密山。縣景廣西平樂人。嘗傳一洗眼方。云宋元豐間某太守年七十。雙目不明。遇仙人傳此方。洗一年。目力如童子。錄之於左。

每歲立冬日。採桑葉一百二十片。懸風處令自乾。每月用十片。水一椀。於砂罐內煎至八分。去渣溫洗。每洗眼日。清淨齋戒。忌葷酒。正月初五日。二月初一日。三月初五日。四月初八日。五月初五日。六月初七日。七月初七日。八月初八日。九月三十日。月小則廿九日。十月初十日。十一月初十日。十二月初一日。

治鳥傷

凡鳥翅足折傷。以芝麻仍嚼爛敷患處。即差。見客座新聞。宋三館書目有味氏以鷙擊二卷。皆養鷹之法。具醫療之術。

孫文定

益都孫文定公廷銓世居顏神鎮。為童子時。常五鼓入塾。道遇一長人。如方相狀。目睢盱可畏。直前欲搏之。公方悚懼。自覺身驟長。與之等。且搏且卻。至孝水西岸玉皇宮。其物忽不見。公又常讀書齋中。有狐貽金豆數枚而去。其家有金豆山房。至今存焉。

男子生子

福建總兵官楊富有嬖童生二子。楊子之名曰天舍、地舍。魏惟度嘗親見之。楊後官江西提督。近樂陵男子范文仁亦生子。內兄張賓公嶺親見之。

采人葠

本草圖經。人葠一椏至四椏。各五葉。今遼東采葠者。識其苗不語。急以緋縷繫其上。然後集人發掘。則得葠甚多。否則苗倏不見。發之無所得。禮斗儀云。下有人葠。上有紫氣。理或然也。康熙戊午。予直內廷。嘗應制賦御苑人葠詩。親覩其樹。唐人詩詠人葠者絕少。惟韓翃云。上黨人葠五葉齊。溫岐云。松刺流空石差齒。煙香風軟人葠蕊。

白海棠

范烈女者。易州范良璧女。許字田。未婚而夫死。烈女聞之。即自縊。庭前有海棠一株。方花時。甚穠豔。女死。花忽變白。一時文人奇之。多為賦詠云。

端肅拜

周禮九拜。其一曰端肅拜。今人止以為婦人之禮。近見元人題跋末亦有書端肅拜者。猶有古意。

三相女

李騰空。林甫女。得道廬山。李太白有送內往廬山尋女道士李騰空詩。金陵張可度詩所謂父居黃閣女崆峒。流水桃花石室中是也。茅山有蔡檜女。繡大士像甚靈異。居人不敢托宿。見蔣洮。王安石女最工詩。見覺範詩云云。曰此浪子和尚耳。見吳曾漫錄。又蔡卞妻亦安石女。有文。三奸皆有如此女子。亦一奇也。

白騾異

濮州兵侍哉原蘇公祐。總督宣大時。一日閱邊。塞。親率偏師出塞禦之。戰敗。與眾相失。敵追急。馬蹶而死。正倉皇間。忽山上一白騾馳下。公躍而乘之。得馳入塞。既至。騾忽不見。敵退。遣人至其山蹤之。山有文昌祠。白騾宛然在焉。

異姓

近所聞見異姓。再識如左。口。若。干。眳。涉。詩。穆。絮。茄。節。棧。兔。拈。座。腥。閉。坑。縱。維。防。戲。沈。灰。晁。蟲。鬻。歹。奴。棗。竹。針。線。圖。閣。續。矗。狡。灰。迮。且。佴。俳。閒。風。西。弟。諒。抗。朗。晃。甪。細。谷。扁。

銀鈔興行賞產要覺屢扁聯逕馬見猶玉環星印是汝式土昶駟鉄樹又甲子科山西舉人有因必芳曲沃人降纔介休人又泰和縣早禾市巡檢逍修紀涿州人廣德州杭村巡檢龔鏞河南人

兩裴迪

唐有兩裴迪一天寶詩人與王維杜甫友善一為王鐸辟租庸招納使朱溫鎮宣武辟節度判官既篡位拜右僕射溫自岐還將吏皆賜迎鑾叶贊功臣入見溫目迪曰叶贊之功惟裴公有之見五代史雜傳

黃巢

黃巢自長安遁歸奔於泰山狼虎谷為其甥林言斬首送徐州其死明甚乃小說杜撰稱其遁去為僧依張全義於洛陽曾繪己像題詩云記得當年草上飛鐵衣著盡著僧衣天津橋上無人識獨倚闌干看落暉按此詩乃元微之贈智度師絕句特改首二句三陷思明三突圍為云云耳此宋陶穀劉定之說癸辛雜志又云即雪竇禪師實退錄亦以辨之為此言者真亂臣賊子之尤也

餘聞錄之訛

餘聞錄記湖州吳進士為父乞壽詞於李西涯西涯不許吳問人曰今爵位大於西涯者誰耶曰太師英國公張輔也吳具幣求英公英公令門館作詩與之吳得詩誇於人云黎媿曾壯筆記亦載其事不知英國公輔死土木之難與李相去甚遠黎博雅君子亦仍其誤何也

禾山寺顏書

永新縣禾山寺傍有顏魯公書龍溪兩大字鐫於石壁方廣徑丈數百年已來石壁如故而二字每年輒徙下今離地不二尺矣

郭文毅

郭文毅正域貴盛時與漢陽老孝廉劉某者為姻一日劉之女眷至郭氏郭殊不加禮歸而訴之孝廉鬱鬱以殁既數十年矣明末獻賊屠武昌城市人民稀少有人入城過城隍廟見懸一牌云郭正域劉某一案候審時正白晝硃墨如新漢陽宗姪孟穀巖說

女化男

嘉靖中山西男子李良雨化為女子事載前史近見仁恕堂筆記莊浪二事甚奇一

紅塵驛軍莊姓者婦寡有一女已字人年十二忽變為男子女羞不能自明及就婚其夫覺而聞之官乃以聘禮還之夫家聽其別娶而夫之母憐女之惋憫又以其女歸之今名莊啟盛現為莊浪廳書役丁巳秋又有莊浪女子年十五歲亦化為男與莊事僅隔十年皆在莊浪亦異聞也

范忠貞

范忠貞承謨撫浙日杭之西溪有虎攫人遣卒往捕一日自詣水月和尚卜之告以故和尚答云山頭大蟲任打門內大蟲休惹范不悟而去未幾遂罹閩逆藩之變竟以身殉始悟門內大蟲之語

挑戰

挑戰二字見左傳宣十二年趙旃請挑戰弗許唐人詩屢用之類要云兩陣既立各以將出鬬謂之挑戰劇談錄白敏中興師討吐蕃有酋帥衣緋茸裘乘白馬出陣頻名漢軍鬬將有潞州小將善射馳馬彎弧而出射中其項抽短劍踣於鞍下脫緋裘金帶乘馬而還又李臨淮將白孝德斬賊將劉龍仙事亦相類又五代史周德威傳有陳章者號陳夜叉乘白馬被朱甲以自異求陽五欲生致之德威出挑戰禽之唐宋以來實有鬬將之事非盡稗官之妄說也

菁雞

菁雞産水西長尾白羽羽之周遭黑文綫之如潑墨所畫或畫之見人輒避去終不馴擾門人黃自先沅官平遠府通判云然

樂毅棗

樂毅棗産吾鄉大倍常棗云是樂毅伐齊所遺種也太平廣記所載有王母仲思等名又有安期棗洛陽夫人棗西京雜記上林有西王母棗出昆侖山而不及此先方伯麈芳譜云樂氏棗豐肌細核多膏肥美舊傳樂毅自燕攜來太平寰宇記濰州貢毅氏棗今青城縣産無核棗一名虛中即西京雜記之梬棗也上林又有顏淵棗出魯國

井溢

康熙二十四年長山一廢寺有池水忽大溢眾往視之有物如牛伏池中人不敢逼次年鄒平郭莊居民院中井鳴如牛吼水忽上溢祭之乃止

短人

丙寅春長山之苑城周村閒有短人長可尺許鬚眉手足皆具能按拍而歌問之云年三十餘矣豈巨靈僬僥之類耶

黑牡丹

曹州牡丹品類甚多先祭酒府君嘗往購得黃白綠數種長山李氏獨得黑牡丹一叢云曹州止諸生某氏有之亦不多得也

范祠鶻

長白山醴泉寺即范文正公讀書處祠在佛殿東偏康熙閒秋霖浹旬祠上漏下濕公像獨不沾濡寺僧疑而竊窺之有大鳥張兩翼翼其上有火光正覆其上天霽遂失所在

文昌閣鶻

濟南府學文昌閣有二鶻巢其上一日朔西郊為一軍士射中其腰此鶻每帶箭出入人皆見之偶中丞閱軍將士皆集轅門此軍方負牆立鶻忽飛翔其上矢墜馬軍士異而取之俄覺耳中癢不可忍試以箭鏃搔之牆忽壓馬鏃深入不出軍士數曰此鶻報怨也吾其死矣數日果死

萬歲

後漢書韓稜傳竇憲為大將軍威震天下尚書以下議欲拜之伏稱萬歲稜正色曰禮無人臣稱萬歲之制乃止然馬伏波傳吏士皆伏稱萬歲又吳良傳注東觀記曰門下掾王望諂稱太守功德掾史皆稱萬歲

無上將軍

口撫傳建康元年陰陵賊徐鳳自稱無上將軍有進傳帝幢躬擐甲介馬稱無上將軍行陣三匝而還人主自稱將軍與明武宗先後一轍至與劇賊同號尤可異也

師資

老子曰善人為不善人之師不善人為善人之資資之云者如詩小雅他山之石可以攻玉之義今俗謂受業為師同學為相資語蓋有本然以同學為不善人亦可商師資之情後漢廉范對明帝語

庫庫

松江有庫公山庫音舍字書注姓也後漢竇融傳金城太守庫鈞按融傳章懷太子注引前書音義曰庫氏即倉庫吏後也本王嘉上哀帝疏今羌中有庫姓音舍云承鈞之後風俗通云古守庫大夫之後以官為氏然則庫鈞之姓為式夜切為苦故切漢書注亦未定其音訓氏族博考云庫氏有二漢倉氏庫氏以官為氏又河南官氏志庫傉官氏入為庫氏則是苦故切之庫又有二族矣奇姓通收入去聲禡韻從舍音（在式夜切字從广苦故切字從广自是兩字兩讀用章懷注便引之誤不可辨耳）

六丁

祭酒舊不一二年輒遷去春秋丁祭無過四者順治中淄川高念東侍郎珩為祭酒久不遷一日至閣洪文襄嘲戲謂曰高先生可謂五丁開山矣高笑對曰無妨六丁六甲果三年始遷去予在成均近四載始遷少詹戲為口占寄先生云嘉話曾聞役六丁任教人笑鈍司成六丁今日還加二始信前賢畏後生然此官清簡實宜恬靜南史丘靈鞠有言人居官願數遷使我終身為祭酒不恨也獨學舍東給皆久廢用兵已來捐貲者率許在籍肄業期滿赴省布政使司徑送吏部銓授雅中人才寥寥素餐為愧耳

偏諸

治安策今民賣僮者為之繡衣絲履偏諸緣又云付穀之表薄紈之裏緁以偏諸服注曰如牙條以作履緣顏曰偏諸若今之織成以為腰襻及褾領者也杜詩客從西北來遺我翠織成錢注引廣雅天竺有細織成宋書禮志諸織成衣帽錦帳純金銀器宴毋從廣一寸以上皆為禁物高麗史獻織成衣襖弓劍控子美詩題乃太子張舍人遺織成褥段蓋褥帳衣帽要襻褾領皆有織成而偏諸以為衣履之緣者乃織成之一耳

銀杏

鄉大夫有好為雅談者問鄰縣一友人云聞貴鄉多銀杏然否友人不應問再三不已旁人皆匿笑終不悟蓋銀杏淫行音同也又江淮間一御史疏陳水患內云臣鄉下流之下流人亦傳以為笑

趙康敏

壽光趙康敏公故第為裔孫所鬻屢易主矣居者每見朱衣人於堂中輒病後某官張姓者居之初入宅復見朱衣人悲吒咄唶張投拜遽謂之曰公子孫自不肖不能守先業此宅且數易主人與某無與公生為名卿何不達而屢此見祟耶言甫畢朱衣以袂掩面入壁而沒自是不復見

墨芍藥

館陶人家有墨芍藥。與曹州黑牡丹。皆異種。

郜進士三世姻

同年濟寧郜士梅字峄暉。順治辛卯舉人。登己亥進士。自記前生為棲霞人。姓高名東海。又其妻某氏。死時自言當三世為夫婦。再世當生館陶董家所居濱河。河曲第三家。君異時官罷後。獨寓蕭寺。繙佛經時。訪我於此。後既遂。得登州府教授。一日檄署棲霞教諭。暇日訪東海故居。已不存。求得其孫某。為置田宅。已而還吳江知縣。謝病歸。殊無聊賴。有同年。知館陶縣。因訪之。館於蕭寺。寺有藏經一部。寂寥中取閱之。忽憶前語。隨沿河覓之。果得董姓者。於河曲第三家。家有女。未字。郜告以故。且求聘焉。後十餘年。董病且死。與郜訣曰。此去當生襄陽王氏。所居濱江門前有椰樹。君幾年後。訪我於此。與君當再合。生二子。郜記其言。康熙己未。在京師時。屢為予及同年傅侍御彤臣（扆）。潘吏部陳伋（讜）言之。

賽從儉

文登人賽從儉。卜地葬親於黃山南。有鄰某者。陰圖其地。夜遺地主金。老嫗赴塋。忽迷失道。有二童子執炬前曰。嫗欲往賽氏塋乎。吾為嫗導。中途謂曰。此地誠善。但汝家不能有。賽氏當世科第。天啟之也。言已。忽不見。嫗乃在海港中。及覓路至塋所。則既葬矣。嫗悔。述其故。從儉曰。汝言果不妄。吾子孫有仕官者。當以十金為贈。書其言於卷末。後從儉知三河縣。子孫多仕郡縣。皆不負約。康熙丙午元旦。五更時。近村人還見塋前有二炬遠行。曾孫玉紘以是秋舉鄉試。明年登第。己酉元旦復然。玉紘子璸以是秋舉鄉試。明年登第。

劉大成

天啟中。文登生員劉大成。以儒醫書德。為鄉黨所推。董修學宮。鑿泮池。得一石函。啟之。有女骼釵釧。為徙瘞北城隍上。次日。復得一瓶。中貯竹籤。外勒八語云。濱人花塐。劉支竹籤。一七濟人。廣嗣功長。南丈煥發。北屋城隍。妥予之靈。云云。自後劉以竹籤施病者。輒愈。享年八十餘。生六子。諸孫科第甚眾。

二狠石

京口北固山甘露寺。有狠石。臨潼驪山亦有狠石。皇甫湜狠石銘曰。狠石蒼蒼。驪山之旁。昔秦皇帝謀之不臧。七十萬人。茲焉湟邃是也。今人但知甘露寺矣。

舞蠅虎

書言百獸率舞。傳記所載。如舞馬舞象舞鸞舞鶴之屬。不一。杜陽雜編載唐穆宗朝（或云憲宗）飛龍士韓志和。本倭國人。於御前出一桐木合。方數寸。中以丹砂養蠅虎子。其形盡赤。分為五隊。令舞涼州。上召國樂以舉其曲。蠅虎盤迴宛轉。無不中節。每遇致詞處。則隱隱如蠅聲。曲終。累累而退。如有尊卑等級者。然又續癸辛雜志。臨安呈水嬉者。以大斛貯水。以小銅鑼為節。凡龜鼈鰍魚之類。皆名呼之。即浮水面。戴具而舞。觀此則虫豸水族。皆能舞。不獨鳥獸矣。

水蠶

吾鄉山蠶。食椒椿槲柘諸木葉而成繭。各從其名。故相國益都沚亭孫公（廷銓）作山蠶說。曲盡物性。文多不錄。唐小說載元和八年。大軫國貢神錦衾。水蠶絲所成。云其國以五色石甃池塘。採大柘葉飼蠶於池中。始生若蚊睫。游泳其間。及長可五六寸。池中有挺荷。蠶經十五日。即跳入荷中成繭。自然五色。亦謂靈泉絲。山蠶水蠶。皆物產之異。

熱洛河

盧氏雜說。明皇射鹿。取血煎鹿腸。賜哥舒翰及安祿山。謂之熱洛河。祿山帳下健兒名曳落河。恐因字音相近。而傳會其說。今齊魯間以蕎麥作麪食。名河洛。俚名亦有所本。

老神仙

獻賊軍中。有老神仙者。本鄧州陳氏子。少游終南。遇一道士。授異術。能生死人。後為獻賊所得。賊監軍孫可望被酒。殺其嬖妾。以刀圭藥投之。立起。於是賊中呼為神仙。既而獻賊誤刃其愛妾。洞腸潰腹。復俾陳活之。納其腸。以鍼紉之。傅以藥。夾以木版。以繩約之。七日而甦。獻賊脫入滇。以病死。

蹇少保

明少保薊遼總督蹇公達。字汝上。四川巴縣人。自記前兩世。為某衛指揮。以墜馬死。徙生山西某府趙氏。名某。登進士。官至重慶太守。與邑紳蹇公來譽善。一日蹇設席召守。飲守方坐堂皇。聞吏白蹇公有使邀請。即出就輿。甫出門。見大河阻路。方異之。若有人推墮河中。驚而寤。室廬非故。而形軀已小。在襁褓中。家人報蹇公入視。曰男也。繼又傳報趙太守。以疾病死矣。蹇公為出涕。自往護其喪。身送夫人及二子歸里。心皆了了。然無可奈何。以義斷割。早成。嘉靖乙丑進士。自禮部郎出為故郡太守。兩子已長以通家禮來謁欲言不可姑隱忍之惟時時存䘏其家居三年遷山東提學副使乃詣故居敘辭夫人請見不禁泣下夫人亦泣以通家故不知其即其夫也及丙子送至境始屏人告以前生事執手泣別而訣

賀相國

明相國封揚賀公逢聖崇禎中枚卜詣京師舟至九江之鱘魚嘴風浪大作公具袍笏拜禱舟上人忽見空中有緋衣神人執一黑匙投水中風遽息公設祭大王廟以答神佑自是香火益盛日宰羊豕無算十三年蘄王欲興復瀉仰道場延三昧律師入楚過九江夢神告曰某九江神宋大王也前生與師及賀相公三人同在山中修道師不昧正因今為大師賀以福緣為宰相惟某一念之差為血食之神昨因鱘魚嘴樹妖欲覆賀舟某以前世因救之緣此宰殺日繁將來必墮無間地獄師明日過此必至廟中為我授記更布其事於四方使來禱祀者戒宰殺幸甚師如其言自是鱘魚嘴行旅坦然矣此與冷齋夜話所記宮亭湖神託安息國王子建洪州大安寺事相類

張道人

商丘高辛鎮有道人嘗周遊歸德屬邑貌類少壯雖長老自童幼見之形容不改莫知其年自云張姓鹿邑人居少林若干年武當若干年勞山若干年屈指百數十年矣一日募修某祠廟需石灰千斤人問所出曰自有之忽至一寡婦姑媳門求布施以孀且貧辭道人曰門前槐樹旁有灰三千斤何云無也如其言掘之果然或問曰渠先祖建樓所餘我常見之其家不知也頗能前知有問之者則曰我是顛子我是顛子曰可行三百里崇禎末袁賊亂梁宋間致道人縛置地上驅所掠婦女裸體淫之遂敗其道日行僅百五六十里亦鼓食矣語人曰譬桶子已破再箍便難

日者

宜興陳其年維崧年四十餘尚為諸生一日過京口有日者謂之曰君年過五十必入翰林宣城梅杓司庚因贈以詩曰朝來日者橋邊過為許功名似馬周至己未果以諸生應博學宏詞薦授翰林院檢討時五十六又有范驤者字文園善相人謂武進周清原吳江徐釚皆當不由科甲入翰林己未皆授簡討其言良驗范海寧人驤字文白之弟也

龍異

康熙壬子歲吾邑李雕副仙口翦家日正午忽有一物蜿蜒數尺鱗鬣可畏通體如金色爛然奪目自院中入所居之室已復出形漸長大知其龍也忽雲霧滃然如烟晏庭中晦冥遂不見伊中丞翁菴自云

荷蘭刀劍

康熙六年荷蘭國入貢其貢物有刀劍八枚皆可屈伸環繞如帶劍俠傳載种諤畜一劍可屈置盒中縱之復直張景陽七命論劍曰若其靈寶則舒屈無方斯之謂歟

銅人

聞西洋人欽天監管理監事加工部侍郎南懷仁言自大西洋入中國凡十萬里海舶甚巨海口有銅人高不知其幾由脛出其胯下或出其胯間乃入海洋不知何由鑄造也

山溪烈婦

旌德縣地曰山溪有民家女某氏嫁甫數月夫死無子又無舅姑伯叔遂歸母家誓不更適久之其父母私受鄉人聘旦夕且娶女覺之自請於父母父母不能隱遂告以故女欣然曰嫁則嫁矣明日當一辭夫墓耳許之乃歸房中晨起理妝易新衣內衣皆自縫紉行至溪上時山水暴漲女顧之喜至橋半忽躍身入水死乘流數里背岸樹而止有石工某見之欲殮其衣衣結不可解忽以手自扯其領曰吾以父母欲奪吾節而死汝小人輒敢無狀吾祟汝魄矣語畢而死觀者莫不歎異父母為合葬故夫墓焉

張巡妾

徐蕺字吉人會稽諸生年二十五得瘵疾痛不可忍年餘竟能作人言瀕死時見一白衣少婦問曰君識張睢陽殺妾事乎君前生為睢陽吾即睢陽之妾也君為忠臣吾有何罪殺之以饗士卒吾尋君已十三世矣君世為名臣不能報復今甫得當吾恨言訖婦不見蕺亦隨逝庚申在京師其門人范思敬說

童謠

萬曆壬子山東鄉試濟南童謠云三人兩小大陽離島是科解元乃長山徐海曙日升也又某科有童謠云山佳木一旦挑上天差我送羊角是科解元平度崔桓也康熙庚子又有童謠云一粟針三條線是科解元新城李嗣真解副益都高三思也天啟辛酉朱純領解亦有一牛兩尾之謠

趙廷鑨

順治中年有某生者應試濟南瀕入闈其僕忽死但胸前微暖及出闈僕忽蹶然而起生問之云適隨主人入棘闈見號舍有紅黃二色旗主人所居之舍則紅旗也生喜曰果爾當娶某氏女妻汝僕雖之生曰吾既爲孝廉何慮彼不嫁其女乎既入二場其僕又死如前比出復甦連呼可惜可惜生急問之曰主人已中解額因昨日一言今易萊陽趙廷鑨矣生然疑且半私心悔之及榜發榜尾一人即萊陽趙廷鑨也

御馬

供奉周道言御廄有千里馬毛色純黑惟顱及四蹄白長可一丈腹有逆鱗高麗所貢也

顧東橋

何元朗叢說載分宜嘗邀顧東橋樂工盈庭六七十人東橋顧從人賞銀五錢遣之明日邀六卿則聽命如小生賞賜各二三兩比年各省督撫中丞案監司賞伶人多至四十金或六十金視分宜當日不啻十倍矣

斷腸草

康熙庚申春有徽人方姓者商於都門與其徒八人合貲累千金往江南次河間之南腰站宿焉其八人者與騾夫先食方以齋素獨後忽一人且食且語曰斷腸草如是者三方怪而問之曰君知食中有斷腸草乎宜勿食其人曰然隨視騾夫已如中惡狀仆地矣方急呼衆人皆僵臥而身自走通衢呼集居人召醫視之曰中毒也急解之皆甦而騾夫食獨多遂不救方因問某曰食時若有人在後告以斷腸草者三聽其語隨出諸口初不自知也諸商欲鳴之官居人力浼之僅以百金賂騾綱其主人竟漏網道路間不可不知

恪妃

世祖皇帝恪妃石氏灤州人戶部侍郎申之女也申父維繼明萬曆庚戌進士官某省副使會王府中官某竊其玉反誣其妃某弑逆撫按以下皆納其賄將具獄矣維獨持不可力雪妃冤至是申生恪妃竟入宮掖人以爲妃之報云

河套喇嘛

嘉禾譚舟石吉璁延綏鎮志云套中最尚佛教距榆林三百里外爲砌抱山山左有水曰河泥津古羅右有泉曰法兒烏蘇中有寺曰塔王延袤可十里兩水環其前而合

流其地名曰板升社寺中住持則板地兒得喇嘛也寺一門二殿門名哈剌哈殿亦覆以琉璃瓦殿名口袍中塑大喇嘛像傍皆供藏佛第二殿名堵玉中亦塑大喇嘛像稱曰補兒罕板弟子譯言佛與祖師也楹之東爲蓮花佛佛身高二尺頂湧一蓮苞長可五寸許製甚巧有機捩之開便成蓮蕊上坐一三首佛花瓣中亦各有一佛臥馬楹之西爲馬頭佛一佛坐以侍馬頭佛頸中掛三十六鬼頭數珠貌甚獰惡當面飛來若欲撲噬狀坐佛作歡喜容仰手舒臂迎之復以兩足鉤出其後是曰佛度而鬼頭者皆以銀鑿成也傍皆供小藏佛設木龕三層大小參差無數四壁皆畫天神及諸菩薩而金剛者長不過二尺餘就次於東西墉下左刀而右旗幟少北皆廣置桂黃金塗梁間懸纓絡結成花勝者四殿立四柱空其中如樓不度板垂四阿而室則十二開窗牖於上若重屋然殿後有塔名蘇婆兒哈即大喇嘛蛻骨瘞山之宰剏一小殿名蘇漫繚以周垣南啟一門東西與北皆有配殿殿中供者名亞寓堅類牟尼左供阿赤爾馬俱類普賢右供紅勝擡帝蘇類觀音其山無石而有石子蚕部長以潔白圓潤者人各集一堆名阿保高丈餘列山上自王以下皆有歲之初夏作熊或三日或一月前期以佛頭如盂者銀足承之或水用酒或白麪供於殿上佛頭盂骨厚可寸許不類人之髑髏也經有三卷皆梵文誦或以百計以千計亦時時作樂樂器俱用鐃以人脛骨作管銀箭承其上下吹之聲如清角誦經畢取佛頭盂中水人以匙分之自口至頂用手挲之爲獲福焉復用柏樹一枝綴五色小旗并刺木作刀劍弓矢植於堆上或其主有遠行則以一矢告反亦如之皆栫於柏樹之傍其鐵或以金銀爲之任其朽人不敢犯時或旱澇亦往祈焉旱則喇嘛首頂以瓷缽水禱於山以口噀之雨如期至或雨時喇嘛曰此中不須雨亦以頂水噀之雨即分雲而下滂則左手指間插一小紅旗掌中托一小淨水瓶右手捻訣而前至山上口誦梵語雨即止或有病誦經以穰兼以小紅丸藥救之即愈或其人中鬼以頂骨數珠壓其頂或繞其中指是人即發顫自呼僞曰某鬼爲祟頂骨數珠者以高僧頂骨中取圓厚如碁者爲之其數亦一百八云其徒可三百人戒行亦與浮圖相似但所飲食者乳湩牛羊耳

池北偶談卷二十四終

池北偶談卷二十五

清　濟南王士禛阮亭著

談異

劉吏部詩

劉公馘吏部。在鳳陽。與其友蘇懋存銘孝廉。往龍興寺。與某禪師扣擊竟日。晚歸遂化去。是夜蘇夢公馘來。微笑吟詩云。六十年來一夢醒。飄然四大御風輕。與君昨日龍興寺。猶是拖泥帶水行。

放生池

京師沙窩門。有放生池一區。順治中。浙人范思敬者。實創始焉。初范嘗夢到一院。旁有禪室。簷際懸木刻作魚形。有人指示云。東坡先生居此。遂入伏謁東坡。與語久之。云吾有王文正公泥金書法華一部。今予汝。取授之。經尾署名王旦也。坐側有一人侍立。云是何姓。覺而異之。既數年。放生池成。延一老宿居之。范一日至院中。室宇宛與夢中相似。禪室果有木魚。懸簷際。既而與老僧坐語移晷。老僧忽云。貧道有一法寶。藏之久矣。今贈居士。視之即王文正公金書法華經也。室有募緣疏。為何侍御某書。豈僧即東坡後身耶。

釣臺

郯城東南有臺。壘石為之。甚峻而堅。鄉人傳為釣臺。或云大禹鑿羽山。通沭水。作此臺以鎮水。俗又呼為鎮水臺。明世宗時。一縣令毀臺取石。及其半。有大石板。下有一巨荷葉。尚鮮好。有古劍尺餘。壓其上。下則一水泓然。池中二魚鼓鬣游泳。令意放魚於河。置劍於庫。而毀之。自是郯罹水患。遂逮今。治黃給事六鴻說。黃嘗為郯令。

熊仙人

楚人熊生者。客某公家。數為童蒙師。一旦謂其親某生曰。我修真有年。今得仙道。有書若干卷。當以授子。踰日。又謂曰。昨子不合作某事。不應得仙。明日我午刻當逝矣。慎無窺伺。閉室中。聲響乃啟戶。至期閉戶入。寂無所聞。頃之忽聞霹靂一聲。發牖視之。香氣絪緼。熊生已端坐化去。現形雲端。揮手別衆。久之始沒。崇禎年間事也。海寧陸冰修嘉淑說。

蕭氏

釣磯立談載契丹使至江南。云蕭氏與耶律氏相為終始。謂江南諸蕭雖享國日淺。無大罪戾。是以遼之蕭氏。為梁之後也。按遼史。太宗以小漢為汴京留守。賜姓名曰蕭翰。因稱蕭氏。非本氏蕭也。立談失考。

杞縣狀元

明中州狀元二人。皆杞縣人。一正德甲戌孫襄敏公賢。一崇禎甲戌劉文正公理順。相距百二十年。禮部尚書湯公潛菴斌云。

蔡侍郎

雎州蔡侍郎石岡天祐。弘治中進士。方嚴正直。生平遇鬼神事甚多。湯荊峴先生斌言其為山西憲使時。行部至一驛。驛有鬼為祟。人不敢宿。驛卒以告。公叱之。乃夜秉燭獨臥堂中。枕旁寘一劍。三更時。忽風起門洞開。有一人被髮跪床下。公起坐。從容問之曰。汝何人。果有冤枉。當告我。為汝理之。鬼徑起由廊下出。公拔劍隨其後。廊外皆荒草斷垣。至垣外。背井而沒。公卓劍識之。歸而酣寢。及曉。從者皆至。公集衆至其所縋視。則有尸在焉。訊諸驛卒。云有某甲向開店於此。移去數年矣。此井其後圃也。公立令捕至。至則具服某年月日。有行客携重貲宿其家。謀而殺之。投諸背井。家以此致富。遂遷居。公立寘諸法。自後驛遂無他。

超然琅邪二臺

諸城李渭清澄中太史言。超然臺上。舊有蘇文忠公三大字。嘉隆間。知縣顏某字琅邪。秦人。幼時嘗夢登琅邪臺。因以自號。後果筮仕諸令。秩滿。竊載蘇書歸。而別以贋石易之。今臺上止存八分題名九字。琅邪臺上。秦碑高數尺。形製甚朴。無趺首。今可辨者。僅臣斯臣去疾數字。又臺下入海十餘里。復有一碑。每海潮退時。乃可見。

荻港神

順治丁酉十月。當塗荻港。水忽涌丈餘。有宋某者。臥官舫。夢神促之曰。移船移船。遂驚起。纜已解。俄岸崩如雷。他舟皆溺。

女化男

山東濟寧。有婦人年四十餘。寡數年矣。忽生陽道。日與其子婦狎。久之其子鳴於官。以事屬怪異。律無明文。乃令閉置空室中。給其飲飠。戊午年事也。

萬眉山

高學士士奇。在內直。一日理內府書。見有明成化中。大學士萬安進房術書一冊。裝潢精緻。署臣安進。字尚宛然。

劍術

長興人臧湘友少逢異人。授以一卷書。中有劍術。臧頗得其傳。海鹽陸辛齋嘉淑云。嘗見其劍合。乃以雷擊木雕成。有鐵丸二。即雌雄劍也。又方寸小戟一。又金空耳一。又有白金二兩許。餘物尚五六件。云鍊劍須寒天乃可練。時時有雷電進戶。逼人毛髮云。

岳陽改名

宋史秦檜既殺岳忠武。以岳州與其姓同。改岳州為純州。岳陽軍為華陽軍。其忮刻穿鑿至此。

洞庭神

康熙十八年。湖廣總督蔡毓榮疏言舟至新祥。倏遇暴風。因虔禱君山龍神。靈應甚著。得旨封為洞庭湖之神。遣官致祭。

韓湘像

邯鄲黃粱夢社會有道人。疥癩遍體。衣復垢敝。見市中鬻竹簾者。輒臥其上。惡而逐之。每一簾輒有一韓湘子像。鬚眉宛然。人競市之。鬻者得利亡算。

夢解元

萬曆壬子。山東鄉試。濟南西郭有單叟者。夢人告曰。今科解元徐日升也。明日見一士人。徒行西來。衣敝履穿。彷徨市中。叟試叩之。云東昌人。徐姓。叩其名。即日升也。叟大驚異曰。君必解元。但留卧舍。一切飲食洎場屋之費。吾皆任之。他日富貴毋相忘耳。徐驚喜不勝。及榜發。竟落第。領解則長山徐日升海曙也。後累官僉事。

尤生

江南尤生者。忘其郡縣。將赴鄉試。而苦貧無裝具。夜夢人告曰。市橋下有白金二錠重二十兩。五更可往取之。如其言而往。無所見。夜復夢如前。又往。亦無所遇。橋側有銀工某者。恠其早行頻數。邀而問之。尤告以夢。且歎鬼神弄人如此。至夜復夢如前。更促其早往。至則果有白金如其數。銀工又邀而問之。對以故。出示果白金也。銀工曰。吾誤矣。昨聞君述夢。聊鎔鉛錫為之。以戲君耳。不意誤取篋中金以往。然神先告之。特假手於我。此定數也。即舉以相贈。已而中式。乃倍酬銀工焉。

李參政僕

已未七月廿八日。京師地震。前河東道參政李元陽居采峪。死焉。其二僕皆死。逾二日。一僕復活云。初地震時。不知已死。但見二偉丈夫各高丈餘。騶出門。顧視同行者甚衆。主人亦在焉。頃之。偉丈夫顧某曰。汝不合在此人數內。可速回。某曰。某主人在是。將何之。又數里。復顧曰。汝未去耶。以杖擊其背。遂甦。

泣笋

蜀檮杌載。蓬池人程宗雅。母疾。泣竹林。得冬笋。則泣笋不止孟宗也。

洞庭丐者

洞庭山有丐者。貌似狂易。常行乞道上。夜則卧菴寺廡下。僧厭苦之。驅去復來。汪鈍翁嘗記其數詩云。不信乾坤大。超然世莫尋。口吞三峽水。腳踏萬方雲。又有形總是假。無象孰為真。悟到無生地。梅花滿四鄰。又燈火輝煌處。此宵夜深。兒女不相捨。破蒲團上三更夢。那管明朝是歲朝。又一杖穿雲到上方。湖光山色總茫茫。乾坤有我能担担。明月清風底太忙。

宣城烈婦

宣城北門內舊有某烈婦坊。近許州守阮士鵬居宅汙穢不治。一夜阮氏館賓劉姓者夢烈婦來言曰。吾苦節數十年。蒙朝廷旌表建坊。身後所得止此耳。今子孫零落屬之他人。豬潦穢雜。何以堪之。劉瞿然醒。白主人。乃為重葺之。士鵬今侍御爾詢父也。

錢葆馚

松江錢少司寇艱於嗣。與夫人往天童祈子。大師為集衆僧問誰願隨錢居士往。衆皆不答。一飯頭老矣。自言願往。已而錢果得子。名鼎瑞。字寶汾。後易名芳標。字葆馚。詞華麗藻。有名東南。中康熙丙午順天鄉試。官中書舍人。既而假歸。戊午以博學宏詞薦。值丁內艱不赴。一日方與客坐齋中。有僧至門。持一緘書云。自天童來。舍人啓視之。殊不駭訝。但云倉卒奈何。明日晨起。徧台親故與訣。索筆書一偈云。來從白雲來。去從白雲去。笑指天童山。是我舊游處。微笑而逝。

定數

泰和蕭太常伯玉士瑋之姪孟昉。家素封。遭亂。攜珍貨值千萬。至山中小菴。菴僻。其人跡罕到。蕭氏香火院也。有彌勒佛像。直殿門。項可啓。乃納貨其中。人無知者。忽大兵將襲贛州。取道山中。迸出菴前。以其僻陋。初無意。但稍駐午炊。即行。有卒繫馬彌勒像項上。尋又一卒亦繫一馬於側。二馬蹄齧。遂曳像於地。腹中珍貨悉露。卒走告其

帥遂盡取之物之有定數如此

羅漢

米紫來漢雯言知長葛縣時有剃髮待詔名羅漢者家衛稗貌甚寢一日方剃髮米家僮有吹笛者羅忽曰誤矣命作一弄甚妙又令吹笙曰必和胡琴方可明日自製胡琴將來吹之迥異凡調米素善南曲因與究極音律雖吳中曲師不能過也時癸丑會試舉人題傳至長葛其孟子題則盡其心者一節米歎其難羅漢為闡發傳註名理燦然又曰此章與宗門某某公案相發明因引諸尊宿語錄如翻水米益奇之扣其所學頗記唐人詩數百篇亦曉篆隸自言有母妹在河北今辭公去當復來一別即往五臺不歸矣後亦竟不至焉

徐容

米侍講漢雯言前令建昌縣有縣署水夫文三郎者頗文雅不類俗人米謝事居南昌三郎亦隨侍一日見家僮輩兩素扇一畫梅一畫蘭竹又書唐人絕句二首問之即文三郎妻徐容所作年才二十三

化鶴

南昌府驛路旁有精舍去江不遠溪水迴繞脩竹萬个風景清幽康熙初忽有偉丈夫襆被來宿貌甚雄奇居止旬日語操西音自言愛此地風土欲為僧寺僧難之曰吾橐中有百金裝盡以相付但仰饘粥於此足矣乃從之遂落髮每日粥飯外即面壁不語或竟夕不臥亦不誦經參禪如是六七年初不解衣或竊視兩臂皆有銅圈束之莫測也一日與儕輩晚立江上有數人泊舟登岸望見之大驚趨前揖則揮手止之耳語移時別去戊申歲忽沐浴禮佛遍別寺僧云明日當涅槃眾皆不信至期登臺趺坐少頃火自鼻中出煙焰滿空有白鶴自頂中飛出旋繞空際久之始沒大眾皆見周伯衡體觀時為南昌憲副述其事作化鶴記

湯氏傭

宋中丞牧仲犖言雎州湯氏有傭工人某者夫婦傭其家數年每聞主人與客談詩文輒竊聽一旦偈門去留書千言文詞博奧自敘悲憤援據古今多出意表竟不知誰何也

裴還卿

順治中蒲州秀才裴還卿讀書內城與任公子者為友任豪貴武斷鄉曲一旦為人擊其首死既數歲矣裴再館內城一日晝寢夢任至款洽如平生但云有一事在城隍處非兄不能為我直之不得已隨之行倏至一公廨儀衛森肅庭上一官人冠冕坐睥睨之即故友蒲阪王秀才也裴直前語以任生云云王作色而起轉入廳事後裴隨入王以門口拒之不得乃詰曰公堂何地而兄頗私語相屬耶然兄故人也當不辱命語稍洽裴因問順治紀年有幾王疾語曰十八亟揮出令人送歸既覺祕不敢示人後順治十八年辛丑世祖升遐裴始語人云

黃大王

黃大王者河南某縣人生為河神有妻子每瞑目久之醒輒云適至某地踢幾船好事者以其時地訪之果有覆舟者皆不爽李自成灌大梁使人刦之往初決河水輒他泛溢不入汴城自成怒欲殺之水乃大入始賊未攻汴一日黃對客慘沮不樂問之曰賊將借吾水灌汴京奈何未幾自成使果至黃至順治中尚在

鄭端清世子

鄭端清世子讓國自稱道人造精舍懷慶郭外居之每出坐竹兜四人舁之精邵康節之學宮中有一櫝手自緘繡每歲輒益一封遺令遇急乃開及其孫壽平王值河

北流寇之亂發櫝得破布衫五一闊大四稍窄小王軀幹甚偉其弟四人則短小也遂衣而逃某年亂定歸王府一舊人忽遇端清於山中云傳語諸孫當速去故里不可居也壽平兄弟以為妄不聽未幾及難

平陽僧

平陽府南高河橋僧甚愿朴造橋工成遂結菴橋側與一郡王交好一日王坐廳事見僧從外來問之不顧徑入宮去未幾報後宮得世子王心知其僧也後襲郡王壽九十乃終

江河之異

己未秋江南江鳴水立如山久之乃復其故又順天府東安縣河水暴漲居人見水中有物如蛟龍而目赤色後有白馬隨之目亦赤亦隨漲徐去

鄱陽湖異

南安守孔興訓曲阜聖裔一日渡鄱陽湖見有物約長十餘里許身有兩翼飛空中飛入湖黑質黃文掉尾波上行數里猶彷彿於水中見之時風日晴霽舟亦無恙竟不知其何恠也

夢道士

臨清胡給事某夫人嘗夢道士三人跪伏求救，以告給事，給事未之信。詰旦入署，道遇市儈驅牛三頭，見給事輿過，三牛跪于前，若乞哀者。問之，則將入屠肆矣。捐白金九兩贖之，置放生池上。是夕夫人復夢三道士來謝。京師一婦人死，見夢其女甥曰：吾今為羊，生某處，汝贖我。如言贖之，置池上。後夕又見夢曰：感贖吾命，更勞誦經超度，我當往生。翌日，延僧於池上誦經咒，羊亦隨僧徒拜佛，佛事畢而羊死矣。

帛白

帛白姓同。按帛道猷，西天竺人，居剡之沃洲。然白氏長慶集沃洲山禪院但記作白其詞曰：昔道猷肇開玆山，殁然嗣興玆山（帛道猷、白寂然），樂天又垂文玆山，異哉！沃洲山與白氏其世有緣乎。（水經注：濮水西有真人帛仲理墓。仲理名護，巴郡人。）

石鏡

湖南祁陽縣浯溪有鏡石，高尺五寸，闊二尺五寸，石色黝黑如漆，光可以鑑。隔江竹木田塍，歷歷皆見。曾有人竊去，即昏昧無所覩，還之如初。喬侍讀石林萊言如此。

老僧

鹿邑張太宰字松齋，予兄西樵門人也，言順治庚子年客京師長椿寺，見一老僧，深目長頭，略似時人圖畫壽星之狀，問張鄉貫，因曰：去夏邑幾何？張對曰：百四十里。僧曰：彭禹羅侍御亡恙耶？張訝曰：此百年前人也。又問其子成立否？曰：壽過八秩，考終久矣。僧歔欷久之，又曰：昔侍御與貧道為方外交，其公子方在襁褓，寄籍釋氏，為我弟子，曾幾何時，皆成古人。因攜手入小院中，指堦前牡丹曰：此彭公手贈物，植此百餘年矣。張云：牡丹高六七尺，大十五圍，最見河南段凝之氏六十年牡丹，不及其半，信百年物也。因問其年，僧曰：忘之矣。張又曰：於京師骨董店中遇張翁者，蘇州人，自言與雍丘孟調之曾大父遊，歷歷能道其平生游獵處，孟氏兄弟嚴事之，如曾大父行，亦百五六十歲人也。

玉簪

韓城縣相傳有郭汾陽墓，實非是。墓石往往崩陷，出金玉之屬。有諸生解某者，得塊玉如簪形，簪之驗，不知其何物也。有賈胡一見，請售。生云：須二十錢乃可。賈即如數應之。生又云：適相戲耳，必欲售，非三十錢不可。賈亦無難色。既售，問之，曰：此字洗也。試以玉拂字，字皆滅。後轉鬻之西安，得百二十鎰。比部張蓮峰顧行說。

墓樹

張君又云：韓城有蘇武墓、司馬子長二墓，蘇墓樹枝皆南向，司馬墓樹枝皆北向，臨之良然。（司馬北向，理不可曉。）

張公洞樹

康熙十八年，江南造戰艦，凡千百年古樹多被斧斤之厄。宜興張公洞有大銀杏樹數株，相傳數百年物也。巡撫下令蘇松道方恭議（欄棟）親往伐之，樹皆血出。方驚悸得疾，旬日卒。方字千霄，稱康吏，又奉開府檄，而竟死，鬼神之靈謂何。

血影石

王侍中祠在金陵青溪之側，祠中有夫人血影石。有無賴子醉溺石側，石忽起擊之，立死。白廷評仲調（夢）說。

景公

高座寺在長干雨花臺側，即景方二公祠。順治中，一士人讀書寺中，月色皎甚，閒眺南眺殿，語寺僧曰：此景方諸公盡節處，魂魄應猶戀此，吾烏得見之？僧別去，士人獨坐室中未寢，忽有紫衣偉丈夫立牕外曰：吾景大夫也。士人驚起伏地，遂不見。亦白君說。

李道甫妾

李尚書道甫性豪侈，姬妾數十人。道甫病將革，呼諸姬問：我即死，誰當從我？諸姬爭言願從死。一姬最少，美而豔，獨無語，衆譙讓之。道甫既死，姬更盛服靚粧。諸姬問之，曰：公之嬖我以色也，將從公地下，而毀其貌，豈公意乎？坐履側，七日不食死。諸姬竟不能從。

雞公山神

康親王疏言：大兵向駐永興，對壘之際，雞公山神示竪旗列隊之異。部議致祭（允行）。

焦桂花

曹升六韻舍人曾於內庫檢視書籍，見庫房柱上有嘉靖間一帖，記烏玉、黃玉、綠白玉、紅玉各若千斤，玉璞七萬幾千斤，後書某應焦桂花傳。

擊硯圖

吳鉋菴寬畜一銅雀瓦硯，甚珍之。一日出示其友，某公怒曹瞞，拔劍斬之，立碎。鉋菴惋惜。時沈石田在坐，乃援筆於硯匣作擊硯圖，鉋菴大喜。（出示荷閒有都司胡琳若竝）

吳中以十金購得之珍惜甚篤病且革手握扇不可解家人遂以殉琳武進士商丘人所藏又有蒲廷昌獅子一軸亦神品宋牧仲中丞說

高陽民

高陽民家子方十餘歲忽臂上生宿瘤痛痒不可忍醫皆不辨何症一日忽自潰中有圓卵墮出尋化為石劉工部以一金售之治膈病如神

潁州道士

劉進士祖向言潁州一少年為邪所侵疾入膏肓家人謂不可活置之路傍忽一道士過之自言善醫命取鐵鎚重數十斤鎚病者頭面父母泣謂病已至此鐵鎚下首立碎矣道士笑曰無傷也鎚下病者若無所知輒有一美婦人長二寸許自口中躍出而滅凡百鎚口出百婦人大小形狀如一少年立愈道士亦不復見

牡丹

歐陽公牡丹譜云牡丹出丹州延州東出青州南出越州而洛陽為天下第一陸務觀作續譜謂在中州洛陽第一在蜀天彭第一今河南惟許州山東惟曹州最盛洛陽青州絕不聞矣

客星

光武與故人嚴光臥客星犯帝座桓帝與河南尹鄧萬博客星亦犯帝座

老姜

繼世紀聞云李夢陽下獄禍且不測劉瑾家人老姜者告曰昔公不得志時李主事嘗昌平倉曾許吾家納米領價獲利乃忘之乎瑾遂釋之令致仕此與王振欲殺薛文清公事相似華亭宋懋澄九籥集訛為逆瑾欲殺文清誤矣且救空同者不止康對山也

二相

貽謀錄載宋時試禮部士人皆禱於二相廟二相謂子游子夏游夏二相之名亦奇

謹空

黃魯直云太祝辨九操操即拜也三曰空首拜頭之手所謂拜手也唐人書末云謹空謂空手也

風異

康熙丙辰五月初一日京師大風晝晦有人騎驢過正陽門御風行空中至崇文門

池北偶談　卷二十五　九

始墮地人驢俱無恙又有人在西山皇姑寺前比風息身已在京城內此災祥之甚者丁巳三月上諭諭禮部常王克勤天戒凡有垂象皆關治理故設立專官職司占候所係甚重一切祥異理應不時具奏今欽天監衙門止於尋常節氣尚有覘驗至今歲三月初霜霧及以前星辰凌犯應占奏者并未奏聞皆由該監官怠玩疏忽有負職掌爾部即行察議具奏以後欽天監占候本章內閣照例票擬批發大哉王言謹備錄之

涿州二生

涿州有二生修州志偶削去二節婦不為立傳一日二人晚行恍惚見二婦在前且入城隍廟二人不覺隨之入見二婦跪愬於神云苦節數十年久載舊志今為狂生某某所削冤苦無所伸二生亦前與之辨婦人執益力倉皇歸家是夜皆卒

魚腹書

張生太室言順治十三年渡河至荊隆口龍王廟下見堤夫買得大鱣魚長六尺許剖其腹得紅錦袋一枚中藏珍珠一串金約指四玉條脫一牛黃丸子一紅甲二片香約一悉又私書一紙半已浥爛詞甚悽惋似是婦人欲寄所私不遂投河死而入魚腹也張賦魚腹怨紀之

名字之異

宋桑世昌蘭亭考載三米蘭亭本有米尹仁尹知二跋注尹仁即友仁又范文度摹刻石本有温公跋稱家藏闕屬歙壬戌晦涑水司馬某公實觀注温公曾孚公實吳虎臣漫錄載曾子固懷友一首其曰介卿者即王介甫少字也研北雜志云張曲江初名博物瞿耆年籀史載李龍眠洗玉池篆款云元祐惟五年庚午正月初吉舒李叔時公麟韓文公慈恩塔題名稱李翺翔之見本集石守道有讀安仁學士詩一篇從村詩話云石曼卿舊字安仁

支機石

畫墁錄元貴末有人自兩浙以昭陵玉匣蘭亭與支機石同賫入京師欲上之不果王欽若云支機石予嘗見方二寸不圓微剜正碧天漢在界北斗經其上支機之說本誕妄不經此石不知何據余在成都見西城石犀寺後嚴真觀故址廢圃墻隅有石麓如砂礫高六七尺許圍如柱礎蜀人相傳為支機石尤可笑也

池北偶談卷二十五終

池北偶談　卷二十五　十

池北偶談卷二十六

清 濟南王士禛阮亭著

談異

三僧

繁昌魏康孫進士之父素封而無子一日有僧造門乞施三百緡造橋不許僧遂然一指乞至再三終不許然三指始許之而僧死矣橋成而康孫生手缺三指焉又宣城孫楞眼予立卓之父勳故給事中也父孫翁艱於嗣一日見市中一僧以火然指問之曰願得一茅菴足供大士像旁可坐臥誦經足跡不出門而免持鉢之苦久之無一檀越辦此者故然指耳翁曰吾為師了此願僧即罷爇延至其家為結茅如僧言居三年一日送客忽見僧入後堂問之則夫人臨蓐得一子矣方駭異菴中人來云僧已坐化子一指然狀宛然同年史狀元立菴大成鄞人其太公亦與一僧善一日見僧入宅覓之不見而狀元生生而長齋成順治乙未進士後官至禮部侍郎或云大成即僧之號

大將軍小將軍

錢舜舉折枝牡丹一卷有蜀郡桑門公實悟光題云三月江南媚景天姚黃魏紫鬬爭妍那知十丈將軍樹却在青城古洞前自注云青城山丈人觀前牡丹二株一高十丈名大將軍一高五丈名小將軍

瑯邪秦碑

諸城瑯邪臺秦碑石壁俯臨海岸高數十丈海中復有一碑去岸數里潮上則淡潮落則出其上歲久皆蠣房所結不可辨識又始皇鞭石成橋處石路長數百丈無寸土石罅皆生小松才數寸海上人斲為盆盎之玩

孫真人

三原民苟氏婦者病蠱脹諸醫束手氣已絕矣踰二鼓忽甦家人驚喜問之曰適已出門若將遠行者途遇一老人云吾已延孫思邈真人醫汝可速返也及入門見其人已先在年可三十許以連環鍼鍼心數上久之遂醒不知身之已死也視之果有上下二孔七日始合又十一年而終三原醫士王文之說

鹽山糖樹

予昔使蜀曾聞其地有油井火井元人劉郁西征記云郁抑兒城有鹽山如水晶狀

方侍御邵村亨咸怡亭雜記云緬甸有糖樹酒樹酒樹實如椰子剖之皆酒色瑩白而甘能醉人糖樹細葉而赤幹以刀刺其本汁涓涓不絕經一晝夜始止色味如餳食之令人飽

李子金

李子金歸德人諸生善鉤股嘉量之術嘗與儕輩聚飲酆有高樓眾謂子金能與此樓尋丈乎子金曰諾即用小尺就地上縱橫量之良久自臥地睨視又久之躍起曰得之矣使一人縋上垂繘於地試之不爽銖黍又嘗渡河睨視水面即能知水淺深

石砮

猗覺寮記辨楛矢石砮引晉肅慎傳魏景元以來供楛矢石砮晉元帝時詣江左貢石砮其地有山出石其利如鐵唐黑水靺鞨傳云云予嘗見吳江吳孝廉兆騫自塞外攜來石砮形如蠣石色如蒸栗云是混同江所產蓋江邊松脂入水所結非石也

黃蓮

鄠縣東三十里秦渡鎮即文王豐邑故地有靈臺址傍有靈沼周數十頃沼中產黃蓮花然不常見花盛則縣士人多登科甲者又有安石榴一株傳為漢上林種不時結實士人亦以為科甲之驗鄠即上林故地也

詩竹

鄠縣多竹園有詩竹莖短而葉大堅厚土人以代箋幅

花仙

花仙者居鄠縣終南山之圭峯嘗有武弁張某裹糧訪之三日始至洞口鳥道險絕與之言但勸以孝弟更無他語故太保梁大將軍化鳳供養甚誠仙常往來其家每至則閒風作自庭樹而下唯啖果實不火食自言在山中恒與康對山王渼陂諸公相往還其貌瘦健而長髮鬢甚尖利不類人殆猿玃之屬也鄠進士文登令王十洲郲說

行雹

邑北蘇王莊民某弱冠於平原兒主人次子晝臥不醒問之曰病否主人曰非也子昨往田間忽雲陰風起不覺身入雲中見神人數十輩形狀詭異各駕一車駕車者似羊而猛車中皆冰雹教之以手攝雹雹寒甚令納手羊毳間稍煖如火方撮之頃或以蒲葵扇子障之須臾不知行幾百里雹盡恍忽已在原處矣歸家困甚寢未覺

耳始知李衛公行雨非妄

兩五鬼

五代時南唐馮延巳及弟延魯與魏岑陳覺查文徽等五人相推唱時人謂之五鬼後蜀鹿虔扆歐陽炯韓琮毛文錫閻選亦號五鬼

李學顏

新城諸生李學顏闈後於歷下候榜夜夢有人告云君名在第十八覺而喜甚榜將發行過藩司街舊例自領解以下皆有官馬候赴鹿鳴宴會按名雁行排列李僅至第十八匹前撫之曰明日即來汝矣顧視圉人腰間有小牌書名乃李學顏也大恐之果落第

空中婦人

文登諸生畢夢求九歲時嬉於庭時方午天宇澄霽無雲見空中一婦人乘白馬華袿素裙一小奴牽馬絡自北而南行甚紆徐漸遠乃不見予從姊居永清縣亦嘗於晴晝仰見空中一少女子美而艷粧朱衣素裙手搖團扇自南而北久之始沒

濟南婦人

康熙丙寅歲濟寧南池側居人王姓者與衆約會武當山進香既再往矣歸為其妻述參岳奇麗之狀妻亦欲往夫以道遠艱貲難之妻恚而自經夫歸驚懊言於衆為置櫬殮之遂行比至河南某邑忽見其妻在路傍大樹下坐憩以為鬼也曰若死矣胡為在此妻曰吾未嘗死昨以需衆行期稍遲故先行至此相候不謂君輩濡滯吾候且數日矣今當同行胡謂鬼耶其夫疑懼不知所出衆曰吾等百餘人渠即魅何怯之有遂偕行途中起居飲食皆無他異事竣歸家登堂指櫬示之曰爾既不死前日殮者何人妻曰吾實不死曷開視之及開視乃空棺耳今妻尚在

山市

文登崑嵛山有山市恒在清晨遙望之山化為海惟露一島島外悉波濤瀰漫舟船往來山下人但覺在霧氣中淄川西焕山亦有山市每現城郭樓櫓林木人馬之狀一如蓬萊海市嘉靖二十一年縣令張其協經山南麓始見之煙嵐鬱蔥移時乃滅自後往往見之東郡恩縣白馬營往平馬令莊皆平原時於雨後見此異土人謂之地市考筆記云太原以北晨行則煙霧中覩城闕狀如女墻雉堞者天官書所謂氣也

黃連花

本草黃連叢生一莖三葉葉似甘菊凌冬不凋四月開花黃色六月結實似芹子色亦黃江左者葉如小雉尾正月開花作細穗淡黃白色予聞蜀人云明時馬湖府一縉紳應巡撫某之求求之深山叢箐中凡一枝重可二兩者僅得十枝其一枝生絕壁間募人懸絙倒垂取之重至三兩有老人云兒時即見之每春開花大如桃紅如山茶與本草所云不類

化虎

江都俞生誠曾署定番州事親見方番司土官之母化為虎後旬日一至家旋入山去又安順府陶生有姊適人生子矣一旦隨羣虎入山形體猶人與羣虎隊行趨騰絕壁如履平地亦數日一至家撫視其子即去久之漸變虎形不復至又八角井一農家婦亦化為虎皆康熙二十年之事

一家上壽

康熙己巳春正月予同衍聖孔公翌辰（毓圻）大學士李公鄴園（之芳）兵部侍郎孫公作庭（光祀）送聖駕於濟南府西之乾右橋見歷城耆民劉子全者年八十五矣尚矍鑠自云生母魏氏年百有三歲尚在一姑嫁郭氏年百有七歲一姑嫁夏氏年九十有八子全有五子十三孫家藥山下子孫有為諸生者群歎異之又聞章邱堪輿裔翁言曾遊鉅野縣至李家集見一老嫗年百四十七歲尚能紡績忘其姓氏

普陀石

浙定海縣有普陀岩石有大士像草葉天然竹林鸚鵡善財龍女之形種種皆具琴客程生曾見數枚定海縣今改鎮海舟山置縣賜名定海

鬼粥硯

淄川王某大理卿鈞蒼公曾孫也康熙己巳上元日遊顏神鎮城隍廟時方卓午遇一老叟持古硯自廟中出王曰粥乎叟曰適已粥之矣家尚有一硯與此類明日幸過訪當以相贈不須價也且告以家在某村正王歸路必經處翌日如言訪之至村外一林墓側有茅舍叟已候門見王曰渴乎有漿可飲但所居湫隘不敢延入君候於此飲畢當出硯相贈耳少選出漿飲之飲甫畢王遂發狂奔走直上山巔雖澗壑荊棘不避遇樵人數輩識之舁歸其家迷不知人臥病數月始愈

姓氏志

董復亨章丘縣志蓋踵楊君謙弘治志而作雅有體裁末增姓氏志一卷其所著異姓有恩求（末虎高琪之後）沙弭芊信訾高法製隆鑒東類部德繩郈勾絜楮善能益匿付典太祖果西碼書○新城舊事云邑有仉姓俳姓其姓見姓

物異

三從兄士襄之妻張夏夕已寢榻忽離故處尺許四顧無所見忽覩梁間有小人二寸許垂首下窺小冠緇衣鬚眉歷歷久之飛去遂失所在遺其冠乃以木為之色黑如漆

忠勤祠神現

康熙二十一年新城大水城不没者三版先高祖太僕公忠勤祠在南郭外水已及堦勢將入堂室司香火者張應祥晨往視水見一神人朝冠朱衣南面立水竟不入

白雲湖

白雲湖一名劉郎中陂在章丘縣西北七里許周圍六十餘里有河泊所與漯清（即今小清河）二水會同入大清河邑乘載之甚明而張中丞南溟（鵬）重濬小清河議乃云在滸山濼之東陶唐口之西按長山縣無湖西距白雲湖尚百里不知何據也（章丘李中麓太常著白雲湖考）

五羖大夫

河津人暢體元者少時夢神人呼為五羖大夫頗以自負及流寇之亂體元為賊掠囚繫一室冬夜寒甚於壁角得五羊皮覆其身乃悟神語蓋戲之耳後以明經仕為雒南知縣

賢妾

益都西鄙人某娶妾甚美嫡遇之虐日加鞭箠妾甘受之無怨言一夜盜入其居夫婦惶懼不知所為妾於暗中手一杖開門徑出以杖擊賊踣數人餘皆奔竄妾厲聲曰鼠子不足辱吾刀杖且乞汝命後勿復來送死賊去夫詢其何以能爾則其父故受拳勇之技於少林以傳之女百夫敵也問何以受嫡虐而不言曰固吾分也何敢言自是夫婦皆重之鄉里加敬焉今尚在

心頭小人

安丘明經張某常晝寢忽一小人自心頭出身才半尺許儒衣儒冠如伶人結束唱崑曲音節殊可聽說白自道名貫一與己合所唱節末皆其平生所經歷四折既畢誦詩而没張能憶其梗槩為人述之

天上赤字

順治乙未冬夜天上有赤字如火其文云白苕代靖否伏議朝治馳移時始散沂莒間皆見之

小獵犬

八座某公未第時夏日常晝臥忽見一小人騎而入人馬皆可寸餘腰弓矢臂鷹大如蠅繼至一人亦如之牽獵犬大如巨蟻二人繞屋盤旋久之甲士數千皆至星旄雲罕繽紛絡繹分左右盂合圍大獵室中蚊蠅無噍類其伏匿者輒緣壁隙搜出之一朱衣人下輦坐別榻眾次第獻俘獲已遂上輦肅隊而出甲士皆從如煙霧而散起視一無所覩惟一小獵犬徬徨壁間取置篋中馴甚飼之不食臥則伏枕畔見蠅蚋輒齧去之事見蒲秀才松齡聊齋志異又宋中丞牧仲犖曾於柏鄉魏相國座間見一小鹿長二寸許雙角嶄然與大鹿無異見中丞筠廊偶筆

白毫

樂安人左眾流寓淄川能日行五百里必攀援樹枝數轉始得止足底有白毫長三寸許一日足痛毫落遂不能行又濟寧人某充總河承舍畜一驢日行五百里往返京師僅五日二耳中有白毫各長五六寸行駛則挺出一日拔去鞭箠不復前矣

錢能

南園漫錄載太監錢能鎮雲南有王姓者業賣檳榔致富人呼為檳榔王能執其人曰汝庶民敢僭號二字王賄之方免近江寧知縣陳永吉者吳逆之甥恃勢貪恣大吏莫敢問常以迎上官至淳化鎮主一富人家富人供奉極其豐腆冀得其懽陳視堂中有聯云海內存知己天涯若比鄰呼富人詰之曰今海寇猖獗汝乃謂海內知己是欲反耶富人大恐索千金乃釋之又過市肆見有以甘蔗為龍鳳形者皆以僭逆嚇詐或至破家後陞中書舍人為張俊升（登）選給事劾罷

曾祖父母

今鄉官稱州縣官曰父母撫按司道府官曰公祖沿明世之舊也張司徒南園漫錄言其非矣謂稱布政司為曾祖父母則尤可笑今不聞有此稱矣

女俠

新城令崔懋以康熙戊辰往濟南至章丘西之新店遇一婦人可三十餘高髻如宮

狨髻上加璮笠錦衣弓鞋結束為急裝腰劍騎黑衛極神駿婦人神采四射其行甚駛試問何人停騎漫應曰不知何許人將往何處又漫應曰去處去頃刻東逝疾若飛隼崔云昔赴郡匆匆未暇躡其踪跡或劍俠也從姪魏因述萊陽王生言順治初其縣役某解官銀數千兩赴濟南以木夾函之晚將宿逆旅主人辭焉且言鎮西北不里許有尼菴凡有行橐者皆往投宿因導之往方入旅店時門外有男子著紅帽頭狀貌甚獰至尼菴入門有廳事三間東向床榻備設北為觀音大士殿殿側有小門扃焉叩門久之有老媪出應告以故媪云但宿西廨不妨久之持硃封鐍山門而入役相戒夜勿寢明燈燭手弓刀伺之三更大風驟作山門砉然而闢方愕然相顧倏聞呼門聲甚厲眾急持械以待而廨門已啟視之即紅帽頭人也徒手握束香擲于地眾皆仆比天曉始甦銀已亡矣急往市詢逆旅主人主人曰此人時遊市上無敢誰何者唯投尼菴容輒無恙今當往懇耳然尼異人吾代往求之至則媪出問故曰非為夜失官銀事耶曰然入白頃之尼出媪挾蒲團敷坐逆旅主人跪白前事尼笑曰此奴敢來此弄狡獪罪合死吾當為一決顧媪入舁一黑衛出取劍臂之跨衛而向南山徑去其行如飛倏忽不見市人集觀者數百人移時尼徒步手人頭驅衛而返驅背負木夾函數千金殊無所苦入門呼役曰來視汝木夾官封如故乎驗之良是擲人頭地上曰視此賊不錯殺郤否眾聚觀果紅帽頭人也眾羅拜謝去比東歸再往訪之菴已鐍閉空無人矣尼高髻盛妝衣錦綺行纏羅襪年十八九好女子也市人云尼三四年前挾媪俱來不知何許人常有惡少夜入其室腰斬擲垣外自是無敢犯者

僧三世報

桐城諸生姚東朗有子三保生九歲忽病三日不食惟飲水念佛倏變中州之音告其父曰吾前世河南僧也與道侶某同居吾有三十金彼請貸之不許遂中夜刼金及度牒而逃又殺吾以滅口吾投君家為君弟字嵩少彼亦投君家為女今嫁溧陽潘氏者是也彼六七歲時吾不忍殺吾年十八陽祿終矣故再投君家為君之子彼今遠嫁吾不能報又須轉世報之君前世為河南縣令納彼賄不之究今來君家兩世二十七年衣食之費與賄足相抵吾往溧陽矣東朗曰冤尚可解乎曰唯佛力可解語畢而逝乙卯六月事也東朗往花山求見月律師懺悔師為禮水懺且令以三十金供僧懺罷而女孕墮胎矣竟無恙前一夕女夢僧登堂而詬身有火光久之乃去蓋師力云

兩戴逵

藝文類聚載戴逵皇太子箴廣弘明集有戴逵與釋慧命書此戴逵隋人非梁隱士戴安道也（二文梅氏采入隋文紀）

貂參

從祖考功公門生孫中丞元化天啟中自遼東還登撫考功從索貂參孫答書云貂不足參也魯矣人傳以為笑

寗尚寶

汝穎集云寗尚寶中立字爾強萬曆癸未進士家居不通賓客閒居一室人罕覩其戶或覘之但見紙幅積座側上皆作墨點或環之累累如貫珠人曰寗善羯鼓記柘杖之節耳終莫測也

滄溟見神

施愚山閏章在濟南時為滄溟先生作墓碑文且為立後奉祀一夕夢三大夫峨冠朱衣來謁一白鬚者南面坐蒼鬚次之末坐者尤奇偉旦日拜墓下則三墓纍纍相次問其裔孫云先生祖父三世葬此始悟蒼白鬚者先生之祖父也愚山適將往南山購石見墓道間有石仆地磨礱如新遂刻己文此事與研北雜志所載嵇侍中謝趙子昂書廟額事正相類

呂鴻臚

呂少卿（祖望）滄州人順治壬辰進士康熙乙巳冬病亟見天帝名為東嶽之神力辭不獲因訂後期遂引疾歸里舟過張家灣忽沐浴更衣端坐曰時日近吾將去矣遂瞑舟中人隱隱見空中鼓吹騶從甚盛云

羅池碑

柳州羅池廟碑荔子丹兮蕉黃一石尚存相傳為蘇文忠公書估客過柳江者搨一紙即無風波之虞亂後失去雜入築城塼石中每當築處城輒圮有司知其異物色出之今置廟中南禮部鼎甫鋌書理柳州為予言

祁侍郎

明金壇祁西巘侍郎逢少為諸生有名嘗館某氏適鄉試東家之子已通關節於主司臨期忽病以與祁素厚善告之比入場立就七作喜甚自謂必售及將謄寫手忽

反背不能握筆遂納卷太息而出自謂不復有科第之望矣下科竟中第官至戶侍

西洋畫

西洋所製玻璃等器多奇巧曾見其所畫人物視之初不辨頭目手足以鏡照之即眉目宛然姣好鏡銳而長如卓筆之形又畫樓臺宮室張圖壁上從十步外視之重門洞開層級可數潭潭如王宮第宅迫視之但縱横數十百画如棊局而已

陳丈人

陳丈人居彝陵沙地坡順治初年百有四歲步履視聽不衰遠安知縣周患隆延之詢其所得曰知事過回頭早耳予之錢帛弗受

起汕了繫

彝陵風俗漁人春則起汕秋則了繫每三月初八十八廿八之三日相率扣拍令聲振水面連歌徹曉必悲愴慷慨乃得多魚惟三遊洞以下十二碚以上數十里內為然謂之起汕八月九日捕取鱘鰉先布網而後用人自釘頭鎮以往地皆曰繫或曰枋有金釵繫鱉繫等名謂之了繫亦如吳淞之起罾也

白牡丹

高淳縣花山有白牡丹歲開數枝種非人力亦無恆所有折者輒得疾施侍讀愚山閏章詩云空山石罅裏獨立天風吹攀條莫敢折含芳貽阿誰

九尾觥

泰興季御史家有古玉觥質如羊肪中作盤螭螭有九尾作柄處螭首如血正赤觥底有竅與尾通九尾皆虛空宛轉相屬注酒皆滿人以為鬼工

月中女子

德州趙進士仲啓其星嘗月夜露坐仰見一女子妝飾甚麗如乘鸞鶴一人持宮扇衛之遶迴入月而沒此與予又前所記二事相類羿妻之事信有之矣

黃天鷹

康熙十五年南海民黃天鷹年十四惟瞽母在堂從兄天會者亡賴也欲併其產紿天鷹同往伐竹推殺之而瘗其尸既數月矣其母思子日夜泣忽夜半有叩門者告之曰爾子某月日為天會擊殺瘗某處明日可往發之開戶則闃無人跡如其言果得尸告之官寘天會於法

李坤

蔡璞字玉汝閩人以明經仕為粵東令罷官不歸流寓山寺一日於市肆獨飲忽有道人虬髯偉幹顧盼甚異蔡揖之坐詢其姓名曰秦人李坤居華山數十年矣因延至寺寓見蔡案上有周易曰頗讀此乎蔡曰然試舉一卦蔡為述其師說曰全未全和蔡因拜求其學曰可齋戒拜天四十九日拜老夫亦如之然後可教如其言乃為剖晰河洛精義皆出程朱之外蔡因旁及天文樂律奇門太乙六壬諸術曰此皆易之一端耳出一小篋隨所問輒取諸家之書為蔡指示書凡幾百卷皆出篋中篋才方寸而書不窮竟不能測也留止五年盡得其奥將別去語蔡曰此後二十年癸丑歲汝必游京師是歲十二月二十日即當扃門戶百日不見一人否恐不免慎之慎之吏戕某歲某日與汝相見房山康熙十二年癸丑蔡客京師如其所戒是時果有奴人楊起龍之變都門戒嚴多所刑戮至二三月始定又二年乙卯某月日忽有童子叩門云師在房山相待蔡疾馳往道人獨坐樹下與語移晷別去云將歸華山舊居蔡以易卜筮康都門同年子吳天章雯與之遊云學易者莫測其蘊也詳廷尉大武生云坤字果城

騾生子

釋典有三必死謂人抱病竹結實騾懷胎然康熙某年旗下人家有騾生子竟無恙

池北偶談卷二十六終

香祖筆記

王士禛 著

上海文明書局印行

序

說部叢書昉於漢魏盛於唐宋以來夫識大識小皆載文武之道雖聖人猶學之士君子著書立說豈苟然哉大抵人品高師法古興會佳兼是三者其立言必雅馴足以信今而傳後他若稗史野乘摭拾浮詭不經之言用以誇示三家村叟及五都市兒已耳大雅摒勿吾無取焉阮亭王先生今世之古人也與余交素心莫逆垂四十年自其同官長安日公退之暇輒見其著書自娛殆無虛日櫽詩古文而外間隨筆為劄記要必實事求是文表章文獻即一名一物異日可垂典故備法戒者乃錄之否則略而弗書比年有池北偶談居易錄皇華紀聞諸書次第行世近又輯癸未迄甲申兩年筆記屬校訂為序余受而卒業或辨駁議論得失或闡發名物源流或直書時事或旁及怪異皆精簡而不浮如啖崖蜜者中邊皆甜致有餘味又如捉松枝麈作魏晉清言吐納風流雖起王何諸子於今日無以相難也洵可謂閎覽博物君子矣往余閱益都孫文定公顏山雜記服其簡核次則德州田少司寇黔記亦有思致二公與阮亭皆齊產然平心品題終當讓此尤勝筆記十二卷香祖乃其軒名義取空谷幽蘭也空谷不言無人自芳政可想見其人品耳若夫師法古興會佳直阮亭之緒餘也夫康熙乙酉春日西陂同學宋犖撰

香祖筆記自序

憨叟有池北偶談二十六卷刻於閩居易錄三十四卷刻於粵皆有成書壬午後彙為叢京師偶有見聞筆之簡東道所居邸西軒有蘭數本花時香甚幽淡昔人謂蘭曰香祖因以名之凡十二卷漁洋山人王士禛

香祖筆記卷一

清　新城王士禛貽上著

康熙四十一年壬午三月初五日。文華殿經筵。臣士禛以經筵講官刑部尚書侍文淵閣大學士吏部尚書熊賜履、禮部侍郎羅察進講四書樊遲問仁子曰愛人一節。禮部尚書韓菼、工部侍郎舒輅。進講易經繫辭。居則觀其象而玩其辭四句。講畢。賜宴太和門。

初八日。東宮會講。持敬殿。臣士禛以尚書侍班。講官內閣學士禮部侍郎兼詹事府詹事朱道右春坊右諭德兼修撰沈涵。進講四書親親而仁民二句。少詹事賚音布。翰林院修撰胡任輿。進講書經惟德惟義時乃大訓二句。講畢。賜茶文華殿門。

江南道監察御史張瑗題。為逆惡之罪既已正典於前朝。私竪之碑。豈宜傳流於後世。亟請乾綱勅毀。以儆奸邪。以垂鑒戒事。恭聞我皇上前歲翠華南幸。命修岳飛之墓。賜題于謙之碑。誠以此二臣者。忠貫日月。義壯山河。故特表而揚之。以風示天下。夫善在必彰者。則惡在所必癉。臣奉命巡視西城。前往西山一帶查閱。至香山碧雲寺。寺後峻宇縷墻。覆壓數里。鬱葱綿亘。金碧輝煌。疑是前代王侯寢宮。詢之土人。乃知為故明罪惡滔天。磔尸身後逆璫魏忠賢之墓。墓上有穹碑二。屹然並峙。合書欽差總督東廠官旗辦事掌惜薪司內府供用庫尚膳監印務司禮監秉筆總督南海子提督保和等殿完吾魏公忠賢之墓。臣觀覽之下。不禁髮指。夫魏忠賢者。在故明天啟時。竊操國柄。屠毒忠良。惡貫滿盈。一時羣小皆出其門。德碑生祠。幾徧天下。神人共憤。道路以目。至崇禎初年。罪狀發露。押往祖陵。潛行自盡。磔尸河間。迄今公論在人。尚恨戮尸不足以蔽厥辜。乃畿輔近地。尚留此穢惡之蹟。僭越之制。何以儆臣庶。昭大法哉。況當奉旨纂修明史之時。凡明季忠良被禍諸臣。無不立傳表揚。以彰公道。光天化日之下。豈容奸孽餘黨。膽大滔天。目無三尺。仰祈天威乾斷。勅地方有司立仆其碑。剗平其墓。俾天下後世知凶惡之徒。不能逭憲典於身前。並不能保墳墓於身後。其於聖明癉惡之義。不啻炳如日星。嚴如斧鉞矣云云。奉旨魏忠賢碑墓著交與該城官員仆毀剗平。該部知道。瑗賦詩紀事云。彰癉表天道。誅賞昭王綱。伊誰實職之。蘭臺凜秋霜。道惟鉏姦宄。庶以全善良。攬轡出都門。陟眺西山岡。廬舍亘阡陌。各各營農桑。厥俗一以樸。民氣尤悦康。榛菲化蘭蕙。無復嗥豺

狼。尋懸古佛刹。紺碧何輝煌。背負諸墓碣。封樹皆郤璫。逆閹塚踰制。陵園相頡頏。穹碑矗霄漢。長松繞垣墻。以彼稔凶惡。萬死奚足償。搏噬縱鷹犬。湯鑊烹鸞凰。天地盡瞑晦。白日無晶光。古多寺人禍。茲禍踰漢唐。國步倏鮠硊。社稷旋淪亡。彼身已寸磔。墓胡留山陽。我見髮上指。衝冠心激昂。及此不鏟薙。無乃忤蒼蒼。拜疏請明旨。聖德奮乾綱。碑仆墓亦毀。狐兔將安藏。堯舜除四凶。海宇稱平章。誅惡及勝國。來者心自臧。岩壑滌穢濁。草木回芬芳。聊以佐史筆。憲紀于焉張。瑗字漢若。祁門人。辛未科南宮所取會元也。以編修改御史。一時賦詩紀事者甚眾。按工部郎中萬公熼疏云。臣於三月詣陵開工。過香山碧雲寺。見魏忠賢所營墳墓。碑石崢嶸。隧道深閟。翁仲簪朝冠而環列。羊虎接駝馬以森羅。制作規模。埒於陵寢云云。則閹擅國柄時。自營生壙已久。特既誅之後。未有建議毀之者。故倖存至今耳。

羽紗羽緞。出海外荷蘭暹羅諸國。康熙初入貢止一二疋。今閩廣多有之。蓋緝百鳥氄毛織成。予按異物彙苑。唐安樂公主使尚方合百鳥毛織為裙。正視旁視各為一色。日中影中各為一色。而百鳥之形狀皆見。然則古亦有之矣。又南史齊文惠太子織孔雀毛為裘。華貴無比。武后有集翠裘。以賜倖臣。皆其類也。又滿剌加哈烈出鎖袱。一名梭服。鳥毳為之。紋如紈綺。今閩中最多。價不甚高。非羽紗羽緞比。

浙江巡撫某疏。明紹興府知府湯紹恩。於三江海口築塘建閘。旱澇無害。逮我朝定鼎。洩水驅沙。靈異尤著。禦災捍患。利益弘多。伏祈勅賜褒封祀典云云。下禮部議允行。

京師鬻花者。以豐臺芍藥為最。南中所產。惟梅桂建蘭茉莉梔子之屬。近日亦有佛桑榕樹。榕在閩廣。其大有蔭一畝者。今乃小株僅供盆盎之玩。佛桑重臺者。永昌名花上花。見莼林伐山。

鄞處士萬斯同字季野。與其兄斯大字充宗。同游黃太沖之門。充宗研精經學。而季野貫穿史事。於明代三百年典故。如指諸掌。史館總裁諸公。聘入京師。一切皆取衷焉。初先伯祖太師公諱象乾列傳。汪編修琬、倪檢討粲各有撰述。季野從實錄搜采十許事補入。視二君為詳。其所撰宋季忠義錄十二卷。一卷載恭帝端宗末帝本紀。陳仲微二王始末二卷。迄末自江萬里文天祥而下。逮劉辰翁。凡四百六人。皆向來紀載所未備也。所著又有南宋六陵遺事一卷。庚申君遺事一卷。補歷代史表六十卷。歷代宰輔彙考八卷。廟制圖考四卷。河渠考十二卷。崑崙河源考二卷。儒林宗派八

春秋書疑辯十二卷書學彙編二十四卷可謂通儒壬午四月歿於京邸甚可惜也

自己卯順天鄉闈 乾清門覆試舉人後直省考試官自侍郎以下概行開列恭候 欽點壬午鄉試以副都御史張睿主考陝西御史吳甫生副之吏部文選郎中陳汝弼主考江南工科給事中黃鼎楫副之御史劉子章主考江西御史傅作楫主考浙江翰林滿洲阿爾賽副之湖廣巴海大理評事山東滿保河南傅森皆翰林滿洲人山西孫致彌戊辰庶吉士副都御史御史庶吉士典鄉試自是科始

二十年來京師士大夫不復用金扇初則尚金陵仰氏伊氏素紙扇繼又尚青陽扇武林各色夾紗扇未幾廢而不行獨尚曹氏靴扇溧陽歌扇一時風會雖小物亦然殆不可曉也

壬午七月浙江巡撫趙申喬疏言浙省每科試卷一萬二千有奇舊例同考官僅十三人不能偏閱請增三員禮部覆允併通行各直省如有試卷數多房考不足者題明量行增加得 俞旨是科浙闈解額視江南之數并著為例

丙子予奉 命祭西嶽西鎮登鳳翔靈山靈鷲寺見如來泥塑像諸弟子有悲泣者竊以為疑適觀世說顧敷七歲言當由忘情故不泣未能忘情故泣尋味二語大有解會

康熙庚辰夏六月二十八日蒙 恩賜 御書帶經堂扁額謹紀述於居易錄末矣今年壬午四月六日再蒙 恩賜 御書信古齋扁額回憶戊午夏初蒙 恩賜存誠格物二扁已二十五年矣二十五年中三蒙 御筆題 賜堂額榮寵踰涯宋學士蘇易簡獲賜飛白玉堂之署四字一時艷侈為盛事臣之蒙 恩何啻什倍恭為摹刻懸於蓮華之居而什襲 御墨於寶櫝謹紀頌賜年月以示世世子孫勿忘報稱云

壬午六月初九日 召集內閣九卿及翰詹卿寺科道各部郎中四品以上官於保和殿傳 上諭云尋章摘句華麗詞藻非帝王之本朕四十餘年惟日兢兢未嘗少釋萬幾自警有始無終之誚念茲在茲也政事之暇頗好書射歷年以來所積臨摹字幅 賜卿等觀之臣士禎得絹素大字一幅共二十七字云惟正是視玄黃匪惑非禮不觀儀型是則慎爾所觀無從斯德臨米芾首尾凡小璽三曰淵鑒齋長一寸八分康熙宸翰方一寸三分白文勅幾清晏方一寸四分朱文是年七月二十三日恭紀

浙江鄉試廣額既奉 特旨允行順天府府尹錢晉錫上疏以京畿國學首善之地請照浙江例增廣解額禮部覆准順天等府廣額十人國學八人奉天府一人宣化府一人八旗滿洲蒙古三人漢軍一人共廣額二十人湖廣總督郭琇亦以湖南北地大人眾援例疏請部覆准照浙江例廣十三人可謂一時右文盛事然止順天國學浙湖三直省而他省督撫未及疏請部議遂未之及未免向隅矣至予鄉為 孔子闕里所在解額六十名而至聖裔四氏學二人即在解額之內則視他省尤為未均惜無言之者

梵言辟荔猶此言餓鬼出大藏服字函

盤山拙菴智朴和尚自江南還山以滄浪高唱畫冊來索題蓋師訪宋牧仲開府於吳門適宗竹垞彝尊太史自禾中來會於滄浪亭共賦詩見懷而畫史高簡圖之者也宋詩云青溝關就老烟霞獨笠相過道路賒擕得一瓶豆苗菜盤山菜名出來看三月牡丹花因緣大事公能了潦倒麤官我自嗟好向滄浪亭子上栴檀香裡奉袈裟經行斜日且觀魚黃鳥綿蠻入耳初接席金鳳舊亭長懷人鬢尾老尚書春深玉版容參悟歲晚花宮侍拂除拂子一揮仍小住空林明月暮鐘餘

提督山西學政翰林院侍讀汪灝以大同府人文勝前疏請撤去門字號照福浙總督侍郎郭世隆三十六年題請臺灣一府撤去至字號與通省一體勻中之例部覆得 旨允行

河南巡撫侍郎徐潮疏言二程子後裔五經博士程佳璠病廢請以其子程舉承襲

明弘治中京口人錢寶者善醫嘗遊齊魯間遇一老僧能臥大雪中雪為不積問其年數百歲矣後至金陵居天界寺撫摩能療諸疾後尹蓬頭客於錢氏錢偶言僧狀尹曰吾師祖也別來久尚亡恙耶已而尹去老僧復至京口錢為述尹語僧曰是吾孫也徐出度牒示錢則唐大中四年所給已八百年矣僧秦人不知名字見外史

唐時升叔達三易集有南翔八老人詩序云南翔里有八老人為社徐爵九十六趙隆九十四陸淙八十五徐勳張樂俱八十四董儒八十三朱梓八十二陸球八十一居止不一二里而耄耋相望日杯酒談笑相娛樂誠太平盛事也詩云白鶴村頭春日曉香霧濛濛百花好蒼顏素髮八老人花前置酒相傾倒笑說鄰翁學語時追談邑子知名早不知主客更勸酬爭引曾玄互提抱今年孟春甲子晴占云麻麥俱豐成坐中祭酒九十六敬酹社翁旨且清其間迭起拜更祝但願腳健耳目明桂林從事八十一口閒喚弟無呼兄南村鷄翳桑榆日出且持杯歸散帙但課兒孫種黍苗何知道士餐芝朮香山居士有遺篇九十不衰真地仙公等康健逢聖世能無旦莫

歇皇天願炊香飯釀秫酒日春杖履長周旋正嘉遺事多訛謬欲問鑾輿南幸年魏學禮長林片葉集有九峰青崖先生年一百二十一歲詩尤奇

樂府碧玉破瓜時而談苑載呂洞賓謁張洎贈詩云功成應在破瓜年洎後以六十四卒破瓜者二八也老少男女皆可稱破瓜亦奇

山海經云北號之山有木狀如楊赤華其實如棗而無核其味酸甘食之不瘧此即吾鄉之虛中棗也出青城縣漢上林苑有楊棗見西京雜記又東坡有與蒲傳正見柿霜無核棗帖元遺山有跋見玉堂嘉話

異物彙苑巴旦杏出哈烈國今北方皆有之京師者實大而甘山東者實小肉薄少津液土人賤之不食獨其仁甘可以佐殽

漢上林令所記桃十種有櫻桃含桃含桃即櫻桃且非桃類

金剛鑽形如鼠糞色青黑如鑽石產西域諸國在鷲鳥海東青所遺糞中以之鐫鏤無堅不破右齊東野語所記或云扶南國剛金能切玉扣以羖角則判張洪使緬錄云緬地有木曰金剛纂狀如棕櫚枝榦屈曲無葉剉以漬水暴牛馬令渴極而飲之食其肉必死此又草木之毒者而名同

香祖筆記　卷一　五

京官舊例各衙門稱謂有一定條法不可那移如翰詹稱老先生吏部稱選君印君員外以下稱長官科稱掌科道稱道長是也自康熙丙子祭告回京見閣頓異各部司及中行評博無不稱老先生者矣此亦鮮不鮮之一也

考工記鞾人鞹為皋陶鄭司農注皋陶古木也

徐渭路史一條云唐時高麗貢松烟墨和麋鹿膠造墨名隃麋此說杜撰隃甚按隃麋漢縣名地出石墨即今隴州之汧陽見於漢官儀其來舊矣非始於唐且與高麗無涉

青藤山人路史云中山酒中山兔毫並是應天府之溧水縣非古中山也不知何據亦出杜撰

高季迪明三百年詩人之冠冕然其明妃曲云君王莫殺毛延壽留畫商若夢裡賢此三家村學究語所謂下劣詩魔不知季迪何以墮落如此而盲者反以為警策其後有彭三吾者又云畫師休盡殺夢弼要人圖轉入魔道矣又胡虛白詠綠珠云枉費明珠三百斛荊釵那及嫁梁鴻郎瑛稱之皆所云癡人前不得說夢也若永叔耳目所及尚如此萬里安能制夷狄所謂詩論亦自近敵

以詹事府詹事兼侍讀學士徐秉義前吏部右侍郎原任翰林院侍講徐元夢滿洲為順天考試官二君皆癸丑科進士

郎瑛七修類稾舉東坡跋林和靖詩詩如東野不言寒書似西臺差少骨以西臺為南唐李建中誤甚南唐太弟太傅李建勳非建中也建中宋初人為西京御史故稱西臺其書與楊風子先後齊名蘇黃常稱之郎未知耶

剛卯或曰嚴卯見王莽傳或曰殺陂音開見說文五篇以正月卯日作而佩之服虔云長三寸廣一寸四分晉灼曰長一寸廣五分或用玉或用金予於慈仁寺市中曾見一枚乃以象牙為之八分書六十六字又按後漢輿服志長寸二分方六分諸侯王列侯以白玉中二千石以下黑犀三百石以下以象牙

類纂載武林女子金麗卿詩家住錢塘山水圖梅邊柳外識林蘇郎瑛謂其不能守禮出則擁蔽其面時方食不覺噴飯滿案　又謂謝無逸以胡蝶詩得名號謝胡蝶後李商隱集其語云云則是以唐人剽襲宋人矣更可一笑

己卯十一月熊青嶽太宰拜相時宛平胥庭王公為首揆沁州吳公鍘川次之而孝感乃故相再入內閣或疑其位次王公云若熊公徑以大學士召還自當為首揆今

香祖筆記　卷一　六

以禮書召還吏書而始大拜是由尚書大拜非以大學士召還也不當讓熊遂次吳而桐城張公敦復又次熊及王公引疾則冉徒張公素存為首揆桐城請告歸矣熊乃王教習門生也

御史劉子章條奏外官毋止多帶家口下吏部議督撫止許五十人藩臬四十人道府三十人州縣十五人違例者革職下九卿詹事科道集議予謂自督撫已下皆遞減十人胡為州縣之於道府頓減其半也眾韙之乃定為二十人而女口不與此數違例者止於降級再奉　旨以旗員差多許倍之

辛巳冬秋得倪雲林畫柯竹石小幅瀟逸絕塵題字尤古勁真蹟也詩云隱士江陰許士雍鈿山湖裡泊烟蓬秋來鱸鱠尋常美亦欲東來萬里風後署甲辰八月倪瓚雲林故居在厚山地名厚陽

庚辰三月朝陽門外東嶽廟火殿廡皆燼獨左右道院無恙　特發內帑并今在京在外大小官員捐助仍以　裕親王監視之閱歲始畢工　親臨幸焉廟中仁聖帝炳靈公司命君四丞相像皆元昭文館大學士正奉大夫秘書監卿劉元所塑元最善摶換之法天下無與比至是皆燬於火

羅泌路史云：巢父友許繇、樊堅，隱居沛澤，其道日光，堯朝焉而追之。父適聞之，洗耳於潁。堅方飲其牛，乃毆而還。予按注：堅字仲父，然則洗耳者巢父，飲牛者則樊堅，又別自一人。妄說紛紛，諸子讖緯之書，杜撰大抵如此，可發一笑。

蟲牢地名，見春秋，其地在今河南之封丘縣。然路史雜國名，又有蟲氏、牢氏。蟲氏條下曰：鄁地，後有蟲氏。牢下曰：古牢子國，後有牢氏。

武會試舊無廷對臚傳之例，有之自明末崇禎辛未科始，從考試官方逢年之請也。

王孟端仿雲林古木叢篁自跋云：幽篁古樹玉森森，白石仙人翠作襦。夜月幾驚龍虎立，秋風時聽鳳凰吟。畫圖入思曾飛葉，山水留情獨撫琴。不是遠尋高士宅，何能愜我出塵心。又季迪和東山逸史和青若路道人四言一首。

壬午順天鄉試五經監生二人，一莊令輿，江南武進人；一俞長策，浙江桐鄉人。初以違例貼出，仍具題請旨，奉旨俱著授為舉人，准會試，嗣後願做五經者不必禁止，作何定例，九卿等詳議具奏。

九月初六日辰刻，文華殿經筵，講官禮部尚書韓菼、吏部左侍郎傅繼祖進講四書子路問政子曰先之勞之一節，臣刑部尚書王士禛、兵部右侍郎兼翰林院掌院學士法良進講易經觀乎人文以化成天下一句。講畢，賜宴太和門。

初九日，東宮會講，詹事府詹事來道、右庶子沈涵進講四書夫子之道忠恕而已矣二句，右諭德覺和託、修撰胡任輿進講書經德無常師主善為師二句。講畢，賜茶文華殿門。

翰林掌院舊皆以學士兼禮部侍郎，滿官漢官皆然。自崑山徐相國以大學士兼掌，桐城張相國以禮部尚書兼掌，與往例不同，然凡啟奏講書等事，仍滿前漢後，不論所居之本官也。今長洲韓宗伯兼掌院事亦然。

唐國史補謂「漠漠水田飛白鷺，陰陰夏木囀黃鸝」，乃右丞竊取李嘉祐語。論者或為王諱，以為增漠漠、陰陰四字，便是點鐵成金手段，此亦囈語。然此事往往有之。予門人太倉崔舉人華，字不雕，貧而工詩，嘗有句云：「溪水碧於前渡日，桃花紅似去年時。」予在廣陵作論詩絕句四十首，舉此二句云：「江南腸斷何人會，只有崔郎七字詩。」後汪鈍翁在京師，亦有句云：「溪水碧於前渡日，桃花紅似去年人。」謂非取崔前語乎？汪于崔亦前輩也。

譚艂云：劉季緒好詆訶文章，掎摭利病；徐陵為一代文宗，未嘗詆訶作者。昔予與故

友汪鈍翁在京師，鈍翁好詆訶人，前輩自錢公牧翁而下，無得免者。後進以詩文請質，亦無恕詞。予每勸之。故友計甫草東書序予門人汪蛟門懋麟集云：鈍翁性悁急，不能容物，意所不可，雖百賁育不能拚其口也。其所稱述於當世人物之眾，不能數人焉。阮亭性和易寬簡，好獎引氣類，然以詩文投謁者，必與盡言其得失，不少寬假。此數語頗得予二人梗概。顧施愚山又嘗謂予：公好獎引人物，自是盛德，然後進之士，學未有成，得公一言，便自詡名士，不復虛懷請益，非公誤之耶？予思其言，亦極有理。

門人李少京兆子來先復言：襄過漢中，聞南鄭縣之東有民家老嫗，年百二十歲矣，尚強健無恙。李自往訪之，云晨出往田間栽種，未及見。

廣州府佛山有諸生黃章者，年一百二歲。康熙己卯，尚入省闈，自言吾今科且未中，來科百五歲，亦未中，至百八歲，始當獲雋，尚有許多事業，出為國家効力耶。聞近歲已死，其言無驗。

九月二十五日，車駕南巡視河工。

十月初九日夜，再雪，竟夜，積素滿庭。晚菊尚數朕可玩，晨起忍寒坐信古堂，對雪看菊，忽記梁溪琴僧岳蓮見過，彈平沙落雁、漢宮秋二曲，古音蕭寥，忘其身在長安官是秋曹之長也。作二詩紀事。

臺灣古荒服，在福建東南大海中，西界于漳，南鄰于粵，北與閩安相直。其水道則東連日本，南鄰琉球、暹羅、呂宋、荷蘭諸國。其沿革莫得而詳也。明嘉靖四十二年，流寇林道乾作亂，都督俞大猷勦之，追及澎湖，道乾遁入臺灣。大猷不敢逼，留偏師駐澎湖島，時哨鹿耳門外，徐俟其敝。道乾遁往占城，道乾既去，澎湖駐師亦罷。天啟元年，有顏思齊者，為日本國甲螺（日本頭目也），引倭酋歸一王屯臺灣，閩人鄭芝龍附之，始建平安鎮城。既而荷蘭國人舟遭颶風至此，愛其地，借居之，遂與倭約，盡有臺灣之地，而歲輸鹿皮三萬。荷蘭國人善火器，其居臺灣也，以夾板船為犄角，雖兵不滿千，而南北土酋咸畏之。又建赤嵌城以居。順治庚寅，日本甲螺郭懷一謀逐荷蘭人，事覺，懷一被殺於歐汪（在今鳳山縣界）。辛丑，鄭成功自江南敗歸，勢日蹙，頓軍廈門。適日本甲螺何斌與荷蘭酋長隙，潛誘成功進取臺灣鹿耳門，詰屈回旋，沙浮水淺，舟難飛渡。成功舟至，水忽漲十餘丈，巨艦縱橫畢濟，遂克臺灣。荷蘭國人與成功戰不利，退保安平鎮城，其酋歸一王以死拒之，成功力攻不克，乃環山列營以困之。荷蘭人勢窮，以十餘艘決戰，成功用火攻盡焚之，荷蘭人遂歸其國。成功既有臺灣，以赤嵌城為承天府，改

臺灣土城為安平鎮。總名曰東都。未幾成功死。其子經居鷺江。（廈門）成功弟世襲以陰有竊據意。經攻逐之。世襲渡海來歸。經僭立。改東都曰東寧。改縣曰州。設安撫司三。南北路澎湖各一。辛酉經死。子克塽嗣。康熙二十一年壬戌。福建總督姚啟聖用間諜陰結傅為霖為內應。事洩。為霖遇害。明年癸亥。靖海將軍施烺奉　命率舟師進討。六月自銅山抵澎湖。入鹿耳門。連克虎井桶盤諸嶼。誓師。戒嚴。鄭克塽奉表降。　詔赴京師。隸旗下。於其地設臺灣府。統臺灣鳳山諸羅三縣。隸福建布政使司云。

十月二十七日。車駕回　宮。

御賜內直吏部尚書陳廷敬副都御史勵杜訥右諭德查昇各松花江石小研一方。色淺綠如洮石。腹有　御書研銘八字云。以靜為用。是以永年。繼又　賜大學士張玉書吳琠熊賜履工部尚書王鴻緒各一方。鴻緒所得有倭漆研匣。匣中有　御用墨四笏。時十一月偶　召張及王入　南書房編次　御書。得　賜。因及吳熊二公云。

駕在德州。　賜致仕在籍戶部左侍郎田雯蒙綠堂扁額。原任翰林侍讀蕭惟豫編修田需亦蒙　賜　御書各一幅。

召戶部郎中陳奕禧入　南書房。　命書大小字各三幅。　賜御書　御製塞上詩一幅。詩云。平鎮黃雲合。風悲鼓角聞。野營沙草外。落日自成羣。

御製宋高宗父母之仇終身不報論。　命大學士熊賜履禮部尚書韓菼　內直吏部尚書陳廷敬右諭德查昇同作。又　命浙江舉人查慎行（嗣璉）名江南舉人錢名世等同作進　呈。

詔蠲甘肅等處地方四十一年四十二年錢糧。江南上江下江四十二年錢糧。

十二月。諸王內閣九卿翰詹卿寺科道。請上　尊號。奉　旨。朕即位四十餘年。未嘗少刻不以民生休戚為念。遠邇安靜為本。雖或慶雲景星嘉禾瑞草天書麟鳳之奇。總無關於黔黎。亦無關於朕心。反為史書之譏。朕以實心為民。天視天聽。故有其道。難免後人公論。若耀功德。取一時之虛名。朕之不悅甚矣。毋煩數陳。

上召海寧舉人查慎行。武進舉人錢名世。長洲監生何焯。休寧監生汪灝。于　南書房。屢試詩及制舉文。　特賜焯灝舉人。明年一體會試。

考試新差提督各省學政翰林侍讀學士張廷樞等郎中翁嵩年等十一人於　南書房。稱　旨。又賜　御書一幅。（八股題夫子循循然善誘人。一　詩題恭和　御製考試嘆。）

壬午冬。　駕歸自德州。考試　內直諸詞林官。至二十二日封印後一日始畢。定一等十人。侍讀學士陳元龍等二等若干人。其三等五人。調知縣用。諭德王化鶴中允吳晟。修撰戴有祺（辛未狀元）檢討趙爾孫吳文炎。

命吏部右侍郎吳涵兼掌翰林院事。

山行慮迷。握嚮蟲一枚於手中。則不迷。見物類相感志。虞山先生作繇言。取此

明文士如桑悅祝允明。皆肆口橫議。略無忌憚。悅對丘文莊言。舉天下文章惟悅。其次祝允明。世但嗤其妄人耳。允明作罪知錄。歷詆韓歐蘇曾六家之文。深文周內。不遺餘力。謂韓傷易而近儇。形麤而情霸。其氣輕。其口諂。其發疎蹺。歐陽如人畢生持喪。終身不披哀纑。東坡更作儇浮的為利口。譁獷之氣。肆溢舌表。使人奔迸狂顛而不息。曾王既脫衣裳。并除爪髮。譬之獸𩩲。臘骨至於老泉潁濱秦黃晁張。則謂不足盡。及惟柳如冕裳珮玉。猶先王之法服。乃其大旨則在主六代之比偶。故實吁亦鄙而倍矣。論唐詩人。則尊太白為冠。而力斥子美。謂其以村野為蒼古。椎魯為典雅。粗獷為豪雄。而總評之曰外道。李則鳳皇臺一篇。亦推絕唱。狂誖至於如此。醉人罵坐。令人掩耳不欲聞。論詩餘則尊祖太白飛卿。稍許歐晏周柳。以為纖旖。謂東坡木強踈脫。少游魯直特市廛小家之子。略舉大端如右。所謂無忌憚者。不足置辨也

西園雜記。記明大臣壽考者。自王端毅公魏文靖公而下十三人。而不及錐陽劉文靖公晦菴。文靖壽九十餘。近百歲。又弘正名相也。何獨遺之。

釋氏言羚羊挂角。無跡可求。古言云。羚羊無此。子氣味。虎豹再尋他不著。譬如九淵潛龍。千仞翔鳳乎。此是前言注腳。不獨喻詩。亦可為士君子居身涉世之法。

大竹破山和尚。天童密雲弟子也。蜀亂後居萬峰。賊李鷂子者。殘忍嗜殺。延師供養。請肉食。師曰。公不殺人。我便食肉。李笑而從之。全活無算。師嘗娃忠定公之裔孫也

鄭端簡云。十哲陳蔡一時與難之賢。非孔門定論。自開元至今。無敢議者。夫有若之言。四見於論語。大類聖人。公西赤志於禮樂。有為邦之才。不遠優於宰我冉求。求我言行不必徵諸史傳。論語中多有之矣。其視二子優劣何如。宜進祀二子於殿上。改求我於廡中。右與予官祭酒時具疏大意略同。惜為友人中阻疏不果上。即當時禮部未必果行。要當存此一段公論於天下後世耳。予至今悔之。

皮日休本字逸少。後字襲美。見北夢瑣言。

康熙乙丑。予使粵東。還使道遊廬山。宿開先寺。觀陽明先生石壁大書紀功碑末云。嘉靖我邦國。若前知世宗入繼大統者。按碧里雜存。陽明既平田州之亂。先是州

有巨石側卧江滸。舊有童謠云：田石傾，田州兵；田石平，田州寧。岑猛惡之，夜遣人平之。明復如故。先生定亂後，其石即平。先生自往觀之，洗剔苔蘚，有古刻新建伯三大字。異之，遂續加九字，併刻於石云：嘉靖戊子，新建伯王守仁。又記先生習靜陽明洞，預知門人朱白浦、蔡我齋入山事。中庸云：至誠之道，可以前知。陽明其庶幾乎。

樂郊私語云：海鹽少年多善歌，蓋出於澉川楊氏。其先人康惠公梓與貫雲石交善，得其樂府之傳。今雜劇中豫讓吞炭、霍光鬼諫、敬德不伏老，皆康惠自製。家僮千指，皆善南北歌調。海鹽遂以善歌名浙西。今世俗所謂海鹽腔者，實發於貫酸齋，源流遠矣。

香祖筆記卷一終

香祖筆記卷二

清　新城王士禛貽上著

異物類苑云：山都，人面黑，長身有尾，踵反。人則笑，笑則上唇掩目。按諸書言人都、烏都、豬都，都皆不爾。此乃誤以狒狒為山都耳。

僅字有少、餘二義。唐人多作餘義用。如元微之云：封章諫草，繁委箱笥，僅逾百軸。白樂天哭唐衢詩：著文僅千首，六義無差忒。小說崔煒傳：大食國有陽燧珠，趙佗令人航海盜歸番禺，僅千載矣。甘澤謠陶峴傳：浪跡怡情，僅三十載。摭言：曲江之宴，長安僅於半空。玉壺清話：南唐先主傳兵燹災，道使啗之，脊節幣糧錄，僅百餘艘之類。至宋人始率從少義，迄今沿用之。

令狐子先，安陸高士，予嘗著之古懽錄矣。王彥輔麈史載其著書甚多，有萬卷錄、易說精義、晉年統紀、世說樂要、著縣書、龍瀧琴譜、兵途要轄等若干卷。又云：令狐先生卒，阮逸天隱表之，林逸書，孟逸篆額，號三逸碑。

南齊侍中庾杲之家貧，每食生韭、熟韭、韭菹。時人為之語曰：孰謂庾郎貧，每食二十七種。後魏陳留侯李崇為尚書令，性儉恪，食止韭菹、韭茹。其客李元佑戲語人曰：李令公一食十八種。問其故，答曰：二九一十八。二事極相似。

梅村詩話云：嘗與陳卧子共宿，問其七言律詩何句最為得意。卧子自舉禁苑起山名萬歲，複宮新戲號千秋一聯。然予觀其七言，殊不止此。如九龍移帳春無草，萬馬窺邊夜有霜；左徒舊宅猶蘭圃，中散荒園尚竹林；禹陵風雨思王會，越國山川出霸才；石顯上賓居柳市，竇嬰別業在藍田；七月星河人出塞，一城砧杵客登樓；四塞山河歸漢闕，二陵風雨送秦師。諸聯沉雄瑰麗，近代作者未見其比，殆冠古之才。一時瑜亮，獨有梅村耳。

彈棊之戲，始見西京雜記。後漢梁冀傳注稍詳之，似近投壺，而其製不傳。今人詩多以弈棊當之，可發一笑。王建宮詞云：彈棊玉指兩參差，背局臨虛鬬著危。先打角頭紅子落，上三金字半邊垂。讀之亦不能通曉也。

揮麈新談記：費鵝湖初第，謁彭文憲。文憲曰：殿上金階滑，須慢慢行。吾鄉高念東侍郎嘗有句云：金階路滑且徐行。本此。

唐蕭倣咸通四年知禮部貢舉，貶授蘄州刺史，有與浙東鄭大夫書云：韓綰則文公之孫，柳告是柳州之子，鳳毛殊有，而名字陸沉。皆倣是年所舉士也。

千里馬人皆知之王兆雲湖海搜奇載陝西民家有千里騾腰有脊六又張翁言有友人省親山東親家以一驢至曰此千里驢也乘之倏忽抵家

唐人五言絕句往往入禪有得意忘言之妙與淨名默然達磨得髓同一關捩觀王裴輞川集及祖詠終南殘雪詩雖鈍根初機亦能頓悟程石臞有絕句云朝過青山頭暮歇青山曲青山不見人猿聲聽相續予每歎絕以為天然不可湊泊予少時在揚州亦有數作如微雨過青山漠漠寒烟織不見秣陵城坐愛秋江色（青山）蕭條秋雨夕蒼茫楚江晦時見一舟行濛濛水雲外（江上）雨後明月來照見山下路人語隔溪烟借問停舟處（惠山下鄒流綺過訪）山堂振法鼓江月掛寒樹遙送江南人雞鳴峭帆去（焦山曉起送昆崙還京口）又在京師有詩云凌晨出西郭招提過微雨日出不逢人滿院風鈴語（早至天寧寺）皆一時佇興之言知味外味者當自得之

南昌陳士業（弘緒）言嘗登泰山日觀峯四更起候日出見霞彩萬道碧綠交加有赤盤從中涌出晃漾不定久之乃成日輪因悟氣至此始聚而為日日生一日非以昨日之日復為今日之日也新吳宋長庚亦有此論此說甚奇山海經云羲和二國名每日出二國人為御推升太虛語尤荒誕可笑

七言律聯句神韻天然古人亦不多見如高季迪白下有山皆繞郭清明無客不思家楊用修江山平遠難為畫雲物高寒易得秋曹能始春光白下無多日夜月黃河第幾灣近人節過白露猶餘熱秋到黃州始解涼瓜步江空微有樹秣陵天遠不宜秋釋讀徹一夜花開湖上路半春家在雪中山皆神到不可湊泊

錢武肅王目不知書然其寄夫人書云陌上花開可緩緩歸矣不過數言而姿致無限雖復文人操筆無以過之東坡演之為陌上花三絕句云陌上花開蝴蝶飛江山猶是昔人非遺民幾度垂垂老遊女還歌緩緩歸五代時列國以文雅稱者無如南唐西蜀非吳越所及賴此一條足以解嘲

韓蘇七言詩學急就篇句法如鴉鴟鵰鷹雉鵠鵾駏驢駱騾驤騋等句予既載之池北偶談近又得五言數句韓詩蚌螺魚鱉蟲盧仝鰻鱣鮎鯉鯖鷀鵝鴇鶚梟鷺弓刀甲盾弩箭皮毛骨羽然此種句法間作七言可耳五言即非所宜解人當自知之

武林女子王倩玉貌甚美而工詩詞已字人矣悅其中表沈生遁跡而越禮馬母家訟於官杭守弋[illegible]斷離歸於駐防旂下沈百方賄歸復為沈生一女而死傳其寄沈長相思一闋云見時羞別時愁百轉千回不自由教奴怎罷休懶梳頭怯凝眸明月光中上小樓思君楓葉秋雖淫奔失行其才慧亦尤物也

癸未正月十六日　大駕南巡視河工

上諭官民人等及革職降級官員贖罪人犯願赴山東被災地方泰安州沂州新泰蒙陰郯城等縣賑濟饑民者列名以聞事畢議敘

會試總裁官東閣大學士兼禮部尚書熊賜履吏部尚書陳廷敬吏部右侍郎兼掌翰林院事吳涵禮部右侍郎許汝霖

本朝惟高陽李文勤公三典會試今孝感熊公以癸丑甲戌丁丑庚辰癸未五典會試澤州陳公以壬戌辛未癸未亦三典會試可謂盛事按明二百七十年惟金谿王公英永樂戊戌宣德庚戌正統壬戌三典會試耳

臺灣風信與他海殊異風大而烈者為颶又甚者為颱颶倏發倏止颱常連日夜不止正二三四月發者為颶五六七八月發者為颱九月則北風初烈或至連月為九降過洋以四七十月為穩以四月少颶七月寒暑初交十月小春天氣多晴暖故也六月多颱九月多九降最忌颱颶俱多挾雨九降多無雨而風凡颱將至則天邊有斷虹先見一片如船帆者曰破帆稍及半天如鱟尾者曰屈鱟土番識風草草生無節則一年無颱一節則颱一次多節則多次颶之名以時而異正月初四日曰接神颶初九日曰玉皇颶十三日曰關帝颶念九日曰烏狗颶二月二日曰白鬚颶三月三日曰上帝颶十五日曰真人颶念三日曰馬祖颶（真人多風馬祖多雨）已上春三月共三十六颶此其大者四月八日曰佛子颶五月五日曰屈原颶十三日曰關帝颶六月十二日曰彭祖颶十八日曰彭婆颶念四日曰洗炊籠颶七月十五日曰鬼颶八月一日曰竈君颶十五日曰魁星颶九月十六日曰張良颶十九日曰觀音颶十月十日曰水仙王颶念六日曰翁爹颶十一月念七日曰普菴颶十二月念四日曰送神颶念九日曰火盆颶念四日已後皆曰送年風（據升菴先生云颶當作䫻舶見）

鳳山縣有薑名三寶薑相傳明初三寶太監所植可療百病

諸羅縣番首名大眉者每歲東作時諸番請其出射射所及之地稼輒大熟號靈箭

正月二十七日前少傅兼太子太傅保和殿大學士兼禮部尚書王熙卒公禮部尚書文貞公崇簡長子也順治丁亥進士父子同官禁林又同為學士康熙壬戌以兵部尚書大拜居政府者二十年辛巳以病予告至是卒年七十六　賜謚文靖王

文貞公六子長熙保和殿大學士禮部尚書次焯桃源縣知縣次然廣西布政使司布政使次照浙江金華道參議次燕貴州巡撫都察院副都御史次點刑部郎中閲閲之盛時無其比

二月二十九日放榜會元王式丹江南寶應人

康熙中以尚書拜相者或進部銜如宛平王胥庭熙相國以司馬大拜而進兼禮部尚書京江張素存玉書相國以宗伯大拜而進兼户部尚書是也其後吳沁州琠以刑部尚書大拜止兼本部

浙江巡撫張泰交以士民公籲請前巡撫陞浙閩總督謚忠貞范承謨春秋特祀允行

湯調鼎淮之清河人順治初進士著辨物志議論多發人神智偶筆其記人參二則於此隋高祖時上黨民宅後聞人呼聲求之得人參一本根五尺餘具體人狀古者謂晉王陰謀奪宗故妖草生乎曰非妖也人參如人形者食之得仙根至五尺而具人狀蓋歲久神靈之物而上黨又人參之所出惜時無張華其人故其物不著而以為陰謀奪宗之應文帝以丞相僭帝位何嘗不以陰謀得哉又元覽云人參千歲為

小兒枸杞千載為犬子按參以人名伏土歲久而具體人狀氣類神靈之感無足怪者枸杞字不從犬何以歲久為犬廣韻云春名天精子夏名枸杞秋名却老根冬名地骨皮是枸杞特四名之一考山海經建木上有九欘下有九枸枸根盤錯也與犬義絕不相涉使枸杞而為犬天精却老地骨皮又何化乎人參講

呂與叔記二程子語云今日釋氏未消理會大患者在介甫之學譬之盧從史在潞朝廷將討之當時便使一處逆節度使朝議欲討之而李文饒之意必欲先討潞州則不必治彼而自敗今日却要先整頓介甫之學壞了學者

程子云詩小序云必是當時人所傳國史明乎得失之迹者是也不得此何緣知此篇是甚意思大序則是仲尼所作要之皆得大意朱子學宗二程於詩序獨不然何也

伯淳道右實語自謂如人參甘草病未甚時可用病甚則非所能及愚謂熙寧之病已甚矣溫公一出而立起膏肓天下咸如更生天不祚宋使公年不永豈云非所及哉

三月十五日 上南巡視河回 宮內閣九卿迎 駕於南海子西紅門

四川巡撫貝和諾請復設蜀學省五十七學學官下禮部議復得 俞旨允行

謝在杭肇淛小草齋詩話殊多憤憤啟發人意處絕少如云詩境貴虛故仙語勝釋釋語勝儒夫仙語如步虛辭等最易厭釋語入詩最近腐今乃反之豈非強作解事者惟所云王右丞律選歌行絕句種種臻妙闔繪音律獨步一時尤精禪理晚居輞川窮極山水園林之樂唐三百年詩人僅見此耳如云明詩遠遜於宋又云本朝僅數名家力追上古然刻畫摹擬已不勝其賣力矣其他作者雖復如林上乘偽語人不數篇要其究竟尚不及宋宋人有實學而本朝多剽竊故也右二條自相矛盾當以後論為允又云國初詩林鴻高啟尚矣鴻一意盛唐而啟雜出元白長吉鴻之為盛唐贗鼎耳安得與啟並稱而且語有軒輊此真齊人之知有管晏而已又云李西涯樂府野狐外道夫西涯樂府雖變體自是天地間一種文字弇州晚年尚爾服膺遑斥之為野狐外道可乎約略駁正數端以例其餘至外篇雜記以下多載晚唐五代宋元詩無可采者正與劉後村詩話同耳

三月十八日 萬壽節大赦天下

十九日赴暢春苑啟奏刑部釋放囚犯八百餘人是日請 旨 御批又減等二十

一人

二十六日巳刻文華殿經筵滿禮部尚書席爾達漢禮部尚書韓菼進講智者樂仁者壽二句滿吏部左侍郎傅繼祖漢詹事府詹事徐秉義進講易經其德剛健而文明三句講畢 賜宴太和門

上南巡畿輔在籍諸臣迎 駕 詔復原任禮部右侍郎田種玉國子監司業劉芳喆御史戈英原官至江南 詔起用原任河南巡撫侍郎顧汧翰林編修楊瑄加檢討尤侗侍講復內閣學士盧琦諭德秦松齡檢討潘耒徐釚馮勗御史吳震方等原官

二十八日午刻 東宮會講工部右侍郎兼詹事來道洗馬張豫章進講興於詩三句庶子常壽修撰胡任輿進講說命慮善以動動惟厥時二句講畢 賜茶文華殿門

特賜江南舉人汪灝何焯蔣廷錫三人與癸未科會試中式舉人王式丹等一體殿試

宋中丞牧仲得王介甫唐百家詩選殘本自第五卷王昌齡李頎起至第八卷錢起

盧綸司空曙止。又自十三卷王建起（建詩二卷，選上卷）至十六卷許渾止。中間第六卷沈千運以下，全取元次山篋中集，而益以李嘉祐等七人，通三十八家，蓋亦詳於中晚而略於初盛。宋人選唐詩大概如此。意初唐盛唐諸人之集，更五代亂離，傳者較少故也。牧仲謂今所傳十卷，是章安楊蟠所改竄，非介甫原本。此雖閣本，而真面目尚在。山陽閻百詩（若璩）云：曾見閻賈持翻刻本正二十卷，惜無從覓之。近牧仲有書至，云已購得全本，方刻之吳門云。

三月二十五日，特命皇長子臨故少傅大學士王熙之喪，拜奠舉哀。特恩異數，都人驚傳以為未嘗有也。上諭以世祖皇帝舊臣，故加殊禮。內閣部院諸臣公疏謝恩，報聞。

四月初四日，殿試。初七日傳臚，狀元王式丹（會元），江南寶應人；榜眼趙晉，福建閩縣人；探花錢名世，江南武進人。是科以違式黜者三人（吳時覺、沈淇、酬曾）。

十五日，引見癸未科進士，選汪灝等四十九人為庶吉士，與鼎甲三人同入館讀書。

十二日，在暢春苑御試庚辰科鼎甲汪繹等及庶吉士。十七日命下，留館授職者十三人（顧圖河（甲戌甲第二）、汪繹、季愈皆鼎甲），餘庶吉士滿漢共十人（戊辰庶吉士閱顧張尚瑗，辛未庶吉士德暨皆外用），外用者共三十五人。

東閣大學士兼吏部尚書熊賜履以老病請告，允之，仍令居京師備顧問。

以吏部尚書陳廷敬為文淵閣大學士兼吏部尚書。

以副都御史勵都訥為刑部右侍郎，刑部侍郎鈕璽以前任湖廣巡撫紅苗事調用。

以直隸巡撫兵部侍郎李光地為吏部尚書，仍管巡撫事。

鄞縣同年史及超少宗伯，前身為僧大成，予既書之池北偶談第二十六卷。癸未二月，與同年屠少司馬芝岩（粹忠）會於僧舍，屠亦鄞人也，因訊及史事。屠言其邑人戎通參上德，前身亦僧也，嘗以鐵練鎖項募緣市中。通參之父戎翁者，嘗施齋供，與之善。後僧化去，而通參以是日生，亦夢僧入其室。按宋相史彌遠乃覺長老後身，即宗伯之先也。

唐武后遊石淙倡和詩，首御製，自皇太子相王以下和者十六人。相王之後，次梁王武三思，次內史狄仁傑，次奉宸令張易之，麟臺監中山縣開國男張昌宗，又次鸞臺侍郎李嶠，鳳閣侍郎蘇味道，夏官侍郎姚元崇，奉宸大夫汾陰縣開國男薛曜書。久視元年五月，刊於平樂澗之北崖。諸詩惟李嶠、沈佺期二篇差完章，餘皆劣拙可資

笑柄耳。黃岡葉並叔封知登封縣，撰嵩陽石刻集記，始著錄之，而刪去九首，不為無見。而朱竹垞太史憾其闕略，以得睹全碑為喜，則亦好奇之過也。當牝朝淫昏之世，二張每侍行幸，預倡和，已令千古齒冷，而列銜於李嶠、蘇味道輩之前，諸人亦俯首甘之，當時君臣上下，豈復知有羞惡之心哉。

文海披沙記筆之異者：鍾繇、張芝、王右軍皆用鼠鬚；歐陽蘭臺用貍毛為心；蕭祭酒用胎毛為柱；張茂先用鹿毛；陶隱居用羊鬚；鄭虔謂麝毛一管可書四百紙，貍毛可書八百紙。又有豐狐、蜻蛉、龍筋、虎僕及猩猩毛、狼毫，雖奇品，而醇正得宜，不及中山兔毫。若淇源之鴨毛、雀雛毛，但取五色相間為觀美耳。今吳興兔毫佳者直百錢，羊毫僅二十分之一，貧士多用之，然柔而無鋒。臧懋循欲取貂鼠毛為心，輔以兔毫，謂鍾王所用鼠鬚必此也。然稍肥，舉落運用不如人意。已上謝在杭所記備矣。近日湖州專用羊毛，殊柔輭無骨，形貌亦醜。貂鼠珍貴，專為貴人裘帽之用，筆工當何從購之。

李滄溟食饅頭，欲有蔥味而不見蔥，唯蔡姬者所造，乃得其法：先用蔥不切入餡，既留饅頭上一竅，候其熟，即拔去蔥，而以麵塞其竅。此謝在杭文海披沙所載，即所謂蔡姬典盡舊羅裙者也。

揚州銀杏樹內有觀音大士像，寧波落迦山石有大士竹林鸚鵡像，予皆載之池北偶談。閱文海披沙一則云：永州蘇山多石淋，以水鋸破，中有觀音、彌勒、寒山、拾得等像。西方聖人，神道設教，理或然也。

吾鄉風雅，盛於明弘正嘉隆之世。前有邊尚書華泉，後有李觀察滄溟，滄溟集盛傳於世。華泉集一刻於胡中丞可泉，再刻於魏推官允孚，又逸稿六卷，刻於王方伯桃溪。又有李中麓太常選本，山西臺察趙侯齋刻於太原。予所及見者前三本，而中麓選本獨未之見。諸本亦漸就澌滅矣。康熙己卯，予乃選刻於京師，凡四卷。予兒啟涑以予私淑先生之切也，移書宗姪革訪其後裔。久之，革乃詳其家世，報涑曰：先生二子，長子翼，以蔭官光祿寺丞，其後無聞；次子習，歷城諸生，字仲學，號南洲，有詩名。習子治禮，治禮子節，節子庶，皆以諸生奉祀事。庶子材，材子紹祖，自先生至紹祖凡七世。其家尚有先生畫像云。先生祀郡邑鄉賢，其奉祀至材始失之。材今年老，為人佃田。紹祖始十餘歲，亦失學傭工。辛巳予假歸，涑乃為予述之。而濟南諸生某某以導林攜紹祖及先生畫像謁予里第。比予過郡，因與巡撫王中丞東侯、提學徐僉事

章仲備言先生名德，而後裔僅有存者，遂以紹祖奉先生祀焉。（先生墓在某莊，亦𠦜云。）

黃子鴻名儀，常熟人，隱居博學，工書法。予刻漁洋續集，將訪宋槧，苦無解書者。門人崑山盛誠齋侍御（名符升）聞子鴻多見宋刻，獨工此體，因禮致之。子鴻欣然而來，都無厭倦。今續集自首迄尾，皆其手書也。尤工小詞，有句云：井桐休放月痕來，玉堦剛卧金鈴犬。人多稱之。

安丘劉憲石相國（正宗）好為詩，嘗賦從軍行云：匣裏雙雄劍，腰間兩石弓。蓬蒿真浪死，何必怯遼東。後竟以事隸旂下，人以為詩讖。

江南蘇松糧儲道參議馬逸姿疏言：臣父瓔原任永嘉縣知縣，康熙十三年值逆藩耿精忠之變，與溫處道臣陳丹赤恪守臣節，同時殉難，荷蒙皇恩矜恤，廕下溫綸，從優議叙，贈臣父浙江布政使司參政，廕一子入監，併賜葬祭。康熙三十六年，撫臣疏請於溫州府建雙忠祠，復荷俞允。先是三十五年，丹赤蒙特恩賜謚；三十八年，皇上南巡幸浙，丹赤子湖州府知府一夔恭迎聖駕，復荷軫念，御書扁額懸之忠祠，榮被萬世。臣父瓔殉難與丹赤同時，賜祠又復同祀，仰懇皇上破格一體賜謚賜額，昭垂萬世云云。禮部議覆奉旨：馬瓔著與謚。旋賜謚忠勤。

狴犴二獸名，秉心忠直，今承天門內華表頂上者是，又衛輝府前石亦是。按此亦蒲牢、贔屓、蚩吻、睚眦之屬，而龍生九子不載其名。

世傳羿妻奔月，謂之嫦娥，亦曰蟾蜍。又酉陽雜俎：月中有一人斫桂樹，名吳剛。又云月中仙人名宋無忌。何月中人物之紛紛耶？又鬱華一名鬱儀，奔日之仙；結璘，奔月之仙，見七聖記。

鈕玉樵（琇）云：有王秋山者，工為指畫，凡人物樓臺山水花木，皆於紙上用指甲及細鍼挐出，設色濃淡，布境淺深，一法古名畫。按挐當作𢪸，音築，字書：以手挐物也。近閩中有織畫，乃破紙為條織成之，山水人物花鳥，布置設色，種種臻妙，與刺繡無異，亦奇技也。

南海友人陳元孝（恭尹）作猢賦，其文甚工。予按陸佃云：狨尾作金色，俗謂金線狨，一名猱。猱獨猴也，楚人謂之沐猴，甚愛其尾，毛柔長可藉，宋制官二品狨坐。不言食猴。又按石猢，獸名，食猴，則元孝之賦當作石猢為是。猢音尚，與物彙苑云：猢如師子，蒼黑色，瞋目聳耳，出武當山。又黃山志：盧狄似穿山甲而無鱗，嗜猿及蜂，每呼羣猿至，羅跪於下，擇肥者，以木葉覆其頂而食之。

山海經何羅魚出譙明山，譙水中聲如吠犬，食之已癕。今登萊海上三月何羅魚始至，味甚美，即寧波之鰲也。

谷音三卷，皆宋末人詩。上卷王澮以下凡十人，率任俠節義之士；下卷詹本以下凡十五人，則藏名避世之流也。番陽布衣、瀟湘漁父以下五人，不可得其姓字。要之皆宋之逸民也。其詩慷慨激烈，古淡蕭寥，非宋末作者所及。是時謝皋羽、林霽山輩皆以文章節義著於東南，而又有此三十人者，與之遙為應和，亦奇矣。此書毛氏汲古閣本，與月泉吟社合刻，最工。亡友施愚山備兵湖西，又嘗刻之清江，蓋杜清碧其郡人也。適見黃少司馬雪洲集記此書，初得之臨淮顧德光氏，後又見江西刻本，多帝虎陶陰之憾，間託南都博洽之士是正，稍復其真。虞部主事吳時晃見而愛之，遂刻諸真州分署以傳之。弘正以來，此書蓋不一刻矣。集中諸人本末，各有耿耿不沒者，宜有神物在在護持之也。黃名瓚，字公獻，揚之儀真人。

五月十五日，朝退，御乾清門，賜滿漢大學士、尚書、侍郎御書扇各一，某得御製虎丘五言律詩一首。（前有暢春小印，後有熙朝翰藻、稽古右文二印。）

袁海叟詩集若干卷，康熙壬午雲間門人周庶常（奕𢘍）銘所寄鈔本，用羅紋箋寫之甚工。有大復、空同二序，陸儼山序，又黃宜陽題編首，謂海叟手定，國初刻於張氏者久燬，儼山編次為別本。而陸序云：海叟集舊有刻，又別有選行在野集者，暇日與獻吉共讀之，又刪次為今集云。按明初詩人，共推高季迪為冠，而大復獨以海叟為冠，空同許為知言。今讀其詩，古詩學魏晉，近體學杜，皆具體而微耳，遽躋之青丘生之列，未免失倫。故予謂從來學杜者無如山谷，山谷語必己出，不屑稗販杜語，後山、簡齋之屬，都未夢見，況其下如海叟者乎。

詩小序必不可廢，古今通儒論皆如此。然如郝楚望之每一詩必駁朱注，亦自不可。常熟顧大韶仲恭欲刊定一書，用毛傳為主，毛必不可通，然後用鄭；毛鄭必不可通，然後用朱；毛鄭朱皆不可通，然後網羅羣說，而以己意折衷之。嚴粲詩緝作於朱注之後，獨優於諸家；大全之作，敷衍朱注，全無發明，用覆醬瓿可也。此論最公。（見救虞顧仲子）

傳

益都孫文定公（廷銓）嘗撰顏山雜記四卷，極稱簡核，然於建置設官緣起猶未詳。按黃瓚雪洲集議礦盜一疏，是瓚巡撫山東時所奏，略云：臣會同鎮守太監黎鑑巡按山東監察御史王相徐冠議照㮚盜之法本非一端要在術以防之令以禁之嚴逐捕以銷之足衣食以安之而已前項礦賊勢雖頗衆其初實倡於一二不逞之徒而市井無賴與凡窮困無聊者遂相率而從之臣等查得青州府益都縣去郡二百餘里地名顏神鎮土多煤礦利藪窩治四方商販㞐聚於此其中時有不逞之徒此巡海道副使潘珍先有開立縣治之議今有特設通判之請固欲得其要害而治之誠有見也但鄰近州縣復多徒黨亦未得專事乎此而遂遺於彼也合無准照副使潘珍及左布政使姚鏌右布政使崔應期按察使王泰等都指揮僉事馬凱分守左參政許淳分巡僉事曾鋒所議於益都縣顏神鎮地方聽令壘石為堡建立府館一所添設捕盜通判一員許其兼制前項鄰近州縣儁有礦洞不時巡察新編總甲嚴為約束揀練弓兵民快人等遇有盜賊小則密謀發卒以收掩捕之效大則移文糾衆以成合擊之功務在斷絕奸萌毋令復相屯聚示已往於不究開方來以自新則賊黨自此可消矣云云紀略以為正德十二年巡按御史黃某奏請兵部覆准蓋未詳也但黃疏有聽壘石堡之語而顏城實嘉靖二十六年王弇州世貞兵備青州時建則正德中止設官而未建城耳

黃雪洲同畢嘉會送馮憲副還浙一首廣陵淹畢誠越山老馮唐兩賢師友關方障波瀾狂翩翩遊子衣獨與朔雁翔汲古尚董井銷魂更雷塘胡然歌式微綵服戀故鄉驚心濟南東桃李空門墻江離未堪折遠思遲誰將嘉會吾邑大司空畢公亨也公官兩淮運使為茶陵李相所重卒為名臣止從釣臺集得其一詩餘不槪見偶閱黃集錄之備公故事云

余自少年與先長兄考功同上公車每停驂輟軛相倡和書之旂亭驛壁率不留稿諸同人見之者後在京師往往為余誦之怳如昨夢近見吳江鈕玉樵琇觚賸亦載余逸句因憶丙午自里中北上戲題德州南曲律店壁一絕云曲律店子黃河崖亦地名朝來一雨清風霾青松短壑不能住騎驢又踏長安街語雖詼謔不足存亦小有風趣聊記於此

今京師宴席最重鹿尾雖猩唇駝峯未足為比然自唐已貴之陳子昂鹿尾賦云卒網羅以見逼受庖割而罹傷豈不以斯尾之有用而殺身於此堂為君雕俎之羞厠君金盤之實云云若六朝已來則以麈尾為談柄耳未聞充盤俎也耶律楚材西域詩亦以鹿尾駝蹄作對

韓宗伯菼所居在宣武門外與胡侍講任輿為鄰韓逝未決凡胡亦病卒胡甲戌狀元也乙丑狀元陸侍講肯堂先卒於此宅陸是科會元胡甲子江南解元皆兩掄元樊川詩云家住城南杜曲旁兩株仙桂一時芳禪師都未知名姓始信空門意味長諒哉

括地志述異地記云昔有金牛糞金村民皋伯通逐之牛入山穴山頹凡弟皆死妻語無稽豈又一金牛耶又一皋伯通耶吳地志又云漢議郎皋伯通字季卿卒葬胥門號伯通墩則伯通非村民又不死於山矣

古今論世者以尹吉甫為名臣徒以伐獫狁及崧高烝民韓奕江漢四詩耳吾獨疑吉甫惑後妻之言至使其子伯奇衣苔帶藻作履霜之操此與晉獻驪姬之事何異夫不能齊家而妄稱之曰萬邦為憲吾不信也其猶後世詞人之諛韓侂胄賈似道者歟以伊周擬之其又足信乎

姚士麟叔祥言曾見趙松雪自書家用蓮筆精妙凡養蠶種桑等事與今不殊惟用麵作食及烏豆之類動至百斤百石耳

姚叔祥又言海鹽有優兒金鳳以色幸於嚴東樓非金則寢食弗甘金既衰老而所

謂鳴鳳記盛傳於時於是金復塗粉墨扮東樓焉此一事較侯方域馬伶傳更奇

見只編云蘭谿魏某嘗客華州王槐野祭酒家見架上有夏國書凡閱三旬始遍則此書較契丹志金志卷袠尤多矣右二志予皆有鈔本夏國志則世罕知之

明代自南部入閣者甚少惟萬曆丁未葉文忠向高以南京吏部侍郎擢禮部尚書東閣大學士文忠是時年四十九

鄭端簡古言云永叔毀繫辭君實詆孟子安石非春秋二程子改古大學晦菴不用子夏詩序皆不可解

香祖筆記卷二終

香祖筆記卷三

清　新城王士禛貽上著

陳子昂文集十卷，詩賦二卷，雜文八卷，與陳氏別傳及經籍志合。子昂五言詩，力變齊梁，不須言。其表序碑記等作，沿襲頹波，無可觀者。第七卷上大周受命頌表一篇、大周受命頌四章，曰神鳳，曰赤雀，慶雲，昳頌，其辭諂誕不經。至云乃命有司正皇典，恢帝綱，建大周之統歷，革舊唐之遺號，在宥天下，咸與維新，賜皇帝姓曰武氏，臣聞王者受命，必有錫氏，軒轅二十五子，班爲十二姓，高陽才子二八，名爲十六族，故聖人起則命歷昌，必有錫氏之規云云。集中又有請追上太原王帝號表，太原王者，士彠也。此與揚雄劇秦美新無異，殆又過之，其下筆時，不知世有節義廉恥事矣。子昂真無忌憚之小人哉。詩雖美，吾不欲觀之矣。子昂後死貪令段簡之手，殆高祖太宗之靈假手殛之耳。

特加在籍原任刑部侍郎任克溥尚書銜。任聊城人，順治丁亥己丑進士，辛卒。

予奉使廣州，屢見紅鸚鵡，又有五色者尤珍麗。姚旅云：滇中多紅斑鳩。又云：翼宮中有黃鸚鵡，屠長卿詩云：一入雕籠翠羽毛，新得染鶿黃，此與漢赤鴈朱鷺，隋宦官劉繼詮獻芙蓉鷗，皆異物也。

熊掌最難熟，故楚靈王請食熊蹯而死。明秦府王孫不鼎云：用草繩匝掌煮之則易熟。

今世公卿士大夫下逮輿隸婦女，無不嗜烟草者，田家種之連畛，頗獲厚利。考之本草爾雅皆不載。姚旅露書云：呂宋國有草名淡巴菰，一名曰金絲醺，烟氣從管中入喉，能令人醉，亦辟瘴氣，擣汁可毒頭蝨。初漳州人自海外攜來，莆田亦種之，反多於呂宋，今處處有之，不獨閩矣。

山水豹，遍身作山水紋，故名。萬曆乙卯，上高縣人得一虎，身文皆作飛鳥走獸之狀，義寧鳳屋山出貌貅，常誦佛號，予隴蜀餘聞載之，雅州傅良選進士云，其鄉蔡山多貌貅，狀如黃牛犢，性食虎豹，而馴於人，常至僧舍索食。

獨獸名，似猿而大，能食猿，猿性羣，獨性特，猿鳴三，獨鳴一，見五侯鯖。

宣和畫譜所載最古者，吳曹弗興，耳畜獸首晉史道碩，按西京雜記，漢元帝時有安陵陳敞，新豐劉白，龔寬，竝工爲牛馬飛鳥，下杜陽望，樊育尤善布色，皆與毛延壽同誅，然則畜獸花鳥之類，漢已多有，不獨文翁石室，畫古聖賢像而已。若山水則後起者也。

石蚨音劫，南越志云：形如龜，甲武（一云：鄉），云遇春雨則生花，右丞詩：來經石蚨春，春字非趁韻也。古人字無虛設如此。

自同州四十里至肅州，東望大山，金人云：此新羅山，其中產人參，白附子，與高句驪接界。見許亢宗行程錄云。

議政大臣管侍衛內大臣一等公費揚古	謚襄壯	康熙四十年九月二十三日
多羅平郡王訥爾福	謚悼	康熙四十年九月二十三日
鑲白旂漢軍都統雷繼尊	謚敏愨	康熙四十年四月十一日
和碩簡親王雅布	謚修	康熙四十年十一月十三日
和碩顯親王丹臻	謚密	康熙四十一年六月廿三日
都統管九門步軍巡捕三營統領凱音布	謚肅敏	康熙四十一年閏六月十三日
福建陸路提督總兵官左都督贈太子少保王萬祥	謚敏壯	康熙四十一年閏六月十七日
浙江永嘉縣知縣殉難贈布政使司參政馬琾		

太子少傅禮部尚書保和殿大學士致仕加少傅王熙	謚忠勤	康熙四十二年四月廿六日
吏部尚書文華殿大學士致仕伊桑阿	謚文靖	康熙四十二年五月初四日
廣西富川知縣殉難贈太僕寺少卿劉欽鄰	謚文端	康熙四十二年七月廿一日
	謚忠節	康熙四十三年　月　日

以副都御史陳論爲刑部右侍郎。海寧人，辛丑甲辰進士。

王彥輔麈史云：予在開封時，長子渝遊相國寺，得唐漳州刺史張登文集一册六卷，權文公爲之序，其略曰：詩賦之外，誌記書序等，合爲一百二十篇。彥輔又云：所得書肆鏤本，纔六十六篇，已亡其半矣。予續文粹登之文，以至金石所傳，裒而錄之，以廣前集，惜彥輔之書亦無傳。

古剔犀器，以滑地紫犀爲貴，底如仰瓦，光澤而堅薄，色如膠棗，曰棗兒犀。元時禾郡西塘楊滙所作。

漢僧徒著赤布，秣陵僧衣色仿西竺，傳迦梨字文周忌聞黑衣之讖，易以黃色衣，袇

亦起於宇文

鄭康成尚書中候注云比目魚一名東鰈見紺珠集

內鄉李子田蓘撰宋藝圃集二十二卷凡二百八十人時在隆慶初元海內尊尚李王之派諱言宋詩而子田獨闡幽抉異撰為此書其學識有過人者然於宋初載廖融江為沈寅孟彬於之洍皆五代人也又取馬定國周昂李純甫趙渢麗鎬史肅劉昂胥諸人皆中州集所載金源之產定國又劉豫僞翰林學士也而與平園誠齋石湖放翁等並列淄澠淆混所宜刊正

華州郭宗昌嗣從遼左得倭帥豐臣書一紙書間行草古雅蒼勁有晉唐風是朝鮮破後求其典籍之書也鱗介之族乃能好古如此王弘撰山史云

康熙趙士禎字常吉能詩工書明文華殿中書一日出內府藏硯悉刻前代年號命士禎改製刻萬曆字內有一硯乃唐文皇賜虞世南者士禎奏云太宗賢主世南名臣乞留此硯以彰前代君臣相與之美從之

漱石閒談云成都有耕者得薛濤墓棺懸石室中四圍環以彩箋異處數萬顏色鮮好觸風散若塵霧夫濤死而以箋殉箋在地下歷千年不壞皆理之不可信者殆好事者為之耳

香祖筆記　卷三　三

兩廣雲貴多有蠱毒飲食後咀嚼當歸即解

葉蒲州南岩傳治刀瘡藥方端午日取韭菜搗汁和石灰杵熟為餅用數瘡處血即止骨破亦可合奇效

劉𧂐虛盛唐詩人之傑李華作三賢論論𧂐虛與元德秀蕭穎士曰劉名儒史官之家兄弟以學著稱述詩書禮樂春秋為五說條貫源流備古今之變劉在京下常腹疾太尉房公時臨扶風聞之通夕不寐謂賓從曰挺卿日若不起無復有神進尚書劉公每詣與談終日忘返嘆曰聞劉公清言見皇上之理矣殷直清有識尚恨言理少對未見劉面常想見其人渤海高適達夫落落有奇氣是皆重劉者也又云元魯山終於陸渾劉遊地遊於安康蕭歸葬先人歿於汝南無復下壽云𧂐虛學行蓋不僅詩人之冠冕惜不概見於後世而所傳五言亦止十四篇新舊唐書儒學文苑皆不為𧂐虛立傳與韋蘇州同一憾事𧂐虛字挺卿今永集如者

唐劉蛻文冢銘自評其文綵如星光如貝氣如蛟宮之水此喻最妙文冢在今潼川州予康熙壬子曾過之為賦一詩唐末古文韋獨樵蛻文泉子予所手錄然不逮

想遠甚樵之文在大中惟杜牧可稱勁敵

吾鄉章丘縣有朮氏乃金南渡奸相朮虎高琪之後

歸潛志載劉勳少宣濟南詩云舟行著色屛風裏人在回文錦字中勳初名謙字雅老雲中人

金翰林學士趙秉文嘗述党承旨懷英論詩云律詩最難工五十六字皆如聖賢中有一字不經鑪錘便如一屠沽兒厠其間也按此五代人劉昭禹語党述之耳

大唐傳載開原東封有太原人于伯隴者年一百二十八歲兩孫隨之各年七八十矣詣闕引見自言臣神堯皇帝之臣也上賜紫袍牙笏優恤有加

唐時知貢舉皆預定親知權要皆得薦其私人乃至榜帖亦屬他人為之如摭言所載鄭顥託崔雍為榜延至榜除日待榜不至但遣小僮壽兒者傳云來早陳賀日暮壽兒寄宿院中夜已艾壽兒以蠟丸進顥即榜也主司在院而榜自外來且使命出入更無關防已可笑尤可異者杜黃門第一榜第三場庭參之際謂諸生曰未有榜帖尹樞年七十餘獨趨進公欣然延之從容授以紙筆樞每劄一人則抗聲斥其姓名列庭聞之皆咨嗟歎其公道唯空其元公覽讀致謝訖乃以狀元為請樞曰狀元非老夫不可公大奇之即命筆親自劄之狀頭出於舉子自定殆近兒戲矣又鄭損舍人為主司以陸扆為狀元帖皆請扆自定

香祖筆記　卷三　四

范傳正作李翰林墓碑云與賀監汝陽王崔宗之裴周南等八人為酒中八仙周南之名杜酒中八仙歌無之唐書白本傳所載酒八仙人亦與杜詩同

唐文宗太和中詔以李白歌詩張旭草書裴旻劍舞為三絕命翰林學士為之贊僖宗廣明元年車駕幸蜀詔曰行在三絕右散騎常侍李潼有曾閔之行職方郎中孫樵有揚馬之文前進士司空圖有巢許之風列在青史以彰有唐中興之德唐代留意風雅如此讀之令人齒頰

風俗通漢有太守頗先井音膽有井春今誤作井春近在部見異書有妙姓茁姓盤姓民姓綠姓杵姓到姓律姓茶姓烟姓穰姓首姓卑姓戚姓求姓坎姓猶姓揣姓慈姓

韋八元賦慈恩塔詩元白見之云不意嚴維出此弟子其詩鄙惡俚俗予於居易錄已言之姚圓客乃以為盧照鄰作又似無目人語矣

李格非文叔易安之父也嘗著洛陽名園記不見其詩惡書載其臨淄懷古絕句云

擊鼓吹竽七百年臨淄城闕尚依然如今只有耕耘者曾得當時九府錢劇可誦
京山李東白者能詩隱於衣工有登黃鶴樓七律頗佳其中二聯云興飲老子胡牀
上秋在仙人鐵笛中鄂渚霜花沿岸白漢陽楓樹隔江紅明詩諸選多錄歐大任青
衣李英詩而不及東白因著之李宗伯本寧常識其人後舟過雲夢吟詩拍手一笑
躍入水死

蜀青城山有牡丹二株皆高三十丈號大將軍小將軍見元人題跋米閣南謂在羊
亘見峭壁上秋海棠高丈餘吐花如錦連綿十里尤奇又玉堂嘉話云海州東峽島
生海棠作矮樹花深紅大如茶盌香韻殊絕每歲進御以金牌記之

治難產方用杏仁一枚去皮一邊書日字一邊書月字用蜂蜜黏住外用熟蜜為丸
滚白水或酒吞下此方乃異僧所傳書

中州才士近有襄城李來章禮山劉青藜太乙劉歌詩李古文皆有可傳劉庚辰公
車至京師杯酒閒為余言郏縣同軌車同詩文皆擅絕壬午同寄余長句瀏灕頓挫
與劉勁敵也因語昭撫少司馬徐公青來湖門人張侍御遂若現聘主大梁書院予
昔使秦中偶遊慈恩寺見塔上康乃心題詩亟為延譽康遂以此知名當世皆今士
人之才而貧者也康亦字太乙其詩曰園廟衣冠此內藏野花歲歲上陵香邯鄲鼓
瑟應如舊廣得佳兒畢六王

杜子美黑白二鷹詩千人何事網羅求南唐元宗謂馮延巳云吹皺一池春水干卿
何事舊唐書明皇為楚王叱金吾將軍武懿宗曰吾家朝堂干汝何事敢迫吾騎從
此語在前見本紀

五月二十五日　駕幸古北口外避暑

弇州卮言載滄溟在關中過許中丞宗魯伯誠許問今天下名能詩何人滄溟曰唯
王元美次則宗臣子相許請子相詩觀之滄溟勃然曰夜來大燒却許面赤而已余
嘗嗤之夫子相詩未必能過伯誠即索觀亦屬恒事何至怫然如此又蔡子木入閩
酒闌自歌其夔州諸作與明卿軏軒嘯軒聲與歌聲相低昂歌罷軏亦止今觀明卿
詩品亦未能過子木也文士護前往往夜郎王自大適足為識者軒渠耳厥後蔡巡
撫中州與諸歸德府推官與徐子與張肖甫皆為屬官蔡身為行酒曰吾安敢有其
一以傲三君子哉子木固盛德不知爾時明卿當復置身何地特著二事以為文士
相輕之戒云

胡應麟作丹鉛新錄裁林學山以駁升菴自負博辯然所訛復不自覺如引三月志
關其傳注謂羽欲娶布妻啟曹公疑布妻有殊色因自留之按此乃秦宜祿妻與布
何涉元瑞宜未一檢陳書耶又唐人長安女兒踏春陽一絕見沈亞之集異夢錄胡
止據博異志似未覩沈集者田汝成西湖志餘又傅會以為宋人西湖事謂為水仙
與風俱沈湖中則劉襲司馬才仲遇蘇小事而為之尤可笑

嘉陵江岸有刀鐶山康熙丙子余再使蜀舟過之口占絕句云戲過赤銅水還見刀
鐶山關中應計日不見藁砧還赤銅利州水名蓋用古樂府藁砧今何在山上復有山何
當大刀頭破鏡飛上天語也此詩偶遺之未編入雍益集聊記此

范德機嘗得十字云雨止修竹閒流螢夜深至既復曰語太幽殆類鬼作呉正傳師
道禮部集一條云聞之危太樸昔與先生秋夜不寐徹步山中得此二句喜甚且曰
云云當以他語映帶之因足成此章云右二語果佳余少時有句云螢火出深池
荷闌暗香故友葉文敏訒菴方藹極喜之取入獨賞集

胡氏經籍會通云燕中書肆多在大明門之右及禮部門外拱宸門西花朝後三日
則移於燈市每朔望並下澣五日則徙於城隍廟中燈市歲三日廟市月三日今京
師書肆皆在正陽門外西河沿餘惟琉璃窯廠閒有之而不多見燈市初在靈佑宮
稍列書攤自回祿後移於正陽門大街之南則無書矣每月朔望及下澣五日百貨
集慈仁寺書攤止五六往閒有秘本二十年來絕無之余庚申冬過之有兩漢紀初
印本最精又三禮經傳通解亦舊刻議價未就旬日市期早過之二書已為人購去
矣癸未夏得陳子昂文集十卷猶是故物然如優鉢羅花偶一見耳

康熙壬午年吾鄉有少年十餘人自登萊往濟南肩舁數籠籠有虎一熊一又一羊
六足一犬三足欲觀者先以錢投之搜貲無算

文殊普賢廟打本釋家語宋參政錢象祖與史彌遠合謀殛殺韓侂胄請和於金時
人為之語曰文殊普賢自鬬象祖打殺師王蓋侂胄以太師封平原郡王優者皆稱
師王故也可謂善謔

杭州靈隱寺飛來峰有楊璉真伽石像嘉靖二十二年福清陳仕賢知杭州命斬之
田汝成記其事比於中屠迎斬曹操之廟頃張御史瑗訊平西山碧元寺掘出斷碑
仆其碑碎之有關名教可並傳也

嘗見一書言今江浙所祀五通邪神乃明大祖伐陳友諒陣亡士卒詔令五人一隊

得受香大云云而武林聞見錄又載米嘉泰中大理寺決一囚數日後見形獄吏云泰和樓五通神虛位其欲充之求一差猥言差充某神位得此為據可矣如其言經數月東庫人聞樓上五通神日夜喧鬨如爭競狀吏乃泄前事為增塑一神像遂寂然則宋時已有五通之說不自明初始至於決囚鎖當僞牒得補神位則其為邪魅昭然矣吳越之人信而畏之理不可解宜湯潛菴斌碎其土偶投畀湖中也

唐肅宗賜李輔國香玉辟邪二長一尺五寸香聞數百步南宋有李大卿者其子娶韓平原之女奩具中有香玉師子高二尺五寸精妙無比後歸福邸

支硎山有泉自石罅流出雖大旱不竭相傳支道林遺跡也有賈胡過之坐卧其側凡半月取一玉盤而去

五侯鯖載辟瓊至孝家貧采薪遇老父以一物遺之曰此銀實也用四壁土種之銅盆中當得銀如言種之旬日生苗再旬開花花有銀色如鈿螺又結實皆銀也銀亦可種與雍伯種玉皆奇聞

米紫來漢雯宛平人明太僕友石萬鍾之孫也父壽都字吉士亦知名紫來以順治十八年辛丑登第多技藝工書畫書仿南宮尤工金石篆刻以長葛知縣行取道有博學宏詞之舉改翰林編修以典試罣誤久之　召入供奉　內庭遷侍講　賜宅西華門尋病卒太僕有勺園在京城西海淀與武清侯清華園相望亦曰風烟里今　暢春苑即兩園故址也紫來少喜交游所交游皆海內名士與予最相善頗有倡和其詩惜為書畫所掩亦散佚無傳矣紫來曾以其滇中詩屬予論次

藥花入詩多新異如陳白沙恰到溪窮處山山枳殼花之類予居易錄載之矣偶讀南宋姜堯章一絕云憐君歸棹路迢遞到得節齋轉寂寥應嘆藥闌經雨爛土肥抽盡縮砂苗亦佳然以藥闌為藥物之藥則誤耳

唐人柳枝詞專詠柳竹枝詞則泛言風土如楊廉夫西湖竹枝之類前人亦有一二專詠竹者殊無意致米葉水心又剏為橘枝詞亡友汪鈍翁琬編修亦擬作二首其一云即行時節橘花零南風吹來香滿庭今年橘實大如斗勸郎莫羨楚江萍

姜白石詩說有數則可取錄之人所易言我寡言之人所難言我易言之難說處一語而盡易說處莫便放過僻事實用熟事虛用學有餘而約以用之善用事者也意有餘而約以盡之善措詞者也篇終出人意表或反終篇之意皆妙句中無餘字篇中無長語非善之善者也句中有餘味篇中有餘意善之善者也始於意格成於句字詩有四種高妙一曰理高妙二曰意高妙三曰想高妙四曰自然高妙一篇全在結句如截奔馬詞意俱盡如臨水送將歸詞盡意不盡若夫意盡詞不盡剡溪歸棹是也詞意俱不盡溫伯雪子是也一家之言自有一家風味如樂之二十四調各有韻聲乃是歸宿處模仿者語雖似之韻則亡矣右論詩未到滄浪頗亦足參微言溫伯雪子目擊而道存見莊子田子方篇

陳忠國字升揆公安人諸生曾中四川鄉試副榜以冒籍黜壬午來京師其指長過於膝行則自兩肩搭於背上每行過市人競隨觀之趙統詩話杭人陸淆言其鄉有役為老人者指長委地行則辮而繞之頸又白醉瑣言云攸縣有徐寨主者指十餘莖以囊盛之舒之則長修二丈

元鮮于伯機記杭醫宋會之者善治水蠱以乾絲瓜一枚去皮剪碎入巴豆十四粒同炒以巴豆黃色為度去巴豆用絲瓜炒陳倉米如絲瓜之多少候米黃色去絲瓜研之為末和清水為丸如桐子大每服百丸皆愈宋言巴豆逐水絲瓜像人脈絡去而不用藉其氣以引之也米投胃氣也

宋時武林馬塍藏花之法紙糊密室鑿地作坎緶竹置花其上糞土以牛溲硫黃然後置沸湯於坎中候湯氣薰蒸則扇之經宿則花放今京師園丁亦然予嘗以冬月寄諸盆花約明年花樹不敗則酬其直惟桂不能如舊西湖志餘謂桂必清涼而後放法當置石洞岩竇間暑氣不到處鼓以涼飈乃開今與桃梅牡丹之屬同置煖室地窖宜其不殖也此亦格物者所當知

從伯文玉諱與玟號能詩嘗有詠宋高宗一絕云千金空買玉孩兒不得其解讀西湖志餘高宗嘗宴大臣見張循王俊持扇有玉孩兒扇墜上識是舊物昔往四明誤墜於水者問俊所從得對曰臣從清河坊舖家買得之詢舖家云得之提籃人復詢之乃從後湖門外陳宅廚娘處得之詢之廚娘云破黃花魚腹中所得也上大悅舖家提籃人補校尉廚娘封孺人

中牟縣城南有湖數十畝中有亭額以蒲盧為邑名士張林宗民鵬詠之地予丙子以奉使祭告西嶽過之惜其命名非典因為易名埜巾以存林宗之舊使後來知名流故蹟按毛詩小宛疏云螟蛉桑蟲也果臝蒲盧也細腰土蜂謂之蒲盧郭璞爾雅注細腰蜂俗呼蠮螉若水中之蒲其根著在土而浮莖多緣木故亦或謂之果臝是細腰水蒲得以互稱於命名之義無一可者不知當時義何居也

予甲子冬奉使祭告南海之神歲杪次桐城大雪中陳默公焯初未相見即過予客署一從者背負巨囊拄龍即呼具紫顧從者取囊書數十大冊羅列案上指示予曰此吾二十年來所輯宋元詩會若干卷聞公奉使當過此喜甚將待公抉擇之然後出問世耳已過其滌岑雪中遠眺龍眠諸山縱觀是書竟日賓主談譜無一言及世事此東冠蓋交游中所少默公順治壬辰進士二甲傳臚第一以耳聾不仕終

予以乙丑二月抵南海始與陳元孝恭尹定交揖甫罷即出一端石小研相示曰吾得此水坑石甚寶惜之將以贈子藥亭公車之便屬寄公於京師既聞奉使當至奧故留以俟視其側有銘八字云獨漉之貽漁洋寶之元孝工漢隸此其手書也予甚珍之獨漉元孝別字亦自稱羅浮布衣子勵後中己卯舉人

陳衎奇石記云米仲詔嗜石有五石最奇一靈壁石高四寸餘延袤陂陀勢如大山四面皆畫家皴法近山腳特起一臺臺上平下削平處刻伯原二字小篆絕佳伯原元清碧先生杜本字也又一靈壁石非方非圓週遭如屏障有脉兩道作殷紅色自凹處垂下如瀑布之射朝日高八寸許圍徑尺純黑凝潤如膏一英德石高四寸長七寸如雙虬盤臥玲瓏透漏千蹊萬徑穿穴鉤連一兗州石大如拳堅緻有聲得之嶧山一仇池石亦如秦峰巒洞壑奇巧殊絕刻其側曰小武夷

明大內英華殿供西番佛像殿前菩提樹二孝定皇太后手植也光祿寺志云英華殿四月八日供大不落夾四百對小不落夾三百對叔祖季木考功詩云慈寧宮裏佛龕崇瑤水珠燈照碧空四月虔供不落夾內官催辦小油紅蓋紀此事也慈寧宮當作英華殿為確

荊州南門有息壤其來舊矣上有石記云犯之輒致雷雨康熙元年荊州大旱州人請掘息壤出南門外堤上掘不數尺有狀若屋而露其脊者再下尺許啟屋而入見一物正方上銳下廣非土非木亦非金石有文如古篆土人云即息壤也急掩之其夜大雨歷四十餘日江水泛溢決萬城堤幾壞城

海寧孝廉查伊璜繼佐崇禎中名士也嘗冬雪偶步門外見一丐避廡下貌殊異呼問曰聞市井有鐵丐者汝是否曰是也能飲乎曰能引入發醅坐而對飲查已酩酊而丐殊無酒容衣以絮衣不謝徑去明年復遇之西湖放鶴亭下露肘跣行詢其衣曰入春不須此已付酒家矣曰曾讀書識文字乎曰不讀書識字何至為丐耶查奇其言為具湯沐而衣履之詢其氏里曰吳姓六奇名東粵人問何以丐曰少好博進

敗其產故流轉江湖自念叩門乞食皆賢不免僕何人敢以為污查遽起捉其臂曰吳生海內奇士我以酒徒目之失吳生矣留與痛飲一月厚資遣之六奇者家世湖陽祖明世為觀察以樗蒲故落為窶人既歸與寄伍充驛卒稔知關河阨塞形勢會王師入粵遇者執六奇六奇曰請得見大帥言事既見備陳諸郡形勢因請給遊劄數十通散其土豪所至郡縣壁壘皆下帥上其功十年中累官至廣東水陸師提督孝廉家居久不復記憶前事一旦有粵中牙將叩門請謁致吳書問以三千金為壽邀致入粵水行三千里供帳極盛度梅嶺已遣其子迎候道左所過部下將吏皆負蘭抱弩矢為前驅抵惠州吳躬自出迎導從雜沓擬於侯王至戟門則蒲伏泥首登堂北面長跪歷敘往事無所忌諱入夜置酒高會身行酒炙歌舞妙麗絲竹迭陳諸將遞起為壽賢明始罷自是留止一載裝累鉅萬將歸復以三千金為壽錦綺珠貝珊瑚犀象之屬不可訾計查既歸數年值吳興私史之獄牽連及之吳為之營救查遂獲免於難初查在惠州幕府一日遊後園園有英石一峯高二丈許深賞異之再往已失此石問之則以巨艦載致吳中矣今石尚存查氏之家六奇後卒官贈少師兼太子太師謚順恪

武昌小南門獻花寺老僧自究存病噎食臨終謂其徒曰我不幸罹斯疾胸膈間必有物為祟殁後剖視乃可入殮其徒如教得一骨如簪形取置經案久之有兵帥借寓一日從者殺鵝其喉未斷偶見此骨取以挑刺鵝血濺骨立消後其徒亦病噎因前事悟鵝血可療數飲之遂愈因廣其傳以方授人無弗愈者

唐初修隋史不為文中子立傳千古疑之且其時總裁者魏徵秉筆者陳叔達皆及門也而房杜諸人又皆佐命力豈不能為其師立一史傳而必待三百年後宋景文修唐書始為之表章於王績勃質諸傳耶頃閱仇俊卿通史它石論此甚快可破千古之疑其說本於宋必非私也宋史謂通為長孫無忌所惡當時畏無忌故遺通而無忌之惡王氏則由於王凝次子劾勍貶侯君集君集與無忌善因而惡及其祖耳初叔達撰隋紀王績欲借觀且曰吾尚成凡亦有隋書若干卷欲續成以終其志殆諷之也予謂隋書不為王通立傳五代史不為韓通立傳二公未嘗以一傳有無為輕重獨可為當時操史筆者惜耳（韓通不立傳亦別有說。通次子福時福時子凝凝子勔勔劾）

香祖筆記卷三終

香祖筆記卷四

清　新城王士禛貽上著

康熙四十年駕臨塞外喇里達嗒頭人進彩鷂一架青翅蝴蝶一雙于行在問之對曰鷂能擒虎蝶能捕鳥又哈密獻麟草一方云草生鳴鹿山必俟十月乃成自利用元年至今止結數枝

高陵令朱某有白玉龜高廣二寸有奇四面皆作連環格子上下七字文外一童子俯首而窺中有一猿坐而仰視意態如生鈕玉樵琇官秦中嘗見之

黃周星字九煙崇禎庚辰進士性簡傲嘗遊嘉善遇一人負薪過市口作吟哦聲揖入詢其名氏曰崔姓名金友出其詩五言云花落無人掃雲飛到處山七言云因風去住憐黃蝶與世浮沉笑白鷗又云吟思白隨傾家釀坐對青山讀異書自號樵隱黃驚異因與定交

某大臣籍沒時有一書案乃琥珀琢成而嵌水晶方廣二尺下承一替亦水精為之高可三寸貯水畜朱魚紅鱗碧藻煦沫游泳恍若麗空按元時燕帖木兒於私第作水精亭子四面皆水精鏤貯水空養五色魚其中剪綵為白蘋朱荷諸花草壁中置珊瑚闌干光彩玲瓏右李材鮮醒語載之古今事相類有如此

宜興任弘嘉字葵尊康熙丙辰進士以行人改授御史上疏請定服色於是三品以上始許衣貂及舍利猻一日五鼓入朝遇梅桐厓鋗少廷尉時隆冬梅有寒色予口占絕句戲贈之云京堂詹翰兩衙門齊脫貂裘舍利猻昨夜五更寒徹骨滿朝誰不怨葵尊吏部侍郎趙公玉峰士麟曰公詩大佳尤難其押韻天然耳梅今為御史中丞巡撫福建鈕玉樵琇觚賸記此訛為京師謠語蓋不知為予戲作也

元時張進中者字子政都城耆老善製筆管用堅竹毫用鼬鼠精銳宜書吳興趙子昂淇上王仲謀上黨宋齊彥皆與之善尚方時有所需非進中製不用也每自持筆以入必蒙賜酒今京師未有以善筆名者矣

昌平紅崖谷有道人戒行甚嚴一夜有美婦人叩門求宿時天寒憐而納之婦以言挑道人不為動忽言腹痛就盆產一兒詰旦抱去道人惡盆污覆諸澗中拱染左手五指皆金色復視澗際沙石皆金色矣

大小勞山在膠萊州即墨之境延安府甘泉縣北二十里亦有大小勞山狄武襄與夏人相拒士卒疲困想此因名

烈婦王氏名富英儒家女也其母夢吞牡丹花而生故以為名康熙癸丑歸孫文恪公之孫槐會土寇亂婦被掠賊帥慕其色將犯之堅不從繼以兵刃榜掠亦不從夜闌伺守者倦而寐遂以帛自縊死貌如生賊帥驚嘆其貞烈已而自悔曰此烈婦而我偪之以至於死吾不知死所矣乃謝其儕伍披緇入山不知所終

明末靖海衛向化其父指揮某投海死化年十六沿海岸哀泣三日亦投於海次日天方晴霽忽西北有聲如天鼓雷雨大作化尸以頭戴父尸浮至海岸觀者如堵莫不驚異泣下其家乃祔葬焉

順治初京師有賣水人趙進未有室家同輩醵金謀為娶婦一日于市中買一婦人歸去其帕則髮皤皤白居然嫗也進曰嫗長我且倍何敢犯非禮請母事之居數日嫗感其忠厚曰醵錢本欲得婦耳今若此反為君累且奈何吾幸有藏珠一囊紉衣中當為君易金娶婦以報德越數日於市中買一少女子入門見嫗相抱痛哭則嫗之女也蓋母子俱為旗丁所掠而相失者至是皆歸進所嫗即為之合巹成禮嫗又自言洪洞人家有二子今尚存珠數顆可鬻之為歸計乃攜婿及女俱歸二子者固無恙一家大喜過望嫗乃三分其產同居終其身人以為進忠厚之報云

張道濟手題王灣海日生殘夜江春入舊年一聯于政事堂王元長賞柳文暢亭皋木葉下隴首秋雲飛書之齋壁皇甫子安子循兄弟論五言推馬戴猿啼洞庭樹人在木蘭舟以為極則又若王籍蟬噪林逾靜鳥鳴山更幽當時稱為文外獨絕孟浩然微雲淡河漢疏雨滴梧桐羣公咸閣筆不復為繼司空表聖自標舉其詩曰回塘春盡雨方響夜深船玩此數條可悟五言三昧

漢侯霸子孫稱祖父曰家公陳思王稱父曰家父母曰家母潘尼稱祖曰家祖蔡邕書文稱姑女曰家姑家姊班固書集曰家孫顏氏家訓姑姊妹已嫁則以夫氏稱之在室以次第稱之言禮成家族不得云家也子孫不得稱家者輕略之也此說與漢蔡之稱不同矣

漢律二千石有予告有賜告予告在官有功最法所當得者也賜告者病滿三月當免天子優賜其告使得印綬將官屬歸家理病郡二千石賜告不歸家自馮野王始也

琵琶錄云羽調綠腰注云即錄要也本自樂工進曲上令錄出要者以為名誤為綠腰也白樂天詩注又謂為六么乃其曲又高平仙呂非羽調矣楚材龍識略云然

詹事府左右春坊司經局皆東宮從官雖居同署而各有印信不相統攝今文移章奏往往稱詹事府春坊者謬也亦如十三道御史例不冠以都察院今或稱都察院監察御史者謬也本朝設詹事府沿明代之舊而稍不同明詹事率以禮部尚書掌府事少詹事亦多加尚書或侍郎皆與枚卜今則班通政大理之下府丞罷不設通事舍人亦罷不設左右春坊明初庶子之上有大學士後罷不設今沿之司直郎清紀郎司諫俱罷不設司經局洗馬一人洗先也荀子曰天子乘大輅諸侯持輪挾輿先導注導馬也國語曰句踐為夫差洗馬如淳曰前驅也晉太子詹事官屬洗馬八人掌太子經書圖籍其後止一人今沿之漢蘭臺東觀有校書郎北齊有正字明司經局之屬有校書有正字今校書罷不設正字則以內閣中書舍人改充之

世或疑文中子以為房杜李諸公未必皆出其門者陋儒也予讀司空圖文中子碑云天生文中子以致聖人之用得衆騎而廓之以俟我唐故梁衛數公皆為其徒恢文武之道以濟貞觀治平之盛圖唐人也又文中子鄉人也其言如此可信耶吾故特筆之以結此案之舌若門人薛收等撰謚文中子則詳唐書文苑王勃傳文中子之名則附見王績傳

禮生曰名死曰諱今世俗不辨以諱混施之生者極可笑然漢人有之吳楚材驥識略言西漢岳廟碑云樊君諱毅毅時尚在也然則俚俗相沿亦有所本

堂谿公曰玉卮無當當底也謂人主漏洩羣臣之語也譬玉卮美矣而無底則水進散不若瓦器有當適用也如所謂君不密則失臣也

海船曰艆艆江船曰艑艑作蟲音

明洪武初立宗人府以秦王為宗令晉王燕王為宗正周王楚王為左右宗人皆正一品其後不然　本朝兼宗令宗正等名率以和碩親王多羅郡王掌之亦有多羅貝勒協理府事者惟宗人府丞則以漢人為之位次副都御史與通政使大理卿同列曰宗通丞

古稱宗室藩王之賢者曰間平謂漢河間獻王東平憲王也又古稱原嘗謂趙平原君齊孟嘗君皆舉第二字言之

今戶部有總督倉場滿漢侍郎二人滿左漢右總督京通各倉倉監督則以各部員外郎主事差遣即漢之太倉令丞也唐明皇以御史充太倉出納使五代改曰如京使取詩如坻如京之義宋沿之故柳開稱柳如京舉其官也

兵部有督捕滿漢侍郎二人滿左漢右左右理事官四人滿官二人漢官二人專司緝捕八旗逃之事其屬漢郎中一人員外郎一人主事六人司務一人今歸之刑部曰督捕司止設漢郎中主事各一人管子所謂僕臣是也昔耶律文正公楚材對元世祖曰今天下一統逃將安之此言最得大臣之體予先曾官督捕侍郎今十四五年官刑部尚書復兼領是事惟以文正之意仰承　朝廷寬大之恩宣布四方而已故終歲不動一失察之官不治一窩隱之罪非敢縱也亦古人所云無擾獄市之意而已

戶部之屬古有民部度支金部倉部明改十三清吏司分掌十三布政司之事而各司吏書仍分民支金倉四科刑部之屬古有憲部比部司門都官明改十三清吏司分掌十三按察司之事而各司吏書仍分憲比司門都官四科存古制也　本朝因之但明代以南北兩直隸之事分隸十三司　本朝則增江南一司且刑部人增督捕一司為十五司

工部四清吏司外今增製造庫滿洲司官外惟設漢郎中一人即宋之文思院也考工之官以文思命名甚奇

六月初七日和碩恭親王病薨謚曰□諱常寧　世祖皇帝第三子

六月二十六日　和碩裕親王病薨謚曰憲諱福全　世祖皇帝長子

和碩裕親王世子保泰襲封親王

偶閱明秦人趙統伯一蠅山集崖雞一篇略之如左以補物類相感志所未及崖有雞鳥者謂為崖雞丹喙朱趾隹尾鳩臆大倍鵝盎雉屬也因指其喙此雞時殊黑成翮而飛始蛻其喙龍黑出丹鵝鶴之褪易其色崖雞之褪并脫軀殼方褪時喙吭腹蔽如蛇蛻然因言蛇蛻如蟬蛻殼枯處裂項而出如更生然崖客或言麂蛻眼常求亡羊得麂窮谷草中故晴閒而新眶未啟又有言獺蛻肝者曰獺肝凡十二析月爲一析則他析更新循環歲更故諺曰人心象獺世事獺肝又有言麋蛻角者麋野羊也大者重千斤方蛻時自投絕崖翼張撼以自觥而痲亦自決兜兒已甦而自逸但不能得其蛻期若麋鹿之冬夏云有趙生者因言其地多麝曰前人言麝噬臍食指而香結退臍而藏覆以自珍吾邑會寧無柏麝有何食麝春和其臍自張佩諸花蕊得其香而括之蠅蠓集其臍腹然亦括之凡諸花香蟲肉皆香材也遇蛇則旋數周撐尻張臍以當之蛇自起而納諸臍織人得其臍或收蛇不既者或收而未化化而不盡者大抵蛇為其香之主也言既客有談龍者龍之蛻以首昔見晁氏畜藥中黨神

全首。置牖下。高可二尺許。或得之地中。或得之石中。然不得其蜕之譌文矯異甚可喜。

趙又辨鳩逐婦一則云。鳩逐婦。乃感天地之雨暘。而動其雌雄之情。求好逑也。非逐而去之之謂。歐陽永叔云。天將陰。鳴鳩逐婦啼中林。鳩婦怒啼無好音。非也。

趙又云。韻書五噫。噫本平聲。楊眉菴莫解梁鴻五噫歌。趙大洲梁君五噫今安否。皆作去聲。誤。按字書噫音依。恨聲。又音隘。飽食氣滿而有聲也。則依音為是。楊用修言何仲默謂宋人尚不能解唐人詩。以之解三百篇。真是枉事。不如且從毛鄭。

胡釘校事。或言列禦寇。或言柳文暢。王性之默記又載諸先生遇慈上座事云。他日見胡釘校者。知吾所在。後諸為章惇引薦。特置第五甲。勉往置冠帶而作帶者極有士人風範。問之。即胡釘校也。驚問慈上座何在。曰上座於人亦衆。意即知之。且頃刻已萬里矣。何可知其處也。此胡釘校又異人矣。一耶二耶。

寶應孝廉陶成。字雲湖。朱升之大參妻父也。以畫名家。偶閱王兆雲揮麈新談。載其行事怪僻甚。殆郭忠恕之流。成小時從師。見其妻。即圖之。次見其女。又圖之。皆偪真。師怒逐之。寫花鳥人物最工。芙蓉尤入神品。然與物多忤。性不可測識。有富人欲求之而不敢言。乃於其遊歷之所。徧栽芙蓉。秋日花盛開。成過之喜甚。主人以具備絹素張於庭。立成二十幅。索酒痛飲而去。嘗同升之赴會試。期僅三日。忽語升之曰。聞張灣某氏丁香盛開。子其從我遊乎。升之不可。成買小車徑造其家。痛飲花下。五日乃去。遂誤試期。嘗以挾妓事露。御史知其名。欲全之。覘其贈妓詩曰。此殆非子作。成爭之曰。天下歌詩。豈有出陶成之右者。而謂他人作乎。竟坐除名。晚過一妓甚美。而不肯與接。成自織錦裙持見之。精類鬼工。妓乃大喜。既遂挾妓以遊。坐謫戍邊。

陳寒山烜云。王立穀字伯無。少入雞足山。忽逢伽葉引入石壁中。語之曰。汝塵火宅中行。慈忍戒。他日急流湧退。橋下前身猶在。既出壁合如故。王遂持戒殺終身。高念東侍郎遊山陰道上。有句云。筇杖古松流水外。蒲團修竹緒風間。予愛之。命畫師禹鴻臚之鼎寫為二圖。

大唐傳載云。顏魯公刻姓名於石。或置高山之上。或沉大洲之中。云安知不有陵谷之變耶。此因杜元凱事而傅會之耳。魯公碑版照曜天下。安用區區為爾。亦陋甚矣。

李龜年有弟彭年鶴年。開元中皆有盛名。鶴年善歌。製渭州。彭年善舞。龜年善打羯

鼓。見大唐傳載。

康熙辛亥。宋荔裳琬在京師。一日招龔芝麓大宗伯。梁蒼巖大司馬及予兄弟飲梁家園。予首倡偶用纈字。明日梁問予纈字之義。對不能悉。按潘氏記聞云。唐明皇柳婕妤妹適趙氏。性巧慧。鏤板為雜花。打為夾纈。代宗賞之。命宮中依樣製造。又西河記。西河婦女無蠶桑。皆著碧纈翻書。但言大纈耳。

上巳卯南巡視河。賜江蘇巡撫臣宋犖仁惠誠民四大字。又賜懷抱清朗四字。癸未以河工底績。再南巡。渡江駐蹕江天寺。即金山寺。御賜今名。犖時扈從。奏云。臣家有別業在西陂。乞御書西陂二字。賜臣。不令宋臣范成大石湖獨有千古。玉音云。此二字頗不易書。犖再奏云。二字臣求善書者。多不能工。刑部尚書王士禛少與臣同學。嘗云二字倘得御書。乃為不朽盛事。上笑而書之。即以頒賜。駕回行宮。又命侍衛取入重書。賜焉。再賜清德堂大字。犖西陂有綠蘿草堂釣家艾梁諸勝。常邀予輩同人賦詩。今果獲御書張之。不世之遇也。古名臣別業最著。無如午橋平泉。皆地以人重。顧未聞有此。郊輞川盤洲以下乎。犖有扈從紀恩詩紀其事。中一首云。御筆俾來許再三。西陂寶墨秘龍函。一時盛事流傳遍。已入漁洋續偶談。

李庶常麗生府州人。示予雲中節義錄。所錄闖寇之難。大同殉難者五人。宗室二人。永慶郡王某。管理襄垣王府事。鎮國中尉俊案。巡撫衛景瑗。韓城人。監司朱家仕。河州人。其一則諸生李若葵也。衛公本末。載諸他書甚著。餘傳略而書之。永慶郡王失其名。居大同。甲申正月。李賊將出雁門。擄雲中。諸王府謀迎降。王獨大言曰。堂堂親藩。奈何降賊。何面目見太祖列宗於地下乎。賊至。王介胄率左右鼓譟出。將赴敵死。顧左右曰。今日乃孫畢命時也。卿輩寧死同時。勿辱賊手。方抵城門。會總兵官姜瓖叛。出迎賊。與王衛士戰。射王中肩。王死之。官屬殲焉。瓖遂以城降。鎮國中尉俊案。被服儒雅。善八分書。慷慨好談節義。賊偪城。聚弟謀曰。所不遺汝曹先去者。欲同急難耳。然同死無益。汝不聞微子之去。伍員之覆楚乎。我死。使人知宗室有殉國之臣。若輩各從其志。惟不可降賊以辱國。乃闔戶大書于壁曰。襄垣管理殉國盡忠。旁注九二慧泉四字。遂自剄。九二行也。慧泉其字。數日家人歸殮之。顏色如生。朱家仕中崇禎戊辰進士。巡撫衛景瑗雅重之。問冠警。衛公召集文武衆僚廟。歃血漢壽亭侯祠下。衛既歃。總兵官姜瓖有異志。逡巡不進。家仕獨義形于色。誓不與賊俱生。城陷

前一日赴井死。諸生李若葵率妻子等同縊。題壁曰。一門俱死。大節已完。七日始殮。舉家顏色如生。代王。明太祖第十三子。國大同。謚曰簡。

七月初一日。上聞　裕親王薨。自　行在冒雨回京師。至東直門。望城而哭。未入宮。先　駕臨王府。卒　皇太子哭奠。既啓鑰。哭不絕聲。入　大內。避正殿。居延禧宮。諸貝勒　內閣部院九卿八旗都統等文武諸臣慰問　起居。請節哀。仍赴蒼震門請　駕還宮。不許。王慈惠謙和。動必以禮。　上素篤手足之愛。朝論以爲不愧漢之間平云。

是日又　命　皇太子詣　恭親王靈幄奠酒。

予前記雲間有木工蕭姓者能詩。未詳名字。近讀脈髓。乃知蕭名詩。字中素。別字芷厓。博學能文。尤長於詩。嘗有五言云。邊海吞遙月。長城鎖亂山。七言云。山寺落梅傷別易。天涯芳草寄愁難。皆佳句也。

初五日。裕親王殯於齊化門外郊園。皇太后　皇上　東宮皆臨王府親送。滿漢內閣九卿皆送至園。奠畢。歸入朝。上傳尚書臣士禎。大理寺卿李斯義。掌河南道監察御史呂璟。同內閣戶部赴　乾清門。問山東今年水災情形。並問前遣官賑口外養蒙古例往賑。實有益於百姓否。臣士禎奏。皇上軫念民艱。特遣人員賑口外養蒙古之例。賑濟地方大小官員仰體　聖意。實心料理。不敢具文視之。自實有裨益於百姓。但今年之災。非比去年。去年被水。不過十餘州縣。今年則六郡無不被水。加以丹災。視去年不啻數倍。今舊穀已盡。新穀絕望。民間所苦在於無米。　上嚮戶部尚書凱音布。速發通州倉米往賑。

初六日。　駕幸口外。

袁氏自江左以來。淑粲蔡昂。歷著高節。及唐初。文皇將進東宮官屬。謂岑文本曰。梁陳名臣有誰可稱。復有子弟堪招引否。對曰。隋師入陳。百司奔散。唯袁憲侍側不去。王充受隋禪。羣僚表請勸進。憲子給事中承家獨不署名。父子皆稱忠烈。又袁朗自以中外人物爲海內冠族。雖瑯琊王氏繼世台鼎。而累朝首爲佐命。恥與爲伍。朗孫誼。虞世南外孫也。爲蘇州刺史。謂司馬張沛曰。門戶須歷代人賢。名節風教爲衣冠顧瞻。始可稱舉。老夫是也。宜其高自位置如此。

崔信明楓落吳江冷五字。初唐所少。信明。吾鄉益都人也。以五月五日午時生。有異雀數頭。五色畢備。鳴于庭樹。初仕隋爲堯城令。竇建德欲引用之。族弟敬素爲建德

鴻臚卿。勸以立事。信明曰。昔申胥。海畔漁者。尚能固其節。吾終不能屈身僞朝。遂隱太行山。貞觀中應詔舉。爲秦川令。卒。信明不獨才冠一時。而大節毅然。尤爲可書。其自負詩過李百藥。非褻傲也。鄭世翼何許人。乃敢肆其輕薄耶。

全州謝良琦。字石臞。能爲古文。康熙初。以明經通判常州。恃才傲睨。意不可一世。常以謁巡按御史。與予解后公廨。初未相識。彼此不交一言。罷去。既而知其予也。乃遣使過江致書問。通殷勤。後貽其別集。中有爲予漁洋詩序。予笑語人。謝君何前倨而後恭耶。曾同年江陵胡默齋在恪官江南提學。聞謝名。過毘陵。因召見之。謝時有母之喪。要經而往。甫登舟。胡亦卞急人也。望見之。怒甚。急使麾去。謝傲然不屑。予按唐李林甫欲致蕭穎士。時穎士居喪廣陵。聞召。詣京師。縗麻謁林甫於政事省。林甫大惡之。即令斥去。穎士怒。乃作伐櫻桃賦以刺之。與良琦事正相類。

舊唐書爲李巨川作佳傳。列於文苑。始終無貶詞。新唐書則置之叛臣傳。特書其導韓建殺十六宅諸王。及定州行營將李筠之罪。使非宋景文。則巨川首惡。網漏吞舟矣。春秋之義謂何。然新書既以僕固懷恩李懷光李錡等爲叛臣。又列李正己師古師道吳少誠元濟等于藩鎮。一進一退。其義何居。每開卷至此。輒爲憤懣移日。

致仕前文華殿大學士兼吏部尚書伊桑阿卒。公滿州人。順治乙未科進士。康熙戊辰以禮部尚書大拜。在相位十五年。壬午以病予告。至是卒。年六十六。謚文端。

黃山湯泉皆朱砂。天啟中。或浴于泉。見一鼠躍出。純赤色。長尺餘。曰朱砂鼠。

古今文人有名不大著。而其詩實卓然名家者。世人多耳食。抑何從知之。如歸田錄所載謝伯初景山送永叔謫夷陵詩中聯云。長官衫色江波綠。學士才華蜀錦張。下國難留金馬客。新詩傳與竹枝娘。明欽天監博士馬軾字敬瞻。送岳季方閣老云。五嶺瘴高煙蔽日。兩珠雲濕雨鳴秋。結句棠花鰐魚歸去晚。刺桐花外月如鉤。右二詩。即使當世專門名家操觚染翰者。未必能到。論者不可徇名而失實。故特表而出之。

常愛杜詩雨邊山木合。終日子規啼。又明初人詩數家茆屋臨流水。一路松風響杜鵑。寫蜀江風景。宛然在目。予嘗擬作一聯。送同年張仲誠沐知資縣云。子規聲斷處。山木雨來時。又嘉陵驛路千餘里。處處春山叫蜀鳥。皆眼前實景也。

歐陽公云。秋霖不止。文書頗稀。叢竹蕭蕭。似聽愁滴。蘇公云。歲云暮矣。風雪淒然。紙窗竹屋。燈火青熒。時于此間得少佳趣。此等寂寥風味。富貴人所不耐。而予最喜之。殆若一年中如此境不多得耳。二公蓋先得我心之所同然。歐公有刑部海棠及刑

部看竹詩。今刑部詎復有此遊觀之勝耶。

予嘗謂詩文書畫皆以人重。蘇黃遺墨流傳至今者。一字兼金。章惇京卞豈不工書。後人糞土視之。一錢不直。所謂三代之直道也。永叔有言。古之人率皆能書。獨其人之賢者傳遂遠。使顏魯公書雖不工。後世見者必寶之。非獨書也。詩文之屬。莫不皆然。

歸田錄記陶穀召對便殿。徬徨不進。太祖笑曰。此措大索事分。顧左右取袍帶來。穀乃趨入。予嘗笑之。穀欲效汲長孺。而其奉使南唐吳越。狼狽乃爾。殆出兩人之所爲又何歟。

御史言事。不先白臺長。自宋劉子儀爲中丞始。

李方伯紫瀾濤自桂林歸。求爲母夫人作傳。貽予楊孟載手錄眉菴詩集五大册。雖書法未爲當家。然先哲故物。可寶惜也。每幅有子京墨林項叔子琴書清暇等印。蓋禾中項氏藏本也。卷首自識行末有葉字號三字云。余自離吳門。未嘗作詩。間有所述。不復存稿。邇來西江意或得追理舊業。而案牘山積。雖罷征驂。鈍猶不及十之二別從容筆硯間哉。固知有愧於穆之也。冬十一月宜春候上猶臨江（冬字至候字一句下又一圈句號有誤）。余奉省檄。執雁謁軍門。修聘禮。自己未至丙寅。往返者八月。凡目所睹。身所感。念慮所思。得短章五七言古律絕句四十首。如春山早鶯。初出深谷。舌強語澀。殊不成音。欲棄置水中。復念予友方君以常毋以不得見舊稿爲憾。姑存此以貽方君。君長於詩。尤工唐人五言。與予友張羽來儀爲倡和友云。吳人楊基識。後書五言一篇云。今夕復何夕。夢我生平友。握手無所言。但道別離久。覺來聞秋蟲。空堂竟何有。不知千里道。君魂可來否。當年亦如夢。聚散一回首。起坐誰與期。鐘鳴月穿牖。其詩分體不分卷。凡若干首。不止序所云奉使四十首也。按孟載始以薦爲江西行省幕官。此蓋江西時所自書。首卷起寓懷十二首。與今本同。但今本作感懷耳。按眉菴集中有秋日懷方員外詩。張靜居集。亦有元日雪懷方員外。以常送方員外歸吳興詩。所云晴春入舊廨積雪含清暉。是也。方蓋吳興人。

王徵士集四卷。都少卿元敬所定。有元敬及浦杲序。徵士名彝。字常宗。又號媯蜼子。洪武初。與高季迪同修元史。後亦同死魏觀之難。元敬稱其古文明暢英發。又或以爲吳中四傑之一。以常宗代張來儀者。今觀其詩歌行。擬李賀溫庭筠殊憒憒。道餘體亦不能佳。詎能與高楊頡頏上下乎。固知高楊徐王之說。誕而無徵矣。此本嘉定門人陸廷燦扶照所刻。

王元之五代史闕文。僅一卷。而辨證精嚴。足正史官之謬。如辨司空圖清直大節一段。尤萬古公論。所係非渺小也。如敘莊宗三矢告廟一段。文字淋漓慷慨。足爲五皇父子寫生。歐陽五代史伶官傳全用之。遂成絕調。惟以張全義爲亂世賊臣。深合春秋之義。而歐陽不取。於全義傳略無貶詞。蓋即舊史以成文耳。終當以元之爲論定也。元之名禹偁。鉅野人。其小畜集三十卷。黃俞邰虞稷千頃堂有傳本。惜未及借錄。

元吳師道禮部集二十卷。詩九卷。雜文十一卷。師道金華蘭谿人。與許白雲謙明金仁山之學。而與黃晉卿溍柳道傳貫爲友。故其學問文章。遠有統緒。時稱其爲文清勁善持論。友人朱檢討竹垞常稱之。此本乃崑山徐少宰果亭秉義寫以見貽者。吳至治辛酉進士。仕止國子博士致仕。加禮部郎中。故集稱禮部云。

吳師道仙山秋月圖詩自注宮扇馬遠畫宋寧宗后楊氏題詩自稱楊妹子。詩中感慨濟王之事。以楊妹子爲楊后誤。

陸廣微吳地記所載。如語兒亭最爲可笑。又多可疑者。如馮驩宅謂在吳縣東北二里五十步。有彈鋏巷。又謂海鹽縣東十五里有公孫挺陳開疆顧冶子三墓。尤謬。按齊乘云。三士冢在臨淄南一里。一基三冢。晏子春秋。公孫捷田開疆古冶子事齊景公。勇而無禮。晏子言於公。餽之二桃云云。是事真妄固不足辨。然三子齊臣。死不葬近郊。而遠葬吳地。此復何理。至於馮驩宅之謬。又不煩筆削者也。與張騫有墓在平原。班超有墓在長清。同一傳謬。齊乘已辯其非矣。

世言瓊花天下惟揚州蕃釐觀一株。故宋人作無雙亭於其側。然元遺山續夷堅志云。鄧縣南十里炭谷。入谷五里有瓊花樹。大四人始合抱。逢閏即花。以初伏開。末伏乃盡。花白如玉。中有玉蝴蝶一。高出花上。花落不着地。乘空而起。按此則不止廣陵有之矣。

香祖筆記卷四終

香祖筆記卷五

清　新城王士禎貽著

康熙己巳庚午間在京師每從朱錫鬯黄俞邰借書得宋元人詩集數十家就中以長沙陳泰志同爲冠因鈔其所安遺稿一卷以周弼伯弜汶陽稾臨江鄧林性之皇荂曲金華杜斿仲高癖齋小集附之數子者名不甚著而其詩實足名家按吳正傳跋杜端父墨蹟云杜汝霖仁翁學于胡安定爲李公擇所稱其孫陵五子旟伯高斿仲高存叔高旞季高旝幼高伯高登呂成公之門同時陸務觀陳君舉葉正則陳同甫咸稱其文淳熙開禧中兩以制科薦有橋齋稿仲高占湖漕舉首與吳獵楊長孺善有杜詩發微癖齋稿叔高嘗問道考亭與辛幼安諸公遊端平中以布衣召入秘閣校讐季幼文亦相上下幼有梓衆集葉正則爲序人稱金華五高伯高爲最旝子去輕此帖乃去輕手筆盖先大父碧溪翁之友宋末士競舉子習而杜氏一門子孫獨尚古文章今里中殘碑斷碣可見者必有家法下至字畫亦異此然深得山谷老人筆意要非不習而能也

白樂天論詩多不可解如劉夢得雪裡高山頭白早海中仙果子生遲沈舟側畔千帆過病樹前頭萬木春等句最爲下劣而樂天乃極嘗嘆以爲此等語在在當有神物護持悖謬甚矣元白二集瑕瑜雜陳持擇須慎初學人尤不可觀也白古詩晚歲重複什而七八絕句作眼前景語却往往入妙如上得籃輿未能去春風敷水店門前可憐八月初三夜露似珍珠月似弓之類似出率意而風趣復非雕琢可及（敷水在華州東水出羅敷潭北經集靈宮西予過其地憶白詩亦爲之流連而不能去也）

明天啓時內官多購異花種於臨幸之處有紅水仙蛺蝶菊番蘭杵之屬陳悰天啓詞云春風香艷知多少一樹番蘭分外紅又云即美人蕉

南唐名臣如韓熙載孫忌王仲連皆山東人而著述之多無如朱遵度遵度青州人好藏書高尚其事閒居金陵著鴻漸學記一千卷羣書麗藻一千卷漆書若干卷見鄭文寶江表志然陸馬二南唐書皆不爲遵度立傳

予昔辨謚法紛煩以一字二字爲詭譎獨孤及毘陵集呂諲謚議初說謚肅而度支郎中嚴郢駮之謂國家故事宰臣之謚皆有二字以旌德業莊請謚忠肅及復駮之云文王周公皆文武功極盛而皆謚文蕘缺宰俞隨會文德豈不優而皆謚武三代以下朴散禮壞乃有二字謚非古也唐興杜如晦謚成王珪謚懿陳叔達謚忠温彥博謚恭岑文本謚憲唐休璟謚忠魏知古謚忠此皆當時赫赫以功名居相位者不過一字由此觀之二字不必爲褒一字不必爲貶若褒在字數則是文武成康不如威烈王慎靚王也齊桓晉文不如魏安釐秦莊襄趙武靈楚考烈也其言甚辯卒用及議是在唐時已不知一字二字之例謂何矣（及謚肅爲宰相而史入良吏傳亦所未喻）

唐獨孤及至之毘陵集二十卷補闕安定梁肅所編肅後序稱門下生蓋其門人也集首有虔州刺史李舟序末有吳郡祝允明跋云是吳文定所鈔東閣本予按皇甫湜諭業一篇歷評唐人文章稱獨孤之文如危峯絕壁穿倚霄漢長松怪石顛倒溪壑今讀其文殊不盡然大抵序記猶沿唐習碑版敘事稍見情實仙掌函谷二銘琅邪溪述馬退山茅亭記風后八陣圖記是其傑作文粹略已載之惟德輿議及謚曰立言遺辭有古風格濬波瀾而去流宕得菁華而無枝葉其摳衣入室之徒皆足以掌賀善而東方册及之爲文可徵矣卒謚曰憲（及位止牧守而得謚亦非常格）

唐歐陽詹四門集八卷之中棧道銘弔九江驛碑材文最佳其自明誠論有云尹喜自明誠而長生公孫弘自明誠而爲卿相張子房自明誠而輔劉公孫鞅自明誠而佐秦安得此離經畔道狂誖謬悠之論耶韓文公與之同時同年獨作原道原性諸篇不愧稱大儒矣

蔡卞壬人也然其作毛詩雜解頗有可取者如木瓜詩云齊桓信義及于諸侯衛懷其德不專畏其力故問遺得以稱其重輕以爲禮孔子所以嘆曰吾於木瓜見苞苴之禮行焉

天啓中小人造東林朋黨錄點將錄天鑒錄同志錄東林籍貫盜柄東林夥夥壞封疆錄諸書以媚逆璫殺諸君子與蔡京黨人之碑韓侂胄偽學之禁無異然其中亦有以小人竄入者如李清臣章惇曾布張商英之屬與温潞諸公同列是又不可解也如朋黨錄中之顧秉謙周延儒魏應嘉馮三元點將錄中之許其孝魏應嘉郭鞏楊保泰楊春茂同志錄中之張我續東林籍貫之郭鞏張文熙薛貞盜柄東林夥夥安某等是也

宋臞翁詩集一卷長樂敖陶孫器之所著器之非江西詩派中人而詩深得江西之髓其評詩最精嘗自云此評予嘗兩賦一貽莆陽劉潛夫一貽同舍朱仁叔其自負重如此韓平原當國時題詩臨安酒家壁弔趙忠定公云九原若遇韓忠獻休說渠家末代孫幾罹于禍亦奇男子也

句曲外史雜詩一卷。元張雨伯雨著。詩多拗體。予最喜其絶句。如凌波仙子塵生襪。空谷佳人玉鍊容。不奈天寒風露早。日高猶傍錦熏籠。三首升山南下幽人宅。萬箇長松水一谿。月到三層樓上夢。鯉魚風起鴈春潮。萬壑松濤雞犬茅茨接暝烟。平林如薺遠連天。急披奇句無人覺。已近飛鴻滅沒邊。黄子久畫頗有坡谷遺風。自題云。乙酉歲自春徂夏。霖雨時多。日處幽篁中。未有裹飯過予桑者。閑弄筆研。寫詩盈冊。以自料理耳。詩凡五十五首。子英過之持去。勿示不知我者。雨告。

章丘李中麓太常開先藏書畫極富。自負賞鑒。嘗作畫品。次第明人。以戴文進吳偉陶成杜堇為第一等。倪瓚莊麟為次等。而沈周唐寅居四等。持論與吳人頗異。王弇州與之善。嘗言過中麓草堂盡觀所藏畫無一佳者。而中麓謂文進畫高過元人。不及宋人。亦未足為定論也。畫品畧云。戴文進如玉斗精理。佳妓後是巨器。吳小仙如楚人戰鉅鹿下。猛氣橫發。加于一時。陶雲湖如富春先生隱白山青態然野逸。杜古狂如羅浮早梅。巫山朝雲。仙姿靚潔。不同凡品。莊麟如山色早秋。微雨初沐。倪雲林如几上石菖蒲。其物瑯然。以玉盤盛之可也。唐六如如賞浪仙身則詩人。猶有惜骨宛在黄葉長廊之下。石由而下。無幾焉。

宋子祠之制。予昔與亡友葉訒菴侍郎辯之。載池北偶談。然語焉弗詳也。考趙昇朝野類要云。舊制有三京分司之官。乃退閑之祿。神宗置宮觀之職以代之。取漢祠官祝釐之義。雖曰提舉主管某宮觀。實不往供職也。故奏請者多以家貧指衆為詞。降旨則曰依乞差某處宮觀任便居住。惟京師宮觀不許外居。此雖優士大夫之典。而儕衣冠于道流。亦自非理。

笭箵之箵有平上二讀。元次山能帶笭箵全獨而保生。蘇子美松江觀漁詩擬來隨兩帶笭箵。謝幼槃嚴陵詩身前萬事一笭箵。皆在青韻。今小本詩韵止收笭字。誤。

宋二謝無逸逸。幼槃邁。皆江西詩派中人。潘邠老亦派中人也。幼槃竹友集云。邠老嘗作詩云。滿城風雨近重陽。邠老亡後。無逸兄用此句。足成四篇。今去重陽只數日。風雨不止。凄然有懷。作二絶句。念泉下二人不再作。不覺流涕覆面。詩云。地下修文兩玉人。清詩傳世墨猶新。獨因風雨重陽近。獨立蒼茫淚一巾。阿兄溫潤玉介導。我友瀟灑朱絲絃。只疑蟬蛻遊人世。醉挿茱萸若箇邊。邠老詩句。至今藝苑流傳為重陽口實。而二謝同時有詩。迄無知者。因識之。續成一則詩話。亦使邠老不寂寞也。集十卷。詩七卷。雜文三卷。文雅潔楚楚有法度。不減其詩。

陸放翁晚節。以韓侂胄南園記為世口實。葉紹翁三朝聞見錄云。有鄭栻者嘗第進士。自作南園記。懇石以獻。韓以陸記為重。仆鄭石瘞之地。韓敗。栻竟得免。人固有幸不幸哉。

宋張孝祥于湖集。僅四卷。門人謝堯仁弟華文閣直學士孝伯序之。于湖紹興甲戌狀元。高宗謂為謫仙人。天性倜儻。勇於為義。真西山目于湖生平雖跌宕。至於大綱大節處直是不放過。每自作詩文。輒問門人視東坡何如。而堯仁謂其水車詩活脱是東坡。然較蘇氏畫佛入滅次韻水官韓幹畫馬等數篇。尚有一二分劣。又謂以先生筆勢。讀書不十年。吞東坡有餘矣。觀集中詩。亦是學步江西。尚未到後山境界。遠欲上擬坡公。妄矣。在南渡之初。亦下放翁遠甚。

唐衡州刺史呂溫集十卷。詩二卷。雜文八卷。溫于詩非所長。贊頌等時有奇逸之氣。如史所稱凌烟閣功名贊。張始興畫像贊。及集中三受降城。古東周城。望思臺。成皋諸碑銘。皆有可傳者。惟武侯廟記持論頗謬。同時劉禹錫柳宗元亟稱之。溫亦伾文之黨。八司馬之貶。以使吐蕃獨免于禍。與竇群羊士諤共傾李吉甫。而其父渭亦附裴延齡。皆非長者。益其門風如此。

宋姜夔堯章白石集。予鈔之近百首。益能參活句者。白石詞家大宗。其于詩亦能深造自得。自序同時詩人。以溫潤推范石湖。痛快推楊誠齋。高古推蕭千巖。俊逸推陸放翁。白石游於諸公間。故其言如此。其詩初學黄太史。止以不染江西派為佳。

唐沈亞之下賢集十二卷。昔人謂其工為情語。善窮窕之思。觀集中秦夢記。異夢錄。湘中怨詞。歌者葉記等。信矣。然頗類傳奇小説。姚鉉概不之錄。毋亦以其誕謾不經耶。至以滄冠李同捷之誅。朝廷與伯耆牽連同貶。實以兩河諸將之譖。姑竄斥以悦其心耳。而晁公武遽以為亞之狂躁輔者為惡。惡矣哉。吾讀下賢與鄭使君書而悲之。

李白云。興寄深微。五言不如四言。七言又其靡也。此獨謂三百篇耳。若後來韋孟等作。有何興寄。但如嘈蠅耳。風雅中如燕燕于飛。差池其羽。我來自東。零雨其濛。鸛鳴于垤。婦嘆于室。昔我往矣。楊柳依依。今我來思。雨雪霏霏。蕭蕭馬鳴。悠悠旆旌。其新孔嘉。其舊如之何。等句。後千萬世。縱有能言。更從何處着筆耶。

徐公文集三十卷。南唐徐鉉鼎臣著。宋都官員外郎胡克順所撰。天禧中表進。批答甚優。五代時中原喪亂。文獻放闕。惟南唐文物甲於諸那。而鉉鍇兄弟與韓熙載為之冠冕。常侍詩文都雅。有唐代承平之風。入宋與湯悦即殷崇義奉詔撰江南錄。至金陵亡國之際。不言其君之過。但以曆數為言。非後主文尤悽惻。讀者悲之。老學叢談記常侍入汴市一宅居後見宅主貧甚曰得非市宅虧價而至是耶吾近撰碑文獲潤筆二百千可以相助其人堅辭亟命左右輦致之其厚德如此集外又有搢神錄若干卷予家亦有寫本

虎為西方猛獸毛族皆畏之然觀傳記所載能制虎者不一而足如師子銅頭鐵色能食虎豹駮如馬一角食虎豹菝白出義渠風食虎豹酋耳似虎遇虎則食之尨犬能飛食虎豹黃腰形似鼠狼取虎豹心肝而食竹牛能伏虎生子竹中虎行過即懾伏又蝟能制虎諾皋記狒胃食虎猾無骨入虎腹自內齧虎漢武帝時西域貢獸如貍以付上林虎見之閉目不敢視或曰猛𤟢也五色獅子食虎於巨木之岫近見南海子象與虎鬬往往殺虎則虎之威亦僅僅耳

康熙十五年餘姚有客山行夜宿山神祠夜半有虎跪拜祠下作人言乞食神以鄧樵夫許之明晨伺于祠外果見一樵過之遂謂曰子鄧姓乎曰然因告以夜所聞見戒勿往鄧曰吾有母仰食於樵一日不樵母且飢死生命也吾何畏哉遂去不顧客隨而覘之樵甫采薪虎突出叢箐間樵手搏數合持虎尾盤辟久之虎不勝憊乃震哮一躍拔尾負痛遁去樵逐而殺之客遂勞之樵曰感君高義盍導我至廟下既至

大詬以死虎示神曰今竟何如遂碎其土偶樵一笑躍上神座瞑目而逝鄉人重為建祠額曰鄧公廟

上諭戶部蠲免山東康熙四十三年地丁錢糧刑部尚書臣士禛大理寺卿臣李斯義等公疏謝恩

十月十一日駕幸西安府閱駐防滿洲兵馬

上諭蠲免山西所欠谷草大學士臣吳琠臣陳廷敬等公疏謝恩

蠲免陝西四十二年以前積欠錢糧右春坊贊善臣范光宗等疏謝

山西平定州知州劉學嘉上疏為其父劉欽鄰請諡略云臣父某係順治辛丑科進士原任平樂府富川縣知縣康熙十三年值孫逆延齡叛亂罵賊殉節仰冢聖慈溫綸洊錫優贈太僕寺少卿廕子入監讀書特賜祭葬以小臣叨邀異數臣捐糜頂踵難報高厚於萬一但查蘇松糧道臣馬逸姿伊父馬𤦺原任永嘉縣知縣與溫處道臣陳丹赤同時殉節屢被聖恩優卹四十二年皇上南巡逸姿為父請諡仰蒙俞允臣父欽鄰死節與𤦺正同幸逢聖駕西巡誠千載一時之會用敢披瀝下誠援例上請懇照馬𤦺之例一體予諡奉旨下部議賜諡忠節

特起前贛南道副使劉蔭樞為雲南按察使蔭樞韓城人官給事中有剛直聲外轉詿誤革職家居至是由廢籍推用人皆誦知人之明云

十月蒙恩賜內閣九卿西域蒲桃人二株臣以尚書與焉

十二月恭領萬壽節覃恩誥命三軸祖父皆資政大夫經筵講官刑部尚書祖母母皆夫人已階資政大夫妻贈夫人

特擢提督山西學政翰林院侍講汪灝內閣學士兼禮部侍郎兼督陝西學政

禮部右侍郎王頊齡轉左侍郎以內閣學士王九齡為禮部右侍郎同胞兄弟也其胞弟鴻緒特為工部尚書兄弟三人同時八座

特諭蔚州壬戌進士魏學誠改官翰林故刑部尚書象樞子也以其居官清正故有是命

學士初無大稱唐中宗欲以寵大臣始有大學士之稱五代有文明殿大學士為宰相兼職明設華蓋文華武英三殿文淵東閣大學士凡五正五品後又添設謹身殿大學士而為六加尚書乃為正二品

王西霄仲威錢著聰聽識說山繭一條甚悉可補孫文定廷銓山蠶說所未及輒錄于

此樂溪談記禹貢萊夷作牧厥篚檿絲爾雅曰檿山桑師古曰山桑之絲其韌中琴瑟之絃蘇氏曰惟東萊有此絲以之為繒堅韌異常萊人謂之山繭紬爾雅又曰蟓桑繭讐由樗繭今萊陽之山繭紬蓋樗繭也按山繭即禹貢之檿絲今之山紬樗繭又別一種乃今之椿紬也樗不才木也土人嫌其名故借名椿取莊子大椿之義然則爾雅所云蟓桑繭即今山桑檿絲是也讐由樗繭今樗絲借名椿繭是也山東謂樗為之臭椿

又記燕窩一條云燕窩名金絲海商云海際沙洲生蠶螺背有兩肋堅潔而白海燕啄食之肉化而肋不化並津液吐出結為小窩銜飛渡海倦則棲其上海人依時拾之以貨又云紫色者尤佳湖海搜奇又云出廣東陽江縣乃海燕采小魚營巢故名燕窩

陳晉州士業弘緒云極喜古琴銘四句云山虛水深萬籟蕭蕭古無人蹤惟石嵯峨能理會此段便是羲皇以上人王山史弘撰嘗取俞燕期胲云步其林則寒閃花其陰則蕭條可以長吟可以遠想

士業又云陸務觀梅宛陵別集序蘇翰林多不可古人惟次韻和淵明及先生二家

詩而已。是坡公又有和梅之作。今集中無可考見。亦未有知其事者矣。

宋閨秀李清照，號易安居士，濟南人。詞家大宗。其集名漱玉。而詩不概見。西樵昔撰然脂集，采摭最博，止得其詩二句，云：少陵也是可憐人，更待明年試春草。此外了不可得。陳士業寒夜錄，乃載其和張文潛浯溪碑歌詩二篇，未言出於何書。予撰浯溪考，因錄入之。詩云：五十年功名如電掃，華清花柳咸陽草。五坊供奉鬭雞兒，酒肉堆中不知老。胡兵忽自天上來，逆胡亦是姦雄才。勤政樓前走胡馬，珠翠踏盡香塵埃。何為出戰輒披靡，傳置荔支多馬死。堯功舜德本如天，安用區區紀文字。著功銘德直陋哉，乃令神鬼磨山崖。子儀光弼不自猜，天心悔禍人心開。夏為殷鑒當深戒，簡策汗青今具在。君不見當時張說最多機，雖生已被姚崇賣。又驚人興廢傳天寶，中興碑上今生草。不知負國有奸雄，但說功成尊國老。誰令妃子天上來，虢秦韓國皆天才。花中羯鼓玉方響，春風不敢生塵埃。姓名誰復知安史，健兒猛將安眠死。去天尺五抱甕峰，峰頭鑿出開元字。時移勢去真可哀，姦人心醜深如崖。西蜀萬里尚能返，南內一閉何時開。可憐孝德如天大，反使將軍稱好在。嗚呼奴輩胡不能道，輔國用事張后尊。祇能道春薺長安作斤賣。右二詩未為佳作，然出婦人手亦不易，好易安之遺篇，存故者之。

馮吉少卿，五代相道之子。但世知其無賴，不知其頗有文學。釋文瑩玉壺清話云：吉凡賓僚飲宴，常為不速之客。酒酣，輒彈琵琶，彈罷起舞，舞罷賦詩，自謂馮三絕。當撰昭憲太后諡冊，朝議服其贍。此子欲學者人作遺，當不減謝鎮西，勝長樂老多矣。可謂幹父之蠱者也。

宋戚綸學士初知太和縣，每當歲晚，輿因約曰：放汝暫歸祀祖先，補沐織紵，民感其惠，皆及期而返，無敢後者。此與唐太宗縱囚何異。近見吳江鈕玉樵琇所記亞擄（音來）事尤奇。亞擄者，廣東增城縣獄卒也。為人樸愿。萬曆戊午歲，適除夕，獄囚五十餘人相聚而泣。亞擄問之，對曰：歲朝將屆，邑之人父母妻子皆得聚首，吾曹獨縲絏相見，無由，是以悲耳。亞擄俛首良久，曰：然難也。但汝曹勿負我。衆環叩其故，曰：與爾等約，各還爾家，俟正月二日畢赴獄。我縱爾罪當死，爾不來我當死。爾來而一或不至，我當死，即不釋爾，而吾冥盡亦何所逃。死等死耳。何如為此一事，快然而死也。言已，悉縱之。明年新正二日，囚悉至，如期集者。按籍呼之，不遺一人。亞擄鼓掌大笑曰：善哉。遂趺坐而化。衆哭，殮浴其體，而加漆焉。事聞於縣，縣上巡按御史，聞於朝，以為縣之獄神，廟祀至今。疾病癘瘴，禱之，其應如響。陸文定公者餘雜志云：蘄州刺史呂元膺，當錄囚。囚白有父母在，元旦不得歸。有呂擇械放歸，如期而至。又臨淄令曹據囚臨大辟，新歲聞知其有父母，放令歸家。至期歸獄。正歐陽子所謂以君子之難能責小人之尤以必能者也。然而太宗，賢君也。咸、呂、曹，士大夫也。亞擄一獄卒耳，而能為賢君名臣之所為，不尤異乎。

宋牧仲中丞行賑邳徐間，於村舍壁上見二絕句，不題名氏，真北宋人佳作也。橫笛何人夜倚樓，小庭月色近中秋。涼風吹墮雙梧影，滿地碧雲如水流。渺渺孤城白水環，舳艫人語夕霏間。林梢一抹青如畫，應是淮流轉處山。

歷下孫氏有別墅，在濟南郡城西北十里，而近其地四面皆稻塍，與嵋華兩山相望。園中有泉，相傳為趙松雪洗硯泉也。一日園丁治疏畦，得石刻于土中。洗剔視之，乃松雪家書二詩。抱膝獨對華不注，孤吟四兩大風來。泉聲振響暗林谷，山色滴翠落莓苔。散髮不冠弄柔翰，舉杯白月臨空階。有時扶筇步深谷，長嘯彷彿閑霞回。竹林深處小亭開，白鶴徐行啄紫苔。羽扇不搖紗帽側，晚涼青鳥忽飛來。同知濟南路總管府事趙孟頫題。松雪裔不多見，此石刻缺處惜為石工以意修補，漫失古意。今其地名硯溪，在樂口之北。

康熙丙子，余以祭告使秦蜀，過劍州之南門外，有小廟一區，方改作。問之，曰鄧艾廟也。余謂不祀姜伯約，反祀鄧艾，於義悖矣。乃從來有司無昌言毀之者，何也。欲賦詩止之未果。後見唐人唐彥謙一詩云：昭烈遺黎死尚羞，揮刀斫石恨譙周。如何千載留遺廟，血色巴山伴武侯。已先我而言之矣。以此見三代之直不泯。

亭皋木葉下，隴首秋雲飛。太液滄波起，長楊高樹秋。皆柳文暢詩也。六朝名句，灼然在人耳目者。而某詩話謂吳興趙孟頫有句云云，置之群矯矯有氣，可謂眯目人道白黑。而詩話頗編取之，亦不注作者名氏，閱之不覺作嘔。當是松雪嘗書二詩，非遂謂是趙作耳。又如春江欲入戶，雨勢來不已。小屋如漁舟，濛濛水雲裡。是坡公古詩首四句。而朱隗撰明詩平論，乃以為陳繼儒絕句，益亦以陳嘗書此四句而誤也。又姚佺撰詩源，載一詩云：白日騎羊三洞遠，青天捫蝨萬峰高。乃宋末人詩，見謝翱天地間集，而不之知。然如麗江木青太素軒詩，不是閉門防俗客，愛閒能有幾人來。即宋人賀宋湖上天花寺詩，牧齋亦載之列朝詩，何也。

謝元暉洞庭張樂地，李太白黃鶴西樓月，二詩同是絕唱。唐人劉綺莊詩，往往未刚舟楓江竹箭流故人從此去遙望不勝悲落日低帆影回風引棹謳思君折楊柳淚盡武昌樓妙處不減謝李徐昌穀洞庭葉未下一篇尤爲清警右四詩皆奇作也

頃有太學生某來謁言近日旗下子弟競尚一書書肆價頓爲之頓貴因叩何書某俛首久之對曰似是文選昭明余匿笑而罷

明詩至楊升菴另闢一境眞以六朝之才而兼有六朝之學者其詩如咏柳垂楊乘柳館芳年一篇世共知之又古意凌波洛浦遇陳王鴻鵠詞秦時明月玉弓懸關山月迢迢暖安隔湘川出關擬唐人狼弢芒角正雲曉塞下曲長榆塞上接龜沙諸篇工妙天成不減前作又青蛉行寄內絕句亦絕妙大抵皆自古樂府出燕郡王遵坦太平論明詩獨推新都爲性之者亦自有見

王端毅公弘作字至銘滇之永昌人爲戶部尚書時嘗屬余選張含禺山集余尤喜集中穎川侯祠一篇足稱詩史至結句云溪風古樹無窮恨長爲英雄弔九泉可以泣鬼神矣

丹鉛錄云麗情集載湖州妓周德華者劉禾春女也唱劉夢得柳枝詞云云此詩甚佳而劉集不載乃按此乃白樂天詩詩本六句非絕句題乃板橋非柳枝蓋唐樂部所歌多剪截四句歌之如高達夫開篋淚沾臆本古詩止取前四句李巨川山川滿目淚沾衣本汾陰行止取末四句是也白詩云梁苑城西三十里一渠春水柳千條若爲此路今重過二十年前舊板橋曾與美人橋上別更無消息到今朝板橋在今汴梁城西三十里中牟之東唐人小說載板橋三娘子事即此與謝元暉之新林浦板橋異地而同名也升菴博極羣書豈未睹長慶集者而亦有此誤耶

南海鄺露湛若嶠雅有詩云峻嶺極金潾摩天見九眞初見鈔本作金鄰出吳都賦後讀升菴集云張籍蠻中詩銅柱南邊毒草春行人數日到金潾金潾交趾地名水經注所謂金潾清渚是也潾與鄰通今刻本作麟非

詩話類編有一條最可笑者並書之以發一噱云唐高適官兩浙觀察使過杭之清風嶺題詩云絕頂秋風已自涼鶴翎松露濕衣裳前山月落一江水僧在翠微開竹房至台州事畢從舊僧房欲改爲半江僧言月前有一官過此稱詩佳矣但一字不如半字適驚問何人僧曰義烏駱賓王也勿論二人之世遠不相及此詩乃晚唐任翻中子山寺詩亦非達夫作又未嘗爲兩浙觀察使乃駱既代宋之問吟樓觀滄海日矣又爲達夫改此半江何其不憚煩耶潘末時已稱老僧何時鍊形住世又還俗爲官人而爲此僧熟識耶

具區志止載麴信陵投江傳雨文余讀洪文敏萬首絕句載信陵詩三首一過貞律師舊院一酬談上人海石榴一出自賊中謁恒上人詩皆不工而信陵爲佳賴此尚存後世按信陵貞元元年鮑防下及第以六年爲望江令白樂天秦中吟云身歿欲歸葬百姓遮路岐攀轅不得歸留葬此江湄則信陵卒於官未嘗遇扶帝矣不知其何時陷賊豈未第以前事耶

余康熙乙巳春將去廣陵偶以公事至如皋冒辟疆襄約余修禊水繪園別業時通州八十老人邵潛潛夫及宜興陳維崧其年縣人許嗣隆山濤及冒氏諸子咸在坐分體賦詩余得七言古體坐湘中閣立成十章黃岡杜濬于皇後至他日或問之曰阮亭詩如何杜曰酒酣落筆搖五嶽詩成嘯傲凌滄洲又問君詩如何曰但覺高歌有鬼神焉知餓死塡溝壑

山西興縣去城十里許有一洞洞中有二小人長尺許衣似樹葉時出洞門坐立冬即罕出見敉石閒談與月山叢談所記相類

徐東癡夜高士隱居系水之東蓬門晝掩惟余兄弟時過之先兄西樵贈詩云美人自牧能貽我名士如蠅戀附君余時尚少亦有句云湘東品第留金管江左風流續玉臺諷之輒想見其爲人

吳地記云琴高宅在交讓瀆法海寺西五十步又有乘魚橋郡人丁海與琴高友嘗共營東皋之田行田畔忽見大鯉魚長丈餘法海試上魚背凝然不動琴高登之即飛騰沖天而去按列仙傳琴高趙人乘鯉入涿水又有仙跡在涇縣之琴溪溪出小魚如丙穴名琴魚而法海自是寺名乃傅會以爲人名謬極矣因論馮驩三士事連類及之以資噱

續夷堅志又載党承旨藏周亞夫印東鹿柴樞主歷城簿得彭寵弘印臨淄農夫郎某耕田得方寸銅印紐作九猿猴細小如豆諦視之形狀纖悉畢備郎未有子自此遂產九男

香祖筆記卷五終

香祖筆記卷六

清 新城王士禛貽上著

康熙四十三年西城外有盜發古冢視其誌銘乃明特進榮祿大夫柱國食祿一千一百石修武伯沈清墓也清字永清徐州人洪武壬申嗣其父為燕山前衛百戶守禦開平永樂間五從車駕北征有功累陞本衛世襲指揮同知洪熙中陞後軍都督府僉事賜蟒龍衣充參將鎮守大同尋命為總兵官鎮居庸宣德中征樂安州破兀良哈北狩洗馬嶺皆扈從陞都督同知總督官軍匠作修造京師城垣濠塹橋道正統中陞左都督勅諭提督營建奉天華蓋謹身三殿乾清坤寧二宮正統辛酉告成特陞今爵賜誥券子孫世襲以八年夏四月戊戌薨年六十七葬阜城關北原子榮孫煜留守中衛指揮王淳撰文卞榮書龔善同篆予考弇州仁宣以後功臣伯表無清名故具錄之

李龍眠五馬圖一卷後題云右一匹元祐元年十二月十六日左騏驥院收于闐國進到鳳頭驄八歲五尺五寸○右一匹元祐元年四月初三日左騏驥院收董氊進到錦膊驄八歲四尺六寸○右一匹元祐二年十二月廿三日於左天駟監揀中秦馬好頭赤九歲四尺六寸○元祐三年閏月十九日溫溪心進照夜白 右止有四馬闕一

余嘗評伯時人物似南朝諸謝中有邊幅者然中朝士大夫多嘆息伯時當在臺閣僅為善畫所累余告之曰伯時丘壑中人暫熱之聲名儻來之軒冕殊不汲汲也此馬駔駿頗似吾友張文潛筆力瞿曇所為識鞍影者也黃魯直書○余元祐庚午歲以方聞科應詔來京師見魯直九丈于酺池寺魯直方為張仲謨箋題李伯時天馬圖魯直顧余曰異哉伯時貌天廄滿川花放筆而馬殂矣蓋神魄皆為伯時筆端取之而去實古今異事當作數語記之後十四年當崇寧癸未余以黨人貶零陵魯直亦除籍徙宜州過予瀟湘江上與徐靖國朱彥明道伯時畫殺滿川花事云此公卷所親見余曰九丈當踐前言記之魯直云只少此一件罪過後二年魯直死貶所又二十七年余將漕二浙當紹興辛亥至嘉禾與梁仲謨吳德素張元覽汎舟訪劉延仲於真如寺延仲遂出是圖開卷錯愕宛然疇昔撫時念往逾四十年憂患餘生巋然獨在彷徨弔影殆若異身也因詳叙本末且以玉軸遺延仲使重加裝飾云空青曾紆公卷書 右毘陵莊氏家藏

毘陵大姓朱氏畜一古大盤盤中凹處有鴨形或漁於湖得一銅鴨朱以賤值購之以合盤中鴨形不爽銖黍注水於盤鴨即浮起游泳而浴始知寶之右見庚巳編

王介甫唐詩百家選全本近牧仲開府寄宋新刻乃常熟毛扆所得江陰某氏藏本計百有四人有乾道己丑蘭梟倪仲傳序略云予自弱冠肄業於香溪之門嘗見是書有親戚宦南昌得之臨川以歸惜其道遠難致且字畫漫滅故鏤版以新其傳云余按其取去多不可曉者如李杜韓三大家不入選尚自有說然沈宋陳子昂張曲江王右丞韋蘇州劉眘虛劉文房柳子厚劉夢得孟東野概不入選下及元白溫李諸家不存一字而高岑皇甫冉王建數子每人所錄幾餘百篇介甫自序謂欲觀唐詩者觀此足矣然乎否耶世謂介甫不近人情於此可見故物自可寶惜然謂為佳選則未敢謂然請以質諸後之善言詩者當知余言不妄

白醉璅言 王兆雲撰 載孟中丞者好藏墨有一挺為朱紫陽款是南宋故物又云羅文龍墨如空青水碧珊瑚木難

兩山墨談 陳霆撰 云長淮為南北大限自淮以北為北條凡水皆宗大河未有以江名者自淮以南為南條凡水皆宗大江未有以河名者二條之外北之在高麗者曰混同江曰鴨綠江南之在蠻方者曰大渡河皆在荒徼外禹跡之所略也

又云朋黨二字為萬世之禍始見於漢書蕭望之劉堪劉更生同心謀議弘恭石顯奏三人朋黨此王伯厚之言也按逸周書載穆王作史記以自警云昔有果氏好以新易故新故不和內爭朋黨陰事外權有果氏以亡則朋黨之說其來尚矣

又云晏子鮑吟而龜噅蒼梧騶氏瑕四顧而無人聲流光馳景却顧於斷溪絕壑之下雲雨之所出入也龍耕溪飲為力也佚而坐肅行歌可以卒歲春秋之世豈有如此語言必宋晉間文人偽作余謂此段文字不甚類晉宋間人絕似唐柳子厚劉夢得孫樵輩造語周蔑到難一篇亦庶幾爾

唐人作集序例叙其人之道德功業如碑版之體後則歷舉其文某篇某篇如何如何不勝更僕如獨孤及權德輿諸序及英華文粹所載皆然千篇一律殊厭觀聽至昌黎始一洗之若皇甫湜作顧況集序亦能不落窠臼可以為法

文選而下惟姚鉉唐文粹卓然可觀非他選所及其錄詩皆樂府古調不取近體尤為有見余嘗取而刪之與英靈間氣諸集刪本都為十種梓行於世亡友姜編修西溟 宸英 又嘗刪其賦頌碑誌序記等雜文為一篇西溟歿此書不知流落何處其從弟宸英字友棠余門人也當訪之

王進原吉梧溪集有過廣浦聰上人觀湖廣郎中余闕撰書滎河化成寺碑記淮西僉憲王士點篆額詩士點吞卿東平人士熙愚學之弟常輯其集論若干卷余家有鈔本又有陳架閣錄示至正十一年死節臣鶴虎公以下十三人王侯以下九人徵詩首云是年二月山東副都元帥充堅里師出鄆平縣中流矢死今鄆平誌不及載當補入之

梧溪集七卷乃景泰七年丙子南康府知府陳敏政重刻陳作後序述原吉家世甚詳原吉有子楨洪武初任通事司令轉翰林博士又兼文華殿經筵事卒官楨子徠當以才德薦至京師未官而卒子翰宣德中以秀才舉授南康府照磨未幾卒二子曰顏曰孟不能歸遂僑居星子之東澗祖母黃母徐躬紡績以教二子俱有成云集首有至正間周伯琦汪澤民二序序言原吉初學詩於延陵陳虞卿虞卿又與柯敬仲俱事虞邵菴得其傳與有元盛時楊范諸公并驅惜未著其名俟載考之虞卿官東流尹亦序云

甲申夏不雨暑酷甚偶讀鍾退谷集雜文有扇銘云臧汝遙女女曰棄捐吾烏見夫僕僕懷袖者之能終其天年哉余感嘆其言因注其旁云殺君馬者路旁兒當下此一轉語

廣陵陸弼字無從隆萬間有詩名江都友人貽其集末有張君某爲作小傳云無從少游京師識李西涯伴食中書後詩云回首湘江春草綠鷓鴣啼罷子規啼云云按陸上距弘治之世遠不相及安得以此詩屬之誤矣

鍾恮初名恬字叔龍竟陵人惺之弟也以諸生終其詩絕有風骨不肯染竟陵習氣古詩如大將雖自貴少小爲奴隸男兒不殺賊自應死邊城夢想通侯貴意氣始得雄近體如桐新春後葉竹正午時陰皆佳境有半疏園集惜不傳

余於唐人之文最喜杜牧孫樵二家皮日休文藪陸龜蒙笠澤叢書抑其次焉一日偶讀震澤集其跋樵集後云昌黎海也不可以徒涉涉必用巨筏焉則可之是也又書日休集後云予觀襲美與陸魯望倡和跌宕怪偉所謂兩雄力相當者及讀文藪多慷慨激昂文中子碑配饗昌黎請孟子爲學科又幾於知道者蓋嘆前輩鑒識之允議論之公固先得我心之所同然而余一知半解亦自有與古人暗合者錄其言以自信

余嘗欲取唐人陸宣公李衛公劉賓客皇甫湜杜牧孫樵皮日休陸龜蒙之文選而

次之爲八家以傳抵牧於史事不選卒業俟乞骸骨歸田後當畢斯志聊書此以當息壤

湖廣土司彭九霄之母有玉跳脫一隻中有一蟻歷歷分明自能蠕動又武林金綉修家有猫眼寶石一枚其睛正午則如一線過午即圓陸延枝說聽云

蜀語陽秋記宋大觀中吳興人鄔宗益剖蚌中有珠現阿羅漢相偏袒右肩矯首左顧衣紋畢具遂奉歸思感寺供養奇路漢流庭亥中惠使楊應誠者與容偕坑忽睨擲躍入水中附佛求之一樂而後石與唐文宗食蛤蜊有相類誠不可以儒家拘墟之見執之如余池北偶談所記歷陵張谷樹中觀音大士像則又所目擊也

余嘗觀荊浩論山水而悟詩家三昧曰遠人無目遠水無波遠山無皴又王楙野客叢書太史公如郭忠恕畫天外數峰略有筆墨意在筆墨之外也

嘉靖中陸浚明粲爲給事中疏糾張孚敬桂萼上爲罷二相旋以霍韜言召還陸坐是謫都勻驛驛丞林居十八年韜有疏劾陸笑曰天下事壞於此輩小人之手乃復欲以餘波污我耶余嘗論韜平生真小人之尤黃宗羲作明儒學案不當闌入觀浚明之言韜在當時物論可知矣洪洞范進士鄗鼎彙撰理學備考亦頗以余言爲然

古今傳記如拾遺記東方朔外傳之類恣誕誣不經然未有如諾皋記之妄者一事尤可捧腹云天翁姓張名堅字刺渴漁陽人少不羈嘗羅得一白雀愛而養之夢天劉翁責怒每欲殺之白雀輒以報堅堅設諸方待之終莫能害天翁遂下觀之堅盛設賓主乃竊乘天翁車騎白龍振策登天天翁追之不及堅既到天宮百官杜塞北門封白雀爲上卿劉翁失治徘徊五嶽作災堅患之以劉翁爲太山太守主生死之籍鄙俗至此不可以欺三歲小兒而公然筆之於書豈病狂耶段柯古唐之文人何至乃爾

諾皋又載妬婦津乃劉伯玉妻段氏字光明聞伯玉誦雒神賦自沉死武德常過此津不敢渡先兄西樵過之有詩云解佩金輪開道遊斯人何減駱賓王亦快心語也

唐張祜詩內人已唱春鶯囀花下傞傞軟舞來按教坊記伎女入宜春院謂之內人一曰前頭人凡出戲日有司先進曲名上以墨點者謂之進點教坊人惟得舞伊州餘悉讓內人如垂手羅回波樂蘭陵王春鶯囀烏夜啼之屬謂之軟舞又有綠腰蘇合香柘枝梁州甘州拓枝黃獐拂林胡渭州達摩支之屬謂之健舞又有劍器胡旋

胡隨筆按記中所列曲名如小秦王武媚娘皆李唐本朝事與呂太后並列不避忌竹枝本名竹枝子與采蓮子漁歌子山花子水仙子南仙子赤棗子生查子等並列今獨去子字但云竹枝若楊柳則花本名古人有子字非花辨明矣

從遊錄載吳祿軒患瘧疾一道人教以舊茨仁用東壁黃土炒過水煮為膏服數服即減後沙隨病此祿軒以方授之亦效予苦瘧十七年矣一日陳悅巖相國請偕遊錄鈔以見示時日往暢春苑相遇予曰承公惠妙方當愈宿疴又以自負相國問何故予曰此瘧乃祿軒陳沙隨都曾害過正自不惡與二公同病相憐豈復尋常人哉聞者皆為絕倒

廣州城南長壽菴有大池水通珠江潮汐日至池南有高臺甚麗可以望海其下曰離六堂予嘗集句一聯予為題云紅樓映海三更月石磡通江兩度潮

唐詩人楊憑有中表稱其詩者登第憑知之怒甚且詰之曰一一鶴聲飛上天在否中表答曰知兄最愛惜此句不敢奉偷憑意稍解曰猶可恕也宋初朝士競尚西崑體伶人有為李義山者衣衫襤褸旁有人問君何為爾答曰近日為諸館職撏撦故至此二事古今笑柄予四十年所為詩人間多有其本其為人撏撦不少矣恐一一鶴聲飛上天亦非己有偶書之發一笑也

王勉夫紀聞載東坡一日與歐陽公論五代史公曰修於此竊有善善惡惡之志坡曰韓通無傳烏得為善善惡惡公默然千秋公議當時坡公固已發之是謂諍友然劉壯輿作五代史糾謬以示東坡坡答以王介甫嘗謂某當修三國志某不敢當正畏如公之徒摭拾其後耳

東坡詩筆妙天下外國皆知仰之子由使北詩云莫把文章動蠻貊恐防談笑臥江湖其賦名如此然當時尚有指摘其用事之誤者予居易錄中已言之王楙紀聞又言吳人方惟深子通絕不喜子瞻詩文胡大仲述同語及蘇詩清寒入山骨草木儘堅瘦方曰做多自然有一句半句道著也其狂僭至此譬蜣螂轉丸語以蘇合之香豈肯顧哉

嚴滄浪云王荆公百家詩選蓋本於唐人英靈間氣集其初明皇德宗薛稷劉希夷韋述之流無少增損次序亦同儲光羲而下方是荆公自去取大曆以後其去取深不滿人意況如唐王楊盧駱陳拾遺張燕公張曲江王右丞賈至韋應物孫逖祖詠劉昚虛綦毋潛劉長卿李賀諸公皆大名家而集皆無之其序乃言觀唐詩者觀此足矣豈不誣哉今人但以荆公所選斂衽而莫敢議可嘆也與予前論暗合若符節益信予所見非謬然予實不記憶滄浪先有此論也

戶部覆江西護理撫印南贛道徐某題覆南民蕭宗寓等開採鉛錫疏略云南源山係附近各山之總名庾崇二縣接壤雖山間石土產有鉛錫然地處荒僻民居寥落東之來價購黨有無生事地方難必其無云云奉　旨開礦事情甚無益於地方嗣後有請開採者俱不准行大哉　王言洞見萬里矣

浙江巡撫副都御史張泰交疏言黃巖縣民葉中吉年一百三歲請　賜金建坊禮部覆准允行

宋鼎梁周翰與楊億同為翰林學士時梁宋二公年老而楊甚少每輕侮之梁考二公皆宋初最有文聲者而楊以後進乃敢輕侮杜詩晚將末契託年少當面輸心背面笑則子美亦嘗受惡少年之侮矣韓朝中唐詩人眉目而悅人主特達之知晚在蒲鎮為後生至目為惡詩詎文章者宿例宜取侮後進小生耶偏楊大年正人亦爾則不可也留文瑩玉壺清話云開寶塔成太宗特詔宋鼎撰記文成敦崇嚴重上深加嘆獎與宗人宋湜度號大小宋萬卷與弟協稱渚宮二跡又詔與愍民昂與陳彭年杜鎬引衙列章奏曰宋昂端介厚重不妄舉人況彭年實有才學已免召試備清問遂命以本官直史館則宋在當時物望可知又後苑宴侍臣賦詩梁得春字曰百花將盡牡丹坼十雨初晴太液春上特稱賞當請修時政記從之二公本末如此予往見周翰所撰石敬塘家廟碑石刻惜未購得耳後大年竟夭死石介至詆為文妖或亦少時輕薄之報耶龐文英文昌雜錄言時政記始於唐文昌左丞姚璹至宋則周翰踵之有此請也

文昌雜錄云鼎州通判柳應辰饒治魚鯁法以倒流水半盞先問其人使之應吸其氣入口中面東誦元亨利貞七徧吸氣入水飲少許即差按應辰官都官員外郎嘗書夬字符於浯溪磨崖碑旁即其人也

唐宋京朝官遇令節放假休沐又有旬休之例文昌雜錄休假錢凡七十六日元日寒食冬至各七日天慶節上元節同天聖節夏至先天節中元節下元節降聖節臘日各三日立春人日中和節春分社日清明上巳天祺節立夏端午天貺節初伏中伏立秋七夕末伏秋社授衣重陽立冬各二日上中下旬又各一日包拯奏言每節假七日廢事頗多請令後祇給假五日當時京朝官優遊如此北風至明不復有矣

然宋人猶謂每春花時祇於檐上見桃李何也

越中筍脯俗名素火腿食之有肉味甚腴京師極難致偶見安老懷幼方載製芭蕉脯蓮子脯牛蒡脯法與製筍脯法略同錄之蕉根有兩種一種粘者為糯蕉可食取作手大片灰汁煮熟去汁再以清水煮易水令灰味盡取壓乾乃以鹽醬蕪荽乾薑熟油胡椒等研浥一兩宿取出焙乾略搥令軟食之全類肥肉之味　取嫩蓮房去蒂去皮用新汲井水入灰煮浥如蕉脯法焙乾以石壓令扁作片收之　十月以後取牛蒡根洗乾去皮用慢火少煮勿太爛硬者熟搥并搥令軟下雜料物如蕉脯法浥焙取乾　薝蔔鮓於薝蔔即梔子也采嫩花釀作鮓最為香美昔劉賓客饋白太傅菊苗虀蘆菔鮓換取樂天六班茶二囊有詩載集中

宋長安隱士高懌有古人絕行慶歷中召至京師欲命以官固辭還家特賜安素處士家甚貧妻子凍餒終不以困故受人饋遺閉門讀書而已右見龐文英文昌雜錄末引處士魏野贈詩且云志意修則驕富貴道德重則輕王侯惟安素無愧矣予撰古懽錄偶遺之遂錄於此

雜錄言唐德宗貞元十年七月賜故唐安公主謚莊穆此公主賜謚之始予撰謚法考未遑考證及此並錄之

唐宮殿皆植花柳宋植楸槐明代皆無之　本朝沿明之舊

宋初諸公競尚西崑體世但知楊劉錢思公耳如文忠烈趙清獻詩最工此體人多不知予既著之池北偶談居易錄二書覩李于田袞秋圃集載胡文恭武平宿詩二十八首亦崑體之工麗者惜未見其全部摘錄數聯於左山谷漫持白馬先生論未抵鳴雞下客功次韻宋況雨石胼羯極琴絲壞水閣寒多酒力微淮南王長生不待爐中藥鴻寶誰收餘內書南院湯槃遠從芳草渡墊巾還傍綠楊堤中虔觀洞井曉寒千乳斂茗園春嫩一旗開題宗道楊管下江浦長啞風送橹河橋勒窣柳垂堤注司馬相如賦云蟬娟勒窣上金堤咸陽粉壁已沉題鳳字酒爐猶記姓黃人嘆上頡利請盟金已遍將軍歸臥玉門關殘花長樂夢回春寂寂武陵人去水迢迢隱彩雲接幽青岑隱沉水薰衣白壁堂前檻闌若依玉樹後園桐葉護銀牀津亭西北浮雲連魏闕東南初日照秦樓古別佳人挾瑟漳河曉壯士悲歌易水秋雪色欺曹國麻衣淺寒入君王翠被深次韻徐與見寄儒自是長三尺禪就部來直數金早題綠萩燕語頻移枕病起蛛絲半在琴風調與二公可相伯仲起結尤多得義山神理不具錄

杜詩戶外昭容紫袖垂蓋唐制天子臨朝則用宮人引至殿上至天祐二年始詔罷之是全盛之時反不如衰亂之朝為合禮也故中宗時皇后公主及上官昭容往往與羣臣雜坐賦詩優伶至有裴談李老之謔可謂無禮之甚而郎官直宿亦有侍女新添五夜香之句竟不知侍女當是何色人也宋明以來乃為嚴重矣

本朝朝儀大朝日駕出乾清門至保和殿稍駐大學士學士都察院左都御史以下堂上官翰林起居注官於保和殿門外行三跪九叩頭禮先行自甬道入太和殿後門出立簷下內閣東立西向都察院西立東向然後　駕至太和殿陞座惟起居注班殿內在諸王之後亦儒臣之極榮也

宋宰相班諸王之上樞密使班諸王下至明諸王始不與羣臣齒為得大體若唐宋以來皇子諸王尹京遙領節度使之類一切罷去尤為得體迄　本朝亦然凡大朝日諸王貝勒于謝　恩者皆拜於殿陛上與羣臣迥絕矣

呂正獻公喜釋氏之學及為相務簡靜士大夫罕接見惟談禪者稍得從容好進之徒往往幅巾道袍日遊僧寺隨僧齋粥以自售時人謂之禪鑽此真可一笑也

宋故事進士唱名宰執從官侍立左右有子弟與選者唱名之後必降階謝康熙庚戌科館選庶吉士大學士王文靖公之孫桐城張公敦復禮部尚書兼掌翰林院事韓公慕廬之子皆中式及唱名皆自陳奏皆得　邀恩入翰林然不降階謝也

本朝京官三品以上陞遷　命下宣　旨後即赴後左門啟奏謝　恩仍於鴻臚寺報名候大朝日於太和殿謝　恩己卯十一月上傳戶部尚書馬公齊禮部尚書佛公倫吏部尚書熊公賜履禮部尚書張公英皆拜相戶部尚書陳公廷敬轉吏部兵部尚書杜公臻轉禮部刑部尚書李公振裕轉戶部予以左都御史遷刑部同日命下大學士伊桑阿公王公熙兼於一統志館宣　旨訖隨同赴乾清門啟奏謝恩此亦向時所未有也後旬日始以吏部左侍郎王公澤弘為左都御史則由吏部開列疏請云

徐度卻埽編云嘗見杜祁公少時手書所節史記一編字如蠅頭筆筆端楷首尾如一且極詳備如禹本紀九州所貢名品略具焉是時刻本書尚未盛行前輩之苦心為學如此豈後人所及

宋時士大夫為王氏之學者務為穿鑿有稱杜子美禹廟詩空庭垂橘柚謂厥包橘柚錫貢也古屋畫龍蛇謂驅龍蛇而放之菹也予童時見此論即知笑之語諸兄曰

信如此則杜公之詩何殊今佛寺壁畫觀音救八難善財五十三參關侯廟壁畫五關斬將水淹七軍耶諸兄為之軒渠

徐釚立云唐人詩集行於世者亡慮數百家宋次道家藏最備嘗以示王介甫俾擇其尤者今百家詩選是也然則予前所云陳伯玉張道濟張曲江王右丞韋左司諸公之集次道家盡無之耶抑有之而見擯於介甫即如此等著聞之集皆無之何以稱備有之而不取尚得為有目人耶

徐釚立記陳去非語本朝之詩慎不可讀者梅聖俞也不可不讀者陳無已也此意殊不可解去非之學杜亦予所未詳也

古來相業之盛莫如北宋劉莘老謝右僕射表曰君臣魯歌今百三十載勲名繼踵纔五十二人可見得人命相之難乃明末崇禎十七年閒拜罷遂至五十人欲不亂得乎

宋宣和中三公三孤皆備太師童貫少師梁師成少保楊戩餘即蔡京王黼蔡攸鄧洵武之流凡十人而宦寺居其三予昔使廣州遊光孝寺觀偽南漢所造鐵塔四角有諸僧題名列銜者皆金紫大夫檢校工部尚書又當時崇尚宦寺士人多自宮以圖進用亂朝之舉措可笑如此

唐時有走馬應不求聞達科者傳以為笑宋亦置高蹈丘園科許於本貫投狀乞應與唐正同名實相悖真可一噱也

古彩選始唐李郃宋尹師魯踵而為之元豐官制行宋保國者又更定之劉貢父則取西漢官秩陞黜次第為之又取本傳所以陞黜之語注其下其兄原父見之喜因序之而以為己作明倪文正公鴻寶亦以明官制為圖予少時偶病臥白日無所用心戲作三國志圖以季漢為主而魏吳分兩路遞遷中頗參用陳壽書頗謂馴雅有義例也

馮祭酒具區夢禎跋孫覿尚書尺牘云陽羨孫老得東坡棄婢而生尚書實坡公遺體予跋鴻慶集既辯之矣頃又考得一事坡往陽羨過村舍見一童子風骨聰慧出對句云衙門排子墻壇器童子應之曰節苑仙人錦繡腸坡喜之童子即覿也然則遺體之說益知其妄矣予跋鴻慶集惜未睹此故再書之

南唐二徐鉉無子鍇有後人居攝山前開茶肆號徐十郎家王銍性之嘗訪之鍇告敕具在又言嘗見鍇文集有南唐宮人喬氏出家語今騎省集三十卷尚完具全

集則不傳矣泰和縣白鶴觀云有楚書全碑予以康熙甲子奉使東粵過之維舟特訪此碑亦不復存鍇謚文公

魏野詩數聲離岸櫓幾點別州山一篇最佳王彥輔記其一絕亦有風致可喜城裏爭看城外花獨來城裡訪僧家辛勤旋覓新鑽火為我親烹岳麓茶

劍俠傳言嘉興一伶善繩技至戲場捧繩百尺餘置諸地將一頭擲空中初擲二三丈次四五丈仰直如人牽之後乃拋至十餘丈仰空不見端緒其人隨繩身足離地高二十餘丈勢如鳥舉旁飛遠颺望空而失又默記載晏元獻罷相守潁州一日有人呈躋索之技已而擲索向空索植立躋索而上疾若風雨遂飛空而去不知所在公大駭有牌軍白曰頃出戍曾見此等事此妖術未能遠出府門但請閉撫門大索必獲之乃命衆軍凡遇非衛中舊有之物即斧斫之最後至馬院一卒曰舊有槃馬柱五枚今有六何也亟以斧斫之乃妖人耳遂獲之

今浙西之杭州嘉興稱吳地錢塘江以東乃為越地故唐詩曰到江吳地盡隔岸越山多予讀吳越春秋闔閭五年吳南伐越破檇李左傳史記亦然越絕書語兒鄉故越界名曰就李就李即檇李然則春秋之時嘉興本越之北境初不隸吳唐詩云云非也

宋元論唐詩不甚分初盛中晚故三體鼓吹等集率詳中晚而略初盛攬之憒憒楊仲弘唐音始稍區別有正音有餘響然猶未暢其說間有舛謬迨高廷禮品彙出所謂正始正音大家名家羽翼接武正變餘響皆井然矣獨七言古詩以李太白為正宗杜子美為大家王摩詰高達夫李東川為名家則非是三家者皆當為正宗李杜均之為大家岑嘉州而下為名家則確然不可易矣

吳越春秋句踐休息食室於冰廚今稱人庖廚曰冰廚本此

余辛丑客秦淮邀笛步和虞山錢宗伯石屋秋柳小景絕句云宮柳含烟六代悲絲絲畏見冶城秋無情畫裡逢搖落一夜西風滿石頭秦淮楊蓊見而戲余曰恐後不禁矣

近日金華刻元陳樵鹿皮子集郡人盧鄉所編刻於明正德戊寅令郃陽縣丞曾循董肇勳重刻於婺郡凡古賦十五首為一卷詩三卷卷首載宋文憲公所撰墓銘董有序頗佳又云原刻有慈溪周旋序佚去不載甲申董自秦中以卓異入京陛見來謁以是書為贄惜未暇略其人

香祖筆記卷六終

香祖筆記卷七

清 新城王士禛貽上著

越處女與勾踐論劍術曰妾非受于人也而忽自有之司馬相如答盛覽論賦曰賦家之心傳之于內不可得而傳詩家抄訣無過此數語

西京雜記戚夫人善鼓瑟擊筑歌出塞入塞望歸之曲此遠在十九首蘇李之前漢詩最古者惟此及安世房中歌耳晉樂志以為李延年造不知何據今在樂府橫吹

郭茂倩樂府詩所載則始六朝劉孝標王褒諸人而古詞不傳可惜也

西京雜記杜子夏臨終作文曰魏郡杜鄴立志忠欵犬馬未陳奄先草露骨肉歸于后土魂無所不之何必故丘然後即化封于長安北郭此焉宴息按此即後人自祭文自誤墓誌之始

三國志蘇則傳云仕宦不止執虎子虎子溺器也西京雜記言漢朝以玉為虎子侍中執之視玉杯象箸相萬矣而後世不議其奢僭何也

太史公報任安書全軀保妻子之臣隨而媒孽其短漢書注師古曰媒如媒妁之媒孽如麴孽之孽又曰齊人謂麴餅為媒今吾鄉之語猶然然以媒作麋終不如作媒之古

太史公傳司馬氏本程伯休父之後而劉歆以為史佚後又云遷作景帝本紀極言其短及武帝之過帝怒削去之後坐李陵下蠶室有怨言下獄死與傳皆不合未知歆何所据也

曹孟德作疑冢七十二又遺令婕妤伎人時時登銅雀臺望吾西陵墓田子常笑之謂操體魂果藏西陵即不必作疑冢既作疑冢體魄且不知散落何許雖望陵作伎寧復聞之可謂詐而愚矣故友劉考功公㦷董侍御玉虬皆為捧腹而題之

樂府詩云綠蛇含珠丹初讀之謂偶然語耳非有故實後觀鄴中記云魏宮中有綠蛇口有赤珠若梧子大甄后每梳妝則盤結一髻形於后前因效而為髻號靈蛇髻乃知樂府用此事也

韻語陽秋載錢起贈杜牧詩今坊刻襄陽集有贈孟郊詩皆可一噱

仙人屏絕塵境游于太清然如上元夫人欲嫁封陟紫素元君欲從任生之類殆不可曉至如文殊三處過夏一月在婬舍及婆子燒庵公案復是何理恐亦解禪縛道為俗人學鳩摩羅什一輩藉口也

謝在杭文海披沙云𧏮螈黃龍浴水治之應聲蟲雷丸及藍治之食肺系蛙獺爪治之腸食蟲藍汁治之人面瘡貝母治之

唐牛僧孺人稱太牢楊虞卿稱少牢京師語曰太牢手少牢口謂牛善為文楊善言說也白樂天不失為賢者而黨于二牢未免為累余讀長慶集輒惜之不啻如癰疽癧環耳

道書多荒誕不經可為笑柄如謂牽牛娶織女借天帝二萬錢下禮久而不還被驅在營室之間此與段柯古天帝白鵠事類

東坡守揚州始至即判革牡丹之會自云雖煞風景且免造孽予少時為揚州推官舊例府僚迎春瓊花觀以妓騎而導輿太守節推各四人同知已下二人既竣事歸而宴飲仍令歌以侑酒府吏因緣為奸利予深惡之語太守一切罷去揚人一時誦美之與東坡事頗相似附識于此

東坡先生知登州問徐神翁學道之要答曰勿作官即好及南遷過海潁濱曰吾兄知信其言而不能用也

左思賦古度君遷北戶錄云古度樹一呼那子故閩清林先輩茂之名古度字那子也南人又號曰柁（日亞反）其實大如櫻桃黃即可食過則化蛾及蚊飛去

北方有無核棗嶺南無核荔支有大如雞卵者其肪瑩白如水精

鹽煮于海惟河東鹽夏有鹽池紅鹽池滇蜀有黑白鹽井河間鹽山縣以地產鹽故名非有山也獨元人西使記言過孛羅城偏山皆鹽如水精狀此則真鹽山耳

盧谷閒鈔云徐太尉彥若赴廣南將渡小海于淺瀨得一琉璃瓶子中有龜長可一寸往來旋轉略無暫已有胡人識之曰龜寶也

詩集句起于宋石曼卿王介甫皆為之李龏至作翦綃集然非大雅所尚近士大夫競以詩牌集字塗湊無理或至刻之集中尤可笑

荆芥穗為末以酒調下三錢治中風立愈

治走馬疳用尿盤子（[illegible]）連內火煅存性置冷地用盞蓋覆候冷取出碾為末滲患處又一方馬蹄燒灰入鹽少許滲患處

治痘疹黑陷用沉香乳香檀香不拘多少放火盆內焚之抱兒于烟上熏之即起

治惡瘡取冬瓜一枚中截之先以一頭合瘡候瓜熱削去再合熱減乃已又一方用蒜泥作餅瘡上灸不痛灸痛痛者灸不痛即止

小兒耳後生瘡，腎疳也。地骨皮一味為末，粗者熬湯洗，細者香油調搽，已。（上諸方見北洲閒錄）

唐德宗使段善本授康崑崙琵琶，奏曰：且遣崑崙不近樂器十年，忘其本領，然後可教。後乃盡段之藝。知此者可與言詩矣。

常見一賈人買得柴窰盌一枚，其色正碧，流光四照，價餘百金。始憶陸魯望詩：九秋風露越窰開，奪得千峰翠色來。可謂妙于形容。唐時謂之秘色也。

南唐李主研山，後歸米元章。米與蘇仲恭學士家易北固甘露寺海嶽庵地。宣和入御府。事詳避暑漫鈔。後又四百餘年，不知更易幾姓，而至新安許文穆（國）家。已而歸嘉禾朱文恪（國祚）。予戊辰春，從文恪曾孫檢討彝尊京邸見之，真奇物也。檢討請予賦詩，既為作長句，又題一絕句云：南唐寶石劫灰餘，長與幽人伴著書。青峭數峰無恙在，不須淚滴玉蟾蜍。後二年，復入京師，則研山又為崑山徐司寇購去矣。今又十五年，不知尚藏徐氏否。青峭數峰，蓋用南唐元宗語。元章既失研山，賦詩云：研山不可見，哦詩徒歎息。惟有玉蟾蜍，向予頻淚滴。皆用本事也。

僧祐釋迦譜云：懿摩王四子被擯到雪山，住直樹林中。四子生子，王歎喜言：此真釋子，能自存立。故名釋。注：釋迦為能。譜又云：在直樹林中，故名為釋。注：梵語呼直亦曰釋。別傳云：此國有釋迦樹，甚茂盛。相師云：必出國王。因移四子立國，因名釋種。

萊陽左公（懋第）忠孝大節，出于天性，鄉人敬仰之，稱大忠先生。崑山徐章仲（炯）健庵尚書次子也，歲庚辰官山東提學，允公議，建大忠祠于其里，首捐百金為倡，一時皆樂攸助，不浹歲落成，粗有次第。而新令某適至，方修衙署，日遣胥役入祠，取所庀甓石木植之屬。鄉之紳士以為言，令詬怒，欲申請毀祠。會章仲按萊考試，令恐拂其創建之意，乃說詞以自白。章仲因而慰之曰：子勿慮，第往具牲牢躬拜祭，則浮議自息。令如其指，祠竟得無恙。

順治初，吏部諸司郎官最為清要。吳郡顧松交（予咸）、衛來斯（貞元）俱以吏部郎里居，賓客輻輳。一日廣坐中，一客忽曰：二公所謂一顧傾人城，再顧傾人國也。客皆為之絕倒。

佛經幻妄，有最不可究詰者，如善慧菩薩自兜率天宮下作佛，在摩耶夫人母胎中，晨朝為色界諸天說種種法，日中時為欲界諸天亦說諸法，晡時又為諸鬼神說法，於夜三時亦復如是。雖稗官小說如西遊記者，亦不至誕妄如是。

余官左都御史，日五鼓啟事，候于中左門，故吏部侍郎趙公玉峰（士麟）謂曰：公真今日之泰山北斗也。余曰：何忽見推？趙曰：公為戶部侍郎七年，屏絕賄賂，不名一錢，天

人而知之。至為御史大夫，清風亮節，坐鎮雅俗，不立門戶，不急彈劾，務以忠厚惇大培養元氣，真朝廷大臣也。抑亦今日藥石也。余謝不敢當，然數語實有關治體之論，故追記之。趙官浙江巡撫，嘗開濬杭城市河，代貧民償旗債萬餘金，浙人至今尸祝之。近日名臣也。

聞見雜錄云：韶州人于江邊得巨蚌，剖之有珠，大如彈丸，光若水精，中有北斗七星，隱然可見，納本州軍資庫。

揚州瓊花，天下祇一株。晏元獻守揚，作無雙亭于其側。宋德祐乙亥，北兵至，花遂不榮。趙棠國炎有詩曰：他年我若修花史，合傳瓊花烈女中。然山房隨筆所記仁宗慶歷中常分植禁中，輒枯，比載還，則鬱茂如故。又何說耶。

貴州苗峒出沙板，然彼中不甚貴重，其最重者曰桂板，有金桂、水桂二種。一如黃金，一間碧玉竹，一如沉香之色，嗅之如沉速香。其木在地中橫生，長或丈餘，短或三五尺，大者或至數圍，更無枝葉。其生多在山根，其上土色皆黃，庶草不殖，以鐵斸之，堅而難入。苗人解為板，售之直較沙板數倍。與宋人談藪所記大同小異。談藪謂湖南亦然，湖南與苗蠻風壤相接，理合有之。又謂平江（卿會）州大旱，河水涸，居人就河底掘井，得沙板，愈取愈多，亦有得沉香者，此則不可曉也。

古董字，東坡作骨董，晦庵作汩董。見霏雪錄。

上東巡幸曲阜，謁至聖廟，廟門外降輦，步行，行三拜禮。留御前曲柄繖于大成殿，命家祭即陳設之，古今未睹之異數也。事詳幸魯盛典。按宋故事，天子謁孔廟止行肅揖之禮。慶歷四年五月，仁宗特行再拜禮，乃知先聖後聖，其揆一也。盛典，衍聖公孔毓圻疏請翰林院庶吉士孫致彌、乙丑進士金居敬（門人，金子之）纂修，書成，金已前授靈丘縣知縣，卒于官，孫先以無妄註誤，至是復官，授編修云。

木鱉子入藥，能殺人。見霏雪錄。

康熙己卯，南巡視河工，迴蹕，有御製詩云：行徧江南水與山，柳舒花放鳥綿蠻。明朝又入邳徐路，鳳閣龍樓計日還。會予以御史大夫被旨與大司徒陳公（說巖）、大宗伯張公（英）、大司空王公（鴻緒）入直南書房，因獲恭睹，共歎為太平和吉之音云。

呂宋國所產烟草，本名淡巴菰，又名金絲薰，余既詳之前卷。近京師又有製為鼻烟者，云可明目，尤有辟疫之功，以玻璨為瓶貯之，瓶之形象種種不一，顏色亦具紅紫黃白黑綠諸色，白如水晶，紅如火齊，極可愛翫，以象齒為匙，就鼻嗅之，還納于瓶，皆

內府製造，民間亦或仿而為之，終不及。

古來兼官，皆以大兼小。明初大學士學士皆五品，其後加尚書侍郎，始為二品三品，故明初三楊兼結銜，皆云某部尚書兼某殿閣大學士，今內閣結銜移大學士於上，而云兼某部尚書，學士兼侍郎亦然，與古制異。

甲申七月，門人李子來(先復)自奉天少京兆遷少廷尉，歸京師，遺松花硯一，紺色白文，偏體作雲錦形，試之細潤宜墨，類端溪之下岩，後有續硯譜者，品當列洮河、龍尾、紅絲之上。

李林甫外傳言有術士說安祿山常有五百銅頭鐵額人侍其左右。一日請林甫宴，令術士窺之，見一童子捧香爐而入，五百人皆走避云云。又言道士許林甫三百年後白日上昇，及為相二十年，復見之，云相公所行多不合道，更六百年乃如約矣。信如所云，是天上神仙，必需此不忠不孝之人，義何所取，而小說往往記林甫後身有為牛為娼之說，詎盡誣耶。

唐高宗將立武氏，謀之李勣，對曰：此陛下家事。明皇將廢太子瑛兄弟，未決，李林甫亦曰：家事何必問外人。奸臣誤國，先後一轍如此。

予以順治八年辛卯中鄉試，闈牘為座主蒲阪御史大夫杜公(篤祜，字振門)、房師壽春侍御夏公(敬孚，字人儀)所賞異，已定解元三日矣。有丘縣令李應軫者，高郵人，與夏公為淮南鄉舉年，七十矣，私于夏公曰：某老矣，日暮途遠，使元出本房，差慰遲暮。公能相讓，則亦世之感也。請至再三，夏公乃許之，其首牘即昌樂滕國相(字和梅)也。已擬第六，與予皆習毛詩，杜公甚難之，而李請益堅，杜憐其意，遂改予第六，而滕得元。時滕年近六十，予年始十八耳。榜後旅謁杜公，頗悔之，閒語予以前事，且曰：予文合作元，此亦命也。予初不以屑意，其後十年，而予銓授揚州府推官，李以兵部主事告老家居，年八十餘矣，其子為州役，署居屬予，諉其事，李憶往事，殊惴惴，予顧力直其子，而痛懲州役，且戒州守吳君之俊(俊為東昌府知府)，以李公高年家居，有司宜加禮，吳詣李道予意，李感泣，遂通關陳謝，如平生歡。凡予一生報德不蓄怨，皆此類。唐摭言載裴垍舉宏辭，崔樞考之，被落，及垍為宰相，擢樞為禮部，笑謂樞曰：聊以報德，然不敢妄擬古人，其存心寧厚勿薄，庶不愧耳。偶書之以示子孫。

邯鄲人侯二，素不孝，其母以米施乞者，二見而怒，痛撻而逐之，妻子泣諫不聽。未幾二遍體生毒瘡，潰爛而死。夢告其子曰：我以忤逆不孝，罰往京師宣武門西車子營張二家作豬，汝可速往贖歸，遲無及矣。子如其言至京師宣武門訪張氏，果有北豕，適生數子，其一豕身人面，有髭貌如其父，子痛哭述其故，願以十金贖歸，張不聽，而殺之。此康熙三十九年事。

唐庚三國雜事云：先主父子相繼，始終號漢，未嘗一日稱蜀，陳壽黜其正號，猶魏晉之私意，歷史家之公法，改漢為蜀，猶五代稱李璟為吳，劉崇為晉，今五代史南唐、北漢世家，未嘗以吳、晉名之也。蓋宋人之論，已以南唐為吳王恪之後，比于昭烈矣。歐公五代史世家首南唐，而胡恢、陸游、馬令之書，層見疊出，豈非有深意存焉乎？近興化李映碧(清)廷尉取馬、陸二氏之撰為經，別作南唐書，而雜采江南野史、釣磯立談、玉壺清話諸書為緯，殊為有見。予嘗謂五代中原之君，史家所謂正統者，皆盜賊僭竊，無足比數，惟唐莊宗雖以沙陀賜姓，而能手除巨賊，復唐社稷，則君子引而進之不忍斥也。其于南唐亦若是焉已矣。以南唐為正統，不猶愈于朱溫、石敬瑭之流哉。

四川達州民某兄弟二人，甚友愛，弟未授室而他出，其兄賣身得十二金，為弟聘婦，弟歸娶，知兄賣身事，乃相持而泣，遣其婦往母家，取原聘金為兄贖身，湖南流民二人某某知其事，尾之中途，擊婦死而攫其金，忽迅雷大震，擊二人立斃，其尸羅跪于

婦家之門，手中持十二金，頃之婦復甦，歸至其家，則二人已先跪門外矣。婦語其故，兄弟鄰里及州人來觀者如堵，莫不嘆異，以為孝友強暴之報，施不爽如此。

予丙子奉使祭告西嶽，于玉泉院見無憂樹四株，後閱內典，頻頭娑羅王立膝婆國婆羅門女為第一夫人，生子名無憂，又生子名離憂，其無憂即阿育王也。後王出外園遊戲，見一無憂樹華極敷盛，王見已，此華樹與我同名，心大歡喜，蓋此樹與青柯坪娑羅樹皆西域種，然西嶽乃道士所宅，絕無蘭若，不知以何因緣而有此樹，又釋迦譜毘婆尸佛有執事弟子名無憂。

唐劉希夷汝陽潭詩：魚鱗可憐紫，鴨毛自然碧，寫物最工，然非初唐人語也，似皮陸。

予近詠寓邸西齋叢竹有句云：冉冉紫雲蓋，翩翩紅鶴尾，自謂不減劉語。

本朝新進士臚傳後，自鼎甲授翰林修撰編修外，餘皆引見，欽選庶吉士，分清漢書與鼎甲三人一體教習，順治間定例，清書者陞內閣學士，漢書者陞京堂官，或徑陞侍郎，如程其相(芳朝)以丁亥榜眼及第至侍讀學士，陞太常寺卿，左虔孫(敬祖)以己丑會元至侍讀學士，陞通政使，臨朐馮易齋相國(溥)以讀學陞吏部侍郎，錢塘黃次辰相國(機)以讀學陞禮部侍郎是也。如勝國甲科即不拘此例。致王宗伯(敬哉)(崇簡)白司

寇東谷(諱卿)高侍郎念東(珩)胡學士此庵(統虞)諸公，皆為三院學士。三院者，國史、秘書、弘文院也。庶吉士則專隸弘文。既設內閣，遂罷三院不設，而別立翰林院，以學士掌之。

劉宋忠武公沈慶之詩：朽老筋力盡，徒步還南岡。辭榮此聖世，何愧張子房。按客座贅語云：周子隱讀書臺下，舊為光宅寺，乃梁武帝故居，其地又名南岡，六朝士大夫多居之。武帝評書云：南岡士夫，徒尚風軌，不免寒乞。正指此。乃知沈所居在南岡，非泛設耳。

古有通鳥語、牛馬語者。梁廷尉卿沈僧昭，先為山陰令，與會稽太守武陵王紀校獵，中道而返。左右問其故，答曰：國家有邊事，當還處分。問何以知之，曰：向聞南山虎嘯，故知耳。俄而使至。是知鳥獸莫不能語者。釋氏戒殺，厥有旨哉。

本朝翰林遷吏、禮二部侍郎，例兼翰林院學士，至尚書則不復兼。按明萬歷中王三渠用賓官南京吏書，仍兼翰林院學士，此其同而異者也。若霸州郝恭定(維訥)、合肥龔端毅(鼎孳)二公，皆不由翰林而為禮書；董禮侍安國，則旗下人，不由科甲；錢唐高禮侍士奇，則以供奉內庭久，特加少宗伯，未嘗視部事也。

康熙初，予自揚州入為禮部主事，時蘇松詞林甚少，現任數公，又皆以奏銷一案詿誤。京堂至三品者，亦止華亭宋副都直方(徵輿)一人。迄今三十載，乃極盛，其他無論，即狀元鼎甲，駢肩接踵，而身兼會狀兩元者，如癸丑韓宗伯慕廬(菼)、丙辰彭侍講訪濂(定求)、乙丑陸侍講澹成(肯堂)皆是也。他如翰林尤衆。地氣盛衰，信有時哉。近日地氣自江南至江北，而揚州為極盛。如甲戌顧圖河，江都人，榜眼及第；庚辰季愈，寶應人，榜眼及第；癸未王式丹，亦寶應人，會狀兩元及第。一時稱科名盛事，前此未有也。

江淮以北，鼎甲甚不易得，蓋自明時已然。然如直隸之滄州，順治丙戌呂諸學(顯祖)、乙未戴少參(王綸)，皆榜眼及第；河南柘城縣康熙甲辰李侍郎(元振)、庚辰王編修(雲)，一榜眼及第，一探花及第，露即會元也。滄州又有丁亥會元李人龍，官內閣中書舍人。然則堪輿家言，信有徵矣。

陳後主齎天台智者大師物，有中藤紙一隨，蓋六朝語。沈后書有赤松澗米五石。隋煬帝所嚫衣物，又有南榴夾膝桃一枚，桃心筆格一枚，象牙鏤皮屏風一具，瑪瑙納袈裟一領，絳布祇支二領，銅搔勞一口，布三十禮。

鳥獸羽毛之奇異者，如紅紫鸚鵡、五色鸚鵡、紅鴿、紅鵲、鴿兒黃馬、桃紅瓣點子花馬、朱毛虎、山水文豹、硃砂鼠、綠蝴蝶子，或見或聞，雜記于池北偶談、居易錄二書。近日京師金魚顏色，種種變化，尤為豔異，而白魚硃砂點者，或在首，或在背，或在尾，置之盆池，游泳唼喋，粲若錦綺，信生物之不可測也。聞又有藍色者，惜未見。至于鴿之屬、兔之屬，亦多異種，不能悉論。又顧鄴初客座贅語云：全椒學博王宓徵曾以禱雨見紅鵝，疑是神物，非世所恒有。萊陽姜如農(埰)別墅有紅鵝館，陳其年(維崧)檢討詩餘有紫鴛鴦，未詳出處，不敢輒書。

杜堇字克狂。按字書，堇，且吝切，即烏頭也。其汁飲之能殺人，故唐明皇取其汁以毒張果。蓋黠用以取名，真狂士矣。

弘治五年，南直隸鄉試，劉尚書南坦(麟)以武學生中式；十四年鄉試，陳翰林魯南(沂)以太醫院醫生中式。二公名碩，而皆以雜流入試，所未解也。此例至嘉靖中始革去。

予于明代郡縣志書，祇取關中諸公所纂，如武功、平涼、朝邑、華州等十餘種，此外惟崔後渠安陽志、韓楓山蘭谿志、馬應龍安丘志、邢子愿武定州志、史蓮勺(記事)介休志，不失史法。偶觀顧東橋與陳魯南論修志書，云嚴介谿袁州志、都元敬黃山圖經、李懋卿東崖志、鄒二泉許州志，各有義例，須取參訂。已上諸志，則又予所未聞未見者。東橋先生平生傲睨相嵩，及撫楚，被旨修奉天大志，又忤世宗，真所謂豪傑之士矣。

登高能賦，自是佳話。若蘭亭之集，古今艷之，然詩不成受罰者若干人，殊無足異。乃亦有不識字不成詩，傳之于後，反成佳話者。如唐人韋蟾嘲李瑒詩：渭水秦川照眼明，希仁何事寡詩情。料應學得虞姬壻，書字才能記姓名。宋人釣臺詩：諸老凋零極可哀，尚留名字壓崔嵬。劉郎可是疏文墨，幾點胭脂涴綠苔。政使希仁題詩，光世能書，亦復尋常，未必如此令人解頤也。

遯園居士言：金陵盛仲交家多藏書，書前後副葉上必有字，或記書所從來，或記他事，往往盈幅，皆有鈐印。常熟趙定宇少宰閱舊唐書，每卷畢必有硃字數行，或評史，或閱之日所遇某人某事，一一書之。馮具區校刻監本諸史，卷後亦然，并以入梓。前輩讀書游泳賞味處，可以想見。此語良然。予所見劉欽謨(昌)官河南督學時所刻中州文表，每卷亦然。予勸宋牧仲開府重刻文表及梁園風雅二書，且云欽謨諸跋當悉刻之，以存其舊，亦遯園先生之意。又嘗觀袁中郎所刻宗鏡攝錄，亦復如是。弇州先生讀書後同此意也。

金陵許尚寶石城先生(穀)年二十七中嘉靖乙酉鄉試，乙未南宮第一，壽八十餘，及見萬歷乙酉後輩。近上海姚方伯通所先生(永濟)萬歷戊戌進士，壽近百歲，及見順治戊戍後輩姚公與先祖贈尚書公為浙藩左右使同僚壽亦相埒鼎革後尚有書問往來。今又五十餘年往矣。予年十八以順治八年辛卯中鄉試至今康熙四十三年甲申已五十四年去辛卯止八載耳。不知假我數年猶及見之否。然釋氏石火電光之喻信有然矣。

戊戌同年吳侍讀默岩。黼全椒人。榜眼及第詩未入格而頗有勝情予官揚州時常與共吟儀真。一日過予客園置酒酒間作擘窠大字及便面數事皆即事漫興之語令人解頤。尚記其一則云少陵云一洗萬古凡馬空東坡云筆所未到氣已吞才人須具此胷次落筆自爾不凡惟阮亭可以語此頃之予衣領上偶見一蟻即又云翠官衣領蟻上一蟻子此正須耐煩以為勝俗客耳雖偶然游戲皆有理趣久之露坐月色皎然賦絕句云如此青天如此月兩人須聞大江秋予和之得四首翰林兄弟皆名士廨屋三間分兩頭及第紅綾分餅日閒門黃葉著書秋鳴嵫（山名）嵫中小斜日森碧篠人影參差曲岸頭頃刻疾書兩丸墨山蟬墮地數聲秋又二詩不具錄詳鑒江倡和集。

焦山瘞鶴銘或云王右軍書或云陶貞白或云顧況而周暉金陵瑣事言唐李石續博物志陶隱居書自奇世傳畫板帖及焦山瘞鶴銘皆其遺跡顧元慶作瘞鶴銘考歷引黃長睿以至都元敬諸家之說斷以為陶書而未及引此證之予門人淮陰張力臣弨作瘞鶴銘辯援据甚博予以遺新安張山來潮刻叢書中不記引此否也

金陵瑣事云神樓乃劉南坦尚書製為修煉者用箋編成似陶靖節之藍輿懸于屋梁僅可考卧其上下收放之機皆自握之不須他人文徵仲寫其圖諸詞人多詠歌之皆不得其旨樓虞山列朝詩小傳云清惠好樓居而力不能搆文徵仲作神樓圖以遺之又升庵先生後神樓曲序亦然曲中仙人五城十二樓等句亦未詳其形製何如皆所云不得其旨者也

予嘗謂古人詩且未論時代但開卷看其題目即可望而知之今人詩且未論雅俗但開卷看其題目即可望而辯之如魏晉人製詩題是一樣宋齊梁陳人是一樣初盛唐人是一樣元和以後又是一樣北宋人是一樣蘇黃又是一樣明人製題汎濫漸失古意近則年伯年丈公祖父母俚俗之狀蠹亂入矣詩之雅俗又何論乎。

詩題有一二字不古遂分雅俗如古人祇有同韻和韻而今人則改作步韻武韻矣古祇有絕句今人則改作截句矣古人贈答或云以詩贈之以詩寄之今則改詩以贈之詩以寄之矣此類未易更僕但取古人集觀之雅俗自辨當以三隅返也

江寧有西域賈胡見人家几上一石欲買之凡數至主人故高其價未售也一日重磨洗冀增其價明日賈胡來驚嘆曰此石寶惜無所用矣石列十二孔按十二時辰每交一時輒有紅蜘子布網其上後網成前網即消乃天然日晷也今蜘子磨損何所用之不顧而去。

史癡翁金陵人佯狂玩世工詩畫樂府妻號樂清道人姬人何號白雲皆善畫工歌善通音律琵琶得兩京國工張祿之傳翁每製一曲即命白雲被之絃索嘗訪沈石田于吳中不值見堂中懸絹素尚未渲染輒濡墨縱筆作山水不題姓名而去石田歸見之曰吾吳中無如此人必金陵史癡也亟追還之相見一笑留石田家三月而後返

明代冊使至諸藩府藩王以刺迓之于郊刺稱某王拜三字而已應天鄉試榜後魏國公例設宴中山府第邀集新舉人亦惟書魏國公拜四字于刺不書姓名。

余少時官廣陵與諸名宿修禊紅橋即席賦冶春詩二十四首陳其年後至贈余詩曰玉山筵上頹唐甚意氣公然籠罩人劉公㦷曰采明珠耀桂旗龍魚或率而兒拜或揚袂從風如欲仙去冶春詩獨步一代不必如鐵厓遁作別調乃見姿媚也

香祖筆記卷七終

香祖筆記卷八

清　新城王士禛貽上著

陳霆字水南，吳興人。著兩山墨談，甚有義理。閱金陵瑣事，始詳其本末。霆字震伯，徙居白下。又著唐餘紀傳、渚山詞話。嘗作詞弔張麗華云：麗華死于青溪，後人哀之，為立小祠，祠像乃二女郎，其一即孔貴嬪也。今祠亦不復存。

成弘間，留都扇骨以李昭製者為最，見顧東江集。往徐健庵司寇為宮坊時，贈予金陵仰氏扇，予謝以詩，有舊京扇骨李昭之句。異日相遇朝班，問李昭出處，予但據東江集答之。後閱金陵瑣事，乃詳李昭、李贊、蔣誠三人製扇骨最精；徐守素、蔣徹、李信修補古銅器如神。恨昔者不能舉此應之，信強記之難也。

張遺字瑤星，金陵遺民也。居棲霞一小庵，數十年不入城市。著書十餘種，有一書紀南渡時事，可裨史乘，惜未版行。凡所撰著，稱白雲自怡。年九十而終。四十年前游東萊時，先兄西樵亦客萊，相友善。及予在邗江，數客金陵，未及見之，蓋已棲足攝山矣。予撰古懽錄，亦遺此人，故著于此。

明時欽差行人吳惠、吳奐、劉真人于留都鳳臺門外壙中得一石匣，中有玉冠，蓋上刻王真人玉冠五字。此與王喬玉棺相似，玉冠尤為新異。

舊例科場進呈試錄，主考官自撰程文，其用士子文稍為點定，自萬歷十三年乙酉科始。

治血山崩：當歸一兩，荊芥一兩，酒一鍾，水一鍾，煎服，立止。

撫州商人病痢危甚，太學生倪某用當歸末、阿魏丸之，白滚湯送下，三服而愈。

又治痢方：黃花地丁搗取自然汁一酒盞，加蜂蜜少許，服之神效。

濕痰腫痛不能行：用豨薟草、水紅花、蘿蔔英、白金鳳花、水龍骨、花椒、槐條、蒼朮、金銀花、甘草，以上十味煎水，蒸患處，水稍溫即洗之。

治小腸疝氣：烏藥一錢，天門冬五錢，白水煎服，神效。

治小便不通：芒硝一錢，研細，以龍眼肉包之，細嚼嚥下，立愈。

治瘤方：用竹刺將瘤頂稍稍撥開油皮，勿令見血，細研銅綠少許，放撥開處，以膏藥貼之。

接骨方：土鱉用新瓦焙乾半兩，錢醋淬七次，自然銅、乳香、沒藥、菜瓜子仁各等分，為細末，每服一分半，酒調下。上體傷食後服，下體傷空心服。

治痰腫頭面方：金銀花二兩，濃煎一盞服之，腫立消。

針入腹：用櫟炭末三錢，并水調服，即下。又方：以磁石置肛門外，引下。紀上俱出金陵瑣事。

明寧國大長公主所用遺墨半挺，上用紫金打成龍口吞之。一磁杯，酌酒滿，則隱起一龍形，鱗鬣具備，酒盡不復見。

沈石田周干支八字，與明英宗同。

金陵王某家有大石子，中具兜壓觀世音像，趺坐如生，面目衣裓如畫。又南唐元宗時，溧水茶樹生須菩提像，右袒左跪，衣裓宛然，其色如純漆，光可以鑑。

南唐書有馬令、胡恢、陸游三家。馬、陸二書盛行于世，近吳門又有合刻，惟胡書世罕傳之。聞江陰李忠毅應昇家有藏本，廿年前屬江陰令陸雲士次雲訪之，久不見報。又屬門人楊侍講賓晰求之，亦不得。按恢金陵人，博物強記，工篆隸，客京師久不得調，上韓忠獻公詩云：建業關山千里遠，長安風雪一人寒。公深憐之，使篆太學石經，因得復官，任華州推官卒。

宋明帝借張永南苑三百年，詔云：期畢便申。周宰相王溥父祚以觀察使致仕，一卜者談其壽可百四十，惟百二十歲時春夏間微苦臟腑。祚大喜，顧子孫曰：孩兒輩切記是年，莫教我喫冷湯水。二事癡絕可笑。杜牧詩：百年便作萬年計，富貴中人不悟此者多矣。釋氏六如之喻，正為此輩棒喝。

顧鄰初云：沈約宋書，凡歌字皆作哥字。予昔官廣陵，于一士大夫家見趙松雪家書，凡哥字皆作歌字，蓋古通用也。

捨筏登岸，禪家以為悟境，詩家以為化境，詩禪一致，等無差別。大復與空同書引此，正自言其所得耳。顧東橋以為英雄欺人，誤矣。豈東橋未能到此境地，故疑之耶。

京口張文選公選九徽博物君子也。嘗題予過江入吳兩集云：筆墨之外，自具性情；登覽之餘，別深懷抱。此語可與解人道。

予少游京師，日與汪苕文琬、劉公戫體仁倡和，晨夕過從無間。一日往汪邸舍，其小僕孫玉者走報曰：王貽上來。苕文出，為予述之。予笑曰：此子不減蕭茂挺家僕。

孔平仲雜說云：今公家文字用仰字，出北史北齊孝昭紀，詔定三恪禮儀體式，亦仰議之。

汪苕文赴京師，過揚州，予送之舟中，欲附東泉五猛寄家西樵兄，汪以道遠稍難之。予笑謂曰：汪大乃成俗吏。汪亦一笑許之。後記其事于說鈴。

宋時徑山僧行圓為蛇傷足。一冬方僧為治之。先汲淨水洗患處。易水數斛。令腐脹敗肉悉去。瘡上白筋見。乃挹以軟帛。以藥末勻糝瘡中。惡水泉湧。明日淨洗數槃。如初。一月毒盡肉生。平復如舊。其方乃香白芷為末。入鴨嘴膽礬麝香各少許。見談藪。

宋制軍營中有天王堂。小說亦屢載之。不知何天王也。談藪云。唐天寶西蕃寇安西。奏乞援兵。詔不空三藏誦仁王經。帝見神人帶甲荷戈在殿前。不空曰。此毗沙門天王第二子獨健。往救安西耳。後安西奏見神人破賊。城上天王見形。圖形上進。因詔諸節鎮所在州府。於城西北隅各立天王像。佛寺亦然。宋時沿之。入軍營也。又括異志云。宋建炎中。敵將屠秀州。天王現于城上。若數間屋大。懼而引去。因建天王樓於城西北隅。

汪鈍翁琬嘗問予。王孟齊名。何以孟不及王。予曰。正以襄陽未能脫俗耳。汪深然之。且曰。他人從來見不到此。

予又嘗謂鈍翁。李長吉詩云。骨重神寒天廟器。骨重神寒四字。可喻詩品。司空表聖與王駕評詩云。王右丞韋蘇州趣味澄夐。如清沇之貫達。元白力勍而氣孱。乃都市豪估耳。元白正坐少此四字。故其品不貴。

表聖論詩有二十四品。予最喜不著一字。盡得風流八字。又云采采流水。蓬蓬遠春。二語形容詩境亦絕妙。正與戴容州藍田日暖。良玉生烟八字同旨。

弇州云。朦朧萌拆。情之來也。明雋清圓。詞之藻也。四語亦妙。

古人同調齊名。大抵不甚相遠。獨劉楨與思王竝稱。予所不解。建安七子。自孔文舉不當與諸人同流。此外如陳琳之飲馬長城窟行。阮瑀之定情詩。徐幹之室思。皆有漢人風矩。惟楨詩無一語可采。而自古在昔。竝稱曹劉。未有駁正其非者。鍾嶸又謂其仗氣愛奇。動多振絕。思王而下。楨為獨步。殊似囈語。豈佳處今不傳耶。乃秦少游亦云。五字一何工。妙絕冠儔匹。殆亦耳食之語。

萊陽宋荔裳琬按察言。幼時讀書家塾。其邑一前輩老甲科過之。問孺子所讀何書。對曰史記。又問何人所作。曰司馬遷。又問渠是某科進士。曰漢太史令。非進士也。遽取而觀之。讀未一二行。輒抵于案曰。亦不見佳。何用讀為。荔裳時方髫齔。知匿笑之。而此老夷然不屑。

予十數歲時。屢夢坐圓亭上。有五色異禽。小於鸜鵒。羽毛甚麗。羣飛亭中。或集於肩。或投于懷。馴擾不去。又兩夢有人贈一奩墨。開之有異香。既覺。為諸兄言之。曰此文字之祥也。順治八年辛卯。予年十有八。一日讀書倦而假寐。夢神人告曰。汝知今科闈中題乎。乃予曰惟仁者能好人能惡人也。詩經題乃維清緝熙文王之典。叩其餘則不應。及八月入闈。首題果符所夢。頌題則聖敬日躋。及明年壬辰會試。頌題乃維清緝熙二句也。予中是科鄉試第一。旋改第六。壬辰下第。而先兄吏部登進士。神所告乃予兄弟鄉會試首尾二題也。

康熙初。士人挾詩文游京師。必謁龔端毅鼎孳公。次即謁長洲汪苕文琬穎川劉公㦷體仁及予三人。陽羨陳緯雲維嶽。其年維崧之弟也。初入都。予為行卷三通。置案上。友人問所謂。曰吏部劉公。户部汪公。禮部王公也。友人曰。吾為子預卜之。汪得卷。必摘其瑕疵而駁之。王得卷。必取其警策而揚之。劉則一覽。輒擲去。無所可否。已而果然。予聞之笑。謂公㦷曰。吾二人或駁之。或揚之。皆尋常耳。惟兄此一擲。最不易到。公㦷亦為之絕倒。

交趾老道士結廬潮州之金山。年已百歲。養一雞。大如幺鳳。置枕中。鳴即睡覺。一胡孫。小如蝦蟇。以線繫几。一龜如錢大。置金合子中。予門人東莞令錢蕉山塽曰。雞陽精也。胡孫心猿也。龜神靈而服氣也。皆小者。損之又損也。其言甚有理致。

嶺海見聞云。蚌聞雷而孕。望月而胎珠。中秋蚌始胎。中秋無月。則蚌無胎。凡秋夕海色空明。天半有朱霞光起。蚌曬珠也。珠之名類不一。有精珠。碧光珠。璫珠。走珠。滑珠。磥砢珠。官雨珠。稅珠。蔥符珠。珠重七八分為珍珠。八分為寶珠。合浦人以珠為業。生男曰珠兒。生女曰珠娘。

香樹生海南黎峒。葉如冬青。凡葉黃則香結。香或在根株。或在枝幹。最上者為黃沉。亦曰鐵骨沉。從土中取出。帶泥而黑。堅而沉水。其價三倍。或在樹腹。如松脂液。有白木間之。曰生沉。投之水亦沉。投之水半沉半浮。曰飛沉。皆為上品。有曰速香者。不俟凝結而速取之也。不沉而香特異。曰花劏。香與木離。劏木而存香也。有曰土伽楠。與沉香竝生。沉香性堅。伽楠性軟。其氣上升。故老人佩之。少便溺。產占城者佳。樹為大蟻所穴。蟻食石蜜。遺漬香中。歲久凝而堅潤。其色若鴨頭綠。上之上也。又有虎豹斑。金絲結。其色黃者。與鴨頭綠等。

椰杯見毒則裂。嶺南人多製為食器。以辟蠱。

永安產竹燭。文信公駐軍時。燃此竹以代炬。

海蜘蛛生粵海島中。巨若車輪。文具五色。絲如絙組。虎豹觸之。不得脫。斃乃食之。

瓊州黎峒有黎長統之，必符王二姓乃得立。黎長家有古破，傳為祖先所遺，非陶非石，天欲雨則先鳴，官軍將入山則大鳴。

廣州之虎門合蘭海，每歲正月初三四五日現海市，城闕樓臺車騎人物，倏忽萬狀。康熙丙辰見戈甲之形，粵有兵變。黃太沖宗羲亦言寧波有海市，蓋東海南海皆有，不惟登州，但登見以四五月，廣見以正月初旬三日，是小異耳。鄞之見不言定期。

嶺南見聞言：鐵樹生海底石上，榦類珊瑚，尾如彗，千年則成珊瑚。其旁有蚌守之，往往得鐵樹則兼得珠。是鐵樹與珊瑚同類，俱生于海。然珊瑚大者五六尺，小者不過尺許，以鐵網取之。在水則軟，見風則堅。初白漸黃，得日色乃殷紅如丹砂。按王濟雨舟所記云：官橫州，于一指揮家圃中親見此樹，屢言其開花，六十年之謠。予在羊城學使署亦見鐵樹，高大不殊諸樹，乃木本，非玉石之屬。但以鐵培護其根則茂，與他樹以水流灌者差異，與前所云云不類，豈名同實兩種耶。

嶺海見聞云：香樹榦如樹蘭，葉如黃楊，子如連翹而黑，以夏月子熟種之，亦有寄生榕樹上者。閩小紀云：千年榕樹上生奇南香。

陶岳五代史補載：馮道鎮同州，有酒務吏乞以家財修夫子廟，道以付判官。判官素滑稽，書一絕句于判後云：荊棘森森遶杏壇，儒官高貴盡偷安。若教酒務修夫子，覺我慚惶也大難。道有愧色，因出俸修之。又李穀為陳州防禦使，三日謁夫子廟，惟破屋三間，中存聖像，有伶人李花開進口號曰：破落三間屋，蕭條一旅人。不知負何事，生死厄于陳。穀驚嘆，遽出俸以修之。五代學校廢壞如此，賴滑稽之言始得復設，可為浩歎。觀唐元宗過魯謁孔子廟詩，居然盛世帝王氣象。近　聖駕東巡，謁闕里聖廟，載謁孔林。　特命戶部發金錢十餘萬，重修廟貌，輪奐一新。　賜孔氏子孫十餘人為五經博士等官。　特賜御用曲柄傘於大成殿，此又漢唐宋明已來所未有者。故觀于文教之興廢盛衰，而世之治亂可知矣。

周郭威親征慕容彥超，至兗州，學文宣王，明日攻其城，入之，過夫子廟，叩首再拜。且諭近臣曰：夫子聖人，百王取則，焉安可不拜。且命孔氏襲文宣王者，長為本縣令。五代之世，乃亦有此。自明代至　本朝，曲阜縣知縣皆以孔氏子孫為之，而不知始于後周也。

越處女對勾踐曰：見之如好婦，奪之似懼虎。杳之如日，偏如滕兔。此即處女脫兔之喻，而語益奇。

凡溺水及服金屑，用鴨血灌之即痊。

耳聾，用全蝎去毒為末，酒調滴耳中，聞水聲即愈。

枸杞子榨油點燈，觀書能益目力。

金瘡傷，用獨殼大栗研乾末敷之，立愈。

治喉痺、乳鵝，用蝦蟆衣、鳳尾草擂細，入鹽霜梅肉煮酒各少許，調和再研，細布絞汁，以鵝毛刷患處，吐痰即消。

惡瘡腫毒初起，當歸、黃蘗皮、羌活為細末，生鷺鷥藤搗汁，調傅瘡之四圍，自然收毒，聚作小頭即破，切不可併瘡頭傅之。

骨鯁用犬涎，穀芒用鵝涎，灌之即愈。

宋孝宗食蟹過多，患痢，有嚴防禦者，用新采藕節研細，熱酒調服，果愈。

治眼病生赤障者，用白螺一枚，去掩，以黃連末糝之，置露中一夜，曉取肉化為水，滴目則障自消。

治嗽驗方：香櫞去核，薄切作細片，以清酒同研，入砂礶內煮，令熟爛，自黃昏至五更為度，用蜜拌勻，當睡中喚起，用匙挑服，甚效。又方：向南桑條一束，每條寸折，納鍋中，用水五碗煎至一碗，渴即飲之。

治水腫方：用田螺、大蒜、車前草和研為膏，作大餅覆臍上，水從便出即愈。已上俱出養病漫筆。

予生平為詩，不喜次韻，不喜集句，不喜數疊前韻。惟少時有集黃山谷詩一絕云：別人送梅榨頭夜雨排簷滴，誰與愁眉唱一杯。瘦盡腰圍怯風景，城南名士遣春來。如此集句，恐非李西涯所知。西涯有集句詩一卷。

李西涯集第六卷，主一齋為徐公肅都憲作，又徐亞卿原一，六十二得雙生子，戲贈。原一與崑山徐健庵司寇初字同，公肅與其弟立齋相國初字同。立齋亦為都憲，健庵亦為亞卿，何其脗合至此。但前之二徐未悉其名耳。

宋陳輔輔之，丹陽人，有詩云：北山松粉未飄花，白下風輕麥腳斜。身似舊時王謝燕，一年一度到君家。為王介甫所知，而與蘇公尤厚善。黃是郎是章惇之甥也，以二女妻穎濱子適、遜。哲宗時欲召用林希，以是沮之。後知定州，卒。東坡皆有尺牘與之。元人吳師道跋云：二人出處不同，而尚德守義，不為勢利回邪變易，其賢則一。予摭古惟錄取師是，而遺輔之，此詩尤為可愛，特書之。

吳師道禮部集有云：江陰趙彥衛作西漢定安公補紀，首書元年，四年，書衆命孺子為定安公。五年至十八年。每年書公在定安。法春秋公在乾侯之義。意亦美矣。按孺子嬰宣帝元孫。楚孝王孫廣戚侯顯子。漢之近親。非若呂后取他姓子比矣。太后臨朝稱制。莽居攝踐阼。改元居攝。又改元初始。則孺子雖未正帝位。劉已廢。非爲天下之君矣。莽篡而猶存。莽滅而復為漢。若之何紀之哉。又考序例云。正統雖絶。而故君尚存。則追系正統之年。而注其下。如唐武氏例。是趙氏補紀殆類此。但其書法猶有可議者。不稱居攝初始。直云元年二年。則失其實矣。莽以平原安德漯陰鬲重丘萬戶為定安國。而以大鴻臚府為公第居之。則書公在定安。亦為失實。定安公乃莽所加。豈得仍其僞號。竊謂宜自初始二年下。注新莽始建國元年。初始三年以後。下注莽年。如前退數。而書孺子在京師。存其故稱。紀其實地。庶幾得之。或曰。其後方望立嬰為帝。而元滅之。當若何。按方望事在光武建元元年。書法當云。方望以前孺子嬰稱帝于臨涇。元始遣兵擊斬望嬰並遇害。

釋典羅云出家。即羅睺羅佛命舍利弗為其和尚。大目犍連作阿闍黎。故沙門以和尚為尊貴之稱。

佛姨母瞿曇彌欲出家。如來不許。請阿難言。若聽女人出家。乃令佛法清淨梵行。不得久住。譬如莠生稻田。善穀傾敗。又言我之正法千歲興盛。以度女人故。至五百歲而漸衰微。所以者何。女人有五處不能得作。一不得作如來。二不得作轉輪聖王。三不得作第二忉利天王。四不得作第六天魔王。五不得作第七梵天王。作摩醯首羅。按此乃比丘尼之始。夫如來既受姨母乳哺深恩。度五百除饉女。皆長老久修梵行。而如來難之且如此。後之人談何容易耶。又如唐武后乃眞天魔王。以釋氏因果論之。不知往劫是何福德也。

南渡時東平伯劉澤清者。字鶴洲。曹州人。天啟中戶書郭允厚家奴也。後充本州捕盜弓手。少無賴。為鄉里所惡。徙居曹縣。遭離亂。從軍積功至總兵官。金陵立福王。遂為藩伯。開府淮陰。其兄忘其名。字鳳洲。崇禎時亦至總兵官。禦敵歿于王事。稱名將。非澤清比也。澤清為人陰狠慘毒。睚眦必報。曹縣士大夫罹其禍者甚眾。澤清在江淮。縣有故居。空無人。一日諸生十數輩飲其宅。或拾一錦鞋于內閣中。傳玩之。座中有媚者。澤清知之。使健兒按名捕至淮。盡殺之。中表兄某嵐有違言。遣人召之。中表懼。祈哀於澤清之母。為婉轉申救。澤清佯許。諾禮待頗厚。既辭歸。立遣健兒途中拉殺之。已而大兵渡淮。澤清迎降。歸于京師。以叛案有連。至盧溝橋伏法。行路快之。不

數年。子姓無孑遺。故居為墟。

唐書言孟浩然與給事中王維善。維私邀入內署。會明皇至。浩然倉卒匿避牀下。帝問知之。喜曰。朕聞其名。久恨未見耳。立召見。問其所為詩云云。而北夢瑣言以為李白。誤。

盧沆為舉子。于滻水遇宣宗微行。意其貴人。斂身迴避。緣此受知擢第。賈島溫飛卿亦以微行忽致長江方城之謫。此可為輕薄之戒。又孟弘微郎中者。性誕妄。因次對奏曰。陛下何以不知有臣。不以文字名用。宣宗怒曰。卿何人。朕耳中全不知有卿。亦坐貶。

丹青樹出終南山。丹青竹出熊耳山。

唐宋故事用門狀。即今士大夫彼此拜謁之名刺也。上書某官。謹祗候某官。陸務觀老學庵筆記云。見東都時蘇王諸名公門狀一卷。率皆手書。古人鄭重不苟如此。今則小胥之事耳。又翰林故事。坊局已上。乃得用紅束為刺。史官庶常止用白。雖元旦賀壽等吉禮。亦不用紅。不喻其義。

故事有最可笑者。唐御史臺惟南牀最尊重。每會集。南牀不笑。則諸御史不敢笑。南牀笑。則皆大笑。謂之鬨堂。

唐相國段文昌。史云。西河人。襄國公志元之後。志元本臨淄人。文昌徙居荊南。又云荊蜀皆有先祖故第。又云先人墳墓在荊州。其稱臨淄人。以先世本籍故。而與鄒平無涉。不知何以封鄒平公。今鄒平縣西北地名段家橋。是謂文昌故居。傳會不足信也。子成式。柯古。罷江州刺史。居襄陽。與李商隱溫飛卿倡和。故號漢上題襟集。然柯古著酉陽雜俎。多言齊州事。如長白山沙彌二桃之類。皆在鄒平。

唐華原柳氏家法。為士族之冠。公綽公權已下。至玭皆然。玭家豢婢。猶不肯奉侍貴絹牙郎。其家法可知。而貿國賊柳璨乃生其族。卒與張廷範輩同誅。死未足酬衣冠之禍。故知蓮生麻中不扶自直之論。未必盡然。若桓彝為晉忠臣。而溫與元繼世為逆。郗鑒郗愔之生超。盧懷慎盧奕之生杞。皆其類歟。每讀史輒為三歎。

金陵胡宗仁字彭舉。以畫名。亦工詩。與竟陵鍾伯敬為友。嘗有與鍾書云。兄弟子姪皆耽作畫。蓮門畫稚。若盈墟丈。閣筆盈案。岳擬堆笏滿牀。昔人一門五龍七葉蟬連穿。僕過之。其子玉昆字元潤。亦工畫。嘗寫杭州宋宮古梅。予題絕句云。風雨崖山事渺然。故宮疎影自年年。何人寄恨丹青裏。留伴冬青哭杜鵑。故友合肥李文定容齋

天錢極愛此詩常諷詠之昔人謂沈石田相城喬木代爾吟寫此後惟金陵胡氏足以繼之

張遺瑤星題程青谿侍郎(正從)畫云唐六如畫學周東村不啻過之只爲胷中多數百卷書耳予評陳户部子文(吳禧)書品亦如此

姚翼字伯右工畫梅又取鍾山梅瓣粘於便面以筆添枝榦其上極有生韻時號姚梅人多效爲之渠丘張杞園(貞)孔目仿作甚工

白樂天詩吳娘暮雨瀟瀟曲自别江南久不聞極是佳句虞山錢牧翁宗伯詩東風誰唱吳娘曲暮雨瀟瀟閶禁城予亦有二絶句云波逸雷塘一帶流至今水調怨揚州年來慣聽吳娘曲暮雨瀟瀟水閣頭七載離筵咽柰何玉壺紅淚歛青蛾瀟瀟暮雨南陽驛重聽吳娘一曲歌

周侍郎櫟園(亮工)閩小紀云鷗皆白獨莆田九鯉湖鷗作粉紅色隋宫者劉繼詮獻芙蓉鷗二十四隻色如芙蓉疑即此種

唐宋外任官到任皆有謝表高常侍集有謝封丘縣尉表則縣尉亦得上表矣

閩小紀云燕窩有烏白紅三種惟紅者最難得白者能愈痰疾紅者有益小兒痘疹

櫟園又云參能益人沙元苦參亦兼補海參得名亦以能温補故也生于土爲人參生于水爲海參故海參以遼海者爲良

先兄西樵先生撰古今閨閣詩文爲然脂集多至二百餘卷詩部不必言文部至五十餘卷自廿一史已下瀏覽采摭可稱宏博精覈而說部尤桵雅爲古人所未有今略具書目載于此班昭漢書異姓諸侯王已下至古今人表凡十卷班昭漢書天文志一卷班昭補列女傳一卷班昭女誡一卷班昭幽通賦注一卷衛鑠筆陣圖一卷蘇蕙璇璣圖一卷宋若華女論語一卷侯莫陳邈妻女孝經一卷預浩(或作渣)女木經一卷李清照打馬圖一卷沈𣿬諸史一卷龍輔女紅餘志一卷管道昇墨竹譜一卷鄭氏女教篇一卷明仁孝徐后内訓一卷仁孝徐后勸善嘉言一二三卷仁孝徐后勸善感應一卷章聖蔣太后女訓一卷楊慎妻黄氏錦字書一卷王鳳嫺東歸紀事一卷盧江王夫人燈花占一卷張淑娛刺繡圖一卷邢慈靜(邢太僕侗之妹)黔途略一卷徐淑英女誡雜論一卷徐德英革除紀一卷筆洞細君花殿最一卷薛素素花瑣事一卷方維儀尼說七惑一卷方維儀宫閨詩評一卷顧若璞往生紀實一卷倪仁吉宫意圖題語一卷陳結璘牡丹亭牌譜一卷胡貞波古牌譜上下卷李嫺學古餘論一卷

李嫺前因紀一卷王端淑詩緯序論一卷閻姮儀放生約一卷董白奩艷上中下卷尼超衍密印語錄一卷尼濟印仁風語錄一卷尼自如語錄一卷計五十六卷其全書今藏篋笥無力刻行也

上巳之巳本已字之譌又洎宅編云十干之戊與茂同音今呼爲務亦非又稱爲武五代史僞梁朱温時司天監上言日辰内戊字請改爲武蓋温父名誠戊字類成故司天監以此諂之今吳中術士尚有沿之者

柳子厚作非國語宋江端禮作非非國語嗣是劉章虞槃皆有非非國語見張合宙載今不盡傳

童貫自謂韓魏公出子鄜梁師成自謂蘇文忠出子正同曹操父子本寺人之後忠獻文忠乃爲寺人祖禰乎

宙載云書册爲水潦所浸可于大甑中蒸而曝之至一二番乃以物鎮平處遠乾色雖微漬而無損壞

宙載張鐸僉事言鴿能辟小兒痞氣當多置房養之清晨令兒開房放鴿其氣著面則無痞疾

南國漫錄云桂有桂樹之桂有桂花之桂桂樹則楚詞桂酒菌桂之類今醫藥所用取其氣味甘辛乃用其皮也桂花之桂則詩詞所言今人家園圃所植取其香氣郁烈乃尚其花也類書所載皆未别白雖白孔六帖亦然

温飛卿以蒼耳子對白頭翁盜陽許襄敏公(彬)取作一聯云道上鉤衣蒼耳子風前聒客白頭翁蓋其去國之作上句即迷陽迷陽勿傷吾行下句即違山十里蟪蛄之聲尚猶在耳之義

碧里雜存云鍾山孝陵即梁寶誌公瘞所也傍有八功德水誠意伯奏改葬誌公水亦隨往太祖異之爲建靈谷寺歲命太常祭焉

見只編言陳水南(宜)以南唐李昪宜繼唐後改馬令書以爲唐餘紀傳猶蕭常改三國蜀志爲續後漢書也讀吳越備史昇本安吉砦將潘某之子姓實潘也水南特以五代纂作短促不足繼統不若南唐聲名文物雄擅江左不愧唐後耳云云予按吳越與南唐世爲仇備史之言未可遽信詎可據爲實錄以駁水南耶

漢鄐閣銘在寧羌州州陋甚在五丁峽西南予嘗過之不知有此古物未及訪碑刻所在殊以爲憾

甲申八月，禮部尚書韓菼卒于位。公長洲人，中康熙癸丑會狀兩元，授翰林修撰，至今官。先是以內閣學士予假歸，乙亥奉　召入京，有屠西爽者，以卜筮名吳中，韓問之，曰：公此行官至尚書，然癸未即當南歸，過此不能歸矣。韓入都，累遷禮部吏部侍郎，超拜大宗伯，至癸未始嬰疾，乞假未允，甲申病增劇，再疏告老，命在任調理，至是卒。公平素為予述屠言，且云過癸未不歸，豈遂死耶。王大司空鴻緒時同被　召命，聞屠語人曰：韓公此行不歸矣。果驗。屠亦以癸未年卒。

康熙四十一年五月，予　保和殿頒賜　御書，大理少卿臣李斯義得臨黃庭堅書一幅，其詩云：訣經草檄勞華生，初擁閩山傳節行，江入桐廬青欲斷，溪從劍浦碧來迎，茶雞戶種祖宜薄，鹽不家煎價賴平，要使祈招歌德意，君恩豈為遠人輕。四十三年十一月，李以副都御史遷福建巡撫，前詩竟為之讖云。

香祖筆記卷八終

香祖筆記卷九

清　新城王士禛貽上著

蜀人射白鷴錦雞以食。余嘗賦詩記其事。范石湖桂海虞衡志載嶺南近海郡或以鸚鵡作鮓，孔雀翡翠為腊。余邑子又有嗜食金魚者，天地間何所不有。瑇瑁背有甲十三片，海人養以鹽水，飼以小鱗，遇甲子庚申日，輒不食，謂之瑇瑁齋。見虞衡志。

真臘風土記牛馬死不敢食，亦不剝其皮革，云以其與人出力故，此俗勝中國人多矣。

朱相國平涵湧幢小品載其寓館一貴人家，其人奉齋，一日怒廚人，凡易十餘品，俱不稱意。朱笑謂之曰：何不開齋。近吳湖州園次綺遊廣州，有僧大汕者，日伺候督撫將軍諸監司之門，一日向吳自述酬應雜遝，不堪其苦。吳笑應之曰：汝既苦之，何不出了家。座上皆大噱。二事頗相類，而吳語尤可味。楊誠齋詩云：袈裟未著言多事，著了袈裟事更多。其此僧之謂乎。

天台山志僑寓條首載沈約字休文，陳征南將軍，永平中棄官乞為道士，來憩桐柏。見剡縣金庭觀石刻，妄語可笑。梁陳間安得兩沈約皆字休文，休文為梁武帝佐命，與陳遠不相及，何以有此謬妄。蓋道釋好為傅會，往往不稽時代，不諳事理，如真靈位業圖之類，不可勝數也。鶴林玉露以范雲與陳武帝九錫之命，亦可笑。

余于宋南渡後詩，自陸放翁之外，最喜姜夔堯章，堯章又號白石道人，學詩于蕭千巖，而與范石湖、楊誠齋善。時黃岩老亦號白石，亦學詩于千巖，時稱雙白石云。右見鶴林玉露。南渡四大家為蕭楊范陸，而誠齋答尤章詩云尤蕭范陸四詩翁，則謂遂初也。

王露言予瞻謫儋州，子由謫雷州，曾直謫宜州，皆章惇取其字之偏傍而謔之。當時有術士曰：儋字從立人，子瞻其北歸乎。雷字雨在田上，承天之澤，子由其未艾乎。宜字有蓋棺之象，曾直其不返乎。後皆驗。予考之殊不然。山谷以紹聖初謫涪州，徙戎州。徽宗即位，叙復官，建中靖國元年除知舒州，崇寧元年知太平州，二年以承天寺記為陳舉所訐，羈管宜州，竟卒于宜。先是東坡已以建中靖國元年卒常州矣，安得如羅云云。按此說本之老學庵筆記，乃謂二蘇公與劉莘老丞相。莘老時貶新州故也。

余邑先輩文獻無徵，每以為恨。故于群書中遇邑人遺事遺文，輒掌錄之。乙酉再至安德觀永平府志傳邑方伯徐公準詩一首盧龍塞云燕呼黑水作盧龍塞北風沙泣斷蓬漢將已隨羌笛老秦人莫恨久從戎公即詩人夜字東凝之曾祖也萬歷中嘗為永平太守

朱性甫鐵網珊瑚載鮮于伯機所藏有唐沈傳師墨蹟一絕云積雪陰山欲度難傳更深夜鐵衣寒將軍破了單于陣更把兵書子細看傳師元和間名臣有嶽麓寺長句最佳此詩殊不類唐人風調合肥龔大宗伯鼎孳往往酒酣賦詩輒用杜韻歌行亦然予嘗舉以為問公笑曰無他只是細了好打耳

新安門人汪洪度字于鼎夙有詩名嘗有詠一品妃詩云敢以三春草蒙稱一品妃植根緣湛露發豔借恩輝幸自生同蒂羞將影獨違未須勞遠寄念此一當歸自注當歸花曾入禁苑賜此名余按藥花入詩最新如人參杞菊皆見唐人詩連翹見楊太宰夢山詩余丙子使蜀山路中見白芨花因得西風盡日濛濛雨開遍空山白芨花之句若當歸詩人止習用太史慈姜伯約事未詠其花始見于鼎此詩耳按崔豹古今注當歸一名文無本草云七八月開花似蒔蘿淺紫色

余偶論唐宋大家七言歌行譬之宗門李杜如來禪蘇黃祖師禪也

謝方山連輝別業杏花村之東有古槐十餘株傳是正德年間物乃總督宣大楊順侍郎故居也楊即殺沈鍊以媚嚴嵩者予徘徊其下顧謂方山曰此樹閱世古矣惜非安石之甘棠

詞家綺麗豪放二派往往分左右袒予謂第當分正變不當分優劣四十年前在廣陵與鄒訏士祗謨同定倚聲集予評陳臥子詞云如香車金犢流連陌阡反令人思草頭一點之樂

宋人書問自尊與卑曰不具以卑上尊曰不備朋友交馳曰不宣見東軒筆錄今人多不辨此然三字之分別殊亦不解

孫仲謀欲築濡須塢諸將曰上岸擊賊跣足入船何用塢為快語讀之輒為浮一大白

古樂府詩云百金買寶刀懸著中梁柱一日三摩挲劇于十五女等是快語語有令人骨騰肉飛者此類是也

余家自高曾祖父已來各房正廳皆置兩素屏一書心相三十六善一書陽宅三十六祥所以垂家訓示子孫也按三十六善見宋吳處厚青箱雜記三十六祥未詳所出

又各房正廳一聯云紹祖宗一脈真傳克勤克儉教子孫兩行正路惟讀惟耕

青箱雜記云前代有翰林學士本朝咸平中始置翰林侍讀學士以楊徽之為之又置翰林侍講學士以邢昺為之此讀講學士之始亦見石林燕語

鴟尾之說傳記紛紜不一對類總龜謂龍生九子一名蚩吻好吞在殿脊博物志逸篇云蟠蚼形似獸性好望故立屋角上蠻蛭形似龍性好風雨故用於屋脊二說已不同唐會要云漢武柏梁殿災越巫獻術言海中有魚名虬其尾似鴟激浪則降雨遂作其形置殿脊以厭火災又或謂漢柏梁臺災越巫上厭勝之法乃大起建章宮遂設鴟尾之象于殿脊二說亦有不同又龍九子一名霸下好負重故為碑座屭贔好文在碑文兩旁亦出總龜博物志逸篇又云屭贔性好負重故用載石碑螭虎形似龍性好文采故立于碑文上二說名字亦不同顧都初宗伯說畧云霸下未詳屭贔見韻會云鼇也一名雖鼇吳都賦云巨鼇屭贔是也廣雅云有角曰虯龍無角曰螭音蛇龍今世石碑上下四旁率刻螭虎而載石作龜形蓋似鼇而稍訛霸下則竟不知何狀即龍生九子其名亦無一定之說也

漢光武帝曰仕宦當作執金吾師古曰金吾鳥名也主辟不祥逸篇又以為九子之一云金吾形似美人首魚尾有兩翼其性通靈不睡故用以巡警則又似鰥魚之屬鰥魚見孔叢子又應劭曰吾者禦也掌執金革以禦非常古今注曰執金吾棒也以銅為之金塗兩末謂之金吾

余向疑宋攻作之局曰文思院不詳命名之意青箱雜記云考工記㮚氏掌攻金其量銘曰時文思索故今世攻作之所號文思院江鄰幾云或說文思殿名聚攻巧於其側因名之曰文思院使

玉茗花海紅花皆山茶也古詩云淺為玉茗深都勝大曰山茶小海紅都勝即寶珠山茶

田綸霞雯少司徒為詩文好新異康熙壬午謝病歸次歲臥病醫立方以進輒嫌其俗易他名始服之如以枸杞為天精人參為地精木香為東華童子之類其癖好新奇如此余聞諸其弟需子益云

秦俗尚白民間遇元旦賀壽吉慶事輒麻巾素衣以往余所經歷西安鳳翔漢中諸府皆然聞　西巡時民庶迎　駕亦不改服按六朝人主宴處戴白紗帽晉人好著

白接䍦。謝萬著白綸巾。南齊垣崇祖著白紗帽。南史和帝時。百姓皆著下裙白紗帽。唐六典有天子服白紗帽。又唐制新進士皆白襴。故有袍似爛銀文似錦。相將白日上青天之句。而肅宗與李泌同出。觀者謂衣黃聖人。衣白山人。則人臣在君前。亦可衣白矣。青波雜志載宋乾道中。内相王日嚴謂一堂環坐皆淺素。極可憎。乞仍存紫衫。又云前此仕族子弟未受官者皆衣白。則六朝唐宋皆有之。不止西方尚白也。酉陽雜俎云北朝時。徐州角城縣僧尼著白布法衣。

余家藏宋王晉卿煙江疊嶂圖長卷。後有米元章書東坡長句。康熙癸未三月。萬壽節。九卿皆進古書畫為壽。此卷蒙納入内府。傳旨云。向來進御凡書畫概無收者。此卷畫後米字甚佳。故特納之。仍諭知。

濟南有帝舜祠。在南門之外。癸未春方作醮事。火忽自殿上出。頃刻焚燬殆盡。踰數日。諸當事有事於祠。方就殿址禮拜。墀下舜井水忽溢高數尺。須臾汎濫。急策馬而出。竟不終禮而罷。亦異災也。井水出祠北。流入明湖。至今尚熱。不知是何祥也。泰山東嶽廟同時亦災。

上駐蹕杭州。山陰耆民王錫元同胞兄弟五人。見於行宮。長次係雙生。皆年八十。三年七十八。四年七十六。五年七十五。率子姪凡十七人。孫十八人。賜宴。賜緞錦各一疋。又賜御書扁額一門人瑞。皇太子賜聯。五枝錫樹榮今代。百秩仙籌萃一門。見邸報。東坡志林載。合浦老人蘇佛兒年八十二。有兄二人。長九十二。次者九十。亦庶幾矣。

四十四年春夏雨澤愆期。至五月望乃雨。二十一日雨。自酉迄辰。遠近霑足。秔稻皆甦。苴乃插種。六月初八十一日皆大雨。縣東境有蝗。自東北來南去。不為災。廿四廿五日復大雨。

清波雜志。書鄭陽叔寓集荊襄川蜀金石刻為五路墨寶。既錄碑之全文。附以己說。歐陽集古考究未備者。間有辯正。類為數巨冊。考證良備。悉上祕府。按宋人多留意金石文字。惟歐陽永叔劉原父呂進伯趙明誠董逌黃長睿薛紹彭。于今猶著。鄭之名。迄無知者。不獨其書之湮沒無傳也。惜哉。南宋人陳起有寶刻叢編。尤為該洽。嘗從朱竹垞吳寓見寫本。未暇鈔錄。

濟寧州學武生歐陽淩叩閽。自稱大禹之後。下其詞巡撫議。大禹姒姓。歐陽淩狂率。宜褫後裔。革去武生。依律充軍云。

明太宗攻濟南。鐵鉉出戰。倏見有羣僧助戰甚力。跡之。入大佛山琵琶洞中。洞石壁上刻阿羅漢皆汗流浹體。命以鐵槌碎其首。像乃唐貞觀時製。

歷城穆吏部深字桂陽。為閹寺所中。罷歸。鬱鬱成疾。額中有一小人騎驢時時往來。醫不知其何病。竟以是卒。

明德藩端王于白雲湖在章丘。亦名劉郎中泊得一馬。鹿形。每宴會則列於筵前。負八寶盤案。崇禎戊寅。馬無故自斃。未幾濟南陷。

濟南藩司署。後臨明湖西偏。即曾子固集中所謂西湖也。曾守郡日。嘗作名士軒。軒今入署中。明時尚有古竹三竿。與欒一叢。傳是宋故物。

明湖有七橋。曰芙蓉水西湖西北池百花濼源石橋。曾子固詩。從此七橋風與月。夢魂長到木蘭舟。

元張文忠養浩故居。在今布政司街。有七聘堂。今改為祠。明尹恭簡旻宅。在歷城縣治東尹家巷。邊尚書貢宅。在王府前。今迷街毀。有萬卷樓。王祭酒雲芝名同光。尚書公據。李按察攀龍宅。皆在西門外柴市。許長史邦才宅。在布政司街。

漢終軍故里。在府城南九十里。尹太宰旻尹家亭子。在湖上。邊尚書貢別業。在張馬泊。劉吏部天民別業。在城南六十里。呂枝庵許長史邦才別業。在北水門外。殷文莊士儋通樂園。在趵突泉西。趙尚書世卿別業。在府城東。祝店李按察攀龍白雪樓。初在韓倉店。所謂西揖華不注東揖鮑山者。後改作于百花洲。在王府後碧霞宮西。許長史詩所謂湖上樓也。今趵突泉東有白雪樓。乃後人所建。以寓仰止之意。非舊蹟也。

娥皇女英祠。在趵突泉。今廢。曾子固詩。層城齋音衣冠會。況有娥英詫世人。水經注濼源亦謂娥英水。以泉上有舜妃娥英廟故也。俗人但知呂仙祠矣。

宋李易安名清照。濟南李格非文叔之女。詞中大家。其母王狀元拱辰女。亦工文章。辛幼安棄疾亦歷城人。亦詞中大家。少與党懷英同學。南渡為名臣。党入金官翰林學士承旨。尤工篆書。

德州謝生方山郎中之兄也。嘗於城北水次掘得一甕。色黝而光。可以鑑。舁置於家。忽於黝光中見人影。細審之。其仙佛美人衣冠甲士種種諸相。須臾變滅。旬日後乃無所睹。

德州四牌坊西。居人掘地得古塚。中一石枕。上鐫詩云。百寶裝腰帶。金絲絡臂韝。笑時花近眼舞龍錦纏頭。

閩中古今錄論李易安晚節改適云翁則清獻為時名臣。又引瞿佑詩話清獻名家厄運乖蓋將晚景對非才云云以挺之為非誤矣。蓋以閱道謚清獻而挺之謚清憲故致此舛訛耳。

謝肇淛西吳支乘云元時吳興三絕趙松雪書錢舜舉畫馮應科筆。

尹昊墓在八里山王雲芝墓在龍窩山南邊貢墓在萊莊劉天民墓在五里溝李攀龍墓在柳溝許邦才墓在大關。

天心水面亭南有薛文清王文成二公祠東有許忠節公逵祠正統間文清以吏部尚書郭璡薦督學山東文成以弘治甲子典山東試得堂邑穆文簡孔暉為解元忠節初令樂陵當劉六之亂破賊全城後與孫忠烈公燧同死宸濠之變祠中有庶子何洛文碑又一碑刻大復先生何景明樂陵令行一篇洛文即大復之孫也。

濟南郡城東七十里龍山鎮即水經注巨合城也漢耿弇討費敢進兵先脅巨里即此東坡陽關詞濟南春好雪初晴行到龍山馬足輕舊注引孟嘉落帽事固大謬施注竟畧之以此知注書之難而陸務觀任淵皆不敢注蘇有以也。

王文正不知藥欄之壞而時服其德量陳彭年不知僦宅有石榴樹而人譏其躁進其人品異也。

宋太宗問杜鎬官家之義鎬以三皇官天下五帝家天下為對太宗善之蔡邕獨斷曰親近侍從稱曰大家百官小吏稱曰天家天子無外以天下為家故稱天家也漢書東平王宇曰今縣官年少張晏曰不敢指斥成帝謂之縣官然不明著其義當亦稱陛下乘輿之義也邕又曰陛下者天子必有近臣執兵陳於陛側以戒不虞謂之陛下者羣臣與天子言不敢指斥故呼在陛下者而告之由卑達尊之意也乘輿出於律律云敢盜乘輿服御物謂天子所服食者也天子至尊不敢渫瀆言之故託之乘輿乘猶載也輿猶車也或謂之車駕又曰天子自謂曰行在所猶言行所至也

澶淵之盟既成王欽若進孤注之說而萊公見疎太祖朝盧多遜請移都鎮州經略攻取俟復幽薊則還蹕於汴此真孤注耳。

本朝遇　內朝行慶賀禮則　上率　東宮拜於　兩宮之門內諸王公貝勒貝子等從拜於門外閣臣亦與焉六部尚書都察院左都御史已下則拜於　午門最為得體宋天聖中明肅太后垂簾詔皇帝率羣臣上皇太后壽范文正仲淹方為秘閣校理上疏請皇帝率親王皇族於內中上壽詔宰臣率百僚於前殿上兩宮壽即今制也事詳儒林公議。

無錫馬翀字雲翎文肅公世奇之孫起自孤露中康熙壬子江南鄉試詩有奇氣時時仿李長吉而未竟其才游京師所皈心者獨余與崑山葉文敏訒菴方藹他無所諧也歸未幾而病依靈岩毅禪師于柏城庵得領悟一夕索筆書偈曰刀斫空虛於吾何有十里桃花十溪楊柳泊然而化年才三十。

詩句相傳流為里諺此真風雅之厄也如世亂奴欺主時衰鬼弄人唐杜荀鶴詩也今朝有酒今朝醉明日愁來明日當羅隱詩也但知行好事莫要問前程五代馮道詩也閉門不管庭前月分付梅花自主張南宋陳隨隱自述其先人藏一警句為真西山劉漫塘所賞擊者也

宋太祖自陳橋擁兵回長安祇候班喬陸二卒長率衆拒於南門乃入自北辭衣折箭誓不殺咸義不臣宋自縊太祖親至直舍數曰忠義孩兒賜廟曰忠義易班曰孩兒終宋之世孩兒班幞後垂粉青䋲帶為周世宗持服直舍正門以黃羅蔽之傍穿小門出入用以旌忠南渡景定間又命譔二侯加封碑文惜二侯之名無考碑文見隨隱漫錄據此則宋歷朝之褒忠可謂至矣五代史乃不為韓通立傳何所忌諱耶王子融作唐餘錄載韓通于忠義傳且冠以宋初褒贈之典有見哉

薛尚功鐘鼎款識第二卷有濟南鼎二其文如五嶽真形圖薛云是向瀟傳本又云二銘字畫奇怪未容詮釋以鼎出濟南姑以名之此吾郡典故也然二鼎今不知所在或已入宣和內府矣。

楓窗小牘言宋婦人封號自夫人以下凡八等如侍郎以上封碩人太中大夫以上封令人通直郎以上封孺人今皆無之碩人孺人率為婦人之通稱矣

楓窗小牘記東坡一帖錄足疾方用蔵靈仙牛膝二味為末蜜丸空心服神效

宋有杜善甫者濟南名士善為詩時有掌兵官遠戍其妻宴客竟夕笙歌善甫賦詩云高燒銀燭照雲鬟沸耳笙歌徹夜闌不念征西人萬里玉關霜重鐵衣寒聞者韙之詩見山書隨筆。

癸辛雜識言劉義仲摘歐陽五代史之譌誤為糾謬一書以示坡公云云又言揮塵錄云蜀人吳縝初第請于文忠願預官屬不許因作糾謬疑其別是一書不知吳縝所著糾謬乃新唐書也予家有舊刻本當是公瑾未睹此故疑為一書耳。

東坡志林云。唐末五代文章衰盡。詩有貫休。齊己。書有亞棲。村俗之氣。大略相似。此論固然。然齊己白蓮集至今尚傳。余嘗見海虞馮氏寫本。有荆南孫光憲序。篇帙完好。略無闕佚。文章流傳。信有命乎。

吾家西第石帆亭壬版書屋。多大竹。常有小鳥翠色。飛鳴其間。大僅踰婦人釵梁。物或結巢堅緻如罘罳。似即嶺南之翡翠也。柳文暢有詠白蘋洲翡翠詩。則不惟粤中有之矣。李衛公有桐花鳳賦。亦類此。歸田錄載宜春厓有翡翠线一丈。形似碧玉。所謂翡翠屑金者。非此鳥之羽也。

越絕言舜父頑。母嚚。兄狂。弟傲。尸子言舜事親養兄為天下法。是舜又有兄也。尸子又云其游得六人。曰雄陶。方回。續伯牙。陽東不識。秦不空。皆賢者也。或益以靈甫為七人。然則舜既徵庸。而七人者何以皆不見與。諸子之言。誕妄不經如此。呂覽淮南新序說苑之類。類此者多有。君子存而不論可矣。

東坡謂史記舜請流共工于幽陵。以變北狄。殛鯀于羽山。以變東夷云云。屈原云鯀婞直以亡身。則鯀乃剛而犯上者耳。若四族皆小人。安能變四裔之俗哉。蓋四族之誅。皆非誅死。但遷之遠方。為要荒之君長耳。此論與竹書紀年黜崇伯鯀合。而史記乃附會以渾敦。窮奇。檮杌。饕餮四凶之名。杜預又以檮杌為鯀。若然。則所謂不可教訓不知詁言。不惟方命圮族而已。四嶽何為而舉。而堯何為始試之耶。皆不可通。韓非子又謂堯欲傳天下于舜。鯀與共工諫。堯不聽。舉兵而誅鯀于羽山。誅共工于幽州。呂氏春秋則謂堯以天下讓舜。鯀為諸侯。怒欲為亂。比獸之角能以為城。舉其尾能以為旌。舜于是殛之羽山。審若是。則堯舜揖讓而先以征誅。而舜乃以私憾殺鯀。何以服天下。由是黃熊玄魚黃龍諸妄說紛紛而起。禹何其不幸哉。徒詞注堯長放鯀于羽山。絕在不毛之地。三年不舍其罪。與東坡之說相近。差可信。

南城陳伯璣允衡善論詩。昔在廣陵評予詩。譬之昔人云。偶然欲書。此語最得詩文三昧。今人連篇累牘。牽率應酬。皆非偶然欲書者也。坡翁稱錢唐程奕筆云。使人作字不知有筆。此語亦有妙理。

郭文答溫忠武曰。人無害獸心。則獸亦不害人。予佩此語終身。故在世途宦中外者四十五年。而與世澹忘。如海鷗鳥。脫戲乃為風馬牛不相及之事。為宵人媒蝎中傷。似郭文之言。有時而不驗。然適遂其魚鳥之性。雖不敢矯情憮之。亦未嘗以為怨也。

觀音經云。咒詛諸毒藥。所欲害身者。念彼觀音力。還著于本人。坡翁改之。實獲我心耳。

趙德麟侯鯖錄。以醉鄉日月為皇甫松所撰。誤也。持正乃皇甫湜字。松湜之子也。

余初撰五言詩七言詩成。京師同人鈔為帙。有七部。即蔣京少景祁所刻陽羨本也。曲阜顏吏部修來。就手鈔杜蘇黃陸四家歌行。而以余詩次其後。日夕諷誦之。

古藥方一兩。乃今之三兩也。隋合三兩為一兩。右見江鄰幾雜志。及侯鯖錄。今醫家或未知此。

蜀道有郎當驛。即明皇雨中聞鈴聲處。予丙子歲過之。題詩驛壁云。金雞賜帳事披猖。河朔從兹不屬唐。却使宵驂行萬里。三郎當日太郎當。三郎郎當。黃旛綽對明皇語也。

蜀道有花名龍爪。花色殷紅。秋日開林薄間。甚豔。又有鳥。其聲清越如擊磬。然予去子初入蜀。曾有絕句云。偏熱田家雨又風。林枝龍爪出林紅。數聲清磬不知處。山子晚啼黃葉中。游宦紀聞載永福古讖云。龍爪花紅。狀元西來。後石縫松上生龍爪。瑞花。其年蕭國梁魁天下。次舉黃定。臚傳復第一。距花生處東西各三十五里。想即此花。然山中樵蘇習見。不知其為可貴也。

游宦紀聞記程沙隨治腎虛腰痛方。杜仲酒浸炙乾。擣羅為末。無灰酒調下。又記治食生冷心脾痛方。用陳茱萸五六十粒。水一大盞。煎取汁。去滓。入平胃散三錢。再煎熱服。又沙隨嘗患淋。日食白東瓜三大甌而愈。

于支即幹枝。省文。張世南云。

余昔聞高麗史愛其臣金富軾之文。又兄弟一名軾。一名轍。疑其當宣和時去元祐未遠。何以已竊取眉山二公之名。讀游宦紀聞云。徐兢以宣和六年使高麗。密訪其兄弟命名之意。蓋有所慕。文章動蠻貊。語不虛云。觀此則知余前疑不謬。而是時中國方禁錮蘇黃文章字畫。豈不為島夷所笑哉。

雪峰百里間。多𥳑竹。筍味甚美。寺僧自三月至六月。猶饜飫。是我存禪師于檝余考戴凱之竹譜。紀六七十種。而無𥳑竹。尤方伯贈尚書府君譜竹尤多。亦不之及。近杭僧𥳑堂有詩。名其自號。殆取諸雪峰。云箴尚繇守書云空大也。

五代楊少師凝式。旦將出游。僕請所之。楊曰。宜東游廣愛寺。僕曰。不若西游石壁寺。凝式舉鞭曰。姑游廣愛寺。僕又請游石壁。凝式曰。姑游石壁。此與盼陳太常音也混相似。雖似可笑。實有雲行水流之意。可以心空及第。

歐陽文忠詩。雒陽相君忠孝家。可憐亦進姚黃花。考澠水燕談。雒陽進花始于李文定。迪。非始思公。

宋王闢之澠涂云。皇祐中范文正公守青州。興龍僧舍西南洋溪中有甘泉湧出。公構亭泉上。刻石記之。幽人逋客。往往賦詩鳴琴。烹茶其上。日光玲瓏。珍禽上下。真物外之游。歐陽永叔、劉貢父。皆有詩刻石。青人目之曰范公泉。按范公泉非一。今益都西南百八十里。顏神鎮城東秋谷。有范公祠。泉清冷出祠中。東北流合城西之龍水。亦名顏娘泉。北流歷淄州長山新城為孝水。鄒平長白山東峰上之書堂。西峰下之醴泉寺。皆有范公泉。蓋文正幼隨其母流寓長山。讀書長白山中。又往來秋谷。故范泉有三。皆其孤貧流寓時讀書之蹟。而青州之范泉。則既貴後宦游之蹟也。世或不知。故詳著之。

海寧陸處士冰脩。嘉淑。昔在京師與施愚山。閏章。梅耦長。庚。毋夕必過予邸。不冠不襪。縱談至夜分始別去。陸有絕句紀事云。科跣到門衣不船。船襟紐。蓋方言也。若杜子美天子呼來不上船。自紀貴事。冷齋夜話以為用方言。則鑿矣。

武林陸圻字麗京。晚號講山。隱居賣藥。後游嶺南。禮天然禪師。法名今龍。又常游溫台諸山中。無定所。或云有見之武當者。終不詳其蹤跡也。或以問洪昇昉思。答以口號曰。君問西泠陸講山。飄然瓶鉢竟忘還。乘雲或作孤飛鶴。來往天台雁宕間。昇予門人。以詩有名京師。遭家難。流寓困躓。備極坎壈。歸杭州餘五十矣。甲申自苕霅歸落水死。其詩大半經予點定。不知其子能收拾否。蒲州吳雯天章詩尤超逸。予嘗目為天才。亦以甲申病歿于家。皆士之才而不遇者。而天終厄之如此。惜哉。

予童子時。常夢人偶對出句云。君子有酒旨且多。予應聲曰。詩人之賦麗以則。覺而不知所謂。後亦卒無驗云。

香祖筆記卷九終

香祖筆記卷十

清　新城王士禛貽上著

昭王南征。其君子化為猿鶴。小人化為沙蟲。疑是誕罔語耳。然世頗有此事。如望帝化杜宇。牛哀李委化虎。鄒后化蛇。李林甫化牛之類。清波雜志載章惇化貓。治宅編載馮拯化驢。甚異。不知盧杞、柳璨、蔡京、秦檜、史彌遠、嚴嵩之徒。又當化何物耳。檜墓在金陵城南牧羊亭。至今呼為狗葬。則其化韓盧必矣。

玉川子詩。春秋三傳束高閣。後世乃有故實暗合者。可為一笑。常秩治春秋學。著書數十卷。後以王安石薦起。安石不喜春秋。秩遂諱之。時兩河告饑。詔青苗錢權行倚閣。或戲秩曰。春秋之君亦權倚閣乎。故予謂秩與种放。皆穿窬小人。而無識者猶載之隱逸傳。不大謬耶。

廣東巡撫石文晟疏言。番禺縣已故儒士李無械妻何氏。年百有一歲。例請旌表。下禮部議。允行。

李義山對雪詩。欲舞定隨曹植馬。有情應點謝莊衣。雖非上乘語。然尚不失雅馴。墨客揮犀載羅可二句云。斜侵潘岳鬢。橫上馬良眉。則晚唐五代惡道。所謂下劣詩魔者也。雅俗之間。不可不辨。

老學菴筆記。陳師錫家享儀。以冬至前一日為冬住。又云唐盧頊傳云。是日冬至除夜。乃知唐人冬至前一日。亦謂之除夜。吾鄉三十年前。冬至節祀先賀歲。與除夕元旦同。近乃不行。亦不知其所以然也。乙酉夏山東多疫。忽有鄉人持齋素者。言以五月晦為除夕。祀之則疫可除。一時村民皆買香燭。祀神祇祖先。亦妖言也。

康熙乙酉五月十八日。大風從西北來。先以黃氣。繼以赤氣。氣過而風。晝晦。大樹皆拔。蒲臺縣之陳化鎮。有三人同行。風至伏田間。及風息則三人伏處皆成墳。如新築者。三人者皆死其下。又人家造屋三間初就。忽移置五里外。梁柱瓦甓如故。此與丁巳五月朔京師之風同。

後漢書。雒陽男子夜龍。以弓箭射北闕。龍有從兄陽。夜姓也。

放翁筆記。謂古所謂揖。但舉手而已。今所謂喏。乃始于江左諸王。然則漢汲長孺長揖大將軍。當是舉手耶。然何以云長揖耶。

梁園風雅。明雍丘趙彥復徹生。臨清汪元範明生所撰。自李獻吉、何仲默、王子衡、高子業以下。凡八人。義例嚴潔。予常勸宋中丞牧仲。合劉歆謨中州文表。刻之吳中。以備河南文獻。乙酉六月。適寄到風雅新刻本。乃嘉定門人陸廷燦校刊者。予笑謂座客曰。吾為朋友謀則善矣。吾鄉文獻。乃聽其放失可乎。故嘗欲輯海右六郡前輩作者遺集五十家。斷自洪永已來。如許襄敏彬。黃忠宣福。秦襄毅紘。馬文簡愉。劉文和珝。毛文簡紀。王叔武宗文。靳兩城學顏。藍田玉夫毅。近夫雲霄。穆文簡孔暉。邊尚書貢。劉希尹天民。許尚書成名。王文定道。殷文莊士儋。馮閭山裕。子汝強惟健。汝行惟敏。汝言惟訥。李滄溟攀龍。李伯承先芳。蘇侍郎祐。楊太宰巍。劉範東隅。吳太宰嶽。戚少保繼光。子子沖澄。龔方洲秉德。于文定慎行。兄凡眉生慎言。郭青川本。傅金沙光宅。于念東若瀛。李思谷舜臣。李中麓開先。邢子愿侗。公文介鼐。弟舉人浮來鼒。馮文敏琦。鍾尚書羽正。謝茂秦榛。許殿卿邦才。從叔祖伯石象艮。季木象春。高孩之出。鄒養浩頤賢。先伯父侍御府君與侑。盧德水世㴶。王湘客若之。劉節之孔和。張元明光啓。徐東癡夜。董樵谷樵。葉顛其菁華。都為一集。守官京師四十餘載。匆匆未暇。今歸田矣。而髦及之。耳目神理。非復故吾。不知斯志能終遂焉否也。聊志此以俟他日。乙酉六月廿二日西堂書

小說演義。亦各有所據。如水滸傳平妖傳之類。予嘗詳之居易錄中。又如警世通言有拗相公一篇。述王安石罷相歸金陵事。極快人意。乃因盧多遜謫嶺南事。而稍附益之耳。故野史傳奇。往往存三代之直。反勝穢史曲筆者倍蓰。前輩謂村中兒童聽說三國事。聞昭烈敗則顰蹙。曹操敗則欣喜踊躍。正此謂也。禮失而求之野。惟史亦然。○平妖傳多目神借用呂文靖事。指使馬遂乃北京留守賈魏公所遣。借作潞公耳。鄭毅夫有馬遂傳。辨三點。已詳予居易錄。

靈寶許氏塋。在縣東數里。背岡阜。面黃河。以河北中條山為案。襄毅公冢在西莊。敏文簡而下諸子孫以次而東。形勢極河山之雄壯。蔡京葬其父于杭之臨平。以錢塘江為水。越之秦望山為案。尤據江山之勝。然京與其子攸絛輩皆不得其死。堪輿之說。其足恃乎。亦存乎其人也。

筆記言宋時前輩遇通家子弟請謁。拜既受之。則設席望其家遙拜其父祖。乃坐。又一書記米元章與人書。至某再拜。則置筆几上。正衣冠對書再拜。又蘇黃晁張門狀皆手書。又前輩與人書。言除狀答門狀外。未嘗自書。昔人于酬接書問間古道如此。今後輩不知步進遺風者多矣。

青浦縣有地名孔宅。相傳隋蘇州刺史孔子三十四代孫禎。葬先聖衣冠處。乙酉南巡。駐蹕松江府。御書聖蹟流徽扁額。及二陸祠英英相對扁額頒賜。諭其裔孫候銓州同。建中送吏部先用。得荊門州。皆曠典也。

余前記楚書薛荔為鉞鬼。又按酉陽雜俎云。人犯五十惡為五嶽鬼。萬惡乃墮薛荔也。

華山玉泉院山蓀亭大石旁。有無憂樹四。酉陽貝編云。無憂樹。女人觸之。花方開。亦蘭穡侍女花之類。

荊州街子葛清。自項以下遍體刺白居易詩。凡三十餘處。人呼為白舍人行詩圖。此視書圖肩繡乃衣者。奇矣。而出于市井之流。尤奇之奇。

宋靖康間。東京織帛及婦人首飾。皆備四時。如桃杏荷菊梅花之屬。謂之一年景。予昔使東粵。過韶。謁丁雁水憲僉。留飯閣亭。時甫過上元數日。瓶中插雜花。如桃梅桂花佛桑之屬。皆盛開。予戲語雁水君。可謂四時之氣具備。比過循。則芭蕉隆冬亦不凋。始知摩詰雪中芭蕉。未可輕議。特畏中雪不易得耳。

宋士大夫以四六牋啓與手簡駢緘之。謂之雙書。後益以單紙直敘所請。謂之品字封。後又變而為劄子。多至十幅。淳熙末。朝士以小紙高四五寸。闊尺餘相往來。謂之手簡。予家所藏萬曆中先達名人與諸祖父書劄。皆用朱絲闌大副啓。雖作家書亦然。五十年來。乃易為寸楮。日趨簡便。而古意無復存矣。

放翁云。漢嘉荔子熟時。凌雲山安樂園皆盛處。余昔過嘉州。考圖經。明時止有會江門一株。熟時專供蜀府。他即無有。獻賊亂蜀後。并此一株亦不復存矣。

宋寫書多用浦城縣紙。今殊不聞。

宋人詩至歐梅蘇黃王介甫而波瀾始大。前此楊劉錢思公文潞公胡文恭趙清獻輩。皆沿西崑體。王元之獨宗樂天。然予觀宋景文近體。無一字無來歷。而對仗精確。非讀萬卷者不能。迴非南渡以後所及。今人耳食。譽者毀者。皆矮人觀場。未之或知也。

吳江門人徐翰林電發釚寄西村集。集凡二十八卷。其鄉先輩史鑑明古著也。明古成化間高士。與沈啟南齊名。而與吳原博王濟之李貞伯友善。為三原端毅公所知。按集中有曾祖文質府君行狀。祇言洪武中縛貪吏詣闕事。無一語及靖難。而吳文定為明古表墓。止云曾祖彬。亦無一語及遜國。則致身錄之作。果不足信。然當時胡為而有此說。遂傳千古之疑。雖博洽諳典故如虞山錢公。亦不能知也。集是陳仲醇繼儒選。初字醇儒。

後漢嚴光傳，齊國上言有一男子披羊裘釣澤中。今臨淄縣南十里淄水上有釣臺，傳是子陵故蹟，而與七里瀨釣臺隱顯迥別。此水一號龍女水，又名裙帶水。

澠水燕談記王黃州題孫僅文編云：明年再就禮部試，應被人呼小狀元。僅果繼兄何復第一，世以元之為知人。予昔在京師丙辰榜後，嘗執贄少詹李允南以舉子下第留京師，每從步過予寓舍，以詩卷相質。予語之曰：君書法既工，而新詩無一語尤憔悴之語，將來必狀元及第。已未傳臚，果第一。又丁丑常熟嚴虞惇、癸未閩縣趙晉山晉，予皆決其必登鼎甲，已而二君先後榜眼及第。二君皆予門生也。

慶曆中，蘇子美進奏院祠神事起，無敢救解者。韓魏公從容言于仁宗曰：舜欽一醉飽之過，止可薄治之，何至如此？帝悔之。歐陽兖公作蘇氏集序云：嗟吾子美，以一酒食之過，至流落以死。正用韓公語，而誌中不載其事。

田告字象宜，篤學有文。少學詩于陳希夷，東遊過濮，客于王元之舍。河決，著禹元經三卷。已而得水樹于濟南明水，將隱居焉。貽書徐常侍鉉，鉉答曰：昔鼎叩角，顏蹙築岩，各由其時，不失其道，在我而已，何常之有。遂決焉。蹤跡易過，晚因自號睒叟。從學者常數百人。淳化中，韓丕言于天子，召赴闕，詔書及門而卒。皇祐中，濟南程書裒其文四十八篇，析為三卷。又次其出處，作睒叟別傳。今明水在章丘城南，土鼓縣故城西，亭山縣東北，曰淨明泉，在百脈泉西北，即繡江之源也。齊乘云：朗公谷諸水東西伏流，西發趵突，東發百脈，所謂金霏碧潭，翻琴筑而味肪醴者也。此吾鄉高逸第一流，昔撰古惟錄，遺之。夏日雨過，讀澠水燕談，得告事，因略述水經注、元和郡縣志、齊乘，而著于篇。

皇祐五年，王汾推進士甲科，唱名日，左右奏免解進士，例當降甲。仁宗覽家狀曰：汾先朝學士禹偁曾孫，遂不降甲。後又以元之之孫超陞朝籍。元之以直道不容于太宗，而仁宗特擢其孫，與蘇黃黨禁于徽宗，而其孫與蜴皆見擢于高宗，事同。直道固不終泯，而仁宗、高宗之憐才，亦古今所罕覯也。汾本名元宗，字秀祖，以夢改名。

唐開元二十七年，詔追謚孔子文宣王，命其後嗣襃聖侯改封嗣文宣公。宋初孔氏子孫襲封，仍唐之舊。仁宗納祖擇之言，改封衍聖公，至今因之。

左必蕃，廣州順德人，由監察御史出知揚州府。乙酉 上南巡，嘉其清節，特擢太常寺少卿，以難其代，仍 命知府事。

宋初文士稱高梁柳范，謂高錫、梁周翰、柳開、范杲也。在楊劉之前，而人多不知。

祥符中，劉偁為陝州司法參軍，廉慎，至罷官，以贈裝賣所乘馬，跨驢以歸。魏野以詩送之云：誰似甘棠劉法掾，來時乘馬去騎驢。真宗祀汾陰，見野詩，嘆賞久之。時偁為江南幕官，召至，以為京官，知濟州博興縣，後有差除，上曰：得如劉偁者可矣。不數年，亟遷主客郎中。今博興名宦不知祀偁否，錄之以備遺闕。云右見澠水燕談錄。

乙酉自濟南至青州，諸郡縣皆有狼災。

李石續博物志言：劉亮合仙丹得白蟾蜍、白蝙蝠，服之立死。又陳子真得蝙蝠大如鵝，食之，一夕大泄而死。又云：丹水有石穴，蝙蝠百歲者倒懸，得而服之，使人神仙。其自相矛盾如此。

薏苡一名幹珠。

續博物志言：文帝撰五經尚書大傳，使掌故歐陽生等受尚書于伏生。按漢書謂太常使掌故鼂錯往受之，非歐陽生。歐陽生字和伯，千乘人，（今樂安縣）事伏生，授兒寬，寬又授孔安國，其源流如此。非以掌故往受經者也。志又云：漯水有伏生墓，亦非。漯乃濕之訛。

磻溪在郿，而李石云磻溪在汲郡，有太公泉、太公廟，附會可笑。

人死為鬼，鬼死為聻。李石以聻為滄耳虎音精，又有你音，指物貌，禪家有此語。

飛廉紂時諸侯，或以為惡獸頭似羊，又以為神禽頭似鹿，此亦以檮杌為鯀之類。又方書之漏盧一名飛廉。

高麗人參贊：三椏五葉，背陽向陰，欲來求我，椴樹相尋。椴木葉似桐，甚大而陰多，人參生其陰。（人參譜）

上金謂之紫磨金。劉迎詩：紫磨金餅暾扶桑。迎字無黨，萊州人。

湘州記：蔡子池南有蔡倫舂紙臼。今成都萬里橋西江岸有薛濤造箋石臼，或云是蜀府造箋處。

楊汝士於楊於陵座上賦詩云：文章舊價留鸞掖，桃李新陰在鯉庭。元白嘆服。汝士歸謂子弟曰：今日壓倒元白。又在洛中裴晉公夜宴，汝士詩云：昔日蘭亭無艷質，此時金谷有高人。元白失色。此本一事，而重複誤書之耳。按裴已在洛與劉夢得多倡和聯句，裴詩所謂成周文酒會，吾友勝鄒枚，唯憶劉夫子，而今又到來是其事也。是時文宗太和七年癸丑，白罷河南尹，再授賓客分司。八年甲寅，裴為東都留守，開成元年丙辰，劉分司東都，楊汝士東川節度使。二年丁巳，留守裴侍中修禊于洛，合宴舟中。先是太和五年元已薨于武昌，安得與樂天、汝士同在洛中裝宴賦詩？此小說之不考而妄語如此，可笑也。

癸辛雜識記宋十五帝御押，太祖俱立押元，太宗亦仁押元，真宗同仁宗，白今益都孫相國沚亭比部頴山雜記所錄歷城府玉皇宮石刻宋四聖御押，殊不同。太祖、仁宗、太宗、真宗尼仁宗此押述，載之以備參考。

白氏文集記云：宋藏之外，別錄三本。一寘東京聖善寺鉢塔院；一寘廬山東林寺經藏；一寘蘇州南禪寺千佛院。涵水燕談云：廬山寺白集七十卷，唐明初為高駢強取去。後四十年，有王長史者徧求善本，較正而藏之，然又易散，頗多舛誤。真宗詔取至都下，命侍臣以諸本參訂繕寫，付寺僧謹藏之。真宗可謂右文之主也。

鄴幾雜志：雄霸間塘泊，冬月載蒲葦，皆用凌牀，雖官員亦乘之。今京師之俗猶然，謂之冰車。

太倉崔華，字不雕，予門人也。工詩畫，嘗有句云：「丹楓江冷人初去，黃葉聲多酒不辭。」予極愛之，呼為崔黃葉。歷城孫子華，字秋史，壬午舉人，有句云：「亂泉聲裏才通屐，黃葉林間自著書。」予亦呼為王黃葉。初，予少年和李清照漱玉詞云：「郎似桐花，妾似桐花鳳。」劉公㦷體仁戲呼王桐花。鄒程村祗謨云：崔黃葉自合作王桐花門生耶。

同年祁工部珊洲文友官廬江令，有絕句云：「昨夜東風吹雨過，滿江春水長魚蝦。」予戲之曰：古人警句，例標美名，欲呼兄作祁魚蝦，必不樂受，奈何？因憶宋人有呼梅聖俞為梅河豚者，故援此例，一座皆笑。

鄴幾雜志云：審刑奏案貼黃，上更加撮白，撮白上復有貼黃。今不知撮白為何語。石林燕語又謂之引黃。

鰒魚產青萊海上，珍異為海族之冠。南史有餉三十枚者，一枚直千錢。今京師以此物餽遺，率作鮑魚，則訛作秦始皇轀輬中物，可笑。又一郎官餽歲單有燒鵝，見之愕然，徐問之，乃鴨之訛耳。

李贄極稱武瞾、馮道，亦猶丁謂以曹操、司馬懿為聖人，夏竦美李林甫相業，君子小人各從其類如此。

周密記德壽宮中秋賞月之所，橋用白石，梵之瑩徹如玉，以金釘鉸。橋下皆千葉白蓮花，御几、御榻、瓶爐、酒器皆以水精為之。水南皆宮女奏清樂，水北皆樂工吹笛。此

視明皇月宮之遊，豈有人間天上之異？又程史云：德壽在北內，孝宗將以元旦舉慶典，有北內璫撫通天犀帶一，進于內，帶十三銙，銙皆正透，有一壽星扶杖立，云云，亦奇物也。

東坡十歲讀范滂傳，慨然太息，願效之。山谷晚謫宜州，為宜倅余某之子滋游，默書范滂傳，才忘二三字。孟博一傳，囊括蘇黃始終，乃爾志士仁人，千載而下，猶為感慨。山谷書范滂傳，後藏趙忠定家，事見程史。

癸辛雜志云：治喉閉用帳帶散，惟白礬一味，或不盡驗。南浦有老醫，教以用鴨嘴膽礬研細，以釅醋調灌。有鈴下一老兵妻患此垂殆，如法用之，藥甫下咽，即大吐，去膠痰數升，立瘥。又治眼障，用熊膽少許，以淨水略調，盡去筋膜塵土，用冰腦一二片，痒則加生姜粉些少，時以銀筋點之，奇驗，赤眼亦可用。

陸務觀作姚平仲傳，言隱蜀青城山時，出至丈人觀，紫髯鬱然，走及奔馬。癸辛雜識又云：李次仲遇姚平仲于廬山，豈晚又出蜀，遠遊乃至吳楚耶。

周公謹述括蒼陳坡言治痘瘡色黑倒靨，唇口冰冷者，用狗蠅七枚擂碎，和醅酒少許調服，移時即紅潤如舊。冬月蠅藏狗耳中。又治痘毒上攻內障者，用蛇蛻一具，淨洗焙燥，再用天花粉等分細末之，取羊肝破開，入藥末于內，麻皮縛定，泔水煮熟，切食之，旬日即愈。

古人作墓誌行狀，多云皇祖皇考，余嘗疑之，未達其義。周密云：詩「思皇多士」，詩記引顏注漢書云：美也。急就章注云：正也，大也。泰誓孔傳訓皇為前。

宋人書感激曰感礉，取孟子「是不可磯也」，注云：磯，激也，義與激同，然亦鑿矣。

荊楚歲時記：河鼓謂之牽牛，黃姑即河鼓也。古詩云：「黃姑織女時相見。」李後主詩云：「迢迢牽牛星，杳在河之陽，粲粲黃姑女，耿耿遙相望。」則又以黃姑為織女，不知何據。

大唐新語謂梁簡文好作豔詩，江左化之，謂之宮體。晚年改作，追之不及，乃令徐陵撰玉臺集以大其體。今觀玉臺新詠所錄，皆靡靡之音，正足推波助瀾，何匡雅鄭？此集予在京師曾見宋刻，今吳中寒山趙氏翻刻本，可謂逼真。

唐初御史裏行之名，自馬周始。又云武后革命，恐人心不附，供奉官正員之外，又置裏行、御史、遺補，有車載斗量之謠。

大唐新語：李襲譽性儉約，好讀書寫書數萬卷，謂子弟曰：吾不好貨財，以至貧乏。京城有賜田十頃，可以充食；河南有桑千株，可以充衣；寫得書萬卷，可以求官。汝曹第

勸此三事，何求于人。右數語可作家訓，故錄之以示子孫。

隋時天子及貴臣，多著黃紋綾袍、烏紗帽，百官皆著黃袍及衫出入殿省。見大唐新語。臣下得著黃，亦太淩僭矣。至唐始有紫緋青綠之別。

莊子與釋氏不甚相遠。唐傅奕精于莊老，而力詆佛教，殆不可解。

握拳透爪。世但知顏魯公。獨異志云：晉中書令卞忠貞殉蘇峻之難，後盜發其墓，面色如生，兩手皆拳，爪甲穿于手背，與魯公同。

唐文皇病痢，諸醫不效，金吾長史張寶藏進方，以乳煎蓽茇服之，立差。

唐玄奘法師摩頂松，在齊州靈岩寺。師取經西域，歸始住長安洪福、大慈恩二寺，及宜君玉華宮譯經耳。靈岩屬今長清縣，圖經但以為佛圖澄卓錫之地，而不知玄奘，故著之。

後漢馬畧閉戶讀書，十年不出，三日一食，鄉里謂之潛龍，此在卧龍之前。

宋宇文伯修藏一古鼎，款識曰華酌宮。按班書宣帝紀常困蓮勺鹵中，如淳注：蓮音輦，勺音灼，縣名。雍錄曰：漢蓮勺縣，唐之下邽縣也。元和志曰：下邽東二十三里有蓮勺故城，然三輔黃圖、雍錄所載漢宮殿名甚詳，無所謂華酌宮者。蓮勺諸書皆言縣名，亦不言有宮，著之以俟博雅如劉原父者。

孫思邈千金方：人參湯須用流水煮，用止水則不驗。人參譜

沈存中筆談補云：前世風俗，卑幼致書尊者，但批紙尾答之，謂之批反，如詔書批答之義，故紙尾多作敬空字，謂空紙尾以候批反耳。按昔人謂謹空之空，乃九拜之空首拜也。二說互異。周禮春官大祝辨九拜：一曰稽首，二曰頓首，三曰空首，四曰振動，五曰吉拜，六曰凶拜，七曰奇拜，八曰褒拜，九曰肅拜。

新唐書如近日許道寧輩畫山水，是真畫也。史記如郭忠恕畫天外數峰，畧有筆墨，然而使人見而心服者，在筆墨之外也。右王楙野客叢書中語，得詩文三昧，司空表聖所謂不著一字盡得風流者也。

郭忠恕著佩觿、汗簡二書，並載宋史藝文志，而汗簡不傳于世。今秀水朱氏有鈔本六卷，吳門新刻，遞古可寶也。首有李建中題云：汗簡元闕著撰名氏，因請見東海徐騎省鉉，云是郭忠恕製。復舊目字部末口字注腳趙字下，俱有臣忠恕字，驗之明矣。後有天禧二年七月十七日開封府判官虞部員外郎李直方序，又庚寅六月所南鄭思肖為山硐葉君題汗簡後。是書所援據，自古文尚書以下凡七十一家，多今世未見者。

嘗見人家竈側多促織，竊疑之。偶讀酉陽雜俎云：竈馬狀如促織而稍大，好穴竈側，竈有馬，足食之兆。

濟南明湖蛙不鳴，濰縣無蠅。或閱數年間聞其聲，則置酒競往賞之，以為異事。

段柯古云：竹譜竹類三十九。按戴凱之竹譜乃七十餘種。

宋英宗守文令主，然其知人之哲，尤不可及。舊制御史闕，令中丞及翰林學士知雜迭舉。英宗內批，自除二人，范堯夫以江東轉運判官，為殿中侍御史；呂微仲以三司鹽鐵判官，為監察御史裏行。如此用人，雖唐虞三代盛際，何以加之。使神宗能守家法，何至王呂輩紛紛亂天下耶。御史裏行，始于唐初，迄宋尚仍之不改。

政和間以詩為元祐學術，御史李彥章遂上疏，論淵明李杜以下皆貶之，因詆魯直少游無咎文潛，請為科禁，至著于律令，云諸士庶傳習詩賦者杖一百。其紕陋一至于此。是時大臣朝士，皆安石之餘孽，然安石惟欲廢春秋耳，其詩實于歐蘇間自成一家，亦可概謂元祐學術乎。此古今風雅一大厄也。

葉石林云：晉宋間佛教初行，未有僧稱，通曰道人。宣和崇道教，改沙門曰德士，道人德士正是絕對。

避暑錄言：呂文穆蒙正為父龜圖所逐，衣食不給，龍門寺僧識其貴人，延致寺中，鑿山岩為龕以居之。凡九年，後諸子即石龕為祠堂，名曰肄業，富大忠為之記。今人以傳奇有破窰之說，志書亦沿俗論，但言窰而不知有龕，并龍門僧亦湮沒不傳，可惜也。

勞山多耐冬花，花色殷紅，冬月始盛開，雪中照曜山谷，彌望皆是。說者謂即南中之山茶，然花不甚大，所云海紅花是也。

趙俊字德進，歸德人，宋為南京。偽齊劉豫起為虞部員外郎者三，以告强畀其家，卒力卻之。凡家書文字，一不用豫僭號，但書甲子。此亦一陶淵明也。又南唐自顯德五年用中原正朔，士大夫以為恥，碑文但書甲子。見懶真子。

古來如謝康樂、宗少文輩，癖好山水者多矣。明臨海王恒叔士性宦游所至，輒登臨山水間，窮極幽奧，作遊記數十篇。江陰徐霞客終身于游，至歷絕域徼外，牧翁為作傳。可謂好事者矣。予同年吳君，順治末進士，嘗游武林，宿留數月始歸。予詢以西湖西溪諸名勝，曰皆不知也。詢其未往游之故，則大笑曰：吾跋涉水陸二千餘里，豈為山水往耶。予為先兄西樵言之，以為人嗜好遝庭乃如此。

石林避暑錄：述景修言，往以九月望夜，道錢唐，與詩僧可久泛西湖，至孤山，時已夜分，月色正中，湖面渺然，如鎔銀，傍山松檜參天，露下葉間，蔌蔌皆有光，微風動湖水，晃漾與林葉相射。可久清癯苦吟，坐中不勝寒，索衣無所有，空米囊，覆其背，以為平生得此無幾。此一段文字，非東坡不能道。景修姓張，字敏叔，常州人也。

唐崔江令題信陵諸，予向從萬首絕句得三首錄之。頃又從王楙叢書見一聯云：臺笠看山雨，渚田耕行路。最工而不得全篇。

晉簡文帝鄭后諱阿春，故晉人謂皮裹陽秋，孫盛晉春秋為陽秋。梁武帝小名阿練，改練為絹，今絹布之絹，俗罕知其為練矣。

鵙夷，河豚也。擕蒲，海蚶也。西施舌，海燕所化，久則復化為燕。鯢三腮，鱸四腮。

富文忠公不以文章見長，康節外紀載其過堯夫一詩云：先生自衛客西畿，樂道安閑絕世機。再命初筵終不起，獨身窮巷寂無依。貫串百代常探古，吟咏千篇亦造微。珍重相知忽相訪，醉和風雨夜深歸。斷可誦。

馮元成雨航雜錄云：皇甫百泉與王弇州名相埒，時人謂百泉如齊魯，可知適余；弇州如秦楚強，遂稱王。此二語最是確論。

香祖筆記卷十終

香祖筆記卷十一

清　新城王士禛貽上著

石林言：在建康，見唐汾州刺史李暹告，開元二十年七月六日下，列銀青光祿大夫守兵部尚書兼中書令集賢殿學士蕭嵩、侍中兼吏部尚書弘文館學士光庭（裴光庭，不書姓）。學士結銜皆在官下。據此，則集賢、翰林諸學士結銜在官上，始于五代，可信不疑。

宋宰執享有高壽者五人：張鄧公八十六，陳文惠八十二，富鄭公八十一，杜祁公八十，文潞公九十二。此葉少蘊所記，尚有李文定、龐潁公二人，皆未及八十。

泊宅編：歐陽子守滁，作醉翁亭記，後四十五年，東坡為大書重刻，改泉洌而酒甘為泉甘而酒洌，今讀之實勝原句。此碑予乙丑過滁，游琅邪山見之，搨得數紙。

方勺引劉中壘謂泥中、中露，衛二邑名，式微之詩，蓋二人所作，是為聯句所起。此說甚新，然不知有依據否。

異聞錄：唐明皇以八月五日生，宋文貞公璟表云：月惟仲秋，日在端午。凡月之五日，皆可稱端午也。

異聞錄：三月為一時，兩時為一行，兩行為一季，二年半為一雙，以閏月兼本月，此謂月雙，五年再閏為閏雙。今止謂三月為一季耳。

七夕之說，自三代以來，相沿舊矣。宋太平興國中，詔以七日為七夕，著之甲令，而其後多以六日為七夕，名七夕而用六，不知起于何時。右見異聞錄。按東京夢華錄，初六、初七晚，貴家多結綵樓于庭，謂之乞巧樓，則當時初六、初七兩日皆可乞巧，遂相沿而不察耳。然今並無初六為七夕之說。

文潞公帶平章事三十七年。本朝惟高陽李文勤公（蔚）居內閣二十七年，宛平王文靖公（熙）在內閣二十年。二公皆為首揆最久，而王公始終恩禮之厚，尤為本朝宰臣第一。予撰文靖神道碑具書之。

葉少蘊言：唐及國初，京師皆不禁打繖，五代始命御史服裁帽，淳化初又命公卿皆服之。既有繖，又有帽，故謂之重戴。祥符後，惟親王宗室得用繖，其後通及宰相參政。今裁帽、席帽分為兩等，中丞至御史、六曹郎中，于席帽前加全幅皂紗，僅圍其半，為裁帽；員外郎以下則無之，為席帽。按此製似古婦人冪羅，今眼紗之類，而名為裁帽，不可解。又按張洎題右丞畫孟襄陽吟詩圖云：襄陽之狀，峭而癯，衣白袍，靴帽重戴，乘款段馬，一童總角負琴而從。觀其圖，乃帽上加皂色幅巾，垂于肩後，但不似冪羅

掩面耳殊近裁帽之製而謂纖與帽為重戴豈唐宋所謂重戴又有殊異耶

前儒載宋太祖至仁宗四聖御押互異石林燕語又記王安石作押先橫一畫左引脚中為一圈圈多不圓時謂押歹字予謂以歹為石與安石為人名實亦自相副前華有集古名臣花押為一書者唐謂之花書

唐人科場率多請託主司多隔歲預定乃至榜帖亦有令舉子自為者摭言所載幾同兒戲至宋初始革其弊如范質為相其姪杲夙受知陶穀竇儀而不敢就試李昉為相其子宗諤鳴名辭不入被黜文正罷相方再登科先進遺風與明王忠肅王端毅二公輝映前後良可敬也若秦檜張居正之徒則反是

宋世士大夫最講禮法然有不可解者二仕宦卒葬終身不歸其鄉一也閨閥名家不以再嫁為恥如范文正幼隨其母改適朱氏遂居長山名朱說既貴乃過推恩多予朱姓子弟其長子純佑與王陶為僚壻純佑卒陶妻亦亡陶遂再娶范氏長姨忠宣但疎之而已文正輒聽其改適不為之禁尤不可解也

交梨火棗相沿稱之未達其義蠡海集云梨春花秋熟實會花白有金木交互之義故曰交梨非謂交州也

宗室紅蘭主人工詩蓋有玉池生集又刻郊島二家詩曰寒瘦集生于富貴而其胸懷瀟灑乃爾亦奇又鎮國將軍博問亭自號東皋主人亦以詩名刻白燕棲詩若干卷天潢多好學如此足見 本朝文教之盛

佛果禪師云閻浮提雨淨水具諸天相時方大旱雨忽降莫知其價此兜率天上雨摩尼也方欲收禾霖雨不止此阿修羅中雨兵仗也甘雨及時人皆飽足此護世城中雨美饍也乙酉春無雨雪四月閏四月麥秋將届猶不雨至五月乃沛然霑足其後連雨辛旋晴霽而田家時有恒雨之懼兜率修羅在反掌間信天道之難測也

馬永卿云嘗見李西臺所書小詞中羅敷作羅紨後讀漢書昌邑王賀妻十六人其一人嚴羅紨紨音敷作紨必有据依當詢之攻六書者

臧武仲名紇紇恨發反字書云下沒切痕入聲懶真子云唐蕭穎士性輕遂有同人誤讀臧武仲名譏之曰汝紇字也不識今俗語云瞎字也不識蓋紇字之訛

黄山谷名庭堅皐陶字也或曰即高陽氏八才子之一字曰魯直懶真子云慕李文子之逐莒僕故曰魯直

歸田錄稱楊文公大年作文則與賓客飲博投壺弈棋而不妨構思揮翰如飛文不加點門人傳錄疲于應命真一代之文豪歐公一代文宗而其推服前輩如此蓋知石徂徠怪說之妄且柳開襆修之從祖歐陽豈止如陳涉之啟漢高耶

田元均為三司使性寬厚有干請者雖不從必溫顏強笑以遣之語人曰為三司使數年強笑多矣直笑得面似靴皮月泉吟社有詠詩賞答啟云恭惟芸窗笑面如靴發用此語不惟欠雅馴亦本非佳語而援以為祈頌之詞謬矣

取大蒜一握道上熱土雜研爛以新水和之濾去滓灌之治卒然中暑氣悶即蘇見避暑錄

明時稱大學士曰閣學今但稱中堂而稱學士為閣學按閣學之名起于宋宣和末陳亨伯為龍圖閣直學士稱龍學顯謨徽猷二閣直學士欲效之而難于稱謨學猷學乃易閣學然古稱大學士止曰大學明殿閣詞林記又有殿學閣學唐學諸名

劉原父貢父博雅為北宋第一流惜公是公非二集不傳故後世之名出歐蘇下耳如石林拈原父詩句云涼風起高樹清露墜明河此亦何減元暉仲言襄陽蘇州耶

菌毒往往至殺人而世人不察或以性命殉之予門人吳江葉進士元禮紳之父歐少同讀書山中一日得佳菌烹而食之皆死予常與人言以為戒又楓樹菌食之則笑不可止陶隱居本草注掘地以冷水攪之令濁少頃取飲謂之地漿可療諸菌毒

周櫟園伯衍道化州人順治己丑進士以庶吉士出為給事中外補贛九南道副使與施愚山閏章同為江西監司又同年也其風流好事略相似有過黃州絕句云不見當年劉克莊子壯己丑狀元西風吹淚古黃州特時江路能來否落日招魂故驛樓殊不愧古人也予兄叔子祜上重經采石感懷曹洪父二絕句云憶向江干惜別離黃昏石壁共題詩今來寂寞空江上獨酹青蓮夜雨祠 禪榻何人對寂寥短簷和淚雨瀟瀟若為灑向寒江裏月黑雲深欲上潮亦不減周作洪父姑孰丈士好交游其兄淼字滄波與予善

時聞西窗琴凍折三兩絃孟東野詩也淨几橫琴曉寒梅花落在絃間楊慈湖詩也松枝落雪滿琴絃倪雲林詩也鯉魚出水浪花圓北固樓前四月天忽憶戴顒窗戶裏櫻桃風急打琴絃予在廣陵時詩也此詩今不存集中

羅森字約齋大興人順治丁亥進士舌短語音不正自縣令累官開府所至以晦闇為四川巡撫貲不已諸子從容諫曰大人位中丞齒高矣家已粗給何必孳孳于此羅諦聽久之答曰汝曹何知多多益善

八米盧郎。或云八米。說者紛紛不一。按太平廣記止是八詠耳。魏收高祖山陵詔魏收劉逖祖孝徵盧思道各作挽詞。尚書令楊愔詮之。收四首。劉祖各二首。被用。盧獨取八首。時號為八詠盧郎。此謂哀挽。且非佳事。

董卓曹操吳元濟黃巢輩。後人有為立廟者。是非羞惡之心安在。宋景祐中。南郊赦錄朱全忠子孫。梁莊肅方監在京倉。上言全忠唐叛臣。錄之何以示勸。仁宗善之。遂見擢用。梁固賢矣。仁宗真聖主哉。

宋制。紫宸無仗常朝。遇雨則傳旨拜殿門下。謂之龍門。

刻書始五代固然。然石林謂唐柳玭家訓已有之矣。

今九卿自大理太常已下官署。皆名曰寺。沿東漢之舊也。鴻臚寺本以待四裔賓客。明帝時摩騰竺法蘭自西域以白馬馱經至洛。故舍于鴻臚寺。今之白馬寺。即漢鴻臚寺舊址。後遂以名浮屠之宮。非偶同也。

王禹玉作龐穎公神道碑。其家潤筆參以古書名畫三十種。中有唐杜荀鶴及第試卷。予生平為人家作碑版文字多矣。惟安德李氏以楊孟載手書眉菴集一部相餉耳。宋時至有將潤筆者。不以為非。唐白樂天與元微之至交。白作元誌銘。潤筆亦至五六十萬。今則諛墓之金。殆絕響矣。

黃生某廣州人。遊于吾郡。偶以偏方療疾。皆效。記其三云。治癧積方。用大蓖麻去殼一百五十箇。槐枝七寸。香油半斤。二味同入油內浸三晝夜。熬至焦。去渣。入飛丹四兩。成膏。再入井中浸三日夜。取出。先以皮硝水洗患處。貼之。治痔方。便後以甘草湯溫洗過。用五棓子荔枝草二味。以砂鍋煎水溫洗。荔枝草一名癩蝦蟆草。四季皆有之。面青背白。麻紋壘壘。奇臭者是。治血崩方。用猪鬃草四兩。童便清酒各一鍾。煎一鍾溫服。猪鬃草如莎草而葉圓。淨洗用之。

今人稱先生。古人亦有止稱先者。漢梅福曰。叔孫先非不忠也。師古注。先猶言先生。又鄧先好奇計。及張詼先之類。後世中官稱士大夫曰老先。亦有所本。

後人妄改古詩。如謝茂秦改元暉澄江淨如練之類。為世口實。惟王楙野客叢書改陸士衡齊謳行孟諸吞雲夢。百二侔秦京。曰八九吞雲夢。語既渾成。對又精切。確不可易也。

唐詩人張祜。字承吉。與白樂天杜牧之同時。其詩事班班可考。野客叢書引祜不信寧王迴馬來及金輿遠幸無人見。偷取邠王小管吹之句。以為祜目擊時事而作。又

祜有詠武宗時孟才人之作云。一聲何滿子。雙淚落君前。一述明皇事。一述武宗事。遂疑其身涉十一朝。年且百二十歲云云。此說恐甚可笑。唐人詠明皇太真事者。不可枚舉。如元白連昌宮詞長恨歌二篇。其最著者。又如李義山如何四紀為天子。不及盧家有莫愁之類。亦多矣。豈皆同時目擊者耶。即祜樂府春鶯囀雨淋鈴等作。皆追詠天寶間事。何獨疑于前二詩耶。

先大父方伯贈尚書公手書遺訓有云。吾既無厚遺。而使汝輩過營侈葬之費。心殊不忍。虛地上以實地下。又所深惡。云云。蓋本漢貢禹衆庶葬埋。皆虛地上以實地下。其過自上之語。

妻之父為外舅。母為外姑。見爾雅釋名諸書。然今俗謂妻之父為丈人。其來亦遠。裴松之三國志注。獻帝舅車騎將軍董承。句云。古無丈人之名。故謂之舅。則是南北朝已稱丈人也。爾雅妻黨云。妻之晜弟為甥。姊妹之夫為甥。今無此稱。有稱之者。鮮不以為怪矣。

安祿山生于南陽。時李筌為鄧州刺史。夜識東南有異氣。于村落物色得之。怳然曰。此假王也。筌客勸殺之。筌不聽。後有罪當刑。節度使張守珪奏于朝。亦不殺。遂釀天寶之禍。然則真王不死。假王亦不死也。豈亦運氣使然耶。筌即注陰符者。

唐蔡京假節邕州。道經湘口。泊浯溪中興頌所。傴僂不前。題詩曰。停橈積水中。舉目孤烟外。借問浯溪人。誰家有山畫。此詩未收浯溪志。予昔撰浯溪考。亦遺之。偶讀雲溪友議。追錄于此。用補向來之闕。

夜夜月為青冢鏡。年年雪作黑山花。唐人尉遲匡詩也。匡以詩干李林甫。反遭斥辱。雲溪友議具載其事。而未見全篇。升庵補作塞上曲。極工。今載集中。

予以順治十二年乙未科登第。甫弱冠。時預同年讌會。東歸後有寄友人詩云。當年曾記鳳城頭。比舍相過盡雅游。道政里中人似璧。善和坊北月如鉤。閑邀師子尋新曲。醉遣猧兒亂酒籌。今日相思一彈指。坐驚花事到黔陬。後數年理揚州。寄嚴州詩云。秋水初波枕畔流。欲將愁思寄嚴州。新安江水千餘里。何處天涯風露樓。皆有本事。今思之。已四五十年。如前塵昨夢。二詩皆不載集中。故追錄之。

乾州武則天陵墓。過客題詩譏笑者。必有風雷之異。利州乃武生處。今四川廣元縣是也。嘉陵江岸皇澤寺有其遺像。乃是一比邱尼。予過之。題詩云。鏡殿春深往事空。嘉陵禍水恨難窮。曾聞奔埒瑤光寺。持較金輪恐未工。蓋用洛陽伽藍記瑤光寺尼

工弇娇之語以譏之且曰倘果有靈不妨以風雷相報已而晴江如練微風不作頃刻百里豈老狐獨靈于乾陵不靈于利州乎記之以發一笑李義山亦有二絶句自注云感孚金輪處

唐人最重進士科然主司舉子關節交通不以爲怪乃至宗族子姓亦不迴避如沈絢尚書主春闈其母曰近日崔李侍郎皆與宗盟及第汝於諸葉中擬放誰耶絢曰莫如沈先沈擢母曰二子早有聲價科名不必在汝沈僧孫寒鲜有知者絢不敢違母命遂放僧及第是以朝廷名器爲宗族之私恩也今迴避之例雖嚴然亦有可議者如翁婿舅甥不相迴避而外簾供給所等官本無關涉凡子姓亦一體迴避如平原同年張良我臣爲國子監助教三科皆供事會試外簾其子與宗姓三人引例迴避遂淹滯十年之久詎非偵乎唐人著族惟聞喜裴氏滎陽鄭氏稱春不稱房吳興沈氏則稱葉不詳所始

予既選刻邊尚書華泉集及其仲子習說詩又訪其七世裔孫紹祖請于當事爲公奉祀歷城諸生張浣字澄源邊氏子佃主也又訪其集于臨邑故家得魏允孚刻本爲重鐫之書來請序并謀新公祠宇置祭田可謂好事喻義者因書之　乙酉七月廿一日記

宋初收江南西蜀徐熙黃筌父子皆入京師筌畫花卉但以輕色染成不見墨跡謂之寫生熙以墨筆畫之殊草草略施丹粉而神氣生動筌惡其軋已言其不入格罷之熙之子乃效諸黃之格更不用墨直以粉色圖之謂之沒骨圖畫花鳥者今有此兩種如近日姑蘇王武熙派也毘陵惲壽平金陵王概筌派也二派並行不可相非惟觀其神氣何如耳概字安節詩人方文畚山之壻與兄著字宓草皆以工花鳥擅名詩亦不凡著初名尸概初名丐後改今名亡友汪鈍翁贈吳人文點與也詩云君家道韞擅才華愛寫徐熙沒骨花謂趙凡夫子婦文俶衡山之孫女也然沈存中謂沒骨花乃熙之孫非熙也

王仲至愛摩詰黃梅出山圖筆跡以爲黃梅曹溪二像氣韻神採各如其爲人讀二人事跡還觀所畫乃知其妙余在廣陵時有余氏女子名韞珠刺繡工絶爲西樵作須菩提像既又爲　先尚書府君作彌勒像皆入神妙又爲余作神女洛神浣紗杜蘭香四圖妙入毫釐蓋與畫家同一關捩今有以土塑木雕爲人作小照者往往逼真亦絶技也

京朝官三品已上在京乘四人肩輿輿前藤棍雙引喝道四品自僉都御史已下止

乘二人肩輿單引不喝道家人喝道皆云某官來以便行人廻避明代閣臣入直呵殿至闕禁中今則至棋盤街左右即止凡八座皆然行人亦無迴避者矣今京官四品如國子監祭酒詹事府少詹都察院僉都御史騎馬則許開棍喝道肩輿則否予同年徐敬菴（旭齡）由僉都御史巡撫山東出都日騎馬開藤棍此舊例也凡巡撫入京　陛見多乘二人肩輿亦不開棍喝引

沈存中謂楚詞之些蓋梵人舊俗即梵語薩縛訶三字之合也蓀即菖蒲蕙即零陵香茝即白芷又云杜衡即馬蹄香今僞作細辛用

沈存中云荊州大薊花如車蓋因言揚州宜楊荊州宜荊按揚州字從手子雲姓正此楊字又古侯國名今山西洪洞縣是也如沈說則州名當從木非是然存中號博物不應有誤當更考之若丹陽亦稱丹楊則自孫吳江左已來舊矣

存中又云淡竹對苦竹爲文除苦竹外悉謂之淡竹今南人食筍有苦筍淡筍二種淡筍即淡竹也或謂淡竹別自一種蓋因本草別疏爲一物耳非是

急急如律令五字本漢公移常語張天師漢人故承用之道流至今祖述見雲麓漫鈔

晏元獻爲相求擇壻于范文正文正曰公女若嫁官人則仲淹不敢知必求國士無如富高者高即文忠公弼舊名也孫公談圃乃謂元獻門下當貴人王青善相人一日夫人召相其女遽曰國夫人也又曰恰有一秀才姓富須做宰相明年狀元及第夫人以告元獻遂使人通好云云不知何據

談圃記曾魯公七十餘病痢鄉人陳應之用水梅花臘茶服之遂愈但不知水梅花是何物

龍城錄載王宏濟南人與唐文皇少爲同學從受八體書既登極訪宏隱去不見此吾鄉之嚴子陵而志乘佚不載故著之

俞次尚字退翁湖州人官屯田員外郎與妻皆達禪理次尚病呼其妻曰我將死時二子在外妻曰我欲先死君俟諸子至未晚也言訖奄然而化已而諸子至次尚曰吾亦行矣即趺坐化去孫莘老爲表其墓此與龐公靈照同見談圃

舊唐書賈餗傳但言祖渭父寧龍城錄則云餗父名彝字師道才吏也五十歲棄家隱伊陽鳴皐山著書二十卷號鳴皐子山中人言其仙去子餗亦有才然不逮于父風

予爲盤山釋智朴題詩用苗茨字。朴疑之。書詢出處。按洛陽伽藍記。奈林南有魏明帝苗茨之碑。楊衒之釋曰。以蒿覆之。故云苗茨。

天下梵刹。皆以内典字義爲名。予昔奉使四方。見亦有不盡然者。如太湖道中有釣魚寺。成都青羊宫本桃花尼寺。重慶塗山上有相思寺。因山有相思竹故名。亦可異也。

姑蘇士人家玉蟾蜍一枚。腹中空。每焚香置爐邊。烟盡入腹中。久之。再再復自蟾口噴出。

濠州含桃閣下。劚地得石匣。匣中有巨編數帙。乃陳留鄭向所述五代開皇紀三十卷。乾興元年。向以尚書屯田員外郎爲郡守。瘞此書于閣下。有銘云云。見墨莊漫錄。按乾興乃真宗末年年號。此書在薛居正後。歐陽修前。而世罕知者。不知尚有傳本否也。

古來武人能詩。如宋沈慶之微生遇多幸。得逢時運昌。朽老筋力盡。徒步還南岡。辭榮此聖世。何愧張子房。梁曹景宗去時兒女悲。歸來笳鼓競。借問行路人。何如霍去病。北齊斛律金敕勒川。陰山下。天似穹廬。蓋四野。天蒼蒼。野茫茫。風吹草低見牛羊。

高敖曹。壠種千口羊。泉連百壺酒。朔朝圍山獵。夜夜迎新婦。唐王智興三十年前老健兒。剛被郎官遣作詩。江南花柳從君詠。塞北烟霜獨我知。宋曹翰三十年前學六韜。英名常得預時髦。曾因國難披金甲。不爲家貧賣寶刀。臂健尚嫌弓力軟。眼明猶識陣雲高。堂前昨夜秋風起。羞覩盤花舊戰袍。岳鄂王飛潭水寒生月。松風夜帶秋。明郭定襄登甘州城西黑水流。甘州城北胡雲愁。玉關人老貂裘敝。苦憶平生馬少游。湯胤勣苜蓿含花草露斑。奚奴提援出沙灣。塵飛大夏三千里。泥滿東風十二關。直內銅符初上繳。征西鐵甲未東還。可憐絕代賢王手。少畫漁陽阿犖山。戚武毅繼光畫角聲傳草木哀。雲頭對起石門開。朔風邊酒不成醉。落葉歸鴉無數來。但使元戈銷殺氣。未妨白髮老邊才。勒名峰上吾誰與。故李將軍舞劍臺。右偶舉數篇。皆見英雄本色。有文士所不能道者。又如宋之劉涇。賀鑄。韓蘄王世忠。明之沐昂。俞大猷。李言恭。萬表。陳第輩。不可枚舉。孰謂光奮之流。祇解道明月赤團團也。唐高崇文誰把蟬兒射雁落。白毛空裏亂紛紛。雖俚語亦不凡。可並謝胡撒鹽之句。

元祐間。明州士人陳生附賈舶泛海。遇風。引至一島。見有精舍。金碧明煥。榜曰天宮之院。堂上一老人據床而坐。神觀清臞。左右環侍。白袍烏巾者。約三百餘人。自言皆中原人。唐末避亂至此。不知今幾甲子也。山巔一亭。榜曰笑秦。問老人爲誰。曰唐相裴休也。山中生人葠甚多。大如人形。生啖之數本。老人曰。此物鬼神所護。惜不可經涉海洋。山中金玉。任爾取之。又云楞嚴乃諸佛心地之本。當俯習之。復令人導之登舟。轉盼之頃。已至明州矣。右見墨莊漫錄人參譜。

天平山僧得草一叢。煮食之。大吐。内三人取鷺鷥草啖之。遂愈。一人不啖。竟死。鷺鷥草蔓而生。黄白花對開。治癰疽腫毒尤妙。或服或傅皆可。益沈存中良方所載。即金銀花也。又曰老翁鬚。本草名忍冬。先方伯贈尚書府君羣芳譜云。一名鷺鷥藤。又名金釵骨。

蜀洛之黨。亦曰許洛。蓋以潁濱晚居許田。然東坡卜居陽羡而葬郟。未嘗一日居許也。墨莊漫錄云。崔鶠德符。陳恬叔易。皆戊戌生。田晝承君。李廌方叔。皆己亥生。並居潁昌陽翟。爲許黨之魁。時號戊己四先生。蓋是時東坡及黄秦之歿久矣。而黨猶未息。此蜀洛諸君子賢知之過。毋乃爲紹述諸壬人所笑耶。

墨莊云。濟南爲郡。在歷山之陰。水泉清冷。凡三十餘處。予按濟南七十二泉。具名具載齊乘。實不止三十餘也。又云李格非文叔作歷下水記。敘述甚詳。文體有法。惜不

與洛陽名園記並傳。

王安石常患偏頭痛。神宗賜以禁方。用新蘿蔔取自然汁。入生龍腦少許。調勻。昂頭滴入鼻竅。左痛則灌右鼻。右即反之。

米元章論書云。江南吳峴。登州王子韶大隸題榜有古意。吾兒尹仁與之等。幼兒尹知代吾名書碑。及手書大字。更無辨。門下許侍郎尤愛其小楷。按尹仁即友仁也。今人止知其畫。尹知書則知之者益鮮矣。

元章論唐人書。最不喜柳。云柳出歐陽。而爲怪醜惡劄之祖。自此世人始有俗書。其弟公綽乃不俗。予昔兩至成都。謁武侯廟。廟有裴度撰碑。公綽書也。

宋時製墨名家。有潘谷。陳贍。張谷。又有常山張順。九華朱覲。嘉禾沈珪。金華潘衡。宣政間有關珪。關瑱。梅鼎。張滋。田守元。曾知唯。桐柏張浩。河東解子誠。韓偉。並可與李氏父子相甲乙。

藏書之富。昔有宋宣獻。畢文簡。王原叔。錢穆父。王仲。及荆南田氏。歷陽沈氏。譙郡祁氏。曾旼彥和。賀鑄方回。

乙丙有書賈來益都之顏神鎮。攜蘇過叔黨斜川集。僅二冊。價至二百金有奇。惜未

得見之

野客叢書云或有書是非字為氏飛者固好奇之過然不可謂無所本以氏為是如漢志至玄孫氏為莊王是也以飛為非如漢碑飛陶唐其若是乎是也

昔人謂江左禁書疏往來故右軍帖多稱死罪以當時有禁也然孔廟漢碑魯相奏記司徒司空府首以年月日魯相某等叩頭死罪敢言云云末又云某惶恐叩頭死罪又孔文舉繁欽陳琳諸人皆用之則非自右軍始矣

世疑桑欽著水經成一家言何以後漢文苑不為立傳陸儼山引漢孔安國傳徐敖以毛詩傳塗惲子真子真傳桑欽君長當是西漢末人

康節外紀云邵某與常秩同召其卒不起又云王介甫方行新法天下紛紛以為不便思得山林之士相合秩引對因啟言新法之便乃除諫官以至侍制常浸薄之而介甫主之不忘秩之本末如此不知永叔何為取之

行盡江南數十程曉風殘月入華清宋人杜常詩也按常為昭憲皇后族孫第進士歷官工部尚書而霏雪錄以為杜牧詩誤矣畫墁錄云神宗閱昭憲之家有登第者甚喜有旨令上殿翼日謂執政曰杜常第四人登第卻一雙鬼眼可提舉農田水利即此杜常也

香祖筆記卷十一終

香祖筆記卷十二

清　新城王士禛貽上著

東坡詩云詩文豈在多一頌了伯倫朱少章謂藝文志載劉伶集三卷伯倫非他無文章鍾退谷謂劉眘虛生平詩才十四首予觀獨孤及三賢論及殷璠所嘆眘虛之長不止下詩詩亦豈止十四首但此一頌十四詩足以不朽其人他文可不必傳政如白頭花鈿滿面不如美人半妝耳山谷豫章集最多而晚年自刪其詩止存三百篇徐昌穀自定迪功集亦最少二公正得此意予生平為詩不下三千首門人盛侍御誠齋符升曾祭酒戒眉禾為撰精華錄意存簡貴然所取尚近千首愧山谷昌穀多矣

朱少章詩話云黃魯直獨用崑體工夫而造老杜渾成之地禪家所謂更高一著也此語入微可與知者道難為俗人言

物類相感志云芽茶得鹽不苦而甜乃知古人煎茶必加薑鹽以此然茶取其清苦若取其甘何如啜蔗漿棗湯之為愈也

陳仲醇云溧陽人家有鍾離權書花押如一劍狀則是神仙亦有押字

唐牛李之黨贊皇君子功業爛然與裴晉公相頡頏武宗之治幾復開元元和之盛其黨又皆君子也僧孺小人功業無聞怛悉謀維州一事怨恫神人其黨李宗閔楊虞卿之流又皆小人也二人之賢不肖如薰蕕然不難辨也自蘇潁濱二人皆偉人之說出謂僧孺以德量高德裕以才氣勝而賢不肖始混淆矣初僧孺尉當縣而水中灘出有鸂鶒一雙飛下僧孺果入西臺陳仲醇云奇章入臺當以鴟梟應之此雖戲論實公言耳吾宗鶴尹兄指工于詞曲晚作籌邊樓傳奇一褒一貶字挾風霜至于維州一案描摹情狀可泣鬼神嘗屬予序之而未果也今鶴尹歿數年矣憶前事為之憮然聊復論之如此將以代序且以見傳奇小技足以正史家論斷之謬誣也鶴尹大父緱山先生作鬱輪袍及裴湛和合二曲詞曲家稱為本色當行

何大復平涼詩云惟餘青草王孫路不屬朱門帝子家莫中江以為李滄溟在河南時作人與地皆誤也

濟南府城東三十里王舍人店萬曆間耕者得片石于田中刻讀書臺三字乃蘇長公書也按元遺山濟南行記以為宋張公掞讀書處掞舉進士仁宗朝知掖縣奏免登萊租稅後以戶部侍郎致仕或云是其兄揆揆字貴之道易大玄陳執中薦為龍圖

閣直學士進翰林侍講學士云。

徐渭墨芍藥一軸甚奇恣上有自題云花是揚州種瓶是汝州窯注以東吳水春風鎖二喬字亦怪醜予少喜渭詩後再讀乃不然也只是欠雅馴耳。

後山談叢云齊之龍山鎮有平陵故城高五丈四方五里附城有走馬臺其高半之闊五之三上下如一其西與南則在內東北則在外莫曉其理按東平陵城唐之全節縣也即古譚子國詩所謂譚公維私者也故城址尚存走馬臺則不可辨識矣城東門有漢夏侯勝墓。

後山云趙內翰彥若家有南唐澄心堂書目才三千餘卷有建業文房之印。

永叔論書喜李西臺而集古錄不取張從申秦玠兵部學西臺書文忠在亳間秦西臺何學曰張從申也今金陵棲霞寺碑乃從申書豈文忠偶未睹耶。

印章舊尚青田石以燈光爲貴三十年來閩壽山石出質溫栗宜鐫刻而五色相映光采四射紅如靺鞨黃如蒸栗白如珂雪時競尚之價與燈光石相埒近斧鑿日久山脈枯竭或以芙蓉山石充之無復寶色其直亦不及壽山五之一矣二山皆在福州。

語云棗不殺儉言歉歲不宜棗也康熙甲申歲仍儉而棗倍收乙酉歲豐棗亦收語不皆驗。

寒食麪臛月雪爲糊則不蠹宋王文憲家以皂莢末置書中以辟蠹。

王弇州觚不觚錄云親王體至尊予文武大臣投刺作書有稱王者別號者不稱名惟令魯王一切通名自分宜當國而親王無不稱名矣至江陵而無不稱晚生矣當其時冀封者至稱門生按宋朝儀親王班宰相之下已非大體況以天潢之尊降而稱晚生門生乎其褻越已甚而權相之氣焰亦可想見又何怪士風之不競乎。江陵媚大璫馮保刺稱晚生以江陵之薰灼至使羣臣上疏不敢斥名親王次輔皆稱晚生在外布按二司至行跪禮而屈體媚璫乃如此可謂荒朝廷而辱當世之士矣。

御史于左都御史副都御史例用上銜名帖即陞遷至大官仍稱晚生不改予以康熙庚午爲副院今梅少司馬桐厓鋗爲御史掌京畿道後九年予爲掌院梅已爲副院猶稱晚生及出爲閩撫不改也金少司寇實亦嘗爲屬同時爲副院亦稱晚生及出爲楚撫則改稱侍生不知用何例也。

各道御史掌道論俸之先後一定不易惟協理則總憲批委遂多搶遞如河南江南浙江三道缺協理之員則人競趨之臺規不肅爲日已久予爲掌院凡協理一按俸次先後不許越次至內陞京卿初薦常百子異聖後薦李質君斯義陳大年齊永皆以久次掌河南道者無所容其營競後常至大理寺卿陳至太常寺少卿卒李今爲福建巡撫此亦所以崇恬退抑奔競之道而前後皆不盡然。

翰林有對房師生之例自明代相沿至今弇州謂三品已上則不復敘然予見王大宗伯涓來弘濟爲吏侍杜大司馬肇余臻爲尚書每相遇杜執弟子禮益恭此風德足以風世也弇州又言常熟嚴文靖公訥以嘉靖甲辰會試分領詩經房瞿文懿景淳以本經中式乙未再分房李文定芳春亦以本經中式皆不稱門生不可解也。

明舊例五部尚書避大學士惟吏部尚書不避相遇則下輿而揖今吏部亦與五部尚書同矣弇州謂蒲州楊襄毅公爲太宰位望俱重侍郎以下皆遠避後起掌兵部亦然明舊例太常光祿太僕寺正卿皆避侍郎弇州譏其非今無是矣即遇尚書亦不避也若翰林庶常以至內閣中書舍人遇尚書都御史亦分途抗行不避不知何謂。

弇州載吳中陸子剛之治玉鮑天成之治犀朱碧山之治銀趙良璧之治錫馬勳治扇周之治商嵌呂愛山治金王小溪治瑪瑙蔣抱雲治銅皆比常價再倍其人或與士大夫抗禮。

文房寶飾云養筆以硫黃水舒其毫東坡以黃連煎湯調輕粉蘸筆頭候乾收之山谷以川椒黃蘗煎湯磨松烟染筆藏之尤佳又東坡作墨以高麗煤契丹膠爲之

倪雲林每作一畫必題一詩多率意漫興惟妮古錄載一詩最佳云十月江南未隕霜青楓欲赤碧梧黃停橈坐對西山晚新雁題詩小著行。

又顧阿英題文與可竹云湖州昔在陵州日日日逢人寫竹枝一段枯梢三作折分明雪後上艭時風致不減雲林。

昔在京師從宋荔裳琬所見元朱碧山所製銀槎乃太乙仙人一時多爲賦詩以爲張騫者非是妮古錄云曾見所作昭君像琵琶乘騎屑髮衣領花紋縷縷種種精細馬腹上且許一穴其中嵌空琵琶上刻碧山二字。

羣碎錄云書曰帙者古人書卷外必用帙藏之如今裹袱之類宋真宗取廬山東林寺白居易集命崇文院寫較包以斑竹帙送寺嘗于秀水項氏見王右丞畫一卷外以斑竹帙裹之云是宋物帙如細簾其內襲以薄繒故帙字從巾。

內典云福不唐捐今謂亭館無壁曰唐壁唐訓空

續文獻通考載劉辰翁須溪集一百卷今所傳止記畧二卷及批點老莊列班馬世說犀話于美長吉子瞻詩凡種耳

太平清話云朱竹古無所本宋克仲温在試院卷尾以朱筆掃之故張伯雨有偶見一枝紅石竹之句然閩中實有此種紅如丹砂

明仁宗賜禮侍金問歐陽居士集凡二十册遭回禄失其八後在文華殿從容言及賜書事宣宗促命內侍補之復完余閱曹舍人貞吉云官典籍日料檢內府藏書宋刻歐陽集凡有八部竟無一全者蓋鼎革之際散佚不可勝道矣

王介甫狠戾之性見于其詩文可望而知如明妃曲等不一其作平甫墓誌通首無兄弟字亦無一天性之語敘述簡畧僅有四百餘字雖曰文體謹嚴而人品心術可知唐宋八家文選取之可笑

屠隆長卿令清浦梁辰魚伯龍過之為演浣紗記遇佳詞輒浮以大白昔袁荊州籜菴令自金陵過予廣陵與諸名士汎舟紅橋予首賦三闋所謂綠楊城郭是揚州者諸君皆和袁獨製南曲時年八十矣曲載紅橋倡和昔張子野與東坡會飲垂虹亭年亦八十

司馬子長采左氏內外傳國策世本以為史記楊用修取華陽國志王象之紀勝成都碑目費著器物譜蜀錦譜蜀牋譜以為蜀志昔人謂可以為修志之法予見康對山武功志前幅載織錦璇璣詩圖劉九經鄢志前幅載武侯木牛流馬圖殊有別趣但如此佳料不易得耳

秦少游有姬邊朝華極慧麗恐妨其學道賦詩遣之至再後南遷過長沙乃眷一妓有郴江幸自遶郴山為誰流下瀟湘去之句何前後矛盾如此

畫家界畫最難如衛賢馬遠夏珪王振鵬皆以此專門名家不足貴也郭忠恕畫山水入逸品乃工界畫斯足異耳論詩文當以是推之或云忠恕以篆籀畫屋

李義山記滎陽鄭瑎官象州得怪石六輦運以歸貴俸錢六十萬後還長安無居宅妻兒寄人舍下余讀而笑之既稱廉吏安所得六十萬錢鬱林石殆不如此

予最愛湯義仍先生絕句清遠樓中一覺眠雨鳩風燕乍晴天年來愛作園樂語不得中男在眼前昔丁卯戊辰間予家居而第三男啟汸官文登廣文嘗寫此詩寄之以代家書真不減子由彭城逍遙堂絕句也與觀羣怨學詩者當于此等求之

張景山一石中有月形石色紫而月白月中有桂樹其文黑枝葉老勁雖工畫者不能為又呂東萊蓄一犀帶中有月影過望則見范文正家一古鏡背具十二時如博棊子每至某時則棊中明如月又李雁山一爐蓋上有十二孔應時則香出趙松雪鵲華秋色圖為周密公謹作山頭皆著青緑全學右丞公謹家世濟南流寓吳興故松雪為作此以寄其故鄉之思密常著癸辛雜識雲烟過眼録諸書癸辛所居巷名猶許渾之丁卯橋

康熙中嘗　命畫苑寫耕織圖　御製詩冠其上方刻印頒行按此圖始于宋於潛令四明樓璹作耕織圖以獻思陵各繫五言八句詩逐段有憲聖皇后題字

古人文章身後所託不一如白居易以轉輪藏唐球以瓢劉蛻以冢陸龜蒙以白蓮寺佛腹後百千年必有知者何必藏之名山副在通都耶

梅梁有二會稽禹廟梅梁乃大梅山所産梅樹張僧繇畫龍其上夜大風雨飛入鏡湖與龍鬭乃以鐵索鎖之昔謝安石作新宫造太極殿少一梁忽有梅樹流至石頭城下取為梁殿乃成畫梅花于其上

予昔奉使廣州親見華麻樹扁豆樹茄樹昨閱一書言西土甘草亦有成大樹者皆異聞也

袁淑山公九錫文沈約修竹彈甘蕉文韓愈毛穎傳之類偶然游戲後來作者遂多吾鄉賈公三近嘗輯滑耀編若干卷先生父方伯贈尚書府君曾屬毛子晉刻之汲古閣又嘗見文府滑稽一書皆此等文也

會稽女子商婉人能詩工楷法常仿吳彩鸞寫唐韻作廿三先廿四仙武林沈嗣芳嘗為題絕句云韻花舊格自嫣然顆顆明珠貫作編始識彩鸞真韻本廿三廿四是先仙商本老學究女兼能制舉文字嘗手評沈文一卷又有詩贈之云細筆纏紅絕妙辭掃眉窗下拜名師從來玉秤稱才子樓上昭容字婉兒

門生沈嗣芳又云康熙壬子為河道總督請主任城書院有諸生饋墨數丸云是土人所製形如搦丸磨之甚黝黑則充墨至今猶有傳其遺法者惜予未及見之

杭州臬署本宋岳忠武王宅東偏有王祠祠後又有一祠並祀文信國及元伯顏養濟院則祠嚴嵩為土地皆不知起于何時

嗣芳嘗與友人汎西湖未幾雨作座有請乩仙者至則書一絕句云才散笙歌罷綠么令風疎雨上輕舟問予名字真消息曾向王維雪裏描叩之自云綠天仙子賈秋

堅牢閣堂後，植蕉百本，予乃其中之得靈氣者，現美人身，侍書于巾峰洞天。翼日跡之，果有巨蕉一本，根妝不侵，遂釀金攜精舍其側，自後數降乩，與諸生倡和云。

康熙甲申十二月，蘇州洪生者，與客談次，忽空中有聲，舉頭視之，見一人左手抱冊，右手持杖，黃巾黃衫，御風而過，頃刻漸遠，猶見衣角，出門市人，亦多見之。碉芳云：曾見諸生中有油姓、烟姓。

粵東撫署即尚藩故王宮，東園有樹一株，結實如枇杷，中空似有核而脫去，竟無能名之者，亦異植也。

先兄考功集詩，屢經芟削，最後止刻四卷，佳句佚者頗多，略記一二。如灘縣道中云：人烟通下寨，橋路遶東丹。夏夜詞云：夢覺聞花漏，星河一帶橫。感興云：大人有賦言仙意，內景何方駐聖胎。此類尚夥。予少時詩，如送人知郢縣云：天晴真臘樹，日射灌門潮。分賦菊名孔雀尾云：未登嵇氏狀，却號孔家禽。贈徐東癡云：湘東品第留金管，江左風流續玉臺。過郿城云：郭邊萬戶皆臨水，雪後千峯半入城。舟中小飯云：行藏略已同仙尉，得失何妨任老兵。餘亦頗有可存者，今略識其概耳。

雪蕉館紀談云：明玉珍在蜀，有成都人陸子良，能造薛濤箋，工巧過之。玉珍建擣錦

亭于浣花，置箋局，俾子良領其事，今萬里橋東有蜀府造箋白石盆，鏤刻甚精，然距浣花尚數里。

又云：陳友諒在南昌，嘗食玉葉羹，乃以西山羅漢菜、曲江金花魚為之。按曲江隸豐城，宋元祐太后為金人所追，投金花于此，祈風，改名金花潭。

倪雲林小畫一軸，上題字云：三月四日，解后德方郎官九成掾使于荆溪之上，相從及旬而別，因久成徵予畫并賦詩，則掾學阮掾，宛然西晉風。百年聊復爾，三語判無同。載酒來谿上，看山入剡中，孤帆逐雲樹，烟雨滿春空。淨因菴主瓚。沈石田摹大癡山水，自題云：山巔氣未充，行迤勢巨窮，溪壑互中涵，草樹發青紅，縹緲神仙居，隱現金銀宮，飛霞隔鸞鶴，畫壁思閬風，誰從此招手，度我遺遙翁。時弘治辛亥九月下浣，沈周。右二幅皆于濟南朱氏楓香閣觀。

予于前卷太息郯縣令軌之遇，以為郃陽康乃心與軌，前後皆以詩見知，而有遇有不遇，皆命也。乙酉九月，予歸田且近一載，一日得河南題名小錄閱之，則軌居然領解，鎖第一，自喜老眼無花，因檢篋中軌所寄詩尚存，輒錄于此，與識者共賀之。云：華星炯炯羅秋宮，帝車正色臨天中，今古文章各司命，龍門吾代趙王公，賤子曾公公

從祖大羅天詠霓裳同，萬曆乙未孔李通家踰百載，日月泥塗牛馬風，何況虞廷儀鸑鷟，和聲應答唯笙鏞，鶴唳鶯啼痛不發，草間誰敢矜寒蛩。東平牙齒澀餘論，江天颯颯蘆吳楓，新文底用把小陸，飛夢已過尸鄉東，驚聞赤面汗浹背，進退交感心忡忡，灑掃何年懷四本，聊將耳學思擊蒙。驗經詩史立忠義，豈徒排比鋪陳工，務夕芙渠詫沈范，區區兒女塗青紅。劉生示我漁洋集，南海蜀道爭豪雄。工部吏部水赴海，白公蘇公金在鎔，深林二月亂桃李，大江百怪騰蛟龍，餘子我亦輕狹陋，如公誰不懷朝宗，恨不遭公問緒論，徵言日日開心胸，莫討投詩未相識，平生一瓣曾南豐。

太倉孝廉吳梩字大年，言其叔康膳生某，授徒學宮之側，諸童子苦之，時有乞兒曰張鬼子者，形貌怪醜，每夜宿城隍廟下，乃棊往商于鬼子，欲其暮夜假鬼物以駭之，鬼子曰諾，然必得硃書符票，如官司攝狀乃可，衆如其言。一日日未晡，吳方危坐，鬼子忽從窗入，持符示吳曰：奉命勾汝。吳素識之，曰：汝乞兒張某，何事相戲？鬼子曰：冥司符在，豈誑耶？挾吳自窗徑出，衆驚視，吳已卒，鬼子亦不復見。

毘陵一士大夫妻頗能詩，既而納一姬，處之別館，夫人偵知，將自往捡取之，倉皇無計，攜姬渡江，假寓廣陵，夫人追之，至京口江岸，不敢渡而歸。一日坐客述之，余曰：所

謂長江天塹，天之所以限南北也，一座大笑。

吾郡遺文惟晁無咎北渚亭賦最為瑰麗，有淮南小山之遺風，其序曰：北渚亭熙五年集賢校理南豐曾侯鞏守齊之所作也，蓋取杜甫宴歷下亭詩以名之，風雨廢久，州人思侯猶能道之，後二十一年，而秘閣校理南陽晁補之來承守之，侯於補之丈人行，晁出其後，訪其遺文故事，僅有存者，而圖多大木，歷下亭又其最高處也，舉首南望，不知其有山，嘗登所謂北渚之址，則群峰屹然列于祠上，城郭井閭皆在其下，陂湖迤邐，川原極望，太息語客，想見侯經始之意，乃徹池南葦間壞亭，從而復之，賦見雞肋集第二卷。今水面亭歷下亭皆在明湖之南，而湖北水關之西有小園，俾為北渚亭故址，尚有古屋數椽，修竹數十竿，其地瀕湖背城，絕無高明爽塏之觀，不知子固所賦，無咎所賦，果此地否，因讀雞肋集而識之，俟訪諸故老。

俗人傳譌襲謬，有絕可笑者。兗州陽穀縣西北有冢，俗呼西門冢，有大族潘吳二氏自言是西門嫡室吳氏、妾潘氏之族。一日社會登臺演劇，吳之族使演水滸記，潘族謂辱其姑，聚衆大鬨，互控于縣，令大笑，各扑一二人，荷校通衢，硃批曰：無恥犯人某某示衆。然二氏終不悟也。從姪鵠過陽穀親見之。

徐神翁謂蔡京曰天上方遣許多魔君下生人間作壞世界蔡曰安得識其人徐笑曰太師亦是按水滸傳傳奇首述誤走妖魔意亦本此然不識蔡京為是天罡為是地煞耳神翁語見錢氏私誌

晁無咎陌上花八首工妙不減蘇公其二篇云娘子歌傳樂府悲當年陌上看芳菲曼聲更緩何妨緩莫似東風火急歸荊王夢罷已春歸陌上花隨暮雨飛却喚江船人不識杜秋紅淚滿羅衣

無咎將別歷下詩云來見紅蕖溢渚香歸途未變柳梢黃殷勤趵突溪中水相送扁舟向汶陽鴛鴦鸂鶒繞漁梁搖漾山光與水光不管使君征棹遠依然飛下舊池塘將行陪貳車觀燈云行歌紅粉滿城歡猶作常時五馬看忽憶使君身是客一時揮淚逐金鞍譙郡對酒憶玉函山（自注齊州西樓對此山）云不遣西樓對此山宋譙頻縱副車銜今年重污花前酒猶是揚州別駕衫

蘇穎濱從事吾郡作閔子祠堂記灤源石橋記又和孔武仲濟南四詠環波亭云過盡綠荷橋斷處忽逢朱檻水中央北渚亭云西湖已過百花汀未厭相攜上古城據此則北渚亭當在北城之上不疑鵲山亭檻泉亭檻泉即趵突也又和李誠之侍制燕別西湖西湖即明湖之西偏曾子固詩亦稱西湖又西湖二詠又徐正權秀才城西溪亭云溪上路窮惟畫舫城中客至有罾魚徐石介之壻也又次韻李昭敘燕別湖亭又游泰山四首初入南山云茲人謂川路今黃山鋪已南至泰山皆名川路故其下又云嘉陵萬壑底棧道百迴屈崖巘互崢嶸征夫時出沒因川路以寄故鄉之思也四禪寺靈岩寺嶽下又舜泉復發又答徐正權謝示閔子廟記又舜泉詩四言序曰始余在京師聞濟南多甘泉流水被道蒲魚之利與東南比會其郡從事闕求而得之既至大旱問之其人云城南舜祠有二泉今竭矣明年夏雖雨而泉不作相與驚曰舜其不復享耶又明年夏大雨麥禾薦登泉乃復發民驩曰舜其尚顧我哉泉之始發瀦為二池釃為石渠自東南流于西北無不被焉灌溉播灑蒲蓮魚鱉其利滋大因為詩使祠者歌之詩不具錄按李公擇亦為齊守而歷下詩不多見惟穎濱集有和公擇赴歷下道中雜詠十二首耶公擇子由在齊正同時也

穎濱棲賢寺記造語奇特雖唐作者如劉夢得柳子厚妙于語言亦不能過之入棲賢谷谷中多大石岌嶪相倚水行石間其聲如雷霆如千乘車行者震掉不能自持渡橋而東依山循水水平如白練橫觸巨石匯為大車輪流轉洶湧窮水之變石壁

之址僧堂在萬狂峰怪石翔舞于屋上杉松竹箭橫生倒植葱蒨相糾每大風雨至堂中之人疑將壓焉予遊廬山至此然後知其形容之妙如丹青畫圖後人不能及也

吾郡李文叔格非元祐黨人文士也其著作自洛陽名園記外不多見頃從墨莊漫錄得其所著墨癖說及雜書二篇錄之以備文獻云客出墨一山其製為璧為丸為手握凡十餘種以錦囊之誑曰昔李廷珪為江南李國主父子作墨絕世後二十年乃有李承晏又二十年有張遇僅是無繼者自吾大父始得兩丸于徐常侍鉉其後吾父為天子作文章書碑銘法當賜金或天子寵異則以此易之余于是捧硯惟謹不敢議（闕三字）余用薛安潘谷墨三十餘年皆如吾意不覺少有不足不知所謂廷珪墨者用之當何如也他日客又出墨余又請其說甚辨余曰吁余可以不愛墨矣且子之言曰吾墨堅可以割然吾割當以刀不以墨也曰吾墨可置水中再宿不腐然吾貯水當以盆甕不以墨也客復曰凡世之墨不過二十年膠敗輒不可用今吾墨可百餘年不敗余曰此尤不足貴余墨當用二三年者何用百年客辭窮曰吾墨得多色凡用墨一圭他墨兩圭不逮余曰余用墨每一二歲不能盡一圭往往失去輒易墨未嘗苦少墨也客曰吾墨黑余曰天下固未有白墨雖然使其誠異他墨猶足尚乃使取硯屏人雜他墨書之使客自辨客亦不能辨也因恚曰天下奇物要當有識者余曰此正吾之所以難也夫碔砆之所以不可為玉魚目之所以不可為珠者以其用之才異也今墨之用在書苟有用于書與凡墨無異則亦凡墨而已烏在所可寶者嗟乎非徒墨也世之人不考其實用而眩于虛名者多矣此天下寒窮禍敗之所由兆也吾安可以不辨又雜書論左馬班韓云馬遷之視丘明如麗倡黠婦清歌緩舞間以諧笑傾蓋立至亦可喜矣然不如絕代之女卻鉛黛屏縞綺袖帷幄裴回微吟于高堂之上使淫夫穴隙窺之終不敢意其啟齒而一笑也班固之視馬遷如韓魏之壯馬短鬣大臆服千鈞之重以策隨之日夜不休則亦無所不至矣而曾不如騕褭之馬方且脫驂逸駕嘶顧影倏而縱轡一驟千里韓愈之視班固如十室之邑百家之聚有儒生崛起于蓬蓽之下詩書傳記鏗鏘常欲鳴于洗頗間忽遇奕世公卿不學無術之子弟乘高車從虎士而至雖鄙悉而體已下之矣又云余嘗與宋遐叔言孟子之言道如項羽之用兵直行曲施逆見錯出皆當大敗而舉世莫能當者何其橫也左丘明之于辭令亦橫自漢後千年惟韓退之之于文李太白之

于詩亦皆橫者。近得眉山賞鶯谷記經藏記。又今世橫文章也。夫其橫乃其自得而離俗絕畦徑間者。故衆人不得不疑。則人之行道作文。政恐人不疑耳。

又墨客揮犀云。李格非善論文章。嘗曰諸葛公出師表。李令伯陳情表。陶淵明歸去來引。沛然如肺肝流出。殊不見有斧鑿痕。數君子在後漢之末。兩晉之間。未嘗以文章名世。而其詞意超邁如此。蓋文章以氣為主。氣以誠為主。故老杜謂之詩史者。其大過人在誠實耳。

輟耕錄言。貳顯齋曰。特健藥。不喻其義。予因思昔人如秦少游觀輞川圖而愈疾。而黃大癡曹雲西沈石田文衡山輩。皆工畫。皆享大年。人謂是烟雲供養。則特健藥之名。不亦宜乎。

宋王安中履道作元旦致語云。君子有酒多且旨。得盡群心。化國之日舒以長。對楊萬壽。與余少時所夢同而小異。

聯對雖小道。亦足見人才思。門人殷彥來譽。最在京師。集成語作一聯相贈云。一時賢士皆從其游。天下文章莫大於是。時稱其自然工妙。又汪閣學文漪灝一聯云。尚書天北斗。司寇魯東家。人亦稱之。

從叔祖洞庭先生彧。明末官光祿寺署正。擅草聖。崇禎時嘗奉詔書御屏。先王父尚書一日置酒召之。酒闌。諸孫競進乞書。余時總角。王父把酒命對句云。醉愛羲之跡。余應聲對云。狂吟白也詩。公大喜。以卮賜之。

趙錫執端以元人畫二軸索題。其一崇山大谿。山水間多林木。丹綠相錯。中有草堂。堂上二丈夫左右相向立。左者抱琴。中有繡墩。墩上有盤。盤中橫紅梅一枝。堦下二人控馬立。不知何謂也。其一士女惜花圖。叢花片石。予昔藏江上女子周禧畫惜花春起早一幀。似是臨摹此畫。上方有潘純張雨倪瓚錢惟善四詩。錢詩云。庭院無人春已深。東風吹老惜花心。自知命薄難承寵。不費長門買賦金。頗有寄託。予少時有詠梅妃減字木蘭花一闋云。天然姿媚。比似梅花應不異。一斛珍珠。待似鮫人淚點無。文園老去。悵然無人能解賦。我見應憐。不索長門買賦錢。意各別而語相似。

康熙乙酉。　命詞臣廣續群芳譜。齊先王父贈尚書方伯府君萬曆末被斥韓之叢話。歸田林下十年所著書也。歷代乃為　九重所賞。亦家世盛事。不可不紀。

世謂宋文貞公鐵石心腸。而賦梅花。殊不類其為人。愚按南卓羯鼓錄云。宋開府雖

耿介。亦深好色樂。尤善羯鼓。嘗與明皇論鼓事曰。頭如青山峰。手如白雨點。云云。大類教坊樂人語。文貞豈宜有此。文貞南和人。葬沙河。今二縣皆有祠。

香祖筆記卷十二終

閱微草堂筆記

紀昀著

上海文明書局印行

閱微草堂筆記目錄

卷一　灤陽消夏錄一　計七十四則
卷二　灤陽消夏錄二　計七十四則
卷三　灤陽消夏錄三　計七十四則
卷四　灤陽消夏錄四　計五十則
卷五　灤陽消夏錄五　計五十五則
卷六　灤陽消夏錄六　計四十八則
卷七　如是我聞一　計六十三則
卷八　如是我聞二　計五十九則
卷九　如是我聞三　計七十一則
卷十　如是我聞四　計六十一則
卷十一　槐西雜志一　計七十六則
卷十二　槐西雜志二　計六十六則
卷十三　槐西雜志三　計八十一則
卷十四　槐西雜志四　計六十一則
卷十五　姑妄聽之一　計五十八則
卷十六　姑妄聽之二　計五十四則
卷十七　姑妄聽之三　計五十三則
卷十八　姑妄聽之四　計五十一則
卷十九　灤陽續錄一　計二十八則
卷二十　灤陽續錄二　計二十五則
卷二十一　灤陽續錄三　計二十四則
卷二十二　灤陽續錄四　計二十二則
卷二十三　灤陽續錄五　計二十六則
卷二十四　灤陽續錄六　計十九則　附九則

序

文以載道儒者無不能言夫道豈深隱莫測秘密不傳如佛家之心印道家之口訣哉萬事當然之理是即道矣故道在天地如水瀉地顆顆皆圓如月映水處處皆見大至於治國平天下小至於一事一物一動一言道無不在焉文其道中之一端也文之大者為六經固道所寄矣降而為列朝之史降而為諸子之書降而為百氏之集是又文中之一端其言皆足以明道再降而稗官小說似難無與於道然漢書藝文志列為一家歷代書目亦皆著錄乃荒誕悖妄雖非近於正道於人心世道亦未嘗無所裨益河間先生以學問文章負天下重望而天性孤直不喜以心性空談標榜門戶亦不喜才人放誕詩壇酒社誇名士風流是以退食之餘惟耽懷典籍老而嬾於考索乃採摭異聞特作筆記以寄所欲言灤陽消夏錄等五書俶詭奇譎無所不載洸洋恣肆無所不言而大旨要歸於醇正欲使人知所勸懲故誨淫導欲之書以佳人才子相矜者雖紙貴一時終歸湮沒而先生之書則梨棗屢鐫久而不厭足見華實不同之明驗矣顧翻刻者訛誤實多且有妄為標目如明人之刻冷齋夜話者讀者病焉時彥夙從先生游嘗刻此本先生頗以為知言乃附跋於後邇來版更漫漶乃請先生合五書為一編而仍各存其原書並手校不憚煩勞檢視一過伏行摹印雖先生之著作不必藉此刻以傳而考古參稽者亦可得此而深思焉是為序

庚申季秋之吉門人盛時彥謹識

閱微草堂筆記卷一　　灤陽消夏錄一　　觀弈道人撰

乾隆己酉夏。以編排祕籍。于役灤陽。時校理久竟。特督視官吏題籤庋架而已。晝長無事。追錄見聞。憶及即書。都無體例。小說稗官。知無關於著述。街談巷議。或有益於勸懲。聊付抄胥存之。命曰灤陽消夏錄云爾。

胡御史牧亭言。其里有人畜一豬。見鄰叟輒瞋目狂吼。奔突欲噬。見他人則否。鄰叟初甚怒之。欲買而啖其肉。既而憬然省曰。此殆佛經所謂夙冤耶。世無不可解之冤。乃以善價贖得。送佛寺為長生豬。後再見之。弭耳昵就。非復曩態矣。嘗見孫重畫伏虎應真。有巴西李衍題曰。至人騎猛虎。馭之猶騄駬。豈伊本馴良。道力消其鷙。乃知天地間有情皆可與。共保金石心。無為多畏忌。可為此事作解也。

滄洲劉士玉孝廉。有書室為狐所據。白晝與人對語。擲瓦石擊人。但不睹其形耳。知州平原董思任。良吏也。聞其事。自往驅之。方盛陳人妖異路之理。忽檐際朗言曰。公為官頗愛民。亦不取錢。故我不敢擊公。然公愛民乃好名。不取錢乃畏後患耳。故我亦不避公。公休矣。毋多言取困。董狼狽而歸。咄咄不怡者數日。劉一僕婦甚粗蠢。獨不畏狐。狐亦不擊之。或於對語時。舉以問狐。狐曰。彼雖下役。乃真孝婦也。鬼神見之猶斂避。況我曹乎。劉乃令僕婦居此室。狐是日即去。

愛堂先生言。聞有老學究夜行。忽遇其亡友。學究素剛直。亦不怖畏。問君何往。曰吾為冥吏。至南村有所勾攝。適同路耳。因並行。至一破屋。鬼曰。此文士廬也。問何以知之。曰凡人白晝營營。性靈汩沒。惟睡時一念不生。元神朗澈。胸中所讀之書。字字皆吐光芒。自百竅而出。其狀縹緲繽紛。爛如錦繡。學如鄭孔。文如屈宋班馬者。上燭霄漢。與星月爭輝。次者數丈。次者數尺。以漸而差。極下者亦熒熒如一燈。照映戶牖。人不能見。惟鬼神見之耳。此室上光芒高七八尺。以是而知。學究問我讀書一生。睡中光芒當幾許。鬼囁嚅良久曰。昨過君塾。君方晝寢。見君胸中高頭講章一部。墨卷五六百篇。經文七八十篇。策略三四十篇。字字化為黑煙。籠罩屋上。諸生誦讀之聲。如在濃雲密霧中。實未見光芒。不敢妄語。學究怒叱之。鬼大笑而去。

東光李又聃先生。嘗至宛平相國廢園中。見廊下有詩二首。其一曰。颯颯西風吹破欞。蕭蕭秋草滿空庭。月光穿漏飛簷角。照見莓苔半壁青。其二曰。耿耿疏星幾點明。銀河時有片雲行。憑闌坐聽譙樓鼓。數到連敲第五聲。墨痕慘淡。殆不類人書。

董曲江先生名元度。平原人。乾隆壬申進士。入翰林。散館改知縣。又改教授。移疾歸。少年夢人贈一扇，上有三絕句曰：「曹公飲馬天池日，文采西園感故知。至竟心情終不改，月明花影上旌旗。」「尺五城南並馬來，垂楊一例赤鱗開。黃金屈戍雕胡錦，不信陳王八斗才。」「簫鼓冬冬畫燭樓，是誰親按小涼州。春風豆蔻知多少，併作秋江一段愁。」語多難解，僕亦卒無徵驗，莫明其故。

平定王孝廉執信，嘗隨父官榆林，夜宿野寺經閣下。聞閣上有人絮語，似是論詩，竊訝此間少文士，那得有此。因諦聽之，終不甚了了。後語聲漸出閣廊下，乃稍分明。其一曰：「唐彥謙詩格不高，然『禾麻地廢生邊氣，草木春寒起戰聲』，故是佳句。」其一曰：「僕嘗有句云：『陰磧日光連雪白，風天沙氣入雲黃。』非親至關外，不睹此景。」其一又曰：「僕亦有一聯云：『山沈邊氣無情碧，河帶寒聲亘古秋。』自謂頗肖邊城日暮之狀。」相與吟賞者久之。寺鐘忽動，乃寂無聲。天曉起視，則扃鐍塵封。「山沈邊氣」一聯，後於任總鎮遺稿見之。總鎮名舉，出師金川時，百戰陣沒者也。「陰磧」一聯，終不知為誰語。即其精靈當在，得與任公同遊，亦決非常鬼矣。

滄州城南上河涯，有無賴呂四，凶横無所不為，人畏如狼虎。一日薄暮，與諸惡少村外納涼，忽隱隱聞雷聲，風雨且至。遙見似一少婦，避入河干古廟中。呂語諸惡少曰：「彼可淫也。」時已入夜，陰雲黯黑，呂突入，掩其口。眾共褫衣沓嬲。俄電光穿牖，見狀貌似是其妻，急釋手問之，果不謬。呂大恚，欲提妻擲河中。妻大號曰：「汝欲淫人，致人淫我，天理昭然，汝尚欲殺我耶？」呂語塞，急覓衣褲，已隨風吹入河流矣。旁皇無計，乃自負裸婦歸。雲散月明，滿村譁笑，爭前問狀，呂無可置對，竟自投於河。蓋其妻歸寧，約一月方歸，不虞母家遭回祿，無屋可棲，乃先期返。呂不知而遘此難。後妻夢呂來曰：「我業重，當永墮泥犁。緣生前事母尚盡孝，冥官檢籍，得受蛇身，今往生矣。汝後夫不久至，善事新姑嫜，陰律不孝罪至重，毋自蹈冥司湯鑊也。」至妻再醮日，屋角有赤練蛇垂首下視，意似眷眷。妻憶前夢，方舉首問之，俄聞門外鼓樂聲，蛇於屋上跳擲數四，奮然去。

獻縣周氏僕周虎，為狐所媚，二十餘年如伉儷。嘗語僕曰：「吾鍊形已四百餘年，過去生中，於汝有業緣當補，一日不滿，即一日不得生天。緣盡吾當去耳。」一日，驟然自喜，又泫然自悲，語虎曰：「月之十九日，吾緣盡當別，已為君相一婦，可聘定之。」因出白金付虎，俾備禮。自是狎暱燕婉，逾於平日，恒形影不離。至十五日，忽晨起告別，虎怪其先期。狐泣曰：「業緣一日不可增，亦一日不可減，惟遲早則隨所願耳。吾留此三日緣，為再一相會地也。」越數年，果再至，歡洽三日而後去。臨行嗚咽曰：「從此終天訣矣。」陳德音先生曰：「此狐善留其有餘，惜福者當如是。」劉季箴則曰：「三日後終須一別，何必暫留？此狐鍊形四百年，尚未到懸崖撒手地位。」臨事者

不當如是。余謂二公之言，各明一義，各有當也。

獻縣令明晟，應山人，嘗欲申雪一冤獄，而慮上官不允，疑惑未決。儒學門斗有王半仙者，與一狐友，言小休咎多有驗，遣往問之。狐正色曰：「明公為民父母，但當論其冤不冤，不當問其允不允。獨不記制府李公之言乎？」門斗返報，明為憬然。因言制府李公衛未達時，嘗同一道士渡江，適有與舟子爭詬者，道士太息曰：「命在須臾，尚計較數文錢耶？」俄其人為帆腳所掃，墮江死。李公心異之。中流風作，舟欲覆，道士禹步誦咒，風止得濟。李公再拜謝更生。道士曰：「適墮江者命也，吾不能救。公貴人也，遇阨得濟亦命也，吾不能不救。何謝焉？」李公又拜曰：「領師此訓，吾終身安命矣。」道士曰：「是不盡然。一身之窮達，當安命，不安命則奔競排軋，無所不至。不知李林甫、秦檜，即不傾陷善類，亦作宰相，徒自增罪案耳。至國計民生之利害，則不可言命。天地之生才，朝廷之設官，所以補救氣數也。身握事權，束手而委命，天地何必生此才，朝廷何必設此官乎？晨門曰：『是知其不可而為之。』諸葛武侯曰：『鞠躬盡瘁，死而後已。成敗利鈍，非所逆睹。』此聖賢立命之學，公其識之。」李公謹受教，拜問姓名。道士曰：「言之恐公駭。」下舟行數十步，翳然滅跡。昔在會城，李公曾話是事，不識此狐何以得知也。

北村鄭蘇仙，一日夢至冥府，見閻羅王方錄囚。有鄰村一媼至殿前，王改容拱手，賜以杯茗，命冥吏速送生善處。鄭私叩冥吏曰：「此農家老婦，有何功德？」冥吏曰：「是媼一生無利己損人心。夫利己之心，雖賢士大夫或不免。然利己者必損人，種種機械，因是而生；種種冤愆，因是而造。甚至貽臭萬年，流毒四海，皆此一念為害也。此一村婦而能自制其私心，讀書講學之儒，對之多愧色矣。何怪王之加禮乎？」鄭素有心計，聞之惕然而寤。鄭又言此媼未至以前，有一官公服昂然入，自稱所至但飲一杯水，今無愧鬼神。王哂曰：「設官以治民，下至驛丞閘官，皆有利弊之當理。但不要錢即為好官，植木偶於堂，併水不飲，不更勝公乎？」官又辯曰：「某雖無功，亦無罪。」王曰：「公一生處處求自全，某獄某獄，避嫌疑而不言，非負民乎？某事某事，畏煩重而不舉，非負國乎？三載考績之謂何？無功即有罪矣。」官大踧踖，鋒稜頓減。王徐顧笑曰：「怪公盛氣耳。平心而論，要是三四等好官，來生尚不失冠帶。」促命即送轉輪王。觀此二事，知人心微曖，鬼神皆得而窺，雖賢者一念之私，亦不免於責備。「相在爾室」，其信然乎！

雍正壬子，有宦家子婦，素無勃谿狀，突狂電穿牖，如火光激射，雷楔貫心而入，洞左脇而出。其夫亦為雷焰燔燒，背至尻皆焦黑，氣息僅屬。久之乃蘇，顧婦尸泣曰：「我性剛勁，與母爭論或有之。爾不過私訴抑鬱，背燈掩淚而已，何雷之誤中爾耶？」是未知律重主謀，幽明一也。

無雲和尚，不知何許人，康熙中掛單河間資勝寺，終日默坐，與語亦不得。一日忽登禪牀

以界尺拍案一聲，泊然化去。視案上有偈曰：削髮辭家淨六塵，自家且了自家身。仁民愛物無窮事，原有周公孔聖人。佛法近墨，此僧乃近於楊。

甯波吳生，好作北里遊。後暱一狐女，時相幽會。然仍出入青樓間。一日，狐女請曰：吾能幻化。凡君所眷，吾一見即可肖其貌。君一存想，應念而至，不逾於黃金買笑乎？試之，果頃刻換形，與真無二。遂不復外出。嘗語狐女曰：眠花藉柳，實愜人心。惜是幻化，意中終隔一膜耳。狐女曰：不然。聲色之娛，本電光石火。豈特吾肖某某為幻化，即彼某某亦幻化也。豈特某某為幻化，即妾亦幻化也。即千百年來名姬艷女，皆幻化也。白楊綠草，黃土青山，何一非古來歌舞之場。握雨攜雲，與埋香葬玉、別鶴離鸞，一曲伸臂頃耳。中間兩美相合，或以時刻計，或以日計，或以月計，或以年計，終有訣別之期。及其訣別，則數十年而散，與片刻相遇而散者，同一懸崖撒手，轉瞬成空。倚翠偎紅，不皆恍如春夢乎？即夙契原深，終身聚首，而朱顏不駐，白髮已侵，一人之身，非復舊態，則當時黛眉粉頰，亦謂之幻化可矣，何獨以妾肖某某為幻化也。吳洒然有悟。後數年，狐女辭去，吳竟絕跡於狎遊。

交河及孺愛、青縣張文甫，皆老儒也，並授徒於獻。嘗同步月南村北村之間，去館稍遠，荒涼闃寂，榛莽翳然。張心怖，欲返，曰：墟墓間多鬼，曷可久留。俄一老人扶杖至，揖二人坐，曰：世間何得有鬼，不聞阮瞻之論乎？二君儒者，奈何信釋氏之妖妄。因闡發程朱二氣屈伸之理，疏通證明，詞條流暢。二人聽之，皆首肯，共歎宋儒見理之真。遞相酬對，竟忘問姓名。適大車數輛遠遠至，牛鐸錚然。老人振衣即起曰：泉下之人，岑寂久矣，不持無鬼之論，不能留二君作竟夕談。今將別，謹以實告，毋訝相戲侮也。俯仰之頃，欻然已滅。是間絕少文士，惟董空如先生墓相近，或即其魂歟。

河間唐生，好戲侮。土人至今能道之，所謂唐啸子者是也。有塾師好講無鬼，嘗曰：阮瞻遇鬼，安有是事？僧徒妄造蜚語耳。唐夜洒土其窗，而嗚嗚擊其戶。塾師駭問為誰，則曰：我二氣之良能也。塾師大怖，蒙首股栗，使二弟子守達旦。次日委頓不起，朋友來問，但呻吟曰：有鬼。既而知唐所為，莫不拊掌。然自是魅大作，拋擲瓦石，搖撼戶牖，無虛夕。初尚以為唐再來，細察之，乃真魅。不勝其嬲，竟棄館而去。蓋震懼之後，益以慚恧，其氣已餒，狐乘其餒而中之也。妖由人興，此之謂乎。

天津某孝廉，與數友郊外踏青，皆少年輕薄。見柳陰中少婦騎驢過，欺其無伴，邀衆逐其後，嫚語調謔。少婦殊不答，鞭驢疾行。有兩三人先追及，少婦忽下驢軟語，意似相悅。俄某與三四人追及，審視，正其妻也。但妻不解騎，是日亦無由至郊外，且疑且怒，近前訶之。妻嬉笑如

閱微草堂筆記　卷一　四

故，某憤氣潮湧，奮掌欲摑其面。妻忽飛騰騎驢背，別換一形，以鞭指某數曰：見他人之婦，則狎褻百端；見自己婦，則恚恨如是。爾讀聖賢書，一恕字尚不能解，何以掛名桂籍耶？數訖徑行。某色如死灰，殭立道左，殆不能去，竟不知是何魅也。

德州田白岩曰：有額都統者，在滇黔間山行，見道士按一麗女於石，欲剖其心。女哀呼乞救。額急揮騎馳及，遙格道士手。女欻然一聲，化火光飛去。道士頓足曰：公敗吾事。此魅也，媚殺百餘人，故捕誅之以除害。但取精已多，歲久通靈，斬其首則神遁去，故必剖其心乃死。公今縱之，又貽患無窮矣。惜一猛虎之命，放置深山，不知澤麋林鹿，飼其牙者幾許命也。匣其匕首，恨恨渡溪去。此殆白岩之寓言，即所謂一家哭何如一路哭也。姑容墨吏，自以為陰功，人亦多稱為忠厚，而窮民之賣兒貼婦，皆未一思，亦安用此長者乎。

獻縣吏王某，工刀筆，善巧取人財。然每有所積，必有一意外事耗去。有城隍廟道童，夜行廊廡間，聞二吏持簿對算，其一曰：渠今歲所蓄較多，當何法以銷之？方沈思間，其一曰：一翠雲足矣，無煩迂折也。是廟往往遇鬼，道童習見亦不怖。但不知翠雲為誰，亦不知為誰銷算。俄有小妓翠雲至，王某大嬖之，耗所蓄八九。又染惡瘡，醫藥備至，比愈，則已蕩然矣。人計其平生所取，可屈指數者，約三四萬金。後發狂疾暴卒，竟無棺以殮。

陳雲亭舍人言：有臺灣驛使宿館舍，見艷女登牀，下窺叱索，無所睹。夜半，琅然有聲，乃片瓦擲枕畔，叱問是何妖魅，敢侮天使。窗外朗應曰：公祿命重，我避公不及，致公叱索，惟干神譴，惴惴至今。今公睡中萌邪念，誤作驛卒之女，謀他日納為妾。人心一動，鬼神知之，以邪召邪，神不得而咎我，故投瓦相報。公何怒焉。驛使大愧沮，未及天曙，促裝去。

葉旅亭御史宅忽有狐怪，白晝對語，迫葉讓所居，擾攘戲侮，至杯盤自舞，几榻自行。葉告張真人，真人以委法官，先書一符，甫張而裂。次牒都城隍，亦無驗。法官曰：是必天狐，非拜章不可。乃建道場，七日，至三日，狐猶詬詈；至四日，乃婉詞請和。葉不欲與為難，亦祈不竟其事。真人曰：章已拜，不可追矣。至七日，忽聞格鬬砰訇，門窗破墮，薄暮尚未已。法官又檄他神相助，乃就擒，以罌貯之，埋廣渠門外。余嘗問真人驅役鬼神之故，曰：我亦不知所以然，但依法施行耳。大抵神鬼皆受役於印，而符籙則掌於法官。真人如官長，法官如吏胥。真人非法官不能為符籙，法官非真人之印，其符籙亦不靈。中間有驗有不驗，則如各官司文移章奏，或准或駁，不能一一必行耳。此言頗近理。又問設空宅深山，猝遇精魅，君尚能制伏否？曰：譬大吏經行，奸盜自然避匿，儻或無知猖獗，突犯鹵簿，雖手握兵符，徵調不及，一時亦無如之何。此言亦頗篤實。然則一切神奇之說，皆附會也。

閱微草堂筆記　卷一　五

朱子潁運使言守泰安日聞有士人至岱嶽深處忽人語出石壁中曰何處經香豈有轉世人來耶劃然震響石壁中開貝闕瓊樓湧現峯頂有耆儒冠帶下迎士人駭愕問此何地曰此經香閣也士人叩經香之義曰其說長矣請坐講之昔尼山刪定垂教萬年大義微言遞相授受漢代諸儒去古未遠訓詁箋註類能窺先聖之心又淳朴未漓無植黨爭名之習惟各傳師說篤溯淵源沿及有唐斯文未改迨乎北宋勒為註疏十三部先聖嘉焉諸大儒慮新說日興漸成絕學建是閣以貯之中為初本以五色玉為函尊聖教也配以歷代官刊之本以白玉為函昭帝王表章之功也皆南面左右則各家私刊之本每一部成必取初印精好者按次時代庋置斯閣以蒼玉為函奬汲古之勤也皆東西面並以珊瑚為籤黃金作鎖鑰東西兩廡以沉檀為几錦繡為茵諸大儒之神歲一來視相與列坐於斯閣後三楹則唐以前諸儒經義帙以縹緗收為一庫自是以外雖著述等身聲華蓋代總聽其自貯名山不得入此門一步焉先聖之志也諸書至子刻午刻一字一句皆發濃香故題曰經香蓋一元斡運二氣絪縕陰起午中陽生子半聖人之心與天地通諸大儒闡發聖人之理其精奧亦與天地通故相感也然必傳是學者始聞之他人則否世儒於此十三部或焚膏繼晷鑽仰終身或鍛鍊苛求百端掊擊亦各因其性識之所根耳君四世前為刻工曾手刊周禮半部故餘香尚在吾得以識君之來因引使周覽閣廡款以茗果送別曰君善自愛此地不易至也士人回顧惟萬峯插天杳無人跡案此事荒誕殆尊漢學者之寓言夫漢儒以訓詁專門宋儒以義理相尚似漢學粗而宋學精然不明訓詁義理何自而知概用詆排視猶土苴未免既成大輅追斥椎輪得濟迷川遽焚寶筏於是攻宋儒者又紛紛而起故余撰四庫全書詩部總序有曰宋儒之攻漢儒非為說經起見也特求勝於漢儒而已後人之攻宋儒亦非為說經起見也特不平宋儒之詆漢儒而已韋蘇州詩曰水性自云靜石中亦無聲如何兩相激雷轉空山驚此之謂矣平心而論王弼始變舊說為宋學之萌芽宋儒不攻孝經詞義明顯宋儒所爭祗古文今文字句亦無關宏旨均姑置弗議至尚書三禮三傳毛詩爾雅諸註疏皆根據古義斷非宋儒所能及論語孟子宋儒積一生精力字斟句酌亦斷非漢儒所及蓋漢儒重師傳淵源有自宋儒尚心悟研索易深漢儒或執舊文過於信傳宋儒或憑臆斷勇於改經計其得失亦復相當惟漢儒之學非讀書稽古不能下一語宋儒之學則人人皆可以空談其間蘭艾同生誠有不盡饜人心者是嗤點之所自來此種虛構之詞亦非無因而作也

曹司農竹虛言其族兄自歙往揚州途經友人家時盛夏延坐書屋甚軒爽暮欲下榻其中友人曰是有魅夜不可居曹強居之夜半有物自門隙蠕蠕入薄如夾紙入室後漸開展作人形乃女子也曹殊不畏忽披髮吐舌作縊鬼狀曹笑曰猶是髮但稍亂猶是舌但稍長亦何足畏忽自摘其首置案上曹又笑曰有首尚不足畏況無首也鬼技窮倏然滅及歸途再宿夜半門隙又蠕蠕甫露其首輒唾曰又此敗興物耶竟不入此與嵇中散事相類夫虎不食醉人不知畏也大抵畏則心亂心亂則神渙神渙則鬼得乘之不畏則心定心定則神全神全則沴戾之氣不能干故記中散是事者稱神志湛然鬼慚而去

董曲江言默庵先生為總漕時署有土神馬神二祠惟土神有配其少子恃才兀傲謂土神于思老翁不應擁艷婦馬神年少正為嘉耦徑移女像於馬神祠俄眩仆不知人默庵先生聞其事親禱移還乃蘇又聞河間學署有土神亦配以女像有訓導謂黌宮不可塑婦女乃別建一小祠遷焉土神憑其幼孫語曰汝理雖正而心則私正欲廣汝宅耳吾不服也訓導方侃侃置辯中其隱大駭乃終任不敢居是室二事相近或曰訓導遷廟猶以禮董褻瀆神甚矣譴當重余謂董少年放誕耳訓導內挾私心使己有利外假公義使人無詞微神發其陰謀人尚以為能正祀典也春秋誅心訓導譴當重於董

戲術皆手法捷耳然亦實有搬運術宋人書搬運皆作般憶小時在外祖雪峯先生家一術士置杯酒於案舉掌拍之杯陷入案中口與案平然捫案下不見杯底少頃取出案如故此或障目法也又舉魚膾一巨碗拋擲空中不見令其取回則曰不能矣在書室畫廚夾屜中公等自取耳時以賓從雜遝書室多古器已嚴扃且夾屜高僅二寸碗高三四寸斷不可入疑其妄姑呼鑰啟視則碗置案上換貯佛手五原貯佛手之盤乃換貯魚膾藏夾屜中是非搬運術歟理所必無事所或有類如此然實亦理之所有狐怪山魈盜取人物不為異能劾禁狐怪山魈者亦不為異既能劾禁即可以役使既能盜取人物即可以代人盜取物夫又何異焉

舊僕莊壽言昔事某官見一官侵晨至又一官續至皆契交也其狀若密遞消息者俄皆去主人亦命駕遞出至黃昏乃歸車殆馬煩不勝困憊俄前二官又至燈下或附耳或點首或搖手或蹙眉或拊掌不知所議何事漏下二鼓我遙聞北窗外吃吃有笑聲室中弗聞也方疑惑間忽有聞長歎一聲曰何必如此始賓主皆驚開窗急視新雨後泥平如掌絕無人蹤共疑我為囈語我時因戒勿竊聽避立南榮外花架下實未嘗睡亦未嘗言究不知其何故也

永春邱孝廉二田偶憩息九鯉湖道中有童子騎牛來甚駛至邱前小立朗吟曰來衝風雨來去踏烟霞去斜照萬峯青是我還山路怪村豎那得作此語凝思欲問則笠影出沒

杉檜間已距半里許矣不知神仙游戲抑鄉塾小兒聞人誦而偶記也

莆田林教諭霈以臺灣俸滿北上至涿州南下車便旋見破屋牆匡外有磁鋒劃一詩曰騾綱隊隊響銅鈴清曉衝寒過驛亭我自垂鞭玩殘雪驢蹄緩踏亂山青款曰羅陽山人讀訖自語曰詩小有致羅陽是何地也屋內應曰其語似是湖廣人入視之惟凝塵敗葉而已自知遇鬼惕然登車怏怏不適不久竟卒

景州李露園基塙康熙甲午孝廉余僚婿也博雅工詩需次日夢中作一聯曰鸞翮嵇中散蛾眉屈左徒醒而自不能解後得湖南一令卒於官正屈原行吟地也

先祖母張太夫人畜一小花犬羣婢患其盜肉陰搤殺之中一婢曰柳意夢中恒見此犬來齧睡輒囈語太夫人知之曰羣婢共殺犬何獨銜冤於柳意此必柳意亦盜肉不足服其心也考問果然

福建汀州試院堂前二古柏唐物也云有神余按臨日吏白當詣樹拜余謂木魅不為害聽之可也非祀典所有使者不當拜樹柯葉森聳隔屋數重可見是夕月明余步階上仰見樹杪兩紅衣人向余磬折拱揖冉冉漸沒呼幕友出視尚見之余次日詣樹各答以揖為鐫一聯於祠門曰參天黛色常如此點首朱衣或是君此事亦頗異袁子才嘗載此事於新齊諧

所記稍異蓋傳聞之誤也

德州宋清遠先生言呂道士不知何許人善幻術嘗客田山張司農家值朱藤盛開賓客會賞一俗士言詞猥鄙喋喋不休殊敗人意一少年性輕脫厭薄尤甚斥勿多言二人幾攘臂一老儒和解之俱不聽亦慍形於色滿座為之不樂道士耳語小童取紙筆畫三符焚之三人忽皆起在院中旋折數四俗客趨東南隅坐喃喃自語聽之乃與妻妾談家事俄左右回顧若和解俄怡色自辨俄作引罪狀俄屈一膝俄兩膝並屈俄叩首不已視少年則坐西南隅花欄上流目送盼妮妮軟語俄嬉笑俄謙謝俄低唱浣紗記呦呦不已手自按拍備諸冶蕩之態老儒則端坐石礅上講孟子齊桓晉文之事一章字剖句析指揮顧盼如與四五人對語忽搖首曰不是忽瞋目曰尚不解耶咯咯痰嗽仍不止眾駭笑道士搖首止之比酒闌道士又焚三符三人乃惘惘癡坐少選始醒自稱不覺醉眠謝無禮眾匿笑散道士曰此小術不足道葉法善引唐明皇入月宮即用此符當時誤以為真仙迂儒又以為妄語皆井底蛙耳後在旅館符攝一過往貴人妾魂妾蘇後登車識其路徑門戶語貴人急捕之已遁去此周禮所以禁怪民歟

交河老儒及潤礎雍正乙卯鄉試晚至石門橋客舍皆滿惟一小屋窗臨馬櫪無肯居者姑解裝焉夜不得寐人靜後忽聞馬語及愛觀雜書先記宋人說部中有堰下牛語事知非鬼魅屏息聽之一馬曰今日方知忍飢之苦生前所欺隱草豆錢現在何處一馬曰我輩多由圉人轉生死者方知生者不悟可為太息眾馬皆嗚咽一馬曰冥判亦不甚公王五何以得為犬一馬曰冥卒曾言之渠一妻二女並淫濫盡盜其錢與所歡當罪之半矣一馬曰信然罪有輕重姜七墮豕身受屠割更我輩不若也及忽輕嗽語遂寂及恒舉以戒圉人

余一侍姬平生未嘗出詈語自云親見其祖母善詈後了無疾病忽舌爛至喉飲食言語皆不能究轉數日而死

有某生在家偶晏起呼妻妾不至問小婢云並隨一少年向去矣露刃追及將駢斬之少年忽不見有老僧衣紅袈裟一手托缽一手振錫杖格其刃曰汝尚不悟耶汝利心太重忮忌心太重機巧心太重而能使人終不覺鬼神忌陰惡故判是二婦使作此以報汝彼何罪焉言訖亦隱生默然引歸二婦云少年初不相識亦未相悅忽惘然如夢隨之去鄰里亦曰二婦非淫奔者又素不相得豈肯隨一人且淫奔必避人豈有白晝公行緩步待追者耶其為神譴信矣然終不能明其惡真隱惡哉

事皆前定豈不信然戊子春余為人題蕃騎射獵圖曰白草粘天野獸肥彎弧愛爾馬如飛何當快飲黃羊血一上天山雪打圍是年八月竟從軍於西域又董文恪公嘗為余作秋林覓句圖余至烏魯木齊城西有深林老木參雲彌亘數十里前將軍伍公彌泰建一亭於中題曰秀野散步其間宛然前畫之境辛卯還京因自題一絕句曰霜葉微黃石骨青孤吟自怪太零丁誰知早作西行讖老木寒雲秀野亭

南皮瘍醫某藝頗精然好陰用毒藥勒索重資不饜所欲則必死益其術詭祕他醫不能解也一日其子雷震死今其人尚在亦無敢延之者矣或謂某殺人至多天何不殛其身而殛其子有佚罰焉夫罪不至極刑不及身惡不至極殃不及世殛其子所以明禍延後嗣也

安中寬言昔吳三桂之叛有術士精六壬將往投之遇一人言亦欲投三桂因共宿其人眠西牖下術士曰君勿眠此此牖夜刻當圮其人曰君術未精牆向外圮非向內圮也至夜果然余謂此附會之談也是人能知牆之內外圮則知三桂之必敗矣

有僧游交河蘇吏部次公家善幻術出奇不窮云與呂道士同師嘗撏泥為豕咒之漸蠕動再咒之忽作聲再咒之躍而起矣因呼庖屠以供客味不甚美食訖客皆作嘔逆所吐皆泥也有一士因雨留同宿密叩僧曰太平廣記載術士咒片瓦授人劃壁立開可潛至人閨閣中師術能及此否曰此不難拾片瓦咒良久曰持此可往但勿語語則術敗矣士試之壁果

開至一處，見所歡方卸妝就寢，守僧戒不敢語，俄挽扉登榻，狎昵，婦亦歡洽，倦而酣睡，忽聞目，則眠妻榻上也。方互相疑詰，僧登門數之曰：呂道士一念之差，已受雷誅，君更累我也，小術戲君，幸不傷盛德，使更無萌此念。既而太息曰：此一念，司命已錄之，雖無大謫，恐於祿籍有妨耳。士果蹭蹬，後得一訓導，竟終於寒氈。

康熙中，獻縣胡維華以燒香聚眾謀不軌，所居由大城、文安一路行，去京師三百餘里；由青縣、靜海一路行，去天津二百餘里。維華謀分兵為二：其一出不意，併程抵京師；其一據天津，掠海舟，利則天津之兵亦北趨，不利則遁往天津，登舟泛海去。方部署偽官，事已洩，官軍擒捕，圍而火攻之，髫齔不遺。初，維華之父雄於貲，喜周窮乏，亦未為大惡。鄰村老儒張月坪女有豔麗，殆稱國色，見而心醉，然月坪端方迂執，無與人為妾理，乃延之教讀。月坪父母柩在遼東，不得返，恒戚戚，偶言及，即捐金使扶歸，且贈以葬地。月坪田內有橫屍，其學也，官以謀殺勘，即為百計申辯得釋。一日，月坪妻攜女歸甯，三子并幼，月坪歸家守門戶，約數日返，乃陰使其黨夜鍵戶而焚其廬，父子四人並燼。陽為驚悼，代營喪葬，且時周其妻女，竟依以為命。或有欲聘女者，妻必與謀，輒陰阻使不就。久之，漸露求女為妾意，妻感其惠，欲許之，女初不願，夜夢其父曰：汝不往，吾終不暢吾志也。女乃受命，歲餘生維華。女旋病卒，維華竟覆宗。

又去余家三四十里，有凌虐其仆夫婦死，而納其女者，女故慧黠，經營其飲食服用，事事當意。又凡可博其歡者，冶蕩狎媟，無所不至，皆竊議其忘仇。蠱惑既深，惟其言是聽，女始則導之奢華，破其產十之七八；又讒間其骨肉，使門以內如寇讎；乃時說水滸傳宋江、柴進等事，稱為英雄，慫恿之交通盜賊；卒以殺人抵法。抵法之日，女不哭其夫而陰攜卮酒酹其父母墓曰：父母恒夢中魘我，意恨恨似欲擊我，今知之否耶？人始知其蓄志報復，曰：此女所為，非惟人不測，鬼亦不測也。機深哉！然而不以陰險論，春秋原心，本不共戴天者也。

余在烏魯木齊，軍吏具文牒數十紙，捧墨筆請判，曰：凡客死於此者，其棺歸籍，例給牒，否則魂不得入關。以行於冥司，故不用朱判，其印亦以墨。視其文，鄙誕殊甚。曰：為給照事，照得某處某人年若干歲，以某年某月某日在本處病故，今親屬搬柩歸籍，合行給照。為此牌仰沿路把守關隘鬼卒，即將該魂驗實放行，毋得勒索留滯，致干未便。余曰：此胥役託詞取錢耳，啟將軍除其例。旬日後，或告城西墟墓中鬼哭，無牒不能歸故也。余斥其妄。又旬日，或告鬼哭已近城，斥之如故。越旬日，余所居牆外，啾啾有聲。余尚以為胥役所偽，越數日，聲至窗外。時月明如晝，自起尋視，實無一人。同事觀御史成曰：公所持理正，雖將軍不能奪也。然鬼哭實共聞，不得照者實亦怨。公盍試一給之，姑間執讒慝之口。倘鬼哭如故，則公益有詞矣。勉從其議，是夜寂然。又軍吏宋吉祿在印房，忽眩仆，久而蘇，云見其母至。俄臺軍以官牒至，啟視，則哈密報吉祿之母來視子，卒於途也。天下事何所不有，儒者論其常耳。余嘗作烏魯木齊雜詩一百六十首，中一首云：白草颼颼接冷雲，關山疆界是誰分。幽魂來往隨官牒，原鬼昌黎竟未聞。即此二事也。

范蘅洲言：昔渡錢塘江，有一僧附舟，徑置坐具倚檣竿，不相問訊，與之語，口漫應，目視他處，神意殊不屬。蘅洲怪其傲，亦不再言。時西風過急，蘅洲偶得兩句曰：白浪簸船頭，行人怯石尤。下聯未屬，吟哦數四。僧忽閉目微吟曰：如何紅袖女，尚倚最高樓。蘅洲不省所云，再與語，仍不答。比艤岸，恰一少女立樓上，正著紅袖，乃大驚，再三致詰。曰：偶望見耳。然烟水渺茫，廬舍遮映，實無望見理。疑其前知，欲作禮，則已振錫去。蘅洲惘然曰：此又一駱賓王矣。

清苑張公鉞，官河南鄭州時，署有老桑樹，合抱不交，云棲神物，惡而伐之。是夕其女燈下睹一人，面目手足及衣冠色皆濃綠，厲聲曰：爾父太橫，姑示警於爾。驚呼媼婢至，神已癡矣。後歸戈太僕仙舟，不久下世。驅厲鬼，毀淫祠，正狄梁公、范文正公輩事。德苟不足以勝之，鮮不致敗。

錢文敏公曰：天之禍福，不猶君之賞罰乎？鬼神之鑒察，不猶官吏之詳議乎？今使有一彈章

曰：某立身無玷，居官有績，然門宜向凶方，營建犯凶日，罪當謫罰，所司允乎駁乎？又使有一彈章曰：某立身多瑕，居官無狀，然門得吉方，營建值吉日，功當遷擢，所司又允乎駁乎？官吏所駁，而謂鬼神允之乎？故陽宅之說，余終不謂然。然此理至明，以詰形家，亦無可置辯。然所見實有凶宅。京師斜對給孤寺道南一宅，余行弔者五；粉坊琉璃街極北道西一宅，余行弔者七。給孤寺宅，曹中丞學閔嘗居之，甫移入，一夕二僕並暴亡，懼而還去。粉坊琉璃街宅，邵教授大生嘗居之，白晝往往見變異，毅然不畏，竟歿其中。此又何理歟？劉文正公曰：卜地見書，卜日見禮，苟無吉凶，聖人何卜？但恐非今術士所知耳。斯持平之論矣。

滄洲潘班，善書畫，自稱黃葉道人。嘗夜宿友人齋中，聞壁間小語曰：君今日無留人，共寢，當出就君。班大駭，移出。友人曰：室舊有此怪，一婉孌女子，不為害也。後友人私語所親曰：潘君其終困青衿乎？此怪非鬼非狐，不審何物，遇粗俗人不出，遇富貴人亦不出，惟遇才士之淪落者，始一出薦枕耳。後潘果坎壈以終。越十餘年，忽夜聞齋中啜泣聲，次日大風折一老杏樹，其怪乃絕。外祖張雪峰先生嘗戲曰：此怪大佳，其意識在綺羅人上。

陳楓崖光様言：康熙中，楓涇一太學生，嘗讀書別業，見草間有片石，已斷裂剝蝕，僅存數十字，偶有一二成句，似是夭逝女子之碣也。生故好事，意其墓必在左右，每陳茗果於石上，而

祝以狎詞。趣一載餘。見麗女獨步菜畦間。手執野花。顧生一笑。生趨近其側。目挑眉語。方相引入離落後灌莽間。女凝立直視。若有所思。忽自批其頰曰。一百餘年心如古井。一旦乃為蕩子所動乎。頓足數四。奄然而滅。方知即墓中鬼也。蔡修撰季實曰。古稱蓋棺論定。觀於此事。知蓋棺猶難論定矣。是本貞魂。乃以一念之差。幾失故步。晦庵先生詩曰。世上無如人欲險。幾人到此誤平生。諒哉。

王孝廉金英言。江寧一書生。宿故家廢園中。月夜有艷女窺窗。心知非鬼即狐。愛其姣麗。亦不畏怖。招使入室。即宛轉相就。然始終無一語。問亦不答。惟含笑流盼而已。如是月餘。莫喻其故。一日。執而固問之。乃取筆作字曰。妾前明某翰林侍姬。不幸夭逝。因平生巧於讒構。使一門骨肉如水火。冥司見譴。罰為瘖鬼。已沉淪二百餘年。君能為書金剛經十部。得仗佛力超拔苦海。則世世銜感矣。書生如其所乞。寫竣之日。詣書生再拜。仍取筆作字曰。藉金經懺悔。已脫離鬼趣。然前生罪重。僅能帶業往生。尚須三世作啞婦。方能語也。

閱微草堂筆記卷二

灤陽消夏錄二

董文恪公為少司空時云。昔在富陽村居。有村叟坐鄰家。聞讀書聲。曰。貴人也。請相見。諦觀再四。又問八字干支。沉思良久。曰。君命相皆一品。當某年得知縣。某年署大縣。某年實授。某年遷通判。某年遷知府。某年由知府遷布政。某年遷巡撫。某年遷總督。善自愛。他日知吾言不謬也。後不再見此叟。其言亦不驗。然細較生平。則所謂知縣。乃由拔貢得戶部七品官也。所謂調署大縣。乃庶吉士也。所謂實授。乃編修也。所謂通判。乃中允也。所謂知府。乃侍讀學士也。所謂布政使。乃內閣學士也。所謂巡撫。乃工部侍郎也。品秩皆符。其年亦皆符。特內外異途耳。是其言驗而不驗。不驗而驗。惟未知總督如何。後公以其年拜禮部尚書。品秩仍符。按推算干支。或奇驗。或全不驗。或半驗半不驗。余嘗以聞見最確者。反覆深思。八字貴賤貧富。特大概如是。其間乘除盈縮。略有異同。無錫鄒小山先生夫人。與安州陳密山先生夫人。八字干支並同。小山先生官禮部侍郎。密山先生官貴州布政使。均二品也。論爵。布政不及侍郎之尊。論祿。則侍郎不及布政之厚。互相補矣。二夫人並壽考。陳夫人早寡。然晚歲康強安樂。鄒夫人白首齊眉。然晚歲喪明。家計亦薄。又相補矣。此或疑地有南北。時有初正也。余第六姪與奴子劉雲鵬。生時祇隔一牆。兩窗相對。兩兒並落蓐啼。非惟時同刻同。乃至分秒亦同。姪至十六歲而夭。而奴子今尚在。豈非此命所賦之祿。祇有此數。姪生長富貴。消耗先盡。奴子生長貧賤。消耗無多。祿尚未盡耶。盈虛消息。理似如是。俟知命者更詳之。

曾伯祖光吉公。康熙初官鎮番守備。云有李太學妻。恒虐其妾。怒輒褫下衣鞭之。殆無虛日。

里有老媼能入冥。所謂走無常者是也。規其妻曰。娘子與是妾有夙冤。然應償二百鞭耳。今妒心熾盛。鞭之殆過十餘倍。又負彼債矣。且良婦受刑。雖官法不褫衣。娘子必使裸露以示辱。事太快意。則干鬼神之忌。娘子與我厚。竊見冥籍。不敢不相聞。妻哂曰。死媼謾語。欲我禳解取錢耶。會經略莫洛遭王輔臣之變。亂黨蜂起。李歿於兵。妾為副將韓公所得。善其明慧。寵專房。韓公無正室。家政遂操於妾。妻為賊所掠。賊破被俘。分賞將士。恰歸韓公。妾蓄以為婢。使跪於堂而語之曰。爾能受我指揮。每日晨起。先跪妝台前。自褫下衣。伏地受五鞭。然後供役。則貸爾命。否則爾為賊黨妻。殺之無禁。當寸寸臠爾。飼犬豕。妻憚死失志。叩首願遵教。然妾不欲其遽死。鞭不甚毒。俾知痛楚而已。年餘。乃以他疾死。計其鞭數。適相當。此婦真頑鈍無恥哉。亦鬼神所忌。陰奪其魄也。此事韓公不自諱。且舉以明果報。故人知其詳。韓公又言此猶顯易其位也。明季嘗游襄鄧間。與術士張鴛湖同舍。鴛湖稔知居停主人妻虐妾太甚。積不平。私語曰。道家有換形法。凡修煉未成。氣血已衰。不能還丹者。則借一壯盛之軀。乘其睡與之互易。吾嘗受此法。姑試之。次日。其家忽聞妻在妾房語。妾在妻房語。比出戶。則作妻語者妾。作妾語者妻也。妾得妻身。但默坐。妻得妾身。殊不甘。紛紜爭執。親族不能判。鳴之官。官怒為妖妄。笞其夫。遂出。皆無可如何。然據形而論。妻實是妾。不在其位。威不能行。竟分宅各居而終。此事尤奇也。

相傳有塾師。夏夜月明。率門人納涼河間獻王祠外田塍上。因共講三百篇擬題。音琅琅如鐘鼓。又令小兒誦孝經。誦已復講。忽舉首見祠門雙古柏下。隱隱有人。試近之。形狀頗異。知為神鬼。然私念此獻王祠前。決無妖魅。前問姓名。曰。毛萇貫長卿。顏芝。因謁王至此。塾師大喜。再拜。請授經義。毛貫並曰。君所講。適已聞。都非我輩所解。無從奉答。塾師又拜曰。詩義深微。難授下愚。請頗顏先生一講孝經可乎。顏回面向內曰。君小兒所誦。漏落顛倒。全非我所傳本。我亦無可著語處。俄聞傳王教曰。門外似有人醉語。聒耳已久。可驅之去。余謂此與愛堂先生所言學究遇冥吏事。皆博雅之士。造戲語以詬俗儒也。然亦空穴來風。桐乳來巢乎。

先姚安公性嚴峻。門無雜賓。一日。與一襤縷人對語。呼余兄弟與為禮。曰。此宋曼珠曾孫。不相聞久矣。今乃見之。明季兵亂。汝曾祖年十一。流離戈馬間。賴宋曼珠得存也。乃為委曲謀生計。因戒余兄弟曰。義所當報。不必談因果。然因果實亦不爽。昔某公受人再生恩。富貴後。視其子孫零替。漠如陌路。後病困。方服藥。恍惚見其人手授二札。皆未封。視之。則當年乞救書也。覆杯於地曰。吾死晚矣。是夕卒。

宋按察蒙泉言。某公在明為諸生。嘗扶乩。問壽數。仙判某年某月某日當死。計期不遠。恒悒迴。屈期乃無恙。後入本朝至九列。適同僚家扶乩。前仙又降。某公叩以所判無驗。又判曰。君不死。我奈何。某公俯仰沈思。忽命駕去。蓋所判正甲申三月十九日也。

沈椒園先生為鰲峰書院山長時。見示高邑趙忠毅公舊硯。額有東方未明之硯六字。背有銘曰。殘月熒熒。太白睒睒。雞三號。更五點。此時拜疏擊大奄。事成策汝功。不成同汝貶。蓋劾魏忠賢時用此硯草疏也。末有小字一行。題門人王鐸書。此行遺未鐫。而黑痕深入石骨。乾則不見。取水濯之。則五字炳然。相傳初令鐸書此銘。未及鐫而難作。後在戍所乃鐫之。語工勿鐫此一行。然閱一百餘年。滌之不去。其事頗奇。或曰。忠毅嫉惡嚴。漁山人筆記稱鐸人品日下。書品亦日下。然則忠毅先有所見矣。削其名。擯之也。滌之不去。欲著其嘗為忠毅所擯也。天地鬼神。恒於一事偶露其巧。使人知警。是或然歟。

乾隆庚午。官庫失玉器。勘諸苑戶。苑戶常明對簿時。忽作童子聲曰。玉器非所竊。人則真所殺。我即所殺之魂也。問官大駭。移送刑部。姚安公時為江蘇司郎中。與余公文儀等同鞫之。魂曰。我名二格。年十四。家在海淀。父曰李星望。前歲上元。常明引我觀燈歸。夜深人寂。常明戲調我。我力拒。且言歸當訴諸父。常明遂以衣帶勒我死。埋河岸下。父疑常明匿我。控諸巡城。送刑部。以事無左證。議別緝真凶。我魂恒逐常明行。但相去四五尺。即覺熾如烈焰。不得近。後熱稍減。漸至二三尺。又漸近之尺許。昨乃都不覺熱。始得附之。又言初訊時。魂亦隨之刑部。指其門乃廣西司。按所言月日。果檢得舊牘。問其尸。云在河岸第幾柳樹旁。掘之亦得。尚未壞。呼其父使辨識。長慟曰。吾兒也。以事雖幻杳。而證驗皆真。且訊問時。呼常明名。則忽似夢醒。作常明語。呼二格名。則忽似昏醉。作二格語。互辯數四。始款伏。又父子絮語家事。一一分明。獄無可疑。乃以實狀上聞。論如律。命下之日。魂喜甚。本賣糕為活。忽高唱賣糕一聲。父泣曰。久不聞此。宛然生時聲也。問兒當何往。曰吾亦不知。且去耳。自是再問。常明不復作二格語矣。

南皮張副使受官河南開歸道時。夜聞一獄囚沈吟自語曰。自勁死者。刀痕當入重而出輕。今入輕出重。何也。忽聞背後太息曰。公尚解事。回顧無一人。喟然曰。甚哉治獄之可畏也。此幸不誤。安保他日之不誤也。遂移疾而歸。

先叔母高宜人之父。諱榮祉。官山西陵川令。有一舊玉馬。質理不甚白潔。而血浸斑斑。斲紫檀為座承之。恒置几上。其前足本為雙跪欲起之形。一日。左足忽伸出於座外。高公大駭。闔署傳視。曰。此物程朱不能格也。一館賓曰。凡物歲久則為妖。得人精氣多。亦能為妖。此理易明。無足怪也。衆議碎之。猶豫未決。次日。仍屈還故形。高公曰。是真有知矣。投熾爐中。似微有呦呦聲。後無他異。然高氏自此漸式微。高宜人云。此馬煅三日。裂為二段。尚及見其半身。又

武清王慶垞曹氏廳柱。忽生牡丹二朵。一紫一碧。瓣中脈絡如金綫。花葉葳蕤。越七八日乃萎落。其根從柱而出。紋理相連。柱二寸許。尚是枯木。以上乃漸青。先太夫人曹氏甥也。小時親見之。咸曰瑞也。外祖雪峰先生曰。物之反常者為妖。何瑞之有。後曹氏亦式微矣。

先外祖母言。曹化淳死。其家以前明玉帶殉。越數年。墓前恒見一白蛇。後墓為水齧。棺壞朽。改葬之日。他珍物具在。視玉帶則亡矣。蛇身節節有紋。尚似帶形。豈其貪黷之魄。託玉而化歟。

外祖張雪峰先生。性高潔。書室中几硯精嚴。圖史整肅。恒鐍其戶。必親至乃開。院中花木翳如。莓苔綠縟。僮婢非奉使令。亦不敢輕蹈一步。舅氏健亭公。年十一二時。乘外祖他出。私往院中樹下納涼。聞室內似有人行。疑外祖已先歸。屏息從窗隙窺之。見竹椅上坐一女。靚粧如畫。椅對面一大鏡。高可五尺。鏡中之影。乃是一狐。懼弗敢動。竊窺所為。女子忽自見其影。急起。繞鏡四圍呵之。鏡昏如霧。良久歸坐。鏡上呵跡亦漸消。再視其影。則亦一好女子矣。恐為所見。躡足而歸。後私語先姚安公。嘗為諸生講大學修身章。舉是事曰。明鏡空空。故物無遁影。然一為妖氣所翳。尚失真形。況私情偏倚。先有所障者乎。又曰。非惟私情為障。即公心亦為障。正人君子。為小人乘其機而反激之。其固執決裂。有轉致顛倒是非者。昔包孝肅公之吏。陽為弄權之狀。而應杖之囚反不予杖。是亦妖氣之翳鏡也。故正心誠意。必先格物致知。

有賣花老婦言。京師一宅近空圃。圃故多狐。有麗婦夜踰垣與鄰家少年狎。懼事泄。初詭託姓名。歡昵漸洽。度不相棄。乃自冒為圃中狐女。少年悅其色。亦不拒。久之。忽婦家屋上擲瓦罵曰。我居圃中久。小兒女戲拋磚石。驚動鄰里或有之。實無冶蕩蠱惑事。汝奈何污我。事乃敗。異哉。狐媚恒託於人。此婦乃託於狐。人善媚者比之狐。此狐乃貞於人。

有遊士以書畫自給。在京師納一妾。甚愛之。或遇讌會。必袖果餌以貽。妾亦甚相得。無何病革。語妾曰。吾無家。汝無歸。吾無親屬。汝無依。吾以筆墨為活。吾死。汝琵琶別抱勢也。亦理也。吾無遺債累汝。汝亦無父母兄弟掣肘。得行己志。可勿受錙銖聘金。但與約歲時許汝祭我墓。則吾無恨矣。妾泣受教。納之者亦如約。又甚愛之。然妾恒鬱鬱憶舊恩。夜必夢故夫同枕席。睡中或妮妮囈語。夫覺之。密延術士。鎮以符籙。夢語止。而病漸作。馴至綿惙。臨歿。以額叩枕曰。故人情重。實不能忘。君所深知。妾亦不諱。昨夜又見夢曰。久被驅遣。今得再來。汝病如是。何不同歸。已諾之矣。能邀格外之惠。還妾尸於彼墓。當生生世世。結草銜環。不情之請。惟君圖之。語訖奄然。夫豪士。慨然曰。魂已往矣。留此遺蛻何為。楊越公能合樂昌之鏡。吾不能合之泉下乎。竟如所請。此雍正甲寅乙卯間事。余時年十一二。聞人述之。而忘其姓名。余謂

再嫁負故夫。嫁而有貳心負後夫也。此婦進退無據焉。何子山先生亦曰。憶而死何如殉而死乎。何勵菴先生則曰。春秋責備賢者。未可以士大夫之義律兒女子。哀其遇可也。憫其志可也。

屠者許方。嘗擔酒二罌。夜行。倦息大樹下。月明如晝。遠聞嗚嗚聲。一鬼自叢薄中出。形狀可怖。乃避入樹後。持擔以自衛。鬼罌前。躍舞大喜。遽開飲。盡一罌。尚欲開其第二罌。緘甫半啟。已頹然倒矣。許恨甚。且視之似無他技。突舉擔擊之。如中虛空。因連與痛擊。漸縱弛委地。化濃煙一聚。恐其變幻。更擊百餘。其煙平鋪地面。漸散漸開。痕如淡墨。如輕縠。漸愈散愈淡。以至於無。蓋已澌滅矣。余謂鬼。人之餘氣也。氣以漸而消。故左傳稱新鬼大。故鬼小。世有見鬼者。而不聞見羲軒以上鬼。消已盡也。酒。散氣者也。故醫家行血發汗開鬱驅寒之藥。皆治以酒。此鬼以僅存之氣。而散以滿罌之酒。盛陽鼓蕩。蒸鑠微陰。其消盡也固宜。是澌滅於醉。非澌滅於箠也。聞是事時。有戒酒者曰。鬼善幻。以酒之故。至臥而受擊。鬼本人所畏。以酒之故。反為人所困。沈湎者念哉。有耽酒者曰。鬼雖無形而有知。未免乎喜怒哀樂之心。今冥然醉臥。消歸烏有。反其真矣。酒中之趣。莫深於是。佛氏以涅槃為極樂。營營者烏乎知之。莊子所謂此亦一是非。彼亦一是非歟。

獻縣田家牛產麟。駭而擊殺。知縣劉徵廉收葬之。刊碑曰見麟郊。劉固良吏。此舉何陋也。麟本仁獸。實非牛種。犢之麟而角。雷雨時蛟龍所感耳。

董文恪公未第時。館於空宅。云常見怪異。公不信。夜篝燈以待。三更後。陰風颯然。庭戶自啟。有似人非人數輩。雜遝擁入。見公大駭曰。此屋有鬼。皆狼狽奔出。公持梃逐之。又相呼曰。鬼追至。可急走。爭踰牆去。公恆言及。自笑曰。不識何以呼我為鬼。故城賈漢恆時從公受經。因舉太平廣記載野叉欲啖哥舒翰妾尸。翰方眠側。野叉相語曰。貴人在此。奈何。翰自念呼我為貴人。擊之當無害。遂起擊之。野叉遂散。鬼音近貴。或呼先生為貴人。先生未審也。公莞然曰。其然。

庚午秋。買得埤雅一部。中捐金綠箋一片。上有詩曰。愁煙低冪朱扉雙。酸風微戛玉女窗。青燐隱隱出古壁。土花蝕斷黃金釭。草根露下陰蟲急。夜深悄映芙蓉立。濕螢一點過空塘。幽光照見殘紅泣。末題靚雲仙子降壇詩。張凝敬錄。蓋扶乩者所書。余謂此鬼詩。非仙詩也。

滄州張鉉耳先生。夢中作一絕句曰。江上秋潮拍岸生。孤舟夜泊近三更。朱樓十二垂楊遍。何處吹簫伴月明。自跋云。夢如非想。如何成詩。夢如是想。平生未到江南。何以落想至此。莫明其故。姑錄存之。桐城姚別峰。初不相識。新自江南來。晤於李蛻嶺家。所刻近作。乃有是詩。

問其年月。則在余夢後歲餘。開篋出舊稿示之。共相駭異。世間真有不可解事。宋儒事事言理。此理從何而推求耶。又海陽李漱六名承芳。余丁卯同年也。余聽事挂淵明采菊圖。是藍田叔畫。董曲江曰。一何神似李漱六。余審視信然。後漱六公車入都。乞此畫去。云平生所作小照。都不及此。此事亦不可解。

景城西偏有數荒冢。將平矣。小時過之。老僕施祥指曰。是即周某子孫。以一善延三世者也。蓋前崇禎末。河南山東大旱蝗。草根木皮皆盡。乃以人為糧。官吏弗能禁。婦女幼孩反接鬻於市。謂之菜人。屠者買去。如刲羊豕。周氏之祖。自東昌商販歸。至肆午餐。屠者曰。肉盡。請少待。俄見曳二女子入廚下。呼曰。客待久。可先取一蹄來。急出止之。聞長號一聲。則一女已生斷右臂。宛轉地上。一女戰慄無人色。見周並哀呼。一求速死。一求救。周惻然心動。並出資贖之。一無生理。急刺其心死。一攜歸。因無子。納為妾。竟生一男。右臂有紅絲。自腋下繞肩胛。宛然斷臂女也。後傳三世乃絕。皆言周本無子。此三世乃一善所延云。

青縣農家少婦。性輕佻。隨其夫操作。形影不離。恆相對嬉笑。不避忌人。或夏夜並宿瓜圃中。皆薄其冶蕩。然對他人。則面如寒鐵。或私挑之。必峻拒。後遇劫盜。身受七刃。猶詬詈。卒不污而死。又皆驚其貞烈。老儒劉君琢曰。此所謂質美而未學也。惟篤於夫婦。故矢志不二。惟不知禮法。故情慾之感。介於儀容。燕昵之私。形於動靜。辛彤甫先生曰。程子有言。凡避嫌者。皆中不足。此婦中無他腸。故坦然徑行不自疑。此其所以能守死也。彼好立崖岸者。吾見之矣。

先姚安公曰。劉君正論。辛君有激之言也。後其夫夜守豆田。獨宿團焦中。忽見婦來。燕婉如平日。曰。冥官以我貞烈。判來生中乙榜。官縣令。我念君不欲去。乞辭官祿。為遊魂。長得隨君。冥官哀我。許之矣。夫為感泣。誓不他偶。自是晝隱夜來。幾二十載。兒童或亦窺見之。此康熙末年事。姚安公能舉其姓名居址。今忘矣。

獻縣老儒韓生。性剛正。動必遵禮。一鄉推祭酒。一日得寒疾。恍惚間一鬼立前曰。城隍神喚。韓念數盡當死。拒亦無益。乃隨去。至一官署。神檢籍曰。以姓同誤矣。杖其鬼二十。使送還。韓意不平。上請曰。人命至重。神奈何遣憒憒之鬼。致有誤拘。倘不檢出。不竟枉死耶。聰明正直之謂何。神笑曰。謂汝倔強。今果然。夫天行不能無歲差。況鬼神乎。誤而即覺。是謂聰明。覺而不回護。是謂正直。汝何足以知之。念汝言行無玷。姑貸汝。後勿如是躁妄也。霍然而蘇。韓章美云。

先祖有小奴名大月。年十三四。嘗隨村人罩魚河中。得一大魚。長許二尺。方手舉以示眾。魚忽撥剌。掉尾擊中左頰。仆水中。眾怪其不起。試扶之。則血縷浮出。有破椀在泥中。鋒銛如刃。

剌其太陽穴死矣先是其母夢是奴為人執手縛祖上屠割如羊豕似尚有餘恨惶而惡之
恒戚以母與人鬭不虞乃為魚所繫佛氏所謂夙生中負彼命耶
劉少宗伯青垣言有中表涉元稹會眞之嫌者女有孕為母所覺飾言夜恒有巨人來壓體
甚重而色黝黑母曰是必土偶為妖也授以綵絲於來時陰繫其足女竊付所歡繫關帝祠
周將軍足上母物色得之搥其足幾斷後復密會忽見周將軍擊其腰男女並僵卧不能起
皆曰汚蔑神明之報也夫專其利而移禍於人其術巧矣巧者造物之所忌機械萬端反而
自天天道也神岳其險巇非惡其汚蔑也
揚州羅兩峯目能視鬼曰凡有人處皆有鬼其橫亡厲鬼多年沈滯者率在幽房空宅中是
不可近近則為害其憧憧往來之鬼午前陽盛多在牆陰午後陰盛則四散流行可以穿壁
而過不由門戶遇人則避路畏陽氣也是隨處有之不為害又曰鬼所聚集恒在人烟密簇
處僻地曠野所見殊稀圍繞廚灶似欲近食氣又喜入溷廁則莫明其故或取人跡罕到耶
所畫有鬼趣圖頗疑其以意造作中有一鬼首大於身幾十倍尤似幻妄然聞先姚安公言
瑤涇陳公嘗夏夜挂窗臥窗廣一丈忽一巨面窺窗闊與窗等不知其身在何處急掣劍刺
其左目應手而沒對屋一老僕亦見之云從窗下地中涌出掘地丈餘無所睹而止是果有

閱微草堂筆記　卷二　七

此種鬼矣茫茫昧昧吾烏乎質之
奴子劉四壬辰夏乞假歸省自御牛車載其婦距家三四十里夜將半牛忽不行婦車中驚
呼曰有一鬼首大如甕在牛前劉四諦視則一短黑婦人首戴一破雞籠舞且呼曰來來懼
而回車則又躍在牛前呼來來如是四面旋繞逐至雞鳴忽立而笑曰夜涼無事借汝夫婦
消閒耳偶相戲我去後愼勿詈我詈則我復來雞籠是前村某家物附汝還之語訖以雞籠
擲車上去天曙抵家夫婦並昏昏如醉婦不久病死劉四亦流落無人狀鬼蓋乘其衰氣也
景城有劉武周墓獻縣志亦載按武周山後馬邑人墓不應在是疑為隋劉炫墓炫景城人
一統志載其墓在獻縣東八十里景城距城八十七里約略當是也舊有狐居之時或戲醉
醉人里有陳雙酒徒也聞之憤曰妖獸敢爾詣墓所且數且詈時耘者滿野皆見其父怒坐
墓側雙跳踉叫號繞前呵曰爾何醉至此乃毒詈爾父雙凝視果父也大怖叩首父徑趨歸雙
隨而哀乞進及於村外方伏地陳訴忽婦媼環繞揶揄笑曰陳雙何故跪拜其妻雙仰視又果
妻也愕而痴立妻亦徑趨歸雙惘惘至家則父與妻實未嘗出方知皆狐幻化戲之也慚不
出戶者數日聞者無不絕倒余謂雙不詈狐何至遭狐之戲雙有自取之道焉狐不嬲人何
至遭雙之詈狐亦有自取之道焉顚倒糾纏皆緣一念之妄起故佛言一切衆生愼勿造因

方桂烏魯木齊流人子也言嘗牧馬山中一馬忽躍去躡蹤往覓隔嶺聞嘶聲甚厲尋聲至
一幽谷見數物似人似獸周身鱗皴斑駁如古松髮蓬蓬如羽葆目睛突出色純白如嵌二
雞卵共按馬生齧其肉牧人多攜銃自衛桂故頑劣因升樹放銃物悉入深林去馬已半齧
被喫矣後不再見迄不知為何物也
芮庶子鐵崖宅中一樓有狐居其上恒鎖之狐或夜於廚下治饌亦中宴客家人習見亦不
訝凡盜賊火燭皆能代主人司之相安已久後鐵崖宅於李學士廉衣廉衣素不信妖妄自往
啓視則樓上三楹潔無纖塵中央一片如席大藉以木板整齊如几榻餘無所睹時方修築
園併毀其樓使無可棲亦無他異迨甫落成突烈焰四起頃刻無寸椽而鄰屋苫草無一莖
被爇皆曰狐所為也劉少宗伯青垣曰此宅自當是日焚耶如數不當焚狐安敢縱火余謂
妖魅能一一守科律則天無雷霆之誅矣王法禁殺人不敢殺者多殺人抵罪者亦時有是
固未可知也
王少司寇蘭泉言夢午塘提學江南時署後有高阜恒夜見光怪云有一雉一蛇居其上皆
歲久能為魅午塘少年盛氣集鉦鼓千之役猶豫不舉手午塘方怒督忽風飄片席蒙其首
急撤去又一片蒙之皆署中涼蓬上物也午塘覺其異乃輟役今尚巋然存

閱微草堂筆記　卷二　八

老僕魏哲聞其父言順治初有某生者距余家八九十里忘其姓名與妻先後卒越三四年
其妾亦卒適其家傭工人夜行避雨宿東嶽祠廊下若夢非夢見某生荷校立庭前妻妾隨
焉有神衣冠類城隍磨折對簿神語曰某生汚二人有罪活二命亦有功合相抵也神喟然
曰二人畏死忍恥尚可恕某生活二人正為欲汚二人但宜科罪何云功罪相抵也揮之出
某生及妻妾亦隨出懼不敢語天曙歸告家人皆莫能解有老僕泣曰異哉竟以此事被錄乎
此事惟吾父子知之緣受恩深重誓不敢言今已隔兩朝始敢追述兩主母皆實非婦人也
前明天啓中魏忠賢殺裕妃其位下宮女內監皆密捕送東廠死甚慘有二內監一曰福來
一曰雙桂亡命逃匿緣與主人曾相識主人方商於京師夜投焉主人引入密室吾穴隙私
窺主人語二人曰君等聲音狀貌在男女之間與常人稍異一出必見獲若改女裝則物色
不及然兩無夫之婦寄宿人家形跡可疑亦必敗二君身已淨本無異婦人肯屈意為我妾
妾則萬無一失矣二人進退無計沈思良久並曲從遂為女飾鉗其耳漸可受珥併市軟
骨藥陰為纏足越數月居然兩好婦矣乃車載還家詭言在京所娶二人久在宮禁並白皙
溫雅無一毫男子狀又其事迥出意想外竟無覺者但訝其不事女紅為恃寵驕惰耳二人
感主人再生恩故事定後亦甘心偕老然實巧言誘脅非哀其窮宜司命之見譴也信乎人

可欺鬼神不可欺哉。

乾隆己卯。余典山西鄉試。有二卷皆中式矣。一定四十八名。填草榜時。同考官萬泉呂令瀜誤收其卷於衣箱。竟覓不可得。一定五十三名。填草榜時。陰風滅燭者三四。易他卷乃已。揭榜後。拆視彌封。失卷者號學愚。滅燭者李騰蛟也。頗疑二生有陰譴。然庚辰鄉試二生皆中式。號仍四十八名。李於辛丑成進士。乃知科名先一年亦不可得。彼營營者何為也耶。即求而得之。亦必其命所應有。雖不求亦得也。

先姚安公言。雍正庚戌會試。與雄縣湯孝廉同號舍。湯夜半忽見披髮女鬼搴簾手裂其卷。如蛺蝶亂飛。湯素剛正。亦不恐怖。坐而問之曰。前生吾不知。今生則實無害人事。汝胡為來者。鬼愕眙却立曰。君非四十七號耶。曰吾四十九號。蓋前有二空舍。鬼除之未數也。諦視良久。作禮謝罪而去。斯須間。四十七號喧呼某甲中惡矣。鬼殊憒憒。湯君可謂死妄之災。幸其心無愧怍。故倉卒間敢與詰辯。僅裂一卷耳。否亦殆哉。

顧員外德懋。自言為東岳冥官。余弗深信也。然其言則有理。曩在袁文達公家。嘗謂余曰。冥司重貞婦。而亦有差等。或以兒女之愛。或以田宅之豐。有所繫戀而弗去者下也。不免情欲之萌。而能以禮義自克者次也。心如枯井。波瀾不生。富貴亦不睹。飢寒亦不知。利害亦不計者。斯為上矣。如是千百不得一。得一則鬼神為起敬。一日喧傳節婦至。冥王改容。皆振衣出迓。見一老婦傴僂然來。其行步步漸高。如躡階級。比到。竟從殿脊上過。莫知所適。冥王憮然曰。此已升天。不在吾鬼籙中矣。又曰。賢臣亦三等。畏法度者為下。愛名節者為次。乃心王室。但知國計民生。不知禍福毀譽者為上。又曰。冥司惡躁競。謂種種惡業從此而生。故多困躓之。使得不償失。人心愈巧。則鬼神之機亦愈巧。然不甚重隱逸。謂天地生才。原期於世事有補。人人為巢許。則至今洪水橫流。併掛瓢飲犢之地亦不可得矣。又曰。陰律如春秋責備賢者。而與人為善。君子偏執害事。亦錄以為過。小人有一事利人。亦必予以小善報。世人未明此義。故多疑因果或爽耳。

內閣學士永公諱寧。嬰疾。頗委頓。延醫診視。未遽愈。改延一醫。索前醫所用藥帖。弗得。公以為小婢誤置他處。責使搜索。云不得且笞汝。方倚枕憩息。恍惚有人跪燈下曰。公勿笞婢。此藥帖小人所藏。小人即公為臬司時平反得生之囚也。問藏藥帖何意。曰醫家同類皆相忌。務改前醫之方以見所長。公所服藥不誤。特初試一劑。力尚未至耳。使後醫見方。必相反以立異。則公殆矣。所以小人陰竊之。公方昏悶。亦未思及其為鬼。稍頃始悟。悚然汗下。乃稱前方已失。不復記憶。請後醫別疏方。視所用藥。則仍前醫方也。因連進數劑。病霍然如失。公鎮

烏魯木齊日。親為余言之。曰此鬼可謂諳識世情矣。

族叔楘庵言。肅寧有塾師講程朱之學。一日有游僧乞食於塾外。木魚琅琅。自辰逮午不肯息。塾師厭之。自出叱使去。且曰爾本異端。愚民或受爾惑耳。此地皆聖賢之徒。爾何必作妄想。僧作禮曰。佛之流而募衣食。猶儒之流而求富貴也。同一失其本來。先生何必定相苦。塾師怒。自擊以夏楚。僧振衣起曰。太惡作劇。遺布囊於地而去。意必復來。暮竟不至。捫之。所貯皆散錢。諸弟子欲探取。塾師曰。俟其久而不來。再為計。然須數明。庶不爭。甫啟囊。則群蜂坌涌。螫師弟面目盡腫。號叫撲救。鄰里咸驚問。僧忽排闥入曰。聖賢乃謀匿人財耶。提囊徑行。臨出。合掌向塾師曰。異端偶觸忤聖賢。幸見恕。觀者粲然。或曰。幻術也。或曰。塾師好闢佛。見僧輒詆。僧故置蜂於囊以戲之。楘庵曰。此事余目擊。如先置多蜂於囊。必有蠕動之狀見於囊外。爾時殊未睹也。云幻術者為差近。

朱青雷言。有避讎竄匿深山者。時月白風清。見一鬼徙倚白楊下。伏不敢起。鬼忽見之曰。君何不出。慄而答曰。吾畏君。鬼曰。至可畏者莫若人。鬼何畏焉。使君顛沛至此者。人耶。鬼耶。一笑而隱。余謂此青雷有激之寓言也。

都察院庫中有巨蟒。時或夜出。余官總憲時。凡兩見。其蟠跡著塵處。約廣二寸餘。計其身當橫徑五寸。壁無罅。門亦無隙。窗櫺闊不及二寸。不識何以出入。大抵物久皆能化形。狐魅能由窗隙往來。其本形亦非窗隙所容也。堂吏云其出應休咎。殊無驗。神其說耳。

幽明異路。人所能治者。鬼神不必更治之。示不瀆也。幽明一理。人所不及治者。鬼神或亦代治之。示不測也。聞戈仙舟言。有奴子嘗醉寢城隍神案上。神拘去笞二十。兩股青痕斑斑。太僕目見之。

杜生村距余家十八里。有貪富室之賄。鬻其養媳為妾者。其媳雖未成婚。然與夫聚已數年。義不再適。度事不可止。乃密約同逃。翁姑覺而追之。二人夜抵余村土神祠。無可栖止。相抱泣。忽祠內語曰。追者且至。可匿神案下。俄廟祝踉蹌醉歸。橫臥門外。翁姑追至。問蹤跡。廟祝囈語應曰。是小男女二人耶。年約若干。衣履若何。向某路去矣。翁姑急循所指路往。二人因得免。乞食至媳之父母家。父母欲訟官。乃得不鬻。爾時祠中無一人。廟祝曰。吾初不知是事。亦不記作是語。蓋皆土神之靈也。

乾隆庚子。京師楊梅竹斜街火。所燬殆百楹。有破屋巋然獨存。四面頹垣齊如界畫。乃寡媳守病姑不去也。此所謂孝弟之至。通於神明。

于氏。肅寧舊族也。魏忠賢竊柄時。視王侯將相如土苴。顧以生長肅寧。耳濡目染。望于氏如

王謝。為姪求婚。非得于氏女不可。適于氏少子赴鄉試。乃置酒強邀至家。面與議。于生念許之則禍在後日。不許則禍在目前。猝不能決。託言父在難自專。忠賢曰。此易耳。君速作札。我能即致太翁也。是夕。于翁夢其亡父督課如平日。命以二題。一為孔子曰諾。一為歸潔其身而已矣。方構思。忽扣門驚醒。得子書。恍然頓悟。因覆書許姻。而附言病頗棘。促子速歸。甫去京四百餘里。比信返。天甫微明。演劇猶未散。于生匆匆束裝。途中官吏迎候者已供帳相屬。抵家後。父子俱稱疾不出。是歲為天啟甲子。越三載而忠賢敗。竟免於難。事定後。于翁坐小車偏遊郊外。曰。吾三載杜門。僅博得此日看花飲酒。殆乎危哉。于生瀕行時。忠賢授以小像曰。先使新婦識我面。于氏於余家為表戚。余兒時尚見此軸。貌修偉而秀削。面白色隱赤。兩顴微露。頰微狹。目光如醉。臥蠶以上。赭石薄暈如微腫。衣緋紅。座旁几上。露列金印九。

杜林鎮土神祠道士。夢土神語曰。此地繁劇。吾失於呵護。致疫鬼誤入孝子節婦家。損傷童稚。今鐫秩去矣。新神性嚴重。汝善事之。恐不似我姑容也。謂春夢無憑。殊不介意。越數日。醉臥神座旁。得寒疾幾殆。

景州戈太守桐園。官朔平時。有幕客夜中睡醒。明月滿窗。見一女子在几側坐。大怖。呼家奴。女子搖手曰。吾居此久矣。君不見耳。今偶避不及。何驚駭乃爾。幕客呼益急。女子哂曰。果欲禍君。豈能救。拂衣遽起。如微風之振窗紙。穿櫺而逝。

潁州吳明經躍鳴言。其鄉老儒林生。端人也。嘗讀書神廟中。廟故宏闊。多僦居者。林生性孤峭。率不相聞問。一日。夜半不寐。散步月下。忽一客來敘寒溫。林生方寂寞。因邀入室共談。甚有理致。偶及因果之事。林生曰。聖賢之為善。皆無所為而為者也。有所為而為。其事雖合天理。其心已純乎人欲矣。故佛氏福田之說。君子弗道也。客曰。先生之言。粹然儒者之言也。然用以律己則可。用以律人則不可。用以律君子則可。用以律天下之人則斷不可。聖人之立教。欲人為善而已。其不能為者。則誘掖以成之。不肯為者。則驅策以迫之。於是乎刑賞生焉。能因慕賞而為善。聖人但與其善。必不責其為求賞而然也。能因畏刑而為善。聖人亦與其善。必不責其為避刑而然也。苟以刑賞使之。循天理。而又責慕賞畏刑之為人欲。是不激勸於刑賞。謂之不善。激勸於刑賞。又謂之不善。人且無所措手足矣。況慕賞避刑。既謂之人欲。而又激勸以刑賞。人且謂聖人實以人欲導民矣。有是理歟。蓋天下上智少。而凡民多。故聖人之刑賞。為中人以下設。佛氏之因果。亦為中人以下說法。儒釋之宗旨雖殊。至其教人為善。則意歸一轍。先生執董子謀利計功之說。以駁佛氏之因果。將以聖人之刑賞而駁之乎。先生徒見緇流誘人布施。謂之行善。謂可得福。見愚民持齋燒香。謂之行善。謂可得福。不

如是者謂之不行善。謂必獲罪。遂謂佛氏因果。適以惑眾。而不知佛氏所謂善惡。與儒無異。所謂善惡之報。亦與儒無異也。林生意不謂然。尚欲更申己意。俯仰之頃。天已將曙。客起欲去。固挽留之。忽挺然不動。乃廟中一泥塑判官。

族祖雷陽公言。昔有遇冥吏者。問命皆前定。然乎。曰。然。然特窮通壽夭之數。若唐小說所稱預知食料。乃術士射覆法耳。如人人預記此等事。雖大地為架。不能庋此簿籍矣。問定數可移乎。曰。可。大善則移。大惡則移。問孰定之。孰移之。曰。其人自定自移。鬼神無權也。問果報何有驗有不驗。曰。人世善惡論一生。禍福亦論一生。冥司則善惡兼前生。禍福兼後生。故若或爽也。問果報何以不同。曰。此皆各因其本命。以人事譬之。同一遷官。尚書遷一級則宰相。典史遷一級不過主簿耳。同一鐫秩。有加級者抵。無加級則竟鐫矣。故事同而報或異。問何不使人先知。曰。勢不可也。先知之。則人事息。諸葛武侯為多事。唐六臣為知命矣。問何以又使人偶知。曰。不偶示之。則恃無鬼神。而人心肆。暧昧難知之處。將無不為矣。先姚安公嘗述之曰。此或雷陽所託諭。然理不過如斯。

先姚安公有僕。貌謹厚。而最有心計。一日。乘主人急需。飾詞邀勒。得贏數十金。其婦亦悻悻自好。若不可犯。而陰有外遇。久欲與所歡逃。苦無資斧。既得此金。即盜之同遁。越十餘日。捕獲。夫婦之姦乃並敗。余兄弟甚快之。姚安公曰。此事何巧相牽引。一至於斯。殆有鬼神顛倒其間也。夫鬼神之顛倒。豈徒博人一快哉。凡以示戒云爾。故遇此種事。當生警惕心。不可生歡喜心。甲與乙為友。甲居下口。乙居泊鎮。相距三十里。乙妻以事過甲家。甲醉以酒而留之宿。乙心知之。不能言也。反致謝焉。甲妻渡河覆舟。隨急流至乙門前。為人所拯。乙識而扶歸。亦醉以酒而留之宿。甲心知之。不能言也。亦反致謝焉。其鄰媼陰知之。合掌誦佛曰。有是哉。吾知懼矣。其子方佐人誣訟。急自往呼之歸。汝曹如此媼可也。

四川毛公振翧。任河間同知時。言其鄉人有薄暮山行者。避雨入一廢祠。已先有一人坐簷下。諦視乃其亡叔也。驚駭欲避。其叔急止曰。因有事告汝。故此相待。不禍汝。汝勿怖也。我歿之後。汝叔母失汝祖母歡。恒非理見箠楚。汝叔母雖順受不辭。然心懷怨毒。於無人處竊詛詈。吾在陰曹為伍伯。見土神牒報者數矣。為汝寄語。戒其悛改。如不知悔。怨不免魂墮泥犂也。語訖而滅。鄉人歸告其叔母。雖堅諱無有。然悚然變色。如不自容。知鬼語非誣矣。毛公又言有人夜行。遇一人。狀似里胥。鎖縶一囚。坐樹下。因並坐暫息。囚啜泣不止。里胥鞭之。此人意不忍。從旁勸止。里胥曰。此桀黠之魁。生平所播弄傾軋者。不啻數百。冥司判七世受豕身。吾押之往生也。君何憫焉。此人悚然而起。二鬼亦一時滅跡。

閱微草堂筆記卷三　　灤陽消夏錄三

俞提督金鼇言：嘗夜行闢展戈壁中（戈壁者，碎沙亂石不生水草之地，即瀚海也），遙見一物，似人非人，其高幾一丈，追之甚急。彎弧中其胸，踣而復起；再射之，始仆。就視，乃一大蝎虎，竟能人立而行，異哉。

昌吉叛亂之時，捕獲逆黨，皆戮於迪化城西樹林中（迪化即烏魯木齊，今建為州。樹林綿亘數十里，俗謂之樹窩）。時戊子八月也。後林中有黑氣數團，往來倏忽，夜行者遇之輒迷。余謂此凶悖之魄，聚為妖厲，猶蛇虺雖死，餘毒尚染於草木，不足怪也。凡陰邪之氣，遇陽剛之氣則消，遣數軍士於月夜伏銃擊之，應手散滅。

烏魯木齊關帝祠有馬，市賈所施以供神者也。嘗自嚙草山林中，不歸皂櫪。每至朔望祭神，必昧爽先立祠門外，屹如泥塑，所立之地，不失尺寸。遇月小建，其來亦不失期。祭畢，仍莫知所往。余謂道士先引至祠外，神其說耳。庚寅二月朔，余到祠稍早，實見其由雪磧緩步而來，弭耳竟立祠門外，雪中絕無人跡，是亦奇矣。

淮鎮在獻縣東五十五里，即金史所謂槐家鎮也。有馬氏者，家忽見變異，夜中或拋擲瓦石，或鬼聲嗚嗚，或無人處突出火燄，歲餘不止。禱禳亦無驗，乃買宅遷居。有賃居者，擾如故，不久亦他徙，以是無人敢再問。有老儒不信其事，以賤價得之，卜日遷居，竟寂然無他，頗謂其德能勝妖。既而有猾盜登門與詬爭，始知宅之變異，皆老儒賄盜夜為之，非真魅也。先姚安公曰：魅亦不過變幻耳，老儒之變幻如是，即謂之真魅可矣。

己卯七月，姚安公在苑家口遇一僧，合掌作禮曰：相別七十三年矣，相見不一齋乎？適旅舍所賣皆素食，因與共飯。問其年，解囊出一度牒，乃前明成化二年所給。問師傳此幾代矣，遽收之囊中，曰：公疑我，我不必再言。食未畢而去，竟莫測其真偽。嘗舉以戒昀曰：士大夫好奇，往往為此輩所累，即真仙真佛，吾甯交臂失之。

余家假山上有小樓，狐居之五十餘年矣。人不上，狐亦不下，但時見窗扉無風自啟閉耳。樓之北曰綠意軒，老樹陰森，是夏日納涼處。戊辰七月，忽夜中聞琴聲棋聲，奴子奔告姚安公，公知狐所為，了不介意，但顧奴子曰：固勝於汝輩飲博。次日，告昀曰：海客無心，則白鷗可狎，相安已久，惟宜以不聞不見處之。至今亦絕無他異。

丁亥春，余攜家至京師，因虎坊橋舊宅未贖，權住錢香樹先生空宅中。云樓上亦有狐居，但扃鎖雜物，人不輕上。余戲粘一詩於壁曰：草草移家偶遇君，一樓上下且平分，耽詩自是書生癖，徹夜吟哦莫厭聞。一日，姬人啟鎖取物，忽呼怪事，余走視之，則地板塵上滿畫荷花，莖葉苕亭，具有筆致。因以紙筆置几上，又粘一詩於壁曰：仙人果是好樓居，文采風流我不如。新得吳箋三十幅，可能一一畫芙蕖。越數日啟視，竟不舉筆。以告裘文達公，公笑曰：錢香樹家狐，固應稍雅。

河間馮樹柟，粗通筆札，落拓京師十餘年，每遇機緣，輒無成就，干祈於人，率口惠而實不至。窮愁抑鬱，因祈夢於呂仙祠，夜夢一人語之曰：爾無恨人情薄，此因緣爾所自造也。爾過去生中，喜以虛詞博長者名，遇有善事，心知必不能舉也，必再三慫恿，使人感爾之贊成；遇有惡人，心知必不可貸也，必再三申雪，使人感爾之拯救。雖於人無所損益，然恩皆歸爾，怨必歸人，機巧已為太甚。且爾所贊成拯救，皆爾身在局外，他人任其利害者也；其事稍稍涉於爾，則退避惟恐不速，坐視其人之焚溺，雖一舉手之力，亦憚煩不為。此心尚可問乎？由是思維，人於爾貌合而情疏，外關切而心漠視，宜乎不宜？鬼神之責人，一二行事之失，猶可以善抵，至罪在心術，則為陰律所不容。今生已矣，勉修未來可也。後果飢寒以終。

史松濤先生諱茂，華州人，官至太常寺卿，與先姚安公為契友。余十四五時，憶其與先姚安公談一事曰：某公嘗箠殺一幹僕，後附一癡婢，與某公辯曰：奴舞弊當死，然主人殺奴，奴實不甘。主人高爵厚祿，不過於奴之受恩乎？賣官鬻爵，積金至鉅萬，不過於奴之受賂乎？某事某事，顛倒是非，出入生死，不過於奴之竊弄權柄乎？主人可負國，奈何責奴負主人？主人殺奴，奴實不甘。某公怒而擊之仆，猶嗚嗚不已。後某公亦不令終。因歎曰：吾嘗斷斷不至是，然旅進旅退，坐食俸錢，而每責僮婢不事事，毋乃亦腹誹矣乎。

東城李某，以販棗往來於鄰縣，私誘居停主人少婦歸。比至家，其妻先已偕人逃，自詫曰：幸攜此婦來，不然鰥矣。人計其妻遁之期，正當此婦乘垣後日，適相報也，尚不悟耶。既而此婦不樂居其家，復隨一少年遁，始茫然自失。後其夫蹤跡至東城，欲訟李，李以婦已他去，無佐證，堅不承。糾紛間，閭里有扶乩者，眾曰：盍質於仙。仙判一詩曰：鴛鴦夢好兩歡娛，記否羅敷自有夫，今日相逢須一笑，分明依樣畫葫蘆。其夫默然徑返。兩邑接壤，有知其事者，曰：此婦初亦其夫誘來者也。

滿媼，余弟乳母也，有女曰蒨姐，嫁為近村民家妻。一日聞母病，不及待婿同行，遽狼狽而來。時已入夜，缺月微明，顧見一人追之，急度是強暴，而曠野無可呼救，乃隱身古冢白楊下，納簪珥懷中，解絛繫頸，披髮吐舌，瞪目直視以待。其人將近，反招之坐。及逼視，知為縊鬼，驚仆不起。蒨姐竟狂奔得免。比入門，舉家大駭，徐問得實，且怒且笑，方議向鄰里追問。次日，喧傳某家少年遇鬼中惡，其鬼今尚隨之，已發狂譫語。後醫藥符籙皆無驗，竟癲癇終身。此或由恐怖之餘，邪魅乘機而中之，未可知也；或一切幻象由心而造，未可知也；或明神殛惡，陰奪其魄亦未可知也。然均可為狂且戒。

制府唐公執玉，嘗勘一殺人案，獄具矣。一夜秉燭獨坐，忽微聞泣聲，似漸近窗戶。命小婢出視，噭然而仆。公自啟簾，則一鬼浴血跪階下。厲聲叱之，稽顙曰：殺我者某，縣官乃誤坐某，讐不雪，目不瞑也。公曰：知之矣。鬼乃去。翌日，自提訊，眾供死者衣履，與所見合。信益堅，竟如鬼言，改坐某。問官申辯百端，終以為南山可移，此案不動。其幕友疑有他故，微叩公，始具言始末，亦無如之何。一夕，幕友請見，曰：鬼從何來？曰：至自階下。曰：鬼從何去？曰：欻然越牆去。幕友曰：凡鬼有形而無質，去當奄然而隱，不當越牆。因即越牆處尋視，雖甃瓦不裂，而新雨之後，數重屋上，皆隱隱有泥迹，直至外垣而下。指以示公曰：此必囚賄捷盜所為也。公沈思恍然，仍從原讞。諱其事，亦不復深求。

景城南有破寺，四無居人，惟一僧攜二弟子司香火，皆蠢蠢如村傭，見人不能為禮，然謡詐殊甚。陰市松脂，煉為末，夜以紙捲燃火撒空中，焰光四射。望見趨問，則師弟鍵戶酣寢，皆曰不知。又陰市戲場佛衣，作菩薩羅漢形，月夜或立屋脊，或隱映寺門樹下。望見趨問，亦云無睹。或舉所見語之，則合掌曰：佛在西天，到此破落寺院何為？官司方禁白蓮教，與公無讐，何必造此語禍我。人益信為佛示現，檀施日多。然寺日頹敝，不肯葺一瓦一椽，曰：此方人喜作蜚語，每言此事多怪異，再一莊嚴，惑眾者益藉口矣。積十餘年，漸致富，忽盜瞰其室，師弟並拷死，罄其貲去。官檢所遺篋，得松脂戲衣之類，始悟其奸。此前明崇禎末事。先高祖厚齋公曰：此僧以不蠱惑為蠱惑，亦至巧矣，然蠱惑所得，適以自戕，雖謂之至拙可也。

有書生嬖一孌童，相愛如夫婦。童病將歿，悽戀萬狀，氣已絕，猶手把書生腕，擘之乃開。後夢寐見之，燈月下見之，漸至白晝亦見之，相去恒七八尺。問之不語，呼之不前，即之則却退。緣是惘惘成心疾，符籙劾治無驗。其父姑令借榻叢林，冀鬼不敢入佛地。至則見如故。一老僧曰：種種魔障，皆起於心。果此童耶？是心所招。非此童耶？是心所幻。但空爾心，一切俱滅矣。又一老僧曰：師對下等人說上等法，渠無定力，心安得空？正如但說病證，不疏藥物耳。因語生曰：邪念糾結，如草生根，當如物在空中，出之以楔，楔滿孔則物自出。爾當思惟此童歿後，其身漸至僵冷，漸至洪脹，漸至臭穢，漸至腐潰，漸至尸蟲蠕動，漸至臟腑碎裂，血肉狼藉，作種種色。其面目漸至變貌，漸至變色，漸至變相，如羅剎，則恐怖之念生矣。再思惟此童如在日，漸長漸至壯偉，無復媚態，漸至鬑鬑有鬚，漸至修髯如戟，漸至面蒼黧，漸至鬢斑白，漸至兩鬢如雪，漸至頭童齒豁，漸至傴僂勞嗽，涕洟涎沫，穢不可近，則厭棄之念生矣。再思惟此童先死，故我念彼，倘我先死，彼貌姣好，定有人誘，利餌勢脅，彼未必守貞如寡女，一旦引去薦彼枕席，我在生時，對我種種淫語，種種淫態，俱回向是人，恣其娛樂，從前種種昵愛，如浮雲散滅，都無餘滓，則憤恚之念生矣。再思惟此童如在，或恃寵跋扈，使我不堪，偶相觸忤，反面詬誶，或我財不贍，不饜所求，頓生異心，形色索漠，或彼見富貴，棄我他往，與我相遇，如陌路人，則怨恨之念生矣。以是諸念起伏生滅於心中，則心無餘閒，心無餘閒，則一切愛根欲根，無處容著，一切魔障，不祛自退矣。生如所教，數日或見或不見，又數日竟滅。迨病起往訪，則寺中無是二僧，或曰古佛現化，或曰十方常住，來往如雲，萍水偶逢，已飛錫他往云。

先太夫人乳媼廖氏言：滄州馬落坡有婦，以賣麪為業，得餘麪以養姑。貧不能畜驢，恒自轉磨，夜夜徹四鼓。姑歿後，上墓歸，遇二少女於路，迎而笑曰：同住二十餘年，頗相識否？婦錯愕不知所對。二女曰：嫂勿訝，我姊妹皆狐也。感嫂孝心，每夜助嫂轉磨，不意為上帝所嘉，緣是功行得證正果。今嫂養姑事畢，我姊妹亦登仙去矣，敬來道別，並謝提攜也。言訖，其去如風，轉瞬已不見。婦歸再轉其磨，則力幾不勝，非夙昔之旋運自如矣。

烏魯木齊譯言好圍場也。余在是地時，有筆帖式名烏魯木齊，計其命名之日，在平定西域前二十餘年。自言初生時，父夢其祖語曰：爾所生子，當名烏魯木齊。併指畫其字以示。覺而不省其何語，然夢甚了了，姑以名之。不意今果至此，意將終此乎？後遷印房主事，果卒於官。計其自從征至卒，始終未嘗離是地。事皆前定，豈不信夫。

烏魯木齊又言：有厮養曰巴拉，從征時遇賊，每力戰。後流矢貫左頰，鏃出於右耳之後，猶奮刀砍一賊，與之俱仆。後因事至孫穆第（在烏魯木齊特納格爾之間），夢巴拉拜謁，衣冠修整，頗不類賤役。夢中忘其已死，問向在何處，今將何往。對曰：因差遣過此，偶遇主人，一展積戀耳。問何以得官，曰：忠孝節義，上帝所重，凡為國捐生者，雖下至僕隸，生前苟無過惡，幽冥必與一職事。原有過惡者，亦消除前罪，向人道轉生。奴今為博克達山神部將，秩如驍騎校也。問何往，曰：昌吉。問何事，曰：齎有文牒，不能知也。霍然而醒，語音似猶在耳。時戊子六月，至八月十六日而有昌吉變亂之事，鬼蓋不敢預洩云。

昌吉築城時，掘土至五尺餘，得紅紵絲繡花女鞋一，製作精緻，尚未全朽。余烏魯木齊雜詩曰：築城掘土土深深，邪許相呼萬杵音。怪事一聲齊注目，半鉤新月蘚花侵。詠此事也。入土至五尺餘，至近亦須數十年，何以不壞？額魯特女子不纏足，何以得作弓彎樣，僅三寸許？此必有其故，今不得知矣。

郭六，淮鎮農家婦，不知其夫氏郭，父氏郭也。相傳呼為郭六云爾。雍正甲辰乙巳間，歲大饑，其夫度不得活，出而乞食於四方，瀕行，對之稽顙曰：父母皆老病，吾以累汝矣。婦固有姿，里少年瞰其乏食，以金錢挑之，皆不應，惟以女工養翁姑。既而必不能贍，則集鄰里叩首曰：我夫以父母託我，今力竭矣，不別作計，當俱死。鄰里能助我，則乞助我；不能助我，則我且賣花，毋笑我（里俗以婦女倚門為賣花）。鄰里趑趄囁嚅，徐散去，乃慟哭白翁姑，公然與諸蕩子遊，陰蓄夜合之資，又置一女子，然防閑甚嚴，不使外人覿其面。或曰是將邀重價，亦不辯也。越三載餘，其夫歸，寒溫甫畢，即與見翁姑曰：父母並在，今還汝。又引所置女見其夫曰：我身已汚，不能忍恥再對汝，已為汝別娶一婦，今亦付汝。夫駭愕未答，則曰且為汝辦餐，已往廚下自剄矣。縣令來驗，目炯炯不瞑。縣判葬於祖塋而不祔夫墓，曰：不祔墓，宜絕於夫也；葬於祖塋，明其未絕於翁姑也。目仍不瞑。其翁姑哀號曰：是本貞婦，以我二人故至此也。子不能養父母，反絕代養父母者耶？況身為男子不能養，避而妾一少婦逐人，知其心矣，是誰之過而絕之耶？此我家事，官不必與聞也。語訖而目瞑。時邑人議論頗不一。先祖寵予公曰：節孝並重也，第節孝又不能兩全也，此一事非聖賢不能斷，吾不敢置一詞也。

御史某之伏法也，有問官白晝假寐，恍惚見之，驚問曰：君有冤耶？曰：言官受賂鬻章奏，於法當誅，吾何冤？曰：不冤何為來見我？曰：有憾於君。曰：問官七八人，舊交如我者亦兩三人，何獨憾我？曰：我與君有宿隙，不過進取相軋耳，非不共戴天者也。我對簿時，君雖引嫌不問，而陽有德色；我獄成時，君雖虛詞慰藉，而隱隱含輕薄。是他人據法置我死，而君以修怨快我死也。患難之際，此最傷人心，吾安得不憾？問官惶恐愧謝曰：然則君將報我乎？曰：我死於法，安得報君？君居心如是，自非載福之道，亦無庸我報，特意有不平，使君知之耳。語訖，若睡若醒，開目已失所在，案上殘茗尚微溫。後所親見其惘惘如失，陰叩之，乃具道始末，喟然曰：幸哉我未下石也，其飲恨猶如是。曾子曰：哀矜勿喜。不其然乎？所親為人述之，亦喟然曰：一有私心，雖當其罪猶不服，況不當其罪乎？

程編修魚門曰：怨毒之於人甚矣哉！宋小岩將殁，以片札寄其友曰：白骨可成塵，游魂終不散，黃泉業鏡臺，待汝來相見。余親見之。其友將殁，以手拊床曰：宋公且坐。余亦親見之。

相傳某公奉使歸，駐節館舍。時庭菊盛開，徘徊花下，見小童隱映疏竹間，年可十四五，端麗溫雅，如靚妝女子。問知為居停主人子，呼與語，甚慧點。取一扇贈之，流目送盼，意似相就。某公亦愛其秀頎，與流連軟語。適左右皆不在，童即跪引其裾曰：公如不棄，即不敢欺公。父陷冤獄，得公一語可活。公肯援手，當不惜此身。方探袖出訟牒，忽暴風衝擊，窗扉六扇皆洞開，幾為騶從所窺。心知有異，急揮之去，曰：俟夕徐議。即草草命駕行。後廉知為土豪殺人，獄急不得解，賂胥吏引某公館其家，陰市孌童，偽為其子，又賂左右，得至前，為秦弱蘭之計。不虞冤魂之示變也。裘文達公嘗曰：此公偶爾多事，幾為所中。士大夫一言一動，不可不慎。使爾時面如包孝肅，亦何隙可乘？

明崇禎末，孟村有巨盜肆掠，見一女有色，併其父母縶之。女不受汚，則縛其父母加炮烙。父母並呼號慘切，命女從賊。女請縱父母去，乃肯從。賊知其紿已，必先使受汚而後釋。女遂奮擲批賊頰，與父母俱死，棄尸於野。後賊與官兵格鬭，馬至尸側，辟易不肯前，遂陷淖就擒。女亦有靈矣，惜其名氏不可考。論是事者，或謂女子在室，從父母之命者也。父母命之從賊矣，成一己之名，坐視父母之慘酷，女似過忍。或謂命有治亂，從賊不可與許嫁比，父母命為倡，亦為倡乎？女似無罪。先姚安公曰：此事與郭六正相反，均有理可執，而於心終不敢確信。不食馬肝，未為不知味也。

劉羽沖，佚其名，滄州人。先高祖厚齋公多與唱和。性孤僻，好講古制，實迂闊不可行。嘗倩董天士作畫，倩厚齋公題，內秋林讀書一幅云：兀坐秋樹根，塊然無與伍。不知讀何書，但見鬚眉古。秪愁手所持，或是井田譜。蓋規之也。偶得古兵書，伏讀經年，自謂可將十萬。會有土寇，自練鄉兵與之角，全隊潰覆，幾為所擒。又得古水利書，伏讀經年，自謂可使千里成沃壤，繪圖列說于州官。州官亦好事，使試於一村。溝洫甫成，水大至，順渠灌入，人幾為魚。由是抑鬱不自得，恒獨步庭階，搖首自語曰：古人豈欺我哉？如是日千百遍，惟此六字。不久發病死。後風清月白之夕，每見其魂在墓前松柏下，搖首獨步。側耳聽之，所誦仍此六字也。或笑之則歘隱，次日伺之復然。泥古者愚，何愚乃至是歟？阿文勤公嘗教昀曰：滿腹皆書能害事，腹中竟無一卷書亦能害事。國弈不廢舊譜，而不執舊譜；國醫不泥古方，而不離古方。故曰：神而明之，存乎其人。又曰：能與人規矩，不能使人巧。

明魏忠賢之惡，史冊所未睹也。或言其知事必敗，陰蓄一騾，日行七百里，以備逋逃；陰蓄一貌類己者，以備代死。後在阜城尤家店，竟用是私遁去。余謂此無稽之談也。以天道論之，苟神理不誣，忠賢斷無倖免理。以人事論之，忠賢擅政七年，何人不識？使竄伏舊黨之家，小人之交，勢敗則離，有縛獻而已矣。使潛匿荒僻之地，則耕牧之中，突來閹宦，異言異貌，駭視驚聽，不三日必敗。使遠遁於封域之外，則嚴世蕃嘗通日本，仇鸞嘗交諳達，忠賢無是也。山海阻深，關津隔絕，去又將何往？昔建文行遁，後世方且傳疑。然建文失德無聞，人心未去，舊臣遺老，猶有故主之思；燕王稱戈篡位，屠戮忠良，又天下之所不與，遞相容隱，理或有之。忠賢虐焰熏天，毒流四海，人人欲得而甘心。是時距明亡尚十五年，此十五年中，安得深藏不露乎？故私遁之說，余斷不謂然。文安王岳芳曰：乾隆初，縣學中忽雷霆擊格，拔繞文廟，電光激

射如絜赤練入殿門復返者十餘度訓導王著起曰是必有異冒雨入視見大蜈蚣伏先師
神位上鉗出擲階前霹靂一聲蜈蚣死而天霽驗其背上有朱書魏忠賢字是說也余則信之

烏魯木齊深山中牧馬恒見小人高尺許男女老幼一一皆備遇紅柳吐花時輒折柳盤
為小圈著頭上作隊躍舞音呦呦如度曲或至行帳竊食為人所掩則跪而泣繫之則不食
而死縱之初不敢遽行行數尺輒回顧或追叱之仍跪泣去人稍遠度不能追始驀澗越山
去然其巢穴棲止處終不可得此物非木魅亦非山魈蓋僬僥之屬不知其名以形似小兒
而喜戴紅柳因呼曰紅柳娃邱縣丞天錦因巡視牧廠曾得其一腊以歸細視其鬚眉毛髮
與人無二知山海經所謂竫人鑿然有之有極小必有極大列子所謂龍伯之國亦必鑿然
有之

塞外有雪蓮生崇山積雪中狀如今之洋菊名以蓮耳其生必雙雄者差大雌者小然不並
生亦不同根相去必一二丈見其一再覓其一無不得者蓋如菟絲茯苓一氣所化氣相屬
也凡望見此花默往採之則獲如指以相告則縮入雪中杳無痕迹即劚雪求之亦不獲草
木有知理不可解土人曰山神惜之其或然歟此花生極寒之地而性極熱蓋二氣有偏勝
無偏絕積陰外凝則純陽內結坎卦以一陽陷二陰之中剝復二卦以一陽居五陰之上下

是其爻象也然浸酒為補劑多血熱妄行或用合媚藥其禍尤烈蓋天地之陰陽均調萬物
乃生人身之陰陽均調百脉乃和故素問曰亢則害承乃制自丹溪立陽常有餘陰常不足
之說醫家失其本旨往往以苦寒伐生氣張介賓輩矯往過直遂偏於補陽而參耆桂附流
弊亦至於殺人是未知易道扶陽而乾之上九亦戒以亢龍有悔也嗜欲日盛羸弱者多溫
補之劑易見小效堅信者遂衆故余謂偏伐陽者韓非刑名之學偏補陽者商鞅富強之術
初用皆有功積重不返其損傷根本則一也雪蓮之功不補患亦此理矣

唐太宗三藏聖教序稱風災鬼難之域似即今闢展土魯番地其地沙磧中獨行之人往往
聞呼姓名一應則隨去不復返又有風穴在南山其大如井風不時從中出每出則數十里
外先聞波濤聲遲一二刻風乃至所橫徑之路闊不過三四里可急行而避避不及則衆車
以巨繩連綴為一尚鼓動顛簸如大江浪涌之舟或一車獨遇則人馬輜重皆輕若片葉飄
然莫知所往矣風皆自南而北越數日自北而南如呼吸之往返也余在烏魯木齊接闢展
移文云軍校雷庭於某日人馬皆風吹過嶺北杳無蹤跡又昌吉通判報某日午刻有一人
自天而下乃特納格爾遣犯徐吉為風吹至俄特納格爾縣丞報徐吉是日逃計其時刻自
巳正至午已飛騰二百餘里此在彼不為怪在他處則異聞矣徐吉曰被吹時如醉如夢身

旋轉如車輪目不能開耳如萬鼓亂鳴口鼻如有物擁蔽氣不得出努力良久始能一呼吸
耳按莊子稱大塊噫氣其名為風氣無所不至不應有穴蓋氣所偶聚因成斯異猶火氣偶
聚於巴蜀遂為火井水脉偶聚於闐遂為河源云

何勵菴先生言相傳明季有書生獨行叢莽間聞書聲琅琅怪曠野那得有是尋之則一老
翁坐墟墓間旁有狐十餘各捧書蹲坐老翁見而起迎諸狐皆捧書人立書生念既解讀書
必不為禍因與揖讓席地坐問讀書何為老翁曰吾輩皆修仙者也凡狐之求仙有二途其
一採精氣拜星斗漸至通靈變化然後積修正果是為由妖而求仙然或入邪僻則干天律
其途捷而危其一先煉形為人既得為人然後講習內丹是為由人而求仙雖吐納導引非
旦夕之功而久久堅持自然圓滿其途紆而安顧形不自變隨心而變故先讀聖賢之書明
三綱五常之理心化則形亦化矣書生借視其書皆五經論語孝經孟子之類但有經文而
無注問經不解釋何由講貫老翁曰吾輩讀書但求明理聖賢言語本不艱深口相授受疏
通訓詁即可知其義旨何以注為書生怪其持論乖僻惘惘莫對姑問其壽曰我都不記但
記我受經之日世尚未有印板書又問閱歷數朝世事有無異同曰大都不甚相遠惟唐以
前但有儒者北宋後每聞某甲是聖賢為小異耳書生莫測一揖而別後於途間遇此翁欲

與語掉頭徑去案此殆先生之寓言先生嘗曰以講經求科第支離敷衍其詞愈美而經愈
荒以講經立門戶紛紜辯駁其說愈詳而經亦愈荒語意若合符節又嘗曰凡巧妙之術中
間必有不穩處如步步踏實即小有蹉失終不至折肱傷足與所云修仙二途亦同一意也

有扶乩者自江南來其仙自稱臥虎山人不言休咎惟與人唱和詩詞亦能作畫畫不過蘭
竹數筆具體而已其詩清淺而不俗嘗面見下壇一絕云愛殺嫣紅映水開小亭白鶴一徘
徊花神怪我衣襟綠纔藉莓苔穩睡來又詠舟限車字詠車限舟字曰淺水潺潺二尺餘輕
舟來往興何如回頭岸上春泥滑愁殺疲牛薄笨車小車轆轆駕烏牛載酒聊為陌上遊莫
羨王孫金勒馬雙輪徐轉穩如舟其餘大都類此問其姓字則曰世外之人何必留名必欲
相迫有杜撰應命而已甲與乙共學其符召之亦至然字多不可辨扶乩者手不習也一日
乙焚符仙竟不降越數日再召仍不降後乃降於甲家甲叩乙召不降之故仙判曰人生以
孝弟為本二者有慚則不可以為人此君近與兄析產隱匿千金又詭言父有宿逋當兄弟
共償實掩兄所償為己有吾雖方外閒身不預人事然義不與此等人作緣煩轉道意後毋
相瀆又判示甲曰君近得新果偏食兒女而獨忘孤姪使啜泣竟夕雖是無心要由於意有
歧視後若再犯吾亦不來矣先姚安公曰吾見其詩詞謂是靈鬼觀此議論似竟是仙

廣西提督田公耕野初娶孟夫人早卒。公官涼州鎮時，月夜獨坐衙齋，恍惚夢夫人自樹梢翩然下，相勞苦如平生。曰：吾本天女，宿命當為君婦，緣滿仍歸。今過此相遇，亦餘緣之未盡者也。公問我當終何官。曰：官不止此，行去矣。問我壽幾何。曰：此難言。公卒時不在鄉里，不在官署，不在道途館驛，亦不殁於戰陣，時至自知耳。問殁後尚相見否。曰：此在君矣。君努力生天，即可見，否即不能也。公後征叛苗，師還，卒於戎幕之下。

奴子魏藻，性佻蕩，好窺視婦女。一日村外遇少女，似相識而不知其姓名居址，挑與語，女不答而目成，徑西去。藻方注視，女回顧若招，即隨以往。漸逼近，女面頳小語曰：來往人衆，恐見疑。君可相隔小半里，俟到家，吾待君牆外車屋中。藻如所約，行漸遠，薄暮將抵李家窪，去家三十里矣。宿雨初晴，泥將沒脛，足趾亦腫痛，遙見女已入車屋，方竊喜，趨而赴，女方背立，忽轉面，乃作羅剎形，鋸牙鉤爪，面如靛，眼睒睒如燈，駭而返走。羅剎急追之，狂奔二十餘里，至相國莊，已屆亥初，識其婦翁門，急叩不已，門甫啟，突然衝入，踣一少女仆地，亦隨之仆。諸婦怒譟，各持擣衣杵亂捶其股，氣急不能言，惟呼我我。俄一媼持燈出，方知是婿，共相驚笑。次日，以牛車載歸，臥牀幾兩月。當藻來去時，人但見其自往自還，未見有羅剎，亦未見有少女，豈非以邪召邪，狐鬼乘而侮之哉。先兄晴湖曰：藻自是不敢復冶遊，路遇婦女，必俛首，是雖謂之神明示懲可也。

去余家十餘里，有瞽者姓衛，戊午除夕，徧詣常呼彈唱家辭歲，各與以食物，自負以歸。半途失足，墮枯井中。既在曠野僻徑，又家家守歲，路無行人，呼號嗌乾，無應者。幸井底氣溫，又有餅餌可食，渴甚則咀水果，竟數日不死。會屠者王以勝驅豕歸，距井猶半里許，忽繩斷豕逸，狂奔野田中，亦失足墮井，持鉤出豕，乃見瞽者，已氣息僅屬矣。井不當屠者所行路，殆若或使之也。先兄晴湖問以井中情形，瞽者曰：是時萬念皆空，心已如死，惟念老母臥病，待瞽子以養，今併瞽子亦不得，計此時恐已餓莩，覺酸徹肝脾，不可忍耳。先兄曰：非此一念，王以勝所驅豕必不斷繩。

齊大，獻縣劇盜也。嘗與衆行劫，一盜見其婦美，逼污之，及脇不從，反接其手縛於樅，已褫下衣。齊大方看莊（盜語謂屋上瞭望以防救者為看莊），聞婦呼號，自屋脊躍下，挺刃突入，呼曰：誰敢如是，吾不與俱生。洶洶欲鬬，目光如餓虎，間不容髮之頃，竟賴以免。後羣盜並就縛駢誅，惟齊大終不能弋獲。羣盜云：官來捕時，齊大實伏馬槽下，兵役皆云往來搜數過，惟見槽下朽竹一束，約十餘竿，積塵污穢，似棄置多年者。

張明經晴嵐言：一寺藏經閣上有狐居，諸僧多棲止閣下。一日天酷暑，有打包僧厭其囂雜，徑移坐具住閣上。諸僧忽聞樑上狐語曰：大衆且各歸房，我眷屬不少，將移住閣下。僧問久居閣上，何忽又欲居此。曰：和尚在彼。問汝避和尚耶。曰：和尚佛子，安敢不避。又問我輩非和尚耶。狐不答。固問之，曰：汝輩自以為和尚，我復何言。從兄懋園聞之曰：此狐黑白太明，然亦可使三教中人各發深省。

甲見乙婦而艷之，語於丙。丙曰：其夫粗悍可圖也，如不吝揮金，吾能為君了此事。乃擇邑子冶蕩者，餌以金而囑之曰：爾白晝潛匿乙家，而故使乙聞，待就執，則自承欲盜。白晝非盜時，爾容貌衣服無盜狀，必疑姦，勿承也。官再鞫而後承，罪不過枷杖。當設策使不竟其獄，無所苦也。邑子如所教，獄果不竟。然乙竟出其婦。丙慮其悔，教婦家訟乙，又陰賂證佐使不勝。乃恚而別嫁其女。乙亦決絕，聽其嫁。甲重價買為妾。丙又教邑子反噬甲，發其陰謀，而教甲賂息。計前後乾沒千金矣。適聞家廟社會，力修供具賽神，將以祈福。先一夕，廟祝夢神曰：某金自何來，乃盛儀以饗我。明日來，慎勿令入廟。非禮之祀，鬼神且不受，況非義之祀乎。丙至廟，祝以神語拒之。怒弗信，甫至階，舁者顛蹶，供具悉毀，乃悚然遁。後歲餘，甲死，邑子以同謀之故，時往來丙家，因誘其女逃去。丙亦氣結死。婦攜貲改適。女至德州，人詰得姦狀，牒送回籍，杖而官賣。時丙姦已露，乙憾甚，乃鬻產贖得女，使薦枕三夕，而轉售於人。或曰丙死時，乙尚未娶，丙婦因嫁焉。此故為快心之談，無是事也。邑子後為丐，女流落為娼，則實有之。

益都李詞畹言：秋谷先生南遊日，借寓一家園亭中。一夕就枕後，欲製一詩，方沈思間，聞窗外人語曰：公尚未睡耶？清詞麗句，已心醉十餘年，今幸下榻此室，竊聽緒論，雖已經月，終以不得質疑問難為恨。慮或倉卒別往，不罄所懷，便為平生之歉，故不辭唐突，願隔窗稍挹餘論，先生能不拒絕乎。秋谷問君為誰。曰：別館幽深，重門夜閉，自斷非人迹所到，先生神思爽曠，諒不恐怖，亦不必深求。問何不入室相晤。曰：先生襟懷蕭散，僕亦倦於儀文，但得神交，何必定在形骸之內耶。秋谷因日與酬對，於六義頗深，如是數夕。偶乘醉戲問曰：聽君議論，非神非仙，非鬼非狐，毋乃山中木客解吟詩乎。語訖寂然。穴隙窺之，缺月微明，有影蓬蓬然，掠水亭簷角而去。園中老樹參雲，疑其木魅矣。詞畹又云：秋谷與魅語時，有客竊聽。魅謂漁洋山人詩如名山勝水，奇樹幽花，而無寸土藝五穀；如雕欄曲榭，池館宜人，而無寢室庇風雨；如彝鼎罍洗，斑斕滿几，而無釜甑供炊爨；如纂組錦繡，巧出仙機，而無裘葛禦寒暑；如舞衣歌扇，十二金釵，而無主婦司中饋；如梁園金谷，雅客滿堂，而無良友進規諫。秋谷極為擊節。又謂明季詩庸音雜奏，故漁洋救之以清新；近人詩浮響日增，故先生救之以刻露。勢本相因，理無偏勝，竊意二家宗派，當調停相濟，合則雙美，離則兩傷。秋谷頗不平之云。

烏魯木齊有道士賣藥於市。或曰是有妖術。人見其夜宿旅舍中。臨睡必探佩囊出一小壺盧。傾出黑物二丸。即有二少女與同寢。曉乃不見。問之則云無有。余憶輟耕錄周月惜事。曰此乃所採生魂也。是法食馬肉則破。適中營有馬死。遣吏密囑旅舍主人。問適有馬肉可食否。道士掉頭曰。馬肉豈可食。余益疑。擬料理之。同事陳君題橋曰。道士攜少女。公未親見。不食馬肉。公亦未親見。周月惜事。出陶九成小說。未知真否。所云馬肉破法。亦未知驗否。公信傳聞之詞。據無稽之說。遽興大獄。似非所宜。塞外不當留雜色人。飭所司驅之出境足矣。余乃止。後將軍溫公聞之曰。欲窮治者太過。倘畏刑妄供。別情事關重大。又無確據。作何行止。驅出境者太不及。倘轉徙別地。或釀事端。云曾在烏魯木齊久住。誰職其咎。形迹可疑人。關隘例當盤詰搜檢。驗有實證。則當付所司。驗無實證。則具牒遞回原籍。使勿惑民。不亦善乎。余二人皆服公之論。

莊學士木澮少隨父書石先生泊舟江岸。夜失足落江中。舟人弗知也。漂蕩間聞人語曰。可救起。福建學院此有關係。勿草草。不覺已還挂本舟舵尾上。呼救得免。後果督福建學政。赴任時舉是事語余曰。吾其不返乎。余以立命之說勉之。竟卒於官。又其兄方耕少宗伯。雍正庚戌在京邸遇地震。壓於小衚衕中。適兩牆對圮相拄。如人字帳形。坐其中一晝夜。乃得掘出。豈非死生有命乎。

何勵菴先生言。十三四時隨父罷官還京師。人多舟狹。遂布席於巨箱上寢。夜分覺有一掌捫之。其冷如冰。魘良久乃醒。後夜夜皆然。謂是神虛。服藥亦無效。至登陸乃已。後知箱乃其僕物。僕母卒於官署。厝郊外。臨行陰焚其柩。而以衣包骨匿箱中。當由人眠其上。魂不得安故作是變怪也。然則旅魂隨骨返。信有之矣。

勵菴先生又云。有友聶姓。往西山深處上墓返。天寒日短。翳然已暮。畏有虎患。竭蹶力行。望見破廟在山腹。急奔入。時已曛黑。聞牆隅人語曰。此非人境。檀越可速去。心知是僧。問師何在此闇坐。曰佛家無誑語。身實縊鬼。在此待替。聶毛骨悚慄。既而曰。與死於虎。無寧死於鬼。吾與師共宿矣。鬼曰。不去亦可。但幽明異路。君不勝陰氣之侵。我不勝陽氣之爍。均刺激不安耳。各占一隅。毋相近可也。聶遙問待替之故。鬼曰。上帝好生。不欲人自戕其命。如忠臣盡節。烈婦完貞。是雖橫夭。與正命無異。不必待替。其情迫勢窮。更無求生之路者。憫其事非得已。亦付轉輪。仍核計生平。依善惡受報。亦不必待替。倘有一綫可生。或小忿不忍。或借以累人。逞其戾氣。率爾投繯。則大拂天地生物之心。故必使待替以示罰。所以幽囚沈滯。動至百年也。問不有誘人相替者乎。鬼曰。吾不忍也。凡人就縊。為節義死者。魂自頂上升。其死速。為忿嫉死者。魂自心下降。其死遲。未絕之頃。百脈倒湧。肌膚皆寸寸欲裂。痛如臠割。胸膈腸胃中。如烈焰燔燒。不可忍受。如是十許刻。形神乃離。思是楚毒。見縊者方阻之速返。肯相誘乎。聶曰。師存是念。自必生天。鬼曰。是不敢望。惟一意念佛。冀懺悔耳。俄天欲曙。問之不言。諦視亦無所見。後聶每上墓。必攜飲食紙錢祭之。輒有旋風繞左右。一歲旋風不至。意其一念之善。已解脫鬼趣矣。

王半仙嘗訪其狐友。狐迎笑曰。君昨夜夢至范住家歡娛。乃爾范住者。邑之名妓也。王回憶實有是夢。問何以知。曰人秉陽氣以生。陽氣上升。恒發越於頂。睡則神聚於心。靈光與陽氣相映。如鏡取影。夢生於心。其影皆現於陽氣中。往來生滅。倏忽變形。一二寸小人。如畫圖。如戲劇。如蟲之蠕動。即不可告人之事。亦百態畢露。鬼神皆得而見之。狐之通靈者亦得見之。但不聞其語耳。昨偶過君家。是以見君之夢。又曰。心之善惡亦現於陽氣中。生一善念。則氣中一綫如烈焰。生一惡心。則氣中一綫如濃烟。濃烟幕首。尚有一綫之光。是畜生道中人。併一綫之光而無之。是泥犂獄中人矣。王問惡人濃烟幕首。其夢影何由復見。曰人心本善。惡念蔽之。睡時一念不生。則此心還其本體。陽氣仍自光明。即其初醒時。念尚未起。光明亦尚在。念漸起。則漸昏。念全起。則全昏矣。君不讀書。試向秀才問之。孟子所謂夜氣。即此是也。王悚然曰。鬼神鑒察。乃及於夢寐之中。

雷出於地。向於福建白鶴嶺上見之。嶺高五十里。陰雨時俯視濃雲。僅蔽山半。有氣一縷。自雲中湧出。直激而上。氣之纖末。忽火光迸散。即砰然有聲。與火礮全相似。至於擊物之雷。則自天而下。戊午夏。余與從兄懋園坦居讀書崔莊三層樓上。開窗四望。數里可睹。時方雷雨。遙見一人自南來。去莊約半里許。忽跪於地。倏雲氣下垂。幕之不見。俄雷震一聲。火光照眼。如咫尺。雲已斂而上矣。少頃喧言高川李善人為雷所殛。隨衆往視。徧身焦黑。仍拱手端跪。仰面望天。背有朱書。非篆非籀。非草非隸。點畫繚繞。不能辨識字。其人持齋禮佛。無善迹。亦無惡迹。不知為夙業。為隱慝也。其姪李士欽曰。是日晨起。必欲赴崔莊。實無一事。竟冒雨而來。及於此難。或曰是日崔莊大集（崔莊市人交易以一六日大集三八日小集）殆鬼神驅以來。與衆見之。

余官兵部時。有一吏嘗為狐所媚。尩瘵骨立。乞張真人符治之。忽聞屋際人語曰。君為吏。非理取財。當嬰刑戮。我夙生曾受君再生恩。故以豔色蠱惑。攝君精氣。欲君以瘵疾善終。今被驅遣。是君業重不可救也。宜努力積善。尚冀萬一挽回耳。自是病愈。然竟不悛。後果以盜用印信。私收馬稅伏誅。堂吏有知其事者。後為余述之云。

閱微草堂筆記卷四　　灤陽消夏錄四

前母張太夫人有婢曰繡鸞嘗月夜坐堂階呼之則東西廊皆有一繡鸞趨出形狀衣服無少異乃至右襟反摺其角左袖半捲亦相同大駭幾仆再視之惟存其一問之乃從西廊來又問見東廊人否云未見也此七月間事至十一月即謝世殆祿已將終故魅敢現形歟

滄州插花廟尼姓董氏遇大士誕辰治供具將畢忽覺微倦倚几暫憩恍惚夢大士語之曰爾不獻供我亦不忍飢爾即獻供我亦不加飽寺門外有流民四五輩乞食不得困餓將殆爾輟供具以飯之功德勝供我十倍也霍然驚醒啟門出視果不謬自是每年供具獻畢皆以施丐者曰此菩薩意也

先太夫人言滄州有轎夫田某母患臌將殆聞景和鎮一醫有奇藥相距百餘里昧爽狂奔去薄暮已狂奔歸氣息僅屬然是夕衛河暴漲舟不敢渡乃仰天大號淚隨聲下眾雖哀之而無如何忽一舟子解纜呼曰倘有神理此人不溺來來吾渡爾奮然鼓楫橫衝白浪而行一彈指頃已抵東岸觀者皆合掌誦佛號先姚安公曰此舟子信道之篤過於儒者

臥虎山人降乩於田白岩家眾焚香拜禱一狂生獨倚几斜坐曰江湖游士練熟手法為戲耳豈有神仙日日聽人呼喚乩即書下壇詩曰鶗鴂驚秋不住啼章臺回首柳萋萋花開有約腸空斷雲散無蹤夢亦迷小立偷彈金屈戍半酣笑勸玉東西琵琶還似當年否為問潯

陽估客妻狂生大駭不覺屈膝蓋其數日前密寄舊妓之作未竟存稿者也仙又判曰此幾幸未達達則又作步非煙矣此婦既已從良即是窺人閨閣香山居士偶作寓言君乃見諸實事耶大凡風流佳話多是地獄根苗昨見冥官錄籍故吾得記之業海洪波回頭是岸山人饒舌實具苦心先生勿訝多言也狂生鵠立案旁殆無人色後歲餘即下世余所見扶乩者惟此仙不談休咎而好規人過殆靈鬼之耿介者耶先姚安公素惡淫祀惟遇此仙必長揖曰如此方嚴即鬼亦當敬

姚安公未第時遇扶乩者問有無功名判曰前程萬里又問登第當在何年判曰登第卻須候一萬年意謂或當由別途進身及癸巳萬壽恩科登第方悟萬年之說後官雲南姚安府知府乞養歸遂未再出併前程萬里之說亦驗大抵幻術多手法捷巧惟扶乩一事則確有所憑附然皆靈鬼之能文者耳所稱某神某仙固屬假托即自稱某代某人者叩以本集中詩文每多云年遠忘記不能答也其扶乩之人遇能書者則書工遇能詩者即詩工遇全不能詩能書者則雖成篇而遲鈍余稍能詩而不能書從兄坦居能書而不能詩余扶乩則詩敏捷而書潦草坦居扶乩則書清整而詩淺率余與坦居實皆未容心蓋亦借人之精神始能運動所謂鬼不自靈待人而靈也蓍龜本枯草朽甲而能知吉凶亦待人而靈耳先外祖居衛河東岸有樓臨水榜曰度帆其樓向西而樓之下層門乃向東別為院落與樓不相

通先有僕人史錦捷之婦縊於是院故久無人居亦無扃鑰有僮婢不知是事夜半幽會於斯聞門外窸窣似人行懼為所見伏不敢動竊於門隙窺之乃一縊鬼步階上對月微嘆二人股慄皆僵於門內不敢出門為二人所據鬼亦不敢入相持良久有犬見鬼而吠群犬聞聲亦聚吠以為有盜競明燭持械以往鬼隱而僮婢之姦敗婢愧不自容迨夕亦往是院縊覺而救蘇又潛往者再還其父母乃已因悟鬼非不敢入室也將以敗二人之姦使愧縊以求代也先外祖母曰此婦生而陰狡死尚爾哉其沈淪也固宜先太夫人曰此婢不作此事鬼亦何自而乘其罪未可委之鬼

辛彤甫先生官宜陽知縣時有老叟投牒曰昨宿東城門外見縊鬼五六自門隙而入恐是求代乞示諭百姓僕妾勿凌虐債負勿逼索諸事互讓勿爭鬪庶鬼無所施其技先生震怒笞而逐之老叟亦不怨悔至堦下拊膝曰惜哉此五六命不可救矣越數日城內報縊死者四先生大駭急呼老叟問之老叟曰連日昏昏都不記憶今乃知曾投此牒豈得罪鬼神使我受笞耶是時此事喧傳家家為備縊而獲解者果二一婦為姑所虐姑痛自悔艾一迫於逋欠債主立為焚券皆得不死乃知數雖前定苟能盡人力亦必有一二之挽回又知人命至重鬼神雖前知其當死苟一綫可救亦必轉借人力以救之蓋氣運所至如嚴冬風雪天

地亦不得不然至塞向墐戶避風則聽諸人事不禁其自為

獻縣史某佚其名為人不拘小節而落落有直氣視齷齪者蔑如也偶從博場歸見村民夫婦子母相抱泣其鄰人曰為欠豪家債鬻婦以償夫婦故相得子又未離乳當棄之去故悲耳史問所欠幾何曰三十金所鬻幾何曰五十金與人為妾問可贖乎曰券甫成金尚未付何不可贖即出博場所得七十金授之曰三十金償債四十金持以謀生勿再鬻也夫婦德史甚烹雞留飲酒酣夫抱兒出以目示婦意令薦枕以報婦頷之語稍狎史正色曰史某半世為盜半世為捕役殺人曾不貶眼若危急中污人婦女則實不能為飲啖訖掉臂徑去不更一言半月後所居村夜火時秋穫方畢家家屋上屋下柴草皆滿茅簷秫籬斯須四面皆烈焰度不能出與妻子瞑坐待死恍惚聞屋上遙呼曰東岳有急牒史某一家並除名剨然有聲後壁半圮乃左挈妻右抱子一躍而出若有翼之者火熄後計一村之中熱死者九鄰里皆合掌曰昨尚竊笑汝癡不意七十金乃贖三命余謂此事見佑於司命捐金之功十之四拒色之功十之六

姚安公官刑部日德勝門外有七人同行劫就捕者五矣惟王五金大牙二人未獲王五逃至鄚縣路阻深溝惟小橋可通一人有健牛怒目當道臥近輒奮觸還覓別途乃猝與邏者遇金大牙逃至清河橋北有牧童驅二牛擠仆泥中怒而角鬭清河去京近有識之者告里

胥縛送官。二人皆回民，皆業屠牛，而皆以牛敗，豈非宰割慘酷，雖畜獸亦含怨毒，厲氣所憑，借其同類以報哉？不然，遇牛觸仆，猶事理之常，無故而當橋，誰使之也？

宋蒙泉言：孫峨山先生嘗臥病高郵舟中，忽似散步到岸上，意殊爽適。俄有人導之行，恍惚忘所以，亦不問。隨去至一家，門徑甚華潔，漸入內室，見少婦方坐蓐，欲退避，其人背後拊一掌，已昏然無知。久而漸醒，則形已縮小，繃置錦褓中。知為轉生，已無可奈何，欲有言則覺寒氣自顖門入，輒噤不能出。環視室中几榻器玩及對聯書畫，皆了了。至三日，婢抱之浴，失手墜地，復昏然無知。醒則仍臥舟中，家人云氣絕已三日，以四肢柔軟，心膈尚溫，不敢斂耳。先生急取片紙疏所見聞，遣使由某路送至某門中，告以勿過撻婢，乃徐為家人備言。是日疾即愈，徑往是家，見婢媼皆如舊識。主人老無子，相對惋歎稱異而已。近夢通政鑑溪亦有是事，亦記其道路門戶，訪之果是日生兒即死，頃在直廬，圖閣學時泉言其狀甚悉。大抵與峨山先生所言相類，惟峨山先生記往不記返，鑑溪則往返俱分明，且途中遇其先亡夫人，到家入室，睹見夫人與女共坐，為小異耳。案輪迴之說，儒者所闢，而實則往往有之。前因後果，理自不誣。惟二公暫入輪迴，旋歸本體，無故現此泡影，則不可以理推。六合之外，聖人存而不論，闕所疑可矣。

再從伯燦臣公言：曩有縣令遇殺人獄，不能決，蔓延日眾，乃祈夢城隍祠。夢神引一鬼，首戴磁盎，盎中種竹十餘竿，青翠可愛。覺而檢案中有姓祝者，祝竹音同，意必是也。窮治無跡。又檢案中有名節者，私念曰竹有節，必是也。窮治亦無跡。然二人皆九死一生矣。計無復之，乃以疑獄上請，別緝殺人者，卒亦不得。夫疑獄虛心研鞫，或可得真情，禱神祈夢之說，不過慴伏愚民，紿之吐實耳。若以夢寐之恍惚，加以射覆之揣測，據為信讞，鮮不謬矣。古來祈夢斷獄之事，余謂皆事後之附會也。述之。

雍正壬子六月，夜大雷雨，獻縣城西有村民為雷擊。縣令明公晟往驗，飭棺斂矣。越半月餘，忽拘一人訊之曰：爾買火藥何為？曰：以取鳥。詰曰：以銃擊雀，少不過數錢，多至兩許，足一日用矣。爾買二三十斤何也？曰：備多日之用。又詰曰：爾買藥未滿一月，計所用不過一二斤，其餘今貯何處？其人詞窮。刑鞫之，果得因姦謀殺狀，與婦並伏法。或問何以知為此人？曰：火藥非數十斤不能偽為雷，合藥必以硫黃。今方盛夏，非年節放爆竹時，買硫黃者可數。吾陰使人至市，察買硫黃者誰多，皆曰某匠。又陰察某匠賣藥於何人，皆曰某人，是以知之。又問：何以知雷為偽作？曰：雷擊人自上而下，不裂地；其或毀屋，亦自上而下。今苫草屋梁皆飛起，土炕之面亦揭去，知火從下起矣。又此地去城五六里，雷電相同，是夜雷電雖迅烈，然皆盤繞雲中，無下擊之狀，是以知之。爾時其婦先歸寧，難以研問，故必先得是人，而後婦可鞫。此令可謂明察矣。

戈太僕仙舟言：乾隆戊辰，河間西門外橋上，雷震一人死，端跪不仆，手擎一紙裹，雷火弗爇。驗之皆砒霜，莫明其故。俄其妻聞信至，見之不哭，曰：早知有此，恨其晚矣。是嘗詬誶老母，昨忽萌惡念，欲市砒霜毒母死。吾泣諫一夜，不從也。

再從兄旭升言：村南舊有狐女，多媚少年，所謂二姑娘者是也。族人某意擬生致之，未言也。一日，於廢圃見美女，疑其即是，戲歌艷曲，欣然流盼，折草花擲其前。方欲俯拾，忽卻立數步外曰：君有惡念。踰破垣竟去。後有二生讀書東岳廟僧房，一居南室，與之昵；一居北室，無睹也。南室生嘗怪其晏至，戲之曰：左挹浮邱袖，右拍洪崖肩耶？狐女曰：君不以異類見薄，故為悅己者容。北室生心如木石，吾安敢近？南室生曰：何不登牆一窺？未必即三年不許。如使敗節，亦免作程伊川面向人。狐女曰：磁石惟可引鍼，如氣類不同，即引之不動，無多事，徒取辱也。時同侍姚安公側，姚安公曰：向亦聞此，其事在順治末年，居北室者似是族祖雷陽公。雷陽一老副榜，八比以外無寸長，祇心地樸誠，即狐不敢近。知為妖魅所惑者，皆邪念先萌耳。

先太夫人外家曹氏，有媼能視鬼。外祖母歸寧時，與論冥事。媼曰：昨於某家見一鬼，可謂癡絕，然情狀可憐，亦使人心脾悽動。鬼名某，住某村，家亦小康，死時年二十七八。初死百日後，婦邀我相伴，見其恆坐院中丁香樹下，或聞婦哭聲，或聞兒啼聲，或聞兄嫂與婦詬誶聲，雖陽氣逼爍不能近，然必側耳窗外竊聽，悽慘之色可掬。後見媒妁至婦房，愕然驚起，張手左右顧。後聞議不成，稍有喜色。既而媒妁再至，來往兄嫂與婦處，則奔走隨之，皇皇如有失。送聘之日，坐樹下，目直視婦房，淚涔涔如雨。自是婦每出入，輒隨其後，眷戀之意更篤。嫁前一夕，婦整束奩具，復徘徊簷外，或倚柱泣，或俛首如有思；稍聞房內嗽聲，輒從隙私窺，營營者徹夜。吾太息曰：癡鬼何必如是！若弗聞也。娶者入，秉火前行，避立牆隅，仍翹首望婦。吾偕婦出，回顧見其遠遠隨至娶者家，為門尉所阻，稽顙哀乞，乃得入。入則匿牆隅，望婦行禮，凝立如醉狀。婦入房，稍稍近窗，其狀一如整束奩具時。至滅燭就寢，尚不去，為中霤神所驅，乃狼狽出。時吾以婦囑歸視兒，亦隨之返。見其直入婦室，凡婦所坐處眠處，一一視到。俄聞兒索母啼，趨出環繞兒四周，以兩手相握，作無可奈何狀。俄嫂出，撻兒一掌，便頓足拊心，遙作切齒狀。吾視之不忍，乃遂歸，不知其後何如也。後吾私為婦述，婦齧齒自悔。里有少寡議嫁者，聞是事，以死自誓曰：吾不忍使亡者作是狀。嗟乎！君子義不負人，不以生死有異也。小人無往不負人，亦不以生死有異也。常人之情，則人在而情在，人亡而情亡耳。苟一念死者之情狀未嘗不感然感也儒者見謡瀆之求福妖妄之滋惑遂斷斷持無鬼之論失先王神道設教之深心徒使愚夫愚婦悍然一無所顧忌尚不如此里媪之言為動人生死之感也

王蘭泉少司寇言胡中丞文伯之弟婦死一日復蘇與家人皆不相識亦不容其夫近前細詢其故則陳氏女之魂借尸囘生問所居相去僅數十里呼其親屬至皆歷歷相認女不肯留胡氏胡氏持鏡使自照見形容皆非乃無奈而與胡為夫婦此與明史五行志司牡丹事相同當時官為斷案從形不從魂蓋形為有據魂則無憑使從魂之所歸必有詭託售姦者故防其漸焉

有山西商居京師信成客寓衣服僕馬皆華麗云且援例報捐一日有貧叟來訪僕輩不為通自候於門乃得見神意索漠一茶後別無寒溫叟徐露求助意怫然曰此時捐項且不足豈復有餘力及君叟不平因對衆具道西商昔窮困待叟舉火者十餘年復助百金使商販漸為富人今罷官流落聞其來喜若更生亦無奢望或得囊所助之數稍償負累歸返鄉井足矣語訖絮泣西商亦似不聞忽同舍一江西人自稱姓楊揖西商而問曰此叟所言信否西商面赬曰是固有之但力不能報為恨耳楊曰君且為官不憂無借處倘有人肯借君百金一年內乃償不取分毫利君肯舉以報彼否西商強應曰甚願楊曰君但書券百金在我西商迫於公論不得已書券楊收券開敝篋出百金付西商西商怏怏持付叟楊更治具留叟及西商飲叟歡甚西商草草終觴而已叟謝去楊數日亦移寓去從此遂不相聞後西商檢篋中少百金鐍鎖封識皆如故無可致詰又失一狐皮半臂而篋中得質票一紙題錢二千約符楊置酒所用之數乃知楊本術士姑以戲之同舍皆竊稱快西商慙沮亦移去莫知所往

蔣編修菱溪赤崖先生子也喜吟咏嘗作七夕詩曰一宴人間簫鼓收羊燈無焰三更碧又作中元詩曰兩岸紅沙多旋舞驚風不定到三更赤崖先生見之愀然曰何忽作鬼語果不久下世故劉文定公作其遺稿序曰就河鼓以陳詞三更焰碧會盂蘭而說法兩岸沙紅詩讖先成以君才過終軍之歲誄詞安屬願我適當騎省之年

農夫陳四夏夜在團焦守瓜田遙見老柳樹下隱隱有數人影疑盜瓜者假寐聽之中一人曰不知陳四已睡未又一人曰陳四不過數日即來從我輩游何畏之有昨上直土神祠見城隍牒矣又一人曰君不知耶陳四延壽矣衆問何故曰某家失錢二千文其婢鞭箠數百未承婢之父亦憤曰生女如是不如無倘果盜吾必縊殺之婢曰是不承死承亦死也呼天泣陳四之母憐之陰典衣得錢二千捧還主人曰老婦昏憒一時見利取此錢意謂主人積

錢多未必遽算出不料累此婢心實惶愧錢尚未用謹冒死自首免結來世寃老婦亦無顏居此請從此辭婢因得免土神嘉其不辭自污以救人達城隍城隍達東嶽東嶽檢籍此婦當老而喪子凍餓死以是功德判陳四借來生之壽於今生俾養其母餘昨下直未知也陳四方竊憤母以盜錢見逐至是乃釋然後九年母死葬事畢無疾而逝

外舅馬公周籙言東光南鄉有廖氏募建義冢村民相助成其事越三十餘年矣雍正初東光大疫廖氏夢百餘人立門外一人前致詞曰疫鬼且至從君乞焚紙旗十餘銀箔糊木刀百餘我等將與疫鬼戰以報一村之惠廖故好事姑製而焚之數日後夜聞四野喧呼格鬬聲達旦乃止合村果無一人染疫者

沙河橋張某商販京師娶一婦歸舉止有大家風張故有千金產經理亦甚有次第一日有尊官騎從甚盛張杏黃蓋坐八人肩輿至其門前問曰此是張某家否鄰里應曰是尊官指揮左右曰張某無罪可縛其婦來應聲反接是婦出張某見勢赫奕亦莫敢支吾尊官命褫婦衣決臀三十昂然竟行村人隨觀之至林木蔭映處轉瞬不見惟旋風滾滾向西南去方婦受杖時惟叩首稱死罪後人問其故婦泣曰吾本侍郎某公妾公在日意圖固寵曾誓以不再嫁今精魂晝見不可復言也

王禿子幼失父母迷其本姓育於姑家冒姓王凶狡無賴所至童稚皆走匿雞犬亦為不甯一日與其徒自高川醉歸夜經南橫子叢冢間為羣鬼所遮其徒股慄伏地禿子獨奮力與鬬一鬼叱曰禿子不孝吾爾父也敢肆毆禿子固未識父方疑惑間又一鬼叱曰吾亦爾父也敢不拜羣鬼又齊呼曰王禿子不祭爾母致飢餓流落於此為吾衆人妻吾等皆爾父也禿子憤怒揮拳旋舞所擊如中空囊跳踉至天明無氣以動乃自仆叢莽間羣鬼皆嘻笑曰王禿子英雄盡矣今日乃為鄉黨吐氣如不知悔他日仍於此待爾禿子力已竭竟不敢再語天曉鬼散其徒乃扶以歸自是豪氣消沮一夜攜妻子遁去莫知所終此事瑣屑不足道然足見悍戾者必遇其敵人所不能制者鬼亦忌而制之

戊子夏京師傳言有飛虫夜傷人然實無受虫傷者亦未見虫徒以圖相示而已其狀似蠶蛾而大有鉗距好事者或指為射工按短蜮含沙射影不云飛而螫人其說尤謬余至西域乃知所畫即闢展之巴蜡虫此虫秉炎熾之氣而生見人飛逐以水噀之則軟而伏或噀不及為所中急嚼茜草根敷瘡則瘥否則毒氣貫心死烏魯木齊多茜草山南闢展諸屯每以官牒移取為刈獲者備此虫云

烏魯木齊虎峯書院舊有遣犯婦縊窗櫺上山長前巴縣令陳執禮一夜明燭觀書聞窗內

承塵上窸窣有聲仰視見女子兩纖足自紙罅徐徐垂下漸露膝漸露股陳先知是鬼厲聲曰爾自以姦敗憤恚死將禍我耶我非爾讐將魅我耶我一生不入花柳叢爾亦不能惑我爾敢下我且以夏楚撲爾乃徐徐斂足上微聞嘆息聲俄從紙罅露面下窺甚姣好陳仰面唾曰死尚無恥耶遂退入陳燭滅就寢袖刃以待其來竟不下次日仙遊陳題橋訪之話及是事承塵上有聲如裂帛後不再見然其僕寢於外室夜恒囈語久而漸病瘵垂死時陳以其相從二萬里外哭甚悲僕揮手曰有好婦嘗私就我今招我為壻此去殊樂勿悲也陳頓足曰吾自恃膽力不移居禍及汝矣甚哉客氣之害事也後同年六安楊君逢源代掌書院避居他室曰孟子有言不立乎巖牆之下

德郎中亨夏日散步烏魯木齊城外因至秀野亭納涼坐稍久忽聞大聲語曰君可歸吾將宴客狼狽奔回告予曰吾其將死乎乃白晝見鬼余曰無故見鬼自非佳事若到鬼窟見鬼猶到人家見人爾何足怪焉蓋亭在城西深林萬木參天仰不見日旅櫬之浮厝者罪人之伏法者皆在是地往往能為變怪云

武邑某公與戚友賞花佛寺經閣前地最豁廠而閣上時有變怪入夜即不敢坐閣下某公以道學自任夷然弗信也酒酣耳熱盛談西銘萬物一體之理滿座拱聽不覺入夜忽閣上厲聲叱曰時方飢疫百姓頗有死亡汝為鄉官既不思早倡義舉施粥捨藥即應趁此良夜閉戶安眠尚不失為自了漢乃虛談高論在此講民胞物與不知講至天明還可作飯餐可作藥服否且擊汝一磚聽汝再講邪不勝正忽一城磚飛下聲若霹靂杯盤几案俱碎某公倉皇走出曰不信程朱之學此妖之所以為妖歟徐步太息而去

滄州畫工伯魁字起瞻其姓是此伯字自稱伯州犁之裔友人或戲之曰君乃不稱二世祖太宰公近其子孫不識字竟自稱伯氏矣

嘗畫一仕女圖方鉤出輪郭以他事未竟鎖置書室中越二日欲補成之則几上設色小碟縱橫狼藉畫筆亦濡染幾徧圖已成矣神采生動有殊常格魁大駭以示先母舅張公夢徵魁所從學畫者也公曰此非爾所及亦非吾所及殆偶遇神仙遊戲也時城守尉永公寧頗好畫以善價取之永公後遷四川副都統攜以往將罷官前數日畫上仕女忽不見惟隱隱留人影紙色如新餘樹石則仍舊蓋敗徵之先見也然所以能化去之故則終不可知

佃戶張天錫嘗於野田見髑髏戲溺其口中髑髏忽躍起作聲曰人鬼異路奈何欺我且我一婦人汝男子乃無禮辱我是尤不可漸躍漸高直觸其面天錫惶駭奔歸乃隨至其家夜輒在牆頭簷際責詈不已天錫遂大發寒熱昏瞀不知人合家拜禱愁似少解或叩其生前姓氏里居鬼具自道眾叩首曰然則當是高祖母何為禍於子孫鬼似悽咽曰此故我家耶幾時遷此汝輩皆我何人眾陳始末鬼不勝太息曰我本無意來此眾鬼欲借此求食慫恿我來耳渠有數輩在病者房數輩在門外可具漿水一甌待我善遣之大凡鬼恒苦飢若無故作災又恐神責故遇事輒生釁求祭賽爾等後見此等宜謹避勿中其機械眾如所教鬼曰已散去矣我口中穢氣不可忍可至原處尋吾骨洗而埋之遂嗚咽數聲而寂

又佃戶何大金夜守麥田有一老翁來共坐大金念村中無是人意是行路者偶憩老翁求飲以罐中水與之因問大金姓氏並問其祖父惻然曰汝勿怖我即汝曾祖不禍汝也細詢家事忽喜忽悲臨行囑大金曰鬼自伺放焰口求食外別無他事惟子孫念念不能忘愈久愈切但苦幽明阻隔不得音問或偶聞子孫熾盛輒躍然以喜者數日羣鬼皆來賀偶聞子孫零替亦悄然以悲者數日羣鬼皆來唁較生人之望子孫殆切十倍今聞汝等尚溫飽吾又歌舞數日矣回顧再四丁寧勉勵而去先姚安公曰何大金蠢然一物必不能偽造斯言聞之使人追遠之心油然而生

乾隆丙子有閩士赴公車歲暮抵京倉卒不得棲止乃於先農壇北破寺中僦一老屋越十餘日夜半窗外有人語曰某先生且醒吾有一言吾居此室久初以公讀書人數千里辛苦求名是以奉讓後見先生日外出以新到京師當尋親訪友亦不相怪近見先生多醉歸稍稍疑之頃聞與僧言乃日在酒樓觀劇是一浪子耳吾避居佛座後起居出入皆不相適實不能隱忍讓浪子先生明日不遷吾瓦石已備矣僧在對屋亦聞此語乃勸士他徙自是不敢稍狎是室有來問者輙舉此事以告云

由蒼嶺先生名丹謙居先生弟也謙居先生性和易先生性高爽而立身端介則如一里有婦為姑虐而縊者先生以兩家皆士族勸婦父兄勿涉訟是夜聞有哭聲遠遠至漸入門漸至窗外且哭且訴詞甚悽楚深怨先生之息訟先生叱之曰姑虐婦死律無抵法即訟亦不能快汝意且訟必檢驗檢驗必裸露不更辱兩家門戶乎鬼仍絮泣不已先生曰君臣無獄父子無獄人憐汝枉死責汝姑之暴戾則可汝以婦而欲訟姑此一念已干名犯義矣任汝訴諸明神亦決不直汝也鬼竟寂然去謙居先生曰蒼嶺斯言告天下之為婦者可告天下之為姑者則不可先姚安公曰蒼嶺之言子與子言孝謙居之言父與父言慈

董曲江游京師時與一友同寓非其侶也姑省宿食之費云爾友徵逐富貴多外宿曲江獨睡齋中夜或聞翻動書冊摩弄器玩聲知京師多狐弗怪也一夜以未成詩稿置几上乃似聞吟哦聲聞之弗答比曉視之稿上已圈點數句矣然屢呼之終不應至友歸寓則竟夕寂

然。友頗自詫有祿相，故邪不敢干。偶日照李慶子借宿，酒闌以後，曲江與友皆就寢。李乘月散步空園，見一翁攜童子立樹下，心知是狐，翳身竊睨其所為。童子曰：寒甚，且歸房。翁搖首曰：董公同室固不礙，此君俗氣逼人，那可共處。寧且坐淒風冷月間耳。李後洩其語於他友，遂漸為其人所聞，銜李次骨，竟為所排擠，狼狽負笈返。

余長女適德州盧氏，所居曰紀家莊。嘗見一人臥溪畔，衣敗絮，呻吟。視之，則一毛孔中有一虱，喙皆向內，後足皆鉤於敗絮，不可解，解之則痛徹心髓，無可如何，竟坐視其死。此殆夙孽所報歟。

江閣學曉園，僦居閻王廟街一宅。庭有棗樹，百年以外物也。每月明之夕，輒見斜柯上一紅衣女子垂足坐，翹首向月，殊不顧人。迫之則不見，退而望之，則仍在故處。嘗使二人一立樹下，一在室中。室中人見樹下人手及其足，樹下人固無所睹也。當望見時，俯視地上樹有影，而女子無影。投以瓦石，虛空無礙；擊以銃，應聲散滅，烟燄一過，旋復本形。主人云：自買是宅，即有是怪，然不為人害，故人亦相安。夫木魅花妖，事所恒有，大抵變幻者居多。茲獨不動不言，枯坐一枝之上，殊莫明其故。曉園慮其為患，移居避之。後主人伐樹，其怪乃絕。

廖姥，青縣人，母家姓朱，為先太夫人乳母。年未三十而寡，誓不再適，依先太夫人終其身。歿時年九十有六。性嚴正，遇所當言，必侃侃與先太夫人爭。先姚安公亦不以常媼遇之。余及弟妹皆隨之眠食，飢飽寒暑，無一不體察周至；然稍不循禮，即遣呵禁約束。僕婢尤不少假借，故僕婢莫不陰憾之。顧司管鑰，理庖廚，不能得其毫髮私，亦竟無如何也。嘗攜一童子自親串家通問歸，已薄暮矣，風雨驟至，趨避於廢圃破屋中。雨入夜未止，遙聞牆外人語曰：我方投汝屋避雨，汝何以冒雨坐樹下？又聞樹下人應曰：汝毋多言，廖家節婦在屋內。遂寂然。後童子偶述其事，諸僕婢皆曰：人不近情，鬼亦惡而避之也。嗟乎，鬼果惡而避之哉。

安氏表兄忘其名字，與一狐為友，恒於場圃間對談。安見之，他人弗見也。狐自稱生於北宋初。安叩以宋代史事，曰：皆不知也。凡學仙者，必游方之外，使萬緣斷絕，一意精修。如於世有所聞見，於心必有所是非；有所是非，必有所愛憎；有所愛憎，則喜怒哀樂之情，必迭起循生，以消爍其精氣，神耗而形亦敝矣，烏能至今猶在乎？迨道成以後，來往人間，視一切機械變詐，皆如戲劇；視一切得失勝敗，以至於治亂興亡，皆如泡影。當時既不留意，又烏能一一而記之？即與君相遇，是亦前緣，然數百年來，相遇如君者，不知凡幾，大都萍水偶逢，烟雲倏散，夙昔笑言，亦多不記憶，則身所未接者，從可知矣。時八里莊三官廟有雷擊蝎虎一事，安問以物久通靈，多攖雷斧，豈長生亦造物所忌乎？曰：是有兩端。夫內丹導引，外丹服餌，皆艱難辛苦以證道，猶力田以致富，理所宜然。若媚惑蠱魔，盜採精氣，損人之壽，延己之年，事與劫盜無異，天律不容也。又或恣為妖幻，貽禍生靈，天律亦不容也。若其葆養元神，自全生命，與人無患，於世無爭，則老壽之物，正如老壽之人耳，何至犯造物之忌乎？舅氏實齋先生聞之曰：此狐所言，皆老氏之粗淺者也，然用以自養亦足矣。

浙江有士人夜夢至一官府，云都城隍廟也。有冥吏語之曰：今某公控其友負心，牽君為證，君試思嘗有是事否？士人追憶之良是。旋聞都城隍升坐，冥吏白某控某負心事，證人已至，請勘斷。都城隍舉案示士人，士人以實對。都城隍曰：此輩結黨營私，朋求進取，以同異為愛惡，以愛惡為是非，勢孤則攀附以求援，力敵則排擠以互噬，翻雲覆雨，倏忽萬端，本為小人之交，豈能責以君子之道？操戈入室，理所必然，根勘已明，可驅之去。顧士人曰：得無謂負心者有佚罰耶？夫種瓜得瓜，種豆得豆，因果之相償也；花既結子，子又開花，因果之由生也。彼負心者又有負心人躡其後，不待鬼神之料理矣。士人霍然而醒，後閱數載，竟如神之所言。

閩中某夫人喜食貓，得貓則先貯石灰於罌，投貓於內，而灌以沸湯，貓為灰氣所蝕，毛盡脫落，不煩撏治，血盡歸於臟腑，肉白瑩如玉，云味勝雞雛十倍也。日日張網設機，所捕殺無算。後夫人病危，呦呦作貓聲，越十餘日乃死。盧觀察撝吉嘗與鄰居，撝吉子蔭文，余壻也，嘗為

余言之。因言景州一宦家子，好取貓犬之類，拗折其足，捩之向後，觀其孑孑跳號以為戲，所殺亦多。後生子女，皆足踵反向前。又余家奴子王發，善鳥銃，所擊無不中，日恒殺鳥數十。惟一子，名濟甯州，其往濟甯州時所生也。年已十一二，忽遍體生瘡，如火烙痕，每一瘡內有一個鐵子，竟不知何由而入。百藥不痊，竟以絕嗣。殺業至重，信夫。余嘗怪修善果者，皆按日持齋，如奉律令，而居恒則不能戒殺。夫佛氏之持齋，豈以茹蔬啖果即為功德乎？正以茹蔬啖果即不殺生耳。今徒曰某日某日觀音齋期，某日某日準提齋期，是日持齋，佛大歡喜，非是日也，烹宰溢乎庖，肥甘羅乎俎，屠割慘酷，佛不問也。天下有是事理乎？且天子無故不殺牛，大夫無故不殺羊，士無故不殺犬豕，禮也。儒者遵聖賢之教，固萬萬無斷肉理，然自賓祭以外，特殺亦萬萬不宜。以一臠之故，遽戕一命；以一羹之故，遽戕數十命或數百命。以眾生無限怖苦，無限慘毒，供我一瞬之適口，與按日持齋之心，毋乃稍左乎？東坡先生向持此論，竊以為酌中之道，願與修善果者一質之。

六合之外，聖人存而不論。然六合之中，實亦有不能論者。人之死也，如儒者之論，則魂升魄降已耳；即如佛氏之論，鬼亦收錄於冥司，不能再至人世也。而世有回煞之說，庸俗術士，又有一書，能先知其日辰時刻，與所去之方向，此亦誕妄之至矣。然余嘗於隔院窗櫺中遙見

其去如白烟一道，出於灶突之中，冉冉向西南而歿。與所推時刻方向無一差也。又嘗兩次手自啟鑰，諦視布灰之處，手迹足迹，宛然與生時無二。所親皆能辨識之。是何說歟？禍福有命，死生有數，雖聖賢不能與造物爭。而世有蠱毒魘魅之術，明載於刑律。蠱毒余未見，魘魅則數見之。為是術者，不過瞽者、巫者與土木之工，然實能禍福死生人，歷歷有驗。是天地鬼神之權，任其播弄無忌也，又何說歟？其中必有理焉，但人不能知耳。宋儒於理不可解者，皆臆斷以為無是事，毋乃膠柱鼓瑟乎？李又聃先生曰：宋儒據理談天，自謂窮造化陰陽之本，於日月五星，言之鑿鑿，如指諸掌。然宋歷屢變而愈差。自郭守敬以後，驗以實測，證以交食，始知濂洛關閩於此事全然未解。即康節最通數學，亦僅以奇偶方圓揣摩影響，實非從推步而知，故持論彌高，彌不免郢書燕說。夫七政運行，有形可據，尚不能臆斷以理，況乎太極先天，求諸無形之中者哉？先聖有言：君子於不知，蓋闕如也。

女巫郝媪，村婦之狡黠者也。余幼時於滄州呂氏姑母家見之。自言狐神附其體，言人休咎。凡人家細務，一一周知，故信之者甚眾。實則布散徒黨，結交婢媼，代為刺探隱事，以售其欺。嘗有孕婦問所生男女，郝許以男，後乃生女。婦詰以神語無驗，郝瞋目曰：汝本應生男，某月某日，汝母家餽餅二十，汝以其六供翁姑，匿其十四自食。冥司責汝不孝，轉男為女。汝尚不悟耶？婦不知此事先為所偵，遂惶駭伏罪。其巧於緣飾皆類此。一日，方焚香召神，忽端坐朗言曰：吾乃真狐神也。吾輩雖與人雜處，實各自服氣鍊形，豈肯與鄉里老媪為緣，預人家瑣事？此媪陰謀百出，以妖妄斂財，乃託其名於吾輩，故今日真附其體，使共知其姦。因縷數其隱惡，且併舉其徒黨姓名。語訖，郝霍然如夢醒，狼狽遁去，後莫知所終。

侍姬之母沈媪言：高川有丐者，與母妻居一破廟中。丐夏月拾麥斗餘，囑妻磨麪以供母。妻匿其好麪，以粗麪溲穢水作餅與母食。是夕大雷雨，黑暗中妻忽噭然一聲，丐起視之，則有巨蛇自口入，齧其心死矣。丐曳而埋之。沈媪親見蛇尾垂其胸臆間，長二尺餘云。

有兩塾師鄰村居，皆以道學自任。一日，相邀會講，生徒侍坐者十餘人。方辯論性天，剖析理欲，嚴詞正色，如對聖賢。忽微風颯然吹片紙落堦下，旋舞不止。生徒拾視之，則二人謀奪一寡婦田，往來密商之札也。此或神惡其偽，故巧發其姦歟？然操此術者眾矣，固未嘗一一敗也。聞此札既露，其計不行，寡婦之田竟得保。當由茕嫠苦節，感動幽冥，故示是靈異，以陰為呵護云爾。

李孝廉存其言：蠡縣有凶宅，一耆儒與數客宿其中。夜聞窗外撥刺聲，耆儒叱曰：邪不干正，妖不勝德，余講道學三十年，何畏於爾？窗外似有女子語曰：君講道學，聞之久矣。余雖異類，

閱微草堂筆記　卷四　十一

亦頗涉儒書。大學扼要在誠意，誠意扼要在慎獨。君一言一動，必循古禮，果為修己計乎？抑猶有幾微近名者在乎？君作語錄，斷斷與諸儒辯，果為明道計乎？抑猶有幾微好勝者在乎？夫修己明道，天理也；近名好勝，則人欲之私也。私欲之不能克，所講何學乎？此事不以口舌爭，君捫心清夜，先自問其何如，則邪之敢干與否，妖之能勝與否，已了然自知矣，何必以聲色相加乎？耆儒汗下如雨，瑟縮不能對。徐聞窗外微哂曰：君不敢答，猶能不欺其本心，姑饒君。窸又撥刺一聲，掠屋簷而去。

某公之卒也，所積古器，寡婦孤兒不知其值，乞其友估之。友故高其價，使久不售，俟其窘極，乃以賤價取之。越二載，此友亦卒，所積古器，寡婦孤兒亦不知其值，復有所契之友，效其故智取之去。或曰：天道好還，無往不復，效其智者罪宜減。余謂此快心之談，不可以立訓也。盜有罪矣，從而盜之，可曰罪減於盜乎？

屠者許方，即前所記夜逢醉鬼者也。其屠驢，先鑿地為塹，置板其上，穴板四角為四孔，陷驢足其中。有買肉者，隨所買多少，以壺注沸湯沃驢身，使毛脫肉熟，乃刲而取之。云必如是始脆美。越一兩日，肉盡乃死。當未死時，箝其口不能作聲，目光怒突，炯炯如兩炬，慘不可視，而許恬然不介意。後患病，遍身潰爛無完膚，形狀一如所屠之驢，宛轉茵褥，求死不得，哀號四五十日乃絕。病中痛自悔責，囑其子志學急改業。方死之後，志學乃改而屠豕。余幼時尚見之，今不聞其有子孫，意已殄絕久矣。

邊隨園徵君言：有入冥者，見一老儒立廡下，意甚惶遽。一冥吏似是其故人，揖與寒溫畢，拱手對之笑曰：先生平日持無鬼論，不知先生今日果是何物？諸鬼皆粲然，老儒蝟縮而已。

東光馬大還，嘗夏夜裸臥資勝寺藏經閣，覺有人曳其臂曰：起起，勿褻佛經。醒見一老人在旁，問汝為誰，曰我守藏神也。大還天性疎曠，亦不恐怖，時月明如晝，因呼坐對談。曰：君何故守此藏？曰：天所命也。問：儒書汗牛充棟，不聞有神為之守，天其偏重佛經耶？曰：佛以神道設教，眾生或信或不信，故守之以神；儒以人道設教，凡人皆當敬守之，亦凡人皆知敬守之，故不煩神力，非偏重佛經也。問：然則天視三教如一乎？曰：儒以修己為體，以治人為用；道以靜為體，以柔為用；佛以定為體，以慈為用。其宗旨各別，不能一也。至教人為善，則無異；於物有濟，亦無異。其歸宿則略同。天固不能不並存也。然儒為生民立命，而操其本於身；釋道皆自為之學，而以餘力及於物。故以明人道者為主，明神道者則輔之，亦不能專以釋道治天下。此其不一而一，一而不一者也。蓋儒如五穀，一日不食則饑，數日則必死；釋道如藥餌，死生得失之關，喜怒哀樂之感，用以解釋冤愆，消除拂鬱，較儒家為最捷。其禍福因果之說，用以

閱微草堂筆記　卷四　十二

悚動下愚。亦較儒家為易入。特中病則止。不可專事常服。致偏勝為患耳。儒者或空談心性。與瞿曇老聃混而為一。或排擊二氏。如禦寇讎。皆一隅之見也。聞黃冠緇徒。恣為妖妄。不力攻之。不貽患於世道乎。曰此論其本原耳。若其末流。豈特釋道貽患。儒之貽患豈少哉。即公醉而裸眠。恐亦未必周公孔子之禮法也。大還愧謝。因縱談至曉。乃別去。竟不知為何神。或曰狐也。

百工技藝。各祠一神為祖。倡族祀管仲。以女閭三百也。伶人祀唐元宗。以梨園子弟也。此皆最典。胥吏祀蕭何曹參。木工祀魯班。此猶有義。至鞾工祀孫臏。鉄工祀老君之類。則荒誕不可詰矣。長隨所祀曰鍾三郎。閉門夜奠。諱之甚深。竟不知為何神。曲阜顏介子曰。必中山狼之轉音也。先姚安公曰。是不必然。亦不必不然。郢書燕說。固未為無益。

先叔儀菴公。有質庫在西城中。一小樓為狐所據。夜恒聞其語聲。然不為人害。久亦相安。一夜。樓上詬誶鞭笞聲甚厲。羣往聽之。忽聞負痛疾呼曰。樓下諸公。皆當明理。世有婦撻夫者耶。適中一人。方為婦撻。面上爪痕猶未愈。衆鬨然一笑曰。是固有之。不足為怪。樓上羣狐亦鬨然一笑。其鬭遂解。聞者無不絶倒。儀庵公曰。此狐以一笑霽威。猶可與為善。

田村徐四。農夫也。父殁。繼母生一弟。極凶悖。家有田百餘畝。析產時。弟以贍母為詞。取其十之八。曲從之。弟又擇其膏腴者。亦曲從之。後弟所分蕩盡。復從兄需索。乃舉所分全付之。而自佃田以耕。意恬如也。一夜自鄰村醉歸。道經棗林。遇羣鬼抛擲泥土。悚不敢行。羣鬼啾啾。漸逼近。比及覿面。皆悚然辟易。曰。乃是讓產徐四兄。倏化黑煙四散。

白衣菴僧明玉言。昔五臺一僧。夜恒夢至地獄。見種種變相。有老宿教以精意誦經。其夢彌甚。遂漸至委頓。又一老宿曰。是必汝未出家前。曾造惡業。出家後漸明因果。自知必墮地獄。生恐怖心。以恐怖心造成諸相。故誦經彌篤。幻象彌增。夫佛法廣大。容人懺悔。一切惡業。應念皆消。放下屠刀。立地成佛。汝不聞之乎。是僧聞言。即對佛發願。勇猛精進。自是宴然無夢矣。

沈觀察夫婦並故。幼子寄食親戚家。貧窶無人狀。其妾嫁於史太常家。聞而心惻。時陰使婢媪與以衣物。後太常知之。曰此尚在人情天理中。亦勿禁也。錢塘李滄洲因言有孀婦病卧。不能自炊。哀呼鄰媪代炊。亦不能時至。忽一少女排闥入。曰吾新來鄰家女也。聞姊困苦乏食。意恒不忍。今告於父母。願為姊具食且侍疾。自是日來其家。凡三四月。孀婦病愈。將詣門謝其父母。女泫然曰。不敢欺。我實狐也。與郎君在日最相昵。今感念舊情。又憫姊之苦節。是以託名而來耳。置白金數錠於床。嗚咽而去。二事頗相類。然則琵琶別抱。掉首無情。非惟不及此妾。乃併不及此狐。

吳侍讀穎雲言。癸丑一前輩。偶忘其姓。似是王言敷先生。憶不甚真也。嘗僦居海豐寺街宅。後破屋三楹。云有鬼。不可居。然不出為祟。但偶聞音響而已。一夕。屋中有詬誶聲。伏牆隅聽之。乃兩妻爭坐位。一稱先來。一稱年長。嘵嘵然不止。前輩不覺太息曰。死尚不休也。再聽之。遂寂。夫妻妾同居。隱忍相安者十或一焉。歡然相得者千百或一焉。以尚有名分相攝也。至於兩妻並立。則從來無一相得者。亦從來無一相安也。無名分以攝之。則兩不相下。固其所矣。又何怪於鬩爭哉。

閱微草堂筆記卷五　　灤陽消夏錄五

鄭五。不知何許人。攜母妻流寓河間。以木工自給。病將死。囑其妻曰。我本無立錐地。汝又拙於女紅。度老母必以凍餒死。今與汝約。有能為我養母者。汝即嫁之。我死不恨也。妻如所約。母藉以存活。或奉事稍怠。則室中有聲。如碎磁折竹。一歲棉衣未成。母泣號寒。忽大聲如鐘。鏗然動牆壁。如是七八年。母死後乃寂。

佃戶曹自立。粗識字。不能多也。偶患寒疾。昏憒中為一役引去。途遇一役。審為誤拘。互詬良久。俾送還。經過一處。以石為垣。周里許。其內濃烟坌湧。紫焰赫然。門額六字。巨如斗。不能盡識。但記其點畫而歸。據所記偏旁推之。似是負心背德之獄也。

世稱殤子為債鬼。是固有之。盧南石言朱元亭一子。病瘵。綿惙時。呻吟自語曰。是尚欠我十九金。俄醫者投以人參。煎成未飲而逝。其價恰值十九金。此近日事也。或曰。四海之中。一日之內。殤子不知其凡幾。前生逋負者。安得如許之衆。夫死生轉轂。因果循環。如恒河之沙。積數不可以測算。如太空之雲。變態不可以思議。是誠難拘以一格。然計其大勢。則冤愆糾結。生於財貨者居多。老子曰。天下攘攘。皆為利往。天下熙熙。皆為利來。人之一生。蓋無不役志於是者。顧天地生財。祇有此數。此得則彼失。此盈則彼虧。機械於是而生。恩讐於是而起。業緣報復。延及三生。觀謀利者之多。可以知索償者之不少矣。史遷有言。怨毒之於人。甚矣哉。君子甯信其有。或可發人深省也。

里婦新寡。狂且賂鄰媼挑之。夜入其闥。闔扉將寢。忽燈光綠黯。縮小如豆。俄爆然一聲。紅焰四射。圓如二尺許大鏡。中現人面。乃其故夫也。男女並噭然仆榻下。家人驚視。其事遂敗。或疑嫠婦殉節者衆。何以此鬼獨有靈。余謂鬼有強弱。人有盛衰。此本強鬼。又值二人之衰。故能為厲耳。其他如恨黃泉。冤纏數世者。不知凡幾。非竟神滅形消也。或又疑妖物所憑。作此變怪。是或有之。然妖不自興。因人而興。亦幽魂怨毒之氣。陰相感召。邪魅乃乘而假借之。不

然陶嬰之室何未聞黎邱之鬼哉

羅仰山通政在禮曹時為同官所軋動輒掣肘步步如行荊棘中性素迂滯漸恚憤成疾一日鬱鬱枯坐忽夢至一山花放水流風日清曠覺神思開朗磈塊頓消沿溪散步得一茅舍有老翁延入小坐言論頗洽老翁問何以有病容羅具陳所苦老翁太息曰此有夙因君所未解君七百年前為宋黃筌某即南唐徐熙也徐之畫品本居黃上黃恐奪供奉之寵巧詞排抑使沉淪困頓銜恨以終其後輾轉輪迴未能相遇今世業緣湊合乃得一快其宿憤彼之加於君者即君之曾加於彼者也君又何憾焉大抵無往不復者天之道有施必報者人之情既已種因終當結果其氣機之感如磁之引針不近則已近則吸而不解其怨毒之結如石之含火不觸則已觸則激而立生其終不消釋如疾病之隱伏必有暴發之日其終相遇合如日月之旋轉必有交會之躔然則種種害人之術適以自害而已矣吾過去生中與君有舊因君未悟故為述憂患之由君與彼已結果矣自今以往慎勿造因可也羅灑然有省勝負之心頓盡數日之內宿疾全除此余十許歲時聞霍易書先生言或曰是衛公延璞事先生偶誤記也未知其審併附識之

田白岩言康熙中江南有徵漕之案官吏伏法者數人數年後有一人降乩於其友人家自言方在冥司訟某公友人駭曰某公循吏且其總督兩江在此案前十餘年何以無故訟之乩又書曰此案非一日之故矣方其初萌械一官竄流一二吏即可消患於未萌某公博忠厚之名養癰不治久而潰裂吾輩遂遭其難吾輩病民蠹國不能仇現在之執法者也追原禍本不某公之訟而誰訟歟書訖乩遂不動迨不知九幽之下定讞如何金人銘曰涓涓不壅將為江河毫末不札將尋斧柯古聖人所見遠矣此鬼所言要不為無理也

里有姜某者將死囑其婦勿嫁婦泣諾後有豔羨婦之色者以重價購為妾方靚妝登車所蓄犬忽人立怒號兩爪抱持齧婦面裂其鼻準併盲其一目婦容既毀買者委之去後亦更無覬覦者此康熙甲午乙未間事故老尚有目覩者皆曰義哉此犬愛主人以德智哉此犬能攻病之本余謂犬斷不能見及此此其亡夫魂憑之也

愛堂先生嘗飲酒夜歸馬忽驚逸草樹翳薈溝塍凹凸幾蹶者三四俄有人自道左出一手挽轡一手掖之下曰老母昔蒙拯濟今救君斷骨之危也問其姓名轉瞬已失所在矣先生自憶平生未有是事不知鬼何以云然佛經所謂無心布施功德最大者歟

張福杜林鎮人也以負販為業一日與里豪爭路豪揮僕推墮石橋下時河冰方結鱗稜如鋒刃顱骨破裂僅奄奄存一息里胥故嫉豪遽聞於官官利其財獄頗急福陰遣母謂豪曰君償我命與我何益能為我養老母幼子則乘我未絕我到官言失足墮橋下豪諾之福粗知字義尚能忍痛自書生供釋豪官吏無如何也福死之後豪竟負約其母屢控於官終以生供有據不能直豪後乘醉夜行亦馬驚墮橋死皆曰是負福之報矣先姚安公曰甚哉治獄之難也而命案尤難有頂兇者甘為人代死有賄和者甘鬻其所親斯已猝不易詰矣至於被殺之人手書供狀云非是人之所殺此雖皋陶聽之不能入其罪也倘非負約不償致遺鬼殛則竟以財免矣訟情萬變何所不有司刑者可據理率斷哉

姚安公言有孫天球者以財為命徒手積累至千金雖妻子凍餓視如陌路亦自忍凍餓不輕用一錢病革時陳所積於枕前一一手自撫摩曰爾竟非我有乎嗚咽而歿孫未歿以前為狐所嬲每攝其財貨去使窘急欲死乃於他所復得之如是者不一又有劉某者亦以財為命亦為狐所嬲一歲除夕凡劉親友之貧者悉餽數金皆不類其平日所為旋聞劉牀前私篋為狐盜去二百餘金而得謝柬數十紙蓋孫財乃辛苦所得狐怪其慳嗇特戲之而已劉財多由機巧剝削而來故狐竟散之其處置亦頗得宜也

余督學閩中時幕友鍾忻湖言其友昔在某公幕因會勘宿古寺中月色朦朧見某公窗下有人影徘徊良久冉冉上鐘樓去心知為鬼魅然素有膽竟躡往尋之至則樓門鎖閉樓上似有二人語其一曰君何以空返其一曰此地罕有官吏至今幸兩官共宿將伺人靜訟吾冤頃竊聽所言非揣摩迎合之方即消弭彌縫之術是不足以辦吾事故嘿然返語畢似有太息聲再聽之竟寂然矣次日陰告主人果變色搖手戒勿多言迄不知其何冤也余謂此君友有嫌於主人故造斯言形容其巧於趨避為鬼揶揄耳若就此一事而論鬼非目睹語未耳聞恍惚杳冥茫無實據雖閻羅包老亦無可措手顧乃責之於某公乎

平原董秋原言海豐有僧寺素多狐時時擲瓦石嬲人一學究借東廂三楹授徒聞有是事自詣佛殿呵責之數夕寂然學究有德色一日東翁過談拱揖之頃忽袖中一卷墮地取視乃秘戲圖也東翁默然去次日生徒不至矣狐未犯人人乃犯狐竟反為狐所中君子之於小人謹備之而已無故而觸其鋒鮮不敗也

關帝祠中皆塑周將軍其名則不見於史傳考元魯貞漢壽亭侯廟碑已有乘赤兔兮從周倉語則其來已久其靈亦最著里媼有劉破車者言其夫嘗醉眠關帝香案前夢周將軍蹴之起左股青痕越半月乃消

謂鬼無輪迴則自古至今鬼日日增將大地不能容謂鬼有輪迴則此死彼生旋即易形而去又當世間無一鬼販夫田婦往往轉生似無不輪迴者荒阡廢冢往往見鬼又似有不輪迴者表兄安天石嘗臥疾魂至冥府以此問司籍之吏吏曰有輪迴有不輪迴有輪迴者三途有福

受報有罪受報有恩有怨者受報不輪迴者亦三途聖賢仙佛不入輪迴無間地獄不得輪迴無罪無福之人聽其游行於墟墓餘氣未盡則存餘氣漸消則滅如露珠水泡倏有倏無如閒花野草自榮自落如是者無可輪迴或有無依魂魄附人感孕謂之偷生高行緇黄轉世借形謂之奪舍是皆偶然變現不在輪迴常理之中至於神靈下降輔佐明時魔怪群生縱橫殺劫是又氣數所成不以輪迴論矣天石固不信輪迴者病痊以後嘗舉以告人曰據其所言乃鑿然成理

星士虞春潭為人推算多奇中偶薄游襄漢與一士人同舟論頗款洽久而怪其不眠不食疑為仙鬼夜中密詰之士人曰我非仙非鬼文昌司錄之神也有事詣南岳與君有緣故得數日周旋耳虞因問之曰吾於命理自謂頗深嘗推某當大貴而竟無驗君司錄籍當知其由士人曰是命本貴以熱中削減十之七矣虞曰仕宦熱中是亦常情何冥謫若是之重士人曰仕宦熱中其強悍者必怙權怙權者必狠而愎其孱弱者必固位固位者必險而深且怙權固位是必躁競躁競相軋是必排擠至於排擠則不問人之賢否而問黨之異同不計事之可否而計己之勝負流弊不可勝言矣是其惡在貪酷上壽且削減何止於祿乎虞陰記其語越兩歲餘某果卒

張鉉耳先生之族有以狐女為妾者別營靜室居之牀帷器具與人無異但自有婢媼不用張之奴隸耳室無纖塵惟坐久覺陰氣森然亦時聞笑語而不覩其形張固巨族每姻戚宴

集多請一見皆不許一日張固強之則曰某家某娘子猶可他人斷不可也入室相晤舉止嫻雅貌似三十許人詰以室中寒凜之故曰娘子自心悸耳室故無他也後張詰以獨見是人之故曰人陽類鬼陰類狐介於人鬼之間然亦陰類也故出恒以夜白晝盛陽之時不敢輕與人接也某娘子陽氣已衰故吾得見張惕然曰汝日與吾寢處吾其衰乎曰此別有故凡狐之媚人有兩途者一曰蠱惑一曰夙因蠱惑者陽為陰蝕則病蝕盡則死夙因則人本有緣氣自相感陰陽翕合故可久而相安然蠱惑者十之九夙因者十之一其蠱惑者亦必自稱夙因但以傷人不傷人知其真偽後見之人果不久下世

羅與賈比屋而居羅富賈貧羅欲併賈宅而勒其值以售他人羅又陰撓之久而益窘不得已減值售羅羅經營改造土木一新落成之日盛筵祭神紙錢甫燃忽狂風捲起著梁上烈焰騰發烟煤迸散如雨落彈指間寸椽不遺併其舊廬爇焉方火起時眾手交救羅拊膺止之曰頃火光中吾恍惚見賈之亡父是其怨毒之所為救無益也吾悔無及矣急呼賈子至以腴田二十畝書券贈之自是改行從善竟以壽考終

滄州樊氏扶乩河工某官在焉降乩者關帝也忽大書曰某來前汝具文懺悔語多回護對神尚爾對人可知夫誤傷人者過也回護則惡矣天道有過而無惡其聽汝巧辯乎其人伏地惕息揮汗如雨自是怏怏如有失數月病卒竟不知所懺悔者何事也

諸寺農家有婦姑同寢者夜雨牆圮泥土簌簌下婦聞聲急起以背負牆而疾呼姑醒姑匍匐墮炕下婦竟壓焉其屍正當姑臥處是真孝婦以微賤無人聞於官久而併佚其姓氏矣相傳婦死之後姑哭之慟一日鄰人告其姑曰夜夢汝婦冠帔來曰傳語我姑無哭我我以代死之故今已為神矣鄉之父老皆曰吾夜所夢亦如是或曰婦果為神何不示夢於其姑此鄉鄰欲緩其慟造是言也余謂忠孝節義歿必為神天道昭昭歷有證驗此事可以信其有即曰一人造言眾人附和天視自我民視天聽自我民聽人心以為神天亦必以為神矣何必又疑其妄焉

長山聶松巖以篆刻游京師嘗館余家言其鄉有與狐友者每賓朋宴集招之同坐飲食笑語無異於人惟聞聲而不睹其形耳或強使相見曰對面不睹何以為相交狐曰相交者交以心非交以貌也夫人心叵測險於山川機穽萬端由斯隱伏諸君不見其心以貌相交反以為密於不見貌者反以為疎不亦悖乎田白岩曰此狐之閱世深矣

肅甯老儒王德安康熙丙戌進士也先姚安公從受業焉嘗夏日過友人家愛其園亭軒爽欲下榻於是友人以夜有鬼物辭王因舉所見一事曰江南岑生嘗借宿滄州張蝶莊家壁

張鍾馗像其高如人前復陳一自鳴鐘岑沉醉就寢皆未及見夜半酒醒月明如晝聞機輪格格已訝甚忽見畫像以為奇鬼取案上端硯仰擊之大聲砰然震動戶牖僮僕排闥入視則墨瀋淋漓頭面俱墨畫前鐘及玉瓶磁鼎已碎裂矣聞者無不絕倒然則動云見鬼皆人自胆怯耳鬼究在何處耶語甫脫口牆隅忽應聲曰鬼即在此夜當拜謁幸勿以硯見擊王默然竟出後嘗舉以告門人曰鬼無白晝對語理此必狐也吾德恐不足勝妖是以避之蓋終持無鬼之論也

明器古之葬禮也後世復造紙車紙馬孟雲卿古挽歌曰冥冥何所須盡我生人意蓋姑以緩慟云耳然長兒汝佶病革時其奴為焚一紙馬汝佶絕而復蘇曰吾魂出門茫茫然不知所向遇老僕王連陞牽一馬來送我歸恨其足跛頗顛躓不適焚馬之奴泫然曰是奴之罪也舉火時實誤折其足又六從舅母常氏彌留時喃喃自語曰適往看新宅頗佳但東壁損壞可奈何侍疾者往視其棺果左側朽穿一小孔匠與督工者尚均未覺也

李又聃先生曰昔有寒士下第者焚其遺卷牒訴於文昌祠夜夢神語曰爾讀書半生尚不知窮達有命耶嘗侍先姚安公偶述是事先姚安公咈然曰又聃應舉之士傳此語則可汝輩手掌文衡者傳此語則不可聚奎堂柱有熊孝感相國題聯曰赫赫科條袖裡常存惟白

爾明明窗牘臺前何處有朱衣汝未見之乎

海陽李玉典前輩言有兩生讀書佛寺夜方媟狎忽壁上現大圓鏡徑丈餘光明如晝毫髮畢睹聞厲聲語曰佛法廣大固不汝嗔但汝自視鏡中是何形狀余謂幽期密約必無人在旁是誰見之兩生斷無自言理又何以聞之然其事為理所宜有固不必以子虛烏有視之

玉典又言有老儒設帳廢園中一夜聞垣外吟哦聲又聞辯詰聲又聞吁嗟聲又聞詬詈聲久之遂聞毆擊聲園後曠無居人心知為鬼方戰慄間已聞至窗外其一盛氣大呼曰渠評駁吾文實為冤憤今同就正於先生因朗吟數百言句句手自擊節其一且呻吟呼痛且微哂之老儒惕息不敢言其一厲聲曰先生究以為何如老儒囁嚅久之以額叩枕曰雞肋不足以當尊拳其一大笑去其一往來窗外氣咻咻然至雞鳴乃寂云聞之膠州法黃裳余謂此亦黃裳寓言也

天津孟生文熺有俊才張石鱗先生最愛之一日掃墓歸過孟松路旁酒肆見其壁上新寫一詩曰東風翦翦漾春衣信步尋芳信步歸紅映桃花人一笑綠遮楊柳燕雙飛徘徊曲徑憐香草惆悵喬林挂落暉記取今朝延佇處酒樓西畔是柴扉詰其所以諱不言固詰之始云適於道側見麗女其容絕代故坐此冀其再出張問其處孟手指之張大駭曰是某家墳院荒廢久矣安得有是同往尋之果馬鬣蓬科杳無人迹

余在烏魯木齊時一日報軍校王某差運伊犁軍械其妻獨處今日過午門不啟呼之不應當有他故因檄迪化同知木金泰往勘破扉而入則男女二人共枕臥裸體相抱皆剖裂其腹死男子不知何自來亦無識者研問鄰里茫無端緒擬以疑獄結矣是夕女屍忽呻吟守者驚視已復生越日能言自供與是人幼相愛既嫁猶私會後隨夫駐防西域是人念之不釋復尋訪而來甫至門即引入室故鄰里皆未覺慮暫會終離遂相約同死受刃時痛極昏迷倏如夢覺則魂已離體急覓是人不知何往惟獨立沙磧中白草黃雲四無邊際正徬徨間為一鬼縛去至一官府甚見詰辱云是雖無恥命尚未終叱杖一百驅之返杖乃鐵鑄不勝楚毒復昏絕乃漸蘇則回生矣視其股果杖痕重疊駐防大臣巴公曰是已受冥罰姦罪可勿重科矣余烏魯木齊雜詩有曰鴛鴦畢竟不雙飛天上人間舊願違白草蕭蕭埋旅櫬一生腸斷華山畿即詠此事也

朱青雷言嘗與高西園散步水次時春冰初泮靜綠瀰溶高曰憶晚唐有魚鱗可憐紫鴨毛自然碧句無一字言春冰而晴波滑笏之狀如在目前惜不記其姓名矣朱沉思未對聞老柳後有人語曰此初唐劉希夷詩非晚唐也趨視無一人朱悚然曰白日見鬼矣高微笑曰如此鬼見亦大佳但恐不肯相見耳對樹三揖而行歸見劉詩果有此二語余偶以告戴東原東原因言有兩生燭下對談爭春秋周正夏正往復甚苦窗外忽太息言曰左氏周人不容不知周正朔二先生何必詞費也出視窗外惟一小僮方酣睡觀此二事儒者日談考證講曰若稽古動至十四萬言安知冥冥之中無在旁揶揄者乎

聶松巖言即墨于生騎一驢赴京師中路憩息高岡上縶驢於樹而倚石假寐忽見驢昂首四顧浩然嘆曰不至此地數十年青山如故村落已非舊徑也于故好奇聞之躍然起曰此宋處宗長鳴雞也日日乘之共談不患長途寂寞矣揖而與言驢齧草不應反覆開導約與為忘形交驢亦若勿聞怒而痛鞭之驢跳擲狂吼終不能言竟墮折一足鬻於屠肆徒步以歸此事絕可笑殆睡夢中誤聽耶抑此驢夙生冤譴有物憑之以激于之怒殺耶

三叔父儀南公有健僕畢四善弋獵能挽十石弓恒捕鶉於野凡捕鶉者必以夜先以藁秸插地如禾隴之狀而布網於上以牛角作曲管肖鶉聲吹之鶉既集先微驚之使漸次避入藁秸中然後大聲驚之使群飛突起則悉觸網矣吹管時其聲淒咽往往誤引鬼物至故必作團焦自衛而攜兵仗以備之一夜月明之下見老叟來作禮曰我狐也兒孫與北村狐構釁舉族械鬥彼陣擒我一女每戰必反接驅出以辱我我陣亦擒彼一妾如所施報焉由此讐益結約今夜決戰於此聞君義俠乞助一臂力則沒齒感恩持鐵尺者彼持刀者我也畢故好事忻然隨之往翳叢薄間兩陣既交兩狐血戰不解至相抱手搏畢審視既的控弦一發射北村狐踣不虞弓勁矢銛貫腹而過併老叟洞腋殪矣兩陣各遑遽奪屍棄俘囚而遁畢解二狐之縛且告之曰傳語爾族兩家勝敗相當可以解冤矣先是北村每夜聞戰聲自此遂寂此與李冰事相類然冰戰江神為捍災禦患此狐逞其私憤兩鬥不已卒至兩傷是亦不可以已乎

姚安公在滇時幕友言署中香櫞樹下月夜有紅裳女子靚妝立見人則冉冉沒土中眾議發視之姚安公持卮酒澆樹下自祝之曰汝見人則隱是無意於為祟也又何必屢現汝形自取暴骨之禍自是不復出又有書齋甚軒敞久無人居舅氏安公五章時相從在滇偶夏日裸寢其內夢一人揖而言曰與君雖幽明異路然眷屬居此亦有男女之別君奈何不以禮自處瞿然醒遂不敢再往姚安公嘗曰樹下之鬼可喻之以理書齋之魅能以理喻人此郡僻處萬山中風俗質樸混沌未鑿故異類亦淳良如是也

余二三歲時嘗見四五小兒綵衣金釧隨余嬉戲皆呼余為弟意似甚相愛稍長時乃皆不見後以告先姚安公公沉思久之爽然曰汝前母恨無子每令尼媼以彩絲繫神廟泥孩歸

置於臥內。名命以乳名。日飼果餌。與哺子無異。歿後。吾命人瘞樓後空院中。必是物也。恐後來為妖。掘出之。然歲久已迷其處矣。前母即張太夫人姊。一歲忌辰。家祭後。張太夫人晝寢。夢前母以手推之曰。三妹太不經事。利刃豈可付兒戲。愕然驚醒。則余方坐身旁。掣姚安公革帶佩刀出鞘矣。始知魂歸受祭。確有其事。古人所以事死如生也。

表叔王碧伯妻喪。術者言某日子刻回煞。全家皆避出。有盜偽為煞神。踰垣入。方開篋攫簪珥。適一盜又偽為煞神來。鬼聲嗚嗚。漸近前。盜遑遽避出。相遇於庭。彼此以為真煞神。皆悸而失魂。對仆於地。黎明家人哭入。突見之。大駭。諦視乃知為盜。以薑湯灌蘇。即以鬼裝縛送官。沿途聚觀。莫不絕倒。據此一事。回煞之說當妄矣。然回煞形迹。余實屢目覩之。鬼神茫昧。究不知其如何也。

益都朱天門言。甲子夏。與數友夜集明湖側。召妓侑觴。飲方酣。妓素不識字。忽援筆書一絕句曰。一夜瀟瀟雨。高樓怯曉寒。桃花零落否。呼婢捲簾看。擲筆於一友之前。是人觀訖。遽變色仆地。妓亦仆地。頃之。妓蘇而是人不蘇矣。後徧問所親。迄不知其故。

癸巳甲午間。有扶乩者。自正定來。不談休咎。惟作書畫。頗疑其偽。託然見其為曹慕堂作着色山水長卷。及醉鍾馗像。筆墨皆不俗。又見贈董曲江一聯曰。黃金結客心猶熱。白首還鄉夢更遙。亦酷肖曲江之為人。

佃戶曹二婦悍甚。動輒訶詈風雨。詬誶鬼神。鄉鄰里閭。一語不合。即揎袖露臂。攜二搗衣杵奮呼。跳擲如虓虎。一日。乘陰雨出竊麥。忽風雷大作。巨雹如雞卵。已中傷仆地。忽風捲一五斗栲栳墮其前。頂之得不死。豈天亦畏其橫歟。或曰是雖暴戾。而善事其姑。每與人鬭。姑叱之。輒弭伏。姑批其頰。亦跪而受。然則遇難不死。有由矣。孔子曰。夫孝者天之經也。地之義也。豈不然乎。

癸丑夏。高川之北。墮一龍。里人多目覩之。姚安公命駕往視。則已乘風雨去。其蜿蜒攫拏之迹。蹂躪禾稼二畝許。尚分明可見。龍。神物也。何以致墮。或曰。是行雨有誤。天所謫也。按世稱龍能致雨。而宋儒謂雨為天地之氣。不由於龍。余謂禮稱天降時雨。山川出雲。故公羊傳謂觸石而出。膚寸而合。不崇朝而雨天下者。惟泰山之雲。是宋儒所說之本也。易文言傳稱雲從龍。故董仲舒祈雨法。召以土龍。此世俗之說所本也。大抵有天雨。有龍雨。油油而雲。瀟瀟而雨者。天雨也。疾風震雷。不久而過者。龍雨也。觀觸犯龍潭者。立致風雨。天地之氣。能如是之速合乎。洗鉢咨誦梵咒者。亦立致風雨。天地之氣。能如是之刻期乎。故必兩義兼陳。其理始備。必規規然膠執一說。毋乃不通其變歟。

里人王驢耕於野。倦而枕塊以臥。忽見肩輿從西來。僕馬甚眾。輿中坐者。先叔父儀南公也。怪公方臥疾。何以出行。急近前起居。公與語良久。乃向東北去。歸而聞公已逝矣。計所見僕馬。正符所焚紙器之數。僕人沈崇貴之妻。親聞驢言之。後月餘。驢亦疾卒。知白晝遇鬼。終為衰氣矣。

余第三女許婚戈仙舟太僕子。年十歲。以庚戌夏至卒。先一日。病已革。時余以執事在方澤。女忽自語曰。今日初八。吾當明日辰刻去。猶及見吾父也。問何以知之。瞑目不言。余初九日。禮成歸邸。果及見其卒。卒時壁上掛洋鐘。恰琤然鳴八聲。是亦異矣。

睢夫楊義。粗知文字。隨姚安公在滇時。忽夢二鬼持硃票來拘。標名曰楊乂。義爭曰。我名楊義。不名楊乂。爾定誤拘。二鬼皆曰。乂字上尚有一點。是省筆義字。義又爭曰。從未見義字如此寫。當仍是乂字誤滴一墨點。二鬼不能強而去。同寢者聞其囈語。殊甚了了。俄姚安公終養歸。義隨至平彝。又夢二鬼持票來。乃明明楷書楊義字。義仍不服曰。我已北歸。當屬直隸城隍。爾雲南城隍。何得拘我。譁詬良久。同寢者呼之乃醒。自云二鬼甚憤。似必不相捨。次日。行至滇南勝境坊下。果馬蹶墮地死。

余在烏魯木齊。畜數犬。辛卯賜環東歸。一黑犬曰四兒。戀戀隨行。揮之不去。竟同至京師。途中守行篋甚嚴。非余至前。雖僮僕不能取一物。稍近。輒人立怒齧。一日過闢展七達坂。（達坂譯言山嶺。凡七重曲折陡峻。稱為天險。）車四輛。半在嶺北。半在嶺南。日已曛黑。不能全度。犬乃獨臥嶺巔。左右望而護視之。見人影。輒馳視。余為賦詩二首曰。歸路無煩汝寄書。風餐露宿且隨予。夜深奴子酣眠後。為守東行數輛車。空山日日忍饑行。冰雪崎嶇百廿程。我已無官何所戀。可憐汝亦太癡心。紀其實也。至京歲餘。一日。中毒死。或曰。奴輩病其司夜嚴。故以計斃之。而託詞於盜也。想當然矣。余收葬其骨。欲為起冢。題曰義犬四兒墓。而琢石象出塞四奴之形。跪其墓前。各鐫姓名於胸臆。曰趙長明。曰于祿。曰劉成功。曰齊來旺。或曰。以此四奴置犬旁。恐犬不屑。余乃止。僅題額諸奴所居室曰師犬堂而已。初翟孝廉贈余此犬時。先一夕。夢故僕宋遇叩首曰。念主人從軍萬里。今來服役。次日得是犬。了然知為遇轉生也。然遇在時。陰險狡黠。為諸僕魁。何以作犬反忠蓋。豈自知以惡業墮落。悔而從善歟。亦可謂善補過矣。

神能化形。故狐之通靈者。可往來於一隙之中。然特自化其形耳。宋蒙泉言其家一僕婦為狐所媚。夜輒褫衣無寸縷。自窗櫺舁出。置於廊下。共相戲狎。其夫露刃追之。則門鍵不可啟。或掩扉以待。亦自能堅閉。僅於窗內怒詈而已。一日。陰藏鳥銃。將隔窗擊之。臨期覓銃不可得。次日乃見在錢櫃中。銃長近五尺。而櫃口僅尺餘。不知何以得入。是併能化他形矣。宋儒動言格物，如此之類，又豈可以理推乎。姚安公嘗言狐居墟墓，而幻化室廬，人視之如真，不知狐自視如何；狐具毛革，而幻化粉黛，人視之如真，不知狐自視又如何；不知此狐所幻化，彼狐視之更當如何。此真無從推究也。

烏魯木齊把總蔡良棟言：此地初定時，嘗巡瞭至南山深處（烏魯木齊在天山北，故呼曰南山。）日色薄暮，似見隔澗有人影，疑為瑪哈沁（額魯特語謂劫盜曰瑪哈沁，營伍中襲其故名。）伏叢莽中，密偵之，見一人戎裝坐磐石上，數卒侍立，貌皆獰猛，其語稍遠不可辨，惟見指揮一卒，自石洞中呼六女子出，並姣麗白皙，所衣皆繪彩，各反縛其手，觳觫俛首跪，以次引至坐者前，褫下裳伏地，鞭之流血，號呼悽慘，聲徹林谷。鞭訖徑去，六女戰慄跪送，望不見形，乃嗚咽歸洞。其地一射可及，而澗深崖陡，無路可通，乃使弓力強者攢射對崖一樹，有兩矢著樹上，用以為識。明日迂回數十里，尋至其處，則洞口塵封，秉炬而入，曲折約深四丈許，絕無行跡，不知昨所遇者何神，其所鞭者又何物。生平所見奇事，此為第一。考太平廣記載老僧見天人追捕飛天野叉事，野叉正是一好女，蔡所見似亦其類歟。

六畜充庖，常理也，然殺之過當，則為惡業，非所應殺之人而殺之，亦能報冤。烏魯木齊把總茹大業言：吉木薩遊擊遣奴入山尋雪蓮，迷不得歸，一夜，夢奴浴血來曰：在某山遇瑪哈沁，為臠食，殘骸骨猶在橋南第幾松樹下，乞往迹之。遊擊遣軍校尋至樹下，果血污狼籍，然視之皆羊骨，蓋圉卒共盜一官羊，殺於是也。猶疑奴或死他所，越兩日，奴得遇獵者引歸，始知羊假奴之魂，以發圉卒之罪耳。

李媼，青縣人，乾隆丁巳戊午間，在余家司爨，言其鄉有農家，居鄰古墓，所畜二牛，時登墓蹂踐。夜夢有人訶責之，鄉愚粗戇，置弗省。俄而家中怪大作，夜見二物，其巨如牛，蹴踏跳擲，院中盆甕皆破碎，如是數夕。至移碌碡於房上，砰然滚落，火焰飛騰，擊搗衣砧為數段。農家恨甚，乃多借鳥銃，待其至，合手擊之，兩怪並應聲踣。農家大喜，急秉火出視，乃所畜二牛也。自是怪不復作，家亦漸落。蓋其牛以為妖，俾自殺之，可謂巧於播弄矣。要亦乘其獷悍之氣，故得以假手也。

獻縣城東雙塔村，有二老僧共一庵，一夕，有二老道士叩門借宿，僧初不允，道士曰：釋道雖兩教，出家則一，師何所見之不廣？僧乃留之。次日至晚，門不啟，呼亦不應，鄰人越牆入視，則四人皆不見，而僧房一物不失，道士行囊中藏數十金，亦俱在，皆大駭，以聞於官。邑令粟公千鐘來驗，一牧童言村南十餘里外枯井中似有死人，馳往視之，則四屍重疊在焉，然皆無傷。粟公曰：一物不失，則非盜；年皆衰老，則非姦；邂逅留宿，則非讐；身無寸傷，則非殺。四人何

以同死，四屍何以並移，門扃不啟，何以能出，距井窵遠，何以能至，事出情理之外，吾能鞫人，不能鞫鬼，人無可鞫，惟當以疑案結耳。徑申上官，上官亦無可駁詰，竟從所議。應山明公晟，健令也，嘗曰：吾至獻，即聞是案，思之數年，不能解。遇此等事，當以不解解之，一作聰明，則決裂百出矣。人言粟公憒憒，吾正服其憒憒也。

左傳言深山大澤實生龍蛇。小奴玉保，烏魯木齊流人子也，初隸特納格爾軍屯，嘗入谷追亡羊，見大蛇巨如柱，盤於高岡之頂，向日曬鱗，遍身五色爛然，如堆錦繡，頂一角，長尺許，有群雉飛過，張口吸之，相距四五丈，皆翩然而落，如矢投壺，心知羊為所吞矣，乘其未見，循澗逃歸，恐怖幾失魂魄。軍吏鄔圖麟因言：此蛇至毒，而其角能解毒，即所謂吸毒石也。見此蛇者，攜雄黃數斤於上風燒之，即委頓不能動，取其角，鋸為塊，癰疽初起時，以一塊著瘡頂，即如磁吸鐵，相粘不可脫，待毒氣吸出，乃自落。置人乳中，浸出其毒，仍可再用。毒輕者乳變綠，稍重者變青黯，極重者變黑紫，乳變黑紫者，吸四五次乃可盡，餘一二次愈矣。余記從兄懋園家有吸毒石，治癰疽頗驗，其質非木非石，至是乃知為蛇角矣。

正乙真人能作催生符，人家多有之。此非禱雨驅妖，何與真人事，殊不可解。或曰：道書載有二鬼，一曰語忘，一曰敬遺，能使人難産，知其名而書之紙，則去，符或制此二鬼歟？夫四海內外，登産蓐者，殆恆河沙數，其天下祇此語忘、敬遺二鬼耶？抑一處各有二鬼、一家各有二鬼耶？其名皆曰語忘、敬遺也？如天下祇此二鬼，將周遊奔走，而為厲鬼何其勞；如一處各有二鬼、一家各有二鬼，則生育之時少，不生育之時多，擾擾千百億萬鬼，無所事事，靜待人生育而為厲，鬼又何其冗閒無用乎？或曰：難産之故多端，語忘、敬遺其一也，不能必其為語忘、敬遺，亦不能必其非語忘、敬遺，故召將試勘焉。是亦一解矣。第以萬一或然之事，而日日召將試勘，將至而有鬼，將驅之矣；將至而非鬼，將且空返，不瀆神矣乎？即神不嫌瀆，而一符一將，是鍊無數之將，使待幽王之烽火，上帝且以真人一符增置一神，如諸符共一將，則此將雖千手千目，亦疲於奔命，上帝且以真人諸符，特設以無量化身之神，供捕風捉影之役矣。能乎不能？然趙鹿泉前輩有一符，傳自明代，曰高行真人精煉剛氣之所畫也，試之其驗如響。鹿泉非妄語者，是則吾無以測之矣。

俗傳張真人廝役皆鬼神，嘗與客對談，司茶者雷神也，客不敬，歸而震霆隨之，幾不免。此齊東野語也。憶一日與余同陪祀，將入，而遺其朝珠，向余借，余戲曰：雷部鬼律令行最疾，何不遣取？真人為冁然。然余在福州使院時，老僕魏成夜夜為祟擾，一夜，乘醉怒叱曰：吾主素與天師善，明日寄一札往，雷部立至矣。應聲而寂。然則狐怪亦習聞是語也。

奴子王廷佐夜自滄州乘馬歸至常家磚河馬忽辟易黑暗中見大樹阻去路素所未有也勒馬旁過此樹四面旋轉當其前盤繞數刻馬漸疲人亦漸迷俄所識木工國姓韓姓從東來見廷佐癡立怪之廷佐指以告時二人已醉齊呼曰佛殿少一樑正覓大樹今幸而得此不可失也各持斧鋸奔赴之樹倏化旋風去陰符經曰禽之制在氣木妖畏匠人正如狐怪畏獵戶積威所劫其氣焰足以慴伏之不必其力之相勝也

甯津蘇之庚言丁卯夏張氏姑婦同刈麥甫收拾成聚有大旋風從西來吹之四散婦怒以鐮擲之灑血數滴漬地上方共檢尋所失婦倚樹忽如昏醉魂為人縛至一神祠神怒叱曰悍婦乃敢傷我吏速受杖婦性素剛抗聲曰貧家種麥數畝資以活命烈日中婦姑辛苦刈甫畢乃為怪風吹散謂是邪祟故以鐮擲之不虞傷大王使者且使者來往自有官路何以橫經民田敗人麥以此受杖實所不甘神俛首曰其詞直可遣去婦蘇而旋風復至仍捲其麥為一處說是事時吳橋王仁趾曰此不知為何神不曲庇其私眠謂之正直可矣先聽膚受之愬使婦幾受刑謂之聰明則未也景州戈荔田曰婦愬其冤神即能鑒是亦聰明矣倘訴者哀哀聽者憒憒君更謂之何子庚曰仁趾責人無已時荔田言是

四川藩司張公寶南先祖母從弟也其太夫人喜鼈臛一日庖人得巨鼈甫斷其首有小人

長四五寸自頸突出繞鼈而走庖人大駭仆地眾救之蘇小人已不知所往及剖鼈乃仍在腹中已死矣先祖母曾取視之先母時尚幼亦在旁目睹裝飾如職貢圖回回狀帽黃色褶藍色帶紅色靴黑色皆紋理分明如繪面目手足亦皆如刻畫館師岑生識之曰此名鼈寶生得之剖臂納肉中則啖人血以生人臂有此寶則地中金銀珠玉之類隔土皆可見血盡而死子孫又剖臂納之可以世世富庖人聞之大懊悔每一念及輒自批其頰外祖母曹太夫人曰據岑師所云是以命博財也人肯以命博財則其計多矣何必剖臂養鼈庖人終不悟竟自悔而卒

孤樹上人不知何許人亦不知其名明崇禎末居景城破寺中先高祖厚齋公嘗贈以詩一夜燈下誦經窗外窸窣有聲似有人來往呵問為誰朗應曰身是野狐為聽經來此聞某剎法筵最盛何不往聽曰渠是有人處誦經師是無人處誦經也後為厚齋公述之厚齋公曰師以此語告我亦是有人處誦經矣孤樹憮然者久之

李太白夢筆生花特睡鄉幻景耳福建陸路提督馬公負書性耽翰墨稍暇即臨池一日所用巨筆懸架上忽吐焰光長數尺自毫端倒注於地復逆捲而上蓬蓬然逾刻乃斂署中弁卒皆見之馬公畫為小照余嘗為題詩然馬公竟卒於官則亦妖而非瑞矣

史少司馬柳堂相國文靖公次子也家居時忽無故眩瞀覺魂出門外有人掖之登肩輿行數里矣復有肩輿自後追之疾呼且住視之則文靖公也柳堂下輿叩謁文靖公語之曰爾尚有子孫未出世此時詎可前往揮舁者送歸霍然而醒時年七十四歲次年舉一子越兩年又舉一子果如文靖公之言此柳堂七十八歲時至京師親為余言

閱微草堂筆記卷六　灤陽消夏錄六

烏什回部將叛時城西有高阜云其始祖墓也每日將暮輒見巨人立墓上面闊逾一尺翹首向東若有所望叛黨殄滅後乃不復見或曰是知劫運將臨待收其子孫之魂也或曰東望者示其子孫有兵自東來早為備也或曰回部為西域向東者面南也示其子孫不可叛也是皆不可知其為烏什將滅之妖孽則無疑也

宏恩寺僧明心言上天竺有老僧嘗入冥見獰猛鬼卒驅數千人在一大公廨外皆褫衣反縛有官南面坐吏執簿唱名一一選擇精粗攜量肥瘠若屠肆之鬻羊豕意大怪之見一吏去官稍遠是舊檀越因合掌問訊是悉何人吏曰諸天魔眾皆以人為糧如來運大神力攝伏魔王皈依五戒而部族繁夥叛服不常皆曰自無始以來魔眾食人如人食穀佛能斷人食穀我即不食人如是嘵嘵即彼魔王亦不能制佛以孽海洪波沉淪不返無間地獄已不

能容乃牒下閻羅欲移此獄因充彼噉噬彼腹得果可免荼毒生靈十王共議以民命所關無如守令造福最易造禍亦深惟是種種冤愆多非自作冥司業鏡罪有攸歸其最為民害者一曰吏一曰役一曰官之親屬一曰官之僕隸是四種人無官之責有官之權或自顧考成彼則惟知牟利依草附木怙勢作威足使人敲髓灑膏吞聲泣血四大洲內惟此四種惡業至多是以清我泥犁供其湯鼎以白皙者柔脆者膏腴者充魔王食以粗材充眾魔食故先為差別然後發遣其間業稍輕者一經臠割烹炮即化為烏有業重者拋餘殘骨吹以業風還其本形再供刀俎自二三度至千百度不一業最重者乃至一日化形數度刲割燔炙無已時也僧額手曰誠不如削髮出塵可無此慮吏曰不然其權可以害人其力即可以濟人靈山會上原有宰官即此四種人亦未嘗無逍遙蓮界者也語訖忽寤僧有姪在一縣令署急馳書促歸勸使改業此事即僧告其姪而明心在寺得聞之雖語頗荒誕似出寓言然神道設教使人知畏亦警世之苦心未可繩以妄語戒也

滄州瞽者劉君瑞嘗以絃索來往余家言其偶有林姓者一日薄暮有人登門來喚曰某官舟泊河干聞汝善彈詞邀往一戲當有厚賚即促抱琵琶牽其杖導之往約四五里至舟畔寒溫畢聞主人指揮曰舟中炎熱坐岸上奏技吾倚窗聽之可也林利其賞竭力彈唱約

暑近三鼓。指痛喉乾。求滴水不可得。側耳聽之。四圍男女雜坐。笑語喧譁。覺不似仕宦家。又覺不似在水次。輟絃欲起。衆怒曰。何物盲賊。敢不聽使令。衆手交㨗。痛不可忍。乃哀乞再奏。久之。聞人聲漸散。猶不敢息。忽聞耳畔呼曰。林先生何故日尚未出。坐亂冢間演技。取樹下早涼耶。矍然驚問。乃其鄉人早起販鬻。過此也。知為鬼弄。狼狽而歸。林姓素多心計。號曰林鬼。聞者咸笑曰。今日鬼遇鬼矣。

先姚安公曰。里有白以忠者。偶買得役鬼符咒一冊。冀借此演搬法。或可謀生。乃依書置諸法物。月明之夜。作道士裝。至墟墓間試之。據案誦咒。果聞四面啾啾聲。俄暴風突起。捲其書落草間。為一鬼躍出攫去。衆鬼譁然並出。曰。爾恃符咒拘遣我。今符咒已失。不畏爾矣。聚而攢擊。以忠踉蹌奔逃。背後瓦礫如驟雨。僅得至家。是夜瘧疾大作。困臥月餘。疑亦鬼為祟也。一日訴於姚安公。且慚且憤。姚安公曰。幸哉。爾術不成。不過成一笑柄耳。倘不幸術成。安知不以術賈禍。此爾福也。爾又何尤焉。

從姪虞惇所居宅。本村南舊圃也。未築宅時。四面無居人。一夕。灌圃者田大臥井旁小室。聞牆外詬爭聲。疑為村人。隅牆問曰。爾等為誰。夜深無故來擾我。其一呼曰。一事求大哥公論。不知何處鬼。強入我家。調我婦。天下有是理耶。其一呼曰。我自攜錢赴聞家廟。此婦見我嬉笑。邀我入室。此人突入。奪我錢。天下又有是理耶。田知是鬼。噤不敢應。二鬼並曰。此處不能了此事。當訴諸土地耳。喧喧然向東北去。田次日至土地祠問廟祝。乃寂無所聞。皆疑田妄語。臨清李名儒曰。是不足怪。想此婦和解之矣。衆為粲然。

乾隆己未。余與東光李雲舉、霍養仲同讀書生雲精舍。一夕。偶論鬼神。雲舉以為有。養仲以為無。正辯詰間。雲舉之僕卒然曰。世間原有奇事。倘吾不身經。雖奴亦不信也。嘗過城隍祠前叢冢間。失足踏破一棺。夜夢城隍拘去。云有人訴我毀其室。心知是破棺事。與之辯曰。汝室自不合當路。非我侵汝。鬼又辯曰。路自當我屋。非我屋故當路也。城隍微笑顧我曰。人人行此路。不能責汝。人人踏之不破。何汝踏破。亦不能竟釋汝。當償之以冥鏹。既而曰。鬼不能自葺棺。汝覆以片板。築土其上可也。次日如神教。仍焚冥鏹。有旋風捲其灰去。一夜復過其地。聞有人呼我坐。心知為鬼。疾馳歸。其鬼大笑。音磔磔如梟鳥。迄今思之。尚毛髮悚立也。養仲謂雲舉曰。汝僕助汝。吾一口不勝兩口矣。然吾終不能以人所見為吾所見。雲舉曰。使君覩鬼。將事事目覩而後信乎。抑以取證衆口乎。事事目覩。無此理。取證衆口。不以人所見為我所見乎。君何以處焉。相與一笑而罷。

莆田林教授清標言。鄭成功據臺灣時。有粵東異僧泛海至。技擊絕倫。袒背端坐。斫以刃。如

中鐵石。又兼通壬遁風角。與論兵。亦娓娓有條理。成功方招延豪傑。甚敬禮之。稍久。漸驕蹇。成功不能堪。且疑為間諜。欲殺之。而懼不克。其大將劉國軒曰。必欲除之。事在我。乃詣僧款洽。忽請曰。師是佛地位人。但不知還摩登伽還受攝否。僧曰。參寥和尚久心似沾泥絮矣。劉因戲曰。欲以劉王大體雙一驗道力。使衆彌信心可乎。乃選樂童倡女姣麗善淫者十許人。布茵施枕。恣為媟狎於其側。柔情曼態。極天下之妖惑。僧談笑自若。似無見聞。久忽閉目不視。國軒拔劍一揮。首已欻然落矣。國軒曰。此術非有鬼神。特練氣自固耳。心定則氣聚。心一動則氣散矣。此僧心初不動。故敢縱觀。至閉目不窺。知其已動而強制。故及一下而不能禦也。所論頗入微。但不知椎埋惡少。何以能見及此。其縱橫鯨窟十餘年。蓋亦非偶矣。

朱公晦菴嘗與五公山人散步城南。因坐樹下談易。忽聞背後語曰。二君所論。乃術家易。非儒家易也。怪其適自何來。曰已先坐此。二君未見耳。問其姓名。曰江南崔寅。今日宿城外旅舍。天尚未暮。偶散悶閒行。山人愛其文雅。因與接膝。究術家儒家之說。崔曰。聖人作易。言人事也。非言天道也。為衆人言也。非為聖人言也。聖人從心不踰矩。本無疑惑。何待於占。惟衆人昧於事幾。每兩歧罔決。故聖人以陰陽之消長。示人事之進退。俾知趨避而已。此儒家之本旨也。顧萬物萬事。不出陰陽。後人推而廣之。各明一義。楊簡、王宗傳闡發心學。此禪家之易。源出王弼者也。陳摶、邵康節推論先天。此道家之易。源出魏伯陽者也。術家之易。衍於管郭。源於焦京。即二君所言是矣。易道廣大。無所不包。見智見仁。理原一貫。後人忘其本始。反以旁義為正宗。是聖人作易。但為一二上智設。非千萬世垂教之書。千萬人共喻之理矣。經者常也。言常道也。經者徑也。言人所共由也。曾是六經之首。而詭秘其詞。使人不可解乎。二人喜其詞致。談至月上未已。詰其行蹤。多世外語。二人謝曰。先生其儒而隱者乎。崔微哂曰。果為隱者。方韜光晦迹之不暇。安得知名。果為儒者。方反躬克己之不暇。安得講學。世所稱儒稱隱。皆膠膠擾擾者也。吾方惡此而逃之。先生休矣。毋汚吾耳。劃然長嘯。木葉亂飛。已失所在矣。方知所見非人也。

南皮許南金先生。最有膽。在僧寺讀書。與一友共榻。夜半。見北壁燃雙炬。諦視。乃一人面出壁中。大如箕。雙炬。乃目光也。友股慄欲死。先生披衣徐起曰。正欲讀書。苦燭盡。君來甚善。乃攜一冊。背之坐。誦聲琅琅。未數頁。目光漸隱。拊壁呼之。不出矣。又一日如廁。一小童持燭隨。此面突自地涌出。對之而笑。童擲燭仆地。先生即拾置怪頂。曰。燭正無臺。君來又甚善。怪仰視不動。先生曰。君何處不可往。乃在此耶。海上有逐臭之夫。君其是乎。不可辜君來意。即以穢紙拭其口。怪大嘔吐。狂吼數聲。滅燭而沒。自是不復見。先生嘗曰。鬼魅皆真有之。亦時或

見之。惟檢點生平無不可對鬼魅者。則此心自不動耳。

戴東原言明季有宋某者。卜葬地至歙縣深山中。日薄暮風雨欲來。見巖下有洞。投之暫避。聞洞內人語曰。此中有鬼。君勿入。問汝何以入。曰身即鬼也。宋請一見。曰與君相見。則陰陽氣戰。君必寒熱小不安。不如君爇火自衛。遥作隅坐談也。宋問君必有墓。何以居此。曰吾神宗時為縣令。惡仕宦者貨利相攘。進取相軋。乃棄職歸田。歿而祈於閻羅。勿輪迴人世。遂以來生祿秩。改注陰官。不虞幽冥之中。相攘相軋。亦復如此。又棄職歸墓。墓居羣鬼之間。往來囂襍。不勝其煩。不得已避居於此。雖淒風苦雨。蕭索難堪。較諸宦海風波。世途機穽。則如生忉利天矣。寂歷空山。都忘甲子。與鬼相隔者。更不知幾年。自喜解脫萬緣。冥心造化。不意又通人迹。明朝當即移居。武陵漁人。勿再訪桃源也。語訖。不復酬對。問其姓名亦不答。宋攜有筆硯。因濡墨大書鬼隱二字於洞口而歸。

陽曲王近光言。冀甯道趙公孫英有兩幕友。一姓喬。一姓車。合雇一騾轎回籍。趙公戲以其姓作對曰。喬車二幕友。各乘半轎而行。恰皆轎之半字也。時署中召仙。即舉以請對。乩判曰。此是實人實事。非可強湊而成。越半載。又召仙乩。忽判曰。前對吾已得之矣。盧馬兩書生。共引一驢而走。又判曰。四日後辰巳之間。往南門外候之。至期遣役偵視。果有盧馬兩生以一驢負新科墨卷赴會城出售。趙公笑曰。巧則誠巧。然兩生之受侮深矣。此所謂箭在弦上。不得不發。雖仙人亦忍俊不禁也。

先祖有莊曰厰裏。今分屬從弟東白家。聞未析箸時。場中一柴垛有年矣。云狐居其中。人不敢犯。偶佃戶某醉臥其側。同輩戒勿觸仙家怒。某不聽。反肆詈。忽聞人語曰。汝醉。吾不較。且歸家睡可也。次日。詣園守瓜。其婦担飯來餉。遥望團焦中。一紅衫女子與夫坐。見婦驚起。倉卒踰垣去。婦因妒悍。以為夫有外遇也。憤不可忍。遽以担痛擊。某百口不能自明。大受箠楚。婦手倦稍息。猶喃喃毒詈。忽聞樹杪大笑聲。方知狐戲報之也。

吳惠叔言其鄉有巨室。惟一子。嬰疾甚劇。葉天士診之曰。脈現鬼證。非藥石所能療也。乃請上方山道士建醮。至半夜。陰風颯然。壇上燭光俱黯碧。道士橫劍瞑目。若有所睹。既而拂衣竟出曰。妖魅為厲。吾法能袪。至夙世冤愆。雖有解釋之法。其肯否解釋。仍在本人。若倫紀所關。事干天律。雖籙章拜奏。亦不能上達神霄。此祟乃汝父遺一幼弟。汝兄遺二孤姪。汝蠶食鯨吞。殘無餘瀝。又煢煢孩稚。視若路人。至飢飽寒溫。無可告語。疾痛疴癢。任其呼號。汝父茹痛九原。訴於地府。冥官給牒。俾取汝子以償冤。吾雖有術。祇能為人驅鬼。不能為子驅父也。果其子不久即逝。後終無子。竟以姪為嗣。

護持寺在河間東四十里。有農夫于某家小康。一夕。于外出。劫盜數人從屋簷下。揮巨斧破扉。聲丁丁然。家惟婦女弱小。伏枕戰慄。聽所為而已。忽所畜二牛。怒吼躍入。奮角與盜鬭。梃及交下。鬭愈力。盜竟受傷狼狽去。蓋乾隆癸亥河間大飢。畜牛者不能芻秣。多鬻於屠市。是二牛至屠者門。哀鳴伏地不肯前。于見而心惻。解衣質錢贖之。忍凍而歸。牛之効死固宜。惟盜在內室。牛在外廐。牛何以知有警。且牛非矯捷之物。外扉堅閉。何以能一躍踰牆。此必有使之者矣。非鬼神之為而誰為之。此乙丑冬在河間歲試。劉東堂為余言。東堂即護持寺人。云親見二牛。各身被數刃也。

芝稱瑞草。然亦不必定為瑞。靜海元中丞在甘肅時。署中生九芝。因以自號。不久即罷官。舅氏安公五占停柩在室。忽柩上生一芝。自是子孫式微。今已無齠齔。蓋禍福將萌。氣機先動。非常之兆。理不虛來。第為休咎則不能預測耳。先兄晴湖則曰。人知兆發於鬼神。而人事應之。不知實兆發於人事。而鬼神應之。亦未始不可預測也。

大學士伍公彌泰言。向在西藏。見懸崖無路處。石上有天生梵字大悲咒。字字分明。非人力所能。亦非人跡所到。當時曾舉其山名。梵音難記。今忘之矣。公一生無妄語。知確非虛構。天地之大。無所不有。宋儒每於理所無者。即斷其必無。不知無所不有。即理也。

喇嘛有二種。一曰黃教。一曰紅教。各以其衣別之也。黃教講道德。明因果。與禪家派別而同源。紅教則惟工幻術。理藩院尚書留公保住言。駐西藏時。曾忤一紅教喇嘛。或言登山時必相報。公使肩輿鳴騶先行。而陰乘馬隨其後。至半山。果一馬躍起。壓肩輿上。碎為虀粉。此留公自言之。冀從軍烏魯木齊時。有失馬者。一紅教喇嘛取小木櫈。咒良久。櫈忽反覆折轉。如翻桔槔。使失馬者隨行。至一山谷。其馬在焉。此余親睹之。考西域吞刀吞火之幻。人自前漢已有。此蓋其相傳遺術。非佛氏本法也。故黃教謂紅教曰魔。或曰是即波羅門。佛經所謂邪師外道者也。似為近之。

巴里坤闢展烏魯木齊諸山皆多狐。然未聞有祟人者。惟根克忒有小兒夜捕狐。為一黑影所撲。墮崖傷足。皆曰狐為妖。此或膽怯目眩。非狐為妖也。大抵自突厥回鶻以來。即以弋獵為事。今日則投荒者。屯戍者。開墾者。出塞覓食者。搜巖剔穴。採捕尤多。狐恒見傷夷。不能老壽。故不能久而為魅歟。抑僻在荒郊。人已不知導引鍊形術。故狐亦不知歟。此可見風俗必有所開。不開則不習。人情沿於所習。不習則不能。道家化性起僞之說。要不為無見。姚安公謂滇南僻郡。鬼亦淳良。即此理也。

副都統劉公鑑言。向在伊犁。有善扶乩者。其神自稱唐燕國公張說。與人唱和詩文。錄之成帙。性嗜飲。每降壇必焚紙錢。而奠以大白。不知龍沙葱雪之間。燕公何故而至。是劉公誦其

數章詞皆淺陋殆打油釘鉸之流客死氷天游魂不返託名以求食歟

里人張某深險詭譎雖至親骨肉不能得其一寔語而口舌巧捷多為所欺人號曰禿項馬馬禿項為無鬃鬃蹤同音言其恍惚閃爍無踪可覓也一日與其父夜行迷路隔隴見數人圍坐呼問當何向數人皆應曰向北因陷深淖中又遙呼問之皆應曰轉東乃幾至滅頂蹩躠泥塗困不能出聞數人拊掌笑曰禿項馬爾今知妄語之誤人否近在耳畔而不覩其形方知為鬼所紿也妖由人興往往有焉李雲舉言一人胆至怯一人欲戲之其奴手黑如墨使藏於室中密約曰我與某坐月下我驚呼有鬼爾即從窗隙伸一手屆期呼之突一手探出其大如箕五指挺然如舂杵賓主俱驚仆眾譁曰此真鬼耶秉炬持仗入則奴昏臥於壁角救之蘇言闇中如有物以氣噓我我即迷悶族叔楘菴言二人同讀書佛寺一人燈下作縊鬼狀立於前見是人驚怖欲絕急呼是我爾勿畏是人曰固知是爾爾背後何物也回顧乃一真縊鬼蓋機械一萌鬼遂以機械之心從而應之斯亦可為螳螂黃雀之喻矣

余八九歲時在從舅實齋安公家聞蘇丈東臯言交河某令蝕官帑數千使其奴齎還奴半途以黃河覆舟報而陰還其重臺攜歸重臺又竊以北上行至良州為盜所劫殺從舅咋舌曰可畏哉此非人之所為而鬼神之所為也夫鬼神豈必白晝現形左懸業鏡右持冥籍指揮眾生輪迴六道而後見善惡之報哉此足當森羅鐵榜矣蘇丈曰令不竊貲何至為奴乾沒奴不乾沒何至為重臺效尤重臺不效尤何至為盜屠掠此仍人之所為非鬼神之所為也如公所言是令當受報故遣奴竊貲奴當受報故遣重臺效尤重臺當受報故遣盜屠掠鬼神既遣之報人又從而報之不已傎乎從舅曰此無礙之辯才非正理也然存公之說亦足於相隨波靡之中勸人以自立

劉乙齋廷尉為御史時嘗租西河沿一宅每夜有數人擊柝聲琅琅徹曉其轉更攢點一一與譙鼓相應視之則無形聒耳至不得片刻睡乙齋故強項乃自撰一文指陳其罪大書粘壁以驅之是夕遂寂乙齋自詡不減昌黎之驅鱷也余謂君文章道德似尚未敢昌黎然性剛氣盛平生尚不作曖昧事故敢悍然不畏鬼又拮据遷此宅力竭不能再徙計無復之惟有與鬼以死相持此在君為困獸猶鬭在鬼為窮寇勿追耳君不記太平廣記載周書記與鬼爭宅憚其木强而去乎乙齋笑擊余背曰魏收輕薄哉然君知我者

余督學福建時署中有筆捧樓以左右挾兩浮圖也使者居下層其上層則複壁曲折非正午不甚覩物舊為山魅所居雖不覩獨足反踵之狀而夜每聞聲偶憶杜工部山精白日藏句悟鬼魅皆避明而就晦當由曲房幽隱故此輩潛蹤因盡撤牆垣使四面明窗洞啟三山翠靄宛在目前題額曰浮青閣題聯曰地迥不遮雙眼闊窗虛只許萬峰窺自此山魅遂於

署東南隅會經堂故久發既於人無害亦聽其匿跡不為已甚矣

徐公景熹官福建鹽道時署中篋笥每火自內發而扃鑰如故又一夕竊翦其侍姬髮為祟殊甚既而徐公罷歸未及行而卒山鬼能知一歲事故乘其將去肆侮也徐公盛時銷聲匿迹衰氣一至無故侵陵此邪魅所以為邪魅歟

余鄉青苗被野時每夜田隴間有物不辨頭足倒擲而行築地登登如杵聲農家習見不怪謂之青苗神云常為田家驅鬼此神出則諸鬼各歸其所不敢散游於野矣此神不載於古書然確非邪魅從兄懋園常於李家洼見之月下諦視形如一布囊每一翻折則一頭著地行頗遲重云

先祖寵予公原配陳太夫人早卒繼配張太夫人于歸日獨坐室中見少婦揭簾入徑坐牀畔著元帔黃衫淡綠裙舉止有大家風新婦不便通寒溫意謂是摩從婦姒或姑姊妹耳其人絮絮言家務得失媼婢善惡皆委曲周至久之僕婦捧茶入乃徑出後閱數日怪家中無是人細話其衣飾即陳太夫人斂時服也死生相妒見於載籍者多矣陳太夫人已掩黃壚猶慮新人未諳料理現身指示無間幽明此何等居心乎今子孫登科第歷仕宦者皆陳太夫人所出也

伯高祖愛堂公明季有聲黌序間刻意鄭孔之學無間冬夏讀書恒至夜半一夕夢到一公廨榜額曰文儀班內十許人治案牘一一恍惚如舊識見公皆詫曰君尚遲七年乃當歸今猶早也霍然驚寤自知不永乃日與方外游偶遇道士論頗洽留與共飲道士別後途遇奴子胡門德曰頃一書忘付汝主汝可攜歸公視之皆驅神役鬼符咒也閉戶肄習盡通其術時時用為戲劇以消遣歲月越七年至崇禎丁丑果病卒半日復蘇曰我以褻用五雷法獲陰譴冥司追還此書可即焚之焚訖復卒半日又蘇曰冥司查檢闕三頁飭歸取視灰中果三頁未燼重焚之乃卒此事姚安公附載家譜中公聞之先曾祖曾祖聞之先高祖即手焚是書者也孰謂竟無鬼神乎

余族所居曰景城宋故縣也城趾尚依稀可辨或偶於昧爽時遙望烟霧中現出一城影樓堞宛然類乎蜃氣此事他書多載之然莫明其理余謂凡有形者必有精氣土之厚處即地之精氣所聚處如人之有魂魄也此城周回數里其形巨矣自漢至宋千餘年為精氣所聚已久如人之取多用宏其魂魄獨強矣故其形雖化而精氣之盤結者非一日之所蓄即非一日所能散偶然現像仍作城形正如人死鬼存鬼仍作人形耳然古城郭不盡現形現形者又不常見其故何歟人之死也或有鬼或無鬼鬼之存也或見或不見亦如是而已矣

南宮鮑敬之先生言其鄉有陳生讀書神祠夏夜袒裼睡廡下夢神召至座前訶責其褻

辯曰。殿上先有販夫數人睡。某避於廡下。何反獲愆。神曰。販夫則可。汝則不可。彼蠢蠢如鹿豕。何足與較。汝讀書而不知禮乎。蓋春秋責備賢者。理如是矣。故君子之於世也。可隨俗者隨。不必苟異。不可隨俗者不隨。亦不必苟同。世於違禮之事。動曰某某曾為之。夫不論事之是非。但論事之有無。自古以來。何事不曾有人為之。可一一據以藉口乎。

漁洋山人記張巡妾轉世索命事。余不謂然。其言曰。君為忠臣。我則何罪。而殺以饗士。夫孤城將破。巡已決志捐生。巡當殉國。妾不當殉主乎。古來忠臣仗節。覆宗族。糜妻子者。不知凡幾。使人人索命。天地間無綱常矣。使容其索命。天地間亦無神理矣。王經之母。含笑受刃。彼何人乎。此或妖鬼為祟。託一古事求祭饗。未可知也。或明季諸臣。顧惜身家。偷生視息。造作是言。以自解。亦未可知也。儒者著書。當存風化。雖齊諧志怪。亦不當收悖理之言。

族叔楘庵言。景城之南。恒於日欲出時。見一物御旋風東馳。不見其身。惟昂首高丈餘。長鬣鬖鬖。不知何怪。或曰。馮道墓前石馬。歲久為妖也。考道所居。今曰相國莊。其妻家。今曰夫人莊。皆與景城相近。故先高祖詩曰。青史空留字數行。書生終是讓侯王。劉光伯墓無尋處。相國夫人各有莊。其墓則縣志已不能確指。北村之南。有地曰石人窪。殘缺翁仲。猶有存者。土人指為道墓。意或有所傳歟。董空如嘗乘醉夜行。便旋其側。倏陰風橫捲。沙礫亂飛。似隱隱

閱微草堂筆記　卷六　八

有怒聲。空如叱曰。長樂老頑鈍無恥。七八百年後。豈尚有神靈。此定邪鬼依託耳。敢再披猖。且日日來溺汝。語訖而風止。

南村董天士。不知其名。明末諸生。先高祖老友也。花王閣剩稿中。有哭天士詩四首曰。事事知心自古難。平生二老對相看。飛來遺札驚投箸。哭到荒村欲蓋棺。殘稿未收新畫册。原註天士以畫自給餘貲惟賣破儒冠。布衾兩幅無妨斂。在日黔婁不畏寒。五岳填胸氣不平。談鋒一觸便縱橫。不逢黃祖真天幸。曾怪嵇康太世情。閒躡有時邀月入。杖藜到處避人行。料應塵海無堪語。且試驂鸞向紫清。百結懸鶉兩鬢霜。自貪冰雪溷空腸。一生惟得秋冬氣。到死不知羅綺香。原註天士不娶寒寶村醪緣破戒。老棲僧舍是還鄉。只今一瞑無餘事。未要青蠅作弔忙。廿年相約劚風塵。天地無情殞此人。亂世逃禪聊解脫。衰年哭友倍酸辛。關河泱漭連兵氣。齒髮滄浪寄病身。泉下有靈應念我。白楊孤冢亦傷神。天士之生平。可以想見。縣志不為立傳。蓋未見先高祖詩也。相傳天士殁後。有人見其騎驢上泰山。呼之不應。俄為老樹所遮。遂不見。意或尸解登仙歟。抑貌偶似歟。跡其孤僻之性。似於仙為近也。先高祖集有快哉行一篇曰。一笑天地驚。此樂古未有。平生不解飲。滿引亦一斗。老革昔媚璫。正士皆碎首。當知時勢移。人事反覆手。當年金谷花。今日章臺柳。巧哉造化心。此罰勝枷杻。酒酣鼓舊事。因果信非偶。淋漓揮醉墨。神鬼運吾肘。姓名諱不書。聊以存忠厚。時皇帝十載。太歲在丁丑。恢台仲夏月。

其日二十九。同觀者六人。題者河間奧益。為許顧純諸姬流落青樓作也。初諸姬隸樂籍時。有以死自誓者。夜夢顧純浴血來曰。我死不蔽辜。故天以汝等示身後之罰。汝若不從。吾罪益重。諸姬每舉以告客。故有因果信非偶句云。

先四叔父栗甫公。一日。往河城探友。見一騎飛馳向東北。突挂柳枝而墮。眾趨視之。氣絕矣。食頃。一婦號泣來曰。姑病無藥餌。步行一晝夜。向母家借得衣飾數事。不料為騎馬賊所奪。眾引視墮馬者。時已復蘇。婦呼曰。正是人也。其袱擲於道旁。問袱中衣飾之數。墮馬者不能答。婦所言。啟視一一合。墮馬者乃伏罪。眾以白晝劫奪。罪當繯首。將執送官。墮馬者叩首乞命。願以懷中數十金予婦自贖。婦以姑病危急。亦不願涉訟庭。乃取其金而縱之去。叔父曰。果報之速。無速於此事者矣。每一念及。覺在在處處有鬼神。

齊舜庭。前所記劇盜齊大之族也。最剽悍。能以繩繫刀柄。擲傷人於兩三丈外。其黨號之曰飛刀。其鄰曰張七。舜庭故奴視之。強售其住屋廣馬廄。且使其黨恐之曰。不速遷。禍立至矣。張不得已。攜妻女倉皇出。莫知所適。乃詣神祠禱曰。小人不幸為劇盜逼。窮迫無路。敬植杖神前。視所向而往。杖仆向東北。乃迤邐行乞。至天津。以女嫁灶丁。助之曬鹽。粗能自給。三四載後。舜庭劫餉事發。官兵圍捕。黑夜乘風雨脫免。念其黨有在商舶者。將投之泛海去。晝伏夜

閱微草堂筆記　卷六　九

行。竊欣果為報幸無覺者。一夕。飢渴交迫。遙望一燈熒然。試叩門。一少婦凝視久之。忽呼曰。齊舜庭在此。蓋追緝之牒。已急遞至天津。立賞格募捕矣。眾丁聞聲畢集。舜庭手無寸刃。乃弭首就擒。少婦即張七之女也。使不迫逐七至是。則舜庭已變服。人無識者。地距海口僅數里。竟揚帆去矣。

王蘭洲嘗於舟次買一童。年十三四。甚秀雅。亦粗知字義。云父歿。家中落。與母兄投親不遇。附舟南還。行李典賣盡。故鬻身為道路費。與之語。羞澀如新婦。固已怪之。比就寢。竟弛服橫陳。王本買供使令。無他念。然宛轉相就。亦意不自持。已而童伏枕暗泣。問汝不願乎。曰不願。問不願何以先就我。曰吾父在時。所畜小奴數人。無不薦枕席。有初來愧拒者。輒加鞭箠曰。思買汝何為。憒憒乃爾。知奴事主人。分當如是。不如是則當捶楚。故不敢不自獻也。王蹶起推枕曰。可畏哉。急呼舟人鼓楫。一夜追及其母兄。以童還之。且贈以五十金。意不自安。復於憫忠寺禮佛懺悔。夢伽藍語曰。汝作過改過。在頃刻間。冥司尚未注籍。可無庸瀆世尊也。

戈東長前輩官翰林時。其太翁傳齋先生。市上買一慘綠袍。一日。鎖戶出。歸失其鑰。恐悞遺於牀上。隔窗視之。乃見此袍挺然如人立。聞驚呼聲。乃仆。眾議焚之。劉嘯谷前輩時同寓。曰。此必亡人衣。魂附之耳。鬼為陰氣。見陽光則散。置烈日中。反覆曬數日。再置屋中。密覘之。不

復為祟矣。又東長頭早童，恒以假髮續䯼，將罷官時，假髮忽舒展蜿蜒如蛇，掉尾不久即歸田。是亦亡人之髮，感衰氣而變幻也。

德清徐編修開厚，亦壬戌前輩。初入館時，每夜讀書，則宅後空屋中有讀書聲，與琅琅相答。細聽所誦，亦館閣律賦也。啟戶則無睹。一夕，躡足屏息窺之，見一少年著青半臂藍綾衫，携一卷背月坐，搖首吟哦，若有餘味，殊不似為祟者。後亦無休咎。唐小說載天狐超異科策二道，皆四言韻語，文頗古奧，或此狐亦應舉者歟？此戈東長前輩說。戈、徐同年進士也。

烏魯木齊八蜡祠道士，年八十餘。一夕，以錢七千布薦下，臥其上而死。眾議以是錢營葬。夜見夢於工房吏鄔玉麟曰：我守官廟，棺應官給。錢我辛苦所積，乞納棺中，俟來生我自取。玉麟憫而從之。葬訖，太息曰：以錢貯棺，埋於曠野，是以璠璵斂也，必暴骨。余曰：以錢買棺，尚能見夢，發棺攘奪，其為厲必矣，誰能為七千錢以性命與鬼爭？必無恙。眾皆默然。然玉麟正論也。

辛卯春，余自烏魯木齊歸，至巴里坤，老僕咸寧據鞍睡，大霧中與眾相失，誤循野馬蹄跡入亂山中，迷不得出，自分必死。偶見崖下伏尸，蓋流人逃竄凍死者，背束布橐，有餱糧賴以療飢。因拜祝曰：我埋君骨，君有靈，其導我馬行。乃移尸巖竇中，壘亂石堅窒。惘惘然信馬行，越十餘日，忽得路出山，則哈密境矣。哈密遊擊徐君，在烏魯木齊舊相識，因投其署以待

余。余遲兩日始至，相見如隔世。此不知鬼果有靈導之以出，或神以一念之善佑之，使出，抑偶然僥倖而得出？徐君曰：吾寧歸功於鬼神，為掩骨埋骼者勸也。

董曲江前輩言：顧俠君刻元詩選成，家有五六歲童子，忽舉手外指曰：有衣冠者數百人，望門跪拜。嗟乎，鬼尚好名哉！余謂剔抉幽沉，蒐羅放佚，以表章之力，發冥漠之光，其銜感九泉，固理所宜有。至於交通聲氣，號召生徒，禍棗災梨，遞相神聖，不但有明末造，標榜多誣，即月泉吟社諸人，亦病未離乎客氣。蓋植黨者多私，爭名者相軋，即蓋棺以後，論定猶難，況乎文酒流連，唱予和汝之日哉？昭明文選以何遜見存，遂不登一字，古人之所見遠矣。

余次女適長山袁氏，所居曰焦家橋。今歲歸寧，言距所居二三里許，有農家女歸寧，其父送之還夫家，中途入墓林便旋，良久乃出。父怪其形神稍異，聽其語音亦不同，心竊有疑，然無以發也。至家後，其夫私告父母曰：新婦相安久矣，今見之心悸，何也？父母斥其妄，強使歸寢。所居與父母隔一牆，夜忽聞顛撲膈膈聲，驚起竊聽，乃聞子大號呼。家眾破扉入，則一物如黑驢銜人出，火光爆射，一躍而逝。視其子，惟餘殘血。天曉，往覓其婦，竟不可得，疑亦為所啖矣。此與太平廣記所載羅剎鬼事全相似，殆亦是鬼歟？觀此知佛典不全誣，小說稗官亦不全出虛構。

河間一婦，性佚蕩，然貌至陋，日靚妝倚門，人無顧者。後其夫隨高叶飛官天長，甚見委任，豪奪巧取，歲以多金寄歸。婦藉其財，以招誘少年，門遂如市。迨叶飛獲譴，其夫遁歸，則囊篋全空，器物斥賣亦略盡，惟存一醜婦，淫瘡遍體而已。人謂其不擁厚貲，此婦萬無墮節理，豈非天道哉。

伯祖湛元公、從伯君章公、從兄旭升，三世皆以心悸不寐卒。旭升子汝允，亦患是疾。一日，治宅，匠睨樓角而笑曰：此中有物，破之則甓磚如小龕，一故燈檠在焉。云此物能使人不寐，當時圬者之魘術也。汝允自是遂愈。丁未春，從姪汝倫為余言之。此何理哉？然觀此一物，藏壁中，即能操主人之生死，則宅有吉凶，其說當信矣。

戴戶曹臨以工書供奉內廷，嘗夢至冥司，遇一吏，故友也，留與談。偶揭其簿，正見己名，名下朱筆草書，似一犀字。吏急掩之，意似薄怒，問之亦不答。忽惶遽而醒，莫測其故。偶告裘文達公。文達沉思曰：此殆陰曹簡便之籍，如部院之略節，戶中二字連寫，頗似犀字，君其終於戶部郎中乎？後竟如文達之言耳。

東光霍易書先生，雍正甲辰舉於鄉，留滯京師，未有所就，祈夢呂仙祠中，夢神示以詩曰：六瓣梅花插滿頭，誰人肯向死前休。君看矯矯雲中鶴，飛上三台閱九秋。至雍正五年，初定帽頂之制，其銅盤六瓣如梅花，始悟首句之意。蓋謂仙鶴為一品服，三台為宰相位，此句既驗，

末二句亦必驗矣。後由中書舍人官至奉天府尹，坐譴謫軍臺，其地曰葵蘇圖，實第三臺也。官牒省筆，皆書臺為台，適符詩語。果九載乃歸。在塞外日，自署別號曰雲中鶴，用詩中語也。後為姚安公述之。姚安公曰：霍字上為雲字頭，下為鶴字之半，正應君姓，亦非泛語。先生喟然曰：豈但是哉。早年氣盛，銳於進取，自謂卿相可立致，卒致顛蹶，職是之由。第二句神戒我矣。惜是時未思也。

古以龜卜，孔子繫易，極言蓍德，而龜漸廢。火珠林始以錢代蓍，然猶煩六擲。靈棋經始一擲成卦，然猶煩排列。至神祠之籤，則一掣而得，更簡易矣。神祠率有籤，而莫靈於關帝。關帝之籤，莫靈於正陽門側之祠。蓋一歲中，自元旦至除夕，一日中，自昧爽至黃昏，搖筒恒琅琅然。一筒不給，置數筒焉。雜遝紛紜，倏忽萬狀，非惟無暇於檢核，亦並不容於思議，雖千手千目亦不能遍應也。然所得之籤，皆驗如面語，是何故歟？乾隆壬申鄉試，一南士於三月朔日齋沐以禱，乞示試題，得一籤曰：陰裡相看怪爾曹，舟中敵國笑中刀。藩籬剖破渾無事，一種天生惜羽毛。是科孟子題為曹交問曰人皆可以為堯舜，至湯九尺，應首句也。論語題為夫子莞爾而笑曰割雞焉用牛刀，應第二句也。中庸題為故天之生物必因其材而篤焉，應第四句也。是真不可測矣。

孫虛船先生言，其友嘗患寒疾，昏憒中，覺魂氣飛越，隨風飄蕩，至一官署，諦視門內皆鬼神，

如為冥府。見有人自側門入、試隨之行。無呵禁者。又隨衆坐廡下。亦無詰問者。窃睨堂上。訟者如織。冥王左檢籍、右執筆。有一二言決者。有數十言數百言乃決者。與人世刑曹無少異。琅璫引下。皆帖伏無後言。忽見前輩某公盛服入。冥王延坐。問訟何事。則訴門生故吏之辜恩。所舉凡數十人。意頗恨恨。冥王顏色似不謂然。俟其語竟。拱手曰。此輩奔競排擠。機械萬端。天道昭昭。終罹冥謫。然神殛之則可。公責之則不可。種桃李者得其實。種蒺藜者得其刺。公不聞乎。公所賞鑒。大抵附勢之流。勢去之後。乃責之道義。是鑿冰而求火也。公則左矣。何暇尤人。某公憮然久之。逡巡竟退。友故與相識。欲近前問訊。忽聞背後叱吒聲。一回顧間。悚然已醒。

董文恪公老僕王某。性謙謹。善應門。數十年未忤一人。所謂王和尚者是也。言嘗隨文恪公宿傳將軍廢園。月夜據石納涼。遇見一人倉皇隱避。一人邀遏而止之。捉其臂共坐樹下。曰以為汝天升久矣。乃在此相遇耶。因先述相交之契厚。次責任事之負心。曰某事乘我急需。故難其詞以勒我。中飽幾何。某事欺我不諳。虛張其數以給我。乾沒又幾何。如是數十事。每一事、一批其頰。怒氣坌涌。似欲相吞噬。俄一老叟自草間出曰。渠今已墮餓鬼道。君何必相苦。且負債必還。又何必太遽。其一人彌怒曰。既已餓鬼。何從還債。老叟曰。業有滿時。則債有還日。冥司定律。凡稱貸子母之錢。來生有祿則償。無祿則免。為其限於力也。若脇取誘取之財。雖歷萬劫。亦須填補。其或無祿可抵。則為六畜以償。或一世不足抵。則分數世以償。今夕董公所食之豚。非其幹僕某之十一世身耶。其一人怒似略平。乃釋手各散。老叟意其土神也。所言幹僕王某猶及見之。果最有心計云。

福建曹藩司繩柱言。一歲司道會議。臬署上食未畢。一僕攜小兒過堂下。小兒驚怖不前。曰有無數奇鬼。皆身長丈餘。肩承樑柱。眾聞號呼。方出問。則承塵上落土簌簌。聲如撒豆。急躍而出。已棟摧仆地矣。咸額手謂鬼神護持也。湖廣定制府長時為巡撫。聞話是事。喟然曰。既在在處處有鬼神護持。自必在在處處有鬼神鑒察。

閱微草堂筆記卷七

如是我聞一

曩撰灤陽消夏錄。屬草未定。遽為書肆所竊刊。非所願也。然博雅君子。或不以為紕繆。且有以新事續告者。因補綴舊聞。又成四卷。歐陽公曰。物常聚於所好。豈不信哉。緣是知一有偏嗜。必有浸淫而不自已者。天下事往往如斯。亦可以深長思也。辛亥七月二十一日題。

太原折生遇蘭言。其鄉有扶乩者。降壇大書一詩曰。一代英雄付逝波。壯懷空握魯陽戈。廟堂有策軍書急。天地無情戰骨多。故壘春滋新草木。游魂夜覽舊山河。陳濤十郡良家子。杜老酸吟意若何。署名曰柿園敗將。皆悚然知為白谷孫公也。柿園之役。敗於中旨之促戰。罪不在公。詩乃以房琯車戰自比。引為己過。正人君子用心。視王化貞輩僨轅誤國。猶百計卸責於人。者真三光之於九泉矣。大同杜生宜滋亦錄有此詩。空握作辜負。春滋作春添。意若何作竟若何。凡四字不同。蓋傳寫偶異。大旨則無殊也。

許南金先生言。康熙乙未。過阜城之漫河。夏雨泥濘。馬疲不進。息路旁樹下。坐而假寐。恍惚見女子拜言曰。妾黃保甯妻湯氏也。在此為強暴所逼。以死捍拒。卒被數刃而死。官雖捕賊駢誅。然以妾已被污。竟不旌表。冥官哀其貞烈。俾居此地為橫死諸魂長。今四十餘年矣。夫異鄉丐婦。踽踽獨行。猝遇三健男子。執縛於樹。肆行淫毒。除罵賊求死。別無他術。其齧齒受玷。由力不敵。非節之不固也。司讞者苛責無已。不亦冤乎。公狀貌似儒者。當必明理。乞為白之。夢中猶詢其里居。霍然已醒。後問阜城士大夫。無知其事者。問諸老吏。亦不得其案牘。蓋當時不以為烈婦。湮沒久矣。

京師某觀。故有狐。道士建醮。醵多金。藏篋後。與其徒在神座燈前會計出入。尚闕數金。師謂徒乾沒。徒謂師誤算。盤珠格格。至三鼓未休。忽梁上語曰。新秋涼爽。我倦欲眠。汝何必在此相聒。此數金非汝欲買媚藥。置懷中。過後巷劉二姐家。二姐索金指鐶。汝乘醉探付彼耶。何竟忘也。徒赬面掩口。道士乃默然斂簿出。剃工魏福時寓觀內。親聞之。言其聲啞啞呦呦。如小兒女云。

旱魃則皆僵尸。掘而焚之。亦往往致雨。夫雨為天地之䜣合。一僵尸之氣。焉能彌塞乾坤。使隔絕不通乎。雨亦有龍。旱魃為虐。見雲漢之詩。是事出經典矣。山海經實以女魃。似因詩語而附會。然據其所言。特一妖神耳。近世所云旱魃所作者。一僵屍之技倆。竟能驅逐神佛。使畏避不前乎。是何說以解之。又狐避雷劫。自宋以來見於雜說者不一。夫狐無罪歟。雷霆豈期而擊之。是淫刑也。天道不如是也。狐有罪歟。何時不可以誅。而必限以某日某刻。使先知早避。即一時暫免。又何時不可以誅。乃過此一時。竟不復追理。是佚罰也。天道亦不如是也。

是又何説以解之。偶閲近人夜談叢錄，見所載哭旱魃一事、狐避劫二事，因存記所疑，俟格物窮理者詳之。

虎坊橋西一宅，南皮張公子畏故居也，今劉雲房副憲居之。中有一井，子午二時汲則甘，餘時則否，其理莫明。或曰：陰起午中，陽生子半，與地氣應也。然元氣昆侖，充滿天地，何他井不與地氣應，此井獨應乎？西士最講格物學，職方外紀載其地有水，一日十二潮，與晷漏不差杪忽。有欲窮其理者，構廬水側，晝夜測之，迄不能喻，至恚而自沉。此井抑亦是類耳。

張讚宣室志曰：俗傳人死數日，當有禽自柩中出，曰煞。太和中，有鄭生者，網得一巨鳥，色蒼，高五尺餘，忽無所見。訪里中民，訊之，有對者曰：里中有人死且數日，卜者言今日煞當去，其家伺而視之，有巨鳥色蒼，自柩中出，君所獲果是乎。此即今所謂煞神也。徐鉉稽神錄曰：彭虎子少壯有膂力，嘗謂無鬼神。母死，俗巫誡之曰：某日殃煞當還，重有所殺，宜出避之。合家細弱悉出逃隱，虎子獨留不去。夜中有人推門入，虎子皇遽無計，先有一甕，便入其中，以板蓋頭，覺母在板上，有人問：板下無人耶？母曰：無。此即今所謂回煞也。俗云殤子未生齒者死無煞，有齒者即有煞。巫覡能預克其期。家奴孫文舉、宋文，皆通是術。余嘗索視其書，特以年月日時干支推算，别無奇奥。其某日逢某凶煞，當用某符禳解，則詭詞取財而已。或有室廬偪仄，無地避煞者，又有壓制之法，使伏而不出，謂之斬殃，尤為荒誕。然家奴宋遇婦死，遇召巫斬殃，迄今所居室中，夜恒作響，小兒語亦多見其形，似又不盡誣矣。天地之大，何所不有，幽明之理，莫得而窮，不必曲為之詞，亦不必力攻其説。

人死者，魂隸冥籍矣。然地球圓九萬里，徑三萬里，國土不可以數計，其人當百倍中土，鬼亦當百倍中土，何遊冥司者所見皆中土之鬼，無一徼外之鬼耶？其在在各有閻羅王耶？顧郎中德懋，攝陰官者也，嘗以問之，弗能答。人不死者，名列仙籍矣。然赤松、廣成，聞於上古，何後代所遇之仙，皆出近世？劉向以下之所記，悉無聞耶？豈終歸於盡，如朱子之論魏伯陽耶？婁真人近境，領道教者也，嘗以問之，亦弗能答。

里人閻勲，疑其妻與表弟通，遂携銃擊殺其表弟，復歸而殺妻，剚刃於胸，格格然如中鐵石，迄不能傷。或曰：是鬼神愍其枉死，陰相之也。然枉死者多矣，鬼神何不盡陰相？此婦獨蒙陰相，當由别有善行，故默邀護佑耳。

景州申君學坤，謙居先生子也，純厚朴拙，不墜家風，信道學甚篤。嘗謂從兄懋園曰：某在某寺，見僧以福田誘財物，供酒肉資，因著一論，戒勿施捨。夜夢一神，似彼教所謂伽藍者，與余侃侃爭曰：君勿爾也。以佛法論，廣大慈悲，萬物平等，彼僧尼非萬物之一耶？施食及於鳥鳶，愛惜及於蟲豸，欲其生也。此彼藉施捨以生，君必使之飢而死，曾視之不若鳥鳶蟲豸，毋乃其間破壞戒律，自墮泥犁者，誠比比皆是。然因有梟鴟而盡戕羽族，因有破獍而盡戕獸類，有是理耶？以世法論，田不足授，不能不使百姓自謀食，彼僧尼亦百姓之一種，彼募化亦謀食之一道。必以其不耕不織為蠹國耗民，彼不耕不織而蠹國耗民者，獨僧尼耶？君何不一一著論禁之也？且天下之大，此輩豈止數十萬，一旦絶其衣食之源，羸弱者轉乎溝壑，姑且勿論，桀黠者鋌而走險，君何以善其後耶？昌黎闢佛，尚曰鰥寡孤獨廢疾者有養，君無策以養而徒朘其生，豈但非佛意，恐亦非孔孟意也。駟不及舌，君其圖之。余夢中欲與辯，忽然已覺，其語歷歷可憶。公以所論為何如？懋園沈思良久曰：君所持者正，彼所見者大。然人情所向，匪今始今，豈君一論所能遏？此神刺刺不休，殊多此一爭耳。

同年金門高，吳縣人，嘗夜泊淮陽之間，見岸上二叟相遇，就坐水次草亭上。一叟曰：君近何事？一叟曰：主人避暑園林，吾日日入其水閣，觀活秘戲圖，百媚横生，亦殊可玩。其弟五姬尤妖艷，見其與主人剪髮為誓，約他年燕子樓中作關盼盼，又約似玉簫再世，重侍韋臯，主人為之感泣。然偶聞其與母竊議，則謂主人已老，宜早儲金帛，為别抱琵琶計也。君謂此輩可信乎？相與太息久之。一叟又曰：聞其嫡甚賢，信乎？一叟掉頭曰：天下之善妒人也，何賢之云？夫妒而囂爭，是為淵驅魚者也。此婦於妾媵之來，弱者撫之以恩，縱其出入冶遊，不復防制，使流於淫佚，其夫自愧而去之；強者待之以禮，陽尊之與己匹，而陰道之與夫抗，使養成驕悍，其夫不堪而去之。有二術所不能餌者，則密相煽搆，務使參商兩敗者，又多有之。幸不即敗，而一門之内，詬誶時聞，使其夫入妾之室，則怨語愁顏，入妻之室，乃柔聲怡色，其去就不問而知矣。此天下之善妒人也，何賢之云？門高竊聽所言，服其中理，而不解其日入水閣語。方凝思間，有官舫鳴鉦來，收帆欲泊，二叟轉瞬已不見，乃悟其非人也。

先兄晴湖曰：飲鹵汁者血凝而死，無藥可醫。里有婦人飲此者，方張皇莫措，忽一媪排闥入曰：可急取隔壁賣腐家所磨豆漿灌之。鹵得豆漿，則凝漿為腐而不凝血。我是前村老狐，曾聞仙人言此方也。語訖不見。試之果見蘇。劉涓子有鬼遺方，此可稱狐遺方也。

客作秦爾嚴，嘗御車自李家窪往淮鎮，遇持銃擊鵲者，馬皆驚逸，爾嚴倉皇隕下，車横臥轍中，自分無生理，而馬忽不行，抵暮歸家，沽酒自慶，燈下與儔輩話其異。聞窗外人語曰：爾謂馬自不行耶？是我二人掣其轡也。開户出視，寂無人跡。明日，因買酒脯至墮處祭之。先姚安公聞之曰：鬼如此求食，亦何惡於鬼。

里人王五賢（幼時聞呼其字是此二音，不知即此二字否也），老塾師也，嘗夜過古墓，聞鞭朴聲，併聞責數曰：爾不讀書識字，不能明理，將來何事不可為？上干天律時，爾悔遲矣。謂深更曠野，誰人在此教子孫。

諦聽乃出狐窟中五賢嘖然曰不圖此語聞之此間

先叔儀南公有質庫在西城客作陳忠主買菜蔬僮輩皆謂其近多餘潤宜饗衆忠諱無有次日箧鑰不啟而所蓄錢數千惟存九百樓上故有狐恆隔窗與人語疑所為試往扣之果朗然應曰九百錢是汝雇值分所應得吾不敢取其餘皆日日所乾沒原非爾物今日端陽已為汝買棕若干買酒若干買肉若干買雞魚及瓜菜果實各若干併泛酒雄黃亦為買得皆在樓下空屋中汝宜早烹炮遲則天暑恐腐敗啟戶視之果累累具在無可消納竟與衆共餐此狐可謂惡作劇然亦頗快意人也

亥有二首六身是拆字之權輿矣漢代圖讖多離合點畫至宋謝石輩始以是術專門然亦往往有奇驗乾隆甲戌余　殿試後尚未傳臚在董文恪公家偶遇一浙士能測字余書一墨字浙士曰龍頭竟不能屬君矣里字拆之為二甲下作四點其二甲第四乎然必入翰林四點庶字脚吉字頭是庶吉士矣後果然又戊子秋余以漏言獲譴獄頗急日以一軍官伴守一董姓軍官云能拆字余書董字使拆董曰公遠戍矣是千里萬里也余又書名字董曰下為口字上為外字偏旁是口外矣日在西為夕其西域乎問將來得歸否曰字形類君亦類召必　賜環也問在何年曰口為四字之外圍而中缺兩筆其不足四年乎今年戊子四年至為辛卯夕字卯字偏旁亦相合也果從軍烏魯木齊以辛卯六月還京蓋精神所動鬼神通之氣機所萌形象兆之與揲蓍灼龜事同一理似神異而非神異也

醫者胡宮山不知何許人或曰本姓金實吳三桂之間諜三桂敗乃變易姓名事無左證莫之詳也余六七歲時及見之年八十餘矣輕捷如猿猱技擊絕倫嘗舟行夜遇盜手無寸刃惟倒持一煙筒揮霍如風七八人並刺中鼻孔仆然最畏鬼一生不敢獨睡言少年嘗遇一僵尸揮拳擊之如中木石幾為所摶幸躍上高樹之頂尸繞樹踊距至曉乃抱木不動有鈴馱群過始斂下視白毛徧體目赤如丹砂指如曲鉤齒露唇外如利刃怖幾失魂又嘗宿山店夜覺被中蠕蠕動疑為蛇虺俄枝梧撐住漸長漸巨突出並枕乃一裸婦人雙臂抱住如巨綆束縛接吻嘘氣血腥貫鼻不覺暈絕次日得灌救乃蘇自是膽怯黃昏以後遇風聲月影即惴惴腳步云

南皮令居公鋐在州縣幕二十年練習案牘聘幣無虛歲援例得官以為駕輕車就熟路也比蒞任乃憒憒如木雞兩造爭辯輒面赬語澀不能出一字見上官進退應對無不顛倒越歲餘遂以才力不及劾解組之日夢蓬首垢面人長揖曰君已罷官吾從此別矣霍然驚醒覺心境頓開貫無歸計復理舊業則精明果決又判斷如流矣所見者其宿冤

耶抑即昌黎所送之窮鬼耶

裘文達公言官詹事時遇值日五鼓赴　圓明園中途見路旁高柳下燈火繞圍似有他故至則一護軍縊於樹衆解而救之良久得蘇自言過此暫憩見路旁小室中有燈火一少婦坐圓窗中招我踰窗入甫一俯首項已被掛矣蓋縊鬼變形求代也此事所在多有此鬼乃能幻屋宇設繩索為可異耳又先農壇西北文昌閣之南（文昌閣俗曰高廟）洼有積水亦往往有溺鬼誘人余十三四時見一人無故入水已沒半身衆譟而挽之始強回凝坐良久漸有醒意問何所苦而自沈曰實無所苦但渴甚見一茶肆趨往求飲猶記其門懸匾額粉板青字曰對瀛館也命名頗有文義誰題之誰書之此鬼更奇矣

山東劉君善謨余丁卯同年也以其黠巧皆戲呼曰劉鬼谷劉故詼諧亦時以自稱於是鬼谷名大著而其字若別號人轉不知乾隆辛未僦校尉營一小宅田白巖偶過閒話四顧慨然曰此鳳眼張三舊居也門庭如故埋香黃土已二十餘年矣劉駭然曰自卜此居吾數夢艷婦來往堂廡間其若人乎白巖問其狀良是劉沈思久之撫几曰何物淫鬼敢魅劉鬼谷果現形必痛抉之白巖曰此婦在是真鬼谷子捭闔百變為所顛倒者多矣假鬼谷子何足云京師大矣何必定與鬼同住力勸之別徙余亦嘗訪劉於此憶斜對戈芥舟宅約六七家今不得指其處矣

史太常松濤言初官戶部主事時居安南營與一孀婦鄰一夕盜入孀婦家穴壁已穿矣忽大呼曰有鬼狼狽越牆去迄不知其所見為何豈神亦哀其煢獨陰相之歟又戈東長前輩一日飯罷坐墻下看菊忽聞大呼曰有賊其聲喑嗚如牛鳴盎中舉家駭異俄連呼不已諦聽乃在廡下甕坑內急邀邏者來啟視則儼然一餓夫昂首長跪自言前兩夕乘暗闌入伏匿此坑冀夜出竊不虞二更微雨夫人命移醯甕兩甕置坑板上遂不能出尚冀雨霽移下乃兩日不移飢不可忍自思出而被執罪不過杖不出則終為餓鬼故作反聲自呼耳其事極奇而實為情理所必至錄之亦足資一粲也

河間府吏劉啟新粗知文義一日問人曰梟鳥破鏡是何物或對曰梟鳥食母破鏡食父均不孝之物也劉拊掌曰是矣吾患寒疾昏憒中魂至冥司見二官連几坐一吏持牘請曰某處狐為其孫齧殺禽獸無知難責以人理今惟議抵不科不孝之罪左一官曰狐與他獸有別已練形成人者宜斷以人律未練形成人者仍斷以獸例右一官曰不然禽獸他事與人殊至親屬天性則與人一理先王誅梟鳥破鏡不以禽獸而貸也宜仍科不孝付地獄左一官首肯曰公言是俄吏抱牘下以掌撫吾悸而蘇所言歷歷皆記惟不解梟鳥破鏡語竊疑

為不孝之鳥獸。今果然也。集此事新奇，故陰府亦頗商酌。知獄情萬變，難執一端。余所見是出律例之外者：一人外出，訛傳已死，其父母因鬻婦為人妾。夫歸，迫於父母，弗能訟也。潛至娶婦者家，伺隙一見，竟攜以逃。越歲緝獲，以為非姦，則已別嫁；以為姦，則本其故夫。官無律可引也。又刼盜之中別有一類者，曰趕蛋，不為盜而盜為之盜。每伺盜出外，或襲其巢，或要路奪所刼之贓。一旦互相格鬬，並執至官，以為非盜，則實强掠；以為盜，則所掠乃盜贓。官亦無可律引也。又有姦而懷孕者，決罰後，官依律判生子還姦夫。後生子，本夫恨而殺之。姦夫控故殺其子，雖有律可引，而終覺姦夫所訴，有理無情；本夫所為，有情無理，無以持其平也。不知彼地下冥官，遇此等事，又作何判斷耳。

豐宜門外風氏園古松，前輩多有題詠，錢香樹先生尚見之，今已薪矣。何華峯云：相傳松未枯時，每風靜月明，或聞絲竹。一鉅公偶游其地，倚竇友夜往觀之。二鼓後，有琵琶聲，似出樹腹，似在樹杪，久之，小聲緩唱曰：「人道冬夜寒，我道冬夜好。繡被暖如春，不愁天不曉。」鉅公叱曰：「何物老魅，敢對我作此淫詞！」豈然而止。俄登登復作，又唱曰：「郎似桃李花，妾似松柏樹。桃李花易殘，松柏常如故。」鉅公點首曰：「此乃差近風雅。」餘音搖曳之際，微聞樹外悄語曰：「此老殊易與，但作此等語言，便生歡喜。」撩刺一響，如有絃斷，再聽之，寂然矣。

佃戶卜晉寶，息耕隴畔，枕塊暫眠，朦朧中聞人語曰：「昨官中有何事？」一人答曰：「昨勘某人妻，斷予鐵杖百。雖是病容，尚眉目如畫，肌肉如凝脂。每受一杖，哀呼宛轉，如風引洞簫，使人心碎，吾手顫不得下，幾反受鞭。」問者太息曰：「惟其如是之妖媚，故蠱惑其夫，荼毒前妻兒女，造種種惡業也。」晉寶私念是何官府，乃用鐵杖，欲起問之，欠伸拭目，乃荒烟蔓草，四顧闃然。

故城賈漢恆言：張二酉、張三辰，兄弟也。二酉先卒，三辰撫姪如己出，理田產，謀婚娶，皆殫竭心力。姪病瘵，經營醫藥，殆廢寢食。姪歿後，恆忽忽如有失，人皆稱其友愛。越數載，病革，昏瞀中自語曰：「咄咄怪事！頃到冥司，二兄訴我殺其子，斬其祀，豈不冤哉！」自是口中時喃喃，不甚可辨。一日稍蘇曰：「吾之過矣。兄對閻君數我曰：此子非不可教者，汝為叔父，去父一間耳，乃知養而不知教，縱所欲為，恐拂其意，使恣情花柳，得惡疾以終，非爾殺之而誰乎？吾悲然無以應也。吾悔晚矣。」反手自椎而歿。三辰所為，亦末俗之所難，坐以殺姪，春秋責備賢者耳，然要不得謂二酉苛也。

平定王執信，余己卯所取士也。乞余誌其繼母墓，稱母生一子曰執璠，庶出一子曰執璧，平時飲食衣物，三子無所異；遇有過，責罰撻楚，亦三子無所異也。實者數語盡之矣。

錢遵王讀書敏求記載：趙清常歿，子孫鬻其遺書，武康山中，白晝鬼哭。聚必有散，何所見之不達耶？明壽寧侯故第在興濟，斥賣略盡，惟廳事僅存，後鬻其木於先祖。折卸之日，匠者亦聞柱中有泣聲。千古癡魂，殆同一轍。余嘗與董曲江言：大地山河，佛氏尚以為泡影，區區者復何足云？我百年後，倘圖書玩散落人間，使賞鑒家指點摩挲曰：「此紀曉嵐故物。」是亦佳話，何所恨哉？曲江曰：君作是言，名心尚在。余則謂消閑遣日，不能不借此自娛；至我已弗存，其他何有？任其飽蠹鼠，委泥沙耳。故我書無印記，硯無銘識，正如好花朗月，勝水名山，偶與我逢，便為我有；迨雲烟過眼，不復問為誰家物矣。何必鐫號題名，為後人計哉？所見尤洒脫也。

職官姦僕婦，罪止奪俸，以家庭暱近，幽曖難明，律法深微，防誣蔑反啟之漸也。然橫干强逼，陰譴實嚴。戴遂堂先生曰：康熙末，有世家子挾污僕婦，僕氣結成噎膈。時婦已孕，僕臨歿，以手摩其腹曰：「男耶女耶？能為我復讐耶？」後生一女，稍長，極慧艷，世家子又納為妾，生一子。文園消渴，俄夭天年。女帷薄不修，竟公庭涉訟，大損家聲。十許年中，婦縊袂扶棺，女青衫對簿，先生嘗目見之，如相距數日耳。豈非怨毒所鍾，生此尤物以報哉？遂堂先生又言：有調其僕婦者，婦不答。主人怒曰：「敢再拒，撻汝死。」泣告其夫，方沈醉，又怒曰：「敢失志，且剸刃汝胸。」婦憤曰：「從不從皆死，無寧先死矣。」竟自縊。官來勘驗，屍無傷，語無證，又死於夫側，無所歸咎，弗能究也。然自是所縊之室，雖天氣晴明，亦陰陰如薄霧，夜輒有聲如裂帛，燈前月下，每見黑氣搖

漾如人影，跡之則無。如是十餘年，主人歿乃已。未歿以前，晝夜使人環病榻，疑其有所見矣。

烏魯木齊軍吏鄔圖麟言：其兄某，嘗齎送縣訪友，遇夜雨，投一廢寺，皆頹垣荒草，四無居人，惟山門尚可棲止，姑留待霽。時雲黑如墨，闇中聞女子聲曰：「怨鬼叩頭，求賜紙衣一襲，白骨銜恩。」某怖不能動，然度無可避，强起問之。鬼泣曰：「妾本村女，偶獨經此寺，為僧所遮留，妾哭詈不從，怒而見殺。時衣已盡褫，遂被裸埋。今百餘年矣。雖在冥途，情有廉恥，身無寸縷，愧見神明，故寧抱沈冤，潛形不出。今幸遇君子，倘取數翻彩楮，剪作裙襦，焚之寺門，使幽魂蔽體，便可想諸地府，再入轉輪。惟君哀而垂拯。」某戰慄諾之，哭聲遂寂。後不能再至其地，竟不果焚。嘗自謂負此一諾，使此鬼茹恨黃泉，恒耿耿不自安也。

子道光言：有士人夜過岳廟，朱扉嚴閉，而有人自廟中出，知是神靈，膜拜呼上聖。其人引手掖之曰：「我非貴神，右臺司鏡之吏，齎文簿到此也。」問司鏡何義，其業鏡也耶？曰：「近之，而又一事也。業鏡所照，行事之善惡耳。至方寸微曖，情偽萬端，起滅無恒，包藏不測，幽深邃密，無迹可窺，往往外貌麟鸞，中蹈鬼蜮，隱匿未形，業鏡不能照也。南北宋後，此術滋工，塗飾彌縫，或終身不敗。故諸天合議，移業鏡於左臺，照真小人；增心鏡於右臺，照偽君子。圓光對映，靈府洞然，有拘倚者，有偏倚者，有黑如漆者，有曲如鈎者，有拉雜如糞壤者，有混濁如泥滓者，有

城府險阻千重萬掩者有脈絡屈蟠左穿右貫者有如荊棘者有如刀劍者有如蜂蠆者有如虎狼者有現冠蓋影者有現金銀氣者甚有隱隱躍躍現祕戲圖者而回顧其形則皆岸然道貌也其圓瑩如明珠清澈如水晶者千百之一二耳如是者吾立鏡側籍而記之三月一達於嶽帝定罪福焉大抵名愈高則責愈嚴術愈巧則罰愈重春秋二百四十年癉惡不一惟震伯夷之廟天特示譴於展氏隱慝故也子其識之士人拜授教歸而乞道光書額名其室曰觀心

有歌童扇上畫雞冠於筵上求李露園題露園戲書絕句曰紫紫紅紅勝晚霞臨風亦自弄天斜枉教蝴蝶飛千遍此種原來不是花皆嘆其運意之巧露園赴任湖南後有扶乩者或以雞冠請題即大書此詩余駭曰此非李露園作耶乩忽不動扶乩者狼狽去頗介子嘆曰仙亦盜句或曰是扶乩者本偽託已屢以盜句敗矣

從兄垣居言昔聞劉馨亭談二事其一有農家子為狐媚延術士劾治狐就擒將烹諸油釜農家子叩顙乞免乃縱去後思之成疾醫不能療狐一日復來相見悲喜交集狐意殊落落謂農子家曰君苦相憶止為悅我色耳不知是我幻相也見我本形則駭避不遑矣歘然撲地蒼毛修尾鼻息咻咻目睒睒如炬跳擲上屋長嗥數聲而去農家子自是病痊此狐可謂能報德其一亦農家子為狐媚延術士劾治法不驗符籙皆為狐所裂將上壇毆擊一老媼似是狐母止之曰物惜其羣人庇其黨此術士道雖淺創之過甚恐他術士來報復不如且就爾壻眠聽其逃避此狐可謂能遠慮

康熙癸巳先姚安公讀書於廠裏（前明土貢燒磚此地磚廠故址也）偶折杏花插水中後花落結二杏如豆漸長漸巨至於紅熟與在樹無異是年逢萬壽恩科遂舉於鄉王德安先生時同住為題額曰瑞杏軒此莊後分屬從弟東白乾隆甲申余自福建歸問此匾已不存矣擬請劉石庵補書而代葺此屋作記刻石龕於壁以存先世之跡因循未果不識何日償此願也

先姚安公言雍正初李家窪佃戶董某父死遺一牛老且跛將鬻於屠肆牛逸至其父墓前伏地僵臥牽挽鞭箠皆不起惟掉尾長鳴村人聞是事絡繹來視忽劉某鄰叟憤然至以杖擊牛曰渠父墮河何預於汝使隨波漂流充魚鱉食豈不大善汝無故多事引之使出多活十餘年致渠生奉養病醫藥死棺斂且留此一墳歲需祭掃為董氏子孫無窮累汝罪大矣就死汝分牟牟者何為蓋其父嘗墮深水中牛隨之躍入牽其尾得出也董初不知此事聞之大慚自批其頰曰我乃非人急引歸數月後病死泣而埋之此叟殊有滑稽風與東方朔救漢武帝乳母事竟暗合也

姨丈王公紫府文安舊族也家未落時居肆洪上一豕首忽脫鉤落地跳擲而行市人譟而逐之直入其門而止自是日漸衰謝至饘粥不供今子孫無孑遺矣此王氏姨母自言之文

姚安公言親表某氏家（歲久忘其姓氏惟記姚安公言此事時稱曰汝表伯）清曉啟戶有一兔緩步而入絕不畏人直至內寢牀上臥因烹食之數年中死亡略盡宅亦拆為平地矣是皆衰氣所召也

王菊莊言有書生夜泊鄱陽湖步月納涼至一酒肆遇數人各道姓名云皆鄉里因沽酒小飲笑言既洽相與說鬼搜異抽新多出意表一人曰是固皆奇然莫奇於我所見矣曩在京師避暑豐臺花匠家邂逅一士共談吾言此地花事殊勝惟墟墓間多鬼可憎士曰鬼亦有雅俗未可概棄吾曩遊西山遇一人論詩殊多精詣自誦所作有曰深山遲見日古寺早生秋又曰鐘聲散墟落燈火見人家又曰猿聲臨水斷人語入煙深又曰林梢明遠水樓角挂斜陽又曰苔痕寢病榻雨氣入昏燈又曰鵂鶹嚴久能人語魍魎山深每晝行又曰空江照影芙蓉淚廢苑尋春蛺蝶魂皆楚楚有致方擬問其居停忽有鈴馱琅琅欻然滅跡此鬼甯復可憎耶吾愛其脫灑欲留共飲其人振衣起曰得免君憎已為大幸甯敢再入郇廚一笑而隱方知說鬼者即鬼也書生因戲曰此等奇絕古所未聞然陽羨鵝籠幻中出幻乃轉輾相生安知說此鬼說鬼者不又即鬼耶數人一時變色微風颯起燈光黯然幷化為薄霧輕煙濛濛四散

庚午四月先太夫人病革時語子孫曰舊聞地下眷屬臨終時一一相見今日果然幸我平生尚無愧色汝等在世家庭骨肉當處處留將來相見地也姚安公曰聰明絕特之士事事皆能知而獨不知人有死經綸開濟之才事事皆能計而獨不能為死時計使知人有死一切作為必有索然自返者使能為死時計一切作為必有悚然自止者惜求諸六合之外失諸眉睫之前也

一南士以文章遊公卿間偶得一漢玉璏則理瑩白而血斑徹骨嘗用以鎮紙一日借寓某公家方燈下構思一手探入疑為盜取鐵如意欲擊見其纖削如春蔥瑟縮而止穴紙竊窺乃一青面羅剎鬼怖而仆地比蘇則此璏已失矣疑為狐媚幻形不復追詰後於市上偶見詢所從來轉輾經數主竟不得其端緒久乃知為某公家奴偽作鬼狀所取董曲江戲曰渠知君是惜花御史故敢竊此柔荑使遇我輩粗才斷不敢自取斷腕余為此奴偽作鬼裝一以使不敢攫執一以使不復追求又燈下一掌破窗恐遭捶擊故偽作女手使知非盜且引之窺見惡狀使知非人其運意亦殊周密蓋此輩為主人執役即其鈍如椎至作奸犯科則奇計環生如鬼如蜮大抵皆然不獨此一人一事也

朱竹坪御史嘗小集閻梨材尚書家酒次竹坪慨然曰清介是君子分內事若恃其清介以

凌物則殊嫌客氣不除昔某公為御史時居此宅坐閣或言及狐媚某公痛罵之數日後月下見一盜踰墻入內外搜捕皆無迹擾擾徹夜比曉忽見廳上臥一老人欠身而起曰長夏溽暑（長夏字出黃帝素問謂六月也王太僕注讀上聲杜工部長夏江村事事幽句皆讀平聲蓋注家偶未考也）偶投此納涼致主人竟夕不安殊深慚愧一笑而逝蓋無故侵狐狐以此戲之也豈非自取侮哉

朱天門家扶乩好事者多往看一狂士自負書畫意氣傲睨旁若無人至對客脫襪搔足垢向乩哂曰且請示下壇詩乩即題曰回頭歲月去駸駸幾度滄桑又到今曾見會稽王內史親攜賓客到山陰眾曰然則仙及見右軍耶乩書曰豈但右軍併見虎頭狂生聞之起立曰二老風流既曾親睹此時羣賢畢至古今人相去幾何又書曰二公雖絕藝入神然意存冲挹雅人深致使見者意消焉座灌夫自別是一流人物離之雙美何必合之兩傷眾知有所指相顧目笑回視狂生已著襪欲遁矣此不識是何靈鬼作此虐謔惠安陳舍人雲亭嘗題此生寒山老木圖曰憔悴人間老畫師平生有恨似徐熙無端自寫荒寒景皴出秋山鬢已絲使酒淋漓禮數疎誰知俠氣屬狂奴他年倘續宣和譜畫師如今有灌夫乩所云罵座灌夫當即指此又不識此鬼何以知此詩也

舅氏張公夢徵言兒時聞滄州有太學生居河干一夜有吏持名刺叩門言新太學過此聞

為此地巨室邀至舟中相見適主人以會葬宿姻家相距十餘里閽者持刺奔告急命駕返則舟已行乃飾車馬具贄幣沿岸急追晝夜馳二百餘里已至山東德州界逢人詢問非惟無此官並無此舟乃狼狽而歸惘惘如夢者數日或疑其家多貲劫盜欲誘而執之以他出幸免又疑其視貧親友如仇而不惜多金結權貴近村故有狐魅特惡而戲之皆無左證然鄉黨喧傳咸曰某太學遇鬼先外祖雪峯公曰是非狐非鬼亦非盜即貧親友所為也斯言近之矣

俗傳鸛蛇鬬處為吉壤就鬬處點穴當大富貴謂之龍鳳地予十一二歲時淮鎮孔氏田中嘗有是事舅氏安公實齋親見之孔用以為墳亦無他驗余謂鸛以蟲蛇為食或見小蛇啄取蛇蜿蜒拒爭有似乎鬬此亦物態之常必當日曾有地師為人卜葬指蛇鸛鬬處是穴如陶侃葬母仙人指牛眠處為穴耳後人見其有驗遂傳聞失實為鸛蛇鬬處必吉然則因陶侃謂凡牛眠處必吉乎

慶雲鹽山間有夜過墟墓者為羣狐所遮裸體反接倒懸樹杪天曉人始見之援梯解下視背上大書三字曰繩還繩莫喻其意久乃悟二十年前曾捕一狐倒懸之今修怨也胡厚菴先生倂西涯新樂府中有繩還繩一篇曰斜柯三丈不可登誰攝其杪如猱升諦而視之兒倒綳背題三字繩還繩問何以故心懵騰恍然忽省蹶然興束縛阿紫當年曾偶事過眼如風燈誰期狹路遭其朋吁嗟乎人妖異路炭與冰爾胡肆暴先侵陵使銜怨毒伺隙乘吁嗟乎無為禍首茲可懲即此事也

劉香畹言滄州近海處有牧童年十四五雖農家子頗白皙一日陂畔午睡醒覺背上似負一物然視之無形捫之無質問之亦無聲怖而返以告父母無如之何數日後漸似擁抱漸似撫摩既而漸似夢魘遂為所污自是媟狎無時而無形無質無聲則仍如故時或得錢物果餌亦不甚多鄰塾師語其父曰此恐是狐宜藏獵犬俟聞媟聲時排闥嗾攫之父如所教狐噭然破窗出在屋上跳擲罵童負心塾師呼與語曰君幻化通靈定知世事夫男女相悅感以情也然朝盟同穴夕過別船者尚不知其幾至若孌童本非女質抱衾薦枕不過以色為市耳當其傅粉薰香含嬌流睞纏頭萬錦買笑千金非不似碧玉多情回身就抱迨富者貲盡貴者權移或掉臂長辭或倒戈反噬翻雲覆雨自古皆然蕭韶之於庾信慕容冲之於苻堅載在史冊其尤著者也其所施者如彼其所報者尚如此然則與此輩論交如摶沙作飯矣況君所贈曾不及五陵豪貴之萬一而欲此童心堅金石不亦傎乎語訖寂然良久忽聞頓足曰先生休矣吾今乃始知吾癡浩嘆數聲而去

姜白巖言有士人行桐柏山中遇鹵簿前導衣冠形狀似是鬼神趨避林內輿中貴官已見之呼出與語意殊親洽因拜問封秩曰吾即此山之神又拜問神生何代冀傳諸人世以廣見聞曰子所問者人鬼吾則地祇也夫元黃剖判融結萬形形成聚氣氣聚藏精精凝孕靈質立含靈故神祇與天地並生惟聖人通造化之原故燔柴瘞玉載在六經自稗官瑣紀創造鄙詞曰劉曰張謂天帝有廢興曰呂曰馮謂河伯有夫婦儒者病之紫陽崛起乃以理詁天併皇矣之下臨亦斥為烏有而鬼神之德遂歸諸二氣之屈伸矣夫木石之精尚在夔罔雨土之精尚在羵羊豈有乾坤斡運元氣鴻洞反不能聚而上升成至尊之主宰哉觀子衣冠當為文士試傳吾語使儒者知聖人饗帝之由士人再拜而退然每以告人輒疑以為妄余謂此言推鬼神之末始核其精然是白巖寓言託諸鬼神耳赫赫靈祇豈屑與講學家爭是非哉

袁編修趨然言豐宜門內五皇廟街有破屋數間錮閉已久云中有狐魅適江西一孝廉與數友過夏（唐舉子下第後讀書待再試謂之過夏）取其地幽僻僦舍於是一日見幼婦立檐下態殊嫵媚心知為狐少年豪宕意殊不懾黃昏後詣門作禮祝以媒詞夜中聞牀前窸窣有聲心知狐至闇中舉手引之縱體入懷遽相狎昵冶蕩萬狀奔命殆疲比月上窗明諦視乃一白髮媼黑陋

可憐驚問汝誰殊不愧赧自云本城樓上老狐娘子怪我饕餮而慵作斥居此屋寂寞已數載感君無疑故冒恥自獻耳孝廉怒搏其頰欲綑縶之捽住撾撻闔同舍聞聲皆來助捉忽一脫手已踔紙破窗遁次夕自坐屋簷作軟語相喚孝廉詬罵忿為飛瓦所擊又一夕揭帷欲寢乃裸臥床上笑而招手抽刃向擊始泣罵去懼其後至移寓避之登車頃突見前幼婦自內走出密遣小奴訪問始知居停主人之甥女昨偶到街買花粉也

琴工錢生（以鼓琴客裘文達公瑀擅善諸戲因而有癡風當廿四韻從北來往數年竟不能舉其里居名字也）言一選人居會館館後牆缺見一婦甚有姿色衣裳故敝而修飾甚整潔意頗悅之館人有母年五十餘故大家婢也進退語言均尚有矩度每代其子應門料其有幹才賂以金祈謀一晤對曰向未見此似是新來姑試偵探作萬一想耳越十數日始報曰已得之矣渠本良家以貧故恐恥出此然畏人知俟夜深月黑乃可來切勿秉燭勿言勿笑勿使僮僕及同館聞聲息聞鐘聲即勿留每夕賂以二金足矣選人如所約已往來月餘一夜鄰弗戒於火選人惶遽起僮僕皆入室救囊篋一人急褰帳曳茵褥訇然有聲一裸婦墮榻下乃館人母也莫不絕倒蓋京師媒妁最姦黠遇選人納媒多以好女引視而臨期陰易以下材覺而涉訟者有之蒙首入門背燈障扇俟定情後始覺委曲遷就者亦有之此媼紐於鄉風竟以身代也然事後訪問四鄰牆缺外

實無此婦或曰魅也裘文達公曰是此媼引致一妓炫誘選人耳

安氏從舅善鳥銃郊原逐兔信手而發無得脫者所殺殆以千百計一日遇一兔人立而拱目炯炯如怒舉銃欲發忽炸而傷指兔已無迹心知為兔鬼報冤遂輟其事又嘗從禽晚歸漸已昏黑見小旋風裹一物火光熒熒旋如輪舉銃中之乃禿筆一枝管上微有血漬明人小說載劉天錫供狀事言凡物以庚申日得人血皆能成魅是或然歟

奴子王廷佑之母言青縣一民家歲除日有賣通草花者叩門呼曰跂立久矣何花錢尚不送出耶詰問家中實無人買花而賣者堅執一垂髫女子持入正紛擾間聞一老媼急呼曰真大怪事廁中敝帚柄上插花數朵也驗之果適所持入乃銼而焚之呦呦有聲血出如縷此魅既解化形即應潛養靈氣何乃作此變異使人知而殲除豈非自取其敗耶天下未有所成先自炫燿甫有所得不自韜晦者類此帚也夫

外祖雪峯張公家奴子王玉善射嘗自新河攜蟬祖返遇三盜三矢仆之各黥面縱去一日攜弓矢夜行見黑狐人立向月拜引滿一發應弦飲羽歸而寒熱大作是夕繞屋有哭聲曰我自拜月鍊形何害於汝汝無故見殺必相報恨汝未衰當訴諸司命耳數日後窗棱上錚然有聲惕眙驚問聞窗外語曰王玉我告汝我昨訴汝於地府冥官見籍乃知汝過去生中

負冤訟雖我為刑官陰庇私黨使你理直不得申抑鬱憤恚自刎而死我墮身為狐此一矢所以報也因果分明我不怨你惟當日違心枉斷尚負汝笞掠百餘汝肯發願免償則陰曹銷籍來生拜賜多矣語訖似聞叩額聲王叱曰今生債尚不了了誰能索前生債耶妖鬼速去無擾我眠遂寂然世見作惡無報動疑神理之無據烏知冥冥之中有如是之委曲哉

雍正甲寅余初隨姚安公至京師聞御史某公性多疑初典永光寺一宅其地空曠慮有盜夜遣家奴數人更番司鈴柝猶防其懈雖嚴寒溽暑必秉燭自巡視不勝其勞別典西河沿一宅其地市廛櫛比又慮有火每屋儲水甕至夜鈴柝巡視如在永光寺時不勝其勞更典虎坊橋東一宅與余祇隔數家見屋宇幽邃又疑有魅先延僧誦經放焰口鐃鼓琤琤者數日云以度鬼復延道士設壇召將懸符持咒鐃鼓琤琤者又數日云以驅狐宅本無他自是以後魅乃大作拋擲磚瓦攘竊器物夜夜無寧居婢媼僕隸因緣為姦所損失者無算論者皆謂妖由人興居未一載又典繩匠衚衕一宅去後不通聞問不知其作何設施矣姚安公曰天下無本事庸人自召之其此公之謂乎

朝塘陳乾緯言昔與數友泛舟至西湖深處秋雨初晴登寺樓遠眺一友偶吟舉世盡從忙裡老誰人肯向死前休句相與慨嘆寺僧微哂曰據所聞見蓋死尚不休也數年前秋月澄

明坐此樓上聞橋畔有詬爭聲良久愈厲此地無人居心知為鬼竊聽其語急遽攙奪不甚可辨似是爭墓田地界纔聞一人呼曰二君勿喧聞老僧一言可乎夫人在世途膠膠擾擾緣不知此生如夢耳今二君夢已醒矣經營百計以求富貴富貴今安在乎機械萬端以酬恩怨恩怨今又安在乎青山未改白骨未枯孑然惟賸一魂彼幻化黃粱尚能省悟何身親閱歷反不知萬事皆空且真仙真佛以外自古無不死之人大聖大賢以外自古亦無不消之鬼併此孑然一魂久亦不免於澌滅顧乃於電光石火之內更興蠻觸之干戈不算中乎語訖聞嗚嗚飲泣聲又聞浩歎聲曰哀樂未忘宜乎其未齊得喪如是挂礙老僧亦不能解脫矣遂不復再語疑其難未已也乾緯曰此是僧家化之舌耳然默驗人情實亦為理之所有

陳竹吟嘗館一富室有小女奴聞其母行乞於道餓垂斃陰盜錢三千與之為儕輩所發撲箠甚苦富室一樓有狐借居數十年未嘗為祟是日女奴受撲時忽樓上哭聲鼎沸怪而仰問聞聲應曰吾輩雖異類亦具人心悲此女年未十歲而為母受箠不覺失聲非敢相擾也主人投鞭於地面無人色者數日

竹吟與朱青雷游長椿寺於鬻書畫處見一卷擘窠書曰梅子流酸濺齒牙芭蕉分綠上窗紗日長睡起無情思閒看兒童捉柳花款題山谷道人方擬議真偽一乞者在旁睨視微笑

曰黃魯直乃書楊誠齋詩大是異聞掉臂竟去青雷詡曰能作此語安得乞食余謂此竹吟憤激之談所謂名士習氣也聰明穎雋之士或恃才兀傲久而悖謬乖張使人不敢相適者其勢可以乞食或有文無行久而穢迹惡聲使人不屑齒錄者其勢亦可以乞食是豈可賦感士不遇哉

一宦家子資鉅萬諂無賴僞相親暱誘之冶遊飲博歌舞不數載炊煙竟絕頗頷以終病革時語其妻曰吾為人蠱惑以至此必訟諸地下越半載見夢於妻曰訟不勝也冥官謂妖童娼女本捐棄廉恥藉聲色以養生其媚人取財如虎豹之食人鯨鯢之吞舟也然人不入山虎豹烏能食舟不航海鯨鯢烏能吞汝自就彼彼何尤焉惟淫朋狎客如設穽以待獸不入不止懸餌釣魚不得不休是宜陽有明刑陰有業報耳又聞有書生昵一狐女病瘵死家人清明上冢見少婦奠酒焚楮錢伏哭甚哀其妻識是狐女遽罵曰死魅害人雷行且誅汝尚假慈悲耶狐女斂衽徐對曰凡我輩女求男者是為採補殺人過多天理不容也男求女者是為情感耽玩過度以致傷生正如夫婦相悅成疾夭折事由自取鬼神不追理其衽席也姊何責耶此二事足相發明也

干寶搜神記載馬氏妻蔣氏事即今所謂走無常也武清王慶垞曹氏有傭媼充此役先太

夫人嘗問以冥司追攝豈乏鬼卒何故須汝輩曰病榻必有人環守陽光熾盛鬼卒難近也又或有真貴人其氣旺有真君子其氣剛尤不敢近又或有兵刑之官有肅殺之氣強悍之徒有凶戾之氣亦不能近惟生魂體陰而陽氣盛無慮此數事故必攜之以為備語頗近理似非媼所能臆撰也

河間一舊家宅上忽有烏十餘哀鳴旋繞其音甚悲若曰可惜可惜知非佳兆而莫測兆何事數日後乃知其子鬻宅償博負烏啼之時即書券之時也豈其祖父之靈所憑歟為人子孫者聞此宜惕然思矣

有游士借居萬柳堂夏日湘簾棐几列古硯七八古器銅器磁器十許古書冊畫卷又十許筆牀水注酒琖茶甌紙扇棕拂之類皆極精緻壁上所粘亦皆名士筆迹焚香宴坐琴聲鏗然人望之若神仙非高軒駟馬不能登其堂也一日有道人二人相攜游覽偶過所居且行且言曰前輩有及見杜工部者形狀殆如村翁吾曩在汴京見山谷東坡亦都似如措大風味不及近日名流有許多家事朱導江時偶同行聞之怪訝竊隨其後至馬車雜處紅塵漲合倏已不見竟不知是鬼是仙

烏魯木齊遣犯劉剛驍健絕倫不耐耕作伺隙潛逃至根克忒將出境矣夜遇一叟曰汝逋亡者耶前有卡倫（卡倫者戍守瞭望之地也）恐不得過不如暫匿我室中俟黎明耕者畢出可雜其中以脫也剛從之比稍辨色覺恍如夢醒身坐老樹腹中再視叟亦非昨貌諦審之乃剛所手刃棄尸深澗者也錯愕欲起邏騎已至乃弭首就擒軍屯法遣犯私逃二十日內自歸者尚可貸死剛就擒在二十日將曉介在兩歧屯官欲遷就活之剛自述所見知必不免願早伏法乃送轅行刑殺人於七八年前久無覺者而游魂為厲終索命於二萬里外其可畏也哉

日南防守柵兵王十姚安公舊僕夫也言乾隆辛酉夏夜坐高廟納涼闇中見二人坐閣下疑為盜靜伺所往時紹興會館西商放債者演劇賽神金鼓聲未息一人曰此輩殊快樂但巧算剝削恐造業亦深一人曰其間亦有差等昔聞判司論此事凡選人或需次多年旅食匱乏或赴官遠地資斧艱難此不得已而舉債其中苦況不可殫陳如或乘其急迫抑勒多端使進退觸藩茹酸書券此其罪與劫盜等陽律不過笞杖陰律則當墮泥犁至於冶蕩性成驕奢習慣預期到官之日可取諸百姓以償補遂指以稱貸肆意繁華已經負債如山尚復揮金如土致漸形竭蹶日見追呼銓授有官逋逃無路不得不吞聲飲恨為几上之肉任若輩之宰烹積數既多取償難必故先求重息以冀得失之相當在彼為勢所必然在此為事由自取陽官科斷雖有明條鬼神固不甚責之也王聞是語疑不類生人俄歌吹已停二

人並起不待啟鑰已過柵門投闇道路傳呼酒闌客散有一人中暑暴卒乃知二人為追攝之鬼也

莆田林生霈言閩中一縣令罷官居館舍夜有盜破扉而入一媼驚呼刃中腦仆地僮僕莫能出有邏者素弗善所為亦坐視盜遂肆意搜掠其幼子年十四五以錦衾蒙首臥盜舉取衾見姣麗如好女嘻笑撫摩似欲為無禮中刃媼突然躍起奪取盜刃徑負是子奪門去追者皆被傷乃僅捆載所劫去縣令怪媼已六旬素不聞其能技擊何勇鷙乃爾急往尋視則媼挺立大言曰我某都某甲也曾蒙公再生恩歿後執役土神祠聞公被劫特來視官貲是公刑求所得冥官判飽盜橐我不敢救至侵及公子則盜罪當誅故附此媼與之戰公努力為善我去矣遂昏昏如醉臥救蘇問之惘然不憶蓋此令遇貧人與富人訟剖斷亦甚公明故卒食其報云

州縣官長隨姓名籍貫皆無一定蓋預防奸贓敗露使無可蹤跡追捕也姚安公嘗見房師石窗陳公一長隨自稱山東朱文後再見於高淳令梁公潤堂家則自稱河南李定梁公頗倚任之臨啟程時此人忽得異疾乃托姚安公暫留於家約痊時續往其疾自兩足趾寸寸潰腐以漸而上至胸膈穿漏而死死後檢其囊篋有小冊作蠅頭字記所閱凡十七官每官

皆跡其陰事詳載某時某地某人與聞某人旁睹以及往來書札讞斷案牘無一不備錄其同類有知之者曰是嘗挾制數官矣其妻亦某官之侍婢盜之竊逃留一函於几上官竟不敢追也今得是疾豈非天道哉霍文易曰此輩依人門戶本為舞弊而來譬彼養鷹斷不能責以食穀在主人善駕馭耳如善其便捷任以耳目心腹未有不倒持干戈授人以柄者此人不足責吾責彼十七官也姚安公曰此言猶未揣其本使十七官者絕無陰事之可書雖此人日日橐筆亦何能為哉

理所必無者事或竟有然究亦理之所有也執理者自泥古耳獻縣近歲有二事一為韓守立妻俞氏事祖姑至孝乾隆庚辰祖姑失明百計醫禱皆無驗有黠者紿以刲肉燃燈祈神佑則可速愈婦不知其紿也竟刲肉燃之越十餘日祖姑目竟復明夫受紿亦愚矣然惟愚故誠惟誠故鬼神為之格此無理而有至理也一為丐者王希聖足攣躄以股代足以肘撐之行一日於路得遺金二百移橐匿草間坐守以待見者俄商家主人張際飛倉皇尋至叩之語相符舉以還之際飛請分取不受延至家議養贍終其身希聖曰吾形殘廢天所罰也違天坐食將必有大咎毅然竟去後困臥斐聖公祠下（斐聖公不知何時人志乘亦云祈雨時有驗）忽有醉人曳其足痛不可忍醉人去後足已伸矣由是遂能行至乾隆己卯乃卒際飛故先祖門客余猶及見自述此事甚詳蓋希聖為善宜受報而以命自安不受人報故神代報也非似無理而亦有至理乎戈芥舟前輩嘗載此二事於縣志講學家頗病其語怪余謂芥舟此志惟乩仙聯句及王生殤子二條偶不割愛耳全書皆體例謹嚴具有史法其載此二事正以見匹夫匹婦足感神明用以激發善心砥礪薄俗非以小說家言濫登輿記也漢建安中河間太守劉照妻葳蕤鎖事載錄異傳晉武帝時河間女子剖棺再活事載搜神記皆獻邑故實何嘗不刪薙其文哉

外叔祖張公紫衡家有小圃中築假山有洞曰泄雲洞前為藝菊地山後養數鶴有王昊廬先生集歐陽永叔唐彥謙句題聯曰秋花不比春花落塵夢那知鶴夢長頗為工切一日洞中筆硯移動滿壁皆摹仿此十四字拗捩欹斜不成點畫用筆或自下而上自右而左或應連者斷應斷者連似不識字人所書疑為童稚游戲重堊而鐍其戶越數日啟視復然乃知為魅一夕聞格格磨墨聲持刃突入掩之一老猴躍起衝人去自是不復見矣不知其學書何意也余嘗謂小說載異物能文翰者惟鬼與狐差可信鬼本人狐近於人也其他草木禽獸何自知聲病至於渾家門客併蒼蠅草帚亦具能詩即屬寓言亦不應荒誕至此此猴豈久通靈學人塗抹正其頑劣之本色固不必有所取義耳

閱微草堂筆記卷八　如是我聞二

先叔儀南公言有王某曾某素相善王艷曾之婦乘曾為盜所誣引陰賄吏斃於獄方營求媒妁意忽自悔遂輟其謀擬為作功德解冤既而念佛法有無未可知乃迎曾父母妻子於家奉養備至如是者數年耗其家貲之半曾父母意不自安欲以婦歸王王固辭奉養益謹又數年曾母病王侍湯藥衣不解帶曾母臨歿曰久蒙厚恩來世何以為報乎王乃叩首流血具陳其實乞冥府見曾為解釋母慨諾曾父亦作手書一札納曾母袖中曰兒果見兒以此付之如再修怨黃泉下無相見也後王為曾母營葬督工勞倦假寐壙側忽聞耳畔大聲曰冤則解矣爾有一女忘之乎惕然而寤遂以女許嫁其子後竟得善終以必不可解之冤而感以不能不解之情真狡黠人哉然如是之冤有可解知無不可解之冤矣亦足為悔罪者勸也

從兄旭升言有丐婦甚孝其姑嘗飢踣於路而手一盂飯不肯釋之曰姑未食也自云初亦僅隨姑乞食聽指揮而已一日同棲古廟夜聞殿上厲聲曰爾何不避孝婦使受陰氣發寒熱一人稱手捧急檄倉卒未及睹又聞叱責曰忠臣孝子頂上神光照數尺爾豈盲耶俄聞鞭箠呼號聲久之乃寂次日至村中果聞一婦饁田為旋風所撲患頭痛問其行事果以孝稱自是感動事姑恒恐不至云

旭升又言縣吏李懋華嘗以事詣張家口於居庸關外夜失道暫憩山畔神祠俄燈光晃耀遙見車騎雜遝將至祠門意是神靈伏匿廡下見數貴官並入祠坐左側似是城隍中四五座則不識何神數吏抱簿陳案上一一檢視稱點其語則勘驗一郡善惡也一神曰某婦事親無失禮然文至而情不至某婦亦能得舅姑歡然退與其夫有怨言一神曰風俗日偷神道亦與人為善陰律孝婦延一紀此二婦減半可也僉曰善俄一神又曰某婦至孝而至淫何以處之一神曰陽律犯淫罪止杖而不孝則當誅是不孝之罪重於淫也不孝之罪重則能孝者福亦重輕罪不可削重福宜舍淫而論其孝一神曰服勞奉養孝之小者虧行辱親不孝之大者小孝難贖大不孝宜舍孝而科其淫一神曰孝大德也非他惡所能掩淫大罰也非他善所能贖宜罪福各受其報側坐者磬折請曰罪福相抵可乎神掉首曰以淫而削孝之福是使人疑孝無福也以孝而免淫之罪是使人疑淫無罪也相抵恐不可一神隅坐言曰以孝之故雖至淫而不加罪不使人愈知孝乎以淫之故雖孝而不獲福不使人愈戒淫乎相抵是一神沈思良久曰此事出入頗重大請命於天曹可矣語訖俱起各命駕而散李故老吏嫻案牘陰記其語反覆思之不能決不知天曹作何判斷也

董曲江言：隣縣一莊婦，夏夜為盜撬窗入，乘夜睡污之，醒而驚呼，則逸矣。憤恚病卒，竟不得賊之主名。越四載餘，忽村民李十雷震死。一婦合掌誦佛曰：某婦之冤雪矣。當其呼救之時，吾親見李十踰墻出，畏其悍而不敢言也。

西城將軍教場一宅，周蘭坡學士嘗居之，夜或聞樓上吟哦聲，知為狐，弗訝也。及蘭坡移家，狐亦他徙。後田白岩僦居數月，狐乃復歸。白岩祭以酒脯，併陳祝詞於几曰：聞此蝸廬，曾停鶴馭。復聞飄然遠引，似桑下浮圖。鄙人飽繫一官，萍飄十載，拮据稱貸，卜此一廛。數夕來，款欬微聞，似仙輿復返。豈鄙人德薄，故爾見侵？抑夙有因緣，來兹聚處？既承惠顧，敢拒嘉賓。惟冀各守門庭，使幽明異路，庶均歸寧謐，異苔不害於同岑。敬布腹心，伏惟鑒燭。次日，樓前飄墮一帖云：僕雖異類，頗悅詩書，雅不欲與俗客伍。此宅數十年來，皆詞人棲息，惬所素好，故挈族安居。自蘭坡先生恝然舍我，後來居者，目不勝駔儈之容，耳不勝歌吹之音，鼻不勝酒肉之氣，迫於無奈，竄跡山林。今聞先生山蘿之季子，文章必有淵源，故望影來歸，非期相擾。自今以往，或檢書獺祭，偶動芸籤，借筆鵶塗，暫磨麟眼，此外如一毫陵犯，任先生訴諸明神。願廓清襟，勿相疑貳。末題康默頓首頓首。從此聲息不聞矣。白岩嘗以此帖示客，斜行潦墨，似匆匆所書。或曰：白岩托跡微官，滑稽玩世，故作此以寄諷嘲，寓言十九，是或然歟。然此與李慶子遇狐叟事，大旨相類，不應俗人雅魅，疊見一時，又同出於山左。或李因田事而附會，或田因李事而推演，均未可知。傳聞異詞，姑存其砭世之意而已。

一故家子，以奢縱嬰法網，殁後數年，親串中有召仙者，忽附乩自道姓名，且陳愧悔。既而復書曰：僕家法本嚴，僕之罹禍，以太夫人過於溺愛，養成驕恣之性，故陷之井而不知耳。雖然，僕不怨太夫人。僕於過去生中，負太夫人命，故今以愛之者殺之，隱藏其實，因果報非偶然也。觀者皆為太息。夫慣寬而為逆子，古有之矣；慣寬而為鴆毒，藉之所未睹也。然據其所言，乃鑿然中理。

宛平何華峯宦寶慶同知時，山行疲困，憩水際一草菴，扣之，暫憩。榜曰孤松菴，門聯曰：白鳥多情留我住，青山無語看人忙。有老僧應門，延入具茗，頗香潔，而落落無賓主意。室三楹，亦甚樸雅，中懸畫佛一軸，有八分書題曰：半夜鐘磬聲，滿庭風露清，琉璃青黯黯，靜對古先生。不著姓名，印章亦模糊不辨。旁一聯曰：花幽防引蝶，雲懶怯隨風。亦不題款。指問此師自題耶？漠然不應，以手指耳而已。歸途再過其地，則泯然亂流，四顧蕭然，不見向菴所在。從人記遺煙筒一枝，尋之尚在老柏下，竟不知是佛祖是鬼魅也。華峯畫有佛光示現卷，併自記始末甚悉。華峯歿後，想已雲烟過眼矣。

族兄次辰言：其同年康熙甲午孝廉某，嘗遊嵩山，見女子汲溪水，試求飲，欣然與一瓢；試問路，亦欣然指示。因共坐樹下語，似頗涉翰墨，不類田家婦。疑為狐魅，愛其娟秀，且相款洽。女子忽振衣起曰：危乎哉！吾幾敗。怪而詰之，赧然曰：吾從師學道百餘年，自謂此心如止水。師曰：汝能不起妄念耳，妄念故在也。不見可欲，故不亂；見則亂矣。平沙萬頃中，留一粒草子，見雨即茁。汝魔障將至，明日試之，當自知。今果遇君，問答流連，已微動一念，再片刻則不自持矣。危乎哉！吾幾敗。踴身一躍，直上木杪，瞥如飛鳥而去。

次辰又言：族祖徵君公諱昊，康熙己未舉博學鴻詞，以天性疏放，恐妨游覽，稱疾不預試。嘗至登州觀海市，遇一村塾小憩，見案上一舊端硯，背刻狂草十六字曰：萬木蕭森，路古山深，我坐其間，寫上堵吟。側書惜哉此叟四字，蓋其號也。問所自來，塾師云：村南林中有厲鬼，夜行者遇之輒病。一日，眾伺其出，持杖擊之，追至一墓而滅，因共發掘，於墓中得此硯，我以粟一斗易之也。按上堵吟乃孟達作，是必勝國舊臣，降而復叛，敗竄山林以死者。生既進退無據，歿又不自潛藏，取暴骨之禍，真頑梗不靈之鬼哉。

海之有夜叉，猶山之有山魈，非鬼非魅，乃自一種類，介乎人物之間者也。劉石菴參知言：諸城濱海處，有結寮捕魚者。一日，眾皆棹舟出，有夜叉入其寮中，盜飲其酒，盡一罌，醉而臥，為眾所執，束縛撾擊，毫無靈異，竟困踣而死。

族姪貽孫言：昔在潼關宿一驛，月色滿窗，見兩人影在窗上，疑為盜，諦視則腰肢纖弱，鬢髻宛然，似一女子將一婢，穴紙潛覷，乃不睹其形，知為妖魅，以佩刀隔櫺斫之，有黑煙兩道，聲如鳴鏑，越屋脊而去。恐其次夜復來，從僕借鳥銃以俟。夜半果復見影，乃二虎對蹲，與僕舉銃並發，應聲而滅。自是不復至。疑本游魂，故無形質，陽光震爍，消散不能聚矣。驛丞王生相御生一子，有抱之者，輒空中擲與數十錢。知縣楊某往視，乃擲下白金五星。此子旋夭亡，杳無他異。或曰：王生倩作戲術者能運之，將託以冀斂。或曰：狐所為也。是皆不可知。然居官者遇此等事，即確有鬼憑，亦當禁治，使勿熒民聽，正不必論其真妄也。

李又聃先生言：雍正末年，東光城內，忽一夜家家犬吠，聲若潮湧，皆相驚出視。月下一人，披髮至腰，裸衣繫帶，手執巨袋，袋內有千百鵝鴨聲，挺立人家屋脊上，良久又移過別家。次日凡所立之處，均有鵝鴨二三隻自擲擲下，或烹而食，與常畜者味無異，莫知何怪。後凡得鵝鴨之家，皆有死喪，乃知為山魈偶現也。先外舅馬公周籙家，是夜亦得二鴨，是歲其弟靖逵同知庚長公卒，信又聃先生語不誣。顧自古及今，遭喪者恆河沙數，何以獨示兆於是夜？是夜之中，何以獨示兆於數家？其示兆皆擲以鵝鴨，又果何所取？鬼神之故，有可知，有不可知，存而不論可矣。

道士王昆霞言昔游嘉禾新秋爽朗散步湖濱去人稍遠偶遇宦廢圃叢篁老木寂無人踪徙倚其間不覺晝寢夢古衣冠人長揖曰岑寂荒林罕逢嘉客既見君子實慰素心幸勿以異物見擯心知是鬼神詰所從來曰僕耒陽張湜元季流寓此邦歿而旅葬愛其風土無復歸思園林凡易十餘主棲遲未能去也問人皆畏死樂生爾何獨耽鬼趣曰死生雖殊性靈不改境界亦不改山川風月人見之鬼亦見之登臨吟咏人有之鬼亦有之鬼何不如人且幽深險阻之勝人所不至鬼得以魂游蕭寥清絕之景人所不睹鬼得以夜賞人且有時不如鬼彼夫畏死而樂生者由嗜欲攖心妻孥結戀一旦舍之入冥漠如高官解組息迹林泉勢不能不戚戚不知本住林泉耕田鑿井恬熙相安原無所戚戚於中也問六道輪迴事有主者何以竟得自由曰求生者如求官惟人所命不求生者如逃名惟己所為苟不求生神不強也又問寄懷既遠吟咏必多曰興之所至或得一聯一句率不成篇境過即忘亦不復追索偶然記憶可質高賢者纔三五章耳因朗吟曰殘照下空山溟色蒼然合昆霞擊節又吟曰黃葉有得二字忽聞譟叫聲霍然而悟則漁艇打槳相呼也再倚杖瞑坐不復成夢矣

昆霞又言其師精曉六壬而不為人占昆霞為童子時一日晨起以小札付之曰持此往某家借書定以申刻至先期後期皆笞汝相去七八十里竭蹶僅至則某家兄弟方鬩墻啟視其札惟小字一行曰借晉書王祥傳一閱兄弟相顧默然鬩遂解蓋其弟正繼所生云

嘉峪關外有戈壁徑一百二十里皆積沙無寸土惟居中一巨阜名天生墩戍卒守之冬積冰夏儲水以供驛使之往來初威信公岳公鍾琪西征時疑此墩本一土山為飛沙所沒僅露其頂既有山必有水發卒鑿之穿至數十丈忽持鍤者皆墮下在穴上者俯聽之聞風聲如雷吼乃輟役穴今已圮余出塞時仿佛尚見其遺迹案佛氏有地水風火之說余聞陝西有遷葬者啟穴時棺已半焦盜千總大業親見之皆地火所灼又獻縣劉氏母卒合葬啟穴不得其父棺迹之乃在七八步外倒植地中先姚安公親見之彭芸楣參知亦云其鄉有遷葬者棺中之骨攢聚於一角如積薪然蓋地風所吹也是知大氣斡運於地中陰氣化水陽氣則化風化火水土同為陰類一氣相生故無處不有陽氣則包於陰中其微者爍動之性為陰所解其稍壯者聚而成硫黃丹砂礬石之類其最盛者鬱而為風為火故恒聚於一所不處處皆見耳

伊犁城中無井汲水於河一佐領曰戈壁皆積沙無水故草木不生今城中多老樹苟其下無水樹安活乃拔木就根下鑿井果皆得泉特汲須修綆耳如古稱雍州厚土水深灼然不謬徐舍人蒸遠曾預斯役嘗為余言此佐領可云格物蒸遠能舉其名惜忘之矣後烏魯木齊築城時鑒伊犁之無水乃卜地通津以就流水余作是地雜詩有曰半城高阜半城低城內清泉盡向西金井銀床無處用隨心引取到花畦紀其實也然或雪消水漲則南門為之不開又北山支麓逼近譙樓登岡頂關帝祠戲樓則城中纖微皆見故余詩又曰山圍草木翠烟平迢遞新城接舊城行到叢祠歌舞處綠氍毹上看棋枰巴公彥弼鎮守時參將海起雲請於山麓堅築小堡為犄角之勢巴公曰汝但能野戰汝不知兵北山雖俯瞰城中敵或結棚可築礮臺仰擊火性炎上勢便而利地勢逼近取準亦不難彼雖衆不能屯聚也如築小堡於上兵多則地狹不能容兵少則力弱不能守為敵所據反資以保障矣諸將莫不嘆服因記伊犁鑿井事併附錄之於後

烏魯木齊泉甘土沃雖花草亦皆繁盛江西蠟五色畢備朵若巨杯瓣葳蕤如洋菊虞美人花大如芍藥大學士溫公以倉場侍郎出鎮時階前虞美人一叢忽變異色瓣深紅如丹砂心則濃綠如鸚鵡映日灼灼有光似金星隱耀雖畫設色不能及公旋擢福建巡撫去余以綫繫花梗秋收其子次歲種之仍常花耳乃知此花為瑞兆如揚州芍藥偶開金帶圍也

辛彤甫先生記異詩曰六道誰言事杳冥人羊轉轂迅無停三絃彈出邊關調親見青騾側耳聽康熙辛丑館余家日作也初里人某貨郎逋先祖多金不償且出負心語先祖性豁達一笑而已一日午睡起謂姚安公曰某貨郎死已久頃忽夢之何也俄圉人報馬生一青騾咸曰某貨郎償夙逋也先祖曰負我償者多矣何獨某貨郎來償某貨郎負人亦多矣何獨來償我事有偶合勿神其說使人子孫蒙恥也然圉人每戲呼某貨郎輒昂首作怒狀平生好彈三弦唱邊關調或對之作此曲輒聳耳以聽云

古書字以竹簡誤則以刀削改之故曰刀筆黃山谷名其尺牘曰刀筆已非本義今寫訟牒者稱刀筆則謂筆如刀耳又一義矣余督學閩中時一生以導人誣告戍邊聞其將敗前方為人構詞手中筆爆然一聲中裂如劈恬不知警卒及禍又文安王岳芳言其鄉有構陷善類者方具草訝字皆赤色視之乃血自毫端出投筆而起遂輟是業竟得令終余亦見一善訟者為人畫策誣富民誘藏其妻富民幾破家案上未結而善訟者之妻竟為人所誘逃不得主名竟無所用其訟

天道乘除不能盡測善惡之報有時應有時不應有時即應有時緩應亦有時示巧應余在烏魯木齊時吉木薩報遣犯劉允成為逋負過多迫而自縊余飭吏銷除其名籍見原案註語云為重利盤剝逼死人命事

烏魯木齊巡撫所駐曰呼圖壁呼圖譯言鬼也壁譯言有鬼也嘗有商人夜行闇中見樹

下有人影疑為鬼呼問之曰吾日暮抵此畏鬼不敢前待結伴耳因相赵共行漸相款洽其人問有何急事冒凍夜行商人曰吾夙負一友錢四千聞其夫婦俱病飲食藥餌恐不給故往送還是人卻立樹背曰本欲祟公求小祭祀今聞公言乃真長者吾不敢犯公願為公前導可乎不得已姑隨之凡道路險阻皆預告俄缺月微升稍能辨物諦視乃一無首人悚然卻立鬼亦奄然而滅

馮巨源官赤城教諭時言赤城山中一老翁相傳元代人也巨源往見之呼為仙人曰我非仙但吐納導引得不死耳叩其術而不離乎丹經而非丹經所能盡其分刌節度妙極微芒苟無口訣真傳但依法運用如檢譜對奕奕必敗如拘方治病病必殆緩急先後稍一失調或結為癰疽或滯為拘攣甚或精氣瞀亂神不歸舍竟至於顛癇是非徒無益已也問容成彭祖之術可延年乎曰此邪道也不得法者禍不旋踵即得法者亦僅使人壯盛壯盛之極必有決裂譬之悖理聚財非不驟富而斷無久享之理公毋為所惑又問服食延年其法如何曰藥所以攻伐疾病調補氣血而非所以養生方士所餌不過草木金石草木不能不朽腐金石不能不消化彼且不能自存而謂借其餘氣反長存乎又問得仙者果不死歟曰神仙可不死而亦時時可死夫生必有死物理之常煉氣存神皆逆而制之者也逆制

之力不懈則氣聚而神亦聚逆制之力或疏則氣消而神亦消消則死矣如多財之家儉勤則長富不勤不儉則漸貧再加以奢蕩則貧立至彼神仙者固亦兢兢然恐不自保非內丹一成即萬劫不壞也巨源請執弟子禮曰公於此道無緣何必徒荒其本業不如其已巨源悵然而返景州戈魯齋為余述之稱其言皆篤實不類方士之炫惑云

先姚安公言有扶乩治病者仙自稱蘆中人問豈伍相國耶曰彼自隱語吾直以此為號也其方時效時不效曰吾能治病不能治命一日降牛文英（姚安公稿牛文字作此二字音未知是否牛諱孫聚前母安太夫人）家有乞虛損方者仙判曰君病非藥所能治但遏除嗜慾遠勝於草根樹皮又有乞種子方者仙判曰種子有方併能神效然有方與無方同神效亦與不效同夫精血化生中含慾火尚毒發為痘十中必損其一二況助以熱藥摶結成胎其蘊毒必加數倍故每逢生痘百不一全人徒於夭折之時惜其不壽而不知未生之日已伏必死之機生如不生亦何貴乎種耶此理甚明而昔賢未悟山人志存濟物不忍以此術欺人也其說其理皆醫家所不肯言或真有客鬼憑之歟又聞劉季箴先生嘗與論醫乩仙云公補虛好用參夫虛證種種不同而參之性則專有所主不通治各證以藏府而論參惟至上焦中焦而下焦不至焉以榮衛而論惟至氣分而血分不至焉腎肝與虛陰虛而補以參庸有濟乎豈但無濟亢陽不

更煎鍊矣且古方有生參熟參之分今採參者得即蒸之何處得有生參乎古者參出於上黨秉中央土氣故其性溫厚先入中宮今上黨氣竭惟用遼參秉東方春氣故其性發生先升上部即以藥論亦各有運用之權願公審之季箴極不以為然余不知醫併附錄之待精此事者論定焉

老儒劉挺生言東城有獵者夜半睡醒聞窗紙淅淅作響俄又聞窗下窸窣聲披衣叱問忽答曰我鬼也有事求君君勿怖問其何事曰狐與鬼自古不並居狐所窟穴之墓皆無鬼之墓也我墓在村北三里許狐乘我他往聚族居之反驅而不得入欲與鬥則我本文士必不勝欲訟諸土神即幸而得申彼終亦報復然又必不勝惟得君等行獵時或繞道半里數過其地則彼必恐怖而他徙矣然倘有所遇勿遽殪獲恐事機或洩彼又修怨於我也獵如其言後夢其來謝夫鵲巢鳩據事理本直然力不足以勝之則避而不爭力足以勝之又長慮深思而不盡其力不求幸勝不求過勝此其所以終勝歟孱弱者遇強暴如此鬼可矣

舅氏張公健亭言滄州王牧某有愛女嬰疾沈困家人夜入書齋忽見其對月獨坐花陰下悚然而返疑為狐魅託形嗾犬撲之倏然滅跡俄室中病者曰頃夢至書齋看月意殊爽適不虞犬至幾不得免至今猶悸汗知所見乃其生魂也醫者聞之曰是形神已離雖盧扁莫措

矣不久果卒

閩有方竹燕山之柿形微方此各一種也山東益都有方柏蓋一株偶見他柏樹則不方余八九歲時見外祖家介祉堂中有菊四盆開花皆正方瓣整齊如裁翦云得之天津查氏名黃金印先姚安公乞其根歸次歲花漸圓再一歲則全圓矣或曰花原常菊特種者別有法如靛浸蓮子則花青墨揉玉簪之根則花黑也是或一說歟

家奴宋遇病革時忽張目曰汝兄弟輩來耶限在何日既而自語曰十八日亦可時一講學者館余家聞之哂曰譫語也屆期果死又哂曰偶然耳申鐵蟾方與共食投箸太息曰公可謂篤信程朱矣

奇節異烈湮沒無傳者可勝道哉姚安公聞諸雲台公曰明季避亂時見夫婦同逃者其夫似有腰纏一賊露刃追之急婦忽回身屹立待賊至突抱其腰賊以刃擊之血流如注堅不釋手比氣絕而仆則其夫脫去久矣惜不得其名姓又聞諸鎮番公曰明季河北五省皆大飢至屠人鬻肉官弗能禁有客在德州景州間入逆旅餐見少婦裸體伏俎上綳其手足方汲水洗滌恐怖戰悚之狀不可忍視客心惻惻倍償贖之釋其縛助之著衣手觸其乳少婦艴然曰荷君再生終身賤役無所悔然為婢媼則可為妾媵則必不可吾惟不肯事二夫故

譬諸此也。君何遽相輕薄耶。解衣擲地，仍裸體伏俎上，瞑目受屠。屠恨之，生割其股肉一臠，哀號而已，終無悔意。惜亦不得其姓名。

蕭寗王太夫人，姚安公姨母也。言其鄉有嫠婦，與老姑撫孤子，七八歲矣。婦故有色，媒妁屢至，不肯嫁。會子患痘甚危，延某醫診視。某醫與鄰媼密語曰：是證吾能治，然非婦薦枕決不往。婦與姑皆怒詈。既而病將殆，婦姑皆牽於溺愛，私議者徹夜，竟飲泣曲從。不意施治已遲，迄不能救。婦悔恨投繯殞，人但以為痛子之故，不疑有他；姑亦深諱其事，不敢顯言。俄而醫死，俄而其子亦死，室弗戒於火，不遺寸縷。其婦流落入青樓，乃偶以告所歡云。

余布衣蕭客言：有士人宿會稽山中，夜聞隔澗有講誦聲，側耳諦聽，似說古訓詁。次日越澗尋訪，杳無蹤跡，徘徊數日，冀有所逢。忽聞木杪人語曰：君嗜古乃爾，請此相見。回顧之頃，石室洞開，室中列坐數十人，皆掩卷振衣，出相揖讓。士人視其案上，皆諸經註疏。居首坐者拱手曰：昔尼山奧旨，傳在經師，雖舊本猶存，斯文未喪，而新說漸出，嗜古者稀。先聖恐久而漸絕，乃蒐羅鬼籙，徵召幽靈。凡歷代通儒，精魂尚在者，集於此地，考證遺文，以此轉輪生於人世，冀遞修古學，延杳墜一線之傳。子其記所見聞，告諸同志，知孔孟所式憑，在此不在彼也。士人欲有所叩，忽已夢醒，乃倚坐老松之下。蕭客聞之，裹糧而往，攀蘿捫葛，一月有餘，無所睹而返。此與朱子穎所述經香閣事大旨相類。或曰：蕭客喜談古義，嘗撰古經解鉤沈，故士人投其所好以戲之，是未可知。或曰：蕭客造此言以自託，降生之一，亦未可知也。

呂太常含暉言：京師有富室娶婦者，男女並韶秀，親串皆望若神仙，窺其意態，夫婦亦甚相悅。次日天曉，門不啟，呼之不應，穴窗窺之，則左右相對縊，視其衾已合歡矣。婢媼皆曰：是昨夕已卸妝，何又著盛服而死耶？異哉此獄，雖皋陶不能聽矣。

里胥宋某，所謂東鄉太歲者也。愛鄰童秀麗，百計誘與狎，為童父所覺，迫童自縊，其事隱密，竟無人知。一夕，夢被拘至冥府，云為童所訴。宋辯曰：本出相悅，無相害意，死由爾父，實出不虞。童言：爾不誘我，何緣受淫？我不受淫，何緣得死？推原禍本，非爾其誰？宋又辯曰：誘雖由我，從則由爾，回眸一笑，縱體相從者誰乎？本未強干，理難歸過。冥官怒叱曰：稚子無知，陷爾機穽，餌魚充饌，乃反罪魚耶？拍案一呼，悚然驚悟。後官以賄敗，宋名麗案中，禍且不測，自知業報，因以夢備告所親。逮及獄成，乃僅擬城旦，竊謂夢境無憑也。比三載釋歸，則鄰叟恨子之被污，乘其婦獨居，餌以重幣，已見金夫不有躬矣。宋畏人多言，竟慚而自縊。然則前之幸免，豈非留以有待，示所作所受，如影隨形哉。

舊僕鄒明言：昔在丹陽縣署，夜半如廁，過一空屋，中有男女媟狎聲，以為內衙僮僕幽會於斯。懼為累，潛蹤而返。後月夜復聞之，從窗隙竊窺，則內衙無此人。又時方沍凍，乃裸無寸縷。疑為狐魅，於窗外輕嗽，倏然滅跡。偶與同伴語及，一大夫曰：此前官幕友某所居，幕友有雕牙秘戲像一盒，腹有機輪，自能運動，恆置枕函中，時出以為玩。一日失去，疑為同事者所竊，終後無迹。豈此物為祟，偏索室中，迄不可得。以不為人害，亦不復追求。殆常在衽席之間，得人精氣，久而幻化歟。

外祖雪峰張公家，牡丹盛開，家奴李桂夜見二女憑闌立，其一曰：月色殊佳。其一曰：此間絕少此花，惟佟氏園與此數株耳。桂知是狐，擲片瓦擊之，忽不見，俄而磚石亂飛，窗欞皆損。雪峰公自往視之，拱手曰：賞花韻事，步月雅人，奈何與小人較量，致殺風景。語訖寂然。公嘆曰：此狐不俗。

佃戶張九寶言：嘗夏日鋤禾畢，天已欲暝，與眾同坐田塍上，見火光一道如赤練，自西南飛來，突墮於地，乃一狐，蒼白色，被創血流，臥而喘息。急舉鋤擊之，復努力躍起，化火光投東北去。後聞車販言：某家婦為狐所媚，延道士劾治，已捕得封罌中，兒童輩私揭其符，欲視狐何狀，竟破罌飛去。問其月日，正見狐墮之時也。此道士咒術可云有驗，然無奈騃稚之竊窺。古來竭力垂成而敗於無知者之手，類如斯也。

余老僕劉琪言：其婦弟某，嘗夜獨臥一室，榻在北牖，夜半覺有手捫搦，疑為盜，驚起諦視，其臂乃從南牖探入，長殆丈許。某故有膽，遽捉執之，忽一臂又破櫺而入，徑批其頰，痛不可忍，方回手支拒，所捉臂已掣去矣。聞窗外大聲曰：爾今畏否？方憶昨夕林下納涼，與同輩自稱不畏鬼也。鬼何必欲人畏，能使人畏，鬼亦何榮？以一語之故，尋釁求勝，此鬼可謂多事矣。裘文達公嘗曰：使人畏我，不如使人敬我。敬發乎人之本心，不可強求。惜此鬼不聞此語也。

宗室瑤華道人言：蒙古某額駙嘗射得一狐，其後兩足著紅鞋，弓彎與女子無異。又沈少宰雲椒言：李太僕敬堂，少與一狐女往來，其太翁疑為鄰女，布灰於所經之路，院中足印作獸跡，至書室門外，則足印作纖纖樣矣。某額駙所射之狐，了無他異；敬堂所居之狐，居數載別去，敬堂問何時再晤，曰：君官至三品，當來迎。此語人多知之，後來果驗。

外叔祖張公雪堂言：十七八歲時，與數友月夜小集，時霜蟹初肥，新篘亦熟，酣洽之際，忽一人立席前，著草笠，衣石藍衫，攝鑲雲履，拱手曰：僕雖鄙陋，然頗愛把酒持螯，請附末坐可乎？眾錯愕不測，姑揖之坐，問姓名，笑不答，但痛飲大嚼，都無一語，酣飽後蹶然起曰：今朝相遇，亦是前緣，後會茫茫，不知何日得酬高誼。語訖聳身一躍，屋瓦無聲，已莫知所在。視椅上有物粲然，乃白金一餅，約略敵是日之所費。或曰仙也，或曰術士也，或曰劍俠也。余為劍俠之說為近之。小時見李金梁輩，其技可以至此。又聞竇二東之黨（二東即獻縣劇盜，其兄曰大東，皆逸其名，而以乳名傳。他書記載或作竇爾敦，音之轉耳），每能夜入人家，伺婦女就寢，脅以力，禁勿語，併衾褥捲之，挾以越屋數十重，曉鐘將動，仍捲之送還。被盜者惘惘如夢。一夕，夫歸家，伏人於室，俟其送還，突出擊搏，乃一手揮刀格鬭，一手擲婦於床上，如風旋電掣，已無蹤跡。殆唐代劍客之支流乎？德州宋先生清遠言，曾訪一友（清遠曾舉其姓名，歲久忘之。清遠偶兩度泥濘，借某人一騾騎往，則所居不遠也），友留之宿，曰：良夜月明，觀一戲劇可乎？因取凳十餘，縱橫布院中，與清遠明燭飲堂上。二鼓後，見一人踰垣入，環轉凳前，每遇一凳，輒蹣跚努力，良久乃跨過，始而順行，曲踊一二百度，轉而逆行，又曲踊一二百度，疲極踣卧，天已向曙矣。友引至堂上，詰問何來，叩首曰：吾實偷兒，入宅以後，惟見層層短垣，愈越愈不能盡，窘而退出，又愈越不能盡，困頓故見擒，死生惟命。友笑遣之，謂清遠曰：昨卜有此偷兒來，故戲以小術。問此何術，曰：奇門法也。他人得之恐召禍，君真端謹，如願學，當授君。清遠謝不願。友太息曰：願學者不可傳，可傳者不願學，此術其終絕矣。意若有失，悵悵送之返。

有故家子，日者推其命大貴，相者亦云大貴，然垂老官僅至六品。一日扶乩，問仕路崎嶇之故。仙判曰：日者不謬，相者亦不謬，以太夫人偏愛之故，削減官祿至此耳。拜問偏愛固不免，然何至削減官祿？仙又判曰：禮云繼母如母，則視前妻之子當如子；庶子為嫡母服三年，則視庶子亦當如子。而人情險惡，自設町畦，所生與非所生，釐然如水火不相入。私心一起，機械萬端，小而飲食起居，大而貨財田宅，無一不所生居於厚，非所生者居於薄，斯已干造物之忌矣。甚或離間讒構，密運陰謀，詬誶囂陵，罔循理法，使罹毒者吞聲，旁觀者切齒，猶嘵嘵稱所生者之受抑，鬼神怒視，祖考怨恫，不禍延其子，何以見天道之公哉？且人之受享，祇有此數，此贏彼縮，理之自然。既於家庭之內強有所增，至於仕宦之途，陰有所減，子獲利於兄弟多矣，物不兩大，亦何憾於坎坷乎？其人悚然而退。後親串中聞之，一婦曰：悖哉此仙！前妻之子，恃其年長，無不吞噬其弟者；庶出之子，恃其母寵，無不陵轢其兄者。非有母為之撑拄，不盡為魚肉乎？姚安公曰：是雖妒口，然不可謂無此理也。世情萬變，治家者平心處之可矣。

族祖黃圖公言：順治康熙間，天下初定，人心未一。某甲陰為吳三桂諜，以某乙驍健有心計，引與同謀。既而梟獍伏誅，鯨鯢就築，亦既洗心悔禍，無復逆萌，而往來秘札，多在乙處。書中故無乙名，乙脅以訐發，罪且族滅，不得已以女歸乙。乙得志益驕，無復人理，道途其婦女殆遍，乃至女之母不免，女之幼弟纔十三四，亦不免。皆飲泣受污，惴惴然恐失其意。

甲抑鬱不自聊，恒避於外。一日，散步田間，遇老父對語，怪附近村落無此人。老父曰：不相欺，我天狐也。君固有罪，然乙逼君亦太甚，吾竊不平。今盜君秘札奉還，彼無所挾，不驅自去矣。因出十餘紙付甲。甲驗之良是，即毀裂吞之，歸而以實告乙。乙防甲女竊取，密以鐵瓶瘞他處，潛往檢視，果已無存，乃踉蹌引女去。女日與詬誶，旋亦仳離。後其事漸露，兩家皆不齒於鄉黨，各攜家遠遁。夫明季之亂極矣，聖朝蕩滌洪鑪，拯民水火，甲食毛踐土已三十餘年，當吳三桂拒命之時，彼已手戳桂玉，斷不得稱楚之三戶，則甲陰通三桂，亦不能稱殷之頑民。即闔門併戮，亦不冤。乙從而污其閨幃，較諸荼毒善良，其罪似應末減。然乙初本同謀，罪原相埒，又操戈挾制，肆厥兇淫，罪實當加甲一等。雖後來食報無可證明，天道昭昭，諒必無倖免之理也。

姚安公讀書舅氏陳公德音家，一日早起，聞人語喧闐，曰：客作張珉，昨夜村外守瓜田，今早已失魂不語。灌救百端，至夕乃蘇，曰：二更以後，遙見林外有火光，漸移漸近，比至瓜田，乃一巨人，高十餘丈，手執竹籠，大如一間屋，立團焦前，俯視良久，吾驚極暈絕，不知其何時去也。或曰罔兩，或曰當是主夜神。案博物志載主夜神咒曰婆珊婆演底，誦之可以辟惡夢、止恐怖，不應反現異狀使人恐怖，疑罔兩為近之。

姚安公又言：一夕，與親友數人同宿舅氏齋中，已滅燭就寢矣，忽大聲如巨砲，發於床前，屋瓦皆震，滿堂戰慄，噤不能語，有耳聾數日者。時冬十月，不應有雷霆，又無焰光衝擊，亦不似雷霆。公同年高丈爾炤曰：此為鼓妖，非吉徵也，主人宜修德以禳之。德音公亦終日栗栗，無一事不謹慎。是歲家有縊死者，別無他故，殆戒懼之力歟？

姚安公言：聞先祖潤生公言，景城有姜三莽者，勇而戇。一日，聞人說宋定伯賣鬼得錢事，大喜曰：吾今乃知鬼可縛。如每夜縛一鬼，唾使變羊，曉而牽賣於屠市，足供一日酒肉資矣。於是夜夜荷梃執繩，潛行墟墓間，如獵者之伺狐兔，竟不能遇。即素稱有鬼之處，佯醉寢以誘致之，亦寂然無睹。一夕，隔林見數燐火，踴躍奔赴，未至門，已星散去，懊恨而返。如是月餘，無所得，乃止。蓋鬼之侮人，恆乘人之畏。三莽確信鬼可縛，意中已視鬼蔑如矣，其氣焰足以懾鬼，故鬼反避之也。

益都朱天門言：有書生僦住京師雲居寺，見小童年十四五，時來往寺中。書生故蕩子，誘與狎，因留共宿。天曉，有客排闥入，書生窘愧，而客若無睹；俄僧送茶入，亦若無睹。書生疑有異，客去，擁而固問之。童曰：公勿怖，我實杏花之精也。書生駭曰：子其鬼我乎？童曰：精與魅不同，山魈厲鬼，依草附木而為祟，是之謂魅；老樹千年，英華內聚，積久而成形，如道家之結聖胎，是之謂精魅爲人害精則不爲人害也問花妖多女子何獨男曰杏有雌雄吾故雄杏也又問何爲而雖伏曰前緣也又問人與草木安有緣怔良久曰非借人精氣不能煉形故也書生曰然則子魅我耳推枕遽起童亦艴然去書生懸崖勒馬可謂大智慧矣其人蓋天門弟子天門不肯舉其名云

申鐵蟾名兆定陽曲人以庚辰舉人官知縣主余家最久庚戌秋在陝西試用忽寄一札與余訣其詞恍惚迷離抑鬱幽咽都不省爲何語而鐵蟾固非不得志者疑不能明也未幾訃音果至既而見邵二雲贅善始知鐵蟾在西安病數月病愈後入山射獵歸而目前見二圓物如球旋轉如風輪雖瞑目亦見之數日忽暴然裂二小婢從中出稱仙女奉邀魂不覺隨之往至則瓊樓貝闕一女子色絕代通詞自媒鐵蟾固謝託以不慣居此宅女子薄怒揮之出霍然而醒越月餘目中見二圓物如前爆出二小婢亦如前仍邀之往已別搆一宅幽折窈窱頗可愛問此何地曰佛桑請題堂額因爲八分書佛桑香界字女子再申前請而意不自持遂定情自是恒夢遊久而女子亦晝至禁鐵蟾弗與所親通遂漸病劇時方士李某以赤丸餌之嘔逆而卒其事甚怪始知前札乃得心疾時作也鐵蟾聰明絕特善詩善詞歌又工八分馳騁名場翛然以風流自命與人交意氣如雲郵筒走天下中年忽慕神仙遂生是魔障迷罔以終妖以人興象由心造才意高廣翻以好異隕生可惜也夫

崔莊舊宅廳事西有南北屋各三楹花竹翳如頗爲幽僻先祖在時奴子張雲會夜往取茶目見無髮女子潛匿樹下背立向牆隅意爲宅中小婢於此幽期遽捉其臂欲有所挾女子突轉其面白如傅粉而無耳目口鼻絕叫仆地衆持燭至則無睹矣或曰舊有此怪或曰張雲會一時目眩或曰實一黠婢猝爲人阻弗能遁以素巾幕面僞爲鬼狀以自脫也均未知其審然自是疑不釋宿是院者恒凜凜夜中亦往往有聲蓋人避弗居斯鬼狐入之耳又宅東一樓明隆慶初所建右側一小屋亦云有魅雖不爲害然婢媼或見之姚安公一日檢視廢書於簏下捉得二雛鴞曰是魅矣姚安公曰雛得首爲童子縛必不能爲魅然室無人迹至使野獸爲巢穴則有魅也亦宜斯皆空穴來風之義也後西廳析屬從兄垣居今歸從姪汝侗樓析屬先兄晴湖今歸姪汝份子姪日繁家無隙地魅皆不驅自去矣

甲與乙相善甲延乙理家政及官撫軍幷使佐官政惟其言是從久而貲財皆爲所乾沒始悟其姦稍稍詰責之乙挾甲陰事遽反噬甲不勝憤乃投牒訴城隍夜夢城隍語之曰乙險惡如是公何以信任不疑曰爲其事事如我意也神喟然曰人能事事如我意可畏甚矣公不畏之而反喜之不公之紿而紿誰耶渠惡貫將盈終必食報若公則自貽伊戚可無庸訴也此四親告姚安公者事在雍正末年甲滇人乙越人也

杜陽雜編記李輔國香玉辟邪事殊怪異多疑爲小說荒唐然世間實有香玉先外祖母有一蒼玉扇墜云是曹化淳故物自明內府竊出製作朴略隨其形爲雙螭糾結狀有血斑數點色如鎔蠟以手摩熱嗅之作沈香氣如不摩熱則不香疑李輔國玉亦不過如是記事者點綴其詞耳先太夫人嘗密乞之外祖母曰我死則傳汝後外祖母殁舅氏疑在太夫人處太夫人又疑在舅氏處衛氏姨母曰母在時佩此不去身殆攜歸黃壤矣侍疾諸婢皆言殮時未見因此又疑在衛氏姨母處今姨母久亡衛氏式微已甚家藏玩好典賣絕盡未見此物出鬻竟不知其何往也

有客攜柴窯片磁索數百金云嵌於胄臨陣可以辟火器然無知有確否余曰何不絕懸此物以鳥銃鉛丸擊之如果辟火必不碎價數百金不爲多如碎則辟火之說不確理不能索價數百金也鬻者不肯曰公於賞鑒非當行殊殺風景即懷之去後聞鬻於貴家竟得百金夫君子可欺以其方難罔以非其道礮火橫衝如雷霆下擊豈區區片瓦所能禦且雨過青天不過泑色精妙耳究由人造非出神功何斷裂之餘靈尚有如是耶余作舊瓦硯歌有云銅雀臺址頹無遺何乃剩瓦多如斯文士例有好奇癖心知其妄姑自欺柴片亦此類而已矣

嘉峪關外有闊石圖嶺爲哈密巴爾庫爾界闊石圖譯言碑也有唐太宗時侯君集平高昌碑在山脊守將砌以磚石不使人讀云讀之則風雪立至屢試皆不爽蓋山神木石有精示怪異以要血食理固有之巴爾庫爾又有漢順帝時裴岑破呼衍王碑在城西十里海子上則隨人搨摹了無他異惟云海子爲冷龍所居城中不得鳴夜礮鳴夜礮則冷龍震動天必奇寒是則不可以理推也

李老人不知何許人自稱年已數百歲無可考也其言支離荒杳殆前明醒人之流曩客先師錢文敏公家余自曾見之符藥治病亦時有小驗文敏次子寓京師水月菴夜飲醉歸見數十厲鬼遮路因發狂自劃其腹余借陳裕齋倪餘疆往視血肉淋漓僅存一息似萬萬無生理李忽自來舁去療半月而創合人頗以爲異然文敏公誤信祝由割指上疣贅創發病卒李療之竟無驗蓋符籙燒煉之術有時而效有時而不效也先師劉文正公曰神仙必有然非今之賣藥道士佛菩薩必有然非今之說法禪僧斯眞千古持平之論矣

楊主事覲余甲辰典試所取士也相法及推算八字五星皆有驗官刑部時與阮吾山共事忽語人曰以我法論吾山半月內當爲刑部侍郎然今刑部侍郎不缺是何故耶次日堂

來後私語同官曰杜公缺也既而杜疑臺果有伊犁之役一日倉皇乞假歸來辭余問何遽乃爾曰家惟一子侍老父今推子某月當死恐老父過哀故急歸耳是時尚未至死期後詢其鄉人果如所說尤可異也余嘗問以子平家謂命有定堪輿家謂命可移究誰爲是對曰能得吉地即是命誤葬凶地亦是命其理一也斯言可謂得其通矣

吉昌遣犯彭杞一女年十七與其妻皆病瘵妻先歿女亦垂盡彭有官田耕作不能顧女乃棄置林內聽其生死呻吟悽楚見者心惻同遣者楊熺語彭曰君大殘忍世寧有是事我願舁歸療治死則我葬生則爲我妻彭曰大善即書券付之越半載竟不起臨歿語楊曰蒙君高義感沁心脾緣伉儷之盟老親慷諾故飲食寢處不甚嫌疑抑搔撫摩都無避忌然病骸憔悴迄未能一薦枕衾實多愧負若歿而無鬼夫復何言若魂魄有知當必有以奉報嗚咽而終楊涕泣葬之葬後夜夜夢女來狎昵歡好一若生人醒則無所睹夜中呼之終不出纔一交睫即弛服橫陳矣往來既久夢中亦知是夢詰以不肯現形之由曰吾聞諸鬼云人陽而鬼陰以陰侵陽必爲人害惟睡則斂陽而入陰可以與鬼相見神雖遇而形不接乃無害也此丁亥春事至辛卯春四年矣余歸之後不知其究竟如何夫虛無金盆於古嘗聞宋玉瑤姬偶然一見至於日日相覿皆在夢中則載籍之所希睹也

有孟氏媼清明上冢歸渴就人家求飲見女子立樹下態殊婉嫕取水飲媼畢仍邀共坐意甚款洽媼問其父母兄弟對答具有條理因戲問已許嫁未我爲汝媒女面頳避入呼之不出時已日暮乃不別而行越半載有爲媼子議婚者詢之即前女大喜過望急促成之于歸後媼撫其肩曰數月不見汝更長成矣女錯愕不知所對細詢始末乃知女十歲失母鞠於外氏五六年納幣後始歸媼上冢時原未嘗至家也女家故外姓又頗窘乏非媼親見其明慧姻未必成不知是何鬼魅託形以聯其好又不知鬼魅何所取義必託形以聯其好事有不可理推者此類是矣

交河蘇斗南雍正癸丑會試歸至白溝河與一友遇於酒肆中友方罷官飲酣後牢騷抑鬱恨善惡之無報適一人褶袴急裝繫馬於樹亦就對坐側聽良久揖其友而言曰君疑因果有爽耶夫好色者必病嗜博者必敗勢也劫財者必誅殺人者必抵理也同好色而稟有強弱同嗜博而技有工拙則勢不能齊同劫財而有首有從同殺人而有謀有故則理宜別論此中之消息微矣其間功過互償或以無報爲報罪福未盡或有報而不即報毫釐比較益微乎微矣君執目前所見而疑天道雖明豈不慎歟且君亦何可怨天道君命本當未入流出身官至七品以君機械多端伺察多術工於趨避而深摘排遂削官爲八品遷八品之時

自謂以心計巧密由九品而陞不知正以心計巧密由七品而降也因附耳而語語訖大聲曰君忘之乎因駭汗浹背問何以能知微笑曰豈獨我知三界孰不知掉頭上馬惟見黃塵滾滾然斯須滅迹

乾隆壬戌癸亥間村落男婦往往得奇疾男子則尻骨生尾如鹿角如珊瑚枝女子則患陰挺如葡萄如芝菌有能醫之者一割立愈不醫則死喧言有妖人投藥於井使人飲水成此病因以取利內閣學士永公時爲河間守或請捕醫者治之公曰是事誠可疑然無實據一村不過三兩井嚴守視之自無所施其術倘一逮問則無人復敢醫此證恐死者多矣凡事宜熟慮其後勿過急也固不許患亦尋息郡人或以爲鎮定或以縱姦後余在烏魯木齊因牛少價昂農者頗病遂嚴禁屠者價果減然販牛者聞牛賤不肯復來次歲牛價乃倍貴弛其禁始漸平又深山中盜采金者殆數百人捕之恐激變聽之又恐養癰因設策斷其糧道果飢而散出然散出之後皆窮而爲盜巡防察緝竟日紛紛經理半載始得靖乃知天下事但知其一不知其二有收目前之效而貽日後之憂者始服永公熟慮其後一言真瞭言百里也

獄人蔣紫垣流寓獻縣程家莊以醫爲業有解砒毒方用之即痊然必邀取重貲不滿所欲則坐視其死一日暴卒見夢於居停主人曰吾以耽利之故誤人九命矣死者訴於冥司冥司判我九世服砒死今將轉輪賂鬼卒得來見君特以此方奉授君能持以活一人則我少受一世業報也言訖涕泣而去曰吾悔晚矣其方以防風一兩研爲末水調服之而已無他秘藥也又聞諸沈丈豐功曰冷水調石青解砒毒如神沈丈平生不妄語其方當亦驗

姚安公官刑部日同官王公守坤曰吾夜夢人浴血立而不識其人胡爲乎來耶陳公作梅曰此君恒恐誤殺人惴惴然如有所歉故緣心造象耳本無是鬼何由識其爲誰且七八人同定一獄何獨見夢於君君勿自疑佛公倫曰不然同事則一體見夢於一人即見夢於人人也我輩治天下之獄而不能慮天下之囚據紙上之供詞以斷生死何自識其人哉君宜自儆我輩皆宜自儆姚安公曰吾以佛公之論爲然

閱微草堂筆記卷九

如是我聞三

王徵君載揚言嘗宿友人蔬圃中聞窗外人語曰風雪寒甚可暫避入空屋又聞一人語曰後垣半圮偷兒闌入將奈何食人之食不可不事人之事憲謂僮僕之守夜者天曉啟户地無人迹惟二犬偃臥墻缺下雪沒腹矣嘉祥曾映華曰此載揚寓言以愧僮僕之負心者也余謂犬之爲物不煩驅策而警夜不職失寧忍寒餓而戀主不他往天下爲僮僕者實萬萬

不能及其足使人愧正不在能語不能語耳

從孫翰清言南皮趙氏子為狐所媚附於其身恆在襟袂間與人語偶懸鍾馗小像於壁夜聞室中跳踯聲請驅之去矣次日語如故詰以曾覩鍾馗否曰鍾馗甚可怖幸其軀幹僅尺餘其劍僅數寸彼上牀則我下牀彼下牀則我上牀終不能擊及我耳然則畫像果有靈歟畫像之靈果軀幹皆如所畫歟設畫為徑寸之像亦執鍼鋒之劍蠕蠕然而斬邪歟是真不可解矣

乾隆戊午夏獻縣修城役夫數百拆故堞破磚擲城下城下役夫數百運以荊筐炊熟則鳴析聚食方聚食間役夫辛五告人曰頃運磚時忽聞耳畔大聲曰殺人償命欠債還錢汝知之乎回顧無所睹殊可怪也俄而衆手合作磚落如雹一磚適中辛五腦裂死驚呼擾攘竟不得擊者主名官司莫能詰斷令役夫之長出錢十千棺斂而已乃知辛五夙生負擊者命役夫長夙生負辛五錢因果牽緣終相填補微鬼神先告幾何不以為偶然耶

諸桐嶼言其鄉舊家有書樓恆鐍鑰每啟視必見凝塵之上有女子足跡微削僅二寸有餘知為鬼魅然數十年寂無形聲不知何怪也里人劉生性輕脫妄冀有王軒之遇祈於主人獨宿樓上具茗果酒餚焚香切祝明燭就寢屏息以伺亦無所見聞惟漸覺陰森之氣砭入肌骨目能視耳能聽口不能言四支不能動久而寒沁肺腑如臥層冰積雪苦不可忍至天曉乃能出語猶若凍僵至是無敢復下榻者此怪形蹤可云隱秀即其料理劉生不動聲色亦有雅人深致也矣

顧非熊再生事見段成式酉陽雜俎又見孫光憲北夢瑣言其父顧況集中亦載是詩當非誣造近沈雲椒少宰撰其母陸太夫人誌稱太夫人于歸甫匝歲贈公即卒遺腹生子恆遇三歲未殤太夫人哭之慟曰吾之為未亡人也以有汝在今已矣吾不忍吾家之宗祀自此而絕也於其斂以朱誌其臂祝曰天不絕吾家若再生以此為驗時雍正己酉十二月也是月族人有比鄰而居者生一子臂朱灼然太夫人遂撫之以為後即少宰也余官禮部尚書時與少宰同事少宰為余口述尤詳蓋譯氏書中誕妄者原有其徒張皇罪福誘人施捨詐偽者尤多惟輪回之說則鑿然有證司命者每因一人一事偶示端倪彰人道之勸少宰此事即借轉生之驗以昭苦節之感者也儒者甚言無鬼又烏乎知之

伶人方俊官幼以色藝擅場為士大夫所賞老而販鬻古器時來往京師嘗覽鏡自嘆曰方俊官乃作此狀誰信曾舞衫歌扇傾倒一時耶倪餘疆感舊詩曰落拓江湖鬢有絲紅牙按曲記當時莊生蝴蝶歸何處惆悵殘花剩一枝即為俊官作也俊官自言本儒家子年十三四時在鄉塾讀書忽夢為笙歌花燭擁入閨闥自顧則繡裙錦帔珠翠滿頭俯視雙足亦纖纖作弓彎樣儼然一新婦矣驚疑錯愕莫知所為然為衆手挾持不能自主竟被扶入幃中與男子並肩坐且駭且愧悸汗而寤後為狂且所誘竟失身歌舞之場乃悟事皆前定也餘疆曰衛洗馬問樂令夢樂云是想殊殆積有是想乃有是夢既有是想是夢乃有是墮落果自因生因由心造安可委諸夙命耶余謂此輩沈淪賤役當亦前身業報受在今生未可謂全無冥數餘疆所言特正本清源之論耳後蘇杏村聞之曰曉嵐以三生論因果惕以未來餘疆以一念論因果戒以現在雖各明一義吾終以餘疆之論可使人不放其心

族祖黃圖公言嘗訪友至北峯夏夜散步村外不覺稍遠聞秫田中有呻吟聲尋聲往視乃一童子裸體臥詢其所苦言薄暮過此遇一少婦女招與語悅其韶秀就與調謔女言父母皆外出邀到家小坐引至秫葉深處有屋三楹闃無一人女闔其戶出瓜果共食笑言既洽弛衣登榻比擁之就枕則女忽變形為男子狀貌獰獰橫施暴虐噤不敢拒竟受其污蹂躪楚至於暈絕久而漸蘇則身臥荒烟蔓草間併室廬失所在矣蓋魅悅此童之色幻女形以誘之也見利而趨反為利餌其自及也宜矣

先師趙橫山先生少年讀書於西湖以寺樓幽靜設榻其上夜聞室中窸窣聲似有人行叱問是鬼是狐何故擾我徐聞囁嚅而對曰我亦鬼亦狐又問鬼則鬼狐則狐耳何亦鬼亦狐也良久復對曰我本數百歲狐內丹已成不幸為同類所搏殺盜我丹去幽魂沈滯今為狐之鬼問何不訴諸地下曰凡丹由吐納導引而成者如血氣附形融合為一不自外來人勿能盜也其由採補而成者如劫奪之財本非己物故人可殺而吸取之吾媚人取精所傷害多矣殺人者死死當其罪雖訴神神不理也故寧鬱鬱居此耳問汝居此樓作何究竟曰本匿影韜聲修太陰鍊形之法以公陽光熏鑠陰魄不寧故出而乞哀求幽明各適言訖惟聞搏顙聲問之不復再答先生次日即移出嘗舉以告門人曰取非所有者終不能有且適以自戕也可畏哉

從兄萬周言交河有農家婦每歸寧輒騎一驢往驢甚健而馴不待人控引即知路或其夫無暇即自騎以行未嘗有失一日歸稍晚天陰月黑不辨東西驢忽橫逸載婦徑入秫田中密葉深叢迷不得返半夜乃抵一破寺惟二丐者棲廡下進退無計不得已留與共宿次日丐者送之還其夫愧焉將鬻驢於屠肆夜夢人語曰此驢前世盜汝錢汝捕之急逃而免汝嘗捕役縶其婦羈留一夜今為驢者盜錢報縶汝婦入破寺者縶婦報也汝何必反結來世冤耶惕然而寤痛自懺悔驢是夕忽自斃

奴子任玉病革時守視者夜聞窗外牛吼聲玉駭然而殁次日共話其異其婦泣曰是少年

嘗盜殺數牛人不知也

余某者老於幕府司刑名四十餘年後臥病瀕危燈月下恍惚似有鬼爲厲者余某慨然曰吾存心忠厚誓不敢妄殺一人此鬼胡爲乎來耶夜夢數人浴血泣曰君知刻酷之積怨不知忠厚亦能積怨也夫煢煢孱弱慘被人戕就死之時楚毒萬狀孤魂飲泣銜恨九泉惟望強暴就誅一申積憤而君但見生者之可憫不見死者之可悲刀筆舞文曲相開脫遂使凶殘漏網白骨沉冤君試設身處地如君無罪無辜受人屠割魂魄有知當觀讞是獄者改重傷爲輕改多傷爲少改理曲爲理直改有心爲無心使君切齒之讐從容脫械仍縱橫於人世君感乎怨乎不是之思而詡詡以縱惡爲陰功彼枉死者不讐君而讐誰乎余某惶怖而寤以所夢備告其子回手自摑曰吾所見左矣吾所見左矣就枕未安而歿

滄洲劉太史果實襟懷夷曠有晉人風與飴山老人蓮洋山人皆善友而意趣各殊晚歲家居以授徒自給然必孤貧之士乃容執贄脩脯皆無幾簞瓢屢空晏如也嘗買米斗餘貯罌中月餘不盡意甚怪之忽聞簷間語曰僕是天狐慕公雅操日日私益之耳勿訝也劉詰曰君意誠善然君必不能耕此粟何來吾不能飲盜泉也後勿復爾狐嘆息而去

亡姪汝備字理含嘗夢人對之誦詩醒而記其一聯曰草草鶯花春似夢沉沉風雨夜如年以告余余訝其非佳讖果以戊辰閏七月夭逝後其妻武強張氏撫弟之子爲嗣苦節終身凡三十餘年未嘗一夕解衣睡至今婢媼能言之乃悟二語爲孀閨獨宿之兆也

雍正丙午丁未間有流民乞食過崔莊夫婦並病疫將死時持券哀呼於市願以幼女賣爲婢而以賣價買二棺先祖母張太夫人爲葬其夫婦而收養其女名之連貴其券署父張立母黃氏而不著籍貫問之已不能語矣連貴自云家在山東門臨驛路時有大官車馬往來距此約行一月餘而不能舉其縣名又云去年曾受對門胡家聘胡家乞食在外不知所往越十餘年杳無親戚來尋訪乃以配圉人劉登登自云山東新泰人本姓胡父母俱歿有劉氏收養之因從其姓小時記父母爲聘一女但不知其姓氏登既胡姓新泰又驛路所經流民乞食計程亦可以月餘與連貴言皆符頗疑其樂昌之鏡離而復合但無顯證耳先叔栗甫公曰此事稍爲點綴竟可以入傳奇惜此女蠢若鹿豕惟知飽食酣眠不稱點綴可恨也邊隨園徵君曰秦人不死信符生之受誣蜀老猶存知諸葛之多枉（此乃劉知幾史通之文符生事見洛陽伽藍記諸葛事則見魏書毛修之傳浦二田註史通以爲未詳蓋偶失考）史傳不免於緣飾況傳奇乎西樓記稱穆素暉艷若神仙吳林唐言其祖幼時及見之短小而豐肌一尋常女子耳然則傳奇中所謂佳人半出虛說此婢雖粗倘好事者按譜填詞登場度曲他日紅氍毹上何嘗不鶯嬌花媚耶先生所論猶未免於盡信書也

聶松巖言膠州一寺經樓之後有蔬圃僧一夕開牖納涼月明如晝見一人徙倚老樹下疑竊蔬者呼問爲誰磬折而對曰師勿訝我鬼也問鬼何不歸爾墓曰鬼有徒黨各從其類我本書生不幸葬叢冢間不能與馬醫夏畦伍此輩亦厭我非其族落落難合故寧避人於此耳言訖冉冉沒後往往遙見之然呼之不應矣

福州學使署本前明稅璫署也奄人暴橫多潛殺不辜至今猶往往見變怪余督閩學時奴輩每夜驚甲寅夏先姚安公至署聞某室有鬼輒移榻其中竟夕晏然昀嘗乘間微諫請勿以千金之軀與鬼角因誨昀曰儒者論無鬼迂論也亦強詞也然鬼必畏人陰不勝陽也其或侵人必陽不足以勝陰也夫陽之盛也豈恃血氣之壯與性情之悍哉人之一心慈祥者爲陽慘毒者爲陰坦白者爲陽深險者爲陰公直者爲陽私曲者爲陰故易象以陽爲君子陰爲小人苟立心正大則其氣純乎陽剛雖有邪魅如幽室之中鼓洪鑪而熾烈焰冱凍自消汝讀書亦頗多曾見史傳中有端人碩士爲鬼所擊者耶昀再拜受教至今每憶庭訓輒悚然如左右也

東州邵氏子性佻蕩聞淮鎮古墓有狐女甚麗時往伺之一日見其坐田塍上方欲就通款曲狐女正色曰吾服氣鍊形已二百餘歲誓不媚一人汝勿生妄想且彼媚人之輩豈果相

悅哉特攝其精耳精竭則人亡遇之未有能免者汝何必自投陷穽也舉袖一揮凄風颯然飛塵眯目已失所在矣先姚安公聞之曰此狐能作此語吾斷其必生天

獻縣李金梁李金桂兄弟皆劇盜也一夕金梁夢其父語曰夫盜有敗有不敗汝知之耶貪官墨吏刑求威脅之財神姦巨蠹豪奪巧取之財父子兄弟隱匿偏得之財朋友親戚強求詐誘之財黠奴幹役侵漁乾沒之財巨商富室重息剝削之財以及一切刻薄計較損人利己之財是取之無害罪惡重者雖至殺人亦無害其人本天道之所惡也若夫人本善良財由義取是天道之所福也如干犯之事爲悖天悖天終必敗汝兄弟前劫一節婦使母子宛號鬼神怒視如不悛改禍不遠矣後歲餘果並伏法金梁就獄時自知不免爲刑房吏史真儒述之真儒余里人也嘗舉以告姚安公謂盜亦有道又述劇盜李志鴻之言曰吾鳴骹躍馬三十年所劫奪多矣見人劫奪亦多矣蓋敗者十之二三不敗者十之七八若一污人婦女屈指計之從無一人不敗者故恆以自戒其徒蓋天道禍淫理固不爽云

辛卯夏余自烏魯木齊從軍歸僦居珠巢街路東一宅與龍臬司承祖鄰第二重室五楹最南一室簾恆颭起尺餘有若風鼓之者餘四室之簾則否莫喻其故小兒女入室輒驚啼云床上坐一肥僧向之嬉笑緇徒屬鬼何以據人家宅舍尤不可解也又三鼓已後往往聞龍

氏宅中有女子哭聲龍氏宅中亦聞之乃云聲在宅內疑不能明然知其鑿然非善地遂遷居柘南先生雙樹齋後居是二宅者皆不吉白環九司寇無疾暴卒即在龍氏宅也凶宅之說信非虛語矣先師陳白崖先生曰居吉宅者未必吉居凶宅者未必不凶如和風溫煦未必能使人祛病而嚴寒沴厲一觸之則疾生良藥滋補未必能使人驟健而峻劑攻伐一飲之則洞泄此亦確有其理未可執定命與之爭孟子有言是故知命者不立巖牆之下

洛陽郭石洲言其鄰縣有翁姑受富室二百金鬻寡媳為妾者至期強被以綵衣擁之登車婦不肯行則以紅巾反接其手媒媼擁之坐車上觀者多太息不平然婦母族無一人不能先發也僕夫振輿之頃婦舉聲一號旋風暴作三馬皆驚逸不可止不趨其家而趨縣城飛渡泥淖如履康莊雖仄徑危橋亦不傾覆至縣衙乃屹然立其事遂敗用知庶女呼天雷電下擊非典籍之虛詞

從舅姚公介然曰厲鬼還冤見於典記者不一得於傳聞者亦不一癸未五月自鹽山赴家庵還崔莊乃親見之其人年約五十餘戴草笠著苧衫以一驢馱襆被繫河干柳樹下倚樹而坐余亦繫馬小憩忽其人蹶然而起以手作撐拒狀曰害汝命償汝命耳何必若是相毆也支柱良久語漸模糊不可辨忽踴身一躍已汩沒於波浪中矣同見者十餘人咸合掌誦佛雖不知所報何冤然害命償命則其人所自道也

戊子夏小婢玉兒病瘵死俄復蘇曰銀色不足冥役不受也更市金銀箔摺鋌焚之則死不復蘇矣因憶雍正壬子亡弟映谷瀕危時亦復類是然作冥鏹果有用耶冥役需索如是冥官又所司何事耶胡牧亭侍御言其鄉有生為冥官者述冥司事甚悉不能盡憶大略與傳記所載同惟言六道輪迴不煩遣送皆各隨平生之善惡如水之流濕火之就燥氣類相感自得本途語殊有理從來論鬼神者未道也

狐之媚人為採補計耳非漁色也然漁色者亦偶有之表兄安滹北言有人夜宿深林中聞草間人語曰君愛某家小童事已諧否此事亢陽薰爍消蝕真陰極能敗道君何忽動此念耶又聞一人答曰勞君規戒實緣愛其美秀遂不能忘情然此童貌雖艷冶心無邪念吾於夢中幻諸淫態誘之漠然不動竟無如之何已絕是想矣其人覺有異潛往窺視有二狐跳踉去

泰州任子田名大椿記誦博洽尤長於三禮註疏六書訓詁乾隆己丑登二甲一名進士淳沈郎署晚年始得授御史未上而卒自　開國以來二甲一名進士不入詞館者僅三人田實居其一自言十五六時偶為從父侍姬以宮詞書扇從父疑之致侍姬自經死其魂訟於

地下子田奄奄臥疾魂亦自追去考問閱四五日冥官庭鞫七八度辨明出於無心然卒坐以過失殺人減削官祿故仕途偃蹇如斯賈鈍夫舍人曰治是獄者即顧郎中德懋二人先不相知一日相見彼此如舊識時同在坐親見追話冥司事子田對之猶慄慄然也

即墨楊槐亭前輩言濟寧一童子為狐所昵夜必同衾枕至年二十餘猶無虛夕或教之留鬚鬚稍長輒睡中為狐薙去更為傅脂粉屢以符籙驅遣皆不能制後真乙真人舟過濟寧投詞乞劾治真人牒於城隍狐乃詣真人自訴不睹其形然旁人皆聞其語自言過去生中為女子此童為僧夜過寺門被劫閉窖窖中隱忍受辱者十七載鬱鬱而終訴於地下主者判是僧地獄受罪畢仍來生償債會我以他罪墮狐身竄伏山林百餘年未能相遇今煉形成道適逢僧後身為此童因得相報十七年滿自當去不煩驅遣也真人竟無如之何後不知期滿果去否然據其所言足知人有所負雖隔數世猶償也

同年項君廷模言昔嘗館翰林某公家相見輒講學一日其同鄉為外吏者有所餽贈某公自陳平生儉素雅不需此見崖岸高峻遂逡巡攜歸某公送賓之後徘徊廳事前悵悵惘惘若有所失如是者數刻家人請進內午餐大遭詬怒忽聞有數人吃吃竊笑之視之無跡尋之聲在承塵上蓋狐魅云

陳少廷尉耕巖官翰林時為魅所擾避而遷居魅輒隨往多擲小帖道其陰事皆外人不及知者益悚懼恆虔祀之一日擲帖責其待姪之薄且曰不厚資助禍且至衆緣是頗疑其姪密約伺察夜聞擲損器物聲突出掩執果其姪也耕巖天性長厚尤篤於骨肉但曰爾需錢可告我何必乃爾笑遣之歸擾由是遂安後吳編修樸園寓遭回祿莫知火之自來凡再徙居而再焚余意亦當如耕巖事樸園曰固亦疑之然第三次遷泉州會館適與客坐廳事中忽烈焰赫然自承塵下射是非人所能上亦非人所能入也殆真魅所為矣程也園舍人居曹竹虛舊宅中一夕弗戒於火凡書畫古器多遭焚燬中儲河南臨蘭亭一卷乃五百金所質方虞來贖辭貸轇轕忽於火燼中捡得匣及袱併爇而書卷無一毫之損表弟張桂巖館也園家親見之白香山所謂在在處處有神物護持者耶抑成毀各有定數此卷不在此大劫中耶然事則奇矣亦將來賞鑒家一佳話也

同年柯禺峯官御史時嘗借宿內城友人家書室三楹東一室隔以紗廚扃不敢啟置榻外室南牖下睡至半夜聞東室有聲如鴨鳴怪而歸視時明月滿窗見黑烟一道從東室門隙出著地而行長可丈餘蜿蜒如巨蟒其首乃一女子鬟髻儼然昂而仰視盤旋地上作鴨鳴不止禺峯素有膽拊榻叱之徐徐卻行仍從門隙斂而入天曉以告主人主人曰舊有此怪或

數年一出不為害亦無他休咎或曰未買是宅前舊主有侍姬死此室未知其審也

胥魁有善博者取人財猶探物於囊猶不持兵而劫奪也其徒黨密相羽翼意喻色授機械百出猶臂指之相使猶呼吸之相通也驕豎多財者則猶魚吞餌猶雉遇媒耳如是近十年橐金巨萬俾其子賈於長蘆規什一之利子亦狡黠然冶蕩好漁色有覦其術而破家者銜之次骨乃乞與偕往而陰導之為北里遊舞衫歌扇晚志忘歸耗其貲十之九胥魁微有所聞自往檢校已不可收拾矣論者謂事雖人謀亦有天道讐者之動此念殆神啟其心歟不然何前愚而後智也

故城刁飛萬言其鄉有與狐女生子者其父母怒詈之狐女涕泣曰舅姑見逐義難抗拒但子未離乳當且攜去耳越兩歲餘忽抱子詣其夫曰兒已長今還汝其夫遵父母戒掉首不與語狐女太息抱之去此狐殊有人理但抱去之兒不知作何究竟將人所生者仍為人廬居火食混跡閭閻歟抑妖所生者仍為妖幻化通靈潛蹤墟墓歟或雖為妖而猶承父姓長育子孫在非妖非人之界歟雖為人而猶依母黨往來窟穴在亦人亦妖之間歟惜見首不見尾竟莫得而質之

同年蔣心餘編修言其鄉有故家廢宅往往見艷女靚粧登墻外視武生王某粗豪有膽竟攜被獨宿其中冀有所遇至夜半寂然乃拊枕自語曰人言此宅有狐女今何往耶窗外小聲應曰六娘子知君今日來避往溪頭看月矣問汝為誰六娘子之婢又問何故獨避我曰不知何故但云畏見此腹負將軍亦不解為何語也王後每舉以問人曰腹負將軍是武職幾品莫不粲然後問其鄉人曰實有其人亦實有其事然竟旁皇盡夜一無所見耳其語則心餘所點綴也心餘好詼諧理或然歟

先母張太夫人嘗僱一張媼司爨房山人也居西山深處言其鄉有極貧棄家覓食者素未出外行半日則迷路石徑崎嶇雲陰晦闇莫知所適姑坐枯樹下俟天明辨南北忽一人自林中出三四人隨之並猙獰傀岸有異常人心知非山靈即妖魅度不能隱避乃投身叩拜泣訴所苦其人惻然曰爾勿怖不害汝也我是神虎今為諸虎配食料待虎食人爾收其衣物即自活矣因引至一處嗷然長嘯眾虎坌集其人舉手指揮語啁哳不可辨俄俱散去惟一虎留伏叢莽間俄有荷擔度林者虎躍起欲搏忽避易而退少頃一婦人至乃搏食之撿其衣帶得數金取以付之且告曰虎不食人惟食禽獸其食人者人而禽獸者耳大抵人天良未泯者其頂上必有靈光虎見之即避其天良澌滅者靈光全息與禽獸無異虎乃得而食之頃前一男子凶暴無人理然攘奪所得猶恤其寡嫂孤姪使不飢寒以是一念靈光煜煜如彈丸故虎不敢食後一婦人棄其夫而私嫁尤虐其前妻之子身無完膚更盜後夫之金以貽前夫之女即懷中所攜是也以是諸惡靈光消盡虎視之非復人身故為所啖爾今得遇我亦以善事繼母輟妻子之食以養頂上靈光高尺許故我得而護之非以爾叩拜求哀也勉修善業當尚有後福因指示歸路越一日夜得至家張媼之父與是人為親串故得其詳時家奴之婦有虐使其七歲孤姪者聞張媼言為之少戢聖人以神道設教信有以夫

燐為鬼火博物志謂戰血所成非也安得處處有戰血哉蓋鬼者人之餘氣也鬼屬陰而餘氣則屬陽陽為陰鬱則聚而成光如雨氣至陰而螢火化海氣至陰而陰火然也多見於秋冬而隱於春夏秋冬氣凝春夏氣散故也其或見於春夏者非幽房廢宅必深巖幽谷皆陰氣常聚故也多在平原曠野藪澤沮洳陽寄於陰地陰類水亦陰類從其本類故也先兄晴湖嘗同沈豐功年丈夜行而燐火在高樹巔青熒如炬為從來所未聞李長吉詩曰多年老鴞成木魅笑聲碧火巢中起疑亦曾覩斯異故有斯詠先兄所見或木魅所為歟

賈人持巨硯求售色正碧而紅斑點點如血沁試之乃滑不受墨背鐫長歌一首曰祖龍奮怒鞭頑石石上血痕胭脂赤滄桑變幻幾度經水舂沙蝕存盈尺飛花點點粘落紅芳草茸茸挼嫩碧海人漉得出銀濤鮫客咨嗟龍女惜云何強遣充硯材如以嬙施司洴澼凝脂原不任研磨鎮肉翻成遭棄擲（原註客問鎮肉事曰出夢溪筆談）音難見賞古所悲用弗量才誰之責紫髯米老玉蟾蜍為汝傷心應淚滴後題康熙己未重九餐花道人降乩偶以頑石請題立揮長句因鐫諸硯背以記異款署奕嬌二字不著其姓不知為誰餐花道人亦無考其詞感慨抑鬱不類仙語疑亦落拓之才鬼也索價十金酬以四不肯售後再問之云四川一縣令買去矣

奴子紀昌本姓魏用黃犢子故事從主姓少喜讀書頗嫺文藝作字亦工楷最有心計平生無一事失便宜晚得奇疾目不能視耳不能聽口不能言四支不能動周身痿痺不知痛癢仰置榻上塊然如木石惟鼻息不絕知其未死按時以飲食置口中尚能咀嚥而已診之乃六脈平和毫無病狀名醫亦無所措手如是數年乃死老僧果成曰此病身死而心生為自古醫經所不載其業報歟然此奴亦無大惡不過務求自利算無遺策耳巧者造物之所忌諒哉

奴子李福之婦悍戾絕倫日忤其姑舅面詈背詛無所不至或微諷以不孝有冥譴輒掉頭哂曰我持觀音齋誦觀音菩薩以甚深法力消滅罪愆閻羅王其奈我何後嬰惡疾楚毒萬端猶曰此誦咒我未漱口焚香用灶火故得此報非有他也愚哉

蔡太守必昌嘗判冥事朱石君中丞問以佛懺悔有無利益蔡曰尋常冤遣佛能置誦者於

善處彼得所欲其怨自解如人世之所和息也至重業深譬非人世所可和息者即非佛可能懺悔釋迦牟尼亦無如之何斯言平易而近理儒者謂佛法爲必無佛者謂種種罪惡皆可消滅蓋兩失之

余家僅距海百里故河間古謂之瀛州地勢趨東以漸而高故海岸絕陡潮不能出水亦不能入九河皆在河間而大禹導河不直使入海引之北行數百里自碣石乃入職是故也海中每數歲或數十歲遥見水雲澒洞中紅光燭天謂之燒海輒有斷椽折棟隨潮而上人取以爲薪越數日必互言某匠某匠爲神乃去營龍宮然無親睹其人話鮫室貝闕之狀者第傳聞而已余謂是殆重洋巨舶弗戒於火水火映射空無障翳故千百里外皆可見梁柱之類舶上皆亦有不必定屬殿材也

獻縣捕役某嘗差捕劇盜就縶矣盜婦有色盜乞以婦侍寢而縱之逃某勿許後以積案多賍坐斬行刑前二日獄舍墻圮壓而死役吏葉某坐不早葺治得重杖先是葉某夢身立堂下聞堂上官吏諭捕役事官指揮曰一善不能掩千惡千惡亦不能掩一善免則不可減則可既而吏抱牘出殊不相識諦視其官亦不識方悟所到非縣署醒而陰賀捕役謂且減死不知神以得保首領爲減也神計捕役生平祇此一善而竟得免刑天道昭昭何嘗不許人晚蓋哉

吳江吳林塘言其親表有與狐女遇者雖無疾病而惘惘恒若神不足父母憂之聞有游僧能劾治試往祈請僧曰此魅與郎君風緣無相害意郎君自耽玩過度耳然恐魅不害郎君郎君不免自害當善遣之乃夜詣其家趺坐誦梵咒家人遥見燭光下似繡衫女子冉冉再拜僧舉拂子曰留未盡緣作來世歡不亦可乎歘然而隱自是遂絕林塘知其異人因問以神仙感遇之事僧曰古來傳記所載有寓言者有託名者有借抒恩怨者有喜談詼詭以詫異聞者有點綴風流以爲佳話有本無所取而寄情綺語如詩人之擬豔詞者大抵僞者十八九真者十一二此一二真者大都皆才鬼靈狐花妖木魅而無一神仙其稱神仙必詭詞夫神正直而聰明仙冲虛而清靜豈有名立丹臺身依紫府復有蕩姬佚女參襍其間動入桑中之會哉林塘嘆其精識爲古所未聞說是事時林塘未舉其名字後以問林塘子鐘儁鐘儁曰見此僧時纔五六歲當時未聞呼名字今無可問矣惟記其語音是杭州人也

李芍亭家扶乩其仙自稱邱長春懸筆而書疾於風雨字如顛素之狂草客或拜求丹方乩判曰神仙有丹訣無丹方丹方是燒煉金石之術也參同契鑪鼎鉛汞皆是寓名非言燒煉方士轉相附會遂貽害無窮夫金石燥烈益以火力亢陽鼓盪血脈僨張故筋力以倍加强壯而消鑠真氣伏禍亦深觀蓺花者培以硫黄則冒寒吐蕊然盛開之後其樹必枯蓋鬱熱蒸於下則精華涌於上涌盡則立枯耳何必縱數年之慾擲千金之軀乎其人悚然而起後芍亭以告田白岩白岩曰乩仙大抵皆託名此仙能作此語或真是邱長春歟

吳雲巖家扶乩其仙自云邱長春一客問曰西遊記果仙師所作以演金丹奥旨乎批曰然又問仙師書作於元初其中祭賽國之錦衣衛朱紫國之司禮監滅法國之東城兵馬司唐太宗之大學士翰林院中書科皆同明制何也乩忽不動再問之不復答知已詞窮而遁矣然則西遊記爲明人依託無疑也

文安王氏姨母先太夫人第五妹也言未嫁時坐度帆樓中遥見河畔一船有宦家中年婦伏窗而哭觀者如堵乳媼啟後戶往視言是某知府夫人晝寢船中夢其亡女爲人執縛宰割呼號慘切悸而寤聲猶在耳似出鄰船遣婢尋視則方屠一豚子瀉血於盎未竟也其中見女縛足以繩縛手以紅帶覆視其前足信然益悲愴欲絕乃倍價贖而瘞之其僮僕私言此女十六而歿存日極柔婉惟嗜食雞每飯必具或不具則不舉箸每歲恒殺雞七八百蓋割業云

交河有書生日暮獨步田野間遥見似有女子避入秫田疑蕩婦之赴幽期者逼往視之寂無所睹疑其竄伏深叢不復追跡歸而大發寒熱且作譫語曰我餓鬼也以君有祿相不敢觸忤故潛匿草間不虞忽相顧盼枉步相尋既爾有情便當從君索食乞惠薄奠即從此辭其家具紙錢酒肴霍然而愈蘇進士語年曰此君本無邪心以偶爾多事遂爲此鬼所乘小人之於君子恒伺隙而中之也言動可不慎哉

奕涼韓晼鬼魅亦然程魚門編修曰王文莊公遇陪祀北郊必借宿安定門外一墳園故有祟文莊弗睹也一歲燈下有所睹越半載而文莊卒矣所謂山鬼能知一歲事耶

太原中鐵蟾言昔自蘇州北上以柁牙觸損泊舟興濟之南荒陂野水寂無一人而夜聞草際有吟詩聲心知是鬼與其友諦聽之所誦凡數十篇幽咽斷續不甚可辨鐵蟾惟聽得一句曰寒星炯炯生芒角其友聽得二句曰夜深翁仲語月黑鬼車來

張完質舍人僦居一宅或言有狐移入之次日書室筆硯皆開動又失紅柬一方紛紜詢問間忽一錢錚然落几上若償紅柬之值也俄喧言所失紅柬在宅後空屋完質往視則楷書內室止步四字亦頗端正完質曰此狐狡獪恐其將來惡作劇乃遷去聞此宅在保安寺街疑即翁覃溪宅也

李又聃先生言東光某宅有狐一日忽擲磚瓦傷盆盎某氏詈之夜聞人叩窗語曰君聽否

我有一言。鄰里鄉黨。比戶而居。小女兒或相觸犯。事理之常。可恕則恕之。必不可恕。告其父兄。自當處置。遽加以惡聲。於理毋乃不可。且我輩出入無形。往來不測。皆君聞見所不及。隄防所不到。而君攘臂以為難。庸有幸乎。於勢亦必不敵。君熟計之。某氏披衣起謝。自是遂相安。會親串中有以僮僕微釁釀為爭鬭。幾成大獄者。又聃先生嘆曰。昧令人憶某氏狐。

北河總督署有樓五楹。為蝙蝠所據。多年矣。大小不知凡幾。中一白者巨如車輪。乃其魁也。能為變怪。歷任總督皆扃鑰弗居。福建李公清時。延正乙真人劾治。果皆徙去。不久李公卒。蝙蝠復歸。自是無敢問之者。余謂湯文正公驅五通神。除民害也。蝙蝠自處一樓。與人無患。李公此舉。誠為可已而不已。至於猝捐館舍。則適值其時。不得謂蝙蝠為祟。修短有數。豈妖魅能操其權乎。余七八歲時。見奴子趙平。自負其胆。僕施祥搖手曰。爾勿恃胆。吾已以恃胆敗矣。吾少年氣最盛。聞某家凶宅無人敢居。徑攜襆被臥其內。夜將半。劃然有聲。承塵中裂。忽墮下一人臂。跳擲不已。俄又墮一臂。又墮兩足。又墮其身。最後乃墮其首。並滿屋迸躍如猴猱。吾錯愕不知所為。俄已合為一人。刀痕杖迹。腥血淋漓。舉手直來搦吾頸。幸夏夜納涼。挂窗未闔。急自窗躍出。狂奔而免。自是心胆並碎。至今猶不敢獨宿也。汝恃胆不已。無乃不免如我乎。平意不謂然。曰。丈原大誤。何不先捉其一段。使不能湊合成形。後夜餘醉歸。果為羣鬼所遮。擠入糞坑中。幾於滅頂。

同年鍾上庭言。官甯德日。有幕友病亟。方服藥。恍惚見二鬼曰。冥司有某獄。待君往質。藥可勿服也。幕友言。此獄已五十餘年。今何尚未了。鬼曰。冥司法至嚴。而用法至慎。但涉疑似。雖明知其事。證人不具。終不為獄成。故恆待至數十年。問如是不稽延拖累乎。曰。此亦千萬之一。不恆有也。是夕果卒。然則果報有時不驗。或緣此歟。又小說所載。多有生魂赴鞫者。或宜遲宜速。各因其輕重緩急歟。要之早晚雖殊。神理終不憒憒。則鑿然可信也。

田氏嫗。詭言其家事狐神。婦女多焚香問休咎。頗獲利。俄而羣狐大集。需索酒食。罄所獲不足供。乃被擊破甕盎。燒損衣物。哀乞不能遣。怖而他投。瀕行時。聞屋上大笑曰。爾還敢假名斂財否。自是遂寂。亦遂他徙。然併其先有之資。耗大半矣。此余幼時聞先太夫人說。又有道士稱奉王靈官。擲錢卜事。時有驗。祈禱亦盛。偶惡少數輩。挾妓入廟。為所阻。乃陰從伶人假靈官鬼卒衣冠。來其夜飲。突自屋脊躍下。據坐訶責其惑衆。命鬼卒縛之。持鐵蒺藜將拷問。道士惶怖伏罪。具陳虛誑取錢狀。乃鬨堂一笑。脫衣冠高唱而出。次日覓道士。則已竄矣。此雍正甲寅七月事。余隨先姚安公宿沙河橋。聞逆旅主人說。

安邑宋半塘。嘗官鄞縣。言鄞有一生。頗工文。而偃蹇不第。病中夢至大官署。察其形狀。知為冥司。遇一吏。乃其故人。因叩其此病死得否。曰。君壽未盡。而祿盡。恐不久來此。生言生平以館穀糊口。無過分之暴殄。祿何以先盡。吏太息曰。正為受人館穀而疏於訓課。冥司謂無功竊食。即屬虛糜。銷除其應得之祿。補所探支。故壽未盡而祿盡也。蓋在三之義。名分本尊。利人修脯。誤人子弟。譴責最重。有官祿者減官祿。無官祿者則減食祿。一錙一銖。計較不爽。世徒見才士通儒。或貧或夭。動言天道之難明。烏知自誤生平。罪多坐此哉。生悵然而寤。病果不起。臨歿舉以戒所親。故人得知其事云。

道士龐斗樞。雄縣人。嘗客獻縣高鴻臚家。先姚安公幼時。見其手撮棋子布几上。中間橫斜縈帶。不甚可辨。外為八門。則井然可數。投一小鼠。從生門入。則曲折尋隙而出。從死門入。則盤旋終日不得出。以此信魚腹陣圖。定非虛語。然斗樞謂此特戲劇耳。王圖之興亡。繫乎天命。兵之勝敗。在乎人謀。一切術數。皆無所用。從古及今。有以壬遁星禽成事者。即如符咒厭勝。世多是術。亦頗有驗。然數千年來。戰爭割據之世。是時豈竟無傳。亦未聞某帝某王某將某相死於敵國之魘魅也。其他可類推矣。姚安公曰。此語非術士所能言。此理亦非術士所能知。

從舅安公介然言。佃戶劉子明家粗裕。有狐居其倉屋中數十年。一無所擾。惟歲時祭以酒五琖雞子數枚而已。或遇火盜。輒叩門窗作聲。使主人知之。相安已久。一日忽聞吒吒笑不止。問之不答。笑彌甚。怒而訶之。忽應曰。吾自笑厚結盟之兄弟。而疾其親兄弟者也。吾自笑厚其妻前夫之子。而疾其前妻之子者也。何預於君。而見怒如是。劉大慚。無以應。俄聞屋上朗誦論語曰。法語之言。能無從乎。改之為貴。巽語之言。能無說乎。繹之為貴。太息數聲而寂。劉自是稍改其所為。後余以告邵闇谷。闇谷曰。此至親密友所難言。而狐能言之。此正言莊論所難入。而狐以詼諧悟之。東方曼倩何加焉。予倘到劉氏倉屋。當向門三揖之。

瑪納斯有遣犯之婦。入山採樵。突為瑪哈沁所執。瑪哈沁者。額魯特之流民。無君長。無部族。或數十人為隊。或數人為隊。出沒深山中。遇禽食禽。遇獸食獸。遇人即食人。婦為所得。已褫衣縛樹上。熾火於前。割左股一臠。忽聞火器一震。人語喧闐。馬蹄聲殷動林谷。以為官軍掩至。棄而遁。蓋營卒牧馬。偶以鳥鎗擊雉子。誤中馬尾。一馬跳擲。羣馬皆驚。相隨逸入萬山中。共譟而追之也。使少遲須臾。則此婦血肉狼籍矣。豈非若或使之哉。婦自此遂持長齋。嘗謂人曰。吾非佞佛求福也。天下之痛苦。無過於臠割者。天下之恐怖。亦無過於束縛以待臠割者。吾每見屠宰。輒憶自受楚毒時。思彼衆生具痛苦恐怖。亦必如我。故不能下咽耳。此言亦可告世之饕餮者也。

奴子劉琪畜一牛一犬牛見犬輒觸犬見牛輒噬每鬬至血流不止然牛惟觸此犬見他犬則否犬亦惟噬此牛見他牛則否後繫至兩處牛或聞犬聲犬或聞牛聲皆昂首瞋視後先姚安公官戶部余隨至京師不知二物究竟如何也或曰禽獸不能言者皆能記前生此牛此犬殆佛經所謂風冤今尚相識歟余謂風冤之說鑿然無疑謂能記前生則似乎未必親串中有姑嫂相惡者嫂與諸小姑皆睦惟此小姑則如讎小姑與諸嫂皆睦惟此嫂則如讎是豈能記前生乎蓋怨毒之念根於性識一朝相遇如相反之藥雖枯根朽草本自無知其氣味自能激鬬耳因果牽纏無施不報三生一瞬可快意於睚眦哉

從伯君章公言前明清縣張公十世祖贊祁公之外舅也嘗與邑人約連名訟縣吏乘馬而往經祖墓前有旋風撲馬首驚而墮從者舁以歸寒熱陡作怨述忽醒恍惚中似睹鬼物將延巫禳解忽起坐作其亡父語曰爾勿祈禳撲爾馬者我也凡訟無益使理曲何可證使理直公論具在人人為扼腕是即勝矣何必訟且訟役訟吏為尤患大訟不勝患在目前幸而勝官有來去此輩長子孫必相報復患在後日吾是以阻爾行也言訖仍就枕汗出如雨比睡醒則霍然矣既而連名者皆敗始信非譫語也此公聞於伯祖湛元公者湛元公一生未與人涉訟蓋守此戒云

世有圓光術張素紙於壁焚符召神五六歲童子使視之童子必見紙上大圓鏡鏡中人物歷歷示未來之事猶卦影也但卦影隱示其象此則明著其形耳扆斗樞能此術某生素與斗樞狎嘗覬覦一婦密祈斗樞圓光觀諧否斗樞駭曰此事豈可瀆鬼神固强之不得已勉為焚符童子注視良久曰見一亭子中設一榻三娘子與一少年坐其上三娘子者某生之亡妾也方詬責童子妄語斗樞大笑曰吾亦見之亭中上有一匾童子不識其字耳怒問何字曰己所不欲四字也某生默然拂衣去或曰斗樞所焚實非符先以餅餌誘童子教作是語是殆近之雖屬惡謔要未失朋友規過之義也

先太夫人言外祖家恆夜見一物舞蹈於樓前見人則竄避月下循窗隙窺之衣似綠衫蠢蠢如巨鼈見其手足而不見其首不知何怪外叔祖紫衡公遣健僕數人持刀杖繩索伏門外伺其出突掩之踉蹌遁入樓梯下秉火照視則牆隅綠錦袱包一銀船左右有四輪蓋外祖家全盛時兒童戲劇之物乃悟綠衫其袱手足其四輪也鎔之得三十餘金一老媼曰吾為婢時房中失此物同輩皆大遭箠楚不知何人竊去置此間成此魅也搜神記載孔子之言曰夫六畜之物龜蛇魚鼈草木之屬神為妖怪故謂之五酉五行之方皆能有其物酉者老也故物老則為怪矣殺之則已夫何患焉然則物久而幻形固事理之常也

兩世夫婦如韋皐玉簫蓋有之矣景州李西崖言乙丑會試見貴州一孝廉述其鄉民家生一子甫能言即云我前生某氏之女某氏之妻夫名某字某吾卒時夫年若干今年當若干所居之地距民家四五日程耳此語漸聞至十四五歲時其故夫知有是說徑來尋問相見潸泗述前生事悉相符是夕竟抱被同寢其母不能禁疑而竊聽滅燭以後已妮妮兒女語矣母怒逐其故夫去此子憤悒不食其故夫亦棲遲旅舍不肯行一日防範偶疏竟相偕遁去莫知所終異哉此事古所未聞也此謂發乎情而不止乎禮矣

東光霍從占言一富室女五六歲時因夜出觀劇為人所掠賣越五六年掠賣者事敗供曾以藥迷此女移檄來問始得歸歸時視其肌膚鞭痕杖痕剪痕錐痕烙痕湯痕爪痕齒痕遍體如刻畫其母抱之泣數日每言及輒霑襟先是女自言主母酷暴無人理幼時不知所為戰慄待死而已年漸長不勝其楚思自裁夜夢老人曰爾勿短見再烙兩次鞭一百業報滿矣果一日縛樹受鞭甫及百而縣吏持符到蓋其母御婢極忍殘凡鍛鍊而侍立者鮮不帶血痕回眸一視則左右無神色故神示報於其女也然竟不悛改後疽發於項死子孫今亦式微從占又云一宦家婦遇婢女有過不加鞭箠但褫下衣使露體伏地自云如蒲鞭之示辱也後患顛癇每防守稍疏輒裸而舞蹈云

及孺愛先生言其僕自鄗村飲酒歸醉臥於路醒則草露沾衣月向午矣大仲之項見一人瑟縮立樹後呼問為誰曰君勿怖我乃鬼也此間羣鬼喜嬲醉人來為君防守耳問素昧平生何以見護曰君忘之耶我歿之後有人為我婦造蜚語君不平而白其誣故九泉銜感也言訖而滅竟不及問其為誰亦不自記有此事蓋無心一語黃壤已聞然則有意造言者冥冥之中寧免握拳齧齒耶

河間獻王墓在獻縣城東八里墓前有祠祠前二柏樹傳為漢物未知其審疑後人所補種左右陪葬二墓縣志稱左毛萇右貫長卿然任邱又有毛萇墓亦莫能詳也或曰其宋代追封樂壽伯獻縣正古樂壽地任邱毛公墓乃毛亨也理或然歟從舅安公五占言康熙中有羣盜覬覦玉魚之藏乃種瓜墓前陰於團焦中穿地道將近墓探以長錐有白氣隨錐射出聲若雷霆衝諸盜皆仆乃不敢掘論者謂王墓封閉二千載地氣久鬱故遇隙涌出非有神靈余謂王功在六經自當有鬼神呵護穿古冢者多矣何他處地氣不久鬱而涌乎

鬼魅在人腹中語余所見聞凡三事一為雲南李編修衣山因扶乩與狐女唱和狐女姊妹數輩並入居其腹中時時與語正一真人劾治弗能遣竟顛癇終身余在翰林日見之一為東平張文鶴友官南汝光道時與史姓幕友宿驛舍有客投刺謁史對語徹夜比曉客及僕皆

不見忽聞語出吏腹中後拜斗祛之去俄仍歸腹中王吏死乃已疑其寃也聞金聽濤少宰言之一為平湖一尼有鬼在腹中談休咎多驗檀施鱗集鬼自云夙生負此尼錢以此為償如北夢瑣言所記田布事人側耳尼腹下亦聞其語疑為樟柳人也聞沈雲椒少宰言之

晉殺秦諜六日而蘇或由縊殺杖殺故能復活但不識未蘇以前作何情狀話經有體不能如小說瑣記也佃戶張天錫嘗死七日其母聞棺中擊觸聲開視已復生問其死後何所見曰無所見亦不知經七日但倏如睡去倏如夢覺耳時有老儒館余家聞之拊髀雀躍曰程朱聖人哉鬼神之事孔孟猶未敢斷其無惟二先生敢斷之今死者復生果如所論非聖人能之哉余謂天錫自氣結尸厥暫不知人其家誤以為死耳非真死也虢太子載於史記此翁未見耶

帝王以刑賞勸人善聖人以褒貶勸人善刑賞有所不及褒貶有所弗恤者則佛以因果勸人善其事殊其意同也緇徒執罪福之說誘脅愚民不以人品邪正分善惡而以布施有無分善惡福田之說興瞿曇氏之本旨晦矣聞有走無常者以血盆懺經有無利益問冥吏冥吏曰無是事也夫男女搆精萬物化生是天地自然之氣陰陽不息之機也化生必產產育必穢污雖賢媛淑母亦不得不然非自作之罪也如以為罪則飲食不能不便溺口鼻不能不涕唾是亦穢污是亦當有罪乎為是說者蓋以最易惑者惟婦女婦女所必不免者惟產育以是為有罪以是罪為非懺不可而闍闍之財無不充功德之費矣爾出入冥司宜有聞見血池果在何處墮血池者果有何人乃猶疑而問之歟走無常後以告人人訖無信其言者積重不返此之謂矣

釋明玉言西山有僧見遊女踏青偶動一念方徙倚凝思間有少婦忽與目成漸相軟語云家去此不遠夫久外出今夕當以一燈在林外相引叮嚀而別僧如期往果熒熒一燈相距不半里穿林渡澗隨之以行終不能追及既而或隱或現倏左倏右奔馳轉輾道路遂迷困不能行踣臥老樹之下天曉諦觀仍在故處再往林中則蒼蘚綠莎履痕重疊乃悟徹夜繞此樹旁如牛旋磨也自知心動生魔急投本師懺悔後亦無他又言山東一僧恒見經閣上有艷女下窺心知是魅然思念魅亦良得遂往就之則一無所睹呼之亦不出如是者凡百餘度遂惘惘得心疾以至於死臨死乃自言之此或夙世冤愆借以索命歟然二僧究皆自敗非魔與魅敗之也

閱微草堂筆記卷十

如是我聞四

吳惠叔言醫者某生素謹厚一夜有老媼持金釧一雙就買墮胎藥醫者大駭峻拒之次夕又添持珠花兩枝來醫者益駭力揮去越半載餘忽夢為冥司所拘言有訴其殺人者至則一披髮女子項勒紅巾泣陳乞藥不與狀醫者曰藥醫活人豈敢殺人以漁利汝自以姦敗於我何有女子曰我乞藥時孕未成形倘得墮之我可不死是破一無知之血塊而全一待盡之命也既不得藥不能不產以致子遭扼殺受諸痛苦我亦見逼而就縊是汝欲全一命反戕兩命矣罪不歸汝反歸誰乎冥官喟然曰汝所言酌乎時勢彼所執者則理也宋以來固執一理而不揆事勢之利害獨此人也哉汝且休矣拊几有聲醫者悚然而悟

惠叔又言有疫死還魂者在冥司遇其故人襤褸荷校相見悲喜不覺握手太息曰君一生富貴竟不能帶至此耶其人憂然曰富貴皆可帶至此但人不肯帶耳生前有功德者至此何嘗不富貴耶寄語世人早作帶來計可也亭南澗曰善哉斯言勝於謂富貴皆空也

長山聶松岩言安邱張卯君先生家有書樓為狐所據每與人對語媪婢僮僕凡有隱匿必對眾暴之一家畏若神明惕惕然不敢作過斯亦能語之繩規無形之監史矣然姦黠者或敬事之則諱其所短不肯質言蓋聰明有餘正直則不足也斯狐之所以為狐歟

滄州插花廟老尼董氏言嘗夜半睡醒聞佛殿磬聲鏗然如有人禮拜者次日告其徒曰師耳鳴至夜復然乃潛起躡足窺之佛光青熒依稀辨物見擊磬者乃其亡師一少婦對佛長跪嗚嗚暗祝回面向內不識為誰細聽所祝則為夫病求福也恐怖失措觸朱槅有聲陰氣冥濛燈光驟暗再明則已無睹矣先外祖雪峯張公曰此少婦已入黃壤猶憂夫病聞之使人增伉儷之情董尼有言近一賣花老媼夜經某氏墓突見某夫人魂立樹下以手招之無路可避因戰慄拜謁某夫人曰吾夜夜在此待一相識人寄信望眼幾穿今乃見爾歸告我女我婿一切陰謀鬼神皆已全知無更枉拋心力吾在冥府大受鞭笞地下先亡更人人唾詈無地自容惟日避此樹邊苦雨淒風酸辛萬狀尚不知沈淪幾輩得付轉輪似聞須所奪小郎貲財耗散都盡始冀有生路也又堉有密札數紙病中置螺甸小篋中囑其檢出毀滅免得他日口實丁寧再三嗚咽而滅媪潛告其女女怒曰為小郎游說耶迨於篋中見前札乃始悚然後女家日漸消敗親串中知其事者皆合掌曰某夫人生路近矣

烏魯木齊提督巴公彥弼言昔從征烏什時夢至一處山麓有六七行幄而不見兵衛有數十人出入往來亦多似文吏試往窺視遇故護軍統領某公（某名凡五字公以滿古語呼之今不能記）握手相勞苦問公久逝今何事到此曰吾以平生拙直得受冥官今隨軍籍記戰沒者也見其几上諸冊有黃色紅色紫色黑色數種問此以旗分耶微笑曰安有紫旗黑旗（舊有黑旗以黑色夜中難辨乃改）

為虜殪此公蓋偶未知也此別甲乙之次第耳。問次第安在，曰：赤心為國，奮不顧身者，登黃册；恪遵軍令，審死不撓者，登紅册；隨眾驅馳，轉輾而殞者，登紫册；倉皇奔潰，無路求生，蹂踐裂尸，追殲斷脰者，登黑册。問同時受命，血濺尸橫，豈能一一區分，毫無舛誤？曰：此惟冥官能辨矣。大抵人亡魂在，精氣如生。應登黃册者，其精氣如烈火熾騰，蓬蓬勃勃；應登紅册者，其精氣如烽煙直上，風不能搖；應登紫册者，其精氣如雲漏電光，往來閃爍。此三等中，最上者為神明，最下者亦歸善道。至應登黑册者，其精氣瑟縮摧頹，如死灰無焰，在朝廷褒崇忠義，自一例哀榮，陰曹則以常鬼視之，不復齒數矣。巴公側耳敬聽，悚然心折，方欲自問將來，忽礮聲驚覺。後常以告麾下，曰：吾臨陣，每憶斯語，便覺捐身鋒鏑，輕若鴻毛矣。

夜燈叢錄載謝梅莊戇子事，而不知戇子姓盧，名志仁，蓋未見梅莊自作戇子傳，僅據傳聞也。霍京兆易書戍蘇圖時，轄夫王二與戇子事相類，後歿於塞外，京兆哭之慟。一夕，忽聞帳外語曰：羊被盜矣，可急向西北追。出視果然。聽其語音，灼然王二之魂也。京兆有一僕，方辭歸，是日睹此異，遂解裝不行，謂其曹曰：恐冥冥王二笑人。

滄州瞽者蔡某，每過南山樓下，即有一叟邀之彈唱，且對飲，漸相狎，亦時至蔡家共酌。自云姓蒲，江西人，因販磁到此。久而覺其為狐，然契合甚深，狐不諱，蔡亦不畏也。會有以閨壼蜚語涉訟者，眾議不一，偶與言及，曰：君既通靈，必知其審。狐艴然曰：我輩修道人，豈干預人家瑣事？夫房幃祕地，男女幽期，曖昧難明，嫌疑易起，一犬吠影，每至於百犬吠聲。即使果真，何關外人之事？乃快一日之口，為人子孫數世之羞，斯已傷天地之和，召鬼神之忌矣。況蛇杯弓影，恍惚無憑，而點綴鋪張，宛如目覩，使人忍之不可，辨之不能，往往致抑鬱難言，含冤畢命。其怨毒之氣，尤歷劫難消，苟有幽靈，豈無業報？恐刀山劍樹之上，不能不為是人設一座也。汝素樸誠，聞此事亦當掩耳，乃考求真偽，意欲何為？豈以失明不足，尚欲犁舌乎？投杯逕去，從此遂絕。蔡愧悔，自批其頰，恒述以戒人，不自隱匿也。

舅氏張公夢徵言：所居吳家庄西，一丐者死於路，所畜犬守之不去。夜有狼來噉其尸，犬奮嚙不使前；俄諸狼大集，犬力盡踣，遂併為所噉，惟存其首，尚雙目怒張，齒如欲裂。有佃戶守瓜田者親見之。又程易門在烏魯木齊，一夕有盜入室，已踰墻將出，所畜犬追嚙其足，盜抽刃斫之，至死嚙終不釋，因就擒。時易門有僕曰龔起龍，方負心反噬，皆曰：程太守家有二異，一人面獸心，一獸面人心。

余在烏魯木齊日，驍騎校薩音綽克圖言：曩守江山口卡倫，一日將曙，有烏啞啞對戶鳴，惡其不吉，引骲矢射之，嗷然有聲，掠乳牛背上過，牛駭而奔，呼數卒急追，入一山坳，遇耕者二人鬨，一人仆，扶視無大傷，惟足跛難行，問其家不遠，共舁送歸，入室坐未定，聞小兒連呼有

賊，同出助捕，則逃遁犯韓實方，踰垣盜食其瓜，因共執焉。使烏不對戶啼，則薩音綽克圖不射；薩音綽克圖不射，則牛不驚逸；牛不驚逸，則不觸人仆；不觸人仆，則數卒不至其家；徒一小兒見人盜瓜，其勢必不能執縛，乃輾轉相引，終使受縶伏誅，此烏之來，豈非有物憑之哉！蓋實本劇寇，所劫殺者多矣，爾時雖無所睹，實與劉剛遇鬼因果相同也。

又佐領額爾赫圖言：曩守吉木薩卡倫，夜聞團焦外烏烏有聲，人出逐則漸退，人止則止，人返則復來，如是數夕。一戍卒有膽，竟操刃隨之，尋聲追逐，入山中，至一僵尸前而寂。視之，有野獸嚙食痕，已久枯矣。卒還以告，心知其求瘞也，具棺葬之，遂不復至。夫神識已離，形骸何有？此鬼沾沾於遺蛻，殊未免作繭自纏。然螻蟻魚鼈之談，自莊生之曠見，豈能使含生之屬均如太上忘情？觀於茲事，知棺衾必慎，孝子之心；骼胔必藏，仁人之政。聖人通鬼神之情狀，何嘗謂魂升魄降，遂冥冥無知哉？

獻縣令某，臨歿前，有門役夜聞書齋人語曰：渠數年享用奢華，祿已耗盡，其父訴於冥司，探支來生祿一年，治未了事，未知許否也。俄而令暴卒。董文恪公嘗曰：天道凡事忌太甚，故過奢過儉，皆足致不祥。然歷歷驗之，過奢之罰，富者輕而貴者重；過儉之罰，貴者輕而富者重。蓋富而過奢，耗己財而已；貴而過奢，其勢必至於貪婪，權力重則取求易也。貴而過儉，守己財而已；富而過儉，其勢必至於刻薄，計較明則機械多也。士大夫時時深念，知益己者必損人，凡事留其有餘，則召福之道也。

小奴玉保言：特納格爾農家，忽一牛入其牧羣，甚肥健，久而無追尋者，詢訪亦無失牛者，乃留畜之。其女年十三四，偶跨此牛往親串家，牛至半途，不循蹊徑，負女渡嶺，蓦澗直入亂山崖陡谷深，墮必糜碎，惟抱牛頸呼號。樵牧者聞聲追視，已在萬峯之頂，漸滅沒於煙靄間，其或飼虎狼，或妻魑魅，均不可知矣。皆咎其父貪攘此牛，致罹大害。余謂此牛與此女合是夙冤，即驅逐不留，亦必別有以相報也。

故城刁飛萬言：一村有二塾師，雨後同步至土神祠，踞砌對談，移時未去。祠前地淨如掌，忽見穴起似字跡，共起視之，則泥土杖畫十六字曰：不趁涼爽，自課生徒，洞入書館，不亦愧乎。蓋祠無居人，狳據其中，怪二人久聒也。時程試方增律詩，飛萬戲曰：隨手成文，即四言叶韻，我愧此狐。

飛萬又言：一書生最有膽，每求見鬼不可得。一夕雨霽月明，命小奴攜罍酒詣叢冢間，四顧呼曰：良夜獨遊，殊為寂寞，泉下諸友，有肯來共酌者乎？俄見燐火熒熒，出沒草際，再呼之，鳴鳴相距丈許，皆止不環集，進數其影，約十餘，以巨杯挹酒灑之，皆俯嗅其氣，有一鬼稱酒絕

佳請再賜因且灑且問曰公等何故不輪迴曰善根在者轉生矣惡貫盈者墮獄矣我輩十三人罪根未滿待輪迴者四業報沈淪不得輪迴者九也問何不懺悔求解脫曰懺悔須及未死時死後無着力處矣灑酒既盡舉甕視之各踉蹌去中一鬼回首丁寧曰餓鬼得飲壺觴無以報德謹以一語奉贈懺悔須及未死時也

翰林院筆帖式伊實從征伊犁時血戰突圍身中七矛越兩晝夜復蘇疾馳一晝夜猶追及大兵余與博晰齋同在翰林時見有傷痕細詢顛末自言被創時絕無痛楚但忽如沉睡既而漸有知覺則魂已離體四顧皆風沙澒洞不辨東西了然自知為已死倏念及子幼家貧酸徹心骨便覺身如一葉隨風瀁瀁欲飛倏念及虛死不甘誓為厲鬼殺賊即覺身如鐵柱風不能搖徘徊佇立間方欲直上山頂望敵兵所在俄如夢醒已僵臥戰血中矣晰齋太息曰聞斯情狀使人覺戰死無可畏然則忠臣烈士正復易為人何憚而不為也

里有古氏業屠牛所殺不可縷數後古叟目雙瞽古媼臨歿時肌膚潰裂痛苦萬狀自言冥司仿屠牛之法宰割我呼號月餘乃終侍姬之母沈媼親見其事殺業重至牛有功於稼穡殺之業尤重冥祥記載晉庾紹之事已有宜勤精進不可殺生若不能都斷可勿宰牛之語此牛戒之最古者宣室誌載夜叉與人雜居則疫生惟避不食牛人酉陽雜俎亦載之今不

食牛人遇疫實不傳染小說固非盡無據也

海寧陳文勤公言昔在人家遇扶乩降壇者安溪李文貞公也公拜問涉世之道文貞判曰得意時毋太快意失意時毋太快口則永保終吉公終身誦之嘗誨門人曰得意時毋太快意則知利害者能之失意時毋太快口則賢者或未能知快口豈特怨尤哉慤然不屑故作曠達之語其招禍甚於怨尤也余因憶先高祖花王閣賸稿中載宋盛陽先生（諱大壯河間諸生先高祖之外舅也）贈詩曰狂奴猶故態曠達是牢騷與公所論殆似重規疊矩矣

有額魯特女為烏魯木齊民間婦數年而寡婦故有姿媒妁日叩其門婦謝曰嫁則必嫁然夫死無子翁已老我去將誰依請待養翁事畢然後議有欲入贅其家代養其翁者婦又謝曰男子性情不可必萬一與翁不相安悔且無及亦不可乃苦身操作翁溫飽安樂竟勝於有子時越六七年翁以壽終營葬畢始痛哭別墓易綵服升車去論者惜其不貞而不能不謂之孝內閣學士永公時鎮其地聞之嘆曰此所謂質美而未學

新城王符九言其友人某選貴州一令貸於西商抑勒剝削機械百出某迫於程限委曲遷就而西商枝節益多爭論至夜分始茹痛書券計券上百金實得不及三十金耳西商去後持金對燈方獨坐太息忽聞簷上人語曰世間無此不平事公太柔懦使人憤填胸臆吾本意來盜公今且一懲西商為天下窮官吐氣也某悸不敢答俄屋角窸窣有聲已越墻徑去次日聞西商被盜篋中新舊借券皆席捲去矣此盜殊多俠氣然亦西商所為太甚干造物之忌故鬼神巧使相直也

許文木言其親串有得新官者盛具牲醴享祖考有巫能視鬼竊語人曰某家先靈受祭時皆顏色慘沮如欲下淚而後巷某甲之鬼乃坐對門屋脊上翹足而笑是何故也後其人到官未久即服法始悟其祖考悲泣之由而某甲之喜則終不解久而有知其陰事者曰某甲女有色是嘗遣某媼誘以金珠同宿數夕人不知而鬼知也誰謂冥冥可墮行哉

王梅序孝廉言交河城西有古墓林木叢雜云藏妖魅犯之者多患寒熱樵牧不敢近一老儒耿直負氣由所居至縣城其地適中過必憩息偃蹇傲倪竟無所見聞如是數年一日又坐墓樹楊納涼歸而發狂譫語曰曩以汝為古君子故任汝放誕未敢侮汝汝近乃作負心事知從前規言矩步皆貌是心非今不復畏汝矣其家再三拜禱昏憒數日自是索然氣餒每經其地輒俛首疾趨觀此知魅不足畏心苟無邪雖凌之而不敢校亦觀此而知魅大可畏行苟有玷雖秘之而皆能窺

門人蕭山汪生輝祖字煥曾乾隆乙未進士今為湖南寧遠縣知縣未第時久於幕府撰佐

治藥言二卷中載近事數條頗足以資法戒其一曰孫景溪先生諱爾周令吳橋時幕客葉某一夕方飲酒僵仆於地歷二時而蘇次日閉戶書黃紙疏赴城隍廟拜燬莫喻其故越六日又僵仆如前良久復起則請遷居於署外自言八年前在山東館陶幕有士人告惡少調其婦本擬請主人專懲惡少不必婦對質而問事謝某欲窺婦姿色慫慂傳訊致婦投環惡少亦抵法今惡少控於冥府謂婦不死則渠無死法而婦死由內幕之傳訊館陶城隍神移牒來拘昨具疏申辨謂婦本應對質且造意者為謝某頃又移牒謂傳訊之意在窺其色非理其冤念雖起於謝筆實操於葉謝已攝至葉不容寬余必不免矣越夕而殞其一曰浙江臬司同公言乾隆乙亥秋審時偶一夜潛出察諸吏治事狀皆已酣寢惟一室燈燭明穴窗竊窺見一吏方理案牘几前立一老翁一少婦甚駭異姑視之見吏初抄一籤旋毀稿更書少婦斂衽退又抽一卷沈思良久書一籤老翁亦揖而退傳詰此吏則先理者為台州因姦致死一案初擬緩決旋以身列青衿敗檢釀命改情實後抽之卷為寧波鬭毆致死一案初擬情實旋以索逋理直死由還毆改緩決知少婦為捐生之烈魄老翁為累囚之先靈矣其一曰秀水縣署有愛日樓板梯久毀陰雨輒聞鬼泣聲一老吏言康熙中令之母善誦佛號因建此樓雍正初有令聚幕友胡姓者盛夏不欲見人獨處樓中吏牘飲食皆縋而上下一

日閒樓上慘號聲從者急梯而上則胡裸體浴血自刺其腹併碎劃周身如刻畫自云曩在湖南某縣幕有姦夫殺本夫者姦夫首於官吾恐主人有失察咎以訪拏報婦遂坐磔頃見一神引婦來剚刃於吾腹他不知也號呼越夕而死其一曰吳興某以善治錢穀有聲偶為同事者所慢因密訐其寢盜陰事於上官竟成大獄後自齧其舌而死又無錫張某在歸安今裘魯青幕有姦夫殺本夫者裘以婦不同謀欲出之張大言曰趙盾不討賊為弒君許止不嘗藥為弒父春秋有誅意之法是不可縱也婦竟論死後張夢一女子披髮持劍搏膺而至曰我無死法汝何助之急也以刃刺之覺而刺處痛甚自是夜夜為厲以至於死其一曰蕭山韓其相先生少工刀筆久困場屋且無子已絕意進取矣雍正癸卯在公安縣幕夢神語曰汝因筆孽多盡削祿嗣今治獄仁恕嘗汝科名及其子速歸未以為信次夕夢復然時已七月初旬答以試期不及神曰吾能送汝也寤後急理歸裝江行風利八月初二日竟抵杭州以遺才入闈中式次年果舉一子煥曾篤實有古風其所言當不妄又所記因鬬絕祀一條曰平湖楊研耕在虞鄉縣幕時主人兼署臨晉有疑獄久未決後鞫實爲弟毆兄死夜擬讞牘畢未及滅燭而寢忽聞牀上鈎鳴帳微啟以為風也少頃復鳴則帳懸鈎上有白鬚老人跪牀前叩頭叱之不見而几上紙翻動有聲急起視則所擬讞牘也反覆詳審罪實無

枉惟其家四世單傳至其父始生二子一死非命一又伏罪則五世之祀斬矣因毀稿存疑如故蓋以存疑為是也余謂以王法論滅倫者必誅以人情論絕祀者亦可憫生與殺皆礙仁與義竟兩妨矣如必委曲以求通則謂殺人者抵以死死者之冤已伸伸己之冤以絕祖父之祀其兄有知必不願使其竟顧是無人心矣雖不抵不為枉是一說也或又謂情者一人之事法者天下之事也使凡僅兄弟二人者弟殺其兄哀其絕祀皆不抵則奪產殺兄者多矣何法以正倫紀乎是又未嘗非一說也不有皋陶此獄實為難斷存以待明理者之論定可矣

姚安公言昔在舅氏陳公德音家遇驟雨自巳至午息所雨皆漚麻水也時西席一老儒方講學衆因叩曰此雨究竟是何理老儒掉頭面壁曰子不語怪

劉香畹言曩客山西時聞有老儒經古冢間行者言中有狐老儒詈之亦無他異老儒故善治生冬不裘夏不絺食不肉飲不茗妻子不宿飽銖積錙累得四十金鎔為四錠秘緘之而對人自訴無擔石自詈狐後所儲金或忽置屋顛樹杪使梯而取或忽在淤泥淺水使濡而求甚或忽投溷圊使探而濯或移易其地大索乃得或失去數日從空自墮或與客對坐忽納於帽簷或對人拱揖忽鏗然脫袖千變萬化不可思議一日忽四錠躍擲空中如蛺蝶飛

翔彈丸擊觸漸高漸遠勢將飛去不得已焚香拜祝始自投於懷自是不復相嬲而講學之氣焰已索然盡矣說是事時一友曰吾聞以德勝妖不聞以詈勝妖也其及也固宜一友曰使周張程朱詈妖必不興惜其古貌不古心也一友曰周張程朱必不輕詈惟其不足於中故悻悻於懷也香畹首肯曰斯言洞見癥結矣

香畹又言一孝廉頗善儲蓄而性嗇其妹家至貧時逼除夕炊煙不舉冒風雪徒步數十里乞貸三五金期明春以其夫館穀償堅以窘辭其母涕泣助請辭如故母脫簪珥付之去孝廉如弗聞也是夕有盜穴壁入罄所有去迫於公論弗敢告官捕越半載盜在他縣敗供曾竊孝廉家其物猶存十之七移牒來問又迫於公論弗敢認其婦惜財不能忍因遣子往認焉孝廉內愧避弗見客者半載夫母子天性兄妹至情以嗇之故漠如陌路此真聞之扼腕矣乃盜遂乘之使人一快失而弗敢言得而弗敢取又使人再快至於椎心茹痛自匿其瑕復敗於其婦瑕終莫匿更使人不勝其快顛倒播弄如是之巧謂非若或使之哉然能愧不見客吾猶取其足為善充此一愧雖以孝友聞可也

盧霽漁編修患寒疾誤延讀景岳全書者投人參立卒太夫人悔焉哭極慟然每一發聲輒聞板壁格格響夜或繞床呼阿母灼然辨為霽漁聲蓋不欲高年之過哀也悲哉死而猶不

忘親乎

海陽鞠前輩庭和言一宦室婦臨卒左手挽幼兒右手挽幼女嗚咽而終力擘之乃釋目炯炯尚不瞑也後燈前月下往往遙見其形然呼之不應問之不言招之不來即之不見或數夕不出或一夕數出或望之在某人前而某人反無睹或此處方睹而彼處又睹大抵如泡影空花電光石火一轉瞬而即滅一彈指而倏生雖不為害而人人意中有一先亡夫人在故後妻視其子女不敢生分別心婢媼僮僕視其子女亦不敢生凌侮心至男婚女嫁乃漸不睹然越數載或一見故一家恒慄慄危懼如在其旁或疑為狐魅所託亦是一說惟是狐魅擾人而此不近人且狐魅又何所取義而辛苦十餘年為時時作此幻影哉殆結戀之極精靈不散而為人子女者知父母之心歿而彌切如是也其亦可以愴然感乎

庭和又言有兄死而吞噬其孤姪者迫脅侵蝕殆無以自存一夕夫婦方酣眠忽夢兄倉皇呼曰起起火已至醒而煙焰迷漫無路可脫僅破窗得出喘息未定室已崩摧緩須臾則灰燼矣次日急召其姪盡還所奪人怪其數朝之內忽跖忽夷其人流涕自責始知其故此鬼善全骨肉勝於為厲多多矣

高淳令梁公欽官戶部額外主事時與姚安公同在四川司是時六部規制嚴凡有故不能

入署者必遣人告掌印掌印遣牒司務司務每日稟呈堂謂之出付不能無故不至也一日梁公不入署而又不出付衆疑焉姚安公與福建李公根侯寓皆相近放衙後同往視之則梁公昨夕睡後忽聞砰訇撞觸聲如怒馬騰踏呼問無應者悸而起視乃二僕一御者裸體相搏撞擊甚苦然皆緘口無一言時四鄰已睡寓中別無一人無可如何坐視其鬬至鐘鳴乃並仆迨曉而蘇傷痕鱗叠面目皆敗問之都不自知惟憶是晚同坐後門納涼遙見破屋址上有數犬跳踉戲以磚擲之嗥而跳就寢後遂有是變意犬本是狐月下視之未審歟梁公泰和人與正一真人為鄉里將往陳訴姚安公曰狐自游戲何預於人無故擊之曲不在彼袒曲而攻直於理不順李公亦曰凡僕隸與人爭宜先克己理直尚不可縱使有恃而妄行況理曲乎梁公乃止

乾隆乙未會試前一舉人過永光寺西街見好女立門外意頗悅之託媒關說以三百金納為妾因就寓其家亦甚相得迨出闈返舍則破窗塵壁闃無一人污穢堆積似廢壞多年者訪問鄰家曰是宅久空是家來住僅月餘一夕自去莫知所往矣或曰狐也小說中蓋嘗有是事或曰是女為餌竊貲遠遁偽為狐也夫狐而偽人斯亦黠矣人而為狐不更黠乎哉余居京師五六十年見此類者不勝數此其一耳

汪御史泉香言布商韓某暱一狐女日漸尪羸其侶求符籙劾禁暫去仍來一夕與韓共寢忽披衣起坐曰君有異念耶何忽覺剛氣砭人刺促不寧也韓曰吾無他念惟鄰人吳某逼於償負鬻其子為歌童吾不忍其衣冠之後淪下賤捐四十金欲贖之故輾轉未眠耳狐女蹙然推枕曰君作是念即是善人害善人者有大罰吾自此逝矣以吻相接噓氣良久乃握手而去韓自是壯健如初

戴遂堂先生曰嘗見一巨公四月八日在佛寺禮懺放生偶散步花下遇一遊僧合掌曰公至此何事曰作好事也又問何為今日作好事曰佛誕日也又問佛誕日乃作好事餘三百五十九日皆不當作好事乎公今日放生是眼前功德不知歲歲庖廚之所殺足當此數否乎巨公猝不能對知客僧代叱曰貴人護法三寶增光窮和尚何敢妄語遊僧且行且笑曰紫衣和尚不語故窮和尚不得不語也掉臂徑出不知所往一老僧竊嘆曰此闍黎大不曉事然在我法中自是突聞獅子吼矣昔五臺僧明玉嘗曰心心念佛則惡意不生非日念數聲佛為功德也日日持齋則殺業永除非月除數日即為功德也燔炙肥甘晨昏饜飫而月限某日某日不食肉謂之善人然則苞苴公行簠簋不飭而月限某日某日不受錢謂之廉吏乎與此遊僧之言若相印合李杏甫總憲則曰此為彼教言之耳士大夫終身茹素勢必不行得數日持月齋則此數日可減殺得數人持月齋則此數人可減殺不愈於全不持乎是亦見智見仁各明一義第不知明玉倘在尚有所辯難否耳

恒王府長史東鄂洛（按八旗氏族譜當為董鄂然自書為東鄂業猶勝花木書為東鄂公此傳所謂名從主人也）謫居瑪納斯烏魯木齊之支屬也一日詣烏魯木齊因避暑夜行息馬樹下遇一人半跪問起居云是戍卒劉青與語良久上馬欲行青曰有瑣事乞公寄一語印房官奴喜兒欠青錢三百青今貧甚宜見還也次日見喜兒告以青語喜兒駭汗如雨面色如死灰怪詰其故始知青久病死初死時陳竹山閔其勤慎以三百錢付喜兒市酒脯楮錢市之喜兒以青無親屬遂盡乾沒事無知者不虞鬼之見索也竹山素不信因果至是悚然曰此事不誣此語當非依託也吾以為人生作惡特畏人知人不及知之處即可為所欲為也今乃知無鬼之論竟不足恃然則負隱慝者其可慮也夫

昌吉平定後以軍俘逆黨子女分賞諸將烏魯木齊參將某實司其事自取最麗者四人教以歌舞脂香粉澤綵服明璫儀態萬方宛如嬌女見者莫不傾倒後遷金塔寺副將届期啟行諸童檢點衣裝忽篋中綉履四雙翩然躍出滿堂翔舞如蛺蝶羣飛以杖擊之乃墮地尚蠕蠕欲動呦呦有聲識者訝其不祥行至闢展以鞭撻臺員為鎮守大臣所劾論戍伊犁竟卒於謫所

至危至急之地或忽出奇焉無理無情之事或別有故焉破格而為之不能膠柱而斷之也吾鄉一媼無故率媼婦數十人突至鄰村一家排闥強劫其女去以為尋釁則素不往來以為奪婚則媼又無子鄉黨駭異莫解其由女家訟於官官即出牒拘攝媼已攜女先逃不知蹤跡同行婢媼亦四散逃亡累絏多人輾轉推鞫始有一人吐實曰媼一子病瘵垂殁媼撫之慟曰汝死自命惜哉不留一孫使祖父竟為餒鬼也子呻吟曰孫不可必得然有望焉吾與某氏女私暱孕八月矣但恐產必見殺耳子殁後媼咄咄獨語十餘日突有此舉殆劫女以全其胎耳官憮然曰然則是不必緝過二三月自返耳届期果抱孫自首官無如之何僅斷以不應重律擬杖納贖而已此事如兔起鶻落少縱即逝此媼亦捷疾若神矣安靜涵言其攜女宵遁時以三車載婢媼與己分四路行故莫測所在又不遵官路橫斜曲折岐復有岐故莫知所向且曉行夜宿不淹留一日俟分娩乃稅宅故莫迹所居停其心計尤周密也女歸為父母所棄遂偕媼撫孤竟不再嫁以其初涉溱洧故　旌典不及今亦不著其氏族也

李慶子言嘗宿友人齋中天欲曉忽二鼠騰擲相逐滿室如飈輪旋轉彈丸迸躍研尊茶洗

齧觸皆翻研鏗砰裂之聲使人心駭久之一鼠跳起數尺復墮於地再踊再仆乃僵視之七竅皆流血莫知其故急呼其家僮收檢器物見梓中所晾媚藥數十丸嚙殘過半乃悟鼠誤吞此藥狂淫無度牝不勝嬲而竄避牡無所發洩縕熱內燔以斃也友人出視且駭且笑既而悚然曰乃至是哉吾知懼矣盡覆所蓄藥於水夫燥烈之藥加以煅煉其力既猛其毒亦深吾見敗事者多矣蓋退之硫黃賢者不免慶子此友殆數不應盡故鑒於鼠而忽悟歟

張鷟朝野僉載曰唐青州刺史劉仁軌以海運失船過多除名為民遂遼東効力遇病臥平壤城下褰幕看兵士攻城有一兵直來前頭背坐叱之不去須臾城頭放箭正中心而死微此兵仁軌幾為流矢所中大學士溫公征烏什時為領隊大臣方督兵攻城渴甚歸帳飲適一侍衛亦來求飲因讓茵與坐甫拈碗賊突發巨礮一鉛丸洞其胸死使此人緩來頃刻則必不免矣此公自為余言與劉仁軌事絕相似後公征大金川卒戰歿於木果木知人之生死各有其地雖命當陣隕者苟非其地亦遇險而得全然畏縮求免者不徒多一趨避乎哉

人物異類狐則在人物之間幽明異路狐則在幽明之間仙妖殊途狐則在仙妖之間故謂遇狐為怪可謂遇狐為常亦可三代以上無可考史記陳涉世家稱篝火作狐鳴曰大楚興陳勝王必當是已有是怪是以託之吳均西京雜記稱廣川王發欒書冢擊傷冢中狐後夢

見老翁報冤是初化人形見於漢代張鷟朝野僉載稱唐初已來百姓多事狐神當時諺曰無狐魅不成村是至唐代乃最多太平廣記載狐事十二卷唐代居十之九是可以證矣諸書記載不一其源流始末則劉師退先生所述為詳蓋舊滄州南一學究與狐友師退因介學究與相見軀幹短小貌如五六十人衣冠不古不時乃類道士拜揖亦安詳謙謹寒溫畢問枉顧意師退曰世與貴族相接者傳聞異詞其間頗有所未明聞君豁達不自諱故請祛所惑狐笑曰天生萬物各命以名狐名狐正如人名人耳呼狐為狐正如呼人為人耳何諱之有至我輩之中好醜不一亦如人類之內良莠不齊人不諱人之惡狐何諱狐之惡乎第言無隱師退問狐有別乎曰凡狐皆可以修道而最靈者曰犾狐此如農家讀書者少儒家讀書者多也問犾狐生而皆靈乎曰此係乎其種類未成道者所生則為常狐已成道者所生則自能變化也問既成道矣自必駐顏而小說載狐亦有翁媼何也曰所謂成道成人道也其飲食男女生老病死亦與人同若夫飛升霞舉又自一事此如千百人中有一二人求仕宦其煉形服氣者如積學以成名其媚惑採補者如捷徑以求售然游仙島登天曹者必煉形服氣乃能其媚惑採補傷害或多往往干天律也問禁令賞罰孰司之乎曰小賞罰統於長其大賞罰則地界鬼神鑒察之苟無禁令則往來無形出入無迹何事不可為乎問媚

或採補既非正道何不列諸禁令必俟傷人乃治乎曰此譬諸巧誘人財使人喜助王法無禁也至奪人殺人斯論抵耳列仙傳載酒家嫗何嘗干冥誅乎問聞狐為人生子不聞人為狐生子何也微哂曰此不足論蓋有所取無所與耳問支機別贈不惲牽牛妒乎又哂曰公太放言矣未知其審凡女則如李姬郜子之故事可自擇配婦則既有定偶弗敢踰防若夫贈芍采蘭偶然越禮人情物理大抵不殊固可比例而知耳問或居人家或居曠野何也曰未成道者未離乎獸利於遠人非山林弗便也已成道者事事與人同利於近人非城市弗便也其道行高者則城市山林皆可居如大富大貴家其力百物皆可致住荒村僻壤與通都大邑一也師退與縱談其大旨惟勸人學道曰吾曹辛苦一二百年始化人身公等現是人身功成已抵大半而悠悠忽忽與草木同朽殊可惜也師退腹笥三藏引與談禪則謝曰佛家地位絕高然或修持未到一入輪迴便迷卻本來面目不如且求不死為有把握吾亦屢逢善知識不敢見異而遷也師退臨別曰今日相逢亦是天幸君有一言贈我乎躊躇良久曰三代以下恐不好名此為下等人言自古聖賢卻是心氣和平無一毫做作洛閩諸儒撐眉努目便生出如許葛藤先生其念之師退憮然自失蓋師退崖岸太峻時或過當云

裘文達公言嘗聞諸石東村曰有驍騎校頗讀書喜談文義一夜寓直宣武門城上乘涼散

步至麗譙之東見二人倚堞相對語心知為狐鬼屏息伺之其一舉手北指曰此故明首善書院今為西洋天主堂矣其推步星象製作器物實巧不可階其教則變換佛經而附會以儒理吾曩往竊聽每談至無歸宿處輒以天主解結故迄不能行然觀其作事心計亦殊黠其一曰君謂其黠我則怪其太癡彼奉其國王之命航海而來不過欲化中國為彼教揆度事勢寧有是理而自利瑪竇以後源源續至不憚其所願終不止不亦傎乎其一又曰豈但此輩癡即彼建首善書院者亦復大癡奄璫柄國方陰伺君子之隙肆其詆排而羣聚清談反予以鉤黨之題目一網打盡亦復何尤且三千弟子惟孔子則可孟子揣不及孔子所與講肄者公孫丑萬章等數人而已洛閩諸儒無孔子之道德而亦招聚生徒盈千累萬梟鸞並集門戶交爭遂釀為朋黨而國隨以亡東林諸儒不鑒覆轍又鶩虛名而受實禍今憑弔遺蹤能無責備於賢者哉方相對嘆息忽回顧見人翳然而滅東村曰天下趨之如鶩而世外之狐鬼乃竊竊不滿也人誤耶狐鬼誤耶

王西園先生守河間時人言獻縣八里莊河夜行者多遇鬼惟縣役馮大邦過則鬼不敢出有遇鬼者或詐稱馮姓名鬼亦却避先生聞之曰一縣役能使鬼畏此必有故矣密訪將懲之或為解曰本無是事百姓造言耳先生曰縣役非一而獨為馮大邦造言此亦必有故矣仍

檄拘之大邦懼而亡去此庚午辛未間事去郡後數載大邦尚未歸今不知如何也

里有崔某者與豪强訟理直而弗能伸也不勝其憤殆欲自戕夜夢其父語曰人可欺神則難欺人有黨神則無黨人間之屈彌甚則地下之伸彌暢今日之縱橫如志者皆十年外業鏡臺前觳觫對簿者也吾爲冥府司茶吏見判司註籍矣汝何恚焉崔自是怨尤都泯更不復一言

有善訟者一日爲人書訟牒將羅織多人端緒繳繞猝不得分明欲靜坐構思乃戒毋通客併妻亦避居別室妻先與鄰子目成家無隙所窺伺歲餘無由一近也至是乃得間焉後每構思妻輒嘈雜以亂之必叱使避出襲爲例鄰子乘間而來亦襲爲例終其身不敗殁後歲餘妻以私孕爲怨家所訐官鞫外遇之由乃具吐實官拊几喟然曰此生刀筆巧矣烏知造物更巧乎

必不能斷之獄不必情理外也愈在情理中乃愈不能明門人吳生冠賢爲安定令時余自西域從軍還宿其署中聞有幼男幼女皆十六七歲並呼冤於輿前幼男曰此我童養之婦父母亡欲棄我別嫁幼女曰我故其胞妹父母亡欲佔我爲妻問其姓猶能記問其鄉里則父母皆流丐朝朝轉徙已不記爲何處人也問同丐者則曰是到此甫數日即父母並亡未知其始末但聞其以兄妹稱然小家童養媳與夫亦例稱兄妹無以別也有老吏請曰是事如捉風捕影杳無實證又不可刑求斷離斷合皆難保不誤然斷離而誤不過誤破婚姻其失小斷合而誤則誤亂人倫其失大矣盍斷離乎推研再四無可處分竟從老吏之言因憶姚安公官刑部時織造海保方籍沒官以三步軍守其宅宅凡數百間夜深風雪三人堅扃外戶同就煖於邃密寢室中篝燈共飲沈醉以後偶剔燈滅三人闇中相觸擊因而互毆毆至半夜各困踣臥至曙則一人死焉其二人一曰戴符一曰七十五傷亦深重幸不死耳鞫訊時並云共毆致死論抵無怨至是夜昏黑之中覺有毆者即相扭覺有扭者即還毆不知誰扭我誰毆我亦不知我所扭爲誰所毆爲誰其傷之重輕與某傷爲某毆非惟二人不能知即起死者問之亦斷不能知也既一命不必二抵任官隨意指一人無不可者如必研訊爲某人即三木嚴求亦不過妄供耳竟無如之何相持月餘會戴符病死籍以結案姚安公嘗曰此事坐罪起釁者亦可以成獄然考其情詞起釁者實不知雖鍛鍊而求更不如隨意指也迄今反覆追思究不得一推鞫法刑官豈易爲哉

文安王岳芳言其鄉有女巫能視鬼嘗至一官家私語其僕婦曰某娘子牀前一女鬼著慘綠衫血漬胸臆頸垂斷而不殊反折其首倒懸於背後狀甚可怖殆將病乎俄而寒熱大作僕婦以女巫言告具楮錢酒食送之頃刻而痊余嘗謂風寒暑暍皆可作疾何必定有鬼爲祟一女巫曰風寒暑暍之疾其起也以漸而覺其愈也以漸而減鬼病則陡然而起陡然而止以此爲別歷歷不失也此言似亦有理

陳石閭言有舊家子偕數客觀劇九如樓飲方酣見一客中惡仆地方扶掖灌救突起坐張目直視先拊膺痛哭責其子之冶遊次齧齒握拳數諸客之誘引詞色俱厲勢若欲相搏噬其子識是父聲噤伏戰栗殆無人色諸客皆縮縮潛遁有踉蹌失足破額者四坐莫不太息此雍正甲寅事石閭曾目擊之但不肯道其姓名耳先師阿文勤公曰人家不通賓客則子弟不親士大夫所見惟嫗婢僮奴有何好樣人家賓客太廣必有淫朋匪友參雜其間狎昵濡染貽子弟無窮之害數十年來歷歷驗所見聞知公言真藥石也

五軍塞王生言有田父夜守棗林見林外似有人影疑爲盜密伺之俄一人自東來問汝立此有何事其人曰吾就木時某在旁竊有幸詞銜之二十餘年矣今渠亦被攝吾在此待其縲紲過也怨毒之於人甚矣哉甲與乙有隙甲婦弗如也甲死婦議嫁乙厚幣娶焉三朝後共往謁兄嫂歸而迂道至甲墓對諸耕者饁者拍婦肩呼曰某甲識汝婦否耶婦恚欲觸樹衆方牽挽忽旋飈颯然塵沙眯目則夫婦已並似失魂矣扶回後倏迷倏醒竟終身不瘥外

祖家老僕張才其至戚也親目睹之夫以直報怨聖人弗禁然已甚則聖人所不爲素問曰亢則害家語曰滿則覆乙亢極滿極矣其及也固宜

僧所誦焰口經詞頗俚然聞其召魂施食諸梵咒則實佛所傳余在烏魯木齊偶與同人論是事或然或否印房官奴白六故劇盜遣戍者也卒然曰是不誣也曩遇一大家放焰口欲伺其匆擾取事乃無隙可乘伏臥高樓簷角上俯見搖鈴誦咒時有黑影無數高可二三尺或踰垣入或由竇入往來搖漾凡無人處皆滿迨撒米時倏聚倏散倏前倏後如環繞攫拏併仰接俯拾之態亦彷彿依稀其色如輕煙其狀略似人形但不辨五官四體耳然則鬼猶求食不信有之乎

後漢燉煌太守裴岑破呼衍王碑在巴里坤海子上關帝祠中屯軍耕墾得之土中也其事不見後漢書然文句古奧字畫渾樸斷非後人所依託以僻在西域無人摹搨石刻鋒稜猶完整乾隆庚寅游擊劉存存（此是其字其名偶忘之矣武進人也）摹刻一木本灑火藥於上燒爲斑駁絕似古碑二本並傳於世賞鑒家率以舊石本爲新新木本爲舊與之辯傲然弗信也以同時之物有目睹之人而真僞顛倒尚如此況以千百年外哉易之象數詩之小序春秋之三傳或親見聖人或去古未遠經師授受端緒分明宋儒曰漢前人皆不知吾以理知之也其類此

夫。

康熙十四年，西洋貢獅，館閣前輩多有賦詠，相傳不久即逸去，其行如風，巳刻絕鎖，午刻即出嘉峪關，此齊東語也。聖祖南巡，由衛河回鑾，尚以船載此獅，先外祖母曹太夫人，曾於度帆樓窗隙窺之，其身如黃犬，尾如虎而稍長，面圓如人，不似他獸之狹削，繫船頭將軍柱上，縛一豕飼之，在岸猶號吽，近船即噤不出聲，及置獅前，獅俯首一嗅，已怖而死，臨解纜時，忽一震吼，聲如無數銅鉦陡然合擊，外祖家廄馬十餘，隔垣聞之，皆戰栗伏櫪下，船去移時，尚不敢動，信其為百獸王矣。獅初至時，吏部侍郎阿公禮稗，畫為當代顧陸，曾橐筆對寫一圖，筆意精妙，舊藏博晰齋前輩家，阿公手贈其祖者也，後售於余，嘗乞一賞鑒家題籤，阿公原未署名，以元代曾有獻獅事，遂題曰元人獅子真形圖，晰齋曰，少宰丹青，原不在元人下，此賞鑒未為謬也。

乾隆庚辰，戈芥舟前輩扶乩，其仙自稱唐人張紫鸞，將訪劉長卿於瀛洲島，偕遊天姥，或叩以事，書一詩曰，身從異域來，時見瀛洲島，日落晚風涼，一雁入雲杳，隱示鴻冥物外，不預人世之是非也。芥舟與論詩，即欣然酬答，以所遊名勝破石崖、天姥峯、廬山聯句三篇而去。芥舟時修獻縣志，因附錄志末，其破石崖一篇，前為五言律詩八韻，對偶聲韻俱諧，第九韻以下，忽作鮑參軍行路難、李太白蜀道難體，唐三百年詩人，無此體裁，殊不入格，其以東冬庚青四韻通押，仿昌黎此日足可惜詩，以穿鼻聲七韻為一部例，又似稍讀古書者，蓋略涉文翰之鬼，偽託唐人也。

河城在縣東十五里，唐樂壽縣故城也。西村民掘地得一鏡，廣丈餘，已觸碎其半，見者人持一片去，置室中，每夕吐光，凡數家皆然，是亦王度神鏡應月盈虧之類，但方鏡廣丈餘，能如是更異耳。或疑鏡何以如此之大，余謂此必河間王宮殿中物，陸機與弟雲書曰，仁壽殿中，有大方鏡，廣丈餘，過之輒寫人影，是晉代猶沿此制也。

乾隆己卯、庚辰間，獻縣掘得唐張君平墓誌，大中七年明經劉伸撰，字畫尚可觀，文殊鄙倍。余拓示李廉衣前輩，曰，公謂古人事事勝今人，此非唐文耶？天下率以名相耀耳，如核其實，善筆札者必稱晉，其時亦必有極拙之字，善吟詠者必稱唐，其時亦必有極惡之詩，非晉之廝役皆羲、獻，唐之屠沽皆李、杜也。西子東家，實為一姓，盜跖柳下，乃是同胞，豈能美則俱美，賢則俱賢耶？賞鑒家得一宋硯，雖滑不受墨，亦寶若球圖，得一漢印，雖謬不成文，亦珍逾珠璧，問何所取，曰，取其古耳。東坡詩曰，嗜好與俗殊酸鹹，斯之謂歟。

文河老儒劉君琢，名㯶，素謹厚，以長者稱，在余家設帳二十餘年，從兄懋園、坦居，從弟東白、

羲軒，皆其弟子也。嘗自河間歲試歸，中途遇雨，借宿民家，主人曰，家惟有屋兩楹，尚可棲止，然素有魅，不知狐與鬼也，君能不畏，則請解裝。不得已宿焉，滅燭以後，承塵上窸窣有聲，如怒馬奔騰，君琢起著衣冠，長揖仰祝曰，偃蹇寒儒，偶然宿此，欲禍我耶？我非君輩所當禍，欲戲我耶？我與君素不狎昵，欲逐我耶？今夜必不能行，明朝亦必不能住，何必多此擾擾耶？俄聞承塵上似老媼語曰，客言殊有理，爾輩勿太造次，閭足音橐橐然向西北隅去，頃刻寂然矣。君琢嘗以告門人曰，遇意外之橫逆，平心靜氣，或有解時，當時如怒詈之，未必不拋磚擲瓦也。又劉景南嘗僦一寓，遷入之夕，大為狐擾，景南訶之曰，我自出錢租宅，汝何得鳩佔鵲巢？狐厲聲答曰，使君先居此，我續來爭，則曲在我，我居此宅五六十年，誰不知者，君何處不可租宅，而必來共住，是恃氣相凌也，我安肯讓君？景南次日遂移去。何勵菴先生曰，君琢所遇之狐，能為理屈，景南所遇之狐，能以理屈人，先兄晴湖曰，屈狐易，能屈於狐難。

道家有太陰煉形法，葬數百年，期滿則復生，此但有是說，未睹斯事。古以水銀斂者，尸不朽則凝然有之，董曲江曰，凡罪應戮尸者，雖葬多年，尸不朽，呂留良焚骨時，開其棺，貌如生，刃之尚有微血，蓋鬼神留尸伏誅也。某人是曲江之親族，當時舉其字，今忘之矣。時官浙江，奉檄蒞其事，親目擊之，然此類皆不為祟，其為祟者曰僵尸，僵尸有二，其一新尸未斂者，忽躍起搏人，其一久葬不腐者，變形如魅魅，夜或出遊，逢人即攫，或曰旱魃即此，莫能詳也。夫人死則形神離矣，謂神不附形，安能有知覺運動？謂神乃附形，是復生矣，何又不為人而為妖？且新死尸厥者，並其父母子女，或抱持不釋，十指抉入肌骨，使無知，何以能踊躍？使有知，何以一息纔絕，即不識其所親？是則殆有邪物憑之，戾氣感之，而非遊魂之為變歟？袁子才前輩新齊諧載南昌士人行尸夜見其友事，始而祈請，繼而感激，繼而悽戀，繼而變形搏噬，謂人之魂善而魄惡，人之魂靈而魄愚，其始來也，一靈不泯，魄附魂以行，其既去也，心事既畢，魂一散而魄滯，魂在則為人也，魂去則非其人也，世之移尸走影，皆魄為之，惟有道之人，為能制魄，語亦鑿鑿有精理，然管窺之見，終疑其別有故也。

任子田言，其鄉有人夜行，月下見墓道松柏間，有兩人並坐，一男子年約十六七，韶秀可愛，一婦人白髮垂項，佝僂攜杖，似七八十以上人，倚肩笑語，意若甚相悅，竊訝何物淫妮，乃與少年狎暱，行稍近，冉冉而滅，次日，詢是誰家冢，始知某早年夭折，其婦孀守五十餘年歿，而合窆於是也。詩曰，穀則異室，死則同穴，情之至也；禮曰，殷人之祔也，離之，周人之祔也，合之，善夫。聖人通幽明之禮，故能以人情知鬼神之情也，不近人情，又烏知禮意哉。

族姪肇先言，有書生讀書僧寺，遇放焰口，見其威儀整肅，指揮號令，若可驅役鬼神，喟然曰，

冥司之敬彼教乃遜於儒燈影朦朧間一吏在旁語曰經綸宇宙惟賴聖賢彼仙佛特以神道補所不及耳故冥司之重聖賢在仙佛上然所重者真聖賢若偽聖賢則陰干天怒罪亦在偽仙偽佛上古風渟樸此類差稀四五百年以來黨同日衆已別增一獄矣蓋釋道之徒不過巧陳罪福誘人施捨自妖黨聚徒謀為不軌外其偽稱我仙我佛者千萬中無一儒則自命聖賢者比比皆是民聽可惑神理難誣是以生擁皋比歿沈阿鼻以其貽害人心為聖賢所惡故也書生駭愕問此地府事公何由知一彈指間已無所睹矣

甲乙有夙怨乙日夜謀傾甲甲知之乃陰使其黨某以他途入乙家凡為乙謀皆算無遺策凡乙有所為皆以甲財密助其費費省而功倍越一兩歲大見信素所倚任者皆退聽乃乘間說乙曰甲昔陰調我婦諱弗敢言然銜之實刺骨以力弗敵弗敢嬰聞君亦有憾於甲故效犬馬於門下所以盡心於君故以報知遇亦為是謀也今有隙可抵合圖之乙大喜過望出多金使謀甲某乃以乙金為甲行賂無所不曲到穽既成偽造甲惡迹及證左姓名以報乙使具牒比庭鞫則事皆子虛烏有證左亦莫不倒戈遂一敗塗地坐誣論戍憤恚甚以膈某久平生陰事皆在其手不敢再舉竟氣結死死時誓訴於地下然越數十年卒無報論者謂難端發自乙甲勢不兩立乃鋌而走險不過自救之兵其罪不在甲某本為甲反間各忠其所事於乙不為負心亦不能甚加以罪故鬼神弗理也此事在康熙末年越絕書載子貢謂越王曰夫有謀人之心而使人知之者危也豈不信哉

里人范鴻禧與一狐友暱狐善飲范亦善飲約為兄弟恒相對醉眠忽久不至一日遇於林田中問何忽見棄狐掉頭曰親兄弟尚相殘何有於義兄弟耶不顧而去蓋范方與弟訟也

楊鐵崖白頭吟曰買妾千黃金許身不許心使君自有婦夜夜白頭吟與此狐所見正同

獻縣捕役樊長與其侶捕一劇盜盜跳免縶其婦於官店（捕役拘盜之所謂之官店實是私居也）其侶擁之調謔婦畏箠楚噤不敢動惟俯首飲泣已緩結矣長突見之怒曰誰無婦女誰能保婦女不遭患難落人手汝敢如是吾此刻即鳴官其侶懾而止時雍正四年七月十七日戌刻也長女嫁為農家婦是夜為盜所劫已褫衣反縛垂欲受污亦為一盜呵而止實在子刻中間僅僅隔一亥刻耳次日長聞報仰面視天舌撟不能下也

裘文達公賜第在宣武門內石虎衚衕文達之前為右翼宗學宗學之前為吳額駙府吳額駙之前為前明大學士周延儒第越年既久又窪下閣深故不免時有變怪然不為人害也廳事西小屋兩楹曰好春軒為文達燕見賓客地北壁一門又橫通小屋兩楹僮僕夜宿其中睡後多為魅出不知是鬼是狐故無敢下榻其中琴師錢生獨不畏亦竟無他異錢面

有癥風狀極老醜蔣春農戲曰是尊容更勝於鬼鬼怖而逃耳一日鍵戶外出歸而几上得一雨纓帽製作絕佳新如未試互相傳視莫不駭笑由此知是狐非鬼然無敢取者錢生曰老病龍鍾多逢厭賤自司空以外（文達公時為工部尚書）憐念者曾不數人我冠誠敝此狐哀我貧也欣然取著狐亦不復攜去其果贈錢生耶贈錢生者又何意耶斯真不可解矣

嘗與杜少司寇凝臺同宿南石槽聞兩家輿夫相語曰昨日怪事我表兄朱某在海淀為人守墓因入城未返其妻獨宿聞園中樹下有鬭聲破窗紙竊窺見二人擐臂奮擊一老翁舉杖隔之不能止俄相搏仆地並現形為狐跳踉擺撥老翁亦仆老翁蹶起一手按一狐呼曰逆子不孝朱五嫂可助我朱伏不敢出老翁頓足曰當訴諸土神恨恨而散次夜聞滿園鈴鐸聲似有所搜捕覺几上瓦瓶似微動怪而視之瓶中小語曰乞勿言當報恩朱怒曰父母恩且不肯報何有於我舉瓶擲門外碑趺上訇然而碎即聞噭噭有聲意其就執矣一輿夫曰鬭觸父母是何大事乃至為土神捕捉殊可怖也凝臺頗余笑曰非輿夫不能作此言

里有張媼自云嘗為走無常今告免矣昔到陰府嘗問冥吏事佛有益否吏曰佛只是勸人為善為善自受福非佛降福也若供養求佛降福則廉吏尚不受賂曾佛受賂乎又問懺悔有益否吏曰懺悔須勇猛精進力補前愆今人懺悔祇是首求免罪又安有益耶此語非巫者所肯言似有所受之耳

閱微草堂筆記卷十一　槐西雜志一

余再掌烏臺每有法司會讞事故寓直西苑之日多借得袁氏婿數楹榜曰槐西老屋公餘退食輒憩息其間距城數十里自僚屬白事外賓客殊稀晝長多暇晏坐而已舊有灤陽消夏錄如是我聞二書為書肆所刊刻緣是友朋聚集多以異聞相告因置一冊於是地遇輪值則憶而雜書之非輪直之日則已其不能盡憶則亦已歲月駸尋不覺又得四卷孫樹馨錄為一帙題曰槐西雜志其體例則猶之前二書耳自今以往或意懶而輟筆歟則以為撣塵之三錄可也或老不能閒又有所綴緝歟則以為夷堅之丙志亦可也壬子六月觀奕道人識

隋書載蘭陵公主死殉後夫登於列女傳之首頗乖史法（細君考據隋文帝蘭陵公主遇害告然蓋據墓婦之意當以史文為正）

滄州醫者張作霖言其鄉有少婦夫死未逾歲輒嫁越兩歲後夫又死乃誓不再適竟守志終身嘗問一鄰婦病鄰婦忽瞑目作其前夫語曰爾甘為某守不為我守何也少婦毅然對曰爾不自反乃敢咎人耶鬼竟語塞而退此與蘭陵公主事相類蓋亦豫讓衆人遇我衆人報之國士遇我國士報之之意也然五倫之中惟朋友以義合不計較報施厚道也即計

較報施猶直道也兄弟夫屬已不可言報施況君臣父子夫婦義屬三綱哉漁洋山人作豫讓橋詩曰國士橋邊水千年恨不窮如聞柱厲叔死報莒敖公自謂可以敦薄俗斯言允矣然柱厲叔以不見知而放逐乃挺身死難以愧人君不知其臣者（事見劉向說苑）是猶怨懟之意特與較是非非為君扞社稷也其事可風其言則未協乎義或記載者之失乎

江寧王金英字菊莊余壬午分校所取士也喜為詩才力稍弱然秀削不俗頗近宋末四靈嘗畫藝菊小照余細仿其體格題之有以菊為名字隨花入畫圖句菊莊大喜則所尚可知矣撰有詩句數卷尚未成書霜凋夏綠其稿不知流落何所猶記其中一條云江寧一廢宅壁上微有字跡拂塵諦視乃絕句五首其一曰新綠漸長殘紅稀美人清淚沾羅衣蝴蝶不管春歸否祇趁菜花黃處飛其二曰六朝燕子年年來朱雀橋邊花不開未須惆悵問王謝劉郎一去何曾回其三曰荒地廢館芳草多踏青年少時行歌鼕鼕鼓動人去後回風裊裊吹女蘿其四曰土花漠漠圍頹垣中有桃葉桃根魂夜深踏遍堦下月可憐羅襪終無痕其五曰清明處處哭黃鸝春風不上古柳枝惟應夾溪雙石獸記汝曾挂黃金絲字跡英偉不著姓名不知為人語鬼語余謂此福王破滅以後前明故老之詞也

董秋原言昔為鉅野學官時有門役典守節孝祠即攜家居祠側一日秋祀門役夜起洒掃其妻猶寢夢中見婦女數十輩聯袂入祠心知神降亦不恐怖忽見所識二貧媼亦在其中再三審視真不謬怪問其未邀旌表何亦同來一媼答曰人世旌表豈能遍及窮鄉蔀屋湮沒不彰者在在有之鬼神憫其茶苦雖祠不設位亦招之來歆或藏瑕匿垢冒濫馨香雖位設祠中反不容入故我二人得至此也此事頗創聞然揆以情理似當如是又獻縣禮房吏魏某臨終喃喃自語曰吾處閒曹自謂未嘗作惡業不虞貧婦請旌索其常例冥譴如是其重也二事足相發明信忠孝節義感天地動鬼神矣

族叔行止言有農家婦與小姑並端麗月夜納涼共睡櫚下突見赤髮青面鬼自牛欄後出旋舞跳擲若將搏噬時男子皆出外守場圃姑嫂悸不敢語鬼一一攫搦強污之方躍上墻忽嗷然失聲倒投於地見其久不動乃敢呼人鄰里趨視則墻隅一鬼乃里中惡少某已昏仆不知人事墻外一鬼屹然立則社公祠中土偶也父老謂社公有靈議至曉報賽一少年啞然曰某甲恒絕早趁墟吾戲抱神祠鬼卒置路側使駭走以博一笑不虞遇此偽鬼誤為真鬼驚踣也社公何靈哉中一叟曰某甲日日趁墟爾何他日不戲之而此日戲之也戲之術亦多矣爾何忽抱此土偶去土偶何地不可置爾何獨置此家墻外也此其間神實憑之爾自不知耳乃共醵金以祀其惡少為父母舁去困臥數日竟不復蘇山西太谷縣西南十五里白城村有糊塗神祠土人奉之甚嚴云稍不敬輒致風雹然不知神何代人亦不知何以得此號後檢通志乃知為狐突祠元中統三年敕建本名利應狐突神廟狐糊同音北人讀入聲皆似平聲故突轉為塗也是又一杜十姨矣

石中物象往往有之姜綺書韻石軒筆記言見一石子太極圖相似猶紋理旋螺偶分黑白也顏介子嘗見一英德硯山上有白脈作山高月小四字炳然分明其脈直透石背尚依稀似字之反面但模糊散漫不具畫點波磔耳諦視非畫非雕亦非漬染真天成也不更異哉夫山與地俱有石與山俱有豈開闢以來即預知有程邈隸書歟即預知有東坡赤壁賦歟即曰山孕此石在宋以後又誰使仿此字誰使題此語歟然則天工之巧無所不有精華蟠結自成文章非常理所可測矣世傳河圖洛書出於北宋唐以前所未見也河圖作黑白圈五十五洛書作黑白圈四十五考孔安國論語註稱河圖即八卦（孔安國論語註今已不傳此條乃何晏論語集解所引）是孔氏之門本無此五十五點之圖矣陳摶何自而得之至洛書既謂之書當有文字乃亦四十五圈與河圖相同是宜稱洛圖不得稱書繫詞又何以別之曰書乎劉向劉歆班固並稱洛書有孔文穎達尚書正義併詳載其字數（洪範初一曰五行一章疏曰五行志全載此一章云此六十五字皆洛書本文計天言簡要必無次第之數初一曰等二十七字是禹加之也其敬用農用等一十八字大劉及顧氏以為龜背先有總三十八字小劉以為敬用等皆禹所第敘其龜文惟有二十字云云雖所說字數不同而足見由漢至唐洛書無黑白點之圖也）觀此硯山知石紋成字鑿然不誣未可執虛辨脫出之說（明堂九宮龜文始見北齊盧辯大戴禮註朱子以為鄭康成說偶誤記也）遂以太乙九宮真為神禹所受也（今術家所用洛書乃太乙行九宮法出於易緯乾鑿度所漢書藝文志所謂太乙家當時原不稱為洛書也）

表兄劉香畹言昔官閩中聞有少婦素幽靜殯葬山麓每月明之夕輒遙見其魂反接縛樹上漸近則無睹莫喻其故也余曰此有所示也人莫喻其受譴之故而必使人見其受譴示人所不知鬼神知之也

陳太常楓厓言一童子年十四五每睡輒作呻吟聲疑其病也問之云無有既而將作囈語呼之不醒其語頗了了諦聽皆媟狎之詞其呻吟亦受淫聲也然問之終不言知為魅禱於社公夜夢社公曰魅誠有之非吾力所能制也乃牒於城隍越一宿城隍祠中泥塑控馬卒無故首自墮始悟社公所謂力不能制也然一騶耳未必城隍之所愛即城隍之所愛神正直而聰明亦必不以所愛之故曲法庇一騶騶一陳而伏冥誅城隍之心事昭然矣彼社公者乃揣摩頗長隱忍而不敢言其視城隍何如城隍之視此社公又何如也

趙太守書三言有夜遇狐女者近前挑之忽不見俄飛瓦擊落其帽次日睡起見窗紙細書一詩曰深院落枝花究應蝴蝶採喞喞草下蟲爾有蓬蒿住語殊輕薄然風致楚楚宜其不受紈袴兒

田白崖言嘗與諸友扶乩其仙自稱真山民宋末隱君子也（真山民有詩集今附四庫全書中）倡和方洽外報某客某客來乩忽不動他日復降衆叩昨遽去故乩判曰此二君者其一世故太深酬酢太熟相見必有諛詞數百句雲水散人拙於應對不如避之為佳其一心思太密禮數太明其與人語恒字字推敲責備無已閒雲野鶴豈能奈此苛求故遁逃猶恐不速耳後先姚安公聞之曰此仙究狷介之士器量未宏

從兄懋園言乾隆丙辰鄉試坐秋字號中號一人入號號軍問姓名籍貫拱手致賀曰昨夢女子持杏花一枝插號舍上告我曰明日某縣某人至為言杏花在此也君姓名籍貫適符豈非佳兆哉其人愕然失色竟解考具稱疾而出鄉人有知其事者曰此生有小婢名杏花逼亂之而終棄之竟流落不知所終意其賚恨以殁矣

從孫樹森言晉人有以貲產託其弟而行商於外者客中納婦生一子越十餘年婦病卒乃攜子歸弟恐其索還貲產也誣其子抱養異姓不得承父業糾紛不決竟鳴於官官故憒憒不牒其商所問真贋而依古法滴血試幸血相合乃笞逐其弟弟殊不信滴血事自有一子刺血驗之果不合遂執以上訴謂縣令所斷不足據鄉人惡其貪媢無人理僉曰其婦宿與某私昵子非其子血宜不合衆口分明具有徵驗卒證實姦狀拘婦所歡鞫之亦俯首引伏弟愧不自容不别而出婦逐子竄身逃去貲產反盡歸其兄聞者快之按陳業滴血見汝南先賢傳則自漢已有此說然余聞諸老吏曰骨肉滴血必相合論其常也或冬月以器置冰雪上凍使極冷或夏月以鹽醋拭器使有酸鹹之味則所滴之血入器即凝雖至親亦不合故滴血不足成信讞然此令不刺血則商之弟不上訴商之弟不上訴則其婦之野合生子亦無從而敗此殆若或使之未可全咎此令之泥古矣

都察院蟒余載於灤陽消夏錄中嘗兩見其蟠迹非烏有子虛也吏役畏之無敢至庫深處者壬子二月奉旨修院署余啟庫檢視乃一無所睹知帝命所臨百靈懾伏矣院長舒穆嚕公國言内閣學士札公祖墓亦有巨蟒恒見其出入瞻蟒墓前兩楸樹相距數丈首尾各挂於一樹其身如綵虹橫亘也後墓夫下壙適當其地祭而祝之果率其族類千百蜿蜒去葬畢乃歸去時其行如風然漸行漸縮乃至僅數尺蓋能大能小已具神龍之技矣乃悟都察院蟒其圍如柱而能出入窗櫺中隙纔寸許亦猶是也是月與汪[illegible]同在山西馬觀察家遇内務府一官言西十庫貯硃黃處亦有二蟒皆首矗一角鱗甲作金色將啟鑰必先鳴鉦其最異者每一啟鑰必見硃黃堆户内矗矗如假山足供取用取盡復然意其不欲人入庫人亦莫敢入也或曰即守庫之神理或然歟山海經載山之神蛇身鳥首種種異狀

不必定作人形也

先兄晴湖言有王震升者暮年喪愛子痛不欲生一夜偶過其墓徘徊悽戀不能去忽見其子獨坐隴頭急趨就之鬼亦不避然欲握其手輒引退與之語神意索漠似不欲聞怪問其故鬼哂曰父子宿緣也緣盡則循為路人我為我矣何必更相問訊哉掉頭竟去震升自此痛念頓消客或曰使西河能知此義當不喪明先兄曰此孝子至情作此變幻以絶其父之悲思如郗超密札之意耳非正理也使人存此見父子兄弟夫婦均視如萍水之相逢不日趨於薄哉

某公納一妾姿采秀麗言笑亦婉媚善得人意然獨立則凝然若有思習見亦不訝也一日稱有疾鍵户晝卧某公穴窗紙窺之則塗脂傅粉釵釧衫裙一一整飭然後陳設酒果若有所祀者排闥入問姬愕然斂衽跪曰妾故某翰林之寵婢也翰林將殁度夫人必不相容慮或鬻入青樓乃先遣出臨别切切私囑曰汝嫁我不恨嫁而得所我更慰惟逢我忌日汝必於密室靚妝私祭我我魂若來以香煙繞汝為驗也某公曰徐鉉不負李後主宋主勿罪也吾何妨聽汝姬再拜炷香淚落入俎烟果裊裊然三繞其頰漸蜿蜒繞至足温庭筠達摩支曲曰擣麝成塵香不滅拗蓮作寸絲難絶此之謂歟雖琵琶别抱已負舊恩然身去而心留不猶愈於同床各夢哉

交河一節婦建坊親串畢集有表姊妹自幼相謔者戲問曰汝今白首完貞矣不知此四十餘年中花朝月夕曾一動心否乎節婦曰人非草木豈得無情但覺禮不可踰義不可負能自制不行耳一日清明祭掃畢忽似昏眩喃喃作囈語扶掖歸至夜乃蘇顧其子曰頃恍惚見汝父言不久相迎且勞慰甚至言人世所為鬼神無不知也幸我平身無瑕玷否則黄泉會晤以何面目相對哉越半載果卒此王孝廉梅序所言梅序論之曰佛戒意惡是剗除根本工夫非上流人不能也常人膠膠擾擾何念不生但有所畏而不敢為抑亦賢矣此婦子孫頗諱此語余亦不敢舉其氏族然其言光明磊落如白日青天所謂皦然不自欺也又何必諱之

姚安公監督南新倉時一廒後壁無故圮掘之得死鼠近一石其巨者形幾如貓蓋其穴壁下滋生日衆其穴亦日廓廓至壁下全空力不任而覆壓也公同事福公海曰方其壞人之屋以廣己之宅殆忘其宅之託於屋也耶余謂李林甫楊國忠輩尚不明此理於鼠乎何尤

先曾祖潤生公嘗於襄陽見一僧本惠登相之幕客也述流寇事頗悉相與嘆劫數難移僧曰以我言之劫數人所為非天所為也明之末年殺戮淫掠之慘黄巢流血三千里不足道

矣由其中葉以後官吏率貪虐紳士率暴橫民俗亦率姦盜詐偽無所不至是以下伏怨毒上干神怒積百年怨憤之氣而發之一朝以我所見聞其受禍最酷者皆其稔惡最甚者也是可曰天數耶昔在賊中見其縛一世家子跪於帳前而擁其妻妾飲酒問敢怨乎曰不敢問願受役乎曰願則釋縛使行酒於側觀者或嘆息不忍一老翁陷賊者曰吾今乃始知因果自其祖嘗調僕婦僕有違言箠而縛之槐使旁觀與婦臥也即是一端可類推矣座有豪者曰巨魚吞細魚鷙鳥搏羣鳥神弗怒也何獨於人而怒之僧掉頭曰彼魚鳥耳人魚鳥也耶豪者拂衣起明日邀客遊所寓寺欲挫辱之已打包去壁上大書二十字曰爾亦不必言我亦不必說樓下寂無人樓上有明月疑刺豪者之陰事也俄豪者卒覆其宗

有郎官覆舟於衛河一姬溺焉求得其尸兩掌各握粟一咸以為怪河干一叟曰是不足怪也凡沈於水者上視闇而下視明驚惶瞀亂必反從明處求出手皆掊故檢驗溺人以十指甲有泥無泥別生投死棄也此先有運粟之舟沈於水底粟尚未腐掊之故盈手耳此論可謂入微惟上闇下明之故則不能言其所以然按張衡靈憲曰日譬猶火月譬猶水火則外光水則含景又劉邵人物志曰火日外照不能內見金水內映不能外光然則上闇下明固水之本性矣

程念倫名思孝乾隆癸酉甲戌間來遊京師弈稱國手如皋冒祥珠曰是與我皆第二手時無第一手遽自稱耳一日門人吳惠叔等扶乩問仙善弈否判曰能問肯與凡人對弈否判曰可時念倫寓余家因使其弈（凡弈譜以子記數與乩仙弈則以象戲法行之如縱第九路橫第三路下子則判曰九三餘皆仿此）初下數子念倫茫然不解以為仙機莫測也深恐敗名凝思冥索至背汗手顫始敢下一子意猶惴惴稍久似覺無他異乃放手攻擊乩仙竟全局覆沒滿室譁然乩忽大書曰吾本幽魂暫來遊戲託名張三豐耳因初解弈故爾率答不虞此君之見困吾今逝矣惠叔慨然曰長安道上鬼亦誑人余戲曰一敗即吐實猶是長安道鈍鬼也

景州申謙居先生諱詡姚安公癸巳同年也天性和易生平未嘗有忤色而孤高特立一介不取有古狷者風衣必縕袍食必粗糲偶門人餽祭肉持至市中易豆腐曰非好苟異實食之不慣也嘗從河間歲試歸使童子控一驢童子行倦則使騎而自控之薄暮遇雨投宿破神祠中祠止一楹中無他物而地下蕪穢乃摘板扉一扇橫臥戶前夜半睡醒聞祠中小聲曰欲出避公公當戶不得出先生曰爾自在戶內我自在戶外也不相害何必避久之又小聲曰男女有別公宜放我出先生曰戶內戶外即是別出反無別轉身酣睡至曉有村民見之駭曰此中有狐嘗出媚少年人入祠輒被瓦礫擊公何晏然也後與姚安公語及拊髯笑曰乃有狐欲媚申謙居亦大異事姚安公戲曰狐雖媚盡天下人亦斷不到君當是詭狀奇形狐所未睹不知是何怪物故驚怖欲逃耳可想見先生之為人矣

董曲江前輩言乾隆丁卯鄉試寓濟南一僧寺夢至一處見老樹下破屋一間欹斜欲圮一女子靚粧坐戶內紅愁綠慘擁抑可憐疑誤入人內室止不敢進女子忽向之遙拜淚涔涔沾衣袂然終無一言心悸而寤越數夕夢復然女子顏色益戚叩額至百餘欲逼問之倏又醒疑不能明以告同寓亦莫解一日散步寺園見廡下有故柩已將朽忽仰視其樹則宛然夢中所見也詢之寺僧云是某官愛妾寄柩於是約來迎取至今數十年絕無音問又不敢移瘞旁皇無計者久矣曲江豁然心悟故與歷城令相善乃醵金市地半畝告於官而遷瘞焉用知亡人以入土為安停擱非幽靈所願也

朱青雷言高西園嘗夢一客來謁名刺為司馬相如驚怪而寤莫悟何祥越數日無意得司馬相如一玉印古澤斑駁篆法精妙真昆吾刀刻也恒佩之不去身非至親昵者不能一見官鹽場時德州盧丈雅雨為兩淮運司聞有是印燕見時偶索觀之西園離席半跪正色啟曰鳳翰一生結客所有皆可與朋友共其不可共者惟二物此印及山妻也盧丈笑遣之曰誰奪爾物者何癡乃爾耶西園畫品絕高晚得末疾右臂偏枯乃以左臂揮毫雖生硬倔強

乃彌有別趣詩格亦脫灑雖託跡微官蹉跎以歿在近時士大夫間尚能追前輩風流也

楊鐵厓詞章奇麗雖被文妖之目不損其名惟鞋盃一事猥褻淫穢可謂不韻之極而見諸賦詠傳為佳話後來狂誕少年競相依仿以為名士風流殊不可解聞一巨室中元家祭方舉酒置案上忽一杯聲如爆竹劃然中裂莫解何故久而知數日前其子邀妓以此杯效鐵厓故事也

太常寺仙蝶國子監瑞柏仰邀　聖藻人盡知之翰林院金槐數人合抱癭磊砢如假山人亦或知之禮部壽草則人不知也蓋此艸春開紅花綴如火齊秋結實如珠羣芳譜皆未之載不知其名或曰即田塍公道老（此草種兩家田塍上用識界限犂不及則一莖不害生犂稍侵之即蔓延不止反過所侵之數故得此名）余諦審之葉作鋸齒略相似花則不似其說非也在穿堂之北治事廳階前甬道之西相傳生自　國初歲久漸成藤本今則分為二歧枝格杈枒挺然老木矣曹地山先生名之曰長春艸余官禮部尚書時作木欄護之門人陳太守渼時官員外使為之圖蓋　醲化湛深和氣涵育雖一艸一木亦各遂其生若此也禮部又有連理槐在齋戒處南榮下鄒小山先生官侍郎嘗繪圖題詩今尚貯庫中然特大小二槐相並而生枝幹互相纏抱耳非真連理也

道家言祈禳佛家言懺悔儒家則言修德以勝妖二氏治其末儒者治其本也族祖雷陽公

齋數羊一羊忽人立而舞衆以為不祥將殺羊雷陽公曰羊何能舞有憑之者也石言于晉左傳之義明矣禍已成歟殺羊何益禍未成歟鬼神以是警余也修德而已豈在殺羊自是一言一動如對聖賢後以順治乙酉拔貢戊子中副榜終於通判訖無纖芥之禍矣

三從弟曉東言雍正丁未會試歸見一乞婦口生於項上飲啜如常人其人妖也耶余曰此偶感異氣耳非妖也駢拇枝指亦異於衆可曰妖乎哉余所見有豕兩身一首者有牛背生一足者又於聞家廟社會見一人右手掌大如箕指大如椎而左手則如常日以右手操筆鬻字畫使談讖緯者見之必曰此豕禍此牛禍此人痾也是將兆某患或曰是為某事之應然余所見諸異訖毫無徵驗也故余於漢儒之學最不信春秋陰陽洪範五行傳於宋儒之學最不信河圖洛書皇極經世

房師孫端人先生文章淹雅而性嗜酒醉後所作與醒時無異館閣諸公以為斗酒百篇之亞也督學雲南時月夜獨飲竹叢下恍惚見一人注視壺琖狀若朶頤心知鬼物亦不恐怖但以手按琖曰今日酒無多不能相讓其人瑟縮而隱醒而悔之曰能來犯酒定非俗鬼肯向我徵酒視我亦不薄奈何辜其相訪竟市佳醸三巨盎夜以小几陳竹叢次日視之酒如故嘆曰此公非但風雅兼亦狷介稍與相戲便涓滴不嘗幕客或曰鬼神但歆其氣豈真能飲先生慨然曰然則飲酒宜未及為鬼時勿將來徒歆其氣先生姪漁珊在福建學幕為余述之覺魏晉諸賢去人不遠也

錢塘俞君琪（偶忘其字似是佁中也）乾隆癸未在余學署偶見其野泊不寐詩曰蘆荻荒寒野水平四圍唧唧夜蟲聲長眠人亦眠難穩斜倚枯松看月明余曰杜甫詩曰巴童渾不寢夜半有行舟張繼詩曰姑蘇城外寒山寺夜半鐘聲到客船均從對面落筆以夜得聞寫出未眠非咏巴童舟寒山寺鐘也君用此法可謂善於奪胎然杜張所言是眼前景物君忽然說鬼不太鶻突乎俞君曰是夕實遙見月下一人依樹立似是文士擬就談以破岑寂相去十餘步竟冉冉沒故有此語鍾忻湖戲曰雲中雞犬劉安過月裡笙歌煬帝歸唐人謂之見鬼詩猶嫌假借如公此作乃真不愧此名

賈丈易書言聞諸海大司農曰有世家子讀書墳園園外居民數十家皆巨室之守墓者也一日於墻缺見麗女露半面方欲注視已避去越數日見於墻外采野花時時凝睇望墻內或竟登牆缺露半面身以為東家之窺宋玉也頗縈夢想而私念居此地者皆粗材不應有此艷質又所見皆荊布不應此女獨靚裝心疑為狐鬼故雖流目送盼而未通一詞一夕獨立樹下聞墻外二女私語一女曰汝意中人方步月何不就之一女曰彼方疑我為狐鬼何

必徒使驚怖一女又曰青天白日安有狐鬼痴兒不解事至此世家子聞之竊喜褰衣欲出忽猛省曰自稱非狐鬼其為狐鬼也確矣天下小人未有自稱小人者豈惟不自稱且惡不痛詆小人以自明非小人者此魅用此術也掉臂竟返次日密訪果無此二女亦不再來

吳林塘言嘗游秦隴聞有獵者在少華山見二人傑然臥樹下呼之猶能強起問何困躓於此其一曰吾等為狐媚者也初我夜行失道投宿一山家有少女絕妍麗伺隙調我我意不自持即相媟狎為其父母所窺甚見詬辱我拜跪始免捶撻既而聞其父母絮絮語若有所議者次日竟納我為婿惟約山上有主人女須更番執役五日一上直五日乃返我亦安之半載後病瘵夜嗽不能寢散步林下聞有笑語聲偶往尋視見屋數椽有人摘我婦坐石看月不勝恚忿力疾欲與角其人亦怒曰鼠輩乃敢瞰我婦亦奮起相搏幸其亦病憊相搴並仆婦安坐石上嫣笑曰爾輩勿鬨吾明告爾吾實往來於兩家皆託云上直使爾輩休息五日蓄精以供採補耳今吾事已露爾輩精亦竭無所用爾輩吾去矣奄忽不見兩人迷不能出故餓踣於此幸遇君等相拯也其一人語亦同獵者食以乾糒稍能舉步使引視其處二人共訝曰向者墻垣故土梁柱故木門故可開合窗故可啟閉皆確有形質非幻影也今何皆土窟耶院中地平如砥淨如拭今何土窟以外崎嶇不容足耶窟廣不數尺狐自容可矣何以容我二人豈我二人之形亦為之所幻化哉一人見對面崖上有破碗曰此我持以登樓失手所碎今峭壁無路當時何以上下耶四顧徘徊皆惘惘如夢二人恨狐女甚請獵者入山捕之獵者云邂逅相遇偶成佳偶世無此便宜事事大便宜必有不便宜者存魚吞鉤貪餌故也爾二人宜自恨亦何恨於狐二人乃憫默而止

林塘又言有少年為狐所媚日漸羸困狐猶時時來後復共寢已疲頓不能御女狐乃披衣欲辭去少年泣挽留狐殊不顧怒責其寡情狐亦怒曰與君本無夫妻義特為採補來耳汝膏髓已竭吾何所取而不去此如以勢交者勢敗則離以財交者財盡則散當其委曲相媚本為勢與財非有情於其人也君於某家某家昔何日附門牆今何久絕音問乃獨責我耶其音甚厲侍疾者聞之皆太息少年乃反面向壁無一言

汪旭初言見扶乩者其仙自稱張紫陽叩以悟真篇弗能答也但判曰金丹大道不敢輕傳而已會有僕婦竊物逃僕叩問尚可追捕否仙判曰爾過去生中以財誘人買其妻又誘之飲博仍取其財此人今世相遇誘汝婦逃者買妻報併竊貲者取財報也冥數先定追捕亦不得不如已也旭初曰真仙自不妄語然此論一出凡奸盜皆接諸夙因可不追捕不推波助瀾乎乩不能答有疑之者曰此扶乩人多從惡少狹邪遊安知不有人匿僕婦而教之作此語圖使人偵之薄暮果赴

一曲巷登屋脊密伺，則聚而呼盧，僕婦方艷飾行酒矣。潛呼邏卒圍所居，乃弭首就縛。律禁師巫，爲姦民竄伏其中也。藍道行當假此術以敗嚴嵩，論者不甚以爲非，惡嵩故也。然楊沈諸公喋血碎首而不能爭者，一方士從容談笑，乃制其死命，則其力亦大矣。所排者爲嵩，使因而排及清流，雖韓范富歐陽能與枝梧乎？故乩仙之術，士大夫偶然游戲，倡和詩詞，等諸觀劇則可；若藉卜吉凶，君子當怖其卒也。

從叔梅庵公曰：淮鎮人家有空屋五間，別爲院落，用以貯雜物。兒童多往遊戲，跳擲踐踏，頗爲喧擾，鍵戶禁之，則竊踰短牆入。乃大書一帖粘戶上曰：此房狐仙所居，毋得穢污。姑以怖兒童云爾。數日後，夜聞窗外語曰：感君見招，今已移入，當爲君堅守此院也。自後人有入者，輒爲磚瓦所擊，併僮奴運雜物者亦不敢往。久而不治，竟全就圮頹，狐仙乃去。此之謂妖由人興。

余有莊在滄州南，曰上河涯，今鬻之矣。舊有水明樓五楹，下瞰衛河，帆檣來往，欄楯下與外祖雪峯公家度帆樓皆遊眺佳處。先祖母太夫人夏月每居是納涼，諸孫更番隨侍焉。一日，余推窗南望，見男婦數十人登一渡船，纜已解，一人忽奮拳擊一叟落近岸淺水中，衣履皆濡，方坐起憤詈，時已鼓棹去。時衛河暴漲，洪波直瀉，洶涌有聲，一糧艘張雙帆順流來，急如

激箭，觸渡船碎如柹，數十人並沒，惟此叟存。乃轉怒爲喜，合掌誦佛號。問其何適，曰：昨聞有族弟得二十金，鬻童養媳爲人妾，以今日成券，急質田得金，如其數，賚之往贖耳。衆同聲曰：此一擊，神所使也。促換渡船送之過。時余方十歲，但聞爲趙家莊人，惜未問其名姓。此雍正癸丑事。又先太夫人言：滄人有逼嫁其弟媳，而鬻兩姪女於青樓者，里人皆不平。一日，腰金販綠豆，泛巨舟詣天津，晚泊河干，坐船舷濯足，忽西岸一鹽船纜索中斷，橫掃而過，兩舷相切，自膝以下筋骨糜碎如割截，號呼數日乃死。先外祖一僕聞之，急奔告曰：某甲得如是慘禍，真大怪事。先外祖徐曰：此事不怪，若竟不如此，反怪事。此雍正甲辰乙巳間事。

交河王洪緒言：高川劉某住宅七楹，自居中三楹，東廂二楹以妻歿無葬地，停柩其中，西廂二楹，幼子與其妹居之。一夕，聞兒啼甚急，而不聞妹語，疑其在灶室未歸，從窗隙視已息燈否。月明之下，見黑煙一道，蜿蜒從東廂戶下出，縈繞西廂窗下，久之不去。迨妹醒拊兒，黑烟乃斂，入冉冉東廂去，心知妻之魂也。自從聞兒啼，每月夜潛起窺視，皆然。以語其妹，妹爲感泣。悲哉！父母之心，死尚不忘其子乎？人子追念其父母，能如是否乎？

先師桂林呂公闇齋言：其鄉有官邑令者，蒞任之日，夢其房師某公，容色憔悴，若重有憂者。邑令驚愁，迎拜曰：旅櫬未歸，是諸弟子之過也。然念之未敢忘，今幸託蔭得一官，將拮据營

宅窆矣。蓋某卒於戍所，尚浮厝於僧院也。某公曰：甚善，然歸我之骨，不如歸我之魂。子知我骨在滇南，不知我魂羈於此也。我初爲此邑令，有試墾汙萊者，吾誤報升科，訴者紛紛，吾心知其詞直，而恐干吏議，百計回護，使不得申，遂至今爲民累。神上訴與東岳，岳神謂事由疏外，雖無自利之心，然恐以檢舉妨遷擢，則其罪與自利等，牒攝吾魂，羈留於此，待此浮糧減免，然後得歸。困苦饑寒，所不忍道。回思一時爵祿，所得幾何，而苦海茫茫，竟杳無崖岸，誠不勝泣血椎心。今幸子來官此，倘念平生知遇，請爲豁除，則我得重入轉輪，脫離鬼趣，雖前生遺蛻，委諸螻蟻，亦非所憾也。邑令檢視舊牘，果有此事，後爲究轉請豁，又恍惚夢其來別云。

交河及方言曰：說鬼者多誕，然亦有理似可信者。雍正乙卯七月，泊舟靜海之南，微月朦朧，散步岸上，見二人坐樹下對談，試往就之，亦欣然延坐。諦聽所說，乃皆幽冥事，疑其爲鬼，蹙縮欲遁。二人止之曰：君勿訝，我等非鬼，一走無常，一視鬼者也。問何以能視鬼，曰：生而如是，莫知所以然。又問何以走無常，曰：夢寐中忽被拘役，亦莫知所以然者。共語至二鼓，大抵陳報應，因問冥司以儒理斷獄耶，視鬼者曰：吾能見鬼，而不能與鬼語，不知此事。走無常曰：君無須問此，祇問己心。問心無愧，即陰律所謂善；問心有愧，即陰律所謂惡。公是公非，幽明一理，何分儒與佛乎？其說平易，竟不類巫覡語也。

里有視鬼者曰：鬼亦恒憧憧擾擾，若有所營，但不知所營何事；亦有喜怒哀樂，但不知其何由。大抵鬼與鬼競，亦如人與人競耳。然微陰不足敵盛陽，故莫不畏人。其不畏人者，一由人據所居，鬼剌促不安，故現變相驅之去；一由其人求祭享；一由桀驁強魂，戾氣未消，如人世無賴橫行，爲暴皆遇氣旺者避，遇運蹇者乃敢侵；或有冤魂厲魄，得請於神，報復以申積恨者，不在此數矣。若夫慾心所感，淫鬼應之；殺心所感，厲鬼應之；憤心所感，怨鬼應之，則皆由其人之自召，更不在此數矣。我嘗清明上塚，見游女踏青，其妖媚弄姿者，諸鬼隨之嬉笑；其幽閒貞靜者，左右無一鬼。又嘗見學宮有數鬼，教諭鮑先生出（先生名梓，南宮人，官獻縣教諭，著縣志，備史傳），則斂縮伏草間；訓導某先生出，則跳擲自如。然則鬼之敢侮與否，尤視乎其人哉。

侍姬之母沈媼言：鹽山有劉某者，患癃閉，百藥不驗。一夕與神語曰：銅頭蝦火酒服之即通。問銅頭爲何物，曰：汝輩所謂螻蛄也。試之果愈。余謂此濕熱蘊結，以濕熱攻濕熱，借其竄利下行之性耳。若州都之宮氣不能化，則求之於本原，非此物所能導也。

梁鐵幢副憲言：有夜行者，於竹林邊見一物，似人非人，蠢蠢然摸索而行，叱之不應，知爲精魅，拾瓦擊之，其物化爲黑烟，縮入林內，啾啾作聲曰：我緣宿業，墮餓鬼道中，既聾且盲，艱苦萬狀，公何忍復相逼？乃委之而去。余灤陽消夏錄中記王菊莊所言女鬼，以巧於讒構，見報

此鬼受鬻藝報以聰明過甚者乎。

先師汪文瑞公言有欲謀害異黨者苦無善計有黠者密偵知之陰裹藥以獻之曰此藥入腹即死然死時情狀實與病無異雖蒸骨檢之亦與病卒無異也其人大喜留之飲歸則以是夕卒矣蓋先以其藥餌之為滅口計矣公因太息曰獻藥者殺人以媚人而先自殺也用其藥者先殺人以滅口而口終不可滅也紛紛機械何為乎張樊川前輩時在座因言有好孌童者悅一宦家子度無可得理陰屬所愛姬託媒媼招之約會於別墅將執而脅污焉屆期闖至疾往掩捕突失足墮荷塘板橋下幾於沒頂喧呼拯出則宦家子已遁姬已髮亂釵橫矣蓋是子美秀甚姬亦悅之故也後無故閨閣放此姬婢媼乃稍洩其事陰謀者鬼神所忌殆不虛矣。

賣花者顧媼持一舊磁器求售似筆洗而略淺四周內外及底皆有泑色似哥窯而無冰紋中平如硯獨露磁骨邊線界畫甚明不出入毫髮殊非剝落不知何器以無用還之後見廣異志載嵇明見石室道士案頭朱筆及盂語乾𦠆子載何元讓所見天狐有朱盞筆硯語又逸史載葉法善有持朱鉢畫符語乃悟唐以前無朱硯點勘文籍則研朱於盂盞大筆濡染則貯朱於鉢盂盞略小而口侈以便掭筆鉢稍大而口斂以便多注濡瀋也顧媼所持蓋即朱盞向來賞鑒家未及見耳急呼之來問此盞何往曰本以三十錢買得云出自井中因公斥為無用以二十錢賣諸雜物攤上今將及一年不能復問所在矣深為悵惜世多以高價市贋物而真器或往往見擯余尚非規方竹漆斷紋者而交臂失之尚如此然則蓄寶不彰者可勝數哉余後又得一朱盞製與此同為陳望之撫軍持去乃知此物世尚多有第人不識之

先師介公野園言親串中有不畏鬼者聞有凶宅輒往宿或言西山某寺後閣多見變怪是歲值鄉試因僦住其中奇形鬼狀每夜環繞几榻間處之恬然然亦弗能害也一夕月明推窗四望見艷女立樹下咥然曰怖我不動來魅我耶爾是何怪可近前女亦咥然曰爾固不識我我爾祖姑也歿葬此山聞爾日日與鬼角爾讀書十餘年將徒博一不畏鬼之名耶抑亦思奮身科目為祖父光為門戶計耶今夜而鬪單晝而倦臥試期日近舉業全荒豈爾父爾母遣爾裹糧入山之本志哉我雖居泉下於母家不能無情故正言告爾爾試思之言訖而隱私念所言頗有理乃束裝歸歸而詳問父母乃無是祖姑大悔頓足曰吾乃為黠鬼所賣奮然欲再往其友曰鬼不敢以力爭而幻其形以善言解鬼畏爾矣爾何必追窮寇乃止此友可謂善解紛矣然鬼所言者正理也正理不能禁而權詞能禁之可以悟銷鎔剛氣之道矣。

前記閣學札公祖墓巨蟒事據總憲舒穆嚕公之言也壬子三月初十日蔣少司農戟門邀看桃花適與札公聯坐因叩其詳知舒穆嚕公之語不誣札公又曰尚有一軼事舒穆嚕公未知也守墓者之妻劉媼恆與此蟒同寢處蟒其榻上幾滿來必飲以火酒注巨椀中蟒舉首一嗅酒減分許所餘已味淡如水矣憑劉媼與人療病亦多有驗一旦有欲買此蟒者給劉媼錢八千乘其醉而舁之去去後媼忽發狂曰我待汝不薄汝乃賣我我必褫汝魄旬日不止媼之弟奔告札公自往視亦無如何遁數刻竟死夫妖物憑附女巫事所恆有怪妖物而致禍亦事所恆有惟得錢賣妖其事頗奇而有人出錢以買妖尤奇之奇耳此蟒今猶在其地在西直門外土人謂之紅果園。

育嬰堂養濟院是處有之惟滄州別有一院養瞽者而不隸於官瞽者劉君瑞曰昔有選人陳某過滄州資斧匱竭無可告貸進退無路將自投於河有瞽者倜之傾囊以助其行選人入京竟得官游至州牧念念不能忘瞽者自賫數百金將申漂母之報而偏覓瞽者不可得併其姓名無知者乃捐金建是院以收養瞽此瞽者與此選人均可謂之善人矣君瑞又言衆瞽者留室一楹旦夕炷香拜陳公余謂陳公之側瞽者亦宜設一坐君瑞囁嚅曰瞽者安可與官坐余曰如以其官而祀之則瞽者自不可坐如以其義而祀之則瞽者之義與官等何不可坐耶此事在康熙中君瑞告余在乾隆乙亥丙子間尚能舉居是院者為某某今已三十餘年不知其存與廢矣。

明季兵亂曾伯祖鎮番公年甫十一被掠至臨清遇舊客作李守敬以獨輪車送歸崎嶇戈馬之間瀕危者數終不舍去也時宋太夫人在酬以金先頓首謝然後置金於案曰故主流離心所不忍豈為求賞來耶泣拜而別自後不復再至矣守敬性戇直儕輩有作奸者輒斷斷與爭故為衆口所排去而患難之際不負其心乃如此。

事有先兆莫知其然如日將出而霞明雨將至而礎潤動乎此也余自四歲至今無一日離筆硯壬子三月初二日偶在直廬戲語諸公曰昔陶靖節自作挽歌余亦自題一聯曰浮塵宦海如鷗鳥生死書叢似蠹魚百年之後諸公書以見輓足矣劉石庵參知曰上句殊不類公若以輓陸耳山乃確當耳越三日而耳山訃音至豈非機之先見歟申蒼嶺先生言有士人讀書別業牆外有廢冢莫知為誰園丁言夜中或有吟哦聲潛聽數夕無所聞一夕忽聞之急持酒往澆冢上曰泉下苦吟定有詞客幽明雖隔氣類不殊肯現身一共談乎俄有人影冉冉出樹陰中忽掉頭竟去殷勤拜禱至再至三微聞樹外人語曰感君見賞不敢以異物自褻方擬一接清談破百年之岑寂及遙觀丰采乃衣冠華美翩翩有富貴之容

與我輩溫袍殊非同調士各有志未敢自親惟君委曲踈之士人悵悵而返自是併吟哦之聲亦不聞矣余曰此先生玩世之寓言耳此語既未親聞又旁無聞者豈此士人為鬼揶揄尚肯自述耶先生掀髯曰鉏麑槐下之詞渾良夫夢中之譟誰聞之歟子乃獨詰老夫也

邱孝廉二田言永春山中有廢寺皆焦土也相傳初有僧居之僧善咒術其徒夜或見山魅請禁制之僧曰人自人妖自妖兩無涉也人自行於晝妖自行於夜兩無害也萬物並生各適其適妖不禁人晝出而人禁妖夜出乎久而晝亦黜人僧寮無寧宇始施咒術而氣候已成黨羽已眾竟不可禁制矣憤而雲游求善劾治者偕之歸登壇檄將雷火下擊妖殲而寺亦燼矣僧拊膺曰吾之罪也夫吾咒術始足以勝之而弗肯勝也我道力不足以勝之而妄欲勝也博善化之虛名潰敗決裂乃至此養癰貽患我之謂也夫

飛車劉八從孫樹珊之御者也其御車極鞭策之威盡馳驅之力遇同行者必簪越其前而後已故得此名馬之強弱所不問馬之飢飽所不問馬之生死亦所不問也歷數主殺馬頗多一日御樹珊往羣從家以空車返中路馬軼為輪所軋仆轍中其傷頗輕竟昏瞀不知人舁歸則氣已絕矣好勝者必自及不仁者亦必自及東野稷以善御馬名一國而極馬之力終以敗駕況此役夫哉自隕其生非不幸也

先祖光祿公有莊在滄州衛河東以地恒積潦其水左右斜袤如人字故名人字汪後土語訛人字曰銀子又轉汪為窪以吹唇聲輕呼之音乃近娃彌失其真矣土瘠而民貧凋敝日甚莊南八里為狼兒口（土語以狼兒二字合聲呼之音近辣平聲）光祿公曰人對狼口宜其不蕃也乃改莊門北向直北五里曰木沽口（沽字土音在果戈之間）自改門後人字汪漸富庶而木沽口漸凋敝矣

閱微草堂筆記卷十二　槐西雜志二

安中寬言有人獨行林莽間遇二人似是文士吟哦而行一人懷中落一書冊此人拾得字甚拙遠波磔皆不甚具僅可辨識其中或符籙或藥方或人家春聯紛糅無緒亦間有經書古文詩句展閱未竟二人遽追來奪去倏忽不見疑為狐魅一紙條飛落草間俟其去遠覓得之上有字曰詩經於字皆音烏易經无字左邊無點余謂此借言粗材之好講文藝者也然能刻意於是不愈於飲博遊冶乎使讀書人能獎勵之其中必有所成就乃薄而揮之斥而笑之是未思聖人之待互鄉闕黨二童子也講學家崖岸過峻使人甘於自暴棄皆自沽己名視世道人心如膜外耳

景州寧遜公能以琉璃春碎調漆堆為擘窠書凹凸皴皺儼若石紋恒挾技遊富貴家喜索人酒食或聞燕集必往攙末席一日值吳橋社會以所作對聯扁額往售至晚得數金忽遇數十人遮之曰我輩欲君揮一月工堆字若干分贈親友冀得小津潤今先屈先生一餐明日奉迎至某所寧大喜隨入酒肆共恣飲啖至漏下初鼓主人促閉戶數十人一時不見座惟寧一人無可置辯乃傾囊償值懊悔而歸不知為幻術為鬼魅也李露園曰此君自宜食此報

某公眷一孌童性柔婉無市井態亦無恃寵驕縱意忽涕泣數日目盡腫怪詰其故慨然曰吾日日薦枕席殊不自覺昨寓中某與某童押吾穴隙竊窺醜難言狀與横陳之女迥殊因自思吾一男子而受污如是悔不可追故悒悒欲死耳某公譬解百方終怏怏不釋後竟逃去或曰已改易名姓讀書游泮矣梅禹金有青泥蓮花記若此童者亦近於青泥蓮歟又奴子張凱初為滄州隸後夜聞罪人暗泣聲心動辭去鬻身於先姚安公年四十餘無子一日其婦臨蓐凱愀然曰其女乎已而果然問何以知之曰我為隸時有某控其婦與鄰人張九私衆知其枉而事涉曖昧無以代白也會官遣我拘張九我稟曰張九初五日以逋賦拘初八日笞十五去矣今不知所往乞寬其限官檢徵比冊良是怒某曰初七日張九方押禁何由至汝婦室乎杖而遣之其實別一張九吾借以支吾得免也去歲聞此婦死昨夜夢其向我拜知其轉生為我女也後此女嫁為賈人婦凱夫婦老且病竟賴其孝養以終楊椒山有羅刹成佛記若此婦者亦近於羅刹成佛歟

馮平宇言有張四喜者家貧傭作流轉至萬全山中遇翁嫗留治圃愛其勤苦以女贅之越數歲翁嫗言往塞外省長女四喜亦挈婦他往久而漸覺其為狐恥與異類偶伺其獨立潛彎弧射之中左股狐女以手拔矢一躍直至四喜前持矢數之曰君太負心殊使人恨雖然他狐媚人苟且野合耳我則父母所命以禮結婚有夫婦之義焉三綱所繫不敢仇君若既見棄亦不敢強住聒君握四喜之手痛哭逾數刻乃蹶然逝四喜歸越數載病死無棺以斂狐女忽自外哭入拜姑舅具述始末且曰兒未嫁故敢來也其母感之詈四喜無良狐女俛不語鄰婦不平亦助之詈狐女瞋視曰父母詈兒無不可者汝奈何對人之婦詈人之夫振衣竟出莫知所往去後於四喜尸旁得白銀五兩因得成葬後四喜父母貧困往往於盎中篋內無意得錢米蓋亦狐女所致也皆謂此狐非惟形化人心亦化人矣或又謂狐雖知禮不至此殆平宇故撰此事以愧人之不如者姚安公曰平宇雖村叟而立心篤實平生無一字虛妄與之談訥訥不出口非能造作語言者也

盧觀察撝吉言在平有夫婦相繼死遺一子甫周歲兄嫂咸不顧恤餓將死忽一少婦排門入抱兒於懷詈其兄嫂曰爾弟夫婦尸骨未寒汝等何忍心至此不如以兒付我猶可覓一

生活處也孥兒竟出莫知所終鄰里咸目睹之有知其事者曰其弟在日常眠一孫女意或不忘舊情來視遺孫乎是亦張四喜之亞也

烏魯木齊多狎邪小樓深巷方響時聞自譙鼓初鳴至寺鐘欲動燈火恒熒熒也冶蕩者惟所欲為官弗禁亦弗能禁有寧夏布商何某年少美風姿資累千金亦不甚吝而不甚為北里游惟畜牝豕十餘飼極肥濯極潔日閉戶而沓淫之豕亦相摩相倚如暱其雄僕輩恆竊窺之何弗覺也忽其友乘醉戲詰乃愧而投井死迪化廳同知木金泰曰非我親鞫是獄雖司馬溫公以告我我弗信也余作是地雜詩有曰石破天驚事有無從來好色勝登徒何郎甘為風情死纔信劉郎愛媚豬即咏是事人之性癖有至於是者乃知以理斷天下事不盡其變即以情斷天下事亦不盡其變也

張一科忘其何地人攜妻就食塞外傭於西商西商昵其妻揮金如土不數載資盡歸一科反寄食其家妻厭薄之詬誶使去一科曰微是人無此日負之不祥堅不可一日妻持梃逐西商一科怒詈妻亦反詈曰彼非愛我眤我色也我亦非愛彼利其財也以財博色色已得矣我原無所負於彼以色博財財不繼矣彼亦不能責於我此而不遣留之何為一科益憤竟抽刃殺之先以百金贈西商而後自首就獄又一人忘其姓名亦攜妻出塞妻病卒困不

能歸且行乞忽有西商招至肆贈五十金怪其太厚固詰其由西商密語曰我與爾婦最相昵爾不知也爾婦垂歿私以爾託我我不忍負於死者故資爾歸里此人怒擲於地竟格鬬至公庭二事相去不一月相國溫公時鎮烏魯木齊一日宴寮佐於秀野亭座間論及前竹山令陳題橋曰一不以貧富易交一不以死生負約雖是小人皆古道可風也公頗覺曰古道誠然然一科曷可風耶後殺妻者擬抵而謝語甚輕贈金者擬杖而不云枷示公沈思良久慨然曰皆非法也然人情之薄久矣有司如是上即如是可也

嘉祥曾英華言一夕秋月澄明與數友散步場圃外忽旋風滾滾自東南來中有十餘鬼互相牽曳且毆且詈尚能辨其一二語似爭朱陸異同也門户之禍乃下徹黃泉乎

去去復去去悽惻門前路行行重行行輾轉猶含情含情一回首見我窗前柳柳北是高樓珠簾半上鉤昨為樓上女簾下調鸚鵡今為牆外人紅淚沾羅巾牆外與樓上相去無十丈云何咫尺間如隔千重山悲哉兩決絕從此終天別別鶴空徘徊誰念鳴聲哀徘徊日欲晚決意投身返手裂湘裙裾泣寄稿砧書可憐帛一尺字字血痕赤一字一酸吟舊愛牽人心君如收覆水妾罪甘鞭箠不然死君前終勝生棄捐死亦無別語願葬君家土儻化斷腸花猶得生君家右見永樂大典題曰李芳樹刺血詩不著朝代亦不詳芳樹始末不知為所自作如寳元妻詩為時人代作如馬仲卿妻詩也世無傳本余校勘四庫偶見之愛其纏綿悱惻無一毫怨怒之意殆可泣鬼神令官吏錄出一紙久而失去今于役灤陽檢點舊帙忽於小篋內得之沈湮數百年終見於世豈非真魂怨魄精貫三光有不可磨滅者乎陸耳山副憲曰此詩次韓蘄王孫女詩前彼在宋末則芳樹必宋人以理推之想當然也

曹氏安公實齋一夕就寢聞室外扣門聲問之不答視之無所見越數夕復然又數夕他室亦復然如是者十餘度亦無他故後村中獲一盜自云我曾入某家十餘次皆以人不睡而返問其日皆合始知鬼報盜警也故瑞不必為祥妖不必為災各視乎其人

明永樂二年遷江南大姓實畿輔始祖椒坡公自上元徙獻縣之景城後子孫繁衍析居崔莊在景城東三里今土人以仕宦科第皆在崔莊故皆稱崔莊紀舉其盛也而余族則自稱景城紀不忘本也椒坡公故宅在景城崔莊間兵燹久圮其址屬族叔楘庵家楘庵從余受經以乾隆丙子舉鄉試擬築室移居於是先姚安公為余題一聯曰當年始祖初遷地此日雲孫再造家竟室不果築而姚安公以甲申八月棄諸孫卜地惟是處吉因割他田易諸楘庵而葬焉前聯如公自讖也事皆前定豈不信哉

侍姬沈氏余字之曰明玕其祖長洲人流寓河間其父因家焉生二女姬其次也神思朗徹殊不類小家女常私語其姊曰我不能為田家婦高門華族又必不以我為婦庶幾其貴家媵乎其母微聞之竟如其志性慧黠平生未嘗忤一人初歸余時拜見馬夫人馬夫人曰聞汝自願為媵媵亦殊不易為斂衽對曰惟不願為媵故媵難為耳既願為媵則媵亦何難故馬夫人始終愛之如嬌女嘗語余曰女子當以四十以前死人猶悼惜青裙白髮作孫雛腐婆吾不願也亦竟如其志辛亥四月二十五日卒年僅三十初僅識字隨余檢點圖籍久遂粗知文義亦能以淺語成詩臨終以小照付其女口誦一詩請余書之曰三十年來夢一場遺容手付汝收藏他時話我生平事認取姑蘇沈五娘泊然而逝方病劇時余以侍值圓明園宿海淀槐西老屋一夕恍惚兩夢之以為結念所致耳既而知其是夕暈絕移二時乃蘇語其母曰適夢至海淀寓所有大聲如雷霆因而驚醒余憶是夕果壁上掛瓶繩斷墮地始悟其生魂果至矣故題其遺照有曰幾分相似幾分非可是香魂月下歸春夢無痕時一瞥最關情處在依稀又曰到死春蠶尚有絲離魂倩女不須疑一聲驚破梨花夢卻記銅瓶墜地時即記此事也

相去數十里以燕趙之人談滇黔之俗而謂居是土者不如吾所知之確然耶否耶晚出數十年以髫齔之子論耆舊之事而曰見其人者不如我所知之確然耶否耶左邱明身為魯

史親見聖人其於春秋確有源委至唐中葉陸淳輩始有異論宋孫復以後閧然佐鬭諸說爭鳴皆曰左氏不可信吾說可信何以異於是耶蓋漢儒之學務實宋儒則近名不出新義則不能聳聽不排舊說則不能出新義諸經訓詁皆可以口辯相爭惟春秋事迹釐然難於變亂於是謂左氏為楚人為七國時人為秦人身為魯史親見聖人之說搖既非身為魯史親見聖人則傳中事迹皆不足據而後可惟所欲言矣沿及宋李趙鵬飛作春秋經筌至不知成風為僖公生母尚可與論名分定褒貶乎元程端學推波助瀾尤為悍厲偶在五雲多處（即原心亭）檢校端學春秋解周編修書昌因言有士人得此書珍為鴻寶一日與友人遊泰山偶談經義極稱其論叔姬歸酅一事推闡至精夜夢一古妝女子儀衛尊嚴厲色詰之曰武王元女實主東嶽上帝以我艱難完節接迹共姜俾隸太姬為貴神今二千餘年矣昨爾述豎儒之說謂我歸酅為淫於紀季虛辭誣詆實所痛心我隱公七年歸紀莊公二十年歸酅相距三十四年已在五旬以外矣以斑白之嫠婦何由知季必悅我越國相從春秋之法非諸侯夫人不書亦如非卿不書也我待年之媵例不登諸策簡徒以矢心不二故仲尼有是特筆程端學何所憑據而造此曖昧之謗耶爾再妄傳當擢爾舌命從神以骨朵擊之狂叫而醒遂燬其書余戲謂書昌曰君耽宋學乃作此言書昌曰我取其所長而不敢諱所短也是真持平之論矣

楊令公祠在古北口內祀宋將楊業顧亭林昌平山水記據宋史謂業戰死長城北口當在雲中非古北口也考王曾行程錄已云古北口內有業祠蓋遼人重業之忠也為之立廟遼人親與業戰曾奉使時距業僅數十年豈均不知業歿於何地宋史則元李托克托所修（托克托舊作脫脫蓋譯音未審今從三史國語解）距業遠矣似未可據後駁前也

余校勘秘籍凡四至避暑山莊丁未以冬戊申以秋己酉以夏壬子以春四時之勝胥覽焉每泛舟至文津閣山容水意皆出天然樹色泉聲都非塵境陰晴早暮千態萬狀雖一鳥一花亦皆入畫其尤異者細草沿坡帶谷皆茸茸如綠罽高不數寸齊如裁翦無一莖參差長短者苑丁謂之規矩草出 宮牆纔數步即鬖髿滋蔓矣豈非天生嘉卉以待 宸遊哉

李又聃先生言有張子克者授徒村落岑寂寡儔偶散步場圃間遇一士甚溫雅各道姓名頗相款洽自云家住近林里巷無可共語者得君如空谷之足音也因共至塾見童子方讀孝經問張曰此書有古文今文以何為是張曰司馬貞言之詳矣近讀呂氏春秋見審微篇中引諸侯一事乃是今文七國時人所見如是何處更有古文乎其人喜曰君真是讀書人也自是屢至塾張欲報謁輒謝以貧無棲止夫婦僦住一破屋無地延客張亦遂止一夕忽問君畏鬼乎張曰人未離形之鬼鬼已離形之人耳雖未見之然覺無可畏其人愈然曰君既不畏我不欺君身即是鬼以曾為士族不能逐焰口爭錢米叨為氣類求君一飯可乎張契分既深亦無疑懼即為具食且邀使數來考論圖籍殊有端委偶論太極無極之旨其人拂然曰於傳有之天道遠人事邇六經所論皆人事即易闡陰陽亦以天道明人事也舍人事而言天道已為虛杳又推及先天之先空言聚訟安用此為謂君留心古義故就君求食君所見乃如是乎拂衣竟起倏已影滅再於相遇處候之不復睹矣

余督學閩中時院吏言雍正中學使有一姬墮樓死不聞有他故以為偶失足也久而有泄其事者曰姬本山東人年十四五嫁一窶人子數月矣夫婦甚相得形影不離會歲飢不能自活其姑賣諸販鬻婦女者與其夫相抱泣徹夜齧臂為誌而別夫念之不置沿途乞食程追及販鬻者潛隨至京師時於車中一覿面幼年怯懦懼遭訶詈不敢近相視揮淚而已既入官媒家時時候於門側偶得一睹彼此約勿死冀天上人間約一相見也後聞為學使所納因投身為其幕友僕共至閩中然內外隔絕無由通問其婦不知也一日病死婦聞婢媼道其姓名籍貫形狀年齒始知之時方坐筆棒樓上凝立良久忽對衆備言始末長號數聲奮身投下死學使諱言之故其事不傳然實無可諱也大抵女子殉夫其故有二一則搘住綱常寧死不辱此本乎禮教者也一則忍恥偷生苟延一息冀樂昌破鏡再得重圓至望絕勢窮然後一死以明志此生於情感者也此女不死於販鬻之手不死於媒氏之家至五玷花殘得故夫凶問而後死誠為太晚然其死志則久矣特私愛纏綿不能自割徒其意中固不以當死不死為負夫之恩直以可待不待為辜夫之望哀其遇悲其志惜其用情之誤則可矣必執春秋大義責不讀書之兒女豈與人為善之道哉

壬申七月小集宋蒙泉家偶談狐事聶松岩曰貴族有一事君知之乎曩以鄉試在濟南聞有紀生者忘其為壽光為膠州也嘗暮行遇女子獨行泥濘顛躓倩之扶掖念此必狐女姑試與昵亦足以知妖魅之情狀因語之曰我識爾爾勿諱我然得狐如爾亦自佳人靜後可詣書齋勿在此相調徒多迂折女子笑而去夜半果至狎媟者數夕覺漸為所惑因拒使勿來狐女怨詈不肯去生正色曰勿如是也男女之事權在於男男求女女不願尚可以強暴得女求男男不願則心如寒鐵雖強暴亦無所之況爾為盜我精氣來非以情合我不為負爾情爾閱人多矣難以節言我亦不為墮爾節始亂終棄君子所惡為人言之不為爾言之也爾何必戀戀於此徒為無益狐女竟詬詈而去乃知一受蠱惑纏綿至死符籙不能驅遣

者終由情欲牽連不能自割耳使泊然不動彼亦何所取而不去哉

法南埜又說一事曰里有少年數人聞某氏荒冢有狐能化形媚人夜携䍐罟布穴口果擒得二狐狐防其變幻急以錐刺其髀貫之以索操刃脅之曰爾果能化形為人為我輩行酒則貸爾命否則立磔爾二狐嗥叫跳擲如不解者惡少怒刺殺其一其一乃人語曰無衣履即化為人成何狀耶又以刃擬頸乃宛轉成一好女子裸無寸縷衆大喜迭肆無禮復擁使侑觴而始終掣索不釋手狐妮妮軟語祈求解索甫一脫手已瞥然逝歸未到門遥見火光則數家皆焦土殺狐者一女焚焉知狐之相報也狐不擾人人乃擾狐多行不義其及也宜哉

田白岩說一事曰某繼室少艾為狐所媚劾治無驗後有高行道士檄神將持至壇責令供狀僉聞狐語曰我豫產也偶挈婦婦潛竄至此與某昵我銜之次骨是以報某憶幼時果有此然十餘年矣道士曰結恨既深自宜即報何遲遲至今得無探知此事假借藉口耶曰彼前婦貞女也懼干天罰不敢近此婦輕佻乃得誘狎因果相償鬼神弗罪師又何責焉道士沈思良久曰某昵爾婦幾日曰三月餘爾昵此婦幾日曰三年餘道士怒曰報之過當曲又在爾不去且檄爾付雷部狐乃服罪去清遠先生曰蒙泉之父此可見邪正之念妖魅皆得知報

施之理鬼神弗能奪也

清遠先生亦說一事曰朱某一婢粗材也稍長漸慧黠眉目亦漸秀媚因納為妾頗有心計擩擩井井米鹽瑣屑家人纖毫不能欺欺則必敗又善居積凡所販鬻來歲價必貴朱以漸裕寵之專房一日忽語朱曰君知我為誰朱笑曰爾顛耶因戲舉其小名曰爾非某耶曰非也某逃去久矣今為某地某人婦生子已七八歲我本狐女君九世前為巨商我為司會計君遇我厚而我乾沒君三千金致冥謫墮狐身煉形數百年幸得成道然坐此負累終不得升仙故因此婢之逃幻其形以事君計十餘年所入足以敵所逋今尸解去矣我去之後必現狐形君可付某僕埋之彼必裂尸而取革君勿罪彼彼四世前為餓殍時我未成道嘗噉其尸聽彼碎磔庶我寃可散也俄化狐仆地有好女長數寸出頂上冉冉去其貌則別一人矣朱不忍而自埋之卒為此僕竊發剥賣其皮朱知為夙業浩歎而已

從孫樹寶言高川賀某家貧甚遇除夕無以卒歲詣親串借貸無所得僅沽酒款之賀抑鬱無聊姑澆塊壘遂大醉而歸時已昏夜遇老翁負一囊蹩躠不進約賀為肩至高川酬以值賀諾之其囊甚重賀私念方無度歲資若攫奪而逃龍鍾疲叟必不能追及遂盡力疾趨翁自後追呼不應狂奔七八里甫得至家掩門急入呼燈視之乃新斫楊木一段重三十餘斤

方知為鬼所弄殆其貪狡之性久為鬼惡故乘其窘而侮之不然則來往者多何獨戲賀是時未見可欲尚未生盜心何已中途相待歟

樹桓又言堠莊張子儀性嗜飲年五十餘以寒疾卒將斂矣忽蘇曰我病愈矣頃至冥司見貯酒巨甕三皆題張子儀封其一已啟封尚存半甕是必皆我之食料須飲盡方死耳既而果愈復縱飲二十餘年一日謂所親曰我其將死乎昨又夢至冥司見三甕酒俱盡矣越數日果無疾而卒然則補錄紀傳載李衛公食羊之說信有之乎

寶坻王孝廉錦堂言寶坻舊城圮壞水齧雨穿多成洞穴妖物遂竄宅其中後修城時毀其舊垣失所憑依遂散處空宅古寺四出祟人男女多為所媚忽來一道士教人取黑豆四十九粒持咒鍊七日以擊妖物應手死錦堂家多空屋遂為所據一僕婦亦為所媚以道人所煉豆擊之忽風聲大作似有人喧呼曰太夫人被創死矣趨時見一巨蛇豆所傷處如銃炮鉛丸所中因問道士凡媚女者必男妖此蛇何呼太夫人道士曰此雌蛇也蛇之媚人其首尾皆可以嗡精氣不必定相交媾也旋有人但聞風聲即似夢魘覺有吸其精者精即湧溢則道士之言信矣又一人突見妖物豆在紙囊中猝不及解併紙擲之妖物亦負創遁又一人為女妖所惑或受以豆耽其色美不肯擊竟以隕身夫妖物之為祟事所恆有至一時羣

聚而肆毒則非常之惡天道所不容矣此道士不先不後適以是時來或亦神所假手歟

某侍郎夫人卒蓋棺以後方陳祭祀忽一白鴿飛入幃尋視無睹俄棲閣烟焰自棺中涌出連甍累棟頃刻並焚聞其生時御下酷嚴凡買女奴成券入門後必引使長跪先告戒數百語謂之教導教導之後即褫衣反手撻百鞭謂之試刑或轉側或呼號撻彌甚撻至不言不動格格然如擊木石始謂之知畏然後驅使安州陳宗伯夫人先太夫人之姨也嘗至其家曰其僮僕婢媼行列進退雖大將練兵無如是之整齊也又余嘗至一親串家丈人行也入其內室見門戶左右懸二鞭鞾皆有血痕柄皆光澤可鑒聞其每將就寢諸婢一一縛於櫈然後覆以衾防其私遁或自戕也後死時兩股疽潰露骨一若杖痕

刑曹案牘多被毆後以傷風死者在保辜限內於律不能不擬抵呂太常含暉嘗刊秘方以荊芥黃蠟海鰾炒黃色三味各五錢艾葉三片入無灰酒一碗重湯煮一炷香熱飲之汗出立愈惟百日以內不得食雞肉後其子萊堂登庚午賢書人以為刊方之報也

酉陽雜俎載禳子咒曰伊帝彌帝彌揭羅帝誦至十萬遍則六子皆隳呼而禱試之或驗或不驗余謂此猶誦驗子治病耳大抵精神所聚氣機所感鬼神通之所謂至誠則金石為開也篤信之則誠誠則必動姑試之則不誠不誠則不動凡持煉之術莫不如是非

獨此咒為然矣

舊僕蘭桂言初至京師隨人往福清會館門以外皆叢冢也一夜月黑聞洶洶喧呶聲哭泣聲又有數人勸諭聲念此必無人是必鬼鬪自門隙竊聽移數刻乃一人遷其婦柩誤取他家柩去婦故有夫葬亦相近謂婦為此人所劫當以此人婦相抵婦不從而詬爭也會邏者鳴金過乃寂無聲不知其作何究竟又不知此誤取之婦他年合窆又作何究竟也然則謂鬼附主而不附墓其不然乎時方可村在座言游秦隴時聞一事與此相類後有合窆於妻墓者啟壙則有男子尸在焉不知地下雙魂作何相見焦氏易林曰兩夫共妻莫適為雌若為此占矣戴東原亦在座曰後漢書尚有三夫共妻事君何見不廣耶余戲曰二君勿喧山陰公主面首三十人獨忘之歟然皆不畏其夫者此鬼私藏少年不慮及後來之合窆未免縱欲忘患耳東原喟然曰縱欲忘患獨此鬼也哉

虞惇有佃戶孫某善鳥銃所擊無不中嘗見一黃鸜命取之孫啟曰取生者耶死者耶問鐵丸衝擊安能預決其生死曰取死者直中之耳取生者則驚使飛而擊其翼命取生者舉手銃發黃鸜果墮視之一翼折矣其精巧如此適一人能誦放生咒與約曰我誦咒三遍爾百擊不中也試之果然後屢試之無不驗然其詞鄙俚殆可笑噱不識何以能禁制又凡所聞禁制諸咒其鄙俚大抵皆似此而實皆有驗均不測其所以然也

蔡葛山先生曰吾校四庫書坐訛字奪俸者數矣惟一事深得校書力吾一幼孫偶吞鐵釘醫以朴硝等藥攻之不下日漸尫弱後校蘇沈良方有見小兒吞鐵物方云剝新炭皮研為末調粥三碗與小兒食其鐵自下依方試之果炭屑裹鐵釘而出乃知雜書亦有用也此書世無傳本惟永樂大典收其全部余領書局時屬王史亭排纂成帙蘇沈者蘇東坡沈存中也二公皆好講醫學宋人集其所論為此書云

葉守甫德州老醫也往來余家余幼時猶見及之憶其與先姚安公常言從平原診海豐夜行失道僕從皆迷風雨將至四無村墟望有廢寺往投暫避寺門虛掩而門扉隱隱有白粉大書字爇火視之則此寺多鬼行人勿住二語也進退無路乃推門再拜曰過客遇雨求神庇蔭雨止即行不敢久稽聞承塵板上語曰感君有禮但今日大醉不能見客奈何君可就東壁坐西壁蝎窟恐遭其螫渴勿飲簷溜恐有蛇涎殿後酸梨已熟可摘食也毛髮直立噤不敢語雨稍止即惶遽拜謝出如脫虎口焉先姚安公曰題門榜示必傷人多矣而君得無恙且得其委曲告語蓋以禮自處無不可以禮服者以誠相感無不可以情動者雖異類無間也君非惟老於醫抑亦老於涉世矣

朱導江言新泰一書生赴省鄉試去濟南尚半日程與數友乘涼早行黑暗中有二驢追逐行互相先後不以為意也稍辨色後知為二婦人既而審視乃一嫗年約五六十肥而黑一少婦年約二十具有姿色書生頻目之少婦忽回顧失聲曰是幾兄耶生錯愕不知所對少婦曰我即某氏表妹也我家法甚嚴中表不相見故兄不識妹妹嘗於簾隙窺見兄故相識也書生憶原有表妹嫁濟南因相款語問早行何適曰昨與妹壻往問舅母疾本擬即日返舅母有訟事留妹壻入京不能即歸妹早歸為治裝也流目送盼情態嫣然且露十餘歲時一見相悅意書生心搖動至路歧邀至家具一飯欣然從之約同行者晚在某所候至鐘動不來次日亦無耗往昨別處循歧路行之得其驢於野田中蹤尚未解備物色村落間絕無知此二婦者再詢訪得其表妹家則表妹歿已二年餘其為鬼所惑怪所戲抑或為盜所誘均不可知而此人遂長逝矣此亦足為少年輕薄者戒也

雜說稱孌童始黃帝（錢詹事辛楣如此說辛楣能舉其書名今忘之矣）殆出依託比頑童始見商書然出梅賾偽古文亦不足據逸周書稱美男破老殆指是乎周禮有不男之訟註謂天閹不能御女者然自古及今未有不能御女成訟者經文簡質疑其亦指此事也凡女子淫佚發乎情欲之自然孌童則本無是心皆幼而受給或勢劫利餌耳相傳某巨室喜押狡童而患其或愧拒乃多買端麗小兒未過十歲者與諸童媟戲時使執燭侍側種種淫狀久而見慣視若當然過三數年稍長可御皆順流之舟矣有所供奉僧規之曰此事世所恆有不能禁檀越不為然因其自願譬諸挾妓其過尚輕若處心積慮鑿赤子之天真則恐干神怒某不能從後卒罹禍夫術取者造物所忌況此事而以術取哉

東光有王莽河即胡蘇河也旱則涸水則漲每病涉焉外舅馬公周籙言雍正末有丐婦一手抱兒一手扶病姑涉此水行中流姑蹶而仆婦棄兒於水努力負姑出大詬曰我七十老嫗死何害張氏數世待此兒延香火爾胡棄兒以拯我斬祖宗之祀者爾也婦泣不敢語長跪而已越兩日姑竟以哭孫不食死婦嗚咽不成聲癡坐數日亦立槁不知其何許人但於其姑詈婦時知為姓張耳有著論者謂兒與姑較則姑重姑與祖宗較則祖宗重使婦或有夫或有兄弟則棄兒是既兩世窮嫠止一綫之孫子則姑所責者是婦雖死有餘愧焉姚安公曰講學家責人無已時夫急流洶涌少縱即逝豈此能深思長計者哉勢不兩全棄兒救姑此天理之正而人心之所安也使姑死而兒存終身寧不耿耿耶不又有責以愛兒棄姑者耶且兒方提抱育不育未可知使姑死而兒又不育悔更何如耶此婦所謂超出恆情已萬萬不幸而其姑自殞以死殉之其亦可哀矣猶沾沾焉而動其喙以為精義之學毋乃

白骨銜冤黃泉齎恨乎孫復作春秋尊王發微二百四十年內有貶無褒胡致堂作讀史管見三代以下無完人辨則辨矣非吾之所欲聞也

郭石洲言朱明經靜園與一狐友一日飲靜園家狐大醉睡花下醒而靜園問之曰吾聞貴族於醉後多變形故以衾覆之而自守之君而不變何也曰此視道力之淺深也道力淺者能化形幻形耳故醉則變睡則變倉皇驚怖則變道力深者能脫形猶仙家之尸解已歸人道人其本形矣何變之有靜園欲從之學道曰公不能也凡修道人易而物難人氣純物氣駁也成道物易而人難物心一而人心雜也鍊形者先鍊氣鍊氣者先鍊心所謂志氣之帥也心定則氣聚而形固心搖則氣渙而形萎廣成子之告黃帝乃道家之秘要非莊叟寓言也深岩幽谷不見不聞惟凝神導引與天地陰陽往來消息閱百年如一日人能之乎朱乃止因憶丁卯同年某御史嘗問所昵伶人曰爾輩多矣爾獨擅場何也曰吾曹以其身為女必併化其心為女而後柔情媚態見者意消如男心有一綫則必有一綫不似女子烏能爭蛾眉曼睩之寵哉若夫登場演劇為貞女則正其心雖笑謔亦不失其貞為淫女則蕩其心雖莊坐亦不掩其淫為貴女則尊重其心雖微服而貴氣存為賤女則斂抑其心雖盛妝而賤態在為賢女則柔婉其心雖怒甚無遽色為悍女則拗戾其心雖理拙無巽詞其他喜怒哀樂恩怨愛憎一一設身處地不以為戲而以為真人視之竟如真矣他人行女事而不能存女心作種種女狀而不能有種種女心此我所以獨擅場也李玉典曰此語猥褻不足道而其理至精此事雖小而可以喻大天下未有心不在是事而是事能詣極者亦未有心心在是事而是事不詣極者心心在一藝其藝必工心心在一職其職必舉小而僚之丸扁之輪大而皋夔稷契之營四海其理一而已矣此與鍊氣鍊形之說可互相發明也

閱微草堂筆記卷十三

槐西雜志三

丁卯同年郭彤綸戊辰上公車宿新中驛旅舍燈下獨坐吟哦聞窗外語曰公是文士西壁有一詩請教出視無所睹至西壁拂塵尋視有旅邸臥病詩八句詩甚悽苦而鄙俚不甚成句豈好齊壁人死尚結習未忘耶抑欲彤綸傳其姓名俾人知某甲旅卒於是冀家人歸其骨也

奴子宋遇凡三娶第一妻自合巹即不同榻後竟仳離第二妻子必孿生苦其提攜之煩乳哺之不足乃求藥使斷產誤信一王媼言吞礪石為末服之石結聚腸胃死後遇病革時口喃喃如與人辯稍蘇私語其第三妻曰吾出初妻時吾父母已受人聘約日迎娶妻尚未知吾先一夕引與狎妻以為歡然相就五更尚擁被共眠鼓吹已至妻恨恨去然媒氏早以未嘗同寢告後夫吾母兄亦皆云爾及至彼非完璧大遭疑詬竟鬱鬱卒繼妻本不肯服石吾痛捶使嚥盡殺後懼為厲又賄巫斬殃今並恍惚見之吾必不起矣已而果然又奴子王成性乖僻方與妻嬉笑忽叱使伏受鞭鞭已仍與嬉笑或方鞭時忽引起與嬉笑既而曰可補鞭矣仍叱使伏受鞭大抵一日夜中喜怒反覆者數次妻畏之如虎每時不敢不強歡怒時不敢不順受也一日泣訴先太夫人呼成問故成跪啟曰奴不自知亦不自由但忽覺其可愛忽覺其可憎耳先太夫人曰此無人理殆佛氏所謂夙冤耶慮其妻或輕生並遣之去後聞成病死其妻竟著紅衫夫夫為妻綱天之經也然尊究不及君親究不及父故妻又訓齊有敵體之義焉則其相與宜各得情理之平宋遇第二妻誤殺也罪止太悍其第一妻既已被出而受聘則恩義已絕不當更以夫婦論直誘污他人未婚妻耳因而致死其取償也宜矣王成酷暴然未致婦於死也一日居其室則一日為所天殁不制服反而從吉其悖理亂常也其受虐固無足憫焉

吳惠叔言太湖有漁戶嫁女者舟至波心風浪陡作舵師失措已欹仄欲沈眾皆相抱哭突新婦破簾出一手把舵一手牽篷索折戧飛行直抵婿家吉時猶未過也洞庭人傳以為奇或有以越禮譏者惠叔曰此本漁戶女日日船頭持篙櫓不能責以必為宋伯姬也又聞吾郡有焦氏女不記何縣人已受聘矣有謀為媵者中以蜚語婿家欲離婚父訟於官而謀者賂婿已深非惟證佐鑿鑿且有自承為所歡者女見事急竟倩鄰媼導至婿家升堂拜姑曰女非婦比貞不貞有明證也兒與其獻醜於官媒仍為所誣不如獻醜於母前遂闔戶弛服請姑驗訟立解此較操舟之新婦更越禮矣然危急存亡之時有不得不如是者講學家動

以一死責人非通論也

楊雨亭言勞山深處有人兀坐木石間身已與木石同色矣然呼吸不絕目炯炯尚能視此嬰兒鍊成而閉不能出者也不死不生亦何貴於修道反不如鬼之逍遙矣大抵仙有仙骨質本清虛仙有仙緣訣逢指授不得真傳而妄意沖舉因而致害者不一此人亦其明鑒也

或曰以刀破其頂當兵解去此亦臆度之詞談何容易乎

古者大夫祭五祀今人家惟祭社神若門神若井神若廁神若中霤神或祭或不祭矣但不識天下一灶神歟一城一鄉一竈神歟抑一家一竈神歟如天下一竈神如火神之類必在祀典今無此祀典也如一城一鄉一竈神如城隍社公之類必有專祀今未見處處有專祀也然則一家一竈神耳又不識天下人家如恒河沙數天下竈神亦當如恒河沙數此恒河沙數之竈神何人為之何人命之神不太多耶人家遷徙不常興廢亦不常竈神之閒曠者何所歸竈神之新增者何自來日日銓除移改神不又太煩耶此誠不可以理解然而遇竈神者乃時有之余小時見外祖雪峰張公家一司爨嫗好以穢物掃入竈夜夢烏衣人呵之且批其頰覺而頰腫成癰數日巨如杯膿液內潰從口吐出稍一呼吸輒入喉嚨嗆欲死立誓虔禱乃愈是又何說歟或曰人家立一祀必有一鬼憑之祀在則神在祀廢則神廢不必一一帝所命也是或然矣

孫叶飛先生夜宿山家聞了鳥（了鳥門上鐵環也李義山詩作此二字）丁東聲問為誰門外小語曰我非鬼非魅鄰女欲有所白也先生曰誰呼汝為鬼魅而先辨非鬼非魅也非欲蓋彌彰乎再聽之寂無聲矣

崔崇屽汾陽人以賣絲為業往來於上谷雲中有年矣一歲折閱十餘金其曹偶有怨言崇屽恚憤以刀自剖其腹腸出數寸氣垂絕主人及其未死急呼里胥與其妻至問有冤耶曰吾拙於貿易致虧主人資本我實自愧故不欲生與人無預也其速移我返毋以命案為人累主人感之贈數十金為棺斂費奄奄待盡而已有醫縫其腸納之腹中敷藥結痂竟以漸愈惟遺矢從刀傷處出穀道閉矣後貧甚至鬻其妻舊共賣絲者憐之各贈以絲俾撚線自給漸以小康復娶妻生子至乾隆癸巳甲午間年七十乃終其鄉人劉炳為作傳曾受之侍御錄以示余因撮其大略夫販鬻喪資常事也以十餘金而自戕崇屽可謂輕生矣然其本志則以本無毫髮私而其跡有似於乾沒心不能白以死自明其平生之自好可知也瀕死之頃對眾告明里胥使官府無可鞫切囑其妻使眷屬無可訟用心不尤忠厚歟當死不死有天道焉事似異而非異也

文安王丈紫府言滿州一宦家娶婦甫卻扇新婿失聲狂奔出追問故曰新婦青面赤髮狀如奇鬼吾怖而走婦故中人姿莫解其故強使復入所見如前父母迫之歸房竟伺隙自縊既未成禮女勢當歸時賀者尚滿堂其父引之徧拜諸客曰小女誠陋然何至驚人致死哉幽怪錄載盧生娶宏農令女事亦同於此但婿未死耳此殆夙冤不可以常理論也自講學家言之則必曰是有心疾神虛目眩耳

李主事再瀛漢三制府之孫也在禮部時為余屬氣宇朗澈余期以遠到乃新婚未幾遽夭天年聞其親迎時新婦拜神懷中鏡忽墮地裂為二已訝不祥既而鬼聲啾啾徹夜不息蓋衰氣之所感先兆之矣

選人某在虎坊橋租一宅或曰中有狐然不為患入居者祭之則安某性嗇不從亦無他異既而納一妾初至日獨坐房中聞窗外簾隙有數十人悄語品評其妍媸忸怩不敢舉首既而滅燭就寢滿室吃吃作笑聲（吃吃笑不止出飛燕外傳或作嗤嗤非也又有作咥咥者蓋據毛亨詩傳然毛傳咥咥乃笑貌非笑聲也）凡一動作輒高唱其所為如是數夕不止訴於正乙真人其法官汪某曰凡魅害人乃可劾治若止嬉笑於人無損譬互相戲謔未釀事端即非王法之所禁豈可以猥褻細事瀆及神明某不得已設酒餚拜祝是夕寂然某喟然曰今乃知應酬之禮不可廢

王符九言鳳凰店民家有兒持其母履戲遺後圃花架下為其父所拾婦大遭詬詰無以自明擬就縊忽其家狐祟大作婦女近身之物多被盜擲棄他處半月餘乃止遺履之疑遂不辨而釋若陰為此婦解結者莫諭其故或曰其姑性嚴厲有婢私孕懼將投繯婦竊後圃鑰縱之逃有是陰功故神遣狐救之歟或又曰既為神佑何不遣狐先收履不更無迹乎符九曰神正以有迹明因果也余亦以符九之言為然

胡太虛撫軍能視鬼云嘗以葺屋巡視諸僕家諸室皆有鬼出入惟一室闃然問之曰某所居也然此僕蠢蠢無寸長其婦亦常奴耳後此僕死其婦竟守節終身蓋烈婦或激於一時節婦非素有定志必不能飲冰茹蘗數十年其胸中正氣蓄積久矣宜鬼之不敢近也又聞一視鬼者曰人家恒有鬼往來凡閨房媟狎必諸鬼聚觀指點嬉笑但人不見不聞耳鬼或望而引避者非他年烈婦節婦即孝婦賢婦也與胡公所言若重規疊矩矣

宋定遠言一士人夜坐納涼忽聞屋上有譟聲駭而起視則兩女自簷際格鬬墮厲聲問曰先生是讀書人姊妹共一壻有是禮耶士人噤不敢語女又促問戰慄囁嚅曰僕是人僅知人禮鬼有鬼禮狐有狐禮非僕之所知也二女唾曰此人模棱不了事當別問能了事人耳仍糾結而去蘇味道模棱詭自全之善計也然以推諉僨事獲譴者亦往往有之蓋世故太深自謀太巧恒併其不必避者而亦避之於其必當為者而亦不為往往坐失事機留為禍

本決裂有不可收拾者此士人見誚於狐其小焉者耳

濟南朱青雷言其鄉民家一少年與鄰女相悅時相窺也久而微露盜香迹女父疑焉夜伏墻上左右顧視兩家陰伺其往來乃見女室中有一少年少年室中有一女衣飾形貌皆無異始知男女皆為狐媚也此真黎邱之伎矣青雷曰以我所見好事者當為媒合亦一佳話然聞兩家父母皆恚甚各延巫驅狐時方束裝北上不知究竟如何也

有視鬼者曰人家繼子凡異姓者雖女之子妻之姪祭時皆所生來享所後者弗來也凡同族者雖亦來而配食於側勿敢先也惟于某抱養張某子祭時乃所後來享久而知其數世前本于氏婦懷孕嫁張生是子之祖也此何義歟余曰此義易明銅山西崩洛鐘東應不以遠而阻也琥珀拾芥不引鍼磁石引鍼不拾芥不以近而合也一本者氣相屬二本者氣不屬耳觀此使人睦族之心油然而生追遠之心亦油然而生一身歧為四肢四肢各歧為五指是別為二十歧矣然二十歧之痛癢吾皆能覺一身故也昵莫近於妻妾妻妾之痛癢苟不自言吾終不覺則兩身而已矣

宋子剛言一老儒訓蒙鄉塾塾側有積柴狐所居也鄉人莫敢犯而學徒頑劣乃時穢污之一日老儒往會葬約明日返諸兒因累几為臺塗朱墨演劇老儒突返各撻之流血恨恨復

去眾以為諸兒大者十一二小者七八歲耳皆怪師太嚴次日老儒返云昨實未歸乃知狐報怨也有欲訟諸土神者有謀除積柴者有欲往詬詈者中一人曰諸兒實無禮撻不為過但太毒耳吾聞勝妖當以德以力相角終無勝理冤冤相報吾慮禍不止此也眾乃已此人可謂平心亦可謂遠慮矣

雍正乙卯佃戶張天錫家生一鵝一身而兩首或以為妖沈丈豐功曰非妖也人有孿生卵亦有雙黃者雛必枳首吾數見之矣與從姪虞惇偶話及此虞惇曰凡鵝一雄一雌者生十卵即得十雛兩雄一雌者十卵必毈一二父氣雜也一雌兩雄者十卵亦必毈一二父氣弱也雞鶩則不妨物各一性耳余因思鵝鴨皆不能自伏卵人以雞代伏之天地生物之初羽族皆先以氣化後以卵生不待言矣（凡物皆先氣化而後形交前人先有雞先有卵之爭未之思也）第不知最初卵生之時上古之民漓漓悶悶誰知以雞代伏也雞不代伏又何以傳種至今也此真百思不得其故矣

劉友韓侍御言向寓山東一友家聞其鄰女為狐媚女父迹知其穴百計捕得一小狐與約曰能舍我女則舍爾子狐諾之舍其子而狐仍至詈其負約則謝曰人之相紿者多矣而責我輩乎女父恨甚使女陽勸之飲而陰置砒焉狐中毒變形踉蹌去越一夕家中瓦礫交飛窗扉震撼群狐合譟來索命女父厲聲道始末聞似一老狐語曰悲哉彼徒見人皆相紿從而效尤不知天道好還善紿者終遇紿也主人詞直犯之不祥汝曹隨我歸矣語訖寂然此狐所見過其子遠矣

李廉夫言秦興舊宅後有樓五楹人跡罕至廉夫取其僻靜恆獨宿其中一夕甫啟戶見板閣上有黑物似人非人鬖髿長氂如蓑衣撲滅其燈長吼衝人去又在揚州宿舅氏家朦朧中見紅衣女子推門入心知鬼物強起叱之女子退卻若有所畏俄仍冉冉出門去次日問主人果有女縊此室時為祟也蓋幽房曲室多鬼魅所藏黑物殆耆物之未成者潛伏已久是夕猝不及避耳縊鬼長跪或求解脫沉淪乎廉夫壯年氣盛故均不能近而去也俚巫言凡縊死者著紅衣則其鬼出入房闥中霤神不禁蓋女子不以紅衣斂紅為陽色猶似生魂故也此語不知何本然婦女信之甚深故銜憤死者多紅衣就縊以求為祟此鬼紅衣當亦由此云

先兄晴湖言滄州呂氏姑家（余兩從姑皆適呂氏此不知為二姑家五姑家也）門外有巨樹形家言其不利衆議伐之尚未決夜夢老人語曰鄰居二三百年忍相戕乎醒而悟為樹之精曰不速伐且為妖矣議乃定此樹如不自言事尚未可也天下有先期防禍彌縫周章反以觸發禍機者蓋往往

如是矣（聞李太僕敬堂某科磨勘試卷忽有舉人來投刺敬堂拒未見然私訝曰卷其有疵乎次日檢之已勘過無簽覆加詳核竟得其疵罰此舉人如不干謁已漏網矣）

奴子王敬王連升之子也余舊有質庫在崔莊入官後折閱都盡覆其貲復設之召敬司夜焉一夕自經於樓上雖其母其弟莫測何故也客作胡興文居於樓側其妻病劇散魂忽附之語數其母弟之失曰我自以博負死奈何多索主人棺斂費使我負心此來明非我志也或問爾怨索負者乎曰不怨也使彼負我我能無索乎又問然則怨誘博者乎曰亦不怨也手本我手我不博彼能捶我手博乎我安意俟代而已初附語時人以為病者譫亂耳既而序述生平寒溫故舊語音宛然敬也皆嘆曰此鬼不昧本心必不終淪於鬼趣

李玉典言有舊家子夜行深山中迷不得路望一巖洞聊投憩息則前輩某公在焉惶恐不敢進然某公招邀甚切度無他害姑前拜謁寒溫勞苦如平生略問家事共相悲慨因問公佳城在某所何獨遊至此某公喟然曰我在世無過失然讀書第隨人作計為官第循分供職亦無所樹立不意葬數年後墓前忽見一巨碑螭額篆文是我官階姓字碑文所述則我皆不知其中略有影響者又都過實我一生朴拙意已不安加以遊人過讀時有譏評鬼物聚觀更多姍笑我不耐其聒因避居於此惟歲時祭掃到彼一視子孫耳士人曲相寬慰曰仁人孝子非此不足以榮親蔡中郎不免愧詞韓吏部亦嘗諛墓古多此例公亦何必介懷其

公正色曰是非之公人心具在人即可誑自問已慚況公論俱存誑亦何益榮親當在顯揚何必以虛詞招謗乎不謂後起者流所見皆如是也拂衣竟起士人惘惘而歸余謂此玉典寓言也其婦翁田白岩曰此事不必果有此論則不可不存

交河老儒劉君琢居於聞家廟而設帳於崔莊一日夜深飲醉忽自歸家時積雨之後道途間兩河皆暴漲亦竟忘之行至河干忽又欲浴而稍憚波浪之深忽旁有一人曰此間原有可浴處請導君往至則有盤石如漁磯因共洗濯君琢酒少解忽嘆曰此去家不十餘里水阻迂折當多行四五里其人曰此間亦有可涉處再請導君復攝衣徑度將至家其人匆匆作別去叩門入室家人駭路阻何以歸君琢自憶亦不知所以也揣摩其人似高川賀某或留不住什名其邪義則未詳趙某後遣子往謝兩家皆言無此事尋河中盤石亦無蹤跡始知遇鬼鬼多嬲醉人此鬼獨扶導醉人或君琢一生循謹有古君子風醉涉層波勢必危殆神陰相而遣之歟

奴子董柱言景河鎮某甲其兄殁寡嫂在母家以農忙與妻共詣之邀歸助饁餉至中途憩破寺中某甲使婦守寺門而入與嫂調謔嫂怒叱竟肆強暴嫂扞拒呼救去人窎遠無應者婦自入沮解亦不聽會有饁婦踣於途碎其瓶罌客作五六人皆歸就食適經過聞聲趨視具陳狀眾共憤怒縱其嫂先行以二人更番持某甲裸其婦而迭淫焉蹋行叱曰爾淫嫂有我輩證爾當死我輩淫爾婦爾嫂決不為證也任爾控官吾輩午餐去矣某甲反叩額於地祈眾秘其事此所謂假公濟私者也與前所記揚生事同一非理而亦同一快人意後鄉人皆知然無肯發其事者一則作客皆流民一日耘畢得值即散無從為誰何一則惡某甲故也皆曰饁婦之踣不先不後是豈非若或使之也哉

縊鬼溺鬼皆求代見說部者不一而自剄自酖以及焚死壓死者則古來不聞求代事是何理歟熱河羅漢峰形酷似趺坐老僧人多登眺近時有一人墜崖死俄而市人時有無故發狂奔上其顛自倒擲而隕者皆曰鬼求代也延僧禮懺無驗官守以邏卒乃止夫自戕之鬼候代為其輕生也失足而死非其自輕生為鬼所迷而自投尤非其自輕生必使輾轉相代是又何理歟余謂是或冤譴或山鬼為祟求祭享耳未可概目以求代也

余鄉產棗北以車運供京師南隨漕舶以販鬻於諸省土人多以為恒業棗未熟時最怕霧霧浥之則瘠而皺存皮與核矣每霧初起或於上風積柴草焚之烟濃而霧散或排鳥銃迎擊其散更速蓋陽氣盛則陰霾消也凡妖物皆畏火器史丈松濤言山陝間每山中黃雲暴起則有風雹害稼以巨礮迎擊有墮蝦蟆如車輪大者余督學福建時山魈或夜行屋瓦上

格格有聲遇棘門鳴礮則踉蹌奔逸頃刻寂然鬼亦畏火器余在烏魯木齊曾以銃擊厲鬼不能復聚成形語詳灤陽消夏錄蓋妖鬼亦皆陰類也

董秋原言東昌一書生夜行郊外忽見甲第甚壯宏私念此某氏墓安有是宅殆狐魅所化歟稔聞聊齋志異青鳳水仙諸事冀有所遇踯躅不行俄有車馬從西來服飾甚華一中年婦揭幃指生曰此郎即大佳可延入生視車後一幼女妙麗如神仙大喜過望既入門即有二婢出邀生既審為狐不問氏族隨之入亦不見主人出但供張甚盛飲饌豐美而已生候合巹心搖搖如懸旌至夕簫鼓喧闐一老翁搴簾揖曰新婿入贅已到門先生文士定習婚儀敢屈為儐相三黨有光生大失望然原未議婚無可復語又飫其酒食難以遽辭草草為成禮不別而歸家人以失生一晝夜方四出覓訪生憤憤道所遇聞者莫不拊掌曰非狐戲君乃君自戲也余因言有李二混者貧不自存而赴京師謀食途遇一少婦騎驢李與語微相調謔少婦不答亦不嗔次日又相遇少婦擲一帕與之鞭驢徑去回顧曰吾今日宿固安也李啟其帕乃銀簪珥數事適資斧竭持詣質庫正質庫昨夜所失大受拷掠竟自誣為盜是乃真為狐戲矣秋原曰不調少婦何緣致此仍謂之自戲可也

莆田李生裕翀言有陳至剛者其婦死遺二子一女歲餘至剛又死田數畝屋數間俱為兄嫂收去聲言以養其子女而實虐遇之俄而屋後夜夜聞鬼哭鄰人久不平心知至剛魂也登屋呼曰何不祟爾兄哭何益魂却退之數丈外嗚咽應曰至親者兄弟情不忍祟父之下兄為尊矣禮亦不敢祟吾乞哀而已兄聞之感動詈其妻曰爾使我不得為人也亦登屋呼曰非我也嫂也魂又嗚咽曰嫂者兄之妻兄不可祟嫂豈可祟也嫂愧不敢出自後善視其子女鬼亦不復哭矣使遺兄弟之愛者盡如是鬼尚有鬩牆之釁乎

衛媪從姪虞惇之乳母也其夫嗜酒恒在醉鄉一夕鍵戶自出莫知所往或言鄰圃井畔有履視之果所著窺之尸亦在眾謂牆不甚短醉人豈能踰且投井何必脫履咸大惑不解詢守圃者則是日賣菜未歸惟婦攜幼子宿言夜聞牆外有二人邀客聲繼又聞叩圃門聲又訇然一聲如人自牆躍下者則聲在牆內矣又聞延坐屋內聲則聲在井畔矣俄聞促客解履上牀聲又訇然一聲遂寂無音響此地故多鬼不以為意不虞此人之入井也其溺鬼求代者乎遂堙是井後亦無他

族叔楘庵言嘗見旋風中有一女子張袖而行迅如飛鳥轉瞬已在數里外又嘗於大槐樹下見一獸跳擲非犬非羊毛作褐色即之已隱均不知何物余曰叔平生專意研經不甚留心於子史此二物古書皆載之女子乃飛天夜叉博異傳載唐薛淙於衛州佛寺見老僧言

居延海上見天神追捕者是也褐色獸乃樹精史記秦本紀二十七年伐南山大梓豐大特注曰今武都故道有怒特祠圖大牛上生樹本有牛從木中出復見於豐水之中列異傳秦文公時梓樹化為牛以騎擊之騎不勝或墮地髻解被髮牛畏之入水故秦因是置旄頭騎庾信枯樹賦曰白鹿貞松青牛文梓柳宗元祭纛文曰豐有大特化為巨梓秦人憑神乃建旄頭即用此事也

王德圃言有縣吏夜息松林間有泣聲吏故有膽尋往視之則男女二人並坐石几上喁喁絮語似夫婦相別者疑為淫奔詰問其由男子起應曰爾勿近我鬼也此女吾愛婦不幸早逝雖葬他所而魂常依此今被配入轉輪從此一別茫茫萬古故相悲耳問生為夫婦各有配偶豈死後又顛倒移換耶曰惟節婦守貞者其夫在泉下暫留待死後同生人世再續前緣以補其一生之煢苦餘則前因後果各以罪福受生或及待或不及待不能齊矣爾宜自去吾二人一刻千金不能與爾談冥事也張口噓氣木葉亂飛吏悚然反走後再過其地知為某氏墓也德圃為凝齋先生作秋燈叢話漏載此事豈德圃偶未言及抑先生偶失記耶

先外祖母曹太恭人嘗告先太夫人曰滄洲有宦家婦不見答於夫鬱鬱將成心疾性情乖剌琴瑟愈不調會有高行尼至詣問因果尼曰吾非冥吏不能稽配偶之籍也亦非佛菩薩不能照見三生也然因緣之理則吾知之矣夫因緣無無故而合者也大抵以恩合者必相歡以怨結者必相忤又有非恩非怨亦恩亦怨者必負欠使相取相償也如是而已爾之夫婦其以怨結者乎夫所定也非人也雖然天定勝人人定亦勝天故釋迦立法許人懺悔但消爾勝心戒爾傲氣逆來順受以情感而不以理爭修爾內職事翁姑以孝處娣姒以和待媵妾以恩盡其在我而不問其在人庶幾可以挽回乎徒問往因無益也婦用其言果相睦如初先太夫人嘗以告諸婦曰此尼所說真閨閣中解冤神咒也信心行持無不有驗如或不驗尚是行持未至耳

蔡太守必昌云判冥論者疑之然朱竹君之先德（唐人稱人故父曰先德見北夢瑣言）蔡君先告以亡期蔡君之母亦自預知其亡期皆日辰不爽是又何說歟朱石君撫軍言其他事甚悉石君非妄語人也顧郎中德懋亦云判冥役自言以洩漏陰府事謫為社公無可驗也余嘗聞其論冥律已載灤陽消夏錄中其論鬼之存亡亦頗有理大意謂人之餘氣為鬼氣久則漸消其不消者有三忠孝節義正氣不消猛將勁卒剛氣不消鴻材碩學靈氣不消不遽消者亦三冤魂恨魄茹痛黃泉其怨結則氣亦聚也大富大貴取多用宏其精壯則氣亦盛也兒女纏綿埋憂賫恨其情專則氣亦凝也至於凶殘狠戾氣亦不遽消然墮泥犁者十之九又不在此數

中矣言之鑿鑿或亦有所徵耶

雍正戊申夏崔莊有大旋風自北而南勢如潮湧余家樓堞半揭去（北方村居者率有樓以防盜上為城堞）從伯燦宸公家有花二盆水一甕併捲置屋上位置如故毫不欹側而階前一風鑪銅銚炭火方熾乃安然不動莫明其故次日詢迤北諸村皆云未見過村數里即漸高入雲其風黃色嗅之有腥氣或地近東瀛不過百里海神來往水怪飛騰偶然狡獪歟

從姪虞惇甲辰閏三月官滿城教諭時與同官戴君遊抱陽山戴攜彭劉二生從山前往虞惇偕弟汝僑子樹璟及金劉二生由山後觀牛角洞仙人室諸勝方升山麓遙見一人巖上立意戴君遣來迎也相距尚里許急往赴之愈近其人漸小至則白石一片倚巖植立高尺五六寸廣四五寸耳絕不類人形而望之如人奇矣凡物遠視必小歐羅巴人所謂視差也此石遠視大而近視小抑又奇矣迨下山里許再回視之仍如初見狀眾謂此石有靈擬上山攜取歸彭生及樹璟先往竟不得汝僑又與二劉生同往道路依然物物如舊石竟不可復睹矣蓋道谷深巖神靈所宅偶然示現往往有之是山所謂仙人室者在峭壁之上人不能登土人每遙見洞口人來往其必煉精羽化之徒矣

申文登巔言劉智廟有兩生應科試夜行失道見破屋權投宿息院落半圮亦無門窗擬就其西廂坐聞樹後語曰同是士類不敢相拒西廂是幼女居乞勿入東廂是老夫訓徒地可就坐也心知非鬼即狐然疲極不能再進姑向樹拱揖相對且坐忽憶當向之問路再起致詞則不應矣暗中摸索覺有物觸手捫之乃身畔各有半瓜謝之亦不應質明將行又聞樹後語曰東去二里即大路矣一語奉贈周易互體究不可廢也不解所云叩之又不應比就試策果問互體場中皆用程朱說惟二生依其語對並列前茅焉

乾隆甲子余在河間應科試有同學以帕幂首云墮驢傷額也既而有同行者知之曰是於中途遇少婦靚妝獨立官柳下忽按轡問途少婦曰南北驛路而車馬往來皆有迷途之患爾直趁我孤立耳忽有飛瓦擊之流血被面乃少婦徑入秫田去不知是人是狐是鬼也但未見舉手而瓦忽橫擊疑其非人鬼又不應白日出疑其狐矣高梅村曰此不必深問無論是人是狐是鬼總之當擊耳又丁卯秋聞有京官子暮過橫街東為娼女誘入室其夫半夜歸脅使盡解衣履裸無寸縷負置門外叢塚間京官子無計乃號呼稱遇鬼有人告其家迎歸姚安公時官戶部聞之笑曰今乃知鬼能作賊此均足為佻薄者戒也

烏魯木齊千總柴有倫言昔征霍集占時率卒搜山出於珠土斯深谷中遇瑪哈沁射中其一負矢奔去餘七八人亦四竄奪得其馬及行帳樹上縛一回婦左臂左股已臠食見骨數

嗷作蟲鳥鳴，見有倫屢引其頸，又作叩額狀，有倫知其求速死，拔刀貫其心，瞠目長號而絶。後有倫復經其地，水暴漲不能涉，姑憩息以待減退，有旋風來往馬前，忽行忽止，若相引者。有倫悟為回婦之鬼，乘騎從之，竟得淺處以渡。

季廉夫言：泰興有貴生者，食餼於庠，而雅好符籙禁咒事，尋師訪友，煉五雷法，竟成。後病篤，恍惚見鬼來擒，舉手作訣，鬼不能近，既而家人聞屋上金鐵聲，奇鬼猙獰洶湧而入，咸悚惶避出，還聞若相格鬥者，徹夜乃止，比曉視之，已伏於牀下死，手指地成一深坎，莫知何故也。夫死生數也，數已盡矣，猶以小術與人爭，何其不知命乎。廉夫又言：鍾太守光豫官江寧時，有幕友二人，表兄弟也，一司號籍，一司批發，恒在一室同榻寢。一夕，一人先睡，一人猶秉燭，忽見案旁一紅衣女子坐，駭極呼其一，醒拭目驚視，則非女子，乃奇形鬼也，直前相搏，二人並昏仆，次日衆怪門不啟，破扉入視，其先見者已死，後見者氣息僅屬，灌治得活，乃具述夜來狀。鬼無故擾人，事或有之，至現形索命，則未有無故而來者。幕府賓佐，非官而操官之權，筆墨之間，動關生死，為善易，為惡亦易，是必冤譴相尋，乃有斯變，第不知所緣何事耳。

烏魯木齊軍吏茹大業言：古浪回民有踞佛殿飲博者，僧孤弱勿能拒也。一夜，飲方酣，一人舒拇指呼曰：一尖。有大拳如五斗栲栳，自門探入，五指齊張，厲聲呼曰：六。舉掌一拍，燭滅，几碎，十餘人並驚仆，至曉乃各漸蘇。自是不敢復至矣。佛於衆生無計較心，其護法善神之示現乎。

蘇州朱生煥舉壬午順天鄉試第二人，余分校所取也。一日，余集閱微草堂，酒闌，各說異聞。生言：曩乘舟，見一舵工額上恒粘一膏藥，縱約寸許，橫倍之。云有瘡，須避風。數日，一篙工私語客曰：是大奇事，云有瘡者偽也。彼嘗為會首賽水神，例應捧香而前，一夕，祀不潔，方跪致祝，有風颭爐灰撲其面，骨慄神悚，幾不成禮。退而拂拭，則額上現一墨畫秘戲圖，神態生動，宛肖其夫婦，洗濯不去，轉更分明，故以膏藥掩之也。衆不深信，然既有此言，出入往來，不能不注視其額，舵工覺之，曰：小兒又饒舌耶。長喟而已。然則其事殆不虛，惜未便揭視之耳。又余乳母李媼言：曩登泰山，見娼女與所歡皆往進香，遇於逆旅，伺隙偶一接唇，竟膠粘不解，擘之則痛徹心髓，衆為懺悔，乃開。或曰：廟祝賄娼女作此狀，以聳人信心也。是亦未可知矣。

獻縣刑房吏王瑾，初作吏時，受賄欲出一殺人罪，方濡筆起草，紙忽飛著承塵上，旋舞不下，自是不敢枉法取錢，恒舉以戒其儕偶，不自諱也。後一生溫飽，以老壽終。又一吏恒得賄舞文，亦一生無禍。然三女皆為娼，其次女事發當杖，伍伯夙戒其徒曰：此某師傅女（土俗呼吏曰師傅），宜從輕。女受杖訖，語鴇母曰：微我父曾為吏，我今日其殆矣。嗟乎，烏知其父不為吏，今日原不受杖哉。

交河有姊妹二妓，皆為狐所媚，羸病欲死。其家延道士劾治，狐不受捕，道士怒，趣設壇牒雷部，狐化形為書生，見道士曰：鍊師勿苦相讐也，夫採補殺人，誠干天律，然亦思此二女者何人哉？飾其冶容，盛其年少，無論其破人之家，不知凡幾，廢人之業，不知凡幾，間人之夫婦，不知凡幾，罪皆當死。即彼攝人之精，吾攝其精，彼致人之疾，吾致其疾，彼戕人之命，吾戕其命，皆所謂請君入甕，天道宜然，鍊師何必曲庇之。且鍊師之劾治，謂人命至重耳。夫人之為人，以有人心也，此輩機械萬端，寒暖百變，所謂人面獸心者也。既已獸心，即以獸論，以獸殺獸，事理之常。深山曠野，相食者不啻恒河沙，一一上瀆雷部耶？道士乃舍去，論者謂道士不能制狐，造此言也。然其言則深切著明矣。

程魚門言：朱某昵淮上一妓，金盡被斥出。一日，有西商過訪，妓僕輿奢麗，揮金如土，妓航航恐其去，盡謝他客，曲意效媚。日贈金帛珠翠，不可縷數。居兩月餘，云暫出赴揚州，遂不返，訪問亦無知者。質所贈，既饒擬去北里為良家，檢點篋笥，所贈已一物不存，朱某所贈亦不存，惟留二百餘金，恰足兩月餘酒食費。一家迷離惝恍，如夢乍回。或曰：聞朱某有狐友，其殆代為報復云。

魚門又言：遊士某在廣陵納一妾，頗嫻文墨，意甚相得，時於閨中倡和。一日夜歸，僮婢已睡，室內闃無燈火，入視闃然，惟案上一札曰：妾本狐女，僻處山林，以夙負應償，從君半載，今業緣已盡，不敢淹留。本擬暫住待君，以展永別之意，恐兩相悽戀，彌難為懷，是以茹痛竟行，不敢再面。臨風回首，百結柔腸，或以此一念，三生石上再種後緣，亦未可知耳。諸惟自愛，勿以一女子之故，至損清神，則妾雖去而心稍慰矣。某得書悲感，以示朋舊，咸相嘅嘆，以與狐嘗有此事，勿致疑也。後月餘，妾與所歡北上，舟行被盜，鳴官待捕，稽留淮上者數月，其事乃露。蓋其母重鬻於人，偽以狐女自脫也。周書昌曰：是真狐女，何偽之云？吾恐誌異諸書所載，始遇仙姬，久而舍去者，其中或不無此類也乎。

余在翰林日，侍讀索公爾遜同齋戒於待詔廳（翰苑舊有何義門書微山舊額一匾，又聯句一聯，今聯句存，匾則久亡矣）。索公言：前征霍集占時，參贊大臣徵調中途，逢大雪，車仗不能至，僅一行帳，隨姑支，以愁苦無枕，覓得三四死人首，主僕枕之。夜中並嘯嘯掀動，叱之乃止。余謂此非有鬼，亦非因叱而止也。當斷首時，生氣未盡，為嚴寒所束，鬱伏於中，得人氣溫蒸，凍解而氣得外發，故能自動，已動則氣散，故不再動矣。凡物生性未盡者，以火炙之皆動，是其理也。索公曰：從古戰場，不聞遭鬼，吾心疑之，謂吾命衰也。今日乃釋此疑。

崔莊多棗，動輒成林，俗謂之棗行（讀如杭，戶郎切）。余小時，聞有婦女數人出挑菜，過樹下，有小兒坐樹杪，摘紅熟者擲地下，衆競拾取。小兒忽呼曰：吾自喜周二姐嫣媚，摘此與食，爾輩黑鬼何得弁也眾怒詈二姐惡其輕薄亦怒詈拾塊擊之小兒躍過別枝如飛鳥穿林去忽悟村中無此小兒必妖魔也姚安公曰賴周二姐一詈一擊否則必為所媚矣凡妖魅媚人皆自招致蘇東坡范增論曰物必先腐也而後蟲生之

有選人在橫街夜飲步月而歸其寓在珠市口因從香廠取捷徑一小奴持燭籠行中路踣而滅望一家燈未息往乞火有婦應門邀入茗飲心知為青樓姑以遣興然婦羞澀低眉意色慘沮欲出又牽袂固留試調之亦宛轉相就適攜數金即以贈之婦謝不受但祈曰如念今宵愛有長隨某住某處渠久閒居妻亡子女幼不免飢寒君肯攜之赴任則九泉感德矣選人戲問卿可相隨否泫然曰妾實非人即某妻也為某不能贍子女故冒恥相求耳選人悚然而出回視乃一新塚也後感其意竟攜此人及子女去求一長隨至鬼亦膚枕長隨之多賍不知財自何來其蠹官而病民可知矣

牛犢馬駒或生麟角蛟龍之所合非真麟也婦女露寢為所合者亦有之惟外舅馬氏家一佃戶年近六旬獨行過雨雷電晦冥有龍爪按其笠以為當受天誅悸而踣覺龍碎裂其袴以為褫衣而後施刑也不意龍捩轉其背據地淫之稍轉側縮避輒怒吼磨牙其頂懼為吞噬伏不敢動移一二刻始霹靂一聲去呻吟膝上腥涎滿身幸其子持簑來迎乃負以返初尚諱匿既而創甚求醫藥始道其實耘苗之侯饁婦眾矣乃狎一男子牧豎亦眾矣乃狎一衰翁此亦不可以理解者

王方湖言紫陰劉生嘗宿其中表家偶言家有怪物出沒不恒亦不知其潛何所但闇中遇之輒觸人倒覺其身堅如鐵石劉故善獵恒以鳥銃隨曰若然當攜此自防也書齋凡三楹就其東室寢方對燈獨坐見西室一物向門立五官四體一一似人而目去眉約二寸口去鼻僅分許部位乃無一似人劉生舉銃擬之即卻避俄手掩一扉出半面外窺作欲出不出狀纔一舉銃則又藏似懼出而人襲其後者劉生亦懼怪襲其後不敢先出也如是數回忽露全面向劉生搖手吐舌急發銃一擊則鉛丸中扉上怪已衝烟去矣蓋誘人發銃使一發不中不及再發即乘機遁也兩敵相持先動者敗此之謂乎使忍而不發遲至天曉此怪既不能透壁穿窗勢必由戶出則必中銃不出則不能不現形矣然自此知其畏銃後伏銃窗櫺伺出擊之琤然仆地如簷瓦墮裂燭視之乃破甕一斤兒童就近沿無泑處戲筆畫作人面筆墨拙澀隨意塗抹其狀一如劉生所見云

有富室子病危絕而復蘇謂家人曰吾魂至冥司矣吾嘗捐金活二命又嘗強奪某女也今活命者在冥司具狀保而女之父亦訴牒喧辯尚未決吾且歸也越二日又絕而復蘇曰吾

不濟矣冥吏謂奪女大惡活命大善可相抵冥王謂活人之命而復奪其女許抵可也今所奪者此人之女而所活者彼人之命彼人活命之德報此人奪女之仇以何解之乎既善業本重未可全銷莫若冥司不刑責註來生恩自報恩怨自報怨可也語訖而絕歐羅巴書不取釋氏輪迴之說而取其天堂地獄亦謂善惡不相抵是絕惡人為善之路也大抵善惡可抵而恩怨不可抵所謂冤家債主須得本人是也尋常善惡可抵大善大惡不可抵曹操贖蔡文姬不得不謂之義舉豈足抵篡弒之罪乎（曹操雖未篡然以周文王自比其志則篡也特畏公議耳）至未來生中人未必相遇事未必相值故因緣湊合者或在於數世之後耳

宋村廠（從弟東白莊名土人省語呼廠裏）倉中舊有狐余家未析箸時姚安公從王德庵先生讀書是莊僕隸夜入倉院多被瓦擊而不見其形惟先生得納涼其中不遭擾戲然時見男女往來且木榻藤枕俱無纖塵若時拂拭者一日闇中見一人循牆走似是一翁呼問之曰吾聞狐不近正人吾其不正乎翁拱手對曰凡興妖作祟之狐則不敢近正人若讀書知禮之狐則樂近正人先生君子也故雖少婦稚女亦不相避信先生無邪心也先生何反自疑耶先生曰雖然幽明異路終不相宜相接請勿見形可乎翁磬折曰諾自是不復睹矣

沈瑞彰寓高廟讀書夏夜就文昌閣廊下睡人靜後聞閣上語曰吾曹亦無用錢處爾稍多金何也一人答曰欲以此金鑄銅佛送西山潭柘寺供養冀仰託福佑早得解形一人作啐聲曰咄咄大錯布施須己財佛豈不問汝來處受汝盜來金耶再聽之寂矣善哉野狐檀越雲集之時倘聞此語應如霹靂聲也

瑞彰又言嘗偕數友遊西山至林巒深處風日暄妍泉石清曠雜樹新綠野花半開眺賞間聞木杪誦書聲仰視無人因揖而遙呼曰在此朗吟定為仙侶叨同儒業可請下一談乎誦聲忽止俄琅琅又在隔溪有欲覓路追尋者瑞彰曰世外之人趁此良辰尚耽研典籍我輩身列黌宮乃在此攜酒植看遊女其鄙而不顧宜矣何必多此跋涉乎眾乃止

滄州有一游方尼即前為某夫人解說因緣者也不許婦女至其寺而肯至人家雖小家以粗糲為供亦欣然往不勸婦女布施惟勸之存善心作善事外祖雪峰張公家一范姓僕婦施布一疋尼合掌謝訖置几上片刻仍舉付此婦曰檀越功德佛已鑒照矣既蒙見施布即我布今已九月頃見尊姑猶單衫謹以奉贈為尊姑製一絮衣可乎僕婦踧踖無一詞惟面頳汗下姚安公曰此尼乃深得佛心惜閨閣多傳其軼事竟無人能舉其名

先太夫人乳母廖媼言四月二十八日滄州社會也婦女進香者如雲有少年於日暮時見城外一牛車向東去載二女皆妙麗不類村妝疑為大家內眷又不應無一僮媼且不應坐

露車正凝思間，一女遺紅帕於地，其中似裹數百錢。女及御者皆不顧。少年素樸誠，恐或追覓為累，亦未敢拾，歸以告母。母謀訶其癡。越半載，鄰村少年為二狐所媚，病瘵死。有知其始末者曰：正以拾帕索帕，兩相調謔媾合也。母聞之，憬然悟曰：吾乃知癡是不癡，不癡是癡。

有納其奴女為媵者，奴勿願，然無如何也。其人故隸旗籍，亦自有主。媵後生一女，年十四五，主聞其妹麗，亦納為媵。心勿願，亦無可如何也。喟然曰：不生此女，無此事也。其妻曰：不納某女，自不生此女矣。乃爽然自失。又親串中有一女，日搆其嫂，使受譴責，不聊生。及出嫁，亦為小姑所搆，日受譴責，如其嫂。歸而對嫂揮涕曰：今乃知婦難為也。天道好還，豈不信哉！又一少年喜窺婦女，窗罅簾隙，百計潛伺。一日醉而寢，或戲以膏藥糊其目，醒覺腫痛不可忍，急揭去，眉及睫毛並拔盡，且所糊即所蓄媚藥，性至酷烈，目受其薰灼，竟以漸盲。又一友好傾軋，往來搆弄，能使膠漆成冰炭。一夜，酒渴，飲冷茶，中先墮一蝎，陡螫其舌，潰為瘡，雖不致命，然舌短而拗戾，語言不復便捷矣。此亦若或使之，非偶然也。

先師陳文勤公言：有一同鄉，不欲著其名，平生亦無大過惡，惟事事欲利歸於己，害歸於人，是其本志耳。一歲北上公車，與數友投逆旅。雨暴作，屋盡漏，初覺漏時，惟北壁數尺無漬痕，此人忽稱感寒，就是榻蒙被取汗。眾知其詐病，而無詞以移之也。雨彌甚，眾坐屋內如露宿，而此人獨酣臥。俄北壁頹，圮眾未睡，皆急奔出；此人正壓其下，顱破血流，一足一臂並折傷，竟舁而歸。此足為有機心者戒矣。因憶奴子于祿，性至狡，從余往烏魯木齊。一日早發，陰雨四合，度天欲雨，乃盡置其衣裝於車箱，以余衣裝覆其上。行十餘里，天竟放晴，而車陷於淖，水從下入，反盡濡焉。其事亦與此類。信巧者造物之所忌也。

沈淑孫，吳縣人，御史芝光先生孫女也。父兄早死，鞠於祖母。祖母，楊文叔先生妹也，諱芬，字瑤季，工詩文，畫花卉尤精，故淑孫亦習詞翰，善渲染。幼許余姪汝備，未嫁而卒。病革時，先太夫人往視之，沈夫人泣呼曰：招孫（其字小名），爾祖姑來矣，可以相認也。時已沉迷，獨張目視，淚承睫，舉手攀太夫人釧，解而與之。親為貫於臂，微笑而瞑。始悟其意，欲以紀氏物斂也。初病時，自知不起，畫一卷，緘封甚固，恒置枕函邊，問之不答。至是亦悟其留與太夫人。發之，乃雨蘭一幅，上題曰：獨坐寫幽蘭，圖成只自看。憐渠空谷裏，風雨不勝寒。蓋其家庭之間有難言者，阻滯嫁期，亦是故也。太夫人悲之，欲買地以葬，姚安公謂於禮不可，乃止。後其柩附漕船歸，太夫人尚恍惚夢其泣拜云。

王西侯言：昔與客作都四，夜行淮鎮西堡，而少憩，聞一鬼遙呼曰：村中賽神，大有酒食，可共往飲啖。眾鬼曰：神庭那可近？爾勿造次。呼者曰：是家兄弟相爭，叔侄互軋，乖戾之氣充塞門庭，敗徵已具，神不享矣。爾輩速往，毋使他人先也。西侯素有膽，且立觀其所往。鬼漸近，樹上繫馬皆驚嘶，惟見黑氣濛濛，轉繞從他道去，不知其詣誰氏也。夫福以德基，非可祈也；禍以惡積，非可禳也。茍能為善，雖不祭，神亦助之；敗理亂常，而瀆祀以冀神佑，神其受賕乎？

梁豁堂言：有廖太學，悼其寵姬，幽鬱不適，姑消夏於別墅。窗俯清溪，時開對月。一夕，聞隔溪榜掠冤楚聲，望似縛一女子伏地受杖，正懷疑凝眺，女子呼曰：君乃在此，忍不相救耶？諦視，正其寵姬，駭痛欲絕，而崖陡水深，無路可過，問爾葬某山，何緣在此？姬泣曰：生前恃寵，造孽頗深，歿被謫配於此，猶人世之軍流也。社公酷毒，動輒鞭箠，非大放焰口，不能解脫也。語訖，為眾鬼牽曳去。廖愛戀既深，不違所請，乃延僧施食，冀拔沉淪。月餘後，聲又如前。趨視，則諸鬼益眾，姬裸身反接，更摧辱可憐。見廖哀號曰：前者法事未備，而牒神求釋，被駁不行。社公以祈靈無驗，毒虐更增。必七晝夜水陸道場，始能解此厄也。廖猛省：社公不痴，誰此監刑？社公如在，鬼豈敢斥言其惡？且社公有廟，何為來此？毋乃黠鬼幻形，紿求經懺耶？姬見廖凝思，又呼曰：我實是某，君毋過疑。廖曰：此灼然偽矣。因詰曰：汝身有紅痣，能舉其生於何處，則信汝矣。鬼不敢答，斯須間稍稍散去，自是遂絕。此可悟世情狡獪，雖鬼亦然；又可悟情有所牽，物必抵隙。廖自云有灶婢，殁葬此山下，必其知我眷念，教眾鬼為之。又可悟外患之來，必有內間矣。

豁堂又言：一粵東舉子赴京，過白溝河，在逆旅午餐，見有騾車載婦女，住對屋中，飯畢先行。偶步入，見壁上新題一詞曰：垂楊裊裊映回汀，作態為誰青？可憐弱絮，隨風來去，似我飄零。濛濛亂點羅衣袂，相送過長亭。丁寧囑汝，沾泥也好，莫化浮萍。（按此調名《秋波媚》，即《眼兒媚》也。）舉子曰：此妓語也。有厭倦風塵之意矣。日日逐之同行，至京，猶遣小奴記其下車處，偵問物色，竟納為小星。兩不相期，偶然湊合，以一小詞為紅葉，此真所謂前緣矣。

舅祖陳公德音家有婢，惡貓竊食，見則撻之。貓聞其欬笑，即逃避。一日，舅祖母郭太安人使守屋，閉戶暫寢，醒則盤中失數梨，旁無他人，貓犬又無食理，無以自明，竟大受捶楚。至晚，忽得於灶中，大以為怪。驗之，一一有貓爪齒痕，乃悟貓故銜去，使亦以竊食受撻也。蜂蠆有毒，信哉！婢憤恚，欲再撻貓，郭太安人曰：斷無縱汝殺貓理。貓既被殺，恐冤冤相報，不知出何變怪矣。此婢自此不撻貓，貓見此婢亦不復竄避。

桐城耿守愚言：一士子遊嵩山，倚古碑不覺日晚。時方盛夏，因藉草眠松下。半夜露寒，侵衣襟，噤而醒，偃臥看月，遙見數人從小徑來，敷席山岡，酌酒環坐，知其非人，懼不敢起，姑側聽所言。一人曰：二公謫限將滿，當入轉輪，不久重睹白日矣。受生何所，已得消息否？上坐三

人曰尚不知也既而皆起曰社公來矣俄一老人扶杖至對二人拱手曰頃得冥牒來告吾
音二公前世良朋來生嘉耦指右一人曰公官人指左一人曰公夫人也右者顧笑左者默
不語社公曰公何悒悒閻羅王寧誤註哉此公性剛直剛則忤物直則不委曲體人情平生
多所樹立亦多所損傷故沉淪幾二百年乃得解脫然究君子之過故仍得為達官公本長
者不肯與人為禍福然事事養癰不治亦貽患無窮故墮鬼趣二百年謫墮女身以平生深
而不嶮柔而不佞故不失富貴又以此公多忤而公始終與相得故生是因緣神理分明公
何悒悒哉眾譁笑曰渠非悒悒直初作新婦未免嬌羞耳有酒有餚請社公相禮先為合巹
可乎酬酢喧雜不復可辨晨雞俄唱各匆匆散去不知為前代何許人也

李應弦言甲與乙鄰居世好幼同嬉戲長同硯席相契如兄弟兩家男子時往來雖隔帏猶
一宅也或為甲婦造謗謂私其表弟甲偵無迹然疑不釋密以情告乙祈代偵之乙故謹密
畏事謝不能甲私念未偵而謝不能是知其事而不肯偵也遂不再問亦不明言然由是不
答其婦婦無以自明竟鬱鬱死死而附魂於乙曰莫親於夫婦夫婦之事乃密祈汝偵此其
信汝何如也使汝力白我冤甲疑必釋或陽許偵而徐告以無據甲疑亦必釋汝乃慮脫偵
得實不告則負甲告則汝將任怨也遂置身事外恝然自全致我含恨於泉壤是殺人而不
操兵也今日訴汝於冥王汝其往質竟顛癇數日死甲亦曰所以需朋友為其緩急相資也
此事可欺我豈能欺人人疎者或可欺豈能欺汝我以心腹託汝無則當言無直詞責我紛
以浮言間夫婦有則宜密告我使善為計勿以穢聲累子孫乃視若路人以推諉啟疑竇何
貴有此朋友哉遂亦與絕死竟不弔焉乙豈真欲殺人哉世故太深則趨避太巧耳然畏小
怨致大怨畏一人之怨致兩人之怨卒殺人而以身償非巧安在乎故曰非極聰明人不能
作懵懂事

竇東皋前輩言前任浙江學政時署中一小兒恒往來供給使以為役夫之子弟不為怪也
後遣移一物對曰不能異而詢之始自言為前學使之僮歿而魂留於是也蓋有形無質故
能傳語而不能舉物於事理為近然則古書所載鬼所能為與生人無異者又何說歟

特納格爾為唐金滿縣地尚有殘碑吉木薩有唐北庭都護府故城則李衛公所築也周四
十里皆以土墼壘成每墼厚一尺闊一尺五六寸長二尺七八寸舊瓦亦廣尺餘長一尺五
六寸城中一寺已圮盡石佛自腰以下陷入土猶高七八尺鐵鐘一高出人頭四圍皆有銘
鏽澁模糊一字不可辨識惟刮視字棱相其波磔似是八分書耳城中皆黑煤掘一二尺乃
見土額魯特云此城昔以火攻陷四面礮臺即攻城時所築其為何代何人則不能言之蓋

在準噶爾前矣城東南山岡上一小城與大城若相犄角額魯特云以此一城阻礙攻之不
克乃以礮攻也庚寅冬烏魯木齊提督標增設後營余與永餘齋名慶時為迪化城督糧道後官至湖北布政使奉
檄畫駐兵地萬山叢雜議數日未定余謂餘齋曰李衛公相度地形定勝我輩其所建
城必要隘盍因之乎餘齋以為然議乃定即今古城營也本名破城大學士溫公為改此其城望之似懸孤
然山中千蹊萬徑其出也必過此城乃知古人真不可及矣褚筠心學士修西域圖志時就
訪古迹偶忘語此今附識之

喀什噶爾山洞中石壁剗平處有人馬像回人相傳云是漢時畫也頗知護惜故歲久尚可
辨漢畫如武梁祠堂之類僅見刻本真跡則莫古於斯矣後戍卒燃火禦寒為煙氣所熏遂
模糊都盡惜初出師時無畫手橅摹留一紙者也

次子汝傳婦趙氏性至柔婉事翁姑尤盡孝馬夫人稱其工容言德皆全備非偏愛之詞也
不幸早卒年僅三十有三余至今悼之後汝傳官湖北時買一妾體態容貌與婦竟無毫髮
差一見駭絕署中及見其婦者亦莫不駭絕計其生時婦尚未歿何其相肖至此歟又同婦
一夫尤可異也然此妾入門數月又復夭逝造物又何必作此幻影使一見再見乎

桐城姚別峰工吟咏書仿趙吳興神骨逼肖嘗摹吳興體作偽迹薰暗其紙賞鑒家勿能辨
也與先外祖雪峯張公交相善往來恒主其家動淹旬月後因觀潮沒於水外祖甚悼惜
之余小時多見其筆迹惜年幼不知留意竟忘其名矣舅祖紫衡張公先祖母與先母為姑姪凡祖母兄弟惟雪
峯公稱外祖有服之親從其近也餘則皆稱舅祖從於尊也嘗延之作畫居宅西小園中一夕月明見窗上有女子影出
視則無四望園內似有翠裙紅袖隱隱樹石花竹間東就之則在西南就之則在北環走半
夜迄不能一睹倦而憩息聞窗外語曰君為畫金剛經一部則妾當相見拜謝不過七千餘
字君肯見許耶別峯故好事急問卿為誰寂不應矣適有宣紙素冊次日盡謝他事息一意
寫經寫成炷香供几上觀其來取夜中已失之至夕徘徊悵望果見女子冉冉花外來叩顙
至地別峯方舉手引之挺然起立雙目上視血淋漓胸臆間乃自刎鬼也噭然驚仆館僮聞
聲持燭至已無睹矣頓足恨為鬼所賣雪峯公曰鬼云拜謝已拜謝矣鬼不賣君君自生妄
念於鬼何尤

于南溟明經曰人生苦樂皆無盡境人心憂喜亦無定程曾經極樂之境稍不適則覺苦曾
經極苦之境稍得寬則覺樂矣嘗設帳康寧屯館室湫溢幾不可舉頭門無簾牀無帳院落
無樹久旱炎歊如坐炊甑解衣午憩蠅擾擾不得交睫煩躁殆不可耐自謂此猛火地獄也
久之倦極睡去夢乘舟大海中颶風陡作天日晦冥檣斷帆摧心膽碎裂頃刻覆溺忽似有

人提出擲於岸上即有人持繩束縛閉置地窖中悶不睹物呼吸亦咽塞不通恐怖窘急不可言狀俄聞耳畔喚聲霍然開目則仍卧三脚木榻上覺四體舒適心神開朗如居蓬萊方丈間也是夕月明與弟子散步河干坐柳下敘述此義慨聞草際嘆息曰斯言中理我輩沉淪水次終勝於地獄中人

外舅周籙馬公家有老僕曰門世榮自言嘗渡吳橋鉤盤河日已暮矣積雨暴漲沮洳縱橫不知何處可涉見二人騎馬先行迂回取道皆得淺處似熟悉地形者因隨之行將至河干一人忽勒馬立待世榮至小語曰君欲渡河當左繞半里許對岸有枯樹一株可行吾導此人來此將有所爲君勿與俱敗疑爲劫盜悚然返轡從所指路別行而時時回顧見此人策馬先行後一人隨至中流突然滅頂人馬俱沒前一人亦化旋風去乃知爲報冤鬼也

田丈耕野官涼州鎮時攜回萬年松一片性温而活血煎之色如琥珀婦女血枯血閉諸證服之多驗親串家遞相乞取久而遂盡後余至西域乃見其樹直古松之皮非別一種也主人煮以代茶亦微有香氣其最大者根在千仞深澗底枝幹亭亭直出山脊尚高二三十丈皮厚者二尺有餘奴子吳玉保嘗取其一片爲床余謂閩廣芭蕉葉可容一二人卧再得一片作席亦一奇觀又嘗見一人家即樹孔施門窗以梯上下入之儼然一屋余與呼延化州同登視（名華國長安人以進士前化州知府）化州曰此家以巢居兼穴處矣蓋天山以北如烏孫突厥古多行國不需梁柱之材故斧斤不至意其真盤古時物萬年之名殆不虛矣

田白巖曰名妓月賓嘗來往漁洋山人家如東坡之於琴操也蘇斗南因言少時見山東一妓自云月賓之孫女尚有漁洋所贈扇索觀之上畫一臨水草亭傍倚二柳題庚寅三月道冲寫不知爲誰左側有行書一詩曰烟縷濛濛蘸水青纖腰相對鬭娉婷樽前試問香山老柳宿新參第幾星不署名字一小印已模糊斗南以爲高年耆宿偶賦閒情故諱不自著也余謂詩格風流是新城宗派然漁洋以辛卯冬卒庚寅是其前一歲是時不當有老友香山老定指何人如云自指又不當云試問且詞意輕巧亦不類老筆或是維摩丈室偶留天女散花他少年代爲題扇以此調之妓家借託盛名而不解文義遂誤認顛標耳

王覲光言壬午鄉試與數友共租一小宅讀書覲光所居室中半夜燈光忽黯碧剪剔復明見一人首出地中對燈噓氣拍案叱之急縮入停刻許復出叱之又縮如是七八度幾四鼓矣不勝其擾又素以膽自負不欲呼同舍靜坐以觀其變乃惟張目怒視竟不出地覺其無能爲息燈竟睡亦不知其何時去然自此不復睹矣吳惠叔曰殆冤鬼欲有所訴惜未一問也余謂果爲冤鬼當哀泣不當怒視粉房琉璃街迤東皆多年叢冢居民漸拓每夷而造屋此必其骨在屋内生人陽氣薰蒸鬼不能安故現變怪驅之去初拍案叱是不畏也故不敢出然見之即叱是猶有鬼之見存故亦不肯竟去至息燈自睡則全置此事於度外鬼知其終不可動遂亦不虛相恐怖矣東坡書孟德事一篇即是此義小時聞巨盜李金梁曰凡夜至人家聞聲而嗽者怯也可攻也聞聲而啟戶以待者怯而示勇也亦可攻也寂然無聲莫測動靜此必勍敵攻之十恒七八敗當量力進退矣亦此義也

列子謂蕉鹿之夢非黃帝孔子不能知誠哉斯言余在西域從辦事大臣巴公履視軍臺巴公先歸余以未了事暫留與前副將梁君同宿二鼓有急遞臺兵皆差出余從睡中呼梁起令其馳送約至中途遇臺兵則使接遞梁去十餘里相遇即還仍復酣寢次日告余曰昨夢遣我賫　廷寄恐誤時刻鞭馬狂奔今日髀肉尚作楚真大奇事以真爲夢僕隸皆粲然余烏魯木齊雜詩曰一笑揮鞭馬似飛夢中馳驛夢中歸人生事事無痕過（東坡詩事如春夢了無痕）蕉鹿何須問是非即紀此事也又有以夢爲真者族兄次辰言靜海一人就寢後其婦在別屋夜績此人忽夢婦爲數人劫去驚而醒不自知其夢也遽攜梃出門追之奔十餘里果見曠野數人攜一婦欲肆強暴婦號呼震耳怒焰熾騰力奮死鬥數人皆創被逸去前近慰問乃近村別一人婦爲盜所劫者也素亦相識姑送還其家惘惘自返婦績未竟一燈尚熒然也此則鬼神或使之又不以夢論矣

交河黃俊生言折傷骨者以開通元寶錢（此錢唐初所鑄歐陽詢所書其旁微有偃月形乃進蠟樣時文德皇后掐一痕因而未改也其字當迴環讀之俗讀爲開元通寶以爲元宗之錢誤之甚矣）燒而醋淬研爲末以酒服下則銅末自結而爲圈周束折處曾以一折足雞試果續如故及烹此雞驗其骨銅末宛然此理之不可解者銅末不過入腸胃何以能透膜自到筋骨間也惟倉卒間此錢不易得後見張鷟朝野僉載曰定州人崔務墜馬折足醫令取銅末酒服之遂瘥平及亡後十餘年改葬視其脛骨折處銅末束之然則此本古方但云銅末非定用開通元寶錢也

招聚博塞古謂之囊家見李肇國史補是自唐已然矣至藏蓄粉黛以分夜合之資則明以前無是事家有家妓官有官妓故也教坊既廢此風乃熾遂爲豪猾之利源而騃癡之陷阱律雖明禁終不能斷其根株然利旁倚刀貪還自賊余嘗見操此業者花嬌柳嚲近在家庭遂不能使其子孫皆醉眠之阮籍而兒皆染淫延及一門癘疾纏綿閭絕嗣續若敖氏之鬼竟至餒而

臨清李名儒言其鄉屠者買一牛牛知爲屠也縋不肯前鞭之則橫逸氣力殆竭始強曳以行牛過一錢肆忽向門屈兩膝跪淚涔涔下錢肆糊之問知價錢八千如數乞贖屠者恨其

篠堅不肯竟加以子錢亦不許曰此牛可惡必剚刃而甘心雖萬貫不易也牛聞是言跛然自起隨之去屠者煮其肉於釜然後就寢五更自起開釜妻子怪不回疑而趨視則已自投釜中腰以上與牛俱糜矣凡屬含生無不畏死不以其畏而憫惻反以其畏而恚憤牛之怨毒加尋常數等矣厲氣所憑報不旋踵宜哉先叔儀南公常見屠者許學牽一牛牛見先叔跪不起先叔贖之以與佃戶張存存養之數年其駕耒服軛力作較他牛為倍然則恩怨之間物猶如此人可不深長思哉

甲與乙望衡而居皆宦裔也其婦皆以姣麗稱二人相契如弟兄二婦亦相契如姊妹乙俄卒甲婦亦卒乃百計圖謀娶乙婦士論譏焉納幣之日廳事有聲登登然如擊鼙鼓卻扇之夕風撲花燭滅者再人知為乙之靈也一日甲婦忌辰懸畫像以祀像旁忽增一人影立婦側左手自後凭其肩右手戲摩其頰畫像亦側眸流盼紅暈微生諦視其形宛然如乙似淡墨所渲染而絕無筆痕似隱隱隔紙映出而眉目衣紋又纖微畢露心知鬼祟急裂而焚之然已衆目共睹萬口喧傳矣異哉豈幽冥惡其薄行判使取償於地下示此變幻為負死友者戒乎

閱微草堂筆記卷十四　槐西雜志四

林教諭清標言昔館崇安有士人居武夷山麓聞采茶者言某巖月夜有歌吹聲遙望皆天女也士人故佻達借宿山家月出輒往數夕無所遇山家亦言有是事但恒在月望歲或一兩聞不常出也士人託言習靜留待旬餘一夕隱隱似有聲乃潛蹤急往伏匿叢薄間果見數女皆殊絕一女方拈笛欲吹瞥見人影以笛指之遽僵如束縛然耳目猶能視聽俄清響透雲曼聲動魄不覺自讚曰雖遭禁制然妙音媚態已具賞矣語未竟突一帕飛蒙其首遂如夢魘無聞無見似睡似醒迷惘約數刻漸似蘇息諸女叱羣婢曳出詛呵曰癡兒無狀乃窺伺天上花耶趣折修篁欲行箠楚士人若自申理言性耽音律冀竊聽霓裳法曲如李謩之傍宮牆實不敢別有他腸希彩鸞甲帳一女微哂曰憫汝至誠有小婢亦解橫吹姑以賜汝士人匐匍叩謝舉頭已杳回顧其婢廣顙巨目短髮蓬鬙腰腹彭亨氣咻咻如喘驚駭懊惱避欲卻走婢固引與狎提撕不釋憤擊仆地化一豕嗥叫去巖下樂聲自此遂絕觀於是婢殆是妖非仙矣或曰仙借豕化婢戲之也倘或然歟

劉寅甫言有一學子年十六七聰俊韶秀似是近上一流甚望成立一日忽發狂譫語如見鬼神俟醒時問之自云景城社會觀劇不覺夜深歸途過一家求飲惟一少婦取水飲我留我小坐言其夫應官外出須明日方歸流目送盼似欲相就愛其婉媚遂相燕好臨行涕泣囑勿再來以二釧贈我次日視之銅青斑斑微有銀色似多年土中者心知是鬼而憶念不忘昨再至其地徘徊尋視突有黑面長鬚人手批我頰踉蹌奔歸彼亦隨至從此時時見之向我詬厲我即忽睡忽醒不知其他也父母為詣墓設奠併埋其釧俄其子瞋目呼曰我婦失釧疑有別故而未得主名僅倒懸鞭五百將鬻遠處今見汝竊來乃知為汝所誘此何等事可以酒食金錢謝耶顛癇月餘竟以不起然則鑽穴踰牆即地下亦尚有禍患矣

李雲舉言東光有薰狐者每載燧挾罟來往墟墓間一夜伏伺之際見一方巾襴衫人自墓頂出䰫䰫（若侯反說文曰鬼聲也）長嘯羣狐四集圍繞叢薄揮攫嗥呼齊呼捕此惡人者以作脯薰狐者無路可逃乃攀援上高樹方巾者指揮羣狐令鋸樹倒即聞鋸聲割割然薰狐者窘急而號曰如蒙見釋不敢再侵此地羣狐不應鋸聲更厲如是號再三方巾者曰果爾可設誓誓訖鬼狐俱不見此鬼此狐均可謂善了事矣蓋侵擾無已勢不得不鋌而走險背城借一以羣狐之力原不難於殺一人然殺一人易殺一人而激衆人之怒不焚巢犁穴不止也僅使知畏而縱之姑取和焉則後患息矣有力者不盡其力乃可以養其威屈人者使人易從乃可以就服召陵之役不責以僭王而責以苞茅使易從也屈完來盟即旋師不盡其力以養威也講學家說春秋者動譏齊桓之小就方城漢水之固不識可一戰勝乎一戰而不勝天下事尚可為乎淮西符離之事吾徵諸史冊矣

族弟繼先嘗宿廣寧門內友人家夜大風雨有雷火自屋山（近房脊之牆謂之屋山以形似山也范石湖詩屢用之）穿過如電光一掣然簷棟皆搖次日視其處東西壁各一小竅如錢大蓋雷神逐精魅而透也凡擊人之雷從天而下擊怪之雷則多橫飛以遁逃追故耳若尋常之雷則地氣鬱積奮而上出余在福寧度嶺嘗於山巔見雲中之雷嘗於曠野見出地之雷皆如烟氣上衝直至天半其端火光一爆即訇然有聲與銃礮之發無異然皆在無人之地其有人之地則從無此事或曰天心仁愛恐觸之者死語殊未然人為三才之中人之聚處則天地氣通通則勿鬱安得有雷乎塞外苦寒之地耕積牧養漸成墟落則地氣因之漸溫亦此義耳

王岳芳言其家有一刀廷尉公故物也或夜盜警則格格作爆聲挺出鞘外一二寸後雷逐妖魅穿屋過刀墮於地自此則不復作聲矣世傳刀劍嘗漬人血者有警皆能自鳴是不盡然惟曾殺多人者乃如是殆每殺一人刀上必有迹二條磨之不去幼年在河間楊威將軍哈公元生家曾以其佩刀求售云夜亦有聲驗之信然也或又謂作聲之故乃鬼所憑是亦不然戰陣所用往往曾殺千百人豈有千百鬼長守一刀者哉飲血既多取精不少厲氣之所聚也盜賊凶器亦厲氣之所聚也厲氣相感躍而自鳴是猶撫琴者鼓宮宮應鼓商商應

而已猶賁之鐵躍乎池內黃鐘之鐸動乎土中是豈有物憑之哉至雷火猛烈一切厲氣遇之皆消故一觸焰光仍爲凡鐵亦非豐隆列缺專爲此物下擊也

余嘗惜西域漢畫毀於烟煤而稍疑一二千年筆迹何以能在從姪虞惇曰朱墨著石苟風雨所不及苔蘚所不生則歷久能存易州滿城接壤處有村曰神星大河北來從折而東南有兩峰對峙河南北相傳爲落星所結故以名村其峰上哆下斂如雲朵之出地險峻無路好事者鑿踏其孔穴可至山腰多有舊人題名最古者有北魏人五代人皆手跡宛然可辨然則洞中漢畫之存於今不爲怪矣惜其姓名虞惇未暇一一記也易州滿城皆近地當訪其土人問之

虞惇又言落星石北有漁梁土人世擅其利歲時以特牲祀梁神偶有人教以毒魚法用芫花於上流挼漬則下流魚蝦皆自死浮出所得十倍於網罟試之良驗因結團焦於上流日施此術一日天方午黑雲自龍潭暴涌出狂風驟雨雷火赫然燔其廬爲燼眾懼乃止夫佃漁之法肇自庖羲然數罟不入仁政存焉絕流而漁聖人尚惡況殘忍暴殄聚族而坑哉干神怒也宜矣

周書昌曰昔遊鵲華借宿民舍窗外老樹森聳直接岡頂主人言時聞鬼語不辨所說何事也是夜月黑果隱隱聞之不甚了了恐驚之散去乃啓窗潛出匍匐草際漸近竊聽乃講論韓柳歐蘇文各標舉其佳處一人曰如此乃是中聲何前後七子必排斥不數而務言秦漢遂啓門戶之爭一人曰質文遞變原不一途宋末文格猥瑣元末文格纖穠故宋景濂諸公力追韓歐救以從容大雅三楊以後流爲臺閣之體日就膚廓故李崆峒諸公又力追秦漢救以奇偉博麗隆萬以後流爲偽體故長沙一派又反脣焉大抵能挺然自爲宗派者其初必各有根柢是以能傳其後亦必各有流弊是以互詆然董江都司馬文園文格不同同時而不相攻也李杜王孟詩格不同亦同時而不相攻也彼所得者深焉耳後之學者論甘則忌辛是丹則非素所得者淺焉耳語未竟我忽作嗽聲遂乃寂然惜不盡聞其說也余曰此與李詞畹記飴山事均以平心之論託諸鬼魅語已盡無庸故後矣書昌微慍曰永年百無一長然一生不能作妄語先生不信亦不敢固爭

董曲江言一儒生頗講學平日亦循謹無過失然崖岸太甚動以不情之論責人友人於五月釋服七月欲納妾此生抵以書曰終制未三月而納妾知其蓄志久矣春秋誅心魯文公雖不娶猶喪娶也朋友規過之義不敢以不告其何以教我其持論大抵類此一日其婦歸寧約某日返乃先期一日怪而詰之曰吾誤以爲月小也亦不爲訝次日又一婦至大駭愕覓昨婦已失所在矣然自是日漸尫瘵因以成癆蓋狐女假形攝其精一夕所耗已多也前納妾者聞之亦抵以書曰夫婦居室不能謂之不正也狐魅假形亦非意料之所及也然一夕而大損真元非恣情縱欲不至是無乃燕昵之私尚有不節以禮者乎且妖不勝德古之訓也周張程朱不聞曾有遇魅事而此魅公然犯函丈無乃先生之德尚有所不足乎先生賢者也責備賢者春秋法也朋友規過之義不敢不以告先生其何以教我此生得書但力辯實無此事里人造言而已宋清遠先生聞之曰此所謂以子之矛陷子之盾

袁愚谷制府（諱守侗長山人官至直隸總督諡清愨）少與余同硯席又爲姻家自言三四歲時尚了了記前生五六歲時即恍惚不甚記今則但記是一歲貢生家去長山不遠姓名籍貫家世事跡全忘之矣余四五歲時夜中能見物與晝無異七八歲後漸昏闇十歲後遂全無睹或夜半睡醒偶然能見片刻則如故十六七後以至今則一兩年或一見如電光石火彈指即過蓋嗜欲日增則神明日減耳

景州李西屋言其家一佃户最有膽種瓜畝餘地在叢塚側熟時恒自守護獨宿草屋中或偶有形聲亦恬不爲懼一夕聞鬼語嘈雜似相喧詬出視則二鬼塚上格鬥一女鬼欹立於旁呼問其故一人曰君來大佳一事乞君斷曲直天下有對其本夫謂其定婚之妻者耶其

一人語亦同佃户呼女鬼曰究竟汝與誰定婚女鬼靦覥良久曰我本妓女妓家之例凡多錢者皆密訂相嫁娶今在冥途仍操舊術實不能一一記姓名不敢言誰有約亦不敢言誰無約也佃户笑且唾曰何處得此二癡物舉首則三鬼皆逝矣又小時聞舅祖陳公（諱[illegible]久[illegible]記其字號德音公之子進士仙居知縣扶亭之祖也）說親見一事曰親串中有殁後妾改適者魂附病婢靈語曰我昔問爾爾自言不嫁今何負心妾殊不懼從容對曰天下有夫尚未亡自言必改適者乎公此問先憒憒何怪我如是答乎二事可互相發明也

有講學者論無鬼眾難之曰今方酷暑能往墟墓中獨宿納涼一夜乎是翁毅然竟往果無所見歸益自得曰朱文公豈欺我哉余曰重齎千里路不逢盜未可云路無盜也獵終日野不遇獸未可云野無獸也以一地無鬼遂斷天下皆無鬼以一夜無鬼遂斷萬古皆無鬼舉一廢百矣且無鬼之論創自阮瞻非朱子也朱子特謂魂升魄降爲常理而一切靈怪非常理耳未言無也故金去偽錄曰二程初不說無鬼神但無如今世俗所謂鬼神耳楊道夫錄曰雨風露雷日月晝夜此鬼神之跡也此是白日公平正直之鬼神若所謂有嘯於梁觸於胸此則所謂不正邪暗或有或無或去或來或聚或散者又有所謂禱之而應祈之而獲此亦所謂鬼神同一理也包揚錄曰鬼神死生之理定不如釋家所云世俗所見也然又

有其事昭昭不可以理推者且莫要理會又曰南軒亦只是硬不信如禹鼎魑魅魍魎之屬
便是有此物深山大澤是彼所居人往占之豈不為祟豫章劉道人居一山頂結菴一日衆
蜥蜴入來盡吃菴中水少頃菴外皆堆雹明日山下果雹有一妻伯劉文人甚樸實不能妄
語言過一嶺聞溪邊林中響乃無數蜥蜴各抱一物如水晶未去數里下雹此理又不知如
何甚有一邑泥塑一大佛一方尊信之後被一無狀宗子斷其首民衆哭之佛頸泥木出舍
利泥木豈有此物只是人心所致吳必大錄曰因論薛士龍家見鬼曰世之信鬼神者皆謂
實有在天地間其不信者斷然以為無鬼然卻又有真個見者鄭景望遂以薛氏所見為實
不知此特虹霓之類耳問虹霓只是氣還有形質曰既能啜水亦必有腸肚只才散便無如
雷部神亦此類林賜錄曰世之見鬼神者甚多不審有無如何曰世間人見者極多如何謂
無但非正理耳如伯有為厲伊川謂別是一理蓋其人氣未當盡而強死魂魄無所歸自是
如此昔有人在淮上夜行見無數形像似人非人出沒於兩水之間此人明知其鬼不得已
衝之而過詢之此地乃昔人戰場也彼皆死於非命銜冤抱恨固宜未散坐間或云鄉間有
李三者死而為厲鄉曲凡有祭祀佛事必設此人一分後因為人放爆仗焚其所依之樹自
是遂絕曰是他枉死氣未散被爆仗驚散沈僴錄曰人有不伏其死者所以既死而此氣不

散為妖為怪如人之凶死及僧道既死多不散（原註僧道務養精神所以凝聚不散）萬人傑錄曰死而氣散泯
然無迹者是其常道理恁他有托生者是偶然聚得氣不散又恁生聚湊著那生氣便再生
葉賀孫錄曰漳州一件公事婦殺夫密埋之後為祟事已發覺當時便不為祟以是知刑獄
裏面這般事若不與決罪則死者之冤必不解李壯祖錄曰或問世有廟食之神綿歷數百
年又何理也曰浸久亦散昔守南康久旱不免遍禱於神忽到一廟但有三間弊屋狼藉之
甚彼人言三五十年前其靈如響有人來而帷中之神與之言者昔之靈如彼今之靈如此
亦是可見葉賀孫錄曰論鬼神之事謂蜀中灌口二郎廟是李冰因開離堆立廟今乃現許
多靈怪乃是他第二兒子出來初間封為王後來徽宗好道遂改封為真君張魏公用兵禱
於廟其夜夢神語曰我向來封為王有血食之奉故威福得行今號為真君雖尊人以素食
祭我無血食之養故無威福之靈今須復封我為王當有威靈魏公遂乞復其封不知魏公
是有此夢是一時用兵託為此說又有梓潼神極靈此二神似乎割據兩川大抵鬼神用生
物祭者皆是假此生氣為靈古人釁鐘釁龜皆此意漢卿云李通說有人射虎見虎後數人
隨之乃是為虎傷死之人生氣未散故結成此形黃義剛錄曰論及請紫姑神吟詩之事曰
亦有請得正身出現其家小女子見不知此何物也且如衢州有一人事一神只開所錄事

目於紙而封之祠前少間開封而紙中自有答語此不知是如何凡此諸說黎靖德所編語
類班班具載先生何竟誣朱子乎此翁索書觀之良久憮然曰朱子尚有此書耶嘿而散
然余猶有所疑者朱子大旨謂人稟天地之氣生死則散還於天地葉賀孫錄所謂如魚在
水外面水便是肚裏水鱖魚肚裏水與鯉魚肚裏水只是一般其理精矣而無如祭祀之理
制於聖人載於經典遂不得不云子孫一氣相感復聚而受祭受祭既畢仍散入虛無不識
此氣散還以後與元氣渾合為一歟抑參雜於元氣之內歟如混合為一則如衆水歸海共
為一水不能使江淮河漢復各聚一處也如五味和羹共成一味不能使薑鹽醯醬復各聚
一處也又安能於中犁出某某之氣使各與子孫相通耶如參雜於元氣之內則如飛塵四
散不知析為幾萬億處如游絲亂飛不知相去幾萬億里遇子孫享祀乃星星點點條條縷
縷復合為一於事理毋乃不近耶即以能聚而論此氣如無知又安能感格安能歆享此氣
如有知知於何起當必有心心於何附當必有身既已有身則仍一鬼矣且未聚以前此億
萬微塵億萬縷縷塵塵縷縷各有所知則不止一鬼矣不過釋氏之鬼地下潛藏儒者之鬼
空中旋轉釋氏之鬼平日常存儒家之鬼臨時湊合耳又何以相勝耶此誠非末學所知也
烏魯木齊千總某患寒疾有道士踵門求診云有夙緣特相拯也會一流人高某婦頗能醫

見其方駭曰桂枝下咽陽盛乃亡藥病相反烏可輕試力沮之道士嘆息曰命也夫振衣竟
去然高婦用承氣湯竟愈乃以道士為妄余歸以後忽見某以侵蝕屯糧伏法乃悟道士非
常人欲以藥斃之全其首領也此與舊所記兵部書吏事相類豈非孽由自作非智力所可
挽回歟
姚安公云人家有奇器妙跡終非佳事因言癸巳同年牟丈瀜家（不知即牟丈否或牟丈之伯叔也幼年聞之未審也）
有一硯天然作鵝卵形色正紫一鸜鵒眼如豆大突出墨池中心旋螺紋理分明瞳子炯炯
有神氣拊之膩不留手叩之堅如金鐵呵之水出如露珠下墨無聲數磨即成濃瀋無款識
銘語似愛其渾成不欲雕鑿匣亦紫檀根所雕出入無澀而包裹無縫隙搖之無聲背有紫
桃軒三字小僅如豆知為李太僕日華故物也（太僕有說部名紫桃軒雜綴）平生所見宋硯此為第一然
後以珍惜此硯忤上官幾罹不測竟恚而撞碎禍將作時夜聞硯若呻吟云
余在烏魯木齊日城守營都司朱君饋新菌守備徐君（與朱君俱忘其名蓋日日相見惟以官稱不問其名字也）因言
昔未達時偶見賣新菌者欲買一老翁在旁訶賣者曰渠尚有數任官汝何敢為此賣者遂
逃去此老翁不相識旋亦不知其何往次日聞里有食菌死者疑老翁是社公賣者後亦不
再見疑為鬼求代也呂氏春秋稱味之美者越駱之菌本無毒其毒皆蛇虺之故中者使人

笑不止陳五仁蘭譜載水調若茗白礬解毒法張華博志陶宏景名醫別錄並載地漿解毒法蓋以此也（以黃泥調水澄之曰地漿）

親串家廳事之側有別院屋三楹一門客每宿其中則夢見男女裸逐粉黛雜沓四圍環繞備諸媟狀初甚樂觀久而夜夜如是自疑心病也然移住他室則不夢又疑為妖然未睡時絕無影響亦不懼且亦無見聞其人亦自相狎戲如不睹旁尚有人又似非魅終莫能明一日忽悟書廚中牙鴿石琢橫陳像凡十餘事祕戲冊卷大小亦十餘事必此物為祟乃竊白主人盡焚之有知其事者曰是物何能為祟哉此主人徵歌選妓之所也氣機所感而淫鬼應之此君亦青樓之狎客也精神所注而妖夢通之水腐而後蠛蠓生酒酸而後醯雞集理之自然也市肆鬻雜貨者是物不少何不一一為祟宿是室者非一人何不一一入夢哉此可思其本矣徒焚此物無益也某氏其衰乎不十年而屋易主

明公恕齋嘗為獻縣令良吏也官太平府時有疑獄易服自察訪之偶憩小菴僧年八十餘矣見公合十肅立呼其徒具茶徒遙應曰太守且至可引客權坐別室僧應曰太守已至可速來獻公大駭曰爾何以知我來曰公一郡之主也一舉一動通國皆知之寧獨老僧又問爾何以識我曰太守不能識一郡之人一郡之人則孰不識太守問爾知我何事出曰某案之事兩造

皆遣其黨布散道路間久矣彼皆陽不識公耳公憮然自失因問爾何獨不陽不識僧投地膜拜曰死罪死罪欲得公此問也公為郡不減龔黃然微不慊於眾心者曰好訪此不特神姦巨蠹能預為蠱惑計也即鄉里小民孰無親黨孰無恩怨乎哉訪甲之黨則甲直而乙曲訪乙之黨則甲曲而乙直訪其有讐者則有讐者必曲訪其有恩者則有恩者必直至於婦人孺子聞見不真病媼衰翁語言昏憒又可據為信讞乎公親訪猶如此再寄耳目於他人庸有幸乎且夫訪之為害非僅聽訟為然也閭閻利病訪亦為害而河渠堤堰為尤甚小民各私其身家水有利則遏以自肥水有患則鄰國為壑是其勝算矣孰肯揆地形之大局為永遠安瀾之計哉老僧方外人也本不應預世間事況官家事耶第佛法慈悲捨身濟眾苟利於物固應冒死言之耳惟公俯察焉公沉思其語竟不訪而歸次日遣役送錢米歸報公曰公返之後僧謂其徒曰吾心事已畢竟泊然逝矣此事楊丈汶川嘗言之姚安公曰凡獄情虛心研察情偽乃明信人信己皆非也信人之弊僧言是也信己之弊亦有不可勝言者安得再一老僧亦為說法乎

舅氏健亭張公言讀書野雲亭時諸同學修禊佟氏園偶扶乩召仙共請姓名乩題曰偶攜女伴偶閒行詞客何勞問姓名記否瑤臺明月夜有人嗔與許飛瓊再請下壇詩乩又題曰三面紗窗對水開佟園還是舊樓臺東風吹綠池塘草我到人間又一回眾竊議詩情悽惋恐是才女香魂然近無此閨秀無乃鍊形拜月之仙姬乎眾情顛倒或凝思佇立或微詞通詞乩忽奮迅大書曰衰翁憔悴雪盈顛傳粉薰香看少年偶遣諸郎作癡夢可憐真拜小嬋娟復大書一笑字而去此不知何代詩魂作此狡獪要亦輕薄之意有以召之

胡厚菴先生言有書生暱一狐女初遇時以二寸許壺盧授生使佩於衣帶而自入其中欲與晤則拔其楔便出嫣婉去則仍入而楔之一日行市中壺盧為偷兒剪去從此遂絕意恒悵悵偶散步郊外以消鬱結聞叢篁中有相呼者其聲狐女也就往與語匿不肯出曰妾已變形不能復與君見矣怪詰其故泣訴曰採補鍊形狐之常理近不知何處一道士又搜索我輩供其採補捕得禁以神咒即僵如木偶一聽其所為或有道力稍堅吸之不吐者則蒸以為脯血肉既啖精氣亦為所收妾入壺盧蓋避此難不意仍為所物色攘之以歸妾畏罹湯鑊已獻其丹幸留殘喘然失丹以後遂復獸形從此煉形又須二三百年始能變化天荒地老後會無期感念舊恩故呼君一訣努力自愛毋更相思也生憤恚曰何不訴於神曰訴者多矣神以為悖入悖出自作之愆殺人人殺相酬之道置不為理也乃知百計巧取適以自戕自今以往當卑心吐納不復更操此術矣此事在乾隆丁巳戊午間厚菴先生曾親見

此生後數年聞山東雷擊一道士或即此道士淫殺過度又伏天誅歟螳螂捕蟬黃雀在後挾彈者又在其後此之謂矣

從弟東白宅在村西井畔後前未為宅時緣以周垣環築土屋其中有屋數間夜中輒有叩門聲雖無他故而居者恒病不安一日門旁牆圮出一木人作張手叩門狀上有符篆乃知工匠有嫌於主人作是鎮魘也故小人不可與輕作緣亦不可與輕作難

何子山先生言雍正初一道士善符籙嘗至西山極深處愛其林泉擬結菴習靜土人言是鬼魅之巢窟伐木採薪非結隊不敢入乃至狼虎不能居先生宜審勿戇也俄而鬼魅並作或竊其屋材或驚其工匠或毀其器物或污其飲食如行荊棘中步步挂礙如野火四起風葉亂飛千手千目應接不暇也道士怒結壇召雷將神降則妖已先遁大索空山無所得神去則數日復集如是數回神怒其瀆不復應乃一手結印一手持劍獨與戰竟為妖所踣拔鬚敗面裸而倒懸遇樵者得解狼狽逃去道士蓋恃其術耳夫勢之所在雖聖人不能逆黨之已成雖帝王不能破久則難變眾則不勝誅也故唐去牛李之傾軋難於河北之藩鎮道士昧眾寡之形客主之局不量力而嬰其鋒取敗也宜哉

小人之計萬變每乘機而肆其巧小時聞村民夜中聞履聲以為盜秉炬搜捕了無形跡知

為魅也。不復問。既而胠篋者知其事，乘夜而往，家人仍以為魅，偃息勿省，遂飽所欲去。此猶因而用之也。邑有令頗講學，惡僧如讎。一日，僧以被盜告，庭斥之曰：爾佛無靈，何以廟食？爾佛有靈，豈不能示報於盜，而轉瀆官長耶？揮之使去。語人曰：使天下令守用此法，僧不沙汰而自散也。僧固黠甚，乃陽與其徒修懺祝佛，而陰賂丐者，使捧衣物跪門外，狀若癡者，皆曰佛有靈，檀施轉盛。此更反而用之，使厄我者助我也。人情如是，而區區執一理與之角，烏有幸哉。

張某、瞿某，少同學，長相善也。瞿與人訟，張受金，刺得其陰謀，泄於其敵，瞿大受窘辱，銜之次骨。然事密無左證，外則未相絕也。俄張死，瞿百計娶得其婦，雖事事成禮，而家庭共語則仍呼曰張幾嫂。婦故樸愿，以為相憐相戲，亦不較也。一日，與婦對食，忽躍起自呼其名曰：瞿某，爾何太甚耶？我誠負心，我婦歸汝足償矣。爾必仍呼嫂何也？婦再嫁常事，娶再嫁婦亦常事，我既死不能禁婦嫁，即不能禁汝娶也。我已失朋友義，亦不能責汝娶朋友婦也。今爾不以為婦，仍系我姓，呼為嫂，是爾非娶我婦，乃淫我婦也。淫我婦者，我得而誅之矣。竟顛狂數日死。夫以直報怨，聖人不禁。張固小人之常態，非不共之讎也。計娶其婦，報之已甚矣，而又視若倚門婦，玷其家聲，是已甚之中又已甚焉，何怪其憤激為厲哉。

一惡少感寒疾，昏憒中魂已出舍，悵悵無所適。見有人來往，隨之同行，不覺至冥司。遇一吏，其故人也，為檢籍良久，蹙額曰：君多忤父母，於法當付湯獄，今壽尚未終，且可反，壽終再來受報可也。惡少惶怖，叩首求解脫。吏搖手曰：此罪至重，微我難解脫，即釋迦牟尼亦無能為力也。惡少泣涕求不已。吏沉思曰：有一故事，君知乎？一禪師登座，問虎頷下鈴何人能解，眾未及對，一沙彌曰：何不令繫鈴人解？係鈴非父母，還向父母懺悔，或希冀可免乎。少年慮罪業深重，非一時所可懺悔。吏笑曰：又有一故事，君不聞殺豬王屠，放下屠刀，立地成佛乎？遂遣一鬼送之歸，霍然而蘇。自是洗心滌慮，轉為父母所愛憐。後年七十餘乃終。雖不知其果免地獄否，然觀其得壽如是，似已許懺悔矣。

許文木言：老僧澄止有道，臨殁謂其徒曰：我持律精進，自謂是四禪天人。世尊嗔我平生議論好尊佛而斥儒，我相未化，不免仍入輪迴矣。其徒曰：崇奉世尊，世尊反嗔乎？曰：此世尊所以為世尊也。若黨同而伐異，揚己而抑人，何以為世尊乎？我今乃悟，爾見猶左耳。因憶楊槐庭言：乙丑上公車時，與同年數人行，適一僧同宿逆旅，偶與閒談。一同年目止之曰：君奈何與異端語。僧不平曰：釋家誠與儒家異，然彼此均各有品地。果為孔子，可以闢佛；顏曾以下勿能也。果為顏曾，可以闢菩薩；鄭賈以下勿能也。果為鄭賈，可以闢阿羅漢；程朱以下勿能也。果為程朱，可以闢諸方祖師；其依草附木，自託講學者，勿能也。何也？其分量不相及也。先生而闢佛，毋乃高自位置乎？同年怒且笑曰：惟各有品地，故我輩儒可闢汝輩僧也。數於相闢而散。余謂各以本教而論，譬如居家，三王以來，儒道之持世久矣。雖再有聖人，勿能易，猶主人也。佛自西域來，而其空虛清淨之義，可使馳騖者息營求，憂愁者得排遣，其因果報應之說，亦足警戒下愚，使回心向善，於世不為無補，故其說得行於中國，猶挾技之食客也。食客不修其本技，而欲變更主人之家政，使主人退而受教，此佛者之過也。各以末流而論，譬如種田，儒猶耕耘者也；佛家失其初旨，不以善惡為罪福，而以施捨不施捨為罪福，於是惑眾斂財，往往而有，猶侵越鄰畔，攘竊禾稼者也。儒者舍其耒耜，荒其阡陌，而皇皇持梃荷戈，日尋侵越攘竊者與之格鬭，即全勝不知己之稼穡如何也。是又非儒者之傎耶？夫佛自漢明帝後，蔓延已二千年，雖堯舜周孔復生，亦不能驅之去。儒者父子君臣兵刑禮樂，舍之則無以治天下，雖釋迦出世，亦不能行彼法於中土。本可以無爭，徒以緇徒不勝其利心，妄冀儒絀佛伸，歸佛者檀施當益富；講學者不勝其名心，著作中苟無闢佛數條，則不足見衛道之功，故兩家語錄，如水中泡影，旋生旋滅，旋滅旋生，互相詬厲而不止。然兩家相爭，千百年後並存如故；兩家不爭，千百年後亦並存如故也。各修其本業可矣。

陳瑞菴言：獻縣城外諸邱阜，相傳皆漢塚也。有耕者誤犁一塚，歸而寒熱譫語，責以觸犯。時瑞菴偶至，問汝何人，曰漢朝人。又問漢朝何處人，曰我即漢朝獻縣人。故塚在此，何必問也。又問此地漢即名獻縣耶，曰然。問此地漢為河間國，縣曰樂成，金始改獻州，明乃改獻縣。漢朝安得有此名？鬼不語。再問之，則耕者蘇矣。蓋傳為漢塚，鬼亦習聞，故依託以求食，而不虞適以自敗也。

毛其仁言：有耿某者，勇而悍，山行遇虎，奮一梃與鬬，虎竟避去。自以為中黃佽飛之流也。偶聞某寺後多鬼，時時醉人，憤往驅逐。有好事數人隨之往。至則日已薄暮，乃縱飲至夜，坐後垣上，待其來。二鼓後，隱隱聞嘯聲，乃大呼曰：耿某在此！倏人影無數，湧而至，皆吃吃笑曰：是爾耶？易與耳。耿怒躍下，則鳥獸散去，遙呼其名而詈之。東逐則在西，西逐則在東，此沒彼出，倏忽千變。耿旋轉如風輪，終不見一鬼，疲極欲返，則嘲笑以激之，漸引漸遠，突一奇鬼當路立，鋸牙電目，張爪欲搏，急奮拳一擊，忽噭然自仆，指已折，掌已裂矣。乃知為墓碑也。群鬼合聲曰：勇哉！歘然俱杳。諸壁上觀者聞耿呼痛，共持炬舁歸，臥數日乃能起，右手遂廢，從此猛氣都盡，竟唾面自乾焉。夫能與虎鬬而不能不為鬼所困，虎鬬力，鬼鬬智也。以有限之力，欲勝無窮之變幻，非天下之癡人乎？然一懲即戒，毅然自返，雖謂之大智慧人亦可也。

張桂巖自揚州還，携一琴硯見贈，斑駁剝落，古色黯然。右側近下，鐫「西涯」二篆字，蓋懷麓堂故物也。中鐫行書一詩，曰：「如以文章論，公原勝謝劉。玉堂揮翰手，對此憶風流。」款曰「稚繩」，高陽孫相國字也。左側鐫小楷一詩，曰：「草綠湘江叫子規，茶陵青史有微詞。流傳此硯人猶惜，應爲高陽五字詩。」款曰「不凋」，乃太倉崔華之字。華，漁洋山人之門人，漁洋論詩絕句曰「溪水碧於前渡日，桃花紅似去年時。江南腸斷何人會，只有崔郎七字詩」，即其人也。二詩本集皆不載，豈以詆訶前輩，微涉訐直，編集時自刪之歟？後以贈慶大司馬丹年，劉石菴參知頗疑其僞。然古人多有集外詩，終勿能明也。又楊文汶川（諱可鏡，楊忠烈公曾孫也。以拔貢官吏部郎中，與先姚安公同事）贈安姚公一小硯，背有銘曰：「自渡遼，携汝偕。草軍書，恒夜半。余之心，惟汝見。」款題「芝岡」。銘蓋熊公廷弼軍中硯，云得之於其親串家。又家藏一小硯，左側有「白谷手琢」四字，當是孫公傳庭所親製。二硯大小相近，姚安公以皆前代名臣，合爲一匣。後在長兒汝佶處。汝佶夭逝，二硯爲婢媪所竊賣，今不可物色矣。

余十七歲時，自京師歸應童子試，宿文安孫氏（土語呼若巡，詩音之轉也）。室廬皆新建，而土坑下釘一桃杙，上下頗礙，呼主人去之。主人頗驚懼，搖手曰：「是不可去，去則怪作矣。」詰問其故，曰：「吾買此地構此店，宿者恒夜見坑前一女子，立不言，不動，亦無他害。有膽者以手引之，乃虚無所觸。道士呪桃杙釘之，乃不復見。」余曰：「其下必古塚，人在上，鬼不安耳。何不掘出其骨，具棺遷葬？」主人曰：「然。」然不知其果遷否也。又癸巳春，余乞假養痾，北倉姻家趙氏請余題主，先姚安公命之往。歸宿楊村，夜已深，余先就枕，僕隸秣馬尚未睡。忽見綠衣女子揭簾入，甫露面，即退出，疑爲趁座妓女，呼僕隸遣去，皆云外户已閉，無一人也。主人曰：「四日前有宦家子婦宿此，卒於是，昨柩去，豈其回煞耶？」歸告姚安公，公曰：「我童子時，讀書陳氏舅家，值僕婦夜回煞，月明如晝，我獨坐其室外，欲視回煞作何狀，迄無見也。何爾乃有見也？然則爾不如我多矣。」至今深愧此訓也。

河豚惟天津至多，土人食之如園蔬，然亦恒有死者，不必家家皆善烹治也。姨丈惕園牛公言：有一人嗜河豚，卒中毒死，死後見夢於妻子曰：「祀我何以無河豚耶？」此真死而無悔也。又姚安公言：里有人粗溫飽，後以博破家，臨殁，語其子曰：「必以博具置棺中，如無鬼，與白骨同爲土耳，於事何害？如有鬼，荒榛蔓草之間，非此何以消遣耶？」比大殮，僉曰：「死葬之以禮，亂命不可從也。」其子曰：「獨不云事死如事生乎？生不能幾諫，殁乃違之乎？我不講學，諸公勿干預人家事。」卒從其命。姚安公曰：「非禮也，然亦孝思無已之心也。吾惡夫事事遵古禮而思親之心則漠然者也。」

一奴子業鍼工，其父母鬻身時，未鬻此子，故獨別居於外。其婦年二十餘，爲狐所媚，歲餘病

瘵死。初不肯自言，病甚，乃言：狐初來時爲女形，自言新來鄰舍也。留與語，漸涉謔，既而漸相逼，遽前擁抱，遂昏昏如魘。自是每夜輒來，必換一形，忽男忽女，忽老忽少，忽醜忽好，忽僧忽道，忽鬼忽神，忽今衣冠，忽古衣冠，歲餘無一重複者。至則四肢緩縱，口噤不能言，惟心目中了了而已。狐亦不交一言，不知爲一狐所化，抑衆狐更番而來也。其尤怪者，婦小姑偶入其室，突遇狐出，一躍而逝。小姑所見是方巾道袍人，白鬚鬖鬖；婦所見則黧黑垢膩一賣煤人耳。同時異狀，更不可思議耳。

及孺愛先生言（先生於余爲疎從表姪，然幼時爲余開蒙，故待以師禮）：交河有人，田在叢塚旁，去家遠，乃築室就之。夜恒聞鬼語，習見不怪也。一夕，聞塚間呼曰：「爾狼狽何至是？」一人應曰：「適路遇一女，携一童子行，見其面有衰氣，死期已近，未之避也。不虞女忽一咳，其氣中人如巨杵舂撞（舂平聲），傷而仆地，蘇息良久乃得歸。今胸鬲尚作楚也。」此人默記其語，次日耘者聚集，具述其異，因問昨日誰家女子傍晚行，致中途遇鬼。中一宋姓者曰：「我女昨晚同我子自外家歸，無遇鬼事也。」衆以爲妄語。數日後，宋女爲强暴所執，捍刃抗節死，乃知貞烈之氣，雖届衰絶，尚剛勁如是也。鬼魅畏正人，殆以此夫。

張完質舍人言：有與狐爲友者，將商於外，以家事託狐。凡火燭盜賊，皆爲警衛，僮婢或作姦，皆摘發無遺。家政井井，過於商未出時。惟其婦與鄰人暱，狐若勿知。越兩歲，商歸，甚德狐。久而微聞鄰人事，又甚咎狐。狐謝曰：「此神所判，吾不敢違也。」商不服，曰：「鬼神禍淫，乃反導淫哉？」狐曰：「是有故。鄰人前世爲巨室，君爲司出納，因其倚信，侵蝕其多金。冥判以婦償負，一夕準宿妓之價，銷金五星。今所欠祇七十餘金，銷盡自絶，君何躁焉？君倘未信，試以所負償之，觀其如何耳。」商乃詣鄰人家，曰：「聞君貧甚，僕此次幸多贏，謹以八十金奉助。」鄰人感且愧，自是遂與婦絶。歲暮餽餚品，亦辦甚精腆，計其所值，正合七十餘金所贏之數，乃知夙生債負，受者毫釐不能增，與者毫釐不能減也。是亦可畏也已。

族姪竹汀言：有某家婦少寡，矢志不嫁，養姑撫子有年矣。一日，華服少年從牆缺窺伺，以爲過客，誤入，詈之去。次日復來，念近村無此少年，土人亦無此華服，心知是魅，持梃驅逐，乃復日日來，登牆自道相悅意。婦無計，哭訴於社公祠，亦無驗。越七八日，白晝晦冥，雷擊村南一古墓，魅乃絶，不知是狐是鬼也。以妖媚人，已干天律，況媚及柏舟之婦，其受殛也固宜。顧必遲久而後應，豈天人一理，幽明殊塗，亦待奏請而後刑，由社公輾轉上聞，稍稽時日乎？然匹婦一哭，遽達天聽，亦足見孝弟之通神明矣。

滄州一帶海濱煮鹽之地，謂之竈泡，袤延數百里，並斥鹵不可耕種，荒草粘天，略如塞外，故

狼多窟穴於其閒，捕之者掘地為穽，深數尺，廣三四尺，以板覆其上，中鑿圓孔如盂大，略如枷狀。人蹲穽中，攜犬子或豚子擊使嗥叫。狼聞聲而至，必以足探孔中攫之。人即握其足立起，肩以歸。狼隔一板，爪牙無所施其利也。然或遇其羣行，則亦能搏噬，故見人則以喙據地嗥，眾狼則畢集，若號令然，亦頗為行客道途患。有富室偶得二小狼，與家犬雜畜，亦與犬相安。稍長，亦頗馴，竟忘其為狼。一日晝寢廳事，聞羣犬嗚嗚作怒聲，驚起周視無一人。再就枕將寐，犬又如前。乃偽睡以俟，則二狼伺其未覺，將齧其喉，犬阻之不使前也。乃殺而取其革。此事從姪虞惇言。狼子野心，信不誣哉！然野心不過遁逸耳。陽為親暱，而陰懷不測，更不止於野心矣。獸不足道，此人何取而自貽患耶？

田村一農婦，甚貞靜。一日饁餉，有書生過於野，從乞瓶中水。婦不應。出金一鋌投其袖，婦擲且詈。書生惶恐遁。晚告其夫，物色之，無是人，疑其魅也。數日後，其夫外出，阻雨不得歸。魅乃幻其夫形，作冒雨歸者，入與寢處。草草息燈，遽相嬲戲。忽雷光射窗，照見乃向書生。婦恚甚，爪敗其面。魅甫躍出窗，聞砉然一聲，莫知所往。次早夫歸，則門外一猴，腦裂死，如刃所中也。蓋妖之媚人，皆因其懷春而媾合，若本無是心，而乘其不意，幻以敗其節，則罪當以與強汚等。揆諸神理，自必不容，而較前記竹汀所說事，其報更速。或社公權微，不能立斷，此遇天神立殛之。抑彼尚未成，此則已玷，可以不請而誅歟？

同年鄒道峯言：有韓生者，丁卯夏讀書山中，窗外為懸崖，崖下為澗。澗絕陡，兩岸雖近，然可望而不可至也。月明之夕，每見對岸有人影。雖知為鬼，度其不能越，亦不甚怖。久而見慣，試呼與語，亦響應。自言是墮澗鬼，在此待替。戲以餘酒凭窗灑澗內，鬼下就飲，亦極感謝。自此遂為談友，誦肄之暇，頗消寂寞。一日試問：人言鬼前知，吾今歲應舉，汝知我得失否？鬼曰：神不檢籍，亦不能前知，何況於鬼？鬼但能以陽氣之盛衰知人年運，以神光之明晦知人邪正耳。若夫祿命，則冥官執役之鬼或旁窺竊聽而知之；城市之鬼或輾轉相傳而聞之；山野之鬼勿能也。城市之中亦必捷巧之鬼乃聞之，鈍鬼亦勿能也。如君靜坐此山，即官府之事不得知，況朝廷之機密乎？一夕，聞隔澗呼曰：與君送喜，頃城隍巡山，與社公相揖，似言今科解元是君也。生亦竊自賀。及榜發，解元乃韓作霖，但聞其姓同耳。生太息曰：鄉中人傳官裏事，果若斯乎！

王史亭編修言：有崔生者，以罪戍廣東，念攜挈有累，乃留其妻妾，隻身行。到戍後，羈愁抑鬱，殊不自聊。且回思少婦登樓，彌增忉怛。偶遇一叟，自云姓董，字無念，書頗契。憐其流落，延為子師，亦甚相得。一夕，賓主夜酌，樓高月滿，忽動離懷，把酒倚欄，都忘酬酢。叟笑曰：君其有雲鬟玉臂之感乎？託在契末，已早為經紀，但至否未可知，故先不奉告。旬月後當有耗耳。又半載，叟忽戒僮婢掃治別室，意甚匆遽。頃之，則三小肩輿至，妻妾及一婢揭簾出矣。驚喜怪問，皆曰：得君信相迓，囑隨某官眷屬至，急不能久待，故草草來。家事託幾房幾兄代治，約歲得租米，歲歲寄金至矣。問婢何來，曰：即某官之媵，嫡不能容，以賤價就舟中賣得也。生感激拜叟，至於涕零。從此完聚成家，無復故園之夢。越數月，叟謂生曰：此婢中途邂逅，患難相從，當亦是有緣，似當共侍巾櫛，無獨使向隅也。又數載，遇赦得歸。生喜躍不能寐，而妻妾及婢俱慘慘有離別之色。生慰之曰：爾輩戀主人恩耶？倘不死，會有日相報耳。皆不答，惟趣為生治裝。瀕行，翁治酒作餞，併呼三女出，曰：今日事須明言矣。因拱手對生曰：老夫地仙也，過去生中與君為同官，歿後君百計營求，歸吾妻子，恆耿耿不忘。今君別鶴離鸞，自合為君料理。但山川綿邈，二孱弱女子何以能來？因攝召花妖，先至君家中半年，窺尊寵容貌語言，摹擬俱似，併刺知家中舊事，使君有證不疑。渠本三姊妹，故多增一婢耳。渠肖幻相，君勿復思，到家相對舊人，仍與此間無異矣。生請與三女俱歸。叟曰：鬼神各有地界，可暫出，不可久越也。三女握手作別，灑淚沾衣，俯仰間已俱不見。登舟時，遙見立岸上，招之不至。歸後妻子具言家日落，賴君歲歲寄金來，得活至今。蓋亦此叟所為也。使世間離別人皆逢此叟，則無復牛衣銀河之恨矣。史亭曰：信然。然粵東有地仙，他處亦必有地仙；董仙有此術，他仙亦必有此術。所以無人再逢者，當由過去生中原未受恩，故不肯竭盡心力，縮地補天耳。

有客在泊鎮宿妓，與以金，妓反覆審諦，就燈燒之，微笑曰：莫紙錠否？怪問其故，云數日前糧艘演劇賽神，往看至夜深，歸遇少年與以金，就河干草屋野合。至家探懷，覺太輕，取出乃一紙錠，蓋遇鬼也。因言相近一妓家有客，贈衣飾甚厚，去後皆已篋中物，鑰故未啟，疑為狐所紿矣。客戲曰：天道好還。又瞽者劉君瑞言：青縣有人與狐友，時共飲甚暱。忽久不見，偶過叢莽間，有呻吟聲，視之，此狐也。問何狼狽乃爾，狐愧沮良久，曰：頃見小妓頗壯盛，因化形往宿，冀採其精，不虞妓已有惡瘡，採得之後，毒滲命門，與平生所採混合為一，如油入麵，不可復分，遂潰裂蔓延，達於面部，恥見故人，故久不來往耳。此又狐之敗於妓者。機械相乘，得失倚伏，膠膠擾擾，將伊於胡底乎？

李千之侍御言：某公子美丰姿，有衛玠璧人之目。雍正末，值秋試，於豐宜門內租僧舍過夏。以一室設榻，一室儲書，每晨興，書室几榻筆墨之類皆拂拭無纖塵，乃至瓶插花，硯池注水，亦皆整頓如法，非粗材所辦。忽悟北地多狐女，或藉通情愫，亦未可知，於意亦良得。既而盤中稍稍置果餌，皆精品，雖不敢食，然益以美人之貽，拭目以待佳遇。一夕月明，潛至北牖外穴紙窺覘，冀睹豔質。夜半器具有聲，果一人在室料理，諦視則修髯偉丈夫也。怖而却走，次日即移寓。移時承塵上似有嘆聲。

康師，杜林鎮僧也。北俗呼僧多以姓，故名號不傳焉。工瘍醫。余小時曾及見之，言其鄉人家一婢懷春死，魂不散，時出祟人，然不現形，不作聲，亦不附人語，不使人病，惟時與少年夢中接，稍涎瘦則別媚他年少，亦不至殺人，故為祟而不以為祟，即嘗為所祟者亦夢境恍惚，莫能確執。如是數十年，不為人所畏，亦不為人所劾治。真黠鬼哉！可謂善藏其用，善遁於虛，善留其不盡，善得老氏之旨矣。然終有人知之，有人傳之，則黠巧終無不敗也。

相傳康熙中，瓜子店火（在正陽門之南而偏東），有少年病瘵不能出，併屋焚焉。火熄掘之，尸已焦，而有一狐與俱死。知其病為狐媚也。然不知狐何以亦死，或曰狐情重，救之不出，守之不去也；或曰狐媚人至死，神所殛也。是皆不然。狐鬼乃能變幻，而鬼能穿屋透壁出（語兩事），鬼有形無質，純乎氣也，氣無所不達，故莫能礙。狐能大能小，與龍等，然有形有質，能化而小，不能化而無，故有隙即遁，而無隙則礙不能出。雖至靈之狐，往來亦必由戶牖。此少年未死，聞狐尚來媚，猝遇火發，戶牖俱焰，故並為燼焉耳。

門人徐通判敬儒言：其鄉有富室暱一婢，寵眷甚至，婢亦傾意向其主，誓不更適。嫡心妒之，而無如何。會富室以事他出，嫡密召女儈鬻諸人，待富室歸，則以竊逃報。家人知主歸事必有變也，偽向女儈買出，而匿諸尼庵。婢自到女儈家，即直視不語，提之立則立，扶之行則行，捺之卧則卧，否則如木偶，終日不動，與之食則食，與之飲則飲，不與亦不索也。到尼庵亦然。醫以為憤恚痰迷，然藥之不效，至尼庵仍不蘇，如是不死不生者月餘。富室歸，果與嫡操刃鬭，屠一羊瀝血告神，誓不與俱生。家人度不可隱，乃以實告。急往尼庵迎歸，癡如故。富室附耳呼其名，乃霍然如夢覺，自言初到女儈家，念此特主母意，主人當必不見棄，因自歸息，為主母見恆，藏匿隱處，以待主人之來。今聞主人呼，喜而出也。因言家中某日見某人，某人某日作某事，歷歷不爽，乃知其形去而魂歸也。因是推之，知所謂離魂倩女，其事當不過如斯，特小說家點綴成文，以作佳話，至云魂歸後衣皆重著，尤為誕謾。著衣者乃其本形，頃刻之間襟帶不解，豈能層層搜入，何不云衣如委蛻，尚稍近事理乎。

客作田不滿（初以其不自滿假之義，備其命名，有古意。既乃知以發音不滿得此名，取田填同音也），夜行失道，誤經墟墓間，足踏一髑髏。髑髏作聲曰：「毋敗我面，且禍爾。」不滿戇且悍，叱曰：「誰遣爾當路？」髑髏曰：「人移我於此，非我當路也。」不滿又叱曰：「爾何不禍移爾者？」髑髏曰：「彼運方盛，無如何也。」不滿笑且怒曰：「豈我衰耶？畏盛而凌衰，是何理耶？」髑髏作泣聲曰：「君氣亦盛，故我不敢祟，徒以虛詞恫喝也。畏盛凌衰，

人情皆爾，君乃責鬼乎？哀而撥入土窟中，君之惠也。」不滿衝之竟過，惟聞背後嗚嗚聲，卒無他異。余謂不滿無仁心，然遇鬼之人，而以大言激其怒，鬼亦有過焉。

蔣君生驕修言：一士人北上，泊舟北倉、楊柳青之間（北倉去天津二十里，楊柳青距天津四十里），時已黃昏，四顧森漫，去人家稍遠，獨一小童倚樹立，姣麗特甚，然衣裳華潔，而神意不似大家兒。士故輕薄，自上岸與語。口操南音，自云流落至此，已有人相約偕歸，時尚未至。漸相款洽，因挑以微詞，解扇上漢玉佩為贈，赧顏謝曰：「君是解人，亦不能自諱。然故人情重，實不忍別抱琵琶。」資佩而却。士人意未已，欲覘其居停蹤迹，從之數十步外，倏已滅迹。惟叢莽中一小墳，方悟為鬼也。女子事夫，大義也，從一則為貞，野合乃為蕩耳。男子而抱衾裯，已失身矣，猶言從一，非不揣本而齊末乎？然較反面負心，則終為差勝也。

先師陳白崖先生言：業師某先生（忘其姓字，似是姚鬧）篤信洛閩，而不鶩講學名，故窮老以終。雙華閣寂然，內行醇至，粹然古君子也。嘗稅居空屋數楹，一夜聞窗外語曰：「有事奉白，慮君恐怖，奈何？」先生曰：「第入無礙。」入則一人戴首於項，兩手扶之，首無巾而身襴衫，血漬其半。先生拱之坐，亦謙遜如禮。先生問何語，曰：「僕不幸明末戕於盜，魂滯此屋內，向有居者，雖不欲為祟，然陰氣陽光互相激薄，人多驚悸，僕亦不安。今有一策，鄰家一宅可容君眷屬，僕至彼多作變怪，彼必避去，有來居者擾之如前，必棄為廢宅。君以賤值售之，遷居於彼，僕仍安居於此，不兩得乎？」先生曰：「吾平生不作機械事，況役鬼以病人乎？義不忍為。吾讀書此室，圖少靜耳。君既在此，即改以貯雜物，日扃鎖之可乎？」鬼愧謝曰：「徒見君案上有性理，故敢以此策進，不知君竟真道學。僕失言矣。既荷見容，即託宇下可也。」後居之四年，寂無他異。蓋正氣足以懾之矣。

凡物太肖人形者，歲久多能幻化。族兄中涵言：官旌德時，一同官好戲劇，命匠造一女子，長短如人，周身形體以及隱微之處，亦一一如人，手足與目與舌皆施關捩，能屈伸運動，衣裙簪珥可以按時更易，所費百金，殆奪偃師之巧。或植立書室案側，或坐於牀樓，以資笑噱。一夜，童僕聞書室格格聲，時已鍵閉，穴紙竊視，月光在牖，乃此偶人來往自行。急告主人，自覘之，信然，焚之，嚶嚶作痛聲。又先祖母言：舅祖蝶莊張公家有空屋數間，貯雜物，婢媼或夜見院中有女子，容色姣好，而頷下修髯如戟，兩頰亦磔蝟毛，攜四五小兒游戲，小兒或跛或盲，或頭面破損，或無耳鼻，人至則倏隱，莫知何妖，不為人害，亦不外出。或曰目眩，或曰妄語，均不甚留意。後檢點此屋，見破裂虎邱泥孩一牀，狀如所見，其女子之鬚則兒童嬉戲以筆墨所畫云。

閱微草堂筆記卷十五　姑妄聽之一

余性耽孤寂而不能自閒卷軸筆硯自束髮至今無數十日相離也三十以前講考證之學所坐之處典籍環繞如獺祭三十以後以文章與天下相馳驟抽黃對白恆徹夜構思五十以後領修秘籍復折而講考證今老矣無復當年之意興惟時拈紙墨追錄舊聞姑以消遣歲月而已故已成灤陽消夏錄等三書復有此集緬昔作者如王仲任應仲遠引經據古博辨宏通陶淵明劉敬叔劉義慶簡淡數言自然妙遠誠不敢妄擬前修然大旨期不乖於風教若懷挾恩怨顛倒是非如魏泰陳善之所為則自信無是矣適盛子松雲欲為剞劂因率書數行弁於首以多得諸傳聞也遂采莊子之語名曰姑妄聽之乾隆癸丑七月二十五日觀弈道人自題

馮御史靜山家一僕忽發狂自撾口作譫語云我雖落拓以死究是衣冠何物小人敢不避路今懲爾使知靜山自往視之曰君白晝現形耶幽明異路恐於理不宜君隱形耶則君能見此輩此輩不能見君又何從而相避其僕俄如昏睡稍頃而醒則已復常矣門人桐城耿守愚狷介自好而喜與人爭禮數余嘗與論此事曰儒者每盛氣凌轢以邀人敬謂之自重不知重與不重視所自為苟道德無愧於聖賢雖王侯擁篲不能榮雖胥靡版築不能辱可貴者在我則在外者不足計耳如必以在外為重輕是待人敬我我乃榮人不敬我我即辱輿臺僕妾皆可操我之榮辱毋乃自視太輕歟守愚曰公生長富貴故持論如斯寒士不貧賤驕人則崖岸不立益為人所賤矣余曰此田子方之言朱子已駁之其為客氣不待辨即就其說而論亦謂道德本重不以貧賤而自屈非毫無道德但貧賤即可驕人也信如君言則乞丐較君為更貧奴隸較君為更賤群起而驕君君亦謂之能立品乎先師陳白崖先生嘗手題一聯於書室曰事能知足心常愜人到無求品自高斯真探本之論七字可以千古矣

龔集生言乾隆己未在京師廟寓佑宮與一道士相識時共杯酌一日觀劇邀同往亦欣然相隨薄暮歸道士拱揖曰承諸君雅意無以為酬今夜一觀傀儡可乎入夜至所居室中惟一大方几近邊略具酒果中央則陳一棊局呼童子閉外門請賓四面圍几坐酒一再行道士拍界尺一聲即有數小人長皆八九寸落局上合聲演劇呦呦嚶嚶音如五六歲童子而男女裝飾音調關目一一與戲場無異一齣終(傳奇以一折為一齣古無是字始見於吳任臣字彙補注曰讀如尺相沿已久遂不能廢今亦從俗書之)瞥然不見又數人落下別演一齣眾人且駭且喜暢飲至夜分道士命童子於門外几上置雞卵數百白酒數鐔戛然樂止惟聞鯆啜之聲矣詰其何術道士曰凡得五雷法者

皆可以役狐狐能大能小故遣作此戲為一宵之娛然惟供驅使則可若或役之盜物役之祟人或攝召狐女薦枕席則天譴立至矣眾見所未見乞後夜再觀道士諾之次早詣所居則早起已挈童子去

卜者童西磵言嘗見有二人對弈一客預點一弈圖如黑九五白六五之類封置笥中弈畢發視一路不差竟不知其操何術按前定錄載開元中宣平坊王生為李揆卜進取授以一緘可數十紙曰君除拾遺日發此後揆以李琪薦命宰臣試文詞一題為紫絲盛露囊賦一題為答吐蕃書一題為代南越獻白孔雀表揆自午至酉而成凡塗八字旁注兩句翊日授左拾遺旬餘發王生之緘視之三篇皆在其中塗注者亦如之是古有此術此人偶得別傳耳夫操管運思臨枰布子雖當局之人有不能預自主持者而卜者乃能先知之是任我自為之事尚莫逃定數巧取強求營營然日以心鬥者是亦不可以已乎

烏魯木齊遣犯剛朝榮言有二人詣西藏貿易各乘一騾山行失路不辨東西忽十餘人自懸崖躍下疑為夾壩(西番以劫盜為夾壩猶額魯特之瑪哈沁也)漸近則長皆七尺之身毿毿有毛或黃或綠面目似人非人語啁哳不可辨知為妖魅度必死皆戰慄伏地十餘人乃相向而笑無搏噬之狀惟挾人於脅下而驅其騾行止一山坳置人於地二騾一推墮坎中一抽刃屠割吹火燔熟環坐吞啖亦提二人就坐各置肉於前察其似無惡意方飢困亦姑食之既飽之後十餘人皆捫腹仰嘯聲類馬嘶中二人仍各挾一人飛越峻嶺三四重捷如猿鳥送至官路旁各予以一石瞥然竟去石巨如瓜皆綠松也攜歸貨之得價倍於所喪事在乙酉丙戌間朝榮嘗見其一人言之甚悉此未知為山精木魅觀其行事似非妖物殆幽巖窮谷之中自有此一種野人從古未與世通耳

漳州產水晶云五色皆備然赤者未嘗見故所貴惟紫別有所謂金晶者與黃晶迥殊最不易得或偶得之亦大如豇豆如瓜種止矣惟海澄公家有一三足蟾可為扇墜視之如精金鎔液洞澈空明為希有之寶楊制府景素官汀漳龍道時嘗為余言然亦相傳如是未目睹也姑錄之以廣異聞

陳來章先生余姻家也嘗得一古硯上刻雲中儀鳳形梁瑤峰相國為之銘曰其鳴將將乘雲翺翔有媯之祥其鳴歸昌雲行四方以發德光時癸巳閏三月也(壽原題惟作閏月蓋古例如斯)至庚子為人盜去丁未先生仲子聞之多方購得癸丑六月復乞銘於余余又為之銘曰失而復得如寶玉大弓既使之然敨物適違譬威鳳之翀雲翩没影於搖空及其歸也必仍止於梧桐故家子孫於祖宗手澤零落棄擲者多矣余嘗見媒媼攜玉佩數事云某公家求售外包殘紙

乃北宋槧公羊傳四頁為帳惘久之開之於先人已失之矣越八載購得又乞人銘以永其傳人之用心益相去遠矣

董家莊佃戶丁錦生一子曰二牛又一女贅曹寧為婿相助工作甚相得也二牛生一子曰三寶女亦生一女因住母家遂聯名曰四寶其生也同年同月差數日耳姑嫂互相抱攜互相乳哺襁褓中已結婚姻三寶四寶又甚相愛稍長即跬步不離小家不知別嫌疑於二兒嬉戲時每指曰此汝夫此汝婦也二兒雖不知為何語然聞之則已稔矣七八歲外稍稍解事然俱隨二牛之母同臥起不相避忌會康熙辛丑至雍正癸卯歲屢歉錦夫婦並歿曹寧先流落至京師貧不自存鬻四寶於陳郎中家不知其名惟知為江南人二牛繼至會郎中求館僮亦鬻三寶於其家而誡勿言與四寶為夫婦郎中家法嚴每笞四寶三寶必暗泣笞三寶四寶亦然郎中疑之轉鬻四寶於鄭氏或云即郎中鄭氏也而逐三寶三寶仍投舊媒媼又引與一家為館僮久而微聞四寶所在乃寅緣入鄭氏家數日後得見四寶相持痛哭時已十三四矣鄭氏怪之則詭以兄妹相逢對鄭氏以其名行第相連遂不疑然內外隔絕僅出入時相與目送而已復歲餘二牛曹寧並赴京贖子女輾轉尋訪至鄭氏鄭氏始知其本夫婦意甚憫惻欲助之合卺而仍留服役其館師嚴某講學家也不知古今事異昌言排斥曰中表為婚禮所禁亦律所禁違之且有天誅主人意雖善然我輩讀書人當以風化為己任見悖理亂倫而不沮是成人之惡非君子也以去就力爭鄭氏故良懦二牛曹寧亦鄉愚聞違法罪重皆惴而止後四寶鬻為選人妾不數月病卒三寶發狂走出莫知所終或曰四寶雖被迫脅去然毀容哭泣實未與選人共房幃惜不知其詳耳果其如是則是二人者天上人間會當相見定非一瞑不視者矣惟嚴某作此惡業不知何心亦不知其究竟然神理昭昭當無善報或又曰是非泥古亦非好名殆覬覦四寶欲以自侍耳若然則地獄之設正為斯人矣

乾隆戊午運河水淺糧船銜尾不能進共演劇賽神運官皆在方演荊釵記投江一齣忽扮錢玉蓮者長跪哀號淚隨聲下口喃喃訴不止語作閩音啁哳無一字可辨知為鬼附詰問其故鬼又不能解人語或投以紙筆搖首曰道不識字惟指天畫地叩額痛哭而已無可如何掖於岸上尚嗚咽跳擲至人散乃已久而稍蘇自云突見一女子手捐其頭自水出駭極失魂昏然如醉以後事皆不知也此必水底羈魂見諸官集會故出鳴冤然形影不睹言語不通遣善泅者求尸亦無跡旗丁又無新失女子者莫可究詰乃連銜具牒焚於城隍祠越四五日有水手無故自刎死或即殺此女子者神譴之歟

鄭太守慎人言嘗有數友論閩詩於林子羽頗致不滿夜分就寢聞筆硯格格有聲以為鼠

也次日見几上有字二行曰如撥雨古潭暝禮星寒殿開似我郎諸公都未道及可盡以為唐摹晉帖乎時同寢數人書皆不類數人以外又無人能作此語者知文士爭名死尚未已鄭康成為厲之事殆不虛乎

黃小華言西域有扶乩者下壇詩曰敕勒西風木葉飛斷腸花謝雁來稀吳娘日暮幽房冷猶著玲瓏白苧衣皆不解所云乩又書曰頃過某家見新來稚妾銷閉空房流落仳離自其定命但飢寒可念振觸人心遂惻然詠此敬告諸公尚無刻銅調衆之才勿輕舉此念亦陰功也請問仙號書曰無塵再問之遂不答按李無塵明末名妓祥符人開封城陷歿於水有詩集語頗秀拔其哭王烈女詩曰白練子有淚敢謂世無人措詞得體尤為作者所稱也

遺秉滯穗寡婦之利其事遠見於周雅鄉村麥熟時婦孺數十為羣隨刈者之後收所殘剩謂之拾麥農家習以為俗亦不復回顧猶古風也人情漸薄趨利若鶩所殘剩者不足給遂頗有盜竊攘奪又浸淫而失其初意者矣故四五月間婦女露宿者徧野有數人在靜海之東日落後趁涼夜行遙見一處有燈火往就乞飲至則門庭華煥僮僕皆鮮衣堂上張燈設樂似乎燕賓遙望三貴人據榻坐方進酒行炙衆陳投止意閽者為白主人頷之俄又呼回似附耳有所囑閽者出引一媼悄語曰此去城市稍遠倉卒不能致妓女主人欲於同來女伴中擇端正者三人侑酒薦寢每人贈百金其餘亦各有犒賞媼為通詞犒賞當加倍媼密告衆衆利得賞慫恿幼婦應其請遂引三人入沐浴妝飾更衣裙侍客諸婦皆置別室亦大有酒食至夜分三貴人各擁一婦入別院闔家皆滅燭就眠諸婦女行路疲困亦酣臥不知曉比日高睡醒則第宅人物一無所睹惟野草芃芃一望無際而已尋覓三婦皆裸露在草間所更衣裙已不見惟舊衣拋十餘步外幸尚存視所與金皆紙鋌疑為鬼而飲食皆真物又疑為狐或地近海濱蛟螭水怪所為歟貪利失身乃祇博一飽想其惘然相對憶此一宵亦似邯鄲枕上矣先兄晴湖則曰舞衫歌扇儼態萬方彈指繁華總隨逝水鶯嬉社散之日茫茫回首舊事皆空亦與三女子裸露草間同一夢醒耳豈但海市蜃樓為頃刻幻景哉

烏魯木齊參將德君楞額言向在甘州見互控於張掖令者甲云遣妻汚蔑乙云事有實據訊其事則二人本中表攜妻出塞乙亦同行至甘州東數十里夜失道遇一人似貴家僕言此僻徑少人我主人去此不遠不如投止一宿明日指路上官道隨行三四里果有小堡其人入良久出招手曰官喚汝等入進門數重見一人坐堂上問姓名籍貫指揮曰夜深無宿飯祇可留宿門側小屋可容二人女子令與媼婢睡可也二人就寢後似隱隱聞婦喚救聲闇中出視摸索不得門喚聲亦寂誤以為耳偶鳴也比睡醒則在曠野中急覓婦則在半里外

樹下，裸體反接，髮亂釵橫，衣裳掛在高枝上。言一婢持燈導至此，有婦數人，俄主人隨至，逼同坐，拒不能，則婢媼合手抱住解衣，婢皆置樹上，大呼無應者，遂受其污。天欲明，主人以二物置頭旁，屋宇頓失，身已卧沙石上矣。視頭旁物，乃銀二鋌，各鐫重五十兩，其年號則崇禎，其縣名則榆次，土蝕黑黯，真百年以外鑄也。甲戒乙勿言，約均分，後違約，乙怒詬爭，其事乃洩。甲夫婦雖堅不承，然詰銀所自，則云拾得，又詰婦衣傷，則云撲破，其詞閃爍，疑乙語未必誣也。令笑遣甲曰：於律得遺失物當入官，姑念爾貧，可將去。又瞋視乙曰：爾所告如虛，則同拾得，當同送官，於爾無分；所告如實，則此爲鬼以酬甲婦，於爾更無分。再多言且笞爾。並驅之出，以不理理之，可謂善矣。此與拾參婦女事相類，一以巧誘，而以利移其心；一以强脅，而以利消其怒。其揣度人情，投其所好，使倆亦略相等也。

金重牛魚，即瀋陽鱘鰉魚，今尚重之，又重天鵝，今則不重矣。遼重毗貍，亦曰毗令邦，即寶化黃鼠，明人尚重之，今亦不重矣。明重消熊棧鹿，棧鹿當是以棧飼養，今尚重之，消熊則不知爲何物，雖極富貴家問此名，亦云未睹。蓋物之輕重，各以其時之好尚，無定準也。記余幼時，人參、珊瑚、青金石，價皆不貴，今則日昂；綠松石、碧鴉犀，價皆至貴，今則日減；雲南翡翠玉，當時不以玉視之，不過如藍田乾黃，强名以玉耳，今則以爲珍玩，價遠出真玉上矣。又灰鼠舊貴白，今貴黑；貂裘舊貴長毳，故曰豐貂，今貴短毳；銀鼠舊比灰鼠價略貴，遠不及天馬，今則貴幾如貂；珊瑚舊貴鮮紅如榴花，今則貴淡如櫻桃，且有以白類車渠爲至貴者。蓋相去五六十年，物價不同已如此，況隔越數百年乎？儒者讀周禮蚳醢，竊竊疑之，由未達古今異尚耳。

八珍惟熊掌鹿尾爲常見，駝峰出塞外，已罕覯矣（此野駝之單峯者，非常駝之雙峯也，語詳槐西雜志）。猩脣則僅聞其名。乾隆乙未，閑撫軍少儀餽余二枚，貯以錦函，似甚珍重，乃自額至頦，全剝而腊之，口鼻眉目，一一宛然，如戲場面具，不僅兩脣，庖人不能治，轉贈他友，其庖人亦未識，又別贈人，不知轉落誰氏，迄未曉其烹飪法也。

李又聃先生言：東光畢公（偶忘其名，官貴州通判，征苗時遇寇血戰陣亡者也），嘗奉檄勘苗峒地界，土官盛筵款接，賓主各一磁蓋杯，置面前，土官手捧啟視，則貯一蟲，如蜈蚣，蠕蠕旋動。譯者云：此蟲蘭開則生，蘭謝則死，惟以蘭蕊爲食，至不易得，今喜值蘭時，搜巖剔穴，得其二，故必獻生，表至敬也。旋以穀末少許灑杯中，覆之以蓋，須臾啟視，已化爲水，湛然淨綠，瑩澈如琉璃，蘭氣撲鼻，用以代醯，香沁齒頰，半日後尚留餘味，惜未問其何名也。

西域之果，蒲桃莫盛於土魯番，瓜莫盛於哈密。蒲桃，京師貴綠者，取其色耳，實則綠色乃微熟，不能甚甘，漸熟則黃，再熟則紅，熟十分則紫，甘亦十分矣。此福松巖額駙（名福增格，怡府婿也）鎮闢展時爲余言。瓜則充貢品者真出哈密，饋贈之瓜，皆金塔寺產，然貢品亦祗熟至六分有奇，途間封包閉束，瓜氣自相蒸鬱，至京可熟至八分，如以熟八九分者貯運，則蒸而霉爛矣。余嘗問哈密國王蘇來滿（額敏和卓之子）：京師園戶以瓜子種植者，一年形味並存，二年味已改，惟形粗近，三年則形味俱變盡，豈地氣不同歟？蘇來滿曰：此地土暖泉甘而無雨，故瓜味濃厚，種於內地，固應少減，然亦養子不得法。如以今年瓜子，明年種之，雖此地味亦不美，得氣薄也。其法當以灰培瓜子，貯於不濕不燥之空倉，三五年後乃可用，年愈久則愈佳，得氣足也。若培至十四五年者，國王之圃乃有之，民間不能待，亦不能久而不壞也。其語似爲近理，然其灰培之法，必有節度，亦必有宜忌，恐中國以意爲之，亦未必能如所說耳。

裘超然編修言：楊勤慤公年幼時，往來鄉塾，有綠衫女子，時乘牆缺窺之，或偶避入，亦必回眸一笑，若與目成，公始終不側視。一日拾塊擲公，曰：如此妍皮，乃裹癡骨。公拱手對曰：鑽穴踰牆，實所不解，別覓不癡者何如？女子忽瞠目直視曰：汝狡黠如是，安能從爾索命乎？且待來生耳。散髮吐舌而去，自此不復見矣。此足見立心端正，雖冤鬼亦無如何，又足見一代名臣，在童稚之年，已自樹立如此也。

河間王仲穎先生（安溪李文貞公爲先生改字曰仲退，然原字行已久，無人稱其改字也）名之銳，李文貞公之高弟，經術湛深，而行誼方正，粹然古君子也。乙卯丙辰間，余隨姚安公在京師，先生猶官國子監助教，未能一見，至今悵然。相傳先生夜偶至邸後空院，拔所種萊菔下酒，恍惚見人影，疑爲盜，俟已不見，知爲鬼魅，因以幽明異路之理厲聲責之。聞叢竹中人語曰：先生邃於易，一陽一陰，天之道也。人出以晝，鬼出以夜，即是幽明之分；人居無鬼之地，鬼居無人之地，是即異路焉耳。故天地間無處無人，亦無處無鬼，但不相干，即不妨並育。使鬼晝入先生室，先生責之是也；今時已深，更地爲空隙，以鬼出之時，入鬼居之地，既不秉燭，又不揚聲，猝不及防，突然相遇，是先生犯鬼，非鬼犯先生，斂避似已足矣，先生何責之深乎？先生笑曰：汝詞直，姑置勿論。自拔萊菔而返。後以語門人，門人謂鬼既能言，先生又不畏怖，何不叩其姓氏，暫假詞色，問冥司之說爲妄爲真，或亦於格物之一道。先生曰：是又人與鬼狎矣，何幽明異路之云乎？

鄭慎人言：昔與數友往九鯉湖，宿仙遊山家，夜涼未寢，出門步月，忽清風泠然，穿林而過，木葉簌簌，棲鳥驚飛，覺有種種花香，沁人心骨，出林後涉溪而去，水禽亦磔格亂鳴，似有所見，然凝睇無睹也。心知爲仙靈來往，次日尋視林內，微雨新晴，綠苔如罽，步步皆印弓彎，又有跣足之跡，然總無及三寸者，溪邊泥跡亦然，數之約二十餘人，指點徘徊，相與嘆異，不知是何神女也。慎人有四詩紀之，忘留其稿，不能追憶矣。

慎人又言：一日庭花盛開，聞婢嫗驚相呼喚，推窗視之，競以手指桂樹杪，乃一蝴蝶大如掌，背上坐一紅衫女子，大如拇指，翩翩翔舞，斯須過墻去。鄰家兒女又驚相呼喚矣。此不知為何怪，殆所謂花月之妖歟。說此事時在劉景南家，景南曰：安知非閭閻游嬉，以通草花朵中人物縛於蝶背而縱之耶？是亦一說。慎人曰：實見小人在蝶背有控馭之狀，俯仰顧盼，意殊生動，殊不類偶人也。是又不可知矣。

舅氏安公介然言：昔隨高陽劉伯緣先生官瑞州，聞城西土神祠有一泥鬼忽仆地，又一青面赤髮鬼衣裝面貌與泥鬼相同，壓於其下，視之則里中少年某偽為鬼狀也，已斷脊死矣。眾相駭怪，莫明其故。久而有知其事者曰：某鄰婦少艾，挑之為所詈。婦是日往母家，度必夜歸，過祠前，祠去人稍遠，乃偽為鬼狀，伏像後，待其至而突掩之，將乘其驚怖昏仆以圖一逞。不虞神之見譴也。蓋其婦弟預是謀，初不敢告人，事定後乃稍稍洩之云。介然公又言：狂童蕩婦相遇於河間文廟前，調謔無所避忌，忽飛瓦破其腦，莫知所自來也。夫聖人道德侔乎天地，豈如二氏之教，必假靈異而始信，必待護法而始尊哉。然神鬼撝呵，則理所應有，必謂朱錦作會元由於前世修文廟，視聖人太小矣。必謂數仞宮牆竟無靈衛，是又儒者之迂也。

三座塔（蒙古名古爾板蘇巴爾漢，唐之營州柳城縣，遼之興中府也，今為喀喇沁右翼地）。金巡檢（言，溥文達公之姪婿，偶忘其名）。有樵者山行，遇虎，避入石穴中，虎亦隨入。穴故嵌空而紆曲，轉輾內避，漸不容虎，而虎必欲搏樵者，努力強入。樵者窮迫，見旁一小竇，尚足容身，遂蛇行而入，不意蜿蜒數步，忽睹天光，竟反出穴外。乃力運數石窒虎退路，兩穴並聚柴以焚之，虎被熏灼，吼聲震巖谷，不食頃死矣。此事亦足為當止不止之戒也。

金巡檢又言：巡檢署中一太湖石，高出簷際，皺皴斑駮，孔竅玲瓏，望之勢如飛動，云遼金舊物也。考金嘗拆艮嶽奇石運之北行，此殆所謂卿雲萬態奇峰耶？然金以大定府為北京，今大寧城是也；遼興中府，金降為州，不應置石於州治，是又疑不能明矣。又相傳京師兔兒山石皆艮嶽故物，余幼時尚見之；余虎坊橋宅為威信公故第，廳事東偏一石高七八尺，云是雍正中初造宅時所賜，亦移自兔兒山者；南城所有太湖石，此為第一。余又號孤石老人，蓋以此云。

京師花木最古者首給孤寺呂氏藤花，次則余家之青桐，皆數百年物也。桐身橫徑尺五寸，聳峙高秀，夏月庭院皆碧色。惜蟲蛀一孔，雨漬其內，久而中朽至根，竟以枯槁。呂氏宅後售與高太守兆煌，又轉售程主事振甲，藤今猶在，其架用梁棟之材，始能支拄，其陰覆廳事一院，其蔓旁引，又覆西偏書室一院，花時如紫雲垂地，香氣襲衣。慕堂孝廉在日（慕堂名元龍，庚午舉人，朱石君之妹壻也，與余同受業於董文恪公），或自宴客，或友人借宴，客觴詠殆無虛夕。迄今四十餘年，再到曾遊，已非舊主，殊深鄰笛之悲。倪穟疇年丈嘗為題一聯曰：一庭芳草圍新綠，十畝藤花落古香。書法精妙，如渴驥怒猊，今亦不知所在矣。

陳句山前輩移居一宅，搬運家具時，先置書十餘篋於庭，似聞樹後小語曰：三十餘年，此間不見此物也。視之闃如，或曰：必狐也。句山掉首曰：解作此語，狐亦大佳。

先祖光祿公康熙中於崔莊設質庫，司事者沈伯玉也。嘗有提傀儡者質木偶二箱，高皆尺餘，製作頗精巧。逾期未贖，又無可轉售，遂為棄物，久置廢室中。一夕月明，伯玉見木偶跳舞院中，作演劇之狀，聽之亦咿嚶似度曲。伯玉故有膽，厲聲叱之，一時併散。次日舉火焚之，了無他異。蓋物久為妖，焚之則精氣爍散，不能復聚；或有所憑，亦為妖，焚之則失所依附，亦不能靈。固物理之自然耳。

獻縣一令，待吏役至有恩，歿後眷屬尚在署，吏役無一存問者。強呼數人至，皆狰獰相向，非復昔時。夫人憤恚慟哭，柩前倦而假寐，恍惚見令語曰：此輩無良，是其本分，吾望其感德，已大誤；汝責其負德，不又誤乎？霍然忽醒，遂無復怨尤。

康熙末，張歌橋（河間縣地）有劉橫者（橫讀去聲，以其強悍，得此稱，非其本名也），居河側。會河水暴漲，小舟重載，往往漂沒。偶見中流一婦，抱斷檣浮沉波浪間，號呼求救，眾莫敢援。橫獨奮然曰：汝曹非丈夫哉！烏有見死不救者？自掉舴艋追三四里，幾覆沒者數，竟拯出之。越日生一子。月餘，橫忽病，即命妻子治後事，時尚能行立，眾皆怪之。橫太息曰：吾不起也。吾援溺之夕，恍惚夢至一官府，吏卒導入，官持簿示吾曰：汝平生積惡種種，當以今歲某日死，墮豕身五世，受屠割之刑。幸汝一日活二命，作大陰功，於冥律當延二紀，今銷除壽籍，用抵業報，仍以原註死日死，緣期限已迫，恐世人昧昧，疑有是善事反促其生，故召爾證明，使知其故。今生因果並完矣，來生努力可也。醒而心惡之，未以告人，今屆期果病，尚望活乎？既而竟如其言。此見神理分明，毫釐不爽，乘除進退，恆合數世而計之，勿以偶然不驗，遂謂天道無知也。

鄭蘇仙言：有約鄰婦私會而病其妻在家者，夙負妻家錢數千，乃遣妻齎還，妻欣然往，不意鄰婦失期，而其妻乃途遇強暴，盡奪衣裙簪珥，縛置秫叢，宵客作流民，莫可追詰。其夫惟俛首太息，無復一言，人亦不知鄰婦事也。後數年有村媼之子挑人婦女，為媼所覺，反覆戒飭，舉此事以明因果，人乃稍知。蓋此人與鄰婦相聞，實此媼通詞，故知之審，惟諱婦姓名，則媼始終不肯洩，幸不敗焉。

狐所幻化不知其自視如何其互相視又如何嘗於灤陽消夏錄論之然狐本善為妖惑者也至鬼則人之餘氣其靈不過如人耳人不能化無為有化小為大化醜為姸而諸書載遇鬼者其棺化為宮室可延人入墓化為庭院可留人居其凶終之鬼備諸惡狀者可化為美麗豈一為鬼而即能歟抑有教之者歟此視狐之幻尤不可解憶在涼州路中御者指一山坳曰昔與車數十輛露宿此山月明之下遙見山半有人家土垣周絡屋角一一可數明日過則數塚而已是無人之地亦能自現此象矣明器之作聖人其知此情狀乎

吳僧慧貞言有浙僧立志精進誓願堅苦脇未嘗至席一夜有豔女窺戶心知魔至如不見聞女蠱惑萬狀終不能近禪榻後夜夜必至亦終不能使起一念女技窮遙語曰師定力如斯我固宜斷絕妄想雖然師忉利天中人也知近我則必敗道故畏我如虎狼即努力得到非非想天亦不過柔肌著體如抱冰霜媚姿到眼如見塵埃不能離乎色相也如心到四禪天則花自照鏡鏡不如花月自映水水不知月乃離色相矣再到諸菩薩天則花亦無花鏡亦無鏡月亦無月水亦無水乃無色無相無離不離為自在神通不可思議師如敢容我一近而真空不染則摩登伽一意皈依不復再擾阿難矣僧自揣道力足以勝魔坦然許之偎倚撫摩竟毀戒體懊喪失志侘傺以終夫摩而不磷涅而不淄惟聖人能之大賢以下勿能也此僧中於一激遂開門揖盜天下自恃可為遂為人所不敢為卒至潰敗決裂者皆此僧也哉

德春齋扶乩其仙降壇不作詩自署名曰劉仲甫衆不知為誰有一國手在側曰是南宋國手著有棋訣四篇者也固請對弈乩判曰弈則必我負固請乃許乩果負半子衆曰大仙謙抑欲獎成後進之名耶乩判曰不然後人事事不及古惟推步與弈棋則皆勝古或謂因古人所及更復精思故已到竿頭又能進步是為推步言非為弈棋言也蓋風氣日薄人情日巧其傾軋相攻之術兩機激薄變幻萬端而詭出奇不留餘地古人不肯為之事往往肯為古人不敢冒之險往往敢冒古人不忍出之策往往忍出故一切世事心計皆出古人上弈棋亦心計之一故元宋國手至明已差一路今則差一路半矣然古之國手極敗不過一路耳今之國手或敗至兩路三路是則蹈實蹈虛之辨也問弈竟無常勝法乎又判曰無常勝法而有常不負法不弈則常不負矣僕偶以夙慧得作鬼仙世外閑身名心都盡逢場作戲勝敗何關若當局者角爭得失尚慎旃哉四座有經歷世故者多喟然太息

季滄洲言有狐居某氏書樓中數十年矣為整理卷軸驅除蟲鼠善藏弆者不及也能與人語而終不見其形賓客宴集或虛置一席亦出相酬酢詞氣恬雅而談言微中往往傾其座

人一日酒糾宣觴政約各言所畏無理者罰非所獨畏者亦罰有云畏講學者有云畏名士者有云畏富人者有云畏貴官者有云畏善諛者有云畏過謙者有云畏禮法周密者有云畏緘默慎重欲言不言者最後問狐則曰吾畏狐衆譁笑曰人畏狐可也君為同類何所畏請淨大白狐哂曰天下惟同類可畏也夫甌越之人與奚霫不爭地江海之人與車馬不爭路類不同也凡爭產者必同父之子凡爭寵者必同夫之妻凡爭權者必同官之士凡爭利者必同勢之賈勢近則相礙相礙則相軋耳且射雉者媒以雉不媒以雞捕鹿者由以鹿不由以羊豕凡反間內應亦必以同類非其同類不能投其好而入伺其隙而抵也由是以思狐安得不畏狐乎座有經歷險阻者多稱其中理獨一客酌酒狐前曰君言誠確然此天下所同畏非君所獨畏仍宜浮太白乃一笑而散余謂狐之罰觴應減其半蓋相礙相軋天下皆知之至伏肘腋之間而為心腹之大患託水乳之契而藏鉤距之深謀則不知者或多矣

滄州李媼余乳母也其子曰柱兒言昔往海上放青時（海濱空曠之地茂草叢生土人驅牛馬往牧謂之放青）有竈丁夜方寢（海上煮鹽之戶謂之竈丁）闖室內有窸窣聲時月明穿牖諦視無人以為鼠類也俄聞人語喧雜自遠而至有人連呼曰竄入此屋矣疑詫間已到窗外扣窗問曰某在此乎室內泣應曰在又問留汝乎泣應曰留又問汝同牀乎別宿乎泣良久乃應曰不同牀誰肯留也窗外頓足曰敗矣忽一婦大笑曰我度其出投他所人必不相饒汝以為未必今竟何如尚有面目攜歸乎此語之後惟聞索索人行聲不聞再語既而婦人又大笑曰此尚不決汝為何物乎扣窗呼竈丁曰我家逃婢投汝家既已留宿義無歸理此非爾脅誘老奴無詞以讐汝即或讐汝有我在老奴無能為爾等且寢我去矣穴紙私窺闃然無影回顧枕畔則一豔女橫陳且喜且駭問所自來言身本狐女為此塚狐買作妾大婦妒甚日日加捶楚度不可住逃出求生所以不先告君者慮恐怖不留必為所執故跧伏牀角俟其追至始冒死言已失身冀或相容今幸得脫願生死隨君竈丁慮無故得妻或為人物色致有他虞女言能自隱形不為人見頃縮身為數寸君頓忘耶遂留為夫婦親操井臼不異貧家竈丁竟以小康柱兒於竈丁為外兄故知其審李媼說此事時云女尚在今四十餘年不知如何矣此婢遭逐患難不辭詭語以自污可謂鋌而走險然既已自污則其夫留之為無理其嫡去之為有詞此冒險之計實亦決勝之計也婢亦黠矣哉惟其夫初既不顧其後又不為之所使此婢援絕路窮至一決而橫潰又何如度德量力早省此一舉歟

老儒周懋官口操南音不記為何許人久困名場流離困頓嘗往來於周西擎何華峰家華

峰本亦姓周，或二君之族歟。乾隆初余尚及見之，迂拘拙鈍，古君子也。每應試，或以筆畫小誤被貼，或已售而以一二字被落，亦有過遭吹索，如題目寫曰字偶稍狹，即以誤作日字貼；寫己字末筆偶鋒尖上出，即以誤作巳字貼。尤抑鬱不平。一日焚牒文昌祠，訴平生未作過惡，横見沮抑。數日後夢朱衣吏引至一殿，神據案語曰：爾功名坎坷，遂瀆神明，徒挾怨尤，不知因果。爾前身本部院吏也，以爾狡黠舞文，故罰爾今生為書癡，毫不解事；以爾好指摘文牒，雖明知不誤，而巧詞鍛鍊，以挾制取財，故罰爾今生處處以字畫見斥。因指簿示之曰：爾以曰字見貼者，此官前世福建駐防音德布之妻，老節婦也，因咨文寫音為殷，譯語諧聲，本無定字，爾反覆駁詰，來往再三，使窮困孀嫠所得建坊之金不足供路費。爾以巳字見貼者，此官前世以知縣起服，本歷俸三年零十一月，爾需索不遂，改其文三字為五，一字為十，又以五年零十月發封，應得別案處分，比及辨白，坐原文錯誤，已沉滯年餘，業報應今生相遇，爾何冤之可鳴歟？其他種種，皆有夙因，不能為爾備陳，亦不可為爾預洩。爾宜委順，更毋嘵嘵。倘其不信，則緇袍黃冠行且有與爾為難者，可了然悟矣。語訖揮出，霍然而醒，殊不知緇袍黃冠之語。時方寓佛寺，因遷徙避之。至乙卯鄉試，闈中已擬第十三，二場僧道拜父母判中有長揖君親字，蓋用傅弈表「不忠不孝，削髮而揖君親」語也。考官以為疵累，竟斥落，方知神語不誣。此其館步文，陳襟家（名登廷，嘉興人，官刑部郎中）自詳述於步文者，後不知所終，殆坎壈以歿矣。

廉倚帆侍詔言：有選人張某攜一妻一婢至京師，僦居海豐寺街。歲餘妻病歿，又歲餘婢亦暴卒。方治棺殮，忽似有呼吸，既而目睛轉動，已復蘇，呼選人執手泣曰：一別年餘，不意又相見。選人駭愕，則曰：君勿疑譫語，我是君婦，借婢尸再生也。此婢雖侍君巾櫛，恆鬱鬱不欲居我下。商於妖尼，以術魘我，我遂奄奄病死，魂為術者收瓶中，鎮以符咒，埋尼菴牆下，局促昏闇，苦狀難言。會尼菴牆圮，掘地重築，圬者劚土破瓶，我乃得出，茫茫昧昧，莫知所往。伽藍神指我訴城隍，而有魘法者皆有邪神為城社，輾轉撑拄，獄不能成。達於東嶽，乃捕逮術者，鞫治得狀，拘婢付泥犁。我壽未盡，尸已久朽，故判借婢尸再生也。闔家悲喜，仍以主母事之。而所指作魘之尼，則謂選人欲以婢為妻，故詐死尼時造作斯語，不顧陷人於重辟，洶洶欲訐訟。事無實證，懼干妖妄，罪遂避不敢言。然倚帆嘗私叩其僮僕，具道婦再生後述舊事無纖毫差，其語音行步亦與婦無纖毫異；又婢拙女紅，而婦善刺繡，有舊所製履未竟，補成其半，宛然一手，則似非偽託矣。（此雍正末年事也）

范衡洲（山陰人，以家桃甲戌進士，官柳州知府）之姪女，未婚夠節，吞金環不死，卒自投於河。曾太守（嘉祥人，曾子裔也，偶

忘其名字）之女，以救母並焚死。其事跡始末，當時皆了了知之，今四十餘年，不能舉其詳矣。奇聞易記，庸行易忘，固事理之常歟。附存姓氏，冀不泯幽光。孔子家語載弟子七十二人，固不必一一皆具行實爾。

衛洲言：其鄉某甲甚樸愿，一生無妄為。一日晝寢，夢數役持牒攝之去，至一公署，則冥王坐堂上，鞫以謀財殺某乙。某乙至，亦執甚堅。蓋某乙自外索逋歸，天未曙，趁涼早發，遇數人見腰纏纍然，共擊殺之，攜尸棄岸旁。某甲偶棹船艇過，見尸大駭，視之識為某乙，尚微有氣，因屬鄰里抱置舟上，欲送之歸。某乙垂絕，忽稍蘇，張目見某甲，以為眾奪財去，某甲獨載尸棄諸江也，故魂至冥司，獨訟某甲。冥王檢籍，云盜為某某，非某甲，某乙以親見固爭。冥吏又以冥籍無誤理，與某乙固爭。冥王曰：冥籍無誤，論其常也，然安知千百萬年不誤者，不偶此一誤乎？我斷之不如入質之也，吏言之不如囚證之也。故拘某甲。某甲具述載送意，照以業鏡，如所言，某乙乃悟某甲初無惡，悔誤拘。冥王告以故，某甲亦悟，遂別治某乙獄，而送某甲歸。夫折獄之明決，至冥司止矣；案牘之詳確，至冥司亦止矣。而冥王若是不自信也，又若是不憚煩也。斯冥王所以為冥王歟？仲尼不為已甚，豈僅防矯枉過直哉，聖人之所慮遠也。老子曰：民不畏死，奈何以死畏之？夫民未嘗不畏死，至知必死，乃不畏；至不畏死，則無事不可為矣。小時聞大姓為盜劫，懸賞格購捕，半歲餘悉就執，亦俱引伏。而大姓恨盜甚，以多金賂獄卒，百計苦之，至足不躡地，脇不到席，束縛不使如廁，褌中蛆蟲蠕蠕，嚙股髀，惟不絕飲食，使勿速死而已。盜恨大姓甚，私計強劫得財，律不分首從斬；輪姦婦女，律亦不分首從斬。二罪從一科斷，均歸一斬，萬無加至磔裂理，乃於庭鞫時自供偏污其婦女。官雖不據以錄供，而眾口堅執，非其聞達，不能滅此語，不善大姓者又從而附會。蓋盜已論死，足蔽罪，而不惜多金，又百計苦之，其銜恨次骨，正以此。人言籍籍，亦無從而辨此疑，遂大為門戶玷，悔已無及。夫劫盜駢戮，不能怨主人；即拷掠追訊，桎梏幽縶，亦不能怨主人，法所應受也。至虐以法外，則其志不甘，擲石擊石，力過猛必激而反，取一時之快，受百世之污，豈非已甚之故乎？然則聖人之所慮遠矣。

霍養仲言：雍正初，東光有農家，粗具中人產。一夕有劫盜，不甚搜財物，惟就衾中曳其女，旋入後園，仰縛曲項老樹上，蓋其意本不在劫也。女哭詈，客作高斗睡園中，聞之，躍起挺刃出，與鬥，盜盡披靡，女以免。女恚憤泣涕，不語不食，父母寬慰，終不解，窮詰再三，始出一語曰：我身裸露，可令高斗見乎？父母喻意，竟以妻斗。此與楚鍾建事適相類。然斗始願不及此，徒以其父病，主為醫藥，及死，為指欲葬以隙地，而招其母司收者，故感激出死力耳。羅大經鶴林玉露載

詠朱亥詩曰：高論唐虞儒者事，負君賣友豈勝言。憑君莫笑金椎陋，卻是屠沽解報恩。至哉言乎。
太白詩曰：作個映歌扇，似月雲中見。相見不相親，不如不相見。此為冶游言也。人家夫
婦有睽離阻隔，而日日相見者，則不知是何因果矣。郭石洲言：中州有李生者，娶婦甫
餘而母病，夫婦更番守侍，衣不解結者七八月。母歿後，謹守禮法，三載不內宿。後貧甚，同依
外家。外家亦僅僅溫飽，屋宇無多，掃一室留居。未匝月，外姑之弟遠就館，送母來依姊，無室
可容，乃以母與女共一室，而李生別榻書齋，僅早晚同案食耳。閱二載，李生入京規進取，外
舅亦攜家就幕江西。後得信云，婦已卒。李生意氣懊喪，益落拓不自存，仍附舟南下覓外舅。
外舅已別易主人，隨往他所，無棲託，姑賣字糊口。一日，市中過雄偉丈夫，取視其字曰：君書
大好，能一歲三四十金為人書記乎？李生喜出望外，即同登舟。煙水淼茫，不知何處，至家，供
張亦甚盛。及觀所屬筆札，則綠林豪客也。無可如何，姑且依止，慮有後患，因詭易里籍姓名。
主人性豪侈，聲伎滿前，不甚避客。每張樂，必召李生。偶見一姬，酷肖其婦，疑為鬼。姬亦時時
目李生，似曾相識，然彼此不敢通一語。蓋其外舅江行，適為此盜所劫，見婦有姿首，併掠以
去。外舅以為大辱，急市薄槥，詭言女中傷死，偽為哭斂，載以歸。婦憚死失身，已充盜後房，故
於是相遇。然李生信婦已死，婦又不知李生改姓名，疑為貌似，故兩相失。大抵三五日必一
見，慣見亦不復相目矣。如是六七年。一日，主人呼李生曰：吾事且敗，君文士，不必與此難，此
黃金五十兩，君可懷之，藏某處叢荻間，俟兵退，速覓漁舟返。此地人皆識君，不虞其不相送
也。語訖，揮手使急去。伏匿未幾，聞鬨然格鬥聲。既而聞傳呼曰：盜已全隊揚帆去，且籍其金
帛婦女。時已曛黑，火光中窺見諸樂伎皆披髮肉袒，反接繫頸，以鞭杖驅之行，此姬亦在內，
驚怖戰慄，使人心惻。明日，島上無一人，痴立水次，久之，忽一人棹小舟呼曰：某先生耶？大王
故無恙，且送先生返。行一日夜至岸，懼遭物色，乃懷金北歸。至則外舅已先返矣，生至家貨
所攜，漸豐裕，念夫婦至相愛，而結褵十載，始終無一月共枕席，今物力稍充，不忍終以薄槥
葬婦，易佳木且欲一睹其遺容，亦夙昔之情。外舅力沮不能止，詞窮吐實。急兼程至豫章，冀其
合樂昌之鏡，則所俘樂伎分賞已久，不知流落何所矣。每回憶六七年中，咫尺千里，輒惘然
如失。又回憶被俘時縲絏鞭笞之狀，不知以後何如，從此不娶，聞後竟為僧。戈芥舟前輩曰：
此事竟可作傳奇，惜末無結束，與桃花扇相等。雖曲終不見，江上峰青，綿邈含情，正在煙波
不盡，究未免增人惆悵耳。
金可亭（此浙江金孝廉，名嘉炎。與金司寇同姓同號，各自一人）言：有趙公者，官監司，晚歲家居，得一婢曰紫桃，寵專房。他
姬莫當夕。紫桃亦婉孌善奉事，呼之必在側，百不一失。趙公固聰察，疑有異，於枕畔固詰紫

桃，自承為狐，然夙緣當侍公，與公無害，暱愛久，亦勿言。家有園亭，一日，立兩室間，呼紫桃，則
兩室各一紫桃出，乃大駭。紫桃謝曰：妾分形也。偶春日策杖郊外，遇道士，與語甚有理致，情
頗洽，問所自來，曰：為公來。公本謫仙，限滿當歸三島，今金丹已為狐所盜，不可復鍊，再不治，
恐壽限亦減。僕公舊侶，故來視公。趙公心知紫桃事，邀同歸。道士踞坐廳事，索筆書一符，發
聲長嘯，郎中紛紛擾擾，有數十紫桃，容色衣飾，無毫髮差，亂庭院皆滿。道士呼真紫桃出，眾
相顧曰：無真也。又呼最先紫桃出，一女叩頷曰：婢子是。道士叱曰：爾盜趙公丹，已非，又呼朋
引類，務敗其道，何也？女對曰：是有二故。趙公前生煉精四五百年，元關堅固，非更番迭取不
能得，然趙公非碌碌者，見眾美遞進，必覺為蠱惑，斷不肯納，故終始共幻一形，隱其迹也。今
事已露，頓散去。道士揮手令出，顧趙公太息曰：小人獻媚旅進，君子勿受也。一小人伺君子
之隙，投其所尚，眾小人從而陰佐之，則君子勿覺矣。易姤卦之初六，一陰始生，其象為繫於
金柅，柅以止車，示當止也。不止則履霜之初，即堅冰之漸，浸假而剝卦六五至矣。今日之事，
是之謂乎？然苟無其隙，雖小人不能伺；苟無所好，雖小人不能投。千金之堤，潰於蟻漏，有蟻
故也。公先擬涉旁門，欲講容成之術，既而耽玩艷冶，失其初心，嗜慾日深，故妖物乘之，而盜
集。釁因自起於彼，何尤此？始此終固亦其理。驅之而不誅，蓋以是耳。吾來稍晚，於公事已無
益，然從此攝心清靜，猶不失作九十翁。再三珍重，瞥然而去。趙公後果壽八十餘。
哈密屯軍，多牧馬西北深山中。屯弁或往考牧，中途憩息一民家。主翁具瓜果，意甚款懃，
久漸款洽。然竊怪其無鄰無里，不圃不農，寂居空山，作何生計。一日，偶詰其故，翁無詞自解，
云實蛻形之狐。問：狐喜近人，何以僻處？狐多聚族，何以獨居？曰：修道必世外幽棲，始精神堅
定。如往來城市，則嗜慾日生，難以鍊形服氣，不免於媚人採補，攝取外丹，倘所害過多，終干
天律。至往來墟墓，種類太繁，則蹤跡彰明，易招弋獵，尤非遠害之方。故均不為也。弁善其
樸誠，亦不憚，約為兄弟，翁亦欣然。因出便旋，徧繞環視，翁笑曰：凡變形之狐，其室皆幻；蛻形
之狐，其室皆真。老夫尸解以來，久歸人道，此並葺茅伐木，手自經營，公毋疑如海市也。他日
再詣，屯軍皆月明之夕，不睹人形，而石壁時現二人影，高並丈餘，疑為鬼物，欲改牧廠。屯弁
以問此翁，翁曰：此所謂木石之怪夔罔兩也，山川精氣翕合而生，始終不為人害，無庸避也。
後屯弁洩其事，翁遂徙去，惟二影今尚存。此哈密徐守備所說。徐去久，擬同屯弁往觀，以
往返須數日，尚未暇也。
烏魯木齊牧廠，一夕大風雨，馬驚逸者數十匹，追尋無跡。七八日後，乃自哈密山中出，知為
烏魯木齊馬者，馬有火印故也。是地距哈密二十餘程，何以不十日即至？知有捷徑，幽巖人跡

未到之處別有捷徑矣。大學士溫公遣臺軍數輩裹糧往探皆糧盡空返終不得路。或曰臺軍憚路遠在近山逗遛旬日詭云已往。或曰臺軍憚伐山開路勞又憚移臺般運費故諱不言。或曰自哈密闢展至迪化（迪化即烏魯木齊之城名今因為州名）人烟相接村落市廛郵傳館舍如內地。又沙平如掌故而山行則路既險阻地亦荒涼事事皆不適故不願。或曰道途既減大半則臺軍之額驛馬之數以及一切轉運之費皆應減大半於官吏頗有損故陰掣肘。是皆不可知。然七八日得馬之事終不可解。或又為之說曰失馬譴重司牧者以牢醴禱山神神驅之故馬速出非別有路也。然神能驅之行何不驅之返乎。

奴子王廷佑之母言幼時家在衛河側。一日晨起聞兩岸呼譟聲時水暴漲疑河決踉蹌出視則河中一羊頭昂出水上巨如五斗栲栳急如激箭順流向北去皆曰羊神過。余謂此蛟螭之類首似羊也。埤雅載龍九似亦稱首似牛云。

居衛河側者言河之將決中流之水必凸起高於兩岸。然不知其在何處也。至棒椎魚集於一處則所集之處不一兩日潰矣。父老相傳驗之百不失一。棒椎魚者象其形而名。平日不知在何所網釣亦未見得之者。至河暴漲乃出。至護堤者見其以首觸岸如萬杵齊築則決在斯須間矣。豈非數哉。然唐堯洪水天數也。神禹隨刊則人事也。惟聖人不委過於天先事而綢繆事後而補救雖不能消弭亦必有所挽回。

先曾祖母王太夫人八旬時賓客滿堂。奴子李榮司茶酒竊倉酒半甖藏房內夜歸將寢聞甖中有鼾聲怪而撼之甖中忽語曰我醉欲眠爾勿擾。知為狐魅怒而極撼之鼾益甚。探手引之則一人首出甖口漸巨如斗漸巨如栲栳。榮批其頰則掉首一搖連甖旋轉砰然有聲觸甖而碎已涓滴不遺矣。榮頓足極罵聞梁上語曰長孫無禮（長孫榮之小名）許爾盜不許我盜耶。爾既惜酒我亦不勝酒今還爾。擲其項而嘔自項至踵淋漓殆徧。此與所記西城狐事相似而更惡作劇。然小人貪冒無一事不作姦稍料理之未為過也。

安州陳大宗伯宅在孫公園（其後廢墟即孫退谷之別業）後有樓貯雜物云有狐居然不甚露形聲也。一日聞似相詬誶忽亂擲牙牌於樓下琤琤如雹。數之得三十一扇惟闕二四一扇耳。二四么二牌家謂之至尊（以合為九數）得者為大捷疑其爭此二扇怒而拋棄歟。余兒時曾親見之。杜工部大呼五白韓昌黎博塞爭財李習之作五木經楊大年喜葉子戲偶然寄興借此消閒名士風流往往不免乃至元邱校尉亦復沿波余性迂疏終以為非雅戲也

蔣心餘言有客赴人遊湖約至畫船簫鼓紅裙而侑酒者諦視乃其婦也去家二千里不知何流落到此而懼為辱噤不敢言。婦乃若不相識無恐怖意亦無慚愧意調絲度曲引袖飛

觴恬如也。惟聲音不相似。又婦笑好掩口此妓不然。亦不相似。而右腕紅痣如粟顆乃復宛然。大惑不解草草終筵。將治裝為歸計。俄得家書婦半載前死矣。疑為見鬼亦不復深求。所親見其意態殊常密詰再三。始知其故。咸以為貌偶同也。後聞一遊士來往吳越間不事干謁不通交遊亦無所經營貿易惟攜姬媵數輩閉門居。或時出一二人屬媒媼賣之而已。以為販鬻婦女者與人無事莫或過問也。一日意甚匆遽。急買舟欲赴天目山。求高行僧作道場。僧以其疏語掩抑支離不知何事。又有本是佛僧當求佛佑仰藉慈雲之庇庶免雷部之刑語。疑有別故還其襯施謝遣之。至中途果殞於雷。從者微洩其事曰此人從一紅衣番僧受異術能持咒攝取新斂女子尸。又攝取妖狐淫鬼附其尸以生即以自侍。再有新者即以舊者轉售人獲利無算。因夢神責以惡貫滿盈當伏天誅故懺悔以求免竟不能也。疑此客之婦即為此人所攝矣。理藩院尚書留公亦言紅教喇嘛有攝召婦女術故黃教斥以魔云。

外祖安公前母安太夫人父也。殁時家尚盛諸舅多以金寶殉。或陳璠璵之戒不省。又築室墓垣外以數壯夫遞守柝聲鈴聲徹夜相答。或曰是樹幟招盜也。亦不省。既而果被發。蓋盜乘守者晝寢衣青衰踰垣伏草間故未覺其入。至夜以椎鑿破棺柝二擊則亦二椎柝三擊則亦三椎。故轉以鈴柝不聞聲。伏至天欲曉鈴柝皆息乃踰垣遁。故未覺其出。含珠巨如龍眼核亦裂頰取去。先聞之也。告官大索未得。聞諸舅同夢外祖曰吾夙生負此三人財今取償捕亦不獲也。惟我未嘗屠割彼而橫見酷虐刃劃斷我頤是當受報。吾得直於冥司矣。後月餘獲一盜果取珠者。珠為尸氣所蝕已青黯不值一錢。其二盜均知姓名而千金購捕不能得。則夢語不誣矣。

表叔王月阡言近村某甲買一妾兩月餘逃去。其父反以妒殺焚尸訟。會縣官在京需次時逃妾構訟事與此相類。觸其舊憤急窮治得誣狀。計不得逞堅不承轉索。蓋無誘逃實證難以究詰。妾卒無蹤。某甲婦弟往鄰縣。婦歸寧聞弟新納妾欲見之。妾閉戶不肯出。其弟自曳之來。一見即投地叩額稱死罪。正所失妾也。婦弟以某甲故妾不肯納某甲以曾侍婦弟亦不肯納。鞭之百。以配老奴竟以囊婢終焉。夫富室構訟詞連帷薄此不能旦夕結也。而適值是縣官。女子轉鬻深匿閨幃此不易物色求也。而適值其婦弟。機械百端可云至巧。烏知造物更巧哉。

門人萬觀察正華吉州人。言其鄉有數商騾綱行山間見棋枰山立一道士青袍棕笠以麈尾招其中一人曰爾何姓名。具以對。又問籍何縣。曰是爾矣。爾本謫仙今限滿當歸紫府。

吾是爾本師。故來導爾。爾宜隨我行。此人私念平生不能識一字。魯鈍如是。不應為仙人轉生。且父母年已高。亦無棄之求仙理。堅謝不往。道士太息。又招衆人曰。彼既墮落。當有一人補其位。諸君相遇。即是有緣。有能隨我行者乎。千載一遇。不可失也。衆亦疑駭無應者。道士怫然去。衆至逆旅。以此事告人。或云仙人接引。不去可惜。或云恐或妖物。不去是。有好事者。次日循蹤往探之。甫登一嶺。見草中殘骨狼藉。乃新被虎食者也。惶遽而返。此道士殆虎倀歟。故無故而致非常之福。貪冒者所喜。明哲者所懼也。無故而作非分之想。僥倖者其偶。顛越者其常也。謂此人之魯鈍。正此人之聰明可矣。

宋人詠蟹詩曰。水清詎免雙螯黑。秋老難逃一背紅。借寓朱勔之貪婪必敗也。然他物供庖厨。一死焉而已。惟蟹則生投釜甑。徐受蒸煮。由初沸至熟。至速亦逾數刻。其楚毒有求死不得者。意非夙業深重。不墮是中。相傳趙公宏燮官直隸巡撫時。（時直隸尚未設總督）一夜夢家中已死僮僕婢媼數十人。環跪階下。皆叩顙乞命曰。奴輩生受豢養恩。而互結朋黨。蒙蔽主人。久而枝蔓牽纏。根深柢固。成牢不可破之局。即稍有敗露。亦衆口一音。巧為解結。使心知之而無如何。又久而陰相掣肘。使不如衆人之意。則不能行一事。坐是罪惡。墮入水族。使世世罹湯鑊之苦。明日主人供膳蟹。即奴輩後身。乞見赦宥。公故仁慈。天曙以夢告司庖。飭舉蟹投水。

且為禮懺作功德。時霜蟹肥美。使宅所供。尤精選膏腴。奴輩皆竊笑曰。老翁狡獪。造此語怖人耶。吾輩豈受汝紿者。竟效校人之烹。而以已放告。又乾沒其功德錢。而以佛事已畢告趙公。意終不知也。此輩作奸。固其常態。要亦此數十僮僕媼婢者。留此錮習。適以自戕。請君入甕。此之謂歟。

魂與魄交而成夢。究不能明其所以然。先兄晴湖嘗詠高唐神女事曰。他人夢見我。我固不得知。我夢見他人。人又烏知之。襄王自幻想。神女寍來期。如何巫山上。雲雨今猶疑。足為瑤姬雪謗。然實有見人之夢者。奴子李星嘗月夜村外納涼。遙見鄰家少婦。掩映棗林間。以為守圃防盜。恐其翁姑及夫或同在。不敢呼與語。俄見其循塍西行半里許。入秫叢中。疑其有所期會。益不敢近。僅遠望之。俄見穿秫叢出。行數步。阻水而返。痴立良久。又循水北行百餘步。阻泥濘又返。折而東北入豆田。詰屈行顛蹶者再。知其迷路。乃遙呼曰。幾嫂深夜往何處。遂北無路。更且陷淖內矣。婦回顧應曰。我不能出。幾郎可領我還。急赴之。已無睹矣。知為遇鬼。心驚骨悚。狂奔歸家。乃見婦與其母。坐門外牆下。言適紡倦睡去。夢至林野中。迷不能出。聞幾郎在後喚我。乃霍然醒。與星所見一一相符。蓋疲困之極。神不守舍。真陽飛越。遂至魂魄與形離。是即鬼類。與神識起滅自生幻象者不同。故人或得而見之。獨孫生之夢遊正此類耳。

有州牧以貪橫伏誅。既死之後。州民喧傳其種種冥報。至不可殫書。余謂此怨毒未平。造作訛言耳。先兄晴湖則曰。天地無心。視聽在民。民言如是。是亦可危也已。

里媼遇飲食凝滯者。即以其物燒灰存性。調水服之。余初斥其妄。然亦往往驗。審思其故。此皆油膩凝滯者也。蓋油膩先凝。物稍過多。則遇之必滯。凡藥物入胃。必湊其同氣。故某物之灰能自到某物凝滯處。凡油膩得灰。即解散。故灰到其處。滯者自行。猶之以灰浣垢而已。若脾弱之凝滯。氣鬱之凝滯。血瘀痰結之凝滯。則非灰所能除矣。

烏魯木齊軍校王福言。昔在西寧。與同隊數人入山射生。遙見山腰一番婦獨行。有四狼隨其後。以為狼將搏噬。番婦未見也。共相呼譟。番婦如不聞。一人引滿射狼。乃誤中番婦。倒擲墮山下。衆方驚悔。視之亦一狼也。四狼則已逸去矣。蓋妖獸幻形誘人而啗。不幸遭殪也。宜惡貫已盈。若或使之歟。

閱微草堂筆記卷十六　姑妄聽之二

天下事情理而已。然情理有時而互妨。里有姑虐其養媳者。慘酷無人理。逃歸母家。母憐而匿別所。詭云未見。因涉訟。姑以朱老與比鄰。常見其來往。引為證。朱私念言女已歸。則驅人

就死。言女未歸。則助人離婚。疑不能決。乞籤於神。舉筒屢搖。籤不出。奮力再搖。籤乃全出。是神亦不能決也。辛彤甫先生聞之曰。神殊憒憒。十歲幼女。而日日加炮烙。恩義絕矣。聽其逃死不為過。

戈孝廉仲坊。丁酉鄉試後。夢至一處。見屏上書絕句數首。醒而記其兩句曰。知是蓬萊第一仙。因何清淺幾多年。壬子春。在河間見景州李生。偶話其事。李駭曰。此余族弟屏上近人題梅花作也。句殊不工。不知何以入君夢。前無因緣。後無徵驗。周官六夢。竟何所屬乎。

新齊諧（即子不語之改名）載雄雞卵事。今乃知竟實有之。其大如指頂。形似闤中落花生。不能正圓。外有斑點。向日映之。其中深紅如琥珀。以點目眚甚效。德少司空成。汪副憲承霈。皆嘗以是物合藥。然不易得。一枚可以值十金。阿少司農迪斯曰。是雖罕睹。實亦人力所為。以肥壯雄雞閉籠中。縱羣雌繞籠外。使相近而不能相接。久而精氣摶結。自能成卵。此亦理所宜然。然雞秉巽風之氣。故食之發瘡毒。其卵以盛陽不洩。鬱積而成。自必蘊熱。不知何以反明目。又本草之所不載。醫經之所未言。何以知其能明目。此則莫明其故矣。汪副憲曰。有以蛇卵售欺者。但映日不紅。即為偽託。亦不可不知也。

沈媼言。里有趙三者。與母俱傭於郭氏。母歿後年餘。一夕似夢非夢。聞母語曰。明日大雪。牆

頭當凍死一雞。主人必與爾。爾慎勿食。我害盜主人三百錢。冥司判為雞以償。今生卵足數而去也。次日果如所言。趙三不肯食。泣而埋之。反覆窮詰。始吐其實。此數年內事也。然則世之供車騎受刲煮者。必有前因焉。人不知耳。此輩之疫黠獷悍者。亦必有後果焉。人不思耳。

余十一二歲時。聞從叔燦若公言。里有齊某者。以罪戍黑龍江。殁數年矣。其子稍長。欲歸其骨。而貧不能往。恆戚戚然。如抱深憂。一日。偶得豆數升。乃屑以為末。水抟成丸。衣以赭土。詐為賣藥者以往。姑以給取數文錢供口食耳。乃沿途買其藥者。雖危證亦立愈。轉相告語。頗得善價。竟藉是達戍所。得父骨。以篋負歸。歸途於窟集遇三盜。悉劫其資斧。負篋奔。盜追及。開篋見骨。怪問其故。涕泣陳述。共憫而釋之。轉贈以金。方拜謝間。一盜忽擗踊大慟曰。此人孱弱如是。尚數千里外求父骨。我堂堂丈夫。自命豪傑。顧乃不能耶。諸君好住。吾今往肅州矣。語訖。揮手西行。其徒呼使別妻子。終不反顧。蓋所感者深矣。惜人往風微。無傳於世。余作灤陽消夏錄諸書。亦竟忘之。癸丑三月三日。宿海淀直廬。偶然憶及。因錄以補志乘之遺。倘亦潛德未彰。幽靈不泯。有以默啟余衷乎。

李蟠木言其鄉有灌園叟。年六十餘矣。與客作數人同屋寢。忽聞其啞啞作顫聲。又呢呢作媚語。呼之不應。一夕。燈未盡。見其布衾蠕蠕掀動。如有人交接者。問之亦不言。既而白晝或

忽趨僻處。或無故閉門。怪而覘之。輒有瓦石飛擊。人方知其為魅所據。久之不能自諱。言初見一少年至圃中。似曾相識。而不能記憶。邀之坐。問所自來。少年言有一事告君。祈君勿拒。君四世前與我為密友。後忽藉胥魁勢豪奪我田。我訴官。反遭箠楚。鬱結以死。愬於冥官。主者以契交隙末。當以歡喜解冤。判君為我婦二十年。不意我以業重。遽墮狐身。尚有四年未了。比我煉形成道。君已再入輪回。轉生今世。前因雖昧。舊債難消。夙命牽纏。遇於此地。業緣湊合。不能待君再墮女身。便乙相償。完此因果。我方駭怪。彼遽噓我以氣。惘惘然如醉如夢。已受其污。自是日必一兩至。去後亦自悔恨。然來時又帖然意肯。竟自忘為老翁。不知其何以故也。一夜。初聞伸[illegible]聲。漸聞呻吟聲。漸聞悄悄乞緩聲。漸聞切切求免聲。至雞鳴後。乃嗷然失聲。哭詈上大笑曰。此足抵笞三十矣。自是遂不至。後葺治草屋。見梁上皆白粉所畫圈。十圈為一行。數之得一千四百四十。正合四年之日數。乃知為所記淫籌。計其來去。不滿四年。殆以一度抵一日矣。或曰是狐欲媚此叟。故造斯言。然狐之媚人。悅其色。攝其精耳。雞皮鶴髮。有何色之可悅。有何精之可攝。其非相媚也明甚。且以扶杖之年。講分桃之好。逆來順受。亦太不情。其為身異性存。夙根未泯。自然相就。如磁引鍼。亦明甚。狐之所云。殆非虛語。然則怨毒糾結。變端百出。至三生之後而未已。其亦慎勿造因哉。

文水李秀升言。其鄉有少年山行。遇少婦獨騎一驢。紅裙藍帔。貌頗嫻雅。屢以目側睨。少年故謹厚。慮或招嫌。恆在其後數十步。俛首未嘗一視。至林谷深處。婦忽按轡不行。待其追及。語之曰。君秉心端正。大不易得。我不欲害君。此非往某處路。君誤隨行。可向某樹下繞向某處。斜行三四里。即得路矣。語訖。自鞭背一躍。直上木杪。其身漸漸長丈餘。風起葉飛。瞥然已逝。再視其驢。乃一狐也。少年悸幾失魂。殆飛天野叉之類歟。使稍與狎昵。不知作何變怪矣。

癸丑會試。陝西一舉子於號舍遇鬼。駭發狂疾。眾扶出歸寓。鬼亦隨出。自以首觸壁。皮骨皆破。避至外城。鬼亦隨至。卒以刃自刺。死未死間。手書片紙付其友。乃天網恢恢。疎而不漏八字。雖不知所為何事。其為冤報則鑿鑿矣。

南皮郝子明言。有士人讀書僧寺。偶便旋於空院。忽有飛瓦擊其背。俄聞屋中語曰。汝輩能見人。人則不能見汝輩。不自引避。反嗔人耶。方駭愕間。屋內又語曰。小婢無禮。當即笞之。先生勿介意。然空屋多我輩所居。先生凡遇此等處。宜面牆便旋。勿對門窗。則兩無觸忤矣。此狐可謂能克己。余嘗謂僮僕吏役。與人爭角而不勝。其長恆引以為辱。世態類然。夫天下至可恥者。莫過於悖理。不問理之曲直。而務求我所隸屬。人不能犯以為榮。果足為榮也耶。昔有屬官私其胥魁。百計袒護。余戲語之曰。吾儕身後。當各有碑誌一篇。使蓋棺定論。撰文者奮筆書曰。公秉正不阿。於所屬吏役犯法者。一無假借。人必以為榮。讀君亦以為榮也。又或奮筆書曰。公平生喜庇吏役。雖受賕亂法。亦一一曲為諱匿。人必以為辱。讀君亦以為辱也。何此時乃以辱為榮。以榮為辱耶。先師董文恪公曰。凡事不可載入行狀。即斷斷不可為。斯言諒矣。

侍鷺川言（侍氏未詳所出。疑本侍其氏。明洪武中凡複姓皆令去一字。因為侍氏也。）有賈於淮上者。偶行曲巷。見一女姿色明豔。殆類天人。私訪其近鄰。曰新來未匝月。祇老母攜婢數人同居。未知為何許人也。賈因賂媒媼覘之。其母言杭州金姓。同一子一女。往依其壻。不幸子遘疾卒於舟。二僕又乘隙竊貲逃。煢煢孤嫠。懼遭強暴。不得已。稅屋權住此。待親屬來迎。尚未知其肯來否。語訖泣下。媒探以既無所歸。又無地主。將來作何究竟。有女如是。何不於此地求佳壻。暮年亦有所依。母言甚善。我亦不求多聘幣。但弱女嬌養久。亦不欲草草。有能製衣飾盆具約值千金者。我即許之。所辦仍是渠家物。我惟至彼一閱視。不取纖芥歸也。媒以告賈。賈私計良得。旬日內。趣辦金珠錦繡。殊極華美。一切器用。亦事事精好。先親迎一日。邀母來觀。意甚愜足。次日。簫鼓至門。乃堅閉不啟。候至數刻。呼亦不應。詢問鄰舍。又未見其移居。不得已。踰牆入視。則闃無一人。偏索諸室。惟破床堆數具。乃知其非人。回視家中。一物不失。然無所用之。重鬻僅能得

半懨懨喪不出者數月。竟莫測此魅何所取。或曰。魅本無意。或賈妄生窺伺。及往覘魅。魅因因而戲弄之。是於理當然。或又曰。賈富而悭。心計可以析秋毫。犯鬼神之忌。故魅以美色顛倒之。是亦理所宜有也。

宣室志載隴西李生左乳患癰。一日癰潰。有雉自乳飛出。不知所之。聞奇錄載崔堯封外甥李言吉左目患瘤。剖之有黃雀鳴噪而去。其事皆不可以理解。扎闌學郎阿親見其親串家小婢項上生瘤。瘤中出一白蝙蝠。知唐人記二事非虛。豈但六合之外存而不論哉。

曹慕堂宗丞有乩仙所畫醉鍾馗圖。余題以二絕句曰。一夢荒唐事有無。吳生粉本幾臨摹。紛紛畫手多新樣。又道先生是酒徒。午日家家蒲酒香。終南進士亦壺觴。太平時節無妖厲。任爾閒遊到醉鄉。畫者題者均弄筆狡獪而已。一日午睡初醒。聞窗外婢媼悄語說鬼。有王媼家在西山。言曾月夕守瓜田。遙見兜燈自林外冉冉來。人語嘈雜。乃一大鬼醉欲倒。諸小鬼扶之踉蹌行。安知非醉鍾馗乎。天地之大。無所不有。隨意畫一人。往往遇一人與之肖。隨意命一名。往往有一人與之同。無心暗合。即是化工之自然也。

相傳魏環極先生嘗讀書山寺。凡筆墨几榻之類。不待拂拭。自然無塵。初不為意。後稍稍怪之。一日晚歸。門尚未啟。聞室中窸窣有聲。從隙竊覘。見一人方整飭書案。驟入掩之。其人瞥穿後窗去。急呼令近。其人遂拱立窗外。意甚恭謹。問汝何怪。磬折對曰。某狐之習儒者也。以公正人不敢近。然私敬公。故日日竊執僕隸役。幸公勿訝。先生隔窗與語。甚有理致。自是雖不敢入室。然遇先生不甚避。先生亦時時與言。一日。偶問汝視我能作聖賢乎。曰。公所講者道學。與聖賢各一事也。聖賢依乎中庸。以實心勵實行。以實學求實用。道學則務語精微。先理氣。後彝倫。尊性命。薄事功。其用意已別。聖賢之於人。有是非心。無彼我心。有誘導心。無苛刻心。道學則各立門戶。不能不爭。既已相爭。不能不巧詆以求勝。以是意見生種種作用。遂不盡可令孔孟見矣。公剛大之氣。正直之情。實可質鬼神而不愧。所以敬公者在此。公率其本性。為聖為賢亦在此。若公所講。則固各是一事。非下愚之所知也。公默然遣之。後以語門人曰。是蓋因明季黨禍。有激而言。非篤論也。然其抉摘情偽。固可警世之講學者。

滄州南一寺臨河干。山門圮於河。二石獸並沉焉。閱十餘歲。僧募金重修。求二石獸於水中。竟不可得。以為順流下矣。棹數小舟。曳鐵鈀。尋十餘里無跡。一講學家設帳寺中。聞之笑曰。爾輩不能究物理。是非木柹。豈能為暴漲攜之去。乃石性堅重。沙性鬆浮。湮於沙上。漸沉漸深耳。沿河求之。不亦顛乎。眾服為確論。一老河兵聞之。又笑曰。凡河中失石。當求之於上流。蓋石性堅重。沙性鬆浮。水不能衝石。其反激之力。必於石下迎水處齧沙為坎穴。漸激漸深。至

石之半。石必倒擲坎穴中。如是再齧。石又再轉。轉轉不已。遂反溯流逆上矣。求之下流。固顛。求之地中。不更顛乎。如其言。果得於數里外。然則天下之事。但知其一。不知其二者多矣。可據理臆斷歟。

交河及友聲言。有農家子頗輕佻。路逢鄰村一婦。相目睨視。方微笑挑之。適有饁者同行。遂各散去。閱日又遇諸途。婦騎一烏牸牛。似相顧盼。農家子大喜。躡之。時霖雨之後。野水縱橫。牛行沮洳中甚速。沾體濡足。顛蹶者屢。比至其門。氣殆不屬。及婦下牛。覺形忽不類。諦視之。乃一老翁。恍惚驚疑。有如夢寐。翁詰其痴立門側之故。無可置詞。詭以迷路對。踉蹌而歸。次日門前老柳削去木皮三尺餘。大書其上曰。私窺貞婦。罰行泥濘十里。乃知為魅所戲也。鄰里怪問。不能自掩。為其父箠幾殆。自是愧悔。竟以改行。此魅雖惡作劇。即謂之善知識可矣。友聲又言。一人見狐睡樹下。以片瓦擲之。不中。瓦碎有聲。狐驚躍去。歸甫入門。突見其婦縊樹上。大駭呼救。其婦狂奔而出。樹上縊者已不見。但聞簷際大笑曰。亦還汝一驚。此亦足為佻達者戒也。

同年陳半江言。有道士善符籙。驅鬼縛魅。具有靈應。所至惟蔬食茗飲而已。不受錙金寸帛也。久而術漸不驗。十每失四五。後竟為群魅所遮。大見窘辱。狼狽遁走。愬於其師。師至登壇召將。執群魅鞫狀。乃知道士雖不取一物。而其徒往往索人財。乃為行法。又竊其符籙攝狐女媟狎。狐女因竊污其法器。故神怒不降。而群魅之者得以逞也。師拊髀歎曰。此非魅敗爾。爾徒之敗爾也。亦非爾徒之敗爾。爾不察爾徒。適以自敗也。賴爾持戒清苦。得免於魅手。何尤焉。拂衣竟去。夫天君泰然。百體從令。此儒者之常談也。然奇黠之徒。豈能以主人廉介。遂輟貪謀哉。半江此言。蓋其官直隸時。與某令相遇於余家。微以相諷。此令不悟。故清風兩袖。而卒被惡聲。其可惜也已。

里有少年。無故自掘其妻墓。幾見棺矣。時耕者滿野。見其且詈且掘。疑為顛癇。群起阻之。詰其故。堅不肯吐。然為眾所牽制。不能復掘。荷鍤恨恨去。皆莫測其所以然也。越日。一牧者忽至墓下發狂自撾曰。汝弄播是非。間人骨肉多矣。今乃誣及黃泉耶。吾得請於神。不汝貸也。因縷陳始末。自齧其舌死。蓋少年恃其剛悍。顧盼自雄。視鄉黨如無物。牧者銜之。因為造謗曰。或謂某帷簿不修。吾固未信也。昨偶夜行過其妻墓。聞林中嗚嗚有聲。懼不敢前。伏草間竊覘。月明之下。見七八黑影。至墓前與其妻雜坐調謔。媟褻萬狀。一一分明。人言其殆不誣耶。有聞之者。以告少年。少年為其所中。遂有是舉。方竊幸得計。不虞鬼之有靈也。小人狙詐。自及也宜哉。然亦少年意氣凌轢。乃招是忌。故曰君子不欲多上人。

從孫樹寶，鹽山劉氏甥也。言其外祖有至戚，生七女，皆已嫁。中一壻，夜夢與僚壻六人，以紅繩連繫，疑為不祥。會其婦翁殁，七壻皆赴弔。此人憶是惡夢，不敢與六人同眠食，偶或相聚，亦稍坐即避出。怪詰之，具述其故，皆疑其別有所嫌，託是言也。一夕，置酒邀共飲，而私鍵其外戶，使不得遁。突殯宮火發，竟七人俱燼。乃悟此人無是夢，則不避六人；不避六人，則主人不鍵戶；不鍵戶，則七人未必盡焚。神特以一夢誘之，使無一得脫也。此不知是何夙因，同為此家之壻，同時而死；又不知是何夙因，七女同生於此家，同時而寡，殆必非偶然矣。

周密菴言：其族有孀婦，撫一子，十五六矣。偶見老婦攜幼女，飢寒困憊，踣不能行，言願與人為養媳。女故端麗，孀婦以千錢聘之。手書婚帖，留一宿而去。女雖孱弱，而善操作，井臼皆能任。又工鍼黹，家藉以小康。事姑先意承志，無所不至。飲食起居，皆經營周至。一夜，往往三四起。遇疾病，日侍榻旁，經旬月目不交睫。姑愛之，乃過於子。姑病亦出數十金，與其夫使治棺衾。夫詰所自來，女低徊良久，曰：實告君，我狐之避雷劫者也。凡狐遇雷劫，惟德重祿重者庇之可免。然猝不易遇，遇之又皆為鬼神所呵護，猝不能近。此外惟早修善業，亦可以免。然善業不易修，修小善業，亦不足度大劫。因化身為君婦，竭力事姑，今藉姑之庇，得免天刑，故厚營葬禮以申報，君何疑焉。子故孱弱，聞之驚怖，竟不敢同居。女乃泣涕別去。後遇祭掃之期，其姑墓上，必先有焚楮酹酒跡，疑亦女所為也。是特巧於逭死，非真有愛於其姑，然有為為之，猶邀神福，信孝為德之至矣。

聞有村女，年十三四，為狐所媚，每夜同寢處，笑語媟狎，宛如伉儷。然女不狂惑，亦不疾病，飲食起居如常人，女甚安之。狐恒給錢米布帛，足一家之用。又為女製簪珥衣裳，及衾枕茵褥之類，所值逾數百金。女父亦甚安之。如是歲餘，狐忽呼女父語曰：我將還山，汝女奩具亦略備，可急為覓一佳壻。吾不再來矣。汝女猶完璧，無疑我始亂終棄也。女故無母，倩鄰婦驗之，果然。此余鄉近年事，婢媼輩言之鑿鑿，竟與乖崖還婢，其事略同。狐之媚人，從未聞有如是者，其亦夙緣應了，夙債應償耶。

楊雨亭言：登萊間有木工，其子年十四五，甚姣麗。課之讀書，亦頗慧。一日，自鄉塾獨歸，遇道士對之誦咒，即惘惘不自主，隨之俱行。至山坳一草庵，四無居人，道士引入室，復相對誦咒。心頓明了，然口噤不能聲，四肢緩嚲不能舉。又誦咒，衣皆自脫。道士掖伏榻上，撫摩偎倚，調以媟詞，方露體近之，忽蹶起卻坐曰：修道二百餘年，乃為此狡童敗乎。沈思良久，復偃其側，周身玩視，慨然曰：如此佳兒，千載難遇，縱敗吾道，不過再鍊氣二百年，亦何足惜。奮身相逼，勢已萬無免理，間不容髮之際，又掉頭自語曰：二百年辛苦，亦大不易。掣身下榻，立若木雞。俄繞屋旋行，如轆轤，突抽壁上短劍，自刺其臂，血如涌泉，欹倚呻吟。約一食頃，擲劍呼子曰：爾幾敗，吾亦幾敗，今幸俱免矣。更對之誦咒，此子覺如解束縛，急起披衣。道士引出門外，指以歸路，口吐火燄，自焚草庵，轉瞬已失所在。不知其為妖為仙也。余謂妖魅縱淫，斷無顧慮，此殆谷飲巖棲，多年胎息，偶差一念，魔障遂生。幸道力原深，故忽迷忽悟，能勒馬懸崖耳。老子稱不見可欲，使心不亂。若已見已亂，則非大智慧不能猛省，非大神通不能痛割，此道士於慾海橫流，勢不能遏，竟毅然一決，以楚毒斷絕愛根，可謂地獄劫中證天堂果矣。其轉念可師，其前事可勿論也。

朱秋圃初入翰林時，租橫街一小宅，最後有破屋數楹，用貯雜物。一日，偶入檢視，見塵壁仿佛有字跡，拂拭諦觀，乃細楷書二絕句。其一曰：紅蕊幾枝斜，春深道韞家。枝枝都看徧，原少並頭花。其二曰：向夕對銀釭，含情坐綺窗。未須憐寂寞，我與影成雙。墨跡黯淡，殆已多年，又有行書一段，剝落殘缺，玩其句格，似是一詞，惟末二句可辨，曰：天孫莫悵阻銀河，汝尚有牽牛相憶。不知是誰家嬌女，寄感摽梅，然不畏人知，濡毫題壁，亦太放誕風流矣。余曰：摽梅三章，非女子自賦耶。秋圃曰：舊說如是，於心終有所格格。憶先儒有一說，云是女子父母所作，（案此宋戴岷隱之說）是或近之。倪餘疆聞之曰：詳詞末二語，是殆思婦之作，遭脫輹之變者也。二公其皆失之乎。既而秋圃揭換壁紙，又得數詩，其一曰：門掩花空落，梁空燕不來。惟餘雙小婢，鞋印在青苔。其二曰：久已梳粧懶，香奩偶一開。自持明鏡看，原讓趙陽臺。又一首曰：咫尺樓窗夜見燈，雲山似阻幾千層。居家翻作無家客，勝阮真成退院僧。鏡裏容華空若許，夢中晤對亦何曾。侍兒勸織回文錦，懶惰心情病未能。則餘疆之說信矣。後為程文恭公誦之，公俛思良久，曰：吾知之，吾不言。既而曰：語語負氣，宜其不見答也。

李漱六言：有佃戶所居枕曠野，一夕，聞兵仗格鬬聲，闔家驚駭，登牆視之，無所睹，而戰聲如故，至雞鳴乃息。知為鬼也。次日復然，病其聒不已，共謀伏銃擊之。果應聲啾啾奔散，既而屋下屋上眾聲合譟曰：彼劫我婦女，我亦劫彼婦女，為質互控於社公，社公憒憒，勸以互抵息事。俱不肯伏，故在此決勝負。何預汝事，汝以銃擊我，今共至汝家，汝舉銃則我去，汝置銃則我又來，汝能夜夜自昏至曉發銃不止耶。思其言中理，乃跪拜謝過，大具酒食紙錢送之去，然戰聲亦自此息矣。夫不能不為之事，不出任之，是失機也；不能不除之害，不力爭之，是養癰也；鬼不干人，人反干鬼，鬼有詞矣。非開門揖盜乎。孟子有言：鄉鄰有鬬者，被髮纓冠而往救之，則惑也，雖閉戶可也。

伊松林舍人言：有趙延洪者，性伉直，嫉惡至嚴，每面責人過，無所避忌。偶見鄰婦與少年語，遽告其夫，夫偵之有跡，因伺其私會，駢斬之，携首鳴官。官已依律勿論矣，越半載，趙忽發狂自縱作鄰婦語與索命，竟嚙斷其舌死。夫蕩婦誘陷，誠為有罪，然惟其親屬得執之，惟其夫得殺之，非亂臣賊子，人人得而誅者也。且所失者一身之名節，所玷者一家之門戶，亦非神姦巨憝，弱肉強食，荼毒橫肆，沉冤莫雪，使人人公憤者也。律以隱惡揚善之義，即轉語他人，已傷盛德，倘伯仁由我而死，尚不免罪有所歸，況直告其夫，是誠何意，豈非邀以必殺哉。游魂為厲，固不為無詞，觀事經半載，始得取償，其必得請於神，乃奉行天罰矣。然則以訐為直，固非忠厚之道，抑亦非養福之道也。

御史佛公倫，姚安公老友也。言貴家一傭奴，以游蕩為主人所逐，銜恨刺骨，乃造作蜚語，誣主人帷薄不修，縷述其下烝上報狀，言之鑿鑿，一時傳布，主人亦稍聞之，然無以箝其口，又無從而與辯，婦女輩惟焚香禱神而已。一日，奴與其黨坐茶肆，方抵掌縱談，四座聳聽，忽噭然一聲，已仆於几上死，無由檢驗，以痰厥具報，官為斂埋，棺薄土淺，竟為群犬搰食，殘骸狼藉，始知為負心之報矣。佛公天性和易，不喜聞人過，凡僮僕婢媼有言舊主之失者，必善遣使去，鑒此奴也。嘗語昀曰：宋黨進聞平話說韓信（優人演說故實，謂之評話。永樂大典所載尚數十部。），即行斥逐。或請其故，曰：對我說韓信，必對韓信亦說我，是烏可聽？千古笑其憒憒，不知實絕大聰明。彼但喜對我說韓信，不思對韓信說我者，乃真憒憒耳，真通人之論也。

福建泉州試院，故海防道署也。室宇宏壯，而明季兵燹，署中多曩殺戮，又三年之中，學使按臨，僅兩次，空閑日久，鬼物遂多。阿雨齋侍郎言：嘗於黃昏以後，隱隱見古衣冠人，暗中往來，即而視之則無睹。余按臨是郡時，幕友孫介亭亦曾見紗帽紅袍人，入奴子室中，奴子即驚魘。介亭故有膽，對窗唾曰：生為貴官，死乃為僮僕輩作祟，何不自重乃爾耶？奴子忽醒，此後遂不復見。意其魂即棲是室，故欲驅奴子出，一經斥責，自知理屈而止歟。

里俗遇人病篤時，私剪其著體衣襟一片，燒火焚之，其灰有白文斑駁如篆籀者，則必死；無字跡者即生。又或聯紙為衣，其縫不以糊粘，但以秤錘就搗衣砧上捶之，其縫黏合者必死；不合者即生。試之十有八九驗，此均不測其何理。

莆田林生霈言：聞泉州有人，忽燈下自顧其影，覺不類己形，諦審之，運動轉側，雖一一與形相應，而首巨如斗，髮蓬鬆如羽葆，手足皆鉤曲如鳥爪，宛然一奇鬼也。大駭，呼妻子來視，所見亦同。自是每夕皆然，莫喻其故，惶怖不知所為。鄰有塾師聞之，曰：妖不自興，因人而興，子其陰有惡念，致羅剎感而現形歟？其人悚然具服，曰：實與某氏有積釁，擬手刃其一門，使無遺種，而跳身以從鴨母（康熙末，台灣逆寇朱一貴，結黨煽亂。一貴以養鴨為業，閩人皆呼為鴨母云。）。今變怪如是，毋乃神果警我乎？且輟是謀，觀子言驗否。是夕鬼影即不見，此真一念轉移，立分禍福矣。

丁御史芷谿言：曩在天津遇上元，有少年觀燈夜歸，遇少婦甚妍麗，徘徊歧路，若有所待，衣香鬢影，楚楚動人。初以為失侶之游女，挑與語，不答；問姓氏里居，亦不答。乃疑為幽期密約，遲所歡而未至者，計可以挾制留也，邀至家少憩，堅不肯；強迫之同歸，柏酒粉團，時猶未徹，遂使雜坐妻妹間，聯袂共飲。初甚靦腆，既而漸相調謔，媚態橫生，與其妻妹互勸酬。少年狂喜，稍露留宿之意，則微笑曰：緣蒙不棄，故暫借君家一卸妝，恐火伴相待，不能久住。起解衣飾，卷束之，長揖徑行，乃社會中拉花者也（秧歌隊中作女妝者，俗謂之拉花。）。少年憤恚，追至門外，欲與鬬。鄰里聚問，有親見其強邀者，不能責以夜入人家；有親見其唱歌者，不能責以改妝戲婦女。竟鬨笑而散。此真侮人反自侮矣。

老僕盧泰言：其舅氏某日夜坐院中棗樹下，見鄰女在牆上露半身，向之索棗，撲數十枚與之。女言今日始歸寧，兄嫂皆往守瓜，父母已睡。因以手指牆下梯，斜盼而去。其舅會意，踏梯而登，料女甫下，必有几凳在牆下，伸足試踏，乃踏空墮溷中。女父兄聞聲趨視，大受箠楚，眾為哀懇，乃免。然鄰女是日實未歸，方知為魅所戲也。前所記騎牛婦，尚農家子先挑之，此則無因而至，可云无妄之災。然使招之不往，魅亦何所施其技，仍謂之自取可矣。

李芍亭言：有友寓避暑一僧寺，禪室甚潔，而以板實其後窗，友置榻其下。一夕月明，枕旁有隙如指頂，似透微光，後疑為僧密室，穴隙覘之，乃一空園，為厝棺之所，意其間必有鬼。因側臥枕上，以一目就窺，夜半果有黑影，彷彿如人，來往樹下，諦視粗能別男女，但眉目不了了。以耳就隙竊聽，終不聞語聲。厝棺約數十，然所見鬼少僅三五，多不過十餘，或久而漸散，或已入轉輪歟。如是者月餘，不以告人，鬼亦竟未覺。一夕見二鬼媟狎於樹後，距窗下才七八尺，冶蕩之態，更甚於人，不覺失聲笑，乃闃然滅跡。次夜再窺，不見一鬼矣。越數日，寒熱大作，疑鬼為祟，乃徙居他寺。變幻如鬼，不免於意想之外，使人得見其陰私，十目十手，殆非虛語。然智出鬼上，而卒不免為鬼驅，察見淵魚者不祥，又是之謂矣。

大學士溫公鎮烏魯木齊日，軍屯報遣犯王某逃，緝捕無跡，久而微聞其本與一吳某皆閩人，同押解至哈密，闢展聞王某道死，監送台軍不通閩語，不能別孰吳孰王，吳某因言死者為吳，而自冒王某之名，來至配所數月，伺隙潛遁，官府據哈密文牒緝王，不緝吳，故吳幸逃免。然事無左證，疑不能明，竟無從究詰。軍吏巴哈布因言：有賣絲者婦甚有姿，貢忽得奇疾，終日惟昏昏臥，而食則兼數人，如是兩載餘，一日，噭然長號，僵如尸厥，灌治竟夜，稍稍能言，自云魂為城隍判官所攝，逼為妾媵，而別攝一餓鬼附其形，至某日壽盡之期，冥牒拘召，判官又囑鬼役別攝一餓鬼抵，餓鬼亦喜得轉生，願為之代，迨城隍庭訊，乃察知偽狀，以判官鬼役付獄，遣我歸也。後判官塑像無故自碎。此婦又兩年餘乃終。計其復生至再死，與其得疾至復生日數恰符。知以枉被掠奪，仍還其應得之壽矣。然則稽甲代乙，冥司亦有所惜者。此少城隍一訊耳。

李阿亭言：灤州民家有狐據其倉中，居不甚為祟，或偶然拋擲磚瓦，盜竊飲食耳。後延術士劾治，殪數狐，且留符曰："再至則焚之。"狐果移居。然時時幻形為其家婦女，夜出與鄰舍少年狎，甚乃幻其幼子形，與諸無賴同臥起，大播醜聲。民固勿知。一日至佛寺，聞禪室媟笑聲，穴紙竊窺，乃其女與僧雜坐，憤甚，歸取刃。其女乃自內室出，始悟為狐復讐。再延術士，術士曰："是已竄逸，莫知所之矣。"夫狐魅小小擾人，事所恆有，可以不必治。即治亦罪不至死，遽駢誅之，實為已甚。其銜冤也固宜。雖有符可恃，狐不能再逞，而相報之巧，乃卒生於所備外。然則君子於小人，力不足勝，固遭反噬；即力足勝之，而機械潛伏，變端百出，其亦深可怖已。

嵩輔堂閣學言：海淀有貴家守墓者，偶見數犬逐一狐，毛血狼藉，意甚憫之，持杖擊犬散，提狐置室中，俟其蘇息，送至曠野，縱之去。越數日，夜有女子款扉入，容華絕代，駭問所自來，再拜曰："身是狐女，昨遭大難，蒙君再生，今來為君拂枕席。"守墓者度無惡意，因納之，往來狎昵兩月餘，日漸癡瘵，然愛之不疑也。一日方共寢，聞窗外呼曰："阿六賤婢，我養創甫愈，未即報

恩，爾何得冒託我名，魅郎君，使病脫有不諱，族黨中謂我負義，我何以自明？即知事出於爾，而郎君救我，我坐視其死，又何以自安？今偕姑姊來誅爾。"女子驚起欲遁，業有數女排闥入，捽髻立斃。守墓者惑溺已久，痛惜恚忿，反斥此女無良，奪其所愛。此女反覆自陳，終不見省。且拔刃躍起，欲為彼女報冤。此女乃痛哭，越墻去。守墓者後為人言之，猶恨恨也。此所謂忠而見謗，信而見疑也歟？

董曲江前輩言：有講學者，性乖僻，好以苛禮繩生徒。生徒苦之。然其人頗負端方名，不能訟其非也。塾後有小圃。一夕，散步月下，見花間隱隱有人影。時積雨初晴，土垣微圮，疑為鄰里竊蔬者，迫而詰之，則一麗人匿樹後，跪答曰："身是狐女，畏公正人，不敢近，故夜來折花。不虞為公所見，乞曲恕。"言詞柔婉，顧盼間百媚俱生。講學者惑之，挑與語，宛轉相就，且云："妾能隱形，往來無跡，即有人在側，亦不睹，不至為生徒知也。"因相燕昵。比天欲曉，講學者促之去，曰："外有人聲，我自能從窗隙去，公無慮。"俄曉日滿窗，執經者麕至，女仍垂帳偃臥。講學者心搖搖然，尚冀人不見。忽外言某媼來迓女，女披衣徑出，坐皋比上，理鬢訖，斂衽謝曰："未攜妝具，且歸梳沐，暇日再來訪，索昨夕纏頭錦耳。"乃里中新來角妓，諸生徒賄使為此也。講學者大沮。生徒課畢歸早餐，已自負衣裝遁矣。外有餘必中不足，豈不信乎！

曲江又言：濟南貢公子，與其妻相繼殁。一日，獨坐荷亭，似睡非睡，恍惚若見其亡姬，素所憐愛，即亦不畏，問何以能返。曰："鬼有地界，土神禁不許闌入。今日明日，值娘子歸煙期，遂放焰口，得來領法食也。"問娘子已來否，曰："娘子獄事未竟，安得自來？"問施食無益於亡者，作焰口何益。曰："天心仁愛，佛法慈悲，賑人者佛天喜，賑鬼者佛天亦喜。是為亡者資冥福，非為其自來食也。"問泉下況味何似。曰："墮女身者妾夙業，充下陳者君夙緣。業緣俱滿，轉輪亦無大苦樂，但乏一小婢供驅使，君能為焚一偶人乎？"惝怳而醒，姑信其有，為作偶人焚之。次夕見夢，則一小婢相隨矣。夫束芻縛竹，剪紙裂縉，假合成質，何亦通靈？蓋精氣摶結，萬物成形，形不虛立，秉氣含精，雖久而腐朽，猶蜎蠕以化，芝菌以蒸，故人之精氣未散者為鬼。布帛之精氣，鬼之衣服亦如生。其於物也，既有其質，精氣斯凝，以質為範，肖以成象，化其渣滓，不化其菁英，故體為灰燼而神聚幽冥，如人殂謝，魄降而魂升。夏作明器，殷周相承，聖人所以知鬼神之情也。若夫金釭春條，未闕佳城，殯宮闃寂，孑孑夜行，投畀炎火，徹聞嗚咽，是則衰氣所召，妖以人興，抑或他物之所憑矣。有樊媪者在東光見有是事。

朱子穎運使言：昔官敘永同知時，由成都回署，偶遇茂林，停輿小憩，遙見萬峰之頂似有人家，而削立千仞，實非人跡所到。適攜西洋遠鏡，試以窺之，見草屋三楹，向陽啟戶，有老翁倚

松立，一幼女坐檐下，手有所持，似俯首補綴。屋似有對聯，望不了了。俄雲氣滃鬱，遂不復睹。後重過其地，林麓依然，再以遠鏡窺之，空山而已。其仙靈之宅，誤為人見，遂更移居歟？

瀋南田畫有逸氣，而性情孤峭，使酒罵座，落落然不合於時。偶為余作梅花橫幅，題一絕曰："水邊離落影橫斜，曾在孤山處士家。只怪橫枝蟠似鐵，風流畢竟讓桃花。"蓋戲之也。後余從軍塞外，侍姬輩嫌其敝黦，竟以桃花一幅易之。然則細瑣之事亦似皆前定矣。

青縣王恩溥，先祖母張太夫人乳母孫也。一日，自興濟夜歸，月明如晝，見大樹下數人聚飲，杯盤狼藉。一少年邀之入座。一老翁嗔語少年曰："素不相知，勿惡作劇。"又正色謂恩溥曰："君宜速去，我輩非人，恐小兒等於君不利。"恩溥大怖，狼狽奔走，得至家，殆無氣以動。後於親串家作吊，突見是翁，驚仆欲絕，惟連呼鬼鬼。老翁笑掖之起，曰："僕耽麯糵，日恆不足。前值月夜，荷鄰里相邀，酒已無多，遇君適至，恐增一客則不滿枯腸，故詭語遣君。君乃竟以為真耶？"賓客滿堂，莫不絕倒。中一客目擊此事，怪向人說之。偶夜過墓祠，見數人聚飲，亦邀入座。酒味有異，心方疑訝，乃為眾鬼擠入深淖，化燐火熒熒散。東方漸白，有耕者救之，乃出。[illegible]反疑恩溥所見為真鬼，後途遇此翁，竟不敢接談。此表兄張自修所識，戴君恩詔則曰："實有此事，而所傳殊倒置，乃此客先遇鬼，而恩溥聞之，某夜過某村，值一多年未晤之友，邀之共

欲疑其已死絕，遽奔逃，後相晤於姻家，大遭詬誶也。二說未審孰是，然由張所說，知不可偶經一事，遂謂事事皆然，致失於誤信；由戴所說，知亦不可偶經一事，遂謂事事皆然，反敗於多疑也。

李秋崖言：一老儒家有狐，居其空倉中三四十年，未嘗為祟。恒與人對語，亦頗知書，或邀之飲，亦肯出，但不見其形耳。老儒歿後，其子亦諸生，與狐酬酢如其父。狐不甚答，久而漸肆擾。生故設帳於家，而兼為人作訟牒。凡所批課文，皆不遺失；凡作訟牒，則甫具草，輒碎裂，或從手中掣其筆。凡修脯所入，毫釐不失；凡刀筆所得，雖扃鎖嚴密，輒盜去。凡學子出入，皆無所見；凡訟者至，或瓦石擊頭面流血，或屋際作人語，對眾發其陰謀。生苦之，延道士劾治。登壇召將，攝狐至，狐侃侃辨曰：其父不以異類視我，與我交至厚，我亦不以異類自外。視其父如弟兄。今其子自墮家聲，作種種惡業，不隕身不止。我不忍坐視，故挽之使改圖。所攫金，皆埋其父墓中，將待其傾覆，周其妻子，實無他腸，不虞鍊師之見譴。生死惟命。道士愛然下座，三揖而握其手曰：使我亡友有此子，吾不能也。微我不能，恐能者千百無一二。此舉乃出爾曹乎。不別主人，太息徑去。其子愧不自容，誓從是業，竟得考終。

乾隆丙辰丁巳間，戶部員外郎長公泰有僕婦，年二十餘，中風昏眩，氣奄奄如縷，至夜而絕。次日方為營棺斂，手足忽動，漸能屈伸，俄起坐，問此何處。眾以為猶譫語也。既而環視室中，意若省悟，喟然者數四，默默無語。從此病痊愈，然察其語音行步，皆似男子，亦不能自梳沐。見其夫，若不相識。覺有異，細詰其由，始自言本男子，數日前死，魂至冥司，主者檢算未盡，然當謫為女身，命借此婦尸復生。覺倏如睡去，倏如夢醒，則已卧板榻上矣。問其姓名里貫，堅不肯言，惟曰事已至此，何必更為前世辱。遂不復窮究。初不肯與僕同寢，後無詞可拒，乃曲從。然每一薦枕，輒飲泣至曉。或竊聞其自語曰：讀書二十年，作官三十餘年，乃忍恥受奴子辱耶。其夫又嘗聞囈語曰：積金徒供兒輩樂，吾亦何為。呼醒問之，則曰未言。知其深諱，亦姑置之。長公恐言神怪，禁家人勿傳，故事不甚彰，然亦頗有知之者。越三載餘，終鬱鬱病死，訖不知其為誰也。

先師裘文達公言：有郭生剛直負氣，偶中秋燕集，與朋友論鬼神，自云不畏。眾請宿某凶宅以驗之，郭慨然仗劍往。宅約數十間，秋草滿庭，荒無人跡，扃戶獨坐，寂無見聞。四鼓後，有人當戶立，郭奮劍欲起，其人揮袖一拂，覺口噤體僵，有如夢魘，然心目仍了了。其人磬折致詞曰：君固豪士，為人所激，因至此。好勝者常情，亦不怪君。既蒙枉顧，本應稍盡賓主意，然今日佳節，眷屬皆出賞月，禮別內外，實不欲公見；公又夜深無所歸，今奉一甕，敬請君入甕，幸君勿嗔。觴酒豆肉，聊以破悶，幸勿見棄。遂有數人舁郭置大荷缸中，上覆方桌，壓以巨石，纔隔缸笑語雜遝，約男婦數十，呼酒行炙，一一可辨。忽覺酒香觸鼻，暗中摸索，有壺一、杯一、小盤四，橫閣缸上。方苦飢渴，且姑飲啖，俄有數童子繞缸唱艷歌，有人扣缸語曰：主人命娛賓也，亦靡靡可聽。良久，又扣缸語曰：郭君勿罪，大眾皆醉，不能舉巨石，君且姑耐，貴友行至矣。語訖遂寂。次日，眾見門不啟，疑有變，踰垣而入，郭聞人聲，在缸內大號。眾竭力移石，乃闐然出。述所見聞，莫不拊掌。視缸中器具，似皆己物，還家訊問，則昨夕家燕，併酒饌失之，方詬誶大索也。此魅可云狡獪矣。然聞之使人笑，不使人怒，當出甕時，雖郭生亦自啞然也，真惡作劇哉。余容若曰：是又玩弄為戲也。董家莊隴間有少年，隨塾師讀書山寺，相傳寺樓有魅，時出媚人。私念狐女必絕艷，每夕詣樓外，禱以媟詞，冀有所遇。一夜徘徊樹下，見小鬟招手，心知狐女至，躍然相就。小鬟悄語曰：君是解人，不煩絮說。娘子甚悅君，然此何等事，乃公然致祝，主人怒君甚，以君貴人，不敢祟，惟約束娘子頗嚴。今夜幸他出，娘子使來私招君，君宜速往。少年隨之行，覺深閨曲巷，都非寺內舊門徑，至一房，朱槅半開，雖無燈而隱隱見牀帳。小鬟曰：娘子初會覺靦覥，已卧帳內，君第解衣徑登榻，無出一言，恐他婢聞也。鬟逕去，少年喜不自禁，遽揭其被，擁於懷而接脣，忽其人驚起大呼，卻立愕視，則室廬皆不見，乃塾師

睡簷下乘涼也。塾師怒，大施夏楚，不得已吐實，竟遭斥逐。此乃真惡作劇矣。文達公曰：郭生恃客氣，故僅為魅侮；此生懷邪心，故竟為魅陷。二生各自取耳，豈魅有善惡哉。

李村有農家婦，每早晚出饁，輒見女子隨左右，問同行者，則不見。意大恐怖，後乃漸隨至家，然恆在院中，或在牆隅，不入寢室。婦逼視即卻走，婦返，即仍前。知為冤對，因遙問之。女子曰：汝前生與我皆貴家妾，汝妒我寵，以奸盜誣我，致幽死。今來取償，詎今生事姑孝，恆為善神所護，我不能近，故日日相隨，揆度事勢，萬萬無可相報理，汝倘作道場度我，我得轉輪，即亦解冤矣。婦辭以貧。女子曰：汝貧非虛語，能發念誦佛號萬聲，亦可度我。問此安得能度鬼？曰：常人誦佛號，佛不聞也，特念念如對佛，自攝此心而已。若忠臣孝子，誠感神明，一誦佛號，則聲聞三界，故其力與經懺等。汝是孝婦，知必應也。婦如所說，發念持誦，每誦一聲，則見女子一拜。至滿萬聲，女子不見矣。此事故老時說之，知篤志事親，勝信心禮佛。

又聞窯東有劉某者，母愛其幼弟。劉愛弟更甚於母。弟患瘵，母憂之，廢寢食。劉經營療治，至鬻其子供醫藥。嘗語妻曰：弟不救，則母可慮；母寧我死。其妻感之，鬻及袍衣無怨言。弟病篤，劉夫婦晝夜泣守。有丐者夜棲土神祠，聞鬼語曰：劉某夫婦輪守其弟，神光照爍，猝不能入，有違冥限，奈何？土神曰：兵家聲東而擊西，汝知之乎？次日，其母竈下卒中惡，夫婦奔視母，

蘇而弟已絕矣。蓋鬼以計取之也。俊夫婦年並八十餘乃卒。奴子劉琪之女嫁於窪東，言聞諸故老曰：劉自奉母以外，諸事蠢蠢如一牛。有告以某忤其母者，劉掉頭曰：世寧有是人，人寧有是事，汝毋造言。其癡多類此，傳以為笑。不知乃天性純摯，直以盡孝為自然，故有是疑耳。元人王彥章墓詩曰：誰信人間有馮道，即此意矣。

景少司馬介茲官翰林時，齋宿清秘堂。（此因乾隆甲子御題集賢清秘額，因相沿稱之，實無此堂名。）積雨初晴，微月未上，獨坐廊下。聞瀛洲亭中語曰：今日樓上看西山，知杜紫微雨餘山態活句，真神來之筆。一人曰：此句佳在活字，又佳在態字。烘出活字，若作山色山翠，則興象俱減矣。疑為博晰之等，尚未睡，納涼池上，呼之不應，推戶視之，闃無人跡。次日以告晰之，晰之笑曰：翰林鬼故應作是語。

釋家能奪舍，道家能換形。奪舍者，託孕婦而轉生；換形者，血氣已衰，大丹未就，則借一壯盛之軀，與之互易也。狐亦能之。族兄次辰云：有張仲深者，與狐友，偶問其修道之術。狐言初煉幻形，道漸深則煉蛻形。蛻形之後，則可以換形。凡人癡者忽黠，黠者忽顛，與初不學仙而忽好服餌導引，人怪其性情變常，不知皆魂氣已離，狐附其體而生也。然既換人形，即歸人道，不復能幻化飛騰。由是而精進，則與人之修仙同。其證果較易，或聲色貨利，嗜欲牽纏，則與人之惑溺同，其墮輪迴亦易，故非道力堅定，多不敢輕涉世緣，恐浸淫而不自覺也。其言似亦近理。然則人欲之險，其可畏也哉。

朱介如言：嘗因中暑昏眩，恍惚覺忽至曠野中，涼風颯然，意甚爽適。然四顧無行跡，莫知所向，遙見數十人前行，姑往隨之。至一公署，亦姑隨入。見殿閣宏敞，左右皆長廊，吏奔走如大官將坐衙狀。中一吏突握其手曰：君何到此？視之，乃亡友張恒照，悟為冥司。因告以失路狀。張曰：生魂誤至，往往有此。王見之亦不罪，然未免多一詰問，不如且坐我廊屋，俟放衙送君返。我亦欲略問家事也。入坐未幾，王已升座，自窗隙竊覘，同來數十人以次庭訊，語不甚了了。惟一人昂首爭辯，似不服罪。王舉袂一揮，殿左忽現大圓鏡，圍約丈餘，鏡中現一女子反縛受鞭，俛仰似電光一瞥，又現一女子忍淚橫陳，其人叩顙曰：伏矣。即曳去。良久放衙，張就問子孫近狀，米鹽道一二。張揮手曰：勿再言，徒亂人意。因問頃所見者，業鏡耶？曰：是也。問影必肖形，今無形而現影，何也？曰：人鏡照形，神鏡照心。人作一事，心皆自知，既已自知，即心有此事，心有此事，即心有此事之象，故一照而畢現也。若無心作過，本不自知，則照亦不見。心無是事，即無是象耳。冥司斷獄，惟以有心無心別善惡，君其識之。又問：神鏡何以能照心？曰：心不可見，緣物以形。體魄已離，存者性靈，神識不滅，如燈熒熒，外光無翳，內光虛明，內外瑩澈，

閱微草堂筆記　卷十六　十四

故纖芥必呈也。語訖遂曳之行，覺此身忽高忽下，如隨風敗籜，倏然驚醒，則已卧榻上矣。此事在甲子七月，怪其鄉試後期，至乃具道之。

東光馬節婦，余妻黨也。年未二十而寡，無翁姑兄弟，亦無子女，艱難困苦，坐卧一破屋中，以浣濯縫紉自給，至鬻釜以易粟，而拾破瓦盆以代釜。年八十餘乃終。余嘗序馬氏家乘，其夫之名字與母之族氏則忘之久矣。相傳其十一二時，隨母至外家，故有狐夜擲瓦石擊其窗，聞厲聲曰：此有貴人，汝輩勿取死。然竟以民婦終，殆孟子所謂天爵歟？先師李又聃先生與同里，嘗為作詩曰：早歲吟黃鵠，顛連四十春。懷貞心比鐵，完節鬢如銀。慷慨期千古，凋零剩一身。幾番經坎坷，此念未緇磷。（原註：節婦初寡時，尚存薄田數畝，有欲迫之嫁者，侵凌至盡。）凶歲擾驚風雨，撝呵賴鬼神。（原註：一歲淫雨經旬，鄰屋新造者皆圮，節婦一破屋支持，歛伴無恙。）天原常佑善，人竟不憐貧。稍覺親朋少，益為乞索頻。一家徒四壁，九食度三旬。絕粒腸空轉，傭鍼手盡皴。有薪皆掃葉，無甑可生塵。黧面真如鬼，懸衣半似鶉。遮門纔破薦，（原註：屋扉破碎，不能葺，以破薦代扉者十餘年。）藉草是華茵。祇自甘飢凍，翻嫌話苦辛。偷兒嗤餓鬼，（原註：有盜過節婦屋上，節婦呼之，笑曰：吾何至進汝餓鬼家。）女伴笑癡人。（原註：有同巷貧婦再醮富室，歸寧時華服過節婦，曰：看我享用，汝豈非大癡。）生死心無改，存亡理亦均。嗟閒憑燕雀，堅動自松筠。伊我欽賢淑，多年共里闉。不辭歌詠拙，取表性情真。公議存鄉校，廷評待史臣。他時邀　紫誥，光映九河濱。蓋先生壬申公車主余家時所作。故僅云顛連四十春。詩格絕類香山，敬錄於此，一以存先師之遺墨也。後外舅周錄為公見此詩，遂割腴田三百畝為節婦立祠，且為請　旌，或亦諷諭之力歟。

余從軍西域時，草奏草檄，日不暇給，遂不復吟詠。或得一聯一句，亦境過輒忘。烏魯木齊雜詩百六十首，皆歸途追憶而成，非當日作也。一日，功加毛副戎自述生平，悵懷今昔，偶為賦二絕句曰：雄心老去漸頹唐，醉卧將軍古戰場。半夜醒來吹鐵笛，滿天明月滿林霜。毛不解詩，余亦不復存稿。後同年楊君逢元過訪，偶話及之，不知何日楊君登城北關帝祠樓，戲書於壁，不著姓名。適有道士經過，遂傳為仙筆。余畏人乞詩，楊君畏人乞書，皆不肯自言。又微知余能詩不能書，楊君能書不能詩，亦遂不疑及。竟幾於流為丹青。迨辛卯還京，祖餞於是始對眾言之，乃爽然若失。昔南宋閩人林外題詞於西湖，誤傳仙筆；元王黃華詩刻於山西者，後摹刻於滇南，亦誤傳仙筆。然則諸書所謂仙詩者，此類多矣。

圖裕齋前輩言：有選人游釣魚臺，時西頂社會，游女如織，暮時車馬漸稀，一女子左抱小兒，右持鼗鼓，嬝嬝來見選人，舉鼓一搖，選人一笑，女子亦一笑。選人故狡黠，揣女子裝束類貴家，而抱子獨行，又似村婦，蹤跡詭異，疑為狐魅，因逐之絮談。女子微露夫亡子幼意，選人笑語

閱微草堂筆記　卷十六　十五

之曰母多言我知爾亦不懼爾然我貧聞爾輩能致財若能贍我我即從爾去女子亦笑曰然則同歸耳至其家屋不甚宏壯而頗華潔亦有父母姑姊妹彼此竟會不復詰氏族惟獻酬款洽而已酒闌就宿備極嬿婉次日入城攜小奴及襆被往頗相安惟女子冶蕩無度奔命殆疲又漸使拂枕簟侍梳沐理衣裳司酒槅至於菸筒若盆之役亦遣執之久而其姑若姊妹皆調謔指揮視如僮婢選人耽其色利其財不能拒也一旦使滌廁牏選人不肯女子愠曰事事隨汝意此乃不隨我意耶諸女亦助之詰責由此漸相忤既而每夜出不歸云親戚留宿又時有客至皆曰中表日嬉笑燕飲或琵琶度曲而禁選人勿至前選人恚憤女子亦怒且笑曰不如是金帛從何來使我謝客易然一家三十口須汝供給汝能之耶選人知不可留攜小奴入京僦住屋次日再至則荒烟蔓草無復人居併衣裝不知所往矣選人本攜數百金善治生衣頗褴褸忽被服華楚皆怪之具言贅壻狀人亦不疑俄又褴褸諱不自言後小奴私洩其事人乃知之曹慕堂宗丞曰此魅竊逃猶有人理吾所見有甚於此者矣

武強張公令譽康熙丁酉舉人劉景南之婦翁也言有選人納一姬聘幣頗輕惟言其母愛女甚每月當十五日在寓十五日歸寧悅其色美而值廉竟曲從之後一選人納姬約亦如是選人初不肯則舉此選人為例詢訪信然亦曲從之二人本同年一日話及前選人忽省曰君家阿嬌歸寧上半月耶下半月耶曰下半月前選人大悟急引入內室視之果一人也蓋其初鬻之時已預留再鬻地矣張公滄寶君子度必無妄言惟是京師鬻女之家雖變幻萬狀亦必欺以其方故其術一時不遽敗若月月赴日歸寧已不近事理又不時往來於兩家豈人不能聞是必敗之道狡黠者斷不出此或傳聞失實張公誤聽之歟然紫陌看花動多迷路其造作是語固亦不為無因耳

朱青雷言李華麓在京以五百金納一姬會以他事詣天津還京之日途遇一友下車為禮遙見姬與二媒媼同車馳過大駭愕而姬若勿見華麓者恐誤認思所衣繡衫又己所新製益懷疑草草話別至家則姬故在一見即問爾先至耶媒媼又將爾嫁何處姬倉皇不知所對乃怒遣家僮呼其父母來領女父母狼狽至其妹聞姊有變亦同來入門則宛然車中女其繡衫乃借於姊者尚未脫蓋少其姊一歲容貌略相似也華麓方跳踉如虓虎見之省悟嗒然無一語父母固詰相召意乃述誤認之故深自引愆父母亦具述方鬻次女借衣隨媒媼同往事問價幾何曰三百金未允也華麓驟然急開篋取五百金置几上曰與其姊同價可乎頃刻議定留不遣歸即是夕同衾焉風水相遭無心湊合此亦可為佳話矣

劉東堂言狂生某者性悖妄詆訾今古高自位置有指摘其詩文一字者銜之次骨或至相

毆值河間歲試同寓十數人或相識或不相識夏夜散坐庭院納凉狂生縱意高談眾畏其唇吻皆緘口不答惟樹後坐一人抗詞與辨連抵其隙理屈詞窮怒問子為誰暗中應曰僕焦王相也（河間之宿儒）駭問子不久死耶笑應曰僕如不死敢捋虎鬚耶狂生跳擲叫號逾牆尋覓惟聞笑聲吃吃或在木杪或在屋端而已

王洪緒言鄚州築堤時有少婦抱衣袱行堤上力若不勝就柳下暫息時傭作數十人亦散憩樹下少婦言歸自母家惟幼弟控一驢相送驢驚墜地弟入秫田追驢自辰至午尚未返不得已沿堤自行家去此西北四五里誰能抱袱送我當謝百錢一少年私念此可挑不然亦得謝乃隨往一路與調謔不甚答亦不甚拒行三四里突七八人要於路曰何物狂且敢覬覦我家婦女共執縛捶楚皆曰送官徒涉訟不如埋之少婦又述其謔語益無可辯惟再三哀祈一人曰姑貰爾然須舁掘開此隄盡洩其積水役以一鍤坐守促之掘至夜半水道乃通諸人亦不見環視四面蘆葦叢雜杳無村落疑狐穴被水誘此人濬治云

閱微草堂筆記卷十七　姑妄聽之三

族姪竹汀言文安有傭工古北口外者久無音問其父母值歲荒亦就食口外且覓子亦久無音問後乃有人見之泰山下言昔至密雲東北日已暮風雲併作遙見山谷有燈光漫往投止至則土屋數楹圍以疏籬有老嫗應門問其里貫入以告又遣問年歲姓名併問曾有子出口否子何名年幾何歲具以實對忽有女子振衣出延入上坐拜而侍立從老嫗皆婢治酒餚意甚親昵莫測其由起而固詰則失聲伏地曰兒不敢欺翁姑兒孫女也曾與翁姑之子為夫婦本出相悅無相媾意不虞其愛戀過度竟以瘵亡心恆愧悔故誓不別適依其墓以居今無意與翁姑遇幸勿他往兒尚能養翁姑初甚駭怖既而見其意真切相持涕泣留共居孫女奉事無不至轉勝於有子如是六七年孫女忽遣老嫗市一棺且具插畚怪問其故欣然曰翁姑宜賀兒兒奉事翁姑追念逝者聊盡寸心耳不期感動土神聞於嶽帝嶽帝憫之許不待丹成解形證果今以遺蛻合窆表同穴意也引至側室果一黑狐臥榻上毛光如漆舉之輕如葉扣之乃作金石聲信其真仙矣葬事畢又啟曰今隸碧霞元君為女官當往泰山請共往故相偕至此僦屋與土人雜居孫女惟不使人見形其供養仍如初也後不知其所終此與前記狐女所記略相近然彼有所為而為故僅得遣謫此無所為而為故竟能成道天上無不忠不孝之神仙斯言諒哉

竹汀又言有夜宿城隍廟廊者聞殿中鬼語曰奉牒拘某婦某婦戀其病姑不肯死念念固結神不離舍不能攝取奈何城隍曰愚忠愚孝多不計成敗與命數爭徒自苦者固不少精

誠之至。鬼神所不能奪者。挽回一二。間亦有之。與強魂捍拒。其事迥殊。此宜中斷。常取進止。毋遽以屬鬼往也。語訖遂寂然。不知究竟能攝否。然足知人定勝天。確有是理矣。

顧郎中德懋。世所稱判冥者也。嘗自言平反一獄。頗自喜。其姓名不敢洩。其事則有姑出其婦者。以小姑之讒。非其罪也。姑性愎。倉卒度無挽回理。而母家親黨無一人。遂披緇尼菴。待姑意轉。其夫憐之。時往視。婦亦不能無情。菴旁有廢圃。每約以夜伏破屋。而自踰牆缺私就之。來往歲餘。為其師所覺。師持戒嚴。以為污佛地。斥其夫勿來。來且逐婦。夫遂絕跡。婦竟鬱鬱死。冥官謂既入空門。宜遵佛法。乃耽淫犯戒。當從僧律科斷。議付泥犁。顧駁之曰。尼犯淫戒。固有明刑。然必初念皈依。中違誓願。科以僧律。百喙無詞。此婦則無罪仳離。冀收覆水。恩非斷絕。志且堅貞。徒以孤苦無歸。託身荒刹。其為尼也。但可謂之毀容。未可謂之奉法。其在菴也。但可謂之借棲。不可謂之安禪。若據其浮蹤。執為惡業。則瑤光奪婿。更以何罪相加。至其感念故夫。踰牆幽會。跡似贈以芍藥。事均采彼蘼蕪。人本同衾。理殊失節。陽律於未婚以前。僅擬杖刑。猶容納贖。茲之違禮。恐視彼為輕。況已抑鬱捐生。縱有微愆。足以蔽罪。自應寬其薄罰。徑付轉輪。準理酌情。似乎兩協。事上冥王。竟從其議。此語真妄無可證驗。然據其所議。固持平之論矣。又顧臨殁自云以多洩陰事。謫為社公。姑存其說。亦足為轉輪溫室者箴也。

庫爾喀喇烏蘇（庫爾喀喇譯言黑。烏蘇譯言水也。）臺軍李印。嘗隨都司劉德行山中。見懸崖老松貫一矢。莫測其由。晚宿郵舍。印乃言昔過是地。遙見一騎飛馳來。疑為瑪哈沁。伏深草伺之。漸近則一物。似人非人。據馬上。馬乃野馬也。知為怪。發矢中之。翁然如鐘聲。化黑烟去。野馬亦驚逸。今此矢在樹。知為木妖也。問頃見之。何不言。曰射時彼原未見我。彼既有靈。恐聞之或報復。故寧默也。其機警多類此。一日。塔爾巴哈台押遞冠滿苔爾至。命印接解。以鐵鈕貫手。以鐵鍊從馬腹橫鎖其足。時已病奄奄僅一息。與之食。亦不甚咽。在馬上每欲倒擲下。賴縶足得不墮。但虞其死。不虞其逃也。至戈壁。兩馬相並。又作欲墮狀。印舉手引之。突挺然而起。以扭擊印仆馬下。即奪其馬。馳入戈壁去。戈壁東北連科布多。（此路定邊副將軍所屬）縣亙數百里。古無人跡。竟莫能追。始知其病者偽也。參將岳濬坐是獲重譴。印亦長枷。既而伊犂復捕得滿苔爾。蓋疊特來降者。賞賚最厚。滿苔爾貪餌而出。因就擒。訊其何以敢再至。則曰我罪至重。諒必不料我來。我隨眾而來。亦必不疑其中有我。其所計良是。而不虞識其頂上哥瘢也。以印之巧密。而卒為術愚。以滿苔爾之深險。而卒以詐敗。日以心鬥。誠不知其究竟。然任智終遇其敵。未有千慮不一失者。則定理也。

李義山詩。空聞子夜鬼悲歌。用晉時鬼歌子夜事也。李昌谷詩。秋墳鬼唱鮑家詩。則以鮑參軍有蒿里行。幻窅其詞耳。然世固往往有是事。田香沁言。嘗讀書別業。一夕風靜月明。聞有度崑曲者。亮折清圓。悽心動魄。諦審之。乃牡丹亭叫畫一齣也。忘其所以。靜聽至終。忽省牆外皆斷港荒陂。人跡罕至。此曲自何而來。開戶視之。惟蘆荻瑟瑟而已。

香沁又言。有老儒授徒野寺。寺外多荒塚。暮夜或見鬼形。或聞鬼語。老儒有膽。殊不怖。其僮僕習慣。亦不怖也。一夕。隔牆語曰。鄰居已久。知先生不訝。嘗聞吟咏。案上當有溫庭筠詩。乞錄其達摩支曲一首。焚之。又小語曰。末句鄴城風雨連天草。祈寫連為粘。則感極矣。頃爭此一字。與人賭小酒食也。老儒適有溫集。遂舉投牆外。約一食頃。忽木葉亂飛。旋飆怒捲。泥沙灑窗戶。如急雨。老儒笑且叱曰。爾輩勿劣相。我籌之已熟。兩相角賭。必有一勝負。負者必怨。事理之常。然因改字以招怨。則吾詞曲。因其本書以招怨。則吾詞直。聽爾輩狡獪。吾不愧也。語訖而風止。褚鶴汀曰。究是讀書鬼。故雖負氣求勝。而能為理屈。然老儒不出此集。不更兩全乎。王穀原曰。君論世法也。老儒解世法。不老儒矣。

司農王嵋言（即見斛鍾馗者）有樵者。伐木山岡。力倦小憩。遙見一人持衣數襲。沿路棄之。不省其何故。歸視之。履險阻如坦途。其行甚速。非人可及。貌亦慘淡不似人。疑為妖魅。登高樹瞰之。人已不見。由其棄衣之路。宛轉至山坳。則一虎伏焉。知人為倀鬼。衣所食者之遺也。急棄樵自岡後遁。次日聞某村某甲於是地死於虎矣。路非人徑所必經。知其以衣為餌。導之至是也。物莫靈於人。人恆以餌取物。今物乃以餌取人。豈人勿靈哉。利汩其靈。故智出物下耳。然是事一傳。獵者因循衣所在。得虎窟。合銃群擊。殪其三焉。則虎又以智敗矣。機械倚伏。機械又安有窮歟。或又曰。虎至悍而至愚。心計萬萬不到此。聞倀役於虎。必得代乃轉生。是殆倀誘人自代。因引人捕虎報冤也。倀者人所化。揆諸人事。固亦有之。又惜虎知倀助己。不知即倀害己矣。

梁豁堂言。有粵東大商喜學仙。招納方士數十人。轉相神聖。皆曰沖舉可坐致。所費不貲。然亦時時有小驗。故信之益篤。一日。有道士來訪。雖敝衣破笠。而神意落落。如獨鶴孤松。與之言。微妙元遠。多出意表。試其法。則驅役鬼神。呼召風雨。如操券也。松鱸台蕈。吳橙閩荔。如取攜也。星娥琴竽。玉女歌舞。猶僕隸也。握其符。十洲三島。可以夢遊。出黍顆之丹。點瓦石為黃金。百鍊不耗。粵商大駭服。諸方士自顧不及。亦稽首稱聖師。皆願為弟子。求傳道。道士曰。然則擇日設壇。當一一授汝。至期。道士登座。眾拜訖。道士問爾輩何求。曰求仙。問求仙何以求諸我。曰。如是靈異。非真仙而何。道士軒渠良久。曰。此術也。非道也。夫道者沖穆自然。與元氣為一鳥有如是種種哉。蓋三教之放失久矣。儒之本旨。明體達用而已。文章記誦非也。談天說性亦非也。佛之本旨。無生無滅而已。布施供養非也。機鋒語錄亦非也。道之本旨。清淨沖虛而已。章咒符籙非也。爐火服餌亦非也。爾所見種種。皆是章咒符籙事。去爐火服餌。尚隔幾層。況長生乎。然無所徵驗。遽斥其非。爾必謂尊其所能而毀其所不能。徒大言耳。今示以種種能為。而告以種種不可為。爾庶幾知返乎。儒家釋家。情偽日增。門徑各別。可勿與辯也。吾疾夫道家之滋偽。故因汝好道。姑一正之。因指諸方士曰。爾之不食。辟穀丸也。爾之前知。桃偶人也。爾之燒丹。房中藥也。爾之點金。縮銀法也。爾之入冥。茉莉根也。爾之召仙。攝鬼也。爾之返魂。役狐魅也。爾之搬運。五鬼術也。爾之辟兵。鐵布衫也。爾之飛躍。鹿盧蹻也。名曰道流。皆妖人耳。不速解散。雷部且至矣。振衣欲起。眾皆叩顙曰。下士沈迷。已知其罪。幸遭仙駕。是亦前緣。忍不一度脫乎。道士卻坐。顧晏商曰。爾曾聞笙歌錦繡之中。有一人揮手飛昇者乎。顧諸方士曰。爾曾聞炫術鬻財之輩。有一人脫屣羽化者乎。夫修道者須謝絕萬緣。堅持一念。使此心寂寂如死。而後可不死。使此氣綿綿不停。而後可長停。然亦非枯坐事也。仙有仙骨。亦有仙緣。骨非藥物所能換。緣亦非情好所能結。必積功累德。而後列名於仙籍。仙骨以生。仙骨既成。真靈自爾感通。仙緣乃湊。此在爾輩之自度。仙家安有度人法乎。因索紙大書十六字曰。內絕世緣。外積陰騭。無怪無奇。是真秘密。投筆於案。聲如霹靂。已失所在矣。

表伯王洪生家有狐居倉中。不甚為祟。然小兒女或近倉游戲。輒被瓦擊。一日。廚下得一小狐。眾欲捶殺以洩憤。洪生曰。是挑釁也。人與妖鬥。寧有勝乎。乃引至樹上。哺以果餌。親送至倉外。自是兒女輩往來其地。不復擊矣。此不戰而屈人也。

又舅氏安公五占。居縣東留福莊。其隣家二犬。一夕吠甚急。隣婦出視。無一人。惟聞屋上語曰。汝家犬太惡。我不敢下。有逃婢匿汝家灶內。煩以煙熏之。當自出。婦大駭。入視灶內。果嬰嬰有泣聲。問是何物。何以至此。灶內小語曰。我名綠雲。狐家婢也。不勝鞭箠。逃匿於此。冀少緩須臾死。娘子哀之。婦故長齋禮佛。惻然憫側。向屋仰語曰。渠畏怖不出。我亦實不忍火攻。苟無大罪。乞仙家捨之。（里俗呼狐曰仙家）屋上應曰。我二千錢新買得。那能即捨。婦曰。二千錢贖之可乎。良久乃應曰。是亦尚可。婦以錢擲於屋上。遂不聞聲。婦扣灶呼曰。綠雲可出。我已贖得汝。汝主去矣。灶內應曰。感活命恩。今便隨娘子驅使。婦曰。人那可畜狐婢。汝且自去。恐驚駭小兒女。亦慎勿露形。果似有黑物瞥然逝。後每逢元旦。輒聞窗外呼曰。綠雲叩頭。

蒙古以羊骨卜。燒而觀其坼兆。猶蠻峒雞卜也。霍丈易書。在穆森圖軍臺時。有老婦解此術。使卜歸期。婦側視良久曰。馬未鞁。人未冠。是不行也。然鞍與冠皆已具。行有兆矣。越數月。又使卜。婦一視即拜曰。馬已鞁。人已冠矣。公不久其歸乎。既而果賜環。又大學士溫公言。征烏什。俘回部十餘人。禁地窖中。一日。指口折鐵。投以杏核。分食訖。一年老者。拾其核。喃喃禱祝。擲於地上。觀其縱橫奇偶。忽失聲哭。其黨環視亦皆哭。既而駢誅之牒至。疑其法如火珠林錢卜也。是與蓍龜雖不同。然以骨取象者。龜之變。以物取數者。蓍之變。其藉人精神以有靈。理則一耳。

康熙癸巳秋。宋村廠佃戶周甲。不勝其婦之箠楚。夜伺婦寢。逃匿破廟。將待曉介鄰里乞憐。婦覺之。追跡至廟。對神像數其罪。叱使伏受鞭。廟故有魅。鞭甫十餘。方哀呼。羣狐合譟而出曰。世乃有此不平事。齊奪甲鞭。轉執其婦。褫無寸縷。即以其鞭鞭之。至流血。未釋。突狐婦又合譟而出。曰。男子但解護男子耶。渠背妻私暱某家女。不應死耶。亦奪其婦鞭。轉而相牽執甲。羣狐格鬬。爭拋喧鬨。良久。守田者疑為劫盜。大呼鳴銃。為聲援。狐乃各散。婦已委頓。甲竭蹶負以歸。王德庵先生時設帳於是。見婦在途中。猶喃喃駡也。先生嘗曰。快哉諸狐。可謂禮失而求野。狐婦乃惡傷其類。又別執一理。操同室之戈。蓋門戶分而朋黨起。朋黨盛而公論淆。轇轕紛紜。是非蠭起。其相軋也久矣。

張鉉耳先生家。一夕覓一婢不見。意其逋逃。次日。乃醉臥宅後積薪下。空房鎖閉。不知其何從入也。沃髮漬面。至午乃蘇。言昨晚聞後院嬉笑聲。稔知狐魅習慣不懼。竊從門隙窺之。見酒炙羅列。數少年方聚飲。俄為所覺。遽躍起擁我踰牆入。恍惚間。如睡如夢。噤不能言。遂被逼入坐。陳釀醞醲。加以苛罰。遂至沈酣。不記幾時眠。亦不知其幾時去也。鉉耳先生素剛正。自往數之曰。相處多年。除日日取柴外。兩無干犯。何突然越禮。以良家婢子作倡女侑觴乎。子弟獨狂。父兄安在。為家長者寧不愧乎。至夜。聞窗外語曰。兒輩冶蕩。業已笞之。然其間有一線乞原者。此婢先探手入門。作謔詞乞肉。非出強牽。且其月下花前。采蘭贈芍。閱人非一。碎璧多年。故兒輩敢通款曲。不然。則某婢色豈不佳。何終不敢犯乎。防範之疏。僕與先生似當兩分其過。惟俯察之。先生曰。君既笞。婢吾亦當痛笞。狐哂曰。過摽梅之年。而不為之擇配偶。鬱而橫決。罪豈獨在此婢乎。先生默然。次日。呼媒媼至。凡年長數婢。盡嫁之。

邱縣丞天錦言。西商有杜奎者。不知其鄉貫。其語似澤潞人也。剛勁有膽。不畏鬼神。空宅荒祠。所至恆襆被獨宿。亦無所見聞。偶行經六盤山麓。日已曛黑。遂投止廢堡破屋中。烟火闃四無人。度萬萬無寇盜。解裝繫馬。拾枯枝熱火禦寒。竟展衾安臥。方欲睡間。聞有哭聲。諦聽之。似在屋後。似在地下。時篝火方熾。室明如晝。因側睨握刀以待之。哭聲漸近。已在窗外黑處嗚嗚不已。然終不露形。杜叱問曰。平生未曾見爾輩。是何鬼物。可出面言。暗中有應者曰。身是女子。裸無寸縷。愧難相見。如不見棄。許入被中。則有物蔽形。可以對語。杜知其欲相媚惑。亦不懼之。徵哂曰。欲入即入。陰風颯颯然。已一好女共枕矣。羞容靦覥。掩面泣曰。一語綫通。遽相偎倚。人雖冶蕩。何至於斯。緣有苦情。迫於陳訴。雖嫌速。勿訝淫奔。此堡固群盜所居。妾偶獨行。為其所劫。盡褫衣裳簪珥。縛棄澗中。夏浸寒泉。冬埋積雪。沈陰冱凍。萬苦難名。俟黨伏誅。廢為墟莽。無人可告。茹痛至今。幸空谷足音。得見君子。機緣難再。千載一時。故忍恥相投。不辭自獻。擬以一宵之愛。乞市薄槥。移骨平原。庶地氣少溫。得安營魄。倘更作佛事。超拔轉輪。則再造之恩。誓世世長執巾櫛。語訖拭淚。縱體入懷。杜慨然曰。本謂爾為妖。乃沉冤如是。吾雖耽花柳。然乘人窘急。挾制求歡。則落落丈夫。義不出此。汝既畏冷。無妨就我取溫。如講幽期。則不如徑去。女伏枕叩額。亦不再言。杜擁之酣眠。帖然就抱。天曉已失所在。乃留數日。為營葬營齋。越數載歸里。有隣家小女。見杜輒戀戀相隨。後老而無子。求為側室。父母不肯。女自請相從。竟得一男。知其事者。皆疑為此鬼後身也。

宋書符瑞志曰。珊瑚鉤。王者恭信則見。然不言其形狀。蓋自然之寶也。杜工部詩曰。飄飄青瑣郎。文采珊瑚鉤。似即指此。蕭詮詩曰。珠簾半上珊瑚鉤。則以珊瑚為鉤耳。余見故大學士楊公一帶鉤。長約四寸餘。圍約一寸六七分。其鉤就倒垂杈椏截去附枝。作一螭頭。其繫絛環柱。亦就一橫出之瘦瘤。作一芝草。其幹天然彎曲。脈理分明。無一毫斧鑿跡。色亦純作櫻桃紅。特為奇絕。其掛鉤之環。則以交柯連理之環。去其外歧。而存其周圍相屬者。亦似天成。然珊瑚連理者多。佩環似此者亦多。不為異也。云以千四百金得諸洋舶。此在壬午癸未間。其時珊瑚易致。價尚未昂云。

又余在烏魯木齊時。見故大學士溫公有玉一斤。如掌大。可作臂閣。質理瑩白。面有紅斑四點。皆大如指頂。鮮活如花片。非血浸。非油鍊。非琥珀燙。深入湊理。而暈腳四散。漸遠漸淡。以至於無。蓋天成也。公恆以自隨。木果木之戰。公埋輪縶馬。慷慨捐生。此物想流落蠻烟瘴雨間矣。

又嘗見貴人持一玉簫。長五寸餘。圍如畫筆之管。上半純白。下半瑩澈如琥珀。為目所未睹。有酬以九百金者。堅不肯售。余終疑為藥煉也。

五十年前。見董文恪公一玉蟹。質不甚巨。而純白無點瑕。獨視之。亦常玉。以他白玉相比。則非隱青。即隱黃隱赭。無一正白者。乃知其可貴。頃與柘林司農話及。司農曰。公在日。偶值匱乏。以六百金轉售之矣。

益都有書生。才氣飈發。頗為儔上。一日晚涼散步。與村女目成。密遣僕婦通詞。約某夕虛掩後門。待生潛踪匿影。方暗中捫壁竊行。突火光一掣。朗若月明。見一厲鬼當戶立。猙獰奔回。幾失魂魄。次日至塾。塾師忽端坐大言曰。吾辛苦積得小陰騭。當有一孫登第。何躁鑽穴。自敗成功。幸我變形阻之。未至削籍。然亦殿兩科矣。爾受人修脯。教人子弟。何無約束至此耶。自批其頰十餘。昏然仆地。方灌治間。宅內僕婦亦自批其頰曰。爾我家三世奴。豈朝秦暮楚者耶。幼主妄行。當勸戒。不從則當告主人。乃獻媚希賞。幾誤其終身。豈非負心耶。後再不悛。且褫爾魄。語訖亦昏仆。並久之乃蘇。門人李南澗曾親見之。蓋祖父之積累。如是其艱。子孫之敗壞。如是其易也。祖父之於子孫。如是其死尚不忘也。人可不深長思乎。然南澗言此生終身頑頓以終。殆流蕩不返。其祖亦無如何歟。抑或附形於塾師。附形於僕婦。而不附形於其孫。亦不附形於其子。猶有溺愛者存。故終不知懲歟。

狐魅人之所畏也。里有羅生者。讀小說雜記。稔聞狐女之姣麗。恨不一遇。近郊古塚。人云有狐。又云時或有人與狎昵。乃詣其窟穴。具贄幣酒醴。投書求婚姻。且云或香閨姣女。並已乘龍。或鄙棄樗櫟。不堪倚玉。則乞賜一艷婢。用充貴媵。銜感亦均。再拜置之而返。數日寂然。一日獨坐凝思。忽有好女出燈下。嫣然笑曰。主人感君盛意。卜今吉日。遣小婢三秀來充下陳。

幸見收錄。因叩謁如禮。凝眸側立。妖媚橫生。生大欣慰。即於是夜定情。自以為彩鸞甲帳不是過也。婢善隱形。人不能見。雖遠行別宿。亦復相隨。益愜生所願。惟性饕餮。家中食物。多被竊食。物不足。則盜衣裳器具。鬻錢以買。不知誰為料理。意有徒黨同來也。以是稍譴責之。然嫵態柔情。搖魂動魄。低眉一盼。亦復回嗔。又冶蕩殊常。蠱惑萬狀。卜夜卜晝。靡有已時。尚嫌不足。以是家為之彫。體亦為之敝。久而疲於奔命。怨詈時聞。漸起釁端。遂成仇隙。呼朋引類。妖祟大興。日不聊生。延正一真人劾治。婢現形抗辯曰。始緣祈請。本異私奔。繼奉主命。不為苟合。手札具存。非無故為魅。至於盜竊淫佚。狐之本性。振古如是。彼豈不知。既以耽色之故。捨人而求狐。乃又責狐以人理。毋乃悖歟。即以人理而論。圖聲色之娛者。不能惜蓄養之費。既充妾媵。即當仰食於主人。所給不敷。即不免私有所取。家庭之內。似此者多。較攘竊他人。終為有間。若夫閨房燕昵。何所不有。聖人制禮。亦不能立以程限。帝王定律。亦不能設以科條。在嫡配尚屬常情。在姬侍尤其本分。錄以為罪。竊有未甘。真人曰。糾眾肆擾。又何理乎。曰。嫁女於人。意圖求取。不滿所欲。聚黨喧鬨者。不知凡幾。未聞有人科其罪。乃科罪於狐歟。真人俛思良久。顧羅生笑曰。君所謂求仁得仁。亦復何怨。老夫耄矣。不能驅役鬼神。預人家兒女事。後羅生家貧如洗。竟以瘵終。

從姪秀山言，奴子吳士俊嘗與人鬭不勝，恚而求自盡，欲於村外覓僻地。甫出柵，即有二鬼邀之。一鬼言投井佳，一鬼言自縊更佳，左右牽掣，莫知所適。俄有舊識丁文奎者從北來，揮拳擊二鬼遁去，而自送士俊歸。士俊惘惘如夢醒，自盡之心頓息。文奎亦先以縊死者，蓋二人同役於叔父栗甫公家。文奎歿後，其母嬰疾困臥，士俊嘗助以錢五百，故以是報之。此余家近歲事，與新齊諧所記縊工遇鬼略相似，信鑿然有之，而文奎之求代而來報恩而去，尤足以激薄俗矣。

周景垣前輩言，有巨室眷屬，連艫之任，晚泊大江中。俄一大艦來同泊，門燈旗幟，亦官舫也。日欲沒時，艙中二十餘人，露刃躍過，盡驅婦女出艙外。有靚粧女子，隔窗指一小婦曰：此即是矣。羣盜應聲曳之去。一盜大呼曰：我即爾家某婢父，爾女酷虐我女，鞭箠炮烙，無人理。幸逃出，過我，爾追捕未獲，銜冤次骨，今來復仇也。言訖，揚帆順流去，斯須滅影。緝尋無跡，女竟不知其所終。然情狀可想矣。夫貧至鬻女，豈復有所能為，而不慮其能為盜也；婢受慘痛，豈復能報，而不慮其父能為盜也。此所謂蜂蠆有毒歟。又李受公言，有御婢殘忍者，偶以小過閉空房凍餓死，然無傷痕，其父訟不得直，反受笞，冤憤莫釋，夜踰垣入，併其母女手刃之。緝捕多年，竟終漏網。是不為盜亦能報矣。又言京師某家火，夫婦子女併焚，亦羣疑婢怨毒之所為。事無顯證，遂無可追求。是不必有父亦自能報矣。余有親串，鞭笞婢妾，嬉笑如兒戲，間有死者。一夕，有黑氣如車輪，自簷墮下，旋轉如風，啾啾然有聲，直入內室而隱。次日，疽發於項，如粟顆，漸以四潰，首斷如斬。是人所不能報，鬼亦報之矣。人之愛子，誰不如我。其強者，衾冤茹痛，鬱結莫申，一決橫流，勢所必至；其弱者，橫遭荼毒，赍恨黃泉，哀感三靈，豈無神理。不有人禍，必有天刑，固亦理之自然耳。

世謂古玉皆昆吾刀刻，不盡然也。魏文帝典論已不信世有昆吾刀，是漢時已無此器。李義山詩，玉集胡沙割，自唐已沙碾矣。今琢玉之巧，以痕都斯坦為第一，其地即佛經之印度，漢書之身毒。精是技者，相傳猶漢武時玉工之裔，故所雕物象，頗有中國花草，非西域所有者，沿舊譜也。又云別有奇藥能軟玉，故細入毫芒，曲折如意。余嘗見瑪少宰興阿自西域買來梅花一枝，虬幹夭矯，殆可以插瓶；而開之則上蓋下底成一盒，雖碎條細蕊，亦皆空中。又嘗見一缽，內外兩重，可以轉而不可出，中間隙縫僅如一髮，搖之無聲，斷無容刀之理，亦無屈曲三折遞至缽底之理，疑其又有粘合無跡之藥，不但能軟也。此在前代，偶然一見，謂之鬼工，今則納貢輸琛，有如域內，亦尋常視之矣。

閩人有女未嫁卒，已葬矣，閱歲餘，有親串見之別縣，初疑貌相似，然聲音體態無相似至此者。出其不意，從後試呼其小名，女忽回顧，知不謬。又疑為鬼，歸告其父母，開塚驗視，果空棺。

共往蹤跡。初尚不識父母，舉其胸脇瘢痣，呼鄰婦密視，乃具伏。覓其夫，則已遁矣。蓋閩中茉莉花根，以酒磨汁飲之，一寸可尸蹷一日，服至六寸尚可蘇，至七寸乃真死。女已有婿，而私與鄰子狎，故磨此根，使詐死，待其葬而發墓共逃也。婿家鳴官，捕得鄰子，供詞與女子同。時吳林塘官閩縣，親鞫是獄，欲引開棺見尸律，則人實未死，事異圖財；欲引藥迷子女例，則女本同謀，情殊掠賣，無正條可以擬罪，乃仍以姦拐本例斷。人情變幻，亦何所不有乎。

唐宋人最重通犀，所云種種人物，形至奇巧者。唐武后之簡，作雙龍對立狀；宋孝宗之帶，作南極老人扶杖象，見於諸書者不一，當非妄語。今惟有黑白二色，未聞有肖人物形者，此何以故歟？惟大理石往往似畫，至今尚然。嘗見梁少司馬鐵幢家一插屏，作一鷹立老樹斜柯上，噹距翼尾，一一酷似，側身旁睨，似欲下搏，神氣亦極生動。朱邊使子穎嘗以大理石鎮紙贈亡兒汝佶，長約二寸，廣約一寸，厚約五六分。一面懸崖對峙，中有二人乘一舟順流下；一面作雙松欹立，鍼鬣分明，下有水紋，一月在松梢，一月在水，宛然兩水墨小幅。上有刻字，一題曰輕舟出峽，一題曰松溪印月，左側題十岳山人字，皆八分書。蓋明王寅故物也。汝佶以獻余，余於器玩不甚留意，後為人取去，烟雲過眼矣，偶然憶及，因併記之。舊蓄北宋苑畫八幅，不題名字，絹絲如布，筆墨沈著，工密中有渾渾穆穆之氣，疑為真跡，所畫皆故事，而中有三幅不可考。一幅下作甲仗隱現狀，上作一月銜樹杪，一女子衣帶飄舞，翩如飛鳥，似御風而行。一幅作曠野之中，一中使背詔立，一人衣巾藍縷，自右來，二小兒迎拜於左，其人作引手援之狀，中使若不見三人，三人亦若不見中使。一幅作一堂甚華敞，堦下列酒罌五，左側作艷女數人，靚妝絲服，若貴家姬，右側作媼婢攜抱小兒女，皆侍立甚肅，中一人常服據榻坐，自抱一酒罌，持鑽鑽之。後前一幅辨為紅線，後二幅則終不知為誰。姑記於此，俟博雅者考之。

張石鄰先生，姚安公同年老友也。性伉直，每面折人過，然慷慨尚義，視朋友之事如己事。勞與怨皆不避也。嘗夢其亡友某公，盛氣相詰曰：君兩為縣令，凡故人子弟來啓者，無不收恤，獨我子數千里相投，視如陌路，何也？先生夢中怒且笑曰：君忘之歟？夫所謂朋友，豈勢利相攀援、酒食相徵逐哉？為緩急可恃，而休戚相關也。我視君如弟兄，吾家奴結黨以蠹我，其勢蟠固，我無可如何，我嘗密託君察某某，君目睹其姦狀，而恐招嫌怨，諱不肯言。及某某貫盈自敗，君又博忠厚之名，百端為之解脫。我事之憤不憤，我財之給不給，君固勿問，第求若輩感激，稱長者而已。是非厚其所薄，薄其所厚乎？君先陌路視我，而怪我視君如陌路，君忘之歟？其人瑟縮而退。此五十年前事也。大抵士大夫之習氣，類以不談人過為君子，而不計其人之親昵事之利害，余嘗見胡牧亭為羣僕所剝削，至衣食不給。同年朱學士竹君憤然代為驅逐，其子乃得以自存。一時清議稱古道者，百不一二；稱多事者，十恆八九也。又嘗見崔總憲應階娶孫婦，賃彩轎親迎，其家奴互相鉤貫，非三百金不能得，眾喙一音。至前期一兩日，價更倍昂。崔公恚憤，自求朋友代賃。朋友皆避怨不肯應，甚有謂彩轎無定價，貧富貴賤各隨其人為消長，非他人所可代賃。以巧為調停者，不得已，以己所乘轎結彩繒用之。一時清議謂坐視非理者，亦百不一二；謂善體下情者，亦十恆八九也。彼一是非，此一是非，將烏乎質之哉！

朱青雷言：嘗謁椒山祠，見數人結伴入，眾皆叩拜。中一人獨長揖。或詰其故，曰：楊公員外，我亦員外郎，品級相等，無庭參禮也。或又曰：楊公忠臣。咈然曰：我奸臣乎？于大羽因言：聶松岩嘗騎驢遇一治磨者，嗔不讓路。治磨者曰：石工遇石工（松岩，安邱張卯君之弟子，以篆刻名一時），何讓之有？余亦言：交河一塾師，與張晴嵐論文相詆，塾師怒曰：我與汝同歲入泮，同至今日，皆不第，汝何處勝我耶？三事相類，雖善辯者無如何也。田白岩曰：天地之大，何所不有。遇此種人，惟當以不治治之，亦於事無害。必欲其解悟，彌出葛藤。嘗見兩生同寓佛寺，一言紫陽，一言象山，喧詬至夜半。僧從旁解紛，又謂異端害正，共與僧鬨。次日三人破額詣訟庭，非天下本無事，庸人自擾之乎。

昌平有老媼，畜雞至多，惟賣其卵，有買雞充膳者，雖十倍其價不肯售。所居依山麓，日久滋衍，但以谷量。將曙時，唱聲競作，如傳呼之相近也。會刈麥曝於門外，羣雞忽千百齊至，圍繞啄食。媼持杖驅之不開，偏呼男女交手撲擊，東散西聚，莫可如何。方喧呶間，住屋五楹訇然摧圮，雞乃俱驚飛入山去。此與宣室志所載李甲家鼠報恩事相類。夫鶴知夜半，雞知將旦，氣之相感，而精神動焉，非其能自知時也。故邵子曰：禽鳥得氣之先。至萬物成毀之數，斷非禽鳥所先知，何以聚族而來，脫主人於厄乎？此必有憑之者矣。

從姪汝夔言：甲乙並以捕狐為業，所居相距十餘里。一日，伺得一塚有狐跡，擬共往，約日落後會於某所。乙至，甲已先在，同至塚側，相其穴可容人，甲令乙伏穴內，而自匿塚畔叢薄中。待狐歸穴，甲禦其出路，而乙在內擒縶之。乙闇坐至夜半，寂無音響，欲出與甲商進止，呼良久不應。試出尋之，則二墓碑橫壓穴口，僅隙光一線，闊寸許，重不可舉，乃知為甲所賣。次日聞外有叱牛聲，極力號叫。牧者始聞，報其家往視，鳩人移石，已幽閉一晝夜矣。疑甲謀殺，率子弟指甲，將報訟官。至半途，乃見甲裸體反縛柳樹上，眾圍而唾詈，或鞭撲之。蓋甲赴約時，路遇饁婦相調謔，因私狎於秫叢中。時盛暑，各解衣置地，甫脫手，婦躍起，掣其衣走，莫知所向。幸無人見，狼狽潛歸，未至家，遇明火持械者，見之，呼曰：奴在此。則鄰家少婦三四睡於院中，忽見甲解衣就同臥，驚嘆眾起，已裹衣踰牆遁。方其里黨追捕也，甲無以自白，惟呼天而已。乙述非策，乃知皆為狐所賣。然伺其穴而掩襲，此戕殺之仇也；戕殺之仇，以游戲報之，一閉使不出，而留隙使不死；一褫其衣，使受縛無辯，而人覺即遁，使其罪亦不至死，亦可謂善留餘地矣。

天下有極細之事，而皋陶亦不能斷者。門人折生遇蘭健令也，官安定日，有兩家爭訟墳山，訟四五十年，閱兩世矣。其地廣闊不盈畝，中有二塚，兩家各以為祖塋，問鄰證，則萬山之中裒糧挈水乃能至，四無居人；問契券，則皆稱前明兵燹已不存；問地糧串票，則兩造具在，其詞皆曰：此地萬不足耕，無錙銖之利，而有地丁之額，所以百控不已者，徒以祖宗邱隴，不欲為他人佔耳。又皆曰：苟非先人之體魄，誰肯涉訟數十年，認他人為祖宗者？或疑為謀佔吉地，則又皆曰：秦隴素不講此事，實無此心，亦彼此不疑有此心。且四圍皆石，不能再容一棺，如得地之後，掘而別葬，是反授不得者以間，誰敢為之？竟無以折服，又無均分理，無入官理，亦莫能判定。大抵每祭必鬨，每鬨必訟官，惟就鬨論鬨，更不問其所因矣。後蔡西齋為甘肅藩司，聞之曰：此爭祭非爭產也，盍以理諭之，曰：爾既自以為祖墓，應聽爾祭；其來爭祭者，既願以爾祖為祖，於爾祖無損，於爾亦無損也，聽其享薦，亦大佳，何必拒乎？亦不得已之權詞。然迄不知其遵否也。

胡牧亭言：其鄉一富室，厚自奉養，閉門不與外事，人罕得識其面，不善治生，而財終不耗；不善調攝，而終無疾病；或有禍患，亦意外得解。嘗一婢自縊死，里胥大喜，張其事報官，官亦欣然即日來。比陳尸檢驗，忽手足蠕蠕動，方共駭怪，俄欠伸，俄轉側，俄起坐，已復蘇矣。官尚欲以逼污投環鍛鍊羅織，微以語導之，婢叩首曰：主人妾媵如神仙，寧有情到我？設其到我，方歡喜不暇，寧肯自戕？實聞父不知何故為官所杖殺，悲痛難釋，憤恚求死耳，無他故也。官乃大沮去。其他往往多類此。鄉人皆言其蠢然一物，乃有此福，理不可明。偶扶乩召仙，以此叩之，乩判曰：諸公誤矣，其福正以其蠢也。此翁過去生中，乃一村叟，其人淳淳悶悶，無計較心，悠悠忽忽，無得失心，落落莫莫，無愛憎心，坦坦平平，無偏私心。人或凌侮，無爭競心；人或欺紿，無機械心；人或謗詈，無嗔怒心；人或搆害，無報復心。故雖槁死牖下，無大功德，而獨以是心為神所福，使之食報於今生。其蠢無知識，正其身異性存，未昧前世善根也。諸君乃以為疑，不亦誤哉！時在側者信不信參半。吾竊有味斯言也。余曰：此先生自作傳贊，託諸斯人耳。然理固有之。

劉約齋舍人言：劉生名寅，（此在劉景南家酒闌話及，南北鄉音各異，不知是此寅字否也。）家酷貧，其父早年與一友訂婚姻，一諾為定，無媒妁，無婚書庚帖，亦無聘幣，然子女則並知之也。劉生父卒，友亦卒，劉生少不更事，窶益甚，至寄食僧寮。友妻謀悔婚，劉生無如之何，女竟鬱鬱死，劉生知之，痛悼而已。是夕，燈下獨坐，悒悒不寐，忽聞窗外啜泣聲，問之不應，而泣不已，固問之，彷彿似答一我字，劉生頓悟曰：是子也耶？吾知之矣。事已至此，來生相聚可也。語訖遂寂。後劉生亦夭死，惜無人好事，竟不能合葬華山。長恨歌曰：天長地久有時盡，此恨綿綿無了期。此之謂乎？雖悔婚無跡，不能名以貞，又以病終，不能名以烈，然其志則貞烈兼矣。說是事時，滿座太息，而忘問劉生里貫，約齋家在蘇州，意其鄉里歟。

閱微草堂筆記卷十八

姑妄聽之四

觀奕道人撰

馬德重言：滄州城南盜劫一富室，已破扉入，主人夫婦並被執，眾莫敢誰何。有妾居東廂，變服逃匿廚下，私語灶婢曰：主人在盜手，是不敢與鬥。渠輩屋脊各有人，以防救應，然不能見簷下。汝抉後窗循簷出，密告諸僕，各乘馬執械，四面伏三五里外，盜四更後必出，四更不出，則天曉不能歸巢也。出必挾主人送，苟無人阻，則行一二里必釋，不釋恐見其去向也。俟其釋主人，急負還，而相率隨其後，相去務在半里內，彼如返鬥，即奔還，彼止亦止，彼行又隨行。再返鬥，仍奔，再止仍止，再行仍隨行，如此數四，彼不返鬥，則隨之得其巢；彼返鬥，則既不得戰，又不得遁遠，至天明無一人得脫矣。婢冒死出告，眾以為中理，如其言，果併就擒。重賞灶婢，妾與嫡故不甚協，至是亦相睦。後問妾何以辦此，泫然曰：吾故盜魁某甲女，父在時，嘗言行劫所畏惟此法，然未見有用之者，今事急姑試，竟僥倖驗也。故曰用兵者務得敵之情。又曰以賊攻賊。

戴東原言：有狐居人家空屋中，與主人通言語，致餽遺，或互假器物，相安若比鄰。一日，狐告主人曰：君別院空屋，有縊鬼多年矣，君近拆是屋，鬼無所棲，乃來與我爭屋，時時現惡狀，恐怖小兒，如已是可憎，又作祟使患寒熱，尤不堪。恐某觀道士能劾鬼，君盍求之，除此害。主人果求得一符，焚於院中。俄暴風驟起，聲轟然如雷霆，方駭愕間，聞屋瓦格格亂鳴，如數十人奔走踐踏者，屋上呼曰：吾計大左，悔不及。頃神將下擊，鬼縛而吾亦被驅，今別君去矣。蓋不忍其憤，急於一逞，未有不兩敗俱傷者。觀於此狐，可為炯鑒。又呂氏表兄言（姑之子也，忘其名字），有人患狐祟，延術士禁咒，狐去而術士需索無厭，時遣木人紙虎之類至其家擾人，賂之暫止，越旬日復然，其祟更甚於狐，攜家至京師避之，乃免。銳於求勝，借助小人，未有不遭反噬者，此亦一徵矣。

烏魯木齊參將海起雲言：昔征烏什時，戰罷還營，見崖下樹椏間一人探首外窺，疑為間諜，奮矛刺之（軍中呼矛曰苗，蓋矛聲之轉也）。中石上，火光激迸，矛折臂幾損，疑為目眩，然矛上地上皆有血迹，不知何怪。余謂此必山精也，深山大澤，何所不有，白澤圖所載，雖多附會，殆亦有之。又言有一遊兵見黑物蹲石上，疑為熊，引滿射之，三發皆中，而此物夷然，如不知，駭極馳回，呼火伴攜銃往，則已去矣。余謂此亦山精耳。

常山峪道中加班轎夫劉福言（凡轎有卿以八人更番出，京師則加四人，謂之加班）：長姐者，忘其姓，山東流民之女，年十五六，隨父母就食於赤峯（即烏藍哈達，烏藍譯言紅，哈達譯言峯也，今建為赤峯州），租田以耕。一日，入山採樵，遇風雨，避巖下，雨止已昏黑，畏虎不敢行，匿草間，遙見兩炬，疑為虎目，至前則官役數人，衣冠不古不令叱問何人乃以實告官坐石上令曳出叙呼跪長姐以為山神匍匐聽命官曰汝夙孽應充我食今就擒當吠爾速解衣伏石上無留寸縷致掛礙齒牙知為虎王觳觫求免官曰視爾貌尚可昔侍我寢當赦爾後當來往於爾家且福爾長姐憤怒躍起曰豈有神靈肯作此語必邪魅也但吠則吠耳長姐良家女不能蒙面作此事拾石擲擊之一時奔散此非其力足勝之其氣足勝之其貞烈之心足以帥其氣也故曰其為氣也至大至剛

張太守墨谷言景德間有富室恒積穀而不積金防盜劫也康熙雍正間歲頻歉米價昂貴閉廩不肯糶升合冀價再增鄉人病之而無如之何有角伎號玉面狐者曰是易與耳備錢以待可耳乃自詣其家曰我為鴇母錢樹子鴇母顧常虐我昨與勃谿約我以千金自贖我亦厭倦風塵願得一忠厚長者託終身念無如公者公能捐千金則終身執巾櫛聞公不喜積金即錢二千貫亦足抵昨有木商聞此事已回天津取資計其到當在半月外我不願隨此庸奴公能於十日內先定則受德多矣張故惑此妓聞之驚喜急出穀賤售廩已開買者紛至不能復閉遂空其所積米價大平穀盡之日妓遣謝富室曰鴇母養我久一時負氣相詬致有是議今悔過挽留義不可負心所言姑俟諸異日富室原與私約無媒無證無一錢聘定竟無如何也此事李露園亦言之當非虛謬聞此妓年甫十六七遽能辦此亦女俠哉

丁藥園言有孝廉年四十無子買一妾甚明慧嫡不能相安旦夕詬誶越歲生一子益不能容竟轉鬻於遠處孝廉惘惘如有失獨宿書齋夜分未寐忽搴帷入驚問何來曰逃歸耳孝廉沉思曰逃歸慮來追捕妒婦豈肯匿爾且事已至此歸何所容妾笑曰不欺君我實狐也前以人來人有人理不敢忍詬今以狐來變幻無端出入無迹彼烏得而知之因嬿婉如初久而漸為童婢洩嫡大恚多金募術士劾治一術士檄將拘妾至妾不服罪攘臂與術士爭曰無子納妾則納為有理生子遣妾則夫為負心無故見出罪不在我術士曰既見出矣豈可私歸妾曰出母未嫁與子未絕出婦未嫁與夫亦未絕況鬻我者妒婦非見出於夫夫仍納我是未出也何不可歸術士怒曰爾本獸類何敢據人理爭妾曰人變獸心陰律陽律皆有刑獸變人心反以為罪法師據何典耶術士益怒曰吾持五雷法知誅妖耳不知其他妾大笑曰妖亦天地之一物苟其無罪天地未嘗不覆育上帝所不誅法師乃欲盡誅乎術士拍案曰媚惑男子非爾罪耶妾曰我以禮納不得為媚惑倘其媚惑則攝精吸氣此生久槁矣今在家兩年餘歸又五六年康強無恙所謂媚惑者安在法師受妒婦多金鍛鍊周內以酷濟貪耳吾豈服耶問答之頃術士顧所召神將已失所在無可如何瞋目曰今不與爾爭明日會當召雷部明日嫡再促設壇則宵遁矣蓋所持之法雖正而法以賄行故魅亦

不畏神將亦不滿也相傳劉念臺先生官總憲時題御史臺一聯曰無欲常教心似水有言自覺氣如霜可謂知本矣

莫雪崖言有鄉人患疫困臥草榻魂忽已出門外覺頓離熱惱意殊自適然道路都非所曾經信步所止偶遇一故友相見悲喜憶其已死忽自悟曰我其入冥耶友曰君未合死離魂到此耳此境非人所可到盍同遊覽以廣見聞因隨之行所經城市墟落都不異人世往來擾擾亦各有所營見鄉人皆目送之然無人交一語也鄉人曰聞有地獄可一觀乎友曰地獄如囚牢非冥官不能啟非冥吏不能導吾不能至也有三數奇鬼近乎地獄君可以往觀因改循岐路行半里許至一地空曠如墟墓見一鬼狀貌如人而鼻下則無口問此何故曰是人生時巧於應對諛詞頌語媚世悅人故受此報使不能語或遇焰口漿水則飲以鼻又見一鬼尻聳向上首折向下面著於腹以兩手支拄而行問此何故曰是人生時妄自尊大故受此報使不能仰面傲人又見一鬼自胸至腹裂罅數寸五臟六府虛無一物問此何故曰是人生時城府深隱人不能測故受是報使中無匿形又見一鬼足長二尺指巨如椎踵巨如斗重如千斛之舟努力半刻始移一寸問此何故曰此人生時高材捷足事事務居人先故受是報使不能行又見一鬼兩耳拖地如曳雙翼而混沌無竅問此何故曰此人生時懷忌多疑喜聞蜚語故受此報使不能聽是皆按惡業淺深待受報期滿始入轉輪其罪減地獄一等如陽律之徒流也俄見車騎雜遝一冥官經過見鄉人驚曰此是生魂誤遊至此恐迷不得歸誰識其家可導使去友跪啟是舊交官即令送反將至門大汗而醒自是病愈雪崖天性爽朗胸中落落無宿物與朋友諧戲每俊辯橫生此當是其寓言未必真有然莊生列子半屬寓言義足勸懲固不必刻舟求劍爾

陳半江言有書生月夕遇一婦色頗姣麗挑以微詞欣然相就自云家在鄰近而不肯言姓名又云夫恒數日一外出家有後窗可開有牆缺可踰遇隙即來不能預定期也如是五六年情好甚至一歲書生將遠行婦夜來話別書生言隨人作計後會無期悽戀萬狀哽咽至不成語婦忽嗤笑曰君如此情癡必相思致病非我初來相就意實與君言我鬼之待替者也凡人與鬼狎無不病且死陰剝陽也惟我以愛君韶秀不忍玉折蘭摧故必越七八日後待君陽復乃肯再來有剝有復故君能無恙使遇他鬼則縱情冶蕩不出半載索君於枯魚之肆矣我輩至多求如我者則至少君其宜慎感君義重此所以報也語訖散髮吐舌作鬼形長嘯而去書生震慄幾失魂自是雖遇冶容曾不側視

王梅序言交河有為盜誣引者鄉民樸愿無以自明以賂求援於縣吏吏聞盜之誣引由私

誷其婦致為所污。意其婦必美。卻賂而微示以意曰。此事秘密。須其婦潛身自來。乃可授方略。居間者以告鄉氏。鄉氏憚死失志。呼婦母至獄。私語以故。母告婦。婦咈然不應也。越兩三日。吏家有人夜扣門。啟視則一丐婦。布帕裹首。衣百結破衫。闖入而問之。不答。且行且解衫與帕。則鮮妝華服艷婦也。驚問所自。紅潮暈頰。俛無一言。惟袖出片紙。就所持燈視之。某人妻三字而已。吏喜過望。引入內室。故問其來意。婦掩淚曰。不喻君語。何以夜來。既已來此。不必問矣。惟祈無失信耳。吏發誓。遂相嬿婉。潛留數日。大為婦所蠱惑。神志顛倒。惟恐不得當婦意。婦暫辭去。言村中日日受侮。難於久住。如城中近君租數楹。便可託庇蔭。免無賴凌藉。亦可朝夕相往來。吏益喜。竟百計白其冤獄。解之。後遇鄉氏。意甚索漠。以為狎昵其婦。愧相見也。後因事到鄉。詣其家。亦拒不見。知其相絕。乃大恨。會有挾妓誘博者。訟於官。官斷妓押歸原籍。吏視之。鄉氏婦也。訊與語。婦言苦為夫禁制。愧相負。相憶殊深。今幸相逢。乞念舊時數日歡。免杖免解。吏又惑之。因告官曰。妓所供乃母家籍貫。縣民某妻。宜究其夫。蓋覬縱之官賣。自買之也。遣拘鄉氏。鄉氏攜妻至。乃別一人。問鄉里。皆云不偽。問吏何以誣鄉氏。吏不能對。第曰風聞。問聞之何人。則噤無語。呼妓問之。妓乃言吏初欲挾污鄉氏妻。妻念從則失身。不從則夫死。值妓新來。乃盡脫簪珥賂妓。冒名往。故與吏狎識。今當受杖。適與相逢。因仍誑託鄉氏妻。冀其脫罪。甚不虞其又有他謀致兩敗也。官覆勘鄉氏。果被誣。姑念其計出救死。又出於其婦。免不究。而嚴懲此吏焉。神姦巨蠹。莫吏若矣。而為村婦所籠絡。如玩弄嬰孩。蓋愚者恒為智者敗。而物極必反。亦往往於所備之外。有智出其上者。突起而勝之。無往不復。天之道也。使智者終不敗。則天地間惟智者存。愚者斷絕矣。有是理哉。

鬼魘人至死。不知何意。倪餘疆曰。吾聞諸施亮生矣。取吹其生魂耳。蓋鬼為餘氣。漸消漸滅。以至於無。得生魂之氣以益之。則又可再延。故女鬼恒欲與人狎。攝其精也。男鬼不能攝人精。則魘人而吸其生氣。均猶狐之採補耳。因憶劉挺生言。康熙庚子。有五舉子。過晚雨。棲破寺中。四人已眠。惟一人眠未穩。覺陰風颯然。有數黑影自牖入。向四人噓氣。四人即夢魘。又向一人噓氣。心雖了了。而亦漸覺昏瞀。似有拖曳之者。及稍醒。已離故處。似被縶縛。呼則禁不能聲。視四人亦縱橫偃臥。眾鬼共舉一人。啖之。斯須而盡。又以次食二人。至第四人。忽有老翁自外厲聲叱曰。野鬼無造次。此二人有祿相。不可犯也。眾鬼駭散。二人倏然自醒。述所見相同。後一終於訓導。鮑敬亭先生聞之。笑曰。平生自薄此官。不料為鬼神所重也。觀其所言。似亮生之說不虛矣。

李慶子言。宋生立園。辛酉北應順天試。晚過羊留之北。因繞避泥濘。迂迴失道。無逆旅可

棲。遙見林外有人家。試往投止。至則土垣瓦舍。凡六七楹。一童子出應門。宋具道乞宿意。一翁衣冠樸雅。延賓入。止旁舍中。呼燈至。黯黯無光。翁曰。歲歉油不佳。殊令人悶。然無如何也。又曰。夜深不能具餚饌。村酒小飲。勿以為褻。意甚欵洽。宋問家中有何人。曰零丁孤苦。惟老妻與僮婢同居耳。問宋何適。宋告以北上。曰。有一札及少物。欲致京中。僻路苦無書郵。今遇君甚幸。宋問四無鄰里。獨居不怖乎。曰。薄田數畝。課奴輩耕作。因就之卜居。貧無儲蓄。不畏盜也。宋曰。謂曠野多鬼魅耳。翁曰。鬼魅即未見。君如怖。是陪生至天曙可乎。因借宋紙筆入作書札。又以雜物封函內。以舊布裹束密縫。其外付宋曰。居址已寫於函上。君至京拆視自知。天曙作別。又切囑信物勿遺失。殷勤分手。宋至京拆視布裹。則函題宋立園先生啟。字其物乃金簪銀釧各一雙。其札稱僕老無子。愚誤聽婦言。以婿為嗣。至外孫猶間一祭掃。後則視為異姓。紙錢麥飯。久已闕如。三尺孤墳。亦就傾圮。九泉茹痛。百悔難追。謹以殉棺薄物。祈君貨鬻歸。送以所得之值修治墳塋。併稍濬塚南水道。庶沿漾不浸幽窆。如允所祈。定如杜回結草。知君畏鬼。當暗中稽顙。不敢見形。勿滋疑慮。亡人楊六頓首。宋駭汗浹背。方知遇鬼。以書中歸途之語。知必不偽。既而果然。還至羊留。以所賣簪釧錢遣僕往治其墓。竟不敢再至焉。

吳雪若言。有桑生者。不畏鬼。恒以未一見為歉。一夕。散步別業。聞樹外朗吟唐人詩曰。自去自來人不知。歸時惟對空山月。其聲哀厲而長。隔葉窺之。一古衣冠人倚石坐。確知為鬼。遽前掩之。鬼亦不避。桑生長揖曰。與君路異幽明。人殊今古。邂逅相遇。無可寒溫。所以來者。欲一問鬼神情狀耳。敢問為鬼時何似。曰。一脫形骸。即以為鬼。如繭成蝶。亦不自知。問果魂升魄降。還入太虛乎。曰。自我為鬼。即在此間。今我全身現與君對。未嘗隨絪縕元氣升降飛揚。子孫祭時。始一聚。子孫祭畢則散也。問果有神乎。曰。鬼既不虛。神自不妄。譬有百姓。必有官師。問先儒稱雷神之類。皆旋生旋化。果不誣乎。曰。作措大時。飽聞是說。然竊疑霹靂擊格雖然有聲。如一雷一神。則神之數多於蚊蚋。如雷止神滅。則神之壽促於蜉蝣。以質先生。率遭呵叱。為鬼之後。乃知百神奉職。如世建官。皆非頃刻之幻影。恨不能以所聞見再質先生。然儞時擁皋比者。計為鬼已久。當自知之。無庸再詰矣。大抵無鬼之說。聖人未有。諸大儒恐人諂瀆。故強造斯言。然禁沉湎可併廢酒醴。則不可。禁淫蕩可併廢夫婦。則不可。禁貪婪可併廢財貨。則不可。禁爭鬭可併廢五兵。則不可。故以一代盛名。挾千萬億朋黨之助。能使人囁不敢語。而終不能愜服其心。職是故耳。傳其教者。雖心知不然。然不持是論。即不得稱為精義之學。亦違心而和之。曰理必如是云爾。君不察先儒矯枉之意。生於相激。非其本心。後儒

闢邪之說歷於所畏亦非其本心竟信儒者真謂無鬼神是是質證則君久受紿久矣然下之人不欲久與生人接君亦不宜久與鬼神狎言盡於此餘可類推是聲長嘯而去按此謂儒者明知有鬼故言無鬼與黃山二鬼謂儒者明知井田封建不可行故言可行皆洞見癥結之論僅目以迂闊猶墮五里霧中矣

汪主事厚石言有在西湖扶乩者下壇詩曰舊埋香處草離離只有西陵夜月知詞客情多來弔古幽魂腸斷看題詩滄桑幾劫湖仍綠雲雨千年夢尚疑誰信靈山散花女如今佛火對琉璃知為蘇小小也客或請曰仙姬生在南齊何以亦能七律乩判曰閱歷歲時幽明一理性靈不昧即與世推移宣聖惟識大篆祝詞何寫以隸書釋迦不解華言疏文何行以駢體是知千載前人其性識至今猶在即能解今之語通今之文江文通謝元暉能作愛妾換馬八韻律賦沈休文子青箱能作金陵懷古五言律詩古有其事又何疑於今耶又問尚能作永明體否即書四詩曰歡來不得來儂去不得去懊惱石尤風一夜斷人渡歡從何處來今日大風雨濕蓋杏子衫辛苦背因汝結束蛺蝶裙為歡棹舴艋宛轉沿大堤綠波映照影莫泊荷花汀且泊楊柳岸花外有人行柳深人不見蓋子夜歌也雖才鬼依託亦可云俊辯矣

表兄安伊在言河城秋穫時有少婦抱子行塍上忽失足仆地臥不復起穫者遙見之疑有故趨視則已死子亦觸瓦角腦裂死駭報田主田主報里胥辯驗死者數十里無此婦且衣飾華潔子亦銀釧紅綾衫不類貧家大惑不解且覆以葦箔更番守視而急聞於官河城去縣近官次日晡時至啟箔檢視則中置槁秸一束二尸已不見壓箔之磚固未動守者亦未頃刻離也官大怒盡拘田主及守者去多方鞫治無絲毫謀殺棄尸狀糾結繳繞至年餘乃以疑案上上官以案情恍惚往返駁詰又歲餘乃姑俟訪而是家已蕩然矣此康熙癸巳甲午間事相傳村南墟墓間有黑狐夜夜拜月人多見之是家一子好弋獵潛往伏伺彀弩中其股嗷然長號化火光西去搜其穴得二小狐縶以返旋逸去月餘而有是事疑狐變幻來報冤然荒怪無據人不敢以入供官亦不敢入案牘不能不以匿尸論故紛擾至斯也又言城西某村有丐婦為姑所虐縊於土神祠亦箔覆待檢更番守視官至則尸與守者俱不見亦窮治如河城後七八年乃得之於安平（深州屬縣）蓋婦頗白皙一少年輪守時褫下衣欲而淫其尸尸得人氣復生竟相攜以逃也此康熙末事或疑河城之事當類此是未可知或併為一事則傳聞誤矣

同年龔肖夫言有人四十餘無子婦悍妒萬無納妾理恒鬱鬱不適偶至道觀有道士招之曰君氣色疑滯似有重憂道家以濟物為念盍言其實或一效鉛刀之用乎具其言具以告

道士曰固聞之姑問君耳君為製鬼卒衣裝十許具當有以報命如不能製即假諸伶官亦可也心益怪之然度其誑取無所用當必有故姑試其所為是夕婦夢魘呼不醒且呻吟號呼聲甚慘次日兩股皆青黯問之秘不言吁嗟而已三日後復然自是每三日後皆復然半月後忽遣奴喚媒媼云將買妾人皆勿信其夫亦慮後患殊持疑既而婦昔昔累日醒而促買妾愈急布金於案與僮僕約三日不得必重抉得而不佳亦重抉覘其狀似非詭語竟二女以應之留之是夕即盛飾衾枕促其夫入房舉家駭愕莫喻其意夫亦惘惘如夢境後復見道士始知其有術能攝魂夜使觀中道眾為鬼裝而道士星冠羽衣坐堂上焚符攝婦魂言其祖宗翁姑以斬祀不孝具牒訴其官用桃杖決一百遣歸尅期令納妾婦初以為噩夢尚未肯俄三日一攝如繳比然其昔昔累日則倒懸其魂灌鼻以醋約三日不得好女子即付泥犁也攝魂小術本非正法然法無邪正惟人所用如同一戈矛用以殺掠則劫盜用以征討則王師耳術無大小亦惟人所用如不龜手之藥可以洴澼絖亦可以大敗越師耳道士所謂善用其術歟至嚚頑悍婦情理不能喻法令不能禁而道士能以術制之堯牽一羊舜從而鞭羊不行一牧豎驅之則群行物各有所制藥各有所畏神道設教以馴天下之強梗聖人之意深矣講學家烏識之

褚鶴汀言有太學生貲巨萬妻生一子死再娶豐於色太學惑之託言家政無佐理迎其母至母又攜二妹來不一載其一兄二妹亦累家來久而僮僕婢媼皆妻黨太學父子反煢煢若寄食又久而筦鑰簿籍錢粟出入皆不與聞殘杯冷炙反遭厭薄矣稍不能堪發還奪所侵權則妻兄弟鬨於外妻母妹等詬於內甚為眾所毆至落齒敗面呼救無應者其子狂奔至一祠仆地惟叩額乞緩死而已恚不自勝詣後圃將自縊忽一老人止之曰君勿爾君家之事神人共憤久矣我居君家久不平尤甚君但焚牒土神祠云乞遣後圃狐驅逐神必許竟如其言是夕果屋瓦亂鳴窗扉震撼妻黨皆為磚石所擊破額流血餓而妻黨婦女並為狐媚雖其母不免晝則發狂裸走醜詞褻狀無所不至夜則每室坌集數十狐更番嬲戲不勝其創哀乞聲相聞廚中餚饌俱攝置太學父子前妻黨所食皆雜以穢物知不可住皆竄歸太學乃稍稍招集舊僕復理家政始可以自存妻黨覬覦未息恒來探視入門輒被擊或私有所攜歸家則囊已空矣其妻或私餽亦然由是遂絕迹然核計貲產損耗已甚微狐力則太學父子餓殍矣此至親密友所不能代謀此狐百計代謀之豈狐之果勝人哉人於世故深故遠嫌畏怨趨易避難坐視而不救狐則未諳世故則不巧博忠厚長者名義所當為奮然而起也雖狐也為之執鞭所欣慕焉

昔者劉君瑞言一瞽者年三十餘恒往來於衛河旁遇泊舟者必問此有殷桐否又必申之曰夏殷之殷梧桐之桐也有與之同宿者其夢中囈語亦惟此二字問其姓名則旬日必一變亦無深詰之者如是十餘年人多識之或逢其欲問輒呼曰此無殷桐別覓可也一日糧艘泊河干瞽者問如初一人挺身上岸曰是爾耶殷桐在此爾何能爲瞽者狂吼如虓虎撲抱其頸口齧其鼻血淋漓滿地衆前拆解牢不可開竟共墮河中隨流而沒後得尸於天妃宮前（海口不受尸凡河中求尸不得至天妃宮前必浮出）桐捶其左脅骨盡斷終不釋手十指掘桐肩背深八寸餘兩顴兩頰齧肉幾盡迄不知其何讐疑必父母之寃也夫以無目之人偵有目之人其不得決也以孱弱之人搏強横之人其不敵亦決也此較伍胥之警楚其報更難矣乃十餘年堅意不回竟卒得而食其肉豈非精誠之至天地亦不能違乎宋高宗之歌舞湖山究未可以勢弱解也

王崑霞作雁宕遊記一卷朱導江爲余書挂幅摘其中一條云四月十七日晚出小石門至北閣耽玩忘返坐樹下待月上倦欲假眠山風吹衣慄然忽醒微聞人語曰夜氣澄清尤爲幽絶勝於畫圖中看金碧山水以爲同遊者夜至也俄又曰古琴銘云山虛水深萬籟蕭蕭古無人蹤惟石嶕嶢真妙寫難狀之景嘗乞洪谷子畫此竟不能下筆竊訝斯是何人乃見

荆浩起坐聽之又曰頃東坡爲畫竹半壁分柯布葉如春雲出岫疎疎密密意態自然無杈椏怒張之狀又一人曰近見其西天目詩如空江秋淨煙水渺然老鶴長唳清飈遠引亦消盡縱横之氣緣才子之筆務殫心巧飛仙之筆妙出天然境界故不同耳知爲仙人立起仰視忽撲簌一聲山花亂落有二鳥冲雲去其詩有躡屐頗笑謝康樂化鶴親見徐佐卿句即記此事也

劉擬山家失金釧掠問小女奴具承賣與打鼓者（京師無賴遊民多婦女在家倚門其夫白晝出攜二制錢搖短柄小鼓挈之收買雜物謂之打鼓凡僮婢幼孩竊出之物多以賤價取之蓋雖不盡盜賣亦盜之羽翼然物細碎所值不多又蹤跡詭祕無可究詰故王法亦不能禁也）又掠問打鼓者衣服形狀求之不獲仍復掠問忽承塵上微嗽曰我居君家四十年不肯一露形聲故不知有我今則實不能忍矣此釧非夫人檢點雜物誤置漆奩中耶如言求之果不謬然小女奴已無完膚矣擬山終身愧悔恒自道之曰時時不免有此事安能處處有此狐故仕宦二十餘載鞫獄未嘗以刑求

多小山言嘗於景州見扶乩者召仙不至再焚符乩搖撼良久書一詩曰薄命輕如葉殘魂轉似蓬練拖三尺白花謝一枝紅雲雨期雖久煙波路不通秋墳空鬼唱遺恨宋家東知爲縊鬼姑問姓名又書曰妾係本吳門家僑楚澤偶業緣之相湊宛轉通詞詎好夢之未成倉

皇就死律以聖賢之禮君子應譏諒其兒女之情才人或憫聊抒哀怨莫問姓名此才不減李清照其聖賢兒女一聯自評亦確也

新齊諧載冥司榜呂留良之罪曰闢佛太過此必非事實也留良之罪在明亡以後既不能首陽一餓追迹夷齊又不能戢影逃名鴻冥世外如真山民之比乃青衿應試身列膠庠其子葆中亦高擬科名以第二人入翰苑則久食周粟斷不能自比殷頑何得肆作謗書熒惑黔首詭託於蹠犬之吠堯是首鼠兩端進退無據實狡黠反覆之尤核其生平實與錢謙益相等殁罹陰譴自必由斯至於講學闢佛則以尊朱之故不得不然闢陸王爲禪既已闢禪自不得不牽連闢佛非其本志亦非其本罪也金人入夢以來闢佛者多闢佛太過者亦多以是爲罪則留良轉有詞矣抑嘗聞五臺僧明玉之言曰闢佛之說宋儒深而昌黎淺宋儒精而昌黎粗然而披緇之徒畏昌黎不畏宋儒銜昌黎不銜宋儒也蓋昌黎所闢檀施供養之佛也爲愚夫婦言之也宋儒所闢明心見性之佛也爲士大夫言之也天下士大夫少而愚夫婦多僧徒之所取給亦資於士大夫者少資於愚夫婦者多使昌黎之說勝則香積無煙祇園無地雖有大善知識能率恒河沙衆枵腹露宿而說法哉此如用兵者斷其糧道不攻而自潰也故畏昌黎甚銜昌黎亦甚使宋儒之說勝不過爾儒理如是儒法如是爾不必從

我佛理如是佛法如是我亦不必從爾各尊所聞各行所知兩相支拄未有害也故不畏宋儒亦不甚銜宋儒然則唐以前之儒語語有實用宋以後之儒事事皆空談講學家之闢佛於釋氏毫無所加損徒喧鬨耳錄以爲功固爲黨論錄以爲罪亦未免重視留良耳

奴子王發夜獵歸月明之下見一人爲二人各捉一臂東西牽曳而絶不聞聲疑爲昏夜之中剝奪衣物乃向空虛鳴一銃二人奔迸散去一人返奔歸倏皆不見方知爲鬼比及村口則一家燈火出入人語嘈嘈云新婦縊死復蘇矣婦云姑命晚餐作餅爲犬銜去兩三枚姑疑竊食痛批其頰冤抑莫白癡立樹下俄一婦來勸如此負屈不如死猶豫未決又一婦來慫恿之恍惚迷瞀若不自知遂解帶就縊二婦助之悶塞痛苦殆難言狀漸似睡去不覺身已出門外一婦曰我先勸當代我一婦曰非我後至不能決當代我方爭奪間忽霹靂一聲火光四照二婦驚走我乃復歸也後發夜歸輒遇閧哭詈言破壞我事誓必相殺發亦不畏一夕又聞哭詈發訶曰爾殺人我救人即告於人我亦理直敢殺即殺何必虛相恐怖自是遂絶然則救人於死亦招欲殺者之怨宜袖手者多歟此奴亦可云小異矣

宋清遠先生言昔在王坦齋先生學幕時一友言夢遊至冥司見衣冠數十人累累入冥王詰責良久又累累出各有愧恨之色偶見一吏似相識而不記姓名試揖之亦相答因問此

並何人作此形狀。吏笑曰。君亦居幕府。其中豈無一故交耶。曰。僕但兩次佐學幕。未入有司署也。吏曰。然則真不知矣。此所謂四救先生者也。問四救何義。曰。佐幕者有相傳口訣曰。救生不救死。救官不救民。救大不救小。救舊不救新。救生不救死者。死者已死。斷無可救。生者尚生。又殺以抵命。是多死一人。曰故甯委曲以出之。而死者含冤與否。則非所計也。救官不救民者。上控之案。使冤得申。則官之禍福不可測。使不得申。即反坐不過軍流耳。而官之枉斷與否。則非所計也。救大不救小者。罪歸上官。則權愈重。譴愈重。且牽累必多。罪歸微官。則責任輕者。罰可輕。且歸結較易。而小官之當罪與否。則非所計也。救舊不救新者。舊官已去有所未了。羈留之。恐不能償。新官方來。有所委卸。強抑之。尚可以辦。其新官之能堪與否。則非所計也。是皆以君子之心。行忠厚長者之事。非有所求取巧為舞文。亦非有所恩讐私相報復。然人情百態。事變萬端。原不能執一而論。苟堅持此例。則矯枉過直。顧此失彼。本造福而反造孽。本弭事而反釀事。亦往往有之。今日所鞫。即以此貽禍者。問其果報何如。予曰。種瓜得瓜。種豆得豆。夙業牽纏。因緣終湊。未來生中。不過亦遇四救先生。列諸四不救而已矣。俯仰之間。霍然忽醒。莫明其入夢之故。豈神明或假以告人歟。

乾隆癸丑春夏間。京中多疫。以張景岳法治之。十死八九。以吳又可法治之。亦不甚驗。有桐城一醫。以重劑石膏治馮鴻臚星實之姬。人見者駭異。然呼吸將絕。應手輒痊。踵其法者。活人無算。有一劑用至八兩。一人服至四斤者。雖劉守真之原病式。張子和之儒門事親。專用寒涼。亦未敢至是。實自古所未聞矣。考喜用石膏。莫過於明繆仲淳。（名希雍。天啟間人。與張景岳同時。而所傳各別。）本非中道。故王懋竑白田集。有石膏論一篇。力辨其非。不知何以取效如此。此亦五運六氣適值是年。未可執為定例也。

從伯君章公言。中表某丈。月夕納涼於樹外。遇一人似書生。長揖曰。僕不幸獲譴於社公。自禱勿能解也。一社之中。惟君祀社公最豐。而數十年一無所祈請。社公甚德之。亦甚重君。君為一禱。必見從。表丈曰。爾何人。曰。某故諸生。與君先人亦相識。今下世三十餘年矣。昨偶向某家索食。為所訴也。表丈曰。己事不祈請。乃祈請人事乎。人事不祈請。乃祈請鬼事乎。僕無能為役。先生休矣。其人掉臂去曰。自了漢耳。不足謀也。夫餚酒必豐。敬鬼神也。無所祈請。遠之也。敬鬼神而遠之。即民之義也。視流俗之諂瀆。迂儒之傲侮。為得其中矣。說此事時。余甫八九歲。此表丈偶忘姓名。其時鄉風淳厚。大抵必端謹篤實之家。始相與為婚姻。行誼如此者多。不能揣度為誰也。高山仰止。景行行止。俯仰七十年間。能勿畢然遠想哉。

黃葉道人潘斑嘗與一林下巨公連坐。屢呼巨公為兄。巨公怒且笑曰。老夫今七十餘矣。時潘已被酒。昂首曰。兄前朝年歲當與前朝人序齒。不應闌入本朝。若本朝年歲。則僕以順治二年九月生。兄以順治元年五月入清朝。僅差十餘月耳。唐詩曰。與兄行年較一歲。稱兄自是古禮。君何過責耶。滿座為之哈古。論者謂潘生狂士。此語太傷忠厚。宜其坎坷終身。然不能謂其無理也。余作四庫全書總目。明代集部以練子甯至金川門卒龔翊八人列解縉胡廣諸人前。併附案語曰。謹案練子甯以下八人。皆惠宗舊臣也。考其通籍之年。蓋有在解縉等後者。然一則效死於故君。一則邀恩於新主。鳥實異姓。未可同居。故分別編之。使各從其類。至龔翊卒於成化辛丑。更遠在縉等後。今亦升列於前。用以昭名教是非。千秋論定。紆青拖紫之榮。竟不能與荷戟老兵爭此一紙之先後。黃泉易逝。青史難誣。潘生是言。又安可以俳諧廢乎。

曾映華言。有數書生赴鄉試。長夏溽暑。趁月夜行。倦投一廢祠之前。就階小憩。或睡或醒。一生聞祠後有人聲。疑為守瓜棗者。又疑為盜。屏息細聽。一人曰。先生何來。一人曰。頃與鄰家爭地界。訟於社公。先生老於幕府者。請揣其勝負。一人笑曰。先生真書癡耶。夫勝負烏有常也。此事可使後訟者勝。詰先訟者曰。彼不訟而爾訟。是爾興戎侵彼也。可使先訟者勝。詰後訟者曰。彼訟而爾不訟。是爾先侵彼。知理曲也。可使後至者勝。詰先至者曰。爾乘其未來。早佔之也。可使先至者勝。詰後至者曰。久定之界。爾忽翻舊局。是爾無故生釁也。可使富者勝。詰貧者曰。爾貧無賴。欲使畏訟賂爾也。可使貧者勝。詰富者曰。爾為富不仁。兼併不已。欲以財勢壓孤煢也。可使強者勝。詰弱者曰。人情抑強而扶弱。爾欲以膚受之愬聳聽也。可使弱者勝。詰強者曰。天下有強凌弱。無弱凌強。彼非真枉。不敢冒險以攖爾鋒也。可以使兩勝。曰。無券無證。糾結安窮。中分以息訟。亦可以已也。可以使兩敗。曰。人有阡陌。鬼寧有疆畔。一棺之外。皆人所有。非爾所有。讓為閒田可也。以是種種勝負。烏有常乎。一人曰。然則究竟當何如。一人曰。是十說者。各有詞可執。又各有詞以解。紛紜反覆。終古不能已也。城隍社公不可知。若夫冥吏鬼卒。則長擁兩美莊矣。語訖遂絕。此真老於幕府之言也。

蛇能報冤。古記有之。他毒物則不能也。然聞故老之言曰。凡遇毒物。無殺害心。則終不遇毒。或見即殺害。必有一日受其毒。驗之頗信。是非物之知。雜氣機相感耳。狗見屠狗者羣吠。非識其人。亦因感其氣。又有生啖毒蟲者。云能益力。毒蟲中人。或至死。全貯其毒於腹中。乃反無恙。此又何理歟。崔莊一無賴少年。習此術。嘗見其握一赤練蛇。斷其首而生啖。如有餘味。殆其剛悍鷙忍之氣。足以勝之乎。力何必益。即益力。古藥頗多。又何必是也。

賈公霖言。有貿易往來於樊屯者。與一狐友。狐每邀之至所居。房屋一如人家。但出門後回顧則不見耳。一夕，飲孫家，婦出行酒，色甚妍麗，此人醉後心蕩，戲捘其腕。婦目攝孫側，睨笑曰：弟乃欲作陳平耶？亦殊不怒，笑謔如常時。此人歸後一日，忽家中客作控一驢送其婦來，曰：得急信，君暴中風，故借驢倉皇連夜至。此人大駭，以為同伴相戲也。旅舍無地容眷屬，呼客作送歸，客作已自去，距家不一日程，時甫辰巳，乃自控送歸。中途遇少年與婦摩肩過，手觸婦足，婦詬詈，少年惟笑謝，語涉輕薄。此人憤與相搏，致驢驚逸入歧路，蜀秫方茂，斯須不見。此人捨少年追婦，尋蹄跡行一二里，驢陷淖中，婦則不知所往矣。野田連陌，四無人蹤，徹夜奔馳，旁皇至曉，姑騎驢且返，再商覓婦。未及數里，聞路旁大呼曰：賊得矣！則鄰村驢昨夜被竊，方四出蹤捕也。眾相執縛，大受箠楚，轉遇素識，多方辨說，始得免。懊喪至家，則紡車琤然，婦方引線，問以昨事，茫然不知，始悟婦與客作及少年皆狐所幻，惟驢為真耳。狐之報復惡矣，然釁則此人自啟也。

壬子春，滦陽採木者數十人，夜宿山坳，見隔澗坡上有數鹿散遊，又有二人往來林下，相對泣。共訝人入鹿群，鹿何不驚，疑為仙鬼，又不應對泣。雖崖高水急，人徑不通，然月明如晝，了然可見，有識辨其中一人似舊木商某者。俄山風陡作，木葉亂鳴，一虎自林突出，搏二鹿殪焉，知頃所見乃其生魂也。東坡詩曰：未死神先泣，是之謂乎？聞此木商亦無大惡，但心計深密，事事務得便宜耳。陰謀者道家所忌，良有以夫。

又聞巴公彥弼言：征烏什時，一日攻城急，一人方奮力酣戰，忽有飛矢自旁來，不及見也。一人在側見之，急舉刀代格，反自貫顱死。此人感而哭奠之。夜夢死者曰：爾我前世為同官，凡任勞任怨之事，吾皆卸爾；凡見功見長之事，則抑爾不得前。以是因緣，冥司註今生代爾死。自今以往，兩無恩讎，我自有論功賞卹，毋庸爾祭也。此與木商事相近，木商陰謀故譴重，此人小智故譴輕耳。然則所謂巧者，非正其拙歟？

門人郝瑗，孟縣人，余己卯典試所取士也。成進士，授進賢令，非衣惡食，視民事如家事。倉廩出入，月月造一冊，預儲歸途舟車費，扃一笥中，雖窘急不用銖兩。囊篋皆結束室中，如治裝狀。蓋無日不為去官計。人見其日日可去官，亦無如之何。後患病乞歸，不名一錢，以授徒終於家。聞其少時值春社，遊人如織，見一媼將二女，村妝野服，而姿致天然。瑗與同行，未嘗側盼。忽見媼與二女踏亂石橫行，至絕澗，鵠立樹下。怪其不由人徑，若有所避，轉凝睇視之。媼從容前致詞曰：節物宜娛，率兒輩踏青，各覓眷屬，以公正人，不敢近，亦乞公毋近兒輩，使刺促不寧。瑗悟為狐魅，掉臂去之。然則花月之妖，為人心自召明矣。

木蘭伐官木者，遙見對山有數虎，懸崖削壁，非迂迴數里不能至。人不畏虎，虎亦不畏人也。

俄見別隊伐木者，銜虎徑過眾傍，頗足危懼，然人如不見虎，虎如不見人也。數日後相晤話及，別隊者曰：是日亦遙見眾人，亦似聞呼噪聲也，然所見乃數巨石，無一虎也。是殆命不遭噬乎？然命何能使虎化石？其必有司命者矣。司命者空虛無朕，冥漠無知，又何能使虎化石？其必天與鬼神矣。天與鬼神能司命，而顧謂天即理也，鬼神二氣之良能也，然則理氣渾淪，一屈一伸，偶遇斯人，怒而搏者，遂時而弭帖乎？吾無以測之矣。

景州高冠瀛，以夢高江村而生，故亦名士，而篤學能文，小試必第一，而省闈輒北，竟坎壈以終。年二十餘時，日者推其命，謂天官文昌魁星貴人皆集於一宮，於法當以鼎甲入翰林，而是歲祇得食餼，計其一生遭遇，亦無更得志於食餼者，蓋其賦命本薄，故雖極盛之運，所得不過如是也。田白岩曰：張文和公八字，日者以其一生仕履，較量星度，其開坊僅抵一衿耳。此與冠瀛之命可以互勘，術家宜以此消息，不可徒據星度遽斷休咎也。又常見一術士云：凡陣亡將士，凡其死難之歲月，運必極盛，蓋畢命一時，垂名千古，榮者百世，蔭逮子孫，所得有在王侯將相之上者故也。立論極奇，而實有至理，此又法外之意，不在步虛中等格局矣。冠瀛久困名場，意殊抑鬱，嘗語余及霽崖曰：聞舊家一宅，留宿者夜輒遭魘，或鬼或狐，莫能名也。一生有膽力，欲伺為祟者何物，故寢其中。二更後，果有黑影瞥落地，似前似却，閒生特側即伏不動，知其畏人，佯睡以俟之。漸作鼾聲，微覺自足而上，稍及胸腹，即覺昏沉，急奮右手搏之，執得其尾，即以左手扼其項，噭然一聲，作人言求釋。急呼燈視之，乃一黑狐，眾共按制，刀穿其髀，貫以索而自繫於左臂，度不能幻化，乃持刀問其作祟意。狐哀鳴曰：凡狐之靈者，皆修煉求仙，最上者調息煉神，講坎離龍虎之旨，吸精服氣，餌日月星斗之華，用以內結金丹，蛻形羽化，是須仙授，亦須仙才，若是者吾不能；次則修容成素女之術，妖媚蠱惑，攝精補益，內外配合，亦可成丹，然所採少則道不成，所採多則戕人利己，不干冥謫，必有天刑，若是者吾不敢。故以剽竊之功，為獵取之計，乘人酣睡，仰鼻息以收餘氣，如蜂採花，無損於花，湊合漸多，融結為一，亦可元神不散，歲久通靈，即我輩是也。雖道淺術疏，積功亦苦，如不見釋，則百年精力，盡付東流，惟君子哀而恕之。生憫其詞切，竟縱之使去。此事在雍正末年，相傳已久。吾因是以思科場上者，鴻才碩學，吾亦不能；次者行險僥倖，吾亦不敢；下者剽竊獵取，庶幾能之，而吾又有所不肯，吾道窮矣。二君皆早擬科第，其何以教我乎？霽崖戲曰：以君作江村後生，如香山之為白老矣，惟此一念，當是身異性存。此病至深，僕輩實無藥相救也。相與一笑而罷。蓋冠瀛為文喜戛戛生造，硬語盤空，屢躓有司，率多坐是，故霽崖用以為戲。實長江集有獨行潭底影，數息樹邊身一聯，句下夾註一詩曰：二句三年得，一吟雙淚流，知音如不嘗歸臥故山耕千古畸士其意見略相似矣。

吉木薩臺軍言：嘗逐雉入深山中，見懸崖之上似有人立，越澗往視，去地不四五丈，一人衣紫氆氌，面及手足皆黑毛，茸茸長寸許；一女子甚姣麗，作蒙古裝，惟跣足不韈，衣則綠氆氌也。方對坐共炙肉，旁侍黑毛人四五，皆如小兒，身不著寸縷。見人嘻笑，其語非蒙古，非額魯特，非回部，非西番，啁哳如鳥，不可辨。觀其情狀，似非妖物，乃跪拜之。忽擲一物於崖下，乃熟野騾肉半肘也。又拜謝之，皆搖手。乃攜以歸，足三四日食。再與牧馬者往跡，不復見矣。意其山神仙歟？

世言虹見則雨止，此倒置也。乃雨止則虹見耳。蓋雲破日露，則回光返照，射對面之雲。天體渾圓，上覆如笠，在頂上則仰視，在四垂則側視，故斂為一線，其形隨下垂兩面之勢屈曲如弓。又側視之中，斜對目者近，平對目者遠，以漸而遠，故重重雲氣皆見其邊際，疊為重重紅綠色，非真有一物如帶，橫亘天半也。其能下澗飲水，或見其首如驢者（見朱子語錄），亦有能狎昵婦女者（見太平廣記），當是別一妖氣，其形如虹，或別一妖物，化形為虹耳。

及孺愛先生言：嘗親見一蠅飛入人耳中，為祟，能作人言，惟病者聞之。或謂蠅之蠢蠢，豈能成魅？或魅化蠅形耳。此語近之。青衣童子之宣赦，渾家門客之吟詩，皆小說妄言，不足據也。

辟塵之珠，外舅馬公周籙曾遇之，確有其物，而惜未睹其形也。初，隆福寺鬻雜珠寶者布茵於地（俗謂之擺攤），羅諸小寶於其上，雖大風霾，無點塵。或戲其囊有辟塵珠，其人亦笑應之，弗信也。如是半載，一日，頓足大呼曰：吾真誤賣至寶矣。蓋是日飛塵忽集，始知從前果珠所辟也。按醫書有服響豆法，響豆者，槐實之夜中爆響者也。一樹祇一顆，不可辨識。其法，槐始花時，即以絲網羅樹上，防鳥鵲啄食，結子熟後，多縫布囊貯之，夜以為枕，聽無聲者即棄去。如是遞枕，必有一囊作爆聲者，取此一囊，又多分小囊貯之，枕聽，初得一響者，則又分如二枕，漸分至僅存二顆，再分枕之，則響豆得矣。此人所鬻之珠，諒亦無幾，如以此法分試，不數刻得矣。何至交臂失之乎？乃漫然不省，卒以輕棄，當緣祿相原薄耳。

乾隆甲辰，濟南多火災。四月杪，南門內西橫街又火，自東而西，巷狹火猛，夾路烈燄。有張某者，草屋三楹在路北，火未及時，原可挈妻孥出，以有母柩，籌所以移避，既勢不可出，夫婦與子女四人抱棺悲號，誓以身殉。時撫標參將方督軍撲救，隱隱聞哭聲，令標軍升後巷屋尋聲至屋，垂綆使縋出。張夫婦並呼曰：母柩在此，安可棄也？其子女亦呼曰：父母殉，父母我不當殉父母乎？亦不肯上。俄火及，標軍越屋避去，僅以身免，以為闔門並煨燼，遙望太息而已。乃火熄巡視，其屋巋然獨存。蓋回飈忽作，火轉而北，繞其屋後，焚鄰居一質庫，始復西也。非鬼神呵護，何以能然？此事在癸丑七月，德州山長張君慶源錄以寄余，與余灤陽消夏錄載孀婦事相類。而夫婦子女齊心同願，則尤難之難。夫二人同心，其利斷金，況六人乎？庶女一呼，雷霆下擊，況六人並純孝乎？精誠之至，哀感三靈，雖有命數，亦不能不為之挽回。人定勝天，此亦其一。事雖異聞，即謂之常理可也。余與張君不相識，而張君間關郵致，務使有傳，則張君之志趣可知矣。因為點定字句，錄之此編。

呂太常含暉言：京師有一民家，停柩遇火，無路可出，亦無人助舁，乃闔家男婦鍬钁刀錐合手於室內掘為一坎，置棺於中，上覆以土，坎甫掩而火及，屋雖被焚，棺在坎中竟無恙。火性炎上故也。此亦應變之急智。因張孝子事，附錄之。

交河泊鎮有王某，善技擊，所謂王飛骽者是也（骽俗作腿，相沿已久，然非正字也）。一夕，偶過墟墓間，見十餘小兒當路戲，約皆四五歲，叱使避，如不聞，怒摑其一，羣兒共譟奮，王愈怒，蹴以足，羣兒坌涌，各持磚瓦擊其腰，捷若猿猱，執之不得，拒左則右來，禦前則後至，盤旋撐拄，竟以顛隕，頭目亦被傷，屢起屢仆，至於夜半，竟無氣以動。次日，家人覓之歸，兩足青紫，臥半月乃能起。小兒蓋狐也。以王之力，平時敵數十壯夫，尚揮霍自如，而遇此小魅，乃一敗塗地。淮南子引堯誡曰：戰戰慄慄，日慎一日，人莫蹪於山，而蹪於垤。左傳曰：蜂蠆有毒。信夫。

郭彤綸言：阜城有人，外出數載，無音問，一日倉皇夜歸，曰：我流落無賴，誤落羣盜中，所劫殺非一。今事敗，幸跳身免，然聞他被執者已供我姓名居址，計已飛檄拘眷屬，汝曹宜自為計，俱死無益也。揮淚竟去，更無一言。闔家震駭，一夜星散，盡所居竟廢為墟，人亦不明其故也。越數載，此人至其故宅，訪父母妻子移居何處，鄰人告以久逃匿，亦茫然不測所由。稍稍蹤跡，知其妻在彤綸家傭作，叩門尋訪，乃知其故。然在外實無為盜事，壞亦實無夜歸事，彤綸為稽官牘，亦併無緝捕事。久而憶耕作八溝時（漢右北平之故地也），嘗羅掘山岡，傾有狐，時或竊物，又或夜中嗥呼攪人睡，乃聚徒劚破其穴，熏之以煙，狐乃盡去，或疑其為魅以報。

奴子史錦文嘗往滄州延醫，暑月未攜襆被，乘一馬而行，至張家溝，瘧疾忽作，乃繫馬於樹，倚樹小憩，漸惝惝睡去。夢至一處，草屋數楹，一翁一嫗坐門外，見錦文邀坐，問姓名，自言姓李，名六，曾在崔莊住，兩載與其父史成德有交，錦文幼時亦相見，今如是長成耶？感念存殁，意頗悽愴。又問五魁無恙否（五魁，史錦文之乳名），三黑尚相隨否（三黑，李[illegible]犬名也）。亦頗周至。翁因言今年水潦，由某路至某處，水雖深，然沙底不陷；由某路至某處，水雖淺，然皆紅土膠泥，粘馬足，難行。雨且至，日已過午，尚宜速往，不留汝坐矣。霍然而醒，遙見四五丈外有一孤塚，意即李六所葬歟？如所指路，晚至常家磚河，果遇雨。歸告其繼母，繼母曰：是常在崔莊賣瓜菜，與爾父日逐醉鄉者也。殂謝黃泉，尚惓惓故人之子，亦小人之有意識者矣。

奴子傅顯喜讀書頗知文義亦稍知醫然性情迂緩望之如偓佺老儒一日步行市上逢人輒問見魏三兄否（奴子魏藻行三也）或指所在復雅步以往比相見喘息良久問相見何意曰適在苦水井前遇見三嫂在樹下作鍼黹倦而假寐小兒嬉戲井旁相距三五尺耳似乎可慮男女有別不便呼三嫂使醒故走覓兄魏大駭奔往則婦已俯井哭子矣夫僮僕讀書可云佳事然讀書以明理明理以致用也食而不化至昏憒僻謬貽害無窮亦何貴此儒者哉

武強一大姓夜有劫盜羣起捕逐盜逸去眾合力窮追盜奔其祖塋松柏中林深月黑人不敢入盜亦不敢出相持之際樹內旋飆四起沙礫亂飛人皆眯目不相見盜乘間突圍得脫眾相詫異先靈反助盜耶主人夜夢其祖曰盜劫財不能不捕官捕得而伏法盜亦不能怨主人若未得財可勿追也追而及盜還鬬傷人所失不大乎即眾力足殪盜盜殪則必告官官或不諒坐以擅殺所失不更大乎且我眾烏合盜皆死黨盜可夜夜伺我我不能夜夜備盜也一與爲讐隙方大可不深長思乎旋風我所爲解此結也爾又何尤焉主人醒而喟然曰吾乃知老成遠慮勝少年盛氣多矣

滄州城守尉永公寧與舅氏張公夢徵友善余幼在外家聞其告舅氏一事曰某前鋒有女曰平姐年十八九未許人一日門外買脂粉有少年挑之怒詈而入父母出視路無是人鄰里亦未見是人也夜扃戶寢少年乃出於燈下知爲魅亦不驚呼亦不與語操利剪偽睡以俟之少年不敢近惟立於床下誘說百端平姐如不見聞少年倏去倏來擲金珠錯珥數十事值約千金陳於牀上平姐仍如不見聞少年又去而其物則未收至天欲曙少年突出曰吾俟爾徹夜爾竟未一取視也人至不可以利動意所不可鬼神不能爭況我曹乎吾誤會爾私祝一言妄謂託詞於父母故有是舉爾勿嗔也斂其物自去蓋女家素貧母又老且病父所支餉不足贍曾私祝佛前願早得一婿養父母爲魅所竊聞也然則一語之出一念之萌曖昧中俱有伺察矣耳目之前可塗飾假借乎

瑤涇有好博者貧至無甑夫婦寒夜相對泣悔不可追夫言此時但有錢三五千即可挑販給朝夕雖死不入賭家矣顧安所從得乎忽聞扣窗語曰爾果悔是亦易得即多於是亦易得但恐故智復萌耳以爲同院尊長憫惻相周遂飲泣設誓詞甚堅苦隨開門出視月明如晝寂無一人惆悵莫測所以次夕又聞扣窗曰錢已盡返可自取秉火起視則數百千錢粲然皆在屋內計與所負適相當夫婦狂喜以爲夢寐彼此掐腕皆覺痛知灼然是真（俗傳夢中自疑是夢者但自掐腕覺痛者是真不痛者是夢也）以爲鬼神佑助市牲醴祭謝途遇舊博徒曰爾術進耶運轉耶何數年所負昨一日盡復也因知所對唯諾而已歸甫設祭聞簷上語曰爾勿妄祭致招邪鬼昨代博者我是也我居附近爾父墓以爾父憤爾遊蕩夜夜悲嘯我不忍聞故幻爾形往爾家取錢歸爾父寄語事可一不可再也語訖遂絕此人亦自此改行溫飽以終嗚呼不肖之子自以爲惟所欲爲矣其亦念黃泉之下有夜夜悲嘯者乎

李秀升言山西有富室老惟一子子病瘵子婦亦病瘵勢皆不救父母甚憂之子婦先卒其父乃趣爲子納妾其母駭曰是病至此不速之死乎其父曰吾固知其必不起然未生是子以前吾嘗祈嗣於靈隱夢大士言汝本無後以捐金助賑活千人特予一孫送汝老不救其未死早爲納妾孫從何來乎促成其事不三四月而子卒遺腹果生一子竟延其嗣山谷詩曰能與貧人共年穀必有明月生蚌胎信不誣矣

寶坻王泗和余姻家也嘗示余書文孝子事一篇曰文子誠甯河之父鄭邱人父文仲以木工自給偶與人鬬擊之踣誤以爲死懼而逃難其妻莫知所往第髣髴傳聞似出山海關爾是時妻方娠越兩月始生子誠文仲不知已有子子誠幼鞠於母亦不知有父也迨稍有知乃問母父所在母泣語以故子誠自是悒悒若有失恒絮問其父之年齒狀貌及先世之名字姻婭之姓氏里居亦莫測其意姑一一告之比長或欲妻以女子誠固辭曰烏有其父流離而其子安處室家者始知其有志於尋父徒以嫡母在堂不欲遠離耳然文仲久無音耗

子誠又生未出里閭天地茫茫何從蹤跡皆未信其果能往子誠亦未嘗議及此事惟力作以養母越二十年母以疾卒營葬畢遂治裝裹糧赴遼東有沮以存亡無定者子誠泫然曰苟相遇生則共返歿則負骨歸苟不相遇寧老死道路間不生還矣眾揮涕而送之子誠出關後念父避罪亡命必潛蹤於僻地凡深山窮谷險阻幽隱之處無不物色久而資斧既竭行乞以餬口凡二十載終無悔心一日於馬家城山中遇老父哀其窮餓呼與語詢得其故爲之感泣引至家款以酒食俄有梓人攜具入詰其年與父相等子誠心動諦審其貌與母所說略相似因牽裾涕泣具述其父出亡年月且縷述家世及戚黨冀其或是是人且駭且悲似欲相認而自疑在家未有子子誠具陳始末乃噭然相持哭蓋文仲轉徙遷延乃至是地已閱四十餘年又變姓名爲王友義故尋訪無迹至是偶相遇也老父感其孝爲之謀歸計而文仲流落久多逋負滯不能行子誠乃踉蹌奔還賣田宅貸親黨得百金再往竟舉以歸歸七年以壽終子誠得父之後始娶妻今有四子皆勤儉能治生昔文安王原尋親萬里之外子孫至今爲望族子誠事與相似天殆將昌其家乎子誠佃種余田所居距余別業僅二里余重其爲人因就問其詳而書其大略如右俾學士大夫知隴畝間有是人也時癸丑重陽後二日案子誠求父多年無心忽遇與宋朱壽昌尋母事同皆若有神助非人力所能

為然精誠之至故哀感幽明雖謂之人力亦可也

引據古義宜徵經典其餘雜說參酌而已不能一一執為定論也漢書五行志以一產三男列於人痾其說以為母氣盛也故謂之咎徵然成周八士四乳而生聖人不以為妖異抑又何歟夫天地氤氳萬物化醇非地之自能生也男女構精萬物化生非女之自能生也使三男不夫而孕謂之人痾可矣既為有父之子則父氣亦盛可知何獨以為陰盛陽衰乎循是以推則嘉禾異畝同穎見於書序者亦將謂地氣太盛乎大抵洪範五行說多穿鑿而此之難通為尤甚不得以源出伏勝遂以傳為經國家典制凡一產三男皆予賞賚一掃曲學之陋說真千古定議矣余修續文獻通考於祥異考中變馬氏之例削去此門遵功令也癸丑七月草此書成適儀曹以題賞一產三男本稿請者偶與論此因附於書末

河間先生典校秘書廿餘年學問文章名滿天下而天性孤峭不甚喜交遊退食之餘焚香掃地杜門著述而已年近七十不復以詞賦經心惟時時追錄舊聞以消閒送老初作灤陽消夏錄又作如是我聞又作槐西雜志皆已為坊賈刊行今歲夏秋之間又筆記四卷取莊子語題曰姑妄聽之以前三書甫經脫稿即為鈔胥私寫去脫文誤字往往而有故此書特付時彥校之時彥嘗謂先生之書雖託之小說而義存勸戒無一非典型之言

此天下之所知也至於辨析名理妙極精微引據古義具有根柢則學問見焉叙述剪裁貫穿映帶如雲容水態迥出天機則文章亦見焉讀者或未必盡知也第曰先生出其餘技以筆墨遊戲耳然則視先生之書去小說幾何哉夫著書必取熔經義而後宗旨正必參酌史裁而後條理明必博涉諸子百家而後變化盡譬大匠之造宮室千楹廣廈與數椽小築其結構一也故不明著書之理者雖詁經評史不雜則陋明著書之理者雖稗官脞記亦具有體例先生嘗曰聊齋志異盛行一時然才子之筆非著書者之筆也虞初以下干寶以上古書多佚矣其可見完帙者劉敬叔異苑陶潛續搜神記小說類也飛燕外傳會真記傳記類也太平廣記事以類聚故可並收今一書而兼二體所未解也小說既述見聞即屬敘事不比戲場關目隨意裝點伶元之傳得諸樊嬺故猥瑣具詳元稹之記出於自述故約略梗概楊升庵偽撰祕辛尚知此意升庵多見古書故也今燕昵之詞媟狎之態細微曲折摹繪如生使出自言似無此理使出作者代言則何從而聞見之又所未解也留仙之才余誠莫逮其萬一惟此二事則夏蟲不免疑冰劉舍人云滔滔前世既洗予聞渺渺來修諒塵彼觀心知其意儻有人乎因先生之言以讀先生之書如疊矩重規毫釐不失灼然與才子之筆分路而揚鑣自喜區區私議尚得窺先生涯涘也因附記於末以告世之讀先生書者乾隆癸丑十一月門人盛時彥謹跋

閱微草堂筆記卷十九

灤陽續錄一　　觀弈道人撰

景薄桑榆精神日減無復著書之志惟時作雜記聊以消閒灤陽消夏錄等四種皆弄筆遣日者也年來併此懶為或時有異聞偶題片紙或忽憶舊事擬補前編又率不甚收拾如雲煙之過眼故久未成書今歲五月扈從灤陽退直之餘晝長多暇乃連綴成書命曰灤陽續錄繕寫既完因題數語以誌緣起若夫立言之意則前四書之序詳矣茲不複衍焉嘉慶戊午七月後三日觀弈道人書於禮部直廬時年七十有五

嘉慶戊午五月余扈從灤陽將行之前趙鹿泉前輩云有瞽者郗生主彭芸楣參知家以揣骨遊士大夫間語多奇驗惟揣胡祭酒長齡知其四品不知其狀元耳在江湖術士中其藝差精郗自稱河間人余詢鄉里無知者殆久遊於外歟郗又稱其師乃一僧操術彌高與人接一兩言即知其官祿久住深山立意不出其事太神則余不敢信矣案相人之法見於左傳其書漢志亦著錄惟太素脈揣骨二家前古未聞太素脈至北宋始出其授受淵源皆支離附會依託顯然余於四庫全書總目已詳論之揣骨亦莫明所自起考太平廣記一百三十六引三國典略稱北齊神武與劉貴賈顯等射獵遇盲嫗徧捫諸人云並富貴及捫神武云皆由此人似此術南北朝已有又定命錄稱天寶十四載陝陽縣尉有馬生捏趙自勤頭骨知

其官祿劉公嘉話錄稱貞元末有相骨山人瞽雙目人求相以手捫之必知貴賤劇談錄稱開成中有龍復本者無目善聽聲揣骨是此術至唐乃盛行也流傳既古當有所受故一知半解往往或中較太素脈稍有據耳

誠謀英勇公阿公言（文成公之子襲封）燈市口東有二郎神廟其廟面西而晚日初出輒有金光射室中似乎返照其鄰屋則不然莫喻其故或曰是廟基址與中和殿東西相直殿上火珠（宮殿金頂古謂之火珠唐詩有曉日上火珠是也）映日回光耳或然歟

阿公偶問余刑天干戚事余舉山海經以對阿公曰君勿謂古記荒唐是誠有也昔科爾沁台吉達爾瑪達都嘗獵於漠北深山遇一鹿負箭而奔因引弧殪之方欲收取忽一騎馳而至鞍上人有身無首其目在兩乳其口在臍語啁哳自臍而出雖不可辨然觀其手所指畫似言鹿其所射不應奪之也從騎皆震懾失次台吉素有膽亦指畫示以彼射未仆此箭乃獲當剖而均分其人會意亦似首肯竟持半鹿而去不知其是何部族居於何地據其形式豈非刑天之遺類歟天地之大何所不有儒者自拘於見聞耳案史記稱山海經禹本紀所有怪物余不敢信是其書本在漢以前列子稱大禹行而見之伯益知而名之夷堅聞而志之其言必有所受特後人不免附益又竄亂之故往往悠謬太甚且雜以秦漢之地名分別觀之可

矣必謂本依附天問作山海經不應引山海經反注天問則太過也

胡中丞太初羅山人兩峯皆能視鬼恒閑學蘭臺亦能常見之但不能常見耳戊午五月因在避暑山莊直廬偶然話及蘭臺言鬼之形狀仍如人惟目直視衣紋則似片片掛身上而束之下垂與人稍殊質如煙霧望之依稀似人影側視之全體皆見正視之則似半身入牆中半身凸出其色或黑或蒼去人恒在一二丈外不敢逼近偶猝不及避則或瑟縮匿牆隅或隱入坎井人過乃徐徐出蓋燈昏月黑日暮陰晦往往遇之不為訝也所言與恒羅二君略相類而形狀較詳知幽明之理不過如斯其或黑或蒼者鬼本生人之餘氣漸久漸散以至於無故左傳言新鬼大故鬼小殆由氣有厚薄斯色有濃淡歟

蘭臺又言嘗晴晝仰視見一龍自西而東頭角略與畫圖同惟四足開張搖撼如一舟之鼓四櫂尾蜿蜒而游至末漸纖在似蛇似魚之間腹下正白如匹練夫陰雨見龍或露首尾鱗介耳未有天無纖翳不風不雨不雷不電視之如此其明者錄之亦足資博物也

趙鹿泉前輩言孫虛船先生未第時館於某家主人之母適病危館童具晚餐至以有他事尚未食命置別室几上倏見一白衣人入室內方恍惚錯愕又一黑衣短人逡巡入先生入室尋視則二人方相對大嚼厲聲叱之白衣者遁去黑衣者以先生當門不得出匿於牆隅先生乃坐於戶外覷其變俄主人踉蹌出曰頃病者作鬼語稱冥使奉牒來拘其一為先生所阨不得出恐誤程限使亡人獲大咎未審真偽故出視之先生乃移坐他處彷彿見黑衣短人狼狽去而內寢哭聲如沸矣先生篤實君子一生未嘗有妄語此事當實有也惟是陰律至嚴神聽至聰而攝魂吏卒不免攘奪病家酒食然則人世之吏卒其可不嚴察乎

門人伊比部秉綬言有書生赴京應試寓西河沿旅舍中壁懸仕女一軸風姿豔逸意態如生每獨坐輒注視凝思客至或不覺一夕忽翩然自畫下宛一好女子也書生雖知為魅而結念既久意不自持遂相與笑語燕婉比下第南歸竟買此畫去至家懸之書齋寂無靈響然真真之喚弗輟也三四月後忽又翩然下與話舊事不甚答亦不暇致詰但相悲喜自此狎媟無間遂患瘵疾其父召茅山道士劾治道士熟視壁上曰畫無妖氣為祟者非此也結壇次日有一狐殪於壇下知先有邪心以邪召邪狐故得而假借其京師之所遇當亦別一狐耳

斷天下之是非據理據律而已矣然有於理不合於律必禁而介然孤行其志者親黨家有婢名柳青七八歲時主人即指與小奴益壽為婦迨年十六七合婚有日益壽忽以博負逃

久而無耗主人將以配他奴誓死不肯婢頗有色主人乘間挑之許以側室亦誓死不從乃使一媼說之曰汝既不肯負益壽且暫從主人當多方覓益壽仍以配汝如不從即鬻諸遠方無見益壽之期矣婢暗泣數日竟俛首薦枕席惟時時促覓益壽越三四載益壽自投歸主人如約為合卺合卺之後執役如故然不復與主交一語稍近之輒避去加以鞭笞并賂益壽使逼脅託不肯從無可如何乃善遣之臨行以小篋置主人母前叩拜而去發之皆主人數年所私給纖毫不缺後益壽負販婢縫紉拮据自活終無悔心余乙酉家居益壽尚持銅磁器數事來售頭已白矣問其婦云久死異哉此婢不貞不淫亦貞亦淫竟無位置錄以待君子論定之

吳茂鄰姚安公門客也見二童互詈因舉一事曰交河有人嘗於途中遇一叟泥滑失足擠此人幾仆此人故橫暴遂辱詈叟母叟怒欲與角忽俛首沉思揖而謝罪且叩其名姓居址至岐路別去此人至家其母白晝閉房門呼之不應而喘聲頗異疑有他故穴窗窺之則其母裸無寸縷昏昏如醉一人據而淫之諦視即所遇叟也憤激叫呶欲入捕捉而門窗俱堅固不可破乃急取鳥銃自櫺外擊之轂然而仆乃一老狐也鄰里聚觀莫不駭笑此人詈狐之母特託空言竟致此狐實報之可以為善詈者戒此狐快一朝之憤反以隕身亦足為睚眦之必報者戒也

誠謀英勇公言暢春苑前有小溪直夜內侍每雲陰月黑輒見空中朗然照一星共相詫異輾轉尋視乃見光自溪中出知為寶氣畫計取之得一蚌橫徑四五寸剖視得二珠綴合為一一大一稍小巨似棗形似壺盧不敢私匿遂以進御至今用為朝冠之頂此乾隆初事也小溪不能產巨蚌蚌珠未聞有合璧斯由天命聖人因地呈符瑞壽躋九旬康強如昔宜偶然也歟

蓮以夏開惟避暑山莊之蓮至秋乃開較長城以內遲一月有餘然花雖晚開亦復晚謝至九月初旬翠蓋紅衣宛然尚在苑中每與菊花同瓶對插屢見於聖製詩中蓋塞外地寒春來較晚故夏亦花遲至秋早寒而不早凋則莫明其理今歲恭讀聖製詩註乃知苑中池沼匯武列水之三源又引溫泉以注之暖氣內涵故花能耐冷也

戴遂堂先生諱亨姚安公癸巳同年也罷齊河令歸嘗館余家言其先德本浙江人心思巧密好與西洋人爭勝在欽天監與南懷仁忤（懷仁西洋人官欽天監正）遂徙鐵嶺故先生為鐵嶺人言少時見先人造一鳥銃形若琵琶凡火藥鉛丸皆貯於銃脊以機輪開閉其機有二相銜如牡牝扳一機則火藥鉛丸自落筒中第二機隨之並動石激火出而銃發矣計二十八發火藥

鉛丸乃盡始需畫貯擬獻於軍營夜夢一人訶責曰上帝好生汝如獻此器使流布人間汝子孫無噍類矣乃懼而不獻說此事時顧其姪東璵乾隆乙丑進士官甘肅高臺知縣曰今尚在汝家乎可取來一觀其姪曰在戶部學習時五弟之子竊以質錢已莫可究詰矣其為寶已亡失或愛惜不出蓋不可知然此器亦奇矣誠謀英勇公言征烏什時文成公與勇毅公明公犄角為營距寇壘約里許每相往來輒有鉛丸落馬前後幸不為所中耳度鳥銃之力不過三十餘步必不相及疑溝中有伏搜之無見皆莫明其故破敵之後執俘訊之乃知其國寶器有二銃力皆可及一里外搜索得之試驗不虛與勇毅公各分其一勇毅公征緬甸歿於陣銃不知所在文成公所得今尚藏於家究不知何術製作也

宋代有神臂弓實巨弩也立於地而踏其機可三百步外貫鐵甲亦曰克敵弓洪容齋試詞科有克敵弓銘是也宋軍拒金多倚此為利器軍法不得遺失一具或敗不能攜則寧碎之防敵得其機輪彷製也元世祖滅宋得其式曾用以制勝至明乃不得其傳惟永樂大典尚全載其圖說然其機輪一事一圖但有短長寬窄之度與其牝牡凸凹之形無一全圖余與鄒志喬侍郎窮數日之力審諦逗合訖無端緒余欲鉤摹其樣使西洋人料理之先師劉文正公曰西洋人用意至深如算術借根法本中法流入西域故彼國謂之東來法今從學算反秘密不肯盡言此弩既相傳利器安知不陰圖利器而以不解謝我乎永樂大典貯在翰苑未必後來無解者何必求之於異國余與念喬乃止維此老成瞻言百里信乎所見大也

貝勒春暉主人言熱河碧霞元君廟俗謂之娘娘廟兩廂塑地獄變相西廂一鬼卒猙獰可畏俗所謂地方鬼也有人見其出買雜物如柴炭之類往往堆積於廟內問之土人信然不為人害亦習而相忘或曰鬼不烹飪是安用此左傳曰石不能言物或憑焉其他精怪與恐久且為患當早圖之余謂天地之大一氣化生深山大澤何所不有熱河穹巖巨壑密邇民居人本近彼彼遂近人於理當有之抑或草木之妖依其本質狐狸之屬原其故居借形幻化託諸土偶於理當亦有之要皆造物所並育也聖人以魑魅魍魎鑄於禹鼎庭氏方相列於周官去其害民者而已原未嘗盡除異類既不為害自可聽其去來海客狎鷗忽翔不下鷗字本作漚蓋古字假借然古今行用從無書作漚鳥者故今以通行字書之機心一起機心應之或反膠膠擾擾矣

宛平陳鶴齡名永年本富室後稍落其弟永泰先亡弟婦求析箸不得已從之弟婦又曰兄本男子能經理我一孀婦子女又幼乞與產三分之二親族皆曰不可鶴齡曰弟婦言是當從之弟婦又以孤寡不能徵逋負欲以質財當二分而以積年未償借券併利息計算當鶴齡之一分亦曲從之後借券皆索取無著鶴齡遂大窘此乾隆丙午事也陳氏先無登科者是年鶴齡之子三立竟舉於鄉放榜之日余同年李步玉與相近聞之喟然曰天道固終不負人

南皮張浮槎名景運即著秋坪新語者也有一子早亡其婦縊以殉縊處壁上有其子小像高尺餘眉目如生其迹似畫非畫似墨非墨婦固不解畫又無人能為追寫且寢室亦非人所能到是時親黨畢集均莫測所自來張氏紀氏為世姻紀氏之女適張者數十人張氏之女適紀者亦數十人衆目同觀咸詫為異余謂此烈婦精誠之至極不為異也蓋神之所注氣即聚焉氣之所聚神亦凝焉神氣凝聚象即生焉象之所麗迹即著焉生者之神氣動乎此亡者之神氣應乎彼兩相翕合遂結此形故曰緣心生象又曰至誠則金石為開也浮槎錄其事徵士大夫之歌詠余擬為一詩而其理精微筆力不足以闡發凡數易稿皆不自愜至今耿耿於心姑錄於此以昭幽明之感詩則期諸異日也

神仙服餌見於雜書者不一或亦偶遇其人然不得其法則反能為害戴遂堂先生言嘗見一人服松脂十餘年肌膚充溢精神強固自以為得力然久而覺腹中小不適又久而病燥結潤以麻仁之類不應攻以硝黃之類所遺者細僅一綫乃悟松脂粘掛於腸中積漸凝結愈厚則其竅愈窄故束而至是也無藥可醫竟困頓至死又見一服硫黃者膚裂如磔置冰上痛乃稍減古詩服藥求神仙多為藥所誤豈不信哉

長城以外萬山環抱然皆坡陀如岡阜至王家營迤東則欹峭秀拔皴皺皆含畫意蓋天開地獻靈氣之所鍾故也有羅漢峯宛似一僧趺坐頭頂胸腹臂肘歷歷可數有磬錘峯即水經注所稱武列水側有孤石雲舉者也上豐下銳屹若削成余修熱河志時曾躡梯挽綆至其下乃無數石卵與碎砂凝結而成亘古不圮莫明其故有雙塔峯亭亭對立遠望如兩浮圖拔地湧出無路可上或夜聞上有鐘磬經唄聲晝亦時有片雲往來乾隆庚戌予特命守吏構木為梯遣人登視一峯周圍一百六步上有小屋屋中一几一香爐中供片石鐫王仙生三字一峯周圍六十二步上種韭二畦塍畔方正如園圃之所築是決非人力所到不謂之仙蹤靈迹不得矣耳目之前惝恍莫測尚如此講學家執其私見動曰此理之所無不亦傎乎距雙塔峯里許有關帝廟住持僧言乾隆壬寅一夜大雷雨雙塔峯墜下一石佛今尚供廟中然僅粗石一片其一面略似佛形而已此事在庚戌前八年毋乃以此峯尚有靈異故引石佛諸說法從誕以傳訛耶附著之

同年蔡芳三言嘗與諸友遊西山至深處見有微徑試緣而登寂無居人祇破屋數間苔侵草沒視壁上大書一我字筆力險勁因入觀之後有字迹襍沓乃二詩其一曰溪頭散步遇鄰家邀我同嘗嫩蕨芽攜手貪論南渡事不知觸折亞枝花其二曰酒酣醉臥老松前露下

空山夜悄然，野鹿經年真見熟也。來分我榻皆眠，不著年月姓名。味其詞意，似前代遺民，或以為仙筆，非也。又表弟安中寬，昔隨木商出古北口，因訪友至古爾板蘇巴爾漢（俗稱三座塔，即唐之營州，遼之興中府也）。居停主人云：山家曾捕得一鹿，分縛就澗邊屠割，忽繩寸寸斷，躍然逸去。遙見對山一戴笠人，似舉手指畫，疑其以術禁制之。是山陡立，古無人蹤，或者其仙歟。

先師何勵庵先生諱琇，雍正癸丑進士，官至宗人府主事，宦途坎坷，貧病以終。著有樵香小記，多考證經史疑義，今著錄四庫全書中。為詩頗喜陸放翁。一日作詠懷詩曰：冷署蕭條早放衙，閒官風味似仙家。偶來舊友尋棋局，絕少餘錢落畫叉。淺碧好儲消夏色，嫣紅已到殿春花。鏡中頻看頭如雪，愛惜流光倍有加。為余書於扇上。姚安公見之，沉吟曰：何摧抑哀怨乃爾，殆神志已頹乎？果以是年夏秋間謝世。古云詩讖，理或有之。

趙鹿泉前輩言：呂城，吳呂蒙所築也。夾河兩岸有二土神祠，其一為唐汾陽王郭子儀，已不可解。其一為袁紹部將顏良，更不省其所自來。土人祈禱，頗有靈應。所屬境周十五里，不許置一關帝祠，置則為禍。有一縣令不信，值顏祠社會，親往觀之，故令伶人演三國雜劇。狂風忽起，捲蘆棚苫蓋至空中，斗擲而下，伶人有死者。所屬十五里內，瘟疫大作，人畜死亡，令亦大病幾殆。余謂兩軍相敵，各為其主，此勝彼敗，勢不並存，此以公義殺人，非以私恨殺人也。

其間以智勇之略敗於意外者，其數在天，不得而尤人；以駑下之才敗於勝己者，其過在己，亦不得而尤人。張睢陽厲鬼殺賊，以社稷安危爭是一郡，是為君國而然，非為一己而然也。使功成事定之後，歿於戰陣者皆挾以為讐，則古來名將無不為鬼所殛矣，有是理乎？且顏良受殲已久，越一二千年，曾無靈響，何忽今日而為神？何忽今日而報怨？揆以天理，殆必不然。是蓋廟祝師巫造為詭語，山妖水怪因民聽熒惑而依託之。劉敬叔異苑曰：丹陽縣有袁雙廟，真第四子也。真為祖宣武誅，使失所在。太元中，形見於丹陽，求立廟，未即就功，大有虎災，被害之家輒夢雙至催功甚急。百姓立祠，於是猛暴用息。常以二月晦鼓舞祈祠，其日恒風雨至。元嘉五年設奠訖，村人邱都於廟後見一物，人面鼉身，葛巾，七孔端正，而有酒氣，送知為雙之神。為是物憑也。余謂來必風雨，其為水怪無疑。然則是事古有之矣。

舅氏張公夢徵言（字尚文，號慕說）：滄州吳家莊東一小庵，歲久無僧，恒為往來憩息地。有月作人每於庵前遇一人，招之坐談，頗相投契，漸與赴市沽飲，情益款洽。偶詢其鄉貫居址，其人愧謝曰：與君交厚，不敢欺，實此庵中老狐也。月作人亦不怖畏，來往如初。一日，復遇，挈鳥銃相授曰：余狎一婦，余弟亦私與狎，是盜嫂也。禁之不止，毆之則余力不敵，憤不可忍。將今夜伺之於路歧，以決生死。聞君善用銃，俟交鬬時，乞發以擊彼，感且不朽。月明如晝，君望之易辨

也。月作人諾之，即所指處伏草間。既而私念曰：其弟無禮，誠當死。然究所婦之外婦，彼自有夫，非嫂也。骨肉之間，寧善處置，必致之死，不太忍乎？彼兄弟猶如此，吾時與往來，儻有睚眦，且及我矣。因乘其糾結不解，發一銃而兩斃之。棠棣之詩曰：兄弟鬩於牆，外禦其侮。家庭交搆，未有不歸於兩傷者。舅氏恒舉此事為子姪戒，蓋是人負兩狐歸，嘗目睹也。

司庖楊媼言：其鄉某甲將死，囑其婦曰：我生無餘貲，身後汝母子必凍餓。四世單傳，存此幼子，今與汝約：不拘何人，能為我撫孤則嫁之，亦不限服制月日，食盡則行。囑訖，閉目不更言，惟呻吟待盡，越半日乃絕。有某乙聞其有色，遣媒妁請如約。婦雖許婚，以尚足自活，不忍行。數月後，不能舉火，乃成禮。合卺之後，已滅燭就枕，忽聞窗外嘆息聲。婦識其聲欬，知為故夫之魂，隔窗嗚咽語之曰：君有遺言，非我私嫁。今夕之事，於勢不得不然，君何以為祟？魂亦嗚咽曰：吾自來視兒，非來祟汝。因聞汝啜泣卸粧，念貧故使汝至於此，心脾悽動，不覺喟然耳。某乙悸甚，急披衣而起曰：自今以往，所不視君子如子者，有如日。靈語遂寂。後某乙耽玩艷妻，足不出戶，而婦恒惘惘如有失。某乙倍愛其子以媚之，乃稍稍笑語。七八載後，某乙病死，無子，亦別無親屬，婦據其貲，延師教子，竟得遊泮。又為納婦，生兩孫。至婦年四十餘，忽夢故夫曰：我自隨汝來，未嘗離此，因吾子事事得所，汝雖日與彼狎暱，而念念不忘我，歿前月下背人彈淚，我見

之故，不欲稍露形聲驚爾母子。今彼已轉輪，汝壽亦盡，餘情未斷，當隨我同歸也。數日，果微疾，以夢告其子，不肯服藥，荏苒遂卒。其子舉棺合葬於故夫，從其志也。程子謂餓死事小，失節事大，是誠千古之正理。然為一身言之耳。此婦甘辱一身以延宗祀，所全者大，似又當別論矣。楊媼能舉其姓氏里居，以碎璧歸趙，究非完美，隱而不書，悯其遇，悲其志，為賢者諱也。

又吾鄉有再醮故夫之三從表弟者，兩家所居，距一牛鳴地。嫁後仍以親串禮回視其姑，三數日必一來問起居，且時有贍助，姑賴以活。歿後出貲斂葬，歲恒遣人祀其墓。又京師一婦少寡，雖頗有姿色，而針黹烹飪皆非所能，乃謀於翁姑，偽稱己女，鬻為宦家妾，竟養翁姑終身。是皆墮節之婦，原不足稱，然不忘舊恩，亦足勵薄俗。君子與人為善，固應不沒其寸長。講學家持論務嚴，遂使一時失足者無路自贖，反甘心於自棄，非教人補過之道也。

昆燈和尚言：有舉子於豐宜門外租小庵過夏，地甚幽僻。一日，得揣摩秘本，於燈下手鈔，聞窗外似窸窣有人，試問為誰。外應曰：身是幽魂，沉滯於此，不聞書聲者百餘年矣。連日聽君諷誦，悵觸夙心，思一晤談以消鬱結，與君氣類，幸勿相驚。語訖，揭簾徑入，舉止溫雅，甚有士風。舉子惶怖，呼寺僧至，鬼亦不畏，指一椅曰：師且坐，我故識師，師素樸野，無叢林市井氣，可共語也。僧及舉子俱踧踖不能答。鬼乃探取所錄書翻閱，數行遽擲之於地，奄然而滅。

楊雨亭言：萊州深山有童子牧羊，日恆亡一二。大為主人扑責，留意伺之，乃二大蛇從山罅出，吸之吞食。其巨如甕，莫敢攖也。童子恨甚，乃謀於其父，設芻刀於山罅。果一蛇裂腹死。懼其偶之報，服不敢復牧於是地。時往潛伺，寂無形迹，意其他徙矣。半載以後，竟是地水草勝他處，仍驅羊往牧。牧未三日，而童子為蛇吞矣。蓋潛匿不出，以誘童子之來也。童子之父有心計，陽不搜索，而陰祈營弁，藏一礮於深草中，時密往同窺。兩月以外，見石上有蛇蛻痕，乃戴礮夜伏其旁。蛇果下飲於澗，轂轂有聲，遂一發而糜碎焉。還家之後，忽發狂自撾曰：汝計殺我夫，我計殺汝子，適相當也。我已深藏不出，汝又百計以殺我，則我為枉死矣。今必不舍汝。越數日而卒。俚諺有之曰：角力不解，必同仆地；角飲不解，必同沉醉。斯言雖小，可以喻大矣。

孟鷺洲自記巡視臺灣事曰：乾隆丁酉，偶與友人扶乩，乩贈余以詩曰：乘槎萬里渡滄溟，風雨魚龍會百靈。海氣粘天迷島嶼，潮聲殷地走雷霆。鯨波不阻三神島，鮫室爭看二使星。記取白雲飄渺處，有人同望蜀山青。時將有巡視臺灣之役，余疑當往。數日果命下，六月啟行，八月至廈門，渡海駐半載，始歸。歸時風利，一晝夜即登岸。去時飄蕩十七日，險阻異常。初出廈門，即雷雨交作，雲霧晦冥，信帆而往，莫知所適。忽腥風觸鼻，舟人曰：黑水洋也。其水比海水凹下數十丈，闊數十里，長不知其所極，黝然而深，視如潑墨。舟中搖手戒勿語，云其下即龍宮，為第一險處，度此可無虞矣。至白水洋，遇巨魚鼓鬣而來，舉其首如危峰障日，每一撥剌，浪涌如山，聲砰訇如霹靂，移數刻始過盡，計其長當數百里。舟人云來迎天使，理或然歟？既而颶風四起，舟幾覆沒。忽有小鳥數十，環繞檣竿。舟人喜躍，稱天后來拯，風果頓止，遂得泊澎湖。聖人在上，百神效職，不誣也。遐思所歷，一一與詩語相符，非鬼神能前知歟？先大夫尚在堂，聞余有過海之役，命余到赤嵌來視余。遂同登望海樓，并末二句亦巧合。益信數皆前定，非人力所能然矣。戊午秋，扈從灤陽，與曉嵐宗伯話及，宗伯方草灤陽續錄，因書其大略付之，或亦足資談柄耶。（以上皆鷺洲自序。）考唐鍾輅作定命錄，大旨在戒人躁競，毋涉妄求。此乩仙預告未來，其語皆驗，可使人知無關禍福之驚恐，與夫聚散之蹤跡，皆非偶然，亦足消趨避之機械矣。

高密單作虞言：山東一巨室，無故家中廩自焚，以為偶遺火也。俄怪變數作，閤家大擾，一日，廳事上砰磕有聲，所陳設玩器俱碎。主人性素剛勁，厲聲叱問曰：青天白日之下，是何妖魅，敢來為祟？吾行祈爾於神矣。檐上朗然應曰：爾好射獵，多殺吾子孫，銜爾次骨。至爾家伺隙八年矣。爾祖宗澤厚，福運未艾，中霤神、竈君、門尉，禁我勿使動，我無如何也。今爾兄弟外爭，

妻妾內訌，一門各分朋黨，儼若冦讐。敗徵已見，戾氣應之，諸神不歆爾祀，邪鬼已闞爾室，故我得而甘心焉。爾尚憤憤哉？其聲憤厲，家眾共聞。主人悚然有思，撫膺太息曰：妖不勝德，古之訓也。德之不修，於妖乎何尤？乃呼弟及妻妾曰：禍不遠矣，幸未及也，如能共釋宿憾，各逐私黨，翻然一改其所為，猶可以救。今日之事，當自我始。爾等聽我，祖宗之靈，子孫之福也。如不聽我，我披髮入山矣。反覆開陳，引咎自責，淚涔涔漬衣袂。眾心感動，並伏几哀號，立逐離間奴婢十餘人。凡彼此相軋之事，並一時頓改。執豕於牢，歃血盟神曰：自今以往，懷二心者，如此豕。方彼此謝罪，聞梁上頓足曰：我復讐而自漏言，我之過也夫。嘆咤而去。此乾隆八九年間事。

侍姬明玕，粗知文義，亦能以常言成韻語。嘗夏夜月明，窗外隔竹，桃盛開，影落枕上。因作花影詩曰：絳桃映月數枝斜，影落窗紗透帳紗。三處婆娑花一樣，只憐兩處是空花。意頗自喜。次年竟病歿。其婢玉臺侍余二年餘，年甫十八，亦相繼夭逝。兩處空花，遂成詩讖。氣機所動，作者殊不自知也。

一庖人隨余數年矣，今歲扈從灤陽，忽無故束裝去，借住於附近巷中。蓋挾余無人烹飪，故居奇以索高價也。同人皆為不平，余亦不能無憤恚。既而忽憶武強劉景南官中書時，極貧，寒一家奴偃蹇求去，景南送之以詩曰：饑寒迫汝各謀生，送汝依依尚有情。留取他年相見地，臨階惟歎兩三聲。忠厚之言，溢於言表。再三吟誦，覺褊急之氣都消。

閱微草堂筆記卷二十　灤陽續錄二

一館吏議敘得經歷，需次會城，久不得差遣，困頓殊甚。上官有憐之者，權令署典史，乃大作威福，復以氣焰轢同僚，緣是以他事落職。邵二雲學士偶話及此，因言其鄉有人方夜讀，聞窗櫺有聲，諦視之，紙裂一罅，有兩小手擘之，大纔如瓜子，即有一小人躍而入。緋衣紅履，頭作雙髻，眉目如畫，高僅二寸餘。掣案頭筆舉而旋舞，往來騰踏於硯上，拖帶墨瀋，書卷皆污。此人初甚錯愕，坐視良久，覺似無他技，乃舉手撲之，噭然就執，踡跼掌握之中，音呦呦如蟲鳥，似言乞命。此人恨甚，徑於燈上燒殺之。滿室作枯柳木氣，迄無他變。殊形異狀，毫無幻術，而肆然侮人以取禍，其此吏之類歟？此不知實有其事，抑二雲所戲造。然聞之亦足以戒也。

昌吉守備劉德言：昔征回部時，因有急檄，與珠爾士斯路馳往陰溝，失道十餘騎，皆迷，糧盡，又無水泉，姑坐樹根，須天晴辨南北。見崖下有人馬骨數具，雖風雲剝蝕，衣械並朽，察其形製，似是我兵。因對之慨嘆曰：再兩日不晴，與君輩在此為侶矣。頃之，旋風起林外，忽來

忽去，似若相招。試縱馬隨之，風即前導；試暫止，風亦不行。恍然知爲斯胥之靈，隨之返行三四十里，又度嶺兩重，始得舊路。風亦歘然息矣。衆哭拜之而去。嗟乎！生既捐軀，魂猶報國，精靈長在，而名氏翳如，是亦可悲也已。

謂無神仙，或云遇之；謂有神仙，又不恒遇。劉向、葛洪、陶宏景以來，記神仙之書不啻百家，所記神仙之名姓不啻千人，然後世皆不復言及。後世所遇，又自有後世之神仙。豈保固精氣，雖得久延，而究亦終歸還化耶？又神仙清淨，方士幻化，本各自一途，諸書所記，凡幻化者皆曰神仙，殊爲舛別。有王媪者，房山人，家在深山，嘗告先母張太夫人曰：山有道人，年約六七十，居一小庵，拾山果爲糧，掬泉而飲，日夜擊木魚誦經，從未一至人家。有就其庵與語者，不甚酬答，餽遺亦不受。王媪之姪傭於外，一夕歸省母，過其庵前，道人大駭曰：夜深虎出，爾安得行？須我送爾往。乃琅琅擊木魚前導。未半里，果一虎突出，道人以身障之，虎自去。道人不別，亦自去。後忽失所在。此或似仙歟？從叔梅庵公言：嘗見有人使童子登三層明樓上（北方以瓦者爲暗樓，上層作樓形，似雉堞者爲明樓），以手招之，翩然而下，一無所損。又以銅盂投溪中，呼之，徐徐自浮出。此皆方士禁制之術，非神仙也。舅氏張公健亭言：滄州河濱家牧數牛於野，一時皆暴死。有道士過之曰：此非真死，爲妖鬼所攝耳。急灌以吾藥，使臟腑勿壞，吾爲爾劾治，召其魂

因延至家，禹步作法，約半刻，牛果皆躍然起。留之飯，不顧而去。有知其事者曰：此先以毒草置草中，後以藥解之耳。不肯謝，示不圖財，爲再來熒惑地也。吾在山東見此人行此術矣。此語一傳，道士遂不復至。是方士之中又有真僞，何概曰神仙哉！

李南澗言：其鄰縣一生，故家子也，少年佻達，頗漁獵男色。一日自親串家飲歸，距城稍遠，雲陰路黑，度不及入城，雪又簌簌下。方躊躇間，見十許步外有燈光，遣僕往視，茅屋數間，四無人居，屋中惟一童一嫗，問有棲止處否。嫗曰：子久出外，惟一孫與我住此，尚有空屋兩間，不嫌湫隘，可權宿也。遂呼童繫二馬樹上，而邀生入坐。嫗言老病，須早睡，囑童應客。童年約十四五，衣履破敝，而眉目極姣好。試挑以言，自吹火煮茗，不甚答，漸與調笑，微似解意，忽悉來問情語曰：此地密邇祖母房，雪晴當親至公家，乞賞也。生大喜，慨解繡囊玉玦贈之，亦羞澀而受，軟語良久，乃掩門持燈去。生與僕倚壁憩息，不覺昏睡，比醒則屋已不見，乃坐人家墓柏下，貂裘貂冠，衣褲靴襪俱已褫無寸縷矣，裸露雪中，寒不可忍，二馬亦不知所在，幸僕衣未褫，乃脫其敝裘蔽上體，蹩躠而歸。詭言遇盜，俄二馬識路自歸，已盡剪其尾鬣，衣冠則得於溷中，並狼藉污穢，均然非盜，無可置詞，僕始具洩其情狀，乃知輕薄招侮，爲狐所戲也。

戊子昌吉之亂，先未有萌也。屯官以八月十五夜犒諸流人，置酒山坡，男女雜坐。屯官醉後

逼諸流婦使唱歌，遂頃刻激變，戕殺屯官，劫軍裝庫，據其城。十六日曉，報至烏魯木齊。大學士溫公促聚兵，時班兵散在諸屯，城中僅一百四十七人，然皆百戰勁卒，視賊蔑如也。溫公率之即行。至紅山口，守備劉德叩馬曰：此去昌吉九十里，我馳一日至城下，是彼逸而我勞；彼坐守而我仰攻，非百餘人所能辦也。且此去昌吉皆平原，瑪納斯河雖稍闊，然處處策馬可涉，無險可扼。所可扼者此山口一線路耳。賊得城必不株守，其勢當即來。公莫如駐兵於此，借崖遮蔽，賊不知多寡，俟其至而扼險下擊，是反攻爲守，反勞爲逸，賊可破也。溫公從之。及賊將至，德左執紅旗，右執利刃，令於衆曰：望其塵氣，雖不過千人，然皆亡命之徒，必以死鬬，亦不易當。幸所乘皆屯馬，未經戰陣，受創必反走。爾等各執槍，屈一膝跪，但伏而擊馬，馬逸則人亂矣。又令曰：望影鳴槍則槍不及賊，火藥先盡，賊至反無可用。爾等視我旗動乃許鳴槍，敢先鳴者手刃之。俄而賊衆蜂擁，奔訇動地。德曰：此皆虛聲，無能爲也。迨鉛丸擊前隊一人傷，德曰：彼鎗已及我，我鎗必及彼矣。舉旗一揮，衆鎗齊發，賊馬果皆橫逸，自相衝擊。我兵遂乘之，賊遂殲焉。溫公嘆曰：劉德狀貌如村翁，而臨陣鎮定乃爾，參將都司徒善應對趨蹌耳。故是役以德爲首功，然捷報不能縷述曲折，今詳著之，庶不湮沒焉。由烏魯木齊至昌吉，南界天山，無路可上，北界葦湖，連天無際，淤泥深丈許，入者輒滅頂。賊之敗也，不西

還據昌吉，而南北橫奔，悉入絕地，以爲惶遽迷瞀也。後執俘訊之，皆曰：潰散之時，本欲西走，忽見關帝立馬雲中，斷其歸路，故不得已而旁行，冀或匿免也。神之威靈，乃及於二萬里外。國家之福祚，又能致神助於二萬里外，蜎蠕蜂蠆，潢池盜弄，何爲哉！

昌吉未亂以前，通判赫爾喜奉檄調至烏魯木齊，核檢倉庫，及聞賊警，憤不欲生，請於溫公曰：屯官激變，其反未必本心。願單騎迎賊於中途，諭以利害。如其愛戴，可勿勞征討；如其梟獍不肯反正，則必手刃其帥，不與俱生。溫公阻之不可，竟橫鞭馳去，直入賊中，以大義再三開道。賊皆曰：公是好官，此無與公事。事已至此，勢不可回。遂擁之路旁，置之去。知事不濟，乃奪刀奮力，殺數賊，格鬬而死。當時公論惜之，曰：屯官非其所屬，流人非其所治，無所謂失察也；奉調他出，身不在署，無所謂守禦不堅，與棄城逃遁也；所劫者軍裝庫，無所謂疎防也。於理於法，皆可以無死，而終執城存與存、城亡與亡之一言，甘以身殉，推是志也，雖爲常山、睢陽可矣。故於其柩歸，罔不哭奠，而於屯官之殘骸歸（屯官爲賊以鍘自踵寸寸鍘至頂，賊定後撿骸掩之），無焚一陌紙錢者。

朱青雷言：曾見一長卷，字大如杯，怪偉極似張二水。首題紀夢十首，而蠹蝕破爛，惟二首尚完整可讀。其一曰：夢到蓬萊頂，瓊樓碧玉山。波浮天半壁，日湧海中間。遙望仙官立，翩翩野

老閑雲帆三十丈高掛徑西還其二曰鬱鬱長失樹層層太古苔空山未開鑿元氣尚胚胎靈境在何處夢遊今幾回最憐魚鳥裔相見不驚猜年月姓名皆已損失不知誰作也嘗為李玉典書扇併附以跋或曰此青雷自作託之古人然青雷詩格婉秀如秦少游小石調與二詩筆意不近或又曰詩字皆似張東海東海集余昔曾見不記有此二詩否待更考之青雷跋謂前詩從四句未經人道然昌黎詩我能屈曲自世間安能從汝求神仙即是此意特襲取無痕耳

京都有富室子形狀擁腫步履蹣跚又不修邊幅垢膩恒滿面然好遊狹斜遇婦女必注視一日獨行遇幼婦風韻絕佳時新雨泥滑遂前調之曰路滑如是嫂莫要扶持否幼婦正色曰爾勿憒憒我是狐女平生惟拜月鍊形從不作媚人採補事爾自顧何物乃敢作是言行且禍爾遂掬沙屑灑其面驚而卻步忽墮溝中努力踊出幼婦已不知所往矣自是心恒惴惴慮其為祟亦竟無恙數日後友人邀飲有新出小妓侑酒諦視即前幼婦也疑似惶惑罔知所措強試問之曰某日雨後曾往東村乎妓漫應曰姊是日往東村視阿姨吾未往也姊與吾貌相似公當相見耶語殊恍惚竟莫決是怪是人是一是二乃託故逃席去去後妓述其事曰實憎其醜態且懼行強暴姑誑以偽詞冀求解免幸其自仆遂匿於麥場積柴後不虞其以為真也席中莫不絕倒一客曰既入青樓焉能擇客彼固能千金買笑者也盍斝爾

指彼乎遂偕之同往且述妓翁姑及夫名氏其疑乃釋妓外妹即所謂大楊二楊者當時名士多作楊枝詞皆借寓其姓也妓復謝以小時固識君昨喜見憐故答以戲謔何期反致唐突深為歉仄敢抱衾枕以自贖吐詞嫻雅姿態橫生遂大為所惑留連數夕召其夫至計月給夜合之資狎暱經年竟殞於消渴先兄晴湖曰狐而人則畏之畏死也人而狐則非惟不畏且不畏死是尚為能充其類也乎行且禍汝彼固先言是子也死於妓仍謂之死於狐可也

郭大椿郭雙桂郭三槐兄弟也三槐屢侮其兄且詣縣訟之歸憩一寺見緇袍滿座梵唄競作主人雖吉服而容色慘沮宣疏通誠之時淚隨聲下叩之寺僧曰某公之兄病危為叩佛祈福也三槐癡立良久忽發顛狂頓足撫胸而呼曰人家兄弟如是耶如是一語反覆不已披至家不寢不食仍頓足撫胸誦此一語兩三日不止大椿雙桂故別住聞信俱來持其手哭曰弟何至是三槐又癡立良久突抱兩兄曰兄固如是耶長號數聲一踊而絕咸曰神殛之非也三槐愧而自咎此聖賢所謂改過釋氏所謂懺悔也苟充是志雖田荊姜被均所能為神方許之安得殛之其一慟立殞直由感動於中天良激發自覺不可立於世故一瞑不視戢影黃泉豈神之殛其魄哉惜知過而不知補過氣質用事一往莫收無學問以濟之無明師益友以導之無賢妻子以輔之遂不能忍始美終以圖晚蓋是則其不幸焉耳昔田氏姊買一小婢娼家女也聞人誚鄰婦淫亂瞿然驚曰是不可為也吾以為當如是也後嫁為農家妻終身貞潔然則三槐悖理正坐不知故子弟當先使知禮

朝鮮使臣鄭思賢以棋子兩奩贈余皆天然圓不似人工云黑者海灘碎石年久為潮水衝激而成白者為小車渠殼亦海水所磨瑩皆非難得惟檢尋其厚薄均輪廓正色澤勻者日積月累比較抽換非一朝一夕之力耳置之書齋頗為雅玩後為范大司農取去司農歿後家計蕭然今不知在何所矣

海中三島十洲崑崙五城十二樓詞賦家沿用久矣朝鮮琉球日本諸國皆能讀華書日本余見其五京地志及山川全圖疆界袤延數千里無所謂仙山靈境也朝鮮琉球之貢使則余嘗數數與談以是詢之皆曰東洋自日本以外大小國土凡數十大小島嶼不知幾千百中朝人所必不能至者每帆檣萬里商舶往來均不聞有是說惟琉球之落漈似乎三千弱水然落漈之舟偶值潮平之歲時或得還亦不聞有白銀宮闕可望而不可即也然則三島十洲豈非純構虛詞乎爾雅史記皆稱河出崑崙考河源有二一出和闐一出蔥嶺其正源和闐之水入之或曰和闐其正源蔥嶺之水入之雙流既合亦莫辨誰主誰賓然蔥嶺和闐則皆在今版圖內開屯列戍四十餘年即深巖窮谷亦通耕牧不論兩山之水孰為正源兩

山之中必有一崑崙確矣而所謂瑤池懸圃珠樹芝田概乎未見亦概乎未聞然則五城十二樓不又荒唐矣乎不但此也靈鷲山在今拔達克善諸佛菩薩骨塔具存題記梵書一一與經典相合尚有石室六百餘間即所謂大雷音寺回部遊牧者居之我兵追剿波羅泥都霍集占曾經其地所見不過如斯種種莊嚴是亦繪畫之詞矣相傳回部祖國以銅為城近西之回部云銅城其在東萬里近東之回部云銅城其在西萬里彼此遙拜迄無人曾到其地因是以推恐南懷仁坤輿圖說所記五大洋洲珍奇靈怪均此類焉耳周編修書昌則曰有佛緣者然後能見佛界有仙骨者然後能見仙境未可以尋常耳目斷其有無曾見一道士遊崑崙歸所言與舊記不殊也是則余不知之矣

蔡季實殿撰有一僕京師長隨也狡黠善應對季實頗喜之忽一日二幼子並暴卒其妻亦自縊於家莫測其故姑斂之而已其家有老媼私語人曰是私有外遇欲毒殺其夫而後挈之以嫁陰市砒製餅餌以待夫歸不虞二子竊食竟並死婦悔恨莫解亦遂併命然媼昏夜之中窗外竊聽僅粗聞秘謀之語未辨所遇者為誰亦無從究詰矣其僕旋亦發病死死後其同儕竊議曰主人惟信彼彼乃百計欺主人他事無論即如昨日四鼓詣圓明園侍班彼故縱駕車騾逸御者追之復不返更漏已促叩門借車必不及急使僱倩則曰風雨將來非

五十餘人不住主人無詰竟委曲從之不太甚乎奇禍或以是耶季實聞之曰是死晚矣吾誤以為解事人也

楊槐亭前輩言其鄉有官成歸里者閉門頤養不預外事亦頗得林下之樂惟以無嗣為憂晚得一子珍惜殊甚患痘甚危聞勞山有道士能前知自往叩之道士醒然曰賢郎尚有多少事未了那能便死果遇良醫而愈後其子冶遊驕縱竟破其家流離寄食若敖之鬼遂餒鄉黨論之曰此翁無咎無譽未應有此兒惟蕭然寒士作令不過十年而宦橐逾數萬毋乃致富之道有不可知者在乎

槐亭又言有學茅山法者劾治鬼魅多有奇驗有一家為狐所祟請往驅除整束法器尅日將行有素識老翁詣之曰我久與狐友狐事急乞我一言狐非獲罪於先生先生亦非有憾於狐也不過得其贄幣故為料理耳狐聞事定之後彼許饋廿四金今願十倍其數納於先生先生能止不行乎因出金置案上此人固貪惏當即受之次日謝遣請者曰吾法能治凡狐耳昨召將檢查君家之祟乃天狐非所能制也得金之後意殊自喜因念狐既多金可以術取遂考召四境之狐脅以雷斧火獄俾納賄賂徵索既頻狐不堪擾乃共計盜其符印遂為狐所憑附顛狂號呼自投於河群狐仍攝其金去銖兩不存人以為如費長房明崇儼也後其徒陰洩之乃知其致敗之故夫操持符印役使鬼神以驅除妖厲此其權與官吏侔矣受賂縱姦已為不可又多方以盈其谿壑天道神明豈逃鑒察微群狐殺之雷霆之誅當亦終不免也

天地高遠鬼神茫昧似與人無預而有時其應如響殫人之智力不能與爭滄州上河涯有某甲女許字某乙子兩家皆小康婚期在一二年內矣有星士過某甲家阻雨留宿以女命使推星士沉思良久曰未携算書此命不能推也覺有異窮詰之始曰據此八字側室命也君家似不應至此且聞嫁已有期而干支無刑尅斷不再醮此所以愈疑也有黠者聞此事欲借以牟利說某甲曰君家貲幾何如以嫁女必多費盍不支矣命既如是不如先詭言女病次詭言女死市空棺速葬而後携女走京師改名姓鬻為貴者妾則多金可坐致也某甲從之會有達官嫁女求美媵以二百金買之越月餘泛舟送女南行至天妃閘閘門俱葬魚腹獨某女遇救得生以少女無敢收養聞於所司所司問其由來女在是家未久僅知主人之姓而不能舉其爵里惟父母姓名居址言之鑿鑿乃移牒至滄州其事遂敗時某乙子已與表妹結婚無改盟理聞某甲之得多金也憤恚欲訟某甲窘迫願仍以女嫁其子其表妹家聞之又欲訟紛紜輵轕勢且成大獄兩家故舊戚眾為調和某甲出資往迎女而為某乙子之側室其難乃平女還家後某乙子已親迎某乙以牛車載女至家見其姑苦辯非己意姑曰既非鬻竟為媵時何不言有夫女無詞以應引使拜姑女稍趑趄姑曰鬻賣為媵時亦不拜耶又無詞以應遂拜如禮姑終身以奴隸畜之此雍正末年事先祖母張太夫人時避暑水明樓知之最悉嘗語於婢曰其父不過欲多金其女不過欲富貴故生是謀耳烏知非徒無益反失所本有哉汝輩視此可消諸妄念矣

先四叔母李安人有婢曰文鸞最憐愛之會余寄書覓侍史叔母於諸姪中最喜余擬以文鸞贈私問文鸞亦殊不拒叔母為製衣裳簪珥已戒日脂車有妒之者嗾其父多所要求事遂沮格文鸞鬱鬱發病死余不知也數年後稍稍聞之亦如雁過長空影沉秋水矣今歲五月將扈從啟行拼擋小倦坐而假寐忽夢一女翩然來初不相識驚問為誰凝立無語余亦遽醒莫喻其故也及家人會食余偶道之第三子婦余甥女也幼在外家與文鸞嬉戲又稔知其齎恨事瞿然曰其文鸞也耶因具道其容貌形體與夢中所見合是耶非耶何二十年來久置度外忽無因而入夢也詢其葬處擬將來為樹片石皆曰叩隴已平久埋沈於荒榛蔓草不可識矣姑錄於此以慰黃泉憶乾隆辛卯九月余題秋海棠詩曰憔悴幽花劇可憐斜陽院落晚秋天詞人老大風情減猶對殘紅一悵然宛如為斯人詠也

宗室敬亭先生英郡王五世孫也著四松堂集五卷中有拙鵲亭記曰鵲巢鳩居謂鵲巧而鳩拙也小園之鵲十百其侶惟林是棲窺其意非故厭乎巢居亦非畏鳩奪之也蓋其性拙視鳩為甚殆不善於為巢者故雨雪霜霰羽毛褷褷而朝陽一晞乃復群噪於木杪其音怡然似不以露棲為苦且飛不高去不遠飀惟飲啄於園之左右或時入主人之室值主人食棄其餘使就而置其喙主人之客來亦不驚起若視客與主人皆無機心者然辛丑初冬作一亭於堂之北湅林四合鵲環而棲之因名曰拙鵲亭夫鳩拙宜也鵲何拙然不拙不足為吾園之鵲也按此記借鵲寓意其事近在目前定非虛構是亦異聞也先生之弟倉場侍郎宜公刻先生集竟余為校讐因摭而錄之以資談柄

醫者殷贊庵自深州病家歸主人遣楊姓僕送之楊素暴戾眾名之曰橫虎沿途尋釁無一日不與人競也一日昏夜至一村旅舍皆滿乃投一寺僧曰惟佛殿後空屋三楹然有物為祟不敢欺也楊怒曰何物敢欺楊橫虎正欲尋之耳促僧掃榻共贊庵寢心怯近壁眠橫虎臥於外明燭以待人定後果有聲嗚嗚自外入乃一麗婦也漸逼近榻楊突起擁抱之即與接唇狎戲婦忽現猙鬼形狀可畏贊庵戰栗齒相擊楊徐笑曰汝貌雖可憎下體當不異人且一行樂耳左手攬其背右手遽褪其褌將按置榻上鬼大號逃去楊追呼之竟不返矣遂安寢至曉臨行語寺僧曰此屋大佳吾某日還當再宿勿留他客也贊庵嘗以語滄州

王友三曰世乃有逗姦鑑鬼者構虎之名定非虛得

科場為國家取人材非為試官取門生也後以諸房額數有定而分卷之美惡則無定於是有撥房之例雍正癸丑會試楊文定先房（楊文諱摛先姚安公之同年）撥入者十之七楊文不以介意曰諸卷皆勝我房卷不敢心存畛域使黑白倒置也（此間之座師介野園先生即錢入場文房者也）乾隆壬戌會試請撥七前輩不受撥一房僅中七卷總裁亦聽之聞靜儒前輩本房第一為第二十名王銘錫竟無魁選任釣臺前輩乃一房兩魁戊辰會試朱石君前輩為湯樂園前輩之房師皆從金雨叔前輩房撥入是雨叔亦一房兩魁矣當時均未有異詞所刻同門卷余皆嘗親見也

庚辰會試錢籜石前輩以舊筆畫牡丹徧贈同事遂遞相題詠時顧晴沙員外撥出卷最多朱石君撥入卷最多余題晴沙畫曰深澆春水細培沙養出人間富貴花好似艷陽三四月餘香風送到都家遂秋厓前輩和余韻曰一番好雨淨塵沙春色全歸上苑花此是沉香亭畔種（上）莫教移到野人家又題石君畫曰乞得仙園花幾莖嫣紅姹紫不知名何須問是誰家種到手相看便有情石君自和之曰春風春雨剩枯莖傾國何曾一問名心似維摩老居士天花來去不關情張鏡壑前輩繼和曰墨搗青泥硯滌沙濃藍寫出洛陽花云何不著胭脂染擬把因緣問畫家篔為花片翠為莖歐譜知君第幾名却怪玉盤承露冷香山居士太閑情蓋皆多年密友脫略形骸互以虐謔為笑樂初無成見於其間也蔣文恪公時為總裁見之曰諸君子跌宕風流自是佳話然古人嫌隙多起於俳諧不如併此無之更全交之道耳皆深佩其言蓋老成之所見遠矣錄之以志少年綺語之過後來英俊慎勿效焉

科場填榜完時必捲而橫置於案總裁主考具朝服九拜然後捧出堂吏謂之拜榜此誤也以公事論一榜舉子試官何以拜舉子以私誼論一榜皆門生座主何以拜門生哉或謂以周禮受民數之文殊為附會蓋放榜之日當即以題名錄進呈錄不能先寫必折卷唱一名榜填一名然後付以填榜之紙條寫錄一名今紙條猶謂之錄條以此故也必拜而送之猶拜摺之禮也榜不放錄不出錄不成榜不放故錄與榜必並陳於案始拜榜大錄小燈光晃耀之下人見榜而不見錄故誤認為拜榜也厥後或繕錄未完天已將曉或試官急於復命先拜而行遂有拜時不陳錄者久而視為固然堂吏或因可無錄而拜遂竟不陳錄又因錄既不成可暫緩寫而追送遂至寫榜竣後無錄可陳而拜遂潛移於榜矣嘗以問先師阿文勤公公述李文貞公之言如此文貞即公己丑座主也

翰林院堂不啟中門云啟則掌院不利癸巳開四庫全書館質郡王臨視司事者啟之俄而掌院劉文正公覺羅奉公相繼逝又門前沙堤中有土凝結成丸儻或誤碎必損翰林癸未

雨水衝激露其一為兒童擲裂與雲巖前輩旋歿又原心亭之西南隅翰林有父母者不可設坐坐則有刑剋陸耳山時為學士毅然不信竟丁外艱至左角門久閉不啟啟則司事者有譴謫無人敢試不知果驗否也其餘部院亦各有所忌如禮部甬道屏門舊不加搭渡（搭渡以夾木二方夾於門限兩旁如橋狀使堂官乘車者可從中入以免跳躍）錢籜石前輩不驗旋有天檀燈杵之事者亦往往有應此必有理存焉但莫詳其理安在耳

相傳翰林院寶善亭有狐女曰二姑娘然未睹其迹惟褚筠心學士齋宿時夢一麗人攜之行踰越牆壁如踏雲霧至城根高麗館遇一老叟驚曰此褚學士二姑娘何造次乃爾遽送之歸遂霍然醒筠心在清秘堂曾自言之

神姦機巧有時敗也多財濟橫亦有時敗也以神姦用其財以多財濟其姦斯真可究詰矣景州李露園言燕齊間有富室失偶見里人新婦而艷之陰遣一媼稅屋與鄰百計游說厚賂其舅姑使以不孝出其婦約勿使其子知又別遣一媼與婦家素往來者以厚賂游說其父母偽送婦還舅姑亦偽作悔意留之飯已呼婦入室矣俄彼此語相侵仍互詬遂婦歸亦不使婦知於是買休賣休與母家同謀之事俱無迹可尋矣既而二媼詐為媒與兩家議婚富室以懼其不孝辭婦家又以貧富非偶辭於是謀娶之計亦無迹可尋矣遷之又久復有親友為作合仍委禽焉其夫雖貧然故士族以迫於父母無罪棄婦已怏怏成疾猶冀其破鏡再合聞嫁有期遂憤鬱死死而其魂為厲於富室合巹之夕燈下見形撓亂不使同衾枕如是者數夜改卜其晝婦又恚曰豈有故夫在旁而與新夫如是者又豈有三日新婦而白日閉門如是者大泣不從無如之何乃延術士劾治術士登壇焚符指揮叱咤似有所睹遽起謝去曰吾能驅邪魅不能驅冤魂也延僧禮懺亦無驗忽憶其人素頗孝故出婦不敢阻乃再賂婦之舅姑使諭遣其子舅姑雖痛子然利其金姑共來詬詈泣曰父母見逐無復住理且訟諸地下耳從此遂絕不半載富室竟死殆訟得直歟富室是舉使鄧思賢不能訟使包龍圖不能察且恃其錢神至能驅鬼心計可謂巧矣而卒不能逃幽冥之業鏡聞所費不下數千金為歡無幾反以殞生雖謂之至拙可也巧安在哉

京師有張相公廟其緣起無考亦不知張相公為誰士人或以為河神然河神宜在沽水滹縣間京師非所治也又密雲亦有張相公廟是實山區並非水國不去河更遠乎委巷之談殊未足信余謂唐張守珪張仲武皆曾鎮平盧考高適燕歌行序是詩實為守珪作一則曰戰士軍前半死生美人帳下猶歌舞再則曰君不見邊庭征戰苦至今猶憶李將軍於守珪大有微詞仲武則摧破奚寇有捍禦保障之功其露布今尚載文苑英華以理推之或士人立廟祀仲武未可知也行篋無書可檢俟從回鑾後當更考之

閱微草堂筆記卷二十一　灤陽續錄三

輪迴之說，鑿然有之。恒蘭臺之叔父，生數歲，即自言前身為城西萬壽寺僧，從未一至其地，取筆粗畫其殿廊門徑，莊嚴陳設，花樹行列。往驗之，一一相合。然平生不肯至此寺，不知何意。此真輪迴也。朱子所謂輪迴雖有，乃是生氣未盡，偶然與生氣湊合者，亦實有之。余崔莊佃戶商龍之子，甫死，即生於鄰家，未彌月能言。元旦，父母偶出，獨此兒在繈褓，有同村人叩門云賀新歲，兒識其語音，遽應曰：是某丈耶？父母俱出，房門未鎖，請入室小憩可也。聞者駭笑。然不久夭逝。朱子所云，殆指此類矣。天下之理無窮，天下之事亦無窮，未可據其所見，執一端論之。

德州李秋崖言：嘗與數友赴濟南秋試，宿旅舍中。屋頗敝陋，而旁一院屋兩楹稍整潔，乃鎖閉之。怪主人不以留客，將待富貴者居耶？主人曰：是屋有魅，不知其狐與鬼，久無人居，故稍潔，非敢擇客也。一友強使開之，啟襆被獨臥，臨睡大言曰：是男魅耶，吾與爾角力；是女魅耶，爾與吾薦枕。勿瑟縮不出也。閉戶滅燭，殊無他異。人定後，聞窗外小語曰：薦枕者來矣。方欲起視，突一巨物壓身上，重若盤石，幾不可勝，捫之長毛鬖鬖，喘如牛吼。此友素多力，因抱持搏擊。此物亦多力，牽拽起仆，滾室中幾遍。諸友聞聲往視，門閉不得入，但聽其砰訇而已。約二三刻許，魅要害中拳，噭然遁。此友開戶出，見眾人環立，指天畫地，說頃時狀，意殊自得也。時甫交三鼓，仍各歸寢。此友將睡未睡，聞窗外又小語曰：薦枕者真來矣，頃欲相就，家兄急欲先角力，因爾唐突。今渠已愧沮不敢出，妾敬來尋盟也。語訖已至榻前，探手撫其面，纖指如春筍，滑澤如玉，脂香粉氣，馥馥襲人。心知其意不良，愛其柔媚，且共暱以觀其變。遂引之入衾，備極繾綣。至歡暢極時，忽覺此女腹中氣一吸，即心神恍惚，百脈沸湧，昏昏然竟不知人。比曉，門不啟，呼之不應，急與主人破窗入，噀水噴之，乃醒，已儽然如病夫。送歸其家，醫藥半載，乃杖而行。自此豪氣都盡，無復軒昂意興矣。力能勝強暴，而不能不敗於妖冶。歐陽公曰：禍患常生於忽微，智勇多困於所溺。豈不然哉。

余家水明樓與外祖張氏家度帆樓，皆俯臨衛河。一日，正乙真人舟泊度帆樓下。先祖母與先母，姑姪也，適同歸寧，聞真人能役鬼神，共登樓自窗隙窺視，見三人跪岸上，若陳訴者。俄見真人若持筆判斷者，度必邪魅事，遣僕偵之。僕還報曰：對岸即青縣境，青縣有三村婦，因拾麥俱僵於野，以為中暑，舁之歸，乃口俱喃喃作譫語，至今不死不生，知為邪魅。聞天師舟至，並來陳訴。天師亦不省何怪，為書一符，鈐印其上，使持歸焚於拾麥處，云姑召神將勘之。

數日後，喧傳三婦為鬼所劫，天師劾治，得復生。久之，乃得其詳，曰：三婦魂為眾鬼攝去，擁至空林，欲迭為無禮。一婦俛首先受污；一婦初撐拒，鬼揶揄曰：某日某地，汝與某幽會林內，我輩環視嬉笑，汝不知耳，遽詐為貞婦耶？婦猝為所中，無可置辯，亦受污。十餘鬼以次媟褻，狼藉困頓，殆不可支。次牽拽一婦，婦猶詈曰：我未曾作無恥事，汝輩所挾妖鬼何敢爾？舉手批其頰。其鬼仰仆數步外。眾鬼亦皆辟易，相顧曰：是有正氣，不可近，誤取之矣。乃共擁二婦入深林，而棄此婦於田塍。遙語曰：勿相怨，稍遲，遣阿徒送汝歸。正旁皇尋路，忽一神持戟自天下，直入林中，即聞呼號乞命聲，頃刻而寂。神攜二婦出曰：鬼盡誅矣，汝等隨我返。恍惚如夢，已回生矣。往詢二婦，皆呻吟不能起。其一本倚市門，歎息而已；其一度此婦必洩其語，數日移家去。余嘗疑婦烈如是，鬼安敢攝？先兄晴湖曰：是本一庸人婦，未遭患難，無從見其烈也。迨觀兩婦之賤辱，義憤一激，烈心陡發，剛直之氣，鬼遂不得不避之。故初誤觸而終不敢干也，夫何疑焉。

劉書臺言：其鄉有導引求仙者，坐而運氣，致手足拘攣。然行之不輟，有聞其說而悅之者，禮為師。日從受法，久之，亦手足拘攣。妻孥患其閒廢，至齎結，乃各製一椅，恒舁於一室，使對談丹訣。二人促膝共語，寒暑無間，恒以為神仙奧妙，天下惟爾知我知，無第三人能解也。人或竊笑之。二人聞之，太息曰：朝菌不知晦朔，蟪蛄不知春秋，信哉是言。神仙豈以形骸論乎？至死不悔，猶囑子孫祕藏其書，待五百年後有緣者。或曰：是有道之士，託廢疾以自晦也。余於雜書稍涉獵，獨未一閱丹經，然歟否歟，非門外人所知矣。

安公介然言：東州有貧而鬻妻者，已受幣，而其妻逃。鬻者將訟，其人曰：賣休買休，厥罪均。且歸官，君何利焉？今以妹償，是君失一再婚婦而得一室女也，君何不利焉？鬻者從之。或曰：婦逃以全貞也。或曰：是欲鬻其妹而畏人言，故託諸不得已也。既而其妻歸，復從人逃，皆曰天也。

程編修魚門言：有士人與狐女狎，初相遇，即不自諱，曰：非以採補禍君，亦不欲託詞有夙緣，特悅君美秀，不自持耳。然一見即戀戀不能去，儂亦夙緣耶？不數數至，曰：恐君以耽色致疾也。至或遇其讀書作文，則去，曰：恐妨君正務也。如是近十年，情若夫婦。士人久無子，嘗戲問曰：能為我誕育否？即曰：是不可知也。夫胎者，兩精相搏，翕合而成者也。媾合之際，陽精至而陰精不至，陰精至而陽精不至，皆不能成。皆至矣，時有先後，則先至者氣散不攝，亦不能成。不先不後，兩精並至，陽先衝而陰包之，則陽居中為主而成男；陰先衝而陽包之，則陰居中為主而成女。此化生自然之理，非人力所能為。故有一合即成者，有千百合而終不成者。故曰不可知也。問孿生何也。曰兩氣並盛，遇而相衝，正衝則歧而二，偏衝則其一陽多而陰少，陽即包陰；其一陰多而陽少，陰即包陽。故二男二女者多，亦或一男一女也。問精必歡暢而後至，幼女新婚，畏縮不暇，乃有一合而成者，陰精何以至耶？曰燕爾之際，兩心同恍，或先難而後易，或貌瘁而神怡，其情既洽，其精亦至，故亦偶一遇之也。問既由精合，必成於月信落紅以後，何也？曰精如穀種，血如土膏，舊血敗氣，新血生氣，乘生氣乃可養胎也。吾曾侍仙妃，竊聞講生化之源，故粗知其概。愚夫婦所知能，聖人有所不知能，此之謂矣。後士人年過三十，鬚髯長，狐歎曰：是鬑鬑者如芒刺人，何以堪？見輒生畏，豈夙緣盡耶？初謂其戲語，後竟不再來。魚門多髭，任子田因其納姬，說此事以戲之。魚門素聞此事，亦為失笑。既而曰：此狐實大有詞辯，君言之未詳，遂具述其論如右。以其頗有理致，因追憶而錄存之。

呂覽稱黎邱之鬼善幻人形，是誠有之。余在烏魯木齊，軍吏巴哈布曰：甘肅有杜翁者，饒於貲，所居故曠野，相近多狐獾穴，翁惡其中夜嗥呼，悉薰而驅之。俄而其家人見內室坐一翁，廳外又坐一翁，凡行坐之處，又處處有一翁，來往殆不下十餘，形狀聲音衣服如一，搥擋指揮家事亦復如一，合門大擾。妻妾皆閉門自守，妾言翁腰有素囊，可辨視之，無有，蓋先盜之矣。有教之者曰：至夜必入寢，不納即返者翁也，堅欲入者即妖也。已而皆嘐嘐怒叱，喧呶一晝夜，無如之何。有一妓，翁所暱也，十日恒三四宿其家，聞之詣門曰：妖有黨羽，凡可以言傳者必先知，凡可以物驗者必幻化，盍使至我家，我故樂籍，無所顧惜，使壯士執巨斧立榻旁，我裸而登榻，以次交接，其間反側曲伸，疾徐進退，與夫撫摩偎倚，口舌所不能傳，耳目所不能到者，纖芥異同，我自意會，雖翁不自知，妖決不能知也。我呼曰斫即速斫，妖必敗矣。眾從其言，一翁啟衾甫入，妓呼曰斫，斧落，果一狐，腦裂死。再一翁稍趑趄，妓呼曰斫，果驚竄去。至第三翁，妓抱而喜曰：真翁在此，餘並殺之可也。刀杖並舉，殪其大半，皆狐與獾也，其逃者遂不復再至。翁毆夜鳴，何與人事，此翁必掃其穴，其擾實自取；狐獾既解化形，何難見翁陳訴，求免播遷，遽逞妖惑，其死亦自取也。計其智數，蓋均出此妓下矣。

吳青紆前輩言：橫街一宅，舊云有祟，居者多不安，宅主病之，延僧作佛事，入夜放燄口時，忽二女鬼現燈下，向僧作禮曰：師等皆飲酒食肉，誦經拜懺，殊無益，即燄口施食，亦皆虛拋米穀，無佛法點化，鬼勿能得，煩師傳語主人，別延道德高者為之，則幸得超生矣。僧怖且愧，不覺失足落座下，不終事滅燭去。後先師程文恭公居之，別延僧禪誦，音響遂絕。此宅文恭公歿後，今歸滄州李某使隨軒。

表兄安伊在言：縣人有與狐女昵者，多以其婦夜合之資，買脂粉贈狐女，狐女常往來

其家，惟此人見之，他人不見也。一日，婦詬其夫曰：爾財自何來，乃如此用？狐女忽閨中應曰：汝財自何來，乃獨責我？聞者絕倒。余謂此足伊在之寓言，然亦足見惟無瑕者可以責人。

寮齒鞅者，不欲著其名字里貫，老諸生也，挈家寓京師，天資刻薄，凡善人善事，必推求其疵類，故得此名。錢敦堂編修歿，其門生為經紀棺衾，贍恤妻子，事事得所。寮齒鞅曰：世間無如此好人，此欲博古道之名，使要津聞之，易於攀援奔競耳。一貧民母死於路，跪乞錢買棺，形容枯槁，聲音酸楚，人競以錢投之。寮齒鞅曰：此指尸斂財，尸亦未必其母，他人可欺，不能欺我也。過一旌表節婦坊下，仰視微哂曰：是家富貴，僕從如雲，豈少秦宮、馮子都耶？此事須核，不敢遽言非，亦不敢遽言是也。平生操論皆類此，人皆畏而避之，無敢延以教讀者，竟困頓以歿。歿後妻孥流落，不可言狀。有人於酒筵遇一妓，舉止尚有士風，訝其不類倚門者，問之，即其少女也，亦可哀矣。先姚安公曰：此老生平亦無大過，但務欲其識加人一等，故不覺至是耳。可不戒哉！

乾隆壬午九月，門人吳惠叔邀一扶乩者至，降仙於余綠意軒中，下壇詩曰：沈香亭畔艷陽天，斗酒曾題詩百篇，二八嬌嬈親捧硯，至今身帶御爐煙。滿城楓葉薊門秋，五百年前感舊遊，偶與蓬萊仙子遇，相攜便上酒家樓。余曰：然則青蓮居士耶？批曰：然。趙春澗突起問曰：大仙斗酒百篇，似不在沈香亭上；楊貴妃馬嵬隕玉，年已三十有八，似爾時不止十六歲；大仙平生足跡未至漁陽，何以忽感舊遊？天寶至今，亦不止五百年，何以大仙誤記？乩惟批我醉欲眠四字，再叩之，不動矣。大抵乩仙為靈鬼所託，然尚實有所憑附，此扶乩者則似粗解吟詠之人，鍊手法而為之，故必此人與一人共扶，乃能成字，易一人則不能書，其詩亦皆流連光景，處處可用，知決非古人降壇也。爾日猝為春澗所中，窘迫之狀可掬。後偶與戴庶常東原議及，東原駭曰：嘗見別一扶乩人，太白降壇，亦是此二詩，但改滿城為滿林，薊門為大江，知江湖游士自有此種稿本，轉相授受，固不足深詰矣。（宋蒙泉前輩亦曰：有一扶乩者至德州，詩頃刻即成，後檢之皆村書詩學大成中句也。）

田文耕野統兵駐巴爾庫爾時（即巴里坤，坤字以吹唇聲讀之，即庫爾之合聲），軍士鑿井得一鏡，製作精妙，銘字非隸非八分（隸即今之楷書，八分即今之隸書），似景龍鐘銘，惟土蝕多剝損。田文甚寶惜之，常以自隨，殁於[illegible]。西戍旋時，以授余婿田香谷，傳至香谷之孫，忽失所在，後有親串戈氏於市上得之，以還田氏。昨歲欲製為鏡屏，寄京師，乞余考定，余付翁檢討樹培推尋銘文，知為唐物，余為錄其釋文於屏趺，而題三詩於屏背曰：曾逐輕車出玉門，中唐銘字半猶存，幾回反覆分明看，恐有崇徽舊字痕。黃鵠無由返故鄉，空留鸞鏡沒沙場，誰知土蝕千年後，又照將軍鬢上霜。皆

別仍歸舊主人。居然寶劍會延津。何如指畫珍珠粉。滿匣龍吟送紫珍。香谷孫自有題識，亦鐫屏背。敘其始末甚詳。夜燈隨錄載威信公岳公鍾琪西征時，有裨將得古鏡，岳公求之不得，其人遂遘禍。正與田丈同時同地，疑即此鏡，傳訛也。

門人邱人龍言：有赴任官，舟泊灘河。夜半，有數盜執炬露刃入。眾皆懾伏。一盜揭其妻衾，半跪曰：願乞夫人一物，夫人勿驚。即割一左耳，敷以藥末，曰：數日勿洗，自結痂愈也。遂相率呼嘯去。怖幾失魂。其創果不出血，亦不甚痛，旋即平復。以為警也，不殺不淫；以為盜耶，未劫一物。既不劫不殺不淫矣，而又戕其耳；既戕其耳矣，而又贈以良藥。是專為取耳來也。取此耳又何意耶？千思萬索，終不得其所以然。天下真有理外事也。邱生曰：苟得此盜，自必有其所以然。其所以然，亦必在理中。但定非我所見之理耳。然則論天下事，可據理以斷有無哉。盦曰：此或採生折割之事，頗以藥敷故，乃逸之。

董天士先生，前明高士，以畫自給，一介不妄取。先高祖厚齋公老友也。厚齋公多與唱和，今載於花王閣剩稿者，尚可想見其為人。故老或言其有狐妾，或曰天士孤僻，必無之。伯祖湛元公曰：是有之，而別有說也。吾聞諸董空如曰：天士居老屋兩楹，終身不娶，亦無僕婢，井臼皆自操。一日晨興，見衣履之當著者，皆整頓置手下；再視則盥漱俱已備。天士曰：是必有異。其妖將媚我乎？窗外小語應曰：非敢媚公，欲有求於公，難以自獻，故作是以待公問也。天士素有膽，命之入，入輒跪拜，則娟靜好女也。問其名，曰溫玉。問何求，曰：狐所畏者五：曰凶暴，避其盛氣也；曰術士，避其劾治也；曰神靈，避其稽察也；曰有福，避其旺運也；曰有德，避其正氣也。然凶暴不恒有，亦究自敗；術士與神靈，吾不為非，皆無如何我；有福者運衰亦復玩之；惟有德者則畏而且敬。得自附於有德者，則族黨以為榮，其品格即高出儕類上。公雖貧賤，而非義勿取，非禮勿為，儻準奔則為妾之禮，許侍巾櫛，三生之幸也；如不見納，則乞假以虛名，為畫一扇，題曰某年月日為姬人溫玉作，亦明公之末光矣。即出精扇置几上，濡墨調色拱立以俟。天士笑從之。女自取天士小印印扇上，曰：此姬人事，不敢勞公也。再拜而去。次日晨興，覺足下有物，視之則溫玉。笑而起曰：誠不敢以賤軀玷公，然非共捐一宵，非親執媵御之役，則姬人字終為假託。遂捧衣履，侍洗漱訖，再拜曰：妾從此逝矣。瞥然不見，遂不再來。豈明季山人聲價最重，此狐女亦移於風氣乎？然襟懷散朗，有王夫人林下風，宜天士之不拒也。

先姚安公曰：子弟讀書之餘，亦當使略知家事，略知世事，而後可以治家，可以涉世。明之季年，道學彌尊，科甲彌重，於是黠者坐講心學，以攀援聲氣；樸者株守課冊，以求取功名。致讀書之人，十無二三能解事。崇禎壬午，厚齋公攜家居河間，避孟村土寇。厚齋公卒後，聞大兵將至河間，又擬鄉居。瀕行時，比鄰一叟顧門神嘆曰：使今日有一人如尉遲敬德、秦瓊，當不至此。汝兩曾伯祖，一諱景星，一諱景辰，皆名諸生也，方在門外東襟，聞之與辯曰：此神荼鬱壘像，非尉遲敬德、秦瓊也。叟不服，檢邱處機西遊記為證。二公謂委巷小說不足據，又入室取東方朔神異經與爭。時已薄暮，檢尋既移時，反覆講論又移時。城門已闔，遂不能出。次日將行，而大兵已合圍矣。城破，遂全家遇難。惟汝曾祖光祿公、曾伯祖鎮番公及叔祖雲□公存耳。死生呼吸間，不容髮之時，尚考證古書之真偽，豈非惟知讀書，不預外事之故哉。姚安公此論，余初作各種筆記，皆未敢載，為涉及兩曾伯祖也。今再思之，書痴尚非不佳事，古來大儒似此者不一，因補書於此。

奴子劉福榮，善製網罟弓弩，凡鳥獸之事，無不能也。析爨時，分於余。無所用其技，悒鬱不自得。年八十餘，尚健飯。惟時一携鳥銃散步野外而已。其銃發無不中。一日見兩狐臥隴上，再擊之不中。狐亦不驚。心知為靈物，惕然而返。後亦無他。外祖張公水明樓有值更者范玉，夜每聞瓦上有聲，疑為盜，起視則無，有潛踪伺之，見一黑影從屋上過，乃設機弩仰臥以聽。半夜聞機發，有女子呼痛聲。登屋尋視，一黑狐折股死矣。是夕聞屋上詈曰：范玉何故殺我妾？時有鄰劉氏子為妖所媚，玉私度必是狐，亦還詈曰：汝縱妾私奔，不知自愧，反詈吾，吾為劉氏子除患也。遂寂無語。然自是覺夜夜有人以石灰滲其目，交睫即來，旋洗拭，旋又如是，漸腫痛潰裂，竟至雙瞽。蓋狐之報也。其所見遜劉福榮遠矣。一老成經事，一少年喜事故也。

門人有作令雲南者，家本苦寒，僅携一子一僮拮据往。需次會城，久之，得補一縣，在滇中尚為膏腴地，然距省窎遠，其家又在荒村，書不易寄，偶得魚雁，亦不免浮沉，故與妻子幾斷音問。惟於坊本縉紳中，檢得官某縣而已。偶一狡僕舞弊，杖而遣之。此僕銜次骨，其家事故所備知，因偽造其僮書，云主人父子先後卒，二棺今浮厝佛寺，當借貲來迎，並述遺命，處分家事甚悉。初，令赴滇時，親友以其樸訥，意未必得缺，即得缺，亦必惡。後聞官是縣，始稍稍親近，併有周恤其家者，有時相餽問者，其子或有所稱貸，人人輒應，且有以子女結婚者，鄉人有宴會，其子無不與也。及得是書，皆大沮，有來唁者，有不來唁者，漸有索逋者，漸有道途相遇似不相識者。僮奴婢媼皆散，不半載，門可羅雀矣。既而令託入覲官寄千二百金至家迎妻子，始知前書之偽，舉家破涕為笑，如在夢中。親友稍稍復集，避不敢見者，頗亦有愧。後令與所親書曰：一貴一賤之態，身歷者多矣；一貧一富之態，身歷者亦多矣；若夫生而忽死，死適半載而復生，中間情事，能以一身親歷者，僕殆第一人矣。

門人福安陳坊言：閩有人深山夜行，倉卒顧視，恐愈迷愈遠，遂坐崖下，待天曉。忽聞有人語，時缺月微升，略辨形色，似二三十人坐崖上，又十餘出沒叢薄間。顧視左右，皆亂塚，心知為鬼物，伏不敢動。俄聞互語，社公來，竊睨之，衣冠文雅，年約三十餘，頗類書生，殊不作劇場白髮布袍狀。先至崖上，不知作何事。次至叢薄，對十餘鬼嘆息曰：汝輩何故自取橫亡，使眾鬼不以為伍，飢寒可念。今有少物哺汝。遂撮飯撒草間，十餘鬼爭取，或笑或泣。社公又太息曰：此邦之俗，大抵勝負之念太盛，恩怨之見太明。其弱者力不能敵，則思自戕以累人，不知自盡之案，律無抵法，徒自隕其生也。其強者妄意兩家各殺一命，即足相抵，則械鬬以洩憤，不知律凡殺二命，各別以生者抵，不以死者抵。死者方知悔之已晚，生者不知為之彌甚，不亦悲乎。十餘鬼皆哭，俄遠寺鐘動，一時俱寂。此人嘗以告陳生。陳生曰：社公言之，不如令長言之也。然神道設教，或挽回一二，亦未可知耳。

嘉慶丙辰冬，余以兵部尚書出德勝門監射，營官以十剎海為館舍，前明古寺也。殿宇門徑，與劉侗帝京景物略所說全殊，非復僧住一房、佛亦住一房之舊矣。寺僧居寺門一小屋，余所居則在寺之後殿，亦精潔，而封閉者多。驗之，有乾隆三十一年封者，知曠廢已久。余住東廂，室內氣冷如冰，爇數爐不熱，數燈皆闇黯作綠色，知非佳處。然業已入居，姑宿一夕，竟安然無恙。奴輩住西廂，皆不敢睡，列炬徹夜坐廊下，亦幸無恙。惟聞封閉室中喁喁有人語，聽之不甚了了耳。轎夫九人，入室酣眠，天曉已死其一矣。飭副見居停，乃移住真武祠。祠中道士云：聞有十剎海老僧，嘗見二鬼相遇，其一曰：汝何來？曰：我轉輪期未至，偶至閑游。汝何來？其一曰：我縊死魂之求代者也。問居此幾年，曰：十餘年矣。又問何以不得代，曰：人見我皆驚走，無如何也。其一曰：善攻人者藏其機，匕首將出袖，而神色怡然，乃有濟也。汝以怪狀驚之，彼奚為不走耶？汝盍脂香粉氣以媚之，抱衾薦枕以悅之，必得當矣。老僧素嚴正，厲聲叱之，歘然入地。數夕後，寺果有縊者。此鬼可謂陰險矣。然寺中所封閉，似其鬼尚多，不止此一二也。

汪閣學曉園言：有一老僧過屠市，泫然流涕。或訝之，曰：其說長矣。吾能記兩世事。吾初世為屠人，年三十餘死，魂為數人執縛去，冥官責以殺業至重，押赴轉輪受惡報。覺恍惚迷離，如醉如夢，惟惱熱不可忍。忽似清涼，則已在豕欄矣。斷乳後，見人不潔，心知其穢，然飢火燒灼，五臟皆如焦裂，不得已食之。後漸通豬語，時與同類相問訊，能記前身者頗多，特不能與人言耳。大抵皆自知當屠割，其時作呻吟聲者，愁也；目睫往往有淚痕者，自悲也。軀幹癡重，夏極苦熱，惟汨沒泥水中少可，然不常得。毛疏而勁，冬極苦寒，視犬羊軟氄厚毳，有如仙獸。遇

捕執時，自知不免，姑跳踉奔避，冀緩須臾。追得後，蹴踏頭項，拗捩蹄肘，繩勒四足，深至骨，痛若刀劙。或載以舟車，則重疊相壓，肋如欲折，百脈涌塞，腹如欲裂。或貫以竿而扛之，更痛甚三木矣。至屠市，提擲於地，心脾皆震動欲碎。或即日死，或縛至數日，彌難忍受。時見刀俎在左，湯鑊在右，不知著我身時作何痛楚，輒觳觫戰慄不止。又時自顧己身，念將來不知磔裂分散作誰家杯中羹，悽慘欲絕。比受戮時，屠人一牽拽，即惶怖昏瞀，四體皆軟，覺心如左右震蕩，魂如自頂飛出，又復落下。見刀光晃耀，不敢正視，惟瞑目以待刲割。屠人先刺刀於喉，搖撼擺撥，瀉血盆盎中，其苦非口所能道，求死不得，惟有長號。血盡始刺心，大痛遂不能作聲，漸恍惚迷離，如醉如夢，如初轉生時。良久稍醒，自視已為人形矣。冥官以夙生尚有善業，仍許為人，是為今生。頃見此豬，哀其荼毒，因念昔受此荼毒時，又惜此持刀人將來亦必受此荼毒，三念交縈，故不知涕淚之何從也。屠人聞之，遽擲刀於地，竟改業為賣菜傭。

曉園說此事時，李漋川亦舉二事曰：有屠人死，其鄰村人家生一豬，距屠人家四五里，此豬恒至屠人家中臥，驅逐不去。其主人捉去，仍自來。縶以鎖乃已。疑為屠人後身也。又一屠人死越一載餘，其妻將嫁，方綵服登舟，忽一豬突至，怒目眈眈，徑裂婦裙，齧其脛。眾急救護，共擠豬落水，始得鼓棹行。豬自水躍出，仍沿岸急追，適風利揚帆去，豬乃懊喪自歸。亦疑屠人後身，怒其妻之琵琶別抱也。此可為屠人作豬之旁證。又言有屠人殺豬甫死，適其妻有孕，即生一女，落蓐即作豬號聲，號三四日死。此亦可證豬還為人。余謂此即朱子所謂生氣未盡，與生氣偶然湊合者，別自一理，又不以輪迴論也。

汪編修守和為諸生時，夢其外祖史主事珥，攜一人同至家，指示之曰：此我同年紀曉嵐，將來汝師也。因竊記其衣冠形貌。後以己酉拔貢廷試，值余閱卷，擢高等，授官來謁時，具述其事，且云衣冠形貌與今毫髮不差，以為應驗。迨嘉慶丙辰會試，余為總裁，其卷適送余先閱（凡房官薦卷，皆由監試御史先送一主考閱定，而後轉輪公閱），復得中式。殿試以第二人及第，乃知夢為是作也。按人之有夢，其故難明。世說載衛玠問樂令夢，樂云是想，又云是因，而未深明其所以然。戊午夏，從灤陽與伊子墨卿以理推求，有念所專注，凝神生象，是為意識所造之夢，孔子夢見周公是也。有禍福將至，朕兆先萌，與見乎蓍龜、動乎四體相同，是為氣機所感之夢，孔子夢奠兩楹是也。其或心緒瞀亂，精神恍惚，心無定主，遂現種種幻形，如病者之見鬼，眩者之生花，此意想之歧出者也。或吉凶未著，鬼神前知，以象顯示，以言微寓，此氣機之旁召者也。雖變化杳冥，千態萬狀，其大端似不外此。至占夢之說，見於周禮，事近祈禳，禮參巫覡，顧為攻周禮者所疑。然其文亦見於小雅，大人占之，固鑿然古經載籍所傳，雖不免多所附會，要亦實有此

術也惟是男女之愛骨肉之情有凝結思念終不一夢者則意識有時不能造倉卒之患意外之福有忽至而不知者則氣機有時不必感且天下之人如恒河沙數鬼神何獨示夢於此人此人一生得失亦必不一何獨示夢於此事且事不可洩何必示之既示之矣而又隱以不可知之象疑以不可解之語（如酉陽雜俎夢得棗者胡棗字似兩來字重來者呼魄之象其人果死朝野僉載崔湜夢座下聽講而照鏡講座下聽謂從上來鏡字金旁竟也說夢事如此記載者不一而足）是鬼神日日造謎語不已勞乎事關重大示以夢可也而猥瑣小事亦相告語（如敦煌實錄載宋桷夢人坐桶中以兩杖極打之占者以為肉食兩杖象兩箸果得飽肉食之類）不亦褻乎大抵通其所可通其不可通者置而不論可矣至於謝小娥傳其父夫之魂既告以為人劫殺矣自應告以申春申蘭乃以田中走一日夫隱申春以車中猴東門草隱申蘭乃尋索數年而後解不又偵乎此類由於記錄者欲神其說不必實有是事凡諸家所占夢事皆可以是觀之其法非大人之舊也

何純齋何恭惠公之孫也言恭惠公官浙江海防同知時嘗於肩輿中見有道士跪獻一物似夢非夢渙然而醒道士不知所在物則宛然在手中乃一墨晶印章也辨驗其文鐫青宮太保四字殊不解其故後官河南總督卒於任（官制有河東總督河南總督時公以河南巡撫加總督銜故當日有是稱）特贈太子太保始悟印章為神預告也案仕路升沉改移不一惟身後飾終之典乃為一生之結局定命錄載李迥秀自知當為侍中而終於兵部尚書身後乃贈侍中又載張守珪自知當為涼州都督而終於括州刺史身後乃贈涼州都督知神註祿籍追贈與實授等也恭惠公官至總督而神以贈官告其亦此意矣

高冠瀛言有人宅後空屋住一狐不見其形而能對面與人語其家小康或以為狐所助也有信其說者因此人以求交於狐狐亦與款洽一日欲設筵饗狐狐言老而饕餮乃多設酒殽以待比至日暮有數狐醉倒現形始知其呼朋引類來也如是數四疲於供給衣物典質一空乃微露求助意狐大笑曰吾惟無錢供酒食故就君覓也使我多財我當自醉自飽何所取而與君友乎

閱微草堂筆記卷二十二　灤陽續錄四

劉香畹言有老儒宿於親眷家俄主人之婿至無賴子也彼此氣味不相入皆不願同住一屋乃移老儒於別室其婿睨之而笑莫喻其故也室亦雅潔筆硯書籍皆具老儒於燈下寫書寄家忽一女子立燈下色不甚麗而風致頗嫻雅老儒知其為鬼然殊不畏舉手指燈曰既來此不可閒立可剪燭女子遽滅其燈逼而對立老儒怒以手摩硯上墨瀋摑其面而塗之曰以此為識明日尋汝尸劉而焚之鬼呀然一聲去次日以告主人主人曰原有婢死

於此室夜每出擾人故惟白晝與客坐夜無人宿昨無地安置君揣君耆德碩學鬼必不出不虞其仍現形也乃悟其婿竊笑之故此鬼多以月下行院中後家人或有偶遇者即掩面急避他日留心伺之面上仍墨污狼藉鬼有形無質不知何以能受色當仍是有質之物久成精魅借婢幻形耳酉陽雜俎曰郭元振嘗山居中夜有人面如盤瞚目出於燈下元振染翰題其頰曰久戍人偏老長征馬不肥其物遂滅後隨樵閒步見巨木上有白耳大數斗所題句在焉是亦一證也

烏魯木齊農家多就水灌田就田起屋故不能比閭而居往往有自築數椽四無鄰舍如杜工部詩所謂一家村者且人無徭役地無丈量納三十畝之稅即可坐耕數百畝之產故深巖窮谷此類尤多有吉木薩軍士入山行獵望見一家門戶堅閉而院中似有十餘馬鞍轡悉具度必瑪哈沁所據譟而圍之瑪哈沁見勢眾棄鍋帳突圍去眾憚其死鬭亦遂不追入門見骸骨狼藉寂無一人惟隱隱有泣聲尋視見幼童約十三四裸體懸窗櫺上解縛問之曰瑪哈沁四日前來父兄與鬭不勝即一家並被縛率一日牽二人至山谿洗滌而歸共剸割炙食男婦七八人並盡矣今日臨行洗滌我畢將就食中一人搖手止之雖不解額魯特語觀其指畫似欲支解為數段各攜於馬上為糧幸兵至棄去今得更生泣絮絮不止問其孫苦引歸營中姑使執雜役童子因言其家尚有物埋窖中營弁使導往發掘則銀幣衣物甚多細詢童子乃知其父兄並劫盜其行劫必於驛路近山處瞭見一二車孤行前後十里無援者突起殺其人即以車載尸入深山至車不能通則合手以巨斧碎之與首及襆被並投於絕澗惟以馬馱貨去再至馬不能通則又投羈絏於絕澗縱馬任其所往共負之由鳥道歸計去行劫處數百里矣歸而窖藏一兩年乃使人偽為商販繞道至闢展諸處賣於市故多年無覺者而不虞瑪哈沁之滅其門也童子以幼免連坐後亦牧馬墜崖死遂無遺種此事余在軍幕所經理以盜已死遂置無論由今思之此盜蹤跡詭祕猝不易緝乃有瑪哈沁來以報其慘殺之罪瑪哈沁食人無厭乃留一童子以明其召禍之由此中似有神理非偶然也盜姓名久忘惟童子墜崖時所司牒報記名秋兒云

佃戶劉破車婦云嘗一日早起乘涼掃院見屋後草棚中有二人裸臥驚呼其夫來則鄰人之女與其月作人也並僵臥似已死俄鄰人亦至心知其故而不知何以至此以薑湯灌甦不能自諱云久相約而逼仄無隙地乘雨後牆缺天又陰晦知破車草棚無人遂藉草私會倦而憩尚相擁未起忽雲破月來皎然如晝回顧棚中坐有七八鬼指點揶揄遂驚怖失魂至今始醒眾以為奇破車婦云我家故無鬼欲觀戲劇隨之而來先然見戲鬧曰何處無鬼

何處無鬼觀戲劇但人有見有不見耳此事不奇也因憶福建囦關公館（囦關俗謂之水口）大學士楊公督浙閩時所重建值余出巡語余曰公至水口公館夜有所見慎勿怖不為害也余嘗宿是地已下鍵睡因天暑移牀近窗隔紗幌視天晴陰時雖月黑而檐掛六燈尚未燼見院中黑影略似人形在階前或坐或臥或行或立而寂然無一聲夜半再視之仍在至雞鳴乃漸漸宿入地試問驛吏均不知也余曰公為使相當有鬼神為陰從余焉有是公曰不然仙霞關內此地為水陸要衝用兵者所必爭明季唐王國初鄭氏耿氏戰鬬殺傷不知其幾此其沉淪之魄乘室宇空虛而竊據有大官來則避而出耳此亦足證無處無鬼之說

老僕施祥嘗曰天下惟鬼最癡鬼據之室人多不往偶然有客來宿不過暫居耳暫讓之何害而必擾之遇祿命重血氣剛者多自敗甚或符籙劾治更蹈不測即不然而人既不居屋必不葺久而自圮汝又何歸耶老僕劉文斗曰此語誠有理然誰能傳與鬼知汝毋乃更癡於鬼姚安公聞之曰劉文斗正患不癡耳祥小字舉兒與姚安公同庚八歲即為公伴讀數年始能暗誦千字文開卷乃不識一字然天性忠直視主人之事如己事雖嫌怨不避爾時家中外倚祥內倚廖媼故百事皆井井雍正甲寅余年十一元夜偶買玩物祥啟張太夫人曰四官今日游燈市買雜物若干錢固不足惜先生明日即開館不知顧戲弄耶顧讀書耶太

夫人首肯曰汝言是即收而鍵諸篋此雖細事實言人所難言也今眼中遂無此人徘徊四顧遠想慨然

先兄晴湖第四子汝來幼韶秀余最愛之亦頗知讀書娶婦生子後忽患顛狂如無人料理即髮不薙面不盥夏或衣絮冬或衣葛不自知也然亦無疾病似寒暑不侵者呼之食即食不呼之食亦不索或自取市中餅餌呼兒童共食不問其價所殘剩亦不顧惜或一兩日見之不得忽自歸一日徧索無跡或云村外柳林內似彷彿有人趨視已端坐僵矣其為迷惑而死未可知也其或自有所得託以混跡緣盡而化去亦未可知也憶余從福建歸里時見余猶跪拜如禮拜訖卒然曰叔大辛苦余曰是無奈何又卒然曰叔不覺辛苦耶默默退去後思其言似若有意故至今終莫能測之

姚安公言盧江孫起山先生謁選時貧無資斧沿途僱驢而行北方所謂短盤也一日至河間南門外僱驢未得大雨驟來避民家屋檐下主人見之怒曰造屋時汝未出錢築地時汝未出力何無故坐此推之立雨中時河間猶未改題缺起山入都不數月竟掣得是縣赴任時此人識之惶愧自悔謀賣屋移家起山聞之召來笑而語之曰吾何至與汝輩較今既經此後無復然亦忠厚養福之道也因舉一事曰吾鄉有愛蒔花者一夜偶起見數女子立花下皆非素識知為狐魅遽擲以塊曰妖物何得偷看花一女子笑而答曰君自晝賞我自夜遊於君何礙夜夜來此花不損一莖一葉於花又何礙遽見聲色何鄙吝至此耶吾非不能揉碎君花恐人謂我輩所見亦與君等故不為耳飄然共去後亦無他狐尚不與此輩較我乃不及狐耶後此人終不自安移家莫知所往起山嘆曰小人之心竟謂天下皆小人

太原申鐵蟾好以香奩艷體寓不遇之感嘗謁某公未見戲為無題詩曰堊粉圍牆罨畫樓隔窗閒撥細箜篌分（去聲）無信使通青鳥枉遣遊人駐紫騮月姊定應隨顧兔星娥何止待牽牛垂楊球處雕櫳近只恨珠簾不上鈎殊有玉溪生風致王近光曰似不應疑及織女誣蔑仙靈余曰已矣哉織女別黃姑一年一度一相見彼此隔河何事無元微之之詩也海客乘槎上紫微星娥罷織一相聞只應不憚牽牛妒故把支機石贈君李義山詩也微之之意在於雙文義山之意在於令狐文士掉弄筆墨借為比喻初與織女無涉鐵蟾此語亦猶元李之志云爾未為誣蔑仙靈也至於純構虛詞宛如實事指其時地撰以姓名靈怪集所載郭翰遇織女事（靈怪集今佚此條見太平廣記六十八）則悖妄之甚矣夫詞人引用漁獵百家原不必一一核實然過於誣罔亦不可不知蓋自莊列寓言借以抒意戰國諸子雜說彌多讖緯稗官遞相祖述遂有肆無忌憚之時如李冘獨異志誣伏羲兄妹為夫婦已屬喪心張華博物志更誣及尼山尤為狂吠（按張華不應悖妄至此殆後人依託）如是者不一而足今尚流傳可為痛恨又有依傍史文穿鑿鍛

鍊如漢書賈誼傳有太守吳公愛幸之之語駢語雕龍（此書明人所撰陳枚刻之不著作者姓名）遂列長沙於嬖童類中註曰大儒為龍陽史紀高帝本紀稱母媼在大澤中太公往視見有蛟龍其上晁以道詩遂有殺翁分我一杯羹龍種由來事杳冥句以高帝乃龍交所生非太公子左傳有成風私事季友敬嬴私事襄仲之文私事云者密相交結以謀立其子而已後儒拘泥私字雖朱子亦有卻是大惡之言如是者亦不一而足學者當考校真妄均不可炫博矜奇遽執為談柄也

從叔梅庵公言族中有二少年（此余小時聞公所說也忘其字號大概是伯叔行也）聞某墓中有狐遂夜採銃往伏草中伺之以背相倚而睡醒則兩人之髮交結為一貫穿繚繞猝不可解互相牽掣不能行亦不能立稍稍轉動即彼此呼痛膠擾徹曉望見行路者始呼至斷以佩刀狼狽而返憤欲往報父老曰彼無形聲非力所勝且無故而侵彼理亦不直侮實自召又何讐焉讐必敗滋甚二人乃止此狐小虐之使警不深創之以激其必報亦可謂善自全矣然小虐亦足以激怨不如斂戢勿動使伺之無迹彌善也

太和門丹墀下有石匱莫知何名亦莫知所貯何物德眷齋前輩云（於脩名德保與定圃前輩同名乾隆壬戌進士[illegible]）圓裕齋之先德昔管理殿工時嘗開視之以問裕齋曰信然其中

皆黃色細屑僅半邊不能滿凝結如土坏詩當是米穀歲久所化也余謂丹墀左之石闕既灺息檀則此為五穀於理較近且太倉由部中發貯實穀亦貯五穀蓋稼穡惟寶古訓相傳八政首食見於斯範定制之意識淵乎遠矣

宣武門子城內如培塿者五砌之以磚土人云五火神墓明成祖北征時用火仁火義火禮火智火信製飛礮破元兵於亂柴溝後以其術太精恐或為變殺而葬於是立五竿於麗譙側歲時祭之使鬼有所歸不為厲焉後成祖轉生為莊烈帝五人轉生為李自成張獻忠諸賊乃復讐也此齊東之語非惟正史無此文即明一代稗官小說充棟汗牛亦從未言及斯人斯事也戊子秋余見漢軍成校董某言聞之京營舊卒云此水平也京城地勢惟宣武門最低衢巷之水遇雨皆匯於子城每夜雨太驟守卒即起視此培塿水將及頂則呼開門以洩之設頂則門扉為水所壅不能啟矣今日久漸忘或有時阻礙也其城上五竿則與白塔信礮相表裏設聞信礮則晝懸旗夜懸燈耳與五火神何與哉此言似乎近理當有所受之

科場撥卷受撥者意多不愜此亦人情然亦視其卷何如耳壬午順天鄉試余充同考官時閱卷尚不迴避本省得一合字卷文甚工而詩不佳因甫改試詩之制可以恕論遂呈薦主考梁文莊公已取中矣臨填草榜梁公病其何不改乎此度句後下文改字（遂為始吾於人也四字）駁落別撥一合字備卷與余先閱其詩第六聯曰素娥寒對影顧兔夜眠香（題為月中桂）已喜其秀逸及觀其第七聯曰倚樹思吳質吟詩憶許棠遂躍然曰吳剛字質故李賀李憑箜篌引曰吳質不眠倚桂樹露腳斜飛濕寒兔此詩選本皆不錄非曾見昌谷集者不知也華州試月中桂詩舉許棠為第一人棠詩今不傳非曾見王定保摭言計敏夫唐詩紀事者不知也中彼卷之開花臨上界持斧有仙郎何如中此詩乎徵公撥入亦自願易之即朱子頴也放榜後時已九月賓興無襲衣蔣心餘素與唱和借衣與之乃來見以所作詩為贄余丙子扈從古北口時車馬壅塞就旅舍小憩時壁上一詩剝殘過半惟三四句可辨最愛其一水潺喧人語外萬山青到馬蹄前二語以為雲中路繞巴山色樹裏河流漢水聲不是過也惜不得姓名及展其卷此詩在焉乃知鍼芥契合已在六七年前相與嘆息者久之子頴待余最盡禮殁其二子承父之志見余尚依依有情翰墨因緣良非偶爾何當以撥房為親疎哉（余擬江舟中詩曰山色空濛淡似煙參差綠到大江邊斜陽流水推篷坐處處閒人上船實從其山句奪胎以語子頴曰先人言青出於藍今日乃藍出於青子頴遙擲處似默可此亦詩壇之佳話并附錄於此）

師介野園先生官禮部侍郎扈從南巡卒於路卒前一夕有星隕於舟前卒後京師尚未知施夫人夢公乘馬至門前騎從甚多然佇立不肯入但遣人傳語曰家中好自料理吾去矣匆匆竟過夢中以為時方扈從疑或有急差遣故不暇入覺後乃驚惕比凶問至即公卒之

夜也公儀掌文柄四主會試四主鄉試其他雜試殆不可縷數嘗有恩榮宴詩曰鵷鷺新班宴御園（鵷鷺新班不知出典嘗時擬問公竟因循忘之）推頹老鶴也乘軒龍津橋上黃金榜四見門生作狀元丁丑年作也于文襄公亦贈以聯曰天下文章同軌轍門牆桃李半公卿可謂儒者之至榮然日者推公之命云終於一品武階他日或以將軍出鎮耶公笑曰信如君言則將畢不好武矣及公卒聖心悼惜特贈都統蓋公雖官禮部而兼攝副都統其扈從也以副都統班行故即武秩進一階日者之術亦可云有驗矣

乩仙多偽託古人然亦時有小驗溫鐵山前輩（名溫敏乙丑進士官至盛京侍郎）嘗遇扶乩者問壽幾何乩判曰甲子年華有二秋以為當六十二後二年卒乃知二秋為二年也蓋靈鬼時亦能前知也又聞山東巡撫國公扶乩問壽乩判曰不知問仙人豈有所不知判曰他人可知公則不可知修短有數常人盡其所稟而已若封疆重鎮操生殺予奪之權一政善則千百萬人受其福壽可以增一政不善則千百萬人受其禍壽亦可以減此即司命之神不能預為註定何況於吾豈不聞蘇頲誤殺二人減二年壽婁師德誤殺二人減十年壽耶然則年命之事公當自問不必問吾也此言乃鑿然中理恐所遇竟真仙矣

族叔育萬言張歌橋之北有人見黑狐醉臥場屋中（場中守視禾麥小屋俗謂之場屋）初欲擒捕既而念狐能致財乃覆以衣而坐守之狐睡醒伸縮數四即成人形甚感其護視遂相與為友狐亦時有所饋贈一日問狐曰設有人匿君家君能隱蔽勿露乎曰能又問君能憑附人身狂走乎曰亦能此人即悉曰吾家酷貧君所患不足以贍而又愧於數賫君今里中某甲甚富而甚畏訟頃聞覓一婦司庖吾欲使婦往應居數日伺隙逃出藏君家而吾以失婦陽欲訟婦尚粗有姿首可誣以誘匿多金得金之後公憑附使奔至某甲別墅中然後使人覓得則承惠多矣狐如所言果得多金覓婦返後某甲以在其別墅亦不敢復問然此婦狂疾竟不愈恒自粧飾夜似與人共媟笑而禁其夫勿使前急往問狐狐言無是理試往偵之俄歸而頓足曰敗矣是某甲家樓上狐悅君婦之色乘吾出而彼入也此狐非我所能敵無如何矣此人固懇不已狐正色曰譬如君里中某暴橫如虎使彼強據人婦君能代爭乎後其婦癲癇日甚且具發其夫之陰謀鍼灸劾治皆無效卒以瘵死里人皆曰此人狡黠如鬼而又濟以狐之幻宜無患矣不虞以狐召狐如螳螂黃雀之相伺也古詩曰利旁有倚刀貪人還自賊信矣

門人王廷紹言圻州有以貧鬻婦者去幾二載忽自歸云初彼買時引至一人家旋有一道士至攜之入山意甚疑懼然業已賣與無如何道士令閉目即閉兩耳風飈飈俄令開目已

在一高峯上。室廬華潔。有婦女二十餘人共來問訊。云此是仙府。無苦也。因問到此何事。曰更番侍祖師寢耳。此間金銀如山積。珠翠錦繡嘉飾珍果。皆役使鬼神隨呼立至。服食日用皆比擬王侯。惟每月一回小痛楚。亦無害也。因指曰。此處倉庫。此處庖廚。此我輩居處。此祖師居處。指最高處兩室曰。此祖師拜月拜斗處。此祖師鍊銀處。亦有給使之人。然無一男子也。自是每白晝則呼入薦枕席。至夜則祖師升壇禮拜。始各歸寢。惟月信落紅後。則淨褫內外衣。以紅絨為巨綆縛大木上。手足不能絲毫動。併以綿丸窒口。喑不能聲。祖師持金管如箸。尋視脈穴刺入兩臂兩股肉內。吮吸其血。頗為酷毒。吮吸後以藥末糝瘡孔。即不覺痛。頃刻結痂。次日痂落如初矣。其地極高。俯視雲雨皆在下。忽一日。狂飈陡起。黑雲如墨壓山頂。雷電激射。勢極可怖。祖師惶遽呼二十餘女並裸露環抱其身。如肉屏風。火光入室者數次。皆一掣即退。俄一龍爪大如箕。於人叢中攫祖師去。霹靂一聲。山谷震動。天地晦冥。覺昏昏如睡夢。稍醒則已臥道旁。詢問居人。知去家僅數百里。乃以臂釧易敝衣遮體。乞食得歸也。忻州人尚有及見此婦者。面色枯槁。不久患瘵而卒。蓋精血為道士採盡矣。據其所言。蓋即燒金御女之士。其術靈幻如是。尚不免於天誅。況不得其傳。徒受妄人之蠱惑。而冀得神仙。不亦傎哉。

江南吳孝廉。朱石君之門生也。美才夭逝。其婦誓以身殉。而屢縊不能死。忽燈下孝廉形見曰。易綵服則死矣。從其言。果絕。孝廉鄉人錄其事徵詩。作者甚夥。余亦為題二律。而石君為作墓誌。於孝廉之坎坷。烈婦之慷慨。皆深致悼惜。而此事一字不及。或疑其鄉人之粉飾。余曰。非也。文章流別。各有體裁。郭璞註山海經穆天子傳。於西王母事鋪敘綦詳。其註爾雅釋地。於西至西王母句。不過曰。西方昏荒之國而已。不更益一語也。蓋註經之體裁。當如是耳。金石之文。與史傳相表裏。不可與稗官雜記比。亦不可與詞賦比。石君博極羣書。深知著作之流別。其不著此事於墓誌。古文法也。豈以其偽而削之哉。余老多遺忘。記孝廉名承烈。婦之姓氏竟不能憶。姑存其略於此。俟扈蹕回鑾。當更求其事狀詳著之焉。

老僕施祥。嘗乘馬夜行。至張白。四野空曠。黑暗中有數人擲沙泥。馬驚嘶不進。祥知是鬼。叱之曰。我不至爾墟墓間。何為犯我。鬼揶揄曰。自作劇耳。誰與爾論理。祥怒曰。既不論理。是尋鬭也。即下馬以鞭橫擊之。喧鬨良久。力且不敵。馬又跳踉掣手。肘意方窘急。忽遙見一鬼狂奔來。厲聲呼曰。此吾好友。爾等毋造次。羣鬼遂散。祥上馬馳歸。亦不及問其為誰。次日攜酒於昨處奠之。祈示靈響。寂然不應矣。祥之所友。不過廝養屠沽耳。而九泉之下。故人之情乃如是。

門人吳鍾僑。嘗作如願小傳。寓言滑稽。以文為戲也。後作蜀中一令。值金川之役。以監運大藥歿於路。詩文皆散佚。惟此篇偶得於故紙中。附錄於此。其詞曰。如願者。水府之女神。昔彭澤清洪君以贈廬陵歐明者是也。以事事能給人之求。故有是名。水府在在皆有之。其遇與不遇。則繫人之祿命耳。有四人同訪道。涉歷江海。遇龍神召之曰。鑒汝等精進。今各賜如願一。即有四女子隨行。其一人求無不獲。意極適。不數月病且死。女子曰。今世之所享。皆前生之所積。君夙生所積。今數月銷盡矣。請歸報命。是人果不起。又一人求輒不獲。意猶未已。至冬月求鮮荔巨如瓜者。女子曰。豁壑可盈。是不可餍。非神道所能給。亦辭去。又一人所求有獲有不獲。以咎女子。女子曰。神道之力。亦有差等。吾有能致。不能致也。然日中必昃。月盈必虧。有所不足。正君之福。不見彼先逝者乎。是人惕然。女子遂隨之不去。又一人雖得如願。未嘗有求。如願時為自致之。亦蹙然不自安。女子曰。君道高矣。君福厚矣。天地鑒之。鬼神佑之。無求之獲。十倍有求。可無待乎我。我惟陰左右之而已矣。他日相遇。各道其事。或喜或悵曰。惜哉逝者之不聞也。此鍾僑弄筆狡獪之文。偶一為之。以資懲勸。亦無不可。如累牘連篇。動成卷帙。則非著書之體矣。

郭石洲言。河南一巨室。宦成歸里。年六十餘矣。强健如少壯。恒蓄幼妾三四人。至二十歲則治奩具而嫁之。皆宛然完璧。娶者多陰頌其德。人亦多樂以女鬻之。然在其家時。枕衾狎昵。與常人同。或以為但取紅鉛供藥餌。或以為徒悅耳目。實老不能男。久而知其蓄也。覆其家婢媼私洩之。實使女而男淫耳。有老友密叩虛實。殊不自諱。曰。吾血氣尚盛。不能絕嗜慾。御女猶可以生子。實懼為身後累。欲漁男色。又懼為艾豭之事為子孫羞。是以出此間道也。此事奇創。古所未聞。夫閨房之內。何所不有。牀笫之事。可勿深論。惟歲歲轉易。使良家女得再嫁名。似於人有損。而不稽其婚期。不損其貞體。又似於人有恩。此種公案。竟無以斷其是非。戈芥舟前輩曰。是不難斷。直恃其財。法外縱淫耳。昔賈二東之行劫。必留其衆衣衾還鄉之資斧。自以為德。此老之有恩。亦若是而已矣。

里有丁一士者。矯捷多力。兼習技擊超距之術。兩三丈之高。可翩然而上。兩三丈之澗。可翩然越也。余幼時猶及見之。嘗求覩其技。使余立一過廳中。余面向前門。則立前門外面相對。余轉面向後門。則立後門外面相對。如是者七八度。蓋一躍即飛過屋脊耳。後過杜林鎮。遇一友邀飲橋畔酒肆中。酒酣。共立河岸。友曰。能越此乎。一士應聲聳身過。友招使還。應聲又至。足甫及岸。不虞岸已將圮。近水陡立處開裂有紋。一士未見。誤蹋其上。岸崩二尺許。遂隨之墜河。順流而去。素不習水。但從波心踊起數尺。能直上而不能旁近岸。仍墮水中。如是數四。

力盡竟溺斃蓋天下之患莫大於有所恃恃財者終以財敗恃勢者終以勢敗恃智者終以智敗恃力者終以力敗有所恃則敢於蹈險故也田侯松巖於灤陽買一勞山杖自題詩曰月夕花晨伴我行路當坦處亦防傾敢因恃爾心無慮便向崎嶇步不平斯真閱歷之言可賞而佩者矣

滄州憩水井有老尼曰慧師父不知其為名為號亦不知是此慧字否但相沿呼之云爾余幼時嘗見其出入外祖張公家戒律謹嚴併糖不食曰糖亦豬脂所點成也不衣裘曰寢皮與食肉同也不衣綢絹曰一尺之帛千蠶之命也供佛麪筋必自製曰市中皆以足踹也焚香必敲石取火曰竈火不潔也清齋一食取足自給不營營募化外祖家一僕婦以一布為施尼熟視識之曰布施須用己財方為功德宅中為失此布皆小婢數人佛豈受如此物耶婦以情告曰初謂布有數十疋未必一一細檢故偶取其一不料眾人受捶楚日相詛咒心實不安故布施求懺罪耳尼擲還之曰然則何不擲送原處人亦得白汝亦自安耶僕婦死數年其弟子乃泄其事故人得知之乾隆甲戌乙亥間年已七八十矣忽過余家云將詣潭柘寺禮佛為小尼受戒余偶話前事搖首曰實無此事小妖尼饒舌耳相與歎其忠厚臨行索余題佛殿一額余屬趙春澗代書合掌曰誰書即乞題誰名佛前勿作誑語為易趙名乃持去後不再來近問滄州人無識之者矣又景城天齊廟一僧住持果成之第三弟子士人敬之無不稱曰三師父遂佚其名果成弟子頗不肖多散而託鉢四方惟此僧不墜宗風無大刹知客市井氣亦無法座禪師驕貴氣戒律精苦雖千里亦打包徒步從不乘車馬先兄晴湖嘗遇之中途苦邀同車終不肯也官吏至廟待之禮無加田夫野老至廟待之禮不減多布施少布施無布施待之禮如一禪誦之餘惟端坐一室入其廟如無人者其行事如是焉而已然里之男婦無不曰三師父道行清高及問其道行安在清高安在則茫然不知應其所以感動人心正不知何故矣嘗以問姚安公公曰據爾所見有不清不高處耶無不清不高即清高矣爾必欲錫飛杯渡乃為善知識耶此一尼一僧亦彼法中之獨行者矣三師父涅槃不又其名當有人知俟見時試撤燬巢使歸而鎖之廟中

九州之大姦盜事無地無之亦無日無之均不為異也至盜而稍別於盜究不能不謂之盜姦而稍別於姦究不能不謂之姦斯為異矣盜而人許遂其盜姦而人許遂其姦斯更異矣乃又相觸立翁相牽立息發如鼎沸息如雷掣不尤異之異乎舅氏安公五章言有中年失偶者已有子矣復買一有夫之婦幸控制有術猶可相安既而是人死平日私蓄悉在此婦手其子微聞而索之事無佐證婦勿承也後偵知其藏貯處乃夜中穴壁入室方開篋攜出婦覺大號有賊家眾驚起各持械入其子倉皇從穴出迎擊之立踣即從穴入搜餘盜聞牀下喘息有聲群呼尚有一賊共曳出縶縛比燈至審視則破額昏仆者其子牀下乃其故夫也其子甦後與婦執一詞子云子取父財不為盜婦云妻歸前夫不為姦子云前夫可再合而不可私會婦云父財可索取而不可穿窬互相詬誶勢不相下次日族黨密議謂洩盜兩敗徒玷門風乃陰為調停使盡留金與其子而聽婦自歸故夫其難乃畢然已鼓鐘於宮聲聞於外矣先叔儀南公曰此事巧於相值天也所以致有此事則人也不納此有夫之婦子何由而盜婦何由而姦哉彼所恃者力能箝馭耳不知能箝馭於生前而不能箝馭於身後也

閱微草堂筆記卷二十三

灤陽續錄五

戴東原言其族祖某嘗僦僻巷一空宅久無人居或言有鬼某厲聲曰吾不畏也入夜果燈下見形陰慘之氣砭人肌骨一巨鬼怒叱曰汝果不畏耶某應曰然遂作種種惡狀良久又問曰仍不畏也又應曰然鬼色稍和曰吾亦不必定驅汝怪汝大言耳汝但言一畏字吾即去矣某怒曰實不畏汝安可詐言畏任汝所為可矣鬼言之再四某終不答鬼乃太息曰吾住此三十餘年從未見強項似汝者如此蠢物豈可與同居奄然滅矣或咎之曰畏鬼者常人之情也謬答以畏可息事寧人彼此相激伊於胡底乎某曰道力深者以定靜祛魔吾非其人也以氣凌之則氣盛而鬼不逼稍有牽助則氣餒而鬼乘之矣彼多方以餌我幸未中其機械也論者以其說為然

飲食男女人生之大欲存焉于名義瀆倫常敗風俗皆王法之所必禁也若癡兒騃女情有所鍾實非大悖於禮者似不必苛以深文余幼聞某公在郎署時以氣節嚴正自任嘗指小婢配小奴非一年矣往來出入不相避也一日相遇於庭某公亦適至見二人笑容猶未斂怒曰是淫奔也於律姦未婚妻者杖遂至呼杖眾言兒女戲嬉實無所染婢眉與乳可驗也某公曰於律謀而未行僅減一等減則可免則不可卒並杖之創幾殆自以為河東柳氏之家法不是過也自此惡其無禮故稽其婚期二人遂同役之際舉足趦趄無事之時望影藏匿跛前疐後日不聊生漸鬱悒成疾不半載內先後死其父母哀之乞合葬某公仍怒曰嫁殤非禮豈不聞耶亦不聽後某公歿時口喃喃似與人語不甚可辨惟非我不可於禮不可二語言之十餘度了了分明咸疑其有所見矣夫男女非有行媒不相知名古禮也某公於孩稚之時即先定婚姻使明知為他日之夫婦朝夕聚處而欲其無情不能也內言不出於閫外言不入於閫古禮也某公僮婢無多不能使各治其事時時親相授受而欲其不通一

語又必不能也。其本不正，故其末不端，是二人之越禮，實主人有以成之，乃操之已甚，處之過當，死者之心能甘乎？寃魄為厲，猶以於禮不可為詞，其斯以為講學家乎。

山西人多商於外，十餘歲輒從人學貿易，俟蓄積有貲，始歸納婦，後仍出營利，率二三年一歸省，其常例也。或命途蹇剝，或事故縈牽，一二十載不得歸，甚或金盡裘敝，恥還鄉里，音問不通者，亦往往有之。有李甲者，轉徙為鄉人靳乙養子，因冒其姓，家中不得其蹤跡，遂傳為死。俄其父母並逝，婦無所依，寄食於母族舅氏家。其舅本住鄭縣，又挈家逐什一，商船南北，歲無定居。甲久不得家書，亦以為死。靳乙謀為甲娶婦，會婦舅旅卒，家屬流寓於天津，念婦少寡非長計，亦謀嫁於山西人，他時尚可歸鄉里，懼人嫌其無母家，因詭稱己女。眾為媒合，遂成其事。合卺之夕，以別已八年，兩懷疑而不敢問。宵分私語，乃始了然。甲怒其未得實據而遽嫁，且詬且毆，合家驚起。靳乙隔窗呼之曰：汝之再娶，有婦亡之實據乎？且流離播遷，待汝八年而後嫁，亦可諒其非得已矣。甲無以應，遂為夫婦如初。破鏡重合，古有其事；若夫再娶而仍元配，婦再嫁而未失節，載籍以來，未之聞也。姨丈衛公可亭曾親見之。

滄州酒，阮亭先生謂之麻姑酒，然土人實無此稱。著名已久，而論者頗有異同。蓋舟行來往，皆沽於岸上肆中，村釀薄酗，殊不足辱杯斝。又土人防徵求無饜，相戒不以真酒應官，雖笞捶不肯出，十倍其價亦不肯出，保陽制府尚不能得一滴，他可知也。其酒非市井所能釀，必舊家世族代相授受，始能得其水火之節候。水雖取於衛河，而黃流不可以為酒，必於南川樓下，如金山取江心泉法，以錫罌沉至河底，取其地涌之清泉，始有沖虛之致。其收貯畏寒畏暑畏濕畏蒸，犯之則味敗。其新者不甚佳，必庋閣至十年以外，乃為上品，一罌可值四五金。然互相饋贈者多，恥於販鬻。又大姓若戴呂劉王若張衛，率多零替，釀者亦稀，故尤難得。或運於他處，無論肩運車運舟運，一搖動即味變。運到之後，必安靜處澄半月，其味乃復。取飲注壺時，當以杓平挹，數擾攪則味亦變，再澄數日乃復。姚安公嘗言：飲滄酒禁忌百端，勞苦萬狀，始能得花前月下之一酌，實功不補患，不如遣小豎隨意行沽，反陶然自適，蓋以此也。其驗真偽法：南川樓水所釀者，雖極醉，膈不作惡，次日醉亦不病酒，不過四肢暢適，恬然高臥而已；其但以衛河水釀者則否。驗新陳法：凡庋閣二年者，可再溫一次；十年者溫十次如故，十一次則味變矣；一年者再溫即變，二年者三溫即變。毫釐不能假借，莫知其所以然也。董曲江前輩之叔名思任，最嗜飲，牧滄州時，知佳酒不應官，百計勸諭，人終不肯破禁約。罷官後再至滄州，寓李進士銳巔家，乃盡傾其家釀。語銳巔曰：吾深悔不早罷官。此雖一時之戲語，亦足見滄酒之佳者不易得矣。

先師李又聃先生言：東光有趙氏者（先生曾舉其字，今不能記，似尚是先生之尊行），嘗過清風店，招一小妓侑酒。偶語及某年宿此，曾招一麗人，留連兩夕，計其年今未滿四十。因舉其小名，妓駭曰：是我姑也，今尚在。明日同至其家，宛然舊識。方握手寒溫，其祖姑聞客出視，又大駭曰：是東光趙君也，三十餘年不相見，今鬢雖欲白，形狀聲音尚可略辨，君號非某耶？問之，亦少年過此所押也。三世一堂，都無避忌，傳杯話舊，惘惘然如在夢中。又住其家兩夕而別。別時言祖籍本東光，自其翁始遷，斯今四世矣，不知祖墓猶存否。因舉其翁之名，乞為訪問。趙至家後，偶以問鄉之耆舊，一人愕然良久曰：吾今乃始信天道。是翁即君家門客，君之曾祖與人訟，此翁受怨家金，陰為反間，訟因不得直。日久事露，愧而挈家逃，以為在海角天涯矣，不意竟與君遇，使以三世之婦償其業債也。吁，可畏哉。

又聃先生又言：有安生者，頗聰穎，忽為眾狐女攝入承塵上，吹竹調絲，行炙勸酒，極媟狎冶蕩之致，隔紙聽之甚了了，而承塵初無微隙，不知何以入也。燕樂既終，則自空而下，頭面皆傷損，或至破骨流血，調治稍愈，又攝去如初。毀其承塵，則攝置屋頂，其擲下亦如初。然生殊不自言苦也。生父購得一符，懸壁上，生見之即戰栗伏地，魅亦隨絕。問生符上何所見，云初不見符，但見兵將擐戈甲晃耀而已。此狐以為彎耶，不應有燕昵之歡；以為媚耶，不應有撲擲之酷。忽喜忽怒，均莫測其何心。或曰：是警也媚之，乃死而不悟。然媚即足以致死，又何必多此一擲耶。

李滙川言：有嚴先生，忘其名與字，值鄉試期近，學子散後，自燈下夜讀。一館僮送茶入，忽失聲仆地，盞碎琤然。嚴驚起視，則一鬼披髮瞪目立燈前。嚴笑曰：世安有鬼，必黠盜飾此狀，欲我走避耳。我無長物，惟一枕一席爾，可別往。鬼仍不動。嚴怒曰：尚欲給人耶？舉界尺擊之，訇然而滅。嚴周視無迹，沉吟曰：竟有鬼耶？既而曰：魂升於天，魄降於地，此理甚明，世安有鬼，殆狐魅耳。仍挑燈琅琅誦不輟。此生崛強，可謂至極，然鬼亦竟避之。蓋執拗之氣，百折不回，亦足以勝之也。又聞一儒生夜步廊下，忽見一鬼，呼而語之曰：亦曾為人，何一作鬼便無人理？豈有深更昏黑，不分內外，竟入庭院者哉？鬼遂不見。此則心不驚怖，故神不瞀亂，鬼亦不得而侵之。又故城沈丈豐功（諱鼎勳，姚安公之同年），嘗夜歸遇雨，泥潦縱橫，與一奴扶掖而行，不能辨路。經一廢祠，舊云多鬼。沈丈曰：無人可問，且寺中覓鬼問之。徑入，繞殿廊呼曰：鬼兄鬼兄，借問前途水深淺。寂然無聲。沈丈笑曰：想鬼俱睡，吾亦且少憩。遂借奴倚柱睡至曉。此則襟懷灑落，故作游戲耳。

阿文成公平定伊犁時，於空山捕得一瑪哈沁，詰其何以得活，曰：打牲為糧耳。問潛伏已久安得如許大藥曰蜣螂曝乾爲末以鹿血調之曝乾亦可以代大藥但比硝磺力稍弱耳又一家古白吉云鳥銃貯火藥鉛丸後再取一乾蜣螂以細杖送入則比尋常可遠出一二十步此物理之不可解者然試之均驗又瘍醫殷贊庵云水銀能蝕五金金遇之則白鉛遇之則化凡戰陣鉛丸陷入骨肉者割取至爲楚毒但以水銀自創口灌滿其鉛自化爲水隨水銀而出此不知驗否然於理可信

田白巖言有士人僦居僧舍壁懸美人一軸眉目如生衣褶飄飄如動士人曰上人不畏撥禪心耶僧曰此天女散花圖堵芬木畫也在寺百餘年矣亦未暇細觀一夕燈下注目見畫中人似凸起一二寸士人曰此西洋界畫故視之若低昂何堵芬木也畫中忽有聲曰此妾欲下君勿訝也士人素剛直厲聲叱曰何物妖鬼敢媚我遽掣其軸欲就燈燒之軸中絮泣曰我鍊形將成一付祝融則形消神散前功付流水矣乞賜哀憐且不祈僧聞儆擾急來視士人告以故僧憬然曰我弟子居此室患瘵死非汝之故耶畫不應既而曰佛門廣大何所不容和尚慈悲宜見救度士怒曰汝殺一人矣今再縱汝不知當更殺幾人是惜一妖之命而戕無算人命也小慈是大慈之賊上人勿恡遂投之爐中煙焰一熾血腥之氣滿室疑所殺不止一人矣後入夜或嚶嚶有泣聲士人曰妖之餘氣未盡恐久且復聚成形破除邪者惟陽剛乃市爆竹之成串者十餘(京師謂之火鞭)總結其信線爲一聞聲時驟然爇之如雷霆砰磕窗扉皆震自是遂寂除惡務盡此士人有焉

有與狐爲友者天狐也有大神術能攝此人於千萬里外凡名山勝境恣其遊眺彈指而去彈指而還如一室也嘗云惟賢聖所居不敢至真靈所駐不敢至餘則披圖按籍惟意所如耳一日此人祈狐曰君能攜我於九州之外能置我於人閨閣中乎狐問何意曰吾嘗出入於某友家預後庭綠竹之宴其愛妾與吾目成雖一語未通而兩心互照但門庭深邃盈盈一水徒悵望耳君能於夜深人靜攜我至其繡闥吾事必諧狐沉思良久曰事無不可如主人在何曰吾偵其宿他姬所而往也後果偵得實祈狐偕往狐不俟其衣冠遽攜之飛行至一處曰是矣瞥然自去此人暗中摸索不聞人聲惟覺觸手皆卷軸乃主人之書樓也知爲狐所弄倉皇失措誤觸一几倒器玩落板上碎聲砰然守者呼有盜僮僕分至啟鎖明燭執械入見有人瑟縮屏風後共前擊仆以繩急縛就燈下視之識爲此人均大駭愕此人故狡黠詭言偶與狐友忤被提至此主人故稔知之拊掌揶揄曰此狐惡作劇欲我痛扶君耳姑免笞遂出因遣奴送歸他日與所親密言之且詈曰狐果非人與我相交十餘年乃賣我至此所親怒曰君與某交已不止十餘年乃借狐之力欲亂其閨閣此誰非人耶狐雖憤君

無義以游戲儆君而仍留君自解之路忠厚多矣使待君華服盛飾潛置其主人臥榻下君將何詞以自文由此觀之彼狐而人君人而狐者也尚不自反耶此人愧沮而去狐自此不至所親亦遂與絕郭彤綸與所親有瓜葛故得其詳

老儒劉泰宇名定光以舌耕爲活有浙江醫者某攜一幼子流寓二人甚相得因卜鄰子亦韶秀禮泰宇爲師醫者別無親屬濒死託孤於泰宇泰宇視之如子適寒冬夜與共被有楊甲爲泰宇所不禮因造謗曰泰宇以故人之子爲孌童泰宇憤恚問此子知尚有一叔爲糧艘旗丁掌書算因攜至滄州河干借小屋以居見浙江糧艘一一呼之問有某先生否數日竟得之乃付以姪其叔泣曰夜夢兄云姪當歸故日日獨坐舵樓望兄又云楊某之事吾得直於神矣則不知所云也泰宇亦不明言悒悒自歸迂儒拘謹恒念此事無以自明因鬱結發病死燈前月下楊恒見其怒目視楊故獷悍不以爲意數載亦死妻別嫁遺一子亦韶秀有官室輕薄子誘爲孌童招搖過市見者皆太息泰宇或云肅寧人或云任邱人或云高陽人不知其審大抵在河間之西也跡其平生所謂歿而可祠於社者數此事在康熙中年三從伯燦宸公喜談因果嘗舉以爲戒久而忘之戊午五月十二日住密雲行帳夜半睡醒忽然憶及悲其名氏翳如至灤陽後爲錄大畧如右

常寺福鎮番人康熙初隨衆剽掠捕得當斬曾伯祖光吉公時官鎮番守備奇其狀貌請於副將韓公免之且補以名糧收爲親隨光吉公罷官歸送公至家因留不返從伯祖鍾秀公嘗曰常寺福矯捷絕倫少時嘗見其以兩足挂明樓雉堞上倒懸而掃磚線之雪四圍皆淨(劇盜多能以足向上手向下倒抱樓角而登近城堞處以磚凸出三寸四圍嵌之則不能登以足不能懸空也俗謂之[illegible])持帚翩然而下如飛鳥落地眞健兒也後光吉公爲娶妻生子聞今尚有後人爲四房佃種云

門聯唐末已有之蜀辛寅遜爲孟昶題桃符新年納餘慶嘉節號長春二語是也但今以畫箋書之爲異耳余鄉張明經晴嵐除夕前自題門聯曰三間東倒西歪屋一個千鎚百鍊人適有鍛鐵者求彭信甫書門聯信甫戲書此二句與之兩家望衡對宇見者無不失笑二人本辛酉拔貢同年頗契厚坐此竟成嫌隙凡戲無益此亦一端又董曲江前輩喜諧謔其鄉有演劇送葬者乞曲江於臺上題一額曲江爲書弔者大悅四字一邑傳爲口實致此人終身切齒幾爲其所搆陷後曲江自悔嘗舉以戒友朋云

董秋原言有張某者少遊州縣中年度足自贍即閉居以蒔花種竹自娛偶外出數日其婦暴卒不及臨訣心恒悵悵如有失一夕燈下形見悲喜相持婦曰自被攝後有小罪過待發遣遂羈絆至今今幸勘結得入輪迴以距期尚數載感君憶念祈於冥官來視君亦夙緣之

未盡也。遂相繾綣，如平生。自此人定恒來，雞鳴輒去。嬿婉之意有加，然不一語及家事，亦不甚問兒女。曰：人世囂雜，泉下人得離苦海，不欲聞之矣。一夕，先數刻至，與語不甚答，曰：少遲君自悟耳。俄又一婦搴簾入，形容無二，惟衣飾差別。見前婦驚卻。前婦叱曰：淫鬼假形媚人，神明不汝容也。後婦狼狽出門去。此婦乃握張泣。張惝恍莫知所為。婦曰：凡餓鬼必託名以求食，淫鬼多假形以媚人，世間靈語，往往非真。此鬼本西市娼女，乘君思憶，投隙而來，以盜君之陽氣。適有他鬼告我，故投訴社公，來為君驅除。彼此時諒已受笞矣。問：今在何所？曰：與君本有再世緣，因奉事翁姑，外執禮而心怨望，遇有疾病，雖不冀其死，亦不迫切求其生，為神道所錄，降為君妾。又因懷挾私憤，以語激君，致君兄弟不甚睦，再降為媵婢，須後公二十餘年生。今尚浮游墟墓間也。張牽引入幃，曰：幽明路隔，恐干陰譴，來生會了此願耳。嗚咽數聲而滅。時張父母已故，惟兄別居，乃詣兄具述其事，友愛如初焉。

有嫠婦年未二十，惟一子，甫三四歲，家徒四壁，又鮮族屬，乃議嫁。婦色頗艷，其表戚某甲密遣一嫗說之曰：我於禮無娶汝理，然思汝至廢眠食，汝能託言守志而私昵於我，每月給資若干，足以贍母子。兩家雖各巷，後屋則僅隔一牆，梯而來往，人莫能覺也。婦惑其言，遂出入如外婦。人疑婦何以自活，然無跡可見，姑以為尚有蓄積而已。久而某甲奴婢洩其事，其子幼，即遣就外塾，宿至十七八，亦稍聞繁言，每泣諫，婦不從，狎昵雜坐，反故使見聞，冀杜其口。子恚甚，遂白晝入某甲家，剚刃於心，出於背，而以借貸不遂，遘其輕薄，怒激致殺，首於官。官廉得其情，百計開導，卒不吐實，竟以故殺論抵。鄉鄰哀之，好事者欲以片石表其墓，已文於朱梅崖前輩。先一夕，夢是子容色慘沮，對而拱立，至是憬然曰：是可毋作也。不書其實，則一凶徒耳，烏乎表。書其實，則彰孝子之名，適以傷孝子之心，非所以妥其靈也。遂力沮罷其事。是夕，又夢其拜而去。是子也，甘隕其身以報父仇，復不彰母過以為父辱，可謂善處人倫之變矣。或曰：斬其宗祠，祖宗恫焉。盍待生子而為之乎？是則講學之家責人無已，非余之所敢聞也。

小人之謀，無往不福君子也。此言似迂，而實信。李雲舉言：其兄憲威官廣東時，聞一游士，性迂僻，過嶺干謁親舊，頗有所獲，歸裝襆被衣履之外，獨有二巨篋，其重四人乃能舁，不知其何所攜也。一日，至一換舟處，兩舷相接，束以巨絙，扛而過，忽四絙皆斷，如刀截，訇然墮板上，兩篋皆破裂，頗足悼惜，急開檢視，則一貯新端硯，一貯英德石也。石篋中白金一封，約六七十兩，紙裹亦綻，方拈起審視，失手落水中，倩漁戶投水求之，僅得一半。方懊喪間，同來舟子遽賀曰：盜為此二篋相隨已數日，以岸上有人家，不敢發。吾惴惴不敢言，今見非財物，已唤

而散矣。君真福人哉！抑陰功得神佑也？同舟一客私語曰：渠有何陰功，但新有一癡事耳。渠在粵，自嘗以百二十金託逆旅主人買一妾，云是一年餘新婦，貧不舉火，故鬻以自活。到門之日，其翁姑及婿俱來送，皆羸疾如乞丐。臨入房，互相抱持痛哭訣別，已分手，猶追數步，更絮語。媒嫗強曳婦入，其翁抱數月小兒，向渠叩首曰：此兒失乳，生死未可知，乞容其母暫一乳，且延今日，明日再作計。渠忽躍然起曰：吾謂婦見出耳，今見情狀，淒動心脾，即引汝婦去，金亦不必償也。古今人相去不遠，馮京之婦，吾豈不能為哉？竟對眾焚其券。不知乃主人窺其忠厚，偽飾己女以紿之，倘其竟納，又別有狡謀也。同寓皆知，渠至今未悟，豈鬼神即錄為陰功耶？又一客曰：是陰功也。其事雖癡，其心則實出於惻隱，鬼神鑒察其心而已矣。今日免禍，即謂緣此事可也。彼逆旅主人尚不知究竟何如耳。先師又聃先生，雲舉兄也，謂雲舉曰：吾以此客之論為然。余又憶姚安公言：田丈耕野西征時，遣平魯路守備李虎偕二千總將三百兵出游徼，猝遇額魯特自間道來，二千總啟虎曰：賊馬健，退走必為所及，請公率前隊扼山口，我二人率後隊助之，賊不知我多寡，猶可守。虎以為然，率眾力鬬，二千總已先遁，蓋紿虎與戰，以稽時刻，虎敗則去已遠也。虎遂戰歿。後廕其子先捷如父官，此雖受紿而貽然受紿，適以成其忠，故曰小人之謀，無往不福君子也。此書似迂，而實確。

雲舉又言：有人富甲一鄉，積粟千餘石，遇歲歉，閉不肯糶。忽一日，徽集僕隸，陳設概量，手書一紅箋榜於門，曰：歲歉人饑，何心獨飽？今擬將曆年積粟，盡貸鄉鄰，每人以一石為律，即日各具囊篋赴領，遲則粟盡矣。附近居民聞聲雲合，不一日而粟盡。有親見主人申謝者，則主人不知所往矣。呈遍大索，乃得於久錮敝屋中，酣眠方熟，人至，始欠伸，眾驚譁，披起於身畔得一紙，曰：積而不散，怨之府也；怨之所歸，禍之叢也。千家饑而一家飽，剽劫為勢所必至，不名實兩忘乎？感君舊恩，為君市德，幸恕專擅，是所深禱。不省所言者何事，詢知始末，太息而已。然是時人情洶洶，實有焚掠之謀，得是博施，乃轉禍為福，此幻形之狐，可謂愛人以德矣。所云舊恩，則不知其故。或曰：其家園中有老屋，狐居之數十年，屋圮乃移去，意即其事歟。

少時聞乳母李氏言：一家人與佛寺鄰，偶寺廊躍下一狐，兒童捕得，縶縛鞭箠，皆帖伏不動，放之，則來往遊院中，絕不他往，與之食則食，不與之食亦不敢盜。饑則向人搖尾而已。呼之似解人語，指揮之亦似解人意，舉家憐之，恒禁兒勿凌虐。一日，忽作人語曰：我名小喬，是鐘樓上狐家婢，偶嬉戲誤事，因汝家兒童頑劣，罰行游道路一月，今限滿當歸，故此告別。問何故不逃避。曰：主人養育多年，豈有逃避之理。語訖，作叩顙狀，翩然越牆而去。時余家一小奴竊物遁颺，乳母因說其事，喟然曰：此奴乃不及此狐。

陳雲亭舍人言其鄉深山中有廢蘭若云鬼物據之莫能修復一僧道行清高徑往卓錫初一兩夕似有物窺伺僧不聞不見亦遂無形經三五日夜夜有夜叉排闥入猙獰跳擲吐火噓煙僧禪定自若撲及蒲團者數四然終不近身比曉長嘯去次夕一好女至合什作禮請問法要僧不答又對僧琅琅誦金剛經每一分訖輒問此何解僧又不答女子忽旋舞良久振其雙袖有物簌簌落滿地曰此比散花何如且舞且退瞥眼無迹滿地皆寸許小兒蠕蠕幾千百爭緣肩登頂穿襟入袖或齧或搔爬如蚊虻蟣虱之攢咂或抉剔耳目擘裂口鼻如蛇蝎之毒螫撮之投地爆然有聲一輒分形為數十彌添彌衆左支右絀困不可忍遂委頓於禪榻下久之蘇息寂無一物矣僧慨然曰此魔也非迷也惟佛力足以伏魔非吾所及浮屠不三宿桑下何必戀戀此土乎天明竟打包返余曰此公自作寓言譬正人之愠於羣小耳然亦足為輕嘗者戒雲亭曰僕百無一長惟平生不能作妄語此僧歸路過僕家面上血痕細如亂髮實曾目覩之

老僕劉廷宣言雍正初佃戶張璜於楮寺東架團焦俗謂之團瓢焦字音轉也團焦二字出北齊書本紀守瓜夜恒見一人行步遲重徐徐向西北去一夕偶竊隨之視所往見至一叢冢處有十餘女鬼出迓即共狎笑媟戲知為妖物然似是蠢蠢無所能乃藏火銃於團焦夜夜伺之一夜又見其過發銃猝擊訇然仆地秉火趨視乃一翁仲也次日積柴燒為灰亦無他異至夜夢十餘婦女羅拜曰此怪不知自何來力猛如熊虎凡新葬女鬼無老少皆遭脅汚有枝拒者登其墳頂踊躍數四即土陷棺裂無可棲身故不敢不從然飲恨則久矣今蒙驅除故來謝也後有從高川來者云石人窪馮道墓前馮道景城人所居今猶名相國莊距景城二三里墓則在今石人窪余幼時見殘缺石獸石翁仲尚有存者縣志云不知道墓所在蓋承舊志之誤也忽失一石人乃知即是物也是物自五代至今始煉成形歲月不為不久乃甫能幻化即縱凶淫卒自取焚如之禍與邵二雲所言木偶其事略同均可為器小易盈者鑒也

外叔祖張公蝶莊家有書室頗軒敞周以迴廊中植芍藥三四十本花時香過鄰牆門客閔姓者攜一僕下榻其中一夕就枕後忽外有女子聲曰姑娘致意先生今日花開又值好月邀三五女伴借一賞玩不致有禍於先生幸勿開門唐突足見雅量矣閔噤不敢答亦不復再言俄微聞衣裳綷䌨聲穴窗紙視之無一人影側耳諦聽時喁喁私語若有若無都不辨一字踧踖枕席睡不交睫三鼓以後似又聞步履聲俄而隔院犬吠俄而鄰家犬亦吠俄而巷中犬相接而吠近處吠止遠處又吠其聲迤邐向東北疑其去矣恐忤之招祟不敢啟戶天曉出視了無痕迹惟西廊塵土似略有弓彎印亦不分明蓋狐女也外祖雪峯公曰如此看花何必更問主人殆閔公莽莽有傖氣恐其偶然衝出致敗人意耳

滄州有董華者讀書不成流落為市肆司書算復不能善事其長為所排擠出以賣藥卜卦自給遂貧無立錐一母一妻以縫紝澣濯佐之猶日不舉火會歲饑枵腹杜門勢且俱斃聞鄰村富翁方買妾乃謀於母將鬻婦以求活婦初不從華告以失節事大致母餓死事尤大乃涕泗曲從惟約以倘得生還乃仍為夫婦華亦諾之婦故有姿富翁頗寵眷然枕席時有淚痕富翁固詰毅然對曰身已屬君事事可聽君所為至感憶舊恩則雖刀鋸在前亦不能斷此念也適歲再饑華與母並為餓莩富翁慮有變匿不使知有一鄰嫗偶洩之婦殊不哭癡坐良久告其婢媼曰吾所以隱忍受玷者一以活姑與夫之命一以主人年已七十餘度不數年即當就木吾年尚少計其子必不留我我猶冀缺月再圓也今則已矣突起開樓窗倒墜而死此與前錄所載福建學院妾相類然彼以兒女情深互以身殉彼此均可以無恨此則以養姑養夫之故萬不得已而失身乃卒無救於姑與夫事與願違徒遭玷污痛而一決其貲恨尤可悲矣

余十歲時聞槐鎮一僧槐鎮即金史之槐家鎮今作淮鎮誤也農家子也好飲酒食肉廟有田數十畝自種自食牧牛耕田外百無所知非惟經卷法器皆所不蓄毘盧袈裟皆所不具即佛龕香火亦在若有若無間也特首無髮室無妻子與常人小異耳一日忽呼集鄰里而自端坐破几上合掌語曰同居三十餘年今長別矣以遺蛻奉託可乎溘然而逝合掌端坐仍如故鼻垂兩玉筋長尺餘衆大驚異共為募木造龕舅氏安公實齋居丁家莊與相近知其平日無道行聞之不信自往視之以造龕未竟二日尚未斂面色如生撫之肌膚如鐵石時方六月蠅蚋不集亦了無尸氣竟莫測其何理也

喀喇沁公丹公言號益亭名丹巴多爾濟姓烏梁汗氏蒙古王族也內廷都領侍蕭得祿公嘗給事其邸第偶見一黑物如貓臥樹下戲擊以彈丸其物甫一轉身遂巨如驢懼不敢復擊物亦自去俄而飛瓦擲磚怪變陡作知為狐魅惴惴不自安或教以繪像事之其祟乃止後忽於几上得錢數十知為狐所酬始試收之秘不肯語次日增至百文自是日有所增漸至盈千旋又改為銀一錠重約一兩亦日有所增漸至一錠五十兩巨金不能密藏遂為管領者所覺疑盜諸官庫搒掠訊問幾不能自白然後知為狐所陷也夫飛土逐肉斷竹續竹飛土逐肉吳越春秋所載古歌彈弓之始也兒戲之常主人知之亦未必遽加深責狐不能暢其志也餌之以利使盈其貪壑禍彼飛狐乃得適所願矣此其設穽伏機原為易見徒以利之所在遂令智昏反以為我權既處彼心故悅委曲自解致不覺墮其彀中昔夫差貪句踐之服事卒敗於越楚懷貪商於之六百卒敗於秦北宋貪滅遼之割地卒敗於金南宋貪伐金之助兵卒敗於元軍國大計將相同謀尚不免於受餌況區區童稚烏能出老魅之陰謀哉其敗宜矣又舉一近事曰有刑曹某官之僕夫睡中覺有舌舐其面舉石擊之踣而燃燭視乃一黑狐剝之腹中有一小人首眉

閱微草堂筆記　卷二十三　八

閱微草堂筆記　卷二十三　九

目宛然蓋所謂煉形兒未成也翌日為主人御車歸狐遂附其身舉撻婢主人且厲聲陳其枉死狀蓋欲報之而不能欲假手主人以鞭笞洩其憤耳此二狐同一復讐余謂此狐之悍而直勝彼狐之陰而險也

丹公又言科爾沁達爾汗王一僕嘗行路拾得二甆囊其一滿貯人牙其一滿貯人指爪心頗詫異因擲之水中旋一老嫗倉皇至左顧右盼似有所覓問僕曾見二囊否僕答以未見嫗知為所毀棄遽大憤詬折一木枝奮擊僕僕徒手與搏覺其衣裳柔脆如通草之心肌肉虛鬆似蓮房之穰指所摳處輒破裂然放手即長合如故又如抽刀之斷水互鬭良久嫗不能勝乃舍去臨去顧僕詈曰少則三月多則三年必褫汝魄然至今已逾三年不能為祟知特大言相恐而已此當是鍊形之鬼取精未足不能凝結成實故仍聚氣而為形其畜人牙爪者牙者骨之餘爪者筋之餘殆合煉服以堅固其質耳

田侯松巖言今歲六月有扈從侍衛和升卒於灤陽馬蘭鎮總兵愛公星阿與和親舊為經理棺衾送其歸葬後一夕如廁缺月微明見一人如立煙霧中問之不言叱之不動愛公故能視鬼凝神諦審乃和之魂也因拱而祝曰昔斂君時物多不備我力綿薄君所深知今形見豈有所責耶不言不動如故又祝曰聞歿於塞外者不焚路引其鬼不得入關豈偶忘此君毋乃為此來耶魂即稽首至地倏然而隱愛公為具牒於城隍後不復見又扈從南巡時與愛公同寓江甯承恩寺規模宏壯樓閣袤延所住亦頗軒敞一日方共坐忽樓窗六扇無風自開俄又自闔愛公視之曰有一僧坐北牖上其面横濶鬚鬑鬑如久未剃目瞪視而項微僂蓋縊鬼也以問寺僧僧不能諱惟怪何以識其貌疑有人洩之不知愛公之自能視也又偶在船頭戲拈篙刺水忽擲篙卻避面有驚色怪詰其故曰有溺鬼緣篙欲上也戊午八月宴蒙古外藩於清音閣愛公與余連席余以松巖所語叩之云皆不妄然則隨處有鬼亦復如人此求歸之鬼有繫戀心門窗之鬼有爭據心緣篙之鬼有競鬭心其得失勝負喜怒哀樂更當一一如人是膠膠擾擾地下尚無了期釋氏講懺悔解脫聖人之法亦使有所歸而不為厲其深知鬼神之情狀矣子貢曰大哉死乎君子息焉莊子曰嗟來桑扈乎而已反其眞特就耳目所及言之耳

閱微草堂筆記卷二十四

灤陽續錄六

狐能詩者見於傳記頗多狐善畫則不槪見海陽李文硯亭言順治康熙間周處士璕瀟游楚豫間以畫松名有士人倩畫書室一壁松根起於西壁之隅盤拏夭矯横徑北壁而纖末猶掃及東壁三二尺覺濤聲入座長風欲來置酒邀社友共賞方攢立壁下指點讚歎忽一友拊掌絕倒衆友戲亦闌寫蓋松下畫一秘戲圖有大木榻布長簟一男一婦裸而好合流目送盼媚態宛然旁二侍婢亦裸立一揮扇驅蠅一以兩手承婦枕防蹂躪墜地乃士人及婦與媵婢小像也譁然趨視眉目逼眞雖僮僕亦辨識其面貌莫不掩口士人憤甚眞空指劃詈妖狐忽檐際大笑曰君太傷雅意聞周處士畫松未嘗目覩昨夕得觀妙迹坐臥其下不能去致失避君未嘗拋磚擲瓦相忤也君遽毒詈心實不平是以與君小作劇君尚不自反乖戾如初行且繪此像於君家白板扉博途人一粲矣君其圖之蓋士人先一夕設供客具與奴子秉燭至書室突一黑物衝門去士人知為狐魅曾詬厲也衆為慰解請入座設一虛席於上不見其形而語音琅然行酒至前輒盡惟不食餚饌曰不茹葷四百餘年矣瀕散語士人曰君太聰明故往往以氣凌物此非養德之道亦非全身之道也今日之事幸而遇我倘遇負氣如君者則難從此作矣惟學問變化氣質願留意焉丁甯鄭重而別回視所畫淨如洗矣次日書室東壁忽見設色桃花數枝襯以青苔碧草花不甚繁有已開者有半開者有已落者有未落者有落未至地隨風飛舞者八九片反側橫斜勢如飄動尤非筆墨所能到上題二句曰芳草無行徑空山正落花（按此二句初唐崎師道之詩）不署姓名知狐以答昨夕之酒也（後周處士見之嘆曰即無筆墨之痕覺合畫訣筆力出格有心作態）

景城北岡有元帝廟明所建也歲久壁上微澁隱隱成峯巒起伏之形望似遠山籠霧余幼時尚及見之廟祝棋道士病其晦昧使畫工以墨鉤勒遂似削圓方竹今廟已圮盡矣棋道士不知其姓以癖於象戲故得此名或以為此姓誤也棋至劣而至好勝終日丁丁然不休對局者或倦求去至長跪留之嘗有人指對局者一著衝之次骨遂拜綠章詛其速死又一少年偶誤一著道士倖勝少年欲改著喧爭不已少年粗暴起欲相毆惟笑而卻避曰任君擊折我肱終不能謂我今日不勝也亦可云癡物矣

酒有別腸信然八九十年來余所聞者顧俠君前輩稱第一繆文子前輩次之余所見者先師孫端人先生亦入當時酒社先生自云我去二公中間猶可著十餘人次則陳句山前輩與相敵然不以酒名近時路晉清前輩稱第一吳雲巖前輩亦驍騎爭勝晉清曰雲巖酒後頗溫克是即不勝酒力作意矜持也驗之不謬同年朱竹君學士周稚圭觀察皆以酒自雄雲巖曰二公徒豪舉耳拇陣喧呶澆酒幾半使坐而靜酌則敗矣驗之亦不謬後輩則以葛臨溪為第一不與之酒從不自呼一杯與之酒雖盆盎無難色長鯨一吸涓滴不遺嘗飲余家與諸桐嶼吳惠叔等五六人角至夜漏將闌衆皆酩酊或失足顛仆臨溪一一指揮僮僕扶掖登榻然後從容登輿去神志湛然如未飲者其僕曰吾相隨七八年從未見其獨酌亦未見其偶醉也惟飲不擇酒使嘗酒亦不甚知美惡故其同年以登徒好色戲之然亦罕有

矣惜不及見傾城二萴輩一決勝負也端人先生恒病余不能飲曰東坡長處學之可也何併其短處亦刻畫求似及余典試得臨溪以書報先生先生復札曰吾再傳有此君聞之起舞但終恨君是蜂腰耳前輩風流可云佳話今老矣久不預少年文酒之會後來居上又不知其為誰

高官農家畜一牛其子幼時與牛戲騎之𧥼角捋尾皆不動或舐兒頂舐兒掌兒亦不懼稍長使之牧兒出即出兒歸即歸兒行即行兒止即止兒眠則臥於側有年矣一日往牧牛忽狂奔至家頭顱皆浴血跳踉哮吼以角觸門兒父出視即掉頭回舊路知必有變盡力追之至野外則兒已破顱死又一人橫臥道左腹裂腸出一束梲棄於地審視乃三果莊盜牛者（三果莊回民所聚滄州盜藪也）始知兒為盜殺牛又觸盜死也是牛也有人心焉又西商李盛庭買一馬極馴良惟路逢白馬必立而注視鞭策不肯前或望見白馬必馳而走及銜勒不能止後與原主談及原主曰是本白馬所生時時見其母也是馬也亦有人心焉

余八歲時聞保母丁媼言某家有牸牛跛不任耕乃鬻諸比鄰屠肆其犢甫離乳視屠割其母牟牟鳴數日後見屠者即奔避奔避不及則伏地戰栗若乞命狀屠人或故逐之以資笑噱不以為意也犢漸長甚壯健畏屠者如初角既堅利乃伺屠者側臥檐上一觸而貫其心遂馳去屠者婦大號捕牛衆憫其為母復讐故緩追逸之竟莫知所往時丁媼之親串殺人遇赦獲免仍與其子同里閈丁媼故竊舉是事為之憂危明譬不可狎也余則取犢有復讐之心知力不及故匿其鋒隱忍以求一當非徒孝也抑亦智焉黃帝巾机銘曰（机是本字校者或以為做檢附舊改為几字反誤）日中必慧（按漢書賈誼傳引此句作熭六韜引此句作熭音義並同）操刀必割言機之不可失也越絕書子貢謂越王曰夫有謀人之心使人知之者危也言機之不可洩也孫子曰善用兵者閉門如處女出門如脫兔斯言當矣

汝慎思言乾隆己卯聞有江南舉子以京師逆旅多湫隘乃稅西直門外一大家墳院讀書偶晚涼樹下散步遇一女子年十五六顧白皙挑與語不嗔不答轉擲果自去夜半睡醒似門上丁丁微有聲疑為盜呼僮不應自起開門竊窺之乃日間所見女子也知其相就急啟戶攜以入女子自言為守墳人女家酷貧父母並拙鈍恒恐嫁為農家婦頃家頗贍意不自持故從牆缺至君處君富貴人自必有姬侍能措百金與父母則為妾媵無悔父母嗜利亦必從也舉子諾之遂相繾綣至雞鳴乃去自是夜半恒至妖媚冶蕩百態橫生舉子以為巫山洛水不是過也一夜來稍遲舉子自步月候之乃忽從樹杪飛下舉子頓悟曰汝毋乃狐耶女子殊不自諱笑而應曰初恐君駭怖故托虛詞今情意已深不妨明告將來游宦四方

有一隱形隨侍之妾不煩車馬不擇居停不需衣食晝可攜於懷袖夜即出而薦枕席不逾於千金買矣即舉子思計良得自是潛住書室不待夜度矣然每至秉燭而外出夜半乃返或微露鬢亂釵橫狀舉子疑之而未決既而與其嬰童通旋為二僕所窺亦並與亂庵人知之亦竊狎焉一日晝與嬰童寢舉子潛扼殺之遂現狐形因埋於牆外半月後有老翁詣舉子曰吾女托身為君妾何忽見殺舉子憤然曰汝知汝女為吾妾則易言矣夫兩雄共雌是為妒姦於律當議抵汝女既為我妾明知非人而我不改盟則夫婦之名分定矣而既淫於他人又淫於我僕我為本夫例得捕姦殺之又何罪耶翁曰然則何不殺君僕舉子曰汝女死則形見此則皆人也手刃四人而執一死狐為罪案使汝為刑官能據以定讞乎翁俛首良久以手拊膝曰汝自取也夫吾誠不料汝至此振衣自去舉子旋移居莫提庵與慎思鄰房其嬰僮與狐尤暱銜主人之太忍具洩其事於慎思故得其詳

吉木薩（烏魯木齊所屬也）屯兵張鳴鳳調守卡倫（軍營哨望之名）與一菜園近灌園叟年六十餘每遇風雨輒借宿於卡倫一夕鳴鳳醉而淫之叟醒大恚控於營弁驗所創尚未平申上官除鳴鳳糧時鳴鳳年甫二十衆以為必無此事或疑叟或曾竊汚鳴鳳故此相報然覆鞫兩造皆不承咸云怪事有官奴五保曰是固有之不為怪也昔牧馬南山為射雉者驚馬逸懼遣責竄入深山追覓倉皇失道愈轉愈迷經一晝夜不得出逞見林內屋角急往投之又慮是盜藪或見戕害且伏草間覘情狀良久有二老翁攜手笑語出坐磐石上摟抱偎倚意殊褻狎俄左一翁拿一人伏石畔恣為淫媟我方以竊見陰私懼殺我滅口惴惴蜷縮不敢動乃彼望見我了無愧怍共呼使出詢問何來取二餅與飡指歸路曰從某處見某樹轉至某處見深澗沿之行一日可至家又指最高一峯曰此是正南迷即望此知方向又曰空山無草汝馬已餓而自歸此間熊與狼至多勿再來也比歸家馬果先返今張鳴鳳受六十之叟非此老翁類乎據其所言天下真有理外事矣惟二翁不知何許人遁跡深山似亦修道之士何以所為乃如此因憶樹屋書影記仙人馬繡頭事稱其比及頑童云中有真陰可採是容城術非但御女兼亦御男然採及老翁有何裨益即修煉果有此法亦邪師外道而已上真定無此也

張助教潛亭言昔與一友同北上夜宿逆旅聞綷縩有聲或在窗外或在室之外間初以為蟲鼠不甚訝後微聞嘆息乃始慓然偵之則無睹也至紅花埠偶忘收筆硯夜分聞有擱筆聲次早几上有字迹陰黯慘淡似有似無諦審乃一詩其詞曰上巳好鶯花寒食多風雨十年汝憶吾千里吾隨汝相見不得親悄立自淒楚野水青茫茫此別終萬古似杳魂怨抑之語然潛亭自憶無此人友自憶亦無此人不知其何以來也程魚門曰君胥誦是詩定無此

恐貴友諱言之耳衆以為然。

同年胡侍御牧亭人品孤高學問文章亦具有根柢然性情疎闊絶不解家人生產事古所謂不知馬幾足者殆有似之奴輩玩弄如嬰孩嘗留余及曹慕堂朱竹君錢辛楣飯肉三盤蔬三盤酒數行耳聞所費至三四金他可知也同年偶談及相對太息竹君憤尤甚乃盡發其姦迫逐之然積習已深密相授受不數月仍故轍其黨類布在士大夫家為竹君騰謗反得喜事名於是人皆坐視惟以小人有黨君子無黨姑自解嘲云牧亭終以貧困鬱鬱死死後一日有舊僕來哭盡哀出三十金置几上跪而祝曰主人不迎妻子惟一身寄居會館月俸本足以溫飽徒以我輩剝削致薪米不給彼時以京師長隨連衡成局有忠於主人者共排擠之使無食宿地故不敢立異同不虞主人竟以是死中心愧悔夜不能眠今幸蹶所積助棺斂冀少贖地獄罪也祝訖自去滿堂賓客皆相顧失色陳裕齋因舉一事曰有輕薄子見少婦獨哭新墳下走往挑之少婦正色曰實不相欺我狐女也墓中人耽我之色至病瘵而亡吾感其多情而愧其由我而殞命已自誓於神此生決不再偶汝勿妄念徒取辱也此僕其類此狐矣然余謂終賢於掉頭竟去者。

因候松巖言幼時居易州之神石莊（土人云本名神子莊以當出一神童故也後有三巨石陷於莊北如春秋宋國之事今石在易州西南二十餘里）偶與僮輩嬉戲馬廐中見煮豆之鍋凸起鐵泡十數形狹而長僮輩以石破其一中有長蟲半寸餘形如柳蠹色微紅惟四短足與其首皆作黑色而油然有光取出猶蠕蠕能動因一一破視一泡一蟲狀皆如一又言頭等侍衛常君青（此人別一常君與常大宗伯同名）乾隆癸酉戍守域西築帳南山之下（塞外山脈自西南趨東北西域三十六國夾之以居在山南者呼曰北山在山北者呼曰南山其實一山也）山半有飛瀑二丈餘其泉甚甘會冬月冰結取水於河其水湍悍而性冷食之病人不得已仍鑿瀑泉之冰水竅甫通即有無數冰丸隨而湧出形皆如橄欖破之中有白蟲如蠶其口與足則深紅殆所謂冰蠶者歟此與鐵中之蟲鍛而不死均可謂異聞矣然天地之氣一動一靜互為之根極陽之內必伏陰極陰之內必伏陽也八卦之對待坎以二陰包一陽離以二陽包一陰六十四卦之流行陽極於乾即一陰生下而為姤陰極於坤即一陽生下而為復其靜也伏斯欲欲斯斷焉其動也斷斯蒸蒸斯化焉至於化則生生不已焉特冲和之氣其生有常偏勝之氣其生不測冲和之氣無地不生偏勝之氣或生或不生耶故沸鼎炎熇寒泉互結其中皆可以生蟲也崔豹古今注載火鼠生於炎洲火中績其毛為布入火不燃今洋舶多有之先兄晴湖蓄數尺余嘗試之又神異經載冰鼠生北海冰中穴冰而居嚙冰而食歲久大如象冰破即死歐羅巴人曾見之謝梅莊前輩戍烏里雅蘇台時亦曾見之是獸且生於火與冰

矣其事似怪實則常理也

數皆前定故鬼神可以前知然有其事尚未發萌其人尚未舉念又非吉凶禍福之所關因果報應之所繫游戲瑣屑至不足道斷非冥籍所能預注者而亦往往能前知乾隆庚辰有翰林偶乩仙因問官途乩判一詩曰春風一笑手扶筇桃李花開滿眼濃好是尋香雙蛺蝶粉牆繞過巧相逢不省為何語俄御試翰林以編修改知縣衆謂次句隱用河陽一縣花事可云有驗然其餘究不能明比同年往慰司閽者扶杖踉蹌出蓋朝官僕隸視外吏如天上人司閽者得主人外轉信方立階上喜而躍曰吾今日登仙矣不虞失足遂損其脛故杖而行也數日後微聞一日遣二僕而罪狀不明旋有洩其事者曰二僕皆謀為司閽而無如先已有踞者乃各飾其婦因候主人燕息誘而蠱之至夕一婦私具餅餌一婦私煎茶皆暗中摸索至書齋廊下猝然相觸所賫俱傾愧不自容轉怒而相詬主人不欲深究故并遣去於是詩首句三四句並驗此乩可謂靈鬼矣然何以能前知（嗚夫人僅一娥僕人當在是家云二僕謀為司閽則有人初無自欲其婦處乃私謀於一嫂僕嫂僕為畫此策均與約是日有暇可來僕以進而不使相知故兩二濃遜隨後然僕又索附於陂者遜技餘嫂有知其有伏機陰使先往待而陰告主人往捕故然僕游敗嘆乎一州縣官司閽耳而此四人者互相傾軋至恨恃多方而不已斯惟妒之實慈其明驗矣故附記之以著世情之險）此等事終無理可推也

余官兵部尚書時往良鄉送征湖北兵小憩長新店旅舍見壁上有歸雁詩二首其一曰料峭西風雁字斜深秋又送汝還家可憐飛到無多日二月仍來看杏花其二曰水闊雲深伴侶稀蕭條只與影同歸惟嫌來歲烏衣巷卻向雕梁各自飛末題晴湖二字是先兄字也然語意筆跡皆不似先兄當別一人或曰有鄭君名鴻撰亦字晴湖。

偶見田侯松巖持畫扇筆墨秀潤大似衡山云其親串德君芝麓所作也上有一詩曰野水平沙落日遙半山紅樹影蕭條酒樓人倚孤樽坐看我騎驢過板橋風味翛然有塵外之致上有德君題語云是卓悟庵作畫即書此詩意並錄此詩殆亦愛其語也田侯云悟庵名卓禮圖然不能詳其始末大抵沉於下寮者逸情高韻而名氏翳如錄而存之亦郭恕先之遺山數角耳。

古人祠宇俎豆一方使後人挹想風規生其效法是即維風勵俗之教也其間精靈常在肸蠁如聞者所在多有依托假借憑以獵取血食者間亦有之相傳有士人宿陳留一村中因溽暑散步野外黃昏後冥色蒼茫忽遇一人相揖俱坐老樹之下叩其鄉里名姓其人曰君勿相驚僕即蔡中郎也祠墓雖存享祠多缺又生列士流歿不欲求食於俗輩以君氣類故敢布下忱明日賜一野祭可乎士人故雅量亦不恐怖因詢以漢末事依違酬答多羅貫中三國演義中語已竊疑之及詢其生平始末則所述事跡與高則誠琵琶記纖悉曲折一一

皆同。因笑語之曰。青斧遺忠。愧無以享君。君請別求有力者。惟一語囑君。自今以往。似宜求後漢書三國志中郎文集。稍稍一觀。於求食之道更近耳。其人面頰微頳。躍起現鬼形去。是影射欺財之術。鬼亦能之矣。

從紹堂言。有客寓東光者。婦死寄柩於山寺。夜夢婦曰。寺有厲鬼。伽藍神勿能制也。凡寄柩僧寮者。男卒為所役。女卒為所污。吾力拒勿能免也。君盍訟於神。醒而憶之了了。乃炷香祝曰。我夢如是。乃春睡迷離耶。意想所造耶。抑汝真有靈耶。果有靈。當三夕來告我。已而再夕夢皆然。乃牒訴於城隍。數日無肸蠁。一夕。夢婦來曰。訟若得直。則伽藍為失糾舉。山神社公為失約束。於陰律皆獲譴。故城隍躊躇未能理。君盍再具牒。稱將詣江西。訴於正乙真人。則城隍必有處置矣。如所言具牒之數日。又夢婦來曰。昨城隍召我諭曰。此鬼原居此室中。是汝侵彼。非彼擾汝也。男女共居一室。其僕隸往來。形迹嫌疑。或所不免。汝訴亦不為無因。今為汝重笞其僕隸。已足謝汝。何必堅執姦污。自博不貞之名乎。從來有事不如化無事。大事不如化小事。汝速令汝夫移柩去。則此案結矣。再四思之。凡事可已則已。何必定與神道爭。反激意外之患。君即移我去可也。問城隍既不肯理。何欲訴天師。即作是調停。曰天師雖不治幽冥。然遇有控訴。可以奏章於上帝。諸神勿能阻也。城隍亦恐激意外患。故委曲消弭。使兩造均可以已耳。語訖。鄭重而去。其夫移柩於他所。遂不復夢。此鬼苟能自斂。即無多求。亦可云解事矣。然城隍既為明神。所司何事。毋乃聰明而不正直乎。且養癰不治。終有潰成大獄時。併所謂聰明者。毋乃亦適敝各半乎。

田白巖言。濟南朱子青與一狐友。但聞聲而不見形。亦時預文酒之會。詞辯縱橫。莫能屈也。一日。有請見其形者。狐曰。欲見吾真形耶。真形安可使君見。欲見吾幻形耶。是形既幻。與不見同。又何必見。眾固請之。狐曰。君等意中覺吾形何似。一人曰。當龐眉皓首。應聲即現一老人形。又一人曰。當仙風道骨。應聲即現一道士形。又一人曰。當星冠羽衣。應聲即現一仙官形。又一人曰。當貌如童顏。應聲即現一嬰兒形。又一人戲曰。莊子言姑射神人。綽約若處子。君亦當如是。即應聲現一美人形。又一人曰。應聲而變。是皆幻耳。究欲一睹真形。狐曰。天下之大。孰肯以真形示人者。而欲我獨示真形乎。大笑而去。子青曰。此狐自稱七百歲。蓋閱歷深矣。

舅氏實齋安公曰。講學家例言無鬼。鬼吾未見。鬼語則吾親聞之。雍正壬子鄉試。返宿白溝河。屋三楹。余住西間。先一南士住東間。交相問訊。因沽酒夜談。南士稱與一友為總角交。其家酷貧。亦時周以錢粟。後北上。公車。適余在某巨公家司筆墨。悯其飄泊。邀與同居。遂漸為

主人所賞識。乃抵余家事。潛造蜚語。擠余出而據余館。今託鉢山東。天下豈有此無良人耶。方相與太息。忽窗外嗚嗚有泣聲。良久。語曰。爾尚責人無良耶。爾家本有婦。見我在門前買花粉。詭言未娶。誑我父母。贅爾於家。爾無良否耶。我父母患疫。先後歿。別無親屬。爾據其宅。而收其資。而棺衾祭葬俱草草。與死一奴婢同。爾無良否耶。爾婦附糧艘尋至。入門與爾相詬厲。即欲逐我。既而知原是我家。爾衣食於我。乃暫容留。爾巧說百端。降我為妾。我苟求安靜。忍淚曲從。爾無良否耶。既據我宅。索我供給。又虐使我。呼我小名。動使伏地受杖。爾反代彼拏我項背。按我手足。叱我勿動。爾無良否耶。越年餘。我財產衣飾剝削並盡。乃賣我於西商。來相我時。我不肯出。又痛捶我。致我途窮自盡。爾無良否耶。我歿後。不與一柳棺。不與一紙錢。復褫我敝衣。僅存一褌。裹以蘆席。葬叢冢。爾無良否耶。吾訴於神明。今來取爾。爾責人無良耶。其聲淒厲。僮僕並聞。南士驚怖瑟縮。莫措一詞。遽噭然仆地。余慮或牽涉。未曉即行。不知其後如何。諒無生理矣。因果分明。了然有據。但不知講學者見之。又作何遁詞耳。

張浮槎秋坪新語。載余家二事。其一記先兄晴湖家東樓鬼。（此樓在兄宅之西。以先世未析。是時猶在宅之東。故沿其舊名。）其事不虛。但委曲未詳耳。此樓建於萬曆乙卯。距今百八十四年矣。樓上樓下。凡縊死七人。故無敢居者。是夕不得已開之。遂有是變。殆形家所謂凶方歟。然其側一小樓。居者子孫蕃衍。究莫明其故也。其二記余子汝佶臨歿時。亦不得六七。惟作西商語。索逋事。則野鬼假託以求食。後窮詰其姓名居址年月。與見聞此事之人。乃詞窮而去。汝佶與債家涉訟時。刑部曾核其欠通數目。具有案牘。亦無此條。蓋張氏紀載為世姻婦女遞相述說。不能纖毫無增減也。嗟乎。所見異詞。所聞異詞。所傳聞異詞。魯史且然。況稗官小說。他人記吾家之事。其與同吾知之。他人不能知也。然則吾記他人家之事。據其所聞。輒為敘述。或虛或實或漏。他人得而知之。吾亦不得而知也。劉後村詩曰。斜陽古柳趙家莊。負鼓盲翁正作場。死後是非誰管得。滿村聽唱蔡中郎。匪今斯今。振古如茲矣。惟不失忠厚之意。稍存勸懲之旨。不顛倒是非。如碧雲騢。不懷恩挾怨。如周秦行紀。不描摹才子佳人。如會真記。不繪畫橫陳。如秘辛。冀不見擯於君子云爾。

亡兒汝佶。以乾隆甲子生。幼頗聰明。讀書未多。即能作八比。乙酉舉於鄉。始稍稍治詩古文。尚未識門徑也。會余從軍西域。乃自從詩社才士遊。遂誤從公安竟陵兩派入。後依朱子穎於泰安。見聊齋志異抄本。（時是書尚未刻）又誤墮其窠臼。竟沉淪不返。以訖於亡。故其遺詩遺文。僅付孫樹庭等存乃父手澤。余未一為編次也。惟所作雜記。尚未成書。其間瑣事。時或可採。因為簡擇數條。附此錄之末。以不沒其篝燈呵凍之勞。又惜其一歸彼法。百事無成。徒以無關

著述之詞，存其名字也。

花隱老人，居平陵城之東華橋之西，不知何許人，亦不自道真姓字。所居有亭臺水石，而時花尤多。居常不與人交接，然有看花人來則無勿納。曳杖傴僂前導，手無停指，口無停語，惟恐人之不及知、不及見也。園無隙地，殊香異色，紛紛拂拂，一往無際。而蘭與菊與竹，尤擅天下之奇。蘭有紅有紫，菊有墨有綠，又有丹竹純赤、玉竹純白，其他若方若班若紫若百節，難非目所習見、耳所習聞也。異哉物之聚於所好，固如是哉。

士人某寓岱廟之環詠亭，時已深冬，北風甚勁，擁爐夜坐，冷不可支，乃息燭就睡。既覺，見承塵紙破處有光，異之，披衣潛起，就破處審視，見一美婦長不滿二尺，紫衣青裙，著紅履，纖瘦如指，嚮作時世粧，方熱火炊飯，竈旁一短足几，几上錫檠熒然，因念此必狐也，正凝視間，忽然一嚏，婦驚竄，几燈覆，遂無所見。曉起破承塵視之，黃泥小竈，光潔異常，鐵釜大如碗，飯猶未熟也，小錫檠倒置几上，油痕狼藉，惟熱火處不燃，殊可怪耳。

徂徠山有巨蟒二，形不類蟒，頂有角如牛，赤黑色，望之有光，其身長約三四丈，蜿蜒深澗中。澗廣可一畝，長可半里，兩山隔之，間一隙僅三尺許，遊人登其巔，對隙俯窺，則蟒可見。相傳數百年前，頗為人害，有異僧禁制，遂不得出。夫深山大澤，實生龍蛇，似此亦無足怪，獨怪其蟄伏數百年而能不饑渴也。

泰安韓生名鳴岐，舊家子，業醫。嘗夜騎馬赴人家，忽見數武之外有巨人長十餘丈，生膽素豪，攜鞭徑過，相去咫尺，即揮鞭擊之，頭縮至三四尺，短髮蓬鬆，狀極醜怪，膚吻翕闢，格格有聲。生下馬執鞭逐之，其行緩滯，蹣跚地上，意頗窘，既而身縮至一尺，而首大如甕，若不勝載，殆欲顛仆，生且行且逐，至病者家，乃不見，不知何怪也。汶陽范均亭說。

戊寅五月二十八日，吳林塘年五旬時，居太平館中，余往為壽。座客有能為煙戲者，年約六十餘，口操南音，談吐風雅，不知其何以戲也。有僕攜巨煙筒來，中可受煙四兩，熱火吸之，且吸且咽，食頃方盡，索淨巨盌瀹苦茗飲訖，謂主人曰：為君添鶴算可乎？即張吻吐鶴二隻，飛向屋角，徐吐一圈，大如盤，雙鶴穿之而過，往來飛舞，如擲梭然。既而嘎喉有聲，吐煙如一線，亭亭直上，散作水波雲狀，諦視皆寸許小鶴，翩翩左右，移時方滅。眾皆以為目所未睹也。俄其弟子繼至，奉一觴與主人曰：吾技不如師，為君小劇可乎？呼吸間有朵雲飄渺筵前，徐結成小樓閣，雕欄綺窗，歷歷如畫，曰：此海屋添籌也。諸客大驚，以為指上毫光現玲瓏塔，亦無以喻是矣。以余所見諸說部，如擲杯放鶴、頃刻開花之類，不可殫述，毋亦實有其事，後之人少所見多所怪乎。如此事非余目睹，亦終不信也。

玫南李某酷好馬，嘗於遵化南市中見一馬，通體如墨，映日有光，而腹毛則白如霜雪，所謂烏雲託月者也。高六尺，蹄駿尾鬣然，足生爪，長寸許，雙目瑩澈如水晶，其氣昂昂如雞群之鶴。李以百金得之，愛其神駿，芻秣必身親，然性至獰惡，每被障泥，須施絆鎖，有力者數人左右把持，然後可乘。按轡徐行，不覺其駛，而[illegible]嘗有一處，去家五日程，日午就道，比至則日未銜山也。以此愈愛之，而畏其難控，不敢數乘。一日有偉丈夫碧眼虬髯，款門求見，自云能教此馬，引就櫪下，馬一見即長鳴，此人以掌拊左右股，始弭耳不動，乃牽就空屋中，闔戶與馬盤旋，李自隙窺之，見其手提馬耳，喃喃似有所云，馬似首肯，徐又提耳喃喃如前，馬亦似首肯。李大驚，以為真能通馬語也。少間啟戶，引鞭授李，馬已汗如濡矣。臨行謂李曰：此馬能擇主，亦甚可喜，然其性未定，恐或傷人，今則可以無慮也。馬自是馴良，經二十餘載，骨幹如初，後李至九十餘而終，馬忽逸去，莫知所往。

諧鐸

沈起鳳　著

上海文明書局印行

敘

予秉鐸祁邑與　蕢漁大兄同事者三載予之鐸以無聲為鐸而蕢漁以有聲為鐸予之鐸以鐸為鐸而蕢漁以不鐸為鐸蓋予不善諧而蕢漁以諧入鐸故聽其鐸者但覺其諧聽其諧者并不覺其鐸也雖然天下大矣鐸且不能遍徇何況於諧予曰千卿甚事蕢漁曰舍我其誰予曰不知許事且食蛤蜊蕢漁曰雖不得肉亦且快意予曰木菩薩登壇說法畢竟於意云何蕢漁曰況傀儡逢場作戲也只與人同善諧耶鐸耶其蕢漁之苦心耶予乃退藏其鐸而蕢漁之諧鐸以鳴時

乾隆辛亥仲秋下浣星巖愚弟殷傑

莊生放達秋水馬蹄屈子離憂女蘿山鬼雖屬寓言之義終非垂教之書至若干寶搜神齊諧志怪史馳情乎幻渺覺涉筆於荒唐　蕢漁大兄夙負異才近耽淨業發菩提心而度世運廣長舌以指迷言則白傅談詩老嫗亦參妙解事則道元畫壁漁者盡樂皈依有裨人心無慚名教藻初遊宦海偶托名山匏既繫乎同方荊共班於一室偶離棨牘笑啟巾箱閒詣經帷偷翻枕匧得預元亭之祕盡窺鄴架之奇嗟乎段成式之明經諾皋垂記董仲舒之嗜學繁露名篇惟得綆於真源始扶輪乎大雅文非妄作事豈無稽僕秩掌於藩書聚五夜翻兎園之冊君主持夫講席借六經織漁網之詞時

乾隆重光大淵獻相月既望寅愚弟韓藻謹序

諧鐸目錄

卷一
狐媚　虎癡　雞談
獺祭　蛾封　鼈鑑
鬼孕　雉媒
卷二
屏角相郎　筆頭減壽　討貓檄
祭蠹文　隔牖談詩　乖廉論曲
考牌逐腐鬼　妙畫代良醫
卷三
嬌娃皈佛　窮士扶乩　老面鬼
遮眼神　燒餘成名　讀書貽笑
鏡戲　帖嘲　一錢落職
兩指題旌

卷四
酒戒　色戒　財戒
氣戒　俠妓教忠　雛伶盡孝
烈婦殉節　營卒守義　桃夭村
荊棘里
卷五
惡餞　奇婚　泄氣生員
換形乞丐　菜花三娘子　草鞵四相公
訟師說訟　名妓沽名　泥傀儡
石鼈
卷六
上清宮除妖　森羅殿點鬼　蘇三
萬九　奇女雪怨　達士報恩
夢中夢　身外身　香粉地獄

面目輪迴　能詩賊　識字犬
卷七
有根女　無氣官　鬼婦持家
鄙夫訓世　蠹書　獸譜
黑衣太僕　巾幗幕賓　鮫奴
犬婢
卷八
棺中鬼手　鏡裏人心　孟婆莊
十姨廟　車前數典　騾後談書
死嫁　生弔　術士驅蠅
壯夫縛虎
卷九
嘲吳蒙　賽齊婦　村姬毒舌
醮婦冰心　地師身後劫　節母死時箴

頂上圓光　掌中秘戲　眼前殺報
腦後淫魔
卷十
道人神相　和尚婆心　螻蛄郡
蜣螂城　鬼嫖　神賭
夢裏家園　命中姻眷　臭桂
祥鴞
卷十一
老僧辨奸　青衣捕盜　正士驅邪
惡客除淫　芙蓉城香姑子　掃帚村鈍秀才
三杖懲奴　片言保赤　謊師
鬼婿　書神作祟　病鬼延醫
卷十二
南部　北里　貧兒學諂

才士懲驕　卜將軍廟靈籤　況太守祠償夢
怕婆縣令　棉鬼夫人　呂仙寶筏
大士慈航　金垣真像　天府賢書

諧鐸卷一

吳門沈起鳳桐威氏著

狐媚

平陽范氏廢園。故多狐。有書生者。性狷介。日淫於書。因暑月懊悶。假園亭以憩。友勸阻之。生笑曰。是何傷。狐所挾以媚人者二。貪淫者媚以色。貪財者媚以金。我兩無所好。惟好架上書。媚術雖工。遇我亦不售矣。友浸應而去。飯後。臥北窗下。見女子從屏後出。生心知其狐。假寐以伺。女指架上書。瞿然曰。名教中自有樂地。是兒獨學窗間。將爲勤學死。生起叱曰。驢野狐曳尾適耳。敢妄言。女亦叱曰。田舍奴。我豈妄哉。汝果讀書明理。當知我家祖德宗功。何敢妄爲譏議。生曰。憑城作祟。假虎樹威。汝輩長技耳。祖德宗功。安有哉。女曰。汝日讀書。而不知大禹娶塗山之事乎。綏綏厖厖。昌都成室。是祖德也。有商之季。移家西海。適文王遺羑里之囚。散宜生訪先人於敝廬。脫青翰以解之。赫赫宗功。垂諸史冊。子何未之深考。生曰。是誠有之。但汝輩篝燈弄謠。臥榻宣淫。終非善類。女曰。死則正邱。大聖猶羨其仁。穴則知雨。漢儒尚缺其智。況有形九尾。德至乃來。山海名經。言之鑿鑿。汝誠讀書而未得其解耳。生凝想久之。肅然致敬曰。始吾以汝等爲不足齒之傖。今聞高論。願爲書友。女笑諾之。晨塗暝寫。日共校讎。偶坐荷亭。點周易。女忽問曰。有天地一章。作何解。生曰。上言離者麗也。麗則男女交感。宜受之以咸。而咸不可言受。故復從天地說到夫婦之道。而受之以恒。女笑曰。然則男女交感。聖人所諱言乎。生曰。然。女曰。男女構精。萬物化生。又何說也。言畢。星眸斜睇。杏靨微紅。生魂搖志蕩。應聲而答曰。卿有意乎。請卜諸易。女隨手占得未濟。生曰。未濟征凶。事不諧矣。女曰。小狐濡尾。雖不當位。剛柔應也。何害。生感之。自此遂同寢處。不半月。神疲氣殆。漸不可支。友過而詰之。生萬方自諱。入夜。女來。生以病告。女曰。君著書辛苦。故日就羸瘠。文園善病。安知不因封禪一書。不然。茂陵姬且未聘。何由得消渴疾哉。生深以爲然。遂擯棄丹鉛。日與女閉坐一室。又匝月。病憊益深。沈綿牀褥。友復過之。生漸吐其實。友歎曰。君中媚人之上策矣。以色媚人者。色衰則愛弛。以金媚人者。金盡則交絕。惟陽竊君子之行。陰搖小人之議。擇所好而投之。媚之術愈變。而媚之毒愈長矣。生憬然悔悟。友急喚輿人。星夜舁歸於家。女亦遂絕跡。生半載病瘵死。遺書散佚。後不可考。

鐸曰。此朱門上客一面照心鏡也。打破天下人多少衣鉢。亦是我輩大罪過處。

虎癡

秦川女子霍小姨。有姝色。父與豪右某爭田界。以他事誣諸官。竟斃於獄。母痛哭曰。家無男子誰爲父復讎者恐白骨冤埋終作千秋黑獄矣女含涕而進曰兒不肖髫齡稚齒不能作趙家娥有得讎人而殺之者兒願執箕帚事之母鑒其誠日以其言禱諸西山之麓一日聞其入城視縣令壽路出西山虎突起於前噬喉而斃母女方額手慶忽一虎曳尾而來徑登堂上母女變色卻走虎徘徊瞻眺殊無惡意母闔扉而語曰今日殺其於道者非汝也耶虎頷之母曰蒙君仗義雪我前讎煢煢母女定當香花頂禮用酬大德未識降臨玉趾意欲何爲虎怒目而視似憎其爽約者母曰汝以我食言耶息壤在彼本宜敬將幼女侍奉裳衣但起居寢食彼此道殊安得竟成伉儷況我年近桑榆家無蘭玉方將倚婿爲活汝爲地下人報怨獨不爲未亡人施德乎謹陳衷曲乞賜矜全虎聞其語神彫氣喪垂頭欲出而一步九顧依依不捨女慷慨而前曰君且住妾有一言幸垂明聽妾前以身相許豈敢昧心想衾裀之共君亦知其不可如不忘舊約當掃除一室與君終身相守存夫婦之名可也虎首肯再三欣然嘉納女乃導虎入帷營苑寢於牖榻之旁食則同牢居則同室女晨起理妝虎必潛身簾次側目偷窺夜候女卸裝登牀就寢始伏於牀下竟夕不寐恐以鼾聲擾其清夢也有時甘旨不給則銜鹿脯以進或抱小恙焦思躁急盤旋室內者無停趾病愈始歡躍如初女習以爲常而母氏因年邁無依時咎女之失計而遇虎禮貌亦衰虎一夕竟去母欲爲擇壻

女曰背德不祥負恩非福況女子以心許人豈必作形骸之論哉執不允從女以鬱疾死停柩堂上虎忽嗥哭而來淚下如雨送殯者皆見之繼埋玉於祖塋之側虎一日巡視者三春秋令節輒銜山果以奠越三載如一日母貧乏不能自活虎猶日取山獐野兔存卹其家云

鐸曰有情癡者必無傲骨虎而癡是失其虎性矣然一言不合掉頭竟去不依然虎性之難馴乎癡而能傲是爲真傲傲而能癡是爲真癡

雞談

吳郡婁門外雞坡吳王牧雞處也至今居人以養雞爲業有祝翁者豢雌雄兩頭一夕聞墻下喧啾不已怪而聽之聞雄者曰爾我蒙主人豢養數米而食鑿垣而棲有何不樂而膠膠膊膊終夕絮聒雌者曰我怪汝喜則究頸懼則斷尾全無一點丈夫氣而猶絳冠金距驕人昏夜能不使人氣憤雄者曰夫不雄飛妻終雌伏汝何所長而鄙我短處雌者曰堂上爭粟籠中抱卵成家之道舍我其誰況秦穆公得我而霸諸侯百里奚伏我而邀富貴汝惟與宋處宗輩作窗下清談否則溝畔塗膏鏡中學舞恐曹阿瞞棄之不惜尚得牛刀一試冀他年大用也哉雄者曰汝真所謂但知雌守未覩雄風者也我所以勝於若輩者全在一鳴驚人耳祖逖聞我而著先鞭燕丹欽我而脫奇禍至於齊宮驚夢用佐賢名楚子乘車不愆兵法奇功偉烈炳耀千秋此田饒以花不失時尊予爲五德之冠汝牝不司晨又安知我爲一世之雄乎雌者曰若以爲雄誰敢不雄自今以後請先予而鳴雄者曰惟家之索恐操刀者隨其後矣陰乘陽位非以獲福實階之禍耳雌者曰爾勿言我先聲一奮當使望氣者尚求其雌而天下羣雄聞風卻步矣雄者躁然而退自此雌者無夕不鳴家人以爲不祥殺而烹之祝翁歎曰翰音登天何可長也況其位之不當乎罹於凶也宜矣

鐸曰太元經有云雌雞晨鳴雄雞從頸陽衰陰盛其積漸使然耶願天下處閨房者持予雄雞歷彼雌風毋柔聲下氣養同木雞也

獺祭

大江之濱有獸物焉其名曰獺一日遊於北岸遇林中之鷗集於磐石相聚而語鷗曰君善捕魚我善捕雀而雀之見我者往往嘵音駭異電流星散以至十不獲一不知君觀魚濠上能聚族而殲否獺曰魚之畏我猶雀之畏君耳豈遂惡生樂死而願入枯魚之肆者鷗曰吾聞君毆之使去復招之使來操何神術而能若此獺曰世傳我別有一手如道家役鬼之法者妄也虎有鉤爪犀有駭角狐有媚珠猱有肥脊皆忮悍者所附會造物仁慈方使予角者去其齒予翼者兩其足肯令我眾添牙益爪窮而問之物類乎哉鷗曰然則奈何獺曰我所以毆之復來者因取之時未嘗過戕其類坐而逸獲若出於不覺也者彼以爲無患而過我於是取之不盡用之不竭此欲擒故縱欲貪故廉之說也鷗曰君言是矣但鳥之狡有甚於魚者魚性最馴不過隨波逐流而已鳥之中如鳩以婦守雁以奴巡杜鵑以倒掛而善防鵲鵲以能言而巧避他如雀常入幕燕必處堂鴿依佛塔之鈴烏傍賈船之檣種種機心弋人何慕一時迭起於前不於此時盡掩其羣而縱之遠逝不亦悔之晚乎獺曰君之志則大矣然何如留無盡之藏爲他日饜飫地乎言未已百鳥橫空而來鷗攫得四五頭餘皆竄入林中鷗意不能含貪翼逐之適射生兒潛伺於側伏機一發鷗先貫項而死獺哀其愚設祭於江之北岸招魂而告之曰鶩飛戾天魚躍於淵惟我與爾以殺爲田廉則穫取貪則同損何子不悟齎恨重泉吾今輟業泥手江邊竊朽其龍勿喪其元貪人敗類自古皆然凡百君子請視此鷗

鐸曰聚族而殲鷗則毒矣而欲貪故廉獺之陰謀更毒也乃天獨報於鷗而不報於獺豈凡魚入跡佛門所不禁耶亦江頭懺悔之功也

蟻封

吳俗田房交易作中者名曰螞蟻有費老者業此三十餘年家小康買竈下婢生一子乞孝

康禧紹推算之精。善謔。口多微詞。戲之曰。查令郎英造。必大貴。汝當作封翁。賈老曰。我業執業卑。微何得名通仕籍。禧正色曰。是不然。古者蝎號將軍。螢稱正字。螺封香國。粉侯蜂擁花臺。刺史諸蟲皆貴。安見蟻命之獨賤乎。兒道在螻蟻。蒙莊羨之。所望蛾子時術之耳。賈不知其戲。述孝廉語。誇示同儕。衆舉手賀曰。淳于棼燒到指頭。香帶畢百萬螻蟻一齊升天矣。賈大喜。日以封翁自負。兒性憨。年十八。惟大學三頁。粗能成誦。人問曰。令郎讀左傳否。賈曰。左傳已熟。今開讀右傳矣。蓋日聽其誦右傳首章右傳二章故也。兒年二十。頑鈍如初。賈恐前言不驗。復質諸禧孝廉。禧笑曰。雖有貴命。何其速也。蟻五年而黑。十年而赤。三十年而白。是有定數。子姑待之。賈唯唯。後兒日荒於賭。漸至廢學。會八旬壽誕。衆客登堂稱祝。禧亦在座。賈復理前說。禧曰。君頭銜已貴。何必倚仗兒博封誥哉。賈問何銜。曰。中人科中人。陞賣田司主事。外推合同府知府。例封文契郎。晉封草議大夫。衆客閧堂。子亦匿笑。禧曰。汝他年得叨父蔭。不作茶館大使。亦當作交易府錄事也。賈始悟其戲。而封翁之想乃絕。

鐸曰。吳人誚官卑曰螻蟻。大前程然畢竟前程。亦從螻蟻上來也。豈必西京記中。勢通館閣。南柯夢裏。貴埒侯王。始識前言之非戲哉。賈老之不驗。殆所謂蟻慕羊肉。羊肉不慕蟻耳。漆園吏之言。更刻於禧子。

龜鑑

九江某以風鑑起家。求田問舍。富甲一郡。同業者爭諂之。叩其挾何妙訣。而所投輒利。適階下。龜蹩躠而來。某指而笑曰。是吾師也。汝等問計於我。不如問計於龜。同業者詢其故。曰。吾所挾以遊世者。皆此物之教也。同業者曰。相法與龜法若是班乎。曰。非相法之班於龜也。風鑑一道。行之最難。必現龜身而說法耳。衆請竟其說。曰。我等挾術以游。不借大人先生之力。何能到處逢迎。某翰林某閣部。銛其家奴。納交門下。此名靠背硬。蓋龜之恃以衛身者。全在此錚錚鐵背耳。龜入門最難。朱門高檻。誤越則蹶。我鑽得三尺薦函。一行名帖。以作先容。此名趁脚進。得門而入。無傾跌之虞矣。其入門也。趾高氣揚。固為貴人所惡。脅肩諂笑。亦為僕輩所輕。必蹣跚徐步。厚重不佻。如龜之曳於塗者。此名拄架子。前畏後懼。左倪右若。皆龜之體也。繼而談相偶然適中。則學龜之昂頭掉尾。自鳴得意。此名軟火囤。使會其意者。知相法既神。酬儀宜倍。如言不中穀。則學龜之卷尾縮頭。悄然而遁。此名使好休。有甚我名者。且留作後圖。再高聲價。他如客寓不必求寬。如龜之入洞。即可藏身。旅飯不必茹葷。如龜之伏土。便能果腹。龜術者有靈。過忌我者必鞠躬。犯我者無息。遇罵我者且忍氣。結二十八宿之黨。用七十二鑽之技。六時盡瞎。四足猶忙。由是龜窟反為金穴。而風鑑之道行矣。此吾所以悟道於龜者也。爾等盍以龜鑑。衆齊聲歎服。而階下龜仍蹩躠而去。

鐸曰。嘗讀史記龜策傳。而知南辰北斗之說。為卜者言之。而相者不與焉。迺此君悟道於龜。豈李固足履龜文。李嶠耳傳龜息。亦相經所載者乎。舍我靈龜。何以相天下士。

兎孕

俗傳孌童為兎。不知始於何時。襄陽韋生。豪族也。寵姬四人。分四院以居。後眷一童。名粲兒。終年不履內院。日與粲兒坐書室。調笑為樂。又得仇十洲所畫左風懷秘戲。按譜行雲。熙圖作雨。後庭花滿。視溫柔鄉不在釵叢中矣。西院姬名阿紫。美而黠。與粲兒通。而韋不知也。一日。韋他出。阿紫出簾下。招粲兒私語曰。自與君接後。紅潮不至者百日矣。主人經年不御。倘一旦臨蓐。諸姊子持我短長。寧仰藥以求死耳。子盍為我計。粲兒曰。我籌之熟矣。斷不誤卿。亡何。韋自外歸。與粲兒共朝膳。甫一舉箸。蹙眉捧腹。忽作嘔逆狀。韋急起擁之曰。昨晚花陰露坐。脫卿半臂。以致寒侵玉骨耶。粲兒曰。非也。自蒙君寵愛。懷娠者三月餘矣。韋大駭。繼而笑曰。雄雞抱卵。牡馬生駒。今古未聞。子勿以此相戲。粲兒曰。君不知耶。我見君中年乏嗣。而又棄彼膏壤。耕我石田。何日芝生蘭茁。因私禱諸海棠祠下。願得轉男作女。為君延一綫之祧。今果神明鑒察。早晚為君抱子。而猶以我言為戲乎。韋大喜。拍背而語曰。不入兎穴。焉得兎子。從此守株而待。不必更營三窟矣。由是日復一日。將及阿紫分娩之期。粲兒曰。生兒外寢。殊不雅觀。乞移我於內室。韋商諸他姬。皆負氣不允。時阿紫托疾卧繡榻中。招韋與語曰。自君貪戀頑童。三年不踐閨闥。今急而求之。無怪渠不應也。如欲居我西院。君必裹足如前。無許往來蹀躞。俟彼免身後。道事可也。韋笑曰。汝擯我作門外漢。意欲藏盜於室乎。阿紫曰。彼弁而釵者。直可認作姊妹行耳。君如見疑。我亦何必瑣瑣。韋出。與粲兒語。粲兒曰。此善策也。男兒生產。本駭聽聞。今移我於西院。一旦臨盆。假言是紫娘所出。不至紛騰物議。貽後日佳兒之玷。韋亦拍掌稱善。遂移粲兒於西院。自乃獨宿外廂。一夕。傳言粲兒腹痛大作。急喚家人往招收產。而呱呱一聲。房內誕麟兒矣。越半月。粲兒繃嬰孩而出。視其儀容。與粲兒酷肖。呼之曰。似娘兒。而不知實似其父也。因粲兒無乳。屬阿紫以米汁飼之。而終日乳香噴溢。韋亦不詰其所自來。一切瑙環繡襪。皆取給於阿紫。偶有微恙。阿紫必令心腹婢抱入閨中。百方調護。韋以為不妒。轉羨其賢。嘗戲謂粲兒曰。兎生鳥覆。真疑兒之福也。粲兒亦戲曰。撲朔迷離。雌雄莫辨。君亦顧兎而未能相馬者矣。後韋以淫慾無節。中道而殂。諸姬星散。粲兒與阿紫竟成夫婦。俟兒成立。收其遺產。遷居冠蓋里。稱富室焉。

鐸曰。男子後庭生育。天下可駭婦人。俞華麓乃戲言耳。愚者以戲為真。卒至兎窟初成。鸞巢盡覆。舐豪而孕。嘗忘歸者成其狡也。慎子曰。積兔於市。過而不視。其齊家之微義乎。花下卯宮。草間鬼種。怪父兮生我。誤踐其形。學母也天。只別通其竅。將乾代濕。化異為奇。失肩背於當場。帖腹心於暗室。海底奮探珠之爪。翻則為雲。臍後下刺繡之鍼。覆堪作雨。於是好龍狎客。鬥爭狂徒。玩稚子於股間。屈英雄於胯下。偷開寳庫。虛張陽貨之弓。巧借南風。直送滕王之閣。始則拾人餘唾。鑿鳥道以塗紆。繼且因我塽心。穿魚腸而甲透。差異女兒浦口。橫決紅潮。正書童子場中。倒搴赤幟。深入不毛之地。幾忘傷股之凶。歷黃花谷之路。難憚黑松林之樹。倒拔萵而去。漁父出桃源洞乎。摩頂而來。居士聞木樨香否。而且華元棄甲。攪亂于思輩老聞關。郎當丟前。迴看鴻溝水溢。難尋劃上茅。公忙將秘篋符偷。權代床頭。陳嫗真貽羞於牛後。亦見嫉於蛾眉。嗟乎。白面郎君。衮衮穿褌之蝨。黑臀公子。紛紛帶刺之蜂。妾婦道窮。男兒氣喪。所望鞠躬而退。出窮袴于軍中。無復背道而馳。等牽船於岸上。賑上刑則斷其雞尾。赦敦被底鴛鴦。從未減則卻彼藁豚。任泣河中魴鯉。蓋因小人難養。況兼女子身來。須知鑿井徒勞。還是耕田計穩。毋使丈綴入室。盜我畏豬。以至狡兔突圍。牽其犬子。前車可鑑。早隄防東閣之奸。後戶難開。莫輕啟北門之鑰。

雉媒

太原穆翁。麥鳥為業。七十而鰥。慨然作求凰之想。而百計央媒。無一報命。敦促之。人笑曰。乘龍嬌客。盡擇英年。今髮欲黑。而君反白。面欲白。而君反黑。是誰以繡閣嬌姿。侍老壽翁杖履耶。翁大恚。取籠中鳥盡放之。負氣出游。一日竄叢谷間。四圍蒼莽。無可問塗。忽有白雉。矯翼而飛。投山南而去。翁躡之。山盡處。倏有村落。槐陰蔥茂中。亞字墻垣。連亙百步。左則園扉洞開。翁疑為大家宅第。不敢通謁。潛身而入。有四女子笑語而來。曰。今日天氣晴佳。盍一作踏竿之戲。牽紅攀綠。迭次而登。一女子著退紅衫。綠衿翠袖。背花不語。衆曰。阿鸞癡耶。昨桑夫人作燈花卜。一頭四燕。謂我等今日必有奇遇。然風流嘉會。彼此同之。汝何先為癡想。正嘲笑間。瞥見翁藏身花下。譁然曰。紅鸞未照。南極星犯花宮矣。翁初入叙叢。心搖目眩。欲自陳蹤蹟。又拙於語言。但倚花呆立。撚弄白髭而已。內傳言。桑夫人來。四女子捨翁環立。夫人問曰。嬌客來乎。衆曰。那有嬌客。只有老物。夫人指翁笑曰。此即汝等婿也。三女子不顧而唾。迴身盡散。獨阿鸞依依夫人肘下。夫人曰。鸞兒頗有慧心。勿學癡婢子以貌取人。與人拗氣。因導翁入內室。笑謂翁曰。若輩少昊氏之苗裔也。瑣尾流離。寄於此。與足下夙有機緣。敢占鵲喜。竊附鸞交。願足下勿以鳩盤為醜。而且作侍闕鴛鴦也。翁唯唯。於是鳳頭鐙照。鴨舌香燒。孔雀屏前。與阿鸞明成嘉禮。三女子伏屏底。以殘嘆嗤匿笑曰。好箇鴟鷹佳婿。絕似章家郎挾得碧鶼雀耳。明日夫人出紫椹丸一合。付阿鸞贈翁。翁吹之三日而盡。不半月。面黑者盡白。髮白者盡黑。頰下鬚亦墮落無遺。攬鏡一照。髣髴三五少年時也。三女子聞之。攜酒稱賀。綵衣翩若。軟語鉤輈。叩其名。始知長為鴿娘。次翠娘。三燕娘。燕娘體最佻。好張雙袖作迴風舞。又或故作欹斜。投入懷裏。翠娘亦時拂衣裾以逗引之。鴿娘稍矜重。而緣酒迷心。亦復戲彈脂血。倒掛蓮鉤。夫態游詞。百般交作。翁方新負少年。左偎右抱。幾欲先弄大姨。後弄小姨。鸞娘意不能堪。指翁而誚之曰。汝初得斷兔續脛。遂欲一箭雙鵰耶。三女子亦作色曰。半箇月新婦子。便學作護窠雛。豈我輩鴟鴞。遂毀爾家室乎。鸞娘拂袖而起曰。始則唾之。繼則銛之。真烏合之衆也。我不能食倉庚炙。為爾等解妒。燕娘曰。汝勿弄如簧之舌。我涎涎翹尾張公子。且曾見慣。肯借鄰烏覓華胥之夢哉。翠娘曰。醋娘子亦太作喬。姊妹間不過作鬪茗之戲耳。鴿娘曰。渠既自啄其肉。我等不如歸去。曳其袖悻悻欲去。而夫人卒至。曰。汝等皆不甃羽毛者也。嫌老則獨環鸞樓。愛少則競圖鳩占。本應感同鷁逐。姑念孟家鴻案。共有前緣。鸞兒且拗冤作德。釋怨同歡。自今伊始。弋雁翱翔。毋得再生謠啄。三女子雀躍而前。齊聲謝過。夫人亦去。競酌酒為鸞娘陪禮。笑曰。我等稱觜撩人。幸妹子無忘鳳諾。鸞娘亦曰。但得阿姊始終翼覆。妹何敢獨效于飛也。翁聞其言。格磔一笑。衆曰。汝圖一箭雙鵰。今得一衾四鳳。

恐水中鵷鶵。咲不慣幾許天鵝肉耳。自此日則比翼。夜則交頸。四女子從無閒言。忽一日夫人失色而來。曰。大樹傾矣。速遣郎回。四人握手嬌啼。不忍遽別。夫人遣素衣婢促之。鸞娘曰。甯同萬死碎羽翼。不忍雲間兩分張。真我今日之謂也。翁亦戀戀不行。婢曰。我送君來還送君去。強留無益。恐同被覆巢之禍耳。不得已。垂涕而別。出門數武。迴見宅第全墟。但見桑樹一株。垂陰半畝。有伐木者執斧其下。四鳥集桑樹間。哀鳴悲唳。方欲詰諸其婢。轉瞬化為白雉。騰空而逝。因念桑夫人之德。哀諸伐木者。留其株本。問道而還。

鐸曰。如皋一射。賈妻含笑。則雉之為物。専調停人閨闈事也。然牧犢子七十無妻。未嘗感其雉朝飛一曲。為之作合。若穆翁者。殆由開籠放鳥之德歟。

情魔書癖兩相纏。彌我溫柔預為先。何似語言文字外。一齊解脫野狐禪。

銷磨傲骨為情癡。搔首歸來好自持。今笑丈人峰下客。年年盡虎買臙脂。

長舌傾城可奈何。由他子夜盡情歌。伏雌畢竟操刀割。輸與雄雞斷尾多。

昨宵有獺哭江濆。楚些聲中不忍聞。多少會夫林下森。麵時何處弔秋墳。

鳳誥鸞封志未灰。莫嫌村老太癡獃。腰間金印懸如斗。都自南河郡裏來。

不作朱門白項烏。願甘曳尾學泥塗。黑衣參透麻衣訣。許負先生也貢圖。

迷離撲朔不堪題。貂却雄豪且並棲。狡窟營成香閣閉。可憐得兔已忘蹄。

雄子班班翠尾張。鰥魚引到合歡堂。楚人路上如相遇。莫惜千金買鳳凰。

受業洪詔恩謹題

諧鐸卷二

吳門沈起鳳桐威氏著

屏角相郎

緗瑢。江陰貧家女也。工詞翰。兼好讀相人書。決人禍福多奇中。年及笄。母氏將字之。緗瑢曰。兒相薄。不宜主人中饋。母誠愛我。但賦小星可矣。母以其言多中。許之。而爭聘者日踵於門。母氏令從簾隙以窺。俱不當意。母曰。癡婢眼太高。若輩中寧無一有福兒郎耶。緗瑢曰。非此之謂也。母詰之。淚盈盈欲下。遂置不問。雲溪洪生。才士也。愛君山之勝。客於江陰。聞緗瑢名。登堂求聘。緗瑢適獻錢屏角。望見之。入謂母曰。堂上客真兒偶也。母出見諧之而去。緣問曰。是子相若何。緗瑢曰。氣清骨秀。非紈袴中人也。然太清則薄。太秀則削。恐不永年耳。母愕然曰。彼既不壽。汝何獨有取也。緗瑢泫然曰。兒昨攬鏡自照。柳眉侵月。斜靨添渦。三年後必合孀居。郎相不利建寅。是真短緣適合。遲之不吉。母氏幸勿憂也。繼而洪別營金屋。擇日以禮迎之。綺褵以後。相得甚歡。洪善繪事。長箋短幅。酬應不遑。甫一脫手。緗瑢即題詩其上。猶記其題並頭蓮一絕云。水雲鄉裏見溫柔。多少癡娃漾畫舟。江上孤鴛勞寄語。背花飛去莫迴頭。傷心之讖。見乎詞矣。一日坐花下。折短箋作觴政。有並蒂花。並頭花。連理花。葉底花諸名色。拈得者道葩經兩句。合意者酬以香名。否則罰兩指擊脫爲罰。緗瑢拈得並蒂花。曰。庶幾夙夜。妻子好合。洪睨而笑曰。夜合一語。妙出天然。真慧心人也。繼拈得並頭花。洪曰。宜爾室家。男子之祥。緗瑢曰。宜男有慶。彼此同之。如卿言。亦復佳耳。復拈得連理花。緗瑢曰。道阻且長。春日載陽。洪曰。長春兩字。連理成文。亦巧合矣。又拈得葉底花。洪曰。伐木丁丁。其香始升。緗瑢笑曰。木香固登花譜。君何以第二字聯合。洪笑曰。此乃所謂葉底花也。已而問曰。卿前言並蒂花。不知三百篇中。尚有幾許。緗瑢曰。駕彼四牡。顏如渥丹。朝宗於海。蔽芾甘棠。想盡之矣。洪曰。我尚有一聯。緗瑢請問其說。曰。亦孔之將。彼黍離離。緗瑢愀然曰。花前偎倚。歡會正長。何至說著將離。倚欄凝立。凝眸欲涕。洪方溫言勸解。而家中催歸符至矣。迫於父命。不獲已。草草束裝而別。緗瑢自洪之去。妝樓長閉。粉匣都收。終日對鏡沉吟。自覷氣色。一日擲鏡大哭。急呼母氏。爲製縗絰。母曰。兒癡矣。洪家郎去後。且無一紙病書。何以決其必死。而作此不祥之物。緗瑢曰。以兒氣色徵之。斷不爽也。母終不許。易以練裙素服。而個中日夕。惟以眼淚洗面而已。不匝月。訃音果至。毀容絕粒。幾不欲生。有客將洪父命。憐其少寡。啣以數百金。勸令改適。母商諸女。緗瑢艴然曰。是何言。我報郎於生者日短。報郎於死者日長。且我之爲孀婦。於相信之。我之爲節婦。亦於相信之。世有面冷如霜。心寒於雪。而作東風別嫁者哉。

咨驚歎而去。述諸洪君之父。大趯之。遂買舟具柬。逆歸於家。始娌間有乞其詩相者。緘口不道一字。族中子弟。知其能詩。競出素縑索句。俱以病辭。曰女子有才。終歸無福。舊時結習。識除盡矣。惟小鬟竊其題洪君遺畫傳示其姪詔恩。得二十八字曰。湛紅香白滿欄杆。一段春光畫裏看。展向秋窗渾不似。梧桐庭院十分寒。此雖吉光片羽。而讀之者。亦可哀其志矣。

鐸曰。唐書載袁天綱相岑文本曰。舍人文才必振海內。而頭有生骨。恐至損壽。今傳此法於閨中。以為擇壻張本。短脩適合一語。卓然定鑒也。苟廣其術。潘騎省寡婦賦。可無忽以捐背之恨。

筆頭減壽

中州女子鄭蘭芬。幼失怙。母鍾愛之。日令坐書塾中。牙籤錦軸。縱橫滿案。母常戲之曰。此吾家千里駒。但牝而不牡耳。蘭芬答曰。只要馳騁詞壇。猶勝劉家豚犬也。由是閨閣才名噪閭里黨。嘗作錢卦曰。錢利用貞。象曰。錢方正位乎內。圓正位乎外。方圓正天地之大義也。錢有孔方焉。家人之謂也。凡凡弟弟父父子子夫夫婦婦。而錢運亨。運亨而家道定矣。象曰。金自火出。錢。君子以內有物而外有光。初九。閑有錢。悔亡。象曰。閑有錢。來未正也。六二。无攸遂。在中饋。貞吉。象曰。六二之吉。順以藏也。九三。錢神嗃嗃。悔厲吉。錢奴嘻嘻。終吝。象曰。錢神嗃嗃。將失也。錢奴嘻嘻。失家業也。六四。富家大吉。象曰。富家大吉。積在德也。九五。君子有錢。勿恤吉。象曰。君子有錢。交相愛也。上九。有官咸如。終吉。象曰。咸如之吉。發身之謂也。既。香徐孝廉載入蕉窗贈詁。談者艷之。婢阿康性慧黠。一日擷花園亭。久不至。蘭芬遣其弟五兒蹤之。知為僕廖二所畧。復仿五子之歌。作規婢書嘲之。曰。阿康尸位。以逸豫荒厥職。同人咸貳。乃盤遊無度。戲於寂寞之園。有窮廖二。因人弗見。狎於庭。厥弟五兒。奉主命以從。徯於園之次。五兒大怒。述主人之戒以作歌。其一曰。齊家有訓。人可勤。不可怠。勤惟家本。本固家寧。予視天下愚夫愚婦。一不聽予。一時兩失。禍豈在明。不見是圖。予臨爾眾。懍乎若鐵索之馭六馬。為人下者。奈何弗慎。其二曰。訓有之。內作盜荒。外作淫荒。甘愉嗜頑。鑽穴踰墻。有一於此。未有不亡。其三曰。惟我高堂。有此義方。汝悖厥訓。亂其紀綱。乃底滅亡。其四曰。巍巍我主。一家之尊。有禮有法。貽厥後人。吟詩誦賦。昔人則有。荒墜厥緒。誨淫絕恥。其五曰。嗚呼曷歸。予懷之悲。人實班女。女將疇依。鬱陶乎予心。顏厚有忸怩。苟悔厥過。來者可追。其巧思慧舌。大率類是。一夕坐燈下。作香粉春秋。未及數行。睨然體倦。伏几而寐。瞥至一殿。上横一金額。曰六經大文章處。一人冕旒端坐。儒冠者數輩。校書兩隅。一人捧冊上曰。此揚子雲擬易。上座者曰。易自商瞿至田何。凡歷五傳。王弼主理。京房主數。總未盡探其奧。若輩何能妄擬。且渠已屈

身新莽。雖有草元奇字。不足觀也。又一人上曰。此張霸偽書。上座者曰。書自出孔壁。古文不傳久矣。梅賾二十五篇。略存其似。張霸何人。輒敢妄作。又一人上曰。此束廣微補亡詩。上座者曰。命義選詞。亦頗不乖詩教。然魚游清沼。鳥萃平林。純是晉人口角。何得妄擊風雅。又一人上曰。此劉歆集禮。上座者曰。河間獻本辨者實難。考工一記。明是漢儒私擬。以補冬官闕略。又一人上曰。此何休春秋傳略。上座者曰。公羊墨守。左氏膏肓。穀梁癈疾。直妄人說夢耳。又雜陳刪魯論。非孟子等書。上座者勃然怒曰。擬莊反騷。尚屬小儒弄筆。乃割裂聖經賢傳。妄肆譏彈。當付拔舌獄。以彰冥報。言未已。一人趨座前伏。上座者曰。鄭央潞爾欲何言。逡巡而對曰。康成輔翼聖經。自謂有功名教。不料閨中有裔。竄經文作為游戲。奈何。上座者曰。此侮聖人之言。罪宜加等。但念閨閣無知。折其壽算。以贖前愆。時蘭芬潛伏殿外。聞其言。心驚魄悸。下階一蹶。豁焉夢醒。燈下燒其舊稿。深自懺悔。後字同里某生。嫁前三日而亡。實侮聖言之報也。

鐸曰。酒是先生饌。女為君子儒。案花妙舌。艷絕千古。然世上演牡丹亭一日。若士在地下受苦一日。安知非此椿公案發也。吾家湘人嘗作閨中月令。有口脂解凍。綿衣化為鉤衣。潤溽暑。粉雨時行等語。亦見慧心。而紅箋猶濕。黃土旋埋。自貽伊戚。夫復何尤。附記於此。為之一歎。

討貓檄

門人黃之騋好讀書。左圖右史。等諸南面百城。豢一貓。用以防鼠。視其色斑斕如虎。眷以為俊物。置諸書架旁。終日憨臥。喃喃吶吶。若宣佛號。或曰。此念佛貓也。名曰佛奴。鼠耗於室。見佛奴。始猶稍稍斂蹟。繼跳梁失足。四體墮地。佛奴撫摩再四。導之去。嗣後眾鼠俱無畏意。成羣結隊。環繞於側。一日踏肩登背。咬嚙其鼻。血涔涔不止。黃生將乞刀圭以治。予適過之。叱曰。畜貓本以捕鼠。乃不能翦除。是溺職也。反為所噬。是失體也。正宜執鞭箠而問之。何以藥為。命生作檄文討之。予為點定其檄曰。捕鼠將佛奴者。性成兵儒。貌託仁慈。學雪衣娘之誦經。冒尾君子之守矩。花陰晝懶。不管翻盆。竹簟宵慵。由他鑿壁。甚至呼朋引類。九子環魔母之宮。疊背登肩。六賊戲彌陀之座。而猶似老僧入定。不見不聞。傀儡登場。無聲無臭。優柔寡斷。姑息養奸。遂占滅鼻之凶。反中磨牙之毒。闒羅怕鬼。掃盡威風。大將怯兵。喪其紀律。自甘噬面。實為縱惡之尤。誰生厲階。孰出沽名之輩。是用排楚人犬牙之陣。從蔡州騾子之軍。佐以牛蓑。加之馬索。輕則同於執豕。重則等於鞭羊。懸諸狐首竿頭。留作前車之鑒。縛向麒麟楦上。且觀後效之圖。共奮虎威。勿教兔脫。

鐸曰：昔葛壽芝彬師，以見蝨不捕為仁，輩謂其誕語，而不知實佛門法也。若儒生一行作吏，以鋤惡扶良為要，乃食君之祿，沽己之名，養邑之奸，為民之害，如佛奴者，佛門之所必容，王法之所必誅者矣。

祭蠹文

為卷樓表叔蔣觀察藏書地也。宦游於閩，經年閒置。後告假歸籍，曝其卷帙，半為蠹魚損壞。因命童子搜捕，盡殺乃止。是夜樓中萬聲齊哭，縷縷於達旦。主人患之。予適借榻松巔軒中，因作文以祭曰：嗚呼！蠹分衆蟲之性，而不集於糧，得魚之名而不躍於淵，遨遊乎文章之府，托翰墨以為緣，爾何不學白蛾之蠲縑，與青蚨之化錢，譜書香之我嗜，願銅臭之長捐。吾聞僊祖脈望，羽化登仙，以詩書為弓冶，則無忝乎家傳。嘗書作穴，耕字為田，雖食古而未化，鑒其志之可憐。何斯主人好事，物逆屯邅，竟鈔同乎瓜蔓，忽畫族而並殲。芸窗擣毒，書林抱冤。識名碣之有碁，吾語言其固然。穿經史以太鑿，斷詞義而不連。既毀章而裂句，亦脫簡而殘編。隱微軀於藝苑，肆魚肉之饞涎，等斯文之蟊賊，遂獲罪於聖賢。彼刀筆小吏，案牘窮年，竊爾生平之一字，飆舞文而弄權，爾宜悔悟，自省其愆，非主人之嗜殺，迺蒭報之在天。賦草一束，墨汁半船，爾其享之。在此靈筵，勿為厲於龍蛇壁上，待轉丸於蜣螂糞邊。筆冢紫紫，下爾長眠。硯田膴膴，表爾新阡。招青蠅之弔客，驅蟻蠓於下泉。果遊魂之無恙，乘蚨背以言旋。祭畢而樓中之響寂矣。

鐸曰：胥吏舞文，謂之衙蠹，而讀書中無是名也。然借文字為護符，託詞章以獵食，皆可謂之書蠹。或曰：此等詞義不連之輩，名曰書蠹，猶屬過譽。

隔牖談詩

水繪園，辟疆冒氏集諸名士褉飲處，今廢為禪院，祀邑胡生文水，客如皋，賃僧屋以居。生負奇氣，為沈晉齋王西園諸前輩相器重，益自喜。嘗作述懷詩，有「我宜妄哉聊復爾，臣之壯也不如人」之句。予適見之，曰：此宋元派也。生氣不肯下，轉以詩學源流相詰問，予唯唯。生乾然曰：先生殆不屑教誨耶？拂袖竟出。予獨坐燈下，半炊許，暗中聞嗤笑聲，叱問為誰。應曰：予此間地主冒巢民也，與王桐花、崔黃葉、陳伽陵輩魂遊於此，汝吳下阿蒙，輒敢高持布鼓過我雷門。倘一言不智，定當魔之門外。予曰：聞先生餒魂無恙乎？如不見棄，乞垂明問。因大聲曰：古詩以何為宗？應之曰：四言以三百篇為法，而太似則剿，太離則詭，故束晳補笙詩，未脫晉人俊語。五言自西京迄當塗，與千諸家，各有一副真面目。梁陳之際，體卑質弱，至唐陳伯玉蒐捕除頹，廢龍朔之弊，獨操風格。七言權輿大風柏梁，洎乎魏宋，名作叢麥。初唐頗尚氣韻，

李杜出而始極其變，後有作者，皆諸自鄶無譏可也。曰：近體以何為宗？應之曰：除何徐庾，五律之先聲也。延清雲卿，擒聲赴節，後來居上。王孟以淡遠並時，李杜以壯麗分鑣，崔李高岑，七律之正軌也。賓客儀曹，態濃意遠，宗風克紹。況花如蘇魚擘海，青蓮如健鶻摩天，至絕句，羌無故實，須求味於酸鹹之外，雖工部高才，未傳佳作，不得謂黃河遠上，渭城美酒，獨登者可學步也。言未竟，忽鳳聲高唱曰：我漁洋老人論詩六十餘年，以少陵詩史為宗，何物狂生拈出司空三昧，教人厭學？因笑曰：公一代詩壇，千秋史學，何敢妄議？但落鳳坡弔龐士元此題尚宜斟酌。正持論間，有自稱崔不雕者，自稱陳其年者，譁然縱辯。予曰：君王桐花之弟子耶？生前以黃葉著名，然丹楓兩字，辭義當同，想君生平傑作，惟春水桃花一聯，差堪與芍藥薔薇抗衡耳。至檢討公伽陵詞集，允堪追步辛蘇，而梅花百首，亦止賺得雲郎捧硯，未必與技高出手寒之作同聲競響。而諸人猶紛呶不息。因拍掌大笑曰：冒先生相與符一單詩八到底撲滅一炬，餓填溝壑，皆哉轉盼間。胡生長笑而來曰：先生不屑教誨，今已盡聞台命矣。蓋生欲聞予狂論，說屬同人暗藏牖下，作此狡獪伎倆耳。予大笑。生執贄門下，兩載談文之暇，旁及詩賦詞曲，而其稾不甚收拾，往往為友人竊去。劉又酷似其師，信然。

鐸曰：邊孝先曾為弟子解嘲，此則更同兒戲矣。師狂而弟子亦狂，師懶而弟子亦懶，狂不可學，懶更不可學也。先生休矣，弟子勉之。

水以乙未春僦雨香蒂居之，為鍵關計。巷即冒園故址也。時夫子亦客雉皋，水執贄門下。相依兩載，丙申冬，挈家南來，遂隔師門。忽忽十有一年。歲戊申，夫子司鐸吾祁，越兩年，水自豫章歸省，謁函丈。又明年，召入學舍，授以鐙火，坐我春風者殆無虛日。暇時請觀詩文全稾，并樂府套曲諸大製，悉辭以散失，惟檢行篋得諧鐸五十餘條，出以示水。卒讀之，遂進而請曰：先生其有救世之婆心，而托於諧以自隱，如古之東方曼倩其人者。曷亟付之梓，以是為道人之佝瘻。比蒙許可，追憶舊聞，摭採近事，如千條，釐卷十二，斯條亦係閒離時補入者，記此見師弟淵源二十年如一日，而水徒以家貧學蕪，筆札依人，迥首勝遊，已成昨夢。嗟華年之不再，愧壯歲之無聞，其負孤吾師之玉成者不少矣。辛亥六月二十一日，受業胡文水謹誌。

垂簾論曲

李秋蓉，吳江徐公子寵姬也。有慧性，妙解音律。同里某生，小有才，學著傳奇，挾數種詣示徐公子。方談論間，而屏後笑聲忽作。生又按拍而歌，屏後益笑不可支。徐微喝曰：曲子師在座，理宜敬聽，嘻嘻出出，是何意態？曰：箇兒郎煞不曉事，為我設青綾步障，斥之使去。亡何，有女

子坐簾內，請客相見。生隔簾揖之，問曰：君所製傳奇，南曲乎，北曲乎？生曰：近日登場劇本，有南有北，且多南北合套之齣，是非異曲同工，何能毀稱製譜？曰：君知北曲異乎南者何在？生曰：南曲有四聲，北曲止有三聲，以入聲派入平上去三聲之內。製曲者剖析毫芒，以字配調，誰不知者？曰：君知北曲異于南者，僅在入聲，而亦知平去兩聲，尚有不合者否？曰：未聞也。簾內者笑曰：君眞所謂但知其一，莫知其他者矣。崇字南音曰戎，而北讀爲蟲；杜字南音曰渡，而北讀爲妒。如此類者，難更僕數。且北之別於南者，重在去聲。南曲以揭高爲法，北曲透足字面，但取結實攜聲，應律未可混填，拗折天下人喉子。生曰：一韻之音，亦有不同者乎？曰：不同。共一東鍾韻，而東字聲長，鍾字聲短，風字聲扁，宮字聲圓。共一江陽韻，而江字聲闊，臧字聲狹，堂字聲粗，將字聲細，綀準口訣，擇其宜而施之，製曲之技神矣。生唯唯，繼而問曰：君所遵何譜？曰：遵大成九宮。句繩字準，不敢意爲損益。曰：所配何宮？生默然不語。簾內者曰：分宮立調，是製曲家第一入手處。富貴纏綿則用黃鍾，感歎悲感則用南呂，一隅三反，諸可類推。否則指冰說炭，蹤審音不舛，而對景全乖，製曲者之大病也。其他南曲多連，北曲多斷；南曲有定板，北曲多底板；南曲少襯字，北曲多襯字。選詞定局，自在神明於曲者。若夫五音四呼，收聲歸韻，此歌者之事，而不必求全於作者矣。生大駭，顧徐公子曰：不意君家金屋有此妙才。勝張紅紅記豆多矣。言未畢，一人捲簾而出，視之，青衣婢也。曰：幸得婢學夫人，本領止此。否則娘子軍來，汝能無受降面縛乎？生大窘，喪氣而出。後公子父雷胎先生探閨中緒論，著樂府傳聲一卷，行世，度曲家奉爲圭臬云。

鐸曰：考樂譜，鹿鳴之詩，首章我爲菝，有爲林，嘉爲應，賓爲南；次章我爲林，有爲南，嘉爲應，賓爲黃。則諸律可已互通，天下無一定宮調，而度曲家必斤斤於工尺之間，豈今之樂異於古之樂歟？柳逑字既調，可以恕古而不能恕今也。

考牌逐厲鬼

婁東陳岳生，築別業蓮橋之西。工甫竣，家人譁傳有鬼。陳疑其妄，移榻居焉。至夜，見青衿者四輩，結隊而來。滿口吟哦，四肢俱帶腐氣。一老者年約五十，一四十許，其兩人十八九少年也。老者曰：昨緣風雨敗興，今夕大好月色，盍拈題一角，文藝之優劣？三人曰：諾。老者袖中出紙圓數枚，命少年拈其一，展視之，蓋視其所以全章題也。懷中各出文具，老者登上座，四十許人聯坐其右，下一案，兩少年據之。四人閉目攢眉，搔頭揉耳，咿咿唔唔，約兩時許，老者笑曰：今夕文機鈍塞，祇得一佳破，奈何？聯坐者曰：僕亦與翁相等。老者取視之，破曰：視所以而觀所由，察所安而人焉廋。老者曰：首句可謂英雄所見略同，特次句尚欠包括。聯坐者請教，因出己作示之，破曰：視所以而觀所由，察所安而焉廋廋。聯坐者大歎服。老者曰：作文一道，譬猶千里。君所以長居五等，而僕儼然附四等末者，實以題無賸義耳。言罷，意頗自負，繼視兩少年，竟無一字。老者曰：君等英年作文，宜有豪興，奈何曳白如此？少年曰：世間嚴刑酷罰，無過作文一事。我等所以惡生樂死者，謂幸逃得此難耳。適復無病自尋煩惱耶？老者拍手大笑曰：吾過矣。如君言，眞第一安樂法也。俄見一小僮擔酒盒至，少年曰：枵腹談文，有何意味？如此良宵，不如痛飲。因陳酒肴几上，團坐大嚼，頃刻都盡。少年捧腹笑曰：此中空洞無物，只合作酒囊飯袋也。四十許人曰：食肉健飯，正欲使此中有料。老者曰：特恐見其入而不見其出耳。言已，各大噱。亡何，小僮飲酒具，四人共訂後期，醉飽而去。陳始信有鬼，自此呼朋引類，無夕不擾。時值歲試，學師遣門斗奉憲牌下鄉傳考。夜過蓮橋，投止陳墅，以憲牌置案上。擁被竟臥。四青衿譁然入座，高談闊論，旁若無人。忽老者趨近案頭，見憲牌，大驚曰：催命符又至矣。衆環視之，面色如死灰。一少年笑曰：我輩生前緣此碎心裂膽，以至奄然物化，今幸作局外漢，何憂鉅鹿之戰？哭及壁上觀者哉！老者曰：君勿作太平語，冥府近有新例，陽世歲考之期，下令城隍司搜括鬼秀才，盡赴修文殿歲試。優者受上賞，劣者押入刀山獄，剖剔腸胃。今迫矣，可奈何？少年亦色變，再三求計。老者曰：此原非安樂土，君等欲免此難，且各棄儒巾，卸儒服，於地獄黑暗處埋頭項五六百年，俾持牒者無可搜捕，或可脫離苦海也。衆皆轉懼爲喜，解衣脫帽，裹負之，隨老者踉蹌遁去。門斗異之，明日述其事於陳。陳大快，並錄憲牌一通，黏諸壁上。自後青衿輩竟不復至。

鐸曰：曳白秀才，森羅殿猶防對策，矧敢金門待詔耶？因知李昌谷應制玉樓，惟平日嘔得心肝，乃敢赴緋衣之召耳。

妙畫代良醫

鮮溪潘琬字璧人，美儀容，有玉樹臨風之目。妻尹氏，豔而妒。潘謹守繩墨，跬步不離繡閨。潘有別墅在濂溪坊里，庭前海棠數株，每當含苞未吐之時，隱度其兩鬟插戴處，往向枝頭莫萌。及花放，折歸助妝，長短疏密適合。尹嘗執花睨潘而笑曰：此解語花也，勞卿手折，益斌媚矣。由是封海棠曰花卿，而戲呼潘曰掌花御史。後潘以病瘠死，尹哭之哀。一日過別墅，適海棠盛開，尹凭欄凝睇，觸緒縈懷，忽忽若迷，歸而病殆。尹有族弟名慧生，善繪事，聞之曰：此心疾也，吾當以心藥治之。遂寫海棠數十本，觀潘生科頭其下，旁繪妖姬五六人，有拈花者，有嗅花者，有執花在手，乞潘生代爲插鬢者，有押坐膝頭，戲以花瓣擲生面者。畫畢，竟詣林頭，詢姊近狀。尹流涕不言。慧生曰：昔姊丈在時，曾浼弟畫行樂圖一卷，恐姊見瞋，久留弟處，今己埋骨泉下。諒妒見原。持歸趙璧。因出閫授尹。尹諦視久之。面忽發赬。曰。海倖郎有是事耶。慧生曰。妒誤矣。男兒離繡幃三尺。便當跳入雲霄。是非梁伯鸞。誰能謹守偏聚。況已往不咎。聽之可也。尹憤然作色曰。若是則死猶晚耳。吾何惜焉。慧生佯勸而退。由是心疾漸解。不旬日。宿怨竟蠲。取其圖投之於火。並督家人各持斧鑕。前往別墅。盡伐去海棠之樹。

鐸曰。此袁倚醫鄱陽王妃故智也。哀思乍平。妒心又起。海棠之伐。與阮寓婦砍桃何異。劉孝標之三同。王文穆之四畏。吾知泉下人猶為膝落。

諧鐸卷三

吳門沈起鳳桐威氏著

嬌娃皈佛

苕江沈綺琴。兆魚王公家青衣也。幼從閨中伴讀。年十五。工吟詩。兼喜填北宋人小令。如送春詞中一溪花斜水聲長。誰知即是春歸路。南樓徐若冰夫人採入擷脂雜錄。其題施寔君詞稿有自傷不作書生耳。酒市茶墻讓柳七郎君奉旨之句。風流倜儻。略見一斑。繼掃除綺業。一歸佛教。鏡匳粉匣旁。楞嚴涅槃諸經典。燦然堆積。時戒律僧慧公從淨慈來。卓錫隨光東院。綺琴往投座下。乞參三昧法。慧公曰。欲參三昧。先斷六根。綺琴曰。諾。慧公趺坐蒲團。高聲提唱曰。如何是無眼法。曰。簾密厭看花並蒂。樓高怕見燕雙棲。如何是無耳法。曰。休教撥箇鸞鶯。楊柳未許吹簫巷鳳凰。如何是無鼻法。曰。蘭草不占王者氣。萱花不辨女兒香。如何是無舌法。曰。幸我不曾犁黑獄。千卿甚事吐青蓮。如何是無身法。曰。慣將不潔調西子。沒把橫陳學小憐。如何是無意法。曰。只為有情成小劫。卻因無礙到靈臺。慧公曰。六根已淨。八垢須除。再為汝下一轉語。何謂念煩惱。曰。誤將濁水濺蓮葉。作何除法。曰。奪取剛刀殺藕絲。何謂不念煩惱。曰。一任飛時沾柳絮。作何除法。曰。再從繫處解金鈴。何謂念不念煩惱。曰。春蠶作繭全身縛。作何除法。曰。蠟燭成灰徹底銷。何謂我煩惱。曰。未出岫雲偏作雨。作何除法。曰。不開花樹本空枝。何謂我所煩惱。曰。底事急流爭鼓棹。作何除法。曰。好憑順水再推船。何謂自性煩惱。曰。鑽榆取火還燒樹。作何除法。曰。凍水成冰不起波。何謂差別煩惱。曰。磨將子墨猶嫌白。作何除法。曰。買得臙脂便是紅。何謂攝受煩惱。曰。痛看西子心頭捧。作何除法。曰。癢倩麻姑背上搔。慧公曰。是兒可人。吾為汝說九根之法。汝能一問一荅。便許傳第一妙諦。信根何在。曰。龍牙打版。精進根何在。曰。石鞏架箭。念根何在。曰。丹霞選佛。定根何在。曰。華林縛虎。慧根何在。曰。雪峰趣毬。惡根何在。曰。白鹿掛袋。樂根何在。曰。達摩授缽。捨根何在。曰。如來痛背。意根何在。曰。天龍豎指。如此畢竟作麼生。綺琴拍掌而吟曰。饑來喫飯困來眠。悟得傳鐙第一禪。散盡天花渾不著。豈干饒舌已多年。慧公曰。汝真佛門種子。但以文字釋經。未免墮口頭禪耳。以座上蒲團授之曰。待此物破時。通汝證盟候也。綺琴合掌拜謝。歸而靜坐一室。終日不言不笑。似學天竺菩提九年面壁者。後聞蒲團未破。紅粉先埋。豈導師之誑語乎。抑金棺現足。將現迦葉身而得度也。姑記之。與葉小鸞參禪一案。並為詞壇佳話云。

鐸曰。昔五祖以袈裟度世。於五百人中。必擇一鈍漢予之。乃知金蓮法界。非聰明人插腳地也。我輩欲參大乘。惟願生生世世。勿作有情之物。

窮士扶乩

吳中馬頗能詩工詞曲而名不出里巷飢驅潦倒薄游於揚以詩偏謁貴遊三載卒無所遇通虹橋荷花盛開鹺賈設宴園亭招名士之客於揚者馬私挾詩藁而往閽人阻之馬排闥直入眾譁問為誰馬曰某吳中窮士少習扶乩今賓客滿座請獻薄技時揚州扶乩正盛就近地借得沙盤等具排列中庭馬書符焚訖擇一僕共襄厥事乩忽飛動大書二十八字曰藕花香裏路迢迢準擬吟詩付玉簫踏偏平山人不見自迴短棹過虹橋眾請署名書曰予康對山偶訪詩人閒遊至此鹺賈伏地拜曰狀元公來矣諸名士亦跪請曰殿元詞華風騰已見一斑願窺全豹乩書曰予舊作強半遺忘有揚州新樂府四首請政其一曰借神債望神拜財神許我千金價不納閒官不作賈賈得雛兒教歌舞雛兒歌一曲黃金堆滿屋雛兒舞一回蜀錦高于臺紅燭搖搖春夜短傾盡千家萬家產傾財破產莫憂汝自有財神作債主其二曰東風二月吹黃埃多子街上飛轎來前不高軒後不篏大腹累累伸腳臥轎前走幹僕轎後隨孌童道旁一老夫嘖嘖誇而翁而翁當日好肩背東門擔水西門賣其三曰朱門沈沈夜作晝金鑰倉琅響戶牖堂前銀燭一半殘主人睡起傳朝餐左有彈箏妓右有扶瑟侶玉簫金管陳兩廂銜杯聽歌樂未央樂未央歌聲歇譙樓三鼓華筵撤衆炬門前出拜客其四曰賢侯怒賢侯怒阿誰不怒傲人謁不怒鹺商來只怒秋風鈍秀才手中一卷書長揖當空階書生如此不曉事焉用品題作佳士不是龍門爾莫投請爾去識韓荊州書畢諸名士齊聲讚歎鹺賈亦拍掌和之馬他顧而笑瞥見席上磁杯中有瓦和尚端然趺坐請乩仙題句乩書曰僕幼習儒書未嫻內典適與武功元垢大師同來倩彼一為捉刀乩停駐半晌書曰我武功山主客僧元垢也康殿撰相邀至此居士輩有何見諭諸名士指席上杯索題乃書曰謾駕慈航海上迴風波湧斷講經臺年來說法成空相願咒蓮池化酒杯菩提露滴酒家缸醉倒禪牀氣未降醒眼笑他諸佛子可能一口吸西江後書殿元公挾妓來矣小倩且退問妓何名書曰此卞淑娘即予邀客詩中所謂恭褸翡翠裙者也向從鼉四娘習琵琶妙解音律眾好學金荃體亦頗不乖風雅時王條山徐蘇坡以綠春詞三十首徵江左詩人步韻諸名士遂出原箋請和乩書曰君等皆名下士乃窘於七步而乞靈舞裙歌扇中耶不得已代為一吟書曰阮家西壁宋家東一帶疏簾似夢中深院釀花媽婦雨畫欄垂柳颭姑風騰瓶嫌素添山紫步障憎寒掩海紅芳草年年南浦綠卻將別恨惱文通芙蓉寶帳隔重重蹄風歸來不再逢衣帶水淹花月渡劍銼山割雨雲峰淚因洗面何緣熱酒為澆愁未肯濃偷向蘇銖堂下走棋區藥鼎盡塵封偶隨梅柳渡春江忽見桃根倚畫艭重喚雪兒彈錦

琵催教雲母拓紗窗鞵共緊鳳三千拜袖底鴛鴦十八雙同傍得憐堂後住情魔一點幾時降冷笑鷓鴣戀一枝裝成金屋莫嫌遲桃花繞樹長庚宅芍藥當堦上巳時西北高樓看日出東南孔雀避風吹錦駝細載移家具香譜茶經鏤雪詞閣子玲瓏近翠微安林支臼未全非屏開翡甲邀花伴簾捲蝦鬚放燕歸廿五條弦彈處趁十三行字仿來肥有時笑拾韓嫣彈打起黃鶯作對飛方擬圖冰屏角梳九梁花插兩鬟盛高情懶學鳴蟬鬢垂手愁拈飛燕裙短髮鬅鬙桃葉後羞眉斂帖破瓜初水晶簾下無多地合看梳頭誤道書馱步蓮花不用扶酥銷解處見冰膚斂眉欲索三年艾得意誰償一斛珠持贈尚堪驅使在提攜還恨薄情無感甄舊賦郎曾讀好寫凌波羅襪圖幾書七首諸名士爭筆硯心記手鈔而乩走如飛以下竟不能全錄止錄其區戍牢鉤防露眼秘辛私授試風懷幾度花風閒夜合連朝殺雨過春分已諳厭卜心中事衣褪蛇臂上痕五年盤鷹杏花裏六甲符書衣帶閒延年無自香閨種長命鐙教絲袖挑有情夜雨當歸草無用春風及第花將淨弱水窺清淺欲藥强臺阻蔚藍等句予友柳東蘿適在座出其所畫採芝圖請題一曲乩判云兒手腕已脫柳君何不相諒且此事非兒所長東君中山狼一劇流傳萬部何不仍勞提筆於是乩寂然久之復書曰可笑癡兒慣逃文債且代賞餘勇以應柳君之請題曰琪花瑤草滿平皋趁東風碧山重到鋤香徑露濕藍小帶雲挑誰是知交只有個俊山僮把徑兒掃花雨飄颻宿鳥驚寒立樹梢游絲裊裊樵人踏葉度平橋一天幽景倩誰描半生採藥無人曉無人曉先生指點山僮道俺本是姓柳州怎不向懸溪垂釣字東籬怎不向菊徑傾瓢終日裏過前溪採玉苗沿芳岸葬香草一謎價水曲山拗步屧千迴更百遭非是俺破工夫尋煩覓惱則緣俺半世英豪酒債詩逋湖海遊遨只落得宋玉多愁文園善病兩鬢蕭蕭何處討買山錢終南徑巧好盼上駐顏丹益壽方高拋了吟毫插了花標小排場丹非是盧大生涯火棗冰桃道引得俊山僮首蓋搖請先生提解嘲一齊向山前拍手呵呵笑猜破你個中元奧休則要太裝喬豈不見嵇康養生無效老黃公辟穀徒勞想當然絳雪丹燒莫須有元霜臼搗一樣種鬻膠鳳腦續誰家命好因甚把學長生打成畫稿這多緣竹西歌吹三春鬧朱門酒肉千家飽有幾個風雅兒曹也則傍紅橋聽玉簫趁畫舫浮仙棹陪宮閒吟詩草那識舊家山有個閒風調因此向畫圖中抽身先早寫幾叠翠山兒一抹腰添幾株碧樹兒萬簇嬌跳出了愁圍套喚作採芝圖便是成仙料打破這啞謎兒管教你先生笑倒早被萼書生掛一隻掛杖兒把真情傳偏了題竟柳傾首稱謝鹺賈曰狀元文駕未可久停令馬書符送之已而肅客入座令馬綴於座側席上互相誇獎刺刺不休且有引喉按拍作曼聲以哦者馬不能忍曰乩仙

所作絕無謝眺驚人之句。諸公何必傾倒。衆叱曰。井蛙敢於謗海。此亦妄人也。已矣。醒齋曰。想渠本不曉事。狀元公所作。宜有錯謬。馬曰。貴人以僕爲門外漢耶。僕有拙稿一卷。願呈斧削。諸名士纔一披閱。曰。此窮儒酸餡耳。何足言詩。連閱數首。俱言不佳。醒齋曰。寒乞兒作詩那有妙處。諸君不必污目。諸名士亦口氿手勒。盡情醜詆。繼閱至後卷。前所題絕句與新樂府四首。儼然在列。默然不語。相顧色變。馬拍案而起曰。公等碌碌。眞所謂井蛙謗海者也。僕雖不才。謬以詞章自負。不謂三年浪蹟。未得一遇知音。竊料近日名流。專於紗帽下求詩。故嫁名殿元。以使文章增價。且方丈緇流。青樓豔質。落筆便詫奇才。押韻即稱傑作。因此說託婚名。假棲梵宇。俾無目者流。隨聲附和。亦不至妄肆雌黃。名下題詩。古今積習。是非九方皋安能賞識牝牡驪黃外哉。諸名士汗流氣沮。覆顏向壁。醒齋捧腹大笑曰。吳兒狡獪。令信然矣。急延之上坐。號酌巨觥相勸。并屬諱言其事。馬笑曰。詩壇月旦。舉世皆然。豈獨公等。於是交勸迭酬。盡歡而散。後諸名士推馬爲主盟。醒齋家爭相延致。時以千金郵其家。而本領既大。心計轉粗。不復能唱渭城矣。

鐸曰。對山救我。有志者且有遺憾。剏借爲救貧之策耶。始則相輕。繼則相黨。詩腸醒眼。何時滌洗。吾嘗借康家鼓。作漁陽三弄也。

老面鬼

吾師張楚門先生。設帳洞庭東山時。嚴愛亭錢湘舲俱未入詞館。同堂受業。一夕談文燈下。牕中有鬼探首而入。初猶面如箕。繼則如覆釜。後更大如車輪。眉如帚。眼如鈴。兩顴高厚。堆積俗塵五斗。師睨微笑。取所著褐膜編示之曰。汝識得此字否。鬼不語。師曰。既不識字。何必裝此大面孔對人。繼又出兩指彈其面。響如敗革。因大笑曰。臉皮如許厚。無怪汝不省事也。鬼大慙。頓小如豆。師顧弟子曰。吾謂他長裝此大樣子。卻是一無面目人。來此鬼洇取佩刀砍之。錚然墜地。拾視之。一枚小錢也。

鐸曰。錢神變相。文士說法。如是如是。　倉頡造字而鬼哭。周景鑄錢而鬼笑。鬼之不識字而愛錢。其天性耶。適有識字亦愛錢者。吾不測其是何屬鬼矣。

遁眼神

吳郡南北兩局。有機房殿。旁塑一像曰遁眼神。一夕守局者見神頂冠束帶。蜂擁而出。越數日。宿殿上。見神復來。青衣露頂。面若塗炭。上坐者詢之曰。適被一人褫去冠帶矣。問何人。曰。不知。問所獲何罪。曰。亦不知也。前在殿廊下。遇衣青者數十輩。以千金唆我。引至一處。墻外盡被荊棘。門上懸絳綵。中橫金字區額。衣青者導予入。見兩旁數百矮屋。提鈴唱號。不知作何事。俄陞兩重階。至一堂。規模甚嚴肅。上有二老左右坐。下設兩長几。鋪以紅氍毹。上堆積者。未審何物。衆人環坐。紛紛聚訟。衣青者促予遁眼。予即出兩手。左手蔽堂上。其堂下者。以右手掩之。亡何。一藍袍人至。問爲誰。予應曰。某機房殿遁眼神也。藍袍人怒曰。爾等蒙蔽伎倆。在市井中翫弄足矣。何得來此。目今當赤日正中。執事者俱有冰鑑。豈容販鬻貿布者流上下其手。命朱衣者褫予冠帶。即有一藍面鬼持筆蘸墨塗面。目幾偏。逐予門外。急尋衣青者。已遁去。狼狽而歸。仍投廡下。上坐者思之良久曰。似此奇事。吾亦不解。其人其地。容查可也。守局人忽大嘆。其聲遂絕。復述其事於儕輩。議論紛如。亦無有能識之者。

鐸曰。明是我鬼蒙遁之地。而問者不知。答者不知。述者不知。聽者亦不知。皆人以不讀書爲快活神仙。此等是其喫苦處。

科場舞弊。王法必誅。因其身在市井。姑從末減。至蘸筆塗面。一副羞臉。反添幾許文墨面鬼可謂賞惡矣。或曰。以貪賄者。厥名曰墨。盍以示誡也。受業張吉安附識。

燒錄成名

石龍玉字執如。負文章盛名。而實道學中人也。嘗謂予曰。我輩著書。不能扶翼名教。而凡遇得罪名教之書。須拉雜摧燒之。家置一紙庫。名曰孽海。盍投諸濁流。毋勿揚其波也。一日閱

四朝聞見錄。拍案大怒。急謀諸婦。脫臂上金條。脫質錢五十千。徧搜坊肆。得三百四十餘部。將投諸火。予適過其齋。怪而問之。石曰。是書所載。俱前朝掌故。名士著述。無可訾議。而中有劾朱文公一疏。荒誕不經。逆毋欺君。竊權樹黨。并及閨閫中穢事。有小人所斷不爲者。乃敢形諸奏牘。汚衊我正人君子。且編書者。又逆料後人必不深信。截入文公謝罪一表。以實其過。嗟乎。小人之無所忌憚。至於此極乎。予曰。是何足怪。天下事重名者。必遭衆忌。況我文公少時出入經傳。泛濫佛老。小儒易涉。當與後得理學正宗。門墻高峻。而又有蔡西山眞景元諸弟子輔翼之。而目前之依草附木者。盡屣之門外。於是轉羞成怒。欲敗名而無隙。乘咸和殿兩劉有大臣失職。賤者竊柄之語。爲上游所惡。而又劾唐仲友不法等事。觸忤掌執。遂文致其詞。貿然上瀆。一以雪擯斥之憾。一以逢臺垣之喜。此小人之肺肝如見者也。石曰。然則文公何以不辨。予應之曰。文公當孝宗朝。陛對者三。上封事者三。披肝瀝膽。詆訶近臣。孝宗開懷容納。令持浙江江西之節。繼復有經帷之命。眷之愈厚。嫉之愈深。當時諫垣諸公。至有罪當誅戮之議。君子明哲保身。而動稱好辨。傷骨及之矣。且理欲尼微。毫釐必辨。仍恐疑似之介。貽誤後學。若立朝行己之間。天下萬世自有公論。譽諸執途人而指雪爲黑。指黍爲白。雖愚者亦知其謬。而猶待嘵嘵置辨乎哉。石曰。君論誠佳。然此可爲智者道。難與俗人言也。

卒燒之。予曰：君可謂勇於爲義者矣。是年石以南闈發解，庚戌應禮部試，爲傳臚第一人。其扶翼名教之功乎。

鐸曰：祖龍一炬，千古恨之。因哭及聖經也。若丁儀無米，不著嘉名；朱榮有金，便成佳傳。定當拉雜摧燒，勿俾揚祖龍之燼矣。

諳書貽笑

徐樅字直夫，少孤貧，甫誦四子書，即無力就傅。因借讀於月暨菴之上院。僧印源，奇人也。諷經之暇，即趺坐蒲團，聽徐讀書，每至得意處，輒合掌讚歎，命侍者以茶菊果餅啖之。徐偶一致謝，必肅然起敬曰：君讀書君子，荒菴簡褻，幸勿見罪。後徐補博士弟子員，夜讀如故，而印源閉目垂眉，似不甚傾聽。徐或挾卷高吟，印源即趨赴禪牀，蒙被偃臥矣。嗣後過之，亦不接一談。戊子歲，徐登賢書，詣菴道賀者，履跡幾滿，而印源落寞如舊。時徐將赴禮闈，努力作揣摩計，宵分苦讀，常至達旦。印源忽厲聲曰：騾鳴犬吠，強聒不休，請避三舍，毋溷乃公為也。徐愕然，謂印源曰：僕雖不肖，蒙師見譽，何後倨前恭若此？印源曰：君初來時，所讀皆古聖昔賢格言明訓，是以不勝欽服。自君作秀才後，所讀皆庸詞賸義，了無意味，已屬厭聞。今高擬魏科，而所讀者愈趨愈下，竟似村歌牧笛，不堪入耳。前恭後倨，此君自取，於我何尤。徐曰：師方外人，未解讀書機竅。我輩讀書，向有成例。童時以四子書五經入手，稍長則讀漢史楚騷、韓柳歐蘇諸大家文字。習為舉業，讀成宏，讀隆萬，讀天崇，讀時人試藝。小試得手，取春秋兩闈墨卷揣摩成熟，然後可拾科第。師何憒憒，而為此饒舌。印源曰：原來儒家與佛家不同。佛家圖得箇竿頭日進，儒家只是一步低一步法也。徐默然語塞。印源俯思良久，忽大笑曰：卿自用卿法，我還讀我書。秀才家自有制度，勿為出家人所誤可耳。徐唯唯而退。

鐸曰：佛家自有之無，儒家從上徹下，同是一氣，何必各分畛孔。秀才罵和尚，和尚亦罵秀才，其實罵和尚者即是和尚法，罵秀才者即是秀才法也。

鏡戲

燕湖馮野鶴，與人交有肝膽，而獨制於閨閫。中年乏嗣，購一妾，禁勿令共牀席，偶於無人處私語，妻窺見之，呼天拍地，詬誶萬端。馮心懾之而不敢言。一日有書生款其室，馮延之坐，叩所自來。書生曰：僕泰臺下士也，善識人膽。閱歷風塵久矣，見世之讀書者無作文膽，居官者無破賊膽，佩朝紳者無直言敢諫膽，結縞紵者無託妻寄子膽。今聞足下高義，故來一窺膽略。馮大喜，并欲瀝膽示之。書生曰：君誠義膽，僕所洞鑒，但必堅之以智，鼓之以氣，乃無喪膽之虞耳。馮慨然曰：吾雖不及常山公渾身是膽，然卧薪而嘗者，亦有年矣，諒不至怖郗家君

作祟中啼兒也。撫掌高談，意頗自負。書生嘖嘖稱羨。亡何，閨中獅吼大作，馮不顧，談笑自若。纔聞廚下碎釜聲，如銅山西傾，洛鐘東應，馮猶勉強自制。俄又聽堂前敲朴聲，杖下號泣聲，諸婢僕喧呶勸解聲，馮漸色變。復有一老嫗奔告曰：夫人撩衣揎袖，執木杵潛伺屏後。馮漸起離坐。忽屏後杵聲築築，厲聲高唱曰：誰家狂蕩兒，引逗人男子作大膽漢！馮臉色如土。書生瞋目而視曰：怪哉！始大如卵，纔小如芥，再一恐喝，殆將敗矣。急起欲去，馮強挽之。書生曰：僕以君有膽力，故來一窺。梗概不謂空有其表，直一無膽懦夫耳。言未畢，屏後一杵飛出，中書生左臂，鏗然一聲，化為古鏡。拾視之，背篆照膽兩字，知為秦時故物。婦奪以自照，膽大如甕，猶蒸蒸然出怒氣；及照馮，細如半黍，清水滿瀦，驗之蓋已碎矣。

鐸曰：彼丈夫也，我丈夫也，吾何畏彼哉？彼婦人也，我丈夫也，吾安得而不畏？記此為不成丈夫者鑒。夫屠懦之夫，不過自愧無能，釀成悍戾；而賢達有智略之士，恐以家庭之醜暴之於外，往往潛聲忍氣，保全令名。於是弊閫威風，徧行天下。元直捉附，太傅閉帷，王茂宏之犢車，房元齡之酖酒，可為殷鑒。然延平五虎，鬼猶畏之，無杜蘭香治創之藥，亦未易普度眾生也。猶記庚寅歲，養痾紅芍山房，戲製泥金帶傳奇，為天下悍婦懲妒，演諸宋觀察堂中。登塲一唱，座上男子無不變色卻走。蓋悍婦之妬未懲，而懦夫之膽先落矣。殆哉！

帖嘲

陳小梧家吳之專諸里，負才傲物，多所淩折。一日有人投帖於門，視之，年眷同學弟某拜也。訝其素無半面，何以來此，而容已金頂華服，闖然而入，舉手一拱，竟登上座。陳叩其邦族，容曰：僕浙之歸安人也。徧覓雅流，未曾一覿。今聞小友高才，故爾奉訪。言竟抵掌捋鬚，笑傲自若。陳睨視而笑曰：嘻！異哉！世有一字不通之輩，而能知我高才，可謂咄咄怪事。容愕然曰：僕雖不才，與汝邂逅萍蹤，何便知我一字不通，而公然嫚罵？陳曰：人之不通，豈在談文數典，即以君名帖論之，何曾道著一字。容請其說。陳曰：君雖邐邐華胄，而我家數代明農，從未掛名仕籍，年之一字，於義何居？至於指稱曰眷，我與貴族曾無一點葭莩親，則此字亦屬可刪。君遊浙學，我隸吳庠，同學二字，全然附會。我年僅三十有二，而君鬚髮皆蒼，自稱曰弟，無乃太謙。適見君入來，舉手一拱，即登賓位，長揖且未之有，何言拜乎？試思此一行名帖中有一字解得去否？謂君不通，確有明徵，何曾嫚罵？容曰：汝真少不更事，此名帖之俗例耳。陳曰：君以俗例待我，尚欲覓雅流於天下哉？拂袖竟入。容旁皇久之，收其名帖，踉蹌而出。

鐸曰：制貴通今，禮宜從俗，況命帖之交，覓覓者乎？乃竟以此貽笑，始知正平先生刺中字滅，懷而不投，大有卓識。

一錢落職

南昌某父爲國子助教，隨任在京，偶遊延壽寺街，見書肆中一少年數錢買呂氏春秋，適墜一錢於地，某暗以足踐之，俟其去而俯拾焉。旁坐一翁凝視良久，忽起叩某姓氏，冷笑而去。後某以上舍生入謄錄館，謁選得江蘇常熟縣尉，束裝赴任，投刺謁上臺。時潛菴湯公巡撫江蘇，十謁不得一見。巡捕傳湯公命，令某不必赴任，名已掛彈章矣。問所劾何事，曰貪。某自念尚未履任，何得有贓款？必有舛錯，急欲面陳。巡捕入稟，復傳湯公命曰：汝不記昔年書肆中事耶？爲秀才時尚且一錢如命，今僥倖作地方官，能不探囊胠篋，爲紗帽下之胡賊乎？請即解組去，毋使一路哭也。某始悟日前叩姓氏者，即潛菴湯公，遂慙愧罷官而去。夫未履任而被劾，亦事之出於意外者。記此爲不謹細行者勸。

鐸曰：錢神化百千億萬身，種種誘人失著，勿謂一錢甚微也。涓涓不塞，成江河；熒熒不滅，成燎原。吾願飭簠簋者自一錢始。

兩指題旌

趙蓉江未第時，館東城陸氏。時主婦新寡，有子七歲，從蓉江受業。一夕，秉燭讀書，聞叩戶聲，啟而納之，主人婦也。叩所自來，含笑不言。固詰之，曰：先生離家久，孤眠岑寂，今夕好風月，不揣自薦，遣此良宵。蓉江正色曰：婦珍名節，士重廉隅，稍不自愛，交相失矣。汝請速回，人言大可畏也。婦堅立不行，蓉江推之出戶，婦反身復入。蓉江急闔其扉，而兩指夾於門隙，大聲呼痛，稍啟之，脫手遁去。婦歸闔戶寢，頓思清門孀婦，何至作此醜行，凌晨乃將解帶自縊，羞與悔并，急起，引佩刀截其兩指，血流奔溢，瀕死復甦。潛取兩指，拌以石灰，什襲藏之，而蓉江不知也。即於明日捲帳歸。後其子成進士，入部曹，爲其母請旌。時蓉江已居顯要，屢申駁。其子不解，歸述諸母。母笑曰：吾知之矣。出一小檀盒，封其口，授其子曰：往呈爾師，當有驗。子奉母命呈盒於師，蓉江啟視之，見斷指兩枚，駢臥其中，灰土上猶隱然有血斑也，遂大悟，即日具題請旌。此事載趙氏家乘，其親慎茂才爲予言之。

鐸曰：處貧賤易，處富貴難。蓉江當未第時，闔戶拒奔，凜然難犯，豈非廉隅自重者哉？乃此婦克全晚節，而蓉江終入奸黨，熱中之念害之也，亦所謂養指而失肩背者歟。夫我輩讀書論世，務須放開眼孔，不可因賢者而護其短，不可因不肖者而沒其長。如李光弼之抗敕，畢竟是不臣；溫太真之絕裾，畢竟是不子；謝道韞天壤王郎之恨，畢竟是不婦；許武以肥田讓兄，而盜取孝廉，畢竟是不弟；王仲回怒撻其子，不令其啗同門之瓜，畢竟是不友。至古來大奸慝，莫如曹操，而禰衡不自殺，不可謂非愛才；文姬必遠贖，不可謂非仗義。秦檜題伯夷頌一詩，居然有許身高揖之概；嚴分宜鈐山堂讀書十年，冰雪亦與志士清操何異。而賢者終成爲賢，不肖者終歸於不肖，蓋一眚不足以掩大德，小善不能以蓋巨醜也。因記趙蓉江事，而牽連及之。

諧鐸卷四

吳門沈起鳳桐威氏著

酒戒

鄧翁失其名，賣漿邯鄲市上。一日薄暮，有蓬頭奴持葫蘆向翁取酒，翁凝視之，曰：近北芳隣，汝不識耶？翁置不問，月餘更不復來。後過之盧生祠下，強邀入肆，道其契闊，并取甕頭梨花春酌之。蓬頭奴急起捉臂笑曰：君勿再誤我，實相告，予純陽子座下柳仙也。叢顯主人岳陽時，見其三度醉，喉間輒作聲。主人吝不予涓滴，是以日就枯，一消渴吻。會主人赴芙蓉城洗花宴，命予守藥爐，苦李寂，傾葫蘆中宿釀而飲，大醉酣臥鑪側。主人歸，責予失守，予以醉辭。主人怒，予曰：東翁日在醉鄉，何獨下酒禁於僕？主人曰：予飲者酒也，汝所飲者非酒，禍水耳。予曰：有以異乎？主人曰：予之酒，取秉顏子負郭之田，去秕粱鴻賃舂之臼，董以才斗，盛以智囊，貯曾氏書倉者累月，而後浸以廉泉讓水，入范家淨釜，運三昧火蒸之，良藥爲麯，直木爲槽，俟其成也。酌以堯之鍾，孔之觚，仲氏之榼，故清可爲聖，濁可爲賢。爾之酒，不過盜跖樹桑，貪夫酌泉，王孫場畫，癡兒滌器，誤飲之則廉者貪，謹者狂，墮井者喪身，罵座者賈禍，錙畔疑奸，覆頭逋賊，其小節也。爾不此之戒，猶藉主人爲口實哉？因大悔悟。主人曰：汝禍根不拔，後恐萌故態，擊劍剖予腸胃，掬水滌盡，仍納之，亦無所苦。復以所釀金盤露賜予，啜飲大醉者七日，醒後過酒肆家，見盈缸累甕者，覷之不知爲何物，是以不復來。翁大驚，伏地而拜，曰：君主人既有釀酒方，何不一見賜？柳仙出錦囊予之，長笑而去。折視之，大書一水字。起視肆中酒盡化爲水。翁由是棄賣漿業，投盧生祠爲香火道人焉。

鐸曰：捉月償生，流涎失品，死便埋我，作達者亦何益哉？安得取金留筆，玉蟒蠶盡，以西江水滌之，此次公醒狂，論一則，酒家南董，從此塞詆覆瓮可也。

桓溫在座，日給二升；景伯登筵，禮嚴三斲。人非鞠友，路入糟邱，喜則祢澤迷心，導予兌合；樽錯生愁，則車輪括頸。高季式恃勢留賓，酣態淩人；醉鄉狎色，定當溺老芙於池，咲以投池，桂畢卓於甕邊，請其入甕。受業許元凱附識。

色戒

袁浦士人某，好漁色，妻美而賢，諫之，輒反目。庚午赴試北闈，下第歸，路過弓家城，一婦人折花門外，睨之絕艷。某故作墮策，下騎徐拾之，曰：榮陽生墜鞭矣，何汧國夫人不邀入院耶？婦似不聞，執花搴帷而入。某大失望，怏怏振策去。夜止旅店，輾轉不能寐，甫就枕，見一客高冠長劍，衣杏黃衫，岸然而來。某起延坐，並叩姓氏，曰：僕黃衫客也。自崔家兒埋玉後，與虬髯叢裔輩逍遙海上令復技癢一履塵世某驚喜述所見私與商榷客曰得非城南第五家門外銀杏一株上冒翠藤作紫花者耶某曰然客曰此良家婦婿亦冠儒冠門第與足下等非章臺路旁柳任人攀折者某固求方略客曰姑徇所請但僕有唐突處幸勿罪竟去亡何客引一婦來娟之鬟髻釵轉益嫵媚喜極欲與狎抱而礙客在座客似察其意曰僕亦倚一麗人來與眼前人相伯仲君請偎紅我亦倚翠兩不妨也某業已滿願不復問麗人為誰請客別榻東軒自乃捧豔登床備極綢繆事訖潛往東軒伏窗隙窺之見一麗人與客並枕臥羅幃私語曰我家男子太憨跳日漁脂獵粉拋人閨處任令得侍君幾願從此失白頭客引手替枕笑曰卿言大有見但一頂綠頭巾送而夫戴卻矣奈何麗人曰渠自有孽報何足惜者之酷類其妻某大憤排闥直入曰何物狂奴玷人清白拔床頭劍欲斫之麗人忽遁去客起迎笑曰爾亦知玷人清白耶己所不欲勿施於人汝床頭人在亦當為乃夫留一餘地也某語塞撫劍作怒目狀忽有儒冠者倉皇入內室捉其婦徒跣而出旋入東軒搜得某奪劍欲殺客代為緩頰而三尺霜鋒凜然在頸矣某駭極狂呼而醒困歎曰淫人妻者妻亦得淫人報況姦與殺近可長以身試乎歸家後與妻頗款琴瑟偶樓伎館中亦杳無某生蹤矣

鐸曰客館宣淫深閨揖盜現在盤珠不勞頭上翻覆弄也戒之慎之出乎爾者反乎爾者也牆茨難掃即以此言作千金儆帚也可

公孫穆後房領袖韓熙載內院乞兒雖屬風狂不離閨闥若乃越此疆而侵彼界必至愛野鶩而失家雞天道好還人言可畏須知此日宣淫榻上即是插標賣婦之媒豈待他年誨盜閨中始悟反火焚身之漸受業許元凱附識

財戒

山西路安府城隍廟寓一奇客自稱五嶽子窮其奇類無趙閒人日顛倒四時花木以為戲一日里中好事者環請作劇客曰諾袖中出青錢一枚側插庭際騎而指作書符狀須臾錢大如車輪羅異之客曰適成連子遲予海上當暫去明晨復來臨行指錢笑曰此物有福則享無福則殃爾等勿輕覷也遂去眾亦漸散有無賴子某徘徊至夜摩挲良久潛從錢孔中窺之見其內疊樓翠閣繡檻文窗琉璃屏珊瑚榻珠玉寶玩無不具備俄有數美人衣五銖衣曳輕縠裾明璫玉珮翩然而來手各攜樂器一具不似世所傳箏琶笛板者亡何一美人曰紫雲迴樂府自阿環盜去久不復奏矣盍理之衆曰諾於是展氍毹席地而奏奏畢曰阿蠻嬌態獨步一時請更作折腰舞可乎一美人凝立似未允者衆笑曰癡婢子被白家郎馳驟腰圍粗卻矣美人面發赬勉強振袖而舞庭前桃蘚簌簌如紅雨墮某在錢孔中初猶探首入後漸入佳境不覺移身逼近腰際忽聞堂上嗔喝聲曰何來餓鬼奴窺人閨闥哄然盡散而重樓疊閣無一存者某覺錢孔漸小四面束住腰下欲進不能欲退不可而束處痛極難忍狂聲呼救里中羣起環視無計可出天曉客復來嗔曰寒乞兒汝一介窮骨妄覬妻妾之奉宮室之美以至鑽穿錢孔動輒得咎孽由自作不可活矣衆代為哀免客曰天地間禮義廉恥酒色財氣如武侯八陣圖廉為生門財為死門渠已從死門而入尚望從生門而出耶某聞言大哭客曰汝有悔悟心或可救拔因取巨筆蘸墨塗錢孔而出之錢頓小如故仍納諸袖中謂某曰暫爾筆下超生後此勿為一錢不捨命也某叩謝趨衆而去至今廟祝猶有能言其事者

鐸曰高士買山才人謏巠郎康如劉寵猶必選大錢納之別府同和嶠者耶然考九府圜法外圜象天內方象地則鑽穿錢孔何異埋頭地獄泉可溺身刀可殺命以是取譬猶以為遠銀取諸艮艮則不流錢拔以戈戈則近殺康士守家形之戒貪夫倖啞由之占豈知鄧氏銅山壓埋餓鬼石家金谷血染游魂作牛馬於半生擲家園於一笑鑿蔚麓山三千金穴何為其然弔狼膩市百萬錢奴而今安在受業許元凱附識

氣戒

虞山迂叟莊某年六十餘始舉一雄甫周歲鯉室耿氏愛若拱璧偶鄰女招赴白衣會挈其子付莊抱之再四諄囑登輿而去莊抱兒竟入書室讀秦漢紀略至始皇焚書處撫拍案而怒曰拙哉祖龍爾欲盡愚黔首瑯琊記德碑教誰識也兒驚大哭莊置不聞繼讀至博浪沙錐擊處又拍案起曰惜哉天不絕秦副車僅中否則鮑魚遺臭何俟三十六年後哉兒又大哭莊仍讀如故至沛公入關鴻門擲斗歘然大怒拍案起立曰此時縱卻後將奈何不識亞父計老重瞳當抉去矣兒哭不可止後更讀至烹翁鼎上分我杯羹莊益怒氣填胸翻案而起曰父子如此君臣可知走狗之烹夫何怪哉夫何怪哉怒未息視懷中兒面青氣塞不復作啼聲矣婦適歸見之驚欲死莊猶摩拳擦掌怒目視書曰斬蛇劍何在吾當取赤帝子斬卻也婦嗌之急抱兒眠榻上延醫治之不救婦痛兒之死援括架上書盡投爨下莊怒自此與婦別室居而迂叟子嗣遂絕

鐸曰逞一時之忿斬百世之祧氣頗可妄動哉然英雄按劍叱咤風雲名下揮毫動搖五嶽勿以迂叟為鑒而竟作無氣男子也

剛多則凶忍乃有濟是以圯上傳納履之士橋邊有鑽袴之夫若積腐成迂借狂作達大則禰衡撾鼓褫身鸚鵡洲邊小則顥士裂麻被放櫻桃賦裏因知不驚不怒須學大勇者

之休休無或若病若顛覺作小丈夫之悻悻堂叢許元凱附識

俠妓教忠

方芷秦淮女校書有慧眼能識英雄名出頓文沙嫩上與李貞麗女阿香最洽阿香卻田仰聘屈意侯公子一日方芷過其室曰妹侍侯郎得所託矣但名士止傾倒一時妾欲得一忠義士與共千秋阿香哂之貴筑楊文驄耳其名命駕過訪方芷流其畫梅楊縱筆作圖頃刻盈幅方芷大喜竟與訂終身約時文驄棄馬阮爲戎門押客士林所不齒聞方芷許事之大惋惜即阿香亦竊笑定情之夕方芷正色而前曰君知妾委身之意乎楊曰不知方芷曰妾前見君畫梅花群蕊作嫵媚態而老幹橫枝時露勁骨知君脂韋隨俗而肯氣尚存妾欲佐君大節以全末路故區具擁異寶而來他日好相勖也楊深感之無何國難作馬阮盡駢首侯生攜李香遁歸去戎馬倥偬萬家震恐方芷出一鏤金箱從容而進曰妾曩日許君異齎今可及時而試矣楊發之中貯草鞋數圍約二丈許旁有物瑩瑩然則寸尺長小匕首也楊愕然遲回意未決方芷厲聲曰男兒留芳遺臭所爭止此一刻奈何草間偷活遺兒女子笑哉楊亦慷慨而起引絕從自縊方芷曰止止罪臣何得有冠帶急去之楊乃幅巾素服自繫于窗櫺間方芷視其氣絕鼓掌而笑曰平生志願今果酬矣引匕首刺喉而死後李香聞其事歎曰方姊兒女而英雄者也作事不可測乃如是耶乞侯生爲作傳未果而稗官野乘亦無有紀其事者

鐸曰兒女一言英雄千古誰謂青樓中無定識哉詠殘碁一着之詩吾爲柳蘼蕪惜矣

雛伶盡孝

梨園樂部吳門最盛有尹蘭者年十二貌若處子父儒流早世母守節祭患咯血症家赤貧不能供藥餌蘭爭度無計賁投華林部作梨園弟子錦帕蒙頭湘鉤學步嬌喉妙態冠出一時得金錢盡作藥果費餘則市珍肴佳果奉母朝夕饋晚起閒安寢四始歸歌場晚歸取股鼓檀板向床頭唱臨川曲子母安枕乃潛就腳後臥小有不樂鋪氍毹列几結束登場演小青題曲諸雜劇母歡笑適止富貴家與華筵招之去燭未見跋托辭遁去或鑰其戶以窘之則涕泣求跪開之曰恐老母倚門望耳由是盡憐其孝至晚亦不留留蹴贈以金受而不謝贈以釋珥必再拜而後受之人詰其故曰贈金者知我貧贈釋珥者知我有老母也如是者七載母血症驟發而殞蘭哀毀幾不欲生奉其櫬與父合葬訖取舊日所貯翠翹插風與一切繡帕花糕之屬盡投諸火長號而瘞之墓曰從有習此故態者願强死人笑曰爾既以此享艷名獄疑頭矣何始作而終悔之耶蘭潸然淚下曰君非知我心者某雖不肖自清門豈屑以詩書從戲習此末技始作者因養母終悔者恐玷父也戶部楊公高其孝挈之京都教以舉子業格於例不得應考爲某司馬作書記偶赴戲筵歸而大慟曰舊日生涯宛然在目茫茫枲路欲待何從場上之笙歌詞說聽之皆蓼莪餘音也吁艴者累日自此謝絕樂者詭辭之竟不復赴矣

鐸曰古來畸人傑士一時屈身降志有不必求諒於天下者嗟嗟誰無父母而獨使伶子者僅一尹蘭也或曰尹蘭之孝雖爲優伶故傳是固然然何以學士大夫不爲伶者又無可傳也

丐婦殉節

青州丐婦小潞姿面微黑眉目有姿致隨夫王五丐於淮王瀕死囑曰畢貢公祠令妻求乞歸而乞者少則杖之曰爾從何處嬉所獲乃止此耶歸而乞者多則又杖之曰爾與誰有私購來阿堵物若販鬻而循不斷寄也小有違拗王坐階級上叫令下跪自拔其鬢婦不與較欽泣順受之一日王忽集優儕婦其婦婦應具疑偕夫同往集命唱打棗兒曲唱樂某與僕耳語久之引王出外廊賞以酒私詢婦曰以爾具此姿色何憾無良匹乃至爲乞人婦且剛其朝陵暮虐夫婦之情絕矣汝盍早自計婦艴然曰丐婦知有夫耳豈知其朝陵暮辱哉且婦人從一而終又何計之有某笑曰汝不自計吾已爲若計之引婦出外廂夫已短帶結喉而死婦知不能不徹伴曰薄倖奴我流汝十數年有何享受動輒加赤棒令若此是天報也某大喜婦曰殺之固善然犬馬骸亦當埋惟蓋葦假尺土而掩之實君之盛德某信之命僕監守其婦出諸曠野相度隙地婦乘間謂僕曰爾知我心願否僕曰不知婦曰我乞人妻耳驟作富家婦飲食起居都不慣但得如爾者事之則我願足矣僕喜甚而回奈主人何婦曰是不難急首於官則主人必繫縲絏中爾與我席捲而遁向他鄉作小買賣甚勝依頭簷下也僕大稱善急放後戶去某歸失其僕詰之婦婦曰不見汝來想渠跳踉去矣某擁婦求懽婦曰是亦大可笑幾見未寒肉在側即欲强眠人婦者某因逼之婦正色曰以彼遇我席故强顏事君子若相逼是以暴易暴相去幾何正撑拒間忽見僕引持隸者數輩洶洶而入繫某竟去婦亦隨至衙署聽之一鞫而服某論死僕以同謀首告減一等並繫請獄命以尺地掩王五屍掩畢丐婦持刀而前環視者爭勸之且曰渠當日荼毒若此今以德報怨亦已過矣何必爾婦嘆曰君臣夫婦其義一也丐婦之死俾天下知盡婦道者不得以夫爲藉口亦以塊夫視臣草莽而散視君如寇讎者言訖自刎死

鐸曰烈士捐軀盡其在我此柱厲叔之所以死報莒敖公也家人國士之論彼豫讓直不曉

事漢耳

營卒守義

海寧莊太史家有婢名寵奴病赤鼾面黑而麻裙底蓮船約尺二營卒陸某聘為室家貧尚未娶也會富家某謀劫貧戶妻陸仗義救之某怒賄諸城守黜其名陸自此益困吳六奇未貴時乞食孝廉查伊璜家陸曾識之聞其投副將往投麾下吳公性好客座上多奇士有客號海鷗子擅神術使陸卒事之一日海鷗子視陸而笑曰汝雖不及馬周之色嘗尻猶能如趙興恤雖賤必貴然妻宮大奇恐不能誕育幸顏角陰騭紋入兩鬢作紅色尚可藉神力挽也出一黑丸授之陸未深信姑拜納焉後隨吳公平寇得戰功授裨將從剿海賊生擒首逆獻俘闕下報入吳公掛總戎印而陸以裨將授鎮守矣陳情告假星夜歸里先謁莊太史問以寵奴莊笑曰貴人尚念舊耶無論貴賤不敵醜陋堪憎即以年齒論之今已六十齡老婢子矣尚堪抱衾裯稱新婦哉陸曰不然昔賤今貴僕命即彼命也至面目可憎僕初聘時已詳悉之若以衰齡荼齒聊踐跎之罪應歸於僕又豈彼之咎乎莊肅然正色曰君誠義夫愚所敬服因陸未治第即日贅於莊太史家結褵之夕揭巾平視衮服珠冠儼然命婦及卸裝就寢數莖白髮耗耗覆項自額及踵略似人形而已陸敬禮之弗衰寵奴勸其置妾陸曰吾

即與爾偕老百年亦不過三十餘年衾枕耳忍令他人再分恩愛耶而寵奴終夏無恙閉出海鷗子所贈黑丸投而吞之不匝月信水復來明年誕一子名恭壽人謂守義之報云

鐸曰無鹽入宮孟光舉案重婦德者原不在貌也然世無廷式不易妻者誰發武夫若此衰家壻當愧死矣

桃夭村

太倉蔣生弱冠能文從貴人泛海颶至一處山列如屏川澄若畫四圍絕無城郭有桃樹數萬株環若郡治時值仲春香風飄拂數萬株含苞吐蕊鬈鬟錦圍繡幄排列左右蔣大喜偕貴人馬姓者傍花徐步而入忽見小繡車數十隊蜂擁而來粗釵佼粉妍媸不一中有一女子四面掌耳斷脣歷齒而珠圍翠裹類富貴家女抹巾障袖强作媚態生與馬皆失笑末有一車上坐齙齒女郎荊釵壓鬢布衣飾體而一種天姿玉蕊瓊英未能方喻生異之與馬尾綴其後輪軸喧闐風馳電發至一公署紛紛下車而入生殊不解詢之土人曰此名桃夭村每當仲春男女婚嫁之時官莅土者先錄民間女子以面目定其高下再錄民間男子試其文藝優劣定為次序然後合男女兩案以甲配甲以乙配乙故女貌男才相當相對今日女科場明日即男闈矣先生倘無室何不一隨喜生唯唯與馬賃屋而居因思車中女郎其面貌當居第一自念文才卓犖亦豈作第二人想倘得天緣有在真不負四海求凰之願而馬亦注念女郎欲赴闈就試商諸生生笑曰君素不諳此何必插標賣錢帳謔耶馬執意欲行生不能阻明日入場扃試生文不加點頃刻而成馬草草塗鴉而已試畢歸寓即有一人傳主試命索青蚨三百貫許冠一軍生怒曰無論客囊羞澀不足以饜夫饕即使黃金滿屋豈肯借錢神乃令文章短氣哉其人羞慚而退馬躡其後出橐中金予之業饒馬竟冠軍而生忝然居殿生嘆曰文字無權固不足惜但失佳人而獲醜婦奈何亡何主試者以次配合命女之居殿者贅生於家生意必前所見四面掌耳斷脣歷齒者及揭巾視之黛色凝香容光照爛即齙齒女郎也生細詰之曰妾家貧責珠補屋日且不遑而主試者索妾重賂許作案元被妾叱之使去因此懷嫌綴名案尾生笑曰塞翁失馬馬知非福使于三百貫錢列名高等安得今夕與玉人相對耶女亦笑曰是非倒置世態盡然惟守其素者終能邀福耳生大嘆服翌日就馬稱賀馬形神沮喪不作一詞蓋所娶冠軍之女即前所見抹巾障袖而强作媚態者也笑鞠其故此女以千金獻主試列名第一而馬亦貪緣案首故適得此寶生笑曰邀重名而失厚實此君自取夫何尤馬鬱鬱不得意居半載浮海而歸生篤於伉儷竟家於海外不復反矣

鐸曰錢神弄人是非顛倒豈知造化弄人更有顛倒錢神之柄哉然此女出千金裝不吝意氣故自不凡即謂之嘉耦亦可

荊棘里

會稽周夢荃總丱中父客於粵闊二十載音問梗絕周奉母命往探父耗水宿風餐備極勞頓行兩月餘去粵界尚遠忽歧道竄谿谷開荊棘萬叢迷天塞地有衣冠者數輩躑躅其中刺足鉤衣若不覺其苦周攝衣欲入見一老人曳杖而來問客何往周以尋父對老人曰汝孝子也宜走康莊不宜入荊棘里周問若輩何為老人曰此輩平日名利薰心搘熱路走捷徑自矜健步故爾竄入荊棘使彼一蹶其趾問何不覺其苦曰世途上皆無形之荊棘推旁觀者見之而入其中者不知也周曰翁何不發慈悲願為若輩一剪除之老人笑曰荊棘里皆有兩徑吾已剪除一徑為忠臣孝子往來之地無如若輩舍正路而不由耳周詢其處老人曰荊棘當前回頭是路周一反顧果見康莊大道平坦如夷遂遵道而行兩旁竹木秀野可愛老人曰此王子晉孝順竹張茂先文讓樹也至一渡曰義渡中泊一舟曰慈航繫纜者皆源頭活水而渡闊不越老人挈周登舟達岸岸上樹康石鐫金碧大字額蝌蚪書周不能識老人曰俗傳菩提善岸即儒家所謂道岸也又行數里許至一門額曰不二門遙望之平如砥

直如矢。左右絕無旁徑。老人曰。汝由此而去。無卻步。無歧趨。勉強而行之。可終其身無荊棘矣。遂去。周由門而入。所履皆石徑。光可鑑影。而無纖塵。滑澤從容。翔步初不甚勞。忽峭壁當前。老樹縫罅。上參霄漢。周攀援而上。脫手墮。如落葉。起視之。細草平坡。野花當路。又似別一境界。有負樵者。行吟而過。詢之。乃粵之西山背也。急入城。探父蹤跡。得之毘廬東院。蓋父客遊飄泊。無顏歸里。相見各述二十年事。抱持痛哭。粵人感周之孝。稍傅里黨。助以資斧而歸。

鐸曰。康莊大道。即從荊棘中闢之。可知善惡兩途。相去不啻尺耳。危哉。

諧鐸卷五

吳門沈起鳳桐威氏著

惡餞

枝江盧生。有族兄任秋道州司馬。往依之。而兩月前已權鎮西太守。裹無資斧。流寓沙尾驛。幸幼習武事。權教奉棒為活。驛前棗樹兩株。圍可合抱。時當果熟。打棗者日以百計。盧笑曰。裝鉤削梃。毋乃太紆。吾為若輩計之。袒衣趨左首樹下。抱而撼焉。柔若蓮梗。樹上棗紛紛墮地。眾奇之。旁有一髯者笑曰。是何足奇。亦袒衣趨右首樹下。以兩手對抱。而枝葉殊不少動。盧哂之。髯者曰。汝所習者外功也。僕習內功。此樹一經著手。轉眼憔悴死矣。盧疑其妄。亡何。葉黃枝脫。紛紛帶棗而墮。而樹本僵立。宛若千年枯木。盧大駭。髯者曰。孺子亦屬可教。詢其家世。並問婚未。盧曰。予貧漢。終歲強半依人。未遑授室。髯者曰。僕有杜女。與足下頗稱良匹。未識肯俯納否。盧曰。一身萍梗。得丈人行覆翼之。固所願也。髯者喜。挈之同歸。裝女出見。於是夕即成嘉禮。明日謁其內黨。有老嫗跛而杖者。為女之祖母。蠻衿禿袖。頎而長者。為女之嫡母。短衣窄袴。足巨如箕者。為女之生母。野花堆鬢而粉黛不施者。則女之寡姊也。盧以女德性柔婉。亦頗安之。居半載。見舉者形蹤詭秘。絕非善類。乘其出遊未反。私謂女曰。卿家行事。吾已稔知。但殺人奪貨。終至滅亡。一旦火焚玉石。卿將何以處我。女曰。行止隨君。妾何敢決。盧曰。為今之計。惟有上稟高堂。與卿同歸鄉里。庶無貽後日之悔。女曰。君姑言之。盧以己意稟諸老嫗。老嫗沈吟久之曰。岳翁未歸。理宜靜候。但汝既有去志。明日即當祖餞。盧喜述諸女。女蹙然曰。吾家制度。與君處不同。所謂祖餞者。由房而室。而堂。而門。各持器械以守。能處處奪門而出。方許脫身歸里。否則刀劍下無骨肉情也。盧大窘。女曰。妾籌之已熟。姊氏短小精悍。然非妾敵手。嫡母近日病臂。亦可勉力支撐。生母力敵萬夫。而妾實為其所出。不至逼人太甚。惟祖母一枝鐵拐。如泰山壓頂。稍一疏虞。頭顱糜爛矣。妾當盡心保護。但未卜天命何如耳。相對皇皇。竟夕不寐。晨起束裝。暗藏兵器而出。才離閨闥。姊氏持斧直前曰。妹丈行矣。請喫此銀刀膾去。女曰。姊休惡作劇。記姊丈去世。寒夜孤衾。勸阿姊三年擁背。今日之事。幸為妹子稍留薄面。姊叱曰。癡婢子背父而逃。尚敢強顏作說客耶。取斧直砍其面。女出腰間鏈抵之。甫三交。姊汗淫氣喘。擲斧而遁。至外室。嫡母迎而笑曰。嬌客遠行。無以奉贈。一枝竹節鞭。權當壓裝。女跪請曰。母向以姊氏喪夫。終年悲悼。兒雖異母。亦當為兒籌之。嫡母怒曰。妖婢多言。先當及汝。舉鞭一掣。而女手中鏈起矣。格鬬移時。嫡母棄鞭罵曰。刻毒兒欺娘病臂。只把沙家流星法。咄咄逼人。呵之去。遙望中堂。生母垂涕而俟。女亦含淚出見。曳盧借跪生母曰：兒太忍心，竟欲拋娘去耶。兩語後，哽不成聲。盧拉女欲行，女牽衣大泣。生母曰：婦人從夫爲正，吾不汝留。然餞行舊例不可廢也。就架上取絲沈鎗，鎗上挑金錢數枚、明珠一掛，故刺入女懷。女隨手接取，忽然解脫，蓋銀樣蠟鎗頭耳。佯呼曰：兒郎太跋扈，竟跳出夫人城矣。女會其意，曳盧急走，將及門，鐵拐一枝當頭飛下。女極生平伎倆，取鐵鎚急架，盧從拐下衝出，奪門而走。女長跪請罪，老嫗撫拐歎曰：女生外向，今信然矣。速隨郎去，勿作此惺惺假態也。女隨盧歸里，鬻其金珠，小作貿販，頗能自給。後歸者事敗見執，一家盡斬於市，惟女之生母，子身遠遁，祝髮於葯草庵，年八十而終。有遺書寄女，女倚盧迹至庵，見床頭橫禪杖一枝，猶是昔年鐵桿也。女與盧皆大哭，瘞其柩於東山之陽，廬墓三年，然後同反。

鐸曰：天之所福，慈孝爲先。女知愛母，故不作狼梁之卵；母知愛女，故不作斷頸之鬼。獨是溺於女者，何以不從厥夫；哀其母者，何以不及其父。君子曰：此其所以爲盜也。嗟乎！世之不爲盜者多矣，而盜且然乎。

奇婚

文登字道岸，浙之武康人。十七遊庠，聘桐氏，未嫁而夭。鬱鬱不自得，浪蹟出遊，將爲求鳳計。偶至鳳陽，遇道者於塗，詰其所自，生告以意。道者曰：汝欲得佳婦，此去東南十五里外，往求之，必有所遇。生信之，如所指而行，至則春臺演劇，觀者蜂屯蟻聚，無可停趾。迥視垂楊低處，露小紅樓一角，有女子搴簾衣半揭，側面偷窺，粉光黛影，射人雙目。生迴旋顧盼，幾難自主。迨斜日西傾，歌場樂闋，猶仰面空樓，初不覺游人盡散也。忽一人拍肩大喝曰：何物癡兒，窺人閨閣。生視之，岸然偉丈夫也，竟拉其臂強曳登堂。生兩股戰栗，變色欲走，因大笑曰：如此膽怯，也學風狂。實相告，樓頭女子，即僕掌珠，君如閨中無婦，願附婚姻。生受寵爲喜，唯唯惟命。時已秉燭，令女子嚴裝，詣與生交拜，擁入閨房，將繫情話，俄母氏招女去，生几坐燈下，竟緒無聊。漏下二鼓，見畫屏東畔，女子獨來，對鏡卸翠鳳翹、金雀花雙朶，旋解芙蓉帔、鴛鴦百褶裙，斜倚床闌，脫鞵履襪，襪鏤絲文繡，纔兜三寸許，軟紅睡鞋低蹙，一笑先入重幃。生愁鎖中燒，不能自制，而登牀急抱之，闃其無人，唯繡枕橫陳，半堆錦被而已。大駭，莫詳其故，擁被孤眠，旁皇終夜。侵曉，女子即來，生詰之，默然不答。至夜，生先匿錦帳中，更闌後，女子衣短紅襦，外緊金縧紫絡，濃髮裡總作幗，紫兜以身，怕下體，繡裙不拖，露絳直文羅袴，提總金鞵，劃幾而來。披帷竟登牀榻，生急捉其臂，隨手轉側，如一團絳雪，飛墮巫山，素之悄然無迹矣。是仙是鬼，益莫測其蹤影。三竿日出，候女不至，女之妹穎姑偶過其室，生正苦岑寂，於鏡奩箋作字，穎姑睇而問曰：爾亦曾讀書識字耶？生曰：予雖不肖，束髮遊庠，豈有秀才家不讀書識字者。穎姑失聲一嘆，生疑之，再三叩問，穎姑曰：吾憐汝青年秀士，死期已逼，尚不自知。生長跪請教，曰：吾家翁姑專以左道劫人財物，將欲舉事，必先殺一人祀神開路，往往與姊爲餌，名曰夫婦，而實一無所染。吾自有知識以來，見其出衽席而登俎上者，不知幾千百郎兒矣。今夜明星爛時，殆將及汝。生窘極，叩首乞援。穎姑曰：吾何能救汝？欲解倒懸，還須阿姊。生問計，曰：姊所以登牀即遁者，因褥底壓六甲符一通，上纏紅絲縧三十六縷。汝搜拈而棄之，彼必不能脫身，苟將成其夫婦，而後以情義哀之，自能免汝於難。生謹受教。穎姑潛引去，生啟視褥底，果如所言，急棄之。入夜女來，伺其綫裳卸脫，猝緡而就之。女意似覺，曰：婢子多言，敗我家事。雖然，亦天意也。縱體投懷，竟成歡會。事訖，裸跪牀頭，哀其援手。女曰：百年伉儷，萬死相隨，何待君言。急起以雄雞繫於杖頭，屬生肩荷之，曰：往北約行三十里，俟雞聲一唱，即舍之而走。再行二十餘里，待妾來時，好共發也。生謹記而去。女佯告父，父乃大怒，跨馬欲追。女曰：追之不復，不如飛劍以斬。父從女言，擲劍於庭，去同白練，亡何雷光一閃，卻然墮地，血漈漈斑痕猶溼也。時生出北郭門，約行三十里，杖頭雞聲大作，急委之於地，斜白光下注，而雞寂然無聲矣。又行二十餘里，筋力已疲，憩於樹下，見雲中一鶴飛墜，女已控背而來，斂之一紙鶴耳。笑曰：大劫已過，請歸鄉土。生曰：奈汝父何？女曰：左道無長策，五十里外，不能及也。候曉而

行。不匝月，偕歸故里，生鍵戶讀書，暇輒與女藏鬮爲樂。一日有女子闖然而入，視之穎姑也，並起問故。穎姑曰：自姊去後，父母強妹爲代，妹意不肯，爲至違其怒，日遭鞭撻，幸老父赴天魔會去，乘閒而逃。復思伶仃弱質，絕無親串可依，故一路問程，相投至此。女大喜，生曰：婢來亦大好，但非鴉非鳳，卿家何以位置？女笑曰：我本無猜，君宜報德，臺上英皇，其例自可援也。即出簪珥爲穎姑上頭，穎姑赧赧卻之，曰：妹子此來，不過作開門鴛燕，豈求野鴨入鴛鴦隊乎。女以正言諭之，始無異議，正曳令交拜，有道者自外而來，笑曰：得婦之言，今始驗否？生敬謝之。二女相顧駭曰：似吾父之師也。道者曰：然。爾父學仙不成，流爲左道，而復借吾教中飛符遁甲諸術，日濟其惡，痛加訓誨，罔有悛心，必至一朝翦滅，因惜女子無辜，亦遭株累，故引文郎入慕蹐，俾相機脫汝等於水火中耳。女問父母無恙否，道者曰：此刻一番閒話，即汝全家就縛時也。二女大哭，道者曰：是謀惡報，何哭爲？拂袖竟去。後生密探其耗，果於是日爲官軍搜捕，斬首西郊，益信道者之神也。

鐸曰：化人城裏，不少魔鬮，然鬼母兒孫，終入大善薩蓮花鉢底。一日迴頭，同依道岸。二女之得脫，是借仙家妙指，而離佛門苦劫者。行險僥倖，今古有幾人哉。

洩氣生員

臨潼夏生名習通，性魯鈍，學操舉子業，每一藝出，庠必譁笑之。偶應童子試，剿襲舊文，入邑庠。後赴歲試，自分必居劣等。適卜者於市，占之，得一識曰：聽之無聲，視之無形，君子笠之，必得其名。卜者舉手賀曰：君文必冠軍。夏生喜，揚言於衆。衆曰：即學使兩眼盲，鼻亦知香臭，三等以下，君冠軍或有冀也。夏生大慙。時學使某公奉命督學西安，臨行辭座師某尚書。尚書西安人，意其有心腹士，極力請教。尚書下氣偶洩，稍起座。某公疑有所屬，急叩之。尚書曰：無他，下氣通耳。某公唯唯，以爲夏習通必座師心腹人，謹記之。後公按臨西安，果有夏生名習通者，扃試後，細閱其卷，詞理紕繆，真堪捧腹。以座師諄屬，不得已，強加評點，冠一軍。案發，諸生大譁，細思某公本名鄭林，閱文必有真鑑，夏生又貧士，絕無關節可通，乃以劣藝而高居優等，殊不解。後公任滿入都，告諸某尚書。尚書茫然，俯思久之，忽大笑曰：君誤矣，是日下氣偶洩，故作是言，僕何嘗有所屬也。某公悟，亦大笑。後併其事於西安，諸生之疑乃解。噫！以洩氣而獵功名，雖爲士林所笑，不猶愈於滿紙銅臭者哉。

鐸曰：古人命名，義各有取。長庚入懷，李名太白；犀徵乞粥，崔號縕郎；萬琳應得寶之徵；桓溫叶試啼之識。吾不知爲夏生者，何獨取此嫌名，以爲後來吉兆耶？相經云：穀道貫，文運通，則功名中人，此爲第一嘉名耳。

換形乞丐

西蜀李太史墨莊，館於吳江令何君公寓。時衆賓在座，各徵舊事。太史曰：吾鄉有瘋丐，名金變子，挈妻丐食於吳，寄宿十王殿左廊下。一日，乞於富貴家，歸而痛哭。妻問之，曰：人生等七尺耳，彼膏粱衣文繡，日擁嬌妻美妾以爲樂，而我寒餓若此，何狠心閻老，不公一至此哉！已而仍宿廊下。見十王召之入，曰：爾勿怨，吾爲爾易之。命鬼判先易其舌，曰：是當日將軍曲良翰用以唉駝峯炙者，爾易之，則山珍海羞可長飫矣。又易其肩背，曰：是當日昭王被青鳳毛裘者，爾易之，則驚封艾帶可長御矣。并命易其下體，曰：是當日漢帝入溫柔鄉占三千粉黛者，爾易之，則蛾眉螓首可長擁矣。瘋丐大喜，叩謝而出。繼而天曉，妻取殘羹賸飯以進。瘋丐大怒曰：吾將饜珍羞，勿以此污我舌。繼進以破衲，又大怒曰：吾將被錦繡，勿以此辱我體。妻請曠之，丐益怒曰：我旦晚以金屋貯阿嬌，看汝黃面婆子，何處送衾枕耶？妻駭立請教，丐大言以述之。妻大笑曰：若是，則爾猶忘卻一件事。丐問何事。妻曰：滿身都換卻，只未換得石季倫豪富命也。瘋丐遊語塞。此或太史一時遊戲之談，而世之不爲瘋丐者鮮矣。

鐸曰：惟瘋故妄，惟妄故愚。閻老作此戲，可以杜妄；太史發此論，可以醒愚。

茉花三娘子

宜興北鄉有女祟，號茉花三娘子，俗傳五聖第三郎之婦，隨人而逋逃者，故是兆永不入城，惟祟武鄉間男子。村莊某翁有子名福郎，春日獨行陌上，見一婦年齒稍長，而風韻嫣然，於狹岸交臂而過。福郎潛以手捘其腕，婦格格一笑，即攜與俱去。至一處，無門庭堂奧，但見小斗室中橫白木榻，榻上衾裯具備。婦曳令並卧，解下體褻衣迎就之。福郎初發硎，奏刀不中窾要，婦引手導入，始盡其奥。亡何，據心受困，倒戈直退。婦笑而起，而福郎沈沈睡去矣。翁失其子，尋至陌上，見福郎於茉濱中赤身酣卧，扶掖而歸。久之始醒，至夕見婦人搴帷笑入，曰：癡郎郎富厭人，須興，令當張旗列鼓，與娘子軍卜長夜戰也。登牀入被，重與交接，而福郎甚殊畏縮。婦狂態復作，移肴就矛，相強馳突，福郎三遺矢，復潰圍而遁。婦哂曰：如此數戰，終於怯敵，是疲兵也。悄然出衾而去。明夜復來，擂春畔膠食之術，圍棕陣，徹夜鏖戰。婦喜曰：有所恃而不恐，孺子尚可教也。自此無夕不擾。郎即離延面削，日就柴瘠，符驅術禳，都不驗。時福郎有姊適城中李氏，爲五聖第三郎所惑，亦將就殆。婿令健婦黃夜負至岳家，爲避祟計。翁方憂子之死，復見負女入門，益增焦急。一更許，見婦入子舍，去少頃，三郎亦至，攫得女，擁抱於懷。勢將就淫，忽見婦從子舍出。三郎大怒，捽其鬢，撕於地下，曰：逃亡婦，吾尋汝十數年，逋宕淫於此。以掌批頰者百數。婦伏地哀泣。三郎顧女嘆曰：吾淫汝輩多矣，此婦之不貞，亦上天所以報我也。汝請速歸，仍完夫婦之好，而今而後，吾當斬除孽婦，屏蹤荒山，斷無顏入汝家矣。言畢，曳婦竟去，而兩家之祟俱絕。

鐸曰：以祟驅祟，事屬創聞，亦幸其寃家逢狹路耳。艷妻出醜，蕩子收心，有淫行者，盍以鑒。

草鞋四相公

草鞋四相公，不知始何名，兄爲草鞋三相。吳俗於除夕前歡神晏，奉草鞋三相畢，祀以香帛。雖非正神，亦紫姑、馬公之屬也。弟倚兄勢，擅作威福，爲患一方。臨頓里某姓女，幼失父母，十九未嫁。夜見一丈夫，錦袍烏帽，絕類貴官，而下曳草鞋一雙，翩躚而來。女驚欲號，而舌已蹇口，且四肢疲軟，不能支拒。牽曳登牀，任其輕薄。繼而曰：我草鞋四相公也，與汝有緣，能從我，當爲汝福。天未曙，悤悤而去。明夜偕四五客來，置酒高會，命女侑於末座。中有一客，性憨跳，頻以足下蹴女雙履，女羞縮而起。四相覺之，訶詰其客。客曰：尊夫人婧嫺錦襪，祇合偶卑肆，與草鞋人伴作侶，殊嫌不韻。四相怒目視，旁一客曰：草鞋黨困久風雅，恐近日破靴黨亦非上客也。合坐拍手大噱。四相意稍解，遂酌大觥爲令，而後有戲其新婦者，罰三觥。亡何，客又發狂，剝盤中果擲女面。四相引杯令釂，客出百錢置席上，曰：予不能飲，願以此贖罪。四相笑納，請祇承客曰：鄙哉！百文錢責新婦，真草鞋人本相矣。譁然而起，一鬨而散。四相留宿女家。

深以草鞋為厭。轉輾不懌。去四五日不復來。忽一夕。曳吉莫鞾鏗然而至。翹其足置女膝上。顧盼自豪。曰。吾今而知烏鞾之得勢也。一經著腳。則舉趾高矣。正欲脫靴就寢。突有黑面赤鬚者。排闥而進。曰。賊狗奴。還我靴子來。四相慌伏地下。黑面赤鬚者曰。吾鍾某。讀書成進士。故奉上帝命。穿吉莫鞾以飾觀瞻。汝一市井無賴子。幸乃兄以草鞋起家。即當遵循家法。守汝敝屣。輒敢盜我名器。假冒士林。宣淫閨闥。罪何可恕。命去其靴。以兩手倒持其足大笑曰。如此一雙泥腳。消受得幾許福分耶。然一擲。身裂為兩。館娃之提靴竟去。女驚絕。半日而甦。後適里中某氏子。勸其一生勿著皁靴。殆有覆車之鑒耶。

鐸曰。白丁愛著皁靴。因此物原不在禁例也。然牛蹄犬爪。何處消此罪過。幸鍾先生長守後戶。不然登堂入室。不居然履聲橐橐哉。

訟師說訟

江以南多健訟者。而吳下為最。有父子某。性貪黠。善作訟詞。一日夢鬼役押赴閻浮殿。王憑案先鞫其父曰。士農工商。各有恆業。爾何作訟詞。答曰。予豈好訟哉。人以金帛啖我。始卻之。而目眈眈出火。不得已諾之。繼鞫其子。曰。是汝之過也。使我生而手不仁。烏乎作狀詞。王曰。爾等挾何術。能顛倒黑白若此。曰。是不難。柳下惠坐懷作強姦論。管夷吾受駢邑可按侵奪田產律也。王曰。是則誣直為曲矣。而拗曲作直則何如。曰。是更不難。傲象殺兄。是瞽父命。陳平盜嫂。可曰援溺也。王曰。是則然矣。其如聽訟者何。曰。欺以其方。則顏子拾塵見惑於師。曾母投杼亦疑其子。況南面折獄者。明鏡高懸有幾人哉。排之闔之。抵之伺之。多為枝葉以眩之。旁為證佐以牽之。遇廉善吏挾之。貪酷吏彩之。我術蔑不濟矣。王怒命牛首抉其父雙眼。而斷去其子兩臂。仍命鬼役押回。比醒。父子各如所夢。聞於當事。謂若輩既遭冥譴。訟詞汔可少息。越數日。命胥吏往瞰之。見赴愬者擇金執幣。環伺堂下。其父南嚮趺坐一榻。闔雙眼。喃喃口授。而其子旁橫一几。以腳指夾五寸管。運寫如風。胥吏歸述之。當事者嘆曰。使州縣盡作活閻羅。此輩亦不能除也。可惧哉。

鐸曰。於易乾上坎下為訟。象曰。天與水違行。嗟乎。彼蒼者天。乃亦當訟哉。吾不知為之師者。順天乎。抑逆天乎。且其繇曰。有孚窒。是故欲無窒者必求師。

名妓沽名

黃竹浦。齊之拔貢生。入都道過吳橋縣。有友人客於署。訪之。友人曰。此間有名妓祝慶娘。曾見之否。黃曰。未也。遂相將偕往。至則粉牆朱戶。不似北地之茅簷蝸壁者。即有一蒼頭奴邀坐獻茶。茶罷。又一老嫗出。略話溫涼。便導入內室。四壁黏名人題贈。中懸二喬觀兵書圖。案設烏皮几。香鼎筆牀具備。瓶插紅梅一枝。含蕊未吐。旋有小鬟上前啟白曰。慶娘昔宿酲。今已起。向窗下理妝矣。乞貴人少候。久之。又有一小鬟出報曰。慶娘妝已竟。因春倦伏枕少睡。候稍醒更衣出見矣。察其意。似大矜貴者。而黃以候見美人。當俟海棠睡足。姑耐心以守。而目注簾間。不暇他視。又久之。老嫗出。掀簾僂鬟扶慶娘至。黃即睨之。面粉斑斕。唇脂狼藉。眾然碩腹大如三石瓠。大步而前。勢將運糧河漕船過閘。黃遂大驚。顧友人曰。名妓若此。羞煞章臺矣。友人自悔言之孟浪。消遁去。而慶娘殊無媿色。從容謂黃曰。名妓與名士若何。黃曰。等耳。慶娘曰。若然則名妓之稱。妾何媿焉。夫名士操三寸管。馳騁詞壇。使天下想望風采。亦重其內才耳。妾之浪得虛名者。不在脂粉之假面目。而在牀席之實工夫也。黃呢笑曰。何謂工夫。慶娘曰。有開合。有緩急。有擒縱。是即名士作文秘鑰耳。何問為。黃大悅。遂與繾綣。繼而謂慶娘曰。溫柔鄉洵有真樂。拔西子眉。截潘妃足。割女瑩之陰濇而無生氣。是猶賭十二金釵。鬮日傀抱之。不足令人真箇銷魂也。不半月。竟其資斧。未及廷試。狼狽歸。友人知之。嘆曰。今世之翩翩然號稱名士者。定有一篇假議論。弋名釣譽。不意名妓亦然。黃生適陷其術中而不悟。是名士之智。又出名妓下矣。哀哉。

鐸曰。歷來名士。言古學者。曰宋唐曰晉至漢。人止矣。而此妓工夫。則天姥之所教軒皇也。古歌云。素女為我師。儀態盈萬方。是真古學。是真名士。

泥傀儡

粵西柳州府有土地廟。廊下塑一神像。貌猥瑣。皁袍角帶。土人呼為泥傀儡。遇郡守廉。則兩手納於袍袖。如貪黷者守是郡。則伸手作乞錢狀。先是某公來守郡。黷貨無厭。神手出袖者一尺。而某公欲自諱。陰使心腹奴夜詣廟廊。強挽入袖。明日視之。轉益五寸許。且手指堅握不可開。某公大懟。具牲帛往祭。不旬日神手頓斂。又數日漸入袍袖。某公私喜。謂神靈亦受賄賂。而不知已掛彈章。新郡守龐公至矣。龐公名廷驥。予表姑丈。以中書陞主政。外擢郡守。性頗狷介。故神預兆之。一日。神手亦漸出袖。公大驚。私自檢察。蓋屬吏餽菊支兩桶。中納金三百。公不知而誤受也。急反之。神手亦頓縮。由是終其任。不名一錢。

鐸曰。相書言仲手過膝者必大貴。咄咄傀儡。是大貴相。

石翁仲

吳門小橋里弟兄某。春日踏滄浪亭。旋過學宮。見碑下翁仲不識也。誤以為贔屭。競摩其頂曰。汝前生負何重孽。今向人前出醜若是。大笑而去。後值母誕辰。夜演鴻門宴雜劇。羣客在座。忽場上樊噲提刀直前。主賓盡失色。大呼曰。我翁仲神也。本為龍子。上帝憐我有勇無文。故負石學沿。今稍窺文墨。不幸負形嬴室。賊奴談訛。為龜妾加姗笑。汝一市井無賴。平日惟濟不係吃餒子。亦醉真。所謂神似。非形似者。乃不自量。反謂予人前出醜。今日賀客滿堂。且與爾折證此案。言畢。提刀欲殺。兩弟兄匍伏乞命。客亦代為哀懇。因擲而笑曰。留骨而貴其生而曳尾於塗也。姑赦之。撒手登場。仍演鴻門劇本。依然一樊噲耳。聞之亦不省。笑下喧傳其事。遂置某於不齒。後兩弟兄援例入監。人猶呼為衣錦榮歸云。

鐸曰。人之多言。亦可畏也。然未免謔而虐矣。

諧鐸卷六

吳門沈起鳳桐威氏著

上清宮除妖

吳郡三茅觀東狄姓。為某司馬家之僕。司馬有女。祟於妖。百計遣之不去。因書片狀。命狄赴龍虎山乞天師治之。至則門庭宏敞。宮殿森嚴。處處懸牌。畫神將名守護。司閽者入內啟祟。約兩時許。召狄進見。狄從法官拜天師。出虎皮椅坐蓮華帳中。金印寶劍。陳列法座。狄匍伏簷下。呈狀。法官轉呈座上。天師細閱一過。搖手攢眉。沈吟良久。與法官耳語。不知作何詞。即以片紙付狄。令上清宮道人作法。狄銜命去。見一道人。布巾短衣。趺坐於野。隨出天師書示之。道人啟視。不覺失笑曰。天師賣符籙。得錢動以萬計。曾不一注念至殺生害命事。輒煩我等。亦大可笑。因出一小木盆。注以涼水。取銅鏡仰覆其上。以筆蘸墨塗鏡面。幾徧。亡何。水沸如湯。熱氣一縷。上衝霄漢。忽砉然一聲。熱氣下注。水激如跳珠。而盆中已無涓滴。道人曰。除矣。狄喜。謂道人曰。歸語主人。必當厚報。道人冷笑不言。斂其具。仍趺真大步而去。狄遂覆天師命。取路而歸。述諸司馬。司馬家果於是日是時。女室中砉然一震。下血如雨。而其妖頓絕。後司馬具白金百兩。布袍一襲。親詣上清宮酬謝。而道人終不可見。遂歎息而反。

鐸曰。凡大本領者。必不裝大幌子。故布衣擔簦中有挈妖手段。而人乃於富貴中求奇士。是猶向蓮華帳底買符籙也。

森羅殿點鬼

李君名堡。吾鄉名進士也。任甘肅會寧縣令。改補安慶府學教授。孑身赴任。而前任眷口未歸。暫寓十王殿廊下。一夕聞殿上人聲鼎沸。李起窺之。見燈燭輝煌。胥吏輩兩班祗候。紫面赤鬚者。冠而帶者。捧冊侍立東隅。亡何。王者冕旒出。次第參謁。王曰。三十年不稽鬼籙。恐滋積弊。今當細核。毋稍隱蔽。紫面赤鬚者。即捧冊上呈。隨有荷枷帶鎖輩。由東廊魚貫而進。唱名畢。偃蹇從西廊出。繼點句魂簿。唱名再四。無一人應者。王曰。催命鬼八萬七千。何無一人在。紫面赤鬚者上前啟白曰。奉後殿轉輪王命。俾男者為賊。女者為娼。盡託生人世矣。王慨然曰。句魂攝魄。冥府自有定限。使若輩流毒天下。恐投到者無已時也。又點餓鬼簿。即有一胥吏趨前跽稟曰。前鬼門關守者。失於防救。諸餓鬼乘機逃去。今盡偷生陽世。王問在陽世作何事。曰大半作縣令。王曰。若輩埋頭地獄。枵腹垂千百年。今一得志。必至狼餐虎嗌。生靈無噍類矣。胥吏曰。請仍押回可乎。王沈吟久之曰。此亦大費事。能忍飢者聽之。倘餓吻翕張重者。削其祿籍。俾子孫竄入單田。輕者降作冷官。使凍餓終身。還其本相可也。李伏隙以窺不覺失聲大笑。一時燈燭盡滅，殿上絕無聲響。後晤予於秦淮客館，詳述之。屬筆以紀其事。

鐸曰：吾郡李君在會甯時，戎服剿賊，頗著勞績。其改就學博，亦急流勇退意也。曾書一聯贈之曰：秀才有學皆吾輩，俗吏能修到此官。亦可想見其人矣。此殆其游戲之談耶。

蘇三

劉生名偉，字琬如。己酉應試，白門寓丁家水閣。先是晉陵某公子，費千金定花案，曲中諸妓有文狀元、文探花之名。文探花者，隨母姓蘇氏，字繡英，以其行三，羣呼為小三云。慕劉生名，乞同邑查君為介，願邀一顧。劉笑曰：琴心粉蘚，蔫嫩香埋，一片秦淮，久已鞠為茂草，安有板橋舊豔，能歌白練裙者。查慫慂再三，要邀而去。行未數武，值舊識黃生，強邀過寓，甫登堂，見一姬，兩鬢堆茉莉如雪，著蟬翼衫，左右袒露紅綃一抹，下曳冰綃袴，白足拖八寸許蝴蝶履。見客來，不甚酬接，摩兩臂金條脫，錚然作響。劉厭薄之，黃曰：君勿白眼觀此秦淮文狀元，其姬也。劉笑曰：狀元身價果是不凡，然君司空見慣，僕不能向石榴裙底舉高謁貴。悤悤告別，急欲回寓。查曰：未到桃源，何言返棹。劉憤然曰：狀元若此，探花可知。吾甯識英雄於孫山之外，不敢向及第花下掄才矣。拂袖竟歸。查述諸小三，俛首不語，既而歎曰：前明復社諸君中，周延儒榜進士，比諸佛頭著糞。兒不幸與若輩聯名，宜為英流唾棄也。撫床一慟，潸潸淚下。查勸慰，適止。後生試畢，偕查旋里，買棹武定橋東。見一姬病容愁態，臨流倚檻，而衫痕黛影，湖水皆香。劉數目之，顧查笑曰：何處驚鴻，翩來洛浦。查曰：是即予所薦之文探花也。劉大悔，曰：因艾棄蘭，惡鴟黜鳳，吾知罪矣。急維舟過訪，並謝前愆。小三曰：君子觀人，必因其類。通人持論，不狗於名，但得終邀青眼，亦何恨相見之晚耶。劉大喜。小三張筵款之，酒三行，劉避席而起曰：僕固鍾於情者，但狹邪之遊，生平未習。今日撤筵，已同祖帳，請留數語，以當雪泥鴻爪。小三覆素巾案上，劉援筆題水調歌頭一闋曰：敲斷燕釵股，錦瑟不須彈。喁喁兒女恩怨，說向鏡中鸞。儂是修文種子，卿是修眉仙史，同押紫宸班。小謫三千歲，來往只人間。蘭檻外，苔砌畔，露華寒。女郎花放，一樹莫近玉闌干。昨日青州買醉，今日青樓買笑，明日買青山。偕隱共卿賦，雙鳳月中還。題畢，榜人競催解纜，與查登舟而去。白下諸名士傳為美談，至有作長歌以紀者。自此探花之名大著，而所謂文狀元者，門前冷落車馬稀矣。

鐸曰：饒出墨池，便登雪嶺。世逢月旦，都自善和坊裏學來。固知名下觀人，必合九州鐵鑄成錯字。若劉生者，可謂能得士矣。

葛九

丁家水閣與劉生同寓者程生根默，程負俠氣。文奇，詩奇，作事俱奇。邗溝來一妓，名葛九，畬

歲逢平康，後洗心滌行，剪花賣履，孝養父母。忽二老相繼逝，無力殯葬，不得已復理舊業。好事者述諸程生。時大雨滂沱，程持蓋著屐，冒夜過訪。葛一見心傾，拂床薦夕。程笑曰：無須。我非紅樓選夢者，所以冒雨過卿，欲代籌殯葬費耳。葛感且泣下。繼請方略，程曰：近日冶遊兒郎，以盲人瞎馬奔逐章臺柳下。汝一練裳椎髻，雖姿容閑雅，未必有千金博笑者。惟伏筆墨有靈，插標以高聲價，庶幾廣致多金。期於事濟，袖中出碎紅綾數尺，以其行九，戲拈九字，填金縷曲一闋曰：廿四橋頭步，怪東風箏聞吹過，良宵十五。重向十三樓上望，謾拖四圍朱戶。欠好夢十年一度，數遍巫山峯六六，第三峯留作行雲路。雙星照，七襄渡。三三徑裏三生譜，倚花前闌干六曲，三絃低訴。彈到六幺花十八，一半魂銷色舞。添一縷謝娘眉嫵，卅六鴛鴦周四角，更二分明月三更鼓。且莫把，四愁賦。書畢，況深雨惡，葛再三挽袖，拂衣竟回客寓。明日，葛飾以畫屏，張諸客座，好名者爭相傳誦。走馬王孫，隊鞦公子，宴無虛日。杭把門巷，幾與顧眉生迷樓相埒。不決旬，積金滿篋，命弟持歸殯其親。致書招程，滿足不至。一日，曉妝初抹，階前賈客宴露坐軒下，忽遣人齎白木匣至，發之，金箔一枚，僧帽衣履俱備，中有短札一封，曰：古人辱身非孝，吾憐汝愚，姑借辱身暫行孝道。今事已濟矣，心已盡矣，及早回頭，別尋覺岸。況淪慾海，墮落花塵，泉下人能瞑目乎。字到速斷業根，退修初服。黃眉窗外，即是選佛之場。打槳湖頭，總屬慈航之路。倘能脫簪，許滌前愆，毋得狐疑，至同籠縛。葛覽書大悟，對鏡自截其髮，改妝作比丘狀。貴客遽巡避去。亡何程大笑而來，合掌徑登上座。葛伏地膜拜，程學老僧宣口偈曰：彼美人兮，人盡可夫。吾今渡汝，超脫泥塗，踢翻桃葉渡，跳出莫愁湖。從今撒手菩提岸，火裏蓮華何處無。葛受記訖，是夜換舟回揚，捨身曇華上院，後乞韓慎亭寫妓堂皈佛圖，懸諸淨室，以誌不忘舊德云。

鐸曰：昔卞玉京作女道士，閉有所主。因知蓮性雖胎，荷絲難殺，亦兒女子故態也。乃片紙飛來，六根淨削，是兒慧業定屬不凡。然非當頭棒喝，則柔花弱絮，漂流何底。似此金粉如兹，風流藪澤中，當處處買絲繡之。

奇女雪怨

線娘，厦邑士族女也。善詞賦，兼工帖括。每攜一藝，老師宿儒歛手曰：女學士易釵而衿，怕不到玉堂金馬。年十七，父母相繼逝，線娘塊然獨處，隔院為某生別業，庭中玉蘭一本，斜倚東垣。線娘曉起摘花其上，某望見之，長揖墻下。線娘赭顔欲避，某曰：僕非宋玉，豈敢妄意登墻。祇因獨學無師，願作王逸少執贄簪花座下耳。隨出窗課一卷，屬其點定。線娘攜歸内室，閱其文，才華秀贍，間有一二小疵，碍於場屋者，直筆刪去。明日折花墻角，裹而還之。某大感

佩久之。蹤跡漸密。某作瑜東家牆而摟其處子。迎丈挑之。綠娘作媒妁之言。題丈以答。某笑曰。急脫而緩受之。全失命題之旨矣。綠娘曰。恐卒爾探脫。以後無收束處耳。某覺其言可入彀。垣而過。急捉其臂曰。僕日以師事卿。何不坐我鉢帳。綠娘蔭拒之。曰。讀書人最易昧心。一朝倍師。保不作逢蒙殺羿乎。某乃指指山河。矢盟日月。綠娘遂同歡會。朝垣夕室。將及半載。綠娘從其委禽。某口諾之。而遷延不報。復竟議婚他族。結褵之夕。綠娘始悲。立墻下。某某一來訣別。而某聲跡阒新巢。不復記野合鴛鴦矣。綠娘憤極。閉戶自經。某聞之悼嘆而已。後赴試鄉闈。甫執卷搦思。見綠娘翩然而來。某懼。其鮮已獻萬狀。而綠娘殊無怒容。反為拂紙磨墨。屬其盡心文字。并講解題旨而去。是科領鄉薦。繼應禮部試。綠娘復來。其拂紙磨墨。一如在鄉闈時。卷中有不妥字句。代易之。是科又報捷殿試二甲。觀政農部。綠娘時來曰。汝任京秩。得升斗祿。焉能究宦囊。盍謀作外任。二千石可立致也。某韙之。不二年。外擢郡守。某本一介寒骨。驟得專城五馬。朘削小民。私肥囊橐。亡何。突盜金縱法。事敗上聞。論棄市前一夕。恍惚見綠娘繡巾環頸。披髮而來。曰。數年冤憤。而今始得伸也。吾所以佐汝功名者。因書生理首窗下。何處得罹大辟。必使汝置身仕途。迺得明正國法。業鏡高懸。析毫不爽也。欷笑而去。

鐸曰。一事負心。十年眊眊。豈知芙蓉鏡下。亦有時為婦眉人報讎地哉。迺知除名桂籍。尚屬薄倖兒寬罰耳。

達士報恩

平原御史劉公。少孤寒。設帳東村關聖廟。歲暮散館。入城探姊。姊以一雞尾相贈。歸而寄之。將為度歲計。適弟子家失一雞。竊議其師。漸至作隱語疑而誚之。黠者掩口笑。愚者具以實對。公大恚。召諸家父兄輩。市香燭矢於關聖前曰。如劉某作不肖。出廟門即顛其趾。矢畢而出。衣踹於檻。顛而起。足跛如也。眾大笑。公仰天而呼曰。英雄困脺泥塗。不但為群小所侮。乃至不諒於正神。冤哉。急貸家具得五金。竟赴京都。傭書李翰臺門下。暇輒發憤攻書。以大興籍入泮。連戰皆捷。不數年。官御史。時天師入覲。以紙書狀。乞查舊事。天師中丈關聖廟。越數日。覆到云。某年月日某奉玉帝勅召赴靈霄殿議征蚩尤事。不在殿庭。廟後有一老雞。假託神靈。妄踞公座。竊意寒賤中必無奇士。故弄狡獪伎倆。以博一笑。已命座下周某發其巢穴。取青龍刀斬之矣。天師述諸御史。星夜告假歸。召舊日父兄輩。齊至廟後。果有一荒塚陷地七尺許。一老雞斷頭截項。赤淋淋卧血泊中。眾疑始解。繼而歎曰。以戲得禍。雖伊自取。而某非此一激。亦以村學究終耳。功名富貴。何自而來。天下橫逆之加。正小人之所以福君子也。此物殆玉我於成哉。急命擇隙地而埋之。樹以片石。號報恩冢。噫。公亦達矣。

鐸曰。英雄當困頓時。哀我矜我。皆受恩深處也。不然。淮陰千金報德。何少年之胯。等諸漂母之飯哉。傑濟兒勁以睚眦報怨。適形器小耳。

立家所以報恩。固已。然何似勿殺之為愈乎。或曰。雞之死。死於　聖帝。非死於劉公也。噫乎。我雖不殺伯仁。伯仁由我而死。冥冥之中。負此良友。吾得援此例以責之。受業謝樸附誌。

夢中夢

曾孝廉赴南宮試。挈一老僕束裝北上。夜投留智廟。時已昏暮。解鞍即憩。偶步門外。見垂楊夾岸。長板紅橋。斜橫春水。旁杏花數十樹。有翠鳥啁啾其上。曾踏橋度岸。見一家園門洞開。徐步而入。文窗窈窕。繡閣參差。循廊曲折。直達內寢。珠箔數重。瓊鉤斜挽。水晶屏後。設珊瑚床一具。海紅帳垂垂未下。角枕錦衾。觸鼻香溢。左橫梳櫛小几。鏡匣未收。粉奩半啟。膽瓶內碧桃小鮮。委落脂合旁。聞翅鳳聲瑣碎而至。曾驚匿夾幕間視之。閨中細君也。曾問何得來此。笑曰。郎君新賺之別墅。何善忘耶。曾亦不復省憶。聯座抑談。忽外廂馬嘶人沸。起詢之。蓋迎新殿撰赴杏園宴者。曾即跨鞍騶從導去。十里花塵。萬家鈿閣。金鞭玉勒。觸盼自豪。宴罷

而歸。夫人迎門相候。焚香熱燭。話昔年寒窗夜讀。相對各有喜色。已而就寢。私念夫人年齒稍長。今富貴若此。何不廣列金釵。以充下陳。方伏枕。即有一人投刺門下。云是富家某交結新貴。特以十斛珠購美姬四名。備充妾媵。曾大喜。立命召入。亡何。粉白黛綠。侍立滿前。燕瘦環肥。並皆佳妙。曾恐夫人嬌妒。引入別院。詢其小字。豐肌者曰娟娟。丈弱者曰楚楚。明眸秀靨者曰倩桃。垂髮掠作斜髻者曰春柳。某命娟娟展褥。楚楚抱衾。倩桃列繡枕。春柳代除冠服。某先裸體入幃。迴視諸姬。紛紛卸妝。解羅襦。緩繡裙。脫鴉頭襪。合歡襆子。解絳結。提桃花褌。雪肉粉肌。爭來就寢。須臾左香右黛。玉體橫陳。八瓣香蓮。高擡競聚。曾心摇摇。不知所向。忽聞腳後夫人高喚。春夢頓醒。因大嗔曰。闖何太驚聒。方便片時溫柔鄉。早入夢矣。夫人亦詬讓。曾情甚。曰。我當日寒賤時。踐步輒加約束。今幸大富貴。漢家自有制度。豈由燕支虎風流棒喝哉。夫人著衣起。向壁而哭曰。薄倖兒記否。汝失館時。至晚不得一頓粥。拔儂壓髻釵錢易斗米。今驟得志。動輒加白眼。結髮情何在也。曾正以新貴自居。聞夫人摘舊日瑕尤。負氣不肯下。拍枕大呼曰。一副五花誥。看汝何顏消受也。忽聞耳畔有笑聲曰。相公夢魘耶。紐枕迴視。一老僕向燈下捉襟捕蝨而已。曾凝神半晌。擁被大笑。僕竟茫然。

鐸曰。人當春夢醒。未有不失笑者。豈知身猶在夢中耶。惟至人無夢。因其無富貴心。亦惟愚

人無夢因其無富貴福

身外身

太史某公未第時聞靈隱寺老僧法璥得禪門宗旨投座下乞為弟子老僧取庚甲布算良久曰汝骨相是佛門種子而命猶當貴未可踩也公固求之笑曰此于老僧甚事且須取十二年富貴過後來公涕泣不肯去老僧擲禪杖逐之公下階傾跌旋起遁去歸而若癡日則讀書夜則如依老僧座下捧經聽講因復詣之老僧閉門不納曰汝欲向此處討面目須還我禪杖來後捷鄉闈仍詣之老僧閉門如故已未南宮報捷官翰林繼又主湖北試入則玉堂出則絳帳而蒲團佛火未嘗一日不在夢寐中荏苒十二年屈指舊約乞休歸里於是星夜馳驛不一月已抵浙界夜宿蘭家旅店計去靈隱寺不過十五里而轉輾伏枕心急不能成寐擁被焦思伸腳忽墮起視之則靈隱寺丈室也一龕燈火熒熒佛座百衲禪衣左縫右結摩其頂光滑絕無纖髮大驚急詣老僧座下而老僧閉目垂眉正當入定約兩時許老僧始出定公伏拜地下乞求慧指老僧微笑曰汝被難在此十二年矣至今日尚饒舌耶公頓悟明日蘭家旅店不見公起揭被視之止一禪杖大駭偏尋不獲聞公有老僧之約蹟至靈隱寺見公破衣垢帽居然老衲問之曰昨恐驚汝輩潛蹤來此寄語諸眷屬勿相念也繼以禪杖呈公公笑曰癡拐兒十二年富貴賴汝替卻自後謹守禪門勿再跳入塵寰也僕從輩不知所云嘆息而去

鐸曰仙家有分身術而佛門則無發大慈悲不欲以幻術欺世也公耶杖耶非耶是耶吾何得而知之耶

香粉地獄

河南楊世綸世家子自幼議婚舅氏會舅氏擢江南郡守楊奉母命前往就婚中途病於客邸病中恍惚見鬼役持牒來勾至冥府王者鞫其里居姓氏不符叱鬼役曰吾命爾勾湖南王士倫何舛錯至此痛抶之命楊仍回陽世甫下殿遇亡友殷仲琦詢其何以來此楊具告殷曰予近在楚江王殿下作錄事今幸稍暇汝歸恐未識路當送汝行楊大喜相將俱去約三里許見一處丈窗繡閣鱗次而居門外抹粉障袖者三三五五見客不甚畏避楊異之殷曰此香粉地獄也楊問若輩何入殷曰陽世官宰犯貪酷二字倖逃國法稍或漏網冥府錄其幼媳愛女入青樓以償孽債今之倚門賣笑者皆閭閻中千金姝也正嗟歎間左扉一老嫗出與殷似熟識者笑曰貴人久弗涉賤地今乘好風吹送得來過復過門不入耶強拉殷袖不得已與楊偕入即有兩粉頭愁笑而出略道寒暄楊詰其小字殷曰此名翠娟此名賽奴皆兆里中翹楚也亡何老嫗捧酒肴至青衫紅袖團團錯坐酒三行殷令翠娟歌以侑酒翠娟轉委賽奴賽奴面有愠色翠娟屢促之賽奴曰汝倚而翁作縣尉欺壓我典史女耶陽世雖有統屬陰司止叙姊妹禮無得指揮如意使人難堪翠娟面發赬強以手按拍歌陽臺夢一曲賽奴曰音節乖舛殊不耐聽翠娟作色曰我生長名門本不習慣豈似汝父山東販棗漢買得兩根尖角翅自將拄杖兒曲向退衙時嗚嗚口授耶賽奴語塞拂袖欲起殷與楊排解再四始各安坐忽門外大譟鬼役奉閻君命押一女子新入青樓披髮嬌啼玉容無主楊急起睨之即舅氏女己之聘妻也大駭詢其顛末女曰嚴君受盜金八百誣人名節罰奴至此以填贓款今君為座上客寧不一援手楊商諸殷殷曰陰司與陽世異非賄賂所能通也僕何能為力楊焦思無計憂悶欲死外傳言九幽殿三舍人來老嫗肅迎而入殷與楊皆避席舍人笑曰聞汝家新降下一棵錢樹子特備纏頭錦數端金步搖一事與新人定情老嫗再三稱謝命女子入室理妝女子寧極無語倒地痛哭楊見此景象憤欲中燒進退失措良殷暫為緩頰殷招嫗入內廂告以意大有難色繼啗以多金老嫗始色解出與舍人耳語不知作何詞舍人悻悻而去殷亦催楊就道楊曰室人不幸遭此大辱我何顏再生人世女亦泣下殷曰不及黃泉何能相見此中殆有天緣請先以青樓作洞房可也命掃東軒使女子與楊同宿自乃偕翠娟賽奴就梢西軒流連宵旦幾忘鬼域一日有黑衣吏持牒而來謂郡守某捐金八百設立六門義學閻君准城隍申報仍命其女還陽冀以薄笨東思忽而去殷向楊舉手稱賀曰夫人已去君亦從此逝矣遂別嫗家送三四十里將及旅舍而反楊亦恍如夢醒調養旬日束裝赴舅氏公署具問義學之事舅氏曰予初有是念尚未舉行汝何由知楊備陳始末舅氏愕然越日擇吉成禮花燭之夕楊述前事為戲女堅不肯承曰君妖夢是踐妾那得有此楊惘然久之而洞口桃春已無復落紅殷褥矣

鐸曰婦女入宮為婢前明酷政不謂陰司中猶沿是律也父貪白鏹女墮青樓是官賞百萬皆閭閻中纏頭錦耳然一日回心千秋保節陰司律例雖嚴未嘗不許人自贖勉之

面目輪迴

京江趙生名曾翼才華秀美為藝林翹楚而引鏡自照實愁形穢因題詩於壁曰投筆我欲問閻君面目廬山恐未真若說左思多陋相道旁擲果又何人題畢憤氣而卧暫至一處類王者宮殿旁有屋三楹上懸金字匾額曰面目輪迴錯愕間一書生高冠道服攜書兩冊從內徐步而出視之乃故友康錫侯也康本浙中名士以丹青作諸侯賓客趙曾締杵臼交相見詢趙近狀趙亦詰其蹤蹟康曰兄不知耶弟厭世久矣因生前頗善繪事被轉輪王徵

作幕客。凡一切眾生，先繪其耳目口鼻，然後降生人世。因出手中兩冊示之，曰：凡觀此，即知弟匠心之苦也。趙先觀第一冊，簽曰貴者相，狀貌類皆醜拙，稍次者亦麻黯黑胖；繼觀第二冊，簽曰賤者相，姣好如婦人女子，眉目間鍾之秀氣，而各有一種顧影自憐之態。因𢝹然曰：兄操造化之權，何貴賤易形，美惡倒置若此？康哂曰：兄何見之卑也！當世貴閣諸公，內美充有可觀，豈必藉外貌？闒茸顢頇惟貧賤者，流困乏不能自立，俾得一副好面目，上可以沐貴人之光寵，下亦插身粉黛場中，竊斷袖分桃之愛，此予救世之婆心，造形之善術也。且如相君之書面，貴不可言，使但修容飾貌，取悅目前，恐亦長貧賤耳，何能拔幟詞壇，拾科第哉？趙曰：君言過矣。自古安仁花縣，叔寶羊車，留侯貌如好女，豈盡長貧賤者？康曰：安仁山公酌酒，千古尚有遺臭；衛叔寶被道旁人看殺；留侯非從赤松子游，恐亦卒罹鍾室之禍。總之求全者，必招造物之忌，何如姑留缺陷，為一生享福地乎？趙默然不語。康曰：如願減其福澤，弟尚能為兄筆削之。趙大喜，求計康，取案上筆，向趙面目間略加句抹，曰：可矣。趙再請筆削，康曰：弟與兄交好十年，不忍使兄竟作餓殍相也。趙謝閒忽聞叩殿聲，至趙望還而出，身亦驚醒。嗣後面目漸佳，文思漸減，躓場屋三十餘年，卒以諸生老云。

鐸曰：袁崑諸公，其相已關命矣，但未識如何是富貴相。曰：相法有之，成馬驢形者富。古聖如周公斷菑，孔子蒙倛，皋陶削瓜，傅說植鰭，此君袖中粉本，當從荀子非相經得來。良工心苦，毋乃自誇。受業陳元瑛識。

能詩賊

長洲顧蘭畹先生，居毛氏廢園，杜門卻軌，吟詩自娛。一夕薄飲而臥，聞擊桌聲甚厲，醒而視之，一人在燈下繙閱詩稿，吟咏再四，拍案起立曰：妙哉！青蓮浣花之嗣音也。急下床揖之，兼叩蹤蹟。其人曰：實相告，予北郭之偷兒也。覩老家貧，無以供甘旨，入先生室，冀有所獲，適見案上詩稿，予夙好，不覺狂吟，有驚台駕。先生曰：汝既耽此，必有以教我。因即詩稿評論之，曰：集中諸作，俱有盛唐風格，惟春興律中「杏花寒食終朝雨，楊柳人家盡日風」，已落晚唐卑調。又指其題長恨歌後「如何私語無人覺，卻被鴻都道士知」，曰：此亦傷薄，有傷忠厚。李長山詩「王沉醉壽王醒」，非不尖新，而終失詩人敦厚之旨。先生曰：汝論詩已見一斑，未識有佳作，得賜教否？曰：自遭家難，所作盡投廢垣，不得已，為先生一吟。遂拍手而歌曰：索米金門路渺茫，空空妙手少年場。憑君莫賦高軒過，防卻明珠失錦囊。先生曰：如此詩才，何落魄至此？因嘆曰：予不能詩，亦不至落魄乃爾也。先生尚當自勉。談論間，天已及曉，先生具斗米送之，曰：幸作詩交，願留姓氏。其人曰：某須其須自後相遇，但呼予為能詩賊可也。言畢，負米竟去。

鐸曰：莊子記詩禮發冢，誦青青之麥章，居然三百篇後嗣音也。偷兒詩派中，此賊其末裔矣。顧橫塘夜出，若戴若思、石崇輩，並具絕世才情，渠僅僅能識，所以為小竊耳。

識字犬

孩時蓄一小犬，名進寶，繼入書塾，必提抱與俱，偶置案頭，見予讀書，輒注目凝想，若有所得。予奇之，戲書「進寶不許入塾」六字，黏諸座隅，犬審視良久，垂首喪氣而出，三五日不敢入塾。予呼之始至，益奇之，增其字曰慧兒。犬搖尾跳躍，作感恩狀，猶名士之爭呼表字也。犬自識字後，頗敦品格，食必擇器，寢必擇地，偶出遊街市，夷然不屑與凡犬伍，殘羹賸炙，蹴而與之，怒目不顧。去里中周孝廉聞而異之，配以北犬，終歲不與同食宿。犬一無所好，惟好卧塾中，為予守架上書。後予隨先大父官淮甸，置犬於家，偶遣老僕回，必銜衣若問訊者，出乎安書示之，始歡跳去。垂二十年，聞其忽發狂疾，見藍縷者，歡迎慈跳，遇鮮衣華服者，必狂吠。因嘆曰：積怪成癖，哂士類然，然反乎常性，恐自此取禍矣。不半載，為東鄰子突以竹弓而斃，家中人因予眷眷，瘞諸桑樹之下，誌以片石，曰識字犬。繼聞北者終日叫號，亦觸牆而死。喟然曰：殺則異室，死則同穴，是犬其苦而節者乎？或亦識字者猖介之報也。郵信命並瘞之，以全是犬之志云。

鐸曰：識字為造物所忌，矧隨畜生道中，敢恃才陵傲耶？反常性以貽禍，真覺世之言也。乃始以狂死，繼以節報，或造物忌其生，不忌其死耳。然雖掛牌犬不識字，一番冤獄全賴不識字救解，若以此犬當之，未免試寃濠之劍矣。犬而識字，誠為禍階。

諧鐸卷七

吳門沈起鳳桐威氏著

有根女

長女蕙孫幼失母年十一隨姑丈林鑫𢿐讀書蔚葉山房一夕有垂髫婢導一紫衣女郎披帷而入林詰所自來女郎曰適有一對煩孝廉公續之袖中出薛濤箋半幅上書一聯曰攜籃欄外採蘭花被藍衣人攔住林未及對蕙孫信口答曰執筆壁間題璧月遭碧實女逼成小婢顧女郎笑曰箇女子吐屬然是我家飛瓊大姑子女郎曰不錯不錯飛瓊姊遊戲人間二十六寒暑昨始歸籍曾言有蓮花根蒂遺落在浴蟾池十一年後抽條發葉必現空中慧相即此是也蕙孫正欲啟白女郎收其箋偕婢悤悤而出

鐸曰騎牛石畔曾現精魂犢鼻驛邊頻呼妙子情到至無聊處往往有此幻境

無氣官

京都琉璃廠有老翁揭榜於市曰能望氣識人官職於是登仕版者肩摩而至老翁延之坐俱令噓氣自乃從旁諦審之曰此金氣也為翰苑此木氣也為部曹此水氣也為中翰此火氣也為御史此土氣也為國子監言之無不脗合者忽一人噓氣久之老翁沉吟再四似不解其何官曰異哉似金氣而不秀似木氣而不旺似水氣而不清似火氣而不烈似土氣而不厚其在不儒不吏之間歟詢之以挑選知縣捉呈就教者乃知冷官閒秩皆無氣男子為之推其命數都不在五行中也

鐸曰豈敢放顛亦非作達惟我知我現身說法　子播篆是江戲作廣文先生四書文附錄於此以博一笑不辭小官學也鐸在其中矣甚矣人之患在好為人師學而不厭何哉教亦多術矣是亦一道也古之人未嘗不欲仕也土地人民有官守者此之謂氏之父母有人於此選于衆無財降一等既不能令不如學也及是時治任之一邦是亦為政請嘗試之將入門某在斯舍館未定導其妻子如窮人無所歸待其人斯出矣然後敢入修我牆屋從之者如歸市庶人在官者六七人愚而好自用飽食終日未嘗與之言行事也什一使自賦五十畝而皆去其籍莫知其鄉雖有存焉者寡矣將出願車馬用不足不可以為悅改之為貴不俟駕而行吉月必朝服歷年多聞然而日章乞諸其鄰長一身有半三月不知肉味春秋祭於公必熟而薦之不素餐兮一樂也一介不以取諸人弟子以幣交予何為不受蕩乎云爾其恕乎丈吾未嘗無誨焉好馳馬試劍不可與同羣而教育之豈予所欲哉姑舍女所學而從我戒之在鬭生吾見亦罕矣自稱曰小童以其時考之與其進也宜若登天然自行束脩

以上以待來年出舍於郊以約鄉人皆惡之學之不講何為是栖栖者與是為欲富乎有子之喪往弔國人皆賤之點爾何如謂之姑徐徐云爾如是其亟也有為者獲乎上有道委而去之左右望而罔市利又顧而之他則必取盈焉難矣哉下焉者不得罪於巨室父母之年其餽也以禮受之而不報又稱貸而益之斯疏矣比及三年會計及其老也益去諸衣此莞獨欲罷不能俊傑在位卑甭不能用也仍舊貫若將終身如何則可已而已而毋自辱焉歸與歸與固所願也而今而後生財有大道何必讀書君子無所爭從吾所好如有復我者請其八曰無羞惡之心然後為學乞人不屑也而子謂我願之乎

鬼婦持家

蘭溪盧某中年失怙恃娶冷氏伉儷綦篤生子女各一甫離襁褓妻病瘠死續娶歐陽氏美而悍遇子女尤虐動輒詬詈小有不懌鞭撻隨之某稍怒以色反舌咽吠數晝夜不休某不能堪憤氣出遊遇雨竄入林谷忽踏地陷穴似墮人屋脊上聞咻咻呼有賊一人綑縛而下視之亡僕繆義也曰吾謂何人乃是小主釋其縛急入內啟白亡何父母俱出抱持痛哭父曰兒來此亦是奇事且作半日聚遂導引入室見亡婦在窗下引鍼刺繡某直前握其纖腕將訴契闊婦解脫而走曰何來惡客莽撞乃爾某瞠目不解母曰汝再娶耶某曰然母曰凡男子續娶後婦與前妻即無結髮情故相見不復省識母入內與婦耳語婦始恍然淚下絮問家事某曰田園幸尚無恙但膝下兒女日罹荼毒奈何婦向壁而哭某亦失聲大慟父曰汝亦既抱子適不念鸞雛妄招鴆鵲宜毀巢而取子矣孽由自作夫何悔乎母曰渠固不足惜尚當為宗祧計之父曰欲保嗣續在我賢婦母曰新婦久登鬼籙安得為兒援手父曰不賢婦吾捉之來汝早晚稍加訓誨即令新婦隨兒去借渠手足料理家務俟兒女婚嫁畢再當來此婦曰日在親庭何忍遽言離遠母亦大悲父曰汝來為孝婦去為慈母於義兩全何必為此戀戀令某偕婦出建梯屋角兩人拾級而登俯穴而窺猶見父母在簷角引領望也不得已攜婦循道而歸甫及門婦飄忽先入見兒女奔集爭來訴告曰父出門後繼母以鐵杖擊我忽顏色慘變倒地而僵言未畢歐陽氏徐步而出兒女觳觫爭牽父衣作畏避狀歐陽氏就其身畔撫摩再四嗚嗚飲泣曰我拋汝等未及三載不意憔悴至此審其音酷類前妻某大喜謂兒女曰此汝前母勿畏懼兒女目灼灼相視婦問女曰昔我出奩中金為汝作纓臂今安在耶女曰娘頭上壓髮釵即脫女纓臂金所改作者婦曰吾安用是即拔髮邊釵為女插戴又問兒曰我前挑百花迴鸞錦三尺為兒作繡帶今何不繫兒曰阿爺為娘裁作鞋履矣婦謂某曰癡男愛後婦無怪兒女輩受摧折也某俯首謝過相攜入室見蘋蘩鹽茶當以及

埽眉安鏡處。都非昔日位置。婦慨然曰。人一朝謝事。百凡都聽諸後人。真可痛也。脫鎖啟箱。見吞黃移紫。叢襍堆積。而舊日故衣。無一存者。詰諸某。某曰。新衣稱體。勿念故衣。婦曰。男兒心迹。見乎詞矣。某自悔失言。再三排解。婦又倚窗凝望。曰。昔種碧桃林。今復移植何處。某曰。自卿見背。渠日加翦伐。樹即枯槁而死。婦嘆曰。樹猶如此。人何以堪。迴視兒女。不禁潸然泣下。已而提籃出汲。執炊就爨。某勸令勿勞。婦曰。此後來人身體髮膚也。宜爲君所愛惜。不然。吾自入汝家。何嘗一日董香作閒坐哉。某神色愁沮。屏氣不敢作聲。婦曰。吾奉翁命而來。豈必尅汝過處。但匿怨爲敝。轉傷婦德。不得不一吐其憤耳。某唯唯。自此遂同燕好。朝夕經理家政。閱十二年。撫子女俱各成立。女適里中鄭秀才。爲兒娶錢貢士女。家庭雍睦。從無閒言。一夕置酒內寢。酣飲盡醉。謂某曰。昨夢阿翁見召。今當永訣。夫婦之緣。盡於此矣。某泣曰。家室仳離。賴卿再遘。正當白頭相守。奈仍捨我而去。婦曰。撫汝兒女而來。事汝父母而去。若必有意攀留。於君即爲不孝。某向隅大哭。轉瞬間。婦已登床擁卧。氣絕而殂。正驚嘆間。婦忽坐起曰。阿姊既歸。婢當代矣。某甚驚。仍一歐陽氏也。某皇遽失色。婦曰。君勿疑懼。妾在翁姑處受教訓者十二年。始知日前所爲。俱失婦道。自今伊始。當恪遵阿姊成法。依舊歡叢以贖前愆。某喜。召兒告之。兒悲喜交集。婦曰。我去此十數年。兒已成人。授室幸勿念舊惡。尚當爲爾父持家也。兒曰。前母之劬勞。實後母之肢體。有何舊惡而敢不忘。婦亦大喜。由此相夫教子。恩義備至。鄉黨宗族。悉稱良婦焉。

鐸曰。老夫得其女妻。一味承顏順志。養成驕悍。不至毀巢取子不止。於父母爲不孝。於兒女爲不慈。九原可作。地孔向何處入也。噫。

鄙夫訓世

新安某翁。挾千鏹至吳門。作小經紀。復家日暮。把布貿絲。積貲鉅萬。常大言曰。致富有奇術。惡夫自不識耳。有數人齋贄其門。乞翁指授。翁曰。此訣不傳。汝等各攜百鏹來。爲予作訣資。當授汝。至夜攜鏹俱至。翁命之坐。曰。求富不難。汝等先治其外賊。後治其內賊。起家之道思過半矣。衆曰。何謂外賊。翁曰。外賊有五。眼耳鼻舌身是也。眼好視美色。婦女藍衣。非金屋不能貯。我出數貫錢買醜婦。亦可以延宗祀。耳喜聽好音。笙歌樂部。非金錢不能給。我登樂遊原聽秧歌。亦可以當絲竹。若且寶鼎燃龍涎。無非受鼻之累。我閉而不聞其香。終日卧馬糞堆。亦且快意。戮山珍羅海錯。無非受舌之欺。我食而不辨其味。終日啖酸齏粥。未嘗不飽。至塊然一身。爲禍更烈。夏則細葛。冬則貂裘。不過他人美觀。破却自家血鈔。我上尋皇古之制。剪葉爲衣。結草爲冠。自頂至踵。不值一錢。此五者。皆治外賊之訣也。衆曰。何謂內賊。翁曰。內賊亦有五。仁義禮智信是也。仁爲首惡。博施濟衆。堯舜猶病。我神前立誓。永不妄行一善。省卻無多揮霍。匹夫仗義。破產傾家。亦復自苦。我見利則忘。落得一生享用。至禮尚往來。獻縞贈紵。古人太不憚煩。我來而不往。先占人便宜一著。智爲造物所忌。必至空乏終身。只須一味混沌。便可常保庸福。若千金一諾。更屬無益。不妨口作慷慨。心存機械。俾天下知我失信。永無造門之請。此五者。皆除內賊之訣也。精而明之。不愛臉。不好名。不惜廉恥。不顧笑罵。持此以往。百萬之富。直反掌間耳。有志者好爲之。衆唯唯出錢置座上。翁視之。皆紙錢灰也。叱曰。我盡心指授。爾何以此相戲。衆曰。翁論誠佳。但人世恐行不去。只宜以此教鬼。言未畢。盡現鬼相。翁返身欲遁。衆曰。畜生道中有四萬八千鬼。候翁教誨。即請同行。翁惴然既而泣曰。君等稍緩須臾。容予撥置家事。左箱右籠。繙查殆遍。而無一物可攜。迺嘆曰。做盡一生富翁。仍向窮鬼隊中鵲鬼去也。衆起揶揄之。翁亦頓仆。

鐸曰。富翁呼翁窮。必稱鬼。因知鬼門關上。無致富奇書賣也。得此翁登壇說法。黑暗獄中盡黃金門第矣。

蟲書

錦屏女子葉佩纕。有夙慧。七歲就傅。讀書過妙解。常謂師曰。古人造字。會意象形。而有時亦多誤處。師詢其指。曰。矮字明係委矢。宜讀如射。射字明係寸身。宜讀如矮。今顛倒字義。豈非古人之誤。然師奇之。語其父曰。童烏九歲。能預玄文。今女公子慧性。當不亞草玄亭令嗣也。父撫然曰。童烏畬慧而夭。恐如意珠亦不能長擎掌上耳。年十六。眼病而殂。瘞於後園碧梧樹下。青蟲千百。攢集葉上。嚙作細字。讀之多成妙句。有冥中八景詩。其鬼門關望月云。灰盡羅衫夜不溫。亭亭碧月照離魂。滿身風露渾難著。卻怪梨花尚有痕。奈河橋春泛云。淚滴煙波別恨長。也催僊槳出橫塘。桃花莫逐春流去。怕到人間魅阮郎。望鄉臺晚眺云。六曲闌干何處憑。夕陽臺閣勢峻嶒。始知身似秋來燕。飛過瓊樓十二層。孟婆莊小飲云。月夜魂歸玉佩搖。解來鐘畔換香醪。可憐寒食瀟瀟雨。麥飯前頭帶淚澆。剝皮亭納涼云。腥風一陣晚涼生。血滿羅襟看未清。記得豆花棚下戲。輕揮小扇撲流螢。惡狗村踏青云。金鈴小犬水聲閒。羅襪無塵任往還。女伴相邀鬭芳草。春光不度鬼門關。血污池垂釣云。萬家碧血引成渠。染出琴高赤鯉魚。釣得竿頭還棄卻。腹中怕有故鄉書。點鬼壇飯僧云。佛鼓齋鐘午後聞。散花壇上雨紛紛。劇憐懺悔生前業。布施還拚殉葬裙。其他詩詞。不能備載。一日。作書別其父母曰。兒以稚齒見愛親庭。罔極深恩。艱難報稱。憾流官而復小謫。花時閒字吁。翁撫頭見母牽衣索笑。嬉不知愁。方謂楊柳春長。梨花命永。繞膝至老。代附婁兒。何期晝夢驚心。瓊華隕刦卽山罪重。更及高堂。謝別以來。燕已辭巢。貓應戀冢。春蠶死後。尙解抽絲。蠟燭灰餘。不忘吐燄。瑰吟夜雨。鬼唱秋墳。未免有情。短歌代哭。昨來故閨。遙望慈顏。樁茂萱榮。慰知無恙。小鬟阿紫。喜已垂髫。數載紅閨。添香捧硯。望閑兒背。撿點殘書。釵股鈿蟬。繡巾一襲。小作錦貲。留為記念。兒近家王母。做作司書。種福無媒。生天有路。玉樓舊例。聊以解嘲。但一旦形分。千秋影隔。綿綿長恨。此意如何。惟望努力加餐。虔心採藥。倘蟠頭火熱。竈下丹成。則不夜城邊。長生會上。未必無相見時也。弱水無魚。蓬山少雁。一言永訣。萬刦難忘。臨別悤悤。仰瞻百叩。父母得書大慟。後園中青蟲盡滅。梧葉上不復作字矣。

繹曰。吾讀周櫟園雜記。頗疑行仙董郎之事。然才人精靈不泯。托諸昆蟲草木。以抒其鬱抱。情或有之。特是紅粉生天。青蟲匿蹟。豈劉安拔宅。雞犬皆仙耶。吁。是可怪已。

獸譜

通譜之風。莫盛於江左。有某姓者。門戶式微。以負販起家。意欲攀援仕族。商諸比鄰吳君。吳善諷刺。曰。我有一典。請為汝述之。某肅然敬聽。吳曰。昔河鼓貰玉帝聘錢。謫居營室。積勤於耕耨。積金錢數萬緡。載牛背赴天門。先行繳納。而牛忽奔逸下界。自顧形穢。不堪寰俗。因念背上物頗充積。不難依附華族。夸耀鄉里。徑東海謁麒麟。告以意。麟曰。予之角。振振公族。予之趾。振振公子。且一角五蹄。代生異相。豈汝觸牆成字者。能溷乃公種類乎。叱之去。又投西域。投青獅座下。未及通謁。獅見其狀貌蠢劣。大聲一吼。遺糞滿地。辟易數千里外。躑躅荒野。無所適從。忽憶廬山長耳公。當日有同車之誼。往募之。長耳公曰。此間南山。有金錢豹者。雖託名霧隱。而貪廣為結納。僕請為介。必蒙收錄。遂同詣南山。長耳公先道達誠意。豹曰。物以類聚。與足下交者。大都膨亨腹滿者也。長耳公極稱其可。引牛進見。登堂蹋蹄。終嘶不類。豹初拒之。繼見其所負金錢。笑曰。相君之背。富不可言。且我家所以稱豹變者。因背有金錢文耳。若雖不由天賦。尚可藉人力為之。命出其金錢。引皮上毛。編輯成文。亡何。異色斑斕。金光閃爍。居然具體而微。不似管中窺者。僅見一斑也。長耳公熟視笑曰。一破慳囊。便成俊物。雖介葛盧來。亦闇聲莫辨矣。遂別去。豹自此引為同類。而牛亦掉尾自雄。日隨步後。塵琨垣長林豐草間。不匝旬。金錢盡脫。皮毛如舊。豹怒曰。如此醜態。玷我華宗。喧逐之。牛徬徨無措。仍投斗牛宮。來河鼓。以珊瑚鞭捶背者百鞭。詰其金錢何在。牛具告。河鼓曰。蠢哉畜類。若輩所願與汝聯宗者。緣汝數萬金錢耳。一旦金錢罄盡。尙肯引泥塗中物為祖若父之賢子孫哉。以鐵索貫其鼻。繫諸牢筴之中。後人遂名河鼓曰牽牛。某聞之。汗流滿頰。而通譜之興索矣。

繹曰。負薪賣糜吏。後人早隸亦貴卿末裔。乃以邐邐華胄。溷己祖宗。留人孫子。吾不識其是

何肺腸。然元宰升庵諸狐冊今本非一姓。尚以攀附為榮。又何怪乎同姓而議宗者。

黑衣太僕

茂苑張孝廉名邦弼。父執某為分宜邑宰。招之幕下。一日閒詣街市。道里中賽會。傾城女士。雲屯霧集。張立簷下候觀之。亡何。鉦聲前導。旌旗扇蓋。扶步徐驅。有金字牌兩面。大書相府太僕四字。張不知何神。俄而香煙飄颺。暖轎中坐一神像。面肥黑。鬚鬢如戟。頭戴羅帽。身著黑直身。腰繫鸞帶。下穿尖頭皂靴。張異之。尾至神廟。牲牷咸設。燈燭輝煌。叔羅拜其下。皆秃襟袍。短襟帽。蛙頭鞭子。滿口刺刺。作官話。繼而宣祝文。有伏願神靈庇佑。上自督撫。下及州縣。管門有撥包兒。加重云云。張尤異之。因詢問何神。答曰。此分宜相公門下班頭牛二太爺也。張太息。嚴賊當日私黨。官爵傾害忠良。皆若輩逢迎長惡。今嚴賊名污青史。何物狗奴。公然廟祀上神座。欲抗其頰。衆大嘩。曳令下。且曰。汝顛耶。窮措大讀得兩行書。動輒作腐氣。惝生相國時。隨耶趙輩投謁門下。見牛公曾屑諂笑。不知作何狀。且人各有主。秀才家崇祀文昌。不過欲祈福。徼倖得科第。屠沽兒日市燭帛。拜禱財神座下。亦欲獲什倍利。里黨稱富翁。今吾儕崇奉牛公。亦猶士子之文昌。服賈輩之財神也。何尤焉。張知若輩不可與辯。言於邑宰。立毀其廟。自此牛信之鬼。益屬化為千百萬億身。血食天下矣。

繹曰。五祀之內。門居其首。後世此祀不傳。餓鬼處處覓食。遂於白晝現將軍丞相形矣。何牛班頭之神。尙穿黑直身哉。或曰。冠進賢。擊羽衛者。是其變相耳。

巾幗幕賓

歸安蔣生。年弱冠。止能讀四子書。及尙書半部而已。家貧欲為幕下客。徧託戚友。羣謂其才短。弗之薦也。會有納粟縣尉。驟陞富陽縣令。急欲覓一友司筆札。遂以蔣生應聘。縣令素不識丁。蔣生故作大言以欺之。書稟中訛字錯文。置不問。適撫院太夫人誕辰。縣令欲稱賀。浼其作文。蔣生掠拾舊所集排偶秘本。數衍成之。然不解典故。中雜男人壽言。如優婆塞之庚寅。頌老人之甲子。不類之詞。盈篇累幅。縣令不解。屬人書諸屏幛。親齎送撫。公覽之大笑。縣令因其色喜。謂必壽文之妙。高出羣輩。歸述之。益其卒傑。明年撫公正誕。仍浼作文。蔣生又集其秘本中排偶辭。以女人壽言。如糶婺星於東璧。降王母於西池。巾幗增輝。璇閨益壽。尤堪噴飯。縣令仍自齎送撫。公笑不能止。亟問某先生尙在貴署否。縣令唯唯。因思一書記耳。得上臺垂詢。是必浙中名士。歸又述之。蔣生益自負。私念才望如此。何便屈居縣署。偶作戟門揖客。其所獲當有什倍於此者。因託故辭去。竟詣撫轅投謁。求見撫公。召之入。蔣生備述知己之感。而窺撫公意。似不甚招接者。因申言某縣令壽章。係其代擬。撫公乃悟。投見之

哉笑曰先生大才僕所欽服但未免為昔人所說心存意圖非騷客如僕者亦豈顰眉而巾幗者哉蔣生大窘而退由是浙中羣呼為巾幗慕賓到處求薦卒無有聘之者

鐸曰庾蘭成春旗芝蓋一聯子安似之名士作文亦有時拾人牙慧也但一一鶴聲飛上天未許鈍根人偷得來　金根錯解弄麞誤書園屬千秋笑柄何以弋人何纂法言可以誤書垂揚生肘南華不妨錯解名下好題詩詞壇積弊今古相沿於蔣生乎何尤

鮫奴

茜涇景生客閩三載後航海而歸見沙岸上一人僵臥碧眼蜷髯黑身似鬼呼而問之對曰僕鮫人也為水晶宮瓊華三姑子織紫綃嫁衣誤斷其九龍雙脊梭是以見放今飄泊無依倘蒙收錄恩銜沒齒生正苦無僕挈之歸里其人無所好亦無所能飯後赴池塘一浴即蹲伏暗陬不言不笑生以其窮海孤身亦不忍時加驅遣浴佛日生隨喜賞花講寺見老婦引韶齡女子拜禱慈雲座下白蓮合掌細柳低腰弄影流光皎若輕雲吐月拜罷隨老婦竟去躡之入於隘巷訪諸鄰右知女吳人姓陶氏小字萬珠幼失父為里黨所欺三年前隨母僦居於此生以孀貧可唱登門求聘許以多金卒不允生曰阿母居奇不售將使令千金以丫角老耶老婦笑曰藍田雙璧雲聘何嫌且女名萬珠必得萬顆明珠方能應命否則千緜結綢亦笑趙客徒勞耳生失望而回私念明珠萬顆縱傾家破產亦勢難猝辦日則書空夜則感夢忽忽經旬伏床不起延醫診視皆曰雜症可醫相思疾未可藥也瘦骨支床懨懨待斃鮫人入而問疾生曰瑯琊王伯輿終當為情死但汝海角相依迄今半載設一旦予先朝露汝安適歸鮫人聞其言撫床大哭淚流滿地俯視之晶光跳擲粒粒盤中如意珠也生躍然而起曰愈矣鮫人訝其故生曰予所以病且殆者為少汝一副急淚耳遂備陳顛末鮫人喜拾而數之未滿其額轉嘆曰主人亦寒乞相得實賜作喜色何不少緩須臾為君盡情一哭也生曰再試可乎鮫人曰我輩笑啼由中而發不似世途上機械者流動以假面向人無已明日携樽酒登望海樓為主人籌之生如其言侵晨挈鮫人登樓望海見煙波汨沒浮天無岸鮫人引杯取醉作旋波宮魚龍曼衍之舞南眺朱岸北顧天城之末碣石盡在滄波明滅中喟然曰滿目蒼涼故家何在奮袖激昂慨然作思歸之想撫膺一慟淚珠迸落生取玉盤盛之曰可矣鮫人曼從中來不可斷絕放聲一號淚盡乃止生大喜邀之同歸鮫人忽東指笑曰赤城霞起矣蜃樓十二座近路翼梁瓊華三姑子今夕下嫁珊瑚島釣鰲仙史僕災限已滿請從此逝聳身一躍赴海而沒生悵然獨反越日出明珠登堂納聘老婦笑曰君真癡於情者哉不過以此相試豈真貴閨中女靦顏求活計哉卻其珠以女歸生後誕一子名夢鮫志不

忘作合之緣也

鐸曰借窮途之哭為寒士之媒鮫人之術奇矣吾更奇乎阿母之始索其聘繼卻其珠使絕代嬌姿閨房吐氣否則量石家一斛珠雖高擡聲價亦何異賣菜而求益者乎

犬婢

清平王太常乞假歸里夫人欲購一婢有貧婦攜女來面黃體瘠目灼灼如犬問其直索金百兩夫人笑曰爾女醜拙若此何所長而視為奇貨耶貧婦曰是兒雖陋相然天生慧眼能於昏夜視物洞如白晝夫人曰姑留此試之貧婦去至夜諸女伴於燈下繡太常朝服令其穿鍼暗處易如拾芥夫人喜明日如數予之名其婢曰喜兒喜兒外樸內慧善伺夫人意旨夫人鍾愛幾與諸子女行夜輒引以為戲時出金纏臂銀約指於黑夜擲弄能辨其色高下或取千錢散布暗室中令喜兒往拾不遺一錢嘗謂太常曰紅線掌機芳姿詠扇即劉家俊婢誦得魯靈光殿賦總不似我如願兒勝婆利市碧眼賈也一夕太常秉燭內室為吏部某公作墓誌急欲檢事班史遣喜兒於書架上取第幾部第幾卷書喜兒斂容而去往返數次徒手而來詰之癡立不語太常曰暗中摸索本非易事因自起持燭出外揀之架上其書宛然笑謂夫人曰卿家碧眼賈今亦迷五色哉夫人不解但咎其慵喜兒曰夫人誤矣昔阿娘中年不育祈嗣楊太尉祠命以座下犬托生為女故婢子備體曉骨唯雙眸獨炯但犬之為物遇金銀什物雖黑夜能見之若文章詞翰縱光天化日中瞪目不知為何物況於昏暮間求之乎夫人憮然為間曰棄人用犬宜明於小而暗於大也自今以後吾知悔矣太常曰不然眼前碌碌豈止若輩凡遇財物則雙眼俱明遇文字則一丁不識皆犬之種類耳奴價倍婢未是知言夫人迺大笑而喜兒之寵不衰

鐸曰宋氏金鈴梅花度曲陸生黃耳洛下傳書誰謂文章詞翰非畜類所敢近哉但度曲而不知曲中之義傳書而未識書上之文棄人用犬終非長策

諧鐸卷八

吳門沈起鳳桐威氏著

棺中鬼手

蕭山陳景初，久客天津，後束裝歸里，路過山東界。時歲大饑，窮民死者無算。旅店蕭條，不留宿客，投止一寺院，見東廂積棺三十餘口，西廂一棺，巋然獨存。三更後，棺中盡出一手，皆焦瘦黃瘠者，惟西廂一手，稍覺肥白。陳素有膽力，左右顧盼，笑曰：「汝等窮鬼，想手頭窘矣，盍向我乞錢耶？」遂解橐，各選一大錢予之。東廂鬼手盡縮，西廂一手伸出如故。陳曰：「一文錢恐不滿君意，吾當益之。」增至百數，兀然不動。陳怒曰：「是鬼太作喬，可謂貪得而無厭者矣。」竟提兩貫錢，置其掌，鬼手甘縮。陳訝之，移燈四照，見東廂之棺，皆書饑民某字樣，而西廂一棺上，書某縣典史某公之柩。因嘆曰：「飢民無大志，一錢便能滿願，而此公慣受書儀，不到其數不收也。」已而錢聲戛響，蓋因棺縫頗窄，鬼手在內強拽，苦不得入。瞰然一聲，錢索盡斷，青蚨拋散滿地。鬼手又出，四面空撈，而無一錢入手。陳睨視而笑曰：「汝貪心太重，勝得一個空手，反不如若輩小器量，還留下一文錢看囊也。」而手猶掬摸不已。陳擊掌大呼曰：「汝生前受兩貫錢，便坐私衙打屈棒，替豪門作犬馬，究竟積在何許？何苦今日又弄此鬼態耶？」言未已，聞東廂之鬼長嘆，而手亦逡縮。天明，陳策蹇就道，即以地下散錢，奉寺僧為房資焉。

鐸曰：官愈尊者，心愈貪，若輩之醜態，何可言也！乃生既如鬼，死復猶人，豈冥中無計吏之條耶？東廂長嘆，想已早窺其醜矣。

鏡裏人心

揚州興教寺寓一搖虎撑者，自名磨鏡叟，腰間懸一古鏡，似千百年物。詰其所用，曰：「凡人心有七竅，少智慧者，必填塞其孔。吾以古鏡照之，知其受病之處，投以妙藥，通其竅而益其智。」於是愚鈍者爭投之，輒著奇效。富商某生一子，年十六，不能辨菽麥，延叟於家，長跽請治。叟取鏡細照，搖首而起，曰：「受病太深，僕不能為也。」某詢其故，叟曰：「僕能治後天，不能治先天。令郎之心，外裹酒肉氣，此病在後天，猶可除也；內裹金銀氣，此病在先天，不可療也。」某固求方略，叟曰：「姑妄治之。」令其子閉置一室，飢則食以腐渣，渴則飲以苦水，如是者半載。翁取鏡再照，曰：「酒肉氣盡除矣，但金銀氣從先天閉塞，奈何？」某曰：「何謂先天？」叟曰：「尊夫人受胎時，金銀堆積內房，令郎適感其氣，以至迷塞七竅，外似金光，而內實銅臭。欲求殼治之法，急向文昌殿惜字庫，取紙灰兩斛，拌墨汁數斗，丸作桐子大，朝夕煎益智湯送下，盡此或可有濟。」某悉遵其法。不三月，翁取鏡又照，見六竅玲瓏，惟一竅鈍塞如故。某再求醫治，叟笑曰：「此名文字竅，君富翁，不宜有讀書種子，開之恐遭造物之忌，且留此一竅，以還君家故物，否則剖刺太甚，於君亦何利焉？」某不敢再請，叟亦辭去。後其子周旋應對，聰慧勝於曩日，惟讀書不能成誦。某為納貲捐職，以布政司理問終。

鐸曰：地境圖云：錢銅之氣，望之如青雲。此子出身銅窟，而不能翔步青雲之上者，何歟？良以生當光天化日時，其氣有不旺耳。文竅閉塞，或非其咎。

孟婆莊

蘭慈，鄖鄉妓，琵琶倡也。妹玉慈，與里中葛生有嚙臂盟。生家貧，鴇母索聘奢，意甚不遂。蘭慈多貴客交，所得私金，悉以贈生，為妹作纏頭費。生德之。後蘭慈病瘵死，生益落寞，非但不敢言聘，即欲一宵帷，自顧空囊，亦殊羞澀。願乖氣結，遂以情死。投至冥府，王者憫其無辜，判令投生。至一處，茅舍蘆簾，網鋪石作几，見男女數百，爭趨向前，就飲生。適口燥，亦往投止。忽一女子從棚後出，視之，則蘭慈也。驚問所來，生具對。女曰：「君以情死，妹豈獨生？」言之泣數行下。生取甌就爐，女搖手禁勿飲。生詰其故，女俟飲者盡散，遂曰：「君不知耶？此孟婆莊也。渠為冥夫人上壽去，今妾暫司杯杓。君如稍沾餘瀝，便當迷失本來，逕生無路。今乘不昧前因，何不及早逃歸，與吾妹仍諧舊約。」生曰：「舊約難諧，重生無益，卿將何以教我？」女曰：「當為君圖之。」遂引至棚後，見壘壘石甕，排列牆隅。女指曰：「此名益智湯，飲者有才；此名長命湯，飲者多壽；此名和氣湯，飲者令人歡喜。」生問若輩所飲者何物？女笑曰：「此皆焦心火、滴淚泉烹成之混沌湯也。」末至一甕，女逼令生飲。生問何名，女曰：「此元寶湯，君所以惡生樂死者，只欠此一物耳。」生勉飲數口，格格不能下咽。女曰：「此等齷齪物，原不宜入文士之腹。然舍此，焉有情郎吐氣？是物亦不俗矣。」生有難色，女曰：「勸君更盡一杯，恐西出陰關無故人也。」生為解頤，勉飲其半。女曰：「可矣。」遂導生出棚，指示歸路。時生死已五日，因無殮具，停屍牀上，惟一寡嫂守視。見屍忽躍起，頻呼腹痛，探喉大吐，勢如湧泉，熒熒然水銀入地。命儲畚鍤，掘地數尺，盈千累萬，其中皆不動尊也。遂諧鴇母家。玉慈得生死耗，絕粒者三日。生吐其實，皆大喜，遂以金聘之而歸。因感蘭慈之德，移其柩，權葬之。後葛氏子孫繁衍，命春秋祭埽，永著為例。

鐸曰：十斛量珠，千緡結網，家無黃金屋，阿嬌從何處貯哉？因知溫柔鄉裏，坑煞幾多寒士。慾海沈身，泉臺埋骨，鬼門關外，獨立茫茫，究竟元寶湯向誰家哭也？噫！

十姨廟

十姨廟在杜曲西，未知建於何代。芝楣桂棟，椒壁蘭帷，中塑十女子，翠羽明璫，並皆殊色。上舍生某過其地，入廟瞻像，歸而感夢。忽忽身在廊下，時秋河亙天，露華滿地，疏星明滅，隱紅

樓半角嘗見妖婢四五輩籠絳紗燈數盞導君臨下堦一女子仰天嘆曰今夜廣寒宮閒未
穩姮娥獨宿淒涼何似衆曰莫爲淒涼語累我輩獨處無郎亦不讓清溪小姑子也談笑間一
婢移燈剔燭見某暗伏廊下譁曰何處風狂兒在此偷窺豔衆趨視之笑曰纔說無郎忽
傳有客大爲我輩解嘲相邀入室聯兩几次第排坐須臾珍肴旨酒羅列滿案大姨曰悶酒
寡懽今夕幸逢嘉客盍行一風雅令衆笑曰還是大姨頭人不俗開口便道得個風雅大姨曰
豈敢妄擎風雅隨舉四書一句下接古人名合者免飲否則罰依金谷衆曰諾引大觥酌某
某以賓不奪主爲辭大姨遂引杯自酌覆掌而起曰孟子見梁惠王魏徵衆齊贊曰妙哉武
子庾詞漢儒射策不過如是順至二姨二姨曰可使治其賦也許由大姨曰後來居上大巫
壓小巫矣次至三姨三姨曰五穀不生田光四姨接令曰載戢干戈畢戰五姨斜視而笑曰
二姊工力悉敵可謂詞壇角兩雄也四姨白眼視五姨剔髮澤戲彈其面曰坐於塗炭黑臀
四姨扭腰三四曰妮子此中真有左癖令至六姨六姨素口吃曰寡寡寡人三姨曰我輩誰個
不寡要汝道得許多字引杯欲罰大姨曰鳳兮鳳兮故是一鳳何礙六姨紅漲於頰格格而
吐曰寡人好勇王猛七姨低鬟微笑衆請之曰我有一令止嫌不雅馴大姨曰小妖婢專弄
狡獪有客在座勿妄談七姨終不能忍曰其直如矢陽貨衆掩耳不欲聞八姨顧九姨曰我

與汝取羯鼓來爲癡婢子解穢正色而言曰泰伯其可謂至德也已矣豫讓九姨曰朋友之交
也第五倫十姨起曰妹年幼勉爲衆姊續貂雖千萬人吾往矣揚雄某正焦思未就聞十姨語
忽大悟曰牛山之木嘗美矣石秀言訖意頗自詡大姨曰才人學博不僅食瓜徵事何至談
及水滸某譁辨曰渠道得病關索我道不得拚命三郎耶衆皆匿笑大姨曰君誤矣渠所言
迺草元亭之揚子雲也七姨曰賴陽貨只曉得竊弓爲盜管甚子雲子雨某意窘三姨曰口
衆我寡不如姑飲三醻某舉觥連釂大姨笑曰君書囊頗窄酒囊幸頗寬也四座大噱酬酢
移時五姨忽起座曰今日之會不可無詩命雙鬟取筆硯至七姨曰五姨慣弄書袋今止要
集古人舊句各成一律大姨曰不意夭斜兒胸中亦有制度令雙鬟移燈就壁先提筆而題
曰嫁得蕭郎愛遠遊每因風景却生愁桃花臉薄難藏淚桐樹心孤易感秋閒苑有書多附
鶴畫屏無睡待牽牛旁人未必知心事又抱輕衾上玉樓二姨題曰夢來何處更爲雲把酒
堂前日又曛料得亦應憐宋玉肯教容易見文君拋殘翠羽乘鸞扇惆悵金泥簇蝶裙取次
花叢懶回顧淡紅香白一羣羣三姨曰二姊工麗蟬綿真似李都尉鴛鴦辭也妹從何處着
筆亦藉墨而書曰本來銀漢是紅牆雲雨巫山枉斷腸與我周旋寧作我爲郎憔悴却羞郎
閒窺夜月銷金帳倦倚春風白玉牀誰爲含愁獨不見一生贏得是淒涼二姨曰妙似連環

巧同玉合蘇蕙子迴文織錦爲三娘作後塵矣四姨題曰風景依稀似昔年畫堂金屋見嬋
娟曾經滄海難爲水願作鴛鴦不羨仙歸去豈知還向月坐來雖近遠于天何時詔此金錢
會一度思量一惘然五姨曰黃鶴題詩女青蓮亦當束手不得已勉強一吟題曰金屋裝成
貯阿嬌酒香紅被夜迢迢鳳臺月暗乘鸞鳳銅雀春深鎖二喬自有風流堪證果更無消息
到今朝不如逐伴歸山去淥水斜通兒轉橋大姨笑曰是兒大有怨情迴視六姨六姨奮筆
疾書衆環視之題曰瑞煙輕罩一團春玉作肌膚冰作神閑倚屏風笑周昉不令仙犬吠劉
晨相思相見知何日傾國傾城不在人迴首可憐歌舞地行塵不是昔時塵七姨曰六姊以
筆代舌便怎地牙齒伶俐六姨怒之以目遂含笑而書曰好去春風湖上亭楚腰一捻掌中
情半醒半醉遊三日雙宿雙飛過一生懷裏不知金鈿落枕邊時有墮釵橫鴛衾淚滴湘江水
著色屏風畫不成大姨曰妮子出口便談風月真個顛狂欲死七姨曰誰似阿姊道學只要
抱得輕衾上玉樓也八姨曰綺語撩人亦是女兒家本相爰題一律於壁詩曰夜半潛聽酒
正中畫堂西畔桂堂東麗華膝上能多記飛燕裙邊拜下風愁事漸多懽漸少來時無蹟去
無蹤而今獨自成惆悵人面桃花相映紅九姨曰對酒當歌作此楚囚之泣八姊裂盡風景
矣遂乘筆而題曰壺中有酒且同斟莫把長愁付短吟夜合花前人盡醉畫眉窗下月初沈

綰成錦帳同心帶壓匾佳人纏臂金誰與王昌報消息千金難買隔簾心八姨曰風流蘊藉
九娘洵是可人十姨曰妹不能詩倩九姊捉刀可乎衆不允十姨迴身面壁遲筆而書曰平
生原不解相思莫道玲瓏唱我詞有酒惟澆趙州土無人會說鮑家詩當將白雪調蘇小不
用黃金鑄牧之我是夢中傳綵筆偷從人間可相宜衆笑曰莫道十姨長厚遣詩意調侃不
少既而取筆授某某汗流手戰若扛巨鼎吮毫數十次對壁氣如牛喘大姨曰興酣落筆詩
壇快事君何苦思乃爾三姨曰研京十年鍊都一紀亦屬文人常例耳七姨曰如卿言亦復
佳今夜拚閒百萬更籌看溫家郎又得手折也某覺冷語交侵勉書七字於壁曰自從盤古
分天地大姨愕然曰君欲賦六合耶且此語出於何典某曰此千古盲詞之祖縣諸國門從
未增減一字大姨曰盲詞入詩騷壇削色矣七姨曰近日詩翁大半奉盲詞爲鼻祖且被之
管絃閨閣中洋洋盈耳不猶愈於嘔心鏤肺哉閤堂大笑某顏色沮喪踟躕而言曰前言戲
之耳請改之於是竊作吟哦重加塗竄五姨在旁審視蓋千家詩第一句也而午字誤作牛
旋口失笑某愈窘遂作沈吟狀忽一人冠帶而來某乘機閣筆十姨趨侍左右其人據案而
坐曰吾浣花溪杜拾遺也自唐時廟祀於此不意村俗無知誤十姨爲拾遺遂令巾幗者流
紛紛鳩踞猶以汝輩稍知風雅故爾暫容廡下乃引逗白腹兒郎以糞土污我牆壁自今以

後遠避三舍勿謂杜家白柄長鑱不銳於平章劍鋋也十姨伏地請罪怒猶未釋摽某先出門外某曰何來惡客驅逐詩人十姨耳語曰此唐時杜少陵也某曰杜少陵是何人十姨怒曰杜少陵且不識也來此處談詩累及我等出十手齊批其頰忽聞堂上大呼曰渠本是門外漢何必再與饒舌訶聲未絕忽焉驚醒究不解杜少陵為誰逢人必述其夢聞者無不失笑後士人盡毀女像仍祀杜拾遺於廟有過其地者欲題詩壁上輒引某上舍為前車

鐸曰少陵欲以廣廈萬間庇天下寒士而上舍生不得暫寄廡下以見愛才若命者未有不避俗如仇者也粉壁易塗長鑱難抱兩知看守浣花溪祠堂亦非易事

車前數典

元和范恒侍衛紫屏公仲子已丑禮部試歸路過景州界一人蒙袂輯屨貿貿然來詣車前乞銀數錠范笑曰汝具何本領而奢望若此其人曰僕寠人也而富於典籍時牧牛兒立柳樹下以竹竿引蝙蝠作戲范曰即以此微事能數一典贈銀一錠果胷中海博雖骯髒盡脫不斷也范意蝙蝠事僻故以此難之其人曰粘從爾雅許氏說文元中述異諸記旁及神異秘經爲臺詩案約七八條侃侃而談范驚曰汝真富於典籍而不知詩詞中尚能提引一二否曰真珠簾斷蝙蝠飛元微之詩也戲看蝙蝠撲紅蕉秦淮海詩也黃九煙庾詞云怪道身如乾蝙蝠昨宵辛苦在河梁前輩小長蘆檢討風懷二百韻有風微翻蝙蝠燭至敧蛩螢洞仙歌詞中有錯認是新涼拂簷蝙蝠之句援古證今何能殫述姑就口頭語標舉一二幸勿見哂范甚暢其說曰言之不難恐君客途金盡未免增予罪戾耳范計前後條數出十二錠予之長揖而去夜投旅店聞隔院有擁妓者淋漓酣飲喧動四壁范趨視之車前人踞上座四妓兩旁環侍見范來含笑下堦招邀入坐命妓掬琵琶以歌每歌一曲勞銀一錠甫三巡所得銀已罄拂衣起曰買笑金盡代君揮霍矣范曰君亦窮士何不少留以供朝夕其人曰自我得之自我失之亦復何恨范正色規之因大笑曰吾舌尚存不足憂也且天下儻來之物只合若輩得之如以我輩消受不疾則顛耳君何教之左也范大稱善洗盞更酌盡歡而別臨行詰其姓氏笑而不答有識者曰此某公子曾以萬金散里黨託於乞食以玩世者范嘆曰風塵中洵有奇士自後遇貧苦儒盡當物色之矣

鐸曰貺詩書以圖醉飽有志者所不屑然不積儻來之物亦何異不受嗟來之食耶世有其人吾當以後車載之

贖後談書

謝生應馨客其叔文濤先生臨淄縣署繼爲費縣令借司箋札一日坐轎拜客書片紙付下役李陞喚輿伺候及出視乃騾車也生怒叱之李曰適奉明諭止言備輿未言備轎生曰汝真鈍漢輿即是轎因轎字不典故通稱輿字李笑曰昔淮南王諫擊閩越書曾有輿轎踰嶺一語何言不典生愕然曰不意若輩中有此通品遂解騾乘之令李步隨於後曰汝既腹有書笥亦知此間武城之事乎曰此小人桑梓之地何得不知生曰史記仲尼弟子列傳澹臺滅明武城人而記子輿氏所居武城獨別之曰南是魯當日有兩武城矣然乎否耶李曰俗傳子羽所居為費縣之武城而曾子之南武城在今之嘉祥縣此說謬矣生曰汝何所見而云然李曰春秋紀襄公十九年城武城註云泰山南武城縣昭公二十三年武城人取邾師獲鉏弱地哀公八年吳師伐武城克之孟子載曾子居武城有越寇夫與邾接壤而當吳越之路即今費縣之武城也齊乘亦謂子游弦歌舊邑在費西滕東兩縣之間而從無兩武城之說生曰果爾則史記所載何獨有南武城之名李曰以鄙見揣之定襄有武城清河有武城此云南者別於兩地而言如平原君傳中封於東武城亦其例也生大嘆賞歸述於費令亦奇之除其役拔充禮書不一年致千金產稱里中富戶後文濤先生脩臨淄縣志招生去生以李可備顧問挈之俱往而所談臨淄舊典皆屬淄川縣事生怪問之李曰小人篋中秘書只有淄川並無臨淄生大疑急索秘冊以觀蓋說鈴兩本碎破不全僅山東考古錄十餘頁及閱小記四五頁而當日輿轎之論武城之考偶然於數頁中道著耳生乃歎曰丈人命運所到享重名而邀厚福皆此類也其叔聞之亦大笑賞以資斧遣之回費

鐸曰儉腹子挾芝麻通鑑翩翩然置身臺省亦越著十年好運耳否則官錦坊花樣不聞且有東歸之嘆矣是徒南華悔讀已哉

死嫁

磬兒珠市梁四家女伶也梁四婦本吳倡善琵琶及歸梁買雛姬教梨園爲活磬兒意不屑輒逃塾假母日鞭箠諸姊妹競勸之磬兒曰若從我願以旦腳改淨色問其故曰我不幸爲女兒身有恨無所吐若作淨色猶可借英雄面目一洩胷中塊壘耳由是千金記諸雜劇磬兒獨冠場孝廉詹湘亭待詔白門偕友寓梁四家夜演千金記至別姬諸劇眾皆意屬虞姬而湘亭獨以楚重瞳爲賦婉雅起離笑之及卸裝視老霸王姿容果高出帳下美人上遂款服明日張筵海棠樹下青衫紅粉團圓錯坐磬兒本欲座湘亭亦婁源籍兩人各操土音以道其傾慕而座上諸友相對微笑竟不解刺刺作何語已而湘亭忘曆中曰不能得中輸諸友盡反棹而湘亭東裝未發意不忘磬兒也思欲買桃葉槳載與俱歸而梁家方居為奇貨且欲留歷班頭有非百萬纏頭不能據奪者相對泫然焦思無計磬兒忽私語曰君何計之

拙也。彼所以居奇不售者，以我為錢樹子耳。君去，妾必不生，留骸骨而買之，定不須千金值矣。湘亭大悲，不得已，珍重而別。歸未兩月，聞磬兒病且死。湘亭曰：花前一諾，信同抱柱矣。卿不負我，我豈敢負卿哉。急赴金陵，以三百金買柩而回，葬於銅涅橋北。王夫人曾墨琴誌其墓，諸名士輓以詩詞，予譜千金笑傳奇，付諸樂部。噫，不能生事而以死歸，殆鍾情者不得已之極思乎。而磬兒亦自此不死矣。

鐸曰：男兒負七尺軀，碌碌未有奇節，卒與草木同腐，何閨閣中反有傳人哉。惟不負死約而生，迺能抱生氣而死。同時有荷兒者，以馬湘蘭小影一幅贈吳江趙約亭，亦慧心女子也。後隨里中紈袴兒，半載而寡，仍依假母，賣琵琶為活。嗟乎，薛濤墳上已落桃花，關盼樓頭空歸燕子，荷之生不若磬之死矣。

生弔

江寧綢商某，貿易於吳，素好葉子戲。一日招邀諸客於堂中，角勝負。外傳言，盛澤陳姓來。某戀戀場頭，不暇倒屣，因素稱交好，命僕引入。陳見某，即涕泗交頤，捉臂大慟。某疑其瘋，拈葉子如故。繼而曰：君死期至矣，予遠行，及期恐不能一弔，故薄具紙帛，先此拜奠。言畢，指揮從人陳香楮於座，袖中出奠儀一函，乞某鑒納。某更怪其妄，仍拈葉子如故。陳又更易白衣冠，就場頭向某再拜，且拜且哭，似不勝悲悼者。某勃然大怒，執葉子起曰：某與爾素托知交，以為百里而來，必有正言賜教，何至作此不祥，竟同詛咒。座上客亦交讓之。陳正容而對曰：予豈妄哉。因前春病時，曾入冥府，有一署，旁懸一牌，見君姓名，已為人所控，判於七月初二日赴審。某曰：控予者誰。曰：婦某氏。所控何事。曰：去秋九月十九日事。干證尼僧已經繫廊下矣。某聞之，神色頓喪，手中葉子如秋林敗葉，隨落滿地，因起執陳手，亦大哭。諸客詢問顛末，某曰：此不肖事，何必復言。陳流涕辭去，某亦草草束裝，星夜買舟回白下。後聞某於七月初二日果卒。諸客大奇，私詣陳姓，叩其蹤跡。陳笑曰：故人不自愛其鼎，以至竟干冥譴，諸君各自勉，何必問。遂咨嗟而退。

鐸曰：玉環玷節，未鑄刑書；焉禰負心，幸逃國憲。九幽十八獄，所以濟法網之疏也。暗室難欺，殷鑒不遠，保身哲士，尚其勉旃。

術士驅蠅

予叔鳴皋，字楚嶠，任直隸保定府太守，政尚嚴肅，有能吏名。時姊丈邵南敬官御史，自京都薦一客至，姓熊，字子毅，貌極陋，不甚識字，飲食高臥外，兀然獨坐，絕不與人通款洽。居半載，辭去。臨行謂主人曰：僕擾郇廚久矣，今告別，請獻一技。主人唯唯，召幕下客共觀之。時大暑，

堂中蒼蠅數百萬頭，飛者集者，攢頭撲面者，髡髡擾擾，如撒沙拋豆。命童子持扇左右驅蠅，袖中出兩箸，隨飛隨夾，無一失者，盡納入左袖中。談笑赴主人筵，宴飲畢，啟衣袖放之，祝曰：爾不我擾，我不爾擒，速去速去。須臾，流星萬點，紛然四散，而堂中絕無一蠅。觀者盡駭。主人餽以金，不受，曰：願賢刺史之治民，亦如某之治蠅也，則一郡獲福多矣。言竟，拂袖而去。

鐸曰：鷹鸇逐雀，而卒稱慈母，此猛之必濟以寬也。彼以武健嚴酷稱能吏者，將視民如蠅，豈止一蠅。

壯夫縛虎

沂州山峻險，故多猛虎。邑宰時令獵戶捕之，往往反為所噬。有焦奇者，陝人，投親不值，流寓於沂。素神勇，曾挾千佛寺前石鼎，飛騰大雄殿左，寄故人呼為焦石鼎云。知沂饒多虎，日徒步入山，遇虎，赤手格斃之，負以歸，如是為常。一日入山，遇兩虎帥一小虎至，焦性起，連斃兩虎，左右肩負之，而以小虎生擒而返。眾皆辟易，焦笑語自若。富室某，欽其勇，設筵款之。焦於筵上，自述其平昔縛虎狀，聽者俱色變，而焦益張大其詞，口講指畫，意氣自豪。倏有一貓登筵攫食，腥汁淋漓滿座上，焦以為主人之貓也，聽其大嚼而去。主人曰：鄰家孽畜，可厭乃爾。亡何，貓又來，焦怒起奮拳擊之，座上肴核盡傾碎，而貓已躍伏窗隔。焦怒，又逐擊之，窗槅盡裂，貓一躍登屋角，目眈眈視焦。焦愈怒，張臂作擒縛狀，而貓嗥然一聲，曳尾徐步過鄰牆而去。焦計無所施，面牆呆望而已。主人撫掌笑，焦大慚而退。夫能縛虎而不能縛貓，豈真大敵勇，小敵怯哉。亦分量不相當耳。函牛之鼎，不可以烹小鮮；千金之弩，不可以中鼷鼠。懷材者宜知，用材者益宜知也。

鐸曰：丙吉問牛喘，而兵刑錢穀不對，非不對也，是不能也。於何知之，知之於焦生之縛貓。

諧鐸卷九

吳門沈起鳳桐威氏著

嘲吳蒙

萬人倩吳之木瀆人好購書不律附麋曰不暇給手鈔卷帙幾於汗牛充棟聞泰山多碑漢碣秦篆筆往遊山村歧道無可問塗忽見竹籬旁茅屋數椽女子擷花籬下後隨一瞽目嫗萬趨問之嫗不答女笑曰個兒郎煞是腐氣何乃問道於盲折花推扉而進亡何一叟出曰何處嘉客迷道於此如不遐棄敝廬尚可容膝萬喜隨之俗入叟叩所自來萬曰僕吳中名士好讀天下異書今欲探奇石洞以資博考不意歧路至此叟曰荒村蓬蓽幸駐名流自愧鄉愚未堪接教膝下癡女粗記典墳令彼一聆高論以擴見聞幸勿見哂遂命瞽目嫗引女子出坐叟肩下萬見几上膽瓶中插虞美人一枝娟麗可愛笑曰此楚霸王帳下香魂也女曰霸王宜稱西楚不宜但稱楚字先生史學乃如是乎萬意沮叟曰俗口相沿何足為怪繼出放鶴圖請題萬自矜才博援筆直書曰修尾全縮黑女急止之曰先生又誤矣鶴尾無黑色所謂黑者乃兩翼收斂處耳先生但見立鶴未見飛鶴耶萬益慚叟曰小女兒殊不省事鶴鳴首章註義如此豈得為先生咎萬乃笑曰我輩讀書依註講釋何能涉獵蟲魚反蹈荒經之弊僕所以留掛雅名者以胸中實有此萬卷書也談論間一總角兒攜書包入叟曰此予少子甫四齡矣稍識大學句讀乞先生教之萬為講大學首節甫誦一過瞽目嫗拍手大笑叟叱之曰老婢發狂矣拍掌嗚呼是何景象嫗曰我盲於視而不盲於聽今聞開頭一行別字已五六矣不知胸中萬卷書別字有幾千百萬計叟曰何謂別字嫗曰論中州音韻大學大字讀如代道字上音三在字皆作上聲字亦非去聲今大字不知作何音四上聲皆作去讀豈非可笑叟曰先生吳人未免土音是操不然豈有博學名儒大學第一行連讀爾許別字者哉萬汗顏無地急起告別叟曰若輩狂言都非定論僕有銘箴尚祈鑒納萬拱立請教叟曰愛博者多疏嗜奇者無益自今以後但取五經論孟歸讀十年不必跋涉長途求秦碑漢碣也萬唯唯而退自此潛心實學不復作鈔書者矣

鐸曰趙韓王治天下只消半部論語則鄴侯架上牙籤萬軸盡可作廢紙矣然傳癖書癡以多藏誇富特恐陸廚許笥都被識別字秀才敗壞耳

賽齊婦

旌德某為里黨所逐寓蹟維揚以千錢取婦某氏後家小阜能畜婢媼以數百金捐空銜門內紅帽高懸竹篦雙列封條烜赫擬於世家然不商不賈未測其財所自來暮出曉歸形跡詭秘婦問之曰商人夜宴貴客乞予代作筵主揚州商習宴客必徹夜陪坐者以什伯計婦故信之然終歲起居未有一人從者婦欲覘其蹤蹟一夕鮮衣華帽軒然而出婦躡其後見恩恩入一枯廟去亡何短衣草履髮挽作旋螺狀悄步而行至僻巷有牆壁頹處出斧鑿丁丁半晌灰磚墮落如府儀成一穴大僅如斗某探首蛇行而進婦急歸喚集婢媼盡易男裝自乃高冠華服偽作巡夜官命婢媼取架上紅帽戴之并夾竹篦出門而去至僻巷伺於牆下四更許某從穴中出般擒縛而前俯伏不敢仰視曳下責二十板提褲而起四圍周視而官役輩不知何往矣重入枯廟改易華裝候天曉叩門而歸婦問昨夜何適某仍以夜宴對問曾演劇否某曰是洪家老樂部演長生殿全本婦曰吾聞昨夜止演得雜劇開場是燕子箋鑽狗洞收場是勘皮靴打竹篦也婢媼輩皆匿笑某知隱婦術中紅漲於面不敢措一詞婦恚曰昏夜之行人情不免何至罔惜廉恥至於此極請從此逝他日勿相累也拂袖欲出某曳令稍坐婦指天畫地詬厲萬端某出所盜金陳几上婦審視良久忽大笑曰枉尺直尋宜若可為自今以後蚤夜聽子而行吾不汝瑕疵矣後某盜金事發繫獄而斃婦竟席捲遁不知所之

鐸曰墻間乞食夫也不良而中庭訕泣家有賢妻矣此婦先號後笑包藏禍心追至覆橫而採其珠夫惟蠹害於婦何不利焉是故王孺仲之不改行易操者內助之力為多

村姬毒舌

內姑丈陳公永齋己丑大魁天下給假南至歸行甜水鋪旁有小村落綠樹陰濃野棠花妥顧而樂之遂步屧獨行忘路遠近村盡處見竹籬半架左有雙黑扉一女郎倚扉斜立捉風中蝶搓掌上嗤嗤憨笑陳睨之魂飛色奪因兒揩與語女郎不怒亦不答但呼阿母來亡何一駝背媪出問女何為女曰不知何處來一莽漢煩絮煞人陳意媪君說以乞漿告媪曰斗室難容客坐小慧取一瓯涼水來女嫠聲而進陳曰今茉年幾何矣媪曰但記其生年屬虎不知今當幾何歲矣問婿家為誰媪曰老身殘廢止此一女留伴膝下不欲適事他人陳曰女生有家膝下非長策也適女取涼水至聞餘語大聲謂媪曰是客不懷好意毋多談媪笑曰可聽則聽是誠在我婢子何必瑣瑣陳迺誇狀元以歆動之媪俯思良久曰狀元是何物陳曰讀書成進士名魁金榜入詞垣掌制誥以文章華國為天下第一人是名狀元媪曰不知第一人幾年一出曰三年女從旁微哂曰吾謂狀元是千古第一人原來只三年一個此等腳色也向人喋喋不休大是怪事媪叱曰小妖婢易薄觜動輒𠿳人短處女曰干儂甚事凝兒自取病耳一笑竟去陳惘然久之繼而謂媪曰如不棄嫌擬留薄聘脫囊中摸南金子之媪

手摩再四。曰。異之不發。握之氷冰。是何物哉。陳曰。此名黃金。汝輩得之。寒可作衣。飢可作食。真世寶也。媼曰。吾家有桑百株。有田半頃。頗不憂凍餒。是物恐此間無用處。還留與元郎作用度。擲之地曰。可惜風魔兒全無一點大雅相。徒以財勢恐嚇人耳。言畢。閤扉而進。陳癡立半晌。嗟嘆而退。

鐸曰。黃口金多。爲紗勢横古今多少男子。能此摧磨傲骨。不謂閨閣中有此疏踏人也。石榴裙底。當叩首三千下矣。

醜婦氷心

平江張繡珠。貧家女。與高秀才妹淑蓀最善。淑蓀許字周氏。未嫁而寡。兄令守志於家。繡珠壻某與人角力死。父逼令改適。歸寧後。仍詣之。淑蓀兄性方鯁。叱曰。再醮婦勿入我室。且閨中有賢女。毋以淫風導人。不義。繡珠泣曰。妾生長蓬門。亦知閨範。祇因遇父無依。全孝不能保節。妾之不貞。命也。兄曰。甑已破矣。尚誇完璧。所謂強顏耳。曷足貴乎。繡珠語塞而去。自此氣憤成疾。不匝月竟死。淑蓀居兄家。憂悶寡歡。亦日就羸瘠。病殆時。見繡珠立牀下。淑蓀曰。妹來導我去耶。繡珠曰。非也。前因兄庭見責。憤氣而亡。今姊生魂已遊墟墓。妹欲借附尊軀。代守三十年苦節。俾知妹前此之不貞。迫於父命。非願作河間婦也。淑蓀曰。若此則我一生

來了事。賴爾支持。雖死何憾焉。言畢。含笑而逝。兄及家人環守痛哭。尸忽躍起曰。爲我理縗絰。備素車。往周家守志去。兄疑游魂未定。偽諾之。而女躁急殊甚。不得已。達於周氏。舁之去。女自入周家。涙雨首蓬。卻華不御。偶提甕出汲。鄰人子羨其美。歸即持刀剺面。立毀其容。朝夕潔擴瀡。捧盤匜。奉事舅姑。由是以節孝名播閭鄉黨。翁媼之擇族中兒賢者爲之嗣。女督令讀書。日勤紡績。供塾大費。心勞力瘁。歷三十年無笑容。後兒遊於庠。以母節請旌。女忽止曰。爲臣盡忠。爲子盡孝。爲婦盡節。皆分內事。何必。偏郡守聞之。嘉其志。具匾額鼓樂迎之。是日兩家親族登門道賀。女獨招兄入內室。問之曰。妹一生行事。視張家女何如。兄曰。此不潔婦。言之污人齒頰。豈妹所與較短長者。女曰。噫。兄真無覷人之識。所謂成敗論英雄者也。兄曰。是何言哉。女曰。張家女迫於父命。故不能安其室。倘處妹之境。當亦以清白終矣。兄笑曰。妹阿私所好。故有是言。兄不能強爲附會。女曰。信如尊論。將妹爲貞女。而繡珠爲不節婦乎。曰。然。女慨然曰。迂儒曰短。未可料人。實相告。妹即繡珠也。前言不諒。兄憤而斃。故借女兒身以明初志。使知不得已之破甑。未嘗不同完璧。自今以復勿謂強顏作解嘲可耳。兄愕然不語。女曰。囊與令妹情同骨肉。今幸代保堅貞。不辱地下。事畢矣。請從此逝。願終秘之。全君閨閣之令名也。言訖斂容閉目。端坐而逝。兄伏地而拜曰。吾過矣。吾過矣。吾不敢持此相天下

士矣。遂嘆息而出。述諸兩黨親族。咸稱怪事。後馮太史輯節孝傳。仍著其名曰叔蓀。從繡珠之志也。

鐸曰。已舍所天。而爲人守。不著痛癢之節。儼所謂李代桃僵者歟。然婥悼潔志。則生死而死生。泉路明心。則白玷而玷白。君子哀其志。亦諒其心矣。

地師身後劫

豫章王翁。清明日挈眷上冢。冢後皆有荒墳。低土平窪。棺木敗露。未識誰氏。王有兒昭庚。見其地野花欹開。戲往摘之。踏棺陷足。骸骨碎折。驚而大號。王抱之出。既而歸家。兒寒熱交作。王就牀頭撫視。兒忽色變。怒目直視曰。吾羅漢章。堪輿大名家也。生前軒冕貴人。無不奉爲上客。爾一式微寒族。輒縱乳臭小兒踐我墳墓。踹我骸骨。罪何可宥。王急謝罪。許以超薦。曰。此恨已入骨髓。必索其命乃止。王伏地哀泣。終無回意。不得已。祈福於郡城隍廟。夜夢城隍神召之去。曰。爾束子不嚴。應罹此禍。然厲鬼擅作威福。亦干陰司法紀。命拘羅亡。何一鬼至。傴口蹙頸。殊非善類。神責其何以作祟。鬼滔滔辯答。不竭於詞。繼問其生前何業。曰地師。神拍案大怒曰。爾生前既作地師。何不能擇一善地。自庇朽骨。想此事爾本不甚明了。在生時無非串土根貫。絕地被害者。不知幾千百萬家。今日斷骨折骸。實由孽報。非其子之罪也。鬼

力辯其無。亡何。階下冤鬼紛來。槪告有謂葬如疊棋。而傷其骸骨者。有謂元武藏頭。蒼龍無足。而滅其宗嗣者。有謂向其子孫高莊龍耳。以至停棺五六十年。尚未入土者。神勃然變色曰。造惡種種。罪不容誅。命鬼役押赴惡狗村。受無量怖苦。鬼聞輒怖。叩首盡散。神諭王曰。幸渠自有業報。否則爾子亦不能無罪。義方之訓。後不可不嚴也。王拜謝而出。下階傾跌。忽爲驚醒。趣視其子。言笑如初。而病已愈矣。後聞羅棺中朽骨。被野犬銜齧。狼籍滿地。始信惡狗村即人間。現報陰司。原無此地獄也。遂嘆息者累日。

鐸曰。风地安魂。湖堤安骨。山川不能語。原仗地師作指南也。乃挾此以爲利藪。則劉家五尺。郭氏錦囊。與夫青烏赤霄。諸書濫觴。皆造孽矣。吾恐狗村不食其餘。惡狗村之報。猶爲寬典。

節毋死時箴

荊溪某氏。年十七。適伍族某。半載而寡。遺腹產一子。氏撫孤守節。年八十餘。孫曾林立。臨終召孫曾暨媳婦環侍牀下。曰。吾有一言。爾等敬聽。衆曰諾。氏曰。爾等作我家婦。盡得偕老。百年固爲家門之福。倘不幸青年居寡。自量可守則守之。否則上告尊長。竟行改醮。亦是大方便事。衆愕然。以爲昏髦之亂命。氏笑曰。爾等以我言爲非耶。守寡兩字。難言之矣。我是此中過來人。請爲爾等述往事。衆肅然共聽。曰。我居寡時。年甫十八。因生在名門。嫁於宦族。而又

一塊肉累腹中，不敢復萌他想。然晨風夜雨，冷壁孤燈，頗難禁受。翁有表甥某，自姑蘇來訪，下榻外館。於屏後覷其貌美，不覺心動。夜伺翁姑熟睡，欲往奔之。移鐙出戶，俯首自慙，迴身復入。而心猿難制，又移鐙而出。終以此事可恥，長嘆而回。如是者數次。後決然竟去，聞竈下婢喃喃私語，屏氣回房，置鐙桌上，倦而假寐。夢入外館，某正讀書鐙下，相見各道衷曲。已而携手入幃，一人趺坐帳中，首蓬面血，拍枕大哭，視之，亡夫也。大喊而醒。時桌上鐙熒熒作青碧色，譙樓正交三更，兒索乳啼絮被中。始而駭，中而悲，繼而大悔，一種兒女子情，不知銷歸何處。自此洗心滌慮，始為良家節婦。向使竈下不遇人聲，帳中絕無噩夢，能保一生潔白，不貽地下人羞哉！因此知守寡之難，勿勉強而行之也。命其子書此，垂為家法，含笑而逝。後宗支繁衍，代有節婦，閨門亦有改適者，而百餘年來，閨門清白，從無中冓之事。

鐸曰：文君私奔司馬，至今猶有遺臭。或亦卓王孫勒令守寡所致，得此可補閨箴之闕。　昔范文正隨母適朱，後長子純祐卒，其媳亦再嫁王陶。為宋儒最講禮法，何當時無一人議其後者？蓋不能於昭昭伸節，猶愈於冥冥隳行也。黃相東還宋王書，時益嘆為千秋之佳事矣。

項上圓光

汪君英園少時偕二三密友作黃山之游，攀蘿捫葛，及山之半，時斜曛欲墜，暮色蒼然，友不敢復留，汪負氣獨登，行數十步，天驟昏黑，月蔽重雲，雷催急雨，電光閃爍中，尋徑而上，至一石洞，寬可丈許，高柸數十尋。兩壁光明如燭，有老僧垂眉獨坐。汪趨謁之，老僧略一點首，閉目入定。汪倚壁而俟，見老僧頂上圓光忽起，現一人金盔鐵甲，手橫丈八矛，上懸小首級，纍纍無算。正驚愕間，盔頂上現一黃犬，屈後足作人跪，騎前足作合掌狀，宛如禮佛。久之犬倦伏，犬頂上現一宰官，象簡緋袍，峨冠博帶，兩袖出金銀摩弄，似有喜色。亡何，宰官頂上又現出一女子，描眉畫目，絕非良家婦。解杏襬彩霞道褪服，右手執拂，左手握牟尼一串，取蒲團鋪宰官頂上，端然趺坐，而女子頂上又現出一嬰孩，瑤環瑜珥，類仕族佳兒。嬰孩頂上，劃然一聲，現一人，頭童齒豁，與老僧面目酷肖，累肩疊疊，如七級浮屠，層層矗立。汪仰面凝視，半炊許，與老僧酷肖者，漸縮如豆，隨入嬰孩頂穴。嬰孩一觔斗，翻落女子道冠，悄然而滅。女子執拂起，擲蒲團向宰官當頭一擊，盤其臆如蜂投穴。宰官急摘其犬，犬以頭抵觸宰官，三摩其頂，伸脚忽下。犬人立而蹄，蹄隨武將兜鍪，扼其首，亦倒身而入。武將怒，掀持矛築僧頂，呀然而窩。鑿坯竟遁。頂上圓光一時盡斂。老僧瞪目笑曰：定中魔擾，又歷千年劫浩矣。汪具述所見。老僧曰：此吾夙世因。吾第一世為武安君白起，伊闕之戰，斬首二十四萬，破趙長平，取四十萬人盡殺之，復坑降卒不下數萬。閻摩王大怒，轉輪迴六道，受諸怖苦。至唐時，始與李林甫

同日托生，彼為牛，吾為犬，因念前生業報，雖隨畜生道中，一心皈佛。閻摩王喜，仍現宰官身，得度。生宋時為賈似道，朝衣一著，迷失本來，起多寶閣，廣通賄賂，貽誤國家，木棉菴被殺，後投入陰曹，復大怒曰：貪吏求金，何異娼家愛鈔，罰作妓。生明季時，為卞玉京，後得高僧慧指，洗心改行，為女道士十七年，花粉劫中，一朝覺悟，許轉男身，又因生前不潔，於夭殤道中先轉一輪，生江東顧戶部家，名阿綬，七歲而殤，今始度入佛門，度修善果，循環數世，如影隨形，勿謂五行車遂邈，作天魔遊戲也。汪大駭異，別老僧下山，告諸密友，重往蹟之，而石磴雲封，竟迷其處。

鐸曰：鶴龕書生事則幻矣，於覺世之義何居？此殆現丈六金身，作十八層地獄變相，為善男子說伽耶城菩提法者。

楞嚴經云：鬼神及諸天魔魍魅妖精，於三昧時，僉來惱汝。固知精靈變幻，非盡前生孽障也。然不必有其事，正當作如是觀。受業汪士鏞識。

掌中秘戲

黃帝御三千六百女而成仙，此說見於道書，後人祖為採戰之術。商邱宋生，好長生訣，或以採陰補陽之說導之，生大惑，廣置姬妾，日夜鏖戰。一日與雛姬蠱股榻上，有道者直詣榻前。生叱曰：何來野道，擱入我室，窺探房幃私事？道者笑曰：男女大欲，王者不禁，何諱言也？生起不解。道者曰：君如欲觀，請於掌上布橫陳之戲。生諾之。道者即開左掌，大如葵扇，排列合歡床九張，僅寸許，海紅帳低垂，未捲銀鉤，夏簟細如碎玉。聞帳中嬉笑雲雨聲，約略可辨。俄中央一帳，左角半啟，伸女子蓮鉤一捻，蹤小如蟲臂，而襪褪膝衣具備。右首一帳中，小語曰：卿勿效彼嬌憨，且撞上玉山，試看兩峰高並也。又一帳中，格聲微笑曰：好個強作解事，腰下芙蓉枕要他作閒客耶。又一帳中曰：汝等看廬山真面，故舉趾欲高，似我橫看成嶺側看成峰，豈不遊行自在。又一帳中曰：偏師積弱，畢竟壓股欲斷，何如我背水陣法。四帳中，紛紛聚訟，而左首者悄然不語。中央一男子赤體下牀，揭其帳視之，畫白藕向肩，丁香塞口，因掐手笑曰：病渴兒消受華池津液，無怪其半舌不展也。右手者聞之，爭來強曳，曰：鴻溝各據，有何意味，且互張旗鼓，以決背城一戰。於是各曳女子下牀，九男子一絲不掛，翹其具，競於薑底。九女子散髮裸裎，紅巾鋪裹，陰溝渥丹，開如半菽，競撒牀褥，鋪百花纏尺許，交錯而臥，似九對蟲蟻，往來蠢動。道巧獻技，盡劾道人掌上，生正凝眸諦視，道人暫開右掌，一惡鬼約八九寸，騰躍而出，竟登左掌，逐捉而啖，條條粉股，蜿蜒齒頰間，咀嚼移時，骨肉都盡，攤探喉一吐，十八骷髏，紛紛墮地，出腰間索貫之，如牟尼一串，懸於項上，投道人袖中而沒。迴視雙掌，了

無一物道人笑曰。横陳之戲。君覩之乎。生問若輩何人。曰。皆如君等。以採戰求長生者也。問惡鬼何名。曰。此尺郭。即淫魔也。儂家以清心寡欲。得躋上壽。若於慾海中求。儂淫魔一起。非以求生。實以戕生。君幾見九轉鑪頭。盡鍊春卿膠為續命丹哉。生大悟。拜求仙指。道人曰。我非儂何能援汝。書十六字示之。拂衣而去。生讀之曰。内火不生。外火不煎。以水濟水。是以永年。生自此擯去姬妾。究心元門正宗。一旦棄家入山。莫知蹤跡。後三十年。零陵市上有賣頭刻花者。儀容舉止。彷彿似之。

鐸曰。昔黃帝訪道崆峒。廣成子曰。無勞爾形。無搖爾精。無俾爾思慮營營。乃可以長生。然則鼎湖儂去。亦從清淨中來也。御女成僊。適文成五利輩借以惑漢帝者。美人度厄神僊藥。今安在哉。茂陵風雨。悔之晚矣。

眼前殺報

蒲城令某公。世戒殺生。而夫人暴戾。日以屠戮衆生為快。時值誕辰。命庖人先期治具。廚下豬羊作隊。雞鵝成羣。延頸哀鳴。盡將就死。公憐之。謂夫人曰。爾值生辰。彼居死地。我佛慈悲。尚祈夫人種福。夫人叱曰。若遵佛教。禁男女而戒殺生。則數十年後。人類滅絶。天下皆禽獸矣。汝勿作此老頭巾語。公知不可勸解。嘆息而出。夫人閉戶晝寢。不覺身入廚下。見庖人磨刀霍霍。衆婢僕環立而視。忽魂與豬合為一體。庖人直前。縶其四足。提置白木凳。扼其首。持利刃刺入喉際。血流奔溢。痛徹肺腑。噭然一聲。隨入百沸湯。挦毛刮垢。尺寸無完膚。既又自頸剖至腹下。痛極難忍。魂逐肝腸。一時迸裂。覺飄泊無依。又與羊合為一體。慘極狂號。而婢僕輩嘻嘻然笑。無一救援者。其屠戮之慘。又倍於豬。已而剖雞宰鴨。無不以身受之。瞥見屠殺已徧。驚魂稍就安帖。老僕攜一金色鯉來。魂又附合。一婢笑曰。夫人酷嗜此。汝速剁作魚圓。以備宵饌。庖人除鱗剔鰓。斷頭去尾。置砧上錚錚細剁。此時一刀一痛。幾若化百千億萬身。受魚鱗寸磔矣。極力狂呼。移時始醒。小婢進曰。魚圓已熟。請夫人夜膳。遂立命卻去。迴思怖境。珠珠汗下。明日屬公罷宴。公細詰之。具述前夢。公笑曰。汝素不信佛。若非受諸苦惱。安能放下屠刀也。夫人亦失笑。自此斷葷茹素。同守殺生之戒云。

鐸曰。雞豚盈千。羊頭累萬。一個舌尖斷送幾多性命。此段家食品。以越輅菌綠施蔚為盛饌也。仲叔豬肝。孝儀鯖鮓。盡佛門罪人矣。　若男女而戒殺生。極其流弊。諸天佛子。當亦無辭以應。不知聖門之書。為賢智者說法。佛門之書。為愚不肖者說法。為賢智者說法。道端乎夫婦。釣而不綱。弋不射宿。使人在男女殺生上。體認箇道理出來。為不肖者說法。只辦得個戒字。楞嚴經裏聲聲警嗽於橫陳。傳燈錄中。指青梅為供養。要之西來本意。殊不在此。太常妻生世不諧。未見其一日清齋。便上蓮花臺去。而鳩摩什任其娶婦。鄴州和尚且吹盡香積廚裡肉也。誦李丹天堂地獄一偈。孔子釋迦設教之心。有以異哉。

腦後淫魔

棲霞山寺禪師鎔堂。得傳燈宗派。子往師之。已參大乘法。師曰。汝淫魔日擾。何得引登覺座。子曰。弟子幼讀儒書。長耽淨業。雖復好騁詞華。然文魔有之。淫魔未也。師曰。汝不知乎。淫魔即文魔之變相也。如有定力。尚可懺除。結習就座下。設一蒲團。令子趺坐垂眉閉目。戒勿少動。兩時許。覺腦後忽開雙眼。有粉白黛綠者數十輩。蹁躚而來。始猶相視而笑。繼則摘背摩肩。揶揄萬狀。子兀坐不敢轉側。漸聞喁喁私語曰。渠既指名相索。何復撇人腦後。子不能忍。叱之曰。汝輩何處會逢。適謂予指名相索耶。衆含笑自陳。一曰。妾報恩圖傳奇中鄭玉奴也。一曰。妾才人福傳奇中孫佛祖也。一曰。妾黃金屋傳奇中李顏娘也。繼有稱瑤英紫虛嫦靚綉琴者。皆自製樂府中假借名色。子曰。此空中語耳。何得有汝。衆曰。文章之靈。通於神鬼。故驚鴻一賦。洛水傳神。行雨數言。高唐入夢。誰謂笱令閒情。非寄蕩心於裳帶衣領間乎。請即迴身。勿羞當面。子謹記師言。兀坐如故。衆笑曰。是兒有口無心。只須於背後管之。不必覘其真面目也。繼復凝神細視曰。怪道不肯迴頭。不知何處偷得一隻慧眼。被他覷破。言訖化作敗紙。紛紛吹散。眼亦頓合。師曰。幸有些子定力。不然文魔可除。淫魔不可辟矣。遂留座下。為子懺除口業。歸家復燒其曲譜。不敢以歌場綺語。至疑生平之有道行也。

鐸曰。儒家有改過法。佛家有懺悔法。是言也。改過耶。懺悔耶。嗣普天下慧眼人為我證之。

癸丑九秋。偶過棲霞山寺。見壁上有吾師題詞曰。合掌作瞑拜。聽我懺平生。(三)其妄男子耳。少小得狂名。第一讀書成癖。第二愛花結習。餘事譜新聲。因此魔障累。夢裏不能醒。仗吾佛施法力。轉金輪。從此不識一字。倒看相牛經。人道嬌茶娛母。地棄詞章榮耦。到處少逢迎。面壁十年後。陪侍上瑤京。此詞在未悟時耶。是儒家改過法。此詞在既悟後耶。是佛門懺悔法。質諸吾師。以為然否。當業卿搭撻訖。

諧鐸卷十

吳門沈起鳳桐威氏著

道人神相

江陰某翁，富甲一鄉，年四十餘，無子，買妾李氏，逾年舉一男。有道人款其門，閽人呵止之，喧聲達內座。翁出詢，道人曰：山僻野人，耳名久矣，今來投謁，不過藉此博一醉耳。何門者見拒之深也。翁延之入，命家僮設酒具，道人連釂三十餘觥，都無醉意。翁異之，問道人有秘術能賜教否。道人曰：僕無他能，惟相人富貴貧賤，差不謬。翁整冠命道人相。道人諦視久之，曰：君偏體俗骨，五官俱帶濁氣，臉上犬毛積寸許，此真富翁相也。惟顴角一股清氣，深入肌裏，隱隱作餓紋，恐從此饑寒不免耳。翁曰：嘻，子言過矣。以予薄產，縱不權子母，閉戶食之，子若孫不能盡也。道人笑曰：是有定數，道人何知焉。因令偏觀家人，都無言。適乳媪抱兒至，道人驚曰：此即破家子也。翁曰：其相若何。道人曰：按是兒部位，歲十二當入學，十五登賢書，十六成進士，官翰林，蚤達，恐其不壽。翁曰：若此則克家子也，何言破家。道人曰：才與財相尅，君所以坐擁百萬者，以五六世識不得一丁字。今有子能文章，發輸苑，恐百丈銅山，將歸烏有也。翁漫應之。道人亦辭去。兒漸長，延名師教之，讀五經史漢，過目輒了了。而翁日持籌握算，百無一利，四五年虧本無算。兒年十二，果入邑庠。翁典鋪被火，賠累不下數萬。越三年，兒舉孝廉，翁置洋船七，盡覆於海，諸夥番傍訟諸官，質其沃產，上下賄賂，得免。明年兒捷南宮，授庶常，迨泥金報至，翁與妻若妾已餓居敗屋中，典襦冀兒貴，門庭可以重整，不半載卒於官，一家凍餓而死，道人之言全驗。

鐸曰：榜上名題，床頭金盡，窮措大風流帖子，紫財神第一靈符也。迺望子克家，甯甘破產，卒至填溝壑而不悔。翁亦人傑矣哉。

和尚婆心

桑和真生年弱冠，貌極豐美，而卓錐無地，寄居招提寺東偏。時西院來一頭僧，有奇術，私謁之，且愬其貧。僧曰：讀書人貧亦何病，且富而濁，何如貧而清也。生固請方略。僧曰：欲求富，汝盍遂死。生愕然曰：弟子欲苟活，茲望師憐憫耳，奈何欲求生反得死耶。僧笑曰：不惜命，是致富之術也。爾自覺宜其貧矣。以手摩頂，揮令去。生歸，嫉病，病且死，因憶前言，重投西院。僧曰：汝富心未死，吾當度汝一富者，趣納之左袖而出。時巨室某，貌極陋，而家貲鉅萬，後房姬妾疾於命，得消渴疾，氣息如絲，彌留床席，家人環守痛哭。忽頭僧自外至，曰：勿哀，吾能活之。衆羅拜地下，頭僧啟右袖，向某一指，而以左袖拂面，長笑而去。亡何，某竟躍起，環視諸姬妾，

似不識者，逆一詢之，且課其家事，衆以為生魂未定，故至顛倒，急進以參劑，而其實即真生也。真生自幸作富翁，亦深自秘諱，日則鮮衣美食，坐內堂會計田產，陳金銀几上摩弄之，或夜愁馬隨，後僕遨遊花街柳陌，閒夜則擁諸姬妾鑿戲之，興到則以西江錦裁大被，覆珊瑚七尺床，左釵右粉，作團團會，自謂前身未經之福，盡享於此矣。一日引鏡自照，見狀貌甚怪醜，不似前此之娟娟楚楚者，意頗不愜，潛詣僧寺，始拜謝，繼以情告。僧曰：汝求富得富，願已足矣，尚欲於聲色貨利中，還本來面目哉。於屏後喚一弟子出，視之，真真生也。問其姓氏，笑而不答，但曰：一領衲布衫，煩君代著矣。僧拍手大笑，真生亦頓悟，即日祝髮投座下，作弟子。後隨頭僧入五祖山，竟不知所終。

鐸曰：不入苦海，何知彼岸。此八萬四千佛子，皆從煩惱場過來人也。黃面老子，腳跟未踏實地，而到處摸空，豈非夢夢。

蟪蛄郡

戴笠峰，齊觀察孫也，性豪邁，脫略邊幅，好讀山海經及搜神述異諸書。一日大雪，醉眠午榻，見貴官齎詔至，曰：郡君見召，速請命駕。戴亦不問為誰，整衣而出。見門外一叔控果下駒，執策以俟。戴即躍登鞍上，貴官導去。至一亭，解鞍暫憩，見亭前溪水潑碧，萬朵芙蕖，嬌映水面。戴曰：如此嚴冬，那得有此。貴官曰：此新秋時也。戴叱其妄。貴官笑曰：君中華士，真少所見而多所怪。請為君言其崖略。戴唯唯。貴官曰：吾郡去中華四萬七千餘里，名曰蟪蛄郡，以日為年，朝則春，晝則夏，晚則秋，夜則冬，無紀年書，視四時草木以為候。今芙蕖出水，吾郡之新秋，中華之午牌後也。戴大奇，欲再詢之，貴官忽驚起，迎與君一席話，涼風漸凜冽矣。戴一回視，果見芙蕖盡落，亭外古梅數本，含苞吐蕊，漸作凌雪狀。貴官從行，仍跨鞍而去。見一城，牓曰延年，男女衣著，小類中華，而項上盡懸金鎖，蓋用以祈壽也。時已薄暮，就宿外館。明日至一宮殿，貴官偕戴入，見貴官先繳旨，郡君曰：汝去夏將命去，至今春乃復命耶。貴官謝罪。戴聞之，知昨宵一宿，已同隔歲，因就拜座下。郡君起，覓之曰：卿知孤相召之意乎。對曰：鯫生愚昧，未測高深，乞明諭。郡君曰：孤有息女，未遣良匹，慕君盛德，欲奉箕帚。戴頓首謝。時殿角薰風微動，蓋又交夏令矣。命賜浴招涼殿清波池，進以冰綃衣芙蓉冠，引入麗雲宮，與郡主成禮。錦天繡地，翠鳳鸞鸞，瓊樓十二重，無此銷魂處也。旋導入後宮，見郡主綠雲高鬟，旁插丹桂一小枝，俛首而語曰：秋期深矣。宮娥即為郡馬易冠服，設宴天香亭，酒三行，郡主起執爵為郡馬壽，歌曰：人壽幾何，對酒當歌，當歌不醉，如此粲者何。戴亦答以天香桂子之曲。郡主笑曰：郡馬尚以為秋耶。命宮娥捲簾，則冰筋垂簷，雪正在山茶樹上紅也。遂撤酒筵，以紅燭導

入內寢宮娥漸散去促郡主綫妝郡主哂曰三十許人作新郎尚如此急色耶戴笑曰卿此間以日為年則春宵一刻洵千金值也郡主亦笑遂滅燭登牀繡衾同夢迨朝暾甫上而宮娥競報海棠開矣阿監奉郡君命召郡馬賜櫻桃宴三品以上盡陪侍俄見一小宮人以五綵盤進長命縷郡君即命駕敕郡馬於洗馬河同觀競渡桂槳蘭橈綉旗綵幟魚龍百戲迴翔簫鼓間俄見河畔柳漸作黃色旋命回駕一路紅樓珠簾高捲筵前瓜果正兒女子穿鍼乞巧時停鞭笑指聯蝶係行一時風雨交集郡君謂郡馬曰此真滿城風雨近重陽也急縱馬而歸比入宮宮娥奔告曰郡主誕麟兒請郡馬赴洗紅宴郡君命戴入視郡主暖鑪榻上看兒提戈取印試啼聲真英物也名曰阿英由是戴日坐宮中弄兒調婦不半月阿英已行冠禮又數日郡君薨郡馬攝朝政一日見郡主面有皺紋鬢斑斑作白色郡主曰妾馬齒加長矣請為君置妾媵於是廣選良家充掖庭夜與郡主坐鸞鸞寢話舊事忽問曰予來幾日矣郡主曰六十有二年郡馬曰勿相戲憶與卿定情時猶以指甲搔背癢卿猶背仰卧予暮起而就之卿笑曰儂欲保棧道時使汝度陳倉矣回思此景宛然如昨郡主笑曰此君兩月前事故言之歷歷以妾視之如絳縣老人對甲子矣戴嗒焉若喪低首慕思忽懷鄉土因乞與郡主同歸郡主曰山川既異歲序亦殊君請暫歸妾不能偕也明日以朝政委諸阿英來裝作歸計郡主餞別於宜春殿泣曰妾已暮年旦晚或填溝壑如不以白頭見棄願一來繼而曰蜉蝣百年來亦恐無濟耳阿英亦牽衣泣下戴大悲戀戀不忍去聞朝臣盡候送於哀蟬驛不得已揮淚而別比及家見身僵卧榻上家人環集省視岸然登榻豁焉而蘇聞諸家人曰君辭死兩月餘矣戴大呼異事因有重來之約耿耿不釋於懷復三月復夢入其庭聞郡主曰死已八十餘年今葬於翠螺山比聞阿英曰儂矣聞舊所御妾婢皆曰盡亡矣朝臣相見無一識者遂鬱鬱而反醒而歎曰百年富貴頃刻間耳世有達者不當作如是觀哉

重聞山海經及搜神述異諸書俱無其說儻予記之以留世之好談荒誕者

鐸曰儂家有縮地法不聞縮年法也然麻姑嬰蟻一半成滄青牛老子已頹然曳杖矣安中日月雖長一彈指頃耳齊彭殤之論洵非妄作

蜣螂城

崗生字小令雋髯芳闌有香留三日之癖偶附賈舶浮槎海上忽艤風大作引至一島生捨舟登陸覺惡氣薰蒸梗喉棘鼻殊不可耐正欲回步忽見一翁偕姐鬟奔趺笑而來見生大駭曰何處馥郁兒衝境淨土不怕道旁人嚇煞生怪其臭退行三四步遠叩姓氏翁亦以手捫鼻遠立而對曰予銅臭翁孔氏此名乳臭小兒因襲洞天福地自五濁村移家於此家她

魚肆主人見愛請小與味不殊處諸逐臭大夫命司蜣螂城北門管鑰汝偏體惡氣若不早自斂藏將流染村嫗嫠為時癡其奈之何生欲自陳翁與姐鬟童大嘔不止家狀疾趨而去生大異欲徵其實以兩指捻鼻而行見一處盡以糞土塗牆四面附蜣螂百萬此如長城生振襟欲入忽聞城中大譁曰瘴氣來矣速取名香辟除戶外生逡巡之半溲馬勃門外堆積如山陵生益不解忽惡氣竟入見生者狂奔駭走不顧而嘔生亦惡其穢反身而遁衆嘩逐之生失足墮溷藩持其起立懊悶欲死而衆已還及欲繞生偏體摩嗅自頂至踵忽大驚曰何頓濂澤若是真化臭腐為神奇矣急謝過引生居客館廁石作階滿泥塗壁庭下有一池色如墨生解衣就浴急灌然臭且漸透入肌裏生急起仍取舊衣著之翌日有富商馬通家招飲延至一堂額曰如蘭室有一軒曰藏垢軒以後曰納汚書屋筵上無他物醃魚臭肉葱薤蒜韭而已生自浴後亦漸不覺其臭大吠之已而自探其喉穢氣噴溢主人鼓掌而笑曰氣佳哉臭穢可同器矣孔翁聞其事不信訪於客館見生愕然曰君真潔己自好人也舊時糞行糞除盡矣遂與翁相逆交生恐賈舶久待詣孔翁告別翁張筵餞之引入後室見三十六糞窖森森排列窖中金銀皆滿翁取赤金數錠以贈並喚一女子出蓬頭垢面而天然國色翁笑曰此阿魏即吾不潔西子從身也君無室盍奉之行生拜謝捧金挈婦辭別還舟賈人失生半月雖舟凝候適見生來大喜甫登舟穢氣不可近除金几上尤臭不可堪及阿魏登舟滿臭盡辟衆心怡安復歸家生偶遊街市人掩鼻而過惟與阿魏居室則不覺其臭出所贈金易諸市人人愁鄰而還之三年阿魏死生所知不合鬱鬱抱金而沒

鐸曰蜣螂抱糞人不見其穢而轉之金顛鳥椅中適逮之死耳以是知生於香者亦必死於臭也紅粉長埋黃金失色止臍園臭皮囊無從漸滌矣哀哉

鬼妓

五弟並生癸卯登賢書第一丁未歲計偕北上夜投富莊驛旅舍客滿借宿村莊時月波破簾風鳴敗紙伏枕不能成寐起步前庭轉入後舍見荒園廣可三畝有禿髮嫗蹣跚樹下高語曰今夜風月頗佳客中兒必有作詩擊拳者盍各之來已而羣嬌畢集姬作微怒曰汝等日坐閨中嚼梅譏嗑瓜子長吁嬌惰爾娘喝朝露度長日耶羣唯唯聽命姬附耳久之羣向東南角招以手亡何衆客至商賈儒冠不一具類鋪五色氍毹地圍坐姬往來蹀躞陳肴列俄似僕侍者驟而滿閣笑語亦漸倦姬鼓掌笑曰窗漏灰矣銀河鵲橋已駕織牛駭姑稍相對作閒坐哉衆盡起姬導以燭羣姬挽客轉入一草舍去並生素負膂力潛往瞰之見中設數十竹榻衆客各偃一夜又卧鼻聲四起來髮假鬟血唇遮舌間有執鬼面於臂而掌中喃

喃作媱喚者。正驚駭間，一老叟丈手持銅管，約長七寸許，向客臑後插之，嗚嗚作呼吸聲，捫揉幾徧，未至一客曰：是無臑者，且偏體酸中作臭氣，令人眯欲嘔，捋其目，曳於牀下，並生拍撫大叫曰：門外有莽漢老魁，何敢爾？衆譁然曰：新貴人至矣。轉盼盡散，倏天曉，登車就道，見富莊驛諸宿客盡呼臑痛，中有一人目腫如桃，詢之，以秀才納監入都，謀上謄錄館者，並生微哂之，是科捷南宮。

繹曰：腦刀截骨，花箭攢心，一片歡場，即猥羅刹湯沐邑也。不早回頭，恐盡其臑者至矣。

神賭

穹窿山廟廊下有神像二，緋袍錦帶，烏帽皁靴，其旁各塑一夫人像，珠冠繡帔，儼同命婦。二神同院居，僅隔一牆。一夕有廟祝宿廊下，忽見左座一神，竟趨右座曰：今夕更漏頗長，伏枕不能成夢，盍一作摴蒲戲？右座者笑曰：牧豬奴賭興又發耶？但我輩逐日香火大寒儉，何得有現注？左座者曰：請以壽馬貫者，明日償算，如不歸，當以新婦準負債。右座者笑諾，於是折香為籌，鋪蘆作席，二神相對坐，呼盧喝雉，約兩時許，右座者起笑曰：然中人敗北矣，歸且休，明日當以七香車送新婦來也。左座者喪氣而散。廟祝異之，明夕仍宿廊下，見右座者竟踞左座，責負甚急，並索婦，夫人聞之，怒詬其夫曰：黑心賊，汝當日在修文殿當選時，幸僥脫幫珥貴緣得一官，今以淫賭輒將枕邊人作孤注，天下負心人有若是哉！左座神垂首不作一語。右座者索愈力，狂譁不休，繼以嫚罵，幸其婦腸解媾，始引去。自此無夕不爭，廟祝厭之，白於董事，竟具鼓樂，送左座夫人亦登右座，喧聲始絕，而所隔一牆，旋修旋圮，識者曰：是新夫人不忘故夫也。命築牆者留一穴，以為瞰夫之地，牆自此遂不復圮，至今土人呼為輸贏廟。好賭者引為笑柄云。

繹曰：貪淫殞命，好博傾家，花骨頭之禍，不減於粉骷髏也。謂予不信，請屬左以待。

夢裏家園

淮南阮生，小字華郎，幼失怙恃，相依乳媼家。一日夢父執某招之去，曰：汝父近作泰山宣勅司，有遺宅在東門外，命汝掌守，勿教荒落。遂相將俱去，約三里許，曰：此予家也，幸少憩。攜手而入，見一垂髫女郎，當窗理繡，戲唾綫粉壁上，以指甲挑作雙連環，對壁嬉笑。某瞋喝曰：客來矣，倚嬌弄癡，是何體度？女郎抱繡而走，金蓮踏地，回身笑拾，私語曰：何來生客，直恁咳喝辟人。生問為誰，某曰：此予癡女，年十五矣，前為楚江王妃剌博山交龍錦，觀者賞其慧心，然無母之兒，未免幼失教訓耳。生極力稱獎，少頃相攜出戶，復至一處，曰：是即汝父所營之宅表也。出鑰脫鍵，重重啟闢，堂奧齋廚悉備，後有樓三楹，中貯書籍玩器，左則錦繡盈箱，右則

金銀滿庫，幾於目迷五色。某曰：此汝父二十年心力，守之勿浪擲也。生俯首小語曰：未有室家，與誰同守？某曰：汝未聘耶？如不棄嫌，願以癡女妝奩，奉箕帚。生頓首謝，並問其期，某曰：視明夜三星照，鸞鸞樓角，吾當以油壁車送新婦來矣。言畢而去，即有婢僕數輩，躬身門下，生命掃除庭榭，設列几筵，庖人樂部，及一切瑣碎事，無不預為經理，憊極就寢，一時側聞，欣然，乳媼家破牀單榻也。初疑妖夢，無憑付之一哂，明夜仍至其處，即有婢僕簇迎候於門，曰：魚軒已發，乞新貴人更衣以俟。時堂上絳蠟高燒，笙歌迭奏，重廊複榭，處處張以錦帳，亡何絳與停駐，龍燈數十簇，擁花輿，與新人交拜訖，導入內寢，燭花影裏，卻扇偷窺，較初見時尤矜嚴也。續裝卸服，擁入重幃，夫婦之樂，有過於畫眉者。晚雞三喔，著衣下床，但見乳媼抽衣盤桌。摸索牀頭，枕神癡想，自辰及酉，偶傍伏几上，一青衣婢至，曰：閨中有命，乞主人移玉。生遂去，入門，見報喜者環立堂下，生不解，入閨，細君曰：妾聞修文殿缺一掌案官，以千金寄吾父，賣緣得此職，請為郎易冠帶。生笑曰：僕向欲青一衿而不可得，今而知得官自有術也。遂華服乘軒，上修文殿，公署繼往岳家致謝而歸，謂新婦曰：閨書不足以致富，尚當治生產。出家中金，命幹僕作負販，計買錄積，較幾同壟斷。生日在夢中出了公事，入操會計，婦亦勤儉持家，不十年，擬充父業，為黑甜鄉第一富貴家矣。生每詰諸乳媼，乳媼曰：惜是夢境，不然，官人大富貴當不向此間作嘅飯處。生大笑曰：吾以醒為夢，以夢為醒，半生衣食，吃著不盡矣。且天下享富貴者，何必非夢中之人哉？遂作述夢記以自誌。予文其說，以告世之日在夢中者。

繹曰：吾嘗謂富貴中人，不過做得一場好夢，然則做好夢者，亦當以富貴中人目之，惜乎好夢不長，富貴無幾時耳。若阮生者，可以長富貴矣。

命中姻眷

真州丁生，年十七，聘衛氏，未娶而夭，將論婚世族，就術者算之，術者曰：君命不宜耦人，須俟富豪歡娘。丁愁曰：予即不肖，亦靦然人面也，何至下婚於毛族？術者曰：以命論之，當不與百計求凰，果無一遂。復滯遊於楚，泊舟中峽，忽有猿雛數十輩，緣崖而下，踞登鷁首，舟人嗟逐之，遽負匿紛紛登崖而去。正嗟異間，數老猿舁一籃輿至，擁曳推挽，掖生入坐，舟人力解不脫，扶輿上扃，飛登絕壁，至一洞府，累石為門，塗泥作砌，生不得已，下輿入堂上，一翁拱立而疾，狀貌不甚詭異，曰：汝丁慶雲之子耶？曰：然。翁曰：僕與爾父為總角交，十八年前浪蹟於此，因贅於袁氏，生一女，未遑良匹，今幸文旌遠駐，故令童僕恭迎，備不以異類見憎，頓諧婚媾。生叔愁未敢應命，忽一老婦出，翁曰：此拙荊也。生暮睨之，碧眼赤顴，兩頰毛捲如反蝟，向翁耳語，喋喋不知作何詞，數女蒙巾而出，曳令交拜，導入別洞，揭巾啟視，頸下毛濃圍密裏

人而不如何感生憤氣而寢。夜半女潛就之。生叱曰。爾欲通人道。當俟皮毛脫落時也。女慚而退。明日臨澗自照。似深恨其醜。遂奮身投於澗底。生大聲呼救。一家並集。指揮眾猿力引而出。扶掖歸洞。蒙被僵臥。竟體發癢。痛定而癢。女爬搔幾遍。毛應手墮落。積如亂絲。數日而起。面白皙如玉。益以秀麗。視之真天人也。生笑曰。今而知人獸轉關。止爭一番洗伐耳。是夕遂同寢處。明晨謁其父。父驚喜欲狂。母見之大怒曰。生女不肖。老奴亂我種矣。因詈其夫並逐其女。翁急負肩輿二乘。令女隨婿仍送至舊處。舟人自失生後。艤待將及一月。見生偕美婦來。大喜。載與俱去。後生自楚反。重至其地。女欲定省其父。而峭壁危崖。無路可入。零涕而歸。

鐸曰。一日伐毛。百年異眷。即謂術者之言不驗可耳。

異桂

祈門縣署東桂樹一株。花而不香。上人醜其名曰臭桂。一夕有道者偕老翁乘月而來。吟嘯其下。道者指樹笑曰。此蟾宮第七株也。翁曰。月府仙葩。其香倍於驚嶺。踪何索莫若此。道者曰。記八百年前。月主新廣寒殿。緣此樹礙其殿角。命吳質移去。適被罡風吹墮塵世。偶為錢神拾取。將植諸銅山之上。因而其香忽歇。錢神怒之。棄置於此。翁曰。銅臭逼人。疾之固善。然巔斧較獪。伎倆反由此而得異名。亦矯情者之自取也。道者笑曰。吾當為花一洗此辱。舉袍袖繞樹三帀。亡何異香飄拂。聲聞數里。忽而風頃作。金粟紛紛隨地。花中各現一美人。霓裳羽衣。蹁躚起舞。中有一女子掠削作鳴蟬鬢。旁貼翠鳳翹。鳳咮銜赤珠一粒。光與月色相射。道者曰。阿籛特姮娥寵。久不隸鈞天部。今夕當為我一歌。女子含笑倚樹而歌曰。金風飄兮玉露晞。天孫遲我兮銀河之西。嫦娥腥兮不肯騎。跨綵鳳兮拚飛。銅壺漏轉兮星影低。玉宇高寒兮我將誰依。攬桂樹兮涕洟。逝將去此兮與子同歸。歌畢。西風又作。煙飛霧捲。美人忽不見。所墮花仍吹綴滿樹。翁曰。得今夕一番遊戲。而此花留香萬古矣。道者曰。無聲之聲。乃為正聲。無味之味。乃為至味。吾終願以無香全此花之真也。復舉袍袖拂之。香氣盡散。偕翁談笑而去。

鐸曰。滇園藁竹。盡塞瓠河。鍾寺喬松。且充塵尾。蔡中郎座上琴材。亦當從爨下來也。歸真反璞。終身不辱。吾於此樹信之。　邵康節錢樹上。當世神之。遂成淫祀。此樹不為錢奴所惑。宜湮沒無令名也。然抱此孤芳。終遯獨賞。有志之士。尚當以此為法。

祥鴉

俗傳鵲報吉。鴉報凶。故聞鵲噪者。咸有喜色。一聞鴉聲。群起厭逐之。而予獨好鴉而惡鵲。庭中舊植槐樹一株。鴉巢其顛。偶雨晨雪夕。鴉無所得食。必設米於庭而飼之。每當朝曦初上。

鴉即迎日而立。刷項梳翎。翹尾側目。備極其態。所猶不善於鳴。予時於手噓唏以引逗之。而鴉殊緘默之甚。戊子元旦。飛鳴入室。三晝夜不去。予於是秋報捷。己丑應禮部試。家中人佇望泥金。晚起撰候樹下。冀其一吐好音。而鴉竟掉頭不顧。予亦下第歸矣。癸卯春。鴉聲大噪。是年予弟芷生登賢書第一。遂設食庭中。招鴉而告之曰。予五薦不售。已不作春明夢想。自今以後。無復相煩。俟吾弟得意南宮。當秉精畜銳。努力作鳳凰鳴也。鴉首肯者再。是冬大風覆巢。折其左翼而斃。迨丁未歲吾弟成進士。歸百千烏鵲噪集盈門。予追念是鴉。欷歔累日。蓋鵲但知因人成事。而鴉實能識人於未遇時也。爰誌之以告世之惡鴉而好鵲者。

鐸曰。鳳鳴喈喈。鴉鳴啞啞。鴉豈其苗裔耶。何聲之和也。若獻媚如鵲。庸惡陋者。殊不耐聽。來亟相過之。當燖其毛。王荊州見之。定採其數。

諧鐸卷十一

吳門沈起鳳桐威氏著

老僧辨奸

嚴分宜未貴時，與敬齋王公讀書菩提寺東院。一日同閱荊軻傳，至樊於期自殺，嚴曰：此騃漢也，事知濟不濟，輒以頭顱作兒戲耶。遂大笑。王曰：烈士復讎，殺身不顧，志可哀也。遂大哭。又閱至白衣冠送別時，嚴復大笑曰：既知一去不還，迺復遣之使去，太子丹真下愚也。王又大哭曰：壯士一行，風蕭水咽，擊筑高歌，千古尚有餘痛。繼閱王囊提劍，斫箕踞高罵，嚴更笑不可仰曰：是真不更事漢，不於環柱時殺之，而乃以嫚罵了事。王更涕泗沾襟曰：豪傑上報知己，至死尚有生氣，銅柱一中，祖龍亦應膽落。一時哭聲笑聲，喧雜滿堂。一老僧傾聽久之，嘆曰：哭者人情，笑者真不可測也。二十年後，忠臣義士無遺類矣。後王官中年，縣令頗有政聲，而嚴竟以青詞作相，弄權誤國，植黨傾良，為明代奸邪之冠。老僧預知之，而不能救，殆佛門所謂定劫歟。

鐸曰：傳言愚忠愚孝，有旨哉。古之亂臣賊子，皆聰明絕頂人也。是故士不重才而重德。

青衣捕盜

粵東某公，為河南臬憲。有聶姓者，以人命誣服，公昭雪之。獻女書兒為婢，公鑒其誠，納之。公夫人御下嚴，箕帚而外，課以鍼指。書兒不能學，日加鞭撻，俯首順受而已。後公以墨誤解組歸，時來樹林有盜，首曰賽張青劉標，善用流星彈，一發五丸，無不奇中；次曰鐵拐子朱健，善用一鐵拐，嘗擊真武殿前石鼓，碎若粉。橫行綠林，捕盜者不敢正眼覷。公稔之，戒備而行。時已薄暮，闇林中鳴鏑聲，公股栗，夫人色如土，侍從僕御，無不色變。書兒從容進曰：么麼鼠輩，何敢犯夫人駕，如渠不欲生，婢子手戮之可也。乞公前騎，徒手而去。叱盜曰：賊狗奴，識得河南聶書兒否？盜笑曰：我輩但要得錢，兒郎何所用哉。書兒怒曰：若輩死期至矣，敢戲言。盜亦怒，驟發一彈，書兒右手啟兩指接之；又一彈，接以左手；第三彈至，以口笑逆之，嚙以齒。盜驚，又發一彈，書兒仰臥馬背，以雙蓮瓣戲夾其丸；第五彈至，書兒即發腳下丸抵之，鏗然有聲，去三十步遠。騰身而起，吐口中丸大笑曰：賊奴技止此耶。一盜舞鐵拐而前，書兒手奪之，曲作三四盤，揉若軟綿，擲諸地笑曰：兩娘罷下椽，亦持來恐嚇人，大可笑也。兩盜失色，書兒即出其手中丸，左右彈兩盜盡斃，羣盜羅拜馬前乞命。書兒曰：汝等何足污我手。喝令去。從容回騎，稟白於公曰：托大人福庇，幸不辱命。公及夫人皆異之，鞠而問曰：汝具此妙技，何不能拈一鍼？書兒曰：長鎗大劍，婢子年十一二時，撣弄慣矣；一鍼入手，不知作何物，是以

不能學耳。又問鞭撻時何俛首受，曰：老父命婢子來報公大德，小有忤犯，是報怨也，婢子何敢。於是夫人亦喜，歸家後，勸公納為側室，生子某，後為滇南縣令，往往躬率吏入山捕盜，大有母風焉。

鐸曰：吾向讀馮媛傳，而知當日無辭債之役，容無能一語，至今幾成鐵案。吾雖寄人籬下，畢生無可插腳，恐為廝養輩下眼覷耳。書兒遇盜，其庶幾乎。　有缺口逆嚙之說，為過神其技者，然不聞列子之言乎？飛衛學射於甘蠅，諸法並善，惟嚙法不教。衛密持矢以射蠅，蠅嚙得鏃，矢還射衛，斃衛而走。則書兒此技，夫有所受之也。牛羊之眼，相兒女子猶失之，況相天下士哉。

正士驅邪

樵陽郡韓公，貌文秀而性好武事，日馳馬試劍為樂。未貴時，攜一健奴出遊五岳，中途遇雪，投止枯廟。一更後，雪月交輝，公起立廡下，四望皎然，曰：真琉璃世界也。忽陰風四起，一獰惡鬼昂首直入，公拔劍相迎，健奴大驚，伏地下，以兩手抱公左足。見惡鬼漸長，始猶高與屋齊，繼則出屋者約三丈許。仰見公狀貌亦變，黑面亦漸挺身而立，身亦漸長，高出於惡鬼者又約三丈許。鬼身頓縮，伏地而拜曰：公烈丈夫也。人無富貴貧賤，神氣俱高十丈，自作一虧心事，神氣即短一尺。故眼前之賊形宇宙者，上者長不滿五尺，次者三二尺，下者塌地如三寸錐，而公獨保其元神，異日之立地頂天者，非公而誰？勉之勉之。言畢而逝。健奴見公亦如故，起述所見，公竟茫然。後公位至總戎，平寇陣亡，崇祀義烈。所遺伏鬼圖一卷，傑面虬鬚，非其本相，而里中有鬼祟，請其像鎮壓之，輒遁去，故至今有賽鍾馗之名。

鐸曰：百尺樓頭，元龍豪氣，旦旦伐之，則掃地盡矣。塌地如三寸錐，猶非充類盡義之論也。

惡客除淫

金山寺老僧瞽目，蓄一猴，毛色盡白，日侍諸佛殿上，令聽講。一夕脫索去，老僧嘆曰：業畜淫心未斷，必殺身，二十年功行斷送卻矣。會有陝商某，僑居鐵甕城，好畜美姬，婢女僕婦亦端好。一日有祿衣少年啟其戶，自言申姓，因苦塵囂，願假園亭以憩。某素有斷袖之癖，覷其貌美，許之。夜詣其室，見床無衾褥，笑曰：榻冷如冰，抱衣難臥，如不以賤軀為累，當移衾被來。少年許諾。某命家奴攜錦褥並鴛黃綾被陳榻上而去，某與少年同臥，潛私之。少年笑曰：被君輕薄，從此冠而釵矣。某亦笑曰：汝識睏我，當剛諸金釵之列，豈敢視為外宅兒哉。由是少年出入閨闥，某亦不禁，漸私其婢女僕婦，繼并亂其姬妾。初猶作宵戰，後竟白日宣淫，瀆無顧忌。某素嬖之，不能驟加呵逐。一心腹友至，某潛與商榷，友曰：閉門揖盜，罪誠在汝，必欲除業

棰。當先斷其莖與其囗曰。宮之。乎友笑曰。割雞焉用牛刀。某固問之。答曰。世有不持寸鐵而可下人腐刑者。特痴兒不察耳。某請詰友。曰。此間有一倡。小字雪狗。下體發鉅毒。盍名之來。某從之。亡何雪狗至。口脂面粉。煙花中主帥也。某藏諸閨閣。夜令就少年寢。少年得雪狗。果大喜。雪狗本倡家婦。素善房術。少年又健戰。朝夕攻毒。殊無覺察。不半月。少年兩權漸赤。時以手搯褌襠。似搔癢狀。又半月。雙眉攢蹙。呻吟作痛。楚楚越數日辭去。然尚三日必一來。來則與雪狗厖後。數日不能步。履挂杖傴僂而至。與雪狗偎抱。竟夕轉側。不能興雲雨。雪狗鼓捏其莖。以揮弄之。甚然而脫。大聲呼痛。下床覓杖。踉蹌遁去。雪狗就燈下出掌視之。見一具約五寸許。皮肉交黏。血淋淋如塗硃。嗣後竟不復來。友人至。笑曰。宮刑已驗。但君以繡幃作蠶室矣。某笑謝。並以百金賞雪狗去。後聞金山塔頂有一白猴。下體潰爛而死。老僧瘞諸塔下。噫曰。誰家惡毒兒至此。慘殺然淫根盡拔。可以淨體皈三寶矣。某僞友隱秘其事。而雪狗反為人詳言之。

繹曰。痴兒噬毒。必至喪身。浪子回頭。已成滅鼻。幸制心猿。勿投饞犬。腐刑最下。其共凜之。

芙蓉城香姑子

震澤彭生。少年倜儻。豔文蕭綠鸞之事。欲求仙侶。父母擇配。康梗命。一日扁舟臨湖上。見上流浮芙蓉一瓣。拾視之。有小詞一闋。曰。小孤山下水溶溶。記相逢。欲採蘋花可惜過東風。午橋煙雨濃。不如歸去夢朦朧。小樓東。留得闌干一半月明中。夜涼花影重。心異之。捨舟登陸。百步外。芙蓉萬本。張如錦幄。至則朱戶沈沈。銅環畫掩。忽青衣媼啟扉出視。曰。彭郎至矣。導引而入。鳳屏東畔。一女子款步而來。彭趨揖之。女曰。妾芙蓉城香姑子也。久墮塵寰。未逢佳士。知君夙全仙緣。故借望鶴引桃源入梓耳。彭曰。何家仙眷。提掇凡愚。一生為奴亦不憚。女笑曰。君真痴於情者。命青衣媼埽除內室。中設兩榻。以備寢處。至夜女宿東隅。請彭西嚮。彭曰。既覩芳容。當覩玉體。何復咫尺巫山。使人介介。女曰。仙家夫婦。祇在神交。若以形骸為愛。則秦弄玉早抱子矣。何蕭臺上至今無雛鳳聲也。彭強就摩挲。而終不著體。女曰。郎君濁氣未除。餓欲勉同衾枕。尚隔一層。明日為郎坎換骨丹。三日而成。服之。始能歡會。彭不獲已。退寢別榻。晨起。女採藥三山。配入丹鼎。命彭朝夕守之。彭日啟爐以覩火候。女嗔曰。狂郎情急矣。彭曰。餓者急於食。渴者急於飲。人情類如是耳。調笑間。而舟人蹤至。因父病。貽母馳書招之。彭念指日丹成。可以近麗人而登仙籍。見母手書。頗不懌。女促令暫歸省視。彭曰。死生有命。歸何益哉。且此間樂不思蜀矣。女勃然曰。有兒女情而無父子性。必非仙器。縱服頭丹。熟換骨亦無濟也。遂立毀其鑪。彭曰。即不敢妄覩香澤。還望度我一登仙闕。女怒目不語。一迴

顧。聞青衣媼化為綵鳳。女跨之而起。嘆曰。是兒全無心肝。大羅天豈無父之國哉。冉冉入雲而沒。花木廬舍。一時頓渺。舟人亦不見。彭懊恨久之。尋道而回。

繹曰。仙家夫婦。祇在神交。千古名言。可為蘭香萼綠輩解嘲矣。當闢仙班。必求孝子。則伯陽棄母。梅福絕親。盡謂妄人之附會也可。

埽帚村鈍秀才

定陶富室某。三代有善人之目。子年十四。欲延舉業師。選擇良苛。遷延未決。一夕。夢有人告之曰。汝欲延師。非吳郡埽帚村某秀才不可。醒而異之。求裝詣姑蘇。聞埽帚村在郡西僻壤。至則野曠人稀。無可問訊。忽一老翁曳杖而來。某趨叩之。翁笑曰。某秀才即是老朽。遂具述誠意。并欲隨至翁家。翁曰。蝸舍不足以容貴客。既承寵召。即此同行。某大喜。載與俱歸。命兒受業座下。翁督課嚴。夜以繼日。無間寒暑。所讀之文。成宏制藝外。皆翁平日窗課。以及歲科諸試作。弟子文戒不佳。自作一藝。令其誦法。是年遊於庠。復鈔昔年閒中諸落卷令之讀。凡一切時下清真雅正。登上選者。咸命規仿其製。春秋兩闈。連戰皆捷。某大喜。置酒為先生壽。且曰。先生出其餘緒。即令豎子成名。何乃自甘蟫伏。以青衿終老牖下。翁欷歔久之。某詰其故。翁曰。言之勿怪。僕非人。鬼也。少時不謹細行。有慙名教。以至困場屋五十餘年。未得一掇科第。而室人僕婢。謂僕文不合時宜。致遭擯黜。日以鈍秀才相誚。鬱鬱齎恨而終。今稔高門積福。故借德澤為文章吐氣。使知一生潦倒。非戰之罪。且令天下知拾巍科登高第者。在此不在彼也。言訖。撫膺一慟。倒地而沒。某駭嘆良久。感翁教子之德。重至其地。見老屋一椽。傍植左側。有老婦執炊爨下。詢之曰。此先夫也。亡三年矣。生時嗔以鈍秀才呼之。臨終謂我曰。予德薄不能置青雲。以博封誥。後當以文章貽汝福也。證記此言。勉延殘喘。某聞之。倍增慘悼。出千金卹其家。並極力營葬。而歸後子踽遊。得縣令。迎養老婦以終其歲。

繹曰。士先德行。次及文章。故春秋榜上。大半積福兒郎也。青年失德。白首除名。雖鬼恨傳燈。終富貴報。視方三拜之登科。又遜一籌矣。嗟夫。

三杖僕奴

元和令常公養蒙。安民重士。神於折獄。里中有惡奴與主婦通。而礙於其子。唆主婦以忤逆控縣。公廉得其實。拘叔氏舅氏一併聽鞫。至日喚惡奴上問。兩黨親族俱不列名。爾何抱主婦控。惡奴曰。小人蒙主人恩養。日望小主成家。不意下流自居。主母求之。反肆抵觸。赴愬兩黨親族。視同秦越。不得已。冒嫌抱控。公曰。忠心為主。勞怨不辭。汝可謂義僕矣。惡奴頓首曰。小人素有好人之目。里黨所共知也。公頷之。喚忤逆兒。年十四五。恂恂儒雅。詰其逆母之故

但流涕不言。公偽怒曰。不孝之罪。律有明條。三尺法何可輕宥。遂飛籤下。兒痛哭求與舅代。爲衰免。而惡奴面有喜色。公顧而笑曰。爾小主尚在童年。刑杖一下。立當斃命。汝素號好人。且受主人數年豢養。盍代杖。呼兩旁隸曳下重杖。曰代不孝者杖。勿從輕也。責至四十。血肉交飛。繼又罪其叔曰。爾與乃父爲同胞。而不能禁約其姪。至今以忤逆播聞。亦當受責。叔伏地乞恩。公笑曰。一客不煩二主。有好人在。爾勿畏也。又喚下代責二十。并喚舅氏上曰。母子之恩。本於天性。汝妹即欲控告。何難一言勸阻。迺袖手旁觀。釀成家變。本應重懲。爾罪但年老龍鍾。不堪受杖。奈何。因顧惡奴曰。本縣今日勉出大力。成全汝好人之名。又飛籤欲責。惡奴勢難再杖。叩頭乞免。公大笑曰。汝推主母爲情。亦當爲其兒稍効微勞也。卒杖之。復命舁重枷至。曰杖已代矣。枷又何辭。大書枷號好人一名。俟忤逆兒改過日釋放。惡奴杖痕已重。復荷重枷。不旬日竟死。闔邑稱快。服公之諭斷焉。

鐸曰。中篝之言。揭之實醜。借代杖以懲奸。亦折獄者之苦心也。譎而正。奇而法。可謂得律意矣。　宋代馭守令最寬。故呂公弼、張崇陽輩。往往片言齒劍。一錢殺人。從守令之權漸削。徒一年以上。必申請待報。惟枷杖得以專決。故情重法輕者。輒假其惡。公以枷杖代劍。可謂善伸其法者。然甯成東莅。延年屠伯。君子終防其漸也。

片言保赤

錢塘袁公簡齋。爲先大父同譜。由翰苑改授上元縣令。風骨錚然。不阿權勢。引經折獄。有儒吏風。時民間娶婦甫五月。誕一子。鄉黨姍笑之。某不能堪。以先孕後嫁。訟其婦翁。翁曰某訊於庭。兩造具備。觀者環若堵牆。公盛服而出。向某舉手賀。某色愧。俯伏座下。公曰。汝鄉愚。可謂得福而不知者矣。繼問其婦翁。汝曾識字否。對曰。未也。公笑曰。今日之訟。正坐兩家不讀書耳。自古白鹿投胎。鬼方穿脅。神仙荒誕。固不必言。而異氣之孕。逾期者移之胎。蚤降有速有遲。載於史冊。總之逾期者感氣之厚。生而主壽。蚤降者感氣之清。生而主貴。主壽者若兒年舜祚。爾等諒亦習聞。主貴者不必遠徵。即如僕亦五月而產。雖甚不才。猶得入書詞垣。出司民牧。謂予不信。令汝婦入問太夫人可也。某唯唯。即命婦抱兒入署。少選兒繫鈴懸鎖。花紅繡襁而出。婦伏拜地下。曰蒙太夫人優賞。許螟蛉作孫兒矣。公正色謂某曰。若兒即我兒。幸善視之。他日功名。勿使出我下可耳。繼又顧衆笑曰。爾衆中有明理之士。幸諒予心。勿以前言爲河漢也。衆齊聲附和。於是兩家之羞盡釋。後兒讀書食餼於庠。奉公長生祿位。朝夕供養焉。

鐸曰。含垢納汙之說。爲臨民者言。此印板律例。非讀書人不能解也。然捨身以保赤子。類非

守經者所能。公現不壞身。運廣長舌。向訟庭爲衆生說法耶。　黃蓋以武人而治石城。況鍾以小吏而治吳郡。後如馮堅、王興宗輩。或以典史。或以直廳。故王晉溪謂吏治之善。不必出於甲科。然遇此等公案。豈是無學人杜撰得來。蓋不熟胥庠之論。夫油路者必受飛哭。不讀周易之文。捉沐枕者終成寃獄。學優則仕。旨哉是言。

諂師

婁邵諱某。三十餘未擷一芹。就館西村。所得學俸。不能贍妻子。而從學者又棄儒而賈。歲暮捲帳歸。道遇一老翁。笑曰。先生散館矣。明年有所主否。諱應曰無。翁曰。僕有蔬荀。願明年延師訓課其子。如不棄嫌。僕請爲介紹。諱極意喜納。繼詢其居址。翁曰。至日僕自來。先生不必絮問。遂拱手散去。燈節後。老翁果至。陳朱提百兩爲贄。諱告別妻子。登舟而去。水程曲折。都非熟徑。約行三晝夜。翁曰。至矣。挽手登岸。至一處。高門華屋。旁通一徑。花木參差。中有屋數椽。翁曰。此書室也。請先生少坐。入內引弟子出拜。瑤環繡服。頗貴介子弟。翁曰。主人偶出未及倒屣。改日請見可也。翁出書請諱句讀。視之。三國演義一部。水滸傳十數本。無五經及四子等書。諱與之。翁曰。若曹無志功名。但得識數行字。稍習世事足矣。先生勿訝怪。諱遂安之。翁亦別去。居半載。飲食供奉。備極豐腆。一日傳言主人歸。大設華筵。請先生觀劇。諱至。主人雉冠甲服。肅迎而入。四座賓客。皆戎服臨筵。諱心驚股栗。進退失措。主人笑曰。先生勿驚。僕江湖豪客也。因我輩中恃強劫殺。罔顧仁義。故令小兒受業。俾以稍知大體。今幸不棄。甚惠後學。特治卮酒。聊明忠敬。言畢。梨園以劇本呈點。諱未識樂部名色。姑點白羅衫全本。演未及半。主人色變而起。急命撤筵。曰僕未嘗開罪先生。何揶揄若此。雖然。亦天命也。遂具朱緘數端。黃金十鋌。命其子星夜送歸。翊日捕盜師卒至。一門拷訊。其子竄伏諱家。僅而得免。諱成其意。撫弟子成立。翁亦時來周卹之。

鐸曰。盜亦有道。非讀書人不能顧。不謂待先生忠且敬者。轉出自盜。宜天之不忍斬其嗣也。今紈袴子弟。奢婬賭博。雖千金不惜。而獨至西賓脩脯。錙銖必較。曾盜之不如。

鬼偕

扶風邱淑。字令儀。幼失怙。母夫人束子嚴。偶碎其帶上玉佩。懼而亡去。夜竄山谷中。月色迷濛。荊榛荅棘。無可投宿。遙望百步外。似有村落。至則板屋竹籬。銅環雙閟。叩之。雙扉頓啟。一老翁出問曰。昏夜剝啄。客何爲者。邱以情告。遂相邀入內。坐叩氏族。邱具對。翁憮然曰。是吾壻也。邱曰。生平不省拜侍。未識於何親屬。翁曰。僕延陵舊族。與汝父爲總角交。幼以息女許奉箕帚。自汝父棄世。竟停此議。以至息女齎恨。至今未字。言之使人切齒。邱茫然莫對。忽一

老婦出曰答在親庭于渠何害苟吝意不忍尚可釋歸成好翁色稍霽注目視邱邱曰先人果有成議兒何敢違逖大喜立擁女出見明眸皓齒妍麗無匹即令與邱交拜導入內寢枕席之間邱詢其顛末女曰歸問親慣當自知之諒非妄意相纍炫玉以求售也邱遂不言天未及晚女促生歸邱曰新婚正燕何忍遽離女泣曰妾自見棄君門分以女兒身終老今所以含垢為歡者誠欲借一宵嘉禮正名定分使異日骸骨依君先人壠墓耳實不能終事也妾有玉珮一枚持獻堂堂以作明信邱視之與所碎者無異製正依戀間聞岳父母俟送於門握手垂涕而別其微晨色中翁導以歸路及家母夫人詞責交至邱以玉珮呈獻並述所遇母審視再四曰是矣汝父在日曾見吳家女甫九齡面目甚韶秀將聘作汝婦戲解玉佩繫之繼值汝父喪悤悤不復記憶後聞其女卒父母痛悼相繼而歿今埋骨多年何得復成嘉禮邱愕然翊日尋至其處見破屋半楹停棺三口拜莫痛哭而返後邱以進士官部曹移女柩攢於先隴並昇岳父母柩營兆以葬娶吉氏女頗賢德所得封誥亦讓諸嫡室以嘉其志

釋曰然女不更二夫雖死猶遂其志使婦之賢亦貞魂有以感之也不然敵劍之求且招其忌能以封誥相讓哉

書神作祟

金陵鈔庫街某氏子世業儒因讀書不能致富棄而為賈僑寓肆中聞床頭嘆息聲吒之始止詰復每夜必聞某亦置之一夕有方巾朱履者自床後徐步而出狀甚威嚴似不樂某問為誰應曰予書神也自流寓汝家汝祖爾父頗加青睞不意留傳至汝困於舊好竟爾見絕獨幸兩無離徒乃今為錢奴束縛使予蠹氣不揚若不早脫牢縷則銅臭逼人斯文淪喪禍將及汝莫悔莫悔言畢而逝某急起秉燭四照見有破書數卷以錢串細縛棄置床頭蓋十數年矣某恨是書為祟取火焚之一時灰飛燄起延燒屋舍室中物靡有孑遺後竟以貧死

釋曰讀書不能致富此言是矣試問不讀書人何獨能富耶然以求富之念讀書吾知其非讀書人　我輩讀聖賢書所學何事逼以富貴利達橫亙於中稍不得志輒歸咎於書試請披卸書本舉首向何處覓生活哉嘗作沁園春詞六闋曰甲子仲秋惟吾與書盟於斗室願既盟之後書歸於好自今伊始幸勿相忘出則隨車歸則並几夜大晨雞總備嘗吾憐汝把牙籤笑插玳瑁妝裝誰知爾本無良枉賺盡英雄兩鬢蒼嗟臣飢欲死千鍾其咸立錐無地金屋何方我自憐卿卿負我拔劍相看也不妨言未畢早書憤而遁潛出門牆學書不成將為學子不知老農有草廬半畝橫塘之曲石田一頃折水之東推篷鴻去逆頭窮子夏

倚行荷鋤從桃源境看桑麻雞犬樂也融融悲哉吾道終窮似稼圃樊遲莠未工柱操豚以祝學齊東語擅笛而槁與宋人同門有催科飯無儲粟廡下投人作倩傭歸耕梅梅從來耕也餒在其中古語有之多錢善賈吾何不然看鮮衣怒馬小兒宿衛貔貅中饋郎家擬通侯園連沁水百尺珊瑚碎綺筵掀焰底有奇書句枚訟帖事固吾儕貧也由天料此輩何曾值一錢況癡兒和嶠本無此癖家兄孔老素乏其緣安用牙籤等諸居狗富可求敝塊執鞭君休矣道聖門尚有貨殖偏傳屠肩弊書封振居賢亦豪矣哉想受降城外滿漾雁磧航千山峰月照龍堆投筆官中奈蟾關下如此書生未易才談笑處看樓蘭斬頭奏捷平臺一朝藉府缺猜使縛下都船大可哀嗟高牙大纛青霞氣象明珠薏苡以累獄冤埋大樹飄零藍田呵罵兒脫東門歸去來從頭算其何如罷旅未學為佳然則奈何吾當相從赤松子遊正貌姑仙子導予翠節金門講史堂我霸虬笑酌流霞醉眠芳草眼看蓬萊弱水流從今後把丹經妙訣鑿劉浮邱茂陵風雨堪愁伴寂寞緱山君樹秋嗟真滄有著臺公桂父想當然耳方丈瀛洲壯不如人老之將至自歎多緣樂石謀身不見是文成伍馬徐市扁舟書汝來前與子別後孟浪無聊倚家君見省仍開舊閣謂予不信再訂新交苟蹈前愆有如皦日從此相攜臥草堂書大笑遁君言過矣聽我為兒相糊努力窮霄奚一任青燈篤臥臺倚金門挾策陪君拾芥長揚獻賦伴僊頭巔橋歸以銀泥封予全圖報德人生第一條予再拜懇延請上座謹佩瓊瑤

病鬼延醫

曹州計伏蒼本牛醫有富翁某病喘諸醫罔效計以治牛之法治之輒驗遂自負名醫行青衢於齊魯間一日晝寢有僕持帖來邀計不問為誰令僕導去至一室上見面黃骨立者數十輩環來診脈計熟視之皆平昔所不治者愕然曰此冥府耶眾曰然計曰若是則請我何意眾曰先生醫我未還望醫我去計不獲已勉寫一方眾睨視良久曰一劑恐不能致屈先生留兩三月去計涕泣求歸眾怒曰此地既不可居曷為送我輩來此群起搤之計亦驚醒覺左頰微痛驗之有指爪痕

釋曰以治牛之法而施諸有牛性者宜奇功可立奏也執是術以往哀哉眾生盡設於牛刀下矣

諧鐸卷十二

吳門沈起鳳桐威氏著

南部

吳中樂部，色藝兼優者，若肥張瘦許，豔絕當時。後起之秀，目不見前輩典型，扶其片長，亦足傾動四座。如金德輝之春夢，孫柏齡之別祠，髯郭江采蘋樓東獨步，冷淡處別饒一種哀豔。朱晚春之咲月，馬奇玉之題曲，正如孟德曜裌衣椎髻，不失大家風範。張蹦芳之思凡，曹遠亭之佳期，又似孫荊玉舉止放誕，而反樸貽地，要是天然態度。王阿長之埋玉，周二官之驚槍，如徐月華臨青陽門彈箜篌，一時聲情俱裂。戲雲從之偷碁，沈天瑞之盜令，未免稍缺範圍，却似趙飛燕跋扈昭陽，而掌中一舞，頗能寵易耳目。至如張修來思春一齣，雖秋娘老去，猶似十三四女郎，堂上簸錢光景。一片歌場，得此數人提倡，稍可維持菊部。自西蜀韋三兒來吳，淫聲妖態，闌入歌臺，亂彈部靡然效之，而崑班子弟，亦有倍師而學者，以至漸染骨髓，幾如康崑崙學琵琶，本領既雜，兼帶邪聲，必十年不近樂器，然後可教。因咲文人信道不篤，背正學而入歧趨，雖復邀譽目前，亦見笑而自點耳。覩於樂部，能無爽然。

鐸曰：以文為戲，即以戲論文。歌柳郎中曉風殘月，甯效蘇學士銅琵琶鐵綽板，唱大江東去。

北里

沙河站至平原二十里鋪，土倡流寓者，動以千計。予客鄭州時，曾作北地臙脂譜，序中有白茅蓋屋，曾無燕子之樓；黃土為牀，絕少芙蓉之帳。洗凝半勺，馬長卿消渴之茶；鬼大一屋，宋子京高燒之燭等句，蓋醜詆之，以為狎遊者戒也。偶於商家林見旅店壁上有贈妓地棠兒一詩曰：芳名本許近花叢，家住遂塘東復東。應是前身鄭家婢，至今猶自舞泥中。贈妓黑了筆一詩曰：幾度臨成照墨池，烏衣巷口弄嬌姿。梨花深處渾難覓，立到黃昏月上時。詩筆婉麗，惜所贈非其人耳。後來都中，述諸金進士梅全。笑曰：何地無才，君勿下眼相覷。記在北留智廟，見里中有高蘭玉者，姿貌端秀，能誦崔國輔小詩，吐氣如蘭，居然有劉采春季蘭一輩風度。予缺其說，詢南時便道過訪，已為大腹賈以千金購去。其妹繡貞出留別詩示予，曰：簾衷餘光為上明，玉釵倒插且長征。砑羅裙畔秦箏曲，變作關山笛裏聲。因喟然曰：傾國佳人，本生北地，自與粗釵堅粉為伍，幾至湮沒不彰，則燕家餅肆，狗屠釣客中，抱才未遇者，不知凡幾也。書此，非為煙花生色，亦俾求才者不拘於俗云爾。

鐸曰：苧羅風水，代產佳人。然使先到東家，則浣紗溪上，斷不載西子歸也。因知物以類聚之說，埋沒風塵中，幾多奇士。牛醫馬磨，溷跡名流，愛才如我輩，而猶出大腹賈下哉，亦可愧矣。

貧兒學諂

嘉靖間，冢宰嚴公，權作威福。夜坐內廳，假兒義子，紛來投謁。公命之入，俱膝行而進。進則崩角在地，甘言諛詞，爭妍獻媚。公恚自侍曰：某侍郎缺，某補之；某給諫缺，某補之。衆又叩首謝起，則左趨右承，千態並作。少間，屋瓦簌簌有聲，羣喧逐之。一人失足墮地，燭之，鶉衣百結，鵠立無語。公疑是賊，命執付有司。其人跪而前曰：小人非賊，乃乞耳。公曰：汝既為乞，何得來此？乞曰：小人有隱衷，倘公見宥，願棄白一言而死。公許自陳，曰：小人張祿，鄭州人，同為乞者，名錢充子。春間，商賈雲集，錢充所到，人輒卹以錢。來小人雖有所得，終不及錢。問其故，錢曰：我叢為乞，有媚骨，有佞舌。汝不中窾要，所得能望我耶？求指授，錢堅不許。因思相公門下，乞媚昏夜者，其媚骨佞舌，當什倍於錢，是以涉遠而來，伏而聽，隙而窺者，已三月矣。今揣摩粗就，不幸蹤跡敗露，願假鴻恩，及於覺典。公愕然，繼而顧衆笑曰：乞亦有道，汝等媚骨佞舌，真若輩之師也。衆唯唯。因宥其罪，命衆引乞去，朝夕輪授，不瀹年，學成而歸。由是張祿之乞，高出錢充子上云。

鐸曰：張祿師嚴家宰門下，若嚴家宰門下又何師？曰：師嚴家宰。前明一部百官公卿表，即乞兒淵源錄也。異哉張祿，乃又衍一支。

才士態驕

中翰童君引年，予同年友也。一日過書齋，笑曰：英雄欺人，名流結習，而有時適以自悔。詢之，曰：昨遊吳山，遇雨，投宿村農家。老者出一扇索書心經，予率意塗抹，筆牀茶竈字樣，書題字。孔雀兩字，顛倒錯寫。度鄉愚不暗文義，未即改正，詭託同年黃殿撰名歸之。老者執扇視，笑曰：老拙向以酒籤二字未有確對，今扇頭茶竈兩字，豈非天造地設？又審視久之，曰：村愚幼失讀書，未知雀孔是何物，想即庾倉勞伯之類耶？繼又肅然致敬曰：中翰才名，足冠宇宙，何必假名殿撰？必欲書渠姓氏，稱呼尚煩斟酌，彼實愚老之門下士也。聞其言，顏汗如雨，叩其姓氏里居，始知老者為浙中名進士，僑寓於吳十年矣。予聽之，亦為愕然。記此為才人輕薄者戒。

鐸曰：天下有可輕之人哉？童君輕老者，而老者之輕童君猶甚。彼惟名進士，故結習沈錮如是，兩可為戒也。

卜將軍廟籤

玉峯卜將軍廟，香火最盛。予九歲，應童子試，年十四，尚不能擬一篇。奉先君命，禱於座下，得一籤曰：幾番愁悶控無門，諸事求難總不論。直待中秋見明月，方教還汝舊乾坤。功名下註一行云□木姓名如汲引一生平步上雲梯先君曰味此籤意今番又不諧矣時督學爲貴巷劉公以予首藝中用離騷僻句取而復棄先君曰此諸事非離之驗也汝欲入泮必俟秋期開考後李公因培督學江蘇試期三月中旬先君憂之蠡場中命題乃觀於海者難爲水至流水之爲物也中適有明月兩字遂蒙識拔而入學名次又與先君相合所謂見明月而還汝舊乾坤者其在斯乎戊子鄉闈典試爲王公際華國公柱予文定作經魁因吏治策中語涉激烈王公恐碍磨勘國公力爭抑置三十一名中式先君曰□木姓名之說今盡驗矣蓋李公木姓□名國公□姓木名也嗣後應禮部試屢薦不售主試者絕無□木姓名而薦卷房師如柯公瑾觀公保李公中簡皆確然可證者今予年逾四十不復扶策金門縱主試者若合符節予亦無登龍之望此非文章負我實我之有負卜將軍也息壤難忘壯心易盡儋才來路如此而已悲哉

鐸曰予在婺源時奉文赴江甯書局路過胡公廟掣得一籤末有一番好事落揚州之句予謂所問非所對大笑置之甫至金陵而與臺全公聘書至制軍妻赴揚州諸供奉新樂府始信神明無戲言也顧蓍鏡無徵緣衣斷識想狂生命蹇不屑姑妄言之耳

況太守祠贋夢

吳江監生某將赴北闈偕友人數輩祈夢於況太守祠竟夜輾側不能成寐明日衆友各述其夢或休或咎互相揣度某故作大言曰予昨夜夢到此堂況太守離席揖予上坐且打恭屈膝奉予若上司狀予遜謝不敢太守曰大人他日仕至督撫位當出我上勿得固謙命從人易冠帶座上印箱令箭森然排列予意頗不安離坐下階太守三揖而送出門錯步蹈然驚醒不知是何吉兆衆舉手稱賀曰君後日富貴無量今科高掇特發軔耳某曰予他日果符所夢君等願躡風塵當一一提挈之衆拱手稱謝亡何入都應試頭場被帖喪氣欲歸而囊中資斧已罄京都爲人才淵藪監生又不能謀館餬口無資去留兩拙幸幼時好唱時曲不得已投聚慶部作生腳一日演戲至十五貫見都一齣某冠帶上坐印箭排列座隅而外扮況太守入見打恭屈膝一如前日詭託之夢境不覺撫掌大哭座上客疑其發狂名詢其故具以實告始知某亦江南舊族赴試而不第者予叔朗峯太史卹以車馬之費遣之回蘇

鐸曰周人占夢之書燬於秦火嗣後郭喬卿周宣輩各憑臆見爲斷河魁之夢著於宋史墮牀之夢載在唐書田內亡禾蔡司徒夢凶反吉座中照鏡崔令公夢吉遭凶他如杏嶺夢蝶張瞎夢白李迪夢指郭俊夢屐散見諸家雜說者無不各有奇徵然天下古今做夢者不知凡幾何獨傳此數人之夢可知其餘皆不驗耳而此生詭託之夢反毫釐不爽若是蓋曰吉凶悔吝生乎動始心爲先兆非夢能入幻數

怕婆縣令

縣令某性猥鄙莅任十二年絕無政績惟逢迎上憲爲得計有同鄉某公作巡撫某拔謁稟見時同僚具在某即於儀門唱名膝行至堂上叩頭以千百計額上磊塊墳起若巨卵叩罷袖中出金珠滿置座下又匍伏不起公有怒色某仰首欲白曰大人是卑職老子卑職是大人兒子不到處訓誨可也公愈怒曰汝欺我太甚以金珠擲地下叱之去同僚代爲解免公曰汝等不知彼非趨奉直姍笑我耳衆殊不解公曰我與彼爲同鄉素患其懼內之癖每蚤起即具冠服於寢門外叩首問安盥沐既畢膝行趨伏於匲次據地叩頭以百數聲如響柝隨出金珠等物獻作簪珥稍有不懌雙手捧裝杖以進口呼求夫人訓誨叱之始戰栗而出適見某兖乎相似是直以細君戲我矣豈不令人髮指衆皆色變公笑曰汝等想亦有是癖耶自今以後盡肅夫綱無速官謗逢迎之術適足以取辱耳衆唯唯而退

鐸曰帷薄章程乃借公堂爲操演無怪求榮反辱也昔桓範向妻作三公跽而不爲呂公屈膝人謂其有傲骨吾謂其有恥心

搗鬼夫人

蘭溪蕭生年十七娶妻邢氏美而才日坐閨中畫眉約鬢遂廢讀一日見鏡旁置小紗廚一具中有垂髫女郎明眸秀靨婉麗無偶生問所自來邢笑曰是儂以十斛珠爲君聘得者生亦戲曰家卿雅意當遣向案頭伴硯何使禁錮香匲曰看卿安黃帖翠耶邢笑命侍兒移入書室一夕督令夜讀生勉入書帷挑燈執卷即以紗廚女郎置案頭曰夜漏苦長勞卿伴讀倘阿嬌下降當私以金屋貯之轉盼間女郎自屏後出笑曰書生太癡情甫執卷便作風流想矣生迎視之與紗廚中女郎無二因笑曰崔徽果奔降耶急前抑抱女郎面發頳拒之曰君勿騷作此態妾秘府侍書君前身亦修文郎上帝恐君溺情閨閫拋擲功名故令妾乘夜而來督君清課生曰功名我所自有但得一親香澤即當努力青雲以酬盛德女郎曰急色兒將使溫柔鄉記盼帳耶妾與君約自今伊始但得一步進即圖一宵樂否則頓言總無益也生猶欲強合忽窗下有咳聲女郎從屏後遁去生自此下帷苦讀是年入邑庠夜果見女郎來笑曰燦花妙手今小試矣生喜遂與歡狎并問後期女郎曰俟秋風報捷再當與君覩戲綠紅文也有志者勉爲之生益發憤是秋竟領鄉薦女郎復來歡聚曰自與君春風一度癸水不復來倘旦晚臨蓐安得復歸仙島君如杏林得意妾當日夜侍巾櫛矣生大喜發益研讀明年復捷南宮殿試後官中翰給假南歸甫入門邢氏迎於堂上花紅繡襟懷中蹦一

嬰孩生。胡為誰。邢笑曰。是即修文郎妙令嗣也。復喚一女郎出。曰。君識侍秘府侍書否。生愕然問故。邢笑而不言。女郎以實告。蓋邢氏恐生廢學。千金購一麗媛。證詭計以勉之。其風流詞令。皆閨中口授也。生感邢玉成之德。仍移紗廚女郎置鏡旁。曰。以志吾過。且旌善人

鐸曰。草種宜男。花攀及第。非閨中建瓌妙計。恐終作彈琴看鶴影人耳。何物癡兒有此奇福。

呂仙寶筏

山陽曹某有文名。而性氣殊傲。赴試金陵。僑寓呂祖祠。早起讀書。先以瓣香與呂祖前。告曰。弟子滿肯。湖居仙廟。旦晚誦聲聒耳。幸勿罪。一夕倦伏几上。見一道者至。曰。秀才太攻苦。利市謝矜。今番拋卻矣。曹肅之坐。道者議論風生。五經史漢。傾如瓶注。曹異之。道者曰。野人操舉業時。亦曾下帷讀書。顛成進士。今棄卻。追憶夜分執卷。風冷裂袍。燈昏腦枯。恍忽如昨夢。曹稔其先達。出窗課就正之。道者甫閱兩行。即捨去。曹曰。僕文污尊目耶。笑應曰。正惟不能污目。是以不欲觀耳。君文氣息逼似兩京。次者亦韓潮蘇海。若以此獵取功名。譬倚軌而輿夏鼎商彝諸五都之肆。非弗寶貴。而無如識者希也。因袖中出一冊。曰。此科名寶筏。嚴誦諸。曹急取以觀。皆平昔所唾棄。而不為者。因憤然曰。吾儕作文不壽世。亦當名世。以此芥拾科第。寧踏東海死耳。僕何能從命。道者曰。嘻。子有傲骨。不拔則不可救。急掣劍砍其腦。有一骨拔之而去。曹痛甚。跲焉而醒。見案上遺一冊。姑置之。明日起。閱舊稿。都不快意。取案上冊誦之大喜。朝夕揣摩。欣欣得計。縋而入闈。所作文皆規撫其製。榜發擒高魁。一夕夢道者復來。以骨納腦後而去。及醒。視其鄉墨。面發赬。背流汗如雨下。仍取古文研究之。後竟以孝廉終。

鐸曰。劉賁下第。豎子成名。幾許康了秀才。動以此訾議當局。必使躬自蹈之。以關其口。而奪之氣。傲骨一拔。勝於拔舌矣。

大士慈航

祁邑謝茂才之姊。少寡。矢栢舟節。斷葷茹素。日禮大士像。有漁婦入門。坐談半晌。忽遺魚籃而去。戊申五月七日。蛟水驟發。萬家傾覆。女自度無生理。忽見魚籃大數十圍。疾登之。隨波飄泊。奄至一處。紫竹環林。香花繚徑。女極力登岸。迴顧魚籃。頓小如故。因攜籃而入。見大士纓絡垂珠。趺坐蓮座。曰。汝來乎。吾以汝青年苦志。恐罹大劫。故以慈航度汝。女伏地謝。旋命龍女以楊枝水灌其體。取座下紅花翠葉。剪衣裙以賜。導至一殿。左右分兩院。東曰節孝西曰賢才。女先入賢才院。見有椎髻者曰孟光。攤書者曰班昭。攜籃者曰冀缺婦。短布裳提甕者曰鮑宣妻桓氏。有一婦吟詩不輟。見女來。闔卷笑迎。叙談家世。則道韞也。繼入節孝院持節者曰貞姜。劓鼻者曰梁節婦。抗歌者曰陶嬰。毀面者曰懷清巴氏。有髫而未笄者有緹縈。

曹娥輩也。女嗟歎間。龍女曰。菩薩現女人身說法。首重節孝。次及賢才。日以慈悲寶筏渡人苦海。汝得來此。節孝院又增一席矣。重引至蓮座。大士署名寶帙。令掌魚籃。次龍女位下。時蛟水漸退。謝生求姊屍不獲。招魂入棺。葬甘露菴北阡。一夕見姊雲裳霞珮。攜魚籃而來。曰。我蒙大士救拔。已登寶籙。因汝垂念。故一來家。問姊有所屬否。曰。我無他屬。士子守身。一如婦人守節。立志不堅。稍一蹉跌。墮入墨池。西江水不能滌也。慎之慎之。言畢。飄然而逝。

鐸曰。修士讀聖賢書。求身圭璧。卒至勞筋骨。餓肌膚。蝮伏牖下而死。以視茹荼餐蘖者。其苦有以異哉。安得菩薩示西來相以度之。

姊氏夙耽淨業。生不逢辰。當年少而遽失所天。奉姑命而暫遁入地。當鯨魚跋浪之會。遂精衛填海之心。埋骨無期。積怨成恨。生天有路。破涕為歡。現一朝不壞之身。從此皈依佛座。垂千古闡幽之筆。何時報德師門。敬誦瑤編。永鐫心版。受業謝光鳴謹誌。

金垣真像

揚州陳廣菴素滑稽。于客鹺政。全公暮陳日來談謔。一日謂予曰。吾郡有邗溝大王。財神也。元旦解天餉赴盛京。路逢窮神。要之。欲貸銀三萬。大王曰。天餉有正額。何得貸汝。窮神固索不得。已。出懷中小金錠予之。窮神怒。赴愬於文明教主。即後西遊所稱麒麟精是也。時教主坐文壇。演筆陣。聞窮神語。大怒。帥文壇健將排筆陣以圍之。大王拔劍敵。然筆鋒所到輒披靡。大王懼。赴金垣求援於文昌福曜帝君。帝君出見曰。與君素昧平生。何得來此。大王告以故。帝君曰。君等恃財傲物。自應罹此禍。然以筆尖横行天下。亦非吾教之福。命朱衣人召魁星。魁星至。面白皙。文弱如處子。帝君備述其事。命收之。魁星曰。面目不足以驚眾。奈何。帝君沈思良久。朱衣進曰。乞帝君賜以鐵臉面皮一變。則諸事可為矣。帝君笑諾之。又授以金斗。令同大王去。至則文明教主方揮筆如椽。自謂千人軍可以横掃。魁星擲以金斗。毫弱頓不能支。棄筆而遁。魁星收其筆。並獲得窮神所貸金錠。別大王。奏凱而歸。帝君即以筆與錠賜之。今其世掌金斗。故至今傳魁星像。藍面獰獰。右手持筆。左手持錠。而旁豎一金斗云。

鐸曰。此弄筆狂生腦後鉞也。視為談天炙輠則過矣。

天府賢書

張靈字湘人。年十八。歸予甫結褵。以金釵作贄。奉予為閨塾師。請閨約度北曲一套。野令施家泉裁入詞壇叢話。初學詩。古體不甚作。七言辦香浣花。五言逼似王孟。予春江晚發。贈詩曰。吹笛向江樓。春風起暮愁。何人折楊柳。江水自孤舟。海俗無青眼。高堂有白頭。臨行重悵望。空作稻粱謀。舊稿散失。不甚記憶。猶記其五言詩中。有花落已如此。春風猶未歸。貞娘墓

七言詩中有三尺鴛鴦空有冢千秋雲雨本無臺之句蓋陸卿子之流也予詩文之暇好作傳奇嬉笑怒罵殊傷忠厚嘗勸止焉一日晝眠推枕而起曰怪哉夢也予詢之曰適至一處彷彿世所傳森羅殿者旁一暗室榜曰泥犂獄見荷枷帶鎖者分蹲兩廊下雖鵠形鳩面而盡帶秀色左曰文字祟鬼犯四名感甄賦曹植好色賦宋玉美人賦司馬相如會真記元稹右曰詞曲祟鬼犯四名玉簪香溫庭筠江南柳歐陽修綵綸袍張伯起牡丹亭湯顯祖亡何兩廊聚語已而嘆曰我輩生前幸不篤鈍持三寸管左塗右抹不意獲罪至此一人曰自古懸業文人必生天上如李昌谷名賦玉樓蘇子瞻校書玉局獨我輩流墮地獄何幸不幸若是懸殊也言未竟一醜形王者悉案決事才數語即瞋喝命押赴犂舌獄忽一袍笏人躋踖至從人盡捧冠服醜形王者離座俯伏密語畢曰吾三閭大夫屈原也美人香草皆忠臣孝子之寓言宋廣平心如鐵石曾賦梅花韓潮州諫迎佛骨風力錚然而銀燭未銷金釵欲醉兩言詞壇膾炙即范文正先憂後樂而碧雲天一闋亦有酒入愁腸化作相思淚之句何得拘文牽義羅織風雅今奉玉帝勅名彼盡為香案掌書命從人脫枷鎖易以冠服鼓樂引去是時予立廊下始而懼繼而喜不覺豁然驚寤予笑曰卿勿言予半生福澤被輕薄業折盡矣前所見是汝之譎諫後所見是汝之解嘲也湘人乃大笑

鐸曰泥犂獄中果有此輩人物則風波亭畔插標高賣者皆乘花妙舌也自難自解忽譎忽莊秀鐵面綺語可人鳩羅什辨才教世盡於此矣

清代筆記叢刊

二

齊魯書社

堅瓠集

褚人穫著

上海文明書局印行

堅瓠集總序

余自辛未歲歸里，留寓海涌峯，岑寂無聊。㝷褚先生稼軒，攜屐過訪，相見恨晚。余亦時往過從。稼軒意氣豪邁，跌蕩聲酒，謝安石之絲竹，孔文舉之壺觴，致足樂也。年少時與諸名士較勝文壇，譽日益起。既乃有子雲之悔，益肆志於前代之載、二酉四庫之藏，靡不博覽而究心焉。發為詩古文辭，類足以度越流俗，追復正始。而閒以其暇，搜錄秦漢以迄故明歷代軼事，并訪諸故老之舊聞，摘其佚事佳話之尤者，次為一編，命之曰《堅瓠集》。余伏而讀之，恍乎見所未見，又別有意致可風。不獨以蹟隱見奇也。昔龍門氏博綜載籍，又窮極河嶽之觀，發揮制作，成諸史之冠；劉宋臨川王義慶採輯典午一代微言，旁及漢魏談論，雋永可味者，集為《世說》。今稼軒所著，其信古傳述之功，則龍門也；而詞旨雅馴，成一家言，則兼有臨川之長矣。因稼軒之持以示余，而并以序屬之余也，為聊綴數語如此。

康熙乙亥歲首夏望後十日，年家同學弟孫致彌松坪漫題

堅瓠首集序

語云中流失船一瓠千金夫瓠腰舟也佩服之以濟川涉險保無顛覆沒溺之患世界有四大地水火風水居其一瀸涌昭化厚氣感澤其爲德甚大然而至變亦莫水若發源崑崙分游九流趨爲四海支派百川一有壅滯因而潰決則驚波沸厲望沫揚舲嶽立雷駭泛溢昏墊害被無極自古及今其能往返游泳於中無入而不自得者雖三代聖人指亦不多屈也上溯堯讓舜禪而後老子出函谷泰伯逃荆蠻列冠御風漆園逍遥迦葉拈花達摩折葦呂祖朗吟而飛長房挈壺而隱范少伯之五湖張子房從赤松是皆挾腰舟以行其道者至若尼山宣聖仕止久速惟其時進退存亡不失正欲居夸思浮海臨川歎逝不膠不汨獨得佩瓠之義流行化導於千秋萬世者也稼軒褚先生鈎索古今諸說部不下千百家心織筆耕積歲書成名以堅瓠旨深哉其表綱常節義道德理學則須彌香水洪波巨濤中流砥柱也若探奇誌怪抉異闡幽則瞿塘灧澦噴瀑懸崖也其花間綺麗睍睆關情又如錦江風暖洛水波恬也以詼諧醒世熱喝冷呼是嚴灘呂梁迅流激盪雲洩雷洊也至於巴歈里諺樵唱漁謳兼收並採豈河海不擇細流耶余將拍浮其中然蝘飲蠡測徒興望洋之歎猛思世浮世也人浮人也少陵云乾坤日夜浮不浮何以旋轉流動運行不息乎因閱廣輿圖益信斯言之不謬天河之水從星宿海出海形如瓠固知天地亦佩服此堅瓠得以萬古常存而不敝何況行生其閒者哉瓠之爲用大矣廣矣請以是質正於稼翁翁曰子説得吾髓當弁之卷首通家小弟李炳暉菴氏撰

堅瓠首集卷之一目錄

燈謎詩　琉璃河館壁詩
漁父圖　鸜鵒妃
嘲黑枝　烏江廟
十八學士圖　題昭君圖
長安兩令錄料　咏手
廣文譴詞　棋落水
月洲善詩　藥名詩詞
秦李兩廻披　明世宗
金陵女子　遺溺
十二事詩　染指尖
拜年　千秋
鬬百草　踢毬
李後主書扇　牽郎郎
揚威侯勅　釋老侮孔子圖
菊花詩　僧衣
讖呂文煥　廿四詞
鸛橋仙　武陵難女
阮石詠妓　水晶宫
吳門風俗　平江妓
重九詞　尹巽謠
洗兒詩　吳履齋詞
雞鳴詩　賈秋壑詩
白紙詩　蘆花被
菊枕　紙帳
枕易　元遺山林
誑言　嘲老人娶少婦
七件俱無　風花雪月

賀生第三子詞　賀生第四子
髭角索韻　纖手
美人足　曹西士詞

堅瓠首集卷之一

清　長洲石農褚人穫學稼纂輯

燈謎詩

遂安毛鶴舫先生（際可）賦燈謎詩十二首每首隱四人俱在一部書内經生共讀者清奇晉人便㸔漢主取當老參禪留作韻事識附釋於下未識然否聖瑞圖云美玉無瑕辨瑞同（白圭）岐豐佳氣慶雲中（周霄）從天産下麟兹長（龍子）兩道祥光一色紅（丹朱）太平樂云虎旅歸來已罷兵（畢戰）閒汎無某任遨征（許行）九重天子稱仁聖（王良）異獸趨朝負筆行（象）王會圖云節屆陽和萬彙綵（景春）降藩歸化效前驅（王順北）門鎖鑰推良佐（司城貞子）絕域從今按版圖（務侈）朔一家低碁云滿院碁聲碁氣收（奕秋）乃翁局敗少機謀（公輸子）君家手父還猶豫（子叔疑）為語兒童且退休（子夾）金蘭會云綵柳陰中點絳紅（楊朱）良材勝任棟方隆（杞梁）少年意氣真堪託（季任）一諾何妨縞紵通（燕友）高隱云垂楊枝上漏春光（泄柳）歸去來辭獨擅長（晉丈）聖主南山容霧隱（王豹）素絲白馬為誰忙（邵忙）家慶云舊識傳家有雋才（陳良）長男濟困散家財（孟施舍）史傳遙暮添丁好（晏子）疑是錢鏗改姓來（彭更）宮詞云春日閒花花解語（桃應）良緣欲就轉橫波（咸丘蒙）東鄰相對憐嬌小（西子）爭比椒房絶艷何（宮之奇）山行云岧嶤西岳接西京（華周）天際賓鴻物外清（飛廉）共道路遙頻顧僕（百里奚）年年負荷歎勞生（戴不勝）朝村學究云身長九尺皓鬚眉（高叟）俯首常如持滿時（戴盈之）村塾全然無約束（[illegible]任）兒携幼浴清池（孺子濯）宮怨云夜永難鳴漏未收（景丑）官家沉醉百無憂（王驩）蛾眉一色誰相讓（顏般）南院光輝相對幽（北宮黝）老農云中男驅犢出前村（牧仲）須避南山百獸尊（陽虎）更與諸兒相共語（告子）年來幽落復生根（易牙）

琉璃河館壁詩

順治初有長沙女子王素音題良鄉琉璃河館壁詩并序妾生長江南摧頹冀北對狼當道强從氈帳偷生鳥鼠同居何曾將軍負腹悲難自遣事已如斯因夜夢之迷離寄朝吟之哀怨嗟乎高樓墜紅粉固自嘶石崇院内之姝匕首耀青霜當誓作几术帳中之婢天下好事君子其有見而憐予乎許虞侯可作沙吒利終須斷頭陷胸崑崙客重生紅綃妓不難御垣破壁是所願也敢薄世上少奇男竊望圖之應有俠心憐弱質愁中得夢失長途女伴相攜聽鵾鵾郤是戰聲吹去角醒來依舊酒家胡○朝來馬上淚沾巾薄命輕如一縷塵青塚莫生珠城恨明妃猶是為和親○多慧

多魂欲問天。此身已判入黃泉。可憐魂魄無歸處。應向枝頭化杜鵑。和者甚眾。蒼書叔父次韻哀之云。楚山行盡總征途。誰向黃陵唱鷓鴣。烟火不禁愁日暮。江鄉還憶煮雕胡。（一）紅淚模糊白練巾。封侯夫壻滿頭塵。弓刀隊裏羊裘畔。祇共題愁筆墨親。（一）新城王阮亭士正贈之以詞。調寄減字木蘭花。離愁滿眼。日落長沙秋色遠。湘竹湘花。腸斷南雲是妾家。　掩啼空驛。魂化杜鵑無氣力。鄉思難裁。楚女樓空楚雁來。

漁父圖

管仲姬題漁父圖云。人生貴極是王侯。浮利浮名不自由。爭得似一扁舟。弄月吟風歸去休。趙子昂和云。渺蕩烟波一葉舟。西風木落五湖秋。盟鷗鷺。傲王侯。管甚鱸魚不上鉤。

鸂鶒妃

秦少游有所寵。色黑。黃山谷戲以詩云。誰饋百勞鸂鶒妃。按朱彥時黑兒詩云。愁如鸂鶒。關槃似鷓鴣。喜黃詩祖之。夫丹脣皓腕。佳人本色。乃晉惠之南風。劉鋹之媚豬。都以玄質爭妍。狐杖椒掖。豈所謂承恩不在貌與。

嘲黑妓

唐崔崖嘲妓李端端詩云。黃昏不語不知行。鼻似烟囪耳似鐺。獨把象牙梳插鬢。崑崙頂上月初生。端得詩。憂心如病。乃拜迎道左。戰慄祈哀。涯改絕句粉飾之云。覓得黃騮被繡鞍。善和坊裏取端端。揚州近日無兌價。一朶能行白牡丹。於是居豪大賈競臻其戶。或謔之曰。李家娘子。纔出墨池。便登雪嶺。何期一日。黑白不均。○明末名妓李三。以姿容詞曲擅名。而色甚黑。善一廣陵富賈。亦以黑著。郭丸封調黃鶯兒嘲之曰。木黑李三娘。黑旋風。咒妹行。張飛昔日同鴛帳。纔別霸王。又接周倉。鍾馗也在門前闖。尉遲恭溫將軍賣俏。勾搭了竈君王。○又嘲黑婦詩云。黑有幾般黑。惟君黑得全。熟藕為雙臂。燒梨作兩拳。淚流如墨瀋。放屁似窑烟。夜眠漆櫈上。秋水共長天。

烏江廟

烏江有項羽廟。頗靈異。舟楫往來。必焚紙錢祭享。否則覆溺。有一狂士履舟前進。風濤果作。士怒。返舟登廟。題一絕於壁曰。君不君兮臣不臣。嗟今空自作威靈。平分天下曾嫌少。一陌金錢值幾文。題畢舟行。竟無他故。遂祀之患。因而遂息。後有滑稽者代項王答詩云。楚不楚兮漢不漢。于今立廟江之畔。平分天下雖嫌少。一陌紙錢必要算。

十八學士圖

一人以十八學士卷獻豪貴。甚賞之。許以百金。及閱畫中人。止得十七。却還之。其人持卷泣於途。遇白玉蟾。問以故。玉蟾舉筆題其上曰。臺閣崢嶸倚碧空。登瀛學士久遺蹤。丹青想出忠良手。不畫當年許敬宗。詩字皆佳。仍獲百金。

題昭君圖

下第舉子題昭君圖云。一自蛾眉別漢宮。琵琶聲斷戍樓空。黃金買取龍泉劍。寄與君王斬畫工。又崑山鄭文康送下第生詩。有王嬙本是傾城色。癡惜黃金自悞身之句。

長吳兩令錄科

崇禎間。長洲令唐九經。吳縣令牛若麟。錄科。唐取陸某。牛取章某為案首。兩人皆有才學。而家世不清白。好事者作詩曰。獐邊是鹿鹿邊獐。俱是田中白大郎。堪笑唐牛兩知縣。却從眼下取文章。

詠手

草木子載士人詠手詩云。一唾功名在目前。豈期搏虎奮空拳。文章誤我終投筆。志氣凌雲肯執鞭。滄海釣鰲定有日。碧霄攀鳳看他年。扶持社稷心中事。要與君王解倒懸。

廣文謔詞

雪濤集載。西安一廣文性介善謔。罷官家居。賴門徒舉火。乃自作清江引謔詞曰。夜半三更睡不着。惱得我心焦燥。跎蹬的一聲。儘力子跋一跳。原來把一股脊梁骨斷了。○秦藩中貴聞之。轉聞於王。王喜。召見賜之百金。

棋落水

一人談王陽明幼時好棋。母日規之不止。遂將棋拋於水。陽明因作詩云。象棋終日樂悠悠。苦被嚴親一旦丟。兵卒墮河皆不救。將軍溺水一齊休。馬行千里隨波去。象入三川逐浪游。砲響一聲天地震。忽然驚起臥龍愁。

月洲善詩

吳僧月洲善詩。善聲色。沈石田紿以名妓。招之即來。而實無有。月洲遂題采蓮蝴蝶圖云。桃花結子彩生苔。細雨蛙聲出草萊。一段春光都不見。却教蝴蝶誤飛來。

樂名詩詞

陳亞好用藥名為詩。知祥符縣。親故多干託借車牛。因作詩曰：地名京界足親知。荊芥 託借尋常無歇時。全蝎 但看車前牛領上。車前子 十家皮沒五家皮。五加皮 他如風雨 前湖近。前胡 軒窗半夏涼。半夏 棋為臘寒呵子下。呵子 衣嫌春暖縮砂裁。縮砂 咏白 髮云：若是道人頭不白。白頭 道人 老君當日合烏頭。烏頭 贈乞雨自曝借云：不雨若令過 半夏。定應晒作胡蘆巴。最膾炙人口。亞言藥名於詩無不可用。而斡運曲折。使各中 理。存乎其人。或曰：延胡索可用乎。況思久之。吟曰：布袍袖裏懷漫剌。到處遷延胡索 人。此可贈游謁措大。○雲間周冰符雅廉有調寄夏初臨閨怨云：竹葉低斟。相思無 限。車前細問歸期。織女牽牛。天河水界東西。比如寄生天上。勝孤身獨活空閨。人言 郎去。合歡不遠。半夏當歸。徘徊鬱金堂北。玳瑁牀西。香消龍腦。窗節文犀。藁本枯 來。緗囊故紙留題。五味慵調。懨懨病沒藥難醫。從容待烏頭變黑。枯柳生稊。

秦李兩巡按

順治庚寅辛卯間。秦公世楨巡按江南。多所除剔。有鐵面之稱。繼之者李成紀。安靜 無為。惟日飲醇而已。人目之曰糟團。有改崔護人面桃花句粘於牆云：去年今日此 門中。鐵面糟團兩不同。鐵面不知何處去。糟團日日醉春風。

明世宗

明世宗自號天河釣叟。命羣臣賦詩。李文定公春芳應制詩云：虹竿百尺倚橫流。獨 泛仙槎犯斗牛。光拱眾星為玉餌。象垂新月作銀鉤。擲開烟水三千丈。坐老乾坤億 萬秋。相遇玉皇如有問。絲綸分屬大明收。獨為稱旨。

金陵女子

金陵一女新寡。年姿艷冶。性敏善詩。豫章賈人以厚貲娶歸。其卧室傍臨樓。鄰士以 簪刺破窗紗。投以詩云：金簪刺破碧紗窗。引得春風一線長。蜂蝶也知春色好。倒拖 花瓣上東牆。女得詩大怒。亦作詩裹以瓦礫擲之云：失翅青鸞似困雞。偶隨孤鶴到 江西。春風桃李空嗟怨。秋水芙蓉強護持。仙子自居蓬島境。漁郎休問武陵溪。金鈴 掛在花根上。不許流鶯聲亂啼。

遺溺

有新婦夜遺其溺者。一人為詩嘲之曰：丹青不用自成龍。夢裏頻頻告出恭。智伯有 頭無可用。沛公如廁不相從。非關雲雨巫山漏。若決江河大地通。枕畔忽驚郎喚醒。 方知身在水晶宮。○聞見危言云：有人娶婦。登堂交拜時。紅氈之上忽然遺溺。送 還母家。終無問及此女者。然貌美而端。從無遺溺病。一士聞之。娶以為婦。聯捷兩榜。 二十餘年。官至大學士。封一品夫人。萬曆初年。舉大婚禮。例用夫婦原配全而無側 室者為主婚。乃召此婦與大禮。在宮之夕。小遺時。宮婢進七寶珊瑚溺器。恍憶昔年 拜堂遺溺。彷彿見此器也。

十二事詩

士子十二人送侍郎楊察赴召。察賦詩云：十二天之數。今宵坐客盈。位如星占野。人 若月分卿。極醉巫山側。連吟嶰管清。他年為舜牧。叶力濟蒼生。

染指尖

名物通載染指尖詩云：金鳳花開血色鮮。佳人染得指尖丹。彈箏亂落桃花片。把酒 輕浮玳瑁斑。拂鏡火星流夜月。畫眉紅雨逐春山。有時護托香腮想。疑是胭脂點玉 顏。○雲間葉硯孫尋源亦有醉蓬萊詞云：步桐陰苔砌。鳳子舒英。般痕狼藉。玉盆盛 來。向銀盆碎礫。漫搗元霜。似敲素練。釀出胭脂液。點點輕濡。纖纖頻染。珊瑚暈赤。 日午琵琶。夜深絃索。流水聲中。小紅飛積。莫笑粧濃。勝綠眉黃額。膩粉偷勻。香腮斜 托。花片魚鱗迹。臂上守宮。袖邊紺唾。一般憐惜。

拜年

元旦拜年。明末清初用古簡。有稱呼。康熙中則易紅單。書某人拜賀。素無往還。道路 不揖者。而單亦及之。大是可憎。猶記文衡山一絕云：不求見面惟通謁。名刺朝來滿 敝廬。我亦隨人投數紙。世情嫌簡不嫌虛。

秋千

罥索。秋千也。見涅槃經。傳組今之鞦韆。見三國志。秋千云自齊桓公伐山戎傳其戲 入中國。今燕齊之間。清明前後此戲盛行。文苑英華載高無際鞦韆賦序云：漢武帝 後庭戲本云千秋。祝壽之詞也。語譌轉為秋千。字譌傳為鞦韆。楊升菴詞品有秋千 兩繡旗句。明董遐周春情詩云：雜佩明璫競可憐。春風漸短畫樓前。千秋戲罷鶯同 坐。百草贏來柳共眠。差堪正誤。

鬬百草

鬬百草見隋煬帝曲名。荊楚歲時記云：三月三日四民踏百草。今人因有鬬百草之 戲。唐鄭谷詩云：何如鬬百草。賭取鳳凰釵。宋王安石詩云：春深庭院閒苔花。影無 人自上階。共向園中尋百草。歸來花下賭金釵。

踢毬

毬名踏踘，始於軒后軍中練武之劇。蹙蹋而戲。見霍去病傳。註云：穿城踏踘，盛于唐。三郎沉醉打毬回。可見其制以革為圓囊，實以毛髮，後則鼓之以氣。歸氏子弟嘲皮日休云：八片尖皮砌作毬，火中燀了水中揉。一包閑氣如常在，惹踢招拳卒未休。中山詩話載柳三復擅是技，述曰：背裝花屈膝，白打大廉斯。進前行兩步，蹺後立多時。柳欲見晉公無由。會公蹴毬後園，毬偶迸出。柳挾取之，因懷所業，戴毬以見公。出書再拜者三，每拜，毬起復于背膂襆頭間。公奇之，延於門下。又太平清話載明初彭氏雲秀，以女清芬挾是技遊江湖，人叩之，謂有解一十有六，詹同文贈以衮弄行。

李後主書扇

江南李後主常于黃羅扇上書賜宮人慶奴詩云：風情漸老見春羞，到處銷魂感舊遊。多謝長條似相識，強垂烟態拂人頭。

牽郎郎

兒童扯衣裾相戲，唱曰：牽郎郎，拽弟弟，踏碎瓦兒不着地。初意兒童相戲之詞。後見詢芻錄，知為祝生男也。牽者郎郎，拽者弟弟，多男子也。踏碎瓦，襁之以弄璋；扯衣裾，襁之以衣裳；不着地，襁之以寢牀，無非男也。古人雖兒童相戲，亦有至理。

楊威侯勅

怡菴雜錄載：宋景定四年三月八日，皇帝勅曰：國以民為本，民實儿于干城；民以食為天，食尤重於金玉。是以后稷教之稼穡，周人畫之井田，民命之所由生也。自我皇祖神宗列聖相承，迨茲奕葉。朕嗣鴻基，夙夜惕若。邇年以來，飛蝗犯禁，漸食嘉禾，宵旰懷憂，無以為也。黎元咨怨，末如之何。民不能袪，吏不能捕，賴爾神力，掃蕩無餘。上感其恩，下懷其惠。爾故提舉江州太平興國宮淮南江東浙西制置使劉錡，今特勅封為揚威侯天曹猛將之神。爾其甸撫庶血食一方。故勅。

釋老侮孔子圖

宋理宗朝，巨璫有侮吾夫子者，令馬遠畫釋迦中坐，老子側立，孔子問禮於前，俾江子遠（古心）贊之。子遠立成，曰：釋迦趺坐，老聃傍睨，惟吾夫子，絕倒在地。明張篠菴（和）初登第，施狀元宗銘（槃）出釋老侮孔子圖，篠菴口占云：釋老猖狂侮大儒，書生為爾發長吁。不知過宋園匡日，還似于今畫裏無。○拂鬚揮鼻彼何人，放誕能無愧此身。名教萬年齊日月，須知魯國一儒真。

菊花詩

黃耳集載：黃巢五歲時，父翁吟菊花詩，翁思未就，巢信口吟云：堪與百花為總領，自然天賜赭衣黃。父怪欲擊之，翁曰：孫能詩，令再賦一篇。巢應聲曰：颯颯西風滿院栽，蕊寒香冷蝶難來。他年我若為青帝，報與桃花一處開。翁大異之。清暇錄又載巢下第作菊花詩曰：待到秋來九月八，我花開後百花殺。衝天香陣透長安，滿城盡戴黃金甲。二詩已見跋扈之意，豈不為神器之大盜耶。七修類藁載明高皇亦有菊花詩云：百花發，我不發；我若發，都駭殺。要與西風戰一場，遍身穿就黃金甲。似亦祖巢之意。巢之反果在于秋，而明兵敗士誠，克大都，皆在八九月。但滿城戴金甲，不過擾亂一番，而穿就黃金甲，豈非黃袍加身之象。此所以為巢之敗而高皇之成也。

僧衣

僧舊着黑衣。元文宗寵愛欣笑隱，賜以黃衣，其徒後皆衣黃。薩天錫贈欣笑隱詩云：客過鐘鳴飯，僧披御賜衣。正謂此也。今制禪僧衣褐，講僧衣紅，瑜珈僧（赴應 付）衣葱白。○歐陽原元題僧墨菊詩云：苾芻元是黑衣郎，當代深仁始賜黃。今日黃花翻潑墨，本來面目見馨香。

讖呂文煥

呂文煥遊潯陽琵琶亭，龍麟洲見之。文煥令賦詩，麟洲朗吟曰：老大蛾眉別所天，忍將離怨寫哀絃。夜深正好看秋月，却抱琵琶過別船。文煥見之大怒，蓋譏其負宋而降元也。

念四詞

能改齋漫錄載：政和間一士遊妓崔念四之館，因其行第，作踏青遊詞云：識箇人人，恰正年年撇會，似睹賽六隻渾四。向巫山重重去，如魚水兩情美。同倚畫樓十二，倚畫樓兮人還重倚。兩日不來，時時在人心裏。擬問卜常占歸計，拚三八清齋，望永同鴛被。驀然被人驚覺，夢也有頭無尾。又耳談載：成化中南京院妓柳南金才色絕倫，與華容舉子黎民牧交厚，送民牧會試詩云：淮浦清清淮水渾，妾排樓檣送君行。明年二月鶯花發，君聽傳臚妾倚門。又自賦小詞云：小妾年方二紀，檀板重敲十二。欄干倚遍步重移，兩度巫山雲雨。二十八宿手中輪，數不到星張翼軫。時南金年二十四，故詞皆寓意。是年遂卒，竟成語讖。

鵲橋仙

東莞方彥卿名俊，敏才博學，詩文走筆立成。天順癸未同黃廷美瑜會試，寓新安俞君玉家。正月六日，賀廷美懸弧，邀賞花燈，劈糟蟹，薦酒，戲賦詞云：草頭八足一團大腹，持螯笑向俞君玉。花燈預賞為先生，生日是正月初六。今宵過了七人八穀，又七日天官賜福。福如東海壽南山，願歲歲春杯盈綠。蓋借蟹寓黃瑜姓名也。又新安方秋崖除夕小盡生日詞曰：今朝廿九，明朝初一，怎欠秋崖箇生日。客中情緒老天知，道這月不消三十。春盤縷翠，春缸搖碧，便泥做梅花消息。雪邊試問是耶非，笑今夕不知何夕。二詞調寄鵲橋仙，均用日數者，皆本七夕八煞之詞。

武陵難女

壬子夏五，了北上，夜宿雄縣旅店，見壁間武陵十五齡難女三詩，和者甚眾。擇其佳者錄之。年久散失，昨檢敗簏，原韻尚存，紙尾并存和者越人傳膚菴名。兩詩已不全矣。生小盈盈翡翠中，那堪多難泣途窮。不禁弱質成囚繫，衣自斕珊首自蓬。○垂垂紺髮未及期，錦帳羅幃夢已稀。魂化杜鵑應有日，壁間先寫斷腸詩。○一絲殘息自淹淹，淚落衣裳血色鮮。謾託禿毫空寫怨，有心人見定相憐。

阮石詠妓

豹隱紀談載阮郎中贈妓詞云：東風捻就腰肢纖細，繫的粉裙兒不起。從來只慣掌中看，忍教在燭花影裏。更闌應是酒紅微褪，暗蹙損眉兒嬌翠。夜深着輛小鞋兒，靠那箇屏風立地。又石次仲詠妓趨庭陳狀詞云：醉紅宿翠，髻軃烏雲墜。管是夜來不得睡，那更今朝早起。春風弱柳腰肢，階前小立多時。恰恨一番風雨，想應濕透鞋兒。

水晶宮

吳興之水晶宮不載圖經。宋刺史楊次公九月十五夜絕句云：江南地暖少嚴風，九月炎涼正得中。溪上玉樓樓上月，清光合作水晶宮。後林子中閒滕元發得湖州，以詩賀何洵直邦彥曰：清風樓下雨溪春，三十餘年一夢新。欲識玉皇香案吏，水晶宮主謫仙人。趙子昂有水晶宮道人印，周草窗以瑪瑙寺行者對之，趙遂不用此印。

吳門風俗

吳門風俗多重冬至節，謂曰肥冬瘦年，互送物件。宋顏度有詩曰：至節家家講物儀，迎來送去費心機。腳錢盡處渾閒事，原物多時却再歸。

平江妓

宋嘉定間平江妓送太守詞云：春色原無主，荷東君着意看承等閒分付，多少無情風雨。恨又那更蝶欺蜂妬，算燕雀眼前無數。縱使簾櫳能愛護，到如今已是成遲暮。芳草碧，遮歸路。看看做到難言處。怕去仙郎輕薄，旌旗易歇，楊柳月滿西樓弦索靜，雲蔽崑城閬府。便恁地一帆輕舉，獨倚闌干愁拍碎，慘玉容淚眼如經雨。去與住，兩難訴。

重九詞

宋康伯可與之因重九風雨謔詞云：重陽日，四面雨垂垂。戲馬臺前泥拍肚，龍山路上水平臍，渰浸到東籬。茱萸胖，黃菊濕滋滋。落帽孟嘉尋箬笠，漉巾陶令買蓑衣，都道不如歸。○蘇人好遊，袁中郎宏道詩云：蘇人三件大奇事，六月荷花二十四，中秋無月虎丘山，重陽有雨治平寺。

尹奚謠

順治中，吾鄉有尹姓者開罪於友，士子作尹字謠以嘲之云：伊無人，羊口是其羣，斫頭并滅口，君縮尾便成丑，直脚半開門。一根長轎杠，扛箇冷屍靈，比唐人丑雖有足甲不全身之句更為刻骨。同時有咏奚姓者七字吟云：奚，雞奚，此物奚，雖多亦奚子之迂也奚，廣不用百里奚。如此則與禽獸奚。

洗兒詩

蘇東坡洗兒詩：人皆養子望聰明，我被聰明誤一生。但願生兒愚且魯，無災無難到公卿。明楊月湖廉反其意曰：東坡但願生兒蠢，只為聰明自占多。愧我生平愚且魯，生兒那怕過東坡。雖出於遊戲，總不如少陵所云：有子賢與愚，何必掛懷抱，為曠達也。

吳履齋詞

吳履齋潛賀新郎詞云：可意人如玉。小簾櫳輕勻淡抹，道家粧束。長恨春歸無尋處，全在波明黛綠。看冶葉倡條渾俗，比似江梅清有韻，更臨風對月斜依竹。看不足，詠不足。曲屏半掩春山簇，正輕寒夜永，花睡半敧殘燭。縹緲九霞光裏夢，香在衣裳賸馥。又只恐銅壺聲促，試問送人歸去後，一奩花影垂金粟，腸易斷，情難續。

雞鳴詩

豹隱紀談載：自來縣尉下鄉擾人雞，監司郡守不能禁止。有効古風雅體作雞鳴詩曰：雞鳴剌縣尉下鄉也。雞鳴喈喈，鴨鳴呷呷。縣尉下鄉，有獻則納。雞鳴于塒，鴨鳴于池。縣尉下鄉，靡有孑遺。雞既烹矣，鴨既羹矣，鑼鼓鳴矣，縣尉行矣。雞鳴三章，章四句。

賈秋壑詩

賈秋壑甲戌寒食作一絶云。寒食家家插柳枝。留春春亦不多時。人生有酒須當醉。青塚兒孫幾箇悲。明年謫死。

白紙詩

崖下放言。載士郭暉遠羇京國。寄妻音問。誤封白紙。妻得之。乃寄一絶云。碧紗牕下啟緘封。尺紙從頭徹尾空。應是仙郎懷別恨。憶人全在不言中。

蘆花被

貫酸齋名雲石。以樂府得名。同時有徐某號甜齋。亦擅詞曲。時號酸甜樂府。酸齋嘗見漁父織蘆花被。欲以紬易之。漁父曰。不必紬。願得一詩。因作詩云。採得蘆花不涴塵。翠蓑聊復藉為茵。西風刮夢秋無際。夜月生香雪滿身。毛骨已隨天地老。聲名不讓古今貧。青綾莫為鴛鴦妒。欸乃聲中別有春。詩成。漁父以被贈之。丘彥能繪為圖。貢泰甫吳子立輩皆有詩。

菊枕

黃晉卿潜以菊為枕。賦詩云。東籬采采數枝霜。包裹西風入夢涼。半夜歸心三徑遠。一囊秋水四屏香。牀頭不覺黃金盡。鏡底難教白髮長。幾度醉來消不得。卧收清氣入詩腸。

紙帳

五代李觀象為周行逢節度使。因行逢嚴酷。恐及禍。乃寢紙帳。卧紙被。名物通載紙帳詩云。清懸四面剡溪霜。高卧梅花月半牀。興貣有天春不老。瑤臺無夜雪生香。覺來虛白神光發。睡去清閑好夢長。一枕總無塵土氣。何妨留我白雲鄉。

枕易

天台黃庚試枕易詩。古鼎烟銷倦點朱。翛然高卧夜寒初。四簷寂寂半牀夢。兩鬢蕭蕭一卷書。日月異心知代謝。陰陽回首驗盈虛。起來萬象皆吾有。收拾乾坤在草廬。考官李侍郎應祈極賞之。

元遺山林

元遺山有妹為女冠。文而艷。張平章當揆。欲娶之。使人囑遺山。遺山辭以可否在妹。張喜自往覘其所向。至則方自補天花板。輟而迎之。張詢近日所作。元氏應聲曰。補天手段暫施張。不許纖塵落畫堂。寄語新來雙燕子。移巢別處覓雕梁。張悚然而出。

諺言

至正丁丑。民間訛言采童男女。自中原至江南。年十二三以上。便為婚嫁。吳僧柏子庭為詩戲之曰。一封丹詔未為真。三杯淡酒便成親。夜來明月樓頭望。惟有姮娥不嫁人。又有集句曰。翡翠屏風燭影深。良宵一刻值千金。共君今夜不須睡。明日池塘是綠陰。隆慶戊辰。有私閹人者張朝從大江南渡。假傳奉旨選宮女。浙直一路。不問良賤富貴。一語成婚。與從儐相。無從催倩。亦如至元故事。有人改子庭詩云。抵關內使未為真。何必三盃便做親。夜來明月樓頭望。嚇得姮娥要嫁人。又訛言并選寡婦伴送入京。於是孀居者。無老少皆從人。又有人為詩曰。大男小女不須愁。富貴貧窮錯到頭。堪笑一班貞節婦。也隨飛詔去風流。

嘲老人娶少婦

浙中有年六十三。娶十六歲女為繼室者。人嘲之曰。二八佳人七九郎。婚姻何故不相當。紅綃帳裏求歡處。一朵梨花壓海棠。陳后山詩話亦載絶句云。偎他門戶傍他墻。年去年來來去忙。採取百花成蜜後。為他人作嫁衣裳。王雅宜七十娶妾。許高陽嘲之曰。七十做新郎。殘花入洞房。聚猶秋燕子。健亦病鴛鴦。戲水全無力。啣泥不上梁。空煩神女意。為雨傍高唐。

七件俱無

元周德清號挺齋。有折桂令云。倚蓬窗無語嗟呀。七件兒全無。做甚麼人家。柴似靈芝。油如甘露。米若丹砂。醬甕兒恰纔夢撒。鹽瓶兒又告消乏。茶也無多。醋也無多。七件事尚且艱難。怎生教我折桂攀花。明餘姚王德章嘗口占云。柴米油鹽醬醋茶。七般多在別人家。寄語老妻休聒噪。後園踏雪看梅花。

風花雪月

楊升庵有風花雪月詩。自一字至七字。以題為韻。昉於白香山。即宋人所謂一七令也。滄浪詩話云。有一字至七字。唐張南史雪月花草等篇是也。姚文初先生効其體以示沈匡厓。老伯匡厓答之。并屬予和焉。○風。偃草。飄蓬。過竹院。拂蘭叢。柳隄搖綠。花徑飛紅。青缸殘焰滅。碧幌嫩涼通。漆園篇中竽籟。蘭臺賦裏雌雄。無影迴隨仙客馭。有情還與故人同。○花。摘錦。鋪霞。遮蝶陣。駐蜂衙。珠瓔姹女。寶髻宮娃。風前香掩冉。月底影交加。綠水名園幾簇。青樓大道千家。謝傳金屏成坐笑。陳朝瓊樹不須誇。○雪。凝明。潑瀲。飛玉塵。布瓊屑。蒼雲暮同。岩風曉別。深山樵徑封。遠水漁舟絶。南枝忽報花開北戶，俄驚竹折，萬樹有花春不紅，九天無月夜長白。○月霜凝冰潔三五圓，二八缺，玉作乾坤，銀為宮闕，如鏡復如鉤，似環仍似玦。蘭閨少婦添愁，擣塞征人怨別。漢家今夕影娥池，穆穆金波歌未闋。庵升○風氣散力雄，靜生動，虛中通，虞歌解阜，列御行空，陳詩采列國，說卦巽為宮，四大無形無色，萬竅自西自東，明月溫涼皆伴侶，馬牛向背未相同。○花土貢天葩，紅白畫富貴家，艷陽時至，園林景賒，金谷明光錦，晴蜂午放衙。後主宮中拿綵，江郎筆底如霞，優曇佛國時時現，鹿女青蓮步步踰。○雪冰纖玉屑，柳絮飛形，顛撒天女散花，粉霜層疊，蔡州擒賊夜，藍關凍馬洌，詞賦陽春同調，忠良朔漢苦嚙，最愛千山變白，地寒梅早結同心訣。○月晶宮貝闕，奪夜光，熖絺綌，素娥臨鏡，瑤臺過謫，刀頭白玉，池露下，滚波襪，無雙靈魄循環，三五前後出沒，標指一輪團扇影，賞心金斗何時缺。文初○風有自無踪，窗几上，泬寥中，御泠行列，破浪乘宗，不平鳴澗谷，無意入簾櫳，二十四番花信，一十五國詩同，結夏每思華陽館，援琴習習來長松。誠夏○花繁卉奇，葩催開鼓，點落絡妝，濃燕掠房，韻蜂譁，林閒散香，雨木上拍，紅霞去歲，韶華拋撇，今春新好，橫斜洛陽，姚魏名仙，種蘭譜偏傳，處士家。藏春○雪撒鹽飛，屑方成，珪圓成，玦賦抽秘思，嚙樹奇節，馬疾銀盃，翻輪碾長練，疊一曲陽春寡和，百壺寒谷生熱，老人舊日曾年少，手捧瓊瑤幾龜裂。葳冬○月如依可啜，三五盈三五滅，天上高寒，秋中皎潔，鏡懸奩象緯，銀潟爛宮闕，搔首幾問青天，況飲任生白髮，蕩蕩明河洗我心，題詩起舞影疏越。藏秋、匡匡、○風氣暢景融，起青蘋，吼花叢，葉翻見白，燭影搖紅，旦暮分南北，鄭弘若耶溪事，貴賤別雌雄，太液池邊欲避，馮當山下曾逢，孟婆若肯行方便，紅葉從教頃刻通。○花秋實春華，翦綵施羯鼓，撾牧童遙指，漁父傳誇，點額矜妝，艷飛蜒綴坐，除玉樹重重行列，金蓮步步交加，洛陽紅紫人爭羨，吾愛東籬處士家。○雪陰凝寒結，銀樹花，五瓊屑，河陰赤異，廣延青別，寒犬吠空庭，凍狐迷舊穴，騎驢詩客添思，破虜孤臣堪嚙，段頻敵羌斬內塊當四十餘日，見後漢書飄颻六出，天公賜點綴書窗，讀不輟。○月望盈弦缺，玉作宮，銀為闕，畫閣夜吟，征車曉發，魄滿桂初圓，輪虧兔半沒，漁舟帆影橫斜，牛背笛聲疎越，登樓老子興無窮，邀飲深盃拚百罰。楊軒

賀生第三子詞

金進士王特起，字正之，善小詞，常製喜遷鶯詞賀人生第三子曰：古今三絕，惟鄭國三良，漢家三傑，三俊才名，三儒文學，更有三君清節，爭似一門三秀，三子三孫奇特，人總道，賽蜀郡三蘇，河東三薛。慶愜，況正是三月風光，盃好傾三百，子並三賢，孫

齊三少，俱篤三餘事業，文既三冬足用，名即三元高揭，親俱慶，看寵加三命，禮隮三接。愚意鄭國三良，當改宋室三元，後三元句，改位亦三台高列為妥。

賀生第四子

三山林亨大修撰得第四男，李西涯用舊韻賀之云：莫謂三山道路賒，人間仙果不論瓜，廷前會客犀錢散，醉裏題詩蠟炬斜，三爵豈須誇薛氏，八龍今已半荀家，他時細說熊羆夢，夜榻流連到幾茶。

惡角索韻

一人生子，眾賀之中，有能詩者，來以惡角索字為韻求詩，皆非吉語也。其人賦曰：昨夜天庭雷雨惡，蛟龍併鬬黃金索，六丁六甲無處尋，卻在君家獻頭角。主人大喜。

纖手

雪濤集載，沈彥博少時，調鄰女，執其手，為女父所訟，縣令問曰：汝能詩否？答曰：能。遂命題女手，彥博即吟云：曾向花叢捸俏枝，宛如春笋露參差，金釵欲溜輕撩鬢，寶鏡重臨淡掃眉，雙送鞦韆扶索處，半揪羅袖賭閒時，綠窗獨撫絲桐操，無限春愁下指邊。令見詩大賞，勸父以女歸之，次年彥博遂登科。

美人足

真定梁蒼巖清標有沁園春詞詠美人足云：錦束溫香，羅藏暖玉，行來欲仙，偏籠纖小步，風吹倒褪，池塘淡蹴，沓點輕彈，芳徑無聲，纖塵不動，蕩漾湘裙月一灣，秋千罷，將跟兒慢拽，笑倚郎肩。　登樓更怕春寒，好愛惜相偎把握間，想嬌憨欲睡，重纏繡帶，蒙朧未起，半落紅蓮，笋指留痕，凌波助態，款款低徊密意傳，描新樣，似寒梅瘦影，掩映窗前。華亭董蒼水俞亦有畫堂春詞云：鳳頭低露畫裙邊，繡鞋三寸花鮮，凌波何幸遇嬋娟，蹁躚生蓮。　怪殺夜來狂甚，溫香一捻堪憐，玉趺褪盡軟行纏，被底燈前。

曹西士詞

康熙壬子冬，在德州旅店中，見壁上一詞云：春闈期近也，望帝鄉迢迢，猶在天際，懊恨這一雙腳底，一日廝趕上五六十里，爭氣扶持，吾去博得官歸，恁時賞你，穿對朝靴，安排你在轎兒裏，更選個弓樣鞋，夜間伴你，不知為何人所作。後讀顧元慶蒼瞑偶談，知為曹東畝赴省，陸行良苦，自慰其足而作，按東畝名豳，字西士，宋嘉熙時人，詞名紅窗迥。

堅瓠首集卷一終

堅瓠首集卷之二目錄

文文山弟子　聶碧窗詩
憫農詞　巧對
回回偈　夢草圖
郭鴻相類　送竈詩
瞿存齋詩　祝壽
回回敬孔聖　碑詞
銷金鍋　水仙子詞
村婦道傍便溺　王西樓詞
咏妓　賀婢生子啟
應履平　海剛峯
十二辰詩　王十李三
勉甥　宗人入學
觴則　乩對

一對減死　陳玉父詩
嘲新貴　九月桃花
驛丞登第　詩贈教授
江東太守　朱原虛
詩止飛税　張翼德廟
寄夫詩　孝宗對語
李西涯　詩讖左璫
雍世隆　陳白沙詩
李程龍過　雨帝謡
石羊鳴　于謙妾王振兒
朱靜菴　銓部
改琵琶曲　壁詩四絕
識奉使　吳敏德詩
劉侍郎謔詞　楊文貞咏梅
假詩投刺　夏公大度
姚少師　劉伯川識鑒
駝峯熊掌　咏桃
烏啄蝗歌　雁詩賜第
書生夜巡　孔門七十二賢
小試冒籍　水香勸盞
賀喪妻　洗馬
周德華　春歸
道河亭詩　青桐詞
崔唐臣　神童詩
聶夷中詩　種芝麻
盛允高　諷觀競渡
袁伯修

堅瓠首集卷之二

清　長洲石農褚人穫學稼纂輯

文文山弟子

文文溪璧，文山胞弟也。仕宋為惠州知州。宋亡降元，有譏之者曰：江南見說好溪山，兄也難時弟也難。可惜梅花各心事，南枝向暖北枝寒。又輟耕錄載：至元間，文山有子出為郡教授，行數驛而卒。士子作詩悼之。閩人翁某一聯云：地下修文同父子，人間讀史各君臣。獨為絕唱。然考文山次子佛生、環生皆被執道死，惟長子道生奔循州，次年八月復亡，家屬皆盡。遺命以壁子陞為後。七修類藁亦載文山寄壁詩，有親喪君所盡，猶子是吾兒之句。為教授者或其人與。

聶碧窗詩

聶碧窗道士哀被擄婦云：當年結髮在深閨，豈料人生有別離。到底不知因色誤，馬前猶自買胭脂。雙柳垂鬟別樣梳，醉來馬上倩人扶。江南有眼何曾見，爭捲珠簾看固姑。固姑，胡婦髻名。

憫農詞

康熙丙寅冬，於棧壁上見一詞云：春驅黃犢，夏耘烈日，肌膚暴炙陽，爭水如珠玉。逐鳥防雞，收穫多勞碌。送到倉場，揀水殼篩搧狠，稽淋尖斛。誰知農苦藏心腹，希發慈悲，還汝兒孫福。調寄一斛珠。使凌虐佃戶者見之，亦當憮然。諺云：少收幾粒，多收幾年。凡為業主，宜書此詞於租簿之首。

巧對

有三女而通於一人者，色美而才。事發到官，出一對云：三女為姦，二女皆從長女起。一女對云：五人張傘，四人全仗大人遮。官薄懲之。又無錫人作平湖令，有才名，而簠簋不飭，巡方將劾之，憐其才，出一聯云：平湖湖水水平湖，未饜所欲。令對云：無錫錫山山無錫，空得其名。得以免劾。又一生以潮銀市物相爭，適郡守過問，知，出對云：使假銀，買真貨，弄假成真。生應聲云：遇兇徒，見吉星，逢兇化吉。守即釋之。三對皆得之猝辦，有祈哀剖辯之意，天賦貪淫之才，所謂人皆欲殺，我意獨憐者也。

回回偈

堯山堂外紀載：柳含春，明州女子也。患病，禱於延慶寺而愈，躬往謝。一少年僧窺柳氏姿，以其姓作回回偈誦於神前曰：江南柳，嫩綠未成陰，枝小未堪攀折取，黃鸝飛上力難禁，留與待春深。僧意女莫喻，而柳聞之恚甚，歸告於父。時方谷珍據明州，父因訟於谷珍。谷珍拘僧至，詢其姓名，對曰：姓竺，名月華。谷珍乃召匠作大竹籠，狀若豬籠，將納僧以沈諸江，且語曰：我亦取汝姓作一偈送汝東流。吟曰：江南竹，巧匠作為籠，留與吾師藏法體，碧波深處伴蛟龍，方知色是空。僧曰：死則死耳，容再一言。谷珍許之。僧曰：江南月，如鑑亦如鉤，如鑑不臨紅粉面，如鉤不上畫簾頭，空自照東流。谷珍知其以名為答，笑而宥之，且令蓄髮，以柳氏配焉。閒中今古錄以此為谷珍女事，云谷珍內附後，此女配黔國公之子，在雲南。宣德間浙人仕雲南者，以鄉里故得見之。

夢草圖

唐六如畫夢草圖，題詩云：池塘春漲碧溶溶，醉臥沙塵淺草中。一夢熟時鷗作伴，錦衾何必抱輕紅。按輕紅，崔氏青衣。崔與柳生厚，死猶冥合，輕紅從焉。又曹惠得木偶，夜而見夢，自稱輕素。

郭馮相類

郭汾陽與馮道亦有相類者。郭以尚父太尉中書令汾陽王，馮以太師中書令瀛王，年俱八十餘卒。有女俱配龍王，皆許之而死，塑像於廟，事亦同。有人題馮女廟云：身既事十主，女亦配九龍。可供一笑。

送窮詩

羅隱送窮詩云：一盞清茶一縷烟，窮君皇帝上青天。玉皇若問人間事，為道文章不值錢。當今之選，非錢不行，自唐已然，豈獨今日。王季重有無不可貫謠：上好黃錢，童生買起到狀元；絕大元寶，童生買起到閣老。即此可以覘時矣。

瞿存齋詩

明初瞿存齋宗吉詩云：自古文章厄命窮，聰明未必勝愚蒙。筆端花語胸中錦，賺得相如四壁空。

祝壽

還帶記，嘉定沈練塘所作，以壽楊一清者也。曲中有昔掌天曹，今為地主等語，楊大喜之。又貴溪陶集分教揚州，畫葡萄一幅，題詩云：萬斛驪珠帶雨鮮，摘來浸酒膩春筵。枝頭剩有千千顆，一顆期公壽一年。楊亦大喜。

回回敬孔聖

回回教門不供佛，不祭神，不拜屍，所尊敬者惟天。天之外，最敬孔聖。其言曰：僧言佛子在西空道說蓬萊住海東。惟有孔聖真實事。眼前無日不春風。

碑詞

洛陽大內掘得一碑。有詞名後庭宴。千里故鄉。十年華屋。亂魂飛過屏山簇。眼垂眉褪不勝春。教花知我消香玉。雙雙燕子歸來。應解笑人幽獨。斷歌零舞。遺恨清江曲。高樹綠低迷。一庭紅撲簌。

銷金鍋

西湖之盛。起於唐。至南宋建都。遊人仕女。畫舫笙歌。日費萬金。目為銷金鍋。元上饒熊進德作竹枝詞云。銷金鍋邊瑪瑙坡。爭似儂家春最多。蝴蝶滿園飛不去。好花紅到剪春羅。明仁和張子興（傑）亦有詩云。誰為鴻濛鑿此陂。湧金門外即瑤池。平沙水月三千頃。畫舫笙歌十二時。今古有詩難絕唱。乾坤無地可爭奇。溶溶漾漾年年綠。銷盡黃金總不知。

水仙子詞

張明善作水仙子。譏時云。鋪眉苫眼早三公。裸袖揎拳享萬鍾。胡言亂語成時用。大綱來總是哄。說英雄誰是英雄。五眼雞岐山鳴鳳。兩頭蛇南陽臥龍。三腳貓渭水飛熊。

村婦道傍便溺

王成寧（越）善詞曲。嘗於行師時。見村婦便溺道傍。因作塞鴻秋曲云。綠楊深鎖誰家院。見一女嬌娥急走行方便。轉過粉牆東。就地金蓮。清泉一股流銀線。衝破綠苔痕。滿地珍珠濺。不想牆兒外。馬兒上。人瞧見。一作陳全詞。

王西樓詞

王西樓（磐）喜慍不形於色。家嘗走失雞。西樓戲作滿庭芳云。平生淡泊。雞兒不見。童子休焦。家家都有閒鍋竈。任意烹炮。煮湯的貼他三枚火燒。穿炒的助他一把胡椒。到省了我開東道。免終朝報曉。直睡到日頭高。

詠枝

弘治間吳橋令王驥免官家居。以詞曲自樂。有枝為人傷目。睫下有青痕。戲作沉醉東風曰。莫不是捧硯時太白墨灑。莫不是畫眉時張敞描差。莫不是檀香染。莫不是翠鈿瑕。莫不是蜻蜓飛上海棠花。莫不是明皇時墜下馬。

賀婢生子啟

陸伯麟有婢育子。陸家翁以啟戲之曰。把簾前禁。尋竈下盟。玉雖種於藍田。珠將還於合浦。移夜半鶯鶯之步。幾度驚惶。得天上麒麟之兒。這回喝采。既可續詩書禮樂之脉。深嗅得油鹽醬醋之香。

應履平

明應履平為德化令。滿考吏部。試論。文優而貌不揚。不得列上。乃題詩部門曰。為官不用好文章。只要鬍鬚及胖長。更有一般堪笑處。衣裳漿得硬綳綳。不書姓名。吏呈冢宰。曰此必應知縣也。遂陞考功。

海剛峯

海剛峯（瑞）為應天巡撫。蔡春臺（國熙）為兵備。意主搏擊豪強。因而刁風四起。有投匿名狀者曰。告狀人柳跖。告為勢吞血產事。極惡伯夷叔齊兄弟二人。倚父孤竹君歷代聲勢。發掘許由墳塚。被惡來告發。惡又賄求嬖臣魯仲連得免。今某月日挽出惡兄柳下惠。捉（某）獲築孤竹水牢。日夜痛加炮烙極刑。逼獻首陽薇田三百餘畝。有契無交。崇侯虎見証。竊思武王至尊。尚被叩馬羞辱。何況區區螻蟻。激切上告。海公見狀。頓悔前事。訟黨少解。

十二辰詩

堯山堂載。成化丙午。嘉興巫者召仙降筆。問時事。以十二辰為詩云。勸君莫歌相鼠詩。勸君莫歌飯牛詞。騎虎之勢不得下。狡兔三窟將焉之。神龍未遇困淺水。虺蛇鰍鱔爭雄雌。千金駿馬買死骨。神羊觸邪安所施。沐猴猶作供奉官。鬪雞亦是五百兒。吁嗟猘犬下陛走。牧豬奴戲令人嗤。次年憲廟升遐。

王十李三

正統己未。廷試榜出。華亭錢原溥（溥）倣宋人王十李三之詩自誦曰。舉頭暫且窺張大。伸腳猶能踏小張。或以為近於忿。易之曰。頭上小張纔踏過。舉頭又見大張來。蓋會試崑山張敬之（穆）第二。溥第三。廷試第二甲張節之（和）第一。溥第二。而穆則和之母兄也。

勉甥

明錢昕初習舉子業。從張節之遊。其外祖吳思菴（訥）作詩遺之曰。阿昕近喜習科場。百里從師日夜忙。老我曾聞前輩說。一憑陰騭二文章。後登正統乙丑進士。仕知府。

宗人入學

湧幢小品載。明朝宗室日多。祿米日減。自將軍而下。有文學者得應試為秀才。趙者甚衆。士子為詩嘲曰。願將紗帽換儒巾。解帶繫縧穩稱身。老爺博得相公叫。娘娘會結秀才親。一王子口占叛云。紗帽儒巾氣類同。繫縧脫帶掛玲瓏。娘娘原抱老爺睡。喜得天潢有相公。聞者絕倒。

觴刖

張莊簡悅致政歸田。杜門不出。見風俗奢靡。益崇節儉。書揭屏間曰。客至留饌。儉約適情。殽隨有而設。酒隨量而傾。雖新親不抬飯。雖大賓不宰牲。匪直戒奢侈而可久。亦將免煩勞以安生。

乩對

唐伯虎召乩仙。令對雪消獅子瘦。乩即書云。月滿兔兒肥。又令對七里山塘行到半塘三里半。乩又書云。五溪蠻洞經過中洞五溪中。時刑部郎中黃暐亦令仙對羊脂白玉天。乩云。當出丁家巷田夫口中。黃明日往試之。見一耕者鋤土。問此何土。耕者曰。此鱔血黃泥土耳。衆始信其仙。

一對減死

駒陰冗記載。韓襄毅雍巡撫江南。方鞫死獄。忽誦句曰。水上東冰冰積雪。雪上加霜。久不能對。一囚冒死請對。韓曰。能對。貸汝死。囚曰。空中騰霧霧成雲。雲開見日。韓稱善。果為減死。或謂不若空中擁霧霧成雲。雲騰致雨。更順。但見日意於囚為當耳。

陳五父詩

弘治間。海寧陳五善畫山水。其父五十。忽欲讀書。坐閉一室。晝夜不息者五年。遂能詩。題賈似道湖山圖云。山上樓臺湖上船。平章醉後懶朝天。羽書莫報樊城急。新得蛾眉正少年。

嘲新貴

中洲野錄載。樂平彭綬之福守泰州。以直道忤部使者。歸。適友人新登第。綬之具酌邀之。以微雨屢速不至。乃遣以詩云。倘來名利若浮雲。何事凝兒太認真。咫尺泥途行不得。山陰雪夜是何人。時傳誦之。

九月桃花

閩高共堅瑰令番禺日。鎮守府紅桃九月盛開。三司諸公皆有吟咏。索題於高。高題

詩云。九月雷聲振海涯。絳桃開遍五侯家。殷勤報與寒梅道。莫逐東風浪放花。

驛丞登第

百可漫志載。成化間。張驛丞某。山東鄉試中式。督學畢瑜贈之詩曰。一官恥不與清流。退食遺編自校讐。枳棘豈能留彩鳳。鹽車未必困驊騮。東藩領薦名初顯。西蜀題橋志已酬。脫却樊籠入佳境。春雷萬里步瀛洲。考登科錄。成化戊戌進士譚溥。四川瀘州人。係山東蕉縣驛驛丞登第。詩有西蜀句。為溥無疑。百可為張驛丞。誤。前正統辛酉。豐城鄭溫以松陵驛丞南畿中式。登壬戌進士。登科錄及吳江志可証。

詩贈教授

弘治中。有老儒以貢授教職。翰林某題白頭翁送之云。幽谷多年滯羽翰。上林今借一枝安。世人莫笑頭空白。看取春花雨後殘。

江東太守

綠雪亭雜言載。江東某太守。文雅政聲頗得時譽。逆豎劉瑾求速賄。禱於紫姑仙。仙降筆曰。幾樹棠陰種未成。使君何事苦經營。雷霆怒擊冰山碎。只恐錢神也不靈。竟直入而瑾果敗。太守以贓刺落職。

朱原虛

明江州朱原虛有詩名。父亡時。二弟俱幼。原虛匿父所遺綾錦十餘篋。二弟流離居外。一日原虛召仙。即降筆曰。何處西風夜捲霜。雁行中斷各悲涼。吳綾越錦藏私篋。不及姜家布被香。原虛得詩。里恐。召二弟分其貲。勸勉之。後俱登科。

詩止飛稅

樂平值大造稅冊。彭綬之子屬司書者飛稅他戶。綬之知之。延司書飲。戲吟詩曰。洛陽城中桃李花。飛來飛去落誰家。司書曰。舊時王謝堂前燕。飛入尋常百姓家。綬之曰。既不飛上天。飛入地。不過飛入百姓家。何忍為此。乃為詩謝之曰。洪水推沙塞兩涯。推來推去只交加。誰知二世宮中鹿。走過劉家又李家。司書感其意。飛稅乃止。

張巽德廟

荊州張巽德廟題咏甚多。當塗楊觀作人頗傳誦。其後四句云。山勢西迴終趙漢。江聲東去尚吞吳。營星不隕將軍在。未必中原不可圖。特有思致。

寄夫詩

成化中。秦新女子蕭鳳質。因夫游學郡城。屬小疾。為詩以寄。有云。聞不安。恨東西相

隔妄職有所不能盡徒涕泣懷念而已小詩慰勉欲把相思遠寄君恐教牽動讀書心閒花野草休關念養取葵心向紫宸又閒居筆記載一士居太學其妻寄鞋襪并詩云綫襪弓鞋別樣新殷勤寄與讀書人好將穩步青雲上莫向平康謾惹塵可謂相勗以正者矣

孝宗對語

明孝宗體稍不佳即誦詩曰自身有病自心知身病還將心自醫心若病時身亦病心生原是病生時嘗因重九出一對曰今朝重九九重人過一重陽未有能對者

李西涯

李西涯東陽柄政無救世亂揚州陸滄浪以詩譏之曰文章聲價斗山齊伴食中書日又西回首湘江春水綠鷓鴣啼罷子規啼蓋以鷓鴣聲道行不得也哥哥子規聲道不如歸去湘江者西涯故鄉也西涯卒不能捨輕薄者畫一醜惡老嫗騎牛吹笛題曰李西涯相業或以告西涯西涯自題一絕云楊妃血濺馬嵬坡出塞昭君怨恨多怎似阿婆牛背穩笛中吹出太平歌免山堂謂此詩沈石田題亢嫗牧牛圖未知孰是

詩讖左璫

成化中程信參贊南都左璫安寧時為守備燕程設席中為已坐而以程位其下信戲為一絕云主人首席客居傍此理分明大不祥若使周公來守備定應席上放交牀安見詩遂分賓主

雍世隆

雍世隆泰巡鹽兩淮見竈丁貧而縲者幾二千人比及二年俱與完室既去淮人咏曰客邊簡橐渾無硯海上遺民盡有家又曰了卻四千男女願春風解纜去朝天後以忤劉瑾致仕

陳白沙詩

世以陳白沙詩不入法而麓堂詩話載其題厓山大忠祠曰天王舟楫浮南海大將旌旗仆北風世亂英雄終死國時來胡虜亦成功身為左衽皆劉豫志復中原有謝公人衆勝天非一日西湖雲掩岳王宮以為深知音律者又白沙外傳中儘有好句如仲尼不作周公夢天下誰嗟吾道衰又一春花鳥篇章廢萬里雲霄羽翼孤又出牆老竹青千箇汎浦春鷗白一雙又竹徑旁通沽酒市桃花亂點釣魚船此等句何常不佳

李程龍遇

李東陽四歲能作大字景皇召見抱置膝賜上林珍菓六歲時程敏政以神童同受英宗召見過宮門不能度上曰書生腳短李曰天子門高時御饈有蟹上曰螃蟹一身甲冑程曰鳳凰遍體文章李曰蜘蛛滿腹經綸上又曰鵬翅高飛壓風雲于萬里程曰鰲頭獨占依日月於九霄李曰龍顏端拱位天地之兩間上悅曰他日一個宰相一個翰林命皆肄於翰院

雨帝謠

正統末京師旱街上小兒為土龍祈雨拜而歌曰雨帝雨帝城隍土地雨若再來還我土地成羣噪呼不知所起未幾有監國即位之事繼又有復辟之舉謂雨帝者與弟也城隍土地謂郕王有此土地也雨再來還土地謂駕旋而復辟也

石羊鳴

西樵野記載徐武功有貞謫金齒過一寺見老僧治果茗遠迎武功訝而問之僧曰吾寺有石羊每異人至則鳴宋時一鳴蘇相至昨夕復鳴而公適至故治果茗以迓

于謙妾王振兒

兵部侍郎項文曜媚附于肅愍公每朝侍漏必附于耳密言及朝退亦然行坐不離時目為于謙妾戶部侍郎王祐貌美無鬚諂事王振振甚眷之一日問祐曰王侍郎何故無鬚祐曰老爺無鬚兒子豈敢有時聞者絕倒

朱靜菴

成化間海寧朱靜菴教諭周汝航濟之妻能詩其咏明妃曰玉容憔悴向胡天為惜黃金悞少年堪笑君王重聲色丹青不畫夢中賢咏虞姬云貞魂化作原頭草不逐東風入漢郊詞氣烈烈錢叟曰劉長卿謂李季蘭為女中詩豪余於靜菴亦云

銓部

吏部曰銓部嘉靖末創立製藏之法則改為藏部可矣伍蒼菴林居漫錄載一詩云冢卿無計定官銜枯竹拈來卻有靈若使要津關節到依然好缺作人情

改琵琶曲

崇禎壬午南畿榜發物議沸騰有告廟文四六精工哄傳一時又改琵琶記二曲綉帶兒云費金錢穩取圖甘旨又落得誇兒顯爰終不見范丹寒賤有一個應舉及第

須知功名富貴錢所與錢若與不求而至營生是把文章擲取天須堅我我秀才不富的情罪太師引云身將老觀場有幾得志正當今日終不然為看滿把牙籤却否後一領荷衣真癡此番榮貴雖可擬怕錢少買不得榮貴秋闈裏紛紛的多是富儒堪笑那沒家私的也去求試　順治丁酉方猶錢開宗典試江南首題為貧而無諂章榜發後亦有黃鶯兒云命意在題中賤貧兒重富翁詩云子曰全無用切磋未通琢磨欠功其斯之謂方能中告諸公多財子貢貨殖是家風又詩云孔方主試副錢神題義先分富與貧定價七千方立契經房十五不論文金陵自古成金穴白下從今叛白丁最訝丁酉兼壬子博得財星始發身

壁詩四絕

敖東谷英一日山行午飯農家見壁上四絕句意甚警策或曰晦翁詩也鵲噪未為吉鴉鳴豈是凶人間凶與吉不在鳥音中一　耕牛無宿草倉鼠有餘糧萬事分已定浮生空自忙二　翠死因毛貴龜亡為殼靈不如無用物安樂過平生三　雀啄復四顧燕寢無二心量大福亦大機深禍亦深四

譏奉使

農田餘話載至正乙酉遣廷臣為諸道黜陟使察官吏賑貧乏褒善良禮高年奉遣者惟以斂取民財為事民大失望作詞曰九重丹詔頒恩至萬兩黃金奉使回又官吏黑漆皮燈籠奉使來時添一重

吳敏德詩

吳文恪訥由醫士薦舉仕至副都御史其按貴州還有司以黃金百兩餽公追送至夔州公不發封反之題詩其上曰蕭蕭行李向東還要過前途最險灘若有贓私并土物任教沈在碧波間

劉侍郎謔詞

滁州劉康夫清少為州學生當丁祭畢見諸生爭取祭物乃戲為彈文曰天將曉祭祀了只聽得兩廊下鬧炒炒爭胙肉的你精我肥爭饅頭的你大我小顏淵德行人見了微微笑子路好勇者見了心焦燥夫子喟然嘆曰我也曾在陳絕糧不曾見這彩餓莩近日有做其意詠武生云也戴銀雀帽也穿粉底皂也要着襴衫也去謁孔廟顏淵喟然歎夫子莞爾笑游夏文學徒驚駭非同調子路好勇者怒目高聲叫我若行三軍著他鍘草料

楊文貞詠梅

宣正間三楊皆秉樞軸溥榮由進士士奇以薦舉致相位一日會席間以松竹梅為題分賦一詩文敏文定題畢各書賜進士某文貞知其誚己乃奮筆題梅詩曰竹君子松大夫梅花何獨無稱呼回頭試問松與竹也有調羹手段無二公笑而謝之

假詩投刺

胡文穆廣與楊文貞善約致政歸拏舟往來廣病篤文貞猶在朝時人投詩假楊作云漢朝胡廣號中庸今日中庸又見公堪笑古今兩奸宄天教名姓正相同廣得詩慚憤而卒按宋陳賈劾朱文公人誚之曰姬周大聖猶遭謗伊洛名賢亦被譏堪笑古今兩陳賈如何專把聖賢非前詩蓋祖此

夏公大度

夏忠靖原吉寬中大度有賜硯僕以冬月炙冰損破諭而釋之又驛夫偶焚公隻襪亦笑而不問嘗詠蟮首云非龍非虎亦非熊頭角皆因造化為不向草茅誇氣象却於廊廟著威儀昂昂飽歷風霜古默默深承雨露滋寄語群飛諸燕雀好來相近莫相疑

姚少師

姚少師領敕往蜀雲臺觀懸旛至蘇暫駐寒山寺偶在松下散飯曳履獨行會吳邑曹二尹喝道來少師行如故尹怒執而詈之少師受詈不自道人有識之者曰此姚少師也曹恐伏地請罪少師作詩曰出使南來坐畫船袈裟猶帶御爐烟無端撞着曹二尹二十皮鞭了宿緣

劉伯川識鑒

泰和劉伯川善觀人楊士奇陳孟潔以故人子往候之因留飲雲齋酒酣命各賦詩言志孟潔云十年勤苦事雞窗有志青雲白玉堂曾侍春風楊柳陌紅樓爭看綠衣郎士奇云飛雪初停酒未消溪山深處踏瓊瑤不嫌寒氣侵人骨貪看梅花過野橋伯川笑曰陳子十年勤苦僅博紅樓一看當為風流進士楊子雖寒當大用後孟潔以永樂丙戌登第以廢常終東里以薦舉至少師如伯川言

駝峯熊掌

呂震與解縉侍食中美味呂曰駝峯珍美恨未之識解云僕嘗食之呂知其誑他日從光祿得死象蹄遺語解曰昨有駝峯之賜宜共饗焉解至大嚼呂戲以詩曰翰林

有個解癡哥光祿何曾宰駱駝不是呂生來說謊如何嚼得這般多相與大笑而別

江綠蘿雪濤集載一師命熊掌亦我所欲也題其徒文中云朝而饔朝此熊掌也夕而飧夕此熊掌也先生笑曰老夫從不曾得熊掌嘗新你却把作小菜吃為之絕倒

咏桃

古旗雜錄載吳康齋咏桃詩雲臺清曉玉無瑕獨立東風玩物華春趣夜來深幾許小桃又放兩三花有吾與點也氣象

烏啄蝗歌

康熙壬子夏吳中大旱飛蝗蔽天竹粟殆盡蝗亦有為鶻䳺所食者余家庭中椿樹有烏巢朝暮飛鳴甚可憎惡斯獨喜其捕蝗中有一無尾者攫啄尤多胡湖翁善而作歌曰昔人曾稱鶻種麥今日喜見鶻捕蝗吳民徵輸困來久況復連遭水旱殃苗未插蒔田未墾催科已比五分糧仰屋躊躇莫措手忽聞蝗來西北方老人昔年被災沴談虎色變如虎傷無稼可食且集樹繩繩振振滋駭惶園竹岸蘆剗即盡黃衣三使徵要樣浙中消弭賴刺史吾蘇漫漫無短長烏鳥唼唼高下翔奮迅攫啄如鷹揚承蜩之捷猶掇爾就中尤羨禿尾狠群烏相將飽粉腹吳民或得療飢腸壹上快睹等捷凱擬草露布為張皇白公大嗤可勿請竟當進號烏鳳凰將烏異止在鄰屋燮之部彈將弓藏湖翁名汝源少為弟子員潦倒場屋年八十有五卒

雁詩賜第

宋王奇字漢謀館人家貧補縣小吏令題雁詩一聯於壁曰隻隻銜蘆背曉霜書隨鶯驚立寒塘奇密續之曰晚來漁棹驚飛去書破遙天字一行令見而詢之大歎賞使遊學都下真宗得其詩召見立賜及第時稱天子門生

書生夜巡

范周字無外方臘之亂州民團結巡邏雖士流不免周率諸生冠帶夜行題詩燈籠云自古輕儒莫若秦山河社稷付他人而今重士如周室忍使書生作夜巡守將聞之亟為罷去

孔門七十二賢

北齊石動筩嘗詣國學問博士曰孔門達者七十二人幾人冠幾人未冠博士曰經傳無文動筩曰先生讀書豈合不解冠者三十人未冠者四十二人博士曰據何文解之動筩曰冠者五六人五六得三十也童子六七人六七四十二也合之得七十二人也眾皆大笑〇一說入問三千弟子後來作何結果答曰二千五百人為軍五百人為旅

小試冒籍

華亭人冒籍上海小試憤其不容大書通衢云我之大賢與於人何所不容我之不賢與如之何其拒人也上海人答云我之大賢與何必去父母之邦我之不賢與焉往而不三黜

水香勸盞

庵藏畏內欲出則謁假於細君細君滴水於地水不乾當歸若去遠則燃香指至某所以為限一日因事罷聚方三行酒庵色欲遁眾客覺之詰曰庵君恐砌水隱影香印過界耳吾輩人撰新句一聯奉酒一盃庶得早歸不罰眾以為善一人捧甌吟曰解禀香三令能遵水五申通庵飲盃別云細撣防事水短蓺戒時香別云戰兢思水約蒯勖赴香期別云出佩香三尺歸防水九章別云命繫逡巡水時牽決定香庵連飲六七巨觥吐嘔淋漓既上馬羣諫謂使人曰夫人若怪歸遲但道被水香勸酒留住耳

賀喪妻

解縉常弔友人喪妻入門曰恭喜繼曰四德俱無七出咸備嗚呼哀哉大吉大利盍學士夫人亦悍也

洗馬

劉定之暨洗馬朝遇少司馬王偉王戲之曰太僕馬多洗馬須一一洗之劉笑曰何止太僕諸司馬不潔我亦當洗〇楊文懿公守陳以洗馬乞假行次一驛其丞不知為何官也坐而抗禮卒然問曰公職洗馬日洗幾馬公漫應曰勤則多洗懶則少洗無定數也俄一御史至則公門人也跪而起居丞恐百態乞憐公卒不較

周德華

周德華劉採春女也春時喜踏青郊外見楊柳垂垂則採其枝結為同心隨流水放之每放一枝則歌云碧玉妝成一樹高萬條垂下綠絲絛不知細葉誰裁出二月春風是剪刀萬首絕句作賀知章詩

春歸

孟淑卿有春歸詩云。落盡棠梨水拍隄。淒淒芳草望中迷。無情最是枝頭鳥。不管人愁只管啼。

道河亭詩

穆陵道河亭上有題詩云。殺雨初晴綠漲溝。落花流水共沉浮。東風莫掃榆錢去。為買殘春更少留。

青桐詞

春來士女踏青郊外。有以錯刀畫詞青桐樹上云。春光入水到底碧。野色隨人是處同。何事殷勤頻借問。妾家止住杏花東。

崔唐臣

茗齋隨筆云。崔唐臣閩人。與蘇子容呂晉叔同學相好。二公登第。崔遂罷舉。後二公在官。偶乘馬俏出循汴岸。見一人停舟生蓬窗下。乃崔也。亟下馬。詢其別後況味。曰。初檢篋中有錢百貫。以其半買此舟往來江河間。以半販雜貨取息以自給。雖云汎梗飄蓬。差愈應舉覓官時也。二公邀與同歸。崔不可。但問官居坊曲所在。別去。明日二公出外歸。見崔留一刺。再訪之。舟已行矣。歸復閱其刺。末幅有詩一絕云。集賢仙客問生涯。買得漁舟度歲華。案有黃庭罇有酒。少風波處便為家。二公為之憮然。

神童詩

神童詩一舉登科日句。乃宋陳林贈王俊民登科詩。時韓魏公亦贈詩云。青雲一第人皆有。白髮雙親世所無。時又有兄弟同榜者。有客贈詩曰。綵衣膝下成行舞。丹桂庭前並幹生。

聶夷中詩

聶夷中傷田家詩云。二月賣新絲。五月糶新穀。醫得眼前瘡。剜却心頭肉。我願君王心。化作光明燭。不照綺羅筵。徧照逃亡屋。夷中字坦之。咸通十二年進士。為華陰尉。此詩最有深意。學齋佔畢誤以二月無絲。五月無穀為解。不知二月將事於蠶。五月正力於農。而賦稅急征。不得不稱貸於有力者。及絲穀既登。則倍息以償。是未絲而賣。未穀而糶矣。以辭害志。豈說詩者乎。

種芝麻

諺云。長老種芝麻。未見得吃。相傳芝麻必夫婦同下種。獨種無可得之理。長老無妻者也。猶憶唐詩云。蓬鬢荊釵世所稀。布裙猶是嫁時衣。胡麻好種無人種。合是歸時祇不歸。

戚允高

正統中吳中戚允高采。初為御史。有聲。旋以奏事被謫廣西古田典史。未幾陞四川羅山知縣。皆有山水之勝。為詩曰。性懶才疏官亦拙。天然處處有青山。銓司頗信為知己。一度遷移一度閒。有怨而不怒之意。

諷覲競渡

鄱陽高舉任御史罷歸。謝絕人事。一日掉小舟至城下。值郡守飲月波樓觀競渡。舉微服箕坐舟中。守怒逮至。令具供狀。舉書一絕云。皇后升遐未一年。今春先帝宣德又賓天。江山草木皆垂淚。太守如何看畫船。守詢之。知為高侍御。慚而罷宴。

袁伯修

珂雪齋隨筆載兄伯修宗道為諸生時。夢身違懸一牙牌。上書洗馬二字。後書顏回二字。年二十七。舉南宮第一。官翰林。至三十二。頗疑懼。明年以宮詹告歸。生朝作一枝花帶折桂令小曲。以自壽云。秋風高掛洞庭帆。夏雨深耕石浦田。春腮飽喫南平飯。笑先生歸忒晚。明朝已是三三。雕虫呵懶拈象管。野鹿呵難聯鷺班。隊駒呵且養

龜年。蛾柳成圍。修竹園菴。講甚麼道非道。夢中的老聃。說甚麼空非空。紙上的瞿曇。只消過了尋常甲子萬萬千千。又八年。官至掌坊卒於京。按伯修於詞曲號當家。又有付阿雖楊柳蠻腰。知何處桃花人面之句。

堅瓠首集卷二終

堅瓠首集卷之三目錄

吕仲實詩　題紙鳶
水雲鄉　藕隱花藏
澹山狐　獼猴世情
誓儉草　姚學士
會稽女子　鄭元和行乞圖
白仁甫詞　鑼鼓詩
草下曲　謚文正
代少年書　阿瘖瘖
陽明前身　郭清狂
卓吾侍者　宸濠妻妃
款東谷　甘矮梅
詩贈盜　盜竊書
黃金對聯　倭房公

晚達　辛未狀元謎
題何吉陽軸　曾偶然
蝗蟲感德　劉寵廟
朱蟲　常州守謠
蘇豹鄭洛書　侶鍾強珍
陸陳諧語　毛邊的對
沈陳姓對　分谷
十七字詩　改蘇詩
黃雷毬　楊復詩
販螢　量田
錢雀灘　縮腳詩
咸語賦謔　又名
楊夫人詩祖山谷　隱天干地支
卯娘　墜馬
唐安寺樓　南內宮人
錯寫琵琶　五色詩
五色賦　汪太公歸娩
麗江土知府　吳節厚德

堅瓠首集卷之三

清　長洲石農褚人穫學稼纂輯

呂仲實詩

輟耕錄載元中書左丞呂仲實思誠未遇時晨炊不繼將携布袍貿米於人室氏有難色因作詩云典却青衫供早廚老妻何必更躊躇瓶中有醋堪澆菜囊底無錢莫買魚不敢妄為些子事只因曾讀數行書嚴霜烈日皆經過次第春風到草廬後果登第水東日記又載仲實寄內詩云自從上馬苦思卿一箇窮家兩手撐少米無柴休懊惱大男小女好看承恩深夫婦情何極道合君臣義更明早晚太平歸計遂連盃共飲話離情真切語不減元白

題紙鳶

宋侯元功蒙少游場屋年三十一始得鄉貢人以其年長忽不加敬輕薄者畫其形於紙鳶上引線放之元功見而大笑作臨江仙詞曰未遇行藏誰肯信如今方表名蹤無端良匠畫形容當風輕借力一舉入高空才得吹噓身漸穩只疑遠赴蟾宮雨餘時候夕陽紅幾人平地上看我碧霄中後一舉登第徽宗時為宰執謚文穆

水雲鄉

獅山掌錄云宋有人江行得童女二人自稱兄妹兄解捕魚妹專繡刺居歲餘欲把之愜辭年幼一日女子題詩檣間云覓得如花女朝朝依繡牀百花渾不愛只是繡鴛鴦其兄曰依人為難不如且去復題詩於壁曰終日繡鴛鴦懶把蛾眉掃且歸水雲鄉百年可偕老因化為雙鴛飛去

藕隱花藏

張確遊白蘋洲見二碧衣女子攜手吟云碧水色堪染白蓮香正濃分飛俱有恨此別幾時逢藕隱玲瓏玉花藏縹緲容何當假雙翼聲影暫相從確逐之化為翡翠飛去

澹山狐

永州澹山巖巖有馴狐凡貴客至則鳴郡志完浩將至而狐輒鳴寺僧出迎志完怪之僧以狐鳴對志完作詩曰我入幽巖亦偶然初無消息與人傳馴狐戲學仙伽客一夜長鳴報老禪

獼猴世情

程伯淳顥遊山僧云晏元獻南來獼猴滿野伯淳戲題一絕云聞說獼猴最世情相車來便滿山迎鞭羸到此何曾見始覺毛蟲亦世情今之世情過地皆毛蟲矣

誓儉草

元世祖思太祖創業艱難取所居之地青草一株置於大殿丹墀之前名曰誓儉草蓋使子孫知勤儉之節至正間大司農達不花公作宮詞其一云墨河萬里金沙漠世祖深思創業難却望闌干護青草丹墀留與子孫看

姚學士

元學士姚燧字希聲致政家居年八十餘夏日沐浴侍婢在側因私焉婢前拜曰主公年老賤妾倘有娠家人必見疑願賜識驗學士捉其圍肚題詩曰八十年來遇此春此春過後更無春縱然不得扶持力也作墳前拜掃人學士卒後此婢果生子家人疑其外通婢出詩遂解聞雲間陸平泉事亦類此

會稽女子

崇禎癸酉新嘉驛壁有會稽女子題詩并序云予生長會稽幼工書史年方及笄嫁與燕客具林下之風致事負腹之將軍加以河東獅子日吼數聲今早薄言往愬逢彼之怒鞭箠亂下辱等奴婢氣塡胸臆幾不能起嗟乎紅顏薄命死何足惜但恐湮沒無聞直與草木同腐故忍死須臾以淚和墨題詩於壁倘輶軒君子過此讀之悲予生之不辰則余死且不朽矣詩云杏紅衫子半蒙塵一盞殘燈伴此身恰似梨花經雨後可憐零落不成春　終日如同虎豹遊含情默坐恨悠悠老天生妾非無意留與風流作話頭　萬種憂愁訴與誰對人強笑背人悲此詩莫作尋常看一句詩成千淚垂馮猶龍和詩云千秋紅粉盡成塵詩句猶留夢裏身恰似太真香襪在何人指點馬嵬春○已嫁從夫怨阿誰換花換馬亦何悲忍將無限閨中苦博取詩名壁上垂

鄭元和行乞圖

元趙仲穆雍文敏公之子善書畫曾見其所畫鄭元和行乞圖首戴方巾而以破絹裹其外右手執簡板左持一籃一罐碎於地雖衣衫藍縷而人物丰姿飄逸不羣上有詩云鄭子曾誇蓋世才風塵一墮甚張乖歌殘世上蓮花落誤却天邊桂子開霜雪有情飄瓦難雨雲無夢到陽臺試看身上千千結盡是恩情博得來

白仁甫詞

元白仁甫勸酒寄生草詞云長醉後方何礙不醉時有甚思糟醃兩箇功名字醅

千古興亡事麯埋萬丈虹霓志不達時皆笑屈原非但知音說盡陶潛是又有沉醉東風漁父詞云黃蘆岸白蘋渡口綠楊隄紅蓼灘頭雖無刎頸交却有忘機友點秋江白鷺沙鷗傲殺人間萬户侯不識字烟波釣叟

鑼鼓詩

至正間上下以墨爲政風紀之司贓污狼籍時送迎廉訪官計則用二聲鼓一聲鑼起解強盜則用一聲鼓一聲鑼輕薄者爲詩云解賊一金并一鼓迎官兩鼓一聲鑼金鼓看來都一樣官人與賊不爭多又有醉太平詞一闋云堂堂大元姦佞專權開河變鈔禍根源惹紅巾萬千官法濫刑罰重黎民怨人喫人鈔買鈔何曾見賊做官官做賊混賢愚哀哉可憐

輦下曲

廬陵張光弼昱作輦下曲皆詠故元國俗一云守内番僧日念吽御廚酒肉按時供組鈴扇鼓諸天樂知在龍宮第幾重○似嫌慧日破愚昏白晝尋常下釣軒男女傾城求受戒法中秘密不能言前言胡僧亂宮闈後言亂民間釣軒俗云釣闌僧房下釣闌而置婦女受戒於中也

諡文正

劉瑾欲中傷楊邃庵一清李西涯力救乃免及西涯病篤楊慰之曰國朝以來文臣無有諡文正者如有不諱請以諡公西涯頓首稱謝卒後得諡文正有人改宋人譏京鏜詩以刺之云文正從來諡范王如今文正卻難當大風吹上梧桐樹自有傍人說短長

代少年書

萬曆丁酉冬公安袁小修中道客金陵新安一少年游大學狎一妓情好甚篤遂傾囊娶之其人久失怙兄主家政甚嚴正遺書切責之必欲遣去不則不復相見且理之官少年憂懼不能措辭裁答因謂小修曰事已如此可奈何但我兄亦知讀書頗愛才若得數千言一書以感動之吾事濟矣才思蹇澀求先生爲草數紙使此人不出帷當效環草之報小修爲作一書淋漓數千言雋氣可喜達之於兄後月餘晤少年欣然曰我兄有字至云與弟未別數時筆下便已如此既有讀書之志即攜新婦歸余不以一眚蓋平生也欲來聚偕歸因置酒爲小修壽令姬捧觴爲歌一曲友人笑謂小修曰相如作長門賦得千金今子得此人歌一曲勝相如千金多矣明晨送

之江干揮淚而別其書曰信來得領嚴教感激慚恧不可勝言自先人歿後得吾兄提攜以有今日某雖不才沾雨露之潤借朱藍之益亦既有年雖有童心粗知名教若夫逐野外之鴛鴦忘堂上之鴻雁聽花間之曲背霜條之荒即死不爲也但一時迷昧忽忽如夢今事定情牽有不能頓遣者緣斯人去年自離陽昌酒鑪即永居竹橋旅寓不意入室之柳葉遂成結子之桃花懷娠已經四朔念烏衣之派不番青箱之望尚窅兄與弱弟皆艱嗣息設得一兒燕嘗有托如莫愁之產阿侯胡婢之生遙集亦爲幸事且近日維揚間有以紅粉妖姬孕青雲上客者兄所目擊天下事不可知淤泥出蓮花糞土產芝蘭此其未能頓遣者一也斯人雖在烟花志堅松柏勉離舊巢得過阿母彼重失錢樹恨切肌骨大罵分袂恩斷情絕設令再入故棧顛面何容磨折何堪恐登車之日即畢命之時昔嚴武與妓俱亡追者纔至付之琴絃後作祟不止我雖不殺由我而死恐倩女相逐止有芳魂小玉不仁能爲厲鬼此其未能頓遣者二也斯人自入門改去鈿蟬謝下隋馬舞衣歌扇付之塵土縞衣綦巾晨起操作言不出户苦不勞身宛似良人克相婦道且夜勤刀尺以佯膏火相勉伊吾以致雲霄此其未能頓遣者三也邸中所藏雖無長物尚有博山舊爐雀尾遺鼎砂翠斑斕之器牙玉輝映之章畫則小李將軍書則海岳外史皆令之收藏司其管鑰設爲德不終將燕鶯化爲鷗鷺恐付之祖龍盡成灰燼則先代所遺皆爲烏有此其未能頓遣者四也自吾兄嚴命一到斯人即泣曰儂身小蠢亦知趙子姊兄妾雖烟花下賤幸已有身設欲逐我俟分娩之日爲君家存此一脈然後自覓白練永赴黃壚弟聞之亦自傷心夫即欲處之亦須少緩今閱五幾何豈稻麻也哉而弁髦之乎此其未能頓遣者五也處此五不能頓遣之勢則弟之宜遣而不即遣也亦略有可原矣至兄責弟以罪罪何處無生平讀古人書見夫桃根桃葉同登子敬之舟阿田阿錢共列稼軒之帳白太傅之小蠻樊素蘇學士之朝雲榴花集中殊不自諱誤信古人風流冶習未能頓除尤而效擊此其罪一也歲月如流未必吾與開口而笑寧有幾時一席多姿妄同安石之癖千金散盡寧甘太白之貧遂使班駟之賜書僅存陸賈之遺金漸罄此其罪二也古人又云文有仗景生情托物寄興麗人燃燭遠山磨墨千古一道弟每遇枯坐文思不屬微聞香澤倚馬萬言出鬼入神驚天動地兩儀發耀于行中列星迸落於紙上此其罪三也江左烟月繁華六朝金粉舊地謝家調馬之蹊尚餘芳草王氏鼓棹之曲仍有文波土風俗習偶而相沿此其罪四也近日

文人槩多勝事如某某皆少年冶遊目為蕩子一旦懷蛟變化立致青雲豈留連烟月即屬塵土下士乎弟不肖誤有此見此其罪五也弟又有昧死一言世間亦自英雄豪傑能為格外之事財色小失自當赦除天下有事正賴命世長才曲謹小廉豈能成事當北宋與契丹為隣大小七十餘戰屢致敗北而能大破之者乃欲娶薛居正子頍之張齊賢也澶淵之役宋幾不保卒能擁駕渡河重造社稷者乃溺愛倩桃之寇萊公也宋既南轅金虜破竹而下而能黃天蕩上幾制兀朮之死命者乃娶妓女梁氏為妻之韓蘄王也宋時止有此三大偉人皆能造非常之功而亦未始無非常之過彼恂恂謹飭如張德遠輩終身無二色如王安石輩何益於存亡之數弟雖不才設國家有事寄之一面尚能談笑郤虜樽俎破敵自信才略不後古人不能自制于口而輕作此語以示長者此其罪六也抑情忍欲事本非易故古人云不邇聲色今不幸邇之矣邇之而能不溺非聖賢不能與通德有言夫淫於色非慧男子不至也慧則流流則通而辟生焉自古英雄不能不牽情於帷幙蘇武於嚙雪吞氈之時而猶有胡婦之娶瞿曇氏不云乎一切有情皆因淫慾而正性命即參玄上士亦虞習氣難除尚借安般數息之禪白骨流光之觀然後暫能驅遣假使凡當盛年有多情女子苦相流連以死自誓不出兄門兄遽能以慧劍斬之乎弟不能如下惠生懷頭陀一宿而坐懷落有情之癡此其罪七也有此七罪弟何以見吾兄哉惟兄赦其七罪察其不能頓遣之情而解三面之網令弟得遂私願同歸舊居絕意鉛華精心竹素發二酉之藏竟三餘之秘見子雲之腸反思王之胃三年之後不唾取大物為一家光寵者願兄擯絕之以為蕩子之戒皇天后土實聞斯語人行匆匆言辭無叙幸惟原宥

阿癐癐

吳俗小兒遇可羞事必齊拍手叫阿癐癐不知所起輟耕錄載淮人延江南於臨陣之際齊聲大喊阿癐癐以助軍威又朝野僉載武后時南皮縣丞郭勝靜（一作務靜）喚民婦託以縫補而奸之夫至縛勝靜鞭之主簿李悊往救勝靜羞諱其事答云忍痛不得阿癐癐勝靜不被打阿癐癐則知其來已久唐六如嘗題列仙傳云但聞白日昇天去不見青天走下來忽然一日天破了大家都叫阿癐癐

陽明前身

王陽明嘗遊僧寺見一室封鎖甚密欲開視之寺僧不可云中有入定僧閉門五十

年矣陽明開視之見龕中一僧儼然如生貌酷肖己陽明曰此豈吾之前生乎既而見壁間一詩曰五十年前王守仁開門即是閉門人精靈剝後還歸復始信禪門不壞身陽明悵然久之建塔以瘞而去

郭清狂

清狂道人郭詡畫有天趣詩有風刺王陽明初以尋常畫史待之後見其畫雪樵圖題詩云兩束樵薪僅十錢雪深泥滑自堪憐市城誰念青山瘦盡日廚頭不斷烟又畫牧牛晚歸圖題詩云雨腳風聲滿樹頭隨身蓑笠勝羊裘柴門尤道牛歸晚江上風波未泊舟陽明稱賞以賓禮優之

卓吾侍者

李卓吾侍者懷林甚穎慧病中作詩數首袁小修隨筆載其一絕云哀告太陽光且莫急如梭我有禪未參念佛尚不多亦可念也

宸濠婁妃

宸濠妃婁氏性賢明善吟咏濠嘗作秋懷詩有莫向西風問彭蠡盤渦怒欲起蛟龍之句妃探知其意嘗泣諫之濠令妃題樵圖乃樵回首與婦語妃題曰婦喚夫兮夫轉聽採樵須是擔頭輕昨宵雨過蒼苔滑莫向蒼苔險處行觸事諷諫濠知其意而不聽發難時妃又作詩曰金雞未報五更曉寶馬先嘶十里風欲借三杯壯行色酒家猶在夢魂中及濠兵敗成擒妃赴水死

敖東谷

敖東谷英壯歲蹴死皮工逃入穹州年久妻議他適迎婦者已在門東谷突歸始敝或作詩云傷心鴛侶乍分行鴻斷鱗潛十五霜歸馬不隨今夜月桃花應向別園芳東谷念家貧難娶隱忍與居生二子正德辛巳登進士第官留都不挈以行納妾甚嬖焉二子不教以詩書及長但事生產作某綠雪亭雜言中嘗病朱買臣事蓋亦有謂而發

甘矮梅

江西甘矮梅通五經四方從學者甚眾一日門人御史某來謁甘與語久之求退甘曰能少留蔬食否及設飯惟蔥湯麥飯而已語之曰御史豈啖此者第老夫易辦耳因口占一詩云蔥湯麥飯丹田煖麥飯蔥湯亦可憐試向城樓高處望人家幾處未炊烟

詩贈盜

吳中老儒沈文卿家貧以授徒為生一夕寒不成寐忽見穿窬至其家覓物無所得文卿從容呼之曰穿窬君子盧勞下顧聊以小詩奉贈口占云風寒月黑夜迢迢辛負勞心走一遭架上古詩三四束也堪將去教兒曹穿窬含笑而去

盜竊書

有人借郎仁寶詩林廣記楞嚴經其家為盜入因犬吠而所竊無幾明日仁寶訪之其人曰并子之書失去矣仁寶作一詩云西廂月黑夜沉沉盜入君家犬吠紛刦把詩林經卷去始知盜賊好斯文

黃金對聯

丘南鎮岳由亞卿左遷藩參數厚遺江陵嘗以黃金製對聯餽之云日月並明萬國仰大明天子丘山為岳四方頌太岳相公是亦大詠之名欲相公時常記憶之意江陵喜將驟擢之未幾敗岳遂罷歸

倭房公

萬曆中御史房寰督學南畿以賄著諸生改阿房宮為倭房公以譏之云沙汰舉貲學一文運厄倭房出橫行一十三府擾亂天日科舉縱罷而歲考直抵丹陽四府溶溶禍入宮牆起𢧐神樓開財星閣滿載裝回狼吞鳥啄且逞威勢張牙露角眈眈焉逐逐焉垂涎吐渴真有似乎精魂失落慣起風波暴若祖龍厥腹虛空昧若河虹目無睟子誰識西東日長沉醉酒色融融倏焉發怒令人慘悽一日之內一人之身而變詐不齊百金補廩鎮江李孫斗珠入泮無錫周泰親家契友為過財人明燭熒熒開文場也兵快擾擾偽搜檢也題目着賦防曳白也鈐印橫斜暗記號也出案俱懸謂顛倒也熟察詳聽曉不知其所私也孔方兌容雖壞亦妍十目所視而莫辨焉有不可聞者遺臭萬年此倭房之行穢類市井之經營不畏天地之精英故於隔年預托親人渡水涉山訪生儒之富者而夤緣其間不分玉石真才銷礫怨氣邅迍道路聞之莫不歎息嗟乎皇上之心作養人才之心也倭縱貪婪亦當念國家奈何取財盡錙銖棄士如泥沙使豪傑之士一朝為失色之庸夫積學之儒宴時同謝命之婦文案首贓私多於監生之粟粒家書包舉浮於官店之帛縷德清光棍過於直隸之城郭子弟受賂出於公庭之招語使旁觀之人皆鄙賤而怨怒倭房之心方益驕固謗海公陷徐舉日本烈炬延燒南土嗚呼戕士類者倭房也可殺也譴倭房者何人也亦可殺也嗟夫使朝廷聽正人則足以拒倭倭不為哲學之人則自秀才士夫以及君誰得而被禍也科道不能明言而野史言之野史言之而遠播之是使野史而強於國史也

晚達

崔林玉露載紹興中黃公度榜探花陳敏修唱名時高宗問年幾何對曰七十有三問有幾子對曰未娶遂詔宮人施氏嫁之時人戲曰新人若問郎年紀五十年前二十三又清暇錄謂詹義登科後解嘲曰讀盡詩書五六擔老來方得一青衫新人問我年多少五十年前二十三清波雜志謂閩人韓南未知孰是

辛未狀元謎

隆慶辛未會試江陰袁舜臣作詩謎於燈上云六經蘊藉胸中久一劍十年磨在手杏花頭上一枝橫恐洩天機莫露口一點纍纍大如斗掩却半牀何所有完名直待掛冠歸本來面目君知否眾皆不解惟蘇州劉瑊一見能識之乃辛未狀元四字瑊亦是科榜眼及第

題何吉陽軸

何吉陽遷與黃某以學問友善吉陽巡撫江西過家某青衫來謁門者不即為通因散步堂上環視壁間懸軸其首則厳分宜筆也遂索筆刺書一絕云椒山已死虹塘謫天下誰人是介谿今日華堂誦詩草抬頭公度却能吞嚼門者投之拂衣而去吉陽得詩自慚亟遣追之舟去遠矣

曾偶然

泰和曾狀元鶴齡永樂辛丑會試與浙江數舉子同舟舉子年少狂生議論蜂出見曾簡默因共舉書中疑義問之遜謝不知竊笑曰夫夫也偶然預薦耳遂以曾偶然呼之既而眾皆下第曾獨首榜乃寄以詩曰捧領鄉書謁九天偶然趁得浙江船世間固有偶然事豈意偶然又偶然

蝗蟲感德

王荊公罷相出鎮金陵時飛蝗自北而南江東諸郡皆有之百官餞于城外劉貢父後至追之不及因書一絕以寄之云青苗助役兩妨農天下嗷嗷怨相公惟有蝗蟲偏感德又隨車騎過江東

劉寵廟

一錢太守劉寵廟在紹興錢清鎮王叔能過廟下賦詩曰劉寵清名舉世傳至今遺廟在江邊近來仕路多能者也學先生揀大錢

米蟲

淳祐間車駕幸景靈宮太學宗學武學諸生俱在禮部前迎駕有作十七字詩云駕幸景靈宮諸生盡鞠躬頭烏身上白米蟲識其歲歷廩祿也○張士誠有養士之譽凡不得志於時者爭趨附之美官豐祿富貴赫然有為北樂府譏之云皂羅辮兒緊扎捎頭戴方簷帽穿領闊袖衫坐箇四人轎又是張吳王米蟲兒到了

常州守謠

馬氏日抄云常州守莫愚巧於取賄而糾察郡吏使無所得時人語曰太守摸魚六房晒網繼愚者黨恭有廉操而律下不嚴吏曹得行其詐時又語曰外郎作鰍太守攪雷言勞而無獲也○近來貪吏多與六房通氣攬事語曰六房結網知縣摸魚

聶豹鄭洛書

永豐聶豹三山鄭洛書為華亭上海知縣同時有俊聲然議論殊不相下一日同坐察院門側人報上海秋試罕中式者豹笑曰上海秀才下第只為洛書鄭應聲曰華亭百姓當災皆因聶豹人咸以為妙對

侶鍾強珍

都憲侶鍾與通政強珍同席強執壺勸曰要你飲四鍾侶應聲曰你莫要強斟

陸陳謔語

陸文量(容)參政浙藩與陳啟東(㫤)飲見其寡鬚戲之曰陳教授數莖頭鬚無計可施啟東曰陸大人滿臉髭髯何須如此陸大賞歎笑曰兩猿截木山中這猴子也會對鋸啟東曰有犯章公勿罪乃云匹馬陷身泥內此畜生怎得出蹄相與撫掌竟日

毛邊的對

嘉靖間御史毛汝礪(伯溫)公宴時承差斟酒大溢毛曰承差差矣予邊廷實(貢)時為副使應聲曰副使使之也相與大笑四字上下各異音天然的對

沈陳姓對

歸安沈筠谿少絕敏穎弱冠補博士弟子與弟偕出時風雨暴作遇陳方伯兄弟於邸方伯戲曰大雨沈沈二沈伸頭難出沈即答曰狂風陳陳兩陳搖尾不開

分茶

明初某解元登第後偕伴至妓館妓知其才名欲試之乃瀹茶止兩甌名呈謝過即三分之以進曰三分分茶解解解元之渴某即應聲曰一朝朝罷行行行院之家諸書因解字皆作解看兩事

十七字詩

正德中有無賴子好作十七字詩觸目成咏時天旱太守祈雨未應作詩嘲之曰太守出禱雨萬民皆喜悅昨夜推窗看見月守知令人捕至曰汝善作十七字詩耶試再吟之佳則釋爾即以別號西坡命題其人應聲曰古人號東坡今人號西坡若將兩人較差多太守大怒責之十八其人又吟曰作詩十七字被責一十八若上萬言書打殺太守坐以誹謗律發配鄖陽其母舅送之相持而泣泣止曰吾又有詩矣發配在鄖陽見舅如見娘兩人齊下淚三行蓋舅乃眇一目者也

改蘇詩

東坡詩云無事此靜坐一日似兩日若活七十年便是百四十有更之者曰無事此遊戲一日似三日若活七十年便是二百一馮猶龍反其詩曰多事此勞擾一日如一刻便活九十九湊不上一日

黃雪毬

明無錫黃公棣善方脈而能詩嘗咏雪毬云六花平地捲成毬不待雲斤月斧修萬古太陰深合處一團元氣未開頭金盆忽送來瑶島銀索難將掛綵樓只恐明朝易消歇長江滾滾逐東流人稱為黃雪毬

楊復詩

南京大理少卿長興楊復在京甚貧家畜一豕日命童子至武湖攜採萍藻為食吳思庵時掌都察院章以其為通廳事拒之楊戲作小詩送之云太平堤下後湖邊不是君家祖上田數點浮萍容不得如何肚裏好撐船

販鹽

賈似道令人販鹽百艘至臨安太學生有詩云昨夜江頭湧碧波滿船都載相公鹺雖然要作調羹用未必調羹用許多賈聞之遂以士人付獄

量田

理宗朝欲舉推排田畝之令廷紳有言未行至賈似道當國卒行之時人嘲之曰三分天下二分亡猶把山河寸寸量縱使一丘添一畝也應不似舊封疆○成化初邢

宥為蘇州守以郡中久荒陂蕩起稅民心頗怨有投書刺之者曰量盡山田與水田只留滄海共青天漁舟若過閒洲渚為報沙鷗莫浪眠一作揚

錢崔灘

錢崔灘福歸田後有客言江都張妓動人崔灘急治裝訪之已歸鹽賈矣崔灘往叩賈重其才名立日請飲崔灘就酒語求見賈出妓衣裳縞素皎若秋月俄令妓出白綾帕請留新句崔灘即題曰淡羅衫子淡羅裙淡掃蛾眉淡點唇可惜一身都是淡如何嫁了賣鹽人

縮腳詩

舊有賦閹昏者云多聞疑多見殆吾猶及史之君子於其所不知蓋四語皆出四書俱隱闕字而末句尤佳吳江一老翁貌似土地沈寧庵吏部亦用此體賦云入疆閘入疆蕪諸侯之寶三狄人之所欲者吾又吳有頑秀才名達者不學而狂同學者嘲之云在邦必在家必小人下不成章不又明末長庠郁遇諸背駝一士作七字吟于郁遇諸陳良之夫尹公之吾非斯人之皆欲出於王之莘莘為利者蹠之並堪伯仲

成語賦謔

三衙一子弟淫其里緞工之女為工所擒不忍殺以鐵鉗鉗其左耳縱之去諸裡齋作賦謔之內一聯云君子將有為也載寢之牀匠人斲而小之言提其耳○會稽馬殿幹有美姬善歌時出佐酒馬死有梁丞得之亦侑觴時陳無損酒酣屬句謔云昔居殿幹之家喪其馬今入邑丞之室無逝我梁一座絕倒

又名

張又入太學為齋長其人渺小動以奇禮律諸生林叔弓作賦嘲云身材短小欠曹交六尺之長腹內虛空乏劉又一點之墨又詩云中分丈兩段風使十橫斜丈上全無分人前強出些

楊夫人詩祖山谷

王弇洲擊節楊夫人曰歸曰歸一語山谷外集有一聯云美人美人隔湘水其雨其雨怨朝陽寄初和叔詩中句也弇洲極詆宋詩乃埋名士而譽弇律豈不令嬰弇失笑然其雨怨朝陽已入步兵之詠曰歸歸未克復徵大陸之唱美人娟娟隔湖水又少陵寄韓諫議詩是皆古人所已言者也

遙天千地支

曾見歌中隱天干十字亦有巧思戲錄於左顛倒沒來由十事九不就兩人同出一人休可意兒難開口算佳期成了又還勾已不得一點在心頭莫向平康去小求雖辛書來無一語任人兒要去拚一發把弓鞋罷繡予亦戲隱地支名一日思君十二時仔細思量人兒無賴便扭做私情也非奴不才寅夜怎挨今夕撇奴不睬記當年折柳料此際已成紫既蒙辱愛怎把寸衷去開這卷書藏頭露尾難猜許多時候無言耐把朱鞋拋棄嬾鋪排暢好恩情容易敗拚一飲如泥睡醒來看星兒稀暗燈還在想姻緣成不到這半勾兒也是命當該不言了却相思債

卯娘

沈家姬卯娘善度曲曹秋岳溶詠青玉案贈之云花間舉樂何須忌薄曉瞳瞳初麗啟戶逢君嬌不語三秋兔魄平分留影垂柳東邊去　鏤成新玉剛為字十二時中排第四中酒嫌人知也未芳名檢點春光已半會取相迎意詞皆寓卯字意

墜馬

孔子威墜馬曹秋岳詠浪淘沙詞以戲之野岸石橋濱雪色初勻揚鞭一試紫騮新記取黃沙沉戟地不是花茵　持酒酹芳辰年少腰身羅衣低拂五陵塵回首儆門相痛惜樓上佳人

唐安寺樓

鄭殷彝寓會稽唐安寺樓見壁上題云瑯琊王氏霞卿光啟三年陽春二月登於是閣臨軒軫恨睹物增悲雖覩燦爛之華殊覺淒涼之兆時有輕綃捧硯小玉香題詩曰春來引步強尋遊恨睹烟霄簇寺樓舉目盡看傷侍景雙眉不覺自如鉤

南內宮人

明毛舜臣被命洒掃南內迴廊粉壁多有宮人字跡留香有楣蘭仙子題云寒氣逼人眠不得鐘聲催月下斜廊字畫婉麗風情月思令人惘然

錯寫琵琶

有人送枇杷於沈石田誤寫琵琶石田答書曰承惠琵琶開奩視之聽之無聲食之有味乃知司馬揮淚于江干明妃寫怨于塞上皆為一啖之需耳嗣後見之當於楊柳曉風梧桐夜雨之際也又屠赤水莫廷韓過袁太冲家見帖上寫琵琶一盒相與大笑屠曰枇杷不是這琵琶袁曰只為當年識字差莫曰若使琵琶能結果滿城簫管盡開花一座絕倒○劉熙釋名云枇杷樂器本胡琴馬上所鼓推手前曰枇卻手

後曰把取鼓時以為名也六書正譌云後人借枇杷字為樂器別作琵琶非然使今人寫琵琶為枇杷亦必成笑語矣

五色詩

唐雍裕之有四色詩白云壺中冰始結盤上露初圓何意瑤池雪欲奪鶺毛鮮青云道士牛已至仙家鳥亦來骨為神不朽眼向故人開赤云熒舫連渚內汗馬火旂閒平生血誠盡不獨左輪殷黑云已見池魚墨誰言突不黔漆身恩未報貂裘貧豈嫌又青云路闢天光遠春還月道臨草穠河畔色槐結路邊陰未映君王史先標胄子襟經明如可拾自有致雲心○裕之獨不咏黃戲為補之云中央推正色惟子獨無詩菊栽陶令宅鵞滿右軍池萬畝禾全熟千山葉欲離色絲稱麗句彌望盡茅茨一舉子驚槐候青燈伴歲華但須飯已熟定見桂開花日射天門榜時宣玉殿麻書中自有屋緒蓋引前車庚午秋闈兒姪輩俱見刖書以慰之○序疑十歲咏白詩有滿汀鷗不散一局黑全收句惜餘句不傳

五色賦

唐寇豹謝觀同在崔裔孫門下以詞藻相尚豹謂觀曰君白賦有何佳語對曰曉入梁王之苑雪滿羣山夜登庾亮之樓月明千里豹唯唯觀曰僕已擅名海內子才調多何不作赤賦豹未搜思即曰田單破燕之日火燎平原武王伐紂之時血流漂杵觀大駭服○楊升庵與友宴集偶談及此一客效之作黑賦云孫臏銜枚之際半夜失蹤達摩面壁以來九年閉目升庵賦黑云周庭之列畢蘇裳如蟻陣陳閣之迎張孔髻似鵶翎○蔣春甫賦黑云䮾驖成羣雲暗陰山之北烏鵶作陣風霾栢府之旁洗硯而墨池渾廻車而松林暮一客賦青曰帝子之望巫陽遠山過雨王孫之別南浦芳草連天一客賦黃曰杜甫柴門之外雨漲春流衛青油幕之前沙含夕照一客又賦赤云羿時十日並出鑠石流金秦宮三月延燒照天燭地升庵謂月明千里得白之神火血及十日並出秦宮延燒皆非佳境或改賦赤曰孫綽賦天台景高城霞起而建標杜牧咏江南春千里鶯啼而映綠徐昌齡賦黃曰靈均之歎木葉秋老洞庭淵明之啜落英霜清彭澤一客因又賦紫云書生拾來慢云是輕易如斧真人拖去且看其長練若霞又賦紫云仙人度關之日瑞氣如烟聖主登極之時祥雲若蓋筆洞山人賦綠云茂叔窗前點綴濂溪光霽之景唐子階下適增陋室榮華之槩山人又賦碧云山色可樓覺人間別有天地之奇桃花堪種天上豈真雨露之私

汪太公歸婢

耳談吾里汪太公為青衿時失愛婢覘者謂在弋陽陳家弋陽陳者陳友諒之裔介瑞昌興國間負險善鬬為逋逃藪不奉三尺久矣公以訟於司憲司憲曰小過今以隸往必為爭端不可公曰願得牒文自往不煩隸司憲與之於是集奴為兵卒假武弁樓船冠服黃蓋絳旌以往稱是新都護監此者入謁諸豪長諸豪長郊迎金幣交錯宴歆周渥談鋒飈發四筵聳動返舟而諸豪長報謁留歆舟中使人奏技金鼓喧震且宴且發若為玩月沿流勸酬極醉度行既遠罷酒出牒文示之曰婢小故汪秀才且具奏大廷上司以屬我我何敢搪突故邀公至此當煩對簿耳諸豪長大懼求策於公公曰今但飛騎歸將婢至事可立解婢既至公將其人鬚笑曰我即汪秀才誰為都護以愛婢故為此伎倆然得從公等游宴莫非夙緣諸豪長亦皆大戲交相解贈始去報命司憲司憲亦甚才之

麗江土知府

麗江土知府水姓其俗子稍長即置酒請父讓位父為朋長轉大約五六年三置酒例不得避父劇飲服毒而死子即襲位

吳節厚德

天順中眉州吳節守岳州有盜亡命婦坐繫當產節命於戶外設葦箔蔽風使恭婦視之而婦竟以產死復命殯殮葬之後江中盜起勢甚猖獗詔命節討平之官兵頗鈍不意敗陷賊中忽一人大呼曰仁人也不可辱問之乃產婦之夫也親扳公登岸得免後官至御史大夫

堅瓠首集卷三終

堅瓠首集卷之四目錄

除夕元旦詞　醬油豆腐乾
點酥娘　咏械
携妓謁僧　東窗事犯
劉婆惜　唐雲叟
冠楊對　王劉對
催妝詞　揚州瓊花
卓稼翁詞　五角六張
大小孤山　當廳面試
崔氏酒壚　李翰批詔
續詩賜第　沈詹事妾
狀元詞誤　有教無類賦
退紅　錄事
四禽言詩　賈秋壑
秦會之　韓平原
杜荀鶴　咏雪識賈似道
鄭畋　長安舉子
御溝柳　周孔醒醉
馮玉詩　三天
判子詩　乩詩改紅白
乩詩題蕉　元末僧詩
人影詩詞　題驛亭詩
秋胡　陳全詞
魏野　楊璞
黃鶯　生公
張太子　題詩紙鳶
蜀僧漁翁詩　保俶塔
詞誣歐陽文忠　詩誣范文正

鵲橦　繁知一
金將平南詩　四雨
四雪　巖棲草堂
書規　裴晉公贈馬
弓手兒　鄭憲題詩
嘲娶重婚婦　舜禹詩
酒旗　詩識見劉周

堅瓠首集卷之四

清　長洲石農褚人穫學稼纂輯

除夕元旦詞

乾淳歲時記載楊守齋除夕一枝春詞云竹爆驚春競喧闐夜起千門簫鼓流蘇帳煖翠鼎緩騰香霧停杯未舉奈剛要送年新句應自賞歌字清圓未誇上林鶯語從他歲窮日暮縱閒愁怎減劉郎風度屠蘇辦了迤邐柳忻梅妒宮壺未曉早驕馬繡車盈路還又把月夕花朝自今細數又宋胡浩然除夕送入我門來詞云荼壘安扉靈馗掛戶神儺烈竹轟雷動念流光四序式週回須知今歲今宵盡似頓覺明年明月催向今夕是處迎春送臘羅綺筵開　今古徧同此夜賢愚共添一歲貴賤仍偕互祝遐齡山海固難推石崇豪富錢鏗壽更潘岳儀容子建才仗東風齊着力一齊吹送入我門來七修類藁載沈明德宜除夕元旦蝶戀花二詞道盡中人以下之家風俗除夕云鑼鼓兒童聲聒耳傍早關門掛起新簾子炮杖滿街驚耗鬼松柴燒在烏盆裏寫就神荼并鬱壘細馬送神多着同興紙分歲酒闌扶醉起闔門一夜齊歡喜元旦云接得竈神天未曉爆杖喧喧須要開門早新褂鍾馗先掛了大紅春帖銷金好爐燒蒼朮香繚繞黃紙神牌上寫天尊號燒得紙錢灰都不掃斜日半街人醉倒

醬油豆腐乾

順治初陣近有業腐乾者之女色黑而媚風韻動人人以醬油豆腐乾目之與隣家一賛堦情好無間人又作黃鶯兒曰愛你素中珍紫棠容白玉身溫柔細膩端方正馨香可人聞味動心清茶美酒常相敘恨只恨相逢布袋包住了卿卿

點酥娘

蘇東坡謫黃州時王定國遷置嶺南後俱召還東坡掌翰院一日定國置酒與坡飲出寵人點酥娘侑尊點酥素善談笑捷應對坡曰嶺南風物可煞不佳點酥曰此身安處是家鄉坡深歎其語為賦定風波一闋贈之曰堪羨人間琢玉郎故教天賦點酥娘自作清歌傳皓齒風送雪飛炎海起清涼萬里歸來年愈少笑中猶帶五梅香試問嶺南應不好却道此身安處是家鄉點酥因此詞名噪京師

詠絨

昔一女有詩才因數見郡守守聞其名將絨示之指絨為題命作一詞佳則宥汝女賦黃鶯兒云杖命木星臨宴時間上下分松杉裁就為圓領文頭怎生畫眉不成眼睛兒盼不見弓鞋影為多情風流太守持贈與佳人（一作獨賞紅裙）守大稱賞即釋之

拐杖謁僧

蘇東坡在錢塘無日不遊西湖嘗拐杖謁大通禪師仲殊見之有慍色坡乃作南柯子詞使妓歌曰師唱誰家曲宗門是阿誰借公檀板與鉗槌我也逢場作戲莫相疑谿女方偷眼山僧已皺眉莫擦彌勒下生遲不見阿婆三五少年時師聞之踵韻和云辦解清平樂而今說向誰紅爐片雪上鉗槌打就金毛獅子也堪疑巳信身如夢何知眼共眉蟠桃因甚結花遲不向風前一笑待何時山谷見而賞之

東窗事犯

秦堅志載秦檜始詔逮岳武穆父子下棘寺獄遣万俟卨鍛鍊未服一日檜於東廂窗下畫灰密謀檜妻王氏曰擒虎易放虎難武穆遂死獄中張憲岳雲棄市金人酌酒相賀曰莫予毒也後檜挈家遊西湖忽得暴疾見一人瞋目厲聲曰汝誤國害民我已訴於天當受鐵杖于太祖皇帝殿下檜自此快快以死未幾子熺亦亡方士伏章見熺荷鐵枷因問太師何在熺泣曰在酆都方士如其言以往果見檜與万俟卨俱荷鐵枷囚鐵籠中備受諸苦檜囑方士曰煩傳語夫人東窗事犯矣俱有考官歸自荆湖暴死旅舍復甦曰適看陰間斷秦檜事檜與高爭辯檜受鐵杖押往某處受報矣但不載押衙何立事江湖雜記載檜既殺武穆向靈隱寺祈禱有一行者亂言譏檜檜問其居止僧賦詩有相公問我歸何處家在東南第一山之句檜令棘何立物色立至一宮殿見僧坐決事立問侍者答曰地藏王決秦檜殺岳飛事須臾數卒引檜至身荷鐵枷囚首垢面見立呼告曰傳語夫人東窗事發矣七修類藁又載元平陽孔文仲有東窗事犯樂府杭金人傑有東窗事犯小說廬陵張光弼有蓑衣仙詩樂府小說不能記憶大約與世所傳相似詩有引云宋押衙何立秦太師差往東南第一峯構幹忱惚一人引至陰司見檜對岳事令歸告夫人東窗事犯矣復命後即棄官學道蛻骨今蘇州立妙觀蓑衣仙是也據此諸說則當時實有是事非止假說為武穆雪冤也

劉婆惜

名妓劉婆惜通文墨滑稽善舞時貴多重之時全普庵撥里字子仁為贛州監郡公餘即與士夫酣飲賦詩帽上簪喜則花一日劉之廣海過贛謁全時賓朋滿座頭戴青梅一枝口占清江引曲云青青子兒枝上結令坐客續之眾未及對劉歛衽進

曰。容妾措詞乎。全曰。可。應聲曰。青青子兒枝上結。引惹人攀折。其中全子仁。就裏滋味別。只為你心酸。留意兒難棄捨。全大稱賞。納為側室。後兵興。子仁死節。劉克守婦道而終。

唐雲叟

唐雲叟寄崔山秦尊師云。老鶴玄猿共採芝。有時長嘯獨遊移。翠蛾紅粉嬋娟劍。殺盡世人人不知。

寇楊對

寇萊公在中書與同列戲云。水底日為天上日。眾未有對。會楊大年至。聞之。應聲曰。眼中人是面前人。一座稱善。

王劉對

王荊公一日謂劉貢父曰。三代夏商周。可對乎。貢父應聲曰。四詩風雅頌。荊公拊髀曰。天造地設也。

催妝詞

宋採花王昂。榜下擇婿。時婦家需催妝詞。昂作好事近云。喜氣滿門闌。光動綺羅香陌。行到紫微花下。悟身非凡客。不須脂粉污天真。嫌怕太紅白。留取黛眉淺處。共畫章臺春色。

揚州瓊花

揚州瓊花天下止一本。士大夫愛重。作亭花側。扁曰無雙。德祐乙亥。北師至。花遂不榮。趙棠國炎有絕句弔曰。名擅無雙氣色雄。忍將一死報東風。他年我若修花史。合傳瓊妃烈女中。

卓稼翁詞

三山卓田字稼翁。嘗賦詞云。丈夫隻手把吳鈎。欲斷萬人頭。因何鐵石打成心性。卻為花柔。君看項籍并劉季。一怒使人愁。只因撞虞姬戚氏。豪傑多休。

五角六張

懶真子錄云。開元中。有人獻俳文于明皇。其略曰。說甚三皇五帝。不如來告三郎。既是千年一遇。且莫五角六張。三郎。明皇也。五角六張謂月之逢五日遇角宿。逢六日遇張宿。此二日遇兩宿。作事多不成。然一年之中。亦不過三四日耳。

大小孤山

退朝錄云。大小孤山。以孤獨為字。有廟江壖。乃為婦人狀。龍圖閣直學士陳簡夫詩云。山稱孤獨字。廟塑女郎形。過客雖知誤。行人但乞靈。時稱佳句。

當廳面試

宋馬光祖知京日。有士子裁人室女。事覺到官。光祖以踰牆摟處子令賦詩。士人援筆曰。花柳平生債。風流一段愁。踰牆乘興下。處子有心摟。謝砌應潛越。韓香計暗偷。有情還愛欲。無語強嬌羞。不負秦樓約。安知漢獄囚。玉顏麗如此。何用讀書求。光祖判云。多情多愛。還了半生花柳債。好個檀郎。室女為妻也合當。傑才高作。聊贈青蚨三百索。燭影搖紅。記取媒人是馬公。即于公堂合卺。撤黃堂輿從。送歸私室。

崔氏酒壚

五代時。有張逸人嘗題崔氏酒壚云。武陵城裏崔家酒。地上應無天上有。雲遊道士飲一斗。醉臥白雲深洞口。自是酤者愈眾。

「　李翰批詔

李翰及第于和凝榜下。後與座主同任學士。會凝入相。翰為承旨。適當批詔。次日于玉堂輒開和相舊閤。悉取圖書器玩而去。留詩於榻曰。座主登庸歸鳳閣。門生批詔立鰲頭。玉堂舊閤多珍玩。可作西齋潤筆不。

續詩賜第

宋徽宗幸來夫人閣。偶灑翰於扇曰。選飯朝來不喜餐。御廚空費八珍盤。天恩稍倦顧內侍曰。汝有能吟之客。令續之。乃薦蹐里太學某生。既宣入。內侍恭讀宸翰。生乞取旨。上曰。朝來不喜餐。必惡阻也。當以此為詞。以續於扇。生續曰。人間有味都嘗遍。只許江梅一點酸。上大喜。會將策士。生未奏名。徑使造庭。賜以第焉。

沈詹事妾

宋沈詹事持。以坐葉丞相論劾。復貶筠州。沈方售一妾。攜以俱行。處筠凡七年。既歸呼妾父母。以女歸之。猶處子。時以比張忠定公詠。會稽潘方仲矩為安吉尉。賦詩云。昔年單騎向筠州。覓得歌姬共遠遊。去日正宜供夜直。歸來渾未識春愁。禪人尚有香囊愧。道士猶懷炭婦羞。鐵石心腸延壽藥。不風流處卻風流。

狀元詞誤

宜齋野乘謂人唱五百名中第一仙。鷓鴣天詞第二句便云。花如羅綺柳如綿。最無意義。疑是錯誤。當以第二句與第七句對換。義理方通。合云。五百名中第一仙。等閒平步上青天。綠袍乍着君恩重。黃榜初開御墨鮮。龍作馬。玉為鞭。花如羅綺柳如綿。時人莫訝登科早。自是嫦娥愛少年。

有教無類賦

宋咸平五年。南省試進士有教無類賦。王沂公第一。中警句云。神龍異稟。猶嗜欲之可求。織草何知。尚薰猶而相假。時有輕薄子。擬作四句云。相國寺前。熊翻筋斗。望春門外。驢舞柘枝。議者以為言雖鄙俚。亦着題也。

退紅

老學庵筆記云。唐有一種色。謂之退紅。王建牡丹詩云。粉光深紫膩。肉色退紅嬌。王貞白倡樓行云。龍腦香調水。教人染退紅。花間集樂府。牀上小薰籠。昭州新退紅。蓋退紅若今之粉紅。紹興末。縑帛有一等似皂而淡者。謂之不肯紅。

錄事

政和中。蘇叔黨至東都。見妓稱錄事。歎謂廉宣仲曰。今世一切變古。唐以來舊語皆廢。此猶存唐舊爾。蓋前輩謂妓曰酒糾。謂錄事也。相藍之東有錄事巷。傳為朱梁時名妓崔小紅所居。

四禽言詩

金沙潘武子文虎。少有儁才。善吟咏。有辰擄婦四禽言詩。辭意婉切。讀之可傷。交交桑扈。交交桑扈。桑滿牆陰三月暮。去年蠶時處深閨。今年蠶時涉遠路。路傍忽聞人採桑。恨不相與攜筐筥。一身不蠶甘凍死。祇憶兒女無衣裳。不如歸去。不如歸去。家在浙江東畔住。離家一程遠一程。飲食不同言語異。今之眷屬皆冤仇。開口強笑心懷憂。家鄉欲歸歸未得。不如孤死猶首丘。泥滑滑。泥滑滑。脫了綉鞋脫羅襪。前營上馬忙起行。後隊搭駝疾催發。行來幾里日已低。北望燕京在天末。朝來傳令更可怪。落後行遲都砍殺。鵓鴣鵓鴣。鵓鴣鵓鴣。帳房遍野常前呼。阿姊含羞對阿妹。大嫂揮淚看小姑。一家不幸俱被擄。猶幸同處為妻孥。願言相憐莫相妒。這行不是親丈夫。○元瞿存吉楝亦有四禽言詩。寓意亦邃。不如歸去。錦官宮殿迷烟樹。天津橋畔一聲啼。破中原無住處。不如歸去。脫却布袴。脫却布袴。貧家能有幾尺布。寒機織盡無得裁。可人不來廉叔度。脫却布袴。提葫蘆。提葫蘆。近來酒賤頻頻沽。眾人皆醉我亦醉。湘江喚起醒三閭。提葫蘆。行不得也哥哥。湖南湖北春意多。九疑山前呼虞舜。奈此乾坤無路何。行不得也哥哥。

賈秋壑

賈似道敗師亡國後。有人刺以詩曰。深院無人草已荒。漆屏金字尚輝煌。底知事去身宜去。豈料人亡國亦亡。理考發身端有自。鄭人應夢果何祥。卧龍不肯留渠住。空使晴光滿畫牆。又事到窮時計亦窮。此行難倚鄂州功。木棉庵上千年恨。秋壑堂中一夢空。石砌苔稠猿步月。松庭葉落鳥鳴風。客來未用多惆悵。試向吳山望故宮。又湯西樓詩云。檀板歌殘陌上花。過牆荊棘滿簷牙。指麾已失鐵如意。賜予寧存玉辟邪。敗屋春歸無主燕。荒池雨產在官蛙。木棉庵外尤愁絕。月黑夜深聞鬼車。有和之者云。榮華富貴等浮花。費力難勝國爪牙。漢世但知光擁立。唐朝誰識杞奸邪。綺羅化作春風蝶。絃管翻成夜雨蛙。脫有清光人去也。碧天難挽紫雲車。又有題其養樂園曰。老壑曾居葛嶺西。游人誰敢問蘇隄。勢將覆餗不回首。事到出師方噬臍。廢圃更無人作主。敗垣惟有客留題。算來祇是孤山好。依舊梅花伴月低。秋壑賜第在蘇隄葛嶺。養樂者。以其奉母而樂也。

秦會之

秦檜平後。值開濬運河。人夫取泥堆積其第牆陰及門。有人題詩於門曰。格天閣在

人何在。偃月堂深恨已深。不向洛陽圖白髮。却於郿塢貯黃金。笑談便欲興羅織。咫尺那知有照臨。寂寞九原今已矣。空餘泥濘積牆陰。

韓平原

開禧初。韓侂胄既逐。其第改為寺。太學生題二絕於壁曰。掀天聲勢祇冰山。廣廈空餘十萬間。若使早知明哲計。肯將富貴博清閒。又花柳依然弄曉風。才郎袖手去無蹤。不知郿塢金多少。爭似虛門席不重。

杜荀鶴

梁祖英烈。剛狠人對之不寒而慄。一日進士杜荀鶴見。再拜就坐。梁祖顧視階下。謂左右曰。似有雨點下。令視之。實雨也。然天無片雲。雨點甚大。霑階簷有聲。梁祖謂荀鶴曰。秀才曾見無雲而雨否。荀鶴答言未曾見。梁祖笑曰。無雲而雨。謂之天泣。命左右將紙筆來。請秀才題無雲而雨詩。荀鶴怡對梁祖。憂悸殊甚。復令賦詩。立成一絕曰。同是乾坤事不同。雨絲飛洒日輪中。若教陰朗都相似。爭表梁王造化功。梁祖見之大喜。立召賓席共飲。極歡而散。

詠雪譏賈似道

褚記室載賈似道當國樞密文及翁有百字令咏雪以譏之云没巴没鼻霎時間做出漫天漫地不問高低并上下平白都教一例鼓弄滕六招邀巽二一任張威勢識他不破只今道是祥瑞却一作最是鵝鴨池邊三更半夜誤了吳元濟東郭先生都不管挨上門兒穩睡一夜東風三竿紅日萬事隨流水東皇笑道山河元是我的錢塘遺事謂陳藏一作以譏似道詞名念奴嬌

鄭畋

題馬嵬坡者皆以翠翹香鈿委於塵泥紅凄碧怨令人傷悲雖調古詞清無逃此意鄭畋為鳳翔從事日題詩曰肅宗迴馬楊妃死雲雨雖亡日月新終是聖明天子事景陽宮井又何人此真輔國之句

長安舉子

唐長安舉子六月後落第者不出京刹口過夏借淨坊廟院作文章曰夏課時語曰槐花黃舉子忙唐翁承贊有詩云雨中精點望中黃勾引蟬聲噪夕陽憶得當年隨計吏馬蹄終日為君忙

御溝柳

宋真宗咏御溝柳令宰相兩省和進陳執中詩曰一度春來一度新翠光長得照龍津君王自愛天然態恨殺昭陽學舞人和者甚衆此詩為最

周孔醒醉

後漢周澤為太常好潔修一日卧病齋宮妻闚問所苦澤以為干犯齋禁大怒收送詔獄人為之語曰生世不諧太常妻一歲三百六十日三百五十九日齋一日不齋醉如泥南史孔覬明曉政事判決無壅衆為之說曰孔公一月二十九日醉勝他二十九日醒一則一年一日醉一醉如此不曉事一則一月一日醒一醒如此辦事二事正相反〇宋洪邁常效程子山作酒樓其間一聯云一月二十有九日笑人世之太狂百年三萬六千觴容我生之長醉

罵孟詩

宋李太伯覯賢而有文章素不喜佛不喜孟子好飲酒一日有達官送酒數斗太伯家釀亦熟一士無計得飲乃作詩數首罵孟子云完廩捐階未可知孟軻深信亦還癡岳翁方且為天子女壻如何弟殺之又乞丐何曾有二妻鄰家焉得許多雞當時尚有周天子何必紛紛說魏齊太伯見詩大喜留連數日所與談莫非罵孟子也無何酒盡乃辭去既而聞又有送酒者士人再往作仁義正論三篇大率詆佛太伯覽之笑曰公文采甚奇但前次酒被公飲盡後極索寞今次不敢相留此酒當留以自遣也聞者大笑

三天

婦人再醮已非美事有嫁二夫其夫復死又再醮焉士人以一絶嘲之云醉靈羡飯焚金錢哭出先天與後天明日洞房花燭夜三天門下會神仙

判子詩

北京宣武門外歸義寺士大夫送行之地嘉靖中刑部郎中蘇志皋餞客至寺壁間有李鎮所畫判子圖乃脫靴為盞令一鬼執而斟之一鬼於判後竊飲醉戲題詩云芭蕉秋影送婆娑醉裏皈壽射鬼魔到底不如身後事酆都城外更如何時光祿少卿高東谷與蘇善夜夢緑衣使者揖曰蘇司寇嘲戲太重求為解之高次日告於蘇告以歸義之故相笑而去夜復夢緑衣曰以公與蘇司寇交厚專為求解何置不言高明日拉蘇至歸義蘇復題云蟠桃剝落酒顔傾總是區區兒女情莫道不知身後事目光如電照幽冥是夕高復夢緑衣來謝云

乩詩改紅白

有人召乩仙請作梅花詩仙遂書五質亭亭清且幽人云要紅梅仙又書云着些顔色在枝頭牧童睡起朦朧眼錯認桃林欲放牛又一人召乩題雞冠花乩即書云雞冠本是胭脂染人曰要白者乩又書云洗却胭脂似雪枝只為五更貪報曉至今猶帶一頭霜

乩仙題蕉

有人召仙以芭蕉一葉置袖中請仙賦之仙即書云袖裏深藏一葉青知君有意侮神靈今宵試聽西窗雨欠滴瀟瀟一二聲

元末僧詩

七修類稾載元僧詩云百丈巖頭掛草鞋流行坎止任安排老僧脚底從來濶未必骷髏就此埋又殘年節禮送紛紛盡是豪門與富門惟有老僧階下雪始終不見草鞋痕

人影詩詞

明夏忠靖公原吉有人影詩云不言不語過平生步步相隨似有情長向燈前伺靜

生。每於月下共閒行。昨朝離去天將暝。今日歸來雨又晴。最是行藏堪笑處。暝身須要侍時明。雖膾炙一時。然未免有粘皮帶骨之誚。詞學荃蹄載楊樵雲人影詞尤佳。只道空花。又疑流水。依依卻是行雲。了然相對。又是夢紛紛。半面春風圖畫。黃金在難鑄昭君。溪橋斷。梅花晴雪。端的白三分。真真難喚醒。三年抽繭。織得榴裙甚徘徊窺鏡。文翼鸞丈。一片飛花來去。并刀快剪取晴紋。無情處。分明着眼。強半帶春醺。

題驛亭詩

昔有人題驛亭詩云。帆力劈開千頃浪。馬蹄踏破五陵青。浮名浮利過於酒。醉得人間死不醒。

秋胡

魯人秋胡。娶妻羅氏。數五日而宦於陳。三年而後歸。見路傍有女子採桑。少而美。秋胡下車挑之曰。耕田不如逢年。力桑不如見郎。吾有黃金百鎰。願期與子相將。婦拒不受。及胡抵家。母呼婦出。即採桑女也。乃數胡之罪。投河而死。宋錢貢詩云。郎愚薄妾冰清。郎有黃金妾不應。假使偶然通一笑。三年誰信守孤燈。

陳全詞

陳全遊金陵術術。多所題咏。一日與妓何璦仙飲。見雄雞交雌者。妓請咏之。全云。汝靈禽。非蠢獸。風流事。誰不有。只好背地偷情。那許當場弄醜。若是依律問罪。應該脫杖徒流。更加一等。強論殺來與我下酒。又題睡鞋云。新紅睡鞋三寸正。不着他偏乾淨。燈前換晚妝。被底勾春興。醉人兒幾回輕薄。醒又見一枝浴罷。單裙行走。全即咏曰。溫泉起來忙攏髻。帶濕裙拖地。翻嫌月色明。偷向花陰立。俏東風。俏東風有心兒輕揭起。買愁集作曹秀娥詞。全嘗病瘧。惱恨不勝。乃製叨叨令以自寫云。冷來時冷的在冰凌上臥。熱來時熱的在蒸籠裏坐。疼時節疼得天靈破。顫時節顫得牙關挫。只被你害殺人也麼哥。只被你悶殺人也麼哥。真的是寒來暑往人難過。

魏野

宋處士魏野。隱居不仕。嘗自詠云。有名閒富貴。無事散神仙。洗硯魚吞墨。烹茶鶴避烟。真宗屢詔不起。謂使者曰。九重丹詔休教彩鳳銜來。一片野心已被白雲留住。上嘉其高逸。不復召。

楊璞

宋真宗東封。得隱者楊璞。因問卿臨行有人贈詩否。對曰。有。臣妻一絕云。更休落

魄耽盃酒。莫道猖狂愛作詩。今日捉將官裏去。這回斷送老頭皮。上為之大笑。

黃鶯

廣陵妓黃鶯。有姿色。豪客填門。一日有士子托宿。鶯以其襤褸拒之。士乃題二絕於屏而去。模糊兩施共此身。可憐老少隔千春。他年鶴髮雞皮媼。今日紅顏花貌人。又花開花落兩相歡。花與人還事一般。開在枝頭防客折。落來地上倩誰看。鶯頓悟。即日束髮為道士。

生公

梁異僧竺生。於虎丘說法。聚石為徒。天花亂落如雨。頑石俱為點頭。一夜聞鬼嘯不絕。生公云。爾何不為人去。長嘯何為。明晨見石上大書一絕云。做鬼今經五百秋。也無歡樂也無愁。生公教我為人去。只恐為人不到頭。

張太子

浮梁有昭烈廟。祀唐張巡。傍設像曰張太子。永樂戊子。山東王斌為浮梁令。子英卜秋試。神降乩曰。玉霄一點墜雲端。雖失佳人無一全。敲斷金釵文不就。貴人頭上請君看。蓋寓王英高中四字也。捷後方悟。又士人得異草來。問其名。神作詩曰。蘇武當年膽氣雄。匈奴一箭射飛鴻。至今血染階前草。一度秋來一度紅。蓋名雁來紅云。

題詩紙鳶

宋齊丘無子。晚年得子輒死。逾月猶哭。齊王景達勉之不止。優人李家明言能止之。乃作紙鳶題詩曰。欲興唐祚革強吳。盡是先生起廟謨。一箇孩兒拚不得。讓皇百口復何辜。以尹建範之族吳氏。齊丘為謀也。乘風放之。故墜齊丘中庭。齊丘見之。哭乃止。

蜀僧漁翁詩

草木子載。賈似道當國時。一日游湖山。有蜀僧徘徊其側。賈問汝何為。對曰。詩僧。賈見湖中漁翁。遂命咏之。僧請韻。賈以天字為韻。僧應聲曰。籃裏無魚少酒錢。酒家門外繫漁船。幾回欲脫蓑衣當。又恐明朝是雨天。賈大器之。

保俶塔

湧幢小品云。杭州有保俶塔。因錢忠懿王俶入朝。恐其被留。作此以保之。稱名者尊天子也。後誤為保叔。至有保叔緣何不保夫。叔情何厚丈夫疎。縱饒一派西湖水。難洗今朝叔塔污之詩。今古流傳。誰為杭之婦人洒此奇冤也。郎仁寶云。咸平中。僧永

保化緣築塔人以師叔稱之故名塔曰保叔又霏雪錄以為保所塔不知何據

詞誣歐陽文忠

王銍默記載歐陽文忠公私通甥女為此降官而錢世昭私誌又述公自作之詞云江南柳葉小未成陰人為絲輕那忍折鶯憐枝嫩不勝吟留取待春深十四五閒抱琵琶尋堂上簸錢堂下走恁時相見已留心何況到如今考甥女依公時方七歲公豈便有此心且詞前一段乃與僧咏柳含春回回偈相似郎仁寶亦云此詞後一拍全似他人咏公者決非公所作或錢世昭因五代史中多毀吳越故詆之如落第士子作醉蓬萊以嘲公也

詩誣范文正

西溪叢語載范文正公守鄱陽喜樂籍一幼妓未幾召還作詩寄後政云慶朔堂前花自栽為移官去未曾開年年憶着成離恨只托東風管領來後以胭脂寄之題詩云江南有美人別後常相憶何以寄相思贈汝好顏色夫子悱元發云文正決無此事且詩亦鄙俚當時佑娼者為之西溪不察而遂筆之也蓋小人之謗君子必污以財利聲色如李贊皇門徒之傾牛奇章至代為周秦行紀何況詩詞哉

鶻糧

元張司令忘其名富而好禮慕楊鐵崖往迎之鐵崖以其不知書弗應張乃延鮑恂為師受業焉後迎鐵崖乃往以妓芙蓉奉酒酒名金盤露鐵崖題句云芙蓉掌上金盤露妓應聲曰楊柳樓頭鐵笛風蓋鐵崖又號鐵笛道人故也鐵崖撫掌笑曰妓能文其主可知矣相得甚歡後鐵崖辭去張出米滿載送之云是鶻糧鐵崖素愛鶻不能卻隨訪顧阿瑛召阿瑛之鄰人貧之者分給之

緐知一

緐音婆知一蜀之巫山人贈白樂天詩云忠州刺史今才子行過巫山必有詩為報高唐神女道速排雲雨候清辭樂天見之邀緐生同舟且曰巫山有王無競沈佺期皇甫冉李端四詩竟不肯作樂天之服善無我如此

金將平南詞

齊東野語載金將紇石烈子仁破宋劉之昂上平南詞云蠆鋒搖螳臂振舊盟寒恃洞庭彭蠡狂瀾天兵小試萬蹄一飲楚江乾捷書飛上九重天春滿長安　舜山川周禮樂唐日月漢衣冠洗五州妖氣關山已平全蜀風行何用一泥丸有人傳喜日

邊都頡先還楊升庵作元將似誤

四雨

宋陳善與林邦翰論詩及四雨句邦翰云梨花一枝春帶雨句雖佳不免有脂粉氣不如朱簾暮捲西山雨多少豪傑陳謂樂天句似茉莉花王勃句似含笑花李長吉桃花亂落如紅雨似薝蔔花王荊公以為總不如院落深沉杏花雨乃似闍提花邦翰撫掌曰吾子此論不獨詩評乃花譜也

四雪

郎仁寶謂李太白之梨花白雪香元穆之之落梅香雪浣蒼苔蘇東坡之海棠泥污胭脂雪楊廷秀之雪花四出剪鵝黃是皆以花為雪而雪且四色予草堂庭中植此數花故以四雪取名後見獨孤及之渭城桃李千樹雪陸龜蒙之若得十株便雪宮是花雪又未可以四為限也

巖棲草堂

有客過陳眉公巖棲草堂問是何感慨而甘棲遯眉公拈古句答曰得閒多事外知足少年中問是何功課曰種花春掃雪看籙夜焚香問是何利答曰硯田無惡歲酒

國有長春問是何往還曰有客來相訪通名是伏羲○有客問眉公山中何景最奇眉公曰雨後露前花朝雪夜又問何事最奇曰釣同鶴守菓遣猿收

書規

堅瓠集成呈教諸君子顧筆堆見之曰好事還多事索取應填門余曰古人有云只可自怡悅不堪持贈君況大不盈掌難以覆瓿安用此巾箱中物為也已果索者日至案頭告罄戲貼壁曰每集三十錢紙張刷印錢諸公欲觀者請解杖頭錢此語亦聞於人尚有未諒者為人攫取向我求償迫促甚於逋負何所取辦以供人之娛玩復口占以告曰堅瓠雖小集艱難刷印費選詞誠費力採藻亦葉思持物當相贈太篋成書卷或民國史軼事堪入集中者空言或見譏從君笑鄙吝老拙已安之昔袁石公有觴政王誰庵有奕律余即以此為書規敢告同人聊破慳囊用資笑柄庶彼此各發歡喜心不致我攢眉而已亦觖望也

裴晉公贈馬

全唐詩話白樂天求馬於裴晉公度裴贈以馬因戲云君若有心求逸足吾還留意在名姝引妾換馬之事樂天答曰安石風流無奈何欲將赤驥換青娥不辭便送東

山去臨老何人與唱酬。

弓手兒

汪聖錫應辰，本玉山縣弓手兒。喻子材樗為尉，嘗授諸子學，有兵言汪兵子可學。喻呼視之，狀貌奇偉，出對試之曰：馬蹄踏破青青草。汪應聲曰：龍爪拏開白白雲。喻大驚異，曰：他日必為偉器。遂留授之學，且以女字之。紹興五年，年十八，魁天下。後為吏部尚書，口為御書監時，食罷會茶，一同舍就枕不起，或戲曰：宰予晝寢，於予與何誅。聖錫曰：子貢方人，夫我則不暇。合坐稱善。

鄭悳題詩

明長樂鄭悳未第時，館於大姓家。東家之親以作官自京還，主召飲，鄭與馬定位首官，鄭次之。將登席，官虛讓鄭，鄭毅然就之。官頗悒，酒數巡，官指壁間畫曰：先生高才，請各賦一絕。鄭即題楊太真圖曰：龍顏回首顧紅顏，醉卧東風上馬難。不是侍兒扶不起，只因恩愛重如山。圖乃太真醉卧於地，二宦扶之不勝，明皇顧笑之狀，故詩云然。次題朱買臣挾樵讀書詩曰：一担荊薪一束書，且行且讀樂何如。担頭自有經綸策，堪笑糟糠妾婦愚。又題韓淮陰乞食漂母詩曰：乞丐當時事本虛，英雄未遇古誰無。臨題恨殺丹青手，不畫登壇拜將圖。一座稱善，官乃愧服。

嘲髮重婚婦

三山蕭乾登第榜下，髮再婚之婦，同舍口任國以柳梢青詞戲之云：掛起招牌，一聲唱采，舊店新開。熟事孩兒，家懷老子，畢竟招財。當初合下安排，又不是豪門買斷。自古道正身替代，見任當差。

舜禹詩

元祐中，大官有婚於中表者，已涉溱洧之嫌。及夜深，女家索催妝詩，儐者張仲素朗吟曰：舜耕餘草木，禹鑿舊山川。坐有李程者應聲笑曰：舜禹之事，吾知之矣。

酒旗

韓非子云：宋人酤酒，懸幟甚高。酒市有旗，始見於此。唐韵謂之帘，或謂之望子。水滸傳有無三不過望語。宋寶革酒旗有常賦。警句云：無小無大，一尺之布可繡；或素或青，十室之邑必有。

詩譏夏劉周

宋淮南閫師夏貴年七十九，降於元，而家僮洪福時知鎮巢，悉力捍禦。貴引元兵至

城下，好語誘福，伏兵執之。福請南向死，以明不背國。後四年，貴卒。有人贈詩云：自古誰無死，惜公遲四年。問公今日死，何似四年前。又有弔墓者云：享年八十三，何不七十九。嗚呼夏相公，萬代名不朽。貴不特偷生，且負慚於福矣。　堯山堂載劉三吾賜自盡。後高皇命取三吾畫像，題其上曰：此老已八十，何不七十九。白骨埋青山，千古名不朽。又載周伯琦見高皇，高皇問年若干，對曰：七十五矣。因贈詩云：先生七十五，何不六十九。白骨葬青山，萬古名不朽。三詩不應相同至此。

堅瓠首集卷四終

堅鉢二集序

堅鉢集二刻告成以示秤翁秤翁輾然曰此非稼軒意也稼軒萬學士也擁書萬卷自擬南面百城鈥心史乘購求如不及博聞醜記不啻温公之每事必諳出處子雲之藩溷皆着筆札同輩咸畏之余家貧不能得書性懶又弗耐抄録記誦一二輒便遺忘忽忽有所憶口不得道以質稼軒喉喉成誦不爽隻字洵可繼行秘書矣而古今人事是非得失歷歷在臆闡幽表微皆人所未發又所稱皮裏陽秋也平日所纂輯每百頁為一編字必端楷卷帙且數十皆有關正學足以羽翼名教秘未壽梓稼軒意若有待焉者堅鉢所載不過閒情剩馥或前摭庖辭或近標别韻目存神賞聊付管城後先所得何止八卷因狥雞林之請不惜好事之目以是知非稼軒意也然幽人遊子於月戸芸窗車聲帆影間袖出一編用資談柄不誠下酒物哉宜乎洛陽為之紙貴不脛而走天下也細微必録感觸最真談笑之間大道斯寓是編也踏世醒世之用半焉夫子言之矣吾豈匏瓜也哉焉能繫而不食稼軒其深自信也夫

康熙辛未清和朔秤翁彭榕序

堅鉢二集卷之一目録

寒拾問答　各省地諱
第中二督學　陳全滑稽
咏洩氣　賣閒
詩嘲廣文　耳聾詩
俗語歇後　清客門對
買鹽吃醋　對句
玉堂爭閙　嘲醫
抱佛脚　用售句
嘲方于魯　售律易字
歐公詩戲　唐解元詩
吏對　火迫都侯
蒸熟顛回　印章
黄暦給事　東坡慕樂天
糾别字　文笑
祝石林　俗讖
同東集　劣詩
詩規性急　題鳩鵲閣
惺内有理　解大紳
歐陽酒令　麻胡
三笑事　歇後詩
破瓜無元　張趙兩相
楊南峯浴　王婆酣酥
諸理齋詩　盤門詩伯
睍卦　吝卦
論卦　壽卦
蟹卦　内黄侯
圓脊尖蟄　蟹詩

芙蓉詞　水上打一棒
賦詩得釋　落霞
華清宮詩　角妓垂螺
詩家喻愁　石獨山單
詩咏溺婦　題松
朱文公詞

堅瓠二集卷之一

清　長洲石農褚人穫學稼纂輯

寒拾問答

寒山問曰有人打我罵我辱我欺我嚇我騙我凌虐我以極不堪待我如何處他拾得答曰只是避他耐他忍他敬他畏他讓他一味由他不要理他你且看他味拾得數語非特唾面自乾直與山鬼之伎倆有限老僧之不聞不見無窮同意至末後你且看他一語不止牢騷憤激而天道好還之意默寓其中可不戒哉

各省地諱

各省皆有地諱莫知所始如畿輔曰響馬陝西曰豹山西曰瓜山東曰胯河南曰驢江南曰水蟹浙及徽州曰鹽豆浙又曰呆江西曰臘雞元時江南亦號臘雞福建曰癩四川曰鼠湖廣曰乾魚兩廣曰蛇雲貴曰象務各以諱相嘲成化中司馬陝西楊鼎與司寇福建林聰會坐林戲曰胡兒十歲能窺豹以楊多鬚而年少楊即曰癩子三年不似人又河南焦芳過李西涯邸見厝膝乾魚戲曰曉日斜穿學士頭西涯曰秋風正灌先生耳以誚有秋風灌驢耳句也廖鳴吾道南戲倫白山曰人心不足蛇吞象倫曰天理難忘獺祭魚又蜀舉子張士儼與廣士某善每見輒曰委蛇委蛇某應聲曰碩鼠碩鼠又李時當以臘雞獨擅江南味戲夏言言即答以響馬能空冀北羣又嚴嵩生日江西士紳致賀嵩長身聳立諸紳俯身趨謁嵩中玄旁睨而笑嵩問故中玄曰偶思韓昌黎詩大雞昂然來小雞竦而待是以失笑耳衆亦鬨堂大笑

楚中二督學

嘉靖間楚中督學吳小江有愛少之癖冠者多去其巾為垂髫應試吳見其額上網痕遂口占一詩曰昔日峩冠已偉然今朝丱角且從權時人不識予心苦將謂偷閑學少年一時傳誦無不絕倒其後錢塘金（一作曾）省吾代之所拔亦多弱冠桃源一生聞其風遂剗去髭鬚入試考居四等及發落省吾以四等人多不欲盡加扑責想其齒長者而責少者此生以無鬚被責人嘲之曰昨日剗鬚為便考今朝受責加煩惱儒巾紗帽不相當有鬚無鬚皆不好

陳全滑稽

明金陵陳全負俊才性好烟花持數千金遊燕皆費於平康市一日浪遊誤入禁地為中貴所執將昇巡城全曰小人是陳全祈公公見饒中貴素聞其名乃曰聞陳全

善取笑可作一字能令我笑即釋你全曰屁中貴曰此何說全曰放也由公公不放也由公公中貴笑不自制因赦之

咏洩氣

三水林觀過年七歲嬉遊市中以詩自命或戲令咏洩氣詩視之不見名曰希聽之不聞名曰夷不啻若自其口出人皆掩鼻而過之

賣閒

承天寺僧曰岫間刻賣閒詩索和憲副李如穀滋先生以詩訶之曰老秃何人敢說閒八句行脚古來傳磨磚砟米僧家事施鳥添香度日緣閒自己偷誰敢賣賣于天譴定追還痴呆可賣閒難鬻鬼斧神鎗不汝憐

詩嘲廣文

萬歷中王廣文號竹月年邁鬢髮已落更缺一耳一生作詩嘲之曰竹月號三無無恥齒之恥無鬚而無有髯耳則亦無有乎鬍偶御史蒞府各縣屬候見於官署中談及斯詩以為笑謔及入謁一令忽覩竹月於班行中不覺失笑御史疑令慢己詰之令因以實對并舉前詩御史亦大笑

耳聾詩

弘治初杭庠沈明德宣嗜酒能文工於書畫董學吳原明因沈納卷取閱之與之語且重聽命賦耳聾詩限設字因草書耳聾二字於牌沈望見耳脚帶長以為打字亟奔去吏諭以作詩遂口占云紅塵飛滿舊青衫貧病年來笑更兼四十無聞聾亦順半生多事老何堪山蟬一任鳴方歇穴蟻從教鬬正酣兀坐無言心似水對人袖手倦清談後以貢授安慶訓導○雪濤諧史一人以易語賦耳聾云飛在天見在田亢有悔確乎

俗語歇後

吳中黃生相掀唇人呼為小黃嘴讀書某寺中一日寺僧進麪因熱傷手忒地黃作歇後語謔之曰光頭滑光頭浪光頭練光頭勒謂麪盪撩忒也僧亦應聲戲曰七大八七青八七孔八七張八蓋隱小黃嘴四字黃亦絕倒

清客門對

一清客書門對曰心中無半點事眼前有十二孫有人續其下曰心中無半點事兩年不曾完糧眼前有十二孫六箇未經出痘見者絕倒

買鹽吃醋

萬歷中湖廣張孝廉某好李屠兒之妻方執手調笑屠兒適歸鎖閉其門用杖擊孝廉脛哀求得脫告屠兒於官稱往渠家買鹽被毆縣令已悉前情乃置一聯於狀尾云張孝廉買鹽自牖執其手李屠兒吃醋以杖叩其脛

對句

滇南趙某仕楚中為郡守好出對句一日見坊役用命紙糊燈遂出句云命紙糊燈籠火星照命思之未得至歲暮見老人高捧曆日叩頭獻上拍案大叫遂對前句曰頭巾頂曆日大歲當頭老人認其怒己叩首乞哀守語其故厚賞而出

玉堂爭鬧

景泰間修續通鑑綱目督促翰苑各舉所知於是丁參議珵等皆被召聶大年教授扶病入館退食私寓經宿物故章主事諏病劉治中實老劉宣化譏之曰昔人云生老病死苦史館備矣時丁珵與宋尚寶懷尚氣失色忿詈館中陳緝熙鑑作一詩云參議丁公性太剛宋卿凌慢亦難當亂將毒手拋青史故發傖言污玉堂同輩有情難勸解外郎無禮更傳揚不知班馬韓蘇輩曾為修書鬧幾場

嘲醫

世譏庸醫者甚多近見諧史一條云一醫治一肥漢而死人曰我饒你不告狀但為我擡柩至墓所醫人率妻子共擡至中途力不能舉乃吟詩云自祖相傳歷世醫妻續云丈夫為事累連妻長子云可奈尸肥擡不動次子云如今只揀瘦人醫

抱佛脚

士子遇文宗按臨始用功讀書謂之抱佛脚不解其故後見中山詩話王荊公嗜諧謔一日論沙門道因曰投老欲依僧客遽對曰急則抱佛脚王曰投老欲依僧是古詩客曰急則抱佛脚是俗諺上去投下去脚豈非的對王大笑則抱佛脚之說相傳已久而未知所本及見宋張子正世南宦游紀聞云雲南之南有番國俗尚釋教人犯罪應誅者捕之急趨往寺中抱佛脚悔過願剃髮為僧以贖前罪即貰之諺云閒時不燒香急則抱佛脚本此

用舊句

杭有一婦夫死未終七即嫁被族人訟於官浼金編修為解釋臨審時金以他事見令俾問此婦何事令曰丈夫身死未終七嫁與對門王貴筆金曰月移花影上闌干春色惱人眠不得令笑而從末減

嘲方千里

徽人方千里以造墨起家多與紳交有長安貴人寄蘭州羢於方時已四月矣方急為製衣服之以誇示賓客汪南溟作詩嘲之曰愛殺蘭州乾羶羢寄來春後趁裁縫寒回死等桃花雪熱透生憎柳絮風忽地出神尋細脚有時得意挺高胸尋常一樣方千里纔着羢衣便不同

集律易字

廣東二貢士爭名至相毆友人用集律易字誚之曰南北齊生多發顛春來爭榜各紛然網巾扯作黑蝴蝶頭髮染成紅杜鵑日落主童眠閣上夜歸朋友哭燈前人生有打須當打一棒何曾到九泉

歐公詩戲

劉原父晚年再娶歐公作詩戲之云仙家千載一何長浮世空驚日月忙洞裏桃花莫相笑劉郎今是老劉郎原父得詩不悅一日歐公與王拱辰同在會間原父戲曰有一學究訓徒誦毛詩至委蛇委蛇徒念從原字學究怒而責之曰蛇當讀作姨毋得再誤明日徒觀乞兒弄蛇飯後方來先生怒其來遲欲責徒曰適弄姨者從衆

覰之先弄大姨後弄小姨是以遲也歐公亦為哄然蓋歐公與拱辰同為薛簡肅公婿歐公先娶王夫人之姊亡後再娶其妹故拱辰有舊女婿為新女婿大姨夫作小姨夫之戲按簡肅公墓文拱辰兩為公婿而詩話皆作歐公未知何故

唐解元詩

吳令命役於虎丘採茶役多求不遂譖僧令笞僧三十復枷之僧求援於唐伯虎伯虎不應一日偶過枷所戲題枷上曰官差皂隸去收茶只要紋銀不肯賒縣裏捉來三十板方盤托出大西瓜令見而詢之知為唐解元筆笑而釋之○又伯虎嘗出遊遇雨過一皂隸家以紙筆求畫伯虎遂畫海螄數十題其上云海物何曾數着君也隨盤饌入公門千呼萬喚不肯出直待臨時敲窟臀戒菴漫筆作瞿炳賜作

吏對

泰興令胡瑤嬖一門子坐堂時見一吏挑之與偶語令怒欲責治之吏謾云渠是小人表弟叙家常耳令遂出對曰表弟非表兄表子汝能對免責吏曰丈人是丈母丈夫令嘉其善對笑而釋之

火迫鄧侯

唐原休受朱泚偽官自比蕭何入長安日首收圖籍時人目之曰火迫鄧侯宋南渡有鄧某為將自比諸葛酒後輒咏三顧頻繁兩朝開濟之句屏風便面一一書此末幾敗於江上倉皇涕泣而遁時謂之尿汁諸葛正堪作對

熱熟顏回

代醉編宋陳繹好為敦朴之狀時謂熱熟顏回熙寧中台州推官孔文仲舉制科對策言事有痛哭太息語執政惡而斥之繹時翰林學士曰文仲狂躁真杜園賈誼王平甫笑曰杜園賈誼可對熱熟顏回

印章

天順間錦衣門達甚得上寵有桂廷珪者為達門客乃私鐫印章曰錦衣西席後有甘棠為洗馬江朝宗壻棠亦有辭苑東牀印章一時傳賞可為的對

黃歷給事

林居漫錄王逊峯守初入諫垣例當建白乃請行令各省直少印黃歷每圖止給里長一本而圖民就覩焉以省國用同時某御史做其意請少印青由每圖止給里長一張而圖民併列焉以節冗費都人為之語曰黃歷給事青由御史宋紹興間趙霈

名鵞鴨諫議見昨非菴日纂成化中胡汝寧號蝦蟆給事烏臺有鎖何代無賢

東坡慕樂天

洪容齋隨筆東坡慕樂天因以為號按南賓志東坡西坡皆白文公故跡樊漢柄詩曰忠黃江上兩東坡二老遺風凜不磨人得矜誇知地勝天教流落為才多可識

訓別字

春日與友踏青郊外聞一蒙師訓播鼗武註鼗小鼓兩旁有耳持其柄而搖之持誤訓特友急叩館門連呼先生蒙師驚愕問故友曰鼗子搖鼓柄好搖蒙師大慚相與一笑而別猶記有一師姓潘訓只今惟有鷓鴣飛鷓誤訓作庶人謂之潘庶鴣以其兄號庶康也

文哭

一童縣試蒲盧也題中云此一蒲盧也俄而拱把俄而合抱俄而參天蓋狀其易生如此主司批云不消幾時蒲盧塞滿天地間矣又先生訓初學以記誦借用之法其徒記魯衛之政兄弟也文謂魯之政即衛之政可也謂衛之政即魯之政可也後作彌子之妻與子路之妻兄弟也遂借用此調見者噴飯曾見一士作莫我知也夫為

三叠法云。我非鳳也。人以我為德衰之鳳。莫鳳知也。夫我非狗也。人以我為喪家之狗。莫狗知也。夫我非虎也。人以我為貌似之虎。莫虎知也。夫嗟乎。好奇而不顧其忿若此。肆概。截雖使五尺之童二句破云。以可欺之人。居可欺之地。而卒莫之或欺焉。可以見天理之常存。而人心之不死矣。或嫌其太簡。健他日作魯人獵較二句破云。魯俗頹。聖人雷。又嫌其幅且晦。須不長不短。點切題面字眼。方醒人目。一日作子之燕居節破云。記聖人之鳥處。甲之出頭而天之側頭者也。一士作二女果題中二股立柱云。堯非不欲以之自奉也。舜非不欲以之奉瞽瞍也。又聞今交九尺二句破云。約莫一丈長。只好死吃飯。聞者絕倒。

祝石林

給事祝石林。曾為黃陂博士。入郡遇黃岡令劉星岡。心易之。而嗔其抗直曰。吾鄉士人。有大哉堯之為君一節題破云。以齊天之大聖。極天下之無狀焉。祝曰。吾鄉亦有一破。題是不得已而之景丑氏宿焉。破云。處無可奈何之地。遇絕不相干之人。同官絕倒。明年祝登第。劉以考察去位。

俗讖

肆概。宋太學各齋除夕設祭品。用棗子荔枝蓼花。取早離了之讖。南都鄉試前一日。居停主人必煮蹄為餉。取熟題之意。又無錫呼中字如粽音。凡大試。親友則贈筆及定勝糕米粽各一盒。祝曰筆定糕粽。○又宗師歲考前一日。禱於關聖者。必置筆與錠等子於神前。取必定一等之意。其祝文云。伏願驢騾騾高犯規矩而不提糊塗學道。屁文章而亂圈。更為可笑。○吾蘇近有一笑話。因屁文章附錄之。秀才與光棍經紀三人會飲。各以所志行一令。經紀曰。妄想心。妄想心。但願西太湖變子蜜淋噶每觔賣二十文。次至光棍曰。妄想心。妄想心。但願沈萬三打殺子人。我要詐斷渠脊梁筋。末至秀才曰。妄想心。妄想心。但願低試官射瞎子驢眼睛。拿我這樣屁文章圈滿子考第一名。一時傳以為笑。

同東集

悅生堂隨抄。吳僧法海好作惡詩。卒成帙。劉從事為序云。師雖習西方之教。頗同東魯之風。因題曰同東集。長於譬喻。動有風騷。昔唐小杜既為老杜之次。今師又在小杜之下。

劣詩

東谷贅言。華陽有狂生。粗知押韻。一夕乘酣訪隣曲。隱霧見庭中月色如晝。梅花盛開。乃朗吟宋人詩曰。窗前一樣梅花月。添箇詩人便不同。蓋自負也。主人亦誦宋人詩曰。自從和靖先生死。見說梅花不要詩。恐其作詩唐突梅花也。狂生怒其嘲己。肆詬而去。明日訟之縣官。呼狂生試詩甚劣。笑謂狂生曰。姑免問罪。發在百花潭上看守杜工部祠堂。聞者絕倒。

詩規性急

駒陰冗記。定海太守沃泮性褊急。官路鮮合者。王襄敏越為詩規之云。今日牧民當尚簡。此行聽訟貴寬。黃堂正是三公路。莫負吾儒洗眼看。泮終不能用。晚年家居猶訐奏大臣。過失坐戍榆林。後宥還。

題鳩鵲圖

雪濤諧史。楚中一顯者。常苦嫡庶不睦。鬩聲自內徹外。偶一詞客來謁。值其內鬩。顯者欲借端亂其聽。指所懸鳩鵲圖。請詞客賦之。客因題曰。鳩一聲兮鵲一聲。鳩呼風雨鵲呼晴。老天卻也難張主。落雨不成晴不成。相與大笑。內鬩之亦解。

懼內有理

或論三綱之義。夫為妻綱。五行之道。陽伸陰詘。則夫宜無有畏於妻者。祝理美曰。太平廣記王經天門子云。凡男命皆起於寅。寅純木之精也。女命皆起於申。申純金之精也。未有木而不畏金者也。又男道主火。女道主水。未有火而不畏水者也。況陽能發育主生。陰能收斂主殺。未有不樂生而畏死者也。此懼內之理。鮮有知者。

解大紳

解縉嘗從永樂遊內苑。上登橋。問縉當作何語。對曰。此謂一步高一步。及下橋。又問之。對曰。此謂後邊又高似前邊。上大悅。一日上謂縉曰。卿知宮中夜來有喜乎。可作一詩。縉乃吟曰。君王昨夜降金龍。上遽曰。是女兒。縉即曰。化作嫦娥下九重。上又曰。已死矣。縉應曰。料是世間留不住。上笑曰。已投之水矣。縉應曰。翻身跳入水晶宮。上本欲詭言以困之。既得詩。深歎其敏。

歐陽酒令

歐陽公席間行令。作詩兩句。須犯徒以上罪者。一云。持刀哄寡婦。下海劫商人。一云。月黑殺人夜。風高放火天。歐公云。酒粘衫袖重。花壓帽簷偏。或問之。答曰。當此時徒以上罪亦做了。○七修類藁。郎仁寶與群士會飲。行令以犯盜事為對。一日。發塚可對窩家繼者曰白晝搶奪可對黑夜私奔眾曰私奔非盜繼者爭曰原其情非盜而何一人曰打地洞可對開天窗眾又曰開天窗決非盜對者解曰今之斂人財而幹公事者尅減其物豈非盜乎開天窗即諺所謂分子頭也又一人曰尤有好者三櫓船可對四人轎眾哄而笑坐有四轎者不樂郎曰賢愚不等賢者當稱四傑入四科不肖者可謂四獸等四凶豈曰盜焉眾然之而四轎之客亦樂

麻胡

成郎中貌陋多髭再娶之夕岳母誚之曰我女一菩薩乃嫁麻胡成聞之作詩曰一樁兩好世間無好女如何得好夫高捲珠簾明點燭試教菩薩看麻胡

三笑事

嘉靖庚子杭有穩婆為人收生反生子於產家而醫人因急症死於病家者又蔡倉官權巡捕而為盜刦掠一時畏盜口稱爺爺盜以其平昔頗作威福而故擊之好事者作一絕曰穩婆生子收生處醫士醫人死病家更有一樁堪笑事捕官被盜叫爺爺

歇後詩

有時少灣者延師頗不盡禮致角口而去或用吳語賦歇後詩嘲之曰少灣主人吉日良時束脩且是爺多娘少身材好像夜叉小鬼心地猶如短劍長錐三杯晚酌金生麗水兩碗晨餐周發商湯年終算帳索咸席百家姓有索咸席賴句劈拍之聲一頓相打

破爪無元

瓠耕錄一人娶妻已破爪無元衰可潛作如夢令贈之云今夜盛排筵宴準擬尋芳一遍春去已多時問甚紅深紅淺不見不見還你一方白絹

張趙兩相

南昌張位蘭谿趙志皋皆與張江陵相左由翰林出為州同後屢遷俱於辛卯拜相太倉王元馭當國以詩戲之曰龍樓鳳閣九重宮新築沙隄拜相公我貴我榮君莫羨十年前是兩州同

楊南峯浴

俗傳三月三為浴佛日今作四月八日六月六為猫狗浴日有客謁楊南峯備吉值三月三日楊以浴辭客謂其傲思以報之楊乃于六月六日往拜客亦辭以浴楊戲題其壁曰君昔訪我我洗浴我今訪君君亦浴君訪我時三月三我訪君時六月六

王婆醋鉢

瓠耕錄松江俞俊負氣傲物伯顏柄國賦清平樂長短句云君恩如草秋至還枯槁落落殘星猶弄曉豪傑消磨盡了放開湖海襟懷休教鷗鷺驚猜我是江南倦客等閑容易安排為人所訴幾罹禍患張士誠據有平江日俊以賄通松江偽尹鄭煥署宰華亭酷刑朘剝邑民恨入骨髓袁海叟作詩曰四海清寧未有期諸公袞袞正當時忽然一日天兵至打破王婆醋鉢兒人皆不知醋鉢之義以問叟叟曰昔有不軌伏誅暴屍於竿王婆買醋經過其下適索朽屍墮醋鉢為其所碎王婆年老無知誤謂死者所致顧謂之曰汝只是未曾吃惡官司衆聞者皆絕倒

諸理齋詩

鳳林夏五名景倩延師周四維訓子以不合欲再延妻曰何為又增人口夫不從又延羅成吾時諸理齋亦館於夏戲曰夏五本是五增口便成吾四維尚未去如何又請羅又夏五甚短妻極長每同立僅齊妻乳理齋作歇後詩謔曰夏五官人罔談彼夏五娘子靡恃己有時堂前德建名剛剛撞着果珍李

盤門詩伯

萬曆初盤門外兄弟二人張蘭谿張蘭洲爭以惡詩倡和高自矜許或作詩嘲之曰盤門城外兩詩伯蘭溪蘭洲同一脉胸中全無半卷書紙上空污數行墨浣花溪頭杜少陵潯陽江口李太白二公陰靈猶未散終日在天尋霹靂有朝頭上咶聲能吳語猶言响一聲也打殺兩個直娘賊

輥卦

元淮南潘子素純嘗作輥卦譏世之仕宦以笑梯滑稽而得顯爵者雖貲一時之譏浪不為無補於名教卦辭曰輥亨可小事亦可大事彖曰輥亨天地輥而四時行日月輥而晝夜明上下輥而萬事成輥之時義大矣哉象曰地上有木輥君子以容身固位初六輥出門无咎象曰出門便輥又何咎也六二傳于鐵楔象曰傳於鐵楔天下可行也六三君子終日輥輥厲无咎象曰終日輥輥雖危无咎也九四模稜吉象曰模稜之吉以隨時也六五神輥象曰六五神輥老于事也上六或錫之高爵天下揶揄之象曰以輥受爵亦不足敬也瓠耕錄謂此篇在宋末即有或非潘所作

吝卦

元平江蘇宗魯衡作吝卦以譏守財虜曰吝亨利居閒不利有所為象曰吝鄙嗇也利居閒无所求也不利有所為恐致禍也初六居富吝于周急悔亡无攸利象曰吝

于周急莫惜其貨也悔亡无攸利已終有望也六二聽婦言至吝不養其親不恤其弟貞凶象曰聽婦言昵于私也不養其親忘大恩也不恤其弟失大義也雖養弗時亦致災也故貞凶九三極吝吝其財不吝其身于行非宜象曰吝其財斯致富也不吝其身乃輕生也六四太吝君子吉小人凶象曰吝于君子雖有言无尤也吝于小人雖不有言終有悔也六五不吝于色務所欲終以死亡凶朋來吝于酒食弗克戳无咎象曰不吝于色惑于淫也務所欲樂其順從也終以死亡凶可知也朋來從其類也吝于酒食誠大戮也雖弗克戳可无咎也上九居其家不吝于內吝于教子弗叶吉象曰居其家妄自尊也不吝于內畏寡妻也吝于教子終无所成也

論卦

元扶風馬文璧玭見人多華而不實因作論卦曰論貞亨初吉終凶利見小人不利于君子象曰貞正也亨通也通于正言論或庶幾也終凶論不由初也利見小人猶同類也不利于君子入于邪也象曰麗口掉舌論君子以求名干祿初九論于同朋无咎象曰同朋于論又誰咎也九二羣施于民吉象曰九二之吉以新眾聽也六三來其論酒食用享象曰來其論民取則也享其酒食以崇功也九四飾言如簧以娛彼心乃雅南金象曰娛人雅金不足道也九五君子終日高論王用徵安車以迎終歲弗寧復有凶象曰以論受徵不羞也終歲弗寧祇足煩勞也復有凶不副實也上六株論不已四方欲殺之象曰株論眾怒殺之何過也論卦切中時病真得風刺之正

壽卦

挑燈集異嘉靖間維揚富室卜菊亭隱而壽者也其祝辭連楹布壁周卜村撰壽卦以壽之卦曰壽元亨元永貞君子吉小人否象曰壽頤動以攝靜而有恆故壽壽元亨天下通也元永貞无咎德相承也君子吉慶无窮也小人否不克終也天地壽故四時行而萬物亨聖人壽則王道成而天下平壽之時義大矣哉象曰引年壽君子以積躬累仁協于上下以承天休初一壽于躬酒食貞吉无咎无禦象曰酒食无禦樂以正也次二壽于室小有慶其樂衎衎吉悔亡象曰其樂衎衎吉室家慶也次三壽于庭以其玄纁吉朋至斯孚小人勿用象曰玄纁之吉交以德也小人勿用其僭忒也次四壽于宗不于其門于其野有攸往无不利象曰于野之壽道大光也利有攸往民所宗也次五壽于王國錫汝保極受茲介福八荒攸同元吉象曰壽于王國以尊同也錫汝保極乃化中也介福元吉其寵隆也次上壽奕世无疆自天佑之吉无不利象曰奕世无疆何永壽也吉无不利自天佑之也

蟹卦

予性嗜蟹擬隸蟹事以補傅肱蟹譜之遺因作蟹卦曰蟹亨利涉大川不利有攸往至于八月有凶彖曰蟹解也順以兌剝而烹故解也利涉大川終无尤也至于八月有凶其道窮也象曰蟹澤上于地君子以飲食宴樂初六用馮河需于泚出自穴盈缶象曰需于沙宜乎地也盈缶乃大得也九二蟹用壯大壯朋至斯孚一握為笑勿恤永吉象曰朋至斯孚道大光也六三外剛內柔包荒不遐遺剝之无咎象曰剝之无咎應乎天也九四備物致用君子有蟹不速之客三人來食之終吉象曰君子有蟹志喜也食之終吉不素飽也六五月幾望利西南不利東北象曰幾望有損乘天時也不利東北竅地脉也上六觀我朵頤齎咨涕洟君子吉小人否象曰觀我朵頤亦不足貴也君子吉尚賓也小人否尚口乃窮也

內黃侯

內黃侯蟹也詩人玉屑載曾文清謝路憲送蟹詩從來歎賞內黃侯風味尊前第一流只合蹣跚付湯鼎不須辛苦上糟丘清異錄蟹曰含黃伯

團膏尖螯

山家清供蟹生于江者黃而腥生于湖者紺而馨生于漢者蒼而清又曰團臍膏尖臍螯秋風高團者請舉手不必刀羹以蒿尤可發因舉山谷詩曰一腹金相玉質兩螯明月秋江所謂詩中之驗也

蟹詩

墨莊漫錄毘陵士人常某為蟹詩云水清詎免雙螯黑秋老難逃一背紅蓋譏朱勔父子惜其全詩不載又有常將冷眼觀螃蟹看你橫行得幾時之句

芙蓉詞

宋高竹屋名觀國字賓王有菩薩蠻詠蘇隄芙蓉云紅雲半壓秋波急艷妝泣露嬌啼色佳夢入仙城風流石曼卿宮袍呼醉醒休捲西風景明月粉香殘六橋烟水寒世誤為高季迪詞不知季迪乃是行香子其詞云如此紅粧不見春光向菊前蓮後纔芳雁來時篘寒沁羅裳正一番風一番雨一番霜蘭舟不採寂寞橫塘強相依暮柳成行湘江路遠吳苑池荒奈月朦朧人杳杳水茫茫論其優劣後來居上

水上打一棒

七修類藁正統間處州葉宗留謀逆杭點民兵有生員之父亦在點中生員往訴於府府公不爲之理拂衣而出自言水上打一棒猶言無用也府公聞而不罪疑其詈語喚回詰之生員告其故遂曰汝能賦此當免其役因賦詩曰丈七琅玕杖碧流一聲驚破楚天秋千條素練開還合萬顆明珠散復收鷗鷺盡飛紅蓼岸鴛鴦齊起白蘋洲想應此處無魚釣起網收綸別下鈎守大賞遂除其役

賦詩得釋

弘治間餘杭貢士符栟未第時舟行過土豪之灘亂其菱芡被留閘爲秀才請作詩栟口占云儂是餘杭符秀才家間有事出鄉來撐船稚子雖無識總是豪灘忒佔開笑而釋之又汝水有放生池官禁採捕有士子垂釣於中爲邏者所獲送之有司詢知士人試以詩釣者口占曰投却長竿捲却絲手攜蓑笠賦新詩如今刺史清過水不是漁人下釣時禮而釋之

落霞

王勃滕王閣序落霞與孤鶩齊飛秋水共長天一色古今奇文困學記聞以爲本庾信馬射賦落花與芝蓋齊飛楊柳共春旗一色語丹鉛錄又引文選褚淵碑風儀與秋月齊明音徽與春雲等潤隋長壽寺舍利碑浮雲共嶺松張蓋明月與巖桂分叢勃語本此何當青出于藍螢雪叢說代醉編皆以落霞爲飛蛾野鴨也鴨欲食飛蛾而相逐故曰齊飛若雲霞又何云飛郎仁寶以飛蛾爲愎前解可笑其云落霞乃鳥也曾於內臣處見之形如鸑差大遍體緋羽飛則文采可觀未知孰是

華清宮詩

崔魯華清宮詩四首精練奇麗遠出李義山杜牧之上而散見於唐音及品彙漁隱叢語長安古志各載其一楊升庵備錄於丹鉛錄中門橫金鎖閑無人落日秋聲渭水濱紅葉下山寒寂寂溼雲如夢雨如塵 一 銀河漾漾月輝輝樓礙星邊織女機橫玉叫雲天如水滿空霜霰不曾飛 二 障掩金雞蓄禍機翠華西拂蜀雲飛珠簾一閉朝元閣不見人歸見燕歸 三 草遮回磴絕鳴鑾雲樹深深碧殿寒明月自來還自去更無人倚玉闌干

角妓垂螺

丹鉛錄張子野詞垂螺近額走上紅裀初趁拍晏小山詞雙螺未學同心綰已占歌

名月白風清長倚昭華笛裏聲又紅窗碧玉新名舊猶綰雙螺一寸秋波千斛明珠覺來多垂螺雙螺蓋當時角妓未破瓜時額飾

詩家喻愁

詩人有以山水喻愁者杜少陵云憂端如山來澒洞不可掇趙嘏云夕陽樓上山重疊未抵春愁一倍多李頎云請量東海水看取淺深愁李後主云問君都有幾多愁恰似一江春水向東流秦少游云落紅萬點愁如海賀方回云試問閒愁知幾許一川烟草滿城風絮梅子黃時候蓋以三者比愁之多尤爲新奇興中有比意味更長

石獨山單

八閩志莆田鳳凰山有廣化寺宋翁點讀書寺中夜醉擊鐘一人出呵之點亦轉詰其人應曰能屬對吾語汝乃云折破磊文三石獨點曰分開出字兩山單其人頷之曰正郎言訖不見後點官至正郎石獨山單皆閩中花名也

詩咏溺婦

東谷贅言松溪戴珊贊學南畿偶艤舟蘇之盤門見少艾溺死水濆命縣官掩之命諸生賦挽詩蔡佃方弱冠賦詩曰芙蓉零落倩誰收飄泊孤城野水頭素手尚籠羅袖薄清波難掩玉容羞蕪烟綠暗香魂杳花雨紅添血淚流莫向盤闔歌此曲月明風細不禁愁戴大稱賞對教官惜之曰此生詩有音響而無氣骨吾恐冬華之木不實早慧之子不壽明年佃果死

題松

東谷贅言處士某隱居山中庭有松一株三百年物也縣尹立公署命工伐之處士研白書絕句其上曰大夫去作棟梁材無復清陰覆綠苔今夜月明風露冷誤他雲外鶴歸來縣尹讀詩悵然遂止其伐

朱文公詞

滿江紅詞膠擾勞生待足後何時是足據見定隨家豐儉便堪龜縮得意濃時休進步須知世事多翻覆漫教人白了少年頭徒碌碌誰不愛黃金屋誰不羨千鍾祿奈五行不是這般題目枉費心神空計較兒孫自有兒孫福不須採藥訪神仙惟寡欲傳爲朱文公作翁謂舉以問公曰乃一僧作僧亦號晦庵云文公有水調歌頭富貴有餘樂貧賤不堪憂那知天路幽險倚伏互相酬請看東門黃犬更聽華亭清唳千古恨難收何似鴟夷子散髮弄扁舟鴟夷子成霸業有餘謀收身千乘卿相歸把釣

魚鈎春盡五湖烟浪秋天一夜雲月。此外儘悠悠。永棄人間事。吾道付滄洲。

堅瓠二集卷一終

堅瓠二集卷之二目錄

初日詩　賦新月
嫦娥　結璘
牽牛織女　織女祠
鵲橋仙詞　孟婺
石尤風　夜半鐘
鼓轉六更　王探花判
水底月詩　陸放翁詞
馮當世詩　呂文穆
韓魏公　張元
求閒　處閒散
偷閒　歐陽伯樂
蜂丈人　此翁又出
棐几木片　擊門錐
王吉婦　布袋和尚
文若詩　童謠
異僧　般若巷僧
驛童對　黃蘗葉
弔張士誠詩　老頭兒
雪詞　滿江紅
彭友信　大明皇帝
大明一統　兄弟應兆
劉誠意題著　倒騎驢
安亭萬二　峴山徐九
僧謙牧　趙雙硯
象簡龍衣　鐵尚書女
中秋不見月　完顏亮詞
歎子　銀豆謠

九仙夢對　陽鱎
徐白雲　名帖字大
老僧干謁　十里荷花
史彌遠詞　小僧詩阻
程鄭二生

堅瓠二集卷之二

清　長洲石農褚人穫學稼纂輯

初日詩

宋藝祖微時見客咏初日詩即應聲曰太陽初出光剌撻（松窗錄作欲出未出光辣達）千山萬山如火發一輪頃刻上天衢逐退羣星與殘月蓋宋以火德王天下及登極傳禪之國以次削平混一之志已兆於詩後國史潤色之云未離海嶠千山黑纔到天心萬國明便覺卑弱

賦新月

后山詩話宋盧多遜當直藝祖命賦新月限用些子兒詩曰太液池邊玩月時好風吹動萬年枝誰家玉匣開新鏡露出清光些子兒錦繡萬花谷載後二句云誰家鏡匣參差蓋露出楞邊些子兒尤覺善狀王禹偁當直亦賦新月限敲梢交韻詩曰禁鼓樓頭第一敲乍看新月出林梢誰家寶鏡初磨出玉匣參差蓋不交似做多遜之意不知二詩皆祖老杜塵匣元開鏡之句禹偁詩桐江詩話作曹希蘊作七修類藁郎仁寶與王義中玩新月語及二詩義中賦一詩曰風外空傳藥杵敲雲邊微見桂枝梢定疑今夜蟾蜍小含出明珠口未交清新俊逸不減前詩

嫦娥

吹劍錄月與日並明人所敬事詞人以嫦娥之說吟咏極其褻狎至云一二初三四娥眉天上彎侍奴年十五正面與君看按嫦娥奔月事見歸藏又淮南子曰羿請不死之藥於西王母嫦娥竊而奔月許慎注曰嫦娥羿妻也逃月中蓋虛上夫人是也然嫦娥之說不經學齋佔畢謂即常儀占月之誤周官註云儀義二字古皆音俄鳳洲詩云不信琱弧推九日却留明月隱嫦娥足破其謬然昔有當時射日弓猶在何事無能近月宮句其說亦非始於鳳洲矣

結璘

黃庭經云高奔日月上吾道鬱儀結璘善相保註引上清紫文云鬱儀奔日之仙結璘奔月之仙據此則奔月者不止一嫦娥矣是月為逋逃藪也袁郊詩云嫦娥竊藥出人間藏在蟾宮不放還后羿遍尋無覓處誰知天上亦容奸又月中有仙人宋無忌斫月桂者為吳剛或為吳質又登真隱訣曰上真之道七鬱儀奔日文為最結璘奔月文為次蓋鬱儀者羲和也結璘者嫦娥也據此則結璘乃嫦娥別名也

牽牛織女

述異記天河之東有美女天帝女孫也機杼勞役織成雲霧天衣容貌不暇整理帝憐之嫁與河西牽牛自後竟廢織絍帝怒責歸河東使一年一度與牽牛相會淮南子曰烏鵲塡橋而渡織女張衡云牽牛織女七月七日相見渡河之說非止世俗之見也○荆楚歲時記道書云牽牛娶織女借天帝二萬錢備禮久不還被驅在營室又云牽牛謂之河鼓後人訛其聲爲黄姑古樂府東飛百勞西飛燕黄姑織女時相見太白詩黄姑織女是相去不盈尺劉筠詩百勞東翥燕西飛又報黄姑織女期李後主又誤以黄姑爲織女有迢迢牽牛星杳在河之陽粲粲黄姑女耿耿遥相望句按史記牽牛爲犧牲其北河鼓代醉編謂河鼓十二星在牽牛北非牽牛七夕良會使河鼓冒此虚名能無遺憾

織女祠

中吳紀聞崑山縣東地名黄姑傳牽牛織女降此地織女以金篦劃河水水涌溢牽牛不得渡因名爲百沸河鄉人立祠祀之列二像建炎兵火時士夫多避地東岡范生題詩祠壁曰商飈初至月埋輪烏鵲橋邊綽約身聞道佳期惟一夕因何朝暮對斯人鄉人遂去牽牛像獨存織女焉

鵲橋仙詞

齊東野語宋慶之寓永嘉時逢七夕學徒醵飲有僧法辨善五星每以八煞爲說一士致仙扣試事忽乩動大書文章伯降慶之怪焉漫云姑置此且求一七夕新詞即以八煞爲韻忽運乩大書鵲橋仙一闋云寶輿初駕牛車齊發聽隱隱鵲橋呼靴尤雲殢雨正歡濃但只怕來朝初八霞垂綵幔月明銀燭馥郁香噴金鴨年年此際一相逢未審是甚時結煞滄海果載此詞爲宋徽宗附乩作未知孰是

孟婆

古稱風神爲孟婆蔣捷詞云春雨如絲繡出花枝紅裊怎禁他孟婆合皂宋徽宗詞云孟婆好做些些方便吹個船兒倒轉按北齊李騊駼聘陳問陸士秀曰江南有孟婆是何神也士秀曰山海經帝女遊于江出入必以風雨自隨以其帝女故稱孟婆丹鉛總錄江南七月間有大風甚於舶䑸野人相傳爲孟婆發怒

石尤風

石尤風詩人多用之不見其義宋孝武丁督護歌云願作石尤風四面斷行旅陳子昂入峽阻風云故鄉今日友歡會坐應同寧知巴峽路辛苦石尤風戴叔倫送裴明州云瀟水連湘水千波萬浪中知君未得去慚愧石尤風司空文明（一作郎士元）留盧秦卿詩知有前期在難分此夜中無將故人酒不及石尤風李義山詩來風置石鄴江湖紀聞石氏女嫁爲尤郎婦情好甚篤尤爲商遠行不歸妻憶之病臨亡長歎曰凡有商旅遠行者吾當作大風爲天下婦人阻之自後商旅發船值打頭逆風則曰此石尤風也遂止不行婦人以夫姓爲名故曰石尤遇石尤風密書吾爲石娘喚取尤郎歸須放吾船行十四字投水中風即止又紫竹軒雜綴石尤江中蟲名此蟲出必有惡風雨故曰石尤風

夜半鐘

唐張繼宿楓橋詩姑蘇城外寒山寺夜半鐘聲到客船六一居士謂繼此詩句則佳矣奈夜半非鳴鐘時或云姑蘇寺鐘多鳴於半夜或云惟承天寺至半夜則鳴其他皆五更鐘也庚溪詩話云昔官姑蘇每三鼓盡寺鐘皆鳴復覩于鵠詩云定知別後宮中伴遥聽緱山半夜鐘白香山云新秋松影下半夜鐘聲後溫庭筠曰悠然旅榜頻回首無復松窗半夜鐘皇甫冉秋夜宿嚴維宅云秋深臨水月夜半隔山鐘陳羽梓州與溫商夜別隔水悠悠午夜鐘則詩人皆言之不獨繼也他處亦皆半夜鳴鐘不獨姑蘇也南史載齊丘仲孚少好讀書以中宵鐘鳴爲限則夜半鐘其來久矣

鼓轉六更

夜漏五五相遞爲二十五唐李郢詩二十五聲秋點長是也至藝祖以建隆庚申受禪問國祚修短於陳希夷有只怕五更頭之言蓋庚更同音也藝祖命宮掖及州縣更漏皆去五更二點并初更去其二以配之首尾止二十一點即轉六更謂之蝦蟆更嚴鼓鳴鐘禁門方開百官隨入終宋之世皆然楊誠齋有天上歸來有六更汪水雲有亂點傳籌殺六更之句至理宗景定元年歷五庚申而宋亡謂非五更頭乎元延祐九年庚申而順帝生順帝實宋少帝趙㬎子明兵入燕都遁去時呼庚申君劉尚賓庚申帝大事記可見明高皇方號順帝云然則藝祖命轉六更亦與數暗符矣開元遺事云宮漏有六更君王得晏起疑是設言耳

王探花判

醒睡編探花王剛中爲御史出巡福建尤溪張松茂與鄰女金媚蘭私通被獲到官王見屋前蛛網懸蝶指謂張曰汝能賦此免罪張即曰只因賦性太顛狂遊遍花叢覓異香今日悞投羅網裏脱身還藉探花郎王又指竹簾命金賦之遂吟曰綠筠劈

破條條直紅綠相連眼眼奇只為如花成片段遂令失節致參差王稱賞見二人供狀俱未議婚即判云佳人才子兩相宜致福端由禍所基判作夫妻永諧老不勞鑽穴隙相窺○目為王方便云

水底月詩

曾於友人處見破書中有水底月詩云皎潔明蟾夜氣寒清光上下兩團圓瑤池王母呈冰鏡水底神人獻玉盤一任浪掀流不去幾回龍戲欲吞難叮嚀醉客休來捉曾悞詩人溺素瀾惜作者姓名不傳

陸放翁詞

陸務觀初娶唐氏于母夫人為姑姪伉儷相得而弗獲於其姑因出之改適同郡宗子當春日出游相遇於沈氏園亭唐以語趙遣致酒肴放翁悵然為賦釵頭鳳詞題園壁云紅酥手黃縢酒滿城春色宮牆柳東風惡歡情薄一懷愁緒幾年離索錯錯錯春如舊人空瘦淚痕紅浥鮫綃透桃花落閒池閣山盟雖在錦書難托莫莫莫唐氏見而和之有世情薄人情惡之句未幾唐怏怏而卒聞者為之愴然

馮當世詩

馮當世京未第時客餘杭縣為官通所拘訐君無出題詩所寓寺壁云韓信棲遲項羽窮手提長劍喝秋風吁嗟天下蒼生眼不識男兒未濟中一舟魁范某見之為白令丐寬假令疑胥受賕游詆胥曰馮秀才甚貧安所得物賂某昨見其所留詩知他日必貴令索其詩觀之即笑而釋其事後京果三元及第

呂文穆

呂蒙正父龜圖多內寵與其母劉氏不睦並蒙正出之頗淪躓窘乏與溫仲舒讀書于洛陽之龍門利涉院土室中有撥盡寒爐一夜灰之句及蒙正登第乃迎二親同堂異室奉養之妻自姓宋傳奇謂以母姓為妻姓破窑緣此附會也惟嘗爭在府城南蒙正微時拾遺瓜于此後作相建亭示不忘也○堯山堂外紀蒙正朝罷歸衙偶片雪沾衣欲斬執役人夫人因舉撥灰詩諷之乃已又隨事諷諫嘗題臨吻云歎頭原是一團泥做盡辛勤人不知如今撞在青雲裏卻當初窑內時

韓魏公

韓魏公琦鎮中山李清臣謁見其姪報曰大叔方睡不即與通清臣因題詩於壁曰公子乘閒臥碧幮白衣老吏慢寒儒不知夢見周公否曾說當年吐哺無魏公見之

曰吾久欲見此生竟有東林之選○又士人贗作公書謁蔡君謨蔡心疑之然士頗豪邁蔡與三千緡作書並果物遣四卒送於公士因謁公以其故請罪公曰君謨手段小恐未足以了公事復作書令見夏太尉子弟有不然者公曰士敢於為我書又能動君謨之意其才器亦不凡矣至關中夏竟官之

張元

宋慶曆間華州進士張元累舉不第落魄不得志負氣倜儻嘗薄遊塞上覩覽山川有經畧西鄙意元詠雪有戰退玉龍三百萬敗殘鱗甲滿天飛之句其詠鷹詩有有心待搦月中兔更向白雲頭上飛之句欲謁范韓二帥恥自屈乃刻詩石上使人拽之市而自哭其後二公聞而召見躊躇未用元乃間走西夏結連寶賈謀抗朝廷連兵十餘年大為邊患後秦檜為相一士假其書謁揚州守守覺其偽以白金五伯金繳原書管押其同檜見之即補以官復厚贈之或問其故檜曰有胆敢假檜書若不以一官束縛之則南走胡北走越為禍不淺觀檜此舉加於韓范一等矣

求閒

行營雜錄有一士甚貧夜則露香祈天益久不懈一夕忽聞空中語曰帝憫汝誠問汝所欲士曰某所欲甚微非敢過望但願此生衣食粗足逍遙山水間以終其身足矣空中大笑曰此上界神仙之樂何可易得若欲富貴則可是清樂天所靳惜百倍於功名爵祿而世之閒人反勞擾以求多事不亦愚哉故曰不是閒人閒不得閒人不是等閒人

處閒散

張士誠據平江明兵圍之唐伯剛和人泥字韻云玉樓金屋愁如海布襪青鞋醉似泥謂居權要者不如處閒散之樂王元載亦誦一詩云二十四友金谷宴千三百里錦帆遊人間無此榮華樂無此榮華無此愁與唐詩相類

偷閒

張伯起謂乾天下有大盜而跖其小者也曹馬盜人天下呂黃盜人國可謂能盜其竟皆不免禍至有欺世盜名者所盜無形宜若可免禍而亦有報蓋名者造物所忌不可以大位厚貲盜之也封世間惟一閒字可盜語云偷閒偷即盜之謂也盜此庶幾無禍○有貴人遊僧舍酒酣誦唐人詩曰因過竹院逢僧話偷得浮生半日閒僧聞之而笑貴人問僧何笑僧曰尊官得半日閒老僧卻忙了三日

歐陽伯樂

旮堅志宋吉州士子赴省書前牌云廬陵魁選歐陽伯樂有人作詩誚之曰有客遥來自吉州姓名挑在擔竿頭雖知汝是歐陽後畢竟從來不識修

蜂丈人

雪濤集明高皇微行至田舍見一村翁問其生庚翁言年月日時皆與高皇同高皇曰爾有子乎曰無有田產乎曰無高皇曰然則何以自給曰吾養蜂耳曰爾蜂幾何曰十五桶高皇默念我有京省渠有蜂桶敵之此年月日時相合之符又問爾於蜂歲割蜜幾次翁曰春夏花多蜂易采蜜不難結每月割之秋以後花漸少故菊花蜜不盡割割十之三留其七聽蜂自啖為卒歲計我以春夏所割蜜易鹽帛米粟量入為出以糊其口而蜂有餘蜜得以不餒明歲又復釀蜜我行年五十而恃蜂以飽他養蜂者不然春夏割之即秋亦盡割之無餘蜜故蜂多死今年有蜜明年無蜜皆莫我若也高皇歎曰民猶蜂也上不務休養竭澤取之民安得不貧以死民死而稅安從出是亦不留餘蜜之類也蜂丈人之言可以為養民者法

此翁又出

劉氏鴻書高皇在御好微行以察人情之背向常以夜出暫止逆旅枕石眠草藉上中夜有二人起共語高皇潛聽之一人在庭中一人在室内庭中人呼室中人曰今夜此翁又出矣吾視玄象當在民舍中頭枕石脚踹藉而卧室中人笑曰君得無惧耶高皇聞而異之即以手足異位而寢俄其人亦至庭中曰君果誤矣此人頭枕藉脚踹石耳高皇聞之不覺汗浹于背即夕還宮購求兩人不可得是後微行稍稀矣

晏几木片

七修類稿高皇常微行遇一監生同飲於酒家問其鄉里生曰四川重慶人高皇曰千里為重重水重山重慶府生應聲曰一人成大大邦大國大明君高皇大喜又舉晏几木片命賦詩生吟曰寸木原從斧削成每於低處立功名他時若得登臺端用定向人間治不平高皇歎賞探錢償酒家而去明日召生入謂之曰汝欲登臺端乎命為按察使

擊門錐

龍興記高皇賜劉誠意一金瓜曰擊門錐有急則擊之一夕夜將半以擊宮門而入高皇問之曰睡不安思弈棋耳甫弈俄報太倉火遽命駕往救誠意止之請先遣

一内使充乘輿往往則旋斃輦中矣高皇驚問曰乾象有變特來奏聞問何人為謀曰早朝衣緋者是明晨西班中果有一臣衣緋命縛之即取袖中懸哨鴿欲放之則鴿已死蓋以鴿為號起伏兵也

王吉婦

龍興記高皇戰偶失利夜行宿於妓館明發語姓名題於壁間曰二之十古之一左七右七横山倒出得了一是為土之一皆不解後生子聞上登極因録以聞遂命工部造府封子為王其婦不名見蓋言王吉婦得子為王也

布袋和尚

洪武政尚嚴猛天下股慄一日遊一寺令止從者入内悄無一人見壁間畫一布袋和尚墨痕猶新旁題偈曰大千世界浩茫茫收拾都將一袋藏畢竟有收還有散放寬些子又何妨蓋以諷也亟索其人不得

文若詩

雙槐歲抄仁祖先家泗州盱眙有第一山元人文若題詩其上曰汴水東流過舊京恢圖妙算入皇明暫揭諸將停歸騎來看中原第一城詩作於元而皇明之句已與國號相符矣

童謠

至正乙酉淮楚間童謠曰富漢莫起樓窮漢莫起屋但看羊兒年便是吳王國高皇於丁未年即吳王位即羊兒年也

異僧

洪武微時於鳳陽城中遇一遊僧手持小磬號於眾曰擊磬賣詩聲絶詩成高皇因指雞卵為題僧即吟云一塊無瑕玉中含混沌形忽然成五德叫落滿天星僧已先知聖主而假詩以為之兆也

般若庵詩

洪武戰江南日抵太平府般若庵欲借一宿僧異其狀輒問爵里姓名因題詩寺壁曰戰退江南百萬兵腰間寶劍血猶腥山僧不識英雄主只管叨叨問姓名後僧恐人見垩去其詩登極後遣人視詩在否眾僧惶恐有僧補一詩使返以無對命鍮僧至將殺之僧曰御詩後吾師有詩在焉問何詩僧誦曰御筆題詩不敢留留時恐惹鬼神愁故將法水輕輕洗尚有龍光射斗牛高皇笑寺僧皆免究

驛童對

洪武定江左見驛中有七歲兒問之對曰臣故父當此役今臣代父耳高皇曰能對乎曰能高皇曰七歲兒童當馬驛兒應聲曰萬年天子坐龍廷高皇大悅蠲其役而官之

黄蔡葉

張士誠據吳時其弟士信為相專用參軍黄敬夫蔡彥文葉德新圖事三人皆迂闊不識大計輕薄者因作十七字詩云丞相做事業專用黄蔡葉一夜西風起乾癟吳元年丁未秋大將軍徐達破蘇州三人皆伏誅刳其腸而懸之至成枯腊

弔張士誠詩

杜東原瓊耕餘録有弔張士誠詩云天星夜落水犀軍又見吳臺走鹿麋睥睨金湯空自固倉皇珠玉竟俱焚將軍只合田橫死國士嗟無豫讓聞風雨年年寒食節麥盂誰上太妃墳此蓋當時有感於士誠者但不載誰作近閱堯山堂此詩乃天台王澤作

老頭兒

洪武微行聞一老嫗呼上為老頭兒高皇怒至徐太傅家繞室行沉吟不已時太傅他往夫人震恐再拜曰得非妾夫負罪耶高皇曰非也嫂毋恐令名五城兵馬司總兵至曰張九四小竊江東吳民至今呼為張王朕為天子此邦居民呼朕為老頭兒遂傒其里一空而徙吳民居之

雪詞

張明善元之遺老能以詼諧諷人張士德攘奪民地以廣園囿偶雪夜張宴邀明善咏雪明善題云漫天墜撲地飛白占許多田地凍殺吳民都是你難道是國家祥瑞士德大慚

滿江紅

洪武居滁陽時欲圖集慶與徐達間行至江口欲買舟以覘江南虛實值歲除呼舟人無應者有夫婦老人截一小舟欣然納之曰天晚矣明當早渡且進雞酒具黍為食明晨發舟老叟舉棹口中打號子曰聖天子六龍相助大將軍八面威風高皇聞此吉語與中山躡足相慶登極後訪得之無子官其姪並封其舟而朱之以故江中渡船謂之滿江紅云

彭友信

彭友信攸人歲貢至京一日高皇微行偶相值忽見虹霓口占云誰把青紅線兩條和雲和雨繫天腰友信應聲曰玉皇昨夜鑾輿出萬里長空駕綵橋高皇異之相約明晨會於竹橋同早朝翌晨彭果往候久不至遂失朝已而宣入高皇曰有學有行君子也以為北平布政司

大明皇帝

閒居筆記京師佛刹曰多寶高皇遊幸見幢幡上盡書多寶如來高皇曰寺名多寶有許多多寶如來左右寂然無答翰林學士江懷素請對許之對曰國號大明更無大大明皇帝高皇稱善遂陞吏部尚書以彰其才

大明一統

劉三吾侍高皇微行入市小飲無物下酒高皇獨吟曰小村店三杯兩盞無有東西三吾未及對店主對曰大明國一統萬方不分南北高皇稱其才明日召至欲官之店主以元人辭不受仕

兄弟應兆

明初豫章士人兄弟由貢入太學夜夢人語曰七竅比干心如是數次翌早言夢兄弟不殊未詳其義時五月競渡生儒出遊惟二生篤志不出高皇偶微行至號舍聞書聲大喜見案上有藕一截因出對曰一彎西子臂兄弟齊聲對曰七竅比干心高皇稱賞命銓部以御史授之

劉誠意題著

雪濤集劉誠意基初見高皇與坐賜食問曰先生能詩乎對曰吟詩儒生事也高皇因舉斑竹著為題誠意應聲曰一對湘江玉並看二妃曾灑淚痕斑高皇攢眉曰秀才氣味誠意曰漢家四百年天下盡屬留侯一借間高皇大悅

倒騎驢

蜀中一耆儒題張果老倒騎驢圖詩云世間多少人誰似這老漢不是倒騎驢凡事回頭看語雖淺喻世甚切

安亭萬二

客座新聞嘉定安亭萬二元之遺民也富甲一郡有人自京師回二問何所見聞人曰皇帝有詩云百僚未起朕先起百僚已睡朕未睡不如江南富足翁日高丈五猶

擁褐二歎曰。兆已見矣。不去難將及。以其貲付幹僕。買舟載妻子汎湖湘而去。不一年。江南大族以次籍沒。獨二獲令終。

峴山徐九

烏衣佳話。載峴山徐富九。居積甚饒。一日策馬往州。見道上一蚯蚓甚長。色如血。富九心怪之。因馬驟不能久視。猶回首佇望。見一婦人俯身若有所拾。富九勒馬俟之。問而知其金簪也。因歎曰。精金變幻如此。見而不我得。而歸於婦人。我時去矣。我禍速矣。歸以田產盡散族人及貧乏者。一身子然如貧素。越三月。高皇知其富豪。遣使籍其家。則蕩然一空。因獲免。得以天年終。

僧謙牧

僧謙牧居小有山。道行著聞。高皇作詩召之曰。寄語山中老禿牛。何勞苦苦戀東洲。南方有片閒田地。鞭打繩牽不轉頭。謙牧不赴。答詩云。老牛力盡已多年。頂破蹄穿只愛眠。寰宇域中粮草足。主人何用苦加鞭。高皇見詩。歎賞不復強仕。

趙雙硯

臨海趙某為中貴。題蠶婦圖云。蠶未成絲葉已無。鬢雲撩亂粉痕枯。宮中羅綺輕如布。爭得王孫見此圖。高皇見之。詰問。以趙某對。即召知肇慶府。有廉聲。及歸。嘆曰。昔趙清獻持一硯。今吾倍之。遂持二硯歸。人稱趙雙硯。

衆簡龍衣

高廟賓天。建文即位。燕楚諸王恃叔父。欲不拜。給事中韓衆奏曰。衆簡朝天殿上行君臣之禮。龍衣拂地宮中敘叔姪之情。諸王從之。時傳恭有啟沃之才。七修類稿云。此乃宋太祖宴杜審言於福寧宮。樂人史金著之詞。審言太祖母舅。彼云前殿展君臣之禮。虎節朝天。後宮伸骨肉之情。龍衣拂地。骨肉二字。何不易甥舅尤妥。

鐵尚書女

錢蒙叟云。遜國諸書所載鐵氏二女詩。謂司馬就義。二女沒入教坊。獻詩於原問官。詩聞得赦。出嫁士人。余考長女詩。乃吳人范鳳鳴昌期題老妓卷作。詩見張士瀹國朝文纂。時杜用嘉瓊有次韻詩。題曰無題。則非鐵氏作明矣。次女詩末句尤為不倫。愚按立齋閒錄云。鉉于壬午十月十七日遇害。子福安發河池所編伍。父仲名年八十三。與母薛安置海南。一女四歲。發教坊。據此。不但詩為好事者偽作。即二女亦偽傳也。

中秋不見月

永樂中中秋開宴賞月。月為雲掩。召解縉賦詩。遂口占風落梅一闋云。嫦娥面。今夜圓。下雲簾。不着臣見。拚今宵倚闌不去眠。看誰過廣寒宮殿。上覽之大喜。同縉飲。復令賦長短句。中有吾欲斬蝓蛙礫玉兔。坐令天宇絕纖塵等句。過夜半。月復明朗。上大笑曰。子才真可謂奪天手段也。

完顏亮詞

吝堅志濟南王和尚能誦完顏亮小詞。其咏雪昭君怨云。昨日樵村漁浦。今日瓊川小渚。山色捲簾看。老峯巒。錦帳美人貪睡。不覺天花剪水。驚問是楊花。是蘆花。其中秋不見月鵲橋仙曰。持杯不飲。停歌不唱。暫見蟾宮出現。片雲何處忽飛來。做許大通天障礙。愁眉怒目。星移斗轉。懊恨劍鋒不快。一揮揮斷此陰霾。此夜看姮娥體態。讀其後篇。凶威可掬。

獃子

蘇杭呼癡人為懞子。或又書獃騃二字。考玉篇無獃懞二字。獨騃字音呆。韻會云。病也。癡也。凡痴騃字皆作騃。海篇懞獃二字作獃。同騃字。小兒諺云。獃獃獃。雨落走進屋裏來。又演繁露鄭獬字毅夫。守江陵。作楚樂亭記。有頌云。我是蘇州監本獃。與爺祝壽獻棺材。近來彷彿知人事。雨落過歸屋裏來。則知諺語亦有來歷。

銀豆謠

景泰在位。頗好聲色。嘗以銀豆金錢洒地。令宮人宦侍爭拾。以供嬉笑。編修楊守陳賦銀豆謠曰。尚方承詔出九重。冶銀為豆驅良工。顆顆勻圓奪天巧。禾函進入蓬萊宮。御手親將十餘把。琅琅亂洒金階下。萬顆珠璣走玉盤。一天雨雹敲鴛瓦。中宮跪拾多盈袖。金璫半墮羅衣綻。贏得天顏一笑懽。拜賜歸來坐清畫。闔知昨日六宮中。翠娥紅袖承春風。黃金作豆親拾得。羊車不至愁烟空。別有銀壺薄如葉。并刀剪碎盈丹匣。也隨銀豆洒金階。滿地春風飛玉蝶。君不見民饑木皮和草根。夢想豆食如八珍。官倉有米無銀糴。棄骸盡作溝中瘵。明主由來愛一嚬。安邦只在恤窮民。願將銀豆三千斛。活取枯骸百萬人。此詩卓有古意。使輔臣高穀輩能以此謠上達宸聰。必有感動。移銀豆之惟而為溝壑之惻。亦未可知。又雙槐歲鈔。景泰初。經筵講畢。命中官撒金錢于地。令講官拾之。以為恩典。時高穀年老。俯仰不便。恒莫能得。一講官拾以遺之。蓋卿大臣耗費國帑至此。

九仙夢對

西樵野記。南安傳黃門凱。使外國。道經九仙祠。禱夢以驗使事。夢孺子歌曰。青草流沙六六灣。凱不解所以。默識之。比至館。燕殊隆。飲間。夷王請曰。黃河躍浪一作灈水三三曲。願天使對之。凱念夢中語。詞意兼絕。即曰。青草流沙六六灣。夷王驚服。蓋中國黃河九曲。而夷域有流沙三十六灣。彼自謂知我華之勝。而吾乃悉彼疆界之詳。用是慄讋。

陽鱎

中洲野錄。樂平趙尹。考滿還任。士夫皆趨迎之。獨彭福投以詩云。鄱陽饒駐使君標。本欲趨迎懶折腰。莫怪野人疎禮節。好從楊晝說陽鱎。一作人皆莫喻。程念齋楷見之笑曰。綏之譏我邑中人深矣。蓋用宓子賤事也。按說苑。子賤為單父宰。初入境。見有冠蓋來迎者。子賤曰。車驅之。車驅之。楊晝所謂陽鱎者至矣。陽鱎魚名。不釣而來。喻士之不招而至者也。唐文粹宓子賤廟碑云。豈意陽鱎。化而為魴。

徐自雲

祐山雜說。祐山檢古人佳句云。閒鋤明月種梅花。恨無可對。嘉靖甲辰。自太倉入覲。偕僚友坐吏部席舍中。以前句索對。對者數人。皆平平。最後張洪齋云。詩拈疎簾邀燕子。清麗閒雅可愛。因揭之家園廳柱。後徐七橋見之云。閒鋤明月。字意本虛。詩拈疎簾。似太着實。因對曰。謾掃白雲看鳥跡。則超脫塵凡。殆有仙氣。因呼為徐白雲。祐山名汝弼。平湖人。

名帖字大

御史與主事平行。文移謂之手本。御史署名頗大。時王偉為職方郎中。口占貽之云。諸葛大名垂宇宙。今人名大欲如何。雖於事體無妨礙。只恐文房費墨多。有士子代答云。諸葛大名垂宇宙。我今名大亦從先。百凡事體皆如此。費墨文房不值錢。偉壽陞兵部侍郎。有客往賀。曰大名屬公矣。偉又口占曰。諸葛大名非用墨。清高二字肅千秋。于今一紙糊塗帳。滿眼松煙不識羞。眾相傳為笑。

老僧干謁

鄱陽程文憲少與仲監齋徐朝信讀書于南天寺。後程筮仕鎮江。僧持朝信所撰提緣疏并監齋書。謁程。勉贈之。程謝病歸。監齋仕維揚之興化。僧亦往謁之。程寄一絕云。南天和尚雪盈頭。遠泛維揚一葉舟。帶去潤州抄化疏。也應添却監齋愁。不二年。朝信官東安。僧又欲往。程寄詩云。東安官舍冷如冰。杖錫秋風興欲乘。疏是先生親筆撰。不須懊惱恨山僧。僧因病足不果行。無何。寺不戒於火。程又作詩云。紺宇緇宮盡掃除。如何回祿妬浮圖。不知跛足髡頭子。救得提緣疏也無。聞者絕倒。

十里荷花

鶴林玉露。孫何帥錢塘。柳耆卿作望海潮詞贈之云。東南形勝。三吳都會。錢塘自古繁華。煙柳畫橋。風簾翠幙。參差十萬人家。雲樹繞堤沙。怒濤卷霜雪。天塹無涯。市列珠璣。戶盈羅綺競豪奢。重湖疊巘清佳。有三秋桂子。十里荷花。羌管弄晴。菱歌泛夜。嬉嬉釣叟蓮娃。千騎擁高牙。乘醉聽簫鼓。吟賞烟霞。異日圖將好景。歸去鳳池誇。此詞流播。金主亮聞之。欣然有慕。遂起投鞭渡江之志。有立馬吳山第一峯之句。近時謝處厚詩云。誰把杭州曲子謳。荷花十里桂三秋。那知卉木無情物。牽動長江萬里愁。余謂此詞雖牽動長江之愁。然卒為金主送死之媒。未足恨也。至於荷艷桂香。粧點湖山之清麗。使士夫流連於歌舞嬉遊之樂。遂忘中原。是則深可恨耳。因和其詩云。殺胡快劍是清謳。牛渚依然一片秋。却恨荷花留玉輦。竟忘烟柳汴宮愁。

史彌遠詞

建炎中。金人追高宗至舟山。登岸斫道隆觀柱。柱忽流血。金人畏而遁去。高宗得免。史彌遠題詞觀中曰。試凭闌干春欲暮。桃花點點臙脂。破故鄉凝望水雲迷。數堆青玉髻。千頃碧琉璃。我本清都閒散客。蓬萊未是幽奇。明朝歸去鶴齋飛。三山未縹緲。海運到天池。

小僧詩阻

史彌遠欲占育王寺地作墳。眾僧俯首莫敢誰何。有一小僧曰。我能止之。作偈云。寺前一塊地。當有天子氣。丞相要作墳。不知主何意。使兒童遍地傳誦。史意遂息。明霍韜欲營寺基為宅。兇餘令逐僧。僧去。題於壁曰。學士家移和尚寺。會元妻卧老僧房。渭厓見之。愧而止。所謂我有筆如刀。其二僧之謂與。

程鄭二生

湧幢小品。湖湘程鄭二生。同窗友也。程先登第。授咸陽令。鄭貧甚。貸錢訪之。程適出。條約禁鄉人不與相見。鄭乃浼人告乞數金。作回路費。程亦不與。狼狽而歸。後鄭亦登第。除直隸公幹。程適以事掛彈。鹿丞又被人告贓。鄭前來按郡。程乃遠迎。敘舊。引蘇章二天等語。鄭笑而不荅。留程宴。鄭私囑優人具言前事。優人因扮二虎。一虎銜一羊自食旁一虎踞地視之作欲食狀虎怒吼銜羊而去少頃餓虎獲一鹿前虎復來欲分食之爭不與一山神出判之曰昔日銜羊咸陽不採揪今朝獲鹿敢來求縱然掬盡湘江水難洗當初一面羞程知剌已遂解印而歸

堅瓠二集卷之二終

堅瓠二集卷之三目錄

李空同對　張異德對
靖節允夫　蘇東坡判
岳武穆詞　瑣囊書詞
赶蝶　獨龍詞
八音詩　三谿詩詞
九九諺語　字舞
韓朝集　草堂蛛網
題鵓鴿　題詩勸酒
學吏試詩　曹操疑塚
折劉寇子　搥碎黃鶴樓
昔昔鹽　逸詩詞
題牧牛圖詩　不禮故人
高季迪題詩　艷雪
岳武穆遺詩　瓜田李下
覆水不收　蒙汗藥
苜蓿烽　孿生啟
平泉庄　白髮紅顏
棊詩　池底鋪錦
山歌　風雨向三娘
信天翁　無定河
改名　陳眉公詞
行香子　錢塘懷古
詩示關津　曲子相公
辛幼安詞　勸世歌
詩贈盜　罵虎傷人
頭臙酒　捉迷藏
郎當曲　尼悟道

題詩得渡　畫馬食禾
岳家泉詩　鏤臂
秤翁戲具詩　咏戲具
和咏戲具

堅瓠二集卷之三

清　長洲石農褚人穫學稼纂輯

李空同對

李空同督學江右。一生偶有名夢陽者。唱名時。空同曰。爾安得同我名。出對試之曰。藺相如。司馬相如。名相如。實不相如。對佳則釋汝。生應聲曰。魏無忌。長孫無忌。彼無忌。此亦無忌。空同稱善。置之前列。

張翼德對

張翼德顯應蜀中。人所尊奉。専降童以報禍福。一日降童。一生以句請對曰。人是人。神是神。人豈能為神也。遲久不答。生曰。何不對。童曰。我本武夫。不諳文理。適到海中求蘇老泉先生代對。值彼弈碁。但云爾為爾。我為我。爾焉能浼我哉。一時傳為絕對。

靖節堯夫

莊定山詩。贈我一壺陶靖節。還他兩首邵堯夫。有滑稽者。改作外官答京官。苞苴云。贈我兩包陳福建。還他一疋好南京。聞者捧腹。

蘇東坡判

靈隱寺僧了然戀妓李秀奴。刺字臂上云。但願生從極樂國。免教今世苦相思。後衣鉢蕩盡。秀奴絕之。了然怒。一擊而斃。時東坡治郡。案其事。判以踏莎行詞曰。這個禿奴。修行忒煞。雲山頂上持戒。一從迷戀玉樓人。鶉衣百結渾無奈。毒手傷人。花容粉碎。空空色色今何在。臂間刺道苦相思。這回還了相思債。即押市曹處斬。

岳武穆詞

岳武穆精忠天植。恢復中原之志。屢見於詞翰。其滿江紅詞曰。怒髮冲冠。凭闌處。瀟瀟雨歇。擡望眼。仰天長嘯。壯懷激烈。三十功名塵與土。八千里路雲和月。莫等閒白了少年頭。空悲切。　靖康恥。猶未雪。臣子恨。何時滅。駕長車踏破賀蘭山缺。壯志飢餐胡虜肉。笑談渴飲匈奴血。待從頭收拾舊山河。朝天闕。文徵明嘗和其詞曰。拂拭殘碑。勅飛字。依稀堪讀。慨當初。倚飛何重。後來何酷。果是功成身合死。可憐事去言難贖。最無辜。堪恨更堪憐。風波獄。　豈不惜。中原蹙。豈不念。徽欽辱。但徽欽既返。此身何屬。千載休談南渡錯。當時自怕中原復。笑區區一檜亦何能。逢其欲。讀史者但知扼腕宋高。切齒秦檜。衡山此詞。始發其隱。即起高宗於九京。而以此言作公案質之。恐亦無詞以對。

瓚囊書詞

買愁集瑣裳書詞云。翩若驚鴻。來洛浦。風流正遇陳王。凌波羅襪步生香。不言惟有笑。多媚總無妝。回首高城人不見。一川烟樹微茫。最難言處最難忘。

赶蝶

傳奇中有清江引歌云。一個姐兒十六七。見一對蝴蝶戲。他肩靠粉牆。春笋彈珠淚。喚梅香赶他去別處去飛。又轉過雕闌。正見他斜倚定荼蘼架。佯羞整鳳釵不說昨宵話。笑吟吟掐將花片兒打。

獨韻詞

卓珂月作獨韻詞云。娘問為何不去。爹問為何不去。背地問檀郎。難道今朝真去。郎去。郎去。打疊離魂隨去。又今日問郎來麼。明日問郎來麼。向晚問還頻。有個夢兒來麼。癡麼癡麼。好夢可知真麼。

八音詩

百可漫志。閩林清避元不仕。變姓名隱居山寺。會府公某檢冊至。見清詰問。知其能詩。即以冊號八音命之。應聲曰。金紫何曾一掛懷。石田茅屋自天開。絲竿釣月江頭住。竹杖挑雲嶺上來。匏實晚收栽藥圃。土花春長讀書臺。革除一點浮雲慮。木筆題詩酒數杯。府公驚羨。與之爲友。政暇輒攜酒過飲。唱和移日。偶論海濱人物。因曰。若林清者。雄材碩德。惜未見之。清不覺有感。府公曰。子殆林清耶。清曰。若清者。公安得見之。盡醉而罷。明日即避去。府公再往訪之。無從物色矣。永樂會元誌其孫也。

三豁詩詞

鶴林玉露。李南金自號三豁。氷雪翁。有良家女流落。可歎。贈以詞曰。流落今如許。我亦三生杜牧。為秋娘著句。先自多愁多感慨。更值江南春暮。君看取落花飛絮。也有吹來穿繡幌。有因風飄墜隨泥土。人世事。總無據。佳人命薄君休訴。若說與英雄心事。一生更苦。且盡尊前今日意。休記綠窗眉嫵。但春到兒家庭戶。幽恨一簾烟月曉。恐明年雁亦無尋處。渾欲倩。鶯留住。淒婉頓挫。不減古作者。尤工於詩。有江頭吟曰。兒時盛氣高於山。不信壯士有飢寒。如今一杯零落酒。風雨蝕盡征袍單。側立崑奴面鐵色。楚客不言未吹笛。關山有月無人聲。自是江頭渚花發。渚花春少未得妍。疑立青山圍水天。杜鵑故態不識事。盡情叫入青楓烟。壯士未握邊頭槊。旋頭如月幾時落。如今世界不愛賢。看取青峯白雲角。嗚呼一歌兮歌已悲。壺中無酒可續噫。

九九諺語

冬至後九九氣候田家諺云。一九二九。相逢不出手。三九二十七。籬頭吹觱栗。四九三十六。夜眠如露宿。五九四十五。窮漢街頭舞。（一作開門戶大陽）六九五十四。蒼蠅垛屋栿。七九六十三。布衲擔頭擔。（一作兩邊推）八九七十二。猫狗眠窨地。九九八十一。犁耙一齊出。仙里塵談。夏至後亦有諺云。一九二九。扇子不離手。三九二十七。氷水甜如蜜。四九三十六。汗出如洗浴。（一作爭向路頭宿）五九四十五。頭戴秋葉舞。六九五十四。乘涼入佛寺。七九六十三。夜眠尋被單。八九七十二。思量蓋夾被。九九八十一。階前鳴促織。（一作家家打炭墼）豹隱紀談。作二俱范石湖語。

舞字

樂府雜錄。舞有字舞。以舞人亞身於地。布成字也。王建宮詞云。羅衫葉葉繡重重。金鳳銀鵞各一叢。每遍舞頭分兩向。太平萬歲字當中。則知舞字由來久矣。

韓朝集

明長洲韓朝集。名逢祐。大宗伯世能子。嘗學佛航普陀山。早起見海天紅光。氣遂絕。腥酒。黜姬媵。結廬洞庭西山之巔最僻處。嗣蓄髮復剪髮。如是者再。後學道天台山。薄憩石梁。樹葉蒙鬱。山鳥飛鳴。怡然自謂有得也。而塵情未斷。雖復頭陀行徑。猶挾公子貴介容。遇一樵夫負薪過石梁。故相觸。朝集遽喝之。樵者口占一絕云。有道之士君不識。滿口婆娑哄度日。時聞鳥聲云。山禽喚汝不如歸。歸來依舊韓朝集。聽罷知非常人。急躡從之。杳不可近矣。後卒蓄髮。以任子仕杭州。飲食男女如初。

草堂蛛網

明沔陽魯振之。肄在翰林時。館師試草堂蛛網題。詩云。草堂蛛網掛虛簷。幾度推窗似隔簾。破向虛風猶裊裊。補當明月正纖纖。燕知巧避渾無礙。蝶為狂飛或被粘。昨夜蚊虻不安枕。願教疎處更重添。振之詩皆莊整。此獨秀爽可誦。

題鵓鴿

宋高宗好養鵓鴿。躬自飛放。有士人題詩云。鵓鴿飛騰遶帝都。朝收暮放費工夫。何如養個南來雁。沙漠能傳二帝書。高宗見詩。即召見。命補以官。

題詩勸酒

鶴林玉露。王梅溪（十朋）守泉日。會七邑宰。出一絕勸酒云。九重天子愛民深。令尹宜懷惻隱心。今日黃堂一杯酒。使君端為庶民斟。真西山帥長沙。宴十二邑宰于湘江亭。勉以詩曰。從來官吏與斯民。本是同胞一體親。既以脂膏供爾祿。須知痛癢切吾身此邦素號唐朝古我輩當如漢吏循今日湘亭一杯酒使煩散作十分春諸峯皆感動二詩有萬物一體意為民牧者宜書於座右期無負九重愛民之意

學吏試詩

安仁湯寶初為學吏邑令洗汝實試諸生學諭徐元稔預焉一日洗集試縣吏徐命寶同試洗命賦燭花詩寶作絶句云淚滴銀釭雨光揺綺席春一朝懸要路普照四方人洗驚異疑其假手命和一章寶即吟曰心蘂皆因火花開不待春自慚今寂寞長伴讀書人洗大稱賞縣吏皆擱筆寶後官縣尉

曹操疑冢

曹操疑冢在漳河上輟耕録宋俞應符詩曰生前欺天絶漢統死後欺人設疑冢人生用智死即休何有餘機到丘壠人言疑冢我不疑我有一法君未知直須盡發疑冢七十二必有一冢藏君屍陶南村以為此詩之斧鉞不知老瞞之骨豈真瘞七十二冢間奸雄欺人詩家又墮其雲霧恐老瞞之鬼揶揄矣觀元人起巢谷之韓則老瞞之計豈若是淺哉後有反其意者曰人言疑冢我不疑我有一法君莫知七十二外埋一冢更於何處覓君屍得其旨矣又鶴林玉露漳河疑冢北人歲為增封范石湖奉使過之有詩云一棺何用冢如林誰復如公負此心歲歲蕃酋為增土世間隨事有知音

折劉寇字

祐山雜説嘉靖癸丑四月倭寇平湖官兵失利五月復至湯參將克寬領兵格戰邑人汹汹祐山因拆二字作口號曰曲川地可耕長刀砍低樹元來腹有文軍口三十去令兒輩合之敵效年十五日得之矣劉寇二字也明日得報湯大捷斬倭三十級

搥碎黄鶴樓

李太白過武昌見崔顥黄鶴樓詩歎服之遂不復作去而賦金陵鳳凰臺其後禪僧用此事作偈云一拳搥碎黄鶴樓一脚踢翻鸚鵡洲眼前有景道不得崔顥題詩在上頭旁一游僧亦舉前二句而綴之曰有意氣時消意氣不風流處也風流又一僧云酒逢知己藝壓當行元是借太白事設辭非太白詩也流傳之久信以為真宋初有偽作太白醉後答丁十八詩云黄鶴高樓已搥碎一首樂史編太白遺詩遂收之解學士弔太白詩云也曾搥碎黄鶴樓也曾踢翻鸚鵡洲直是優伶打諢之語太白一何不幸耶

昔昔鹽

隋曲有疎勒鹽薛道衡有昔昔鹽唐曲有突厥鹽阿鵲鹽列子昔昔夢為君昔即夜也鹽即曲之别名梁樂府有夜夜曲或云昔昔隋宮美人名又關中人謂好為鹽故施肩吾詩云顛狂楚客歌成雪嫵媚吳娘笑是鹽又有烏鹽角江隣幾雜志始教坊人家市鹽得一曲譜於紙角中翻之遂以名焉戴石屏有烏鹽角行元人月泉吟社詩有山歌聒耳烏鹽角村酒柔情玉練搥之句

逸詩詞

丹鉛總録升庵見劍門關絶壁上有唐明皇詩云劍閣橫空峻鑾輿出狩回翠屏千仞合丹障五丁開灌木縈旗轉仙雲拂馬來乘時方在德嗟爾勒銘才是詩英華及諸唐詩皆不載故録之又於臨潼驪山之温湯見石刻元人一詞曰三郎年少客風流夢繡嶺蠱瑤環漸浴酒發春海棠睡暖笑波生媚荔子漿寒况此際曲江人不見偃月事無端羯鼓三聲打開蜀道霓裳一曲舞破潼關馬嵬西去路愁來無會處但淚滿關山空有香囊遺恨錦襪傳看玉笛聲沉樓頭月下金釵信杳天上人間幾度秋風渭水落葉長安再過之石已别刻矣

題牧牛圖詩

宋姚鏞為吉州判官以平寇功擢守章貢為人豪俊自號雪蓬令畫工肖像騎牛於澗谷之間索郡人趙東野題詩東野題云騎牛無笠又無蓑斷隴横岡到處過暖日和風不嘗有前村雨暗却如何蓋規之也後忤帥臣卒貶衡陽又明蘇人劉完菴珏為僉事將致政有憲司索題牧牛圖完菴題曰牧子騎牛去若飛兒教風雨濕蓑衣回頭笑指桃林外多少牧牛人未歸憲臣感悟掛冠而去

不禮故人

弘治間浙江一方伯未第時與某生交好甚篤及仕江西生遠造之初見款敘之外送館于石亭寺山房晷無盼念生題壁云十年心事酒杯間坐對江鷗去復還一帶西山青入眼幾人青眼似西山題畢即去方伯得詩大慚遣人追之不返

高季廸題詩

遂軒吳紀臨川饒介之在吳慕高季廸才名之至再强而後往命題倪雲林竹木圖且以木綠曲為韻季迪即吟曰主人原非段干木一臥倒瀉瀟湘綠踰垣為惜酒在樽飲餘自鼓無絃曲饒大驚異厚禮之因勸之仕季迪笑而不答時年纔十六又

二年婦翁周仲建有疾李廸往唁之仲建出蘆雁圖命題李廸走筆賦曰西風吹折荻花枝好鳥飛來羽翮垂沙闊水寒魚不見滿身風露立多時翁曰是子求室也擇日以女妻焉

艷雪

韋應物答徐秀才詩云清詩舞艷雪孤抱瑩玄冰極其工緻而艷雪二字尤新又五絃行云如伴流風縈艷雪更逐落花飄御園又燕樂行云艷雪凌空散舞羅起徘徊屢用艷雪字或問楊升庵雪可言艷乎升庵曰曹子建洛神賦以流風迴雪比美人之飄摇雪自固有艷也然雪之艷非韋不能道如柳花之香非太白不能道竹之香非子美不能道也外此則李賀詩竹香滿幽寂粉節塗生翠

岳武穆遺詩

池州府志載岳武穆遺詩二章皆精忠錄所未收者題齊山翠微亭云經年塵土滿征衣得得尋芳上翠微好水好山看未足馬蹄催趁月明歸題池口樂光亭云爱此倚闌干誰同寓目閑輕陰弄晴日秀色隱空山鳥樹蕭驪外征帆杳靄間予雖江上老心羡白雲閑又丹鉛錄有湖南僧寺詩潭水寒生月松風夜帶秋不減唐人

瓜田李下

人知瓜田李下之句不知全詞左克明載之古樂府亦曰古詞又不載誰作七修載其詞曰君子防未然不處嫌疑間瓜田不納履李下不整冠嫂叔不親授長幼不比肩勞謙得其柄和光甚獨難周公下白屋吐哺不及餐一沐三握髮後世稱聖賢云是陳思王作而編子建集者又失中間四句殊無血脈被之管絃亦不成調也

覆水不收

光武本紀云反水不收何進傳慕容超傳並云覆水不收李太白詩水覆難再收又覆水再收豈滿杯劉夢得詩金盆已覆難收水皆用太公語太公初娶馬氏讀書不事產馬求去太公封齊馬求再合太公取水一杯傾於地令婦收水惟得其泥太公曰若能離更合覆水定應收朱買臣傳亦潑水事借此

蒙汗樂

小說家嘗言蒙汗樂人食之昏騰麻死復有樂解活或以為妄考東野語亦載草烏末同一草食之即死三日後亦活又桂海虞衡志載曼陀羅花盗採花為末置人飲食中即醉疑即優鉢羅花是也癸辛雜志載回回國有藥名押不盧土人採之磨酒

飲人通身麻痺而死至三日以别藥投之即活御院中亦儲之以備不虞據諸書所載則蒙汗樂非妄但癖山掌錄又載押不盧能起死回生故阿蘊主哀段功詩有雲片波鱗不見人押不盧花顏色改豈押不盧有二種同名而異用者耶抑本一種而記者有誤耶

苜蓿烽

丹鉛總錄岑參詩苜蓿烽邊逢立春胡蘆河上淚沾巾皆紀塞上之地也唐三藏西域志塞上無驛亭又無山嶺止以烽火為識玉門關外有五烽苜蓿烽其一也胡盧河上狹下廣洄波甚急不可渡上置玉門關即西域之襟喉也

擘生啟

李易安賀人擘生啟無午未二時之分有伯仲兩楷之侶既繫臂而繫足實難弟而難兄玉刻雙璋錦挑對褓註曰任文二子德卿生於午道卿生於未張伯楷仲楷形狀無二白汲兄弟母不能别以綵繩一繫臂一繫足見文粹拾遺按西京雜記殷王祖甲乙產二子曰囂曰良卯日生囂巳日生良以卯巳兩日對午未二時更妙（楷音曡）

平泉庄

抒情錄李朱厓平泉庄佳景可愛洛中士人詑於江遵遊題詩曰平泉風景好高眠水色烟花滿目前剛欲平他不平事至今惆悵嶺南遷江過楊相宅有詩云倚伏從來事不遥無何平地起青霄纔到青霄却平地門對古槐空寂寥

白髮紅顏

杜少陵詩云髮短何勞白顏衰肯更（一作再）紅尹武云愁髮含霜白衰顏寄酒紅鄭谷云衰鬢霜供白愁顏酒借紅白香山云鬢為愁先白顏因醉後赬又霜侵殘鬢無多黑酒伴衰顏只暫紅陳後山詩髮短愁催白顏衰酒映紅語意相類必有定其優劣者

碁詩

唾玉集蔡州褒信縣有一道人工碁常饒人先自為詩曰爛柯仙客妙通神一局曾經幾度春自出洞來無敵手得饒人處且饒人

池底鋪錦

開城錄唐文宗論德宗奢靡禁中老宮人云每引泉先於池底鋪錦王建宮詞云魚藻宮中鎖翠娥先皇行處不曾過只今池底休鋪錦菱角雞頭積漸多

山歌

水東日記吳人耕作或舟行之勞多謳歌以自遣名唱山歌頗合宮徵兼可警勸如月子灣灣照九州幾家歡樂幾家愁幾家夫婦同羅帳多少漂零在外頭與唐裴交泰長門怨一種峨眉明月下南宮歌吹北宮愁章孝標詩長安一夜千家月幾處笙歌幾處愁合轍又南山頭上鵓鴣啼見說親爺娶晚妻爺娶晚妻猶自可前娘兒女好孤悽○水滸傳有一歌赤日炎炎似火燒野田禾稻半枯焦農夫心內如湯煮公子王孫把扇搖與杜荀鶴雪詩擁袍公子休言冷中有樵夫跣足行同意

風雨向三娘

萬曆中桃源李腆麓可菩少負美才好吟咏邑中有某姊者私於庠士何池東何死又私李半野半野方伯源野子別築一室居之不啻金屋阿嬌腆麓乃題一絕云聞君高築土磚房好把桃符四面張只恐池東心未死夜深風雨向三娘里人見其儒服出遊故詩云然

信天翁

信天翁鳥名滇中有之其鳥食魚而不能捕俟魚鷹所得偶墜者拾取之明蘭廷瑞詩云荷錢荇帶洛江空唼鯉含鰻漾草中波上魚鷹貪未飽何曾餓死信天翁廷瑞滇南楊林人嘗有感而作○謝氏詩源人逢隨客意鳥號信天緣

無定河

陳陶詩誓掃匈奴不顧身五千貂錦喪胡塵可憐無定河邊骨猶是春閨夢裏人按無定河在今青澗縣東六十里南入黃河一名奢延水又名銀水輿地記唐立銀州東北有無定河即圁水也後人因潰沙急流深淺無定故更今名唐陳祐詩云無定河邊暮笛聲赫連臺畔旅人情函關歸路千餘里一夕秋風白髮生○無定河可對不到寺峨眉山有不到寺以險阻得名

改名

宋郊改名庠後移書葉清臣稱同年葉戲云清臣於宋郊榜第六人登第偏閱小錄無宋庠者不知何人吏還具以告庠乃書一絕云紙尾何勞問姓名禁林依舊玷華簪欲知七暑稱臣向便是當年劉更生

陳眉公詞

陳眉公有清平樂詞云有兒事足一把茅遮屋若使薄田耕不熟添箇新生黃犢閒來也教兒曹讀書不為功名種竹澆花釀酒世家閉戶先生又有初夏減字浣溪沙云梓樹花香月半明棹歌歸去蟪蛄鳴曲曲柳灣茅屋矮掛魚罾天指吾廬何處是一池荷葉小橋橫燈火紙窗修竹裏讀書聲

行香子

湖海搜奇有行香子詞惜不載誰作詞云水竹之居吾愛吾廬石鑿鑿粧砌階除軒窗隨意小巧規模也清幽也瀟洒也寬舒懶散無拘此樂何如擬闌干臨水觀魚風花雪月贏得工夫好些香說些話讀些書　閬苑瀛洲金谷瓊樓算不如茅屋清幽野花繡地莫也風流也宜春也宜夏也宜秋酒熟堪斟客至須留更無榮無辱無憂退閒一步着甚來由倦時眠渴時飲醉時謳

錢塘懷古

輟耕錄載傅按察者忘其名嘗作錢塘懷古詞調寄鴨頭綠云都中看記昔日湖山隱隱宛若虎踞龍蟠下襄樊指揮湘漢鞭雲騎圍繞江干勢不成三時當混一過唐之數不為難陳橋驛孤兒寡婦久假當還掛征帆龍舟催發紫宸初卷朝班禁庭空土花暈碧輦路悄詞唱聲乾縱餘得西湖風景花柳亦凋殘去國三千游仙一夢依然天淡夕陽間昨宵也一輪明月還照臨安

詩示關津

范文正公鎮越有戶曹孫某卒助以俸錢送歸作詩示關津吏曰十口相依泛巨川來時暖熱去凄然關津若要知名姓便是孤兒寡婦船

曲子相公

和凝少時好為曲子香奩集其所著詞也布於汴洛及在政府契丹稱為曲子相公凝患之專人收拾焚毀不暇遂嫁其名於韓偓自為游藝集云予有香奩贏金集不行於世實自諱其名也明夏文愍言善詞曲時號曲子相公

辛幼安詞

鶴林玉露辛幼安晚春詞云更能消幾番風雨匆匆春又歸去惜花長恨花開早何況亂紅無數春且住見說道天涯芳草迷歸路怨春不語算只有殷勤畫簷蛛網盡日惹飛絮長門事準擬佳期又誤蛾眉曾有人妒千金縱買相如賦脈脈此情誰訴君莫舞君不見玉環飛燕皆塵土閒愁最苦休去倚危闌斜陽正在烟柳斷腸處詞意殊怨使在漢唐時寧不賈禍聞壽皇見此詞頗不悅然終不加罪可謂盛德已又有奇丘宗卿詞云千古江山無覓孫仲謀處舞榭歌臺風流總被雨打風吹去斜陽

草樹尋常巷陌人道寄奴曾住想當年鐵馬氣吞萬里如虎元嘉草草封狼居胥意贏得倉皇北顧四十三年望中燈火猶記揚州路可憐回首佛狸祠下一片神鴉社鼓憑誰問廉頗老矣尚能飯不此詞尤雋壯可喜惜集中不載

勸世歌

徽州唐皋少負才名自許甚高已而蹉跎不第亦復龍離後年近知命方魁天下不負所志嘗作勸世歌云人生七十古來少先除少年後除老中間光景不多時更有炎涼與煩惱朝裏官多做不盡世上錢多賺不了官大錢多憂轉多落得自家頭白蚤中秋過了月不明清明過了花不好花前月下且高歌及時忙把金尊倒請君檢點眼前人一年幾度埋芳草芳草高低新舊墳可憐寒食無人掃此歌淺而雅明而不俗暢于衆志通于衆耳令人疾讀一過名利心可以灰燼

詩贈盜

唐李涉贈盜詩曰風雨瀟瀟江上村綠林豪客夜知聞相逢不用相迴避世上於今半是君可謂婉而切劉伯溫詠梁山泊分贓臺詩曰突兀高臺累土成人言暴客此分贏飲泉清節今寥落何但梁山獨擅名漢書云吏皆虎而冠史記云此皆劫盜而不操戈矛者也二詩之意祖此又宋閩賊廖恩降後官右班殿直奮供脚色云並無公私過犯時以為笑元海寇鄭廣既受招安使主福之延祥兵嘗為郡僚所輕方坐論詩廣故作詩曰鄭廣有詩上衆官文武看來總一般衆官做官却做賊鄭廣做賊却做官又丹鉛錄雲南洱海接官廳與打劫灣相近有達官命童生作對曰接官廳上接官一童生對曰打劫灣中打劫尤為可笑

罵虎傷人

祐山雜説嘉靖中平湖農人陸大朴野勤儉忽有捕盜兵數人擁入其家稱賊攀指拷掠追索陸不勝苦罄所有與之猶不足則賣田房為贓遂告於監司行縣追問陸素口訥不能質對謀于業主趙漸齋趙贈以詩云自昔只聞人捕虎于今罵虎偏傷人何時得向龔黃説除盜先除捕盜兵若因其被害而慰解之者且戒之曰慎勿洩候質對時有不如意即出此陸如其言遂得直捕盜兵追贓發戍矣

頭腦酒

湧幢小品冬月客到以肉及雜味置大碗中注熱酒遞客名曰頭腦酒蓋以避寒也考舊制自冬至後至立春殿前將軍甲士皆賜頭腦酒瑞州敖宗伯銑與吳宗伯山為姻家吳初度敖具衣冠過賀之性豪飲大嚼及門已苦飢矣吳戲出句云暖日宜看胸背花欲敖對就方具酒敖曰寒朝最愛頭腦酒相與大笑共飲極歡

捉迷藏

兒童以紬扎眼相撲捉謂之㨾盲盲致虛閣雜俎唐明皇與玉真於月下以錦帕裹目在方丈之間互相捉戲玉真捉上每易而玉真輕捷上每失之宮人撫掌大笑一夕玉真於袖上多結流蘇香囊與上戲上屢捉屢失玉真故以香囊惹之上得香囊無數已而笑曰我比貴妃更勝也謂之捉迷藏過庭錄載題扇上小兒迷藏詩云誰剪輕紈巧織絲春深庭院作兒嬉路郎有意嘲輕脱只有迷藏不入詩今小兒以手家眼名按盲盲即其遺意

郎當曲

魏鶴山天寶遺事詩紅錦繃盛河北賊紫金盞酌壽王妃弄成晚歲郎當曲正是三郎快活時按明皇自蜀還以駝馬載珍玩自隨明皇聞駝馬所帶鈴聲謂黃幡綽曰鈴聲頗似人言語幡綽對曰似言三郎郎當三郎郎當明皇笑且媿之

尼悟道

子曰道不遠人孟子曰道在邇而求諸遠有尼悟道詩云盡日尋春不見春芒鞋踏破隴頭雲歸來笑撚梅花嗅春在枝頭已十分

題詩得渡

漳州周匡物以歌詩著名元和中徒步應舉至錢塘乏僦船之資久不得濟乃題詩公館云南望茫茫天塹遥秦皇底事不安橋錢塘江上無錢過又阻西陵兩夜潮郡牧見之乃罪津吏漳人及第自匡物始

畫馬食禾

八閩志晉江有玉髻峯下有畫馬石餘杭羅隱乞食山下人侮之隱乃畫一馬於石每夜出食人禾追之則馬復入石人乃禮馬隱乃畫樁繫馬夜遂不出今其跡瞭然俗傳隱有異術出語成讖黃滔贈隱詩三徵不起時賢議九轉終成道者言光啟中錢鏐辟為錢塘令隱懼而受命因宴獻口號曰一箇禰衡留不得思量黃祖漫英雄後表授給事中年八十餘卒

岳蒙泉詩

岳蒙泉正詠陳橋兵變阿母素知兒有志外人剛道帝無心又黃袍不是尋常物誰

信軍中偶得之使藝祖聞之恐亦無詞以對

鏤臂

酉陽雜俎長安貧兒鏤臂詩云昔日已前家未貧苦將錢物結交親如今失路尋知己行盡關山無一人鏤臂即所謂剳青唐宋間惡少競刺其身恣爲不法又蜀市人趙高背鏤毘沙門天王吏欲杖其背見天王輒止爲橫坊市李夷簡擒而杖之命打天王盡則已經旬日高袒衣歷門叫呼乞修理天王功德錢段成式門下騶路神通背亦刺天王像每朔望具乳糜焚香袒坐使妻兒供養其背而拜焉又葛清剳白香山詩段成式與陳至呼觀之凡剳三十餘首體無完膚如不是花中偏愛菊則有一人持杯臨菊叢之類陳至呼爲白舍人行詩圖

秤翁戲具詩

彭秤翁名彩字容臣大參點平先生之季子負奇不偶時作篇章以自遣得風人遺意其咏吳兒戲具詩膾炙人口今録于左咏跋弗倒云虎丘游客泛歸橈傀儡纍纍兩袖褎時式正宜添假面官方聊與着紅袍隨人皷弄形如醉鎮日蹣跌體更勞歎息物情偏好異俄然跋倒笑聲高咏支硎跳虎云山君爲名𢪛爲質哄動兒曹刻畫

粗謾道撩頪逢彼怒果然履尾亦余吁一朝可變思文炳四顧無人且負嵎世上畫來多類狗這回跳躍肖還無咏紙鳶云無多骨格幸輕身結束乘風體製新但見飛揚矜得勢豈知操縱只由人凌霄行道昂頭遍落地旁觀拍掌頻線索有時全沒用溝中敗紙不堪論咏唱喏燈云拱揖茫茫暮夜勤儼然强項學斯文媚人豈惜花生臉入世須牽線作羣曾記紙糊推閣老但能火戰即將軍而今吳市情千變一聽兒童自策勳咨稼軒咏棉花羊云山店羣羊排比立儼然燕市兩移情難供郎主隨時喫漫學初平叱石成笑我補牢身作牧看他挾纊氣如生世間豈少耐彈者（明劉吉時稱劉棉花以其耐彈也）頭角崢嶸正自榮咏紙糊猫云從來象物惟心造假假真真貌得無杼腹止堪容敗紙嘉名久已信狸奴花陰覆案應須卧骨鯁當前不任呼妥尾也能驚腐鼠夜深伴我讀韓蘇

咏戲具

辛未新正雨雪交作悶坐室中聞與孫輩嬉戲見其所陳戲具燦然可觀聊咏二三兼和秤翁以資一噱咏嘉定竹田雞云田父羣居在水濱（蝦蟆之大者曰田父）貫當剖腹且藏之點睛異藉神僧禁白出翻成俚句嘆（宋人有蛙翻白出潤句）拳勇豈能忘喜怒聲消孰與辨公私最憐掌握供驅使大異公孫井底時咏火漆朱魚云通草爲膚巧作鮮良工製就錦魚新曾聞如燬傷頳尾豈識潛淵是漆身彈鋏客卿空有歎焚銀學士自無倫揚著漫爲漁人羨任爾垂竿不上綸咏泥兎云玉衡星曜久儲精明視今非口吐生目赤似分芝草色體玄疑吸墨池英不營三窟甘株守安得千毫助管城難向月中還搗藥任他顧犬也無驚咏無錫紙糊猫云烏圓異種許誰如粉墨傳神意有餘共信頗名能捕鼠也知忘食可無魚義同乳子交歡日（唐崔祐甫家貓鼠相乳）静似窺人對局初二李當年應媿爾（唐李義府李林甫俱號李猫）腹中吟域已全除咏棉花羊云曾聞西海田中種兹見柔毛果化生草食何妨將草綴棉羊恰喜待棉成輸邊自昔嘗先牧饗士於今那得羹不爾未須燒尾會午橋粧點藉花茵咏紙雞或用泥木不一其質心巧裁成稱五德粉糊厥紙一番新尚懷孟德空餘肋似困劉琨竟失晨飲啄俱忘還索鬪羽毛粗具便堪珍木牛竹馬應同傳寄語兒曹次第陳一羽毛豐滿費經營雖鳳姿容土木成恬似守雌徵泰養詛難烹伏媿交情泰闕過客誇啼曙齊境遺民躁養生几上昂然如鶴立（韓退之詩雞昂然來）大兒童不惜掌中擎咨秤翁跳虎云時時跳躍還微軀四足飛廉勢已孤正覺爪牙無布置不妨文采更糢糊裝成皮質難蒙馬本乏威風

且捋鬚若解神君多異跂一回跧伏未爲愚咏跋弗倒二律云傀儡紛紛列畫欄老人寓目亦盤桓粧成腮項誇時様頓易冠裳駭俗看終日蹣跚同衲子一生搖擺類朝官爲人在昔非容易卓立於今正自難一惟君賦性自諧詼粉飾形容紙作胎纔着緑衣難學仕乍增面具便稱魁媚人只合圍團轉勸酒翻宜得得來莫道嬰兒嬉戲物紙糊閣老列三台（成化中有紙糊閣老之謠）咏唱喏燈二律云新年燈火日紛紛唱喏名稱自昔聞未肯折腰誇縣令漫教空腹負將軍熱腸應自慚多事花臉從今獨出羣傘蓋魚龍爲伴侶孩兒會上策功勳一燈火元宵識歲豐勤勤揖揖悦兒童賦形自昔推强項變態于今尚直躬豈爲遷官全體熱（南史張敬兒事）非關飲酒舉身紅宵來還藉扶持力長保功名慰老翁

和咏戲具

甲戌新正朱望子先生咏紙鵝及泥牛鹿諸戲具詩見投賦物肖形風華典雅不減梅村先生之詠物幻也肥身長項宛然成舒雁堪加舊雅名（右字）山陰宜道士寄籠賜羨可書生毛乾似已眠沙暖掌潤如曾撥水清縱使燔鹿嫌鶂鶂（五歷切）不教鬻頗爲鬧聲紙鶴 斑龍（本草鹿名）裝就牡弟應足角皮毛點染周看去竟能成濯濯縣時偏只

火呦呦。安非秦失方爭逐。閒似吳荒得縱遊。閒有描成蒼白色。疑經歲月已千秋。泥鹿
烏犍造出肖偏奇。牝牡無分狀總宜。潤澤耳真同濈濈。崢嶸角亦類觺觺。牽難近水誰愁渴。飼不求芻那畏饑。牢相見來原不問。恰如無喘順天時。泥牛
犀然浮映水中苔。圍圍惟難鼓頰頤。欲得長鮮殊染色。未妨久浸漆爲胎。偶當撫掌驚寧沒。縱使投竿引不來。尤羨嚴寒無所畏。由他凍合日烘開。火漆犀
羝羊白絮造偏精。真覺無情肖有情。元放神通身可變。初平奇幻石能成。低頭豎角如將觸。張口垂髯擬欲鳴。却笑兒童陳几案。弄時常似學蘇卿。棉花羊
竹根篆擬巧能通。刻作蝦蟇製獨工。痱癗身剛隨節出。彭亨腹恰就心空。鎮書無力因非玉。注水難容奈異銅。擕向粧臺臨寶鏡。影還疑蝕廣寒宮。竹蛙
裝造狸奴點綴勞。好將形色辨分毫。粘膠貼就金銀眼。醮筆描成黑白毛。健懶莫知因縮爪。雌雄難別爲藏尻。無情安望多靈異。須藉旁留却鼠刀。東坡有卻鼠刀銘 紙貓
嘴距毛衣巧飾精。翰音形狀竟如生。看來兇有俱全德。聽去殊無不惡聲。置向閒窗談未得。養雞如木鬪難成。羣兒戲弄非求媚。天寶坊中似有名。唐賈昌七歲爲雞坊五百小兒長 紙雞
斷木裝成渺小軀。漫將猛獸肖形模。停時弭耳如馴伏。動處張威似嘯呼。收入篋中歸洞穴。浮來水上渡江湖。兒曹玩弄宜矜翫。馮婦猶應避吾徒。䖘虎

造成明眎烱雙睛。缺口長鬚事事周。射木似堪同命中。故事三月十三爲木兔分朋射之較勝負 守株疑可待重捉。犬逢欲嚙聲來索。鷹見思離臂上韝。珍重洞房常作供。長生如在月宮留。泥兔
紙竹相資頃刻成。飛騰如鳥羨身輕。戾天早髣詩同詠。削木公輸技並精。箏響空中風正急。燈懸雲際火偏明。升高但惜難爲主。收放由人看雨晴。紙鳶
紙燈兒戲上元遊。彷彿人情可與儔。萬事旁觀惟袖手。一生自用不回頭。熱中那恥虛文醜。空腹誰慚寡學羞。倚仗他人牽線索。失時伎倆盡皆休。唱喏燈
體態粧顛更弄嬌。不分妍醜盡輕佻。欹斜似醉還翹舉。旋轉如狂更動搖。虛設一腔文士腹。痴肥半截美人腰。雖然時尚供嬉戲。太盛還疑是世妖。[illegible]
學稼咏泥牛云。重見春回歲一更。兒童日駕土牛遊。粘膠圍就身多骨。毛少骨多者有力 藉粉描成色尚騂。諸葛木裝殊彀觫。田單火戰亦縱橫。輪他合土能凝立。馴伏無勞置楅衡。
泥鹿云。丸泥爲鹿角崢嶸。蒼白皮毛狗彙成。几案娃娃常竝立。畫端㕓屢不聞鳴。無腸誰注洞天酒。有腹難吞曠野萍。仕爾仙翁能作脯。道家以鹿爲脯 鹿麋還幸得全生。
紙鵝云。長頸高冠性似癡。冶金斷木昔聞之。衍波紙名粉箏紅霞豔。側理亦紙名膠翎白雪姿。置表何從行在見。繫書難達內庭知。蔡州夜半徒勞擊。爲報鵝羣不飲池。

堅瓠二集卷二終

堅瓠二集卷之四目錄

箕仙詩句　蕭杖
梅杖　羊溪
楊妃箭　繡養娘
吳門上元　聶碧窗
地仙丹　梅開一花
櫻桃一實　童子能詩
鄧文龍　伐松
歌詞侑酒　鬼門關
剌夏貴　杜氏婦
嘲猩娃　杜善甫
喫死飯　武廟微行
版腸　淡酒
豬無糟　趙葫蘆
嘲近視　王少卿
皇甫氏　婢僕詩
題驛丞像　四十翁
嘲禿指　烹雞誦
偷狗賦　打秋豐
鋸匠詩　龍宮海藏
採蟾酥　金陵十六樓
商文毅對　阿丑
智公得路　譏張江陵
張江陵對句　譏教授
僧妓相譏　以姓爲聯
丘文莊對句　龍聽以角
詩規鐵崖　巾詩
一錢覓酒　裁縫冠帶

錫彌遠　庶吉士
韓佗胄　五經題
頭場題　善天文
鼻頭　僧臘
五大夫　吳祀范蠡不當
齊己詩　洞庭漁人
鏡殿　題詩僧恭
虎軟　劉蔚莊

堅瓠二集卷之四

清　長洲石農褚人穫學稼纂輯

箕仙詩句

七修類稿。金陵士某召仙。得詩云。風露淒涼雨過天。窗疎有月到牀前。夜深不作紅塵夢。註得南華四十篇。又云。强胡擾擾我提兵。血戰中原恨未平。大廈已斜支一木。豈期長脚悞蒼生。某請書名。則二人。乃陳搏岳飛也。偶同過此。用書數語。某又問今秦檜亦托生否。又書云。自古奸忠同一死。奸忠死後各留名。奸忠總在斯文斷。焉有來生與後生。又周吉甫暉金陵瑣事。亦載某請仙。仙降書是岳武穆。因問將軍恨秦檜否。仙書詩一首。中聯云。出師未捷班師急。相國反爲敵國謀。酷似武穆口語。惜其詩不全。

藤杖

謝言長語。餘姚徐菊坡有藤杖詩。鑿破霜筠入手輕。知音未遇伴閒行。刻鳩賜老慚還噎。隨鳳升山力可憑。弄月松根因柱石。倚風花底爲和笙。何當扶上雲霄路。吹徹鈞天合九成。

梅杖

山房隨筆。元學士閻子靜復。復康訪浙西。有梅杖詩云。拣盡西湖萬玉柯。春風入手重摩挲。較量龍竹能香否。比並鳩藤若奈何。聲破夢寒霜滿户。影隨詩瘦月横波。只知功到調羹盡。不道扶顛力更多。

羊羹

辛稼軒帥浙東時。朱晦庵張南軒任倉憲。劉改之欲見稼軒不納。二公云某日公燕。君可來。門者不納。但喧爭之。必可入。既而改之如所教。門外果喧譁。稼軒問故。門者以告。稼軒怒。二公因言改之豪傑也。善賦詩。可試納之。改之至。長揖。時方進羊腰腎羹。稼軒命賦之。改之寒甚。乞卮酒。酒罷乞韻。飲酒手顫。餘瀝流於懷。因以流字爲韻。即吟曰。拔毫已付管城子。爛首曾封關内侯。死後不知身外物。也隨尊酒伴風流。稼軒大喜。命其嘗此羹。終席而去。○又稼軒守京口時。大雪。帥僚佐登多景樓。劉改之敝衣曳履而前。稼軒令賦雪。以難字爲韻。改之即吟曰。功名有分平吳易。貧賤無交訪戴難。自此莫逆云。

楊妃菊

汾州李恭山節端平中。朱湛廬復之使北展覲八陵。引李與王仲偕南。李後任西倅。

與正倅陳三嶼松龍姿僚友于多景樓賞楊妃菊令諸妓各持紙筆侍官衆請詩李後至酒一行即起吟曰命委馬嵬坡畔泥驚魂飛上傲霜枝西風落月東籬下渾倅三郎知不知辭最清切或至閣筆

繡春娘

西山張倅芸窗有繡春娘者命倉頭遞一羅帕與館人劉啟之童偶遺之於地芸窗見而責劉即遣去劉作詩謝張云夜深撾鼓醉紅裙半世侯門熟稔聞自是東鄰窺宋玉非關司馬挑文君倉頭誤送香羅帕黃舌翻成貝錦文幸賴老成持定力一帆安穩過溪雲

吳門上元

元吳僧本真號月湖半顛賦吳門上元云村翁看了上元歸正是西樓月落時鑾道官衙好燈火不知渾點爾膏脂微聞於郡守吳退菴遂命住虎丘寺

聶碧窗

京口天慶觀主聶碧窗嘗為龍翔宮書記北朝赦至有詩云乾坤殺氣正沉沉又聽燕臺降德音萬口盡傳新詔好四朝誰念舊恩深分茅列土將軍志問舍求田父老心麗正立班猶昨日小臣無語淚沾襟觀中有趙太祖真容北來者見必拜碧窗題其上云鳳表龍姿儼若新一回展卷一傷神天顏亦怪君非虜河北山東總舊臣

地仙丹

永嘉余德隣宗文與聶碧窗弈余屢北有賞地仙丹者國手也余呼之至紿聶曰某有僕能弈欲試數着不敢聶使對枰連敗數局余自內以片紙書十字云可憐道士碧不識地仙丹聶大笑曰吾固疑其不凡

梅開一花

盧梅坡庭梅開一花咏詩云昨夜花神有底忙先期踏白入南邦冷將雙眼窺春破肯把孤心受雪降與弟得兒呼最長竹君取友嘆無雙仍前月夜窗前看一在枝頭一在窗

櫻桃一實

蔣漫堂與客燕坐見庭中櫻桃惟一實共以為笑忽有客來訪自言能詩因命賦之曉丹道士樂爐空枉費先生九轉功一粒丹砂尋不見曉來枝上弄春風衆咸喜之

童子能詩

吉州羅西林集刊近詩一士齎詩及門一童橫卧閽閣喚童良久乃起曰將見汝主人求刊詩童曰請先與我一觀我以為可則為公達士怪之曰汝欲觀我詩必能吟請賦一絕當示汝童請題士曰但以汝適來睡起搔首意為之童即吟曰夜夢清陽上容虛不知身世是華胥起來搔首渾無事喚鳥一聲春雨餘士駭服同入見西林取其稿詩曰不逐春風桃李妍秋風收拾短籬邊如何枝上金無數不與淵明當酒錢士出而疑之後知童乃羅之子也

鄧文龍

南康建昌縣有神童山每試童子百人取其一鄧文龍年八歲頴出諸童之右太守方巨山岳欲祝為子父謂之曰汝予所鍾愛太守固欲祝汝將若何文龍曰弟許之巨山一日招諸名士如馮紫山輩文龍父子亦與焉席上諸公衹服稚子文龍以綠袍居末座坐定供茶文龍故以托子墮地諸公戲以失禮文龍曰先生失衣學生落托衆為一笑酒酣巨山戲謂曰口紅衣綠如鸚鵡文龍應聲曰頭白形烏似老鴉又令賦君子竹詠曰瀟洒子猷宅平將風月分兩軒渾似竹一日可無君衆異之後易名元甑十五領鄉薦登上第

伐松

靈隱寺僧元肇號淮海寺有古松大數十圍與月波亭相對史彌遠遣人伐松淮海作詩云大夫去作棟樑材無復清陰覆綠苔惆悵月波亭上望夜深惟見鶴歸來又穆陵在御閒貴妃父良臣起香火功德院欲於靈竺下伐松供屋材淮海亦作詩曰不為栽松種伏苓祇緣山色四時青老僧不會移將去留與西湖作畫屏詩徹於上遂命勿伐又山中有寺基久把勢家窺其地營塋淮海亦有詩刺之云一帶空山已有年不須惆悵起頹磚道傍多少麒麟塚轉眼無人送紙錢衆見之亦不復取

歌詞侑酒

戶曹之妻與太守有私一士子知其事戶曹任滿將行守招其夫婦餞士子作祝英臺近付妓歌以侑酒抱琵琶臨別語把酒淚如洗似恁春時倉卒去何意牡丹恰則開圓荼蘼廝勾便下得一帆千里　好無謂復恐明日行呵如何戀得你一葉船兒休要更沉醉後來梅子青時楊花飛絮側耳聽喜鵲肝裏守與婦俱墮淚其夫不悟

鬼門關

程惠父詠鬼門關詩盤盤重險壓三巴慘慘陰靈怖萬夫青海戰魂來守鑰黃塵行

客過張孤西風古道悲羸馬落日荒山嘯老狐年少文人今白首小昌休苦笑歔欷
悲父北人

刺夏貴

有刺夏金吾貴詩云節樓高聳與雲平通國誰能有此榮一語淮西闢養老三更江上便抽兵不因賣國謀先定何事勤王詔不行縱有虎符高一丈到頭難免賊臣名人謂北兵既至許貴淮西一道與之養老故戰兵不戰然貴似道退師數十萬衆一鼓而潰貴雖勇健亦何爲哉

杜氏婦

元杜氏婦作北征詩云江淮幼女别鄉閭一似昭君遠嫁胡默默一身離故國區區千里送征夫帽拈蕭管吹羌笛懶繫羅裙舞鷓鴣多少眼前悲泣事不如花柳舊江都此等詩詞多有戲題驛亭以爲美談者

嘲瞿姓

陳雲屋嘲瞿姓云失足如何躍無光耀不成若非身倚木爲權亦難行時瞿某館於水南楊氏蓋嘲其倚楊也

杜善甫

元杜善甫山東名士工詩文不屑仕進時有掌兵官遠戍於外其妻宴客鼓吹終夕杜作詩云高燒銀燭照雲鬟沸耳笙歌徹夜闌不念征西人萬里玉關霜重鐵衣寒聞之快快見山房隨筆

喫死飯

吳俗治喪之家徧投訃音弔客不盡相識挨身陪賓者備極醜態謂之喪蟲蟲又曰喫死飯蓋聞人死即往兜攬經理其事思得一飽也數年前有孔姓者面目尤屬可憎借誕辰名色傳單斂分有無名氏作詩四章贈之云盡日茫茫事送迎搖頭擺尾可憐生家風誤認喪平聲家狗不過當年讀者聲諳語恰中餘惜忘之或有吉事則又色服趨蹌自謂喜蟲稱呼亦妙

武廟微行

明武廟微行遇一婦人汲水乃口占一詞云汲水上南坡紅裙映碧波雖然不似俺宮娥野花偏艷目村酒醉人多亦自風騷可喜

版腸

宋學士濂過洛或挽留之不從乃以步寒蔵去他所公作詩云寒驢剗斷紫絲韁却去南城趁草場欲過洛陽尋不見西風一陣版腸香河南人詈賊曰版腸故云

淡酒

雲間酒淡有人作行香子云浙右華亭物價廉平一道會買箇三升打開瓶後滑辣光馨教君霎時飲霎時醉霎時醒聽得淵明說與劉伶這一瓶約莫三觔君還不信把秤來稱有一觔酒一觔水一觔瓶又醒睡編有詩云數升糯米浅慳量飯熟全家大小嘗着意滿傾三斛水先頭打起一壺漿冷呑却似金生麗熱飲渾如周發商昨夜强斟三五盞幾乎瀉破肚中腸

猪無糟

王婆釀酒爲業一道士往來寓其家每索酒輒與飲數百壺不酬值婆不與較一日道士謂婆曰予飲若酒無錢相償請爲若掘井井成泉湧出皆醇酒道士曰此所以償耳遂去婆持井所出泉應沽者比夙釀更佳得錢數萬踰三年道士忽至婆深謝之道士問曰酒好否婆曰酒甚好只猪無糟耳道士笑題其壁曰天高不算高人心第一高井水做酒賣還道猪無糟題訖而去自是井不復出酒矣

趙葫蘆

嘉興志秀州趙公衡天資滑稽善與人款曲無所不狎侮因髯鬚人目之爲趙葫蘆時有作小詞以謔之曰家門希差養得一枚依樣畫百事無能只去離邊纏倒藤幾回水上軋捺不翻真箇壇無處容他只好炎天曬音晒作巴一時傳誦見之者無不絕倒

嘲近視

笑柄嘲近視詩云笑君兩眼忒希奇子立身邊問是誰屋漏日光拿蛋子月移花影拾柴枝因看壁畫磨穿鼻爲鎖書厨夾住眉更有一般堪笑處吹燈燒了嘴唇皮

王少卿

鴻臚王少卿善宣玉音洪亮抑揚殊堪觀聽而所讀多吃誤其貌美髯而禿項朝士遂爲詩以嘲之曰傳制聲無敵宣章字有訛後邊頭髮少前面口髯多有閒京師新事者戲誦此詩其人遽曰此必王少卿也

皇甫氏

嘉靖中吳中皇甫氏最貴盛而治家素寬楊南峯獻壽圖題詩其上曰皇甫先生老

健精神烏紗白髮寵鶴同齡皇甫公大喜懸之堂識者笑曰此詈公也蓋上列皇老烏龜四字公悟而去之

婢僕詩

北夢瑣言咸通中前進士李昌符有詩名久不登第因出一奇作婢僕詩五十首行於公卿間有詩云春娘愛上酒家樓不怕歸遲總不憂報道那家娘子臥且留教住待梳頭又不論秋菊與春花個個能噇空腹茶無事莫教頻入庫尋常開物要些些餘皆中婢僕之諱決句京師盛傳是年登第與挑杖虛鞋事雖不同用奇則一

題驛丞像

四明豐南禺坊性滑稽里中致仕驛丞某繪像具幣求贊語豐題其像曰才全德備渾然不見一善成名之迹中正和樂粹然無復偏倚駁雜之弊丞喜以為譽之太過識者笑曰則其為人也亦成驛丞矣又寧波令遣吏向豐索樂方豐乃書云大楓子去了仁無花果多半邊地骨皮用三粒史君子加一顆歸以呈令令覽之笑曰豐公嘲爾吏請其故令示之曰以上四語謂一夥滑吏耳

四十翁

盛峻歐陽重巡撫雲南以不給軍糧奪職歸每過館驛必題詩壁上辭皆怨望時年甫四十稱涯翁書有無名氏書二絕於詩後云怨詞隨處滿垣飛聞道先生放逐歸四十稱翁非太早人生七十古來稀又醉翁千古號文宗此日涯翁姓偶同卻想齊名就充老世間安有四句翁

嘲禿指

元關漢卿作醉扶歸嘲禿指云十指如枯笋和袖捧金尊搊殺銀箏字不真揉癢天生鈍縱有相思淚痕索把拳頭揾○幼時曾聞俚句云十指磊𡒊皆雷堆光鹿禿有時爬搔背爬名背同轂轆轂轆子齒牙軋物終難剔理盡瑤琴不成曲

烹雞誦

唐伯虎遊僧舍見雌雞請烹烹為供僧曰公能作誦當不靳也援筆書曰頭上無冠不報四時之曉腳根欠距難全五德之名不解雄飛但張雌伏汝生卵卵復生子種種無窮人食畜畜又食人冤冤何已若要解除業障必先割去本根大眾先取波羅香水推去頭面皮毛次運菩薩慧刀割去心腸污穢咄香水源源化為霧鑊湯滾滾成甘露飲此甘露乘此霧直入佛牙深處去化生彼國極樂土僧笑曰雖得死所無憾

矣乃烹以侑酒

偷狗賦

宋滕達道讀書潛山僧舍僧有犬烹之僧訴於縣縣命作偷狗賦其警句云撒梵宮之夜吠充絳帳之晨羞團飯引來難掉續貂之尾索綯牽去驚回顧兔之頭令歎賞

打秋豐

才太守寬謁撫院一主事亦來謁門適閉才曰何不擊木魚自通主事不可才戲曰座上木魚敲夜月主事不答才曰可對簷前鐵馬打秋風主事大怒而去俗以干人為打秋風米元章帖作秋豐○雪濤諧史一客慣打抽豐所過郡縣官輒以詼詞動之一日謁宜興令又詼云公善政不但百姓感恩境內猛虎亦皆遠徙言未畢役稟昨夜有虎傷人令目客曰公說虎皆遠徙此言何自而來客曰這是過山虎他討些吃了就要去底令大笑而贈之

鋸匠詩

趙東山里中有二執友其一因投荒過家其一因磨勘需調皆栖栖桑榆猶戀雞肋一日同訪東山見庭下有鋸匠解木因以命題東山口占絕句云一條黑路兩人忙旁晚相看鬢已霜你去我來何日了虧他扯拽過時光二人知諷己相與感歎罷去

龍宮海藏

正德中某御史按浙觀風以龍宮海藏命題試士且云記出處者東立不記者西退東西各半已而東立者所作不稱意無賞西退者作詩誚之曰東廊且莫笑西廊我笑東廊枉自忙海藏龍宮無你分大家隨我度錢塘

採蟾酥

太醫院有採蟾酥差差時儀從甚都某判院欲以炫耀其友枉道過焉友作詩嘲之曰白馬紅纓出禁城喧天金鼓詠霓旌穿林過莽多豪氣拿住蝦蟆壞眼睛時人傳以為笑

金陵十六樓

藝林學山永樂中晏振之金陵春夕詩有花月春江十四樓句蓋洪武中建來賓重譯清江石城鶴鳴醉仙樂民集賢謳歌鼓腹輕烟淡粉梅妍翠柳十四樓于南京以處官妓蓋時未禁縉紳用妓飲酒也胡元瑞云十四樓語足為詩料金陵瑣事云金陵本十六樓載十四樓而遺南市北市二樓今諸樓盡廢獨南市樓尚存鹿邑李叔

通泰號仙源洪武中進士博學知天文曾掌欽天監遂入欽天監藉有集句詩二卷中有咏金陵十六樓詩南市樓云納納乾坤大南樓縱目初規模三代遠風物六朝餘耆舊何人在登臨適自娛皇恩涵遠近莫共酒杯疎北市樓云危樓高百尺極目亂紅粧樂飲過三爵遐觀納八荒市聲春浩浩樹色曉蒼蒼飲伴更相送歸軒錦繡香集賢樓云迢迢出半空畫列地圖雄魚水千年慶車書萬國同長歌盡落日妙舞向春風今古神州地康衢一望通樂民樓云江城如畫裏迢遞起朱樓白日催人老青尊喜客留百年從萬事一醉解千愁帝德堯同大洪恩被九州謳歌樓云西北高樓好開宜雨後過憑闌紅日早回首白雲多廣檻停簫鼓深紅淨綺羅千金不計意醉坐合笙歌鼓腹樓云翼翼四層外居人有萬家盤空齊屢鷹舞破日初斜小酌知誰共新詩取自誇聖圖天廣大爛醉慰年華清江樓云涵虛混太清時轉遏雲聲湖雁雙雙起漁舟個個輕世情何遠近人事省將迎談笑逢耆老終身願太平石城樓云翠袖拂塵埃煩襟出九垓清光依日月逸興走風雷鴻雁幾時到江湖萬里開文章成錦繡臨咏日盤迴來賓樓云地擁金陵勢烟花象外幽九天開秘祉八極念懷柔造化鍾神秀乾坤屬遠猷吾皇垂拱治不待治書求重譯樓云使節猶頻入登臨氣尚雄江山留勝跡天地荷成功干羽三苗格車書萬里同聖朝多雨露樽俎日相從澹烟樓云久坐惜芳塵嘗花不棄貧關心悲地隔有酒縱天真不問黃金盡應慙白髮新登臨柳極目紫陌萬家春輕粉樓云郡樓開縱目風度錦屏開玉腕擡紅袖瓊卮泛綠醅參差凌倒影迢遞絕浮埃今日狂歌客新詩且細裁鶴鳴樓云翠挹憑闌外樓高不倦登抑揚如有訴悽切可堪聽白日移歌袖青天掃畫屏古來形勝處重到憶曾經醉仙樓云自得逍遥趣乾坤獨倚樓天籠平野迥江入大荒流待棄人間事來爲物外遊蓬萊自有路雲雨夢悠悠梅妍樓云天地開華國招邀屢有期風烟歸逸興鐘鼓樂清時對酒惜餘景逢人誦舊詩平生無限意莫信笛中吹翠柳樓云白晴岸江皋閒延近鳥巢交疎清眼少歌罷彩雲消落日明孤塔青山見六朝平生愛高興回首興滔滔

商文毅對

天順復辟後益重文墨與儒臣講論書義偶入翰林院見柯潛因舉禮樂征伐自天子出何句可對潛一時思索未就英廟曰可與同官對來上退潛出過商文毅輅于午門外問柯出何處潛曰因皇上出句未對耳商曰何句潛舉前言商曰可對流連荒亡爲諸侯憂明日潛奏之上稱賞

阿丑

成化中汪直用事勢傾中外阿附者立躋顯榮忤之者旋加黜奪時有都憲叩頭如搗蒜侍郎扯腿似燒葱之誚陳鉞王越諂媚尤甚中官阿丑善詼諧每於上前作院本頗有東方譎諫之風汪直之逐與有力焉一日于上前作醉人酗酒一人曰巡城御史至酗罵如故又曰駕至其酗尤甚最後曰汪太監來矣醉者驚起其人曰駕至不懼而懼汪太監何也曰天下之人但知有汪太監安敢不懼上頷之丑復作直持雙鉞趨蹌而行或問故答曰吾平日惟仗此兩鉞耳問鉞何名曰陳鉞王越也又震澤紀聞丑云天有兩月一人擎之日月一而已安得有兩丑曰內有陳鉞外有王越豈非兩月乎由是直等竄斥殆盡

智公得路

林居漫錄朝廷闕一清要官政府問誰可任者或以公論對政府曰公論如今無用或以古道對政府曰古道如今亦難行或以糊塗對政府躊躇曰糊塗如今却去得最後有力者舉智巧政府喜曰爾舉是也其爲人我雅知之是常折腰舐痔惟我頤指氣使而莫予違者也遂以屬銓司列啟事中命下之日富貴利達之士彈冠相慶曰智公得路吾輩行且同升矣

譏張江陵

金陵瑣事張江陵柄國銓束科道官不敢揚眉吐舌畧陳異己之論時因編謔語云科道缺官文選郎中請於張江陵張謂科道官最難得其人即如孔門四科十哲未必人人可用文選曰德行如顏回何如張曰回也於吾言無所不說（說如字下同）未可用也文學如子夏何如張曰子夏入聞聖道而說出見紛華美麗而說未可用也政事如冉求何如張曰求也非不說子之道力不足也未可用也政事如子路但恐其好勇耳張曰子見南子子路不說儘可用也儘可用也文選唯唯而退因舉不說者

張江陵對句

顧東橋璘撫楚張江陵僅十餘歲應童子試東橋曰童子能屬對乎因曰雛鶴學飛萬里風雲從此始張即曰潛龍奮起九天雷雨及時來東橋大喜解腰間金帶贈之曰他日貴過我也

譏教授

弘治末泉州府學某教授南海人頗立崖岸一日設宴于明倫堂搬演西廂雜劇翌日有無名子書一聯于學門云斯文不幸明倫堂上除來南海先生學校無光教授館中搬出西廂雜劇某出見之赧然自媿故態頓去

僧妓相識

蘇東坡與僧佛印妓琴操毋相往來飲酒賡和一日佛印往蘇家見琴操卧于紗廚因戲曰碧紗帳裏睡佳人烟籠芍藥琴操即對曰青草池邊洗和尚水浸葫蘆佛印大笑曰和尚得對娘子實出望外

以姓爲聯

惠安歐知縣炎與泉學趙教諭某飲酒知縣將教諭姓氏爲聯云趙先生飲酒一走便消教諭亦將知縣姓荅云歐大尹徵糧合區全欠

丘文莊對句

丘瓊山幼從師於里宦之家塾聽敏有聲宦兒頗不好紙筆一日師外適宦兒亦歸私第丘肄業中堂時天雨坐席當瓦穴漏滴丘肩丘乃換彼兒席居於漏所以己席居彼之地宦兒具告其師師曰能偶對者即爲理直因曰點雨滴肩頭丘應聲曰片雲生足下師稱善宦兒媿不能對哭告其父父怒召丘試以對曰執謂犬能欺得虎丘即對曰焉知魚不化爲龍宦驚駭知其非常人好語慰歸

龍聽以角

宋壽皇問王季海曰聾字何以從龍耳對曰山海經云龍聽以角不以耳故世有偶曰蛆以腹鳴不啻若自其口出龍從角聽無乃不足於耳歟

詩規鐵崖

楊鐵崖母夢金鉤入懷而生在勝國時以史筆自命晚年避地松江之泖湖謝伯里家蓄四妓名草枝柳枝桃枝杏花皆善音樂乘畫舫恣意所之有故人寓詩規之曰桃葉楊枝與杏花吹簫鼓瑟奏琵琶可憐一代楊夫子化作江南散樂家鐵崖見詩稍稍自愛後聶大年讀其詩集有詩云文章五采鳳皇雛酒債詩豪膽氣粗白髮草玄楊子宅紅粧檀板謝家湖金鉤夢逮天星墮鐵笛聲寒海月孤知爾有靈還不死滄桑更變問麻姑此詩善能用事而敘其實惜其集中不載

巾詩

七修類藁正德中京都忽以巾易帽四方效之至販夫走卒亦有戴之者以其價廉

易辦郎仁寶作詩誚之云忽出街衢不耐看今時人物古衣冠望塵走俗人心厭況又膚人戴一般其友孫體時一日戴巾訪郎恐郎誚之途中預搆一絕郎見而哭孫曰予亦有詩遂吟曰江城二月暖融融折角紗巾透柳風不是風流學江左年來塞馬不生騌二人相對而笑

一錢見酒

金陵陳子文藻號蒼厓家貧嗜酒一日囊僅一錢市酒飲之作詩自嘲云蒼崖先生屢絕糧一錢猶自買瓊漿家人笑我多顛倒不療饑腸療渴腸

裁縫冠帶

有業縫衣者以賄得獎冠帶顧霞山嘲之曰近來仕路太糊塗强把裁縫作士夫軟翅一朝風蕩破分明兩個剪刀箍

鑽彌遠

史丞相彌遠用事選者改官多出其門一日制閫設宴優人扮顔回宰予子問回曰汝改乎回曰回也不改因問汝何獨改予曰鑽遂改汝何不鑽回曰吾非不鑽但鑽之彌堅耳予曰汝鑽差矣何不鑽彌遠

庶吉士

萬歷中有以賄改庶吉士者院中作寓言譏之曰昔孔子爲館選座師齊宣王餽兼金萬鎰因賫筆而就試焉卷呈孔子曰王庶幾改宰我食稻衣錦私餉舊穀新穀若干試日倩游夏代筆予且晝寢而已已而送卷孔子曰於予與改顔淵善言德行乃曰鑽之彌堅不若既竭吾才吾見其進也試畢閱卷孔子以如愚置之曰回也不改他日回請故曰汝簞瓢陋巷出奇百里之命足矣何復望華選乎回因痛哭而死

韓侂胄

韓侂胄恃扶日之功兄弟專權凡事自作威福銓除皆不由內會內宴優人王公瑾曰今日選人如客人賣傘不油裏面優人又爲日者選人問官祿之期日者厲聲曰要大官須到大寒要小官須到小寒理宗亦爲啟齒

五經題

弘治中程學士敏政主試爲給事華泉等所劾謂以題私鬻唐寅徐經等值公宴優人持雞出曰此雞價值千金一人問曰何雞而價高如此優人曰程學士家名爲五更啼經題也

頭場題

萬歷丙午將檢討蕭給事主浙試一有力者以錢神買題中式主試於鎖闈日得罪杭郡公郡公銜之微棘後宴主試預令優人刺之其日演刑釵記無從發揮至承局寄書李成問足下何來局荅曰京城來成曰有新聞否曰閣白內款矣成又問局曰貢方物矣成曰何物曰一豬成曰豬何奇而貢之曰絕大成曰驢大乎曰不止牛大乎曰不止象大乎又曰不止成曰大無過於此矣局曰大不可言且無論其全體只豬頭豬腸豬蹄你道易價若干成曰多少局曰只頭場題亦賣千金成曰何人買得起局曰一收古董人家蓋指中式者董姓耳蔣蕭聞之頰赤不歡而罷

善天文

張循王浚性善貨殖伶為術人善天文者云世間貴人必應天象用渾天儀窺之則見星不見人矣如無渾天儀可用一銅錢代之令窺帝曰此帝星也窺秦檜曰相星韓世忠曰將星至循王則曰不見星衆駭再令窺之曰終不見星但見張王在錢眼裏坐滿座大笑○按張循王家多銀每千兩鑄一毬目為沒奈何

鼻頭

吳下稱奴為鼻頭嘉靖中王氏僕吳一郎富而恣以貲得官嘗乘四人轎赴姻家席孝廉張伯起惡之時有關白之警伯起乃遽謂吳曰近聞邸報關白已就擒矣吳欣然來問伯起曰關白原是一怪身長數十丈腰大百圍截其頭亦重數千觔碎之而後能舉也吳曰那有此事伯起曰只一個鼻頭亦用四人擡之吳知其誚已不終席而去

僧臘

僧家言僧臘者猶言年歲也詩云僧臘階前樹是也又言戒蠟者內典云西方結夏時以蠟為人其輕重相等解夏之後以蠟人為驗輕重不差則為定念而無妄想否則血氣耗散必輕於蠟人故謂之戒蠟非年歲之臘也

五大夫

五大夫乃秦爵之第九級者按史記云封其樹為五大夫後人不解謂松封大夫者五株唐陸宣公禁中松詩云不羨五株封李義山五松驛詩云獨下長亭念過秦五松不見見輿薪遂漫延而不可解矣惟雲谷雜記引如曹參賜爵七大夫遷五大夫為證最為明白

吳祀范蠡不當

吳江祀越范蠡晉張翰唐陸龜蒙為三高或彈蠡云匿怨友其人丘明所恥非其鬼而祭聖經是誅蠡越則謀臣吳為敵國郡君為烏喙自己曰鴟夷變姓名為陶朱遂雉刀於都市乃假扁舟五湖之名居笠澤三高之首況當此無邊勝地之上豈應著不共戴天之仇其視蓴菜鱸鱠羞與之並駕臨風聯鑣釣雪耶可笑吳癡忘越憾卻誇范蠡作三高劉清軒之見識固深千年家國與窮恨只合江邊祀子胥黃東浦之賦誚尤酷所合祧其位況其艫別議高尚充其祀庶千載之流風益凜三江之夜月增明元謝應芳上書饒介之亦欲黜范蠡而以泰伯為主配以仲雍季札張陸二公列之從祀其論甚善惜饒未之行也

齊己詩

僧齊己聽琴詩云萬物都寂寂堪聞彈正聲人心盡如此天下自和平同時徐東野有詩云我唐有僧號齊己未出家時宰相器忽見夢中逢武丁毀形自學無生理如聽琴絕句正宰相詩也

洞庭漁人

卓彥恭嘗過洞庭月下有漁舟棹其旁彥恭問有魚否漁人曰無魚有詩乃鼓枻而歌曰八十滄浪一老翁蘆花江水碧連空世間多少乘除事良夜月明收釣筒問其姓名不答而去

鏡殿

𡑞林伐山唐高宗造鏡殿武后意也四壁皆安鏡為白晝秘戲之需帝一日獨坐劉仁軌入奏事驚走下階曰天無二日土無二王臣見四壁有數天子不祥莫大焉帝令剷去武后不悅帝崩后復建之楊廉夫詩鏡殿青春秘戲多玉肌相照影相摩六郎酣戰明空笑隊隊鴛鴦浴浴波胡應麟云六郎謂昌宗明空即曌字耳但鏡殿隋煬帝所造迷樓記帝設銅屏四周殿上白晝與宮人戲樂纖毫皆入屏中高宗時武曌用事中外謂之二聖仁軌蓋假此以諷之也

題詩僧庵

昔有人題詩山頂僧庵曰高山頂上一間屋老僧半間龍半間半夜龍飛行雨去歸來翻笑老僧閒明桃源陳朗溪題詩漳江寺曰吟遍三千洞來眠四大林白雲鐘鼓外翻笑老僧忙二詩用意不同然皆輕妙有味不妨倒案

虎秋

弘治初。錢塘安溪山多虎患。縣令獵人捕之。一日而獲三虎。令獻於鎮守。鎮守以美言獎之。以為善政所致。而令實貪墨。時俞鳴玉衎善諧。作詩嘲之曰。虎告相公聽我歌。使君比我殺人多。使君若肯行仁政。我自雙雙北渡河。

劉莿莊

杭劉士亨春號莿莊。善詩。七修類稿載其二絕句。語亦警拔。咏秋鶯云。紫陌曾聽駐馬蹄。王孫金彈杏花西。秋聲不似春聲好。莫戀斜陽儘意啼。蓋譏不知止者。又咏秋茄云。傍葉依花紫實圓。天生佳味壓肥鮮。如何秋晚無人採。老在涼風白露邊。寓時無知己意。

堅瓠二集卷四終

堅瓠三集序

稼軒先生多聞博學能紹美乎其前人故知稼軒者以後進好事儒者稱之予聞而然之及觀所編堅瓠集凡其覩記所及古今人軼事與語言文字之可資談柄者悉載焉而勸戒之意即寓於中使讀者或時解頤撫掌或時駭目驚心乃益信此真儒者好事之所為也夫人而非儒者惟恐其好事而儒者則惟恐其不好事蓋為仕為學皆儒者事不得仕則終於學而已苟非好事安能於學無遺事乎乃先生則曰吾非好事也吾幸值太平無一事之時聊借閒筆墨以銷此閒日故書成而取義於物之無用如堅瓠者以名其篇噫儒者之書豈無用之書儒者豈無用之人雖學優不仕疑於匏繫然儒者自命即不見用于世要當立言以垂不朽稼軒者述甚富有續聖賢群輔錄及鼎甲考若干卷秘未授梓此區區小篇猶木耳且如瓠之為物至老而堅始適於用今稼軒窮且益堅必且老當益壯是正世所寶為碩果者也瓠云乎哉請以斯言質諸知稼軒者

同學弟毛宗崗序始氏漫題

堅瓠三集卷之一目錄

戒石銘　土產
蝎蝸蚯蚓　咲評
太平皇帝　愛妾換馬
交易帶　紅葉題詩
陶穀詞　婦人朱粉
髻異　上頭
月事　纏足
金釵十二　細腰
袜　褌袴
空定慧箴　刀筆辨
畫作粧奩　弄瓦詩
典淮郡謝啟　卓沃詩
陸世明　顧成章俚語詩

枷詩　機韻雪偈
尼嫁士人　詩嘲朝臣
龍華會　井珠
七字吟　歲朝詞
上巡按詩　觀燈對
奇對　人中龍
鷲妓越席　諷夏厰謗語
遊仙夢　逮死托生
劉殺放生　嫁婦休妻
婦人詩詞　和靖七世孫
詠月　判妓
半邊月　和靖墓
感慨詩　紙蓮船
城隍牆上畫　改神童詩
下三韮　如夢
盜水供狀　刺觀競渡
嘲執政　五經笥

堅瓠三集卷之一

清　長洲石農褚人穫學稼纂輯

戒石銘

戒石銘始於蜀主孟昶頒令箴於州邑。其文云。朕念赤子。旰食宵衣。言之令長。撫養惠綏。政存三異。道在乙絲。驅雞為理。留犢為規。寬猛得所。風俗可移。無令侵削。無使瘡痍。下民易虐。上天難欺。賦役是切。有國是資。朕之賞罰。固不踰時。爾俸爾祿。民膏民脂。為民父母。莫不仁慈。勉爾為戒。體朕深思。至宋太宗擇取爾俸爾祿。民膏民脂。下民易虐。上天難欺四句。頒行天下。至高宗紹興間。復以黃庭堅所書命州縣長吏刻銘座右。明高皇則命立於甬道。而鐫公生明三字。以為守令警戒。歐陽集古錄云。戒碑起於唐明皇。特不見其詞。黃耳集云。泰陵哲宗書戒石銘賜郡國。陳省公作宋太祖文。郎仁寶七修云。元至元中浙西別有四句。天有昭鑒。國有明法。爾畏爾謹。以中刑罰。

土產

雲南大理府出石屏。官其地者每勞民傷財。載以饋人。明李邦伯獨寓意於送行詩。有相思莫遺石屏贈。留刻南中德政碑句。河南土產麻菰線香。官遊者每取為饋。于肅愍公巡撫其地。絕無所取。有詩云。手帕麻菰與線香。本資民用反為殃。清風兩袖朝天去。免得閭閻話短長。夫世之巧宦。不無舁土地括去者。此此土產。二公猶以為不可。則廉貪相去奚啻天淵。留刻德政。清風兩袖。近惟江南巡撫潛庵湯公斌足以當之

鴟鴞蚯蚓

水南翰記。成化中南京國子監有鴞鳴。祭酒周洪謨令監生能捕者放假三日。人目為鴟鴞公。其後劉俊為祭酒。好食蚯蚓。監生名之曰蚯蚓子。○同時南京院妓吳娟舉止輕捷。人呼為蝴蝶。見時以為對

吷評

臨川傅平叔占衡弱冠能文。風氣遒上。嘗戲為吷評。不減昔人排調。錄之以資雅噱。評曰。涂若水如深淵大澤。初無虛滿。劉文伯如膏霖入畝。徐疾相更。吳充奇如武后宣淫。但恨其少。又如劉雍嗜痂。不惜他人流血。李至崑如無當之管。萬石難盈。劉武叔如初習蒼鷹。一往奮殺。周子會如飢馬競芻。蹄嚙不馴。又如席間鬪犬。直令四坐縮足。涂伯子如勇卒趨焚。頭額無恙。張八和如人面瘡。日食四兩肉。雖費用不多。而求取可厭。周開甫如燀炮猩鬪。恒處悤促。又如怯卒無級。收骨而已。李盞卿如千里馬駛。有足無塵。又如羊角風起。鉅野為墟。又如措大噉蔗。欲滓成粉。席弼可如服膺似口。不能容受。又如進兵咸陽。但阻函谷。○人謂健吷者腹中有肉磨。見文身叔異

太平皇帝

建平四年。妖賊王始聚于太山。自號太平皇帝。父同為太上皇。兄休為征東將軍。弟恭為征西將軍。慕容德討擒之。人謂之曰。何為妖妄。自貽族滅。父及兄弟何在。始曰。太上皇蒙塵在外。征東征西為亂兵所害。如朕今日。復何聊賴。其妻怒曰。正坐此口。以至於此。始曰。皇后自古及今。豈有不亡之國哉

愛妾換馬

唐酒徒鮑生多蓄聲妓。開成初。以夢蘭小倩隨行。歷陽道中止定山寺。遇外弟韋生下第東歸。駿馬孔阜。同憩水閣。鮑置酒。頃之。二雙鬟抱胡琴方響而至。坐鮑生之右。撚絲擊金。響亮溪谷。酒酣。乃停杯命燭。閱馬于軒檻前。鮑撫掌大悅。韋戲鮑曰。能以人換。任選殊尤。鮑欲馬之意切。密遣四絃更衣盛粧而至。命捧酒勸韋生。歌一曲云。白露濕庭砌。皓月臨前軒。此時頗留恨。含思獨無言。又歌送鮑生酒云。風颭荷珠難暫圓。多生信有短姻緣。西樓今夜三更月。還照離人泣斷絃。韋乃召御者牽紫叱撥以酬之。鮑意未滿。往復正頻。有紫衣冠者二人。導從甚眾。自水閣之西。升階而來。鮑韋以寺當星使交馳之路。疑大僚夜至。乃恐悚入室。闔戶以窺之。而杯盤狼藉不暇收拾。紫衣即席相顧笑曰。此即向來指妾換馬之筵乎。命酒對飲。一人須髯甚長。持盃望月。請賦其事。命折庭前芭蕉一片。啟書囊抽毫以操之。長鬚者唱云。彼美人兮如瑱之英。此良馬兮負駿之名。將有求於逐日。故何惜乎傾城。香暖深閨。未厭桃夭之色。風清廣陌。曾憐噴玉之聲。紫衣曰。原夫人以矜其容。馬乃稱其德。既各從其所好。諒何求而不克。長跪而別。姿容休耀其金鈿。右牽而來。光彩頓生於玉勒。長鬚曰。步及庭砌。立當軒墀。望新恩。惟非吾偶也。戀舊主。疑借人乘之。香散綠鬃。意已忘於鬢鬟。汗流紅頰。愛無異於凝脂。紫衣曰。是知事有興廢。用有取舍。彼以絕代之容。為鮮矣。此以軼羣之足。為貴哉。買笑之恩既盡。有類夢蘭。據鞍之力尚存。猶希進也。賦訖。芭蕉盡。韋生發篋取紅箋跪獻。廡下二公驚曰。幽顯路殊。何見逼若是。駭惆其名。則謝莊江淹也。言訖不見。事見唐陳翰異聞錄。及才鬼記。但古樂府已有梁簡文愛妾換馬辭。註曰。古辭淮南王作。則知非唐事矣。又誠齋雜記。後魏曹彰性倜儻。偶逢

駿馬愛之。馬名曰龖。其主所珍也。彰曰。彰有美妾相換。惟君所擇。馬主因指一姬。遂換之。後人作愛妾換馬詩。奏之管絃。文苑英華有陳標詩曰。粉閣香銷華廐空。忍將行雨換追風。休嫌柳葉雙眉綠。却愛桃花兩耳紅。侍宴永辭春色裏。趁朝休立漏聲中。恩勞未盡情先盡。暗泣長嘶兩意同。七修作張祐詩。又鴻書蘇子瞻謫黃州。蔣運使餞之。子瞻命婢春娘勸酒。蔣問春娘去否。子瞻曰。欲還父母家。蔣曰。公行必須馬。乞以馬易春娘可乎。子瞻諾之。蔣題詩云。不惜霜毛雨雪蹄。等閒分付贖蛾眉。雖無金勒嘶明月。却有佳人捧玉巵。子瞻答詩曰。春娘別去太匆匆。無限離情此夜中。只為山行多險阻。故將紅粉換追風。春娘亦賦一絕云。為人莫作婦人身。苦樂無端總屬人。今日始知人賤畜。君前碎首又何嗔。遂下階觸槐而死。三詩本紀不載。

妾易帶

南唐近事。宰相嚴續多歌姬。給事中唐鎬有通天犀帶。皆一代尤物。唐有慕姬之色。嚴有欲帶之心。因雨夜相第有呼盧之會。唐適預焉。嚴命出姬解帶。較負於一擲。舉座屏氣。觀其得失。六骰數巡。唐彩大勝。乃酌酒命美人歌一闋而別。嚴悵然遣之。

紅葉題詩

本事詩。顧況在洛。閒遊苑中。水上得大梧一葉。有詩云。一入深宮裏。年年不見春。聊題一片葉。寄與有情人。況亦題一葉。泛之波中曰。花落深宮鶯亦悲。上陽宮女斷腸時。帝城（一作帝恩）不禁東流水。葉上題詩寄與誰。後有客尋春苑中。又得葉上一詩。以示況云。一葉題詩出禁城。誰人酬和獨含情。自嗟不及波中葉。蕩漾乘春次第行。後況娶宮人韓氏。成婚後。於況書笥得前葉。驚曰。此妾所題也。向日妾亦於水中得一葉。況索觀之。即況所題者。時人相訝其異云。又雲溪友議。明皇時。貴妃寵盛。秦號諸姨往來禁中。宮人怨悴。有題紅葉隨溝水流出者。詩云。舊寵悲秋扇。新恩寄早春。聊題一片葉。寄與枕（一作流）人。為顧況所得。況亦題詩。即前四句。無後復出之事。內官得詩。因達聖聰。遣出宮人韓鳳兒等甚多。○山堂肆考。唐僖宗時。詩人于祐晚步禁溝。拾一紅葉。上有詩云。流水何太急。深宮盡日閒。殷勤謝紅葉。好去到人間。祐亦題一葉。置溝上流。有深宮葉上題紅怨。付與清流欲寄誰句。為宮女韓翠蘋所拾。後祐為丞相韓泳館客。值帝放宮女三千人。泳聞翠蘋有才學。又同姓。作伐嫁祐。成禮後。翠蘋檢笥見葉。異之。各出所得相示。泳聞之。復為祐開宴。敘賓相慶。戲語祐曰。二人今日可謝媒矣。翠蘋又咏一絕云。一聯佳句隨流水。十載幽思滿素懷。今日得成鸞鳳侶。方知紅葉是良媒。雲溪友議又謂流水句宣宗朝舍人盧渥事。○王性之。鉅侍兒小名錄。貞元中進士賈全虛。黜於春宮。偶臨御溝。見一花流至。拾之。香馥頗異。旁連數葉。上有一詩。筆蹟纖麗。一入深宮裏。無由得見春。題詩花葉上。寄與接流人。全虛得之。企想其人。不能離溝上。街吏疑而白之。金吾奏其事。德宗令人細詢之。乃翠筠宮奉恩院王才人養女鳳兒所書。詰其由。云初從母學文選初學記及慕陳後主孔貴嬪為詩。數日前臨水折花。偶為宮思。今事露。宜死。德宗為之惻然。召全虛授金吾衛兵曹。以鳳兒賜之。并院資賜焉。○北夢瑣言載。進士襄陽李茵偶遊宮苑。見紅葉御溝流出。上有題詩。即流水一首。茵收貯書囊。後僖宗幸蜀。茵竄南山民家。見一宮娥。自云宮中侍書。名雲芳子。有才思。茵與之款接。見紅葉。驚曰。此妾所題也。同行詣蜀。及綿州。逢內官田大人識之。曰。侍書何得在此。逼令上馬。與之前去。茵甚怏怏。其夕。宿逆旅。雲芳復至。曰。妾已重賂田某。求得從君矣。乃與俱歸襄陽。數年。茵疾篤。有道士言茵面有邪氣。雲芳子自陳。往年綿州相遇。實已自縊而死。感君之意。故相從耳。人鬼殊途。何敢貽患於君。置酒賦詩。告辭而去。○玉溪編事。蜀尚書侯繼圖。未第時。登大慈寺樓。倚闌遠望。忽木葉飄墜。上有詩云。拭淚（一作翠）斂蛾眉（一作愁城）為鬱心中事。搦管下庭除。書成相思字。此字不書石。此字不書紙。書向秋葉上。願逐秋風起。天下有心（一作情）人。盡解相思死。天下負心人。不識相思意。有心與負心。不知落何地。繼圖藏之笥中。後與任氏為婚。偶吟前句。任曰。此妾昔日戲書梧桐葉上詩。從何見之。繼圖檢葉示任。任大異之。誒歎疑或一事而傳者各異。七修備載其事。而不及賈全虛。顧于賈事同詩同。顧于所娶宮人姓同。顧賈宮人又同名鳳兒。李茵疑即盧渥之事。若侯繼圖詩既不同。事亦各異。又未可以題葉而即以為一事也。

陶穀詞

周世宗遣陶穀使江南。以假書為名。實使覘之。李谷以書抵韓熙載云。五柳公驕甚。宜為之備。穀至。如其言。熙載云。陶秀實非端介者。乃遣歌姬秦弱蘭詐為驛卒女。敝衣竹釵。擁篲灑掃。穀因與通。作風光好詞贈之。曰。好姻緣。惡姻緣。祇得郵亭一夜眠。別神仙。琵琶撥盡相思調。知音少。再把鸞膠續斷絃。是何年。後李主宴陶于澄心堂。命巨杯酌陶。陶毅然不顧。徐出弱蘭侑酒。命歌前詞。穀聞之大沮。即日北歸。

婦人米粉

婦人修容。不知起於何代。及觀詩云。豈無膏沐。誰適為容。莊子云。天子之侍御。不爪摘。不穿耳。則是塗面油髮。穿耳帶璫。自古已然。前漢佞幸傳。籍孺閎孺傅脂粉。以婉媚幸上。梁朝子弟無不薰衣剃面傅粉施朱。男子且然。而況婦人乎。唐虢國夫人美質不施脂粉。少陵詩。却嫌脂粉污顏色。淡掃蛾眉朝至尊。白香山有時世粧歌。時世粧出自宮中傳四方。惟崔梠夫人治家嚴肅。貴賤皆不許時世粧。至後周禁天下婦人皆不得粉黛。惟黃眉墨粧而已。○日札載美人粧面。既傅粉。復以臙脂調勻掌中。施之兩頰。濃者爲酒暈粧。淺者爲桃花粧。薄薄施朱。以粉罩之。爲飛霞粧。梁簡文詩。有分裝開淺靨。繞臉傅斜紅之句。

鬌異

晉志。皇后則假髻步搖。註。步搖。首飾也。前燕錄。燕代多冠步搖冠。長恨歌有金步搖。○焦氏類林。載貴妃以假髻爲首飾。曰義髻。唐僖宗時。內人束髮甚急。爲囚髻。唐婦人梳髮。以兩鬢抱面。爲拋家髻。○三夢記。唐宮中髻名鬧掃粧。形如焱風散鬈。蓋盤鴉墮馬之類。唐人詩云。還梳鬧掃學宮粧。獨立閑庭納夜涼。手把玉釵敲砌竹。清歌一曲月如霜。○吾蘇婦人梳頭。有牡丹鉢盂之名。鬢有蘭花如意之號。吳梅村先生有咏牡丹頭南鄉子云。高髻翠雲寒。時世新粧喚牡丹。豈是玉樓春宴罷。金盤。頭上花枝鬪合歡。○着意畫煙鬟。用盡玄都墨幾丸。不信洛陽千萬種。爭看。魏紫姚黃總一般。近則括束甚緊。謂之懶梳粧。

上頭

女子之笄。曰上頭。花蕊夫人宮詞。年初十五最風流。新賜雲鬟使上頭。而娼家處女初得薦寢於人。亦曰上頭。今俗謂之梳櫳。○女子初破體曰破瓜。破瓜見比紅兒詩話。

月事

天癸曰月事。黃帝內經。女子二七而天癸至。月事以時下。又曰。女子不月。史記濟北王侍者韓女病月事不下。胗其脈。腎脈嗇而不屬。故曰月不下。又程姬有所避不願進。釋名云。天子諸侯羣妾。以次進御。有月事者止不御。更不口說。以丹注面的爲識。令女史見之。王粲神女賦。施玄的。結羽釵。即上所云也。玄的。藝文類聚作華的。又王建宮詞云。密奏君王知入月。喚人相伴洗裙裾。入月二字尤新。○陳眉公羣碎錄云。姅變。婦人有污也。姅變。月事也。按姅變見漢律。○粧樓記。紅潮謂女子桃花癸水也。

纏足

纏足。謂始於妲己。古今事物考。謂妲己狐精也。一作雉精。猶未變足。以帛裹之。宮中效焉。其說甚誕。墨莊漫錄云。婦人之纏足。起於近世。前此書傳皆無所載。六朝詞人多體狀美人容色之姣好。妝飾之華麗。無一言及纏足者。韓偓香奩集。有咏屧子詩云。六寸膚圓光緻緻。唐尺短。以今校之。亦自小也。皆不言其弓。惟道山新聞云。李後主宮嬪窅娘纖麗善舞。後主作金蓮高六尺。飾以寶物細帶纓絡。令窅娘以帛繞脚纖小屈上。作新月狀。素襪舞雲中。回旋有凌雲之態。唐鎬詩曰。蓮中花更好。雲裏月長新。因窅娘作也。由是人皆效之。以纖弓爲妙。以此知扎脚自五代以來方爲之。楊升庵謂起於六朝。引樂府雙行纏詞云。新羅繡行纏。足趺如春妍。他人不言好。獨我知可憐。張禺山云。史記有臨淄女子彈弦纏足。則古已有之。曹子建洛神賦。凌波微步。羅韈生塵。晉書。履有鳳頭重臺分稍之制。唐詩有便脫𨱅靴出翠帷句。李義山詩云。浣花溪紙桃花色。好好題詩詠玉鉤。杜牧之云。鈿尺裁量減四分。碧琉璃滑裹春雲。五陵年少欺他醉。笑把花前出畫裙。段成式詩云。醉袂幾侵魚子纈。影纓長戛鳳皇釵。知君欲作閑情賦。應願將身託錦鞋。唐人又有慢移弓底繡羅鞋之句。則纏足非始於五代明矣。○七林詠美人足飾云。文棊紩緤。緰襪羅縢。緤足衣。縢足纏。

金釵十二

唐人詩多用金釵十二。如白香山酬牛思黯詩。鍾乳三千兩。金釵十二行。十二行或言六鬟耳。齊肩比立。爲釵十二行。然梁武帝河中之水歌云。洛陽女兒名莫愁。頭上金釵十二行。是以一人帶十二釵也。又南史。魏齊周盤龍伐魏有功。高帝送金釵十二枚。與其愛妾杜氏手敕云。餉周公阿杜。此事甚佳。罕有用者。

細腰

墨子云。楚靈王好細腰。其臣皆三飯爲節。韓非子云。楚靈王好細腰。而國有餓死人。尹文子云。楚莊王好細腰。一國皆有飢色。劉禹錫踏歌行云。爲是襄王故宮地。至今猶是細腰多。細腰一事而載三王。何祖孫所好之同耶。抑記者之誤耶。

袜

袜。婦人脇服也。沈約詩。領上蒲桃繡。腰中合歡綺。隋煬帝詩。錦袖淮南舞。寶袜楚宮腰。盧照隣詩。娼家寶袜蛟龍被。謝偃詩。細風吹寶袜。輕露濕紅紗。意俗所謂抹胸也。崔豹古今註。袜謂之腰綵。引左傳衵服戲于朝。近身衣也。腰綵疑即㚷腰之類。○段成式云。見說自能裁衵肚。不知誰更着帩頭。註。衵肚。今之裹肚也。

禪袴

禪即袴也古人袴皆無襠女人所用有襠者其制起自漢昭帝時上官皇后爲霍光外孫欲擅寵有子雖宮人使令皆爲有襠之袴多其帶令不得交通名曰窮袴樂府所云愛惜加窮袴防閑托守宮是也今男女皆服之矣

空定慧箴

明弘治己酉順天鄉試中明禁約文章內不許用空定慧三字以涉禪語或仿鄭五歇後體以自箴曰回也其庶乎屢此下一字真可除君不見今之所禁則國虛當年夫子犯了鄙夫問於我如　少之時血氣未此下一字只合淦君不見今之所禁天下惡乎當年曾子犯了一人僨事一人國叶孤　言不及義好行小此下一字渾不是君不見今之所禁雖有智當年孟子犯了德術智

刀筆辨

萬花金谷長洲錢工馬士龍與錢塘儒書人郭天民同集吳叔華家馬長而郭幼郭不之讓與爭坐馬曰小子敢我伉耶我聞刀筆吏抑刀在前乎筆在前乎郭曰老兄敢欺我耶我有筆如刀抑筆在前乎刀在前乎且汝非我筆能爲刀乎馬語塞竟讓郭坐

堅瓠三集　卷一　七

畫作粧奩

某善丹青有女及笄不置一物作舉案齊眉圖一幅題一詩攜其女以適其夫詩云婚姻只見鬭豪華金屋銀屏衆口誇轉眼十年人事變粧奩眞與別人家

弄瓦詩

無錫鄒光大連年生女俱召瞿永齡飲瞿作詩云去歲相招云弄瓦今年弄瓦又相招寄詩上覆鄒光大令正原來是瓦窰

典淮郡謝啟

宋文本心典淮郡景物蕭條謝賈似道啟有云人家如破寺十室九空太守若頭陀兩粥一飯

卓沃詩

西蜀卓沃飽學而貧家徒四壁一日有盜入其家沃知吟詩以示之曰夜靜鐘殘月色昏有勞帶劍入寒門詩書腹內餘千卷珠玉床頭沒半分依語已驚黃犬吠輕行不損綠苔痕多情知我淒涼事不及披衣起送君盜笑而去後應四川鄉試至巫江搭船之鈔梢子辱之令宿於舟尾沃以詩自悼曰搭船誰敢道心酸梢尾中間一斗寬縮頸睡時如鳳宿屈身坐處似龍蟠九天雨下渾身濕五夜風生透體寒最是有錢眞個好官艙裏面樂盤桓將登岸梢子故意開之竟跌水邊衆笑之沃又吟詩曰一到江邊船便開天公爲我洗塵埃時人莫笑衣衫溼乍向龍門跳出來入試畢及揭榜以春秋中亞魁春榜登進士第授職實貴過巫江舟子已早避矣乃拘其母禁之十日不出復執其妻次早投見沃乃斷之曰禁母十日拘妻一宵倚門之望何疎結髮之情何厚任爾儒生今遵孝道用申法律以警將來遂杖而釋之

陸世明

長洲陸世明俊才藻思聲稱籍甚舉於鄉赴南宮下第歸過臨清鈔關錯認爲商令納稅陸即書一絕呈主事云獻策金門苦未收歸心日夜水東流扁舟載得愁千斛聞道君王不稅愁主事見詩驚愧亟迎入款贈甚厚又金陵一妓能詩善鼓琴以月琴自號世明過其家口占點絳脣贈之云三尺冰絃夜深彈破青天寂意中人杳只有清光到雲雨無緣總是相思調愁懷抱嫦娥心照訴與他知道

堅瓠三集　卷一　八

顧成章俚語詩

常熟顧成章善戲謔能以俚句爲詩嘗咏貧家姑嫂不合以致分居者云姑姑嫂嫂會盡稱日日蹔雍要八刀拆散一雙生鴨對分開十隻小雞淘除灰莫亦論顆數換糞油還逐滴撦只有喜神無用處大家都把火來燒又咏人家不檢束使女云兩脚鏖糟拖破鞋羅乖像甚細娘家手中托飯沿街吃背上馱兒着壁爬隔户借鹽嘗討碓對門兜火弗搊柴除灰換糞沒雕當扯住油瓶撮撮篩此等皆吳音撮合者可謂曲盡

枷詩

陸廚之子因不避邑長被責而枷之臧晉叔爲詩曰陸廚今歲苦多端頭向青松木裏鑽日出乍看檯少脚夜行不怕井無欄濛鬆細雨衣難溼料峭東風頸不寒更有一般堪歎處入時容易出時難

撤韻雪偈

雲棲四面皆山積雪之後真銀色世界也有禪者請蓮池師曰今居撤土求淨邦還許出撤語求淨偈否師可之因出韻云狗醜韭酒紐師隨出偈云萬山無人艇腐狗碩石高低盡是醜移過苔痕白似韭碧蒲葉青如韭寒宵時煮竹爐茶潔體不陪

金帳酒水出城外一聲椰玉關蛸地開銀紐偶畢禪衆大悅

尼嫁士人

駒陰冗記皖州有尼嫁士人張生鄉人戴宗吉為詩貽之曰短髮蓬鬆綠未勻袈裟脫却着紅裙于今嫁與張郎去羸得僧敲月下門聞者稱快

詩嘲朝臣

武昭伯曹欽太監曹吉祥侄也恃迎復功陞伯爵虎而翼矣恣意凌人錦衣衛指揮逯杲與都御史寇深每事裁抑之天順辛巳七月二日遂反幸遶官馬亮闕變告恭順侯吳瑾瑾告懷寧伯孫鏜進本遶上得不啟門五鼓欽已橫殺于街舉火攻門朝臣都避走逯寇二公首被殺傷李閣老賢被執頰擬以刃尋釋之索尚書王翺甚急王在一室窘迫無措主事朱文範長大有力遂負王逸去始得免比天明孫鏜會兵戰于四牌樓至暮乃平恭順侯亦戰死京師時有詩云曹奴此日發顛狂寇逯諸公死亦當學士叩頭如吠犬（謂閣李）尚書鎖項似牽羊（謂王翺）萬安屈膝稱三叔恭順當胸戰一場寄與滿朝當道者將何面目見吾皇後翺擢文範於要津時呼為駄官人

龍華會

四月八日俗傳為釋迦生辰各建龍華會以小盆坐銅佛浸以香水而復以花亭鐃鼓迎往富家以小杓澆佛提唱偈誦布施錢財有高峯和尚偈曰吼聲未絕便稱尊攪得三千海岳昏惡水一年澆一度知他雪屈是酬恩

井珠

輟耕錄云人欲娶妻而不得謂之尋河覓井已娶而料理家事謂之挑雪填井男婚女嫁財禮僉具種種不可闕謂之投河奔井又云奴僕初來時曰走盤珠言不撥自動稍久曰算盤珠言撥之則動既久曰佛頂珠言終日凝然雖撥亦不動此雖俗諺實切事情

七字吟

順治丁酉南場鄉試吾鄉有楊姓者獲雋因其頭歪人遂作七字吟以嘲之曰側吹簫（音痴）笛聽隔壁思量弗出頸裹摸跳（音條）虱圍棚船立弗直我是梁山阮小七

歲朝詞

吾鄉熊元明先生諱東鑣戲作歲朝詞黃鶯兒曰定（去聲）凍五樣頭煨鴨蛋添煮韭薤蔔臼蓁雞來湊稍魚少頭爪韲沒油團爐火燉生甜酒餓吼吼接連數碗個個踏陽

濱

上巡按詩

正德中浙江有神童年八歲聰慧能詩上巡按詩云幾欲烏臺見上官心驚膽戰事多端九天雨露三春暖一道風霜六月寒俯仰文星沖北斗喜看明月照冰盤已知海上金鰲見願賜書生一釣竿

觀燈對

永樂中溧陽彭印山六歲以神童徵至京師上御奉天門外觀燈召彭出對曰燈明月明大明一統彭應聲曰君樂臣樂永樂萬年上大奇之賜予甚厚

奇對

陸浚明粲幼善屬對一日同陸象孫會客兩客對奕飲酒客曰圍棋賭酒一着一酌容無以應粲即曰坐漏觀書五更五經又一客曰彈琴賦詩七絃七言

人中龍

吾郡蔣燾年十一為府學生遇聖節赴玄妙觀習儀巡按某見二雀飛集三清殿命燾云三清殿上棲雙雀燾應聲曰五色雲中駕六龍御史驚歎曰他日人中龍也

驚妓越席

蔡君謨招陳烈季甫飲於望海亭以歌妓侑酒方舉板一拍烈驚悖越席攀木踰垣而去觀作詩嘲之有山鳥不知紅粉樂一聲檀板便驚飛之句烈聞而投牒云李觀本無士行輙造虛誕詆釋氏為妖胡指孟軻為非聖按聖經云非聖人者無法合依名教肆諸市朝君謨覽牒大笑

諷夏嚴謗語

夏桂洲言嚴介溪（嵩）方柄用時互相傾軋京師有謗曰夏桂洲不知休晴天不肯走直待雨淋頭嚴介溪不知機善惡到頭終有報只爭來早與來遲先後十餘年二人相繼覆敗一符其言又傳貴溪臨刑時大雨如注西市水深三尺應雨淋頭之謗〇湧幢小品載貴溪八字壬寅丁未丙寅壬辰少時有江西星士王玉章推其造批云如今還是一書生位至三公決不輕莫道老來無結果君王還賜一車斤

遊仙夢

司馬溫公為定武從事同幕私幸官妓公諱之會僧廬公枉道潛窺妓踰墻去公戲之曰年去年來來去忙暫偷閒臥老僧房驚回一覺揚州夢又逐流鶯過短墻

速死托生

程師孟嘗請於王介甫曰公文章命世某幸與公同時願得公為墓誌庶傳不朽王問先正何官程曰非也某恐不得常侍左右預求以俟異日又王雱死張安國披髪藉草哭於柩前曰公不幸未有子今夫人有娠某願死托生為公嗣京師嘲曰程師孟生求速死張安國死願托生

割股放生

王荊公為相每生日朝士獻詩為壽光祿卿鞏申籠盱雀鴿搢笏開籠每一雀一鴿叩齒祝之曰願相公一百二十歲時有邊師之妻病虞侯割股以獻者時嘲之曰虞侯為夫人割股大卿與丞相放生

嫁婦休妻

倦游錄王荊公子雱為太常太祝有心疾娶妻龎氏未嘗相接獨居小樓焚香禮佛荊公憐而嫁之時工兵一作部員外侯叔獻荊公門人也再娶魏氏而悍侯死荊公恐其虐前妻之子奏而出歸母家京師諺曰王太祝生前嫁婦侯工部死後休妻

婦人詩詞

七修類稿載廣信道中有杭婦金麗卿詩云家住錢塘山水圖梅邊柳外識林酥平生慣占清涼國豈料人間有暑途又寶祐間有余淑柔題浪淘沙于臨川驛壁云雨溜一本下有和字風鈴滴滴丁丁釀成一紙別離情可惜當年陶學士孤負郵亭　邊雁帶秋聲音信難憑花鬚偷數卜歸程料得到家秋正晚一作好菊滿寒城

和靖七世孫

林可山自稱和靖七世孫和靖不娶已見梅聖俞序中姜石帚作詩嘲之曰和靖當年不娶妻因何七世有孫兒若非鶴種并梅種定是瓜皮搭李皮今之通譜亦可謂瓜皮搭李皮矣

咏月

萬花金谷載張象咏月詩亦有致欲賒美酒邀明月又恐隣家索酒錢歸與妻兒斟酌定閉門推出月還天

判妓

東坡捕看錢塘有妓號九尾狐者一日下狀解籍坡遂判云五日京兆判斷自由九尾野狐從良任便又一名妓亦援例求落籍坡判云敦召南之化此意可嘉空冀北之羣所請不允聞者大笑

半邊月

建文帝初生頂顱頗偏高皇視之心甚不悅嘗撫而名之曰半邊月兒每慮其不克終或以詩對試之一夕與懿文同侍高皇側命咏新月懿文云昨夜嚴陵失釣鉤何人移上碧雲頭雖然不得團圓相也有清光遍九州建文云誰將玉指甲掐破碧天痕影落江湖裏蛟龍不敢吞高皇覽之不悅未幾懿文薨建文帝又出亡皆應其語又一日與文皇同在禁中觀獵馬疾馳而過高皇出句曰風吹馬尾千條綫建文云雨打羊毛一片氈文皇曰日照龍鱗萬點金語雖俱工而氣象則讓文皇矣

和靖墓

宋林處士和靖隱居西湖之孤山以梅為妻以鶴為子朝廷錫以粟帛古今高其梅詩清高莫比後宦遊于杭者或妾或女死多葬其地故纍纍於林墓之前後有士人題詩云太乙宮前處士家于今換作宮人斜想因孤嶼人清絕故使桃花照命耶

感慨詩

劉後村詩云刲膜良方直萬金國醫曾費一生心誰知鑿齒攜籃者也有盲人問點鍼又高駢詩云鍊汞燒銀二十年至今身在藥爐邊不知子晉緣何事只學吹簫便得仙二作立意相同感歎不遇

紙蓮船

宸濠曾賞元宵用紙造蓮船一隻頭設二獅子口俱啣錢傍列五道士冠皆斜側一竿半清至尾則否偏遊各街間有曉其意者召來一士見之云甚有意召去問之對曰好一白蓮船兩司俱要錢五道官不正一竿清不全濠喜留宴賞元寶一個蓋江西有五道太守姓甘初政頗清故云

城隍牆上畫

洪武間金陵有人畫僧頂一冠一道士頂十冠纍纍髮其髮一斷橋甲士與民各左右立而侍渡揭於城隍廟墻上高皇聞之敕教坊司參究其事以奏云僧頂冠有官無法道士十冠官多法亂軍民立橋邊過不得自後法網稍寬蓋以滑稽而諫者

改神童詩

順治中吾鄉一孝廉性落拓不檢為諸無賴事一日與僧爭一嬖童不勝遂縛僧歸鎖木墩上為僧所訟誣以叛逆以木墩及串戲蟒衣為証追捕至家僧猶在室負墩

至宦。下石者衆。罪不可逭。時有改神童詩者曰。一舉墩頭日。雙僧未老時。蟒衣歸庫裏。端的爲男兒。身列賢書。不知自好。以至此極。書之以示戒焉。

卞三韮

姚三韮本姓卞。博學善詩。館於懷氏。有女常窺之。卞不顧。一日晒履於庭。女作詩納其中。卞得之。即托故辭歸。怡杏翁作詩咏其事。有一點貞心堅匪石。春風桃李莫相猜之句。卞不受詩。答書辨其無此事。其子諶及曾孫錫。皆登進士。歷顯官。科第不絕云。

如夢

葉祖貞雋聲。嘗曰。世間有不分曉事。吾因詠一聯云。醉來黑漆屏風上。草寫盧仝月蝕詩。後以多語去官。獨西湖二三僧相善。爲之祖餞。僧曰。世事如夢而已。葉曰。如夢如夢。和尚出門相送。聞者絕倒。

盜水供狀

有禎民因天旱。盜決人水灌田。爲主者執赴。供狀曰。右某因天時亢。律呂調。切慮禾苗。宇宙洪。遂偷某田金生。麗致得其人。寸陰是念。某不識始制文。今來甘認弔民伐。一聽老爺忠則盡。山堂肆考

刺觀競渡

弘治末。楊一清八歲時自滇過巴陵。癯而癖。有岳二州甚器之。薦於太守。同觀競渡。守陋其狀。撫其額。嘆曰。苦哉苦哉。令賦詩。一清賦云。苦哉苦哉苦哉。苦哉天。先皇宴駕未踰年。江山草木猶含淚。太守江邊看渡船。守見之甚愧。罷飲。時孝廟上賓未幾故云。

詩嘲執政

宋邱道源。濂天聖中進士。往往譏諷朝貴。嘗嘲執政云。樞密中書多出入。不論功績便高遷。金銀一似佛世界。動便三千與大千。執政怒。請上罪之。仁宗曰。狂夫之言。古有邸謗哭市。語言詭譎。曷足爲罪。

五經笥

後漢書。邊韶字孝先。以文學知名。教授數百人。曾晝日假卧。弟子私嘲之曰。邊孝先。腹便便。懶讀書。但欲眠。韶潛聞之。應曰。邊爲姓。孝爲字。腹便便。五經笥。但欲眠。思經事。寐與周公同夢。靜與孔子同意。師而可嘲。出何典記。嘲者大慙。

堅瓠三集卷一終

堅瓠三集卷之二目錄

忍字箴　文章九命
藥渣　裘萬頃
嘲李楊二相　姦盜以詩免
五歲能文　求雪蛆
遊春黃胖　詠王弇州園
嘲貴衙傳奉　錢鶴灘
爆字畏詩　咏紙梅花
嚴分宜幼穎　噴嚏
竹夫人　真西山生祠
弄猴丐　老婆牙
尋常百姓　單于問家世詞
巫山雲雨　失金釵
舊舞衣　閻羅見缺
到京探事　臘梨賦
蒸豬頭　楊仲舉
三聲　續衣詩
戰袍金鎖　咏松石
多少箴　馮千秋
夢傲　悼内詩
作詩寄子　閻老天官
桑寄生傳　蜂螫詩
藥名尺牘　狎娼
陳謝交嘲　麻嵊直籠桶
邵康節　常省元題契
魏野詩呈王寇　張公喫酒李公醉
月夜招鄰僧閒話　觳觳觳
酬嘲　使宅魚

金縷賦詩　浪花詩
詩僧與夢堂　悼陵金卿詩
散婦重婚　簡節婦
涼傘詩

堅瓠集三集卷之二

清　長洲石農褚人穫學稼纂輯

忍字箴

陳白沙憲章忍字箴曰：七情之發，惟怒為遽。衆怒之加，惟忍為是。當怒火炎，以忍水制。忍之又忍，愈忍愈勵。過一百忍，為張公藝。不亂大謀，乃其有濟。如其不忍，傾敗立至。淄川楊洪道亦著六忍：一曰忍觸，二曰忍辱，三曰忍惡，四曰忍怒，五曰忍忽，六曰忍欲。此六忍者，戒之一身則一身安，戒之一家則一家安，推之以處人己之間，則所遇皆安，而悔尤俱寡矣。

文章九命

王鳳洲有文章九命：一貧困，二嫌忌，三玷缺，四偃蹇，五流竄，六刑辱，七夭折，八無終，九無後，各有引証。鳳洲于丙寅歲以瘡瘍卧床褥者逾半載，幾殆，殷都過而戲曰：當加十命矣。蓋謂惡疾也。因引伯牛、長卿等以足之。

藥渣

明吾郡陸天池（采）博學能文，精於音律，有寓言曰：某帝時宮人多懷春疾，醫者曰：須勅數十少年藥之。帝如言。後數日，宮人皆顏舒體胖，拜帝曰：賜藥疾愈，謹謝恩。諸少年俯伏于後，枯瘠蹣跚，無復人狀。帝問是何物，對曰：藥渣。

裘萬頃

裘萬頃不樂仕進，以薦者召為司直，在朝賦詩云：新築書堂壁未乾，馬蹄催我上長安。兒時只道為官好，老去方知行路難。千里關山千里念，一番風雨一番寒。何如靜坐茅檐下，翠竹蒼梧仔細看。遂乞歸。

嘲李楊二相

正德中有為詩嘲李西涯（東陽）、楊邃庵（一清）二相者云：堪歎涯翁與邃翁，兩人皆起自神童。文章政事不多異，詭譎奸邪大畧同。考試賣題涯忘怨，選官受賄邃難容。望天莫道無陰報，個個教他絕後宗。巷議之口，亦可畏哉。

姦盜以詩免

弘正間蘇州月舟（一作洲）和尚犯姦，長洲知縣某聞其能詩，以鵲為題。月舟援筆曰：素身潔白頂圓珠，曾伴仙人入太虛。昨夜藕花池畔過，鷺鷥冤却我偷魚。縣令閱詩，釋之。又一婦以夫犯盜牛事上縣，令詩云：洗面盆為鏡，梳頭水當油。妾身非織女，夫豈

合齊牛縣尹見詩亦免其罪

五歲能文

翰林崔來鳳桐子五歲甚聰慧善屬對時有送桃棗者急欲取之父曰汝能作此二果破題則許即曰有食其內而棄其外者有食其外而棄其內者一日謂父曰以炕為題作一破父故效其體為之曰有所以眠乎人者有所以烘乎人者曰眠烘二字不雅我為父親改作臥字燒字

氷雪蛆

江鄰幾雜志云峨嵋雪蛆大治內熱戒菴漫筆載曾方湖弘為御史刷卷四川言萬山深雪中出雪蛆遣軍士於四山高處懸望雪中蠕蠕而動者則往取之渾如小豬無口足眼鼻儼然蛆形也其身全脂切片而食亦不易得癸辛雜識云西域雪山中有虫如蠶味甘如蜜其冷如氷名曰氷蛆能治積熱此恐又是一種

遊春黃胖

白獺髓記開禧權臣因賜南園新成會諸朝士席間分題有賦遊春黃胖詩云兩脚稍空欲弄春一人頭上又安身不知終入兒童手筋骨翻為陌上塵傳為朝士俞某

所作又怡顏錄載韓侂胄冬日遊西湖宴南園有獻迎春黃胖者命族子院判賦詩云脚踏虛空手弄春一人頭上要安身忽然線斷兒童手骨肉都為陌上塵事一而詩稍異所記亦不同戒庵漫筆載丁晉公同夏英公看弄水椀丁屬夏賦詩曰舞拂跳珠復弄丸遮藏巧便百千般主公端坐無由見卻被旁人冷眼看

咏王弇州園

太倉王鳳洲世貞弇園成有題詩于壁以諷者曰丈夫壘石易父祖積金難未雪終天恨翻成動地歡峻嶺悲高位深池痛九泉燕魂來路杳擬作望雲山蓋鳳洲乃翁思質忤嚴嵩之怨死于西市故云或云此詩崑山王逢年作

嘲背銜傳奉

常熟錢樸當尚書李石城傑在位時以背得職銜求石城贈章石城援筆大書曰來時尚着儒生服歸去俄乘使者車嗟手功名如此易白頭才子動長吁蘇州某公亦有作云年少功名二十收他年何礙不公侯釣臺昨夜因君舞舞破羊裘未休嘉靖初下詔裁革傳奉中書舍人時有集杜詩嘲之曰馬上誰家白面郎初聞涕淚滿衣裳可憐懷抱向人盡正想氤氳滿眼香近侍只今難浪迹青春作伴好還鄉三年

奔走空皮骨愁日愁隨一線長

錢鶴灘

錢鶴灘福以殿撰罷官家居江陰梧塍徐氏以五百金為脯脡延致家塾徐二子已中鄉科居半載僅改課三篇日挾妓游燕時邑令某雅好筆翰一日邀錢為君山之遊預採齊韻中堤臍低梯難韻戒吏人藏閣即席發之欲以困錢酒三行請題大觀亭錢遂援筆賦云水勢兼天山作堤渚雲烟樹望中齊直從巴峽幾歸盡許大乾坤此結臍胸次決開三極朗目光搖動四垂低欲騎日月窮無外誰借先生萬丈梯縉紳莫不歎賞水南學士張公載之邑志中一日徐賞牡丹錢飲已潦倒門客有握玳瑁扇者取而書之曰玳瑁筵前玳瑁扇牡丹花下牡丹詩老梅已在文人行曾占春風第一枝又咏楊梅詩怪殺吳人不出鄉楊梅五月薦新嘗西州一斗蒲萄酒南越千頭荔子漿略看些酸醒酒困了無點滓浣詩腸渠家妃子如相見添得紅塵一倍忙曾聞鶴灘髫時從塾師家有客賞菊擷之容出對曰賞菊客歸衆手折殘彭澤景即應曰賣花人過一肩挑盡洛陽春○又聞鶴灘六七歲即欲作文師出至則行矣題傳其結句曰虛無人焉止見雞毛一堆而已師稱賞以為他日必能文

爆孛要詩

吳人歲除以糯穀爆孛婁卜一歲之休咎花多者吉戒菴漫筆載一詩云東入吳門十萬家家家爆穀卜年華就鍋拋下黃金粟轉手翻成白玉花紅粉美人占喜事白頭老叟問生涯曉來妝飾諸兒女數片梅花插鬢斜

咏紙梅花

江陰夏都憲從壽有臘瓶紙梅花詩曰誰把并刀信手裁能于雪後見花魁北人解奪天工巧東閣渾教夢寐猜羌笛有聲吹不落臘瓶無水浸常開何當醉我空同酒卻說江南驛使來李空同極賞之

嚴分宜幼穎

江陰曹野塘忠成化丁未進士弘治初出守分宜時嚴介溪嵩方成童曹識而拔之且喜其與子弘同庚遂令同治舉業宿食官舍見嚴所握扇有魚游荇藻構對語云畫扇畫魚魚躍浪扇動魚游嚴即對以繡鞋繡鳳鳳穿花鞋行鳳舞曹一夕思家口占曰關山千里鄉心一夜雨綿綿嚴應曰帝闕九重聖壽萬年天蕩蕩曹俱稱賞弘號方湖亦中正德丁丑進士嚴約講兄弟禮命子世蕃與方湖子駒輩不得越齒而坐

柄政時欲官白谷馹雲亭爲中書舍人二君時飲於相府見世蕃與給事中無錫某者夜飲强灌之給事膝行以受又故置罰爵於給事之背不容起二君怒而斥世蕃遂拂衣歸得不及嚴氏黨禍云

噴嚏

今人噴嚏必唾曰好人說我常安樂惡人說我齒牙落終風之詩曰寤言不寐願言則嚏東坡有詩云白髮蒼顏誰肯記曉來頻嚏爲何人隨筆亦載噴嚏不止者必噀唾祝云有人說我婦人尤甚其來已久聞唐玄宗友愛昆季呼寧王爲大哥每與同食食次寧王錯喉噴上髭王驚慚上顧欲安之黃旛綽曰不是喉錯上曰何也對曰是噴帝上大悅則固以噴嚏爲佳事矣

竹夫人

李公甫謂眞西山留飲指榻間竹夫人命題曰蘄春縣君姓竹氏可封衛國夫人公甫援筆立就其中頌云常居大廈之間多爲涼德之助剖心析肝陳數條之風刺摩頂放踵無一節之瑕疵又末聯云嗚呼保抱攜持朕不忘午夜之寂展轉反側爾尚形四方之風俱用詩書全語而形四方之風又見竹夫人之玲瓏也西山撫案擊節東坡寄柳子玉云聞道牀頭惟竹几夫人應不解卿卿又送竹几與謝秀才云留我同行木上坐贈君無語竹夫人蓋俗謂竹几爲竹夫人張文潛有竹夫人傳東坡嘗云爲我周旋寧作我眞一好句只是難對乎甫應聲曰因郎憔悴却羞郎 黃山谷云竹几祇爲憩臂休膝不足當夫人之稱目爲青奴作詩云穠李四絃風拂席昭華三弄月侵牀我無紅袖堪娛夜祇要青奴一味涼 穠李昭華貴人二女奴名

眞西山生祠

鶴林玉露眞西山帥長沙郡人爲立生祠一夕有書一律於壁間者其辭云舉世知公不愛名湘人苦欲置丹青西天又出一活佛南極添成兩壽星幾百年方鍾閒氣八千春願祝脩齡不須更作生祠記四海蒼生口是銘

弄猴丐

法雨大師有弄猴丐詩云翻身筋斗星飛快甘自一生從乞丐世間多少伶俐人輸他跳出圈子外李容庵先生模亦有詩云跳圈終日在圈邊出入無時總失便乞子猴兒相覷處一圈之外又重圈

老婆牙

徐淵子舍人善諧謔丁少詹與妻有違言棄家居茶寮如齋誦經日買海物放生久不歸妻求徐解之徐許諾見賣老婆牙者買一籃餉丁作詞曰茶寮山上一頭陀新來學得麼蛸蜞蟛蜞與烏螺知他放幾多有一物似蜂窠姓牙名老婆雖然無奈得他何如何放得他丁大笑而歸

尋常百姓

宋楊德逵號湖陰先生有陳輔者頻歲訪之不遇題一絕於門云北山松粉未飄花白下風輕日腳斜身是舊時王謝燕一年一度到君家湖陰歸見詩吟賞久之稱於荊公介甫笑曰此正戲君爲尋常百姓也湖陰大笑

單于問家世詞

蘇東坡送子由使契丹詩末句云單于若問君家世莫道中朝第一人用唐李揆事也紹興中曹功顯勛使金國好事者戲作小詞其後闋曰單于若問君家世說與教知便是紅窗迥底兒謂功顯之父元寵昔以此曲著名也後大璫張去爲之子安世以閤門宣贊爲副使或改其語曰便是中朝一漢兒蓋京師人謂內侍養子不閹者爲漢兒也後知閤門事孟思恭亦使北或又改曰便是鹽商孟客兒謂思恭之父爲販鹺巨賈也

巫山雲雨

裴慶餘嘗同李北門遊船舟師誤以篙水濺侍女衣上李怒裴解以詩云滿額鵝黃金縷衣翠翹浮動玉釵垂從教小濺羅裙濕知道巫山雲雨歸北門笑而釋之

失金釵

歐陽文忠公任河南時眷一妓時梅聖俞謝希深尹師魯集宴後園而歐與妓俱不至移時方來在坐目視公責妓云何來遲也妓曰中暑往涼堂睡着覺而失金釵猶未見梅曰若得歐陽一詞當償釵文忠即云柳外輕雷池上雨雨聲滴碎荷聲小樓西角斷虹明闌干倚遍待得月華生燕子飛來栖畫棟玉鉤垂下簾旌涼波不動簟紋平水晶雙枕旁有墮釵橫坐客大笑命妓滿酌勸歐陽令公庫償釵

舊舞衣

嚴續乞韓熙載撰父神道碑珍贈外輒一姬爲潤筆文成但敘譜系品秩莫贈之典續封還求其改竄熙載見以原贈吐之姬登車書一絕於泥金雙帶云風柳搖搖無定枝陽臺雲雨夢中歸他年蓬島音塵斷留取尊前舊舞衣熙載笑不爲動

閻羅見缺

衢州王中甫介性輕率每語言無倫人謂有風疾出守湖州王介甫以詩送之云東吳太守美如何柳惲詩才未足多遥想郡人迎下檐白蘋洲渚正滄波其意以水值風即起波也介諭其意遂和十篇盛氣而誦於介甫其一曰吳興太守美如何太守從來惡祝鮀生若不為上柱國死時猶合代閻羅介甫笑曰閻羅見缺請速赴任

到京探事

任谷富經術隱居於洛以俟召命而蒲輪未降乃躬詣京訪知己有朝官戲贈曰閒聽評謗書遞身到京中探事宜從此見山須合眼被山相賺已多時

臘梨賦

鄭桐庵敷教先生吾猶及載嘉定友人某作臘梨賦亦有思致可資談笑賦曰葫蘆之脈油灰之色盔頭以擺錫為裝燈籠以梅花為式纖羢輕軟如千七之初生紫氣光盈若點卵之乍忒其騷也與鷂子同稱其乖也與鷃鷹比德官銜每自附於總兵排行慣託名於五十鸂智海鶴欲叫豈無得意之秋蝴蜂亂釘正其被窩之刻殺雞嘗自笑其刀鈍買油竟可賒以塗額紛紛雪下似花片之輕翻焰焰紅浮若鬼火之騰出何須對鏡以臨梳不過盥洗而禮畢亂曰晝夜頭光復面滑做夫妻兮不結髮鹽鹵調來煙櫃刮瘡未愈時先痛煞悲夫人間百病俱可醫切莫生來滴瀝搭○幼時曾聞臘梨歌云似梅花不香似雪花不烊似琉璃挂不得廳堂上似油灰賣不得修船匠娘謂何我底頭好似醬黃模樣

蒸豬頭

郁履行謔浪編王中令嘗入一村寺主僧大醉箕踞王需蔬食僧曰有肉無蔬餽蒸豬頭甚美王曰止能飯酒食耶僧曰能詩即令咏蒸豚僧立就云嘴長毛短淺含臕久向山中食藥苗蒸處已將蕉葉裹熟時兼用杏漿澆紅鮮雅稱金盤飣白軟真堪玉筋挑莫把膻根一作膻比並膻根自合喫藤條王大喜與號紫衣

楊仲舉

吾郡楊仲舉肴德冠一時鄰家搆舍其甬溜滴其庭公不問家人以為言公曰晴日多雨日少或又侵其址公有普天之下皆王土再過此兒也不妨之句

三聲

陸象山嘗謂人家要有三聲讀書聲孩兒聲紡織聲蓋聞讀書聲覺聖賢在他口中在我耳中不覺神融聞孩兒聲或泣或笑自然籟動天鳴覺後來哀樂情致較此殊

遠聞紡織聲則勤儉生涯一室見文覺有幽風七月景象最可厭者婦人詬罵聲也惡也飲酒喧呶聲也狂也街巷笑談聲也謔也妖冶歌唱聲也淫也與其聞此不若聆犬聲於夜靜聽雞聲於晨鳴令人有清曠之思

纊衣詩

開元中頒賜邊軍纊衣製於宮中有兵士於短袍中得詩曰沙場征戍客寒苦若為眠戰袍親手作知落阿誰邊蓄意多添線含情更著綿今生已過也重結後身緣兵士以詩白於帥帥進之玄宗命以詩遍示六宮曰有作者勿隱一宮人自言萬死玄宗深憫之遂以嫁得詩人仍謂之曰我與結今生緣邊人皆感泣○玄散堂詩話續衣詩自太宗宮人孟浩然後鮮睹佳者近謝幼磨一首最工不啻青出於藍也詩曰懶向粧臺理曉梳為郎獨自製衣裳金針入處俱心痛素線穿時恨共長霜冷敢辭纖手冷芸窗思貼弱肌香縫成不怯無鴻雁贏得宵來覆妾床為一時傳誦

戰袍金鎖

唐僖宗出袍千領賜塞外吏士神策軍馬直於袍絮中得金鎖并詩云玉燭製袍夜金刀呵手裁鎖情寄千里鎖心終不開直聞主將上奏上以宮人賜得鎖者後帝幸蜀馬直前後捍禦

咏松石

秦時松封五大夫李誠之咏云半依岳岫倚雲端獨上亭亭耐歲寒一事頗為清節累秦時曾作大夫官陳朝石封三品宋亦封石盤固侯王介甫咏云草沒苔侵棄道周誤恩三品竟何酬國亡今日頑無恥似為當年不與謀夫松石無知之物一經名寵不免譏彈何士人而甘為權門鷹犬乎

多少箴

多少箴甚有理致不知何人所作其詞云少飲酒多啜粥多茹菜少食肉少開口多閉目多梳頭少洗浴少群居多獨宿多收書少積玉少取名多忍辱多行善少干祿便宜勿再往好事不如無

馮千秋

閒見卮言載馮千秋浙中名士崇禎乙亥拔貢頗以詩文擅長家素封因無子買妾維揚得小青可謂佳人才子兩相遇合後以妻之妬置之別業似亦處之得當不意小青才為而年夭時人詩傳傳奇歌咏贊歎遂使人人有一小青在其意中或以為

小青無其人。寓言情字耳。而吳石渠炳之療妒羹。朱介人京藩之風流院。易千秋為馮二官人。馮致虛直等之池同顏麻子之流。以千秋之才。因小青而反沒。不亦冤哉。

夢做

金陵鄭沙村河為秀才時。夢中得一絕句云。城裏青山城外樓。夜涼明月五更頭。何時了却心頭事。重把青蚨換酒籌。後登嘉靖甲辰進士。授岳州府推官。到郡見城裏青山城外樓閣宛然夢中詩句景象。私心鬱鬱。未幾卒於任。

悼內詩

于肅愍公悼夫人董氏詩十一首。中一詩云。世緣情愛總成空。二十餘年一夢中。疏屐未能辭漢主。孟光先已棄梁鴻。燈昏羅幕通宵雨。花謝雕闌驀地風。欲見音容在何處。九原無路辨西東。又昆山張節之和天順間官浙江憲副。寵妾新亡。作詩悼之云。桃葉歌殘思不勝。西風吹淚結紅冰。樂天老去風流減。子野歸來感慨增。花逐水流春不管。雨隨雲散事難憑。夜來昔館寒威重。誰送薰香半臂綾。二作皆膾炙於世。後作尤勝。

作詩寄子

宋洪浩遊太學。十年不歸。其父作詩寄浩曰。太學何蕃且一歸。十年甘旨誤庭闈。休辭客路三千遠。須念人生七十稀。腰下雖無季子印。篋中幸有老萊衣。歸時定約春前後。免使高堂賦式微。浩得詩。即告歸養。洪武中錢塘吳愷官四川。其父敬夫思之作詩云。劍閣凌雲鳥道邊。路難聞說上青天。山川萬里身如寄。鴻雁三秋信不傳。落葉打窗風似雨。孤燈背壁夜如年。老懷一掬鍾情淚。幾度沾衣獨泫然。敬夫卒而愷始以丁憂還家。夫御命千里羈身官轍。猶曰王事靡盬。不遑將母。今有捨垂白之親而遠遊干謁。使其親倚廬涉屺。目窮心折者。則前詩可念也。

閣老天官

桐下閑談載嘉靖設朝。大學士嚴嵩吏部尚書熊浹被召來遲。世廟因出對云。閣老心高高似閣。二臣惶悚伏地不能對。世廟好言慰之。云朕為代對。天官膽大大如天。

桑寄生傳

常熟蕭觀瀾韶字鳳儀。因同邑有桑某所行不謹。作桑寄生傳以譏之。取藥名成文足稱工巧。傳云。桑寄生者。常山人也。為人厚朴。少有遠志。讀書數百部。長而益智。不凡。雌黃今古。談辯如玉屑。狀貌瑰異。龍骨而虎睛。膂力絕人。運大戟八十斤。走及千

里馬。與劉寄奴為布衣交。劉即位。拜為將軍。日合雞舌。侍左右。恩幸無比。薦其友周升杜仲馬勃。上召見之。曰。公等所謂參苓芝朮。不可一日無者也。何相見之晚耶。生即進曰。士以類合。猶磁石取針。琥珀拾芥。若用小人而望其進賢。是猶求柴胡桔梗於菹澤也。然頗好佛。與天竺黃道人蜜陀僧交最善。從容言于上。上惡其異端。弗之用。木賊反。自號威靈仙。與辛夷前胡相結連。犯天雄軍。上謂生曰。豺狼毒吾民。奈何。生曰。此小草寇。臣請折箠笞之。上大喜。賜穿山甲。犀角帶。問何時當歸。對曰。不過半夏。遂帥兵往乘海馬攻賊。大戰百合。流血餘數里。令士卒負大黃。發赤箭。賊不能當。遂走。絆于鐵蒺藜。或踐滑石而蹟。悉追斬之。惟先降者獨活。以延胡索繫之而歸。獲無名異寶不可勝計。或曰。馬援以薏苡興謗。此不可留也。俱籍廢之。上迎勞生曰。卿平賊如剪草。孫吳不能過也。因呼為國老而不名。生益貴。賞賜日積。鍾乳三千兩。胡椒八百斤。以真珠買紅娘子為妾。紅娘子者。有美色。髮如蜀漆。顏如丹砂。體白而乳香。生絕愛之。以為牡丹芍藥不能與之爭妍也。上聞。賜以金銀花戒瑁簪。月給胭脂胡粉之費。一日上見生體羸。謂曰。卿大腹頓減。非以好色故耶。宜戒淫欲。節五味以自養。且令放遣其妾。生不得已。贈以青箱子而遣之。然思之不置。遇秋風起。因取破故紙。題詩以寄之曰。牽牛織女別經年。安得鸞膠續斷絃。雲母帳空人不見。水沉香冷月娟娟。澤蘭憔悴諸蒲黃。寒露初凝百草霜。不共玉人傾竹葉。茱萸甘菊自重陽。妾答之曰。菟絲曾附女蘿枝。分手車前又幾時。羞折黃花簪鳳髻。懶將青黛掃蛾眉。丁香謾比愁腸結。豆蔻長含別淚垂。願學雲中雙石燕。庭烏頭白竟何遲（一作如）天門冬日曉蒼涼。落葉愁鴛滿地黃。清淚暗消輕粉面。凝塵閒鎖鬱金囊。石蓮未嚼心先苦。紅豆相看恨更長。鏡裏孤鸞甘遂死。引年何用見昌陽。生得詩。情不自勝。乃言於上。召之使還。然生既溺於欲。又不能防風寒所侵。寖以成疾。面生青皮。兩手如乾薑。瞻然白頭翁也。上疏乞骸骨。王不留行。諭之曰。吾曩者預知子之有今日矣。賜神曲麴酒百斛。以皁角巾歸第養疾而卒。作史君子曰。桑氏出於秦大夫子桑。生蓋桑白皮之後也。有名螵蛸者。亦其遠族。生少孤。煢煢僅知母而不識父。卒能以才見於時。非所謂郁林之桂枝。沉江之鱉甲也與。其後耽於女色。甘之如石蜜。而忘其苦於熊膽。美之如琅玕。而不知毒甚於烏蛇也。迷而不悟。卒以傷生。惜哉。

蜂蠆詩

江道行夏日遭蜂蠆之毒。檢方無得。戲作藥名詩曰。蠨蛸連翹鑽半夏。柴胡送毒肉

從容蒺䔧剌若細辛節荆芥芒同大戟錄獨活急當歸草東莖參還續斷蜈蚣破故紙同香白紙芷從今防己更防蜂風

藥名尺牘

吳妓詹愛雲寄所歡周心恒書云檳榔一去已過半夏更不當歸耶盼望天南星大腹皮忍冬藤矣誰使君子效寄生草纏繞他枝使故園芍藥花無主耶妾盼不見白芷書茹不盡黄連苦古詩云荳蔻不消心上恨丁香空結雨中愁奈何奈何心恒答曰紅娘子一别桂枝香已凋謝矣幾思菊花茂盛欲歸紫菀奈常山路遠滑石難行況今木賊竊發巴戟森森豈不遠志乎姑待從容耳卿勿使急性子罵我曰蒼耳子狠心哉不至白頭翁而已則不佞回鄉時自有金銀花相贈也

狎娼

謝希孟好狎娼陸象山責之曰士君子朝夕與賤娼居獨不愧名教乎希孟敬謝請從不敢他日復爲娼建鴛鴦樓象山又以爲言謝曰非特建樓且爲作記象山喜其文不覺曰樓記云何謝即朗誦首句云自遜抗機雲之死而天地英靈之氣不鍾於世之男子而鍾於婦人象山默然希孟一日忽起歸興娼追送江滸涕泣戀戀希孟毅然書一詞與之云雙槳浪花平夾岸青山鎖你自歸家我自歸說着如何過我斷不思量你莫思量我將你從前與我心付與他人可

陳謝交嘲

陳伯益面黑而狹多髯寫真掛壁上謝希孟見之戲題云伯益之面大無兩指髭髯不仁侵擾乎旁而不已於是乎伯益之面所存無幾希孟後改名直字古民伯益詠其名曰炊餅担頭挑取去白衣鋪上喝將來伯益又寫一真衣皂道服躡僧鞋希孟贊曰禪鞋俗人鬍異道服儒巾面皮秋水長天一色落霞孤鶩齊飛見者絶倒

麻嗏直籠桶

王荆公百家詩選載唐李涉題宇秀才櫻桃詩云風流莫占少年家白髮殷勤最戀花今日顛狂君莫笑趁愁得醉眼麻嗏今人欲睡眼將合睫而縫細者曰麻嗏即此二字又物之擁腫者俗曰直籠上聲桶詩作籠統章安居梅磵詩話記鄭安晚丞相未貴時賦冬瓜詩云剪剪黄花秋後春霜皮露葉護長身生來籠統君休笑腹内能容數百人又唐人張打油雪詩云江上一籠統井上黑窟籠黄狗身上白白狗身上腫

堅瓠三集　卷二　十

邵康節

邵康節曾有四不赴謂官府公會不相識會大衆廣會勸酒醉會又有四不出謂大寒大暑大雨大風有五樂謂樂生中國樂爲男子樂爲士人樂見太平樂聞道義有五喜謂喜見善人喜見好事喜見美物喜見嘉景喜見大禮有四幸謂幸長年爲壽域幸豐年爲樂國幸清閒爲福德幸安康爲福力有三惑謂年老不歇爲一惑安而不樂爲二惑閒而不清爲三惑

常省元題契

趙尚書其家與常省元之園相近趙百計謀之省元立契作詩於後曰乾坤到處是吾亭機械從來未必真覆雨翻雲成底事清風明月冷閒人蘭亭禊事今非昔桃洞神仙也笑秦園是主人人是客問君還有幾年身尚書慚歸其券

魏野詩呈王寇

宋王旦從東封回過陝魏野寄詩云聖朝宰相年年出君在中書十二秋西祀東封俱已了好來相伴赤松遊旦袖此詩求退寇準自永興被召野亦以詩送之云好去上天辭富貴却來平地作神仙準得詩不悅後二年貶雷州遂題前詩於廳朝夕吟哦

張公吃酒李公醉

鄂景初夜出爲醉人所誣官召景初詰其狀景初歎曰諺云張公吃酒李公醉官即命作賦景初云事有不可測人當防未然何張公之飲酒乃李公之醉焉清河丈人方肆盂盤之樂隴西公子俄遭酩酊之愆官笑而釋之

月夜招鄰僧閒話

捫蝨錄許義方妻劉氏端潔自許義方出經年始歸語妻曰獨處無聊亦與鄰里親戚姬家往還乎劉曰自君之出足未嘗履閾義方咨歎不已又問何以自娛答曰惟時作小詩以遣情耳義方欣然索詩稿觀之開卷第一題云月夜招鄰僧閒話

觳觳觳

華原令崔思海口吃與表弟杜延業遞相戲弄杜嘗語崔云弟能遣兄作雞鳴但有所問兄須即答旁人試之與杜私賭杜將穀一把以示崔問曰此是何物崔曰觳觳觳旁人大笑輸物與延業

酬嘲

堅瓠三集　卷二　十一

唐方不瘦而唇缺，好侮人。嘗與主簿李某同酌，李自有韻，作一令曰：措大吃酒點鹽，將軍喫酒點醬。只見門外著籬，未見眼中安障。李即答曰：措大吃酒點鹽，下人吃酒點鮓。只見手臂著襴，未見口唇開袴。又陳亞善滑稽，蔡君謨以其名戲之曰：陳亞有心絕是惡。陳即復曰：蔡襄無口便成衰。時人絕倒。侮人者定為人侮，可為輕躁之戒。○陳亞自為亞字謎曰：若教有口便啞，且要無心為惡。中間全沒肚腸，外面任生稜角。

使宅魚

錢武肅時，西湖漁者日納魚數觔，謂之使宅魚。有不及數者，必市以供，頗為民害。羅隱侍坐，壁間有蟠溪垂釣圖，武肅令隱咏之。隱應聲曰：呂望當年展廟謨，直須釣國更誰如。若教生在西湖上，也是須供使宅魚。武肅大笑，遂蠲其例。

金鯉賦詩

弘治中，衢州鄒德明月夜泊舟太湖椒山下，吟詩二絕云：一湖煙水綠如羅，蘋藻凉風起白波。何處扁舟歸去急，滿篷殘雨夕陽多。浦口風回拍浪沙，天涯行客正思家。歸舟疑是洪都晚，孤雁低飛帶落霞。俄聞溪上笑語聲，見一美女，德明趨岸揖而問之。女曰：妾生長於斯，今當良夕，偶爾游行。德明曰：舟中無客，肯過訪否？女即携手同行，對酌蓬窗下。女以浪花為題，請聯一律。德明曰：不欲天邊帶露栽，只憑風信幾番催。女曰：一枝纔見逶迤動，萬朵俄驚頃刻開。德明曰：岔浦秋容和雨亂，鏡湖春色逐人來。女曰：分明一幅西川錦，安得良工仔細裁。詩成，鼓掌大笑。已而就寢，比明，女忽披襟投水中，視之，一金鯉悠然而逝。

浪花詩

吝堅志：曹道冲售詩於京都，隨所命題即就。群不逞欲苦之，乃求浪花絕句，且以紅字為韻。曹謝不能，且語之曰：莆坡王輔道學士能之。群不逞曰：彼在館閣，吾儕小人豈容輒請。曹曰：試賚佳紙筆往拜而求之。於是相率修謁下拜，有請。王欣然捉筆書一絕云：一江秋水浸寒空，漁笛無端弄晚風。萬里波心誰折得，夕陽影裏碎殘紅。讀者歎服。

詩僧噩夢堂

陸儼山詩話：國初越中詩人劉孟熙、唐處敬輩，一日見舟游集曹娥祠，餘姚詩僧噩夢堂附舟他往，敝衣坐船尾，眾不識。夢堂以其貌寢易之，已而分韻賦詩，殊不之顧。夢堂不覺技癢，乃請曰：諸公間有落韻，毋吝見施。客曰：若亦能詩乎？以蕉字與之。俄頃詩成，夢堂以浙音誦之曰：平明飲罷促高標，一作揖 撐出五雲門外橋。離越王城一百里，到曹娥渡十分潮。白飄一作細 晴雪楊花落，一作花舞一作浪 綠弄晚風蒲葉搖。西北陰沉天欲雨，卧聽蓬上學芭蕉。此體宜浙音，且戲之。客詢之，知為夢堂，眾皆愧謝。

悼陸全卿詩

吳人悼冢宰陸全卿完，坐宸濠黨，詩曰：子規聲裏夕陽低，何事先生懶見幾。雲夢竟成韓信縛，鱸魚空待季鷹歸。功名到此分成敗，史筆憑誰定是非。寂寂朱門春去也，楊花燕子任爭飛。或謂唐伯虎作。又傳全卿受賄，復宸濠護衛。濠敗，吳人口號曰：五錢九分六錢輕，陸全卿做到天官弗肯行。受子宸濠三千兩，合家老少上京城。

婦散重婚

吳士姜子奇娶婦三載，值淮張據吳，明兵臨城下，子奇挾妻出避，愴惶間因失其妻，為領官兵攜歸京邸。子奇流落四方者數年，行乞至京，有高門一婦人見之而泣，貽酒饌米囊，急使之去。子奇不敢仰視，翌日復乞於此，婦呼與語，又為主女所見，白母令人追之。檢其囊中，有金釵一隻、書一封，因告其夫，啟視之，則律詩一首云：夫留吳越妾江東，三載恩情一旦空。葵藿有心終向日，楊花無力暫隨風。雨行珠淚孤燈下，千里家一作江山一夢中。每恨妾身罹此難，相逢愧把姓名通。一作音書寄子奇弟 官兵見詩憐之，即遣還，仍給錢米以資其歸。

闈節婦

輟耕錄：陳友諒部將鄧平章陷江西諸郡，豐城汪某以千金賂鄧之帥，兼求免剿戮。帥聞其妻闈氏色美，反籍其家，獨生闈及四歲嬰，將納之。婦曰：帥貴人也，妾事之無恨，但吾夫初喪，請持一月服，乃為帥婦。未晚，帥從之，移兵他郡，命二姬守之。越數日，闈紿二姬熟睡，乃先殺嬰，齧指血書壁曰：涇渭難分濁與清，此身不幸厄紅巾。孤兒豈忍從他姓，烈婦何曾嫁兩人。白刃自揮心似鐵，黃泉欲到骨如銀。荒村日落猿啼處，過客聞之亦慘神。書畢自刎。鄧聞之陳，陳罪帥而為闈立廟。

涼傘詩

蘇州一僧能詩，頗捷給，善謔。當塗遇太守失避，守命賦涼傘詩。僧賦云：眾骨攢來一柄收，黃羅銀頂覆諸侯。當時撐向馬前去，真個有天沒日頭。守聞之色愧。

堅瓠三集卷二終

堅瓠三集卷之三目錄

老蛇皮　猪嘴關
用琵琶語　售宅賦別
改題六如畫扇　東坡戲妹
題黃鶴樓　對語
祝詞　前輩風致
化鬚疏　鬚虱頌
恒言　拾遺品題
周秀才　茄字
七夕古今無假　挽陳文詩
詩有感發　狂客索酒
辭客賦詩　題漢高祖廟
窗糊張睢陽傳　摩爺夫人
題昭君圖　夫婦互羨

延和閣　豆腐
獨眼龍　白縣尹題壁
屈原曾子　顏子告狀
閔子騫辭費　鶴判
顧令却錢　戲吳主事
嫁女題石斗　唐祝藝緣
桃石相嘲　梅花下火文
十二辰詩　蔥湯麥飯
玉皇繡環　删大白詩字
詩社　剪刀詩
熨斗詩　釣鰲客
千字文題　拙字
題扇拒客　汪海雲
朱斗兒　硬如鐵
戴石屏　武廟章徐霖第
水利　險韻詩
沈宜謙　衣中生員
造樓觀塔燈　玉腕黑臂

堅瓠三集卷之三

清　長洲石農褚人穫學稼纂輯

老蛇皮

王介甫安石乃進賢饒氏之甥。銳志讀書。鄉黨以介甫膚理如蛇皮目之。曰。行貨亦欲求售耶。介甫尋舉進士。以詩寄之曰。世人莫笑老蛇皮。已化龍鱗衣錦歸。傳語進賢饒八舅。如今行貨正當時。

豬嘴關

元祐間王景亮與仕族無名子結為一社。紀事嘲謔士大夫。無問賢愚。一經品題即為不雅號。曰豬嘴關。呂惠卿察訪京東。氣質清瘦。語言之際。喜以雙手指畫。社人呼為說法猴猻。又湊為七字曰。說法猴猻為察訪。久不能對。一日邵箎因上殿氣泄出。知東平。邵高彝搆彝社人名為湊氣獅子。乃作對曰。湊氣獅子作知州。

用琵琶語

明華亭徐司空達齋陟。文貞公階弟也。初官都下。南歸。張江陵為文貞門生。與諸公具酒餞之。臨別而達齋醉甚。乃拊江陵背曰。去時還有張老來相送。來時不知張老死和存。江陵銜之。○顧小川為徐文貞婿。謁松守方某。適有客問此位坐何人。方云。當朝宰相為岳丈。○王元美為郎時。適有宴會。而嚴世蕃與焉。候久方至。衆問來何遲。世蕃云。偶患傷風耳。元美笑云。爹居相位。怎說出傷風。衆大笑。亦有為元美咋舌者。○金給諫士希本西域人。科中戲曰。賢哉回也。夫偶再娶。又相賀曰。這回好個風流婿。四事皆用琵琶記語調謔。一時機鋒。到口難禁。未免貽輕詆之譏。

售宅賦別

有人賣宅將行。賦詩志別云。只為育妖不濟身。故廬業已屬東鄰。可憐今夜猶為主。纔到明朝便作賓。燕雀有情還戀舊。犬貓隨我不知貧。慇懃囑付門前柳。他日經過陌路人。李戒庵云。不知何人所作。先君屢為兒輩誦之。將有警也。識以備遺。

改題六如畫扇

唐六如寅為一押客畫扇。作水墨桃杏二枝。欲作新詞題之。其人持去。為狂生書詩於上。六如見之。怒甚。取筆洗滌新墨。詩跡幾滅。計不能盡去。乃因字刪改。遂填補成長相思一調云。桃花紅。杏花紅。雨樣春光使不同。各自逞嬌容。倚東風。笑東風。綠葉青枝共一叢。靜嗳碧烟籠。六如甚加歎賞。

東坡戲妹

女史云。東坡有小妹善詞賦。敏慧多辯。其額廣而如凸。東坡嘗戲之曰。蓮步未離香閣下。梅粧先露畫屏前。妹即答云。欲叩齒才無覓處。忽聞毛裏有聲傳。以東坡多髯故也。雨山墨談所記相戲之語又皆不同。坡戲妹曰。腳跟未出香房內。額頭先到畫堂前。以其衡額也。妹答坡云。去年一點相思淚。今日方流到嘴邊。以坡長面也。又云。蘇小妹能詩。代婢作悲苦詩答秦少游。世傳蘇小妹為秦少游妻。戒庵漫筆云。考淮海集徐君主簿行狀云。徐君女三人。嘗歎曰。子當讀書。女必嫁士人。以文美妻余。如其志云。則少游之妻乃徐氏。非蘇小妹也。

題黃鶴樓

顧東橋璘撫楚。三司請遊黃鶴樓。先磨一石。飲後乞公留詩。東橋在輿中已得雲荒赤壁周瑜壘。江繞青山夏禹祠一聯。遂援筆書石上云。黃鶴仙人身姓誰。空傳崔顥舊題詩。雲荒赤壁周瑜壘。江繞青山夏禹祠。浮世古今空灑淚。高臺歌舞幾啣卮。天寒月白孤鴻遠。徙倚闌干送目遲。三司歎服。洗盞更酌。

對語

永樂中。夏忠靖公偕給事周大有。蘇松治水。一日同宿天寧寺。給事早如廁。行甚急。夏戲曰。披衣靸履而行。急事急事。周應聲曰。棄甲曳兵而走。嘗輸嘗輸。嘗見陳剛中集有二人土上坐。一月日邊明。楊東里集有人從門內閃。公向水邊泓。又聞有紅荷花白荷花何荷花香。黑甚子赤甚子甚甚子甜。五行金木水火土。四位公侯伯子男。一人愬於官云。小人告大人。官即令屬對。應曰。上士倍中士。奇巧皆此類。

祝詞

鶴林玉露。宋孝宗御宇。高宗在德壽。光宗在青宮。寧宗在平陽邸。四世本支之盛。亘古未有。楊誠齋時為宮僚。賀光宗誕辰詩云。祖堯父舜真千載。禹子湯孫更一家。識者服其精切。又云。天意分明昌火德。誕辰三世總丁年。蓋高宗生於丁亥。孝宗生於丁未。光宗生於丁卯。丁年。見李陵書。○三朝野史載。四月八日謝太后壽崇節。九日度宗乾會節。賈似道命司封郎中黃蛻作祝詞中云。聖母神子。萬壽無疆。亦萬壽無疆。昨日今朝。一佛出世。又一佛出世。

前輩風致

楊東里（士奇）爲相日，知陝司業（敬宗）自南京考滿來京，將至，先令其子迎於道，分贈黄封一壺，侑以詩云：「請詢陝司業，幾月出南都。河上交冰未，江南下雪無。道途多跋涉，塵土着髭鬚。下馬須煎滌，呼兒送一壺。」頷聯自有相臣體，而友誼之隆，尤藹然見於詞表。讀此可想見前輩之風致。

化鬚疏

沈石田有化鬚疏手卷，卷中所稱趙、姚、周三人，蓋當時與公相善友也，非託詞如子虛烏有之類。前有小引云：有趙鳴玉兒然無鬚，姚存道爲之告助於周宗道者，惟其于思之間，分取十鬣，補之不足，請沈君啓南作疏以勸之。疏曰：伏以天閹之有刺，地角之不毛，鬚鬍同音，今其可索；有無以義，古所相通。非妄意以干，乃因人而舉。康樂著捨施之迹，崔諶傳插種之方。惟小子十莖之敢分，豈先生一毛之不拔。推有餘以補也，宗道廣及物之仁；乞諸鄰而與之，存道有成人之美。使離離緣坡而飭，我當稽顙擊地以拜君。對鏡生歡，頓覺風標之異；臨河照影，便看相貌之全。未容輕拂於染羹，豈敢易撚於覓句。感矣荷矣，珍之重之，謹疏。

鬚蝨頌

王介甫、王禹玉（珪）同侍朝，見蝨自介甫襦領直緣其鬚，上顧之而笑，介甫不自知也。朝退，介甫問上笑之故，禹玉指以告。介甫命從者去之。禹玉曰：「未可輕去，願頌一言。」介甫曰：「何如？」禹玉曰：「屢遊相鬚，曾經御覽。未可殺也，或曰放焉。」衆大笑。

恒言

張磊塘善清言。一日赴徐文貞公席，食鯧魚、蝗魚，庖人誤不寘醋。張云：「倉皇失措。」文貞腰捫一蝨，以齒斃之，血濺齒上。張云：「大率類此。」文貞亦解頤。清客以齒斃蝨有聲，妓哂之。頃，妓亦得蝨，以添香置爐中而爆，客顧曰：「熟了。」妓曰：「愈於生吃。」

拾遺品題

唐拾遺魏光乘性詼諧，好品題朝士。兵部尚書姚元之長大行急，目爲趕（一作趁）蛇鸛；黄門侍郎盧懷慎好視地，目爲覷鼠貓兒；殿中監姜皎肥而黑，目爲飽椹母豬；紫微舍人倪若水黑而無鬚髯，目爲醉部落精；舍人齊處沖好眇目視，目爲暗燭底覓蝨老嫗；舍人呂延嗣長大少髮，目爲日本國使人；目舍人鄭勉爲醉高麗；目拾遺蔡孚爲小州醫博士詐諳藥性；殿中御史某短而醜，目爲煙熏地朮；目御史張孝嵩爲小村方相；舍人楊伯（一作仲）嗣躁率，目爲熱熬上猢猻；目補闕袁輝爲黄門下彈琴博士；目員外郎魏恬爲祈雨婆羅門；目李全交爲品官給使；目黄門侍郎李廣爲飽水蝦蟆。餘不能盡述。由此貶新州新興縣尉。（婁師德長大而黑，一足蹇，張元一目爲失轍方相；天官侍郎吉頊長大，好昂頭行，視高望遠，元一目爲望柳駱駝；元一亦腹粗腳短，項縮眼跌，吉頊目爲逆流蝦蟆。）

周秀才

文酒清話：東都周默未嘗作東。一日請客，忽風雨交作。宋溫戲曰：「驕陽爲戾已成災，賴有開筵周秀才。莫道上天無感應，故教風雨一齊來。」

茄字

世人誕罔，自詡博洽，談事則議論蠭起，或揭其謬，展轉其説以文之，與諺謂之「假在行」。朱復釋云：一蒙師在館中，偶與客小飲，食茄子。其徒忽問曰：「茄字如何寫？」師愕然未語。一客曰：「草字頭着加字。」師認爲家字，毅然曰：「要曉得茄字原出在易經，非我求童蒙（茄下同），童蒙求我。」客曰：「非此家字。」師復認爲佳字，恍然曰：「是已。春秋不云乎：鄭國多盜，取人于萑（茄）苻之澤。」客曰：「亦非也，草頭下一勾一撇着口字。」師將指畫作勹口字，喟然曰：「忘之矣。禮記開卷即云：臨財毋苟（同茄下）得，臨難毋苟免。」客曰：「草頭下一勾

一撇，不是這箇字。」師又凝思，復認爲刀口字，因厲聲曰：「汝讀詩經，如何不曉得詩經上有茗（茄）之華乎？」客曰：「又誤矣，只是草頭下一箇力字，一箇口字耳。」師猛然想作立字，揉眥瞪目，顧其徒而言曰：「可見凡人不特五經當熟，即二典亦須博通。我每每持誦金剛經，見有這箇茄字，所云須菩（同茄下）提，於意云何？佛告須菩提。至梁皇懺則云：南無諸（如）菩薩摩訶薩。」相與鬨堂大笑。曾見龍泓館載：尚書趙從善之子希蒼，宰崐山日，庖人請判食單，欲食燒茄，問吏茄字，吏曰：「草頭下着加字。」即援筆書蒙（家）字，時人笑曰：「燒蒙。」則知以蒙作茄，亦不始此西席也。〇又硯田詩笑蒙師夏月偶思食茄，因吟云：「此時新茄子滿園間，不與先生當一餐。」其徒歸述於母，遂朝夕以茄爲供，先生又苦之，續云：「誰料一茄茄到底，呼茄容易遣茄難。」此句俗諺用之恰當，是皆可助尊俎間掀髯捧腹也。

七夕古今無假

宋時行都節序皆有休假，惟七夕百司皆入局，不准假。時相古村問堂吏云：「七夕不作假，有何典故？」吏云：「七夕古今無假。」查柳宗元七夕二郎神詞云：「須知此景，古今無價也。」時相唯唯。

挽陳文詩

羅一峰倫以疏論李文達奪情，謫市舶。未踰年，文達死，而當時為文達畫策者學士陳文也。文死，山陰薛御史綱挽之曰：學士先生早蓋棺，薤歌聲裏路人歡。填門客散名猶在，負郭田多死亦安。盟井已非今日利，冰山不似舊時寒。九原若見南陽李，為道羅倫已復官。

詩有感發

昨非庵日纂有聞氏詩云：忽聞貧者乞聲哀，風雨更深去復來。多少豪家方夜飲，貪歡未許暫停杯。嗚呼，富人一盞足供貧人數日糧者有矣，一宴足供窮人幾歲食者有矣。念及此，何忍浪費。又寇萊公好歌，以綾帛賞歌者。侍兒倩桃為詩呈公曰：一曲聲歌一束綾，美人猶自意嫌輕。不知織女機窗下，幾度拋梭織得成。又：風動衣單手屢呵，幽窗軋軋度寒梭。臘天日短不盈尺，何似妖姬一曲歌。字字愷切，引而伸之，不特惜物，兼可約己施貧矣。

一狂客索酒

玄亭閑話：狂客過豪家索酒，適見有饋魚蟹者未出。客曰：孟嘗門下，焉得無魚；吏部盤中，定須有蟹。一女奴遂出，將母命答曰：主人不殺，已付校人畜去。上客先期，都為學士嘗空。

醉客賦詩

康熙中，德興張德彖，字德章，省場失利，就太學補試。與二友夜詣市訪卜，因入肆沽酒，對月清飲。俄有客落拓，造前曰：能與一杯否？張見其已醉，取杯滿斟置几上，戲之曰：觀吾丈姿貌不凡，能賦一詩，然後盡此乎。客諾之，且請韻。張欲困以險韻，笑曰：只用吞字。客即高吟一絕云：行盡蓬萊弱水源，今朝思渴過崑崙。興來莫問酒中聖，且把金盃和月吞。舉杯一吸而盡。衆方驚歎，迹之已無見矣。

題漢高祖廟

張文定安道未第時，題漢高祖廟歌風臺二絕句云：縱酒疏狂不治生，中陽有土不歸耕。偶因世亂成功業，更向翁前與仲爭。又：落魄劉郎作帝歸，樽前感慨大風詩。淮陰反接英彭族，更欲多求猛士為。甚有意思。

臚糊張睢陽傳

有以張睢陽傳糊牕者，一士見之，題一絕云：坐守睢陽當豹關，江淮賴此得全安。至今青史雖零落，猶障窗風一面寒。

摩爺夫人

夷堅志：王仲言有女，為父母所憐愛，而所以惱其父者非一，人目為摩爺夫人。淳熙中，仲言為滁州來安令。一少年悖慢其兄，兄毆之至傷，訴于縣。仲言詰其故，忽拊案大笑，吏卒皆莫能測。至久乃云：三十年尋一對，今日始得之。呼兄前語之曰：汝可謂豈弟君子，可與摩爺夫人作對。兄打弟，於法收罪亦輕，自今不得復爾。即遣出。豈音愷，北俗稱毆打為愷，故云。

題昭君圖

唐王獻題昭君圖云：莫怨宮人畫醜身，莫嫌明主遣和親。當時若不嫁胡虜，祇是宮中一舞人。明江陰一士子亦題其圖云：驪山舉火因褒姒，蜀道蒙塵為太真。能使明妃嫁胡虜，畫工應是漢忠臣。二詩俱有意致。戒庵漫筆云：士子名時，成化時人，忘其姓。

夫妻互羨

宋曹侍郎詠妻厲碩人，始嫁曹秀才，與夫離異，乃更適詠。詠以秦檜姻黨，驟擢顯官。元夕張燈，曹秀才攜母來觀，見厲服用精麗，供侍尊嚴，歎謂其母曰：渠合在此中居享，吾家豈能留。後檜殂，詠貶新州而亡。厲同二子歸葬，二子不肖，蕩產至不能給朝晡。僦居親舊，適故夫曹秀才家，門庭整潔，顧老婢曰：我當時能安此，豈有今日。因泣數行下。二十年間，夫妻更相悔羨若此。方詠盛時，戚屬承附，獨碩人之兄厲德斯不然。詠百端脅治，德斯卒不屈。及檜殂，遣价致詩於詠，啟封乃樹倒猢猻散賦一篇。洎詠貶新州，又以詩贈行云：斷尾雄雞不畏犧，憑依擬禍復何疑。八千里路新州瘴，歸骨中原有幾時。莫謂風塵中無賤識也。

延和閣

高駢起延和閣於大廳之西，凡七間，高八丈，皆飾以珠玉，綺窗繡戶，殆非人工。每旦焚香，杳列異寶，以祈王母之降。及畢師鐸亂，人有登之者，於藻井垂蓮之上，見二十八字云：延和高閣上干雲，小語猶傳太乙聞。燒盡降真無一事，開門迎得畢將軍。人以為詩讖。

豆腐

豆腐起於漢淮南王劉安。朱文公詩曰：種豆豆苗稀，力竭心已苦。早知淮南術，安坐獲泉布。元江陰孫司業大雅嫌豆腐之名不雅，改名菽乳，賦詩云：淮南信佳士，思仙築高臺入老變童顏鴻寶枕中開異方營齋舉味數度見琦瑰作莫傳世人令我憶蓬萊茹葷厭葱韭此物乃呈才戎菽來南山清漪浣浮埃轉身一旋磨流膏入盆罍大釜氣浮浮小眼湯洄洄頃待晴浪翻坐見雪華皚青鹽化液滷絳蠟窜煙煤霍霍磨昆吾白玉大片裁烹煎適吾口不畏老齒摧蒸豚亦何爲人乳聖所哀鮮錢同一飽斯言匪俳詼蘇雪溪詩曰傳得淮南術最佳皮膚褪盡見精華一輪磨上流瓊液百沸湯中滾雪花瓦缶浸來蟾有影金刀剖破玉無瑕箇中滋味誰知得多在僧家與道家

獨眼龍

吳中小集有使宜行事之令較拳高下最後者爲老儒使之行酒有行酒者方病目一睛紅赤衆以紅字爲韻賦詩惟劉元聲最勝詩云贏得人稱獨眼龍怪來青白總非同憐他滿座能行酒也算當場一點紅

白縣尹題壁

元嘉興白縣尹某得代過姚莊訪僧勝福州閒遊市井間見婦人女子皆濃粧艷飾因問從行者答云風俗使然少艾者僧之寵下此則皆道人所有白遂戲題一絕于壁云紅紅白白好花枝盡被山僧折取歸祇有野薇顏色淺也來勾惹道人衣勝見亟求去之然已盛傳矣

屈原曾子

鴻書有士人以非辜至訟庭守不直之士人憤恚大聲稱屈守怒曰若爲士乃敢爾爲我屬對不能且得罪因曰投水屈原真是屈士人應聲曰殺人曾子又何曾守曰吾句有二屈字而汝句尾乃曾字汝之不學明矣何所逃罪耶士人笑曰此乃使君不學爾按屈姓俗皆呼如字而屈到屈原皆九勿切音橘使君嘗研究否守慙而釋之

○姓譜及字彙屈並音橘

顏子告狀

明正德辛未禮闈校士以德行顏淵一節爲題試錄刊破云以聖門之四科而係以聖門之十哲下第之士於是指瑕尋隙爭相排訕忽一日通政受狀發行應府過一紙閱錄大笑其詞曰告狀人顏淵年三十二歲係春秋時魯國人父顏路師仲尼地位越一間僅名亞聖吾道見卓爾限於如愚六籍有徵千載無易後世廟廷之議深係名教之倫一代頒行盟定山河之帶礪諸子侍坐分齊冠履之森嚴從遊固有七

十三千位號則分四配十哲四配列顏曾而下四子十哲居由賜以後十人配以紹聖而名哲乃儕賢而著廟議所在優劣自明豈期聖代求賢禮闈試士初場取義題命四科開榜程文破列十哲如淵儕陋褻並曾思柴今主司降同求我昔不損於孔席何得罪於明儒一時遇難亦相從四配除名真難忍伏乞轉行儀部洗我文羞配哲不訛綱常是賴有此具告通政即封禮部堂司傳來見之且笑且怒無可誰何一時傳播都下譁然

閔子騫辯冤

王季重思任謔庵文飯有閔子騫辯冤啟云寵命驚臨感心感切但大夫圖治必當擇人在下士陳力方可就列冤爲何地莽伏公山宰屬何官責深民社而損素不讀書愚更子羔之上樂從風浴狂尤曾點之前既之求才又非由果若使操刀必割定當鳴鼓而攻況損自幼衣寒肯謝溫飽之福平生食舊肯蹔改作之煩願共顏貧常往來於陋巷時調冉疾待診視於孔門獲遂其私不知所報倘蒙嚴譴亦必奔逃或且恕及巢由則亦何難唐狄敢附恕恕之使以抒委曲之忱固使一言方將百拜

鶴判

文飯姻友陳仲公患朱魚數頭皆瓊丹乙肽之片堅喬木清漪谷與唼喋快甚我亦魚也偶爾黑甜長頸生突至啖盡日斜鶴影憾之公將如棠不見朱儀之熠艷王立於沼偶鶩菁行之縱橫急詰園丁方知野鶴此一鶴者人謂敗羣自標獨立包藏有禍何稱清迥明心對客無能傳說甕甕不舞五畝之宅只供蛤螺鰍鱔之餐八口之家難繼稻粱蔬果之賦久當削跡疾以焦山祗爲尋簾還其曉月豈其長恃弗悛學閑有加闌入清流托狂懇於沐浴衝穿華藻害錦尾於臨官口甚蘇張攫金印如取寄喙同勾踐吞文種以無餘恨切仇池痛深丙穴情當即行烹淪罪且不止樊籠但念向未帶牌孤山失尋棹之教今謀援繳椎風無遺箭之寬爲我拔一毛且寓摩頂之創以杖叩其脛勿嬰斷脰之悲咕咕畢思翅翅暫去還顧出身毋貽隱剝

顧令卻錢

吾郡顧灝居臨頓里素性介潔不苟取予宰山東淄川入覲父老爲率邑民出數十緡以獻顧賦詩卻之云笑舒雙手去朝天禁辱升沉聽自然珍重淄人莫相贈近來劉寵不收錢

戲吳主事

弘治中刑部主事德清吳從岷江差還復命鴻臚寺官語之曰正選通政聲音要洪大起身不要背下至選日吳果努力高聲又橫走下御街孝廟為之解頤楊郎中茂仁作一對謔之云高叫數聲驚動兩班文武橫行幾步笑回萬乘君王

嫁女題石牛

正德中江西士夫郭恭有女善詩詞一日嫁女過湖阻風於安仁鋪時都憲王守仁亦阻風於此閒中以石牛為題作一絕云安仁鋪內倚闌干遥望孤牛俯在山下句投求終不快意問其處有丈人才子能續者賞之郭女聞之即續云任是牧童鞭不起田園荒盡至今閒時宸濠肆虐百姓逃亡田園多至荒蕪者故詩及之守仁見詩大喜仍命作石牛律詩云怪石崔嵬號石牛江邊獨立幾千秋風吹遍體無毛動雨洗渾身有汗流嫩草平拋難下嘴長鞭仍打不回頭至今鼻上無繩束天地為欄夜不收守仁稱賞命備綵幣送過湖完親○挑燈集異亦載石牛山詩云一拳怪石老山巔頭角崢嶸幾百年毛長紫苔因夜雨身藏青草夕陽天通宵望月何時喘鎮日看雲自在眠惱殺牧童鞭不起數聲長笛思淒然

唐祝募緣

唐子畏祝希哲浪遊維揚極聲妓之樂資用乏絕兩公戲謂鹽使者課稅甚饒乃偽作玄妙觀募緣道士詣臺造請鹽使者大怒叱之兩公對曰明公將以貧道為游食與貧道所與交皆天下賢豪長者即如吾吳唐伯虎祝枝山文衡山輩咸折節為友明公不耐禿奏薦拔惟公所命御史霽威隨命賦牛眠石詩兩公立就一律云嵯峨怪石倚雲間唐拋擲于今定幾年祝苔蘚作毛因雨長唐藤蘿穿鼻任風牽祝從來不食溪邊草唐自古難耕隴上田祝怪殺牧童鞭不起唐笛聲斜倚夕陽烟祝御史得詩笑曰詩則佳矣意欲何為兩公曰明公輕財好施天下莫不聞今蘇州玄妙觀圮甚明公倘能捐俸葺之名且不朽御史即檄長吳二邑資金五百為葺觀費兩公得檄遂歸投檄二邑更修刺往謁二尹詐為道士關說得金二尹如其數付之乃悉召諸妓女及所與遊者暢飲月餘而金悉盡異日鹽使者蒞吳肅儀謁觀見廟貌傾圮如故責住持住持茫然無對召長吳二令責之令答曰奉明公檄適唐解元伯虎祝京兆希哲云自維揚來極道明公為此勝舉職即與金如數久矣鹽使者悵然心知兩公惜其才名不問也

桃石相嘲

石敢當仰視桃符而詈曰汝何等草芥輒居我上桃符俯而應曰汝已半截入土猶爭高下乎石敢當怒往復紛然不已門神解之曰吾輩一樣方傍人門戶何暇爭閑氣耶雖戲言可發深省

梅花下火文

輟耕錄周申父之翰寒夜擁爐爇火見瓶內所插折枝梅花冰凍而枯因取投火中戲作下火文云寒勒銅瓶凍未開南枝春斷不歸來這回不入梨雲夢却抱芳心作死灰恭惟地爐中處士梅公之靈生自羅浮派分庾嶺形若槁木棱棱山澤之臞膚如凝脂凜凜雪霜之操春魁占百花頭上歲寒居三友圖中玉堂茅舍總無心金鼎商羹期結果不料道人見挽便離有色之根夫何冰氏相凌遽返華胥之國玉骨擁爐烘不醒冰魂剪紙卻難招紙帳夜長猶作尋香之夢筠窗月淡尚疑弄影之時雖宋廣平鐵石心腸忘情未得使華光老丹青手段摸索難真却愁零落一枝春好與茶毗三昧火惜花君子還道這一點香魂今在何處咦烟然不逐東風散只在孤山水月中

十二辰詩

倪維綬館羣談採餘宋黃山谷有二十八宿支千詩朱文公乃云讀十二辰詩卷掇

其餘作此聊奉一笑曰夜聞空簞嚙饑鼠曉駕羸牛耕廢圃時方虎圈聽豪夸舊業兔園嗟莽鹵君看蟄龍卧三冬頭角不與蛇爭雄毀車殺馬罷馳逐烹羊酤酒聊從容手種猴桃垂架綠養得鷄鵝鳴喔喔客來犬吠催煮茶不用東家買豬肉

葱湯麥飯

朱晦菴訪婿蔡沈不遇其女出葱湯麥飯留之意謂簡褻不安晦菴題詩曰葱湯麥飯兩相宜葱補丹田麥療飢莫謂此中滋味薄前村還有未炊時

玉皇絛環

金陵瑣事守備太監劉琅貪婪異常造玉皇閣延方士煉丹一方士有瘦銀法琅有玉絛環價值百鎰誑言丹成以謝玉皇遂以法取去時作詩嘲之云堆金積玉已如山又向仙門學鍊丹巧裏得來空裏去玉皇原不繫絛環

刪太白詩字

一富翁慕好客之名而不甚設酒食一日諸詞人雜坐久之惟具水浸糯兩盆而已諸人舉手而盡一客因誦客到但知留一醉盤中惟有水晶鹽之句云太白此詩若刪去四字便合今日雅會矣一客問宜去何四字答云客到但知留盤中惟有水衆

皆大笑。

詩社

有一人目不識丁，好邀人結詩社，具飲食甚菲，而又從期。人作詩嘲之，有紐穿腸肚詩難就，叫破喉嚨酒不來之句，道其實也。然詩社不猶愈于鬬鷄呼盧之場乎？似未可過誚也。

剪刀詩

升庵詩話補遺云：李古廉時勉詠剪刀詩：吳綾剪處魚吞浪，蜀錦裁時燕掠霞。深院響餘一作春晝靜，小樓工罷夕陽斜。古廉之直節清聲，而詩嫵媚如此。

熨斗詩

駢鸞錄：鈷鉧，火斗也，俗名熨斗。明瞿宗吉有詩云：有柄何曾把酒漿，遍時用舍屬閨房。斡旋天上陽和氣，平帖人間錦繡香。翠袖捲紗移玉釧，金篝分火近牙牀。衣成還寄征夫去，印顯何時肘後黃。

釣鰲客

唐張祜謁李紳，自謂釣鰲客。李怒曰：既解釣鰲，以何為竿？曰：以虹為竿。以何為鉤？曰：以日月為鉤。以何為餌？曰：以短李相為餌。紳默然，厚贈之。宋王嚴光有才不遇，亦號釣鰲客，巡遊都邑，求麻鐵之資，以造釣具。有不應者，輒錄姓名，置篋中，曰：下釣時取此等懜漢為餌。

千字文題

明韓襄毅雍巡撫江西，下車觀風，繩檢頗嚴。吉水諸生相與誚曰：撫軍不過千字文秀才，安得名邦觀海耶？韓聞之，即以千字文出題，策題閏餘成歲，論題律呂調陽。其宿學僅得完篇，初學及膚淺錯誤者，送學道嚴責。自此諸生悉遵約束。○南陽李文達公賢先任浙中學使，微行至餘姚，有兩生對奕，因曰：宗師至，尚奕乎？兩生曰：我何書不讀，豈憚試？宗師能作百人名題目試我乎？及試，餘姚論題曰用兵最精，策題曰孔門七十二賢，賢賢何德？雲臺二十八將，將將何功？諸生茫然，齊起跪問。李曰：千字文且不能記，百人名亦不省，何謂讀書？知汝輩今科無一舉人在內。餘姚科舉極多，是科果無一人得雋者。

拙字

李郁一作都為荆南從事，有親識自京寄書，字體殊惡。李戲答以詩曰：華緘千里寄荆門，章草縱橫任意論。應笑鍾張虛用力，却教羲獻枉勞魂。惟堪愛惜為珍寶，不敢留傳誤子孫。深荷故人相愛處，天行時氣許教吞。言其字堪作符籙也。聞之者無不絕倒。

題扇拒客

金陵林奴兒，號秋香，成化年間妓，風流姿色冠於一時。秉善丹青，筆法清潤。從良後，有舊知欲求一見，因畫柳枝於扇，題詩云：昔日章臺舞細腰，任君攀折嫩枝條。從今寫入丹青裏，不許東風再動搖。

汪海雲

休寧汪肇，號海雲，善畫山水人物，出入於戴文進、吳小仙。嘗至南京，誤附賊舟。值祭江神，約夜間刦一太守舟，欲汪備數。汪不逆其意，自陳善畫，開箱取扇，以示無物，人各畫一扇贈之。及飲酒，用鼻吸飲，又為戲事以娛勸之，賊首不覺沉醉，遂誤其事。次日因捨舟從陸。常自負作畫不用朽，飲酒不用口云。

朱斗兒

金陵妓朱斗兒，號素娥，與陳大聲南沂聯詩，有芙蓉明玉沼，楊柳暗銀堤之句，人多稱之。送所歡於江干，題絕句云：楊子江頭送玉郎，離思牽挽柳絲長。柳絲挽得吾郎住，再向江頭種幾行。又托所歡買束腰，其人以書問尺寸。斗兒答之云：既許紅綾束，何須問短長。纖腰君抱過，寸尺自思量。風陽劉望岑嘗訪斗兒，斗兒不出，劉投一絕云：曾是瓊樓第一仙，舊陪鸞駕禮諸天。碧雲縹緲罡風惡，吹落紅塵四十年。斗兒欣然見之。

硬如鐵

佛印建方丈成，乞東坡額。東坡未暇。佛印自題曰：參禪謁東坡，一日見之，戲續云：硬如鐵。佛印接云：誰得知？東坡笑云：徒弟說着。直在坐絕倒。

戴石屏

元戴石屏復古未遇時，流寓江右。武寧有富家翁愛其才，以女妻之。居二三年，忽欲作歸計。妻問其故，告以曾娶妻。白之父，父怒。妻宛曲解釋，盡以奩具贈夫，仍餞以詞云：惜多才，憐薄命，無計可留汝。揉碎花箋，忍寫斷腸句。道傍楊柳依依，千絲萬縷，抵不住一分愁緒。捉月盟言，不是夢中語。後回君若重來，不相忘處，把杯酒澆奴墳土。石屏既別，妻遂赴水死。

武廟幸徐霖第

金陵徐子仁霖，詩才築陣，丹青樂府，獨擅一時。好遊狹斜，娼家皆崇奉之。文衡山贈之詩，有樂府新傳桃葉渡，綵毫遍寫薛濤箋之句。武廟南巡，以布衣召對，三幸其第。曾釣魚於快園池中，失足落水，御衣盡濕，易衣復釣，得一金魚，宦官高價爭買之。園有宸幸堂、浴龍池，紀其實也。乃命召禁直，霖作詩紀之云：久嗣幽風學老農，聖恩忽漫起疎慵。身離陵海三千里，目覩天門十二重。封禪無詩何獻納，清平有調盡遭逢。臨流久洗巢由耳，也許來聽長樂鐘。除夕應制百韻，文成，在帝左右，從容顧問，游從竟日夕，可謂不世之奇遇。辭官不拜，拂衣遂初，冥鴻高騫，弋人徒慕。又歷二十餘年，竟以隱終。

水利

吳為澤國，湖蕩水濱，編竹設簖，可專魚蟹菱芡之利，惟有勢力者可得之。西湖亦然，近見杭人謡曰：十里湖光十里笆，編笆都是富豪家，待他十載功名盡，只見湖光不見笆。

險韻詩

劉玉僑（珹）在南京讀書時，携酒邀沈惟中（重異）、戚仲交（時泰）同遊清涼寺。上環翠閣，覩壁間諸詩，玉僑因以佯狂張藏廷為韻，苦仲交。仲交走筆書壁上曰：三人閣下共倘佯，此日風流壓楚狂。讀書不數鄭監稅，任俠那誇許少張。風生虎向谷旁吼，霧盡豹豈田中藏。從來陸雲最文弱，休笑形貌多羸廷。詩成，二人吐舌相視。押韻雖妥，但未拈耳。

沈宜謙

吾郡沈碩，字宜謙，號龍江，流寓南京，學畫三年不下樓，工於臨摹。一女嫁楊伯海，亦善寫生，工折枝花。黃姬水題其杏花云：燕飛修閣簾櫳靜，紈扇新題春思長。妙繪一經仙媛手，海棠生艷復生香。伯海嘗誦枯木一聯云：有枝撑曉月，無葉響秋風。句頗清致，惜不載為誰作。

衣巾生員

金陵楊秀才敉，字惟五，博學能詩。上元尹以苦役役其父兄，敉往訴之，尹以衣巾生員為題，令其作詩，蓋輕之也。敉援筆成詩，尹見其草中射虎心空在，天上屠龍事已非之句，遂免其役。

造樓觀塔燈

徐子仁快園落成，錦衣黃美之携酒飲于園中。一友人曰：此園正與長干浮圖相對，惜為城隔，若起一樓對之，夜觀塔燈，最是佳境。美之曰：是不難。詰旦送銀二百兩與子仁造樓。美之乃太監黃錦之姪，錦保養孝宗，最有功，及登極，賜賚甚厚，世所傳陳琳粧盒記，乃其事也。

玉腕黑臂

天中記：宋時有夫婦相和諧，夫自外歸，見婦吹火，乃贈詩曰：吹火朱唇斂（一作動），添柴（一作投）玉腕斜，回（一作逢）看烟裏面，却似霧中花。隣婦見之，候夫歸告之曰：鄰人夫婦甚多情，適夫見婦吹火，作詩詠之，君豈不能學也。夫曰：彼詩道何語？妻乃詠之。夫曰：卿試吹火，亦當製之。妻乃效吹火，夫為詩曰：吹火青唇動，投柴黑臂斜，回看烟裏面，恰似鳩盤荼。隣人聞之大笑。（前詩見唐人萬首絕句中。）

堅瓠三集卷三終

堅瓠三集卷之四目錄

茶瓶湯候　戲嘲茶馬
飛吟亭詩　牛詩
美人指甲　紫姑咏手
蘇繡鞋　老態詩
衡山圖記　惠利夫人
東坡巾　集唐嘲續娶
天竺觀音　左國璣
虞伯生詞　妓出家
詞刺伯顔　咏瞽者
帥才相量　詩疑吕仙
淨浴詞　弔伯顔詩
王昭儀　徐君寶妻
尼覺清詩　胡御史張少傅
褚衾　食葷
鄭氏詩　玄兔
海外全書　弔四狀元詩
胡王咏女史　史公謹
品梅　佛龕弊紙詩
儲靜夫對　朝雲
題卧雪圖　張仙
題墓嚴臺　弔唐荆川
神仙粥　霍洞
和尚對　張三影
吳伯通　馬湘蘭
蜜翁翁　老儒被辱
孫鳳洲詩　打夾帳
楊清劉滴　乩咏鷺鷥
卲金堂四箴　胡滮庵
尹蓬頭　蝦叻詩
河滿子　龜鱉
匍匐圖

堅瓠三集卷之四

清　長洲石農褚人穫學稼纂輯

茶瓶湯候

鶴林玉露載李南金煮茶詩云砌蟲唧唧萬蟬催忽有千車捆載來聽得松風并澗水急呼縹色綠瓷杯其論固已精矣然瀹茶之法湯欲嫩而不欲老蓋湯嫩則茶味甘老則過苦矣若聲如松風澗水而遽瀹之豈不過於老而苦哉惟移瓶去火少待其沸止而瀹之然後湯適中而茶味甘此南金之所未講者也因補以詩云松風檜雨到來初急引銅瓶離竹爐待得聲聞俱寂後一甌春雪勝醍醐○煎茶初滾曰蟹眼漸大曰魚眼故俗以未滾者為盲湯

戲嘲茶馬

龍圖劉燁嘗與劉筠聚會飲茗問左右湯滾未皆言已滾筠曰僉曰鯀哉書語燁曰吾與點也論語一日連騎趨朝筠馬病足行遲燁問馬何遲筠曰只為五更三燁曰何不七上八言馬蹄即玷謔落步行

飛吟亭詩

世傳呂洞賓唐進士也詣京師應舉遇鍾離翁於岳陽授以仙訣遂不復至京師今岳陽飛吟亭是其處也後有人題詩於亭上云覓官千里赴神京鍾老相傳蓋便傾未必無心唐事業金丹一粒誤先生盧景綸酷愛其旨趣蓋夫子告沮溺之意也

牛詩

李家明滑稽善諷從後主登臺望牛山見牛臥樹陰下後主曰牛苦熱矣家明上絕句云曾遭甯戚鞭敲角又被田單火燎身閑背斜陽嚼枯草向來問喘更無人

詠美人指甲

宋劉改之造詞贈遠賦沁園春以詠美人指甲與足曰銷薄春冰碾輕寒玉漸長漸彎見鳳鞋泥汙偎人強剔龍涎香斷撥火輕翻學撫瑤琴時時欲剪更掬水魚鱗波底寒纖柔處試摘花香滿鏤棗成斑時將粉淚偷彈記綰玉曾教柳傅看算恩情相著搔便玉體歸期暗數畫遍闌干每到相思沉吟靜處斜倚朱脣皓齒間風流甚把仙郎暗掐莫放春閒　洛浦凌波為誰微步輕塵暗生記踏花芳徑亂紅不損步苔幽砌嫩綠無痕襯玉羅慳銷金樣窄載不起盈盈一段春嬉遊倦笑教人款撚微褪些根有時自度歌聲悄不覺微尖點拍頻憶金蓮移換文鴛得侶繡茵催衮舞鳳輕

分懊恨深遮牽情半露出沒風前煙縷裙知何似似一鉤新月淺碧籠雲　邵清溪亨貞嗣其體調以詠眉目曰巧鬪鶯環纖凝燕嫵媚明妝未收似江亭曉玩遙山掃翠宮簾暮捲新月橫鉤掃黛嫌濃塗鉛訝淺能畫張郎不自由傷春倦為微多無力翻做嬌羞　填來不滿橫秋料看得人間多少愁記魚箋緘啟背人偷斂雁鈿膠併運指輕揉有喜先占長顰難效柳葉輕黃金在否便夫鎖試臨鸞一展依舊風流　漆點填眶鳳梢侵鬢天然俊生記隔花瞥見疎星炯炯倚闌凝注止水盈盈端正窺簾夢騰並枕睥睨檀郎長是青端相久待嫣然一笑密意將成　困酣曾被鶯驚強臨鏡援抄猶未醒憶帳中親見似嫌羅密尊前相顧翻怕燈明醉後看承歌闌鬪弄幾度孜孜頻送情難忘處是鮫綃揾透別淚雙零

紫姑詠手

夸堅志吉州一士邀紫姑神作詩適妾某女在側因請詠手即書曰笑折櫻桃力不禁時攀楊柳弄春陰管絃曲裏傳聲慢星月樓前斂拜深繡幕偷回雙舞袖綠窗閒整小眉心秋來幾度桃花褥一作羅襪為憶相思放卻針信筆而成頗有雅致

蘇繡鞋

蘇平字秉衡號雪溪道人浙之海昌人景泰天順中以詩文遊江湖詠繡鞋詩得名人目為蘇繡鞋詩云幾日深閨繡得成看來便卻可人情半彎羅襪凌波小兩瓣金蓮落地輕南陌踏青春有跡西廂立月夜無聲擡花偶濕蒼苔露晒向窗前趁晚晴　蘇正字秉楨號雲蜜其同胞昆仲也懸罰瑣採石郡御史亮作三琴詩謂蘇平湯允績劉溥

老態詩

蕭山魏文靖驥正統初為司訓雖然若不勝衣一日席間袁柳莊相之曰公異日必至極品衆皆掩口自亦以衰為誚已復以教導有功陞少卿至吏部尚書性好吟詠不以工拙為計有老態詩漸覺年來老病磨兩肩酸痛脊梁駝耳聾眼暗牙根蛀腿軟腰疼鼻涕多臟毒頭風時又舉痔瘡疝氣不能和更兼酒積微微發三歲孩童長若何詩雖俚鄙曲盡老態至九十有八而卒後見雜錄載趙松雪老態一詩甚佳老態年來日日添黑花飛眼雪生髯扶衰每藉過眉杖食肉先尋剔齒籤右臂拘攣巾不裹中腸慘戚淚常淹移牀獨坐南窗下畏冷思親愛日簷

衡山圖記

文衡山生年與屈均同因取唯庚寅吾以降句為圖書有一守自北方來聞知衡山

甚畫因問人曰文先生前更有甚畫過之者乎或以唐伯虎對又問伯虎何名曰唐寅守即躍起曰文先生係已尊人如此人間何故曰吾見文先生圖書曰唯唐寅吾以降聞者噴飯

忠利夫人

八閩志辛七娘五代人從夫征討夫沒于明溪鄉七娘即居明溪死後合葬于驛左一夕客假館驛中夜聞吟詩甚悲達旦客語隣并書其詞壁間鄉人搆室塑前祀之禱祀響應寇至鄉人懇禱即殄渠魁端平間調寨兵戍建康告行時聞廟中鉦鼓喧騰追兵迴言是日與敵會戰有神兵陰助克之於是上聞賜廟額顯應封惠利夫人文文山題詩曰百萬貔貅掃犬羊家山萬里受封疆男兒若不平强寇死媿明溪聖七娘

東坡巾

明蘇郡守胡可泉纘宗興客登虎邱見戴角巾者三人往來自如可泉召而問之荅曰生員以巽冠命題各試一破皆塞責應命因問其所冠者何冠荅曰東坡巾可泉曰若等既知為東坡巾然東坡何為用此巾三人相顧無以對客從旁解釋遣之客亦不解請其故可泉曰昔東坡被論坐囹圄中所戴首服則常服不可也公服不可也乃製此巾以自別後人遂名曰東坡巾是乃東坡之囚巾耳今但慕其名而不究其義適為可笑

集唐嘲續娶

有老夫娶少婦非年而殞管子寧先生照集句嘲之一朶梨花壓海棠有時顛倒着衣裳風塵荏苒音書絕天上人間兩渺茫　一朶梨花壓海棠羅衾且着繡鴛鴦人生富貴須回首魏國山河半夕陽　纖纖初月上鴉黃一朶梨花壓海棠鴛枕未容春夢斷為郎憔悴却羞郎　潘安惆悵滿頭霜一朶梨花壓海棠去日漸多來日少離人到此倍堪傷　似說春風夢一場江流曲似九迴腸却將此日思前日一朶梨花壓海棠　鴛轉千迴嬾下牀丁丁漏永夜何長驚回一枕遊仙夢一朶梨花壓海棠　余亦效顰戲代少婦追思云一朶梨花壓海棠白頭翁入少年場主人非病常高臥醉倒簷前白玉牀　一朶梨花壓海棠芸窗思貼弱肌香誰知白髮龍鍾者雲雨巫山枉斷腸　數年塵面再新妝一朶梨花壓海棠半夜燈前思舊事滿簾明月滿簾霜　此日思君恨更長空餘涕淚兩三行夜深忽夢少年事一朶梨花壓海棠

天竺觀音

宋孝宗時大旱有詔迎天竺觀音就明慶寺請禱或作詩云走殺東頭供奉班傳宣聖旨到人間太平宰相堂中坐天竺觀音却下山趙温叔俯由是免相

左國璣

開封舉人左國璣李空同之舅左有一妹嫁某某不憐其妹取妓以充後房一日妓逃左作詩嘲之云桃葉歌殘事可傷家池莫養野鴛鴦閉門運目春容減仍對無鹽老孟光

虞伯生詞

元柯敬仲九思際遇文宗起家為奎章閣鑒書博士以避言路居吳下虞邵庵集賦風入松長短句寄之云畫堂紅袖倚清酣華髮不勝簪幾回晚直金鑾殿東風軟花裏停驂書詔許傳宮燭香羅初剪一作試朝衫御溝冰判水挼藍飛燕又呢喃重重簾幙寒猶在憑誰寄錦字泥緘報道先生歸也杏花春雨江南詞翰兼美膾炙一時

妓出家

能改齋漫錄唐陽郇伯作妓人出家詩曰盡出花鈿與四鄰雲鬟剪落向殘春暫驚鳳燭難留世便是池蓮不染身貝葉欲翻迷錦字梵聲初落誤梁塵從今豔色歸空後湘浦應無解佩人湘山野錄作陳彭年詩誤又輟耕錄李當當元教坊名妓姿藝超出流輩忽翻然有悟遂著道士服段吉甫天祐贈之以詩曰歌舞到今第一流洗妝拭面一作今日別青樓便隨南岳夫人去不為蘇州刺史留璚館月明簫鳳下綺窗雲散鏡鸞收却嫌痴絕潯陽婦嫁得商人已白頭

詞刺伯顏

太師伯顏擅權戕殺士類山東憲史曹明善時在都下作岷江綠二曲以風之大書揭於午門之上伯顏怒令左右暗察得實肖形捕之明善出避吳中僧舍居數年伯顏敗方入京其曲曰長門柳絲千萬縷總是傷心處行人折柔條燕子啣芳絮都不由鳳城春做主又長門柳絲千萬結風起花如雪離別重離別攀折復攀折苦無多舊時枝葉又名清江引

咏瞽者

草木子元啞御史春日與瞽者並馬出遊晉陽因贈以詩云就鞍和袖綰絲韁也逐王孫出晉陽人笑但聞誇景物風來應解識笙簧馬蹄響處無芳草鶯舌調時有綠

楊休道不知春色好東風桃李一般香

帥才相量

元伯顏丞相與張九元帥席上各作喜春來詞伯顏云金魚玉帶羅襴扣皂蓋朱幡列五侯山河判斷在俺筆尖頭得意秋分破帝王憂張九云金裝寶劍藏龍口玉帶紅絨挂虎頭綠楊影裏驟驊騮得志秋名滿鳳凰樓帥才相量各言其志

詩疑呂仙

虞伯生集幼年過燕門酒樓題詩于壁書連十八書其詩曰耳目聰明一丈夫飛行八極隘寰區劍吹白雪妖邪滅袖拂春風枯槁蘇氣集酒酣便國士情如花擁萬天姝如今一去無消息只有中天月影孤時疑為呂洞賓所作爭傳誦之又元白雲平章求仙于燕京西山頂一日偶出騰玉霄訪之不值因題詩於壁曰西風短褐吹黃埃何不從我遊蓬萊振衣長嘯下山去後夜月明騎鶴來竟不留名白雲見之疑呂仙所題朝野輻輳寵賚山積後知玉霄所題白雲厚賂之戒以勿洩

淨浴詞

蘇東坡有淨浴如夢令詞云水垢何曾相受細看兩俱無有寄語揩背人盡日勞君揮肘輕手輕手居士本來無垢又云自淨方能洗彼我自汗流呀氣寄語澡浴人且共肉身遊戲但洗但洗本為人間一切

弔伯顏詩

輟耕錄後至元間太師秦王伯顏專權蠹政貪惡無比貶嶺南道江西至隆興卒（一作萬福寺）寄棺驛舍有人題于壁曰百千萬定猶嫌少堆積金銀北斗邊可惜太師無運智不將些子到黃泉又草木子亦載弔伯顏一詩云人臣位極更封王欲逞聰明亂舊章一死有誰為孝子九泉無面見先皇輔秦應已如商鞅辭漢終難及子房虎視南人同草芥天教遺臭在南荒蓋嘗出令北人毆打南人不許還報

王昭儀

宋宮人王昭儀名惠清字冲華丙子北行題滿江紅詞于驛云太液芙蓉渾不似舊時顏色曾記春風雨露玉樓（一作階）金闕名播椒蘭（一作蘭簪）妃后裏歡承笑語（一作暈潮蓮臉）君王側忽一朝（一作一聲）鼙鼓揭天來繁華歇龍虎散風雲滅千古恨憑誰說（一作何堪說）對河山百二淚沾襟血驛館夜驚塵土夢宮車曉碾關山月願嫦娥相顧肯從容隨圓缺中原士人多誦之昭儀後為女道士

徐君寶妻

岳州徐君寶妻某氏被擄至杭主者數欲犯之終以巧計脫蓋某有令姿主者不欲遽逼之也一旦得間焚香再拜題滿庭芳詞一闋于壁投池中以死詞曰漢上繁華江南人物尚遺宣政風流綠窗朱戶十里爛銀鉤一旦刀兵齊舉旌旗擁百萬貔貅長驅入歌樓舞榭風捲落花愁清平三百載典章文物掃地俱休幸此身未北猶客南州破鑑徐郎何在空惆悵相見無由從今後斷魂千里夜夜岳陽樓

尼覺清詩

湛甘泉與霍渭厓拆毀庵觀淫祠豹韜衛營中一庵亦在毀中有尼覺清題詩於壁云慌忙收拾舊袈裟檢點行囊沒一些袖拂白雲歸洞口肩挑明月繞天涯可憐松頂新巢鶴却負籬邊舊種花分付犬貓隨我去休教流落俗人家堯山堂作方獻夫賜告里居規僧房以益宅僧作是詩

胡御史張少傅

嘉靖壬辰北直學院胡明善待士慘刻庠序甚怨以私取房山所窠石為碑事發擬侵盜園林樹木以石窠近皇陵故也是年七月間彗星見東井自辛卯至是已三見有旨令大臣自陳張少傅（孚敬）遂致仕或為句以紀其事云石取西山胡明善殃從地起星行東井張孚敬禍自天來又曰彗字掃除無駐足石碑壓倒不翻身

楮衾

江西徐大山尹處州龍泉縣有一僧獻一楮衾并上以詩曰寒泉瀉出剡溪藤白勝秋霜冷若冰願比一廉清似水梅花紙帳伴孤燈大山見之甚喜因與之宴令一婢隔壁而歌僧聞其曲韻悠揚因窺之乃一老婢天黥滿面醜不可狀因復作一詩云隔壁時聞一曲歌渾疑七寶帳中花瞥然一見翻成恨元出盧仝處士家

食葷

松陽詩人程渠南滑稽士也與僧覺隱（草木子作信道元）同齋食葷覺隱請渠南賦葷詩應聲作一絕句云頭子光光脚似丁秖宜豆腐與菠薐釋迦見了呵呵笑煮殺許多行脚僧覺隱聞之亦噴飯

鄧氏詩

明宜山鄧氏能詩嫁同邑吳某以罪被逮赴省鄧寄以衣而侑以一絕云欲寄寒衣上帝都連宵裁剪眼模糊可憐寬窄無人試淚逐東風灑去途又題畫蘭云良工妙

手佳安排筆底移來紙上栽葉綠花黃長自媚等閒不許蝶蜂來

玄兎

治世正音載曾子棨棨應制玄兎詩云月華星彩毓珍奇雨度西來貢玉池八竅盡含蒼露濕一身渾是黑雲垂吐生定是從玄圃渴飲多應向墨池頓首天墀欣快覩宛同神禹賜圭時後見渠暁集玄兎詩云傳聞三穴久儲精日吸玄霜異質成八竅總含蒼露濕一身斜彈黑雲輕行來青瑣應難見立向瑤階却盡驚自是太平多瑞物願隨毛穎咏干城前詩蓋應制之時倉卒而賦集中所載不惟點竄數句而原韻亦更前人云詩不厭改有是夫

海外全書

秦始皇二十八年東行郡縣命方士徐福入海求仙福將童男女各三千人盡移寶玩書冊至海島止王不歸始皇三十二年始下焚書之令則徐福所攜之書皆未焚以前之全冊也五經應是孔子手定之書史記應有子長未見之事得覩此等全冊則漢儒諸家之爭音魏諸人之譌可以証之漢成帝隋煬帝唐太宗明高皇等重賞購書何不搜求其地乎海島亦是人間非如天上難至嘉靖間有人建言宜乘琉球日本封王之便從東南諸外國求徐福所攜書其言不行乃古今一大缺陷事也

弔四狀元詩

輟耕錄載平江驛有弔四狀元詩曰四榜狀元逢此日他年公論定難逃空令太守提三尺不見元戎用六韜元舉何如兼善死公平爭似子威高世間多少偷生者黃甲由來出俊髦元舉王宗哲字至正戊子科三元時為湖廣憲僉兼善泰不花字時為台州路達魯花赤公平李齊字時為高郵府知府子威李黼字時為江州路總管此四公者或大虧臣節或盡忠王事或遇難而亡故云若論其優劣則江州第一台州次之高郵又次之憲僉不足道也

胡王詠女史

明初海寧胡虛白奎號斗南能詩七修類稿載其題楊妃教鸚鵡念心經云春寒卯酒睡初醒笑倚東窗白玉屏早悟眼前空是色不教鸚鵡念心經題綠珠墜樓云花飛金谷彩雲空玉笛吹殘步障風枉費明珠三百斛荊釵那及嫁梁鴻後正統間錢塘王鬬野致道亦以詩鳴於時嘗題楊妃云禁苑養驕兒兒驕母命危覆斜山路險不似在宮時題綠珠云主難因妾起妾心安肯違身為金谷土魂作彩雲飛沖雅規

刺皆得風人餘意○虛白有雙孔笛詩云混沌難分濁與清鑿開空翠太分明有聲本自無聲出二氣還從一氣生碧海夜寒龍並語瑤臺月白鳳諧鳴依稀黃鶴樓中聽吹落梅花雪滿城詠萍云重重疊疊砌魚鱗根蔕渾無半寸深偏為太陽遮水面不容明月印波心千層浪打依然聚幾度風吹不肯沉多少錦鱗藏葉底教人無計下鈎尋格律雖卑亦親切有蘊

史公謹

太倉史公謹謹能詩工繪事贈吳羽士有松下剪雲縫鶴氅花間滴露寫鵝經之句金陵瑣事載其詩甚多弱冠從軍滇陽洪武末有薦其才授應天府推官未幾左遷湘陰縣丞遂流寓金陵自號吳門野樵長於寒林雪景自題其畫曰雨餘山色翠如苔樹杪寒烟濕未開童子無端掃紅葉隔林知有故人來

品梅

楊用修王元美品題梅花詩皆取杜少陵幸不折來傷歲暮若為看去亂鄉愁李義山玉鱗寂寂飛斜月素手停停待夕陽此論一出却令淡烟疎影之句頓爾減價金陵黃吏部首卿甲有句云野客佩寒星欲墮佳人叙暖日初融焦弱侯竑有句云花開暮雪人歸後香滿寒庭月上時一似義山一似少陵

佛龕弊紙詩

金陵盛仲交時泰游祈澤寺從佛龕中得弊紙上書一律云研池滿座落花香墨透纖毫染漢章靜卧衲衣雲似水高懸紙帳月如霜杯浮野渡魚龍遠錫振空山虎豹藏幸對爐烟坐終日煮茶清話得徜徉後書友人褚偵呈雪庭法師座前清覽洪武辛亥暮春書於清隱小軒金陵瑣事云偵字本中惜不知何許人

儲靜夫對

儲靜夫瓘弱冠游庠不循矩度學官示以句曰賭錢喫酒養婆娘三者備矣儲應聲曰齊家治國平天下一以貫之學官謝之成化癸卯舉解元甲辰會試亦第一

朝雲

東坡侍妾朝雲嘗令就秦少游乞詞少游贈云霧霭迷春態英英媚曉光不應容易下巫陽祇恐翰林前世是襄王暫為清歌駐還因暮雨忙瞥然歸去斷人腸空使蘭臺公子賦高唐東坡見而賞之

題卧雪圖

金陵金元善〔塤〕號松居，精于醫，旁及繪事。曾寫袁安卧雪圖，兄元玉〔球〕題云：一片堅貞天地知，甘貧豈但雪中飢。平生恥作干人態，縱使晴天也不宜。元玉亦善畫梅，有逃禪老人筆意。其煮茶詩有細浪捲風生蟹眼，怒濤翻月起龍腥之句。

張仙

世所傳張仙像，乃蜀王孟昶挾彈圖也。昶美丰姿，喜獵，善彈。乾德三年蜀亡，花蘂夫人隨輦入宋，後心嘗憶昶，因自畫昶像以祀。藝祖見而問之，答曰：此我蜀中張仙神也。〔賢奕作灌口二郎神〕祀之令人有子。歷言其成仙後之神異，故宮中多奉以求子，傳於民間。郎仁寶云：張仙名遠霄，五代時遊青城山得道者。蘇老泉曾夢之，挾二彈以為誕子之兆，老泉奉之，果得軾轍。有贊見集中。人但知花蘂假托，不知真有張仙也。

趙墓嚴臺

宋趙清獻公墓在衢州城東，有題詩于地之驛曰：千夫荷擔出山阿，膏血如何有許多。不若扁舟徑歸去，休從清獻墓前過。嚴子陵釣臺在富陽江之涯，有過臺而咏者曰：君為利名隱，我為利名來。羞見先生面，黃昏過釣臺。乘扁舟而過清獻之墓，知為利名而夜過釣臺，二人尚德之心深矣。

弔唐荊川

唐荊川〔順之〕罷官後，家居著書，頗自特立。因趙甬江〔文華〕以逢合嚴介溪，遂得復職，陞淮揚巡撫，殊失初心。鄉人以詩弔之曰：海門潮湧清淮水，燕塞雲埋白羽旄。子美文章空寄世，孔明事業等輕毛。避人焚草寧辭謗，策馬先師不憚勞。莫訝今朝歸未得，出山何似在山高。又越中王龍溪送行詩云：與君廿載卧雲林，忽報徵書思不禁。登閣固知非昔日，出山終是負初心。青春照眼行應好，黃鳥求朋意獨深。默默囊琴且歸去，古來流水幾知音。

神仙粥

神仙粥，專治感冒風寒暑濕，頭痛骨疼，并四時疫氣流行等症。初得病兩三日，服此即解。用糯米半合，生薑五大片，河水二碗，於沙鍋內煮一二滚，次入帶鬚大葱白五七個，煮至米熟，再加米醋小半盞，入內和勻，乘熱吃粥，或只吃粥湯，即於無風處睡，以出汗為度。此以糯米補養為君，薑葱發散為臣，一補一散，而又以酸醋斂之，甚有妙理。屢用屢驗，非尋常發表之劑可比也。

霍洞

昨非庵日纂：霍洞嘗宿田舍，見吏催科，詩云：北風吹晴屋滿霜，翁兒赤體悲無裳。閨中幼婦飢欲泣，忍飢取麻燈下緝。一身匆暇私自憐，鳴機軋軋明窗前。織成五丈如霜布，翁作襉裙兒作袴。明朝官吏催租急，依然赤體當風立。又值歲飢，洞見太守騎從出遊，作詩云：朝來五馬去尋春，誰信家家甑有塵。枕席道旁宜細問，恐非芳草醉眠人。守聞其詩，為之罷遊。

和尚對

永樂時尚書某題詩于寺，一僧和之。後尚書至寺詰究，曰：我不即加汝罪，但出一對，能對恕之。云：和尚和尚書詩，因詩言寺。僧不能對，候解縉入朝求救。縉曰：候我回朝代對。云：上將上將軍位，以位立人。和尚回對，尚書已知其必解學士句也。

張三影

吳興張先，字子野，天聖八年進士。善詩詞，人謂之張三中，蓋能道心中事、眼中景、意中人也。子野謂人曰：我張三影也。詩有浮萍斷處見山影，詞有簾幙捲花影，墮絮輕無影。后山詩話載其事。高齋詩話以子野詩句有三影者最佳，改後二影為雲破月來花弄影，隔牆送過鞦韆影，人目之為張三影。〇又石林詩話云：子野能文章樂府，年八十五，猶蓄聲妓。東坡作詩曰：錦里先生自笑狂，莫欺九十鬢眉蒼。詩人老去鶯鶯在，公子歸來燕燕忙。柱下相君猶有齒，江南刺史已無腸。平生謬作安昌客，略遣彭宣到後堂。七修云：全篇俱用張姓故事。詩人謂張君瑞與崔鶯鶯。漢成帝嘗微行過陽阿主作樂，見趙飛燕而悅之。先是童謠曰：燕燕尾涎涎，張公子時相見。蓋帝微行，嘗與張放俱，而稱富平侯家，故曰張公子。又曰燕燕，張祐妾。兗山堂云：詩人謂張籍，公子謂張祐，柱下謂張蒼，安昌謂張禹，但江南刺史註係劉禹錫，然全篇皆用張姓事，不應此句獨用劉事，或坡公用隱僻事，未之詳考耳。〇同時又有張子野，亦名先，博州人，天聖三年進士，歐陽文忠公誌其墓。

吳伯通

明西蜀吳伯通〔琮〕為浙省學道，取士專有工夫。時初學作文多不根，取者甚少，乃群往御史臺求試。御史復發吳，吳出題「龜鼉蛟龍魚鼈生焉」論題，乃一滚出來文，難措辭，而論又性理。終場者少，大為吳所辱。嘲之者曰：三年王制選英才，督學無名告柏臺。誰知又落吳公網，魚鼈龜鼉滚出來。

馬湘蘭

金陵名妓馬守真字湘蘭以豪俠得名能詩有酒是消愁物能消幾個時之句有坐監舉人諸見推之後中甲榜授留都禮部主事適有訟湘蘭者主事命拘之衆為居間不聽既來見怒曰人言馬湘蘭徒虛名耳湘蘭應曰惟其有昔日之虛名所以有今日之實禍主事笑而釋之吳中王百穀稱登生日湘蘭造吳携觴詩酒唱和窮仙水之勝而返湘蘭死後哀挽成帙百穀有詩十二首走金陵奠之或謂張賓王楊曰聞君作湘蘭祭文甚佳張曰我乃仿赤壁賦作者其人使誦之張但舉一語云此固一世之雌也而今安在哉聞者絕倒

蜜翁翁

西堂記聞云昨夜陰山賊吼風帳中驚起黑鬍翁平明不待全師出連把金鞭打鐵驄此詩頗為邊人傳誦有張師雄者居洛中好以甘言媚人洛人呼為蜜翁翁會官塞上一夕傳敵犯邊師雄倉惶震恐衣皮裘兩重伏土窟中秦人呼土窟為土空有人改前詩以嘲之曰昨夜陰山賊吼風帳中驚起蜜翁翁平明不待全師出連着皮裘入土空

老儒被辱

戒庵漫筆東橋徐氏世敦禮讓後裔衰薄有老儒邵夢巖熊者亦被其陵窘邑人作詩言之曰漁梁溪上水東之魯道於今一變齊押闔場中多智伯陽春調裏少鍾期捐堦不是徐行日仇餉渾非巫拜時八十年來函丈老月明無可一枝棲

孫鳳洲詩

長沙有朝士茶選鄉意氣盈滿賓至則鼓吹喧闐有執友書孫鳳洲贈歐陽圭齋詩於扇以餽之詩云圭齋還是舊圭齋不帶些兒官樣回若使他人居（一作登）二品門前簫鼓鬧如雷朝士見詩大慚即輟鼓吹

打夾帳

凡交易事居間者索私贈謂之後手又名打夾帳馬仲良之駿嘗游墅關出羨餘市田以贍學宮其價稍厚又捐俸葺靈岩山採石一時居間者皆乘之要利或作語嘲之曰子路與申棖同坐子路撫棖曰棖也慾焉得剛棖遂曰由也不得其死然子路大怒愬之夫子夫子曰罪在棖用牌書打申棖字送子夏道子夏畏明認字不真驚曰誰人打甲帳

楊清劉濁

成化中汝寧楊太守甚清附郭汝陽劉知縣甚貪太守夜半微行至一草舍有老嫗夜績呼其女曰寒甚命取瓶中酒酒將盡女曰此一杯是楊太守也復斟一杯曰此是劉太爺蓋酒初傾則清者在前後則濁矣聞者賦詩曰憑誰寄語臨民者莫作人間第二杯○談苑云有人問崇德縣民長官清否答曰漿水色言不清不濁也

乩咏蠶繭

郡有邀紫姑神者一士請咏蠶繭乩即書云一窩春意自溫純巧奪天工物象靈抽吐絲綸三萬丈纏綿家國十千齡始終有跡機雲錦瑞緒無窮補袞針保障繭絲君自識天花亂墜陋迴文

郤金堂四箴

張侗初爾云吾家郤金堂舊有四箴先太史本其意而潤飾之箴曰士大夫當為子孫造福不當為子孫求福謹家規崇儉朴訓耕讀積陰功此造福也廣田宅結姻援爭什一鶩功名此求福也造福者澹而長求福者濃而短士大夫當為此生惜名不當為此生市名敦詩書尚氣節慎取與謹威儀此惜名也競標榜邀津要騖矯激習模稜此市名也惜名者靜而休市名者躁而拙士大夫當為一身用財不當為一家傷財濟宗黨廣束修救飢荒助義舉此用財也靡宮苑教歌舞奢讌會聚寶玩此傷財也用財者損而盈傷財者滿而訕士大夫當為天下養身不當為天下惜身省嗜慾減思慮戒忿怒節飲食此養身也規利害避勞怨營窟宅守妻子此惜身也養身者嗇而大惜身者狹而細

胡澹庵

宋胡澹庵銓貶海外十年北歸日飲于湘潭胡氏園喜侍姬黎倩題詩一絕贈之云君恩許歸此一醉傍有梨頰生微渦乃知情慾移人賢者不免厥後朱文公見之題絕句以自警云十年浮海一身輕歸對梨渦（一作黎渦）却有情世上無如人慾險幾人到此誤平生

尹蓬頭

尹蓬頭名從龍華州人實有宋理宗時度牒弘正間至金陵成國朱公供養之甚虔能出陽神分身數處赴齋朱公問尹曰我欲一見洞賓呂祖可乎尹曰可公于朔日出水西門外劉公廟拈香當約洞賓來一會及拈香歸寂無所見乃責尹以誑謊尹曰公曾見路上一道人醉枕酒瓶而睡者乎公曰有之尹曰道人枕瓶兩口相對分

明呂字也。公自不悟，那敢說謊。後遣人四路覓之，皆云纔去未遠耳。一貴人閨女弱病，形容俱變，名醫莫効，母愈憐愛之，邀尹視之，曰有癆蟲，尚可醫。貴人請用何藥，曰藥力不能治，只消與我同宿一夜便好也。貴人大怒不許。後見女殊無生理，母又涕泣言之，貴人許可。尹令紙糊一室，不得留錢大一孔，設一桶，不用帳，令女去其袒衣，用手摩足心，極熱如火，抵女陰戶，東西兩睡，謂女云，喉中有蟲出，可急叫我。女不能合眼，而尹鼻息如雷。天將明，女報蟲從口中飛出，尹起四顧，見之不見，曰從何處鑽去，定要害一人也。蓋乳母不放心，因開一孔窺之，癆蟲已入其腹矣。父母視之，女顏色已變，尹笑而去。後數月，女方擇壻，而乳母已死矣。又一經紀家娶婦，後尹偶至，見婦急走上前抱咬其頸，方咬兩口，被舅姑隔開。尹且歎息曰，可恨只咬斷兩股，尚有一股未斷，奈何。皆不解為何說。後夫婦反目，遂自縊，三股繩僅有一股未斷，遂死。方服其先見。云府廠見尹仙跡太露，恐惑亂人心，押使歸華州，監押軍人云，每押發皆有常例，安家。今你料無銀錢，妻子何以過活。尹曰，汝家所需不過柴米，有何難辦乎。與你兩符，一貼灶上，一貼米桶，用時自足也。後果然。及華州歸，要用柴米俱不能得矣。遂頭任華州鐵鶴觀中，騎鐵鶴飛昇。

蝦助詩

蝦助海錯也，一名水母，即海䖳，其形一片如輪菌，無目，凡行蝦必附之，故云蝦助。元薩天錫作詩云，層浪濡沫緩蝦行，水母含秋孕地靈，海氣凍成紅玉脆，天風寒結紫雲腥，霞衣褪色脂流滑，瓊縷烹香酒力醒，疑是楚江萍實老，誤隨潮汐落滄溟。

河滿子

宋盛度以久任泣于上前，遂參知政事。王博文傚度泣，亦自龍圖學士為樞密副。蕭定基為殿中侍御，亦泣上前，士人匿名以河滿子嘲之。一日奏事，上曰，閣外有河滿子。定基曰，知之。時有語曰，殿院一聲河滿子，龍圖雙目淚君前，聞者笑之。

黿鱉

高文虎作西河放生池記，有鳥獸魚鱉咸若，本夏書，誤引為商，太學諸生為謔詞，而其誤。陳瞻行草制，以舜卜禹用昆命元龜字，倪侍郎駁之，陳疏辯古今命相多用此語，陳遂擢臺端，倪罷去。時嘲云，舍人舊錯商周鱉，御史新爭舜禹龜，時傳以為笑。

匍匐圖

福州陳烈勤道古禮，蔡君謨居喪莆田，烈往弔之，將至境，語門人曰，詩云，凡民有喪，匍匐救之，今將與二三子行此禮。於是烏巾襴幞，偕二十諸生望門以手据地膝行，號慟而入。婦人望之皆走，君謨匿笑受弔。李泰伯覩，畫匍匐圖，至今相傳玩。

堅瓠三集卷四終

堅瓠四集序

稼軒褚先生以堅瓠名其書且不敢自比於莊叟五石之瓠以示其無用然人徒知有用之爲用而不知無用之爲用極之而大易所謂潛龍勿用道家所謂外其身而身存皆由此推焉耳先生負偶才歷落不偶無志用世遂覃思撰述而於有明一代纂輯特備至　昭代六十餘年耳目所及尤不遺餘力焉大旨主於維風教示勸懲博物洽聞闡幽探賾下逮閭巷歌謠閨閤懷思之細無不取之秘笈先後問世其所錄初集即以余燈謎詩列之卷首方自慚雕蟲小技有乖大雅後相晤吳門傾蓋定交隨出全集屬序予以碌碌未遑郵命今春復相遇於武林把臂談心者累日因即草數言以應嗟乎天下之無用孰有過於余者乎少年浮沈宦海垂老無成比來有志名山之業而卮言靡當徒爲覆瓿之藉是所謂檠

堅瓠四集卷之一目錄

心相　宅相
風水　白黑苴
托故移屍　改戒石銘
吳氏女　紅友
吃語詩　四喜添字
野叟獻詩　賈廷按懲惡
李西涯失朝　進藥
樂山淨瓶　詩呈冢宰
賣癡呆　打得好
錢婆留　黃花女兒
美人八詠　秋日宮詞
春情詞　殿帥救火
張小舍　曾純甫詞
驪山碑字　滕屠鄭酤
皛毳飯　太冬烘
徐文貞諭僕　華容令
嘲肥妓　金佛還寺
詩丐　樓米
神對　老妓題詩
劍池石扉　鬼詩
乩仙題詞　墜馬傷足
妻妾爭寵　抱琴訪友
古琴化女　東坡詞
紐扣詩　題路程圖
丐面掌痕　承發房詩
償金獲報　貍嚙雞
和盜詩　避客酬縑

水燈　揚州
劉長生石像　三黜說
蔡箏娘　長孫歐陽桐嘲
紅線　徐雪翻

堅瓠四集卷之一

清　長洲石農褚人穫學稼纂輯

心相

灼艾集吳處厚論心相有三十六善，與㨨蝨新語所載互有不同，攝其異者附見於下。焚香讀書一也，有剛有柔二也，慕善近君子三也，安分知命（有美食分人）四也，不近小人五也，委曲行陰德方便事六也，能治家七也，不厭人乞貸八也，能改過（利人克己）九也，不逐惡貪殺十也，聞事不驚張十一也，與人期不失信十二也，不改行易操十三也，夜臥不便睡着也（十四）馬上去不回頭也（十五）十四也，無作好作惡十五也，無不鼓亂人憎惡十六也，不譁閭閻事（不文過飾非）十七也，作事周匝十八也，不忘人恩十九也，有大量二十也，揚善掩惡（不毀善害惡）二十一也，急難中濟人寬慰人二十二也，不助強欺弱二十三也，不忘故舊二十四也，為事與衆用之二十五也，知人詐譎含容之（不多言妄語）二十六也，得人物每事慚愧二十七也，語有序二十八也，當人語次不先起二十九也，善言善事三十也，不嫌惡衣食三十一也，不面訐人（方圓隨時）三十二也，省約惜福（行善不倦）三十三也，知人飢渴勞苦三十四也，不念舊惡三十五也，常思退步結果（竭力救難）三十六也。全者福祿令終，不全禍福半之。故相形不如相心，求人相不如自相。

宅相

戒庵漫筆：空青先生風水論云：陽宅有三十六祥。居家尚理義一也，子孫耕讀二也，儉勤三也，無峻宇雕墻四也，六婆不入門五也，無俊僕六也，每聞紡織聲七也，能睦鄰族八也，早完官稅九也，庭除灑掃十也，門外多士君子十一也，閨門嚴肅十二也，尊師重賢十三也，宴客有節無長夜之飲十四也，不延妓女至家十五也，不敢暴殄天物十六也，居喪循禮十七也，交易分明十八也，女人不登山入廟十九也，祭祀必恭必敬二十也，幼者舉動必稟命於家長二十一也，故舊窮親在座二十二也，閒人謙婉二十三也，家僮無鮮衣惡習二十四也，不喜爭訟二十五也，不信禱賽二十六也，不聽婦人言二十七也，寢興以時二十八也，不聞嘻笑駡詈二十九也，婚娶不慕勢利三十也，田宅不求方圓三十一也，主人有先幾遠慮三十二也，務養元氣三十三也，座右多格言莊語三十四也，能忍三十五也，常畏清議畏法度畏陰隲三十六也。三十六祥全者，鬼神福之，子孫保之。不則下手速修，所謂移門換向、趨吉避凶之真訣也。

風水

宋倪思父云住場好不如肚腸好墳地好不如心地好又宋壺山謙父贈地理師云世人盡知穴在山豈知穴在方寸間好山好水世不欠苟非其人尋不見我見富貴人家墳往往葬時本貧賤迨其富貴力可求人事極時天理變前輩口占云你也看我也看自有天然地一段重重包裹在中間不須錢買無人見錢水部仁夫詩云尋山本不爲親謀大半多因富貴求肯信人間好風水山頭不在在心頭

白黑荳

性理古人澄治思慮於坐處置兩器每起一善念則投白荳一粒於器中每起一惡念則投黑荳一粒於器中初時黑荳多白荳少後白荳多黑荳少後來遂不復有黑荳最後雖白荳亦無之矣

托故移寓

太倉陸文量容少美丰儀天順中應試金陵館人有女善吹簫夜奔公寢文量紿以疾與期後夜女退文量作詩云風清月白夜窗虛有女來窺笑讀書欲把琴心通一語十年前已薄相如遲明托故遷去是秋領鄉薦

改戒石銘

韻語陽秋宋太宗書戒石銘示守令後貪酷如故有輕薄子附益之曰爾俸爾祿難厭難足民膏民脂轉吃轉肥下民易虐纔提便著上天難欺且待臨時

吳氏女

宋湖州吳氏女美慧能詩坐姦繫獄時王龜齡爲守命以冬末雪消春日且至爲題作長相思令女援筆立就曰烟霏霏雪霏霏雪向梅花枝上堆春從何處回醉眼開睡眼開疏影橫斜安在哉從教塞管催龜齡賞嘆而釋之

紅友

寉林玉露常州宜興縣黃土村東坡南遷北歸與單秀才閒步至其地地主攜酒來餉曰此紅友也坡曰人知有紅友而不知有黃封可謂快活余嘗因是言而推之金貂紫綬誠不如黃帽青蓑朱轂繡鞍誠不如芒鞋藤杖醇醪豢牛誠不如白酒黃雞玉戶金鋪誠不如松窗竹屋無他其天者全也

吃語詩

文海披沙東坡有吃語詩云故居劍閣隔錦官柑果薑桂交荊菅奇孤甘掛汲古綆儉覬敢揭鉤金竿已歸耕稼供藁秸公貴幹蠱高巾冠更改句格各蹇吃姑固狡獪

加間關又戲武昌王居士詩云江干高居堅關扃犍耕躬稼用掛經萬竿繫舸菰茭隔笳鼓過軍雞狗驚解襟顧景各箕踞擊劍賡歌幾舉觥荊笄供膾愧攪聒乾鍋更戛甘瓜羹一友舉孝廉口吃唯流音念不正一日雨中與徐興公各賦絕句爲吃人念不得詩以遺之余得二首云綠柳龍樓老林蘿嶺路涼露來蓮漏冷雨淚落劉郎又梨嶺連連路蘭陵累累樓琉璃憐冷落郎輩懶來留興公得一首云留戀蘭陵令淋漓雨淚流嶺蘿涼美瀨路柳綠蓮樓

四喜添字

湧幢小品舊有四喜詩曰久旱逢甘雨他鄉遇故知洞房花燭夜金榜掛名時隆慶戊辰科有以教官登第館選者山陰王對南家屏桐戲曰四喜只五言未足爲喜當添二字曰十年久旱逢甘雨萬里他鄉遇故知和尚洞房花燭夜某公大笑曰莫說莫說是教官金榜掛名時了聞者絕倒萬曆壬辰科閩縣翁青陽正春以教官登第賜第一甲第一名同館黃平倩汝良戲曰四喜七言猶未了當當於後再添三字衆問之曰第一句添帶珠子第二句曰舊可兒第三句曰選駙馬第四句曰中狀元翁聞亦解頤○醒睡編又有失意詩曰寡婦攜兒泣將軍被敵擒失恩公主面下第舉人心

野叟獻詩

楊文懿守陳守維新其先未有仕者至文懿與弟守阯相繼發解登第守隨守隅暨子茂元茂仁茂義成進士父子兄弟同朝七八俱爲顯官居第在縣南鏡川有野叟獻詩曰昔年曾向此中過門巷幽深長薜蘿令祖先生方秉鐸賢孫學士未登科將軍曹氏墳連隴賣酒王婆店隔河今日重看新第宅烟波幾棹聽絃歌文懿歎賞謂叟曰君詩識吾家傳也當珍示後人云

賈廵按懺惡

嘗熟賈宗錫廵按江西舉豪屏跡後少懈學士張元禎以詩投之曰禹門三級浪滔天處處漁翁罷釣船昨日隣家邀我飲盤中依舊有魚鮮賈謝教竟窮惡黨

李西涯失朝

李西涯居翰林時會失朝有罰翰林舊有語曰一生事業惟公會半世功名只早朝西涯改只爲失績兩句云更有運灰并運炭貴人身上不曾饒

進樂

嘉靖中邊警甚急朱某方進長生藥以希進用或題詩驛壁云武將冒封文職死都門牢閉九邊開滿天驛路紅塵起又報朱郎進藥來○無錫顧可學以兩司考察罷歸乃從方士煉秋石入京獻之云可却病延年時上方事長生之術服之頗驗三四年間超遷至禮部尚書縉紳醜之弗與交惟分宜華亭及羽流陶仲文等時時相聚講房中術而已每行長安道上氓隸輩競觀之呼曰顧嘗屎來矣以音與尚書相似也死謚榮僖隆慶初削奪

藥山淨瓶

頂門針李翱仰慕藥山直造座前藥山端然不動翱曰見面不如聞名拂衣便去山召回云何得貴耳而賤目翱遂致拜起問如何是道山上指天下指淨瓶問翱曰會麼翱曰不會山曰雲在青天水在瓶翱乃贈詩云鍊得身心似寉形千株松下兩函横我來問道無餘事雲在青天水在瓶

詩呈冢宰

正德間朝議欲起三原王冢宰宗貫恕汝南强景明寄詩云八十耆年一品官歸來清節雪霜寒雖然海內歸心在可奈君前下拜難鷗鷺恐疑威鳳起風雲長護老龍蟠三公事業三槐傳留取宗名久遠看公得詩大悅竟不起年九十有三卒

賣癡呆

蘇州除夕小兒謠云賣癡呆十貫賣汝癡萬貫賣汝呆見賣儘多送要賒隨我來又范至能賣癡呆詞除夕更闌人不睡厭禳鈍滯迎新歲小兒呼呼走長街云有癡呆名人買二物於人誰獨無就中吳人仍有餘巷南巷北賣不得相逢大笑相揶揄櫟翁塊坐重簾下獨要買添令問價兒云翁買不須錢奉賒癡呆千百年

打得好

姚園客露書易公守莆田一以寬厚為政有夫毆婦者甲見其已甚為不平毆其夫婦見甲毆其夫還同夫毆甲甲言為爾出氣反同毆我杖以見易易批其詞云福州剪子雲南刀廣東茶銚蘇州[illegible]擲示兩造兩造不解易復取足之云打得好打得好兩造笑謝而去

錢婆留

湘山野錄梁太祖即位封錢武肅鏐為吳越王時有諷錢拒其命者錢笑曰吾豈失

為孫仲謀耶遂叙之改其鄉臨安縣為錦衣軍省塋壟延父老旌鉞鼓吹振耀山谷自昔釣游之所盡蒙以錦繡至樹石或有封官爵者舊貿鹽肩擔亦裁錦韜之一隣媼九十餘攜壺漿相迎於道鏐下車亟拜媼撫其背呼其小字曰錢婆留喜汝長成蓋初生時光怪滿室父懼將沉於了溪此媼酷留之遂字焉為牛酒大酺以飲鄉人別張蜀錦為廣幄以飲鄉婦凡男女八十已上金尊百歲已上玉尊時黃髮飲玉者十餘人鏐起執爵唱還鄉曲以娛賓曰三郎還鄉兮掛錦衣吳越一王駟馬歸臨安道上列旌旗碧天明兮愛日輝父老遠近來相隨家鄉春兮會時稀斗牛光起天無欺時父老雖聞歌進酒不曉其義鏐亦覺其歡意不甚浹洽再酌酒高唱山歌以見意詞曰爾輩見儂底歡喜別是一般滋味子常在我儂心子裡歌闋合聲賡贊呌笑振席而別

黃花女兒

吳士召乩仙署曰黃花女兒問其氏族曰金閶王氏生時與黃生歡好一生愛插黃花人呼黃花女兒問卿是夭逝耶曰年十五而殞問黃生安在曰相繼亡矣今與同寢處若人間伉儷也衆乞詩遂題數語云忘不了對攏雙袖忘不了佳期月下偷忘不了柳遮花映黃昏後忘不了羅帳綢繆忘不了紗窗風雨清明候忘不了多病心情懶下樓風流蘊藉字有餘香

美人八詠

陳克明有美人八詠春夢云梨花雲遶錦香亭蛺蝶春融軟玉屏花外鳥啼三四聲夢初驚一半兒昏迷一半兒醒春困云鎖窗人靜日初曛寶鼎香消火尚溫斜倚繡牀深閉門眼昏昏一半兒微開一半兒盹春妝云自將楊柳品題人笑撚花枝比較春輸與海棠三四分再偷勻一半兒臙脂一半兒粉春愁云厭聽野鵲語雕簷怕見楊花撲繡簾拈起繡針還倒拈兩眉尖一半兒微舒一半兒斂春醉云海棠紅暈潤初妍楊柳纖腰舞自偏笑倚玉奴嬌欲眠粉郎前一半兒支吾一半兒軟春繡云綠窗時有唾茸粘銀甲頻將綵線撏繡到鳳凰心自嫌按春纖一半兒端詳一半兒掩春夜云柳綿撲檻晚風輕花影橫窗淡月明翠被麝蘭薰夢醒最關情一半兒溫和一半兒冷春情云自調花露染霜毫一種春心無處描欲寫寫殘三四遭絮叨叨一半兒連真一半兒草

秋月宮詞

張小山秋日宮詞云花邊嬌月靜妝樓葉底滄波冷翠溝池上好風閒御舟可憐秋一半兒芙蓉一半兒柳咏梅云枝横翠竹暮寒生花淡紗窗殘月明人倚畫樓羌笛聲悽詩情一半兒清香一半兒影

春情詞

關漢卿春情詞云雲鬟霧鬢勝堆鴉淺露金蓮濕絳紗不比等閒牆外花罵你俏冤家一半兒難當一半兒耍碧紗窗外靜無人跪在床前忙要親罵了箇負心回轉身雖是話兒嗔一半兒推辭一半兒肯

殿帥捄火

臨安志宋臨安紹定辛卯之火太廟俱燬而史彌遠府獨全（武作殿帥韓佐胄）蓋殿帥馮時力為撲救耳洪舜俞詩云殿前將軍猛如虎救得汾陽令公府祖宗神靈飛上天可憐九廟成焦土則權臣之威加天子一等矣

張小舍

張小舍居雖亭世為公家弭盜故吳諺有天弗怕地弗怕只怕雄亭張小舍之語按張小舍名浩字彥廣號南坡沈石田之外祖徐武功（有貞）撰張處士墓誌石田乞之也

曹純甫詞

宋南渡後汴京繁華鞠為烟草曹純甫奉使過汴賦金人捧露盤詞云記神京繁華地舊遊蹤正御溝春水溶溶平康巷陌繡鞍金勒躍青驄解衣沽酒醉弦管柳綠花紅　到如今餘霜鬢嗟前事夢魂中但寒煙滿目飛蓬雕欄玉砌空餘三十六離宮寒笳驚起暮天雁寂寞東風

驪山碑字

驪山下逍遥別業蓋華嶺所建中宗嘗幸之賦詩勒石在焉一夕忽失碑字拂墨題云曉星明滅白露點秋風落葉故址頽垣冷烟衰草前朝宮闕長安道上行客依舊名深利切改變容顔消磨今古隴頭殘月

滕屠鄭酤

王荊公素不樂滕元發鄭毅夫目為滕屠鄭酤二公性豪邁不病其言毅夫為相偶送客出郊外遇朱亥塚俗謂之屠兒原作詩云高論唐虞儒者事負文負國豈勝言憑君莫笑金門客却是屠酤解報恩

皛毳飯

話林蘇東坡嘗與劉貢父言某與舍弟習制科時日享三白食之甚美不復信人間有八珍也貢父問三白之説坡言是一碟鹽一碟生蘿蔔一盌飯貢父大笑久之作（黃山谷）簡招坡吃皛飯坡不復省憶此至赴食見案上所設惟鹽蔔飯而已始悟貢父以三白為皛撲著食之幾盡而去後數日東坡亦召貢父食毳飯貢父雖知其戲但不知所設何物及往談論過午並不設食貢父饑甚索飯坡云少待如此再三坡答如故貢父言饑不可忍矣坡徐曰鹽也毛蘿蔔也毛飯也毛（蜀音謂無曰毛）非毳而何貢父捧腹曰固知君報東門之役然慮不及此坡始命設饌抵暮乃去

太冬烘

鄭侍郎薰主文衡疑顔標是魯公之後即以標為狀元謝日問之標曰寒進無此始知誤取時嘲之曰主司頭腦太冬烘錯認顔標作魯公按冬烘是不了了之語蜀人多稱之○避暑錄話崇寧末安國同為郎成都啓某為諫官以安國嘗建言移寺省上章擊之畧云謹按某官人材闇冗臨事冬烘以某蜀人也安國性隱而口吃每戲手躍於衆曰吾不解謎逐但冬烘為何等語於是傳之益廣遂目為冬烘公

徐文貞諭僕

徐文貞（階）歸里適海剛峰蔡春臺莅吳按其事鄉人多登門罵詈文貞諭僕云慎勿報復譬之犬嚙人人亦嚙犬耶口占云昔年天子每稱卿今日煩君罵姓名呼馬呼牛俱是幻黄花白酒且陶情

華容令

鄢懋弱冠為華容令素善謔作詩曰華容知縣是區區三甲多因不讀書縣丞主簿皆僚友通判同知總上司忙裏無心吞冷飯閒中有口嚼乾魚前世業緣今世苦華容知縣是區區

嘲肥婢

吳明卿（國倫）二子皆肥而婢並饒才致喜譚諧常往謁汪伯玉（道昆）辭歸索贈言伯玉知其好諧乃口占云泰伯由來有後昆身如泥塑面如盆喘月一雙肥水牯拜風兩箇壯江豚並肩儘教填深巷獨立還堪塞大門其弟自謂稍清於兄乃啓伯玉曰小姪不似家兄太胖老伯何不少分別伯玉應聲曰正無結句只以兄此念足之憑知畏卿無君分不必爭長踮脚跟

金佛還寺

汴報國寺有金佛三尊蓋宋真宗所鑄後開封府主某入寺至後殿見門扃鑰疑僧所私在內令開見佛像光芒閃爍問知金身越數月喚僧借一尊到衙求嗣僧不與府主怒吏陶某獻計假僧之門徒請僧僧至半途一人邀入內奉茶有衆拿下知是娼婦家送府下獄陶說之私將金佛一尊暗送釋僧僧于佛前斷小指焚香拜祝鬱鬱而死府主後將佛漆身送回家果得一男乳名佛生左手無小指彌月府主飲酒間一笑而死後男長成聰慧家遭火焚一貧如洗佛生遂出家扛擡漆佛沿門募化亦不知其為金也後至汴寺僧夢佛還鄉次日佛生擡佛進寺僧見像語其故佛生見與二尊相同遂終止寺中

詩丐

湧幢小品詩丐者樂安人李姓名興生年六十七患風痱蓬篨口箝眼喎手攣欲食則仆臥於地乃能下咽欲言則畫地作字始達其意然頗能詩董時望未第時遇丐人僉令獻董詩丐首肯須臾成句云鵰鶚直沖霄漢遠龍泉高射斗牛光清時早展為霖手莫遣蒼生望八荒成化甲辰時望成進士欲使養丐於官辭以老母在時望禮而厚遣之為述其事○弘光末南京失守一丐題詩武定橋上曰三百年來養士朝如何文武盡皆逃綱常留在卑田院乞丐羞存命一條投秦淮河而死食祿偷生有愧此丐多矣

樓米

吳江一士扶乩有神至衆未問而笑乩曰諸生何笑對曰我笑汝未必神耳乩曰諸生能解謎否聞且笑曰能做文章何況於謎乩曰有二字作一謎曰長十八短八十八箇女兒低處立混沌看來一箇字四面看來四箇不汝輩猜之衆皆不解乃曰我輩只會文字何暇及謎乩曰爾說會做文字如何考了四等第二蓋為首者近考名數如此於是衆咸拜問謎是何字乩云乃樓米二字也

神對

湧幢小品劉珙少時竊夢于大乾惠應祠金牌上有曲巷勒回風五字未曉所以迨登第除諸王宮教授一夕上幸宮邸閱諸王何業珙答以屬對時月照牕隙上曰可令對斜牕掬明月諸王方思索間珙遽以曲巷勒回風上曰此神語也

老妓題詩

太平興國寺牡丹盛開冠蓋駢集僧舍有老妓題詩寺壁曰曾趁東風看幾迴罥霜閒喚滿城人殘枝剩粉憐猶在欲向彌陀借小春見者稱賞遂復車馬盈門

劍池石扉

虎丘劍池云是闔閭埋玉處一潭清冷深不可測宋紹定戊子忽乾涸中有石扉道人見扉上二絕云望月登樓海氣昏劍池無底浸雲根老僧只恐山携去日暮先教鎖寺門　劍去池空一水寒遊人到此凭闌干年來世事消磨盡只有青山依舊看

鬼詩

祝永清遊瀏湘間泊舟沙際夜聞哀吟明日見沙上大書一律云長鯨吹浪海天昏兄弟同時弔屈平千古不消魚腹恨一家誰識雁行冤紅顏少婦空臨鏡白髮慈親尚倚門最是五更悽絕處一輪明月照雙魂

乩仙題詞

唐時舉子不第恥歸故里僦居寺刹謂之過夏有人請乩仙飛筆題詞曰淒涼天氣淒涼院宇淒涼時候孤鴻叫斜月寒燈伴殘漏落盡梧桐秋影瘦鏡古畫眉難就重陽又近也對黃花依舊後書過夏子題此蓋金臺殞恨玉樓賫志者也

墮馬傷足

李西涯謔邵半江珪墮馬傷足云十年僂足嬾詞壇我亦憐君墮後傷歷塊敢誇千里駿乘船翻笑四明狂扶顛老僕空隨路學步嬌兒漫倚堂應是崔家亭下鷩獨拳秋雨向寒塘

妻妾爭寵

有妻妾爭寵者夫不能調和乃獨眠一室命婢伴宿中夜吟詩云兩隻船兒獨自撐一篙不到便相爭下韵未續婢忽歎氣夫遂得句云丫鬟歎氣因何故野渡無人舟自橫

抱琴訪友

雪庵和尚題抱琴訪友圖云三尺焦桐七線琴迢迢遠訪知音題未畢一道人過足云不知誰是知音者彈破乾坤萬古心

古琴化女

蘇東坡宿靈隱山房夜聞窗外有女子歌云音音音你負心真負心辜負俺到如今記得當初低低唱淺淺斟一曲值千金如今拋我在古牆陰秋風荒草白雲深斷橋

流水何處尋淒淒切切冷冷清清東坡推窗即之見女子冉冉沒于牆下明日掘取得古琴一張

東坡詞

蘇東坡述懷有行香子詞云清夜無塵月色如銀酒斟時須滿十分浮名浮利休苦勞神似隙中駒石中火夢中身　雖抱文章開口誰親且陶陶樂取天真不如歸去作箇閑人背一張琴一壺酒一溪雲

紐扣詩

解大紳見女人衣上用數重紐扣作詩謔之曰一幅鮫綃剪素羅美人體態勝姮娥春心若肯牢關鎖紐扣何須用許多

題路程圖

紹興間西湖白塔橋印賣朝京路經或題詩云白塔橋邊賣地經長亭短驛甚分明如何只說臨安路不數中原有幾程

丐面掌痕

成化間湖州凌漢章針術神靈擅名吳浙嘗於市中見一丐形軀長大貌兇惡蝟上天生一手掌痕有十餘丐從之既去漢章問於市人市人曰此丐姓聶父某為司務官因早朝吏失攜笏板怒而掌其面仆地死後妻有娠聶一日忽見前吏入門徑入其室遂生一子掌痕宛然在面父心知之始能言即有報仇之語比長日以殺父為事雖隄防之甚被其戕者屢矣不得已逃避他鄉不知所往其子遂縱酒色蕩盡家業至為丐漢章感其事作詩記之曰平生不信有陰魂丐面而今見掌痕寄語世間君子道莫教結怨種冤根

承發房詩

碧里雜存余於禮部承發房見壁間一詩曰骨骼今年與衣裳昔日殊讀書須努力寫字莫胡塗白水都三峽青山出兩都吾衰竟何以賴爾得相須不知何人作亦無題詳味之必蜀人有辦事者寄子之詩也雖雜之少陵集中亦不能辨

償金獲報

宋劉懋越鄉授徒歲暮歸道逢孕婦攜兒欲赴水詢之知為償所逋因傾橐中七金與之歸而妻詢之亦無慍色第酒炙蝦為膳因口占云蝦小紅爐炙酒熟布裙篩歲旦開門見績題云門將金鎖鎖簾掛玉鉤鉤居數日有以古壞告者曰金鉤掛玉簾

形也懋以葬母遂生文簡瑤文安灼○明進賢舒翁以館穀教進中投水婦救家無米採苦菜食之夜聞神語云今宵食苦菜明年産狀元果生芬正德丁丑魁天下

貍嚙雞

碧里雜存吳康齋與弼以司成之子家貧絺綌禦冬躬耕食力人不能堪而怡然終身嘗有詩曰淡如秋水貧中味和似春風靜後功家畜一雞司晨為貍所嚙作詩哭於土穀神祠曰吾家住在碧嶂山巷得雄雞作鳳看卻被野貍來嚙去恨無良犬可追還甜株樹下毛猶濕苦竹叢頭血未乾本欲將情訴上帝題詩先告社公壇後一夕雷雨天明人見貍震死壇前

和盜詩

湯愷小品泰和鄧學詩性至孝元末母子為盜所獲盜魁知其儒者且孝哀之與酒食口占一詩命之和約和免死盜詩曰當此干戈際負母沿街走遇我慈悲人與汝一杯酒我亦有佳兒雪色同冰藕亦欲如汝賢未知天從否鄧和曰鐵馬從西來爲城人驚走我母年七十兩腳如醉酒白刃加我身一命懸絲藕感公恩如天未知能報否盜善道之出城得達去後以薦為教職考終嗟此盜有人心可令應舉或加納投官定為循良之吏

遊客酬綵

唐末徐寅博學能文善詩賦謁朱全忠誤犯其諱全忠色變寅狼狽走出未及門全忠呼知客將責以不先告語斬之寅欲遁去恐不得脫乃作過太原賦以獻其略曰千金漢將感精魄以神交一眼胡奴望英風而膽落全忠讀至此大喜令軍士誦之敕一字酬一縑賜絹五百餘疋全忠嘗自言夢淮陰侯授兵法一眼胡奴指李克用也

水燈

俗傳七月十五日為中元節僧家建盂蘭盆會放燈西湖謂之照冥張伯雨集句云共泛蘭舟燈火鬧不知風露濕青冥如今池底休鋪錦此夕槎頭宜掛星爛若金蓮分夜炬空乎雲母隔秋屏却憐牛渚清狂甚苦欲燃犀走百靈明劉邦彥亦有詩云金蓮萬朵漾中流疑是潘妃夜出遊光射魚龍離窟宅影搖鴻雁亂汀洲凌波未必通銀漢趁月偏憐近綵舟忽憶少年清汝處滿身風露獨凭樓

揚州

隋唐以後之揚州秦漢以前之邯鄲皆大賈走集笙歌粉黛繁華之地古語云騎鶴

上揚州以騎鶴為神仙事而揚州又人間佳麗地也前人詩云一上維揚路覺遙野塘烟柳認隋朝美人南國生猶盛芳草東風怨未消唐張祜詩云十里長街市井連月明橋上有神仙人生只合揚州死禪智山光好墓田王建詩云夜市千燈照碧雲高樓紅袖客紛紛如今不是昇平日猶自笙歌徹夜聞徐凝詩云天下三分明月夜二分明月在揚州杜牧寄揚州韓判官詩二十四橋明月夜玉人何處教吹簫

劉長生石像

萊州有神仙洞郡人劉長生學仙處也有石像卧榻面有小竅水出不涸郡人云舊有太守劉某見石像面有贅疣因命工削平後劉面生一瘡如削狀祭之方愈故創處常有水出陳尚書洪謨詩曰面帶微痕淚若流可憐太守過為謀仙家慣說能屍解一石緣何念不休

三黜說

崇正甲戌會元乃金壇李竹君青時艾千子南英不第自刻遺墨贅以題解并摘元巷中氣語欲揭之禮部主司聞之大恐謀於呂匪庵一經先生以任禮部郎磨勘乃其職也匪庵曰溧陽陳百史尚未出都速將百金搆其文代刻元稿傳遞此事可解主司如言刻成千子見之心服急毀前文其事乃寢竹君嘗著三黜說魯之季三家擅命以士師為爪牙吏非其親暱不授受是職者皆奴隸使也每三家飛片紙則蚩手攀頂若奉尺一之君令於上曰臣誰敢不奉詔者時士師有有肉無骨之誚黨強鋤弱怨聲塞路迨孔子攝相特簡柳下惠為士師其初視事也即榜語於門曰舍豺狸問豺狼哉曰此專為三家發也於是三家黨羽皆屏息不敢咳唾曰畏柳士師而一時碎黠小民又微窺士師風旨專候權門短長為拳議三家銜之名同賞謀之野曰柳士師為我害奈何有彈者吾予之金公伯寮脇肩諂笑欣然以彈文獻問何為詞則指袒裼裸裎為詞謂士師民望也褻官箴而狎比放誕是教侮也盍黜之魯君猶豫三家執奏於是惠一黜則有為辯者曰惠肅以居官和以容衆何害三家曰一黜而懼未可知也姑復之惠執法如故三家復集同類謀之朝曰柳士師仍為吾害奈何有彈者吾進之官叔孫武叔頤指氣使躍然以彈文進問何為詞則執伊弟盜跖為詞謂士師所以戢盜也弟干禁而兄居顯要是其惡也必黜之魯君狐疑三家固爭於是惠二黜則又有為辯者曰兄兄弟弟罪不相及何害三家曰再黜而悔未可知也姑復之惠執法又如初三家俾馬謂柳士師終為予毒也已夫坐以袒裼裸裎淺矣以盜跖篤禍耳莫若以曖昧隱罪使自辯與代辯俱窮時家臣陽虎鼓掌獻計曰請以坐懷一事為案其彈文出諸袖中則云夫士師將以禁奸也乃以暮夜昏奔之女而居然坐懷毋乃淫而莫須有乎且安知非有約而投以不亂自文也聞是女先以許夫因坐懷事難婚畏其為士師也不舉黜之何如斯時也三家以重怨積怒持說甚堅而蔽賢媢忌之臧文仲輩復從旁執奏於是魯君黜柳下令曰柳下惠淫夫也永不復用噫此一事也其說暮夜其人女子使自辯代辯俱以事屬曖昧終難措喙三黜後禁錮終身矣

蔡箏娘

秀堅志南城陳不矜光道自桂林罷官歸過洞庭夢緋衣童言是洞中龍子奉命告君勿食蒜韭及犬後三年當有所遇及期六月如商州道經藍田宿于藍橋驛夢有童子執節而來曰仙子候君遂導以行峻崖峭壁童以節扣石壁開鏗然聲鎖聲入內棟宇華煥金壁絢赫進抵中堂見一女方笄姿態縹緲隱几寫書顧客至喜延對席談說如雲陳乘間調之曰獨居悶乎笑曰神聖無悶既而置酒同飲人間方酷暑陳但覺清涼如深秋因言吾本蔡員外女名嫣字清娘小名次心幼時善秦箏母更字曰箏娘君仙材也得與君遇幸矣因出白玉牌授之請曰君既游物外不可無紀陳操成十絕句曰玉貌青童洞裏回洞中仙子有書催書詞問我何多事何不驂鸞早早來一長恐凡材不合仙喜逢神女執因緣雲中隱隱開金鎖路入麻仙小有天二海石榴花映綺窗碧芙蓉下亞銀塘青鸞不舞倉皇臥滿院春風白日長三沉沉香霧映房櫳剪剪簷頭盡日風汗雨頻稀塵慮息始知身在蕊珠宮四老晌西遊即淨扇莫怪窗間貝葉書長嘯楊妃仙格勢却教鸚鵡念真如五常怪樂天長恨詞鈿鈿寄語大傷悲于今始信蓬萊上也憶人間有閒時六得到仙都白玉堂亂氛香澤滿衣裳非龍非麝非沉水疑是諸天異國香七玉女侍天多喜笑素娥如月與精神假饒不許長年住猶勝人間不遇人八瓊漿飲罷日西沉瞬息觀游抵萬金塵累滿懷那住得鳳蕭休作別離音九玉水本流三島上蟠桃生在五雲間若非去處那真實劉阮昏迷錯往還十寫畢復飲款洽終宵曾不及亂女命侍兒以簫度離鳳之曲曲終而寤

長孫歐陽相嘲

全唐詩話長孫無忌嘲歐陽詢形狀猥陋云聳髆山成字埋肩畏出頭誰令麟閣上

畫此一猢猻，詢應聲云：索頭連背煖，漫襠畏肚寒，祇緣心渾渾，所以面團團。太宗笑曰：詢殊不畏皇后耶。

紅線

全唐詩話：紅線，潞州節度薛嵩青衣，善彈阮咸琴，手紋隱起如紅線，因以名之。一日紅線辭去，冷朝陽為詩曰：採菱歌怨木蘭舟，近客魂銷百尺樓，還似洛妃乘霧去，碧天無際水東流。

徐雪翻

明妓徐雪翻，字小飛，松陵人，姿色明艷，神情閒雅，好讀書，工詩畫，張天如溥見而悅之，翻亦深相許。舟中即席賡和，翻得湘字韵云：風起青蘋各有香，一帆閒放古橫塘，憐伊薄質挑為葉，輸得王孫草亦芳。五字未安，慚擬謝，雙眉欲畫好憑張，翻嫌思怨從嫁始，蕭瑟江妃泣楚湘。其云好憑張，蓋寓意也。小語低吟，顧張微笑，嫣然欲絕。天如適咏漢書，翻和韵曰：東西為卷讀黃昏，閨閣偏多知己存，縱抱長門千載怨，難酬金屋一朝恩。風前欲舉曾勞念，死後聞呼亦返魂，獨恨未名如司馬，白頭輕薄不堪論。其敏妙若此。時天如游新安，與訂于歸之約，旋時相聞，翻適逆之西湖，交臂相失，睽別踰年，竟為松陵富人所娶。

堅瓠四集卷一終

堅瓠四集卷之二目錄

風雪談經　前身和尚
守歲詞　蛙謎
得窮鬼力　殺人手段
昭陵夫人詩　巴家富
題太白墓　鐵袈裟贊
謝氏婦　孟淑卿
雷擊李林甫　五女歌
戲目詩　結草障面
癯根　各賦一物
傅公謀詞　詩嘲楊文貞
閱談　沈石田對
左布政對　築長城
夢作靴銘　冤家
俏冤家　漂母圖詩
地理　一丈紅
占米　詩非女子所宜
措大　妓笑貧士
御書錢　吟詩止娶
罷宴詞　舟人請仙
鄭侯尚仙　紫姑詠筆
黃鶴樓詩　詠殘荷
王越詩　水仙子詞
清江引　答考使對
白水滌　黃巢詩
賦善使事　狗情楊詩
破蚊陣露布　易彦章妻詞
蔡京恩寵　天子請客

女狀元　咏縴夫
顛不剌　孫汝權辨
琵琶記辨　西施
着膊着肚

堅瓠四集卷之二

清　長洲石農褚人穫學稼纂輯

風雪談經

鼂氏客語，元祐間呂原明侍講，大雪不罷講，講孟子有感哲廟，一笑喜，為二絕云：「水晶宮殿玉花零，點綴宮槐臥素屏。特勑下簾延墨客，不因風雪廢談經。」「強記師承道古先，無窮新意出陳編。一言有補天顏動，全勝三軍賀凱還。」

前身和尚

梅溪王十朋祖母之兄嚴闍黎，字伯威，博學能文，戒行修飭，有聲江浙間。亡後，托夢於十朋之祖，手集衆花為球，字祖而遺之，曰：「孝祖，若家令郎求此久矣。」是年十朋生，幼從學鹿巖人，曰：「昔嚴闍黎眉濃黑而垂，目深而神藏，此子眉目似之，他日必能文也。」後十朋果以文名世，嘗作天台石梁詩曰：「石橋未到已先知，入眼端如入夢時。僧喚我為嚴首座，前身應寫石橋碑。」

守歲詞

溧雪偶談：薛沂叔泳久客江湖，瀕老懷歸，客中作守歲詞曰：「一盤消夜江南果，吃果看書只清坐。罪過梅花料理我，一年心事半生勞苦，盡向今宵過。此身本是山中箇，纔出山來便帶差。手種青松應是大，縛茅深處，抱琴歸去，又是明年話。」

蛙謎

廬陵官下記：唐曹著機辨，有客試之，因作蛙謎云：「一物坐也坐，臥也坐，立也坐，行也坐，走也坐，臥也坐。」著應聲曰：「在官地，在私地。」著亦作一謎曰：「一物坐也臥，立也臥，行也臥，走也臥，臥也臥。」客不解。著曰：「我謎吞得你謎。」客大慚。

得窮鬼力

鶴林玉露：齊景公有馬千駟，死之日，民無得而稱；伯夷、叔齊餓於首陽之下，民到於今稱之。揚子雲作法言，蜀之富人載錢五十萬，求書名其間，子雲以富為不義，正如圜鹿欄牛，不肯妄載。李仲元、鄭子真不持錢，子雲書之，至今與日月爭光，睨幹退之送窮文，歷述窮鬼之害，至末乃云：「吾立子名，百世不磨。」是到底却得窮鬼力。夷、齊、李、鄭，亦所謂得窮鬼力者也。

殺人手段

宗杲論禪云：譬如人載一車兵器，弄了一件，又取出一件來弄，便不是殺人手段。我

則只有寸鐵便可殺人朱文公亦喜其說蓋自吾儒言之若子貢之多聞弄一車兵器者也曾子之守約寸鐵殺人者也

昭陵夫人詩

紫微雜記晁伯禹戴之學問精確嘗作昭陵夫人詩云殺翁分我一杯羹龍種由來事沓冥安用生兒作劉季暮年無骨葬昭陵

巴家富

巖下放言李學卿業長女適巴長卿巴氏貧甚處之恬然其妹適富家鄒氏嘗笑之長女作詩云誰道巴家窮一作鄒家富巴家十倍鄒池中羅水馬階下列蝸牛燕麥儲無數榆錢散不收夜來添驟富新月掛銀鉤

題太白墓

蓬軒吳記采石江頭李太白墓在焉往來詩人題詠不絕有客詩一絕云采石江邊一坏土李白詩名耀千古來的去的寫兩行魯般門前弄大斧

鐵冢裘贊

文海披沙靈巖有鐵冢裘一具形質奇古有監司為贊數語鐫字其上識者多為山靈憤恨又竹坡詩話載夔峽道中有杜少陵題詩以天字為韻榜之梁間自唐至今無敢作者一監司見而和韻大書其側後人嘲之曰想君吟咏揮毫日四顧無人膽似天以古準今其揆一也

謝氏婦

陸詒孫說聽泖湖謝氏松江右室也明初被籍沒坐誅婦某有殊色給配象奴婦紿奴曰待我祭亡夫乃從爾奴信之婦攜一物至武定橋哭奠賦詩云不忍將身配象奴自攜麥飯祭亡夫今朝武定橋頭死一劍清風滿帝都遂伏劍死

孟淑卿

蓬軒吳記孟校官澄女字淑卿色美能詩嘗過慧日庵訪尼僧書其亭曰矮矮墻圍小小亭竹林深處晝冥冥紅塵不到無餘事一炷香消兩卷經此詩殊雅其集多靡間之詠不足取也○說聽載淑卿詠楊妃菊云霓裳舞罷小腰肢低首臨風幾許思莫怪姿容太妖冶半緣卯酒半臙脂詠美人觀蓮圖云綠槐蟬靜日偏長懶熱金爐百和香莫摘池中蓮子看箇中多半是空房春歸云落盡棠梨水拍堤萋萋芳草望中迷無情最是枝頭鳥不管人愁只管啼

雷震李林甫

湧幢小品永樂間雲南趙州雷擊死一夸人朱判其背曰李林甫唐朝一佞臣罰他千劫在牛羣而今逃脫為夸士霹靂來尋化作塵火烙字曰李林甫

五女歌

河南許州雜城東南四十里地名五女店人居稠密為往來孔道仕商止宿之所康熙戊辰秋蘭谿章立之禮過其地因名詢實訪之土人相傳昔有夫婦生五女而無男五女漸長父母欲以次許人五女不從齊告父母願侍父母終天嫁亦未遲及父母亡五女殯葬周備廬於墓側者三載服除人嘉其孝行爭欲娶之五女竟不字人同日從容自縊土人震悼上聞弁築五墓分列親墓之側號五女墩惜不知五女為何代人其父母何姓也嗚呼五女以一介女流性鍾純孝因無兄弟孺慕益堅無心外嫁不特以身依親於生前卒皆以身從親於地下求之鬚眉男子尚不易遘況閨帷弱植能敦一本以終其身寧非天地間一罕覯事哉以其可以風世故於瞻仰之餘作歌以揚之人生天地間父母最所重但愧庸庸人鮮能常歲奉詎意弱息中百世遺芳蹤同懷五姊妹上下無弟兄願為代老兒不願為人婦父母欲許人婉語辭以故云無弟與兄膝下誰暇顧晨昏奉甘旨左右不離步待親百年餘子歸未云暮五女金石心懿性夙鍾成孝純義史篤五人如一人親存願同事親沒亦從親喪葬禮俱備五女志已遂相對各投繯共隨親於隧鄉黨皆震悼佳名朝野聞既為表其閭復為築其塋君不見許州城外五女墩五墩旋遶二親墳此間黃土蓋白壁此中女魄勝男魂又不見往來多少鬚眉漢幾人孺慕終不變閨中有此丈夫行萬年千載人争羨

戲目詩

解人頤有集戲目七言律詩四首云瑞玉瓶成翡翠鈿畫中人去奈何天焚香拜月陳情祗自言喜慶有餘排異境懷香不斷鴛鴦塚投筆愁看燕子箋一種情深萬事足二奇緣演想當年白羅衫揣懷紅流水游桃花笑獨眠一紅梨花發綰春園拜月陳情祗自言喜慶有餘排異境懷香不斷

悔還魂玉簪粧盒晨開匣金鎖幽閨晚閉門彈罷琵琶檢書讀琴行山外四醉猿二百花亭上占花魁女狀元推女秀才療妬羹休嘆白兔巖寒松已映紅梅嫩收釵釧金鈿盒開解連環玉鏡臺四節何時開口笑繡襦選帶淚痕穢三檢點南樓百寶箱雙珠猶在售羅裳君提寶劍酒風寒妾守荊釵淌雪寒嶺外鴛鴦鴦帕繫池邊躍鯉錦箋藏西遊登上馬陵道東郭那鄲是故鄉四辛未夏日觀女優演雜劇亦集戲

四律云文章用到女閨科臚唱三元四景多碧玉串垂金印佩珍珠衫掛瑞霓羅九華燈燦全家慶六月霜寒易水歌寄語西園折桂客萬年歡賞在南柯一種玉人歸四喜前軟藍橋畔釣魚船龍膏能續情燈影獅吼休驚畫舫緣五代榮華長命縷雙冠誥勑永團圓文心現顯英雄聚河上盟情合鏡年二金雀啣環義俠奇贈書雙提報家知香囊擬貯珊瑚玦玉合還藏琥珀匙孔雀屏開三桂候芙蓉影畔四賢祠錦衣歸第滿床笏吉慶圖成題塔時三鑑陀山下醉菩提衹煞西廂憶小尼奇衫溫透胭脂雪綵綺裁成芍藥篇漫把雙魚題扇贈莫忘玉玦繡鞋期琴心微逗年尼合人歡開分五福齡四

結草障面

獨異志宇宙初開之時止女媧兄妹二人在崑崙山而天下未有人民議以為夫婦又自羞恥兄與其妹上崑崙咒曰天若遣我二人為夫妻而烟悉合若不使烟散於是烟頭悉合其妹來就兄乃結草為扇以障其面今人娶婦用內外方市花髻如扇象其事也

饘根

文海披沙唐薛昭緯遭黃巢亂流離飢餓遇舊識銀工延接飲饌甚豐昭緯以詩謝之曰一堞饘根數十皴遶盤中猶更有鮮鱗早知文字多辛苦悔不當初學冶銀饘根羊肉也

各賦一物

吳郡張純少有清才與同郡張儼朱異往見驃騎將軍朱據據聞三人才名欲試之曰今三賢屈顧老鄙渴甚矣為吾各賦一物然後就坐純曰驥衷以迅驟為工鷹隼以輕疾為妙何必積思請自立成據大悅純賦席曰席為冬設簟為夏施揖讓而坐君子攸宜儼賦犬曰守則有威出則有獲韓盧宋鵲名書竹帛異賦弩曰南岳之幹鍾山之銅應機命中射隼高墉

傅公謀詞

傅公謀水調歌頭詞云草草三間屋種槿旋添栽碧紗牕戶眼前都是翠雲堆一月山翁高臥踏雪前村清冷木落遠山開惟有平安竹留得伴寒梅喚家僮開門看有誰來相逢一笑清話煮茗更傳杯有酒且添箇月有月且添箇客醉舞起徘徊明日人間事天自有安排

詩嘲楊文貞

廬陵楊文貞士奇為相日鄉人有貢入冑監侯選久不授官者怨文貞開仕路文貞不允遂放還待取因作詩云五十餘年做秀才故鄉依舊布衣回回家及早蒼兒子報了賢良方正來蓋譏文貞將是科致顯也水東日記云翰林尹鳳岐好作詩諷切時事時應詔舉賢良方正即得授八品官簡太學年五十以上者悉放歸尹作是詩以譏之云

閩諺

石田雜記陳啓東處論學宰德常作詩述閩人常談云蠻音鴂舌語胡塗雨落番將禍斷呼誰信摧桃原是妥怎知詐講吳人稱說謊也郗云誣長公仔眄南瓜賣李劃言虛也猶家也門書老酒沽昨聽鄰家罵新婦聲聲明自喚貍奴其罵聲云貍奴即吳人云杜貨也閩人聞之亦為絕倒

沈石田對

沈石田嘗燕吳原博宅與陳啓東同席啓東強石田酒石田不勝杯酌啓東云如辭飲須對句可乎時解元賀恩字其榮首席啓東云恩作解元禮合賀其榮也次座為陳進士策字嘉謨石田應聲曰策登進士職當陳嘉謨焉為之哄堂

左布政對

成化十七年浙藩左大參贊入覲出京時夢一人出對云參政布政為黎庶之福星左問其姓氏答曰某蘇州賀恩前科解元也左隨對云解元會元鍾山嶽之秀氣至蘇尋訪賀其榮一覩其容儼如夢中所見云

築長城

金罍子何燕泉謂杞殖字梁春秋時齊人去趙及秦築長城時不啻數百年而列女傳及樂府注所謂城崩乃杞都城非長城也秦趙所築長城去杞都不啻數千里唐僧貫休賦杞梁妻云秦之無道兮四海枯築長城兮遮北胡築人築土一萬里杞梁貞婦啼烏烏二事打合成調不知何據予按貫休賦杞梁妻事雖無據而誤亦有因秦築長城以拒胡齊亦嘗築長城以備楚括地志云齊長城西北起濟州平陰縣緣河歷太山北岡上經濟州淄州即西南兗州博城縣北東至密州瑯琊臺入海而齊紀以為齊宣王所築竹書紀年曰齊閔王築未知孰是但既曰備楚則楚之抗衡中國宜莫盛於春秋蓋杞梁妻哭而崩者疑即齊所築之長城須洞相傳世遂以為秦

之長城詩家不考所出又未審杞梁何時何地人死於何事遽以梁為死於秦長城之役耶今遼東前屯衛中所芝蔴灣有石人立海濱若世所謂望夫石者而世又相傳以為杞梁妻孟姜者哭夫死因葬於此則影響附會而形音逝遠遂失其本真者也

夢作靴銘

蘇東坡倅杭時夢仁宗召入禁中宮女圍侍一紅衣女童捧紅靴一隻命為銘之覺而記其一聯云寒女之絲銖積寸累天步(一作武)所臨雲蒸霞起既畢進御上極歎其敏使宮女送出睇視裙帶間有六言詩一首云百疊漪漪風縐六銖縱縱雲輕植立含風廣殿微聞環珮搖聲

冤家

輦航紀談詞人多用冤家不知何所出閱炳花記謂冤家之說有六情深意濃彼此牽繫寧有死耳不懷異心所謂冤家者一也兩情相繫阻隔萬端心想魂飛寢食俱廢所謂冤家者二也長亭短亭臨岐分袂黯然消魂悲泣良苦所謂冤家者三也山遙水遠魚雁無憑夢寐相思柔腸寸斷所謂冤家者四也憐新棄舊辜恩負義恨切惆悵怨深刻骨所謂冤家者五也一生一死觸景悲傷抱恨成疾迨與俱逝所謂冤家者六也○畫墁錄饒州彭汝礪妻宋氏熙寧中復納宋養明宋氏有姿色彭妾順不暇與九江病革索筆書曰宿世冤家五年夫婦從今而後不打這鼓投筆而逝○金文通息齋云冤不箴不成眷屬可見六親皆冤家聚會今俗有歡喜冤家小說始則兩情眷戀終或至於仇殺真所謂不是冤家不聚頭也疾讀一過可當慾海晨鐘

俏冤家

亦巢偶記俗呼薰豬耳為俏冤家不知何所取意里巷至今傳之一日予同一二友至虎丘遊衍久之思飲甚切然所攜杖頭僅百文因思豬耳價輕可口令僮買之佐酒久不至一友忽唱時曲云俏冤家何事遂不到來大嚎

漂母圖詩

杭城一士家壁掛漂母圖上有二絕云千金報德未為奇阿母何須便愁凝若使王孫知此意肯教快快灸誅夷 一飯常懷報德深歸來不負贈千金豈知漢祖酬功日不與王孫共此心二詩皆有深意

地理

堯山堂朱韋齋(松)晦庵先生父也酷信地理嘗招山人擇地問富貴何如山人久之答曰富也只如此貴也只如此生箇小孩兒便是孔夫子後生晦庵果為大儒文公為同安主簿日民以有力强得人善地者索筆題曰此地不靈是無地理此地若靈是無天理後得地之家不昌

一丈紅

成化甲午倭人入貢見蜀葵花不識因問國人紿之曰此一丈紅也倭人以紙狀其花題云花於木槿花相似葉與芙蓉葉一般五尺欄干遮不盡尚留一半與人看太守以其不誠於遠人杖而遣之

占米

陶淵明為彭澤令公田悉令種秫稻俗謂之糯米爾雅註秫謂黏粟也說文秫稷之黏者也本草圖經丹黍米黏者為秫今人謂糯米曰占米或從黏字者文耳鴻書云占城稻成實早而粒稍細聞見卮言謂占米之名始於宋真宗祥符五年江淮水田不登聞占城國稻早耐旱遣使以珍貨求其種得萬斛散於民間故名占米今又謂之元米未知何故

詩非女子所宜

墨容揮犀毘陵士子李某一女年方十六頗能詩甚有佳句有拾得破錢詩云半輪殘月掩塵埃依稀猶有開元字想見清光未破時買盡人間不平事又有彈琴詩云昔年剛笑卓文君豈信絲桐解誤身今日未彈心已亂此心元自不由人雖有韻致大非女子所宜

措大

資暇錄世稱士流為醋大言其峭醋而冠四民之首一說衣冠儼然黎庶望之有不可犯之色如醋之酸而難飲也故又謂之酸子或云往有士人貧居新鄭之郊以驢負醋巡邑而賣邑人指其醋馱而號之新鄭多衣冠所居因總被斯號又云鄭有醋溝其溝東尤多甲族以甲乙敘之故曰醋大愚謂四說皆非醋宜作措言其能舉措大事也因酸子誤以為醋大耳

妓笑貧士

郡閣雅言崔公佐妝名郡日宴賓僚有一客巾屐不完衣破肘見突筵而入崔喜其來令下牙籌引滿數觥神色自若妓駭其藍縷因大噱客賦詩云破頭幞頭衫也穿

使君猶許對華筵今朝幸倚文章守遮莫青蛾笑揭天從今掩口無嗤賢士

御書錢

侯鯖錄前世錢文未有草書者淳化中太宗始以宸翰為之既成以賜近臣崇寧太觀御書錢蓋襲故事也王元之禹偁謫商於有詩云謫官無俸突無烟唯擁琴書盡日眠還有一般勝趙壹囊中猶貯御書錢

吟詩止娶

陸詒孫說聽嘉興女子朱靜庵父亦士人為教諭周汝航濟之妻能詩多佳句父執某有青衣曰寒梅妻亡欲圖再娶萌聞閣之意青衣過靜庵泣訴其情靜庵曰吾能止之因題一絕於扇令人持視父執云一夜西風滿地霜粗粗麻布勝無裳春來若覩桃花面莫負寒梅舊日香父執見詩感其意不復再娶

罷要詞

元人有叨叨令帶風入松詞云罷罷罷要要要花花世界儘寬大五斗米折不得彭澤腰一碗飯受不得淮陰胯種幾畝邵平瓜卜幾文君平卦快活心坎上無牽掛耳邊廂没嘈雜世上人勞勞堪訝你看那秦代長城替別人打漢朝陵寢被偷兒扒魏時銅雀臺到於今没片瓦哈哈名利場般兒搭班定遠玉門關枉白了青絲鬢馬新息銅柱標抵不得明珠價哈哈更有一般堪訝動不動說甚麽玉堂金馬虛費了文園筆札只恐怕渴死了漢相如空落下文君再寡罷罷要要到頭來都是假憑你事業伊周文章賈董少不得北邙山下俺歸去也身不關陶唐虞夏夢不想爭王定霸容膝的竹籬茅舍忙手的琴棋書畫忘機的鷗魚鳧鴨適口的淡飯粗茶檻外薔薇高架庭前蘭蕙初綻俺也不聾不啞肯把韶光虛謝閒時節從負郭問桑麻遇隣翁數杯甲哈哈鐵笛兒在牛角上掛酒瓢兒在漁竿上插詩囊兒在驢背上跨眼底事拋卻了萬萬千千杯中物直飲到七七八八醉中日月真無價哈哈要罷就罷濃睡在十里松陰下一任黃鸝罵

舟人請仙

蓬軒吳記有客行貨金陵舟人見客孤身夜殺客而取其所有遂富棄舟不和適年生一子甫弱冠蕩費家業父戒訓戒反被毆詈鄰有術士召仙甚驗舟人往拜箕其修跋仙附乩書曰六月初三風雨惡揚子江頭一箸錯汝兒便是搭船人請君自把心頭摸悚懼而退不數日癡悖而死

鄴侯尚仙

賈氏談錄李鄴侯泌好仙雖為輔相頗有靈異之事吳人顧況師事鄴侯得服氣之法能終日不食西遊長安鄴侯一見如故相識遂待以殊禮及鄴侯卒況感其知遇作海鷗咏以寄懷大為權貴所嫉貶饒州司户詩曰萬里飛來為客鳥曾蒙丹鳳借枝柯一朝鳳去梧桐死滿目鴟鳶奈爾何

紫姑咏筆

齊東野語載紫姑咏筆云系出中山骨欲仙何人扶頴縛尖圓狂僧堪笑堆成塚豪客曾聞掃似椽窗下玉蜍涵夜月几間雪繭湧春泉當時定遠成何事輕擲毛錐恐未然閒居筆記解學士縉亦有咏筆詩云紫竹纖毫綠紫成如龍似虎伴書生渴來玉硯池中飲飽向花箋紙上行寫本告王臣罕攞題書入廟鬼神驚雖然不是龍泉劍曾與君王定太平

黃鶴樓詩

毘陵閒筆宋廣安游景仁侶南渡四賢相之一也楚誌傳其黃鶴樓詩云長江巨浪拍天浮城郭參差萬景收漢水北吞雲夢入蜀江西帶洞庭流角聲交送千家月帆影中分兩岸秋黃鶴樓高人不見卻隨鸚鵡過汀州

咏殘荷

陳湖張浣心泠博學能詩康熙丙辰廣德州學傅沈韶九魯成彙集詞客出花草畫冊拈幅題咏浣心拈得殘荷檢視畫冊乃荷葉黃落之狀浣心即席口占云水冷風淒氣已涼荷衣秋老不聞香采蓮人散歌聲寂明月還來照野塘一座稱善

王越詩

石田雜記威寧伯王越在大同見邊事漸生醞禍未測情悻不擇乃作詩云來去去來歸去來千金難買釣魚臺已知世事只如此借問古人安在哉綠酒有情留客醉黃花無主為誰開忠君報國心如犬一夜秋風盡作灰時有和之者云那有伊周事業來恥隨郭隗上金臺權謀術數何深也局量規模真小哉半世功名如隙過一場富貴似花開於今門下三千士一半寒心一半灰傳聞天下以為誅心之鈇鉞也

水仙子詞

耳談蘇州張伯雨罷官歸作水仙子詞云歸來重整舊生涯瀟洒柴桑處士家草庵兒不用高和大會清標豈在繁華紙糊窗柏木榻掛一幅單條畫供一枝得意花自

燒香童子煎茶解人頤作楊南峰詞

清江引

明宗海翁登春詩有天趣兼善小詞作清江引詞云糯米酒兒鮮魚鮓還喜生薑辣秋天不肯明只把雞兒罵呼童兒點燈來花下耍晚年信口漸入香山

答夸使對

祝枝山猥談弘治中（一作成化）夸使人朝以一偶語請館伴對曰朝無相邊無將玉帛（一作氣數）相將此客不能對李西涯教以對曰天難度地難量乾坤度量夸使媿服

白水漈

八閩志白水漈屬上杭縣舊有題白水漈頭白屋白雞啼白晝未有對者明潮陽林大欽修撰過此問土得黃泥壠因對曰黃泥壠口黃家黃犬吠黃昏

黃巢詩

黃巢既遁祝髮為僧名道價在西京龍門號翠微禪師後住雪竇人稱雪竇禪師開寶中卒年八十餘揮麈錄載其詩云三十年前山上飛鐵衣著盡著僧衣天津橋上無人問獨倚危樓看落暉賓退錄云此乃元微之贈智度師詩竄易磔裂合二為一元集可考一云四十年前馬上飛功名藏盡擁禪衣石榴園下擒生處獨自閒行獨自歸二云三陷思明三突圍鐵衣拋盡納禪衣天津橋上無人識閒憑闌干望落暉

賦善伏事

螢雪叢說一士在場屋賦帝王之道出萬全絶無故實問一老生答云一舉空朔庭三箭定天山可用要在人斡旋爾士謂此事乃人臣非帝王也疑訝之不用後見一人使得最妙說題目甚遠曰一舉朔庭空竇憲受成於漢室三箭天山定薛侯稟命於唐宗真所謂九轉丹砂點鐵成金者也

狗情榜詩

明朝小史天順初會試考官多出權貴所薦及揭曉錄文謬誤去取狗情謗議洶洶無名詩詞紛然雜出有排律云聖主開科取俊良主司迷謬更荒唐許瑄性理難包括錢溥春秋没主張吳節只知貪賄賂孫賢全不曉文章問仁既是無顏子配祭如何有太王告子當名當問罪周公係井亦非常閣老賢郎真慷慨總兵令姪獨軒昂榜上有名誰不羨至公堂作至私堂蓋詩道中之子及石亨之姪皆以私取而錄文則論題起克己復禮為仁去顏子孟題本公都子之言而云告子故詩備言之

破蚊陣露布

楊升庵戲作破蚊陣露布云非烟女將行燭姬兵敢奉空宣式遵閣令破蚊陣於乙夜收鵲捷於寅籌不俾肯征即陳露布竊惟蝸化之孽元非貞蟲之羣似鴨似鶴久貽害於羊羆亂夹如虎如豹曾嫣虐於髭社湖名淮津血國三千睫巢億萬鐵方柳絮妄學阿香之聲飽類櫻桃僭擬炎官之色胃系子孑敢倫郁郁佳名捷賞茸茸據閣閣要地擾仙遊之夢栩栩難成妬文姬之思便便莫用如花越女嚬蛾撩亂錦窗似柳張郎挂精鑠約直靈殿投閒抵隙乘暗章窗嘬玉肌而皺花貌猶作嬌嚬刻香骨而露芳筋未償奸志率其不逞實繁有徒惡冠蚕蜂膏藥之經恐濈蝌浮蛙蝈待旦之術已窮鳳稽誅於金神不發降於青女某等掃除賤役莫昂微能躬斜魚貫手勵閼鵲蠢雖出大攻之下策亦效羽被之先登厥釘須臾咳負山之何力格戰少遲諒遊蠹之豈還俾文人怡神而枕無展轉反側之虞俗女君合村（音袒夢神）子宮叶熊羆蛇虺之兆好音社遣薰風送忻忭蜀勝捷書夜奏清晝同馳聞敢後

易彥章妻詞

易彥章以優校為前廊久不歸其妻作一剪梅詞寄之云染淚修書寄彥章貪却前廊忘却回廊功名成就不還鄉石做心腸鐵做心腸　紅日三竿懶下牀虛度韶光瘦損容光思量何日得成雙羞對鴛鴦懶對鴛鴦又作長相思詞云朝有時暮有時潮水猶知日兩回人生長別離來有時去有時燕子猶知社後歸君行無盡期

蔡京恩寵

碧湖雜記宣政間保和殿西南廡有玉真軒軒內有玉華閣即安妃粧閣也妃姓劉進位貴妃林靈素以左道得幸謂徽宗為長生帝君妃為九華玉真安妃每神降必別置妃位畫妃像於其中每祀妃像妃方嚴而覺有洒容羣臣惟蔡元長最承恩遇賦詩殿壁云瓊瑤錯落密成林檜竹交加午有陰恩許塵凡時縱步不知身在五雲深侍宴于保和殿令妃見京先有詩曰雅興酒酣添逸興玉真軒內見安妃命京賡補成篇京即題曰保和新殿麗秋輝恩許塵凡到綺闈云云須臾命京入軒但見妃像京詩又云玉真軒內境如春只見丹青未見人月裏嫦娥終有恨鑑中姑射未應真已而至閣妃出見京勸酬至再日暮而退君門九重乃令人臣縱步褻飲於其閨當時之恩幸可知遂至釀成靖康之禍可為萬世君臣之戒○京有保和殿延福宮曲宴二記紀其事也

天子請客

王岐公珪在翰苑時中秋月色清美上召入對飲夜漏三鼓令左右宮嬪各取領巾裙帶或團扇手帕求詩內侍舉牙牀以金鍍水晶硯珊瑚筆格玉管筆於公前公略不停綴人人得其歡心悉以呈上曰豈可虛辱須與學士潤筆各取頭上珠花簪公襆頭簪不盡者悉納公袖月將西沉命撤金蓮燭令內侍扶掖歸院都下咸傳天子請客明年中秋公已參政蔡確為學士上講故事命宮嬪求詩確奏才思短澁酒再行而止左右不悅云這箇學士何須鍾愛

女狀元

玉溪編事五代王蜀時臨邛縣送失火人黃崇嘏下獄以詩上蜀相周庠曰偶辭幽隱住臨邛行止堅貞比澗松何事政清如水鏡絆他野鶴向深籠庠覽詩召見稱鄉貢進士應對詳敏即命釋之後復獻歌薦攝府司户參軍明敏多才胥吏畏服庠欲妻以女崇嘏以詩辭曰一辭拾翠碧江涯(一作湄)貧守蓬茅但賦詩自服藍衫居郡掾永拋鸞鏡畫蛾眉立身卓爾青松操挺志堅然白璧姿幕府若容為坦腹願天速變作男兒庠見詩大驚問其本末乃黃使君之女幼失恃怙與老姥同居元未從人庠益仰其貞潔旋乞罷歸臨邛之舊隱後莫知所終焉丹鉛總錄作庠嫁之傳奇有女狀元春桃記即崇嘏也

詠縴夫

陸式齋(容)詠縴夫詩云綠柳堤前雁鶩行挽舟終日送官忙舟中若載清官去儀受辛勤也不妨此詩有關世道宦者宜三復之○李濂溪先生(樸)亦有詩云舟行閘縴夫來往紛如織先後忽相踰勞苦咸自力交臂一已過面目何曾識如雲信風馳似鳥飛空急但願向前行步步無蹤跡歸家各穩坐遠近忘所歷若人能了此一生參學畢

顛不剌

萬曆四年張江陵當國將南京內庫高皇所藏寶玩盡取上京中有顛不剌寶石一塊重七分光采色若照日只見石光所以為寶此見金陵瑣事西廂記者以顛不剌為美好之稱不知何所據

孫汝權

南窗閒筆云錢玉蓮宋名妓從孫汝權某寺殿成梁上題信士孫汝權同妻錢玉蓮喜捨○聽雨增記孫汝權乃宋朝名進士有文集行世玉蓮則王十朋之女也十朋劾史浩八罪乃汝權嗾之理宗雖不聽而史氏子姪怨兩人刺骨遂作荊釵記以玉蓮為十朋妻而汝權有奪配事其實不根之謗也明丘文莊公之少也其父為求配於土官黎氏黎誚之曰是兒豈吾快婿耶不許公作鍾情麗集言黎女失身辛輅辛輅廣人呼狗音他日黎得之以百金囑書坊毀刻而其本已遍傳矣

琵琶記辨

大圓索隱云元高東嘉(則誠)與王四友善四以顯達改操遂棄其妻周氏而坦腹於時相不華氏東嘉挽救不得作琵琶記以諷之而托名蔡邕者以王四少時嘗為人傭菜也趙五娘者以姓傳自趙至周而數適五也牛丞相者以不花家居牛渚也記以琵琶名者以其中有四王字也張大公者東嘉蓋自寓也又考真細錄云明高皇見琵琶記廉知為王四而作遂執四寘之法○說郛載唐人小說唐有蔡節度者微時與牛相國僧孺之子繁同學邂逅文字交尋同舉進士才蔡生欲以女弟字繁蔡已有妻趙矣力辭不得既而牛能將順於趙趙亦無妒於牛東嘉感其事而作此書但則誠以元人而演唐事何不直舉其人而故托之伯喈以污蔑賢者耶　按伯喈父名稜字伯直有清白行謚貞定公見後漢書註易名從簡何忌

西施

西施一名夷光越之美女欲見者先輸金錢一文(見王子拾遺)昔人文辭載西施事其說不一吳越春秋云吳亡西子被殺墨子云越破吳沉西施於江似當時已死矣宋之問詩一朝還舊都靚粧尋若耶鳥驚入松網魚畏沉荷花似復還舊都矣越絕書云吳亡後西施復歸范蠡同泛五湖而去杜牧詩西子下姑蘇一舸逐鴟夷則西子甘心於隨蠡矣及觀東坡詩誰遣姑蘇有麋鹿更憐夫子得西施又以蠡納西施而隨蠡者非其本心也高季迪詩載去西施豈無意恐留傾國更迷君是蠡另有一段苦心耳○丹鉛總錄修文御覽引吳越春秋逸篇云吳亡後越浮西施於江令隨鴟夷以終浮沉也反言耳隨鴟夷者子胥之譖死西施有力焉胥死盛以鴟夷今沉西施所以報子胥之忠故云隨鴟夷以終范蠡去越亦號鴟夷子杜牧之遂以子胥鴟夷為范蠡之鴟夷乃墮後人於疑網

看傳看肚

裴略宿衛考滿兵部試判錯一字落第適溫彥博與杜如晦共坐略訴不行略曰少

小以來自許明辨至於通傳言語堪作通事令人解作文章兼能嘲戲彥博令嘲廳前叢竹略曰竹風吹青肅肅淩冬葉不凋經春子不熟虛心未能容國士皮外何須生節目彥博意曰既解通傳言語可傳語與廳前屏墻略大聲語曰方今聖上聰明闢四門以待士君是何物久在此妨賢路彥博曰此意着博略曰非但着膊亦乃着肚彥博如晦俱大慚即與以官

堅瓠四集卷二終

堅瓠四集卷之三目錄

蓮山不遠　大諫向名
隸人扞刄　遊當頂
木中詩　桑大等詩
赤壁詩　鴉卜
岩老好睡　搭題
秀才甲天下　睡訣
貴人十反　子美無詩
花十友　花容
拔引士類　神淚
岳王墓　詩鬼
鶺鴒止妒　蹌竈
葉瓊章授記　嗜飲
紀繼　金帶圍
苗楊　女香草
賦清庵　和象棊詩
紅木牌　伯考判
市名　石敢當
僧還俗　長洲酷令
梁令批詞　詩諷僧
呂徽之　折嘉靖字
蠶食葉成字　原棊
五貫九百倴　雙廟詞
勸學詞　三字詩
除夕遺俗　賀通判
先儒成語　廣文嘲諢
先生提舉　陸伯陽
鄭玄婢　王三六四

錢馬相嘲　號寒虫
兒回來　禽言
寄衣俏詩　鍾馗示夢
雒于仁四箴

堅瓠四集卷之三

清　長洲石農褚人穫學稼纂輯

蓬山不遠

宋仁宗朝。宋子京祁知成都。帶修唐書。嘗燃二椽燭。媵婢夾侍。和墨伸紙。人望之如神仙。皆知其修唐史也。子京嘗過御街。逢內家車子。有搴帷者曰。小宋也。子京因賦鷓鴣天一曲。落句云。劉郎已恨蓬山遠。更隔蓬山一萬重。其詞傳達禁中。仁宗訪知呼小宋者。後因與翰林語及宋詞。祁惶恐。上曰。蓬山不遠。遂以贈之。

大諫同名

宋史載。韓侂冑有愛姬。小過被譴。錢唐令程松壽。亟召女儈。以八百千市之。舍之中堂。旦夕夫妻上食事之甚謹。姬惶恐。莫知所由。居數日。侂冑意解。復召之。知為松壽所市。大怒。松壽亟上謁獻之。曰。頃有郡守辭闕者。將挾去外郡。某忝赤縣。恐忤君顏。故匿之舍中耳。侂冑意猶未平。姬既入。具言松壽謹待禮。侂冑大喜。即日躐除太府寺丞。遷監察御史。踰進右諫議大夫。猶怏怏不滿。更市一美人。名曰松壽。獻之。侂冑問曰。奈何與大諫同名。答曰。欲使賤名常達鈞聽耳。侂冑憐之。即除同知樞密院事。

隸人扞刃

裴度為御史中丞。武元衡遇害之日。度亦為人所刺。隸人王義扞刃而死。度由是獲免。乃自為文以祭之。仍厚給其妻子。是歲進士。撰王義傳者十二三焉。出國史補。傳奇稱度為御史。請伐淮蔡。忤宰相李逢吉。逢吉夜遣人刺之。裴僕裴旺。乃致陳嬰代公死。不知何不用王義事。

遊嵩頂

五海劉伯壽。洛陽九老中人。築室嵩山下。每登嵩頂回。則於峻極中院記其歲月。捐館之年記云。余今年若干。登頂七十四次。從王輔道與其孫之靜。共遊至峻極中院。作一絕云。爛紅一點出浮漚。夜坐嵩峯頂上頭。笑對松牕談祖德。當年七十四回遊。

木中詩

浙川縣志。金人伐宋時。伐香巖寺木造舟。木中有文成詩云。栽松種柏興唐日。解板成舟破宋時。可惜香巖千載樹。等閒零落歲寒枝。時傳以為奇異。

桑犬等詩

于忠肅公題桑云。一年一度伐條柯。萬木叢中苦最多。為國為民甘寂寞。一作味。是汝郎教桃李聽笙歌。唐末將容咏柰有綺羅因片葉。桃李漫同時句。于公又有犬詩云。護主有恩當食肉。却啣枯骨惱飢腸。于今多少閑狼虎。無益於民更食羊。或云犬詩乃李古廉者。沈石田咏蠶云。衣被功深藏蠢動。碧筐火煖起眠時。顧言努力加飡葉。二月吳民要賣絲。馬清痴(愈)題蚕豆云。蚕忙時節豆離離。爛煑堪充老肚皮。却笑牡丹如斗大。可能結實濟人飢。此詩本宋王文康詩云。棗花至小能成實。桑葉雖柔解吐絲。堪笑牡丹如斗大。不成一事只空枝。又王尚文題棉花云。採得西風雪滿籃。禦寒功在倍春蚕。世間多少閑花草。無補於人也自慚。無錫秦廷韶題菜云。翠葉紫茸塌地鋪。晚炊初薦美如酥。世間此味人知少。乞報中州士大夫。諸作皆非嘲風弄月之比。可獻之採風者。

赤壁詩

烏衣佳話。杜公序(庠)號西湖醉老。以詩名。永樂間過赤壁詩云。水軍東下本雄圖。千里長江艦舳艫。諸葛心中空有漢。曹瞞眼底已無吳。兵消炬影東風猛。夢斷簫聲夜月孤。過此不堪回首處。荒磯鷗鳥滿烟蕪。一時人皆傳誦。謂之杜赤壁。又虛齋曹翰卿詩云。白石江頭烈火紅。千年遺事說東風。不知畫史將何意。不畫周郎畫長公。亦有意味。吳匏庵詩云。西飛孤鶴記何詳。有客吹簫楊世昌。當日賦成誰與註。數行石刻舊曾藏。世昌綿竹道士。與東坡同遊赤壁。所謂客有吹洞簫者。即其人也。微匏庵表而出之。世昌幾無聞矣。

鴉卜

潛居錄。巴陵鴉不畏人。除夕。婦女各取一鴉。以米果食之。明旦以五色縷繫于鴉頸。放之。視其方向卜一歲吉凶。其占甚多。大畧云。鴉子東。興女紅。鴉子西。喜事齊。鴉子南。利桑蠶。鴉子北。織作息。甚驗。又元旦梳頭。先以櫛理其毛羽。祝曰。願我婦女顆髮髟髟(音彪長鬣貌)。惟百斯年。似其羽毛。故楚人謂女髻為鴉髻。○今俗誤為丫髻。

岩老好睡

百斛明珠。南岳李岩老好睡。衆人食罷下碁。岩老輒就枕。閱數局。乃一展轉。云。我始一局。公幾局矣。東坡曰。岩老常用四脚碁盤。只着一色黑子。昔與邊韶敵手。今被陳摶饒先着。時自有輸贏。着了全無一物。永叔詩云。夜涼吹笛千山月。路暗迷人百種花。碁罷不知人世換。酒闌無奈客思家。殆類是也。

搭題

順治庚寅。郡守王光晉府試時。同知石映星攝長邑事。與之同試。出題首題乃雅也可使南面仲弓問子桑伯子。命吏書牌呈驗。王見不寫註字。曰。這許多何不寫。石曰。只要上下大字。王曰。只要大字。何不竟寫一行。石曰。此是搭題。王曰。石老爺考童生竟出截子。家題目罷了。何必要出搭題。衆聞之絶倒。於是次題出至於治國家。

秀才甲天下

見聞搜玉。太學生相聚。各言土産以相嘲難。東魯生曰。一山一水一秀才。甲天下矣。關中生曰。何山。曰泰山。曰只有天在上。更無山與齊。當在華山下矣。又何水。曰東海。曰黃河之水天上來。東流到海不復迴。又屬河之委矣。又秀才誰也。曰孔子。曰文王我師也。周公豈欺我哉。孔子。文王之弟子也。相與一笑。是稱文譚。

睡訣

鴻書。花竹幽窗午夢長。此中與世暫相忘。華山處士(陳摶)如容見。不覓仙方覓睡方。西山蔡季通有睡訣云。先睡心。後睡眼。晦庵以為此古今未發之妙。然其語本千金方云。半醉酒。獨自宿。軟枕頭。煖蓋足。能息心。自瞑目。此睡訣也。

貴人十反

經鉏堂。貴人十反。夜當眠而飲宴。早當起而醉臥。心當逸而勞。身當勞而逸。吝束修不請師教子弟。而以大錢雇教聲伎。樂餌無病而服。有病不肯服。果蔬尚新不待熟。食物取細失正味。山水不喜真境。而喜圖畫。器用不貴金銀而貴銅甆。

子美無詩

天中記。少陵居蜀數年。吟咏殆遍。海棠奇艷。而詩章獨不一及。鄭谷曰。浣花溪上堪惆悵。子美無情為發揚。是已。迨宋世賦海棠者甚多。往往用此為實事。如石延年云。杜甫句何略。薛能詩未工。錢易云。子美無情甚。都官着意頻。李定云。不沾工部風騷力。猶沐勾芒造化權。王荊公作梅花詩。少陵為爾牽詩興。可是無心賦海棠。蘇東坡贈妓李琪詩。恰是西川杜工部。海棠雖好不留題。亦點此意。又凌景陽一絶末句云。多謝許昌傳雅什。蜀都曾未識詩人。為不道破。而不解其無詩之由。葢子美父名閑。母名海棠。故其吟咏無閑字。而不賦海棠。固深有意。宋人未之考耳。

花十友

萬花谷。曾端伯花十友。調笑令云。芳友者蘭也。清友者梅也。奇友者臘梅也。殊友者瑞香也。淨友者蓮也。禪友者薝蔔也。佳友者菊也。仙友者巖桂也。名友者海棠也。韻友者酴醾也。仍有玉友。來奉佳賓。謂酒也。

花容

花譜牡丹為貴客梅為清客蘭為幽客桃為妖客杏為艷客蓮為谿客木樨為巖客海棠為蜀客躑躅為山客梨為淡客瑞香為閨客菊為壽客木芙蓉為醉客酴醾為永客臘梅為寒客瓊花為仙客素馨為韵客丁香為情客葵為忠客含笑為佞客楊花為狂客玫瑰為刺客月季為癡客木槿為時客安石榴為村客鼓子花為田客棠棣為俗客曼陀為心客孤燈為窮客棠梨為鬼客茉莉為遠客芍藥為近客

援引士類

青瑣詩話丞相呂夷簡一日有儒者張球獻詩曰近日厨中乏所供孩兒啼哭飯籮空母因低語告兒道爹有新詩上相公公見詩甚悅因以俸錢百緡遺之又為引導貴官門館得依棲之又韓魏公鎮真定時有門客彭知方為酒使踰垣宿妓室門吏報公公不究為種竹詩曰殷勤洗濯加培壅莫遣狂枝亂出牆彭見詩媿甚乃和公詩云主人若也憐高節莫為狂枝贈一柯公特以百緡遺一指使呼吏報都下市一女妓贈之二公之援引士類如此

神淚

夷堅志和州士人杜默累舉不成名性英儻不羈因過烏江謁項王廟被酒霑醉才炷香拜訖徑升偶坐據神頸拊其首而慟大聲語曰大王有相虧者英雄如大王而不能得天下文章如杜默而進取不得官語畢又大慟淚如迸泉廟祝慮其獲罪强扶以下掖之而出猶回首嗟歎不能自釋祝秉燭檢視神像亦垂淚未已

岳王墓

岳王墓在西陵橋之右墓上松柏枝皆南向墓前有分屍檜自根以上劈分為兩至稍全其生中格以木以示支解奸檜也正統間郡倅馬偉為之指揮李隆治鐵為檜及妻王氏万俟卨三形皆赤身反接跪墓前萬曆中巡道范淶又益鑄張俊像其四為遊人拜墓後必以瓦礫敲擲之咸溺其頭而撫摩王氏兩乳至精光可鑑忠奸昧於一時榮辱分於千載如此李卓吾曰宜鑄施全在旁作持刀殺檜狀更快

詩鬼

常彥溫少不羈游京師偶閒步見一宅樓上有女子靚妝麗服倚闌凝佇而歌彥溫屢見之稍玩乃踰垣而入見門戶四闢寂無人迹遂登其西樓但見積塵滿几上有一幅紙字墨尚新題一詞曰禁鼓初傳時下打虛過清風明月夜眼如魚目幾時

乾心似酒旗終日掛銀漢低垂星斗斜院宇空寂燈燭卸西樓瀟洒有誰知獨自上來獨自下彥溫出問其鄰皆云此屋多祟無人敢居將百餘年矣彥溫愛其詞調乃名之曰倚西樓云

鶬鶊止妒

文苑梁武平齊獲侍兒十餘輩頗娛於目為郗后所拘憤恚將成疾左右識其情者進言曰臣嘗讀山海經云以鶬鶊為膳可以止妒梁武從之郗茹之後妒殆減半帝神其事左右復言曰願陛下廣為蓄儲以徧賜羣臣使不才者無妒於才挾私者不妒其奉公濁者不妒其清貪者不妒其廉亦助化之一端也帝然其言詔虞人廣捕之適崇佛戒殺遂止

跨竈

子過其父俗為跨灶解者紛紛王朗雜箴云家人有嚴君焉井竈之謂也吳崇賀人生子曰寄語王渾防跨竈阿戎清霄祗須臾跨竈之說竟無定論及讀海客日談云邊徼中相馬者言馬前蹄之上有兩空處名曰灶門凡善走之馬前蹄之痕印地則後蹄之痕反在前蹄之先故軍中謂之跨過竈門夫跨從足後步過前似後人追及前人之意以擬父子於義為協

葉瓊章授記

吳江葉氏瓊章月府侍書女也卒後從泐大師授記師曰既願皈依必須審戒我當一一審汝仙子身三惡業曾犯殺否對曰曾呼小玉除花虱也遣輕紈壞蝶衣曾犯盜否對云不知新綠誰家樹怪底清簫何處聲曾犯淫否對云晚鏡偷窺眉曲曲春裙新繡鳥雙雙口四惡業曾妄言否對云自謂生前歡喜地詭云今世辨才天曾綺語否對曰團香製就夫人字鏤雪裁成幼婦詩曾兩舌否對云對月意添愁喜句拈花詩評出短長謠曾惡口否對云生怕簾閒譏燕子為憐花謝罵東風意三惡業曾犯貪否對云經營細帙成千軸辛苦驕花滿一庭曾犯嗔否對云怪他道蘊敲枯硯薄彼崔徽撲玉釵曾犯癡否對云拋棄珠環收漢玉戲捐粉盒葬花魂泐大師遂授記

嗜飲

夷門廣牘云嗜飲者無早晚無寒暑樂固醉愁亦如之閒固醉忙亦如之肴核有無醪醴善否一不問典當抽那借貸賒荷一不恤日必飲飲必醉醉不厭病貧不悔俗號瓶盞病徧揭本草細檢素問只無此一種藥

兒繼

令小兒乳哺時值母有孕輒眉心青黑泄瀉羸瘦俗謂之記按爾雅翼言伯勞能療繼病繼病者母有娠而乳子使子得疾如痁淮南鴻烈解曰男子植蘭美而不芳繼子得食肥而不澤蓋情在腹中之子故於所乳之子情不相與往來所以病而不澤此即繼病

金帶圍

後山談叢花之名天下者洛陽牡丹廣陵芍藥耳牡丹中紅瓣而黃腰者號金帶圍無種有時而開則城中當有宰相韓魏公為守一發四枝公自當其一選客具樂以當之是時王岐公以高科為倅王荊公以名士為屬皆在選猶闕其一花已欲放公私念今日有過客即使當之及暮報陳太博傳一作升之來亟使召之乃秀公也明日遂開宴折花插賞後四人皆為首相

黃楊

世重黃楊以其無火或曰以水試之沉則無火取此木必於陰晦夜無一星則伐之為枕不裂為梳不積垢○黃楊一年只長一寸遇閏年退一寸宋人閏月表梧桐之葉十三黃楊之厄一寸○予反其意云敢期綠草逢春雨惟羨黃楊長閏年

女香草

女香草甚繁曖婦女佩之則香聞數里男子佩之則臭昔海上有丈夫拾得此香嫌其臭棄之有女子拾去其人跡之香甚欲奪之女子疾走其人逐之不及乃止故曰欲知女子強轉臭得成香呂覽有海上逐臭之夫疑即此事

賦清菴

楮記室有來欽清菴雅欽甫至衆不之識俾賦清菴欽甫故為拙句云為問清菴何以清衆大笑及賦霜天明月照蓬瀛衆失色連賦廣寒宮裏琴三弄白玉樓頭笛一聲金井玉壺秋水冷石田茅屋暮雲平夜來一枕遊仙夢十二瑤臺獨自行衆詢知為欽甫媿謝延之上坐

和象棊詩

明仁廟在東宮時嘗觀二內侍象奕因命曾子棨賦詩云兩軍對敵立雙營坐運神機決死生千里封疆馳鐵馬一川波浪動金兵虞姬歌舞悲垓下漢將旌旗逼楚城興盡計窮征戰罷松陰花影滿棋秤一作枰瑣綴錄載仁廟和詩云二國爭強各用兵

擺成隊伍定輸贏馬行曲路當知道將守深宮戒遠征乘敵出車收敗卒隔河飛砲下重城等閑識得軍情事一着功成見太平詞意宏偉似勝曾詩

紅木犀

謝無逸詠木犀花詩曰白雪凝酥點嫩黃于武陵曰夜揉黃雪作秋光楊誠齋曰雪花四出剪鵝黃皆言白蕊黃香小爾雅有丹桂話腴載宋高宗時象山史本家木犀忽變紅色因獻闕下高宗圖之扇面作詩以賜從臣詩云秋入幽岩桂影團香深粟粟照林丹應隨王母瑤池宴染得朝霞下廣寒七修云錢塘學中有大紅木犀四明誌亦有大紅木犀誌中載詩云月宮移就日宮栽引得輕紅入面來好向烟霞承雨露丹心一點為君開是詩宛山堂作明高皇詩未知孰是而顧魯公集有謝人青桂花詩尤為異事

怕考判

督學將至棚廠已具有三秀才醞釀謀爇之遁獲驗確學使者發縣王謔庵思任判理具申一炬未成三生有幸欲有謀而幾就不待教而可誅萬一延燒罪將何贖須臾乞緩心實堪哀聞考即以命終火攻乃出下策各還初服恰逐驚魂

市名

市井之區交易之地其名各省不同南方謂之牙行牙本作互以交互為義互字似牙因訛為牙牙音似衙又訛為衙昌黎廣州詩云衙時龍戶集上日馬人來是也北方謂之集謂百貨集於此也聲轉亦謂之積西蜀謂之痎豈痎即集之誤耶或言欲其交易之疾速也嶺南謂之虛柳子厚詩青箬裹鹽歸峒客綠荷包飯趁虛人王臨川云花間人語趁朝虛黃山谷云筍葉裹鹽同趁虛義或取夫市朝滿而夕虛也一曰虛而往實而歸也或謂古虛墟字通用又有謂之亥者南昌有常州亥則因亥日為市元微之謫通州白香山詩云寅年籬下多逢虎亥日沙頭始賣魚從人有東南行云亥日饒蝦蟹寅年足虎狼長籍云江村亥日常為市山谷亦有魚收亥日妻到市之句南中諸今謂之場每以丑卯酉日為市故曰牛場兔場雞場云

石敢當

人家門戶當巷陌橋梁之衝則立小石將軍或植石碑鐫字曰石敢當以厭禳之不知起於何時按石敢當見史游急就章顏師古註曰衛鄭周齊皆有石氏其後因以命族敢當所向無敵也據此其名始於西漢五代史載劉知遠為晉押衙高祖與愍

王議事，知遠遣勇士石敢袖鐵椎侍晉祖以虞變。敢與左右格鬭而死。今立門首以為保障，似取五代之石敢。其曰當者，或為惟石敢之勇可當其衝也。石或因急就章之石敢當也。劉元卿賢奕，陳眉公羣碎錄，俱以石敢當為五代時人，則誤矣。

贈還俗

杭州徑山寺僧至慧，鉢積既充，欲還俗，乃作詩曰：少年不肯戴儒冠，强把身心赴戒壇。雪夜孤眠雙足冷，霜天剃髮滿頭寒。朱樓美酒應無分，紅粉佳人不許看。死去定為惆悵鬼，西天依舊黑漫漫。○順治間，蘇郡某寺僧某積貲既厚，忽萌還俗，花燭之夕，其師儼然受禮。友人作黃鶯兒嘲之曰：和尚討家婆，脫褊衫，着綺羅，彌陀大笑金剛怒，撇了師徒，別了尼姑，紬房穩似禪床臥。唱興波，堂前花燭，捧出老葫蘆。

長洲酷令

康熙初，長洲縣令彭□賦性貪酷，設立紙枷紙半臂，使欠粮者衣而荷之，有損則加責罰。滑稽者改清明祭掃一詩，粘于縣墻云：長邑紙區多痞田，經催粮長役紛然。紙枷扯作白蝴蝶，布棍染成紅杜鵑。日落生員敲撲上，（時撫院宋國治奏銷之後，紙以抗粮為名而朴責之）夜歸皂隸閙門前。人生有產須當賣，一粒何曾到口邊。百姓怨恨，為韓撫軍□所劾，罷棲聽斷，死於花橋巷寓所。

梁令批詞

長洲令梁月臺（廷桂）賢父母也。其治吾邑，鋤强有力，催科有法，惜為嘉定命案鐫級調任。曾見其批詞粘縣墻云：夫妻反目，常事；兩隣首告，生事；捕衙申報，多事；本縣不准，省事；兩子錄之，猶未免為好事也。

詩諷僧

江右彝大年，教授於杭時，有二僧爭住一院，彝招二僧飲酒，贈以詩云：蕭蕭落日下荒基，古殿淒凉白塔低。燕子不知身是客，秋風猶戀舊巢泥。二僧慚愧，讓院不爭。

呂徵之

元呂徵之，安貧樂道，隱居逃名，以耕漁自給。一日，詣富家易穀種，大雪立門下。閒閣中有吟哦者，乃一人分韻得滕字，吟苦弗就。呂不覺失笑。衆詰其故，呂曰：我意欲舉滕王蛺蝶事耳。衆始歎服，以藤滕二字請呂足之。援筆書曰：天上九龍施法水，人間二鼠嚙枯藤。鸎鴒聲亂功收蔡，蝴蝶飛來妙過滕。復請和臺字韻詩，隨筆書云：萬里關河凍欲含，渾如天地尚函三。橋邊驢子詩何惡，帳底羔羊酒正酣。竹委長身寒郭索，松埋短髮老瞿曇。不如乘此擒元濟，一洗江南草木慚。書畢即去。問其姓字，亦不答。衆驚訝曰：嘗聞呂處士名，欲一見而不能，先生豈其人耶？曰：我農家，安知呂處士。與之穀，怒曰：我豈取不義之財。必易之，刺船而去。遣人遥尾其後，路甚僻遠，識其所而返。雪晴往訪，惟草屋一間，家徒壁立，值呂不在，忽米桶中有人，乃其妻也。因天寒無衣，故坐其中。

拆嘉靖字

徐文貞（階）拆咏嘉靖二字云：士本朝堂一丈夫，口稱萬壽與三呼。一橫直亘乾坤大，兩竪斜飛社稷扶。加官加祿加爵位，立綱立紀立皇圖。主人幸有千秋歲，明月當天照五湖。

蠶食葉成字

解人頤有咏蠶食葉成字詩云：綠雲稠疊滿筐，繡口紛紛爭吐忙。近聽餘聲追筆陣，細看剩跡紹書香。絲綸未吐先施巧，篆籀無心每見長。鳥跡科文人競賞，幾曾問字向蠶房。

原棊

棊有三國，博物志曰：堯作，以教丹朱。夫子曰：不有博奕者乎。而皮日休原奕則辯明始於戰國。象棊見於太平御覽，為周武王所制，然其名曰象戲，其字又有日月星辰之名，非今之象棊。幽怪錄，唐岑順于陝州夜見車馬步卒之穆，掘地得金象局並子。故唐以後方顯。又說苑，雍門周謂孟嘗君下燕，則鬬象棊是以象為棊，勢而分陣相關，象棊之名，戰國時已有之。彈棊始於劉向，因漢成帝惡蹴踘之勞，作以獻之。其制纔備於柳子厚序。棊今不傳，所傳者前之二種。雖一藝之微，皆有妙存其間，得其趣者，終日不能完一二局，所謂虎穴得子人皆驚，静算江山千里近之妙。他如東坡荆公，性非不敏，亦不能造其極。東坡有勝固欣然，敗亦可喜之語。邂齋閒覽云：荆公棊輙敗，則隨手歛之，嘗作詩曰：莫將戲事擾真情，且可隨緣道我贏。戰罷兩奩收黑白，一枰何處有虧成。○演繁露云：今棊方十九道，合枰為棊子三百六十一枚。按李善註韋昭博奕論，枯棊三百，引邯鄲淳藝經曰：棊局縱橫各十七道，合二百八十九格，白黑棊子各一百五十枚，為譜。

五貫九百條

墨客揮犀，一名公初任縣尉，有舉人投書索米，戲為詩答之曰：五貫五百九十條（盛）

錢請作足錢用妻兒尚未厭糟糠僮僕未能免飢凍賭與賭解不曾休喫酒喫肉何曾夢為報江南癡秀才更來謁索覓甚氣熙寧中例增選人俸錢以為養廉隅之本不復五貫九百俸矣

雙廟詞

宋文文山題張巡許遠雙廟沁園春詞云為子死孝為臣死忠死又何妨自光岳氣分士無全節君臣義缺誰負綱常罵賊睢陽愛君許遠留得聲名萬古香後來者無二公之操百鍊之剛嗟哉人生翕欻云亡好轟轟烈烈做一場使當時賣國甘心降虜受人唾罵安得流芳古廟幽沉遺容儼雅枯木寒鴉幾夕陽郵亭下有奸雄過此仔細思量

勸學詞

餘姚謝文正遷有勸學詞云聞得入試不得意愁髮衝冠欲成疾餘姚雖有好良醫相顧終朝不能治我昔曾經害一場傳得千金不易方因便抄錄寄同志倘有得效無相忘洙泗魯論語齊梁鄒孟子曾參大學章孔伋中庸理加上本經只六味更添子史十七粒龍虎石硯香麻油休歇烟墨湖州筆頓在明窗淨几中貫熬晝夜莫停功切忌陰人來相擾不妨君子過相從慢慢嚥細細服過三冬顏如玉可以平步上青雲可以坐享千鍾粟遺得渣滓莫輕棄留與兒孫再煎服此方累試累有效我傾知音勿輕忽

三字詩

堯山堂有劉伯溫思美人三字詩曰雨欲來風蕭蕭披桂枝拂陵苕紫英隕鮮葉飄揚烟埃靡招搖激房帷發綺綃中髮膚悄寂寥思美人隔青霄水渺茫山岧嶤雲中鳥何翛翛欲寄書天路遙東逝川不可邀芳蘭花日夜凋掩瑤琴閉玉簫魂裊裊心搖搖望明月歌且謠聊逍遙永今宵

除夕遺俗

漢時除夕人家祀先及百神高架松柴焚之謂之火爆烟焰燭天虵音聒耳家庭舉宴長幼咸集謂之合家歡終夜不睡謂之守歲燃燈室中謂之照虛耗是日各家封井不復汲水至正月三日始開而諸行亦罷市往來邀飲不問貧富俱競市什物以慶嘉節丸飾門户男子衣幘婦女釵環之屬更造一新亦遺俗也家藏書叔有沁園春詞云幾臘云除暗數居諸都為去壓笑逃亡債總儒工休息且教勞客暫作閒人

求箇丸丹松新燎火甕菜堆盤簇五辛圍爐坐喜分攜歲酒樂在天倫　癡呆賣卻誰曾許如願何須敲喚頻更圖形驅魅桃符示武通靈祀竈錫柜迎新爆竹雷轟藏梅凍解待滿千門萬户春蒼龍駕便明年明日已報東巡

賀通判

有以知縣轉管糧通判者一郎中作詩賀之云最妙無如轉判通州官門報氣何雄班聯喜得先推府尊重何須羨老同丞簿晚生今已矣敎官侍教且從容更有一般堪羨處下忝攢典列西東後郎中亦謫濟南州判先通判者官德州其屬吏也方到任時僚屬滿堂即書此詩持軸賀之及言其故無不絶倒

先儒成語

陸通明世居洞庭有吳某客於山往來頗狎一日陸內人臨蓐吳訊曰曾弄璋未陸曰昨暮生一女已溺之矣吳嘲其諱曰先生極明此事欠通了陸詰之吳曰豈不聞溺愛者不明耶

廣文嘲語

解頤日抄廣文先生之貧自古記之近日士風日趨於薄有某學先生者人餽之肉乃瘟豬也先生嘲之曰秀才送禮言之可羞瘦肉一方堯舜其猶又有以銅銀為贄者又嘲之曰薄俗送禮不過五分啟封視之堯舜與人或作破云敎官之責門人也奮必稱堯舜焉

先生提舉

浙江花提舉與鄞縣學官顧某交往後花陞僉事提舉至鄞以爲謔戲出對云雞卵與鴨卵同窠雞卵先生鴨卵先生顧應聲曰馬兒與驢兒並走馬兒蹄舉驢兒蹄舉

陸伯陽

潘滄浪邂逅一客扣姓字客曰姓陸字伯陽潘笑曰齊景公有馬千駟民無得而稱焉六伯羊值甚的聞者大笑

鄭玄婢

鄭玄家奴婢皆讀書嘗怒一婢使跪泥中一婢問曰胡為乎泥中答曰薄言往愬逢彼之怒

王三六四

王三名魁恃才放誕陸子履行四性慎默於事無所可否觀富以直方少之然二人

極相善觀嘗寢疾子頎往候之觀以方帽包裹坐複帳中子頎笑曰轄中小不佳何至是所謂王三惜命也觀厲聲曰王三惜命何如六四括囊

錢馬相嘲

吳人馬承學性好乘馬喜馳驟同學錢同愛戲曰馬承學學乘馬汲汲而來馬即答曰錢同愛愛銅錢孳孳為利

號寒虫

五臺山有鳥名號寒虫四足有肉翅不能飛其糞即五靈脂當盛暑時文采絢爛常自鳴曰鳳凰不如我至深冬嚴寒之際毛羽脫落索然如鷇遂自鳴曰得過且過噫世人中無所守者不甘澹泊鄉里中必振拔自豪求尺寸名便志得意滿及遇貶抑遽若喪家之狗搖尾乞憐視號寒虫何異哉白香山有詩曰得過且過飲啄隨時度朝暮得隴望蜀徒爾為未知是福還是禍得過且過新知錄作張東海詞誤

兒回來

汴洛深山中多異鳥其聲多類人言一鳥名兒回來鳴曰兒回來兒回來娘家炒麻誰知來士人以為昔有繼母偏愛己子以生麻子授之以熟麻子授前妻之子囑之曰植麻生者得歸家二子不知也幼子嗜食熟麻子遂彼此相易由是其子誤植熟麻子不得歸母思之至死化為此鳥呼其子曰兒回來兒回來好事者記之以警世亦如提葫蘆脫布袴之類

禽言

閩鄭蒲澗有三禽言詩云快快布禾快快布禾清明穀雨天氣和田中水滿禾好布轉眼便是人催科快快布禾　子歸子歸胡不歸田園既蕪屋成灰遲遲吾行當訴誰王門抱瑟不如抱竽吹鬚髮改筋力衰不歸不歸更何為　提葫蘆沽美酒三百青銅何處有桃花落盡杏花殘十分春色今無九縱遇挨推人勒馬空回首况又多年失孟光　一斗憑誰為藏久恐聽提壺休飲酒殊警策可誦○元盧陵鄭光薦（刻號中齋）宋亡以義行嘗賦鷓鴣詩曰行不得也哥哥瘦妻弱子羸牸馱天長地闊多網羅南音漸少北語多肉飛不起可奈何行不得也哥哥○江浦張瑄嘗作五禽言詩亦有意義行不得哥哥君意自不定妾心靡有他黃花九折坂山水險惡多山險不容憾水險舟覆溺君心類比妾奈何行不得哥哥　子歸子歸高堂日將暮故園開彩衣子不歸待何時親歸子不歸欲養悔何可追　姑惡姑惡新婦何曾自認錯人家有姑無此惡姑生女作人婦姑不惡婦則樂　提胡盧提胡盧不愁無酒賣只慮無錢沽但得有錢即沽酒權貴門前媚趨走君不見醉翁了却官家租沽酒取樂一事無　喚起喚起黑甜不及黃妳美五更莫恨雞聲速日出高人睡方足人子孝不色難雞鳴起來問安先盥洗○林馬公卿亦有四禽言詩詞亦可玩哌哌哌百鳥相隨婦與夫嗟我天陰便逐去誰憐天晴盡日吁　布穀布穀春風和春雨足此時不種那得熟嗟我獨催耕羣鳥亦啄粟　八風八火八山看火嘗恐火來燒殺我燕雀爾何愚棟焚不知禍　瘦兒瘦兒我自錯當怨誰天長地遠兒不歸啼聲日夜無休期吻中流血羽毛摧人間後母不見之

寄衣侑詩

綴耕錄洞庭葉正甫久客都門其妻劉氏因寄寒衣侑以詩云情同牛女隔天河又喜秋來得一過歲歲寄郎身上服絲絲是妾手中梭剪聲自覺和腸斷線脚那能抵淚多長短只依先去（一作舊時）樣不知肥瘦近如何

鍾馗示夢

開元中明皇講武驪山翠華之宮因痁疾作晝臥夢一小鬼衣絳犢鼻跣一足履一足腰懸一履搢一筠扇盜太真繡香囊及上玉笛繞殿奔戲上叱問之小鬼奏曰臣乃虛耗也上曰未聞虛耗之名小鬼奏曰虛者望空中盜人物如戲耗者耗人家喜事成憂上怒欲呼武士俄一大鬼頂烏帽衣藍袍繫角帶著朝靴徑捉小鬼先刳其目然後擘而啖之上問之奏曰臣終南山進士鍾馗也因武德中應舉不第羞歸故鄉觸殿堦而死奉旨賜綠袍以葬感恩願與我王除天下虛耗妖孽之事言訖夢覺痁疾頓瘳乃詔畫工吳道子舉旨恍若有覩立筆成圖上視之撫几曰是卿與朕同夢賜以百金

雒于仁四箴

萬曆中三原雒于仁彈上以酒色財氣自蠱神廟大怒幾罹不測召元輔申瑤泉每事分辯瑤泉委曲解救得以免禍後轉大理寺評事進酒色財氣四箴酒箴曰酒為麯糵昕昕不輟心志內昏威儀外缺神禹疏狄敓詔典陸晉師唧杯糟丘成風進樂陛下醲酺勿崇色箴曰艷彼妖冶飲食在側啟寵納侮爭妍誤國成湯不邇享有遐壽漢成寵姬享年不久進樂陛下內嬖勿厚財箴曰競彼鍰鎒錙銖不剩公帑稱贏私家壓甑武散鹿臺八百歸心隋煬剩利大命難諶進樂陛下貨賂勿侵氣箴曰逞

彼忿怒。恣性任情。法尚操切。政戾太平。大舜温恭。和以致祥。秦皇暴戾。鞶愁孔彰。進
樂陛下。舊怨勿藏。

堅瓠四集卷三終

堅瓠四集卷之四目錄

嘉禾行　題書樹
行樂歌　鄭所南
焚書坑　七賢過關圖
退圖　旗亭小飲
桃暗李明　趙子昂
落葉　五嶽山人
唐六如　聶壽卿
半夜雞　終南別業
垢仙　錢振之無題詩
夜雨詞　安南國人
神童詩　侍婢繪詩
周文襄賑饑　吟詩高士
戚文貴鶯兒　王雨舟宮詞
應制詞　上轎多令
索寵姬　張芸叟
王仲澤　寄文恪詩
依樣葫蘆　提學來口號
詠田字　批奪山牘
玉簫宮詞　白撓月題壁
張擘娘　絕糧無穆
綢巾　譏衣柳庄
譏趙師睪　題祠堂
曾胚相謔　夢攜酒樓
雪和尚　題純陽像
李陸相戲　犯夜賦詩
祝沈對　成化對
古人對　四時四方對

典史對　楊一清對
何燕泉　劉招山詞
心字香　一子三教
日影詩

堅瓠四集卷之四

清　長洲石農褚人穫學稼纂輯

嘉禾行

嘉禾行。徐武子先生勸修先賢楊南峰遺塚而作。南峰名循吉。字君謙。成化甲辰進士。弱冠登科。年二十九而致仕。登甲榜者六十三年。八十有九而殁。葬於閶門外。洎乎後嗣湮沒。丘壠荒蕪。武子先生於先朝庚午辛未間。倡議修之。不意鼎革之後。落於丐棍孫壽之手。毀域拔樹。種菜澆穢。近且露其棺槨。行路傷心。而有力者不顧也。武子先生復欲起而修葺之。故作詩以告同志云。當年偶踏嘉禾路。訪友造門多不晤。皆云釀酒共登舟。去掃梅花道人墓。名流勝士無不然。如此一年還二度。我思道人誠足賢。迄今妙技尚爭傳。倘令有言更有德。蒸嘗丘壠猶周旋。吾吳君謙楊儀部。少登黃榜性嗜古。居曾矻矻惟讀書。每當得意多狂舞。因是咸稱主事顛。不滿三旬歸閉戶。結廬支硎正南峰。經史浩瀚無不通。內典外典及稗乘。一一貫徹羅胸中。曾求直言無可報。人所畏言偏入告。疏請復建文年號武廟南巡試樂府。兩番宣呼皆應詔。力辭官爵懇放歸。貧困益深適舜儆。縉紳達士皆慕名。望廬卻步那敢造。落莫失意尤晚年。奇窮觳觫心遠堅。自為生誌發振憤。平生懷抱聊披宣。將登九十乃辭世。著書種種留人間。吁嗟先生負奇癖。年猶未壯捐榮赫。立言立品不尋常。雅操孤高世難匹。景仰堪追曠逸風。豈徒一藝存陳迹。可憐遺塚僅存留。郭外荒涼土一抔。辰菜圃人鋤隧道。牛羊收堅上墳丘。拋棺棄槨須臾事。男子有心宜仗義。鄙夫目擊為心傷。四十年前頗欲償。修葺在崇禎庚午辛未間文相國題語如新後以鼎革廢今日掉頭無應者。漫問先生可姓楊。因思雅道嘉禾士。筆墨風流猶享祀。故塚安全數百年。拜掃於今還未止。文行高賢在里中。漠然棄置乃如此。自是堪嗟鄙俗腸。若見禾人定羞死。咄嗟人瘦尚可肥。果然士俗不可醫。冥報相貽應不爽。勿隨世俗兒嗔癡。武子先生名樹丕。吳縣諸生。善八分書。年八十有八而卒。

題書櫥

楊君謙致仕歸。讀書支硎山南華寺。聞有奇籍。多方圖致。手自抄錄。嘗題書櫥云。吾家本市人。南濠居百年。自我始為士。家無一簡編。辛勤一十載。購求心頗專。小者雖未備。大者亦略全。經史及子集。無非前古傳。一一堅紙裝。辛苦手自穿。當怒讀則喜。當病讀則痊。恃此用為命。縱橫堆滿前。當時作書者。非聖必大賢。豈待開卷看。撫弄亦欣然。奈何家人愚。心惟貨財先。墜地不肯拾。壞爛無與憐。盡吾一生已。死不留一

篇朋友有讀者悉當相奉捐勝遇不肖子持去將鬻錢

行樂歌

行樂歌云春臺冉冉園青竹春夜沉沉東華燭鷫鸘孟未停琵琶聲已續君當為曲海上歌妾當獨唱江南曲江南曲聲未足池中鴛鴦兩兩棲江頭鳧鴨雙雙宿勸君莫待鬢邊華勸君莫負杯中醁君不見紫攤山上月如珠錦石屛前人似玉人生年少須盡歡莫待形骸空結束空結束慢蹉跎青山碧草容易過白髮茫茫君奈何

鄭所南

宋既亡鄭所南改名思肖隱居長洲之承天寺終身不娶時時向南慟哭爰作心史沉於寺之狼山房井中歷四百餘年至崇禎戊寅仲冬僧濬眢井而其書始出鐵函重匱錮以堊灰啟之則楮墨猶新有咸淳大義中興等集久久書及雜文其見駕湖晚步詩云豈獨吳王事可憐人生回首總淒然空嗟落日猶如夢不記東風幾換年寶駕跡消前古地菱歌聲斷晚來船如今城郭多遷變茅屋荒穢草積烟春日登城詩云城頭啼鳥隔花鳴城外遊人傍水行遥認孤帆何處去柳塘烟重不分明春詞云春氣暄妍御夾紗玉釵雙裊線雲斜倚闌看遍庭前樹盡是枝頭結子花懷友云

今日尊前忽憶君為憐秋事又平分坐來疑睇西風久過盡天邊數片雲春日遊承天寺云野梅香軟雨初晴來此閒聽笑語聲不管少年人老去春風歲歲閶闔城閨怨云畫眉夫壻客遊梁獨理瑤琴山水長莫上翠樓凭檻望陌頭無數碧垂楊晚覺有懷云千古英雄人不見一樓風雨夢初回空中變化觀龍見世上淒涼誤鳳來又鳳凰身宇宙麋鹿性山林天下皆秋雨山中自夕陽等句其感慨一寓之於詩又有隱居謠曰布衣暖菜羹香詩書滋味長

焚書坑

唐章碣題焚書坑云竹帛烟銷帝業虛關河空鎖祖龍居坑灰未燼山東亂劉項原來不讀書陸文量容詩云焚書只是要人愚人未愚時國已虛惟有一人愚不得又從黃石受兵書

七賢過關圖

七賢過關圖姓名相傳不一元唐愚士詩云七騎從容出帝閽蹇驢驄馬雜山樽瀛洲學士參差出十八人中一半人廣川書傳謂七賢者李白李欣口之遜孟浩然綦毋潛裴迪司馬承禎出關訪王維明初夏節愍姜南云是開元間冬日李白李華張説張九齡王維鄭虔孟浩然出藍田關遊龍門寺遇雪鄭虔圖之桂溪張路謂二李清狂狎二張吟鞭遥指孟襄陽鄭虔筆底春風滿摩詰圖中詩興長益指此也虞邵庵集題孟像詩有風雪堂中破帽溫七人圖裏一人存之句郎仁寶七修謂三説皆非且云春秋有七人建安有七子唐有七愛宋有七老未嘗稱賢也惟晉竹林七人稱賢耳且王戎嘗乘騾山濤乘騾劉伶乘鹿車餘則乘馬鹿車或誤畫為牛也按羅烏帽亦晉人所戴唐則巾矣元曹文以伯啟集有七子圖詩云清譚飄逸事凌遲七子高風世所師公室傾危無砥柱服牛乘馬欲何之此一証也陸儼山玉堂漫筆云七賢疑即竹林七賢耳屢有人持其畫索題觀其所畫衣冠騎從當是晉魏間人物意態若將避地者武云即論語作者七人像也録之以俟博識

退圃

蘇東坡為俞康直郎中作所居四咏中有退圃詩一首云百丈休牽上瀨船一鈎歸釣縮頭鯿園中草木知無數獨有黃楊厄閏年其於退字略不發明而休牽上瀨歸釣縮頭黃楊厄閏則曲盡退字之妙此詠題之三昧也

旗亭小飲

開元中王昌齡高適王之渙齊名時風塵未偶而遊處畧同一日天寒微雪三人共詣旗亭貰酒小飲有梨園伶官十餘人會讌三人因避席隈隅擁爐火以觀伶有妙妓四輩續至奢華艷曳旋奏樂皆當時名部也昌齡等私相約曰我輩各擅詩名不自定甲乙今密觀諸伶所謳詩多入歌者為優俄一伶拊節而歌曰寒雨連江夜入吳平明送客楚山孤洛陽親友如相問一片冰心在玉壺昌齡引手畫壁曰一絶句尋又一伶謳曰開篋淚沾臆見君前日書夜臺何寂寞猶是子雲居適引手畫壁曰一絶句尋又一伶謳曰奉帚平明金殿開强將團扇共徘徊玉顏不及寒鴉色猶帶昭陽日影來昌齡又畫壁曰一絶句之渙自以得名已久因謂諸人曰此輩皆巴人下俚詞耳陽春白雪俗物豈敢近哉指諸妓中最佳者曰待此子所唱如非吾詩終身不敢與子爭衡矣須臾雙鬟發聲則歌黃河遠上白雲間一片孤城萬仞山羌笛何須怨楊柳春風不度玉門關之渙即撤歎二子曰田舍奴我豈妄哉因大諧笑諸伶不喻其故皆起詣曰不知諸郎君何故歡噱昌齡等因話其事諸伶競拜乞俯就筵席三子從之飲醉竟日

桃暗李明

辭退之有詩云。江陵城西二月尾。花不見桃惟見李。風揉白棟雪蓋比。波浪翻空杳無已。誠齋詩序云。桃李同時。而退之詩云不見桃花。不可解。偶因晚眺登碧落堂望隔江桃暗而李獨明。乃悟其妙。

趙子昂

趙孟頫以宋室賢才。失身北仕。楊州春市琵琶別調矣。然而哀音離黍。故國凄涼。未嘗不纏綿四韻中也。嘗作聞擣衣詩云。露下碧梧秋滿天。砧聲不斷思綿綿。北來風俗猶存古。南渡衣冠不及前。苜蓿總肥宛騕褭。琵琶曾沒漢嬋娟。人生俯仰成今昔。何待他年始惘然。又作絕句云。春寒惻惻掩重門。金鴨香殘火尚溫。燕子不來花又落。一庭風雨自黃昏。　梅花開盡雪飄零。楊柳青青春水生。一夜東風吹雁過。江南江北故鄉情。

落葉

苕谿漁隱載劉義落葉詩云。返蟻難尋穴。歸禽易見窩。滿廊僧不厭。一箇俗嫌多。鄭谷咏柳詩云。半烟半雨谿頭畔。間杏間桃山路中。會得離人無限意。千絲萬絮惹春風。觀此二詩。乃落葉及柳之謎語也。

五嶽山人

錢塘田汝成記云。蘇州黃勉之省曾。風流儒雅。卓越罕儔。嘉靖戊戌。當試春官。予過吳門。談西湖之勝。便輟裝不北上。來遊西湖。盤桓累月。勉之自號五嶽山人。其自稱於人。亦曰山人。予常戲之曰。子真山人也。癖耽山水。不顧功名。可謂山興。瘦骨輕軀。乘危涉險。不煩筇策。上下如飛。可謂山足。目擊清輝。便覺醉飽。飯纔一溢。飲可曠旬。可謂山腹。談說形勝。窮狀奧妙。含腴咀雋。歌咏隨之。若易牙調味。口欲流涎。可謂山舌。解意蒼頭。追隨不倦。搜奇剔隱。以報主人。可謂山僕。備此五者而謂之山人。不亦宜乎。

唐六如

唐子畏寅。一字伯虎。號六如。謂取佛氏之說。乃蘇門公嘯有六如。一如深溪虎。一如大海龍。一如高柳蟬。一如巫峽猿。一如華丘鶴。一如瀟湘雁。其說更脫灑有意趣。子畏既廢棄。詩云。一失脚成千古笑。再回頭是百年人。又絕句云。五陵鞍馬少時年。三策經綸聖主前。零落而今轉蕭索。月明胥口一簑烟。壽王少傅詩云。綠蓑烟雨江南客。白髮文章閣下臣。同在太平天子世。一雙空手掌絲綸。所用石記曰。龍虎榜中名第一。烟花隊裏醉千場。有風流遺一書。皆青樓中遊戲語。惜不傳。〇桐下听然。華學士鴻山案艤舟吳門。見鄰舟一人獨設酒一壺。斟以巨觥。科頭向之極罵。既而奮袂舉觥作欲吸之狀。輒攢眉置之。狂叫拍案。因中酒欲飲不能故也。鴻山注目良久曰。此定名士。詢之。乃唐解元子畏。喜甚。肅衣冠過謁。子畏科頭相對。談謔方洽。學士浮白屬之。不覺盡一觴。因大笑極懽。日暮復大醉矣。當談笑之際。華家小姬隔簾窺之而笑。子畏作嬌女篇貽鴻山。鴻山作中酒歌答之。後人遂有傭書獲配秋香之誣。袁中郎為之記。小說傳奇。遂成佳話。又子畏同祝京兆醉坐生公石。見可中亭有貴人分韻賦詩。乃衣藍縷如乞兒。倚柱而聽。數刻未落一韻。格格苦思。句成二人相視而哂。貴人怒曰。乞何為者。豈能詩耶。對曰能。解元口吟。京兆操觚。須臾數百言。有七里山塘迎晚騎。幾番春雨濕征衫之句。擲筆索酒。酣飲而去。貴人驚異。以為遇仙。對人艷稱之。後知之。慚恚。卒有棘闈之譖。

聶壽卿

臨川聶壽卿大年。工詩詞書。兼率更承旨兩家。以薦授長洲仁和教官。一目重瞳。沈石田謂聶眇一目。長身紫髯。博通經史。秋闈考文四省。交聘咸以病辭。景泰中。徵修通鑑綱目。

未入館。病卒。翰林諸公惜不獲一見。時童大章在坐。素善滑稽。因曰。不必識其人。彼但多一耳。少一目而已。眾為閧然。蓋聶姓三耳。而壽卿眇一目也。其醉後跌起口占。有老我不勝金谷罰。傍人應笑玉山頹之句。有詞曰。楊柳小蠻腰。慣逐東風舞。學得琵琶出教坊。不是商人婦。忙整玉搔頭。春筍纖纖露。老却江南杜牧之。懶為秋娘賦。又粉淚濕鮫綃。只恐郎情薄。夢到巫山第幾峰。酒醒燈花落。數日尚春寒。未把羅衣著。眉黛含顰為阿誰。但悔從前錯。又花壓鬢雲低。風透羅衫薄。殘夢肯騰下翠樓。不覺金釵落。幾許別離愁。猶自思量着。欲寄蕭郎一紙書。又怕歸鴻錯。

半夜雞

唐人以半夜雞鳴為不祥。宋鵾晚雞詩云。黯黯嚴城罷鼓鼙。數聲相續出寒棲。不嫌驚破紗窗夢。却怕為妖半夜啼。但寒雞半夜則啼。今止以黃昏及雌雞啼為不祥。

終南別業

碣石剩談。長安雍世隆泰別業去終南不一舍。甚有幽致。有尋訪留題壁間者云。中丞別業壓秦川。非郭非村小洞天。樹底好山當屋上。源頭活水過門前。吟邊風月詩三百。靜裏乾坤壽八千。只恐春雷天外震。等閒驚起老龍眠。未幾有詔起復。亦詩讖

也

垢仙

垢仙姓吳吾蘇市人也生於萬曆甲申三十以前蹤跡未定每行市中羣兒嬲之呼為狗仙乙巳始赤身矣人與之食有享有不享與錢亦然享者受者其家必有吉祥善事先依朱姓後依王姓席地趺坐晝夜擁爐酷暑無汗暗坐無蚊體不沐而無穢氣髮成結而無蟣虱臘月浴冰孔中夏日熾炭逼身遠近觀者絡繹不絕兩耳中通左右洞鳴日則緘默夜聞笑語鄰人云虛室若有往來者不飲酒而茹葷半幅圍腰以蔽下體人欲以新者易之弗顧也虞山顧宦北上夢人語曰郡中顧家橋有異人宜問其行藏受公禮此行如意否則且無貽轄也顧訪之見其蓬首垢面改為垢仙贈之不受叩之不答顧脉脉去入都遂罹瑞禍又有浙宦攜二子偕一客來訪各以百錢為壽仙低徊不視強之僅取其子者各二十一枚餘皆峻却宦與客怏怏而去後則向人索錢矣人皆曰仙亦改其素乎或曰此風會使然彼不過游戲三昧耳較之衣冠中白晝暮夜攫取無厭者不仙凡哉而仙意不可雖與之終不受也順治乙酉正月廿九日度世年六十有二金閶里人沈寄員名鍾者篤信之一日夢仙造其家曰吾今往醒而心動越一日趨視端坐尸解顏色如生覺口中有香氣相觸寄員不欲壞其真身捐貲買水銀含殮置龕坐之倡率建庵以奉仙靈今像在婁門內老君堂中蓋仙混跡人間一旦厭五濁惡世蟬蛻而去豈因時移世換頓超塵累凡緣乎若寄員者可謂契合者也

錢棖之無題詩

錢棖之尚濂有無題詩云碧雲飛處隔蓬萊香徑烟銷種綠苔夢裏關山何日到書中鴻雁幾時來團香和就相思淚硾玉難成百艷胎自是人間惆悵事劉郎辛苦憶天台　自來消息兩茫然畫損雕闌擲破錢秋雁書空還有淚春蠶絲盡不禁眠已無梧葉題長恨空折梅花報可憐一夢揚州成底事挑燈誰話舊因緣　悠悠魚雁別經時瘦盡江郎彩裡絲天上有星臨薄命人間無藥治相思空餘舊恨歌桃葉誰識新詞唱柳枝十二峯前多少意倩風吹與玉人知　獨立東風空自嗟悵悵暗數昔年華雲鬟有恨終為石萱草無歡不耐花燕子自尋王謝壘馬蹄曾識茂陵家蒼茫望斷歸來路一寸心中萬里涯　凡材何計合姻緣誤入三山小有天賦就西廂飛白鳳夢來神女劚藍田看花和淚思長好對月傷心說再圓情緒近來言不得夜深獨自禮金仙　浪說歡情不可尋星橋折處彩雲深殘衾影斷鸞分鏡膩枕香消玉墮簪一尺難挨回首路千金莫買隔簾心何年再展雙翔翼飛上紅樓倚碧琴　浮漚聚散豈為期零落花魂倦眼低枕上三更銷夢雨燈前一折買愁詩難將白雪調蘇小何用黃金鑄收之二十四番風信急雕梁春暗絡塵絲　襄王曾伴楚江雲花使無端惜離羣鸞鳳篁中喚小玉鴛鴦塚上哭雙文淚絲堪織流黃綺雁字誰書白練裙王粲登樓渾是病暮烟何處問湘君　腸斷崔徽待月身淚流清血自霑巾嬌多嗔愛情難惻憶久悲歡夢似真蕭史何年憐月姊裴郎鎮日醉冰人惆然愁思渾無賴一任桃花流水春　臨鏡朝來不欲看情禪何日出邯鄲西陵歌斷驚花小南國香消佩帶寒好夢迷天皆薄倖侯門如海只悲酸蒹葭莫問長干路江上烟生白露團　歌舞教成十載恩令朝誰識舊王孫五湖自載吳宮月三峽空歸蜀帝魂芳草淒迷人事改孤雲明滅此心存曉來染得相思字半是芸香半淚痕

夜雨詞

徐甜齋旅寄江湖十年不歸嘗作夜雨詞云一聲梧葉一聲秋一點芭蕉一點愁三更歸夢三更後落燈花碁未收歎新豐孤館人留枕上十年事江南萬里憂都到心頭甜齋與貫酸齋同時齊名世號酸甜樂府

安南國人

桐下听然萬曆辛亥溫州盤石衛獲得夸船二隻凡一百二十人稱是安南國皆環目黑齒被髮衣袷無幅言語支離不通而文字不異中國相見以搓手為敬吹箬葉作聲有清韻編竹為舟膠以木葉舟軟如紙可捲其序立似有尊卑魁然而紅毘盧者酋長也初見人惟痛哭既而引見上官庭下偶答他囚相與惶駭股栗官發置各僧寺十人為偶以兵守之未免飢困水土不服數日後有死者酋長為詩云微軀飄泊豈無家只為蠅頭一念差昔日已曾朝北闕今朝焉得指南車夢魂自信歸鄉國骸骨誰憐沒草沙寄語妻兒休問卜年年滴淚向中華上官見詩稍憐之為給廩餼復因遣使封王遂送歸其國

神童詩

宋鄞縣汪洙字德溫九歲善詩賦收錄賞官見殿宇頹圯心竊歎之題曰顏回夜夜觀星象夫子朝朝雨打頭萬代公卿從此出何人肯把俸錢修上官奇而召見時衣短褐以進問曰神童衫子何短耶應聲曰神童衫子短袖大惹春風未去朝天子先

來謁相公世以其詩詮補成集訓蒙為汪神童詩後登元符三年進士仕至觀文殿大學士謚文莊子思温思齊孫大猷皆至大學士

侍婢續詩

宋趙葵嘗避暑水亭作詩云水亭四面朱闌遶簇簇遊魚戲萍藻六龍畏熱不敢行海水煎徹蓬萊島身眠七尺白蝦鬚頭枕一枚紅瑪瑙詩未成葵即睡去侍婢續云公子猶嫌扇力微行人正在紅塵道

周文襄賑饑

景泰五年遣周文襄忱賑饑周進本作二詩致朝士云蕭蕭匹馬過長安滿目饑民不可看十里路埋千百塚一家人哭兩三般大街骸骨形將朽鴉啄骷髏血未乾寄語當朝諸宰輔鐵人聞着也心酸　艱難百姓實堪悲大小人民總受飢五日不燒三日火一家關閉九家籬隻鷄祇換三升穀斗米能求八歲兒更有兩般堪歎處地無芳草樹無皮不減流民圖讀之酸鼻

吟詩高士

景泰中吳郡大飢有人題詩三清殿壁自號云我年七十遇三荒惟有今年荒得荒

我今弔死三清殿知道來年荒不荒至今觀中大醮必首薦吟詩高士云

歲交黃鶯兒

錢古民自號林屋道人乙卯丙辰歲交有黃鶯兒詞云除夜雨蕭蕭掩雙扉歎寂寥山餚野蔌辛盤妙把銀燭高燒把金尊滿澆懇懇忙禮毛錐道祝來朝硯田豐稔大有勝今宵　爆竹響連宵慶豐年賀歲朝桃符新換千門曉玉綴梅梢金舒柳條宜春接福聰前報石灰描平安吉慶添箇大元寶

王雨舟宮詞

夷白齋詩話吳興王雨舟濟人物高遠奉養雅潔刻意詩詞其所著有宮詞一卷水南詞一卷谷應集鐵老吟餘其宮詞尤蘊藉可喜姑舉一二染指可知鼎中之味矣其詞云鸞幸長春二鼓時提燈馳報疾如飛上房供奉忙多少才拭龍床布地衣　昨夜閤中進荔枝君王親受幸龍池先將並蒂盛金盒宣賜昭儀盡不知　錦標奪得有誰爭踠向君王自報名宣索宮花親自插連呼萬歲兩三聲

應制詞

宋有翰林直内宿應制作宮娥新年詞黃金殿裏燭影雙龍戲勸得官家真個醉進酒猶呼萬歲錦茵舞徹涼州君恩與整搔頭一夜御前宣喚六宮多少人愁後遂挂彈章以詞臣應制作仰語不得入政府景德中早秋宴拱辰殿酒酣宮人按舞命中使諸翰林索新詞夏竦初授館職立進喜遷鶯曰霞散綺月沈鉤簾捲未央樓夜深河漢截天流宮殿鎖清秋瑤階曙金莖露鳳髓香和雲霧三千珠翠擁宸遊水殿按涼州上大喜未幾擢用榮辱有命信夫

上糖多令

山堂肆考宋史彌遠嘗作半閒亭每治事畢即入亭中打坐有優人上糖多令詞大稱其意其詞曰天上摘星班青牛度關幻出蓬萊新院宇花外竹竹邊山軒冕倘來閒人生閒最難算真閒不到人間一半神仙先占取留一半與公閒

索寵姬

蔡元長南遷中路有旨取其寵姬三人以金人指名來索也元長作詩贈別云為愛桃花三樹紅年年歲歲惹春風如今去逐他人手無復尊前念老翁

張芸叟

熙寧初王荊公以經義取士元祐後用詩賦紹聖初復罷之政和中著令士庶傳習

詩賦者杖一百張芸叟舜民賦詩曰少年辛苦校蟲魚晚歲雕蟲恥壯夫自是諸生猶習氣果然紫詔盡驅除酒間李杜方投筆地下班揚亦引車唯有少陵頑鈍叟靜中吟撚白髭鬚

王仲澤

宋王仲澤以才選行人與金議和比再至揚州有題詩驛亭譏其和事不成云來往二年無一事青山也應笑行人仲澤亦為詩解嘲云二年奔走道途間知被青山笑往還只向江南南岸老行人因更笑青山

寄文恪詩

沈啟南居相城水鄉年八十餘病將危相國王文恪公請告歸次日即遣傔齎書往候石田賦寄一絕云勇退歸來說宰公此機超出萬人中門前車馬多如許那有心情問病翁字墨慘淡遂為絕筆

依樣葫蘆

陶穀久在翰林意希大用其黨因宣言穀宣力實多藝祖曰翰林草制皆簡前人舊本俗所謂依樣畫葫蘆耳何宣力之有穀作詩云官職須由生處有才能不管用時

無堪笑翰林陶學士，年年依樣畫葫蘆。

提學來口號

桑民懌悅口號云：提學來，十字街頭無秀才。提學去，滿城羣彥皆沉醉。青樓花映東坡巾，紅燈夜照西廂記。又教諭静之云：槐花黃，舉子忙，閒時做下忙時用，管甚槐花黃不黃。

詠田字

沈啟南周詠田字云：昔日田為富字足，今日田為累字頭。拖下脚時成甲首，申出頭來不自由。田安心上長思想，田在心中慮不休。當初只望田為福，誰料田多壘壘愁。康熙初，吳中田產皆賤，應其言。

批奪山牘

韻語晨鐘：黃岩有顯者奪民山，民訟之。時高材為令，批其牘曰：一片青山一片金，百年人有萬年心。鴻溝未必常為限，倏忽浮雲變古今。踏遍青山山轉我，問山不語奈山何。若無山下纍纍塚，料得爭山人更多。

玉簫宮詞

雙槐歲抄：臞仙宮詞云：忽聞天外玉簫聲，花底徐行獨自聽。三十六宮春一色，不知何處月偏明。王司綵宮詞云：瓊花移入大明宮，旖旎濃香韻晚風。贏得君王留步輦，玉簫遙亮月明中。時賢妃權氏，朝鮮人，善吹玉簫。永樂八年，侍上北征，還至臨城薨，謚恭獻。

白抗月題壁

吳門女子白抗月，題任丘旅店壁云：妾白抗月，號蓮舫，家住半塘，幼失雙親，寄養他姓。姿容畧異，慧業不同，非敢擅秀閨中，頗效清風林下。豈意我生不辰，所適非偶，日彈琴之相對，百恨纏綿，時捲幔以言征。一詩哽咽，余爰題之驛亭，人各憐之，黃土可耳。詩曰：吳宮春深怨別離，風塵憔悴淚雙蛾。眉鵑啼月落寸腸斷，香消竹樂空垂垂。流黃木工機上織，生小殷勤弄文筆。新詩和淚寫郵亭，珍重寒宵誰面壁。康熙丙辰三月廿日，商丘宋牧仲舉北上過此，挑燈細讀，感慨係之，因檃括原詩，為調笑令，用貽好事。云：面壁，淚痕濕，想見含愁燈下立。風鬟雨鬢吳宮隔，竹樂香消堪惜。明妃遠嫁歸何日，一曲琵琶悽惻。康熙戊辰，宋公為江蘇藩憲，有惠政，陞任江西巡撫。

張璧娘

張璧娘，閩縣良家女也。歸某半載而夫卒。光麗艷逸，姝美絶倫，少年慕而挑之者，無不見擯，獨愛林子真之才而越禮焉。所居樓上，又有複閣，使侍婢引子真匿複閣中，往來甚秘。子真移家臨清，就父公署。璧娘懷想，寄詩：黃消鵝子翠消鴉，簟拂層冰帳九華。裙縷褪來腰束素，釧金鬆盡臂纏紗。牀前弱態眠新柳，枕上迴鬟壓落花。不信登墻人似玉，斷腸空盼宋東家。子真覽詩，淹留未歸。璧娘感想而殁。子真聞之，有感傷詩云：梅花歷亂奈愁何，夢裏朱樓掩淚過。記得去年今夜月，美人吹入笛聲多。蓋璧娘好音，尤善吹簫，嘗潛詣子真烏石山房，倚梅花吹簫，故子真詩記其事。

絶糧無袴

義興儲遇，一日過金沙鄧孺孝，鄧為言絶糧狀，因口占自寬云：有口無糧不用愁，有糧無口正須憂。真人解得其中意，煩惱坑中好出頭。儲曰：余舊年貧無袴，亦有口號云：西風吹雨聲索索，這隻大腿没下落。朝來出榜在街頭，借與有袴人家着。坐中多貧士，為之大笑。

網巾

貴池劉輿夫名廷鑾，有十二棗書。其詠網巾云：結髮前過十七春，憑兹弱冠說成人。蓬頭寧敢加元冕，棋服曾看映角巾。萬法羽衣稱統一，大綱儒者者經綸。截流希解彌天網，散作烟波一釣緡。

譏袁柳庄

寧波曹孝廉某題詩，譏相士袁柳庄曰：英雄老眼識英雄，我正懷疑欲問公。九尺曹交湯九尺，重瞳項羽舜重瞳。形容何乃一相似，功業如何兩不同。須向此中明造化，莫將容易問窮通。

譏趙師睪

宋太學生以詩譏趙師睪云：堪笑明庭鵷鷺，甘作村莊犬雞。一日冰山失勢，湯剝鑊煮刀刲。及侂胄敗，或又贈之曰：侍郎自號東牆，曾學犬吠村莊。今日不須搖尾，且尋土窟深藏。

題祠堂

會稽郡治有晉牧堂，趙師睪帥浙東，使門吏陳詞，乞增已像，兩司狗從之。朱萬年題詩於祠壁曰：師睪使衆作祠堂，要學朱張與鄭王。大鵬飛上梧桐樹，自有旁人說短長。

曾屈相謔

崇禎甲戌科屈伸曾亨應二人各以其姓舉古人相謔曾曰屈到屈原都為他屈天屈地屈曰曾點曾西好似你曾祖曾孫

夢携酒樓

陳彥修有姬一夕夢少年携上酒樓酣飲少年執板歌以侑酒覺猶記云人生開口笑難逢富貴榮華總是空惟有隋堤千樹柳滔滔依舊水流東

雪和尚

永樂中京師大雪軍士於午門外將雪團一和尚解縉見之題詩曰此僧從未入娘胎昨日天宮降下來暫借午門投一宿明朝日出往天台

題純陽像

說聽王文恪公鏊之年十二能詩有以呂純陽渡海像求題文恪援筆書云肩作帆兮劍作舟飄然直渡海洋秋饒他弱水三千里終到蓬萊第一洲 其大志已見矣

李陸相戲

陸式齋容在成化時留滯郎署最久其遷職方也李西涯戲之曰先生其知幾乎曷

為又入職方也式齋應聲曰太史非附熱者奈何只管翰林耶

犯夜賦詩

宣德中有浪遊黄州者以犯夜為太守究因上詩曰舟泊蘆花淺水湄故人邀我飲金巵因歌赤壁兩篇賦不覺黄州半夜時城上將軍原有禁江南遊子本無知黄堂若問真消息邁有聲名在鳳池問其姓氏終不答守禮而釋之是必建文中行遯諸臣也

祝沈對

祝枝山同沈石田出行見尼姑收稻自挑祝云師姑田裏挑禾上 和尚 沈云美女堂前抱繡裁 秀才

成化對

成化初登極一士考選中書上命對云日又明月又明大明一統士應聲云爭也化夯也化成化萬年上悅

古人對

陳洽八歲時與父同行見兩舟一遲一速父因命對云兩船並行櫓速 魯肅 不如帆快 樊噲 洽即云八音齊奏笛清 狄青 難比簫和 蕭何

四時四方對

有才士偶成一對云冬夜燈前夏侯氏讀春秋傳久未有對者後請乩仙以此問之方對曰東門樓上南京人唱北西廂

典史對

有兩吏員候選典史欲南者得北欲北者得南因相爭文選命對曰吏典爭南北南方之强與北方之强與一典史對云相公要東西東夯之人也西夯之人也聞者絶倒

楊一清對

楊邃庵十二歲中舉至京國公尚書同設席邀飲尚書國公辭遜酒兩盃因曰手執兩盃文武酒飲文乎飲武乎楊曰胸藏萬卷聖賢書希聖也希賢也

何燕泉

何燕泉孟春幼時同父乘凉父命對曰蛙鼓螢燈蚯蚓笛荒堂夜夜元宵即對曰鶯簧蝶拍鷓鴣詞香陌年年上巳

劉招山詞

劉招山作繫裙腰詞云山兒矗矗水兒清船兒似葉兒輕風兒更没人情月兒明厮合凑送人行眼兒簌簌淚兒傾燈兒更冷清清遭逢雁兒又没前程一聲聲怎生得夢兒成

心字香

蔣捷有一剪梅詞云一片春愁帶酒澆江上舟搖樓上帘招秋娘容與春娘嬌風又飄飄雨又蕭蕭何日雲帆卸浦橋銀字箏調心字香燒流光容易把人拋紅了櫻桃綠了芭蕉按心字香外國以花釀香作心字焚之

一子三教

陳湖宋墅村陸天翼解升幼聰穎其父以貧窘欲送為僧母欲送為道士天翼志欲為儒有人出句試之曰一子難兼三教儒釋道盍言爾志天翼即曰七篇能中五魁解會狀必得其名遂潛心肄業從入吳縣學有聲庠序

日影詩

耳談載黄巖王仁甫古直遊京師視鄉人於刑獄被逮並以置獄甘侵辱緘口不言

猾暴立烈日中不與衆囚伍刑曹主事李廷美異之徵其衣帽得柯學士潛贈詩因曰爾能詩乎使賦日影須臾詩成曰瞞瞞散陽暉因物始成影萬象妍醜分一見妖魅屏亢雀成駒馳金烏與蟬冷長夜照圜扉冤氣正延頸廷美見其詩縱之歸長揖出獄吏羣而笑古直名由此顯其詩亦可誦較之曹景宗競病句陳思王萁豆詩不啻過之

堅瓠四集卷四終

堅瓠五集序

聞諸文文肅公吳中名賢小志其所向往與其所寄托迥然時俗之外竊歎吾吳自明盛以來學士大夫風流弘長沾溉所及不勝殘膏賸馥之慕今而得稼軒褚先生先民之遺風猶有存焉者乎稼軒素以文行為鄉閭推重觴咏多暇讀書等身而生平寫照惟得閒多事外知足少年中二語始欲參諸賢中恬雅一席近纂堅瓠諸刻或莊或諧類能觸目儆心醒貪嗔而却愁疾令閱者几案間如對直諒多聞之友其為裨益非淺淺也因是而思稼軒之所向往與所寄托諸賢且欣然願相把臂入林者而又何說鈴書肆之足疑其汗漫云

錫山年家弟顧貞觀拜識

堅瓠五集卷之一目錄

勉學歌　諭俗歌
諭俗箴　格言詩
邵許詞　四留銘
衛郡格言　真味堂
易足齋　村姉艷詩
祈雨警句　世態炎涼
候潮詩　玉枕山詩
道月佛力　祈雨
題松雪畫　劉改之詩詞
賦詩去位　題衛輝驛壁
劉海蟾歌　張躍川絶句
柳毅井　呂真人
張君壽　孟鯉詩

銀牀　仇萬頃賣詩
毛伯温咏萍　洛陽花酒
賞花釣魚　對句
憐馬卒　呂翁夢
張夢晉　六歲應試
貧士徵　民謠
棄舊戀新　三尸
角三弄　夢宮女戲毬
遣妓詩　蝶粉蜂黄
戒好色　買妾行
赤壁　四威儀
隔壁笑　移碁相間
八不就訣　周藩宮詞
劉庭信詞　殺靡靡
哈打打　戲言佀尋
趙東文詞　蛛網救蝶
大焚米商　老秀才

堅瓠五集卷之一

清　長洲石農褚人穫學稼纂輯

勉學歌

舊傳勉學歌四章，惜不載誰作。其一云：君不見東鄰一出騎青驄，笑我徒步真孤窮。讀書一旦登樞要，前遮後擁如雲從。昔時子身今富足，大纛高牙導前陸。始信出門莫恨無人隨，書中車馬多如簇。其二云：君不見西鄰美婦巧畫眉，笑我無妻誰娶之。讀書一旦高及第，豪門爭許成婚期。昔時孤房今花燭，孔雀屏開忻中目。始信娶妻莫恨無良媒，書中有女顏如玉。其三云：君不見南鄰萬頃業有餘，笑我饑寒苦讀書。讀書一旦登雲路，腰間紫綬懸金魚。昔時簞瓢今粱肉，更是全家食天祿。始信富家不用買良田，書中自有千鍾粟。其四云：君不見北鄰飛宇倚雲端，笑我屋漏門無關。讀書一旦居相府，便有廣廈千萬間。昔時茅簷今梁木，畫棟雕甍成突兀。始信安居不用架高堂，書中自有黃金屋。

諭俗歌

魯文恪公鐸有諭俗歌云：祖也善，孫也善，該有善報全不見，請君莫與天打算，此翁記得只性緩，積善之家終長遠。祖也惡，孫也惡，該有惡報全不覺，請君莫與天激聒，此翁性緩不曾錯，積惡之家終滅沒。財也大，產也大，後來子孫禍也大，借問此理是如何，子孫財多膽也大，天來大事也不怕，不喪身家不肯罷。財也小，產也小，後來子孫禍也小，借問此理是如何，子孫無財膽也小，些小生業知自保，儉使儉用也過了。

諭俗箴

方正學孝孺有諭俗四箴，李蜜菴先生詩首補一箴，可翼明高皇六諭，及聖諭十六條。子孝寬父心，斯言誠為確，不患父不慈，子賢親自樂，父母天地心，大小無厚薄，虞舜日夔夔，瞽瞍亦允若。兄須愛其弟，弟必恭其兄，勿以纖毫利，傷此骨肉情，周公賦棠棣，田氏感紫荆，連枝復同氣，婦言慎勿聽。夫以義為良，婦以順為令，和樂禎祥來，乖戾災禍應，舉案必齊眉，如賓互相敬，牝雞一晨鳴，三綱何由正。損友敬而遠，益友宜相親，所交在賢德，豈論富與貧，君子淡如水，歲久情愈真，小人口如蜜，轉眼如仇人。君臣義最重，莫逃天地間，手足衛腹心，一體恒相關，政荒事或怠，曠官乃鰥，一飯主恩深，朝野總一般。方氏闕此箴，毋乃殷氏頑，我為補其亡，萬古重於山。

格言詩

陳眉公格言詩云：過去事已過去了，未來不必預思量，只今只說只今話，一枕黃粱午夢長。又不為謀生不讀書，數竿修竹是吾廬，近來學得長生訣，賣盡呆獃又賣癡。又云：留七分正經以度生，留三分癡呆以防死。○甑甑子教人養吾神，止庵子教人去殺機，能師二語，其福自厚。

邵許詞

邵康節聽天吟云：上天生我，上天死我，一聽於天，有何不可。許魯齋詞云：花謝花開時去時來，福方慰眼，禍已成胎，得未足慕，失未足哀，得失在天，敬聽天裁。讀此二詩，則躁進之心，渙然冰釋矣。

四留銘

參堅志：王參政伯大號留耕，嘗著四留銘于座右云：留有餘不盡之巧，以還造化；留有餘不盡之祿，以還朝廷；留有餘不盡之財，以還百姓；留有餘不盡之福，以還子孫。貼于壁間，忽一日，雲霧四起，霞光燭天，遂失書所在，浩然瞬視，聽抄作馬碧梧語。

衛邵格言

衛伯玉有言曰：人有不及，可以情恕；非意相干，可以理遣。吾人處世，能以情恕，以理遣，可以遠禍怨，可以添福壽。邵康節詩云：仁者難逢思有常，平居慎勿恃何妨，爭先徑路機關惡，退後語言滋味長，爽口味多終作疾，快心事過必為殃，與其病至求良藥，不若病前能自防。李蜜菴作陳瑩中示任勝彩。此詩與伯玉之言，俱當書之座右。

真味堂

李屏山純甫題真味堂云：問渠真味若為言，不著鹽梅也自全，鼎鼎大夫徒染指，醯雞公子枉流涎，胸中已有五千卷，儌外更聽三兩絃，此老清饞何所似，官情滑蠟已多年。

易足齋

王元老叔題易足齋云：吾愛吾廬事事幽，此生隨分得優游，窮冬夜話蒲團燠，長夏朝眠竹簟秋，一榻蠹書閒處看，兩盂潔粥飽時休，紅旗黃紙非吾事，老羨元龍百尺樓。

村婦艷詩

泐大師現女人身說法者，附乩作村婦艷詩云：西施住盡黃金屋，泥壁蓬窗獨剩儂，寄語梁間雙燕子，天涯可有好房櫳。

祈雨警句

碣石剩談景泰間徐州馬蘭䧁彥芳為汝甯教精舉業尤長於詩一時登科第者多出其門時太守殷文搗在郡每遇旱澇祈禱輒應以詩賀者甚衆惟蘭䧁一聯擅場云禱雨雨隨天外至祈晴晴自望中開太守得詩大喜謂其僚佐曰蘭䧁開字韻可謂壓倒元白矣

世態炎涼

沈石田有送歸燕詩云送歸燕送歸燕秋社於今又一遍明年春社是來時隔不半年仍復見送歸燕似把人家作郵傳來時不是慕富貴去日豈非棄貧賤口喃喃尾涎涎意與主人相眷戀對語殷勤楊柳樓雙飛再四梧桐院樓中院中有宿客主人日日開高宴酒杯去手易肺肝酒杯在手革顏面若將燕子比人情燕子年年情不變余向見其真蹟題杏花燕子上書畫俱精瞿稼軒石田詩鈔不載近見碣石剩談石田又有新燕篇云今年見新燕猶似去年見主人頭髮白轉多只有烏衣不曾變年去年來來不差分明記得主人家柴門大開風滿屋飛出飛入尋楊花君不見相國門前車馬塞一朝去相車馬寂車馬寂草萋萋燕子還來梁上棲二詩總喻世態炎涼錢功甫石田集暨瞿本俱不載丘瓊山有感事詩云白髮年來也不公春風亦與世情同而今燕子如蝴蝶不入尋常矮屋中戴石屏詰燕篇有春風朋汝一相顧對語茅簷慰岑寂如何今年來於我絕踪跡一貪簾幕畫堂間便視吾廬為棄物棄舊戀新古今同慨

候潮詩

建文初舟山王永頤字崇正狀貌魁梧未第時遊錢塘偵御史朱恭泊諸司觀潮嗔王弗避拘至王意思安閑御史試以候潮詩援筆立就云大江東去接蓬萊萬里潮聲兩浙開幾度夜隨明月上有時風捲雪山頹畫船衝汎沙頭立白馬淩空海上回我欲乘槎訪齊漢清風不礙釣魚臺有欽寄稱起復試之有分明一派長江水做出許多聲勢來之句御史笑而釋之

玉枕山詩

陳白沙應詔道出南安太守張弼大以白沙出山為非是欲尼其行白沙不可製玉臺市詩與汝弼往復頗相譏諷白沙作玉枕山詩云一枕秋橫碧玉新金鰲閣上見癖痾使君得此全無用貴與江門打睡人汝弼復之曰客囊羞澀客衣單那有黃金

買此山多少高人眠不著雞鳴催入紫宸班白沙跋之曰東海白沙大家不曉笑殺陳圖南也詳在玉枕山詩話中

道月佛力

金山志載岳武穆班師過金山寺禪師道月勸之勿赴闕武穆不聽道月遺以詩云風波亭下水滔滔千萬堅心把柁牢只恐同行人意歹將身推落在深濤武穆至臨安被賊檜誣陷繫大理獄有亭扁曰風波始悟詩意悔不從其言武穆卒檜聞前言遣卒何立捕道月道月方集衆說法何立伺之道月忽說偈曰吾年四十九是非日日有不為自家身只為多開口何立從南來我往西方走不是佛力大幾乎落人手言訖端坐而化

祈雨

有太守祈雨於龍潭得小雨而未甚應作一絕云祈雨精神尚未通浮雲開合有無中神龍恐我蓋歸去略灑些些表不空投詩潭中大雨隨足〇明末辛巳壬午吾蘇亢旱當事祈禱不克默回天意早霈甘霖滑稽者作對云妖道忠儒念退風雲雷雨貪官汚吏拜出日月斗星為一時傳誦

題松雪畫

趙松雪孟頫以宋王孫仕元後人每題其遺墨以寓譏諷如虞勝伯堪題苕溪圖云吳興公子玉堂仙寫出苕溪勝輞川兩岸一作回首青山紅樹下一作多少地豈無一畝種瓜田張來儀羽題畫蘭云盈盈葉上露似欲向人啼周良石良題竹枝云中原日暮龍旂遠南國春深水殿寒留得一枝煙雨裏又隨人去報平安高季迪啟題畫馬云一歸天廐嗟空老立仗元來用不鳴沈石田周云千金千里無人識笑道胡兒買去騎又無名氏云前代王孫今閣老只畫天閑八尺龍是可慨已松雪嘗臨宋徽宗草蟲自題云不假丹青筆何人寫遠愁露濃時菊晚風緊候蟲秋此可見松雪懷也楊孟載基次其韻以解云王孫老去尚風流畫裏新詩寫淡愁莫道吳宮與梁苑露螢煙草一般秋又始祖命松雪作詩諷留夢炎有往事已非那可說且將忠直報皇元句頗唐太宗之評魏徵正所以自狀也〇草木子載松雪子仲穆雍能作蘭木竹石道士張伯雨題其墨蘭云滋蘭九畹空多種何似墨池三兩花近日國香零落盡王孫芳草遍天涯仲穆見而愧之遂不作蘭

劉跂之詩詞

盧陵劉改之(過)以詩鳴江西。厄於韋布。放浪荆楚閒。積乙丑過京口。岳珂為饋幕。庚戌因識馬廣漢章以初(升之)東陽黄幾叔(機)數原王安世(遇)與伯(遜)皆寓是邦。暇日相與摭奇弔古。多見於詩。改之詠多景樓曰。金焦兩山相對起。不盡中流大江水。一樓坐斷天中央。收拾淮南數千里。西風把酒閒來遊。木葉漸脫人閒秋。關河景物異南北。神京不見雙淚流。君不見王勃詞華能蓋世。當時未遇傍人耳。翩然落托豫章游。滕王閣中悲帝子。又不見李白才思真天人。時人不省為謫仙。一朝放迹金陵去。鳳凰臺上望長安。我今四海游將徧。東歷蘇杭西漢沔。第一江山最上頭。天地無人獨登覽。樓高意遠愁緒多。樓乎樓乎奈爾何。安得李白與王勃。名與此樓長突兀。詞翰俱卓犖可喜。嘉泰癸亥。改之在中都時。辛稼軒弃疾帥越。聞其名。遣介招之。以事不及行。因倣辛體賦沁園春詞。并緘往。其詞曰。斗酒彘肩。醉渡浙江。豈不快哉。被香山居士。約林和靖與蘇公等。駕勒吾回。坡謂西湖。正如西子。濃抹淡妝臨照臺。諸人者都掉頭不顧。只管傳杯。白云天竺去來。圖畫裏崢嶸樓觀開。看縱横一澗。東西水遶。兩山南北。高下雲堆。逋曰不然。暗香踈影。只可孤山先探梅。蓬萊閣訪稼軒未晚。且此徘徊。辛得之大喜。致餽數百千。邀之去。館燕彌月。酬倡亹亹。語皆似辛。愈喜。垂別賙之千緡。曰。以是為求田資。改之歸。竟蕩於酒。如崑山某氏愛之女焉。未幾卒。以初來守九江。以憂免至金陵亦卒。

賦詩去位

馬端肅(文升)與劉文靖(健)李文正(東陽)謝文正(遷)同受孝廟顧命。不三月間。端肅飄然而去。賦詩曰。朝罷歸來慨一場。暗將心事訴穹蒼。東風有意閒桃李。鴻雁無心戀稻粱。天上陰雲能蔽日。地閒寒氣已成霜。不如安樂窩中去。靜聽鵑聲叫洛陽。未幾劉謝相繼去位。維李獨留柄政。○正德初。大臣議攻劉瑾。西涯俛首不語。蓋與瑾厚也。後劉謝同被斥回。西涯祖道戲吁。劉曰。當日出一語。何用今日泣也。又呂仲木(枏)被斥。陸全卿(完)亦祖道相送。陸曰。公去矣。予亦將行。呂曰。如真心去。我在三十里外相候。劉言可謂刀劍。呂言可謂藥石。

題衞輝驛壁

正德中。流賊趙風子與劉六七齊彥名等。倡亂內地。風子名鐩。霸州文安縣學生。素有英聲。推以為帥。各有名號。分二十八營。以應列宿。置二金旗。上書虎賁三千。直抵幽燕之地。龍飛九五。重開混沌之天。破鹿邑。有陳翰者。自稱主事。偽署軍語祭酒。從

被擒。過衞輝驛。題詩于壁。(風子題一作趙)曰。志氣軒昂(一作國英雄)今已休。傷心兩眼淚横(一作)流。(心事)秦庭無(一作有)劍誅高鹿(一作馬)。漢室何無(一作)八閒丙牛。野鳥空啼千古恨。長江不盡(一作難洗)百年愁(一作羞)。西風動處(一作吹散)多寒落(一作遊客)(一作窮)。一任魂飛到(一作遊魂中原)故丘。又曰。碌碌男兒懶做官。赤眉混戰黑羊山。閒來夜月敲金鐙。多少英雄破膽寒。攻河南時。揭一榜。有能擒伊王者。賞及累世。敵大軍者。罪及三族之語。解至京師。皆剝皮西市。

劉海蟾歌

碣石剩談載劉海蟾歌云。余緣太歲生燕地。憶昔三光分秀氣。丱貫圓明霜雪心。十六早登甲科第。紆朱懷紫金章貴。個個羅衣輕掛體。如今位極掌絲綸。忽憶從前春一寐。昨宵家宴至五更。兒女夫人併侍婢。被吾佯醉撥盃盤。擊碎珊瑚真玉器。兒女嫌。夫人惡。忘却從前衣飲樂。來朝朝退怒猶存。些兒小過無推托。因此事。方頓悟。前有輪迴誰救度。辭官納印棄榮華。慷慨身心求出路。按海蟾姓劉名嘉(一作哲)。渤海人。十六登甲科。仕金。五十至相位。朝退。有二異人坐道傍。延入談修真之術。二人默然。但索金錢一文。雞卵十枚。擲于案。以雞卵累金錢上。嘉傍睨曰。危哉。二人曰。君身尤危。何啻此卵。嘉遂悟。納印。入終南山學道而仙。其歌意甚明白。今畫蓬頭跣足嘻笑之人。手持三足蟾弄之。曰此劉海戲蟾圖也。直以劉海為名。舉世無有知其名者。錄之以資博識。

張躍川絶句

碣石剩談。張躍川名文淵。仕正郎。弘治閒有名士也。詩文多不傳。近得其四絶句云。低低壁落矮矮柱。小小廳堂窄窄門。廣廈廣庭非不愛。欲留約束與兒孫。老去不嫌粳米粥。饑來常吃菜餛飩。好飯好羹非不愛。欲留淡泊與兒孫。來音去信常關念。嫁女婚男不出村。遠眷遠親非不愛。欲留近便與兒孫。鑿開石竇通泉脈。插種梅花入瓦盆。深紫深紅非不愛。欲留清白與兒孫。此作法于涼。以儉訓子孫之意。試一玩味。甯獨張氏子孫所宜守哉。

柳毅井

洞庭東山有井。云是當年柳毅時所鑿。週迴橘樹參差。月夜常見龍女與毅雙雙出游。天啟辛酉。田子耘與王子同游。酒酣賦詩云。橘花垂蔭碧闌干。此地曾經柳毅停。御亦有書吾肯寄。蟪蛄腸斷碧綠煙。時林月漸明。隱隱見橘樹中美人掩映若隔烟

霧卻前邊吟。云：橋花如雪晚風清。迢遞關山春夢驚。明月一天涼似水。不堪重省舊時情。

呂真人

呂真人一日游四明金鵝寺。顧方丈蕭然。有童子出。呂問此何寂寥。童曰：莫道寂寥虛空也不著。呂嘉其言。題詩於壁云：方丈有門出不鑰。見個山童露雙腳。問伊方丈何寂寥。道是虛空也不著。聞此語。何欣欣。主人當是尋常人。我來謂此不得見。渴心耿耿生埃塵。歸去也。波浩渺。路入蓬萊山杳杳。相思一上石樓時。雪晴海闊千峯曉。

張君壽

張君壽浪游江湖。八月十四夜。皓月澄空。忽見上流一舟如葉。一老翁擊楫歌云：郎提密網截江圍。妾把長竿守釣磯。滿載鯨魚都換酒。蟶煌細雨又空歸。君壽異之。刺舟與語。翁又歌云：蓼香月白醒時稀。潮去潮來自不知。除卻醉眠無一事。東西南北任風吹。

孟鯉詩

宋孟鯉有詩云：叙叙杯酒又天涯。晴日牆東叫賣花。可惜同生不同死。淚隨春色去誰家。蓋譏謝太后年已七十。不能死難。被擄北去而作也。

銀牀

漁隱詩話：嘉祐中。有漁人在江心網得片石。上有一絕云：雨滴空階曉。無心換夕香。井梧花落盡。一半在銀牀。註：銀牀。井欄也。

仇萬頃賣詩

宋隆興仇（義一作）萬頃未達時。挈牌賣詩。每首三十文。停筆磨墨。罰錢十五。至一富家方治棺。即以為題。書云：梓人斲削象紋杉。作就神仙換骨函。儲向明窗三百日。這回抽出也心甘。又婦人持白扇為題。仇方舉筆。婦曰：以紅字為韻。遂書云：常在佳人掌握中。靜時明月動時風。有時半掩佯羞面。微露胭脂一點紅。一婦以蘆雁箋紙求詩。即以紙為題。書云：六七葉蘆秋水裏。兩三個雁夕陽邊。青天萬里渾無礙。衝破寒潭一抹煙。一婦方刺繡。以針為題。以羹字為韻。遂書云：一寸鋼針鐵作成。綺羅叢裡度平生。若教稚子敲成釣。釣得鮮魚便作羹。

毛伯溫詠萍

嘉靖中。部御史毛伯溫征安南。參主詠萍以諷。云：錦鱗密密不容針。帶葉連根定計深。常與白雲爭水面。豈容明月墜波心。千層浪打誠難破。萬陣風顛永不沉。多少魚龍藏裡面。太公無計下鉤尋。（與三集胡處白萍詩相似）伯溫次韻和之云：隨田逐水冒秧針。到底原來種不深。空有根苗空有葉。敢生枝節敢生心。常知聚處焉知散。但識浮時不識沉。大抵中天風色惡。掃歸湖海竟無尋。國主見詩大驚。知謳己。由是貢服。○昔有弘仙咏萍。請用梁字韻。云：點點青青淨野塘。不容明月照滄浪。風吹雨送沙泥上。燕子啣來逐畫梁。

洛陽花酒

談苑：陳希元堯佐修真宗實錄。特除知制誥。舊制須召試。惟楊億與堯佐不試而授。允堯叟弟堯咨皆舉進士第一。時兄弟貴顯。當世少比。希元退居鄭圃。尤好詩賦。張上遜判西京。以牡丹花及酒遺之。堯佐答以詩曰：有花無酒頭慵舉。有酒無花眼懶開。正向西園念蕭索。洛陽花酒一時來。

賞花釣魚

澠水燕談：楊文公億初為光祿丞。太宗頗愛其才。一日後苑賞花宴詞臣。公不得預。以詩上諸館閣曰：聞戴宮花滿鬢紅。上林絲管醉東風。蓬萊咫尺無因到。始信仙凡迴不同。諸臣不敢匿。以詩進呈。上詰有司何以不召。左右以未貼職例不得預。即命

億值集賢院。免謝。令預晚宴。時以為榮。○宋制：賞花釣魚。三館惟貞館預坐。校理而下。賦詩而退。太宗時。李宗諤為校理。作詩云：戴了宮花賦了詩。不容重見赭黃衣。無憀獨出金門去。還似當年下第時。上即令赴宴。自是校理而下皆與會也。

對句

桐下听然有自催監提舉轄僉憲提學。戲為對云：提舉陞提學。先管鹽後管醋。無人能對。○舊有句云：雪鋪滿地。雞犬踏成竹葉梅花。康熙庚申歲。一年兩春。閏八月。人為句云：一歲二春雙八月。兩度中秋。並無能對者。○河內荷花。和尚採來何處戴。寺中柿子。士人摘去自家嘗。○康熙壬申上元。張緒彥茂典作一對云：月月有月。無如上元月上銀燈映月月增光。更更點更。孰若長至更長玉漏傳更更遞永。

憐馬卒

魯孫之鐸為舉人時。遠行遇雪。夜宿旅店。憐馬卒寒苦。令臥衾下。因賦詩云：半破青衫弱稚兒。馬前怎得浪驅馳。凡由父母皆言子。小異閒閻我卻誰。事在世情皆可笑。恩從吾幼未難推。泥塗還藉來朝力。伸縮相加莫漫疑。

呂翁夢

呂翁祠在邯鄲縣北二十里黃梁店李長沙詩云舉世空中夢一場功名無地不黃梁憑君莫向癡人說說與癡人夢轉長端溪王崇慶詩云曾聞世有盧生夢只恐人傳夢未真一笑乾坤終有歇呂翁亦是夢中人家蒼書叔亦有詩云白石清池仙觀重當年化度見遺蹤巾瓢散作雲霞氣雞犬曾為富貴容磁枕暫休行客倦黃梁未許宦情濃人間大夢知多少誰為浮生薄鼎鍾又題盧生石像云夢覺公侯醒後仙盧生樂事獨千年從來公業誰翻卻到此雄心自惘然一片香臺留悟石幾家茅店起炊煙風塵依舊邯鄲道耶有雲房史作緣昆陵呂相國宮和蒼叔詩有撫石睡酣呼不起停車炊熟夢無從之句惜全首不能記憶

張夢晉

張靈字夢晉吳中名士也早歲功名未偶落魄不羈寄情詩酒時臨終之前三日作詩云一枚蟬蛻保當中命也難辭付大空垂死尚思玄墓麓滿山寒雪一林松一日又作詩云彷彿飛魂亂哭聲多情於此轉多情欲將眾淚澆心火何日張家再托生二詩可以想見其風致

六歲應試

桐下听然雲間莫如忠六歲應試主司試其小面試一破以為政八佾里仁公冶長為題莫應聲云化降於上而有僭非其禮者俗美於下而有犯非其罪者主司嘆賞又以子曰二字為題破云匹夫而為百世師一言而為天下法遂入泮

貧士僦

桐下听然有貧士僦增減十一則愁日增意氣日減藥方日增酒量日減奔走日增交游日減子女日增婢僕日減索債人日增借債人日減典票日增質物日減妻孥怨恨日增親眷與譽日減方外交日增帷榻情日減市兒牙儈之穢語日增登臨賞玩之清緣日減厭懸日增佳思日減憨悲心日增計較心日減

民謠

嘉靖間王聯為縣令蠹不飾為郡民所訟時巡撫胡纘宗發兵備朱鴻漸勒問庶得其實聯鞫于獄時世廟幸楚纘宗賦詩有穆王八駿空飛電湘女英淚不磨之句聯子仕痛父死獄摘此為讖功朝政因賀長至混入午門訐奏之差錦衣校尉行提鴻漸已致政歸余四校尉駐坐行臺氣焰可畏民間語云曾見不曾見校尉坐書院嚇殺朱苦瓜拿了朱鴻漸當同知蹺做一堆冷同知慌出熱汗朱苦瓜即朱鈇時以郡宰遭譴得請歸閑校尉有捉拿朱姓之說疑其逮已仰藥自斃常二府名時平冷二府名珂不知聖旨云何且校尉烜赫故皆惴惴人遂因其姓以成嘲數月科道交章申救仕難坐誣而纘宗杖三十削籍

棄舊戀新

詩云不思舊姻求我新特詩刺棄舊戀新下一特字註云特匹也殊渾融聞見卮言云特者獨身而來不以禮嫁也嫁女多有媵妾謂之備禮天子以至士庶皆有之但多寡不等耳男不備禮而娶女不備禮而嫁一時倉猝成婚無隨從貴盛之附則特耳今三吳所號為插正者也俗謂之而頭人棄舊戀新薄態不謂三百篇時已先見之

三尸

道家言人身有尸虫三謂之三彭上尸彭踞中尸彭躓下尸彭蹻每于庚申夜伺人昏睡以其過惡陳于上帝故學道者庚申夕不寐三尸即謗所謂腹中回虫也今人名乩仙所稱回仙回老回道人者即回虫乩仙巫神賴此以知往也道士程紫霄云不守庚申亦不疑此心常與道相依玉皇已自知行止任爾三彭說是非誦此則尸虫為上帝耳目似上帝亦信任左右矣

角三弄

三餘贅筆譙樓畫角之曲有三弄相傳為曹子建作其初弄曰為君難為臣亦難難又難再弄曰創業難守成亦難難又難三弄曰起家難保家亦難難又難今角音嗚嗚者皆難字之曳聲耳

夢宮女戲毬

海州士人李慎言嘗夢至一處水殿中觀宮女戲毬有拋毬曲十餘闋詞皆清婉醒記二闋云侍宴黃昏晚未休玉階夜色月如流朝來自覺承恩醉笑倩傍人認繡毬又堪恨隋家幾帝王舞裀揉盡繡鴛鴦如今重到拋毬處不是金爐舊日香

遣妓詩

司空曙病中遣妓詩萬事傷心在目前一身憔悴對花眠黃金用盡教歌舞留與他人樂少年唐詩紀事作韓滉詩題云聽歌悵然自述萬事傷心對管絃一身含淚向春煙後二句同

蝶粉蜂黃

適藏云。蝶交則粉退。蜂交則黃退。周美成蝶粉蜂黃渾退了。用此說者。以為宮妝欥退為褪誤。

戒好色

司空圖詩。昨日流鶯今日蟬。起來又是夕陽天。六龍飛轡長相窘。更忍乘危自着鞭。呂純陽詩。精神貴與粉骷髏。却向人間覓秋石。寒山詩。人言是牡丹佛說是花箭。射人入骨髓。死而不知怨。陳眉公詞。紅顏雖好。精氣神三寶。都被野狐偷了。眉峰皺。腰肢裊。濃妝淡抹。弄得君枯槁。暗發一枝花箭。射英雄。應弦倒。病魔纏擾。空去尋醫禱。房術誤人不少。這煩惱。自家討。填精補髓。下手應須早。快把凡心打叠。訪仙翁。學不老。楊誠齋戲好色者曰。閻羅未嘗相喚。子乃自求押到。何也。即此詩詞之意。但識得破時。忍不過耳。

買妾行

湯沂樂沐釋褐時。見同年多要妾者。作買妾行云。東隣買妾費萬錢。西隣亦不減十千。半為身衣置羅綺。半為首飾收花鈿。歸來妝束盛膏沐。夜夜徹聲徹華屋。自言龍虎得同登。管取鴛鴦不孤宿。張姑李姊日來往。賞酒烹羔會親黨。不知荊布糟糠人。

欲寄寒衣正補綴。

赤壁

曹操入荊州。孫權遣周瑜與劉備併力逆操。遇於赤壁。操軍大敗。蓋謂鄂州蒲圻縣赤壁也。黃州亦有赤壁。但非周瑜所戰之地。東坡賦曰。西望夏口。東望武昌。非孟德之困於周郎者乎。蓋亦疑之。故作長短句云。人道是周郎赤壁。謂之人道是。則心知其非矣。韓子蒼知黃州日。聞賊起旁郡。作詩云。齊安城畔山危立。赤壁磯頭水倒流。此地能令阿瞞走。小偷何敢下蘆洲。是直以齊安赤壁為周瑜所戰之地。豈非因東坡之語耶。〇山西霍州亦有赤壁。

四威儀

閒居筆記有山中四威儀詞。一云。行不與人共行。出門兩足雲生。為看千峯吐翠。踏翻古渡月明。其二云。住不與人共住。茅屋松窗一副。庭前有鶴吟風。門外落花無數。其三云。坐不與人共坐。婆娑影兒兩箇。雪花撲面飛來。笑我北窗紙破。其四云。卧不與人共卧。萬被和雲包裹。孤峯獨宿無聊。明月梅花與我。

隔壁笑

挑燈集異有隔壁笑訣。三人逢零七十稀。每三作一數。三數之餘。或餘一。則作七十。餘二。則作一百四十。如無餘。不必論。五馬沿盤廿一奇。一作五人共折桂。每五作一數。五數之餘。或餘一。則作二十一。餘二。則作四十二。餘做此。七星約在元宵裏。每七作一數。七數之餘。或餘一。則作十五。一百零五定為除。蓋前後總計積數若干。逢一百零五。或二百十。即除去。餘所存數。即其手中所握之數也。

移碁相間

幼時見友人胡礪之將黑白碁子各三枚。左右分列。三移則黑白相間。余因問曰。多亦可移乎。礪之曰。自三以至於十外。皆可移。多一子。則多一移。余歸試之。自三以至於十。果相間不亂。今已三十餘年。偶雨窗復試。忘其大半。由繹數四。始得就。恐歲久復忘。作歌以紀之曰。三子從根起。二三望前移。四子根空一。從根還空位。二三復舊所。末子向前備。五子前後各空一。黑白從中移向前。二三黑白還空位。根頭二子自天然。六子從根各空一。四五二馬向前行。五六二子歸空位。二三黑白望空存。七子從根只空一。二移右起三四行。四子相連從中去。四移右數六七輪。五移隣子歸空位。二三去兮末子登。八子從根各空一。五六左右交互換。五移六七向

前輪。六移七八補缺斷。二三黑白歸空處。就是兒童也不亂。九子從根亦空一。二移左斷四五通。三移六子從中去。四子相連亦去中。五移九十歸空位。右一降兮左一逢。十根空一前補後。三移五六向前通。四移六七歸空位。五移四子去其中。六移九十還舊處。雙隣二子補其空。八移五六向後去。二三歸空末子逢。

八不就訣

骨牌四副八不就訣。一天二地兩人牌。二六長三五六來。三六四六五六六。一雙蝶戲雨和諧。揀出雜牌成四副。三十二扇各含胎。後二句一作四副共成八不就。雜牌八扇一齊推。

周藩宮詞

武功牛左史恒周藩宮詞序云。王宮詞舊無人作。予游梁數載。嫁所聞於梁人者。擬作數首。非云抉闢。借以存秘事。鳳春殿牙籤萬軸餘。香匀風細綠窗虛。侍兒臨罷識齋帖。丞出先呈女校書。校蕭蕭修竹映池寒。分汲銀瓶灌牡丹。報道花朝開內宴。競持金剪繞朱欄。夜來行樂雁池頭。侍女分行秉燭游。唱徹憲王新樂府。不知明月

下與樓櫟下周元亮曰。詩雖五章。可當學華錄數卷。

劉庭信詞

劉庭信有詞云。蝦鬚簾捲紫銅鈎。鳳髓茶煎碧玉甌。龍涎香煖一作泥金獸。迭雕闌倚畫樓。怕春歸綠慘紅愁。霧濛濛丁香枝上。雲淡淡桃花洞口。雨絲絲梅子牆頭。

穀雁雁

秦簡夫號西溪老人。在上黨公府。賦穀雁雁云。穀雁雁。青割將來強半枯。急忙春米送官倉。只恐秋風馬塵起。官倉遠在喬岑山南。梯直在青雲間。梯危一上八九里。之字百折縈迴環。憑誰說向監倉使。斛面莫教高一指。請君沿路看擔夫。汗點多於所擔米。

哈打打

吳中無賴為人代比較者。計笞數索錢。曰打錢。一人之妾。稍積一二金。使銀匠打造二簪。其工值亦曰打錢。無賴誇於妾曰。我不打。爾那能打。他日縱妾私於僧。俗謂之打和尚。事露。聞於官。并杖其夫妻。亦誇之曰。我不打。爾那得打。聞者大笑。無賴姓哈。人遂稱為哈打打。

戲言召辱

碣石剩談。永平灤工孟秋兒善彈唱。為人滑稽。府學鄉賢祠祭祀。一儒生指石牌龜頭呼秋兒戲之曰。兹非爾祖宗耶。秋兒即向石龜四拜。厲聲曰。我祖宗。祖宗。爾負此大物在身。幾時出得學門。儒生慚愧無詞。

趙東文詞

元趙東文有杏兒詞云。風雨替花愁。風雨罷。花也應休。勸君莫惜花前醉。今年花謝。明年花謝。白了人頭。乘興兩三甌。任溪山好處尋遊。但教有酒身無事。有花也好。無花也好。選甚春秋。

蛛網救蝶

閑居筆記有蛛網救蝶詩。軀命爾誠急。網羅真不仁。忽驚花翅亂。宿傾粉妝新。解釋一時幸。翩翩何處春。蜘蛛無意緒。殘缺再經綸。

天焚米商

桐下听然。萬曆己丑。新安商人自楚販米至吳。值歲大旱。斗米百五十錢。計利已四倍。而意猶未愜。請道士降乩。問米價。南極上帝附乩判云。豐年積穀為凶年。一升米糶十升錢。天心若與人心合。頭上蒼蒼不是天。又判着大部施行。道士未出門。庾火發。商人之米無遺粒。連棟百餘倉。分毫不燬。

老秀才

癸軒瑣記。近有學師以事怒一青衿。鳴鼓升堂。數其罪。將施夏楚。辭氣甚厲。青衿略不致辨。徐進曰。老師來科必中狀元。師稍怒罵。問其故。青衿曰。若不是狀元。如何發揮老秀才。師不覺掩口而退。

堅瓠五集卷一終

堅瓠五集卷之二 目錄

屠酥酒　藍尾酒
綠燕入勝　風流帽
吳評　中涓産子女
谿暮內人　不識一丁
桑落酒　紅袖拂塵
曲水園　王盧溪送胡忠簡
宣和御畫　王義豐詩
大小寒　祁門客邸詩
淮陰廟　海陵詩詞
劉觀堂讀杖詩　墨杖二銘
何處難忘酒　東坡僑對
蟻蝶圖　慶元公議
牧牛亭　李白竹枝詞

味諫軒　蔣齋巧對
錢李試王劉　施槃幼志
石僧　豬脬油囊
倭使詩　小先生
分合字對　洗馬挑土
彩鳳　一箇波
酒三平　等一等
腐儒　兵僧
琵琶妓　才婦擇婿
十忙　道中栽李
致曲　愚蠢
永嘉桐命　蒲萄說
鑑有六德　李沅南
黃生　嫁娶謔詞
李氏女　詩訕
猴子詩　閉門彈哭
費鵝湖別築　四休居士
葉唐夫

堅瓠五集卷之二

清　長洲石農褚人穫學稼纂輯

屠酥酒

四民月令。元日飲屠酥酒次第。當從小起。以年少者起。後漢李膺杜密以黨人同繫獄。值元日。於獄中飲酒。曰。元旦從小起。時鏡新書。晉海西令問董勛曰。正旦飲酒先從小者何也。勛曰。俗以少者得歲。先酒賀之。老者失歲。故後飲酒。劉夢得白樂天元日舉酒賦詩。劉云。與君同甲子。壽酒讓先杯。白云。與君同甲子。歲酒合誰先。白有歲假內命酒篇云。歲酒先拈辭不得。被君推作少年人。顧況云。不覺老將春共至。更悲攜手幾人全。還丹寂寞羞明鏡。手把屠酥讓少年。裴夢貞云。自知年幾偏應少。先把屠蘇不讓春。倘更數年逢此日。還應惆悵羨他人。成文幹云。戴星先捧祝堯觴。鏡裏堪驚兩鬢霜。好是燈前偷失笑。屠蘇應不得先嘗。方千云。纔酌屠蘇定年齒。坐中皆笑鬢毛斑。東坡云。但把窮愁博長健。不辭最後飲屠酥。○七修作屠蘇。四時纂要。屠蘇。孫思邈庵名。天中記。屠。割也。蘇。腐也。

藍尾酒

容齋四筆。引白樂天元日對酒詩云。三杯藍尾酒。一楪膠牙餳。又老過占他藍尾酒。病餘收得到頭身。歲盞後推藍尾酒。春盤先勸膠牙餳。荊楚歲時記云。膠牙者。取其堅固如膠也。而藍尾之義。殊不可曉。河東記載申屠澄與路傍茅舍中老父嫗及處女環火而坐。嫗自外挈酒壺至。曰。以君冒寒。且進一杯。澄因揖遜曰。始自主人翁。即巡澄。當婪尾。蓋以藍為婪。當婪尾者。謂最在後飲也。石林燕語云。唐人言藍尾。藍字多作啉。婪出於侯白酒律。謂酒巡匝末坐者連飲三盃。為藍尾。蓋末坐遠。酒行到常遲。連飲以慰之。故以啉為貪婪之意。七修云。藍。澱也。說文云。澱。滓垽也。滓垽者。渾濁也。據此則藍尾酒乃酒之濁脚。如盡壺酒之類。故有尾字之義。知此則樂天之詩及少縕所謂酒巡匝末俱通矣。

綵燕人勝

歲時記。立春日。剪綵為燕以戴之。鄭毅夫詩云。漢殿鬬簪雙綵燕。始知春色上釵頭。又貼宜春於門。王沂公詩云。北陸凝寒盡。千門淑氣新。年年金殿裏。寶字貼宜春。又人日剪綵勝為人形。帖帳中及屏風上。戴頭鬢。或以相遺。景龍文館記。唐中宗時。人日賜王公以下綵縷人勝。令羣臣賦詩。

風流帽

桐下听然。馮南谷。吳門博徒。善詼諧。嘗負博錢十萬。匄貸豪門。時王元美在坐。戲以優人風流帽覆其首曰。能詩。當如所請。馮即朗吟曰。天下風流少。區區帽上多。鬢邊齊拍手。恰似按笙歌。元美欣然贈十金。一時座客為充囊而去。明日訪之。室如洗矣。○按風流帽。亦稱不倫。圓如束帛。兩旁白翅不搖而自動。惟白兔記李洪義八義記樂人戴之。先大父言張幼于門客某。欲告貸于幼于。浼其凡伯起為言。幼于諾之。復曰。以不倫為題。吟詩一首。能則與之。伯起復於客。客求伯起代作前詩。明日客見幼于。伯起已在坐。客言其情。幼于初命題。客毫不思索。隨口吟詩。幼于曰。非汝所能。幾不與。伯起婉言。得如所請。

吳評

吾蘇轄一州七縣。舊有評語曰。金太倉。銀嘉定。銅常熟。鐵崇明。豆腐吳江。叫化崑山。紙長洲。空心吳縣。言金銀富厚。銅臭鐵剛。豆腐淡。叫化齷齪。紙薄。空心虛偽也。

中涓產子女

後漢荀文若。父緄為文若娶中常侍唐衡女。中官有女。固奇。而文若為中官倩。尤湼而不淄。○又宋靖康之亂。有中涓挈一宮人南奔。僑寓平江。稱夫婦。潛蓄美男。飾以釵髻。佯為婢而進之。與宮人產子。四歲。中涓死。宮人嫠居。僧婢撫其子。他年宮人又產女。鄰人聞於官。執之。吐實。以聞。上詔給配賜姓名宜成。宜成遂洗妝而衣冠為丈夫。其後更有二子。皆舉進士。長者為金華閣待制。父母榮封焉。待制常宴客。懸三教圖。座客為對句云。夫子天尊大士。頭上不同。趙秘書彥中對曰。宮娥宦者官人。腰間各別。舉座匿笑。待制引滿觴之曰。可謂一網打盡矣。

叅幕內人

桐下听然。林文節鎮并州日。與僚屬唱和。叅幕徐君內人能詩。每分韻。密遣人馳歸。眾方苦吟。內人詩已至矣。有幕府客醉起舞。和裴字云。幕中舞客聞鴝鵒。帳下雄兵插蒺藜。又送屬官除監司。押僚字云。補袞自宜還舊物。繡衣先見冠同僚。監司。相國之後也。為一時賞冠。又陳述古女。適李判官。題雁屏詩。沙淡蘆欹曲水通。幾雙容與對西風。扁舟自向江鄉去。却喜相逢一枕中。又曲屏雖畫水瀟湘。雁落秋風翠半黃。雲薄雨疎孤嶼遠。曾令清夢到高唐。

不識一丁

野客叢書今丈人多用不識一丁字祖唐書挽兩石弓不如識一丁字出處考之乃个字非丁字按續世說書此个字蓋个與丁相似傳寫誤爾後觀張翠做考異亦謂个字又觀蜀志南史皆有所識不過十字之語史通謂王平所識僅通十字恐是十字亦未可知十與丁字又相似此與淮南子言宋景公熒惑徙三舍之謬同史記謂三度

桑落酒

桑落酒相傳九月九日作水米麴皆以三十為準熟於桑落之辰故名桑落張伯起譚輅云西毫有桑落河出馬乳酒毫人蒸葡萄壓之晉宣帝時常來獻九日賜百官飲之則似桑落又地名非時也又見雜記載河中桑落坊井桑落時取其水釀酒甚佳似又兼地與時矣庾信乞酒詩蒲城桑落酒灞岸菊花天又似出蒲州

紅袖拂塵

寇萊公典陝日與魏野同遊僧寺萊公舊日留題處皆用碧紗籠之野詩則塵蒙其上時從行官妓之黠慧者以紅袖拂之野顧萊公笑咏曰世情冷煖由分別何必區區較異同但得常將紅袖拂也應勝似碧紗籠

曲水園

曲水園有竹三十畝為文潞公先得貫丈元題詩園壁云盡船載酒及芳辰丞相園林瀼水濱虎節麟符抛不得却將清景付閑人潞公見詩即以地券歸貫貫亦不復再至

王盧溪送胡忠簡

岳珂桯史胡忠簡銓乞斬秦檜擬新州之禍直聲振天壤士大夫畏罪箝舌莫敢與立談獨安福王盧溪庭珪字民瞻以詩送之曰囊封初上九重關是日清都虎豹閑百辟動容觀奏牘幾人回首愧朝班名高北斗星辰上身墮南州瘴海間豈待他年公論出漢庭行召賈生還○大廈元非一木支欲將獨立柱傾危癡兒不了官中事男子要為天下奇當日奸諛皆膽落平生忠義只心知端能飽喫新州飯在處江山足護持於是有以聞於朝者檜怒坐以謗訕流夜郎時年七十既而檜死尋許自便孝宗初政召對便殿除官不受再召再辭年九十三卒時朝士陳剛中三山寓公張仲宗亦以作啟與詞為餞而得罪檜之怒忠簡蓋流貶不少置也○王民瞻在辰陽謫所郡守承風旨侍以囚隸檜死隨有自便之命守張燕公堂以召之盧溪題詩壁間云辰州更在武陵西每望長安信息稀二十年興縉紳禍一朝終失相公威外人初說哥奴病遠道俄聞逐客歸當日弄權誰敢指如今憶得姓依稀蓋志喜也

宣和御畫

康伯可與之在高宗朝以詩章應制與左璫狎適睿思殿有徽祖畫扇繪事卓絕高宗時持玩流涕以起羹牆之思璫偶下直竊攜至家而康適至留之燕飲漫出以示康紿璫入取殺核輒書一絕於上曰玉輦宸游事已空尚餘奎藻繪春風年年花鳥無窮恨盡在蒼梧夕照中璫出見之大恐而康已醉無可奈何明日伺間叩頭請死上大怒亟取視之天威頓霽但一慟而已○又王盧溪題宣和殿雙鸜圖曰玉鑠宮旂三十六誰識連昌滿宮竹內苑寒梅欲放春龍池水暖鴛鴦浴宣和殿後新雨晴兩鸜翠來東向鳴人間畫工貌不成君王筆下春風生長安老人眼曾見萬歲山頭翠華轉恨臣不及宣政初痛哭天涯觀畫圖○明張來儀羽詠徽廟折枝桂云玉色宮瓶出內家天香濃浸月中葩六宮絕愛清涼好不道金風捲翠華夏原吉咏墨竹云寶殿無心論治安碧窗着意寫琅玕枝枝葉葉真蕭灑不道金人不愛看貢其不能君也又有咏石榴曰金風吹綻絳紗囊寒落宣和御墨香猶喜樹頭霜露小南枝有子殿秋光此言南渡得人有惜之之意

王義豐詩

德安王阮仕至撫州守嘗從張紫微學詩紫微罷荆州侍總偕之游廬山山南有萬杉寺本仁皇所建奎章在焉紫微大書二詩曰老幹參天一萬枝廬山佳處著浮圖祇因買斷山中景破費神龍百斛珠　莊田本是昭陵賜更著官船載御書今日山僧無飯喫却催官欠意何如阮得詩獨憮然不滿意曰先生氣吞虹蜺今獨少異之何也紫微不復言送之江津別去纔兩旬而得紫微河陰之訃蓋絕筆云阮時亦有詩曰昭陵龍去奎文在萬歲蜜杉守百神四十二年真雨露山川草木至今春紫微擊節自以為不及既而復過是寺又題其碑陰曰碧紗籠底墨纔乾白玉樓中骨已寒淚盡當時聯騎客黃花時節獨來看阮詩亦紆餘有味號義豐集

大小寒

慶元初韓平原侂胄為相其弟仰胄為知閤門事頗與密議時人謂之大小韓求捷徑者爭趨之一日內宴優人有為衣冠到選者自叙履歷材藝應得美官而留滯銓曹自春徂冬未有所擬方徘徊浩歎又為日者過其旁遂邀使談庚甲問以得祿之期日者推測曰君命甚高但五星局中財帛宮有扎破星若欲通達先到小寒更望

成事必到大寒優蓋以寒為韓侍燕者皆縮頸匿笑

祁門客邸詩

慶元己未岳珂如中都道徽之祁門夜憩客邸見壁間一詩曰寒衛衛風怯晚寒也隨舉子到長安路人莫作親王看姓趙如今不似韓味其語意乃天族之試南宮者所作旁有細書八字云霍氏之禍萌於驂乘而侘胄懵然不少悟以至於敗

淮陰廟

楚州淮陰夾漕河而邑於澤國諸聚邑尤為荒涼開禧北征岳珂舟過其下登楚王信廟堂廡傾圮殺不庇風雨兩旁皆過客詩句左廂高堵有楊誠齋詩二首字跡潦草亦舛筆畫不知何人所書珂以意揣之曰來時月黑過淮陰歸路天花舞故城一劍光寒千古淚三家市出萬人英少年胯下安無忤老父圯邊愕不平人物若非觀歲暮淮陰何必減文成　鴻溝祇道萬夫雄雲夢何銷武士功九死不分天下鼎一生還負室前鐘古來犬斃悲無蓋此後禽空悔作弓兵火荒餘非舊廟三間破屋兩株松音節悲壯偏壁間殆無繼者

海陵詩詞

金完顏亮初封岐王為平章政事能書好為詩詞語輒崛彊有不為人下之意出使道驛詠竹曰孤驛瀟瀟竹一叢不同凡卉媚春風我心正與君相似只待雲梢拂碧空又書壁述懷云蛟龍潛匿隱滄波且與蝦蟆作混和等待一朝頭角就撼搖霹靂震山河過汝陰復作詩曰門掩黃昏染綠苔那回蹤跡半塵埃空亭日暮烏爭噪幽徑草深人未來數仞假山當戶牖一池春水遶樓臺繁花不識興亡地猶倚闌干次第開一日至卧內見几上瓶中植巖桂索筆賦云綠葉枝頭金縷裝秋深自有別般香一朝揚汝名天下也學君王著赭黃又嘗作雪詞已見中秋待月不至賦鵲橋仙曰停盃不舉停歌不發等候銀蟾出海不知何處片雲來做許大通天障礙虬髯撚斷星眸睜裂惟恨劍鋒不快一揮截斷紫雲腰子細看嫦娥體態（與參堅志不同）味其詞旨已多圭角又使畫工圖臨安之城邑及吳山西湖之勝以歸瞷然有垂涎杭越之想而於吳山絕頂貌己之狀策馬而立題曰萬里車書盍混同江南豈有別疆封提兵百萬西湖上立馬吳山第一峰明年起兵下兩淮臨發賜所製喜遷鶯詞曰旌麾初舉正駃騠力健嘶風江渚射虎將軍落鵰都尉繡帽錦袍翹楚怒磔戟髯爭奮捲地一聲鼙鼓笑談頃指長江齊楚六師飛渡此去無自墮金印如斗獨在功名取斷鎖機謀垂鞭方略人事本無今古試展卧龍韜韞果見成功旦暮問江左想雲霓望切玄黃迎路幹蕩之氣溢於詞表

劉觀堂讀赦詩

紹興己未金人歸我侵疆曲赦新復州縣赦文曰上穹開悔禍之期大金報許和之約割河南之境土歸我輿圖戢宇內之干戈用全民命兀朮讀之以為不歸德其國遂指為釁以起兵復陷而有其地後二年和議成秦檜擅當制者之不能說敵也以孽子媒及其黨程克俊作之文曰上穹悔禍副生靈願治之心大國行仁遂子道事親之孝可謂非常之盛事敢忘莫報之深恩而況申遣使軺許構（一作光宗廟諱博）盟好來存歿者萬餘里魅契闊者十六年禮備送終天啟固陵之吉壤志伸就養日承長樂之慈顏於是郵傳至四方遺黎讀之有泣者蜀人劉望之作詩曰一紙盟書換戰塵萬方呼舞淚沾巾崇陵訪沈空遺恨郢國憐懷尚有人收拾金繒煩廟算安排鐘鼎誦宗臣小儒何敢知機事終望君王赦奉春時語禁未嚴無以為諷者望之有集自號觀堂他書多謟秦所謂奉春竟不知指何人也

墨杖二銘

張紫巖浚謫居十五年憂國眈眈不替昕夕適權奸新斃時宰恃敵好而不固圉紫巖居毋喪上疏論事上以為狂詔居零陵作几間丸墨并常支節竹杖二銘以寓意墨銘曰存身於昏昏而天下之理因以昭昭斯為瀟湘之寶予將與之歸老而道遙杖銘曰用則行舍則藏惟我與爾危不持顛不扶則焉用彼或錄以示當路慫以為諷已將奏之會病卒不果後陳正獻俊卿為孝廟誦之摘杖銘書於御杖焉

何處難忘酒

白樂天始為何處難忘酒詩後人多倣之宋王景文質雪齋集焉放豪逸岳珂程史載其四篇曰何處難忘酒荊蠻大不庭有心扶白日無力洗滄溟豪傑將班白功名未汗青此時無一盞壯氣激雷霆何處難忘酒姦邪大陸梁腐儒空有鄴好漢總無張曹趙扶闕寶王徐責靖康此時無一盞淚與海茫茫何處難忘酒英雄太屈蟠時違聊置畚運至即登壇梁父吟聲苦干將寶氣寒此時無一盞拍碎石闌干何處難忘酒生民太困窮百無一人飽十有九家空人說天方解時和歲自豐此時無一盞入地訴英雄又王荊公臨川集亦有二篇其一篇特典重曰何處難忘酒君臣會合時深堂拱堯舜密席坐皋夔和氣襲萬物歡聲連四夷此時無一盞真負鹿鳴詩二

公同一題而喑嗚叱咤一轉於俎豆間便覺閒雅不侔矣

東坡屬對

宋與遼歡盟文禁甚寬輅客往來率以談笑詩文相娛樂元祐間蘇東坡嘗膺是選遼使數聞其名思以奇困之其國舊有對曰三光日月星凡以數言者必犯其上一字久無有能對者首以請於坡坡唯唯謂其介曰我能而君不能非所以全大國之體四詩風雅頌天生對也盍先以此復之介如言方共歎愕坡徐對曰四德元亨利使雖盱欲起辨坡曰爾謂我忘其一耶謹閟爾舌兩朝兄弟邦卿為外臣此固仁廟之諱也使出不意遂駭服○張幼于對六脉寸關尺吳文之對一陣風雷雨亦妙

蛺蝶圖

黃山谷居黔有以屏圖遺之者繪雙蝶翻舞罥於蛛絲而隊蟻憧憧其間題六言於上曰胡蝶雙飛得意偶然畢命網羅群蟻爭收墜翼策勛歸去南柯崇寧間又遷于宜圍偶為人攜入京鬻於相國寺肆蔡客得之以示元長元長大怒將指為怨望重其貶會以訃奏僅免其在黔嘗摘香山句為十詩卒章曰病人多夢醫囚人多夢赦如何春來夢合眼在鄉社一時網羅之味蓋可想見

慶元公議

趙忠定汝愚為韓侂胄所逐至衡州暴卒公論譁然日有懸書北闕下者捕莫知主名太學生敖器之聞孫題壁云左手旋乾右轉坤群公相扇動一作羣小恣流言狼胡無地歸班旦魚腹終天弔屈原一死固知公所欠一作不免孤忠賴有史長存九原若遇韓忠獻休說渠家末代孫都下競傳平原知其出於器之亦不之罪

牧牛亭

金陵牧牛亭秦檜垅隴在焉有移忠旌忠寺相去五里金碧相照楊誠齋過之題詩壁間曰函關只有一穰侯瀛館寧無再帝邠天極八重心未死台星三點折方休只看壁後新亭蔡恐作移蛤中蜀國蓋今日牛羊上垅隴不知丞相更嗔不自註其下曰秦暮年起大獄必殺張德遠胡邦衡銓等五十餘人不知殺盡諸公將欲何為奏垂上而卒故有新亭之句然初節似蘇子卿而晚謬岳珂云檜在金不久即逃歸捷疎實縱之不知何以似子卿也

李白竹枝詞

紹聖二年黃山谷以史事謫黔南道間作竹枝詞二篇題歌羅驛曰撑崖拄谷蝮蛇愁入箐攀天猿掉頭鬼門關外莫言遠五十三驛是皇州浮雲一百八盤縈落日四十九渡明鬼門關外莫言遠四海一家皆弟兄又自書其後曰古樂府有巴東三峽巫峽長猿鳴三聲淚沾裳但以抑怨之音和為數疊惜其聲今不傳余自荊州上峽入黔中備嘗山川險阻因作二疊傳與巴娘今以竹枝歌之前一疊可和云鬼門關外莫言遠五十三驛是皇州後一疊可和云鬼門關外莫言遠四海一家皆弟兄或各用四句入陽關小秦王亦可歌也是夜宿于驛夢李白相見曰予往謫夜郎於此聞杜鵑作竹枝詞三疊世傳之不子細集中無有三誦而使之傳焉其辭曰一聲望帝花片飛萬里明妃雪打圍馬上胡兒那解聽琵琶應道不如歸竹竿坡面蛇倒退摩圍山腰胡孫愁杜鵑無血可續淚何日金雞赦九州命輕人鮓甕頭船日瘦鬼門關外天北人墮淚南人笑青壁無梯聞杜鵑豫章集所刊自謂夢中語也音節奏似矣而不能掩其真亦寓言之流與

味諫軒

戎州有蔡次律者家于近郊黃山谷嘗過之延以飲有小軒極華潔檻外植餘甘子數株因乞名焉山谷題曰味諫後王子予以橄欖遺山谷有詩曰方懷味諫軒中果忽見金盤橄欖來想共餘甘有瓜葛苦中真味晚方回時蓋徽祖始登極國論稍還是以有此句云程史

蔣焘巧對

挑燈集異我蘇蔣焘幼聰慧一日與父友武官者同遊佛寺指殿上佛出對曰三尊大佛坐獅坐象坐蓮花焘對曰一介書生攀鳳攀龍攀桂子出寺武官部軍牽焘衣問曰適對何句焘曰我對一箇小軍偷狗偷貓偷芥菜其捷於調戲如此一日其祖攜遊佛殿見焘跳下堦級曰三跳跳下地對曰一飛飛上天又父客因坐久出對曰凍雨洒窗東二點西三點焘對曰切糕瓜一作分客片一作上七刀下八刀解人頤一作楊清附

錢李訣王劉

王振死土木錢學士溥為撰碑銘稱其忠烈陸式齋詩云王閣棄稱怨輕生忍如此史官忠烈銘千載孰非是劉瑾作玄明宮李閣老東陽為作碑記頌其功勳李空同詩云我碑照耀頌何事一訣死後一訣生時同歸諂附其能免後世之誚乎

施槃幼志

我蘇洞庭施宗銘槃幼從父遊淮揚歸舟泊河下送客失足墮水眾救登舟乃長吟

曰。脚踏船頭船便開。天公為我洗塵埃。諸君莫笑衣衫濕。纔向龍門跳出來。與萬花金谷所載車沃詩相似。○鼎甲考。槃少落拓自負。常咏蝴蝶云。莫怪風前多落魄。二春應作探花郎。年二十三。大魁天下。皆以洛陽年少過之。

石僧

紹興間。劉大中以兵部尚書。出守處州。俄召還。上問麗水石僧之狀若何。蓋風門山東下。為石僧山。山有一石。狀類癯僧。大中以詩對曰。雲作袈裟石作身。巖前獨立幾經春。有人問我西來意。默默無言總是真。

猪脬油囊

靖難兵至淮。無舟可渡。有兵人於囊中。取乾猪脬十餘。納氣其中。環繫腰間。泅水而渡。奪南舟以濟北軍。挑燈集異。載汶上人。用油塗生牛皮作囊。納身其中。止露眼鼻。雖深亦不溺。登涯則解如蟬蛻。衣履不濡。捲囊而去。

倭使詩

明高皇欲征倭國。彼遣使嗜哩嘛哈。奉表乞降。上問彼國風俗。嗜哩嘛哈以詩答曰。國比中原國。人同上古人。衣冠唐制度。禮樂漢君臣。銀瓮篘新酒。金刀膾錦鱗。年年二三月。桃李一般春。上初欲罪其不恭。徐乃貰之。

小先生

敔園雜記。山陰張倬。景泰初。為崑山訓導。年雖少。以聰敏聞。典史姜某。嘗戲倬曰。二十三歲小先生。倬應聲云。三五百觔肥典史。○有黠僧對客云。儒學雖正。不如釋學之博。如僧人多能讀儒書。儒者不能通釋典也。本朝儒釋兼通者。宋景濂一人而已。倬呵之曰。譬如飲食。人可食者。狗亦能食之。狗所食者。人決不食之矣。此僧默然不能辯。

分合字對

古對以文字分合者。如鉏麑觸槐。甘作木邊之鬼。豫讓吞炭。終為山下之灰。奴手為挐。已後莫挐奴手。人言是信。從今休信人言。半夜生孩。子亥二時難定。百年匹配。已酉兩命相當。皆佳。近又有人曾作僧。人弗可以為佛。女卑為婢。女又可以為奴。亦善其占對之妙。

洗鳥挑土

御史職司風紀。中書舍人供奉絲綸。其任皆不薄也。成化戊戌。徽州倪進賢。出入閣老萬安之門。得庶吉士。安病陰痿。進賢自擧善洗。具藥瀹為洗之。因改御史。翼聖夫人之姪李通。以門蔭官中舍。濟甯某與通同僚友善。嘗歸省。以篋寄通。所封鐍甚固。夫人素諳世故。命啟視之。同僚固辭。夫人不許。乃强啟之。篋中舊衣數件。下皆土墼。夫人大怒曰。他日欲誣我家耶。命毀之。通跪請得免。乃命自擔其篋去。時人為之語曰。洗鳥御史。挑土中書。其辱賤士風。同官為之喪氣。

彩鳳

成化中。言官言宮闈事。受捶辱。自此噤不敢言。崑山徐生。善寫竹。遊京師。吏科某請寫竹於壁。欲題其上云。朝陽鳴鳳。或云。恐被人議論。不若易以舞鳳。或又以為不可。乃以彩鳳題之。某從旁口占云。鳴也鳴不成。舞也舞不成。不如華彩服。搖擺過平生。衆為哄堂大笑。

一箇波

莆田桃園客旅露書。商孟和。父令西楚。自父任所。攜貲入金陵。因游曲中。作秦淮詩二十首。甚麗。又贈妓詩。有可憐十二峯頭雨。化作秦淮八月波句。或戲改之云。可憐幾兩江西錁。買得秦淮一箇波。曲中謂不在行曰波老。

酒三平

吳興沈太學某。倅雲間。令吏取酒三瓶。寫作三平。吏曰。非此平字。沈即將平字脚加一踢。曰。三乎也罷。

等一等

成化丙戌。陳公甫憲章莊孔暘昶章德懋懋應試南宮。主試判定之。萬安相戒曰。場中有此三人。不可草率。及填榜。章莊高列。獨不見陳卷。時題為老者安之三句。亟覓至。則陳破云。人各有其等。聖人等其等。同考者業批其旁云。若要中進士。還須等一等。見者哄堂。○又明季遺編。南直李宗師歲考某縣。諸生命斯民也一節題。一生文中有云。一代一代又一代。宗師批云。二等二等再二等。置之六等云。

腐德

余宗漢謂荳腐有十德。水者柔德。乾者剛德。無處無之廣德。水土不服。食之即愈。和德。一錢可買。儉德。徽州一兩一盌。貴德。食乳有補。厚德。可去垢。清德。投之污則不成。聖德。建甯糟者。隱德。

弈僧

永嘉僧野雪。以奕稱。一日在許無念宅。與吳嗣仙對枰。嗣仙稱第一手。沈思而後下一子。野雪殊不顧。對客閒談。隨手應敵。無不取勝。來子魚贈以詩云。蕉團坐隱靜皈依。十九行中喻法微。慧眼欲生拋大劫。觀心不定却斜飛。分先未許爭先手。戒殺何堪露殺機。跳出刀山投鐵網。與師一笑解重圍。

琵琶妓

仲宗約口宗候口子斗姚園客至家。聽其妓彈琵琶。比入座。美人矯寵不肯出彈。園客口號曰。許聽琵琶不與聽。佳人無分見眉青。方擬落句。子斗遽續之曰。不如且就藤牀臥。猶見襄王夢裏形。

才婦擇婿

濮監丞婦鄒賽貞。有才藻。工詩文。鶴湖費狀元宏。少隨其父之太學。鄒聞其奇。窺見之。洒間試以對曰。金杯春泛綠。費應聲云。銀燭夜搖紅。鄒遂以女字之。其女亦能詩為一品夫人。

十忙

金陵有十忙。祝石林世祿寫字忙。何雪漁圖書忙。魏考叔畫畫忙。汪克卿代作忙。雪浪出家忙。馬湘蘭老妓忙。孟小兒行醫忙。顧春橋合香忙。陸成叔討債忙。程彥之無事忙。○金尚卿善做祝無功書法。祝欲繩之。董玄宰其昌笑謂祝曰。右軍有靈。弟應下獄矣。祝笑而釋之。

道中栽李

程仲權在武昌。昵一妓。謂妓欲嫁之。俞羨長不信也。試調之。妓亦心動。羨長因作詩寄仲權曰。官道中間栽李樹。一株開作兩邊花。仲權心為之灰。

致曲

王漢陂九思好為詞曲。有客曰。太上立德。其次立功。其次立言。公宜留心經世文章。漢陂答曰。公獨不聞其次致曲。○一作汪南溟。俱寓書

愚蠢

桐下听然。嚴文靖訥柄政時。留故人飯。其人椎魯村俗。故作謙退之狀。避席語曰。須相公入內。乃敢坐。某何人敢當伴食宰相。又一祭暮索沈太史薦牘致御史。御史問太史近況。其人鞠躬對曰。太史近來無所不為。蓋其意本欲言無一事不佳也。御史大笑而起。

永嘉相命

永嘉張蘿峰孚敬初名璁。久困禮闈。謁選於天曹。道遇山陰蕭靜庵鳴鳳。蕭素善星學。時以比部郎罷歸。張使推已造。蕭觀之數曰。命不可憑。我今不復言矣。張問故。蕭曰。據子之造。八年後當大拜。今尚作孝廉。那得驟至相位。且如我命宜三品。今以比部郎罷歸。當望起復。耶然決以台輔期張。力阻其意。正德庚辰。張復入試畢。題詩落舍曰。月色團團照舉場。河光片片落天章。風雲交會人初散。星斗寒芒夜未央。欲向人心論用舍。直於吾道卜行藏。至公堂上焚香在。吾力猶能繫紀綱。是年果登第。後八年丁亥。以議禮入相。因憶蕭言。為起用伻至方伯。○湧幢小品。光山王夢弼相為御史有風力。屢劾錢甯江彬。謫判高郵。素善相術。蘿峰以落第候除。相一見奇之。謂曰。子有異相。他日所就。異止科第。因厚貽之。勸勿就選。蘿峰既貴。相已卒。上疏曰。相以忠鯁蒙誣。宜䘏。詔贈光祿少卿。諭祭。

枸杞說

岳季方正善畫枸杞。嘗作枸杞說云。其幹臞者廉也。節堅者剛也。枝弱者謙也。葉多而陰仁也。叢而不附和也。實可啖才也。味甘平無毒。入藥力勝者用也。屈伸以時。道也。其德之備如此。

蠶有六德

楊康夫嘗論蠶有六德。衣被天下生靈仁也。食其食。死其死。以答主恩義也。身不辭湯火之厄忠也。必三眠三起而熟信也。象物以成繭色必尚黃素智也。蠶而蛹。蛹而蛾。蛾而卵。卵而復蠶神也。此六德也。

李沅南

萬曆中。桃源李沅南春熙。八歲時。騎竹馬遊市中。遇縣丞問姓名。具舉以對。丞曰。俯能聯句乎。曰能。丞曰。書生騎馬街心走。李曰。舉子乘龍天上來。丞大異之。年十八舉于鄉。赴公車。別所愛姬。代詩云。寶馬金鞭白玉鞍。棠梧明日上長安。夜深幾點傷心淚。滴入紅爐火亦寒。嗜色病廢。終萬縣令。

董生

董生十歲時。外祖熊博士舉峰誕日。試對曰。六十八翁。有數十人子婦女婿幷外孫。稱觴慶壽。使拚一醉何妨。董對曰。百世一師。集三千士。顏曾閔冉及子夏論道傳經。繼統萬年無已。又謝泉漢出對云。車馬象士卒砲。都來護衛將軍。董云。吏戶刑工

及禮兵。一齊輔弼聖主。後果少年顯達。

嫁娶詭詞

康熙壬申仲冬。訛傳來選繡女。邑中愚民。紛然嫁娶。花轎盈衢。鼓吹聒耳。猶憶唐明皇詞云。莫倚傾國貌。嫁取箇有情郎。彼此當年少。休負好風光。今事成俄頃。不無以傾城之貌。而誤適匪類。然年少有情。則今古同揆也。滑稽生作兩同心詭詞云。（）天使還臨。小民惶惑。年庚帖纔出寒門。花燈轎已來香陌。趁今宵日吉時良。嫁箇嬌客。那管門楣非匹。便諧琴瑟。一枝花銀燭搖紅。三盃酒金尊凝碧。倩鱗鴻探問梅香。夜來消息。　憲示森嚴。民疑莫釋。之妝奩藉口匆忙。無聘禮乘時倉猝。感皇恩女嫁男婚。向平累畢。　頓使皮箱淨桶。價高什百。呼掌禮數遍追求。喚喜娘多方尋覓。看來年節届秋冬。穩婆忙迫。

李氏女

洪武初。吳郡李氏女。詩思敏捷。有集一卷。今不傳。楊君謙吳中故實記載其警句曰。桃花一簇開無主。終不留題崔護詩。

詩讖

咸平中。淇州來鵠。名振都下。然喜以詩譏訕當路。人惡之。卒不第。金錢花云。青帝若教花裏用。牡丹應是得錢人。夏雲云。無限旱苗枯欲盡。悠悠閒處作奇峰。偶題云。可惜青天好雷電。只能驅趁懶蛟龍。語亦頗韻。

猴子詩

劉子儀與夏英公同在翰林。子儀推為先達。章獻臨朝。子儀主文在貢院。聞英公為樞密副使。意頗不平。作猴子詩曰。空呈厚貌臨官道。更有人從捷徑過。

閉門弭災

唐景龍中。洛下霖雨百餘日。宰相令閉坊市北門以弭之。卒無效。滂沱益甚。人歌曰。禮賢不解開東閣。燮理惟能閉北門。

費鶴湖別築

費鶴湖構別築。乃宋榮侍郎故居也。勤勞建造。有絳袍者題其柱曰。我昔猶君昔。君今勝我今。盛衰皆有數。何必苦勞心。

四休居士

孫景初晚號四休居士。云。粗茶淡飯飽即休。補破遮寒煖即休。三平四滿過即休。不貪不妬老即休。黃山谷曰。此安樂法也。

葉唐夫

洪武中。葉唐夫築茅屋于江村橋之松間。作詩云。家住夕陽江上村。一灣流水繞柴門。種來松樹高於屋。借與春禽養子孫。

堅瓠五集卷二終

堅瓠五集卷之三目錄

神仙太守　一箇里長
中酒詩　沙河碑
芻頭放衙　陳石泉南歸
燕京酒肆　琵琶辭
陳賢德遇仙　吳原博雪詩
蕭何功　酒色
汪若水　半歌
高麗國　題驛舍
陽春曲　秋興
曲巷垂楊　玉牌鐫詞
馬僕遇仙　乾雨
詩意相類　作文別妻
教諭賦詩　七人同舟詩

項羽廟　朱良育詩
姓名詩　口吃贊
打爺知州　石曼卿
姓名謎　曲牌名謎
藥名謎　呼名相謔
京官用傘　眼赤腰黃
一隊秀才　造五鳳樓
嘲溝肉　吳朱喜得對句
館師數　張璁方猶
誕日優語　南風
石工能詩　寒山寺
雪將軍　讀書無油歌
莫愁湖　苧蘿山
因詩免役　秋風
垂魚釣鯊　言志
借大鵬　嘉善林知縣
彈相國　殺風景
望湖亭絕句

堅瓠五集卷之三

清　長洲石農褚人穫學稼纂輯

神仙太守

成化中華亭張東海弼爲南安太守律已愛物大得民和壯年休致子皆成名殊無一事縈心蘇州別駕周德中目爲神仙太守汝弼草十絕以荅之見其無仙又有長短句一篇意尤高古因錄詩幷歌云歸休太守似神仙布被蒙頭日夜眠却怪門前來熱客馬蹄踏破紫雲煙　古今何處有神仙鶴駕鸞驂總浪傳莫信空同鄙道士刀圭入口亦徒然　歐陽自號無仙子卓識真知冠古今弱水蓬萊在何處愚夫白骨叢苔深歌曰東海先生歸也南安太守新除一挑行李兩船書被人笑道癡愚也書寒不堪穿餓不堪煑收拾許多何用處兒而今白髮蒼顏坐黃堂之署乘五馬之車那得工夫再看渠又將載到南安去古人糟粕誰味真腴枉說道黃卷中時與聖賢相對語又寄內詩云四兒六歲五兒二莫把肥甘習口饞一作甜　清白傳家無我媿詩書事業要人擔三餐淡飯何須酒一著黃齏莫用鹽聞說有人曾餓死算來原不爲官康詩板作山大年詩　又除夕詩云酒冷香消夢不成道人殊覺歲崢嶸老如舊曆渾無用坐戀殘燈亦暫明守歲已應隨臘去梅花聊復與春爭向來筋力虛名盡白髮無愁也自生

一箇里長

漳浦趙從誼知獨山州州極荒涼因題柱曰茅屋三間坐由我卧由我里長一箇左是他右是他

中酒詩

老學庵筆記載宋太素尚書中酒詩云中酒事俱妨偷眠就黑房靜嫌鸚鵡鬧渴憶荔枝香病與慵相續心和夢尚狂從今改題品不號醉爲鄉放翁以爲非真中酒者不能知此味明浙中舉子張子興傑亦有中酒詩云一枕春寒擁翠裘試呼侍女爲扶頭身如司馬原非病情比江淹不是愁舊隸步兵今作敵故交從事却成讐滄海細憶宵來事記得歸時月滿樓比太素所作更詳切有味

沙河碑

吳門東北三十里沙湖湖北爲塘窿然有碑碑廣四尺許長四倍四面如之三面鐫相視歌歌有前後皆築塘時相勸勞之語也今已剝落不可辨其東面記民謠曰遠挑新土繞帝平露畫黃泥始罷休兩岸馬槽斜見底中間水線直通頭弘治丁巳皆

理浙西水利工部主事姚文灝立石（　）父老嘗言有舟行者利其同伴之貲殺而瘞其旁戲謂碑曰你知我知且勿語人碑忽應曰我不語恐爾自語其人驚駭而去後與一少年甚暱復過其地共憩碑陰告少年曰是碑能作人言少年詢其故某以素暱不覺傾吐少年口應而心動後偶乖隔至相毆訐之官驗視抵服計少年之生即同伴死之日也與桐下听然石虎事同

努頭放衙

文潞公彥博爲榆次縣令題鼓樓云置向譙樓一任撾撾多撾少不知他如今幸有黃紬被努出頭來早放衙世傳宋太祖謂縣令曰切勿於黃紬被裏放衙

陳石泉南歸

宋陳石泉南歸北人陳叅政餞之作木蘭花慢云北歸人未老喜依舊着南冠正雪暗潢池雲迷芒碭夢落邯鄲鄉心日行萬里幸此身生入玉門關多少秦烟隴霧西湖洗征衫燕山望不見吳山回首一歸難慨故宮離黍故家喬木那忍重看釣天紫微何處問瑤池八駿幾時還誰在天津橋上杜鵑聲裏闌干

燕京酒肆

金人徙徽宗至燕京行至平順州止驛舍時以七夕官中於驛作酒肆縱人會飲帝於室中見一胡婦攜數女子皆俊目艷麗或歌或舞或吹笛持酒勸客所得錢物率歸胡婦稍不及輒以杖擊之少頃官遣吏賞酒飲帝胡婦不知爲帝也亦遣一橫笛女子入室對帝嗚咽不成曲帝問女子曰吾與汝爲鄉人汝東京誰氏女也女顧胡婦稍遠乃曰我百王宮魏王女孫也先嫁欽慈太后姪孫京城陷被擄至此賣與豪門作婢遭主母詬撻轉鬻於此俾在此日夕求酒食錢物若不及即以鞭箠隨之言訖問帝曰官人亦是東京人想亦被擄來此也帝但泣下遣之後此女流落至粘罕處張純孝在雲中府于粘罕席上見之不勝悲悼作詞云疎眉秀盼向春風猶是宣和妝束貴氣盈盈姿態巧舉止況非凡俗宋室宗姬秦王幼女曾嫁欽慈族干戈橫蕩事隨天地翻覆一笑邂逅相逢勸人飲酒旋旋吹橫竹流落天涯俱是客何必平生相熟舊日榮華如今憔悴付與杯中綠興亡休問爲伊且盡船玉

琵琶辭

楊用脩慎少時善琵琶每自爲新聲度之及第後猶於暑月夜綰兩角髻着單紗半臂背負琵琶共二三騷人攜尊酒席地坐西長安街上酒酣和歌撒撥到曉適李西

涯早朝過之聞其聲異常流令人往訊則云楊公子修撰也西涯為之下車用修舉卮飲西涯曰朝尚早願為先生更彈彈罷而火城將熄西涯入朝用修亦易朝服而行朝退進閣揖西涯及其尊人西涯笑謂用修曰公子韻度自足千古何必躬親絲竹乃擅風華自是長安一片月絕不聞用修琵琶聲矣

陳賢德遇仙

太倉陳賢德嘗遊荊湖間過岳陽樓有藍縷道人貌甚猥瑣亦來就坐賢德前揖之相與瞻眺湖山談笑良久適檻外一蟲蠕行瓦上道人指示曰此蜣螂蟲也遂別去後賢德東還遇友人請仙題詩云十年不見陳賢德今日相逢鬢已霜記得岳陽樓上別兩人攜手說蜣螂客都不解獨賢德恍然下拜具話其事幸其遇仙而自恨不識耳一作常熟陳朝相遇呂純陽事

吳原博雪詩

吳原博寬詩格尚渾厚琢句沈着用事果切無漫然嘲風弄月之語有雪後入朝詩云天門晴雪映朝冠步澀頻扶白玉欄為語後人須把滑正憂高處不勝寒饑烏隔竹餐應盡馴象當庭蹈又殘莫向都人誇瑞兆近郊或恐有袁安其愛君憂國感時念物之情藹然可掬至如古人隨車縞素滴檐驢背自是閒話頭

蕭何功

韻語陽秋李義山詩云本為留侯慕赤松漢廷方識紫芝翁蕭何只解追韓信豈得虛當第一功是以蕭何功在張良下也王元之詩云紀信生降為沛公草荒孤壘想英風漢家青史緣何事卻道蕭何第一功是以蕭何功在紀信下也愚為夫漢創業何為宗臣高祖喻指蹤之指盡之矣他人豈容議耶

酒色

酒有以綠為貴者白樂天所謂傾如竹葉盈尊綠是也有以黃為貴者老杜所謂鵝兒黃似酒是也有以白為貴者樂天所謂玉液黃金卮是也有以碧為貴者少陵所謂重碧酤新酒是也有以紅為貴者李長吉所謂小槽夜滴珍珠紅是也廣中所釀酒謂之紅酒其色殆類胭脂酉陽雜俎載賈瑚家蒼頭能別水常乘小艇於黃河中以瓠匏接河源水以釀酒經宿酒如絳名為崑崙觴是又紅酒之尤者也

汪若水

宋汪若水從三宮北去留滯燕京時有王清惠張瓊英皆故宮人善詩相見輒涕泣若水和清惠詩云愁到濃時酒自斟挑燈看劍淚痕深黃金臺迥少知己碧玉調高空好音萬葉秋聲孤館夢一窗寒月故鄉心庭前昨夜梧桐雨勁氣蕭蕭入短襟後若水哀懇乞為黃冠世皇許之瀕行與故宮人十八人釃酒城隅鼓琴叙別不數聲哀音哽亂淚下如雨張瓊英送之詩云客有黃金共璧懷如何不肯贖奴回今朝且盡穹廬酒後夜相思無此杯

半歌

李密菴先生歌振有半歌云看破浮生過半半之受用無邊半中歲月儘幽閒半裏乾坤寬展半郭半鄉村舍半山半水田園半耕半讀半經廛半士半民姻眷半雅半粗器具半華半實庭軒衾裳半素半輕鮮肴饌半豐半儉童僕半能半拙妻兒半樸半賢心情半佛半神仙姓字半藏半顯一半還之天地讓將一半人間半思後代與滄田半想閻羅怎見酒飲半酣正好花開半吐偏妍帆張半扇免翻顛馬放半韁穩便半少卻饒滋味半多反厭糾纏百年苦樂半相參會占便宜只半

高麗國

元豐初高麗國遣使來朝問其使云國與契丹為隣每因誅求不能堪國主常誦華嚴經祈生中國一夕夢至京師備見城邑宮闕之盛覺而慕之乃為詩以記之曰惡業因緣近契丹一年朝貢幾多般移來忽到中華裏可惜中宵漏滴殘

題驛舍

靖康之變有題關中驛舍云鼙鼓轟轟聲徹天中原廬井半蕭然鶯花不管興亡事粧點春光似昔年又渭平沙淺雁來棲渭漲沙深雁不歸江海一身多少事清風明月淚霑衣

陽春曲

白仁甫陽春曲云笑將紅袖遮銀燭不放才郎夜看書相偎相抱取歡娛止不過赶應舉及第待何如又百忙裏鉸甚鞋兒樣寂寞羅幃冷串香向前摟定可憎娘止不過赶嫁妝誤了又何妨

秋興

韓德溫先生諱汝玉予幼年受業師也工書尤善臨摹曾見賈人某求書曹操及蘇子瞻古人諸名蹟裝潢成卷為泰興鉅公重價購去昨檢敗笥見先生秋興七絕已經四十餘年幾殘滅不可讀幸猶記憶錄之以誌今昔之感云梧桐陰石綠生靡正

足池塘雨後天。讀罷南華無一事，北窗支枕聽秋蟬。一辭柯黃葉擁柴關，野老前村載菊還。莫謂地幽人不到，一尊風雨話寒山。二一簾小雨綠如煙，茗熟欣逢未見篇。幽思只隨池畔菊，寒香羞勝落梅前。三雲陽驛畔草蕭蕭，晚騎嘶風客路遙。殘月多情猶送我，一村烟火又河橋。四偏愛時宜學母妝，貪簪茉莉髻凝香。相逢亦有憐心者，何獨憐予更斷腸。五舞衫歌扇動情多，稱體新裁薄薄羅。更愛酒闌明月靜，小窗低唱雪兒歌。六庭花凍合淨無塵，夢裏行雲覺未真。何至相逢頻掩袂，想因羞見意中人。七

曲巷垂楊

吳耳淵沈朗倩門人，有楊柳詞云：新調小馬趁飛花，行到垂楊曲巷家。三扣玉扉人未起，忽聞鸚鵡喚燒茶。又貽所思云：曾騎竹馬過君家，並坐牙牀飲露茶。贈我金盆今尚在，何當重搗鳳仙花。

玉牌鐫詞

梁溪楊仲弘，一日遊鳳凰山，過宋大內，獨步微吟，尋香閣址，拾得玉牌一事，上有鐫詞云：內人曉起怯春寒，輕揭珠簾看牡丹。一把柳絲收不得，和風搭在玉闌干。楊為之憮然。

馬僕遇仙

紀聞類編：嘉靖中，孫錦衣有馬僕蘇某，卧柳陰下，一道士蹴之起，曰：汝面何多陰騭紋？蘇曰：貧人陰騭從何來？道士固問，因曰：平生於蜂蟻馬牛之類，皆極力愛護之，不殘其生，不盡其力，得食極難，與婦稍得療饑，即以其餘食丐者，故平生未嘗得飽。道士曰：是矣，可隨我來。至其所居，松樓柏殿，白鶴青鸞，皆非人間所有。蘇不悟，踧踖叩首。曰：今主人馬無草，罪在我，且婦明晨無食。道士嗟嘆曰：汝無福，必欲歸耶？明晨以破草屨一雙、藥一粒給之，而不與錢，曰：汝從此入京。蘇咄咄辭去，及抵京，而顧其城門，非北京也。蘇問此何處，門卒曰：此滇南省城也。蘇哭曰：道士陷我。滇南去京萬里，身無一錢，何由得達？門卒問道士何狀，以何物贈汝。蘇言其狀，又以屨藥對。門卒曰：此我張顛仙也，汝輕棄之，然有二寶，何慮難歸？可宿我等數日，為汝洗泥。蘇始悟為仙人，而恐其奪己寶，即辭去，宿客店，明日著屨行雲中，第聞耳後颼颼，以藥合口中，遂不饑，日行千餘里，七八日至京，以餘藥啖其婦。主人知其從顛仙來，不令當馬，而并養其妻，壽皆近百歲卒。始主人奪其屨行卿中，行亦如飛，蘇卒，遂失屨所

乾雨

紀異編：明初，徐州王忠政死已十二日，復甦，家人問之，曰：我非死，初見一人引臂相招，謂天公召汝行雨，指顧間，忽見左落千隊，右落千隊，五方色甲馬各一，小項瓶中貯人間水，如牙馬硝，謂之乾雨。雨隊在前，風陣在後，行雨已畢，始得還耳。

詩意相類

輟耕錄有詩云：天遣魔軍殺不平，不平人殺不平人。不平人殺不平者，殺盡不平方太平。又唐詩節要有詩云：中原不可生强盜，强盜纔生不可除。一盜既除羣盜起，功臣多是盜根株。二詩語意相類，後義尤佳。郎仁寶云：前首第三句，即第二句意，欲易不平原是難平者。後首第二句不可除，背理，欲易强盜纔生大盜俱。尤覺精采。

作文別妻

輟耕錄：錢塘道士洪丹谷，與一妓通，因娶為室。病且革，顧謂洪曰：妾死在旦夕，卿須自執薪還肯作一轉語乎？夫妾歌兒也，卿能集曲調於妾未死時，使預聞之，雖死無憾矣。洪固滑稽者，遂作文曰：二十年前我共伊，只因彼此太癡迷。忽然四大相離後，你是何人我是誰。恭惟某人，秀鍾谷水，聲遏巫雲。玉交枝堅一片心，錦纏道餘二十載。遽成如夢令，休憶少年遊。哭相思兩手託空，意難忘一筆勾斷。且道如何是一筆勾斷？孝順歌終無孝順，逍遙樂永逐逍遙。聽畢一笑而卒。

教諭賦詩

昔有舉人任縣學教諭，適察院按臨，邑官各遠迎，彼獨後至，接見於郭外水次，按公心怪之。抵公署，閱册曰：汝以舉人作教，故傲我耶？且試汝詩，當稱我意否？乃以水次樁子為題。蓋譏其為朽木也。教諭吟詩云：獨立污泥沙，今經幾歲華。有心依古道，無意泛仙槎。春至萍為藻，風來浪作花。本來梁棟器，無奈用時差。今歲按公稱賞，明年果以教職會試，高占春榜。

七人同舟詩

宋徐適秋闈中式，買舟抵都下。時同舟已集六人，乃陳李張黃周蘇姓也。徐適亦登舟共濟。陳姓者曰：舟中之人凡七，請以七人同舟聯一律。周姓者起曰：陳李張黃蘇與周。張姓者云：更添徐子分相投。陳姓者云：竹林風月連三郡。李姓者云：北宿光芒聚一舟。蘇姓者云：作者應知同議論。黃姓者云：諍臣頗足合謀猷。徐適云：胸中各有

平津策此去知誰作狀頭及次年春榜倧遂狀元及第

項羽廟

項羽廟在內黃烏江道中。歲時土人過客祀焉。一士遊其廟，瞻像吁嗟，惜其不得秦鹿，命須青鋒，因題詩於廟云：楚水淋淋漢水湲，楚山河屬漢山河。范增有意空彈玦，項羽無謀為倒戈。子弟八千垓下散，佳人一曲帳中歌。今來欲問前朝事，莫也將軍記得麽。詩成，大風雨來，揚沙飄瓦，江湧洶濤，凜有喑啞叱咤之餘威。士人曰：項將軍英爽其未泯，與何聞詩而遽怒也。復吟一絕以慰之曰：巍巍廟貌峙江濱，大將端為血食神。尊德不須懷舊恨，漢家今已屬他人。由是風恬浪息，天晶日皦如故。

朱良育詩

閩中陳侍御(敷)興南畿學政，甚得士心。正德間以諫去國，諸生皆作詩送之，獨朱良育詩最為傳誦。其詩云：春風露冕出郊原，落日停驂望國門。抗疏要談天下事，謫官應過海南村。湯湯江漢羈人淚，納納乾坤聖主恩。歷試古來名節士，為言身屈道尤尊。識者以為不下李師中送唐御史也。

姓名詩

權德輿以古人姓名作詩云：藩宣秉戎寄，衡石崇位勢。年紀信不留，弛張良自媿。樵蘇則為愜，瓜李斯可畏。不顧榮宦尊，每陳農畝利。家林類岩巘，負郭躬斂積。忌滿寵生嫌，養蒙恬勝智。疎鐘皓月曉，晚景丹霞異。澗谷永不諼，山梁冀無累。頗符生肇學，得展禽尚志。從此直不疑，支離疎世事。〇陸子玄(來聘)詩云：穆穆文孫受景運，端居喬宇撫清時。綸綸還起山林俊，化雨重陶琰琬貲。韶樂揚廷和舜呂，漠毛澄水膺先師。功如喬貴宏謨遠，壽比錢彭澤慶無。共說天王守仁義，萬年磐石維圍維。

口吃贊

談苑：劉貢父(攽)性滑稽，喜朝謔，與王彥祖(汾)同在館中。汾病口吃，攽為之贊曰：恐是昌家，又疑非類。未聞雄鳴，只有艾氣。周昌、韓非、楊雄、鄧艾，皆古之吃者也。〇時馬默為臺官，彈攽輕薄，不當在文館。攽曰：既云馬默，豈合驢鳴。

打爺知州

談苑：王介知常州，劉貢父以語謔之。介曰：貢父非豈弟君子乎。貢父曰：雖非豈弟君子，卻是打爺知州。常州風俗毆父，有橋名曰打爺橋。

石曼卿

談苑：石曼卿(中立)初登第，有人訟科場，覆落數人，曼卿與焉。次日被黜者皆作三班借職。曼卿為詩曰：無才且作三班借，請俸爭如錄事參。從此免稱鄉貢進，且須走馬東北南。

姓名謎

今堅志：元祐間士大夫好事者，取達官姓名為詩謎。如：長空雪霽見虹蜺，行盡天涯遇帝畿。天子手中持玉簡，秀才不肯着麻衣。謂韓絳、馮京、王珪、曾布也。又云：人人皆戴子瞻帽，君實新來轉一官。門狀送還王介甫，潞公身上不曾寒。謂仲長統、司馬遷、謝安石、溫彥博也。又避齋閒覽一詩謎云：佳人佯醉索人扶，露出胸前似雪膚。走入繡幃尋不見，任他風雨滿江湖。乃賈島、李白、羅隱、潘閬四詩人也。又解人頤一詩謎云：強爺勝祖有施為，鑿壁偷光夜讀書。縫線路中常憶母，老翁終日倚門閭。乃孫權、孔明、子思、太公望也。

曲牌名謎

解人頤有曲牌名詩謎三首：別來懷恨積奴腸(心焦人)，刺鳳描鸞罷繡筐(繡針件)。欲寫衷腸無片紙(意不盡)，懶妝蛾黛少張郎(懶畫眉)。金屋嬋娟影在東(錦堂月)，情人有約總成空(佳期誤)。記得少年騎竹馬(耍孩兒)，看看又是白頭翁(老漁翁)。花落殘紅遍地鋪(鋪地錦)，沉吟抱恨未成眠(相思會)。鏡鸞塵掩頻頻倚(傍妝臺)，盼恨良人各一天(望遠行)。

藥名謎

解人頤有藥名詩謎三首：一幅花箋決不欺(信實)，相煩寄與我親兒(附子)。休圖自己營生計(獨活)，須念高堂白髮稀(知母)。醫生鋪裏盡皆空(沒藥)，修寄家書無筆蹤(白芷)。船行水急帆休掛(防風)，雨過街頭跌老翁(滑石)。江上乘騎赴早朝(海馬)，不勝將軍棄甲逃(敗醬)。赤壁漢前樓過夜(宿砂)，曉來帶露掛征袍(破霜)。

呼名相謔

豫章漫抄云：瑣綴錄所載侶鍾、強珍二公以名相謔，事固有偶然者。弘治乙丑，內閣試庶吉士，以春陰為題，下注不拘體。同年王欽佩(韋)作歌行，為諸老所賞。太僕少卿儲柴墟(巏)讀其稿，至警句云：未關十二晝沉沉，晝棟泥融燕初乳。柴墟擊節歎賞曰：絕似溫李手。時在座曰：本是王韋。為一絕倒，蓋取摩詰、蘇州以指其名也。又吉水徐舜和(穆)為侍讀，以誕日邀諸吉士會飲，凡同年皆叙齒，皆在塵主家，則門生避一席穽和分考易房時。徐予容緒穆伯潛九疇皆出其門。穽和以次行酒。大聲曰。徐穆二生坐此。而忘其名之自呼也。為之一笑。

京官用傘

卓異記。明京官例不用傘。惟試官入場。狀元歸第。乃用之。其後南京官。稍稍用傘。雖躋高位。特兩簷青傘而已。有南北兩京官相戲。北曰。輸我腰間三寸白。言常朝官有牙牌也。南曰。多君頭上兩重青。言出用傘也。又玉堂漫筆。劉　襲封誠意伯。有華蓋殿侍宴退朝詩云。團團褐羅傘。被服金文章。則明南京官僚已用之矣。戒庵漫筆。外任官與京職官相遇。外任官曰。我愛京官有牙牌。京官曰。我又愛外任有排衙。蓋朔望衙役齊集參謁。頭踏舞蹈。謂之排衙。

眼赤腰黃

談苑。宋制。翰林學士佩金帶。朱衣吏一人前導。兩府則兩人。笏頭帶佩魚。曰重金。居兩制久者。則曰眼前何日赤。腰下甚時黃。處內庭久者。則曰眼赤何時兩。腰黃甚日重。

一隊夸齊

皇朝初定鼎。諸生有養高行遯者。順治丙戌再行鄉試。其告病觀望諸生。悉列名與考。滑稽者作詩刺之曰。聖朝特旨試賢良。一隊夷齊下首陽。家裏安排新雀帽。腹中打點舊文章。當年深自慚周粟。今日幡思吃國糧。非是一朝忽改節。西山薇蕨已精光。聞者絕倒。

造五鳳樓

談苑。韓浦韓洎兄弟皆有文辭。洎常輕浦。語人曰。吾兄為文。譬如繩樞草舍。聊蔽風雨。予之為文。是造五鳳樓手。浦聞之。因親知寄蜀牋。題詩贈洎曰。十樣蠻牋出蜀州。寄來新自浣溪頭。老兄得此全無用。助爾添修五鳳樓。

嘲薄肉

董恩白至友館中。值中膳見肉甚薄。因作詩云。主人之刀利如鋒。主母之手輕且鬆。薄薄批來如紙同。輕輕裝來無二重。忽然窗下起微風。飄飄吹入九霄中。急忙使人追其蹤。已過巫山十二峰。近又見一詩云。薄薄批來淺淺鋪。廚頭娘子費工夫。等閒不敢開窗看。恐被風吹入太湖。

吳東善得對句

吳處厚善屬詞。知漢陽軍。謂鸚鵡洲乃鄂佳處。欲賦詩未就。一日視事。綱吏告覆舟吳門所在。吏曰。在鸚鵡堤。吳拊案大喜曰。吾一年為鸚鵡洲尋一對不得。天俾汝也。因得末減。王梅運句骨立有風味。朋從目為風流骸骨。崇甯癸未。宋或在金陵府集。見官妓中有極瘦者。府尹朱世英謂或曰。亦識生色骷髏否。或欣然為王句得對。

館師歎

文衡山有館師歎詩云。暑往寒來春復秋。等閒白了少年頭。半饑半飽清閑客。無鎖無枷自在囚。課少父兄嫌懶惰。功多子弟結冤仇。何時得遂男兒志。解散胸中萬斛愁。予向有硯田詩笑一帙。計七言律四十首。上卷二十首。俱用先生笑話集成。下卷二十首。描寫館中苦況。大有思致。惜為人竊去。僅記三律云。先生座話說難全。實景描來更可憐。馬眼偏橫丘乙已。梅花剪倒去求仙。二犛一管羊毛筆。五箇三張粉袋箋。鐵硬紫硃稀爛墨。亂批習字點而圈。村館從來說可憐。舊家風景更郎當。庭階每泛渾泥桶。屏後常留宿浴湯。厚意涼拖一把扇。盛情白滾兩條薑。歲終節物無多送。一塊年糕又少糖。館童頑劣實堪羞。捉乜遊河踢石毬。燈掛倏移油累帳。點心無剩碟忘收。窩茶亂塞床腳被。添粥深搵黑指頭。若更輕輕撻一記。是非攛壞不相留。皆可噴飯。餘惜忘之。近於友人案頭見嘲學究三詩。又詩笑所未載。因錄於左。博得虛名叫相公。四時六節苦無窮。兩盆臭菜朝朝罩。半注黃湯夜夜空。燒壞油燈無一尺。跌殘筆架缺三峯。補頂帳子陳年絮。冷煖當教睡不濃。一壺白水灌空心。六筋齊攢四菜盆。三春不見河鮮面。八月空聞黃蟹名。蘿蔔傍邊沾油膩。粉皮頭上帶葷腥。惟有一升黃草布。朝晨揩面夜揩臀。勸人切莫做先生。滿肚皮糟氣不平。一身瘦骨如繩縛。兩耳嘈嘈似雀鳴。質本但嫌無教法。功多又說自聰明。更有一般堪恨處。束修直欠到如今。

張璁方猶

挑燈集異。嘉靖初。張璁以議禮得君。賜名孚敬。時有不平者。乃以其姓名為隱語曰。這長弓心勿一佐王不正。除非撇了頭。夷三族。滅絕子孫。方洩萬民之忿。虧了這篇歪文字。苟就了功名。順治丁酉。方猶典試江寗。賄賂公行。士子恨之。折方猶二字云。一萬刀狗酋。

誕日優語

蘇郡侯誕日。所屬一州六縣牧尹。皆稱賀在座矣。惟崇明尹後至。值閉門不得入。傍復無計乃密召一優謂之曰汝能使郡公延我入必重賞優諾之乃於筵前發耗高吟曰黄堂太守不是人座賓聞其所吟俱失色又一優問曰是甚麼答曰都是天上老壽星座賓皆解頤優續吟曰今日八仙來慶壽眼前只少呂洞賓一優答之曰洞賓因在東海中採度索桃來獻故此來遲如今已在門外了郡公聞而悟其意亟啟門延崇令入席恰成八仙郡公喜甚而厚賞之蓋崇明縣治在海中故優及之

南風

書曰無比頑童逸書曰美男破老男色所從來遠矣逮漢昵鄧通疑閎孺柢而思讓帝位擬立男后其流禍未有不浸淫亂及於内者沿至於今閩廣兩越尤甚京師所聚小唱最多官府每宴輒夆其尤者侍酒以為盛事俗呼為南風碣石剩談有士夫狎一童與之寢處捐五金投之童弗悅也或戲之曰此有成語君未知耳士夫固問或曰不聞右丞詩乎惡説南風五兩輕衆為之絶倒

石工能詩

一石工初不識字後入山遇異人授以術便能作詩隨口應答一人令以自身試作

一詩即答曰省事心常逸無營機更忘庸人多自擾凝客為人忙性癖交遊少疎狂興趣長日長無俗事高枕樂羲皇適又有一人至其人貧困不堪令其即以為題答曰最怪攢眉客胸襟不放開人生貴瀟洒天運任輪廻好景休孤負黄金買不來百年渾是夢回首即塵埃

寒山寺

唐張繼楓橋夜泊詩云月落烏啼霜滿天江楓漁火對愁眠姑蘇城外寒山寺夜半鐘聲到客船世多傳誦近孫仲益過楓橋寺詩云白首重來一夢中青山不改舊時容烏啼月落橋邊寺欹枕猶聞半夜鐘亦可謂鼓動前人之意矣

雪將軍

閑居筆記毛貴咏雪將軍詩云滕六來臨拜將壇五丁力士下雲山白頭未得封侯印皓首猶能禦八蠻月下令披銀鎖甲霜中獨守玉門關明朝應逐陽和散留得英名萬古傳

讀書無油歌

湛處朱復之冬夜讀書無油作歌云君不見萊公酣歌徹清曉銀燭成堆燒不了又不見齊奴帳下選佳人平生愛蠟不愛柴南園花蝶巧心計祗為渠儂照珠翠生憎詩客太寒酸晷不分光到丈字欲學鑿壁銜鄰燈夜不明欲學囊螢車十月霜無螢人生窮達真有命大鈞不須問起來摩挲蓮座真人圖還有青藜老杖照人無

莫愁湖

莫愁湖在秣陵城中三山門外有妓盧莫愁家此故名江波疊柳翠黛堆雲風裂月鏡彷彿在朝烟暮雨中鄭谷過此題詩云石城昔為莫愁鄉莫愁魂散石城荒帆來帆去江浩渺花開花謝春悲涼

苧蘿山

山堂肆考郭索閒王軒遊苧蘿村遇西子亦從而遊焉留詩泉石間寂無所遇無名子作詩云三春桃李本無言却被斜陽鳥雀喧借問東隣效西子何如郭索學王軒

因詩免役

唐筠州任濤咸通進士常侍李騭見其詩有露濤沙雀起人卧釣船流之句特與免役鄉民訟之騭判云江西界内有詩似濤者並與免役又辛元龍字慶甫號松垣先生有氣節以詩援任濤例求免稅丁太守判云松垣筆力破滄溟欲援任濤免稅丁

一段風流好公案錦江重寫入圖屏

秋風

常州靖江縣本江陰之馬馱沙也明天順間始設縣知縣郭某題謁客所送扇轉贈之云馬馱沙上縣新開城郭民稀半草萊寄語江南諸子弟秋風切莫過江來今人干謁者謂之打秋風故云

垂魚釣鰲

泊宅編關子容解為推官才俊而容止不揚持服中過南徐客次見一緋衣朝士倨坐關揖而問之朝士疑為攫徒因詭關曰太子洗馬高垂魚良久復詢關關答曰某之官皇帝騎牛低釣鰲朝士駭曰是何官位關笑曰且欲與君對偶親切爾

言志

有客各言其志或欲多財貨或欲為廣陵刺史或欲乘鶴上昇一人聞而笑曰我殆欲兼之也惟願腰纏十萬貫騎鶴上揚州○張音侯言昔一人應受生謂轉輪王曰要我為人必依我願方去王曰云何對曰父是尚書子狀元繞家千頃五升田魚池花菓般般有美妾嬌妻箇箇賢充棟金珠并米穀盈箱羅綺及銀錢身居一品王侯

位。安享榮華壽百年。王曰。有此好處我自去了。何待於汝。予曰。人生在世。總無實事。既作妄想。何不再求跨鶴。升仙方爲萬全。

借大鵬

廬山道士。體貌魁偉。飲酒啖肉。一日有鶴憩止于庭。道士紿謂當赴上帝之召。乃控而乘之。擬欲飛昇。奈羽儀清弱。不勝其載而斃。次日馴養者知。訴於官。薄責示懲。處士陳沆作詩嘲之曰。啗肉先生欲上昇。黄雲踏破紫雲崩。龍腰鶴背無多力。傳語麻姑借大鵬。

嘉善林知縣

成化中。嘉善知縣林某。捶死一家十三人。郡城倡鍾按浙。將窮治之。林厚賂鎮守中官李文。使文宴倡以緩其事。倡知之。預令優人爲滑稽語以拒之。因扮一官。當雪作雪獅子。令藏陰處以俟。優嘗曰何處可藏。一卒云。山陰可乎。曰不可。卒又曰。江陰可乎。曰不可。其官高聲曰。但藏在嘉善縣可也。卒云。此地無陰。何以藏之。官曰。汝不見嘉善林知縣。打殺一家非死罪十三人。不償命。豈非有天無日頭處。一座啞鑊。天亦不敢啟蓋。

彈相國

林居漫錄。萬曆中。京師某中舍宴客。祗應中有善彈琵琶者。一客問曰。若會彈何故事。曰。會彈蕭相國月下追韓信。又問曰。又會彈趙相國雪夜迎宋祖。客復問曰。又會彈秦相國東窗定計。客曰。你如今莫彈了。若再彈。恐又彈出一箇相國來。蓋以賜晉江李九我廷機也。中舍遽起掩客口。而餘客皆去。明制。會推大臣。凡干清議者。不得列名。彈業未就。杖卜已及。所以有歐後鄭五之刺也。

殺風景

西清詩話。李義山雜纂品目數十。蓋以文滑稽者。其一曰殺風景。謂清泉濯足。花下曬裩。背山起樓。燒琴煮鶴。對花啜茶。松下喝道。崇曆中。晏元獻罷相守潁。以惠山泉烹日注。置酒賦詩。有稽山新茗綠如烟。靜挈都籃煮惠泉。未向人間殺風景。更持醪醑醉花前。又元豐末。王荊公居金陵。大漕蔣之奇夜謁公於蔣山。喝唱甚都。公取花下喝道語作詩戲之曰。扶衰南陌望長楸。燈火如星滿地流。但怪傳呼殺風景。豈知禪客夜相投。自是殺風景之語。頗傳於世。

望湖亭絕句

吳俗好遊。遇春花秋月。名山勝景。賞玩必至。四方輶軒君子過其地者。無不遊覽。以故迴廊粉壁。寫怨抒懷。題咏殆遍。有善謔居士題枋山伽殿壁二絕云。望湖亭在太湖西。多少遊人胡亂題。我也胡題題一首。待他泥壁一齊泥。又多時不見詩人面。一見詩人丈二長。不是詩人長丈二。緣何放屁在高墻。見者絕倒。

堅瓠五集卷三終

堅瓠五集卷之四目錄

雪庵和尚　　鼠鬚筆
翠微八絶　　詠秋
識種薔薇　　書規
裴晉公贈馬　　弓手兒
歸省養病　　飛來峰
金樹兒　　紙鳶詞
徐孺子祠　　三言詩
醉楊妃菊　　燃絮代燭
洞賓淬鏡　　袖拂殿柱
陳啟東對　　唐守之對
絶句無對　　對句
曲牌名詩　　與妓下火文
與情妓書　　佳人集曲名
梅嘉慶傳　　三友傳
一枝梅　　題西湖
依舊官　　了不了語
判詞　　軟金盃
醉經齋　　馴鶴圖
管甯濯足圖　　漢魏正閏
博浪沙　　馬嵬坡
竹杉　　鼠鬚筆
刹字治病　　郭從周善卜
老子出關圖　　拜石
守宮　　狂吟
四皓奕碁圖　　泥窗
七姊妹　　放鴨船
楊子雲

堅瓠五集卷之四

清　長洲石農褚人穫學稼纂輯

雪庵和尚

雪庵和尚名暠。不知其姓。亦不知何官。靖難時。往來黔中。遇隱士杜景賢。留居白龍山之草庵。晰夕誦經。山中人不知書。謂誦佛經。不知其誦易乾卦也。景賢恐有蹤跡。又不欲拂其意。婉謂之曰。和尚釋也。而誦儒乎。和尚亦喻景賢意。遂置儒經不誦。誦觀音經。又好觀楚辭。時買楚騷。乘小艇於中流讀之。讀一葉。則沉一葉。讀畢。大叫慟哭。嘗有詩云。年方十五去遊方。終日修行學道忙。說我平生辛苦事。石人應下淚千行。看了青燈夢不成。東風混雪落寒聲。半生客裏無窮恨。告訴梅花說到明。死之日。其徒問曰。師死宜銘何許人。和尚瞪目曰。松陽。問其姓名。終不答。卒後發其笥。止百將傳一部。大學衍義一部。不知欲何為也。○或曰。和尚松陽郭希賢也。或又疑為運州郭節。從亡隨筆。及搢紳錄。雪庵事皆載吳成學傳。成學浙江人。為翰林修撰。京師陷。削髮為僧云。後進士寗翰題詩雪庵壁云。當初何不解漁樵。卜得龍門避世高。別有乾坤生晝夜。更無江海作波濤。持齋諒是慚周粟。說法惟聞誦楚騷。鐵石心腸誰識得。豈知太史筆如刀。可謂詩史。

鼠鬚筆

蘇叔黨詠鼠鬚筆云。太倉失陳紅。狡穴得餘腐。既興丞相歎。又發廷尉怒。磔肉餧餓猫。分髯雜霜兔。插架刀槊健。落紙龍蛇騖。物理未易詰。時來即所遇。穿墉何卑微。託此得佳譽。

翠微八絶

僧冲邈有翠微山居八絶。超悟可誦。閒來石上卧長松。百衲袈裟破又縫。今日不愁明日飯。生涯只在鉢盂中。　臨溪草草結茅堂。靜坐安然一炷香。不是息心除妄想。都緣無事可思量。　老老山僧不下堦。雙眉恰似雪分開。世人若問枯松樹。我作沙彌親手栽。　幼入空門絶是非。老來學道轉精微。鉢中貧富千家飯。身上寒暄一衲衣。　一池荷葉衣無盡。數畝松花食有餘。剛被世人知住處。又移茅屋入深居。　茅菴靜坐千山月。竹戶閒棲一片雲。莫送往來名利客。堦前踏破綠苔紋。　爐中無火已多時。發起推將一衲披。莫怪山僧貪冷淡。夜深懶去拾松枝。　豈是栽松待伏苓。且圖山色鎮長青。他年行脚不將去。留與人間作畫屏。

詠秋柳

王與公（成）咏秋柳云。轉眼風流半已摧。雨欺霜打暮江隈。小蠻腰瘦雖勝舞。張緒年衰豈見才。織斷金衣眠不穩。吹殘玉笛折堪哀。井梧莫道同搖落。曾拂龍舟汴水來。

日暮蕭蕭傍蓽門。窺人名色笑空存。天寒早散鳴蜩影。雨濕還留繫馬痕。白髮對堪憐顧況。金城栽更泣桓溫。故園園畔知何似。一見霜條一斷魂。

讖種薔薇

賈島狂狷。行薄執政惡之。故不與選。裴度於興化建池亭島。作詩讖之曰。破却千家鑿一池。不栽桃李種薔薇。薔薇花謝秋風起。荊棘滿庭君始知。人惡其不遜。然此句可以警世。但不當施之裴晉公輩。

書規

堅瓠集成。呈教諸君子。願筆難見之曰。好事還多事。索取應填門。余曰。古人有云。只可自怡悅。不堪持贈君。況大不盈掌。難以覆瓿。安用此巾箱中物為也。已果索者日至。案頭告罄。戲拈壁曰。每集三十錢。紙張刷印錢。諸公欲觀者。請解杖頭錢。此語稍聞于人。尚有未諒者。為人攫取。向我求償。迫促甚于逋負。何所取辦。以供人之娛玩。復口占以告曰。堅瓠雖小集。艱難刷印資。選詞誠費力。採藻亦勞思。持物當相贈。（太史兼或書卷或異聞軼事堪入集中者）空言或見辭。從君笑鄙吝。老拙已安之。昔袁石公有觴政。王謔庵有爽律。余即以此為書規。敢告同人。聊破慳囊。用資笑柄。庶彼此各發歡喜心。不致我攢眉。而已亦缺望也。

裴晉公贈馬

全唐詩話。白樂天求馬於裴晉公（度）。裴贈以馬。因戲云。君若有心求逸足。吾還留意在名姝。引妾換馬之事。樂天答曰。安石風流無奈何。欲將赤驥換青娥。不辭便送東山去。臨老何人與唱歌。

弓手兒

汪聖錫（應辰）本玉山縣弓手兒。俞子材（樗）為尉。嘗授諸子學。有兵言汪兵子可學。喻呼視之。狀貌奇偉。出對試之曰。馬蹄踏破青青草。汪應聲曰。龍爪拏開白白雲。喻大驚異曰。他日必為偉器。遂留授之學。且以女字之。紹興五年。年十八魁天下。後為吏部尚書。　為御書監時。會罷會茶。一同舍就枕不起。或戲曰。宰予晝寢。于予與何誅。聖錫曰。子貢方人。夫我則不暇。合坐稱善。

歸省養病

李西涯當國時。門生滿朝。西涯性喜延納獎拔。故門生朝罷。羣集其家。講藝談文。率以為常。一日有一門生告歸省。兼養病還家。西涯集同門餞之。即席賦詩為贈。汪石潭俊詩先成。中一聯云。千年芝草供靈藥。五色流泉洗道機。諸人傳翫。以為絕唱。呈稿西涯。西涯抹後一句。令石潭重改。衆愕然。石潭思之。亦不能復綴。衆請於西涯曰。吾輩以為抑之。此詩絕佳。不知何故猶未善。西涯曰。歸省與養病是二事。今單說養病。不及歸省。便是合盤。衆請西涯續之。西涯即援筆曰。五色宮袍當舞衣。衆歎服。

飛來峰

錢塘湖山之勝。以飛來峰為最。馬鶴窗所居去飛來峰不十里。以貧累不能數往。因題詩曰。飛來峰在腳跟頭。十五年間兩度遊。說與山靈應笑我。先生忙到幾時休。

金樹兒

萬曆中。桃源有妓名金樹兒。病初起。九日宴集唱歌侑酒。印少鶴口占一絕云。九日佳人病起時。當筵歌舞不勝衣。可憐顏色黃如菊。不枉名呼金樹兒。

紙鳶詞

太虛上人索王西樓磐題紙鳶。王作紅繡鞋詞云。平地上白雲一片。駕東風飛上青天。任兒童牽引且隨緣。你道是閒遊戲。我道是小登仙。有一日。斷塵根歸閬苑。

徐孺子祠

胡敬齋嘗過徐孺子祠。題詩曰。漢豎紛紛不可為。先生明哲已先知。如何不把幾徵事。說與陳蕃下榻時。

三言詩

三言詩。劉伯溫有思美人古風。羅明仲（璟）嘗謂三言亦可為體。拈樹處二韻。迫西涯題扇。西涯援筆書云。揚風帆。出江樹。家遙遙。在何處。又因圍碁出端觀二韻。西涯又曰。勝與負。相為端。我因君。得大觀。

醉楊妃菊

李西涯次張亨父（泰）韻題醉楊妃菊云。誰採繁花席上題。偶將名姓託唐妃。日烘花萼醺時面。雨換華清浴後衣。隔座似邀秦國語。揮毫不放謫仙歸。欲從顏色覓生相。已落詩家第二機。

燃絮代燭

李西涯與客聯句。值燭盡。嘗拆敝褥中故絮以代。其次白洲留別詩。有看花不厭偏多酒。燃黎猶供。不了詩。蓋紀其實也。

洞賓淬鏡

宋尚書郎賈師雄得一古鐵鏡。嘗欲淬磨。一道人自負其能。笥中取藥置鏡上。曰藥少。歸取之。去久不至。遣人求得所止。佛廬扉上有一絕云。手內青蛇凌白日。洞中仙菓艷長春。須知物外烟霞客。不是塵中磨鏡人。師雄得詩。知爲洞賓。視鏡上藥已飛去。一點通明如玉。

袖拂殿柱

宣和間。徽宗設齋一千。赴者闕一名。有風癩道人求齋。監門官拒之。時徽宗與林靈素在便殿談論。而癩道人在階下。亟追赴齋。道人以袍袖在殿柱一拂。徽宗起觀柱上有詩云。高談闊論若無人。可惜明君不遇真。陛下問臣來日事。請看午未丙丁春。後靖康丙午丁未。二帝北行。

陳啟東對

長洲陳啟東。農。善屬對。訓導分水。一人題橋云。分水橋邊分水吧。分分分開。啟東過而見之。續曰。看花亭下看花回。看看看到。分水看花。皆其地邑名也。翰林舊有句云。賓之。李西涯字。訪東之。江朝宗字。東之賓之。無能對者。適啟東謁選至京。吳文定即以扣之。答曰。回也侍由也。由也回也。西涯爲之擊節。又思對拗頸葫蘆四字未就。方浴而得。空心蘿蔔。天生對也。喜而躍。浴盤頓破。

唐守之對

唐狀元皋出使朝鮮。其主出對命屬云。琴瑟琵琶。八大王一般頭面。守之對云。魑魅魍魎。四小鬼各樣肚腸。朝鮮王駭服。

絕句無對

古有絕對。如煙鎖池塘柳。及雪鋪滿地。雞犬踏成竹葉梅花。又一張琴上七條絃彈出五音六律等句。雖解大紳亦不能對。近又聞疊字對云。貢禹貢禹貢。暨書生書生問先生。先生先生無能對者。

對句

唐詩曰。二十四考中書令。謂郭汾陽也。而無其對。或以問王平甫。安國。平甫曰。萬八千戶冠軍侯。謂霍去病。○蘇東坡嘗云。爲我周旋寧作我。真一好句。只是難對。王平甫在坐。應聲曰。因郎憔悴却羞郎。衆爲擊節。

曲牌名詩

進賢舒狀元芬。用曲牌名作詩曰。惟爱宜春令。去遊風光猶勝小梁州。黃鶯兒唱今朝事。香柳娘牽舊日愁。三棒鼓催花下酒。一江風送渡頭舟。嗟予沉醉東風裏。笑剔銀燈上小樓。

與妓下火文

崑山周妓。係籍部中。張子韶超爲守。適倡亡。道川來訪。命作下火文云。可惜可惜許大家。且說道可惜箇甚麼。可惜巫山一段雲。眼如新水點絳唇。昔年繡閣迎仙客。今日桃源憶故人。休記醜奴兒。斂手。便須抖擻好精神。南柯夢斷如何也。一曲離愁別是春。大衆。還知周娘向甚麼處去。這裏分明會得。驀山溪畔。頭頭盡是喜相逢。芳草渡頭。處處六么花十八。其或未然。更聽下句。咦。與君一把無明火。燒盡千愁萬恨心。

與情妓書

辭楚望與情妓書。菊花新處。輕別虞美人。今已小桃紅。無日不望江南也。每憶多嬌淚珠兒滾作江兒水。不知好姐姐。書爲倘秀才。亦意難忘否。昨上小樓兒。雁兒落。不見一封書。恐勝節節高之恨。何日與卿解香羅帶。脫布衫。入銷金帳。快活三。直至五更轉乎。儂欲反舟撥棹。待鵲橋仙會合之後。更與卿共看江頭金桂也。○妓復書云。自蕉葉落後。送郎往小梁州。今芍藥花已開矣。妾見粉蝶兒繞繞。黃鶯兒關關。安得不罵玉郎。早作思歸引也。妾近來繡帶兒寬。褪傍妝臺。更懶畫眉。剔銀燈。夜坐。不覺哭相思。郎何日趁一江風。棹夜行船。歸來作調笑令。而同賞錦堂月乎。不然。恐憔悴一枝花。令落三學士矣。

佳人集曲名

尤悔庵先生有菩薩蠻詞。咏佳人云。步搖顆顆珠環小。裙拖滴滴金泥巧。早起傍妝臺。笑兜紅繡鞋。　名香羅帶染。碧玉鉤簾捲。度曲喜鶯聲。呼郎並合笙。

梅嘉慶傳

明張王賓梅嘉慶傳。用曲牌名。點綴成文。足稱工巧。傳曰。嘉慶子者。臨江梅氏。父爲東甌令。早卒。母虞美人。嫠居紡績以教子。年十二時。從四門子學。好與少年遊。素集賢賓。南鄉子。生查子。江城子。皆相友焉。長而自負甚高。號曰臨江仙。嘗作快活三詩云。漢宮春暖滿庭芳。沉醉東風戲舞狂。月上海棠疎影動。梅花引入夢魂香。　一剪梅開半作詩。臺前柳色畫蛾眉。玉交枝上鶯啼序。紫苑玲瓏粉蝶兒。　月中丹桂誰先折且醉花陰卧片時一唱太平天下樂謾隨玉女步雲梯世人迂之目為山花子之流而子固釋然時沽美酒痛飲飲輒醉扶歸母怒責之曰醜奴兒不思步蟾宮而學醉翁子也子悟擲金錢為誓曰吾不能折桂令使人稱好孩兒者有如此錢遂讀書高陽臺庭植萬卉以娛目然而素憶秦娥娥者鄰女也年甫十五而有麗色子聞而慕之無由面也適後庭花發娥上小樓望之若窣地錦也而獨愛山桃紅方欲隔垣折之窺見慶子據青玉案披皂羅袍狀貌魁偉音中黃鍾暗忖曰真出隊子也不覺有流連意而子見花枝頻動偶一舉目則驚疑以為鵲橋仙也熟玩之方識其為娥歎曰美哉美哉當今雁兒落也當今月兒高也遂潛出折一枝花以贈曰是玉連環也娥嬌羞無語而秋波轉盼百媚俱生適婢金菊香至戲曰姐見蝶戀花也娥掩面疾走而子見其步步嬌因賦一詞名曰浣溪沙粉面嬌娥點絳唇木蘭花底笑顏生小桃紅處暗香聞羅帶飄飄金絡索繡鞋隱隱踏莎行一團風趣玉樓春思之不置又賦詩云夜深懶去剪銀燈為憶多嬌醉落魄何日魚遊春水底歡欣一夕解三醒時春日正妍黃鶯兒報曉娥早起傍妝臺不能自遣作畫眉序曰舉目園林好憑闌懶畫眉懷愁如夢令魂逐駐雲飛一日娥告父母以踏青遊乃令婢秋香引道子知之遂潛步芳塵見其入一寺問婢曰此間何神婢曰菩薩蠻大和佛也娥即向前暗禱曰妾若得與阮郎歸當以金錢花燒贈及出而遇子於門子徐曰卿卿不思張生鶯鶯事耶娥佯問其婢而意實答生曰此不是路也子細繹之歎曰真好姐姐也乃悵然去娥亦歸而其婢曰今日若非秋香幾為雙鸂鶒也娥笑曰誰願成雙也然而兩同心鬱鬱成疾父母揣其花心動乃囑香柳娘為擇配娥知之令幼婢賷紅娘書以一封書寄子且贈一詩曰此身恰似孤飛雁獨對淒涼一盞燈懶看畫樓秋夜月厭聽街市賣花聲祇因上苑迎仙客却使幽閨憶故人惟願侍君雙勸酒相逢一一訴衷情子得書甚喜遂以賂遺柳娘而求通焉柳娘以婚事達其父母父母怒曰汝欲以吾金蕉葉棄與啄木兒也子聞之不樂乃作江頭送別詩令蒼頭滴溜子寄娥曰一江風雨苦匆匆害煞鴛鴦西復東恨入幾川撥棹子愁埋兩地玉芙蓉許多心事江兒水萬斛相思刮地風為我暗傳言玉女詩成血淚滿江紅娥覽詩嗟嘆不已時將秋闈梁州序舉子以試子欲別母而行母曰兒此去如浪淘沙且恐無益也子曰倘一旦得賞宮花以顯親揚名使天下作孝順歌矣不可當邀其友倘秀才滾秀才使朱奴兒喚夜行船以往出門見鵲踏枝而噪聲如碧玉簫今卜算子號山麻

客者卜之吉乃就試試畢主師三學士鮑老催金字經東原樂俱賞子之文評曰氣雄如下山虎聲弘如水龍吟蓋字字錦也遂首擢子子因馬上作詩曰深鎖寒窗幾度秋而今始得錦纏頭桂枝香惹輕羅袂錦上花開兩鬢悠白屋求時寶鼎現清江引出綠波流當時惆悵西江月今夜姮娥遶地遊捷報鄉閭鄰翁甚悔之娥亦恨曰我父母自誤佳期令人長相思耳因吟一絕曰雁過南樓遠驚聞瑞鷓鴣瑤臺月移去懊恨撲燈蛾生謝主師後衣錦還鄉鄰翁以姻事謀於豹子令今曰試往言之翁乃以錦纏引進欲以女奉箕帚子佯言曰始棄我而今復我翁其要孩兒乎翁曰焉知今日錦衣香也子曰然姑侍北朝天子而歸議之翁諾娥聞子北上惆然曰郎今舍我望遠行必將另娶水仙子也於是病甚而服紫蘇丸不知慶子實意難忘也子詣京謁金門朝天子天子命為新水令為政稱人心邑人編排歌以頌其德自是而爵位節節高矣一日西番齊天樂者自稱聖樂王激變遣其將禿廝兒麻郎兒番鼓兒竹馬兒雪獅兒皂角兒忒忒令七兄弟者侵擾漿水令油葫蘆谷過牧羊關邊將混江龍金瓏璁戰俱不利響應天長中都騷然時宰相賢奏曰梅嘉慶有韜略足定西番天子徵至問曰寇至奈何對曰水底魚兒臣當一網盡耳天子喜賜皂皮靴駿甲馬及劍器令簇御林軍萬人往生下令曰凡我諸軍聞大迓鼓則進重疊金則退望米旗兒為號乃押蠻牌令統七賢過關與賊鬬寶蟾又鬬黑麻連勝軍威所振如白鶴冲天復率衆暗渡灞陵橋使福馬郎旋風子伏兵金娥曲而令破陣子挽弓弩前破齊陣賊披靡驚愕相顧曰梅二郎神也悉遁餘兵死者幾半其遁者中途伏發降其將黃龍鎖窗郎擒十五郎懸蠻首於槊作雁兒舞馬驅逐北若鬬鵪鶉然蠻王遁跡番兵皆先光乍矣子乃下得勝令整兵還與諸軍會河陽軍中齊唱甘州歌馬子亦作曉行序霜天曉角響一馬歸朝歡雁過沙滿地臘梅花影寒時道經臨江子歸拜母乃穿大紅袍繫繡帶兒駐馬聽前娥聞之曰玉郎歸好事近也翁復求聯姻子以告其母母命娶之生備雁魚錦三段子四塊玉及山坡羊梅花酒騁馬娥因歸子同會銷金帳子欲脫布衫娥曰君毋綿搭絮也子曰卿卿今尚可鎖南枝不放花子強逼之而戲曰金井水紅花放矣娥曰檀郎不惜奴嬌也相與溫存萬狀早起備上京馬載娥同行至京暮夜遊朝玉漏遲遲及曉進見天子拜舞殿前歡甚百官共賀太平天子樂令設宴珍羞錯集如大河蟹白鶴子者咸備焉奏大聖樂以酬勞之賜一斛珠縷縷金五様錦天淨紗聞其已娶復賜紅衲襖女冠子使從御街行以出

一夕織謂子曰。人生若雨中花寄生草耳。君雖富貴。不如漁家傲也。且堂上有老姑不免缺五供養。君不聞烏夜啼。有反哺意耶。子乃屢疏乞歸。天子不得已許之。賜宮女與織機。醉娘兒似娘兒。梨花兒為婢。命翰林風流子唐多令草誥以封之。曰。姑守新水。行太平令。纔收江南。平定西番。四邊靜。皆卿之力。冊封太師。引妻封國夫人。贈封其父母如子。官子受封歸。時夏初臨。途中作蝦蟇序。獅子序。大抵言其碌碌無異一撮棹也。及歸。為母上壽。開宴畫錦堂。織曰。不圖今日有此相見歡也。遂傾杯序舊情。因賡相作歌子云。當年一盆花。際立凄涼。只有縈山月。憶君顏色勝如花。教人常對榴花泣。愁雲偏送風入松。怨雨灑向梧桐葉。今朝何幸朱履回。泣顏回轉歡聲集。紫燕歸梁相對語。雙雙蝴蝶常徘徊。草臺柳暮西地錦。幽庭疑似小蓬萊。但願千秋歲無限。嘯歡時把玉山穎。織云。落梅風裏罵玉郎。繡毬怕滾東家牆。相思琵琶撥不盡。畫堂春色空悲傷。燒夜香時心欲碎。五更轉轉煩愁腸。今宵相與慶宣和。剔花新處秋風過。石竹花開並頭蓮。錦堂月下同娑娑。洞仙歌出雙聲子。香羅帶結永情歡。與君占盡普天樂。何須重唱朝元歌。始初不知其情。及聽其詞。笑謂織曰。吾子以汝貌賽觀音。當欲作採春令。以吾思之。若非江頭金桂。安能沉醉海棠紅也。復謂子曰。兒今縱醉歸遲。不爾責矣。今而後子與我兩休休焉。不為爵祿名位所絆也。三臺令胡搗練聞之。亦作歌以贈曰。君家想是江神子。逍遙樂在閒庭裏。辭印歸來醉太平。為惜黃花怕無主。立朝列位鬼三台。還家歡飲絡索孫。芳名已標鳳凰閣。清風應振古輪臺。後慶子作本序。即以前腔作尾聲。君子曰。嘉慶子豈不毅然一丈夫哉。感皇恩則思報君。賀聖朝則願歸養。不以貴忘織。非薄倖也。必以禮娶織。非苟合也。其立身其行己。可謂端正好矣。豈與昔日憶鶯兒者一樣腔耶。余故筆之。以成餘文。

三友傳

李卓吾有黃鶯燕子喜鵲三友傳。亦用曲牌名成文。傳曰。維暮之春。百花鬭艷。千枝添綠。滿庭芳草。忽報東風第一。而點綴園林好景者。嚶嚶鳥鳴也。時則黃鶯兒鬧上下。見猱御林中。花柳分春。金蕉展葉。乃拂翎而作聲曰。時哉時哉。收江南春色。而醉花陰者。非吾徒哉。于是取亭前柳以構窠。玉交枝以繚垣。綿纏繡語。載好其音。而俯仰之間。晏如也。然性好友。每喚友於黃薔薇架上。見祝英臺雙蝴蝶。三三五五。紛飛畫錦堂前。或戀金錢花。或翻紅芍藥。翩躚相逐。低度粉牆而去。黃鶯兒曰。此輩止可妝成一種絳都春耳。非吾友也。正尋思間。忽遇雙雙燕兒舞於桃李下。鶯兒伴吃

曰。汝何物也。敢與桃李爭春耶。燕兒呢喃答曰。我燕也。秋去春來。有年於茲矣。子未識我乎。鶯兒曰。姑戲子耳。毋相訝。倘子不棄。願為子友。燕兒許諾。因造鶯居。則見落梅風起。楊柳搖金。簷前有梨花兒。青杏兒。後有小桃紅。綠枝花。二月海棠。恭恭天。大四望極目。燕兒歎曰。真錦上花也。鶯兒曰。聞有胡燕有越燕。子何所產。燕兒曰。胡越一家耳。俱產烏衣國也。鶯兒曰。今爾居安在。燕兒曰。昔拓拔氏金殿中原。曾徙於簇玉林中。彼朱奴兒卜算子。屢害我雛。復巢王謝堂前。為謝之妻即烏衣國王女。我舊姻族也。故依依之。今又移居上小樓。與三學士為鄰矣。鶯兒乃試問曰。子居處上必常如我有此風光好乎。燕兒曰。予知海棠春。豈知玉樓春也。予何為駐馬聽。已而烟鎖南枝。雨江月上。燕兒啣花掠水而歸。鶯兒穿一叢花兒。月掛玉鉤。四邊靜。竹香柳。根虞美人紅娘子。剔銀燈。燭影搖紅。縱步觀後庭花。或簇紅彩兒。舞霓裳。或排青玉案。燒夜香。不知霜天曉角。已三更轉五更轉。而銅龍將報天曙矣。已而有夜飛鵲。踏南枝。遷舞蹈。鶯兒詢其故。答曰。我鵲也。能報吉兆祥。人稱喜鵲。今兒古輪臺畔。露過牡丹成閑。欲為少年遊。予寄一佳信耳。鶯兒詰之曰。吾聞公輸子。削竹木成鵲。飛三日不下。汝非竹木為者乎。鵲曰。今天下無公輸子。故勞爾流鶯調舌也。鶯兒延入叢中。相結為友。鵲曰。我喜遷喬久矣。何幸今日共賞宮花也。鶯兒曰。昔王荊公見啄木兒即自解衣上樹以探汝巢。汝其殆哉。鵲曰。彼所謂緣木求魚。守林待兔者也。安能害我。已而鶯兒垂首低尾。若有所思。鵲問之。鶯兒曰。唐明皇時。我集禁苑中沉香亭上。明皇乘珍珠馬。穿皂羅袍。過而見之。呼為金衣公子。後人誤稱錦衣公子。今東園樂事。不減明皇。而時移世改。可以長相思也。鵲亦曰。牛郎織女。為銀河阻隔。若非鵲橋夜渡。終身不得效于飛樂也。人故以鵲橋仙目我。今石榴花放。七夕又將至矣。彼窮無再團圓之望乎。鶯兒曰。吾友來矣。鵲視之。乃燕兒舞也。鵲曰。燕燕于飛。差池其羽。子其是耶。燕兒曰。月明星稀。烏鵲南飛。非子也耶。於是三友相接甚歡。錦纏枝。踏花翻。嗣後卯而聚。酉而散。十二時。每過半焉。不覺春去夏徂。又早桂殿秋賀新涼也。一日同上小梁州。立于橋頂。遂名三仙橋。鶯兒曰。我在高陽臺見粉蝶兒戀一枝花。彼自以為與世無求。而與人無爭矣。不知耍孩兒啖其不見而撲之。為螻蟻食也。燕兒曰。夫粉蝶兒其小者也。吾啣泥浣溪沙頭。見水底魚兒乘長風。破萬里浪。彼自以為與人無爭矣。不知水仙子。漁家傲。方將持竿攜綸。而川撥棹以釣取之。晝遊乎江湖。夕調乎鼎鼐。雖吞舟之鱣鮪。不能活此於江兒水中也。鵲曰。夫水底魚。其小者也。我過小

重山兒。一行斜飛。插天而下。佇視之。乃雁兒落也。蘆花為伴。明月為友。飄飄乎高翔。彼亦自以為與人無爭矣。不知福馬郎。山麻客。方將關烏號之雕弓。挾夏服之勁箭。引微繳。淩清風。加已于千仞之上。而身為俎醢也。鶯兒聞之。愴然曰。悲哉雁也。曷為蒙此禍也。昔蘇子卿在匈奴牧山坡羊。倘孤飛雁不寄一封書。則子卿不得歸朝歡矣。彼且弗免。豈非命哉。我與爾夷猶乎天地之間。繒繳不及。弧矢不加。正所謂飛鳥依人。人自憐之。豈不為天下樂耶。頃之。鵲怒曰。刮地風寒。又早飄金井梧桐矣。鶯兒亦曰。江頭金桂又早開遍也。燕兒曰。然則豆葉黃。楚江秋到矣。吾非薄倖。欲辭君去返鳥衣國也。于是鶯兒與鵲至江頭送別。燕兒曰。黃花滿目。可惜分飛。唱還鄉曲。踏莎行也。鶯兒與鵲同應曰。願子毋忘賞花時。春從天上來。再得慶東園。訴衷情也。燕兒遂翻波戲浪而渡。黃鶯與鵲目送之。望遠行。不見將返。則桂枝香滿。菊花新放。柳葉兒。梧葉兒。金井水紅花俱已黃落。而兩岸玉芙蓉又老矣。鶯兒乃戚然曰。一江風景。好傷感也。嚇林鶯聲聲慢。不是路矣。遂深藏不出。惟鵲不避歲寒。挺然與風入松。臘梅花。競節。暨風和景明。則羣聚如故。而相期為千秋歲。萬年歡云。

野史氏曰。黃鶯兒。春鳥也。一名鶬鶊。一名黃鸝。一名栗留。性喜春生。惡秋殺。且善喚友。而復不苟合。吾觀燕也去來以信。鵲也吉凶前知。則知鶯之能擇友矣。間亦雜以詼諧。而聲應氣求。終始不渝。未嘗至於相忤。詩云。善戲謔兮。不為虐兮。黃鶯有焉。況夫知幾知命。囂然自得。玩其言。又可想見。蓋不啻出幽遷喬。知其所止而已也。噫嘻。爭地之蝸。為利而鬭。刳腸之龜。因智而死。孰若鶯之羣聚嬉嬉。付身世於兩忘。而人莫敢侮也耶。鶯乎鶯乎。其稟性天之靈乎。友乎友乎。可以人而不如鳥乎。

一枝梅

交趾國王原姓陳氏。後有江西黎季犛。幼時商販其國。登岸時。見沙上有句云。廣寒宮裏一枝梅。犛後夤緣得官。一日陳王避暑於清暑殿。庭有桂千樹。王出對曰。清暑殿前千樹桂。羣臣皆未對。犛憶沙上所見。遂以對之。王大驚曰。子何以知我宮中事。犛以實告。王曰。此天數也。蓋王有女。名一枝梅。建廣寒宮以處之也。遂配之。

題西湖

交趾使人遊西湖。賦一絕云。一株楊柳幾株花。醉飲西湖賣酒家。我國繁華不如此。春來過地是桑麻。○正德間日本使者經西湖。題詩云。昔年曾見此湖圖。不信人間有此湖。今日打從湖上過。畫工還欠著功夫。

依舊管

辛稼軒甯理兩朝。擁節鉞。奉身勇退。以家事付兒曹。作西江月詞云。萬事雲煙忽過。一身蒲柳先衰。而今何事最相宜。宜醉宜遊宜睡。　早起催科了納。更量出入收支。乃翁依舊管些兒。管竹管山管水。

了不了語

孔毅甫平仲。了語詩云。鍊欲成忽覆鼎。銀瓶汲綆還沈井。乳虎咆哮落深穽。青萍一揮斷人頸。不了語詩。無言以手拜琅環。寒暑迭運彫朱顏。八駿踏地幾時偏。六龍駕日何年閒。

判詞

逆濠有鶴懸牌者。為民犬噬傷。濠牒府欲捕民抵罪。南昌守祝瀚批曰。鶴雖帶牌。犬不識字。禽獸相爭。何干人事。濠無以難。

軟金盃

金明昌初。有劈橙為軟金盃者。章宗賦生查子詞曰。風流紫府郎。痛飲烏紗岸。柔軟九回腸。冷怯玻璃盌。　纖纖白玉蔥。分破黃金彈。借取洞庭春。飛上桃花面。

醉經齋

明昌中。廣鄉麻氏構小齋。題曰醉經。周德卿昂題絕句云。詩書讀破自融神。不羨雲安麴米春。黃卷至今真味在。莫將糟粕待前人。

馴鶴圖

臨潁張伯玉鉞家藏慎宮人馴鶴圖。以手整釵。一鶴隨後。伯玉請王南雲賦詩。苦其不用韻。限釵來苔三字。南雲援筆曰。凝處妝鉛未捲釵。孤雲花帶月邊來。六宮簾落金鋪冷。露濕晨烟啄翠苔。

管甯濯足圖

元楊奐然。號紫陽。題管甯濯足圖云。蹈海遼東未是癡。蔡牀欲穴只心知。好留一掬黃泥水。浸卻曹郎受禪碑。

漢魏正閏

楊紫陽讀通鑑。至論漢魏正閏。大不平之。遂修漢書。駁正其事。因作詩云。風烟慘淡駐三巴。漢燼將燃蜀婦嗟。欲起溫公問書法。武侯入寇寇誰家。後攻宋軍回。見通鑑綱目。其書乃寢。

博浪沙

台州陳剛中孚。題博浪沙云。一擊車中膽氣高。祖龍社稷已驚搖。如何十二金人外。猶有民間鐵未銷。

馬嵬坡

馬嵬坡題詠甚多。武功杜真卿作一詩。極為婉麗。楊柳依依水拍堤。春城茅屋燕爭泥。海棠正好東風惡。狼籍殘紅襯馬蹄。又遂城高德卿有郎詩曰。事去君王可奈何。荒墳三尺馬嵬坡。歸來枉為香囊泣。不道生靈淚更多。金章宗詔錄馬嵬詩。得五百餘首。付詞臣品第。真卿詩在高等。

竹衫

喬夢符吉。咏竹衫小令云。并刀剪龍鬚為寸。玉絲穿龜背成文。襟袖清涼不沾塵。汗香晴帶雨。肩瘦冷搜雲。是玲瓏剔透人。

鼠鬚筆

元金陵謝宗可。咏鼠鬚筆云。使逐虛星上月宮。舊髯拿得管城公。囊中不攪吟窗夢。指下先收翰苑功。莫笑硯池濡醉墨。絕勝倉廩飽陳紅。平生嚙盡詩書字。散作龍蛇落紙中。

刮字治病

宿州天慶觀雍熙中。回道人訪觀主不遇。題二詩於門。其一云。肘傳丹篆千年術。口誦黃庭兩卷經。鶴觀古壇槐影裡。悄無人迹戶長扃。乃玉柱篆。往往為人刮去。煎湯治病。而字涎復生。

郭從周善卜

何中正初及第。聞郭從周精於卜。求占終身。從周贈詩云。二字來時月正圓。一麾從此出秦關。錢塘春色濃如酒。貪醉花間卧不還。後中正以八月十五日。改知制誥。出秦關。至杭州卒。

老子出關圖

宋錢緦侍制尹府日。遇誕辰。僚屬畫以烏龜白鶴為獻。用表祝壽之意。獨揚次公傑以老子出關圖題詩云。秘藏函谷關中子。將獻蓬萊閣上仙。願得頭眉如此老。卻教龜鶴羨長年。錢大喜。

拜石

米元章平生好石。守濡須日。聞有怪石在河壖。命移至州治。設席下拜曰。吾欲見石兄二十年矣。言者坐是為罪。罷去。竹坡周少隱過郡。見石感而賦詩。其略曰。喚錢作兄真可憐。喚石作兄無乃賢。望塵雅拜良可笑。米公拜石不同調。

守宮

湯胤績字公讓。一字東谷。東歐王諸孫。能詩。嘗賦守宮云。誰解秦宮一粒丹。記時容易守時難。鴛鴦夢冷腸堪斷。蜥蜴魂消血未乾。榴子色分金釧曉。茜花光映玉鞲寒。何時試捲香羅袖。笑語東君仔細看。為時所賞。云不減李商隱也。

狂吟

長洲陳湖磧砂寺。僧魁天紀。讀儒家書。尤工於詩。元初高安僧天隱。與友善。贈詩云。拈筆詩成首首新。興來豪叫欲攀雲。難醫最是狂吟病。我恰才痊又到君。

四皓奕碁圖

王威寧題四皓奕碁圖云。暴楚強秦一局收。不應未着又安劉。就中諸呂真勍敵。賴得旁觀有絳侯。朱克粹亦有一絕云。一局殘碁尚未終。白頭何事到青宮。不應千里冥飛翼。卻墮留侯智網中。

泥窗

薛許昌宮詞。畫燭燒闌暖復迷。殿帷深密下銀泥。開門欲作侵晨散。已是明朝日向西。此即長夜之飲。非止達旦也。○蜀謂糊窗為泥窗。花蕊宮詞。紅錦泥窗遶四廊。

七姊妹

楊孟載基。謂人身五官。皆有所司。獨眉無用。自號眉庵。詠七姊妹花詩。紅羅鬬結同心小。七蕊參差弄春曉。盡是東風兒女魂。蛾眉一樣青螺掃。三妹娉婷四妹嬌。綠窗虛度可憐宵。八姨秦虢休相妒。腸斷江東大小喬。七姊妹花似薔薇。而七朵連綴。

鬬鴨船

錢塘葉景修森。家藏王右軍籠鵝帖石刻。誠為妙品。但婦女頗不潔。張伯雨貽詩有家藏逸少籠鵝帖。門繫龜蒙鬬鴨船句。世以鴨喻蘇五叔故云。

楊子雲

劉後村咏楊雄云。執戟浮沉亦未迂。無端著論美新都。白頭所得能多少。周被人稱莽大夫。

堅瓠五集卷四終

堅瓠六集序

劉子政撫博極羣書所奏七略有雜小說二家而推原其出於古之議官稗官乃余考其篇目雜昉於黃帝史孔甲盤盂而小說則有堯務成湯伊尹文鬻子說等篇若張平子所稱虞初九百又其後焉者也吾郡褚子稼軒好古多聞強識之士也所著堅瓠集次第鋟板流傳人間久矣茲復有全集之刻而乞其序於予褚子為吾友蒼書氏倩子蒼書言語妙天下業與諸公序作者之意及所以命名者揚搉無餘蘊矣余特取其有合於古之議官稗官以為將來志藝文者告焉或亦野史亭之一助云

東海一老徐柯題於三十六百釣臺

堅瓠六集卷之一目錄

翰林風月　東坡帶笠
春夢婆　董妖僦屋
錦城　西湖詞
小甘羅　詩贈幼妓
題柳　朋字未正
逸少聯句　解縉訴窄
鼓嘲　聞蟬
員季幼穎　太公遇文王賛
頭插花枝　高明善對
山中宰相　格天閣頌
封厨娘　燒猪肉
乩贈浣閣沙　餽信經量
翠妃　袁長官女

金陵養閒　虞姬廟對
戲綵堂　長鬚客
君山　題紙帳
郤金亭　中流砥柱賛
藝祖屬猪　漢書下酒
小孩兒　于飛樂
讒墻基　山庄四樂
端明不愛錢　陸滄浪
謝蝴蝶　于少保口占
章劉友善　驛壁詩
滕王閣望湖亭　造洛陽橋
陶穀草制　未生保
閒忙令　賦犬
詩媒　小九

趙松雪詞　　佛印書壁
錢神論　　李南金題像
張胡參禪　　古今人相較
黃陵廟詩

堅瓠六集卷之一

清　長洲石農褚人穫學稼纂輯

翰林風月

王梅溪云翰林風月三千首吏部文章二百年老去自憐心尚在後來誰與子爭先此歐陽公贈王介甫詩也介甫不敢為退之故答詩云他日若曾窺孟子終身何敢望韓公第介甫與退之優劣必有能辨者人謂歐陽公此詩移贈蘇東坡則贈者無失言當者無愧色

東坡帶笠

蘇子瞻在儋耳聞黎子雲城南載酒堂頗佳一日訪之午後冈遇雨從農家借笠着屐路旁小兒相隨爭笑邑犬羣吠以為異人竹坡周少隱詩云持節休誇海上蘇前身恐是牧羊奴為嫌朱紱當年夢故作黃冠一笑娛遺跡與公歸物外清風為我襲衣裾憑誰喚起王摩詰畫作東坡帶笠圖

春夢婆

侯鯖錄東坡在昌化嘗負大瓢行歌田畝間所歌者蓋隱詞也饁婦年七十云內翰昔日富貴一場春夢坡然之里人呼為春夢婆一日坡被酒獨行遍至子雲諸黎之舍作詩云符老風流可奈何朱顏減盡鬢絲多投梭每困東鄰女換扇惟逢春夢婆

董偃僦屋

山房隨筆至元戊寅己卯間江陵董偃居太原任丁角酒稅副使僦屋以居賦詩云白髮蒼蒼一腐儒行無轍迹住無廬鄧林萬頃青青木肯為鷦鷯借一枝○翠閣朱樓鎖掩扉尋常燕子不能歸落花吹汎東風面遠遍芳叢無處依

錦城

孟蜀後主昶於羅城多種芙蓉花開時四十里如鋪錦繡高下相照張立作詩諷之曰四十里城花發時錦囊高下照坤維雖妝蜀國三秋景難入豳風七月詩及後朝政亂立又為詩曰去年今日到成都城上芙蓉錦繡舒今日重來舊遊處此花憔悴不如初能以詩諷諫者矣摩鋏採餘作三國蜀後主誤○天中記後主昶於成都城上種芙蓉花開如錦因名錦宮城一曰江山明媚如錦也或曰錦宮如銅官鹽官之類迄至能鎮成都有錦宮集少陵詩花重錦官城集中凡四見蜀本作錦宮城

西湖詞

錢塘瞿宗吉。(祐)學博才瞻。風致俊朗。作西湖四時望江南詞云。西湖景。春日最宜晴。花底管絃公子宴。水邊羅綺麗人行。十里按歌聲。西湖景。夏日正堪遊。金勒馬嘶垂柳岸。紅妝人泛採蓮舟。驚起水中鷗。西湖景。秋日更宜觀。桂子岡巒金粟富。芙蓉洲渚彩雲閒。爽氣滿前山。西湖景。冬日轉清奇。賞雪樓臺評酒價。觀梅園圃訂春期。共醉太平時。

小甘羅

彝談採餘。温州任道遜。年十歲以善書貢入京。明英宗令書龍鳳二字。甚工。乃出對曰。九重殿上書龍鳳。對曰。百尺樓頭望斗牛。上喜。賜予甚厚。時朝臣某足成一詩云。年比甘羅少二週。山川毓秀出温州。九重殿上書龍鳳。百尺樓頭望斗牛。金馬玉堂身已貴。青燈黃卷業還修。他時大展經綸手。重沐恩波拜冕旒。後仕至太常。

詩贈幼妓

崇安翁仲和。邁幼聰敏。博記能文。年十二。邑宰歐陽球以對試之云。筍出錐錐天遺。應聲曰。草生釘釘地牢。大器之。郡守元崃以其幼。不甚禮焉。扣之曰。小解元所讀何書。邁答曰。無書不讀。日下所講者。詩之相鼠耳。知其譏已。疑其未能文也。遂宴。復命十二歲小妓乞詩。邁即題云。年未十三四。嬌羞懶舉頭。爾心還似我。全未識風流。守大稱賞。

題柳

浦城練傑光。(亨甫)年八歲。侍伯父出遊。傑光以手搔頭。伯父戲之曰。猴悲摸索頭。傑光應聲曰。虎怒縱橫步。又指道旁松曰。喬松夭矯龍蛇勢。傑光曰。怪石巉巖虎豹形。年十四。以所業見王安石。王喜之。呼為小友。表除崇文館說書。從高遵裕西征。途中題詩云。靈州城下千株柳。總被官軍砍作薪。他日玉關歸去後。將何攀折贈行人。

朋字未正

唐玄宗封泰山。劉晏年八歲。獻頌行在。帝奇其幼。命張說試之。曰國瑞也。授太子正字。上戲之曰。汝為正字。正得幾字。晏對曰。餘字皆正。惟朋字未正。晏坐貴妃膝上。親為總髻。宮人遺花投果。公卿邀請旁午。名振一時。一日上御勤政樓。大張聲樂。時教坊有王大娘。善戴百尺竿。上施木山。狀瀛洲方丈。令小兒持絳節出入其間。而舞不輟。命晏作詩。晏即吟曰。樓頭百戲競爭新。惟有長竿妙入神。誰謂綺羅翻有力。猶自嫌輕更著人。上與妃及嬪御皆歡笑。因命牙笏紋袍賜之。

逸少聯句

蘇州劉逸少。年十一。文辭精敏。有老成體。其師潘閬攜見長洲宰王元之。吳縣宰羅思純。二公召試之。與之聯句。畧不沉思。羅曰。無風烟焰直。劉曰。有月竹陰寒。羅曰。日移竹影侵棊局。劉曰。風遞花香入酒樽。王曰。風雨江城暮。劉曰。波濤海寺秋。王曰。一回酒渴思吞海。劉曰。幾度詩狂欲上天。凡數十聯。二公驚異。聞於朝。賜進士及第。

解大紳訴宰

解大紳縉七歲時。母孀居。苦於徭役。解具訴於縣宰。併系以詩曰。母在家中守父喪。郤教兒子訴原由。他年諒有相逢日。好把春風判筆頭。宰疑假手於人。復令賦堂下小松。縉應聲曰。小小青松未出欄。枝枝葉葉耐霜寒。如今正好低頭看。他日參天仰面難。宰大奇之。遂蠲其稅。○按縉第後。高皇親拔為庶吉士。日侍左右。特被寵眷。沈縉衷泰輩忌之者衆。高皇慮縉少涵養。將為衆所傾。召其父至。諭之歸。期以十年後來朝。當大用。乃知前詩好事者所為也。

鼓嘲

南史載。高爽題鼓嘲孫挹云。身有八尺圍。腹內無寸腸。面皮如許厚。受打未渠央。又神仙伊用昌夫婦詠鼓詞云。釘著不知侵骨髓。打來只是沒心肝。空腹被人謾。

聞蟬

吳興陸蒙老為晉陵宰。喜作詩。時州幕官有好譏謗同列者。一日同會。忽聞蟬聲。幕官請陸詠之。陸即賦詩云。綠陰深處汝行藏。風露從來是稻粱。莫向高枝縱繁響。也應回首顧螳螂。其人愧悔。

員李幼穎

唐玄宗時。員俶年九歲。詞辯注射。坐人皆驚。帝曰。半千孫。固當然。因問俶。豈有類若者。俶跪曰。臣舅子李泌。年七歲。有書萬軸。覽過不忘。帝即召至。方與張說觀奕。使說試其能。說請賦方圓動靜。泌曰。願聞其畧。說曰。方若棊局。圓若棊子。動若棊生。靜若棊死。泌即答曰。方若行義。圓若用智。動若騁材。靜若得意。說呼為小友。因賀帝得奇童。年九歲賦長歌曰。天覆吾。地載吾。天地生吾有意無。不然絕粒昇天衢。不然鳴珂遊帝都。焉能不貴復不去。空作昂藏一丈夫。平生志氣多良圖。請君看取百年事。業就扁舟泛五湖。歌成傳寫。人皆稱賞。

太公遇文王贊

王勃少能文。詞章蓋世。文中子命題太公遇文王贊。勃曰。姬昌好德。呂望潛華。城闕

雖近風雲尚嗟漁舟倚石釣浦橫沙路幽山僻溪深岸斜豹蹈猿啼龍矜群邪雖遥
切近猶得安車君王握手何期晚耶

頭插花枝

孫周翰自幼精敏其父穆之攜見郡侯時值賞春侯與座客簪花因命周翰曰口吹
楊柳成新曲翰曰頭插花枝學後生侯笑曰何遽戲老夫

高明善對

瑞安高則誠明少聯慧善屬對年六歲父會客明從桌邊竊食客曰令郎捷對敢請
試之曰小兒不識道理上桌偷食明對曰村人有甚文章中塲出對客曰細頸壺頭
敢向腰間出嘴明曰平頭鎖子卻從肚裏生鬚及長下筆成章

山中宰相

寧宗朝韓侂胄以定策功進位太師威權隆重天子拱手而已一日過南園山庄趙
師睪偕行至東村別墅桑麻掩映雞犬相聞一牧童騎犢且行且歌曰朝出耕田暮
飯牛林泉風月兩悠悠九重雖竊阿衡貴爭得功名到白頭師睪呵曰平章在此牧
童笑曰但識山中宰相安知朝內平章胄曰宰相何人答未識荆童曰公如欲見枉

駕草廬至則竹籬茅舍石磴藤床屏間有二詩云病國妨賢主勢孤生民無計樂樵
蘇偽名枉玷朱元晦謀逆空污趙汝愚羊質虎皮千載恥民膏血脉一時枯若知不
可同安樂早買扁舟客五湖　定策微勞總是空一時狐假虎威風不知積下滔天
罪尚欲謀成蓋世功披露姦心愚幼主彰聞懸德辱先公玉津園內行天討怒血空
流杜宇紅胄勃然變色方欲促駕童曰主人至矣見一叟龎眉鶴髮深衣幅巾扶笻
而來年可七八旬態度閑雅自稱表處士揖胄退曰貴人光看有失祗迎乞恕不恭
拱遜而坐胄徐曰屏間之詩何人所作處士答曰老朽寫懷不意見讀於貴人也胄
曰求國重事雖敢私議處士笑曰太師扶振主之威操不貲之權摩小盈朝國事日
非土崩瓦解可立而待雖欲建恢復之功誠恐北方未可圖而南方已騷動矣愚意
勢倒冰山危如朝露誠孔子所謂不在顓臾而在蕭牆之內也太師其審圖之胄面
色如土左右欲兵之胄歎曰真諒士也扶而去之後胄用師果無功效未幾禍作為
史彌遠誅於玉津園

格天閣頌

秦檜當國建一德格天之閣有朝士賀以啟云我聞在昔惟伊尹格于皇天民到于

今微管仲吾其左袵檜大喜超擢之又有選人投詩云多少儒生新及第高燒銀燭
照蛾眉格天閣上三更雨猶誦車攻復古詩檜尤喜即與改秩

封厨娘

宋高宗宴大臣見張循王俊持一扇有玉孩兒扇墜高宗識是十年前往四明誤落
於水屢網不獲乃詢於俊俊對曰臣於清河坊鋪家買得說是候潮門陳宅厨娘破
黃花魚腹中得之高宗大悅以為失物復得二聖可還之兆乃封厨娘

燒猪肉

東坡喜食燒猪肉佛印住金山時每燒猪以待一日為人竊食坡至無矣戲作詩曰
遠公沽酒飲陶潛佛印燒猪待子瞻採得百花成蜜後不知辛苦為誰甜又在黃岡
時戲作食肉詩云淨洗鐺少着水柴頭罨烟焰不起待他自熟莫催他火候足時他
自美黃州好猪肉價賤如泥土貴者不肯吃貧者不解煮早晨起來打兩碗飽得自
家君莫管此東坡以文滑稽而雲仙散錄載黃昇日食鹿肉二觔自晨煮至午則曰
火候足矣乃知坡老雖食肉亦用故事

乩贈容蘭沙

元至順辛未間福建廉訪使容蘭沙求仙紫姑降筆云刀筆相從四十年非非是是
萬千千一家富貴千家怨半世功名百世愆牙笏紫袍今已矣芒鞵竹杖任悠然有
人問我蓬萊事雲在青山水在天（一作水鵝）

銳信經量

理宗淳祐壬子銳信行經量鄱陽以邑庠置局有題詩云大成殿下水漫漫堂上盡
是經量官孔子回頭顧孟子是你說出許多般又有沁園春詞云道過江南泥墻粉
壁右具在前述何縣何鄉里住何人地佃何人田氣象蕭條生靈憔悴經界從來未
必然惟何甚為官為己不把人權思量幾許山川況土地分張又百年西蜀巉巖雲
迷鳥道兩淮清野日警狼烟宰相弄權姦人罔上誰念干戈未息肩大地何須經理
萬取千焉○度宗咸淳甲子又復經量湖南等處時有詩云失淮失蜀失荆襄卻把
江南寸寸量一寸縱教添一丈也應不似舊封疆（與首集載詩相似）又有一剪梅詞云宰
相巍巍坐廟堂說着經量便要經量那個臣僚上一章頭說經量尾說經量輕狂太
守在吾邦聞說經量星夜經量山東河北久拋荒好去經量胡不經量

翠妃

宸濠內寵甚盛有紫妃者居紫竹宮衣紫素妃者居素英宮素妝翠妃者居綠英宮飾綠翠能吟善畫尤被寵幸宮四壁皆列巨鑑光瑩精明每與宴狎鑑中諸影妖媚百出又于陽春書院疊石成山掘地數十畝為大池夏時芰荷芬馥濠與諸妃盡日宴樂宮娥靚妝綃衣浮小畫艇歌采蓮曲沿池蕩漾時摘花果進以侑酒翠妃嘗詠梅花云繡鐵刺破紙糊窗引透寒梅一線香螻蟻也知春色好倒拖花片上東墻甚為濠所賞後事敗翠妃為一知縣掠去又有趣妃為舒國裳芬所得

袁長官女

孫恪遊洛中覩大第叩扉有女子摘萱草吟云彼見是忘憂我見同萱草青山與白雲方長我懷抱青衣曰故袁長官女求適人恪遂納為室治家有法生二子恪為南海經畧判官至端州峽山寺袁氏欲至寺訪舊識若熟其道徑持碧玉環獻僧曰此是院寺舊物齋罷有猿數十下高松袁氏惻然題壁曰無端造化幾湮沉罔被恩情役此心不如逐伴歸山去長嘯一聲烟霧深遂化為老猿躍樹而去恪驚異詢僧僧悟為沙彌時養一猿高力士愛其黠慧以束帛易之獻上陽宮安史之亂不知所之碧玉環乃胡人所施繫於猿項者

金陵養閒

張忠定詠少時謁陳圖南於華山欲留同隱圖南曰他人不可留如公者吾當分半以相奉但公方有官職未可議此其勢如失火人家專待君救豈可不赴贈以詩曰自吳入蜀是尋常歌舞筵中救火忙乞得金陵養閒散亦須多謝鬢邊瘡始皆不喻後吏鎮杭瘡發於頂遂自請得金陵醫治

虞姬廟對

倪鴻寶元璐題上虞縣虞姬廟對聯云今尚祀虞漢世已無高后廟斯真霸越西施蓋上氾家船按光武時斥呂后而以文帝母薄太后配祀高帝

戲綵堂

趙閱道抃致仕家居子屼倅溫州迎以就養作戲綵堂閱道題詩堂中云我慙堂中樂可知優游躡月意忘歸老萊不及吾兒少且着朱衣勝彩衣

長髯客

嘉靖初吳縣殷秀才嘗遇客道上修髯過腹餘髭垂兩頤拂唇而下者猶尺許殷心念彼飲食作何狀遂前揖之因叩姓名邀入酒肆設饌對酌客出袖中小銀鉤絡雙耳而掛其鬚食畢別去殷特欲看其飲啖初無意要結也明年下第自秣陵附商人舟南下中流遇盜皆跪伏不敢枝梧盜忽問曰舟中是殷秀才否殷猝未應睨視其人即長髯客也客大笑握手請罪邀入舟供具甚豐殷笑問銀鉤安在令二美女捧出以金卮送酒酬勸再三謝殷曰此地不足久留公行矣悉還其刼物以十束藤為贈即揚帆去客德殷復厚贈之殷抵蘇發束內皆精金蓋刼他商物也殷自是饒裕入貲為郎任光州丞

君山

君山在湓江春申君葬於此故名萬曆中京山郝楚望敬為守鐫詩墓旁云有客畫山贈我者畫出君山江之野謂我狂歌似楚人慷慨為問春申君此山舊是君封邑山色猶疑君在日楚客登臨憶楚山丹青畫出請君看我笑不言心自語世事何勞更僕數昔我飄零卧空谷一朝天子開黃屋十年淪落老江干白首空嗟行路難百歲如今已强半五十無聞我豈歎由來富貴水東流詒謀何必定封侯笑君秘計託紅粉竊國無成身已刎三千珠履安在哉章華寥落祇空臺只今黃山與黃水貌君之名亦應悔願將此山與君分山上我題詩山下君埋墳滄桑異日有升沉我詩君骨總灰塵千秋萬歲後誰辨我與君

題紙帳

永樂中胡克仁壽安為新昌令以古靈先生教民之言諭鄉者里甲俾知親睦安分之道率皆從化克仁性清介不事奢侈在官惟粗衣糲食嘗題所眠紙帳云紫絲步障最奢華卧雪眠雲自一家雪又不寒雲又暖扶持清夢到梅花

却金亭

正統間福建都司王勝博學能文廉介自持出廵則齎食自隨人呼為萊玉一日有千戶奉白金不受命造亭衙北名却金明年勝到亭題曰每因心褊遭彈劾四十年過不動心匣內惟存三尺劍囊中肯受四知金平生節操何曾改半點秋毫孰敢侵今對此亭堪駐馬仰天無愧發長吟時海道副使李顒曰孔子忍渴盜泉之水曾子迴車勝母之閭惡其名也暮夜金不受義也何必求聞於人因題云懷金相送獨能辭高構華亭照路岐不比當年胡刺史胡威父平生清節畏人知

中流砥柱贊

中流砥柱贊云此波不知東奔幾千百里此柱不知中立幾千百世非此波無以表

此柱之壯非此柱無以障此波之靡其在人也遂而為抑洪水驅猛獸之大禹周公窮而為作春秋距楊墨之孔子孟子又達而為掃俗學挽正傳之程子朱子其不幸也為二十四郡之斫舌漁陽三百年之風沙燕市嗚呼此其所以為中流砥柱也歟右替見西園雜記中語亦簡鍊可誦惜不知何人所作一云李西涯一云楊邃菴未知孰是

藝祖屬猪

周駙馬張永德好延方士嘗有異人言天下將太平真主已出永德問誰答曰但覷紫黑色屬猪人宜善待之永德見藝祖數位漸隆識其英表問其生年在亥乃傾身親附宋初以舊恩禮貌終藝祖世莫之少替潘紫南題陳圖南新睡圖云甲馬營中紫氣高屬猪人已着黃袍此回天下都無事可是山中睡得牢指此也

漢書下酒

宋蘇舜欽字子美好飲酒豪放不羈客外舅杜祁公家每夕讀書以斗酒為率公疑密覘之子美讀漢書張良傳至良與客狙擊秦始皇帝撫掌曰惜乎擊之不中遂滿飲一大巵又讀至良曰始臣起下邳與上會於留此天以授陛下又撫案曰君臣相遇其難如此復舉一大巵祁公笑曰有如此下酒物一斗不足多也

小孩兒

陳嶠字景山暮年登第還鄉已耳順矣嘗作閒居詩云小橋風月年年事爭奈潘安老去何後娶鄉里儒家女合巹之夕文士競集賦催妝詩咸有枯楊生稊之諷嶠自作云彭祖尚聞年八百陳嶠猶是小孩兒客皆絕倒

于飛樂

錢某者衣冠之後年四十餘無室後成婚有期作于飛樂詞曰年少疎狂北里平康十年占斷風光似一場春夢歆散高陽如今休也醉眼獨自悽惶但古人有無錢斷酒臨老剃度何妨散花紅頂花帽作箇新郎低頭失笑幾回浪子從良

壞墻基

蜀楊尚書玢致仕歸長安舊居為人侵占子弟欲白於官以白玢玢批紙尾云四鄰侵我我從伊畢竟須思未有時試上含元殿基望秋風秋草正離離○韻語晨鐘舒國裳芬在翰林日其子數寄書云鄰人蔵占墻址不休芬覽書題其尾云紙紙家書只說墻讓渠徑寸有何妨秦皇枉作千年計今見城墻不見王遂緘封郤寄子誦其

堅瓠六集　卷一　八

詩謂父萬下不能助已塊憤遂棄其書鄰人聞而覓得之感其盛德自毀其墻任其築耻己而兩相讓各得其平相安如舊與吾鄉楊仲舉事同事見三集三公如此襟度真八荒我闥千古為侶更何人已吟哇足當一哂

山庄四樂

宋舒城李公麟作山庄四樂詩桃李花開春雨晴聲聲布穀迎村鳴家家場頭酹酒餅為告庄主東作興黃犢先破東南村一火雲蔽日當空浮田頭耕草汗欲流綠竹人家鳥聲休暫來歇午乘清幽山妻送餉扇遮頭二黃雲萬里秋有成村村酒熟家家迎封羊賽社人不醒醉後鼓腹歌昇平欣然同樂滿倉盈三寒風十月雪欲飛居人木榻添紙幃地爐活火酒頻煨瓦盃不脫羊羔肥醉來曲肱歌聲微

端明不受錢

司馬君實買獨樂園春際草木秀茂許人往觀游人以錢與園丁呂直謂之茶湯錢積至千兩納於公公曰吾豈少此耶直曰天地間只端明不受錢於是創一井亭以便行客直亦不私其錢

陸滄浪

揚州陸滄浪狂士也好作俚語正德間從戍京師有楊果不果一清不清朱安不安朱寧不寧等語寧知而執之問曰汝作詩時曾吃醉否陸正色曰我貧不醉寧竟釋其罪僅調邊方而去時有投陸詩云落魄當年老陸郎智囊今已作詩囊醉中又復重來醉狂裡如何更着狂踏海踰河何日了奔南奔北自家忙不知檢點親經史一榻清風舊草堂或云即朱所作以復其諷已也

謝蝴蝶

宋謝無逸工詩吟蝴蝶二百首人呼為謝蝴蝶佳句如飛隨柳絮有時見舞入梨花何處尋又江天春煖曉風細相逐賣花人過橋又身似何郎全傅粉心如韓壽愛偷香古詩有陌上斜飛去花間倒翅回李義山詩蘆花惟有白柳絮何能淄終不如謝意深遠後單菊坡有四絕云援入名園萬物芳風情多半為春忙偶然飛向花前過惹得詩人詠觸香○粉翅雙翻大有情海棠庭院往來輕當時只羨滕王巧一段風流畫不成○桃紅李白一番新對舞花前亦可人繞過東來又西去片時游遍滿園春○從知嗜慾損天真不道人間別有春何似桃源千萬樹郤來相逐賣花人

于少保口占

堅瓠六集　卷一　九

西園雜記。于少保遇難之時，從容口占一詩云。莊椿居士老婆婆。成就人間好事多。正統再更新歲月。大明重整舊山河。功超呂望扶周室。德邁張良散楚歌。長歎一聲歸去也。白雲堆裏笑呵呵。

章劉友善

章子厚與劉子先友善。子先守姑蘇。以新醞洞庭春寄子厚。子厚答詩曰。洞霄宮裏一閒人。東府西樞舊老臣。多謝姑蘇賢太守。殷勤分送洞庭春。後契闊十年。子厚拜相。亦不通問。子厚寄書言其相忘遠引之意。子先以詩謝之曰。故人天上有書來。責我疎愚喚不回。兩處共瞻千里月。十年不寄一枝梅。塵泥自與雲霄隔。駑馬難追騏驥才。莫謂無心向門下。也曾終夕望三台。子厚得書大喜。召為戶部侍郎。

驛壁詩

夢筆驛乃江海舊居，姚金聲宏題一絕云。一宵短夢驚流俗。千載高名掛里閭。遂使晚生矜此意。痴眠不讀一行書。建州崇安分水驛一絕云。江南三月已聞蟬。麥熟梅黃繭作綿。料得故園烟雨裏。輕寒猶作養花天。又鎮江丹陽玉乳泉壁間一絕云。驛馬出門三月暮。楊花無奈雪漫天。客情最苦夜難渡。宿處先尋無杜鵑。詩有風人遺意。惜不知作者姓氏也。

滕王閣望湖亭

宋僧晦幾滕王閣詩云。檻外長江去不回。檻前楊柳後人栽。當時惟有西山在。曾見滕王歌舞來。首句長江去不回。往事不可問矣。次句檻前楊柳亦後人所栽。三四句謂當時曾見滕王歌舞者。惟有西山在矣。含蓄無窮。感慨係之。又蘇子瞻望湖亭詩云。黑雲堆墨未遮山。白雨跳珠亂入船。捲地風來忽吹散。望湖亭下水連天。陰陽變化。開闔於俄頃之間。其氣雄。語壯。所謂吞雲夢者。後人所作。皆不能及。

造洛陽橋

呂洞賓入峨眉山採藥。著詩云。太乙宮前是我家。詩書萬卷作生涯。春風醉酒不歸去。落盡碧桃無限花。五百年後當遭雷厄。洞賓化青蛇隱於泉州蔡襄爐內。襄鎔爐讀書。一夕雷震。判官云。雷部速退。無驚宰相。天乃開霽。洞賓出揖曰。蒙君福蔭。謝以筆墨。衆人嘗譏襄曰。雨打襄難形。襄即曰。腳下有龍鱗。五更高聲叫。驚起世間人。後登科。仁宗朝為學士。出守泉州。造洛陽橋。以洞賓筆墨為檄。使隸之海。若而告之。隸歎曰。茫茫遠海。何所投檄。買酒酣飲。醉卧海涯。潮落而醒。則檄已易封矣。襄啟閱之。

惟一醋字。襄曰。神示我矣。廿一日酉時興工乎。至期潮水果三晝夜不進。其日正犯九良星。襄策馬當之曰。你是九良星。我是蔡端明。相逢不下馬。各自分前程。遂興作無忌。或上言擅開官庫。襄謝恩詩云。得饒人處且須饒。曾借龍王三日潮。十萬貫錢常在世。我王恩在洛陽橋。上許之。橋成。時人以詩頌之曰。疊石為橋與路通。惠安之北晉江東。幾時募化千家寶。一日緣成萬載功。五尺欄干遮巨浪。兩頭華表鎮危峯。往來無限行人口。日月齊休頌蔡公。

陶穀草制

玉堂嘉話載。陶穀草范質拜相制有云。十年居調燮之司。一旦得變通之術。質得之泣訴藝祖。由是薄之。然袖中禪文。亦變通之尤者。穀可謂明於責人而不知自責矣。

鸞膠續斷絃

理宗吉香臺集有詩云。受禪文成職變遷。閒情猶到煮茶邊。可憐畫葫蘆樣。不與

未生保

正德壬申。流賊劉六輩。大擾中原。直抵湖廣。有司籍民兵捍禦。率三丁抽一。名為驍勇。不盈其數。撫責里老。將不成丁者填報。又不已。偽以虛名註冊。曰未生保。以塞責。各省皆然。楚城尤甚。金陵沈寶作詩曰。未生保。舊冊新供查對了。寧死只愁官打拷。一丁已作三丁報。誰為里正誰屯老。過堂官怪成丁少。丁丁研審盡同名。此理看來有難曉。抱屈含啼向官道。但恨兒孫生不早。大半成丁猶襁褓。在腹名為未生保。骨血不充官一飽。春草須霑還殺草。前年民戶損七分。官廩何曾到流殍。嗟乎。國家養兵。歲縻廩祿鉅萬萬。至冦盜生發。則選民兵及調邊軍土軍勦之。而總領者弗能鈐制。任其封掠屠戮。其害更甚於盜賊。今幸遇太平之世。又幸生蘇杭福地。當力行善事。以報答天恩。免亂離之苦。幸甚。

閒忙令

宋真宗祥符中。命詞臣撰日本國祥光記。當直者學不優。以張君房代筆。傳宣甚急。而張適醉倒樊樓。促之不醒。紫微大窘。楊大年錢希白戲作閒忙令以誚之曰。世上何人號最閒。司監拂衣歸華山。世上何人號最忙。紫微失卻張君房。

賦犬

謇齋瑣綴錄。坐客偶談有人好食犬。主人知其意。命賦犬詩。以鹽字為韻。客立就云。幾年辛苦伴虀鹽。長夜巡行護短簷。戀戀見人渾識舊。依依向主肯趨炎。卧從芳草

苔泉破立傍梅花雪片枝曾向山中擒狡兎拔毫製筆與君拈主人喜殺犬食之

詩媒

趙德麟喪偶欲得善配未有久之有王氏老女未嫁作詩云白鶴作花風已秋不堪殘睡更回頭晚雲帶雨歸飛急去作西窗一夜愁趙見詩遂求婚焉人以為二十八字媒也又明初王斑字子宣嘗作宮詞云南風吹斷採蓮歌夜雨新添太液波水殿風雲一作廊三十六不知何處晚涼多仁和會元俞友仁見而悅之曰此其伴意乎遂以妹妻之與俞麟事同列朝詩選作黃鶴山樵王蒙事

小九

豫章洪玉父炎黃山谷之甥有侍兒小九知書能為玉父檢閱甚愛之嘗月夜携登滕王閣玉父賦詩云桃花亂打散花樓南浦西山送客愁為理伊州十二疊緩歌聲裏看洪州後因兵亂失之玉父悵恨不已又和前詩云西江東畔見江樓江月江風萬斛愁試問海潮應念我為將雙淚到南洲已而玉父復尋得之

趙松雪詞

趙松雪戲作小詞贈管夫人云我儂兩個忒煞多情譬如將一塊泥揑一個你塑一箇我忽然歡喜呵將他來一齊都打破重新下水再團再煉再調和重塑一箇你再揑一箇我那其間那其間我的身子裏有了你你的身子裏有了我

佛印書壁

東坡挾妓登金山以酒醉佛印戲命妓同卧佛印醒而書壁云夜來酒醉上床眠不覺琵琶在枕邊傳語翰林蘇學士不曾彈動一條絃

錢神論

楊升菴集晉惠帝之時賄賂公行魯褒所為作錢神論也余觀類文同時綦毋民成公綏皆有錢神論各一篇民之論畧曰黃金為父白銀為母鉛為長男錫為少婦庚辛分土諸國皆有長沙越嶲僕之所守伊我和生周末時也景王伊世大債茲也貧人見我如病得醫饑享太牢未足為飴綏之論畧曰路中紛紛行人悠悠載馳載驅惟錢是求朱衣素帶當塗之士執我之手門常如市諺曰錢無耳鬼可使豈虛也哉幽求子云可以使鬼者錢也可以使人者權也蓋亦同時之語○袁中郎讀錢神論詩閒來偶讀錢神論始識人情今益古古時孔方比阿兄今日阿兄勝阿父李卓吾先生詩云孔方久已諧公論孟姑新親自蒙古舜跖而今總混名子與得時蹻尼父

○顧元慶簷曝偶談云魯褒錢神論世多以為然鄙者至以兄呼之殊可令人羞若事錢如事兄其於父子兄弟君臣朋友幾何不相戕賊矣稽其為用直人役耳不問艱險汙穢清濁是非轉化莫回善如人意蓋奴僕之趨絕者也古人以不言為高太多為臭君子不敢喻而天下日夜摩趨之而不止若復彰以兄名其害將不勝言名曰孔奴於理為當○或問伍容菴云錢神亦有不靈時否容菴曰錢神是淫昏之鬼遇貪邪則靈遇廉正則死死則不靈

李南金題像

宋李南金登第後畫師以冠裳寫其真自題詩云落魄江湖十二年布衫闊袖裹風烟如今各樣新粧束典卻清狂賣卻顛

張胡叅禪

指歸集宋狀元張九成告歸泉石一日訪叅喜禪師曰汝來何故九成曰打死心頭火特來叅喜禪師以言探之曰緣何起得早妻被別人眠九成怒曰無明真秃子焉敢發此言師慰之曰輕輕撲一扇爐中便起烟九成慚愧不已遂去髮為僧號無垢子大開禪宗○桃燈集異載明初白雲禪師麗水人道行高妙將軍胡深嘗造之曰滅卻心頭火特來叅老禪白雲續之曰將軍來太早妻伴別人眠深怒欲刃之白雲曰心頭火未滅器械便生烟深愧謝白雲曰若問前程事古月下西川後深果敗死所云古月指其姓也與九成事同

古今相較

西園雜記今人於人之嚴肅難犯者則稱之曰包龍圖於人之清捐有守者則稱之曰趙清獻於人之秉禮嗜古者則稱之曰假司馬溫公吾吳則曰朱文公於人之吹來扇去言行反覆者則目之曰湯思退吾吳則曰伯嚭於人之瞞心昧己挾詐欺人者則目之曰賈似道吾吳則曰秦檜夫人立身於千載之前而好惡定於千載之後可不知所自處哉

黃陵廟詩

陸士規布衣工詩秦檜喜之嘗挾檜書干臨川守餽遺不滿意升堂慢罵守懼以書白檜自解檜怒陸陸請見不出然猶令小相見之問陸近作陸誦黃陵廟一絕云東風吹草綠離離路入黃陵古廟西帝子不知春又去亂山無主鷓鴣啼小相入誦之檜吟咏再四即命入見待之如初

堅瓠六集卷一終

堅瓠六集卷之二目錄

清風明月　宴會老堂
身心俱閒　閒居同志
蔣子雲宮詞　范夫人
成句對語　咏老吏
天竺寺松　周草窗好睡
安榛美人行　隣舟行
買妾卧病　失婢詩
背面宮女　半截美人
趙十朋　贈長短句
臨安謡　附擧
措置失宜　青蓋
吳仲和書壁　楊龜山廟
張章入相　朱張兩海運

起復損譽　文留兩相
周芝田　題風箏
識射不中　項羽廟詩詞
甘露祖風　題村壁
吳履齋拜相　賀移鎮南昌啟
集福庵　楊堯題孔廟詩
馮蘭題扇　箕仙不可頻召
貞伯反嘲　史聖唱
吏部三尚書　詩戒子孫
蔡京詞讖　鉢中片紙
林和靖書壁　淛泣女吳
作詩謬句　尋龍擒虎
給相門事　烟波釣叟
金國南遷　存誠詩
禳虎青詞　道人書壁
祝詞　賦燈
書門符　喪天真
慢亭仙

坚瓠六集卷之二

清 長洲石晨褚人穫學稼纂輯

清風明月

緗鈿雜志。李太白詩清風明月不用一錢買。東坡赤壁賦云。惟江上之清風與山間之明月。耳得之而成聲。目遇之而成色。取之無禁。用之不竭。是造物者之無盡藏也。東坡之意。蓋自太白詩句中來。夫風月不用錢買。而取之無禁。太白東坡之言信矣。然而能知清風明月之可樂者。世無幾人。清風明月一歲之間。亦無幾日。即使人知此樂。或為俗務牽奪。或為病苦妨礙。雖欲賞之有不能者。然則閒居無事。遇此清風明月。既不用錢買。又取之無禁。而不知以為樂。是自生障礙也。

宴會老堂

歐陽永叔致仕居潁。趙叔平（概）居睢陽。來訪。時呂晦叔（公著）知潁。閒宴二公。目為會老堂。永叔詩曰。欲知盛席難逢處。請看當筵主與賓。金馬玉堂三學士。清風明月兩閒人。紅芳已過嘗猶賸。青杏初嘗酒正醇。好景難逢良會少。惟時舉白莫辭頻。南史傳云。入吾室者。但有清風。對吾飲者。惟有明月。永叔文章固佳。造語精緻如此。○閒吳鈍庵與某某友善。同至章蘇州（應物）廟祈夢。夢韋公揖入中堂。見右扉閒。其左扉上有句云。金馬玉堂三學士。覺而大喜。後鈍庵聯登會狀。至禮部尚書。二人深倒諸生。以為不驗。復至韋公廟祈夢。夢至舊處。左扉已閒。而右扉上有句云。清風明月兩閒人。覺而始爽然自失。偶閱塵談採錄。知此二句乃永叔詩。

身心俱閒

塵談採錄。身閒可以養氣。心閒可以養神。身心俱閒。與道合真。韓退之詩曰。斷送一生惟有酒。尋思百計不如閒。陶淵明曰。形逐感化往。靈府獨常閒。朱晦翁曰。深源定是閒中得。妙用原從樂處生。是閒一也。韓不如陶。陶不如朱。韓也放。陶也達。陶也庶。朱也實。羅念庵洪先曰。影滿窗紗日正長。剪簾風細紫蘭香。午窗睡醒無他事。胎息閒中有秘方。可謂通於閒之旨趣者。

閒居同志

鶴林玉露。自昔閒居之士。必有同志相與往還。故有以自樂。陶淵明云。昔欲居南村。非為卜其宅。聞多素心人。樂與數晨夕。又隣曲時來往。抗言談在昔。奇文共欣賞。疑義相與析。則南村之隣。豈庸庸之士哉。杜少陵在錦里。亦與南村朱山人往還。其詩云。錦里先生烏角巾。園收芋栗未全貧。慣看賓客兒童喜。得食階除鳥雀馴。秋水纔添四五尺。野航恰受兩三人。白沙翠竹江村暮。相送柴門月色新。又相近竹參差。相過人不知。幽花欹滿樹。曲水細通池。歸客村非遠。殘尊席更移。看君多道氣。從此數追隨。則朱山人亦非常流矣。李太白尋魯城北范居士。誤落蒼耳中。詩云。忽憶范野人。閒園養幽姿。又還傾四五酌。自詠猛虎詞。近作十日歡。遠為千載期。風流自簸蕩。謔浪偏相宜。范野人者亦可人之流也。○余謂五倫之中。惟友為莫逆。以志同則合。情睽則散。閒居無事。與二三知己晨夕清談。焚香煮茗。或博或弈。小酌半醺。相送而別。其樂殆未可以他端易也。

蔣子雲宮詞

嘉靖戲御。久簡於視朝。日居西宮奉道。初用邵真人。繼用陶真人。官皆極品。后妃而下。法服以從。蔣子雲宮詞云。君王親著紫衣裳。白玉冠簪八寶光。夜半碧壇星月冷。九天仙樂下鸞凰。離宮複道接蓬萊。雲繞千峯五色開。香篆無塵珠箔捲。後宮遥望從（一作上）陵迴。小年選入蕊珠宮。紫閣玲瓏十二重。日侍上真修法事。水晶盤捧玉芙蓉。碧殿瑤壇禮上清。桂花沖露浸銀屏。雙鬟玉女扶青案。跪啟琅函讀道經。

范夫人

西園雜記。新淦（諱）范氏。早寡。頗能詩。楊東里過淦村塾。見桌上對語一聯云。墨落杯中。一片黑雲浮琥珀。燈横枕上。半輪殘月照琉璃。問誰所對。學手示答曰。婦之。乃曰家女。東里嘆為異。後翔召欲選女學師。時文貞在館閣。因為之召入禁中數年。一日題老婦牧牛圖云。貴妃血濺馬嵬城。出塞昭君怨恨多。爭似阿婆牛背穩。笛中吹出太平歌。宣廟見之曰。彼不樂居此矣。封為夫人。厚賚而遣歸。千古奇聞。明高皇平陳友諒。頓兵廉山。軍士乏食。有一老嫗騎牛吹笛。傾家助米。高皇定鼎後。繪其圖。題前詩贈之。堯山堂作沈石田題牧牛圖。雪濤集作李西涯自題相業圖。未知孰是。

成句對語

昔人以成也蕭何。敗也蕭何。對一則仲父。再則仲父。偶閱萬姓統譜。毛弘為給事中。慷慨激烈。奏疏無虛日。英宗厭苦之。有昨日毛弘。今日毛弘語。以對仲父句。更為切當。弘字士廣。鄞縣人。天順丁丑進士。

咏老史

劉後村咏十老。謂老僧。老道。老兒。老醫。老巫。老吏。老妓。老儒。老將。老馬也。老吏詩云。

少諳刀筆老尤工舊貫新條問吏通關智囿應雅篤革論年亦合作狙公孫魁明有堪瞞處包老嚴猶在夆中祇恐關難難抹過鐵鞭他日鬼臀紅此詩痛快鐵鞭打鬼臀乃章子厚語移以用之老吏奸譎亦足以寒其膽也

天竺寺松

蘇子瞻登天竺寺佛印言寺前兩松昨爲大風吹折其一老僧悵恨成兩句云龍枝已逐風雷變減卻虛窗半夜涼子瞻續云天愛禪心圓似鏡故添明月伴清光

閙草窗好睡

癸辛雜識飽食緩行初睡覺一甌新茗侍兒煎脫巾斜倚繩牀坐風送水聲來耳邊裴晉公詩也細書妨老讀長簟愜昏眠取簟且一息拋書還少年半山翁詩也相對蒲團睡味長主人與客兩相忘須臾客去主人睡一半西窗無夕陽陸放翁詩也讀書已覺眉棱重就枕方欣骨節和睡起不知天早晚西窗殘日已無多吳僧有規詩也老讀文書興已闌須知養病不如閑竹床瓦枕虛堂上卧看江南雨後山呂滎陽詩也紙屏石枕竹方床手倦拋書午夢長睡起莞然成獨笑數聲漁笛在滄浪蔡持正詩也余習懶成癖每晝必須偃息客有嘲者先者輒誦此以自解然每苦枕熱輾轉數四後閱荊公嗜睡夏月常用方枕或問何意公言睡久氣蒸枕熱則轉一方冷處非真知睡味者未易語此

安榮美人行

安榮坊李氏女者少姣好瞿宗吉嘗屬意焉及長委身爲小吏妻一日與宗吉邂逅於吳山悽然感舊邀宗吉歸置酒敘話宗吉爲安榮美人行云吳山山下安榮里陋巷窮居有西子嫣然一笑坐生春信是天人謫居此相逢昔在十年前髫髮未合貌如蓮學畫蛾眉揮彩筆偷傳寫字卜金錢相逢今在十年後鬟髮如雲眼光溜風吹繡帶露羅鞋酒泛銀盃沾翠袖自言文史舊曾知寫景題詩事事宜但傳秦女吹簫譜不詠湘靈鼓瑟辭暮雨朝雲容易度野鴨家雞竟相妬當時目睨苑中花今日翻成道旁樹我聞此語重悲傷對景徘徊欲斷腸渭城楊柳歌三疊湓水琵琶泣數行相送出門留後約暮天慘慘東風惡醉歸感舊賦新詩重與佳人嗟命薄

隣舟行

太倉沈君烈承應試南畿夜宿江頭作隣舟行云揚子江頭秋夜宿人語喁喁眠不熟知是隣舟促膝聲起翠蓬窗滿紅燭燭下搖搖一女郎二八嗟浮二九傍半肩謠施無揭鬢接頸斜墮不梳粧上坐一嫗口無齒下坐一翁翁半禿嫗似烟花舊主人翁是江湖老商子女郎側面坐中邊鄉音相通意不然疑詞欲答微挑髮殘酒將拈又飲拳衷腸吞吐聲嘈雜荻尾嘶風隔萍葉依稀耳屬半言清寧及黃泉毋作妾其他曲折不能猜使我徬徨中夜來天下夢緣隨處妄世間幽恨幾人開憐君未必君知覺攪得無端癡淚落鼓鳴解纜五更頭明夜沙灘月蕭索

買妾臥病

宋有士人買妾既而卧病汪彥章以詩譏之曰但知絨樹鬪清新不道三彭接有神虎沖未聞開閣事維摩空對散禪人封侯燕頷何妨瘦伐性蛾眉却怕顰從此空花都掃除盡定須嚼蠟向橫陳○溫柔鄉裏事還新便擬尊前賦洛神定向中年多作惡非干尤物解移人莫愁阿鶩煩君嫁且學西施爲我顰爭似農家無一事從來嫫母只朱陳

失婢詩

白樂天失婢詩云宅院小墻卑坊門帖榜遲舊恩慚自薄前事悔難追籠鳥無常主風花不戀枝今宵在何處惟有月明知詩止罪己而不責婢爲淫奔用意良厚末句尤深所謂想應只在秋江上蓋本此劉禹錫和云把鏡朝猶在添香夜不歸鴛鴦分瓦去鸚鵡透籠飛不逐張公子即隨劉武威新知正相樂從此脫青衣便覺描寫發露矣

背面宮女

李伯時畫背面宮女韓子蒼題詩云睡起昭陽暗淡粧不知緣底背斜陽若教轉盼一回首三十六宮無粉光此用東坡續麗人行中語意然不及坡之偉麗也

半截美人

唐子畏題半截美人圖詩云天姿嫋娜十分嬌可惜風流半截腰却恨畫工無見識動人情處不曾描○誰家妙筆寫風流寫到風流意便休想是當年相見處杏花村裏短墻頭第一首庸陋殊餘作解嘲詩千般體態百般嬌不盡全身畫半腰下闕

趙十朋

王梅溪云黃巖趙十朋賢士也有詩云四枚豚犬教知書二頃良田儘有餘魯酒三杯棋一局客來濁不問親疎予亦有東阜二頃兩子開詩聞禮皆學讀書客至則奕棋飲酒遂用趙君詩意成一絕云薄有田園種斗升兩兒傳授讀書燈客來一局三杯酒王十朋如趙十朋

賈長短句

賈似道當國。行公田關子兩法。民間苦之。錢塘葉太白李上書力詆。且獻鈔式以代關子。似道怒。黥流嶺南。及似道漳州之謫。李赦還。相值於途。李贈詞譏之曰。君來路。吾歸路。來來去去何時住。公田關子竟何如。國事當時誰與誤。雷司戶。崖司戶。人生會有相逢處。客中頗恨欠蒸羊。聊贈一篇長短句。寓崖事。丁謂貶寇準雷州。後丁謂亦貶崖州。李仕元至中書左丞。

臨安謠

嘉泰二年。臨安謠曰。滿頭青。都是假。這回來。不作耍。其時女妝尚假玉。因以假爲賈。喻似道專權。而景炎丙子之亂。非復庚申之役也。後似道遭貶。人題壁譏之曰。去年秋。今年秋。湖上人家樂復憂。西湖依舊流。吳循州。賈循州。十五年間一轉頭。人生放下休。吳循州謂履齋之貶。似道擠之也。

附學

舊制學校生員廩膳有額。增廣無額。故名增廣。明宣德四年。增廣亦有額。至景泰元年。照舊無額。成化三年又額。京師語曰。和尚晉度。秀才拘數。禮部姚夔。顛覆國祚。夔請於朝。因立附學焉。

措置失宜

靖康中。金人既出境。朝廷措置。多不急之務。如復春秋科。大學生免解。改舒王從祀之類。時人語曰。不管肅王。却管舒王。不管燕山。却管聶山。不管山東。却管陳東。不管東京。却管蔡京。不管河北界。却管秀才解。道路之言。切中時病。

青蓋

嘉定癸酉。臣僚奏請禁止都城青蓋。兩學俱用皂蓋。而天府又復禁止。有外郡學士入都。不知所禁。被獲士人供狀。書一詩曰。冠蓋相望古所然。易青爲皂且從權。中原多少黃羅蓋。何不多多出賞錢。州府禮而遣之。

吳仲和書壁

侯官吳仲和。鄉舉成化甲辰進士。牢揭陽。流寇陷治。謫南海衛。幕時陳白沙唱道東南。仲和往叩之。適送一闍帥出。遂投刺。陳以其衛幕也。竟拒之。仲和大書廳壁云。考亭亭下蹟荒蕪。野鳥庭中獨自呼。欲向白沙問真處。越人曾笑楚人愚。復見壁間懸漁翁晒網圖。又題一絕云。扁舟一葉抵天涯。罷釣歸來晒晚霞。莫道水村兒女拙也。曾梳洗插金花。書畢而去。白沙見詩。悵悵追之不及。

楊龜山廟

楊龜山廟。祀在常州。有豪家欲奪其地者。郡守知之。行香日題詩壁間。豪家愧而寢焉。詩曰。辦香覓路拜龜山。獨立斜陽未忍還。廟貌儼如生氣在。斷碑惟見蘚痕斑。道傳伊洛名千古。迹寄毘陵屋半間。黃鳥不知誰是主。隔林猶自語間關。

張章入相

景德五年。張鄧公士遜。與章郇公得象。同入相。張時年七十五。後數歲。西賊叛命。賈元康定之間。措置乖方。物議交謫。張始引年除太傅致仕。以小詩白郇公曰。赬案當衙並命時。蕭蕭衰朽倚瑤枝。如今我得休官去。鴻入高冥鳳在池。廷臣咸和焉。當時有人改鄧公詩云。赬案當衙並命時。與君兩箇没操持。如今我得休官去。一任夫君鶻露啼。聞者大哂。

朱張兩海運

明初。朱張兩萬戶。以通海運功。爲高皇所寵。詔賜印。令自造用。富倍王室。及事敗死於京。有僧以詩弔之曰。禍有胎兮福有基。誰人識破這危機。酒酣吳地花方笑。夢斷燕山草正肥。敵國富來猶未足。全家破後始知非。春風祇有門前柳。依舊鶯啼燕子飛。○湧幢小品。宋清張瑄太倉人。爲元海運萬戶。後清瑄以事死。而清子虎瑄子文龍。仍治海漕。給所沒田宅。國初則朱壽張赫。懷遠人。亦以海運功封侯。何兩人姓同功同乃爾耶。

起復稱譽

明初一少年。官翰林左遷。竟浮沈中外。嘗作詩云。出門遇一嫗。黑瘦如老鴉。自訴廿年前。面色敗桃花。聞者憐之。嘉靖中。一詞林以京考去官。養重山林者廿年。乙未東南用兵。嚴嵩欲收人望。乃起用之。瀕行。一士餞詩云。已卸烟花二十年。蓬頭跣足實堪憐。而今嫁作商人婦。又抱琵琶過別船。後竟損名。譽世以殷瀛源比之。與戒庵漫筆弔唐荊川詩同意。

文留兩相

三衢留中齋。夢炎。理宗甲辰大魁。廬陵文文山。天祥。理宗丙辰大魁。中齋作相。身享富貴三十年。仕元爲尚書。文山初登第。丁父憂。仕途亦坎坷。乙亥義兵勤王。終以間關患難中。待之爲重。雖名爲相。貴賤之貴。萬鍾之奉。無有也。江西羅秋壺詩云。蟁雷蘇州受苦辛。庚公甘作老朝臣。當年龍首黃扉客。同受皇恩一樣人。中齋聞之將物色羅織。羅丞歸而免。

周芝田

山房隨筆。浙中周芝田浪迹江湖。道冠野服。詩酒諧笑。略無拘檢。時出小戲以悅人。不知其能琴與詩也。遇琴則彈一二曲。遇興則吟一二句。而不終篇。賦石山雨竹云。淋漓滿腹蘊春雨。突兀半身生晚雲。又草香花落後。雲黑雨來時。琴詩云。膝上橫陳玉一枝。此音惟獨此心知。夜深斷送鶴先睡。彈到空山月落時。

題風箏

唐高駢鎮蜀。南詔侵暴。築羅城四十里。朝廷雖加恩賞。亦疑其跋扈。一日聞奏樂聲。知有改移。乃題風箏詩以寄意曰。夜靜絃聲響碧空。宮商信任往來風。依稀似曲纔堪聽。又被風吹別調中。旬日移鎮渚宮。

譏射不中

唐宋國公蕭瑀不能射。太宗命射。俱不着垛。歐陽詢以詩戲之曰。急風吹緩箭。弱手馭強弓。欲高反復下。應西還更東。十迴俱着地。兩手並擎空。借問誰為此。多應是宋公。後太宗見詩。謂蕭瑀曰。此乃四十字章疏也。由是與詢有隙。

項羽廟詩詞

鼻談錄。項羽廟失火。有人題詩云。嬴秦久矣酷斯民。羽入關中又一秦。父老莫嗟遺廟毀。咸陽三月是何人。又宋咸淳年間。南劍州曾晉薦謁劍帥李庭芝於淮。題詩項羽廟云。蓋世英雄力拔山。楚歌四面泣潮潸。江東父老如相問。子弟八千無一還。湖言長語。一士題酹江月詞於項羽廟壁云。鮑魚腥斷。楚將軍鞭虎驅龍而起。空費咸陽三月火。鑄就金刀神器。垓下兵稀。陰陵道狹。月暗雲如壘。楚歌哄發。山川都姓劉矣。　悲泣呼醒虞姬。為伊死別。血刃飛花碎。霸業休休。雖不遂英氣烏江流水。古廟頹垣斜陽紅樹。遺恨鵑聲裏。興亡休問。高陵秋草空翠。一名念奴嬌。一名百字令。語句雄壯。惜不知誰作。

甘露祖風

李衛公鎮南徐。甘露寺僧有戒行。贈僧以方竹杖。方竹出大宛。李所珍也。及李再至。問杖無恙否。僧欣然曰。已規圓而漆之矣。李數惋竟日。後張表臣在潤江攝幕。暇與同僚遊甘露寺。偶題驀山溪詞於壁云。樓橫北固。盡日懨懨雨。欸乃數聲聽。但渺漠

江上烟樹。寂寥風物。三五過元宵。尋柳眼。覓花英。春色知何處。落梅嗚咽。吹徹江城暮。脉脉數飛鴻。杳歸期。東風凝佇。長安不見。烽起夕陽間。虛欲斷。酒初醒。獨下危樓去。其僧俗且曉。慨然謂同僚曰。方泚一堵好壁。又被寫污了。張知之。戲曰。近日和尚耳明否。曰非聽如舊。張曰。恐尊耳亦自來不甚得物事。壁間之題。提坊是之。使見甘露寺祖風也。聞者大笑。

題村壁

山房隨筆。李邦美過句容村。鄉見酒肆粉壁明潔。題云。青裙白面開桃菜。茅舍竹籬疏見梅。未及後聯。店翁怒曰。此壁向為人塗污。我方新之。今爾又作偷也。遂不書。有客續至問翁。翁憾之。俟李又過。翁請足成。李笑取筆書云。春事隔年無信息。一聲啼鳥喚將來。往來觀者皆愛之。

吳履齋拜相

姚橋洲尹臨安時。吳履齋肅拜相。姚與諸客作啟賀之。推敲起句。彭晉叟云。轉鴻鈞運紫極。萬化一新。自龍首到黃扉。百年幾見。○理宗開慶之變。履齋再入相。四明士子上詩云。來則非耶抑是耶。綠堤何必更行沙。瑟當調處難膠柱。棋到危時見作家。公論有誰能着脚。事機至此轉無牙。不如疊嶂雙溪下。行對青山坐看花。言者附賈似道攜畫彈劾。貶循州而死。饒州熊某以詩弔之曰。近來兩北有干戈。獨立斜陽感慨多。當為元城驅劫火。天胡丁謂活鯨波。九原難起先生問。萬世其如公論何。遣逼雕峯休插竹。想違宗老續長歌。

賀移鎮南昌啟

元祚制機云。有賀自長沙移鎮南昌者啟云。夜醉長沙。曉行湘水。雖教橘燕之留。周少陸詩。朝飛南浦。暮捲西山。來聽鳴鸞之舞。周王勃文。(一)又有除直秘閣依舊沿江制置司幹辦公事云。望玉宇瓊樓之遠。何似人間。從綸巾羽扇之遊。依然江上。已請客云。三月三日。長安水邊多麗人。一觴一詠。會稽山陰修禊事。人良辰美景賞心樂事四者難并。崇山峻嶺茂林修竹羣賢畢至。

集福巷

蘇城集福庵。在尚書吳鈍庵所居之北。知州施膚庵所居之西。弘治中詔毀淫祠。有司欲為吳後圃。吳曰。僧庵吾世鄰也。不忍其毀。安忍為吾有耶。有司復欲為施別業。施曰。何不送鈍庵。而送予也。有司述其言。施曰。吾獨不能為鈍庵耶。亦辭不受。其庵

竟伍嘉靖初。又有詒戲知府伍嘻中用僧承佃都御史毛貞甫亦用僧佃之一則曰近吾家佃一則曰地皆吾家施也。竟成訟。且毛伍新聯姻。時人追思往事。因爲謠曰昔日吳與施。官送猶遜辭。今日毛與伍。訐告到官府。噫人心不古。世道日瀉。四公相去。奚啻天淵。

楊凫題孔廟詩

元楊煥然。號關西夫子。題孔子廟云。曾見春風入杏壇。奎文閣上獨凭闌。淵源自古尊洙泗。祖述何人似孟堅。竹簡不隨秦火冷。楷林高倚魯城寒。源深踪跡千年後。無分東家記一簞。金凫懷英詩云。魯國遺踪隨渺茫。獨餘林廟壓城荒。梅梁分曙霞留影。松牖回春月轉光。老檜曾沾周雨露。斷碑猶是漢文章。不須更問傳家久。泰岱參天汾水長。懷英承安間人。工篆書。嘗書杏壇二字。列於祖庭。

馮蘭題扇

弘治中。學憲餘姚馮蘭與同年侍郎嘉禾屠勳相遇於錢塘。屠談往時與陳七修郎中訏奏事云。陳已死於軍。妻子流落。子官尚未艾。繼而出奕圖扇面索題。馮提筆曰。白雲堆裏四公亭。亭下只遺空石枰。相逢莫自誇高手。一遍輸來一遍贏。屠黙然。

箕仙不可頻召

七修類稾。金陵士人顧某數召箕。一日得詩云。天冷山城二鼓敲。雪迷洞口路迢迢。雲窗童子燒松火。待我鸞輿下碧霄。請書名。又書二詩云。古來花貌說仙娥。自是仙娥薄命多。一曲霓裳未終舞。金鈿早委馬嵬坡。○昔日長安一太真。君王一見笑傾城。洗兒故事今何在。只問蓬萊玉色人。後累召累至。言情言嬲。遂爲所惑。嬲一靚真形。以暢平生所慕。薄暮忽有婦人從空而下。生懼而驚走。明日方舉念。婦人又至。無時暫息。遂喪厭心。後遇道人。挽之遠遁。久而方絕。

貞伯反嘲

李西涯子名兆先。字貞伯。有一目數行之資。每厄於科場。主試者多注意焉。或失或欸。竟勿能中。賫志而沒。西涯絕嗣。雪濤小書云。兆先好狎妓。西涯罪之。特書其精舍之門曰。今日柳巷。明日花街。繼晷焚膏。一作誦詩讀書。秀才秀才。貞伯見之。即續書曰。今驟雨。明日狂風。燮理陰陽。相公相公。以此占之。宜其不貴而早夭也。

吏娶娼

吳門有吏娶一娼。燕客歌舞傲忽。隨犯事決配九江。與婦泣別。登舟。盧梅坡作詩云。

昨夜笙歌燕畫樓。今朝忍淚送行舟。當時若嫁商人婦。無此江頭一段愁。

吏部三尚書

正德中吏部三尚書。張綵坐瑾黨。陸完坐宸濠黨。王瓊坐奸黨亂政。皆論死謫戍。石文隱瑤代晉溪。有榜名書帖吏部門曰。莫做莫做。莫賀莫賀。十五年間。一連三箇。

詩戒子孫

楊州陳少卿亞蓄書數千卷。名畫數十幅。致政閒居。有華亭唳鶴一隻。怪石一株。奇峭可愛。與異花數十本。列植於庭。爲詩以戒子孫曰。滿室圖書雜典墳。華亭仙客岱雲根。他年若不和花賣。便是吾家好子孫。後死未幾。皆散落民間。

蔡京詞讖

宣和遺事。蔡京卒前月餘。作西江月詞云。八十衰年初謝。三千里外無家。孤行骨肉各天涯。遙望神京泣下。　金殿五曾拜相。玉堂十度宣麻。追思往日謾繁華。到此番成夢話。未幾卒。可謂讖也。

鉢中片紙

胥似道齋雲遊道人於西湖道堂。似道未至時。一婦人抱一子求齋。祇候與一分。持以與子。乃頓子於齋堂桌上。復入求齋。衆慮似道將至。急取與之。而似道已至。衆叱之去。婦人抱子趨避小閤。遺鉢桌上。不暇揩拭。用鉢盂覆焉。俟似道展拜後除之。舉鉢不起。婦人亦不見。衆以白似道。命左右併力撒之。不可得。焚香推拜。鉢乃舉。得片紙。有詩二句云。得好休時便好休。收花結子在綿州。衆勉其退閒。而不知綿州之義。後遭貶。爲鄭虎臣拉殺於漳州木綿庵。

林和靖書壁

林和靖書壽堂壁云。湖外青山對結廬。墳前修竹亦蕭疏。茂陵他日求遺稿。猶喜曾無封禪書。和靖嘗微視許洞。洞作詩嘲之曰。寺裏掇齋饑老鼠。林間咳嗽老獼猴。豪民送物鵝伸頸。好客臨門鱉縮頭。此詩妬賢嫉能。可謂雄之虐也。聞者足以戒云。

涕泣女吳

林居漫錄。安齋鄭範溪洛。有女國色也。選郎蔣遵箴請娶之。鄭弗允。會鄭求總督宣大。江陵許之。而蔣託故不推。乃强委禽焉。曰老先生欲掌北門之管。遵箴願補東床之缺。鄭不得已從之。于歸之日。鄭與夫人咸抱其女而泣。江陵聞之曰。範溪可謂涕泣而女於吳。聞者絕倒。

作詩棜句

元吾子行閒居錄：晚宋作詩者多謬句，出遊必曰策杖，門戶必曰柴扉，結句多以梅花為說，歷腐可厭。余因聚其事為一絶云：煮茶茅屋掩柴扉，雙聳吟肩更撚髭，策杖逋仙山下去，騎驢人正是興來時。或可為作者戒也。按子行名衍，魯郡人，工篆隸，通音律，讀太玄經，號貞白居士。

尋龍擒虎

紹興乙卯，以旱禱雨，諫議大夫趙霈上言：自來祈禱斷屠，只禁豬羊，今請并禁鵝鴨。胡致堂在西掖見之，笑曰：可謂鵝鴨諫議乎。閩廣中有龍虎大王，請以鵝鴨諫議當之。明成化中胡汝寧請禁食蝦蟆，時號蝦蟆給事，更堪作對也。○嘉定中，粲說羅相上言：越州多虎，乞行下措置多方捕殺。[illegible]言張次賢上言：八盤嶺乃禁中來龍，乞禁行人。太學生有羅擒虎張尋龍之對。

給相門事

林居漫錄：給事錢夢皋，四明相公沈一貫入幕賓也。一日飲相公酒，而山人某亦預焉。錢戲某曰：昔之山人，山中野人；今之山人，山外遊人。某即應云：昔之給事，給黄門事；今之給事，給相門事。錢大慙。

烟波釣叟

張志和以漁為業，號烟波釣叟。東坡志和漁父詩云：西塞山邊白鷺飛，桃花流水鱖魚肥，自庇一身青篛笠，斜風細雨不須歸。

金國南遷

金國南遷後，浸弱不支，又遷睢陽，其後寧死於汴，不肯遷。元遺山詩云：桃李深宮二十年，更將顏色向誰憐，人生只合汴京死，金水河邊好墓田。

存誠詩

元晉陵蔣景裴洵嘗謁存誠上人，詩云：別後嘗遊滄海東，忽攜詩卷到山中，立談數語飄然去，滿徑松花落午風。

禳虎青詞

寶祐甲寅，江東多虎，有司行禬禳之典，青詞末聯云：雖曰寅年之足，或有數存；去其乙字之咸，尚祈神力。蓋古詩有寅年足虎狼句，傳謂虎咸如乙字，對屬甚切。

道人書壁

常熟有暴富者，方交易買田，一道人來乞食，富者怒其攖聒，呵出之。道人書一絶於壁云：多買庄田笑汝癡，解頭顆長後邊隨，看他耕種幾年去，交付兒孫賣與誰。

祝詞

黄耕叟太史夫人誕日，乃三月十四日，吳叔經祝壽詞曰：天邊將滿一輪月，世上還鍾百歲人。或謂十三日亦使得，不若云猶欠一分，方見得十四日也。

賦燈

崇安宋子飛翔，年七歲，劉子肇命賦燈詩曰：耿耿照幽房，熒熒鵠焰長，昔年江上女，曾到乞餘光。劉奇之。紹興乙未登進士。

書門符

崑山歸元公莊，元旦書門符，左曰福壽，注曰南臺御史大夫；右曰平安，注曰北平都督僉事。○袁籜庵于令以荆州守罷歸，流寓金陵，落魄不得意，大書門聯云：佛言不可說不可說，子曰如之何如之何。

喪天真

七修類稿：劉知縣敬宗，一日敝衣草履獨行，遇諸途，予戲曰：衣者身之章，毋乃褻乎。劉曰：子不知予當官時有不可對妻言者，此豈謂之無恥耶？汝真林下之人，而任天真也。予不覺悚然，敬其言之不欺。後見乖崖集有寄陳摶詩曰：世人大抵重官榮，見我西歸夾路迎，應取華山高士笑，天真喪盡得浮名。因憶張詠尚如此，則仕路之喪天真可知也。

慢亭仙

徐季豎弱冠有才華，倜儻好義，不能俛仰塵俗。嘗遊白門，會客長干寺，座有貴人傲氣凌人，一座皆寂，季心不能平，語稍侵之。客有善季者，目攝季，季益情見於色。酒半，客有語留侯事，貴人瘠不稱，季即席閒草書留侯世家一通，筆勢飛舞，無一字漏誤。至椎擊博浪沙，得筆引滿擬貴人，貴人瞠目，仰座而嘻，默然者良久，念無以加於季，乃從容及長安大老。季笑曰：是齷齪者，何足汚吾耳，若欲以腐鼠嚇也。拂袖出門不反，呼其僕馬。時冬雪初晴，月起林際，向月而步，衣履沾濡，遙望白烟一縷起叢薄。又里許，歸一高門，雙扉未闔，碧衣童子獨枕門外，若有所俟，見季而笑，導之入堂。上列燭皎皎，一叟擁爐看書，起迎勞季，命童子為季更濡衣，煖鹿脯，奉酒一爃，酒甘冽非常[illegible]。叟曰：君子夜行良苦。季稱謝。叟曰：圯上納履事，亦解此意耶。季悚然不覺避席。

叟即持向有書示季。正季所草書也。大駭。拜伏不敢仰視。叟掖之曰。已識子心矣。第飲毋多譚。益進果核大嚼。叟揮鐵如意笑曰。酒興方酣。可無侑席。以如意擊所坐繩牀。俄而香風襲人。素綃女子嫣然拜堦下。手執紅梅一枝。妖冶真國色。酒數行。叟顧謂季。佳客良夜。願留霏玉。以紅梅爲題。季應聲曰。一自東風嫁海棠。全欺絳雪艷羣芳。大齊夜照疎鐘冷。瑟瑟朝翻紡幕香。素質豈堪流血淚。纖肌故遣襯紅裳。搓來杉袖燕支妬。惟有明霞映晚妝。又絕句六首。芙蓉不耐九秋霜。菡萏趨炎怯晚妝。爭似芳菲幹冰雪。忍教杜宇怨斜陽。　玉盞酡顏夜未央。染成胭脂暈檀郎。多情錯認啼鵑淚。燃盡寒枝識暗香。　的的丹砂綴玉房。爲嫌女瀲雲鬟。相逢月下鶯嬌艷。不是江妃舊日妝。　燒殘絳蠟襄明光。午夜輕寒擁鷫鸘。不向曉風貪結子。願將丹素對青皇。　稜稜玉骨倚長廊。照眼橫斜月一方。聞道石家舒步障。珊瑚高處鬪清香。　玉肇冰懸紫臂囊。自憐憨態拂銀床。賜緋迎影開歡靨。不數姚家照殿黃。詩成。杯酒未寒。叟撚髯擲賞曰。寸晷立成。政自難得。第不免少年氣耳。今素綃按拍歌之。每歌一首。飄浮一大白。酡籌既深。笑語方洽。視庭中月痕如初。時不移寸。詠及修煉則笑而不答。逡巡欲叩姓名。叟鞭然笑曰。徐子仙骨已具。但元精未充。願以素綃奉侍君子。不聞霍將軍之於究若乎。季作色怒曰。噴聆元異。實啟迷衷。杯酒初銜。未傾肺腑。何至以淫褻相加。向以叟爲玉府清都之上品。以今觀之。直山魈野鬼伎倆耳。樓下恨少魚腸。以素上如意碎君之首。抵杯向地。聲砉然。叟及屋宇俱無所見。身坐長林下。曙色熹微。啼鳥在樹間而已。心惘然若夢。足蹩然若曳。彷徨行里許。聞車馬喧馳。則其家人也。喜而驚問。相失已三日。此地去白門一百八十里。爲雲陽道中矣。昨夜尋至句曲逆旅。有老叟寄緘。具言郎君在此。星馳而來。果相遇也。詰叟形貌。即季所見。發其緘。題丁丑期我於慢亭之山。遂南歸。二年復入都。道出雲陽。季留意物色之。會頁指使者過車騎塞路。舁夫迂道行。見短垣紅英耀眼。命停輿入。有紅梅玉幹扶疎。蔭數許。時春暮。桃花落盡。此獨含凝吐色。芬芳馥郁。季心異之。徘徊其下。見廢址隱隱。頹壁半存。一村老策蹇來。詢之。言是黃石公廢祠。於是駭然。斂衣冠而拜於草間。樑袖清況。低徊不忍去。同行者促之乃行。自是棲心玄旨。深自韜晦。同人每夜半聞季室中語琅琅。竊視異光滿室。且而叩之。笑不應。其秋下第歸。不復以功名爲念。放情詩酒。丁丑以病酒卒。或言尸解。而託於酒也。沒十餘年。閩人諳仙。大書季姓名。言爲仙官。治武夷之慢亭山。留詩十餘首。有寒流瀉出松頭月。晚鶴飛殘嶺上雲。

殘碁屢換人間局。濁酒微添海上波。寂寂山腰開琥珀。年年洞口自桃花等句。閩人游於吳。因道其事。相與合。徐之蒼頭向隨季行者。直走雲陽。冀聞音響。杳無所見。紅梅亦不知所在。痛哭而返。

堅瓠六集卷二終

堅瓠六集卷之三目錄

少陵詩意　憂曇園
湖鳴寺　瑤華洞仙
徐武功　張翰知幾
望夫石　戒殺女歌
達妾追送　淬鐵
刑戒　燒梨賜泌
賢女廟　朱買臣廟
蓋塚　董湯醉叟
石曼卿詩　江心寺火
黃山谷弈碁　四傑
廣伯生像　七里灘壁間詞
朱夢得靜鎮　烏衣國
戎昱送妓詩　田家樂
勸農詩　退隱
白香山罷郡詩　山中半相
題陶淵明像　車馬驚猜
溫公詞　廣寒遣客
紅香仙子　狐柳妖
劉山叟訪女　花様不同
下第集句　人心難足
聽鵝詩　朝鮮國人
楊誠齋詩　無名詩
詩意相似　觀潮
釘詩　四不出
登涸詩　萬回萬拜
王琪張亢　鴉且打鳳
姓伍相美　羅江雞卵

池中飛來　儒匠
楊鑾詩　殘羊會客
衆鳥欣有託　草明堂赦文
貧家壁

堅瓠六集卷之三

清　長洲石農褚人穫學稼纂輯

少陵詩意

鶴林玉露。杜少陵詩。莫笑田家老瓦盆。自從盛酒長兒孫。傾銀注玉驚人眼。共醉終同臥竹根。蓋言瓦盆盛酒。與傾銀注玉杯者。同一醉也。由是推之。蹇驢布韉。與駿馬金鞍同一遊。松床莞席。與繡帷玉枕同一寢。知此則貧賤富貴。可以一視矣。昔有僕嫌其妻之陋者。主人聞之。召僕至。以銀盃瓦盞各一。酌酒飲僕。問曰。酒佳乎。對曰佳。曰銀盃者佳乎。瓦盞者佳乎。對曰皆佳。主人曰。盃有精粗。酒無分別。汝既知此。則無嫌於汝妻之陋矣。僕悟。遂安其室。少陵詩意正如此。

轑羹圖

元人題轑羹圖詩云。婦人心計太奸深。冷飯殘羹值萬金。早識奴為天子貴。添鹽添醋也甘心。愚謂婦性慳吝。何足深責。而塵埃天子。物色實難。史稱高帝豁達大度。顧以丘嫂羹盡轑釜之怨。而兄子信獨不侯。太上皇以為言。始封為羹頡侯。皇帝猶啣之。而逞怨之迹存焉。獨不畏太上皇緣此記分羹之語乎。○考括地志。羹頡山在嬀州懷戎縣東南十五里。

湖鳴寺

山堂肆考。宋高宗作詩賜統制劉漢臣云。野水參差落漲痕。疎林欹倒出霜根。扁舟一棹向何處。家在江南黃葉村。勒石湖鳴寺中。寺在杭州慶春門外。高宗南渡駐蹕寺中。聞江濤聲以為金兵追至。駭之。已而問知其故。遂賜湖鳴寺。

瑤華洞仙

洪武辛酉。福清林子羽鴻為將樂縣訓導。與客遊玉華洞。酒酣。藉草而臥。夢入瑤華洞天。洞主之三女。小字芸香。延入天葩軒。案有詩集。題曰霞光女郎。曰。嚴君階列地仙。職司文衡。凡文人才子之詩。皆錄集中。以備上帝御覽。妾見君詩數十首。至一鳥鏡天淨。萬花潭雨香。與纖雨古壇昏。禮星寒殿閉之句。尤嚴君所稱賞也。因揮翰賦詩。留連而覺。翌日避客獨遊。夢徑宛然。石壁阻絕。潭深莫測。鴻書一詩投之。如炊黍許。見熾箋浮出。上有詩云。天葩小院敞銀屏。鶴散天河逗客星。欲識別來幽意苦。曉峯長想黛眉青。鴻覽畢。諷詠不置。循所得箋。乃一黃葉。字亦隨滅矣。子羽有記甚詳。則是張紅橋而外。又有此奇遇也。

徐武功

徐天全有貞自金齒回。放情山水。日與耆俊遊讌。其遊靈巖山作水龍吟慢云。佳麗地是吾鄉。看東山更比西山好。有飛書樓臺。金碧巖扉。彷彿十洲三島。都也有風流安石。清真逸少。向西施洞口。望湖亭畔。對雲影天光上下。相輝相照。似寶鏡裏翠娥粧曉。且登臨。且談笑。眼前世事幾多堪笑。香徑蹤消。屧廊聲杳。麋鹿還遊未了也。莫管吳越興亡。為他煩惱。是非顛倒。歎宦海風波。幾人歸早。得在家中老。遇酒美花新。歌清舞妙。儘開懷抱。又何須校短論長。此生心應自有天知道。醉呼童更進餘杯。便捱得到三更。乘月歸仙棹。詞藻駿逸。意氣凌轢。至立朝經濟。隨試輒效。洵天才也。第於于忠肅事。不能免於公議云。

張翰知幾

晉張翰仕齊王冏。不樂於宦。一日見秋風忽起。作歌曰。秋風起兮佳景時。吳江冷兮鱸正肥。三千里兮家未歸。恨難得兮仰天悲。遂棄官而歸。宋王贄運使過吳江。有詩云。吳江秋水灌平湖。水濶烟深恨有餘。因想季鷹當日事。歸來未必為蓴鱸。謂翰度時不可為。飄然遠去。非為鱸也。至東坡三賢贊。則曰。浮世功名食與眠。季鷹真得水中仙。不須更說知幾早。只為蓴鱸也自賢。其說又高一着矣。又嘗見蟫精雋載一詩云。黃犬東門事已非。華亭鶴唳漫思歸。直須死後方回首。誰肯生前便拂衣。此日區區求適志。他年往往見知幾。不須更說蓴鱸美。但在淞江水亦肥。此過二詩而兼得之。惜不知誰作。

望夫石

湖廣武昌山有石。狀如人。相傳貞婦之夫遠征。婦攜其子登山望之。遂化為石。後人有詩曰。一上青山便化身。巍然翹首望江濱。古來節婦皆銷朽。獨爾不為泉下塵。王建詩云。望夫處。江悠悠。化為石。不回頭。山頭日日風復雨。行人歸來石應語。劉禹錫詩云。終日望夫夫不歸。化為孤石苦相思。望來已是幾千載。只似當年初望時。郭功甫詩云。杜鵑啼血春林碧。妾有離愁思今昔。上盡高山第一峯。目亂魂飛化為石。化為石。可奈何。淚懸白露衣薜蘿。千古萬古望夫悵。一江秋水寒蟬多。漢家天子慾征伐。良人荷戈歸不得。此身未老將何從。不似山頭化為石。按望夫石。在處有之。功甫一詩模寫殆盡。

戒殺女歌

蘇東坡與朱鄂州書云。昨武昌王殿直天麟見過。言鄂岳間田野小人。例只養二男一女過此則殺之尤諱養女以故民多鰥夫女初生輒以冷水浸殺之其父母不忍卒閑目背面以手按之水盆中咿嚶良久乃死此風天下有數處閩之建陽崇安尤甚雖富家亦養二女爲極莆田周石渠戒殺女歌云虎狼性至惡猶知有父子人爲萬物靈柰何不如彼生男與生女懷抱一而已生男則收養生女顧不舉我聞殺女時其苦狀難比胞血尚淋漓有口不能語咿嚶水盆中良久乃得死吁嗟父母心殘忍一至此我因勸吾民毋輕殺其女荊釵與裙布未必能貧汝隨分而嫁娶男女兩得所此歌散民間萬姓當記取

遣妾追送

元豐初金人議地界丞相韓玉汝稹自樞密院承旨出分畫將行與愛妾劉氏飲宴通夕且作樂府詞留别翌日神宗密知中批步軍遣人般家追送之玉汝初莫測所因久之方知自樂府發也劉貢父玉汝姻黨寄詩戲之云嫖姚不復顧家爲誰謂東山久不歸天聽幸容攜婉孌皇華何啻有光輝玉汝之詞由此亦盛傳天下

淬鐵

宋歐陽程永州府營道人少爲郡史郡後有池常淬鐵爲戎兵名鐵作池植亭其旁

一日太守於吏牘閒得副紙記池亭之勝有寒影倒吞凌濮樹冷光高浴斗天星之句問知爲程詩大驚異之與之金使歸爲學登進士第累官屯田員外郎

刑戒

古語云教笞不可廢於家朴責不可弛於國奴僕有犯除情重送官外用小竹板朴竹板責之勿用夾棍極刑如婦人不得已止拶其手勿決其臀呂叔簡有刑戒八章之勿腳踢亂打而頭目腰背要害之處尤當禁忌百姓有犯除强盜人命外用二號一曰五不打老不打幼不打病不打衣食不繼不打人打我不打二曰五莫輕打宗室莫輕打官莫輕打生員莫輕打童生莫輕打婦人莫輕打三曰五不就打人急勿就打人忿勿就打人醉勿就打人隨遠路勿就打人跑來喘息勿就打四曰五且緩打我怒且緩打我醉且緩打我病且緩打我見不真且緩打我不能處分且緩打五曰三莫又打已拶莫又打已夾莫又打要枷莫又打六曰三憐不打嚴寒酷暑憐不打佳節良辰憐不打人方傷心憐不打七曰三應打不打尊長該打與卑幼訟不打百姓該打與衙役訟不打工役鋪行該打爲修理衙門及買辦自用物不打八曰三禁打禁重杖打禁從下打禁佐貳非刑打仁人之言性暴者宜書座右

燒梨賜泌

唐肅宗眷愛李泌以泌絶粒每燒梨以賜之一日與諸王夜坐自燒二梨與泌諸王戲奪之上止之曰先生不食殺汝何爲也既而諸王請聯句以爲他年勝事穎王曰先生年幾許顏色似童兒信王曰夜抱九仙骨朝披一品衣岐王曰不食千鍾粟惟飡兩顆梨請上成之上曰天生此閒氣助我化無爲

賢女廟

宋安軍賢女廟蔡氏女也父母初許適蕭氏蕭貧再許陳又貧復他許女遂抱石投水死鄉人立廟祀之淳祐閒劉賢題詩悼之曰贏得賢名萬古稱痛憐此女太輕生春風楊柳因誰舞秋雨梧桐底事䫻鬅鬙雲鬟拋岸久依稀月魄浸潭明何如約我桃源去免使雙親淚眼盈是夜夢女和其詩覺而不能記憶矣

朱買臣廟

嚴州壽昌縣道旁有朱買臣廟宋朱謙之題詩云貧賤難堪俗眼低區區何事便尋泥會稽乞得無他念祇爲歸來訖故妻又林新行道自歌呼樵俗安知有丈夫一見印章驚欲倒相看方悔太模糊

羞塚

宋會稽郡守周卯題朱買臣婦羞塚云當年一棄會稽侯野塞烟蕪鎖别愁惆悵不逢郎衣錦至今粉骨尚含羞又方孝孺題云青草塘邊土一坵千年埋骨不埋羞丁寧嘱付人閒婦自結糟糠合到頭

黄湯辭受

高宗紹興二十六年秦檜病篤召參知政事董德元僉樞密院事湯思退至卧室屬以後事各贈黄金千兩德元慮檜以爲自外不敢辭思退以爲期其死不敢受帝聞思退不受以爲非檜黨遂信任之至左僕射侍御史故古樂府云相門深深夜不扃百年恩重千金輕二人辭受本同情君王但賞辭金名嗚呼一檜死一檜生君王孤立臣爲朋誰人更問胡邦衡時胡銓兩論檜及思退主和誤國之罪言甚懇切

石曼卿詩

文公語錄云石曼卿題張氏園亭云館遠城欹榭密四時園色鬭明霞窗迎西渭封侯竹地接東陵隱士瓜樂意相關禽對語生香不斷樹交花縱連會約無留事醉待參横落日斜又籌筆驛詩云意中流水遠愁外舊山青句極佳曼卿爲人豪放胸

次檢高而詩乃方嚴縝密如此。樂意二句。宋儒謂形得浩然之氣。

江心寺火

張龍峯子毅弔江心寺火詩云。愁見中川皆赤土。却想雙塔自摩空。眼前殺盡千年景。江上無消半夜風。幻化物情今日極。浮沉天地有時窮。咸陽宮殿都休問。金谷銅駝也棘中。此作氣象自與凡庸不同。

黄山谷奕碁

黄山谷奕碁呈任公漸詩云。偶因無事客休時。席上談兵豪兩碁。心似蜘絲遊碧落。身如蜩甲化枯枝。湘東一目誠堪死。天下中分尚可持。誰謂吾徒猶愛日。參橫月落不曾知。方萬里云。山谷前詩云。坐隱不知巖月樂。手談勝與俗人言。亦佳句。碧落枯枝。盡奕者用心忘身之態。至東坡則云。勝固欣然。敗亦可喜。優哉優哉。聊復爾耳。蓋東坡素不解碁。不究此味也。

四傑

唐盧駱王楊四大家。作者聞之歛手。然猶互相譏誚。如賓王漢宮三十六。秦關一百二。謂之算博士。盈州類取古人姓氏作句。號為點鬼簿。照鄰多用金玉翡翠珠璣等字。謂之陽羅大賈。四傑作尚如此。況今未達其藩籬者哉。

虞伯生像

吳江虞恭家有邵庵三像。一素冠竹杖。一自書遊丹千載之贊。一歸休戴笠圖。自書四律。今道園學古錄。道園遺稿。皆不載。詩曰。浮雲滿空無所依。高門獨立來者稀。仙人丹丹遺松老。鳴鹿呦呦生草肥。伐木遠聞何處谷。傾筐近得故時薇。山中欲雨露先台。此日先生戴笠歸。○南囿多竹暑氣微。遊來結屋相因依。掛巾石壁書露沭。凝池水朝陽晞。頻年車馬踐霜雪。六月蓑衣無絺綌。隣翁問訊坐來久。此日先生戴笠歸。○老去懸車百慮灰。西風獨愛菊花開。田家酒熟邀皆去。茅屋詩成嬾更裁。欲及天清殘沆瀣。要觀日出上蓬萊。赤松有約應相待。此日先生戴笠來。○莫問鄉人駟馬車。此身全不要人扶。雲霄一羽山頭杖。風雨孤村海上蘇。瀟命長鏡昇稍雪。多情破帽落輕烏。莫圖玉帶垂朱紱。此是先生戴笠圖。

七里灘壁間詞

朱文公云。頃年過七里灘。見壁間有胡明仲題詞刻石。拈出子陵懷仁輔義之談。以勵往來士大夫。為之摩挲太息。後舟過石不復存。或有惡聞而毀之也。獨一老僧能

誦其詞。為予道之。俾書之冊。詞曰。不見嚴夫子。寂寞富春山。空留千丈危石。高出暮雲端。想象羊裘披了。一笑兩忘身世。來把釣竿寒。肯似林間翮。飛倦始知還。中興主。功業就。鬢毛斑。馳驅一世人物。相與濟時艱。獨委狂奴心事。未羨穀兒鼎足。放去任疎頑。爽氣動星斗。終古照林巒。或云。此詞實先生所作也。

朱夢得靜鎮

耳新。信州朱夢得實符。性耿介。有識量。崇禎戊辰。舟過小孤。風濤大作。汪千頃誦觀世音垂救。令朱亦誦。夢得謝不應。及大孤。風十倍前。更雨雹。千頃以夢得服中有揣砥。宜升之高處。夢得以死生有數為言。頃之風定。整帆達梁兒港。焚香向水謝。口占一絕云。白頭浪裏此心閒。厭說存亡頃刻間。暗數平生纔一過。危舟已過大孤山。

烏衣國

漁隱叢話。王謝是二姓。王導謝安之族。所居名烏衣巷。或引劉斧摭遺所載。唐王謝居金陵。以航海為業。一日遇風舟破。謝附一板。抵一洲。見翁媼着皂服。曰。此吾主人郎也。引至宮內。見王坐殿上。王憐其才。以女妻之。因問女曰。此何國。女曰。烏衣國也。經月餘。謝思歸。王設宴於寶墨殿以餞。謝命作詩。末句云。恨不此身生羽翼。王曰。不能與君生羽翼。亦可與君誇煙霧。遂命取飛雲軒。乃黑漆輪子。令謝入其中。閉目少息。至家。視之。見梁上雙燕呢喃下視。乃悟所至燕子國也。至秋燕去。謝乃附詩繫燕足云。誤到華胥國裏來。主人終日獨憐才。雲軒一去無消息。淚灑春風幾百回。來春燕至。女答詩云。昔日相逢冥數合。只今睽遠是生離。來春縱有相思字。三月天南無雁飛。來春燕果不來。

戎昱送妓詩

戎昱刺浙郡。郡有妓。美艷善歌。昱鍾愛之。一日韓晉公召置籍中。昱作詩送之云。好去春風湖上亭。柳條藤蔓繫人情。黃鸝久住渾相識。欲別頻啼三兩聲。

田家樂

閒居筆記。有田家樂詞。一書云。沈石田作。其語雖俚。然有帝力何有於我之意。錄之。田家快活沒憂愁。門前稻子皆成熟。主人還客先呼酒。童僕送人使可留。雨落兒童拖草鞋。晴乾嫂子戴烏兜。有時一曲纔堪聽。月子彎彎照九洲。田家快活沒嗟吁。數椽茅屋儘堪居。春養花蠶供衣服。夏日焚香檢道書。秋富黃雞肥啄黍。冬舂白米有餘。朋友歡招堪置酒。山餚野蔌也相宜。田家快樂真不俗。沉醉高歌自鼓腹。門前

雖大亂紛紛。地上桑麻花碌碌。父慈子孝兩心寬。兄友弟恭如手足。日高丈五睡正濃。占斷人間天上福。我見黎農三兩人。句肩搭背嬉笑行。山歌拍手更相和。傍花隨柳過前村。我見黎農快活因。自說村居不厭貧。自有宅邊田數畝。不用低頭俯仰人。雖無栢葉珍珠酒。也有濁醪三五斗。雖無海錯美精餚。也有魚蝦供素口。雖無細果似榛松。也有筝蒻共菱藕。雖無蘇菰與香蕈。也有蔬菜與葱韭。雖無歌唱美女娘。也有村婦相伴守。雖無銀錢多積蓄。不少飯。今不少粥。雖無翠飾與金珠。也有尋常粗布服。煎魴皮。強似肉。樂有餘。自知足。不能琴。聽彈孝行也貫心。不能碁。五花六直慣能投。不能書。牛與田疇寫有餘。不能畫。印板故事滿壁掛。花朝節年年賞花花不缺。花前不放酒杯歇。桃花盡盡開。菜花香又來。風雨時。高歌酌酒掩柴扉。牧童騎犢過村西。風吹箬笠橫。無腔笛韻清。月明夜。清光湛湛茅簷射。有餚無酒鄰家借。無板曲高歌。猜拳豁一壺。雪落天。江上漁翁釣罷還。大箱煨熱坐團圞。片片飄來不覺寒。四時快活容易過。飢來吃飯困來眠。米自舂。酒自做。紡棉花。織大布。野菜餛飩似肉香。秧芽搭餅甜溜漿。炒豆鬆甜兒叫娘。有時東田跋小溪。烏背鯽魚大小有。軟骨新鮮真箇肥。勝似鰣魚與石首。杜洗鮲燻葫蘆。煸莧菜。糟落蘇。蜆子青湯煮淡蘿。葱花細切炙田雞。雞比羔羊珍蓋味。時常也得口頭肥。自說村居無限好。自有地段種辰東。自種槐花染淡黃。自種紅花染紅襖。自有菜油能照讀。自有豆麥能養驢。自拉小圈種細茶。不用掂觔與播兩。鄰家過說家務。不願小小貴。不願大大富。自有船。儘可渡。自有牛。不用僱。且喫箪菜。喫素黃脚雞。鍋裏燒添些鹽。用些醋。買觔肉。撮筝和。爆竽艿。煎豆腐。沈沈喫到日將暮。深紅湯軟草鋪。且留一宿到明朝。田家快樂真好過。

勸農詩

謝良齋有勸農詩云。莫入州衙與縣衙。勸君勤理作生涯。池塘多放旋添魚。田地深耕足養家。教子教孫須教義。栽桑栽果勝栽花。閒非閒是都休管。渴飲清泉困飲茶。又云。仕宦之人。南州北縣。商賈之人。天涯海岸。爭如農夫。六親對面。夏鋤新良。秋未白飯。雞鴨成群。豬羊滿圈。官稅早輸。逍遙散誕。似此之人。值錢千萬。氣象雍泰。時不易遘。若彼羊豬相仍。飢餓惶悴。如毛蟲中所云。甯不惻然乎。○王元章勸農詩云。雲擁旌旗出翠微。勸農五馬去歸遲。年年祇把觀耕語。說與山光水色知。余介翁和云。同井分田古意微。祖庸遺法亦凌遲。欲耕多是無田者。試問使君知不知。

退隱

自警編云。詩人類以棄官歸隱爲高。而以軒冕榮貴爲外物。然鮮有踐其言者。唐僧靈徹答韋丹詩云。相逢盡道休官去。林下何曾見一人。白雲秀云。住山人少說山多。杜牧之云。盡道青山歸去好。青山能有幾人歸。口爲懷山之言。行爲榴寵之計。古人已然。何況今人哉。趙嘏云。早晚粗酬身事了。水邊歸去一閒人。若身事了。則仕進之心益熾。愈無歸期矣。王易簡云。青山歸去且得去。官職有來還自來。是宜原史忘情軒冕乎。張乖崖在蜀。有一幕官不爲張所禮。獻詩云。秋光都似宦情薄。山色不如歸意濃。張謝而留之。彼蓋有激而云。筆談言有武人忽作詩云。人生本無累。何必買山錢。遂棄官歸。此最勇決者。嘗于驛壁間見題句云。人生待足何時足。未老得閒方是閒。非深得其味者不能言也。

白香山罷郡詩

白樂天喜罷郡詩云。五年兩郡亦堪嗟。偷出游山走看花。自此光陰爲己有。從前日月屬官家。樽前免被催迎使。枕上休聞報坐衙。睡到午時歡到夜。迴看官職是泥沙。久困仕宦。方味此詩之趣。真樂天哉。

山中宰相

梁陶弘景隱居華陽。絕意仕宦。人稱山中宰相。武帝徃見。問之曰。山中何所有。弘景答曰。山中何所有。嶺上多白雲。但可自怡悅。不堪持贈君。後屢聘不出。惟畫兩牛於壁。一牛散於水草之間。一牛着金籠頭。有人執鞭以杖驅之。帝曰。此人欲效曳尾之龜。豈可致之。

題陶淵明像

元鄧善之題陶淵明像云。詩中甲子春秋筆。籬下黃花兩露枝。便向斜川頻載酒。風光不似義熙時。又貢泰父詩云。竹杖芒鞋白鹿裘。山中甲子幾春秋。呼童點檢門前柳。莫放飛花過石頭。明閻王輿耕巷詩云。束帶何須見督郵。甯辭五斗便歸休。秋風幾度黃花酒。醉看飛鴻過石頭。彭學士華詩云。解組歸來雪滿頭。呼兒滿露寫前朝。丁甯莫取江頭水。恐是金陵一夜潮。沈石田詩云。典午山河已莫支。先生歸去自嫌遲。寄奴小草連天綠。剛剩黃花一兩枝。五詩皆有韻致。

車馬駕豬

王荆公辭相位。退居金陵。日遊中山。脫去世故。然其詩曰。穰侯老擅關中事。長恐諸侯客子來。我亦暮年專一壑。每逢車馬便驚猜。既以丘壑存心。則任其外物去來。何驚猜之有是知此老胸中尚芥蒂也如陶淵明則不然曰結廬在人境而無車馬喧問君何能爾心遠地自偏寄心於遠雖在人境而車馬不能喧之心有芥蒂則雖擅一壑而逢車馬亦不免驚猜也

溫公詞

人傳溫公西江月詞流播已久群談採餘又載錦堂春詞云紅日遲遲虛廊轉影槐陰迤邐西斜綵筆工夫難狀晚景烟霞蝶尚不知春去漫繞幽砌尋花奈猛風過後縱有殘紅飛向誰家始知青鬢無價歎飄零官路荏苒年華今日笙歌叢裏特地咨嗟席上青衫濕透算感舊何止琵琶怎不教人易老多少離愁散在天涯

廣寒遊客

順治乙酉楊維斗先生廷樞隱居光福詠梅花十二韻和者甚衆有女子自稱廣寒遊客肩輿過門亦投和章急出詢之已遠逝矣其詩云栽遍山中不記年卻於松竹有深緣寒香和月來窗外踈影因風到水邊細雨微濛珠有淚斜陽黯淡玉生烟初無綵葉侵書幌亦有紅英入硯田曾向羅浮尋舊約會從姑射見餘妍千秋高潔凌瑤島一片空明漾碧川玉貌瘦來骨更冷冰魂斷處夢初圓心期澹靜孤裝飾標格清癯處士禪醉後漫將茶共嚥吟餘可與雪同咽廣寒桂樹差堪侶閬苑瓊枝未足仙樓上乍驚吹笛韻囊中猶剩買花錢呼童折向幽房去紙帳三更照獨眠先生以名解元隱跡山中宜廣寒仙子之下降也

紅香仙子

一士召仙有女鬼自稱紅香仙子附乩作詞云淅零零一座芭蕉老靜沉沉一帶紗窗香漦離離一陣鴻聲悄思量往事件件都非了不甘心小軸畫蛾眉麻也欺人蛛網重相擾展長天難打相思稿拂濃雲難覓傳書鳥關重環難種忘憂草酒杯頻勸怎禁寬腸少早知道癡意與癡心總不相干只是無情好

狐柳妖

狐能幻化往往變為女子豔容巧慧惑人楚士汪明遇曾遇之一日泣別贈詩云鉛華久御向人間相對鉛華更惓然縱有青青今夜月何因重照舊雲鬟柳妖贈別詩仲冬二八是良時江上多緣與子期今日臨歧一盃酒共君千里遠相思

劉山叟訪女

後唐莊宗劉后少困兵亂與父相失後貴寵其父山叟負藥囊詣宮門請見時諸嬪

御爭以門第相高后恥其家寒微乃曰我去家時略可記憶我父不幸死亂兵我守屍哭之而去今何物田舍翁敢至此命笞劉叟於宮門莊宗常於宮中衣服擕笈藥囊令其子繼岌破帽相隨作劉山叟訪女以為戲

花樣不同

盧仝下第出都投逆旅有人附火吟曰學織繚綾工未多亂投機杼錯拋梭若教宮錦行家見把似文章笑殺他仝問之答云舊隸宮錦坊近以薄技投本行云如今花樣不同且東歸也

下第集句

石曼卿下第偶成集句曰一生不得文章力欲上青雲未有因聖主不勞千里召姮娥可惜一枝春鳳凰詔下雖沾命豺虎叢中也立身啼到血流無用處着來騎馬是何人又集絕句云年去年來來去忙為他人作嫁衣裳仰天大笑出門去獨對春風舞一場

人心難足

癸軒瑣記有人心難足歌云終日奔波只為飢才教食足又思衣衣食若還多充足洞房衾冷便思妻娶得妻來驚被煖奈何送老恐無兒有妻有子雙雙樂終日思量屋舍低起得高樓并大廈又無官職受人欺縣丞主簿皆嫌小欲去朝中掛紫衣人心似海何時滿奈被閻羅下帖追此言雖俚實切人情

聽讒詩

世傳聽讒詩云讒言謹莫聽聽之禍殃結君聽臣當誅父聽子當決夫妻聽之離兄弟聽之別朋友聽之疎骨肉聽之絕堂堂八尺軀莫聽三寸舌舌上有龍泉殺人不見血不知何人所作詞意明切

朝鮮國人

阜異記朝鮮國人遇風飄至通州有司館於守禦所訊之乃其國差出主試者因作詩云白浪滔滔水接空布帆十幅不禁風此來若葬江魚腹萬里孤臣一夢中又跡殊弱海唐王勃事異投江楚屈平後因進貢使之歸國

楊誠齋詩

河圖三畫已剩卻先典萬言猶欠着向來潛聖天何言六經非渠一手作杏壇花下撥不開天公更遣麒麟儺乾坤造化一付綠竹洙泗光芒付綠苔堂上書生真苦相

簡嚐穿渾不放屋上架屋更屋上後千萬年作何樣華元夜登子反牀華鎧晨趨孔子堂當時浪說析骸骨今日覃思雕肺腸華君將身博凍餒毛穎何罪終日忙君不見老農驅牛耕隴頭稻雲剗盡牛亦休毛穎為君禿盡髮問君何時放渠歇短檠青燈明復滅詩話云華鎧漢時秀才作六經解楊誠齋書長句於後思致甚巧末意黯然 誠齋又有句云書莫讀詩莫吟讀書兩眼枯見骨吟詩个字嘔出心人言讀書樂人言吟詩好口吻長作秋蟲聲只令君瘦令君老何如閉目坐齋房下簾掃地自焚香聽雨聽風都有味健來即行倦即睡句老而佳

無名詩

群談採餘載二詩云浩如烟海積如山紙上陳人叫不還白首書生無事業一生精力費窗間 鄒壁嘯啾誦學而老人睡少聽移時他年慎勿如張禹帝問牀前謬不知 二詩句意俱好又古潭詩云詩書已後真多事已矣洪蒙喚不回荷簣那知夫子意反令曾笑伏羲來先天一畫無餘卦六籍千年有冷灰豈是世間文字少新編後傳遂爭開

詩意相似

晁以道與陳叔易俱隱嵩山叔易被召以道作詩寓意云處士何人為作牙盡携猿鶴上京華故山嶽空應惆悵六六峰前只一家籍溪胡原仲除正字朱文公寄詩云先生去上芸香閣閣老新裁另角冠留取幽人臥空谷一川風月要人看二詩相似

觀潮

崑山風俗以八月十八日為潮生日合邑往東門觀潮弘治甲子顧鼎臣觀潮詩云海若鞭潮出海門雷奔雪捲帶雲氛六鰲駕撼三山動萬馬聲傳百谷聞應識東朋人似玉往觀誰使女如雲傳嚴舟楫真時用康濟功成日未曛乙丑大魁天下

釘詩

丁大全面藍色開慶己未因貂璫董宋臣得相不愜人望江西繆禹年作釘詩刺之云頑鑛非銅鐵様堅寒坑纔熱便趨炎千來搥打方成器一得人拈即逞尖不怕斧敲惟要入全憑鑽引任教揉休言深久難抽拔自有羊蹄與鐵鉗大全見之大怒配繆化州後大全竄新州為監押者擠水死

四不出

孔侍郎栖朝回遇雨避於一吏之廡下延入廳事吏烏衣紗巾逢迎甚恭因備酒餚

一一精好孔公借油衣吏曰某寒不出熱不出風不出雨不出未嘗置油衣也孔公不覺頓忘宦情

登涸詩

東軒筆記程師孟知洪州于府中作靜堂自愛之無日不到題詩于石有每日更忙須一到夜深常自點燈來之句李元規見而笑曰此無乃登涸詩乎

萬回萬拜

姑蘇筆記薛昂賦蔡京君臣慶會閣詩云建時可會真千載拜賜應須更萬回時人謂之薛萬回賈似道柄國時浙漕朱浚每有劄子稟事必稱浚萬拜時人謂之朱萬拜浚乃晦翁曾孫後元兵入建寧浚被執不降曰豈有晦翁孫而失節者乎遂自殺

王琪張亢

渑水燕談錄王琪張亢同在晏元獻幕亢肥大琪以太牢目之琪瘦小亢以獼猴目之一日有米綱至八百里村水淺當剝載亢往督琪曰所謂八百里剝也亢曰未若三千年精矣又琪嘗嘲亢曰張亢觸牆成八字亢應聲曰王琪望月叫三聲

鴉且打鳳

今是堂手錄杜大中自行伍為相與物無情兩人呼為杜大蟲雖妻有過亦杖之有愛妾才色俱美大中賤表皆其所為一日大中方寢妾見几間紙筆頗佳因書臨江仙一闋有彩鳳隨鴉之語大中覺而見之云鴉且打鳳於是掌其面至項折而斃

姓伍相弄

封氏聞見錄楊伯傅任山南縣丞其妻陸氏名家女也縣令朱某婦姓伍偶諸官婦會席既相見縣令婦問贊府夫人何姓答曰姓陸次問主簿夫人答曰姓戚縣令婦勃然入內諸夫人不知所以欲回未聞之入問其婦婦曰贊府夫人云姓陸主簿夫人云姓戚以吾姓伍故相弄耳其餘夫人賴我不問若問必曰姓八姓九矣朱大笑曰人各有姓豈相弄耶令婦復出主宴

羅江雞卵

儒林公議慶曆中宋禧為侍御史性康介乏才幹時親事官謀亂夜入禁中幾致不測既而擒獲上驚悸原飭宿衛禧上言請多市羅江縣狗置內以備守禦人傳以為笑目為羅江御史○林居漫錄桐江宋應昌有口才好術數巡撫東萏時倭寇朝鮮譬報旁午宋檄登萊兩府各收雞卵數十萬俟倭乘舟來我以卵擲之舟滑跕立不

伍忠成儈矣。聞者傳以爲笑。目爲雞卵巡撫。內閣趙志皋獨奇之。擢爲少司馬。總督征倭軍務。是以國事爲戲也。籍與應昌二事畧同。恰又同姓更奇。

池中飛來

揮麈錄。毛澤民受知於曾子宣布。子宣南遷。澤民坐黨與得罪。流落久之。蔡元度鎮潤州。與澤民俱臨川王氏壻。澤民傾心事之。一日家集。觀池中鴛鴦。元度賦詩。末句云。莫學飢鷹飽便飛。澤民和之云。貪戀恩波未肯飛。元度夫人聞之笑云。豈非適從曾相公池中飛過來者耶。澤民大慙。不能舉首。

儒匠

有木匠頗知通文。自稱儒匠。嘗督工於道院。一道士戲曰。匠稱儒匠。君子儒。小人儒。匠遽應曰。人號道人。餓鬼道。畜生道。

楊鑾詩

西清詩話。南唐楊鑾性詼諧。戲作詩云。白日蒼蠅滿飯盤。夜間蚊子又成團。每到更深人靜後。定來頭上咬楊鑾。

殘羊會客

青箱雜記。彭齊未第時。常謁南豐宰。宰不喜士。平居未嘗展禮。一夕虎入縣廨。咥所畜羊。棄殘而去。宰即以會客。彭亦預焉。翌日。彭獻詩謝曰。昨夜黃斑入縣來。分明蹤跡印蒼苔。幾多道德驅難去。些子豬羊引便來。令尹聲聲言有過。錄公口口道無災。思量也解開東閣。留取頭蹄待秀才。南方謂押司錄事爲錄公。覽者絕倒。

衆鳥欣有托

中興閒氣集。唐名妓李秀蘭。善滑稽。嘗與諸賢會烏程開元寺。知河間府劉長卿有陰疾。謂疝氣。謂之曰。山氣日夕佳。長卿曰。衆鳥欣有托。舉坐大笑。論者兩美之。

草明堂赦文

山堂肆考。宋胡衛盧舉在翰林。草明堂赦文。江淮盡掃于胡塵。太學生嘲之曰。胡塵已被江淮掃。卻道江淮盡掃於。傳語胡盧二學士。不如依樣畫葫蘆。

貧家壁

清異錄。臨川李善甯之子。十歲能即席賦詩。人以貧家壁試之。略不搆思。吟曰。椒氣何從得。燈光鑿處分。拖涎來藻飾。惟有篆愁君。按蝸牛。一名篆愁君。

堅瓠六集卷三終

堅瓠六集卷之四目錄

宣宗詩讖　用舍有命
留趙村　徐神翁詩
赤脚大仙　元順帝
日月並行　宋元帝像
續詩侍官　四輔聯詩
詠雪　黃衣人
醉學士歌　金陵殿基
勲臣諧語　門貼福字
象鼻岩　好漢把門
順帝答詩　千里草
廣業堂　僧附舟
家字從豕　江東蘝
頌題一詩　河北童謠

命不如他　建文雲游
武廟凱歌　宣德對句
文班十王　黃老白丁
兄弟友愛　東坡大集
王陽明幼顛　陽明遇仙
女鬼歌詞　六尺五尺
長年三老　三姑六婆
吟詩被遣　寫桂花
東道主　酒保
客作客丈　鼻
丫頭　女客
乖角　滯貨
夫兄　布代
檀郎　鄉里夫妻

弄參軍　優伶子弟
惡客　骨董
僂儸　好漢漢子
囍宜

堅瓠六集卷之四

清　長洲石農褚人穫學稼纂輯

宣宗詩讖

唐宣宗微時。以武宗忌之。遁跡為僧。一日遊方。遇黃蘗禪師。同觀瀑布。黃蘗咏一聯云。千巖萬壑不辭勞。遠看方知出處高。下韻不接。宣宗續之曰。溪澗豈能留得住。終歸大海作波濤。後竟踐大位。然自宣宗以後。接懿僖之世。宮內不靖。其作波濤之語。豈非讖耶。

用舍有命

唐宣宗微行。盧渥遇於滻水逆旅。渥意貴人。欲身避之。帝呼與相見。自稱進士盧渥。帝袖其詩卷而去。後對宰臣語及渥。令主司擢第。又賈島為僧。居法乾寺。宣宗微行。取島詩卷覽之。島攘臂奪去。帝慚。遂除島長江簿。溫庭筠亦遇宣宗於逆旅。不識龍顏。傲然詰之曰。公非長史司馬之流。帝曰非也。又曰。得非六叅簿將之類。帝曰非也。明日謫方城尉。制詞有徒負不羈之才。罕有適時之用句。竟流落而死。三人皆遇宣宗。而用舍不一。雖云自取。天實為之也。（夢蕉詩話）孟浩然從王維入翰林院。適玄宗至。見之。詢其所作。誦曰。不才明主棄。多病故人疎。帝曰。卿自棄朕。朕何棄卿。後孟貫見周世宗。詢其所作。誦曰。不伐有巢樹。多移無主花。世宗曰。朕伐罪弔民。何謂有巢無主。二子皆不蒙錄用。王欽若少寒窘。依幕府時。章聖以壽王尹開封。晚過其家。見紙屏題詩一聯云。龍帶晚烟歸洞府。雁拖秋色過衡陽。甚愛之。曰。此語落落有貴氣。遂召見與語。後擢致相位。

留趙村

隋煬帝時。術者言睢陽有王氣。五百年當有天子興。後帝遣麻叔謀開汴河。至睢陽。民獻三千金。乞護此城。叔謀自睢陽西穿渠。南北回屈東行。過留趙村連延而去。後五百年。宋藝祖以歸德節度使起為天子。與留趙之名相符矣。

徐神翁詩

宋高宗在潛邸。遇道人徐神翁。甚禮敬之。神翁臨別獻詩曰。牡蠣灘頭一艇橫。夕陽西去待潮生。與君不負登臨約。同上金鰲背上行。當時不解詩意。後避金人之難。將遊於海。次章安鎮。停舟灘上。以避晚潮。問舟人曰。此何灘。曰牡蠣灘。遙望雲木中。有閣巋然。問居人曰。此何閣。曰金鰲閣。高宗登焉。見壁間有神翁前詩在。墨跡猶新。

赤腳大仙

宋真宗無子嘗於宮中祝天求嗣上帝以問諸真唯赤腳大仙一笑既而宮人李氏誕生仁宗既生哭不止真宗揭榜通衢有能止太子啼哭者厚賞之有道士至闕言能止兒啼真宗召入以手撫之曰莫叫莫叫何似當初莫笑哭遂止少時在宮中所着鞋襪悉去之禁中皆呼為赤腳仙人初帝生時李后榻下生靈芝四十二葉後享國四十二年民安物阜天下稱治每於進士聞喜宴必以詩賜之景祐元年所賜詩末句云寒儒逢景運報國合如何山東李庭臣嘗見瓊管令人有持錦臂鞲鬻於市者上織詩一聯云恩袍草色動仙籍桂香浮乃景祐五年賜進士詩也庭臣以十金易之作小屏几硯間云

元順帝

世傳元順帝為宋少帝顯子明宗乞為子文宗崩得位水東日記載詩云皇宋第十六飛龍元朝降封瀛國公元君名公尚公主時承賜宴明光宮酒酣伸手扒金柱化為龍爪驚天容元君含笑語羣臣鳳雛寧與凡禽同侍臣獻謀將見除公主泣淚沾酥胸幸脫虎口走方外易名合尊沙漠中是時明宗在沙漠締交合尊情頗濃合尊之妻夜生子明宗隔帳聞笙鏞乞歸行宮養為嗣皇考崩時年甫童元君降詔移南海五年乃歸居九重憶昔宋祖受周禪仁義綽有三代風至今兒孫主沙漠吁嗟趙氏何其隆觀此則順帝為瀛國子無疑但此詩沈石田為虞集作而郎仁寶錢牧齋皆以為余應作未知孰是

日月並行

庚申君嘗召術士問國祚修短對云國家千秋萬歲不必深慮除是日月並行乃可憂耳至正戊申九月高皇兵克通州庚申君聞報率后妃太子夜半開建德門北去而元遂亡日月並行乃明字隱語也

宋元帝像

永樂間袁尚寶忠徹侍上看歷代帝皇像看到宋祖上曰果然面方耳大英武之主至真宗而下則曰諸像清癯如今時太醫樣一般（一作皆是秀才皇帝）看元世祖曰北人南相至元列帝像曰皆是吃綿羊肉郎主及順帝像則曰此又如太醫樣何也袁不能對乃備述於符臺外集後賜老歸田得觀史傳暨虞集第十六飛龍之詩始知容貌之相類衆符文皇之言

續詩得官

西園雜記明高皇定鼎後時微行以察民情一日登某寺樓值雨倚檻賦詩曰微微細雨灑斑竹陣陣輕風吹落花吟數次欲結之久未就一士在旁續之曰獨倚闌干閒眺望乾坤都屬帝王家高皇大喜問其履歷對曰某下第舉人也回宮即勅吏部官以要職以試官遺才悉奪聘禮而罪之

四輔聯詩

高皇遊西苑命四輔官杜斆龔斆趙民望李祐吳源侍宴相與聯句高皇首倡云踞盤龍虎聳豪英杜云五色卿雲炫日明吳云王氣埜然垂景象龔云民風樂衍見升平趙云山河百二金陵最李云宇宙千秋帝業成高皇復云皆憶六朝興替事杜云禎祥來盡又加禎此見西園雜記末句意不相屬當用君臣交儆以保有王業接第七句便有賡廷君臣交相責勉氣象矣

詠雪

高皇未嘗讀書而操筆成章野史載雪詩云臘前三日曠無涯知是天公降六花九曲河深凝底凍張騫無處再乘槎其一統洪基兆此矣又嘗詠新雨云片雲風駕雨飛來頃刻憑看遍九垓檻外近聆新水響遥空一碧見天開其維新之治即此可見

黃衣人

洪武三年中書右丞王溥奏稱督採材木於建昌蛇古巖見黃衣人歌曰龍盤虎踞勢岧嶤赤帝重興勝六朝八百年餘王氣復重華從此繼唐堯其聲如鐘萬衆俱聽請宣付史館以彰符瑞高皇以為不足信視天書封禪者遠矣

醉學士歌

高皇覽川流之不息陋尹程秋水賦言不契道乃親為賦召羣臣各撰賦以進宋濂率同列鋪叙成章詣東閣投獻高皇親覽評品高下已而賜坐勅大官進膳內臣行觴濂素寡飲高皇强之至三觴面如頳神氣遐漂若行浮雲中高皇笑曰朕為卿賦醉歌侍御捧黃綾案高皇揮灑如飛成楚詞一章曰西風颯颯兮金張特會儒臣兮舉觴目蒼柳兮裊娜閱澄江兮水洋洋為斯悅而再酌弄清波兮永光玉海盈而瞽遶泛瓊斝兮銀漿宋生微飲兮早醉忽周旋兮步驟蹌蹌美秋景兮共樂但有益於彼兮何傷洪武八年八月七日甲午午時書復命濂自述一詩濂既醉勉綴五韻字不成行列高皇命編修朱佑重書以遺濂曰卿藏之以示子孫見一時君臣契合共

樂太平之盛。添拜謝。高皇更勅侍臣應制賦。醉學士歌者四人。考功監丞華克勤。給事中宋善。方徵。彭通。閩而續賦者五人。秦府長史林溫。太子正字桂彥良。翰林編修王璉。張惟。典籍孫蕡云。

金陵殿基

高皇建都金陵。命劉誠意相地築。前湖為正殿基。業已植樁水中。上嫌其逼少徙於後。誠意見之默然。上問之。對曰。如此亦好。但後不免遷都之舉。時金陵城告完。高皇與誠意視之。曰。城高若此。誰能踰之。誠意曰。除非燕子能飛入耳。其意蓋謂燕王也。高皇又問誠意國祚短長。誠意曰。國祚悠久。萬子萬孫。方盡。後泰昌。萬曆子。天啟崇禎弘光。皆萬曆孫也。果符其讖。

勳臣諧語

海內既平。高皇嚮意文士。諸勳臣不平。上語之。曰。世亂用武。世治宜文。非偏也。勳臣進曰。是固然。但此輩善譏訕。初不自覺。且如張九四厚禮文儒。及請其名。則曰士誠。上曰。此名甚美。答曰。孟子云。士誠小人也。高皇由此覽天下所進表章。而禍起矣。

門貼福字

高皇嘗於上元夜微行。時俗好為隱語。相猜以為戲樂。乃畫一婦赤腳懷西瓜。衆譁然。高皇就觀。心已諭之。曰。是謂淮西婦人好大腳也。於是使人以福字私貼守分之門。明日召軍士大戮其無福字者。蓋馬后淮西人故云。至今除夕猶以福字貼門。

象鼻巖

天台陶中立凱。陪便殿。高皇從容問居地形勢。凱以象鼻巖對。且曰。臣鄉人張竹屋題云。曾入蒼舒萬斛胸。至今鼻準醮清流。君王玉輅催行駕。安得身閒伴白鷗。一日。高皇御五鳳樓。工部進吞船之技。群臣侍觀。皆以見吞對。凱見獨不然。高皇問之。凱曰。臣惟見繞船走耳。高皇疑之。凱後致仕。自稱耐久道人。高皇曰。何自賤也。辱坐罪賜死。

好漢把門

孫樹褒談。南京孝陵城西孫權墓在焉。當築城時。有司奏欲去之。高皇曰。孫權也是一好漢子。且留他來把門。遂得不毀。　戒庵漫筆。鳳陽皇陵初建時。量度界限。所司奏民家墳墓在旁者。當外徙。高皇曰。此墳墓皆吾家舊隣里。不必外徙。如在陵城者。春秋祭掃。聽民出入無禁。

順帝答詩

至正二十二年。順帝一夕夢大豕決都城而覆。因禁軍民畜猪。比明兵至下林。順帝召百官議戰守計。忽有二豕自內殿出。順帝歎息。即開建德門北去。駐應昌。高皇馳書開示禍福。順帝因答詩云。金陵使者渡江來。漠漠風烟一道開。旺氣有時還自息。皇恩何處不昭回。信知海內皆王土。亦喜江南有俊才。歸去誠心煩為說。春風先到鳳凰臺。

千里草

高皇初作孝陵於鍾山之陽。因山多鹿。禁人捕獵。設孝陵衛於山下。置牧馬千戶所。蓋取義鹿馬。欲其蕃息耳。所既置矣。尚虛典守之職。偶因微行至陵所。歸途遇雨。憩於民家。問其姓名。曰董茂。聖意遂注曰。千里草。馬鹿所宜。即拜為千戶。以典斯牧。子孫世掌所印。門牆每壞。官府為之修葺。

廣業堂

大學之制。廣業堂最在後。監生出入。走班在六堂諸生之後。遂有朝朝滿背日。夜夜一頭霜之嘲。後有解嘲者。大書於壁曰。勳業重開靖遠伯。甲科累出狀元郎。嘗聞聖祖遺言。在有福兒郎到此堂。相傳高皇至廣業堂。見學制宏麗。歎曰。有福兒郎。應得居此。後居此堂者。多得魁選膺貴要。

僧附舟

劉誠意基至京朝謁。一僧求附舟。時方作表。有句未就。多所沉思。僧曰。有何事在念。基曰。表中蹉跎歲月。六十有三。未有對。僧隨答曰。何不言補報朝廷。萬分無一。劉驚起曰。和尚非高峯乎。笑語移日別去。

家字從豕

高皇微行。見一民婦飼猪。上微笑。內豎誤以上悅此婦。及入宮。孝慈問駕所經。內豎述其事。孝慈以金帛賜其夫。取婦侍上。上屢目之。曰。此婦似曾見之。孝慈曰。即前日某街飼猪者。妾以聖情所悅。故令入侍。上笑曰。誤矣。我見此婦飼猪。悟古人製字之意。家字從宀從豕。言無豕不成家也。不覺有契於心。故笑。非為此婦也。厚賜遣歸。

江東籤

高皇初起兵渡江。偶爾梲折。見江東神廟（石固秦人）有木可伐。將伐之。廟祝言神籤頗靈。可問之。高皇從其請。得籤曰。世間萬物皆有主。非義一毫君莫取。總然豪傑自天生。

也須步步循規矩，遂不伐。明朝小史云：高皇怒其不許，乃取其訣本送閣，聖掌之，至今閣帝江東藏此本，鐵訣更靈。

預題一詩

高皇欲文臣優禮武臣。一日將宴，百官預題一詩，命武臣習之。至日，羣臣應制作詩，而武臣遂首倡云：皇帝一十八年冬，百官筵宴正陽宮。大明日出照天下，五湖四海春融融。羣臣知上意，皆謝不能。

河北童謠

河北童謠云：塔兒黑，北人作主南人客；塔兒紅，朱衣人作主人公。洪武戊申六月，彰德路天寧寺塔忽變紅色，自頂至踵，表裏透徹，如鍜鐵初出於爐，有光三日乃止。

命不如他

高皇至太學，廚人進茶稱旨，詔賜冠帶。一老生遂吟曰：十載寒窗下，何如一盞茶。上聞之，謂曰：他才不如你，你命不如他。

建文雲游

宣德壬子，建文雲游至公安，宿蕭寺佛堂之左。頃一道者來，與帝不接一語，止堂之右。復一道者來，睨帝而至西偏，見先來道者，因拊掌曰：爾在此。遂共坐。夜漏將三鼓，但聞語聲，不知所言何事，言罷繼之以泣。晨起俱去。帝悔未詢其故，見地上遺紙有鄭良、梁中節字。帝因作蕭寺黃冠夜泣詩：壬子春正十三日，寺遇黃冠不相識。結滿拄杖坐西偏，低頭不語意自閒。亡何一人復冠釋，髮黃面皺多愁顏。拊掌遽驚還歎息，漏分但聞聲唧唧。似懷萬斛愁難傾，哀猿夜叫寒鴉泣。余腸縈結詎堪言，布衾濕透皆淚痕。晨興往探詢其苦，兩公蹤跡雲無根。空餘蟬斷字數箇，依稀恍是亡臣名。我欲把毫悉胸臆，水凍筆花寫不得。

武廟凱歌

武宗嘗自易名為壽，命所司給御馬監太監天宇一號牙牌與之。正德戊寅二月，巡邊還，文武官具陳詞以迎，其文曰：恭惟總督軍務威武大將軍朱，負出類之奇才，抱超羣之絕藝，以聖賢之德，專將相之權，時因小醜跳梁，遂率大軍征討，深恩遠慮，復殿前驅，陣方布於疆埸，賊已落於陷穽，上以安乎社稷，下以慰乎臣民，操御之精，湯武與之同烈，戰攻之妙，孫吳為之下風，福及當年，慶流後裔，班師有待，覩示無疆。某等欲攄愚心，同呈俚語，詞曰：曉來聽得平胡報，工賈士庶開口笑，一鞭傾倒虎狼巢，萬騎踏平荊楚道，旌旗旋還奏凱歌，回光九廟將軍福，力重如山，萬國千邦人倚靠。右調寄玉樓春。

宣德對句

永樂時，端午節，車駕幸東苑，觀擊毬射柳。自皇孫諸王及四夷朝使以次擊射，太孫連發皆中。上喜，勞之曰：今日華夷畢集，朕出一對，汝肇對之：萬方玉帛風雲會。太孫對曰：一統山河日月明。上大喜，賜予甚厚。

文班十玉

景泰初，九列皆加太子少保，而鹽山王翺、泰和王直並為吏書，時有滿朝皆少保，一部兩尚書之語。○舊制，文班玉帶不過五條，六卿罕腰玉者。正德二年八月十四日，加恩諸元老，內閣則李少師東陽、焦芳、王鏊二少傅，六部則冢宰許進、司徒顧佐、宗伯李傑、司馬劉宇、司寇屠勳、司空李鐩，屠滽以吏書起復兼左都御史，皆賜玉帶，文班遂至十玉。陸儼山云：李焦以吏書居內閣，許掌部事，屠兼左都，可謂六卿皆玉帶，吏部四尚書矣。

黃老白丁

舊制，翰林院學士惟一人，多或三五人。弘治壬戌，劉文靖健欲示德，因修會典成，一時陞學士者十人，又禮部尚書一時有六人：謝遷以禮書居內閣，張昇為禮書掌部事，元守直以禮書掌通政事，賈斌以禮書掌鴻臚事，崔志端以禮書掌太常事，并南京禮書王宗彝六人。崔起神樂觀道士，京師語曰：禮部六尚書，一員黃老。志端疑此語出自翰林，乃對曰：翰林十學士，五箇白丁。蓋倪進賢等五人，成化戊戌萬安以私意選為庶吉士，在翰林未嘗讀書，館課詩文一出人手，以故人共嗤之。

兄弟友愛

唐隴西馮用和二子，長友仁，次友義，讀書明理。友義繼室陳氏出也，兄弟睦若同母所生。陳氏分愛憎，屢肆長舌。一日謂用和曰：二子不知稼穡，可會治生。用和召二子諭曰：仁貿易天涯，義董治家事。仁卜日啟行，乃吟一絕別弟云：十里河橋草青青，片帆時聞息短長亭。不禁又作天涯客，愁覩郊原有鶺鴒。義亦吟云：手足分攜腸斷時，關山千里共相思。此行願促歸鞭早，莫待枝頭叫子規。仁經商數月歸，兄弟甚歡。自是連年營積，悉歸父篋。母欲分爨，仁泣曰：父母俱存，兄弟無故，何忍析居。陳氏厲聲曰：汝私藏不分，必欲困乏其弟也。義泣諫不從。仁知不可奪，乃潛身逃去，題詩壁上云：

呼號三諫信言難義利分明一念間莫謂求名沽世譽清風千古首陽山義見詩鳴唄徧訪無踪數日仁又寄一詩云義心既重利心輕分與何華手足情糲飯自飴虞舜樂採薇獨守伯夷清析居不忍從親令退遜甘嘗矯世名賢弟晨昏勤定省莫因流落念而兄義愈感傷躄踴和云勢利鴻毛眼底輕與居忍背雁行情辭包讓德千年烈太伯存仁萬古清棄禮亂倫趨薄俗分門割戶總浮名懸懸早發歸家念並奏塤箎樂弟兄義思之至忘寢食徒步尋覓得於華山白雲庵見兄泣拜百計勸解仁曰父母恩同天地吾負罪在逃本非矯世亦望親心感悟耳始歸用和知二子義讓深答陳氏陳氏曰友仁恐發私藏盡檢點之用和搜其篋笥皆書卷無他物也用和悔悟陳氏亦感化焉

東坡文集

鏡古錄賁和閒中禁東坡文字甚嚴有士人竊攜東坡文集出城為閽者所獲執送有司見集後有一詩云文星落處天地泣此老已亡吾道窮才力謾超生仲達功名猶忌死姚崇人間便覺無清氣海內何曾識古風平日萬篇誰愛惜六丁收拾上瑤宮京尹義其人且畏累已乃陰縱之

王陽明幼穎

王陽明守仁字伯安年十一時過金山寺海日與客酒酣賦詩未成陽明從旁曰金山一點大如拳打破維揚水底天醉倚妙高樓上月玉簫吹徹洞龍眠客大驚異復使賦蔽月山房詩隨應曰山近月遠覺月小便道此山大於月若人有眼大如天還見山小月更濶益奇

陽明遇仙

王伯安初授刑部主事博學有文好談神仙後改兵部正德丁卯抗疏救言官戴銑等忤瑾拜杖謫貴州龍場驛丞行至錢塘憩勝果寺瑾遣使者持書二緘啟之一書滄浪之水清兮二句并伍員名一書水上覆一舟題屈平字覺而未喻越三日有二軍校至言有旨賜汝死伯安告校曰少緩須臾留詩於世乃以紙展几上題二律云學道無成歲月虛天乎致此意何如身曾許國慚無補死不忘親恨有餘自信孤忠懸日月豈論（一作知）遺骨葬江魚百年臣子悲何極夜聽濤聲泣子胥 敢將世道一身擔顯被生刑萬死甘滿腹文章方有用百年臣子獨無慚涓流歸海今真見片雪填溝舊亦談昔代衣冠誰上品狀元門第好奇男更有告終詞一篇不錄二校縛至江邊投於水伯安初入水即得覆舟負之不溺凡七晝夜所見皆如夢中舟偶及岸見一老人率四卒來云汝何致此解縛登岸伯安拜謝且問老人此是何處老人曰福建界也伯安欲老人送至福建老人曰此去福建尚遠當送君往廣信乃命四卒昇之共往不半日已至廣信矣詣一僧寺僧問其名延款甚恭伯安囑僧先飯四卒且請老人來僧覓之皆不見詢之知自岸至此頃刻已千里始信為神祐也食罷僧送郡邑皆館穀之遂赴龍場瑾敗陞廬陵知縣仕至贛州巡撫以討宸濠功封新建伯○西樵野記云伯安題詩畢即赴水俄二童子維掖以行須臾至一洞口捲珊瑚簾有二叟對奕驅從女樂及明珠白璧皆平生所未覩與叟對奕聯句決句而別入武夷山遇一道者自稱舊識邀至中和堂主人處盤桓數日主人乃仙翁也臨行作詩送之云十五年前始識荊此來消息最先聞君將性命輕毫髮誰把綱常重一分寰海已知誇令德皇天終不喪斯文武夷山下經行處好把清尊對夕曛

女鬼歌詞

吳中舊事雍熙寺中月夜常有婦人往來廊廡間歌浣溪紗詞且歌且歎聞者就之輒不見好事者錄其詞云滿目江山憶舊遊汀花汀草弄春柔長亭艤住木蘭舟好夢易隨流水去芳心空逐曉雲愁行人莫上望京樓士子蔡容嚴卿見之驚曰此余亡妻所作人無知者君何從得之客告之故嚴卿悲歎曰此寺蓋其旅櫬所在也

六尺五尺

焦氏筆乘周禮鄉大夫之職國中自七尺以及六十野自六尺以至六十有五皆征之韓詩外傳國中二十行役則七尺者二十也其升降皆五年則論語託六尺之孤十五也孟子五尺之童乃十歲○春風堂隨筆仲尼之門五尺童子蓋稱五尺蜀古以二歲半為一尺五尺是十二歲以上十五歲則稱六尺與焦說小異若晏嬰身不滿三尺是以律起尺矣周尺準今八寸二尺四五寸豈成形體當是極言其短耳曹交九尺四寸以長準今七尺五寸餘

長年三老

賓退錄陸放翁入蜀記載其父入沌見舟人焚香祈神云告紅頭須小使頭長年三老莫令錯呼錯喚問何謂長年三老云梢工是也長上聲按少陵詩長年三老歌聲裏及長年三老遙憐汝則是唐已言之矣○按蔡夢弼云峽中以舟師為長年柁工為三老鼠璞云海壖以篙師為長年今古詩話川峽以篙手為三老艄耕錄海船中

以司柁者曰大翁𢣷推一船之最尊者言之耳今吳中謂之篙長

三姑六婆

輟耕錄三姑者尼姑道姑卦姑也六婆者牙婆媒婆師婆虔婆藥婆穩婆也按卦姑今有水碗覺烏龜算命之類師婆今師娘即女巫也藥婆今捉牙虫賣安胎墮胎藥之類但虔婆未知何所指魏仲雪釋西廂亦不載後見沈留侯年伯稱號篇方言謂賊爲虔虔婆猶言賊婆也人家有此必爲奸盜之招故比之三刑六害不許入門

吟詩被遣

洪武間臨安錢宰被徵至京纂修尚書曾退孟子節文暇日微吟曰四鼓鼕鼕起着衣午門朝見尚嫌遲何時得遂田園志睡到人間飯熟時察者以聞明日文華殿燕畢帝進諸儒諭曰昨日好詩然甞嫌汝何不用憂字宰等驚懼謝罪未幾皆遣還

織桂花

瞿宗吉少不爲父所知鄉人章彥復自福建檢校回瞿翁設鷄酒待之宗吉年十四自學舍歸彥復指鷄爲題宗吉應聲云宬宗窗下對談高五德聲名五彩毛自是范張情義重割烹何必用牛刀彥復稱賞手寫桂花一枝題詩其上瞿君有子早能詩風采英英蘭玉姿天上麒麟元有種定應高折廣寒枝贈之瞿翁遂構傳桂堂

東道主

世稱主人爲東道者蓋本鄭人謂秦盍舍鄭以爲東道主以鄭在秦之東也又王僧辯討侯景晉州刺史魯廣達出境迎接資奉軍儲僧辯謂沈炯曰魯晉州亦是王師東道主人又漢光武時常山太守鄧晨請從擊邯鄲光武曰偉卿以一身從我不如以一郡爲我北道主人他日又指耿弇曰是我北道主人也又彭寵反朱浮對光武曰大王倚彭寵爲北道主人今既不然北史魏孝武謂成陽王曰昨得汝主簿爲南道主人唐鄭餘慶爲嶺南節度與羅讓善鄭還朝薦讓讓至謁鄭鄭指讓語座客曰此吾南道主人史傳之間獨未聞西道主人之說耳今人但知有東道主而鮮知有北道南道主者

酒保

鶡冠子曰伊尹酒保立爲世師酒保之名始見於此亦猶韓非目伊尹爲庖宰也

客作客支

吾鄉罵奴曰客作曰客豬初不省其義讀西京雜記匡衡勤學邑有大姓家富書籍衡乃與客作得書徧讀之又𥡴𥐨集光鐵則爲人客作飽食而已不取其直乃知俗語所自客豬無所出偶見山東州縣册籍上著人丁之外另有客支一項謂客居附籍者疑誤而爲客豬也

鼻

余氏辨林吳俗諱奴爲鼻辨者曰桃門面耳或曰象鼻能觸人豬鼻善掘地義取生事云皆臆說也按契丹罵漢兒作十里鼻鼻猶言奴僕也目奴爲鼻當起於此

了頭

留青日札今呼侍婢曰了頭言頭上方梳雙髻未成人之時即漢所謂偏髻者也劉賓客詩花面了頭十三四春來綽約向人時爲白香山小蠻而作花面者未開臉也

女客

桐新吳俗稱婦人爲女客蓋有自來宋玉高唐賦昔者先王游高唐怠而晝寢夢一婦人曰妾巫山之女也爲高唐之客

乖角

俗美聽慧小兒曰乖角菽園雜記世稱警悟有局幹人曰乖角于兵部秦內常用之然未見所出宋朱彧可談載都下市井謂不循理者爲乖角七修類藁乖角不曉事意引韓退之親朋頓乖角爲證古與今意正相反未識何故

滯貨

閱耕餘錄俗謂不合時宜者曰滯貨出世說註謝安鄉人有罷中宿縣者安問其歸資曰嶺南凋弊惟有五萬蒲葵扇又以非時爲滯貨安乃取其中者捉之於是士庶競慕價增數倍俗作遲貨

夫兄

容齋三筆婦人呼夫之兄爲伯於書無所載予頃奉使金國時辟景孫弟輔行弟婦在家許齋醮及還家賽願予爲作青詞云頃因兄伯出使夫壻從行雖借用陳平傳兄伯之語而自不以爲然偶憶爾雅釋親篇曰婦稱夫之兄爲兄公夫之弟爲叔於是改兄伯字爲兄公玉篇妐字音中注云夫之兄也然於訓義不若前語按五代史補李濤弟澣娶婦竇氏出參濤答拜澣曰新婦參阿伯豈有答禮則是唐末已有此稱容齋謂書無所載豈以稗官小說爲不足徵信耶又妐字搜採異聞錄作公字

布代

潛居錄馮布少時絕有才幹贅於孫氏其外父有煩瑣事輒曰畀布代之至今吳中謂贅壻為布代又訛覺察世稱贅壻為布袋謂如身入布袋氣不得出也或云人家有女無子恐世代自此而絕不肯出嫁招壻以補其世代〇俗又呼補代為野猫謂啣妻而去也疑作野貓即補代之意

檀郎

顧茂倫有孝曰詩詞中多用檀郎字不知所謂解者曰檀喻其香也後閱曾謙益李長吉詩註云潘安小字檀奴故婦人呼所歡為檀郎然未知何據

鄉里夫妻

俗語曰鄉里夫妻步步相隨言鄉不離里如夫不離妻也西溪叢話云古人稱妻曰鄉里沈休文山陰柳家女詩云還家問鄉里詎堪持作夫鄉里謂妻也南史張彪傳我不忍令鄉里落他處

弄參軍

復齋漫錄薛能贈吳姬詩樓臺重疊滿天雲殷殷鳴鼉世上聞此日楊花初一作似雪女兒弦管弄參軍又本朝張景景德三年以交通曹人趙諫升為房州參軍景為屋壁記畧曰近制州縣參軍無員數無職守悉以曠官敗事違戾政教者為之凡朔望饗宴使與焉若人見之必指曰參軍也嘗為其罪矣至於倡優為戲亦假為之以資玩笑况真為者乎宜為人之輕視而狎侮也按段安節樂府雜錄戲弄參軍始自後漢館陶令石耽有贓犯和帝惜其才免罪每宴樂令衣白夾衫命優伶戲弄辱之經年乃放後為參軍椽唐開元中有李仙鶴善此戲明年特授韶州司正參軍又五代王建時王宗侃謫維州司戶參軍曰要我頭時斷去誰能作此措大官俳優弄參軍〇戲瑕唐肅宗讌於宮中女優弄假戲有綠衣秉簡為參軍者天寶末蕃將阿布思伏法其妻配入掖庭因隸樂工令為參軍之戲公主諫以為不可遂罷戲而免阿布思之妻因話錄所載甚詳薛能詩可證女優粧束矣輟耕錄直以參軍為後世副淨云開元中黃幡綽張野狐善弄參軍然則戲中副淨皆可名參軍也豈必副淨為之哉

優伶子弟

角戲有生旦淨丑之名者樂記註謂俳優雜戲如獮猴之狀乃知生狌也猩猩也旦狚也猵狚也莊子猨猵狚以為雌淨猙也廣韻似豹一角五尾丑狃也廣韻犬性驕

堅瓠六集　卷四　十二

謂俳優如四獸所謂獶雜子女也末猶末厥之末外猶員外之外〇胡氏筆叢凡傳奇以戲為稱無往而非戲也故其事欲悠謬而無根其名欲顛倒而無實故曲欲熟而命以生也婦宜夜而命以旦也開場始事而命以末也塗污不潔而命以淨也凡此咸以顛倒其名也中郎之耳順而婿卓也相國之絕交而娶崔也荊釵之詭而夫也香囊之幻而弟也凡此咸以悠謬其事也由勝國而迄國初一轍近為傳奇者若良史焉古意微矣

惡客

留青日札黃山谷以不飲酒者為惡客故云破卯扶頭把一杯燈前風味喚仍回高陽社裏如相訪不用閒攜惡客來元次山亦云將船何處去送客小回南有時逢惡客還家亦小酣蓋以敗人清興故也〇羣碎錄元結以不飲者為惡客復以痛飲者為惡客

骨董

留青日札雜玩寶貨肆曰骨董鋪仇池筆記陸道士詩投醪骨董羹鍋內掘窖盤游飯碗中蓋羅淨穎老取飲食雜烹之名骨董羹晦庵語類作汨董今稱古董〇又稱人之出身好者曰骨董唐天寶初玄宗游華清宮有劉朝霞者獻駕幸甘泉賦有骨懂雖短伎藝能長則又當為骨懂矣

僂儸

樓羅幹事之稱蘇鶚演義曰人能樓攬羅綰謂之樓羅樓字從手作摟爾雅云摟聚也義通但酉陽雜俎天寶中進士有東西棚各有聲勢稍伧者多會於酒樓食畢羅故有樓羅之號然梁元帝風入松辭云城頭網雀樓羅人着一云城頭網張雀樓羅會人着及南史項斂傳蹹荚之儀樓羅之辨則知樓羅之言非始於唐又談苑載朱貞白詩有太樓羅並用樓羅字惟五代史漢劉銖惡史弘肇楊邠於是李業譖二人於帝而殺之銖喜謂業曰君可謂僂儸兒矣鶴林玉露僂儸俗言猾也歐公五代史問書俗語甚奇〇湘烟錄劉鋹在國春深令宮人鬭花凌晨開後苑各任採擇少頃勅還宮鎖花門膳訖普集角勝負於殿中宦士抱鬭宮人出入皆搜懷袖置樓羅曆以驗其姓名法制甚嚴時號花禁負者獻耍金耍銀買燕

好漢漢子

詢芻錄漢武帝征伐匈奴二十餘年馬畜孕重墮殞罷極聞漢兵莫不畏者稱為漢

堅瓠六集　卷四　十三

記人曰好漢○老學庵筆記今謂賤丈夫曰漢子蓋始於五胡亂華時北齊魏愷自散騎常侍遷青州長史固辭宣帝怒曰何物漢子與官不就此其證也

蘓苴

今人謂人作事不中道理者曰蘓苴蘓郎假切苴音鮓黄山谷集蘓苴泥不熟也中州人謂蜀人不循軌轍者曰川蘓苴考韻書無蘓苴有蘓𦸣蘓盧下切讀作喇𦸣除瓦切音鮓

堅瓠六集卷四終

堅瓠七集序

余聞先生名蓄於中而冀得一見者十有餘年矣先生不求聞達於書無所不窺而雅好著述凡事有不經見可資談笑者往往筆之於書時復自出己意以從貶論定之范蔚宗所云有事外遠致者大率類此也戊寅春於友人案頭得覩先生所著堅瓠集見所録忠孝廉節有關風化者知先生秉性過人樂善無窮也見所録箴銘規戒有資家國者知先生經濟素優抱負非常也見所録風俗之好尚里巷之傳聞知先生通達時務搜討靡遺也見所録滑稽之雄辯㒞倩之詼諧知先生襟懷曠達光風霽月也其他方言諺語詭談軼事無不登載以資賞識夫先生之才富而學博如此幸而見用方將折衷歷代之史勒為一書以與司馬班范之徒齊驅並駕亦可無媿乃僅閒居涉獵隨採隨録以消磨歲月是可悲也雖然書而志怪言涉浮夸集號買愁語亦靡曼不若此書之人人覽者樂愁者喜迂者達愚者慧空疎者博雅木納者敏辯是誠抱有用之才積有用之學著有用之書而作者命名乃自衷於濩落無庸者之所為余將登先生之堂聆先生之教以慰十年之思而請解所以為堅瓠者

年家眷姪徐球拜題

堅瓠七集卷之一目錄

科名前定　大士判功名
似畫似真　詠絲貫禍
簪白柰　吳阿憹
吟詩自寬　廟峭
不識樸梨　兩意對
富貴語　駕雷亭
三保太監　梧竹軒
舉朝皆婦人　海剛峰清苦
批執照　宦官重諫臣
丈夫化女子　詩弔僞太常
金人碎骨　弔王安石墓
黨人碑　梁師成附東坡
嘲羆以道　再配驢儈
曹州更樓　蝗識人
羅向隨僧飯　佳對
范增石像　浣紗女
放生獲雋　留石塔疏
樂平鵝塘　巫山神女
贈島生句　書齋題句
塔燈詩　謝郎中女
四知臺　富翁語
王元之　孟子父母姓名
施宜生　書廚
文選蘇文　魯望服縞
天妃戲　張百杯
學鍾學李　金陵圖
林康惜別詞　馬子嚴閨思

楊妃妙舞圖　田子藥召乩
醉翁圖贊　挽衣共飲
詩賀兄嫂　牛秀才賦
靜臥

堅瓠七集卷之一

清　長洲石農褚人穫學稼纂輯

科名前定

長洲令遂寧李如石先生諱齊賢父母也甲申變後隱於上清江教授生徒躬耕自給村人嘗某子世俊方弱冠從先生受業焉一日世俊對先生長公子静先生大笑先生問故世俊曰我夜夢大哥中榜眼我中狀元故笑先生大加勸勉未幾世俊死以為前夢不驗順治辛卯子静舉于鄉又十年辛丑成進士廷試果第二是科狀元乃溧陽馬世俊既而嘗某來賀先生言及前夢嘗曰亡子原係馬姓隨母來者先生益異之不三四年而溧陽馬公亦死

大士判功名

郭青螺子章與劉淳叟同官閩中為左右方伯劉夢郭汾陽李鄴侯引謁觀音大士因問郭功名大士命取黃絹一幅題云仗鉞終為夏地遊長城大解聖人憂若期入座還京國暫為馮唐渤海留劉云不解大士復批云問郭生自知之次日語郭亦莫知也郭尋督撫貴州貴州屬僞夏明王珍非夏地遊乎後平播亂解聖憂也加右都則官入座矣又在貴州十年豈非京國難期冀遂留渤海之驗哉

似畫似真

楊升庵幼時作擬古戰場文有青樓斷紅粉之魂白日照蒼苔之骨為父所賞一日石齋同弟觀畫問曰景之美者人曰似畫畫之佳者人曰似真孰為正升庵曰會心山水真如畫巧妙丹青畫似真夢覺難分列禦寇影形相贈晉詩人

詠筆賈禍

宋番陽張彥實掌制誥楊原仲並居西掖誥詔多彥實與之潤色草命餘閒戲成毫筆一絕云包羞曾借虎皮蒙筆陣仍推兎作鋒未用吹毛強分別即今同受管城封原仲以為誚己大怒愬于秦檜檜諷言官彈之彥實罷為宮祠

簪白柰

宋寧德皇后從徽宗蒙塵紹興五年訃音自北庭來徽州守唐煇使休寧尉陳之茂撰疏文有云十年罹難終弗返于蒼梧萬國銜冤人盡簪于白柰白柰見晉史成帝時三吳女子相與簪白花望之如素柰傳言天宮織女死為之着服已而杜后崩唐竇叔向上正懿皇后哀挽詩有命婦羞蘋藻都人插柰花之句陳詞祖此

吳阿憻

菽園雜記憻丁來切註云失志貌蘇州人謂無智術者為獃杭州人為之憻同年錢塘吳時用俊美姿容而不苟小節杭人呼為吳阿憻嘗自云我死大書一石于墓前云大明吳阿憻時用之墓若書官位便俗矣惜乎韻無憻字人亦多不識偶檢韻海得此而記之

吟詩自寬

元横山丘履常一中能文章有聲望任江州倅為閫帥汪紫源所知一中閒居新米不繼戲作詩自寬云仙都有勅到林泉誰信祠官乏俸錢陶醉猶能尨容去顏飢何至乞人憐鹿蕉已是今無夢枸杞曾傳昔有仙餓死亦堪垂不朽無緣箇箇珥貂蟬吳師道稱其詩多清警可愛

庯峭

齊魏間以人之有儀矩可喜者謂之庯峭蜀書庯音逋屋上平也集韻庯屋不平也今造屋形勢曲折曰庯峭俗轉語為波峭○湘煙錄魏收有庯峭難為之語人多不解其義文潞公以問蘇子容子容曰向聞之宋元憲云事見木經蓋梁上小柱取其有曲折之勢耳乃用此事作詩為謝曰自知伯起魏收字難庯峭不及淳于善滑稽

不識撐犁

湘素雜記歐陽永叔代王狀元謝啓陸機閱史尚靡識于撐犁枚皋屬文徒自成于骫骳音委皮沈元用啓讀撐犁而靡識敢謂知書問祈招而不知尚慙稽學陸機不識撐犁事不知載何書對客叢書云此見玄晏春秋曰予讀匈奴傳不識撐犁孤塗之事有胡奴執燈顧而問之奴曰撐犁天子也匈奴號撐犁猶漢人稱天子也于是曠然發寤其事並見藝文類聚類要諸書則是不識撐犁者乃皇甫謐非陸機也歐公謂陸機必別有所據○按杜氏通典云匈奴謂天為撐犁子為孤塗然則謂撐犁為天子者猶未深考也

兩意對

蘇東坡與小妹同食爆栗妹謂坡曰栗破鳳凰見言殼破黃見坡思天下未嘗無對數日竟未能佛印來訪問有何著述坡曰欲作一對未能因舉前事佛印應聲曰鷂斷鷺鷥飛言節斷絲飛佛印復曰正如無山得似巫山縈此亦同音兩意坡即對曰何葉能如荷葉圓子由曰不若云何水能如河水清以水對山最為的對

富貴語

歸田錄云晏元獻公評詩嘗曰老覺腰金重慵便玉枕涼未是富貴語不如笙歌歸院落燈火下樓臺爲善言富貴江爲詩云吟登蕭寺旃檀閣醉倚王家玳瑁筵又軸裝曲譜金書字樹記名花玉篆牌乃乞兒相未嘗識富貴者元獻言富貴不及金玉錦繡惟說氣象若梨花院落溶溶月柳絮池塘淡淡風及樓臺側畔楊花過簾幙中間燕子飛之類元獻嘗以此句語人曰窮人家有此景否○後山詩話云白香山笙歌歸院落燈火下樓臺（山堂肆考作石曼卿詩）又歸來未放笙歌散畫戟門前蠟燭紅非富貴語看人富貴者黃山谷謂不如杜子美落花遊絲白日靜鳴鳩乳燕青春深也或以此二句恐亦僧堂道院之所有仍取元獻梨花二句至于舞低楊柳樓心月歌罷桃花扇底風富貴氣象形容盡矣

駕霄亭

張功甫（鎡）循王諸孫園池聲妓甲天下作駕霄亭于四古松間以巨鐵絙懸之半空當風清月夜與客梯登之飄搖雲表王簡卿侍郎嘗赴其牡丹會云衆賓既集坐一虛堂寂無所有俄問左右云香已發未荅云已發命捲簾則異香自內出郁然滿坐羣妓以酒肴絲竹次第而至別有名姬十輩皆衣白首飾衣服皆牡丹首帶照殿紅一妓執板奏歌侑觴歌罷樂作乃退復垂簾談論自如良久香起捲簾如前十姬易服與花而出大抵簪白花則衣紫紫花則衣鵝黃黃花則衣紅衣與花凡十易所謳者皆前輩牡丹詞酒竟而散

三保太監

七修類藁永樂丁亥命太監鄭和王景弘侯顯三人往東南諸國賞賜宣諭鄭和舊名三保故云三保太監下西洋碣石剩談云三寶太監者雲南人也相傳下海時一人忽癩乃棄于岸側其人夜見大蛇下岸飲水恐爲所傷削竹罝所經處蛇腹裂死因飢所樹爲柴炙蛇而食其柴每烟起則九鸞飛翔遂藏之不焚癩亦因食蛇而愈蛇潰得珠數斛中有夜明珠後太監回其人呼與共載乃獻夜明珠九鸞香並太監所得一寶共爲三寶云○成化中中官獻議欲遣使通西洋旨下部查西洋水程本兵項忠遣吏檢舊案于庫中三日無所得時劉忠宣大夏爲兵部司官已先檢得藏其籍會言官交章諫阻事亦寢

梧竹軒

瞿存齋詩話丁鶴年題鳳浦方氏梧竹軒云鳴鳳當年此地過至今梧竹滿山阿曾

聞剪葉書周史却恨翻枝入楚歌金井月明秋影薄玉壇風靜夜涼多中郎去後知音少共負奇才奈老何時作者已滿卷此詩一出皆爲斂衽遼峰閒略載此詩爲龔天然作

舉朝皆婦人

海剛峰巡撫應天矯激之過令人不堪言官劾之剛峰辯疏有舉朝柔懦無爲皆婦人之語李石麓（春芳）朝回值揚州貢士某曹同筆硯者來訪石麓曰適見海剛峰疏謂舉朝皆婦人我非一老嫗乎惶恐惶恐貢士曰只此惶恐尚有丈夫氣石麓默然者久之

海剛峰清苦

海剛峰掌院留都政尚嚴峻大僚及郎丞無不股栗奏法御史陳海樓用紅票買米減市半價蓋積弊然也民怨而不敢言值經紀家有秀才何敬卿持其票擊都察院鼓告狀剛峰集諸御史執高皇帝律欲加懲治賴諸御史懇求得免仍責皂隸三十板笞其役枷號于陳之衙前以辱之海樓官箴有虧恨之入骨及剛峰死憲副王用汲同海樓諸御史入視見葛幃敝簏檢其宦囊止俸金八兩葛布一端舊衣數件其清苦有寒士所不能堪者海樓乃曰廻吾怨恨之心矣死之日民爲罷市喪出江上士民送者兩岸無隙地沿途祭奠數百里不絕蘇人朱良育弔以詩曰批鱗直奪比干志苦節還同孤竹清龍隱海天雲萬里鶴歸華表月三更蕭條棺外無餘物冷落靈前有菜羹說與傍人渾不信野夫親見淚如傾○王鳳洲評之云不怕死不愛錢不立黨此九字斷盡海公生平即千萬語讚之豈能加于此評乎

批執照

何敬卿既告陳海樓又恐諸御史以他事中傷之復訴于海剛峰求批一執照剛峰大笑曰御史視朝廷明旨尚爲虛文海剛峰一紙執照有何用處我見汝有些膽氣原來畏首畏尾豈能做事遂叱去

宦官重諫臣

嘉靖末年南京皇城守門宦官高剛堂中貼春聯云海無波濤海瑞之功不淺林有梁棟林潤之澤居多高意重剛峰念堂二公之能諫云

丈夫化女子

隆慶二年山西李良甫僑寓京師元宵夜看燈夜靜見一女子靚妝而來侍兒提燈

前導良甫就戲之偕至寓留宿化為白鴿飛去良甫腹痛至四月中腎囊退縮化為婦人王鳳洲徐犛遠有詩以記其事王云世事反覆那足數山西丈夫作女子朝生暮死不自知雌伏雄飛定誰是謝豹誰聞受朝譏於菟亦會談名理至今齷齪不肯去羞向人間喚丈夫徐云山西丈夫化女子此事平常何足奇儀衍從來是妾婦鬚眉空自稱男兒司馬仲達太畏蜀奸雄甘受巾幗辱丈夫意氣不慷慨任爾雌飛是雌伏請看風俗太委靡天下何人不女子

詩弔偽太常

甲申忠逆志崇禎甲申三月十九日闖賊李自成破京師懷宗殉社稷朝臣范質公景文馬素修世奇倪鴻寶元璐等及士民閧變死節者罄竹難書一時稽首賊廷靦顔事仇者亦指不勝屈武林舉在公寓維揚論國變忠奸實錄詩弔偽太常寺丞某曰痛憤山河半陸沉爭先從賊讓詞林貪天欲醢豺狼肉賣國甘攄犬馬心只此抗顔誇管仲便應傳首效王琳堪羞步武牛丞相偽相牛金星斷送腰纏十萬金國變錄云黎志陞為賊心腹薦某可大拜某即倡言於衆曰大丈夫名節既不全當立蓋世功名如管仲魏徵可也及授太常意氣沮喪奉偽命祀泰山馳驛過山東聞天朝兵至

闖賊遁走始變服還鄉又云時某入禮闈維揚之士有以貲數萬托其黃緣者甲至是皆為闖賊所得故詩亦及之

全人碎碑

王安石死後門生子婿蔡氏父子相繼得政鑄寶鼎列元祐諸賢司馬光而下姓名于其上以安石比禹稷而以司馬光諸公為魑魅及金人入汴見鑄鼎怒而擊碎之卒致戎馬南驚赤縣丘墟雖後漢晚唐禍不若是烈也宋子虛咏安石詩云投老歸耕白下田青苗猶未罷民錢半山春色多桃李無奈花飛怨杜鵑劉文靖亦云當年一線繫絕穿直到橫流破國年草滿金陵誰下種天津橋上聽啼鵑皆云宋祚之亡由于安石二詩含蓄不露可謂詩史

弔王安石墓

四明李照以詩弔王安石墓云天津橋上鵑聲急已卜先生相本朝百世雄文凌白日千年新法苦青苗富韓國老緣誰去汴宋基圖自此搖荒塚卧麟寒食後東風不見紙錢飄

黨人碑

元祐黨人碑首列文臣曾任執政司馬光等二十七人次列曾任待制以上蘇軾等四十九人三列餘官秦觀等一百七十七人四列武臣張巽等二十五人五列內臣梁惟簡等二十九人後列為臣不忠曾任宰臣王珪章惇二人共三百九人徽宗親書一通立于文德殿門之東壁州縣廳事則蔡京筆也時永嘉林靈素以方術幸徽宗賜號金門羽客一日侍宴太清樓下見碑稽首徽宗怪問靈素對曰碑上姓名皆天上星宿臣敢不稽首因為詩曰蘇黃不作文章客童蔡翻為社稷臣三十年來無定論不知奸黨是何人後因星變毀之

梁師成附東坡

梁師成自言為蘇東坡所出以翰墨為己任四方名士必招致門下時某誦蘇文其碑文尺牘在人間者毀削殆盡師成訴于帝曰先臣何罪而禁錮其文詞帝憐之自是軾之文乃稍出○徽宗嘗覲臨寶籙宮醮筵道士拜章伏地久之方起上詰其故對曰適至上帝所值奎宿奏事良久始能上其章故也上問奎宿何神所奏何事對云所奏不可知但此宿乃本朝蘇軾也上大驚遂弛其禁且歎其文詞墨刻光充太上皇崩盡復軾官職擢其孫苻自小官至尚書安知道士此言非師成授之意耶

嘲晁以道

梁師成以翰墨為己任四方俊秀名士必招致門下往往遭點汙晁以道說之亦附之有人以詩嘲曰早赴朱張飯隨賡蔡子詩此回休倔強凡事且從宜

再配駔儈

漁隱叢話趙明誠清獻公閱道抃子娶清照號易安居士濟南李格非之女工詩詞有漱玉集三卷行世明誠卒再適張汝舟未幾反目易安與綦汝厚啟有猥以桑榆之晚景配茲駔儈之下材傳者笑之按氏族大全亦以明誠為清獻子觀東坡清獻公神道碑載二子曰岏曰屺並無明誠葉文莊盛水東日記明誠趙挺之子曹以家安讕言長語易安趙挺之子德夫之內堯山堂杯論清獻挺之亦論清獻故有此誤倘挺之附婿蔡京致位權要或有此失節之婦若為清獻子婦豈宜以桑榆晚景亦適非類為天下笑耶

曹州吏樓

成化中吏部尚書許進巡按山東時曹州知州某任久不陞憤而造樓於州前名曰吏樓玩月飲酒所也知州恃才不得於學校有生員王某因許觀風來郡遂訐知州

之過。並言樓事。許因盤州庫藏致誤，吏樓析改爲庫樓，見有巨碑，上書許吏部。許吏部折了吏樓造樓，庫氣殺了某知州。喜殺了王知國。因問何人所書，匠以當時有瘋道人來寫者。許愕然，後果爲大冢宰，而王喜爲國安知縣，進子崧卑識文爲冢宰，豈非一吏部乎。

蝗識人

毛君玉國華爲於潛令，有德政。蘇子瞻捕蝗至其邑，作詩戲之曰：詩翁憔悴老一官，厭見苜蓿堆青盤。又曰：宦遊逢此歲年惡，飛蝗來時敲天黑。羨君對境殆如雲，蝗自識人人不識。

羅向隨僧飯

唐處州羅向，少貧困，常投福泉寺隨僧飯。二十年後，持節歸鄉，題僧壁曰：二十年來此布衣，鹿鳴西上虎符歸。故時賓從追前事，到處松杉長舊圍。野老共遮官路拜，沙鷗遙認隼旟飛。春風一宿琉璃殿，惟有泉聲愜素機。

佳對

東坡與子由夜雨對牀，子由曰：嘗見鬻術者云，課賣六爻，內卦三爻，外卦三爻。思之未易對。一日同出，坡見戲場有以棒呈戲者，云棒長八尺，隨身四尺，離身四尺。坡曰：此語正可還前日枕上之對。子由曰：觸機而發，誠佳對也。

范增石像

天福中，有巧工來自雲川，見石浮于水，歎曰：石豈能浮哉，必神使之然也。夜夢一老人揖而告曰：吾楚歷陽侯范增也。大功不成，悒鬱而死，未有主我祠者。附石以告，君能留意，必有以報。工取石以爲像，奉香火惟虔。烟隨風飛，直至蘭溪縣止千字峯之巔。邦人歸向，聚木石而成廟，題曰福祐。括蒼王淮詩云：闘中失鹿人爭逐，一去鴻門不可尋。千古英雄死遺恨，封侯廟食更何心。○錢舜舉咏范增云：暴羽天資本不仁，豈堪亞父作謀臣。鴻門若遂尊前計，又一商君又一秦。○陳剛中孚題其墓云：七十衰翁兩鬢霜，西來一火笑咸陽。生平奇計無他事，只勸鴻門殺漢王。二絕可謂詩史。

浣紗女

伍子胥父兄被殺，逃奔他國，遇女子浣紗，問路。恐後人追之，告女子曰：後有追者，愼勿言。女即抱石自殞，令員勿疑。後人爲之立廟。僧宗吉詩云：偶爾相逢試問途，此情彼意兩俱無。何須草草捐生命，不念雙親雙鬢膚。○子胥至吳中道乞食，遇女子于溧一作瀨水之上，長跪而進食。胥行反顧，女子已自投于水矣。李白云：女子溧陽黃山里史氏女也。

放生獲雋

林下詩談：貞元中，周存性喜放生，嘗放一鯉魚，因戲爲詩，極佳。陸贄稱之，結句云：儻若成龍去，還施潤物功。後入試，試題爲白雲向空盡，詩既成，苦于無結，忽憶鯉魚詩，因改成字爲從字，云：倘若從龍去，還施潤物功。主司大賞，遂得通籍。

留石塔疏

蘇東坡鎮維揚，幕下皆奇豪。一日石塔長老遣侍者投牒求解院，東坡問長老欲何往。對曰：歸西湖舊廬。東坡即將僚佐同至石塔，令擊鼓，大衆聚觀，袖中出疏，使晁无咎讀之。其詞曰：大士何曾出世，誰作金毛之聲；衆生各自開堂，何關石塔之事。去作無相，住亦隨緣。戒公長老開不二門，施無盡藏。念西湖之久別，亦是偶然；爲東坡而少留，無不可者。一時稽首，重聽白槌；渡口船迴，依舊雲山之色。秋來雨過，一新鐘鼓之聲。以文爲戲，一時咸慕其風。

樂平鴣塘

樂平鴣塘在潭水濱，其地萬山壁立，五水環聚，過晚舟楫皆泊其前，如戈戟然。廖金精瑞有記云：龍尾掃天上，龍頭水底眠。有人能葬此，山河屬半邊。宋度宗時，丞相馬翔仲廷鸞卜以葬母，請乩仙降筆云：我是鴣塘真土地，丞相請我來問地。識地之人未曾生，得地之人未了。未翔仲猶欲留以自葬，神復書云：丞相好生多事，吾去矣。翔仲遂不敢用其地。未了者，疑以未字上一畫加了字，則成李字也。未者，言識地得地者，時尚未生也。

巫山神女

宋長汀吳若訥簡言過巫山神女廟，題詩云：惆悵巫娥事不平，當時一夢是空成。只因宋玉閒唇吻，流盡巴江洗不清。是夜夢神女來謝。○蜀有請仙者，書巫山神女降，或戲問曰：閒仙祇與楚襄王有情，是否？仙書曰：妾與襄王豈有情，襄王春興夢魂輕。祇緣宋玉多譏謗，流盡巫江洗不清。

贈魯生句

韓康公絳謝事後，自潁入京，看燈上元，至十六日，私第會從官九人，如傅欽之、胡寬夫、錢穆父、蘇子瞻、劉貢父、顧子敦輩，皆門生故吏，一時名德。出家妓十餘人侍宴，有新寵魯生者，舞罷爲遊蜂所螫，公意不喜。久之，呼出，以白團扇從子瞻乞詩。子瞻書

一絶云颭搖細浪魚吹日手弄黃花蝶透衣不覺春風吹酒醒空教明月伴人歸上句詠其姓下句記其事康公大喜

書齋題句

宋崇安彭應期止自號漫者所爲詩皆清麗典雅有刻鵠集嘗謁辛稼軒值其晝寢題一絶于書齋云簟子舒乾案掩扉午窗詩夢燒千春清風不動簷前竹誰道今朝有故人稼軒覺而追之去已遠矣

塔燈詩

元攸州馮海粟子振有文名每臨文時命侍史二三人潤筆以俟海粟酒酣耳熱據案疾書隨紙數多寡頃刻而畢有塔燈詩云擎天一柱礙雲低破暗功同日月齊半夜火龍翻地軸八方星象下天梯光搖瀲灔沿珠蚌影落滄溟照水犀文焰逼人高萬丈倒提鐵筆向空題

謝郎中女

謝郎中女能詩嫁王元甫元甫調官京師送別云此去惟宜早早還休教重起望夫山君看湘水祠前竹豈是男兒淚染斑

四知臺

楊震四知臺在昌邑縣薛文清瑄題詩云人間無處不天公卻笑黃金餽夜中千載四知臺下過馬頭猶自起清風

富翁語

東嶠陳同父言有一士貧而屢空鄰于富家每羨其鄰之樂旦日肅衣冠謁而詰焉富翁告曰致富不易也子歸齋三日後予當告子士人如言復謁富翁設高几坐而進之曰大凡致富之道當先去其五賊五賊不除富不可致士人詰問其目富翁曰即世儒之所謂仁義禮智信是也士人胡盧而退輒揪鼻曰吾儒不為五者所制當成何等人耶

王元之

王元之禹偁幼能文五歲太守賞白蓮俾言于守召元之吟詩云昨夜三更裏姮娥墜玉簪馮夷不敢受捧出碧波心又佳人方素面對鏡理新妝守喜曰天授也七歲畢文簡爲郡從事知之問其家以磨麪為生令作磨詩元之即吟曰但存心裡正何愁眼下遲得人輕借力便是轉身時以磨喻己也文簡大奇之留與子弟講學偶有郡守席上出鸚鵡能言難似鳳句坐客未有對文簡寫之屏間元之云蜘蛛雖巧不如蠶文簡歎息曰經綸材也復加以衣冠呼為小友迨文簡入相元之已掌書命矣

孟子父母名姓

王山史山志載孟子之父孟孫激公宜孟孫姓激公字宜名或曰名激字公宜仙里歷談載孟子之母姓仉音掌齊後也仉掌通用晉有鄉郡掌同前凉有掌據宋有掌禹錫修本草者即同太平清話云孟母并人其地有三徙鄉山志又載孟子子名睪按譜即孟仲子也集註以孟仲子為孟子從昆弟不知何據

施宜生

建陽施必達名逵少負才名建炎年間擢上第爲潁州教官秩滿還家值范汝為叛據建陽覘逵嘗寫旗幟遂陷賊黨韓世忠破賊捕逵以屬吏得古編隸河外與妻泣訣度無生還理囑其改適妻悲不自勝盡鬻奩具以給行橐逵買一婢自隨縱與防送卒通所至宿舍多市酒肉共酣洽既數日度二卒不為備且醉擁婢高卧逵拔刃刺二卒及婢乃易服變姓名竄走淮滁間朝廷設賞格圖形購之甚亟逵自髡為頭陀入界山寺主僧異其狀試令供役役惟謹益察其非常人深夜屏人叩之逵未敢深言僧怒曰捕吏且至深累老僧欲為汝覓一生路猶懾懦作兒女子態行縛汝送官矣逵涕泣吐實僧曰子雖不言吾已知之吾卧内有衣緘並一襆子取來緘致廣中之某僧襆内衣一襲白金數兩逵感激拜謝即夜走六七十里晝則伏深草中十餘日乃達寺僧見之甚喜使掌經典逵于暇日習舉子業易名宜生舉進士金主亮臨軒試天子日射三十六熊賦宜生云聖天子内敷文德外揚武功雲屯一百萬騎日射三十六熊遂冠榜首入翰林至中書舍人紹興庚辰亮謀南犯先遣宜生為賀正使憑狐假慢意氣研研朝廷遣人為訪故妻復相完好館伴使尚書張燾廣為言首丘桑梓略不介意出橐中千金馳贈界山寺老僧僧聞宜生入境已避匿留書勸宜生歸順宜生覽書笑而已乃貯金為葺寺臨別顧為張曰北風甚競張因奏為備萬姓統譜以金科第列入宋下誤

書厨

漢世目鄭康成為經神何休為學海晉杜預有左氏癖人目之曰武庫言其胸中無所不有也江祏目許懋為經史笥梁世目任昉為五經笥褚遂良目谷那律為九經庫又目虞世南為行秘書皆美其海識羣書也至晉傅廸好讀書而不解其義劉柳

惟讀老子，廸每經之。柳曰：卿讀書雖多而無所解，可謂書麓矣。唐李善淹貫古今，不能屬辭，人號書麓。齊陸澄世稱碩學，讀易三年，不解文義，欲撰宋書不就，王儉戲之曰：陸公書厨也。似猶有諷焉。他如宋宜黄李郛文學浩博，人號爲書厨；福清鄭樵博聞强記，時亦號書厨；莆田李綱通諸史百家，人亦目爲書厨；通州張大中群經百氏一覽不忘，人目爲黑漆書厨；邛州吳時敏於爲文，未嘗屬稿，人目爲立地書厨；明武進陳濟六經子史無不究竟，時稱爲兩脚書厨；南海唐全遍覽諸書，稱唐書櫃，或有過譽，要皆美詞也。

文選蘇文

宋初尚文選，士子專意此書，至爲之諺曰：文選爛，秀才半。見陸務觀老學庵筆記。又云：文選熟，秀才緑。謂脱白着緑也。建炎以後，尚蘇氏文章，而蜀尤甚，亦有語曰：蘇文熟，喫羊肉；蘇文生，喫菜羹。

魯望腹稿

吾郡甫里白蓮花寺，乃陸魯望故宅，後有祠堂塑像，腹中皆其平生詩文稿。咸淳間爲盛氏子醉仆其像于水，郡守倪普怒責之，而更塑其像，雖少雪天隨之怒辱，而當時之腹稿惜無存矣。

天妃籤

嘉靖乙酉，見順天國安高澄同友周應龍、王仲錦高進小試于通州，偶遊天妃廟，見有跪而求籤者，周曰：即以此決吾儕中否。視之，乃十六籤，曰：久困離窓下，于今始一鳴，不過三月内，虎榜看聯名。是秋四人果同登。九月往謝，又卜春榜，籤曰：開花雖共日，結果自殊時，寄語來槎客，危當爲汝持。己丑三人俱登第，仲錦除知州，進除知縣，澄除行人，獨應龍下第，以舉人選太原通判。結果自殊，踰年澄被使琉球，當以地險爲慮，澄往返安寧，應後二句。

張百杯

建安張端公，伯玉，字公達，范文正公客也。時號張百杯，又曰張百篇，言一飲酒百杯，一掃詩百篇，名重當世。有士人强記，自負飲酒，彭雙求朝士書牘爲先容，持謁公達。公達啟緘，喜曰：君果多聞，又能敵吾飲，吾老久無對，不意君肯辱命也。共酌三十餘，士人雄辯風生，又酌少許，辭以醉。公達笑曰：量止此乎？老夫當爲君滿引矣。遂自數十舉，以手指四櫃書曰：吾衰病，不如昔所能記憶者，獨此君試探一卷，吾爲子誦之。

士人即櫃中偶探得儀禮，公達語士人試舉首語，士人如其言，公達琅然背誦，不遺一字。士人駭服，再拜稱謝。

學鍾學李

無拂集：一士子求仙問功名，時鍾伯敬、李九我在生，仙書云：學鍾先生。鍾遜李曰：大仙還是學李先生。士以二人皆顯宦，大喜。後士以貢爲國子助教，未幾貶州學正，乃知仙所云，則學中先生、學裡先生也。

金陵圖

唐韋莊金陵圖詩：江雨霏霏江草齊，六朝如夢鳥空啼。無情最是臺城柳，依舊烟籠十里堤。謝疊山云：臺城，梁武餓死之地，國亡身滅，陵谷變遷，惟草木無情，只如前日。無情依舊四字最妙。端平中北使王檝詩：到處江山是戰場，淮民依舊説耕桑。梅花不識興亡恨，猶向東風笑夕陽。譏本朝臣子不知邊事之危急。景定間，北將胡諠議留江州詩：寂寞武磯山上廟，蕭條羅伏水中船。垂楊不管興亡事，依舊青青兩岸邊。亦譏本朝將相不知國家將亡，猶隨時取樂，如平安無事時。皆從前詩變化來。

林康惜别詞

林和靖有惜别長相思詞云：吳山青，越山青，兩岸青山相送迎，誰知離别情。君淚盈，妾淚盈，羅帶同心結未成，江頭潮已平。康伯可亦有詞云：南高峯，北高峯，一片湖光烟靄中，春來愁殺儂。郎意濃，妾意濃，油壁車輕郎馬驄，相逢九里松。二詞皆艷麗。

馬子嚴閨思

建安馬子嚴，莊父，博涉經史，工詩文，尤長于詞，有閨思鷓鴣天云：睡鴨徘徊烟縷長，日高春困不成粧。步欹草色金蓮潤，撚斷花鬚玉笋香。輕洛浦，笑巫陽，錦衣親織寄檀郎。兒家閉户藏春色，戲蝶游蜂不敢狂。

楊妃妙舞圖

明蘇郡徐用理庸題楊妃妙舞圖云：曲按霓裳舞翠盤，滿身香汗怯衣單。凌波步小月三寸，傾國貌嬌花一團。楊柳欲眠風不定，海棠無力露初乾。風流自古迷心目，莫怪三郎倚醉看。

田子藝召乩

錢塘田子藝，藝衡，召乩，洞賓書踏莎行詞云：輕挿羽扇，平分湘水，烟霞泉石爲佳侶。清風兩袖腋氣粗，洞庭飛過經千里。飽嚼瑶花，醉斟玉瀣，乾坤收拾葫蘆裡。一聲長瀰海空伙數着殘碁山月起。青龍子戲請作西湖賦。運乩如飛。筆不停輟。有攀碧落之兩峰。卧白雲於三竺。六橋流水。魚與供四賢堂。寂鹿獨宿。真佳句也。客有戲之者曰。仙姑何在。書云。閬苑蓬萊自可人。東山人駐幾千春。要知古女真消息。碧漢青天月一輪。子藝曰。嘗藏何仙姑三字也。乩又書曰。至矣至矣。客又戲曰。適見洞賓否。乩忽怒。突者久之。復書曰。仙友從來有洞賓。爾今問我是何因。婉姈自許追周穆。姜女誰知與亂臣。烈火真金應不鑠。蒼蠅白璧未嘗磷。道心清靜渾如水。不似凡間犬豕人。按洞賓初名紹先。後名嵓。何仙姑廣東增城人。為人斂娼。故肩捐采籬。子藝又嘗召乩。一日降壇。勢甚猛。書云。咸鎮華夷義勇。三分四海。才兼文武英雄千古一人。子藝曰。公乃武安王耶。關公之靈。誓不入吳。何以至此。書曰。赤光勝霜汗雨零。青龍偃月血風腥。曉來飛渡烏江上。始信天亡最有靈。客皆愕然。蓋不獨公之英靈千古不昧。而非戲之罪。隱然自寓于言表矣。

醉翁圖贊

黃貞父汝亨醉翁圖贊曰。酒好灰。閉而眼。捫而口。潦倒衣冠。模糊好醜。多不辭一石。少不辭五斗。提攜域外乾坤。斷送人間卯酉。破除萬事總皆非。況臭一念夫何有。

蓋東坡為無漏之仙。而吾呼之為獨醒之友。

挽衣共飲

何氏語林。張丞相商英字天覺。召自荊湖。適劉跛子與客飲市橋。聞車騎甚都。起觀之。跛子挽丞相衣。使且共飲。因作詩曰。遷客湖湘召赴京。車啼迎送一何榮。爭如與子市橋飲。且免人間寵辱驚。時賞其俊異。跛子青州人。拄一拐。每歲至洛陽范家園看花。為人嘯詠有味。大范與二十金。曰跛子喫羊肉。小范與十金。曰喫碗羹。劉詩謝曰。人生四海皆兄弟。酒肉林中過一生。

詩賀兄嫂

楊汝士以尚書出鎮東川。白樂天是尚書妹壻。時以太子少傅分洛。樂天戲代內子作詩賀兄嫂曰。劉綱與婦共登仙。弄玉隨夫亦上天。何似沙哥汝士小字領崔嫂。碧油幢引向東川。又曰。金花銀碗饒兄用。罨畫羅裙任嫂裁。妹得黔婁為夫壻。可能空寄蜀茶來。

牛秀才賦

吳中舊事。孫實字若虛。少負俊聲。壯遊鄉校。同舍多出田里。家富以緣之貲。不甚加禮。而一牛姓者尤所侮玩。若虛因作牛秀才賦。嘲云。腰帶垂紳。尚有田草之尖。頭巾觸地。猶聞寗戚之歌。致莊周太廟之嗟。來丙吉途中之問。聞者爭相傳誦。

靜卧

陳眉公曰。日月如驚丸。可謂浮生矣。惟靜卧是小延年。人事如飛塵。可謂浮生矣。惟靜卧是小自在。朝魚暮肉。可謂腥穢矣。惟靜卧是小齋戒。智戰力爭。可謂險惡矣。惟靜卧是小三代。至于寢夢之中。見聞新游覽處。無足而行。不翼而飛。又是小神舉。

堅瓠七集卷一終

堅瓠七集卷之二目錄

蔡天啓題畫　三豪
弔妓樵哥　詩禍得釋
九日題糕　取傷廉
魂歸賦詩　傳家清白
和杏方　明目方
禽獸決錄　大都供奉女
虞邵庵詞　詩觸御史
謝方石程課　懶雲窩
洞花幽草　皆夢軒
對弈圖　香奩八咏
鞋盃詞　山歌翻詞
立春清江引　林坡詩諷
郎閣對　色難容易

風流學士　乩書四喜詩
賦詩贈妓　梅柳爭春
行舟八詠　花影集
王雪村　桃花仕女
眞箇銷魂　出題有礙
國學送胙　假醫篇
六同詩話　花朝
郎瑛題芙蓉　解大紳對
雪村召乩　咏愁
太初咏沙　元末紅軍
韓信有後　鼠妖
倭子能詩　周文安前身
三傑四傑　化建窒疏
白練裙　周張文畫卮
江湖巨盜　悼張士誠
詩却侍姬　活死人窩
王威寧詩詞　中原音韻
神童詠擔　海棠上杜工部書

堅瓠七集卷之二

清　長洲石農褚人穫學稼纂輯

蔡天啓題畫

丹陽蔡天啓肇性高倜儻於尺素作平岡老木極有清致因授李伯時令於餘地加遠水歸雁作扁舟以載天啓自題曰鴻雁歸時水拍天平岡老木尚寒烟付君餘地安漁艇乞我寒江聽雨眠伯時嬾不能竟他日王彥舟取去以示宗子戩即取筆點染如詩中意天啓見之愛其佳後泛舟宿橫塘遇雨閉蓬而臥夜不能寐聞歸雁聲復為詩云半野風烟入夢思殷勤作畫更題詩扁舟臥聽橫塘雨恰遇江南歸雁時又見其題三茅風雨圖云筆間雲氣生毫末紙上風聲聽有無收得三茅風雨樣高堂六月是冰壺亦琅然可諷也

三豪

石守道嘗作三豪詩謂石曼卿豪於詩歐陽永叔豪於文杜默豪於歌默有送守道赴太學六字歌其豪句云頭角驚殺蝦蟹學海波中老龍爪距逐出狐兔聖人門前大蟲推倒楊朱墨翟扶起仲尼周公一條路出甕口幾程身在雲中水浸山影倒碧春着花梢半紅默濮州人因此歌得在三豪之列

吊妓蘊哥

穎妓劉蘊哥與悅己者密約相從而其母禁之至苦不勝鬱悒以盛春美景邀同韻者聯騎出城登高塚相對慟哭遂卒晏元獻戲題絕句吊之云蘊哥風味逼天真恐是文君向上人何日九原芳草綠一盃架酒哭青春

詩禍得釋

熙寧中鄭俠上書事作下獄悉治平時所往還厚善者晏叔原幾道亦在數中俠家搜得叔原與俠詩云小白長紅又滿枝築毬場外獨支頤春風自是人間客主管繁華得幾時神宗見詩即令釋出

九日題餻

劉夢得作九日詩欲用餻字以五經中無之輟不復為宋子京以為不然九日食餻有詩云颭館輕霜拂曙袍糗餈花飲鬬分曹劉郎不敢題糕字空負詩中一世豪遂為古今絕唱

取傷廉

紹興初臨安學帑被盜邏者夜搜溝中所盜金在焉時府學生黃某主於傍遂錄送府錄事叅軍強𢧐引滕元發偷狗作賦故事乞俾之試府主張澄許之以取傷廉為題黃倉卒不能成文強潛代為之其一聯云門人竊屨何傷孟子之賢同舍誣金始見直生之量張見之喜遂置不問

魂歸賦詩

史彌遠死已久一夕聞叩門聲曰丞相歸舉家駭匿比入門燈火綵輿升堂即席子婦皆出羅拜訊慰平生歷歷囑家事索紙筆題詩曰冥路茫茫萬里雲妻孥無復舊為群早知泡影須臾事悔把恩仇抵死分

傳家清白

宋陳蒙家世清白有布衣持紙扇來謁上詩云出韻不駐思蒙以酸字為韻令賦梅花詩謁者輒應聲曰影搖溪腳月猶冷香滿枝頭雪未乾只為傳家太清白致令生子亦辛酸蒙大悅留款而厚贈之

和香方

范蔚宗曄撰和香方其序云麝本多忌過分必害沉實易和盈斤無傷零藿虛燥詹唐黏溼甘松蘇合安息鬱金捺多和羅之屬並被珍於外國無取於中土及棗膏昏鈍甲煎淺俗非惟無助於馨烈乃當彌增於尤疾此序所言悉以比類朝士麝本多忌比庾炳之零藿虛燥比何尚之詹唐黏溼比沈演之棗膏昏鈍比羊玄保甲煎淺俗比徐湛之甘松蘇合比慧琳道人沉實易和以自況也

明目方

范武子甯嘗患目痛就張處度湛求方處度因嘲之曰古方宋陽里子少得其術以授魯東門伯東門伯以授左丘明及漢杜子夏鄭康成魏高堂隆晉左太冲凡此諸賢並有目疾相傳此方用損讀書一減思慮二專內視三簡外觀四旦晚起五夜早眠六凡六物熬以神火下以氣篩蘊於胸中七日然後納諸方寸修之一時近能數其目睫遠視尺捶之餘長服不已洞見墻壁之外非但明目亦能延年

禽獸決錄

卞田居彬宋高帝時為平越長史险拔有才而與人多忤數年不得仕進嘗為枯魚蚤虱蝸虫蝦蟇等賦以喻意賦蝦蟇云紆青拖紫名為蛤魚世以比令僕也科斗唯唯群浮閣水維朝繼夕役使如鬼比令史諸事也又目禽獸云羊性淫而佷猪性卑而率鵝性頑而傲狗性險而出皆指斥貴勢羊淫佷謂呂文顯猪卑率謂朱隆之鵝

頑傲謂潘敞狗險出謂文度其險傲如此

大都供奉女

平江紀事致和改元七月之望士子楊彥采陸升之載酒遊蓮塘舟泊橫塘橋下月色明霽酒各半酣聞隣船有琵琶聲意其歌姬也躡而窺之見燈下一姬自弄絃索二人往見詢其所由曰妾大都樂籍供奉女也以事至江南二人命取舟中肴核就燈同酌求歌以侑觴則曰妾近冒風失音不能奉命強之乃曰近日遊訪西子陳跡得古歌數首敢奉清塵凡一歌侑飲一觴歌曰風動荷花水殿香姑蘇臺上宴吳王西施醉舞嬌無力笑倚東窗白玉床又歌吳王舊國水煙空香徑無人蘭葉紅春色似憐歌舞地年年先發館娃宮又館娃宮外似蘇臺鬱鬱芊芊草不開無風日偃君知否西施裙裾拂過來又半夜娃宮作戰場血腥猶雜宴時香西施不及燒殘蠟尤為君王泣數行又春入長洲草又生鷓鴣飛起少年行年深不辨娃宮處夜夜蘇臺空月明又幾多雲樹倚青冥越焰燒來一片平此地最應沾恨血至今青草不勻生又舊苑荒臺楊柳新菱歌清唱不勝春只今惟有西江月曾照吳王宮裡人彥采曰歌韻悠柔含悲聳愴固云美矣第西施乃亡人家國妖艷之流不足道也願更他曲姬更歌曰家國興亡來有以吳人何苦怨西施西施若解亡人國越國亡來又是誰彥采曰此言固是然皆古人陳言有何新聲傾耳一聽又歌曰家是紅羅亭上仙謫來塵世已多年君心既逐東流水錯把無緣當有緣歌竟掀蓬攬衣躍入水中彥采驚寤升之醉眠腳後翌日事傳吳下

虞邵庵詞

輟耕錄虞伯生在翰苑時宴散散學士家歌兒郭氏順時秀唱令樂府其折桂令起句云博山銅細裊香風一句兩韻名曰短柱極不易作伯生愛其新奇席上偶談蜀漢事因命紙筆賦一曲云鸞輿三顧茅廬漢祚難扶日暮桑榆深渡南瀘長驅西蜀力拒東吳美乎周瑜妙術悲夫關羽云殂天數盈虛造物乘除問汝何如早賦歸歟蓋兩字二韻比之一句兩韻者為尤難云

詩觸御史

嘉靖中閩張嘉猷字猷叔嗜酒能詩有晉人風致其俊句如獨憐芳草別共醉菊花巫坐地流花氣征鞍拂柳絲俊雅可誦為龍泉教諭同鄉王應箕巡按浙中至處州張欲王以出格之禮相待而王倨甚合府縣學官而試之張勉強就試王以秋江晚霽命題張落句云芙蓉最是無情物又向前溪作晚陰王覽之大怒痛恨入骨蓋王未遇時其母改節適人前溪故張及之也張竟置最下考左遷

謝方石程課

謝方石鐸在翰林學詩自立程課限一月作古體如此月讀古詩凡官課及應答諸作皆古體也李西涯嘗為崖山詩內一聯謝意不滿西涯以為更無可易謝笑曰覩子罰中似不止此最後曰廟堂遺恨和戎策宗社深恩養士年謝笑曰微我子不到此西涯又為端禮門古樂府謝以為末句未盡善往復再四最後乃曰碑可毀亦可建蓋指事久乃見不見奸黨碑但見奸臣傳謝不待詞畢躍然而起

懶雲窩

柯里西瑛耀卿學士之子有居號懶雲窩用殿前歡調歌以自述云懶雲窩醒時詩酒醉時歌瑤琴不理拋書卧無夢南柯得清閒儘快活日月如攛梭過富貴比花開落青春去也不樂如何貫酸齋和云懶雲窩陽臺誰與送巫娥蟾光一任來穿破遁迹由他蔽一天星斗多分半榻蒲團坐萬里鵬程挫向煙霞笑傲任世事蹉跎喬夢符衛中立皆和之

洞花幽草

洞花幽草貫酸齋二妾名臨終有辭世詩張小山伯遠字可久為酸齋解嘲曰君王曾賜瓊林宴三斗始朝天文章懶入編修院紅錦箋白紵篇黃柑傳學會神仙參透詩禪厭塵囂絕名利逃林泉天台洞口地肺山前學煉丹同貨墨共談玄興飄然酒家眠洞花幽草結因緣被我瞞他四十年海天秋月一般圓

皆夢軒

陳汝嘉扁其所居軒曰皆夢索陶九成宗儀題為賦詩云北窗高卧羲皇上不比南柯太守衙歷世焦陰方覆鹿山童竹葉自敲茶黃梁欲卧空仙枕春草池塘即謝家萬事轉頭同一幻怪來筠管忽生花○又謝言長語夢軒一聯云謝家兄弟池塘草商室君臣鼎鼐梅

對奕圖

賦比興為詩之正體古人多有作比詩者元進士德興董仲可題明皇貴妃對奕圖云內計縱橫勢已危三郎何事不知機祇應一子參差久費盡神謀為解圍

杏奩八詠

楊廉夫過杭。訪瞿士衡。時士衡從姪宗吉尚少。廉夫示以所作香奩八詠。宗吉乃悉和之。其花塵春跡云。燕尾點波微有暈。鳳頭踏月悄無聲。黛眉顰色云。恨從張敞毫邊起。春向梁鴻案上生。金錢卜歡云。織錦軒窗閒笑語。採蘋洲渚聽愁吁。香頰啼痕云。斑斑湘竹非因雨。點點楊花不是春。廉夫歎服曰。此瞿家千里駒也。

鞋杯詞

瞿士衡飲楊廉夫以鞋盃。廉夫命宗吉詠之。即作沁園春詞云。一掬嬌春。弓樣新裁。蓮步未移。笑書生量窄。愛渠儘小。主人情重。酌我休遲。醞釀朝雲。斟量暮雨。能使麴生風味奇。何須去。向花塵留跡。月地偷期。風流到手偏宜。便豪吸雄吞不用辭。任淩波南浦。惟誇羅襪。賞花上苑。祇勸金卮。羅帕高擎。銀瓶低注。絕勝翠裙深掩時。華筵散。奈此心先醉。此恨誰知。以呈廉夫。大喜。命侍妓歌以侑觴。

山歌翻詞

瞿宗吉聽妓月子彎彎之歌。遂翻為詞云。簾捲水西樓。一曲新腔唱打油。宿雨眠雲年少夢。休謳。且盡生前酒一甌。明日又登舟。卻指今宵是舊遊。同是他鄉淪落客。休愁。月子彎彎照幾州。

立春清江引

貫酸齋赴所親宴。時正立春。坐客以清江引請賦。且限以金木水火土五字冠於每句之首。句各用春字。酸齋即題云。金釵影搖春燕斜。木杪生春葉。水塘春始波。火候春初熱。土牛兒載將春到也。滿座歎服。

林坡詩諷

黎林坡真明初名儒。嘗以非罪謫戍遼左。同里馬某與焉。黎嘗思放回。而馬獨不與。馬之兄一日盛席邀黎。侑觴之妓皆絕色。黎聞之不往。遺以詩曰。錦瑟銀箏白玉卮。賞音元自有鍾期。可憐孤雁長城外。叫斷南雲總不知。其兄得詩。為之墮淚罷宴。

邸間對

永樂中。江南一太學生當選京師。見邸壁題云。客眠孤館。夢魂常到故鄉來。一日閣中傳旨云。人上斷橋。形影不隨流水去。有能對者賞。生忽悟壁間之句。即以奏對。得校右秩。

色難容易

文皇嘗謂解學士曰。有一書句甚難其對。曰色難。解應聲曰容易。文皇不悟。顧謂解曰。既云易矣。何久不對。解曰。適已對矣。文皇始悟。色對容。難對易。為之大笑。

風流學士

解學士訪某駙馬不值。公主聞其名。欲觀之。隔簾使人留茶。解索筆題曰。錦衣公子未還家。紅粉佳人叫賜茶。內院深沉人不見。隔簾閒卻一團花。公主怒其譏己。遂奏聞。文皇曰。此風流學士。見他做甚。

乩書四喜詩

松江守私廨失金首飾。召仙問之。則書久旱逢甘雨詩。求識其意。不答。請書名。乃書曰江陰周岐鳳。守不悅。以為鬼語不足憑。間為一學官言之。對曰。此世俗所傳四喜詩耳。守愕然曰。吾家有女奴名四喜。得無是乎。執而訊之。果為所竊。猶藏廁後灰中。乃悟其仙。

賦詩贈妓

江陰卞華伯。崇未第時。過常熟。聞錢允暉曄詩名。往謁之。謂閽者曰。可語汝主。詩人卞華伯相訪。錢訝何人自負如此。適宴客有妓。令僕出語之曰。賦贈妓詩一絕。方接見。仍以艭降湘為韻。卞不構思。一揮而就。詩曰。琵琶斜抱出船艭。貌與荷花兩不降。今夜彩雲何處宿。空留明月照瀟湘。允暉見詩。歎服。倒屣迎入。遂定交焉。

梅柳爭春

仁和凌雲翰字彥翀。元末領鄉薦。明初仕成都府學教授。嘗作梅詞霜天曉角一百首。柳詞柳梢青一百首。號梅柳爭春。見人家昆季以鬩墻析居者。作沁園春詞以嘲之曰。樹上凌霄。堂前紫荊。秋來尚芳。奈牝雞晨語。鶺鴒憔悴。妖狐晝嘯。鴻雁分行。仁智非周。喜憂非舜。一旦天倫恩遂忘。如何好。望松楸感泣。桑梓悲傷。古今禍起蕭房。總一國猶然況一鄉。家有婦人。豈無長舌。世無男子。誰有剛腸。樹大枝分。瓜熟蒂落。此語應非是義方。聊書此。要懲鑑戒。不在文章。

行舟八詠

堯山堂外紀。楊文理吳中紈綺子也。侈靡善吟。中歲貧甚。與杜公序友善。杜為攸令。楊欲往謁之。道里費趑趄久之。楚有商於吳者。謂楊曰。為我作舟行八詠。即載以往。題曰蓬櫓篙檣錨纜舵跳。楊一揮而就。其詠蓬警句有。數葉飽風淮浦晚。一繩拖雨洞庭秋。詠櫓警句有。分開水面秋烟冷。斫破波心夜月明。楚商讀之。躍然起敬。與之同往。且厚贈之。

花影集

馬鶴窓浩潤著花影集。花影者，月下燈前，無中生有，以為假則真，謂為實猶涉虛也。其中秋鵲橋仙云：不寒不暑，無風無雨，秋色平分佳節。桂花香散夜涼生，小樓上簾兒高揭。多愁多病，閑憂閑悶，綠鬢紛紛成雪。平生不作負恩人，惟負了今宵明月。又落花滿庭芳云：春老園庭，雨餘庭院，偏惹蝶駭鶯猜。萬紅皺白，狼藉滿蒼苔。正是愁腸欲斷，朱箔外點點飄來。分明似身輕飛燕，扶下避風臺。當初珍重意，金錢競買，玉砌新栽。更翠屏遮護，羯鼓催開。誰道天機繡錦，都化作紫陌塵埃。紗窗裡，有人憐惜，無語托香腮。

王雪村

王雪村澄，字天碧，幼工詩，與馬鶴窓為詩友。書有趙法。里甲報吏名於有司，撥授處州府架閣庫役。一日題馬一絕云：一日行千里，曾施汗血勞。不知天廄外，誰是九方皐。書府門。吳愚閭守召而詢曰：汝曾為弟子員耶？對以農民。守奇之，復試以南山晴雪題。雪村信筆呈云：雪霽南山正坐衙，瑩然相對兩無瑕。端光晚布三千里，和氣春生百萬家。未可擁爐傾竹葉，且須呵筆詠梅花。豐年有象皆侯德，五袴歌謠徧海涯。守大喜，遂集府佐諸子弟而館之，命人代其吏事。一日太守至館，見課簿有對云：三箇半鍾鍾半酒，一邊雙陸陸雙星。因擊節歎曰：有才如此，不獲時位，豈非命乎？日得親幸，名聞士夫。逮役滿歸杭，杭運使聞而請代文移，視太守尤敬愛之。雪村堅辭以疾，日與文士往來於湖山云。

桃花仕女

西樵野記：景泰中紹興上舍葛棠，博學能文，性豪放，築亭於圃，扁曰風月平分。旦夕浩歌縱酒自適。壁掛桃花仕女圖，棠戲曰：誠得是女捧觴，豈吝千金？夜飲半酣，見一姬進曰：久識上舍詞章之雅，日間重辱垂念，請歌詩以侑觴。棠曰：吾欲一杯一咏。姬乃連咏百絕，棠沉醉而臥。晚視畫上不見仕女，少焉復在。棠異而裂之。因錄所記憶者八首，餘皆忘之矣。梳成鬆髻出簾遲，折得桃花三兩枝。欲插上頭還在手，徧從人問可相宜。　嬿嬿欹枕捲紗衾，玉腕斜籠一串金。夢裡自家撑髩髮，索郎抽落鳳凰簪。　家住東吳白石磯，門前流水浣羅衣。朝來繫着木蘭棹，閑看鴛鴦作對飛。　石頭城外是江灘，灘上行舟多少難。潮信有時還又至，郎舟一去幾時還。　潯陽南上不通潮，郤算遊程歲月遙。明月斷魂清靄靄，玉人何處教吹簫。　山桃花開紅更紅，朝朝愁雨又愁風。花開花謝難相見，懊恨無邊總是空。　西湖荷葉綠盈盈，露重風多蕩漾輕。倒折荷枝絲不斷，露珠易散似郎情。　芙蓉肌肉綠雲鬟，幾許幽情欲話難。聞說春來倍惆悵，莫教長袖倚闌杆。

真箇銷魂

故宋駙馬楊震有十姬，皆絕色，名粉兒者尤勝。一日招詹天游玉宴，盡出諸姬佐觴。天游屬意於粉兒，口占一詞云：淡淡青山兩點春，嬌羞一點口兒櫻。一梭兒玉一窩雲，白藕香中見西子，玉梅花下遇昭君。不曾真箇也銷魂。楊遂以粉兒贈之，曰：請天游真箇銷魂也。

出題有礙

安福張石磐藝山為南直提學，按試廬州，孟子題出不受於褐寬博，亦不受於萬乘之君。視刺萬乘之君，若刺褐夫。後與宸濠往還，械繫北上。廬江知縣劉夢熊，其同年也，因前為屬官處非其禮，乘間嘲之曰：公素有無君之心，得此非誣。張訐之。劉曰：公考廬州，出刺萬乘之君，可驗矣。張不覺愧屈。嘗有詩云：沒馬淤泥路轉賒，看山好興濕雲遮。僧房春盡渾無主，開遍庭前木槿花。後事敗，以為詩讖。

國學送胙

舊制，國學春秋二祭，各衙門胙肉，皆國子生押送。正德中，崔來鳳桐以歲貢卒業南雍，值送太常寺。太常卿怒不相接，崔投以韻語曰：吾聞千里能相見，一見如何反拒之。國子使非蘧玉使，太常薛豈孺悲辭。七科不第天留意，四十無聞我自知。不屑教中承教誨，退而修省是吾師。太常卿得詩，亟延欵之。

假髻篇

張東海弼作假髻篇，諷刺時事。詞曰：東家女兒髮委地，日日高樓理高髻。西家女兒髮垂肩，買雜假髻亦峩然。金釵寶鈿圍珠翠，眼底誰能辨真偽。天桃窗下來春風，假髻美人先入宮。當路銜之，出為南安太守。

六同詩話

王景明之南京，張東海贈之詩曰：谷陽城外送離船，矯首南都思惘然。一語煩君三致意，同鄉同志及同年。冬官王偉以為未盡交游者，乃益之曰：同官同事同游者，問及都將此意傳。因著六同詩話。

花朝

花朝本二月十二日。杭俗以二月十五日為花朝節。園丁競以名花荷擔叫鬻。音中律呂。黃子常賣花聲詞曰。人過天街。曉色擔頭紅紫。滿筠筐浮花浪蕊。畫樓睡醒。正眼橫秋水。聽新腔一回催起。　吟紅叫白。報得蜂兒知未。隔東西餘音軟美。迎門爭買。早斜簪雲鬢。助春嬌。粉香簾底。喬岑符吉和詞云。侵曉園丁。叫道嫩紅嬌紫。巧工夫攢枝飣蕊。行歌佇立。灑洗粧新水。捲香風看街簾起。　深深巷陌。有箇重門開未。忽驚他尋春夢美。穿窗透閣。便憑伊喚取惜花人。在誰眼底。

郎瑛題芙蓉

嘉靖初。郎瑛將游南都。有事於學宮。適教諭葉相至。召而言曰。汝能作詩則行。指亭前芙蓉為題。瑛書一絕云。名花不鬭艷陽粧。自向儒宮傍晚涼。莫道秋容顏色淡。野梅凌雪有天香。葉知有為。故曰。我欲題折枝者。瑛憤而口占曰。天香國色異丰姿。祗是西風颭墜枝。今日悲秋人見汝。有何奇句動吾師。葉笑而放之。逾二年。其子索題芙蓉扇面。瑛感前事。書曰。莫向芙蓉怨不平。風塵自古困儒生。當年錯怪淮陰少。自是王孫未有名。他日葉見之。謂瑛曰。汝尚記憶前事耶。因出酒命酌。痛飲而別。

解大紳對

南京金水河。玉闌干。諸勝景。命解大紳八歲時。慨然有觀光之意。胡子祺乃命對曰。金水河邊金線柳。金線柳穿金魚口。大紳應云。玉闌干外玉簪花。玉簪花插玉人頭。眾大奇之。

雪村召乩

王雪村善召乩仙。每吟咏有窘阻。則叩仙續之。一日與馬鶴窗泛湖。鶴窗因請召之。乩既動。鶴窗問仙何名。即書曰。有事但問。問畢告名。鶴窗曰。有句云。搖搖鵝南國佳人。一雙玉手。久未有對。乩即書云。跌寶座西方大佛。丈六金身。笑逮如飛。復成一律云。此地曾經歌舞來。風流回首即塵埃。王孫芳草為誰綠。寒食梨花無主開。郎去排雲叫閶闔。妾今行雨在陽臺。衷情訴與遼東鶴。松柏西陵正可哀。後書錢塘蘇小小。歛和鶴窗嘯昔湖橋首唱。已而寂然不動。二人稱賞久之。

咏愁

洪武間張彥倫有咏愁詩。警策可誦。來何容易去何遲。半在胷中半在眉。門掩落花春去後。窗含殘月酒醒時。濃如野外連天草。亂似空中惹地絲。除却五侯歌舞地。人間無處不相隨。又成化中侯官林粹夫廷玉有咏愁寄鴻秋詞云。姤雄情繩轉相逆

逼。惹蕩懷來往閒交搆。對菱花怕照容顏瘦。數歸鴻難展眉峰皺。秋風葉落時。夜雨燈昏候。那其間淚濕香羅袖。

太初咏沙

郭功甫祥正在王荊公坐。有一人展刺云。詩人龍太初。功甫曰。相公前敢稱詩人。不識去就如此。荊公曰。請來相見。既坐。功甫曰。賢道能詩。只從相公請題。是時有老兵以沙擦銅器。荊公曰。可作沙詩。太初不移刻間。誦曰。茫茫黃出塞。漠漠白鋪江。鳥過跡平篆。潮回日射星。功甫遂閣筆。太初由此知名東南。

元末紅軍

中原紅軍初起。旗上一聯云。虎賁三千。直抵幽燕之地。龍飛九五。重開大宋之天。其後毛貴等橫行山東。侵犯畿甸。駕幸灤京。賊勢猖獗。無異唐末。張仲舉在都。寄浙省參政周玉坡伯琦云。天子臨軒授鉞頻。東南無地不紅巾。鐵衣遠道三軍老。白骨中原萬鬼新。豪士精靈虹貫日。仙家談笑海揚塵。都將兩眼凄涼淚。哭盡平生幾故人。

韓信有後

椎書載。廣南有韋土官者。韓信之後也。當淮陰鍾室難作之時。有客匿其孤。來撫於蕭相國。相國作書致南粵尉佗。佗素重信。又憐其寃。慨然受託。姓以韋者。去其韓之半也。孤後有武功。世長海壖。受鐵券。蕭相國與尉佗書。至今尚勒鼎彝。昭然可考。

鼠妖

成化二年。長樂士人陳璧。獨坐室中。見梁上二鼠相鬬。忽墮地為二老翁。長可五六寸。對坐劇飲。聲如小兒。既而有二女子歌舞勸酬。其歌曰。天地小如帳。紅輪自吞吐。多少世間人。都被紅輪誤。酒既闌。乃合為一大鼠。向陳作拱揖狀而去。又歌曰。去去去。此間不是留儂處。儂住三十三天天外天。玉皇為我養男女。

倭子能詩

萬曆甲戌三月。倭子三人。隨破船漂至登州。其一能詩。是日雨雪。登守就以為題。倭即書云。一夜東風勝北風。鵝毛飛亂滿長空。梨花樹上白加白。桃杏枝頭紅不紅。鶯問幾時能出谷。燕愁何日化泥營。寒氷鎖住鞦韆架。路阻行人去不通。

周文安前身

長寧周兇佐。洪謨正統甲子發解赴公車。舟泊邗江。夜夢一人謂曰。吾乃子前身也。前程萬里。終身清要。周問子何人。曰。吾友鶴山人也。姓丁。家維揚。乙丑周榜眼及第。

後官南京翰林。以詩謁維揚太守三原王恕曰。生死輪迴事杳冥。前身幻出鶴仙靈。當年一覺揚州夢。華表歸來又姓丁。王得詩甚訝。集郡中耆老詢之。羅文節曰。友鶴山人名鶴年。君友丁宗啓之父。官武昌。遂家焉。伯氏登進士者三人。友鶴獨恬然布衣。以詩名家。元末隱居。建文中沒於成都。王以復周世以為異。如羊祜房琯之事云。

三傑四傑

世知張良蕭何韓信為三傑。而不知諸葛亮關羽張飛亦號三傑。唐丞相宋璟張說太子少傅源乾曜同日拜官。明皇賜三傑詩。時號三傑。宋程顥為鄠縣簿。張正甫為武功簿。朱光庭為萬年簿。關中號為三傑。明劉基徐達李善長亦號三傑。又謝貞為臨洮府吏。潘吉為西寧行太僕寺吏。皆善詩文。時解縉亦謫河州衛吏。關中皆稱吏中三傑。世知王勃楊炯盧照鄰駱賓王為四傑。而不知宋韓琦范仲淹富弼歐陽修亦號四傑。明高啓楊基張羽徐賁亦號四傑。吳人張習曰。國初以高楊張徐比唐之四傑。故老言不惟文才之似。而其攸終亦不相遠。眉庵基盈川令終如一。太史啓之戮同於賓王。北郭賁雖不溺海。卒於獄戶。而非首血。來儀羽投龍江。與照鄰無異。死生有命。今古一轍。又北地李夢陽濟南邊貢姑蘇徐禎卿信陽何景明世亦稱四傑。

化建室疏

明錢塘張天錫。錫居室為回祿所燬。作四六短疏以干知識。有云。禿和尚只化凡夫。老癡儒惟求達士。曹開晉將軍為戴逵造宅。願杜富傚宋丞相為庾郎買居。務期寬廣。何昔賢之好事。豈今日之無人。敢希輪奐之維新。聊冀土茨之苟合。使我春誦夏絃。勝彼朝鐘暮鼓。貯青風明月於無窮。藏奇書異畫以不朽。是所望也。惟善圖之。不數月而新室落成。

白練裙

南城鄭應尼之文。公車下第。薄遊長干曲中。為湘蘭負盛名。與王百穀諸公為文字飲。頗不禮應尼。應尼與吳非熊輩作白練裙雜劇。極為譏調。聚優唱演。召湘蘭觀之。微笑而已。時定襄傅司業某。清嚴訓士。召應尼跪廡下。出一編擲地數之曰。舉子故當為輕蛺蝶耶。收以夏楚。錢業叟云。應尼成進士。傅公為北祭酒。介于任謝過。崇禎末。余作長歌寄應尼。有子弟猶歌白練裙。行人尚酹湘蘭墓。應尼亦次韻却寄。

周張文畫卮

周東村臣精繪事。嚴介溪為南吏部。索畫。多不能應。屬撫臣行邀。幾有銀鐺之厄。憩

要人居間稍解。猶追至南京。作兩月畫。委頓而歸。孫滁陽為河南憲。怨張平山路不時見至詩之入。捋其左指。以右手畫鍾馗。道左輯候孫慰之。始解。張感左輯思。彈力作四畫酬之。文徵仲在史館。姚淶楊惟聰耳畫不以禮。文雅鄙之。輒流言曰。文某當從西殿供事。奈何辱我翰林為。三公皆因畫厄。不特巧者拙奴而已。

江湖巨盜

兒山堂外紀。嘉靖甲辰。有方士居萬安太平寺中。短髮束鐵圈。跛足執拐以行。不言姓名。能畫山水人物類吳小仙。書除夕詩於壁曰。長竿火炬照田間。山寨歸來興未闌。稚子送窮燒爆竹。老妻學富出椒盤。江湖朋舊皆為鬼。鄉里兒童半是官。少日壯心猶尚在。唾壺敲碎燭花殘。觀詩意。斯人固嘗朋巨盜而亡命者也。

悼張士誠

明兵破姑蘇。張士誠就擒。其妻劉氏率姬妾登齊雲樓自焚。黨與無死難者。有人賦絕句云。虎鬬龍爭既不能。雞鳴狗盜亦何曾。陳平韓信皆歸漢。只欠彭城老范增。

詩却侍姬

元統三年。新喻傅與礪若金奉使安南。宿天使館中。其國王以侍姬薦寢。與礪以詩卻之曰。夜宿安南天使館。主人供帳燭相輝。寶香爐起風過席。銀燭花偏月照幃。王母謾勞青鳥至。文蕭先放綵鸞歸。書生自是心如鐵。莫遣行雲亂濕衣。

活死人窩

鄱陽道士胡道玄。以一舟往來洪之東湖。扁曰活死人窩。蕪城戚元章過之。為賦詩曰。一住行窩幾十年。蓬頭長日走如顛。海棠亭下重陽子。蓮葉舟中太乙仙。無物可離虛殼外。有人能悟未生前。出門一笑無拘礙。雲在東湖月在天。虞伯生亦賦詩曰。大海何嘗着死人。然饒得活也逡巡。中黃土底埋焦骨。太白星前禍幻塵。銀漢槎頭成恍惚。布帆船子弄精神。太平歌裏無生滅。惟有胡茄柏柏真。

王威寧詩詞

王威寧越詩。粗豪蒼莽。雁門紀事曰。雁門關外野人家。不養蠶絲不種麻。百里全無桑柘樹。三春那見杏桃花。簷前雨過皆成雪。塞上風來總是沙。說與江南人不信。只穿皮襖不穿紗。人謂曲盡大同風景。○威寧尤善詞曲。偶遣懷作朝天子云。燒罷筍下茶牢。罵罷剁鮓。到惹得傍人罵。人人罵我是老庄家。我就是乾坤大。萬古千秋一場閒話。說英雄是假。你就笑我剁麻。你說我哈答。我做箇沒用的神仙也罷。

中原音韻

辰定甲子秋，高安周德清號挺齋，著中原音韻並起例，以遺青原蕭存存。未幾，訪西域友人瑣復初、兆同志羅宗信見餉，復初舉觴命謳者歌樂府四塊玉，至彩扇歌青樓飲，宗信止其音而言曰：彩字對青字，而歌青字為晴。吾揣其音，此字合用平字。聲必欲揚其音，而青字乃抑之，非也。復初因駐紅袖而自用調歌曰：買笑金纏頭錦。得遇知音可人心，怡逢狂客天生沁。組死鶴劈碎琴，不害𥙿。德清聞歌大喜曰：予作樂府三十年，未有如今日之遇二公，知某曲之非，某曲之是也。遂捧巨觴，口占折桂令一闋曰：宰金頭黑腳天鵝，客有鍾期，座有韓娥。吟既能吟，聽還能聽，歌也能歌。和白雪新來較可，放行雲飛去如何？醉睹銀河，燦燦蟾孤，點點星多。歌畢，胡與痛飲而罷。

神童咏捲

脫脫當國，有神童來謁，自言能詩。脫脫令賦捲詩，即成絕句。分得兩頭輕與重，世間何事不捲當，蓋諷之也。

海棠上杜工部書

新安張山來潮心齋聊復集中，多游戲文章。其代海棠上杜工部書云：某頓首上書於工部執事，某聞之，暗芳疎影，悲見棄於三閭，國色天香，悵左遷於武后。詞人動為扼腕，逸士每與顰眉。蓋空山搖曳，芬芳雖至千秋，而名士品題，聲價頓高十倍。故我輩素以得詩為幸，同儕皆以見賞稱榮。恭惟執事，桂林一枝，槐庭三樹，忠孝溢於篇章，共擬葵心之向日；詞華貫於今古，群欽梅蕚之先春。筆花爛熳，語必驚人；文彩縱橫，才疑天落。人間異卉，多被揄揚；世上名葩，偏蒙題詠。獨某未遭獎譽，有外栽培。對衆品以無顏，向群芳而自媿。切念某蓮萬陋質，蒲柳凡姿，無香致恨於淵林，晚聘見傷於黎樂。然而春睡方酣，憐生帝子；晚粧正懶，覺出才人。新紅塗抹，自矜花裏神仙；香霧空濛，不媿曾家名友。春敷華而秋逞媚，敢云志在春秋；夜燒燭而日烘裳，不謂榮霑日夜。高低千點，赤煥若霞城；深淺半開，紅爛同雲錦。婀娜垂絲，不類顛狂柳絮；亭亭貼梗，肯隨輕薄桃花？閬郎對景，夕陽吟謝却之篇；思婦懷人，秋日墮斷腸之淚。昌州獨馥，羨他彩鳳宿深枝；蜀地偏多，任爾啼人巢鐵幹。屢辱群公之賜咏，頻令弱植以生輝。雖執事不過一日之偶忘，而世人遂謂名公之見外。是以特操木筆，仰懇微郎，伏乞詢於野苑，采其葑菲，賜以生花之筆，加以剪綵之工，則雨露均沾，不啻金錢厚賚，而蘂藏益敬，敢惜薇露名香。某頓首謹上。

堅瓠七集卷二終

堅瓠七集卷之三目錄

燭花呈瑞　冷香駢句
賦摘　千國寶詞
題畫詞　宣和詞讖
黃衣少年　琵琶亭
龍祠題葉　金華神女
洞庭詩鬼　洛陽花神
老妓集句　持節和戎
落籍從良　春風柳絮
嚴陵祠　二宋洛花詩
唐子西題梅　莫惱翁曲
題僧窓　同名詩
孫巨源恨詞　中興野人
魚籃觀音　盧東題詩
梅詞　夢遊玉京
賞心亭　懿卿善笛
漁家傲　魏公清望
題詩占度　題詩齋宮
薦福碑　歌詞感德
春月勝秋　賦假山
錢恭政夢　體方奇遇
五月菊　九字詩
詩呈閣吏　沈石田
詠酒　撃鼓催花
韓汝節題松　韓汝慶詞
濯足圖　五指山
代試　無眼無頭
俗諺題破　宋人戲破

何仲默善破　江王對句
相國寺僧　軟紅塵
改觀爲寺　喇叭曲
十二時頌

堅瓠七集卷之三

清　長洲石農褚人穫學稼纂輯

燭花呈瑞

紹興間。洪景盧邁在臨安試詞科。三場畢。與五友同過抱劍街孫氏小樓。夜月如晝。臨窗小酌。兩燭結花。爛然若連珠。孫娼黠慧。白坐中曰。今夕桂魄皎潔。燭花呈祥。五君較藝蘭省。高捷無疑。請各賦一詞。爲他日佳話。何自明即操筆作浣溪沙一闋曰。草草杯盤訪玉人。燈花呈喜坐添春。邀郎覓句要奇新。黛淺波嬌情脉脉。雲輕柳弱意真真。從今風月屬閒人。衆傳觀歎賞。獨恨末句失意。景盧續臨江仙曰。綺席留歡歡正洽。高樓佳氣重重。釵頭小篆燭花紅。直須將喜事。來報主人公。桂月十分春正半。廣寒宮殿葱葱。姮娥相對曲闌東。雲梯知不遠。平步躡東風。孫滿酌一觥相勸曰。學士必高中。此瑞殆爲君設也。已而景盧果奏名賜第。餘皆不偶。

冷香聯句

蘇老泉一日家集。舉香冷二字一聯爲令。倡云。水向石邊流出冷。風從花裏過來香。東坡云。拂石坐來衣帶冷。踏花歸去馬蹄香。穎濱云。□□□□□□□冷。梅花彈遍指頭香。小妹云。叫月杜鵑喉舌冷。宿花蝴蝶夢魂香。

賦鷂

胡致隆號蕭灘居士。與黃山谷往來。坐上分題。胡得鷂。遂賦云。平生氷雪姿。七星羅心胸。豈無有絲毫。上裨天子聰。而不自薦達。何爲乎泥中。況府正無賴。安得君從容。其子亦可憾。風味如乃翁。

于國寶詞

乾道淳熙間。壽皇以天下養。往往修舊京金明池故事。以安太上之心。湖上御園南有聚景真珠南屏。北有集芳延祥玉壺。然多幸聚景。一日御舟經過斷橋旁。有酒肆。頗潔雅。中飾素屏。書風入松詞于上。光堯停目稱賞久之。宣問何人所作。對曰。太學生于國寶醉筆也。其詞云。一春常費買花錢。日日醉湖邊。玉驄慣識西湖路。驕嘶過沽酒樓前。紅杏香中歌舞。綠楊影裏鞦韆。暖風十里麗人天。花壓鬢雲偏。畫船載得春歸去。餘情付湖水湖烟。明日重攜殘酒。來尋陌上花鈿。光堯笑曰。此詞甚好。但重攜殘酒。未免寒酸。因改爲明日重扶殘醉。即日宣命解褐云。

畫韻

宣和初，何文縝㮚為中書舍人，道君皇帝以御畫雙鵲賜之。韓子蒼駒時為校書郎，賦詩二章曰：君王妙畫出神機，弱羽爭巢並占時。想見春風鳷鵲觀，一雙飛上萬年枝。又舍人簪筆上蓬山，輦路春風從駕還。天上飛來兩烏鵲，為傳喜色到人間。

宣和詞讖

宣和四年預借元宵。有謠詞云：太平無事，四邊寧靜狼烟渺。國泰民安，謾說堯舜禹湯好。萬民翹望彩都門，龍燈鳳燭相照。只聽得教坊雜劇歡笑，美人巧。寶籙宮前咒水書符斷妖，更夢近竹林深處，勝蓬島。笙歌鬧，奈吾皇不待元宵景色來到，只恐後月陰晴未保。中秋，帝在苑中賦晚景一聯云：日映晚霞金世界，月臨天宇玉乾坤。宰臣皆稱賀。次年金人犯闕，二帝北狩。

黃衣少年

明鄭翰卿客西寧侯邸第，晝寢，夢一黃衣少年邀至左廡下共飲，呼一麗人至，靚粧絕代。少年自起舞，歌春游之曲，曰：芳草多情，王孫未歸，邀我良朋，東風吹衣。麗人作迎風之舞，歌春愁之曲，曰：老鶯巧婦送春愁，幾度留春更不留。昨日漫天吹柳絮，玉人從此懶登樓。鄭正歡適，少年曰：文羌校尉來矣。見一人綠袍危冠，踉蹌而至，罷席而寤。起視庭中牡丹一花，映日婉媚，一黃蝶翩翩未去，乃花神與少年耳。綠葉上一螳螂長二寸許，則文羌校尉也。其年西寧薨，翰卿遂歸。

琵琶亭

明吳江沈韶，年弱冠，美姿容。嘗和薩天錫韻題吳中二首，為時輩所稱。洪武初，避徵辟，泛舟游襄漢，次九江，登琵琶亭。月下彷彿聞歌聲，有司馬青衫之感。明日復往，徙倚亭中，有麗人冉冉而來，呼韶同酌而坐，曰：妾偽漢陳主婕妤鄭婉娥也，年二十而死，殯于亭側。命侍兒鈿蟬設酒餚，歌念奴嬌二闋，曰：昨夕郎所聞也。口占一律贈韶曰：鳳艦龍舟事已空，銀屏金屋夢魂中。黃蘆晚日空殘壘，碧草寒烟鎖故宮。隧道魚燈油欲盡，粧臺鸞鏡匣長封。憑君莫話興亡事，淚濕胭脂損舊容。韶答詩云：結綺臨春萬戶空，幾番揮淚夕陽中。唐環不見新留襪，漢燕猶餘舊守宮。別苑秋深黃葉墜，寢園春盡碧苔封。自慚不是牛僧孺，也向雲堦拜玉容。韶與留連半載，談元末群雄興廢及偽漢宮中事，歷歷可記。臨別，以金條脫為贈。同游梁生作琵琶佳遇歌。

龍祠題葉

張士傑客壽陽，被酒，歷淮陽，誤入龍祠，見後帳龍女塑像甚美，取桐葉題詩云：我是

夢中傳彩筆，書於葉上寄朝雲。投帳中。頃之，恍惚如聞帳內微吟云：落帆且泊小沙灘，霜月無波淮上寒。若向江湖得消息，為傳風水到長安。士傑沉醉既醒，孤坐廟門，忽覩一女婢謂之曰：娘子傳語還君桐葉，勿復置念。遂冉冉而沒。

金華神女

汴梁吳某以事過錢塘，道出晉陵，艤舟望亭。月朗風清，危坐舷上，見有緋衣披髮持兩炬自竹林間出，後一女子，年十八九，冠鳳玉冠，曳鮫綃文錦之衣，顏色甚麗。吳見而驚。頃至岸側，回叱緋衣者曰：可去矣，無久留也。于是滅炬而去。女子登舟謂吳曰：頃見緋衣者乎？此君之風孽也。索君且數十年矣，今方得之。第以我旋得免，否則君當死其手。生聞之，益驚駭。女子笑曰：君怯耶？吾蓋金華神也。過去生中與君為姻好，竊知君將有不濟，故相救耳。今事已已，我亦當去君矣。遂去，不復返顧。吳目送至林中不見，將掩關，忽見女子坐其傍，吳大驚。女子曰：知君怯，故相戲。安有數十年睽索，一得邂逅而遽往者耶？遂入舟中，取酒共飲，語言諧謔，悉如常人。天將明，謂吳曰：舟檝已有曉色，勢不能久留，當與君子訣矣。後十年，君遊華山日，多置脂粉于路隅梧桐下，揚之，或可得一會也。因索筆題詩一絕贈之曰：羅襪香消九九秋，淚痕空對月明流。塵埃不見金華路，滿目西風總是愁。相與流涕，歔欷而去。

洞庭詩鬼

正德末，洞庭包山茹家園中有鬼能詩，自稱終南山道人，俗呼為風流神鬼。與人飲酒酬酢，諧謔無所不佳。其詩曰：自入空山歷歲華，幾經葉落幾經花。諸君問我原蹤跡，太華峯頭第一家。洞天秋水碧玻瓈，日漫東方月浸西。萬里紅塵渾不到，可能着我道人棲。瞑烟一抹起山城，返照林間石壁晴。多少樓臺御倒景，獨容仙客看分明。歲餘別去，留青別札，載詩甚多。

洛陽花神

洛陽李中書暎，居郊外，流水跨橋，廣植花卉。偶秋雨乍晴，輕涼襲袂，閒步門外，見雙鬟冉冉而來，高髻靚粧，色甚殊艷，迎謂暎曰：娘子傳語郎君，特來相候。俄而青衣持茵席帷幔陳設堂中，珠玉輝映，異香滿室。暎愕然。忽繡車一乘，一美人年可十六七，丰姿綽約，降車入門，與暎相見。暎甚疑懼。美人遽命從者設饌，陳杯皿，食物皆非人世所有。酒再行，語稍款洽，暎因問女郎何來，美人笑不答。固請之，曰：吾洛陽花神耳，謁紫宸妃歸，見此地多名花，欲與君作半日清歡耳。當此雅叙，何惜一詩。命雙鬟進碧羅箋，暎即賦曰：花深竹塢傍

幽谿葉上秋光濕。露低歌歇留人天半。用玉真何事楚雲歸。美人咏曰。金鼎焰盡玉樓閑。鉼罷霓裳下蕊宮。更憶人間秋色好。五雲縹渺一重來。詩畢。美人顧瞬歎曰。良會未幾。後期無日。人天路殊。暌隔何似。今茲一見。固是夙緣。無煩想念也。遂命引燭升車。映送至門。未數十步。車與人物恍惚而沒。映玩其詩。出以示人。未嘗不嗟悅云。

老妓集句

江陰卞郎中華伯。與希善姚御史綬。皆正統中詩人。嘗集古句聯老妓詩云。天涯歸計欲如何。記得雲間第一歌。氣力已無心尚在。鬢毛白盡興還多。池邊命酒憐風雨。洞口經春長薜蘿。留得舊時殘錦在。往來星騎一相過。

持節和戎

漢書西域傳。馮夫人名嫽。漢宮人也。善史書。習政事。嘗錦車持節和戎。外國敬信之。號曰馮夫人。楊升庵云。此事甚奇。而六朝唐人無入篇詠者。惟劉孝威有錦車勞邊篇句。駱賓王錦車朝促候。刁斗夜傳呼。徐堅詩雲摇錦車節。月照角端弓。僅一句一聯而已。此事可畫可歌。勝于咏明妃之失節。文姬之傷化多矣。

落籍從良

元祐中。蘇東坡自錢塘被召。過京口。時林子中作守。郡有宴會。坐中營妓出牒。鄭容求落籍。高瑩求從良。子中命呈東坡。東坡索筆。為減字木蘭花書牒後云。鄭莊好客。容我尊前時墮幘。落筆風生。籍籍聲名滿帝京。　高山白早。瑩骨冰肌那解老。從此南徐。良夜清風月滿湖。蓋句端有鄭容落籍高瑩從良八字云。

春風柳絮

王荊公題江寧道中驛舍一聯云。茅店滄洲一酒旗。午烟孤起隔林炊。王介甫見而鄙之。書其後云。金陵村裏王夫子。可是能吟富貴詩。荊公見之。亦不屑意。乃續之云。江晴日煖蘆花起。恰似春風柳絮時。末句蓋譏介之輕狂也。

嚴陵祠

范文正公過嚴陵祠。會吳俗歲祀。里巫迎神。但歌滿江紅。有湘江妃。洲漢漢。波似染。山如削。繞嚴陵灘畔。鷺飛魚躍之句。公曰。吾不善音律。撰一絕送神曰。漢包六合網英豪。一箇冥鴻惜羽毛。世祖功臣三十六。雲臺爭似釣臺高。吳俗遂因而歌之。

二宋落花詩

宋郊宋祁。初未有名。夏竦諭守安州。二人以布衣遊學。席上命作落花詩。公序賦云。

一夜東風拂苑墻。歸來何處剩淒涼。漢皋珮冷臨江失。金谷樓危到地香。淚臉補痕煩獺髓。舞臺收影費鸞腸。南朝樂府休賡曲。桃葉桃根盡可傷。子京賦云。墮葉翻紅各自傷。青樓烟雨忍相忘。欲飛更作迴風舞。已落猶成半面粧。滄海客歸珠迸淚。章臺人去骨遺香。可憐無意傳雙蝶。盡委花心與蜜房。詩成。竦驚歎曰。咏落花而不言落。大宋須狀元宰輔。小宋非所及。然亦登嚴近。終皆如其言。

唐子西題梅

丹稜唐子西庚。嘗見桃李盛開。而梅尚存數株。因作詩云。桃花能紅李能白。春深無處無顏色。不應尚有數株梅。可是東君苦留客。向來開處當嚴冬。桃李未在交游中。只今已是丈人行。勿與年少爭春風。張無盡見之。大加稱賞。

莫惱翁曲

王通叟觀嘗作莫惱翁曲云。穀垂乾穗豆垂角。雨足平登不勝樂。烏巾紫領銀髯長。白酒滿瓻翁自酌。翁醉不知秋色涼。兒扶翁醉翁歸床。莫惱翁。翁年已高百事慵。

題僧窗

范堯夫純仁帥陝府日。有屬縣令偶至村寺少憩。既飯。步行廊廡間。見一僧房雅潔。寂無人聲。案有酒一瓢。令戲書一絕于窗紙云。爾非慧遠我非陶。何事窗間酒一瓢。僧野避人聊自醉。卧看風竹影蕭蕭。不知其僧俗家先有事坐罪。僧乃截取窗字。詣府訴于狀前。謂有銀盃為廳吏所匿。今為施主追恥。伏乞追鞫。堯夫曰。爾為僧。法當飲乎。乃杖而遣之。其失物。令施主來巾理。持其狀付之火。後縣令聞之。修書致謝堯夫。曰不記有此事。乃還其書。

同名詩

王履道安中。初為東坡門下士。頗有文名。後附蔡京。遂叛東坡。安中在京師。見人家亭上題字。筆勢灑落。不着姓。而其名則安中也。王驚問何人所書。守者曰。此河朔何安中也。王恐人莫之辨。戲書一詩于後云。蜀客更名緣好尚。漢臣書姓為同官。孟公自合名驚座。子夏尤宜辨小冠。蓋號文章因二李。樹書制誥有雙韓。兩玄各自分南北。付與時人子細看。終篇皆用同名事。

孫巨源恨詞

孫巨源洙。在翰林日。與李端愿太尉往來尤數。會一日鎖院宣召者至其家。則出數十輩蹤跡之。得于李氏第。時李新納妾。能琵琶。孫欲不肯去。而迫於宣命。入院幾二鼓知逢草三制罷復作菩薩蠻詞以記別恨近明道示李其詞曰樓頭尚有三通鼓何須抵死催人去上馬苦匆匆琵琶曲未終　回頭凝望處那更廉纖雨謾道玉為堂玉堂今夜長

中興野人

高宗南渡有稱中興野人和東坡念奴嬌詞題吳江橋上車駕巡師江表過而覩之詔物色其人不復見矣炎精中否歎人才委靡都無英物胡騎長驅三犯闕誰作長城堅鑄萬馬奔騰兩宮幽陷此恨何時雪草廬三顧豈無高卧賢傑天意眷我中興吾皇神武踵曾孫周發河海封疆俱效順狂敵何勞灰滅翠羽南巡扣閽無路徒有衝冠髮孤忠耿耿劍鋩冷浸秋月

魚籃觀音

壽涯禪師咏魚籃觀音漁家傲詞云深願弘慈無縫罅乘時走入衆生界窈窕丰姿都沒賽提魚賣堪笑馬郎來納拜　清冷露濕金襴壞茜裙不把珠瓔蓋特地掀來呈捏怪牽人愛還盡幾多菩薩債

盧秉題詩

元豐初盧秉為江南郡掾題詩傳舍云青衫白髮病參軍旋糴黃粱置酒罇但得有錢留客醉也勝騎馬傍人門王介甫見而稱之力薦于朝數年登卿貳

梅詞

宋齊愈字退翁徽宗一日召謂曰卿文章新奇可作梅詞須是不經人道語齊愈立進眼兒媚詞曰霏霏疎影轉征鴻人語暗香中小橋斜渡曲屏深院水月濛濛　人間不是藏春處玉笛晚霜空江南處處黃垂密雨綠漲薰風帝稱善次日諭近臣曰宋齊愈梅詞非惟不經人道且自開花說至結子黃熟并天色言之可謂盡之矣後建炎初治僭逆罪而齊愈嘗書張邦昌名以示衆者遂棄市

夢遊玉京

宋王尚書素旦之子一日欲作疏論事方据几秉筆忽瞑目夢至一所若瓊瑶世界殿上有紺服翠冠者曰吾東門侍郎公則西門侍郎昔以奏牘玉帝語傷鯁訐暫謫人間令公作奏論事有大利害更審之而後諍也公曰諾寤已三鼓矣乃索筆書一絕於窗曰似至華胥國裏來雲霞深處見樓臺月光冷射雞鳴急驚覺遊仙夢一回晚歲復思玉京之夢又賦詩曰虛碧中藏白玉京夢魂飛入鳳凰城何時再步雲霞

外皓齒青童已掃廳

賞心亭

丁晉公謂建賞心亭于金陵以家藏袁安卧雪圖張于其屏圖乃唐周昉筆經十四守無敢覬覦者後為太守某竊去以凡筆畫蘆雁易之王君玉琪來作守登臨賦詩曰千里秦淮在玉壺江山清麗壯吳都昔人已化遼天鶴舊畫難尋卧雪圖冉冉流年去京國蕭蕭華髮老江湖殘蟬不會登臨意又噪西風入座隅

懿卿善笛

嶺南太守閭丘公顯居姑蘇東坡每過必留連嘗言過姑蘇不遊虎丘不謁閭丘乃二欠事一日出後房佐酒有懿卿者善吹笛坡作水龍吟贈云楚山修竹如雲異材秀出千林表龍鬚半翦鳳膺微漲玉肌勻繞木落淮南雨晴雲夢月明風裊自中郎不見桓伊去後知辜負秋多少　聞道嶺南太守後堂深綠珠嬌小綺窗學弄梁州初遍霓裳未了嚼徵含宮泛商流羽一聲雲杪為使君洗盡蠻風瘴雨作江天曉

漁家傲

范希文經略西邊日作漁家傲樂府數闋皆以塞下秋來為首句其一云塞下秋來風景異衡陽雁去無留意四面邊聲連角起千嶂裏長烟落日孤城閉　濁酒一盃家萬里燕然未勒歸無計羌管悠悠霜滿地人不寐將軍白髮征夫淚歐陽永叔見之呼為窮塞主之詞及尚書王素守平涼永叔亦作漁家傲詞送之其斷章曰戰勝歸來飛捷奏傾賀酒玉階遙獻南山壽且謂王尚書曰此真元帥事也

魏公清望

慶曆末韓魏公琦鎮大名郡有園號衆春會歲饑涉春未嘗一遊陳薦在幕府以詩請公云水底魚龍思鼓吹沙頭鷗鷺望旌旗公亟答之云細民溝壑方援手別館鶯花任送春在鎮五年政聲流播天下屬以為相

題詩占度

熙寧初韓魏公罷相留守北京新進多攻慢之公鬱鬱不得志嘗為詩云花去曉叢蜂蝶亂雨餘春圃桔槔閑時人服其微婉公又嘗言人生保初節易保晚節難在北門九日宴諸曹有詩曰莫羞老圃秋容淡要看黃花晚節香李彥平深敬此語大書於壁

題詩齋宮

宋制太社二祭多差近臣王禹玉珪為翰林學士典内外制十八年屢被遣乃題詩于齋宮云隣雞未唱晚騶催又向靈臺祓福回自笑治聾知不足明年強健更重來帝聞而憐之遂拜參知政事

薦福碑

饒州薦福山有唐歐陽詢所書薦福寺碑顏魯公真卿嘗渡以亭後人因名魯公亭范希文鎮鄱陽日有書生獻詩甚工希文頗優禮之書生自言天下至寒餓者無在某右時盛重歐陽薦福寺碑墨本直千錢希文欲為打千本使售於京師紙墨已具一夕雷擊碎其碑時人為之語曰有客打碑來薦福無人騎鶴上揚州又曰時來風送滕王閣運退雷轟薦福碑蘇東坡作窮措大詩有一夕雷轟薦福碑句本此

歌詞感德

皇祐中呂申公惠簡乞致仕仁宗因問卿去誰可代者惠簡以陳兖佐對上遂召還大拜兖佐極感薦引之德作踏莎行詞携酒過之申公因使之歌曰二社良辰千家庭院翩翩又覩雙飛燕鳳凰巢穩許為隣瀟湘煙暝來何晚亂入紅樓低飛綠岸畫梁輕拂歌塵轉為誰歸去為誰來主人恩重珠簾捲申公聞歌笑曰自恨捲簾人已老莫愁調愚子無功

春月勝秋

蘇子瞻既召還除翰林承旨數月以弟嫌請郡復以舊職知潁州七年正月州堂前梅花盛開月色鮮霽王夫人曰春月色勝如秋月色秋月色令人慘悽春月色令人和悅可召趙德麟輩來飲此花下子瞻大喜曰吾不知子能詩耶此真詩家語耳遂召趙飲用是語作減字木蘭花云春庭月午搖落春醪光欲舞步轉回廊半落梅花婉娩香 輕風薄霧都是少年行樂處不似秋光祇與離人照斷腸

賦假山

鎖懋堅其先本西域人扈宋南渡遂為杭人代有詩名懋堅尤善吟寫成化間遊茗城朱文理座間索賦其家假山懋堅賦沉醉東風一闋云風過處香生院宇雨收時翠濕琴書移來小朵峰幻出天然趣倚闌干盡日披圖謾說蓬萊恐是虛只此是神仙洞府為一時所稱

錢參政夢

成弘間臨海錢參政某為諸生時嘗泛月夜汎舟中流賦詩一聯曰夜色一蓬凡江

聲兩岸潮後二十年自嶺南謝事歸帶月行舟潮聲初至恍然如見往時夢中之景感歎人生行止似不偶然因悵然不樂至五鼓不疾而終

體方奇遇

陳體方以詩名吳中有妓黃秀雲好詩謬謂陳曰吾必嫁君然君家貧肯為詩百首贈我以為聘資乎體方信之為賦至六十餘篇情致清婉傳誦詞林秀雲性黠甚利于得詩本無意于體方也人笑其老耄被紿而體方欣然以為奇遇

五月菊

康熙壬申夏黃菊盛開傳為洋菊考谷齋隨筆載桐城朱新仲登五月菊詞云玉臺金盞對炎光全似去年香有意莊嚴端午不應忘却重陽菖蒲九節金英滿把同泛瑤觴舊日東籬陶令北窗高臥羲皇（兖山堂作小山詞）又詩益嘉話載趙伯琳詩為嫌陶令醉來伴屈原醒陳白沙集有正月菊二絕五月菊三絕農丈人集有六月菊詩云惟杭新城有之考之菊譜不獨新城有也

九字詩

中峰和尚有九字梅花詩云昨夜西風吹折千林梢渡口小艇滾入沙灘坳野寺古梅獨臥寒屋角疎影橫斜暗上書牕敲盧贊元有酴醾花詩云天將花王國艷殿春色酴醾洗粧素頰相追陪絕勝濃英綴枝不韻李堪反橫斜照水先梅兩詩非不佳然自一言以至四言五言六言七言極矣又復九之必且十一十三以至于無窮如吳中之急口山歌而後已故錄之以為文勝之戒

詩呈閽吏

武進顧霞山（明）坐事亡命過滸墅關閽吏呵止之顧獻詩曰落魄江湖過滸關瀟瀟行李一扁舟撐腸拄腹三千卷盡欲輸君助國課主事見詩亟延接之厚贈而去

沈石田

沈石田嘗寓西湖寶石峰僧舍為求畫者所窘劉邦彥（粤）嘲之云送紙敲門索畫頻僧樓無處避紅塵東歸要了南遊債須化金仙百億身

咏酒

林粹夫廷玉咏酒塞鴻秋詞云米明王原掌奇門郎麴將軍會擺迷魂陣水中郎穩坐雲安鎮紫令公傳示蘭陵信祭遵壺矢盛李白圖書令那愁城攻破莫逃命

擊鼓催花

李西涯赴吳原博飲席上用擊鼓催花令戲成一律曰擊鼓當筵四座驚花枝落繹往來輕鼓翻急雨山頭斷花鬧狂蜂葉底聲上苑枯榮原有數東風去住本無情未誇刻燭多才思一遍須教八韻成

韓汝節題松

朝邑韓汝節邦奇居官廉勁自持宸濠令一士詐為羽客往說汝節以所繪松請題題云勁節貞心本自奇四時嘗見綠猗猗笑他江上桃花樹為放春光三兩枝士喻意不敢言而退亮山堂載朝邑劉太守偉死已廿年汝節復見之與之飲食亦不敢問其何术此事甚異

韓汝慶詞

韓邦靖字汝慶汝節弟同科進士為山西參政養病回書山坡羊于驛壁曰青排山南山北假青倒海東海西翻我如今心兒裡不繫意兒裡有些懶如今一箇箇平步裏上青天一箇箇日月近龍顏青山綠水且讓我閒遊玩明月清風你要忙時我要閒嚴瀨你會釣魚誰不會把竿陳摶你會睡時誰不會眠

濯足圖

天順初岳季方正自翰林入閣英廟深所眷注為曹石所傾謫欽州同知成化初部院大臣薦正宜大用有忌正者偽為正劾內閣李賢疏草賢銜之假歷練之說票旨陞知興化府適有以濯足圖求題者正感而有作曰踏遍天涯兩足存西馳未定又南奔人間有水皆堪濯何必滄浪一段渾

五指山

瓊州定安縣南五指山即黎母山瓊崖之望也丘文莊濬少時咏詩曰五峰如指翠相連撐起炎州半壁天夜盥銀河摘星斗朝探碧落弄雲烟雨餘玉筍空中見月出明珠掌上懸豈是巨靈伸一臂遙從海外數中原識者知其異日必貴

代試

弘治中南京龍霓精于文義中壬子書魁乙卯代都御史金澤子達入試浙場又中第八及會試復代作同中甲科人有詩嘲之曰阿翁一自轉都堂百計千方幹入場金澤財多兒子劣龍霓家窘試文長有錢使得鬼推磨無學却教人頂缸寄與兩京言路者好排閶闔說彈章其詩盛傳二人皆不容於清議一止浙僉一止太僕丞令科場令批首立貢院門內辨閱同試者而貌方入蓋由此始萬曆丙辰吳江沈同

和偕同邑趙鳴陽代筆沈中會元趙中第六為言者所劾逮問磯革有丙辰會録斷么絕六之謠

無眼無頭

萬曆丁丑張太岳子嗣修榜眼及第庚辰懋修復登鼎元有無名子揭詩於朝門曰狀元榜眼姓俱張未必文星照楚邦若是相公堅不去六郎還作探花郎後俱削籍故又語曰丁丑無眼庚辰無頭

俗諺題破

孔退之幼在金陵郡庠從戴表元游表元因暇每以俗諺作題令諸生破如經義法一日命破樓宇退之曰因地之不足取天之有餘表元大喜又命以諺云寧可死莫與秀才擔擔子肚裏饑打火又無米破曰小人無知不肯竭力以事君子君子有義不能來食以養小人明蔣堯徐武功塄幼聰穎嘗遊市中值內迫出於旁舍主人偶見不及拭而去主人知為蔣追及以此為題令破蔣應聲曰內有所迫不擇地而施外有所遺不潔身而去

宋人戲破

宋末人戲作破題古曲題云看看月上蒲萄架那人應是不來也破若是一雙鳳枕閒在繡幃下破云時至人未至君子不能無疑心物偶人未偶君子不能無感心吳歌題云月子彎彎照九州幾家歡樂幾家愁幾家夫婦同羅帳幾家漂散在他州破云運於上者無遠近之殊形於下者有悲歡之異小曲題云媽媽只要光光鏝我若何曾窩下去當官賣酒輸猪錢曾得兒怎容惱有客教奴伴破云吾身狥利而忘義既不能以憂人之憂吾身狥公而忘私又强欲以樂人之樂

仲默善破

何仲默景明少能文善於破冒見者疑之因出梁惠王章句上一句命破即應聲曰以一國僭竊之主冠七篇仁義之書嘗過端午隣家相餽角黍號羊角粽有出以為題曰羊角粽東家送了西家送破曰以物之象象乎物以人之惠惠乎人又有出其鄉諺為題曰張豆腐李豆腐一夜思量千百計明朝依舊賣豆腐破曰姓雖異而業則同心無窮而分有限年十七舉於鄉北上同會試者聞善破名因出小車題求破乃舉成語應之曰任重而道遠待人而後行同儕相與敬服

江王對句

嘉靖戊戌行人江鯤素有心疾愛貨雖經御史王弘道以小事拂意自刎夏文愍即事為對曰自經溝瀆其何以行之哉執其驚乃不可以入道也人以為警切不踰十年文愍身首異處于都市世事難料如此

相國寺僧

翟宗吉嘗與黃體方過汴梁相國寺謂有南方花木之勝香茗之供而鄙俗殊甚僧皆氈帽皮靴髮長過寸言貌麁俗體方呼為燕僧口占云步入空門見惡僧紅氈被體髮鬅鬆宗吉續之曰一言能得君王意安得當年老贊寧

軟紅塵

汴梁為宋東京即今開封府士人宦遊者少得清暇以遂宴賞之樂當時有賣花携上觀桃李柏酒樓頭聽管絃之句黃體方續之云雨後淤泥塡紫陌風前塵土障青天蓋行道無溝渠又不用磚石甃砌雨過則行潦縱橫而地兼黃河風起則塵沙蔽日不可開目嘗集澧仁門體方戲語同列曰此所謂東華軟紅塵也

改觀為寺

至元中楊璉真伽恢復佛寺三十餘所時棄道為僧者七八百人皆掛冠於上永福寺帝師殿梁間飛來峰石壁皆鐫佛像會稽王元章冕詩曰白石皆成佛蒼頭半是僧鑑湖天長觀有道士為僧者獻觀千總統云是賀知章倚托史彌遠聲勢將寺改觀乞復原寺額揚髡從其語時傳以為笑

喇叭曲

正德間閹寺當權往來河下者無虛日每到輒吹號頭齊集丁夫民不堪命高郵王鴻漸磐號西樓有咏喇叭朝天子詞云喇叭鎖哪曲兒小腔兒大官船來往亂如麻全仗您擡聲價軍聽了軍愁民聽了民怕那裏去辨甚麼真共假眼見的吹翻了這家吹傷了那家只吹的水淨鵝飛罷

十二時頌

羅湖野錄載寶峰湛堂準有十二時頌曰雞鳴丑念佛起來懶開口上樓敲磬兩三聲驚散飛禽方丈後 平旦寅當人有道事須親曾聞先聖有慈訓莫認癡狂作近隣 日出卯大道分明莫外討日用縱橫在目前逢原左右拈來早 食時辰更無一法可當情千里出山雲有色一源投澗水無聲 禺中巳龍象須觀第一義若向其中覓是非見解何曾有李二 日南午理事相諳更相互三門拈向燈籠頭休問

他家覓歸路 日昳未法身清淨絕方比乾坤遐邇盡東西千山萬山翠相倚 晡時申由來大道絕疎親陽和九月百花發須信壺中別有春 日入酉淨室焚香孤坐久忽然月上滿東窗照我牀頭瑞香斗 黃昏戌樓上鳴鐘已落日行人旅店宿長途花上遊蜂罷采蜜 人定亥老鼠此時正無礙忽然燈滅寢堂前牀頭吹我救濼袋 半夜子夢裡分明被人使連宵合藥到天光起來何處有白芷 吾郡李暄庵先生名炳字文中亦有十二時歌云平旦寅日出扶桑萬象呈欲了此生難了事為圖生計事還生纔舉足向前程也須步步有回身康衢只在能知止莫就嶢巖仄徑行平平平 日出卯自家消息自家討直心實行是修持不用思量與計較作業苦作善好四聖六凡方寸造些些微報應影隨形將來一一還天道巧巧巧 食時辰家家搶米釜添薪醫滿飢瘡纔覺可曾回顧本來身隨喜天放聲吼世情多假不多真但看聲形渾是夢夢中人語夢中人醒醒醒 禺中巳是非非是是非非是顛倒之中更顛倒五色迷離誰是主失莫悲得莫喜貴賤窮通不是你自有衣中無價珠舊日與君君不認取取取 日南午黃粱夢斷人今古稱空世界道心生道在不聞與不覩既非聾又非瞽本無生死休吞吐只圖外景强磐為要緊之中無寸補苦苦苦 日昳未勞生逐境頻來去鹹淡酸甜苦辣辛道味不嘗嘗世味財和色酒共氣藥弩飛鎗要會避猛然勘破此機關面對神仙攝把戲屁屁屁 晡時申趨炎附勢總無情幾葉風涼掃蚊蚋一朝樹倒散猢猻好弄聰明詐偽虛華何處行實實平平忠信理煉成一字入人深真真真 日入酉得歇手時須歇手世情蠟淡事花空死往生來人某某魯陽戈夸父走到此也應多氣吼神銷力盡强撑持只為爭前忘背後守守守 黃昏戌前途事暗如黑漆只教點得一心燈保你游行無跌失魚少水駒過隙但念無常莫放逸悠悠忽忽過時光天豈虛生我這日惜惜惜 人定亥裝箱骨龍收傀儡勸君妄想且休休枕上思多不自在毋為福毋為罪真空便是真主宰一場忙亂事臨頭不可勢兮不可賄乃乃乃 半夜子天道人心週復始煉性修真要此時自强不息真君子勞我生逸則死面壁經行為何事倒身神識便昏迷獸人但別心横豎起起起 雞鳴丑孳孳孳跖蹠同途走不分義利各爭先只望他無我獨有人然然天否否從來何事能長久積得多金高得官臨行繳卸雙空手醜醜醜

堅瓠七集卷三終

堅瓠七集卷之四目錄

題鴟　楊蓬庵詞
月色無私　丘瓊山對
日月乾坤　鬼對
白鶴衣詩　弈碁圖
析枝木牌　染指甲
陸張相戲　菩樹石琴
陳也罷　程篁墩對
程李聯句　題太真圖
杜鵑　廢紙秋葵詩
對花有感　得失有時
功名早暮　盛生奇遇
歎蹺　男女
書齋各反　乩仙咏稽

老翁興歎　天風海濤
湯娶子　架上鷹
補濕字　謎秀才
隆慶寺塔　鬼唱
少林寺　可恃
蘇黃論詩　十字文
白鷗圖　盛孔咏雪
夏景　祛瘧鬼咒
改海棠詩　榕城
題百舌　沈朗倩無題詩
一字不苟　羅江怨
千古恨　李公昂恨詞
金錠　作對
詩句短長　搶食
翻小雞詩　不脫俗
黑鶯篇　林杂娘
草鞋詞　批改嫁
酉齊　藺玻
比玉居　倒字詩
一字破　嘲妓
楊蟠無齒　黄上舍
遺倭人

堅瓠七集卷之四

清　長洲石農褚人穫學稼纂輯

題鵓

成化中，萬安子翼登進士，官至侍郎。翼子弘璧，成化丁未復登進士。麻城李文祥為其同榜，負才名，將對大廷，安欲以弘璧託之，因許及第，使延別館，致欵屬題畫鵓。文祥奮筆題詩有「春來風雨尋常事，莫把天恩作已恩」句，安銜之。弘治初，有媒孽文祥者，謫陸興衛經歷。李西涯贈詩戒酒，不從，化底醉，受舟多在水中居。後文祥被酒過河，冰陷溺死，人以為讖。

楊邃庵詞

楊邃庵致政後，賦羅兒落詞曰：「俺也曾握虎符，鎮塞垣；俺也曾假黃鉞，誅叛亂；俺也曾掌天曹，統百官。俺也曾草黃麻，代主言。念鸞鳳勝鷹鸇，怕蘭艾混芝蘭。小人哉多行險，君子兮不素餐。清閒，不知機心怎閒；平也麼安，不知足心怎安。」

月色無私

正德中，倭人入貢，艤舟定海通津橋。時防閑之法頗嚴，使者賦絕句云：「棄子抛妻到大唐，將軍何事苦相防。通津橋上團團月，天地無私一樣光。」

丘瓊山對

丘仲深學博貌古，心術不可知，嘗與劉吉不協，劉作一對書其門曰：「貌如盧杞心尤險，學比荊公性更偏。」時論頗以為然。

日月乾坤

陳白沙寫草作詩多用日月，莊孔暘泉多用乾坤，時有嘲者曰：「公甫朝朝吟日月，定山日日弄乾坤。」

鬼對

餘干胡敬齋居仁，嘗夜行山曲間，後有鬼呼胡先生數聲，胡若不聞。鬼復曰：「吾有一對，請先生對：風急有舟人莫渡。」胡亦不答。鬼復笑曰：「我代先生對之：月明無伴路休行。」胡前行不顧，鬼遂不見。

白鵲表詩

成祖北巡，有白鵲之瑞，仁宗監國，命贊善某作賀表，以示楊士奇，改二聯云：「望金門而送喜，馴彤陛以有儀。」又：「與鳳同類，蹌蹌於虞舜之廷；如玉其輝，皜皜在文王之圃。」仁宗喜曰：「此方是帝王家白鵲。」○湯東谷為楊帥作白鵲詩，劉草窓溥見之，以為不佳，乃自吟曰：「早隨金印出邊州，晚送歡聲入御樓。剪取白羅飛繡幕，旗竿十丈掛旄頭。」謂湯曰：「此真邊將白鵲詩。」湯亦屈服。

奕碁圖

丘彥能文雅好古，所藏圖畫，非遇賞鑒者不出示。嘗以唐三學士奕碁圖索瞿存齋題。瞿賦一絕云：「三人當局各藏機，思入幽玄下子遲。畢竟是誰高一着，風簷日影靜中移。」彥能歎賞曰：「不辱吾卷矣。」

折枝木犀

張來儀咏宣和畫瓶中木犀詩，集見五莫士安，每為瞿存齋稱誦之。存齋擬作一首曰：「金溝水活玉瓶寬，分得天葩下廣寒。可惜秋香容易落，不如留與月中看。」士安稱善。

染指甲

瞿宗吉染指甲詩：「金盆玉露搗仙葩，解使纖纖玉有瑕。一點愁凝鸚鵡喙，十分春上牡丹芽。嬌彈粉淚抛紅豆，戲掐花枝鏤絳霞。女伴相逢頻借問，幾回錯認守宮砂。」

陸張相戲

陸式齋一日與張給事宴，投壺中耳。給事曰：「信是陸兵曹，閒手便中帖木耳。」式齋答云：「可惜張給事，閉口嘗學磨兜堅。」給事有慚色。

夢樹石琴

陳白沙嘗夢樹石琴，見一偉人笑謂曰：「八音中，惟石音難諧，今諧若是，子異日得道乎。」因別號石齋。

陳也罷

莆田陳師召音，擢南京太常，門生會餞，有垂淚者。李西涯大學士戲曰：「師弟重分離，不陞他太常卿也罷。」師召應聲曰：「君臣難際會，便除我大學士何妨。」一座絕倒。○陳性寬坦，在翰林時，夫人嘗試之，會客至，呼茶，曰未煮，師召曰：「也罷。」又呼乾茶，曰未買，師召曰：「也罷。」客為捧腹，時遂呼為陳也罷。

程篁墩對

程篁墩敏政以神童至京，李學士賢許妻以女，因留飯，李指席間果出一對曰：「因荷而得藕。」程應聲曰：「有杏不須梅。」李大奇之。

程李聯句

李西涯與程篁墩過采石，李得句云：「五風十雨梅黃節。」程即應曰：「二水三山李白詩

時服其巧麗

題太真圖

錢塘花綸題楊太真圖水仙子詞云海棠風梧桐月荔枝塵霓裳舞翠盤嬌繡嶺春錦棚嬉金釵信香囊恨痴三郎泥太真馬嵬坡血污遊魂楊柳眉青蛾黛損芙蓉面零脂落粉牡丹芽剪草除根

杜鵑

杜鵑鳥名又花名即今山石榴映山紅紅躑躅皆名杜鵑成幹詩云杜鵑花與鳥怨艷兩何賒疑是口中血滴成枝上花王建宮詞云大儀前日煖房來嘱向昭陽乞藥栽勅賜一窠紅躑躅謝恩未了奏花開花在江南殆與榛莽相似在宮禁珍重如此

廢紙秋葵詩

辛未秋偶至虎丘佛慧庵路傍拾一字紙上有咏秋葵花在美人蕉側詩云還將嬌色媚清秋幾朶輕盈也並頭體近美人應蓄妬名非向日若含羞朝開露浥新粧好暮落風邀舊影留最是花神輕薄處故招雙蝶惹人愁

對花有感

宋陶淵翁弼有文武材工詩神宗時守欽順二州途次葉縣睹千葉桃花有詩云三月宮桃滿上林一花千蕚費春心葉公城外襄河北一樹無人色更深又對花有感云得莫歡欣失莫悲古今人事若花枝桃紅李白薔薇紫問着東君知不知

得失有時

螢雪叢說人之得失各自有時一友試罷開望不看遂欲捨書學劍龍舒王先生奉一絕云得則欣欣失則悲桃紅李白各隨時雖然屬在東君手問着東君也不知

功名早暮

吾猶及云許子明士龍萬歷癸卯鄉薦與雲間張以誠同年張有子安磐丁卯鄉薦稱許為年伯許年未成進士與安磐子世雍同年又稱安磐為年伯遲遲楊柳難邀嫩春色秋香各有時功名蚤暮不同如此

盛生奇遇

銅下听然吳中盛生游俠青樓一日閒行某巷菴中老尼生所善也見生至嬉笑不止鼓掌謂生曰兩日作何好夢令汝快活死生問故尼曰五日後可發來幸秘勿洩生唯唯至日淩晨遣人邀生至則鳴鐘鼓禮佛號僧尼齋飯畢無容尼處生不知其意稍生即趨出尼目之曰且吃齋去生以尼意在求施探金與之尼执生手而指其指曰大不曉事生猶未喻徜徊日暮欲俟間遁出尼揣知其意挽入一小房桌上明燭酒餚豐美令生坐扃門而出微從門外呼曰第啜酒勿憂寂寞生遍視室中設四榻閒得帷帳悉富貴家物每榻一爐香氣郁然帳內先有三少年各卧一榻見生來亦不驚與生坐更餘聞笑語啟鑰尼秉燭引四婦人來皆冶粧濃服見生而笑生却避不敢前尼引生袖付一少婦脫生曰男子漢反作態相顧各大笑三少年亦自帳內出婦人各挾其一就坐酌酒浪謔歡洽尼起曰老物且避諸婦亦笑而起各攤少年入帳盛生所主最少尤妖艷淫蕩已極四鼓尼開帳進卮酒門外輿從雜沓燈火繽紛各起整妝少婦贈生金合子玉鴛鴦惜别登輿而去生假息至晚歸家竟不知誰家眷屬未幾尼病死無復後會數年後盛生疽發于項叫號三日夜而死

鞦韆

黔俗好鞦韆燈夕尤盛歲初即於通衢架木維以巨索高三四丈月色熹微婦女連臂踏歌抛擲至曉有立有坐有兩人對抱飄裾蕩影眇然飛入雲際自十五至十七三日之內傾城空巷不復相禁視昔歡恭者任意擁抱歸父母舅姑了不為異至十八日始各歸訪歸家此日已後即稱姦矣萬曆戊申朱季美寓黔見鍾家婦稍出雞群為四少年擲之五六日始還致訟旋有親黨勸息詞云元宵俗戲不合十九夜放歸議四人合買黃牛一頭給前夫調理等語長吏笑而釋之真蠻俗也

男女

女子十五至二十五補陽和血美顏色悅精神節而行之能成地仙二十五至三十五我施彼受雖無裨亦無大損耗四十已上能致疾若天癸既絕如枯枝吸水不異鬼交殺身而已男子精血少如膏雨壯如露零枯嫩含滋春芽吐潤老大如霜雪使紅顏萎黃凋謝耳

書齋各友

白樂天以詩酒琴為三友作詩云今日北窗下自問何所為忻然得三友三友首為琴琴罷輒舉酒酒罷輒吟詩三友遞相引循環無已時江南李建勳榜竹軒曰四友以琴為嶧陽友磬為泗濱友南華經為心友湘竹榻為夢友張芝山書齋七友各有五言絕句如意為直友木榻為夢友麈尾為談友劍為俠友石磬為消友琴為音友酒鐺為醉友顧元慶有山房十友譜各有贊語石屏為端友玉麈為談友鶯粟為柙

友紫簫為節友玉磬為清友古陶器為陶友湘竹榻為夢友鐵如意為直友方竹杖為老友銀潢硯為黙友予草堂中亦有四友書卷為益友毛穎為健友眼鏡為明友草花為趣友莫逆於心無時不接也

乩仙咏櫓

齊東野語載乩仙咏櫓云寒雁雪靂松枝折斑斑剝盡青虬血運斤巧匠斲削成欲將半開魚尾裂五湖仙子多奇志欲駕扁舟探禹穴碧雲不動曉山橫數聲搖落江天月閒居筆記亦有詩云誰倩公輸巧作成翩翩渾自逐風㷫分開水面秋烟冷析破波心夜月明船尾駕來三尺短梢頭搖去五銖輕不堪聲作伊州調客棗開來倍慘情見山堂作吳中楊文理詩

老翁興歎

番禺舉子李彙征客遊閩越馳車至循州冒雨求宿田翁指一草莊莊有一老杖履迎賓年已八十自稱韋思明因與談論諸家詩歌次第及李涉詩老人酷稱嘉彙征因吟云遠別秦城萬里遊亂山高下出一作入商州關門不鎖寒溪水一夜潺湲送客愁又滕王閣上唱伊州三十年前向此遊半是半非君莫問青山長在水長流老人淒然興歎彙征連咏贈豪家詩叟欷歔變色曰老身弱齡不肖浪遊江湖為不平之事及過李博士涉東此詩因而斂跡李公待愚擬陸士衡之薦戴若思中心藏焉遠隱羅浮經今一紀李既云亡不復再遊秦楚追悅今昔因乃潸然或恃觴而酹反袂而歌云風雨瀟瀟江上村綠林豪客夜知聞相逢何用相逢避世上於今半是君

天風海濤

趙汝愚題福州鼓山寺詩云幾年奔走厭塵埃此日登臨亦快哉江月不隨流水去天風常送海濤來朱晦翁摘詩中天風海濤四字刻於石

湯婆子

古人以煖足瓶為湯婆黃山谷名以腳婆戲作詩云小姬煖足卧或能起心兵千錢買腳婆夜夜睡天明曹文清謂山谷改竹夫人為青奴則腳婆當名錫奴戲作一絕云霧帳桃笙畫寢餘此君那可一朝無秋來冷落同班扇歲晚溫柔是錫奴單字有詩云坎離陶鑄布長安不厭常情冷煖看和氣纏綿來足下陽春便覺到人間溫柔異質通仙術貞節同心傲歲寒却勝少陵思廣廈能令貧士盡歡顏明吳鮑庵寬有詩云笑汝睛然似一公窮冬相伴勝房空三緘口不思援上九轉腸應為熱中詩咏

情恭同少女禮云當夕稱衾裯平生知足渾無辱不恨公孫布被蒙庚午冬夜寒甚余亦戲成一律云傾倒燈前一醉哦水交最喜所容多床空腳結歲寒友讀罷欣逢赤夢婆早信括囊無口咎未妨放腳引天和青奴爾日休相妬冷淡生涯奈若何

架上鷹

崔元略之子鉉為兒時隨父訪韓晉公滉令咏架上鷹鉉曰天邊心膽架頭身欲擬飛騰未有因萬里碧霄終一去不知誰是解絛人滉曰此兒可謂前程萬里也寶曆三年登第久居廊廟三擁節麾封魏國公

補濕字

有書少陵林花着雨胭脂濕詩于壁濕字為蝸蜒所蝕蘇子瞻黃山谷秦少游佛印見之都不記濕字各思一字補之子瞻云潤字山谷云老字少游云嫩字佛印云落字覓集觀之乃濕字也濕字出於自然而四字遂分生老病死之說詩言志信夫

遜秀才

吉水東山修禪師講義深邃一日有遜秀才來謁玄談霏娓題詠軒輊蓋山猿聽講日久得悟者也題解空寺云古塔凌空玉笋高斜陽半壓水嘈嘈老禪掩却殘經坐靜聽松聲沸海濤書方丈云幾曲風琴響暗泉亂紅飛墜碧苔前白雲深護高僧榻不許人間俗客眠送僧云松翠侵衣履印苔杖藜幾度此徘徊山僧忘却山中好去入紅塵不再來詠鶴云遠辭華表傍禪關別却浮丘伴懶殘金磬數聲秋日晚雙飛帶得白雲還贈僧云一瓶一鉢一袈裟幾卷楞嚴到處家坐穩蒲團忘出定滿身杏雪墜空華落葉云萬片霜紅照日鮮飛來階下攪苔磚等閒不逍僧童掃借與山中麋鹿眠春景云門徑苔深客到稀遊絲低逐軟紅飛松梢零落飄金粉童子枝頭柄衲衣夏景云風敲窗竹驚僧定鳥啄殘花墜澗香圓覺半函看已了紉針自補舊衣裳秋景云幾點歸鴉幾杵鐘紛紛涼月在孤峰清霜獨冷千林樹明月漫山一片紅冬景云十笏房清百衲溫名香長是夜深焚道人愛看梅梢月分付山童莫掩門

隆慶寺塔

吉州趙某嘗於城外隆慶寺建塔十三層規模壯麗其聚斂以百萬計時有詩云仁山寶塔甫崔嵬即是君家把出來百萬貫錢民骨髓十三層上禍胚胎一堆空積無情木萬劫難消入己財浪說天花誰得見只開平地一聲雷咸淳庚午塔為火所焚文文山有詩中一聯云四城狀起吳胥眼一柱然成漢卓臍

鬼唱

桐下听然獲鹿曹中丞□□家有空舍每風雨淒其之夕輙見數十無頭鬼出自舍中雁行序立聽事齊聲而唱云沈邃細柳雨建旗田有一竿下有日暮雨只爭三四點遙望江南海潮汐其聲悲慘留訖復以次入舍未幾中丞與其子孝廉某皆物故中外搆難家業蕩為烏有此數十人者豈冤鬼耶中丞初撫江南再督河漕或云兩建旗也前兵備某松駐劉要東或所云海潮汐也田有一竿為申合下日為曹字也餘俱不解

少林寺

隋大業天下亂流賊萬人將近少林寺寺僧議散忽有火工老頭陀云爾等勿憂老僧一棒禦盡衆矣其頭陀即持短棍衝賊鋒當之者辟易皆遠避不敢入寺遂選少壯僧人百餘授棍法而去蓋緊那羅佛現身也至今拳法猶稱少林云

可恃

恃貴則滅恃富則敗恃勢則隳恃力則危恃聰明則塞恃學問則荒恃巧則疎恃技則窮天下無一可恃惟貧賤可恃故曰貧賤可以驕人又曰貧賤而輕世肆志貧賤人能讀書能鍊性舍天下恃我矣

蘇黃論詩

東坡與小妹黃山谷論詩妹云輕風細柳淡月梅花中要加一字作腰成五言聯句坡云輕風搖細柳淡月映梅花妹云佳矣未也黃云輕風舞細柳淡月隱梅花妹云佳矣猶未也坡云然則妹將何說云輕風扶細柳淡月失梅花二人撫掌稱善

千字文

梁武帝集王右軍千字使散騎侍郎周興嗣次韻為文讀之稱善賜金帛即今千字文也王鳳洲稱為絕妙文章政謂局於有限之口而能條理貫穿宛無舛錯如舞霓裳於寸木抽長緒於亂絲固自難展技耳唐進士周邀更撰天寶應道千字文將進之請頒行天下先呈宰執右相陳希烈問曰有添換乎邀曰翻碎舊文一無添換陳又問翻碎盡乎邀曰盡陳曰枇杷二字如何翻碎邀曰惟此二字依舊陳曰若如此還未盡邀逡巡不敢對明吾吳陳雨泉鎏作於赫混沌續千字文以便訓蒙但字多隱僻語又艱澀不能家喻戶曉文見桐下聽然中

白鷗園

夏桂州言白鷗園改賜陶真人閩人胡龍江題云相公御賜是何年又見真人築基田行過陶家乞新火竹籬茅舍只依然

盛孔咏雪

盛次仲孔平仲同在館中雪夜論詩平仲曰當作不經人道語孔云斜拖闕角龍千尺淡抹墻腰月半稜次仲曰甚佳惜未大也乃曰看來天地不知夜飛入園林總是春平仲乃服

夏景

王逐客作夏景雨中花詞云百尺清泉聲陸續映瀟湘碧梧翠竹面千步回廊重重簾幕小枕欹寒玉試展鮫綃看畫軸見一片瀟湘凝綠待玉漏穿花銀河垂地月上闌干曲溫叟詩話云不用浮李沉瓜事而天然有塵外涼思非觸熱者所知

祛瘧鬼咒

一日瘧埋迦醯迦二日瘧墜帝樂迦三日瘧怛唎帝樂迦四日瘧者特托迦不計數不住口持一晝夜瘧鬼遠避一由旬又云識人星可免瘧昔文路公花押能愈瘧公女嘗剪收以療人又人誦少陵子璋髑髏血模糊手提擲還崔大夫句瘧亦頓愈他如懸乾盤門畫獅皆可愈瘧甚多康熙初予患瘧十餘日不止一日正寒熱交作時族兄李君來問將紙硃書數字摺之繫於臂漸覺輕可囑勿開看至期仍繫之遂寂不作矣後視之上書江西人討木頭錢要緊要緊十一字而已豈瘧鬼不識字遂以為天符律令而遠遁云

改海棠詩

宋鄭剛中之鎮蜀也眷妓閻玉忽民間遺火延燒所居富春坊鄭於火中獲一旗上有改東坡海棠詩云火星飛上富春坊天恣風流此夜狂只恐夜深花睡去高燒銀燭照紅粧鄭一見曰必道山公子也

榕城

宋熙寧中閩越地多植榕樹其木擁腫不中繩墨郡守程師孟命閩人多植之自為詩曰三樓相望枕城隅臨去重栽木萬株試問國人行住處不知還憶使君無至今目為榕城

題百舌

百舌鳥名閩鄭鍠題詩云生來學得百般聲長向枝頭弄五更只恐春隨流水去綠

陰深處聽蟬鳴閣鄭鵬題云追逐黃鶯上苑遊穿花度柳亦風流於今已是朱明景莫弄東風巧舌頭二詩必有所刺而作

沈朗倩無題詩

沈朗倩無題詩云海底塵生曉未揚三珠春影拂扶桑安期手摘雞心果萼綠鬟輸鹿角漿花死不隨明月葬燕來否與好風商依稀夢冷仙姝廟襪底微聞帶露香寓閩海雋石山房臥病累月賦落花詩四章勸罷長星酒未空避風臺醉月朦朧鶺啼恨血飛秦苑蝶化飢魂出楚宮斂影似搖新步障衣香疑掩舊籠麗娘背指啾鞋笑照破胭脂井底紅一神女廟前春可憐望夫臺上杳如弓風刀急剪回文錦月斧空修拾翠鈿倚破桃花逢半面強樓柳眼足三眠紅綃拭透相思淚夜撥琵琶訴別船二舊鹿部光惱夢牽御風仙子幾時還胭脂爛葬長生殿風雨休啼薄命天死不回頭有漢主去猶含淚綴胡靴誰將一滴澆青塚啼殺枝頭血杜鵑三十里梨花隔粉烟收將羯鼓御頭纏綵雲狼藉霓裳後落月依稀賞瑟前命薄鶯鶯難再嫁身輕燕燕不重還櫻桃正寫天公疏私乞風光續小年

一字不苟

高達夫適官兩浙觀察使過杭之清風嶺即謝家東山景也題詩云絕嶺秋風已自涼鶴翻松露濕衣裳前村月落一江水僧在翠微開竹房歐後達夫閱稿以月落時江水隨潮退止半江矣思改一字為半字巡至台州事竣復登僧舍索筆改前詩僧云前月有一官過稱此詩極佳但一字不如半字改易而去達夫驚問何人僧曰義烏駱賓王也古人一字斟酌不苟但識見有遲速耳

羅江怨

羅江怨詞云里亭月影斜東方亮也金雞驚散枕邊蝶長亭十里陽關三疊相思相見何年何月流淚上血愁穿心上結鴛鴦被冷雕鞍熱　黃昏畫角歇南樓報也遲遲更漏初長夜茅簷滴溜松梢霽雪紙窗不定風如射墻頭月又斜牀頭燈又滅紅爐火冷心頭熱　青山隱隱遮行人去也羊腸鳥道幾回折雁聲不到馬蹄又怯惱人正是寒冬節長空孤鳥滅平湖遠樹接倚樓煨得闌干熱　關山望轉賒程途倦也愁人莫與愁人說離鄉背井瞻天望闕丹青難把衷腸寫炎方風景別京華書信絕世情休問凉和熱兌山堂曰楊用修作

千古恨

李涉至揚州遍歷諸寺於城外草庵中遇一女子風鬟霧鬢泣拜道左乃故劉員外金白愛姬宋態也李問行止曰飄泊耳李不勝悲悼贈以詩云長憶雲仙至小時芙蓉頭上綰青絲當時驚覺高唐夢惟有如今宋玉知一昭陽夜燕使君猶解語花枝在眼前自從明月西沈海不見嫦娥二十年態亦為之悲慟李因泣下歎曰白髮有前後青山無古今我與卿今日結成千古之恨矣

李公昂恨詞

李公昂恨詞云釵留去年約恨易老嬌鶯多誤靈鵲碧雲杳杳天涯各望不斷芳草繫香瓢泊廻文強寫字屢錯淚欲汪還閣撩天去春腳便來局誰憐賈乾憐學階除拾取飛花嚼是多少春恨等閒吞卻猛拍闌干數命薄悔舊□□□

金錠

桐下忻然洞庭東山金駝子背曲如弓人稱為金錠人家有吉事必邀金錠到門以為佳讖遇吉日遠近爭致之得者為幸駝一一至其家莫不奉金錢饋酒食欣然醉飽盈袖而歸數年家漸裕有田二十餘畝故青壤里中有力某者久欲之而未遂一旦為駝所得意甚恨陰中駝役訟傾其家田歸於有力者而駝遂貧即有慶賀事亦

無人延致矣他日佃僂田所見而興嗟鋤于田者舊佃客也相與語因及役訟謀自里中某源委甚悉駝憤然歸磨利刃出入挾之思以報一日偵知某飲於姻家夜候道傍簷下更餘駝忽念言渠自昧心貧我命也何事更作惡擲刀於河返走暗中觸橋柱而躓臥地久之徐起覺腰背間有異至家扣門其妻見而訝之曰爾何以頎然而亭亭然也驚笑閧於比鄰共走視果無復拳跼故態矣遠近傳為異事稍有閒給之者駝復小康人問之詭言得異方深秘挾及事數月後里中某忽至餽遺殷勤懇邀至家初峻拒而請益力不得已赴之治具中堂豐腆周洽酒酣又延之別館把臂促膝而語駝心疑之不知何意夜深欲別方語曰自君蝸除痼疾深自欣慰僕不量有懇於君君其許我駝問所欲某跪曰鄙人年踰五十止一子七齡生而娟美嬉於燈下足掛屏風而仆遂背曲難伸母日夜憐念思所以療之非君神方莫可如肯援手當奉百金為壽駝仰天直視不言者久之某笑曰豈薄百金耶不靳益也駝不覺慨然歎息涕泗交頤某怪問駝乃罄吐詳悉計擲刀之時正其子得疾之夜某聞之愁然且悚然亦泣載駝之夫婦奉於家還其田明年某復舉一兒而七齡者竟死報施不爽如此

作對

天啓中一巡按為逆璫造祠楹柱題語云至聖至神中乾坤而立極允文允武並日月以常新因錄其詞以獻忠賢讀之不解問左右何事說黃閣老蓋立極黃閣老名左右曰某御史為爺作對忠賢艴然變色取牘抵地曰多大御史敢為我作對趣召緹騎左右為之解叱始息時海寇縱橫有渠魁至補陀設齋一月手題大士殿云自在自觀觀自在如來如見見如來其對猶存而御史之筆已歸烈焰且因媚而幾獲罪曾冠盜之不若矣悲夫

詩句短長

桐下閒談唐子畏謂祝枝山云詩之二言始於黃帝彈歌斷竹續竹飛土逐宍（古肉字）三言始於振鷺之詩四言始於康衢擊壤之謠五言始於蘇李泣別之作六言始於孺子滄浪之歌七言始於漢武柏梁台之句至李長吉酒不到劉伶墳上土八言也杜少陵男兒生不成名身已老九言也李太白黃帝鑄鼎於荊山鍊丹砂丹砂成騎龍飛上太清家十言也蘇子瞻山中故人應有招我歸來篇十一言也祝云四十九言始自何人唐云詩有四十九言耶祝曰有新燕篇末句云好像蘇州城隍廟東大關帝廟內西廊下立當個提八十三觔鐵柄大關刀黑面孔阿鬍子周將軍鐵草鞋裏伸出五個腳趾頭舉座絕倒

搶食

錫山華六麻者善搶食其兄長仁以詩嘲之云搶食無過華六麻未曾坐席手先拿橫拖倒夾拔坡搖帶汁連漿踢禿刮嘴快嘴邊流白沫吃光盆底露青花隔盤骨骼多又盡閒坐無聊挖口牙華之搶食形容殆盡而今之搶食者幾不能肖其狀矣

詠小雞詩

紹興王少翁者為人素吝將初出小雞一隻當年節禮餽先生先生媿而不受詩以致辭云昨日蒙君惠隻雞可憐離母未多時勸君莫把牛刀試留取籠中作畫眉

不脫俗

吏胥之子人言文理粗通而不脫俗父因試之以月為題其子吟曰憑甚文書來海外海嶠雄給何路引到天涯更有一般違法處夜深無故入人家其父怒曰果不脫俗又以庭前山茶為題命其再咏其子又吟云切照庭前一樹茶綠何違限不開花信牌急仰東風去火速明朝就發芽（衙）其父批云看得後詩愈加不法深為髮指者爾速將詩內俗字一一開除庶望有成如敢仍前抗違取究未便慎之毋忽

黑鷺鷥

秋水涉筆工部主事某奉差來蘇燒磚某內閣囑求沈石田畫主事到蘇即出與構之石田到署主事出紅絨一張索畫石田盤膝坐地磨濃墨扯紙一半團作一毬於硯上蘸墨印下墨團三四用筆勾作黑鷺鷥題云青天一箇大霹靂千山萬山無鳥跡鷺鷥飛入破窑中一身毛羽變成黑寫畢遂拂袖而去

採桑娘

墨客揮犀載孔子去衛適陳一事子貢子路從道逢採桑娘夫子曰南枝窈窕北枝長婦曰夫子行陳必絕糧夫子不答而徐行婦復曰九曲明珠穿不過回來問我採桑娘及至陳果絕糧陳侯以九曲明珠俾孔子穿之不得謂婦有先見使子貢反而詢之至採桑所婦無見矣但見桑間聚泥一蹈尺許又聚泥二子貢曰桑者木也泥者土也其杜姓耶旁復有三其三娘耶適樵者過子貢問曰前村可有杜三娘乎樵者曰蘆塘荻渚邊華屋瑤草疎花傍粉墻行過小橋流水北其間便是杜家庄子貢如其言獲見三娘具述前事婦莞爾而笑曰此無難塗絲以脂繫蟻以要使徐徐而度如不肯過薰之以烟子貢得其術以告夫子夫子如其言得穿九曲之珠此雖齊東之語然亦人所未聞而婦與樵皆作韻語七言詩何必始自柏梁也

草鞋詞

俞君宣桃燈集異有鷓鴣天咏草鞋云少時青青老來黃千拒萬結得成雙甫能打就同心結又被旁人說短長雲雨事我承當不曾移步到蘭房有朝一日肝腸斷棄舊憐新撇路傍○草鞋名緉非見儀禮又名不借漢文帝履不借以臨朝唐詩遊山雙不借取水一軍持軍持僧家淨瓶也

批改嫁

露書莆田一寡婦求批改嫁太守易某問嫁誰婦答嫁東鄰裱褙陳二官易戲批曰批改嫁批改嫁嫁與東鄰陳二官春色惱人眠不得月移花影上闌干嫁嫁嫁

酉齋

楊南峰為人聰刻鄰居有一鐵匠得財暴富里中為之慶號因請於楊楊題云酉齋人咸不解或問何出答曰橫看是箇風箱豎看是箇鐵墩聞者絕倒○有富翁鄉居求南峰書門對此翁之祖曾為人僕南峰題云家居綠水青山畔人在春風和氣中

上列家人二字。見者無不匿笑。

蔺玻

耳譚。青州東門皮工王芬。家漸裕。棄去故業。里人謀為贈號。芬喜。張樂設宴。一點少題曰。蔺玻。衆問其義。曰。蔺多芬。故號蔺玻。從名也。芬大喜。厚酬之。識者曰。汝試徐思。依然東門王皮也。

比玉居

譚槩。有王生行一者。美甚。人多嬖之。沈伯玉過其家。見齊額。額曰比玉居。伯玉曰。此額殊有意。移比字易出居內之古。分明是屁古二字。玉字亦王一二字。分合言之。乃王一屁古四字也。王亦不覺失笑。

倒字詩

景泰中。有一蔭生。作蘇州監郡。不甚曉文義。一日呼翁仲為仲翁。或作倒字詩誚之曰。翁仲將來作仲翁。也緣書讀少夫工。馬金堂玉如何入。只好蘇州作判通。

一字破

遣愁集。明時一夾才甚高。或戲曰。君能作四五字破乎。乃以君命召二句為題。應曰。

王請度之。一座稱善。或又云。能復作一字破乎。其人請題。適見一髠鬍過。即指示之。友應聲曰。鄰衆不解。爭究其說。友曰。鄰皮去毛者也。

嘲妓

馮猶龍有嘲妓黃鶯兒一卷。其嘲長妓云。仰面覷妖嬈。出蘭房。須曲腰。粉墻半露花容貌。也不是雲推髻高。也不是繡鞋底高。拜如折竹因風倒。好姣姣。太湖石畔。有個女曹交。嘲麻妓云。繡閣俏嬋娟。恨朝朝。費粉錢。麗兒亂撲梨花片。千圈萬圈。不方不圓。水漚滿泛清波面。貼花鈿。繁星拱照。點點破鏡中天。

楊蟠無齒

王介甫喜言農田水利。有獻議梁山濼可涸之以為田。介甫欲行之。又念水無所歸。以問劉貢父。貢父曰。此事楊蟠無齒。貢父退。介甫思其說而不得。呼子雱問此語何意。雱亦不解。召貢父問之。貢父笑曰。此易曉。杭人楊蟠。杭人善作詩。自號浩然居士。相公熟識之。今欲涸濼為田。須別穿一梁山泊。置此水。恐此事浩然無涯也。一時聞者絕倒。

黃上舍

宋理宗時。蔡公謨知某郡。黃上舍封狀訟其妾以無子遣去。索元顧錢十千。蔡判云。實封狀子判何難。試問因何訴小蠻。只為鳳毛無所出。故論鵝眼不曾還。三年宜意知多少。十索飛蚨亦等閑。寄語桃溪黃上舍。留此陰騭赴闈闈。

遠佞人

王介甫初參大政。偶閱晏元獻小詞。因曰。為相何須作詞。平甫曰。偶然自喜而為之。顧其事業亦不止此。時呂惠卿為館職在坐。遽曰。為政必先放鄭聲。況自為之。和平甫正色曰。放鄭聲不若遠佞人也。呂大慚。

堅瓠七集卷四終

堅瓠八集序

客有喜談猶龍氏者謂其片紙尺幅無不令人解頤余因出稼翁所著堅瓠集示之曰均小史也猶龍之作濃而纖稼翁之作淡而雅猶龍之作蓋志乎此而好弄其筆墨者也稼翁之作則非其志乎此聊藉此以自寫其閒適者也稼翁當年少氣盛時於書無不窺酉山之富包羅於胸固將為澤之藪野之革豈其匏繫云爾乎既乃謝去雕蟲之業猶披錄秦漢以來遺書廣求故明一代軼事下逮括帖其小品未經人識者亦復次其卷帙藏之篋笥曰吾以留兒讀也是豈喜為游談而不要諸根柢者哉秖以溫溫無所試徒家居而坐糜廪食將自比伐檀之君子猶疑素餐欲學者樂之詩人空之宿宿閒情縷縷觸緒紛來寓之短札不覺日累而多耳客曰然則子何以知稼翁之志乎曰於其名是集即知之矣不見屈轂之詒田仲者耶夫瓠可以盛物可以剖而斟固宜有用於世顧自甘於堅石而無竅蓋曰人固有不仰食於人而亦不必皇皇於世用者類此瓠也其諸稼翁之所以自况也與

堅瓠八集卷之一目錄

物幻詩　物幻詞
十空曲　咏針
緘默無事　遇呂純陽
佛印見東坡　兩朝甲子歌
尤悔庵詞　改題見用
易題致富　張仲宗詞
劉叔安詞　借尸還魂
晨昏鐘鼓　風水
白雄鷄　日午牡丹
高鳳善卜　大光祿坊
涉衣真人　三生公案圖
許志仁奇遇　芥肆短鬼
急力執傘　食置肉笑僭
非非子　瓶梅
扇板題詩　保和真人
禮闈唱酬　直言得罪
十過詞　陽關三疊
陶泉明　行情
何鼎　閩人抗宋
物異　鸚鵡
野鷄　猙猻
犬　詠貓
貓捕鼠　酒狂
楊文忠對　遊佛寺對
百日紅萬年青　劉貢父
白所　董文玉
顧未齋　王汝玉

鐵冠道人　一韵對
蓮通判對　雲藍紙
竹夫人詞　墨
幽歎詞　燈花

堅瓠八集卷之一

清　長洲石農褚人穫學稼纂輯

物幻詩

吳梅村先生有物幻八詩，詠蝸虎云：南山五日鏡奩開，綵索春思縛軼林。奇物巧從麓館製，內家親見豹房來。越巫辟惡鏤金勝，漢將擒生畫玉臺。最是蝸絲添虎翼，難將績命訴牛哀。茄牛云：犂鼓喧闐笑未休，泥牛瓦狗出同游。生成豈比東隣犢，觳觫何來孺子牛。老圃盤飧誇特殺，太牢滋味入常羞。看他諸葛貪游戲，若鬪兒曾巧運籌。蠶鶴云：丁令歸來寄素書，羽毛零落待何如。雲霄豈有餔糟計，飲啄寧關逐臭餘。雪比儆盜推動翩，蛾旋封垤附專車。泰皇跨鶴思仙去，死骨何因葬鮑魚。蟬猴云：仙蛻誰傳不死方，最高枝處憶同行。移將吸露迎風意，做就輕軀細骨粧。薄鬢影如蓬越女，斷腸聲豈怨齊王。內家近作追侯相，賜出貂蟬做粉郎。蘆筆云：採苔編蒲課筆耕，織簾居士擅書名。掃來魯壁枯難用，焚就秦灰製不成。飛白夜窗花入夢，草玄秋閣雁銜穢。中山本是盧郎宅，錯認移封號管城。橘燈云：掩映蘭膏紫底尋，玉盤纖手出無心。花開槐市枝枝火，霜滿江潭樹樹金。繡佛傳燈珠錯落，洞仙爭

奕涌深沉銳他丁，緩施工巧不及生成在上林。桃核船云：漢家水戰習昆明，曼倩偷來下瀨橫。三士漫成齊相詐，五湖好載越姝行。桑田核種千年久，河渚槎浮一葉輕。從此武陵漁問渡，胡麻飯裏棹歌聲。蓮蓬人云：獨立平生直此翁，皮裘便袖倚東風。殘身顛倒憑誰戲，亂服龜趺趾便工。共結苦心諸子散，早拈香粉美人空。莫嫌到老絲難斷，總在污泥不染中。先生八詩，隨物肖形而不纖，久已膾炙人口。近於友人處復得前題八詠，亦樂先生所作，今錄於左。故事良辰詎可遲，巧裝新樣出閨闈。剪將蘆上飛蛾蛻，製就釵頭猛虎威。縷縷絲皆同豹飾，斑斑文遍綴蠶衣。形摹毒勢真能肖，縛艾徒傳掛戶扉。置尾裝頭老牸成，戲牽几案作春耕。耳因露潤真能濕，色自天生却類騎。棄入高廚如凝戲，為清供即饑粗。夜來鼠防侵食，乾蒂猶看兩角撇。俄將枯質化胎仙，雙翅翩翩自灑然。血肉盡除惟有骨，塵氣未脫尚留纏。巧裝貴擬軒車上，近玩畢從耳目前。匕筋棄餘真像出，辭公圖畫不須傳。出土凌高蛻殼新，山公形態擬來真。轉丸智更能升木，齊女名應嘆楚人。噪娜竟成啼峽狀，緣藤全失吸風神。危機幸免螳螂捕，擒作驚弓抱樹身。折取汀蘆稍管宜，戲將揮灑欲臨池。雁銜好作天邊字，蟲蝕曾題葉上詩。獵向中山當渚上，退為高隊是霜

時斷簾敗笋皆堪用潘涸還教置不遺　大顆匀圓選最良明燈巧製照閨房摘來圓叟千頭橘造出佳人十指香燃火赤皮同映日添膏朱實類含漿綴珠剪綵懸花蒂何似天成不待裝　規模渺小體仍全刳木依稀古聖傳撑取豈留天上種造來疑泛水中仙絶勝縮地袁流竹堪擬隨波太乙蓮安得時時多載酒奇珍妙手製青田　手劈房空未葉捐人形製就態翩然精魂豈轉三生石胎孕真從九品蓮紺色衣疑㦸緻纖清香身似染爐烟長裙曳地腰肢束有恨無情自可憐

物幻詞

吳梅村先生物幻八詩頗極巧妙尤悔庵先生謂其題近於詞為西江月小詞足之蒲虎云五道叢叢初鬭三盆虎圈儀修采桑秦女自風流翻學下車馮婦　浴龍恰如得子纔成便可封侯綵絲束縛掛叙頭傍向盤龍欲鬭　茄牛云小菜放於牧野太平起自田家與遊老圃大排衙演出伯牛司馬　入覺莫愁凝態著鞭卻喜了叉兒童牽線笑喧譁唱道夕陽來下　燕鵲云聞說枯魚欲泣何為化鵲來歸霓裳玉珮自清暉入肆終撕形骸　北海已成逃朽南山幾見高飛鯤鵬變化是耶非小作逍遙遊戲　蟬猴云齊女一朝怨死王孫再世嬉遊三聲哀叫斷腸秋卻恨當年無口　跳擲不憂螳臂沸羹早厄羊頭從來蟬冕拜通侯問是沐猴冠否　蘆筆云書帶草生筆家墨池人在蘆中白頭翁變黑頭公夜夜飛花入夢　蠹狀教成儒子編蒲學近儒宗雁行銜去向江東寫出錦書珍重　橘燈云金顆千頭火樹玉荷四照霜花書生懷袖向窗紗長伴紅衣不夜　心事任教分剖風光尚費周遮美人對影暗嗟咻決意為郎吹罷　桃核船云種自玄都道士載從渡口漁翁小兒偷出碧雲宮頃刻帆檣飛動　蘆葦似來江上竹枝疑汎圖中桃根桃葉棹歌同兩槳春風吹送　蓮蓬人云妾比芙蓉解語郎如碧藕多思个人憔悴倒懸時知道無心憐子空洞此中無物崛強猶昔孤支亂頭粗服貌如斯未必六郎相似

十空曲

尤悔庵先生擬雲飛十空曲一國三公車馬長安殿閣中鼎爵分班奉金印輪流弄咲白首戀鳴鐘青山木拱華表銘旌斷送黃粱夢君看蓋世功名總是空　萬貫千鍾篋囊青蚨倉朽紅合藥燒丹求掘土埋銀窖咲金穴與陵銅化成泥塚雖有錢神難買南柯夢君看敵國資財總是空　北苑南宮萬戶千門擬九重金屋阿房供金谷天台洞咲臺榭土花封牛羊丘壠綺閣迷樓也等華胥夢君看甲第田園總是空

翠翠紅紅十二金釵列小鬟綺席雲鬟擁錦帳花心動咲脂粉髑髏工抓精賣弄雨散雲收想斷巫山夢君看絶世紅顏總是空　絃索叮咚絳蠟燒殘曲未終鼓聲江南弄簫吹秦樓鳳咲轉盼白楊風挽歌相送子弟梨園向入鈞天夢君看大地音聲總是空　熊掌駝峯下箸千錢未足供羨酒金尊送肥肉臺盤捧咲殺氣滿喉嚨請公入甕逐鹿烹羔變作芭蕉夢君看飲食因緣總是空　青毋黃公嫁女婚男風俗通交顛頷叙英繞膝為衣從咲分手各西東主人翁作打散鴛鴦破熊羆夢君看春鳥閨閣總是空　繡虎雕龍綵筆吟成萬卷工獻賦長楊重問字玄亭衆咲何處哭秋風冷涼文塚一部南華不過莊周夢君看錦繡文章總是空　豎子英雄腦關蠻爭蝸角中一飯丘山重睚眦刀兵痛咲世路石尤風移山何用飄瓦虛舟不礙松風夢君看爾我恩讎總是空　擾擾紛紛遊莫晨雞與暮鐘梵衆無消咲公案何勞滴咲乎覓主人公風旛不動放下機關破蒲團夢君看萬法無常總是空

詠針

郡有一士遊花街見妓女刺繡帳前妓曰汝能吟詠以針為題士曰一寸堅鋼鐵作針綺羅叢裡度芳春若教玉手抽來急挑得花心片片新妓為之契合

絨默無事

廣知世事休開口縱會人前只點頭假若連頭都不點也無煩惱也無愁又題無事人云獨坐清齋絶點塵也無挽雜擾閒身逢人不說人間事便是人間無事人

過呂純陽

明全州蔣曄仕至太守言曾過呂純陽於[illegible]作細相接題詩云宴罷歸來海上山月飄承露浴金丹夜深鶴透秋空碧萬里西風一劍寒是奇絶不凡語未容輕擬

佛印見東坡

賈進士晚年削髮為僧名佛印住持虎丘山寺貫穿六經旁通異義東坡新任蘇州極僧釋佛印竟至府門求見卒入報坡曰好生與他說府尊火正紅卒傳命印曰門外一塊鐵卒再入報坡命之進印立丹墀下放杖作揖坡曰山僧如何揖公侯印曰大海終當納細流昨夜虎丘山上望一輪明月照蘇州坡大喜以府堂正對吳山以吳山為題命印作詩印曰和尚說老爺請提筆坡許之印立成曰吳山突兀勢崢嶸險阻崎嶇徑路橫搖虎出林風激嘯老龍入洞雨汀泙槎牙古樹離斜倒拉撻高巖屈竅生對景頗織吟不就靜聽流水響嚶咲中有難字遂未能寫閣筆久思又恐失體詞知是佛印遂與之定六

雨朝甲子歌

王東尹先生諱宗，生於萬曆壬寅，越康熙甲子年八十有二，作雨朝甲子歌曰：粤稽太古軒轅時，爰命大撓作甲子，方山薛氏編成年，古今治亂森如指。天啓四載甲子冬，憶余新婚雪夜濃，見此槃者邂逅耳，錦衾未暖粧臺空。其年便患洪濤災，官有禍水沒高粱，河北賊與朝中黨，相繼綿延起亂衆。甲申開變真斷腸，抱竄咻咻聲恐揚，氣節文章不復道，魂遊柴市魄沈湘。奏銷令下暴如雷，書卷徒為浩劫灰，若使中年身便死，潦倒名場實可哀。何幸假年登耄耋，以遠顏齋志不輟，伏羲四圖易之綱，不爐不扇真人傑。紫闕但用黃金塗，石渠虎觀真模糊，稽兹一編懸日月，皇極象數理不虛。擬之議之如有神，仁義本為陰陽根，推驗家門否之泰，生婚死葬安我心。大抵吉凶半由己，天時人事相表裏，安樂窩中一部書，奉以蓍龜吾老矣。吁嗟乎，從來世運轉如輪，歲除甲子又陽春，上元星辰盡朝拱，且與窮黎宴太平。歌曰：天開甲子兮人壽，羲皇壽命孔長兮，好易無荒，骨肉復聚兮，少長咸康，惜頑果之匏繫兮，悲蟄關九畹集兮芳。

尤悔庵詞

尤悔庵先生閏詞調寄卜算子：整日數閏期，數了田頭數。不信朝朝暮暮思，曆本看揪破。特地倚門粧，依舊空床臥。多分宵來夢不應，今夜拚重做。又偶感調醜奴兒令：春來秋去何時了，昨日陰山，今日陽關，白髮黃雞彈指間。只求夢裏流年好，今夜邯鄲，明夜巫山，睡過三生亦喜歡。

改題見用

萬曆壬子，蘇郡侯鄞縣趙世祿錄科，試題出康誥曰如保赤子節，一書吏某稟曰：今日錄科題有不中字，請一改易。趙然之，易夫人不言言必有中。後趙信任某吏，遂得大用。秋榜發，郡士得雋者三十二人，周忠介順昌、姚文毅希孟、王遵義仲聖、沈應明、陸康稷熊東鑑，皆是科所取士也。家叔祖香弟公承慈亦與焉。明三百年得士之盛，未有如此科者也。○先嚴七預棘闈，皆以數奇不偶。崇禎丙子七月赴省鄉試，外叔祖王養和公設錢容卜色，欲以元魁送先君，偶差一點，客惜之。外叔祖云：雖不中不遠矣。既而自悔失言，闈中卷受知於公安袁特丘彭年先生，取冠本房，與主司王錫袞爭元，王以麟經為辭。先生堅請，言語少齟，遂抑置副榜，竟成語讖。

易題致富

天啓中，崔魏用事，爭倡其有不軌之志。北直學使者考校宛平童子，題出忠矣至清矣。牌已書就，命教官傳諭。一教官請曰：此題還求太宗師更易。學使者聲色俱厲曰：爾以是題為不佳乎？教官從容對曰：題甚佳，但其中包崔子弒君一段，不見爲啟愚衅，亦以命爲題爲南臺抨擊乎。學使者改容謝之，嗣後凡事與商，致富不貲。

張仲宗詞

張仲宗夜遊宮辭云：半吐寒梅未拆，雙魚洗，冰澌初結。戶外明簾風任揭。擁紅爐，灑窗間，稷雪。此日去年時節，道心事，有人歡悅。斗帳重薰鴛被疊，酒微醺，管燈花，今夜別。雙魚洗，斷手之器，見博古圖。稷雪，霰也，形如米粒，能穿瓦透窗，見毛詩疏。

劉叔安詞

劉叔安名鎮，號隨如，元夕慶春澤一首，入草堂選。又有阮郎歸云：寒陰漠漠夜來霜，堦庭楓葉黃，歸鴉數點帶斜陽，誰家砧杵忙。燈弄幌，月侵廊，熏籠沉寶香，小屏低枕怯更長，和雲入醉鄉。亦清麗可誦。

借尸還魂

石溪閒筆載：王坦之與竺法師相厚，約先死者以冥事之有無相報。後法師先死，十餘年，一旦來見坦之，告以幽冥之事皆有，惟當修德以臻福地。未幾坦之卒。近日輪迴頗有奇異，果有借尸還魂者。吾蘇集學前徐挑花女，年及笄，許字金閶王某。康熙丁巳六月十八日，忽為神所憑，依禱祀無效，至十月十九日而卒。父母哀之，越二日而女復甦，見父母茫然不識，聲音笑貌與平日絕異。怪而問之，乃云吾是震澤鎮王某女，名秀蘭，年十有七，六月十三日為上方山三相公拘去，後欲放還，尸已燒化，今我到此守候，今汝女去，纔放我回耳。言其族屬里居甚悉。初還魂時，邑人無不往觀。王家童亦目覩。數日後，秀蘭忽若夢魘之狀，少頃，女歸，與父母問訊，言詞宛然。或云秀蘭與王某亦有姻緣之分，宜早歸之。今已嫁去，乃知齊諧夷堅所載，未盡誣也。

晨昏鐘鼓

天下晨昏鐘聲之數，叩一百八聲者，一歲之義也。蓋年有十二月，有二十四氣，又有七十二候，正得其數。但聲之緩急節奏，各處不同。吾蘇歌曰：緊十八，慢十八，中間十八徐徐發，兩度湊成一百八。杭州歌曰：前發三十六，後發三十六，中發三十六聲急，通共一百八聲息。越州歌曰：緊十八，緩十八，六遍湊成一百八。台州歌曰：前擊七，後擊八，中間十八徐徐發，更兼臨後擊三聲，三通湊成一百八。禁鼓一千二百三十聲

為一通三十六百九十幹為三通在外更鼓三百三十撾為一通千撾為三通○釋氏念珠亦取一歲之義

風水

七修類槀徐州不打春邳州無東門若使打春與開門蝎子咬殺人文海披沙東昌有諺曰夏津不撞鐘高唐無北門撞鐘人頭痛北門生蝗蟲相沿至今不敢易也涌幢小品蕭縣亦不撞鐘撞之則水至

白雄雞

六月二十四日為清源妙道真君誕辰吳人祀之必用白雄雞相傳已久不解其故及閱陳藏器本草拾遺云白雄雞生三年者能為鬼神所役使吳人用祀其核或亦山川不合驛角之意

日午牡丹

昔人畫牡丹一枝盛開旁蹲一貓其睛如線識者曰此日午牡丹也蓋貓睛可以驗時語曰子午如線卯酉圓寅申巳亥似牛尖辰戌丑未如杏核此法千金總莫傳凡花盛開於午午貓擬其盛也

禹鳳善卜

閩縣禹鳳善卜遇物輒以意推不專用易弘治己酉福州傅用養鼎求占科名鳳曰君第一人也既而果然或問其故鳳曰吾適剖椰子而用養至其象解圓當為解元弘治戊午秋試前鎮守內臣書一興字令鳳占解元在何府鳳曰尊意得無在興化乎但所書興字從俗省書其人在中而八府俱下必閩城矣及揭曉乃侯官林克仁士元鳳嘗語人卜若可信鳳以儒學吏官至五品京職不知何從得之弘治中以占入宮中占驗恩授工部郎中

大光祿牌坊

予家西白塔巷祖居東首有大光祿牌坊乃嘉靖間蘇州知府溫景葵為房師章茂實俠所建東曰大中丞西曰大光祿欲於中間起第不意建坊甫竟茂實以事被逮遣戍時有口號曰大中丞完子就問軍大光祿燒得光禿禿閒軍之謠已驗康熙己未十月晦日予家人不戒於火焚燬門屋及坊合里震驚幸而獲息燒光之言至百有二十餘年始驗

沙衣真人

沙衣真人姓何淮揚朐山人從居平江身衣白襴衫盡則沿門乞食夜則宿天慶觀久而衣徹以紗緝之人無貴賤問以休咎無不奇中宋孝宗聞而召之不至賜號通神先生有警世詞云在世為仙須有分不須食素持齋寸絲不著掛形骸竟衣為伴侶箬笠作家懷行滿三千上聚奉勅宣至金亭傳言問汝有何我人生長富貴除隨種將來後無疾而化今像在蓑衣殿中

三生公案圖

金陵瑣事西虹太守有無住庵主畫圖澤三生公案卷筆法高古宋元名公題詠甚多趙子昂絕句云川上清風非有著松間明月本無塵不知二子緣何事苦戀前身與後身識見超脫過人甚遠

許志仁奇遇

宋蜀士許志仁赴臨安見差遣在衣家湯店止泊淹留數年囊資殆盡每見士大夫則勒躬相揖人憫其窮必少賄之一夕孝宗與曾恭政從龍微行入衣店啜湯志仁揖之甚恭孝宗念此人何敬如此故遣一扇與之志仁即趕逐恭邀孝宗問汝何處人在此何為志仁言某蜀人在此待差遣日久窮困又問年月日時適與上合孝宗

曰曾恭政說汝閬州太守明日以書薦汝去受差辟又付黃金二十兩作裹囊歸鄉志仁大感孝宗復以其命與人推算星翁云此是主上命孝宗曰此蜀中士許姓命星翁曰若果然則目下亦遇大貴趨陛孝宗歸御筆令志仁爻閬州知州事復以金二十兩令曾恭政密封與之志仁不之知攜歸見閬州守守拆開見是御筆前守改除利州西路提刑俱各謝恩任事

茶肆短鬼

范質未貴時過茶肆見人狀貌怪陋前揖曰兵戈至相公無慮范所執扇書大暑去酷吏清風來故人句人曰世之酷吏何止如大暑也公他日當究此弊因揭扇去范悵然後至伏廟一土木短鬼貌肖茶肆所見扇亦在手范心異之果大貴封魯公

急力執傘

撫州晏文正在大學時出市遇驟雨忽一人擎黃傘覆之曰送相公回學恐犯法郎如其人曰無憂也晏疾行回學令候於門取錢謝之人忽不見時市人見晏冒雨不沾濕怪之至宵曆閣章長沙至一廟見一急足擎黃傘儼然當日執蓋者也

食盍肉笑靨

秦檜末年。大誅殺以脅善類。逮趙忠簡之子汾下獄。汾就逮。自分必死。因囑其家曰。此行無全理。脫幸有恩言。當於餽食中置肉笑靨一以為信。毋忘。既入獄。月餘無所聞。獄卒日施慘酷。奄奄待盡。忽外致食。滿壺皆笑靨。汾泣曰。吾約以一。而今乃多如是。殆紿我。既而獄吏皆來賀。始知檜已死。獄事得解。汾即日脫械出。

非非子

金陵瑣事。徐天賜。魏國公弟。宅在大功坊內。然與府學相接。不能擴充尺寸地。因謀於府尹蔣督學趙。復賂武斷生員任芳等。約以尊經閣後民間之地。易學宮右邊空地。生員周㝡作非非子一篇。粘於學宮。極言夫子貧厄。門人售地語侵上官。督學聞之。畏公議不容。遂已其事。㝡乃刑書周瑄之子。高才博學。此舉人多義之。

瓶梅

郡有豪僕。倚財放恣。諸伶西席。春日折梅佐酒。置諸瓶。戲謂師曰。以此賦詩。師即口占曰。瓶養梅花供歲新。此中那得鬬芳春。有香有色皆因水。無葉無根難保身。松竹不與為三友。風月何曾作兩鄰。看來總是無成局。休倚東風冷笑人。時稱雜蔔絲師。

扇板題詩

宋崇定間。清河坊扇店有道人來補扇。店主與一新扇。道人於扇板題詩曰。一輪明月四時新。一握清風熱可人。明月清風年年有。人世炎涼知幾塵。題畢而去。墨蹟直透板背。觀者紛紛。利市比常十倍。致富不貲。後道人來。以袖拂之。字遂不見。

保和真人

潼州王藻為府獄吏。每日暮歸。必持金錢與妻。妻疑其鬻獄所得。常遣婢餽食。藻歸。妻問曰。適餽豬蹄甚美。故悉送十三臠。能盡食否。藻曰。止得十臠耳。妻佯怒曰。此必婢竊食。或與他人。藻縛婢鞫訊。不勝楚痛。遂引伏。欲杖逐之。妻始言曰。君為推司久。日持錢歸。我疑鍛煉成獄。姑以婢事試汝。安有是哉。自今以往。願勿以不義之錢來。藻瞿然大悟。取筆題壁曰。枷拷追求只為金。轉增冤債幾何深。從今不願顧刀筆。放下歸來遊翠林。即辭役棄家學道。後飛昇。賜號保和真人。

禮闈唱酬

至和嘉祐間。舉子作文尚奇澀。讀或不能成句。歐陽永叔力革其弊。既知貢舉。凡涉雕刻者皆黜落。時范景仁王禹玉梅公儀等同事。而梅聖俞為參詳官。未引試。前唱酬詩句頗多。歐公無譁戰士銜枚。兔下筆春蠶食葉聲句。最為警策。聖俞萬蟻戰時

春日燒。五星明處夜堂深句。亦為諸公所賞。及放榜。平日有聲如劉幾輩。皆不預。遂士論洶洶。閧然以為主司耽於唱酬。不暇詳考校。且以五星自比。而待我曹如蠶蟻。因造為醜語。并作醉蓬萊詞以譏歐公。自是禮闈不敢作詩矣。

直言得罪

宋徽宗即位。下詔求直言。及上書與廷試直言者。俱得罪。時有詣詞云。當初新下求言詔。引得都來胡道。人人招是駱賓王。并洛陽年少。自訟監官并岳廟。都教一時閒了。誤人多是誤人多。誤了人多少。

十過詞

嘉言隨筆。顧稍生有十過詞云。過友且謔謔。過酒且酌酌。過詩且作作。過春且着着。過美人且綽綽。過好景求醇醇。過新聞但博博。過爭是非但噤噤。過俗務則卻卻。過談人過則略略。老至病來不用辭。生無媿兮死無怍。宇宙曠兮天地窄。過兮過兮胡不樂。十過中五且二則二但一求。容有間於先生者。先生曰。且者過則為不過。亦不敢必。則者必然之詞。但者率然之意。惟求則必欲如此。不得放過也。

陽關三疊

唐人餞別。多唱渭城。即王右丞渭城朝雨浥輕塵詩也。每句皆再唱。而第一句不疊。故曰陽關三疊。白香山詩云。相逢且莫推辭醉。聽唱陽關第四聲。註云。第四聲勸君更盡一杯酒也。若秋澗集所云。就中儘是銷魂處。不待聽歌第四聲。乃西出陽關無故人句也。

陶泉明

海陸碎事謂陶淵明一字泉明。唐詩多用之。耿緯云。何事學泉明。韓翃云。聞道泉明居止近。不知稱淵明為泉明者。蓋避唐高祖諱耳。猶楊淵之稱楊泉。非一字泉明也。

行情

商賈貿易。物價貴賤。曰行情。不曰理與勢者。可見不能使價之盡一。悉隨時為低昂。故曰情。昔趙清獻知越州。兩浙旱蝗。米價騰貴。諸州皆禁增價。公獨榜通衢。有米者增價糶之。於是商賈輻輳。價遂頓減。民賴以安。若以勢禁之。則商賈裹足。米愈少。必至於亂。當事者不可不知也。

何鼎

弘治中。內臣何鼎。性儉素。好讀書。見張后兄弟出入宮中。心甚忿之。一日。孝宗與張

飲偶起如廁隙御冠張戲戲之又帶酒污宮人鼎遂持瓜候宮門欲擊之左廣傳露得脫明日上疏鼎被張后杖死時翰林某有詩曰外戚擅權天下有內臣抗疏古今無道合比十惟異世心如巷伯郤同符

閩人抗宋

陳世忠楊子江之戰元求破膽幾成擒矣閩人王某教以土實舟別火箭遂得脫去德祐降表無人肯任閩人劉褒然為之繼此行省稱賀表文實難措筆亦閩人陸威作之文曰禹貢之別九州冀為中國春秋之大一統宋亦稱臣辭若可聽意則有東何閩人之抗宋而甘心於臣敵也

物異

物之硬者蜈蚣輕者蝴蝶小者蜘蛛嶺南異物志人於海中見有物如帆過海將到舟競以物擊破碎墮下乃蝴蝶也去其翅足得肉八十斤噉之極肥元中統初燕市一蝴蝶甚大大名王和卿賦醉中天詞云掙破莊周夢兩翅駕東風三百處名園一采一箇空難道風流種諕殺尋芳蜜蜂輕輕的飛動賣花人搧過橋東哄迸觀賦蜈蚣大者長百步頭如車箱肉白如瓠南越志大者皮可鞔鼓肉作脯美於牛肉酉陽雜俎蜘蛛大者如車輪便槐蔵抄劍州盤山有蜘蛛與龍鬬為龍所斃人獻其皮如車輪中有大珠光采奪目廣莫野語海蜘蛛巨若車輪虎豹麋鹿閗觸其網卒不可脫俟斃乃食之諸書所載或未盡誣

鷓鴣

宋高宗善養鷓鴣能言語高宗一日問曰思鄉否應曰思鄉道中使送還隴山後數年有使臣過鷓鴣問何處來使臣曰自杭州來又問上皇安否使臣曰上皇崩矣鷓鴣皆悲鳴不已使臣賦詩悼之曰隴口山深草似簇行人到此斷肝腸耳邊不忍聽鷓鴣猶在枝頭說上皇

野賓

宋王仁裕畜一猿名曰野賓久而思去作詩放之云放汝叮嚀復故林舊時侶伴好相尋耐寒不憚霜中宿隱跡從教霧裏深翳去免勞青嶂夢躋攀應恰白雲心三秋巢熟松梢健任抱高枝徹曉吟後仁裕入蜀道嶓冢祠前漢陰之瀨羣猿連臂下飲一巨猿獨離而前從僕指曰野賓呼之即應哀鳴不忍去仁裕作詩傷之曰嶓冢祠前漢水濱山猿連臂下嶙峋漸來子細窺前客認得依稀似野賓月宿免勞鶴紙嶲松棲那復稻粱身數聲腸斷連雲吽知是當時舊主人

猙獰

南荒有獸名曰猙獰見人衣冠鮮潔輒跪拜而隨之雖驅擊不去身有奇臭惟膝骨脆美謂之媚骨土人以為珍饌則世之善諂者皆有媚骨者也是亦人之猙獰矣

犬

世呼媚權攻人者曰犬但犬有至性家雖貧勿嫌也鄰雖富勿趨也遇非其主則吠之夜則觸邪防奸蓋義獸也若奸邪小人擁誰之爵析誰之圭享誰之祿而甘為權門出死力戕善類之人也犬且羞之矣

詠猫

古人詠猫絕句甚多而用意各別黃山谷乞猫詩云秋來鼠輩欺猫死窺甕翻盆攪夜眠聞道狸奴將數子買魚穿柳聘銜蟬猫名喻小人得志冀用君子之意劉子亭云口角風來薄荷香綠陰庭院醉斜陽向人只作狰獰勢不管黃昏鼠輩忙語涉訕刺劉潜夫云古人養客乏車魚今爾何功客不如食有溪魚眠有毯忍教鼠嚙案頭書語稍含蓄而暗責亦露陸務觀云裹鹽迎得小狸奴盡護山房萬卷書慚愧家貧策勳薄寒無氈坐食無魚庶乎厚施薄責而報者自媿惟劉伯溫云碧眼烏圓食有魚仰看蝴蝶坐堦除春風漾漾吹花影一任東風鼠化鴽其豁達涵容法禁不施奸宄自化信王佐才也

猫捕鼠

鶴林玉露武則天斷王后蕭妃手足置酒甕中曰使二嫗骨醉蕭妃臨死曰願武為鼠吾為猫生生世世扼其喉每見猫捕鼠未嘗不稱快因作詩云陋室偏遭黠鼠欺狸奴雖小策勳奇扼喉莫道無餘力應記當年骨醉時○金聖歎曰空齋獨坐正思夜來床頭鼠耗可惱不知其戛戛者損我何器噉噉者裂我何書中心回惑忽見一俊猫注目搖尾似有所覩斂聲屏息少復待之則疾趨如風撲然一聲而此物竟去矣不亦快哉

酒狂

唐許碏登樓飲酒題詩於壁曰閬苑花前是醉鄉誤翻王母九霞觴群仙拍手嫌輕薄謫向人間作酒狂題畢乘雲而去

楊文忠對

揚廷和七歲時八月夜宴客一客云有一更矣一客云半夜矣一客云五更有一半矣時公在坐側客出對云一夜五更半夜五更之半公對云三秋八月中秋八月之中後十二舉於鄉十九登進士歷官少師

遊佛寺對

王巽同友人遊佛寺友出對云彌勒放下布袋釋迦難陀王應聲曰觀音失却淨瓶寒山拾得

百日紅萬年青

松江史書徐某之子幼聰慧其隣顧友試之曰花無百日紅紫薇獨占對曰松有萬年青羅漢常存顧大驚

劉貢父

劉貢父至一友人家見羣雞啄食友云雞飢喫食呼童拾石逐飢雞劉對云鶴渴搶漿命僕將鎗驚渴鶴

白圻

白圻數歲時師見雷電交作命對云電掣雲邊火燄被開金絡索白圻對云月沉海

底碧波湧出水晶毬

董文玉

董文玉玘八歲時一御史聞其名招至舟中曰久慕汝神童也今試一對果佳當奏知朝廷命對曰船載石頭石重船輕輕載重童應聲曰杖量地面地長杖短短量長御史大驚奏之朝賜入太學後榜眼及第

顧未齋

顧九和鼎臣同尊人觀新柳啼鶯父命對曰柳線鶯梭織就江南三月錦公云雲箋雁字傳來塞北九秋書後至狀元宰輔

王汝玉

王汝玉九歲時值寒食節師出對云塚上燒錢灰逐微風成粉蝶王對曰池邊洗硯墨隨流水化烏龍後發浙解以翰林編修丹青書法俱絕

鐵冠道人

鐵冠道人張景和江右方士結廬鍾山下梁國公藍玉攜酒訪之道人野服出迎玉以其輕己不悅酒行戲曰吾有一語請先生屬對云脚穿芒履迎賓足下無禮道人指玉所持椰杯從之曰手執椰瓢作盞尊前不忠後玉竟以逆誅

一韻對

邊尚書貢繼妻胡氏能通書義廷實多侍姬胡嘗反目一日宴客客衆令曰討小老婢惱廷實不能對胡以片紙書想奴狂郎忙云何不以此對之坐客大笑○徐尚書晞為郡吏日偶隨守步庭擁中見一鹿伏地守得句云屋北鹿獨宿思無以對晞即對曰溪西雞齊啼守大驚異遂不以常禮待之

董通判對

常州府同知吳通判董至無錫飲紅白酒而醉吳出對云紅白相兼醉後不知南北董云青黃不接貧來賣了東西

雲藍紙

段成式與溫庭筠雲藍紙詩序曰予在九江出意造雲藍紙輒分送五十枚其詩曰三十六鱗充使時數番猶得表相思蓋龍八十一鱗鯉三十六鱗也至宋景文詩云君軒戀結蕭蕭馬尺素愁憑六六魚又使六六三十六也

竹夫人詞

從別楚山誰憐寂寞冰玉相看忍拋却當初不解郎心冷而今把妾空擱閣晚風輕午夢清思量著○冰肌玉骨最輕盈每結同心托此人不與等閒成匹偶思量要嫁翰林人○桐城錢如鐵詩云肌骨清奇氣味真藤床當暑不辭頻秋風一夜恩先斷始信人情太不仁

墨

記當初剔銀燈重把眉兒掃那其間似漆投膠可憐自落烟花套這磨頭多應是奴命招全軀恐難保香肌越消耗看看捱個今年捱不過明年了寄語兒曹好把芳魂紙上描

幽歡詞

支頤集有幽歡詞調寄點絳唇云殢雨尤雲靠人緊把腰兒貼顫聲不徹肯放郎教歇檀口微微笑吐丁香舌喟龍眉被郎輕齧却更嗔郎劣○又調寄點絳唇二詞曰洞房幽平徑絕拂袖出門踏破花心月鐘鼓樓中聲樂歇歡娛佳境闌入何曾怯擁香衾情雨綿覆雨翻雲晴把春偷洩苦良宵容易別試聽紫燕深深說　漏聲泄人影絕素手相攜悄過花陰月蓮步輕移嬌又歇怕人瞧見欲進羞還怯　口脂香

羅帶結、誓海盟山。畫向枕邊設可恨、鷄聲催曉別。臨行猶自依依訣。

燈花

文衡山燈花詩云。金莖吐蕊粟紫紫。火樹騰輝影陸離。紫𥫗凝芝春見跡。絳痕消蠟夜敲恭。心憎積雨何當霽。事卜明朝喜可知。一笑自開還自樂。居然不受晚風吹。

堅瓠八集卷一終

堅瓠八集卷之二目錄

皖州府學　車盤驛
壺山居士　蠻布弓衣
留餘　炎涼異態
書懷　閒適
一圍水　白香山語
西湖詞　汪彥章詞
油污衣　止酒
反止酒　罷酒
清狂白癡　諭鸚鵡
五仄詩　代王娩儀詞
黃冠歸故鄉　謝疊山詩
碧廬　風情不薄
吳琚詞　燕山驛壁
琵琶詞　豪放買禍
古人好尚　王陸無忌憚
鬼憎人學問　王夢澤
于厚小兒　李後主去國詞
西湖勝景　張華
題壁　玉簪花
萬將軍　劉東山
張右侯降乩　彭解元
復南頓田租　醒世詞
泡燈　賣馬傳錢
除夕絕糧　遊藏春塢
韓忠獻喜雨詩　煬帝開歌
大業童謠　臻逢逢
木生奇遇　妖根

破瓜　士稽書屑
題倚屏美人　道開
聽雨讀離騷　索箋留帶
三角學

堅瓠八集卷之二

清　長洲石農褚人穫學稼纂輯

饒州府學

饒州府學基古報恩寺，即今天寧寺也。元時寺僧游湘蜀間，抄化巨木創治之。紺宇雄偉，但木設佛像耳。大明兵至，凡文廟不毀，僧假宣聖牌位置苑中，得免。後生徒遂以為郡庠。宣德中有僧書對於方丈云：萬間廣廈歸寒士，一榻閒雲臥老僧。有士人以文字易寒字云。

車盤驛

弘治中，關中許啟衷天錫，初在詞林，以能詩為李長沙所知。嘗題詩車盤驛丹青閣上云：青山當面似無路，黃犢出林還有村。鄭繼之善夫題其後云：風流不見許黃門，文字丹青閣尚存。最憐佳句車盤驛，黃犢青山何處村。

壺山居士

宋南昌宋譙父自遜，號壺山居士，詞筆絕高。嘗作驀山溪自述云：壺山居士，未老心先懶，愛學道人家，辦竹几蒲團茗椀。青山可買，小結屋三間，開一徑，俯清溪，修竹栽教滿。客來便請，隨分家常飯。若肯小留連，更薄酒三尊兩盞。吟詩度曲，風月任招呼，身外事，不相關，自有天公管。

蠻布弓衣

蘇子瞻嘗於清井監得西南夷人所賣蠻布弓衣，上有織成文云：朔風三月暗吹沙，蛟龍卷起噴成花，花飛萬里奪晚月，白石爛堆愁女媧。乃梅聖俞春雪詩也。子瞻以遺歐陽公，公家舊畜古琴，乃寶慶三年雷會所斲，遂以此布更為琴囊云。

留餘

洪自誠云：天地有無窮的力量，然一日纔到午後，便急忙晦冥，以蓄來日之光華；一年纔到秋來，便急忙收斂，以養來年之發育。人生才力幾何，分量幾何，而事必欲做盡，福必欲享盡，智巧必欲用盡，是焚林而狩，竭澤而漁矣，如明年之無獸無魚何。

炎涼異態

飢附飽颺，燠趨寒棄，古今通患。唐詩云：花開蝶滿枝，花謝蝶依稀。惟有舊巢燕，主人貧亦歸。又：谷口春殘黃鳥稀，辛夷花盡杏花飛。始憐幽竹山窗下，不改清陰待我歸。誦二詩，令人不勝炎涼之感。安得舊巢之燕、山窗之竹，與之締貧交而共歲寒哉。

書懷

沈石田書懷詩云：閒將生計逐年盤，盡與飄蓬海一般。支命只虧肩骨老，包愁還仗肚皮寬。貧場淡笑如貪餐，做板齊文抵做官。隨意喫齋清坐坐，不妨略破世尊嫺。

閒適

髮短心長，生人通患。石火易除，河清難俟。如欲住世出世，須是知機息機。造化權還之造化，兒孫福付之兒孫。尋花問月，兩兩三三；置酒焚香，魚魚雅雅。詩不必工，奕不必勝。凡事只求日減，此心直與天游。不守庚申，都忘甲子。此亦塵世丹丘，震旦淨土。

一團冰

詩云：興為半年愁病減，囊因一片熱腸貧。不知愁病正為熱腸而來。昔有人遊寺，見一佛腹甚巨，戲捫之曰：此中何物？一人應曰：是一團冰耳。曰：如此冷人，何以濟世？應曰：政此一團冰，纔救得千坑火也。

白香山語

白樂天云：十畝之宅，五畝之園，有水一池，有竹千竿。勿謂土狹，勿謂地偏，足以容膝，足以息肩。有堂有庭，有橋有船，有書有酒，有歌有絃，有叟在中，白髮飄然。識分知足，外無求焉。如鳥擇木，姑務巢安；如龜居坎，不知海寬。靈鶴怪石，紫菱白蓮，皆我所好，盡在吾前。時飲一盃，或吟一篇，妻孥熙熙，雞犬閒閒。優哉游哉，吾將終老於其間。

西湖詞

綿州文及翁，時學號本心。登第後，宴集西湖，一同年戲之曰：西蜀有此景否？及翁即席賦賀新郎詞云：一勺西湖水，渡江來、百年歌舞，百年酣醉。回首洛陽花世界，烟渺黍離之地。更不復新亭墮淚。簇樂紅粧搖畫舫，問中流擊楫何人是。千古恨，幾時洗。余生自負澄清志，更有誰、磻溪未遇，傅巖未起。國事如今誰倚仗，衣帶一江而已。便都道、波神堪恃。借問孤山林處士，但掉頭笑指梅花蕊。天下事，可知矣。

汪彥章詞

汪彥章泛舟行汴中，岸傍畫舫，有映簾而觀者，見其額，賦醉落魄詞云：小舟簾隙，佳人半露梅粧額。綠雲低映花如刻。恰似秋宵，一半銀蟾白。　結兒梢朶紅香拂，鈿蟬隱隱搖金碧。春山秋水渾無迹。不露牆頭，些子真消息。

油污衣

衢州白沙渡酒館敗壁間，有人題油污衣詩曰：一點清油污白衣，斑斑駁駁使人疑。縱饒洗過千江水，爭似當初不污時。味其詞意，蓋為人之失節而云然。

止酒

辛幼安居山日，嘗欲止酒，賦沁園春云：杯汝前來，老子今朝，點檢形骸。甚長年抱渴，咽如焦釜；於今喜睡，氣似奔雷。漫說劉伶，古今達者，醉後何妨死便埋。渾如此，歎汝於知己，真少恩哉。　更憑歌舞為媒，算合作平居鴆毒猜。況怨無大小，生於所愛；物無美惡，過則為災。與汝成言，勿留亟去，吾力猶能肆汝盃。盃再拜，道麾之即去，招則須來。一日，友人載酒入山，幼安不得以止酒為解，遂破戒一醉，再賦前調云：盃汝知乎，酒泉罷侯，鴟夷乞骸。更高陽入謁，都稱齏臼；杜康初筮，正得雲雷。細數從前，不堪餘恨，歲月都將麯糵埋。君詩好，似提壺卻勸，沽酒何哉。　君言病豈無媒，似壁上雕弓蛇暗猜。記醉眠陶令，終全至樂；獨醒屈子，未免沉災。欲聽公言，慚非勇者，司馬家兒解覆盃。還堪笑，借今宵一醉，為故人來。

反止酒

尤悔庵先生有反止酒詞云：辛稼軒有止酒詞，然昔罷酒狂也。又當此時此中，推宜此君。豈忍因酒望於天，獄焚醉日，於泰坑哉。詞曰：陸酣前來，枚卜功臣，衆口交推。彼從事齊州，清為聖德；督郵西蜀，濁亦賢才。弟畢子鍾，仲尼百觚，子路寧辭十榼陪。兄一石，更先生五斗，學士三杯。　嘗聞上頃長齋，即來馬騎驢事盡傳，況卓家少婦，為君滌器；楊家妃子，為我持觴。山帶蘭陵，水連桑落，麴部分茅讓允諧。沿汝醉，伊俾侯醴泉，郡曰往欽哉。

罪酒

悔庵先生云：余既反止酒，數與酣往來，辭肚腸灰已，而病愈嘔出心血。醫者曰：是酒之罪也。天有酒星，故傾於西北；地有酒泉，故缺於東南；人有酒腸，故傷於中心。若婉彼藥狂，亦如劉將軍負鍤從之耳。予惕然，吾待酣不薄，奈何負我。請絕交於是，復名陸生而告之曰：酣若毋聲以酒為名，乃罪之魁。算持螯者，甕中就縛；吹龍笛者，水底長埋。金盞纔擎，玉山便倒，玩我真如兒戲哉。腐腸藥，甚民醪可戀，心腹當災。　令朝焚了糟臺，又何問蓮花白玉杯。倘君將伐狄，臣當執御；人能擊杜，我願持錐。草奏黃封，驅除綠蟻，主爵靈腸自裁。酣不道，削汝謚侯職，以警將來。

清狂白癡

漢昌邑王賀清狂不惠。註：如今白癡也。希通錄謂以清狂對白癡，亦新。攷左傳成十八年：周兄無慧，蓋世所謂白癡，則知師古之註，本於杜預。慧字異而義同。

諭鷺鷥

辛稼軒園池中畜魚有鷺鷥羣集其上賦鵲橋仙諭之曰溪邊白鷺來吾告汝溪內魚兒堪數主人憐汝汝憐魚要物我欣然一處 白沙遠浦青泥別渚剩有蝦跳鰍舞聽君飛去飽時來看頭上風吹一縷

五仄詩

晏同叔守汝陰梅聖俞往見之將行同叔置酒潁河上 言古人章句中全用平聲製字穩帖如枯桑知天風是也恨未見仄字詩耳聖俞引舟遂作五仄詩寄之曰月出斷岸口影照別舸背且獨與婦飲頗勝俗客對月漸上我席暝色亦稍退豈必在秉燭此景亦可愛

代王婉儀詞

王婉儀題驛滿江紅詞見三傳播中原文文山讀至嫦娥相顧肯從容隨圓缺句歎曰惜哉夫人於此少商量矣因為代作一篇云試問琵琶胡沙外怎生風色最苦是姚黃一朵移根仙闕王母懽闌瓊宴罷仙人淚滿金盤側聽行宮半夜雨淋鈴聲聲歇 彩雲散香塵滅銅駝恨那堪說想男兒慷慨嚼穿齦血回首昭陽離落日傷心銅雀迎新月算妾身不願似天家金甌缺又和詞云燕子樓中又捱過幾番秋色相思處青年如夢乘鸞仙闕肌玉暗消衣帶緩淚珠斜透花鈿側最無端蕉影上窗紗青燈歇 曲池合高臺滅人間事何堪說向南陽阡上滿襟清血世態便如翻覆雨妾身元是分明月笑樂昌一段好風流菱花缺

黃冠歸故鄉

汪大有元量號水雲從謝后北遷教瀛國為詩老宮人王惠清華能詩者皆其指教元世祖聞水雲善琴召入侍鼓一再行駸駸有漸離之志無便可乘遂哀懇乞為黃冠世皇許之得還錢塘往來彭蠡間風蹤雲影人莫測其去留之跡相傳以為仙多畫像祀之有詩一帙皆敘宋亡事如云亂點傳籌殺六更風吹庭燎滅還明侍臣奏罷降元表臣妾僉名謝道清餘詩大抵類是元馬易之題其帙後云三日錢塘海不波子嬰繫組納山河兵臨魯國猶絃誦客過商墟獨嘯歌鐵馬渡江功赫奕銅人辭漢淚滂沱知章喜得黃冠賜野水閒雲一釣蓑

謝疊山詩

謝枋得字君直因蘇東坡有溪上青山三百疊之句故號疊山德祐丙子元師入信

州枋得變姓名入建寧山至元中御史程文海等交薦累名不赴行省叅政魏天祐復被旨集守令我將追遣上道臨行以詩別親知曰雪中松柏愈青青扶植綱常在此行天下豈無龔勝潔人間何獨伯夷清義高便覺生堪捨禮重方知死甚輕南八男兒終不屈皇天上帝眼分明士友和詩盈几張叔仁詩云打硬修行三十年如今證驗作儒仙人皆屈膝甘為下公獨高聲罵向前此去好憑三寸舌再來不值一文錢到頭畢竟全清節留取芳名萬古傳枋得會其意甚稱之至燕不食而死

碧蘆

并門自古無竹李文饒嘗一植之歷宋數百年寺僧日為平安之報大定間蔡正甫珪由禮部郎出守濰州於官舍東堂種碧蘆以寄意因作長短句曰青君那肯顧寒鄉試着蔭蘆擬汶篁有若何堪比夫子虎賁猶想見中郎色添新雨簾櫳好聲入微風枕簟涼他日東堂憑欲擬只將此物當甘棠

風情不薄

司馬溫公嘗郎吊賦西江月詞云寶髻鬆鬆綰就鉛華淡淡粧成紅煙翠霧罩輕盈飛絮遊絲無定 相見爭如不見有情還似無情笙歌散後酒微醒深院月明人靜揚元素云溫公剛風勁節聳動朝野宜其金心鐵意不善吐媚軟語近得其席上小詞雅亦風情不薄也

吳琚詞

淳熙九年八月十八日駕詣德壽宮奉迎上皇觀潮百戲撮弄各呈技藝上皇喜曰錢塘形勢天下所無上起奏曰江潮亦天下所獨有宣諭侍臣各賦酹江月一曲至晚呈上以吳琚為第一其詞曰玉虹遙掛望青山隱隱如一抹修眉天風吹海立好似春霆初發白馬凌空瓊鰲駕水日夜朝天闕飛龍舞鳳鬱葱環拱吳越 此景天下應無東南形勝偉觀真奇絕好是吳兒飛彩幟蹴起一江秋雪黃屋天臨水犀雲擁看擊中流楫晚來波靜海門飛上明月兩宮賞賜無限至月上始還

燕山驛壁

吳彥高激號東山題風流子詞於燕山驛壁曰書劍憶遊梁當時事底處不堪傷蘭楫嫩漪向吳南浦杏花微雨窺宋東牆鳳城外燕隨青步障絲惹紫遊韁曲水古今禁煙前後暮雲樓閣春草池塘回首斷人腸 年芳但如霧鏡髮成霜獨有蟻尊陶寫蝶夢悠揚聽出塞琵琶風沙淅瀝寄書鴻雁煙月微茫不似海門潮信能到潯陽

琵琶詞

吳彥高在會寧府遇老姬善琵琶自言梨園舊籍因有感賦春從天上來詞曰海角飄零歎漢苑秦宮墜露飛螢夢回天上金屋銀屏歌吹競舉青冥問當時遺譜有絕藝鼓瑟湘靈促哀彈似林鶯嚦嚦山溜泠泠 梨園太平樂府醉幾度春風鬢變星星舞破中原塵飛滄海風雪萬里龍庭寫胡笳幽怨人憔悴不似丹青酒微醒一軒涼月燈火青熒此詞皆用琵琶故實

豪放賈禍

萬曆乙未吳人以闕白未靖在位者皆謹備之王鳳洲仲子士驌延陵泰方伯燿弟燿雲閭喬憲長敬忝子相俱自負貴介士驌能文章燿善談相善書翰各有時名互相往來出入狹邪適遇海驚盡摒侍起若將曰我且制倭我且立無前功者時奸人趙州平亂身諸公子間引以自重每佩劍遊酒樓博場皆與諸公子俱一時無不知有趙州平也乃泛泛投刺富人曰吾曹欲首事請海島寇貸君家千金為餉富人懼焉或貸之百金或數十金不則輒目懾曰爾為我守金不久我且提兵勦汝矣蓋意在得金姑為大言恐之諸富人見其交諸公子又常佩劍出入以為必且率其黨奪我金也蟲言趙州平王泰喬諸公子將為亂巡撫朱鑑塘洪謨檄有司擒治之以事聞於朝疏載反詩有若貫有心追李布蓬門無計作朱家句下兵部議伍寧方卒言於本兵石星此二句乃幽閨記中語何得為証下撫按勘問鞫之無實其後論州平及燿死士驌成相酏人咸以為寃成疑獄久繫鳳洲有奴胡忠者善說平話酒酣輒命說列傳解客頤每說唐明皇宋藝祖明武宗輒自稱朕稱寡人稱人曰卿等自古已然士驌挾忠至酒樓說書侑酒而閭閻竊聞者輒曰彼且天子自為以是并為士驌罪目之為叛不亦過乎然亦由士驌等自恃高門大閥交遊非類以至於此若能如馬援所云無效季良柳玭所云毋恃門第兢兢自守杜門謝客圖史自娛寧至有殺身之禍以貽父母之憂哉

古人好尚

唐李洞愛賈島詩銅鑄島像事之如神嘗念賈島佛又南唐孫晟少為道士居廬山簡寂觀亦畫島像於壁朝夕禮拜宋張功父好白香山詩文建景白軒置香山畫像并文字宋劉子儀為詩宗尚李義山畫其像寫其詩句供列左右四人好尚如此

王陸無忌憚

王弼註易刻木偶為鄭玄像見有所誤輒呵叱之陸居仁讀論孟刻一晦菴像見註有紕繆則擊像一下宅之即代為對曰朱某誤矣兩人之無忌憚若此

鬼惜人學問

倉頡作書而鬼夜哭楊子雲作太玄有鬼語之曰無為自苦玄故難傳王逸知作易總靈電中一老人取去是鬼常惜人學問也彼教長卿作大人賦燃藜天祿閣上及贈王肅墨通退之蒼篆文者定奇鬼也

王夢澤

黃岡王夢澤廷陳性放誕官翰林時題詩館壁曰幾年不到梅山上只道梅山都是梅今日梅山一回首野花荊棘雨相催蓋譏同輩無才也因之左遷知像州復忤御史罷官歸

子厚小兒

常熟桑民悅悍以才自負居成均時為丘仲深所黜後就教職書對於明倫堂云文章高似翰林院法度嚴於按察司及學使行部諸校官進見皆林立堂左民悅倚柱脫靴搔痒學使聞其名亦不較後轉柳州別駕不肯往或問之答曰子厚小兒久擅此州恐到彼將為我所掩

李後主去國詞

東坡志林載李後主去國之詞曰二十餘年國家數千里地山河幾曾慣干戈一旦歸為臣虜沈腰潘鬢消磨最是倉皇辭廟日教坊猶奏別離歌揮淚對宮娥東坡謂後主當慟哭於九廟之下謝其民而後行顧乃揮淚對宮娥其詞悽愴與項羽拔山之歌同出一揆然羽為差勝悲歌慷慨猶有喑嗚叱咤之氣後主淳是養成兒女之態至梁武帝捨侯景之禍毒流江左乃曰自我得之自我失之亦復何恨直如窮兒呼盧驟勝驟負無所愛惜特付之一擲耳

西湖勝景

西湖之勝有十里湖光六橋風月三竺烟霞昔人題詠甚多曾見一折桂令云蘇公堤上今古堪誇春夏秋冬四季繁華瀲灩湖光溟濛山色掩映朝霞紫陌上垂楊繫馬斷橋邊流水人家畫舫撐來翠袖羅裳韻悠悠笙歌嘹亮醉醺醺笑語喧譁

張華

方秋崖詠張華云堪笑張華死不休徒精象緯古無儔中台星折何曾識祇識龍泉

動斗牛，可謂詩史。

題壁

旅館寺壁多有佳句，不過採錄，遂致湮沒。見一詩云：謾誇李白與劉伶，荷鍤騎鯨得令名。昔許二翁偏好酒，只緣世事不宜醒。

玉簪花

瞿宗吉詠玉簪花：白露初凝氣候涼，花神獻寶助新粧。移來銀色三千界，壓盡金釵十二行。秋水為神冰琢骨，新涎作炷麝傳香。不須石上磨將折，長在佳人髻鬢傍。

葛將軍

萬曆辛丑，內監孫隆以織造至蘇，頗老成，敬禮士大夫，刁民藉以作奸，六門設稅吏，擔負出入必稅錢數文，閭閻擾動。吳人葛誠義憤所激，以蕉扇招市人，殺其參隨，隆走杭得免。誠詣官待罪，當道以亂民不宜名誠，改為賢。疏聞，後以赦得出，又十餘年以疾終。吳人義之，呼為葛將軍。誠未死時，江淮間客舟祭賽之，輒有驗。死葬虎丘五人之墓側，文文肅公題其碑曰：有吳葛賢之墓。錢塘叟有葛將軍歌曰：葛將軍，萬夫雄，我昔過之要水東，魁顔虎鼻眉目古，蕉扇颯拉吹秋風。死骨穿近五人冢，生魄嘯動五雨風。葛將軍，今死矣，權奇倜儻誰與擬。生惜不逢漢武帝，鴻漸之翼困閭里。大壼宮中應名鬼，上林牧羊蹈草履。君不見車丞相宮殿出入來小車，亦是上書一男子。康熙癸丑春，予過虎丘，於其猶子處得瞻將軍遺像，綃帽戎裝，腰間插一蕉扇，猶凛凛有生氣。上有吳因之、文文肅諸先輩題讚云。

劉東山

華容劉東山大夏，以戶部致仕，携東山草堂，後起中丞，督兩廣軍務。鄉人嚴仲宏永濬贈詩云：公去青松護短墻，歸時定見鶴翎長。野人不解山靈意，只恐移文到草堂。蓋諷之也。正德初，以兵書致仕，究為焦芳、劉宇所搆，遣戍肅州，臨行，故舊無敢會者，獨仲宏賦詩贈。答東山過六盤山詩，寄李西涯，有寄謝同年老知己，天涯孤客幾時還句。歸自六盤，和前韻云：憑誰寄語中州子，前度劉郎今已還。中州子，指芳字也。

張右侯降乩

康對山海叩乩仙，忽一神降，書曰：吾張右侯也。對山問何時人，曰：子不讀晉書乎？吾石氏輔臣張賓也。少有大志，銳略自期，為真主定天下，不意值亂世，失身偽朝，雖言聽計從，稱為右侯，而以功論之，曾不如管、樂。嘗與橫林子相對而歎，中夜感激，未嘗不血淚交流也。吾子生盛世，魁多士，雖曰不順，愈於鄙人遠矣。對山人問橫林子為誰，曰：符堅相王猛是也。與余皆事虜主，各懷不滿，至今鬱鬱在鬼籙云。辭筆而退。

彭解元

清江彭綱，字性仁，成化戊子秋試前，里中有病者祈仙降筆云：天上名將嫦娥宮桂已香，吟成二十字，相贈綠衣郎，可送彭解元。病當愈。綱因與友人祈夢於玉笥山神殿廡，為衆所占，宿於牡丹亭下。達曙無夢，俄一人曰：夢神歌云：牡丹亭下百花堂，亭下有人耶。綱聞之，即攝衣去，是年果發解，乙未成進士。

復南頓田租

光武復南頓田租一歲，父老願復十年，帝曰：天下重器，常恐不任，安敢遠期十年乎？吏民又言：陛下實惜之，何言謙也。光武大笑，復增一歲。此如家人父子相唯諾，足想當時中興氣象。史稱文叔少時與人不款曲，豈信然哉。

醒世詞

詩餘云：鐘送黃昏雞報曉，昏曉相催，世事何時了。萬苦千愁人自老，春來依舊生芳草。忙處人多閑處少，閑處光陰，幾個人知道。獨上小樓雲杳杳，天涯一點青山小。

泡燈

上元節，京師燒糯汁為瓶，貯水蓄魚，旁映屏燭，通明可愛，俗呼泡燈。黃巖王古直佐買置於館，日玩弄為戲。李西涯以詩嘲之曰：買得長安市上春，玉壺清水貯金鱗。却看壓土疑無地，未製波濤亦有神。眼底功名聊此幻，枕頭風月且教貧。西堂燈火元宵夜，又向東風作旅人。一日誤觸碎之，怫然不樂，曰：吾平生家計在此，今蕩盡矣。西涯復疊前韻慰之曰：白髮華燈一夜春，江南江北兩窮鱗。飛騰有地歸塵土，訶護無人役鬼神。物以泡名終合盡，家隨身在更何貧。清詩素壁猶堪玩，休羨揚州鶴上人。

盲馬售錢

莆田陳師召音，號媿齋，有盲馬，售錢六百。李西涯誚之以詩，戲曰：六百青蚨十里未，忍將筋骨付塵埃。驚魂已脫池邊險，往事無勞塞上猜。（師召已失二馬）連斗酒杜陵堪再醉，（用三百青銅錢）千金郭隗幸重來。知公自是忘機者，一笑能令萬事該。西涯嘗得良馬，以贈師召，師召騎入朝，歸至門，成詩二章，怪而還其馬。西涯問故，師召曰：吾備所乘馬，朝回必成六詩，今馬止成二詩，非良馬也。西涯笑曰：馬以善走為良，此固非良耶？師召唯唯，促騎而去。

除夕絶糧

吳縣都玄敬穆最善濟人之急。尤愛食客。所有輒盡。盡則解衣為質。一歲除夕絶糧。作詩寄故人朱堯民曰。歲云暮矣室蕭然。牢落生涯只舊氈。君肯太倉分一粟。免教人笑竈無烟。堯民餽錢千文。為新歲之用。遂分半贈之。

遊藏春塢

徐都尉於西山闢一花園。廣植奇花異果。名曰藏春塢。時值芳春。名花競秀。蘇東坡同佛印訪之。值都尉他出。洞門鎖鑰。無得啟扃。遂見樓頭有一女子。美貌憑闌凝望。東坡遂索筆題詩於門曰。我來亭館寂寥寥。鎖鎖朱扉不敢敲。一點好春藏不得。樓頭半露杏花梢。佛印亦和云。門掩青春春自鎖。未容取次老僧敲。輸他蜂蝶無情物。相逐偷香過柳梢。題畢而去。都尉回見詩。明日乃約二人宴會。久而不至。用前韻自題云。藏春日日春如許。門掩應防俗客敲。准擬歡為花下飲。莫教明月上花梢。又以事他出。俄而佛印東坡至。出家姬侍宴。適賞紅紫。酒半酣。坡詠佛人嬌詞贈姬云。滿院桃花盡是劉郎未見。於中更一枝纖軟。仙家日日笑人間春晚。濃醉起。驚落亂紅千片。密意難窺。羞容易見。平白地為伊腸斷。問君終日怎如排。心眼須信道司空自

來見慣。都尉歸見詞。即和云。小苑藏春。信道遊人未見。花臉嫩。柳腰嬌軟。停觴繞引。正夕陽將晚。驚誤入蹤。損海棠花片。只恨春心。當時露見。小樓外。曾勞目斷。燈前料想也。饑心飽眼。從此去。縈心有人可憐。命姬歌詞以勸。坡大醉而別。

韓忠獻喜雨詩

韓忠獻公在相府。作久旱喜雨詩云。何暇嗔雷擊怒桴。默然嘉澤決民區。經時亢旱群心駭。數月焦然一沛蘇。已發宋苗安在揠。再生莊鮒不廣枯。須臾慰滿三農望。卻斂神功寂若無。言雲行雨施。群心安而神功斂。相業相度。即此可見。

煬帝聞歌

隋煬帝幸維揚。後宮隨行。帝御龍舟。夜半聞歌聲甚悲。詞曰。我兄征遼東。餓死青山下。今我挽龍舟。又困隋堤道。方今天下饑。路糧無些少。前去三千程。此身安可保。寒骨枕荒沙。幽魂泣烟草。悲損門內妻。望斷吾家老。安得義男兒。焚此無主屍。引其孤魂回。負其白骨歸。帝遣人求歌者。不得。

大業童謠

大業九年。煬帝將再幸江都。迷樓宮人抗聲歌曰。河陽楊柳謝。河北李花榮。楊花飛去落何處。李花結果自然成。帝聞歌。披衣起聽。召宮女問曰。孰使汝歌也。宮女曰。臣弟在民間得此歌於道塗兒童。帝默然久之曰。天啟之也。因索酒自歌曰。宮木陰濃燕子飛。興衰自古漫成悲。他日迷樓更好景。宮中吐艷戀紅輝。歌竟不勝其悲。近侍奏問。帝曰。休問。他日自知。後唐兵入京。見迷樓。太宗曰。此皆民之膏血。令焚之。應宮中吐艷之識。

臻蓬蓬

宣和初。收復燕山以歸宋。金民來居京師。其俗有臻蓬蓬歌。民每扣鼓和臻蓬蓬之音為節而舞。人無不喜聞其聲而效之。其歌曰。臻蓬蓬。外頭花花裏頭空。但看明年正二月。滿城不見主人翁。此本金讖。次年正月。徽宗南幸。次年二聖北狩。又有伎者以數丈長竿繫椅於杪。伎者坐椅上。少頃下投小棘坑中。無偏頗之失。未投時念詩曰。百尺竿頭望九州。前人田土後人收。後人收得休懽喜。更有收人在後頭。此亦金識。而北禍可怪。

木生奇遇

高坡異纂。木生涇。字元經。洪武初。以鄉薦詣業太學。嘗登泰山觀日出。夜宿泰嶽峰。

夢一老婦攜女子出見。甚歡。遺一詩扇。展誦未終。鐘鳴驚寤。夢中經行道路。第宅歷歷可憶。明年入都。道出武清。散步柳陰。拾一遺扇。上有詩云。烟中芍藥朦朧睡。雨底梨花淺淡粧。小院黃昏人定後。隔墻遙辨麝蘭香。彷彿是夢中所見者。行未幾。遙見一女郎。從二女侍逶邐而來。時春雨新霽。微風扇煖。女郎徐穿別徑而去。生竚立轉盼。但見帶袂飄搖。環珮鏘然。遂以所佩錯刀削樹。題一絶云。隔江遙望綠楊斜。聯袂女郎歌落花。風定細聲聽不見。茜裙紅入那人家。前宿野店問之。曰此去里許。有田將軍園宅也。生明日往樹下。竟日無所遇。又題於樹曰。異鳥嬌花不奈愁。湘簾初捲月沉鉤。人間三月無紅葉。卻放桃花逐水流。因見溪水中落花流出而感興也。此後惟將遺扇愛玩不絶而已。後成祖嗣統。襲謹薦生於上。為工部郎。休沐之日。偕僚友同出土橋看牡丹。偶憩田家。隣翁熟視其扇。問生曰。此吾甥女手書。何從得之。生曰。三年前過武清所拾者。翁曰。乃吾寡妹所居。萍梗相逢。事固有出於偶然者。更引入一曲室。幃幄鮮麗。金玉爛然。几榻整潔。琴瑟靜好。一老婦出拜。言姓錢氏。先夫田忠義。官至上輕車都尉。往歲扈從西征。為流矢所中。輿疾歸武清。今亡三載。小女娟娟偶過溪橋。遺一扇。不意入君之手。當時尋扇。見溪邊樹上二絶。朝夕諷詠。得非君作

予生曰此我所題老婦因命娟娟出見至則玉姿芳潤內美難儔儼然夢中相逢者也生因述前夢共相嗟異久之遂命為夫婦娟娟妙解音律貫通經史凡諸戲博雜藝無不精曉閱月生賫皇木溯河南行娟母又誓至武清室內無人因鎖院而去娟娟寄生詩曰閒郎夜上木蘭舟不數歸期只數愁半幅御羅題錦字隔墻裏贈玉搔頭生還贈之曰碧窗無主月纖纖桂影扶疏玉漏嚴秋澗芙蓉倚叢菁半粧斜倚水晶簾娟以詩慰生曰碧玉杯中琥珀光燈前把勸阮家郎不須更憶人間世萬樹桃花即故鄉至冬生以母憂去職娟抱病留武清明年春娟病轉劇以詩寄生曰楚天風雨繞陽臺百種名花次第開誰遣一番寒食信含情廊下長莓苔自是不起比生遣使相迎娟已亡矣

奴根

杜荀鶴云勢敗奴欺主年衰鬼弄人奴之欺主自唐已然近見一揭云項羽有拔山之力而不能拔奴根於一紙偏鵲有拔疔之散而不能拔奴根於數世王彥章鐵篙可拔奴根何能噬手而使出謀智深垂楊可拔奴根恐難奮臂以驅除雖戲言實至理也修德以俟越境或免斯亦不拔之拔也若徒倚勢以凌人揮金以賄宦拔之

愈力則粘之彌堅大易所云確乎其不可拔者類此根也噫

破瓜

破瓜者謂二八也蓋以瓜剖四開其形如兩八字故女子初破體曰破瓜年當二八也呂洞賓贈張洎詩云功成當在破瓜年蓋二八八八六十四也洎以六十四卒

士籍書曆

御史陳伯大堅奏立士籍賈似道毅然行之凡應舉及免舉人州縣給曆一道親書年貌世系及所肄業於曆首執以赴舉過省參對筆跡異同以防偽濫時人有詩譏之云戎馬掀天動地來襄陽幾處哭聲哀平章束手全無策却把科場惱秀才又有沁園春詞云士籍令行條件分明逐一排連問子孫何習父兄何業明經詞賦右具如前最是中間堅妻某氏試問於妻何與焉鄉保舉那當着押開口論錢祖宗立法於前又何必更張萬萬千算行關改令限田放糴生民凋瘁膏血俱朘只有士心僅存一脉今又艱難最可憐誰作俑陳堅伯卻附勢力專權癸辛雜識又載沁園春詞看國步多艱民心靡定誠吾隱憂欸浙民轉徙怨寒嗟暑荊襄死守閱歲經秋敵未易支人將相食識者深為社稷憂當今亟出陳大諫劾借留侯迂潤為謀天下士如何可籍收況君能堯舜臣皆稷契世逢湯武業比伊周政不必新貫宜仍舊莫與秀才做盡休吾元老廣四門賢路一柱中流後似道潰師臺中首劾陳伯大等

題倚屏美人

王仲房寅脫最穠一日遊妓館妓輕薄不為禮時室中懸倚屏美人圖寅題其上云肯笑笑倩值千金無語無言惱恨人我道喪錦重重香鳳枕寫念憑那裏冷清清孤另另獨倚圍屏擺你又不行抱你又不能我也憐我也惜玉我也知音你若活動些兒我也自會溫存妓方驚異遂加禮焉

道閒

廣生庵蓮社已七十餘年君書叔少時過庵見道閒師卧室粘燕子樓詩因笑謂曰此豈禪室語欲效眺去秋波耶道公曰見說白楊堪作柱怎教紅粉不成灰此亦說法也道閒名自禹能詩善書畫去世已四十餘年為之憮然

聽雨詩雜驗

興州劉之昂昂山中聽雨詩曰萬高山下逢秋雨破帽遮頭水沒腰此景此時誰會得清如窗下聽芭蕉祝枝山誦此詩嘲其上下淋漓濟在何處又海鹽沈某嘲誦離

驗而得二句曰叢蘭芳芷滿東臯閒步春風誦楚騷下韻不接因久思誤墜崖下人方驚扶乃曰好也好也遂吟曰忽憶靈均發憂憤墜崖幾折沈郎腰因思古今未嘗無對墜崖傷體寧無楚痛尚曰好耶

索箋留帶

鄧志宏肅號栟櫚與朱韋齋交好一日韋齋觴客志宏以冠帶寓之韋齋戲留以貰紙筆明日如約韋齋交其筆還冠而以紙少留帶且曰倘無千幅竟不還也志宏為寄一詩云歸帽納毫真得策索箋留帶計還踈公如買菜若求益我已忘腰何用渠閉戶羽衣聊自適推窗柿葉對人書帝都聲價君知否寄付新傳折檻朱古人風流調笑偽揭若此

三角亭

宋吳興俞退翁汝尚有詩名題三角亭云奇哉山中人來此池上宇憑徑斜映幣林烟盡吞吐春無四面花夜欠一簷雨奇傲足有餘何須存廣廡

堅瓠八集卷二終

堅瓠八集卷之三目錄

李典競遇仙　覘蛙求學
小半舫謠　江斗奴
韓讖王教師　觀物吟
堅九娘　傅大士
濟顛贊　陳圖南
徐仙　朱明
撲蒲　的臺
改姓　天目山
謝疊山卻衣　李方山
楊妃上馬嬌圖　洞庭閨怨
韓信嶺　李昇詠燈
蠶魚　蹈災行
總兵對　募修五臟廟疏

鄰女吹笛　美女燒香
美人踢毬　美人春睡
美人濯足　美女折花
美人騎馬　女兒港詩
箕仙　伏波祠
對啟佳句　杜鵑
辭職自遣　邵康節詩
楊妃羅襪　楊妃病齒
鑷白髮　阿呼歌
營壽藏　惠柔侍兒
詠豆瘢　感遇
銘心訓　祭半齒
病齒　興夢詩
足說　朱文公足疾
社酒治聾　湘東一目
眼謎　儀目
染髮　罰飲

堅瓠八集卷之三

清　長洲石農褚人穫學稼纂輯

李無競遇仙

李無競入都調官，至朱仙鎮，見二丐爭於道。老嫗曰：我終年丐乞，聚錢數百，此子將去半載不償。無競取緡如所逋與之。丐者謝曰：吾實逋其錢，君行路人，償之以解吾鬬。家在隆和曲，筠柵青簾，乃吾居也。子能訪我，當有厚酬。無競異其言。後入隆和，果有簾柵。入門，見數丐者地爐共火，堂上冠帶者，乃向丐也。揖無競坐，曰：可小酌禦寒。無競疑甚，遜辭。其人勤勸，但濡脣而已。時方大寒，盤中皆夏菓，取小桃三枚。丐者作詩曰：君子多疑即多慮，世人無信即無誠。吾家徑路平如砥，何事夫君不肯行。無競至邸，視桃乃紫金，因大悔恨。再訪之，已不見，詢問皆無有知者。無競琢其金為飲器。年七十餘，面色紅潤，豈酒濡脣之力乎。

觀蛙求學

松陵俞羨長安期，農家子也。幼時父令送秧，踏死一蛙，告其父曰：我不拔秧矣。父叩其故，答曰：頃踏死一蛙，挺身於道，恍如人狀，因想人死亦猶蛙耳。欲求為出類之人，惟有讀書做官，死後不至如蛙之湮沒無聞也。父異其言，而無力延師，遂游行於村塾，聽其句讀。一日，忽動游學之念，縱步而往，直至太倉州。入一高門，閽人問之，云欲借書讀。閽人以其村童拒之。適主人送客出，詢知其故，遂留而俾師教之，乃王鳳洲也。後學業日進，攜至都中。一日，虞人獲一麑，諸大老競咏之，鳳洲詩先成，結句苦不佳，改削再四，終不恰意。羨長曰：余有二語，似可用。鳳洲未之許，諸老使吟之。羨長曰：雖無頭角異，不與犬羊同。眾共稱賞。

小半觔謠

某善治生，問市肉不得踰四兩，名小半觔。人遂以小半觔呼之。黃九煙（周星）曰：此盛德事也。因為長謠紀之：市肉市肉，震驚神人。乃公終身不飲酒，窮年不茹葷。今朝胡為忽市肉，咄咄怪事疇可比倫。（解一）市肉市肉，爰聚童僕，左手提衡，右手啟櫝，有銅如金，有錢如環，把授童僕，不覺掩淚酸心。（解二）童僕受錢，愕眙相視，長跪請命：市肉幾重？曰：一觔。公怒欲撻僕。僕曰：半觔。怒猶不已。童僕皇恐，莫測公旨。（解三）匍匐再請，聽公何云。徐伸四指曰：小半觔。小半觔者，半觔之半，半而又半。祿已踰算。（解四）僕乃前行，公尾其後，側身躡足，潛伏闇右。僕詣肉肆，錢付屠手，屠方鼓刀，公突而前曰：我市肉兩，為

我添一增，再增，肉重於權，名小半觔不當六兩。公挾僕歸，大喜過望。（解五）肉已至家，僕欲持去，公曰：無遽，談何容易。此肉我當細區分，安得愴惶暴殄等兒戲。為我呼婢，此肉謹付汝，汝其善煎烹。一為乾豆薦祖考，二為賓客餉師生，三為君庖饜我口。飫我腹，我與妻妾子女共咀嚼，下及汝曹俱彭亨。貓鼠不得竊，犬豕不得爭。餘瀋滿注缶鱳釜，須用燙燙鳴。珍重小半觔，此肉良匪輕。（解六）市肉市肉，震驚神人，咄咄怪事疇可比倫。我聞東海有麒麟，麻姑擘脯世莫陳，公之啖肉，毋乃啖麒麟。吁嗟乎小半觔。（解七）我聞古有豢龍人，颾叔潛醢饗夏君，公之啖肉，毋乃臠龍肝披龍鱗。吁嗟乎小半觔。（解八）我聞天府肉有熊蹯豹胎猩猩脣，惟辟列食羅八珍，公之啖肉，毋乃啖熊蹯豹胎猩猩脣。吁嗟乎小半觔。（解九）

江斗奴

齊亞秀者，京師名娼，嘗侍長陵宴，出語人曰：知音天子也。每唱到關目處，即為舉卮。晚年有目疾，女曰江斗奴，以色藝擅聲宣德間。海內清謐，上下皆以聲妓自娛。英公張輔尤奢泰，嘗延三楊飲，命斗奴佐觴。二楊頗降詞色，西楊儼然。南楊乃舉令，各取古詩句有月字在下者。云：梨花院落溶溶月。東楊云：舞低楊柳樓心月。西楊云：金鈴犬吠梧桐月。斗奴跪而請曰：妾亦得句，敢言乎？英公咄咄曰：汝當歌各月，毋徒誦也。斗奴歌曰：梨花院落光如雪，犬吠梧桐夜，佳人楊柳樓，舞罷銀蟾滅者，春月者，夏月者，秋月，總不如俺尋常一樣窗前月。諸公稱賞，西楊亦劇飲。東楊至擁之膝，連沃數觥，杯覆，斗奴以羅裙拭之，云：血色羅裙翻酒污。英公叱曰：總為毋狗害事。斗奴應曰：妾所接皆公猴耳。眾人大噱。明旦，三公各以緋羅贈之。西楊曰：吾輩老矣，猶為尤物所動，況少年乎。即奏禁百官宿娼者除名。（堯山堂）三楊與一兵官會飲，文定唱令，各誦詩一句，月分四時者。令畢，文定指席中侍妓曰：不可謂泰無人。一妓遂成小詞，捧琵琶歌曰：到春來梨花院落溶溶月，（文定句）到夏來舞低楊柳樓心月，（文敏句）到秋來金鈴犬吠梧桐月，（兵官句）到冬來清香暗渡梅梢月，（文貞句）呀，好也麼月，總不如俺尋常一樣窗前月。諸公劇飲，夜分而散。

瞽識王教師

江斗奴演西廂記於勾欄，有江西人觀之三日，登場呼斗奴曰：汝雖得名耳。指其曲謬誤，并科段不合者數處。斗奴惠留之，乃約明旦當來，而斗奴不測，以告其母。明旦，亞秀設酒候其來，延坐，告之曰：小女藝劣，勞長者賜教，恨老妾瞽，不及望見光儀。雖然，尚有

耳在顧望高唱以破哀愁客乃抱琵琶而歌方吐一聲亞秀即曰乞食漢非齊寧王教師耶何以紿我顧斗奴曰宜女不及也客亦大笑命斗奴拜之留連旬月盡其藝而去

觀物吟

永樂初道士鄧青陽隱居武當山之南巖自言居武林時忘情消白日高臥看青山動落花流水之機適閒雲幽鳥之趣遂成意外不期然而然之句初無意於詩也有觀物吟一卷中一絕云人生天地常如客何獨鄉關定是家爭似區區隨所遇年年處處看梅花其中所存可概見已

娶九姨

漢劉曄未第時娶趙晁長女早亡有二妹復欲妻之曄曰若是武有之德固不敢求如言禹別之州庶可從命蓋不欲七姨而欲九姨也或曰諺云薄餅從上揭劉郎纔及第豈得便揀點人家女子耶曄曰非敢有擇七姨骨相寒薄不可為婚遂娶九姨生七子皆致貴顯

傅大士

凡寺中有輪藏者必供一傅大士問之僧衆皆妄言無稽謂言長語載一詩云袈裟新補片雲寒足躡儒鞋戴道冠欲把三家歸一轍捏沙終是不成團蓋譏之也俗云其云道冠儒履釋袈裟正此而搜神記謂其名翕義烏人幼通三教書自號善慧大士此又不知何據

濟顛贊

元僧道濟風狂不飾細行飲酒食肉與市井浮沉人咸以濟顛稱之始出家靈隱寺僧厭之為人誦經累有果證年七十三端坐而逝人為贊曰非俗非僧非凡非仙打開荆棘林透過金剛圈眉毛廝結鼻孔撩天燒了護身符落紙如雲煙有時結茅宴坐荒山顛有時長安市上酒家眠氣吞九州囊無一錢時節到來奄如脫蟬湧出利市八萬四千稱歎不盡而說偈言嗚呼此所以為濟顛

陳圓南

輦誤採餘陳圓南莫知所出有漁人舉網得物甚巨裹以紫衣如肉毯狀攜以還家漑釜爇薪將煮食之暨水初熱俄雷電繞室大震漁人惶駭取出擲地衣裂兒生乃從漁人姓陳名摶後蛰祖召至闕問天下始終事摶對曰汴二杭三閩四廣再問對曰非臣之所知也明鄭鏜題詩曰驢背無心大笑還壺中有藥臥空山三閩四廣英

雄恨都付先生一夢間

徐仙

徐仙不知何代人常於萍鄉郭西山間煉藥有黃犬廻旋於丹鼎之旁往返率以為常徐異之以紅線繫其頸視其所之至桐坡枸杞叢中隱而不見但餘紅線在外即掘其叢得根如黃犬狀持歸蒸之芬香滿室徐食之由此仙去今山上有徐仙亭題詠甚多縣丞卓津題卜算子詞云流水小灣西晚坐孫亭靜不見高人跨鶴歸風水搖清影　往古與來今休用重重省十里梅花雪正晴孫月搖山冷

朱明

春秋時刺客朱明幼養父膂力絕人使氣好鬬母撻之即止臨終將所服之襖所持之杖遺媳語明曰我死之後爾或剛狠生事爾妻穿此襖持此杖來誡即同母也毋逆我明受教後每與人競妻穿衣持杖前唱曰毋得起禍明遂斂氣而歸雖挫於人不較也今人不學朱明之孝而徒婦言是聽惜哉

撲滿

撲滿即今小兒積受錢以土為之畜錢之具可入不可出滿則撲之有聚而不能散者致有撲滿之敗可不戒哉鄒長倩贈公孫弘撲滿一枚元艾性夫有撲滿吟云區區小器安足憐黃金塞堝鴉亦燃宋景濂有撲滿說意皆諷此

釣臺

題嚴子陵釣臺詩甚多有無名氏一詩云范蠡忘名載西子介推逃難累山樊先生正爾無多事聊把漁竿坐小村

改姓

嚴子陵本姓莊避顯宗諱改姓嚴子俞子詩云千古英風想子陵釣臺終此幾人登誰知避諱更嚴氏灘與州名總誤稱

天目山

郭璞錢塘天目山詩云天目山前兩乳長龍飛鳳舞到錢塘海門一點巽風起五百年間出帝王及高宗中興建都天目及主龍山至度宗甲戌山崩京城騷動時有建遷蹕之議者未幾宗鼎遂移有人作詩云天目山前水嚙磯天心地脈露危機西周浸冷彤稜凡未必遷岐說果非

謝壺山卻衣

謝疊山被難北行，劉洞齋華父送以寒衣，不受，曰：罹羅紉阱，何損麒麟，反君事仇，忍為狗彘。凡勸吾入燕，吐胸中不平而後死者，皆非忠於謀人者也。寧作男兒死，爾不可為不義屈，豈敢曰將以有為乎。平生學問，到此時要見分明。辱惠寒衣，義不當受。大顛果聰明識道理，胸中無滯礙，何必受昌黎先生衣服為別耶。小詩寫心，謾發一笑。平生受讀襲勝傳，進退存亡斷得明。范叔綈袍雖見意，大顛衣服莫留行。此時要看些雄樣，好漢應無兒女情。只願諸賢扶世教，餓夫含笑死猶生。

李方山

萬曆中，湖廣桃源李方山相自負能詩，每與箕仙關捷不能勝，因恨曾登能韻索詩於仙，仙即題曰：為報西樓滅掃曾，誦仙還向此中登，百篇斗酒聊乘興，借問方山能不能。李始屈服。

楊妃上馬嬌圖

元陳伯敦縡，曾題楊妃上馬嬌圖云：此索清平調詞赴沉香亭時耶，抑聞漁陽鼙鼓聲起馬嵬坡時耶。上馬固相似，情狀大不同，觀者當審諸。明桃源李沅南泰熙十歲時題其圖云：未上先愁墜，方行遽欲還。如何生畏馬，死葬馬嵬山。

洞庭閨怨

吳俗洞庭凡閨中叢砧半作淳梁蕩子，吳耳淵作閨怨云：征人別我去荊都，為道春來便返吳。昨見陌頭桃已發，不知春亦到荊無。又寶鏡春寒掩不開，漢山紅紫亂成堆。征人不及梁間燕，落盡楊花未肯回。

韓信嶺

韓苑洛有韓信嶺踏沙行云：高嶺連雲，寒煙帶雨，長楊滿路悲風起。將軍墓上草蕭蕭，荒祠白日眠狐鼠。九里山前，未央宮裏，淒涼往事煩胸臆。烏江那水雨悠悠，東流不盡英雄淚。且云欲弔淮陰而原忠之，詩甚婉。乃製小詞：淮陰欲弔思遲遲，已有原忠壁上詩。黃鶴樓前無李白，西風惆悵寫新詞。又御史楊受堂詩云：將軍傳首日，高帝擊豨年。天下誰為寇，英雄不自全。固知兒女詐，豈識赤松賢。古廟重經處，傷心狗兔篇。斛山楊爵詩：追憶當年拒蒯生，將軍心事自分明。可憐宇宙無窮恨，盡在中宵悲樹聲。秋齋周宣詩：虎鬬龍爭日擾擾，英雄堪羨亦堪傷。項亡畢竟無他志，齊破何疑作假王。自是龍顏似鳥喙，幾曾烏盡必弓藏。荒嚴一點淒涼月，夜夜移光到寢堂。廟中題咏甚多，或咎淮陰不能如赤松，或謂不當假王以啟疑，或云遲疑以招禍，不知天下已定，勇略震主，高帝蓋無一日能忘情於淮陰，不至身首異處不已也。嗚呼，淮陰之心，則如青天白日云。

李昇咏螢

徐州李昇，楊行密養為子，九歲時在徐溫家，令詠螢，昇云：一點分明值萬金，開時誰怕涼風侵。主公若也勤挑撥，敢向尊前不盡心。由是不以常兒待之，長乞溫冒姓名為徐知誥，代溫秉政，受楊禪，僭帝號。

蠹魚

讀書不識文理，為蠹而已。明鄭登咏蠹魚云：瑣瑣如何也賦形，雖無鱗甲有魚名。元來全不知文義，枉向書中過一生。

踏災行

袁介字可潛，有踏災行云：有一老翁如病起，破衲襤鬖瘦如鬼。曉來扶向官道傍，哀告行人乞錢米。時予操檄離江城，邂逅一見憐其貧，倒囊贈與五升米，試問何故為窮民。老翁答言聽我語，我是東鄉李福五，我家無本為經商，只種官田三十畝。延祐七年三月初，賣衣貫得犁與鋤，朝耕暮耘受辛苦，要還私債輸官租。誰知六月至七月，雨水絕無湖又竭，欲求一點半點水，却比農夫眼中血。滔滔黃浦如溝渠，農家爭水如爭珠，數車相接接不到，稻田一旦成沙塗。官司八月受災狀，我恐徵糧吃官棒。相隨鄰里去告災，十石官糧望全放。當年隔岸分吉凶，高田盡荒低田豐。縣官不見高田旱，將謂亦與低田同。文字下鄉如火速，逼我將田都首伏。只因嗔我不肯首，却把我田批作熟。太平九月開旱倉，主首貧乏無可償。男名阿孫女阿惜，逼我嫁賣賠官糧。阿孫賣與運糧戶，即日不知在何處，可憐阿惜猶未笄，嫁向湖州山裏去。我今年已七十奇，饑無口食寒無衣，東求西乞度殘喘，無因早向黃泉歸。旋言旋拭腮邊淚，我忽驚慚汗沾背，老翁老翁復勿言，我是今年檢田吏。

總兵對

一總兵門對：門迎珠履三千客，戶擁貔貅百萬兵。一人云：總兵出征，必輸入在內者少，在外者多，改戶擁貔貅兵百萬，門迎珠履客三千，方善。湖廣一總兵得勝回，綵旗迎者千百，一教官有：天下有名真宰相，世間無比大將軍。總兵大喜，贈二婢。

募修五臟廟疏

張山來募修五臟廟疏文云：蓋聞神即吾心，必敬神神斯如在，命為爾主，能順命命乃克昌。欲祈廟食之不窮。端賴人緣之畢集。茲有五臟神廟一所。形居腹地。勢近靈臺。原義配乎五行。水火木金並依夫土。其地分為五位。上下左右悉擁夫中。得之則生。而不得則死。詎宜鄙作淫祠。餓來斯食。而不平斯鳴。豈可稱曰左道。神奇化為臭腐。妙用無窮。耕助以供粢盛。禮儀卒度。萬方共賴。百姓咸依。巍巍殿宇。剏自人生於寅之年。赫赫威靈。璜於山上呼庚之日。六根欠淨。一雙耳枉聽晨鐘。四大皆空。九廻腸徒鳴法鼓。吸露飧風。聞之流涕。紫衫黼黻。見者傷心。蓋廟存則神有所附。而人似花容。廟圮則神無所憑。而民多菜色。用是益深畏懼。亟望重修。但臣饑欲死。難遘雨粟之天。米貴如珠。愧乏飯蜂之術。叩告諸方檀越。敢希共賜慈悲。隨緣多寡。即一粒大並須彌。任意精粗。在十方皆堪供養。敢期見於面而盎於背。庶幾目有見而耳有聞。從此撐腸作柱。聚脾美奐而美輪奐石為梁。曾見仮穿而仮芋。半畝荒園。更可植鎖蘇之菜。兩傍隙地。還堪種菝水之花。定然腹有仮歸。豈止神其不吐。

隣女吹笛

高賓王觀國聞隣女吹笛。賦風入松詞曰。粉嬌曾隔翠簾看。橫玉聲寒。夜深不管柔荑冷。櫻朱度香噴雲鬟。霜月搖搖吹落。梅花簌簌驚殘。　蕭郎且放鳳簫閑。何處停鸞。靜聽三弄霓裳罷。魂飛斷愁裏關山。三十六宮天近。念奴卻在人間。

美女燒香

李在躬萬花金谷集有美女燒香詩。三寸弓鞋步翠苔。想應天竺熱香來。昨凝秋水波初動。掌合金蓮花未開。腰細護搖春日柳。臉紅猶帶雪天梅。不知暗祝緣何事。斜把金釵插一作冷灰。

美人踢毽

蹴踘當場二月天。香風吹下兩嬋娟。汗沾粉面花含露。塵拂蛾眉柳帶煙。翠袖低垂籠玉筍。紅裙曳起露金蓮。幾回踢罷嬌無力。恨殺長安美少年。

美人春睡

象牙筠簟碧紗籠。綽約佳人睡正濃。半抹曉煙籠芍藥。一泓秋水浸芙蓉。神遊蓬島三千界。夢遶巫山十二峯。誰把春聲驚覺後。起來香汗濕酥胸。

美人濯足

宸濠咏宮妃濯足。濯罷銀盆雪欲融。橫眈膝上束鮫綃。匝來玉筍纖纖嫩。放下金蓮步步嬌。踏碎香風抛玉燕。踏殘花月上瓊瑤。五更素向鴛鴦枕。勾引郎官去早朝。

美女折花

調言長語有美女折花詩云。梳罷雲鬟出戶來。輕移蓮步海棠階。臨風折處香生手。對日看時影在懷。蜂採露華凝翠鈿。蝶隨春色上金釵。曲闌干外苔痕濕。歸去多應換繡鞋。

美人騎馬

王西樓以樂府擅名。如擬美人騎馬云。露玉筍絲韁軟把。襯金蓮寶鐙輕踏。裙拖翡翠紗。扇掩泥金畫。似比昭君。只少面琵琶。天寶年間若有他。卻不把三郎愛殺。

女兒港詩

曾學士棨巢睫集。絕似唐。曹以寧校文江西。舟過泊鄱陽湖女兒港。舟人問曹詩何書。曹呵之。舟人曰。予少從曾學士泊此港有詩甚佳。曹索一誦。舟人即誦。曹書之調言長語中。詩云。彭蠡湖邊女兒港。秋水未乾湖水長。女兒一去今幾秋。時有行人來繫舟。岸柳汀花濕紅翠。柳如顰眉花濺淚。茅屋參差石徑斜。港口人煙凡幾家。當初知是誰家女。後來嫁作誰家婦。嫁時湖上踏弓鞋。至今尚想凌波步。我欲回頭問小姑。小姑迢迢隔重湖。我欲從前問大姑。大姑默默凝新恨。紅顏薄命真堪惜。女兒名姓無人識。年去年來湖水春。空使行人弔陳迹。君不見古來大丈夫。老死湖山名亦無。此詩巢睫集中不載。豈非滄海遺珠。

箕仙

一人請箕仙。仙至。自云何仙姑。一頑童戲問曰。洞賓先生安在。箕即題云。閒口何須問洞賓。洞賓與我卻無情。是非吹入凡人耳。萬丈長河洗不清。其敏捷如此。

伏波祠

明長陽揮使彭飛能詩。題桃源伏波祠云。岳王庭下鞭秦檜。千古人思武穆忠。今日拜公江上廟。願將頑鐵鑄梁松。結語甚有思致。

對啟佳句

黃夢炎十一歲。鄉先生出一對云。小甘羅之一歲。早已能文。對云。加孔子之數年。可以學易。○黃炳辭武舉啟云。舉子忙。槐花早已覺。壯心之動。時文熟。秀才絲要須取本色而歸。

杜鵑

吳康齋弼作詩學性理。唯杜鵑詩有情景。詩云。西川如景自忘歸。啼到江南意卻

悲古樹淡煙殘月曉落花疏雨暮春時空遺蜀帝千年恨誰識唐人再拜詩欲向青山一相問數聲不盡又何之

辭職自遣

劉伯温辭職自遣作詩云買箇黃牛學種田結間茅屋傍林泉因思老去無多日且向山中過幾年為吏為官皆是夢能詩能酒總神仙世間百事都增價老了文章不值錢

邵康節詩

邵康節詩曰老年軀體索温存安樂窩中別有春萬事去心閒偃仰四肢由我任舒伸庭花盛處涼鋪簟簷雪飛時軟布裀誰道山翁拙於用也能康濟自家身

楊妃羅襪

羣談採餘有楊妃羅襪詩仙子凌波去不還獨留塵襪馬嵬山可憐一掬無三寸踏盡中原萬里翻

楊妃病齒

吳草廬題楊妃病齒圖云齒痛自顰眉君王亦不怡此疾如早割何待馬嵬時又馮海粟子振云華清宮一齒痛馬嵬坡一身痛漁陽鼙鼓動地來天下痛

鑷白髮

薛復軒鑷白髮詩勸君休鑷鬢毛斑鬢到斑時亦自難多少朱門年少子業一作風吹上北邙山一作注詩又寧王詩云黑髮叢中白數莖幾番鑷盡白還生而今白也由他白那得閒工與白爭

阿呀歌

客持玉笥示村嫗李睲菴從旁戲曰嫗可得之以歸首嫗驚訝移時斂手告曰此美質重器維供壓雲鬟伴翠鈿非嬌姿妙麗莫敢御若或稍失檢點琤然墮地不復瓦全此阿呀詩也何以見紿感其言足以警世作阿呀歌以廣之如蘇學士之遇春夢婆云坐上客莫諠譁停尊靜聽歌阿呀秋江渺渺悲還客青衫枉淚濕琵琶曾傳落雁啼烏曲戰馬空嘶聞塞笳回首奸雄如夢散當庭勿進漁陽撾阿呀二字驚心處利爪當胸着癢爬好箇囫圇混沌忽朝鑿破血蝦蟆阿呀南傾北陷難修補却仗媧婷一女媧阿呀揖讓征誅乖樣子千王萬帝競如麻阿呀周公拮据鴟戕室尼父栖遑狗喪家阿呀此望長生彼解脫青牛過了白牛車阿呀長條直路平坦坦跌脚

承泥貪徑邪阿呀逆子亂臣失節婦止緣一個念頭差阿呀剖心割股忠和孝抱肉成瘡也有疤阿呀你道恩情椎寵盛看來帶鎖重披枷阿呀平添白髮三眠柳吹落紅顏半夜花阿呀電閃光中營利祿爆聲撒處逞繁華阿呀彩雲虹散終成雨白玉蠅來便是瑕阿呀坐上客莫喧譁燒銀蠟進流霞老去固可惜少年不須誇富貴何足羨貧賤勿咨嗟青青庭下草猶自有根芽你看何物為長久你能不死你奢遮勸君早把靈臺照莫待臨行喚阿呀

營壽藏

范石湖重九日行營壽藏之地賦詩曰家山隨處可松楸荷鍤攜壺似醉劉縱有千年鐵門限終須一個土饅頭

惠柔侍兒

何文縝臬任館閣飲於貴戚家侍兒惠柔麗而黠慕何風姿密解手帕為贈約牡丹開時再集何感其意歸賦虞美人曲隱其小名以寓繾綣云分香帕子揉藍膩欲去殷勤惠重來直到牡丹時只恐花枝知後故開遲別來看盡閒桃李日日闌干倚催花無計問東風夢作一雙蝴蝶遶芳叢

詠豆瘢

唐陳黯甫十歲能詩年十三袖詩謁郡牧其首篇咏河陽花時面豆新愈妝戲令自詠即云玳瑁應難比斑犀定不如天嫌未端正滿面與粧花由是名振州里

感遇

尤悔菴先生感遇詞調寄滿江紅我醉欲眠且收了眼光青白分付與死便埋我隨冢之側天下山川吞八九腹中人物容千百任諸君拍手笑狂生乾坤窄　破面鬼焦頭客福建子山東賊問何人請劍何人投筆我夢化為蝴蝶舞醉來敲破珊瑚玦歎一腔熱血灑何時青衫濕

銘心訓

張亦山銘心訓云人求我非土却是土我求人非金勝是金人求我勢急如星火我求人熱面冷如冰人求我他苦即我苦我求人我親他不親人求我時刻要結果我求人終歲不能成人求我大事當小做我求人小事大人情人求我朝成暮不顧我求人猶狗是天尊人何人兮我何我人皆伶俐我獨愚我何我兮人何人何不將心去比心千變萬化憑他做到頭各自有調停占盡便宜同一死留個惺惺教子孫

祭半齒

俞君宣琬綸齒忽墮去半齒埋之王園梅花下因摘花祭之泣而告曰三十年辛苦爾嘗之二十年酸味爾嚐之千萬斛愁慘爾嚙而忍之徒有飲聲不識笑口爾固賤骨也賤俞可憐賤莫如馬馬骨猶埋别爾乎卜花下少行人處埋爾贈爾以花本覆爾以花瓣沁爾以花露護爾以花神剝窠為爾蟻穴為堂草雨為芳醪蜂蝶為死友使寒儆尺骨雖賤能香復悵來生毋嚙葉軀也○憶惟吾生三十有四此日何日齒落之始毛骨無恙半齒已死人間煙火爾先獲洗言語凶咎爾先謝委舌本滋毒七神所忌半遠舌者偶先脫穢半近舌者嚙葉未已若有深意儆示衆齒半雖未已方來則遥零丁搖動旋將繼此誰料一齒遂之二地況本分者是惡足倚

病齒

沈君烈承咏病齒云三日對書不能讀支頤搖首雙閉目半口無骨微覺肉涎流於面下及腹老大不好作兒哭因聲强笑吻角縮欲設痛喻無其族略似鈍斧斲濕木嗟乎此牙咬菜嗽豆張世間殘顇學不熟貴人名字呼奴僕得毋以此消齒福所以齒中有鬼伏

無夢詩

僧無夢遊方抄化手持大木牌題詩二絶曰心為車兮身為軾車動軾隨何意息文梨火棗是誰無自是不為荆與棘 身為客兮心為主主人和平客安堵若還客主不康寧精神必定隨君去正心養身之道不過如此可為終身誦之

足說

金長文呂號遂園有足說云脚者却也謂却而勿前也跟者艮也謂艮而勿動也趾者止也謂止而勿行也腿者退也謂退而勿進也步之為言近於騭而文則從止也履之為用貴於屨而義則從復也先啟予手後啟予足者志存於臨深履薄也既洗足已斂座而坐者道盡於着衣持缽也

朱文公足疾

朱晦翁有足疾得程道人鍼之而愈戲贈以詩云十載扶行持短筇一鍼相值有奇功出門放步人爭看不是前來勃窣翁旋而足疾復作遣人追之曰某非惜所謝之賂第恐以此詩而誤他人也

社酒治聾

世言社日飲酒治聾不知何據石林燕語載五代李濤春社從李昉求酒詩云社公今日沒心情為乞治聾酒一瓶惱亂玉堂將欲遍依稀巡到第三廳時昉為翰林學士有月給内庫酒故濤從乞之

湘東一目

潁川王偉有才學為侯景左僕射景敗見禽上五百字詩於元帝帝愛其才欲捨之朝士多忌請視偉檄文曰項羽重瞳尚有烏江之敗湘東帝初封湘東王一目寧為赤縣所歸帝見大怒釘偉舌於柱而殺之

眼謎

魏咸陽王元禧謀反遁走左右惟尹龍虎從之禧昧不知所為謂龍虎曰吾憒憒不能堪試作一謎當思解之尹疑憶舊謎云眠則俱眠起則俱起貪如豺狼贓不入己禧不以為諷己因解之曰此是眼也

懺目

沈君烈懺目文云癸亥之春沈子迎瞳立於庭前是日風作有聲翼然觸塵而鬭撲於睫間初淢沒而無端漸猙獰而活焉喙睛欲破摩眶欲穿睜如窗霤淚如乳泉垢蒙眵棘之絜氣吞濕灾之煙凡旬有五日而不得愈乃為文而告之于天其辭曰臣目無良遊於臣面目罪山積臣實不見何降之罰省其一線比日以來偶覩房稿畢竟以此開罪不小臣今求哀懺悔數其罪而請禱房稿之中皆新貴名臣目何為輒敢注睛房稿之文紙皆五色臣目何為輒分青白其有魏科卓冠羣雄目或鄙夷不抵枝葉其有虛譽盛傳俗下目或嬉笑酷於怒罵出子入史錢所萬選目或裂眦斥為花臉離經叛註犬所吠日目或刮膜拼為上客長才累牘目送而去或疵其篇或駁其句高才共賞目攝而忘或棄為灰或淡為湯或按書量抹筆如矢或按題神特圈如珍或所看法但法先輩不知變通與時俱醉或所識字但識古初不知權宜依樣胡盧或信耳鼻應作是觀目乃擅權别用自專或相皮毛既竭爾力目逦逌精别具一隻諸如此類不可擢髮無光不出無釘不拔此皆臣有以養成其驕氣而目亦無以自解於譴罰自今懺悔而後願一心皈命於避眼之菩薩誓不敢較長量短激濁揚清惟國門一字之為貴而名經十佛之為尊抑或不然將起而訃其生平乎紅粉之粧靚袨之飾有目以來未蒙拂拭也或於夢遊稍感其魄曲檻之迷珠簾之映有目以來未蒙申敬也或於憑高稍蕩其性青銅之腿黃金之氣有目以來未經受

記也。或於市廛稍薰其渴。名山異水之觀。奇花珍木之蓄。有目以來。未經千遭也。或於卷編稍消其福。苟其以此而坐目以罪。狀求目以深文。臣固知天之不忍也。臣之目亦且泣下如雨。而不知所云。

染髮

劉禹錫云。近來年少輕前輩。好染髭鬚作後生。則是染鬚自唐已然。至元史天澤則涅白髮為烏。世宗訝之。天澤曰。臣覽鏡見鬚髮頓白。恐報國之心自以老怠。故染之使不異於少壯。庶此心之猶競耳。杜牧之云。公道世間惟白髮。貴人頭上不曾饒。天澤又矯揉而使之黑。以固其寵。終則白髮亦無如天澤何矣。

罰飲

罰飲從古有之。周禮。觥其不敬者。觥。罰爵也。檀弓。杜蕢揚觶而酌師曠李調。註。觶。罰爵也。說苑。魏文侯與大夫飲。使公乘不仁為觴政。曰。飲不釂者浮以大白。及舉白浮君。註。白。罰爵之名。浮。罰也。一說謂罰爵之盈滿而浮泛也。白者。舉觴告白之意。陳後主令張貴妃等預製五言詩。令孔範等十客一時繼和。遲則罰酒。諸書所載罰飲之說甚多。不能悉舉。然罰飲之數。多限以三。吳諺謂客來遲罰三鍾。未始無本。韓安國作几賦不成。罰三升。蘭亭之會。王子敬詩不成。罰三觥。景龍文館記御詩序云。人題四韻。後者罰三盃。又郝隆不能詩。罰依金谷酒數。是三斗。至杜少陵百罰深杯亦不辭。特極言之耳。註引桑乂在江總席上曰。雖深杯百罰。吾亦不辭為證。

堅瓠八集卷三終

堅瓠八集卷之四目錄

蟾蝂王　武穆降乩
周益公　紅玉盃
魯文斐　闕夫子祠
岳武穆祠　平山堂
姜堯章度曲　咏鞦
鸚鵡作偈　醉翁亭
別妾　瘦馬吟
雙燕　雪中千令
踏青詞　琵琶亭
李理　法常嗜酒
天聾地啞　手心足心
黃鶴樓　釋教
陸五臺釋冤獄　律令
蛉窮　偏提
上距下嗜　子母男女錢
覓句警生　蘇東坡命相
癃說　戚教授啟
佛來贊　白櫻桃詩
恥入鄉賢　劉公旦咏梅
諸丹　炭頌
石炭熱炭　咏炭
猢猻王　毀淫祠
師娘　串字
會節先生　雙木不如桃
詩索酒　佛郎機
禁鰻尺表　祭妬婦津神文
別妾詞　跳月記

黔峒歌謠　方滋饒燭
陳諤詠諧　魏忠賢祠
改任福州　挲旂始末
十孩兒

堅瓠八集卷之四

清　長洲石農褚人獲學稼纂輯

韓蘄王

韓蘄王世忠生長兵間。未嘗知書。晚歲忽若有悟。能作字及小詞。偶至香林園。蘇仲虎尚書方宴客。王徑造之。賓主歡甚。盡醉而歸。明日。王餉以羊羔。且手書二詞遺之。其臨江仙云。冬日青山瀟灑靜。春來山暖花濃。少年衰老與山同。世間名利客。富貴與貧窮。榮華不是長生藥。清閒不是死門風。勸君識取主人公。單方只一味。盡在不言中。

武穆降乩

岳武穆死後。臨安西溪寨軍將請紫姑神。武穆降乩。書一絕云。經略中原二十秋。功多過少未全酬。丹心似石憑誰愬。空有遊魂徧九州。秦檜聞而惡之。擒治其徒。流竄異域。

周益公

周必大自德壽宮後垣趨傳法寺。望見一樓巋然。朝士云。太上名曰聚遠。而自題其額。仍於屏間書東坡詩云。賴有高樓能聚遠。一時收拾與閒人。又過冷泉亭。徘徊久之。後作端午帖子云。聚遠樓頭面面風。冷泉亭下水溶溶。人間炎熱何由到。真是瑤臺第一重。

紅玉杯

元揚州陳新甫生日。出紅玉杯飲客。莆田陳衆仲旅賦詩云。崑崙東阿含海日。石中玉子如日赤。神工夜發昆吾刀。剜作雙盃盛酒啜。蟠桃初開猴母家。丹露滴入芙蓉花。廣陵公子酒如海。年年顏色視朝霞。

魯文斐

江蒸藩詩評云。桃川宮道士。姓魯。號種桃。能詩。比其沒也。邑中博士魯文斐以詩弔之曰。種桃道士歸何處。曾種鉛桃作主來。今日有桃君不見。桃開依舊待君回。博士素無詩名。此章何減人面桃花之句。

關夫子祠

桃源印鶴田能詩。中鄉試。仕成都別駕。題關雲長祠云。赤面長髯國士風。解圍盡在笑談中。三分天下憑嬴馬。八陣風雲臥龍。長劍倚天秋氣冷。堂空閒月夜燈紅。細談炎祚丁奇遇。翻恨將軍失阿蒙。詞政雄渾。與題相稱。

岳武穆祠

萬曆中。辰陽唐侍御萬陽題岳陽武穆祠云。武穆祠堂楚水涯。短牆疎草映殘花。奸諛何代無秦檜。忠孝誰人是岳家。風靜魚龍吹細浪。月明鷗鷺宿平沙。遥憐古墓西湖上。萬樹南枝日欲斜。此詩不減李崆峒水廟飛沙之句。

平山堂

歐陽永叔守維揚日。於城西北大明寺側建平山堂。頗得遊觀之勝。後劉原父出守揚州。永叔作朝中措餞之云。平山欄檻倚晴空。山色有無中。手種堂前楊柳。別來幾度春風。文章太守。揮毫萬字。一飲千鍾。行樂直須年少。尊前看取衰翁。後東坡亦守是邦。登平山堂。有感而賦西江月詞云。三過平山堂下。半生彈指聲中。十年不見老仙翁。壁上龍蛇飛動。（）欲弔文章太守。仍歌楊柳春風。休言萬事轉頭空。未轉頭時皆夢。

姜堯章度曲

陳眉公辟寒載。小紅。順陽公青衣也。有色藝。順陽公請老。姜堯章詣之。一日授簡徵新聲。堯章製暗香疎影兩曲。公使二妓肄習之。音節清婉。堯章歸吳興。公以小紅贈之。其夕大雪。過垂虹賦詩曰。自琢新詞韻最嬌。小紅低唱我吹簫。曲終過盡松陵路。回首煙波十里橋。堯章喜自度曲。吹洞簫。小紅輒歌而和之。

詠轎

高竹屋詠轎御街行詞。藤筠巧織花枝細。稱穩步如流水。踏青陌上雨初晴。嫌怕濕文鴛雙履。要人送上。逢花須住。纔過處香風起。裙兒掛在簾兒裏。更不把窗兒閉。紅紅白白簇花枝。恰稱得尋春芳意。歸來時晚。紗籠引道。扶下人微醉。

鸚鵡作偈

唐武后畜白鸚鵡。名雪衣。性靈慧。能誦心經。后愛之。貯以金絲籠。不離左右。一日戲曰。能作偈求解脫。當放出籠。雪衣喜躍。須臾朗吟曰。憔悴秋翎似禿衿。別來隴樹歲時深。開籠若放雪衣女。常念南無觀世音。后喜。即為啟籠。居數日。立化於玉球紐上。后悲慟。以紫檀作棺。葬之後苑。

醉翁亭

慶曆間歐陽公謫守滁陽。築醒心醉翁兩亭於瑯琊幽谷。令幕官謝希深縡雜植花卉。以狀問名品。公批紙尾云。淺紅深白宜相間。先後仍須次第栽。我欲四時攜酒

去。莫教一日不花開。希文從揚州別滁詩云。花光濃郁柳輕明。酌酒花前送我行。我亦宜如常日醉。莫教絃管作離聲。

別妾

王正之特起有別妾喜遷鶯詞云。玉樓歡宴。記遺簪綺席。題詩羅扇。月枕雙欹。雲窗同夢。相伴小花深院。舊歡頓成陳迹。翻作一番新怨。素秋晚。聽陽關三疊。一尊相餞。留戀情繾綣。紅淚洗粧。雨濕梨花面。雁底關山。馬頭星月。西去一程程遠。但願此情如舊。天也不違人願。再相見。老生涯分付。藥爐經卷。雁底關山元人詞多用之。諺所謂雁飛不到處也。

瘦馬吟

明滁陽朱椿工詩。有瘦馬吟曰。歷盡風霜古戰場。骨高毛聳減精光。櫪閒斗粟何由飽。市上千金未許償。戀主肯辭勞汗血。逢人多是計驪黃。天寒歲晚燕臺下。鳴向孫陽也自傷。

雙雙燕

宋史邦卿達祖有雙雙燕詞。姜堯章極稱之。謂曲盡形容之妙。詞曰。過春社了。度簾幕中間。去年塵冷。差池欲住。試入舊巢相並。還相雕梁藻井。又軟語商量不定。飄然快拂花稍。翠尾分開紅影。芳徑芹泥雨潤。愛貼地爭飛。競誇輕俊。紅樓歸晚。看足柳昏花暝。應是棲香正穩。便忘了天涯芳信。愁損翠黛雙蛾。日日畫欄獨凭。

雪中干令

宋滿江梅和勝執禮未冠時。家貧親老。無以為養。大雪中以詩謁邑宰。有有令可干難閉戶。無人堪訪懶移舟。邑令延之。訓其子弟。方應舉未捷。有詩自遣云。天之未喪斯文也。吾亦何為不豫哉。一時傳誦。後登進士。終戶部尚書。死靖康之難。

踏青詞

王通叟觀踏青詞調寄慶清朝慢。調雨為酥。催冰做水。東君分付春還。何人便將輕暖。點破殘寒。結伴踏青去好。平頭鞋子小雙鸞。煙柳外。望中秀色。如有無間。晴則箇。陰則箇。餖飣得天氣。有許多般。須教撩花撥柳。爭要先看。不道吳綾繡襪。香泥斜沁幾行斑。東風巧。盡收翠綠。吹在眉山。

琵琶亭

洪容齋隨筆。江州琵琶亭下臨江津。國朝以來。題詠甚多。淳熙乙酉。蜀士郭明復中

元日至亭賦古風一章。前云白樂天流落溢浦作琵琶行其放懷適意視夏患死生禍福得喪為何物非深於道者能之乎。曹傳謫長沙。抑鬱致死陸相貶南濱屏絕人事至從狗竇中度飲食而公有累於世未能如樂天道遙自得也又云樂天琵琶行蓋在潯陽江上為商人婦而作。商乃買茶於浮梁婦對客奏曲樂天移船夜登其舟與飲了無所忌豈非以其長安故娼女不以為嫌耶樂天集又有夜聞歌者一篇時自京城謫潯陽宿於鄂州又在琵琶行之前其詩云夜泊鸚鵡洲秋江月澄澈鄰船有歌者發調堪愁絕歌罷繼以泣泣聲通復咽尋聲見其人有婦顏如雪獨倚帆檣立娉婷十七八夜淚如珍珠雙雙墮明月借問誰家婦歌泣何淒切一問一霑襟低眉終不說陳鴻長恨傳序云樂天深於詩多於情者也故所遇必寄吟咏非有意於漁色然鄂州所見亦一女子獨處相造與語瓜田李下之疑唐人不譏或亦取離騷女嬃等意未必實有是事也

李理

資暇錄李字除果名地名人姓之外更無他訓義也杜預註左傳不研窮意理謂行李使人也故今見遠行東裝謂之行李按古文使字作岑岑與李相似傳寫之誤爾愚按古文李理二字通用左傳三十年行李之往來供其乏困襄八年亦不使一介行李告於寡人用此李字昭十三年行理之命無月不至國語行理以節逆之用此理字騎官左角曰理史記天官書曰熒惑為李徐廣註曰外則理兵內則理政又黃帝有李法一篇顏師古曰李者法官之號總兵刑故名李法北史敘傳李氏先為堯之理官因為氏後改曰李管子書大理皆作李

法常嗜酒

釋法常性嗜酒無寒暑風雨常醉醉即熟寢覺即朗吟謂人曰酒天虛無酒地縣邈酒國安恬無君臣貴賤之拘無財利之圖無刑罰之避陶陶焉蕩蕩焉其樂可得而量哉轉而入於飛蝶都則又蒙騰浩渺而不思覺也

天聾地啞

文昌帝君從者曰天聾地啞蓋帝君不欲人之聰明盡用故假聾啞以寓意夫天地宜可以聾啞哉○不聰不明不能為王不瞽不聾不能為公鍾伯敬云上二句大作用下二句大受用

手心足心

蕉海錄人之手心搔而不痒足心搔之則痒者何也蓋手心通心氣心屬火喜動故不痒足心通腎氣腎屬水喜靜故痒

黃鶴樓

黃鶴樓踞蛇山俯鵠磯漢江遶其前鸚鵡洲橫其下三楚雄概此樓第一崔顥晴川芳草句真堪與樓爭雄相傳唐時呂純陽嘗客茲地倚寓酒家日飲酒數壺累至數百不償值復索飲主人供給無倦色純陽喜之適啖西瓜遂以瓜皮畫一鶴於壁上始色瓜皮青久之變黃遂為黃鶴純陽又教酒家童子唱道詞自敲板為節已而唱時鶴輒從壁間飛下婆娑翔舞觀玩飲酒者日數千人凡閱數月酒家得錢數百萬驟富以錢酬純陽純陽不受遂搆此樓志感故名黃鶴樓

釋教

宋藝祖始受命欲廢釋教偶日暮微行徐入大相國寺至一小院戶旁見一髡大醉吐穢於道藝祖大怒適從旁過竟為醉髡攔胸抱定曰莫發惡心且夜矣懼有人害汝汝宜歸內可亟去藝祖心動以手加額禮焉髡乃舍之去還內密遣忠謹小璫往覘此髡在否且以其所吐物來及至髡已不見因爬取地上所吐狼藉至御前視之悉御香也釋氏教因不廢明高皇亦欲廢釋教取惡僧埋而劇之為劇頭會一僧屢劇而頭屢生高皇異之遂不廢釋氏

陸五臺釋冤獄

平湖陸五臺光祖初為濬令濬有富民枉坐重辟數十年相沿以其富不敢為之白陸至訪實即日破械出之然後聞於臺使者使者曰此人富有聲陸曰但當問其枉不枉不當問其富不富果不枉夷齊無生理果枉陶朱無死法臺使者甚器之

律令

符祝之類末句急急如律令者人皆以為如飲酒之律令速去不得滯也一說漢時行下文書皆云如律令言非律非令之文書行下當亦如律令資暇錄云律令之令宜平聲讀為零律令是雷邊捷鬼此鬼善走與雷相疾速故云如律令之疾走也

蛉窮

淮南子云昌陽去蚤虱而來蛉窮去害小而來患大蛉窮即蚰蜒也聞人髮脂油香則入人耳及諸竅中昌陽香酷能召是物故淮南子以為喻蛉窮好濕升高則焦死故曰蛉窮一曰陵窮言乘陵則窮也宋史譏小人居高位者亦目為蛉窮

偏提

酌酒器古名注子。唐仇士良惡其名同鄭注，乃去柄安系，名曰偏提，猶今酒鱉也。和靖送李山人詩有「馬前長帶古偏提」句。〇今酒注去柄安提梁，如茶壺式，始於祖道臺澤深。名曰斟壺。

上距下嘴

雞寒上樹，鴨寒下水，此諺語也。驗之皆不然。一老媪曰：雞寒上距，鴨寒下嘴。上距謂縮一足，下嘴謂藏其咮於翼間。

子母男女錢

淮南子名錢曰青蚨。青蚨者，水虫，如蟬。殺其母子，取血各塗八十一錢，凡市物，或先用子，或先用母，皆飛歸，循環無已。〇梁時鑄四銖半錢，謂之男錢，云佩之即生男也。又別鑄除其肉郭，謂之公式女錢，徑一寸。錢既有子母，安得無男女，今人一例奉以為兄，則愛生於敬耳。

覓句營生

倪文節經鉏堂雜志記苦樂一段甚佳，云：賦詩可樂，而有覓句之苦；營生雖樂，而有多恐之苦。謝在杭以為未然。覓句雖苦而實非苦事，如食者必咀嚼，遊者必行步，若果苦之，當棄而不為矣。營生原非樂事，無論聚怨即忻然奉之，亦必持籌會計，憧憧往來，至寢食不得寧處，不亦天下之最苦者哉。因改之曰：覓句雖苦而有得意之樂；多財雖樂而有營生之苦。

蘇東坡命相

蘇東坡云：退之以磨蝎為命宮，而僕以磨蝎為身宮，故雖有文章，而多小人之謗。又自謫海南歸，人有問遷謫之苦者，坡云：此是骨相所招。少時入京師，相者云：一雙學士眼，半個配軍頭。異日文章顯當知名，然有遷謫不測之禍。坡又贈善相者程僡詩云：火色上騰雖有數，急流勇退豈無人。亦似相其不壽，而欲以早休當之。故又曰：我似樂天君記取，華巔賞遍洛陽春。然坡生平居官，起而復躓，未得遂急流勇退之願，而卒於毘陵，年僅五十有四，亦嘗一日享林下之樂，則命與相者之言悉驗。

瘴說

宋梅摯官嶺表，著瘴說，其略曰：仕有五瘴，急催暴斂，剝下奉上，此租稅之瘴也；深文以逞，良惡不白，此刑獄之瘴也；晨昏酣宴，弛廢王事，此飲食之瘴也；侵牟民利，以實

私儲，此貨財之瘴也；盛揀姬妾，以娛聲色，此帷薄之瘴也。有一於此，民怨神怒，安者必疾，疾者必殞，雖在輦下，亦不能免，何但遠方而已。仕者不知，而歸咎於土瘴，不亦謬乎。

盛教授啟

輦談採餘，盛教授請除土地夫人書曰：伏覩本學重建地靈祠，於戟門之外，其神本無有也，使誠有之，是豈不知廉恥者哉。今肖像之設，夫婦偶坐，楚楚裙釵之飾，盈盈朱粉之施，侍從旁立，男女雜處。禮曰：男子居外，女子居內。又曰：女子出門，必擁蔽其面，雖近世風俗之弊，亦未嘗無男女之別。至於閭閻細民，客或過之，其妻猶避而不出，豈有身為神明，妻乃不知內外之分，呈身露面，據案並食，以饗士大夫籩豆之薦，反不若閭閻匹婦乎。幽明雖殊，禮制則一。司世道者，宜亟去之。此書可為各鄉木境土神之箴。

佛米贊

宋饒次守節少年投書於曾子宣，論新法不合，棄去。令其僕守舍，歸見其占對異常，怪而問之，僕曰：隔寺白崖長老有道器，往請一轉語，忽爾覺悟。次守慨然，徑往白崖，問道，八日而悟，與其僕祝髮為浮屠，名如璧，字德操，號倚松道人，僕名如琳。德操長於詩，尤善作贊銘。有武將念佛，以米記數，得三升，德操贊曰：時乎主聖，萬國自靖。不殺而武，不征而正。嬌嬌虎臣，無所用命，移將東南，介我佛會。久聞我曹念佛三昧，喑嗚叱咤，化為佛聲。三令五申，易為佛名。一佛一米，為米三升。自升而斗，自斗而斛，念之無窮，太倉不足。

白櫻桃詩

櫻桃有白者，唐韋莊詩云：王母堦前種九株，水晶簾外看如無。只應漢武金盤上，寫得珊瑚白露珠。

恥入鄉賢

鄉賢名宦祠，不惟有司不當私其人，雖子孫亦不當私其祖父。成化中，給事王徽，剛直有大節，論宦官牛玉，言甚激烈，諸宦官謀上，欲加以極刑，李文達維持之，謫督安州判，將卒，屢戒其子欽佩曰：鄉賢祠甚雜亂，吾恥居其中，切不可入。又弘治中，劉健為相時，河南有司欲以其封翁入鄉賢，劉謝曰：吾郡鄉賢祠有二程夫子在，吾父何敢並駈？夫祖父無明德而強列俎豆，以來訾垢，是辱之，非榮之也。近日士夫及封翁無一不入鄉賢，亦主委稱列之案下，此鄉官祠，非鄉賢祠矣。

劉公旦咏梅

吾郡劉公旦先生諱曙，遊庠甫十三齡，其咏梅有衆香國裏小諸侯之句，遂得奇童之譽。每試輒前，嘗請箕仙問功名，判曰：桂子開時黃榜發，長安道上不長安。衆初不解。崇禎壬午，先生登賢書，癸未以逆賊李自成之亂，至八月會試，遂登第，始應其判。

豬丹

七修類藁：獸醫者，但知牛黃、羊哀、狗寶，而不知馬黑。羊哀治翻胃，牛黃、狗寶治驚癇。羊哀形如濕茅紙，時或用之。狗寶見者亦罕，有人得之於狗胞中，其形質如鵝卵，色白，碎之內有文理，數十層。考之本草未收，不知何人用以治疾。又冀越集云：馬有馬黑，在鬐。此尤不特罕見，亦罕聞者，不知何所用。沈石田客坐新聞亦云：馬有豬丹。凡番兵事急，能致風雨，突圍而走者，蓋有豬丹隨身耳。豬丹者，馬腹中所產之物，用之念呪，即致風雨，豈即所謂馬黑與。

炭頌

范石湖成大，字至能，作炭頌云：予病衰，大冬非附火不暖，既銘被爐，又作炭頌。燔木不灰，化為精堅，畀衷至陽，維火之傳，雪霾六虛，冰寒九淵，環堵之室，天不能寒，有赫神物，幹流化甄，尺璧寸金，罔功汗顏，我惟德之，莫之名言，既燠且安，與之窮年。

石炭麩炭

北方多石炭，即今所燒之煤是也。熙寧間，東坡初到京師，作石炭行，有豈料山中有遺寶，磊落如盤萬車炭句，言以冶鐵作兵器甚精，不言始於何時。觀前漢地理志豫章郡出石，可燃為薪，隋王劭論火事中有石炭字，則知為用已久。南方多用木炭，而蜀又有竹炭，燒巨竹為之，易燃無煙，且耐久。陳無已託酒務官買浮炭，今人謂之麩炭。白香山詩曰：暮半爐麩炭火。宋人詩：一爐麩炭火初溫。則麩炭二字非俗語也。

咏炭

元郝矮梅詠炭詩云：樵青黎面學裔崑，斫月燒雲樹欲髡，萬竈黑煙灰出劫，一星紅焰火還魂，污身若有仙翁幻，報國今無義士吞，曾似茅齋風雪夜，地爐榾柮暖溫溫。○明滁陽朱椿謝張公惠炭詩：謾謝生紅好，那知守黑安，寧論炙手熱，應解裂膚寒，性伏猶餘熱，心灰未化丹，何如在山日，曾作美材看。

猢猻王

秦檜微時，爲幹鄙事，同舍號爲秦長脚，嘗爲童子師，仰束脩自給，有若得水田三百畝，這番不作猢猻王之句。後爲相，以申王致仕，申猴屬也，牟隆山以爲詩讖。

毀淫祠

蘇俗酷尚五通神，供之家堂，楞伽山鼓樂歌唱，日無虛刻。河南湯公撫吳，嚴爲禁止。乙丑九月，公往淮上，值神誕，畫船簫鼓，祭賽更甚於昔。公歸聞之，立拘僧至，將神像沉於河，命延款待，一概禁絕。○挑燈集異載：弘治間，郡守曹鳳禁五通神，廟像拆毀無遺。一愛妾忽得奇疾，良醫環視，莫能奏績。妾忽張目譫語謂曹曰：吾乃五通神，民間敬信，汝今禁吾，汝之高曾祖考某某等吾俱追至，今當拘妾及汝矣。曹雖不爲所惑，然能呼祖考之名，亦心疑之，且恐哀殞愛寵，憂懣不知所出。或薦醫士王賓，曹即延之，賓診視進藥二劑，令速服之，神思頓清，再服二劑，疾頓愈矣。昨之亂言，俱屬爲有，豈醫書所云痰迷心竅，智過鬼神者與。

師娘

湯公毀淫祠，爲狄梁公後一人。然鬼昏淫人，誑惑恐唐世尚不至此。吳中稱巫爲師娘，紫束不男不女，情狀不夢不醒，語言不蠻不面，其黠悍正在村悉不根之中，蠱惑愚民，嚇騙婦女，詭詐百出，若有徵而可信，故淫祠既毀，猶藏頭露尾，舞爪張牙，若得如西門豹手段，取數十人投之石湖深淵，尤爲痛快耳。噫，何吳中爲男女之紛紛也。

串字

志怪錄有叩試事者，書一串字，測字者曰：不特鄉闈得雋，即南宮亦應高捷，以串爲二中字故也。一士在旁，亦書串字，術者謂曰：君不特不預賓興，當更得疾。生詢其故，曰：彼無心，故當如字；君有心，串下加心，乃患字耳。已而皆驗。

會節先生

洛水張起宗以訓蒙爲生，居會節園側，年四十餘，一日見丙來行李甚盛，問之，曰文樞密知成都回也。張歎曰：我亦丙午生，相遠如此。旁有瞽者輒曰：我與秀才算命。因與藉地，卜者出算子百餘布地上，幾長丈餘，閒兩時，曰：好笑，諸事不同，但三十年後某星臨某所，兩人皆同，當並案而食者九箇月。後張年七十餘，潞公亦居洛，張視其交遊皆貴顯，輒自疑曰：安得並案而食乎。一日，公游會節園，問曰：園側教學者甚人。對曰：老張先生。公曰：請來。及見大喜，詢其甲子，又同，呼爲會節先生。公每宴客必預召赴，人約無先生則不往，並案而食者將及九月。公之子及甫知河陽府，公往視之，自後公歸洛，不復召之矣。

雙木不如姚

慈谿姚仲升(堂)守蘇郡被譏調鎮江代之者為黃巖林一鶚(我)徐武功送姚解任詩袖歸白璧原無玷移去寒梅不改香童謠亦有雙木梓篙不如一姚之句

詩索酒

蘇郡劉欽謨(昌)在史館時日請良醞一斗然飲少多有藏者湯東谷(胤績)以詩索之曰兼旬無酒飲詩腹半焦枯聞有黃封在何勞市上沽欽謨悉其所藏與之

佛郎機

莆田林待用(俊)聞宸濠反即範錫為佛郎機銃式并火藥方遣人間道遺王伯安書至王已擒濠因作佛郎機行(見王文成集)有云佛郎機誰所為截取比干腸裹以鴟夷皮老臣忠憤寄所洩震驚百里賊膽披

禁纏足表

毛稱寯禁女子纏足表云王猷純素聿懷矩步之思帝治正中爰做異趨之習道以率真為貴無用矯揉化以返樸為隆何須曲折形體各有自然物情無由强拂髮膚至細總為父母所遺手足雖微亦分天地之質自淳初漸遠乃奇巧日增朱絲斜繫雙行纏見之詩章白雪微凝夜度娘徵之樂府春嬌一掬矜韶媚於纖纖月露半彎羨輕盈於窄窄眉香塵以徐動描弓樣以新裁試嬌態於凌波魂消洛浦含柔姿於貼地寵冠齊宮芳徑踏花驚亂紅之不損玉堦褰草覩嫩綠之無痕倩侍婢以相扶尚慮苔紋之滑望郎君而佇立翻嫌石砌之寒偶爾聿懷不妨微露若其懊恨還用深遮緣鞿韈而雲襯筍尖因蹋踘而花沾藕覆微尖點拍為寨新聲纖趾輕移偶懷春色印香泥則文鴛得侶踐繡茵則彩鳳平分遂使金谷園中共欲爭其一斛以致馬嵬道上不復愛其百錢凡此淫靡在所當禁某垂情繡閣留意金閨念四肢本有全形即一身總無異用若使以直為曲終非體備之初倘令藉屈為伸恐失本來之理念嬌姿之婀娜何敢毀傷彼玉趾之纖柔如將戕賊潘妃妖冶矜冉冉於金蓮趙后淫靡羨飛飛於舞燕不思拂人之性是奚足哉即或斲而小之則何益矣東郊挈伴徒勞蕩子之心南陌尋芳空佇騷人之慕爰行嚴禁庶令無傷沽村釀於市中無妨令質擷園蔬於雨裹豈損柔情從此山谷跳奚皆助詩人之興歐陽赤脚亦供高士之求六宮無用踟躕四海不勝踴躍

祭妒婦津神文

沈去矜(謙)擬美人祭妒婦津神文曰閨閣愁人津梁過客某氏謹以豆爰之歎倉庚之鳥桃花之酸歛袵含顰致祭於妒婦津神劉夫人段氏之靈曰嗚呼舉世無不妒也夫人獨神豈夫人神於妒耶抑有功於妒而神夫人耶妾思婦人之妒不過迸裙帶之歡爭帷帳之寵至為眇少乃夫人聞貴夫誦洛神之美而自沉妒古人也覆游女之舟而忿妒今人也古人往矣今人方來宜無罪於夫人而身死不惜殺人於數千載之後不止當時之妒復何如也故足長職此水獨稱神焉然美人何恨渡者幾何能盡儀乎傾國難求皆所悲歎忍摧折乎況天生奇色必生一奇妒以禍之又堪夫人之狼藉者乎夫人熟審之妾今假從津口斂趾不前雖乏毛施之美終存邢尹之見謹隨眾默粧停梳展敢亂頭粗服當何優容然竊有疑者武氏至淫妓也當殷妲漢燕唐環輩耳今乃致恨於貞婉恐非上天相命之本意也惟夫人鑒妾微忱為從來乞命始則入宮不讓繼則我見猶憐清流患風波浪永絕妾輩當府掛木之詩移享夫人於后妃之廟豈不美哉尚饗

別妾詞

劉改之赴試別妾作詞云別妾醲醺渾易醉回過頭來三十里馬兒不住去如飛行一會來牽一會斷送殺人山共水是則功名終可喜不道恩情拋得未梅村雪店酒旗斜去也是住也是煩惱自家煩惱你

跳月記

錢塘陸雲士(次雲)先生跳月記苗人之婚禮曰跳月跳月者及春時而跳舞求偶也載陽展候杏花柳稊庶蟄蠕蠕菁處穴居者蒸蒸蠢動其父母各率子女擇佳地而為跳月之會父母群處於平原之上子與子左女與女右分列於原隰之下原之上相謀樂燒生獸而啖焉操匕不以箸也漉咂酒而飲焉吸管不以杯也原之下男則椎髻當前纏以苗帨襖不迨腰褌不迨膝褌襖之際錦帶束焉植雞羽於髻巔飄飄然當風而顫執蘆笙笙六管長二尺蓋有六律無六同者焉女亦植雞羽於髻如男尺簪寸環衫襟領袖悉錦為緣其錦藻繪遜中國而古致異緻無近態焉聯珠以為纓珠累累繞兩鬟綴貝以為絡貝搖搖翻兩肩裙細摺如蝶版男反褌不裙女反裙不褲裙衫之際亦錦帶束焉執繡籠編竹為之飾以繒即綵毬是焉而妍與媸雜然於其中矣女執籠未歌也原上者語之歌而無不歌男執笙未吹也原上者語以吹

而無不吹其歌哀豔每盡一韻三疊曼音以繚繞之。而笙節參差與為縹緲而相赴。吹且歌手則翔矣足則揚矣睞轉肢迴首旋神蕩矣初則欲接還離少且酣飛暢舞。交馳迅逐矣。是時也。有男近女而女去之者。有女近男而男去之者。有數女爭近一男。而男不知所擇者。有數男競趨一女而女不知所避者。有相近復相捨。相捨復相盼者。目許心成。籠笨笙往。忽焉挽結。於是妍者負妍者。媸者負媸者。媸與媸不為人負。不得已而後相負者。媸復見媸。終無所負。㴾溪以歸。羞媿於得負者。彼負而去矣。渡淵越溪。選幽而合。解錦帶而互繫焉。相攜以還。於跳月之所。各隨父母以返。返而後議聘。聘以牛。牛必雙。以羊。羊必偶。先野合而後儷皮。循蜚氏之風與。嗚呼苗矣。

谿峒歌謠

相思曲云。妹相思。不作相思到幾時。只見風吹花落地。不見風吹花上枝。　妹相思。妹有真心弟亦知。蜘蛛結網三江口。水推不斷是真絲。按谿峒初不知歌。有劉三妹游戲得道。侏偊之音。無不通曉。就其聲作歌。為諧婚跳月之辭。苗人奉以為式。同時有白鶴秀才。亦善歌。與三妹登七星巖絕頂相倡和。音如鸞鳳。流連往復。聽者忘返。已而歌聲寂然。兩人亭亭相對。則已化為石矣。諸苗遂祀三妹於峒中勿替。

方滋餽燭

秦檜當國。四方餽遺日至。方務德滋帥廣東。為蠟炬以衆香實其中。遣駛卒持詣相府。厚賂主藏吏。期必達檜前。吏使俟命。一日宴客。吏曰燭盡。適廣東方經略送燭未敢啟用。檜命爇來。俄而異香滿室。察之則自燭中出。亟命藏其餘枚。數之適得四十九。呼駛問故。曰。經略專造此燭供獻。僅五十枚。既成。恐不佳。試其一。不敢以他燭充數。檜大喜。以為奉己之專。待之益厚。時胡澹庵謫嶺南。檜黨多凌蔑之。獨務德待之有加禮。後檜敗。黨皆逐。務德入京。謀一差遣不可得。栖栖旅館。澹庵與王梅溪語及其事。梅溪曰。此君子也。遂揄揚其美。率館中諸公訪之。務德遂得晉用。

陳諤訴詰

正統初。中官阮巨隊。奉命至廣徵虎豹。陳諤官其地。從阮徵求虎皮以歸。明日草奏言阮多用肥壯者宴客。徒責癬虎使斃諸途。阮大恐。置酒謝諤。諤酣謂阮曰。聞子非閹者。近娶美妾。其事然否。阮請閱諸室。諤見葦韉知為金珠。佯問中有何物。阮曰。酒也。諤笑曰。吾來正索此。遂令人扛去。阮哀祈得留其半。

魏忠賢祠

毛一鷺建魏忠賢祠於虎丘。賜名普惠。後有旨拆毀。有一人當先入。劈碎魏忠賢首。持之而欲去。衆阻之。其人曰。吾生不能啖其肉寢其皮。今將沉香首細細劈開燃向周蓼洲諸忠臣面前。庶快人心。數語亦飾說得好。恐其實不過為此一段沉香可愛耳。迸祠基今五人之墓是。

任福州

周忠介蓼洲先生。初釋褐。選杭州司李。杭人在都者置酒相賀。演岳武穆事。至奸相東窗設計。先生不勝憤怒。將優人捶打而去。舉坐驚愕。疑有所開罪。明日托友人問故。先生曰。昨偶不平打秦檜耳。時葉台山為相。聞而異之。謂吾邑刁頑難治。改任福州。先生還過吳門。撫公徐民式。福州人。其子以殺人繫獄。徐至先生家卑詞下禮求先生釋罪。先生曰。假則自當立釋。若真。官可棄。招不可問。徐悍遽而別。先生即日束裝行至湖州。徐命中軍賚書與金。餽先生。先生怒。將中軍呼斥。而并責徐。徐亦無可如何。先生到任。首問此事。徐子問成大辟。徐怒甚。日夜欲伺先生短。思中傷之。先生在任廉明清正。竟無由也。

擊旂始末

崔魏擅權。毒害朝士。丙寅春。緹騎四出。周蓼洲先生亦在逮中。吳邑侯陳文瑞捧檄至其家。先生整衣拜別家祠。索筆書龍樹菴僧所求一扇一匾額。投筆出門。號泣擁送者。不下數千人。撫憲毛一鷺自度不協輿情。諭郡侯寇慎安置先生於公館。時三月十五日也。閱三日。至西察院開讀。觀者萬計。諸生王節等慮有他變。泣訴毛公。祈為申救。毛流汗被面。未能應一語。而旂尉勢若虎狼。自內持械揮衆凌辱諸生。吳民赴義顏佩韋等。奮身拳毆官旂。文之炳堂下從者奪其械奮擊。諸尉久驕橫。愕出不意。二十餘校為之虀粉。其一死焉。寇公再三曉諭。乃止。時逮高景逸黃真長諸旂。聞蘇激變。稍為斂戢。至逮李仲達。校尉以駕帖投於府而去。先生至京下鎮撫司。極刑箠楚。竟慘死於獄卒顏紫之手。毛公題疏告變。蘇城幾有屠戮之禍。賴徐念陽如珂先生任通政司。先上按臣徐吉疏。奉旨將諸生王節劉羽儀王景皐殷獻臣沙舜臣等退黜。而戮顏佩韋楊念如沈相馬傑周文元於市。及毛疏入。批已有旨不行。後閹敗。節等皆復廩於庠。節中己卯舉人。逆祠奉旨拆去。而葬五人於上。碑曰五人之墓。松柏蔚然。過其地者。無不欽其義烈云。

十弦

魏忠賢有十孩兒號五虎五彪五虎皆文臣崔呈秀。吳淳夫。倪文煥。田吉。李夔龍。五彪皆武弁田爾耕。許顯純。崔應元。楊寰。孫雲鶴。他諂附之者如相臣顧秉謙魏廣微而外甚衆。皆在庶子末孫之列耳。

堅瓠八集卷四終

堅瓠九集序

楊子云好書而不要之仲尼書肆也好說而不見之仲尼說鈴也則似經史外不應妄有著述然古今事類實繁道理無乎不寓識大識小正以互見爲能博聞强記之中多有怡情悅性之事談道者所弗訾也姪稼軒湛於經術辨論異同而才情博達尤好搜揚軼事於羣書中鈔撮靡遺諸凡聞見所及可以揮麈尾佐浮白者無不以三寸之管屬辭而捃摭之其將續雜俎之編而染野史之亭乎堅瓠之集雖屬小言而雜而不越纖而不靡筆歌墨舞事足以垂鑒語足以解頤宜其引人入勝令觀之者應接不暇也其命名則何居離騷喻幽人於草木連珠比貞士於匏瓜是不謂然姪初就家塾吾兄名之曰穫有樹穀樹人之思邇年來自傷困頓不能爲得時之稼達其甘芳遂懼濩落無庸故寓意於書以示慨焉因之一刻再刻紙墨遂多綿綿是綿瓜瓞將引蔓以長養之日新而月異庶屈穀之瓠不終爲田仲所棄矣乎

康熙壬申夏四月朔吉旦　松吟老人蒼書於漫筆

堅瓠九集卷之一目錄

子瞻前後身　市語
閑思止謗　感古篇
聖王異徵　詭論秀才
元宮女　偷桃
賢人心肝　金肚皮
李鄴感歎　黄毛野人
進賜帽　戴巾之漏
航船　浙將納妾
潘氏攜帶　僧母有悟
楊夢羽詞　周公如斗
唱潮王　疫鬼避大家牢
黄子野　沈石田詩
甘貧啜粥　盜發織冢

征逐樂石　丘瓊山
翻韵詩　陶真
毛穎後傳　歌詞
鐵樹開花　海紅花
返璧　西施有施
梅香苦　胡梅林對
伍像　吳淞江
要離墓碑　紙簡
四美　先賢擊奸
戒子詩　羅羅
胡可泉門聯　塵勞詩
嘲北地巷曲中　劉祭酒
給事尚書　白土書門
喜事　史館賦詩
高唐雲雨　發閑
鬼觀戲　詩似吃語
以姓相嘲　五色五味
楮先生傳

堅瓠九集卷之一

清　長洲石農褚人穫學稼纂輯

子瞻前後身

袁伯修云：蘇子瞻前身為五祖戒，後身為徑山果。董遐周云：按子瞻辛巳歲歿延陵，而妙喜實以己巳生，宜先十餘年，子瞻已托識他所耶？總是一箇大蘇，沙門扯他做妙喜老人，道家又道渠是奎宿。及閱長公外紀云：在宋為蘇軾，逆數前十三世，在漢為鄒陽。子瞻入壽星寺，語客曰：某前是此寺僧，山下至懺堂有九十二級。其貴也。吾郡莫君濛復有紫府押衙之夢。余戲為語曰：大蘇死去忙不徹，三教九流都扯拽。綴好事者為之，亦詞場好話柄也。

市語

委巷叢談：杭人三百六十行，各有市語，不相通用，倉猝聆之，多不能解。又有四平市語：一為憶多嬌，二為耳邊風，三為散秋香，四為思鄉馬，五為誤佳期，六為柳搖金，七為砌花臺，八為霸陵橋，九為救情郎，十為舍利子。小為消黎花，大為朵朵雲，老為落梅風。然義意全無，徒亂觀聽，不若吾鄉市語有文理也。一為旦底，二為斷工，三為橫川，四為側目，五為醬丑，六為撒大，七為毛根（一作皂腳），八為入開，九為未丸，十為田心。

閒思止謗

委巷叢談：錢武肅王開國日，頻役士卒，怨謗興焉。或夜書其門曰：沒了期，沒了期，修城纔了又開池。武肅出見之，命書其傍云：沒了期，沒了期，春衣纔罷又冬衣。士卒見之，嗟怨頓息。蓋以恩典發其感激之心也，亦應變之智云。

感古篇

元末越人王逢有感古篇，可稱史筆。其詞云：吁嗟乎元季，禍亂相糾纏，羣雄競角力，干戈易麾。孝妖徒曰蓮社僧，號於其間（韓山童子林兒僭號龍鳳，居亳州）。奔走無定在，不啻風巢懸，天假京都城，累表請伊遺（高皇定鼎金陵，遣廖永忠奉表請林兒還都）。舟沉瓜埠水，魂應隨杜鵑（林兒舟至瓜步，永忠鑿舟沉死）。宜興揚統制國，其義亦堪憐，與言感龍鳳，違眨弗自全（[illegible]）。永忠肇此亂，伯溫炳幾先，謂彼牧豎子，寶曆當聖傳，大事從此定，皇心良歉然。尋賜永忠死，而楊憲竇延（之從）。復興國，聖神本天授，草昧久迍邅，依郭起壘跡，歸韓亦從權，吳元改洪武，龍飛遂統天，陽升燐火熄，神光照八埏，綱常一以正，天風掃敵羶，於茲聖繼聖，於昭億萬年。

聖主異徵

龍興慈記：高皇初誕，屋上紅光燭天，皇覺寺僧望見之，驚疑回祿也。明發扣問，告以誕，請長從僧遊。幼時與羣牧兒戲，以車輻版作平天冠，以碎版作笏，令羣兒朝之，儼然王者氣象。殺小犢煮食之，插犢尾於地，誑主者曰：裂地陷去矣。主者拽尾，轉入地中，以為真陷也。後在寺時，掃梵宇，以帚擊伽藍像，令縮足起，待我掃足。即起。鼠傷燈燭，責伽藍不管，書其背曰：發去三千里。其晚，僧夢伽藍辭行，曰：當今世主遣發三千里矣。明早，僧視伽藍背有字，追問之，高皇曰：戲耳。令釋之。晚又夢伽藍來謝。主僧某縛之階下，高皇口占一詩曰：天為羅帳地為氈，日月星辰伴我眠，夜間不敢長伸腳，恐踏山河社稷穿。

詭譎秀才

崇仁吳徵，字文通，雅善吟咏，為陳友諒所得，置諸親密，屢欲官之，辭曰：願就賓師之位。友諒呼以先生。及高皇討友諒，友諒遣徵間行覘我，有縛以獻者。高皇素聞徵名，令題天閑百馬圖，徵上詩云：問渠何日渡江來，百騎如雲畫鼓摧，九十九中皆汗血，當頭一箇是龍媒。徵雖為友諒所遣，及睹天表，知天命有歸，故為是言。高皇度其不為我用，欲間疎其君臣，乃刺詭譎秀才四字於徵面，遣還友諒。果惡之，曰：安有如此形容，而可為我賓師者乎？徵遂棹小舟而遁。後友諒敗死，子理奔武昌，高皇怒其城不下，將屠之。軍門外有自稱詭譎秀才求見，召入語良久，復命題西山夜雨，徵復進曰：莫厭西山夜雨多，也應添起洞庭波，東風肯與周郎便，直上金陵奏凱歌。高皇會其意，即下令遣建康。初吳人將乘虛入寇，至是其謀乃寢。

元宮女

逐鹿記：元宮人至京，令給役宮。一女不屈，高皇言：爾即守節，何不死於元亡時？女曰：願明一言而死，為有名鬼耳。高皇給筆硯，女書云：君王慧性被奸迷，妾曾三諫觸閻墀，不能死守身先遁，致令鐘移社稷墟。擲筆觸石而死，高皇為之改容。

偷桃

金臺紀聞：偷桃事有兩，一說王母獻桃於武帝，東方朔竊食之，王母曰：此兒已三度偷吾桃矣。一說武帝時，東方之國貢小人，至，使朔辨之，朔曰：王母種桃三千歲一結子，此兒已三度偷桃矣。未知孰是。

賢人心肝

碧里雜存：明高皇初造寶鈔，屢不成，將戮工匠，匠懼，乃妄奏云：前代造鈔，皆用賢人心肝然後成高皇將信之入以語高皇后欲於文臣內從事后啟曰以妾觀之今秀才們所作文章即是賢人心肝用之足矣焉用殺為高皇大悅乃於國子監取所用之鈔遂成故監生常課之外別有進呈文字謂之進呈冊置尚寶司室中永為定例仁人之言其利溥哉

金肚皮

金大節者海鹽澉浦鎮人也洪武初為鄉老人明初重老人之選必推年高有行者為之天下官員三年朝覲則老人亦與焉大節之往覲也侵曉出門行里許欲登廁有鬼自廁中出指大節曰此行好一箇金肚皮言畢不見大節憂怖曰此行必腰斬矣既入朝上問曰今天下盜賊平否耆民無敢答者獨大節抗聲曰捕獲已盡惟恐復生高皇異之擢為知府果腰金云

李鄮感歎

芝蔴李既遁髡髮為僧天下已定遊徐之永固河留連亭題詩云憶昔曾為海上豪臙脂馬上赤連刀此地斬分陳總管彼時斫斷草軍曹固知今日由天定方信當年漫自勞英雄每每經常在戰袍着盡又方袍投筆三歎有一翁以舟艤岸見李問故

李泣下曰我蕭縣李二也起兵時自謂天下可得今乃匿跡緇流哲免鋒鏑為可悲耳翁亦流涕不止自言所謂湘鄉賊鄧文元也避難隱名作渡於此二人沽酒酌之思昔強梁傷今狼狽聞者感歎

黃毛野人

方谷珍起兵時遣天台隱士周必達問計周曰天下雖亂君舉義為天子除道斯名正言順富貴可致餘非我所知也谷珍不別而去周意珍復來題詩扉上云海角愚夫不自量妄起關中逐鹿心命運由來非力致項羽英雄亦就擒攜妻子入山谷中明日珍果來見詩恨不殺之及事不成方悔曰黃毛野人能料事至此乃投水死

遮陽帽

明制士子入胄監滿日許戴遮陽大帽即古笠又唐時所謂席帽也吳文定公未及第時久困科場作詩詠之有似傘難遮雨如鏡卻畏風之句唐解元遺像亦戴之

戴巾之濫

語冠今古晉漢唐之巾儒者之冠明興科甲監儒兼而用之非真斯文者戴小帽其後漸至業鉛槧賦詩章者戴矣迨來一介小民未聞登雨榜而入黌宮一丁不識驟獲資財巍然峩其冠翩然大其袖揭揭乎康曲里此何巾哉曰銀招牌也否則曰省錢帽也一人僥倖科第宗族姻親盡換儒巾曰蔭襲巾也諺有滿城文運轉遍地是方巾之誚安得科道一疏釐而正之不然朝廷差巡巾御史撫按中原遇則杖而褫之不亦快哉○崇禎末有一人賣綠而業醫家富饒遂戴巾人謂之藥師經

航船

容座新聞題夜航船詩云兩浙無車馬乘船便當街渾身着水屐未死入棺材退殼鑽蓬出擒梭下堰來夜深相並處兩攏我儂開

浙將納妾

碣石剩談倭寇浙某恭將統兵駐海隅一巨室主人年五十餘止一女日夜懼倭至幸大軍駐此可恃無恐因延將於家令女出拜為義父時部下有人見女極美誘將納為副室主人不肯延及三日夜二更忽傳倭至將統兵急去至三鼓見軍馬無數將村中房屋燒燬殆盡巨室夫婦俱死惟存此女將遂納為妾竟未見一倭云

滑氏構第

涉異志明南司寇餘姚滑南廓浩營第邑之南隅夜半將上樑木工報以未及吉時

滑冠帶坐俟少假寐夢群龍旋繞梁棟間覺而私喜未幾子孫零替將宅轉售同邑少司空龔嘯灜後有人作詩云司寇緋衣坐室中忽夢棟樑飛龍叢不識共龍成一字轉眼賣與龔司空

僧母有悟

吹景集聞某寺僧某母年老屢無所歸日止於寺之天王廟從其子乞食其子與約云每食時喚母一聲須母應乃下食又須日織一草履如是者三年一日織履次聞喚云阿娘來忽隨口出偈云叫一聲來應一聲應的就是本來人如今不用頻相喚萬丈寒潭徹底清顧謂其子曰無復須汝粥飯矣遂伽趺而逝

楊夢羽詞

水南翰記常熟楊夢羽儀有撥不斷詞菊苗肥葛蒲瘦生涯此外吾何有竹影閒侵枕畔書花香自入盃中酒玉樓春盡心無繫眉無皺今朝過也明朝又屋外江山是主賓窗前烏兔從飛走青氈依舊

周公如斗

嘉靖甲寅倭寇浙直農民大半竄去比其還踰月矣歲大饑中丞周石崖直指周觀

所如斗交章奏請盡蠲百姓租稅詔從之是歲民糧先輸者悉以還民嚬蕩之恩百世未有吳中歌曰蘇州一隻斗救了萬民口謂周公如斗也按此可為上官處兵荒善後之法

唱潮王

嘉靖中寶帶橋海潮突至散入同里潮漸良如是者三日江豚數百枚隨潮上下耆幼皆異之相傳此水故與海接潮汐如婁江陳黃門侍郎顧野王見潮至一唱而卻是後潮竟不至土人稱為唱潮王祀之龎山湖湖驟來倭寇之徵平望殊勝寺嘉靖初殿壁最高處忽有詩云我在蓬山跨鶴來老僧不在却空回凡夫欲問菩提記三十餘年化作灰字畫奇險寺僧怪之及甲寅寇至寺焚獨壁上詩字跡如新

疫鬼避大冢宰

碣石剩談正統中豐城李裕為諸生時落魄不羈時當春月偶至外家會其家大疫婦翁卧病在牀夢中聞數鬼私相告曰明日有吏部尚書至吾輩可謹避之一鬼曰試往厨下空罈中少避可耳翁覺而異之次早會李候疾造其家顧李素貧逞外家多不為禮此日聞其來翁亟請入卧內不言所以第令書吏部尚書封條數張李愕然不知其故強之再四乃如命書就令將厨下空罈重重封訖拋棄野間李亦別去婦家疾疫遂退翁亦就痊後李果登景泰甲戌進士成化中仕至吏部尚書

黃子野

榕陰新檢唐黃子野字仲侯官人父周行賈於杭子野年十三從之父就他郡以子野守舍適王伾微時覆舟於羅刹江子野見之奮臂呼曰能生得人者予百金於是漁者得伾子野即與以舍中裝值百金父歸大異之子野曰身得其名乃令父喪贏非孝也遂去為人僕傭主人微聞救伾事義其為人陰倍其傭乃為小賈之息久之既蓄藏以其半為親甘毳費以其半散貧交昆弟乃折節讀書治左氏春秋無何客有勸之仕者子野不答因自見知於人遂變姓名焚毫素耕於方山後伾為散騎常侍使人召之則亡令福州觀察使物色之得之岐陽江上一男子扁舟披蓑獨卧雪中忽扣舷歌曰早潮初上海門開漠漠彤雲雪作堆一百六峰都掩盡不知何處有僧來俄而又歌曰幾日江頭醉不醒滿天風雪卧滄溟定知酒伴無尋處門外松濤坐獨聽使者疑為子野遂呼之曰仲無恙乎子野曰唯唯於是遂達伾命隨子野至青山中家徒壁立几上惟周易一卷子野佯喜設脫粟之食與之約旦日雪霽會傳

舍旦日傳舍長展車侍客夕時子野不至使者馳至其家則書幣封識如故子野已遁去矣

沈石田詩

沈石田詩云揮金買笑逞豪英自愧當初欠老成脂粉兩般迷眼藥笙歌一派敗家聲風中柳絮狂心性鏡裏桃花假面情識破這條真線索等閒趨倒戲兒棚此詩足為少年蕩子之戒

甘貧啜粥

宦遊紀聞解大紳官詞苑食天廚未至於屢空也第水旱頻仍歲遭荒歉每甘貧而啜粥一日有感詠詩云水旱年來稻不收至今煮粥未曾稠人言筋挿東西倒我道匙挑前後流捧出堂前風起浪將來庭下月沉鉤早間不用青銅照眉目分明在裏頭紈袴之子不識歲之凶荒而惟欲飽食終日者可以省矣戒菴漫筆載煮粥詩云煮粥何如煮飯強好同兒女熟商量一升可作二升用兩日堪為六日糧有客只須添水火無錢不必問羹湯莫言淡薄少滋味淡薄之中滋味長詩亦淡而有味一書作沈石田詩近聞嘲薄粥詩云薄粥稀稀水面浮鼻風吹起浪波秋看來好似西湖景只少漁翁下釣鉤 薄粥稀稀碗底沉鼻風吹動浪千層有時一粒浮湯面野渡無人舟自橫似從解學士詩中來

盜發檜塚

輟築錄秦檜墓在建康歲久榛蕪成化乙巳秋被盜發獲金銀器具鉅萬盜被執赴部鞫末減其罪惡檜也司冦餘姚滑浩大理姑蘇祭酉闡昂作詩快之曰權姦擠陷孤忠殘二帝中原不復還恨無英主即顯戮至今遺臭江臯間當時狗彘多奇寶玉筆金縄恣工巧荒榛無主野人睨狐兔為群石羊倒一朝被發無全軀若假盜手行天誅於戲浙上鄂王墓松柏森森天壤俱

征逐藥石

記得離家日尊親囑付言逢橋須下馬過渡莫爭先雨宿宜防夜雞鳴更相天若能依此語行路免迍邅此征逐藥石之言

丘瓊山

震澤紀聞丘仲深淹博群書而好為詭辯其論宋朝人物首推秦檜云宋至是亦不得不與和南宋再造檜之力也論范文正則以為生事論岳武穆則以為未必能恢

後其意見皆類此。後見西園雜記。載瓊山弔岳武穆樂府云。臣飛死。臣俊喜。臣浚無言。世忠靡。臣檜後報四太子。臣構稱臣。自此始。詞嚴而義正。與前論大不相同。允稱史筆。○弘治初。孝廟內宴。丘瓊山以內閣兼禮書。王三原以冢宰。各執己見。論坐不相協。適御醫劉文泰援例求進。王不許。劉遂疏王短事。時論以丘唆之。丘亦目王為好名。王遂自疏求去。物論譁然。有揭詩於午門曰。秦檜當年陷岳飛。宋家宗社竟衰微。如今丘濬排王恕。明主須當早見幾。從丘卒。文恭往弔。夫人比之出曰。使我相公辭王公負不義名於天下。非若也耶。何用弔為。則丘之詆抑善類。可見矣。

翻韻詩

詼諧語。麻衣黎瓘。南海狂士也。遊漳州。頻於席上喧酗。鄉飲日。諸賓悉赴。客司獨不召瓘。瓘作翻韻詩贈崔使君。坐中大笑。馳騎迎之。詩曰。惯向溪邊折柳楊。因循行客到州漳。無端忤觸王衙押。不得今朝看飲鄉。

陶真

世之瞽者。多學琵琶。演唱古今小說。以覓衣食。謂之陶真。蓋汴京遺俗也。瞿存齋過汴詩云。歌舞樓臺事可誇。昔年曾此擅豪華。尚餘艮嶽排蒼昊。那得神霄隔紫霞。廢

苑草荒堪牧馬。長溝柳老不藏鴉。陌頭盲女無愁恨。猶撥琵琶說趙家。

毛穎後傳

廣平申和孟（涵光）作毛穎後傳。微有寄托。亦滑稽之筆。可與前人江瑤柱羅文諸傳相比。其畧曰。穎以老病。謝中書事。歸而往來研山之上。愛防風山水。遂移居焉。是時陳玄隱天都。楮先生在剡。陶泓遷於端州。時時相遇。為方外交。適有人自長安來。言沛公入關時。蕭何盡收丞相御史律令圖書。乃歎謂玄等曰。吾輩竭生平纂録。將與竹帛垂無窮。今遂為他人有耶。因欷歔不自勝。遂發狂。常科頭散髮。不與士大夫相見。士大夫亦厭之。鄉不復顧。餅師酒媼。或見而呼之。命登記所業。輒欣然為書。然書又潦倒不稱人意。其後穎死。而子孫繁衍日盛。甚皆能文。工書畫。烏衣象服。珮玉襲紫。綺褏照耀江左。四方達者聞之。爭聘掌書記。先是穎懲己孤立被廢。命子孫十人為曹。所至遞用事。故寵任久不衰。四方黠者。亦拂飾冒穎支庶。識者輒能辨之。於是中山之族微。而防風甲天下。

史氏曰。自楚漢遊興。能者皆起致一技。而穎獨以老病自全。挺立不屈。豈褻孤竹之遺風歟。然身晦而子孫用。使富貴不絕。可謂善處名實者矣。

歌詞

閒居筆記。有歌云。水花兒聚了還散。蛛網兒到處去牽。錦縷兒與你暫時牽絆。風箏兒線斷了。匾擔兒擔不起。你不要擔。正月半的花燈也。亮不上三五晚。同心帶結就了。割做兩段。雙飛燕遭彈打。怎得成雙。並頭蓮纔放開。被風兒吹斷。青鸞音信杳。紅葉御溝乾。交頸的鴛鴦也。被釣魚人來趕。

鐵樹開花

星家年月支干。謂之六十花甲子者。以鐵樹開花得名。此樹必遇甲子年方開花結實。碧里雜存載。正德中湖州王雨舟濟云。於書中曾睹此說。後官横州。別駕亂見此樹。在一指揮人家園中。其人言。在我明洪武十七年。正統九年。弘治十七年。三開花矣。今當於嘉靖四十三年再花。信書中所載不誣。惜不記所睹者何書。按鐵樹即紅苴樹。我郡東禪寺中有之。天啓甲子開否。無從考究。康熙二十三年甲子。其花盛開結實纍纍。七修云。鐵樹遇丁卯年則花開。

海紅花

七修類藁。俗以紛紜不靖。為海紅花。按海紅花即山茶也。朶小而花瓣不大放。開自

冬閒至春。其葉與花叢雜蓬鬆。不見枝幹。故謂紛紜不靖也。劉蓟莊詩云。小院猶寒未暖時。海紅花發晝遲遲。半深半淺東風裏。好似徐熙帶雪枝。又古山茶詩。淺為玉茗深都勝。大曰山茶小海紅。則知玉茗即楊妃山茶。粉紅色。都勝乃寶珠花。極紅而葉綠。大朶為山茶。小朶為海紅矣。近又見白寶珠山茶花最大。潔白可愛。父老云即古所謂菱花是也。

返璧

今人於所餽遺有不受者。書帖曰璧謝。蓋本左傳晉公子重耳至曹。曹公不禮。僖負羈餽盤飧。其妻寘璧焉。公子受飧返璧。故書帖曰返璧。或者新其詞曰完璧曰歸璧。甚至曰歸趙。則用藺相如事矣。夫秦恃強詐而取趙璧。相如以死爭。懷璧歸。此何等事。乃施於和好之交際。不亦悖哉。

西施有施

范少伯扁舟五湖。為千古風流談柄。鴻烈解云。湯敗桀於歷山。桀與妹喜同舟。浮江奔南巢。則是扁舟麗人。少伯已落第二着矣。烏程董遐周（斯張）戲成一絕云。湖上桃花豔一枝。黃金鑄後杳何之。君王不比鴟夷子。載得西施笑有施。按國語云。桀伐有

施有施氏以妹喜女焉。西子姓施。而妹喜亦施姓。皆扁舟遠遁。古今事之巧合若此。使後之亡國者。若陳李後主諸公。早辦此同舟之策。可無入景陽井與宋宮矣。

梅香苦

群談採餘。載李一松婢妾詩云。梅香苦。梅香之苦憑誰訴。赤脚蓬頭年復年。青春漸漸忙中過。汲水皆隨虎隊行。拾薪曉踏雞聲破。夜績無更身上衣。採桑空望蠶絲吐。剪燭成灰恨怎消。見花血淚盈盈墮。飲食烹調戒弗嘗。不諳食性頻遭怒。昏倦欲眠不得眠。事冗日長半飢餓。勤家未必主翁憐。淡粧亦被嬌娘妒。纖毫有犯罪莫逃。毒手老拳不知數。羅幃內外冷煖分。咫尺風光相辜負。殘燈明滅更漏長。破絮無溫片板臥。開眼他鄉無六親。自悲自泣憂滿肚。

胡梅林對

胡梅林宗憲在浙。招致諸名士。如徐文長輩。皆在幕中。一日。胡與一尊官周姓者飲於舟中。執壺者偶失手。傾其酒。周忽出對云。瓶倒壺胡撒尿。蓋胡素有失溺之疾。故嘲之。胡一時無以復。左右急傳入幕中。即對就。私達於胡。及發船。故令舟人以舵作聲。胡乃曰。吾有對矣。舵轉舟周放屁。對既工。適足答其侮也。

伍像

廛餘盤門伍相祠。舊本立像。知府況伯律鍾入廟見之曰。不可使神久立。遂易坐像。既而毀舊像。中有石刻字云。若要子胥坐。除非二兄過。二兄謂況也。

吳淞江

見聞錄。吳淞江久湮。童謡云。要開吳淞江。須湮海龍王。人謂其工難成。隆慶中。巡撫海瑞。倡議開濬。任其事者。松江府同知黃成樂。蘇州府推官龍宗武也。時兩月不雨。即日奏功。其謡始驗。

要離墓碑

要離墓。在吳縣西四里。閶門南城內。吳地記云。在泰伯廟南三百五十步。府志云。相傳在今梵門橋西城下。先時有童謡云。要離高出城。天下動刀兵。萬歷間有高兵備名出。見古蹟不可無以表之。遂立一碑。古要離墓。後書東海高出題。南濠一帶。皆望見此碑。且姓名巧合。而流賊漸起。亦異哉。

紙簫

汪鈍翁說鈴。閩人有捲紙為簫者。周侍郎亮工得之。色如黃玉。扣之鏗然。以試善簫者。無不稱善。或題之曰。外不澤。中不乾。受氣獨全。其音不窒不浮。品在佳竹之上。後以贈劉公勇。公勇為賦紙簫詩。

四美

四美人皆知滕王閣記四美具。謂良辰美景賞心樂事也。劉越石詩。之子之任。四美不臻。謂音以賞奏。味以殊珍。文以明言。言以暢神。又韓退之贈別元十八協律詩。子今四美具。謂讀書患不多。思義患不明。患足己不學。既學患不行也。

先賢擊奸

鄭龍如耳新。天啟間。監生陸萬齡。請祀魏忠賢於國學。及忠賢敗。萬齡解刑部。過聖廟。日將暝。見澹臺滅明及周程二夫子。子羽指萬齡詈曰。女侮先聖。倡邪議建逆祠。峙聖廟。致各省聞風效尤。吾黨木主。半在泥坪。我抱千金之璧。不懼蛟龍。何有於爾輩及魏忠賢哉。爾輩自有王法。我君子不與小人鬬力。明珠不與瓦礫相觸。從者但見萬齡匍匐請罪。形像不見。遥望帷紫雲瑞靄而已。又史略。監生張甚疏請以忠賢尊並孔子。一日入國學驟病。自言為子路所擊。遽反死於途。

戒子詩

駒陰冗記。有張縉戒善吟詩。嘗作誡子一章。人頗傳誦。銀燈剔盡自咨嗟。富貴榮華有幾家。紅日難消頭上雪。黃金都是眼前花。時來言語風行草。運去田園水搏沙。寄語兒曹須勉力。各人尋箇活生涯。

羅羅

隋煬帝醉遊諸宮。偶戲宮婢羅羅。羅羅畏蕭妃。不敢迎帝。帝乃嘲之曰。箇人無賴是橫波。黛染隆顱簇小蛾。幸好留儂伴成夢。不留儂住意如何。

胡可泉門聯

迪旃瑣言。胡可泉知蘇州日。揭一聯於門外云。相面者。算命者。打抽豐者。各請免見。撑廳者。鋪堂者。撞太歲者。俱聽訪拿。

塵勞詩

駒陰冗記。饒有省祭官。京居。日苦塵勞。作絕句云。碌碌庸庸立世間。朝來直到睡時閒。誰知夢裏猶辛苦。千里家山一夜還。

嘲北地巷曲中

長安客話。金陵陳大聲鐸嘲北地巷曲中曰。門前一陣騾車過。灰揚。那裏有踏花歸去馬蹄香。綿襖綿裙綿袴子。膀脹。那裏有春風和試游羅裳。生葱生蒜生韭菜。臙脂。那裏有夜深私語口脂香。開口便唱冤家的。歪腔。那裏有春風一曲杜韋娘。舉杯定吃燒刀子。難當。那裏有蘭陵美酒鬱金香。頭上鬏髻高尺二。蠻娘。那裏有高髻雲鬟宮樣粧。行雲行雨在何方。土坑。那裏有鴛鴦夜宿銷金帳。五錢一兩等頭昂。便忘。那裏有娉得劉郎勝阮郎。

劉祭酒

諧語。武明英廟大獵。從官皆戎服弓矢以護蹕。應制賦詩。劉祭酒某誤以珮弓為弓珮。太學生貼詩於監門云。獵羽揚長共友儕。珮弓詩倒作弓珮。祭酒如今為酒祭。銜官何以達廷朝。廣東舉人王佐復上詩於劉云。總羊終是愧巴西。許下維間哭習脂。豈是先生無好句。弓珮何愧古人詩。以為能得司成之喜。劉覽之愈怒。後王佐刻桐鄉詩。具載此首。遂大傳其事。

給事尚書

墨莊漫錄。胡成公世將為中書舍人兼權給事中。與張子公燾同事。一日胡將上馬。忽內逼。乃解衣趨廁。張戲之曰。解衣脫冠而行。舍人給事。取急同音。久之未有其對。從李似矩彌大自尚書知平江府。似矩常為宣撫使。為賊所窘。趙次張九齡忽云。子公之句。吾有對矣。可對棄甲曳兵而走。宣撫尚書。取常輸同音。聞者莫不大笑。且以為的對。明夏周二公謔語本此。

白土書門

暖姝由筆。今人訪友。偶無名帖。及乏紙筆。輒取土墼或石灰書其家壁板。某人來拜。此俗事耳。吾子行閒居錄云。蔣泊字景裴。居葛嶺寶勝寺東廡。名公士夫多詣之。每一入城。終日歸。而白土書門者又滿矣。

喜事

今婦女裙帶忽脫者。俗謂之腰歡喜。與燈花鵲噪蜘蛛垂絲墜人衣巾。俱有喜事。唐權德輿玉臺體詩云。昨夜裙帶解。今朝蟢子飛。鉛華不可棄。莫是藁砧歸。則知相傳已久。

史館賦詩

蒹葭堂雜抄。徐武功在史館。修何尚書文淵事。賦詩云。溫州太守重來歸。昔何康退今何達。卻金館在已如掃。掩月堂空掩扉。人間固有假仁義。天下豈無公是非。老夫忝秉春秋筆。不作諛詞取世譏。

高唐雲雨

戲瑕。高唐雲雨。是先王楚懷事。楚襄雖夢神女。而賦中不言雲雨也。乃唐人詩。如傾國傾城漢武帝。為雲為雨楚襄王。雲雨無情難管領。任他別嫁楚襄王。料得也應憐宋玉。只應無奈楚襄王。今來雲雨如何處。重上襄王瑇瑁筵。此類甚多。相沿不改。遂為填詞家借資。然使正訛而作懷王。恐不成佳話矣。

愛閒

春風堂隨筆。宋呂文靖題鏡湖天花寺一絕云。賀家湖上天花寺。一一軒窗向水開。不是閒門防俗客。愛閒能有幾人來。因取愛閒二字。署山居一軒。

鬼觀戲

西樓野記。弘治癸丑。湖州俞氏梨園。一日抵暮。有人持燈至曰。吾乃嚴尚書府中台汝今夕演戲。隨出白金半錠授之。諸優如召。從至一大廈。雕梁畫棟。席間京縫畢集。命演趙盾故事。直未許鳴金戲畢。天明。乃一古廟。問之土人。云是國初嚴尚書舊遊地也。○順治戊子。有呼優人往鄉演戲者。至其地。已昏黄矣。座上賓主七人。皆峩冠博帶。非時服式。上坐者為楊解元廷樞。徐翰林汧。而主席則上方五通神也。為次者將納寵而宴客。坐次談及其事。楊公正言力阻。長者云。舍弟敢不從命。即諭從人喚回迎親人役。不必到某家去矣。其始衆皆昏迷。後乃大鳴金鑼。宮室人物皆不見。箱在曠野中。急收拾而歸。跡至其家。女方大病。而忽愈。優人告之故。其家感極。備禮往謝。楊仲子震伯以事之不經。拒而不見。

詩似吃語

封中錄。有一詩似吃語。貴館居金谷。關扃隔藁街。冀君見果顧。郊閭光景佳。高階既潔閒。廣閣更交柯。葛巾久垂屐。菊徑簡經過。

以姓相嘲

諧語。萬曆中。詹御史世龍入朝時未辨色。工部蘇主事雨隨後。至蘇問左右曰。前騎為誰。對曰。道東詹爺。蘇戲語曰。詹之在前。詹戲聞之。亦問左右曰。後騎為誰。對曰。工部蘇爺。詹使人訊曰。後來其蘇。○泰和曾給事前川忭與郭工部愷會飲。曾嘲郭曰。女犬羊之鞟乎。虎豹之鞟乎。郭應聲曰。爾何曾比予於是。

五色五味

新安張山來湖月色連珠。青云眉掃文君之黛色遠山。眼回阮籍之噴、神同秋水赤云。忠聞鼎時之朝。心如其面。東上寒山之徑、葉勝於花黃。云彭澤歸來。三徑猶存秋菊、上林飛去、一羣雅號金衣。白云淵明乞食之時、逢人送酒。陶穀居家之日、喚妾烹茶。黑云。坡仙寫貌、不必覓其齒牙。李子還鄉、或且憎其面目。又五味連珠。酸云。魏武行軍。望梅林而止渴。王維覓句、走醋甕以沉思。苦云。越句踐之沼吳、日惟嘗膽。柳夫人之教子、夜必丸熊。甘云。如食橄欖者、久而味回。齒頰若有人兮得。適趣在中。辛云。曹娥碑畔、字成齏臼之文。子固詩終、句有樹薑之氣。鹹云。留客有水晶鹽、差堪一醉。引東惟青竹鹽、親澠終朝。

楮先生傳

張山來有楮先生傳。會稽楮先生者、上世不知何許人、亦不傳其名氏。為人柔和端整。有方潔稱。甚偏、文識卷舒之義。不欲受污流俗。高隱會稽剡溪間。自號楮先生。人因以是呼之云。幼時師事蔡倫。其所造就為多。居常與歙州羅文絳人陳伭、中山毛穎相友善。其出處必偕、而與穎尤莫逆。間有任使、隨所指畫、莫不帖然。從即伭欲有所指於楮、亦必藉穎為介紹。獨於文為稍疎。從三人咸貢闕廷、羅封萬石君、毛授中書令。陳拜墨卿、獨楮未嘗以尺寸長干謁於上。蓋自分草木、同朽腐焉。一日、上欲下求賢詔、命毛穎草創、陳伭琢磨、羅文潤色。三人辭以臣等雖皆任使、然三臣所為、不能行之四方。臣友楮先生者、工於典籍、又能鋪張眾長。俾若於事臣等、可藉以施功矣。上乃勅侍臣徵之會稽。楮方托體林麓間、與木石居遊、自以樗櫟餘材、辭不就。詔郡縣敦迫、繁維登車。至乃衣素衣、磬折見上。上以其樸素、顧而喜、拜尚書令。且笑之曰、白衣昔有宰相、今復有白衣尚書。另解黃袍衣之、俾其體服。忌為求賢詔、楮謝受命。即展己之長。展數子所為者、加以銓次、皆成文章。上甚嘉焉。會逆方跋扈、武臣咸議興兵、或謂興兵則多費。楮生善於辭命、使說之必降。上亦知先生能辦賊、趣之行。先生至、為之陳說利害、寇果延頸受命。報捷、上喜曰、楮生此行、賢於十萬師遠矣。嗣是四人以知舊同朝、戮力秉政。凡策文詔誥之倫、必僉謀、始各奏其能。而楮常沐異寵。名之曰柔紙、召見呼楮職。楮性畏風、遇微颸輒戰栗、舉體搖動、不能自持。上憐而佩之玉、以為鎮。不數月、中書令以老懸謝政、墨卿又才盡、壽終。蹢凢萬石君亦以闕失斥歸。惟楮校書中秘、纂錄無遺。上時加眷顧。然文等已去、孤處無援。且有竊國紙蠹之臣、嫉其才能、日構短長、訐損於上前。上見楮體日瘠、考之小疵、漸復糊塗、乃令休致、以子領其職、亦克繼父績。而其族緣以官顯者甚眾、衣朱紫者不可勝計。自學士大夫以至諸子百家、皆與之遊處、不能一日無之。益其柔和端整、猶具有乃祖風焉。

外史氏曰、楮氏之先、不知其所自出。自先生以來、漸顯於世、子孫遂爾繁衍。間亦有逃禪者、隱居金粟山、聲價尤貴。一支遠任高麗、以時入中國。其族大抵多壽、輒有數千歲、少亦數百歲云。

堅瓠九集卷一終

堅瓠九集卷之二

張元鑒　悲仁寺絕句
清涼寺壁詩　青雀詩
黃葉桐花　唐詞無拔頭
鞋襪稱兩　巡撫題署
二喬觀兵書　觀潮
酒評　泥手倚松
百歲坊　袁時兩先生
板隸　陳通判
曆日後甲子　木牛流馬
星變　宮裝婦女燒香
打行　脉望
三西湖　買愁村
珮袋　官司俚語
陳諤解由　活取心肝
舫九梨　千家詩謔語
嘲王安國　常處士
改清明詩　太監吟詩
慧業先生志銘　大蘭王九錫文
册虎文　龍圖學士
戚考生童　西湖冰合
看花論　翰林謗嘲
徐淵子詞　撒酒風詩
三不要　高麗詩
勢利詩　鬼吟詩
揚妃襪　輕雲傜髮
土神作伐　功名預定
雷震鵲樓　神女贈詩

方千馬隱　李甯涯
詩刺貪徒　鬪草
乞巧　鄒唐誣詐
賀啟草詔

堅瓠九集卷之二

清　長洲石農褚人穫學稼纂輯

張元鑑

亦巢偶記張元鑑名國經本嘉定婁塘人少任俠好拳勇皆稱婁塘張二偶為其青衿所叱辱遂專心時藝得補弟子員與少年名士交仍以拳棍俠氣著名西樓記中胥長公即其人也後以疑事繫獄父兩得出年七十餘將死口占一詩曰學書學劍兩茫茫六十年來十萬觴龍戰未休騎鶴去且從寅漠看滄桑時在鼎革初也此詩氣概　劃足副其生平

慈仁寺絶句

慈仁寺東廊下有無名氏兩絶句故宮高與碧山齊無數垂楊接御堤玉輦不來花落盡晾鷹臺上烏空嗁○新甃湯泉咽不流繚垣欹側野棠秋月明深鎖長生殿夜半無人誓斗牛詞意悽惻真傑作也

清涼寺壁詩

金陵清涼寺壁上有詩乃題贈一僧名掃葉者其詩云拈花久礙人天眼掃葉猶留解脱心何似無花并無葉千山明月一空林頗於宗門有會不知誰作也

青雀詩

夏子喬竦幼學於姚鉉使為水賦限以萬字竦作三千字呈鉉鉉怒不視曰汝何不於水之前後左右廣言之竦益之得六千字鉉喜曰可教矣後善屬文為時所稱推制科除館職數為御史糾劾竦疑時宰諷旨作青雀詩寄諫院張昪云弱羽傷弓尚未完孤飛誰敢擬鴛鸞明珠自有千金價莫與他人作彈丸

黄葉桐花

説鈴崔孝廉嘗得句云黄葉聲多酒不辭王阮亭賞之目為崔黄葉阮亭有和李易安韻蝶戀花詞長安士大夫稱王桐花固不可無崔黄葉作配詞曰涼夜沉沉花漏凍欹枕無眠漸聽荒雞動此際閑愁郎不共月移窗罅春寒重　憶共錦裯無半縫郎似桐花妾似桐花鳳往事迢迢徒入夢銀箏斷絶連珠弄

唐詞無换頭

南唐張泌有江城子二闋碧闌干外小中庭雨初晴曉鶯聲飛絮落花時節近清明睡起捲簾無一事勻面了没心情　又浣花溪上見卿卿眼波明黛眉輕高綰緑雲低簇小蜻蜓好是問他來得麽和笑道莫多情　黄叔暘云唐詞多無换頭如此詞是兩首故兩押明字情字今合為一則誤矣

鞋襪稱兩

升菴詞品高文惠妻與夫書曰今奉織成襪一量願着之動與福并量當作兩詩葛屨五兩是也無名氏踏莎行詞按詞調寄步蟾宫末云夜深着輛小鞋兒靠着屏風立地輛兩古今字也小詞用毛詩字亦奇

巡撫題署

明鄢陽劉芝陽應麒巡撫吴中告終養歸臨發題詩署中曰來時行李去時裝午夜青天一炷香描得海圖留幕府不將山水帶還鄉可謂清風兩袖者矣

二喬觀兵書

雪濤詩評有題二喬觀兵書圖云香肩並倚讀兵書韜畧原非中饋宜千古周南風化本晚涼何不讀關雎亦雅致可喜

觀潮

熙朝樂事杭人觀潮自八月十一日為始至十八日最盛因宋時以是日教閲水軍傾城往看非謂江潮特大於十八日也是日郡守以牲醴致祭於潮神而士女雲集僦倩幕次羅綺塞途十餘里間地無寸隙伺潮上海門則泅兒數十執綵旗樹畫傘踏浪翻濤騰躍百變以逞材能豪民富客爭賞財物優人百戲擊球關撲魚鼓彈詞聲音鼎沸瞿宗吉看潮詞云嘉會門邊翠柳垂海鮮橋上亦欄欹行人指點山前石曾刻先朝御制詩　出郭遊人不待招相逢都道看江潮今年秋暑何曾減映日爭將畫扇搖　一線初看出海遲司封祠下立多時須臾金鼓連天震忙殺中流踏浪兒　壚頭酒美勸人嘗紫蟹初肥緑橘香店婦也知非俗客奚奴背上有詩囊　沙河塘上路歧賒扶醉歸來日已斜怪底香風來不斷擔頭插得木樨花　步入重門小院偏金貌飛裊夜香烟家人笑問歸何晚已備中秋賞月筵

酒評

袁中郎既為觴政復與方子公輩以飲户相角因為酒評劉元定如雨後鳴泉一往可觀苦其易竟陶孝若如俊鷹獵兔擊搏有時方子公如游魚呷浪嗎嗎終日丘長孺如吴牛嚙草不大利快容受頗多胡仲修如徐孃風情追念其盛時劉元質如蜀後主思鄉非其本情袁平子如五陵少年説劍未識戰塲龍君超如德山未遇龍潭時自着勝地袁小修如狄青破崑崙關以奇服衆

濯手倚松

碭石剩談：浙省城南班巷，徽商吳某寓焉。商止一女，及笄，擇配未諧所願。萬歷乙酉仲秋望後，夢龍戲爪水中。次日，姚江徐應登以儒士應試舉，偕友過商門。友指謂徐曰：此家貲財巨萬，有女求配，意得佳士，不計貧富也。兄縱未第，應試入學，非佳士乎？我素識其人，請為作伐，兄少俟。遂入言於商，商雖口諾而意未允。其友曰：此兄在外，試一覘之。送及門，徐適濯手水甕中，商以符所夢，欣然許之，遂請友玉成。友語徐，徐欲俟歸，具禮聘之。商乃出金使質馬。及放榜，果中式十一名，辛丑成進士。○萬歷中，安慶劉尚志以方伯告歸，適同年某督學政，兩子皆置劣等，劉不能平，使人讓之。督學送卷於劉，且云：年兄在家何所事，而不訓子？劉見卷大怒，遂萌蓄妾生子之念。薄遊揚州，偶至一所，見池上蒼松可愛，倚松盤桓。主人出見，大驚，詢知其意，遂以愛女許為妾。蓋夜適夢龍倚蒼松也。生子若宰，戊辰魁天下；若宜，丁丑成進士。

百歲坊

侯官林德敷春澤，正德甲戌進士，戶部主事，遷員外郎，疏諫南巡，出守南安。生於成化庚子，至萬歷己卯，一百歲。劉中丞商御史為建人瑞坊。德敷謝詩云：翠旗谷口萬松風，喘息猶存一老翁。詎意夔龍黃閣上，尚憐圓綺白雲中。擎天華表三山壯，酹日桑榆百歲紅。願借末光垂晚照，康衢朝暮頌華封。又四年卒。子應亮，嘉靖乙未進士，以戶部侍郎侍養，年亦八十六卒。孫如楚，嘉靖乙丑進士，工部侍郎，卒年八十二。

袁時兩先生

我郡袁玄海一鯨、時盧山道濂兩先生，皆道學士。萬歷中，與先大父交最厚。一日，袁忽曰：吾生平所不能及者一人。時問何人。袁曰：范文正公讀書醴泉寺中，啖齏粥，見藏金，覆而不取。若予則不免動心矣。時曰：此事余猶能之，余所不能及者亦一人。袁問何人。時曰：司馬溫公夜坐讀書，侍婢奉茶至，問公曰：相公讀何書？公正襟對曰：漢書。此則余所不能也。財色移人如此。

板隸

蓉塘詩話：宣德中，全椒章惠知溫州平陽縣，奉公愛民，理繁就簡。凡百公務，不差隸卒勾攝，止用粉板，背繪剃隸卒，甲乙為次，傳遞勾攝。題其板曰：不貪不食，與民有益。人隨牌至，庶免譴責。人咸信服，不敢稽違。由是案牘清簡，囹圄空虛。今紙白雖設，而隸卒之需索如故，名存而實亡矣。

陳通判

杭州陳履信（信）任大理寺評事，陞我郡通判，在任二年，有惠政，廉而公直。正統十六年，年六十六，乞致仕，囊橐蕭然。某以重臚追送，毫無所取。郡人杜瑀以詩送之曰：公辭榮祿賦歸田，又卻蘇民餽贐錢。一任此生貧到骨，只留清節與人傳。

歷日後甲子

宋至道二年，司天楊文鎰言歷日後六十甲子之外，更留二十年。太宗以為當存兩周甲子，共成上壽之數，使期頤之人猶見所生年號。司天奉旨，遂為定式。不知何時又止留六十也。但年過六十，不見所生，便覺淒然，有物化之感。太宗之慮深矣。

木牛流馬

武侯居隆中，客至，命妻黃氏具麪，頃之麪至。侯怪其速，後潛窺之，見數木人斫麥運磨。拜求其術，變其制為木牛流馬云。

星變

萬歷丁丑十月，有星孛西南，歷箕尾，光芒亘天，狀若練氣，成白虹。星家占言不一。適張江陵聞父訃，不奔喪，請留京守制。臺省及翰林交章劾奏，江陵諷中貴傳旨杖戍吳中行等，人情洶洶。且有榜帖揭之通衢云：居正身不正，用賢相不賢（檢討趙用賢）。思孝忠當盡（刑部主政沈思孝），中行道始全（編修吳中行）。蓄艾能醫病（刑部員外艾穆），元標欲轉天（進士鄒元標）。五賢一不肖，千載定須傳。風聞宮掖，始知江陵之奸。未幾居正死，籍沒其家，長子禮部自殺。赦宥謫戍諸臣，復其官，星異遂滅。

宮禁婦女燒香

康熙庚戌之春，巡撫馬公嚴禁婦女燒香。朱望子先生戲作竹枝詞云：城中名勝路非遙，北寺玄都盡寂寥。灌口二郎任土地，一時香火半蕭條。　大家行徑不尋常，遊伴尼姑定一行。只此三春坐閨閣，菴中閒殺女陪堂。　巧將時服鬬新裝，一疋裁縫索價昂。可惜月華裙製就，空教摺疊貯衣箱。　高頭爭刷牡丹奇（時尚高髻，名牡丹頭），粉膩窮搜草木脂。料得葵枝與桐樹，今年多剩梗和皮。　虎阜春殘閒未開，山僧日逐麗人看。而今無復撩雙眼，入夜應教睡夢安。　施主佳人女奉陪，驅除先怕令如雷。四宜堂從青帘內（玄墓四宜堂附內為尼留宿處），遊客休將首更回。　古剎名山盡寂然，畫船閒泊市湖邊。天公似解閨中悶，稍雨春光已半捐。

打行

亦集偶記打行明興於萬歷間至崇禎時尤盛有上中下三等上者即秀才貴介亦有之中者為行業身家之子弟下者則遊手負擔里巷無賴耳三種皆有頭目人家有鬭毆或訟事對簿欲用以為衛則先謁頭目陌之齊集後以銀錢付頭目散之而頭目另有謝儀散銀錢復有扣頭如牙儈然故曰行也鼎革以來官府不知其說而吏胥又不曉文義改作降字但此輩惟得錢為人效力耳何嘗欲人之降此予少時所親見今此字久而不變故記之

脈望

原化記建中末書生何諷買得黃紙古書一卷讀之卷中得髮捲規四寸如環無端諷因絕之斷處兩頭滴水升餘燒之作髮氣諷言於道者道者歎曰君固俗骨遇此不能羽化命也仙經云蠹魚三食神仙字則化為規名曰脈望夜以規望當中天星星使立降可求還丹取此水和而服之即時換骨上昇因取古書閱之蠹漏數處尋義讀之皆神仙字諷乃歎服

三西湖

蘇東坡連守潁杭二州皆有西湖其初得潁也有潁人在坐云內翰只消遊湖中便可了郡事及守杭秦觀有詩云十里薰風菡萏初我公所至有西湖卻將公事湖中了見說官閒事也無後謫惠州亦有西湖

買愁村

買愁村在瓊州府臨高縣南宋胡邦衡有北往常思聞喜縣南來怕入買愁村區區萬里天涯路野草荒烟正斷魂

珮袋

窺天外乘打璫玉珮之制原無紗袋嘉靖中世廟升殿尚寶司卿謝敏行捧寶玉珮飄颻與上珮糾連不脫敏行皇怖跪上命中官為之解而敏行跪不能起又命中官掖之赦其罪因詔中外官俱製珮袋以防糾結縉紳便之獨太常寺官以駿奔郊廟取鏗鏘聲不袋如故

官司俚語

今世官司各有俚語以寓譏評如唐校書與正字俸祿微少皆孤寒英傑居之至騎驢入省而太祝奉禮月請明衣絹布及胙肉俸祿倍多乃公卿子弟居之衣馬比校正稍輕肥時有語曰正字校書詠詩騎驢奉禮太祝輕裘肥肉又春風堂隨筆兵部

四司曰武選武選多恩多怨職方職方最窮最忙車駕車駕不上不下武庫武庫又閒又富他衙門尚多惜不得其詳蓋自宋即有之元豐時語曰吏勳封考筆頭不倒戶度金倉日夜窮忙禮祠主膳不識硯判兵職駕庫典了袴褲刑都北門總是冤魂工屯虞水白日見鬼南渡後時事不同又為語曰吏勳封考三婆三嫂戶度金倉細酒肥羊禮祠主膳淡喫薺麫兵職駕庫咬薑呷醋刑都北門人肉餛飩工屯虞水生成餓鬼○國子監自祖宗來例不刷卷故諺曰金祭酒銀典簿正德戊寅陸儼山轉司業適祭酒缺得旨署印稽考錢糧其實空虛典簿廳至起息揭債陸問前祭酒石熊峰云自來如此陸遂舉劾典簿王勤黜之適送供堂皂隸銀至色如黑銅儼山笑曰正好謂之銅司業聞之絕倒

陳諤解由

癸辛雜識陳古直諤號野水為越學正任滿往婺之廉司取解由途歸偶憩山家有長鬚野叟方擣柏子作油見客至遂少輟相問勞曰君亦儒者耶持茶飲之問今將何往對以學正滿替欲倒解由別注他缺叟忽作色而起曰子自倒解由我自擣柏油遂操杵曰不復交談陳異而詢於鄰人云此傅秀才隱者也惡君言進取事耳陳心愧之因賦詩云忽遇溪山避世翁居然沮溺古人風老來一出為身計不滿先生一笑中

活取心肝

宋太宗時一宮女踰垣潛出捕獲太宗遽違不欲殺之然恐無所懲皇城使劉承規會其意奏曰法不可容臣須是活取心肝進呈即時領出潛納尼寺中遣嫁之旋取豬心肝一具盒子貯來六宮聞而哭之良久密揭以慰太宗由是宮掖肅然

斤九梨

豫章漫抄吾鄉諺云觔九厘觔八厘以目時人之精慧者言其思算無遺也不知所本弋陽德興產梨最大有至一觔九兩者土人謂之斤九梨斤八梨以類言之也

千家詩謔語

崇禎中朱望子先生館於溪陸氏鼎革後亦時往陸必留飲一日從陸歸遇一友問先生何來先生曰陸家留飲而來先生亦問何往友曰今日舍甥女出閣往家姊處送親耳先生曰然則子與兄合千家詩兩句予則一水護田將綠陸繞擾君則兩山排闥送青親來也相與撫掌大笑

嘲王安國

青箱雜記。王安國儁邁而貌陋黑肥。熙寧中。與吳處厚同官洛下。嘗謂吳曰。子可作詩贈我。吳援筆戲之曰。飛卿昔號溫鍾馗。思道通儻還魁肥。江淹善啖筆五色。庾信能文腰十圍。只知外貌乏粉澤。誰料滿腹填珠璣。相逢把酒洛陽社。不管淋漓身上衣。安國見詩不悅。

常處士

墨客揮犀。歐陽永叔在政府。將求引去。作詩寄潁陰隱士常秩。其畧曰。笑殺汝陰常處士。十年騎馬聽朝雞。及致仕還潁。又贈秩曰。賴有東都常處士。披簑帶笠伴春鋤。既而王介甫秉政。遂以右正言直史館召秩。秩遂起。先是歐公既致政。凡賓客上謁。率以道服華陽巾。便坐延見。秩授官來謝。公乃披衣束帶。正寢見之。明年秋。拜侍講判國子監。有無名子改前詩作秩寄歐公曰。笑殺汝陰歐少保。新來處士聽朝雞。又曰。昔日潁陰常處士。却來馬上聽朝雞。

改清明詩

順治乙酉夏秋之交。人家皆避居山野。塾師盡失館。有人改千家詩云。清明時節亂紛紛。城裡先生欲斷魂。借問主人何處去。館童遥指在鄉村。詩亦自然無少勉強。且清明二字。適符國號。為更合也。

太監吟詩

嘉隆間。內官薛某。採辦江南。喜言詩。因與士紳款洽。臨行。諸公以詩酒餞別。薛連道你也做詩送老薛。我也做詩送老薛。取揶揄之而止。將解維。眾促吟畢。乃云。溪塘兩岸蓼花紅。盡是離人眼中血。眾乃歎服。

慧業先生志銘

鸜鵒生年不可考。范長公子鈍以庚寅秋得之海上。其卒則壬辰冬長至前之九日也。長公精廬一椽。陳設圖史。茶鐺酒甕。無所不具。旁置鸜鵒。每賓客滿座。或吐佳言如屑。或歌名章麗語。鸜鵒即從旁婉轉唱和。若會心者。性尤喜雨。時或霢霂一過。佐以淒颼。梨花寂寞。爐烟欲死。輒昂首鼓翅而舞。翠翎低回。不啻玉人一部霓裳羽衣。釵橫鬟墮也。若深更沉籟。明月窺人。或鳴短琴。或吹紫簫。復出其長音餘弄。與焦桐枯竹相應。能令羇客拊心。孀姬飲血。長公絕愛重之。一時雅遊無不知長公家有鸜鵒者。等於處宗之雞。逸少之鵞。元康之燕。龜蒙之鳧矣。一日。鸜鵒忽無疾而死。長公悼悵。幾廢寢食。因檢開元時華清進御有白鸚鵡。上與王妃呼為雪衣娘。尋為蒼隼所斃。王妃傷之。瘞苑中。名鸚鵡塚。長公謀所以附麗其事於華清者。圃亭有隙地。擇竹間一隅。壘石玲瓏。名花如綉。芳草如茵。盛以漆棺。文綉覆之。賓客黃君駿等咸白衣冠而葬之。長公復憐其生平。以多慧自取羈紲。與同人為之謚曰慧業先生。嗚呼。先生至是。可謂不負其明慧善聽矣。既葬。坐客有請余以瘞鶴銘者。因即塚邊殘石。紀其事而勒之銘。余銘不知視華陽真逸。孰為後先。然千古山陰墨妙。於今絕矣。華表遊魂。不笑鸚鵡為季之所得。孰與仲多乎。并為鸜鵒一慨。銘曰。汝古如黃。而不免於銀鐺。汝身如綺。曾不得山居而巢處。吾葬汝以盈尺之棺。一坏之土。令汝差勝乎翻負青雲。夕調鼎俎。雖未永年。宛得其所。

大蘭王九錫文

宋袁淑排諧集（隋藝文志作俳諧）有大蘭王九錫文。大亥十年九月乙亥朔十三日丁亥。北燕伯使使者豪豨。冊命大蘭王曰。咨惟君稟太陰之沉精。標群形於元質。體肥腯而洪茂。長無心以遊逸。資蓄豢於人主。雖無爵而有秩。此君之純也。君昔封國殷商。號曰豕氏。葉隆當時。名垂後世。此君之美也。白蹢彰於周詩。涉波應乎隆象。歌詠垂於人口。經千載而流馨。此君之德也。君相與野遊。惟君為雄。嗣群數百。自西徂東。備散沫則成霧。仰鼻則生風。猛毒必噬。有敵必攻。長驅直突。陣無全鋒。此君之勇也。茲以壟息錫之冊命。世長進東。永鎮玄市。〇一名魯津伯。見夢燕相事。一名烏將軍。鄉人歲為將軍娶婦。有傳。又名長喙將軍。

冊虎文

王元美戲為冊虎文。制詔丞相白額侯。斑勇。惟乃祖乃父。叔皮仲升。文武交暢。世濟其美。以光有漢。君稟天降嶽樞星散精。少負雄氣。長炳文理。帝賚予以右弼。使娩於青龍氏。彼不寧乃職。以干予之罰。君孜孜夙夜。秉德陪佐。出張爪牙。入幹股肱。祈父召叔。惟君一人。今將奉君之烈。揚於大庭。其敬聽予命。君昔守宣城。黔首飽於芻豢。不克樹義。乃改張舊服。闔右削逆。使君之懿。稱定被遐邇。君之功德一也。泰山之家民。迫苛政。聿來胥宇。君以法刑其三世。依依不舍。昔華旦東邁。繇解伏誅。吏吾啟封。伯氏没齒。君之功德二也。梁益之間。僳虫為災。婁如剪刈。道絕行李。君之功德三也。東海黃公。詭妖挾詐。君神武逆折。赤刀不行。兕渠授首。君之功德四也。晉守至忠。束甲衆馬。冀逞其欲。君扶秘計。以投九尾之狡。使異二噓噫。賸六降祥。逆折厥謀。種類遐定。君之功德五也。復有崎嶮單豹。盜太乙之竅。君迴照奮威。罪人斯得。陽貨之誅光於前訾。君之功德六也。度索之山。鬱壘神荼稟服大敕。執除妖鬼。以供掃除之役。洞幽達遐。無所不靡。君之功德七也。君有七德。功崇配焉。乃以般般視之。耽耽又篤敢象賢之蹤。犇走樂侮。凡有之肉。羽毛齒革。輻輳闈闥。凡有血氣。莫不神明。豈惟予一人是歆。昔尚父飛熊。在鷹揚。縈纓垂翥。革服彤弓。以大表東海。世世子孫。咸血食也。君之威烈。視彼有光。而封號不加。無以稱予一人之意。今遣御史大夫宋鵲。侍中胡紫。敬奉冊封君為南山公。進號素威上將。比於天子。扶桑之西。蔥嶺之東。雁門之南。象郡之北。諸非國家湯沐者。悉以統君食邑。諸少麟。具賜冠食邑有差。有司毋得檢問。仍遣君犧牛千頭。上萬粮糒五日。尚方致異味。予有不令之臣。曰神羊。恃其惡文。以陽排臑。君悉付之理。君其安意攝精神。加飯食。以佐予不逮。

龍圖學士

泊宅編。舊御直龍圖閣。謂之假龍。龍圖閣待制。謂之小龍。龍圖直學士。謂之大龍。龍圖學士。謂之老龍。然帶此職。例呼龍圖。本閣學士。朝廷尤重。少除授。此職者。遂呼龍圖。近除直秘閣者尤多。兩浙市舶張苑進篤祿香得之。號篤祿學士。運判蔣頖應

副朱冲葬事得之。號仵作學士。越州通判魏崇志獲盜黃烏背得之。號賊學士。

歲考生童

吳復庵咏歲考生童駐雲飛。志氣軒昂。忽聽呼名直上堂。行走真舒暢。答應偏清亮。嗏。花朵白銀粧。紅綾飄颺。鼓樂喧天。皂隸都稱獎。童僕跟隨也有光。一等 一心下踏蹉名姓繞。呼意稍舒。如插雙飛翅也。有三分趣。嗏。領賞向前趨。絨花齊樹。鼓吹低聲送出儀門去。比上不足。下有餘。二等 焦躁憂疑。兩腳高撞。望眼迷。料的無陽氣。應的無佳味。嗏。高下總休提。過庭而已。鼓樂無聲。空把絲絛繫。無辱無榮寂寞歸。三等 真箇蹺蹊。新進高年各討饒。文字原顛倒。疾病應昏耄。嗏。自古法難逃。用撲作教。雖不傷臀。示辱還堪惱。掩耳吞聲恐這遭。四等 到此難提。失志消魂落水雞。求打聲如沸。腸打甘如醴。嗏。那肯聽憑伊。從無此例。卸下衣巾。烏帽青衫已。半在黌宮半社裏。五等 短歎長吁。今日頭巾是了期。戴你曾歡喜。別你何容易。嗏。老大總傷悲。原無意味。增廩多年。落得添雙翅。出學歸田任所之。六等 據狀中文。勉納銀錢出學門。冠帶無風韻。名色無憑准。嗏。贏得好傳神。烏紗白鬓。頭角崢嶸。孫子應難認。問道尊官是怎人。附 根年老家貧志氣難伸命又屯。要中身難進。要退心難忍。嗏。仔細自評論。這條路穩。完節全名。免得覩朋哂也。不生員也不民。告衣巾 新進儒童文字粗。知運偶通。彩帳街前擁。盤盒門前送。嗏。氣象忒英雄。價高聲重。且請從容。休得齊喧哄。多少窮酸沒此中。新進 到底成空。枉卻錢謀囑托功。費的書爭送。當的飯爭用。嗏。兩考興匆匆。一場春夢。說嘴揮拳。前日何其勇。今日裏抑尾垂頭不見蹤。童生

西湖氷合

委巷叢談。元至正間。西湖氷合。張仲舉賦詩云。西湖雪厚冰徹底。行人徑渡如長川。風吹鹽池結陰鹵。日射玉田生暖烟。魚龍穴裏寒更縮。鷗鷺沙頭饑可憐。安得長冰通滄海。我欲三島求神仙。

看花諭

田子藝於花開日。大書粉牌。懸諸花間曰。名花猶美人也。可玩而不可褻。可賞而不可折。擷葉一片者。是裂美人之裳也。掐花一痕者。是撓美人之膚也。拗花一枝者。是折美人之肱也。以酒噴花者。是唾美人之面也。以香觸花者。是薰美人之目也。解衣對花。狼藉可厭者。是與裸裎相逐也。近而覰者謂之盲。屈而嗅者謂之鼽。語曰。宜遂惡壙。無殺風景。諭而不省。誓不再請。

翰林謗嘲

客座新聞。河東邢祭酒讓。以錢糧累罷官。翰林諸公。因作謗語嘲之曰。邢先生初入翰林。夢其鄉土神賀曰。玉皇若問人間事。只說文章不值錢。及官太學。復夢土神賀曰。喜中青錢選。才高壓俊英。追錢事。又夢云。清風明月。不用一錢買。玉山自倒非人推。皆用錢字。邢甚銜之。

徐淵子詞

癸辛雜識。天台徐淵子似道。初官戶曹。其長方以道學自高。每以輕銳目淵子。淵子積不能堪。適其長丁母憂去。淵子賦一剪梅云。道學從來不則聲。行也東銘。坐也西銘。爺娘死後更伶仃。也不看經。也不齋僧。卻言淵子太狂生。行也輕輕。坐也輕輕。他年青史總無名。我也能亨。你也能亨。方言亨也

撒酒風詩

友人傳撒酒風詩。俗作設朱望子先生云合作撒 言母舅撒酒風事。可佐一噱。詩云。娘舅常常撒酒風。今朝撒得介凭凶。踢翻兩箇糖攢盒。踹煞一雙銀酒鍾。面孔紅來乾急迸。俗音啡亮切 髭鬚白得就窮鬆。傍人問道像何物。好似跳條神馬阿公。

三不要

筠廊偶筆載一年老令君大書縣治之前曰三不要註之曰一不要錢二不要官三不要命次蚤視之每行下添二字不要錢曰嫌少不要官曰嫌小不要命曰嫌老見者絶倒

高麗詩

涗水燕談元豐中高麗使朴寅亮至明州象山尉張中以詩送之寅亮答詩序有花面豔吹愧鄰婦青脣之動桑間陋曲續郢中白雪之音句有司劾中小官不當外交使客神宗顧問左右青脣何事皆不能對問趙元老元老奏不經之語不敢以聞神宗再諭之元老誦太平廣記云有覩鄰夫見婦吹火贈詩云吹火朱脣動添薪玉腕斜遥看烟裡面恰似霧中花鄰妻告夫曰君豈不能學也夫曰汝試吹之乃為詩曰吹火青脣動添薪黑腕斜遥看烟裡面恰似鳩槃茶神宗大笑喜其該博

勢利詩

朱望子先生勢利詩云看他勢利狀如何諂笑腰彎與背駝佳節大盤并大盒良宵高宴又高歌窮來即便交情絶事到依然謝禮多更有一般無用處難將書帖送閻羅不獨可資一噱亦可喚醒愚夫矣

鬼吟詩

大中丞商丘宋公犖筠廊偶筆載闖賊陷京師有中州士人被掠者言昔破某邑與一士人共住一大家樓下時當暮春雨中對酒聯句其人首唱云風風雨雨送春歸忽聞樓上續一句無雨無風春亦歸兩人默然拱聽徐云蜀鳥啼殘花影碎吳蠶食罷柘陰稀嘴邊黃淺鶯兒嫩頷下紅深燕子肥獨有道人歸不得杖頭長掛一蓑衣兩人登樓視之絶無人蹤惟飛塵盈寸而已列朝詩亦載是作與此小異

楊妃襪

顧俠君秀野草堂詩社有分和元人詠物題内楊鐵崖詠楊妃襪云天寶年來窄袜留幾隨錦襪浸香囊月生藤影初絃夜水浸蓮花一瓣秋塵點翠盤思亂灑香拈金鐙憶徵兜懸知賜浴華清日花底繃兒碧眼偷余叔蒼書曰楊妃襪以馬嵬遺事傳不得作宮中淺褻語因為詩云馬嵬遺襪窄勾鴛蓮瓣輕紅尚宛然天子蒙塵曾共走諸娥墮翠不同憐空悲負錦難尋蹤賸有多情為奉錢一自亂離收拾得再回宮寢是何年俠君大為歎服○堯山堂載越中詩社鐵崖題楊妃襪有安危豈料關天步生死猶能繫俗情之句詩集不載

輕雲餘髮

謝氏詩源輕雲鬒髮如漆而長每梳頭立於榻上髮猶拂地已綰髻左右餘髮各粗一指結束作同心帶垂於兩肩以珠翠飾之謂之流蘇髻於是女子多以紅青絲效其制少陵贈美人詩曰笛脣揚折柳衣髮卅流蘇

土神作伐

興化李石麓春芳幼時初上村塾一負薪者偶憩於土地祠門閾上忽聞廟中語曰今日李狀元上學當掃除街道負薪者起視廟中寂無人遂拱坐頃之又聞神語曰李宰相來矣可速掃除俄而疾風吹捲街衢潔淨負薪者異之因坐候見一人攜一童捧書包而至遂同進至學中問其年庚深相結納不告以故以女許字之後縣中紳門子人以李名報遂點入師以其聰俊言於縣令令留與兒子伴讀應試入泮人有誣其解負薪之姻者石麓堅拒之未幾登魁選入宰輔並不置妾媵今子孫濟濟科第不絶皆負薪女之所自出也

功名預定

吾郡周子靜名荃天啟末父以吏員為某縣典史衙署有大樹僕偶溺其上樹神附其身大怒曰何為汚我當殺之典史具公服拜求之神曰爾小官誰理汝時長子子丹名燮年適弱冠已遊庠荃亦總角乃試令二子拜求神曰既憲副公拜懇姑恕之僕遂無恙燮意憲副謂己甚自矜詡及鼎革時金陵失守荃安撫蘇州有功命為開封守陞青州兵備竟符憲副之稱

雷震譙樓

萬曆乙未三月廿九日雷震閶門譙樓西南螭首劈碎狂石適是日吳邑侯袁中郎宏道上任先是民間謠曰吳縣知縣到霹靂震得暴分付閶門人家家有響報且郎官上應列宿天戒以示警歟然在任二年寄情詩酒吳中名勝題詠殆遍改任順天府學教授陞吏部郎中

神女贈詩

盛弘之荊州記宮亭湖廟神甚靈塗旅行過無不祈禱能使湖中分風而帆秦少游宿湖邊惜竹軒夢神女贈詩云不知水宿分風浦何似秋眠惜竹軒聞道文章妙天下廬山對面可無言

方千舊隱

浙江桐廬縣西有白雲村唐方千故居子孫至宋猶盛范文正公詩風雅先生舊隱存子陵臺下白雲村唐朝三百年冠蓋誰聚詩書到子孫

李霜涯

委巷叢談杭城西湖遇旱亦嘗龜坼宋嘉熙庚子西湖水涸茂草生焉官司祈雨無應李霜涯戲作一詞云平湖千頃生芳草芙蓉不照紅顛倒東坡道波光瀲灩晴偏好遲者廉捕之遁跡不知所往

詩刺貪徒

客座新聞富陽俞允明既宦而隣家有田與他姓相連每歲令人侵其畔鄉民苦之族人俞古章賦詩一絕云一年一寸若相侵一尺元來十度春若使百年侵一丈世間那有萬年人

鬪草

熙朝樂事杭城春日婦女喜鬪草之戲黃子常綺羅香詞云綃帕藏春羅裙點露相約鶯花叢裏翠袖拈芳香沁笋芽纖指偷摘遍綠徑烟霏悄拳下畫欄紅紫掃花階

褥展芙蓉瑤臺十二峰仙子芳園清晝乍永亭上吟吟笑語妬環誇麗奪取新多贏得玉鐺瑜珥凝素靨香粉添嬌膩黛眉淡黃生意綰胸帶空紫宜男情郎歸也未

乞巧

代醉編七夕乞巧其來已久續博物志山東風俗正月取五姓女年十餘歲共卧一榻覆之以衾以箕扇之良久如夢寐或欲刺文繡事筆硯理管絃俄頃乃寤謂之扇天卜以乞巧是正月亦有乞巧事然不如七夕瓜果陳列穿針弄綵為有風致

鄭唐詼諧

駒陰冗記三山士人鄭唐有逸才好譏誚一老寫真乞題唐題曰精神烱烱老貌堂堂烏巾白髮龜雀呈祥老人大喜後有讀之者曰橫讀則精老烏龜也老人毀之有隸卒乞書門聯唐書其左曰英雄右曰豪傑卒喜具飲饌乞足成之遂書曰英雄手執尚竹片豪傑頭簪野雉毛卒含怒後以詼諧黜儒為吏口占曰生員黜罷去充吏不怨他人只怨自絲縧員領都一般只是頭巾添兩翅聞者絶倒

賀啟草詔

文酒清話李源作四廂太保賀啟云伏惟太保縱聯五都之中便轄四廂之職紫袍窄地才筋當胸手持金骨之朵身坐銀交之椅當時攏馬只是一箇如今喝道約勾十人據此威風下梢須為太尉亦宜念舊第一莫打長行○宋王德脩竊欺一士作詔云兩條腔脆馬趕不前一部髭鬚蛇鑽不入身坐銀交之椅手執銅鎚之錄翡翠簾前好似漢高之祖鴛鴦殿上渾如秦始之皇一應文武百官不許着草履上殿德秘擒士以此詔得免又甲乙刺言載某賀翰林啟云通籍玉堂帝亦呼庶吉之士校書天祿人皆稱劉更之生俱堪捧腹

堅瓠九集卷二終

堅瓠九集卷之三目錄

王吞腳　劉琵光母
家波地名對　蕭漢沖
茶比佳人　貧家婢自訴
妓謗曹鼐　書櫃
貓說　猪毡佀化佛
蜂為孔昇翁　討中山狼露布
討蜂檄　討蝨檄
除蠹魚露布　討鼠檄
討蜘蛛檄　蚊彈蠅封事
蠅表　蛆表
龜窩　募造銀河渡船疏
鷮侯傳　甘雨閒田
上巖上海　諸大綬

銀筆雪兒　樂官山詩
燈謎　占風聽角
筆塚　裹鐙
嚙鏃　詠筋
網巾詩　小碧箋題詩
蔡真人詞　楚明光
諧聲桂枝香　孫伯華
雙鄉化女　和神國
虞美人草　花醒睡
作詩求硯　丁字直下
店字可入詩　虞丞相題詩
不久詩　蝨詞
鞋盃　佳人出浴
相思詞　你你你

叅字　吻死
遺溺　痴子
飲器使臺　馮馴伊尹
寶妲匹美遴使

堅瓠九集卷之三

清　長洲石農褚人穫學稼纂輯

王春腳

蘭陽王王屋初名澤字春腳後更名斥天啟辛酉舉於鄉戊丑下第戊辰計偕度已文必入彀棄公分較春秋尚與瑞洽不欲出其門論中故為詼諧論鬼神處突云如以為無則慧娘之畝裴生之門也麗娘之入柳生之室也撤棘後閱落卷則某果已魁公閱所為論始有病狂喪心之評及瑞睢某果斥辛未闈中為我鄉陳文莊芝臺所拔遂獲雋

劉瑟先母

明劉宗伯瑟先母素能文一日其子偕童子四五自學中歸夫人見築牆者五人命諸子為破題眾皆不能詣曰毋試為之母即應聲曰人數比於舜臣職業同於傅相

寧波地名對

花宗師歲考寧波嘗出一對以試士曰赭山灣上浪高低魯般魯肅士莫能對因自對曰白塔洋前風緩急樊噲樊進又嘗出對曰一點臙脂儼是桃花渡口亦自對曰數莖白髮渾如藕鏡橋頭

蕭漢冲

萬曆庚辰會元漢陽蕭漢冲良有年十五發科榜眼及第仕至祭酒性敏慧七八齡時入官舫謁一貴官出句命對曰官舫夜光明兩輪玉燭蕭對曰皇都春富貴萬里金城貴官適有他適語去使曰爾去即來廿四弗來廿五來廿五弗來廿六來漢冲誤疑出對即曰靜極而動一文不動二文動二文不動三文動貴官頗歎賞

茶比佳人

茶比佳人未經人道惟東坡有詩曰僊山靈雨濕行雲洗遍香肌粉未勻明月來投玉川子清風吹破武陵春要知玉雪心腸好不是膏油首面新戲作小詩君一笑從來佳茗似佳人曾茶山亦有移人尤物眾談詩句此論雖妙但恐不宜山林間若欲稱之山林當如毛女麻姑自然僊風道骨不免煙霞彼桃臉柳腰宜亟屏之銷金帳中無俗我泉石也

貧家婢自訴

一夕話有貧家婢自訴詩云貧家一婢任驅馳不說傍人怎得知壁腳風多寒徹骨廚頭柴濕淚拋珠梳妝娘子嫌湯冷上學書生罵飯遲打掃堂前猶未了房中又喚

抱孩兒曲盡婢女苦況

妓謗昌翰

江南野史昌翰使江南惟事嚴重累日不談笑後主無以為計韓熙載因使官妓徐翠筠為民間粧飾紅綠棵杖引弄花貓以誘之翰見果問主郵者此女為誰偽對曰娼家翰因命之至旦去與金帛一無所受曰止願天使一詞以為世寶翰不得已擬春光好詞遺之及翰入謝因留宴使妓歌此詞翰知見欺乃痛飲月餘而返

書糧

獨異志柳德封積勤苦為學夜燃木葉以代燈火中夕牕外有呼者積出見之見五六丈夫各負一囊傾於屋下如揃炭語積曰與君為書糧勿廢業不成明日起視皆漢時古錢計一百二十千終其業明帝時官至東宮舍人

貓說

松陵朱長孺鶴齡有貓說借貪貓以喻墨吏亦有激之言說曰余家多鼠患藏書易被嚙蝕鄰家有貓乞得之形甚魁然大爪牙甚銛始至群鼠屏息穴中私喜鼠患自此弭矣迨月餘患復作終夜咋唖有聲余怪而伺之則貓與鼠甚昵同寢處若倡和然詗其故貓性貪嗜鮑魚腥中廚所庋見必竊食鼠覺其然凡貓之所嗜鼠必預備以遺之貓啗而德之遂一任所為鼠始以形之大也而畏貓既以所嗜嘗貓終則狎貓奪貓利有貓共出而為患也益無忌余乃嘆曰甚哉貪之毒也使貓無所竊鼠其敢嘗之耶貓既先鼠為竊其能禁鼠之群竊耶畜貓本以捕鼠而令反以導鼠且昵之為一是鼠魁也尚若去鼠魁而群鼠之患猶或少弭耶乃命童子鎖其項縶其足數而抶之沉之於交衢之洞

豬齒白化佛

崇寧間衢州護喜縣民職氏殺豬祭神而劉氏獵犬得其棄首骨銜之狺狺四日不食劉使其子析之其左牡齒臼中得肉如梅色酣酴如醉玉諦視之如來像也覽有珠如粟紺目趺跌瞳子隱然莊嚴畢具觀者萬人鼂補之從弟目覩其事記於右以示補之補之為之贊

蜂為孔昇翁

酉陽雜俎龍門寺多古桐有異蜂音如吟詠傳異之網一枚置籠中翌日大蜂來至籠邊謂曰孔昇翁為罪不祥頗記否然君已除死籍何患余與青桐君奕勝獲琅玕

紙君出本我寫星子詞僧客散然而放之

漁翁討中山狼露布

李笠翁漁戲代擬翁討中山狼露布。蓋聞毒莫如蛇。猶效珠銜之報。暴寧如虎。曾酬蔭掩之仁。是類俱帶人心。伊誰獨仍獸行。如中山狼食恩人一事。其出山逃敵。知九死之難逃。負翁投林。庶一生之幸免。跟蹤還客。安知非收利漁翁。倏忽行人。強使為放生居士。俛首貼耳。狐媚依人。絕類貓柔。果斷不勝慈。翻怪殺蛇太甚。仁能奪智。讒言養虎何妨。拔天族於助逆心傷。可痛。拔瘡痕於血底。手帶餘腥。贅兒寵以埋藏。解鴉衣而掩隱。逆至既覃大索。幾為從井之兩傷。猶賴詭語彌縫。始脫重圍而再造。此誠起死而肉骨。所當天報於廉兒。奈何創血未乾。飽德之盟已背。酬私未效。飢腸之餌先充。剝忠信之窮奇。嗣而未饞。食德行之混沌。性也難經。食人間斷不可食之人。自貽伊戚。犯罪中萬無可赦之罪。國有常刑。爰賦性觸邪。備員治獄。欺魁畜猶忘其義。惻善士幾喪其生。擬辭上告於獅王。定使山崩雷吼。羅狀風聞於狗監。須教爪喉牙吞。象應遣鼻捲之威。牛亦鼓角挑之勇。無勞虎卜。深山奮玄豹之雄。馬用狐疑。尚方請白猿之劍。麋鹿有敗摩之觸。兕犀懷後至之誅。并討助虐之豺。兼殪輔行之狼。

刳心竿末。負恩之戎首伏辜。食肉寢皮。戴義之輿情始洽。惻入懷而活窮。僥遯須引手於人。不識字而輸忠。良無許冒名為我

討蜂檄

曹綠巖安世討蜂檄。汝性生游冶。撼亂花宮。以錯刺當生涯。藉偷香為活計。自蟲作子。輕佛尾上之鉞。擁土成媒。暗植腹中之劍。拚飛莫莽。飄忽如狂。耀五色於吳明。施盛白玉。集一隅於蘭若。弄詐青桐。自誇金翼蠭官。人比玉腰。花賊趨陳主之後庭。圖知脂凶。值隋宮之剪綵。猶遑相思。瑤階碧砌。無非游衍之場。綺牖瑣窗。都屬沉酣之國。致河陽縣裏。莫保紅英。金谷園中。難留綠萼。蝤將脾室。富上國之貲糧。托體毗耶。奪洪鈞之亭毒。非仙翁何須化飯。豈楚王肯愛細腰。雖繫布金房。見於蒸純之賦。而配甘玉露。儼諸萬里之詩。然不是漁郎。賴向桃源問渡。非同貢士。偏從杏苑傳芳。申生以此蒙冤。嚴薄因之進諫。是罪過雖蠅而莫赦。宜聲如鶯鳳以姑原。某去蔡除殘攀無留種。擣房破陣。靡有孑遺。庶花鈴永護芳心。鶴鼓頻催花萼。奴移蓮步。擒飛燕之翻裙。蠻舞柳腰。映壽陽之梅額矣。此檄

討蠅檄

揚升菴破蠅陣露布已見四集。近得董文友以寧討蠅檄。復戴於左。蚊本草澤細流浮沉等輩。飛鳴無日。宛在水中。遊避甚工。善伺人意。不料潢池赤子。羽翼已成。頓使四海蒼生。手足無措。遇明時而欲海。當午夜而橫行。嘒宮潛蹤。布滿盧家對客。暮磨列陣。悉懷毛遂囊錐。時而露宿草行。無不長嘘短吸。為兆為蛾。如虎如鷹。試看高卧北牕人。孰伏裸衣邀月。且問倦眠西閣者。誰能露髀迎風。聯袂語不休。已飽櫻桃之色。歌衫來何幕。非仍柳絮之輕。相與引類呼朋。圍而前山奮翩。高郵女子。恐失節而露筋。衛國吳郎。懼傷親而啓帳。縱令人之啞謎。難妄東方。寧齋夫之閒情。還憐白鳥屏風無障。未能欺我孫康。帷薄不修。自應入侍武皇。夜深滅燭。竟作櫥房之戚。半風動帳。間果為入幕之賓。不肆其利口。聚此纖人。使齒生之白面。堪憐致少婦之紅顏可惜。自當盡除若輩。何不撲殺此獠。茲者擬俗士手。執焰姬兵。感思手刃白徒。各欲扇揮青子。擬擾六月。頓興入衛之師。烈烈三軍。暗聽隔紗之令。煙騰隘口。眾在火攻網結空中。競投轅帳。剪除荊棘。彼無巢穴堪棲。蕩拂塵埃。人知新睡可樂。制敵如瘠毛之易。摧師有退舍之能。悶雨滿盡鐘鳴。何頼復見天日。看彼蜂屯蟻聚。應同零落晨星。庶豹角來摩。不得乘吾中夏。黍民閧閧。莫能鬧我房州。斯民有袵席之安。老弱

皆高枕而卧。嗟嗟。膚受何甘。其悖肉刑之慘。血流已遍。難逃赤族之誅。行將露布齊聞。先此羽書長告。檄移中夏。咸使聞知

除蠹魚露布

怡庵雜錄載除蠹魚露布云。銅焦不製。辟邪秦薰。攻討蠹魚。竪壘東壁。代狼烟以芸氣。淨徽腥於墨華。露布傳聞。掃清戮力。竊惟犬牙相制。九天動夜戰之鼓鼙。狐鼠作奸。千燈舉秋明之烽火。非亂起鬼方之殄國。則兵銷武庫之陰風。乃有非羽非虫。蛇蜒若長蛇列陣。出經入史。奔馳隱戰馬挑鋒。貪神仙之書。而五色為腸。蝕賢聖之精而千秋歸蹟。殺字如草。假道猶龍。令鳥跡蝌蚪之奇痕。忽如蠶食。取石鼓與鼎之遺譜。愁饕鯨吞。暗伏潛埋。不畏十萬鐵甲。陰行詭道。時穿百二書城。因墹弓竇劍之難加。致斷簡殘編之莫救。鐫痕函而侵錦字。鄰架甚危。嘍秘帙而鬧寶符。天渠受毒。古人之精粕殘盡。文章之神骨半埋。恨血盈書。冤聲震冊。即蜂腰螳臂。莫喻橫行。雖倒穴覆巢。終無嚴律。某等談兵驅社。貯藥辟除。以筆花充劍花。閒卷拂拭。假書草為檄草。潑墨清銷。黎光宜下乘之火攻。犀照固奇計之水戰。剝腐鉞纖彼何力之能支。黨骨腐腸悴。惜書之已晚。俾學士莫心。考古觀風雲月露之全。令嫏嬛著意。藏奇無蠹

躃尻殘之恨捉書時馳報宵征

討鼠檄

新安張山來潮心齋聊復集討鼠檄云蓋聞嚙衣萑葦案兆起於仙郎盗肉長安劾罪案於老吏蜡祭有迎貓之典𪖌風垂去女之篇備擒捕之令不嚴斯竊偷之風益甚蠢茲鼠輩敢肆鴟張無小無大托城社以棲遲宜室宜家藉廁倉為通藪毒數宇内害遍宫中適刀不畏空傳邦鼠之名徒手無驚枉作朱書之字穴素壁以為門戶構有體嚙米糊而作崇誰謂無牙祇善雨端空餘五技毒甚蠹魚不僅食神仙之字壯同燕雀竟公分米粟之儲處索中而詐斃黠脫坡公緣器上以難投忌生賈傳曰讒曰饞名稱非一為鼩為鼱種類繁多傷郊牛之一角獲罪於天終永某之生平盡歸乃腹蘭匪當門輒欲鋤其紫畹樨方有實每思芟彼青丸鄰侯萬軸手未觸而常污消勒三車藏雖緘而莫固壁懸焦尾每驚誰斷七絃案置楸枰忽訝何亡四角雖決東海之濤難清其穢罄南山之竹莫盡其辜者也爰草一篇檄茲羣醜倘能速離營窟遠遁山林穴同鳥以無妨渴飲河而莫忌若其怙終不悛安處無聞必勅有道大彰天罰執爾朋儔宜滋他族處此搗其巢穴無俾遺種於茲拔其毛而扼其吭泣血誰憐食其肉而寢其皮抱頭難竄空遺後悔莫躊前愆此檄

討蜘蛛檄

張山來討蜘蛛檄云羅箝吉網奸人酷吏聯翩里斷湯開聖主賢臣輝映守一見而必毀冀含感而思歸苟無穴氏屯兵蜀使昆蟲咸若蠢爾蜘蛛機巧為心貪殘作性觀其形狀居然公子無腸考厥簡編僅見蟏蛸在戶鄉妻天之網不循軋軋鳴機布絡地之繩亦且絲絲入扣空中樓閣妄誇經緯之奇花底棋龍漫擬綸之妙風雨飄搖而不畏罪可彌天雷霆震撼而莫驚奸能漏網螢飛蜓舞驅而納諸罟獲之中蚊赴蠅投羅而致之口牙之內允真似虎倫能以逸待勞巧不如鷥輒欲倚強欺弱深居織室高坐繩床千絲萬縷無非戕害生靈七縱八橫總為傷殘物命機心叵測細比牛毛私忌難彰形同馬跡一網打盡罔憐翅骨鱗經纖度綫成誰與解粘釋縛或投法網欲從壁上而觀偶觸情絲寄坐詹前以待又況花間葉底阻我排徊擋檻欄前妨予游衍里戶當門如入無人之室盈窗逼座幾同多僕之家甚至半縷入目損頰左盲數網懸空疑同搭阮方憂旱魃傷屋角以添絲正苦淫霖霤中霤而戲水東西進退恍如羅計經天左右蝸穿儼似姊姑織錦苟不急為除捕安能久任猖狂爰徵破竹之軍並集揭竿之卒殺一命以安萬命煩動歡呼去毒蟲以保佳蟲蛸翅感戴斷肢截足難布三面齊開剖腹抽腸務使寸絲不留此檄

蝨彈蝨封事

嘉善龔肇權廷鈞戲為蝨彈蝨封事褐衣小臣蝨謹頓首上言臣起自單寒托身垢膩本無尺寸之能擢列冠裳之內甘心韋布名存抱樸之書矢志青襟解讀阿房之賦雖族出蟣臣行同佛子景略捫之談兵紀昌因而中的若乃藏龍衲之神感遇非常緣宰相之髯恩加有數常遊步兵之室儼然入幕嘉賓時進昭侯之廷恒托股肱內郡是用溫飽一方安享半生者也今有夏國蚊中子者乘暗卒內因時干進恃鐵刺為生涯廣布虛聲於長夏借彌縫為利藪遂貽實禍於人間五月五日據臣要地奪我膏腴騁其負山之力横逆有加施其執喙之謀征求無厭芒刺蜂鍼血脈徒供其酣飽雲屯烏陣肉食莫饜其誅求而且嬌鳴不已驚翻被底之鴛鴦好志難償援亂枕中之蝴蝶臣自搗愚鈍不能奮飛致亡命於布衣且隱身於敗絮一生溫飽頓為飫盜之資半世脂膏忽作壓蹤之禍彼謂炎威之勢何妨率獸而食人當啟白帝秉權宜容寢皮而剜肉臣久逐遐方不能進御蚊罪惡已著拒忍無言利口已盈於家口宜揮帳下之青鋒貪心不貪於人心難免淮陰之赤族臣不得不據實以聞

蝨表

董文友蝨表云禁中獲鈍賊蝨命湯泉郡侯族烹之蝨恐上表曰血濺御衣褐紹非無丹悃腹垂過膝祿山自有赤心既蒙豢養而肥直負肉食者鄙臨刑伏訴望闕求憐臣本處褌微命斂跡細流屁奮道之衲衣比翰林之供帳肩受之憩雖見斥於蘇卿世事之談亦見譽於王猛報薛嵩之德為彼捐軀感順帝之仁寧甘餓死懸牦而貫紀昌之箭乃試才長入朝而緣介甫之鬚嘗經御覽悚惶致敬擘曲潛居但因篤鈍之微耗罔答聖明之覆育竊揣鉤深索隱王法有所不容吹毛求疵微生難以立命用是瘋癡思悃因而奔竄倉皇幼子已經手刃脈毒亦被肉刑乃大索十日以來欲盡烹三族無赦一從吏議誰為翳裹於江郎久被幽居安問龍圖之待制重負君親之德蹙蹙其何之長違毛裏之情遲遲我行也伏願扶續常溫解衣有澤知臣猶出於曲謹思臣未至於跳梁洗千古黑冤倘此黑頭之醜念無知赤子封還赤族之書則雖敝垢為居亦將沒齒無怨不勝待命之至

[illegible]表

錦繡萬花谷：梁章琳滑稽作鯾表以刺時人曰：臣鯾章伏覩除書，以臣為移岳將軍、汕蒸校尉、腮州刺史。臣啁嶠沙老嫗，非有意於綺羅；白鮹女兒，豈留心於珠翠。常恐鮳鮁之譏，惟貽鮆鮁之誚。註：嶠沙、白鮹並江陵、武南地名，中多魚，鯾與鯿同。

龜寶

金華子：徐太尉彥若赴廣南，將渡小海，從者於淺中得一琉璃瓶，中有一龜，長可以寸，旋轉不停，而瓶項極細，不知何自而入。取置舟中，其夕忽覺舟偏重，視之則衆龜層疊就船而上。其人懼，取瓶投之水，衆龜遂散。既而海舶胡人聞之曰：此龜寶也，稀世之靈物，得而藏於家，何慮寶藏之不豐哉！惜其人薄遇而不能有也。惋歎久之。

募造銀河渡船疏

襲雕戲為天孫募造銀河渡船疏：天潢絕漢，析水流渠，萬里無雲，絕轉艮坤之域；七襄終日，昭回箕斗之躔。海客浮槎，取道識牽牛之渚；河源截石，遣家訪賣卜之人。既顯晦以含星，亦縱橫而絡塞。乃盈盈一水，相去幾何，而渺渺經秋，別離可奈。軿車有路，嗟欲濟以無梁；繡帳空懸，望所歡兮莫遂。傷心托駕鵲機上，夜夜千愁；良晤當烏鵲橋邊，年年一度。彼長生殿私語中宵，而百子池為歡永夕。人間七日，方綵闌以流連；天上雙星，獨橫波而迢遞。緣溪嚴處，帝女豈謂無郎；遠道相思，河鼓依然有婦。然雙情一意，行行自怯於褰裳；使萬古千秋，去去長憐於濡軌。況洗沙之水，不能照妾真心；分織錦之絲，何處繡郎嬌面。會稀別遠，既蛺蝶以成灰；室邇人遐，撫鑪鐺而自惜。固懷私願，敢告仁人。沙棠產自崑崙，工能擇木；蓮葉拐來太乙，我欲乘槎。共輸黰雲之金，羨製旋風之舸。將使縹緲神僊，謝鶴翎而擘槳；庶幾瑤池王母，借鳥使以刺舟。九華懸漢帝之燈，輝生桂楫；百斛置方平之酒，泛彼蘭橈。共慶良辰，齊觀佳會。相依錦纜，欲斗口於上流；還傍牙檣，濯鮫綃於巨瀨。儷侶永諧百歲，伊人無隔三秋。

腐侯傳

台腐時僧任味寒山椒子作記，撰誥命曰：腐侯寵竇猿矣，獨具世次來詳，何以傳孫孰升，珠作腐侯傳。腐侯，梅嶺人也，泰豆氏之後。其祖嘗時往來於穀城、麥城之間，生二子：液浮、浮瓠鄙，不為人齒；液稍流溢，亦生二子。長輕薄，且委謝；次醇粹如玉，人稱腐儒，是為侯。幼而脆弱，長漸博碩，與石氏友善，為如水交，切磋麗澤，石氏功多焉。時淮南王安新得國，招致賢良方技之士，盛談神僊黃白之術，嘗至如歸，以致侯父子得為布衣交。天下由是稍稍知侯名。顧一見為樂，然侯素居里巷，性迂疎淡泊，以明

志不樂見富貴人，喜與樵夫牧子山僧措大相周旋。婚祀宴會未嘗一預，間與麵秀才過從，其縕藉約為忘形之友。迨蕭氏有天下，天監大通間，天子用釋氏法，行清淨長齋，所食惟菜羹麵飯，親幸同泰寺，講說涅槃、三慧，名僧碩學四方觀聽嘗萬餘人。先是秀才為青州從事，時人為光祿，乃疏薦侯曰：臣不肖，嘗厠喉舌之班，未貢沃心之益。臣友泰豆氏，清心白意，一片為忠，願為皇上借箸，其試之。疏上，召見與語，大悅，必共晨夕，謂麵生曰：與此君對，如進我於元黃醴酒，不復信有膏粱之甘也。初，授照滄，即還典膳，累拜光祿大夫。於是侯名益著。上聞之曰：卿門何如市也。侯笑曰：臣心固如水耳。上由是益眷注不衰。侯老而不怠，友人為詩歌以美之曰：如切如磋，如琢如磨。以比衛武云。久之，上疑其耄倦勤，乃賜以湯沐，命以土田，食萬戶，爵腐侯，令歸老焉。侯曰：我以清白貽子孫，不願是也。時方寵，固辭而不得，世襲其蔭，至今尤盛。

腐史氏曰：侯與麵生，其族皆滿天下，而建家一支，與生尤為莫逆交，以其水乳相得也。乃清聖濁賢之品，生藉劉伶輩以不朽，而舉世食侯之德，僅以腐儒稱之，非有幸有不幸耶！使非生汲引，侯以席上珍終耳，烏能世享侯爵於素封哉。

甘雨閒田

滬水燕蔬：夏文莊景初年十七，侍其父監通州狼山鹽場。渡口詩曰：渡口無人黯翠煙，登臨尤喜夕陽天。殘雲若倚維揚樹，遠水難回建業船。山引亂猿啼古寺，電驅甘雨過閒田。李廌死後無歸客，江上鱸魚不值錢。後之題詩無出其右。識者以謂甘雨過閒田，雖有為霖之志，而終無濟物之功。

上虞上海

上虞顧峄皋以進士令上海，自言善屬對。華亭張喻齋謂曰：生上虞，知上海，生而知之者上也。請年兄對之。顧思良久，無以應。

諸大綬

諸大綬幼敏捷。一日師出對云：涇渭同流，清斯濯纓，濁斯濯足。大綬對曰：炎寒異態，夏則飲水，冬則飲湯。後魁天下。

銀筆雪兒

韓定辭為鎮州王鎔書記，聘燕帥劉仁恭，劉命幕客馬彧延接。彧贈詩云：邃林芳草綿綿思，盡日相攜陟麗譙。別後巏嵍山上望，羨君時復見王喬。辭酬之曰：崇霞臺上神僊客，學辯癡龍藝最多。盛德好將銀筆述，麗詞堪與雪兒歌。客疑銀筆雪兒之事。

後或咎騁富山王命究瀚㩀於公館或因問銀筆雪兒何出騁曰昔湘東王好學筆有三品忠孝全者用金管德行清粹者用銀管文章贍麗者以班竹管書之雪兒李密之愛姬能歌舞見賓僚文章奇麗者付雪兒叶律歌之又問癡龍事曰洛下有洞穴曾有人誤墮穴中行數里漸見明曠有宮殿人物凡九處又見大羊髯有珠取而食之及出以問張華華曰此地仙九館也大羊名癡龍究瀚亦問嵴㟝山在何處或曰此隋郡之故事何謙光而下問耶

樂官山詩

宋史稱曹彬下江南不妄殺一人為盛德事梅磵詩話載曹昱蒞余陵樂官山序云南唐初下時諸將置酒樂人大慟殺之聚瘞此山因得名詩云城破轅門宴賞頒伶倫執樂淚沾巾駢頭就死緣家國媿死南歸結綬人以名山詩意觀之果不妄殺耶

燈謎

康熙乙未新正雨雪連旬元宵後重整花燈燈謎盈壁採其佳句如故退之曰韓文公死了遲丈人曰阿伯那裏去吳中婦稱妾父曰阿伯又有人名詩古洞雪消春水漸滿園紅白關芳姿飛父細柳皆英俊衛國夫人脂粉施隱實融花紫楊雄南容也

占風聽角

錢武肅王門下葉簡善占筮一日旋風南來繞案而轉召簡問之曰此淮南楊渥已薨須發遣使弔祭去王曰生辰使方去豈可便伸弔祭簡曰但速發彼若問如何得知但云貴國動靜本國悉預知之王因遣使生辰使先一日到渥已薨次日弔祭使至楊氏大驚先是渥欲取錢塘密遣人往聽鼓角聽者回告渥曰錢塘鼓角子子孫孫王爵不絕不可輕動兩人占驗亦神矣

筆塚

古人重筆用敗則瘞令人委之糞土似非雅厚趙光逢薄遊襄漢濯足溪流見一方磚精有苔痕上題云髡友退鋒郎功成鬢髮霜塚頭封馬鬣不敢負恩光後書獨孤貞節立此蓋好事者瘞筆之所

裹氊

陳剛詩食雪天山近思君海路長王維詩路遶天山雪家臨海樹秋溫庭筠詩紅淚文姬洛水春白頭蘇武天山雪三詩皆用蘇武事而庭筠末句尤奇按武在匈奴衛律絕其飲食至嚙雪吞氊其號寒之苦人所共知若新序所載衛律於大暑中以氊

裹武暴之日中三日此苦人多未知

嚙鏃

朝野僉載隋末昝君謨善閉目而射志其目則中目志其口則中口有王靈智者學射於君謨久之曲盡其妙欲射殺君謨獨擅其美君謨時無弓矢執一短刀箭來刀輒截之末後一矢君謨張口承之遂嚙其鏑於是笑曰汝學射三年尚未教汝嚙鏃法耳是逢蒙之後更有寧智也

詠筯

朱淑真能詩一方伯延入衙以妾陪之囑飯時令題筯朱應聲云兩家娘子小身材捏着腰兒腳便開若要嘗中滋味好除非伸出舌頭來雙關妙句覷類可人

網巾詩

烏紗未解滌塵襪一網清風兩鬢寒篩影細分雲縷滑綦紋斜界雪絲乾不須漁父燈前結且向詩翁鏡裏看頭上受渠籠絡盡有時怒髮亦冲冠

小碧箋題詩

侯鯖錄長安南山下有書生作小圃蒔花木一日有金犢車從數女奴皆艷麗下飲於庭邀生同坐酌酒甚歡洽將別出小碧箋題詩曰相思無路莫相思風裏楊花只片時惆悵深閨獨歸處曉鶯啼斷綠楊枝

蔡真人詞

夷堅志靖康間陳東飲於京師酒樓有娼打坐而歌東不顧娼乃去倚欄獨立歌望江南詞音調清越東不覺傾聽視其衣服皆敝時以手揭衣爬搔肌膚綽約如雪乃呼使前再歌之其詞曰闌干曲紅颺繡簾旌花嫩不禁纖手撚被風吹去意還驚眉黛蹙山青鏗鐵板閒引步虛聲塵世無人知此曲卻騎黃鶴上瑤京風冷月華清東問何人所製娼曰上清蔡真人詞也歌罷得錢即下樓至遣僕追之已失矣

楚明光

吳寧野從先小鵝清紀王彥伯至吳郵亭維舟理琴見一女子披帷而進取琴調之聲甚哀彥伯問何曲答曰楚明光也唯嵇叔夜能為彥伯請受女曰此非艷俗所宜唯巖棲谷隱可以自娛爾鼓琴且歌止於東楊遲明辭去

諧聲桂枝香

一夕話有題崑崙奴傳桂枝香詞每句首尾諧平入二聲大有思致其詞云嬌娃低

比諭郎兮笑映牕紗體態輕盈描不就形容奇妙想難情這相思鍾情那廂撩人猜杜朝來心兒巧推敲原非紫玉藏春院盜取紅綃夜逃

孫伯華

崇禎中我郡孫伯華面黃而胖綽號糟鵝蛋一日與人鬭口爲僕家詬责尤人作詩嘲之曰先生雅號是鵝蛋濃黃淋漓不甚差眾皆掩鼻避而避君獨甘心既到家雨簷盡垂金絡索滿頭俱戴木樨花人人道是精奇物洗出方知孫伯華

浣紗化女

青田志謝康樂靈運守永嘉遊石門洞入沐雞溪見二女浣紗顏貌娟秀非塵俗態以詩嘲之曰我是謝康樂一箭射雙鵰試問浣紗娘箭從何處落二女邈然不顧又嘲之曰浣紗誰氏女香汁濕新雨對人默無言何事甘良苦二女微吟曰我是潭中鯽暫出溪頭食食罷自還潭去蹤何處覓吟罷不見

和神國

小牕清紀和神國地產大瓠瓠中藏五穀不種而實水泉如美酒飲多致醉氣候常如深春樹葉皆綠絲可爲衣眞僊境也可謂不耕而食不織而衣不釀而飲者人從此國中來切莫語嬾人誤他飢寒大事

虞美人草

雅州有虞美人草聞行人唱虞美人曲則兩葉搖動按拍而舞或唱他辭則寂然不動人謂英靈附物使然卓左車云虞美人草猶湘妃竹也但竹關湘妃怨未必無風自舞耳及讀弔虞姬詩精魂夜逐劍花飛英氣化爲原上草草爲虞妃所化亦有據

花醒睡

何僊郎偉然語吳允兆曰凡花值日如睡荷露明月之下纔見醒態允兆因欲顏其齋曰醒花吳峯野戲曰只恐夜深花睡去

作詩求硯

百家詩錢次椎以墨四丸筆五枝賜楊時可楊戲曰安得硯乎次椎曰欲硯須一詩楊作絶句曰尖頭奴有五兄弟十八公生四客卿過我書齋無一事似應終日待陶泓○洪駒父有陶泓傳

丁字直下

留青日札天水姜平子仕符堅堅宴羣臣賦詩平子詩有丁字直而不屈堅怪問平子對曰屈下者不正之物未足以獻堅悅擢上第夫丁字直下不屈乃古下字也下古作丅上古作丄堅蓋蠢人正所謂目不識丁者耶莊子云丁字有尾是也

店字可入詩

錢塘田子藝藝衡好遊寄息野店中得句云酒香入欲歇野店日初斜因思店字可入詩料如韋應物楚山明月滿淮店夜鐘微岑參野店臨官路重城壓御堤溫庭筠雞聲茅店月人跡板橋霜陳羽都門雨歇□分處山店燈殘夢到時韋莊明日五更孤店裏醉醒何處各沾巾皆佳句也至東之點數來時店真擔夫語耳

盧丞相題詩

澠水燕談錄盧丞相多遜謫死朱崖旅殯海上天慶觀道士練維一夜聞牕外有人誦書甚其聲韻有類多遜明日有詩題牕間曰南斗徹兆北斗橫喜聞牕下誦書聲孤魂千里不歸去辜負洛陽花滿城明年歸葬洛○硯北雜存趙普以私憾謫盧多遜於崖州病卒許歸葬子察護喪權厝襄陽佛寺將易以巨櫬乃啟其屍不壞儼然如生遂時易衣至祥符中亦然若釋氏得之當張大其事即今所稱無量壽佛矣

不久詩

浮雲易散琉璃脆此喻不久也又水中之泡風中之燭亦未切當近有一詩云老徒春寒秋後熱半夜殘燈天曉月草頭露水板橋霜水上浮漚山頂雪更一字不可移

蝨詞

有以蚊比妓詠黃鶯兒云名賤且身輕遇炎涼起嘰嘈尖尖小口如鋒刃叮能痛人叮能癢人嬌聲夜擺迷魂陣好無情偷精吮血猶自假惺惺

鞋盃

許少華鞋盃詞云借足下權爲李雅向尊前滿注流霞沾容分外香入掌些兒大嬌鶴鶴鸘總讓他把一個知味人兒醉殺

佳人出浴

有作佳人出浴黃鶯兒云衣褪自藏羞似芙蓉映素秋胸酥香潤蘭湯透金蓮雨鈎玉山汗流起來漫倚欄杆低粉痕收烏雲半嚲嬾上晚粧樓

相思詞

徐甜齋詠相思清江引云相思有如少債的每日相催逼常挑着一擔愁准不了三分息這本錢兒見他時方算得又有春情折桂令云平生不會相思纔會相思便害

相思身似浮雲心如飛絮氣若遊絲空一縷餘香在此盼千金遊子何之證候來時正是何時燈半昏時月半明時只得相思三昧者與

你你你

三人同在妓館戲問妓何所留宿妓云你你你都在我心肝裏飲一杯品字茶噗一口川兒氣恨不得化個姦字身兒陪著個你你你

奉字

大宗伯于公夫人姓奉有二勝或作奉字詩嘲曰二大能將二小容三人齊把小于攻若把小于攻出去三人無日不春風

嘲禿

陳介嘲禿子雁兒落云似葫蘆怎解瓢似湯鑵似銀鐃鑼不得道士冠宜戴頂僧伽帽咍頭髮返周遭遠看像個尿泡如芋苗經霜打比冬瓜雪未消有些兒腥臊又惹得蒼蠅鬧塵糟只落得不梳頭間到老

遺溺

陳全嘲遺溺水傻子詞佳人一泡不尋常流出桃花脈阮郎身騙兒須在陽台上藍橋水淹得茫茫二三更泄漏春光錦被裏翻紅浪繡幃中波浪長一對戲水的鴛鴦

瘌子

嘲瘌子駐雲飛云瘌子希奇不長頭髮只長皮裏不得天罹地挽不得風流髻咪帽子扯齊眉鬢兒露骸走向人前一陣乾蝦氣兩手摸頭似雪飛

飲器使壺

下涣若多鬍坐間有一尹生者下乃戲出對曰尹與之杯爲飲器宋徹之對曰何允之宅果在河衝尹生曰下鬍之嘴實是使壺一座絕倒

馮馴伊尹

有一童善對一客指知府馮馴語之曰馮二馬馴三馬馮馴五馬諸侯童對曰伊有人尹無人伊尹一人元宰

黨姬匹美遂使

蔬王之隱莫如伯王家使恨無女子匹美諸野史見陶穀有妾自黨進家來者一日雪下穀命取雪水烹茶問曰黨家有此景否曰彼麤人安識此景但能於銷金帳下淺斟低唱飲羊羔美酒耳亦可謂得主之神恰好配此使乎　堅瓠九集卷三終

堅瓠九集卷之四目錄

吳李班彤韶詩　童言成讖
御屏十聯　月舟索衣
詩僧定交　化緣衣疏
門字無勾　懸空勝蹟
陳立興孝感　鄉飲濫觴
詩人志向不同　木屐
倪王齊名　楊升庵遊詞
寺空同詞　文衡山茶酒詩
葛道人　念佛智慧
一破得士　冷官爭雪
檢屍篇　字帶刀鋒
銕椎銘　韓彭殺施
餛頭　成語破

解鳥獸語　畫學考試
香土水冰　鏡中形
聽聲摸骨　衣中出火
孕毬心畫　猴種
查名　烏龍是賊
怕讀書　七七
道家五炁　天氣地味
陳眉公　騆騟侍狗
花酒　四書陳二
食微衣薄　上大人
螢囊　巧對
數目謎　王子珍
楊妃小字　四乳
馮犄龍抑少年　鱉僊

朝烟亭祭　婦人奇相
墓中異物　插秧婦
承天府碑　魚玉石

於石壁上。佇宿禪房石澗邊。三峰長與白雲眠。溪聲喚出波心月。竹影搖沉水底天。野鳥樹頭傳祖意。山花香裏送真傳。古今話到無心處。話到無心道自然。題畢即行。周歸聞之。多方尋覓。竟不得。所題詩句日炙雨侵。墨蹟更現。今勒碑作勝蹟焉。

陳立興孝感

吾郡蠡口陳立興。家貧篤孝。母病。覓食城中王家糕。每旦入城買以奉母。七年無間。一日路逢道士云。我母亦有疾。思食此。能乞予否。陳即與之。復入城買。比還。則道士已持糕奉其母食之。病尋愈。立興夜夢道士投以藥數濟人。旦起。几上有瓢及一詩云。蓬萊佬境幾千春。四海遨遊不樂塵。勝地偶然閒一玩。無端不見本來人。陳以其方濟人。果獲効。遠近神之。及卒。鄉人立祠祀之。永樂中。詔訪天下靈蹟。敕遂歸天府。

鄉飲濫觴

明高皇五年。頒鄉飲讀律儀式。訪年高有德。衆所推服者。禮迎上座。不赴者以違制論。如有過而為人訐發。即於席上擊去其齒。從桌下蛇行而出。誠崇其禮而嚴其防也。年來不尚齒德。專取溫飽者。以充飲并不必赴。止設虛筵。遣官齎送以應故事。所以有鄉飲始末大賓贊錄之刻。請自今以後。遇賓筵大典。必延至明倫堂。分賓抗禮。則舉者不敢濫。而任者恐與有矣。

詩人志向不同

詩人志向各自不同。如題漁父有美其山水之樂者。如憫其風波之苦者。大魯望云。一艇輕撶看曉濤。接䍦抛下漉春醪。相逢便倚蒹葭浦。更唱菱歌擘蟹螯。鄭谷云。白頭波上白頭翁。家逐船移浦口風。一尺鱸魚新釣得。呼兒吹火荻花中。明卞榮云。天外閒雲物外情。功名真似一絲輕。浪花深處船如艓。只為心安不受驚。祝希哲云。荻花風緊水生鱗。山色浮空淡抹銀。總道江南好風景。從前都屬打魚人。是皆羨其樂也。李西涯云。漁家生事苦艱勝。盡日江頭未滿罾。回首不知天已暮。晚風吹浪濕蓑衣。唐伯虎云。朱門公子餓鮮鱗。爭羨金盤一尺銀。誰信深深狼虎裏。滿身風雨是漁人。文衡山云。小舟生長五湖濱。雨笠風蓑不去身。三尺銀鱸數斛鯉。長年辛苦只供人。是皆憐其苦也。屬意雖不同。爲景詠物各極其妙。

木屐

東方朔瑣語。載木屐起於晉文公。介子推從亡歸國。逃祿隱迹綿上。抱樹燒死。文公拊木哀歎。伐以製屐。每懷推從亡之功。輒俯視其屐曰。悲乎足下。足下之稱始此。○

按推姓王名光字推介休人故稱介子推

倪王齋名

吳興王叔明蒙號黃鶴山樵趙文敏甥也能詩善畫與倪云林齊名元鎮寄詩云鐵勞山陰王右軍筆精墨妙最能文每憐竹影搖秋月更愛山居寫白雲秘笈封題餘古蹟雅懷蕭散逸人羣今年七月聞多事曝書緗書到夕曛

楊升庵逸詞

楊升庵在滇中歌樓妓館題咏殆遍廣莫野語載王行甫得其題妓逸詞四闋云臨遠一塲煩惱只因些子恩情陽臺春夢不曾成枉費雨雲朝暝燕子那知我意鶯兒似喚他名消除只有話無生除去心頭重省　倚醉深關朱戶佯羞怕捧金觥背人彈淚濕花行唱盡新詞悶聽本是為郎調護當初枉道無情英雄摩勒肯重生贖取佳人薄命　自有嫩枝柔葉何須補柳添花低聲昵語似雛鴉腸斷東橋月下香霧清暉何處春風今夜誰家五花驕馬七香車趁此小喬未嫁　玉指管生弦澁來春語顫聲羞動人一味是溫柔為甚兩眉長皺不慣秋娘渡口乍離阿母池頭□□太守最風流肯許鳳求凰否

李空同詞

李空同文章鉅手不屑小製客窗隨筆載如夢令二詞云昨夜洞房春暖燭盡□□聲緩闌步倚闌干人在天涯近遠影轉影轉月壓海棠枝軟　不信園林春盡一夜徧生芳草說與小童知池上落紅休掃休掃休掃花外斜陽更好詞亦風雅有致惜本集不載

文衡山茶酒詩

廣莫野語載文衡山茶酒二詩真率可誦詠茶云絹封陽羨月瓦缶惠山泉至味心難忘閒情手自煎地爐殘雪後禪榻晚風前為問貧陶穀何如病玉川詠酒云晚得酒中趣三杯時髣然難忘是花下何物勝尊前世事有千變人生無百年還應騎馬客輸我北窗眠

葛道人

竹坡詩話錢塘葛道人無他技能以葉藤為生得金即沽酒自飲往來湖上人無知之者一日為僧修履口中微有聲狀若吟詩者僧怪而問之葛笑曰偶得句耳問之乃曰百囀已休鶯哺子三眠初罷柳飛花自是士人始知其為詩人矣

念佛智慧

竹坡詩話錢塘關子東言熙寧中有長老重喜會稽人少以捕魚為生不識字日誦觀世音菩薩不少休一日輒能書又能作偈嘗作偈曰地爐無火一囊空雪似楊花落歲窮乞得苧麻縫敗衲不知身在寂寥中此豈捕魚者之所能哉蓋得觀音智慧力而解悟者也

一破得士

闕見卮言順治中浙江巡按按核縣王賜谷元峨觀風杭郡海昌童子張仲張英求試王以不考童生辭之張固請命題適所坐案桌欹側吏拾瓦片墊之王即以墊桌為題命作一破張應聲曰平其不平者而天下無不平矣王大悅即送學道時已發案附於社生倒得隨例歲試康熙己酉中浙省魁癸丑成進士

冷官爭雪

容總隨筆慶陽邊北水皆鹹苦不能飲土人每遇雨雪則貯之土窖以足歲用環縣有二教官相約有雪則均分之一日西齋者偶侵多東齋不平二教官遂鬨於堂諸生聞之有嘲以詩者云邊城瑞雪滿瑶空或在西階或在東兩個教官爭不了如何

諸子坐春風

檢屍篇

大司寇長興顧箬溪應祥弘治中為江寧刑官著檢屍篇云檢屍復檢屍檢屍何其多一月三兩次擊鼓復鳴鑼委官下鄉村絳衣列千戈大戶困供給宰殺猪雞鵝下筋動盈百一似蝗食禾少有不遂意平地起風波臨塲備百物東移復西挪不論是與非先打血滂沱吏胥張饞吻只索孔方哥仵作更要緊輕重由他呵明明殺人者錢多許私和但涉疑似間嚴刑巧織羅爪牙猛如虎證佐僥於蛇有口莫能辯如魚入湯鑊幸而得解脫所費恒沙河問官以為德辭取顏不酡某處金若干某處米幾馱我今貸汝死汝辯莫蹉跎田園賣已盡賣牛及馬驘設官本為民如此反為魔緬述祖宗法政令無煩苛人命須勘實詳務驗真訛原告苟不實抵罪追殺峨所以民樂生刑罰無偏頗今也則不然作聰明太過事事必轉委上下相沿拖官吏事忽變堆案山差峩吏僕不能宛翻閱頭欲曦深入書上考平反遭譴訶綱密靡不舉節外又生柯富者已累貧貧者將奈何不思古先訓罪疑惟輕科安得由也果執法持太阿坐令民不究蕩蕩樂充波顧公此篇蓋感人命之至重而歎司刑者之勿慎也置

一篇於公座右史治民生未必無補

字帶刀鋒

馬仲履大壯天都載桃源縣三義廟在河岸貝文懿言赴召艤舟瞻謁手書天地之氣一篇又書聯曰王業於今非蜀土英靈到處是桃源刺於廟中後一御史見之嘆曰字帶刀鋒公殆不免乎未幾果被禍

鐵椎銘

宋□林學士王德韶文炳為王千戶著撰鐵椎銘朱亥責金張良受之合以忠義鍛成此椎銅山可破椎不可缺金埒可碎椎不可折噫亂臣滔滔四海嗷嗷長蛇其毒封豕其饕上帝憫之以椎畀若椎不自奮假手於汝數未莫先時來敢後曾不一揆元兇碎首匪椎之重唯義之勇雖椎之功唯人之忠長僅數尺重纔數觔物小用大策此奇勳椎在人亡再用者誰藏之武庫永鎮姦回

韓彭報施

通鑑博論漢高祖取天下皆功臣謀士之力天下既定呂后殺韓信彭越英布等夷其族而絕其祀傳至獻帝曹操執柄遂殺伏后而滅其族或謂獻帝即高祖也伏后即呂后也曹操即韓信也劉備即彭越也孫權即英布也故三分天下而絕漢雖穿鑿疑似之說然於報施之理似亦不爽

饅頭

事物紀原孔明征孟獲人曰蠻地多邪術須禱於神假陰兵以助之必以人首設祭神則享之為出兵也孔明雜用羊豕之肉而包之以麪像人頭以祀神亦享之為出兵從人由此為饅頭〇因話錄云饅字不知當時音義如何通與欺瞞同音孔明與馬謖誠有神妙之謀非列寓言也

成語破

浙江陳煒字木叔更名王輝甲戌進士時藝膾炙一時曾記入云則入坐云則坐食云則食雖疏食菜羹破題云三命滋益恭二簋可用享用二成語皆切當闔鼎革時不食而死

辨鳥獸語

博識得於閱覽此理之常至如論語疏公冶長辨鳥雀語史記秦仲知百鳥之音與鳥語皆應論衡廣漢楊翁偉能聽百鳥音後漢書太史魏尚聽鳥語魏志管輅知鵲鳴北齊書張子信宋史孫守榮燉煌實錄侯子瑜瑾東谷贅言陰子春桂陽先賢畫讚成武丁奇曉鳥語益都耆舊傳楊宣聞雀鳴知前有覆車之衆地理志伯益知禽獸□語輔府名談白鱣年曉鳥獸語和苑有□□書王喬有解鳥語鄭龍如偶記明□□□國華能別禽音又麗江婆宗幼入□龍山飲石盆中水遂知禽鳥之語而百□□□之言無不通曉左傳介葛盧解獸□□□詹何聞牛鳴而知黑白抱朴子李□□□馬之言梁典廷尉沈僧昭聞南山□□□□國有邊寇當選人丁遂史神速於□□蛇語東城老父傳神雞童解雞語

畫學考試

政和中設畫學用太學法補試四方畫士以古人詩句命題嘗試竹鎖橋邊賣酒家人皆向酒家上著工夫唯一人但於橋頭竹外挂一酒帘已見酒家在竹內也又試踏花歸去馬蹄香衆皆束手一人但掃數蝴蝶飛逐馬後香意表出皆中魁選又試蝴蝶夢中家萬里戴德淳畫蘇武牧羊卧草中蝶舞其旁皆良工苦心也

貢土水冰

前漢書徐州牧歲貢五色土各一斗南部新書天下貢賦惟長安縣貢土萬年縣貢水□□史載藍田縣貢冰常在冬杪如藍田不冰主吏宣命以祭一夕而成冰

鏡中形

人之吉凶形於夢兆猶是精神相感乃有鏡中現形者如宋璟未第時每鏡中見影成相字故以相業自負又嘉靖中杭州舉人張洽一日照鏡見鏡中之貌另是一人口云有你有我無你無我驚以語人莫曉其說明年辛丑計偕途遇一人與鏡中者相似問之乃會稽張洽姓名又同言前事二人知中否必同及發榜果皆登第杭者選南部主事會稽選非道不二年杭者死於任會稽者死於家其應不爽

聽聲摸骨

瞽者聽聲摸骨知吉凶貴賤猶有聲可聽骨可摸至北史載盧大翼幼稱神童後目瞽以手摸書而能誦癸辛雜志張五星瞽□□能辨賢王能別婦女妍媸尤不可曉

衣中出火

晉五行記曰惠帝納后羊氏將入宮衣中忽有火衆咸怪之其後后竟坐廢明會中丞銑被逮日衣上火出竟陷大辟物象通占曰衣服出火主凶信矣天都載王司馬崇古臉玉日衣上出火撲之不滅又萬曆戊戌進士穆天顏未登第前火星常出其袖幾欲焚衣二事又為吉徵不可概論也

孕毬心畫

隆慶中武林婦人柳凝翠嘗游西湖遂戀其勝歸而有孕後產一毬堅不可破家人得之懸之簷前適有安南國人過見以厚賂買之隨以鋸分作數片視之皆西湖景也○柳下聞談溪溪一女與某士有私久之士不至女思之成疾死後焚之心堅不壞剖之中有男女交媾狀如春畫然

猴種

陸子玄聲集宋鄞人王某以販馬為業畜一獼猴其妻夏日醉臥適猴在側因據腹而合焉妻以為夫不之拒及醒乃大恚擒斃之埋於屋後付是有娠生二子即應麟應龍也厥狀肖焉長而精敏好學不獲登第一夕二子夢白衣老父謂曰爾父葬處甚佳能移上丈許立至富貴二子以父尚在不解其旨以告其母母夜半潛移其穴如言葬之未幾並登科仕通顯為名臣

查名

癸軒瑣記萬曆癸卯鄭鄤揭克之守節赴京會試道出維揚因行李匱乏適一同廳友作縣遂投刺告假貲友批查名二字揭遂狼狽而去未春揭榜聯魁天下因作詩貽友云蕭蕭行李上長安此際誰憐范叔寒寄語江南賢令尹查名須向榜頭看尹得詩大慚然揭之氣量亦淺矣

烏龍是賊

硯北雜存周延儒幼時有神童之稱而性頑劣師以石硯盛水頂之而跪有友雷一聲謁師見之勸師放起一聲曰欲女作一文延儒請題一聲曰即以頂硯為題延儒曰一方端硯一勺水壓住烏龍難擺尾今朝幸遇一聲雷扶搖直上九萬里一聲曰此乃大貴之才師曰貴則貴矣但奸人耳一聲曰何也師曰烏龍乃賊龍也何不言人龍果聯登會狀後相烈宗以奸敗賜死

怕讀書

有人識怕讀書者曰春天豈是讀書天夏日炎炎正好眠夏去秋來冬又到且將收拾過殘年可謂切中事情

七七

論衡訂鬼篇鬼者甲乙之神甲乙者天之別氣人死甲乙之鬼至殺然而殺鬼之至者又庚辛之神何以驗之如人甲乙日病者死期常在庚辛日以是推七七之說不

過五行相剋之理悟庵雜錄云佛老有地府十王之說蓋即十干之義其五殿稱閻羅最尊者以位配戊己居中故也其有七七之名者蓋取十干循流至七則剋制如甲子至第七日庚午甲遇庚剋制庚子至第七日丙午庚遇丙剋制更以十二支論之一日子至第七日遇午為冲一日丑至第七日遇未為冲以其相剋相沖故作善事為之禳解易卦七日來復亦此義也

道家五炁

道家有五炁東方九炁木德星君西方七炁金德星君南方三炁火德星君北方五炁水德星君中央一炁土德星君七修類藁云此庚子數也以納音五行之子就天干上數起遇庚字在第幾即其位也如壬子桑柘木自壬至庚數第九故東方九炁也甲子海中金自甲至庚數第七故西方七炁也戊子霹靂火自戊至庚數第三故南方三炁也丙子澗下水自丙至庚數第五故北方五炁也庚子壁上土數第一故中央一炁也蓋庚為金金為受氣之始故五方之炁以數加焉

天氣地味

七修類藁天以五氣生萬物氣無臭味故風雨霜露自天降者皆無味也地以五味養萬物味具形質故地生者皆有味焉然雨淡霜露甘甜亦有形質不可謂無味

陳眉公

硯北雜存陳眉公在王荊石家遇一宦官問荊石曰此位何人荊石曰山人宦曰既是山人何不到山裏去譏其在門下也既而就席宦出令曰首要鳥名中要四書兩句末要曲一句合意令曰十姊妹嫁了八哥兒八口之家可以無飢矣只是二女將誰靠他客不克續眉公曰畫眉兒嫁了白頭公吾老矣不能用也辜負了青春年少舉座稱賞宦遂訂交焉

駙驢侍狗

□□□副使允京山侯元之弟初登第時□□□上侍郎寅之子允修謁王之鄉某□□□人問崔何人王云崔駙馬弟乃兄□□比為駙驢崔答云即王侍郎兒乃父□□□□侍狗聞者絕倒

花酒

昔時有人欠某緞銀十兩准酒三十罈俟客索逋者時值端午某治具邀客斟此酒酌客以介紹者客見而評之作詩曰四時佳興又端陽競渡爭看蒞席張意流

成五色。似難邀月進千觴。客疑良藥攢眉飲。玉若瓊漿笑臉嘗。汲盡必須洗盞酌。杯中滋味似糖霜。

四書陳二

明末吳郡有妓曰陳二。四書最熟。人稱四書陳二。一日與諸名士同飲。共說口令。欲言有此語無此事者。皆引俗諺。二云緣木求魚。衆稱賞。一少年故折之曰。鄉人守簖者。皆植木於河中。而棲身於上。以捉魚。豈非有是事乎。罰二酒。二飲訖。復云挾泰山以超北海。衆歎賞之。少年卒無以難。

食薇衣葛

韓子通解及列士傳。武王伐紂。伯夷叔齊叩馬而諫。不從。遂去隱於首陽山。不食周粟。採薇而食。採葛為衣。時王摩子入山難之曰。君不食周粟。而隱周山。食周薇奈何。二人遂不食薇。經七日。天遣白鹿乳之。復得數日。夷齊思念此鹿肉。食之必美。鹿知其意。不復來。二子遂餓而死。夫夷齊採薇而食。人所知也。若食鹿乳。及採葛以為衣。人罕知者。又劉孝標辯命論。夷齊斃野婦之言。按古史考。夷齊採薇而食。野有婦人謂之曰。子義不食周粟。此亦周之草木也。於是餓死。

上大人

小兒初習字。必令書上大人丘乙己。化三千。七十士。爾小生。八九子。佳作仁。可知禮也。天下同然。不知何起。水東日記言宋□士晚年喜寫此。必知所自。又說郛中亦記之。大抵取筆畫稀少。童子易於識認耳。祝枝山猥談云。此孔子上其父書也。上大人為一句。丘為一句。乃孔子名也。乙己化三千七十士。爾為一句。乙一通言一身所化士有如此。小生八九子。佳為一句。蓋八九乃七十二也。言三千中七十二人更佳。作仁可知禮也為一句。作猶為也。仁禮相為用。七十子善為仁。其於禮可知也。

螢囊

洗存中清夜錄。丁未崖敗。有司籍其家。有絳紗籠數十。大率如燈籠。詢其家。曰聚螢囊也。有火之用。無火之熱。亦已巧矣。然隋煬帝嘗為大囊照耀山谷。丁製蓋具體而微。則螢囊不獨五車也。

巧對

□□巢先生。髫年善作對。所居相近田中有巨石名石牛。旁有僧庵曰石牛庵。偶同□□某步至庵。某出對曰。石牛庵畔石牛眠。種得石田收幾石。先生對曰。金雞墩上金雞宿。銜來金彈值千金。某稱賞。因□□得巧對。有猢猻上栗樹。喫栗殼落。某□□嬾入茨窠。摘茨鉗連。但四字俗語所無。不佳。今改山童採栗用箱承。劈栗撲地。先生思之未就。適童提茨一籃入。遂應聲曰。野老買茨將擔倒。佃茨空籠。大加歎賞。

數目謎

幼聞一至十數目謎云。百萬軍中捲白旗。天邊豪富少人知。秦王斬了余元帥。罵將軍失馬騎。吾被人言欠口信。辛苦無干夜自啖。毛女受刑腰際斬。分尸不得帶刀歸。一九妙藥無人點。千戴終須一撇離。近又見一謎云。燈兒下。金錢卜落。這苦心一誰知。邁到春來人日俱拋。欲罷時何能自了。吾心正焦。有口向誰告。好相交有上稍來沒下梢。就是難留白。少不得中間分一刀。從今休把仇人靠。千思萬想不如撇去了好。

王子玠

優人王子玠。鼎革之初。名噪一時。辛卯入都門。錢牧齋葉聞之詩歌。遂游公卿間。陳溧陽龔合肥輩置之座上。或以優賤為言。陳云。愛聽高柳新蟬。當不計其韓凡時也。後歸里門。益驕奢淫縱。巡方東萊李公先森康得其狀。捕而杖之。與僧三遍立械斃於閶門。號令三日。大快人心。合肥聞之。作王生輓歌五首。極其哀悼。

楊妃小字

玉環楊妃小字。李商隱詩云。十八年來墮世間。瑤池歸夢碧桃閒。如何漢殿穿針夜。又向驪前覷阿環。可證。楊妃外傳及諸書皆曰玉環。而鶴林玉露載唐狄昌詩曰。馬嵬煙柳正依依。又見鑾輿幸蜀歸。地下阿蠻應有語。這回休更怨楊妃。阿蠻又似妃之小字。況昌唐人。必有所據而云然。

四乳

文王四乳。見淮南子。又雜記載范鎮兄鎡卒。有遺腹子在外。鎮求之兩蜀二年得之。曰。吾兄異於人。體有四乳。是兒亦然。驗之果四乳。聞見卮言載浙中一女亦四乳。上兩乳略開。下兩乳略近。如兩眼兩腋。齊首如手狀。上者居小。下者居大。乳子亦僅用下兩房。殊形異體。不可謂世間無有也。

馮猶龍抑少年

馮猶龍先生。偶與諸少年會飲。少年自恃英俊。傲氣凌人。猶龍覺之。擲色每人請量。俱云不飲。猶龍飲大觥曰。取全色。連飲數觥曰。全色難得。改取五子一色。又飲數觥曰諸凡俱不飲學生已醉請用飯而別諸小年銜恨策曰做就險令二賺候某作東。猶龍居第三位出以難之令要花名人名回文曰十姊妹十姊妹二八佳人多姊妹多姊妹十姊妹過岔曰行不出罰三大觥次位曰佛見笑佛見笑二八佳人開口笑開口笑佛見笑過猶龍猶龍曰月月紅月月紅二八佳人經水通經水通月月紅諸少年為法自斃俱三大觥收令亦無猶龍曰學生代收之曰並頭蓮並頭蓮二八佳人共枕眠共枕眠並頭蓮諸少年佩服。

鱉僊

世傳鱉與蛇相為牝牡相為生化有人發沙穴見鱉與蛇俱鱉蕃出取食跡在沙上蛇輒出滅之鱉遺子蛇噓之始成蛇久復為鱉鱉三足者為能（音耐）食之殺人馮元成云能音台天文斗奎下六星兩兩而比者曰三能鼎三足能亦三足二在旁一在腹中甲蟲之有神者人食之化為水陸子餘庚巳編載太倉州民食三足鱉身體化盡止存毛髮其妻為隣里所告獄久不決知州莆田黃廷之鞫之令漁人捕三足鱉出婦烹治使重囚食之有頃亦化又郭相奎嗜鱉行部瀘州吏以鱉進郭驗之三足乃投之江作法能詭馮元成亦有戒鱉記。王行甫耳談萬曆己卯嚴州建德縣漁人獲一鱉重八觔酒家買置室中夜半作人聲明晨剖視腹有老人長六寸許首戴皮帽毫髮逼真又潁川王戶部某在通州一日庖人烹鱉中有官旁列鬼判各一朱髮藍面皂帽綠袍左執簿右執筆戶部遂戒此味康熙壬子貞脩小謝家中烹一鱉剖之中有仙人長二寸許五官畢具首如裹帛觀者甚衆一人云若能生得之納於臂中能知過去未來事但血為彼食三年後往往致死此說未知然否

朝廟享祭

稗史志異道州有舜祠凡遇歲首山狙羣聚祠旁跳踉奮擲狂奔疾走者五日而後去次猿亦如之三日乃去土神謂之狙猿朝廟又夷堅雜錄梁山有漢武帝廟祭時有蝴蝶一二百飛集享祭近之不驚撤饌然後去云是武帝侍從捉之者病。

婦人奇相

聞凡卮言嘉靖中仁和一女子飲食異量日以斗粟為率閭里驚異無人敢聘學究鍾某家貧未娶女父母憐其孤獨許字之鍾於是年發科娶焉成進士開府粵中鍾亦善啖到任日所備供下馬飯即坐驛中徐徐獨酌餚饌盡百餘器夷民觀者咸畏服以為神終其任不敢蠢動。又嘉興大家一女奇醜面麻眼捉足跛頭禿人無娶者慈谿趙文華娶焉戊子己丑聯捷嚴嵩倚為心腹擢顯職後因倭亂持節開府浙中移鎮嘉興聲勢赫奕所為頗不循理賴醜婦賢明時為勸解有奇相者必有奇福以是知紅顏薄命信夫。

墓中異物

黃巢亂太白山人謁金州刺史崔堯封云掘破牛山賊當自敗崔發卒掘之得一石桶中有黃腰獸一劍一獸見劍自撲而死巢未幾果敗削髮而逃宋張邦昌劉豫俱山東人金人立為偽帝人鑿其祖墓谷有異物飛出二人遂不終明季自成作亂米脂令任丘邊長白大綬為自成發其祖墓遍訪自成祖墓不得下令查凡姓李墓掘之乃有言自成祖墓者掘得一物鱗甲滿身臨而灰之自成遂敗死於羅公山下。

插秧婦

戴九靈插秧婦詩云青袱蒙頭作野粧輕移蓮步水雲鄉裙翻蛺蝶隨風舞手學蜻蜓點水忙緊束暖烟青滿把細分春雨綠成行村歌欲和聲難調羞殺揚鞭馬上郎江北婦女皆務農其夫反謳歌擊鼓風俗與江南不同如此。

承天府碑

歷誌萬曆甲辰承天府闢土得一碑光澤照見人影甚多簇擁一偉人騎白馬上昇俄而天門開一人袞冕迎入此明碑上有字云非伐隨明主南征拜上公黃龍已盡醉長侍大明宮俄雷震大雨洗去。

魚王石

華野纂聞云余家靈鷲寺橋旁相傳橋東陸氏濒湖石岸有魚王石在焉遇桃花水發鯉魚千百為羣來朝居民設網輒得魚此水淺渚細流不隣江湖而魚又應候羣至不無靈異後陸以坎築水窨重甃石岸得一石半枕於河長圓類鵝卵殆所謂魚王石也洩其靈魚之朝宗遂絕。余居後門在橋之西耆老為予言嘉靖中尚有巨魚應候羣至與伍公所言合。

堅瓠九集卷四終

堅瓠十集序

余自辛未歲歸里留寓海湧峰麓寂無賴賴厺褚先生稼軒攜叚過訪相見恨晚余亦時往過從稼軒意氣豪邁跌蕩麯酒謝安石之絲竹孔文舉之壺觴致足樂也年少時與諸名士較勝文壇譽日益起既乃有子雲之悔益肆志於前代之載二酉四庫之藏靡不博覽而究心焉發為詩古文辭類足以度越流俗追復正始而間以其暇搜録秦漢以迄故明歷代軼事并訪諸故老之舊聞摘其佳事佳話之尤者次為一編命之曰堅瓠集余伏而讀之恍乎見所未見又別有意致可風不獨以賾隱見奇也昔龍門氏博綜載籍又窮極河嶽之觀發揮剬作成諸史之冠劉宋臨川王義慶採輯典午一代微言旁及漢魏談論雋永可味者集為世說今稼軒所著其倍古傳述之功則龍門也而詞旨雅馴成一家言則兼有臨川之長矣因稼軒之持以示余而并以序屬之余也為聊綴數語如此

康熙乙亥首夏望後十日

年家同學弟孫致彌松坪漫題

堅瓠十集卷之一目錄

還金　無厖贊頌
銀童　銀精
討論濫觴詞　龍九子
俚詩有本　令喻意
作誌　寃讖
葉子　紙牌說
戒角文　周鐵墩傳
食異　洗筆池
甘泉寺　妓綴巾帶
召乩演戲　合肥知縣
門神贊　王好戰
三朝建言　嘲寤句
刺鼠　戲臺對聯
佛汗　聖人前知
牛角山河　嘲王禹玉
壁虎龜寃　放生池記
龍虎對　是他家屬
李楊相謔　嚴高相謔
改勸學詩　張陸題句
狀元宰相　叉袋謎
張雄奉去位　嘲續絃
晚婚　持水上壽
即事對　詩投司徒
西涯撰詰文　別號
御史口吃　張幼于謎
解跌　壁間對句
許子不憚煩　一節三分

字謎　十可笑
内事　隱軍字
家古出對　事物白紙對
人以孟名

堅瓠十集卷之一

清　長洲石農褚人穫學稼纂輯

還金

崇禎辛巳。鄭母姨有粵西之行。以一僕寄先孺人。約值千金。為表姊歸時還嫁之資。甲申歲。先孺人棄世。值國變。舉家出避。中更武人據屋。流離播遷。幾至破家。先君防護惟謹。幸而獲全。吳粵兵阻。音問不通者十餘年。迨東書混一。陸起頑先生自粵中歸。詢知母姨已棄世。表姊亦有所適。遠去不歸。乃約鄭調甫先生同予堅表兄照母姨親筆單點還。予堅初不知是事。喜出望外。先君謂之曰。為汝看守十餘年。今幸完璧歸趙。吾心始安矣。此事在古人中。亦為難得。先君於流離播遷之際。護持不失。為尤難。其所以遺吾子孫者厚矣。凡吾子孫。皆當勉旃。

無巷贊頌

湧幢小品。孟無巷（珙）任荆湖制帥。創書院以處流寓之士。每日見客。雖數十百人。一一接挨。凡有投獻。並入袖中。客退。以所受文書。令館客逐一朗誦而諦聽之。可行者付出。不可行者聽之。行嘗自作無巷贊云。老拙愛遊戲。忙裏放癡憨。正當任歷時。無處見無巷。混沌巷之基。太朴巷之梁。太始巷之柱。太極巷之坊。兩儀巷之户。三才巷之房。四象巷之壁。八卦巷之窗。白雲巷之頂。清風巷之墻。誰人運斤斧。大匠曰羲皇。明月為伴侶。萬古其如常。欲知吾富貴。秋水共天長。水雲不到處。一片玉壺光。臨終又有頌曰。有生必有滅。無巷無可説。踢倒玉崑崙。夜半紅日出。

銀童

聞見卮言。秀水賈人黃豫松買舟至嘉興。糴米。值疾作。擁衾而臥。艤舟於岸。一童求附舟。舟人堅拒之。童竟突入艙中。黃疾甚。不知也。舟人疑為黃所留矣。明日。黃見之。問而知其無所歸。乃攜至家。入門仆地。驚視之。乃白銀鑄成人也。秘藏別室。香大奉祀。家遂富。後黃之子褻慢童。童遂去。家亦漸落。

銀精

碣石剩談。一宅每多鬼怪。有人買之。夜宿其中。遥聞嘈嘈人語。起聽在西壁下。其語謂吾輩主來矣。似慶賀者。頃之。又聞慈歎聲。謂相聚多年。今將分離矣。主人暗喜異。有所見。忽見一白衣老人至曰。吾乃銀精也。壁下有銀若干。待公久矣。任君掘出營運。惟吾銀精不可鑿。亦不可鎔化。倘得存守。且能增益多金。次日。果于壁下掘銀若于錠內。一錠。晶光奪目。識為銀精。謹藏笥中。焚香祝拜。或祭之。聲銀中。則倍增益。

討論濫賞詞

紹興初。范覺民為相。患革崇甯以來創立濫賞官職。自後應補選。官每事各為一項。建議討論。並取朝廷指揮。雖公論當然。而失職者謗議蜂起。有改東坡行香子詞云。清要無因。舉選艱辛。蠶書錢須足十分。浮名浮利。虛苦勞神。歎旅中愁。心中悶。部中身。雖抱文章。苦苦推尋。更休說誰假誰真。不如歸去。作箇齊民。免一回來。一回討。一回論。大書粘于內前墻上。邏者得之。以聞。時劉豫方據河南。朝論慮搖人心。亟罷討論之舉。覺民為臺諫所攻。竟去相位云。

龍九子

龍生九子。不成龍。各有所好。明孝宗書小帖。以問內閣李西涯。西涯不能悉。乃據羅圭峯記劉蓋泉[illegible]之言。具疏以聞。西涯言於楊升庵。升庵為西涯承上問而不敢下臣之美。賢相之盛節。錄于集中。一曰贔屭。（蹶戲）形似龜。好負重。今石碑下龜趺是也。二曰螭吻。形似獸。性好望。今殿脊獸頭是也。三曰蒲牢。形似龍。性好吼叫。今鐘上獸鈕是也。四曰狴犴。形似虎。有威力。故立於獄門。五曰饕餮。好飲食。故立于鼎蓋。六曰

蚣蝮。性好水。故立于橋柱。七曰睚眦。性好殺。故立于刀環。八曰金猊。形似獅。性好烟火。故立于香爐。九曰椒圖。形似螺蚌。性好閉。故立于門鋪首。又有金吾。似美人首尾似魚。有兩翼。性通靈不寐。故用警巡。然升庵無所引證。且與金吾而為十矣。胡承之侍真珠船。亦有龍九子。并載西涯事。其名不同。一曰囚牛。好音樂。胡琴上所刻是。二曰睚眦。刀柄龍吞頭是。三曰嘲風。性好險。殿角走獸是。四曰蒲牢。好鳴。鐘上獸鈕是。五曰狻猊。好坐。佛座獅子是。六曰霸下。好負重。碑座獸是。七曰狴犴。好訟。獄門所畫獸是。八曰贔屭。好文。石碑兩傍所畫龍是。九曰蚩吻。好吞。殿脊獸頭是。各有引證。以為其說不經。後史傳睚眦必報等語。以證睚眦之非。蒲牢。海邊獸名。班固東都賦注。海中有大魚曰鯨。蒲牢畏鯨。鯨擊蒲牢。輒大鳴。凡鐘欲令聲大。故作蒲牢于上。而刻鯨形以撞之。狻猊。穆天子傳。馬日走五百里。爾雅云。狻麑如虦（溪）貓。食虎豹。郭璞註。即獅子也。出西域。狴犴。韻會曰。犴。犬子也。犬所以守。故謂獄為犴。字林云。犴豻同。胡地野狗。似狐。黑喙。周官士射豻侯注。豻胡犬。其守在夷。士以能勝四夷之守為善。故射之。埤雅云。豻善守。故獄曰豻。贔屭。西京賦。巨靈贔屭。註。壯大貌。吳都賦。巨鰲贔屭。註。用力貌。蚩吻。當作鴟尾。王子年拾遺記。鯀沉羽淵。化為玄魚。後人修玄魚祠。以祀之。見其浮躍出水。長百尺。噴水激浪。必降大雨。漢世越巫請以鴟魚尾厭火災。今之獸頭鴟尾是也。唐會要。漢武柏梁臺災。越巫言海中有魚名虬。其尾似鴟。激浪則降雨。遂作其形。置於殿脊。以厭火。南史蕭摩訶詔其廳事寢堂並置鴟尾。諸書並不見有龍子之說。囚牛霸下嘲風。俱無考證。劉調父（元卿）賢奕。亦載諸物名。云見山海經博物志。亦無龍九子之說。其贔屭蒲牢金猊椒圖螭吻金吾。說與升庵同。他如憲章。形似獸。有威。性好囚。立于獄門。蜥蜴。形似獸鬼頭。性好腥。立于刀柄。蟋蛉。形似龍。性好風雨。立于殿脊。螭虎。形似龍。性好文采。立于石碑兩旁。虭蛥（刀音）形似龍而小。性好險。故立護朽上。鰲魚。形似龍。好吞火。故立于屋脊。獸吻。形似獅子。性好食陰邪。故立門鐶上。饕餮。性好水。立于橋柱。按饕餮。韵藥等書。作貪食貌。升庵好飲食立鼎蓋之說為是。好水未識何據。升庵以蚣蝮為好水。而陸儼山金臺紀聞。又以蚣蝮為好飲。云鴟鴞氏生三子。長曰蒲牢。次曰鴟吻。說亦與升庵同。三曰蚣蝮。好飲。即今牐口（牐音字入聲）所置是也。牐口上以石鑿獸置兩旁。狀似蜥蜴。首下尾上。名曰蚣蝮。諸說各異。備書之。以俟博物君子訂正焉。

俚詩有本

茅鹿門先生文章擅海內。尤工敘事誌銘。為明代大家。晚喜作詩。自稱半路修行。語

多率易。次子國縉登第。喜而口占曰。堂前正索千金賞。門外高懸五丈旗。聞者皆笑。然唐黃滔已先之矣。滔放榜詩云。白馬嘶風三十轡。朱門東燭幾千家。御試曰。九華燈作三條燭。萬乘君懸四首旗。以古准今。如出一手。則先生亦未可笑也。

令喻意

雲間一紳。與吾郡某生為戚。偽而有隙。延至家飲食款待。殷其出入。思以計中傷。某孝廉知之。席間設令喻意曰。波濤逋逃。言風波既起。宜逃遁也。生佯曰。痴腸何傷。一日。生素與某宦之僕。見縣盜案竄生名。欲捕歸。告其主。統眾往救。生已逸出。買舟潛匿他所。得免。彼此訐告不已。

作誌

正德中。杭州金編修美之。母。為外家張氏作墓誌。謹依金石例。不書姆姪。婦家乃俗人也。意美之輕己。而出言詆之。張教諭子興口占長短句嘲曰。張翁墓誌。金生執筆。不書姓氏姆家稱屈。金生自謂能文字。纔動筆時便忍氣。韓退之。柳柳州。蘇東坡。歐陽修。當時墓誌做多少。畢竟門前罵不休。

冤讖

寃懺戴詩云自古文章推李杜如今李杜忒希奇葉公憐憧遭蛇嚇馮婦龍鍾被狗欺雜輳零斩瑲玉賦失粘弍韵省拼詩若教修史真羞死勝國君臣也皺眉雪頗了題其揭曰是是非非何日休序班詩伯兩綢繆前生必有因緣在不是寃家不聚頭

葉子

葉子不知所起其式必須官樣我蘇桃花塢太倉衛前崑山司馬橋為牌藪以夾青純綿紙者為上按文獻通考有葉子格戲晁氏曰不著撰人世傳葉子婦人也撰此戲李節之藝林彙百云唐太宗問一行世數一行製葉子格以進葉子言二十世李也其式亦不傳不知何時改用宋江等名潘之恆葉子譜云葉子始於崑山用水滸傳中人名為角觝戲耳黎遂球運掌經云畧之以宋江之徒者必勇敢忠義然後可勝而又非徒讀書者所能知故畧之以不知書之人其法分立四門自相統轄由空𨭆至九為錢湶錢為百累百為萬累萬為十萬以至萬萬萬勝千千勝百百勝錢錢數賤九而貴空殊倒置有味戲百出而不窮用數多而尚變野史贊曰僨其成無忘其空空以基之成以息之葉子之所由作也又曰闢賁四門所以禮賢不閒積聚而工數錢故愚稱守運之有神能積能散存乎其人空不居其歉萬不伉其盈往符之桀若宋公明亦足為世所程誰曰不經○古惟扯張閻虎至馮猶龍始為馬弔謂馬四足失一不可行故分四壘各執其八而虛八為中營主將護之以紀殿最定賞罰無掉者謂之赤足部中惟百萬晉花上國之將相也猶齊之管晏鄭之僑肸魏之信陵雖臣而威震主矣故其賞獨專勝亦得敗亦得或倍之以勝倍也或三之以自出師而捷故三也主將得百萬無尊無捷而亦勝矣四尊部中之最尊者也軍罷而猶程倘不得其儔雖尊而不勝兼者尊之第二葉也倘逢其尊雖兼亦勝極者部中之最卑者也倘四極并臨或更逢百萬是匹夫而稱雄雖極亦有時而獨尊軍司馬紀錄可也

紙牌說

尋東琪式玉紙牌說紙牌四十頁始乎錢繼以索再繼以貫蓋散錢就繩始可以貫計而極乎數之盛也然則曷始乎空沒文此如漢高祖微時賁不能辦一錢也錢無以半計者而今有半錢何也蓋善權子母者雖半不遺而後可以累萬也由一錢至九錢而止竟不滿十蓋盈數天地所忌即十文亦難驟至也繼之一索至九索而止一貫至九貫而止俱不滿十義蓋同之耳然何以至一貫始作人形前此錢未盈貫

幾不得比於人數今纍纍然具萬矣皂隸升為衣冠銅臭立致公卿必然之勢無足怪也自二十萬以至萬萬數極矣有其資者勢擬乎封君而事可以帝制故尊之以宋江也或曰大萬不易致此其人必有狙詐之謀而參以殘刻之行盜固有道焉富人類然矣乃錢索二十頁內獨空沒文亦具人狀何也蓋能為極有者固人萬萬貫是也能為極無者亦人空沒文是也顧安知萬萬貫之不即為空沒文如鄧通錢布天下而其後不能名一錢空沒文之或可為萬萬貫如魯頓貧不免飢寒而其後官雄猗氏乎聚散倚伏之道於數紙內誕告焉而特微其旨耳獨是年來馬吊風馳幾遍天下不知其法創自誰何然循其名角其實抑亦世變風會使然有識者惟之耳

戒角文

蘇人好角人有招之而即趨赴者毛序始先生做制義體集四書句作戒角篇曰賊夫人之子角招是也甚矣若崩奔厥角不待其招而往自賊者也二三子又從而招之是誠何心哉戒之曰昔者竊聞之富在宋也賊民興北方之強也今用之凡四等三十二章張三子者出於己取之其下八章若合符節戰必勝矣是道也衆皆悅之君子不由也夫人豈以不勝為患哉其慮患也深弗為耳於此有人焉狎於不順非其罪也損者三友善誘人則引之而已矣引而不發是難能也上士一位我為我無所苟而已矣夫名我雖多知其非義速之何如有復我者請辭辭曰聞戒戒之在鬬既富矣財不可勝用也出內之吝一介不以與人公輸子雖萬鎰君無尤焉曰姑舍是何足算也分人以財欲罷不能無處而餽之是亦不可以已乎苟完矣則猶可及止也韞匱而藏亦欲無加諸人止於衆雖閉戶人其舍諸曰某在斯為可繼也他人有心不奪不饜不善則失之則將反諸其人乎或相什伯或相千萬不為不多矣苟為無本請復之殆不可復空乏其身可立而待也一朝而獲十終日不獲一難乎有恆矣以若所為雖得之不可必得亦悖而出可坐而致也嗚呼勞其筋骨餓其體膚孰樂吾不與也夜以繼日坐以待旦無益不如學也已而已而往者不可諫戒之戒之來者猶可追而今而後有同室之人鬬者則已垂涕泣而道之可也鄉鄰有鬬者趨而避之可也何也為其賊盜也於宋率西水滸強者居之今之君子無若宋人然

周鐵墩傳

鄭桐庵先生嘗作周鐵墩傳吳中故相國申文定公家所習梨園為江南稱首鐵墩者又梨園稱首也姓周氏魁岸趫雄乎顱廣頰方面𪗪瑞身短而肥自頂至踵廣狹

方問咯識人呼鐵墩鐵墩云當場而立木強遲重方其踢跳趙距角觝趯踊雖俊鶻鵰隼莫能過也數歲時侍相國所相國目之曰此童子當有異教之歌歌教之泣泣教之官官教之乞乞書付膺摩滑稽敏給罔不形容曲中極於自然時復援引古今以佐口吻資談笑於相國左右余素不耐觀劇然不厭觀申氏家劇每坐間輒自提撥毋跼蹐毋弁鄙毋輕薄歌呼謔浪諧調毋以道學示嚴重毋以氣節示淩蹕懽供鐵墩揣摩去也觀者入其雲霧中啼笑悲歡動心失志而鐵墩冷眼看人四筵之情性畢見擅名梨園四十年遭逢時變暴富之客將命致之鐵墩蹙然曰承事相國以至今日乃反顏而事趑趄兒吾甯甘乎遂絕群而往不復出逾三四年相國之後稍稍整頓舊戲樂承平故事鐵墩始復出吾聞其事甚感歎之蓋自四公子而後豎田竇衛霍之家所養客亡不聰明才辯銜恩知己及考其聚散離合之行曾鐵墩之不若而析圭儋爵北面事人未有能眷戀舊恩如若人者豈所謂有心玩世之流託伶倫以諷者歟抑何其錚錚也北史稱江東天子傅粉宮中群臣口脂面藥搔頭弄姿以為君臣相說如此使當日肇上諸君以鐵墩為師盡其技詎不足貌優孟之長竈冠貂蟬之幕也哉

食異

昌歜羊棗鮭鯁鰒魚雖精與人殊然亦口食所不廢也鮮于叔明之嗜臭蟲權長孺之嗜人爪劉邕之嗜瘡痂唐舒州刺史張懷肅左司郎中任正名李栿之服人精唐書高仙芝傳載賀蘭進明好啖狗糞明初僧宗泐嗜糞漬芝麻雜米和粥駙馬都尉趙輝喜食女人陰津月水南京祭酒劉俊喜食蚯蚓二酉委譚載吳江婦人喜食死尸腸胃似為奇疾口有同嗜豈非虛語

洗筆池

潭州某邑有唐褚河南洗筆池至宋邑令趙必穆於池中得一斷碑上刻先生湘潭偶題詩云遠山西萃翠凝烟爛熳桐花二月天游遍九衢燈火夜歸來月掛海棠前詩筆蕭妙幾致湮沒

甘泉寺

鼎州甘泉寺介官道之側嘉泉使於漱酌行客未有不停車者始寇萊公南遷日題於東楹曰平仲酌泉經此回望北闕黯然而行未幾丁晉公過之復題西楹曰謂之酌泉禮佛而去後范補之諷安撫湖南留詩於寺云平仲酌泉回北望謂之禮佛向南行烟嵐翠鎖門前路轉使高僧厭寵榮

妓綴巾帶

黄山谷弟元明宰廬陵縣赴郡會座上巾帶偶脫太守諭妓綴之既畢俾元明撰詞曰銀燭畫堂明如晝見林宗巾墊嫌蓬首斜插花枝綠賖羅細須臾兩帶還依舊倒帶休令後也不須更漉淵明酒寶篋深藏濃香薰透為經十指如蔥手並調寄七娘子也

召乩演戲

乩仙大約文人才士精靈之所托有金某通其術誑稱一陳夫人號曰慈月智朗與生有婚姻之緣精之即來長篇大章滔滔汩汩縉紳先生亦惑其說又有召鬼演戲以數歲小兒為之啼笑悲歡手舞足蹈一童自稱西楚霸王持巨木而舞不知其重適嘉興一士在旁謂曰吾有一對請魯公對之西水驛西三塔寺前三座塔驛與寺皆在嘉興童忽仆地遲久復起乃大言曰北京城北五臺山上万層臺眾稱善復曰吾為此對幾遊遍天下矣半餉乃甦

合肥知縣

昔有翰林學士渾身瀨兵部尚書徹骨寒之句以為佳對偶有合肥知縣瘦且骨立直指戲曰合肥知縣因何瘦一時未有佳對適蕪湖典史以解務至其人多髯尹一見即云蕪湖典史怎多髯直指笑而賞之

門神贊

祝枝山一日謁某巡按茶罷叙禮而退巡按送至門祝見門神甚工極口稱賞巡按曰請留一贊祝云手持板斧面朝天隨你新鮮只一年巡按曰某請續之屬鬼邪魔俱斂避豈容小醜倚門邊相與大笑而別

王好戰

天啟中崑山顧東謙為相附媚魏璫聲勢赫奕凡令尹過其門必下轎徒行時山陰王忠陛為令以事出行每逢其途而過之時有作四書文以譏之者王峯張中梁嘗誦其破承云王好戰因過相師之道也夫道若大路然焉用戰謂其為相與惜其文不傳

三朝建言

成化間一御史建言順適物情云近京地方行役車輛騾驢相雜騾性快力強驢性

綏力小今並一處。驅馳物情不便。乞要分別改正。弘治初。一給事建言處置軍國事云。京中士人。好着馬尾襯裙。因此官馬。被人偷拔鬃尾。有悞軍國大計。乞要禁革。嘉靖初。一員外建言。崇節儉以變風俗。專論各處茶食舖店所造看桌糖餅。大者省功賜費料。小者省料而費功。乞要畫定式。功料之間。務在減省。使風俗歸厚。極小事體。生扭在極大題目上。肉食者鄙。信然。

嘲竊句

陳亞卿竊古人詩句。或嘲以詩云。昔賢自是堪加罪。非敢言君愛竊詞。匪奈古人無意智。預先偷子一聯詩。

判鼠

嘉靖間。一御史某蜀人。有口才。中貴某欲譏御史。乃縛一鼠虫（地肆四川曰鼠）曰。此鼠咬毀余衣服。請御史判罪。御史判曰。此鼠若問笞杖徒流太輕。問凌遲絞斬太重。下他府刑。中貴知其譏己。然亦服其判斷之捷。

戲臺對聯

康熙癸酉春。蘇城搭臺演戲。幾無隙地。婦女有搶去首飾者。有被人奸騙者。無賴生事起釁不一。當事不為嚴禁。至四月猶未止。予從石湖歸。見彩雲橋北演戲。登岸往觀。見臺上對語云。六禮未成。頃刻洞房花燭。五經不讀。霎時金榜題名。甚為切當。猶憶幼時見一聯云。逢場作戲。把往事今朝重提起。及時行樂。破工夫明日早些來。四句皆成語。確是戲臺對聯。移他處不得。

佛汗

北魏孝昌三年二月。洛陽平等寺金身。兩目垂淚。遍體俱溼。三日乃止。時人稱為佛汗。明年爾朱榮入洛。誅戮百官殆盡。宋靖康元年立春前一日。太史局勾芒神。流淚滴襟袖。是年徽欽被擄。元至正末。吾蘇承天寺佛像亦垂淚。僧拭之復出。淮張據吳占寺為宮。有暫借承天住十年句。

聖人前知

夫子生於魯。其神靈尤顯於魯。如漢時修夫子宅。鍾離意得璧之語。雖為不經。然未必無其事。正德中。劉六七攻山東。夫子像面汗出如雨。其孫衍聖公以布拭之。拭而復出。後賊至。盡擄每朝所賜。崇禎十四年。曲阜縣夫子廟中。有見夫子下殿撫几而哭。淚下點點成血。未幾國作遷移。此亦泣麟之餘悲。反袂掩淚之至痛耶。

堅瓠十集　卷一　八

牛角山河

右相李綱。方經理兩河。以圖復中原。黃潛善汪伯彥。立排去之。東駕遂東幸。兩河郡縣相繼淪陷。金人南侵。高宗奔杭州。而國不可為矣。有人題詩于吳山子胥祠曰。和戰無成戰戒嚴。中原民苦望熙恬。遷杭不已思閩廣。牛角山河日久尖。

嘲王禹玉

王禹玉丞相既亡。有人作書嘲之曰。太師因被子孫煎。身後無名只有錢。喏喏佞翻王介甫。奇奇歆殺宋昭宣。常言井口難為戲。獨坐中書不計年。東府自來無土地。使應正授不須權。其家經府指言張山人作。府尹追張至。張曰。某自來只作十六十七字詩。七言律某吟不得。府尹笑而遣之。

壁虎竈寃

禱雨用蜥蜴。以其能致雨也。宋熙甯間旱。令捕蜥蜴。一時無獲。多以壁虎代送官府。民謠有壁虎壁虎。你好吃苦之說。明初大江之岸常崩。人言其下有猪婆龍。一時恐犯國姓。祗言有黿。高皇惡與元同音。捕之殆盡。時亦有癩黿癩黿何不稱寃之謠。世之受誣而被害者。甯止壁虎與癩黿哉。

放生池記

慶元初。趙師睪為臨安尹。請以西湖為放生池。作亭池上。命國子司業高炳如文虎為記。高故博洽。疾時文浮誕。痛抑士子。遂失衆心。會記有鳥獸魚鱉咸若。商歷以興。已鐫之石。始覺其悞。改商為夏。痕刻猶存。輕薄子作詞嘲之云。高文虎稱伶俐。萬苦千辛。作个放生亭記。從頭無一句。說着官家盡把大師歸美。這老子忒無廉恥。不知潤筆能幾。夏王卻作商王。只怕伏生是你。

龍虎對

度宗龍飛。榜興化陳文龍為狀元。胡躍龍為省元。時范文虎為殿帥。孫虎臣為步帥。有人對云。龍飛策士。狀元龍。省元龍。虎帳得人。殿帥虎。步帥虎。

是他家偒

唐鴻裁妝蘇州。江外優伕。暇日多縱飲博。因會賓僚擲盧。鴻突勝。以所得均遺一座。乃吟曰。八尺臺盤照面新。千金一擲鬭精神。合是賭時須賭取。不妨回首乞閒人。嘗因飲酣戲妓。而軍倅留情。索然無緒。鴻盼之曰。老夫過戲。無能為也。倅樞衣而謝。鴻因吟曰。醉眼從伊百度斜。是他家偒是他家。低聲向道人知也。隔坐剛拋荳蔻花。

堅瓠十集　卷一　九

李楊相謔

楊邃庵冬天氣熾而李西涯怯寒二公並坐西涯屢以足頓地作聲邃庵曰地凍馬蹄聲得得西涯見其吐氣如蒸遂云天寒騾嘴（一作鼻）氣騰騰蓋雲貴有象蠻之誚邃菴原籍雲南故也

嚴高相謔

常熟嚴相國訥面麻新鄭高相國拱作文常用腹稿二相退食相遇高戲嚴曰公豆在面上俚語謂麻人曰豆豆兒嚴答曰公草在腹中蓋河南曰驢也一時捧腹

改勸學詩

勸學詩有少小須勤學文章可立身滿朝朱紫貴盡是讀書人成化間渦御史徵以事謫戍易前詩云少小休勤學文章悞了身遼東三萬衛盡是讀書人

張陸題句

崑山陸靜逸釴對景題句云楊柳花飛平地上滾將春去張亨父泰應聲曰梧桐葉落半空中撇下秋來

狀元宰相

卞榮在萬閣老安坐通報廷試曾彥首選安曰狀元卻是瞎瞎漢時彥年已六十矣卞答云宰相須用讀書人

又袋謎

祝枝山學佛語作又袋謎云無佛（物）不開口開口便成佛（物）盤多羅詰（結）多羅破多剎（撒）微多佛（物）多難陀（脫）

張羅峯去位

張羅峯陛辭之日有人粘詩於吏科門上云大通橋下鵓鴿鳴寶鈔三千又送行歸路若逢徐少宰入出相伴採黃精

嘲續絃

關中陳成玉璜善謔友人周行可續絃謔以詩云十分春色海棠開雲雨漫天暗裏來可是東君勤愛惜煙蓑乘夜護花臺行可多髯故嘲之云

嘲晚婚

正德中孫太初一元初娶導引人疑其仙晚婚吳興施氏妻妹李空同以詩嘲之曰范子無端出五湖西施並載有耶無詩人只合鶯鶯伴施家今是大姨夫　見說仙

人歸綵筆（音作于中華 華降羊維家）麻姑亦降蔡經家須防御子河中吼背癢無言爪作爬

持水上壽

一士家貧欲與其友上壽無從得酒但持水一瓶稱觴時謂友人曰請以歇後語為壽曰君子之交淡如友應聲曰醉翁之意不在

即事對

嘉靖庚戌夏言為兵科都給事中以議郊禮加翰林學士掌科事人服四品服色許諧指其事為對曰七品衙門五品官四品服色以學士五品給事七品也無有能對者

詩投司徒

嘉靖二年天下大災明年春與兩江浙蝗尤甚未有蠲租之詔羅荼投詩于大司徒孫交曰春雪消時木尚枯一詩持贈大司徒漢文皇帝龍飛日不遇災荒也賜租

西涯撰誥文

李西涯撰劉瑾父封都督誥曰積善以貽子孫審聞其語揚名以顯父母今見其人又號令風行乎天下威名雷動於八方為京師傳笑

別號

昔子思孟子稱孔子亦曰仲尼未聞有別號也近世𣲖生小吏亦各以別號標致謟諛之徒不敢稱其字況有一命者乎舊有詩云孟子名軻字未言如今道號卻紛然子規本是名陽鳥又要人稱作杜鵑

御史口吃

明宣正間御史茂彪舌秃言澀侍西班有東班御史悞入西班彪乃面糾曰臣是西班御史茂彪有東班御史不合走入西班然彪言為包班言為邦滑稽者因其言為一絕曰閶闔門開紫氣高含香當得近神堯東邦莫入西邦去從此人人懼茂包

張幼于謎

吾吳張幼于使才好奇日有閑食者伴作一謎粘門曰射中許入謎云老不老小不小羞不羞好不好無有中者王百穀揣登射云太公八十遇文王老不老甘羅十二為丞相小不小閉了門兒獨自吞羞不羞閉了門兒大家吃好不好

解跌

解大紳同戚出遊市中失足偶跌眾笑之解吟曰細雨落綢繆街坊滑似油鳳凰跌在地笑殺一群牛

壁閒對句

侯鯖錄學士院壁閒舊有題云李陽生指李樹爲姓生而知之久無對者楊大年爲學士乃對云馬援死以馬革裹屍死而後已○癸軒瑣記邗江旅壁有對云鄒孟子吳孟子寺人孟子一男一女一非男非女周宣王齊宣王司馬宣王一君一臣一不君不臣亦堪解頤

許子不憚煩

耕餘博覽虞集未遇時爲許衡門客虞有所私午後輒出館許每往不遇病之因書于簡云夜夜出遊知虞公之不可諫虞即對云時時來聒何許子之不憚煩

一節三分

雪濤諧史一生員送廣文節儀只用三分銀子廣文出對曰竹笋出牆一節須高一節生即對曰梅花遜雪三分只是三分

字謎

雞肋編王介甫倹字謎云兄弟四人兩人大一人立地三人坐家中更有一兩口便是凶年也好過又有字點謎云寒則重重疊疊熱則四散分流四个在縣三个在州在村裏只在村裏在市頭只在市頭楊南豐有門字謎云倚闌干東君去也霎時間紅日西沉燈閃閃人兒不見悶懨懨少个知心近有人作德字謎云吳江人七條心如今兩个人合得一个心仔細看看原是兩个吳江人以中有十四字也蓋諺有吳江人七條腸之語故云他如秦字云兩畫大兩畫小竽字云先寫了一撇後寫了一畫他字云問管仲俱有思致

十可笑

嘉靖戊子張桂當路有書十可笑帖於朝房者東厰受旨緝訪邏者群分四出乃得席瑤等十餘人皆傳誦者實非其編造也張桂發怒欲以妖言律當之刑部胡端敏公世甯奏瑤罪因閭編捏笑言敢于互相傳誦罪止杖徒云○戒庵漫筆世宗一日御朝見殿中一物行動命内竪取視之乃是鱉背有硃書張璁二字言其橫行也

肉事

肉林紂事也肉翅者魏鈴下登凌風臺如履平地也肉磨者晉世祖某宦者善噉謂肉磨也肉飛仙者沈光也（見北史）肉鼓吹者李匡遠也肉手爐者唐岐王于美婢懷中煖手也肉几者明皇憑黃翩兒肩以行也肉屏風者楊國忠及杭州別駕杜馴

選肥婢遮風也肉杖肉陣肉障者亦國忠也肉腰刀李林甫也肉臺盤者孫晟楊國忠也肉齒者來絡也肉譜者李守素也肉疾者中王也肉唾盂者嚴世蕃以美女受唾方咳嗽美女以口受之也肉雙陸者王天華呆媚世蕃織成地衣令美女三十二人紅素各半聞擲點該移某位則趨以待也水滸傳魯達打鄭屠以所切碎肉灑空中似下一陣肉雨肉雨二字更新

隱軍字

袁籜庵先生自金陵來吳過訪適有以事繫臬司獄者因問某應得何罪先生戲曰帽兒蓋在車頭上余曰此先生調笑令中詞料也先生遂成黃鶯兒曰運退走他方諢失言輝少光渾家汲水都傾瀉褌兮衣藏革兮草藏帽兒蓋在車頭上鄆邑亡指揮才少勾補子孫當舉坐絕倒近見一夕話載某軍官持畫像求先生作贊即題曰揮無手輝欠光褌去衣無恙運退走他方渾家攜水潑遺傍休猜是太上老原來是鐵甲將把一个大帽兒蓋在車頭上因知先生久有軍字隱語也又聞先生在武昌時某巡道謂曰聞貴府衙中有二聲碁子聲唱曲聲先生對曰老大人也有二聲天平聲竹片聲某默然未幾先生遂挂彈章

蒙古出對

元時一蒙古人爲宰涖任行香出對曰孟孫問孝於我我衆皆哂之一生對曰賜也何敢望回回宰大喜厚賚之○崇禎末有以貢緣補廩者馮猶龍謔之云夫子絕糧於陳命顏回往回回國借糧以名與國號相同冀以感動比往通謁大怒曰孔子要攘夸狄怪俺回回常說回之爲人也擇賊乎糧斷不與顏子快快而歸子貢稍往既至自稱平昔奉承常曰賜也何敢望回回群回大喜以白糧一担先令攜歸許以陸續送用子貢歸述於夫子夫子攢眉曰糧便騙了一担只是文理不通聞者絕倒

事物自然對

江陵勞勞亭都人送別之所可對適適圃吾吳申相國圃名陶穀化化牋以粗紙供溷一化也取溷紙復抄二化也可對奇奇集賈似道萃古人用兵以寡擊衆如淝水赤壁之類自詫援郢之功明徐禎卿有歎歎集皆消遣悲傷之作世號棋爲木野狐以其媚溺人心可對紙老虎亦以紙牌能耗人財也唐茶葉太嚴人畏之號草大蟲可對火花娘煉丹甚於溺色故有此名洪州有娉婷市五代鍾傳侍兒所居可對溫柔鄉峨嵋山有不到寺可對無定河謝無逸以詠蝴蝶得名人稱謝蝴蝶可對鄭鷓

鴣。雍鷺鷥。蓋鄭谷雍陶。亦以二詩得名也。

人以虫名

元末。吳人呼秀才為末虫。近呼執役事者為条虫。以役条同音也。交易居間者為白螞蟻。差人為餓皮虱。倉夫為倉老鼠。慣預外事者為醬裡虫。幫閑者為蛀虫。

堅瓠十集卷一終

堅瓠十集卷之二目錄

折柳橋　新嫁娘詞
代妓署所歡　泥美人詞
臨終詞　田說
一字一錢　侍郎巡按
兵刑侍郎謔　真若虛傳
試題作詩　歇後詩
赴試詞　下第詞
題格子屏風　藥名閨詞
病集藥名　山居即事
童生府試　尹山插將會
梅生宿餅姬　廣文滞殺
鵓蚌相持　蝴熱谷
乞醯不與敬　遺臭文詞
讀書諱父名　詩不成解
趙管唱和　鐵椎銅鑼
方口尖口　餓夜叉
政和景泰二榜　縣官生日
貧娼　打牛李社
此房賣賣　蝴錢
誇食品　蝴酸酒
失婢榜　一東韵秀才
手臼打米　姓名謔
王盧　湯余相戲
追阿奴　崔陳問答
上逢下逢　算仙
負固不服　通文
作耍　頭嗚取讖

堯舜與人同耳　宋宗室詩
淌大使　大葫蘆種
反乞巧文　荒年謠
李廷彥

堅瓠十集卷之二

清　長洲石農褚人穫學稼纂輯

折柳橋

唐詩紀事。雍陶典安陽。送客至情盡橋。問左右曰。送迎之地止此。故橋名情盡。陶屬筆題其柱曰。折柳橋。自後送別必吟其詩曰。從來只有情難盡。何事名爲情盡橋。自此改名爲折柳。任他離恨一條條。

新嫁娘詞

尤悔庵侗先生。有新嫁娘詞調寄西江月。月下雲翹早卸。燈前羅帳眠遲。今宵猶是女孩兒。明日居然娘子。小婢偷攜翠被。新郎初試蛾眉。最憐粧罷見人時。盡道一聲恭喜。

代妓署所歡

袁仲子有代妓署所歡詩曰。尋覓如同夜不收。閒人知在十間樓。誰家柔質留他住。那得閒錢恁你丟。舊日頑皮猶怕打。只今餓臉不知羞。便須剝去嫖衣服。鎖向空房做縮頭。

泥美人詞

尤悔庵先生泥美人詞。調寄好兒女。彼美人兮。半面風姿。誰向粧臺描五色。有個惊傳神。何郎傅粉。張敞修眉。可惜紅顏黃土。立而望。是耶非。問若个小名君識否。是那舞西施。停歌子夜。不笑褒姬。

臨終詞

四明倪君奭臨終。賦夜行船詞云。年少疎狂今已老。筵席散。雜劇獃了。生向空來。死從空去。有何喜有何煩惱。說與無常二鬼道。福亦不作。禍亦不造。地獄閻王。天堂玉帝。看你去那裡押到。

田說

論田之名。士庶爲恆產。按田之實。利害亦兼呈。民以食爲天。故田如兩日之並育。食以田爲本。故田如四口之相仍。君王非田。則祿米無資。故田以二王爲象。戶口非田。則生養不遂。故田以十口爲丈。山川非田。則秀氣不貫。故曠野錯綜。如四山之環抱。平疇綿亙。似兩川之縱橫。然而地闢於丑。田之在地。本爲不滿之數。人生於寅。田屬於人。已有仕宦之形。昔爲富。終無田不成家業。今爲累。始有田易犯罪名。孰可拋荒。所患丁男乏力。荒能起熟。最喜承佃有人。求作之艱難。在水旺而土尅。夏畦之病。病於田制而土益遂墮則以田結人心故豢瞗恤之典論理則以田皆王土難免粟米之征人有一日之田遂煩會計禾播千家之上也待種成田按里而冊籍可稽雖尺土莫逃乎稅斂田有饒而高低不一惟步弓可定其紛紜仁政必先經界辨田界者還須一介不苟良苗漫說懷新植田苗者務使寸草不生黃壤為上上之丘當共丘而判肥瘠黑墳為下下之地恒赤地而歎灾祲畏賦畏傜只為頂上的田難脫卻當差當役止因腳下的田是禍根田少則一日出頭歎由來之有限田多則兩邊應役將申訴以何門苟其善計無人安得田完國課若還作弊有吏又見田多變更急公的一番出兑一番愁常恐浪費米粒抗糧的既思拖欠又思詭柱自用盡心機蓋田絆鄉紳之身直與細民同類而等視若田飽衛軍之腹徒使運戶奔走而趨承畋從犬畝從人充賤役者果然半是人分半是犬歸從千歸從寸墾土穀者豈真一寸田為千寸金田賦重重未必取十千而稅十一良田盆盦還恐宜于古而不宜今傚鬼常將頂在頭方能祭饗入甲還如生了腳即難將移思服先疇誰能必得其壽爾田彼畞畫畞佃同周田遂致丈不在茲將田授與兒曹頓教童子有立錐之土傍田而起房屋務使棟梁須林木之材歲納田中禾稼大有咎困之積倘犯田間人命難免困厄

之侵畬燒餅者猶為無米思饑幫私訓者直是人面獸心畊者必有井焉相與爭田甘作背井之咨氓之為言氓也收其田里遂有逃亡之民故願用之者舒田之所生如川流之不息倘若由為逃賣田之所入必二十而取盈此其大略也盍各言之亦有異聞乎堪與共耳

一字一錢

秋水涉筆有善詩者出一帖云求詩者一文作一字一妓將十七文求詩遂吟曰美貌一佳人妖嬈體態新調脂並傅粉觀音有一和尚見而以十六錢求詩亦吟曰和尚剃光頭葫蘆安个柄睡到五更時硬

侍郎巡按

正統中侍郎焦宏與都御史王文曾飲適有犬繞桌行左右叱之宏曰休叱他在這裡巡按文曰你看他是狗郤是如狼

兵刑侍郎謔

景泰中兵刑二部僚佐會坐時于謙為兵書俞士悅為刑書刑侍郎某戲謂兵侍郎項文曜曰于公為大司馬公非少司馬乎項即應之曰俞公為大司寇公非少司賊乎一座絕倒

真若虛傳

濠城有先生姓真名實字若虛別號竹心少年業舉汴博識洽聞遊黌校好俠多盡蓄頗有李良之風然性拙且疎懶值數奇家遂落親友無可附者乃訓蒙為糊口計嘗作詩寄慨云衰年感事入舊因麻侍蕭蕭雨鬢秋名利竟成蕉下鹿生涯何異雨中鷗爲難綠落情難繫禾黍離離恨未休回首桑榆猶未晚不妨再整舊風流其為師也不外飾不徼名不事安逸事以簡伐務期無愧於心雖歲杪猶夫春初一有怪而已先生賦性耿介不能容物以故每見禮於士君子而不滿於匪人先生亦初不以為意也鷦鷯一枝鼴鼠滿腹怡然自得暇則託諸吟咏嘗有夕陽回首連雞盞一點雲臺自有天之句一日有感作詩自嘲曰二三童子若相依鳥入樊籠不得飛精力一生徒自費行儀卒歲亦云微盤中苜蓿常時見門外風光總不知世上萬般皆上品吾來惟有訓蒙低節屆清明出郊散步花柳爭妍禽鳥和鳴見二童子肩挑野菜行歌互答先生歎曰吾弗如也口占一律云花雨初晴淺淺風尋芳曳杖畫橋東韶華幾度塵寰裏事業平生螺蠔中舉目忽驚春水綠傷心忍觀夕陽紅年來雨足

多胥稟爭似行歌賣菜傭前望曲堤流水半掩柴扉有一美人輕盈弱質俊雅芳姿倚門而望先生至則迎而拜之曰相公何來若素相識者先生詢之乃一妓者姓何名韞玉邀入蘭房粉黛極其精麗圖書四壁皆名人筆也先之以苦茗繼之以香醪山珍海錯紛然臚列其為人溫潤而栗可愛可親不啻劉阮之入天台也先生贈之以詩云流水橋邊半掩扉有人如玉自含輝笑看明月為歌扇醉倚閒雲作舞衣金谷潛隨珠比綠昭陽不與燕爭飛懸知善價還須待此日何妨識者稀與之談論深語文墨先生笑曰人生世間如輕塵弱草不過欲圖快樂耳如卿者朝寒食夜元宵一生受用不盡韞玉愀然答曰儂家道路下賤非巧言令色不足以動人非貨賄隱忍不足以容人非隨波逐流不足以羈縻人吾性質直與此相反是以不免鞍馬冷落耳先生首肯者數四因賦詩曰自分荒齋一角巾也於佳節作遊人鬬情月上河橋柳拂面風來紫陌塵白髮何妨悲塞拙紅顏郤亦歎沈淪天涯流落知多少司馬青衫濕淚痕韞玉始知先生乃謝曰吾聞為師者開絳帳坐皋比立雪坐春風者敬之若神今何為發此歎也先生曰不然師有大小時有遇不遇余豈若是倚哉集生徒數十輩多幼小無知冥頑不靈者記曰善學者師逸而功倍不善學者師勤而功

半功倍者不以爲多，功半者輒以爲少，莫知予惡，而亦不自揆其既虞之不稱也。龍玉曰：如公言，何不舍之而他適耶？先生又以內顧爲憂，不能涉遠爲辭。龍玉亦作詩以慰之云：伏生垂白尚窮經，茸館優游莫厭貧。俗子胸中三窟計，達人身外一毛輕。借巢鳩亦常嫌拙，近寺人多弗信僧。君去思君應不少，當年何武未知名。先生改容謝之，相與攜手同行。遙望前溪，忽見畫船簫鼓泊於綠柳陰中，一人冠裳甚偉，縱步前來，值先生，且喜且愕，乃與先生同筆硯者，姓白名造，號空庵，作倅饒州而回。先生與敘寒暄，洗盞更酌，因備述感傷之故。空庵曰：天下事率多類此，吾以直道不容於時，故棄官歸隱耳。亦賦一律云：灰心不復羨浮雲，解組歸來日未曛。自分國謀非肉食，由來身累數紅裙。交情久爲風塵隔，邂逅相親笑語溫。游有硯田君莫恨，行看桃李適河汾。先生笑曰：只恐多栽荆棘，桃李不能滋長耳。坐中咸爲之撫掌。又有一客，乃空庵內弟，隨伴而來者，歎曰：有是哉子之言也。吾乃接商者流耳，客有尊卑，貨有美惡，每將高以就低，吞聲而忍氣，稍有不順，則將轉而之他矣。先生默然者久之，又曰：余未館時，嘗靜養僧房，閒遊道院，慕其清逸絕塵。僉曰：公殆未之知乎？爲僧道清苦莫甚，且非小心謹慎，不足以安其身。自今觀之，清苦同而逍遙拘束不同，小心同

而幽閒煩劇不同，謹慎同而一安樂一受氣又爲不同。爲僧道者，所謂出家在家；爲師者，所謂在家出家者乎？空庵歎曰：如子言，信知天下事不平者不少也。先生又口占一絕云：乘暇攜節一賞春，相逢盡是不平人。浮雲世事多翻覆，一笑何須認假真。吟罷屈伸，一覺乃是南柯一夢，東方既白，恍然笑曰：茲非晝之所爲，有感而然乎？雀棄披衣，仍入書館，甘心無悔焉。庭前植佳卉數種，可爲玩物適情之一助。至晚生徒散去，主人進酒夜坐，先生三盃後，又成一律，朗吟曰：日把詩書訓兩曹，中心樂此不爲勞。閒來庭下怡佳卉，興到窗前賦綵毫。自揣此生無俗累，更多向晚有香醪。農工商賈皆辛苦，還算教書一着高。

試題作詩

康熙己酉，簡公上督學江南，初試江北諸郡，案出，輿論譁然，士子即以試題作詩云：才難自古信其然，知我何須更問天。斷斷不能容一技，優優還要禮三千。貧而樂者甘從井，富可求兮願執鞭。夫子宮牆高數仞，故人樂有父兄賢。遐邇遍傳，簡公知之，逐出聞文者某某，而所取皆孫寒士矣。及試吾郡，特拔唐廷巽於大收之中，知其貧而未娶，助銀百兩以完花燭，此亦亘古奇遇，士林以爲美談。

歇後詩

雲間求忠書院，爲方正學建也。一日巡按觀風，有儒童告考，張郡侯命學博往書院試之，織二題，一曰人力所通，一曰鼻之於臭也。時人爲之語曰：貢院求忠書院，場有考儒不見人力所，但聞鼻之於。

赴試詞

宋秀州諸俊生赴試，青玉案詞曰：釘鞋踏破祥符路，似白鷺、紛紛去。試盞幞頭誰與度，八廂貌事，兩員直殿，懷挾無藏處。時辰報盡天將暮，把筆胡填備員句。試問閒愁知幾許，兩條脂燭，半盂餿飯，一陣黃昏雨。

下第詞

董条政舉場不利，作柳梢青詞曰：滿腹文章，滿頭霜雪，滿面塵埃。直至如今，別無收拾，只有清貧。功名已是因循，最懊恨張巡李巡。幾個明年，幾番好運，只是瞞人。

題格子屏風

朱貞白嘗謁貴人，不禮，題詩於堂中格子屏風曰：道格何曾格，言糊又不糊。渾身都是眼，還是識人無。

藥名閨詞

陳亞藥名詩，見初集。又有閨情三首，調寄生查子曰：相思意自深（薏苡仁），白紙（芷）詩難足。字字苦參商，故要檀郎讀（狼毒）。分明記得約當歸，遠至（志）櫻桃熟。何事菊花時，猶未回鄉（茴香）曲。小院雨餘涼（禹餘粮），石竹風生砌。罷扇儘從容，半下（夏）紗廚睡。起來閒坐北庭中，滴盡珍珠淚。爲念婿（細）辛勤，去折蟾宮桂。浪蕩去未來，躑躅花頻換。可惜石榴裙，蘭麝香消半。琵琶閒抱理相思，必撥朱絃斷。擬續斷來續，待這冤家看。

病集藥名

尤晦庵先生有藥名南鄉子詞云：弱骨怯天冬，滿地黃花憔悴同。雲母屏邊休竚立，防風，烏頭郤似白頭翁。　自笑寄生窮，愁脉難將草木通。泉石膏肓甘遂老，從容，領取雲山藥餌功。

山居即事

李在躬支頤集有山居即事排律，隱藥名云：三徑慵鋤蕪穢編（生地），數株榴火自鮮妍（紅花）。露滋時滴巖中乳，石（膏）雨過長流澗底泉（澤瀉）。閒草文詞成小快（藁本），靜披

經傳見名賢。子使君渴呼童子烹新茗。卜兒僂倚薰籠炷篆烟。安息硃砂為多研常試減縮砂。當因懶補半嫌窄。健故欲醫衰病求方少。沒藥未就殘詩得句遲。續斷為憐沃漻千頃碧。空青頻頻擡首向遼天。地榆○又聞思黃鶯兒詞曰。滿院發榴葵。紅花訂回期。當歸端午時。半夏奴如孀守空閨裡。獨活飄零不歸。子浪蕩相思怎醫。從蓉心心念念人千點。遠志自追思。細辛雲鬟兩鬢。烏頭一半變霜絲。班毛

童生府試

浙直童子試。府取最難。非大分上即彘董不自必。湖州一士妻舅乃賴者。又一士脫細君簪珥營之。俱獲進院入泮。長興吳生戲為令曰。湖州有一舅為程。添一秀。舅與秀。人生怎能勾。一人曰。佳人頭上金。才子頭上巾。金與巾。世間有幾人。一人曰。外面無貴舅。家中無富婆。舅與婆。命也如之何。

尹山猛將會

長洲尹山鄉人。醵金祭賽猛將。三年一大會。扮裝演故事。遍走村坊。衆競往觀。男女若狂。叅野嚴用三作竹枝詞曰。競看賽會棹扁舟。村俏成群意氣浮。桃柳風翻裙摺亂。歪斜吹散牡丹頭。　髻少烏雲步步遲。布衫漿簇靛痕鮮。青捆黃粽爭相買。挖出荷包盡白錢。　朝來拏伴過河東。爲助神前花供工。每分三星須白鏹。胎纓涼履各稱雄。　會畢分班上快船。腿酸脚軟急呼烟。麵觔蔬菜新煎酒。醉飽歸來就欖眠。

梅生宿薛姬

有梅生者。恭一薛姬。友人戲改舊句嘲之曰。梅薛爭春未肯降。帮閒弄筆費評章。梅須遜薛三分關。薛卻輸梅一段長。　有梅無薛不成親。有薛無錢也不成。日暮將錢交與薛。與梅并作十分春。

廣文帶殺

吳某選廣文。相士曰。君目光帶殺。不宜為此官。吳曰。噫。刑官一歲之內。殺人能何。教官二仲之中。殺猪無數。首宿齋頭。非殺星旺者不能到。既而之官。門生各饋一分五厘為贄。吳署其門曰。即使梅須遜雪。也該三分。唯其青出于藍。故減一半。

鷸蚌相持

有朱顧二生。失杯酒之歡。相訟於縣。縣令解之。對曰。今日之事。鷸蚌相持。雖欲自釋不可得矣。令曰。二生即以鷸蚌相持為謎。若善。當有賞。二生遂聯句曰。老蚌親暘出淺灘。野禽何事妄相干。身雄海底珠胎損。脚傍溪頭翠羽殘。開口不如緘口穩。入頭方見出頭難。早知盡落漁翁手。雲水飛潛各自安。縣令稱善。蕭而釋之。

嘲熱客

魏程季明。嘲熱客詩曰。平生三伏時。道路無行車。閉門避暑臥。出入不相過。今代襛襶子。觸熱到人家。主人聞客來。顰蹙奈此何。謂當起行去。安坐正咨嗟。所說無一急。喈喈吟何多。搖扇腕中疼。流汗正滂沱。莫謂為小事。亦是人一瑕。傳誠諸朋友。熱行宜見呵。

乞醯不與啟

嚴思公乞醯於閻子。有聞許而不與。嚴作啟謝之曰。不肖窮不能炊。庖猶乞米。僅祈醯醬之末。敢冀消滴之資。知時值饑荒。情當窘惜。弟慨語醋而可求也。豈遂計開不在茲乎。乃承子謂吾家少有。將遺與汝加餐。何期鞠窮兮之呼。但得蔬飯之報。名為措大本色。原不可以假人。孤必無鄰。直道自宜行於谷我。君雖虛季布之諾。我實深鮑叔之知。欲破愁腸。念兹折臘。未嘗上口。先自攢眉。已不欲而勿施。容復康而無取。應訝畢吏部與酒俱乾。切怪石女郎為風所阻。且醋有錯音。錯悞偶然。特前言之戲。又醋同酢也。酬酢勞矣。恐後事之多。兹洵若水之淡交。愈感渾書之高誼。謹謝。

遺臭文詞

順治甲午春。郡中隴西翁與太原君。有虞芮之訟。鄉之大夫。群起而左袒太原君。或進隴西翁以范少伯之策。翁笑而頷之。於是所謂業業若若者。皆斟酌飽滿而去。滑稽者。乃序其事。而次之開場始末一折。四書文義五篇。黃鶯兒十曲。絕句二十餘首。翁彙而壽之梓。顏曰遺臭文詞。予藏之弆中。近與硯田詩笑。俱為人竊去。始末絕句。猶能記憶一二云。越國開科取士。賢才中式顧陸管湯。題目百畝之糞。諸子咀嚼精詳。陸子搖來就做。果然具味深長。顧子從容正席。嚼出丹桂花芳。管氏合黨小子。黃口勝是坑缸。湯遨糞是吾家舊物。今番與樣馨香。諸公回味再思量。書得有吃有剩絕句云。向縣干求只為財。醵漿分自上方來。滿城異味都嘗遍。此物奚宜忽至哉。　滋培灌溉豈無端。何忽攜來膳大官。過飽不須愁內熱。群然努力逼加餐。　非禾非黍亦非瓜。百畝之資浪擲差。黑白顛毛一時染。群徒辯了是黃麻。　當今顯者寔堪誇。上客相逢弗用茶。隴畔調羹洵妙手。野人芹獻不爭差。　爭看皇路喜翱翔。干謁非公不自量。豈是諸君交臭味。龍涎不及糞渣香。　黑貂暖帽勝烏紗。丟盡良心寔可嗟。攘臂群然撇落帽。滿頭戴了木樨花。　別船群喜抱琵琶。曲直無分路已差。馬

勃牛波君受氣何須開口出而哇　何勞鼠在訟須興虞芮當年自質成亦是佛頭澆部鼻相看淋漓各沾巾　乞憐情面亦何堪大嘗秦椎不少寬酒潤飛甘一時者嘗來可似蔗漿寒

讀書諱父名

王戩子絢年六歲讀論語至周監於二代外祖何偃曰可改爺爺乎文哉以戩郁同音吳蜀間呼父爲爺也絢曰尊者之名安可戲寧可云草翁之風必偃偃父尚之絢之外祖翁也〇梅西野嘗與邑大夫會飲論及時事云先時百姓稱官長止云某老爺今則不問尊卑俱呼爺爺矣因言吾鄉有趙良臣者延一西賓教子其賓避主人諱至孟子我能辟土地章改良臣二字爲爺爺命其子讀云今之所謂爺爺古之所謂民賊也聞者鼓掌

詩不成解

丈頤集長山王子涼(牀生)爲詩好爲聱牙詰屈之語多不自解嘗爲潛岳解出正陳大士際泰大士語周櫟園亮工曰子涼昨以潛岳解示余久之不得其解又有五言古詩必數五字讀之始得其韻若稍失一字即須從頭讀起櫟園曰予讀子涼詩乃捷於先生子涼詩凡七百五十字竟作七百五十句讀之入手即了矣大士大笑

趙管唱和

趙松雪欲置妾以小詞調管夫人曰我爲學士你做夫人豈不聞陶學士有桃葉桃根蘇學士有朝雲暮雲我便多娶幾个吳姬越女何過了你年紀已過四旬只管占住玉堂春管夫人荅云你儂我儂忒煞情多情多處熱如火把一塊泥捻一个你塑一个我將咱兩个一齊打破用水調和再捏一个你再塑一个我我泥中有你你泥中有我與你生同一个衾死同一个槨(後詞一作趙子昂贈管夫人詞畧異見六集)

鐵椎銅罐

玉堂閒話天成中盧文進鎭鄧州因出城賓從偕至舍人韋吉亦被召年老無力控馭既醉馬逸東西馳桑林中横枝罥挂巾冠露禿而奔突僕夫執從則已墜矣舊患肺風鼻上癮疹而黑臥於道旁觀者無不笑者左司郎中李任祠部員外任瑤各占一韻以賦之略云當其颺子潛竄衙官共看喧呼於麥隴之東偃仆於桑林之畔藍撓鼻孔真同生鐵之椎硯甸骷髏宛是熟銅之罐聞者解頤

方口尖口

舊諺集唐進士有單姓者就試有司有司誤書爲箪單訴云雖則陋宗然姓氏不欲爲人所輕易乞改正之有司曰方口尖口亦何足辨單曰若不足辨則台州吳兒縣改作呂州台兒縣可乎主司無以應

餓夜叉

朝野僉載唐王熊爲澤州都督府法曹斷略糧賊惟各決杖一百通判間熊曰總略幾人熊曰略七人合決七百法曹曲斷府司罪科時人哂之前都督尹正義公平後熊來代百姓歌曰前得尹佛子後得王癩獺判事驢咬瓜喚人牛嚼鐵見錢滿面喜無鏹從頭喝常逢餓夜叉百姓不可活

政和景泰二榜

政和間狀元何㮚榜眼潘良貴皆少年美風姿探花郭孝友貌古怪時曰狀元真何郎榜眼真潘郎探花真郭郎也(俛仁儀部郎)〇景泰五年甲戌科狀元河南孫賢面黑榜眼宜興徐溥面白探花武進徐鎋面黄時謂鐵狀元銀榜眼金探花云

縣官生日

譏聞錄閒賓中神泉縣令張某外以廉潔自矜内則貪黷自奉一日榜縣曰某月某日是本縣生日示諭門外與給使諸色人等不得輒有獻送一曹吏與衆議曰宰君明言生辰意令我輩知言不獻送謙也衆然之至日各持縑獻之命曰續壽衣宰一無所拒咸領之而已復諭之曰後月某日是縣君生日更莫將來時王岳以鶖鴦詩諷之云飛來疑是鶴下處欲尋魚

貧媼

吳生戀一媼其家甚貧友人李雲卿賦其事曰可笑梨園地鋪爲寂寞場當街爲客座隔壁是廚房屋柱䞣燈挂泥坏爇火爐殷殷三幅帳舊舊一張床草薦疊堆厚綈衾襤襤胖竹竿衣架短麻布手巾長雙陸無全馬棋盤少二將恐惶之甚不可也之當

打牛李杜

錢半村有詩二卷皆打油體傳播人口其重陽風雨云滿城風雨度重陽辜負南山落帽狂打餅免驢空買麪賣茶營狗枉燒湯沈川(村店)抱膝長吁氣禹瓚(村姑)垂頭擁下牀更有清源董道士倚門隻眼淚汪汪(一隻眼)時人目爲打牛李杜云〇昔有趙姓者打油爲業終日吟詩粗鄙可笑故嘲詩之淺薄者曰打油人誤以爲打牛云

此房賣

筠廊偶筆載商丘安舜庭先生世鳳。童子時。向郡守求試。郡守見路旁門上粘此房貫賓字。即指爲題。令作破。安云。曠安宅而弗居。求善價而沽諸。郡守首拔之。

嘲錢

杜少陵云。恰有三百青銅錢。錢之貴青。自古已然。近來作偽者衆。憲禁愈嚴。而私鑄愈多。以其賤也。不脛而走四方。貫以粗繩。懸之市肆。非不楚楚可觀。及其零用。則惡薄不堪交易。頃使青錢之選。日爲人所棄擲。戲嘲之曰。笑汝行藏亦可憐。紙糊鵝眼古來傳。操戈漫道全爲靠。滿貫還須索作緣。空有文名誇聖代。毫無大體益人間。乘權使鬼何多事。贏得人稱作孽錢。小穿惡薄貫堪憐。鉛錫成形擲不偏。不識一文真可毀。少陵三百漫無緣。急當鼓鑄鼎爐內。莫使流行天地間。空澀行囊儒者事。何須銅臭惡渣錢。蘇人謂私鑄者曰薄小穿又曰惡渣

誇食品

吳中某富翁。自誇食品之妙。歷舉數物。友人即以其言。作詩嘲之曰。秋白燒鯗世所稀。鰻魚哪哼剝栗瓜羹。炖光黃蟹常吞蛋。渴極團魚時飲醋。醋灌鴨腸卵如卵。火蒸鵝掌脆還肥。久烹者甲能消骨。浸透銀魚定出蛆。蝦米數宵難剝肉。海參七日不留皮。易牙自古稱知味。不道兒翁味更奇。蓋言雄蟹剝去螯毛。以甜酒調蛋灌之。則蟹黃滿腹。凝結如膏。置鱉魚於溫湯中。渴極伸頭。則以蔥椒酒娘飲之。味尤奇美。者甲久煮。脆骨如腐。銀魚蝦米海參。必以久浸爲貴。故詩言及之。

嘲酸酒

醒睡緜酸酒詩。隔壁人家釀酒漿。鑽入鼻孔折人腸。賓朋對坐攢眉飲。妯娌相邀閉眼嘗。宜煮蝦魚宜拌肉。好燒芋艿好藏薑。勸君收向廚中去。莫把區區作醋缸。

失婢榜

唐人有誚失婢榜詩云。攜養在香閨。嬌痴教不依。總然桃葉縱打得柳花飛。曉露空調粉。春羅枉賜衣。內家方妒殺。好處任從歸。　偷鎖出深閨。風花何所依。想應乘月去。難道絆天飛。燭暗新垂淚。香凝舊舞衣。恩情如不斷。還向夢中歸。　揭榜肆因依。千聲叫不歸。頭盤紅縷髻。身着紫羅衣。夾帶無金玉。窩藏有是非。請君看賞格。惆悵信音稀。白樂天云。舊恩漸自淳。前事悔難追。有忠厚之意。劉賓客和云。新知正相樂。從此脫青衣。雖乎其爲情矣。二詩見六集

一東韵秀才

康熙中。蘇常道劉公觀風。值宜興某春元謁見。欲聘閱文。一士介人往見。求其前拔。自誇是一東韻秀才。予異而問之。答曰。弟又窮又迂。若得前列。此案一發。人必稱公。予笑曰。一東不足以盡。凡要兼二冬。問其故。予戲曰。以凡之文。必定高標。而又囑托。亦覺忒凶。且來科必中。尊翁指日受封。故曰。一東而兼二冬也。友人聞此語。作詩戲之曰。膏腴二項豈云窮。握管操觚便號通。望火日遊多巧術。居然名士傲諸公。其士聞之。亦失笑。

手臼打米

袁叔明名尚統。以丹青著名。而書法詩句不甚佳。善滑稽。嘗題壁云。有錢但寫畫。無物必題詩。又咏無錫人手臼云。年來守舊手臼亦稱公。(俗呼臼工)背上常馱板木鐘。終日街坊閒閑走。片時主顧喚傳舂。一天有雪衣還脫。四面無朋手自恭。滿體壘糟難擺去。兩錢直向混堂中。

姓名雄

郭忠恕嘲司業聶崇義云。近貴全爲聵。攀龍只是聾。雖然三個耳。其奈不成聰。聶應聲曰。莫笑有三耳。何如畜二心。

王盧

北齊徐之才善謔。常嘲王昕姓云。有言則誑。近犬則狂。加頸足以爲馬。施角尾而成羊。嘲盧元明云。卿姓在亡爲虐。在丘爲虛。生男爲虜。配馬成驢。

湯余相戲

明余進士田。與湯進士日新相善。余戲曰。湯之盤銘曰苟者。君乎。湯即復曰。卿以下必有圭者。君也。

遠阿叔

明陸楚生名遠。係進士陸大成從堂叔。遠每對人呼大成舍姪。人多厭之。時王弇州在座。謔曰。當不得他還一句。遠阿叔也。衆爲捧腹。

崔陳問答

冀州崔季珪瑛九歲應秀才舉時。陳元方爲州刺史。嫌其幼。瑛曰。昔項橐八歲爲孔子師。今日自恨年已過之。元方戲之曰。卿宗與崔杼近遠。瑛曰。如明公之與陳恒。

上達下達

明達毅王達。同爲郎中。一日簽公移。王戲曰。每書銜名。但以公上爲我之下。毅應曰。

君子上達小人下達

箕仙

有請箕仙者仙至自云何仙姑一頑童戲之於掌心書一卵字問姑曰此何字箕遂判云似卵原非卵如卯不是卯仙家無用處轉贈與乎堂

負固不服

常熟魏仲雪浣初督學廣東試士次縣殺三苗于三危一人問同坐曰三苗何為而殺之同坐者曰註是負固不服其人誤以負固為父故又問曰父故不戴孝何為殺之同坐者怪其不通紿之曰節死不丁憂其父不孝當問死罪其人信之竟坐黜

通文

崇禎戊辰北直陳保泰督學江南試某縣題有友五人焉一士失記正文遂私問同坐者曰五人姓名敢望指教友曰下文是樂正裘牧仲其人屈指急曰還有三人并祈指點友徐誦曰其三人則予忘之矣其人恚曰如此時節還有工夫通文

作耍

一士試三年有成句私問同坐者下文云何同坐者曰無矣又問上文對云苟有用我者期月而已可也又問上文對曰子曰又問子曰上文同坐者以指作一圈示之其人怒曰學生虛心請教都如此作耍

頭鳴取譏

崇禎壬申四川甘學闊按臨崑邑待士嚴毅時有謠曰秀才街上蹺撞着甘提學老個告衣巾小个重上學有一黠生入場時置一蟬於儒巾內頃之蟬鳴同坐者聞其聲自儒巾中出無不大笑甘以犯規拿至究其笑之故皆云某號生員儒巾中有蟬故笑甘呼黠生至欲責之黠生大聲疾呼曰今早生員入場被父親喚住將一物置於巾內肥跳難忍生員以父命不敢擲去甘怒問其置之之故黠生云取頭名之讖甘亦不覺失笑

堯舜與人同耳

一士試堯舜與人同耳題以堯眉八彩舜目重瞳作柱主中言眉目雖異而耳則同也文宗亦為之噴飯

宋宗室詩

哲宗朝有宗子好為詩而鄙俚可笑嘗作即事詩云日暖看三織風高鬪兩廂蛙翻白出闊蚓死紫之長潑聽琵琶鳳饅抛接建章歸來屋裏坐打殺又何妨人問其意答曰始見三蜘蛛織網於簷前又見二雀鬪於兩廂廊有死蛙翻腹似出字死蚓如之字方喫潑飯聞鄰家作鳳棲梧食饅頭未畢閽人報建安章秀才上謁接章既歸見內門上畫鍾馗擊小鬼故云打殺又何妨哲宗方欲灼艾有小內侍誦此詩大笑遂罷灸

滔大使

宋宗室有滔大使者善作俳笑詩哲宗末年多躁怒不怡左右無以娛悅嘗往求大使家求詩一日雪作問有何句大使遂吟曰誰把鵝毛滿處撏玉皇大帝販私鹽歸家緊把門兒閉一个開封拖麵煎急持以奏哲宗大笑

大葫蘆種

宋稗類鈔載相士黃生見黃山谷求數字薦揚為游謁之資山谷大書遺之曰黃生相余官為兩制壽至八十是所謂大葫蘆種也一笑黃生得之欣然往來士大夫間皆莫解因問山谷笑曰一時戲謔耳某頃年見京師相國寺中有人懸一葫蘆甚大賣其種一粒數百錢人競買至春種秋結仍是瓠爾蓋譏黃生相術之難信也

反乞巧文

張山來反乞巧文云辛酉之秋七日之夕星河正渡天巧群乞心齋居士下土微臣匍匐斂衽告我天孫自古以來誰不思巧不如拙者優游終老狀杜林甫伏獵畏之栗栗若若那籍文辭齊梁索封眾紅賞花問以十字不識八九戚施紈袴慣買名花羊羔美酒彩鳳隨鴉憂是何形愁為何物一總不知翻多奇福微臣命薄憂愁作胎雙眉常鎖無計能開臣亦愚人何敢言巧多此知識便饒煩惱甫離苦海即入愁城揶揄有鬼慰藉無人思患豫防綢繆未雨身在康莊心羈囹圄氣盛三斗腸輪九迴淚從心滴怨向容堆我祝天孫賜我以拙塞我靈明增其鵝笑其臥徐徐其覺于于醉生夢死蠢爾如愚罔測天高誰量地厚無將無迎無譽無咎安此大拙終其天年癡人癡福混沌神仙乞巧誠難乞拙甚易再拜雙星願如我意

荒年謠

嘉靖乙巳天下十荒八九百物騰貴飲啖頗艱杭人金玉泉珊除夕戲作詩曰年去年來來去忙不飲千觴與百觴今年若還要酒喫除卻酒邊酉字旁言飲水也又年去年來來去忙不殺鵝時也殺羊今年若要鵝喫除卻鵝邊鳥字傍言殺我也

李廷彥

李廷彥獻百韻詩於上官中一聯云舍弟江南沒家兄塞北亡上官惻然曰君家凶禍一至於此廷彥曰實無此事圖對偶親切耳一客謔云何不言愛妾眠僧舍嬌妻宿道房猶得保全兄弟

堅瓠十集卷之二終

堅瓠十集卷之三目錄

觸導屬對　金用元對
岳石帆　山東無好人
迎春歌　串月
登高詞　折葵榴榜
捲堂文　辭館歌
詩語臓遑　鬼方記
殺風景詩　封孟勞漁陽伯制
檄霸王　黃司理判
姑嫂成婚判　分娩口號
盧延讓詩　悼詩
方池詩　嘲僧
慰童僕　焦芳像驢
林南澗詞　搥輪行
叶韻　遷神祠
丹成兩剖　詠葫蘆
僧姦判　吳歌
山歌第一　黃雀銀魚
函首求和　鷺長老轉世
晚鴉啼　驅蝗
厠上扁對　大小蜈蚣
起復援例　房租判
麻糊　賈劉獻佞
舉櫓　土地夫人
正好掉頭　嫁妾非偶
蠲　抹布
木瓮　犢踢
紙鳶　傘

榨石　　詠充
從嫁婢　　指甲
臉上黑痣　　阿珍
帷內

堅瓠十集卷之三

清　長洲石農褚人獲學稼纂輯

觸導屬對

萬曆中，太監孫隆織造來蘇，甚作威福，儀衛嚴肅。一日出行，一生從小巷出，誤觸前導，執之以歸。訊知生員，無可如何，令其屬對，云：「手執夏扇，身著冬衣，不識春秋生。」即對曰：「口食南祿，心懷北闕，少件東西隆。」因不敢輕待，遂成相知，甚得其濟助。

金用元對

蘇士金用元善戲謔，詩歌俳語，頃刻立就。一日在文衡山齋中宴集，語優娛師潘某。潘愠謂曰：「吾有一語，能對甘悔。」因曰：「王大夫昆季築牆，一土蔽三人之體。」用元即曰：「潘先生父子沐髮，番水灌兩牛之頭。」滿座大笑。

岳石帆

萬曆中，岳石帆元聲本姓樂，欲附武穆，改岳姓，昆仲三人皆登兩榜。其一密友戲云：「汝祀武穆，應不享。」石帆驚問，友曰：「金是武穆對頭，石鐘名金聲，由金而推之，元諒亦武穆所不樂者也。况名元聲，至於武穆一生心事，只為不肯和，石梁卻名和聲，昆仲名字專與武穆作對，安望其來享也。」石帆亦不覺失笑。時石帆、石梁已登仕籍，金聲遂改駿聲，登萬曆庚戌進士。

山東無好人

弘治間，長洲縣丞魯聰以事忤御史意，被笞。御史怒猶未息，問曰：「汝何處人？」聰曰：「山東人。」御史曰：「可知愚騃如此，山東何嘗有好人。」聰應聲曰：「山東信無好人，只有一孔夫子耳。」聞者絕倒。

迎春歌

吳郡迎春，士女競看土牛。袁中郎迎春歌：東風吹暖婁江樹，三衢九陌凝煙霧。白馬如龍破雪飛，犢車碾水穿香度。鏡吹拍拍走煙塵，炫服靚妝十萬人。羅額鮮明粉綠勝，社歌繚繞猴芒神。緋衣金帶印如斗，前列長官後太守。烏紗新縷漢宮花，青奴跣進屠蘇酒。採蓮舟上玉作幢，歌童毛女白雙雙。梨園舊樂三千部，蘇州新譜十三腔。假面胡頭跳如虎，窄衫繡袴搥大鼓。金蟒纏身神鬼粧，白衣合掌觀音舞。觀者如山錦相屬，雜沓誰分絲與肉。一絡香風吹笑聲，千里紅紗遮醉玉。青蓮衫子藕荷裳，透額垂髻淡淡粧。拾得春條誇姊妹，袖來瓜子擲兒郎。急管繁弦又一時，千門楊柳破

青枝獨有閒門袁大令壓擁書牀生網絲

串月

吳中楞伽山八月十八夜看串月或云從寶帶橋外出數有七十二此横説也或云葑關外極饒溪港光影相接望如塔燈此豎説也然亦如阿閦佛國纔一現耳丙子秋徐元歎見之作詩云山亭露坐天如幕待月不出資諧謔輕風似欲掃浮雲將以所見證所聞纖微吞吐誠非易光影飛沉無定位真月猶未現全身先見第三與第二一溪一月非無因於月不知誰疏親孤魄漸離煙霧聚眾窒窩盡琉璃輪金光激射難可擬王塔倒懸聊近似塔顛一月獨分明千百化身從此止忽墮雲中不可咲餘光散入澹臺湖燭灰神醉廟門閉露冷林昏人盡去年年此夜幸相思月出未嘗離此處土人云二月十八夜亦見串月

登高詞

北墅緒言明末武林沈孚中嵊特才縱酒不以功名介意日走馬蘇白兩堤值九日攜酒持螯獨上巾子峯頭高吟浮白有僧濡筆記其一聯云有情花笑無情客得意山看失意人為之吽絶拉歸精舍痛飲達旦家人覓赴邑試扶醉入場則几席縱横置足無地嵊乃積累廣硯立身高級書登高詞於壁其首闋云萬峯頂上險韻獨拈饑撑傲骨與秋爭大涯誰是酒同儕面皮雖老儘生平受不起青山笑難道他避英雄一紙賢書到做了禁登高三寸封條題畢而下有拍其肩狂吽者曰我得一佳士矣嵊視之乃縣令宋兆和也宋字禧公雲間名士謂嵊曰君異才如此我與君拈是題填散曲誌奇遇乎嵊曰善宋未成而嵊脱稿擊節稱賞擢之冠軍薦之學使者補弟子員聲譽大起

折葵榴榜

王忘庵武偶以養痾禁足限一月一放閒時葵榴肆發蒲艾爭榮午日子姪輩結隊入關恣其攀折戲作榜文以揭於關曰歲惟辛亥節届天中看兒孃聚乘鼻比之無人小子猖狂恃雁行之有黨蹦關突户掾桌緣梯矯親旨以摘花百般莫狀説予言而上樹一慟無端甚至剪伐我春芳蹂躪我秋色臨池剩感傷心漂杵之流滿地殘英觸目塗肝之痛而乃葵心如割露浥啼痕榴火不燃絲難續命太陽當午而晦二豎撫景以悲實命不猶予斯為甚合先責夫保媼詞當媲爾嚴師輕示蒲鞭重將艾灸須至榜者

撲堂文

蒙求子撲堂文云學以治生為先不可無謀食之計師以淑人為貴尤當嚴衛道之防慨自世降而風微遂致道衰而日甚倚門餬口效彈鋏之馮驩寄食資身同垂釣之韓信一金雖甚薄俛首於濁富之門百里敢辭勞委身於不親之地視生徒猶骨肉遂棄子與拋妻以館舍為福堂遠離鄉而背井坐時動經累月不道歸過去時未及半旬却嫌久滯無枷無鎖實為自在之囚不啞不聾化作痴呆之漢東人事機渾未解遂稱為聖為賢書生文理但粗通包攬發魁發解毛錐將安用直須曲意徇人大章難療飢只得垂頭喪氣事非由我辜負雪月風花身屬他人受盡鹹酸冷淡幽暗巖崖生鬼魅燈火未來時淒涼境界憶家鄉書生歸去後濃霜染鬢韶華多向苦中過烈火燒心家事盡從忙裡攤行坐皆在人前分明是上賓模樣志氣落於人後畢竟是末等生涯總覓得一兩伍錢怎填補千瘡百孔徒使斯文掃地豈知富貴在天幾番欲發憤辭歸當不得婉言留住館童落落似朝星半明半滅門弟悠悠似夏燕自去自來誰人敢立雪揚游何處尋浴沂童冠雨灑書窗聲淅瀝打破愁心風吹紙帳影翩翻驚回旅夢算功課論長説短欲訴無門封束脩指東話西要歸不得農工商賈莫非人奚必教書為業城市鄉村皆有利何須處館營生從今誓與定今飛過愁山及早回頭還好脱離苦海且去乘龍朝帝闕莫教騎馬傍人門勉作撲堂之丈永白為師之戒

辭館歌

王文恪公辭館歌云月落更殘漏聲續心事經心眠不熟仰月望天天未明側耳鷄雞正宿新愁舊恨不可禁起剔銀燈訴衷曲少年胸襟天地寬一心痴想超凡俗百工技藝不肯為萬卷詩書勤苦讀讀書望登天子堂誰知讀書成勞碌連年流落在江湖江湖生意多蕭索一生去住由主人三飧遲早由奴僕放狂又恐玷儒風已把身心頻檢束悄然孤枕夢魂多冷落書齋形影獨儼如有罪人坐在無罪獄利覓蝇頭且莫言弟子愚頑難教育教育規矩嚴護短不容加鞭扑教育無功程又責先生才不足此情此情訴向誰長歎一聲自藏蓄我思家有數畝田勤耕可以供飦粥我思家有數枝桑養蠶足以供衣服有池可養化龍魚有地可栽棲鳳竹庭前數莖濂溪草雨中茂齊腰綠牆東一枝林逋梅雪裡開花香馥郁更有六郎蓮秋有淵明菊還有一斗破書房更餘兩間小茆屋堂上雙親壽可祝室中有妻顏如玉愁中酒一壺閒來棋一局坐卧得自由進退無拘束恣意風情縱心欲不管天翻與地覆

散誕散誕過一生，何必衣紫腰金食天祿。嗟吾功名心性酷，未肯飄然退林麓。丈夫有志事竟成，頻頻莫把眉頭蹙。天生我才終有用，窮達何必呑聲哭。蘇秦未受封，先受妻嫂辱。大舜未登庸，深山伴麋鹿。曾聞韓呂傳，出入身為僕。又聞百里奚，將身自鬻秦。我有筆通天，吾有書滿腹。文章壓倒呂東萊，詩名不下黃山谷。子子獸中麟，朗玉中璞。海底神龍不久潛，廄中良馬豈長伏。馮驩長鋏不須彈，郭隗三臺終見築。興來飛翰寫長歌，掃盡如天紙一幅。我作長歌非逞才，吐出胸中愁萬斛。長歌賦罷膽氣豪，叮嚀重為主人囑。主人為我囑叮嚀，古來窮達如轉轂。及第傳臚第一名，天下英才始聒目。

詩語曠達

西園雜記載一詩，甚為曠達，惜不知誰作：坐對湖山酒一觴，醒時歌飲醉時狂。丹砂不是千年藥，白日難消兩鬢霜。身後碑銘空自好，眼前傀儡為誰忙。得些好處且為樂，光景無多易散場。又沈石田詩：忙忙展枕逐雞栖，碌碌梳頭雞又啼。傀儡不曾知自假，髑髏方始笑人迷。昨朝清鬢今朝雪，滿眼黃金轉眼泥。輪我一尊酬見在，有詩還向醉時題。二詩格調相同。

鬼方記

錢塘李考叔損有續南華一書，其鬼方記云：高宗伐鬼方，三年克之，乃分其地為郡縣，陞鬼谷先生為鬼方令。先生捧檄喜，其祖母鬼婆泫然流涕曰：只恐你做官來，吾做鬼。先生以王命為重勿顧也，即日促裝，兼程而進，過羅刹鬼國，入鬼門關，從者執鬼頭刀，張鬼涼傘，行旌所至，鬼必瞯之。先生初下鬼車，宿鬼廟，門吏開門，齊聲喝鬼，皂隸排衙，滿堂逐鬼，隨有鄉紳鬼仙鬼判進賀，優孟衣冠，舉止皆鬼形鬼勢，相貌皆鬼頭鬼腦，抵掌而談，句句鬼話，所送賀禮幣帛皆冥衣，金銀皆紙錁，一味搗鬼而已。其舊主焦面鬼王與丞相藍面鬼不理政事，終日鬼打諢，至今大鬼上天，小鬼落地，鬼鬧鬼吵，而王法不及也。三日放告，適有二鬼爭環，五鬼鬧判，進狀，狀上皆鬼名，詞語只圖哄鬼。先生准之，僉牌差鬼嘴二萬貫領牌捉鬼，項刻拿到一條追命鬼，一條討債鬼，鞫之皆鬼叫。先生知原差之弄鬼也，各加鬼責，斷以鬼薪。其縣僻處荒陬，所居皆鬼巷，所開皆鬼店，所賣皆鬼食，所做皆鬼市，其俗不尚禮義，喜則鬼嘯，怒則鬼哭，世情鬼薄，是人是鬼皆戾綽號。貧而無錢曰窮鬼，壯而有力曰強鬼，規模狹隘曰酸鬼，局量褊淺曰餿鬼，壯而無夫謂之鬼妻，艾而無子謂之鬼老，籌畫計議謂之鬼謀，田地花分謂之鬼寄。更有衣衫襤褸者謂之邋遢鬼，作事遲鈍者謂之摸索鬼，餓狼形勢者謂之偷飯鬼，貪杯弄盞者謂之活洒鬼，搽脂抹粉者謂之妖嬈鬼，呆頭搭腦者謂之厄忒鬼。恃財妄作之徒，有錢使得鬼推磨；奸詐盜偽之人，踢殺猢猻弄殺鬼。從色名者五：青面鬼、黃胖鬼、赤髮鬼、黑心鬼、白日鬼；從體名者亦五：大頭鬼、撒髮鬼、硬頸鬼、破面鬼、輕腳鬼。又有不從正路之鬼過關，不務正事之鬼打墻，不近正人之鬼打伴，不為正氣之鬼說合。凡日用之物亦不輕放，不明不暗之鬼火也，作災作難之鬼箭也，案上障面之鬼背也，門上暗鎖之鬼門也。且四方之廣，實繁有徒，伎倆有限之山鬼也，孤魂無主之野鬼也，乘潮破浪之落水鬼也，灰飛煙滅之殺火鬼也。總無一處不出鬼，無一日不見鬼。先生與鬼為隣，終日點鬼簿而已。合縣之中，鬼神繚亂，四郊之內，神鬼皆驚，公堂之上見神見鬼，私衙之中搗神搗鬼。夫人親操井臼，忙得蓬頭赤鬼。先生焦心勞思，憂得愁魔病鬼。城社難保，時懷鬼胎，乃北面稽首再拜曰：臣力竭矣，願為厲鬼以殺賊。賊聞退三舍。先生恍然曰：鬼神之為德，其盛矣乎！吾未能事神，焉能事鬼也。即日掛冠歸鬼谷。將其事登之鬼籙，適遭祖龍之厄，化為鬼火。蘇東坡厭聞世事，令人說鬼，其門人劉打鬼言之鑿鑿，恨鬼聞之，揶揄不止也。

殺風景詩

會稽天依寺有半月泉，泉隱岩下，雖月圓滿池中，只見其半，最為妙處。有僧鑿開岩，名滿月，殊可笑。楊升庵因題一絕云：磨墨濃填蟬翅帖，開半月岩為滿月，富翁漆却斷紋琴，老僧削圓方竹節。唐人韋鵬翼亦有殺風景詩云：豈肯閒尋竹徑行，却嫌絃管好蛙聲。自從煮鶴燒琴後，背却青山臥月明。亦有致。

封孟勞漁陽伯制

李亮采煜擬將軍孟勞封漁陽伯制曰：朕惟將軍身經百鍊，氣壯千秋，文士談鋒遜其利，達書生筆陣未可等夷。龍在大壑，久著赫連之纛；青犢漏影，常隨文帝之車。白鹿之象堪狎，金馬之形足羨。鳴鳳龍榮於漢武，靈寶恩渥於魏文。秋水寒生，落雁翎於碧浦；平江楓振，長鷗尾於黃沙。入林甫之容，人驚其笑；補張儀之舌，客遊於言。磨礪以須，汝無讓也；圖窮而見，爾何咎焉。既摶犀象於南山，旋截鯨鯢於東海。武城小試，彰化理於烹鮮；赤壁鏖征，摩雄圖於奮擊。以備無患，用戒不虞。出樊噲之門，豺狼共懼；入庖丁之手，虎豹不全。卿材自利，朕典宜優，封將軍伯漁陽。遂北追亡，已遂從龍之志；韜光斂銳，尚期買犢之風。欽哉。

檄霸王

朝野僉載：唐垂拱四年，安撫大使狄仁傑檄告西楚霸王項君將校等，略曰：鴻名不可以謬假，神器不可以力爭。應天者膺樂推之名，背時者非見幾之主。自祖龍御宇，橫噬諸侯，任趙高以當軸，棄蒙恬而齒劍，沙丘作禍於前，望夷覆滅於後。七廟墮圮，萬姓屠原，烏思靜於飛塵（一作塵），魚豈安於沸水。赫矣皇漢，受命玄穹，膺赤帝之禎祥，當素靈之缺運。俯張地紐，彰鳳舉之符；仰緝天綱，鬱龍興之兆。而君潛遊澤國，嘯聚水鄉，矜扛鼎之雄，逞拔山之力，莫測天符之所會，不知曆數之有歸。遂奮關中之翼，竟垂垓下之翅。蓋實由於人事，焉有屬於天亡。雖驅百萬之兵，終棄八千之衆。以為殷鑒，豈不惜哉。固當匿魄東峯，收魂北極，豈合虛承廟食，廣費牲牢。仁傑受命方隅，循革攸寄，今遣焚燎祠宇，削平臺室，使蕙帷銷盡，羽帳隨煙。君宜速遷，勿為人患。檄到如律令。

黃司理判

奸徒王某，扮尼募飯，肆宣巨室，事發，司理黃圖判云：王某三吳無賴，奸究異常。倡白蓮以惑黔首，祝青髮以溷朱顏。教祖沙門，本是出遊和尚；嬌藏金屋，改為入幕觀音。抽玉筍合掌禪堂，孰辨為尼為尚；脫金蓮展館繡榻，誰知是女是男。譬之鵲入鳳巢，誰禁關雎之好；蛇遊龍窟，豈無雲雨之私。明月本無心，照孀閨而寡居不寡；清風原有意，入朱戶而孤女不孤。毀其書，火其居，方足以滅其跡；剖其心，刳其腹，不足以盡其辜。

姑嫂成婚判

暇弋篇：有劉璞者，其妹已許裴九之子裴政矣。璞所聘孫氏，其弟潤亦已聘徐雅之女。而璞以抱疴，俗有沖喜之說，父母擇吉完姻。婦翁以婿方病，潤以少俊，乃飾為女粧，代姊過門，將以為旬日計。草率成禮，父母謂子病不當近色，命其幼女伴嫂，而二人竟私為夫婦。適日子病漸瘳，女家恐事敗，紿以他故，邀假女去，事敉無知者。因女有娠，父母窮問得之，訟之官。官乃使孫劉為配，而以孫所聘徐氏償裴。其判牒云：弟代姊嫁，姑伴嫂眠。愛女愛子，情在理中；一雌一雄，變出意外。移乾柴近烈火，無怪其然；以美玉配明珠，適獲其偶。孫氏子因姊而得婦，摟處子不用踰牆；劉氏女因嫂而得夫，懷吉士初非衒玉。相悅為婚，禮以義起；所厚者薄，事可權宜。使徐雅別婿裴九之兒，許裴政改娶孫郎之配。奪人婦人亦奪其婦，兩家恩怨，總息風波；獨樂樂不若與人樂，三對夫妻，各諧魚水。人雖兌換，十六兩原只一斤；親是交門，五百年必非錯配。以愛及愛，伊父母自作冰人；非親是親，我官長權為月老。已經明斷，各赴良期。命黃堂輿從送歸私第。

分娩口號

狂言別集：袁中郎分娩口號云：嫂姑成行言笑甚，忽然撫腹疼不已。起身忙步歸幃中，頻眉欲攏勝西子。丈夫見說喜且驚，奔走了環若流水。阿翁不好進房門，堂前往來私相語。囝（並去聲，一作務）地一聲見天日，娘身欲死千萬楚。阿姑一心要孫子，先扯穩婆問男女。

盧延讓詩

北夢瑣言：盧延讓業詩，二十舉方登第。卷中有「狐衝官道過，狗觸店門開」之句，租庸使張濬親見此事，甚稱賞之。又有「餓貓臨鼠穴，饞犬舐魚砧」句，為中書令成汭所賞。又有「栗爆燒氊破，貓跳觸鼎翻」，為蜀王建所賞。有人曰：平生投謁公卿，不意得力於貓鼠狗子也。人聞而笑之。

悼詩

謝方石鐸口吃，自為詩曰：心自分明口不明，向人堪笑亦堪驚。可憐黑白今難辨，天遣糢糊過此生。於甲寅歲失詩一冊，追念不已，因成一律：胠篋分明奈爾何，鶴聲一已無多。朱絃自愛齊門瑟，白雪誰酬郢上歌。好事定應供覆瓿，苦心誰復念填波。也知不是豐城劍，敢望神明有護呵。

方池詩

錢貽度詠方池云：東道主人心匠巧，鑿開方石貯漣漪。夜深若被寒星映，恰似仙翁一局棋。人嘲之曰：正所謂一局黑全輸也。

嘲僧

蘇子由見白足婦洗衣，作詩嘲佛印云：玉箸插銀河，紅裙蘸碧波。再行三五步，浸入老僧窠。有僧誦經至「無眼耳鼻舌身意」，黃紫芝曰：焉用誦此，僧禿其頭而無眼耳鼻舌，更成何物？僧亦不覺大笑。

慰童僕

韋莊窮困時，稍內外童僕之用，作詩慰之，有曰：努力且為田舍客，他年為爾覓金魚。又曰：他年待我門如市，報爾千金與萬金。其言雖俚，其事難期，而其情則可悲。後唐

亡入蜀爲平章不知能報此奴僕否

焦芳像驢

焦閣老芳面黑而長如驢嘗謂李西涯曰君善相煩一看李久之乃曰左相像馬尚書右相像虛侍郎必至此地位時河南有偷驢賊之號焉與虛合乃一驢字始知其戲一日西涯與焦芳及禮書新淦傅瀚早朝見校尉有露卧者焦戲傳云晚日斜穿校尉頭西涯二集焦芳戲語畧同時有江西校尉之號故也傳不能答李頤指焦耳傳遽悟云秋風正貫先生耳俗有秋風貫驢耳之說

林南澗詞

林粹夫廷玉醉中戲作清江引慨世曰世上人心真箇歹犇鬼街頭賣哄了白尚書瞞過陳員外漢鍾離看見通不保　没嘴葫蘆就地滾好歹休相問花粧扮戲棚紙做盛錢囤陳摶華山鬧打盹　春花正紅春酒美多少蟠桃會休做看財奴枉着金銀累死到黃泉纔是悔　勝水名山和我好毋日相頑笑人情上苑花世事槐陽砲霎時間虛飄飄多過了

拽轎行

陝西車御史梁按部某州見一拽轎小童欲私之至州命易門子吏目以無應車曰即途中拽轎小童亦可吏目又以小童乃遞運所夫有驛丞喻其意進言曰小童曾供役上官乃易之强景明晟戲作拽轎行云拽轎拽轎彼狡童兮大人要末句云可惜吏目卻不知好箇驛丞到知道

叶韻

湖海搜奇謝兵馬之妻爲牆壓死楊天錫柱弔謝泣曰寒荊有孕兮死不成屍奈何楊曰此所謂雖不成屍詩壓孕叶韻而已

遷神祠

湯雀林賓尹祖墓右有神祠堪輿家必欲遷於左雀林另建一廟極其巍煥擇吉奉牲醴以告方下拜油燈墜其身公服淋漓從者驚愕雀林急卻下覆於神首厲聲曰今日油得我由不得你了令人舁之新廟折去舊祠

丹成兩剖

有術士見唐六如極言修煉之妙唐曰如此妙術何不自爲之答曰恨我福淺見君仙風道骨故敢請爾唐曰我但出仙福有空房在城北僻處君試居之煉成兩剖術

士不悟出扇求書唐題云破布巾衫破布裙逢人使說會燒銀君何不自燒些用担水河頭賣與人

詠葫蘆

錢塘釋明本號中峯博學而好滑稽嘗詠葫蘆云秀結團圞帶晚秋偏從根本見綢繆牆頭彷彿懸明月架上依稀綴碧旒明引神仙三島飾穩乘羅漢五湖遊將來剖破成雙器半贈顏回半許由

僧姦判

關西有伍氏名愛卿爲隣僧圓成所姦里人知其狀捕而白於官時張欽爲令書得其情因判之云僧圓成既已脫障入空門只合木魚敲夜月伍愛卿本欲孀居標苦節緣何錦帳作朝雲紅粉多嬌誤學牆花委砌緇衣浪子竟同野蝶尋香一節不終浪謂空即是色五除未戒誰云色即是空愛卿着另配良人姦僧宜追牒問罪庶幾氏作閨中婦永諧琴瑟之懽免得僧敲月下門長墮輪迴之苦

吳歌

吳歌惟蘇州爲佳往往得詩人之體如月子彎彎之歌瞿宗吉採以爲詞葉文莊

之水東日記他如送郎八月到揚州長夜孤眠在畫樓女子折開不成好秋心合着卻成愁此賦體也而黃山谷之詞先有之你共人女邊着子爭知我門裏挑心又約郎約到月上時看看等到月躔西不知奴處山低月出早還是郎處山高月下遲此詞雖屬淫奔然怨而不怒愈於鄭風狂童之訕又你在東時我在西你無男子我無妻我無妻時猶閒可你無男子好孤悽此賦體也又樹頭掛網枉求蝦泥裏無金空撥沙刺潦樹邊栽狗橘幾時開得牡丹花此比體也有守一而終之意

山歌第一

吳中鄉村唱山歌大率多道男女情致而已惟一歌云南山腳下一缸油姑嫂兩個賭梳頭姑娘梳做盤龍髻嫂嫂梳做羊蘭頭不知何意宋廷評樹之以問陸式齋陸思之云得非言人之所業本同厥初惟其心之趨向稍異則其成就遂大不同此歌作如是觀可乎樹之云君之穎悟過我矣作如是觀此山歌第一曲也

黃雀銀魚

雲南巡撫傅習於少保桂萼爲同鄉傳在滇時以金石二罐通於桂標題云黃雀銀魚桂受而語僕曰語爾主此處來不得南京去罷踰月遂擢南京大理寺卿行至鎮

遠而亡士有紀以一絶云黃雀銀魚各一器長安陌上肆公行若教冢宰持公道安得南京大理卿。

函首求和

開禧間韓侂胄以用兵起釁中外憂恚史彌遠定計擁至玉津園側擊殺之命臨安府函其首詣金求和建陽劉淮為詩云寶蓮山下韓王府鬱鬱沉沉深幾許主人飛頭去和戎綠戶雕窗鎖風雨九世卿家一朝覆太師宜誅魏公辱後車不悟有前車兀突眼中覬此屋高九萬詩云拂眼官家簿錄時未曾吹徹玉參差傍人不忍聽鷓鴣猶向金籠喚太師。

覺長老轉世

史丞相浩與覺長老善一日浩坐廳上儼然見覺突入堂中使人往寺廉之則報覺死矣茶頃浩後院弄璋浩默然知為覺也遂以覺為小名及長名之曰彌遠後相兩朝二十六年權震海內時有作詩規之者曰前身元是覺闍黎業障紛華總不迷到此更須睜隻眼好將慧力運金鎞。

曉鴉啼

汪彥章在翰苑屢致言者作點絳唇詞云永夜厭厭畫簾低月山銜斗起來搔首梅影橫窗瘦　好個霜天閒卻傳盃手君知否曉鴉啼後歸夢濃如酒或問曰歸夢濃如酒何以在曉鴉啼後汪曰無奈這一隊畜生聒噪不已也。

驅蝗

米元章令雍丘鄰縣蝗大起尉司禁瘞後仍滋蔓責保正捕除或言盡緣雍丘驅逐過此尉移文載語牒行雍丘請勿以鄰國為壑元章視牒大笑題紙尾答云蝗蟲原是飛空物天遣來為百姓災本縣若還驅得去貴司卻請打回來傳者絶倒。

廁上扁對

郡中某明勳臣之後門首有扁曰大參戎第一日偶會飲客謂余曰子構求瑣言雜誌曾見咄咄夫一夕話乎余曰慕之而未見客曰集中載廁事甚多如意廁賦語繁不復記其題圓門對云古人欲惜金如此莊子曾云道在斯又虎子雖同器龍涎不及香又莫道輪迴輪五穀可儲筆札賦三都又納垢含污知大度仙風道骨駭方腸又為文自昔稱三上作賦於中可十年又撫署圓門曰但願生民無殿屎不慚宰相受壺餐又官司不令多中飽燕飲應知無後艱皆貼切不可移易余曰既有對不可

無扁客曰有余問云何客曰大參戎第坐客無不撫掌主人亦不覺失笑

大小蜈蚣

吳履齋為人豪邁在相位日其兄弟多以附麗登膴仕似道與隙遂為飛謠聞於上曰大蜈公小蜈公盡是人間業毒蟲夤緣攀附百蟲叢若使飛天能食龍語聞謫循州中毒死。

起復援例

淳祐間史嵩之入相以二親年老慮有不測預為起復之計時馬光祖未卒哭起為淮東總領許堪未終喪制起為鎮江守臣里巷為十七字謠曰光祖做總領許堪為節制丞相要起復援例。

房祖判

寶祐間馬光祖尹臨安不畏貴戚豪強庭無留訟福王府訟民不輸賃房錢民云屋漏光祖判云晴則雞卵鴨卵雨則盆滿缽滿福王若要房錢宜待光祖任滿。

麻糊

賈似道當國時行公田關子兩法民間苦之葉太白李時為太學生上書力詆似道怒嗾林德夫告葉泥金飾齋扁不法令獄吏鞫之云只要你做一個麻糊葉即口占一詩曰如今便一似麻糊也是人間大丈夫筆裏無時那解有命中有處未應無百千萬世傳名節二十三年非故居寄語長安朱紫客盡心好上帝王書遂遠竄流嶺南及似道敗放還。

賈劉獻佞

賈餘慶劉岊相繼降元一日留遠亭夜集北人燃火亭前聚諸公列坐行酒餘慶有名風子滿口罵坐毀宋人物無遺以此獻佞北人惟嘿嘿笑岊數以淫褻奉北人專以為笑與於舟中取一村婦至亭使薦劉寢據劉交坐北人又喚婦抱劉為戲文文山不勝悲憤口占刺餘慶云甘心賣國罪滔天酒後猖狂詐作顛把酒逢迎酋長笑從頭罵坐數時賢刺岊云落得稱呼浪子劉尊前百媚佞旃裘當年紀老不如此留遠亭前犬也羞。

譽檜

建炎中高宗駕駐維揚康伯可與之上中興十策名振一時後秦檜當國伯可乃附檜求進檜薦之擢為臺郎檜生日伯可專以喜遷鶯詞中有文章孔孟勳庸周召語

極其戲謔伯可嘗與檜對局格天閣下檜戲曰此卒渡河是爾將軍之蓆痾伯可徐曰今皇御極視公宰相如腹心檜大喜撤棋酣飲終日而罷伯可有順庵詞一卷中多譽檜語

土地夫人

正德中顧東橋璘知台州府有土地祠設夫人像顧曰土地豈有夫人命徹去之郡人告曰府前廟神缺夫人請移土地夫人配之顧令卜於神神許遂移夫人像入廟時為語曰土地夫人嫁廟神廟神歡喜土神嗔明年郡人復曰夫人入配一年當有子復卜於神神又許之遂設太子像時又語曰朞年入配今生子明歲更教令受生顧既撤夫人像又聽其入配塑子益見民之易惑而神不足信也

正好掉頭

紹興辛巳金遣使修好命洪景盧邁往報之與其伴使約用敵國禮沿路表章皆用在京舊式未幾乃盡卻回使依近例景盧不可遂扃驛門絕供饋不得食者一日景盧懼留乃易表章授之供饋乃如禮景盧素有風疾頭常掉時人為之語曰一日之饑禁不得蘇武當年十九秋寄語天朝洪奉使好掉頭時不掉頭太學諸生衍作南鄉子詞曰洪邁被拘留稽首垂哀告彼酋一日忍饑猶不耐堪羞蘇武爭禁十九秋厥父既無謀厥子安能解國憂萬里歸來誇舌辯村牛好擺頭時便擺頭

嫁妾非偶

荊渚田氏侍兒名國香黃山谷自南溪召為吏部員外郎留荊州乞守當塗待報所居與此女為隣山谷偶見之以為幽閒姝美目所未覩後田某以嫁下里貧民山谷因賦水仙花寓意云淤泥解作白蓮藕糞壤能開黃玉花可惜國香天不管隨緣流落小民家

燭

支䏚集咏燭江兒水云一自交遊後其中慾火燃對天結個丹心願無多光景難留戀明心不昧有神靈鑒白日青天不愧要逞風流約定在黃昏夜半

抹布

抹布黃鶯兒云苛相把水星濕淋淋過一生昔日華靡今休論喜混濁同塵更相尋無憎半生薄祿多餘滴沒收成楷檯抹桌即此是終身

木套

木套黃鶯兒云足下屬陰形主用事是水星半生勞碌奔波命長頸把頭伸紅光滿面生不無折挫須防慎待時臨太陽部位方許得安寧

毽踢

毽踢黃鶯兒云只為兩文錢做虛頭一線穿渾身裝裹些花毛片撇人在眼前賣俏在脚尖翻來覆去一似風前燕這身邊方纔着脚又到那身邊

紙鳶

孩兒意只為功名半張紙臨行時慈母手中線費幾許只要去扯不住不愁你下第只愁你際風雲腸斷天涯何處

傘

徐文長傘謎云開如輪歛如槊剪紙調膠護新竹日中荷蓋影亭亭雨裏芭蕉聲蔌蔌晴天則陰陰則晴晴陰之說誠分明安得大柄居吾手去覆東西南北之人行

榨石

生長山岡為糟糠來到街坊被牽連縲絏難釋放他那裏淚汪汪空教我懸懸望

咏禿

元王和卿咏禿天淨沙詞云笠兒深掩過雙肩頭巾牢抹到眉邊款款的把笠簷兒試掀連荒道一句君子人不見頭面

從嫁婢

元關漢卿嘗見一從嫁媵婢作小令云鬢鴉臉霞屈殺了將陪嫁規模全似大人家不在紅娘下巧笑迎人文談回話真如解語花若咱得他倒了蒲桃架

指甲

元人有咏指甲得勝令詞云宜將鬭草尋宜把花枝浸宜將繡線勻宜把金釵紐宜操七絃琴宜結兩同心宜托腮邊玉宜圈鞋上金難禁得一搯通身沁知音治相思十箇針

臉上黑痣

白仁甫有醉中天詞賦佳人臉上黑痣云疑是楊妃在逃脫馬嵬災曾與明皇捧硯來美臉風流殺叵耐揮毫李白覷着嬌態洒松煙點破桃腮或云杜遵禮作

阿珍

睢陽滕玉霄賓工詞曲贈歌童阿珍瑞鶴鴣云分桃斷袖絕嫌猜翠被紅裩興不乖

沿浦卞陽新燕兩巫山行雨左風懷、手携裴野便娟合背抱齊宮婉孌借玉樹庭前千載曲隔江唱罷月籠階阿珍蓋鄭櫻桃解紅兒之流也。

嘲懽内

尤悔庵先生戲嘲懽内黃鶯兒曰何事犯娘行蹺粒臺一炷香風流罪過難輕放笞之太强殺之過傷參詳惟有宮刑當好關防如何黑夜炮獄上牙牀。

堅瓠十集卷三終

堅瓠十集卷之四目錄

冊封牡丹詔　金陵相嘲
詩怒當事　雨淋鶴形
一聯搆訟　不妄諛
高塘高唐　錯姓改
詠楊花　詩用青韻
檢討討大馬　詩譏冢宰
兩淵進頌　希居出入
子與好客　奏對雅語
江陵勝景　洪周對語
夢纏　也不礙
徐白二珪　祭金魚文
新春雨雪　諺語皆詩
諺語對　水飯詞
妓募緣疏　罔兩鴨
劉沈好誇　鳴玉遣戍
東謠　翟海槎詩聯
方宗陵翻案　西湖觀梅
張于湖詠雨　侍兒代書
迎春召對　譏趙調謔
優人諧戲　臨安道人
食蟲蠹　開州銅銚
無邊風月　跎子詩
攬田　吳王相謔
馮婦解　犬吠張三嫂
阿婆臉不搽　魏作譏山
化妬神咒　十翳子語
短而傴　越璘短小

任佃移文　村學傳誤
黠兒賺牛頭　嘲續娶
表子爲老　妓家祝獻文
方士大言

堅瓠十集卷之四

清　長洲石農褚人穫學稼纂輯

冊封牡丹詔

張山來（潮）冊封牡丹為花王詔曰剖竹分藩首重英華之選剪桐封國聿先富貴之家欲拜爵以酬庸必循符而錫命咨爾牡丹金枝玉葉國色天香肇跡洛陽傳天地中和之氣敷華春夏鍾乾坤光霽之祥化工賴以昭宣皇猷資其黼黻德足潤身睟於面而盎於背姿尤邁種望如日而就如雲巍巍郁郁煥乎其有文章肅肅雍雍允矣如聞色笑圖奇形於麟閣名買胭脂賚良相於江都贈之芍藥威儀棣棣尤堪粉飾太平氣象堂堂無難役使草木位居元首之尊羊叔子亂頭亦好言多藥石之益王懷祖撥皮皆真沉香亭北君王垂帶笑之眸群玉山頭供奉草清平之調煥旌旗之五色竹木皆兵舞干羽於兩階芝蘭作佩錦心繡口振振能新霞蔚雲蒸多多益辦接一枝於椿杪恍如天半朱霞伴兩口於瑶池儼似雲中白鶴重華協於帝人誇臺閣層層廣譽施於身共羨聲名藉藉如遠客如近客如仙客如野客公門桃李咸拜下風若清友若雅友若名友若艷友屬國紛紛同瞻化日展矣功高累葉誠哉德冠羣芳茲以覃恩特封爾為花王錫之冊命嗚呼陽春有腳奕葉為光天地無私本支百世山河帶礪惟此一拳一勺之多冠冕巍峩應加五服五章之采建邦設都永固屏藩之位誅茅裂土附之姚魏之家爾其克沃乃心以藩王室毋效傾城之笑益彰華國之猷欽哉

金陵相嘲

太倉陸孟昭（杲）為刑部郎中嘗住一朝士家駕牛投刺不書名惟云東海釣鰲客過朝士見之知為杲也亦遞一帖云西番進象人來蓋孟昭面黑齒白人皆嘲為象奴云孟昭與麗水金文皆景泰辛未進士相善性好戲謔文嘗嘲杲曰黑象口中含玉齒杲應聲曰烏雞背上嵌金文

詩怒當事

陸孟昭自以歷任年深當有不次之擢道逢刑部尚書陸瑜大理寺卿王槩乘肩輿來因避馬即為口號云陸老前頭去王翁遂後來明年二三月也有轎兒擡諸公聞而惡之遂有福建參政之擬孟昭臨行寮寀餞之對眾朗吟云非是區區欲大參奈因兩鬢雪毿毿諸公側耳朝端聽一道清風振斗南任後又寄詩京師諸故舊云再三上覆眾

哥哥人事無多沒奈何只有新書并手帕並無緞疋與綾羅聞者益怒遂不復進用云

雨淋鶴形

至正初張仲舉翥為集慶路學訓導御史下學點視廩膳隣齋出對云豸冠黜餼是日適用驢肉仲舉戲續云驢肉作羹御史蓋河南人聞之大怒欲逮治之仲舉乘夜逃奔揚州時揚州方全盛聚素聞仲舉名皆延致之仲舉肢體昂藏行則偏竦一肩韓介石以詩嘲之云垂柳陰陰翠拂簷倚闌紅袖玉纖纖先生掉臂長街上十里珠簾盡下簾坐中皆笑或曰仲舉病鶴形也時有相士在坐曰不然此雨淋鶴形也雨霽則沖霄矣後入大都果致位貴顯

一聯搆訟

盧山雜記南唐孟歸唐能詩肄業廬山國學嘗得瀑布詩練色有窮處寒聲無盡時隣居生亦得此聯遂交爭之助教不能辨訟於江州各以全篇意格定之而歸唐為勝後歸京師累遷大理丞江州群吏來京猶指曰訟詩生也又劉貢父詩話啗達老人喜為詩所至輒自題寫嘗書人新粉牆主人憾怒訴於官杖之使市石灰更圬墁訖告官乃得縱舍一聯搆訟題壁被笞大堪捧腹今盜句疥壁者實繁有徒請自收斂勿遺毒棒

不妄諛

虞山詩人傳嘉靖中劉子威鳳好為聱牙詰屈之文吳人推服之袁景休字孟逸每向人抉摘其字句鉤棘文義紕繆者以為姍笑子威聞之大怒訴於邑尉攝而笞之尉數之曰若復敢姍笑劉侍御文章耶孟逸仰而對曰民甯再受笞數十終不能改口奮舌妄諛劉侍御詩文也尉笑而遣之

高塘高堂

濠州西有高塘館附近淮水御史閻敬叟宿此館題詩於壁曰借問襄王安在哉山川此地勝陽臺今朝寓宿高塘館神女何曾入夢來貂軒往來莫不吟諷言佳有李和風者至題於旁曰高唐不是這高塘淮畔川南各一方若向此中求薦枕參差笑殺楚襄王見者鼓掌○康熙丁卯南場第二道策問經學中引高堂生事題紙誤刊高唐生一士改前詩於席舍曰高堂不是這高唐舐館人名兩不當若向此中窮討論定應急殺楚襄王遂哄傳白下

錯疑改

楊一清為冢宰日有設為選官求改事為口實者曰有選人既注官意弗慊思改將決於神籤具妻曰君儒人當聽命於儒之靈者選人於是禱於仲尼既至廟乃先詣從配諸賢首至閔子曰某欲改官何從而可閔子曰何必改問顏子顏子曰也不改問宰予宰予曰於予改問其何自則曰錯疑改楊號邃庵其所注除遷擢皆由賄賂錯剌而得故云

詠楊花

劉績詠楊花詩云點髩縈眉西復東悠揚無力任春風謝家擬雪真兒女到處生虫不殺虫堯山堂云譏邃庵而作

詩用青韻

李西涯在翰林時諸翰林齋居閉戶作詩僮僕窺之見其面皆作青色彭敷五教以青字韻嘲之幾致勃蹊西涯為詩解之有擬向麻池爭白戰瘦來雞肋豈勝拳聞者絶倒

檢討討夫馬

弘治中某檢討討裏河之夫驛丞不接某不平或謂之曰驛丞不知檢討何官只稱翰林學士次日果稱學士仍前不出乃賦詩云翰林檢討被人輕却冒瀛洲學士名依舊驛丞全不理由來知要不知清

詩譏冢宰

嘉靖辛亥有無名子揭詩於朝堂曰侍郎一載擢天官躐等超陞固有緣屬下晚生門簿黑部前嚴示衆人看曾嗔廚役捶三十為謝當塗借八千反覆小人逢敵手始援終陷勢懸然一書云蓋指李默也

兩淵進頌

嘉靖丙戌天台縣起復知縣潘淵進嘉靖龍飛頌內外六十四圍五百段一萬二千章寓蘇蕙織錦迴文體世廟以其文縱橫不可辨識使開寫正文以進又監生王淵請建世室具事既行淵謁選得主簿為上官所笞上書自言擢上林苑右監丞進嘉靖頌京師為之語曰兩淵有兩口口濶大如斗笑殺張離峰引出一羣狗○又皇明續紀光祿署丞何淵上疏請立世室崇祀皇考下部會議何其名之適合耶

秦膺出入

甯國居枰石義英督學浙中持法嚴毅竿牘俱絶先任為無錫秦鴻洲梁以太僕少

卿調補最寬青衫居間可以券取時有秦晉屠出之謠萬曆初屠陞南太常少卿江陵柄政改祭酒侍士一如督學時無錫周儆庵子義爲司業和厚得士心又有屠毒周旋之謠至形奏疏屠尋轉太常卿

子與好容

嘉靖中長興徐子與中行好容尤好少年美麗者一客醜甚自負能詩介蔡子木汝枘薦之子與子木作書盛言客可喜狀以家人將之恐容之窺書而求易也子與得書大歡亟延入既見子與愕然笑啞啞不止贈以詩有自信金聲能擲地誰知玉貌不如人之句客猶得意傳示爲重

奏對雅語

明世廟政暇使侍臣各道邑里人物及豐城大宗伯李璣應聲曰鄉有長安長樂里有鳳舞鸞歌人有張華雷煥物有龍淵太阿世廟嘉其敏括

江陵勝景

宋公安張景隱居不仕仁宗召見問曰卿在江陵地有何景景對曰兩岸綠楊遮虎渡一灣芳草護龍洲上曰所食何物對曰新粟米炊魚子飯嫩冬瓜煮鱉裙羹

洪周對語

洪容齋周益公嘗侍壽皇宴因談肴核上問容齋鄉里所產容齋番陽人也對曰沙地馬蹄鱉雪天牛尾狸又問益公益公廬陵人也對曰金柑玉版筍銀杏水精葱上吟賞又問一侍從某浙人也對曰螺頭新婦臂龜甲老婆牙四者皆海鮮也上爲之一笑

夢鱣

南京王祭酒嘗私一監生其人忽夢鱣出胯下以語人人因爲句曰某人一夢甚蹺蹊黃鱣鑽臀事可疑想是翰林王學士夜深來訪舊相知聞者鼓掌

也不礙

宋時吏部一胥好滑稽有董公邁參選失去官誥但存紙印遂投狀給據一日侍郎問胥曰此事無礙否胥曰朝士大夫董公邁失一官誥紙印在也不礙侍郎覺其謔侮杖一百罷之蓋俗有舞十般癩云一般癩來一般癩渾身爛了肚皮在也不礙如是凡十首語言相類故應聲爲戲云

徐白二珪

徐侍郎如珪謫外復以廷評入不欲忘舊銜投臺中刺曰臺末他僚刺曰臺駮太常寺少卿白若珪性謙下投諸權貴曰渺渺小學生好事者作句曰臺末臺駮渺渺小學同是一珪徐如白若聞者絕倒

祭金魚文

新安張山來潮祭金魚文丙辰重五日心齋居士以榴花卮酒奠金魚之魂而告之曰惟爾朱塗粉傅玉質金相買歸盆盎少則洋洋誕置閒庭居然發發文成五彩奪水族之精英體具三停倣龍孫之美麗詎識紅顏薄命無能世上常存野客緣慳不獲人間近玩倏爾具休未入牧人之夢悠然而逝無殊鄭校之烹漁非竭澤奚爲罹有子遺泣甚過河乃至無能漏網見其生旋見其死難言太上忘情瘞爾魄又招爾魂乃見吾儕博愛

新春雨雪

康熙癸酉新春連日雨雪予偶出見一老吟云今年春比去年春何必衣冠簇簇新惟有天公知此意故將雨雪灑行程

諺語皆詩

今人諺語多古人詩瓜田不納履李下不整冠曹子建詩晚飯少吃口活到九十九古樂府句侍子心肯日是汝命通時唐太宗詩何人更向死前休韓退之詩公道世間惟白髮貴人頭上不曾饒杜牧之詩事向無心得章碣詩世亂奴欺主年衰鬼弄人海枯終見底人死不知心杜荀鶴詩一朝權入手看取令行時朱灣詩自已情雖切他人未肯怕裴說詩日出事還生武元衡詩難將一人手掩得天下目曹鄴咏李斯詩終日醉醺醺張籍登金山寺詩林下何曾見一人靈徹詩忍事敵災星司空圖詩但有路在上更高人也行龔霖詩長安有貧者爲瑞不宜多羅隱詩但知行好事莫要問前程馮道詩在家貧亦好戎昱詩大樹大皮裹小樹小皮纏庭前紫荊樹無皮也過年求僧行持詩但存方寸地留與子孫耕賀仙翁句此去好憑三寸舌再來不值半文錢張叔仁送謝疊山入燕詩

諺語對

諺語對多可採者如板板六十四擲擲么二三猫口裏挖鰍虎頭上做窠鍾馗捉小鬼善才參觀音捏鼻頭做夢挖耳朵當招之類已見譚概近又得手弗動念四背起打十三句客言范長白吃白腸飯無可對予姪庭嘉曰盧河生着生湖𦱳亦堪解頤

水飯詞

吾堅志有水飯詞云：水飯惡兒厮些小，薑瓜尊前正欲歆。流霞却被伊來剛打住，好悶人那，不免着匙爬一似吞沙。主人若也要矜誇，莫惜更攙三五盞，錦上添花。

妓募緣疏

元妓連枝秀，姓孫，後為女道士，浪遊江湖，欲造庵於松江陸宅之，為疏曰：京師第一部教坊，占排場曾使萬人喝采；道德五千言公案，抽鎖鑰只因片語投機。向林下得大道高風，指雲間問前緣福地。一跳身纔離了百戲棚中，圈子兜攏手便做箇三清門下閒人。識盡悲歡離合，幻打開老病死生關。交媾功成，陰陽炭燒空慾海；修持行滿，雌雄劍劈破愁城。七星冠剛替下鳳頭釵，合歡帶生扭做鹿皮袋。空非空色非色，即是空，道可道名可名，強名曰道。往常時紅裙翠袖，生綃帳猛可裹草履芒鞋。區宅緣銷金帳冷，落風情養丹鑪消磨火性。半世連枝帶葉，算從前歷盡虛花；一朝剗草除根，到此地方成結果。半着眼有鳥飛兔走，急回頭怕鵠怨猿啼。五陵人買笑追歡，掉頭不顧；三島客談玄論道，稽首相迎。大都來幾個知音，多管是前生有分。玉樓花下，千鍾酒幾番歌白苧；遏行雲紙帳梅邊，一炷香從此誦黃庭，消永日。桃花扇深藏明月影，椰子瓢長醉白雲鄉。皓齒細腰，打疊少年歌舞；錦心繡腹，宣揚老子經文。燒夜香非尋佳偶，披鶴氅星月下禮拜茅君；登春臺不望遠人，駕鸞車雲霄上追尋簫史。只此清茶淡話，勝他濁酒狂歌。淨洗胭脂，見全真本來面目；輕敲檀板，聽步虛別是宮商。人盡誇七真堂上添箇小仙姑，我只見五城山下冊立新王母。不比尋常鈎子，曾經老大箝鎚。百鍊不回，萬夫莫敵。疇昔徹通一笑，白面郎爭與纏頭；如今頓悟三生，青眼客便當擡手。既不作入夢朝雲暮雨，也須擬等閒秋月春風。若加了滿園上工夫，便可到蓬壺中境界。肯莊嚴一處，千年香火，是成就到頭陸地神仙。金銀鈔等物懇求，大塊子搖來；福祿壽利錢擬定，加倍兒還你。得道者多助，看琳宮寶殿日月交輝；愛人者必親，仗玉磬金鐘晨昏報德。秀以疏語多寓譏訕，遂飄然入吳，遇醫人李恕齋，復尋舊好，築室偕老焉。

罔兩鴨

元仇遠，稗史：上虞鄭宰治邑有聲，及去任，邑人作旗帳餞之，中有鄭君製錦天下無一，封紫誥覲皇都。邑人借留不肯住，誰能𦊨網獲雙鳬。鄭喜，每宴集必出示人，其弟亦作宰，歸無餞離顏，以為恥，謂曰：此非頌兄之美，乃譏兄也。網即罔，雙即兩，鳬即鴨，其意以兄為罔兩鴨也。兄怒而焚之。

劉沈好詩

劉莉庄與夏少卿善，人有問其姓字者，則曰夏少卿之好友，更不言己姓。同時有沈循與部憲錢鉞有屬，人詢其姓，亦曰錢員外是我外兄。好事者為之語曰：沈循只說錢員外，劉泰常稱夏少卿。時傳以為笑。

鳴玉遺戍

錢塘俞鳴玉珩，杭州前衛軍餘也，善詩，字多辯才，然性狙獪。弘治初，投為鎮守內官張慶㨾，史遂虎而翼，起家巨富。其未為吏時，亦欲如富貴相張海觀作詩譏云：輕羅細葛稱身裁，今恐無憑換得來。莫道此人窮盡了，出門還要轎兒擡。及慶死，外臺治珩罪，謫戍嶺南。○初珩至海甯，有人為子行賄，得中鄉試者，會試卒於道，珩為詩弔之云：門外長旛百尺高，昔人曾此逞英豪。黃金散盡買科舉，不見賢郎着紫袍。

東謠

武進瞿海槎永齡與陸廉伯簡，並以才學馳名。成化乙酉陸發解，而瞿名最後，以書柬所親曰：至矣盡矣，方知小子之名；顛之倒之，反在諸公之上。蓋以自嘲，因嘲陸云。○瞿赴南京，患無貲，買棗數十觔，每至市墟，呼羣兒至，每兒與棗一掬，教之曰：不要輕，不要輕，今年解元瞿永齡。一路童謠載道，聞者爭覓其旅邸訪之，大獲贏利。

瞿海槎詩聯

靖江本江陰之馬馱沙，人言語俗謂之沙骨碌。瞿海槎詩云：馬馱風景亦不俗，依舊桃紅並柳綠。林間好鳥樹頭啼，聲聲只叫骨碌碌。○有縣匠求瞿書春聯，瞿改陽春句云：陽春生德澤，萬物布光輝。

方棠陵翻案

西湖飛來峯石上佛像，元楊璉僧伽雕琢所成，下天竺後壁畫王叔明筆，其剝落處，孫宰子補之。閩化方棠陵豪為秋官，慮囚江南，見而題曰：飛來峯天奇也，自楊總統琢之，天奇損矣；叔明畫人奇也，自孫宰子補之，人奇索矣。二者乃山中不平之疑案，子法官也，不翻是案，何以服人。衆傳為笑談。

西湖覩梅

番陽張彥實，凡楚材，為秘書監，約彥實覩梅西湖，彥實作詩云：天上新驂寶輅回，看花仍趁雪霙開。折歸忍負金蕉葉，笑插新臨玉鏡臺。女堞未須翻角調，錦囊先喜助

詩材少遂自是調羹手葉底應尋好句來時楚材再婚劉氏故及玉鏡臺事秦檜見詩喜之遂擢左史

張于湖詠雨

張安國孝祥號于湖由鄉薦得試集英文墨精妙考官摺擢取秦塤爲冠寘孝祥第二孝宗覽之擢孝祥首選有詠雨滿江紅詞曰斗帳高眠窗寒靜瀟瀟雨意南樓近更移三鼓漏傳一水點點不離楊柳外聲聲只在芭蕉裏也不管滴破故鄉心愁人耳 無似有遊絲細聚復散眞珠碎天應分付與别離滋味破我一窗蝴蝶夢輸他雙枕鴛鴦睡向此際别有好思量人千里

侍兒代書

嚴州烏石寺在山上有岳武穆張循王劉太尉題名光世不能書令侍兒代書姜堯章題詩云諸老凋零極可哀尚留名姓壓崔嵬劉郎可是疎文墨幾點燕支涴綠苔

迎春召對

弘治改元莆田迎春戴大賓尚幼父兄抱看有指謂守曰神童也守以龍飛二字令屬對戴見春牛對曰牛舞守不然之戴曰百獸率舞牛寧不舞乎守稱善又以虎皮褥蓋學士椅令對戴曰兎毫筆寫狀元坊守厚賞之年十三魁天下考科舉時同輩見其年少謂曰小朋友就要做官做到何官答曰閣老衆戲出對云未老思閣老應聲云無才做秀才衆哄笑知反爲所傷也

梁趙調謔

唐梁寶好嘲戲因公事至貝州憩客館中問貝州佐吏云聞此州有趙神德能嘲謔即令召之寶色甚黑憑案以待須臾神德入兩眼俱赤至堦前梁寶即云趙神德天上既無雲閃電何以無准則神德答云向者入門來案後惟見一挺黑寶又云官裏料朱砂半眼供一國神德答云磨公小拇指塗得大社北寶無以難愧謝遣之

優人諧戲

羣居解頤優人李可及善諧戲嘗因延慶節緇黄講誦畢次及優倡爲戲可及褒衣博帶攝齋升座稱三教論衡一人問曰既言博通三教釋迦如來是何人對曰婦人問者驚曰何也曰金剛經云趺坐而坐非婦人何須夫坐然後兒坐也又問太上老君何人對曰亦婦人問者曰何也曰道德經云吾所大患以吾有身及吾無身吾有何患非婦人何患於有娠乎又問文宣王是何人曰亦婦人也問者曰何也曰論語云沽之哉沽之哉我待賈者也非婦人奚待嫁爲上大笑厚賜之

臨安道人

紹興中臨安有老道人嘗以冬日在三省門外空地聚衆覓錢用濕紙裹黄泥向日少時即乾成堅丸因白衆曰有小術呈戲覓錢沽酒乃隨五方書金木水火土五字各撚一泥丸包以濕紙就日色曬之少頃去紙東方者色青如靛南方則赤如丹西方則白如珠北方則黑如墨中央如黄蠟然人皆相顧歎異競與之錢其人髮黄面黧雖冬月只着單衣必有道者也

食蠱蛛

漳州一士負氣壯猛同數友出次村落見地上精帛包物皆莫敢取士獨笑曰吾正貧取之何害對衆啟之絹數匹中貯白金三大笏一蟲如蝦蟇視之曰汝蠱毒自去持銀絹歸舉家皆懼禍至士人是夜升榻有二青蟇大如周歲兒先踞席上正念無以侑酒即敲殺之家人益懼士人割而煮食之乃就寢醉境晏然明夜又有蟇十餘枚小於前復烹食之明夜又得數十枚夕夕增多而益以減小最後遂滿屋充塞不可勝食士人膽氣益振一月後乃絶舉家亦無他異

開州銅銚

淳熙中天台陳達善知開州得一銅銚闊徑則三寸下列三足上有蓋其薄如紙不知其爲何用或告之曰投食物於中然紙炬燎之即可熟陳試取猪肝使庖人如常法治之漬以鹽酒仍滿注水并一石子自持一炬燎其腹俄聞銚中汩汩有聲及炬盡蓋石子已糜熟自是每夙興用此法治食食畢乃出視事

無邊風月

葵軒瑣記唐伯虎鏤鎸集作題妓湘英家匾云風月無邊見者皆稱美祝枝山見之曰此嘲汝輩爲虫二也湘英問其義枝山曰風月字無邊非虫二乎湘英終以爲美不之易 又伯虎對門一富翁之母七十壽誕求詩於伯虎伯虎援筆書曰對門老婦不是人富翁見書而驚又書曰好是南山觀世音意稍釋第三句曰兩個兒子都是賊見之又不覺失色續更書曰偷得蟠桃獻母親富翁快快持之而去

跎子詩

月下閒談有跎子詩云哀哉跎背翁行步甚龍鍾遇客先拖揖無人亦打恭有心尋地孔何面見蒼穹仰卧頭難着俯眠腹又空蝦身容且縮龜背供還豐雨不沾懷内

嚼常嚥口中唾妻須凸肚摟妾怎偎胸刻石差堪擬斷環略可同小橋稱雅緻新月肖尊容赴水如垂釣懸梁似掛弓生前偏踢踏死去也謙恭○予舊藏沈君玉橄欖核雕趺于一枚棕帽髻鬚具身肩有補顧手持一扇扇有詩四句云一世無騷色常年只鞠躬對人能委曲隨處笑春風君玉圖書一方又有楊梅核雕猢猻一枚眉目畢具惜失之矣

攬田

崇明佃戶攬田先以雞鴨送業主此通例也有張三者向施氏攬田施曰此田不與張三種既而張三取雞鴨之施轉語曰不與張三卻與誰張三曰施相公如何頃刻間兩樣說話施曰方纔這句話是無猪雞之說此刻這句話倒是見猪雞而作

吳王相謔

吾郡吳原墅面麻而頰鬚蒲田王玉峰口歪而牙豁二人同部王戲云麻臉鬍鬚羊肚石倒栽蒲草吳應云豁牙歪嘴螺殼杯斜嵌蚌珠聞者鼓掌江萊難作桃源李源野方伯曹前陽僉憲事

馮婦解

堯山堂外紀安福張鰲山督學江北一門生往見問老師試士中有俚文可作話柄者乎張曰吾在徐州以馮婦善搏虎為題一生云嗟乎馮婦一婦人也而能搏虎不惟搏也而又善搏焉夫搏虎者何扼其吭斬其頭剝其皮投於五味之中而食之也豈不美哉士為之絕倒○崇禎中呂匪庵督學河南試某縣以湯使遺之牛羊一段為題一生云牛羊滿堦不以享親之腹而以實自己之喉嚨使其親眼飽肚中饑也不亦恨乎又為淵敺魚文一魚曰獺來矣眾魚皆曰獺來矣沈伯欽先生從中州歸傳述甚多皆可噴飯惜不能記憶也曾見吾於武城二句文一士云夫武城小邑也而取二三策則其書不亦多乎又陸介綏言一士作夫婦之愚兩節文篇中有云夫至大也而婦能載之婦至小也而夫能破之夫者上察下也婦者下察上也上察下察鳶飛魚躍之象也見者絕倒

犬吠張三嫂

青箱雜記郎中曹琰滑稽辯捷一僧以詩卷投獻琰閱其首篇登潤州甘露閣云下觀揚子小琰曰何不道卑吠狗兒肥次又閱送僧之楚云猿啼旅思淒琰曰何不道犬吠張三嫂

阿婆臉不搽

嘉興林叔大雖為江浙行省掾貪墨鄙吝頗交名流以沽美譽其於達官則品饌豐美若高人勝士不過湯餅而已偶延黃子久公望作畫多士畢集復以素紙供客諸士讜訕交作叔大赧甚揖潘子素紈題其畫子素援筆書一絕云阿翁作畫如說法信手拈來種種佳好水好山塗抹盡阿婆臉上不曾搽子久笑語曰好山好水謂達官臉花阿婆臉不搽言素面也言未已子素復加一句云諸佛菩薩摩訶薩眾不解其意子素曰此即僧家懺悔也閧堂大笑而散叔大數日不見客

媿作梁山

國史補李濤為弟澣娶禮部尚書竇甯固之女年甲稍高花燭之夕竇氏出參濤輒望塵下拜澣驚曰大哥風狂耶新婦參阿伯豈有答禮濤曰我不風誤謂親家母澣慚既坐竇氏復拜濤又手當胸作歇後語曰慚無竇建德媿作梁山伯啗啗聞者莫不絕倒

化妬神咒

宦績妻荀氏性妬悍一日績夢神謂曰天上有化妬神咒經一卷自孔門三出妻之後此經不行人間今授汝汝當誦聽乃開緘展閱藏朗誦績俯伏聽受即能默記每日清晨奉持三日後荀氏漸覺溫柔四十九日荀氏病口吐一物黑如漆似蛇兩頭似蝎兩尾績不解何物夜復夢神曰此是汝妻妬根今為佛力拔去永無妬心矣妻病亦愈○向年張泛心曾示一抄本有佛說怕老婆經今問之亦不復記憶矣

十鬍子語

馮猶龍先生有十鬍子語各引四書中哉字一句結之錄之以資談笑鬍子一我未冠時你先出是天下莫蚤於一鬍子一鬍子曰時哉時哉鬍子二一蓬考試預先剃是天下莫詐於二鬍子二鬍子曰豈予所欲哉鬍子三炒黑芝蔴滿面攤是天下莫纖於三鬍子三鬍子曰此物奚宜至哉鬍子四拍子辮子無意思是天下莫勞於四鬍子四鬍子曰予豈好辯哉鬍子五風吹倒捲如老虎是天下莫猛於五鬍子五鬍子曰彼烏敢當我哉鬍子六朝朝夜夜防火燭是天下莫險於六鬍子六鬍子曰水哉水哉鬍子七未曾吃粥你先濕是天下莫累於七鬍子七鬍子曰爾焉能浼我哉鬍子八一場相打連根拔是天下莫痛於八鬍子八鬍子曰是何傷哉鬍子九陰陽二毛稱好友是天下莫尊於九鬍子九鬍子曰烏得有其一以慢其二哉鬍子十下

頞眶當撲弗出是天下莫藏於十翳子十翳子曰且君之欲見之也何為也哉

短而傴

武德中崔善為歷尚書左丞甚得時譽諸曹惡其聰察因其身短而傴嘲之曰崔子曲如鈎隨例得封侯髆上全無項胸前別有頭

趙璘短小

唐趙璘儀質瑣陋成名始婚辭能為儐相謔以詩略云巡關每傍楞簷局望月還登乞巧樓第一莫教嬌太過緣人衣帶上人頭又不知元在鞍轎裏將謂空馱席帽歸又火爐牀上平身立恰與夫人作鏡臺

任佃移文

正德間南充任佃以御史謫江陵知縣或有公移與隣縣知縣輒稱即將某人如何某事如何同僚不堪因署其公移尾答之曰即將即將又即將即將二字好難當寄語江陵任大尹如今不是繡衣郎佃見之默然聞者為解頤

村學傳誤

曹元龍題村學堂圖云此老方捫虱衆雛爭附火想當訓誨間都都平丈我語雖可笑而曲盡社師之狀杭諺言社師讀論語郁郁乎文哉為都都平丈我委巷之言習而不悟一日宿儒到社中為正其訛學童皆駭散時人為之語曰都都平丈我學生滿堂坐郁郁乎文哉學生都不來曹詩蓋取此也

黠鬼賺牛頭

攀腹編艾子病熱稍昏神遊陰府見閻羅升殿治事有數鬼擁一人至吏前白曰此人合以五百億萬觔柴於鑊湯中煮訖放去王可之令付獄一牛頭捽執之去其人私謂牛頭曰君之豹皮裩何敝若此牛頭曰冥中無此皮若陽人焚化方得其鬼又曰家中此皮甚多若蒙獄主見憫少減柴數早得還鄉當焚十皮為獄主作裩牛頭喜曰為汝去億萬二字則速得還兼免沸煮之苦矣於是又入鑊煮之牛頭時來相問小鬼遂報柴足既出鑊引見閻羅釋放將行牛頭囑曰勿忘皮也其人乃回顧曰有詩一首奉贈牛頭獄主要知聞權在閻王不在君減刻官柴猶自可更求枉法豹皮裩牛頭大怒業已復王無可奈何矣

嘲續娶

陳鹿友起華久館常熟祝氏嘗述常邑老儒某晚年再娶錢蒙叟諸先生輩皆有詩

文稱賀時孫扶桑先生承恩年十四故作鄙俗七言一律曰寡婦今朝嫁寡公生涯重整興怱怱竹牀破篹咿啞响舊帳新泥踢禿春開口蛤蜊寬定宕垂頭麻雀瘸丁東掀帷忽見窗櫺白勉強支腰又一通見者絕倒順治戊戌先生遂魁天下

表子吊老

俗謂娼曰表子嫖客曰吊孤老表對裏之稱表子猶言外婦吊老猶言客人秦以市販多得為吊蓋販負之徒要雅作姻婭私娼曰私科子雞雛所乳曰窠即科也晏子春秋殺科雉者不出三月蓋言官妓出科私娼不出科如雞雛之戀窠也一作私貨子亦通又名半瓶醋

妓家祝獻文

李卓吾山中一夕話載妓家祝獻文曰伏以香焚寶鼎燭插銀缸奉請勾欄土地教坊大王烟花使者脂粉仙娘弟子生長九江之上僑居聖帝之傍因無生理買良為娼今遇七夕令節啓建葷素道場拜獻本司聖衆願祈如意吉祥大姑常接有錢乃老二姐廣招多鈔財郎三姐房中時時舞弄獅子四姐牀上夜夜捉對鴛鴦五姐忙兜兜迎新送舊六姐急忙忙脫褲寬裳七姐鹽商包定八姐木客連椿九姐願得富翁梳弄十姐只求財主成雙厨房春梅秋菊常接箇幫閑落剩之客走動張三李四頻燒些淨脚洗手之湯合家利市永保安康謹疏形容鴇兒愛鈔曲盡其情

方士大言

一方士好大言或問曰先生壽幾何方士啞然曰余亦忘之矣憶昔女媧之世天傾西北地陷東南余尚童稚居中央平穩之處兩不能害因與羲皇看伏羲畫八卦見其蛇身人首得驚癇幾不起賴神農以草頭藥治余幸不死蚩尤犯余以五兵因舉一指擊傷其額流血被面而遁蒼氏子不識字來求教為其愚甚不屑也慶都十四月而生堯延余作湯餅會余贈以生肖錢舜為父母所虐號泣于旻天手為拭淚勸勉再三遂以孝聞禹治水過余門勞而觴之力辭不飲孔甲贈余龍醢余誤嘗之口腥臭因辟穀成湯開一面之網以羅禽獸嘗面笑其不能忘情於野味商紂強余牛飲不從寘余炮烙之刑七晝夜而言笑自若妲己以為異而釋之姜家小兒釣得鮮魚時時相餽余以餉山中黃鶴後見夷齊餓於首陽以麻姑所贈交梨火棗并魚遺之穆天子瑶池之宴讓余首坐徐偃稱兵天子乘八駿而返阿母留余終席飲桑落之酒過多賴董雙成萼綠華兩箇丫頭扶我歸舍沉醉不起被楚漢爭鋒咸陽三月

火。殺聲震天。以狀鞫。醒呂后害韓彭諸將。余力諫不從。卒至三國分漢。南北兩朝。上下信佛。余言不入。與陶弘景輩隱居華陽朔山中。辛相唐明皇欲遊月宮。召見便殿。適貴妃與安祿山洗兒錢。取視之即余向所贈堯者也。陳橋兵變。太祖自立而還。大宴功臣。欲以杯酒釋兵權。命余往說石守信等棄職歸山。絪紼交錯。至今尚在醉鄉。山中無歷日。不知世上是何甲子也。

堅瓠十集卷四終

堅瓠續集序

稼軒著堅瓠小史成四十卷。於古今軼見異聞事所載略備。今復得續集四卷。何其才之不盡耶。蓋書之有續。不自稼軒始也。史記三皇本紀。褚先生傳。皆續也。班氏前漢書。亦以續而成。仲長統之昌言。桓君山之新論。又皆有為之續之者。誰曰不可哉。且夫續子長之書者。出於君家少孫。續孟堅之書者。為其女兄曹大家。續長統之昌言與君山之新論者。一為董襲。其一即為孟堅。皆由他人踵而成之。即當子長孟堅諸人所深羨而未之有逮者也。因侍從過吳。稼軒出以相示。為續題其端如此。

年家眷小弟孫致彌拜題

堅瓠續集卷之一目錄

錯燧木　上任忌正五九月
月忌　金生水
五狐　池魚考
十賁十富　五馬
坐地　夢筆生花
飲墨　闌干十二
闌干三訓　荒親
羊溝　關聖廟聯
公不如卿　觀音像
白血無血　三步五步
赤口煞　替代
養公嚼蜂　窑變佛像
鵝梧丁　獨婦山

女閨　上巳
九福　成都十二月市
女髯　腹裂生子
人與物交　天干地支謎
嫁禍　鐘祥淘河
樓木　員音逕
白起蜈蚣　李林甫奸報
秦檜豬牛　長生草
水神求物　御史河
飛來佛寺　銀河使者
金陵銅陵　散粥施藥
桐收汗　桐花鳳
杜鵑考　喜鵲慁鴉
青田核　酴醾露

蚪珍　羿射九烏
香豬　物現佛像
神鷹　臨江狐
翠碧

堅瓠續集卷之一

清 長洲石農褚人穫學稼輯

鑽燧木

鑽燧改火。四時而五木。蓋先王取火法五行也。春屬木。榆柳色青。以象木也。木生火。夏屬火。棗杏色赤。以象火也。火生土。季夏屬土。桑柘色黃。以象土也。土生金。秋屬金。槐檀色白。以象金也。金生水。冬屬水。柞楢色玄。以象水也。四時平分。而土位在中宮。寄旺於四時。季夏者。土之中位。故月令於仲夏之後。則中央土。素問謂之長夏也。愚謂一歲統之爲四時。分之爲五行。五行各七十二日。土分王於四時之末。各分十八日。合之亦七十二日。總五行之七十二日。合爲三百六十日而成一歲。乃所鑽木色各從其時也。火久有毒。故四時改火。

上任忌正五九月

人家移居。及官府上任。每忌正五九月。遠見南史。不知何解。菽園雜記云。宋尚道教。正五九月禁屠宰。新官上任祭告應祀。部吏必用牢醴。故忌之。賢弈載釋氏智論。天帝釋以大寶鏡照四大神州。每月一移。察人善惡。正五九月照南贍部州。唐人於此三月。不宰殺。不行刑。謂之斷屠月。郎仁寶云。正五九月建乃寅午戌也。寅午戌屬火。臣音爲商。商屬金。恐火之尅於金。故忌之。

月忌

每月初五十四二十三爲月忌。凡事必避之。俗道夫云。聞前輩謂此三日。即河圖數之中宮五數耳。五爲君象。故庶民不敢用。陰陽家書云。月忌是廉貞值日。即獨火星也。故忌之。

金生水

五行之生。皆有至理。惟金生水爲難明。草木子云。金者。石中之精液。水出石中。故曰金生水也。素問脈式曰。水自西而東流。西金位也。故曰金生水。郎仁寶云。金爲氣母。在天爲星。在地爲石。星爲氣之精。石爲氣之形。水生於氣之聚也。天地之氣交。則石生蜜而星降雨矣。按天文志。以星動搖而爲風雨之候。石津潤而爲雨下之徵。此非金生水。而氣化之義歟。五行以氣爲主。故五行之序。以金爲首也。

五弧

令人知桑弧而不知五方之弧。東方之弧。以梧其柱以雞。南方之弧。以柳其柱以狗。中央之弧。以桑其柱以牛。西方之弧。以棘其柱以羊。北方之弧。以棗其柱以彘。見新書

池魚考

風俗通曰。城門失火。禍及池魚。舊說池仲魚。人姓名也。居宋城門。城門失火。延及其家。仲魚燒死。又云。宋城門失火。人汲取池中水以沃灌之。池中空竭。魚悉露死。喻惡之滋。并傷良善也。二說未知孰是。

十貧十富

文順集有十貧十富諺。一要窮學燒銀。二要窮學空門。當爲百衲僧。三要窮好相論。當爲訟事。典四要窮好移墳。五要窮置寵人。六要窮陪女門。七要窮宅舍新。八要窮嫖賭頻。九要貧客請頻。十要貧好賽神。○一可富孝親族。二可富少奴僕。三可富省追逐。四可富放勤苦。五可富守舊屋。六可富長忍辱。七可富粗衣服。八可富蓄六畜。九可富多糞土。十可富沒名目。旨哉斯言。

五馬

漢制。公卿皆駟馬。遯齋閒覽云。出爲太守。增一馬。故云五馬。又漢官儀云。漢制九卿二千石亦右驂。太守駟馬而已。其加秩二千石乃右驂。故云五馬。陳眉公羣碎錄云。王羲之爲永嘉太守。庭列五馬。後人效之。遂以五馬爲太守美稱。而墨客揮犀引秦絲組之良馬五之爲証。恐非。或云。北齊柳元伯五子同時領郡。時稱五馬。恐亦非。

坐地席上

古無凳椅。席地而坐。故坐字從土。鄉黨記夫子席不正不坐。齊景公問晏子曰。寡人坐地。二三子皆坐地。君子獨搴草而坐。是也。古無桌杌。飲即設於席上。席上即地上之席也。至於祭先則置之豆間之地。今飲以桌而稱坐地席上。皆原於古之意歟。

夢筆生花

夢筆生花。人知江淹夢得五色筆。由是文藻日新。不知先有晉王珣夢人授以如椽大筆。梁紀少瑜亦夢陸倕授以一束青鏤管筆。唐李嶠兒時亦夢人授以雙筆。自是藻彩溢發。李太白亦夢筆生花。自是文章蓋天下。五代馬裔孫夢神手授二筆。

飲墨

梁試進士不中程者。飲墨水一斗。北齊策秀才。書有濫劣者。飲墨水一斗。東坡監試呈諸試官。麻衣如再著。墨水真可飽。山谷云。睥睨紈袴兒。可飲三斗墨。此言胸中無墨。故以墨爲罰。又題子瞻畫竹石云。東坡老人翰林公。醉時吐出胸中墨。王勃每屬文。先磨墨汁數升。酣飲。引被覆面而臥。及寤。援筆成篇。不改一字。人謂勃爲腹稿。

闌千十二

闌見巵言載南詔苗猺不解營宮室。倚樹架木以居。四周用長木橫闌之。每面各三。禁猛獸不得越而入。夜則騈合家男女。偃息於其中。此所謂闌干十二也。後入唐人詩料。遂與流蘇珠箔相附而行。謂是富貴家長物。豈復識爲蠻猺荒陋之用乎。

闌干三訓

闌干有三義。如李太白詩。沉香亭北倚闌干。及詩中朱闌畫檻。此木闌干。人人所知。若曹子建詩曰。月落參橫。北斗闌干。註。闌干。橫斜貌也。又薛令之詩。盤中何所有。首蓿長闌干。闌干當作縱橫意。長宜音常。今讀掌音。直作木闌干與盤中字無着落。至長恨歌曰。玉容寂寞淚闌干。此闌干。謂眼眶也。閱韻會等書。闌干有眼眶之訓。

荒親

世俗以父母死不得成親。而於垂死之日。先行親迎之禮。謂之沖喜。迨已死而娶。謂之乘凶。謂之荒親。荒俗讀作入聲。然猶曰父母死。娶婦以主中饋也。近有閥閱之家。父死七中。停喪忍痛。出贅外家。居然衣錦食稻。其良心喪盡。爲何似也。史稱石勒禁在喪嫁娶。歷代賢君反不禁止。何哉。

羊溝

荀子。入其央瀆。註。中瀆也。謂今出水溝。今人稱出水竇曰央溝。亦有本。太平御覽引莊子逸篇。羊溝之雞。羊溝不知何解。及讀郎仁寶七修類稿。引中華古今註。謂羊喜觝觸垣墻。爲溝以隔之。故曰羊溝。然俗以暗者爲陰溝。明者爲陽溝。更覺明白曉暢。但未見所出耳。

關聖廟聯

商丘宋文康公權過蒲州。謁關侯廟。見一聯云。恕同文武道。即聖賢。公以對句不工。思有以易之。偶午睡。夢侯告之曰。何不云志在春秋。公醒而書送侯廟。又廣濟張長人仁熙於他處侯廟。見集唐一聯云。三分割據紆籌策。萬國衣冠拜冕旒。又京口三義閣一聯云。若傅粉。若塗硃。若點漆。詎謂心之不同如其面。忽朋友。忽兄弟。忽君臣。信乎聖不可知之謂神。皆佳。又山西一處言侯廟中有一對。赤面凜赤心。乘赤兔追風。馳驅間中無忘赤帝。青巾對青史。仗青龍偃月。隱微處無愧青天。○中字不若燈字。

公不如卿

宋陳僕射俊卿謁九仙祠。問功名。夢仙曰。前程在黃公度口。陳過黃。語其故。黃曰。我

狀元。子榜眼。陳曰。君何尊己而卑人。黃曰。然則狀元讓榜眼。後紹興八年廷試。黃果狀元。陳榜眼。及謁御。高宗問曰。卿土何奇。輒生二卿。黃曰。披綿黃雀美。通印子魚肥。陳曰。地瘦栽松柏。家貧子讀書。高宗曰。公不如卿。即改俊卿爲狀元。

觀音像

夷堅志載。淳熙元年。吳江長橋側居民鄭媼。年八十餘。獨處茅屋之下。日丐於市。人頗憐之。散衣輟食之外。蓄其贍餘。藏於瓶中。欲以畫觀音像。夏四月。鄰火延燒。所積一空。明日泣理故處。於燼中得瓶。器無損缺。而錢自鎔成寶像。高一尺許。冠衣瓔珞楊枝淨瓶。皆與工製巧妙。塑匠驚嘆。以爲莫能及。巨室王氏取去。營室供奉。留媼事香火。壽過百歲。紹熙中。媼猶存。

白血無血

人言白血無血。蓋戲言爾。然史書實載其事。石虎斬李子楊。頸無血。十餘日而面色無異於生。見石季龍傳。景僧錄受刑無血。宋景平元年。魏陷虎牢。宋人被殺者不出血。見通鑑。黃巢殺周朴。湧白乳尺五寸。巢又以劍斫嬾安塔。亦湧白乳三尺。見闕史。八孫琳殺徐光而無血。見搜神記。宋建炎間。荊州長陽民婦向氏爲賊皮仲所執。不受辱。被殺。白乳自吭流至踵。見荊州記。宋李廷芝死節。血無一點。見草堂閒錄。居漢軍執一僧。取其爪復斬其首。白乳湧出。見孔平仲珩璜新論。至正九年。王伯顏爲福寧州尹。被賊王善所執。叱降不屈。頸斷。白乳如湧。後以陰兵助元滅賊。見元史。元山東宣慰使董搏霄與毛貴戰。被殺不見血。惟白氣衝天。見續信錄。正德七年。流賊陷上蔡。知縣霍恩被執罵賊。見殺。頸斷無血。白氣縷縷若騰龍然。見七修類稿。豈皆英烈忠貞而有此異耶。

三步五步

人知曹子建七步成詩。不知更有三步五步者。史載柳公權應詔賦。遂成賜衣。適時之作。無復停思。文宗曰。子建詩成七步。爾乃三步。又開元中。史青上書自薦。謂子建七步。臣五步之內。可塞明詔。明皇試以除夕上元等題。青應口而成。除夕云。今歲今宵盡。明年明日來。寒隨一夜去。春逐五更迴。氣色空中改。容顏暗裏催。風光人不覺。移入後園梅。明皇稱賞。授左監門衛將軍。時溫庭筠才思敏捷。每入試。八叉手而八韻成。又文筆襟喉載。有人謁李賀。但見賀久而不言。唾地者二。而文已成三篇。其視三步五步。則又間矣。

赤口煞

赤口小煞耳。人或忤之。率多鬬訟。至值寅巳酉戌。斷不可用。餘亦無害。蓋四位所屬皆能以口傷物。其煞他位值之。不必盡避。愚以為值子申二辰。亦宜忌。

替代

今人患病篤。延道士作醮祈禳。以紙印人形。伏于胸間。名為替身。翻俾之極。閉窓括異志。載荆南都頭李遇病困。魂至陰司。有一相識先死者曰。常侍安得來此。遇具道所以。俄又有一人曰。追到李遇。遇遂蘇。見妻子環泣。身下卧一畫人。號為替代云。乃知此事已久。各處皆然。不獨吾蘇也。

養公囑蜂

鄭龍如耳新。曰。雲巖僧貯蜂三年。不出窠。養公至見而問曰。蜂蓄幾何年。收幾何窠。僧曰。三年無半點。養公乃囑蜂曰。蠟可燃燈。蜜可供佛。代爾懺悔。無妨少出。是年出蜜不下五六十斤。自是生生不絕。

窰變佛像

筠廊偶筆。常熟窰變羅漢。在方塔寺內。高五六寸。瘦甚。跣足趺坐。頂上骨縫隱然。兩齒出唇外。如生人。慈悲之意可掬。長安慈仁寺窰變觀音。以莊嚴妙麗勝。此以奇古勝。寺內青魁菩薩。即睢陽張公巡。青髮藍面。口銜巨蛇。如夜叉像。視之不可解。或曰公自矢死為厲鬼殺賊。此蓋厲鬼像云。

鶴梧丁

玉照新志。載宋太學生張行簡。醉卧西湖。為女怪所迷。要與入城。婦曰。可尋鶴梧丁二枚。貼于錢塘門。則吾得入矣。張問何物。曰杖瘡膏藥也。如言貼之。遂偕入城。

獨婦山

越絕書。載獨婦山。去會稽四十里。勾踐將伐吳。徙寡婦至獨山者。以為死士。示得專一也。吳越春秋作獨女山。云勾踐以諸寡婦淫泆過犯。皆輸山上。士有憂思者。令遊山上。以喜其意。此說近是。

女閭

齊紀。載管子治齊。置女閭七百。徵其夜合之貲。以充國用。此即教坊花粉錢之始也。又論語有歸女樂之文。亦出於齊。其女閭之餘乎。管仲相桓公。匡天下。而立女閭之法。宜為聖門之童所羞稱也。

上巳

三月上巳。采蘭水上。祓除不祥。載於後漢書。周草窓曰。上巳當作十干之己。蓋古人用日。例以十干。如上辛上戊之類。無用支者。若首午尾卯。首未尾辰。則上旬無巳矣。故王季長以上巳詞云。曲水湔裙三月二。者可証。○吳中以上巳蛙鳴則無水患。故諺曰。三月三。箇蝦蟇其口難開。范大成詩云。薄暮蛙聲連曉鬧。今年田稻十分收。

九福

天下有九福。京師錢福。眼福。屏帷福。吳越口福。洛陽花福。蜀川藥福。秦隴鞍馬福。燕趙衣裳福。美女福。珍珠船云。不到長安辜負眼。不到兩浙辜負口。又云。江陵號衣冠藪。人言琵琶多於飯甑。措大多於鯽魚。

成都十二月市

成都記。正月燈市。二月花市。三月蠶市。四月錦市。五月扇市。六月香市。七月七寶市。八月桂市。九月藥市。十月酒市。十一月梅市。十二月桃符市。

女鬚

雞肋編。載唐李光弼之母。有鬚數十。長五寸許。宋史。載都下朱節妻。鬚長尺許。徽宗賜為女冠。七修。載洪武初。南京齊化門東街達達婦人。有髭鬚長尺許。庚巳編。載弘治末。應山縣女子。生鬚長三寸餘。見卯貽予里人卓四者。商於鄭陽。見主家一婦美色。頷下有鬚三綹。長數寸。人目為三鬚娘。開州志。載正德十三年。臨河城靳氏女將笄。忽生鬚長四寸許。剪之復出。

腹裂生子

夷堅志。載淳熙中。建康杜屠婦。於左脅下裂腹生子。客坐新聞。載成化辛丑（祝枝山作甲午）鳳陽宿州張珍妻王氏。有孕當產。臍下右側痛不可忍。一日忽裂。生男。御史周蕃聞於朝。官為給養。從信錄。載嘉靖辛酉。真定民婦。於右脅下產一男。馬彀菴聞見錄。萬曆癸巳。吳中李翰林（大武）家。楊文妻。剖裂腹下右衷股。生一男子。母亦無恙。異苑。載晉義熙中。魏興李宣妻樊氏。懷妊過期不孕。而額上有瘡。兒穿之以出。名胡兒。長為將。

人與物交

文海披沙。鄴縣之妻與狗交。漢廣川王裸宮人與羝羊交。靈帝於西園弄狗以配人。又真寧一婦與羊交。沛縣磨婦與驢交。杜脩妻薛氏與犬交。宋文帝時。吳興孟慧度婢與狗交。利州婦與虎交。宜黃袁氏女與蛇交。臨海鰥寡與魚交。章安史悝女與鵠交。突厥先人與狼交。衛羅國女配瑛與鳳交。陝右販婦與馬交。宋王氏婦與猴交。耳談臨安有婦與狗奸。京師有婦與驢淫。荊楚婦人與狐交。乃知宇宙之大。何所不有。

天干地支謎

甲集得顛倒不自由。天干謎。戲作閨情地支以配之。辛未夏。見趙恬養解人頤。已有閨情地支。喜其先得我心。附錄於左。賓仔望。百年好事成姻眷。誰知兒女緣慳缺半邊。子 紐絲兒不覺和腸斷。丑 待要卜金錢。演卦前川。只恐水兒流不到硯池邊。寅 忽聽柳陰中。聒噪新蟬。又被伐木丁丁響小園。卯 黑浸浸一聲霹靂空中震。霎時間雲收雨散。辰 抽身起。獨自走。只見綠遍山原。巳 也曾許我急整歸鞭。到於今拋卻前言。午 昧心人。卯管紅日西沉。孫燈悶悶。未 本待向神明將他埋怨。且卸衣衫一晌眠。申 直等到酒闌人倦。淚珠兒滾滾似水如泉。酉 夢魂中。越音於地裏。走向陽臺。戌 駭得人縱蹤揚鞭猛可裏急忙忙。馬兒都不見。亥 用骨牌名。隱天干云。一枝似。果人一點不容誇。甲 梅梢月似鉤。空把郎心掛。乙 火燒眉。一人在內恨冤家。丙 蝶戀花向短亭閒耍。丁 魚游春水。茂林芳艸不須加。戊 錦屏風將楊妃半遮。己 滿堂紅照不到高唐腳下。庚 橘子眼裏盼伊家。可立在十字街兒上。辛 踏梯望月。瞥見士窮差。壬 倘得箇將軍掛印。奴自揆才情少。恐難配着他。癸 用曲牌名。隱地支云。好事近。半夜女兒生。子 更漏子。聽雞鳴。丑 下山虎。伏神兇退。寅 香柳娘。拋悶木蘭亭。卯 點絳唇。掩卻櫻桃小口。辰 十二時。剛輪一半。夏初臨。撥草來尋。巳 朱奴兒。藏頭不見人兒面。午 珍珠簾。將玉人半掩形和影。未 二郎神。告退衣帆。申 沽美酒。點水無存。酉 越恁好。走向花叢覓彈子。戌 耍孩兒。半刻須分。亥 近得毛序始天干地支謎四則。天干謎一。擬命書一。擬課引。其命書云。此造天干不雜。五行相稱。四時之氣咸備。可謂十全之格。細推運道。向如身處匣中。顛倒不得自由。今交申運。方是出頭之日。甲 逢九之年。防有失脫。必撤得去。方妥。乙 然賴內助有人。一無所損。丙 將來添人進口。何所不可。丁 家事草創。到頭來自然茂盛。戊 交酉運。封身金土配合。己 得水為助。豈止小康而已。庚 為人能自立。作事勝人十倍。辛 卻背代人任勞。壬 但未必名登科第。欲求發達。須去持弓挾矢。當有天然遇合。癸 其課引云。此卦本屬乾天。變成坤體。首爻落空。不但有土崩之勢。甲 且有瓦解之疑。乙 內中一人。丙 切不可與角口。丁 事在欲成未成之間。戊 只恐已不就。己 終屬荒唐。若無閒口舌。亦可望八分。庚 辭不得勞苦做去。辛 莫信任旁人。壬 倘於始之初。有二人相助。便可邀天之幸。其事十全矣。癸 地支謎云。學向上。近孔孟。子 何事非君。偏不學伊尹。丑 穴居亦如宇宙大。寅 適去田間不留影。卯 欲振衰微恐無才。辰 尾大不掉已難正。巳 許人以身且莫言。午 一木豈能勝大任。未 東方無一人着腳。申 不如高臥西山穩。酉 只嫌茂草多添污。戌 頃刻將刀芟除盡。亥 又孤男若無女。好事終難就。子 五體原來闕不全。芙君無腳又無口。丑 家下有八人。田產止一畝。寅 仰求於人被拋撇。卯 人當厄時已急救。辰 且顧己之前。莫管己之後。巳 呼我以牛應以馬。午 本來面目還辯否。未 未能事人以求伸。申 焉能事鬼以露醜。酉 操戈待下功不成。戌 小人假充不能久。亥

嫁禍

明初。金陵上清河一帶。善崩。高皇患之。人言豬婆龍窟其下。故爾為患。時工部欲聞於上。又疑豬犯國姓。輒稱大黿為害。高皇惡其同元字。命漁人捕之。殺黿殆盡。先是漁人用香餌引黿。黿凡數百斤。一受鉤。以前兩爪據沙。深入尺許。百人引之不能出。一老漁諳黿性。命於受鉤時用穿底缸從綸貫下。覆黿首。黿用前爪抵缸。不復據沙。引之遂出。金陵人語曰。豬婆龍為殃。癩頭黿頂缸。言嫁禍也。

鍾祥淘河

異識資諧。鍾祥令某。觀運石砌堤岸。以尺量地。諸青衿在側。令命對曰。尺量地面。地長量短。短量長。青衿沉吟不就。有一腫頸舟子。抵前對曰。船載石頭。石重船輕。輕載重。令嘉而問之。恍惚化一淘河飛去。

槇木

四川有木名槇。其華可愛。王守溪一日問蜀士曰。槇木韻書音楷。而王荊公則曰音歎。當何從。士曰。當從歎。庶人皆識之。因舉荊公詩曰。濯錦江邊木有槇。野園封植佇華滋。地偏幸免桓魋伐。歲晚還同庾信移。守溪悅服。

員音運

陸魯望詩。賴得伍員騷思少。夫差剛免似荊懷。宋人小說謂陸之博學。而誤呼伍員名。豈起韻耶。楊升菴謂員音運。本無前訓。惟唐員半千。本劉凝之十世孫。因齊受禪。奔元魏。自比伍員。改姓員。名半千。唐世謠曰。令公四俊。苗呂崔員。以後證先。知員之音運也。愚按左傳。伍員音云。陸詩似未誤。

白起蜈蚣

輟耕錄載元時鳳翔王虎寔中。發白起坑趙降卒事。甚愁。朝廷聞之。差進士尚哲察九成。書之以著為將嗜殺之戒。武林紀事載洪武己酉。杭吳山三茅觀雷擊白蜈

蚣一條長尺許廣二寸身有殷色背書秦將白起四字又金陵瑣事載正德庚辰守備太監當棠泉屠一猪猪腹上有秦將白起四紅字富曰此白將軍也遂命埋之爲將者殺可不戒哉

李林甫奸報

文海披沙載元和中惠州震死一娼朱書其背奸相李林甫又宋紹興元年漢陽蔡氏女被雷震死背有文曰唐相李林甫湧幢小品載永樂中雲南趙州雷震一夸人朱判其背曰木子唐朝一佞臣罰他千刦在牛羣而今逃脫爲夷牙雷霆來吊化作塵火焰字曰李林甫又七修類稿杭城陸允誠烹雞而雞背宛然有李林甫三字

秦檜猪牛

異識資諧載萬曆丙子京口鄔汝璧庖于椀見屠猪者去毛盡猪腹有五字曰秦檜十世身又萬曆戊戌鳳陽城三十里外朱家村雷震死一白牛火燎毛盡背有秦檜二字深入皮中又康熙中震澤某同友遊武陵適屠家宰一猪蹄上有秦檜字并師曾上亦有其名衆競往觀無敢買者某斂財買之同行者皆竊笑彼乃令僕齎歸及師熟攜至岳王廟率衆羅拜對神禱祝祝畢恣啖聞者大快夫檜誤國陷忠六七百年猶受豕戮雷誅陽罪止於一時陰罪且至千百載可不畏哉

長生草

長生草生墻垣上結紅菓治喉病神效名金鎖匙永嘉張懋以世廟病喉累日不語諸醫奏藥不效憂思不寐遶庭獨步有里人以解糧至京與奴有識因宿相府窺見問得之曰小人能治張曰當用何藥曰玉喉須用金鎖匙始開張曰安得此嘉語始天啓之也即令治藥而以奏御藥進稍能旋進旋效官太醫吏目賜鈔二錠始來父卟于邑令及還杭禮于庭矣又呂文安本里居亦病喉絕粒有類人過門聞其故自陳能治其家皆笑相聞哄入飲藥立解即前草也呂大喜令其子中舍蔡陽拜之曰是生汝父也問有家否曰有老母恃柴且暮耳給田一區問有婦否曰母且不能贍安能增此因出諸婢使擇珍指一婢乃呂所悅者遂具裝奩與之先是遇相人曰汝三日後當得貴人大財且得美婦後果然

水神求物

呂端奉使高麗過洋祝曰回日無虞當以金書維摩經爲謝比回風濤軏作遂取經沉之聞絲竹之聲起于舟下陳堯咨泊舟三山磯下夢一老叟曰來日當覆舟公慎勿渡翌日果然夜復夢曰我江中遊奕神也公當大貴故來相報願求金光明經一部公與之叟拜謝王荣老過楊子江風濤暴作投玉麈端硯虎幞諸物皆不應王視黃山谷書韋應物詩曰我尚不識鬼寧識之耶取以投之香火未收水光如鏡嘉祐中一貴人攜韓幹畫馬渡采石風濤大作數日不得行禱于水神夢神求畫獻之風乃止水神亦好古董政可發一笑也

御史河

松江由嘉定入海江口淤塞百年民受其患害水龍遊鈍以御史左遷嘉定尹到官歎曰事孰有甚于此者即日親蒞其地召父老講求水利踰月盡疏通之復開支河五百餘所利及旁縣民號御史河時掘得碑長尺餘上曰得一龍江水通

飛來佛寺

杭州飛來峯人所共知不知佛與寺亦有飛來者蜎石刹談載興國大乘寺有石佛俗相傳爲飛來佛清遠縣峽山有飛來寺相傳寺自舒州飛至此者

銀河使者

異識資諧嘉靖初選妃中選者畢入宮簽而王都堂徐夫人與焉是夜徐夢天神謂曰吾遣銀河使者引汝歸家汝夫偕二人何爲居此既覺晨起忽鵲啄其額血流痛不可忍遂得送出歸家血痕頓已後歸王而封二品夫人

金陵銅陵

萬曆中時賢共會滕王閣客問費文孫貴郡有鉛山更有玉山鉛與玉政何以別費未及答時曾端甫在坐應聲曰天下有金陵亦有銅陵請問金與銅之所以分衆大笑稱其敏捷

散粥施藥

嘉靖甲辰朝廷於京師每歲一月日散粥米二百石施藥六千貼粥則人給一杓可三五口供也藥則衣金者百丸弃符篆湯方各一紙以白綾作袋上刻印板云凝道雷軒施內貯銀五分銅錢十五文計價二錢惠下之心至矣雷軒蓋世宗道號也

桐收汗

唐興善寺素和尚院有紫桐素手植也至夏有汗汙人衣不可浣元和中鄭相國與公卿數人避暑於院惡其汗謂素曰伐此桐植一松可也及暮素祝桐曰我種汝二十餘年汝以汗爲人所惡今若復汗必伐汝爲薪後遂無汗素不出院轉法華經三

萬七十部。夜常有鵒子栖桐上。聽經。有僧玄幽題曰。三萬蓮經三十春。半生不踏院門塵。孤桐信祝收殘汗。野鵒聽經得化身。

桐花鳳

成都夾岷江磯岸。多植紫桐。每春暮有靈禽五彩。小於燕。來集桐花。以飲朝露。俗名收香倒掛。李之儀詠阮郎歸詞曰。朱唇玉羽下蓬萊。佳時近早梅。探花情味久安排。枝頭開未開。芳魂欲斷恨難裁。香心休見猜。果知何處是仙才。何妨如夢來。又隱巒詩云。五色毛衣比鳳雛。深叢花裏只如無。美人買得偏憐惜。移向金釵重幾銖。此鳥以十二月至。性極馴。好集美人釵上。宴客終席不去。人愛之。無所害。

杜鵑考

古來詩人。皆傳杜鵑為蜀望帝魂所化。左太沖蜀都賦云。鳥生望帝之魂。上字為望帝名也。杜少陵亦云。古時杜宇稱望帝。魂化杜鵑何微細。又我見常再拜。重是古帝魂。及觀華陽蜀志云。蜀王杜宇號望帝。好稼穡。治郫城。會國有水災。其相開明決玉壘山以除水患。帝遂禪位於開明。升西山隱焉。時適三月。蜀人悲之。聞子規之鳴。即曰望帝。遂號子規為杜鵑。蓋鵑為捐棄之意也。其實非魂化之謂。

喜鵲惱鴉

世人喜鵲而惡鴉。故稱鵲曰喜鵲。鴉曰惱鴉。不知鴉亦兆祥。鵲亦致禍。明興獻帝適郢邸。抵潞河。鳴鴉蔽野。世廟卒纘大統。已載興誌。異識資諧載。都陽舒春芳嘉靖甲辰春闈榜發。其家老鴉數百。扛其屋角數起。復置故處。如此數次。明日泥金報至。祝理美書。康熙癸卯。八月十三。先君誕辰。余在闈中。家人具菓餅供星君。祝壽。忽有二鵲飛入中堂。各銜一燭而去。人咸為予登科之兆。孰知先君十二月十三日無疾而逝。康熙甲子。沈韓偉太史家日有喜鵲數十。飛集庭中。攫所晒物。至拔其盆蘭殆盡。未幾。太史遂卒。◯華陽王味一云。老鴉當作惱鴉。對喜鵲而言。楊椒山以鵲報喜為佞。鴉報凶為忠。故喜鴉而惡鵲。殊有理。

青田核

烏孫國有青田核。如五六升瓠。空之盛水。俄而成酒。宋有劉章者。得二枚。集賓設之。一核纔盡。一核又熟。可供二十客。又謝端遇天漢素女。遺以螺殼。貯米常不乏。又代醉編載。巴東下巖院主僧。於水際得一青磁碗。折花供佛前。花滿其中。更置少米。經宿亦滿。錢及金銀皆然。僧恐孫傀益增罪戾。携棄江中。

酴醾露

酴醾。海國所產為盛。出大西洋國者。花如中州之牡丹。蠻中遇天氣淒寒。零露凝結着他草木。乃水澌木稼。殊無香韻。惟酴醾花上。瓊瑶晶瑩。芬芳襲人。若甘露焉。夸女以澤體腻髮。香味經月不滅。國人貯以鉛瓶。行販他國。

蚌珍

異識資諧。大觀中。吳興邵崇益剖一大蚌。中有一羅漢像。偏袒右肩。矯首左顧。衣仗畢具。俗創見。遂奉以歸孝感寺。寺臨清流。遊客傳玩之餘。不覺躍入水中。亟禱佛求之。烟波渺茫之中。一索而獲。葉少蘊曹公家有詩以紀其異。公卿和者甚多。又鄭龍如偶匾載。天啟丙寅。島程雙林鎮蚌忽出珍。人剖一蚌。內有珍珠八仙。及珍珠壽星。又一人持二蚌出水。將及岸。忽墜其一。再覓不得。取所存剖視。有珍珠象棋十六枚。與墜水者必一副也。其人累歲求之。終不能得。◯筠廊偶筆載。歸州香溪多五色石子。有宦其地者。於溪中得一石子。大如斗。內隱然有物。剖之。得石鴛鴦。雌者一枚。三年後又渡此溪。隨手取一石。與前石子吻相似。剖之。則雄鴛鴦在焉。因琢為雙杯。寶用之。

羿射九烏

異識資諧。烏最難射。羿一日射落九烏。言射之捷也。後世不得其說。乃言羿射日。落九烏。遂以為十日並出。羿射落其九。流俗好奇而傳。怪文士循名而襲。誤自昔已然。

香猪

袁小修珂雪齋柿錄載。萬曆庚戌冬。比鄰鄧姓得循倩猪一口。數日不食。方礪刃欲殺之。忽異香滿室。徧覓之無有。細聞乃從猪身出也。耳目口三處尤香。小修聞而驚異。往視之。猪適在門。殊馴擾。以手摸之。香氣粘然。若零陵香。熏手至次日。香猶馥郁。感而作香猪贊。香猪至甲寅十月中死。葬昆之。異香遠聞云。

物現佛像

叢中有仙。前集載之備矣。萬曆丁未。遂昌縣民宋甲。剖叢。中有比丘端坐。援摩尼珠。彩履斬然。酉陽雜俎載。隋煬帝嗜蛤。蛤中有一佛二菩薩像。又唐文宗。蛤中有觀音大士像。送興善寺。續夷堅志載。史丞相蛤中有二佛像。螺髻瓔珞。足踏蓮花。文飾以金玉。送入佛寺。異識資諧載。邵崇益剖蚌。中有羅漢像。偶匾載。雙林鎮蚌中有八仙及壽星像。夷堅丙志載。鄭伯膺監楚州鹽場。於蚌內得觀音像。姿相端嚴。珠排瓔珞。

楊枝淨瓶無不具備。又於墅園內有鬼判彩髮赤立。怪惡可畏。鄭皆藏之。又載餘干譚曾家蔬圃中。有小佛像。狀似入定觀音。雜記載唐詢家雞卵中有菩薩像坐蓮花。弘治末。崇明縣民雞卵中。有獼猴。更奇。

神鷹錄

嘉禾守楊公繼宗為人端莊勇決。愛民禮士。會郡飢荒。死者相踵。公憫念既深。不及聞白司道。發倉賑之。全活萬計。仇家以事上司道。以擅支倉庫。少給多侵為辭。行文按公。及使臨往。與北庭中。有群鷹數十。叢集咆哮。飛上或爪或啄。綃紙紛然碎矣。司道怒曰。鷹亦忤我乎。遂白撫院。方下舟。群鷹復至。怒睛奮翅。馳逐飛鳴。若詈辱之狀。司道怒。命卒繒獵之。弩者彈弓者。罟網者。絲用物雖多。而雜繞益衆。卒莫能退。中一老鷹迅擲而下。司道急以手蔽面。竟攫其紗帽而去。衆鷹亦復爪啄中丞。又紛然碎矣。司道駭異。返簡事。遂得脫。公在郡九年。風雨調和。禎祥疊見。及滿去。七邑男女攀車挽留。士夫為製神鷹錄。以傳其德政。

臨江狐

景泰中。臨池富人陳崇古。有果園。委一人守之。販鬻剩息。皆由其手。其人年可三十許。頗修整。獨處園中。一夕有美姬來。自言能索酒食共酌。且求歡。其人疑而扣其居止姓名。終不答。但曰。與君有緣。故相從耳。遂與狎。每夜必至。情密如夫婦。亦不問其從來也。隣人怪其居常有人聲。窺見以告崇古。崇古以其費財也。責之。其人抵諱。因請崇古算計。曾無虧漏。更加詰問。乃吐實。崇古亦任之。是夜姬來曰。汝主人謂吾誘汝財耶。因言吾非禍君者。今世上如吾者無慮千數。皆修仙道。吾事將就。特借汝陽氣助耳。更數日。緣分滿足。吾亦不復留此矣。他日來痛飲致醉。談謔益甚。其人挑之曰。子於世間亦有所畏乎。姬以醉忘情。且以交久無復防虞。答曰。吾無所畏。惟吾睡時有光繞身。人欲不利於吾者。一躡此光。吾已驚覺。終不能有所加也。所可畏者。人若遠立。以口承其光而徐吸之。則彼得壽而吾禍矣。其人唯唯。俟其去。道而從之。還見其踣仆田中。往就視。姬睡正熟。果有光熙如日。其人依言吸之。覺胸臆隱隱熱下。光盡乃歸。明日往視。乃有老狐死焉。其人年百二十餘尚在。

翠碧

江東有小鳥。色青似翠。能入水取魚。謂之水狗。亦名翠碧。陸魯望詩曰。紅襟翠翰兩參差。徑拂煙華上細枝。春水漸生魚易得。不辭風雨坐多時。石林詩話。又名魚虎。崔德符詩曰。翠裘錦帽初相識。魚虎彎環掠岸飛。今惟荻湖中有之。

堅瓠續集卷一終

堅瓠續集卷之二目錄

十二生肖　六神考
二十八宿　曆中九宫
人日　四時皆春
元夕燈火　耗磨放偷
送窮　寒食禁火
掃墓　修禊
大盡小盡　浴佛
借尼結夏　端五
角黍　天地合日
伏　盂蘭盆
落帽　小參小歲
儺　草青爲歲
月滿爲一月　十四十九月

木工祿壽　蜈蚣入腹
蚰蜒入耳　嫁杏
草木得四時氣　淮水神猴
表忠　李杜齋名
仙白蝙　愈骨鯁咒
治湯火咒　咒語
漳河曹操墓　澄心堂紙
黄堂　燈婢燭奴
姑虚之瓶　一至十字
神荼鬱壘　李太守燭奸
石匣雙鴨　六燕乙鴻
肉芝　葫蘆仙
薗杖尺晴　堯民擊壤
職忌　紙錢化真金
指甲珊瑚　放生
海南鬼　西樓記
方正學　賄中爲豬
奥孔蝎蛛蜂

堅瓠續集卷之二

清　長洲石農褚人穫學稼纂輯

十二生肖

地支屬十二物人言取其不全者然庶物豈止十二不全哉郎仁寶云地支在下各取其足爪於陰陽上分之如子雖屬陽上四刻乃昨夜之陰下四刻今日之陽鼠前足四爪象陰後足五爪象陽也丑屬陰牛蹄分也寅屬陽虎五爪卯屬陰兔四爪且缺唇也辰屬陽龍五爪巳屬陰蛇舌分且無足也午屬火馬蹄圓未屬陰羊蹄分也申猴五爪酉雞四爪也戌狗五爪亥猪蹄分也又云子為陰極幽潛隱晦以鼠配之鼠藏迹也午為陽極顯明剛健以馬配之馬快行也丑為陰也俯而慈愛生焉以牛配之牛有舐犢未為陽也仰而秉禮行焉以羊配之羊有跪乳寅為三陽陽勝則暴以虎配之虎性暴也申為三陰陰勝則黠以猴配之猴性黠也日生東而有西酉之雞月生西而有東卯之兔此陰陽交感之義故曰卯酉為日月之私門辰巳陽起而動作龍為盛蛇次之故龍蛇配焉龍蛇變化之物也戌亥陰斂而潛寂狗司夜猪鎮靜故狗猪配焉狗猪持守之物也又戴冠筆記浙江參政左贊曰十二肖生俱以足上趾爪奇耦分配或以子肖鼠鼠足爪前耦後奇何也子曰可見取象極精蓋子乃陰極生陽又在夜半萬物皆息之時惟鼠獨動若陰中有陽靜中有動丑牛牛蹄分為耦寅虎虎五爪為奇餘無不然獨巳肖蛇蛇固無足又何取義蓋巳在月乃純陽之月在時乃純陰之時故用蛇以象之蛇乃陰物且舌分不用其足而象已著易曰乾為馬坤為牛馬蹄圓牛蹄折亦此義也

六神考

朱雀元武青龍白虎之名見於曲禮其云前後左右則黃帝布陣畫諸旗幟以指揮兵士究其義指四方星宿之形似而言也蓋以翼井為冠軫如項下之嗉南方火其色紅故謂之朱鳥乃玄武則以虛危如龜而螣蛇在虛危度之下位西北其色玄神有鱗甲見武象焉故謂之元武宋真宗避祖諱改元為真名曰真武世所奉真武像實北方元冥水神也而以角為角以心為心以尾為尾東方木其色青故謂之青龍以參有四足如虎西方金其色白故謂之白虎○六壬甲乙青龍丙丁朱雀戊己勾陳庚辛白虎壬癸螣蛇元武蓋壬癸北方兼龜蛇二象卜者以螣蛇無位遂分戊為勾陳己為螣蛇不知戊己為中央土必屬勾陳若強分螣蛇於己是以中央為北矣一說壬起螣蛇癸起玄武蓋壬為陽水以螣蛇之雄配癸為陰水以元武之雌配不易之道也但勾陳不知何物宋仁宗以麒麟為勾陳一云勾陳天馬也一云勾陳天上神獸虎頭龍身樂書云旂之色有五東青龍西白虎南赤鳳北元龜中央畫黃蟠蟠虯蚓也未知孰是

二十八宿

二十八宿史記律書宿有秀甗二音考之釋名云宿宿也言星宿各止其所也說苑辨物云二十八星所謂宿者日月五星之所宿也王充論衡云二十八宿為日月舍猶地有郵亭為長吏廨矣晉天文志云四布於方各七為二十八舍舍者有止宿之意觀此則宿字止當讀如本音今乃音秀此何理也又嬾真子爾雅云壽星角亢也註云數起角亢列宿之長故有高抗之義俗音剛非也天根氐也註云角亢下繫於氐若木之有根其義如周禮四圭有邸漢書諸侯王邸之邸今音低亦非西方白虎而觜參為虎首故有觜之義今音訾誤矣當以本字呼之

曆中九宮

曆中九宮天蓬星太乙坎水白天內星攝提坤土黑天衝星軒轅震木碧天輔星招搖巽木綠天禽星天符中土黃天心星青龍乾金白天柱星咸池兌金赤天任星太陰艮土白天英星天乙離火紫見唐會要九宮七色之說出於乾鑿度云伏羲時龍馬出河戴九履一左三右七二四為肩六八為膝五居其中謂之九宮其色則一六八為白二黑三綠四碧五黃七赤九紫今曆中每月列於下方謂之飛九宮

人日

北史魏帝宴百僚問正月七日何故名人日眾不能對魏收曰晉議郎董勛曰正月一日為雞二日為猪三日為羊四日為狗五日為牛六日為馬七日為人時邢劭在坐亦甚愧焉按東方朔占年書謂其日晴則所生之物育陰則災杜少陵詩元日至人日未有不陰時用此又八日為穀關係尤重而人罕及之○古人人日貼人形於帳亦登高晉李充正月七日有登剡山寺詩桓溫參軍張望有七日登高詩元魏東平王翕七日登壽張縣安仁山刻銘於壁

四時皆迎

古者迎春與出土牛原是二事迎春以迎陽氣出土牛以送陰氣迎春在立春之日出土牛在季冬與儺同時合而為一不知起於何時○古人四時皆迎春則迎春於東郊夏則迎夏於南郊秋則迎秋於西郊冬則迎冬於北郊月令可見今止迎春則

夏秋冬之迎。又不知廢於何時也。○古者諸侯迎春東郊。齋曰放春。見管子。裴曰發春。見是漢書。太守有行春班春之文。

元夕燈火

元夕燈火。例止三夜。西都京城有金吾。曉夜傳呼以禁夜行。惟正月十五。勅許金吾弛禁。前後各一日。燈明若晝。侯鯖錄。京師上元。放燈三夕。錢氏納土。進錢買兩夜。今十七十八是也。宋王詠貽謀錄。乾德五年正月詔曰。朝廷無事。區宇又安。方當年穀之豐登。宜縱士民之行樂。其令開封府。更放十七十八兩夜燈。及考開元傳信錄。明皇御勤政樓大酺。縱士庶觀看。人物喧塡。終五日宴酺。則十七十八。蓋唐故事。亦非始宋乾德中也。又故事。三元皆張燈。太宗淳化年。詔罷中元下元燈。

耗磨放偷

正月十六日。古謂之耗磨日。官私不開倉庫。唐張說詩云。上月今朝減。流傳耗磨從。還將不事事。同醉俗中人。金與元國俗。正月十六日謂之放偷。契丹呼為䴘里尀。華言偷時也。是日各家皆嚴備。遇偷至。則笑而遣之。雖妻女車馬寶貨為人所竊。即推得。亦不加罪。聞今揚州及黔中尚然。而燕地正月十六夜之走街。恐亦遺俗也。

送窮

高陽子。衣敝食糜。正月晦日巷死。世於是日作糜棄破衣。祝於巷口。名送窮。除貧鬼。○唐人以正月下旬送窮。姚合詩云。萬戶千門看。無人不送窮。韓退之送窮文亦云。正月乙丑晦。主人使奴星結柳作車。縛草為船。載糗與糧。三揖窮鬼而告之。至今池陽風俗。以正月二十九日為窮九。掃除屋室塵穢。投之水中。謂之送窮。

寒食禁火

清明前禁火。謂之寒食。蒼龍大火。司令惧火旺。故禁火以抑之。隋李崇嗣有書天皆滅。陜西地盡藏烟句。元稹連昌宮詞自註。京師寒食火禁。以雞羽入灰。焦者罪之。周禮司烜氏。仲春以木鐸修火禁於國中。禮記郊特牲。季春出火。為禁火之義昭然可徵。俗以介推為據。按左傳史記。並無子推被焚事。惟周舉傳。太原士民冬輒寒食一月。則似子推寒食。乃在于冬。又并州俗。以子推五月五日焚死。乃不舉餉寒食。則似子推焚死。又在於夏。兩者未知孰是。

掃墓

祭掃之儀。因於禮記。宗子在他國。庶子無廟。孔子許望墓為壇。以時祭祀。此其本也。

吳中於清明前後。率子女長幼。持牲醴楮錢。祭掃墳墓。雖至貧乏。亦備壺酌豆籩。間有族人。祭無嗣孤塚。女夫祭外父母者。紙灰滿谷。哭聲哀戚。有古淳俗之風。洞庭山又以餕餘讌諸族人。親友互相庀具。壺觴騰湧。歡呼鼓腹。祭先睦俗之誼。又他鄉之所不及。○唐明皇詔寒食上墓。禮經無文。近代相承。浸以成俗。編入五禮。永為定式。

修禊

禊有春禊秋禊。王逸少蘭亭修禊。此春禊也。劉楨魯都賦。素秋二七。天漢指隅。人胥祓禳。國子水嬉。用七月十四日。漢書。八月祓於灞上。蓋秋禊也。又西京雜記。載高祖與戚夫人。正月上辰。出百子池邊。濯濯食蓬餌。以祓邪。三月上巳。張樂於流水。則漢正月。已有修禊事。隋志。北齊正月晦日。中書舍人奏祓除汎舟。皇帝乘輿與王公登舟置酒。士女悉臨河解除。湔裳裾。酹酒於水湄。唐景龍四年正月晦。上幸滻水。宗楚客應制詩。御輦出明光。乘流泛羽觴。則正月祓除。亦泛觴與上巳同。春蓋兩禊也。

小盡大盡

月滿三十日為大盡。少一日為小盡。月之盡日。猶年之除夜也。宋朱希真避地廣中。作小盡詩。滕州三月作小盡。梧州三月作大盡。哀哉官曆今不頒。憶昔昇平淚成陣。我今何異桃源人。落葉為秋花作春。但恨未能與世隔。時聞喪亂空傷神。又宋人以臘月二十四日為小節夜。三十日為大節夜。今稱小年夜大年夜。古今語大略相同。

浴佛

佛以周昭王二十四年甲寅四月八日生於母之右脅。十九歲於四月八日夜半踰城往雪山入道。又六年。四月八日成佛。○歲時記。荊楚諸寺。四月八日設齋。為龍華會。以都梁香為青色水。鬱金香為赤色水。丘隆香為白色水。附子香為黃色水。安息香為黑色水。以灌佛頂。大慧禪師浴佛上堂語云。今朝正是四月八。淨飯王宮生悉達。吐水九龍天外來。捧足七蓮從地發。

僧尼結夏

歲時記。四月十五日。天下僧尼就禪剎掛褡。謂之結夏。又謂結制。蓋夏乃長養之節。在外行恐傷昆蟲草木。故九十日安居。什苑宗規云。祝融在候。炎帝司方。當法王禁足之辰。是什子護生之日。至七月十五日。應禪寺掛褡僧尼皆散去。謂之解夏。解制。內典云。西方結夏時。以蠟為人。其輕重相等。解夏之後。以蠟人為驗。輕重不差。則為定念而無妄想。否則血氣耗散。必輕於蠟人。故謂之戒蠟。

端五

庚巳野談鴻臚高少卿五月四日壽辰具子崇折柬相訂箋尾曰端四日具團晚之曰五日謂之端午四日亦可稱端耶事涉俗傳而無根由者不可形之紙筆又此類諄諄者數事因其從余門也後見武林舊事載端午一條先日命學士院進帖子如春日內禁排當例於朔日謂之端一據此則端四亦未必無憑然晚者久之天中記仲夏端午烹鶩角黍端初也謂五月初五日○洪容齋隨筆唐玄宗以八月五日為千秋節宋璟表云月惟仲秋日在端午張說上大衍曆序云謹以開元十六年八月端午獻之則似凡月五日皆可稱端午也

角黍

以屈原五月五日投汨羅江而死裹飯祀之風土記端午日以菰葉裹粘米栗棗灰汁煮熟謂之粽一說開元宮中造粉團及粽以小角弓射之中者方食故曰角黍米以菖蒲或縷或屑泛酒章簡公端午帖子云菖花泛酒堯尊綠菰葉縈絲楚粽香

天地合日

道家以五月十六日夜子時為天地合日夫婦當異寢違犯者必死故世以為忌老

學菴筆記云元祐七年哲廟立后太史以人主與后猶天地也特用五月十六法駕出宣德門行親迎之禮將降詔矣皇太妃持以為不可上亦疑之宣仁以為此語俗忌耳非典禮所載遂用之後詔獄既興宦者遂請廢后以弭此禍上意亦不可回矣

伏

曆忌釋曰伏者何也金氣伏藏之日也四時代謝皆以相生立春木代水水生木立夏火代木木生火立冬水代金金生水惟立秋以金代火金畏火故至庚日必伏庚者金也從夏至後第三庚為初伏第四庚為中伏立秋後初庚為末伏謂之三伏

盂蘭盆

七月十五日僧尼道俗諸寺院為盂蘭盆會皆主佛經目連救母於是日以百味著盆中供佛但不解何謂盂蘭盆釋氏要覽云盂蘭猶華言解倒懸似有救母之說而盆字無着落後見老學菴筆記云故都於中元具素饌享先織竹為盆盂狀貯紙錢於中承之以竹迭焚倒以視方隅而占冬之寒燠向北則寒向南則溫向東西則寒溫得中珍云盂蘭盆倒則寒來矣晏元獻詩云家人愁溽暑計日望盂蘭乃知盂蘭盆本風俗祀先全無佛氏之意夢華錄亦云以竹斫成三脚上織燈窩謂之盂蘭盆買素食採米飯享先以告報秋成則盂蘭盆實起於風俗而目連救母之事或衍是見遂訛而為目連事亦未可知

落帽

孟嘉為桓溫參軍九日溫宴龍山僚佐畢集風吹嘉帽落地嘉不覺溫戒左右勿言嘉良久如廁溫令取還之命孫盛作文嘲焉○登高落帽事不獨孟嘉泰和山志載有落帽峰漢神仙戴孟于此飛昇落帽於上下有石橋

小至小歲

淮人歲暮家人宴集曰潑散韋蘇州曰田婦有嘉獻潑散新歲餘杜少陵有小至詩說者謂冬至前一日為小至周密曰冬至陰極故曰小至陸務觀筆記云冬至前一日亦可稱除夕歲時雜記盧照鄰元日述懷云人歌小歲酒花舞大唐春是以元日為小歲○西域諸國志天竺以十一月十六日為冬至

儺

儺係古禮夫子見之猶致敬焉後漢李尤先臘一日大儺謂之逐疫其儀選中黃門子弟年十歲以上十二歲以下百二十人為侲子又二人為儺公儺母皆赤幘皂服

黃金四目蒙熊虎皮執戈揚盾中黃門行之僕射將之以逐惡鬼於禁中宸殿前燃蠟燭燎沉檀熒煌如晝上與后妃觀之賞賜甚多○東都賦卒歲大儺毆除羣厲呂覽註曰大儺逐盡陰氣為陽導也建康記歲除行儺結黨連群通夜達曉家至戶到責其迎送犒興公當戲為儺至桓宣武家乞酒食以為戲宣武見其應對不凡推問之知是興公眾為絕倒梁書儺謂之野雲曹景宗嘗為野雲戲今吳中以臘月一日行儺至二十四止丐者為之謂之跳竈王

草青為歲

松漠紀聞女直舊絕小正朔不及其民皆不知紀年問之則曰我見青草幾度矣蓋以草一青為一歲也蒙古錄彼國初無庚甲其俗每以草青為一歲人問其年則曰幾草青矣見月圓為一月若見草青遲遲方知是歲有閏也又記其年春秋則曰草青草枯記其月朔望則曰月滿月缺○傳燈錄二十二祖摩拏羅至月氏國鶴勒那問祖曰我止林間已經九白印度以一年為一白九白蓋言九年也

月滿為一月

代醉編中國以月晦為一月而天竺以月滿為一月唐西域記月生至滿謂之白月

月虧至晦。謂之黑月。又十二月所建。各以所宜二十八宿名之。如中國建寅建卯之類。故夏三月。自四月十六日至五月十五日為額沙茶月。即鬼宿之星名也。自五月十六日至六月十五日。謂之室羅代拏月。即柳星名也。自六月十六日至七月十五日。謂之婆達羅鉢陀月。即翼星名也。黑月或十四日。或十五日。月有大小故也。

十四十九月

代醉編。商雒鼎十有四月。黎君誤以淛劉原父。原父不能對。呂氏考古圖器銘有十三月。十九月。敦牧銘惟王十年。十有三月。庖言云。十三月或是閏月。按史曆書註。歲十有二月。有閏則云十三月。其說亦通。若十四月。十九月。無所考。或謂嗣王踰年未改元。故以十四十九月數耶。○穀梁傳謂閏月為叢殘之數。又鄭龍如耳新曆家以閏月為天縱。

木工祿壽

前明通紀。載成化十七年三月。工部左侍郎。食一品俸。蒯祥卒。祥。吳縣人。木工也。父福。能大營繕。永樂中為木工首。以老告退。祥代之。營建北京宮殿。正統中重建三殿。天順末作裕陵。成化間委任尤專。自工部營繕所丞累陞至前官。復加祿至從一品。贈祖父母。廕二子。一為錦衣千戶。一為國子監生。卒年八十有四。王元美異典述載文臣異途有工部左侍郎蒯義。右侍郎蒯鋼。蔡信。郭文英。俱以木工。工部左侍郎陸祥。以石工。而無蒯祥名。豈偶遺之耶。

蜈蚣入腹

蜈蚣入腹最難出。葉纖熙臨桂雜志。一人夜炊火。有蜈蚣在吹筒中。驚竄入喉。漸下胸膈。用生雞血灌之。更飲菜油盞許。以蜈蚣畏油故也。遂惡心。蜈蚣并油血吐下。續服雄黃水獲安。昔吾郡張沖虛醫多奇效。有道人炊。誤吸火筒中蜈蚣入腹。痛不可忍。張命碎生雞子數枚。取其白啖之。良久。問其痛稍定。復啖生油。須臾大吐。則雞白與蜈蚣纏束而下。蓋二物氣類相制。入腹則合為一也。人服其得醫意云。

蚰蜒入耳

北方有蟲名蚰蜒。類蜈蚣而細。好入人耳。食人腦髓。一人晝臥。蚰蜒入耳。初無所苦。久之。覺腦痛。莫可為計。偶採桑熟睡。家人具飧。有炙雞。夢中忽嗅噴嚏。覺鼻中有物出。視之。見蚰蜒在雞上。除之。腦不復痛。張子和十形三療方。蚰蜒入耳。用貓尿灌之立出。取貓尿用生薑擦貓耳即得。一人枕桃葉。有虫自鼻出。形如鬼。嘴人皆莫識。

嫁杏

宋李冠卿家有杏樹。花多不實。一媒姥見而笑曰。來春與嫁此杏。冬至。媒姥忽攜酒一樽過云。是婚家撞門酒。索處子一裙。繫杏樹。祝曰。青陽司令。庶彙惟新。木德屬仁。更旺於春。森森柯幹。簇簇繁陰。我今嫁汝。萬億子孫。祝畢。奠酒而拜。來春結子果多。爾人於元旦日初出時。以斧斑駁錘鑿樹數下。祝曰。汝若不實。我必伐汝。名曰嫁果。又有嫁李法。于元旦五更。將火把四面照看。以小石鎮於枝間。亦名嫁李。江淮間又有嫁橘法。但其說不傳。

草木得四時氣

近峯聞略。載枇杷秋而萌。冬而花。春而實。夏而熟。得四時之氣。他物無與類者。近觀易緯通卦驗云。苦菜生於秋。更冬歷春至夏乃成。又麥亦秋種夏熟。備四時之氣。是又未嘗無類也。又蔚麥葉青花白莖赤子黑根黃。具五方之色。又周公墓有楷木。其葉四時代色。春青夏赤秋白冬黑。色得其正。孔子墓上有五味木。以其木具五味也。又酉陽雜俎載。祁連山有加何樹。亦四味。其實如棗。以竹刀剖則苦。以木刀剖則酸。以蘆刀剖則辛。以金刀剖則甘。此即仙家所謂火棗也。

淮水神猴

水經載。禹治水至淮。淮神出見。形一獮猴。爪地成水。禹命庚辰執之。遂鎖於龜山之下。淮水乃平。至明高皇帝過龜山。令力士起而視之。因拽鐵索盈兩舟。而千人拔之起。僅一老猴。毛長蓋體。大吼一聲。突入水。從高皇帝急令羊豕祭之。亦無他患。

表逸

書傳中有載其事而軼其名者甚多。如達巷黨人。乃項橐。見漢書註。毀即墨與阿大夫者。乃佞臣周破胡。見烈女傳。餽食子胥。胥行反顧。投水而死者。乃溧陽黃山里史氏女。見李太白集。楚莊王絕纓之會。牽美人衣裾者。乃蔣雄。見摩談。採餘都尉開公之埒。會滕王閣欲作賦者。乃吳子章。見撫言。赤壁賦客有吹洞簫者。乃綿竹道士楊世昌。見吳匏庵詩。他如魯兩生。田橫客。名湮沒而不彰者正多也。

李杜齊名

李杜齊名有六。漢李固杜喬。李雲杜衆。李膺杜密。唐李嶠杜審言。李白杜甫。李商隱杜牧。少陵詩。李杜齊名真忝竊。用范滂母。汝今得與李杜齊名。吾復何恨語。范母指膺密。少陵則借以自寓。己與太白也。洪容齋四筆載四杜李。而不及嶠審言。鄭龍如戲五李杖。而不及雲家。豈偶遺之耶。

仙白蝠

葉法善。謂張果老。為上古蝙蝠之精。仙家紀源云。千載蝙蝠。血肉皆白。得而食之。形神不滅。唐李泌從肅宗之蜀。於梓潼境獲一白蝠。大如蒼鷹。蒸食之。遂能辟穀。後泌竟以此仙去。又曰。蝙蝠千年。能變化。不為鬼神制縛。昔有為蝙蝠說者。曰鳳凰生日。羣鳥悉賀。惟蝠不至。鳳訊之。蝠曰。我有足能走獸也。不為羽族壽。麒麟生日。羣獸皆賀。蝠亦不至。麟訊之。蝠曰。我有翼能飛禽也。不為毛虫壽。迨麟鳳會間。言及蝙蝠。相與歎曰。世上那有這等躲避奸滑的禽獸。此雖善謔。亦足警矣。

愈骨鯁呪

凡骨鯁者。用碗水。虛空以手指寫天上金雞叫。地下草雞啼。兩雞并一雞。九龍下海。喉嚨化如滄海。二十五字。口誦七遍。飲此水。愈骨鯁。又書鳥飛龍下。魚化丹丘。八字。亦佳。此見二酉拔餘。試之果效。

治湯火呪

夷堅志載。俚巫蹈湯火者。多持呪語。其呪云。龍樹王如來。授吾行持北方壬癸禁火大法。龍樹王如來。吾是北方壬癸水。收斷天下火星辰。千里火星辰必降。急急如律令。呪畢。手握真武印吹之。用少許冷水洗。雖火燒燙。或瘡亦可療。為人拯治輒效。

呪語

山行念儀方二字。可卻蛇虺。念儀康二字。可卻狼虎。念林兵二字。可卻百邪。夜行念主夜神呪曰。婆珊婆演帝。可避惡夢。賭博時念伊諦彌諦彌揭羅諦。誦萬遍。則賭博必勝。又渡江河者。朱書禹字佩之。免風濤。

漳河曹操墓

國朝鼎革時。漳河水涸。有捕魚者。見河中有大石板。傍有一隙。窺之黝然。疑其中多魚。聚乃由隙入。數十步得一石門。心怪之。出招諸捕魚者入。初啟門。見其中盡美女。或坐或臥或倚。分列兩行。有頃俱化為灰。委地上。有石床。床上臥一人。冠服儼如王者。中立一碑。漁人中有識字者。就之。則曹操也。眾人因跪而斬之。碎裂其屍。諸美人蓋生而殉葬者。地氣凝結。故如生人。既而門啟。漏泄其氣。故俱成灰。獨操以水銀斂其肌膚。尚不朽腐。故云疑塚之外。尚有一塚藏君屍也。

澄心堂紙

建業澄心堂。即今內橋中兵馬司遺址也。李後主時。製紙極光潤滑膩。古人書畫多藉之。故劉貢父詩云。後人聞名寧復得。就令得之當不識。梅聖俞詩云。靜几鋪寫無慶挨。又云。堪入右軍蹤。慙無幼婦詞。劉原父云。斷水折圭作宮紙。王文正公西魚洲肯數荊州池。王元禎嘗散步月下。至內橋。因誦諸詩。想見此紙之妙。

黃堂

世傳蘇州與開封。河南。三府。俱稱黃堂。餘則否。蓋以河南為中都。帝畿。開封則封疆廣大。蘇州則賦稅甲於天下。故各得以黃堂稱。不知天下郡治。皆名黃堂。湘素雜記。天子曰黃闥。三公曰黃閣。太守曰黃堂。又後漢書注云。黃堂乃太守之廳事。據此則黃堂為太守廳事之通稱也明甚。且俗又云。蘇郡府堂。以數失火。塗以雌黃。故云。

燈婢燭奴

唐寧王夜於帳前。列木刻矮婢。各執華燈。自暮達旦。目為燈婢。申王每夜聚宴。刻童子。綠衣束帶。使執畫燭。目為燭奴。二王同時。行事如此。殊覺風雅。然傳記載之。以為奢侈。嚴分宜父子。溺器皆用金銀鑄成婦人。而空其中。粉面綵衣。以陰受溺。甚矣。

妬虐之報

綠窗雜志載。呂后死而為母雞。文海披沙。趙飛燕死而為黿。賈南風死而為蝎。梁郗后死而為蟒。李勢龍姬化為斑蛇。武則天死後納於大豕。萬蝎螫之。後化為豬。宋李后死。雷火焚其殯宮。椒房妬虐之報如此。何況民間。

一至十字

今官私文書。一至十字。用同音畫多者。蓋明高皇時。開濟在戶部所定。以防奸胥改竄之弊。壹貳字。音義俱同。肆伍陸玖拾字。音同義異。參字。字書所無。蓋以參字微變之。然古語。勿貳以二。勿參以三。考工記。參分其股。漢志。參分損一。則參可作三也。柒亦無字。按東晳賦。朝列九鼎之奉。夕宿桼城之房。桼古七字。太玄七政亦作桼。何不用桼。而用柒乎。捌字見急就章。農器也。

神荼鬱壘

今俗元旦。置桃符于門。左書神荼。右書鬱壘。所以辟祟也。按風俗通。黃帝時有神荼鬱壘。兄弟二人。性能執鬼。則神荼當在左。鬱壘當在右。東京賦云。守以鬱壘神荼副焉。則似鬱壘當左。神荼當右。括地圖曰。度朔山大桃樹下。有二神。一名鬱。一名櫑。高誘注戰國策。又曰。一名余與。一名鬱雷。為說不一。備書之。以俟博識者。

李太守燭奸

松江太守李某性廉明發奸如神有婦人訐其夫通海作亂李問婦與夫為結髮否婦言夫雖結髮然謀反事大恐害及妾身故來出首李曰當即拘究婦出李乃判狀封付吏曰狀雖准且莫行牌三日內有人來探問此事即拘來見我至三日果有人來問前日婦人首夫事狀已面准何不行拘吏給之曰牌已送簽少待即當領出其人果留吏入白守守命拿其人令吏持所封狀示使之自閱狀中判曰婦告夫世所無來問者是奸夫其人見之失色守嚴訊之果與婦姦而誣陷其夫者遂并婦正法

石匣僊鴨

異識資談江右鄧某好青烏術卜一吉地乃在豪家池中度不可得因畫策收布數千疋往鬻他郡故若跌者盡墜池中詣豪家乞地晒布不復鬻貯之久不徙而豪家漸窮布皆耗發度其蠹始往索則無可償因下詞以池歸已為灌園計忽水深數尺見一石匣中有二鴨一飛去一為掘者折足即葬匣中皆土成墳鄧遂貴顯第每代有一跛者至今稱僊鴨鄧家

六燕乙鴻

九章算術五雀六燕飛集於衡衡適平一雀一燕而異處而雀重而燕輕又張融曰鴻飛天首遠遠難明越人以為乙楚人以為鴻故陸佃謝吏部尚書表有云六燕相傾試銓衡其輕重乙鴻遠逝欲審別其飛翔

肉芝

長洲滸河之濱有農婦治田見湖灘一物白如雪趨視之乃一小兒手連臂約長丈餘驚走報其夫夫往看怪而握之根不可窮乃折而棄之湖嘗請神仙感遇傳曰蘭陵蕭靜之掘地得物類人手肥潤而紅烹而食之踰月髮再生力壯貌少值道士顧靜之曰神氣如此必嘗仙藥指其脉曰所食者必肉芝也壽等龜鶴矣

葫蘆仙

王球菴以少司徒罷歸一日其腰剖葫蘆中有一仙人長寸許衣冠偉然其家爭問以休咎及球菴出處曰公後當作大司徒遷冢宰勲名兩茂一代柱石忽失所在公因祀之家繪葫蘆仙圖其後登遷果然

簡板尺牘

古人與朋儕往來以漆板作書帖又苦其漏泄遂作二板相合以片紙封其際故曰簡板或云尺牘○上古結繩而治二帝以來始有簡策以竹為之而書以漆或用版以鉛畫之故有刀筆鉛槧之說刀筆者記事於簡誤則以刀削除之也○古者以三尺竹簡書法律於上所謂刑書也故曰三尺法桓寬鹽鐵論有二尺四寸之律意同

堯民擊壤

堯民擊壤壤以木為之前廣後銳長四寸闊三寸其形如履將戲先側一壤於遠三四十步以手中壤擊之中地上壤為勝蓋古戲也

臘忌

人之初生以七日為臘人之初死以七日為忌一臘而一魄成故七七四十九日而七魄具一忌而一魂散故七七四十九日而七魂泯易曰精氣為神游魂為變

紙錠化真金

鄭龍如偶談南州有兄弟二人貧窘日甚聞人譚天雨金事乃日夜作癡想蹐有輕僊子厭其妄造一大紙錠夜靜擲置其門急敲數下而去弟啟戶出視寂無人見有物朗然耀目舉之不能動急呼其兄起共舁以入至明視之則真金家遂富裕

指甲珊瑚

異識資談浙有士人一指忽隱痛不可忍其中指甲間生一珊瑚高二寸血色氣縷成海市人物城郭戈矛人與已皆見其人嗜飲燒酒醫家謂火所吐幻景服以大黃稍減久服遂絕

放生

放生之說不獨禪家吾儒亦有之下車泣罪大禹之放生也網開三面成湯之放生也釣不綱弋不射宿宣尼之放生也此皆仁心為質隨觸而見若有意以出之便與本體無涉矣今之俗禪不達禪理謂多買魚鳥放生便可證佛補者希重蔬肆漁獵適以滋物之機何如海闊從魚躍天高任鳥飛至仁無仁之為得也北史李諧之對梁武曰不取亦不放斯真善放生者矣

海南鬼

海南有鬼獸種人形黛色長不滿三尺解人言不食烟火入山能取琪南異香及諸珍寶海南人多賺而畜之欲購者必先令其相果有分得寶鬼則抱其膝首肯約指相隨幾年不則搖手去之人得之擇日始遠置小錫釜與之喫以飯食盡飽擲釜鍋去或經年或數月或旬日以取藥之多寡為去時之久近返則導主人往其處奇香

異寶無所不有。約滿。更依他人。留之不得。

西樓記

袁籜庵西樓記初成。往就正於馮猶龍。馮覽畢。置案頭。不致可否。袁惘然不測所以而別。時馮方絶糧。室人以告。馮曰。無憂。袁大令夕餽我百金矣。乃誡閽人。勿閉門。袁相公餽銀來。必在更餘。可逕引至書室也。家人皆以為誕。袁歸。躊躇至夜。忽呼燈持百金就馮。及至見門尚洞開。問其故。曰。主方秉燭在書室相待。驚趨而入。馮曰。吾固料子必至也。詞曲俱佳。尚少一齣。今已為增入矣。乃錯夢也。袁不勝折服。是記大行。錯夢尤膾炙人口。

方正學

成祖靖難後。命方正學孝孺草詔。正學麻衣陛見。執筆書一篡字。曰萬世後。脱不得此字。成祖猶好言慰之。曰。此吾家事。正學罵不絶口。成祖曰。汝不怕夷九族耶。正學曰。即夷十族何妨。命逮其親族。至縛而戮之。正學面不動色。唯罵詈而已。至縛其弟孝友。正學乃淚下。孝友作詩曰。吾兄何必淚潸潸。取義成仁在此間。華表柱頭千載鶴。旅魂依舊到家山。遂夷其九族。而夷師友一族。以足十族之數。謂之瓜蔓抄。

瞞中為豬

太倉顧舉人言。一夕。夢入文廟。見豬一隊。數幾及千。押之者烏紗大衣。若廣文先生也。中有一豬猶人面未改。近視則其故姐夫孝廉劉某。駭問何以致此。泣曰。生前因行賄得中。冥罰為豬。以祀　先聖。凡暴露同行者。皆吾等輩耳。噫嘻。聖道名器。罔允當。但目前營營苟得者不少。恐　先聖亦不可勝食也。

鼻孔蟢蛛蜂

毘京山令家兄婦忽感異疾。鼻孔流蟢蛛無數。膚內隱隱百蟲蠕動。如蜻蜓蝴蝶之類。究不知何疾。踰半載乃愈。或謂其家宅地故饒喬木。因建宅伐去。多傷蟲巢蟻穴。是其為祟也。又一大賈夫人。鼻準上生一瘤。大如龍眼。有細竅。治療莫效。一日忽破。血流飛出一花細腰蜂。遂窗而去。其瘤遂落。亦無他恙。又一傖膝間生一瘡。痛刺不可忍。以為熱毒。內外攻治。百方不效。一醫窺內有蜈蜂。用細鉗拔出。旋愈。夫蜂蠆入則瘴。而兹乃於人為巢。不亦異乎。

堅瓠續集卷二終。

堅瓠續集卷之三目錄

寓簡論易
未見錄
朝鮮試文
食米菌黄
文士苦心
文公好學
文信國
謡壽星
毛老人
忍為通寶
田畯醉歸
孝童
物作人言
物有人心
紫泥封
牢丸
露布
戊辰榜
孝廟人材
詩誇家世
步輿
陳仲子墓
雨魚
雨異
雨錢
大浣布不朽木

擬人聖賢
陳希夷對御歌
阿濫堆
項氏語讖
兔罝正人
河神
文昌縋治疫鬼
太守執柯
人皮鼓坐褥
戚繼光猴
菩薩蛇
蠶神
宮巷濂溪坊塔
異鏡
唐文襄
八歲善對
陳杜拾遺
捋鬚剃眉
秀才張妓
楊李游治第
試院鶴啄封
冰雷繪梅
石中物
雷烏雷神
玉脂燈臺
陰德不在遠
孔孟所使
臂力酒量

凡弟別號　人腹鼠蟹
吳中異人　圓珠殼
楊鐵崖　盆景
石號

堅瓠續集卷之三

清　長洲石農褚人穫學稼纂輯

寓簡論易

宋沈作喆著寓簡十卷，其論易多佳語。如極否時能約己厚下，則否傾為益，取否上一爻而益其下，非益乎？交泰時或剝下奉上，則泰過為損，取泰下一爻而益其上，非損乎？雖益䷩也，損下而益上，斯為否䷋矣；雖損䷨也，損上而益下，斯為泰䷊矣。蓋天下治亂，戒其損益而已。

未見録

天都載載屈詠著未見録，中多佳語。如泰太也，世治太甚而將反也，故聖人處泰而益懼。又曰：唐五行志云，取財過度則陰失其節，而水溢，母氣虛則子氣洩也。又曰：五行之氣，其一旺者其一衰，故土木之工興，而金必竭。況一衰而二旺乎？諫又著答客問一叢，其中商確時務，亦多可採，是必留心經世者，惜不載其何時何地人。

朝鮮試文

馬仲馥曾見朝鮮試文，其二論。一謂漢高祖置太公於俎上而不顧，而乃為義帝發喪，是豈移孝為忠之道。一謂韓退之不得遂行道之志，故感二鳥而作賦，初非有羨光榮之心。二說皆可味。

食棗齒黃

養生論：齒居晉而黃。註不能解。近觀醫說引遯齋閒覽云：倪彥及官太原，云土人喜棗，貴賤老少常置棗於懷袖間，等閒探取食之，緣食棗故齒多黃。叔夜所謂齒居晉而黃是也。吾子行曰：晉人喜食棗，若粵人之啖檳榔，味甘傷脾，故齒黃也。

文士苦心

司馬長卿作賦，意思蕭散，不復與外事相接。沈約有撰心之餘，曹植有胃反之論。任末削荊為筆，刻樹汁為墨，夜依林木，望月映星。左太沖門庭溷廁皆置筆硯。周太朴作詩，屬思不續，隕落阬塹不覺。朱彥春臨貫臉抱犬而卧。孫敬折柳寫經，睡則懸頭於梁。鄭均患熱，以瓜鎮心，使起誦讀。崔浩留心經術，至夢與鬼爭議。崔融為文，下直馬過其門而不覺。孟浩然終日苦吟，眉毫盡去。賈島馬上推敲，誤衝京兆節而不知。王摩詰苦吟，至走入醋甕。是皆文士苦心。猶云夫子發憤忘食之意。至楊子雲賦甘泉，研精殫思，夢腸出而殁。郭路定舊說，絕於燈下。李廣勤學，使心過度，心神辭去而沒鄭俶依陽道州讀書月餘與論國風俶不能往復一辭遂縊閤治性靈何至以身殉之風雲月露幻出一座北邙山諸公直是癡漢宜乎梅聖俞羨老兵醉卧為快活老兵不識字為更快活也

文公好學

楊誠齋貽朱晦庵書曰得書知股肱之疾移及腹心是在醫法頗不察耳臟神不曰孰使我饑渴之不恤者非書耶孰使我劇目鏤心椎胸掐臂者非書耶某屢陳蠹硯槓筆之方而以水投石諺知酷嗜在此又戲跋晦庵楚詞解云注易箋詩解魯論一帆經度浴沂天無端又被湘纍（一作靈）喚去看西川競渡船按傳燈錄大耳三藏具他心通南陽忠國師欲驗之三藏云國師是大善知識何得在西川看競渡誠齋用此以戲之

文信國

文信國（天祥）既赴義是日大風揚沙天地盡晦咫尺不辨自後連日陰晦宮中皆秉燭而行群臣入朝亦列炬前導世祖悔之贈公太保中書平章事廬陵郡公設壇致祭丞相孛羅行初奠禮忽狂飈旋地起吹沙滾石不能啟目俄捲其神主於空中隱隱雷鳴如聞怒聲天色愈晦乃奏改前宋少保右丞相信國公天復開霽此事甚奇見鄭龍如偶記而正史及公集皆不載

謁壽星

偶記載巴陵老人年百八十歲時觴客舉樂毛侍御過其地聞之乃屏騎往觀見堦前數人皓首蒼顏年可百歲不知孰為老人也問之則皆老人子老人後出問客何姓名侍御云姓毛名伯溫將來謁壽星耳老人愕然良久曰是矣侍御問所以老人曰某幼時遇劉伯溫相言汝當百八十歲後有客與我同名者來汝逝不遠矣觴罷容散老人果沐浴而卒

毛老人

明初朝覲凡州縣老人亦與焉高皇因問老人曰朕築室後湖藏天下黃冊當作何向一人曰當東西相向早晚日晒庶無濕潤高皇大喜問姓名對曰毛某高皇賜酒飯曰汝言有理況汝守之併無鼠患遂引至後湖埋之故雖有鼠而黃冊無恙弘治間戶部郎中東莞鄧璪嘗坐後湖廳事見一老人揖曰吾為朝廷守冊百四十餘年一冊不為鼠傷未嘗守冊諸公隻雞斗酒之賜恐非所以待有功也言訖不見鄧具牲醪祀之後以為常或曰老人新會人也

忍為通寶

忍之一字天下之通寶也如與人相辨是非這其間着個忍字省了多少口舌如與美女同眠這其間着箇忍字養了多少精神如宮室車馬衣服這其間着個忍字節了多少財物凡世間種種有為纔動念頭便握然着忍如馬欲逸應手加鞭則省事多矣但忍中有真腳又是和之一字以和運忍如刀割水當無所傷和者眾人見以為狂風驟雨我見以為春風和氣眾人見以為怒濤我見以為平地乃謂之和耳

田畯醉歸

人得優游田畝身心無累把盞即醉識生人之佳趣高蹈之雅致也若豐莊徵席注玉傾銀左顧右盼終日拘攣惟恐有言語之失拱揖之悞此則所謂因飲張亨父奉題田畯醉歸圖云村酒香甜魚稻肥幾家留醉到斜暉牧奴扶背黃牛載兒子旁扶阿父歸醫短何妨花插帽身強不厭布為衣天寬帝力知何有但覺豐年醉日稀識之令人有物外想

孝童

根書順治癸巳四月泰安州守某為泰山下仰視天嶺交氣尺五相懸忽見一片白雲自山巔摇曳而下中有一人端然正立守以為仙也停驂道左與從者望雲羅拜飄然墜地一童子也總角丱兮翩然如畫守驚問之童曰兒姓孔聞之母氏兒之祖是聖人兒十齡矣母病不可起私祝泰山願隕身續母壽母幸愈故赴捨身巖上以踐夙言不意其至此也守敬異之以所乘與載童子併與粟肉貲送以歸

物作人言

鸚鵡鸜鵒秦吉了皆能人言角端猩猩能人言晉惠時江夏張騁所乘牛人言犬人言夸堅志鄱陽汪三宰牛牛亦人言又石門羊屠家羊人言金樓子載西周之犬能言朱休之宗楚客余三乙張林家犬皆人言又嚴遵美貓犬相對人言鄱陽龔紀貓人立而言荊南之虎人言盧傅素馬人言唐路巖馬亦人言夢澤之鹿人言南唐苑中鹿亦人言子闕野豕人言渭南主人豬亦人言駝坊使臣橐駝相對偶語周南家鼠人言晉安鼠能咏詩孫吳時永康龜人言嘉靖間楓橋瘍醫龍家犬龜亦人言耳談載嚴州漁人言宋處宗雞含雞皆能人言紹興時亳州魏翁雞能人言有人對鵝萬曆初史文學家母雞作人言宋乾道初虎丘之鵲人言華表之鶴人言東都龍門僧桐葉上蜂作人言相慰勉天寶間宣城劉成舟中鱉呼佛當塗李暉舟中魚群呼

佛至揚州蘇隱風能誦阿房宮賦更奇。

物有人心

鸚鵡能問上皇，猩猩能識仁裕，烏龍知噬逆僕，燕子獨伴孀妻，駭馬然殉名將，吉了不顧入夷，里烏報效孝子，白龜脫難酬恩，舞馬不順祿山，供奉跳擊朱泚，崖上白鷴悲號隆水，元季五象不拜明太祖，下至螻蛄蚍蜉，皆能感不殺之恩，出無死之地，物類之有人心者，可以愧天下無義氣丈夫。◯萬花谷載明廣西有象封定南公，吳三桂入橫，欲將象解京，象昂首直觸象奴，百計勸勉終不肯，三桂大怒，刀矢不能傷，以火砲攻斃之，此可與唐元義象並傳。

紫泥封

漢詔書多稱紫泥封，武帝元封中，浮忻國貢蘭金之泥，此金出湯泉，盛夏之時，水常沸湧，有若湯火，飛鳥不敢過，有人冶此金為器，皆作金狀，混混若泥，如紫磨之色，其金百鑄色變白，有光如銀，即銀燭也。帝以此泥封諸函匣及諸宮門，鬼魅不敢干，當上將出征及使絕域，多以此泥為璽封，蘇武、衛青等之使，皆受金泥之璽封也。武帝崩，此泥乃絕。◯隴右記：紫泥出階州武都郡。

牢丸

丹鉛錄引束皙餅賦有牢丸之目，蓋食具名也。東坡以牢丸與對真一酒，偶語雖工，然不知牢丸果為何物。後見酉陽雜俎引伊尹書有龍上牢九、湯中牢九，註云：牢九今湯餅也。並無牢九與貪奇趁韻，雖東坡亦不免。考歸田錄引餅賦有饅頭薄持起溲牢久之號，薄持，荀氏謂之薄夜，起溲牢久，皆莫曉為何物。又見一書引餅賦：終歲飽施，惟牢九乎。觀此則牢九未嘗無本，久或誤為九，九或誤為丸，亦未可知。◯寒具，寒食具也，楚詞所謂粔籹蜜餌，即今燒餅與油餤之類，齊民要術作環餅。

露布

隋禮儀志：後魏每攻戰克捷，欲天下知聞，乃書帛建於漆竿，名露布，其後因之。按漢桓帝時，五侯貪縱，李雲露布上書，賈洪為馬超伐曹操，作露布。桓溫北征，袁虎倚馬撰露布，蓋古者文書不封，而應告中外者皆曰露布，自元魏以來，專為捷書，寫以練帛，建於漆竿，是露布前此已有之，書帛揭竿始於後魏。

戊辰榜

弇州外紀：正統戊辰榜中四閣老、二冢宰，以為盛事，然兩閣中有萬安、邊使一榜無色，未若隆慶戊辰四百人之內，搢席七人，入座十五人，卿貳三十八人，開府二十人，方伯十九人，其餘衣緋懸金者一百五十餘人，自有制科以來，未有擬其盛矣。正統為彭少傅時、劉少保吉、劉少傅珝及安、王尚書恕、尹尚書旻，隆慶為沈少傅一貫、朱少保賡、趙少師志皋、張少保位、于少保慎行、王東閣家屏、陳少保于陛。

孝廟人材

弘治間西曹有對云：一雙探花父，兩箇狀元兒。時張宗伯昇己丑狀元，子恩，王禮侍華辛丑狀元，子守仁，俱兵部主事。又戶部郎中劉鳳儀則己未探花龍之父，兵部員外李瓚則壬戌探花廷相之父。又壬戌魯鐸榜，復有永平魯鐸，有兩朱袞，一美貌，一貌不揚，時有對曰：魯鐸分南北，朱袞別妍媸。又弘治丙辰科進士有孟春、季春、夏鼎、周鼎，李西涯即席出對云：孟仲季春惟少仲，諸進士無能屬者，西涯復云：夏商周鼎獨無商。是雖資戲謔，而一時人材之衆，科第之盛，朝廷雍熙之象，於斯可見。

詩誇家世

祝理美言其尊人曾手錄一詩，盛誇家世之赫奕，官職皆係明代，然狀元不及百人，三代同朝者絕少，作者姓名終未能得也。詩云：特報黃堂太守知，小兒今忝狀元回，家兄御史山東道，舍弟郎中福建司，伯父指年陞冢宰，嚴親今歲轉尚書，不才久已叨黃甲，願假人夫一片時。

步輿

張江陵再起時，所過州邑郵傳，牙盤上食，水陸過百品，江陵猶以為無下箸處。至真定，太守錢普，無錫人，能為吳饌，江陵甘之，曰：吾行路至此，僅得一飽餐。此語一聞，於郡縣轉相效尤，吳中之善庖者召募殆盡。普又創步輿，供奉前為重軒，後為寢室，以便偃息，傍翼兩廡，廡左右各令一童子，侍為揮箑炷香，用卒三十二人舁之。

陳仲子墓

鄒龍如嶧縣長山古於陵地，志稱仲子墓在焉，歲久無蹤。張明府文龍過跡之，於西市居民圃中得一坏墓，詢父老，暨文學縉紳，皆指為是，乃捐俸易地，築土置碑，題曰於陵仲子之墓，建祠墓側，舊未有祠仲子者，張既輯祠，欲歲時享祀之，思仲子廉且不受餐於母兄，安得伯夷之粟東之，乃以歲時文廟祭享撤所獻孔子大羹一盂，佐以季彘[illegible]，釋奠如禮者，為今春秋無改焉。

雨魚

漢書：鴻嘉四年，雨魚於信都，長五寸許。唐書：元和十四年二月，晝有魚隕於鄆州。述異記：雍州雨魚，長八寸許。庚申外史：至正二十五年六月，大都雨魚，長尺許，人皆取食之。明嘉靖壬戌三月二十三日，山東德州雨魚三日。輟耕錄志云：天雨魚，人民失所之象。天都載：萬曆丁酉，楚王府後有長春寺，遶以澄湖，湖與外河通，寺前蓮堂忽龍起，連接閒雨如傾，魚皆乘水上升，從雲中散落百里內，家家獲魚。少陵詩：縣雨落河魚。此誠理所有者。但正史所載天雨魚甚多，未可概視為河魚散落也。

雨異

雨金、雨粟、雨稻、雨米、雨麥、雨黑黍、雨紅豆、雨魚、雨木、雨灰、雨塵、雨沙、雨土、雨毛、雨血，史書所載異矣。漢成帝時，宮中雨蒼鹿，殺而食之，味甚美。永光二年，天雨草，而葉相樛結。王莽時，宮中雨五銖錢，墜地悉為龜。後漢建和三年七月，北地雨肉，似羊肋。劉聰時，平陽雨肉，廣二十七步。魏文帝時，安陽殿前雨朱李，人噉之，數日不思食。河間王子元家雨小兒八九枚，墜地皆長六七寸。晉張仲舒在廣，雨羅縠甚多。梁武帝時，殿前雨雜色寶珠。唐貞元中，雨木於陳留，長五寸許。乾符中，洛陽雨一物，墜地如羖羊。宋紹興中，汴京雨水龜數十里，大小皆具首尾卦文。明弘治庚戌三月，慶陽雨石無數，能作人言，聽之歷歷可辨，見奏疏。

雨錢

潄石閒談：嘉靖六年六月十九日，京師雨錢，惟軍職官屋上為多。成化丁酉六月九日，京師大雨，雨中往往得錢，錢皆側倚瓦際。王文恪公有詩紀其事云：蒼天似憫斯人困，故向雲中撒與錢。錢若了時民又困，何如只賜與豐年。誦此詩，亦少陵安得廣廈千萬間，大庇天下寒士俱歡顏之意。

火浣布不朽木

說圃識餘：廣東林習孔嘗示一衣，云是火浣布，乃火山之鼠毛織成者，織則以火煅之，織去而衣不焚。蜀中有不朽木，出建昌道，彼中守巡入省，則持以饋僚友，云出於火山。好事者取其木作爐，或以皮揉作繩，雖經烈火，毫無損焉，然以水濡之則易腐，正所謂利於火者不利於水也。

擬人聖賢

人稱黃憲曰子國有顏子，稱謝尚曰此兒一座之顏回，人稱張華為當今之顏子，郭奕稱羊祜為今日之顏子，周續之通五經并緯候，亦有顏子之號，梁王以伏挺為顏

子，陳惠雲法師以徐陵為顏子。漢人稱張霸為張曾子，梁人稱滕曇恭為曾子，隋人稱裴叔卿為裴曾子。王衍自比子貢，而譙周門人稱羅憲為子貢，文立為顏回，陳壽、李密為游夏，雖當否未可知，而語皆相類。至唐文宗詔畫王起像於便殿，號當世仲尼，恐譽之太過矣。

陳希夷對御歌

陳希夷搏居雲臺觀，日多閉門獨臥，累月不起。周世宗名入禁中，扃戶試之，月餘始開，搏熟睡如故。對御歌云：臣愛睡，臣愛睡，不臥氈，不蓋被，片石枕頭，蓑衣鋪地，震雷掣電鬼神驚，臣當其時正鼾睡。閒思張良，悶想范蠡，說甚孟德，休言劉備，三四君子，只是爭些閒氣。怎如臣向青山頂上，白雲堆裏，展開眉頭，解放肚皮，且一覺睡，管甚玉兔東升，紅輪西墜。

阿濫堆

驪山有鳥，名阿濫堆。唐明皇御玉笛，將其聲翻為曲，名為阿濫堆，左右皆能傳唱。故張祜詩云：紅葉蕭蕭閣未開，玉皇曾幸此宮來。至今風俗驪山下，村笛猶吹阿濫堆。明皇驕淫侈靡，耽嗜歌曲，以至於亂，世代雖異，聲音猶存，詩人懷古，乃有猶吹之句，而此鳥之名，殆將與世不朽。又賀方回長短句亦云：待月上潮平波灩灩，塞管孤吹新阿濫。

項氏語讖

項水心經初進徐氏華居，壽賀禮中鶴羣于池。一日偶暇，憑闌閒玩，見游泳自得，謂其子某曰：暢哉鶴羣，如人之初居華屋也。乃子素性駿戇，矢口答曰：未後一刀。亦是其受用。聞者相傳為笑，豈知竟成語讖。又進屋時，侍匠匠恨其苛刻，祝曰：與國同休。似祝而實詛。鼎革時，鄉人付之烈炬。

鬼畏正人

史稱縣令方正，縣妖破膽，至相率遠徙。廣異記載晁良正掘地得太歲，鞭之三日，而不敢禍。文海披沙載王老福威鞭太歲數百，而不詟報。江涇顧老犢悍麗，蓄金神七煞，被其禍傷，至溢寺油塗癱，而不敢犯。聲偽載吳縣錢翁橫福正威，取七煞釘椽上，而不敢祟。相傳崑山無七煞，為顧文康公母戲植檜擊滅；洞庭山無青神，為王文恪公所驅除。乃知福祿威者，鬼神皆畏之。

河神

金龍大王係浙江山陰諸生，姓謝，名緒，太傅後裔。元兵入臨安，謝慎主蒙難，赴江死。尸僵不壞，鄉人義而葬之。數有靈異，誓必滅賊。衆卜何徵，乩曰：以河逆流為信。明高皇伐元，與元左丞戰呂梁洪，河水果逆流，見空中有神兵助戰。高皇遂建祠洪上。永樂間，鑿會通河，舟楫過者，禱無不應。隆慶間，潘季馴治漕河，河塞不流，為文責之，數日河流，漕舟賴以安行者三百餘年。順治間，金華朱公之錫為總河，正直慈惠，聞歿後為河神，行舟水手時見公戎服紅燈，侍從往來河上，其靈應亦復如謝。幽異事不可知，亦如陽官之陞遷調易歟。

文昌經治疫鬼

天啟中，蜀明時舉為廬陵令，值邑中疫大作，明刻一經條，似封條樣，上寫玉清文昌大洞仙經，取道士印鈐於上，散病人家貼門上，病者即愈，未病者不染。有三家同居，左右皆病，居中者貼經條得免。已而鄉村中疫，得經條貼門者，供者皆免。人咸異之，問於明，明曰：文昌父母皆死於疫，及得道，乃法治疫鬼。鬼名元伯，伏罪曰：下方人有罪業，上帝命聞君與元伯等奉行，請毋滅我，願聽約束，但有經號在門，即不敢入，已入即出。然則文昌經洵當奉持也。

太守執柯

吳中湯來倩先生遵元，乃翁家貧，以老諸生僦居學舍，來倩幼而好學。萬曆乙卯年十八，以童子試受知於郡守陳蓮湖許謨。時有歸寡婦與弱女同居，族有狡者肆虐於寡，欲以其女為太僕吳因之先生熙小星，女不從，迎女者已在門，遂至成訟。守廉得其情，呼問寡婦：若既不願以女為宦家側室，我為若執柯，配一士子，使女他年受冠帔可乎？婦諾之。守取俸銀六兩，內衙出幣二端，為聘，隨召來倩至，合巹成禮，撤黃堂儀從，鼓樂喧闐，送歸學舍。廣文君咸出，高燈迎之。明年補邑庠生，郡人傳為嘉話。

人皮鼓坐褥

湧幢小品載：北固山佛院有人皮鼓，世廟時，湯都督沂東克寬戮海寇王艮，皮鞔之，其聲比他鼓稍不揚，蓋人皮視牛革理厚而堅，故聲不如他鼓也。又皇明雜記載：韓觀提督兩廣，殺人甚多，以人皮為坐褥，耳目口鼻顯然，鬓垂褥背，披椅後。

戚繼光猴

異識資諧：正德間，山東有仙降某家，為人談休咎，甚驗，而未嘗示形，自名為毛仙云。戚大將軍繼光父某與之游甚狎，忽一夕去，凡二十日乃來，問之，答曰：聖天子將南幸，先期金甲神為清道，是神嚴厲，吾曹遇之無生理，故暫避之。問避何所，對曰：居秦山某巖石底耳。後二年，武宗果南巡。繼光父與言：吾與若好密，胡不示吾形？似羞忸不肯，固強之，僅示一手，毛長寸許，蓋白猴也。已而歎曰：公知我矣，我數已盡，且將長別。繼光父悔，乃曰：我終不能離公家。未幾而繼光生，有膂力，而臂多毛，始知為毛仙所托胎也。李如樟為記其事。

菩薩蛇

京師西山寺有二青蛇，大者長五丈餘，小者長四丈餘。有人至寺，僧必呼蛇以酒肉飼之。二蛇輒啖，略不畏人，僧令人遶蛇身一過，謂之不絕人身，號曰菩薩蛇。萬曆初年，太倉王相公女號曇陽子，亦有巨蛇隨之，名曰護龍。王鳳洲有曇陽子傳。○閩三平寺乃大顛法師闡教之地，有大蛇不傷人，名曰蛇侍者。凡有祭賽布金不至，蛇侍者詣其家索之，度市越津，一無畏避。

蠶神

蠶家所祀先蠶之神，實馬頭娘也。高辛時，蜀有夫在外久不歸，妻誓曰：得夫歸者，以女妻之。家有一馬，聞而躍去，數日夫乘馬歸，馬嘶不已，夫審其故，曰：人豈與馬配耶？殺馬曝皮於庭，女過皮傍，皮忽捲女飛去，掛於桑上，遂化為蠶，食桑葉作繭，大如甕。後人塑女像為馬頭娘，以祈蠶焉。

宮巷濂溪坊塔

郡中宮巷有塔，高丈餘，合圍約七八尺，塔頂乃鐵鑄者，然兩三人於下搖之則擺動，如樹木然，鈴鐸自鳴，蓋其下必有機軸，而神匠之所遺巧也。又濂溪坊有小塔，正與宮巷口相對，故老曰：昔年烟霧中以紅綠絲縷在塔之半截處，兩人拽之，橫牽可通，並無窒礙。後有異人識破，不復可牽矣。

異鏡

金陵瑣事載：駙馬家門外採軍某耕田得鏡半面，照之能見地中物，持之偷墳掘埋，無有不獲。後以事犯，鏡沒入應天府庫中。又大中橋陳某修理墻垣，得一木匣，中藏長柄小鏡，照面則頭奇痛，遍與人照，無有不痛者，以為妖物，舉而碎之。文海披沙載：秦始皇鏡照見人心膽。嘉陵漁人網得一鏡，照人悉見五臟，見者輒嘔吐。王度有鏡，照見精魅。徐鉉得一鏡，照人只見一眼。宗壽有古鐵鏡，照見青衣小兒坐酒樓上。謝在杭之彭城，逢市上鬻一鏡，面照如常，背照人影倒見，頭頦向上，當時併觀皆駭，此無他異蓋鏡背凸凹則人面倒見也。

唐文襄

蘭谿唐文襄龍。建花園於東門外。自為記。末云有吾與點也之意。後園為柳憲副希點所得。園丁每稱有冠服貴人現形作祟。希點心知之。一日至園。聞唐在空中厲聲曰。此園吾大費經營。何物後進乃欺予孤兒奪耶。希點揖而言曰。所以敢市此園者。亦以公有遺言在耳。唐問何言。希點曰。公忘却記中有吾與點也之句乎。唐俛首滅形。後不復見。

八歲善對

廣莫野語載侍詔周清誠八歲時。鄰人見晒麵屋上者。出對曰。屋上直晒三行麵。誠應曰。門前低叫一聲糕。適賣糕者過也。又姨夫與父遊山下船。二人脫衣。出對曰。兩箇姨夫齊脫衣。想是聯襟。誠即對曰。一雙女婿各拜節。果然另坦。

陳杜拾遺

陳子昂閬州人。閬州有陳拾遺廟。訛為十姨。遂更廟貌為婦人像。崇奉甚嚴。溫州有杜拾遺廟。後亦訛為杜十姨。塑婦人像。里人以五髭鬚相公無婦。移以配之。五髭鬚者即伍子胥也。拾遺之官。誤人身後如此。

捋鬚剃眉

墨客揮犀。宋彭淵材見范文正公畫像。驚喜再拜。稱新昌布衣彭几幸獲拜謁。熟視曰。有奇德者必有奇形。乃引鏡自照。又捋其鬚曰。大略似之矣。但無耳毫數莖耳。年大當十相具足也。他日至廬山太平觀。見狄梁公像。又前再拜。贊曰。宋進士彭几謹拜謁。復熟視久之。見其眉目入鬢。呼刀鑷者使剃其眉尾。令作卓枝入鬢之狀。家人輩望見驚笑。淵材怒曰。何笑。我前見范文正公。恨無耳毫。今見狄梁公。不敢不剃眉。何笑之有。

秀才張妓

秀才張者。教坊妓也。頗能引文調詞。而舉止亦閑雅。遂獲此號。嘗至琴川錢方伯館之。比至錫山。秦封君亦屬意焉。一日秦公燕客。戲之曰。汝往來琴川錫山。於錢秦二公之間。事齊乎。事楚乎。張方舉魚。笑曰。魚我所欲也。熊掌亦我所欲也。一座稱賞。

楊李潘治第

丁謂治第京師。鉅麗無比。平章楊杲宗者。躬脅錙之役。勞苦萬狀。後杲宗以外戚起家。督公賦崖州。即以其第賜之。明嘉靖間。大金吾陸炳於京師起第。軍人李偉親負土石。不二十年。炳敗籍。其居入官。而偉女入宮。封貴妃。萬曆即位。尊為慈聖皇太后。亦以炳宅賜偉。明末予覩潘先輩治第。規模宏敞。有張某者。日鬻魚於濟。以供匠作之需。暇則佐工。因進言某處應若何寬轉。某處應若何曲折。潘頗納之。入國朝潘日貧。張日富。而屋歸于張。三事合若符契。

試院鶴啄封

萬曆辛卯。江西鄉試監臨已入院。為八月六日。而陳幼良與同舍友二人。皆在遺才。束裝欲歸。幼良因腹瘡未即發。猶跛曳同遊院前。以不得與試。至泣下。適院門正送水菜。舉從內封鑰。胥吏三封。而庭鶴三啄去。監臨詫曰。豈外有遺珠乎。命啟門視。得幼良三人。試之。皆佳。即屬藩司給卷。並入試。榜發。幼良解元。一人第三。一人第七十。則鶴啄封之力也。

氷雷繪梅

順治癸巳。家蒼叔同雄縣趙卧齋年伯按閩。正月十六過邸。鄭遂人哄然去看梅花。趙使問花在何處。云在呂公祠池中。叔父同衆往觀。見祠中左右兩池皆堅冰凝結。右池冰上繪成老梅一本。花朵茂盛。枝幹扶疎。殆若古樹。後見異識資諸載姑蘇嵙某春月坐堂中。命櫛工理髮。忽雷電繞柱。奮擊遁回。數刻始去。某驚死復活。見堂中石础上繪梅花一枝。紋理精妍。久而不滅。

石中物

堅莫如石。宜物無能入者。稽神錄載王文秉祖剖石。毬內得蟛蜞。雲林石譜。桂館剖石鎮。鏃內得小魚。陶穀破李後主研上圓石。內亦有小魚。夷堅志。桂陽溫恭剖石。中有龜。傳信記載天寶中河北縣開河。石中得古鐵鐺。有平陸字。命改河北縣為平陸縣。明孫克弘守漢陽。石中得白龜。濟寧人剖石得小龜。嘉靖間苕溪漁人水中得石如鵝子。扣之有聲。剖之得銅牌一方。刻宣聖二字。鄖縣河灘上有亂石。隨手碎之。中有魚長二三寸。馮猶龍譚概載。成化間澧河築隄。一石中斷。中有男女二人。作交媾狀。長僅三寸。手足肢體皆具。若雕刻而成者。高郵衛指揮某得之。以獻平江伯陳銳。珍藏之。

雷烏雷神

袁小修隨筆載。崔封公本智。住牛頭里。一日天雨。落一鳥。鶵於塒間。童子以雞籠罩之，俄而雷電繞室，吼怒不已。崔曰：此必雷鳥也。急招道士跪雨中禱告，手捧其鳥，已而大雷一聲，遂失所在，雷鳴亦息。○康熙乙卯閏五月二十日，雷震城隍廟樹，有一剞劂老人在旁，見雷神形與所塑像無異，驚死，逾時乃甦。

玉腈燈臺

正德初，琉球進玉腈燈臺，每油兩許，可照十夜，光能鑒人毛髮，風雨不能侵。劉瑾竊以自照。燈忽發花，作人面，耳目口鼻皆具。瑾有逆謀，以為己祥，乃祝曰：大事若成，當封若花。忽凋萎，作咤嗔聲，越數尺，飛滅。瑾衣油暈數處，氣腥如血，滿室晦暗。瑾大怒，拔金如意碎之。逆謀因之遲回，遂至誅滅。

陰德不在遠

明長興顧公某，官成無子。堅家姬十五人。一日與內君酌，諸姬皆侍。公歎曰：我平生事皆陰德，何以絕我嗣乎？一姬曰：陰德不在遠。公悟曰：我今日行陰德，當嫁汝輩。姬曰：我豈自言理固如是，我死從夫子耳。公盡嫁十餘人，已而生三子，母即言死從者。

孔孟所使

御史吳時來劾奏嚴分宜父子奸貪誤國，語太激，世廟大怒，廷鞫問是誰所使。吳曰：為孔子孟子所使。又問此是何語。曰：孔孟教臣為臣當忠，此是其所使也。天顏少霽，得釋戍邊，已而詔復職。

碁力酒量

白鶴外史戚大有，弈吳下，奕手第一。遊毘陵，有扶乩請仙者，仙至，戚請對奕，局未半，仙云：我已負一子半子。奕誠高，我將往邀仙輩中更高者來。乩即寂然。戚乃率己意填補，果已勝一子半。少頃，又一仙來對奕，奕畢，戚負一子半。仙稱戚奕人間第三手也。戚問仙是天上第幾手。仙曰：猶是第七手耳。問何仙最高。曰：惟有南極仙翁天上無對。○雜記載南極仙翁曾在宋元祐時降臺汴京酒肆，與人豪飲，酒量無敵。是仙翁碁力酒量兩擅其勝矣。

兄弟別號

亦衆偶記：無錫有兄弟三人，長以援例得官，遂別號鵝湖，兩弟皆在庠。文宗歲試，一考三等將終，一考四等。人乃呼其兄曰雞湖，言幾乎劣等也；弟曰鴨湖，阿鳴吳人呼痛聲，言四等當責也。時傳以為笑。

人腹鼠蟹

漱石閒談：金壇鄧某，以素封冠其鄉，善飲啖，每飯米五升，豚肉一肘，鵝雞鴨各一隻，雜俎與酒不計，大約一飯須數十觔，日必重餐。遇逋負者，能具豐饌享之，輒焚其券。有佃戶負其租數多，治具召之，鵝為貓所食，即殺貓以充雜俎。鄧以為甘而食之。此後即不能多食矣。識者謂其腹有肉鼠，鼠見貓即死，故不能多食也。常聞能飲者腹有酒蟹，則善啖者有肉鼠，亦無足異。肉鼠酒蟹，可為的對。

吳中異人

郡昔有人雙目皆瞽，以推命為生，旁無相者，日走蘇城之內外，不失尺寸，街坊巷陌無不知之。又一人眉目鼻耳俱無，面如被剝，上有口且小，日於閶門市中吹笛乞錢度日。一人一足不伸，一足履地，雀躍而行，日走二三十里。一婦雙手無十指，在機房繅絲，極便捷。一人兩手俱無，以足指與人搏錢，收錢時雖疾手者不若也。

圓珠殼

說圃識餘：崑山田嫗家傳一蔴，其大如五斗盎，日以播米，輕而質堅，如牛皮然。有耳目形，罔知何物。有一商見之，以銀一星欲買，嫗不可，曰：此吾家傳六七世，不忍棄之。商乃酬米一石，得之。孰玩以為蝦蟇殼，終不知其所用。至陝西秦王府求售，秦王大驚，即許千金。商高其價，乃至五千金。秦王笑曰：爾雖得我厚價，知其何寶乎？商叩頭謝曰：不知。王曰：此殼能圓珠，珠之凹凸不正者，一經殼中滾之，則其形圓如決粒。此不世奇珍也，爾何從得之？商乃悉其故。

楊鐵崖

楊鐵崖云：吾未七十休官，在九峰三泖間且二十年，優游光景，過於樂天。有李峰張句曲周易痴錢思復為倡和友，桃葉柳枝瓊花翠羽為歌歈妓。第池臺花月，主者乏晉公耳。然東諸侯如李越州張吳興韓松江鍾海鹽，聲伎高宴，余未嘗不居其則，池臺主者未嘗乏也。風日好時，駕水宅（先生舫名），赴吳越間好事者招，致效昔人水仙舫故事，蕩漾湖光，翠望之呼鐵龍仙伯，顧未知香山老人有此無也。客有小海生賀公為江山風月福人，且貌公老像，以八字字之，又賦詩其上曰：二十四考中書令，三百六字太師銜，不如八字神仙福，風月湖山一擔擔。

盆景

虎丘張豫園善栽植，一盆景則牙松結構古雅。崑山張維惠見之，議百金易得，交既成，將移松登舟，張老泫然淚下曰：培護幾十年，今永別矣。維惠慰之曰：病老子汝若

思松玉峰一棹可達也持歸以人參汁溉之稍蔚茂建醮籙以祈佑雖傳笑一時然猜狂可以不朽

石號

鄭龍如偶記四川南江縣自建邑來無鄉舉者嘉靖末堪輿家以前山巨石為祟令鑿去之鳩工彈日石屹不動其夜石號曰邑無佳士遲二十年有可當賢書者我方自去人力其若我何詰朝視之復如故遂罷工至萬曆壬午諸生岳虞詢始舉鄉薦前一夕石復語曰今有人我須去矣翌日石自隕旋音果至虞詢後舉壬辰進士

堅瓠續集卷三終

堅瓠續集卷之四目錄

沈約濫得名　中平取象
謙卦　六籍皆詩
平仲君遷　投子
輕容方空　杜撰
蛙鳴喜怒　五穀樹
猴爽　仙女教爽
李德裕後　九林三槐
竹實　孫臏點本
朱徐改名　淵塘蘆蓼
月下葡萄　十字罪
行幸不拜　盜帑住錢
佛入中國　寺名原始
無官御史　孔公報德

前身　草異
婦人幽閉　雞犬鳴吠
傳席撤帳　六朝金粉賦
石城懷果　梭服
古來刺客　僕隸中義士
奴隸中可人　秦檜後裔
關聖免軍　明日來
山鳥報吏　梁鬚
身具二形　人生尾
食人　雲雨雷神可食
十八般武藝　氣象
古屠蘇　張成善走
帝王異號　人臣異稱
烏諭　金陵詞客

陳劉相業　八人同席
詩讖子　楊文貞戒子
掭不朧　芋芳鞍
劉方燕粱

堅瓠續集卷之四

清　長洲石農褚人穫學稼纂輯

沈約濫得名

唐緯真陔云：天下事有最倪倖而不可解者，沈約韻書是也。東冬魚虞等諸韻，向俱通用，孔子作經及漢魏古詩，皆班班可考，豈其盡屬訛謬，至約而始改正耶？約吳興人，局於方言蠻語，不審宮商，而敢背越聖賢，變亂千古，後世遵之如聖經，百代不敢易，此甚不可曉也。約本齊臣，更事梁武，禪代之詔，出其手，後夢齊和帝引刀斷其舌，乃上章於天，謂禪代之事，不由己出，欺天乎？欺人乎？古文人之最濫得名者，此人也。

中孚取象

徐氏易通云：中孚九二，我有好爵，蓋鳥爵也。中孚卦爻皆取象于禽獸，豚魚吉，有他不燕，鳴鶴在陰，我有好爵，馬匹亡，翰音登於天。〇按吳草廬云：豚魚，乃澤中之物，似豬，俗謂之江豚，澤將風則浮出水面，舟人稱為風信，故中孚取象焉，言能信如豚魚，則誠能動物，吉之道也。

謙卦

周易六十四卦，爻文俱有吉凶，雖乾坤二卦，亦不能免，獨於謙卦六爻，俱無凶咎，可見謙之美德也。許多大事，俱從傲滿失之，亦從謙謹得之，可不戒哉。

六籍皆詩

張維城西園詩塵：易象幽微，法鄰比興；書詞敷暢，式用賦物；春秋備徵，義本諷刺；三禮莊鴻，體類雅頌，非謂六籍同歸於詩，止緣六義觸處皆是。今詩家不先窮經，而輒以別才別趣之說，自蓋究於此道何涉。

平仲君遷

文選蜀都賦：平仲君遷，皆木名。註缺。暇弋編：平本作枰，上林賦：華楓枰櫨，其木理平。可為碁局，故碁盤曰枰。唐詩方春平仲綠，清夜子規啼，是也。君遷本作梬棗，出交趾。劉成注云：平仲之木，實如白銀；君遷之樹，子如瓠形。司馬溫公名苑云：君遷子如馬嬭，俗云牛嬭柹，是也。今進扇與傘，用此柹為油。

投子

列子，博者射明瓊，以中度。史記，蔡澤說范雎曰：博者或欲大投。李洞詩：六赤重新擲印成，明瓊六赤，皆古投子名。投子取投擲之義，今或言骨所成，作頭字，非也。有作骰

字者按諸家韻書骰即股字不音投則知以玉石為投擲之義安有頭骰之理哉○
戒庵漫筆顧英玉 璘 知許州地中掘得窑燒投子一窑約兩三石每以六枚作小匣
置之歸遺親友七修類槀亦載有某宦孫魏州城得窑燒投子數斗詢之士夫莫識
其故予意投子乃陳思王所製子建當時正都於許恐後世之莫傳故埋之以需人
門玩弄不意傳與易於溺人而自足傳遠地藏投子兩見於書古人用心如此

輕容方空

齊東野語曰紗之至薄者曰輕容唐類苑輕容無花薄紗也即今銀條紗之類王建
宮詞嫌羅不著愛輕容李賀詩蜀煙飛重錦峽雨濺輕容元微之有寄白樂天輕容
詩方空亦薄紗書紗薄如空也王荆公詩春衫猶未着方空漢史齊王服官有輕綃
氷紈吹綸之名皆紗之輕細者

杜撰

今人譏作文無所考據者曰杜撰不知所出一說杜默為詩多不合律世目為杜撰
一說漢田何善易言易者皆本田何何為齊宗諸田居臨淄何徙杜陵其著述人謂
之杜撰一說道藏經五千餘卷惟道德經二卷為真係太上所著餘皆蜀道士杜光
庭所撰故曰杜撰

蛙鳴喜怒

昔人以蛙當一部鼓吹而周禮蟈氏掌去鼃黽焚牡蘜以殺之蛙亦何害而為之禁
豈惡其聲歟宋有令禁捕蛙以其有食蝗功也閩稗記某所泮池有蛙不鳴則已鳴
則是庠必發科甲閩者羣相慶賀等於鸑鷟鳳矣蛙一也在周則惡在宋則喜或
患其鳴或患其不鳴物之遇不遇有然

五穀樹

異識資諧金陵有丞相府明初胡惟庸所居園有五穀樹一樹而兼五種為五穀豐
歉之徵如其年麥熟則樹發麥葉黍熟則發黍葉五穀皆然聞惟庸造逆樹發荳荳
皆人面愁蓋落木期族滅樹蓋得氣之先者也筠廊偶筆作樹在金陵禁中

猴弈

說圃識餘西番有二仙弈於山中樹下一老猴於樹上日窺其運子致思之法因得
其玄秘國人聞而往觀仙者遁去猴即下與人弈遍國中莫能勝國王以為奇進於
中國詔舉朝能弈者與較久求四方有高手名者敵之皆敗或言楊靖善弈時靖以
事下獄詔釋出之靖請以盤滿貯桃實於前而弈猴心牽於桃遂連敗詔椎殺之

仙女教弈

明季襄王善弈率三百金一局吳中某國手自負其能謂可探囊取來裝遊楚與之
對局竟負半子心實不甘從交遊借貸復請對局又失一子不勝惶恚返吳百計搜
索得一局之需至楚請復下子百餘默數之局終又將負半子汗手沉吟思一勝着
挽回卒不可得自午至日晡不決王笑曰俟明日決此局何如唯唯而出抵寓秉燭
思索終不可得忽聞叩門聲啟戶視之則翩然一美女手持宮燈而入謂曰今日與
王對弈將負半子中止乎曰然乃指其意中所擬曰下此一着局終必負半子姑置
此處而於別處先下一子保為終局勝半子也復持燈而去試從其言布局下子果勝半
子矣喜極待旦請王終局甫落此子王訝曰此着非爾所能創必有教導者為我言之
當返子金初猶抵諱窮詰再四始吐其情曰係宮中人所指教也王細詢其服飾容貌乃
釋然曰吾今使爾見昨夜教子者引入宮登一綺樓四面皆棊勢中畫二仙女對弈恰
與昨夜相同仙女手拈一子將落正所教妙着也王曰此非夜來教汝者乎弈者愕異亟叩
首以謝王曰爾能感仙女解圍亦有福祿當盡返爾所負也復留之對弈數日厚贈而歸

李德裕後

湫石閒談載李贊皇之南遷也卒于崖州子孫遂為猺俗數百人自相婚配正德間
吳人顧朝斐為儋州同知以事至崖台見其族狀與苗猺無異耳璫銀環索垂至地
言語亦不相通德裕誥勅尚存

九棘三槐

周建外朝之法左九棘孤卿大夫位焉羣士在其後右九棘公侯伯子男位焉羣吏
在其後面三槐三公位焉州長衆庶在其後夫樹棘取其心赤而外刺樹槐懷也言
懷來人也古人植木具有深意如唐之退朝花底散歸院柳邊迷徒為佳麗耳

竹實

李畋該聞集舊稱竹實為鸞鳳所食花開如棗結實如麥號為竹米以為荒年之兆
其竹即死陸魯望詩青簇未成孤鳳餓唐詩老屋茅生蘭饑年竹有花非但鸞鳳之
食也有餘干人言彼有竹實大如雞子竹葉層層包裹味甘勝蜜食之令人心肺清
涼生深林茂密處 當得之雖日久乾枯而味常存乃知鸞鳳所食必非常物

孫臏麩布

齊將孫臏名逸不可考臏非名也孫足為龐涓所斷故稱為孫臏臏乃肉刑去膝蓋骨之名明世宗時有裨將名孫纘臏又有名孫布臏者甚為可笑漢淮南王黥布姓英黥非姓也布嘗坐法黥故人稱曰黥布黥乃墨刑在面之名誤會以黥為姓誤矣

朱徐改名

嘉靖中浙人徐學詩極論嚴嵩去職繇之嘉定有同姓名者亟呈禮部改詩為謨遂登顯要矣揮麈前錄載元祐名卿朱紱君子人也紹興初不幸坐黨錮崇寧間亦有朱紱者平江人初登第欲希晉用上疏自陳與奸人同姓名恐天下後世以為疑遂易名諤蔡京果大喜不次擢用何兩人皆吳人前後一轍如此也

渭塘蘆蓼

青浦周士亨江有年桐友善時維九月偕往渭塘舟次塘東泊一樓下樓不甚高上有二女一白面一紅顏倚窗笑語周江仰視間漫賦一詩曰鳳有烟霞癖脩然興不羣秋聲飛過鴈水面洞行雲逸思乘時發詩名到處聞扁舟涉芳沚更喜挹清芬蓋直寫心懷初不謂二女也樓上二女曰舟中有詩樓上豈無詩乎遂朗吟二韻周江側耳聽之一女吟曰湖天秋色物凋殘花吐黃竿葉未乾夜月一灘霜皎皎西風雙岸雪漫漫為甚卻羨漁翁樂充絮誰憐孝子寒思在孤舟叢葦宿曉來誤作玉濤看一女吟曰金莖稜稜澤國秋馬蘭花發滿汀洲富春山下連漁屋采石江頭映酒樓夜月光蒙銀露浴夕陽陰暗錦鱗浮王孫醉起應聲怪鋪着紅絲毯不收吟畢共笑乃以蓮房縋稍俯擲生舟兩生共起上岸大呼欲登樓躡之恍惚間不見兩生大駭返舟四顧但見蘆花白蓼花紅耳士亨遂號蘆汀漁叟有年號蓼塘居士以識其異

月下葡萄

吳中沈萬三藏古今書畫無算有瑪瑙壺通明類水晶面有葡萄一枝如墨點名月下葡萄萬三死轉入數巨家後莫知所歸天順間嘉興李銘為童子師一日舟行見河濱有光撲之不滅因覓得之壺也以售人不過酬米百石有知府劉佩語之曰此異寶以獻鎮淮貴璫張公謀僉嘉興鹽鈔所得不貲從之果得所願佩因分其利銘領鈔過江舟覆鈔皆濕嘉興守楊公繼宗追補前鈔銘死獄中佩亦破產與償

十字罪

康熙初常熟數士赴京應試行至中途一士忽墮騎悶絕於地諸友因停驂舁至旅中越日而甦云被二卒拘之一處殿宇弘敞言是東嶽殿庭遇一故友驚問汝何故

來此對以被卒拘至友即查檢其祿壽尚多慰之曰俟聖帝審事畢當為奏釋頃之嶽帝御殿所審皆常邑事士覩之凜然審畢友稟明釋放送之前行士曰某平生未嘗作歹事何以被拘友曰汝犯十字罪士問何十字友曰睚眦生惡念邂逅起邪心士忽驚醒此十字人人皆犯時時易犯當書之紳常存警惕或可少免

行幸不拜

青瑣高議宋藝祖初幸相國寺至佛像前焚香問當拜與不拜僧錄贊寧曰不當拜問其何故對曰見在佛不拜過去佛適會上意遂微笑頷之因以為定制至今行幸焚香皆不拜議者以為得體

盜常住錢

莊椿云盜常住一文錢一日一夜長三分七釐利第二日夜利上又長利來世作馬牛償之所以云作一生之容易為萬劫之艱難若捨一文錢入常住一日一夜長福亦爾○藏經云牛日還八文馬日還七文

佛入中國

世傳漢明帝時佛始入中國非也列子曰西極之國有化人來穆王事之作中天之臺其高千仞及秦時沙門室利房等至始皇以為異囚之夜有金人破戶以出又霍去病過焉耆山得休屠王祭天金人以是考之周秦西漢佛化流中國久矣

寺名原始

僧居稱寺蓋九寺之列也漢明帝時佛法初至迦葉摩騰竺法蘭以沙門服謁見館於鴻臚寺次年勅洛陽城西雍門外立白馬寺以鴻臚非久居之館故別建以處之以僧為西方之客若待以賓禮因其以白馬負經而來馬死葬此故以名寺後世僧居稱寺始此○高僧傳天竺國有伽藍名招提大富有惡國王利其財將毀之一白馬繞塔悲鳴即停毀自後改招提為白馬多取此名焉

無官御史

鶴林玉露太學古語云有髮頭陀寺無官御史臺言清苦而鯁亮也宋嘉定間余在太學同舍言乾淳中齋舍質素飲器尚陶瓦棟宇無設飾近時諸齋亭榭簾幙競為靡麗每一會飲黃白錯落非頭陀寺比矣國有大事讜論間發言侍從之所不敢言攻臺諫之所不敢攻由昔迄今偉節相望近世以來非無直言或陽為矯激或陰有附麗未能純然如古之真御史矣余謂必甘清苦如老頭陀乃能摅鯁亮如真御史

孔公報德

侍郎孔鏞，字韶文，為長洲庠生時，家貧，饔飧不給，每詣學，則貫二餅充饑。攴聖賢道媼見其以夕經門，一日迎入問故，公以實對，媼心憐之，謂曰：吾神前蔬則有齋，夜則有燈，秀才肯偕居此乎？公從之，遂得肆志於學。後舉進士，歸媼已卒，公服斬衰冠送葬焉。媼之孫孔公恩深於漂母。淮陰贈生義重千金，韶文事死禮齊喪妣，古今英雄報德之隆如此。

前身

輪迴之事，正史載羊祜前身為李氏子。他如蔡邕是張衡後身（尚書故實 小說），顧總是劉楨（立怪），遺鎬是謝靈運（玉壺清話），侯景是齊東昏侯（朝野僉載），岳陽王蕭詧是許玄度（詞國冥祥），嚴武是諸葛武侯（代醉編），辛卓亦是武侯（宣室記），房琯是永禪師（東坡詩序），韓滉是仲由（神仙感遇集），宋太祖是定光佛（西湖遊覽志餘），仁宗是赤腳大仙（龍圖公案），馮京是五臺僧，蘇子瞻是五戒和尚（冷齋夜話），又是鄱陽（紀聞），范祖禹是鄧禹（家傳），劉沆是牛僧孺（類說），張方平是瑯琊寺僧（冷齋夜話），黃山谷是涪陽誦法華經女子（春渚紀聞），王安石是秦王（貢耳集），宋高宗是錢鏐（趙鼎錄），是李德裕（曲洧舊聞），王十朋是嚴伯威（梅溪文集），真西山是草庵和尚（癸辛雜志），史浩是文潞公（雨航雜記），史彌遠是覺闍黎（淮山雜志），陸游是秦少游（七修類稿），袁滋是西華坐禪和尚（遠史），徐知誠是徐陵，潘佑是顏延之，武夷君再世為揚大年，王京之為王素，馬北平之為馬仁裕，劉公幹為昏愚小吏，澤公為沈衣李氏子（俱文海披沙），明胡尚書漢是天池僧（天都載），周文襄忱是滕懸德尚書（篤齋），王尚書瓊幼年能誦番經，恍悟前生為西僧，周文安洪謨前生為友鶴山人丁逵（佩雙抄），王新建伯守仁是入定僧（古），楊忠愍繼盛是二郎神托生（山堂外紀），徐國公鵬舉為岳忠武後身，馮宗伯琦為韓忠獻後身（東野），海鹽鄭尚書曉是海鼻寺高道人（柯下談），萬曆甲戌狀元孫繼皋是正德甲戌狀元唐皋後身（狀元考），本朝丁亥探花金壇蔣旭是峨嵋山伏虎寺僧（見聞卮言），大學士余詮廬國柱前生為吳中積善庵僧，聞其國記有積善橋邊遇客。

草異

文海披沙：伏羲文王墓前獨有蓍草，孝子掛劍臺下獨生掛劍草，鄭康成讀書山側獨生書帶草，皆他處所無。孔林不生荊棘，嚴陵獨生白茅，孝女拖笆草皆偃仆，漢王牧馬草有嚙痕，人既出類，草亦獨異。又漢未央宮斬韓信地，其草色獨赤，匈奴地草色皆白，惟昭君墓上草獨青。聞見卮言：東鹿縣西有唐裨將張興墓，興以忠殺身，血

濺染草皆紅，今所生草色殷然，猶如血漬，人呼紅草坡。自漢唐至今幾千百年矣，而勲臣俠女含冤不變乃爾。

婦人幽閉

碣石剩談載：婦人椓竅，椓字出呂刑，似與舜典宮刑相同，男子去勢，婦人幽閉是也。昔遇刑部員外許公，因言宮刑，許曰：五刑除大辟外，其四皆侵損其身，而身猶得以自便，親屬相聚也。況婦人課罪，每輕宥於男子，若以幽閉禁其終身，則反苦毒於男子矣。椓竅之法，用木槌擊婦人胸腹，即有一物墜而掩閉其牝戶，止能溺便，而人道永廢矣，是幽閉之說也。今婦人有患陰頹病者，亦有物閉之，甚則露出於外，謂之頹葫蘆，終身與夫異榻，似得於許說。

雞犬鳴吠

雞司晨，犬司夜，皆氣機相感。大觀本草云：巽為雞，雞鳴於五更者，日將至巽位，感動其氣而鳴也。薛文清讀書錄云：丑時雞先鳴者，陽氣動也；午時雞亦鳴者，陰氣動也。禽鳥得氣之先如此。沈石田雜記曰：犬之肝如泥土色，臭味亦然，其警夜人在土上走，則其肝動氣所感也，故吠。

傳席撒帳

撒帳始於漢武帝。李夫人初至，坐七寶流蘇輦，障鳳羽長生扇，帝迎入帳中共坐，飲合巹酒，預戒宮人遙撒五色同心花果，帝與夫人以衣裾盛之，云得多得子多也。又女初至門，婿迎之，相者授以紅綠連理之錦，各持一頭，然後入，謂之通心錦。又謂合歡梁。三日後命工分作二褌，夫婦各穿其一，謂之永諧褌。俱見戊辰雜抄。又新婦入門，不踏地，必傳席始行，唐人呼為轉席。白香山春深娶婦詩云：青衣轉氈褥，錦繡一條斜。

六朝金粉賦

唐子畏僑居留都日，嘗集徐國公家，即席為六朝金粉賦。時文士雲集，子畏賦先成，其警句云：一顧傾城兮再傾國，胡然而帝也胡然天。徐大加稱賞。前句出李延年歌，後句出詩君子偕老篇，由是其名愈著。

石城懷果

楮記室：有士鬱鬱不得志，乃夢靈山神示以石城懷果對清明之句，莫知所謂。越十餘年，成進士，謁選得石城令，單車造之，及縣界，宿一寺中，是夜四山燈火熒熒然，顧

問僧曰：是塔塔者為何？曰：清明祭墓者。問寺何名？曰懷果。今黙理前夢，皆合。借其句成詩曰：眼前兒女莫關情，春若來時草自青。夢即是真真是夢，石城懷果對清明。

桉服

西洋人以鳥毳毛染之，織成段疋，光采奪目，雖垢膩亦莫入，名曰桉服。明初貢之天府，頒賜大臣，甚珍重也。近則駢集廣中，仕者多購之以餽要津。

古來刺客

鉏麑不殺趙盾，梁王刺客不殺袁盎，隗囂刺客楊賢不殺杜林，楊琳刺客不殺蔡邕，劉平刺客不殺劉玄德，晉劉裕刺客沐謙不殺司馬楚之，殷浩刺客不殺姚襄，齊東昏刺客鄭植不殺梁高祖，唐太子承乾刺客不殺于志寧，故因刺客不殺李勉，五代葛從簡刺客不殺許州富人，淮南張顥刺客不殺嚴可求，西夏刺客不殺韓魏公，苗劉刺客不殺張魏公。孰謂盜賊無義士乎。

僕隸中義士

王振之釋薛瑄，振之老奴救之，此人所知也。劉瑾之釋李夢陽，人知康海之救，言得釋，而不知瑾之家人老姜實救之。曰：昔年不得志時，李主事嘗周貸，今吾家納米領價得志，乃忘之乎？瑾乃釋夢陽，仍贈以物。孰謂僕隸中無義士哉。

奴隸中可人

唐蕭穎士有僕杜亮，穎士鞭撻甚酷，人勸其他適，答曰：非不能去，但愛其才學博奧耳。甄琛好奕，通宵令奴秉燭，睡則加撻。奴曰：郎君辭父母至京邸，若為讀書執燭，不辭獲罪，今乃以圍棊故橫加鞭杖，不亦非理？琛慚而悔，遂折節讀書。奴隸中信亦有可人者。

秦檜後裔

陸詒孫說聽載：嘉靖初，秦檜裔孫某宰湯陰，頗有政聲。每欲謁岳忠武廟，逡巡弗果。將及瓜，謁同僚曰：岳少保雖與先世有惡，豈在後嗣耶？且吾守官無愧神明，往謁何傷。遂為文祭之，拜不能起，嘔血數升，扶出廟門即死。

關聖免軍

耳談：萬曆間，解州俞保補戎騰越，妻王氏將粒米作信香，日夕懇禱關聖祠。戍餘，保在伍，夢關聖呼曰：爾婦為汝虔禱，故來視爾。爾欲歸乎？保伏地願歸。已不覺隨其馬跡馳行，獵獵狂風吹送，有聲已落平沙柳林中，識是解州城外。因抵家扣門，王氏始疑係異道，所以方啟戶相抱痛哭，隨詣廟謝。明日復詣州，言狀，移文騰越察之，稱保離伍僅一日，而軍籍復有關聖免勾四字，保遂得免。王氏有詩曰：信香一粒米，家路萬重山，一香一點淚，流恨入蕭關。

明日來

明宣正間，松江太守趙豫居官慈惠，每見訟者非急事，則諭之曰明日來。始皆笑之，遂有松江太守明日來之謠。不知訟者乘一時之忿，經宿氣平，或眾為勸解，因而寢息者甚多。比之鉤距致人而自名英察者，其所存何啻霄壤。

山鳥報更

陳眉公曰：山鳥五更喧起，謂之報更，蓋山中真率漏聲也。余居小崑山下，時梅雨初霽，座客飛觴，適聞庭蛙，請以節飲，因題一聯云：花枝送客蛙催鼓，竹籟喧林鳥報更。可謂山史實錄。

染鬚

劉禹錫詩：近來年少輕前輩，好染髭鬚作後生。或嘲之曰：自是劉郎愛春色，非關前為少年輕。明陸文量寓京時，客有授烏鬚方者，文量口占一詩答之曰：染將紛白媚嬌紅，祇畏癡心笑老翁。五色任生當順受，二毛何況世人同。聞者以為曠達。

身具二形

玉曆通誌載：心房二宿具男女二形，婦人感之而孕，所生亦具二形。晉史惠懷之世，京洛有兼男女體者，能兩用人道。七修載杭友蘇民詞娶一妾，下半月女形，上半月則陰戶出陽勢矣。雜記載成化中山西桑冲、磁石刹訣，載嘉靖中瑞州藍道婆，皆身具男女二形，假女紅，姦人婦女，事露刑死。聞見卮言載禾郡城隍廟道童，陰囊之後、穀道之前，又具女形，年長而美，兩乳亦發。

人生尾

獨異志載：大曆中洛陽尉苗登有尾長二尺餘。夸堅丙志載：臨安米市橋傍賣眼具者，腰間生尾長四尺餘，每出必用繩索纏縛數匝，猶為小兒窘逐求觀。又一丐亦有之，然僅長數寸，觀者必施一文錢。

食人

隋麻叔謀、朱粲常蒸小兒以為膳，唐高瓚蒸妾食之，薛震、獨孤莊、張茂昭，五代萇從簡、趙思綰，宋王繼勳、林千之，草木子載元劉太保，以人為糧，明兩廣提督韓觀皆嗜食人。然皆葅醢而食，未有生啖者。三國志載吳將高澧好飲人血。丈海拔沙。梁羊道生見罪人被縛，拔刀刳其睛吞之。宋王彥升俘獲胡人，置酒宴飲，手裂其耳咀嚼，俘者痛楚號叫，而彥升談笑自若，前後凡啖數百人，即虎狼不若也。

雲雨雷可食

丈海拔沙。霍山南岳有雲師雨虎。雲師如蠶，長六七寸，似兔；雨虎如蛹，長七八寸，似蛭，味甘，可熟而食。嶺南有雷公，秋冬則蟄地中，狀如彘，人掘取，使蝦子殺烹而食之。

十八般武藝

矛、鎚、弓、弩、銃、鞭、簡、劍、鏈、撾、斧、鉞并戈、戟、牌、棒與鎗、扒，此十八般武藝也。近見馬氏日抄：嘉靖己巳，邊庭多事，官司招募勇敢，無一人應。山西李通行教京師，遂應募為第一。較其武藝十八事，皆能：一弓、二弩、三鎗、四刀、五劍、六矛、七盾、八斧、九鉞、十戟、十一鞭、十二簡、十三檛、十四殳、十五叉、十六爬頭、十七綿繩套索、十八白打。

氣象

說圃識餘：徐中行明參政廣西，行出象州，計此必多象，問之舟人，云此絕無象。中行心疑其何以得此名。明旦早行，見山崖水次象以千數，或飲或食，或趨或臥，其狀不一。中行詰舟人曰：你謂無象，此為何物？舟人曰：此山氣所結，日高當不見。中行不信，至日出，象漸散滅，無一存者，乃知古人以其氣名之。然山無象，而氣乃爾，不可曉也。

古屠蘇

挑燈集異：山東一民家，共爨二百餘年，食指五百餘口，並不染疫癘。其家每年以三伏日收苦草，日一束，陰乾，至冬至日杵為末，每歲正旦五更，用蜜調，每人服一匕。此即古屠蘇意也。

張成善走

成化中，臨清張成以善走得名，日行五百里。上官命入京師，往返僅七日，善馬弗能逮。足有長毫，夜宿圓器中，每走勢發，足不得往，抱樹乃止。吳有舉人過臨清，知州與有舊，留之宿。舉人求蕭縣大梨，知州命成往市，明旦已持梨來，疑其近處得之，使人往驗，果然。蓋百餘里路，僅一昏時也。

帝王異號

三家（三皇）五泰（五帝）紫庭真人（見后）西明仙公（文王）祖龍（秦始皇）灞上真人（漢高祖）劉氏祭酒（吳王濞）茂陵秋風客（漢武帝）張公子（漢成帝）銅馬帝。白水真人（漢光武）騅馬皇帝。井中蛙（公孫述）聖劉天王。陳聖劉太平皇帝（漢哀帝）紫髯將軍。鼠子（孫權）大耳兒。大耳龍（蜀先主）黠兒天子（晉趙王倫）庶人天王（晉燕王盛）壯烈天王（苻堅）黃口小兒（文襄帝）黃鬚天子（魏任城王）雛奴（宋武帝）禿髮天子（趙光遠）蕭閒大夫（劉張）無愁天子（北齊後主）解事天子（梁仲卿）聖。天可汗。掃國真人（唐太宗）鬼婆。金輪皇帝（武則天）應天皇帝。和事天子（唐中宗）快活三郎。孔昇真人（唐明皇）王環天子（楊貴妃）文佳皇帝（唐女子陳碩真）鐵耳龍（唐懿宗）兵丹上聖（唐憲宗）鄉貢進士。小太宗（唐宣宗）李天下（唐莊宗）潞州別駕（唐玄宗）花項天子。獨眼龍（李克用）白馬三郎（閩王審知）兒皇帝（石敬瑭）天上大仙。郭雀兒（郭威）蓮峰居士（南唐李後主）香孩兒（宋太祖）田舍奴翁（宋太祖）太平天子（宋太宗）來和天尊（宋真宗）赤腳大仙（宋仁宗）女中堯舜（高太后）浪子皇帝（宋徽宗）挺雞漢（宋光帝）北方小堯舜（金主璟）太師威武大將軍。大聖法王（明武宗）天河釣叟（明世宗）

人臣異稱

閬編仙人（莊周）五羖大夫（百里奚）三閭大夫（屈原）好事儒者（褚少孫）一錢太守（劉寵）清白吏。關西夫子（楊震）小車宰相（田千秋）五日京兆（張敞）飛將軍（李廣）驄馬御史（桓典）大樹將軍（馮異）矍鑠翁。伏波將軍（馬援）香尉（漢雍仲）跋扈將軍（梁冀）白衣尚書（鄭均）賈父（賈彪）召父（召信臣）杜母（杜詩）乳虎（寧成）蒼鷹（郅都）屠伯（嚴延年）伏龍。臥龍（諸葛亮）雛鳳（徐庶）伏鷙（鄧艾）隱鵠（陸雲）癡虎（許褚）杜武庫（杜預）折臂三公（羊祜）風流宰相（謝安）江右夷吾（王導）白馬將軍（龐德）髯參軍（郗超）短主簿（王珣）三語掾（阮瞻）折臂太守（劉之邁）皮裹陽秋（褚裒）五柳先生（陶潛）山中宰相（陶弘景）蠣母（何承天）蕭娘（梁王宏）呂姥（呂僧珍）韋虎（梁韋叡）瞎虎（谷楷）黑頭三公（諸葛恪）黃頭少師。挑弓僕射（齊郭韓）陳姥（陳伯之）段姥（段達）十錢主簿（魏元虔智）射鵰都督（斛律光）聖小兒（祖瑩）宇宙大將軍（侯景）筆公。尖頭奴（古弼）癩兒刺史（魏李元遵）赤牛中尉（元仲業）落鵰都督（邢邵）鬭蝴蝶（魏收）細眼奴（房元齡）三旨宰相。王羊舁公（魏崔悛）金牛刺史（?凱）人頭羅剎。鬼面夜叉（李全交）四時仕宦（傅遊藝）銅山大賊（李義府）李貓（李義府）救時宰相（姚崇）牛頭阿婆（周興）行祕書（虞世南）兩腳狐（楊再思）有腳陽春（宋璟）大蟲元帥（張九齡）肉腰刀。索鬭雞（李林甫）伏獵侍郎（蕭炅）鍛竈舍人（楊國忠）繡虎御史（侯思止）多田翁（盧從願）跛宰相（裴度）萬羊宰相（李德裕）伴食宰相（盧懷慎）青錢學士（張鷟）白蠟侍郎（韋方）瘦羊博士（甄宗）小筯學士（楊緯）斗酒學士（王績）八磚學士（李程）四其御史（郭弘霸）呷醋節度（李景讓）紫袍主事（辛昂）捉船使君（郭崇）偽荊卿（毋戈）不利市秀才（羅隱）補履先生（方干）地藏菩薩（李允明）驢騾宰相（王凡）軟餅中丞（辛枝）

猕待制（王問）、浪子宰相（李邦彥）、拗木枕措大（崔慎由）、七松處士（鄭薰）、當世仲尼（王起）、落鵰御史（高駢）、解事舍人（齊澣）、了了令史（戴法興）、蘇扛佛（失名）、蘇模稜（蘇味道）、入鐵主簿（許慎）、八褪將軍（裴章）、四明狂客（賀知章）、水晶燈籠（張中丞 劉溢）、水月觀音（蔣凝）、判詩博士、枯松太保（王仁裕）、醉士、閒氣布衣（皮日休）、醉尹（白樂天）、癖王（盧仝）、白身判官（令狐楚）、藍面鬼（盧杞）、玉界尺（趙光逢）、歇後宰相（鄭綮）、着脚琉璃瓶（和凝）、五總龜（殷踐猷）、九尾狐（陳彭年）、癡頑老子、長樂老（馮道）、率土大將軍、通天大將軍（黃巢）、鴉軍（李克用）、余佛子（余靖）、曲子相公（和凝 夏言）、粥飯僧（李愚）、邊菩薩、邊和尚（唐邊鎬）、照天蠟燭（田元均）、一路福星（鮮于侁）、魚頭參政（魯宗道）、黑王相公（王德用）、鐵面御史（趙抃）、鶻將軍（吳中復）、夜叉（王德用）、清白宰相（杜衍）、五分宰相（趙鼎）、屈膝執政、肉頭尚書（許及之）、折竿主簿（程顥）、喜鵲（宋中孟）、孟爺爺（宋孟珙）、哭郎君（秦熺）、秦長脚（秦檜）、怪魁（陸游）、埋羹太守（王迎）、邋遢翰林、山字太守（何琦）、四鐵御史（馮恩）、嚴氏二妾（徐某、呂某）、青客宰相（宋東道）。

鳥諭

順治初，蘇郡某為某省督學，頗有墨聲。一日以公事謁撫院，眾僚畢集，留飯。撫院預覓一異鳥，籠之麾前，時加顧盼，戒諭下人，善為餵養。一人問此鳥從何處得來，大老爺悠然般珍愛。撫院曰：此鳥從京師得來，一飛沖霄，可以直達天聽，你看秀才頭上一丢丢兒錫的，也值三百兩，難道吾這裏不該五六萬。某聞之失色，即托親信饋送，所費不貲，得以安全。

金陵詞客

金陵一詞客，僑寓吳門，家蓄粉頭為業。俗名養瘦馬。門上春聯，書杜工部句，有文章驚海內，漫勞車馬駐江干句。偶開罪於一士，改為豈有紅顏驚海內，漫勞白鏹貯門庭，粘於上，見者絕倒。

陳劉相業

復齋日記：廬陵陳閣老文，篤不飭其門下。士有善滑稽者，謂人曰：昨夕有二夜叉來取文，一夜叉挽之，文不肯去。一曰：彼將望陞太師柱國，如何舍得去。挽之者曰：他此去即為閻王，何惡也。文喜曰：如何便得為閻羅王。夜叉曰：公有淮鹽十餘萬，非鹽王而何。聞者絕倒。後永新劉定之繼入閣，尤不愜於眾望。或述蝦耕錄載人譏史師語意曰：昨新閣老入閣，吏請循故事祀皋夔稷契。劉曰：陳先生不祭我也，不祭。濟傳以為笑。

八人同席

溧陽趙念堂先生（濟）以名進士宰常熟，有惠政，邑人德之。一日席間誦一詩云：二八佳賓兩桌開，五葷三素一齊來，仔細銷從肩上過，急忙酒向耳邊催，可憐短臂當隅位，最恨肥軀占半臺，更有客來騎馬坐，主人站立遠相陪。眾為絕倒。

詩讖子

淑石閒談：長洲相城有一翁，雅善詩，年老子孫頗怠於奉養，翁鬱鬱不樂。一日大書一詩於堂壁云：人生七十强支持，簾捲西風瘦半枝，傳語兒孫好看待，眼前光景不多時。其二子方以文學有時名，大懼，托所親懇請，得滌去，然其詩已遍傳矣。

楊文貞戒子

楊文貞（士奇）子稷，為橫鄉里，密友自其中來者，每以其惡款述之文貞，文貞常戒之。一日書一聯曰：不畏官司千狀紙，只怕鄉民三寸刀。而稷毫不知改，卒以殺人伏法。文貞二語，可為巨族藥石。

挿不臘

順治初，吳中初設織造局，其督理張某，遼人也，其髯甚修。同寮侯姓者，子患痘，延醫李含章視之。李亦長髯，坐間張忽持李鬚曰：好個挿不臘。李請其義也，答云：醫生全靠此挿不臘。指張曰：老爺的挿不臘更好。張默然。及出，其吏云：滿語以髯子為挿不臘，彼可以侮爾，爾何得以此答之。李大駭，更入泥首謝罪，張笑而遣之。

芋艿穀（匙）

杭人有作縣廣東者，其夫人美而艷，與夫在轎後數言芋艿穀，此浪語也，夫人怪之。入衙述之於令，令詢於門子，門子亦不以正對。時適天雨，因此間土音言天雨耳。一日理事，有婦人跪雨中，令忽憶前語，乃令婦人跪上來，芋艿穀滿堂書吏掩口而笑。令怪而問之，吏云：此間以厥物硬為芋艿穀耳。令大慚，逐其門子，并與夫焉。

劉方燕巢

劉方，方姓女也。年十三，偽為男子，從父扶母喪還鄉。父死於河西劉叟家，叟無子，遂為之子，曰劉方。後叟復收一人為長子，亦避難來從者，曰劉奇。已而叟死，議婚，方不從。奇為燕詩以悟弟曰：營巢燕，雙雙飛，天設雌雄事有期，雌兮得雄願已足，雄兮得雌胡竟巢。還空方和曰：營巢燕，雙雙雄，朝暮銜泥辛苦同，若不尋雌繼殼卵，巢成畢竟巢還空。方和曰：營巢燕，雙雙飛，天設雌雄事有期，雌兮得雄願已足，雄兮得雌胡不知。奇見詩大疑，方以實告，始知是女，便為合婚。方曰：雖自為配，實亦天緣，須告之墳會親友庶不為野合。奇從之後成巨族。號奇方二義云。事見明詩。正聲劉方能詩且淑慎。非妬艷而冶者。人可挑也。

堅瓠續集卷四終

堅瓠廣集序

嘗覽顔魯公文集見宋文貞公廣平神道碑言其雅善戲謔不常矜莊每有談諧人輒疏取然則端人鉅公立朝大節表表當世而亦不廢調笑至於或資博贍或寓規箴歷代以來高流名彦紀艷紀異不可枚舉其所采輯咸足佐清談而供考據迄今傳之不替蓋聖經賢傳自為吾儕之所尊奉然泥之者未免流於適莫適莫之弊遂為偏黨世之方幅規步謂不讀非聖之書而出言不苟者乃有所論列如擬蘇子瞻為蔡京比荀文若於秦檜往往不滿於後人吾所不解也講誦不廢綠竹笑罵皆成文章其風流不墜反似有可取耳褚子學稼予忝世講一門之內少長皆有文端雅之士而學稼尤博涉古今良其餘緒以為揮麈解頤之助命之曰堅瓠謂其不適於用也其集至再至三四而猶未已廣聞見悉遠邇鼓舞悦豫開抒況鬱端足賴焉其用曷可以一端盡之若夫拘攣局促舐掇拾糟粕之餘如李太白所謂白髮死章句者吾不知其所用何等也

通家弟朱陵漫題於亦巢

堅瓠廣集卷之一目錄

道學風月　古人稱先生
為善望報　邀禍
書勸門人　劉時卿語
湯東谷語　蘇黃門語
伍蓉菴語　荒政
治本　祝田料
燕二十八宿　牛羊狐眠
丁謂才智　東坡遊西湖
鄭仰田拆字　竹米
神石度饑　京師十可笑
二十四氣　鐵冶廠
長卿簡子　李後主轉世
李錢二王生卒　黃袱讖語

文士潤筆　明皇遇貴妃
東三十六子　奸僧燃指
龍燈傳送　妖女葉子
記里鼓　宣武門書院
毀碑　宋江畢四
京師四多　盧溝斗城
娼家魔術　劉良女
官司諺語　都下諺
平江伯　看果槌錠
追魂香　戒指
戴文進畫卮　買東西
山海經　娶婦用鞍
女官　女將軍
詐為男子　六十生子
啟棺出女　南無
美髯　盤釘山水
離地草　酒籌
優鉢羅花

堅瓠廣集卷之一

清　長洲石農褚人穫學稼纂輯

道學風月

祝理美曰。儒者談道學必齒嚴牙。着不得一毫戲謔。此甚腐也。先儒如子與氏謔諧甚多。不可殫述。至若述聖曾子。學主慎獨。一生戰戰兢兢。不敢些子放肆。乃講到心誠求之句。便譬喻到學養子而後嫁。這是不板腐的樣子。又謝上蔡欲試教官。請于程子。程子曰。吾黨有求貞婦者。聘一女。先欲試之。其母怒而弗許。曰吾女非可試者也。子求為人師。而試之必為此媼笑也。程子此語。從學養子脫胎出來。邵又謂發太過。可見謔詞何害道學。前代議論以歐陽文忠好作風月小詞。至靳之於從祀之列。鄙見哉。

古人稱先生

古人稱先生尊詞也。稱父兄亦曰先生。故朱子曰。先生。父兄也。漢人單稱先。亦尊辭也。顏師古曰。先。猶言先生也。故梅福傳曰。叔孫先非不忠也。漢人單稱生。亦尊辭也。顏師古曰。生。猶言先生也。如賈生董生伏生之類是也。宋人稱先生加老焉。尤尊辭也。如劉元城稱司馬溫公是也。其筆之於書。亦自元城語錄始也。

為善望報

呂叔簡曰。一里人事尊利己。屢為訓說不從。後頗作善。好施貧救難。余喜之。稱曰。君近日作事。每每在天理上留心。何所感悟而然。答曰。近日讀司馬溫公語。有云不如積陰德於冥冥之中。以為子孫長久之計。余笑曰。君依舊是利心。子孫安得受福。

激禍

歷代縉紳之禍。多釁於語言文字之微。是故誹謗激坑儒之禍。清議激黨錮之禍。清流激白馬之禍。書疏激新法之禍。東林激逆閹之禍。禍生於激。何代不然。其始也一人倡之。羣衆從而和之。不求是非之歸。而躍狂到底。牢不可破。其卒也不可收拾。則所傷多矣。

書勸門人

丁清惠公處最寬厚。有一門生好以刻薄譏產。公貽書戒之曰。產業將貽之子孫。須得之光明。待之仁厚。斯可垂之永久。若以產業為寬窠。非惟為子孫作馬牛。直為子孫作蛇蝎耳。戒之戒之。又以扇寫古詩云。一派青山景色幽。前人田土後人收。後人收得休歡喜。還有收人在後頭。門生大慚。不敢復橫。

劉時卿語

劉時卿曰。近世講學者。開口便教人拋棄功名富貴。何害生一重心。亦何嘗生一輕心。惟以無心應之。時而我用也。累裀列鼎不為係。時而我舍也。枕流漱石不為枯。如是而已耳。

馮東谷語

揮塵談。馮東谷語人曰。學者居中等屋。衣下等衣。食上等食。何者。茅茨土階。非今所宜。瓦屋八九間。僅藏圖書足矣。故曰中等屋。衣不必綾羅錦繡。得夏葛冬裘。僅適寒暑足矣。故曰下等衣。至於飲食。則當遠求名勝之物。山珍海錯。名茶法酒。物物皆備。庶不為凡流俗士。故曰上等食。

蘇黃門語

蘇黃門曰。人生逐日胸次須出一好議論。若飽食暖衣。惟利慾是念。何以自別於禽獸。余歸蜀。當杜門著書。不令廢日。只效溫公通鑑樣作議論。商略古人。歲久成書。自足垂世也。

伍蓉菴語

林居漫錄。縉紳之家。婢妾多。足以漁色。而不足以養壽命之源。僕隸多。足以張威。而不足以貽安靜之福。田宅多。足以示侈。而不足以杜勢家侵奪。子孫傾覆之禍。是故武侯之醜婦。荊公之蹇驢。蕭相國之不治垣屋。曹禕前哲。無非軌儀。凡百君子。何莫由斯。○又云。古訓但言貪利。而王子晉獨言貪福。但言求福。而孟子兼言求禍。人即至愚。禍豈有愛焉。而貪之求之。曰彼倚冰向火。蠅趨蟻附之輩。利方在門。兵已在頸。非貪之求之耶。○又云。人有恒言。皆曰義利。利緊跟義。則是義能生利也。又皆曰利害。害緊跟利。則是利能為害也。知義之在先。害之在後。則熙熙攘攘。亦可以少息矣。○又言王少湖先生啟臣云。有一先輩摘千字文二句於壁。而各加註焉。罔談彼短之下。註我亦有短。靡恃己長之下。註人各有長。此語吾人皆當書之座右。○又云。地上有門曰禍門。而作惡者自投之。地下有門曰鬼門。而好色者自趨之。此二門者。皆一入而不可出。可無懼哉。故人能謹身守法。則禍門常杜。能清心寡欲。則鬼門永塞。○又云。楊東里丘瓊山李西涯。雖云博學。皆不識字。東里不識節義二字。瓊山不識止足二字。西涯不識端方二字。

荒政

嘉靖中廣東僉事林希元荒政叢言。救荒有二難。曰得人難。審戶難。有三便。曰極貧民便賑米。次貧民便賑錢。稍貧民便賑貸。有五急。曰垂死貧民急粥。飢疾病貧民急醫藥。既死貧民急墓瘞。遺棄小兒急收養。輕重繫囚急寬恤。有三權。曰借官錢以糴糴。興工作以助賑。貸牛種以通變。有六禁。曰禁侵漁。禁攘盜。禁遏糴。禁抑價。禁宰牛。禁度僧。有三戒。曰戒遲緩。戒拘文。戒遣使。

治本

方遜志云。貧國有四。而荒凶不與焉。聚斂之臣貴則國貧。嬖寵任事則國貧。上好征伐則國貧。賄賂行於下則國貧。富國有四。而理財不與焉。政平刑簡。民樂地闢。上下相親。昭儉尚德。此富國之本。

祝由科

黃帝素問移精變氣論有祝由科。謂人病不用鍼石藥餌。可祝而愈。南史劉宋時薛伯宗善徙癰疽。公孫泰患背疽。薛為氣封之。徙置齋前柳樹。背疽遂消。樹便起一瘤如拳。二十餘日。瘤長膿爛。出汁斗餘。樹遂痿損。又夷堅志載溧陽巫能治骨鯁。長巷村人王四。食鵞遺鯁。三日不能食且死。遣子詣巫。巫於竈內取灰。篩布地上。炷香焚紙錢。誦咒召神。結印。次以葦筒作小犁狀。耕灰中。云骨甚勁。凡一至再。筒中忽微有聲。巫傾注水盆中。乃鵞翅骨也。巫所居距長巷四十里。王子至家。父已平復半日。此即上古祝由之術也。世之巫覡運神攝氣。書符呪水。劾召鬼神。自有此理。天地間何往而非一氣之流行。一心之運用哉。

燕二十八宿

明高皇欲燕二十八宿。問刑部尚書開濟。燕用何品。濟曰。昴奎用酪。畢用鹿肉。觜用根及果。參牛用醍醐。斗井鬼用秔米華和蜜。柳用乳糜。星用秔米烏麻作粥。張用吡羅娑果。翼用煮熟青黑豆。軫用蕎稗飯。角氐用諸華飯。亢用蜜煮菉豆。房用酒肉。心尼用秔米粥。尾用諸果根作食。箕用尼拘陀皮汁。女用鳥肉。虛用烏豆汁。室用肉血。壁用肉。婁用大麥飯并肉。胃用秔米烏麻野棗。列於二十八張金桌上。曰何以知其至否也。濟曰。二十八把金椅。用二十八纈紅綿剖鬆椅上。至則芒頭倒。不至則芒頭不倒。如濟言燕之。二十六椅芒頭倒。二椅芒頭不倒。問曰。二宿何以不至。濟曰。一宿陛下。一宿臣。高皇疑濟要做朕不難。以事見法。問曰。卿聰明絕世。錦心繡腹。吾聞人心有七竅。可見乎。濟曰。先剖腹。風入無見也。先斬後剖。五內宛然。如言剖之。無見也。高皇歎曰。濟死且誘朕。真聰明也。

牛羊狐眠

人知陶侃葬母之地。為老人所指牛眠處。不知又有羊眠狐眠者。宋章得象之母陳氏。嘗活建州一城之命。子孫衣冠相繼。世傳曰羊眠處。鷓鴣啼章家墳是也。明李東陽父淳。操小舟為業。遇貧者多不索錢。人咸德之。一日過一老叟。曰。爾有陰德。吾告爾善地。瘞親當食厚報。遂指一穴。曰。此狐眠處。甚佳。淳如所指。見一狐稔卧。驚而去。之以營殯葬。乃謝老叟。叟曰。不當驚狐。俟其自起。乃更吉。爾後當中衰。然爾子不失三公矣。弘正間。西涯果為首相。

丁謂才智

丁謂有才智。嘗傾意以媚寇萊公。冀得大拜。性尚禨祥。每晨占鳴鵲。夜看燈花。雖出門歸邸。亦必竊聽人語。用卜吉兆。時有無賴于慶。貧寒不立。計且死凍餒。謀於一老儒。老儒曰。汝欲自振。必更姓名。後得志。毋相忘。慶拜聽指揮。老儒命改于為丁。名宜祿。使投身於謂。謂果大喜。收之門下。不旬月而謂入相。宜祿遂寵冠紀綱。雖大僚節使。倚藉關說。不踰年而家資鉅萬矣。老儒亦蒙宜祿引見。得教授大郡。按沈休文宋書。宰相蒼頭呼為宜祿。且復姓丁。愈愜所望。莫謂晉公不讀書也。

東坡遊西湖

宋稗類鈔。姚舜明延輝知杭州。有老姥。自言故娼也。逮事東坡先生。言東坡少時。每遇休暇。必約客湖上。早食於山水佳處。飯畢。每客一舟。令隊長一人。各領數妓。任其所適。晡後鳴鑼以集之。復會望湖樓或竹閣之間。極歡而罷。至一二鼓。夜市猶未散。列燭而歸。城中士女雲集。夾道以觀千騎之還。實一時之勝事也。

鄭仰田拆字

字觸載上虞倪公元璐為祭酒時。與溫觸體仁忤。將請告。惠安鄭仰田者。善拆字。遇於同官席上。初未通名。取投子中以緋飾四者予卜。鄭曰。京官四品而掌印者。惟祭酒。公其祭酒倪公耶。公頷之。曰。公必與當事忤。姓名中帶骨字者其人也。蓋投子骨所成。而四面稜角。不能刓圓。以是知不合也。又曰。公意欲圖歸乎。必得請矣。投體方類口。四亦類口。乃回字也。後果然。

竹米

竹結實如麥。則見於晉元康宋乾興之時。如米。則見於唐開成宋咸平之時。其不言其色與味也。七修載嘉靖二十年，杭州昌化縣長亘五十里，竹葉開苞結成緹而實。鄉人採而舂之，則黑色碎米，炊而食之，味少澀而飽，和飴為餅餌最佳。其地遂就豐熟。又真珠船載嘉靖丁未戊申，商洛漢沔大饑，竹偏生實，又多竹雞，飢民甚賴之。又見傳云，竹實如雞子味，食之清涼滿口，故謂鳳凰食也。

神石度饑

人遭水旱頻仍，草木樹皮可入口者，皆無遺類。然天不忍使人困絕，必生異物以濟之。歷誌載宋真宗時，慈州山生石脂如麪，可為餅餌。又泰州生聖米，大如艾實，蘇秀二州湖中生聖米。閒見卮言載崇禎中杭湖山閒忽生異石，色白微赤，體軟質細，狀如茯苓，研之可作粉麪。民競取，襍糠覈為餅食之，得活者甚衆，俗號觀音粉。迨歲有收，此石乃堅不可復擣，擣亦不可復食矣。○文苑英華載唐玄宗時王倕奏，武威郡天寶山周迴五六里，石化為麪，村人取食，甘美益人。孫逖表云，豈衆麰之足喻，何雨粟之能方。

京師十可笑

戴斗夜談載，京師相傳有十可笑：光祿寺茶湯，太醫院藥方，神樂觀祈禳，武庫司刀鎗，營繕司作場，養濟院衣糧，教坊司婆娘，都察院憲綱，國子監學堂，翰林院文章。猶漢世誚稱舉秀才不知書，察孝廉父別居之謂也。

二十四氣

天啟中，都下造天鑒錄、點將錄，崔呈秀密付魏忠賢，流入宮禁，按籍以罪諸人。崇禎中枚卜閣臣，一時大僚及臺諫相搆不休，其不得與會推者，因造二十四氣之目，以插惑中外。目曰殺氣吳甡，棍氣孫晉，戾氣金光宸，陰氣章正宸，妖氣吳昌時，淫氣倪元璐，瘴氣王鐸，[illegible]時氣黃景昉，糧氣馬嘉植，賊氣楊枝起，悔氣王士鑅，霸氣倪仁楨，疝氣周仲璉，糞氣王之騏，疾氣沈維炳，毒氣姚思孝，逆氣賀王盛，臭氣房可壯，望氣吳偉業，雜氣馮元飈，濁氣袁愷，油氣徐汧，穢氣瞿式耜，尸氣錢元慤。各有諱號。中間賢不肖參雜，其指為淫氣、油氣、逆氣、穢氣者，後皆死國難。天鑒、點將二錄傳抄者衆，故不具錄，錄此以備野史之闕云。

鐵治廠

遵化鐵治廠媼神，元之媼長康侯也。元遵化縣民康小二為官鑄鐵，當爐四十日，鐵不鎔，費薪炭無數，主者將治之。欲自經，康有二女勸止之，又恐父獲罪，俱祝天投入冶鐵。應時鎔者見二女上昇，飛騰光焰中，若有龍隨之而起。事聞，封其父為崇寧侯，二女封為金火二仙姑，至今鐵冶祀之。蓋其地有龍潛於爐下，故鐵不傾，二女投下，龍驚而起，焚其尾，時有禿龍見焉。

長卿簡子

蕭子雲賦：長卿晚翠，簡子秋紅。楊升菴云：徐長卿，藥名，醫疾恒效，云草中有徐長卿，木中有無患子，並可辟鬼。齊民要術：簡子，藤生，緣樹木，實如梨，赤如雞冠，核如魚鱗，取生食，淡泊甘苦。廣志謂之侯騷。

李後主轉世

山陰金雪洲先生初生，祖楚畹先生繭命名曰煜。有異人善扶乩，能降神，言是兒前身乃南唐李後主煜也。後主讀馬太君詞而喜之，願為之兒，得乎戊，失乎戊，誌之誌之。又書一詞，有天津橋上望歸舟，又是黃花水落秣陵秋句。考陸游南唐書，後主以建隆三年壬戌即位，至開寶七年甲戌，宋師下江南，南唐遂亡。雪洲先生以戊戌通籍，令郟城，庚戌去官，歿於天津，亦在甲戌，又同客死於他鄉，且一目皆重瞳子，始終若合符契，亦異已。康熙戊寅春，遇先生令子衍孫埴於錢塘，出毛會侯先生傳誌示予，故知之詳。馬太君詞，有遂閒堂集行世。

李錢二王生卒

南唐李後主煜以七月七日生，以七月七日死。吳越王俶以天成四年八月二十四日生，以宋太宗端拱元年八月二十四日死，剛一甲子。然後主以故國不堪回首句，及徐鉉所採，賜肌牽藥而死。忠懿荷禮最優，宜無他者。顧二王皆以生辰死者，蓋銜忌未消，各借生辰賜酒陰斃之也。

黃袱讖語

青燐屑載，崇禎元年，五鳳樓前獲一黃袱，內裹小函一卷，題曰：天啟七，崇禎十七，還有福王一。內侍晨檢得，奏御前。思陵傳廻視皇城各官，究所從來。袁槐眉給諫奏曰：此事不經，何由得至大內？且臣等廻視，俱各未見，而內臣特奏之，安知非奸人所為？如一追究，將來必有造言，黃惑聖聽者矣。上可其奏，立命火之。至甲申、乙酉，國亡，竟符其數。

文士潤筆

以財乞文，俗謂潤筆之資。隋鄭譯拜爵沛國公，位上柱國，高熲為制，戲曰：筆乾。答曰：

出爲方伯，杖策言歸，不得一文，何以潤筆。唐柳玭善書，東川節度使顧彥暉請書德政碑。玭曰：若以潤筆爲贈，即不敢從命。容齋隨筆謂文字潤筆自晉宋以來有之，至唐始盛。李邕作文受納餽遺至巨萬，皇甫湜爲裴度作福先寺碑，度贈車馬繒綵甚厚。湜猶以爲薄，度又酬絹九千匹。白居易作元稹墓志，謝以鞍馬綾帛玉帶，價踰六七十萬。裴均死，其子持萬縑詣韋貫之求銘。劉禹錫祭韓昌黎文云：公鼎侯銘，志隧表阡，一字之價，輦金如山。自宋以後，此風衰息矣。王弇州云：饒介之仕僞吳，求時彥作醉樵歌，以張仲簡作爲第一，高季迪次之。介之贈仲簡黃金十兩，季迪白金三斤。後承平日久，張修撰洪每爲人作一文，僅得錢五百文，尚未慊意也。戒庵漫筆云：有人求文於桑思玄悅，託以親昵無潤筆。思玄曰：吾平生未嘗白作文字，可暫將白銀一錠置吾案間，鼓吾興致，待文作完，并銀送還可也。唐子畏寅有一巨本，錄記所作文字，簿面題利市二字。都南濠穆生平至不苟取，嘗有疾，以帕裹頭，強起坐書室中。人有請其休息者，答曰：若不如此，則無人來求文字，索潤筆矣。馬懷祖嘗爲人求文字於祝枝山允明，枝山問曰：是現精神否？俗以銀錢爲精神也。馬曰：然。祝則欣然捉筆。又南窗閒筆載：陳白沙善畫梅，求之者衆。白沙戲題坐側曰：烏音人又來，人不能

問之白沙，曰：白畫白畫。衆爲絶倒。

明皇遇貴妃

唐明皇於開元二十六年冬，取楊玉環於壽邸，度爲女道士，住內太真宮。時明皇年已五十三矣。至天寶四載，冊爲貴妃，寵冠後宮者前後凡十八年。至天寶十五載，貴妃年三十有八，縊死於馬嵬坡之佛堂。明皇日夜追思，又七年始卒。以老年遇愛姬，又加韓虢秦三姨環侍左右，晝夜遊讌，觀開天遺事可見。而卒享二十餘年之樂，使其恬淡寡欲，其壽又豈止於七十八歲。

吏三十六子

近事存疑載：康熙中，江南某府吏鄭某，立心忠樸，爲郡守所信任，分外厚遇。一日升堂，呼之，見其衣服破敝，因叱之曰：我另眼看你，你爲何袍子不做，裝窮如此？吏云：吏乃真窮，非詐也。守叩問所以窮之故，吏云：小吏養子三十六人，只喫飯着衣，也要窮死。守笑問曰：如何妾之多？吏云：小吏只夫婦兩口，子皆妻子所生。守又笑問：你年紀不上四十，難道三四歲就養兒子麼？云：小吏十八歲完娶，一年一胎，子皆雙生，所以今年三十六歲，有子三十六人。守問皆存活否？云：皆現在。守命領來看，吏歸，使大兒抱幼兒，中兒攜小兒，擁擠一堂。守笑不止，取庫銀百兩賞之。申文報撫司，撫司異之，各有所贈。張丈玖述此，真異事云。

奸僧燃指

祝枝山前聞載：奸僧剖婦人乳頭以爲煉指之用，蓋割婦人乳頭之皮，包於指上，復加藥件和裹，然後燒之，則內肉了不痛也。凡燃指、煉項、燒臂、刺血之類，必皆有術，而此事亦可備訊鞫者之一知也。

籠燈傳送

四友齋叢說：明孝宗嘗問內侍云：在京各衙門官每日早起朝參，日間坐衙治事，其同年同僚與故鄉親舊，亦須宴會，那得工夫？內侍答云：惟是夜間飲酒。孝宗曰：各衙門差遣缺人，若是夜間飲酒騎馬醉歸，何處覓燈燭？今後各官飲酒回家，逐鋪皆要籠燭傳送。自是兩京皆然，雖風雪寒凜之夕，夜半呼燈，未嘗缺乏。

妓女葉子

潘之恒亘史：萬曆丁酉，冰華梅史以燕都妓女四十人配葉子，以代觥籌。東院十九人：郝筠、魏寄、李夜珠、楊娟娟、魏道蘊、郝長、王文蘭、李月仙、郭子夜、崔瓊、崔新、嘗張燕

然、崔蕤、李昭、崔長卿、陳雪箏、崔子羽、焦燕如、李十。西院四人：李燕容、屈慧若、屈文若、柳五。本司五人：陳桂、王壽、段素如、王燕如、郭狄。前門十二人：田瑤生、劉越西、左翠、馮丑、馮巧、孫真、鄭田、文錫、劉宛宛、董㛂成、吳文玉、王良、張六。梅史者，浙沈水部所托名也。聞京師妓女王雪簫爲最，而薛素素才伎過之，梅史不之及，未識何故。

記里鼓

記里鼓，又名記里車。車上有二層，皆有木人，每行一里，下層木人擊鼓一槌；行十里，上層木人擊鐲一槌。郎仁寶七修言：正德中學使嘗出以試士，舉場皆不知始於何時，創於何人。楊鐵崖有記里鼓賦，亦無時與人。而三朝志載記里車，唐元和間金忠義所作。宋天聖間內侍盧道隆又造之。及閱陳眉公書蕉，載記里鼓，劉宋高祖平姚泓所得，則知又不始於唐末矣。

宣武門書院

萬曆中，憲長吉水鄒南皋先生元標、副都三原馮少墟先生從吾，各以建言予杖去，里居講學四十年。泰昌初徵入掌憲，公暇輒會講城隍廟，僉議建書院宣武門內，城御史周公宗建董之。講堂三楹，後堂三楹，供先聖，陳禮史典律。以天啟二年十一月

開讀。至四年六月罷讀。御史倪文煥等詆爲僞學。疏曰。聚不三不四之人。說不痛不癢之話。作不淺不深之揖。喫不冷不熱之餅。乃碎碑纍於門外。毀先聖木主。焚棄經史典律于堂中。院且折矣。崇禎初。文煥等伏法。院遂以存。後禮部尚書徐光啟率西洋人湯若望借院修曆。署曰曆局。

毀碑

楊璉真伽。元僧禿賊也。毀碑刻以爲浮圖。萬世唾罵。溷水燕談錄。載景祐中姜遵守永興。奉太后旨。悉取長安漢唐碑石。以代磚甓爲浮圖。此中國讀儒書者。雖有太后旨。未聞諫止。而輒奉之。與禿賊何異。又水經。洛陽天淵池。有魏文帝九花樓殿基。悉是洛中故碑累之。又聞父老言。南京街中。亦半是六朝舊碑。又予親見長洲露臺西階石。是蕭景肤仗義英風之碑。

宋江畢四

宋徽宗時。山東賊宋江等三十六人。聚衆橫行。官軍莫敢攖其鋒。周公謹載其名贊。於癸辛雜志。又元順帝時。花山賊畢四等。亦三十六人。聚集茅山。出没無忌。官軍不能收捕。二賊相類。又皆三十六人。宋江中有一丈青。花和尚。而畢四中亦有一婦一僧。最勇健。豈真上合天罡之數耶。

京師四多

五雜組。載京師閹豎多於縉紳。婦女多於男子。倡妓多於良家。乞丐多於商賈。諺曰。天無時不風。地無時不塵。物無所不有。人無所不爲。蓋盡人間不美之俗。不良之輩。而京師皆有之。殆古之所謂陸海者。或謂不如是。不足爲京都。斯言亦近之。

蘆溝斗城

破夢閒談。蘆溝曉月。爲畿輔八景之一。崇禎三年後。風景蕭條。識者謂此畿輔咽喉。宜設兵防守。又須築城以衛兵。於是當橋之北。規里許爲斗城。局制雖小。而崇墉百雉。儼若雄關。城名拱北。二門。南曰永昌。北曰順治。椒於崇禎丁丑。特設恭將控制之。

娼家魘術

娼家魘術。在在有之。北方尤甚。客座新聞。載妓家必供白眉神。又名祆(新)神。朝夕禱之。至朔望日。用手帕蒙神首。刺神面。視子弟奸猾者。佯怒之。擲帕着子弟面。將墜於地。令拾之。則悦而無他意矣。祝枝山志怪錄。載一少年狎一娼。娼以其年少。又美且富也。趣奉甚謹。少年感之。留其家已經歲。一日偶倚樓閒望。見娼自攜一魚。以入私念何不使婢僕而必自持。因密察之。娼持魚徑入廁中。少年益怪焉。諦窺之。見娼置魚於空溺器中。頃之。又將一器物注溺器中。若水而色赤。亟前視之。乃月水也。乃大恨而別。按博物志云。月布在戶。婦人留連。註謂以月布埋戶限下。婦女入戶。則自淹留不肯去。是女可以此留男。男亦可以此留女也。又聞娼不欲接其人。則撒鹽入水投火中。其人便焦急而去矣。

劉良女

明武宗西幸。悦樂妓劉良女。遂載以歸。號曰夫人。居騰禧殿。覆以黑琉璃瓦。俗呼爲黑老婆殿。日下舊聞云。康陵南巡日。與夫人期以中途召之。夫人脫簪于帝以示信。帝騎過蘆溝亡之。大索不得。行至臨清。念夫人。召之。夫人以不見簪不往。帝不復已。兼程抵潞河。載夫人偕南。寺觀旛幢列鎮國公號。復繫以名。夫人每得並書。嘉靖初。納南京給事中王紀之言。俾盡撤去。然夫人在途。常諫帝游獵。非專以色固寵者。

官司諺語

宙載。載都下諺語云。吏科官。戶科飯。刑科紙。工科炭。兵科皁隸。禮科看。說聽。載工部居六曹後。仕進者冷局視之。嘉靖間興大工。添設部官。比曩時數倍。營繕司尤盛。郎中多至十餘員。得騾陞京堂。或有先賜四品服者。人始慕之。而爲語云。馬前雙。馬後方。督工郎。馬前雙者棍。馬後方者杌也。兵部四司諺語。見壬集二卷。

都下諺

宙載。載成化間都下諺云。韋英房。梁芳馬。尚銘銀子似磚瓦。嘉靖間都下又有諺云。滕太監房。麥太監馬。高太監金銀似磚瓦。滕名祥。御用監。麥名福。掌團營。高名忠。內宮監。監督諸工者。

平江伯

金臺紀聞。平江伯陳睿好飲涼酒。京師爲之語曰。平江不飲熱酒。怕火篩。適弘治庚申。火篩兵勢頗張。孝廟遣平江禦之。臨軒掛印。平江畏怯失措。跌而失印。孝廟不樂。尋竟以逗留削爵。

看果楮錠

今士庶有喪。靈座前皆設看果。或土或木。而飾以色。其祭享則必焚楮鏹及金銀楮錠。陶穀清異錄。載周祖靈前看果。皆雕香爲之。形色如真。則看果五代時已有之矣。唐王璵傳。載漢以來皆有瘞錢。後里俗稍以紙寓錢。璵以用之祭祀。則祭祀之焚楮錢。蓋始於興。清異錄。又載周世宗發引之日。金銀錢寶皆寓以形。而楮錢大若盞口。其印文。黃曰泉臺上寶。白曰冥遊亞寶。則金銀楮錠及錢始於唐。而盛行於五代矣。

返魂香

客座新聞。載太倉劉家河天妃僧自外歸。見鍋中湯沸。揭而視之。見二卵煮將熟。詢之。言行童於鸛巢中取者。僧命還之巢中。僕曰。卵已熟矣。還之無生理。僧曰。吾豈望其生。但免鸛之悲鳴而已。後數日忽出二雛。僧異之。令僕探其巢。見一木尺許。五綵錯雜成文。香氣馥郁。持以與僧。供之佛前。亦未之識也。後有入貢倭人。見而欲售之。僧紿之曰。此香乃三寶太監捨供天妃者。豈敢賣錢。倭强以五百金易去。後倭復入貢來訪。老僧已故矣。其徒詢所取之香何物也。倭曰。此聚窟州所出返魂香。焚之。死人之魂復返矣。

戒指

俗用金銀為銀。貫於指間。謂之戒指。按詩註。古者后妃羣妾以禮進御於君。女史書其月日。授之以鐶。以進退之。生子月辰。以金鐶退之。當御者以銀鐶進之。著於左手。既御者著於右手。又謂之手記。事無大小。記以成法。則戒指手記之名。其來久矣。

戴文進畫厄

明宣廟喜繪事。一時待詔有謝廷循、倪端、石銳、李在。皆有名。戴文進入京。衆工嫉之。一日在仁智殿呈畫。文進以得意之筆上進。第一幅是秋江獨釣圖。畫一紅袍人垂釣於水次。畫家惟紅色最難著。文進獨得古法入妙。宣廟閱之大喜。廷循從旁奏曰。此畫甚好。但大紅是朝廷品官服色。却穿此去釣魚。甚失大體。宣廟頷之。遂揮去。其餘幅不復視。

買東西

兔園冊。崇禎中思陵設遊藝堂。為涉覽文史地。有所疑。輒使中官問之詞臣。一日忽命中官問詞臣曰。今市肆交易。止言買東西。而不及南北。何也。詞臣猝無以對。輔臣周延儒曰。南方火。北方水。昏暮叩人之門戶求水火。無勿與者。此不待交易。故惟言買東西。中官以其言入奏。思陵善之。愚意東主生發。西主收斂。或取東作西成之意。書之以俟博識。

山海經

漢武帝時。外域獻獨足鶴。人以為怪。東方朔曰。此山海經所謂畢方鳥也。驗之果是。

因敕廷臣皆習山海經。按山海經伯翳著。蓋隨禹治水。撮山海之異而成書也。郭弘農注解。劉向編次作序。

娶婦用鞍

唐奚厥默啜請尚公主。詔送金縷具鞍。默啜以鞍乃塗金。非天子意。請罷和親。鴻臚卿知逢堯曰。漢法重女壻。而送鞍欲安且久。不以金為貴。默啜從之。今人家娶婦皆用鞍。與寶瓶取平安之意。其來久矣。

女官

女子為女官者。女侍中。後魏元乂妻胡氏。（一作女常侍）舜高岳母山氏。趙彥深母傅氏。南漢宮人盧瓊仙。黃瓊芝。女尚書。魏明帝選知書女子為之。使與外奏。女學士。陳後主時宮人袁大捨等。唐德宗朝貝州宋廷芬五女。若莘。（一作革）若昭。若華。若倫。若憲。明孝宗朝沈瓊蓮。女博士。宋孝武朝吳郡韓蘭英。女進士。宋孝宗時林幼玉。明武宗時林妙玉。皆以女童應識。詔賜女進士。女山人。孟光。明初女官。亦有名號。識小編載洪武元年冬。封范氏讓真為孺人。與六品誥命。

女將軍

女子為將軍者。晉瑯琊王敵起兵。以己女為貞烈將軍。悉以女人為官屬。以顧琛母孔氏為軍司馬。時年已百餘。尚能執堅破陣。又唐行營節度許叔冀。以衛州女子侯氏。滑州女子唐氏。青州女子王氏。歃血赴義。奏授為果毅將軍。陳女白頸鴉。為契丹懷化將軍。侍夫數十人。金史載繡旗女將與李全戰者。明嘉靖中。廣西女土官瓦氏率兵來吳援倭寇。天啟中石砫土司女官秦良玉勤王。他如柴紹妻平陽公主。崔寧妾浣花任夫人。又不足異也。

詐為男子

女子詐為男子而有官位者。南齊時東陽婁逞。能棊解文義。變丈夫服。仕至揚州議曹錄事。商丘木蘭代父從征。以功還。除尚書不受。唐昭義軍兵馬使國子祭酒石氏。張察妻。朔方兵馬使御史大夫孟氏。蜀女狀元司戶參軍黃崇嘏。明初保寧韓氏。從征雲南。往返七年。人無知者。

六十生子

真珠船。載隰寧張娟之女。十二歲而得男。長安劉氏之婦。六十二而育女。是珠胎之結。亦有不假天癸者。見者以為其說似誕。近聞揚州某氏。老而乏嗣。妻年六十而生一子孫族人爭疑之訟於郡守守廷鞫之商言可據當堂滴血驗僳果尅衆議方息又見金史載金之始祖函普初從高麗來年已六十餘矣居完顏部部有賢女年六十而未嫁部人以賢女許始祖始祖乃以青牛為聘禮而納之後生二男長曰烏魯次曰斡魯一女曰注思板是六十生子古亦有之未盡誣也

啟棺出女

毛鶴舫先生言康熙戊寅八月初六日杭城北關門外枯樹灣有鍾姓者婢產一女而母即死家人以無人乳育並納棺中而厝於權厝郊外至十二日農人鋤地其傍聞啼聲初疑為鬼佇聽久之乃知為嬰兒歸告其同里聞於官命啟棺出女抱置城中育嬰堂傳為異聞乃知搜神記所載漢哀帝建平四年方與女子生兒不舉瘞之陌上後三日有人過聞兒啼聲報其母掘出收養之非誣也

南無

聽雨紀談釋氏稱佛名號皆冠以南無二字宋葉少蘊云夷狄謂拜為膜穆天子傳膜拜而受已有此稱若云居南方而拜耳既譌為謨又因之為南無南摩予聞之一老儒云佛居西方西方金也至南方而無火尅金也又云釋氏稱比丘比丘尼者皆

冒吾先聖名字耳說亦有理

美髯

世傳美髯者多不得其死雲長茂先往往而驗謝靈運臨刑捨其鬚裝瓦棺寺維摩詰像王僧辨子頠為父報仇發陳武帝陵焚其屍見鬚皆不落其本出自骨中豈鬚美者殃猶為崇耶

盤飣山水

紫桃軒雜綴唐有淨尼出奇思以盤飣簇成山水每器占輞川圖中一景人多愛玩至腐臭不忍食又吳越底里孫承祐者豪奢拉俗用龍腦煎酥製小樣驪山水竹屋宇橋梁人物纖悉具備戊寅春鶴舞橋賽神以甘蔗一百二十餘根疊成山水以粉為人物做常遇春奪采石磯高七八尺貯大銅盤中遠近聚觀以為異及己卯春聖駕臨吳有人以剝白胡桃壘成假山一座路徑曲折人物參差刻冰鏤脂之技至此而無出其右矣

雞地草

記事珠載兔林國有雞地草人以藉足不步而行達磨見梁武去來自由以有此草也其葉如蘆故傳踏蘆渡江

酒籌

古人飲酒擊博其箭以牙為之長五寸箭頭刻鶴形謂之六鶴齊飛今牙籌亦其遺意唐人詩云城頭稚子傳花枝席上搏拳握松子則今人催花猜拳唐時已有之矣

優鉢羅花

紫桃軒又綴北京禮部儀制司有優鉢羅花即金蓮花開時適四月八日至冬結實如鬼蓮蓬脫去其衣中有金色佛一尊廣東嘉州有優鉢羅花歌

堅瓠廣集卷一終

堅瓠廣集卷之二目錄

天府陸海　吏員膴仕
木毬使者　鬍龍
銀化鶴　錢臨江斷鶩
王文安前因　頭飛異飲
雞鳴度關　通州異卵
打花鵓　五色鹽
四后殺韓　舉人服鬪
吏以恩酬怨　悔失兩元
韋馱顯聖　神揉賢帥
貓牛畫眉忌　飲酒有定數
酒乃天祿　曾陳优善飲
人為物精　皋比
胡顏　章禮胃籍

太子廟　斷田歸岳
人烏同情　螢火
白烏　天眼地皮
周白地馬踏荒　針生眼
炮肉酒樹　盤石異影
男子乳生潼　顧姑冠
虎變美婦　人形參
五曲江　浮錫
口戲　蟲戲
剎　腹氣
雍門　狗腳豬腸
銅雀臺瓦　諸于繡䘿
中幕厠牏　祭賽
秀才襴衫　秀才儒巾
三孟三白　題詩寬比
花蕊夫人　妓女慧口
妬婦戒　永嘉虎
揹腿篇

堅瓠廣集卷之二

清　長洲石農褚人穫學稼纂輯

天府陸海

淮南子注神農明堂曰天府謂可以建都之地也戰國策蘇秦說燕文侯曰燕地方千里帶甲數十萬南有碣石鴈門之饒北有棗栗之利此所謂天府也三國志諸葛亮云蜀沃野千里天府之土南陽志鄧州舟車輳泊之地稱陸海然則稱天府陸海者不獨關中也

吏員膴仕

真珠船載國朝由吏員躋膴仕者若靖安況鍾蘇州知府南昌熊尚初泉州知府高安賈信廉州知府吳縣平思忠陝西參政江西楊晴習交趾按察使南寧劉歐刑部侍郎江陰劉本道戶部侍郎歐陽單安仁清苑李友直並工部尚書德慶李質刑部尚書吳縣滕德懋江陰徐晞並兵部尚書南昌萬祺工部尚書太子少保刀筆之流孰謂無人〇郭邑蔚能光祿寺卿閩縣吳復工部尚書

木毬使者

涿水亭雜識載京師功德寺有木毬使者按宋張世南宦游紀聞載雪峯寺僧義存於唐懿宗咸通十一年開山創寺乾符二年賜號真覺禪師寺有木毬相傳當真覺役使呼僕延客毬自往來嘉泰間寺災毬滾入池中得不壞又帝京景物略載功德寺止存破屋數間供一木毬施以丹堊相傳寺初興時板蒼禪師能役是毬毬大如斗不脛而走逢人躍繫如首稽叩入侯門戚里募金無不立應人目為木毬使者

髯龍

異識資諧關雲長公美髭髯內一髯長二尺餘色如漆索而勁若自震動必有大征戰公在襄陽時夜夢一青衣神辭曰我烏龍也久附君身以壯威武今君事去矣我先往語畢化為烏龍駕雲而去公寤而怪之夜走麥城與吳兵對天曙捋髯失其長者公始寤前夢辭去者是髯也未幾遂有臨沮之變至晉太始元年吳城大旱祈雨無驗有司夢烏衣神自稱髯龍能為我立廟當致雨以救民有司焚香告許至午果雨雨霽淡雲中烏龍現身有司遂為創祠掘土得一長髯意即龍也因以塑於頸中題其廟曰髯龍廟

銀化鶴

金陵瑣事洪武乙卯南畿御庫銀每錠重數百斤忽三錠化三白鶴穿庫飛出莫知所往有一書生見一白鶴飛入地中異焉標記其地而去明早尋標掘土尺餘見白金一錠大不能舉約十八人並力舉之上有廣積字眾分不得以聞於官官以上聞上曰此銀已失三塊此塊天賜儒生者也即命賜之其同掘者命給傭雇錢而已

錢臨江斷鵞

萬歷中錢若賡守臨江多異政有鄉人持鵞入市寄店中他往還索鵞店主賴之云群鵞我鵞耳鄉人訟於郡公令人取店中鵞計四隻各以一紙給筆硯分四處令其供狀人無不驚訝已退食使人問鵞供狀否答曰未少頃出下堂視之曰狀已供矣因指一鵞曰此鄉人鵞蓋鄉人鵞食野草糞色青店鵞食穀粟糞色黃店主伏罪

王文安前因

順治辛卯春宋既庭先生實穎初入都門海寧陳宗伯之遴延請署中適是日為王文安公鐸餞行文公儀表俊偉學問淵博座中如孫北海承澤陳百史名夏先生皆以前輩禮事之文公因自言吾五百年前身為宋蔡忠惠公襄與歐陽文忠公最契頗以文章自矜止以生前得罪英宗死後冥司罰入餓鬼道中五百年並無拘禁只是眼不見物一日徧地光明飲食飽滿則陽世高僧放水燈功德也入明朝二百餘年始降生河南王氏因饑餓日久故飲食滔滔樂不可言倘赴人宴會物品無不吹盡今雖老矣食量尚能兼數十人也凡門生出仕必囑其建餤口一筵以資冥福

頭飛異飲

古賦有異飲頭飛之國句又元詩人陳孚留使安南其紀事詩曰異飲如瓴甋頭飛似蟣蠓蓋言土人能異飲者有頭能夜飛於海者食魚曉復歸身又嬴蟲集載老撾國人異飲水漿頭飛食魚異飲七修載汪海雲亦巢偶記載一講經僧能之頭飛則怪也星槎勝覽云占城國有之皆婦人也以無瞳神為異必須報官睡熟則其頭飛去食人糞不動其身至曉則飛歸與頭胞合如故若人固封其頸或移其身則死矣此亦天地間至怪之事而竟有之乃有少所見多所怪者亦可鄙矣

雞鳴度關

博物志燕太子丹質於秦逃到關關門不開丹為雞鳴於是眾雞悉鳴遂開關丹遂歸今人但知孟嘗君事故錄之

通州異卵

説圃識餘嘉靖六年通州西北海嘯平地水高丈餘漂沒不可勝計三日水退海濱

遺一卵甚巨。鄉氏朱鶴篆之上岸。堅滑如玉。令石工剖之。厚尺二。黃白與雞卵同。其狼藉者尚存一二塊。以油煮之。味甚美。知州某取其殼以盛水。洪至殼口而不溢。一殼在朱鶴家。後賣於山西鹽商。得銀半鎰。終不識為何物。

打花轎

康熙壬寅。毘陵南門內諸生蔣某。於二月上旬為子娶婦。忽有閭里惡少數人。蜂擁入堂。欲看新人。主人拒之。即撳翻花轎。打散燈火。并碎器皿什物。舉家驚駭。惟有護視轎中新人而已。明日呈於府。羣小巫來輸服。主人唯唯。城中搢紳以羣凶驚繡幕之紅綵。鬧洞房之花燭。不逞之風。漸不可長。公請府公痛懲之。

五色鹽

郭璞鹽賦曰。爛然若霞。紅鹽也。蔡邕曰。江南有勝雪白鹽。淮浙食鹽是也。太白少陵詩稱水晶鹽。今環慶之間。鹽池所產如骰子塊。瑩然明徹。蓋水晶鹽也。藥中所用青鹽。續漢書云。天竺國產黃鹽黑鹽。道書又有紫鹽。謂戎鹽也。甘肅寧夏有青黃紅三種生池中。高昌有赤鹽。安息國出五色鹽。

四后殺韓

漢韓信為呂后所殺。周韓通為宋杜后所殺。韓侂胄為楊后所殺。韓震為謝后所殺。四人皆將相。而皆死於婦人之手。然而侂胄宜殺也。惟韓信之死最冤。故未央宮中草。至後尚有血色。亦以表異也。

舉人服闋

漱石閒談。長洲皇甫錄。號近峯。仕禮部儀制司正郎。弘治壬戌會試。將入簾。有江西舉人王萱者。到部投牒。皇甫問其來遲之故。王曰。舉人以服闋之故來遲耳。闋誤作癸。皇甫笑曰。爾字尚不識。何以會試為哉。王慚沮而出。及揭曉。而王竟登第。除授黃門。皇甫陞順慶太守。王適差按其地。相見間。即曰我固不識字之舉人也。於是摭拾其過而劾之。皇甫竟致仕歸。

吏以恩酬怨

昔有御史以事責罰一吏。吏告免。偶曰人生何處不相逢。御史怒曰。是何言之不倫耶。我之於爾。懸猶天壤。何以相逢為哉。重加責決。後御史得罪。縲絏於鎮撫司獄。一吏日具酒肴來款。禮貌甚恭。問之則微笑而已。又曰人生何處不相逢。御史偶省前吏所言。扣之。即其人也。於是愧謝悔恨。遂成莫逆。御史後起遷。吏適為其屬。寵多所

堅瓠廣集　卷二　三

倚仗云。

悔失兩元

鍾伯敬先生尊人。在毘陵作教。往省之。陳伯玉先生組綬慕其名。往謁。請教。伯敬待之禮儀簡略。去後。伯敬曰。秀才宜閉戶讀書。鑽刺何為。及到吳門。文啟美震亨有詩名。伯敬往拜之。啟美開宴邀酌。文湛公在座奉陪。時文起以孝廉九次會試矣。席間亦以文請教。云尚可僥倖否。伯敬唯唯。勉對。退謂人曰。如此老舉人。尚何所望。進一官以終其身可也。既而伯玉辛酉冠南都。文起壬戌魁天下。伯敬始悔。至江南輕慢兩元。慚悔不安。人之不可傲慢如此。

韋馱顯聖

德藏寺僧真諦。人愨騃而恪守戒律。弟為寺中樵汲。楊連真伽來寓寺中。聲言發夭女等墓。意在雲間陸左丞愛女。及朱提舉夫人。皆以美色夭死。用水銀殮。下令及二墓。五鼓肩輿發衆出寺。真諦怒。忽起掣韋馱木杵。奮擊楊。命擒之。衆雖數百。披靡不能拒。真諦於衆中。超躍踰尋丈。若隼擊虎騰。飛捷非人力可到。一時燈炬皆滅。钁鋤畚鍤皆為毀壞。楊大懼。謂是韋馱顯聖。遂不敢往發。鼓柁率衆而去。亦不敢問誰僧。後二年。真諦行腳秦隴。不知所在。

堅瓠廣集　卷二　四

神救賢紳

太倉張受先先生采。平日最怒佛。成進士。令臨川。有聲。其治行為先帝所知。以復社不復起用。太倉之俗。豪奴皆為衙役。表裏橫行。毋州守至。受先率諸鄉紳。飭告以嚴束衙役。為若輩所積恨。鼎革時。諸人擒入教場。毒毆而斃。人散去。一僧負之入菴。臥於韋馱之前。多方救之得甦。藏之菴中。久得逃去。平日怒佛。而救其命者乃一偶像。豈非先生之正直有以感之歟。先是婁東有降箕者。忽書云。後日賢紳被難。須着城隍救護。是日受先被毆時。見有朱衣者以一網覆身。甦而得復以穌。亦異事也。

猫牛畫眉忌

北人云。猫不過揚子江。言猫過金山。則不復捕鼠。厭者至金山。剪一紙猫投水。則不忌。南人云。牛不可過嘉興金牛橋。過者即死。厭者牽之涉水而渡。則不忌。又畫眉不可從平望畫眉橋下過。過則不復鳴。厭者必攜籠從橋上過。則不忌。

飲酒有定數

酒有別腸。非可演習而能。傳記載元載聞酒即醉。一人取針挑其鼻間。出一小蟲。曰

此酒魔也出之能飲試之米飲至二斗七修載南陽胡長孺素不能飲夢神授以酒藥一丸吞之遂日飲數百盃不醉又學圃識餘載浙有儒生夜宿神廟神留飲生辭以素性不飲神乃命吏取生文簿驗之果無酒腸取朱筆於簿所圖形像為畫酒腸一條命第飲此生在席飲至一壺不醉後遂能飲乃知酒量實天所定不可強也

酒乃天祿

石林燕語載王審琦微時與宋藝祖善後以佐命功情好尤密性不能飲每會燕太祖舉盃祝曰審琦布衣之舊方共享富貴酒乃天祿何惜不賜飲耶祝畢顧審琦曰第試飲之審琦不得已飲盡無苦自是侍宴即能飲退還私第則如初矣

曾陳侊善飲

永樂朝有夷使善飲舉朝無能勝者或言曾學士棨成祖遂召與飲竟日夷使已醉而棨穆然無酒容成祖聞之曰只這酒量亦堪作我朝狀元七修載宣德陳敬宗性善飲一日召安南使內侍鑄銅人如公軀幹雖指爪中皆空虛者如其飲注銅人中內侍報曰銅人已滿遂使歸令內侍隨其後以觀至家散堂復與內侍飲焉又孝宗朝藍州侊武人輸粟入京師時西陵侯稱善飲人有言武人可以為敵遂召與飲初

堅瓠廣集　卷二　五

冬新醅方熟共有二缸對飲一缸盡西陵不復知人事矣武人暢懷自酌復罄一缸真可謂酒有別腸者也

人為物精

人有為物之精者妲己雉精郭璞鼉精杜元凱李公垂蔡君謨陳升之米元章皆蛇精至升之產時母於卧具下得大蛇一條為尤異集異記載隋煬帝為鼠精北夢瑣言載歸尚書登為龜精浴時人見巨龜沫水又載鄭愚為猪精千秋金鑑錄載安祿山夸堅志載岳武穆皆猪精葉法善謂張果老為蝙蝠精宋稗內鈔載盛勛為鯉魚精又載楊戩為蝦蟇精聞見卮言載嘉靖中內臣王升亦蝦蟇精金鑑錄又載史思明為鶻鳥精楊貴妃為白鸚精指爪純赤宋高僧傳載李克用黑龍精談圃載鄭獬亦龍精雜記載朱全忠青鄭白額虎精韓世忠亦虎精王建白兔精吳越備史錢武肅王蜥蜴精湖州牧高澧夜叉精

皐比

樂記倒載干戈包以虎皮名曰建櫜字或作建皐左傳莊公十年公子偃自雩門竊皐比而犯註皐比虎皮也宋名臣言行錄張横渠先生在京座虎皮說易蓋以虎皮為講席也二程至先生撤去虎皮朱晦翁贊之曰勇撤皐比一變至道按唐戴叔倫禪寺讀書詩猊座翻蕭索皐比喜接連則以皐比為講席唐世已然矣比頻脂切

胡顏

曹子建上責躬詩表忍垢苟全則犯詩人胡顏之譏李善註即胡不遄死之義尚書傳胡何也毛詩曰何顏而不速死也殷仲文表臣亦胡顏之厚北史論茂正表動不由仁胡顏之甚杜少陵詩胡顏入篋笥黃滔景陽井賦誠乖馭朽舉素綆以胡顏

章禮冒籍

稽山章禮始為諸生後棄之走燕得入試主司甫閱卷有巨蟹鼓甲而前主司異之遂寘第一衆以章冒籍交攻之事聞世廟問瑞何謂冒籍瑞對曰各省士子以順天籍獲儁者名為冒世廟曰普天下都是我的秀才何得言冒是年試題舜有臣五人而天下治世廟閱章卷詰主司曰此卷何以宜冠多士對曰各卷但言五人之賢惟此卷先發大聖如舜原足治天下而又得五臣所以天下益歸於治深得尊君之意允宜首薦世廟大喜冒禁遂寢

太子廟

堅瓠廣集　卷二　六

真珠船載陝西會城糖方街有太子廟所祀乃唐張巡廟碑謂唐嘗贈巡為通真三太子考之唐書及他書記咸無其說且人臣未聞以太子為贈者本傳巡開元末擢進士由太子通事舍人出為清河令意者因銜中太子字遂訛有茲稱

斷田歸岳

翰山日記辛元龍尉京邑時万侯高之孫與岳武穆家爭田歲久不決府委元龍斷積案如山元龍並不省視即判云岳武穆一代忠臣万侯高助檜逆賊雖籍其家不足以謝天下尚敢與岳氏爭田乎田歸於岳券畀於火合邑稱快

人鳥同情

世道青天白日和風慶雲不特人多喜色即鳥鵲亦多好音若暴風怒雨疾雷閃電人皆閉戶鳥亦投林乖戾之感至於如此故君子處世當以太和元氣為主不可過於嚴刻也

螢火

或問汪上輔先生螢何以能明答曰此火之類也夫能明於天地間者日與火而已日明於晝火明於夜日與火之外其自為光而能明者惟螢其他皆假光於日者也

月假光於日。故有盈虧。星假光於日。故不晝見。諸如物類。若鏡若水。亦假光於日者。故置之暗室而不能自見。而螢獨不然。以是知為火之類也。蓋火生於木。先王鑽燧以取之。草亦木之屬也。其質微不能勝鑽。而有火之性。當其腐也。質盡而火性則存。故化而為螢也。以其為火之類。故亦明於夜乎。今夫天地之有日與火也。人身亦然。有君火焉。有相火焉。君火旺於晝。相火旺於夜。理亦如是耳。

白鳥

雲南謂蚊為白鳥。琅湖多蚊。而寶珠寺獨無。梁元帝金樓子云。荊州高齋無白鳥。蓋謂荊州李姥浦無蚊也。吾蘇沙盆潭亦無蚊。揚州廣陵驛對岸一店。屋三間絕無蚊。而屋外天井不勝其多。祝理美言海昌津宮前亦無蚊。○李肇國史補。江南有蚊母鳥。夏月夜鳴。吐蚊於叢葦間。天都載江東有蚊母鳥。生池澤蘆中。形類鶗而大。黃白雜文。鳴如鴿。每鳴吐蚊一六升。楊升菴集云。滇南有蚊母鳥。即鷂鳥。吐蚊特多。因作逐鷂文。此禽化也。宋景濂集云。江南有孑孓生汚水中。好屈伸水上。見人泳去。久則變為蚊。此蟲化也。塞北有蚊母草。草茂而蚊變。嶺南有蚊子木。實為蘆橘。熟則皮綻蚊出。實空桐下所然。江南有蚊樹。類枇杷。皮裂蚊從中出。此草木化也。

天眼地皮

洪武中。福建按察陶鑄字垕仲。清介自律。時布政薛大方貪暴自肆。垕仲劾之。大方詞連垕仲。至京事既白。大方得罪。垕仲還官。閩人語曰。垕仲再來天開眼。大方不去地無皮。成弘間黃州知府盧濬字希哲。守己愛民。得罪上司去職。曹濂繼之。貪暴自恣。兩經考察。皆得斡全。時有盧濬不來天沒眼。曹濂重到地無皮之謠。吾蘇祖將軍回旗。韓撫久任。有改前句者云。祖將撤回天有眼。韓都久任地無皮。則天眼地皮之對。古今已三見矣。然吾蘇當南北衝要。大兵往來。日無寧宇。韓公在任。遇往兵丁不至騷擾。即祖將在蘇三年。兵亦不敢放恣。至撤回日。人民變懼。而兩三日間安然啟行。不可謂非韓公之力也。

周白地馬踏荒

正統初。周文襄忱初撫南畿。美化未孚。歲適不登。人譏之曰。周白地。文襄聞之笑曰。今年叫我周白地。明年教汝米鋪地。治未踰年。粟米盈羨。價止二錢一担。康熙庚戌馬公祐巡撫吳地。諸事休息。人蒙其福。但七年之間。五遭水旱蟲災。人以馬踏荒譏之。丙辰六月二十三日卒於任。今廟祀之。

蚌生眼

戒菴漫筆載。正統中。江西童謠云。若要江西反。除非蚌生眼。後城中小兒以蚌殼磨穿。貫指為戲。雖官府禁之不止。果有宸濠之亂。又濠舉逆日。霹靂大震。蒼蠅無數集其頭上。行至江中。見風不利。欲回舟。問此何地。舟人對曰黃石磯。濠聽之以音協王失機。怒斬舟人。未幾即被擒。

麪肉酒樹

麪樹則南中桄榔也。桄榔樹大者出麪百斛。又交趾望縣槙樹皮中有如白米屑者。似麪可作餅。又蜀志。莎木峰頭生葉出麪。一樹可得石許。今蕨草亦有粉。可作餅餌。肉樹出五臺山。其形如桃。質如玉。煮一滾。壓去水。食之味如猪肉。又端溪亦有肉樹。酒樹則椰也。椰似酒。味甘而薄。枸樓國仙漿亦取之樹腹中。又青田核以水貯之。少頃成酒。乃真酒樹也。

盤石異影

獅山掌錄。元和中。內庫一盤。四周物象。逐時變更。如辰時。花草間皆龍戲。巳則為蛇。午則成馬。滾者立者盡態極妍。他物亦然。號十二時盤。天都載。祁門謝方伯豐。得一石子。晴則中現鼠形。歷十二時變現不爽。

男子乳生湩

後漢李善。本南陽李元蒼頭。元家疾疫相繼死。惟有孤兒續始生數旬。奴婢欲殺續分財。善潛負續逃。親自哺養。乳為生湩。唐元德秀兄子襁褓喪親。無資得乳媼。乃自乳之。數日湩流。能食乃絕。後山談叢。壽之善鄉吏舉乳流湩如乳婦。

顧姑冠

蒙韃備錄。凡諸臣正室則有顧姑冠。用鐵絲結成。如竹夫人。長三寸許。飾以紅青錦繡。或珠玉。草木子云。元朝后妃及大臣之妻皆帶姑姑。高圓二尺許。用紅羅蓋。唐金步搖冠之遺制。輟耕錄。翰林學士承旨阿目茄八剌帶罟罟娘子十五人。聶碧窗胡婦詩。有爭捲珠簾看固姑句。註見乙集。顧姑姑姑罟罟固姑。蓋其音無定字。實一物也。

虎變美婦

潞安誌載。屯縣崔韜之任祥符。道過獍亭。夜宿孤館。見一虎入門。韜滑避梁上。虎脫皮變美婦。即枕皮睡。韜下取皮投井中。婦醒失皮。向韜索之。韜佯不知。因納為妻。抵任生二子一女。及官滿復過獍亭。談及往事。婦問皮安在。韜從井中取出。婦披之復成虎咆哮而去。錢塘瞿祐有詩云：旅館相逢不偶然，人間自有惡姻緣。書生膽色何輕命，四載眞成抱虎眠。

人形參

隋時上黨某宅後，夜有呼聲，索之不見。去家里許，得人參一株，根如人形，掘之，其聲遂絕。或以為瑞，或為草妖。果會寔應解曰：春秋運斗樞，搖光散為人參。圖經云：參如人形者，陽道皆具，能作兒啼，則有形有聲，亦參之常，不可為妖，亦不得為瑞。故老言：得參如人形者，食之頃刻飛昇，但不易得耳。

五曲江

枚乘七發，觀濤於廣陵之曲江。今陝西會城東南有曲江，乃司馬相如賦所謂臨曲江之隑州者也。廣東韶州府城北亦有曲江，因以名縣。唐張九齡為縣令，故稱張曲江。又江西豐城縣東北十里，雲南臨安府東北九十里，亦皆有曲江。

浮筠

禮記言玉之德曰孚尹旁達。楊升菴云：古註孚尹者，浮筠也，言玉之澤如竹膜之膩，如女膚之滑也。與今註不同。元稹出門行琢商人採玉事，求之果如言，剖則浮筠膩。騏駼千萬雙，鴛鴦七十二。浮筠用古註也。古註今廢不用，故罕知之。

口戲

俞君宣先生玩綺挑燈集異載：萬曆乙卯，見于京師。與客夜坐，僕子呼一口戲者至。頃之，忽聞壁後鼓樂喧闐，繼而微聞犬吠聲，由遠漸近，須臾衆犬爭食，廚人呼叱之狀。又頃則雞鳴聲漸且曉，雞亂喝，主人開籠，宛然母雞呼子，雌雄相引而出。忽鵞鴨驚鳴，與雞聲鬨和，恍如從蔡州城下過也。頃之又聞三四月小兒啼聲，父呼其母令乳之，兒復含乳而啼，已而咂咂作吸乳聲。聞者無不絕倒。○予師周德新先生善於屏後演操，自撫軍初下教場放砲，至比試武藝，叙倭獻俘，放砲起身，各人聲音無不酷肖。近陸瑞白亦能口戲，善作釘碗聲，及羣猪奪食，又善作僧道水陸道場鐃鈸聲，大鐃小鈸，雜以螺鼓，無不合節，聽者忘倦。

蟲戲

尚書故實載有術者，以二刺蝟對打，既合節奏，又中章程。輟耕錄載杭州有弄百禽者，蓄龜七枚，大小凡七等，置龜几上，擊鼓以使之，則最大者先至几心伏定，第二等者從而登之背，直至第七等最小者登第六等之背，乃豎身直伸其尾向上，宛如小塔狀，謂之烏龜疊塔。又見術者蓄蝦蟆九枚，先置小椅東於席中，最大者乃踞坐之，餘八小者乃左右對列。大者作一聲，衆亦作一聲；大者作數聲，衆亦作數聲。既而小者一一至大者前，點首作聲，如作禮狀而退，謂之蝦蟆說法。又王兆雲湖海搜奇載：京師教坊有以赤黑蟻子列陣，能合鼓進金退之節，無一混淆者。乃知鳥銜牌，龜算命，鼠跳圈，猴做戲，又不足異也。

刹

刹，韻會以為佛寺。眞珠船引王簡棲頭陀寺碑：列刹相望。李周翰註：列刹，佛塔也。又崇基表刹，劉良註：刹，塔也。南史虞愿傳：以孝武莊嚴刹七層，帝欲起十層，不可立，分為兩刹，各五層。劉孝儀平等刹下銘：惟茲寶塔，妙跡可傳。又云：亘如神刹，耿介凌烟。梁簡文帝答同泰寺立刹啟：寶塔大飛。宋之問登慈恩寺浮圖詩：鳳刹侵雲半。歷詳前說，刹為佛塔無疑。說文又解為柱。釋氏要覽：刹，梵云刹瑟，此云竿，即幡柱也。沙門得道者，便當建幡告四遠。

腋氣

洪芻香譜：金磾香，洞冥記：金日磾入侍，欲衣服香潔，變胡虜之氣，自合此香。則知今謂腋氣為狐臭，狐當作胡。故千金方論云：有天生胡臭，有為人所染臭者。教坊記：范漢女大娘子，亦是竿木家，開元二十一年出內，有姿媚而微慍羝。慍羝，腋氣也。奇効良方：治腋氣用蒸餅一枚，劈作兩片，摻蜜陀僧細末一錢許，急挾在腋下，略睡少時，候冷棄之。如一腋止用一半。眞珠船云：葉元方平生苦此疾，偶得此方，用一次遂絕根。錄之以傳，願天下人絕此病根。

雍門

戰國策：孫子謂田忌曰：使輕車銳騎衝雍門。註：雍，齊西門。桓譚新論：雍門周鼓琴，孟嘗君欷歔而就之。博物志：韓娥東之齊，遺雍門，鬻歌假食而去，餘響遶梁，三日不絕，故雍門人至今善歌。長安志：長安故城西面三門，北曰雍門。是齊秦皆有雍門。又為人姓。今讀雍字為平聲，非也。

狗脚猪腸

洪容齋銅雀瓦硯銘云：元魏之東，狗脚于鄴，吁其瓦存，亦禪千劫。按高澄侍宴，以大觴屬孝靜帝，帝不勝忿曰：自古無不亡之國，朕亦何用生為。澄怒曰：朕朕狗脚朕。狗脚朕可對猪腸兒。侯景罵韓軌嘬猪腸兒。

銅雀臺瓦

銅雀硯，曹操臺瓦。楊升菴云：銅雀臺瓦不可得，宋人所收，乃高歡避暑宫米井臺香姜閣瓦也。洪容齋銘可證。余得一瓦硯，上有香姜字。人見京師人家藏一瓦，有元象字。元象，北魏孝靜帝年號也。

諸于繡𧝓

後漢書光武紀：更始諸將服婦人衣，諸于繡𧝓。註：諸于，大掖衣也；繡𧝓，半臂也。𧝓，續漢書作䙅（其物反）。楊升菴云：酉陽雜俎盜俠類有單練䙅之說，練䙅與繡𧝓同一類也。𧝓疑半臂羽衣，故字从髟。漢書作䙅，酉陽雜俎作䙅，寫有繁省也。

中帬廁牏

漢書石奮傳：取親中帬廁牏，身自浣洒。蘇林云：牏音投。晉灼云：世謂反門小袖衫為侯牏。顏師古云：中帬，若今中衣；廁牏，若今汗衫也。胡承之按：賈逵解周官云：牏，行清也。孟康云：廁，行清；牏，中受糞函者也。賈、孟皆在晉前，去班固為近，說必有受。且詳廁牏字義，必非衣服類。青箱雜記亦以牏為溷。

祭賽

晉書：庾亮病大困，戴洋曰：昔蘇峻時，公于白石祠中祈福，許賽其牛，至今未償，故為此鬼所苦。亮曰：有之，君是神人也。因知今人許賽猪羊，其來久矣。

秀才襴衫

明初秀才襴衫，前後用飛魚補，騎驢有傘，絹用青色，止一圓門，斗隨之。後因秀才醉臥道旁，高皇見之大怒曰：此命服也，污瀆如此！今以後秀才居常出入，不用襴衫，止許常服。

秀才儒巾

秀才儒巾，高皇欲製一雅式者為令，屢進其式，俱不當意，遂揮之地，跌綺，馬皇后曰：如此正好。高皇因依此樣頒天下。居常則戴方巾，名四方平定巾。嘉靖初作青羅巾，稱程子玉臺巾。製桑悅作詩云：一幅青羅四褶成，無因長冒玉臺名。若從白七輩中過，只少三根孔雀翎。蓋皂隸帽插孔雀尾，故云。明季復社濫觴，方巾甚高，人口號曰：頭頂一箇書櫥，手帶一串念珠，槿擺一部四書，口內只說天如、天如。張溥號。

三孟三白

吾郡先達顧嚴叟先生宗孟、姚現聞先生希孟、文湛持先生震孟，皆以文章節義砥

礪一時。又范長白先生允臨、陳古白先生元素，及雲間董思白先生其昌，皆工臨池，蜚聲名於世。崇禎中，諸先生相繼死亡，惟范長白先生獨存。時為對曰：顧宗孟、姚希孟、文震孟，三孟俱亡，莫非命也；董思白、陳古白、范長白，一白難存，亦白殆哉。

題詩寓比

蘭谿章某，以拖欠錢糧，為縣令所拘繫，夜不能寐，題詩獄壁云：昨數魚梯一二三四五，惟有獄中人聲聲聽得。後為縣令所見，問而知章所避，且知其為文懿公之後，即日破械出之，寬其追比。

花蕊夫人

諸書所載花蕊夫人有三：一為蜀王建妾。建納徐耕二女，長為翊聖賢妃，次淑妃，號花蕊夫人。賢妃生衍，二徐皆能詩，從衍遊燕，淫亂亡國。莊宗平蜀，二徐隨衍入唐，半途遇害。及孟氏有蜀，傳至昶，則又有花蕊夫人，作宮詞者。較云夫人徐匡璋女，昶拜貴妃，或以為費氏，則誤矣。詩人王屑等載誤云姓費，蜀之青城人，以才色事昶，號花蕊夫人。宋下西蜀，而夫人隨昶歸中國，入汴時題葭萌驛壁云：初離蜀道心將碎，離恨綿綿，春日如年，馬上時時聞杜鵑。詞未畢，軍騎催行，遂止半闋。後有人續之云：三千宮女皆花貌，妾最嬋娟。此去朝天，只恐君王寵愛偏。昶至宋，召夫人入宮，而昶遂死。太祖以蜀亡問夫人，答詩云：君王城上竪降旗，妾在深宮那得知。十四萬人齊解甲，更無一箇是男兒。太祖寵愛之。夫人心思憶昶，因自畫昶像以祀。太祖見而詰之，詭稱張仙。後輸織室，以羅腸死。織闕山叢談云：夫人入宮，為陵感之，常遣毒，僕為患，不能遂。太宗在晉邸時，數諫曰陵而未克去。一日從上獵苑中，夫人在側，晉邸方調弓矢，引滿擬走獸，忽回射夫人而死。一為南唐李煜之妃，閩人王某女。煜降宋，妃入宮，太祖嬖之，號為小花蕊。一日遊苑中，使奉晉王酒，晉王故不飲，曰：必得夫人手摘一花來，乃飲。太祖命之，甫至樹下，晉王從後射殺之。太祖歡飲如故。拔園雜記云：小花蕊，南唐宮人，墓在閩之崇安。但既入宋，死後未必發葬閩地，恐崇安之墓陵公或訛傳耳。

妓女慧口

吳妓張好好，婉麗且慧。一日人挾之遊，客杜君者見，即誚曰：他老便老也，是箇小娘。杜本無髭，借太醫院籍入貲為吏目，張應聲曰：你小便小也，是箇老爺。眾皆散笑（一）。錢牧齋初娶柳如是，謂之曰：吾愛你烏個頭髮白個肉。柳如是曰：吾亦愛你，牧齋曰

髮吞什麽倒如是曰吾愛作白箇頭髮黑箇圈衆為之絕倒

妬婦戒

明東衛劉指揮疾卒無子其妻陳請乞照例給養高皇問曰汝夫死年幾何曰五十又問有妾否對曰無高皇怒曰汝夫以百戰得官欲以富貴貽後人年至五十尚不蓄妾非由汝妬而何朕不欲斬汝念汝夫之功勞着光祿寺給漆碗木杖日令乞丐於功臣之家以為妬婦之戒又藝林學山載開平王常遇春妻甚妬高皇賜侍女開平悅其手妻即斷之開平憤且懼入朝而色不怡高皇詰之再三始具對高皇笑曰此小事耳再賜何妨比飲酒寬懷密令校尉至開平第誅其妻支解之各以一齋賜羣臣題曰悍婦之肉開平大驚謝歸怖悦累日更賜美女數人此事比前更快

永嘉虎

異識資諧永嘉山下有虎逐人其人登大樹而虎守其下忽張文忠孚敬母娠懷文忠自母家歸天微雨想坐虎脊上復取履在虎皮上擦泥樹上人見之膽落已而人羣至虎去其人始下追問張母何由坐虎脊張母曰巨石也次日屬人察樹下何巨石之有已而生文忠俊相世廟

指環篇

永春潘英奴美如仙姝父母擇配未諧同安苗德純販茶主潘家生美姿容已娶二年嫌妻貌陋詐言未配英奴窺之時露半面或全身一日捐紙方寸外包油紙置飯内苗得之開視有詩曰天生一對兩嬋然司馬文君宿世緣欲遣中書傳好信幾回未易到君邊是夜潛至卧邸告以宜遂琴瑟苗魂飛神蕩以求歡合英奴堅拒曰聘幣未將不可苟就以金指環與生囑曰幸勿爽約憑此為信禮拜而退苗還出息欲聘英奴無媒未果遷延半載父命發布鳳陽時沙縣鄧茂七擾亂苗四載不得歸景泰三年道路始通苗歸探潘家英奴已嫁林氏矣苗以貨綵為由訪宿林家英奴潛書鷓鴣天貽生云欲待鴛幃奉枕衾誰知薄倖苦相侵移花却向他人主狂蝶無情莫再尋君負信妾傷心魚沉雁杳悄無音如今追憶前時話剩得潸然淚滿襟苗見之鬱鬱而歸及再娶姚氏容貌更不如前妻想念益深友人為作指環篇以譏之曰金指環金指環看汝徒辛酸猶記相攜處羅帶結同歡態濃語巧美無極未行雲雨情先密好懷豁然開驀地退覩覷撩人嬌思撥不平一團和氣逈春晴廣寒嫦娥初會遇又如君瑞見鶯鶯自別佳人冰雪面寤思寐想深相戀千山萬水阻塵氛歸鴻難托叙生忿指環本黄金解暗注意深安知物理多遷變似此堅固能倍心因叙指環事勸人夫與婦赤繩繫足親何必輕拋負苗生本期得芳妍豈知再娶不如前我聞在德不在色請君讀此指環篇

堅瓠廣集卷二終

堅瓠廣集卷之三目錄

六經三傳之失　隱說
食物傾女　萬壽寺
倭患　張丐兒
海人　海女
牝狸佑忠　昭君非真
牛金失考　叙蟲
金陵陳邇　元儒不受明職
萬安貪財　啜茶之始
書手門子　皇陵懸牌
禁放炮　包孝廉
張夫子　人犬蘿蔔
頂上千拜　譏不肖子
朋友治妬　徙處五溪

煉石補天　鬱火燒棺
孝經問題　丈糞鎮怪
歐陽紹　鶴山蝦蟇
村社判官　石中涵水
梁間老叟　雞妖
蟲妖　討錢名目
邪不干正　避禍難逃
判斬妖尼　泥像生癬
嶽欽啜茶　羊狗腸絃
金莖花　高駢鑿海
吼狀元　上天取仙桃
金傻　朱雪
保定名捕　燕玉
男子雙名　美人雙名
國雙名　神雙名
鳥雙名　獸雙名
魚雙名　蟲雙名
俗語出處

堅瓠廣集卷之三

清　長洲石農褚人穫學稼纂輯

六經三傳之失

家語云詩之失愚書之失誣樂之失奢易之失賊禮之失煩春秋之失亂淮南子云易之失鬼樂之失淫詩之失愚書之失拘禮之失忮春秋之失訾六者聖人兼用而裁制之○穀梁序云左氏艷而富其失也巫穀梁清而婉其失也短公羊辯而裁其失也俗

隱說

褚記室隱一也昔之人謂有天隱有地隱有人隱有名隱又有所謂充隱通隱仕隱其說各異天隱者無往而不適如嚴子陵之類是也地隱者避地而隱如伯夷太公之類是也人隱者蹤跡混俗不異眾人如東方朔之類是也名隱者不求名而隱如劉遺民之類是也他如晉皇甫希之人稱充隱梁何點人稱通隱唐唐暢為西川從事不親公務人稱仕隱觀白樂天詩云大隱住朝市小隱住丘樊不如作中隱隱在留司間則隱又有三者之不同矣○長沙鄧粲與南陽劉驎之南郡劉尚公友善並以高潔著名後粲應桓沖聘二劉非之粲曰足下可謂有志於隱而未知隱夫隱之為道朝亦可隱市亦可隱隱初在我不在於物二劉無以難之而粲亦名譽減半

食物餽女

邵氏聞見錄嫁女後送食曰餽女宋景文納子婦其父餽食移書云以食物餽女公曰餽字錯用從食從而從大其子退檢字書餽字注女嫁三日餉食為餽女

萬壽寺

佐寄菴耳劉集載萬壽寺樂丸和尚建船坊十數間直通僧室聚徒三十餘皆美少年以賣藥為由婦女無子者多託疾求治與諸僧通致富鉅萬嘉靖間御史舒汀將建為長洲縣學令推官陳一德率眾擬之而門役擇露其事一德五馳封鎖船坊以卒百人守之有數婦驚惶登舟欲出不得僧以白金二千兩托門役賂陳乃縱婦去後舒公知其事而劾之一德罷官

倭患

三吳承平日久民不知兵嘉靖壬子忽有倭寇據上海之柘林為巢穴遣眾四出癸丑至蘇嘯聚甫里郡守林懋舉束手無策或以月空和尚知兵薦遣令率僧兵二百人禦倭豫備軍餉火器置婁門外接待寺懋舉艤舟而伺亡何兵敗賊遂長驅而來吏請舉火懋舉不可望風先遁方解維而賊已入寺見積聚爭取之而懋舉得脫歸賊至城下放火劫掠凡六晝夜居民被殺者無算時甲寅六月十二日也財帛婦女滿載四十餘艘沿繞城河鼓吹而行撫按官兵登城樓觀望而已獨蘇州府同知潞安任復菴環躬甲冑率民兵策馬力戰遇于橫塘而軍門令牌收兵一日三至任公憤憤而回時吳江水兵布列湖中賊委輜重以餌之得以乘間逸去懋舉惱潛以黃金二千兩託教授陰鳳麟餽趙文華得彌縫其事環治兵日夜暴露草野中與士卒同寢食士樂為死屢敗倭斬獲甚眾以僉事備兵太倉又進副使賜金綺予世蔭丁母憂起復倭平乞終制報可陞參政卒

張丐兒

倭變錄丐者張二莫知所自出善伏水中能月餘不食又蹻捷善走死地嘉靖甲寅倭亂應募方太守令詗賊數挾利器泅水遊賊舟鑿其底沉之又時入倭巢偵其情形斬倭首以獻太守頒銀牌犒之不受犒之以酒則受賊平論功應襲百戶郡縣加以章服卻之惟願乞食夜則卧獄廟中嬉嬉無愁色竟莫解其誰何人也夫出萬死之中排大難成大業而長嘯謝富貴弗居豈東海貧兒中亦有魯連先生其人耶

海人

褚記室載海商言南海時有海人出形如僧人頗小登舟而坐戒舟人寂然不動少頃復沉於水否則大風翻舟又代醉編載海人鬚眉皆具特手指相連略如鳧爪西域曾捕得之進於國王不言不笑王以為不可狎而豢也縱之於海其人轉盼視人合掌低頭如叩謝狀繼又鼓掌大笑放步踏波而去元時又有一人泛海忽見一稚子自水中出生於船頭舟人不敢驚良久入水而去又金時龍見於燕京舊城濼手托一嬰兒如少年中官狀紅袍玉帶略無怖畏之容經三時始沒由此觀之水中亦自有人類但幽冥相隔不可相知耳觀溫太真牛渚燃犀事可見

海女

松江紀聞嘉靖間近地有人於海中獲一女子口不能言與之飲輒飲與之食輒食久乃為人役使其見神像亦知拜伏身上有皮下垂宛如衣服被於四肢但着體而生不可脫卸耳

狐狸佑忠

閣西故實載雁門關外有蘇武廟其大害則今陜西鎮番衛當其嚙雪呑氈之日子卿厭厭待斃天哀其忠乃遣北狸與之作伴日則覔食哺之賴以不死武感其義遂與為偶因生一子李陵致書云足下胤子無恙即狸之所生也並無胡婦生子事後還中國妻已去惟漢武求其後人不可得遣人入胡迎嗣子歸朝廕之以官得以繼續使此事果真則北狸之功莫大焉

昭君非真

葭鷗雜識單于求娶昭君漢成帝吝而不與取宮人近似其貌者以往單于寵之後成帝欲殺毛延壽延壽逃出關單于用之予以近職後侍宴昭君出幕行酒延壽進言曰此昭君非真漢帝當令臣圖其容顯間有一紅痣今則無之其偽顯然今何不勒兵前去必欲得真昭君其美更勝於此單于大怒罵漢人欺我若此立將假昭君賜死使延壽圖形入漢必欲得真者始和親退師漢王無計乃出真昭君容華固稱絕代也昭君入胡之後不肯為婚單于逼之遂自經死故胡地多白草而昭君墓草獨青則一心不肯背漢昭君真千古之烈女荆公乃云漢恩自淺胡自深不亦冤哉○王昭君墓在今山西大同府

牛金失考

晉宣帝因以牛繼馬之讖深忌牛姓者乃為二榼共一口以貯酒宣帝先飲其佳者而以鴆酒毒死其將牛金迨恭王妃夏侯氏私通小吏牛某生元帝非牛金也通鑑失考誤書牛金遂成千古之枉

敘齒

聽雨紀談鄉人敘坐以齒雖貴為卿大夫居鄉亦皆謙退曰鄉黨莫如齒考之禮一命齒於鄉再命齒於族三命則不齒於族此貴貴之義也予嘗謂鄉之薦紳同輩而敘齒可也苟非其人而亦以齒尊之不幾於失禮乎藍田呂氏鄉約曰非士類者不以齒斯言為得之矣○彈園雜志云前輩居鄉惟以齒德相讓而後稍凌夷始重爵位矣中少師瑤泉致政歸拜少湖王先生敬臣投刺稱晚生此古大臣折節高風今世希覯者也

金陵陳遇

明高皇定鼎金陵首召元儒備顧問以秦元之薦召見金陵陳中行遇與語大悅稱先生而不名三幸其第與官輒辭不就除禮部尚書者再遇固辭乃不復強之以職然數諭之曰卿老既不欲仕有子可令入侍遇叩頭以子幼辭益淨欲恬退始終如一年七十有二卒人稱為靜誠先生

元儒不受明職

孫退谷承澤益智錄元儒受事而不受職者如楊維楨汪克寬趙汸等聘修元史史成不受職而去又沈夢麟為元武康令入明五主閩浙鄉試又同修試滕克恭為元學士入明主河南鄉試皆不受職以舊銜從事沈壽九十三滕壽百有十歲尤異也

萬安貪財

耳剽集載眉山萬閣老罷歸任省城專一請託或問安何不歸故鄉答曰我在內閣止有銀十八擔待足二十萬便回也由後時相君觀之萬安可謂廉吏也矣

啜茶之始

五經無茶字或曰誰謂荼苦荼即茶也古人以飲茶始於三國時按吳志韋曜傳孫皓每飲羣臣酒率以七升為限曜飲不過二升或為裁減或賜茶茗以當酒據此為飲茶之証及閱趙飛燕別傳成帝崩後后一夕寢中驚啼甚久侍者呼問方覺乃言曰吾夢中見帝帝賜我坐命進茶左右奏帝曰向者侍帝不謹不合啜此茶則西漢時已有啜茶之說矣非始於吳時也

書手門子

輟耕錄世稱鄉胥為書手報應記宋衎江淮人應明經舉元和初至河陰縣因疾病廢業為鹽鐵院書手蓋唐時已有此名令侍官府之美童曰門子道山清話載都下有一賣藥翁自言少為尚書省門子蓋宋時已有此名書手門子之名其來久矣

皇陵懸牌

中都皇陵初建時量度界限將築周垣所司奏民家墳墓在傍者當外徙高皇曰此墳墓皆吾家舊隣里不必外徙及成皇陵四門懸金字牌各一其文云民間先世如有墳墓在陵域者春秋祭掃聽民出入無禁不許把門官軍刁蹬如違以違制論此大聖至公至仁之心周文王不得專美矣

禁放炮

耳剽集載明制朝廷每端午日迎母后幸內沼看划龍船炮聲不絕蓋宣德以來故事也萬曆丙戌炮聲無聞人疑之後聞供奉者云是日內宮奏放炮神宗止之云朕子聞之使有許多議論也神宗之顧恤人言如此可以仰見聖德矣

包孝廉

北墅手述。順治辛卯，浙闈中錢塘包榮年踰不惑，長不滿三尺，宛然稚子也。撤棘主司見之，詢諸人曰，其貌不揚，不知其何修得此。有知之者曰，此天報之也。王師破紹興時，武臣誣紳衿三十餘家叛逆，盡擒以勒貝勒，緘發摠軍張存仁。摺偶墮地，榮為記室，拾而火之。張問榮，榮曰，火之矣。張大驚，榮請自縛見貝勒請死。榮又自作解文，言童子包榮不識字，誤失文書，請治罪。貝勒見其矮小蠢蠢，以為果小孩也，笑作國語，譯者曰，呆孩子饒了罷。竟放歸。三十餘家得以保全不究，咸榮之陰德所致也。

張夫子

容齋涉筆。明崇禎初，永平兵備道張春，陝西孝廉也。我師攻城，春出戰，力屈被執，見太宗皇帝不屈，衆欲殺之。上不欲，俾至關廷，高其忠義，命旂下從張公學。公亦不離，教以道義，咸敬事之，稱張夫子。坐必南向，終不薙髮。上曲從之，語臣下曰，真忠義人也，當學之。及卒，上深歎息，旂下學者以褚奠之，曰不敢有汚清德。定鼎後，世祖章皇帝入御燕都，語侍臣曰，卿等皆只知有張夫子，豈南國有此一人，乃無有識之者耶。因得悉其行事。

人大羅蔔

北墅手述。崇禎時，錢塘梵村范老人，生平誠信無誑語。偶自太湖歸，向人云見一人大蘿蔔，聞者笑之。范自咎言之無徵，積悔成疾。其子日禱於天，願釋父疑。一日鋤地，忽得一人大蘿蔔，長尺餘，帶亦拱把，兩人肩荷，徧走示人，人皆欽歎，父疾旋愈。

頂上千拜

正德中，河南按察使華亭朱恩與劉瑾有舊，事瑾極恭。凡拜帖，寫頂上起，陞至南京禮部尚書。按暹羅國凡臣下見其君，先捫其足者三，復自捫其首者三，謂之頂上恩，取諸此。又彈園雜志載，嘉靖中一進士謁諸相國，刺云，眇眇小學生某人頓首千拜。先見貴溪，膝行而前，貴溪怒叱出之。次見分宜，分宜喜曰，後生輩當如是。遂引入幕為乾兒。又宋朱浚諂事賈似道，每劄子必書浚萬拜。小人無恥，一至於此。

諛不肖子

野記載，一士赴考，其父充役，為貽書勉其子，登第則可免。子方浪游都城，需銀資用，即答曰，大人欲某勉力就試，則宜多給其資，否則至場中定藏行也。聞者以不露機為藏行云。又有士父使從學，月與油燭一千。其子請益，不可。子以書白云，所謂焚膏繼晷者，非為身謀，正為門戶計耳。異日恩封，庶幾及父母耳。有如吝小費，則大人承事、娘子孺人，邈乎邈哉。聞者絕倒。

朋友治妒

菽園雜記載，高文義公穀無子，置一妾，夫人素妒悍，每間之，不得近。一日陳學士循過焉，留酌，聚話及此。夫人於屏後聞之，即出詬詈。陳公拍案作怒而起，以一棒撲夫人仆地，至不能興，高力勸乃止。陳數之曰，汝無子，法當去。汝而置妾，汝復間之，是欲絕其後也。汝不改，吾當奏聞朝廷，置汝於法不貸也。自是妒亦少殺，生中書舍人峘，陳公一怒之力也。妒婦之見於紀載者多矣，朋友治妒，真新聞也。

徙處五溪

劉禹錫曲江序云，張九齡為宰相，建言放臣不宜與善地，悉徙處五溪不毛之地。然九齡自內職出始安，有瘴癘之歎；罷政守荊州，有拘囚之思。身處遐陬，一夫意不能堪，矧華人士族，必致醜地，然後快意哉。議者以為開元良臣，而卒無嗣，豈忮心失恕，陰責最大，雖他美莫贖耶。

煉石補天

碣石剩談。女媧煉五色石以補天，滇人多置疑。予見道家祈雨，有斬虹之事，念咒作法，麾劍於下，而虹即斷於天。即此則知女媧非覩外天隙以石補之也。觀煉字之義，想以火煉石於下，而天遂合隙於上，即如斬虹。又或如救護日食月食之說歟。即此而觀，則古之奇跡，亦皆常理，又何異焉。

鬱火燒棺

耳剩集載，凡酒皆火，而燒酒之害尤烈。正德乙亥，吳江知縣周秀卿，俾尤所耽嗜，終日昏睡，行事顛倒可笑，人目之曰周燒酒。踰年病卒，其父移柩至葑門，設奠焚楮鏹，灰飛著棺，棺中火遂大發，亟救乃熄，而其屍已燼矣。蓋酒毒鬱蒸於柩中，偶得火氣，內外相應，便為焰發也。

孝經問題

楮記室。錢塘葉生為太學官，無學識。有學生假作葉策題云，孝經一序，義亦難明。且如昭韋王是何代之主，先儒領是何處之山。孔子之志四時常有也，何以獨言吾志在春。孔子之孝四時常行也，何以獨言秋行在孝。既曰夫子沒，而又何以鯉趨而過庭。爾多士其詳言之。

夬彝鎮怪

太平清話。浯溪旁舊有神怪。宋熙寧中。永州判官柳應辰維舟巖下。僧以有怪告之。夜半。怪果登舟伸手入窗。應辰書一夬字於手而揮之。詰朝登岸索之。夬字綴於崖上。知石為怪也。既而解維放舟。僧追告以溪山震響。應辰書一彝字與鎮之。其怪遂泯。石刻碑字存焉。

歐陽紹

廣異記。唐歐陽紹雷州郡將。所居有池。常能為怪。紹決其水。雷雹大起。雷神持兵相向。紹與力戰。衣幘俱焦。賈勇愈倍。神負而隱。池水盡涸。見一無首之蛇。斫刺不傷。鎔鐵灌之方死。人號歐陽為忽雷。

猯山蝦蟇

楮記室。魏猯山為叅政。一日留客館中。自入內。忽有兩丫鬟秉燭出迎云。叅政有請。史教授隨入。衆客怪之。有頃猯山出。不見史君。衆以招入為對。猯山驚曰。安有此。令左右徧尋。見史在塘中。半身没水。扶上炙蘇。問其故。則曰。丫鬟引至一大屋。見緑衣人指小女與汝為妻。今夕成禮。不知身在水中。次日令戽乾塘。有一蝦蟆大如斗。小者四五而已。

村社判官

耳新。嘉靖中南京朱某妻顧氏。每夜有巨人來共寢。日漸羸憊。人語婦曰。取其佩藏之物。可知何怪矣。婦俟與交時。拔其頭上一物。藏於席下。明旦視之。乃紗帽翅也。朱壽至土地廟。見判官失左翅。具報兵馬司。問判官杖罪一百。拽像中衢撞而碎之。血水流出。陸儼山肄業南雍。親見之者。

石中涵水

耳譚。戚世爵。末涿州樓桑廟傍農人王某塲間石磉。傳自上世。有賈胡過。視許以十金。王疑不興。既去。兄弟以失價相詬。斧破之。中空涵水一盂而已。清冽異常。不省所用。買之神堂婢竊飲之。數日膚潤面腴。髮黑如漆。通知未來事。其姑家相距百里。曰。姑家火發。已及輿堂。又曰。家牛生犢。母子當弗活。已而果然。聲聞於外。遠近填門。部使者表聞。中使下迎。婢忽不見。

淶間老叟

怪山談錄。崇禎中。慈仁寺僧坐毗盧閣下。聞梯間有人語。漸詳躡梯闖之。有男女數人。長止尺許。一老叟出謂僧曰。吾輩本居深山。思覩帝里之勝。攜家而來。暫棲於此。師毋見迫。不久當去。師勿露。必有以報也。居數日。僧復聞譁如前。又問之。叟曰。吾歸矣。師可族我於郭外某處。僧如言候之。不見。倦卧於道左。覺而探懷中。得千錢焉。昔金之將南遷也。有狐舞於宣華殿。元將亡。狐從端明殿出。此殆其類也。

雞妖

綏寇紀畧。截崇禎丁丑。京師宣武門外斜街民家白雞。羽毛鮮潔。喙距純赤。重四十觔。慈溪應孝廉廷吉見之。愀然曰。此鷩也。所見之處國亡。又耳劉集載。嘉靖五年十月。長垣王憲家雞抱卵。內成人形。五官皆具。弘治甲子。崇明顧氏雞卵育獮猴。尤異。

蟲妖

綏寇紀畧。神廟好用商人採辦。每進黃封御箱。內有八寶嵌成蝦蟆蚱蜢等物。箱開則藏機發。跳躍滿地。上大笑。賞賚不貲。

討錢名目

楮記室。治天下者。不使利遺一孔。亦必致敗。豈惟名爵獨然。末流之蝎。當窮其源。枝葉之枯。必在根本。元朝末年。官貪吏污。因蒙古色目人罔然不知廉恥之為何物。其問人討錢。各有名目。所屬始叅曰拜見錢。今謂之見面錢。無事白要曰撒花錢。逢節曰追節錢。生辰曰生日錢。管事而索曰常例錢。送迎曰人情錢。勾追曰齎發錢。論訴曰公事錢。到任始要錢曰開手。覔得錢多曰得手。除得州美曰好地分。補得職近曰好窠窟。漫不知忠君愛民之為何事也。

邪不干正

蔌園雜記。吳中有鬼善淫。俗名上方五聖。凡懷春之女。多被污之。與之善者。金帛首飾。皆為搬致。吾崑真義民家一女將被污。女曰。渶西某家女貌美。何不往彼。而來此。鬼云。彼女心正。女怒曰。吾心獨不正耶。遂去。更不復來。乃知邪不干正之說有以也。

避禍難逃

綠雪亭雜言。正德中。錦衣指揮楊玉附逆瑾。勢害人。瑾敗。玉伏誅。家口沒入為奴。有愛妾攜少女匿民間得免。此女長甚美。妾懲前禍。誓不婚京師權貴家。李白洲都憲陰子納之。後穿庭人干紀。李坐黨被法。此女入浣衣局。噫。有數焉。無所逃也已。

判斬妖尼

楮記室。彭節齋為江西經畧使。有人招一尼教女刺繡。女忽有娠。父母究問。云是尼

也告官屍驗皆是女形有人教以豬脂油塗其陰令犬舐之已而陰中果露男形再部陽物頗出彭判是爲妖物奏聞斬之

泥像生瘢

夷堅志建寧府建陽縣寶山乃南岳忠靖王行宮香火甚盛士大夫祈靈乞夢殆無虛日後宮裝塑宮娥從者未得其貌偶郡一富婦來廟獻香匠即塑其貌婦不之知後偶患腦疽百藥不效偶一醫者曰寶山有一宮娥狀貌宛如判閣今爲雨漏濕像之首不曾修整富家異其言亟遣人往視之果然即命匠者修治之疾遂愈

徽欽啜茶

桯記室載徽欽二帝北狩至一寺有石金剛二一胡僧出入其中問徽欽二帝何來欽宗以南來爲對僧呼童子點茶味甚香美茶畢而退帝再索之則僧皆不出入視之悄無一人止竹間一小室有石刻胡僧及二童子宛然似獻茶者

羊狗腸絃

房千里大唐雜録載春州土人彈小琵琶以狗腸爲絃聲甚悽楚紫桃軒雜綴載杭州貧人婦女日夜搓羊腸作彈絮弓絃售人蓋由羊狗腸俱勁韌可用耳

金莖花

杜陽雜編載隋大業中元藏幾爲過海使風飄一洲名曰滄洲人多不死上有金池水石泥沙皆如金色有金莖花如蝶人多帶之曰不帶金莖花不得到仙家今人但知目銅掌承露爲金莖

高駢盤海

北夢瑣言交趾以北距南海有水路多覆巨舟高駢往視之乃有橫石隱然在水中因奏以開鑿海道之利有詔聽之乃召工者啗以厚利竟去其石民至今賴之

呪狀元

朱平涵集載雲間張狀元以誠宦京師其家侵暴隣里里人不堪赴京訴於張君一心知里人之冤而難禁制父兄語其人曰汝回家只管呪呪殺了張狀元他何處倚勢耶不數年君一果卒又聞見卮言載餘姚韓狀元應龍欺佔鄰產勢不能抗適有江西堪輿人善魘魅術其隣許以百金結壇墳符念呪七日夜將桃木七寸刻作人形書其生辰甲子植地上每夜念呪畢敲木人下地一寸至第七夜桃人沒地時韓在京健旺無疾晚與夫人對酌戲觸其怒夫人將汝化面悉行爪破血痕如珠簾窗布次早不能上朝是夜縊死後數日開訃鄰人大喜堪輿者取金而去故鄉紳當自好偶見二書所載録之以爲戒焉

上天取仙桃

耳談載嘉靖戊子鄂城有人自河洛來善幻術婦擊金謂其夫曰可上天取仙桃與衆看官噢其夫將所負繩拋之繩直立如木天忽開一門睛霞絢爛閃灼耀繞繩與門接其夫緣繩而上從天宮擲桃下葉猶帶露人皆徧食之甘美異於常桃久之忽聞天上作喧詬聲忽擲其夫之首足肢體片段而下鮮血淋漓婦伏地大哭曰頻年作法不違天怒今日乃爲天狗所傷亦是衆官所使事關人命本不敢仇怨但求捨錢治棺殮可去也衆皆大驚醵金一兩餘給之婦合肢體成人形臧以餘箍遂喝肢體曰可起矣肢體應聲曰錢足否婦曰足其夫忽起收拾其繩畢仍負之而去人皆絕倒王行甫所親見者

金優

海監有優童金鳳少以色幸於分宜嚴東樓東樓晝非金不食夜非金不寢金既色衰食貧里居比東樓敗王鳳洲鳴鳳記行而金復塗粉墨身扮東樓以其夙習舉動

酷肖復名噪一時向日之恩情置勿問也

朱雪

見只編載王荊石相國爲南祭酒范屏麓太史過王語良久欲別王曰幸少坐小女謂今日當雨朱雪果然當煩作韻語紀異否則共以一笑解之屏麓意謂必妄食頃須臾作雪他處皆白惟庭中色若胭脂和雲母照耀人面暈若桃花屏麓詠詩紀異中有少女風前吹絳滿太史庭下布丹砂之句此曇陽事也王弇州有曇陽傳不及此事

保定名捕

見只編載金壇王伯弢萬曆丙午計偕至德州見道旁捕快與州解相暱問之云欲馬賊晝劫上供銀追之則死賊當不追則死官刑各相向呼天泣然賊馬塵起猶目力可望也忽有夫婦二騎從北來諸捕咸驚相慶曰保定名捕至矣諸捕控名捕馬問從何來名捕言進香泰山耳然名捕病甚俯首鞍上其妻一短小婦人以皂羅覆面手抱嬰兒諸捕告之故哀乞相助名捕曰賊幾人曰五人曰余病甚吾婦往足矣婦搖手對不耐煩名捕嗔罵曰懶婦今日不出手衹會火炕上搏老公乎婦面發赤便下馬抱兒與夫更東馬肚結縛裙襦攘臂抽刀長三尺許光若鏡夫言將我箭

去妻曰吾彈故自勝前言未訖身已在馬上絕塵而去諸捕皆奔馬隨之須臾追及賊騎婦大呼賊曰我保定名捕某妻為此官銀故來相索宜急留無害我丸也賊言丈夫平平兆猶敢倘賊發五弓射婦婦以彈弓撥箭箭悉落地忽發一彈殺一人四人拔刀擬婦婦接賊揮斥如意復斫殺一人三人懼稍却婦曰急置銀并兩尸去俱死無益也三人下馬乞命置銀以二尸縛馬上而逸俟諸捕至舁銀而還此婦猶旖旎尋常善刀藏之下馬拜諸捕曰妮子膂力不能縱此三倘要是裙釵伎倆耳州守為治酒宴勞五日而去

燕玉

古詩燕趙多佳人美者顏如玉杜少陵詩嫂老須燕玉留青日札燕玉謂燕趙美婦人如玉也姚言云思得暖玉之杯也

男子雙名

盤盤扶南國王見梁書赫連勃勃夏主乞藏遮遮吐蕃將殷七七名文祥唐人能頃刻開花羅黑黑唐太宗琵琶客精精空空俱劍客陶八八唐真卿所遇異人燕八八李懷光外孫紀孩孩唐樂工尚婢婢吐蕃節度使仲小小唐乾寧中猘人僕僕開元時人見東坡有詩蘇飛飛見酉陽和和唐僧尚陸陸長慶時人見蘇巢落落李克用子見梁祖傳

許開開見懸瑞張天陳豆豆元時人張無無見夷堅志時春春時任任徐勝勝朱安安陳伴伴余元元王斤斤俱南宋人散散元人嬰嬰馬馬俱元學士回回元平章咬咬元樞密院定定元中丞雪雪元人吳開開元人真吳借借元人見代婦編禡存存元人山脫脫元丞相順王居哈密又元世宗時倚答又元末遺孽明太宗封忠義王保保元太傅趙開開名東文金學士張弁弁三年明張陳鷹鷹洪壽壽史浩浩見名奏張唐瞿瞿名階奉吳江令關古古名雨梅州孝廉徐余生生名素成都人

美人雙名

雙名美人備錄于左娟娟見國漢津吏女寵寵朱起所遇旋旋漢館陶公主紫紫古嫁婦化為狐羅羅皆隋宮美人亭亭廣江王姬蘇簡簡即小小南齊錢塘妓羅愛愛隋妓能詩楊愛愛錢塘妓花鶯鶯唐美人李鶯鶯與張浩私者范鶯鶯范燕燕俱范十郎女燕燕張祐妾張燕燕明京師妓真真畫屏美人沈真真唐柳將軍妻鄭還古者謝真真與韓真班真真妓元名趙真真元馮覓子妾又元妓高妹妹唐馬彥昭女七歲死難德宗誥曰慈寂寂唐武氏妓小小王縉妓薛瓊瓊開元中官妓馬瓊瓊朱端朝妻關盼盼張建封妻焚盼盼宋妓黃山谷贈詩者于盼盼元名妓張好好杜牧之所狎妓謝好好元妓卯妓張紅紅記曲娘子青青唐崔鄭卿婢花素卿卿唐妓別卿卿油蔚有詩吳盈盈與王山喜者又綿州官妓達奚盈盈天寶中貴人妾李當當唐名妓又元妓和當當元名妓灼灼錦城官妓香香秦州龍寵寵朱虛都尉美美古女劉七七李泌公妾英英楊師皋妓又張虔卿姬又元順帝才人名起宋營館以居之王英英唐楚州妓卓英英唐名妓曹保保鄭舉舉王蘇蘇王蓮蓮張住住俱唐見北里志李端端唐名妓錢端端宋錢塘之妾見夷堅志寄寄李商隱姪女李童童唐名妓魁魁劉諷所遇又宋理宗宮人見仙沈魁魁唐文宗宮人卯吳元濟女東東唐名妓石醋醋妓榴花轉轉韓定辭妓星星唐進士崔曙女吳倩倩唐妓末皎皎阿嬌女白香山名皎皎楚崖崖古美人見天都載鳳鳳南唐張泌所通浣衣婢涵涵宋宣仁太后小名艷艷宋任才仲妻善畫趙鸞鸞宋妓作閨房詩詠溫超超溫都監女欲嫁東坡者李師師宋徽宗所幸妓許冬冬宋官妓汪小微集見毛惜惜宋高郵妓榮全判惜惜罵賊而死羅惜惜張幼謙妻李惜惜明景皇帝所幸妓憐憐宋荊門倉判趙不刊妻丁憐憐湖州妓又成都妓汪憐憐元妓娉娉晁無咎歌姬馬娉娉錢塘妓賈娉娉元魏鵬妻關關與俞本明通者福福賈娉侍女吳慶慶宋孝宗劉夫人唐安安宋妓理宗嘗召入禁中余安安元余忠宣公女同縛死于井耵耵繡案宋賴妾見夷堅志田田錢錢俱辛棄妾翠翠古美人李翠翠明金陵妓能詩薛翠翠明京師妓陳柔柔宋歐陽夢桂妾鄭所南有傳荊堅堅李心心于心心馮六六顧山山孫秀秀劉關關魏道道劉匾匾劉寶寶俱元名妓見青樓集田娟娟木元經所遇薛素素明京師妓人稱薛五書見甲乙剩言柳依依明揚州妓景翩翩字三昧建昌妓能詩徐翩翩明南京妓金陵瑣事楊采采元吳中女能詩弁弁小名青陳弁弁明末金閶妓陸雲士有傳劉宛宛楊娟娟孫真真燕都妓張倩倩吳江沈君庸夫人能詩葉紈紈吳江人工部主事葉紹袁女高安知縣袁儼之媳元元紈紈侍女又名紅于姍姍錢塘妓生愛婢陳素素揚州妓姜生所遇

國雙名

外國雙名者回回蠕蠕丹丹鄯鄯佛佛貴州夷人一曰羅羅見一統志西伯昌滅阢阢音耆國見史記宋世家突厥滅茹茹之後盡有塞表之地見後周書外戚傳海外有汶汶國見代醉編

神雙名

人身中神雙名者六心中神衣赤衣長九寸冠九德之冠着綠璠之幘名曰呴呴音虛肝中神衣青衣長八寸名曰藍藍膽中神衣白衣長三寸名曰護護脾中神衣黃衣長六寸名曰裨裨胃中神衣赤衣長五寸名曰旦旦腎中神衣黑衣長四寸名曰漂漂見太清真人絡命訣林林央央俱山神名

鳥雙名

鳥雙名者青丘灌灌崇吾蠻蠻樂山羅羅又行扈唶唶借宵扈嘖嘖按灌灌或作濩濩狀如鳩佩之不惑蠻蠻狀如鳧一翼一目相得乃飛爾雅作鶼鶼翁經載鴯鴯之智不如鷦周周之智不如鴻又鳳名足足見薛道衡文鷗鳴旦謂之鶡鶡見方言泆泆冠雉即鶅鴝也秩秩海雉如雉而黑見爾雅燕燕乎鳥也見詩註老扈鴳鴳見左傳註來來即鸎也李歸唐詩惜春來來歲月深鶤鵰音鵲鵰鶯也見詩韻音釋鴂鴂決郎切格鳥也見詩注疏唶唶音鉗鵲名見爾雅翼一作鶴也兕兕形似鵪鶉見五色綫雙雙

烏名見公羊注甲甲烏名見多亭閒話。

獸雙名

獸雙名者，狢狢狌狌姑逢，獑獑（音獓）穿𤜶，軨軨泰山，狪狪（音同）泰獄，猭猭（音東）崔山，朏朏（音窟）放（一作牧一作豹）阜丈丈南海，猩猩北海，蛩蛩又有青獸曰羅羅（見天中記），雲南人呼虎亦曰羅羅，鱗曰般般，見薛道衡文，譙明山有獸曰榴榴，枸狀山有獸曰從從，硜（音貞）山有獸曰獓獓（音敖），㺃（音冊）偶山有獸曰精精，南海外有獸曰雙雙，𧳜（音獨）國有黑虫如熊曰猎猎，狒狒（音沸）王會圖作費費，又作䰽䰽（音吹），𤢂𤢂（音詩）見本草，𤝹𤝹（音取）猴屬，又名胥胥，亦猴屬。

魚雙名

魚雙名者，剛山蠻蠻，洛水儵儵（一作食水蚍鮨），揚州禺禺，山海經載，涿光山䱻䱻（音習）之魚，少咸山鯞鯞（音沛）之魚，跂踵山鮯鮯（音閤）之魚，又庚氏穴池養魚，以木為凭欄，凭之者過欄投餌，其聲堂堂，魚必踴躍而出，辛氏之池不必投餌，但聞策策之聲，魚亦出，是庚氏之魚可名堂堂，辛氏之魚可名策策（見化書）。

蟲雙名

蟲雙名者，蠓名蜻蜻（見方言），蛄注螳螂謂之蛘蛘（見方言），𧑓（音黃）蘇（音䗲）蟲名，各有兩首（見山海經），𧓈𧓈形如壁虱，生有定偶，斯須不離，西南夷及緬甸諸國多有之，夷婦有不得於夫者，飼於枕中，則其情自洽，合土官目把及富夷之妻，不吝金珠易之（見滇官餘話）。

俗言出處

里巷長談本於史書者甚多，俗言不中用，出史記秦始皇聞盧生竊議亡去，大怒曰，吾前收天下書不中用者盡去之，酒闌，飲罷酒闌，見漢高祖本紀，闌謂希也，言飲酒者半去半在也，又一敗塗地，及無賴，俱見高祖紀中，高祖為太上皇壽曰，始大人當以臣亡賴，不能為人，出史記樊噲子荒侯市人病，不能為人，瓜分天下，及吹毛求疵，俱見前漢書，罵人曰老狗，出漢武故事，上常語栗姬怒，弗肯應，又罵上老狗，上心嗛之，未發也，遺腹子，見前漢昭帝紀，鄙人之庸賤者曰小家子，出霍光傳，四分五裂，見張儀傳，如坐針氈，見晉書杜錫傳，不痴不聾不成姑公，見宋書，又唐代宗答郭子儀語，不長進，見宋書前廢帝傳，人面獸心，見宋明帝紀，相扛，見宋黃回傳，回於宣陽門與人相扛，不耐煩，見宋庾炳之傳，又五代唐明宗將立后，曹氏謂王淑妃曰，我素多病，性不耐煩，妹當代我，三十六策，走為上策，見齊書王敬則傳，儻來之物，見梁書，一勞永逸，見北魏詔，有疾曰不快，見華佗傳，不快活，柔維翰曰，居宰相如着新鞋襪，外面好看，其中不快活也，不作好事，唐明宗責王建曰，汝為節度使，不作好事，遠水不救近火，出韓非子，罵人曰雜種，出前燕載記，贊曰，𢭏茲雜種，沒奈何，張循王銀鋌名，金逆亮制尖靴，極長，取於便蹈，足底處不及指，謂之不到頭，又制短靴，謂之沒下梢，宣和間婦人鞋底以二色帛合而成之，名錯到底，又人回贖田產轉售，曰翻燒餅，見慶史，打草驚蛇，南唐當塗令王魯事。

堅瓠廣集卷三終

堅瓠廣集卷之四目録

天下中　郗鄙
海龍王宅　五明囊
任公示兒書　徐佩死難
王夏兩相國　宦告妬妻
丘卿妻妬　女使止妬
劉尹斷姦　韓城召釁
老叟百子　劉魏合轍
罷鎮　顧道民
羊車　牧羊處昭君墓
奎基法師　折柳
日出海門　天關
撒花　舜妃兄妹
火靈庫　黄羅成蝶
人化蝶　屐化鬼與鶴犬
妾化獺　卵生人
市井　鍾離漢壽
掃雪揀花　烏塑像
花姑壇碑　戲白牡丹
任牛行止　馬糞諸王
刑布衣　杯屐異名
舜井　萱
三災石　金叵羅
親家　惡人受報
岳墳靈異　錢陌
風箏　絳帳
甘蔗宜兒食　織女降臨
管城子　水能辟邪

黄六王八　只孫
石中異馬　禱祀有靈
閩茶充貢　茶具
食糠而肥

堅瓠廣集卷之四

清　長洲石農褚人獲學稼纂輯

天下中

洛陽為天下中。此古中國也。劉舍人史通謂荊州為天下中。頗有論列。此今中國也。山海經云。諸書謂崑崙為天下中。此葢言其大。所謂天地之外復有天地也。呂氏春秋曰。白人之南。建木之下。日中無影。葢天地之中也。皆不可辨。

都鄙

鉛槧云。都者美也。鄙者陋也。詩云。彼都人士。史記云。五羖大夫。荊之鄙人也。以帝王所依。文物楚楚。士女閑雅。皆可美者。故其處曰都。民士亦曰都人。以邊陲郊野。風俗疎略。人物醜陋。皆可鄙厭。故其處曰鄙。民士亦曰鄙人。左傳子產治鄭。都鄙有章。

海龍王宅

錄異記。海龍王宅在蘇州東入海五六日程小島之前。濶百餘里。四面海水粘濁。此水清。無風而浪高數丈。舟船不敢輒近。每大湖水漫沒其上。不見此浪。船則得過。夜中遠望。見此水上紅光如日。方百餘里。上與天連。船人相傳。龍王宮在其下。

五明囊

續齊諧記。鄧紹以八月一日入華山。見一童子。執五綵囊盛栢葉上露。紹問之。答曰。赤松先生取以明眼。梁簡文帝云。婦人於八月旦。多以錦翠為眼明囊。凌晨取露拭目。雞跖集。人於八月一日作五明囊。盛百草露以洗眼。○荊楚歲時記。楚俗以八月一日以露研朱墨。點小兒額。為天灸。以壓疾病。今吳俗謂之天救。

任公示兒書

潞安任復菴璟。以同知禦倭。晝夜力戰。偏身書姓名曰。死綏職也。為二親記此髮膚。嘗見其示兒書云。兒輩莫愁。人生自有定數。惡滋味嘗些。也有受用。苦海中未必不是極樂國也。讀書孝親。無遺父母之憂。便是常常聚首矣。何必一堂親人。我兒千言萬語。絮絮叨叨。只是教我回衙。何風雲氣少。兒女情多。倭賊流毒。多少百姓不得安家。爾老子領兵。不能誅討。當甘裹革。此其時也。安能作楚囚對爾等相泣閨閫間耶。此後時事。不知如何。幸而承平。父子享太平之樂。期做好人。不幸而有意外之變。只有臣死忠。妻死節。子死孝。咬定牙關。大家成就一箇是而已。汝母可以此言告之。不必多話。四月廿四日。太倉城西伏枕書。

徐佩死難

長洲野志。徐佩以廚役事任大夫。環大夫亦以廚役字之。初不異且厚。又焉望其出死力。及倭寇犯吳淞。大夫追至海上地曰四圍。晨飡大夫。整旅出遏。佩從之。衆咸阻曰。爾館夫。何乃從征。佩應曰。吾主官于蘇。而追賊外境。知有君也。吾事吾主。而不與俱。安乎。乃持刀先倡。旅有不進者。揮刀從之。大夫善射。多中賊。佯縮殆矢盡。縱橫舉箭。期在必殺。大夫更以利刀攢遏。佩意大夫不免。獨殿後。以手搏賊。賊執而殺之。以是大夫得免。大夫祭佩文云。嗚呼。佩也生也。食予死也。衛予。奇懷異抱。而孰能如桓。桓者夫食馬避難。視爾之歸。顏有餘汗。英魂已矣。正氣不磨。當為厲鬼。殺此羣倭。賊野悲風。胥江落日。老淚如泉。匪私而泣。

王夏兩相國

古稱刑不上大夫。而明乃誅兩相國。人知王文東市之誅。由於徐有貞。而不知實始於易儲。人知夏言西市之戮。由於嚴嵩。而不知實始於立后。世宗既廢張后。屬意於方妃。而意莫決。咨問於言。言對曰。臣請為陛下賀。夫天員而地方。方者地也。世宗喜。遂立方妃為后。世宗侍宮人嚴。宮人怨。謀弒逆。壬寅某夕。所幸曹妃及寗嬪王氏侍寢。執宮婢楊金英張金蓮等。以組縊上項。叙股刺其囊。組誤為死結。不殊。金蓮恐。走告后。后馳至。解帝組。帝乃甦。趣捕金英訊之。辭首王寗嬪。且曰。曹妃雖不與。亦知是謀。時上病悸不能語。后以上命磔曹妃及金英等十餘人於市。并收斬其族屬。上愈。曰。曹妃我所愛。豈敢生此心。寃之。上德后之功。進封其父為侯。然終念曹妃之寃。恨后之妬。而並追當日誤聽夏言之言。欲殺之。至二十六年冬。宮中火。中官請救皇后。上不應。后焚死。言亦伏誅。

宦告妬妻

學圃識餘。正統間。吳郡練從道綱按閩時。有致仕郡守。投刺晉謁。問其來意。曰。某妻妬悍。自始成婚至今。被渠凌辱萬端。某誠無如之何。故以訴公。求治。綱曰。此公家事。我何敢與知。某從懇不已。綱沉思良久。遣吏至其家請夫人來。吏至。其婦已知。厲聲曰。彼固朝廷命官。我獨非命婦乎。取命服服之。昇至察院。綱據案治事。其婦隨步而入。綱呼卒褫其服。呼其夫出。授以杖。其人持杖逡階。捶擊婦遍體無完膚。泣拜懇免。綱令具供。放之。自後無從故態矣。

丘鵬妻妬

耳剰集。載吏部主事丘鵬妻楊氏。性妬。多智。鵬畏之。謟告歸。吳母以未有孫。謀蓄妾楊不可毋與腆憤鬱而死御史尚維持閑之遣吳同知令楊自盡楊鳳冠霞服手執勅命而出問曰奉旨來乎曰非也御史有後命楊笑謂曰妾六品命婦御史七品官耳敢擅殺人妾死不難恐先生亦不得辭其責矣同知唯唯而退白御史止之

女俠止妬

廣莫野語載一富宦無子妻極悍笞死婢妾數人一鄰家頗殷實有女白父願嫁此宦父曰渠妻兇惡挺死妾甚多汝何尋死女固請父因遣宦妻之至第三日妾方梳洗妻言起遲上樓構口喃喃罵妾覷其將至用脚一踢倒撞梯下隨下樓坐其身上捶打罵曰且言我年少女子家頗富厚豈嫁此老人只是一大宦家因你絕了他後我今打死你替你償命着他另娶言畢又打婦求饒命且發誓任從再娶宦亦懇求放起後女生二男一登甲榜一鄉魁云

劉尹斷姦

葭鷗雜識長洲三尹劉公爲吏通敏夫人性尤敏辨一日發審姦情事夫人自內覘之劉責治姦夫事畢退堂夫人謂之曰纔所決事係女之惑男非男子之咎汝何苛責爲劉與抵辯夫人曰此事難以口舌爭夜飲後夫人賺劉出房外閉戶拒之不許入宿劉徘徊戶外欲設法誘而啟之而卒不能天明始啟戶謂之曰大抵女子立志不移男子自無由近之即此以推可証昨夕之謬斷矣劉服其明智遂反招焉

韓城名縈

益智錄崇禎丁丑韓城薛國觀由僉都擢入內閣時帝以國計不足與國觀密議國觀對以外則鄉紳內則戚畹在鄉紳者臣等任之在戚畹者非出自獨斷不可因以李戚畹爲言遂傳密旨借銀四十萬冉萬二駙馬各一萬金而周田近戚不與焉李氏父子相繼死追比甚力李氏盡鬻所有至折賣所居房其親中書楊餘洪周國興教李氏云有形之產既盡即不上納將如之何國觀以其語密聞年終甄別遂劾二中書閑住有旨各廷杖六十二人即日死國觀夜歸下輿見二中書在門內怖甚是時戚畹人人自危後因皇五子病亟見慈聖李太后來甚怪帝不念戚畹如不改過將汝諸子都要喚去皆諸人撰造傳報於帝帝大恐於是停止追比復李戚畹侯爵而皇五子竟薨帝遂心恨國觀欲殺之以謝太后後給事中袁愷以受賄事列款糾之有旨勒自盡時辛巳八月事也

老叟百子

廣莫野語載成化時福建光澤縣民某妻妾十一人生百子多寡不等後叟故諸子爭產告縣有告隨母分者告隨子分者令斷異判云妻有大小子無嫡庶皆照子分給人生多男或以十計或以數十計業已爲奇況至於百且百子俱全誠宇內希覯事雖河洛周王曾生百子然王之妃嬪頗多其請名受冊封者止五六十人餘皆花生寄生不足比數今閭人乃尋常編氓之家而生百子且森然無恙非獨擅昭代之奇即求之古昔亦未前聞

劉魏合轍

魏忠賢之兇暴甚於劉瑾而其歲月事跡畧相類瑾以正德元年逐蕭敬入司禮監五年八月伏誅忠賢以天啟元年殺王安入司禮監七年十月投繯而其事敗實在八月瑾贓元寶五伯萬錠忠賢贓七百萬錠瑾之初遠發鳳陽司香猶以千輛自隨瑾欲以八月十五日謀逆忠賢亦欲以八月十四日謀逆瑾年六十忠賢亦年六十瑾之鷹犬張綵庚戌進士由選郎一再遷至吏部尚書忠賢之鷹犬崔呈秀癸丑進士由桃職御史驟列宮保兵部尚書瑾死時言張綵誤我瑾欲自立綵謀立宗室幼弱也忠賢出都門亦言崔家兒子誤我呈秀以兵餉未集緩十四日之謀也瑾逡巡於生前忠賢逡巡於死後自正德庚午迄天啟丁卯相去一百十七年姦宄合轍如此

罷鎮

明武宗朝命宦者出鎮各省刺史以下皆伏謁得便宜劾奏府縣非法專氣焰縱橫可畏世廟即位年纔十六時永嘉驟相君臣相得每上殿輒賜繡墩命坐一宦者過殿下永嘉故改容起立世廟注視良久明日竟罷鎮曰張先生猶畏此輩況其他乎萬曆二十六年有詔加稅諸省府黃頭使者旁午于途武康太守孫寶秀爲中使誣奏檻徵京師其妻怖死寶秀以科臣申救獲免吾蘇監稅宦者某于六門設稅吏凡負擔出入必稅幾文致葛誠以蕉扇一揮擊殺其監隨小閹稅乃得罷故世稱閹監之禍如毒藥猛獸惟恐遇之者然

顧道民

張元長先生大復筆談載江上顧道民往來常潤間與一人面善見其子母相抱哭甚哀道民問其故人曰吾父小逐什一于下邳有傳言父卒死而家窘甚不能往赴所在故悲耳道民慰之曰姑自寬明日當有的耗後日道民來報汝父無恙又出其

父手書，欵慰而去。道民日行六百里，頃刻能啖百器，又能數日不食，其異如此。○鄭桐菴先生嘗為余言：虞山顧道民遇異人授一小鐵船，一咒能日行三千里，每插生荔枝啖，錢牧齋、陸孟鳧後以貪心為人誘去其船，然咒術尚可行數百里。崇禎己巳京都有警，撫軍曹文衡檄兵憲錢繼登勤王，撫軍閉門，使道民賫文往，要來門未闢，回文已到矣。此桐菴先生聾所目睹也。

羊車

史稱晉武帝平吳之後，荒於遊幸，宮中乘羊車，任其所適，宮人望幸者，以鹽汁灑地，竹葉插戶，冀欲引羊。然羊性狠劣，實不能駕車。考隋輿服志：羊車一名輦車，設軍羊璓私乘之司隸劉毅劾其罪，其制如軺車，金寶飾，紫錦幰，朱絲網，馭童二十人，皆兩鬟髻，服青衣，取年十四五者，謂之羊車小史，駕以果下馬，其大如羊，武帝所乘，實此車，非真以羊駕車也。插竹灑鹽，殊為傅會。

牧羊處昭君墓

漢時蘇武牧羝處，即今陝西銀番衛也，山因以蘇武名，廟在雁門關之外。王昭君嫁匈奴，其墓所則今山西大同也。李陵臺乃在今昌平州，然則古所云絕域，今皆在版圖，為衣冠往來之衝要，不亦盛乎。

奎基法師

李君實日華紫桃軒雜綴載海上老僧號休如者，與余言奎基法師尉遲敬德之子，年十八，有絕力，每出，以三車自隨，一載醇酒精饌，一載女樂十餘人，一載兵器，而自與壯士錦袍花帽，以騎從，遇所欲留處，縱飲至醉，擁女樂遍幸之，而後與壯士運矛提槊，搏刺自快，率以為常。玄奘法師自西域取經回，欲立賢首宗旨而難其堪授者，一日請於唐文皇曰：大唐國中能承我法嗣者，尉遲子耳。帝命敬德令玄奘剃度，奘為開示數語，即盡棄其習，而精研宗乘，然性廓落，不知有戒律，饑則恣飱，飽則鼾睡而已。一日行脚，買牛肉啖之，而掛其餘於錫端，至一剎，乃宣律師所住也，留之三宿別去。宣律平日受天供，不御人間食，至是天供三日不至。奎師行，天人復來，宣律曰：日來為粗行者腥穢所觸耶？天人曰：不然，我輩獄瀆小聖耳。兩日聞本剎有大乘菩薩，四洲大力神王色欲界主咸在擁護，故不敢唐突。今幸其行，始得修敬也。宣律為之三歎。此一段話未知出藏經何函何典。

折柳

天下萬木莫不本於大造，而柳獨列於二十八宿者，蓋柳寄根於天，倒插枝栽，無不可活，其絮飛漫天，著沙土亦無不生，即浮水亦化為萍，是得木精之盛，而到處暢遂其生理者也。其光芒安得不透，若天漢列於維垣哉。送行之人，豈無他枝可折而必於柳者，非謂津亭所便，亦以人之去鄉，正如木之離土，望其隨處皆安，一如柳之隨地可活，為之祝願耳。

日出海門

崇禎壬午，常熟孫光甫先生朝讓，備兵閩中。一日鄭芝龍治酺相招，為長夜之飲，至夜半，鄭曰：大人欲觀海中日出乎？孫諾之，遂引至舟中，連舸結舫，如履平地，揖登小閣，中設一卓二椅，旁僅可容童子五六人供斟酒歌唱。久而忽聞海中沸然有聲，一童曰：日將升矣。鄭命啟窗，囑孫只可視上。孫遥望見水天一色，日初出海門時，甚大而色赤，隱然有人頭頂日輪而上，日漸高，人漸小，迨東方將白，回視其閣，已離舟四五丈，縋於桅竿之末，及至下閣，梯亦不過五六層，閣之攀緣升降，人不及知，其輕捷若此。○符瑞圖云：日有二黃人守者。宋景文詩：青帝回風還習習，黃人捧日故遲遲。以証所見非虛語也。

天關

康熙戊寅春，治平寺僧欲建大殿，邀遊僧恒益立關於宮巷內，諸鄉紳為之護法，婦人暨子翕然喜捨，拔釘書簿者日累累。數雖足，而銀未集。己卯八月初，縋一小閣於木杪，恒益偃息其中，名曰天關，飲食便溺皆從一繩上下，傾城士女往觀，媚感殊甚。郡侯石公文焯檄長邑侯祖公興乾擒之，并擒住持十洲，責治枷示，限圓滿日放，邑人大快。時八月初九日事也。

撒花

宋時三佛齊注輦國來朝貢，即請遠殿撒花，初撒金蓮花，次撒真珠龍腦，布於御座，所撒頃刻俱盡。蓋胡人至重禮也。後金兵犯闕，索民財與之，亦謂撒花錢，以重禮媚胡耶。今人謂善費者曰一撒花，義本此。

舜妃兄妹

舜娶堯二女，娥皇女英，世所習聞也。禮記云：舜崩於蒼梧之野，蓋三妃未之從也。大戴禮帝繫篇云：舜娶帝堯之子，謂之女匽。註者以娥皇、女英、女匽為三妃。漢地理志云：陳倉有上公明星，黃帝孫舜妻盲冢祠，則舜有四妻矣。山海經云：舜娶癸比一作比氏生宵明燭光，則舜又有一妻矣。列子云：舜弟妹之所不親也，父母之所不安也。綱目註：舜妹名嫘手。列女傳云：瞽叟欲殺舜，女弟繫憐之，與二嫂諧，則是舜有二妹矣。越絕書云：舜父頑，母嚚，兄狂，弟傲，是舜又有兄，惜其名不傳。○路史載湘神為舜二女，宵明燭光，非堯二女也。

火靈庫

天都載：載韓昌黎晚年頗親脂粉，因用硫黃末攪粥飯以啖雄雞，不使與牝交，千日後烹之，名火靈庫。昌黎間時進一隻，始亦見功，終致絕命。又退之子昶亦登第，昶改金根車為金銀車，貽笑於世，見語林。昶二子綰、袞俱擢第，袞為狀元，退之名若山斗，而不聞唐世有狀元家者，又何孟春餘冬叙錄云：退之孫承狀元，及第，為時聞人。二事人鮮知者，因錄之。

黃羅成蝶

宋慶曆中有張九哥者，混迹市丐中，燕王呼而賜之酒，因請以技悅王，乃乞黃羅一端，金剪一具，疊羅而碎剪之，俄成蜂蝶無數，或集王襟袖，或棲宮人鬟髻，九哥復呼之，一一來集，復成一匹，羅中有一竅，如一蝶之痕，乃宮人偶捕損之耳。王曰：此蝶可復完羅否？九哥曰：不必，姑留以表異。

人化蝶

癸辛雜識載人化蝶一事：楊昊娶江氏，少艾，連歲得子，昊出外，竟客死，死之明日，有蝴蝶大如掌，徘徊江氏之傍，竟日乃去。及聞訃，聚哭，蝶復來，遶江氏，李商作詩弔之曰：碧梧翠竹名家兒，今作栩栩蝴蝶飛，山川阻深羅網密，君從何處化飛歸。又李鐸知鳳翔，既卒，有蝴蝶萬數自殯所以至府宇，蔽映無下足處，府官弔奠，揮之不去，蹝踏成泥，大者如扇，踰月方散。又楊大芳娶謝氏，謝亡未斂，有扇大一蝶，色紫褐，翩翩自帳中出，徘徊飛集，終日而去。周公謹有詩云：帳中蝶化真成夢，鏡裏鸞孤枉斷腸。吹徹玉簫人不見，世間難覓返魂香。又宋高宗紹興中有班直官崔羽棄職游羅浮學道，一日坐化，衆焚於紫霞亭，烈焰中有蝴蝶徑尺，騰空而去。

履化鳧燕鶴犬

人知葉令王喬之舄為雙鳧，不知晉南海太守鮑靚之履為雙燕。按靚為南海時，葛稚川隱羅浮，靚每密過之，談論達旦，始去。人訝其往來之頻，而不見其車馬，使人密伺之，但見雙燕飛至，網之，得雙履。又太平御覽載治中盜耽之履化為鶴。仙傳拾遺載蘇秦張儀斛其師鬼谷先生。先生與之履各一，化為犬，甚矣履之能化物也。

妾化鶴

楮記室：元張主簿鄩武人，有宿疾，於臨安得一妾，欲犯之則不從。凡五六年，有一貧士至，能造墨，張舍之。今造一夕，聞其在妾卧室談笑，張亟入，見二鶴冲霄而去，止留造墨餘汁。張汲之，舊疾頓脫。

卵生人

顧太初（起元）雜志載：人亦有濕生卵生者。濕生人如撦羅婆利契，初生時人皆化生女頂上生，轉輪聖王卵生人，如毗舍佉母生三十二卵，卵剖生三十二男。按古史徐偃王亦卵生，又秦非子為馬卵所生，唐陸鴻漸江流鳥卵所出，有僧聞啼聲收之，既長，筮之得鴻漸於陸，乃姓陸而名鴻漸。又汪可孫雲宮法語載宋楊文公之祖夢武夷君托化，及大年生，母產一鶴卵，形剖之，紫毛被體，怪而棄之江瀨，其叔父異之，追至於江，化為嬰兒，收養之，後為光祿丞。又紫桃軒雜綴載：廣州官庫每交割出陳異卵一枚，大踰斗，云部民陳鸑鷟之胞也，則卵之生人，非盡誣也。○鄭龍如偶記載曾見驢生卵。

市井

學齋呫嗶：今人恒言市井，蓋出於後漢酷吏傳中，云白首不入市井。注言因井為市交易而退，故稱市井也。俗言市井小人，非貶詞，即孟子所謂市井之臣也。宋元英因讀風俗通曰：井亦謂之井市，言入至市有鬻賣者，當於井上洗濯令香潔，然後到市。顏師古曰：凡言市井者，市交易之處，井共汲之所，總而言其處為市井也。

鍾離漢壽

鍾離雲房自稱天下都散漢鍾離權，世人誤以漢字屬下，作漢鍾離，而遺其名矣。關公在曹時操表封公為漢壽亭侯，漢壽本亭名，在犍為，即今叙州府也，世又誤以漢為國號，止稱壽亭侯，同一漢字，屬上屬下，皆成誤謬。

掃雪揀花

野獲編載：明制大內每雪後，於京營內撥三千名入內庭掃雪，輪番出入，每歲俱然。亦有游閒年少代充其役，以觀禁掖宮殿者。又南京舊制有揀花舍人，額設五百名，蓋當年供宗廟薦新及玉食糖糗之用，五百揀花，三十掃雪，亦兩都佳話也。

鳥塑像

齊雲巖在徽州上奉玄武像相傳百鳥銜泥塑成尚餘一趾未就或言像初成時有人穴門竊視羣鳥散去遂缺一指他工補之終不合也傳聞甚著盛異進香者虔心頂禮方得瞻仰金容否則瓷無所睹惟見素壁而已

花姑壇碑

紫桃軒雜綴人知撫州有顏魯公楷書麻姑壇記碑而不知撫州又有魯公書花姑壇碑花姑者女道士黃（五色線作董）靈微也年八十而有少容一日爲野象拔箭嗣後齋時象每銜蓮藕以獻宿於林莽神靈衛之人無敢犯者化於唐睿宗朝所瘞處惟空棺開元中立仙壇院選高行女冠黎瓊仙等七人居之魯公爲刺史記其事焉○耕餘雜錄云黎瓊仙唐時所放宮人即麻姑也豈麻姑碑即花姑碑李君實或誤爲兩碑耶抑耕餘錄誤以黎瓊仙爲麻姑耶而王方平蔡經事又似漢已前人

戲白牡丹

紫桃軒雜綴俗傳洞賓戲妓女白牡丹乃宋方士顏洞賓非純陽呂祖也三峯內御之術其源出於老狐假令精之正安足齒天曹之劍惡可污我上聖耶

任牛行止

宋劉伯壽義爲者英九老中人居玉華峯即以名菴有二妾名萱草芳草皆秀麗而善音律伯壽出入乘牛吹鐵笛二妾乘驢在後以竹笛和之聲滿山谷出門不言所之牛行即行牛止即止其行也必引觴盡醉人以爲仙

馬糞諸王

蘇子瞻子過嘗讀南史子瞻臥聽之因語過曰王僧虔居建康馬糞巷子孫賢實謙和時人稱馬糞諸王爲長者東漢贊論李固云觀胡廣趙戒如糞土糞之穢也一經僧虔便爲佳號而以比胡趙則糞有時而不幸汝可不知乎然糞土之墻夫子先以譬宰我矣

邢布衣

成化中邢布衣量隱居葑門之東以醫卜自給足跡不出閭里僉憲陳永錫與量同里居素剛介少容獨加敬重旦則挾冊就質疑難常至昏暮乃返又吳匏菴以少宰歸家往叩其門量曰吾方躬爨無五尺應門柰何匏菴曰姑徐徐借隣家胡床坐門外良久候其食已方進相與清談抵暮而別然量終歲未嘗至兩公之第也

杯醆異名

紫桃軒雜綴古人以杯爲不落取其常飲則昏酣之流也以醆爲不托以其斯造致精則饕餮之首也以屐爲不借以其各自適用則鄙斮之漸也余欲以不落名盞以不托名茗以不借名書屐於吾輩雅有實際云○按不借乃草鞋非屐也筆又名不律杯又名鑿落

舜井

楮記室史記舜能瞽瞍使舜浚井舜穿井爲匿空旁出論史者多譏其鄙誕按滙水燕談河中府舜泉坊二井相通匿空旁出者也宋真宗祀汾陰車駕臨觀賜泉名廣孝坊名舜泉御製贊以記之是穿空事有跡可憑豈真舜世之遺耶抑好事者緣遷語而贋爲之耶

萱

復齋漫錄集萱草名也詩曰焉得諼草言樹之背諼與萱同音諼之義爲忘故萱草亦取其能忘憂北堂謂之背婦洗在北堂見於婚禮之文而萱草忘憂出於嵇叔夜之論後世相承以北堂謂母而有萱堂之稱不知其何所據若唐人堂階萱草之詩乃謂母思其子有憂而無歡雖有忘憂之草亦如不見非以萱比母也又按闢書萱草一名宜男以萱諭母義或本此○王朗與魏太子書云萱草忘憂臯蘇釋勞無以加也臯蘇草名能釋人之勞猶萱草能忘憂也

三哭石

紫桃軒雜綴蕭功曹見李倉曹家古硯頗良語人曰此三哭石也人問之曰字法不奇硯一哭文詞不贍硯二哭勝几狼籍硯三哭好事者競蓄佳硯不知能免幾哭也

金叵羅

桐下听然載明某某二相公侍講筵咨詢既久上顧小黃門先生們甚勞命賜酒內侍出二金叵羅甚大杯中鐫字云門下晚生某進某者相公名蓋以媚巨璫沒入之物也二相慚悔叩頭趨出上目之而笑未數日予告亦媿於金錢屑於撻市矣

親家

世俗凡男女婚姻者兩家相謂曰親家此二字見唐書蕭嵩傳嵩子衡尚新昌公主嵩妻入謁帝呼爲親家北方以親字爲去聲盧綸作王駙馬花燭詩人主人臣是親家又稱親家翁避暑漫抄蕭瑀自稱唐朔左僕射天子親家翁五代史劉昫與馮道爲姻家而同爲相道罷李愚代之愚素惡道之爲人凡事有稽失者愚必指以誚昫

曰此公親家翁所爲。蘇氏間談錄，馮道與趙鳳同在中書。鳳有女適道仲子，以飲食不中，爲道夫人譙罵。趙令婢長號知院者來訴，凡數百言。道都不答。及去，但云傳語親家翁，今日好雪。人稱親家翁，亦有所本。

惡人受報

順治甲午，李按院森先訪拏三折和尚及優人王子嘉，立枷於閶門，三日而死。後一人自北濠歸家，聞水濱有二人清談，云惡人受報不爽，三折和尚死後，仍問斬罪，王子嘉死後，又問徒罪。一人問斬罪若何，答云斬罪變成雞鴨之類，世世受斷頭之報；徒罪變成馬騾之類，日日受負重行遠之報。互相歎息。其人駐足審視，二人豁然入水而去，方知爲落水鬼也。

岳墳靈異

萇鷗雜識，康熙丙子春，浙撫王峒谷維珍到西湖岳墳禮拜，武穆墓前鐵鑄秦檜王氏等跪於前，游人必笞扑之，惻然憫焉。默念此事已遠，欲撤而去之。然未出於口也，忽覺背上若有人鞭之者，悚然而退，途中卽病，退署惝然，百方祈禱，不愈而殂。武穆在天之靈，可不畏哉。

錢陌

梁時用錢，自破嶺以東八十爲陌，名曰東錢；江郢以上七十爲陌，名曰西錢；京師以九十爲陌，名曰長錢。中大同元年，武帝乃詔通用足陌，詔下而人不從，錢陌益少，至於末年，遂以三十五爲陌。今民間通用以九十八爲陌，京師賞賚以三十爲陌，吾鄉以紙裹賚人者，多寡隨意，大約以四十爲陌，較梁時陌法，不甚相遠。

風箏

風箏一名紙鳶，吳中小兒好弄之，然當其搏風而上，蓋亦得時則駕者歟。張元長筆談載，梁伯龍戲以絲繒作鳳凰，吹入雲端，有異鳥百十拱之，觀者大駭。近又作女人形，粉面黑鬟，紅衣白裙，入於雲霄，嫦娥其狀，懸絲鞭於上，䡾作悅耳之音。且昔惟春日則放，以春之風自下而上，紙鳶因之而起，夏日則風橫行空中，故有清明放斷鷂之諺。今則四時皆可放矣。

絳帳

漢馬融講授，前列生徒，後蓄女妓，因施絳紗帳。又苻秦韋逞之母文宣君年八十，奉命傳周官學，亦施絳紗帳，皆所以限隔男女也。今詞家以例絳帳歸師，迺何其謬也。

甘蔗宜兒食

甘蔗小兒宜食，雖患疽疹，食之無禁。本草醫相爭，一曰性熱，所以發疹；一曰性寒，所以解毒；一曰性溫平，所以無害。李君實檢方書，則曰蔗能節腹中蚘蛔，多者滅之，少者益之。益蚘多則傷人，少則穀不消，惟蚘得其中，則小兒無病，所以宜兒，豈在寒熱溫平間哉。

織女降臨

宋黃伯思東觀餘論，郭令公初從軍至沙塞，見左右皆赤光，仰視空中，見輜軿車自天而下。令公祝曰，今七月七日，必是織女降臨，願賜富貴壽考。神笑曰，大富貴亦壽考。冉冉升天而至雲際。此最爲七夕佳話，勝蛛絲針縷多矣。

管城子

紫桃軒雜綴，人知毛穎傳有管城子，爲昌黎所托，而不知實有仙人管城子。晉武帝時，尹虔子、張石生、李方白咸師事之，得其燕丹餌木法，以昇雲天。虔子在舟洲爲高眞，張石生爲東源伯。

水能辟邪

五行各有利用，而水更能辟邪。如人出行舟楫及旅店中，夜臥貯清水一盂，則悶香無效。又聞狐狸亦畏水，不能越水而渡。若疫氣侵延，遇大雷雨，亦可消止。吾郡尤定中何，康熙乙卯孝廉，選神水縣令，一日審一道士，奸狀極其刑訊，了不知痛。一吏教以清水貯前，噴道士身，出縣印照之，一訊吐實，書之以備廷鞫者之一助。

黄六王八

疑耀載，京師勾欄中諱語，謂紿人者曰黃六，蓋言黃巢兄弟六人，巢行第六而多詐，故詐騙人者，詈爲黃六也。又七修載，詈人曰王八，蓋後五代王建行八，素無賴，盜驢販私鹽，故人詈曰王八，賊今俗誤爲王覇。聞之故老曰，忘八，蓋忘孝弟忠信禮義廉恥也。又聞一人爲一紳對曰，一二三四五六七，孝弟忠信禮義廉。叔初不解，詢之，知爲詈語，忘八無恥也。

只孫

元親王及功臣侍宴者，別賜冠衣，制飾如一，謂之只孫。趙康訪家傳御賜金文只孫一襲是也。明高皇定鼎，令値駕校尉服之，儀從所服團花只孫是也。霏雪錄載徐秋雲宮詞，紅錦只孫團晚風，是誤以只孫爲織成帷幃之類耳。

石中異馬

耳新載粤中有老人業履者生旁置一大石一日有收寶者見之欲出厚價售其石老人不省所以堅不與自後因藏其石已而悔之閱數月收寶者復至乃出以觀冀得厚價其人連稱可惜老人問故答曰石中有異馬無價之寶以子日對之業履有草以為養故得活今藏之已餓死矣老人不信剖視之中果有死馬

禱祝有靈

吾猶及識萬曆中吳門陸氏稱盛有時過者兄弟間其名稍遜歲考牌至日謁拜郡廟祈夢中預告試題其兄時選時資竊笑之於按臨前戲書如有周公之才之美一節題暗置郡廟爐下時遇禱祝得之喜不自勝兩兄復叩之曰禱拜有靈否時遇秘而不洩集名人社課錄其佳者熟讀之迨入試果出此題遂冠一軍食廩多年○蘭谿童茂才平時不肯志學衡文者將至乃晨起於至聖前焚香虔禱且取四書展開憑手所指得臧武仲以防求為後於魯節次早復虔禱又拈得前題隨遍覔此題佳文熟讀此外茫然一無所記也試日進號坐不勝榜腹之懼惟默念臧武仲老大人保佑至再至三題出果然遂得高等

團茶充貢

世言團茶始於丁晉公前此未有也慶曆中蔡君謨為福建漕使更製小團以充歲貢元豐初下建州又製密雲龍以獻其品高於小團而製益精矣曾文昭詩云前陽學士蓬萊仙製成月團飛上天又云密雲新樣尤可喜名出元豐聖天子論者謂君謨學行政事高出一世獨貢茶一事比於宦官宮妾之愛君而閩人歲勞費於茶貽禍無窮蘇長公亦以進茶譏君謨有前丁後蔡之言云

茶具

長沙茶品精妙甲天下每副用白銀三百星或五百星茶之具悉備外則以大銀罌貯之趙南仲丞相帥潭日嘗以黃金千兩為之以進上方穆陵大喜益內院之工所不能為也昔司馬公與范蜀公游嵩山各攜茶以往溫公以紙為貼蜀公盛以小黑盒溫公見之曰景仁乃有茶器耶蜀公聞之因留盒與寺僧而歸

食糠而肥

史記陳平家貧為人長美色或謂平貧何食而肥若是其嫂嫉平之不視家生產曰亦食糠覈耳有叔如此不如無有宋李美桐下听然云錢功父允治食物註穀部糠云陳平食之而肥蓋意亦食糠覈是其嫂一時毀訾之語糠亦何能肥人功父引之以為証似乎失當及看本草糠令人肥又晉書王戎子萬有美名少而大肥戎令食糠而肥愈甚又嘗見婦人髮少以糠榴油傅之即黑則糠之能肥人屬有所據功父非漫言也

堅瓠廣集卷四終

堅瓠廣集卷之五目錄

朋友不通財　易色
大歸　青雲
蒲盧　束修
雞口牛後　碧莖
萬石　飲器
乘槎　青泥印
魚腹中玉　游月宮
神畫　李博士
玉環　破天荒
人血愈鶴傷　梨酒
引光奴　盤捧小人
豬金　渾脫
傳鼓　手熱

堅瓠廣集　卷五　目錄　一

調水符　天涯地角
豬羊蕩　石牛石羊
石化物　林方伯妾
王復齋子　墮崖女
丐兒還金　司命有識
神針　妬報
定數　廬山
還銀得子　思屯乾道人
明初異權　元功不利
雞土喚物　劉忠宣鎮定
娶巫女　宗子相女
開太宰封翁　煞神
食杏仁　乡壇神
鍾馗　手扒控馬奴
産異　人物同胞
男人生子　土龍
黃河清　柳鶯英
翻燒餅

堅瓠廣集　卷五　目錄　二

堅瓠廣集卷之五

清　長洲石農褚人穫學稼纂輯

朋友不通財

了菴雜錄感慨朋友通財之難以為聖門諸賢惟顏淵原思為最貧子貢結駟連騎子華乘肥衣輕可云富矣當時不聞分給二子使不至困之可見通財之義賢者猶難之愚謂顏子屢空不改其樂原思則夫子與粟猶且辭卻二子豈望人周急者人之相知貴相知心彼不輕與二子通財正深知其心者也不然賢如子貢子華寧亦如世俗人之吝於財者也

易色

賢賢易色註云易其好色之心是矣然與下文竭力致身語意不類蓋易者改也遇賢人必改容以敬之色指禮貌言如其次避色亦指禮貌衰也色力身信皆自己身上事語意一串此論殊佳出徐氏經牕

大歸

翰山日記古人以去婦為大歸夫人姜氏歸于齊大歸也王景興與鍾元常書近聞室人孫氏歸曰大歸也共經憂樂既久矣愚為一旦離析以至于歸而不返乎據此則世俗歸寧輒曰大歸豈我思肥泉之義哉言出不祥所宜亟正

青雲

京房易占青雲所覆其下有賢人隱蹟逸民傳嵇康蚤有青雲之志梁袁彖贈隱士庾易詩曰白日清明青雲遼亮阮籍詩抗身青雲中網羅孰能施李太白詩所有青雲人高歌在巖戶皆言隱者高潔之意後世乃移以詠入仕登名之士似誤

蒲盧

詩疏廣要等書皆以蒲盧為果臝似蜂而細腰俗呼為蠮螉又夏小正十月玄雉入於淮為蜃蜃者蒲盧也唐啟括蒲盧賦云負么麼之異族能教誨而知變韓致光詩桑頭蠮管長蒲盧皆以為蟲引中庸之蒲盧為變化以証敏政朱子獨引沈括以為蒲葦愚謂若從蟲之說與敏樹語不合矣

束修

束修二字自朱子以束脯言人知為弟子餽師之禮不知漢書鄧后紀云故能束修不觸羅網註以約束修整言之又鄭均束修安貧恭儉節整馮衍傳圭潔其行束修其心又劉般束修至行杜詩薦伏湛云自行束修訖無毀玷延篤云吾自束修以來為臣子忠孝不諂瀆鹽鐵論桑弘羊曰臣結髮束修得宿衛梁商曰王公束修厲節晉荀崧責堅曰吾束修自立君何謂降耶嵇中散集云全束修無玷之稱皆檢束修飾之義可見自行束修以上夫子言能飾躬者皆可教也未必言及禮物朱子以禮物言者本檀弓曰古之大夫束脩之問不出境少儀曰其以乘壺酒束脩一犬賜人若獻人則陳酒執脩以將命亦曰乘壺酒束脩一犬穀梁傳曰束脩之問不行境中故云束脩至薄者

雞口牛後

蘇秦說韓宣惠王曰寧為雞口毋為牛後註云雞口雖小所以進食牛後雖大所以出糞舊本戰國策作雞尸牛從安延篤音義云尸雞中之主從牛之子顏之推沈存中皆取其說未知孰是

碧莖

偃師長弘事周靈王竭忠盡諫為王所戮國人哀之為藏其血三年而化成碧莖於邑中所塋之地數里皆成碧色故蜀中有青泥坑見小窓別紀萇弘之血化為碧人所知也而所塋之地數里皆碧或未盡知故特表之○耳談新都殷司徒家掘地得古塚塚磚長五寸許皆有字云歙東蕭司馬碧塋不知碧塋之義以問汪伯玉伯玉云凡死忠而不得屍者得血以塋曰碧塋本弘血化碧之義

萬石

漢宣帝時馮揚為弘農太守有八子皆為二千石號萬石君茂陵秦襲與羣從五人同時為二千石亦號萬石秦氏唐武城張文瑾四子皆至三品號萬石張家宋順昌廖剛四子遊過遂遵皆東壁節號萬石廖氏今人但知石奮及四子建甲乙慶皆二千石時人尊寵號奮為萬石君

飲器

史記趙襄子殺智伯漆其頭以為飲器讀者謂頭骨不可為器以飲故註者多謂溲便器如虎子之屬惟劉氏註云酒器甚覺正誤以為非按呂氏春秋襄子與魏桓韓康期而擊智伯斷其頭以為觴謂之觴非酒器而何又漢書匈奴傳單于以老上單于所破月支王頭為飲器者共飲血盟若溲便器則不可盛血飲矣○晉書姚方成漆徐蕃頭為便器漢曰虎子西京雜記以玉為虎子又漢廣鑄銅為虎形為溲器又

唐人文集溺器曰夜瀓。蜀孟昶有寶裝溺器。○道書溺曰房中醑水。

乘槎

乘槎事。古來詩人皆以為張騫。杜少陵亦有乘槎消息近。無處問張騫之句。按騫本傳止云漢使窮河源而已。未嘗言乘槎也。張華博物志云。舊說天河與海通。有人賫糧乘槎而去。十餘月至一處。有織女及丈夫飲牛於渚。因問此是何處。答曰。君還至蜀問嚴君平則知之。還問君平。曰某年月日有客星犯牽牛宿。然亦未嘗指為張騫也。及梁宗懍作荊楚歲時記。乃言武帝使張騫使大夏。尋河源乘槎見所謂織女牽牛。不知懍何所據而云。又王子年拾遺記云。堯時有巨槎浮於西海。槎上有光若星月。夜明晝滅。十二年周天而更始。名貫月槎。掛星槎。羽仙棲息其上。則自堯時已有此槎矣。

青泥印

拾遺記。禹導川夷岳。而黃龜負青泥於後。黃龜者。河精之使者也。龜頷下有印。文皆古篆字。作九州山川之字。禹所穿鑿處。以青泥封記其所。使黃龜印其上。蓋青泥與漢武蘭金紫泥同類耳。梁簡文與蕭臨川書。必遲青泥之封。後人直以青泥為墨矣。

魚腹中玉

桃燈集異。太倉有漁人網得一大魚。腹有白玉長寸許。上有篆文曰江山袖換四字。漁人不識。以為石也。持之換酒。酒主亦不納。漁人持歸。道經傳軍士之門。傳老見之。以粟一斗易之。見其瑩潔。珍藏於家。後傳之孫曰東滄者。登進士。授兵部主事。此玉偶為本兵公所見。意甚欲之。傳不得已獻焉。惜不知此為何物也。

游月宮

唐明皇游月宮事。所出數處。記載不一。異聞錄云。開元中。明皇與申天師洪都客夜游月中。見所謂廣寒清虛之府。下視王城崔巍。若萬頃琉璃田。翠色冷光。相射炫目。素娥十餘舞於廣庭。音樂清麗。遂歸製霓裳羽衣之曲。唐逸史則以為羅公遠。而有擲杖成橋之事。集異記則以為葉法善。而有潞州城奏玉笛投金錢之事。幽怪錄則以為游廣陵。要之皆荒唐之說。不足問也。

神畫

潤州興國寺。苦鳩鴿棲梁上。穢汙佛像。張僧繇乃於東壁畫一鷹。西壁畫一鷂。皆側首向簷外。鳩鴿不敢復入。羅隱宮晉江王髻峰。為土人所侮。隱畫一馬於石。每夜馬出食人禾。追之則馬復入石。人因禮而謝之。隱乃畫樁繫焉。夜遂不出。天都戴遂昌

廣仁院佛殿邑人毛會一作濟畫一婦乳兒於壁。夜遂有兒啼。衆怪之。一日會至院。僧語及之。會笑曰。若欲止啼甚易。乃以筆添乳入口。自後啼聲遂絕。會名頓起。

李博士

耳談。黃岡學博蘄州李某。自言居家時為鬼攝去。因問鬼許大世界。豈無有人逸脫者。倘肯為我謀。願餽楮錢以報。鬼曰。可姑為謀之。掌判者許諾。於是死去復生。廣為焚錢。後鬼歲必一至。索錢轉限。及來黃邑。意謂得脫。與諸生候大吏於河滸。忽墮馬昇歸。言前鬼復至攝我去。幸尚許我轉限。即設酒殽對鬼拱揖。而餽焚楮錢。果愈。自是又數歲。鬼必歲至。如在家時。一日鬼至云。今後焚錢亦無益矣。辭任歸家遂卒。

玉環

楊太真小字玉環。故古今詩人多以阿環稱之。李義山詩云。十八年來墮世間。瑤池歸夢碧桃閒。如何漢殿穿針夜。又向窗前覷阿環。可証。黃虛子仙志載太真生而有玉環在左臂。環上有八分太真二字。而鶴林玉露載唐狄昌詩。馬嵬烟柳正依依。又見鑾輿幸蜀歸。地下阿蠻應有語。這回休更怨楊妃。阿蠻又似楊妃小字。昌亦唐人。必有所據而云然。○癸辛雜識。王荊公詩云。瑤池森漫阿環家。又云。且當呼阿環來

興弄溟池。是以西王母為阿環也。按西王母降漢庭。遣使女與上元夫人答云。阿環再拜。上問起居。則上元夫人亦名阿環耳。

破天荒

破天荒之語。蓋自宋時已有之。似為郡縣初發科者而言。荊南歲解舉人多不成名。至劉蛻始及第。號為破天荒。閩禧初。南漢登第者。由史子申始。人謂之破天荒。又播州冉從周舉進士時。亦呼為破荒。

人血愈鶴傷

李衛公遊嵩山。聞呻吟聲。視之乃一病鶴。見李作人言曰。我被樵者傷腳。得人血則愈。但人血不易得。鶴拔眼睫毛曰。持此照之。即知矣。李自照。乃馬頭也。至途中所遇照之。皆犬彘驢馬之類。惟一老翁是人。李以鶴故告翁。針臂出血。李受之。往濡鶴傷處。鶴謝曰。公當為宰相。後當鶴昇。語畢乃冲天而去。又固州司馬裴沆於鄭州道左見病鶴呻吟。有老人曰。得三世人血塗之。則能飛矣。惟洛中葫蘆生三世人也。裴訪生授針。針臂得血塗之。而鶴飛去。

梨酒

癸辛雜識。李仲賓家有梨園。樹之大者。每株收梨二車。一歲盛生。數倍常年。無人求售。甚至用以飼豬。有所謂山梨者。味極佳。意頗惜之。用大甕儲數百枚。以缶蓋而泥其口。意欲久藏取食。既而忘之。及半歲後。因至園中。忽聞酒氣。疑守舍者釀熟。索之無有。因啓觀所藏梨。則化為水。清冷可愛。湛然甘美。真佳醖也。飲之輒醉。回回國葡萄酒。止用葡萄釀之。初不雜以他物。始知梨可釀酒也。

引光奴

輟耕錄。杭人削松木為小片。其薄如紙。鎔硫黃塗其銳。名曰發燭。又曰焠兒。今解謁為大寸蓋。以發火及代燈燭用也。史載周建德六年。齊后妃貧者。以發燭為業。豈即杭人之所製歟。陶穀清異錄云。夜有急。苦於作燈之緩。批杉條染硫黃。遇火即發焰。呼為引光奴。今遂有貨者。其名頗新。

盤捧小人

耳談。嘉靖乙卯。何仁仲赴試鄂城。見一丐者。以茶盤捧一小人。云自江干拾得。長尺餘。如猴狀。面上五官畢具。鬚髮半白。手足衣裾與人無二。朝夕飲水食米與飯。惟聲似鳥雀。未之能辨。豈小人國之遺耶。

猪金

萬曆初。滸墅關王庠三家。豢一猪。已二歲。一日銜其主衣。行異之。隨其所往。以嘴掀土。出瘞金千兩。取之。家遂饒。自是德猪。飼以香飯。澡以溫泉。衣棉褥氈。十年大可比牛。遠近來觀。後死棺殮祭奠。一如人禮。近聞塘墅李某。亦獲猪圈中金。家亦大富。

渾脫

朱東磊漫紀錄。有渾脫錄。初不解所謂。考□□紀。唐長孫無忌。以烏羊毛為渾脫氈。□□□之。號趙公渾脫。亦不解所名。萬曆□□□□□以役三關。行次太子灘。隔岸群□□□□而渡。有騎一物浮於水面。曰□□□□羊皮。去其骨肉。縫製令不透□□□之。究累羊也。虜人乘以渡水。□□□□渾脫。其骨肉而製就。故以為□□□□□烏羊之毛以為幘。故名亦□□

傳鼓

□□□□弔客至。則傳鼓為信。按吳隱□□□□□□變事母孝。嗷執喪哀毀太過。□□□□□每至弔客哭臨之時。恆有□□□□□□□之夕。有衆雁群集。人以為□□□□□□傳鼓。晉已來即有之。

手熱

□□□□□□康肅公善射。嘗射於家圃中。一賣油叟置擔而睨之。發矢十中八九。叟微笑。公曰。叟亦善乎。翁曰。無他。但手熟耳。即能命中。公曰。何以知之。翁曰。以我酌油知之。我嘗以葫蘆置於地。以錢覆其口。徐酌油其中。油瀝瀝自錢孔入。而錢不濕。因思射亦如此。但手熟耳。

調水符

蘇長公愛玉女洞水。洞在盩厔縣西門。洞門崇四尺。濶三尺。旁有飛泉。味甚甘冽。欲之能愈疾。長公至其處。愛此水自致兩瓶。欲後取。恐為使者見紿。乃破竹為契。令寺僧藏其一。以為信。號調水符。如取水往來。更換執之。以為驗耳。沈石田詩。未傳盧氏煎茶法。先得蘇公調水符。謂此。

天涯地角

蜀中詩話。賓王疇昔篇曰。地角天涯渺難測。成都有此二石也。閱志圖。天涯石在中興寺。耆老傳云。人坐其上。則腳腫不能行。至今人不敢踐履。又有天涯石廟。在大東門。對昭覺寺。石高六七尺。今石入湯家園。朱東磊漫紀。石在蜀城東隅。高二丈許。厚僅半尺。瘞根土中。曳之若搖動可引。撼之則根不可窮。地角石廟在羅城內西北角。高三尺餘。王均之亂。為守城者所壞。今不復存矣。○彭秤翁言。廣東瓊州海邊有一白石大牌坊。上書天涯海角四字。

豬羊蕩

挑燈集異。寧國府城外地名豬羊蕩。野中有黑白二石。各數畝餘。黑者為黑。白者為白。各聚一處。絕不間亂。土人云。昔傳有一人驅羊豕各一羣。行至此地。道旁一人見之。疑而問曰。爾莫不是神佛化身。何故徒行。嘗攜許多豬羊。其人聞言。忽不見。豬羊悉化為石矣。至今石尚存。色不改。

石牛石羊

湧幢小品。昔有神人驅石之海。祝曰。蒼蒼為牛。㸌㸌為羊。牛羊來斯。共驟同驤。石皆奔逸。見老姥曰。見吾羊否。見吾牛否。姥曰。惟見奔石。牛羊不見。神曰。惜為道破。悉化為石。

石化物

錄異記。進士李眺於江干偶拾得一小石。青黑平正。溫滑可玩。撫摩揩拭。用為書鎮。

偶有蝇集其上。驱之不去。頃視之。已化為石。因求他蝇試之。隨亦化焉。殼落堅重。與石無異。

林方伯妾

八閩志。莆田林公有方伯公秀。五旬無子。娶十四妾。皆以妻妒死。後致仕。諸同年慮其乏嗣。醵金八十為購妾。里人避妬。莫有許者。適督郵有女逾二旬。罷官貧甚。毋利金欲與。而父難之。女曰。兩親無歸。女安得惜身。但當善事之耳。遂成購。不三日撻數死。明日又撻。女曰。受撻惟此一次。明日不能受矣。妻大怒。明日又撻。女歸房。妻亦遂入。女忽閉門加刃於妻頸曰。吾為十四命報冤。殺汝。反棒撻之無算。妻急呼方伯救解。且矢天日。再不撻女。始解。由是兩相歡。女生七子。三甲榜。四孝廉。簪紱於鑾不絕。

王復齋子

耳談。王侍御復齋。有妾困於妬妻。王出按時。妻幽閉妾樓上。餓且死。妻之子毓俊甫八齡。紿母曰。餓死人人謂不賢。不如日食以粥湯一盂。令其徐徐自斃。可緩謗也。母從之。俊陰以小布袋藏熟食魚肉。乘進粥時食之。得不死。逾年生一子。侍御潛育之他所。及侍御卒。俊撫愛特至。得以成立。

墮崖女

拙菴雜組。嘉靖中有宦而川遊者。過險道。女自輿墮崖下。崖逼溪流。深難莫測。以為必死。痛哭而去。後任滿還。過其地。將為招魂之奠。土人謂年來見一仙女飛翔崖上。旋復飛去。宦遊者曰。有是哉。停驂俟之。果見飛至。視之。乃其女也。父母齊出抱女。女亦以父母故止。曰。兒在此甚樂。不願歸也。强之歸。問何以得生。曰墮時即止崖石上。饑則食樹子。久而身輕能飛。兒亦不自省。自火食後。身不能輕。還其故步矣。

丐兒還金

白醉璅言。袁忠徹致政歸四明。某大叅來賀。以年老。令一童掖扶以進。兒約十二三。衣繿縷。貌古怪。立於側。坐定。袁視久之。叅政曰。尚賓之注目。殆入相乎。袁曰。以余觀此兒。他日之貴顯。當軒輊於公。叅政曰。公誤矣。此兒素無賴。貴從何至。袁曰。但取其相。他非所論。後兒在叅政家。大肆不良。逐出。丐食於嶽廟。一日有婦人挈包而進。禱嶽神前。禮拜甚久。忘包而出。兒取視。皆黄白也。兒藏包以俟。見婦人悲號來覓。兒即還之。婦人以銀一錠酬之。兒曰。毋誤矣。欲得之。不罄所有乎。婦曰。兒何所依。兒曰無依。故丐耳。婦即携之之北京。為夫訴屈。夫蓋四明指揮使也。以冤滯獄。得財始釋。指揮無嗣。亦乏支庶。竟以此兒承襲祖蔭。

司帑有識

了菴雜錄。楊和王沂中閑居時。携杖微行郊外。遇一相字者。王以所携杖大書地作一畫。相者起拜曰。土上加一畫。王字也。閣下其膺王爵者乎。何微行至此。宜自愛重。王笑索紙筆。手批賞錢一百千。令於明日詣府。向司帑者支取。明日相者持帖往。司帑佯不認。叱曰。汝何人。敢以贋帖來脫錢。相者具言其故。且大聲稱屈。於是司謁者與同輩醵錢五千與之。相者泣詈而去。王聞之。召司帑問曰。此真吾所批。汝豈不識耶。司帑頓首曰。固識之。但彼藝術者流。一言偶中。即獲厚賞。倘向人誇說。更添胡說。則吾王將滋謗矣。且吾王已居王爵。何所復用相為。王大悦。撫其背曰。爾言是也。即以賞相者錢賞之。此司帑姓名惜不傳。

神針

西齋話記。隴州道士曹若虛精於醫。尤精於針砭之術。里有孕婦再適人。遇疾且死。經日而心胸尚温。家人亟延若虛視之。若虛曰。是可生也。引鍼刺之。即時而甦。良久乃能語。曰初遇故夫相携出城外。遠歷郊野。復入林莽中。輾展不相捨。既而故夫忽若為一物刺中其足。不能舉步。由是獨行。遂如夢覺。若虛歎曰。吾適所針。乃黄帝鍼入邪穴也。

妬報

乘異錄。劉道芳為進溪令。秩滿歸京。夜宿縣界富民秦氏家。恍惚見一紅衣婦人泣告曰。妾乃秦家子婦。因妬殺死夫所幸婢。婢訴於冥司。追攝妾魂。已償其命。餘罪尚作牝羊。現在秦氏之闌。今將烹以享客。幸為一言生我。明晨道芳語主人曰。私忌不食葷血。勿宰羊。主人云。適已烹矣。道芳嗟訝。告以夜來之夢。秦氏舉家感傷。遂瘞之。

定數

有老翁精數學。一日有一道者來問數。坐其竹床。床遂壞。道者欲償其值。老翁笑曰。成敗有數。何償為。遂取床足示之。有字一行云。此床某年月日有仙翁來坐。床不能載。數當壞。因謂道者曰。予必仙人也。道者愕然曰。神仙亦莫逃乎數耶。言訖不見。

廬山

周武王時。方輔先生與李老君跨白驢入山煉丹。得道仙去。惟廬存。故名廬山。或云周威烈王以安車迎匡續。續仙去。止存一廬。因名其山曰廬山。又以先生之姓呼匡山亦曰匡廬亦云匡阜。

還銀得子

揮塵新譚。京師數貧人貸銀十兩。為托賣燒鵝之計。道傍有傾銀店。共假其錐鑿剖之。忽一塊爆起不見。約計八錢。覓之不得。衆大相咎。至有欲畢命者。明日又鬨於樓下。上有監生訊之。告以故。曰。我昨夜歸。於樓門檻得銀一塊。當是汝物。出銀還之。果是。衆感其意。分半酬之。生固辭曰。我欲銀。匿不言矣。爾輩借貸所得。吾安忍分。衆益感德。思有以報。他日得利頗厚。見一人攜小兒於道。索錢五百文。衆議以三百錢得之。送監生為僕。同至旅次。小兒一見便呼爹爹。大哭。生亦哭。乃在張家灣所失子也。年八歲。登車時為奸人抱去。三月餘矣。父子感衆意。又出銀以謝之。乃知一事之善。遂使父子完聚。造物報施之巧如此。

思屯乾道人

耳譚。金陵萬鎡。適方外談長生。為人箕卜。請則呂仙必至。一日箕語有客至。其人業卜。可否之。故又善卜。以是糊口。隆慶庚午。鎡得風疾。左臂不仁。出必以杖。忽逢一道者。亦名鎡。鎡柱杖與語。甚悉。道者曰。吾能愈爾疾。因令鎡疾行。鎡曰。不能。道者略引以手。便能行。又以手捫衣內。宿苦頓除。鎡大感悅。拜問姓名住居。曰。汝向清元觀問思屯乾道人便是。鎡歸遇友毛傳於門。驚問其故。鎡具道所以。傳賀曰。公遇仙矣。思者絲也。糸屯純也。乾者陽也。乃是純陽呂祖也。至清元謁塑像。正與所見合。言呂祖年若四十餘。白皙長髯。青唐巾。玉色道袍。袍有二綻處。暗寓呂字。手常扠而不放。置向胸前。後亦是呂字意。

明初異擢

洪武初。徐興祖井果俱以廚役授光祿卿。杜安道洪觀俱以櫛工官太常卿禮部左侍郎。蔡春王興宗俱以皂隸官布政使。他如李孜省鄧常恩趙玉芝凌中俱以方術進。顧玒由巫師俱官太常卿。金忠以卜術官至兵部尚書。贈少師。袁珙以相術官太常寺丞。贈少卿。子忠徹官至尚寶少卿。蒯祥蒯義蒯鋼蔡信郭文英俱以木工官至工部左右侍郎。陸祥以石工官至工部左侍郎。許紳以醫官至太子太保禮部尚書。蔣宗武以醫官通政司通政使。施欽仲蘭奈宗周張鑾徐偉俱以醫得官禮部左侍郎。湯序右侍郎康永韶俱以天文生授。

元功不利

明五元功皆不利。高皇開國元功。韓國公李善長以嫌賜死。成祖靖難元功。淇國公丘福井陘敗。削爵。全家謫海南。景皇禦敵元功。兵部尚書于謙被讒棄市。英廟復辟元功。忠國公石亨下獄論斬。武功伯徐有貞下獄流金齒。世宗入繼大統元功。大學士楊廷和奪官。

錐土嗅物

耳談。成安亢老家裕。止一子。禮度如長者。然有時持刃殺父。衆聞於令。令拘問之。曰。民知法者。安忍為此。特持刃時不自知耳。令大悟。問亢老曰。汝何業。曰少業邸店。曰屋幾進。曰四進。時有業錐者。錐土中而嗅之。即知土中物。因命遍錐其家。得四屍。蓋業邸店時所殺取財而瘞之也。亢老服罪。然兒莫知父屍為四塚。皆厚葬之。而有其財四之一焉。曰。多取非福也。兒亦賢矣。

劉忠宣鎮定

天都載。弘治壬子浙江鄉試日。大雨如注。號舍漂流。諸生避雨擁擠公堂。按察某令逐之。諸生鬨然。擊以瓦礫。監臨大懼。欲易日再試。劉忠宣大夏曰。非制。且雨勢驟必晚霽。令武弁立案上傳呼諸生。自度試文可決第者留。否則縱出。諸生如忠宣言。出者雲湧。監臨懼其盡出。及雨止晚霽。請燭者尚有八百餘人。衆皆大喜。及揭榜得新建王文成守仁。副都御史孫忠烈燧。按察副使胡端敏世寧。忠宣處事鎮定如此。

耳談。弘治壬子浙闈試日。空中有為大聲者曰。三人做得好事。莫測其故。後寧藩之變。胡公發其謀。孫公殉其節。王公成其功。始知空中之言。為寧藩發也。

娶巫女

譚輅載。浚遒縣祠唐后二山。衆巫每歲取民女為公姬。有妨嫁娶。前後守令莫敢禁。宋均命今後為山娶者。皆娶巫家女。勿擾良民。其事遂絕。較之西門豹投巫之事。更不惡而嚴。從政者所當知。

宗子相女

耳談。興化宗子相臣生一女。十餘歲。巧慧識字。絕憐愛之。以病卒。囑曰。勿去腕上金鐲。從之。後為吏部郎。春日郊遊。憩一廢廟。見一女神。塵泥積滿。貌類其女。拂其腕。金鐲在焉。締視是女物。大怒。撼泥取鐲。并語禮曹。令以淫祠焚之。自是頻夢其女索居。語甚憤激。宗不為動。及入閩振文鐸。夢更頻。宗以敏才。二三日雌黃千卷。文理批評。皆能口誦。女至。盡見。常淆亂之。或加塗抹。宗無能為計。年三十六竟以悶死。

聞太宰封翁

成化末，寧波聞某，商也，始無子，畜以腹產給婿，因家焉，稱甥，呼公，聞應之。甥曰：「呼我公也。」聞不悅。歲除，步至庄家，乃故役者也，方設俎焚楮，享其先，甚虔，已出餞薦聞。聞涕下沾襟，曰：「甥情見於辭，我身後疇享我如汝者，其若莫敖鬼乎。」媿見其甥，遂留宿不歸。而庄容有女，以祿命不利人，故久不字，聞見之，屬媒納為媵，時年六十四矣。未破臘而夢蘭，次年生太宰淵。八十五以子貴受封，又十年卒。耳譚作梁太宰誤。

煞神

耳談：鄂城之俗，於新喪避煞最嚴。楚王孫尚良，素負氣，矯厲不信。當兄喪煞回，獨入坐靈旁，將几筵餚酒自斟自酌。至夜半，見群鬼如氤氳之氣，遶堂而過，叱之。忽有雄雞巨如鶴，鈎喙怒目，飛立棺上。尚良髮上指，直前擒之，左手持雞，右手執觴，怒而責曰：「汝是煞神乎？何不畏我？」門外竊聽者聞之，皆為股栗。已釋雞出，而金鐵之聲大作，至明毀瓦破檻，器物皆盡。後尚良獨享高壽。聞宋太祖微時，入人家，其家以避煞出，有雞在庭，殺而烹之，未薦而出。其家歸，釜中乃是人頭。信其神為雞矣。

堅瓠廣集　卷五　十一

食杏仁

孟蜀翰林學士辛寅遜居青城山，一夕夢神謂曰：「汝可食杏仁，令汝聰明，老而強壯，資於年壽。」辛拜請食法，云：「以杏仁七粒納口中，久之則盡去其皮，逡巡嚼爛，和津液如乳，頓嚥，日日如法食之，一年必換血，令人強健康泰。」辛依方久服，年踰大耋，輕健如童。要之寡慾守真，靜攝養生為上。

丫壇神

耳談：嘉靖末，宜興染坊孀婦陳氏有容色，一木客見而悅之，故以染屢過其家，誘餌百端，凜不可犯。為謀者密以數物夜擲其家，明日以盜聞於官，又賄胥隸繫累窘辱，以冀其從，婦益怒。惟日夜禱於丫壇神曰：「我家敬事尊神最久，獨不能為我佑乎？」是夜夢神語曰：「已命黑虎矣。」木客聞之，猶罵癡婦。不旬日，與六七客往山販木，叢柯間黑虎果出，隔越數人，銜之而去。

鍾馗

高郵李毛保，母為五通所據，屢治不能，然家漸裕。一日欲得金首飾，五通曰：「向見姑蘇徐守家姬所藏首飾頗珍異，往可得也。」已跛蹇而返，曰：「首飾已得，過堂西小樓，遇黑臉醜惡鬍子，擊我一鐵簡，傷左股，投於井而遁，為汝幾喪我命。」毛保聞之，欲察其所懼，因假賣卜抵徐守家，果以失首飾為問，疑其奴婢。毛保布卦成，曰：「物在井中。」徐命撈取果得，詫以為神，婢奴德之尤甚。延款西小樓，見所供鍾馗像，正如五通所說，紿之曰：「惡神不宜以鎮宅，我為汝家移祀廟中。」其家許之，即攜歸，置堂中。五通避不敢入，遂屬耳於毛保母曰：「此神正向擊我者，我以汝故竊物得禍，又向所遺物無算，今反毒治我，汝家禍不遠矣。」因去不復至。

手批控馬奴

耳談：臨邑察院署舊有怪，過者不敢停驂。薛文清公瑄督學山東，竟憩焉。夜半有黑衣而立，薛不為意，已而漸近，手批其首。旦視之，得泥兜鍪，命隸跡之，為城隍廟控馬奴，因易其像，祟遂絕。今塑像仍露其頂。

產異

婦人擧生已為異事，有一產而三至四五六七者，諸書所載，備錄於左：天都戴宋自建康至天禧中，產兩男一女者三；石勒時，堂陽陳豬妻；漢隱帝時，內黃武進妻，俱一產三男；天聖至治平，一產三男者四十有四。從信錄：永樂戊子，靈丘李天秀妻米氏；仙里塵談：嘉靖初，京師米鑑妻、香山蓮塘鄭七仔妻、廣州黃世綱妻，俱一產三男。續

堅瓠廣集　卷五　十二

已編：汝寧燕秀才妻一產三男，光州民婦一胎三女，光州知州陸人傑鍾見而異之，配為夫婦。萬曆中，高平縣吳守倉妻牛氏、松江有民妻，俱一胎三子。康熙癸丑，黃州衛生員李宏妻張氏，乙丑五月，諸暨張茂妻李氏，俱一產三男，撫臣疏請部議給布六疋、米五石。灌纓亭筆記：成化間，嘉善縣鄧亮妻，初乳生三子，再乳生四子，三乳生六子。漢永寧中，南昌有婦人一產四子。宋建康中一胎四男者三，一男三女者二。石勒時，黎陽陳武妻一產三男一女。北魏延興三年，秀容郡（今太原府忻州）有婦人一產四男，四產十六男。大同有婦人一產四男，治平中一胎四男者二。萬曆戊申，福州蘇九妻鄧氏一產兩男兩女。庚巳編：正德中，長洲吳奇妻一產四男，武進張麻妻一產五男。西樵野記：天順中，揚州有民婦一產五男。耳談：萬曆庚寅，南宿州有民婦一產七子，膚髮紅白黑青各異，以為妖，屬一人瘞之江灘。是夜里有長者夢神謂曰：「明日有七將軍在阨，過爾門，爾捄之，當獲福佑。」長者起覘之，果見有人攜一筐，以衣覆其上，發視之，果七兒，因以錢勞之，留育於家。

人物同胞

人有與物同產者，漢竇武母產武時，并產一蛇一鶴，蛇鶴送之林中。後母卒，有大蛇

與鶴徑至盡所，皆懷帝永嘉五年，枹罕令嚴根妓產一女一龍一鵝。丹陽張慶婦產一男一虎一蛇。劉毅妻郭氏產一男一鼠，毅怒殺之，鼠走逸。後郭病死，方斂，鼠來跳入棺中。劉聰劉后產一蛇一虎。萬歷丁巳，廣寧一婦產一蛇一猴二角，已為異事，群談秣餘。崇寧元年六月，西京民家豬生二男一女一豬，則尤異也。

男人生子

庚巳編：齊門臨甸寺一僧，年少美姿容，病死。其師建齋會衆茶毘，忽爆響腹開，中有一胞，胞内一小兒，長數寸，面目肩髮俱見，衆所共見。又嘉靖四年乙酉正月，吳縣民孔方腹痛，穀道出血，產下一胞，妻沈氏剖開，有一男，長一尺，髮長二寸，五官俱全，隣里驚報府縣申詳，巡按朱實昌具本奏聞，以為人異。乃知史載牡馬生駒，未足異也。

土龍

晉義熙中，江陵趙姥以醞酒為業，居室内地忽自隆起，姥察為異，日以酒酹之。有一物出，頭似驢，而地無孔穴。及姥死，人掘土下，有聲如哭，人掘地，見一異物，蠢蠢而動，不測大小，須臾失之，俗謂之土龍。

黄河清

人知黄河清聖人出，不知清後仍五色呈祥。易乾鑿度云：帝王將起，河水先清，清變白，白變赤，赤變黑，黑變黄，各以三日。皇明通紀：正德七年正月，黄河清五日，肅皇帝發藩陟帝之符，至九年又清。

柳鶯英

湖海搜奇：萊州閻淵與柳某善，有腹婚之約，及誕，閻得男，曰自珍；柳得女，曰鶯英，遂結風契。柳登進士，仕至布政，而淵止歲貢，得教職以死，家貧不能娶。柳欲背盟，鶯英泣告其母曰：身雖未往，心已相諾，他面之事，有死而已。母白於父，父佯應之。鶯英度父終渝此盟，乃密懸隣媪往告自珍，妾有私蓄，請以某日至後圃持歸，姻事可成，遲則為他人先矣。自珍聞之喜甚，遂與其師之子劉江、劉海言之。江海設酒賀珍，醉閻于學舍，兄弟如期詣柳氏。鶯英倚園門以望，以物付之，而小婢識非自珍，曰：此劉氏子也。鶯英詈曰：狗奴何以詐取吾財，速還則已，否則告官。江海恐事洩，遂殺鶯英及婢而去。自珍夜半醉醒，悔失約，急詣柳氏，黑夜直入圃中，踐血屍而蹶，嗅之腥氣，懼而歸，衣履沾血。達曙，柳氏覺女被殺，而不知主名，官為遍詢，隣媪遂首女約自珍，至血衣尚在，不容置辯，論死。會御史許公出巡至郡，夢一無首女子泣曰：妾柳鶯英，身

為賊劉江、劉海所殺，反坐吾夫，幸公哀辨此獄，妾死不朽。因覺，明旦召問自珍，自珍具述江海留飲事。許公即捕二兇訊之，叩頭具服，誅於市，而釋自珍，為女建坊以表之。自珍後登鄉薦。人作釵釧傳奇。

翻燒餅

今人以田產回贖轉售，曰翻燒餅，不知所起。後見塵史載：水熙既下并州，欲乘勝收復薊門，咨於衆，參知政事趙昌言曰：自此取幽州，猶熱鏊翻餅耳。呼延贊爭曰：書生之言不足盡信，此餅難翻。後卒如贊言。

堅瓠廣集卷五終

堅瓠廣集卷之六目錄

寵禮　岳武穆
楊椒山　百穀
大殺　楊妃入月痕
太倉門卒金祥　楠木大王
宗三秀才　玳瑁報恩
白玉笙簫　地羊驛幻術
箕威兒　竹間頭地中手
物吼　進士除知州
墓中靈物　馬封翁威德
天相人相　虱代薛嵩
生啾鰗鯸　魚僧
斫石人　鍋精
腹寶　玉龍骨

汪懋功被魔　金銀山
再生　蝗
徐神翁　王老至
藝祖聖度　買地券
棺中懸鏡　胎妖
張採花　騾女配人
張小鬼　鄧氏白犬
物異　感孕
續斷指　物搏虎
眼觀六隻　馬伯六
奇絲夫人　巡河神
瑞卜　給水
義貓　海上採珠人
神丹　魯公斷姦
張居士　燈中犬喙
鸚鵡山茶　積物發火
聞子中還魂　借目光
書喆

堅瓠廣集卷之六

清　長洲石農褚人獲學稼纂輯

寵禮

宋代之君崇禮儒臣過於漢唐正史所遺有二其一真宗臨楊礪之喪降輦步弔其一富弼之母卒仁宗爲之罷春宴雖三代令主遠不能及其後徽宗之待蔡京王黼南渡之待秦檜賈似道恩禮更隆然前之如孺子之交狎客後之如弱主之畏豪奴耆之秖遺辱耳

岳武穆

王文祿述略羅汝楫附秦檜意劾岳武穆而獄成汝楫之子願知鄂州入武穆廟遽卒像前崇禎中金陵秦某檜之後裔偶入岳廟覩睛望去遂以暫廢又嘉靖初錢寧死後魂至崔府馬家作聲曰我問彦進七次今三世矣因秦檜欲殺岳飛不合助言故冥司擬此罪天律並主使也問汝是宋時何人豈万俟卨耶鬼不言而去○岳武穆死獄卒隗順負其屍踰城葬于北山後朝廷購求葬處順之子以告及啓棺顏色如生乃以禮服斂焉隗順史失載

楊椒山

容窗涉筆楊椒山先生下獄刑部尚書何鰲承嚴嵩意鍛鍊成獄囑西部劉檟絕楊飲食忠愍以血指題壁曰殺我者嚴嵩絕我飲食者劉檟也檟見公書命削去之其字浸入壁磚不能沒公之精誠不可滅也後檟白晝見公直入其庭捽其魄去康熙初杭城板兒巷林姓老儒女忽病語父曰我前生西曹劉檟也爲繼盛事久未結今冥司立拘往質罪不可逭矣遂卒

百穀

穀之種不一有言三穀爲粱稻菽者有言五穀爲稻黍稷麥菽者鄭氏云麻黍稷麥豆爲五穀有言六穀爲稻黍稷粱麥苽者有言九穀爲稷秫黍稻麻大小豆大小麥者有言百穀爲稻粱菽各二十種爲六十蔬果之實助穀者各二十種爲四十共名百穀此見楊泉物理論詩書所云百穀非漫無所指而四書家不註百穀未識何故

大穀

鄭龍如偶記始興令柳州楊應隆之祖掘地種竹忽地中錚然有聲得一石斑駁之有物數百長三寸餘見其上下膚如穀形去膚熟之真是大米香美異常食者壽皆百二三十歲飲其汁者壽亦八九十嘗聞藏經云太古之世穀長五六寸人壽皆數百歲又國經稱崑崙之墟有木禾食者得上壽豈此中之穀豈其餘粒耶○挑燈集異載萬曆辛卯溫州平陽縣農民同時播秧一農田三畝勃然奮發五日即結穀收成縣尹以爲佳穀先登豐年大瑞達府轉申各憲故知而筆之

楊妃入月痕

高坡異纂正德辛巳洛陽李惟大茂元登進士拜行人使陝浴於故華清宮溫泉池中石座上有紅斑俗傳爲楊妃入月痕茂元見之心動浴罷登輿愴惟外有婦人掩映夜宿公館一婦人至容貌絕世而肌肉頗豐自稱太真言君一念所及幽明相感不能忘情遂戲之自是轍跡所歷必至百方遣之不去心志惑亂以疾告歸久之方絕後歷南京户部郎終陝西僉事

太倉門卒金祥

武昌大中丞熊元乘梓始守太倉以倭亂罷繼奉旨討賊自效忽戰敗兵卒皆鳥獸散有門卒金祥獨不去熊曰我死國分也爾何爲乎祥曰公死國小人死公亦分也竟殿公後熊過橋而寇亦登祥奮死下橋肩而推之橋壞寇墮水死者六人熊得免已以優擢晉熊郡丞討賊如故一日熊與僚輩酌於郊寺祥忽大呼曰寇至矣蓋其望氣見也時騎從皆失忽有乘馬過者祥推墮其人以馬乘熊而親執其銜從間道以歸故得免又一日傳飧舟中熊忽心動曰寇至矣祥佐熊登小舟走未交睫而大舟寇據矣祥又以識地得免熊在海上大小三十餘戰斬倭首三千二百有奇祥未嘗不在左右屢經險得脫祥力居多寇平晉熊蘇松兵備以祥爲郡掾熊仕至嶺南大中丞事見耳談金祥堪與任公廚役徐佩並傳而蘇州府志未之載故記於此

楠木大王

黃郡侯盧某嘗行江中會顛風起舟師危之頻呼楠木大王盧問故對曰此地有楠木精往往鼓弄風浪破舟損命盧歸撰文牒報水府略曰眾窮魍魎轉深鑄鼎之思誠格神明欲下燃犀之照雖川靈之失網故令尾大者不掉彼風師亦助虐其與首惡者何殊仍期三日以木來屆期命駕詣江上大集人夫縛木眾皆匿笑不逾時忽一木自樊口昂首奔至盧命縛之登岸時正戰郡學曰吾不能作旌陽鎖爾鐵樹且用爾作明倫堂柱萬曆丙辰學宮災兒童口語猶有楠木大王之稱云

宗三秀才

僾桃歲杪。高白毛鏖戰鄱湖時。有棕毛巨纜。分判為三。歲久化為蛟龍。宗一宗二。飛騰而去。獨其季海留彭蠡湖。每蜿蜒波濤中。舟人稱宗三秀才。經其地者。具牲醴求福。稍不修敬。輒有禍患。或化為人。題詩作讖。無不應驗。景泰中蘇郡孔韶文鏞知都昌。值歲旱。聞其出沒。乃往驗之。遇一巨木。水草交結。真若鱗鬣。孔笑謂曰。宗三秀才乃汝耶。命左右束炬焚之。了無他異。患遂息。又卓異記。南郡邵某性素廉潔。有冰蘗聲。後至湖。忽一梢而金神自稱宗三秀才。登舟大怒。簸布風浪。邵屹立不動。賦詩曰。來時此行李。去時此行李。葬我此江中。不負此江水。吟畢。風恬浪靜。神亦不見。

玳瑁報恩

熊元乘焞禦倭海上。有玳瑁巨魚。隨潮至灘。膠於沙際。總戎楊某取置天妃宮。命匠度視作帶。熊見魚口中氣噓噏成雲。異之。曰。是神物。安可殺害。勸楊令送海口。其地去城四十里。熊必自往。總戎置酒舟中。共見魚悠然而逝。時風浪大作。魚尚回首作朝拜者三。月餘。與倭接戰。見前魚出沒風濤中。倭賊船下風。而我據風力。得果捷。

白玉笙簫

癸辛雜識。張循王府有獻白玉簫管。長二尺者。中空而瑩薄。又韓蘄王府有獻白玉笙一攢。其薄如鵝管。其聲清越。此二物云在軍中得之北方。蓋宣和故物。皆希世之珍也。又李龜溪之孫娶韓平原君之女。奩具中有白玉出香獅子。高二尺五寸。精妙無比。真可玩也。後聞歸之福邸云。

地羊驛幻術

耳談。貴州地羊驛。其人多幻術。能以木易人之足。萬曆初。郡丞某過其地。記室二人遊於淫地。一人與淫。其夫怒。易其一足。一人不與淫。婦怒。易其一足。明日行於庭。丞見駭問。知其故。逮二家至。曰。汝能復其舊則已。否則關白諸司。治汝以株生赤族之罪。二家各邀其人至。作法。足果復舊。及丞還。復過其地。二人復至二家。其淫不與淫猶昔。然與淫者兩足皆易。久之輾轉死。不與淫者。冥然且受婦法。忽有鬼物陰教之。藉手即以其法制婦。婦兩足皆自易焉。是人得歸。後享高壽。子登癸未進士。

箕盛兒

下邳朱颯赴試。路逢執卦影者卜之。遇益之姤。其象畫一猴子上亭。望一人着金紫執笏。若進揖狀。一婦以箕盛嬰兒於前。卜者曰。公此行必登高第。仕亦大顯。但箕盛兒不省。至京登第。入仕皆如卜者言。先是入秣日。僕送颯。逾天未明。過曲巷。聞溝中有初生兒啼。僕知是不夫而孕者所棄。念主人尚未有子。拾之歸邸。屬主家姥哺之。颯歸亦自喜。已知所得處乃簸箕巷。正合卦影。因名兒曰箕郎。

竹間頭地中手

庚巳編。沙湖朱氏後圃。竹間忽生物如人。形體俱具。首如戴席帽。斷之微有血耳。談慶曆之間。自崑山至太倉。竹節多生小人頭。又簡村一婦至圃中擷蔬。地中忽出一手。長三尺許。手背綠色。手心純紅。牽婦衣。婦大呼。衆爭以鋤擊之。得解。追捄婦甦。即失手所在。未幾。簡村罹大水。民多漂死。

物吼

物有不應鳴而鳴。曰吼。皆非吉兆。吳俗有吼神吼鬼之謗。所謂柩有聲如牛之類。癸辛雜識。載甲戌歲。越中榮邸兩舫舟。忽有聲如牛吼。移時方止。俗謂之船吟。未幾。有透渡之禍。庚寅渡口之舟復吼。德祐國將亡之際。所乘大舟如牛鳴者三。又載北方有大鐵鍋。可作數百人食。一夕忽有聲如牛吼。曉而視之。鍋已破矣。又碣石剩談載羅田胡正衢鍋嘯。鑊中水濺數尺高。後家業漸廢。又羅田西門外一人家水缸中作小雞叫。打破此缸。片片作雞聲。竟遭水厄。○釜鳴亦有兆吉者。揮麈後錄。淮水李元量家世業儒。其母懷娠誕彌之日。晨起。庖下釜鳴可畏。聲絕兒身。父名之曰釜。長負才名。建中靖國龍飛遊魁天下。○天啟乙丑闈中。得華琪芳文。置几案。有聲如風箏。從卷中出。展讀之。大加歎賞。舉南宮第一。

進士除知州

高坡異纂。正統初。常熟楊浩然集為縣學生。齋詔至福山巡司。例有欵贈銀五兩。同行二人。皆高年庠友。盡取之。止以款延食品送楊。楊以其前輩。心雖不平而無言。遂向江濱獨步而去。二人疑有後言。徐躡聽之。楊適濯手於江。笑曰。巡司簿書何足志哉。顧此輩常卑侮。贈也二人聞之。從後推楊入水。楊兩手下拒。入沙中。持一物起視之。乃銀一錠。銀為波浪洗囓。光潤瑩白。適與巡司饋禮輕重相符。二人駭異。灑酒臨江歃盟而別。楊後以景泰五年會魁。觀政兵部。上書救章綸鍾同。進一級。除安州知州。我朝進士除知州。自楊集始。

墓中靈物

黃巢祖墓在陝西金州。巢亂。崔克封發卒掘之。得一石桶。中有黃腰獸一。蛇一。既見皺自撲而死。巢至秋果敗。宋張邦昌劉豫俱山東人。金人立為偽帝。其祖墓同在一山人。登其山。飛出異物。二人遂不終。元末徐壽輝先墓。在湖廣之某縣。敵人潛往發之。有赤幘大蝠萬萬飛去。壽輝不久被殺。張士誠先墓有溝環之。水中一鮎魚長六七尺。時出遊行。人不能捕。及士誠敗。鮎魚死浮水面。米脂令任丘邊長白過訪李自成祖墓。掘之。得一物。鱗甲滿身。醢而炙之。自成遂敗死於羅公山下。學圃識餘。金侍郎庠之父成。死。函骨雲南石崖上。及貴移之。函中一血色蜘蛛走去。後亦不振。大抵山川靈秀。融聚成形。泄之非所宜也。

馬封翁感德

厚德編。嘉靖末。懷安大司徒馬森。父某。年四十。始得一子。五六歲。眉目如畫。夫婦阿保若拱璧。一日婢抱出門。從高堦上失手跌破左額死。父見之。即呼婢命逸去。自抱死子歸曰。我跌死兒也。婦驚痛撞夫倒者數次。尋婢撻之。已為亟臣之逃矣。婢歸匿母家。言其故。父母感泣。日夜籲天。願公早生貴子。次年果生子。左額宛然赤痕。即司徒也。是時馬公不傷子死嗣絕。而憂婢恐斃杖下。何其慈愛也。貴子重生有由哉。

天相人相

袁忠徹二壻。一為盜死於獄。一覆舟死於水。二女皆寡于家。忠徹每為人談相。妻必吒云。相壻之目何在。忠徹曰。吾能人相。不能天相。言數之不可強免如此。

虱代許嵩

魏生禁殺錄。許嵩性慈戒殺。即微細如虱。亦不害之。一夕夢多虱緣被上。漸變為人。長寸許。謂嵩曰。受君之既非一日矣。今君有急。正吾儕報命之秋。遂列行於被上。須臾皆殞。嵩驚覺。燈火尚明。呼侍兒視之。被上有血痕。橫廣尺餘。乃死虱也。嵩痛惜久之。蓋有刺客為主所愛。來刺嵩。古劍利甚。着處必破。見血立死。是夜劍一下。即見血。以為死矣。歸報其主。相對歡甚。明日遣人瞯之。無恙也。訪得虱事。始知其夢。

生啖鯸鮧

錄異記。鯸鮧魚文斑如虎。俗名河豚。煮不熟。食之必死。饒州有吳生者。家盛豐足。夫婦和睦。曾無嫌隙。一夕吳生醉歸。投身床上。妻為整衣解履。扶舁其足。醉者運動。誤中妻之心胸。蹶然而死。醉者不知也。妻族挾為毆擊致斃。獄訟經年。皆以為實。繫縶狴牢。以俟王命。吳生親族懼救命一到。必正典刑。因餉生鯸鮧鱠以啗之。冀其自斃。吳生食之無苦。如此數四。竟不能害。益加充裕。會赦獲免。還家之後。胤嗣繁衍。年洎八十。竟以壽終。

魚僧

耳談。天長劉萬以打雁為業。人呼劉雁。然秋冬打雁。而春夏則取魚。其取魚也。以蘆竹為箔而發視。謂之起箔。忽有僧到門乞施食。纖白異常。適廚中碎米飯熟。因與食。既去。語劉曰。若起箔。必得大魚。慎不可奏刀。君不聞白龍而魚服乎。已而起箔。果得大魚。劉不能捨。剖之。腹內猶是前碎米飯。蓋是僧所化也。劉自是一家病死。

斫石人

邯鄲道傍有石碣。云漢光武斬石人處。今石人猶在。首足異處。真似刀斫者。然未志其故。後閱北轅錄。載趙州南光武廟。有二石人首橫于路。俗傳光武欲渡河。二人致餉。慮洩其蹤。乃除之。又趙州志云。光武夜至趙州南迷路。聞人語。問之弗應。見二人傍立。怒斬之。其人急走。熟視之。乃石也。

鍋精

耳談。蘄水劉元載掘塘至深。忽見大鍋。再深掘之。已若可得。忽自躍出。入他水中。撈摝不得。後數年大雨塘溢。鍋高出水上。破埒順流而去。經二十里入大河。又三十里入大江。不知所往。蓋其地有寶陀山寨。乃前人築以避亂者。寨破居人被殺。此鍋必寨中所用者。久乃為祟耳。

腹寶

鄭龍如偶記。京師一人寓有小兒病黃瘦。諸醫莫效。一夸使見之。請以重價買去。其人不允。夸使曰。兒且死。兒腹尚有生理。否則必難免矣。其人終不與。踰年兒果死。後夸使再至。聞兒死頓足。其人問故。夸使曰。是兒腹有異寶。取出則生。死則寶隨氣散矣。悵惋而去。

玉龍膏

西溪叢語。昔有人奉使外國。見夷人以水銀煎作白銀用。海洋船來中國貿易。多用此銀。其藥物必需彼處所產玉龍膏。中國所無。一老人曰。是術第可行之此中。若移至中國。必有奇禍。有人不信。竟移玉龍膏歸。煎水銀成白銀使用。不年餘。果以族人謀逆事發。亦被逮誅。

汪懋功被魘

耳談。歙縣汪懋功為諸生時。為讐家詛魘。建壇書其名。幷其母妻名於桃符呪之。母妻相繼死。懋功亦恍惚困殆。疑以問一道士。道士曰。公可建壇。吾從幽求之。得一鬼。即讐家亡僕名發財。曰。吾為神所役。職在守壇。不得脫離。傷害汪公。非吾意也。道士問壇在何處曰在里許一大塜上引至掘地尺許果見桃符葉之鬼曰失壇我亦從此亡矣頗飽餐我愬功食之鬼故業鼓吹者因持笛三弄而去愬功霍然萬曆戊子成賢書又沈殿元君典愬學亦嘗為祟所魘三納之甕而甕三破信乎貴人不死也

金銀山

桃燈集異吳有富室陸東皐黃白盈溢乃鑄成人形藏密室中名金銀山取其厚重非人力所勝蓋以絕艰上君子之睥睨也一日二人忽不見陸怪之密訪不能得他日有渡子與陸索渡錢陸怪而問之渡子曰云是君家僕自某處趁船至此陸詢諸僕俱不承諾陸謂其妄渡子怒曰適二人一穿白一穿黃入門未久何謂我妄陸聞黃白説頓悟以錙輿之啓室審視則二山宛然在也陸笑謂之曰汝出外原來無容得汝的人家乃取斧鑿其趾後不復出

再生

耳談全州舒弘志年十九中萬曆丙戌探花授官編修卒時有軍人家生子腹上有三肉字紅色隆起乃探花名姓守公某閒驗視果然即遣急足報其尊人兵部尚書應龍正痰喪子嗣絕即往購得抱歸屬探花婦鞠之以為孫自是肉字漸消滅

蝗

續夷堅志□□戊戌七月武城蝗自北來蔽映天日有崔四者行田而仆其子尋訪但見蝗聚如堆阜撥視之見父卧地上為蝗所埋鬚髮皆被嚙盡衣服碎為飾網軀之有頃方甦晉天福中蝗食豬平原一小兒為蝗所食吮血惟餘空皮裹骨耳康熙丁卯江寧鄉試初八日飛蝗蔽集貢院進場士子鬚髮亦有被嚙者

徐神翁

宋世舊聞蔡京自少好方士之説言嘗遇異人及作相為徽宗言道士徐神翁能知未來事曾云蘇軾當坐地獄禍及七祖彼方外士而能嫉元祐黨人所宜褒顯其可笑如此又言哲宗嘗遣人密問聖嗣神翁云吉人君子吉人者上名也於是帝喜召至都依太宗見陳摶故事御緣褐就便殿以賓禮接之賜予甚厚未幾以惡疾死

王老至

蔡京微時又嘗師事道人王老至謂京必貴極人臣既貴物色得之館之别宅言於徽宗乃見便殿老至遽云陛下頗識老臣否帝亦恍記曾夢遊上帝所從傍賛禮者絕似老至於是禮遇尤厚老至又自稱是鍾離權高弟忽一夕亟叩蔡京門告京曰

鍾離公怒我欺誑屬冥司追我君祿亦不永矣遂力請還山死于道

藝祖聖度

宋太祖初即位駕偶出忽有飛矢至輦前幾為所中衆皆驚愕請急索捕太祖不許但舉首四望徐曰即使射殺我亦未見得便是你做其聖度如此

買地劵

癸辛雜識今人造墓必用買地券以梓木為之朱書云用錢九萬九千九百九十九文買到某縣某都某山某阡地云云此堪輿風俗如此以為可笑及觀元遺山續夷堅志載曲陽燕川青陽壩有人起墓得鐵券刻金字云勑葬忠臣王處存賜錢九萬九千九百九十九貫九百九十九文此唐哀宗時事也然則此事由來久矣

棺中懸鏡

世人大殮用鏡懸棺前以照尸者謂取光明破暗之義周公謹按漢書霍光傳光之喪賜東園温明服虔曰東園處此器以鏡懸蓋上則是棺中懸鏡其來尚矣

胎妖

瑣鈔河南開封府有丹客之妻懷孕腹甚巨動躍間似雙胎也丹客私語其妻曰若産兩男當名虎四兒虎五兒一日欲出天若雨狀謂妻曰當携雨具行乎妻未及答腹中朗應云天不雨丹客驚問曰汝何人曰虎四兒也忽又聞聲云今日雖不雨亦有幾點問汝又何人曰虎五兒也自後凡有言無不驗乃教丹客以鍊丹之法謂如何是小點化如何是大點化丹客如其言行之火燃硫黃適有客至門室既不深臕客又不即去妻與二兒俱云黃氣偪人柰何至夜俱被薰死至今傳小點化之術云

張探花

豐城張探花仁甫(名)莫知所生其父晨出見樹上巢處一小兒時正無子遂抱歸以為子後中嘉靖丁未探花官至禮部侍郎生九子一女科第不絕

騾女配人

揮麈新談麻城劉大司馬(采)為户部郎中時仲兄一女携之往京鞠育將及笄已聘儒生熊應渭渭忽夢在周道中逢一女肩輿僕從甚盛遣一婢召熊曰請來一語我本汝聘者今為某官取去不復與汝結緣矣汝勿遠去伺其官到衙門遣人相邀俄而某官至與熊語云君所聘者與君無緣已為吾妻汝欲娶吾與汝一配牽一騾至熊泣曰人而可以偶非類乎官曰無患當為汝復人身須臾化為一女年可十七八

即里中李珏之女也。及覺。京中果有信至。劉女已物故矣。隨訪李。果有女求婚。得之。

張小鬼

白醉璅言。江西有謠。金鵝頭向天。代代出神仙。金鵝頭向水。代代出神鬼。龍虎山頭向上。真人子孫相繼膺封。贛州張氏山項向下。世出一人。與冥道相通。每歲為陰府行疫於四方。其將往也。輙死於榻。從者馬足繼之。事畢而甦。手握甲馬一紙。云行瘟至某地止。某當活。某當亡。此天神命。不能違也。已而果然。其魂至民家下馬入門。人亦延拜祭享。見其舉筯不異恒人。但回時乘馬一顧。則不復見。至今號張小鬼家。

鄧氏白犬

白醉璅言。萬曆鄧橘泉與劉某居相對。鄧有白犬畜之已久。萬曆庚子冬。劉氏一婢出外。為鄧犬嚙其裙。即覺昏迷。少頃。犬變為人。頭帶孝巾。身衣白。與婢交。往來不能禁。其夫與鄧言之。鄧鎖其犬。婢即無所感。放之。婢被迷如前矣。凡物純白者。年久多成精。即白雞白鼠。亦無不然。

物異

康熙己巳三月。杭州城外有大蝦蟇一隻。狀如藍。小者數萬。大者行。小者群隨而往。大者止。小者則環聚而擁護之。如是者三日。遊行諸門殆遍。庚午三月。吾蘇金墩湖中。有水蜈蚣數萬。游行水中。撩置岸上則軟而無用矣。此兩事皆書中所未見者。故特筆之。

感孕

搜神記。漢末零陵太守史滿女。悅一書佐。使婢取盥手殘水飲之。遂有娠。生子至能行。太守抱兒使求其父。兒直入書佐懷中。書佐推兒仆地。化為水。具省前事。太守以女妻吏。耳談。成化初。上元民女張妙清。與兄嫂陳氏居壁相連。一日兄與嫂狎。女窺見心動。俟兄出。呼嫂同寢。問狀且效為之。遂有孕。其夫家以聞於官。驗之。仍是處女。及生子。官令嫂育之。女仍歸夫。又鄞縣民某。出賈久不歸。妻見夫兄私心慕之。成疾阽危。家人知所以。備之計無所出。强伯氏從帷外以手少捫其腹。遂有感成孕。及産惟一手焉。

續斷指

耳談。黃陂江尉解銀赴京。遇盜截去二指。抵京已五日矣。延醫但求已痛。有仇總戎門下醫人曰。是可續也。斷指幸為從人拾得。即取合之。傅膏塗藥。仍夾以薄板。戒三

七日勿近水。及期果合。屈伸如故。但有紅線痕償。索得三十金酬之。兼有其方。用片腦象牙末降香諸料。○又一人因奸被嚙其舌。有人教以針刺舌斷處。急剪狗舌乘熱接之。即合。但語常期期。不如其舊。

物搏虎

馬氏日抄。宣德中。嘗鬬牛虎於禁苑西海子旁。牛值虎踞立。俯首至地以伺之。虎怒甚。始三撲之不得。復三攫而力遂憊。牛直迎觝其腹。虎遂腹決而斃。又云。御馬監有驘身高五六尺。詢之圉人。云鬬虎驘也。鬬時嘗占虎前。以尻向虎。俟虎撲至。舉蹄踢之。虎三撲。牛三蹄。而虎亦斃。天都毓成化中。內官劉馬於西番買一黑驢。以進日行千里。善鬬虎。上取虎城一牝虎與鬬。一蹄而虎斃。又鬬一牝虎。三蹄而虎亦斃。後與獅鬬。被獅折其脊而死。是驢能敵虎也。虎嘗遺興宗獵於秋山。遇三虎。縱犬獲之。是犬亦能搏虎也。挑燈集異。湖廣一里長。堅辭一甲首。殺雞而去。途遇虎。方肆虐。忽一雞向虎面目亂撲嘬之。虎目為所傷。雞亦力盡而斃。特因里長一時不殺之仁。便盡含生報德之義。故能捐軀以敵虎也。埤雅。蟹長尺餘。兩螯至强。能與虎鬬。虎不如。

眼觀六隻

諺有眼觀六隻之言。未知所指。康熙庚辰夏。往鄉間泊舟河濱。見鴨每隊百隻外為群。而雄者寥寥。因曰。一人而管許多。能無遺失乎。答曰。予只看定六雄。而雌者自無他適。故云眼觀六隻。後問看鴨者。云皆然。

馬伯六

俗呼撮合者曰馬伯六。不解其義。偶見群碎錄。北地馬群。每一牡將十餘牝而行。牝皆隨牡。不入他羣。故稱婦曰媽媽。愚合計之。亦每伯牝馬用牡馬六疋。故稱馬伯六耶。一說馬交。必人舉其腎。納於牝馬陰中。故云馬伯六。○蟻亦不入他群。故曰馬蟻。

奇絲夫人

耳談。河南固始奇絲村。即孫叔敖故里。有狐毛三姑。常魘昧人。一日忽謂人曰。今上帝命我為東嶽行宮夫人。倘能廟祀我。當歲時庇佑汝等。里人廟祀之。稱嶽王夫人。亦曰奇絲夫人。大著靈顯。祈禱問疑。肩摩而入。數歲。姑忽着緋乘馬行道上。遇西晉二客。見是美婦獨行。相盼以目。姑亦微睇而過。入一村林樾僻地。繫馬而卧。乃是狐身。二客不能捨。跡至見之。共相毆擊。狐醒變身不完。曰。我是東嶽夫人。既為公等看破。倘能釋我。當以二十金相報。二客許之。擁至廟。天已曙。問金何在。曰。但少坐即有。

頂之一人匿金於爐復一人隨至與相摶乃是七金者共相發訐搜其身無金俱去姑謂二客曰爐中金可拾也二客拾金果二十兩致謝而去自是祈禱不應香火寖息而為厲彌甚里人邀法師治之納姑甕中號泣有聲埋置街心壓以大石符呪錮之數年有木匠坐石上姑忽語地中曰公發我覆能報公第且再不損村中矣木匠發之得出為其小妻所欲立致遂小康

廻河神

廣濟寇淑為耆民稷仲子行多長者以藩司掾之京忽有沈某來必欲與淑偕行問其故曰我欲適京夢神語曰汝此行不得龍江寇公相救不免必公也遂與偕渡黃河風浪大作舟且覆忽一人拉沈坐命勿懼熟視之乃淑之故父稷勢方急沈不敢問抵岸忽失所在詢之舟人皆謂無所見神所謂寇公乃稷也救子兼及沈矣後淑夢稷謂上帝以己忠直命為廻河神

瑞卜

唐中宗為武后廢於房州仰天而歎心祝之因拋一石於空中曰我得復帝此石不落其石遂為樹枝勾住後果復辟 揮塵後錄高宗南歸顯仁后在北未知即位於臨安嘗用象戲局子裹以黃羅書康王字貼於將上焚香禱曰今三十二子俱擲於局若康王字入九宮必得天位一擲其將字一子果入九宮他子皆不近后以手加額喜甚即具奏徽廟大喜又碭石剩談勞堪泰部蒼鼠時偶欲拂衣以茗盞拋出窓外曰吾當去其盞無恙盞墜石墀宛然不損衆目駭視果得告瑞卜昭應其異如此

給水

錄異記咸通末洛城徽安門有李生者不知何許人居甚貧有學童十數輩日不暇給一夕詣北邙山與巽真先生李義範別擁爐夜話問其將安適耶生曰某受命於冥曹主給一城內戶口逐日所用之水今月限既畢從此辭世非遠適也因曰人世用水不過日用三五升過此即有減福折算切宜慎之可見人生自有定限故宜惜福即水亦不得過用況其他乎

義猫

陸墓一民負官租空室出避家獨一猫催租者持去賣於閶門徽舖徽客頗愛玩之已年餘一日民過其地人叢嘈雜中猫忽躍入其懷為舖中人見奪之而去猫輒悲鳴顧視不已民夜卧舟中聞板上有聲視之猫也口銜一綾帨帨內有銀五兩餘民

貧甚得銀大喜明晨見有賣魚者買魚飼之飼不已猫遂傷腹死民哀泣而埋之

海上採珠人

耳談嘉靖中金陵楊參以參藩鎮廣南一日大雷雨忽一物如毬自天墜於訟庭皆海波所成坼之得人若且瞑湯飲之活曰我某郡民與某某業採珠海蚌中我下而二人秉繩其上忽得三珠一夜明最大兩手握之上復下取二珠繩忽斷隨流墜潭中潭中龍所蟠處反無水跨其背如馬覺腹饑因龍自舐其脊涎亦舐之遂不饑但瀾將味苦甚而縛裹其身成毬迷悶且死雷動龍起揚舞青冥間身隨之故墜此楊急捕之某某與大珠俱在蓋恐採者上當得大珠而二人分得小者也以是斷繩一訊吐實二人抵死而大珠還採者

神丹

高坡異纂江陰米商黃鍾有女美容姿年及笄忽為神物所憑一日以一物遺女如其質類石而圓如彈丸謂女曰此神丹也人死以熨胸腹間當即復生宜寶之以濟汝危急雖父母死勿妄用也女收藏之會其伯母猝病死女以丹試置屍上即蹶然復生若夢覺然神至怒責女曰語汝云何而乃妄用之遂奪丹去神亦絕響

雷公斷姦

耳談成都守蘄水雷水清決訟如流門外架屋數椽鍋竈皆備訟者至寓居之一見即決飯未嘗再炊有雷不解撓之謠適有以姦訟者一曰和姦一曰強姦臬長不能決以屬雷蓋欲試其決也雷令隸有力者去婦衣諸衣皆去獨裏衣婦以死自持隸無如之何雷曰婦苟守貞衣且不能去況可他犯即供作和姦訟遂決

張居士

耳談永州張居士始業屠性強直不欺割肉惟心計多寡一刀則已不肯屑屑錙銖增損稱張一刀每日宰豬聽鄰寺晚鐘聲發為度一日鐘無聲誤宰走問僧何故僧曰夜夢十二人跪階下乞命謂但不鳴鐘則度脫矣以是罷擊張歸見所欲宰豬生十一子感悟輪廻因果遂棄屠皈依佛法梵誦專懇心鏡明徹能知來去事定死期坐化里人神之以其肉體塑像蒙被錦繡稱張居士建菴祀之禱卜響應地與廣右猺寇近寇至屢佐我兵預報吉凶凡兵事機宜祓苦之剖其腹臟自是禱卜無應

燈中犬嚎

桃燈集異萬曆中無錫王養醇閭卿性嗜犬肉每食必供丙戌歲除僕曰明日歲朝

市無犬肉。家中老犬不任事。夫人欲殺之。以供明旦用。王曰善。乃命殺犬。其犬被縶。大聲哀號。既殺而號不絕。血盡氣沒。其聲乃在弄燈中。嘐嘐久而不止。衆驚報於夫人。夫人親聽之。驚告問卿。問卿不信。至廚下試聽之。號聲果從燈中出。問卿始惑焉。夫人追咎其平日嗜此味也。今如是宜急解禳之。問卿終不以為然。及病痊起復登途。竟不得其死。與問羊集載宣城某方伯事同。但方伯聞聲。遂不復食。

鸜鵒山茶

庚巳編。正德己巳春。都元翁與友游青山寺。僧房中山茶盛開。僧出一花示客。其狀宛如鸜鵒。二翅左右互掩為翼。二瓣合為腹。二鬚垂為足。而蒂橫生為頭。兩旁復有黑點如目。僧云。即此樹間所開花也。

積物發火

綠雪亭雜言。散東谷在京師。見馬草堆中火發。在陝留縣。見油簍中火發。在泰州。見乾煌堆中火發。在劍州。見積聚油紙中火發。皆濕熱遏蒸於內。不得發越。故鬱攸不戒。其來有漸。○博物志。積油滿萬石。則自然生火。武帝泰始中武庫火。積油所致。邵氏後錄曰。油絹紙石灰麥糠馬糞。本草皆能出火。此皆物理自然。非怪異也。

閒于中還魂

挑燈集異。嘉靖初。三原李鎮師事雲巖先生。通史籍。晚年生子良心。課其學業。日以顯揚期之。值大比。良心往應鄉試。鎮病篤。及放榜日。鎮已屬纊。絕氣一二日矣。報捷者造門云。李良心中若干名。鎮忽驚起而問之。乃復生二年。

借目光

帝京景物略。英宗殺于忠肅公。陰霾翳天。行路悲歎。夫人流山海關。夢公曰。吾形殊而魂不亂。獨目無光。借汝眼見形於帝。翌日夫人喪明。奉天門災。英宗臨視。見公卓立於烈焰之中。憫其冤。貸公夫人歸。又夢公還目。而夫人之目復明矣。

書誥

唐制誥。必屬能書者。或得自書。如顏魯公。既書誥。璽印。蓋自足垂遠。宋則當制者所書。其書半雜行草。亦灑灑有致。若出歐蘇米蔡手。遂成異寶矣。明制務遵洪武正韵。必屬之誥勅房中舍。整栗有餘。風軌絕少。紫桃軒載。穆廟時。司馬王崇古金書封誥。請璽被糾不許。蓋恩許別書。當力購善書名家。正不必以泥金為炫也。

堅瓠廣集卷六終

堅瓠補集序

遂安毛鶴舫先生歸自吳門。出褚子稼軒堅瓠全集示余。且索余序其補集。余受而循覽之。歎褚子好學不倦。至於如此。而留心世道。抑何深且篤。嗟夫。今天下文人不為少矣。其立言著書。大約以名心客氣中之。故矜其筆舌。指瑕索瘢。甚至古先賢亦在所不免。開人心狙詐之端。啟風俗陵傲之習。不至於畔道離經不止。余覽其書。不終卷而奮袂長歎。以起復繼之以愁然懼愀然悲焉。今褚子之宅心也醇厚。其立言也和平。大要關於名教者。凡惓惓加意焉。一編之中。軼事微詞。詼諧謔浪。雖復時時及之。不有博奕者乎。為之猶賢乎已。亦何損於大雅耶。嘗謂明代詩文病在摸擬剽竊。制藝撞場而外。惟叢書為最。以其筆情冷雋。有類上三毛之致。余浪游十餘年。以客座所聞。亦欲筆之成帙。而性𢤱善忘。忽忽暮年。迄無就緒。而益服膺褚子用心之勤也。茲補集所載。專收有韵之文。較之前集為尤備。自茲以往。無塵髮之遺憾可云完書。獨是余無用於世。以稗畦名集。而褚子之堅瓠名其書。不知余之取稗。褚子之名瓠。其寄托同異何如。他日過吳門與褚子相遇。或有相視而笑莫逆於心者乎。歸而訊之毛先生。其亦以余為知言否。錢唐洪昇昉思撰

堅瓠補集卷之一目錄

關社引　募修三清殿疏
吳趕娶婦　琉璃肺
金釵剪燭　代毛延壽解語
曲巷高門行　冷香韻
畫狀元　闘古古
即事成語對　李丙詩
毛序始貓彈鼠文　行樂圖
王勤中題畫　神鬼吟詩
賞菊賈禍　沈山人飛霞
巧對　琪樹
隱焦字詞　承天寺產芝
李梅　女仙賦詩
雙投橋　蘇長公墨竹

吳氏兒　王古漁
復懊鳥　西湖竹枝詞
容膝齋銘　天香國色
欽天監對　漁陽摻撾
西涯待友　迎月摟春聯
王玉潤降乩　前輩風致
鴛鴦栗子　紫姑賦牡丹
逐客詞　女冠還俗
歌妓為尼還俗　玉真觀女冠
宮人入道　暢道姑
題尼姑　詠雨
婦人投牒　陸放翁
水族加恩簿　湯久績驛壁詩
迎海驛壁詩　拄杖
江東三羅　糖擂聖人
糖丞相　甘蔗丞相
李英華　廢書詩
十壽歌

堅瓠補集卷之一

清　長洲石農褚人穫學稼纂輯

關赦引

順治乙酉五月。王師下江南。吾蘇帖然順從。六月十三。忽有湖寇揭竿殺安撫黃家嘉。城中鼎沸。舉家出避。賴大兵繼至。得以甯定。至八月中。始歸蘇舍。安然人口無傷。里中諸君子。感聞聖覆庇之恩。舉會以祀之。先府君爲之引曰。鬼神如在。居高而聽則卑。覆載無私。作善乃降之福。人不可以無家。恩莫深於再造。維茲六月。忽有斬竿揭木之事。嗟彼四民。盡懷破巢取卵之憂。控弦鳴鏑。鳥將死以知哀。命懸威尊。草偃霜而必殺。何幸上帝監觀。熄自焚之火。下民永命。回有腳之春。男有室而女有家。而得安處。糾同志用荅弘施。順時成祭。曰祠曰禴曰嘗曰烝。追其吉兮。圖像拜瞻。乃風雨從。號寒者衣。而飢者飲。絲粒皆恩。帝力高深。能生人於既死。民生歡忭。在已危而聖乃神。乃文乃武。如將見之。但神立三才。聰明正直。甯瑩下土。粢醍之報。帝錫五福。且登鐘簴。荅以細民飲食之情。然而一誠可格。既齋既沐。明德馨而黍稷皆馨。伏願萬國攸同。如幾如式。吳民安而天下舉安。

募修三清殿疏

先府君有募修白鶴觀三清殿疏。丈今疏捨之喜而勇者。選佛場也。金布雙林。銀函獅座。即維摩室中。寶座三千可成。黃冠挾冊。執其務而告之。望望然去矣。瞿曇氏曰。土木而金碧之。丹灶無烟。金碧者土木之。而後已。雖兩聖人。不加損益。而人情有不當然哉。予里白鶴觀。昔年月鼎祖師飛昇之所也。軀三清于廣殿。範真武于前楹。龍虎交參。雷霆在手。豈今日菌芝生棟。溜雨駁床。諸天幾負墻而慕。如外肢中痛之人。具體恢然。寒熱偶侵。百病具起。頃焉歸於盡而已。住持王紹武仰屋而歎。蓋數瓦不胎生。木不鬼運。道人不生點金之指。而稽首數行文墨。爲遍勉求之之語。作開口告人之人。此亦苦心積慮。而勢有不得不出於此者也。願布金長者。慳貪勇破藩之垣之棟宇之閈閎之。富者出巨資。貧者抖紙囊之星銀。積升餘之數粒。盡曰樓旋。是皆燒閒時之香火。非暗坐油錢也。獨念此一仙都也。風雨漂搖。壁陷梁崩。亦鄉人之恥也。居其鄉者。莫能助。而使他方君子爲之施金度木。以成鳥革翬飛之絳殿。抑又鄉人之恥也。噫。吾由來兄爲鄉人也。

吳楚娶婦

七修類藁載。吳人娶婦欲長。美觀瞻也。楚人欲矮。善哺備工也。地脈相接。而風俗不同。吳翁楚伯。故致如此。王陰伯戲作娶婦詞云。楚人娶婦何喧喧。高堂十日排酒筵。親戚回頭小姑起。傳道新人短而喜。低小腰身解哺兒。舂粮擔水不知疲。西家老翁長吳塞。吳人娶婦長者愛。花燈前引扶入門。新人長大媒人尊。金馬丁東步搖轉。春風裊裊花枝顫。可憐吳楚地不同。新人長短爲枯榮。若使吳人生落楚。一生醜惡何其苦。乃知長短亦有命。不係生身係生土。及讀漢書馮勤。祖偃長不滿七尺。自恥短陋。恐子孫似己。爲子伉娶長婦。伉生勤。長八尺三寸。仕尚書。遷司徒。乃知娶婦欲長。不特吳人。亦非徒美觀瞻已也。

琉璃肺

元人詠物詩有琉璃肺。題琉璃肺者。以豬肺注水。白如琉璃也。王秋澗詩。不佳。朱望子先生一律云。烹調肺品竊卑之。拍就琉璃獨出奇。剔潤本來如琢石。白肢今更類凝脂。如霜膚理人應羨。似雪中懷獸亦宜。常品豪門何足慕。祇須作供供期頤。

金釵剪燭

蒼書叔金釵剪燭詩。絳臺流蠟暈生花。剪剔須教映碧紗。夜靜已無刀尺響。粧殘纔掛掠梳斜。玉蟲綴處紅脂落。金錯拈來鳳尾叉。最是侍兒能護惜。燼煤恐浣翦如鴉。朱望子先生詩。良夜華堂列綺筵。美人侍立態嬋娟。爲嫌遠照昏檠上。特拔斜簪出鬢邊。紅燄一枝沾綠膩。黃金雙股帶青烟。當時韵事群歡笑。遂共題詩擘絳牋。

代毛延壽解語

唐文粹載程晏設爲毛延壽自解語云。帝見王嫱美。召延壽責之曰。汝何欺我之甚也。延壽曰。臣以爲宮中之美者。可以亂人之國。臣欲宮中之美者。遷于虜廷。是臣使亂國之物。不逞于漢而移於胡也。昔閎夭獻美女於紂而免西伯。齊遺女樂於魯而孔子行。秦遺女樂於戎而間由余。是豈曰遂其惡者。遺之美者留之耶。陛下以爲美者。是能亂陛下之德也。臣欲去之。將靜我而亂彼。陛下不以爲美者。是不能亂陛下之德也。安能亂彼謀哉。臣聞太上無亂。其次去亂。其次遷亂。今國家不能無亂。陛下不能去亂。臣爲陛下遷亂耳。惡可以爲美。爲彼得乎。帝不能省。君子曰。良畫工也。孰誣其質哉。

曲巷高門行

順治初。周宗之者。長洲猾吏。暴橫一時。直指張慎學訪拿杖斃。大快人意。門上春聯。書曲巷幽人宅。高門大士家句。胡渊翁作歌云。城南曲巷宗之宅。大士高門自標額。

華堂麗宇初構成。粉壁磨磚淨如拭。側闖其內加精妍。洞房綺疏屈曲連。朔恩室中魚藻洞。格天閣上獲花鈿。百凡器皿皆精絕。花梨梓倚來滇粵。錦帳一床六十金。他物稱是何須說。前列優俳後羅綺。食客平原無愧矣。勢能炙手氣薰天。忘卻由來史委瑣。嗟嗟小吏何能爲。泥沙漏卮安從來。考課不明銓選雜。前後作令皆篤貽。錢穀訟獄慚無識。上下其手聽出入。哆口嚼民如寇讎。官取其十吏取百。滿堂知縣人間傳。宗之相公閣老權。片言能令宰公意。隻字可發官帑錢。塗脂營齊曾未已。御史風雷申法紀。窗戶青黃猶帶濕。主人骨月飛紅雨。廷中呼暴漸無聞。室內丁丁續住牀。斥賣屋居償帑縕。雨妻削髮投空門。人言宅兆凶有由。前傷沈骨今損周。驟然興廢同一瞬。官府估價何人酬。吾謂此言猶耳食。人凶宅兆何由吉。鞭撻民髓供藻飾。築愁府怨居安得。伏闕難留直指公。長懸秦鏡照吳中。神奸斂迹吏道肅。比屋城南盡可封。曲巷之宅誰云凶。

冷香韵

小窗清紀和冷香韵句。幽人到處烟霞冷。仙子來時雲雨香。霜封夜瓦鴛鴦冷。花拂春簾翡翠香。粧臨水鏡花俱冷。曲奏霓裳月亦香。雪宿層巒山骨冷。花隨飛浪水痕香。夷光出浦輕紗冷。洛妃凌波羅襪香。

畫狀元

江夏吳小仙偉字魯夫。一字次翁。初寓金陵。工山水人物。薦入仁智殿供奉。孝廟賜畫狀元印。宣廟一作一日。飲友人家酒酣。請作畫。小仙將蓮房濡墨。印紙上數處。旁莫測其意。少頃。縱筆揮灑。成捕蟹圖。最爲神妙。金陵李游夫著號墨湖。學畫於沈啟南。學成更做次翁。造其堂與謝子象承舉題其畫云。銀河無路泛仙槎。一舸空江此是家。殘月照人秋睡穩。不知清夢在蘆花。

鬧古古

崇禎庚午孝廉。徐州閻爾梅字用卿。又字古古。恃才傲睨。交游不輕許可。遇溧陽陳百史名夏於虎丘。獨許其必發魁科。癸未果以會元榜眼及第。鼎革後百史入內閣。在漢人中最用事。古古奔走於外。當事物色之。禍將及。乃入都。與百史相聞。一日。百史令親信至閣寓。謂如肯會試。當以會元相贈。古古笑而不答。其人屢促回音。古古令仲常書一聯字於上云。以此復之。蓋以鵷鳥得腐鼠喻陳。而以鵷雛自喻也。其詩有誰無生死終難必。各有行藏兩不如。亦上百史句也。百史見之。不敢復言。

即事成語對

李堅志。汪仲嘉。謫南康。嘗招郡僚宴集。營妓咸至。有姓楊及李者色藝頗佳。理椽主李。戶椽主楊。席間時相嘲戲。理椽顧謂戶曰。爾愛其羊。楊 我愛其禮。李 載之烏論。無相笑也。衆大笑。而求所以爲對者。時敖用卿廉與汪對弈。爭劫思行星子。沈令從傍咕囁。汪曰。我已有對矣。傍觀者審。沈 當局者迷。廉 衆擊節歎賞。

李屺詩

毛鶴舫先生際可有李屺傳。屺江西人。往來江漢三十餘年。遇紙筆。即書字如符籙。皆不知其爲詩。先生始物色得之。卅錄二十餘首。詩似深山高衲。不與伴狂玩世者比。其詩云。瀑泉今古說廬台。頂向雲居絕頂來。潭逼五龍時怒吼。勢摧三峽更喧豗。橫奔月窟千堆雪。倒瀉銀河萬道雷。鎖斷鷗峯懸白練。遙看珠網掛層臺。激灩湖光蕩頃浮。誰知曲湧萬峯頭。豁開古殿當前月。散作空山不盡流。金壁影搖冰鏡裏。魚龍深在廣寒秋。一輪直接曹溪路。白浪家風遍太洲。何年鞭月架長虹。碧落無門卻許通。曾是御風人去後。故留鳥道礙虛空。山色溪光明祖意。鳥啼花笑語機緣。有時獨坐臺盤上。午夜無雲月一天。

毛序始貓彈鼠文

臣貓言。臣以貧皇之同姓。爲韋惇之後身。蒙被私恩。獲居禁近。射睡臥榻之側。獨肯見容。高踞華屋之巔。初不爲怪。甚且引登席上。擬置臺中。食必分肥。坐或加膝。拂擊毙能言之鳥。竟免詆訶。盤旋亂將雀之棋。輒矜嘉悅。凡諸異數。超越同儕。臣何敢辭口舌之勞。致有負爪牙之任。故常效張湯之磔。不欲如義府之柔。務使幺麼之鼠類盡除。方保公家之器物無損。豈彼自矜五技。託持兩端。嘖嘖者不厭煩詭。詭焉且惑聽。臣請暴其鬼蜮之狀。絕此侏儒之聲。謹按搜粟都尉。兼掠剽使。藥封同穴侯鼠子。本係小醜之尤。冒稱諸蟲之老。於辰支雖居首。在物類爲最微。賦形既消阻不聰。稟性復狡獪莫比。光天化日之下。暫斂潛踪。暗室屋漏之中。公然逞惡。營窟穴以藏匿。時爲覓脫之謀。毀首尾而伏行。更甚狗偷之態。漫云有體。誰謂無牙。速訟遊己穿墉。鑽隙何曾忘壁。甚至傷犧牛之角。不顧卜郊。學城狐之奸。遂思憑社。糞污蜂窠。是助黃門之譖言。齧嚙馬鞍。幸賴蒼舒之善解。尤可恥者。從乞兒以遊戲都市。巧取金錢。見士人而拱揖庭階。故爲妖妄。或渡河而銜尾。奚堪侶江諸之魚蝦。幸墜地而腐腸。詎能及淮南之雞犬。縱教幻化。誰復肯爲其肝。相彼貪饕。何時可滿其腹。惡難悉數。

罪不容誅非斷以老吏之獄辭也職夫若輩之族偽是使食苗食黍終致歎於魏風而在廟在倉恆與嗟於秦相也伏惟狛斯甘口獨其黠心勅付臣貓追捕如律庶皇甫擊楊雄之首讒貢無逃蕭妃抗武曌之喉報施不爽臣愚恭千首感嚴仰候指揮

制曰爾貓名雖不列地支種實傳來天竺念爾祖崇祀於八蜡既與虎而同迎乃嗣孫隻歸於三危嘗以獅而爲號惟茲鼠耗巨耐鴟張就曰崗頭正資鵝逐彌昨暫出彼即肆出窺堂翻床任疾呼而不止齧書齕矢欲安寢而無從爾無忌器不投定須開朕即捕尚防抱頭而竄勿容泣血以思用假便宜恪共常職

行樂圖

郡有少年畫行樂圖蟒衣帶劍仿凌烟閣長孫順德像自云乃其後身也向家蒼叔父素題蒼叔題曰爲儒尚俠少年遊往往丹青寄虎頭凌烟閣像公與侯君何爲者思其儔於今風塵靖九州事業須憑萬卷求何必長孫服兜鍪衣綫帶殊風流

王勤中題畫

王勤中武題畫扇云百合有二種白香者爲良其色如虎皮者人皆深惡之至於向日葵花大如盤正黃色隨太陽俯仰晷刻不渝則其性爲可嘉也而世厭惡尤甚噫二花之不合乎時豈以其忠孝性成而其文炳著也耶家蒼書叔戲綴以詩云無香百合向陽花劣得忘庵筆墨誇浪酒閒茶曹莫賞荒園敗砌忽增華止愁積毀難消枉猶恐新知似狎邪休道一經題品後便堪移置貴豪家

神鬼吟詩

夷堅志載樂平鍾彥昭炤之長於詞賦紹興己卯春夜讀窗下過三鼓聞窗外有吟哦詩句者曰霖作商巖雨薰來舜殿風驚聽之復誦至再啟戶視之無人焉以爲神物所告謹志於策秘不語人秋試以膏澤爲豐年爲詩題鍾押豐字韵用前兩句入第五聯考官讀之擊節稱賞批曰形容得膏澤好竟置之首選與唐錢起夜聞曲終人不見江上數峯青句及就試作湘靈鼓瑟詩用爲末聯禮部侍郎李暐一作讀之歎爲絕唱遂擢第甚相類

賞菊賈禍

菊花近來異種迭出爭妍競艷曾見一種大紅而中有黃線一條謂之降袍金帶胡湖翁言曾於汪均萬先生齋頭見錦花樓花大逾碗古色可愛咏一絕云金縷沈香相間襇花中鮮少錦中求天孫昨夜呈新樣絕勝春風醉玉樓未幾汪以賞菊醉後

爲機匠所構貲不貲明歲遂絕東籬之興人謂湖翁天孫錦樣幾於詩讖矣

沈山人飛霞

萬曆初江陰沈飛霞善詩賦工臨池襲重名雅望公卿多下之吏部相潭孫公繼皋尤爲莫逆交一日宴集值庭前虞美人花正開索咏沈立就曰拔殘幕下霸圖空顏色如花舊楚宮忽訝魚腸三尺雪染成腥血一枝紅纖香斂盡春心瘁廣袖翻將舞態工應恨拔山人不見托根芳草到江東孫公歎賞

巧對

一舉子在旅店中閣樓下一人出對云鼠偷蠶繭渾如獅子拋球思之不能對至成心疾而死魂常往來樓中時誦此對人不敢上後一舉子強欲上樓夜中果聞有誦此對者舉子乃對曰蟹入漁罾卻似蜘蛛結網鬼遂長嘯而去怪亦絕響

琪樹

山海經云崑崙之北有琪樹詩家多用之如桂宮露冷鶴歸早琪樹風清鸞去遲又琪樹年年玉蕊新洞宮長閉彩霞春句是以爲仙家所種人間無此樹也而六朝事迹載寶林寺法堂前有琪樹梅摯咏之曰影借金田潤香隨璧月流遠疑元帝植近想誌公遊是寶樹矣

隱蕉字詞

毛鶴舫先生賦滿庭芳贈女郎隱蕉字云半截佳人雙雙趺跡何當美目偷瞧採樵仙侶木葉正飄搖只顧鵰鶴可寄又誰知鳥去空巢還堪數從無人影漫道是僬僥蕭條芳草歇霏微餘綠猶映芭蕉怪咽喉謠訴衆口誰調脈脈無言情緒枉教人駐傲更雄如何好因他憔悴心去總難招

承天寺產芝

承天癈寺以金粟房爲惠藥局忽產靈芝數莖時競作歌異之家蒼叔獨有感焉爲之歌曰明季頻年遭禍凶承天僧富愁剽攻額情官府索捕急飢民斬首懸街東弭亂固宜用重典奈何冤殺賈子洪子洪向客人來寓伊叔翹店聞亂往觀亦遭捕捉以爲賊首梟于寺血鬼語豈無謀社宮天道沈淪有反覆特來洪姓中丞公止以一僧犯淫網盡驅合寺緇流空千年大剎一朝毀如還浩劫毘藍風龍象悲愁竄無所躑躅卻有鳩盤同重樓複閣蹤開架公私計算收租庸金粟房爲惠藥局忽生芝草珊瑚紅古來妖祥不一理譬如獲麟傷道窮史書孝標三百本聖王止貴時和豐徵祥難問陸衛尉宅

協寺作歌子媿商山翁廢興因果眼前事若問究係何神功

孝梅

白鶴外史龍廣寒江湖異人也事母至孝六月一日其母壽誕方啟北牖聚壽觴忽梅花一枝入牖香色絕佳人遂以孝梅稱之士大夫題詩甚多張存菊詩最佳詩云南風吹南枝一白照萬綠歲寒誰知心孟宗林下竹厥後孝梅年百有五歲猶童顏鶴髮人以為孝感所致

女仙賦詩

齋東野語載女仙降乩詩柳條金嫩不勝鴉青粉牆邊道韞家燕子未歸春寂寂小窗和雨夢梨花 松影侵壇琳觀靜桃花流水石橋寒東風吹過雙蝴蝶人倚危樓第幾欄 屈曲闌干月半規藕花香溜水潾潾分明一夜文姬夢只有青團扇子知

雙投橋

杭州西湖南入路曰長橋宋誌俗名雙投橋西湖竹枝集載元富春馮士頤有詞曰與郎情重得郎容南北相看只兩峯請看雙投橋下水新開雙朵玉芙蓉注云常有情人雙投於水故俗名雙投

蘇長公墨竹

鄭龍如耳新載貴茂才家藏蘇長公墨竹老幹突兀枝葉離披俯仰屈伸曲盡其妙卷末有詩云黃陵廟前春雨足湖皋烟樹錦模糊恸天大數苦無語二女祠中叫鷓鴣作者姓氏滕朧莫辨而書法委蛇有姿態要亦元宋間物也

吳氏兒

耳新載貴溪吳氏一兒聰慧過人數歲能詩父母弄以竹馬有客呼曰紅孩兒騎馬遊街即應聲曰赤帝子斬蛇當道後與群兒嬉誤墮水中幾死援出良久乃甦嗣是茫然無所知識為農夫以終

王古漁

江陰王古漁梲字子予送常熟李瑞卿詩柳暗花明春雨天鵓鴣聲裏一歸船重遊已是十年後為問人生幾十年本韻況一別二十年人生幾回別句亦自有味

後憾鳥

汪鈍翁說鈴載楷九弟琰以博雅自許遊中州還見示一絕云汝水東流馬向西仙翁峰畔躡雲梯丹泉汲罷楓林晚亂聽深山後憾啼雖二十八字雋永可味後憾鳥類杜宇鄢陵以西有之予舊寄楷九一絕句梁公祠畔草萋萋王霸城邊日又西後憾不知行客恨隔花猶學子規啼

西湖竹枝詞

西湖有竹枝詞一帙七修載其二章春暉堂上挽郎衣別郎問郎何日歸黃金臺高倘回首南高峰頂白雲飛 又官河遠湖湖繞城河水不如湖水清不用千金酬一笑郎恩才重妾身輕 前首乃丹丘李介石字守道作後首乃富春吳復字見心作

容膝齋銘

七修載錢唐徐延之伯齡容膝齋銘曰粵惟文命土階茅屋顧彼受辛瑤臺璿室斗許僅容膝肱既非藻棁廣使丹楹形無勞役耳無哇淫心遠境靜氣和神甯日對典墳頤吾德馨噫金谷平泉匪吾之行廣廈萬間付之公卿慎爾終始敢識斯銘

天香國色

牡丹世稱花王吟咏必須天香國色四字唐人多用之後人不復再用不知非四字不能稱此花嘉靖中杭州金茂之珊有二聯云色疑傾國罕香憶自天來又信知國內真無色浪說天邊別有香可謂善用四字者也王伯穀亦有色借相公袍上紫香分天子殿中烟之句亦佳

欽天監對

天都載萬曆辛丑九日焦弱侯先生邀登謝公樓一友曰曾見欽天監柱聯云夏至酉逢三伏熱重陽戌遇一冬晴今擬曰夏至有風重陽無雨皆就傳耳

漁陽摻撾 摻音[illegible]

魏武召禰衡為鼓吏着岑牟單絞之衣為漁陽摻撾暇弋篇漁陽摻撾曲名摻擊鼓法撾擊鼓杖楊文公說苑載禰衡鼓歌曰邊城晏開漁陽摻黃塵蕭蕭白日暗

西涯待友

弘治初湖廣彭民望任教職有學而老貧謁故友於京不遇同李西涯以詩寄云斫地哀歌興未闌歸來長鋏尚須彈秋風布褐衣猶短夜雨江湖夢亦寒木葉下時驚歲晚人情閱盡見交難長安旅食淹留地慚愧先生苜蓿盤彭讀之潸然淚下西涯身處禁院不能厚待一友反詩激之何哉

迎月樓春聯

趙子昂過揚州迎月樓趙家具主求作春聯子昂題曰春風閬苑三千客明月揚州

第一樓。主人大喜。以紫金壺奉酬。

王玉澗降乩

天順五年。長洲王元禹。扶鸞叩禍福。忽從父玉澗公降乩。書一律云。一別三年未得歸。田園今與昔時非。眼前零落兒孫少。鄉里蕭條故舊稀。忙處我能留客醉。此年誰肯賑民飢。含慈欲說胸中事。只恐西山又落暉。盖其生平愛客。尤喜施與也。

前輩風致

碣石剩談。成化初。李方伯正芳繼自山西南歸。先公約李飯。明將陳設。李已有柬促之云。昨日分明約午餐。今朝紅日已三竿。主翁被酒渾忘卻。客裏誰知忍餓難。先公得詩。遽遣邀之。李已造門矣。又因姑李郎中漪自留都致仕來訪。先公亦設宴待之。郎中即席有詩云。鳳樓開宴錦雲香。數遣佳人勸玉觴。三紀相逢纔一醉。浮生能得幾星霜。又麻城周憲使鑑自江西致仕。後來相訪。先公又設宴待之。周亦有詩云。與公正統屬同時。萬里鴻泥兩地思。四十年來渾似夢。一尊相對幾莖絲。

鴛鴦栗子

席上偶得鴛鴦栗子。或云。此可為詩題。朱望子先生因賦四律云。一雙相結自天成。山果因加水鳥名。房蚌恰窺同宿意。殼分尤見共飛情。收藏喜作眠鷗侶。剝擘愁為打鴨驚。連理枝頭還並偶。韓朋遺恨想難平。異形佳實綴良林。匹鳥依稀共一胎。並宿久藏如未起。雙飛遠餉郤齋來。合歡被掩苞方圍。顛倒書分蚌乍開。奇術若教能射覆。水禽山果定兼猜。

紫姑賦牡丹

夷堅志。乾道中。吳興周巽伯權知衢州西安縣通判。方築宴客。就周借妓。周適邀仙。因求賦一詞。往侑席。仙乞題。周指餅內一捻紅牡丹。又乞詞名及韻。令作瑞鶴仙。用捻字為韻。意欲因險困之。仙不思而就云。覷嬌紅細捻。是西子當日。留心千葉。西都競栽接。賞園林臺榭。何妨日涉。輕羅慢褶。費多少陽和調燮。向曉來露浥芳苞。一點醉紅潮頰。雙靨。姚黃國豔。魏紫天香。倚風羞怯。雲鬟試插。引動狂蜂蝶。況東君開宴。賞心樂事。莫惜獻酬頻疊。看相將紅藥翻階。尚餘侍妾。

速客詞

里中有飲社。或角或奕。為竟日歡。先公序言。有聚三姓之君子。忘形且曰忘年。積十日之相思。一斗亦能一石句。康熙癸卯初夏。值胡湖翁治釀。以客屢速不至。作踏莎行詞曰。花瓣粘春。鶯簧怨夏。飛箋填判無停筆。恰思小飲覓同人。風流有客春歸乍。冰鱗玉淨。朱櫻唇豔。醞釀初篘浮伯雅。只今便過莫遲遲。紅尖小印牌新研。

女冠還俗

詩話嘉言。宋孫花翁咏女冠還俗云。奩郤霞綃上縣衣。女童墜髻綠絲垂。重調蛾黛為眉淺。再試弓鞋舉步遲。紫府烟花鶯喚醒。仙房雲雨鶴通知。簾低紅杏春風暖。清夢應曾見舊師。○史君實贈女冠還俗詩云。脫却羅裙著繡裙。仙凡從此路岐分。蛾眉再畫當時綠。蟬鬢重梳昔日雲。玉貌緩將鸞鏡照。錦衣徐把麝香熏。屏幃乍得輝光寵。更沒心情戀老君。

歌妓為尼還俗

唐有歌妓。祝髮為尼。後又還俗。吳融作詩戲之曰。柳眉梅額倩粧新。笑脫袈裟得舊身。三峽重為行雨客。九天曾是散花人。空門付與悠悠夢。寶帳迎回暗暗春。寄語江南徐孝克。一身長短托清塵。

玉真觀女冠

白香山吟玉真觀小女冠阿容詩云。綽約小天仙。生來十六年。姑山半峯雪。瑤水一枝蓮。晚院花留立。春窗月伴眠。回眸雖欲語。阿母在傍邊。與昌黎白咽紅頰長眉青詩。俱盡女冠奇褻之態。

宮人入道

臨川黎擴擬唐宮人入道詩云。高髻雲鬟罷舊粧。黄冠著入白雲鄉。碧桃春雨心初定。紅葉秋風怨已忘。行道宛如隨玉輦。步虛渾似舞霓裳。多情惟有長門月。來伴吹簫引鳳凰。

暢道姑

桐江詩話。暢姓惟汝南有之。其族奉道。有女冠暢道姑。姿色妍麗。神仙中人也。秦少游挑之。不從。作詩曰。瞳人剪水腰如束。一幅烏紗裹寒玉。超然自有姑射姿。回看粉黛皆塵俗。霧閣雲窗人莫窺。門前車馬任東西。禮罷瑤壇春日靜。落紅滿地乳鴉啼。

題尼姑

唐人題尼姑詩云。剪下春鬟著素衣。托身松院自棲遲。深通佛性渾無欲。恪守禪心不畫眉。栢子烟青薰玉骨。梅花月冷映冰姿。此迴滅卻紅塵夢。雪竹松筠獨自持。○岐王宮侍兒落髮為尼。張楷因賦詩云。六尺輕羅染鬢塵。金蓮穩步襯湘裙。從今不入襄王夢。剪盡巫山一朵雲。

詠雨

崇嵴中。万俟雅言。精於音律。自號詞隱。有咏雨長相思詞云。一聲聲。一更更。窗外芭蕉。窗裏燈。此時無限情。夢難成。恨難平。不道愁人不喜聽。空階滴到明。

婦人投牒

僧仲殊一日造郡。東坡方接坐。見庭下有婦人投牒。立雨中。東坡命咏之。仲殊口占踏莎行曰。濃潤侵衣。暗香飄砌。雨中花色添憔悴。枇杷樹下立多時。不言不語厭厭地。眉上新愁。手中文字。因何不倩鱗鴻寄。想伊只訴薄情人。官中誰管閒公事。

陸放翁

陸游字務觀。母唐夫人。夢秦少游而生。故以秦名為字。而字其名。少好結俠客。有恢復中原之志。故劍南集可稱詩史。曉歎一篇。書憤一律。足見其情。七修載其臨終一絕云。死後無知前事空。但悲不見九州同。王師克復中原日。家祭無忘告老翁。此有三呼渡河之意。史稱天才豪邁。正似其詩。但為韓侂冑之客。未免有憾。

水族加恩簿

晉陵毛勝字無敵。為吳越功德判官。自號天饞居士。多雅戲。以地產魚蝦海物。造水族加恩簿。品敍精奇。各令一通。令者。益滄海龍君命之也。封江瑤令曰。咨爾獨步王江。殊鼎鼐仙姿。瓊瑤紺體。宜以流碧郡為靈淵國。追號玉柱仙君。稱海珍元年。封蟹令曰。爾廿黃州甲仗大使。咸宜作解蘊中。足材肱妙。鰲德充盈。宜授曹郎常侍兼含黃伯。封蝌令曰。爾珍曹必用。郎中時充鐳材本美。妙位無高。宜授諸衛效死軍使持節雅州諸軍事。封鱗令曰。爾白圭夫子。貌則清癯。材極美俊。宜授骨鯁卿。封鼈令曰。爾甲柝翁。挾彈於中。巧也。負擔於外。禮也。介冑自防。不問寒暑。智也。步武懦緩。不踰規繩。仁也。前以採甲尚書。榮其述顯其能。宜授全丸丞相九肋君。封龜令曰。爾元介卿。卜灼之兆。吉凶了然。宜授通幽博士。封水母令曰。爾借眼公。受體不全。與長鬚郎兩相藉賴。宜授同體合用功臣。左右衛駕海將軍。封珍珠玳瑁令曰。李藏珍照乘走盤。厥價不貲。班希裁符製器。不在金銀珠玉下。藏珍宜授圓暉隱士。班希宜授點花使者。封鯽令曰。爾鮮于羹。肵膾清妙。見稱杜陵。宜授輕薄使銀絲省饔德郎。封鯿令曰。爾縮項仙人。鬼腹星鱗。通亭襄漢。宜授槎頭刺史。封河魨令曰。黃鷹可爾。澤娥可貴。然失經治。敢傷滋甚。故世目爾為醇疵隱士。特授三德尉。魚春榮小供奉。○補封鮝令曰。爾曳卿。長身玉立。膏澤施民。宜授滑縣令。封斑魚令曰。爾魨孫。芳鮮自潔。肝膽過人。宜授斑州守。兼賞花道御史。

湯胤績驛壁詩

湯胤績守北邊。邊寇突至。領兵出戰而歿。數月間。口外通州驛。天色將暝。忽有兵官至驛。騶從甚盛。坐中堂。令免供具。只索紙墨筆硯燈燭。閉戶而寢。明早驛卒候其起。寂然無聲。啟戶視之。並無一人。但見壁間有詩。墨迹淋漓。詩曰。手提長劍斬渠魁。一箭那知中兩腮。胡馬踐來頭似粉。烏鴉啄處骨如柴。交游有義空揮淚。弟姪無情不舉哀。血污游魂歸不得。幽冥徒築望鄉台。湯素能詩。為鬼猶能寫懷。亦忠勇之流也。

迎海驛壁詩

正統十四年。朝廷有土木之患。東南調發頗多。周文襄以缺官敍用越人郜所者。先為長邑丞。周起為崑山縣尹。故縣有雙尹三丞四簿之濫。縣民王廷珮候文襄至。題詩於迎海驛壁曰。崑山百姓有何辜。一邑那堪兩大夫。巡撫相公閒暇處。思量心裏忸怩無。文襄見之。略無怒色。郜亦罷去。

拄杖

陸務觀云。拄杖斑竹為上。竹欲老瘦而堅勁。欲微赤而點疏。賈長江詩云。揀得林中最細枝。結根石上長身遲。莫嫌滴瀝紅斑少。恰是湘妃淚盡時。善言拄杖者也。然非予有此癖。亦未易嘗音。

江東三羅

晚唐江東三羅。隱虬鄴也。鄴詩如閨怨云。夢斷南窗啼曉烏。新霜昨夜下庭梧。不知簾外如珪月。還照邊庭到曉無。南行云。臘晴江暖鷓鴣飛。梅雪香沾越女衣。漁市酒村相識遍。短船歌月醉方歸。二詩恐隱虬不及也。虬有比紅兒詩百首。

糖擔聖人

支頤集有糖擔聖人詩。惜失其名。嘗記少時八九子。知禮須教爾小生。把筆學書丘乙己。惟此名為上大人。忽然糖擔挑來賣。換得兒童錢幾文。豈知玉振金聲響。佳博糖鑼三兩聲。○長洲縣學宮在孔過橋。嘉靖中。閩縣舒汀。巡撫吳中。善地理。疏請城東萬壽寺為學宮。搬移聖像。力不能舉。一人在傍戲曰。此之謂重泥。歸家即須糖擔發賣。始作俑者。其無後乎。

糖丞相

朱堂子先生咏物詩。有糖丞相題戲成二律云。液蜜爲人始自漢。印成袍笏氣軒昂。狻猊欲足爲同列。李耳碗來躬偏並行。楊柳定知無肺腑。虛心自應沒肝腸。史稱陳後主全無心肝 別有肺腸 兒童儘與相親近。丞相無嗔可徜徉。 銘記糖霜丞相呼。肯從排列幼非孤。蘇秦誇我言甘也。林甫爲人口蜜乎。徽 梅雨還潮幾屈膝。香風送暖得全膚。紙糊閣老尋常事。成化中有紙糊三閣老語 糖丞年來亦紙糊。年末祀神標獅糖人皆紙糊者故云

甘蔗丞相

有人綽號甘蔗丞相。胡濟昭曾誦一詩。已忘之。惟記頸聯終日受香烟句。今戲補二律云。搢笏垂紳巧樣裝。儼然顯者位行藏。口甜多媚微甘草。胖蜜趨炎飽蔗漿。虛杞形容差可擬。九齡風度豈堪方。賢奸何代無丞相。伴食惟君喜亂長。 琢成腰帶具冠裳。初置華筵態度揚。滿腹甜甘如蜜結。舉身津液是糖霜。爐香繚遶清宵永。銀燭繽紛待漏長。蔗老彌甘徒自戀。對有馬失翁無齒 蔗到老彌甘句 朝來消瘦減容光。

李英華

桃燈集異。縉雲縣主簿廳有女鬼。名李英華。建炎間。主簿王偉。有内弟曹頫與之遇。倡和成帙。名英華集。春日述懷詩曰。三月園林麗日長。落花無語送春忙。柳眠不解芳菲恨。也逐游蜂過短墻。 花滿名園酒滿樽。仙家別是一乾坤。千山皓月供詩興。一曲清風醒醉魂。詠延慶寺云。精藍隱隱枕山巔。二月登臨意豁然。古木鳥啼風淡淡。層崖花落水濺濺。咏永甯寺云。雲軿偶到萬松源。露冷風清覺斷魂。歸到瑤尊天已曉。瞑然欹枕到黄昏。頫從軍上道。英華授以異香一瓣曰。有急則焚香。當有所護。既而頫獵。遇無火焚香。遂死。華以詩悼之云。問子從軍幾日歸。穴香一瓣特相遺。臨危偶乏硫黄火。遂至身亡不忍悲。

廢書詩

曾見書肆。一抄本廢書中。多格言警語。有一詩云。巧厭多忙拙厭閒。善嫌懦弱惡嫌頑。富遭嫉妒貧遭辱。勤曰貪婪儉曰慳。觸目不分皆笑蠢。見機而作又言奸。不知那件從人意。自古人生處世難。言雖俚鄙。亦曲盡世情。又慈無盡極。莫只管愁去。樂無頃刻。且零星樂些。

十壽歌

一要壽。橫逆之來歡喜受。二要壽。靈臺密閉無情竇。三要壽。艷舞嬌歌屏左右。四要壽。遠離恩愛如讐寇。五要壽。儉以保貧常守舊。六要壽。平生莫遣雙眉皺。七要壽。浮名不與人相鬪。八要壽。對客忘言娛清晝。九要壽。謹防坐臥風穿牖。十要壽。斷酒莫教滋味厚。

堅瓠補集卷一終

堅瓠補集卷之二目錄

建文帝詩詞　水月觀
避國詩紀　昭君
古今名妹圖　詩鎮
宋元二帝盛德　題畫龍
楊升菴黃鶯兒　白香山好遊
得詩止酒　花公傳
彈棉花槌謎　呂洞賓詩
柳比美人　詩字辨
咏傳巖　田家四時詩
范石湖祀竈詞　咏救乳
乩書修橋文　賞桃應制
華嚴洞石壁詩　對句薦館
藥名歲交詩　吳丈之對

堅瓠補集　卷二　目錄　一

逐瘧文　閨怨詞
天絲飛颺　順理隨天
老狀元詞　烹葵
題林靈素像　孫賢對語
沈娘詞　犀角酒斗
詩鬼降乩　王文恪和壽詞
劉武城詞　王彥齡詞
磨鏡帖　洞庭歌
天干地支名　上梁語讖
汪嘯尹祝壽詩　走馬燈謎
日月雨露耕腳　咏蔡鶴鵪鶴
自責責人　初夏小曲
掘冢歌　獨宿吟
拖宗銘幼慧　西子子西對
雪獅子　楊梅核猴
美人過橋　人世炎涼
梅嬌杏俏　刺繡
元載妻詩諷

堅瓠補集　卷二　目錄　二

堅瓠補集卷之二

清　長洲石農褚人穫學稼纂輯

建文帝詩詞

建文帝首至吳江史仲彬家題詩清遠軒云玉蝀飛入水晶宮萬頃琉璃破曉風詩就雲歸不知處斷山零落有無中　畫鷁高飛江水漲老漁亟唱夕陽斜秋來客子興歸思船到吳江即是家又三至吳江題滿江紅詞云三過吳江又添得一亭清絕剛占斷水光多處巧依林樾漠漠雲烟春晝雨濛濛天地秋宵月更氷壺玉鑑署宜風寒宜雪　朧庵右山依欽垂虹左波濤截正三高堂畔舊規今別何但漁翁垂釣好說將柳子新吟揭信登臨佳興屬彭宣能揮發又觀競渡詞云梅霖初歇正絳色海榴初開佳節角黍包金香蒲切玉是處玳筵羅列鬭巧盡輸年少玉腕綵絲雙結艤綵舫龍舟兩兩波心齊發　奇絕處激起浪花翻作湖間雪畫鼓轟雷紅旗掣電奪罷錦標方徹望水中天日暮猶是珠簾高揭歸棹晚載荷香十里一鈎新月

水月觀

建文書至吳江寓史仲彬別室題水月觀賦詩曰細雨披楊起綠烟水波如縠影迷簾午鐘何處偏來耳不似西宮奏管絃

遜國詩紀

錫山王耑大先生仁淵有遜國詩紀百絕比事屬詞綜考無遺足稱一朝詩史區區安用宋襄仁猶說燕王是懿親若謂東山休破斧翻思採蕨善全倫蓋謂建文帝戒耿炳文等毋傷燕王使朕有殺叔父名由是文皇每臨陣南軍不敢一矢加遺也

昭君

照君名嬙以良家子選入掖庭琴操云齊國王穰女年十七儀容雅麗國中長者求之皆不許乃獻元帝後呼韓邪單于來朝願為漢婿勅宮女五人賜之嬙以入宮不見御積怨請行臨辭大會豐容靚飾光明漢宮顧影徘徊竦動左右帝見驚悔然重失信遂與匈奴入胡號寗胡閼氏生一子伊屠知牙師呼韓邪死前閼氏子代立欲妻之嬙上書求歸成帝勅從胡俗遂為後單于閼氏生二女長女云須卜居次小女當于居次平帝時單于遣須卜居次云入侍太后此見漢書並無畫工圖形之說西京雜記載畫工事亦止毛延壽而樂府解題所載又有劉向陳敞龔寬楊杜樊青等近見南軒集異有昭君入胡報帝書云臣妾得備禁臠謂身依日月死有餘芳而失意丹青遠竄異域誠得捐軀報主何敢自憐獨惜國家黜陟移於賤工南望漢廷徒增愴結妾有父弟惟陛下幸少憐之帝迴思不置窮究其事畫工毛延壽樊青等同日棄市據此則畫工之說似寔有之漢書或未之載耳又堯山堂載昭君在胡作詩云秋木萋萋其葉萎黃有鳥處此集于苞桑養育毛羽形容生光既得升雲上游曲房離宮絕曠身體摧藏志念抑沉不得頡頏雖得委食心有徊徨我獨伊何來往變常翩翩之燕遠集西羌高山峩峩河水泱泱父兮母兮道里悠長嗚呼哀哉憂心惻傷觀書與詩昭君何嘗忘漢且胡地草皆黃惟昭君墓草獨青既死猶以青塚自旌王荆公云漢恩自淺胡自深豈不究哉古今咏明妃者甚衆然皆說是婦女怨歎之情惟樂天漢使却迴頻寄語黃金何日贖蛾眉君王若問妾顏色莫道不如宮裏時前輩以為高出衆作之上謂其有不忘君之意歐陽永叔云絕色天下無一失難再得雖能殺畫工於事竟何益耳目所及尚如此萬里安能制夷狄遂為絕唱錢禎題其圖云陰陽強合春風恐山水含羞夜月寒胡始下機開要路漢終無力挽頹瀾固知作俑皆婁敬圖國君臣仔細看歸罪婁敬立意亦創鄭茂之詩紅顏薄命漢昭君一曲琵琶撥塞雲藉此和戎為上策滿朝簪笏亦釵裙又某詩末云藉令倚此為長計昭君應合畫麒麟又明江陰某題其圖云驪山舉火因褒姒蜀道蒙塵為太真能使明妃嫁絕塞畫工應是漢忠臣

古今名姝圖

閩陳元凱熱集載題古今名姝圖云友人陳克端文采風流翰墨精絕暇日圖古今名姝合為一卷雲鬟翠袖靚麗鮮妍幽怨閨情體狀宛至月態霞容堪同掩映之容花墮危樓差擬輕盈之韻雖復紅粉黃土衰邈千祀按圖而觀則已馥馥霏霏蘭思縈紆于綠素珊珊冉冉珮聲隱約於簾櫳矣昔宋玉神女之篇陳思洛妃之賦窮情極思飛神動魄陳君毫端幾與角妙所謂畫中有賦者乎衆姝芳蹟具諸紀錄或奇士鍾情或萬乘垂盼傾城判於一顧剛腸化為繞指亦莫不香消紅歇歌斷舞絕徒寄斯圖使人歎息達士流覽亦可以識其空幻破此一關繪事之助不既弘乎元凱萬歷辛丑進士

詩鎮

湧幢小品湖州慈感寺前湖音橋水清澈有蚌浮水面吐珠人皆見之每風雨即有蛟龍來攫永樂中夏忠靖治水至湖宿寺中夜有神黑衣白裏率一美女來見公不為動徐訴曰久窟於此歲被鱗豪欲奪吾女若得大人一字為鎮彼即懾伏不敢公

書一詩與之中有蚌傾心之句。神拜領而去。未幾公至吳淞江。夢金甲神來訴曰。往聘一女。無賴賺大人手筆。不肯嫁。請改判。公張目視之。神甚怖。冉冉而退。公因悟是慈感蚌珠之仇。牒於海神。次日大風雨雷震死一蛟於錢溪之北。文皇偵卒報知。及還朝。問狀。對曰。此皆陛下威德。百神效靈聽命。臣何敢與焉。上為歎賞。

宋元二帝感德

元順帝。為明宗子。文宗忌之。遠竄海南。詔書有明宗在北之時。自謂非其子。虞伯生筆也。文宗晏駕。寧宗復崩。國人迎順帝立之。帝入太廟。斥去文宗神主。命毀舊詔。伯生時在江西。以皮繩拴腰馬尾縫眼夾兩馬間。逮至。嫉之者為十七字詩曰。自謂非其子。如今作天子。傳語老蠻子。請死。至則呈文宗親改詔稿。帝曰。此朕家事。外人豈知。遂得釋。然兩目喪明。不能復書。此與晏殊撰李宸妃碑事相類。妃實誕仁宗。殊承章獻太后旨。謂妃無子。生一公主早卒。仁宗恨之。而卒不罪。皆感德事也。

題畫龍

江進之盈科下第南歸。見南陽驛壁畫龍題詩云。頭角空教使地雄。可能霖雨潤寰中。人間多少諸狠輩。不愛真龍愛畫龍。

楊升菴黃鶯兒

藝苑卮言。以雨中遣懷黃鶯兒前一首為楊升菴夫人所作。後三首為升菴作。王元禎以為四詞皆出升菴。積雨釀春寒。看繁花樹樹殘。泥塗滿眼登臨倦。雲山幾盤。江流幾灣。天涯極目空腸斷。寄書難。無情征雁。飛不到滇南。　夜雨滴空堦。傍愁人枕畔來。鄉心一片無聊賴。淚眸懶揩。狂歌懶裁。沈郎多病寬腰帶。望琴臺。迢迢天外。懷抱幾時開。　霽雨帶殘虹。映斜陽一抹紅。樓頭畫角收三弄。東林曉鐘。南天晚鴻。黃昏新月弦初控。望長空。披襟誰共。萬里楚臺風。　絲雨濕流光。愛青苔繡粉墻。鴛鴦浦外清波漲。新篁送涼。幽芳弄香。雲廊水榭堪遊賞。倒金觴。形骸放浪。到處是家鄉。

白香山好遊

長慶中。白香山自中書舍人出守杭州。徙蘇。首尾五年。自云。兩地江山遊得徧。五年風月詠將殘。可謂極宦遊之適矣。嘗夜泛太湖。有十隻畫船何處宿。洞庭山腳太湖心句。又在湖心泛舟。連五日夜。寄元微之詩云。報君一事君應羨。五宿澄波皓月中。雖樂天風格高邁。亦當時法網太疏。不以為怪也。使今人如此。必遭物議矣。

得詩止酒

宋蔡文忠公齊性嗜麴糵。飲量過人。沉酣晝夜。諫者弗聽。時太夫人年高。甚以為憂。一日山東賈存道過之。適文忠宿醒未起。存道乃大書于壁曰。聖君寵重龍頭選。慈母恩深鶴髮垂。君寵母恩俱未報。酒如成病（一作為患）悔何追。文忠起見之大悟。即日痛懲。終身不復至醉。

花公傳

汪上輯先生（名永瑞。改項）號嘯尹。博學多才。為諸生屢試不售。賫志以歿。見家人彈棉花。戲作花公傳。花公名絮。字奇溫。其先出自島夷。神禹時始入中國。後繁衍散處天下。吳楚間為尤盛。家世中落。多寄跡於田家。公由鄉貢出守綿州。公鄉去綿遠。挈其子乘鐵軸車往。及關道阻不得進。乃棄其子去。已復舍車走羊腸間。從者止一椎童。令之鳴弦自衛。往反數四。乃如綿。其為綿也。人多庇之。歌曰。昔無襦。今五袴。上聞其卧治有餘。擢溫處道。尋陞布政使。公以為綿之事。條布中外。雖窮鄉僻地。下至婦女。皆與機務。一切羅織悉廢。上嘉其能可任帷幄。拜冬官卿。然公所至為政。不過歲餘即敝。輒改弦更張之。有彈其罷軟者。賜冠帶終焉。公貌白潔。性溫和。善處人骨肉間。平居常以茵褥自蔽。但好布帛。不近綈錦。能體恤下人。凡貧窶之徒及臧獲輩。悉被其德。而富家率遠之。時有蠶叢錦氏。自謂功過於公。為豪貴所重。然終不損公之價也。外史氏曰。夫德足以覆被生民者。累千餘世不絕。公之先自島夷隨貢入中國。後日益繁。與后稷功盍略相等。雖然祁寒咨怨之時。民咸思慕。及酷暑輒忘之。豈其德有未徧與。老子曰。天下熙熙。如登春臺。其利溥哉。

彈棉花槌謎

馮猶龍先生有彈棉花槌謎云。一物身長數寸。頭圓頸細無毛。佳人一見手來搊。搊起羅裙戲耍。席上交歡無限。聲音體態嬌佳。看來俱是眼前花。直到成胎便罷。

呂洞賓詩

呂洞賓過錦屏山題詩云。半空忽然雷雨收。洗出一片瀟湘秋。長虹倒掛碧天外。白雲走上青山頭。誰家綠樹正啼鳥。何處夕陽斜倚樓。道人醉卧巖下石。不管人間萬種愁。又時當海晏河清日。白鹿閒騎下翠臺。本為君平川裡去。不妨卻到錦屏來。自有仙人年度。今世傳洞賓詩。只朗吟飛過洞庭湖一絕耳。

柳比美人

古人詩中。多以柳比美人。取其柔受之態相似也。唐牛嶠柳枝詞云。吳王宮裡色偏

深一簇纖條萬縷金不惜錢塘蘇小小與郎松下結同心與柳姤松殊有趣

詩字辨

王右丞詩迸水定侵香案濕魏禹卿辨云定水迸侵又桃源面面絕風塵陳可一辨云桃源西面正對柳市南頭鄧泰素嘗云曾見古本唐詩滿樹枇杷冬着青滿樹作滿寺二水中分白鷺洲二水作一水雲想衣裳花想容蔡端明書作葉想衣裳劉後村以爲筆誤或云葉字正與牡丹穩貼思意雲字更趣杜甫華清宮詩行盡江南數十程曉風殘月入華清朝元閣上西風急都入長楊作雨聲連用二風字瞿宗吉詩話云何見善本作曉來殘月入華清殊妙

咏傅巖

昔人咏商巖詩云後來亦有君王夢不是陽臺即月宮明威寧伯王越咏商巖云圖像原從夢卜真天教版築得賢臣漢家元帝知何事只解丹青畫美人不說夢而說畫語意更新

田家四時詩

張浣心四時田家詩云茅簷櫛比十餘家男出耕分女績麻新柳沿溪映門户春深

籬落放桃花 田夫併力急耕芸田婦當家送餉勤禾黍油油初渴水隴頭長望海東雲 村家半吐籬邊菊已報東皋穲稏黃男女腰鐮向田去秋風吹送稻登場 農夫凌寒忙種麥風冷雲昏歸舍急牀頭新醸斟一壺門外雪飛村巷白

范石湖祀竈詞

古傳臘月二十四竈君朝天欲言事雲車風馬小留連家有杯盤豐典祀猪頭爛熟雙魚鮮豆沙甘鬆粉餌團男兒酌獻女兒避酹酒燒錢竈君喜婢子鬬爭君莫聞猫犬觸穢君莫嗔送君醉飽登天門杓長杓短勿復云乞取利市歸來分

咏菽乳

尤自芳蓀咏菽乳八絕一腐二漿三衣四花五乾六乳七滯八查漿云醍醐何必羨瑶京只此清風齒頰生最是隔宵沉醉醒磁甌一吸更怡情衣云波湯蓮花玉液凝氤氳疑是白雲蒸素衣自可調羹用試問當壚揭幾層花云瓊漿未是逡巡酒玉液翻成頃刻花何羨仙家多著異靈丹一點不爭差乾云世間宜假復宜真幻質分明身外身纔脫布衣圭角露亦供俎豆進佳賓乳云膩似羊酥味更長山厨藏得變頭香朱衣儼體心仍素咀嚼令人意不忘滯云化身渾是坎離思火到瓊漿滯獨存入口莫嫌滋味淡鹽梅應不足同論查云一從五穀著聲明壓盡千磨涕泗傾形毀質消俱不顧竭殘精力爲蒼生

乩書修橋文

有請仙者仙至自稱柳子厚因請作募修橋文乩即書云古里蓮溪岸分左右中橫一派直通汝漢江淮向有橋梁任禍東西南北近因歲久圮頹釘銷木化行者趑趄過者煩惱似擊翼德之怒人影空隨類觸項羽之威雖藤難纏隱士無從買卜才人何處留題抱信者任其潮至種玉者曠爾良緣苟無光武中興滹沱不凍若有東山賭墅鞭策誰投餽者楞農夫於飢渴之際行者阻商賈於風雨之中岸畔之石叱之不動柳陰之舟呼之不來達磨之術未諳折蘆誰渡長房之術難學縮地無由危橋岌岌易水蕭蕭今欲鳩工啟建無白水以難成聊陳蕪語募緣有青蚨而始就徧告檀那普求善信喜捨隨輕隨重獲福無量無邊同種良田共成勝事幸慕樂助請著芳名謹疏

賞桃應制

天寶遺事唐中宗賞桃花應制凡十餘人最後一小臣絕句云源水叢花無數開丹

枝紅萼間青梅從今結子三千歲預喜仙游復摘來此詩一出群作皆廢中宗令宮女唱之號桃花行然不知作者姓名唐詩百家皆不載

華巖洞石壁詩

名山記華巖洞世傳昔有桃花瓣闊寸許從洞中流出石壁上有無名氏詩二絕巖前流水無人渡洞口碧桃花正開東望蓬萊三萬里等閒歸去等閒來 跨鶴歸來不記年洞中流水綠依然紫簫吹徹無人見萬里西風月滿天

對句薦館

寧波一秀士失館無聊閒走偶闖府道吏拘見府因詰其故士以實告府出一對令對如佳即釋且爲汝薦一館曰遍地是先生足見斯文之盛士應聲云沿街尋弟子方知吾道之窮府佳其對果薦之遂袁元峰煒亦失館蹈其轍闖入府道府亦出一對曰湖山倒影魚遊松頂鶴棲波元峰即云日月循環兎走天邊烏入地府亦薦之○元峰父執某出一對云宦官寄宿窮家寒窓寂寞俱取宀字頭也元峰云可以借得一點否某許之袁云家宰安寧富宅宇宙寬宏某大賞之

集名歲交詩

新創滿地風雲錦，故詩及之。

順理隨天

信步行將去，隨天分付來。此古人之名言也。鉅鹿陳世寳易之曰：順理行將去，隨天分付來。則理直而辭順，爲無病矣。蓋信步則有荒唐不檢之患，而順理則循規蹈矩，自無任情率性之舉矣。

老狀元詞

宋人有小狀元詞，王元禎補老狀元詞云：三百名中第一人，宫花斜插二毛侵。丹墀獨對三千字，閶闔驚看五色雲。袍簇錦，帶橫金，引領羣仙謝紫宸。時人莫訝登科晚，自古龍頭屬老成。

烹葵

詩言烹葵及菽，唐人有烹葵邀上客句，則葵之可餐亦久矣。今未聞有烹之者。王元禎過西湖僧寺，聞寺僧取葵去其膚，食其幹，脆如萵苣，特未之試。余庭中千葉葵花爛焉如錦，他日以翠釜沃之，當添一佳味。○山家清供云：葵名鴨脚葵。

題林靈素像

林靈素以方術顯於時，有附之而得美官者，頗自矜，有驕色。或戲作靈素畫像詩云：當日先生在市廛，世人那識是真仙。只因學得飛昇後，鷄犬相隨也上天。

孫費對語

臨江孫偉貌與黎御史龍相類，或云：孫生面似黎龍。偉云：孔子貌類陽虎。又友人見偉着公服，戲云：孫穿公服。適有周栽捧葛衣而過，偉云：周製夏衣。又費文憲公宏官侍郎，其兄宷爲太常少卿，以長少易位，劉瑾適過之，云：費秀才以羊易牛。宏畚己丑生宏答云：趙中貴指鹿爲馬。瑾頗啣之。

沈娘詞

錢塘朱若于先生駿沈娘詞序云：蓋聞青衫宴客，情移江上琵琶；翠幙迎郎，心結湖邊松柏。是以陽城下蔡，不乏名姝；金谷章臺，類多芳徑。吾友張公子者，夙擅風流，群推俊雅。買花解語，教成十載辛勤；裂錦纏頭，名占五陵年少。適者移裝勝地，高聚良朋，忽逢吳下麗人，頗作西泠佳會。燈搖翡翠，恍登歌舞臺中；面暈芙蓉，漸入溫柔鄉裏。矧乃佳人愛客，綺語纏綿；才子多情，艷思縈繞。予也色慚一嘆，情媿滿車。然而飲太僕之名園，沓留午夜；宿司空之高館，腸斷三更。爰賦小詩，用誌良遊。詩云：畫堂此

朱望子先生於除夜見案有雜具，戲作雜名歲交詩。除夕云：從容歲事已無忙，草果村舖設小堂。酣酌屠蘇傾竹葉，煖煨榾柮帶松香。插梅瓶映連翹影，剪燭燈明續斷光。白附地碑書粉字，萬年長積有餘糧。元旦云：合歡門內各怡然，五味辛盤共慶年。把盞紅椒浮綠酒，擁爐蒼朮起清烟。雲留砌畔天花積，冰結堦前地骨堅。祝願兒曹添遠志，白頭翁更壽綿綿。

吳文之對

吾郡吳文之初名濟，少敏悟。方九歲，自書對聯云：移門欲就山當榻，補屋常愁雨濕書。與張濟同學，客聞其才，出對云：張吳二濟聯床讀。文之應曰：嚴霍同光間世生。客善繪事，又云：畫草發生，須刻工夫非爲雨。文之曰：燈花開落，須臾造化不關春。又畫上行人，無雨無風常打傘。文之曰：屏間飛鳥，有朝有暮不歸巢。後登第，入翰林。

逐瘧文

信州程俊民兆科病久瘧，乃爲文以逐之。其文多不具錄，錄其雋詞曰：夫瘧者虐也，烈如暴暑，酷如猛吏。率然遇之，莫知其似。身搖搖如懸旌，足縮縮如有循。齒如石上漱，眼似霧中看。聲振林皐，勝在牀之蟻鬪；氣蒸雲夢，思入水而魚游。如虺如蛇潛出，鷄鳴星爛，爲鬼爲蜮，猶如白日青天。一日二日之間，信成徙木；七月八月之內，咸著鑠金。瘧汝亦知其醜與？夫病君子，則汝爲小人；遘厲聖人，則汝爲狂鬼。以世所甚尊之士，而汝敢侮之；以世所甚不美之名，而汝輒居之。安在其知也。夫懸關中之蟹，汝可疾而驅；誦少陵之詩，汝可易而走。豈直宛市之年可竄，妖祠之豕可誅哉。吾是悲汝愚而又哂汝怯也。汝何不歸深山大澤，長存虛名，乃必効鼯鼠之窮，何爲瘧不敢對，抱頭而竄。予自是而蘇，霍然病已。

閨怨詞

汪嘯尹琬戲拈閨怨詞，調寄黃鶯兒，每句隱西廂曲一句。跌綻鳳頭鞋，脚跟無線捲珠簾，畢罷了畫掛收鏡臺，只少一箇團圓懶拈針線懨懨待，指頭兒告了消乏把象棋下來，安排着車兒馬兒把雙陸打來，又在巫山那廂怎奈寸情遠，遙征輪邈，小則小心腸兒轉關酒醒纔，朱顏改變了蒼天呌破，也怎麼咒倒在塵埃，也有些土氣息。

天絲飛颺

順治初，吳中初設南北兩局時，空中忽有白絲飛颺，人皆云此天絲也。胡溯翁有句云：風雲滿地呈新樣，素縷遙空作雪飛。天恐東南杼軸盡，故教織女亦拋絲。時局中

夕醉嬋娟。玉質微酡睨綺筵。正是好花乘夜看。紅燈低照露華鮮。 千呼萬喚步方行。猶抱琵琶半倚屏。最愛雙瞳微轉處。巴江夜雨剪盈盈。 翻杯酒汚石榴裙。公子多情抹素綾。獨有佳人偏會意。低鬟佯笑說何曾。 宛囀嬌鶯弄巧喉。彩雲留住碧天秋。曲中忽訴生平事。四座沉吟盡點頭。

犀角酒斗

諫聖野先生衷有犀角酒斗。傍刻魁星像。右手執銀而失筆。坐客偶言。試官愛財。魁星祗以銀錠効用。朱雲子先生陶即席賦沁園春詞曰。咄斗魁公何事。懷金投筆歸來。怪日居前亢守他金庫。奎臨財帛。趕上錢堆。路鬼揶揄。波臣憔悴。豈是文章竟蹟哉。歎毛錐子。見孔方兄至。那敢推排。 空教氣湧如雷。任塊壘澆他三百盃。有王圖先達。吳融負屈。劉蕡下第。裴李高魁。銀氣衝天。管花落地。倒卻西園文雅臺。但准備得腰纏萬貫。穩取三台。

詩鬼降乩

客座新聞。弘治間錢塘吳啟東遊西湖。見湖旁有請仙者。衆登岸往觀。一庠士以學宮有一對云。鼓振龍舟。驚起黿鼉之窟。久莫有能對者。以此請仙對之。即書云。火焚牛尾。衝開虎豹之關。衆請留名。乩書可憐可憐而已。衆强復書。諸君可到湖東大楊樹下相見。次日衆果蹤跡至彼。見樹下以蘆蓆裹一屍。在衆驚愕訪之。乃知數日前縊死者。衆因捐金市棺埋之野中。

王文恪和壽詞

王守溪年六十三。楊君謙來壽守溪和詞云。懸弧又誕朝。六十三年鹿夢蕉。敷名紫閣高。起何遲。歸何早。玉堂近日無宣召。且是山中臥得牢。治如虞。聖如堯。洗耳還容由與巢。書一封 且作山中宰相。依然玉帶蟒鱗爲袍。扁舟范蠡去迢迢。五湖烟景無人要。金庭玉柱。傲彼伊皇。清風明月。輩他管籥。洞天福地誰曾到。皂羅袍 鎮日逍遙。過去韶華不可招。幸有還丹大藥。絕勝鹽梅金鼎和調。百年强半總勞勞。奔名逐利何時了。嘅彼時豪。東門黃犬。徒增煩惱。駐馬聽 古來富貴誰長保。早是抽身早。裴相午橋莊疏傅都門道。到如今。尚瞻高節操。清江引

劉武城詞

張無擇掄貧士也。所得館穀悉以買書。每爲室人之謫。劉武城戲成如夢令二闋。互爲答問。謁之云。縱使汗牛充棟。不迭黃虀一甕。笑你腹便便。幾見把窮愁撥送。無用無用。風緊敗窗支孔。 萬卷百城相擁。滋味渾如食蔗。急切不逢時。時至黃金無價。休罵休罵。溷酒沒地難下。

王彥齡詞

夸堅志。王彥齡舜臣元祐樞密彥霖之弟。任俠有聲。初官太原。作望江南曲。嘲郡縣僚佐及府帥。帥怒甚。因入謁面數折之。云君恃爾兄。謂吾不能治爾耶。彥齡欲救頓首謝。且請其過。帥告之。復趨進。倚聲微吟曰。居下位。只恐被人讒。昨日但吟青玉案。幾時曾作望江南。下句不屬。回顧適見兵官。乃曰。請問馬都監。帥不覺失笑而退。所傳別素質一闋云。此事憑誰知證。有樓前明月。窗外花影。亦其詞也。娶舒氏女。亦工篇翰。婦翁出武列。彥齡常醉酒嫚罵。翁不能堪。竟至離絕。女在父家。懷其夫而作點絳唇曲云。獨自臨流。興來時把闌干憑。舊愁新恨。耗卻來時興。鷺散魚潛。煙斂風初定。波心靜。照人如鏡。少箇王郎影。

磨鏡帖

天台車清臣若水。宋理宗時人。腳氣病作。時以書自娛。隨所見而錄。久自成編。名腳氣集。首載潘默成磨鏡帖甚佳。帖云。僕自喻昏鏡。喻書爲磨鏡藥。當用此藥。指磨塵垢。使通明瑩徹而後已。倘積藥鏡上。而不施指磨之功。反爲鏡之累。故知托儒爲奸者。曾不若愚夫愚婦也。

洞庭歌

彭功甫云。洞庭兩山青冥中。猗頓近稱許與翁。翁老誠修玄都宮。木天矗立恭殊功。許生百萬何豪雄。結交惟有袁與馮。近日忽思結上公。申文定 上公臨況麟袍紅。珍羞羅列拜下風。八蠶繭細等蟻蠓。炊金饌玉聲玲瓏。賓客廝養無異同。世間富翁有如此。貧士依然凍餓死。

天干地支名

說圃識餘載天干歌七言四句曰。閼逢甲之下是旃蒙乙。柔兆丙連彊圉丁。著雍戊屠維己上章庚重光辛次。玄黓壬一作默昭陽癸干乃終。又有地支歌五言六句曰。攝提格寅單閼卯執徐辰大荒落巳敦牂午兼協洽未。涒灘申與作噩酉。閹茂戌一作茂大淵獻亥困敦子赤奮若丑。熟記之。可免翻閱之勞。其解釋詳載七修類藁。

上梁語讖

文文山公少時。作新居上梁文。有拋梁南說與山人住水南。江上梅花都是好。莫分

枝北與枝南。公殉節後。其弟文溪璧仕元為縣令。或貽詩譏之。有南枝向晚北枝寒之句。（詩見初集）前語遂成一讖。

汪嘯尹祝壽詩

毛德音先生綸學富家貧。中年瞽廢。同輩惜之。其配亦有賢德。六秩雙壽。時同人俱以詩贈之。先生獨喜汪嘯尹四絕句。詩云兩字飢寒一腐儒。空將萬卷付吟呼。世人不識張司業。若箇纏綿解贈珠。久病長貧老布衣。天乎人也是耶非。止餘幾點窮途淚。盲盡雙眸還自揮。荊布藜鹽四十年。誰人知得孟光賢。至今還與齊眉案。辛苦終身寔可憐。工容何事不如人。嫁與寒儒病更貧。埀老雙眉終日鎖。縈花爲畫那知春。四詩絕非祝嘏常套。先生所以獨喜之與。先生有三國箋註琵琶評行世。

走馬燈謎

山陰徐文長名渭。嘗隱括徐渭二字。為秦田水月有走馬燈謎云。但見爭城以戰。不見殺人盈城。是氣也而反動其心。

日月雨露稱脚

杜少陵詩。雨脚但仍舊。雨脚如麻未斷絕。白玉蟾詩。雨脚初收起暮烟。江公著詩。雲葉紛紛雨脚勻。汪信民詩。雨脚晨可歇。蔡啟詩。城響濤頭入。江昏雨脚斜。雨脚二字。本齊民要術。少陵始用之。少陵又有日脚下平地句。韋莊詩。遠水斜牽日脚流。石曼卿詩。花影長隨日脚流。陳輔詩。白下風輕日脚斜。李賀詩。露脚斜飛濕寒兔。喻鳧詩。雁天霞脚雨。東坡詩。月脚垂孫光。日月雨露稱脚俱新。

咏蠢鶴鵪鶉

毛序始咏物西江月二詞。咏蠢鶴云。只道生從胎卵。原來索自枯魚。棱棱瘦骨欲憑虛。誰復假之毛羽。縱使凌霄有志。那堪涸轍難舒。林逋支遁莫憐予。空說莊周知己。咏鵪鶉云。纔見春蠶欲死。忽看素鳥如生。馬頭娘子已藏形。幻作柱頭丁令。月判還須剪就。縞衣不待裁成。若教冲舉向青冥。應化遊絲千仞。

自責責人

南充陳玉壘（于陛）云。今人談人則易。自責則難。常見當事者指摘前人。殆不容口。及觀其所為。不若遠甚。宋人詩云。鮑老當筵笑郭郎。笑他舞袖太郎當。若教鮑老當筵舞。轉更郎當舞袖長。可謂曲盡事情。

初夏小曲

涇陽趙念棠先生有初夏小曲云。豆角兒香。麥索兒長。響嘶嘶繭車兒風外揚。青杏兒纔黃。小鴨兒成雙。雛燕語雕梁。紅石榴花滿西窗。黃蜀葵葉掃東墻。泥金團扇涼。香玉紫紗囊。將佳節慶端陽。

掘塚歌

范梈字德機。掘塚歌云。昨日舊塚掘。今朝新塚成。塚前兩翁仲。送舊還迎新。舊魂未出新魂入。舊魂還對新魂泣。舊魂叮嚀語新魂。好地不用多子孫。子孫綿綿如不絕。曾孫不掘玄孫掘。我今掘矣良可悲。不知君掘又何時。郎仁寶云。據歌則人決不用子孫。亦不用墳墓矣。當換好地二句中數字可也。如曰。好地還須好子孫。子孫綿綿多碩劣。曾孫不掘玄孫掘。斯義方妙。然多字更不若若字為妙。

獨宿吟

胡仲彝以梓有獨宿吟云。孤衾清寒霜天獨宿。緊摁肩。暖履足。被擁爐香香馥馥。心兵不起娟幽獨。安眠到曉日烘窗。也算人生自在福。

施宗銘幼慧

施槃幼警敏。善屬對。隨父商於淮上。從師讀書。主羅鐸家。有都憲張某來。鐸命其子與槃偕見。張試以對曰。新月如弓。殘月如弓。上弦弓。下弦弓。槃應聲曰。朝霞似錦。晚霞似錦。東川錦。西川錦。張大奇之。正統戊午舉于鄉。赴會試。詩別劉昌有紅雲紫霧三千里。黃卷青燈十二時句。年二十三。遂魁天下。在翰林。英宗問鄉家吳中。有何勝地。槃對曰。有四寺四橋。上問何名。槃曰四寺者。承天萬壽永定隆興。四橋者。鳳凰來苑吉利太平。英宗大悅。

西子子西對

毛鶴舫先生幼時。作一對云。西子顛倒為子西。須辮吳頭楚尾。數十年來舉以示人。並未有能對者。

雪獅子

乙亥新正。積雪盈尺。兒童繞塑獅子。漫成一律。雪積廣庭中。物成體自充。豈知百獸長。亦藉六飛雄。神似窮人力。形摹逼鬼工。寂然不一吼。殊覺勝河東。孫瀛仙見而賜和。復疊前韻卻寄。寒氣猶凝結。春回雪尚充。黃童能肖物。白澤獨稱雄。踏蹈微心巧。猙獰極化工。無然饒肥瘦。旭日已升東。復叢瀛仙見和。再疊前韻。雪獅詩偶賦。賜和已盈充。昔辨黃金僞。今成白雪雄。毗狸如見伏。猰貐或稱工。西域毛群特。安然罷并

堅瓠補集　卷二　十二

東柳記一時遊戲往復。殊不計工拙也。

揭梅核猴

吾吳沈君玉善於雕刻。以楊梅核雕獼猴。色蒼毛短。欣狀酷肖。因倣尤悔翁先生物幻詞。賦作西江月詞。楊氏皆稱家果。沈郎幻作野賓。猿名王仁裕 色殷毛短直生成。酷似獼猴形影。療饑王竅遺臭。童貫患脚氣或云楊梅仁可療 將守王竅叔二十石即擢待制 會稽奸唐史留饕。形骸雖具木雞外。智動化為仁靜。

美人過橋

偶咏美人過橋。起用雨絲風片烟波畫船韻。限溪西雞齊啼。雨雲何處度前溪。絲柳纖腰裊向西。風揭衣香疑散麝。片分裙采炫山雞。烟籠鬟髻芳姿艷。波印嬋娟體態齊。畫史但能摹彷彿。船頭人辨笑和啼。

人世炎涼

螢雪叢說。人之一身。已自有輕重。足履襪穢。則不甚介意。若手沾污。浣濯無已。又何怪世情之炎涼也。携着題湯泉一絕。最為該理。比都三井在山崗。二井水冷一井湯。造化無私猶冷暖。爭教人世不炎涼。

梅嬌杏俏

閒居筆記。吳大郡王二愛姬。名梅嬌杏俏。丰姿並俊。尤善詩詞。梅作詞誚杏曰。一種陽和。玉英初綻。雪天分外精神。冰肌玉骨。別是一家春。樓上笛聲三弄。百花都未知音。明窗畔。臨風對月。曾結歲寒盟。笑杏花何太晚。遲疑不發。等待春深。只宜遠望。舉目似燒林。麗質芳姿雖好。一時取媚東君。爭如我。青青結子。金鼎內調羹。杏亦作詞答梅曰。景傍清明。日和風煖。數枝濃淡胭脂。春來早起。惟我獨芳菲。昨夜幾經雨過。似佳人。細膩香肌。堪賞處。玉樓人醉。斜插滿頭歸。笑梅花何太早。蕭疎背肉。葉密花稀。不逢媚景。開後甚孤悽。賦性冰心玉質。甘受雪壓霜欺。爭如我。年年得意。占盡曲江池。

刺繡

吳中女郎王道蘊。詣尼菴。見二尼刺繡。謂道蘊能詩。請詠其事。蘊集唐句云。風捲楊花拂繡床。為他人作嫁衣裳。因過竹院逢僧話。始覺空門興味長。○白香山題刺繡圖云。倦倚繡床愁不動。緩垂綠帶髻鬟低。遼陽春盡無消息。夜合花前日又西。○朱絳詩云。獨在紗窗刺繡遲。紫荆枝上囀黃鸝。欲知無限傷春意。盡在停針不語時。

元載妻詩諷

元載擢拜中書。妻王韞秀寄詩姊妹云。相國已隨麟閣貴。家風第一右丞詩。笄年解笑鳴機婦。恥見蘇秦富貴時。及為兩朝宰。恨貴盛無比。秀以詩喻之曰。楚竹燕歌動畫堂。更闌重換舞衣裳。公孫開館招佳客。知道浮雲不久長。載不悟。卒及於難。

堅瓠補集卷二終

堅瓠補集卷之三目錄

餉茶詩　播池詩
聽月樓詩　七姬廟
韓侂胄擕禍　李楨像贊
養心歌　慈湖譽蚊
古占雨　詞賦沙字
麺蝦　唐朝酒價
澆書攤飯　馬嵬
沈石田詩　子由寄詩
文信國詞　贈妓
黄華老人　茶夾書燈銘
賞梅懸燈　謁陵官假宿
劉仲修詞　孝宗孝養
詩詞偶誤　甜酒

蛙給廩　吳越分界
呂仲實詩　生同年月時
京官騎驢　咏燕鵲
士人自重　飛走爲頌
京師事物對　酒館扁對
鵲橋　王荆公菊詩
飯後鐘　碧紗籠
機工善詩　西山晴雪
女師勤王　芝兆祥
鼓吹續音　饒聽呪
元宵詞　匀面尚黄
林石逸興　儒生對句
禁城花柳　王文端雅量
謝禁纏足表　又

夢受廷杖　芙蓉別院
教學行　中峯詩戲
得句撞鐘　决僧判
西山游女

堅瓠補集卷之三

清 長洲石農褚人穫學稼纂輯

餉茶詩

陸起頑先生世康餉茶詩云。瓦壺欲燥爐烟冷。汲得清泉思瀹茗。芥葉收藏動隔年。色香已散存枯梗。春深穀雨正新晴。屋角鈎輈鳥弄聲。讀倦不禁消渴甚。維懷玉露吸金莖。山中一夜驚雷發。處處春雲披綠葉。倒篋傾筐摘取歸。焙來不失盧仝法。蒙君遺我小團龍。絕世珍奇出草叢。幽冷自來同氣味。啟封如與故人逢。呼童拂拭安折脚。火候還叫細斟酌。蟹眼初生雪浪翻。浮甌淺碧堪奴酪。夢迴酒醒惆無聊。頻啜愁中意亦消。解道茗柯多妙理。茶星煒煒耿清宵。

掃地詩

李如石先生賓隱上清江。作掃地詩。有屋清江上。湫隘正短簷。上苔蘆有泥。下爬土不平。斗然狂飈起。埃坋散復攪。黃葉呼敗草。策策走几前。兒童乘竹馬。塵飯雜泥丸。念不習小勞。慚負粥雨餐。念不勤四體。何殊豕在圈。把篲一拂掃。有若風雨旋。心與手俱妙。技與道俱全。渙然捲霧去。豁然雲離天。一切蚍蜉子。驚謂何神仙。攤篲捲藏之。亦何有力焉。幽屏無事事。聊事一室間。

聽月樓詩

明餘姚解某館於富室。為東翁題匾於樓。以聽月顏之。東翁不解。先生因題一律云。百尺樓高接太清。憑欄側耳甚分明。碾空呀啞冰輪響。擣藥叮噹玉杵鳴。樂奏廣寒音嫋嫋。斧裁丹桂韻丁丁。陡然一陣仙風起。吹落姮娥笑語聲。

七姬廟

元季兵起。潘原明名元紹。為偽吳行省左丞。妾七人。程氏。翟氏。徐氏。羅氏。卞氏。彭氏。段氏。段年最幼。王師克城。段氏曰。主君待吾厚。願先君死。以絕念慮。然後六姬從之。潘葬之東城。張羽為之傳。宋克書碑藏冢中。至嘉靖中碑始出土。人建祠祀之。名七姬廟。朱雲子先生七姬墩詩。蘋蘩恤死況巾幗。又況妾媵及韶顏。潘郎有美六餘一。藝色相亞無妒嫉。蘭心蕙態和且秩。重兵壓境主戰渠。願謂諸姬宜努力。段姬聞語不待畢。從容蹤步入幽室。練巾繞項懸玉骨。六姬相繼意如遺。倉皇寧與吟輿襲。梵尸藏骸冢無哭。短碣荒園久蕪沒。百五十年方始出。此事未見前朝冊。田橫葛誕稱氣激。浴鐵之徒丈夫烈。嗟嗟諸姬婉而弱。死義千金莫能奪。一之為甚作者七。不

顯其名米風青君。不見小憐后服承恩澤。重奏琵琶代王宅。績命菖蒲化荊棘。

韓侂胄構禍

趙汝愚藉韓侂胄力。通宮掖。立寧宗。侂胄所望。不過節鉞。劉弼從容謂汝愚曰。此事侂胄不謂無功。亦須分些官職與他。徐誼亦曰。侂胄異時必為國患。宜飽其欲而遠之。葉適亦曰。觀侂胄意止望節鉞。宜與之。朱熹亦曰。宜以厚賞酬侂胄。勿令預政。汝愚謂其易制。皆不聽。止加侂胄防禦使。侂胄大怨望。遂構汝愚之禍。趙從道有詩云。慶元宰相事紛紛。說着令人暗斷魂。好聽當時劉弼語。分些官職乞平原。羅大經詩云。齋壇一鉞底須慳。坐見諸賢散似烟。不使慶元為慶曆。也由人事也由天。

李楨像贊

王文恪公集載。正德五年。吳下大水。飢莩載途。有司奉命檢災賑飢。往往旁緣以為利。予伏林下。竊傷之痛之。舟頭巡司李楨者。領檄散賑于鄉。寡甚均。且有憂民之言。予甚多之。乃因其像贊之曰。勿謂位卑。其才乃宛。勿謂忠小。其心乃公。屏盜之通。時乃之職。拯民之痛。時乃之功。蓋一命之士。存心於愛物。則九重之仁。不隔於困窮。噫彼貪濁位都顯榮。受若直。怠若事。瘠其民。肥其躬。雖曰係然羅于上。得不報闕愧于

其中耶。夫李楨不知何郡人。一巡司耳。得附文恪公之文以傳。誰謂廉吏不可為乎。

養心歌

說圃識餘載養心歌甚妙。惜不知誰作。歌云。得歲月。忘歲月。得歡悅。忘歡悅。萬事乘除總在天。何必愁腸千萬結。放心寬。莫膽窄。古今興廢言可徹。金谷繁華眼裏塵。淮陰事業鋒頭血。陶潛籬畔菊花黃。范蠡湖邊蘆月白。臨潼會上膽氣雄。丹陽縣裏簫聲絕。時來頑鐵有光輝。運退黃金無艷色。逍遙且學聖賢心。到此方知滋味別。粗衣淡飯足家常。養得浮生一世拙。考此歌乃邵堯夫作

慈湖譽蚊

楊慈湖作夜蚊詩。極力譽之。謂其入耳皆雅奏。觸面盡深機。勝於人之耳提面命。蓋以蚊為靈於人也。異哉其見乎。夫蚊為惡物。自古及今。莫不惡之。況譽蚊而貶人乎。慈湖主張象山之禪學。一時從其學者甚少。故憤而發此言耶。黃借庵驅蚊賦謂虎可德化。鱷可文驅。蚊最不靈。為血肉喪軀。其借蚊以垂戒。則正論矣。

占雨

范石湖詩云。朝霞不出門。暮霞行千里。今晨日未出。曉氛散如綺。心疑雨再作。轉眼

雲四起。我豈知天道。吳儂諺云爾。古來占滂沱。說者類恢詭。飛雲走群羊。停雲浴三豨。月當天畢宿。風自少女起。爛石燒成香。汗礎潤如洗。逐婦鳩能拙。穴居狸有智。蜉蝣強知時。蜥蜴與鬭訴。垤鳴東山鸛。堂審南柯蟻。或加陰石鞭。或議陽門閉。或云逢庚變。或自換甲始。刑鵝與象龍。聚訟非一理。不如老農諺。影響捷於鬼。哦詩敢謗欺。聊用醒午睡。羅景綸云。此詩援引占雨事甚詳。諺有云。日出早。雨淋腦。日出晏。晒殺雁。又云。月如掛弓。少雨多風。月如仰瓦。不求自下。二說尚遺。余欲增補二句云。日占出海時。月驗仰瓦體。

詞賦沙字

曹秋岳先生溶賦滿庭芳詞。贈沙較書。即賦沙字。豔似淘金。清還破玉。怕人喚作風塵。漢邊送約。落雁故頻頻。漫說愁來醉臥。趁坡陂高下鋪勻。珠狂處。量他一斛。捏就小腰身。　羞隨輕浪滾。蓮花步緩。軟盡無痕。怪當年叱利。假借堪嗔。今日誰能拘管。算恒河自有仙真。情何恨。千堆白雪。占穩鳳樓春。錢塘朱若千為之序。

趙嘏

唐趙承祐報。頗有詩名。不拘小節。淮南丞相坐贈歌者虞姬詩曰。綺筵無處避梁塵。虞姬清歌日日新。來值渚亭花欲盡。一聲留得滿城春。後因酒失悔過。以詩上盧中丞曰。葉覆清溪豔豔紅。路橫秋色馬嘶風。獨携一榼郡齋酒。吟對青山憶謝公。

唐朝酒價

宋真宗問臣下。唐酒價幾何。丁謂對以每升三十。真宗曰。何以知之。謂引少陵速來相就飲一斗。恰有三百青銅錢為對。真宗喜之。後人因李太白有金尊美酒斗十千句。以為李杜同時。何故所言酒價頓異。客有戲喙者云。太白謂美酒。恐老杜不擇飲是村店壓茅柴耳。然十千一斗。唐人詩多用之。如白樂天共把十千沽一斗。又軟美仇家酒。十千方得斗。又十千一斗猶賒飲。何況官供不著錢。王摩詰詩。新豐美酒斗十千。崔輔國詩。與酤一斗酒。恰用十千錢。諷詠甚多。而三百一斗。惟見少陵詩。當不足以定唐酒價也。但唐食貨志云。德宗建中三年。禁民酤以佐軍需。置肆釀酒。斛收直三千。北齊盧思道嘗云。長安酒賤。斗酒三百。少陵引此。亦未可知。

澆書攤飯

陸放翁詩。澆書滿飲浮蛆甕。攤飯橫眠夢蝶床。東坡以晨飲為澆書。太白以午睡為攤飯。

馬嵬

唐書。謂楊貴妃縊死馬嵬路祠下。以紫裀瘞道側。太真外傳。謂貴妃縊馬嵬佛堂前梨樹下。裹紫裀瘞西郭外一里許。道北坎下。而元人傳奇。有馬踐楊妃之說。真珠船引宋人李恭賦楊妃菊詩。命妾馬嵬葬馬泥。為証。按楊妃菊詩。見山房隨筆。宋李節所作。節字恭山。詩見乙集四卷。首句云。命妾馬嵬坡畔泥。非葬馬泥。亦非李恭。長安志。馬嵬故城在興平縣。孫景安征途記云。馬嵬人名。於此築城避難。然未詳何代人。

沈石田詩

說圃識餘。載沈石田嘗寓杭之天竺寺。人無知者。因題一絕於竹云。賣畫賣書出春城。着破青衫白髮生。四海固無知我者。空教啼殺樹頭鶯。又過武昌。登黃鶴樓。適有客飲其上。石田題云。昔聞崔顥題詩處。今日始登黃鶴樓。黃鶴已隨人去遠。楚江依舊水東流。照人惟有古今月。極目深悲天地秋。借問回仙騎鶴時。笛不知吹破幾番愁。大書於壁而去。客見詩。驚謂曰。此必仙也。何不凡如此。尋物色之。乃知為沈石田云。

子由寄詩

辛齋詩話。元祐四年。八月。蘇子由為賀遼生辰國信使。子瞻有詩送之。既至。遼人每問大蘇學士安否。子由經涿州寄詩曰。誰將家譜到燕都。識底人人問大蘇。莫把聲名動蠻貊。恐妨他日臥江湖。子瞻得詩。次韻云。氈毳年來亦甚都。時聞鴂舌問三蘇。那知老病渾無用。欲向君王乞鏡湖。

文信國詞

詞苑叢談。文信國被執北行。次信安館。人供帳甚盛。信國達旦不寐。題南樓令詞于壁曰。雨過水明霞。潮回岸帶沙。葉聲寒。飛透窗紗。懊恨西風吹世換。又吹我落天涯。寂寞古豪華。烏衣又日斜。說興亡。燕入誰家。只有南來無數雁。和明月宿蘆花。或云此鄧光薦詞。

贈妓

金陵妓諸大云。生不得身到西湖。死便當埋香湖上。俞羨長快其意。嘗贈秦中女郎遂備其意云。蕩舟不遂江南去。死願青溪作女郎。

黃華老人

黃華老人詩。招客先開四十雙。人多不知其義。按元李京雲南志略云。諸夷多水田。謂五畝為一雙。四十雙。二百畝也。又唐書南詔傳。官給田四十雙。蓋二百畝也。陶南村又謂一雙為四畝。未知孰是。考老人姓王。名庭筠。字子端。河東人。善詩詞書法。金大定十六年進士，負文學盛名，召試館職，中選，為臺臣所阻，乃卜居彰德，買田隆慮，讀書黃華山寺，因以為號。平生嗜古法書名畫，題鑒定有獨得之見。世所傳雪溪堂帖，乃其所精選者也。

茶夾書燈銘

程宜子茶夾銘曰：石筋山脈，鍾異於茶。馨含雪尺，香啟雷車。采之擷之，收英斂華。蘇蘭新梗，雲液露芽。清風兩腋，玄圃盈涯。兆先書燈銘曰：武子聚螢，孫生映雪。雪固易消，螢亦易滅。惟茲銀釭，不疚其光。黃簾綠幕，永夕煌煌。經史在右，子集在左。如或不勤，負此燈火。余少嗜茶，尤喜人飲。今老矣，冬夜猶能擁爐翻閱書史。錄此二銘，以公同好。

賞梅懸燈

楊升庵少與恒忱二弟賞梅世耕堂，懸掛燈于梅枝上，賦詩云：疏梅懸高燈，照此花下酌。只疑梅枝然，不覺燈火落。王渼川廷相見而賞之，曰：此奇事奇句，古今未有也。後閱趙德莊眼兒媚詞云：黃昏小宴到君家，梅粉試春華。暗垂素蕊，橫枝疏影，月淡風斜。更燒紅燭枝頭掛，粉蠟鬬香奢。元宵近也，小園先試，火樹銀花。則昔人已有此事矣。

謁陵官假宿

無用閒談：明謁陵各官類晚入昌平總宿，五更祭陵。公署弗能盡容，各以類假宿。如兵部官則宿于衛所，戶部官宿于倉司，給事中宿于劉賁祠，翰林宿則翰林窩宿之地，與察院相鄰，諸御史宿處也。成化中，楊學士守阯暮抵昌平，誤入察院，因賦詩曰：便服風沙百里程，散衣瘦馬到昌平。欲尋翰水先生館，誤入分司御史廳。導引與臺顏盡赦，將迎勞緬眼偏青。只愁太史明朝奏，昨夜文星犯法星。

劉仲修詞

蘇敵詞話：宛平劉副使仲修（敘祖），以才見擢，能歸寄情詞曲，小令可入元人之室，如沉醉東風云：東華路塵沙滾滾，玉河橋車馬紛紛。官高休羨榮，命蹇須安分，靠青山築個柴門。閒把英雄細討論，能幾個到頭安穩。又一闋云：門巷外，旋栽楊柳，池塘中新浴沙鷗。半灣水繞村，幾朵雲生岫，愛村居景致風流。閒啜盧仝茗一甌，醉翁意何須在酒。朝天子云：景陽宮晚鐘鳴，珂巷玉驄總是南柯夢。生來無分紫泥封，機巧成何用。從爲伶官，攀龍附鳳，這心腸無半種。拄一條瘦節，引一個小僮，沿村疃瞧耕種。

又一闋云：青碧山，日觀把銀魚早焚，銷繳了功名分。船車鳩杖，鹿皮巾，也不讓黃金印。晚景無多，前程休問，越明時自在隱。存幾箇故人，團坐在蓽門，省則把陰晴論。小山樂府中，不能辨也。昭陵嘗遣中使索其題冊，呼曰念菴，念菴副使別字也。因賦詩云：史生姓葛已蕭然，敢謂文章擅彩箋。遇誤偶承明主問，因緣不是鬱輪袍。

孝宗孝養

復武林舊事：中秋，孝宗過德壽宮，上皇留上看月，曾覩進壺中天慢詞云：素飆碧看天衢，穩送一輪明月。翠水瀛壺人不到，比似世間秋別。玉手瑤笙，一時同色，小按霓裳疊。天津橋上，有人偷記新闋。當日誰幻銀橋，阿瞞兒戲，一笑成癡絕。肯信羣仙高宴處，移下水晶宮闕。雲海澄流，山河影滿，桂冷吹香雪。何勞玉斧，金甌千古無缺。上皇欣賞，賜詹孝宗，亦厚賜焉。

詩詞偶誤

唐明皇兄弟共五王相次薨逝，至天寶間已無存者。楊太真以天寶四載入宮。連昌宮詞云：百官隊仗避岐薛；李義山詩云：薛王沈醉壽王醒；張祜詩云：閑把寧王玉笛吹，皆未之考耳。岐王範以開元十四年薨，薛王業以開元二十二年薨，寧王憲以開元二十九年薨。

甜酒

齊民要術云：勿使米過，過則酒甜。白樂天詩：戶大嫌甜酒。蘇東坡詩：酸酒如齏湯，甜酒如蜜汁。北山酒經云：北人不善投甜，所以飲多令人膈上懊憹，是酒味忌甜也。然梁元帝云：銀甌貯山陰甜酒，時復進之。杜工部詩：不放香醪如蜜甜。口之於味，亦有不同。

蛙給廩

水經註引晉中州記：惠帝聞蛙鳴，問官蛙私蛙。太子令賈胤對曰：在官為官蛙，在私為私蛙。帝曰：若是官蛙，可給廩。給廩之語，政可笑。晉書削而不載。汪浮溪詩：人間何事非戲劇，鴉有乘軒蛙給廩，用此。

吳越分界

脚氣集：春秋時吳越分界，自在今日嘉興之境。春秋於越敗吳于檇里，檇里乃越地，即今嘉興也。錢塘江乃是越地，吳投子胥於江，乃胥江，何曾是錢塘江。乃謂潮頭為子胥怒潮，吳山祀子胥，主不安。王荊公碑亦說錯。五代僧錢塘詩云：到江吳地盡，隔

岸越山多不知界限

呂仲實詩

閑居筆記載元中書左丞呂仲實思誠一詩云世態炎涼總莫論雀羅曾設翟公門慚無金玉賕親友喜有詩書教子孫桃李競華開又落松篁含雪勁猶存任他勢利多更變自梅柴扉咬菜根

生同年月時

竹坡詩話紹興初有退相寓永嘉獨陳用中彥材雖隣不謁及再相有薦之者止就部注邑速江戲作小詩云命賤安能比鉅公偶然年月與時同只因日上爭些子笑向連江作醉翁蓋其所生年月時適與時宰同但日異耳

京官騎驢

真珠船載兵部尚書綿州金獻民成化末為御史常騎驢朝參同列皆然草木子云李公紀字仲修洪武間以薦為應天府治中作詩云五品京官亦美哉腰間銀帶象牙牌有時街上騎驢過人道遊春去不回今則迥不然矣

咏鶖鶴

彭秤翁咏鶖鶴云平生湖海意化作令威歸似得雲中趣還同濠上非相看骨鯁立歎息羽毛稀寧若乘軒者千秋負重譏

士人自重

宋李文正公昉云士人當使王公聞名多而識面少太華逸民李處云寧使王公訝其不來無使王公厭其不去姚合亦有詩云時過無心求富貴身閑不夢見公卿曾有山人至都門與一尊官抗禮尊官訝其倨問主人云此君何為者山人輒對曰余山人也公可謂打折麒麟腿者尊官曰山人宜在山林譬之麒麟在郊藪則為瑞物入朝市亦何異搖尾乞憐之犬耶

飛走為頌

頌人之美以飛走比況者有之不過用麟鳳龍虎鵰鶚騏驥之類罕有以鷹犬為美況者然觀詩云維師尚父時維鷹揚又後漢張表碑云仕郡為督郵鷹撮盧擊則鷹犬亦為美詞今以諂媚取容者為權門鷹犬不幾譽之乎

京師事物對

野獲編京師人以都城內外所有作對其最可破顏者如臭水塘對香山寺奶子府對勇士營王姑庵對韋公寺珍珠酒對琥珀糖單牌樓對雙塔寺象棋餅對骨牌糕棋盤街對幡竿寺金山寺對玉河橋六科廊對四夷館文官果對孩兒茶打秋風對撞太歲白靴校尉對紅盔將軍誠意高香對細心堅燭細皮薄脆對多肉餛飩椿樹餃兒對桃花燒賣天理肥皂對地道藥材香水混堂對醯醪酒館麻姑雙料酒對玫瑰灌香糖舊柴炭外廠對新蓮子胡同奇味薏米酒對絕頂松蘿茶京城內外巡捕營對禮部南北會同館東筆司禮僉書太監對帶刀散騎勳衛舍人

酒館匾對

暖姝由筆正德間朝廷開設酒館酒望云本店發賣四時荷花高酒猶南人言蓮花白酒也又有二匾一云天下第一酒館一云四時應飢食店

鵲橋

淮南子有烏鵲填河成橋渡織女之說故庾肩吾七夕詩云倩語雕陵鵲填河未可飛宋之問云烏鵲橋邊一雁飛王建云龍駕車懸鵲填石李商隱云星橋橫道鵲飛迴晏叔原云鵲慵烏慢得橋遲張文潛云靈宮召集役靈鵲橫渡天河雲作橋爾雅翼云涉秋七日烏鵲首無故皆髡相傳以為是日牽牛與織女會於漢東役烏鵲為梁以渡故毛皆脫去今七月七日絕不見烏鵲翌日驗之鮮不髡者郎仁寶七修類王一槐尹湖之日七夕停舟劉家濱見雲際隱隱二條如旛非旛如龍非龍問曜空中當騎門數丈之上或分或續往來不定隱隱聞萬鵲喙雜之聲或時明聞一二聲飯頃雲氣紛郁香馥滿空飄小雨數點而散則鵲橋之說似真有之矣

王荆公菊詩

世傳王介甫咏菊有黃昏風雨過園林殘菊飄零一作黃花落一作滿地金之句蘇子瞻續之云秋花不比春花落憑仗一作為報詩人仔細吟因得罪介甫謫子瞻黃州菊惟黃州落瓣子瞻見之始媿服後二句諸書又作歐陽公事介甫聞之曰歐九不學之過也不見楚詞云夕餐秋菊之落英乎或云詩之訪落以落訓始落英蓋謂花始開也則介甫之引証殆亦未之思歟

飯後鐘

飯後鐘相傳有三一作唐江陵段文昌少以貧窶口食不給每聽曾口寺齋鐘動輒詣餐飯寺僧厭之乃齋後扣鐘文昌後登台座題詩曾口寺有曾遇闍黎飯後鐘一作唐王播少孤貧嘗客揚州惠照寺木蘭院隨寺僧齋餐久之僧厭怠乃齋罷而後

扣鐘後偈以重位出鎮揚州有慚媿闍黎飯後鐘之句一作宋呂蒙正未遇時讀書於利涉寺隨僧飯僧乃齋後扣鐘蒙正亦有慚愧闍黎飯後鐘之句事何相同若此

碧紗籠

王播出鎮揚州重遊木蘭院向之題咏皆以碧紗籠之播繼以詩有三十年來塵拂面而今始得碧紗籠之句宋寇萊公亦有碧紗籠事與魏野同遊陝郊僧寺各有題詠後同再至則萊公詩用碧紗籠之魏詩塵滿從行官妓以袖拂之野詩云若得常將紅袖拂也應勝着碧紗籠

織工善詩

宋元詩會燕人何失世以織紗縠為業與張進忠槃筆齊名失獨工詩其燕都雜題詩云一夜春陰微曉寒玉山無奈酒杯乾青娥知有愁多少狼藉殘粧懶對看揭傒斯贈詩云心事秉由上文章陶阮間其為士大夫所重如此

西山晴雪

太平樂府元無名氏題西山晴雪折桂令云玉嵯峨高聳神京峭壁排銀疊石飛瓊地蔵雄燕天開圖畫戶列圍屏分曙色流雲有影凍晴光老樹無聲醉眼空驚樵子歸

來簑笠青青

女帥勤王

崇禎遺錄天啟中四川石砫土司女帥秦良玉勤王召見賜綵幣羊酒御製詩旌之曰蜀錦征袍手製成桃花馬上請長纓世間不少奇男子誰肯沙場萬里行

范兆祥

弘治壬子江西提學副使黃仲昭試吉安偶遺范兆祥兆祥作詩上巡按御史云兩淚交流出漢宮琵琶聲斷戍樓空金錢買得龍泉劍寄與君王斬畫工巡按奇其才遂收入試是秋中第五

鼓吹續音

雅存齋敘元遺山唐詩鼓吹取宋金元三朝律詩得一千二百首自號鼓吹續音因題其後云騷選亡來雅道窮尚於律體見遺風平生莫售穿楊技十載曾加刻楮功此去未應無伯樂後來當復有楊雄吟窗玩味韋編絕舉世宗唐恐未工

鏡聽呪

賈子說林有鏡聽呪曰並光類儷終逢協吉法以錦囊盛古鏡向竈神勿令人見使手捧鏡誦呪七遍出聽人言以定吉凶又閉目信足走七步開眼照鏡隨其所照以合人言無不驗也又王建有鏡聽詞重重摩娑嫁時鏡夫婿遠行憑鏡聽今聽識者禱於竈神以杓投釜中隨杓柄所向執鏡而往謂之響卜即鏡聽也

元宵詞

梅窓老人有阮郎歸元宵詞用回文體曰皇州新景媚晴春春晴媚景新萬家明月醉風清清風醉月明人遊樂樂遊人樂太平御樓神聖喜都民民都喜聖神

匀面尚黃

西神脞說婦人匀面古惟施朱傅粉而已至六朝乃兼尚黃幽怪錄神女智瓊額黃梁簡文帝詩同安鬟裏撥異作額間黃温庭筠詩額黃無限夕陽山又黃印額山輕為塵又詞蘂黃無限當山額牛嶠詞額黃侵膩髮此額粧也北周靜帝令宮人黃眉墨粧庭筠詩柳風吹盡眉間黃張泌詞依約殘眉理舊黃此眉粧也酉陽雜俎所載有黃星靨遼時燕俗婦人有顏色者目為細娘面塗黃謂為佛粧庭筠詞臉上金霞細李賀詩宮人正靨黃宋彭汝礪詩有女夭夭稱細娘真珠絡髻面塗黃南人見怪疑為瘴墨吏矜誇是佛粧此則面粧也

林石逸興

純紋詞話燕人薛論道有林石逸興十卷皆雜曲也其玉抱肚云神仙無分且藏身烟村水村看白鷗撞破殘霞靠青山界斷紅塵清風明月共三人去住悠悠一片雲又一闋云淒涼時候聽征鴻蕭蕭過樓映疎簾明月泠泠走空階落葉颼颼教人腸斷淚交流屈指歸期又半秋律以元音亦稱合作惜歲久失傳鮮有知其姓氏者

儒生對句

姚叔祥見只編載寧庶人濠起一儒生以鉄籠籠之置於後園適園中鑿池庶人身自督度因向賓從出一耦語云地中取土加三點以成池賓從不能對儒生在籠中應聲云囚內出人進一王而成國庶人大悅釋之儒生自念囚內進王語讖不祥少選必追我矣因不至家而逸未幾追者果至家儒生不可得矣

禁城花柳

唐人入朝多侈言花柳之盛五言詩如王維柳暗百花明春深五鳳城杜甫退朝花底散歸院柳邊迷又冉冉柳枝碧娟娟花蘂紅戴叔倫月沉宮漏靜雨濕禁花寒賈叔向宮花一萬樹不敢舉頭看七言詩如武平一黃鶯未解林間囀紅蘂先從殿裏

嘶賀至千條弱柳垂青鎖。百囀流鶯遶建章。參差花迎劍珮星初落。柳拂旌旗露未乾。杜甫。香飄合殿春風轉。花覆千宮淑景移。錢起。長樂鐘聲花外盡。龍池柳色雨中深。皇甫曾。曉色漸分雙闕下。漏聲遙在百花中。張循。賓樹樓前分繡影。綠花廊下映朱闌。至宋猶然。宣和御製宮詞。禁宮春色最妖妍。桃李扶疎滿眼前。又繞過閣門分曲檻。弄晴繁蕊麗如麩。蓋自金元以來。始不復種花柳於闕下矣。明於午門左右。採松葉為棚。使百官免立風露之下。其制雖善。要不若植花柳之為愈也。

王文端雅量

泰和王文端行儉直。在翰林三十年。恭勤不懈。及位冢宰。益加康慎。嘗以詩寄錢塘戴文進索畫。且自序昔與文進交時。嘗戲作一聯。至是十年而始成之。臨川聶大年題其後曰。公愛文進之畫。十年而不忘也。使以是心待天下賢士。寧復有遺才哉。其語稍聞於直。景泰六年。諸公薦大年與史館。徵諸翰林。因於讒謗。臥病逆旅。自度不起。投詩於直曰。鏡中白髮難饒我。湖上青山欲待誰。千里故人分槖少。百年公論蓋棺遲。直得詩泣下曰。大年欲吾銘其墓耳。未幾大年卒于旅邸。直銘其墓。

謝禁纏足表

國朝初定鼎。民間誤傳盤頭放腳之說。開山東一詞林有臣妾先已放腳事一疏。遐邇傳誦。迓笑士林。近於蔡漢文先生元憲案頭。見謝禁纏足表二道。附錄于左。高陽女子。百拜稽首上言。竊維盛朝開泰。移風易俗為先。聖旨當乾。后服帝衣必飭。故儀容傳夫窈窕。無取忘淫。環珮叶而鏗鏘。惟期有節。帝妃降于嬀汭。神禹娶于塗山。要皆妙麗天然。同大圭之不琢。卷舒順適。瀉滄海而自如。自是履武興歌。紹農祥於豐水。來朝作頌。荒天作于岐山。古典可師。徽音猶嗣。逮好色之端漸起。致冶容之禍旋開。飛燕仙裙。馮侍郎留風不去。玉環繡襪。馬嵬驛浸血猶香。洛女凌波。子建增綿綿之慕。潘妃貼地。東昏侈步步之嬌。殆夫學舞宮中。屑香室裏。巧作折腰之步。翻成墮馬之粧。謂習俗之日靡。由矯揉之彌甚。髮膚受之父母。乃敢任意損傷。冠履配乎乾坤。何用匠心小大。況淮西郡久屬勝朝。湯沐之舊臣。跡猶傳。何御樂府。每希貴家纏頭之賞。寸蓮自賞。豈容朝野忽分吳越。抑且洪纖強別。妍媸亟嚴。迷生之條。并中舉首之典。永垂令甲。載肅刑章。歲在龍飛。猥繰承恩于肆載。時逢虎變。蹈舞咸沐乎弘波。燕趙佳人。昔也遺世而獨立。溱洧靜女。今當涉水而褰裳。逐伴遊春。誰印香塵之淺。連街踏月。欣傳弓樣之寬。從此夫人城直可靴尖踢倒。娘子軍不妨背弩前驅。誠

千載之奚誅。洵一時之韻事。妾等腰憐細柳。眉遜遠山。斜對銀缸。偷繡半勾幫襯。輕颺翠帳。驚飛一握鳳鳥。第作裴奚綫時。洒半行珠淚。況久纏剪銳。莫寬兩瓣蓮花。墻裏鞦韆。逆風欲墜。簾前鬭草。並祭爭纖。自恨束縛以終年。何幸屈伸於此日。鑿踊貴屨賤之風。寬仁逮屈。慕骿手胝足之烈。儉朴常遵。將見禁殿嬌娥。粗服亂頭都好。秦宮粉黛。追風躡電非難。臨表不勝踴躍欣忭之至。

又

蘭陵女子百拜稽首上言。竊惟四肘本無二體。痛癢相關。雙跗哉此一軀。屈伸獨重。自炮烙開乎閨閣。咸繃繃如有循。追蹣跚遍于房帷。益戚戚而靡騁。凌波微步。陳思王誇娥于賦中。香屑無痕。石勒氏漫矜於床上。詞容製錦鞋之頌。既窈窕而呈妍。美人摸玉趾之名。更嬥婷而逞艷。掌中試舞。恍疑映柳飄來。臺上留仙。只恐春風吹去。咏吳女之麗形。如畫宛然。蟾魄一鉤。傳太真之嬌樣。堪憐蓮蕾花頭三寸。爭誇纖纖之稚步。誰哀蹐蹐之消魂。無罪無辜。群受湯火之糜爛。是矜是式。難忘晝夜之呼號。不知一栅痛而遍體為之不歡。更惜十尖損而終身于焉永廢。酷深于細腰之餓虐。甚于貫耳之傷。欲蓋髮吳宮之好色已見。不欲使怨端香銷而聽斧斨响屧酒齋主之縱欲。蠱禍何忍令嬌婦玉瘦而博步步生蓮。且父鞠母懷。男女雖殊而天性之親無異。彼妹者子。獨非人乎。寧堪使之踯躅趑趄。沒聽其聲者聲而笑者笑。況婦隨夫唱。琴瑟既調。而人倫之樂始生。彼美淑姬。豈異人耶。奚忍視其蹀躞（音尺杻）難以抒步亦步而趨亦趨。豈無好婦碩婁以七尺與纏。甘同斷脛之慘。或有乳媵戊婢用一升蓉粉。竟成滅趾之凶。臙脂虎豈伊異人。紅粉狼賊夫人之子。世風暴矣。仁者傷之。妾等智不如葵。何能衛足。濯無須酒。已幸舒眉。每顧影自悲。未嘗以洗垢致梁州之耿。曾捫心退想。何敢以玩予勁韓老之聲。忻逢盛世。幸沐深仁。愧無陰麗華之盛膚難細潤。敢效徐月英之膩香且溫柔。醉舞春花何須郎抱。嬌歌夜月不索人扶。從此玉筍永絕裹雲。冰柱收之詩不愁跌趾趾（周）由他芒鞋儘教踏雪。登謝安之嶺。殊快逍遙。悵累姍姍。俱化巨人之跡。花間裊裊。莫存幼婦之蹤。製就仰睨難慳。巨舄縷成四廄。敢吝多金。倘有孝女從征秣馬荷戈。均感聖人之盛德。若逢蕩婦赴約踰墻涉洧。亦欽天子之明威。爲禁龍騰。奚勝雀躍。臣妾無任踴躍歡忭之至。

夢受廷杖

辛齋詩話。海寧查東山為諸生時。夢受杖。身在請室。仰見一額。懸天上。有四四字。後

任戶科給事中。上疏論嚴嵩父子。詔廷杖六十。謫定邊縣典史。忱憶前夢。因作詩云。九重天上春四日。二十年前夢裏身。

芙蓉別院

駒陰冗記。樂清趙鶴山廷松。以京職出補福寧同知。暇日登州後龍首山。傍庵有巨石。平曠可容二三十許人。鶴山披荊棘視之。崖面有刻芙蓉堂三字。隸古可觀。因於其上闢荒建亭。顏曰芙蓉別院。政餘則與士紳講論民風土宜。會飲于斯。作芙蓉歎。有公堂高望寒江。秋風汝以裒荊棘。泡露華。斸桂生塵埃。出水祗為妍。凝除向誰開。物情故乃爾。世事良悠哉。

教學行

黑韃事略。漢地差發。燕京見差胡丞相。贖貨可挽。下至教學行。亦出銀作差發。燕京教學行有詩云。教學行中要納銀。生徒寥落太清貧。金堂金馬盧景善。明月清風范子仁。李舍緩容講德。子張齋恰受舞雩人。相將共告胡丞相。免了之時捺殺因。此可見其賦斂之法。

中峰詩戲

元僧明本。學博而好滑稽。嘗遊蘭溪。見厲亡妃。誤為云吡。中峰笑之。乃曰。吾有謎。汝輩聽之。遊方來到蘭溪。偶過村齋不整齊。盛滿碗中糙米飯。跌番盆內臭鹽齏。魍魎婆子扶材哭。齷齪孩兒傍壁啼。休笑老僧不識字。故將亡妃作云吡。其味

葫蘆詩見十集。

得句撞鐘

南唐一詩僧。賦中秋月詩云。此夜一輪滿。下句不接。至來秋方得句云。清光何處無。喜躍半夜起撞寺鐘。城中大驚。李後主擒而訊之。僧具道其事。得釋。

決僧判

便漸嘗為令。入僧寺中。主僧獨酌已半酣矣。因前請曰。長官可同飲三杯。漸怒判云。誰何容易。邀下官同飲三杯。禮尚往來。請上人獨喫八棒。

西山游女

辛齋詩話。載萬曆間。都中西山戒壇游女之盛。鈿車不絕。茶棚酒肆。相接于路。至有挾妓入寺者。有無名子嘲以詩云。高下山頭起佛龕。往來米汁雜魚籃。不因說法堅持戒。那得觀音處處參。

堅瓠補集卷三終

堅瓠補集卷之四目錄

鳳凰臺詩　蓮花博士
贈姨媽詞　題琵琶行
示子詩　剪靈運鬚
古銅款識　顏華玉座右銘
闕里災　咏茉莉
燕京元夜　陝府驛壁詩
柳詞　葉公消楚子合傳
白眉神詞　贈小英詩
邛氏召仙　占城使人
安南貢使　神燈引駕
泰陵水孔　聽琴詩
曹武毅詩　題蜘蛛
鵝卵書　趙夫人
雁來紅　白雁
慶樂園詩　蘇隄
羅周召乩　劍池石扉
謝逸工詩　秤心斗膽
李黃書翰　卓筆峰
木偶能詩　寒亭
紙窗詩　鷄冠
落花游蟻圖　蒲劍
劉阮天台圖　俞君宣詞曲
小闌十九調　贈陳暎桃
官酒歌　劉光祖詞
贈昭華　題目牌詞
禽虫名　鐵崖小史
南京太常　戒食河豚

殺春檜　治容誨淫
羞致仕　題席舍
詞隱美女　詩隱美女

堅瓠補集卷之四

清　長洲石農褚人穫學稼纂輯

鳳凰臺詩

詩益嘉話：郭功甫祥正。嘗與王荊公登金陵鳳凰臺。追次李太白韻。援筆立成。一座盡傾。太白句人能誦之。功甫詩罕有記者。今並錄之。太白云。鳳凰臺上鳳凰遊。鳳去臺空江自流。吳宮花草埋幽徑。晉代衣冠成古丘。三山半落青天外。二水中分白鷺洲。總為浮雲能蔽日。長安不見使人愁。功甫云。高臺不見鳳凰遊。浩浩長江入海流。舞罷青娥同去國。戰殘白骨尚盈丘。風搖落日吹行棹。潮擁新沙換故洲。結綺臨春無覓處。年年荒草向人愁。

蓮花博士

趙章泉梅課。嘉泰壬戌九月。陸放翁夢一故人語之曰。我為蓮花博士。鏡湖新置官也。我且去。君能暫為之。一月得酒千壺。亦不惡也。遂以詩紀之曰。白首歸修汗簡書。每因囊粟歎侏儒。不知月給千壺酒。得似蓮花博士無。又夢到萬頃荷花中。有詩云。天風無際路茫茫。老作花王風露郎。只把千樽為月俸。為嫌銅臭雜花香。此事甚新奇。可入詩料。

贈娉娉詞

晁無咎謫玉山。過徐州時。陳無己廢居里中。無咎置酒。出小姬娉娉。舞梁州。無己作減字木蘭花云。娉娉嫋嫋。芍藥梢頭紅樣小。舞袖低回。心到郎邊客已知。金尊玉酒。勸我花間千萬壽。莫莫休休。白髮簪花我自羞。無咎歎曰。人疑宋開府梅花賦清艷。不類其為人。無己此詞。過於梅花賦矣。

題琵琶行

宋學士濂題李易安所書琵琶行詩云。佳人薄命紛無數。豈獨潯陽老商婦。青衫司馬太多情。一曲琵琶淚如雨。此身已失將怨誰。世間安樂常相隨。易安寫此別有意。字字似訴心中悲。永嘉陳傅好奇士。夢裏謬為兒女語。花顏國色草上塵。朽骨何堪污唇齒。生男當如魯男子。生女當如夏侯女。千年穢迹吾欲洗。安得潯陽半江水。此有關世教之作。故錄之。

示子詩

陳正獻俊卿。道德風烈。為阜陵名相第一。諸第既成。或訝其門太廓。正獻曰。此時使寵婢乳媼可開乃佳耳。為時傳誦。其示二子詩曰。興來文字三杯酒。老去生涯萬卷

吾遺汝子孫清白在不須屢屋太渠渠

剪靈運鬚

昔謝靈運美鬚髯臨刑施為南海祇洹寺維摩詰像鬚唐中宗朝安樂公主五日鬭百草欲廣其物令馳驛取之又恐為他所得因剪棄其餘青箱雜記載黃朝英端午詩云孟嘗此日鍾英氣王剛今朝襲慶源五色呈祥文必顯唐祝信明丙時先誕位非尊蘭湯備浴俾荆俗水馬浮江弔屈原因笑唐家公主駁猶令馳驛剪祇洹

古銅欵識

懸笥瑣探嘗至南内戊字庫見古銅器一事如劍而無刃平直首微棱下有靶長可二尺潤僅及寸皆嵌銀作童子奉牌狀牌上有古并鼎家四字面嵌銀題模棱難斷佞臣頭碎腦翻成百倍憂解使英雄生膽氣從今不用佩吳鈎

顧華玉座右銘

嘉靖中上元顧華玉璘官南京刑部尚書致仕居閒多縱游山水室後築息園曰息之義止也生也形貴止神貴生動而不止形乃日敗靜而不撓神乃日生園有截酒亭以待問字者東有小軒曰促膝諸故人至解帶密坐茗碗爐香細談農圃醫藥不及朝政座側有二銘左曰言行擬之古人則德進功名付之天命則心閒報應念及子孫則事平受享慮及疾病則用儉右曰好辯以招尤不若訒默以怡性廣交以延譽不若索居以自全厚費以多營不若省事以守儉逞能以海妬不若韜精以示拙

闕里災

白醉瑣言弘治己未六月十六日午夜山東闕里被回祿宣聖家廟以迄殿寢門廡與手植檜柏歷代碑記皆為煨燼事聞孝廟為之惻然遣學士海虞李傑馳文祭告諭有司葺建吳文定公賦災字韻詩以餞其行翰林皆有倡和學士吳白樓一鵬詩云魯東風土信佳哉史筆先應為記災門地仍看千仞在瓣香方自九重來山頹當日歌聲絕斗仰于今禮數該秋晚玉階歸奏罷龍顏知向笑中開為文定所最賞

咏茉莉

鬼鶴雜錄邛州盧申之祖皐工於樂府有洞仙歌咏茉莉云玉肌翠袖較似酴醿瘦幾度熏醒夜窗酒問炎州何許清涼塵不到冰花剪就　晚來庭戶悄暗數流光細拾芳英黯回首念日暮江東偏為魂銷人易老幽韻清標似舊正簟紋如水帳如烟更奈閒月明露濃時候

燕京元夜

京師舊俗婦女多以元宵夜出遊名走橋摸正陽門釘以祓除不祥亦名走百病魏子存青城集載木蘭花令云元宵昨夜嬉遊路今夕還從橋下去名香新爇繡羅襦翠帶低垂金縷縷回頭姊妹多私語魚鑰沉沉纖手拄釵橫鬢𩬊影參差一片花光無處所又海寧陳相國夫人徐湘蘋燦有燕京元夜詞云華燈看罷移香輦正御陌遊塵絕素裳粉袂玉為容人月都無分別丹樓雲淡金門霜冷纖手摩娑怯三橋宛轉凌波躡皺翠鈿低回說年年長向鳳城遊曾望蕊珠宮闕星橋雲爛火城日近踏遍天街月

陝府驛壁詞

宣和中有題詞於陝府驛壁云幼卿少與表兄同硯席雅有文字之好未笄兄欲締姻好父母以兄未祿難其請遂適武弁公明年兄登甲科職教洮而良人統兵陝右相與邂逅於此兄鞭馬略不相顧豈前憾未平耶因賦浪淘沙以寄情云目送楚雲空前事無蹤漫留遺恨鎖眉峯自是荷花開較晚辜負東風客館笑飄蓬聚散匆匆揚鞭那忍驟花驄望斷斜陽人不見滿袖啼紅無限離恨惜其姓氏不傳

柳詞

麻城陳雙泉柳詞古道誰栽兩行槐故老爭傳從古有柳傍腴地長桑麻柳下人家鬧雞狗似與東風大有情江梅白後眼先青嬾向章臺舞明月喜同青鎖嚲流鶯君不見淵明彭澤歸來早愛種五株酣扶老花蕚長街抱恨多漢將營荒空綠繞

葉公滑稽子合傳

陸雲士先生次雲有葉公滑稽子合傳雖是游戲文章可作千秋金鑑春秋前有葉公其子孫繁衍別為四族每族昆弟或九人或十一人皆輕薄如紙有有面目者有無面目者大約有錢盈貫者皆無面目者也其一人在錢數中稍有面目已為空沒文矣其二十人雖亦衣冠面目宛然大盜而人樂親之謂可藉以致富染其習者即親如骨肉亦互思刦奪故人目其徒曰吊友謂其雖獲小勝必致大負宜吊不宜賀也濟葉公之惡者又有滑稽子兄弟六人皆以骨勝徧身花繡紅綠燦然素與盆成括善出處必偕誘人以必勝之術人樂親之與葉無異孟子嘗斥之曰徙取諸彼以與此然且不可又曰死矣盆成括惡其小有才也乃滑稽子曾以唐帝特賜緋衣又為劉毅呼之即至遂爾大勝為人艷羨不知人每出孤注竟覆全軍者皆藉是哉而

快之者也。是消蘗子之罪，更浮於葉。雖粉其骨，何足贖哉。聖人曰：戒之在鬬，戒之在色，良有以也。

白眉神詞

教坊妓女各供白眉神，即祆神也。朔望以手帕扎神面一遍。遇子弟有打乖者，輒以帕攤其面，墜地使拾之，自然心悅而從，留戀不已。蓋厭術也。沈石田有白眉神詞曰：綺眉神，掩神面，金針刺帕子，針眼通心願。烟花萬戶錦排場，家家要教神主張。主張郎來不復去，夜夜笙歌無空房。帕子有靈綾一方，思絲愛縷合鴛鴦。拂郎拂着春風香，一絲一縷一迴腸。

贈妓小英

張非崖剛腸烈氣，千古所罕。其鎮蜀時，一女奴隨侍十餘年，迨歸猶然處子。此是何等節操。乃其席上贈官妓小英詩，抑何才情豔發，大不類其為人，乃知留情翰墨，不獨宋廣平賦梅花也。詩云：我疑天上婺女星之精，偷入筵中名小英。又疑王母侍兒初失意，謫向人間為飲妓。不然何得膚如紅玉初碾成，眼如秋波雙臉橫，舞態因風欲飛去，歌聲遏雲長且清。有時歌罷下香堦，幾人魂魄遙相驚。人看小英心已足，我看小英心未足。為我高歌送一杯，我今贈爾新翻曲。剛烈如公，抑何鍾情之深耶。

邱氏召仙

鈞矣。松江邱氏嘗以疾召仙，坐客曰：近有一對，云膽瓶斜插四枝花，杏桃梨李，無可對。勞大仙對之。乩即書云：手卷橫披一幅畫，松竹梅蘭。人以為奇。客又密以一物置袖而試之，令作詩。遂題云：袖裏深懷一葉青，也於壇上惱詩情。夜來試聽窗前雨，滅却瀟瀟三兩聲。啟而視之，芭蕉也。乃大服。

古城使人

拙庵雜俎：古城使人入貢，途中有感篇詠錯出。其初發云：行盡河橋柳色邊，片帆高掛遠朝天。未行先識歸心早，應是燕山有杜鵑。其揚州對客云：三月維揚富風景，暫留佳客與同床。黃昏二十四橋月，白髮三千餘丈霜。玉局詩翁昔賢太守，紅蓮書記好文章。欲尋何遜舊東閣，落盡梅花空斷腸。其江樓留別云：青嶂俯樓樓俯波，遠人送客此經過。西風揚子江邊柳，落葉不如離思多。其一丈紅詩，已見丁集。

安南貢使

袁中郎墨畦：某日入主客署，遇安南貢使，所貢皆金銀瓶罏雕鏤等物，不甚精。此外

則白檀及降真象牙而已。問使臣能書否，曰能，以筆授之，草書一絕云：路繞石橋溪九折，雲藏竹塢宅三間。門扉半掩山花落，鳴鳥一聲春日閑。草字幾不可識，命以真書註其旁，與中國無異。

神燈引駕

黃圖雜志：明天壽諸陵在昌平州，相傳夜分時有神燈出宮，引駕以行神宮，太監多望見之。虞吏部淳熙詩云：香烟遙接白雲平，原上金燈夜夜明。山鬼羅衣扶秋駕，青冥有路不教行。蓋紀其事也。

泰陵水孔

無用閒談：明孝廟泰陵金井內有孔如巨杯，水仰噴如注。吏部郎中楊名父子器親見之。歸疏諸朝請易地，事下工部，司空湯隂李燧惡其多言，害成功，陰令人塞其孔，以排謗狂妄，奏命錦衣官校押名父赴陵所驗看。名父身親三木，斬辯賦詩云：禁鼓無聲曉色遲，午門西畔立多時。楚人抱璞云何泣，杞國憂天竟是癡。群議已公須首實，眾言不發但心知。殷勤為問山陵使，誰與朝廷決大疑。其志亦可憐矣。孝廟聖體竟羨，此中言之可為寒心。

聽琴詩

王元性耽風月，終於貧病。妻黃氏共持雅操，每遇得句，雖寒夜必先起然燭，供具紙筆。有聽琴詩云：拂琴開素匣，何事獨顰眉。古調俗不樂，正聲公自知。寒泉出澗澀，老檜倚風悲。縱有來聽者，誰堪鍾子期。

曹武毅賦詩

青箱雜記：載曹武毅翰破江南歸，數年不調。一日內宴，侍臣皆賦詩，翰以武人不預，乃陳曰：臣少亦學詩，乞應詔。太宗曰：卿武人，以刀字為韻。因以寄意曰：三十年前學六韜，英名常得預時髦。曾因國難披金甲，不為家貧賣寶刀。臂健尚嫌弓力軟，眼明猶識陣雲高。庭前昨夜秋風起，羞見蟠花舊戰袍。太宗為遷數官。

題蜘蛛

復齋漫錄：泥嗣宗尉臨淮，頗為監司所窘，嘗題蜘蛛詩於驛壁以譏之云：織絲來往疾如梭，長愛騰空作網羅。害物身心雖甚小，漫天網紀亦無多。林間宿鳥應嫌汝，簷下飛蟲最懼他。莫學螳螂捕蟬勇，須知黃雀奈君何。

鵝銜者

窰燕三食仲仙家。便得化去。名為脉望。衛濟川養六鶴。以粥飯啖之。鶴漸識字。濟川檢書。皆使鶴銜之。李君實日華。贈書賈詩中一聯云。行藏半似銜書鶴。生計甘為食字魚。用此○賈子說林。載琴中綠色蛀蟲名鞠通。喜食枯桐。與古墨。琴有鞠通能令絃自和曲。鞠通二字亦新。堪與脉望作對。

趙夫人

紫桃軒雜綴。廣州鈐幹俞似妻趙夫人。筆墨灑落。頗爲樓常書。似所作二絕於英州金山寺壁。大徑四寸。往來觀者。以爲奇蹟。其詩云。英道鞴鷹飽一味。將軍誰志滅匈奴。年來萬事灰人意。只有看山眼不枯。　特食膠膠擾擾間。林泉高步未容攀。興來尚有平生屐。管領東南到處山。

雁來紅

草本有雁來紅者。俗名老少年。容塘詩話。載無錫周子羽詩云。翔雁南來塞草秋。木霜紅葉已先愁。綠珠幸莫能歸金谷。七尺珊瑚夜不收。從京師達官卷中。畫此徧求品題。無切詠者。一士人題曰。漢使傳書託便鴻。上林一箭隕西風。至今血染階前草。一度秋來一度紅。爲壓卷云。

白雁

容塘詩話。姑蘇顧文昱字光遠。明初爲廣東行省郎中。能詩。其題白雁云。萬里西風吹羽儀。獨傳霜翰向南飛。蘆花映月迷清影。江水涵秋點素輝。錦瑟夜調冰作柱。玉關曉度雪沾衣。天涯兄弟離群久。皓首江湖猶未歸。此詩不在袁景文白燕之下。

慶樂園詞

張叔夜過錢塘慶樂園。賦高陽臺詞。序云。慶樂園。韓平原之南園也。戊寅歲過之。但有碑石在荆棘中耳。詞曰。古木迷鴉。虛堂起燕。歡遊轉眼驚心。南圃東窗。酸風掃盡芳塵。鬢貂飛入平原草。最可憐。渾是秋陰。　夜沉沉。不信歸魂。不到花深。吹簫踏葉幽尋去。任船依斷石。袖裹寒雲。老桂懸香。珊瑚碎擊無聲。故園已是愁如許。撫殘碑又却傷今。更關情。秋水人家。斜照猶燕。

蘇隨

晉江蘇隨。嘉祐間進士。令博羅。棄官歸。保神鍊氣。不與俗接。一夕夢遊異境。賦詩曰。夢乘鸞鶴到仙家。侍女風流魏月華。琥珀盞斟千歲酒。琉璃瓶插四時花。金函藏籙文刊玉。石壁題名篆點砂。一枕北窗初睡覺。日移門外柳陰斜。後數年。端坐而化。

羅周召乩

淮纓亭筆記。天順丁丑。山陰儒士羅周。開御史沈性。將爲之爲河南府學訓導。周於元旦扶乩召仙。問事之成否。乩書詩云。風雷不改舊山河。華屋年深蔓薜蘿。仙掌雲銷金氣冷。鳳臺人去月明多。英雄早聽青銅讖。感慨誰知白石歌。回首五湖烟水闊。且將閒興托魚蓑。首句言國家事。後言富貴之易於銷歇。諭周以不必仕也。是年英廟復辟。改元天順。而周事竟不成。國家之變更。前程之通塞。鬼神已前知矣。

劍池石扉

宋紹定戊子。虎邱劍池水涸。人見石扉上二絕句。刻見丁集　正德辛未。劍池又乾。驥其下嵌空玲瓏。深邃莫測。好事者秉燭而入。見內有疊版如門戶狀。云是吳王葬處。文衡山有詩曰。吳王埋玉幾千年。水落池空得墓磚。地下誰曾求寶劍。眼中我已見桑田。金鳧寂寞隨塵劫。石闕分明有洞天。安得元之論世事。滿山寒月散蒼烟。越歲其泉始復。

謝逸工詩

漫叟詩話。臨川謝無逸。詩有古意。其寄隱居士詩云。處士骨相不封侯。卜居但得林塘幽。家藏玉唾幾千卷。手校韋編三十秋。相知四海孰青眼。高卧一庵今白頭。襄陽耆舊節獨苦。只有龐公不入州。淮南潘邠老。與之相得。二公皆老死布衣。士論惜之。

秤心斗膽

諸葛武侯嘗言。吾心如秤。不能爲人作輕重。太平御覽。載唐胡曾投人啟云。推諸葛之秤心。負姜維之斗膽。

李黃書翰

李存勗搭畫粉墨。與鏡新磨等。日閘優場。粗獷之極。豈有消思者。乃其作如夢令詞云。曾宴桃源深洞。一曲舞鸞歌鳳。長記別伊時。和淚出門相送。如夢。如夢。殘月落花烟重。抑何婉麗如此。又黃幡綽亦是詼諧之雄。未聞嫺於藻翰。而手書霓裳羽衣曲。刻石河中府。大有韵致。

卓筆峰

水東日記。楊文定公云。范文正。高季迪。皆姑蘇人。兩人氣象甚不同。於其所賦卓筆峰見之。按季迪詩見姑蘇雜詠。范詩則無。載范云。笠澤硯池小。穹窿架石栽。仰憑天作紙。寫出太平歌。高云。雲來初似墨。鴈過還成字。千載只書空。山靈恨何事。

木偶能詩

紫桃軒又綴：甘從生往來江湖，携一木偶，長尺有咫，出入袖中。登几案，跳躍步趨，發聲與人談論，亦能詩。自云姓高名梅，金谿人，少有逸韻，年二十餘而卒。為煉鬼者刻梓木，䵝秘咒，攝附其魄，遂偕甘生以遊。一日有以詩僧秋潭年臘為問，高朗吟一詩以贈曰：高僧如瘦鶴，懶得著袈裟。雪案推莊子，花函出內家。問方醫病怯，鄴水泛新茶。一識沉香鼎，青絲吐白紗。句意清絕，緣其素性敏慧，故得附人以行，乃至出聲於白晝，見技於人，豈何其取精用物之弘多，神顯而魄強如此。

寒亭

荊門軍玉泉山寒亭，過客多題詩，獨一首甚佳：溯風凜凜雪漫漫，未是寒亭分外寒。六月火雲天不雨，請君來此凭闌干。

紙窗詩

青瑣後集：郭希聲求紙窗詩云：偏宜酥壁稱閒情，白似溪雲薄似冰。不是野人嫌月色，免教風弄讀書燈。閒蛩云：愁殺離家未達人，一聲聲到枕邊聞。苦吟莫向朱門裏，滿耳笙歌不聽君。

雞冠

儼山詩話：餘姚楊軾寓寧波延慶寺時，僧房雞冠花絢爛，限魚字韵。詩云：絳幘帛藏錦不如，臨風欲鬭又踌躇。若教夜半能三唱，驚起山僧打木魚。

落花游蟻圖

孫愷士先生題瓜步女史寫落花游蟻圖虞美人詞云：棠梨泣露啼鶯咽，一夜霏紅雪。多情游蟻惜餘芳，不似蜂爭粉蝶分香。　玉臺纖手東風裏，寫出傷心意。含情想像對飛花，多少飄零柳絮不如他。

蒲劍

朱望子先生咏蒲劍詩云：碧石芽綠葉競長灘，叢出森森似劍攢。彷彿發硎鋒與鍔，分明出匣莫同干。風狂作態美人舞，雨急聞聲食客彈。令節草堂饒樂事，相將羞澁引盃看。

劉阮天台圖

逢軒吳訥徐用禮，號南州，能詩，尤工香奩。家本富，以詩貧。晚歲落寞，藉詩給日。嘗題劉阮天台圖云：白雲蒼靄迷行路，水複山重不知處。行過礀谷有人家，忽見東風萬桃樹。芳香艷態娛青春，花間得遇娉婷人。五銖衣薄擁煙霧，笑語便覺情相親。神仙難遇終離別，千古佳名自傳說。天台山水至今存，桃源望斷空明月。亦可詠矣。

俞君宣詞曲

俞君宣先生琬綸贈歌童小徐曲，調寄四朝元，并小序云：黃必顯偉然男子矣，然弱年奇麗，非人間所有。後來之秀，復得小徐。予嘗言得一小徐，天下可廢女子。或謂過譽小二，不知壓下小二，更無是述，益令小徐擅場矣。此曲蓋為小徐作也。曲成以示友人，友人云：妙在不類贊女子者。粉郎妓麗，雲絲覆額時，羨新鶯脫語，社燕嬌飛，香膩勻肌理，把花容廝比，那花容怎比？堪憐處酒暈雙頤，歌歛輕眉，不解粧裔，亂排偎妮，嗔喜都風味。嗏，林殺那侍屏姬，小小青衣，偏勝着練裙溪女。睡眼覷迷離，櫻桃笑語微，他是採芳花使，害多少愁悲，悶悶玉樓人意，玉樓人意。　春風搖曳花間，擲果歸，有游蜂成隊，粉蝶相隨，記年華三五，初交歲，問春情知未？料知情還未，瘦腰如病，不為幽思，懶怯輕風，非關憔悴，怕擔不起風流字。嗏，休放過小年時，荳蔻含胎，難得東君有主，縱未許卜花期，先把閒情繫柳絲，滿懷心緒，低低促促，欲言還住，欲言還住。　非桃非李，類成別樣姿，怪天公何事，變作男兒？是男兒越覺憐人意，把千愁付你，賣千愁為你，何必弓鞋，自是凌波，不待蘭膏，白饒香膩，不畫心橫翠。嗏，莫說有情癡，看滿座瓊英，也為你紛紛墜。寒月入羅衣，嫦娥也愛玉肌，但花開連夜，莫老胡潛潛等等。弄珠游女。　紅芳初蕊，東風好護持，怪的是游絲拴繫，俗子呼盧，嫩柔條偏惹催花雨，願伊家須記，囑伊家牢記，休得破顏容易，須着意低回，不是千金切休賣與，莫愛閒調戲。嗏，占盡了可憐姿，料半世花星不出身宮裏，巧語姑黃鸝，高歌誤落梅，怕魂勾春睡，快將青鎖重門深閉，重門深閉。願為君影相依倚，豈忍把風情月思，到鶯老花殘又付誰。（元詞四換，元不用尾聲，上則又此，有今從之）

小嗣十九調

君宣先生贈小嗣曲。小嗣又字蓮王，年少清麗，穎慧過人，破瓜未遠，當月始通。母氏亦昔日名流，言王謝指之也。既別嗣，讀書攝山，念嗣不已，作十九調。（山坡羊）輕飄飄駕東風的桂檝，急溜溜渡津口的桃葉，鬧喧喧長安看花，疾忙忙採問秦樓月。豈料我仙緣夙世結，遇芝田有女來姑射，滿徑香霏，徘徊花榭，幽絕，疑是文蕭家侍妾。清妙，卻是章臺柳乍折。婀娜步，溫馴性子，賽黃鶯婉約天然，冶草綃鳌赤斜，玉蟲雙翹輕巧，調百舌，舉止舊家法，見了風流燕子思王謝。扶愛他情眸一笑波紋蹙，愛他無時

腿兒海棠快。愛他兩腮櫻桃。微微厭厭。害容常帶不知愁。輕風閃擺腰盈搦。桃林 正遇
了亂鬨使我怏怏。將我姻緣簿揭。他則說你兩人。深謝喜名字並行列。該緣分這時合。
川撥棹 張鞍扎。跳春風送馬也。我只為消殘渴。忍不住將瓊漿偷。誰望多情。把嬌兒先 江兒
待著他一盞兒霜味。反惹得我心愛熱。因此共把湘靈蘭佩結。再指江湄明誓說。水
看他醜翻纖腰趁燭光。引將斜。雖鶯羽弱鶯。怯荳蔻含胎丁香結。新枝好攀惜。
心折。須把美滿工夫。漫且喜烏道鴻溝。恰方始霞從月瀉。玉交枝 交情正懷。恨巫雲終
歸楚峽。歡歌正咕。親花眠終為夢蝶。怎當他相逢頻問何時別。別時又問來時節。旦
暮相期。猶啞聲鳴咽。非忍舍。連宵歡愛。奈從來無不散筵。說杜鵑聲催淚成血。
蜘蛛命。盡絲難絕。披衣欲起。幾番挨脫。把渾身摩遍。緊緊抓捧住了。粉腮膩臉相
偎貼。節節高 衾溫衣冷怯。竟相撇。猶將袂口牢牢齧。神飛越。把淚遮。心如裂。若道有淚
非關別。必然不是傷心別。站看行箱促馬嘶。玉交枝 一鞍載取愁盈篋。離愁滿懷。載回
來消停受些。便時時消受。消不竭。按心頭不住。如跌怕有人提起情更熱。又怕無人
提起心如切。提不提總肝腸寸結。提不提肝腸寸絕。玉抱肚 肝腸寸絕。酒無靈飯成哽
噎。奈教人顛倒神魂。語言間半是差迭。離人對景總淒切。無聊殊燈多事。嘉慶子 分
付兒童遠睡些。分付床頭燈閉些。怕痴魂不鎖心機。怕痴魂不鎖心機。向夢兒中通
然滿泄。只落得夢難成。無滿泄。僥僥令 兩情相湊洽。攪做沉江月。不暗不明空中結。無
底無邊流怎絕。桂枝香 信前冤宿業。信前冤宿業。把我心窩防說。片時不肯容人活。笑
無明無夜。笑無明無夜。一團團兩魂結。忙碌碌無休歇。縱千般計法。縱千般計法。化
水鋸成肩。只在我胥肩住也。好姐姐 無端。柯頭鬧葉。伴悄悄蛛絲到徹。沉沉墨墨度過
了無限劫。禪燈滅。蒲團坐遣塵心絕。忍見他泣向神明先訴說。訴我心意劣。
把情愛割。身外功名直恁切。忍使一線柔腸做了剛鍊鐵。我聽說。罷忙把樯
桂碎了。聽說罷再把楊巖扯。聚比似他情款款。意怯怯。賴玉溫香也認做如蛇如蝎。
從今從從今後。把前程聽者。恩愛河安心永涉。從今後從今後。風情罪孽永
無年。將牢籠擺脫。尾 管教我兩人緣分。環無缺。今宵重整鴛鴦牒。待取來生還再也。

贈陳映桃

君宜先生贈映桃曲序云。映桃其小青也。故不能作絲蘿。而陳君則已心許。許不得
遂。致有生死合離之故。所不忍聞。君不能自言。而屬詞于予。賦十三曲。今錄其九。
剪剛藕絲。眉梢眼梢常帶斜。滿腹溫存口禁齒。酒杯斟滿些。衣篝薰燒些。一時意

轉切。引起我前冤業。梧桐樹 一歌清唱閑雨度。濃雲合。分付從今。再休把衾兒疊。戲仲
小指和他說。映水桃枝。可肯秋蘭紉佩結。他抬頭醜腆無回答。欲吐還吞只把身軀
扭捏。又中心難自決。情裏深深掛。未必娘行。恁地能賢哲。衣腸怎好和君說。說不顧
了頭顱做官人的侍妾。他堅牢望我情真切。豈想風波果應了他心料者。浣溪沙 一我意
堅。他意決。正花開猛雨摧折。平陽水湧湘江闊。白地雲封蜀道絕。臨到別。手捧著衫
兒理衣褶。恨中情畢竟難說。他怎學得紅線能飛脫。我堂堂男子柔怯。不能自
作黃衫客。那時節。管甚麼開唇舌。秋夜月 不久死別。你死了番安貼。死去無知情都撇。
我身未死難撇。熬你既是永訣。留一邊怎活。東甌令 孱弱態。清俊頰。裝不盡當初恩愛
東。只那風吹不亂垂肩髮。直恁的絲絲潔。至今絲絲把我心腸結。腸斷了。意難絕。又
今生事。往世業。可是前世根由今暫合。還是根由未了來生接。又補卻今生缺。生前
猶自輕離別。還說甚後生劫。金蓮子 魂夢越十年心事歸鵲媒。空自向枕頭邊哽咽。怎
能把淚窩中。一珠兒彈去酒泉穴。

官酒歌

宋南渡錢塘有官酒庫。清明前開煮。中秋前發賣。先期以鼓樂妓女迎酒穿街。觀者如市。楊炎正有錢唐官酒歌云。錢唐妓女顏如玉。一一紅粧新結束。問渠結束意何為。八月皇都新酒熟。瑪瑙甕列浮蛆香。十三庫中誰最強。臨安大尹索酒嘗。舊有故事須迎將。翠翹金鳳烏雲髻。雕鞍玉勒三千騎。金鞭爭道萬人看。香塵冉冉沙河市。琉璃盃深琥珀濃。新翻曲調聲摩空。使君一笑賜金帛。今年酒賽真珠紅。畫樓兀突臨官道。處處繡旗誇酒好。五陵年少事豪華。一斗十千誰復校。黃金壚下漫徜徉。何曾見此大堤娼。惜無顏公三十萬。杜醉金釵十二行。

劉光祖詞

劉光祖有鶴林文集。小辭附焉。其醉落魄云。春風鬧者。一時還共春風謝。柳條送我今槐夏。不飲香醪。孤負人生也。　曲塘泉細幽琴寫。胡床滑簟應無價。日遲睡起簾鉤掛。何不歸歟。花竹秀而野。

贈昭華

黃魯直大雅。戀王晉卿家姬昭華吹笛。贈以詩云。蘄竹能吟水底龍。玉人應在月明中。何時爲洗秋空熱。散作霜天落葉風。

題目牌詞

拙庵雜組載無名氏冰小考題目牌詞，調寄一剪梅，大有思致。詞曰：高脚長身粉面㛹，不爲才郎，却爲才郎。長長短短兩三行，此已驚慌，彼亦驚慌。　搖搖擺擺下廳堂，繞過西廊，又到東廊。遮遮掩掩倚牙儀，你也思量，我也思量。

禽獸名

禽名山和尚，即山鵲也。滇中有獸名水秀才。楊升庵鷓鴣天云：秋水澄清勝酒醅，野煙籠樹似樓臺。彈聲林鳥山和尚，寫字寒蟲水秀才。乘興去，興闌回，夕陽影裏記徘徊。正思修褉明年約，無奈鳴騶得得催。水秀才狀似蚊而大，游泳水面，池中多有之。

鐵崖小史

詞苑叢譚：林鐵崖嗣環使君口吃，有小史名紫鐵，嘗共患難，絕憐愛之，不使輕見一人。一日，宋觀察琬在坐，呼之不至，觀察戲爲西江月詞云：閱盡古今俠女，肝腸誰得如他。兒家郎罷太心多，金屋何須重鎖。　丞說餘桃往事，憐卿勇過龐娥。千呼萬喚出來麼，君曰期期不可。衆皆大笑。

南京太常

紫桃軒雜綴：南京百司事簡，若太常則尤閒寂。先輩有爲是卿者，終日醉眠，坐嘯而已。一日，傳門析甚急，詢之，乃宣州入遞公文，因春多風，園戶訴所供太廟梨花被吹落盡，至秋恐難結實，求派他邑有司，故爲申請也。因成一絕云：印床高閣網塵沙，日聽喧蜂雨度衙。昨夜宣州文檄至，又嫌多事管梨花。先輩風流亦可見矣。

戒食河豚

倪鴻寶先生有將無忠義事，不及食河豚句。陸雲士先生取此意而廣之，作離亭燕詞以戒人：三月桃花春水，網撒江鮮初起。不使纖塵沾鼎俎，乳是西施甚美。下箸且徘徊，此事不如已矣。　昨日傳聞西第，醉飽翻成涕淚。子孝臣忠千古事，只是難拚一死。口腹亦何爲，竟肯輕生如此。

殺秦檜

極齋雜錄：吳中一富翁宴客，演精忠記，坐客某見秦檜出，不勝憤憤，起而捶打，中其要害而斃。衆皆驚，某從容自若。衆鳴之官，官憐其義，得從末減。後歸作詩曰：賣國奸雄心膽寒，當場一見髮衝冠。無端格殺秦花面，也爲庸臣滌肺肝。蓋寓激濁揚清之意。周蓼洲先生打秦檜事，見辛集四卷。

冶容誨淫

風俗記云：上有倩盼，下有金蓮，乃女子之美質。今則不然，時有詩云：滿面臙脂粉黛奇，飄飄兩鬢拂紗衣。裙鑲五采遮紅褲，綽板脚跟着象棋。　貂鼠圍頭鑲錦袖，口裱妙常巾帶下垂屁。寒回猶着新皮襖，只欠一雙野雉毛。所謂冶容誨淫，一至於此，有世道之責者，其可不思所以挽之乎。

差致仕

明山錄：天禧中，孫集賢冕直史館幾三十年，晚年守蘇，已及期年，大書詩於廳壁，拂衣而去。詔下，冕已歸矣。詩曰：人生七十鬼爲鄰，已覺風光屬別人。莫待朝廷差致仕，早謀泉石樂閒身。去年河北曾逢李，今日淮西又見陳。寄語姑蘇賢太守，也須抖擻老精神。

題席舍

顧人月先生恒，以高才有聲黌序，久困場屋，牢騷不平之感，每見之篇章。崇正壬午闈試，戲題席舍曰：八千科舉盡元魁，吾亦隨行挨進來。苦惱文章逐氣答，囫圇題目沒頭猜。號房缺瓦常防漏，蠟燭釘筌不住歪。我弟三官真造化，宗師竟不取遺才。明日哄傳，白下聞者絕倒。

詞隱美女

吳郡周貞廠江，多才思，有閨情曲，每句隱一古美女名。後緣事爲撫軍朱國治劾奏，與金聖嘆等同死，其曲遂失傳。沈秋田做其體，成賀新郎詞云：靜把絲桐理琴操。早則見，鉤簾半捲夜光雙繫綠珠。目斷玉門凝望久關盼盼，獨坐有誰相倚無雙。想塞外，月明於水光光。纔到平明烟霧繞朝雲，却東來，紫氣氤氳起步非煙。花片飛，紛如綺紅拂。　空依女弟歡相聚妹喜，甘貧苦，綠芽凝翠茶嬌。黃螿淒咽無鹽，閒倚劉郎花下聽倩桃。兩箇黃鸝聒耳鶯鶯，總只在，垂楊樹裏柳枝。遙望吳門一叢麗蘇小，小念手姿似玉，同嬌女如姬。想檀郎，應相憶念奴。

詩隱美女

毛序始美女燈謎：六宮嬌面豔桃腮紅兒，吐蕊含葩妃子顏花蕊夫人。一曲春風誹屬和杜韋娘，黃鸝柳外語間關鶯鶯春。赤城女降館娃宮吳絳仙，媚態朱顏總不同嬌紅。桃杏滿園如布錦紅綃，還輸人面自然紅花不如。予亦效顰，漫成十絕：桃花爛熳遍河梁飛燕，橋名鳥雙飛遶畫堂燕燕。對此春光宜解悶莫愁，開懷正欲飲千觴解愁。艷陽三月物華饒麗春，掠水烏衣過小橋飛燕。催護重來花已謝桃葉，只餘春柳尚垂條楊

杜　揚子灘頭南澗瀠（江采蘋）　錦鱗游泳樂天真（機魚兒）　河水波浪何偏急（薛濤）　無那狂飈似轉蓬（蝴蝶）　盛名藉藉豈虛稱（真真）　如玉丰姿非等愷（溫超超）　萬選果然應萬中（錢）錢門生衣鉢遞相承（婷婷師）　一葉梧飄白帝臨（秋蘭）　蟾宮丹桂勝南金（桂英）　衣篝大冷餘蘭麝（寒香）　史靜帷閒秋夜砧（浣衣）

堅瓠補集卷四終

堅瓠補集卷之五

題藝祖像　玄虛子
姜堯章　稼軒經語詞
送別王禹偁　倡道乞詩
周晉仙　燭剪
義燕　魏壇女真
唐六如詞　祝枝山詞
凌彥翀詞　郵亭閣
陸放翁詞　補天穿
撲蝴蝶詞　銀蒜
馬浩瀾　詹天游
鞋䩮　李師師
詞集怨事　白玉蟾詞
等身金　烏衣女子
坊曲　毛烈婦繡帽
陳敬叟詞　郝仙女廟詞
馬孟昭述懷　鄭十江望海潮
泥泥妮　送陳退翁詞
西湖送春　酒歌
酒檄　成語
上皇賞雪　綠菜贊
朱希真　祭花園土神
康伯可詞　北客詩
千眼觀音　蔣氏嗜酒
下䊞　打馬賦
紅芭蕉賦　黃蜀葵賦
砂挼子　草蟲
花案　峨嵋佛現

陝寇劇夢　師苦蒐狀
焚書自歎　詩贈博徒
括兵作詩　女學士
人面桃花　鬪雞檄

堅瓠補集卷之五

清　長洲石農褚人穫學稼纂輯

題藝祖像

灌纓亭筆記趙子昂善書有文名元世祖聞而召見之子昂丰姿如玉照映左右世祖心異之以為非人臣之相使脫冠見其頭尖銳乃曰不過一俊書生耳遂命書殿上春聯子昂題曰九天閶闔開宮殿萬國衣冠拜冕旒又命書應門春聯題曰日月光天德山河壯帝居因出宋藝祖神像命之題贊以覘其志子昂蹴踏良久題曰玉帶緋袍色色新一回展卷一傷神江南江北新疆土曾屬當年舊主人世祖大喜

虛子

政和徐貞一號玄虛子能詩過仙霞關吏詰其異服執訊之貞一瞪目不語擲之郵亭追夜來守者臥出袖中筆墨書二絕於壁一劍凌空海色秋玉皇賜宴紫虛樓醉來跨鶴須彌頂指點培塿見十洲碧殿歌傳阿濫堆玉笙吹徹海桃開仰天一嘯江風發笑接白雲歸去來題畢遂去明晨盛傳有仙人至關走看壁上字者不絕於道

姜堯章

姜堯章夔號白石道人南渡名家詞極精妙不減清真樂府其詠蟋蟀齊天樂詞最勝庾郎先自吟愁賦淒淒更聞私語露濕銅鋪苔侵石井都是曾聽伊處哀音似訴正思歸無眠起尋機杼曲曲屏山夜涼獨自甚情緒　西窗又吹暗雨為誰頻斷續相和砧杵候館吟秋離宮弔月別有傷心無數豳詩漫與笑籬落呼燈世間兒女寫入琴絲一聲聲更苦

稼軒經語詞

辛棄疾字幼安言人生在勤當以力田為先故以稼名軒稼軒善作詞常自咏稼軒集經語作踏莎行詞云進退存亡行藏用舍小人請學樊須稼衡門之下可棲遲日之夕矣牛羊下　去衛靈公遭桓司馬東西南北之人也長沮桀溺耦而耕丘何為是栖栖者

送別王禹偁

翰山日記王禹偁謫黃州蘇易簡知貢舉適放榜易簡奏曰禹偁名儒今將行欲令榜下諸生送於郊上可其奏諸生郊別元之謂狀元孫何曰為我致謝蘇公因口占一絕云縱行相送亦何榮老鶴乘軒鬼谷驚三入承明不知舉看人門下放門生

僧道乞詩

有雜錄有俗僧欲遊鴛湖以卷子偏求諸貴人贈詩閩中曹能始學佺題一絕云
帙內本無文字障縱耽山水亦支離我曾一宿鴛湖寺峰頂禪師不要詩又萬曆初
有道士以詩卷索題於王弇州其卷中已多翰苑諸公作弇州題云囊裏牛腰詩卷
粗他年鶴背重還無何如留局先生好只挾真形五嶽圖牛腰二字見李白詩集

周晉仙

周晉仙名文璞宋淳熙間人義取郭璞故字晉仙能詩詞有題酒家壁浪淘沙一詞
最佳道了酒家錢便好安眠大槐宮裏著貂蟬行到江南知是夢雪壓漁船 盤薄
古梅邊也是前緣鵝黃雪白又醒然一事最奇君記取明日新年其詞飄逸似方外
塵表

燭剪

元遺山載覩州倅武伯英燭剪一聯云啼殘瘦玉蘭心吐蹴落春紅燕尾香當時以
為新奇李君實先生謂上句無味因改之曰吞殘月魄蓂頤動蹴落花鬚燕尾香已
而又得句云朱櫻顆坼金蟲墜絳樹花殘玉燕斜更覺綺麗朱望子先生云啼殘二
句黃山谷詩香字亦無謂因成一律云雙股營環合又張周旋銀燭助輝煌頻吞月
影魚腮動時掠花鬚燕尾忙剔垢頓增紅玉彩拂塵旋發紺珠光若教借照無須用
除是吹藜太乙傍

義燕

金安撫使田琢少從軍塞外所居有燕巢人欲捕之琢輒為保護一日燕飛止坐隅
若與驚恩巧語移時不去琢思明日秋社燕當歸矣此殆話別耶因作詩云幾年塞
外歷崎危誰道烏衣亦此飛朝向蘆汀知有為暮投茅舍重相依卿憐我處頻迎語
我憶卿時不掩扉明日西風悲鼓角卿應先去我何歸細書為蠟丸繫燕足後八年
琢為潞州判官有燕飛來公廨繞戶而翔止於硯屏琢締視之即前燕也蠟丸尚在
遂繪圖作序一時名人皆有詩歌

魏壇女真

俊儕漫錄臨川城南一里有觀曰魏壇蓋魏夫人經遊之地具顏魯公諸碑以故女
真嗣續不絕而守戒者亦鮮洪覺範贈一女真西江月詞云十指嫩抽春筍纖纖玉
軟紅柔人前欲展強嬌羞微露雲衣霓袖 最好洞天春晚黃庭卷罷清幽凡心無
計奈閒愁試撚花枝頻嗅

唐六如詞

唐六如有黃鶯兒云細雨濕薔薇畫梁間燕子歸春愁如海深無底天涯馬蹄孤燈
翠屏馬前芳草燈前淚夢魂飛雲山萬里不辨路東西 風雨送春歸鳥空啼花亂
飛青苔滿院朱門閉燈昏翠幃愁攢黛眉伶俜形影汪浪淚惜芳菲登樓試望草綠
徧天涯

祝枝山詞

祝枝山有幽期賦皂羅袍云為想鸞交鳳友起殘燈淡月情地綢繆一團嬌顫忒風
流驚忙錯過佳期候鶯慵燕懶春光怎留蜂嫌蝶妒空擔悶憂歡情不比相思久

凌彥翀詞

凌彥翀蝶戀花詞一色杏花三百樹茅屋無多更在花深處旋壓小槽留客住舉杯
忽聽黃鸝語 醉眼看花花亦舞風妒殘紅飛過鄰墻去恰似牧童遙指處清明時
節紛紛雨辭格清逸不讓宋元名家

郵亭圖

明初唐肅題陶穀郵亭圖云紫鳳檀曹綠髮娼玉堂見慣可尋常作歌未必腸能斷
明日聽歌更斷腸孫惟和有題秦弱蘭一首云莫笑郵亭一夜春此身原已落風塵
韓家亦有如花女枕畔衣囊着向人此詩足為陶學士解嘲

陸放翁詞

陸放翁詞纖麗處似少游雄壯處似東坡感舊鵲橋仙云華燈縱博雕鞍馳射誰記
當年豪舉酒徒一半取封侯獨去作江邊漁父 輕舟八尺低蓬三扇占斷蘋洲烟
雨鏡湖元自屬閒人又何必官家賜與

補天穿

宋以前以正月二十三日為天穿節相傳女媧氏以是日補天俗以煎餅置屋上名
曰補天穿葛魯卿有蓦山溪一闋詠天穿節郊射也詞不甚工引以證其事云春風
野外卯色天如水魚戲舞綃紋似出聽新聲北里追風駿足千騎卷高門一箭過萬
人呼燕落寒空裡 天穿過了此日名穿地橫石俯清波競追隨新年樂事誰憐老
子使得縱遨遊爭捧手無憑肩夾路遊人醉卯色天用唐詩殘霞蹙水魚鱗浪薄日
烘雲卯色天之句東坡詩亦云笑把鴟夷一杯酒相逢卯色五湖天後人改為柳色
非又花間詞一方卯色楚南天注以卯為泖亦非卯色天蓋謂天青似卯色也

撲蝴蝶詞

苕溪漁隱載撲蝴蝶一詞，不知誰作，非第藻麗可喜，其腔調亦自婉美。詞云：烟條雨葉，綠遍江南岸。思歸倦客，尋芳來較晚。岫邊紅日初斜，陌上花飛正滿。淒涼數聲羌管。怨春短。玉人應在，明月樓中畫眉懶。鸞箋錦字，多少魚雁斷。恨隨去水東流，事與行雲共遠。羅衾舊香猶暖。按撲蝴蝶正格，後段怨春短下，該上四下五，今比前調多二字，又一體也。或作上六字下三字，誤。

銀蒜

歐陽永叔效玉臺體詩：銀蒜押簾宛地垂。蘇東坡哨遍詞：睡起畫堂，銀蒜押簾，珠幕雲垂地。蔣捷白紵詞：早是東風作惡，旋安排一雙銀蒜鎮羅幌。銀蒜蓋鑄銀為蒜形以押簾也。宋元親王納妃、公主下降，皆有銀蒜簾押數百隻。

馬浩瀾

仁和馬浩瀾，洪號鶴窗，善吟詩，而詞調尤工。九日金菊對芙蓉云：遠雁行低，鳴蛩韻急，紛紛月下亭皋。向霜庭看菊，風館題糕。依然賓主東南美，勝龍山、追遊登高。繡屏孔雀，金盤螃蟹，銀甕葡萄。　痛飲鯨卷波濤。笑百年春夢，萬事秋毫。問尊前戲馬，海上漁舠。當時二子今安在，乾坤大、容我粗豪。四絃裂帛，嬌鬟舞雪，左手持螯。又題許東濱小景昭君怨云：路遠危峰斜照，度馬風塵衣帽。此去向蕭關，倚長安。　便坐紫薇花底，只是黃粱夢裏。三徑易生苔，早歸來。

詹天游

詹天游以艷詞得名。其送童甕天兵後歸杭齊天樂云：相逢喚醒金華夢，吳塵暗斑吟鬢。倚擔評花，認旗沽酒，歷歷行歌奇跡。吹香弄碧。有坡柳風情，逋梅月色。畫鼓江船，滿湖春水斷橋客。　當時何限怪侶，甚花天月地，人被雲隔。卻載蒼烟，口招白鷺，一醉修江又別。今回記得。再折柳穿魚，賞梅催雪。如此湖山，忍教人更說。此伯顏破杭州之後也。其詞全無黍離之感、桑梓之悲，而止以游樂言，上下偷安，不亡何俟。

靺鞨

靺鞨，國名，古肅慎地，產寶石，大如巨粟，中國謂之靺鞨。文與可朱櫻歌：有翡翠一盤紅靺鞨句。葛魯卿西江月詞：靺鞨斜紅帶柳，琉璃漲綠平橋。人間花月正新妖，不數江南蘇小。　恨寄飛花栽穀，情隨流水迢迢。鯉魚風送木蘭橈，迴棹荒雞報曉。詩詞中靺鞨事甚多，人罕知者，故錄之。

李師師

李師師，汴京名妓，徽宗微行幸之，見宣和遺事。甕天脞語：宋江潛至李師師家，題念奴嬌詞於壁云：天南地北，問乾坤何處可容狂客。借得山東烟水寨，來買鳳城春色。翠袖圍香，鮫綃籠玉，一笑千金值。神仙體態，薄倖如何銷得。　回想蘆葉灘頭，蓼花汀畔，皓月空凝碧。六六雁行連八九，只待金雞消息。義膽包天，忠肝蓋地，四海無人識。閑愁萬種，醉鄉一夜頭白。小詞盛於宋，而劇賊亦工章句如此。

詞集怨事

宋蔡光工於詞，靖康中陷金庭。辛幼安以詩詞謁之，蔡曰：子之詩則未也，他日當以詞名家。稼軒歸宋，晚年詞筆尤高。嘗集怨事作賀新郎云：綠樹聽鵜鴂。更那堪、杜鵑聲住，鷓鴣聲切。啼到春歸無啼處，苦恨芳菲都歇。算未抵、人間離別。馬上琵琶關塞黑，更長門、翠輦辭金闕。看燕燕，送歸妾。　將軍百戰身名裂。向河梁、回頭萬里，故人長絕。易水蕭蕭西風冷，滿座衣冠似雪。正壯士、悲歌未徹。啼鳥還知如此恨，料不啼清淚長啼血。誰伴我，醉明月。

白玉蟾詞

白玉蟾武昌懷古念奴嬌詞：漢江北瀉，下長淮、洗盡胸中今古。樓櫓橫波征雁遠，誰見魚龍夜舞。鸚鵡洲雲，鳳凰池月，付與沙頭鷺。功名何處，年年惟見春暮。　非不豪似周瑜，山如黃祖，亦隨秋風度。野草閑花無限數，渺在西山南浦。黃鶴樓人，赤烏年事，江漢庭前路。浮萍無據，水天幾度朝暮。詞亦雄壯，但兩住句皆叶暮字，似誤。

等身金

張子野歸朝懽詞云：聲轉轆轤聞露井，曉汲銀瓶牽素綆。西園人語夜來風，叢英飄墜紅成徑。寶猊烟未冷，蓮臺香燭殘痕凝。等身金，誰能得意，買此好光景。　粉落輕妝紅玉瑩，月枕橫釵雲墜領。有情無物不雙棲，文禽只合長交頸。晝長歡豈定，爭如翻做春宵永。日曈曨，嬌柔懶起，簾押捲花影。等身金三字甚新，本賈黃中傳。賈黃中幼日聰悟過人，父取書與其身相等，令誦之，謂之等身書。

烏衣女子

宋紹興中，杭都酒肆有道人攜烏衣椎髻女子，買斗酒獨飲。女子歌曰：朝元路，朝元路，同駕玉華君。千歲載紅花一色，人間遙指是祥雲。迴望海光新。二疊云：東風起，東風起，海上百花搖。十八風鬟雲欲動，飛花和雨著輕綃。歸路碧迢迢。三疊云：簾漾漾簾漢漢天淡一簾秋自洗玉舟斟白酒月華微映是空舟歌罷海西流或疑歌詞非人世語記之以問一道士道士曰此赤城韓夫人作法儒道引也烏衣女子蓋龍云

坊曲

唐制妓女所居曰坊曲北里志有南曲北曲如明兩京之南院北院也宋陳敬叟詞窈窕青門紫曲周美成詞小曲幽坊月暗又暗暗坊曲人家草堂詩餘改作坊陌非也謝皋羽天地間集載孟綖一作綎一作經南京詩云愔愔坊曲傍深春活活河流過兩漢花鳥幾時充貢賦牛羊今日上邱原猶傳柳七工詞翰不見朱三有子孫我亦前生狹斜士獨持心事過旁門

毛烈婦繡帽

毛鶴舫先生女名孟年十三製繡帽遺柴夫人靜儀以覆兒童頂許字方奕昭暨年十七隨先生于浚儀官邸方子從京師來就婚時患脾疾已劇結褵甫三日而方子歿烈婦以三朝新婦稱未亡人墜樓不死絕粒十有九日而卒柴夫人臨終以繡帽囑冢婦朱少君柔則曰當藏之篋笥以垂永久康熙乙卯春少君發笥見帽作七言絕志感閨秀遞相傳玩以爲烈婦手澤相與唱和成帙朱柔則嫻成詩烈婦從夫向九泉因看遺繡一潸然相逢記得持相贈藏在香奩二十年王元禮禮持一段幽貞麗菅彤鍼神還與薛娘同開奩忽墮思君淚滴向當年手澤中嚴憬態並瑩深閨昔日贈羅巾繡出名花不染塵篋笥蛸開香未絕至今猶憶墜樓人吳湘婉羅花羅半幅抵千金持贈猶憐一片心莫遣爾翁覩遺繡白頭悲汝恐難禁子得之錢唐友人辛巳夏先生過予齋見之不禁泣數行下

陳敬叟詞

陳敬叟以莊號月溪有水龍吟詞晚來江闊潮平越船吳榜催人去稽山滴翠胥濤濺恨一襟離緒訪柳章臺問桃仙圃物華如故向秋娘渡口泰娘橋畔依稀是相逢處窈窕青門紫曲舊羅衣新番金縷仙音恍記輕攏慢撚哀絃危柱金屋難成阿嬌已遠不堪春暮聽一聲杜宇紅殷綠老雨花風絮自註記錢塘之恨蓋謝太后隨元人北去事也時太后年七十餘故有金屋阿嬌不堪春暮之句惜其不能死難有愧於符登之毛氏竇建德之曹氏多矣

郝仙女廟詞

楊升菴詞品博陵有郝仙女廟仙女魏青龍中人年及笄姿色姝麗採蘋水中蒼烟

白霧倏失所在其母哀泣水濱願求一見良久異香襲人隱約於波渚間曰兒以靈契託蹟綃宮王是水府世緣已斷毋用悲悒而今而後使鄉社田蠶歲宜有感而通乃爲吾驗後人立廟有題喜遷鶯詞於壁云汀洲蘋滿記翠籠采采相將憐嬡蒼渚烟生金支光爛人在霧綃鮫館小鬟頓成雲散羅襪凌波不見翠鸞遠但清溪如鏡野花留靨音葉情曉驚鸞現身後神功緣就吳蠶繭漢女菱歌湘妃瑤瑟春動倚雲層殿彤車載花一色醉盡碧桃清宴故山晚數流年一笑人間飛電

馬晉述懷詞

扶風馬晉字孟昭作詞述懷調寄滿庭芳雪點疎鬢霜侵衰鬢去年猶勝今年一迴老矣堪歎又堪憐思昔青春美景無非是月下花前誰知道金章紫綬多少事憂煎侵晨騎馬出風初暴橫雨又淒然想山翁野叟正爾高眠更有紅塵赤日也不到松下林邊如何好吳淞江上閒了釣漁船

鄧千江望海潮

金人樂府稱鄧千江望海潮詞爲第一雲雷天塹金湯地險名藩自古皋蘭營屯繡錯山形米聚喉襟百二秦關鏖戰血猶殷見陣雲冷落時有鵰盤靜塞樓頭曉月依舊玉弓彎看看定遠西還有元戎閫令上將齋壇區脫晝空兜零夕舉甘泉又報平安吹笛虎牙間且宴陪珠履歌按雲鬟來召英零醉魂長繞賀蘭山

泥泥妮

升菴詞品俗謂柔言索物曰泥乃計切諺所謂軟纏也杜子美詩忽忽窮愁泥殺人元微之憶內詩顧我無衣搜畫篋泥他沽酒拔金釵杜牧之登九華樓詩爲郡異鄉徒泥酒皇甫非烟傳詩郎心應似琴心怨脈脈春情更泥誰楊乘詩盡泥琵琶夜泥書元鄭文原贈妓詩銀燈影裏泥人嬌柳耆卿詞泥歡邀寵最難禁字又作泥花間集顧夐詞黃鶯嬌轉泥芳妍又記得泥人微斂黛字又作妮王通叟詞十三妮子綠窗中今山東目婢曰小妮子其語亦古矣

送陳退翁詞

張功甫鎡善填詞嘗即席作賀新郎送陳退翁分教衡湘云桂隱傳杯處有風流千巖勝韻太丘遺譜玉季金昆齊漢侶平步鸞坡揮麈莫便駕風颿烟渚雲動精神衡岳去向君山帝野鏘韶濩蘭蕙晚弔湘楚南湖老矣無襟度但剪前踉蹌醉飲帽花顛仆只恐清時尋文教猶貸陸山狂虜卧王帳貔貅鉦鼓忠烈前勳賁萬恨望神

都魏閼奔孤兎呼翠袖爲君舞。

西湖送春

梁貢父曾燕京人。大德初爲杭州路總管，政事文學皆有可觀。西湖送春作木蘭花慢詞：問花花不語，爲誰落，爲誰開。笑春色三分，半隨流水，半入塵埃。人生能幾懽笑，但相逢尊酒莫相推。千古幕天席地，一春翠繞珠圍。彩雲回首暗高臺，烟樹渺吟懷。挤一醉留春，留春不住，醉裏春歸。西樓半簾斜日，怪銜春燕子却飛來。一枕青樓好夢，又教風雨驚回。

酒歌

明初徐州李冕做盧仝茶歌作酒歌云：蓬壺影裏嘀青鳥，夢覺華胥春已曉。吳姬携酒叩我門，連聲大呼驚隣媼。口傳達官不敢名，開封嫩碧光銀罌。呼兒不用借盤盞，巨碗亦足張吾兵。一碗入靈府，渾如枯槁獲甘雨。二碗和風生，鞍鮒得水鱗鬐輕。三碗肝腸熱，掃却陰山萬斛雪。四碗新詩成，揮毫落紙天機鳴。五碗叱窮鬼，成我佳名令人毁。六碗頭顱偏，轟雷不覺聲連天。七碗玉山倒，枕卧晴霞藉烟草。醒來好惡不自知，寧能更爲蒼生憫。蒼生四海非不多，聖明治化極中和。剔令鼎鼐付房魏，燮理陰陽無偏頗。吾當銜盃偃仰卧蓬草，解衣鼓腹堯民歌。

酒檄

李俊民字用章，金承安五年狀元，尋棄職還山，作酒檄云：人生貴在意適，我輩況復情鍾。念樂事之難兼，須同欲之相濟。山堂主人作真率會，鬬見在身，掉船尋賀老於稽山，攜具邀淵明於栗里。盜甕而飲者醉，指瓶而索者富。令翁無言，宋犬不吠。乃有忘形爾汝，痛詩離騷。了一生於醉夢，視二豪如裸蟲，以其無公田而種秫，故不待酉歲而乞醯。莫謂寧逢惡賓，亦可便稱名士。獨不與李將軍爲地方，且共汪踏議論兵。徒使汝陽涎流，想見子幼耳熱。醒猶未解，醒可速傾。得到夫齋，請鑒青州之事；或淹如魯，未免邯鄲之圍。愚而不傷，吝則有悔。

成語

馮大夫懼內，其夫人宋氏也。人或誚之曰：無若宋人然。馮即應聲曰：是爲馮婦也。

上皇賞雪

宋淳熙八年正月二日，奉太上於凌虚閣排當。午後大雪，正是臘前，太上甚喜，謂官家云：今年正欠些雪，可謂及時，却甚好。但恐長安有貧者。上奏云：已令有司比去歲倍數支散。太上亦命提舉官於本宫支犒，如數命近侍進酒。官裏上壽，近臣獻詞云：紫皇高宴瓊臺，雙成戲擘瑞花碎。何人爲把，銀河水翦，甲兵都洗。玉樣乾坤，八荒同色，了無塵翳。喜冰消太液，煖融鳷鵲，端門曉班初退。聖主憂民深意，轉鴻鈞滿天和氣。太平有象，三宫二聖，萬年千歲。雙玉盃深，五雲樓迥，不妨頻醉。看來不似飛花，片片是豐年瑞。太上大喜，盡醉，賜賚有加。

緑菜贊

眉山志：史琰字炎玉，好學嫺文。州刺史張閣聘爲家子祺之配。祺亦有才，與炎玉唱酬成集，題曰和鳴。黄山谷與張閣有内親，來訪之。炎玉致書，嘗餓緑菜以贈山谷。爲之贊曰：蔡蒙之下，彼江一曲，有茹生之，可以爲蔌。蛙蠙之衣，采采盈掬。芼以辛鹹，宜酒宜餗。在吳則紫，在蜀則緑。其臭味同，遠故不録。頌我旨蓄，史君炎玉。

朱希真

陸放翁集：朱希真居嘉禾，嘗有朋儕詣之，聞笛聲自烟波間起。問之，曰：此先生吹笛聲也。頃之棹小舟而至，則與俱歸室中，懸琴筑阮咸之類。平日所留意者，然間畜珍禽，皆目所未睹。籃缶置菓實脯醢，客至挑取以奉客。其詩云：青羅包髻白行纏，不是凡人不是仙。家在洛陽城裏住，卧吹鐵笛過伊川。可想其風致也。

祭花園土神

宋孝宗植一松於苑，特以牲醴祭花園土神，文曰：神有百職，職各不同，典守草木，土祀是供。我游湖園，乃獲奇松，植之禁苑，百態千容。婆娑偃蓋，夭矯騰龍，翠色凝露，清音舞風，醉吟閒適，予情所鍾。壅培封植，又或力窮，鳥外擾戲，蟲内攻。神其勤勉，勿使有終。精神窮據，盜斧適逢。神其呵逐，勿使遺蹤。當令勁質，坐閲隆冬。堅踰五柳，弱異雙桐。歷年萬禩，鬱鬱葱葱。牲牢旨酒，嗣録汝功。

康伯可詞

康伯可冬景詞，調寄滿庭芳：霜幕風簾，閒齋小户，素蟾初上雕籠。玉盃醽醁，還與可人同。古鼎沉烟篆細，玉筍破橙橘香濃。梳粧懶，脂輕粉薄，約略淡眉峯。　清新歌幾許，低隨慢唱，笑語相供。道文書針線，今夜休攻。莫厭蘭膏更繼，明朝又紛冗匆匆。酩酊也，冠兒未卸，先把被兒烘。

北客詩

崖州之敗，北客詠詩云：當日陳橋驛裏時，欺他寡婦與孤兒。誰知三百餘年後，寡婦

孫兒亦被戕又詠汴城青城云萬里風霜空綠樹百年興廢又青城蓋元之滅金亦聚其諸王於青城而殺之

千眼觀音

楮記室宋孝宗擊毬馬傷傷一目金人遣使來慶壽以千手千眼白玉觀音爲壽蓋寓相詆之意孝宗命迎入徑山遣使者同往及寺門住持僧說偈云一手動時千手動一眼觀時千眼觀幸得太平無一事何須做得許多般使者聞之大慙

蔣氏嗜酒

倦游錄陸龜蒙妻蔣氏善屬文性嗜酒姊妹勸節飲強食將應聲曰平生偏好飲勞囫勸吾飡但得尊中滿時光度不難僧知業有詩名與魯望善一日訪陸談次蔣使婢奉酒知業云受戒不飲蔣隔簾謂曰上人詩云接岸橋通何處路倚樓人是阿誰家觀此風韻得不飲乎知業慚而退

下榻

陳蕃爲樂安太守郡人周璆高潔士也前後郡守招之不至惟蕃能致之爲置一榻去則懸之今人止用徐孺子事而鮮及周璆明閻中王郡丞鑛有詩云南州只說徐高士能使陳蕃下榻時北海更憐周隱者不將懸榻使人知

打馬賦

趙明誠幼時晝寢夢誦一詩覺憶三句云言與司合安上已脫芝芙草拔以告其父父解曰汝殆得能文之婦矣言與司合是詞字安上已脫乃女字芝芙草拔則之夫兩字非謂汝爲詞女之夫耶果得李易安爲婦文辭粲著焉易安作打馬賦中云齊驅驥騄疑穆王萬里之遊閒列乎黃翮楊氏五家之隊珊珊珮響方驚玉鏡之敲落落星羅忽見連錢之碎或出入用奇有似昆陽之戰或優游仗義正如涿鹿之師且夫丘陵云遠白雲在天心存戀豆志在著鞭止蹄黃葉何異金錢故繞牀大呼五木皆盧瀝酒一呼六子盡赤平生不負遂成劍閣之功別墅未輸已破淮淝之賊今日豈無元子明時不乏謝安何必效陶長沙搏局之投正當師袁彥道布帽之擲也

紅芭蕉賦

韓致光渥紅芭蕉賦中佳句云鶴頂儘饒難冠詎擬趙飛燕裙間一點顧同白玉唾壺鄧夫人頰上微殷卻賴水晶如意焉舌無端妒含桃而未咽猩唇易染酌浮蟻以難醒大凡物之尤者必移人人之麗者必動物僧虔蠟一作蛆燭桂棟以何藏潘岳金釵微綰繚而不隔天穿地巧賤人語絕色難逢萬古千秋惟我緋紅英不盡

黃蜀葵賦

韓致光黃蜀葵賦有云茜綠華未見楊羲冠髻披駿音氏杜蘭香喜逢張碩巾幘飄揚動人妖冶馥鼻生香十里鶯雛浪得名於太液三秋菊蕊虛長價於柴桑送日微困迎風侍翔蜨迴堪憎蜂鬚可妒慎恨張京兆惟將桂炷沾眉悵望齊東昏卻把金蓮襯步臨人易老絕色多愁映葉似擎歌扇偎簡若墜粧樓板條立處林烏應笑於后棲欹枕看時梁燕或聞乎長嘆　孟昌黃蜀葵詩有檀點佳人噴異香句

砂挼子

陳藏器本草云砂挼子生砂石中形如大豆背有刺能倒行旋乾土爲孔常睡不動生取之置枕令夫妻相悅湯若士武陵春夢詩云細語春情惜夜紅妨人眠睡五更風明朝翡翠洲前立拾取砂挼置枕中〇一作砂俘蜀人號曰俘蝂

草熏

佛經云奇草芳花能逆風聞熏江淹別賦閨中風暖陌上草熏正用佛經語歐陽公詞草熏風暖搖征轡本此草堂詞改熏作芳蓋未見文選者也

花案

順治丙申秋雲間沈某來吳欲定花案與下堡金又文重華致兩郡名姝五十餘人選虎丘梅花樓爲花塲品定高下以朱雲爲狀元錢端爲榜眼余華爲探花某某等爲二十八宿綵旗錦幰自胥門迎至虎丘畫舫蘭橈傾城遊宴直指李公森先聞而究治沈某責放又文枷責遊示六門不許被害告理下堡有嚴五於鼎革時取又文餉已而又文告官置嚴五於獄嚴妻顧氏因赴訴刎於直指前李公杖斃又文於獄而釋嚴松陵徐崧花塲即事詩云自是雲嚴色界天綺羅簫鼓日紛然騷人競欲題紅葉冶女私曾寄白蓮似欲酒澆歌舞地何如粉飾太平年無端一夜西風起葉落枝頭最可憐

峨眉佛現

峨眉山蜀勝境也山積雪六月不消遊者必夏秋之交雖盛暑必挾纊以登山有石能作五色光又時有佛光現將現有鳥名佛現者連呼佛現光隨聲而出楊升菴有詩云佛現佛現鳥語易隨人意變山川發精靈草木呈葱蒨佛現佛現

陳憲副夢

朱東路漫紀：隆慶中，廣東海南憲副燕黔陳茂禮，一夕夢三老人龐眉皤白迎之為仙。陳曰：「我官也，何能為仙？」老人誦詩云：「夢回殘角銀河曉，四顧青山獨有君。」次日上官，至一公廨憩息，見喬松三株，恍然與語曰：「昨者三老，毋乃即此乎？」顧壁有詩云：「霜姿雪調氷壺客，也來候館看行雲。」因思夢中二句，援筆續之，命駕歸，是夕遂卒。

師苦萬狀

翰山日記：今人好為人師，為這碗飯可安佚。唉！殊不知先生之飯最難喫。一塾師作詩云：「晨興最苦無湯漱，日向中時始食糜。檢點飢腸傳句讀，撐持渴吻講文辭。魚蝦淡薄難供飯，腐菜溫暾易泄脾。恡殺更深監夜課，自晨至亥坐如尸。」詩雖俚，句句是閱歷過來語，可補硯田詩笑之所未備。

焚書自歎

毛序始於康熙庚辰夏日，為隣人不戒於火，室廬被焚，其平時所藏書籍俱成煨燼。因作臨江仙詞自歎云：「數本殘書何足惡，祝融忽學秦皇。一朝一炬盡消忘。寔能重購索，空自費思量。　焚硯雖然常發憤，并書焚去堪傷。從今這悶更無方。將何來下酒，一斗竟荒唐。」

詩贈博徒

諢轄：吳中有張姓者，別號心石，博徒也。年六十，客徵詩壽之。張伯起戲贈一絶云：「博望聞孫隱博徒，不須對酒亦呼盧。今朝石上稱觴處，試問添籌事有無？」謔而不虐，為可述也。

括兵作詩

朱滔括兵，不擇士族，悉令赴軍，自閱於毬場。有士子容止可觀，進趨端雅，滔問何業，曰：「學為詩。」問：「有妻否？」曰：「有。」即令作寄內詩，援筆立成，云：「握筆題詩易，荷戈征戍難。慣從鴛被暖，怯向雁門寒。瘦盡寬衣帶，啼多漬枕檀。試留青黛在，迴日畫眉看。」又令代妻作詩答曰：「蓬鬢慚釵世所稀，布裙猶是嫁時衣。胡麻好種無人種，合是歸時底不歸。」（一作舊時衣。詩見紀事）滔遺以東帛放歸。

女學士

明沈瓊蓮，字瑩中，烏程人，相傳沈萬山之後。有廷禮父子者仕於朝，瑩中因通籍掖廷。嘗試守宮論，其發端云：「甚矣，秦之無道也。宮豈必守哉？」孝廟悅，擢居第一，給事宮中，為女學士，教諸妃嬪。弟瀚以貢仕至別駕，瑩中寄瀚詩云：「一自承恩入帝鑾，雖將寸草答春暉。朝隨鳳輦趨青鎖，夕捧鸞書入紫微。銀燭燒殘空有夢，玉釵敲斷未成歸。年來望汝登雲路，同補山龍上袞衣。」有相勉勵之意焉，與人皆呼為女閣老。所傳宮體諸詩，婉好花慈，不足多識。碧里雜存作周瀚，殆誤。

人面桃花

唐博陵崔護，初舉進士不第，清明獨遊都城南，得村居花木叢萃，叩門久之，有女子自門隙窺而問之。護以姓字對，曰：「尋春獨行，酒渴求飲。」女子以杯水至，啟關設牀命坐，獨倚小桃斜柯佇立，而意屬殊厚。護以言挑之，不對。護怏怏辭去，送至門，如不勝情而入。後絶不復至。及來歲清明，護忽思及，往尋之，而寂然無人，門已扃鎖矣。因題詩左扉云：「去年今日此門中，人面桃花相映紅。人面祇今（一作不知）何處去，桃花依舊笑春風。」後數日復往，聞內有哭聲，叩門問之，有老父出曰：「君非崔護耶？吾女自去年清明後，恍惚如有所失，比日與之出，到墓上祭掃歸，見左扉詩，讀之遂病而死。」言畢大慟。崔請入哭之，老翁許焉。因入內，見女尚未斂，護舉其首枕於股，哭而祝曰：「護在斯，護在斯。」須臾目開，半日復活。老父大喜，以女歸之。

鬬雞檄

蓋聞昴日著名於列宿，允為陽德之所鍾；登天垂象於中孚，實惟翰音之是恥。怨晦明而喔喔，大能醒我夢魂；遇風雨而喈喈，最足增人情思。處宋窗下，樂與縱談；祖逖床前，時為起舞。肖其形以為幘，王朝有報曉之人；飾其狀以作冠，聖門稱好勇之士。秦關早唱，慶公子之安全；齊境長鳴，羨群黎之生聚。決疑則薦諸卜，頒赦則設於竿。附劉安之宅以上升，遂成仙種；從宋卿之窠而下視，常伴小兒。惟爾德禽，固非凡畜。文頂武足，五德見推於田饒；雌霸雄王，二寶呈祥於秦穆。遂種首云祝祝，化身更號朱朱。甚蜷蛇得混其聲，蟋蟀安能竊其號。既連飛之有勢，何斷尾之足虞。體介距金，邂逅已極；翼舒爪奮，赴鬭奚辭。乃蚊呼蝴起戎心，而螂祭隱若敵國。兩雄不堪並立，一息何敢自安。養威於棲止之時，發憤在呼號之際。望之若木，忽然趾舉而志揚；應之如神，不覺尻高而首下。于村于店，見異己者即攻；為鸛為鵝，與同類者爭勝。爰資鳥勇，爭逞鵾張。縱眾寡各分，誓無毛之不拔；即強弱互異，信有喙之獨長。昂首而來，絶勝鶴立；鼓翅以往，亦類鵬摶。摶擊所施，可即用充公膳；剪除略盡，猶容彼盜啼。豈必命付庖廚，不啻魂飛湯火。羽書捷至，驚聞鵝鴨之聲；血戰功成，快睹鷹鸇之逐。于焉錫之雞幘，甘為其口而不羞；佇且樹乃雞碑，將味其肋而無棄。倘逢雞塞之令

立見雖坊之刑牝後而索家者有誅不復同於凝畜雌伏而敗類者必殺定當割以
牛刀此儆

堅瓠補集卷五終

堅瓠補集卷之六目錄

燈謎　春風世情
陸雲士詞　弈棋度日
崇安别司壁詩　解題偶誤
王秋澗酒榜　王秋澗花約
舒春芳　謟卦
索柑駢語　破題對句
探梅詩　刻本多遺漏
東坡詩病　綺語銷魂
王曹學别子詩　牛衣
鬼妻題詩　碧蘭堂女鬼
詩送袁侍郎　記鬼
七夕詞　隱月心字
姜徐佯字謎　和前韻詩
對句　父續子對
真夢　丁大參
吳下歌謡　鴿檄
織錦龍飛頌　詹林孝狗
明妃曲　無夢
題詩即嫁　四歲能詩
啟謝親友　章節母
吳慎思詩　暈殊
高麗人詩　高麗妓能詩
詩妓鴉鈿　吳門歌
孝經引詩　雅令相戲
郡侯口令　鞋盃詞
調笑令　蝌雞舁
辭鳩館　詞贈周明娘

詞隱明字　後戲目詩
天餉・　推閲歌
卜年占運歌

堅瓠補集卷之六

清　長洲石農褚人穫學稼纂輯

燈謎

癸未仲春十日。聖駕南巡。綵幔盈衢。花燈夾道。曾見燈謎二首。一隱泥美人。一隱雪羅漢。亦有思致。附錄於左。誰倩芳塵作麗妝。鞋弓猶畫雨鴛鴦。心多塊壘因無語。身恐顛危易斷腸。秋水含將蟻垤潤。春山留得燕巢香。相逢莫訝頻相喚。可是卿卿舊姓黃。　色相空時覺洒然。知君降自大羅天。笑他塵網真成礙。坐到冰消即是禪。不敢趨炎情默默。何妨守冷腹便便。想伊也擺春心動。早已消融在臘前。

春風世情

芳草含烟暖更青。閒門要路一時生。年年檢點人間世。惟有春風不世情。此晚唐羅鄴詩也。王丹麓先生晫有春風詩云。聞說長安花滿城。看花但覺馬蹄輕。多然不為予吹去。堪笑春風亦世情。世情至此。可為三嘆。丹麓又有九日陰雨有感詩云。薄寒細雨怯登臨。羞對黃花白髮侵。漫說人情多反覆。重陽也自變重陰。重陰謂濃陰也。東坡詩。積雨開重陰。

陸雲士詞

康熙己卯季秋望前一日。恕兒得穀孫。彌月為湯餅之會。適錢塘陸雲士先生過訪。留飲。因贈予黃金縷詞云。青麟紱綵誠堪重。釋迦孔子同相送。稱慶奏清謳。當如孫仲謀。是日演錦繡圖。書香應繼武。博雅還如祖。勝祖更如何。髫年佩玉珂。猶憶丙午孟秋。予得恕男。蒙陸起頑、鄭桐庵、沈伯敘諸先輩皆有賜詞。惜皆遺失。不復記憶矣。

弈棋度日

凡人無所事事。便思着棋。偶然則可。久戀則不可。郭登咏弈棋云。怕死貪生錯認真。運籌多少費精神。看來總是爭閒氣。笑殺旁觀袖手人。失勢休嗟得勢歌。當場變態幾爭多。旁觀半日頭先白。莫怪深山易爛柯。人生要緊之事甚多。而或以此虛度光陰。大為可嘆。然使定襄生於今日。見匝地皆由我者。俗謂之游河具扼腕又當何如也。

崇安別司壁詩

如皋冒汝九先生褒齡甄語載崇禎戊辰十月。余兒起宗奉使入閩。宿崇安別司。見壁上題詩云。五月天氣佳。山行不厭遠。他年抱子還。彩輿入何館。傍註云。丙寅仲夏。携侍兒四五輩赴任嶺南。宿此館中。漫題鄙句。四明鄔氏書。嗚嗚。婦人嫺於詞翰。而能不妬。為夫求子。真人情之所最難者。天眷有德。豈有不憐而賜之子者哉。

解題偶誤

弘治間一直指觀風秦州，題為非帷裳必殺之。一生破云：服有違乎式，制者王法所必誅也。蓋誤以殺為辟刑耳。直指閱其文，首錄之，云：異日必登八座。折卷乃沈鳳崗，後果歷官部院。又錢鶴灘應童子試，亦遇前題，破云：服之不衷，身之災也。出場知為誤解，急易一篇呈於師。師閱之，以為必前列。及發案，竟無名。師不平，究其故，始知之。又孫章丁此呂歲試，題為征商自此賤丈夫始矣。遂以武王立論，破云：以臣伐君，武王非聖人也。考置劣等。丁始發憤攻書，舉於鄉，萬曆丁丑成進士，仕至顯爵。意偶誤而售，不凡者此類是也。

王秋澗酒榜

王秋澗惻酒榜云：伏聞三尺紫簾，吹破金壺之月；一竿青旆，飄搖淇水之春。孝先張君系出豪華，長居軌繡。壯狃五陵之裘馬，老尋中聖之家風。左顧東城，名標新館。雖借作蒼廉之地，已大蒐破敵之兵。瀧春溜於連床，貯秋香於百甕。與同至樂，任價寬沽。豁草翠銀勺之歡，是非何有；聽白雪陽春之曲，風月無邊。信不比於尋常，冀等閑而客過。任使高陽公子，從他宮錦仙人。爭貫金貂，紛縻劍佩。繫馬鳳凰樓柱，掛纓日月窗櫳。白骨蒼苔，古人安在；流光逝水，浮世堪憐。況百年渾是者能幾迴，一月開口者不數日。忍辜妙理，竟作獨醒。莫思身後無窮，且鬭尊前現在。那愁紅雨，春闌繡幕之風；來對黃花，共落龍山之帽。快傾銀而注瓦，任枕麴以藉糟。頓空工部之囊，扶上山翁之馬。前歸後擁，盡日而然。

王秋澗花約

王秋澗又有花約云：良辰樂事，雖曰難并；旨酒嘉肴，豈容獨饗。茲者小園竹木，粗有可觀；故里賓僚，可疎一宴。忍教康節獨擅花時，敢擬右軍同修禊事。伊誰有語，花枝羞上老人頭；來日無多，此樂莫教兒輩覺。玉盤湛月，已煩竹裏行廚；繡勒攢香，暫簇花邊駿馬。擇佳日就敝園，聊備芳尊，望群英移玉趾，早垂光降。

舒春芳

饒州府志載：舒春芳官福建僉事，升貴州提學，大興考亭西山之緒。嘗詠云：色貨兩關須打破，古今到此幾男兒。又云：對天頻首心無愧，終夜安眠夢亦清。

謠卦

王丹麓戲為謠卦，擬彖謠字，義如燃犀照水，情狀畢現。卦曰：謠，亨，利有攸往，不利君子貞。彖曰：謠，天下大而其情同也。故亨。利有攸往，其義不困窮也。不利君子貞，直無所容也。象曰：位高多金，謠。君子以違俗棄禮。初六，執其隨，利貞。象曰：志在隨人，以順為正也。六二，巧言令色，足恭，吝。象曰：巧言令色，不足敬也；足恭亦何倖也。六三，脅肩諂笑，病於夏畦，凶。象曰：笑乃脅肩，不自知其病也。六四，見金，不有躬，或承之羞。象曰：或承之羞，衆難定也。六五，有盛饌，富與貴，无悔。象曰：盛饌无悔，中心稱也。上六，謠以賄，利見大人。象曰：利見大人，上下應也。

索柑駢語

德清桑道部之弟叔達，少機敏。一日同數友過浚太學家，見几上佛手柑頗多。一友有睥睨意，其友生平以四六自負者，浚戲曰：君第為四六語索之，即得。叔達曰：我代為之。信口曰：覩君佛手，頓生盜心；若斬分香，甯甘遺臭。聞者大悅。

破題對句

白醉瑣言：江陵張居正與麻城汪衍慮同以奇童稱。巡撫顧東橋試之，指一傳者令作破。張應聲曰：仰觀不足，俯察有餘。汪應聲曰：鞠躬如也，屈而不伸。只此數字，可以占人所就矣。

採梅詩

翰山日記：演福寺僧房有趙子昂親書採梅訪僧一絕句：輕輕踏破白雪堆，半為尋僧半採梅。僧不逢兮梅未放，野猿笑我却空回。惜松雪集中失載，亦憾事也。

刻本多遺漏

孫沙溪先生云：幼時見其前輩某常諷詠一詩云：室明室暗兩模糊，方寸常存不可欺。莫道天高鬼神遠，直須先使自家知。云是王梅溪詩。今王集中不載。又常誦宗澤哭陳東詩內二句云：幽冥我已慙良友，憂憤誰能念本朝。今宗集亦不見此詩。又其尊人嘗口授王溥所吟詩云：白馬金鞍碧玉鞭，紅樓十里晚風前。青蛾不識中書令，笑問誰家美少年。謂溥入相時年方三十，故其自詫如此。今王集亦不載。乃知詩文刻本中遺漏多矣。

東坡詩病

孫沙溪先生又云：蘇東坡作韓文公廟碑詩曰：作詩試佛譏君王，要觀南海窺衡湘。方作諫書時，亦惟望諫行言聽耳，豈故意詆譏君王，要為南海之行哉。大抵東坡詩適於豪縱，如老死南荒吾不恨，茲游奇絕冠平生之類，何如少陵所云尚憐終南山回首清渭濱。太白所云回頭語小姑。莫嫁如兄夫。樂天所云君王若問妾顏色。莫道不如宮裏時。爲得詩人忠厚溫柔之意。宋人終輸唐人一籌也。

綺語銷魂

詩有銷魂者三。香奩集其一也。夫銷魂者即壞心田之謂也。其曰打叠紅箋書恨字。與奴方便寄卿卿。詩媒詞逗也。其曰但得暫從人繾綣。何妨長任月朦朧。踰墻鑽穴也。其曰最是斷腸禁不得。殘燈影裏夢初回。旦氣梏亡也。其曰欲把禪心銷此疾。破除纔盡又重生。淫惡不悛也。聞之必增益淫邪之念。故當以綺語爲戒。

王貴學別子詩

了齋雜録。石川王貴學。元提舉景善之子。讀書能詩。明初爲仇家所陷。謫戍關西。與其子別于南京。作詩曰。石頭城西笛鳴咽。他鄉父子生別離。淚珠滴滿琅玕痕。夢枕平分海天月。爾祖生我我生伊。立身立志家欲齊。患難相仍二十載。家危不絶如綫微。爾今獨歸心亦苦。歸見爾妻拜爾母。弟妹倉皇立雨傍。含淚還先問爾父。爾父備父可奈何。萬里一身行負戈。朔風吹浪捲作雲。飛霜墮地如雪多。雪深一尺秦川道。關西之山極天表。生來從役當復歸。死即埋沒隨百草。兒勿致憂我何愁。丈夫四海當遨遊。常念行人遠行役。天寒須寄烏貂裘。烏貂裘兮久已敝。補綴成衣須爾妹。道憐寒夜小窗中。一線一針一行淚。

牛衣

顏師古曰。牛衣編亂麻爲之。漢王章嘗卧牛衣內。晉劉寔家貧好學。賣牛衣以自給。王安石詩云。百獸冬自煖。獨牛無氄毛。無衣與卒歲。坐恐得空牢。主人覆護恩。奚啻一綈袍。問汝何以報。離黍滿東皋。

鬼妻題詩

宋張開妻孔氏。卒。遺五子。後妻李氏悍惡。虐遇五子。開不能制。五子哭於母墓。恍惚見母來。撫之而慟。因咬指血題詩于五子之衿云。新人間故人。脪涕幾盈巾。同衾今已隔。對面永無因。有恨當遺子。無情祇任君。欲知腸斷處。明月照孤墳。且曰。吾當訴之官。子以詩呈父。父方駭嘆。忽連帥某遣人來索詩去。因夢婦訴。究也。遂以其事聞于朝。有旨流李氏於嶺南。

碧蘭堂女鬼

宋何先。異聞記。安吉碧蘭堂素多怪。兆紫芝嘗與客遊眺於彼。迫暮見水面一美女。衣裳楚楚。手捧蓮花。足履蘋草而來。鬼急叱之。女子自若。且行且吟云。水天日暮風無力。斷雲影裏蘆花色。折得荷花水上溪。兩鬢蕭蕭玉釵直。吟畢由東岸而去。

詩送袁侍郎

宋張仲文白獺髓。嘉定間。金寇交攻。廷臣有以和戰守三策爲言者。時侍郎胡榘專主和議。曾入朝。四明袁侍郎燮與胡廷爭。專主戰守。以笏擊胡額。遂下臺諫集議。袁以此辭歸。太學諸生作詩送之曰。天眷頻年惜掛冠。誰令今日遠長安。輿情莫遂諸生願。祖帳應多行路難。去草豈知因害稼。彈烏何事却驚鸞。韓非老子還同傳。憑仗時人品藻看。

記鬼

仇池筆記。寶應民有以嫁娶會客者。酒半一人竟起出門。主人追之。客若醉甚。行將赴水。主人急持之。客曰。頃見婦人以詩招我。其辭云。長橋直下有蘭舟。破月衝烟任意游。金玉滿堂何所用。爭如年少去來休。倉皇就之。不知其爲水也。然客竟亦無他。

七夕詞

七夕詞嘲謔上真。文人罪業莫過於此。陳眉公小令名釵頭鳳。亦解人頤。因錄之。梧桐墜。秋光碎。一痕河影添嬌媚。錦梭撇。綵橋結。今宵天上。歡娛節。嫦娥凝望也。應痴絶。熱熱熱。天如醉。雲如睡。朦朧方便雙星會。難饒舌。催離別。別時打算。問年月。自從盤古。許多周折。歇歇歇。

隱月心字

江都李聖許有月字謎云。俏冤家。切莫做小人行徑。許佳期。其實不曾。我若肯時也不止在如今。肯空爲我腰肢減一半。鎮日裏無主恨青春。待明朝日落時辰也。再休要閑去門前等。心字謎云。悶來時只索去門前。㘅意中人爲甚麼音信踈。惱怨伊行全不把奴留戀。思量究竟無頭腦。憔悴容顏減半邊。望神明發一箇慈悲。方纔了卻從頭願。

姜徐佯字謎

古今字謎奚啻千萬。獨有姜字謎最佳。録以共賞。少年頭。小娘脚。形容似美人。天性却老辣。可稱巧妙。又有二成語。隱徐字云。三人同行。其一我也。亦妙。又隱佯字。何可廢也。以羊易之。何等現成。

和前韻詩

弘治末，部寃金澤子某賂貢士龍寬代試，竟得聯第。輿論不平，作詩譏之。（見前集）父遂被劾去位。正德中，母死，居喪失禮。時人又和前韻云：可幸金家喪老堂，真將市井作壇場。人情折出論輕重，孝帛量來論短長。親友趨陪數酌酒，豬羊醃剩兩三缸。最憐范子無聊甚，假哭停腔讀奠章。范子者，一老生，與金為至親，依於金而餐食者也。

對句

松陵富人某者，其先世姓鄙吝，以叫化得名。康熙中，援例加納縣令，需次得某邑。同時有某甲，亦以善謳著，竭選得某郡教職。里人為之對曰：乞丐分符，教化大行乎郡邑；優伶東鐸，絃歌遍沐於膠庠。遐邇傳述，聞者絕倒。

父續子對

河南某生，父甚嚴，每下第輒加箠楚。生後赴試，自題于書室曰：黃榜無名，流落他鄉萬里。意謂若再不中，當遠逃竄不敢歸也。是年竟得第，父為續其後曰：青雲得路，勾銷燈火三年。

真夢

齊雲廣錄：進士丁渥在太學，夢歸家，見妻於燈下修書寄其夫。渥曰：我已歸，何用書？妻但揮淚而不答。又見別紙有詩一首云：淚濕香羅帕，臨風不肯乾。欲憑西去雁，寄與海情看。既覺，以語同舍，謂是思念之極故。至此旬日，後得妻手書幷詩，皆夢中所見，毫無少差。

丁大參

錢麟仲偶讀宜興丁大參（致祥）四十時尚未補諸生，為吳中某氏塾師。一日某餞其鄉兩歲薦之官，丁與陪焉。適一相士至，獨注目於丁曰：先生後當貴顯。兩歲薦掩口胡盧。丁拂衣而去曰：咄咄丈夫，寧可量哉！遂益下帷誦讀。正德戊辰，年五十，連第進士。時靳文僖公出一聯戲之曰：五十致祥，金榜題名終到手。丁應聲曰：一朝新貴，玉堂無處不陽春。

吳下歌謠

吾蘇風俗澆漓，邇來服飾濫傷已極。翁山日記有吳下歌謠，因錄於左：蘇州三件好新聞，男兒着條紅圍領，女兒倒要包網巾，貧兒打扮富兒形。一雙三鑲襪，兩隻高底鞋，到要准兩雪花銀。爹娘在家凍與餓，見之豈不寒心。誰箇出來移風易俗，喚醒迷津，庶幾可以闢邪歸正，反樸還醇。

禽徵

蜀何光遠鑑戒錄：蜀光天元年，太祖寢疾經旬。文州進白鷹，茂州進白兔。群臣議曰：聖人本命是兔，兔厄於鷹，二禽並貢，非以為瑞。退鷹留兔，帝疾必瘥。敕命不從，是歲晏駕。又通正年，有大禿鶖鳥颺於摩訶池上。顧太尉夐直于內庭，潛吟二十八字曰：昔日曾看瑞應圖，萬般祥瑞不如無。摩訶池上分明見，仔細看來是那胡。光天元年帝崩，乃禿鶖之徵也。

織錦龍飛頌

秦竇滔妻蘇若蘭織錦旋圖詩，言止八百耳。唐則天記云可讀二百餘篇。宋楊文公題曰：千詩織就迴文錦，如此陽臺暮雨何。據是可讀千首矣。又起宗和尚細繹是編，分為七圖，一百四十七段，得三四五六七言詩至三千七百首。讀者謂閨房纖穢，發巧思標奇闘挑，窮極工妙如此，宜無有儷之者。而嘉靖五年三月，天台起復知縣潘淵進嘉靖龍飛頌，內外六十四圖，五百段，一萬二千章，効若蘭織錦迴文體。世宗以其文字縱橫不可辨識，使寫正文再上。

詹材孝狗

今堅志：紹興詹材家貧，牝狗生子，無所飼養。鹿坡王氏相去半里，求其子歸飼以糠粞。每食竟即掉尾歸，嘔所餐以哺母，至暮復然，雖風雨不輟。士人為賦孝狗歌，其一篇云：慈烏反哺古所稱，不聞乳狗能效顰。鹿坡王氏世吉人，乞得乳狗於良鄰。良鄰家貧併日食，狗母長飢骨柴立。乳狗食竟掉尾歸，嘔食飼母使母肥。朝餐歸嘔暮復繼，獸類之中潁考叔。紛紛養志多缺如，慙愧四足之韓盧。語雖未工，足以垂訓薄俗。

明妃曲

明妃曲已見甲集。復錄劉屏山云：羞貌丹青闘麗顏，為君一笑定天山。西京自有麒麟閣，畫向功臣衛霍間。許梅屋云：漢宮眉嫵息邊塵，功壓貔貅十萬人。好把深閨舊脂粉，豔收顏色上麒麟。又見無名氏一詩云：日暮驚笳亂雪飛，傍人相勸易羅衣。強來前殿看歌舞，共待單于夜獵歸。語意俱清新可誦。

無夢

僧無夢詩云：心為車兮身為軾，車動軾隨無計息。交梨火棗是誰無，自是不除荊與棘。又：身為客兮心為主，主人平和客安堵。若還主客不康甯，精神管定辭君去。二詩甚有解說。諸載此僧後坐化，鄉人建菴庇之，其髮每月生一二寸，人為剃之，復生。

為孕婦所摸遂不復生疾者就之請藥即有藥給器中服之多愈。

題詩即嫁

有一富翁女自幼聰俊能作詩詞父母欲擇一佳配殊難其人以致年十九而未嫁終日抑鬱一日見梧桐落葉遂題詩其上云新桐初引人皆好少頃婆娑秋漸到何如早得賞心人幾葉題詩相贈報父會其意即擇一富厚者嫁之詩能感人如此。

四歲能詩

閩中蔡相卿四歲能詩真宗朝試童子科對上吟詩不止真宗見而奇之賜以詩曰七閩才子多奇俊四歲奇童出盛時家世舊傳清白訓嬰兒自得老成姿纔當學步來朝謁方漸能言解賦詩更勵孜孜圖進益青雲萬里有前期賜出身東宮伴讀後仕至乾州僉判仍贈其父校書郎

敬謝親友

宋楊大年億為執政所忌母病謁告不俟朝旨徑歸韓城與弟倚居踰年不調大年啟謝朝中親友曰介推母子願歸綿上之田伯夷弟兄甘受首陽之餓後除知汝州而希旨害事者攻之不已大年又有啟與親友曰已擠溝壑猶下石而未休方困蒺藜尚關弓而相向見者憐之

章節母

溫州章文寶聘妻某氏未成婚先納一妾有娠而文寶病且死氏請于父母往視之文寶一見氏即逝氏哭泣盡哀具棺殮畢撫妾守喪妾生子綸愛之如己出親教讀書通四書大義遣就外傅後成進士官禮部侍郎景泰中欲疏請復立舊太子恐貽母憂未果氏謂綸曰吾平日教汝云何汝能直言死職吾雖為官婢無恨也綸遂以疏入忤旨謫戍氏怡然天順初復綸官終養氏嘗為詩見志謂云妾無夫妾猶及見夫方殂誰云妾無子側室生兒與夫似兒讀書妾辟纑空房夜夜聞啼烏兒能成名妾不嫁良人瞑目黃泉下人共傳誦之

吳慎思詩

吾蘇某宦娶一婦始以金屋貯之既而離異松陵吳慎思賦鳳求凰變四絕云遠山眉際究清揚濯把文君興頡頏今日蘼蕪山下路誤人一曲鳳求凰 放誕風流未足云禮防珍重舊知聞只緣怕作當壚婦此日還宜不及君 前看墮珥從遺舄肯少佳人伴錦衾若使相如早乘傳也應未有白頭吟 粗豪真未解溫存枕上三年拭淚痕才子若非情種輩斷難投筆賦長門再賦無題四首百兩迎門巹合杯那知嬌鳥托為媒郎心正似東流水一去從今不復回 三月恩情百歲中若將團扇怨秋風傀顏未必當薄命也似花無百日紅 郎伯何人肯見伸赫蹄小字上書頻自慚不及莊姜厚猶把先君勗寡人 逝梁發笱一從渠織素猶能五丈餘若論他家作新婦就今縑好倚何如。

曼殊

艮齋雜說毛大可姬人曼殊善病增圃晚春花落雙扉畫掩比鄰刺梅園老尼過之讀壁間所懸詩軸二絕云河外人家郭外郵金鞭玉勒走王孫野橋東畔迢迢路芳草斜陽畫閉門 畫樓高處故侯家誰種青陵五色瓜春滿園林人不見東風吹落海棠花相與吟嘆良久尼曰讀此詩倍覺此地淒涼此何人詩耶姬曰舊懸此庭不知誰作因流涕久之詩易感人若此後於摩訶菴中道之有識者曰此蕉林集中詩蕉林為真定梁司農所居其詩乃春郊即事十首之二也老尼遂從司農乞一本去老尼亦知書係明季宮婢當時所稱菜戶者崇禎甲申從出為尼其事載大可詩話曼殊亦能詩有一絕云日色滿窗紅鴛鴦睡枕同披衣將欲起又怕隔簾風又一絕云羅帳掛金鈎薰爐香霧收起來紅袖冷獨坐怕梳頭二詩非一時作後見詩中皆有怕字遂紐作二怕詩悔翁戲大可子詩不當作三怕耶或問之曰亦怕夫人（今俗所謂懼內故名三怕） 曼殊病中嘗夢奶奶喚之去奶奶者北人呼觀音通稱也在鄭廟中一日攜孩至曰汝本我家物我擠眼汝當隨我行其孩云家去罷不去奶奶吆喝北人每發願捨身以他兒代之有替僧替尼之例曼殊因傚其意琢偶人為己像施平生所梳百環髻被以繡衣手捧一花侍奶奶旁流涕而送之又乞畫師畫己像名留視圖題詩云為送還家去雙螺綰百鬟且將妝鏡影留視在人間然曼殊卒不起此等風致亦絕可憐人也

高麗人詩

康熙丁巳上遣使往高麗採風疁城孫愷似太史時以太學生往歸而攜詩一冊錄其可誦者於左如 本朝文教遠被外國如此鄭之升留別云細草閒花水上亭綠楊如畫掩春城無人為唱陽關曲惟有青山送我行 崔淑生贈妓芝云只見青山不見郎漁郎無路覓桃源丁寧為報東風道莫遣飛花出洞門 姜渾贈妓云雲髮梳縱倚高樓鐵笛橫吹玉指柔萬里關山一輪月數行清淚落伊州 申從濩傳春云茶

醵飲羅幃初輕隔屋聞吹紫玉笙，燕子不來鶯又去，滿庭紅雨落無聲。鄭知常醉後云：桃花紅雨鳥喃喃，繞屋青山間翠嵐。一頂烏紗慵不整，醉眠花塢夢江南。成侃漁翁云：數疊青山數谷烟，紅塵不到白鷗邊。漁翁不是無心者，管領西江月一船。金淨江南云：江南殘夢晝懨懨，愁逐年華日日添。雙燕來時春欲暮，杏花微雨下重簾。

高麗妓能詩

毛大可太史遇高麗使，問其國中女子能詩，果否？答曰：豈惟女子，曾見一妓洗妝澉頮脂於水，水帶紅色，令咏之，應聲曰：疏雨秋萬漏日飛，回潮晚帶斜陽落。豈非佳句。

詩妓鶴鈿

嘉靖中，叙州有妓鶴鈿，能詩。宋東跽載其二詩。贈別云：纜解江頭珠浦明，鶯聲蝶思戀多情。夜郎一夜東風軟，吹入渝州夢二更。自叙云：醉鄉萬里憶清遊，忘却東籬路轉幽。只有當家香袖在，不教人得夜深偷。余憲張功甫極稱賞之，及至叙州，遍訪絕無所謂鶴鈿者，想亦託名耳。

吳門歌

吳門人住神仙地，雪月風花分四季。滿城排隊看迎春，又見花燈來炫視。千門掛綵六街紅，笙歌盈耳喧春風。歌童舞女語南北，王孫公子何西東。觀燈未了興未歇，等閒又話清明節。呼船載酒共游春，蛤蜊市上爭嘗新。吳塘穿絞過橫塘，虎丘靈巖復争墓。菖蒲泛酒過端午，龍舟相呼喧競渡。提壺挈盒歸去來，南河又報荷花開。錦雲鄉中漾舟去，美人鬟髮琵琶鈸，玉顏皓齒聲斷續，翠紗汗綠紅映肉。金刀剖破水晶瓜，冰山影裏顏如玉。火雲一天消未已，桐陰忽報秋風起。鵲橋牛女渡銀河，乞巧人排明月裏。南樓雁過是中秋，颯然毛骨冷颼颼。左持螯蟹右持酒，不覺今朝早重九。登高又向天池嶺，桂花萬樹天香浮。一年好景最斯時，橘綠橙黃洞庭有。滿園還剩菊花枝，雪片橫飛大如手。安排暖閣開紅爐，敲冰洗盞烘牛酥。寸甕餅兮千金菓，黑貂裘兮紅氍毹。一年四季恣歡娛，那知更有飢寒苦。惜不知誰作。

孝經引詩

孝經每章末引詩，朱子作孝經刊誤，俱刪去，以為後人附會。然觀匡衡上疏有云：大雅無念爾祖，聿修厥德。孔子著之孝經首章，由漢以前所傳如此，則非後人附會可知。故云古書未可輕易刪改。　雜記載溫公在洛，為人講孝經，有父老前問曰：自天子章以下，皆引詩二句，庶人章獨無，何也？溫公沉思良久，曰：某平日見不及此，容思

所以奉答。父老笑而去，謂人曰：今日難倒司馬端明。朱子刪去，豈為溫公解嘲耶。

雅令相戲

萬曆中，袁中郎宏道令吳日，有江右孝廉某來謁，其弟現為部郎，與袁有年誼。置酒舟中款之，招長邑令江菉蘿盈科同飲，將偕往游山。舟行之次，酒已半酣，客請主人發一口令。中郎見船頭置一水桶，因云：要說一物，却影合一親戚稱謂，并一官銜。指水桶云：此水桶非水桶，乃是木員外的箍箍。哥哥蓋謂孝廉為部郎之兄也。孝廉見一舟人手持苕帚，因云：此苕帚非苕帚，乃是竹編修的掃掃。嫂嫂時中郎之兄伯修宗道、弟小修中道正為編修也。菉蘿屬思間，見岸上有人捆束稻草，使云：此稻草非稻草，乃是柴把總的束束。叔叔蓋知孝廉原係軍籍，有族子現為武弁也。于是三人相顧大笑。

郡侯口令

崇禎間，吾蘇郡侯陳公洪謐與司李倪公長玕、吳邑侯牛公若麟同坐公館，候謁上官。有一庠生曾姓者，與一監生魯姓者，乘間來白事。二生既去，陳公曰：吾因二生之姓，曾與魯兩字，戲拈得一口令在此，曰：曾與魯，好似知縣與知府，頭上腳下一般的，只是腰裏略差些。蓋謂一腰金一腰銀也。牛鶴沙即應聲云：某亦就二生一為青衿，一為例監，作一口令曰：衰與哀，好似監生與秀才，頭上腳下一般的，只是肚裏略差些。陳公稱善。倪公未及答，良久，伯屏忽笑云：吾昨偶斷一僧尼奸事，今以二事配成令，可發一笑。乃曰：齋與齊，好似和尚與女尼，頭上腳下一般的，只是兩股之內略差些。三人大笑。

鞋盃詞

嘉靖中，臨朐馮汝行惟敏，少負才名，領鄉薦，知淶水縣，改教潤州，遷保定府通判，因仕不得顯秩，歸海濱，以文酒自娛樂。作鞋盃詞曰：高擎綵鳳一鉤香，嬌染輕羅三寸長。滿斟綠蟻十分量，寂生生小酒囊。蓮花瓣露瀉瓊漿，月兒牙彎環在腮上。錐兒櫥圈圈在手掌，筍兒尖簽破了鼻梁。筍兒尖簽破了鼻梁，鈎亂春心，洗偏愁腸。抓轆轆滾下喉嚨，周流肺腑，直透膀胱。舉一盃恰像小腳兒輕蹺肩上，嚥一口好疑是妙人兒吮乳在胸膛。改樣風光，看會珍藏，切不可指甲兒掐壞了雲頭，口角兒漏濕了鞋幫。詞頗切當，惜不使廉夫見之也。

調笑令

艮齋雜説，明末一妓善監酒席間作調笑令，以催乾為韻，鬧道才郎高量，休讓酒到莫停杯，笑拔金釵敲玉臺，催麼催，催麼催。已是三催將絶，設罰不揣作監官，要取杯心顛倒看，乾麼乾，乾麼乾。一座笑賞。

嘲齆鼻

一士齆鼻，聞罪於友，戲作西江月嘲之。雖是五官畢具，可憐鼻不通風，印堂底下攤丁東，五味馨香難哄。　直須鉆他兩下，管教頃刻開通，從今鼻㴒响汀潼，免得人稱阿齆。　不識如蘭斯馥，只因雁門紫塞。

辭薦館

明末某苦失館，偏求縉紳薦札，上宮主人作詩云：薦館何堪作柬多，其如强要索書何，諄諄幾句端方語，娓娓長談淡泊歌。方聘恨無頭似蒜，已成惟見脚如梭，來年二月清明後，又袖封筒到處波。

詞贈周明娘

歌者周明娘，猶潯陽江頭之裴興奴也。時侍予罰觥，毛序始贈白蘋香詞曰：雅量不辭盃酌，慧心巧合人情，最宜小字自稱明，照目之明明甚。一座觥籌佐史，四筵傾倒窮眼，笑他粉面烝紅，裙空有雙眸炯炯。

詞隱明字

姓比蒼娘，譜傳趙五，琵琶舊日曾稱，昭君召去，月素却為隣。思昔青春勝景，早朦朧一半徒存，堪詩處無微弗燭，諳愬又誰行。　亶聽如師曠，雖盲於目，却不盲心，任甯筵監史，滿座生春，期望晨昏宴會，總還須日月高升，開時候同游蕭寺，朝暮喜相親。調寄滿庭芳，曹秋岳先生贈沙校書毛鶴舫先生咏焦女郎，皆此調也。戲做其體贈周明娘，用意雖同，而詞句遠不逮也。

後戲目詩

甲申春連觀演劇，復成四律。鐵冠圖，傳遊國，飛贈書，邊遐古城障，出師表，奏千忠錄，博浪沙，邊百鍊鍾，文武會，埀名將，傳英雄，槩列黨人碑，量沙運，覓男兒事，不望金錢賜繡旗。　鴛鴦箋，素寄情郵，十二紅妝集綵樓，玉玦雕成龍虎嘯，金貂擬易鷫鸘裘，石榴鏡現蓮花筏，照世盃浮竹葉舟，喜稱人心金不換，萬年歡賞赤松遊。　磐陀山上醉菩提，祝髮西園憶故知，繡佛閣中裁寶勝，錦蒲團畔整鸞篦。春燈謎語青樓約，再世姻緣紅葉詩，英戀繡鞋情不斷，牟尼合是順天時。　忠孝坊中忠孝全，三生石注巧團圓，瑞霓羅繡鴛鴦珮，銅雀硯描花葉綠，玉尺樓頭懸寶鏡，望湖亭畔植金蓮，浣紗不羨貂冠誥，何用青衫伴綠箋。

天鮈

明末年歲不登，社稷將亡，聽命于神，奸道借天師之名，黜陟十鄉土地，盤踞孝妙觀，以收各會首嬌誣上天之𧷦，有民謡為証：城中城外走如狂，爭看爺都熙簶黃，哄動各鄉泥土地，天師門下受封章。又雷牌雷票召諸鄉木偶，雖行人吏忙乾折，下程非紙錠可知，陰道定從陽又傳説，瑶臺也之錢求金天子降壇前，紛紛貢獻爺都去，不顧窮民日倒懸。今之托名欲解天鮈以苛斂民財者，大率如此，為民牧者宜痛懲之。

推閏歌

鄧宗文推閏歌括云：欲知來歲閏，先看至之餘，更算大小盡，決定不差殊。如來歲合置閏，止以今歲冬至後餘日為率，且如今年十一月二十四日冬至，則其月尚餘六日，來歲之閏當在六月，或小盡則止餘五日，當閏五月。若冬至在上旬，則以望日為止，十二日則復起一閏數焉。推立春歌括云：今歲先知來歲春，但隔五日三時辰，謂如今年甲子日子時立春，則明年合是己巳日卯時立春。又推節氣歌括云：中氣與節氣，但有半月隔，若要知仔細，兩時零五刻。謂如正月甲子日子時初刻立春，數至己卯日寅時正一刻，則是雨水節也。

卜年占運歌

甲子豐年丙子旱，戊子蝗虫庚子亂，若逢壬子水滔滔，只在正月上旬看。揮麈新譚四句下更有二句：正月上旬若無子，朝内大臣去一半。此李盱山所傳，乃知關係宰執，不徒占驗歲時豐歉也。按康熙癸未正月上旬無子，是年大臣去位者甚多。

堅瓠補集卷六終

堅瓠秘集序

堅瓠集者，聖賢格物致知之學也。理清乎物，一物不知，引以為恥。故核其大不遺其小，崇其正不廢其奇。孔子考定六經，以明先王之道，而羵羊之怪、萍實之祥、專車之骨、肅慎之矢，凡六經之所不及者，靡不博記而周悉。此無他，格物者廣也。諸子稼軒，其得聖人之遺意乎。少而好學，至老彌篤，捜羣書，窮秘笈，取經史所未及載者，條列枚舉。其事小而可悟乎大，其事奇而不離乎正，逐物求知，各有原本，其去莊周之寓言、鄒衍之誕說遠矣。其書自初集始，彙為十集，蒐羅略備。更繼以續集、廣集、補集，今秘集又成焉。夫天地間瑰異之觀，古今來與渺之迹，無不散見之於書，日覽則日益，歲求則歲增，亦曷有紀極哉。稼軒窮幽索隱之功，與年俱積，故見聞愈廣，蒐輯愈夥。又安知芸閣雞林之外，名山石室之中，不更有博物君子所未經見之書，可備采錄者乎。其為秘集也，知又非卒業事也。時康熙庚辰仲春鶴棲老人尤侗撰

堅瓠秘集卷之一目錄

周公　宣聖
宣聖授曆　猫木子
白牛廟　滅髭避難
漆雕子　書諭仲由
朱䰟享祭　劉蒙墓
烏石山神女　遁甲神
馬郎婦　鴨欄木
高王經　淨面
夢示　仙女玩花
亂鼠使　太歲
傳碑語　放榜神
厠神　坑三姑
雷神現形　雷神戲二儒
雷擊贓吏　東庫五通神
五雲山五通神　神告宰相
神起立　關聖廟
三手異物　婚姻前定
豢鼠　金華貓精
洞庭鼉　山魈
木客　山精
旁不肯　海發師
巨蛾　千里驢騾
馬生角　孔廉巨鼠
貓治鼠怪　應氏白犬
白獺神　廬陵石鹿
蕭山鬼怪　犬活死兒
鼠精　面具治怪

高麗寺　喻彌陀
杯渡　羅漢移居
蔣虎臣　晉水字
大佛頭

堅瓠秘集卷之一

清　長洲石農褚人穫學稼纂輯

周公

陸雲士先生次雲。大有奇書。道統開自堯舜。傳及周公孔子。故前代以周公為先聖。孔子為先師。四川文翁學堂。為周公禮殿。唐貞觀時。始專祀孔子。而周公之祀遂廢。大學衍義補謂常祀孔。而周無廟。誠闕典也。惟雲南有周公廟。以武侯征蠻。覓周公。及渡瀘水。祭禱神。擒孟獲。心服南人。皆公教之。故教所在祀之。愚謂堯舜禹湯文武君也。周公相也。相則在位。與皐夔稷契相等。惟孔子匹夫而為百世師。故特祀之。周公正不必與之並祀也。然孔子之後。衍聖封公。而周公之後無聞。是亦缺典。我皇上崇儒重道。於康熙二十四年。親謁孔陵。并訪周公之後。得東野沛然於布衣之中。爵之於朝。并及二程夫子之後。皆官以博士。前代所未行者。聖天子舉而行之。俾天下後世。皆知以周情孔思為歸。所以垂教者大矣。

宣聖

夫子之道。中庸而已。未若釋老之生而多異也。然內典稱孔子為童儒菩薩。顏子為光淨菩薩。溧水縣有童儒寺。唐景福二年立。以孔子適楚經此故也。而道家真靈圖稱孔子為太極真君。顏子為三辰司直。是強將孔顏拉入二氏之中。然夫子無異也。而亦有異人之處。如宋仁宗命宦者李邦寧釋奠。風起燭滅。鐵爐陷入地中。明沙良著致誠修謁。聞琴瑟絲竹之音。自廟中出。此非示人以神。亦所以教後世也。元歐陽器虛能結氣為嬰兒。從頂上出。時方丁祭。弟子馬月林請器虛出神觀之。凝神久久為馬言曰。余初至文廟。見梓潼來省祭物。省畢而去。既而主祭者獻爵讀祝。時止見一道太素之氣。自天而下。貫入殿庭。祭畢冉冉而上。此浩然之氣。至今存也。

宣聖授曆

明大內設內書堂。小內侍讀書處也。師用翰林五品為之。教法科條如鄉塾法。嘉靖間有學生晝睡。祭酒鎖之空室。夜半聞呼殿聲。云聖人到。書生習見帝駕。亦不為異。既到。非天子。乃宣聖也。書生跪曰。某以愚鈍求聖人開示。聖人曰。有書可取來。我親教之。索案上止存大統曆日。為書生指誦一遍而去。天明。書生向同學言之。衆未信。試令背曆。終本不差。遂大聰明。過目成誦。

端木子

順治乙未。浙督學谷應泰。於杭州湧金門外。建子貢使越祠。祠前有池。池水淪漣。中種芙蕖。蘤蒄清芬可愛。嘗浙營入浴於其中。折殘花葉。人莫能禁。守祠者無可如何。祝之於神。一時裸體水中者。皆欲起而不能。於是望空叩禱。居人怪異。為代求之。數人者方得出。自此無敢過而褻慢矣。○又梁山志書院峽中。有夫子崖。子貢瓣。每當風雨。即聞讀書之聲。

白牛廟

客冥涉筆。河南有白牛廟。最靈異。其神牛首雙角。崢嶸努目。侈唇。獰猙可畏。廟側數十武外。有一池。祀之者。先至祠。禱迎之。輙有暴風自池中起。衝入廟中。祭者欣然。以為神受其享。崇禎時。有邑令入祠。詰之曰。焉有神而獸面者。不肯拜。左右曰。慢神必有災。令終不拜。令里人車水涸池。水竭無所見。又令掘之。數尺。古碑出焉。洗視之。先賢冉伯牛墓六字也。始悟白牛者。伯牛之訛也。令為易其像。築其塋。植其碑而釐正之。池畔之暴風不作。

滅髭避難

通幽賦。汪衡蒯聵亂于黑。滅髭衣婦人衣。逃出曰。父子爭國。吾何為其間乎。孔悝求之不得。故免於難。此避難而然。殆學夫子微服過宋之意。王充論衡。謂子貢滅鬚為婦人。未識何故。豈傳柴子而訛於端木耶。

漆雕子

十六國春秋。魯人有泛海而失津者。於亶州。見仲尼與七十子遊於海中。漆雕氏授魯人一木杖。令閉目乘之。使歸告魯侯。築城備寇。魯人出海。投杖水中。乃龍也。以告魯侯。侯不信。俄有飛燕數萬。銜土培城。侯異之。大城曲阜。而齊寇至。不克而還。

書諭仲由

感遇集。唐韓滉廉問浙西。常有不軌之志。時有李順夜泊船不知所止。天明泊一山下。上岸。見一烏巾古服。引詣一宮。有人自簾中語曰。有書寄金陵韓公。順受之。出門因問賛者。此為何處。曰東海廣桑山。是魯國仲尼得道為真官。理於此。韓公即仲由。性強。夫子恐其掇刑網。致書諭之。順還。投書。韓發視之。文九字。皆科斗書。不識。訪能篆籀之人。有一客龐眉古服。自詣。書識古文。韓公以書示之。客曰。此宣尼科斗文也。曰。告韓滉。謹臣節。勿妄動。客出門不見。韓了然自惕。克保終始。

朱魏享祭

宋咸淳間。蜀人彭漥軒罷官。從江東歸游武夷山。獨行林藪。入草莽中。見二人。峩冠博帶。對食。招彭坐。俎中豬首一。羊肘一。鵝一。所言皆先天圖易傳性理之學。元妙深奧。問其姓字。右坐者曰姓魏。不言字。問左坐者。不答。日暮辭出。明日。彭携僕挈榼再往。無徑可達。下山。憩一富人家。言其所以。富家曰。異哉。吾昨至朱文公祠致祭。俎中之有。正此三物。漥軒方悟左坐者為朱晦翁。而右坐者魏鶴山也。此事甚異。聞總錄可補武夷山志之缺。

劉豪墓

義烏東平山有宋平昌剌史劉豪墓。隆慶戊辰長至日。裔孫尚恭因重修墓。碑掘地數尺。見石臺。臺上有一碑。方尺許。刻朱晦菴卜墓數云。天聖戊辰葬此丘。蔭十八紀出公侯。子子孫孫垂不替。繩繩蟄蟄永無休。五百四十一年損。一十七歲裔孫修。戊辰戊辰新一石。重興重興千百秋。秘書郎朱熹記。按天聖戊辰至隆慶戊辰年數適符。而是日長至。又恰戊辰。豪之後人有劉仕龍者。在宋贈武節侯。而尚恭修墓時。果年十七。文公之數亦奇矣。劉之曾孫煇熺。皆文公門人。故為之卜而刻之墓。

烏石山神女

湖海搜奇。三山陳景著。弱冠時。元宵觀燈。道逢女鬟。執絳紗燈迎於道左。景著惑之。隨以往。至城外烏石山頂神女廟。有盛飾女郎。候於廟門。見而叱鬟曰。此陳探花也。何乃挈至此。燈遂滅。女亦不見。陳驚眩仆地。至曉始甦。永樂乙未。果探花及第。

遁甲神

壺史。錢塘戴厚甫。精遁甲法。其母寢起樓上。一夕。忽見紅光貫室。開幃視之。乃一美女獨立榻前。拔金釵以遺母。既而無所見。母以語戴。答曰。適祭遁神。遂至此耳。遁母見某。必不久於人間矣。由是怏怏。逾月而卒。遁甲一云循甲。言六甲循環推數故也。

馬郎婦

感應傳。元和十二年。觀音菩薩大慈悲力。欲化陝右。示現為美女。人見其姿貌風韻。欲求為配。女曰。我亦欲有所歸。但一夕能誦普門品者。事之。黎明。徹誦者二十餘輩。女曰。女子一身。豈能配衆。可誦金剛經。至旦。通者猶十數人。女復不允。更授以法華經七卷。約三日通。至期。獨馬氏子能通經。女令具禮成婚。馬氏迎之。女曰。適體中不佳。俟少安相見。客未散。而女死。馬乃葬之。數日有老僧杖錫詣馬氏。問女所由。馬氏引之葬所。僧以杖撥之。屍已化。唯黃金鎖子之骨存焉。僧錫挑骨謂衆曰。此聖者憫汝等障重。故垂方便化汝耳。宜善思因。免墮苦海。語訖。飛空而去。泉州粲和尚贊曰。

手姿窈窕鬢軃斜。賺煞郎君念法華。一把骨頭挑去後。不知明月落誰家。

鴨欄木

虎會。萬曆己丑。閩中有雷法振。居深山中。以燒炭為業。家有鴨欄木頗佳。法振偶念欲刻觀音大士像。未果。一日入山燒炭。道遇猛虎。勢將搏噬。忽有美婦人當前。叱虎。虎即懾伏。叩首而退。法振再拜稱謝。因詢婦人姓名。答曰。身是君家鴨欄木耳。法振大悟。遂命工雕刻。終身奉祀不衰。

高王經

感應篇。東魏定州民孫敬德者。事觀世音菩薩甚虔。後為橫賊誣引。妄枝承罪。夜夢僧教誦救苦觀音。敬德誦之。有司行刑。刀三斫而三折。監司具狀聞。丞相高歡歡審扣其故。為表請免其死。孫還家。所奉觀音像項三刀痕。因之稱高王經。

淨面

繫年錄。宋秀州春旱。禱精嚴寺有驗。重裝觀音像。夏旱復禱。郡守曾侯夢白衣夫人曰。我固當為此方致雨。然面目不淨。三十里外無所見。不能與衆聖會。奈何。明日詰其由。乃匠者欲聖容明潤。用雞子牛膠調粉故爾。遂改新之。隨禱即應。

夢示

說聽。增紀嘉靖間荊王夢人云。補我衣裳。當保佑王子孫。王曰。汝何物人。曰。但張目而視。側耳而聽。當自知之。覺而不識所謂。一日偶閱畫。見觀音像。頓悟神語。曰。張目而視。非觀乎。側耳而聽。非音乎。府旁有觀音閣。王往視之。棟宇毀壞。塑像為風雨剝落矣。亟命修飾。立碑記之。

仙女玩花

康駢劇談。元和中。春物方妍。車馬尋玩者相繼。忽有女年可十八七。衣繡衣乘馬。峩髻偏鬟。容貌婉娩。從以二女冠。三小僕。皆草頭黃衫。端麗無比。既下馬。以羽扇障面。直造花所。異香芬馥。聞於數十步外。觀者以為出自宮掖。莫敢逼視。佇立良久。令小僕取花四枝。將乘馬。迴謂黃冠曰。曩有玉峰之約。此可以行。時觀者見其舉轡。有輕風擁塵。望之已在半空。方悟其為仙也。

氤氳使

清異錄。朱起年踰弱冠。姿韻爽逸。伯氏虞部有女妓寵寵。艷秀明慧。起甚留意。寵亦繫心。奈館院各別。無由會合。起念之不置。一日至郊外。逢青巾短袍。擔節杖藥籃者。熟視起曰。郎君幸值貧道。否則危矣。起駭異。下馬揖之。青巾曰。君有急。直言。吾能濟。起再拜。以寵寵事訴。青巾歎曰。世人陰陽之契。有繾綣司總統。其長官號氤氳大使。諸夙緣冥數當合者。須鴛鴦牒下乃成。雖伉儷之正。婢妾之微。買笑偷期。仙凡交會。華戎配合。率由一道焉。我今為子祝之。臨去。籃中取一扇授起曰。是名坤靈扇。凡訪寵寵。以扇自蔽其面。人皆不見。自此七日外可合。合十五年而絕。起如戒。往來無阻。後十五年。寵寵疫病而殂。青巾蓋仙也。

太歲

睽車志。平江黃球張虞部。為人質直。每有興築。不選日時。嘗作一亭。掘地得一肉塊。俗謂太歲。球張不為畏。命取瓦盆合而送之水中。就基而創。名曰太歲亭。又有客到。命取衣冠。俄而犬首頂其冠。束帶於背以出。張笑謂之曰。養汝幾年。今日始解人意。就取服之。乃出揖客。客退而犬自斃。諺云。見怪不怪。其怪自敗。殆謂是歟。

傳碑語

鈞乎。雲南嚴清父用和為醫生。一日。其鄰人死三日復甦。語人云。至一大第宅。有宮碑。主者令記碑上語。傳示人間。語曰。醫生嚴用和。施藥陰功多。自壽添一紀。養子登高科。誦畢遂瞑。已而清生。嘉靖甲辰。弱冠登第。萬曆初為冢宰。

放榜神

聞然錄。隆慶庚午。浙士諸葛一鳴讀書杭城外大寺。當盛暑。偶於佛殿斷橋自食。見金甲戎服人自內出。大驚。以為武官。其人曰。我乃天帝遣放秋榜者。諸葛問榜有某名乎。其人曰。汝名在來科。今未也。諸葛懇請。其人曰。今所與相較一卷。本係汝親。且能遲三年。更為汝福。固懇請不已。乃諾之。遂與約曰。揭曉之朝。即爇紙錢十萬以謝。慎勿負約。再四丁寧而去。時諸葛試卷在備列。與某卷相比。猶未定。御史夢人語云。一鳴中。一鳴中。適諸葛名與夢合。遂錄之。既揭榜。諸葛忘前約。晚始憶。將以明晚焚紙錢。而夜夢前金裝者。披髮身血淋漓。蓋詈指諸葛罵曰。爾何爽約害我。我當報爾。憤憤去。明春會試。諸葛以懷挾荷校棘闈前。其懿親某。浙省來科適中。其名數云。

廁神

祿光錄。天台有民王某。常祭廁神。一日至其所。見着黃衣女子云。某廁神也。君聞螻蟻言否。民曰不聞。遂於懷中取小盆子。以指點少膏如口脂。塗民右耳下。戒之曰。或見蟻子群聚。側耳聽之。必有所得。民明旦見柱礎下群蟻紛紛。聽之果聞相語云。移穴去炭處。傍有問之何故。云其下有寶。甚寒。住不安。民何蟻出。尋之。獲白金十錠。

坑三姑

異苑載坑三姑之神。姓何。名媚。字麗卿。萊陽人。壽陽李景納為妾。其妻妒之。於正月十五日陰殺之厠中。天帝憐之。封為厠神。俗傳是日結草為形以祭之。占一年蠶禾之事。必驗。○雜五行書。厠神曰後帝。

雷神現形

捭塵新談。澧州一日大雨震雷。將一人家屋柱劈碎。衆家驚怖間。忽見雷神入舍。形似鳥𪃿。高二三尺許。兩足行地。兩翅下有二手下垂。行遍屋內。燒一斗一秤。升屋至空中。方發迅雷一聲。又拙菴雜俎。康熙中。杭州官塘岸有毒蛇。雷神將擊之。忽逢產婦在河邊洗穢衣。遂不能擊。伏於岸旁。大於猢猻。形似蝙蝠。其婦驚駭而去。土人始不敢近視。既而寂然不動。乃以物撥之。見其翅下有手。聞於縣令。呼道士祈禳。道士命置七缸。缸按七星。各滿貯香水。施符設法。凡一晝夜。雷神始躍入於缸。七缸浴遍。騰空發聲而去。

雷神戲二儒

墨池浪語。二老儒途行遇雨。避一老嫗家。雷電方迅。二儒因劇談雷為天地之氣。搏擊發聲。雷斧雷神事之必無。嫗起點茶供之。忽霹靂一聲。二儒不見。嫗訝曰。天雨若此。胡為去耶。二儒乃在櫃中叫嫗。嫗曰。櫃固鎖也。二位敢錢眼中鑽入耶。二儒曰。吾亦不知。忽有人寘我於此。始悟雷之有神。怒吾輩狂談耳。老嫗啓櫃。則見二儒之髮彼此苙苙相結。倏忽所成。不亦巧乎。

雷擊贓吏

吳中往哲記。成化中。吾郡朝真宮道士吳允中。善符咒術。嘗驅蝗治妖。隨禱輒應。郡守命於玄妙觀禱雨。允中噀墨瀋則雲合。以楊枝灑水則雨至。以胡桃擲空中。雷電隨所向而作。頃間積水三尺。時官吏立雨中。不敢退避。允中大呼雷神。有濫贓者請擊之。雷火繞庭。官吏有失措仆地者。

東庫五通神

武林聞見錄。宋嘉泰中。大理寺斷一大辟。決數日矣。一日有叩獄吏門者。出視之。即所決囚也。驚問曰。爾為何得至此。囚曰。某死無憾。但有一事相浼。泰和樓五通神。皆某等輩。近一他適。見虛其位。某欲充之。因無執憑。求一差檄。明言差某充某位神。得

此為據可矣。吏不得已許之。囚又出銀一笏。煩製靴帽袍帶之屬。言訖而去。吏不敢泄其事。乃為書牒一道。製靴帽袍帶。候中夜焚之。次日夢有騶從若王者。下車致謝。經數月。邇追東庫中。樓上五通神日夜喧鬧。知庫人不得安息。酒客亦不敢登飲。例課甚虧。無可奈何。獄吏遂以向所遇密告之。吏曰。此必前所言他適鬼已歸耳。乃相與增塑一像。夜遂安妥如初。

五雲山五通神

北墅手述。崇禎癸未時。當重九。有數書生約登杭州五雲山。以作龍山之會。賈勇而上。休息廟中。時未及午。廟祀五通神。一生戲拈神簽卜曰。我輩今日得入城否。簽語示以不能。書生睨視嗤嘻。大笑曰。何神之有靈。刻尚未午。而言我輩不得歸耶。隨步下至一溪頭。見儵鯽游泳。迥異凡魚。書生共下捕之。或遠或近。或潛或躍。或入手中。潑剌又去。書生期以必得。脫衣作網。良久得之。貫以柳枝。攜出山麓。至南屏酒家。則月上東山。禁門扃鑰矣。命童子烹魚取醉。童子謂魚游釜中。久之不熟。命童子添薪益火。其游如故。又加踴躍。有碎釜聲。書生急往視之。儼然魚也。取出乃木簽耳。因共驚悔。越日。歸簽廟中。以牲醴禱神而去。

神告宰相

游覽志。台州謝深甫家本寒微。父母賃舂以食。某招深甫教子。一夕賓主對飲。夜半酒渴。無從得水。庭前有梨方熟。遂登樹啖之。群犬環吠。深甫不敢下。主人夢黑龍蟠樹上。為犬所吠而覺。開戶視之。見樹上有黑影。訶問之。深甫曰。我也。主人逐犬。深甫下。主奇之。遂妻以女。後領鄉薦。單騎赴省。至曹娥渡。與渡子錢。嫌少不渡。反詈之。深甫乃從他渡至嵊縣。宿古廟中。祝遇之厚。又飲以酒。深甫訝之。祝曰。夜夢神告我明日有宰相來宿。今日惟官人至。深甫焚香祝曰。若成名。當使廟貌一新。是年果登第。遂修廟宇。後為浙漕。至曹娥渡。渡子伏地請罪。深甫笑而遣之曰。我不汝罪。今後台州秀才往來。勿取渡錢也。

神起立

都元敬談纂。四川合江李實微時。過其鄉土地祠。見像起立。心竊怪之。歸告其母。欲碎其像。母止之。神忽托夢於人云。李秀才過吾。敬之起立。彼不知。乃欲碎我。微其母。吾不免矣。為吾致謝。李後醉過其祠。書像背曰。此神無禮。合送酆都。鄉人復夢神泣告曰。李秀才將送我酆都。煩急求救於其母。鄉人往告。母命滌之。景泰初。果至左都

關聖廟

南京十廟將成。赴期祭告矣。高皇夢一人。頳面綠衣。手持巨刀。跪謁曰。臣漢壽亭侯關羽也。陛下立廟。何獨遺臣。上曰。卿於國無功。故不及。神曰。陛下鄱陽之戰。臣舉陰兵十萬為助。何謂無功。上乃頷之。神去。明早。命工部別立一廟於旁。限三日而成。

三丰異物

白醉璅言。張三丰在甘州留三物於觀中。一為簑笠。一為藥葫蘆。人有疾者。或取一草投其中。明旦煎湯飲之。疾立愈。其三為八仙過海圖。中有壽字。有都指揮得之。懸於堂中。以為奇。一夕有親故假宿。聞海濤洶湧聲。以為黑河瀾倒。明早告於主人。主人怪而物色之。始知其聲從圖出也。後皆為中貴取去。

婚姻前定

夷堅志。林聰字省禮。在太學。晝寢。夢一美女告曰。我西京孟檢法女。花不如也。君異日登科。當在洛。願無他聘。林覺而志之。大觀三年。擢第。果調河南尉。以事至天女寺。與老尼語。因問此地有孟檢法乎。尼曰。有。問有女乎。曰一女。號花不如。近已嫁矣。林驚異。默如後時之恨。女未嫁時。亦夢男子曰。我林省禮也。願婚之。女覺不曉所謂。亦不知林之有夢也。數日女夫死。林知之。通媒結信。俟女除服。始成禮。他日各言所夢。始知為前定云。○完顏亮妃亦號花不如。

嫠鼠

杭州錢泰政處和。好餇鼠。每食輒貯餘粒。三擊盆則群鼠傈傈而至。食訖乃去。洎遷政府。及帥越。師閩。以至掛冠歸里。鼠至如初。迨錢亡乃不見。吾蘇張氏居都憲行臺之東。日聚群鼠。觀者紛至。輒以錢投。家貲賴以稍裕。後有無賴懷一貓以往。群鼠應呼而出。擲之以貓。咬其一二。餘俱驚避。後竟不出。張氏衣食絕。邇近日京都菜市口熟麪店中。壁間畜鼠。欲觀者。店小二以筯擊桌。亦群出。啖以瓜子胡桃。食畢即去。

金華貓精

說聽。金華貓。畜之三年後。每於中宵。蹲踞屋上。仰口對月。吸其精華。久而成怪。入深山幽谷。朝伏匿。暮出魅人。逢婦則變美男。逢男則變美女。每至人家。先溺於水中。人飲之。則莫見其形。凡遇怪者。來時如人。日久成疾。夜以青衣覆被上。遲明視之。若有毛。必潛約獵徒。牽數犬。至家捕貓。剝皮炙肉。以食病者。方愈。若男病而獲雄。女病而獲雌。則不治矣。府庠張廣文有女。年十八。殊色也。為怪所侵。髮盡落。後捕雄貓始瘳。

洞庭鼉

獨異志。燉煌李鵠。開元中為邵州刺史。挈家之任。渡洞庭時。晴明登岸。因鼻衄血江上。為江鼉所舐。俄然復生一鵠。與之無異。鵠之本身。為鼉沫所制。繫於水中。其家奉鼉妖就任。為郡幾數年。因天下大旱。道士葉靜能自羅浮赴詔過湖。見沙中一人。面縛困頓。問之。鵠以狀對。靜能書符帖巨石上。石即飛起空中。鼉妖方擁案判事。為巨石所壓。乃復本身。時張說為岳州刺史。具奏。並以舟檝送鵠赴郡。家人妻子乃信。今舟行者戒不瀝血於波中。以此故也。

山魈

白醉璅言。廣東山僻處有山魈。半是鬼。半是人。能隱能顯。止一手一足。必兩人相幇。然後能行。亦租民田耕種。至秋收。田主必分半與之。若多占升斗。能向其家作祟。其婦女好施脂粉。客或於彼投宿。稱為山姑。送與脂粉。其婦乃喜。恣與飲食。不苦索值。又善伏虎。虎至。婦輒批其耳。掌其面。曰斑子斑子。勿驚吾客。虎即帖然搖尾而去。

木客

花月新聞。贛州興國上洛山。有木客。形頗似人。自言秦時造阿房宮。采木者。食木實。

得不死。能詩。時就人間飲酒。此近乎仙者也。有客靜夜彈琴。有一人時來就聽。每夜聞琴必至。客疑之。中宵出其不意。忽以裙罩其首。急取火炙其面。其人强掙而脫。天曉尋之。見一老枀如人。樹頭有炙焦痕。伐其株。血濡縷出。此近乎怪者也。

山精

抱朴子。山精如人。并毛在面。山海經之說也。又聞形如小兒。獨足。足向後。名曰蚑。或來犯人。呼其名即却。又名超空。可兼呼之。又云。山精如鼓。赤色。一足。名曰暉。又云。一種長九尺。衣裘戴笠。宛然如人。名曰金累。

旁不肯

史冊拾遺。元豐中。慶州界內生一種蟲。名子方。秋田之際。害稼殆盡。忽又生一種蟲。名曰旁不肯。形如土狗。喙上有鉗。湧地而出。遇子方蟲。以鉗鏟之。悉為兩段。旬日子方蟲皆盡。歲得大稔。忽災忽祥。亦異事也。

海蠻師

嘉祐中。海州漁人獲一物。魚身而首如虎。亦作虎文。有兩短足在肩。指爪皆虎也。長八九尺。見人則淚下。有父老識之。曰。此之謂海蠻師。昔曾見之。又北宋之末。有一漁

人殺一能歌之魚名曰海多皆異物也

巨蟻

萬曆中馬绪謫潮州得巨蟻長尺餘鹽漬之歸誇北人見紫桃軒雜綴余舅氏王濂園於廣中見一螞蟻如猫大以小練繫之為戲具錄之以資博識

千里驢騾

湖海搜奇陝西民家畜一驢其婿借乘遠適蹦時往返百里如飛婿心愛之翁問歸何早婿詭云驢劣行十里即臥不肯起因牽之歸乃誤我往返耳翁信而惜其驢殺而烹之婿聞急止之曰我戲也然驢已皮矣悔恨良久取其腹視腰有六豎蓋千里驢也翁怒而絕其婿又一人嘗省親山東親家以一騾至時日暮道遠恐其不達主人曰此千里騾也倏忽抵其家

馬生角

湖海搜奇萬曆辛丑麻城盧之孔之子科兒往汧陽販馬見彼地有一紫色騍馬頭生二角長二寸餘色如象牙而紋理亦如之鄉約報鄭州同鄭恐其多事責鄉約而不問馬科兒用價五金買來中途遇人盤詰多方求解始得抵家

孔麇巨鼠

湖海搜奇行聖公庾麇中有巨鼠為暴狸奴被咬者不可勝數一日有西商携一猫至形亦如常索價五十金曰保為公殺此公不信商固要丈契而縱之曰克則受金公乃聽之猫入麇穴未自廣而露其喙鼠行其旁嗅之猫躍起嚙其喉鼠哀鳴跳躍上下於梁者數十度猫持之愈力遂斷其喉猫亦力盡俱斃明旦驗視鼠重三十餘觔公乃如約酬商

猫治鼠怪

鹽城令張雲在任養一猫甚喜及行取御史帶之同行至一察院素多鬼魅人不敢入雲必進宿夜二鼓有白衣人向張求宿被猫一口咬死視之乃一白鼠怪遂絕

應氏白犬

湖海搜奇縉雲應某夜無故大門自啓到晚復合而拴不上應翁疑之至夕潛伺見家白犬人行至門舉前兩足如拱手狀門拴自墜翁尾之行至一池中浴浴畢向月百拜口嗚嗚作聲儼若人態應翁潛返不話犬入以喙扃其扉以足抉拴拴不能起乃已明夜應翁操杖匿扉旁俟犬方立而揖力杖殺之剖其腹腸中得草一莖如席

縜鮮華如生或云是仙草也

白獺神

揮麈新譚江陰陸九齡屋旁有石錘一座乃先世以備旱潦者歲久傾圮其祖欲修築之計工石次夢一白衣老人謂曰託身錘下有年矣公勿修葺則妨我祖覺而不信然終不能動其石而止後父復欲修葺亦夢白衣老人曰公幸止工否則勞而無益父曰吾必不汝從然汝何人而棲於此乃以指畫几上曰我白獺神也覺而笑曰劉黑闥尚為唐太宗所滅況白獺耶決意為之拆其石將盡獨下二石百人不能撼乃已後人每見白衣翁往來岸上或作大木浮出水面云

盧陵石鹿

白醉瑣言盧陵縣每歲夏秋有鹿夜出至縣衙觸物成聲逐之輒失所在推官蔡任遠攝縣事方納涼舉石鹿以角觸其几案而去蔡問何人所畜吏言此物為怪二十餘年不知所棲止蔡心異之一日閱庫藏見土地神案下一石鹿大如貓血乾漬其身寸許蓋祭土神即割雞血以灑之也蔡悟以鐵錐碎而粉之血流如泉怪遂止

蕭山鬼怪

蕭山城樓下敝邑學有魅出沒人不敢登魏文靖公驥為諸生時與同學決賭吾能宿此無恙諸公醵金若干為我壽諸士許之公携衾褥茶燭而登月明朗讀周易諸士潛於齋中覘望之二鼓呵殿聲自南來一青面鬼首雙角坐肩輿冠服甚異從者百人去樓數十武鬼卒窺見白云魏尚書在此魅似不悅云家去折輿而北自女牆下投周氏而息諸士怖甚掩關不敢喘氣公安寢達旦告諸生以魅狀諸士敬服各出金為贈公潛訪周氏周索欽其名延坐設食徐問君家所事何神周蹙額曰小女年及笄為妖神所據昨云今夕與大王成婚要具花燭無如之何公曰我能治之然何以為謝周曰君誠能驅祟當以小女侍巾櫛公請女出房索筆硯書其衾云魏尚書夫人周氏書訖而去至夕魅復自城樓下車馬雜沓烜麗莫比堂中陳設甚盛魅見女握手交瞑請丈人丈母相見翁媼不得已拜延入席傳觴款語了不畏人宴畢携女入室手揭羅幃見衾上七字大驚卒前白曰午間老賊以女許魏尚書矣魅歎咄登輿而去女自爾恍如夢醒既而魏來周迎入為治裝擇日以女配之後仕至南京吏部尚書其女封二品夫人

犬活死兒

白醉璅言。南京水西門外王宥石家。偶來一大黑犬。逐之不去。又非比鄰物也。數日後。清晨時。行人以擔荷一小棺過。犬躍起嚙其手。棺墜地。遂破。其中嬰兒甦矣。行人聚觀。犬忽不見。是犬來專為活此兒也。

鼠精

白醉璅言。臨江李鏊。性勇不畏鬼物。嘉靖初。薄遊湖口。人延訓子。而所居湫隘。北有高樓。封鎖甚固。問主人曰。何不假館。主人曰。此為妖物所據。不可居。鏊曰。吾不懼。主人不得已。啓其鑰以入。塵埃積寸。鏊汎掃供張。為久居計。時生徒十餘人。童冠雜坐。日暮散去。鏊坐至更餘。卷衣假寐。懷挺以俟之。忽樓階有人行聲。少選。一神步入樓中。端坐。鏊視其狀。頂金幞。衣絳紗。執象笏。垂髯及腹。面色獰惡。若世所塑城隍神者。見鏊欣笑。舉笏抑揚如舞狀。冉冉至床前。以鼻向鏊左耳一吹。左耳忽聾。鏊念倘更遲留。定遭魘死。俟其漸近。舉梃盡力擊之。中其腰。有聲呦然而去。鏊起呼主人曰。汝促索炬來。吾與汝縛怪。便共蹤跡。樓下至北廊垣曲。有一穴大如斗。鍬鍤掘之。深三尺許。得死牡鼠一頭。毛作赤色。鬚長尺許。秤之重十斤。剖其處。腰有凝血。知中其要害。故僅能入穴而死。

面具治怪

湖海搜奇。金陵有人擔面具出售。即俗所謂鬼臉子者。行至中途。遇雨沾濕。借宿大姓庄居。庄丁不納。推臥門簷下。中夜不寐。面具經雨將壞。乃拾薪熱火以烘。首戴一枚。兩手及兩膝各冒其一。以近燎。三更許。見一黑大漢且前且却。某大聲叱之。黑漢前跪曰。我黑魚精也。家在此里許水塘中。與主人女有情。每夕來往。不意有犯尊神。恕焉。其人叱之速去。明旦。告主人以所見。某小女果病祟不安。遂竭塘漁之。得烏鯉重百餘觔。乃醃而將之歸。

高麗寺

北墅手述。高麗寺者。高麗國王為其世子所建。宋神宗時。國王祈嗣於佛。得一子。晝夜啼哭。惟聞木魚聲則暫止。一日有聲自空中來。王命尋聲所自起。愈尋愈遠。渡海而南。得之武林錢湖之畔。一僧端坐按節擊魚。使者致禮。僧前請涉朝鮮以療世子。僧曰。世子云何。使告以故。且言臂間有佛無靈字。僧曰。異哉。為爾往視。渡海見王。王出世子。僧合掌作禮。世子笑而受之。王異之。問故。僧曰。此吾師也。先為與夫肩輿。得金自給。外以餘貲投井。積久出金建剎湖上。遂為釋。吾欽其德。為之徒。吾師一年而跛。明年盲。二年為雷擊以死。吾深不平。因濡筆題佛無靈字於其臂。孰意今生於此。王曰。審如是。佛有靈矣。安知非夙世之孽。併報於一世。而後償其善果也。因建寺於其舊地。顏曰高麗。且進金塔以表奇。

喻彌陀

北墅手述。喻彌陀。居杭州妙行寺。精於畫佛。凡畫佛。先靜坐凝想。忽現佛光。大如明鏡。僧俗同見。自是筆愈有神。客問何不去參禪。喻曰。生平只解畫彌陀。不解參禪可奈何。幸有五湖風月在。太平何用動干戈。方臘之亂。殺戮最慘。忽犯錢塘。師造其前。請以身代一城之命。賊為感化。其鋒少戢。

杯渡

梵志杯渡和尚。嘗乘木杯渡水。攜杯至岸。數人舉之不能動。窺其中。有四小兒鎮之。乃四天王也。見漁人得魚。乞其放生。不許。取兩石子擲水中。俄有二牛相鬭。網悉破碎。不復見牛。漁人悵然而悔。

羅漢移居

湖壖雜記。康熙元年。淨慈寺羅漢堂將災。先一夜五鼓。殘月在天。行人有自西山來者。見紛紛衲子。相皆奇偉。約有數百。皆肩負瓢囊。持攜杖拂。行人怪之。問其何自。曰淨慈向靈隱討單駐足。翼日。羅漢堂災。始知其所見者。乃五百應真云。

蔣虎臣

金沙蔣虎臣先生超。生時。父夢一僧言由峨眉山來。竟入內。驚寤。頃之。夫人舉一子。名之曰峨眉兒。順治丁亥。登進士第三人。生平喜跏趺而坐。後督順天學政。報滿即以病辭。弗復歸里。抵蜀。至峨眉。留憩伏虎寺中。後室久扃不啓。僧云。本寺一古德居此。臨逝云。五十年後重來啓此。公知是前身。啓之。宛然若一也。遂禪定於斯。康熙癸丑三月。無疾端坐而逝。留一詩云。偷然猿鶴自相親。老衲無端墮業塵。妄向鑊湯脫避熱。翻從大海去翻身。功名傀儡場中物。妻子骷髏堆裏人。只有君親難報答。生生長是祝能仁。聞關閉關。又一王守仁也。

晉水字

宋晉水法師寫華嚴經於烏戍。天為雨華。飄墜高麗國中。其花每瓣有晉水二字。國王遣人尋訪得之。深為歎異。因構寶華閣。元時湮沒。天啟二年。有僧道琳搜其址結菴。名古華嚴菴。陳眉公為作記。

大佛頭

西湖大佛頭。乃宋高宗時沙門思淨所鑿。思淨俗姓喻。工畫佛像。號喻彌陀。大佛之石。本在江濱。相傳為秦始皇纜船石。後因湖落。遂顯湖山之蹟。

堅瓠秘集卷一終

堅瓠秘集卷之二目錄

土遁　陳法官治怪
殷七七　天壇道士
楊芳臺遇仙　龔子彬
剪頭仙人　老神仙
李朱神判　張三丰簑笠
風道人　彭小仙
唐道録　妙果寺風僧
雕漢題詩　周將軍
商學士祿料　崔府君
闍浮提王　水仙土神
鉛山三聖　新河神
銀瓶小姐　玉真娘子
五通神化石柱　掠剮使
活閻羅　城隍責禮
開侯爺　龍興寺火兆
鼠妖　猴祟
鼠穴銅印　金陵縣卒
陳浦鞋　鐵拐
宗陽宮魍魎　神祇重學問
段孝直　青州客
陰摩羅鬼　忠孝鬼
女鬼舉扇　洛陽士人
神樂愈疾　鬼物借人
鸞鬼　鴨鬼
熟鷄鴨鳴　兇鬼
天津旅舍鬼　泥孩
芭蕉女子　瘦腰郎君

猫
馬絆
濟瀆廟借物
葛子堅
衡州岳神
老人畫地
生魂

堅瓠秘集卷之二

清 長洲石農褚人穫學稼纂輯

土遁

白醉璅言：正德初，流寇猖獗。有太監部綱入京，一老翁附舟左右，不可。太監憐而容之。翁雅善謳歌，太監尤喜，數召侍飲。舟抵濟下，而賊報至，從者或逃或泣。翁曰：無恐。命舟中炒麪若干，可足三四人數日之食。請太監散諸僕，而留兩人侍，以麪和水為糍，戒勿言笑。乃出小囊於胸，以匕挑囊中物，每舟首尾各置少許而還。賀曰：公高枕矣。太監猶驚疑。明旦賊騎充斥，皆四顧曰：昨有龍衣船當泊此，何不見？後一騎飲馬於泚，失足踐船頭，乃云幾踐入水。頃嚮而去。賊退，從者返，咸言烟水茫茫，我公何在？意必遭賊害，相與泣於水次。翁乃徐起，收其物入囊，而舟遂見。太監德翁，厚贈悉不受。買酒申歡，而翁躍升於岸，舉手珍重而去。視船頭有黃土痕，知翁深於土遁之術。

陳法官治怪

江淯樊某女為妖物憑藉。聞陳法官有神術，延之治妖。陳至曰：能舍此女，我則為治。樊曰：惟命。陳命取炭數百觔，熾之地穴，取大鐵索，炙而赤之。誦咒畢，女裸身單視自內出，坐胡床。陳取火索纏之，了無所痛。纏已，狂奔十餘里，躍入水塘中。父母悲怖，陳曰：無害。三時乃自水中抱一大黑魚而出。至家，捨魚，而鐵索貫魚腮，長一丈五尺，重數十觔。乃擲入火中，炙殺之。少選女甦，問之，曰：見胡鬚巨神，引我入一處，見一黑男子臥，曰：魅汝者非此物耶？吾曰：是。遂以索穿腮鎖之。原不知赤身受縛也。自是怪絕。

殷七七

墨客揮犀：殷七七與客宴飲，以二栗為令，接者皆聞異香。有妓在坐，笑之。栗至手，捧而嗅之，即化為石，綴於鼻上，掣拽不落，穢氣不堪。人皆遠席，妓頓首謝。殷笑而拂之，二石墮下，仍為雙栗。又能開頃刻之花，且或四時之花一時俱發，人目為花聖。又紫桃軒雜綴載：商七七有異術，能呼屏間畫婦人使歌。婦人應聲歌曰：愁見唱陽春，令人離腸結。郎去未歸來，柳自飛香雪。詩人多目梅為香雪，而此指柳花，或疑柳絮無香，而太白詩亦云：風吹柳花滿店香。

天壇道士

客窗涉筆：天壇某道士善捉狐。一日有白衣人叩門云：家多妖，請公往治。時某微醉，覓轎行。行甚遠，某少醒，搴簾覷之，已在西山，見狐狸無數，擁某跳躍，不能脫身。詬諸狐，云某至此。安能他往。若能啟我手。則任若為。無恨也。初惟一狐啟。不能動。繼而三四狐同啟。亦不能動。於是衆狐爭來啟。某手握一掌心雷訣。撒手啟掌。雷聲轟震。群狐驚竄。某乃得歸。

楊芳臺遇仙

白醉璅言。萬曆中。南昌楊芳臺。乙酉秋試前。有一羽衣相訪。甚藍縷可厭。芳臺避之。乃強之出。云。公昔在場屋。得無苦瞌睡乎。吾有一丸。於臨場服之。可以瘳此。揭胸間。出藥一丸授之。且曰。爾從此睽違矣。芳臺喜。約次日相訪於鐵樹宮。曰。爾無從訪我。別後。我當於三場再晤也。芳臺未之深信。往訪不獲。及試日。服前藥。果精彩煥然。是年舉於鄉。設醮謝之。丙戌登進士。

龔子彬

學文堂集。元至正間。常州龔子彬。為縣刑吏。造重案冊於乎妙觀。婢傳餐。值龔出。置度閣上而返。龔至觀。不得飲。飢甚。歸呼婢。不及詰。遽擊婢斃。歸觀而見飯在焉。心甚悔。因念此積案。豈無枉者。盡火之。請罪於官。初擬辟。尋減戍雲南。時刺史滇人。以家書屬之。彬就途。遇一叟。授彬一杖。命跨之。御風而行。俄至一城。已入滇矣。時見紅梅盛開。問之。則仲秋也。投書刺史家。刺史父見書大異。請於官。使給假歸。復跨杖如前。仍遇老叟。取杖還。見刺史。刺史疑為尚未往。出其父書。益大駭。并出所携紅梅示之。刺史曰。梅開於秋。真吾鄉之物也。即植之於觀。因以名其閣。彬遂與一道士學道於此。一日又見前叟語之。曰。吾杖猶在。汝能從我游乎。彬敬諾。道士亦牽叟衣求往。叟亦許之。遂偕去。其徒問曰。師何日歸。道士指石柱曰。此柱開花。吾歸日也。三年後。鐘忽自鳴。石柱生花。奇紋迸出。石上斑駁之色可玩。道士於雲中一見而滅。

剪頭仙人

棋書。宋大理卿周三畏。不肯勘問岳武穆。掛冠而去。不知所之。明萬曆中。延安葭州山中。有剪頭仙人。日飲淨水三甌。以水療疾。開府鄭汝璧。太帥李如樟。請至榆林。求其為民治疾。給水與人。無不隨愈。暢談古今。論及宋事。咸陽冤死。仙輒大哭。問其姓。曰。姓周。晝夜令百餘人環侍之。忽不知其何從而去。撫帥求之不得。望空遙禮。空中墜名帖二。縱書周三畏拜謝五字。乃知剪頭仙人。即大理也。

老神仙

大有奇書。明末。河南陝某。被俘於闖賊張獻忠營中。為塑匠。人不知其仙也。時孫可望為前鋒。醉殺寵妾。已棄其屍。醒而思之。痛悼欲死。曰。安得有神仙為我活之。塑匠

笑曰。我能活之。可望怒曰。汝欲藉此逃耶。匠曰。我不行。可命二卒持我藥至屍所。於傷處敷之。即得生矣。如其言行之。創者立痊。隨即起。骨節珊珊。已返魂而至矣。可望大喜。聞於獻賊。築高臺坐匠於上。令三軍羅拜。聲震天地。軍中皆稱老神仙云。獻忠亦有幸姬。名胡老腳者。潛往幔後伺之。張疑為刺客。未暇詳視。遽拔佩刀砍之。潰腹而死。見而悔之。抱屍痛哭。亟召老神仙。對曰。傷重不能救矣。獻忠必欲生之。對曰。生此人。吾不可復生矣。且公殺人甚多。吾安能一一生之。公此後宜戒殺。遂敷藥於創處。死者徐徐起。回顧神仙。已不復見矣。

李朱神判

順治中。山左有李神仙者。游行京邸。庚子鄉試。有兩生密詢試題。李笑曰。公皆道德仁義中人也。無庸卜。題出。乃志於道全章。二人皆中式。辛丑會試。又有以場題問者。李曰。五后四可。後首題乃知止而后有定節。果五后字。二題夫子之文章一章。三題易其田疇二節。果四可字。又一舉子叩辛丑鼎甲於朱二眉。書云。騎白馬。趕黃龍。王孫公子在其中。中有一仙翁。福祿永無窮。是年先帝上賓。應趕黃龍之讖。及傳臚。狀元乃溧陽馬世俊。榜眼遂寧李仙根。探花嘉興吳光。傳臚嘉興孫鋕。各符其言。未幾馬與吳俱卒。李子靜仕至侍郎。

張三丰簑笠

清溪暇筆。載岐陽王李文忠最好學。其子景隆。亦喜儒者。故門下多奇士。家有張三丰所留簑笠。姚福過訪求觀。曾孫萼出以示福。其簑垂鬚已秃。但餘繩千結。披之及膝。笠已亡舊。獨簑胎耳。萼且曰。張以先祖愛客之故。勉留數旬。臨別告先祖曰。公家不出千日。當有橫禍絕粒。予感公相待之厚。留此二物。急難時可披簑頂笠。遶園而呼我也。三丰去二載。而大獄興。遂全家幽於本府。不給以糗糧垂絕。乃依其言呼之。俄前後園中及隙地內。皆生穀米。不踰月而熟。因食之。得不死。穀甫盡而朝廷始議給米。其後呼之不生矣。異哉。

風道人

耳新。天啟丁卯。群魏忠賢誕日。公卿上壽。有一風道人踵門求見。閽者叱之。道人曰。我與魏公貧賤交。相見有要言。何為阻我。閽者以椎擊之。道人叩鼓。衆擁之進。道人語魏曰。久別矣。寧相忘耶。忠賢怒曰。妖道何其肆妄。叱縛付鎮撫司。道人曰。汝磔屍在邇。能殺我耶。將身振躍。飛空而去。舉座咸驚。忠賢喪魄。

彭小仙

帝京景物略。明正德時。固安縣有彭童子。為人牧。三十年。猶丱角孩也。每晴時。驅牛歸即雨。雨時放牛出。即晴。人稱之曰彭小仙。以妖聞於都。捕者至。彭別其村人曰。百餘年後兵來。白旗下立者生矣。拾草頭周於項。身首異處。捕者以韍收葬之。崇禎時。賊犯固安。人遵小仙言。望白旗竄。皆不死。蓋其將晴降。以白為號。故得免也

唐道錄

續夷堅志。宋咸淳十年。度宗大漸。建醮保安。唐道錄伏壇出神。上至層霄。忽被罡風吹擊。遂排神馭氣。方得至魔王界內。且為天花墜壓。復努力作法。直造天門。三天監門神。又行揮下。乃默叩祖師張真君。真君曰。曾聞上帝勅命。不許受宋國表章。但其詞意虔切。不可抑遏。乃命有司引唐詣玉帝前。適逢議下界公事。稠衆中見真官引致一神人。衣裝皆如天帝。但髻下辮髮耳。後有十數人。各荷青冊一擔。候於庭下。傳玉旨云。宋國人民疆土。盡付於汝收掌。神人跪拜祇領而退。荷青冊人皆隨之去。傍有天神謂唐道錄說。宋國大數盡矣。汝章之不達有由也。唐辭祖師還神。不敢彰露。革命後方與人言。

妙果寺風僧

夷堅志。饒州妙果寺。有風和尚。飲酒食肉。恣意顛狂。一日向長老覓擔夫去雲遊。長老曰。門前有二金剛。汝持一個去。僧諾之。梯而上。以擔掛金剛肩。金剛即隨僧起。寺僧呼噪追之。風僧取擔自負。乘雲而去。金剛僵立田野中。人起殿蓋之。名金剛寺。

羅漢題詩

現果錄。明季太倉有一巨姓。年老無子。齋十萬八千僧。訖有十八異僧復來求食。家僮拒之。一僧遂入堂中。以指濡唾作行書書其几曰。十八高人特地來。謂言齋罷莫徘徊。善根雖種無餘澤。連理枝頭花未開。隨書隨成金字。家僮驚報主人。急出僧已逝矣。巨姓頂禮詩几。積誠一載。忽見末字轉動。自下而上。竟成半字。遂得一女。

周將軍

客窗涉筆。崇禎庚辰夏。徽州某鄉有不孝子王某。父死。一老母。婢畜之。每旦擁妻酣睡。役母晨炊。母抱孫啟釜。失手將嬰孩墜沸湯中。急救起。孩大啼。不孝子驚起持刀趕母。母蹌踉入關帝廟中。舉刀砍母。忽見周將軍倉。以刀格住。不孝子大驚奔走。周將軍即提刀追之門外。殺之。廟祝聞聲出視。見將軍一足立檻內。一足跨檻外。不孝子仰卧在地。母出拜神。具述所以。衆共以金飾像。一足仍立門外。以彰靈異云。

商學士祿料

志怪錄。成化中。長洲瓜涇民王敬病死。復生。問之云。初有冥吏追去。見王者坐殿上。判官方與吏胥運算。敬潛聽之。王者所言。乃算商學士父子俸祿。吏算訖。覆云大學士尚有數月。小學士只有月餘。既而引敬問之。王者曰誤矣。非此王敬也。急放回。竊問旁人。王者為誰。曰閻羅王。即范恭政仲淹也。遂寤。時商公父子俱無恙。既而學士良先卒。久之中堂亦死。審其時無少爽焉。

崔府君

辛稼軒南渡錄。載宋高宗。徽宗第九子也。封康王。靖康之變。質於金。與金太子同射。康王三矢俱中。以為此必揀選宗室之長於武藝者。冒名為此。留之無益。遣還換真太子來。高宗得逸。奔竄疲困。假寐於崔府君廟中。夢神人曰。金人追及。速去之。已備馬於門首。康王驚覺。馬已在側。霜蹄霧鬣。昂然翹立。躍馬南馳。既渡河而馬不復動。下視之。則泥馬也。始知為神助。追者不及。得歸即位於南。延宋祚焉。

閻浮提王

代醉編。寇萊公有妾倩桃。隨南遷。再移光州。倩桃泣曰。妾前世師事仙人。今將別去。敢有所托。願葬杭州天竺寺。萊公諾之。桃曰。吾向不言。恐泄陰理。今欲去。言亦無害。公當為地下閻浮提王也。公不久果亡。有王克勤見公於曹州境上。擁騶北去。克勤詢後騎曰。寇公何往。曰閻浮提王交政也。

水仙土神

吾蘇水仙土神。頗著靈異。相傳即洞庭寄書柳毅也。順治庚寅辛卯間水旱洊至。祭賽祈禳。靡神不舉。臺閣巧麗。傾動蘇城。蔣宸生繪因看會見神像。戲曰。相貌也只平常。洞庭君納之為婿。夜遂夢青衣言春申君相訪。因隨青衣往。春申君言水仙土地要見。復同青衣至水仙祠。見神出迎。將宸生端視曰。你言我相平常。我相你亦平常。宜乎貴而早夭也。令青衣送他回去。宸生行至中途。失足而寤。自道其夢如此。丁酉登賢書。己亥成進士。選庶常。逾年果卒

鉛山三聖

耳新。崇禎戊辰。鉛山有顯應壇。三聖之神。忽附兩少年。披髮徒跣。紅布裹額。身衣神袍。檢本部盜八名。盜或扮施藥。或唱道情。或裝乞丐。人不識也。兩人直前撲殺一人。

擒七人至縣。捕官問之。出堂拷訊。兩人作人言曰。此賊大有法術。非人力所能拘。須急請令公來重究。時攝縣事者。興安江大尹。堂設公案。請神上坐。江令取盜拷訊。搜出塗面顏料。并引火物。盜皆具供。審畢。神曰。此賊不可與水飲。若見水。便遁去矣。言訖欲去。江令以鼓吹送之。入廟而逝。

新河神

大有奇書。康熙庚戌。毘陵吳翰林耕方。諱珂鳴過池州青谿鎮。有新建總河朱公廟。入禮之。見神像六。五則封號之素著者。六之位號。猶生時宮保大司馬也。五者冠衣從古。而六者制則今式。楨題煥然。吳進廟祝。詢其新河神之說。何所從來。祝曰。神所命也。去歲有巫降於此。自言我總河朱之錫。奉上帝勅。督理江河。宜廟食此土。里人詢巫何所徵信。神言今江濱舟中。有同年二人。盍邀來。乃訊之。果得其人。亟請與神面敘生平交誼。皆人所不知之語。二君信為不誣。拜哭而去。舟行祈禱。無不應者。

銀瓶小姐

湖壖雜記。銀瓶小姐者。岳武穆季女也。武穆被繫。女欲叩閽上書。邏卒攔止。遂抱銀瓶墜井而死。孝宗悟王之寃。就其第立廟以祀。井在廟中。範銀瓶像於廡右。明時有宋觀察者。祀岳王。謂武穆精忠固當拜。銀瓶女流耳。非所宜。障之以屏。於禮使後升公座。覩王挾錦衣神女。持弓矢當釁而立。僚寀具見。觀察驚顧。矢發中背。成疽而死。

玉真娘子

睽車志。程迥者。伊川之後。紹興八年。居臨安後洋街。門臨通衢。垂簾。一日有物如燕。瞥然飛入。著於堂壁。家人就視。乃一美婦。僅長五六寸。形體皆具。容服甚美。見人不驚。小聲嚶嚶。自言我玉真娘子。偶至此。非為君祟。苟能事我。於君有利。迥乃就壁為小龕。香火奉之。言休咎皆驗。好事者踵門求覩。人輸百錢。乃為啟龕。至者絡繹。家遂小康。期年遂飛去。不知所在。

五通神化石柱

湖壖雜記。順治戊戌。靈隱寺燬。釋具德重建。輝金爍碧。更勝舊觀。大殿將成。缺一石柱。城中有屠姓者。夢峩冠五丈夫曰。我北高峯五聖也。為靈隱向爾乞柱。屠覺。即以所有石柱送於寺中。柱刻神像以昭靈異。

掠刷使

幽怪錄。韋元方外兄裴璞。卒長慶初。元方見一武吏躍馬而來。乃璞也。謂元方曰。吾

為隴右三州掠刷使。生人一飲一酌。無非前定。況財寶陰司所籍。其獲有限。過數則陰吏來掠之。子之逢吾。亦是前定。合得白金二觔。過此則當掠。故不敢厚也。

活閻羅

見聞錄。順治庚寅春。武進諸生龔廷棋。因病夢判幽冥事。後無病而夢亦然。每月初一日。赴昭昭堂聽斷。善簿用朱書。率多忠孝節義。惡簿墨書。多不忠不孝事。總三百餘案。歷歷不忘。隨筆錄之。同郡潘静菴刊活閻羅斷案。鄒之麟為序行世。

城隍責禮

湖海搜奇。吳諸生沈[illegible]家城隍廟之西。以赴郡試。晨炊。其妻令小女出外取火。天尚早。隣家未啟戶。女逕入廟。於香爐內取火而歸。時天暑。女但着裙而未穿袴。沈夫婦未之知。沈有甥女。神忽憑之。自稱吾城隍神也。昨日汝家秀才赴考。使十四歲女子。到廟取火。甚是不潔。呼沈跪而責之曰。汝為儒者。乃爾不知禮耶。沈舉家拜謝。許以祭賽。神曰。此亦不必。本非大過。我偶出過爾門。駐此爾。於明日。具衣冠到廟一揖可也。語訖甥女洒然而寤。

關侯裔

大有奇書。隴西關永傑。號人孟。與興化李映碧清。崇禎辛未同籍同官。一司李東陽。一司李明州。相望也。初見時愕然。神貌如世所繪關壯繆像。問之曰。君關侯裔耶。曰然。曰。史載龐會隨鍾鄧滅蜀。關氏家君又其裔何也。曰請以一事證。當永傑附驥之年。棘闈未撤。與諸舉子閒步先壯繆祠。忽一道士前詢諸姓氏。曰昨夢神喜動顏色。語予云。吾家一人入彀矣。諸君誰氏關者。時衆咸指目傑。已而果捷。非證乎。何云盡也。李曰。侯亦世情耶。由今思之。侯之喜。非世情也。當君司李有聲。越擢中州兵憲。與流賊戰。捍危疆。賊入。噀血罵賊死。似侯哉。侯益知君必捷。捷後不以牖下死。神之喜其以此乎。噫。斯真侯後矣。史載劉豫降金。殺其驍將關勝。勝不從。或曰是壯繆後。然則關氏之以忠義著也。侯及勝永傑而三。

龍興寺火兆

湖海搜奇。淮陰龍興寺。素雄麗。正德六年。湖水泛溢。民避水於寺中。半月許。汚穢殊甚。僧雖苦之。而不能禁。月餘。一青巾白袍者至。年可三十餘。周行廊殿。入室。僧不為禮。坐定亦不奉茶。乃問云。此地有飢民住否。曰有之。又問禪堂曾居否。曰惟禪堂無有。遂告去。僧亦不送。其夕居民見群僧荷擔。自寺中出。其狀或髯或髮或妍或醜老

必非一曾向西而行人疑寺中安得有僧如許且形狀怪異可疑入寺問之皆云不知明日雷雨大作火自後殿起至山門俱成煨燼惟禪堂巋如魯靈光然乃知昨青巾者火部神將而羣僧則羅漢云

鼠妖

萬曆中閩南平之漳湖廖氏有處子為異物所憑已適王氏居遠矣而憑如故王無如之何知江右龍虎山太乙真人符最靈往徵之而物必阻於途行者不能一日潛往物復追之而已遠入天師府矣物不敢入時真人尚幼母氏掌政取照妖鏡懸之而鼠見曰此小妖也乃天曹中脫鼠耳給三符命至閩至郡城隍廟至家庭各焚一符其人如其旨焚關符而物向女猶揶揄焚城隍廟符而物已窘曰吾為女死矣焚符家庭白日忽迅雷起柱中躍出一鼠大如斗已擊死矣怪遂絕

猴祟

嘉靖中江南一民家女為猴祟所憑諸叢符咒皆莫能禁吳地稱宋相公者先世有符法救人最廣而傳家得道者猶陰主之故法大行因邀宋至宋視之曰此猴精已五百年通靈跋扈幸早發不然通遁至滇南界莫得矣遂作符盡勅海內諸城隍神合捕而諸神曹憚之莫能獲幸宋家有神為某郡城隍者法惟謹始獲之械至不坐壇上與客痛飲責之曰汝生世久可入仙何不自愛而犯淫戒為厲人間罪何能逭猴惟涕泣而已客問所從來宋曰此猴飽經籙與蘇子瞻父好黃魯直諸公皆其友也客狎之猶畏客知命即壇上撻殺之

鼠穴銅印

奇異錄正德間黃州師巫甯均在飛霙廳見一鼠盤旋道上忽入地穴掘之得一銅印洗視之上篆扶蜜王印用畫符咒能呼風雷後因組擺遂不復驗

金陵煞卒

花月新聞金陵有煞卒已脫軍籍置卜肆於通衢剖斷若神一道士高冠侈袂風儀甚整來問卜煞為畫卦起挽其衣曰吾於卦中算得君是神仙願垂救度道人頗窘欲去不得乃約同往旗亭買酒煞挽衣如初並坐片時行杯道人含酒噀其面煞驚而釋手遂失所在將拭面覺光澤異常酒家視之煞文滅矣

陳蒲鞋

釋氏通睦州陳蒲鞋遊方契旨歸賣屨養母時號陳蒲鞋住開元寺常作履潛施於路

黃巢兵至操大草履一隻於城外軍竭力不能舉巢曰有大聖人在此乃捨城而去民免兵難壽九十有八而逝

鐵拐

仙蹤鐵拐姓李質本魁梧早歲門道修真巖穴時李老君與宛丘先生嘗降山齋誨以道教一日李將赴老君之約於華山囑其徒曰吾魄在此倘游魂七日而不返若方可化吾魄也徒以母病迅歸六日化之李至七日果歸失魄無依乃附一餓莩之尸而起故其形跛惡耳

宗陽宮魍魎

北墅手述武林宗陽宮中祀玉帝廡下雷公電母靈不可犯明時有數書生讀書宮後一生有膽力雷雨晦明之夜衆謂之曰若能於此時將一紅紙裹投於炳電娘子金鈸內明日當以盛饌醉汝生曰諾移時而返曰紙裹投矣吾轉至殿角見一魍魎憑欄而立叱其讓道彼若不聞吾以老拳揮彼正中其腰拳直透腹中腸胃若有若無急掣拳猛喝彼忽隱去衆肆笑以為誕明旦衆起淋面生捶臂見右臂黝似髹漆衆皆駭異始信其然月餘生臂漸褪皮踰年始復

神祇重學問

唐伯虎讀書山寺積雪無聊椎村犬取佛座中木牌位作薪煮食之狂飲浩歌自樂鄰寓一措大竊之伯虎憐其寒窘分啖數臠措大拾餘和置爐中煨火歸即大病為鬼語訶責之曰我寺之伽藍神也措大辯曰事由唐寅祭何偏苦我耶神曰唐寅則可汝何人敢效唐寅可見神祇亦重學問

段孝直

拾遺記漢景帝時段孝直為長安令有千里馬時梁緯與帝連姻挾勢索馬段不與緯陷之下獄段語家人曰我屈死可將紙三百張筆十管墨五錠安墓中我自伸理家人如其言段死景帝大宴群臣孝直於殿前上表具疏緯不法事二十一條其表云天地雖明詎悉無辜之老日月垂照必鑒有滯之人臣早忝宦途頗尊敬慎不謂刺史梁緯欲臣亡父之馬戮臣寃枉之刑上訴皇天許臣明雪若不聞之陛下罔能免此幽沉奏訖不見遂收梁緯勘詰不虛斬於孝直墓前以慰寃魂

青州客

稽神錄朱梁時有青州客泛海飄至一國登其崖陰雪慘淡涼氣襲人然廬舍田野

與中華無異。揖其人。無見之者。語其人。無答之者。入其關禁。無問之者。直至王宮。正值大宴。群臣環侍。張樂稱觴。客偪王窺之。王忽有疾。巫者視之曰。此為陽氣所偪。以飲食車馬謝遣之。其人偶來。不為祟也。即具酒饌。焚香拜祝。客據案食之。門有車馬。客乘之至岸。登舟而歸。

陰摩羅鬼

大有奇書。鄭州進士。崔嗣復預貢入都。距都城一舍。宿僧寺法堂。方瞑。忽有聲叱之者。嗣復驚起視之。則一物如鶴。色蒼黑。目炯炯如燈。鼓翅大呼甚厲。嗣復皇恐避廡下。明日語僧。對曰。素無此怪。第旬日前。有叢柩堂上者。恐是耳。嗣復至都下。為開寶寺一僧言之。僧曰。藏經有之。此新死屍氣所變。號陰摩羅鬼。此事王碩侍郎所說。

忠孝鬼

說圖讖餘。義門鄭氏。有天神主之。每祭必於中夜。家長率子姓男女。以次序列。神常現形云。吾乃天地間忠孝鬼。昔主江州陳氏。今奉帝命。為汝家儀表。毋得為非義以取禍。言訖而隱。鄭氏建神光閣以奉之。

女鬼舉扇

陶朱新錄。平陽縣廨中多鬼。縣令鄭楙年。好飲。一日醉歸。一婢掖至中堂坐榻上。因舉扇。嗡婢揚風。凡數扇。婢忽擲扇於地曰。無憑地工夫。言訖不見。楙年始知為鬼。

洛陽士人

湖海搜奇。洛陽一士。乘舟過某灘。夜立船頭。偶吟詩曰。銀漢無聲月正明。誰人窗下讀書聲。思續末聯。誤墮水死。靈爽不散。每夕吟哦此二句。舟人恐甚。無敢泊船。一達官來。知其故。令泊於此。夜果聞吟誦。遂續之曰。游魂何事不歸去。辜負洛陽花滿城。自是遂息。

神藥愈疾

採蘭雜志。一婦病陰中奇癢。苦甚而不敢告人。平日虔奉觀世音。見一尼持藥一函至曰。煎湯洗之。即愈矣。尼忽不見。啟視之。乃蛇床子。吳茱萸。苦參也。

鬼物借人

白醉璅言。沔陽晉向道言。彼處一古塚中。有桌几各十二。金銀酒器。鄰近延賓而乏用者。焚金錢一百。告於墓所。焚帖借用。即得所願。事畢滌而還之。否則至其家作祟。又洞庭君有船。與客裝飾。有銀借與土人。必書券送息還之。莫敢有爽其期者。又北

土長源縣有子路畜馬。肯借與人乘之。

鵝鬼

搜神記。吳孫休有疾。欲試師巫。乃殺鵝埋苑中。架小屋於床几。以婦人履服物著其上。使覡視之。曰。若能說此鬼形狀。當加厚賞。巫竟日無言。帝推問之。乃曰。不見有鬼。但見一白頭鵝立墓上。所以不敢即白。疑是鬼神變化。當候其真形。而不移易。不知何故。敢以實上。此鵝有鬼也。

鴨鬼

西樵野記。弘治中。吳郡夏傑。訪姻戚於尹山。夜經夾浦橋。見水中一物類鴨鳴。傑意村民所遺。追而執之。化作一磚塊。傑委之於野。蹣跚於地。復作鴨鳴而去。王行甫云。越鐵湖西一處。為賀知章故居。水徑幽僻。駕舟入者。夜常見鴨鳴。拍捕之。終不可得。然鴨鳴拍如故。或窮逐之。至險灘。舟多覆沒。土人呼為鴨鬼。為刊木戒人。勿捕此鴨。

熟雞鴨鳴

桐下聽然。陳方伯少子某。煮一雞。將切啖之。忽從砧上引頸長鳴。其聲清越。舉家共聞。即棄之水。陳疑懼累月。迄無他異。是歲應武科。明年狀元及第。康熙己酉冬。蔣協侯家烹野鴨一雙。置於櫥。晚間將切以為夜饌。忽聞鴨鳴數聲。眾怪而靜聽之。聲自鑊中出。鳴之不已。棄之水濱。明年協侯死。

兔鬼

稽神錄。司農卿楊遵少好畋獵。自云在長安時。放鷹於野。遙見草中一兔跳躍。鷹即奮往擊之。既至無有。收鷹上韝。行數十步。復見兔走。搶又不獲。如是者三。即命刈草以求之。得死兔一具。蓋兔之鬼也。

天津旅舍鬼

客窗涉筆。康熙中。天津城外有旅店。後一室多鬼。店主鍵其門。有優人至其家。無宿處。欲入此室。店主告以故。其扮淨者云。無懼。吾能服之。眾飲酒半酣。扮淨者取硃塗面。着袍靴。裝關侯。丑塗黑面持刀。裝周倉。小生白面持印。作關平。侍立。關侯正坐。爇燭若看兵書狀。頃之。坑後一少婦出。前跪呼冤。裝關公者。心懾不能應。扮周倉者厲聲問有何冤。可訴上。婦指坑者再。周又厲聲云。汝且去。明日當伸若冤。婦拜謝隱去。明日。三人啟坑磚視之。下果有一屍。詢店主。云。此屋本一富家者。前年遷去。某賃之。鄰人云。屋主向有一妾。後不復見。殆冤死耶。眾云。今夜必復至。當細詢之。至夜仍裝

像於室衆伏戶外伺之初更婦人又自炕後出怒指三人云吾以為真關君特與訴寃汝輩何能了吾事乃披髮吐舌而去衆大驚三人不敢復入其室

泥孩

夷堅雜志宋時臨安風俗繁華婚遊湖上者競買泥孩等物回家送人象院西一民家女買得壓被孩兒歸置於床屏之上玩弄愛惜一日午睡忽聞有人歌詩云繡被長年夢展轉香幃還許暫相偎及覺不見有人是夜將半復聞歌聲月影朦朧見一童子漸近帳前女子驚起童子撫之曰毋恐我所居不遠慕子姿色神魂到此人無知者女亦愛其丰采遂與合焉因遺女金釧女置箱匳中其後視之乃土造者大驚因見壓被孩兒左臂上金釧不存知此為妖碎之而投於江怪遂絕

芭蕉女子

庚巳編明馮漢字天章為吳郡諸生居閶門石牌巷庭植花木夏月薄晚坐齋中忽覩一女綠衣翠裳映窓而立漢問之女子斂袵拜曰兒焦氏也言畢入戶纖妍輕逸真絕色也漢疑其非人起挽其衣女絕衣而去得一裾角視之乃蕉葉也漢取所得合之樹上所斷裂處不差尺寸

瘦腰郎君

誠齋雜志桃源女子吳寸趾夜恒夢與一書生合問其姓氏曰瘦腰郎君也女意其為休文昭畧入夢耳久之若真焉一日晝寢書生忽見形入帳既合而去出戶漸小化蜂飛入花叢女取養之自後恒引群蜂至女家甚衆其家竟以作蜜富甲里中寸趾以足得名天寶中事也

猫

養疴漫筆宣和間禁中有物曰猫塊然一物無頭眼手足有毛如漆中夜有聲如雷禁中人皆云猫來諸閣皆扃戶徽宗亦避之甚至登几案坐移時或往諸嬪妃榻中睡以手撫之亦溫暖曉則自榻滾下而去罔知所在嬪妃夢中有與同寢者即此猫也或云朱溫之屬所化

馬絆

紀昌雜錄明晉昌馮夢弼仕雲南宣慰司因公務過八番有驛吏力阻其行謂今日馬絆上江岸不可過夢弼禱於天曰余為王事馳驅不敢以妖避雖頑神佐之時月微明見一物大如足練竟入江中渡江後問土人馬絆何物烏剌赤曰此馬蝗精過

者輒為所噉公正人不敢犯也

濟瀆廟借金

績耳談濟源縣北海廟神通人假貸祠前有兩池東池能出物以應人求貸欲假金者禱於神以珓決之神許則以券投池中有銀浮出如其數貸者持去貿易利市加倍如期具子本祭謝而投之銀沒而原券浮出還之如人間式亦有中保之人若神不許投券入水頃之復浮還牛馬諸物皆可假借投之復出故不死也嘗有不能償者舍其兒以金試之投入池頃金即浮起啟視之兒於盆中無恙蓋神鑒其誠憫而貸其貸也

葛子堅

鎮江府志康熙壬子有神降於溧陽民家曰吾金壇葛子堅也今年旱蝗為虐帝命我驅之我能使不犯禾稼一莖不傷民且信且疑而蝗大至瀰漫林麓民始大懼製楮大書曰驅蝗葛公之神民争出雞酒祀之蝗乃飛去葛名維屏以順治壬辰進士為蘭陽令康熙丙午秋闈為受卷官愛惜諸生試卷不肯輕貼為監臨所詬罵憤恨自經死其驅蝗事丹陽賀寬有記

衡州岳神

大有奇書康熙甲寅吳三桂叛於滇南駐兵衡州衡山有岳神廟有小白龜大僅如錢多歷年所土人以為神之使也敬而祀之藏之幃中藉以占卜三桂妄希神器擇吉祀神鋪天下輿圖於神座之前默祝求視龜之所向龜蹣跚循走總不出於長沙常岳之間復至雲南而止三桂再三拜禱自晨仍復如之三桂君臣相顧失色故不敢輕出湖南神告之神阻之也

老人畫地

清異錄隋裴寂侍漢京都偶郊飲遇老人畫地上沙土曰掃閫真人又曰玉環天子又曰兵丹上聖告寂云三百年中最雄者此三人耳寂醉卧及醒已失老人矣後人由繹其名掃閫者太宗之剗平僭暴也玉環太真字玄宗以妃而召亂玉環天子是玄宗明矣憲宗始以兵定方鎮之強終以丹竈滅身兵丹之目其憲宗之謂乎

生魂

春渚紀聞宋韓青何遠與許師正同過平江往觀巫神之會其神曰能太保乃村民陸氏之子實生人也人每召之則其魂為神公然就享有疾者問之雖數百里外皆

能即至其家還語病狀時師正之室在雲川求神視之神忽辭而去須臾還曰汝婦家方潔齋延僧誦法華經天神滿前合掌致敬我不得入頃之鄰婦來觀携牛脂燭詣神驚唖而散我始得入而婦少安矣師正歸問之果如其言因以牛脂燭爲戒云

堅瓠秘集卷二終

堅瓠秘集卷之三目錄

雁門女子　夢御全紅
湘潭鬼哭　走無常
酆都　東岳祭酒
泰山錄事　雷部判官
指關爲姓　斗姆救焚
盆水現相　日飲水
大同妖婦　麻姑
曹翰爲猪　聖殿蜈蚣
冰山冰柱　火葬
膃起牀中　迎春
輦送石刻　宦者刻經
中天中文　導引小訣
搬運捉法　情慾傷生
煖外腎　飽生欶疾
陳成生男　護胎
忍欲　財色傷人
御衣塞斷山　義甲
舞態　龜板膏不可多食
守龜　苗光裔卜
瓶經　長短工
神賜布囊　石鋪
枯骨滋榮　大吠所怪
梅籃　脅金石
海魚吞舟　雪中芭蕉
補服　臨墓硬黃響榻
裝潢　陳少陽書
哥窑　蒲脯

淵明瘞酒　淡飯
界結黏法　乳田
蔬圃　苜蓿
蜂蝶評

堅瓠秘集卷之三

清　長洲石農褚人穫學稼纂輯

雁門女子

大有奇書。唐開元中。有僧游雁門山。入一石洞。洞中之境。愈行而愈不窮。僧愛而更進。忘出忘疲。見數女子。髮髮飄雲。草裳葉袂。見僧。訝曰。汝何人斯。髡髮刈鬚。作此異狀耶。曰我僧也。女子曰何謂僧。曰僧者。佛之徒也。女子曰何謂佛。曰佛者。西方之聖人。女子曰。何以昔未之聞。曰佛於漢明帝時。始入中國。女子曰。何謂漢。曰漢者。繼秦之代也。女子曰。我皆不知。曰爾何皆不知。女子曰。我秦人也。蒙恬築城。役及婦人。我等避於此。哺葛漱。皆不死。亦自忘其年歲也。孰知秦亡而又有所謂漢耶。僧辭出。後再訊之。但見青靄白雲。不知洞之所在矣。

夢擲全紅

拙庵雜組。成化丙午。上海諸弘濟。就應天鄉試。與同鄉錢狀元福。曹御史銳。周知州翰。董少卿恬。董太守忱。同赴試。將揭曉。夢與諸公會飲。錢居首席。擲骰舉令。限百擲酒十觥。得全紅者。依數免飲。鶴灘九擲得六紅。餘皆不出六七十擲。各以數遞減。惟弘濟百擲無全紅。例當全飲。乃以左手舉觥。右手執骰疾呼曰。請饒一擲。無則甘罰如例。眾許之。弘濟以骰擲盆。六紅宛然。夢中喧鬨而覺。及揭曉。鶴灘第九。餘名與夢中擲紅之數。先後不爽。弘濟果中一百一名。〇欽南國賢書。惟錢福第九。周翰九十二名。諸弘濟一百一名。董恬一百二名。曹豹一百十九名。董忱一百二十六名。是科華亭王道。錢啓宏。亦中式。惜未入夢。

湘潭鬼哭

客慮涉筆。順治間。新安程青來賁布倩貿賤。至湘潭。旅郭外。時際秋冬。夜不能寐。聞遠近若有億萬蛙聲。次日詢之土人。云此非蛙聲。乃鬼聲也。驚問其故。云崇禎間。人民為流賊殺掠無遺。至今骨積如山。無人收葬。故此鬼哭。二人惻然。即對天立願。如賈獲利。當來收瘗。售其貨得三倍。即托一僧任之。於高阜處建義塚六百所。收骨得一千八百簏焉。又建小庵。延僧居之。朝夕誦經施食。自後鬼無聲矣。

走無常

稽山語怪錄。宣德間。江西尤和為酆都令。左右請謁酆都神殿。尤岸然曰。吾正欲除之。以息愚惑。豈反謁禱耶。率左右入廟。略無瞻拜之儀。傲睨而返。言當毀除。明晨方治事。門子忽跌仆坐下。尤和倜左右。彼卒死矣。冥之去。左右曰。非卒死。此走無常也。為冥府勾攝人耳。尤和怒以為誑語。左右曰。姑俟其起。問之可驗。尤詰之。越二日。童欠伸起。尤問之。童言向從公歸。忽為冥官召去。遣往江西攝尤睦文牒悉具。持之行。至彼。覓尤家。守門外二日。始得入。尤聞之。睦即其弟也。因扣其室廬何似。童細述之。即其家也。尤曰。何以二日方入。曰其家有猘犬。不能近。前後乘間得入耳。尤思之果有猘犬。曰其人何業。曰一秀才也。其貌僩僩。詰至是。尤不覺慘沮。知其為弟。因曰。今則何如。曰隨已攝歸酆都。聞當得重辟。不可生矣。尤和大慟。急命人詢於家。得報睦以是日亡矣。和乃入懺懺謝。建功表門。著文紀事。鐫之於石。以表異云。

酆都

酆都縣有酆都山。土人云。此陰府決判罪人之所。其山幽冥不可入。惟餘一洞。視之陰黑。不知底極。定昏之際。側耳而聽。隱隱聞笞撲之聲。凜然可畏。每半月。土人輸畚納刑條一大束。以供笞撲之用。前所納者用敝。擲置洞口。視之必零星破碎矣。冥官云如陽世之刑部。惟四方有罪之人。來此聽勘。為善者不入也。今人薦亡動云開羅地獄。不論父母平日所為善惡。此司馬溫公所言。以不肖待其親。豈得謂孝乎。

東岳祭酒

湖海搜奇。長洲市民符某。皈心道門。受秀瓛延生二籙。萬歷丙申六月。夢群隸入曰。我東岳使者。屈公為某司祭酒。命且下。先遣某為通。符不知所答。但驚顫而已。數日。符生又見一吏卒告。舊任官來。請出迎。一白髮貴人坐肩輿而來。相見揖入坐定。言某久為東岳祭酒。秩滿遷主天曹。知公心平才贍。舉以自代。幸即赴任。無負天朝之寵錫也。符曰。某目不識一字。何以作官治事。幸公哀之。別選能者。貴人曰。毋妨。吾昔為前官舉用。亦不識字。治事久之。豁然通靈。曹司吏典甚多。無用勞攘。藉公坐鎮雅俗耳。本司文部。及一鷹一犬。皆以交付。符問鷹犬何用。曰鷹犬以察人善惡。日行千里。不可少也。符曰吾子幼。奈何。貴人曰無妨。公欲挈妻子。則請尊夫人同行。不則冥中亦多佳配。何必戀戀為兒女之態。語畢。命吏卒上表拜謁。家人悉不見。良久。貴人告去。符送至門。揖遜而別。乃泣語其妻。吾不久矣。居數日。沐浴更衣。無疾而逝。

泰山錄事

聞見卮言。杭士汪周望自言身為泰山錄事。能代人查示禍福。又盟言鄉民左姓者。自言為地府總司諸役。言科名之事。如來年八月放榜。今年八月先從地府起送。曰地榜。各府城隍查其宿願。有無為士之總。可以達天曹。至來年正月。天榜列示。然半載之內。不無去取。必待人榜然後定也。但人榜可以賄賂而得。豈地天兩榜。亦可以關節僥中與。

雷部判官

白醉瑣言。休寧儒士程學聖師事洪某。立心正直。中年游神冥府。職雷部判官。言人死期不爽。不肯與他人言。惟與師言之。一日謂師曰。冥府重先生。將以先生為閣君。洪大笑曰。果爾。吾便為之。是夕。洪忽病。僕者見庭下如官吏立者數輩。良久卻去。洪乃安。達旦學聖至。謂洪曰。冥府聞先生便為之言。遂遣使迎先生。予謂先生戲言耳。期尚遠也。乃召還。洪問潘雪松士藻祝石林世祿二孝廉中否。學聖云。此非吾職。然可查也。但天榜未定。春榜定於先年之十月。秋榜定於當年之正月。後告洪曰。潘公中癸未榜矣。祝尚未也。雪松果第乙酉十月。洪又命查石林。學聖曰。丙戌榜無祝名。己丑榜有之。然兩榜正在挪移。蓋平生為善。忽有一念之惡。神即惡其穢。平生無惡。能猛省痛改。神即鑒其釁。哉有已上榜而忽除名者。新念不吉也。有本無分而忽登第者。新念遷善也。天家伺察。曾無一刻之停。吾能知祝公之必第。而不能知戊丑之所定也。石林至己丑乃成進士。

指關為姓

閩西故事。蒲州解洪縣關公。本不姓關。少時力最猛。不可檢束。父母怒而閉之後園空室。一夕月甚明。啓窗越出。閒步園中。聞牆東有女子啼哭甚悲。兼有老人相向哭聲。怪而排牆詢之。老者訴云。我女已受聘矣。而本縣舅翁聞女有色。欲娶為妾。我訴之尹。反受叱罵。以此相泣。公聞大怒。仗劍徑往縣署。殺尹並其舅而逃。至潼關。關門圖形捕之甚急。伏於水傍。掬水洗面。自照其形。自水洗後。顏已變蒼赤。不復識認。挺身至關。關主詰問。隨口指關為姓。後遂不易。東行至涿州。張翼德在州賣肉。其賣止於上午。至日午。即將所存下懸肆傍井中。舉五百斤大石掩其上。任有勢力者不能動。且示人曰。誰能舉此石者。與之肉。公至時。適已薄暮。往買肉。而翼德不在肆。人指井謂之曰。肉有全肩。懸此井中。汝能舉石。乃可得也。公舉石。輕如彈丸。人共駭歎。公携肉而行。人莫敢禦。張歸聞而異之。追及與之角力。力相敵。莫能解。而劉玄德賣草鞋適至。見二人鬬。從而禦止。三人共談。意氣相投。遂結桃園之盟。

斗姆救焚

康熙壬申仲冬二日。海寧祝駕橋人見綠衣兩人在巷門口坐。以為代役看柵者。轉瞬不見咸詫為奇隨火起橋陌延燒三十餘家至張君安舖屋柱焦損火飛入簷君安合掌稱斗姆寶號不輟火光照耀之間人見君安屋上有老人策杖巡行火焰隨滅蓋君安奉斗齋多年極其誠敬故斗姆垂救及門而止奉斗之力昭然可信

盆水現相

郡中某翁家素饒裕康熙中以子貴受封聲色貨利享用甚適偶抱微恙忽有一僧欲入見閽者傳報令之入入亦不揖竟於首席踞坐某色不悅問其來何事云知汝有恙要化汝銀一千兩作佛家功德某益不悅漫曰銀非土塊一千兩談何容易僧云你道非土塊以我觀之直與土塊等耳汝既不肯捨可命童子取水來待我淨手水至洗手而去臨出語童子云進語爾主取我洗手水照照顏面童子入告其異之取水自照乃一胖大和尚兩目再照是清朝冠服軒冕之像更一照之則成乞丐之形矣此僧大顯神通以過去未來現在三世之像一照畢見欲以點化此老惜乎其不悟也葭甌雜識載其姓氏

日飲水

睽車志滄州有婦人不食但日飲水數杯年近五十而容貌悅澤人問其故因言自幼母病在牀家無兄弟惟日賣菓於市得錢數十以供母值歲歉米貴因仰天致禱今日所獲不足以贍二人願天憫我使我飲水不飢盡以所獲供母遂臨井飲水一杯以後遂不思食殆三十年

大同妖婦

湖海搜奇大同一婦分娩後不食不言癡坐井上汲水飲之三日不下百桶而餘吸不已其夫素病驚躍頓絶里人以為妖埋之土中僅露其首數日不死適築牆置之牆內又不死衆以為神舁至土地祠拜焉官聞而下之獄兩目眈眈氣息如生官命以薪蒸之未幾王和兒賊帥之禍作

麻姑

一統志麻姑麻秋之女也秋為人猛悍築城嚴酷督責工人晝夜不止惟雞鳴乃息姑有息民之心假作雞鳴群雞相效而鳴衆工役得以少息父知欲撻之麻姑逃入山中竟得仙而去今望仙橋其迹也

曹翰為猪

見聞實錄宋曹彬為大將下江南不殺一人歿而為神四子俱領旄鉞孫女為后少子封王曹翰克江州憤其城不下屠之未幾子孫有乞丐者蘇郡劉錫玄字玉受萬曆丁未進士道過江濱夢青衣長面人曰我宋曹翰也生平殘忍罰為猪數世矣明晨又當見殺願公救之劉公早起果見屠夫擒一猪至號聲動地劉買而放之閶門西園人呼曹翰猪即應之

聖殿蜈蚣

國初南城遭兵燹之後郡學前最為荒涼大成殿除春秋二祭外絶不啟門蛇虺蝙蝠惡物羣聚其中丙戌夏月雷電繞殿迴旋三日而不下擊衆學役異之啟門遍視見至聖牌版上有物叢叢排列而精光外射細視之乃一大蜈蚣環於牌版之上牌版高五尺蜈蚣環抱周遍其白而叢叢者係其足也學役中有黠者知雷之盤空旋轉定為此惡物但下擊牌版必碎怪物有靈性知雷神必畏文宣不敢傷殘其牌版借此以避雷火誅殛耳議以火槍遠鉤聖牌倒地蜈蚣離版蜿蜒欲遁而天雷下震蜈蚣遂糜爛矣衆乃大快扶起聖位掃除惡物因見其腹有逆閹魏忠賢五字乃知諸書所載白起等事未盡誣也

冰柱冰山

正德中文安縣水忽僵立是日天大寒遂凍為冰柱高五丈圍亦如之中空而旁有穴後數日流賊過文安民避入冰穴賴以全活者甚衆又萬曆間捞舍居民夜聞河中有聲若衆人呼喊狀意疑是盜於隙中窺之見隱隱有火光明日河中成冰山一座亭榭堦級闌干坡境種種具備城中好事者買舟往觀之躡草履可涉其巔雖使人力為之亦不能迅速曲折如此經月始泮未幾而江陵敗此二事皆前史未之見倘三伏得此銷夏不煩河朔飲矣

火葬

唐龍江夢餘錄火葬起於西域慘毒不仁昔人比於炮烙之刑施之僕隸猶且不可況於親乎禮於先廟焚尚須三日哭豈有燎灼其親之屍而仁人孝子乃能安於心乎東南為仁義禮樂之區文物之盛甲天下而此風流行莫以為怪不能用夏變夷是亦士大夫之恥矣近又有燎其親之屍飲酒至醉拾其殘骨擲之於水謂之水葬有人心者尤不忍聞弘治中郡守曹公鳴岐鳳買義塚於六門之外皆方百餘畝而民狃於故習猶自若也吁可恨哉

牆起脉中

淑石開談。鳳陽單生楊祐。納粟為指揮。過臨清。與妓吳秋景情好甚篤。以三百金納之歸。坐卧皆同。歡笑無間。但慾念一興。即有一牆起於榻界。斷其中。兩相推撼。而堅如石屏。未嘗一度得合也。乃至遷房易榻。卜晝卜夜。無不皆然。祐恨之。禱禳無效。累年。秋景怏怏以死。或云。妻為厭勝云。

迎春

立春前一日。迎芒神出土牛。郡人競觀。以鋪張美麗為時和年豐之兆。而留心民事者。亦號召妓女樂工。梨園百戲。群歌雜遝。結束鮮明。士女傾城往觀。戒以為常。觀袁中郎先生迎春歌可見。其盛國初亦然。自康熙己酉。山西郭公四維守吳。躬行節儉。妓女優伶一切革除。惟府縣各官往迎而已。沿至於今。益復寥寥。蓋清素可以持身。而不可以御俗。況春為一歲之首。躬迎大典。致苟且從事。終是衰風氣象。雍雍博雅之世。當不應爾。

輦送石刻

宋忠簡公留守汴京。當金人蹂躪之餘。百務拮据。豈有意嘗不急者。一日於艮岳遺址。得武定禊帖石刻。即遣力輦至行在。中途為幹離不邀截以去。後金昌宗以為秘玩。蓋右軍秀傑之筆。照耀天地。不惟變貉通知寶愛。即勲名忠耿之老。亦不容屑越於顛沛時也。

宦者刻經

漢宦者李巡。請於靈帝。令蔡邕改定石經書。刻於鴻都門。古閹宦好學。乃過士大夫如此。又紫桃軒載朱光堯手書十三經刻石。今雖殘缺。尚在杭州府學大成殿兩廡。士人未有過而問焉者。經術日衰。可歎也。

中天中文

紫桃軒雜綴。于今升周禮太卜掌三易法。伏羲之易小成。為先天。神農之易中成。為中天。黄帝之易大成。為後天。今但知有先天後天。而不知有中天。又漢書有中文尚書。今但知有今文古文。而不知有中文。

導引小訣

安老書。陳書林司樂市倉部輪差諸君。請米受籌。張成之為司農丞。同坐。時嚴寒。陳一二刻間。兩起便溺。張曰。何頻數若此。陳曰。天寒自應如是。張云。某不問冬夏。只早晚兩次。陳諗之曰。有導引之術乎。曰然。陳曰。旦夕當北面叩請。荷口授。曰。某為李文定公家婿。妻弟少年遇人。有所得。遂教小訣。臨卧時。坐於床。垂足解衣。閉氣。舌拄上腭。目視頂。仍提縮穀道。以手磨擦兩腎腧穴。各一百二十次。以多為妙。擦畢即卧。如是三十年。極得力。歸稟老人。老人行之旬日。云。真是奇妙。每與親舊言之。云皆得效。

搬運捷法

安老書。蘇東坡云。揚州有武官侍真者。官於二廣十餘年。終不染瘴。面色紅膩。腰足輕快。初不服藥。惟每日五更起坐。兩足相向。熱摩湧泉穴無數。歐公平生不信仙佛。笑人行氣。晚年患足瘡。一點痛不可忍。有人傳一法。用之三日。不覺失去。其法垂足坐。閉目握固。縮穀道。搖颭為之。兩足如氣毬狀。氣極即休。氣平復為之。日七八。得暇即為。乃搬運捷法也。又於王定國書云。摩腳心法。定國自己行之。更請加工不廢。毋日飲少酒。調節飲食。常令胃氣壯健。

情慾傷生

韻府續編。將受情慾。先欲五關。五關者。情慾之路。嗜好之府也。目愛彩色。命曰伐性之斤。耳樂淫聲。命曰攻心之鼓。口貪滋味。命曰腐腸之藥。鼻悅芳馨。命曰薰喉之烟。身安輿駟。命曰召蹶之機。此五者。所以養生。亦以傷生。

煖外腎

明道雜志。洛陽劉几。年七十餘。精神不衰。體幹清健。猶劇飲。予素聞其善養生。因問之。几曰。我有房中補導之術。欲授予。予曰。方困小官。家惟一婦。何地施此。見几每一飲酒。輒以漱口。雖醉不忘。謂此可以無齒疾。哺後食少許物。輒已。几有子婿陳令。頗知其術。曰。煖外腎而已。法以兩手掬而煖之。默坐調息。至十息。兩腎融液如泥。淪入腰間。此術至妙。又蔬園雜記。回回教門善保養者。無他法。惟煖外腎。使不着寒。見南人着夏布袴者。甚以為非。恐涼傷外腎也。云夜卧當以手握之令煖。謂此乃生人性命之本根。不可不保護。此說最有理。

飽生衆疾

明道雜志。世言眉毫不如耳毫。耳毫不如老饕。此言老人饕餮嗜飲食。最年老之相。此語未必然。某見數老人。皆飲食至少。內侍張茂則每食不過麤飯一盞許。濃膩之物絕不向口。老而安寧。年八十餘卒。茂則每勸人必曰。寧少食無太飽。王龍圖哲造食物至精細。食不盡一盃。食包子不過一二枚。年八十卒。臨老尤康強。精神不衰。王為余言。食取補氣。不飢即已。飽生衆疾。用藥物消化。尤傷和也。劉几秘製食物。尤薄僅飽即止亦年八十而卒劉監尤喜飲酒每飲酒更不食物啖少果實而已循州蘇侍郎每見某即勸令節食言食少則臟氣流通而少疾蘇公飲酒不飲藥毋與容食未飽已捨匕箸後貶瘴鄉累年近六十康健無疾蓋得力此也諺曰夜飯少喫口活至九十九即三叟量腹節所受之意也

陳成生男

博物志陳成初生十女使妻繞井三匝祝曰女為陰男為陽女多災男多祥繞井三日果生一男又云婦人妊身三月未滿着婿衣冠平旦繞井三匝映水視影勿反顧必生男

護胎

菽園雜記載婦人覺有娠男即不宜與接若不忌主半產蓋女與男接欲動情勝亦必有所輸泄而子宮又開故多致半產獨牝馬受胎後牡者近身則以蹄踢之謂之護胎易稱牝馬之貞以此所以無半產者人惟多欲而不知忌故往往有之產寶論及婦人科書俱無此論可擴前人所未發矣愚謂不特半產兒多痘毒夭殤皆由於此不可不慎

忍欲

人生有欲莫甚於男女之慾漢高忍杯羹之分而不忍割戚姬之愛項羽縱三月之火而猶有垓下之泣況其下此者乎劉元城南遷日求教於涑水翁曰聞南地多瘴設有疾以貽親憂奈何翁以絕欲少疾之語告之元城時盛年乃毅然持戒惟謹趙清獻張乖崖至撫劍自誓甚至以父母影像懸之帳中者蓋其初未始不出於勉強久乃相忘於自然欲之難遣如此

財色傷人

紫桃軒雜綴世間惟財與色能耗人精氣速人死亡而方士之言曰金銀可點化以濟世少女可採藥以長生既快嗜欲又得超勝何憚而不為耶予以天理人情揆之恐無此大便宜事吾儒所不敢信也

御衣塞斷山

紫桃軒雜綴唐遠祖李龍遷梁武時築城於龍洲牛心山死因葬其地後人立祠號李古人廟則天革命時遣人鑿斷其山水變赤色腥穢祿山之亂明皇幸蜀有老人蘇坦迎奏請以御衣一襲於斷處塞之明年兩京尅復帝駕回鑾夫武氏雖篡亦李氏婦耳此山蔭李氏必并蔭武氏身得居攝享遐壽初雖負垢終祔唐廟孰非此地脉流慶而奈何戕之觀其塞後安史遂平則是宜其運之數假手牝朝以召豬龍之孽耳無關李武之興替也

義甲

劉言史樂府詞曰月明如雪金階上迸斷玻瓈義甲聲義甲護指物也或以銀為之李義山詩十二學彈箏銀甲未曾卸因外有甲謂之曰義樂部有義嘴笛婦人有義髻衣有義領義袖凡物非真而假設之者皆曰義人名假子曰義男義女言其非真子女也項羽之尊義帝亦即此意

舞態

紫桃軒雜綴古歌變為胡曲既已絕響而舞尤失傳今優人走三方擺陣跌打之類皆其遺意余在中州與士大夫燕會見有戴高竿舞笭盤獅子生兒沐猴戲狗之技想古之善舞柘枝鸜鵒亦不踰是又見一女童貼地蛇行蹁躚數四備極疾徐之妙與金鼓相應久之忽於尻間出一頭以兩足代手拱揖反覆旋轉首尾渾不可辨抑豈夫人宮祠有兩頭娘子拜夫人之說初不可曉亦豈謂此等若舞態中太平萬歲字當中者耶

龜板膏不可多食

紫桃軒雜綴龜能辟火其性難死而易生曾畜一綠毛者大如當三錢為孩童所虐已經僵拋首尾俱出且作枯腊矣戲埋之竹下踰冬歷春至四月大雷雨龜忽蹣跚行草間急發埋處則成空坎是其得土氣伏藏再活也昔潤州一紳性喜服食補劑中用龜板膏餌之垂十年頗強健晚歲忽患蠱脹厭厭就盡乃謁茅山白飛霞乞診視良久曰此瘕也公豈餌龜板膏耶今滿腹皆龜吾藥能逐之其在胃節膺膝中者非吾藥所能下也可速歸治後事與赤丸數粒服之下龜如拔大者升餘得以稍寬不數月仍卒

守龜

古者天子諸侯立國皆有守龜藏之太廟遇大事則啟而占之故以為寶與玉並重太史公作史立龜策傳誠重之也古人目老成人則曰國之蓍蔡詞家祝壽與鶴並引陸魯望名龜蒙王十朋號龜齡彭龜年字子壽楊龜山名時名字甚多未嘗卻惡不知何時以龜子目妓之夫配其毋之鴇予詩文絕不敢用委巷之人取為罵詈之

具今太卜之官亦廢國事絕不用龜矣

苗光裔卜

啖嗟集宋太祖將掘池有龜祖孫父子三代化形為人就卜於司天監苗光裔光裔為布策成兆曰將有遷徙曰損丁乎曰無妨光裔覺其非人執之乃吐實因奏聞太祖於地穴果得龜數十萬輦送他水夫龜以靈哉身能七十二鑽而無遺策乃復就卜於人豈處利害中者固不能自決耶

瓻經

借書一瓻還書一瓻瓻乃瓶之偽也昔人謂借書還書皆佐以一瓶酒瓶盛酒器也大者一石小者五斗黃山谷致詩胡朝請願公借我藏書目時送一鴟開鎖魚東坡和陶詩不持兩鴟酒肯借一車書按師古云鴟夷革囊以盛酒鴟與瓻字蓋通用者酒器又有名經者小瓶細頸環口修腹以酒貽人則云酒一經酒二經有人餉人酒東云五經在門主人誤為束帶出肅之乃五小瓶酒耳李君實飲酒詩有登樓客在傳三雅問字人來得五經之句

長短工

吳中田家凡久傭於人者謂之長工暫傭於人者謂之短工摘蒔時而暫喚者曰忙工三餘贅筆云按六典凡役之輕重功有長短註以四五六七月為長功以二三八九月為中功以正十十一十二月為短功蓋夏至日長至六十刻冬至日短至四十刻若一等定功則枉棄日刻大約中功以十分為率長功加一分短功減一分至忙工價幾倍之

神賜布囊

睽車志常州一村媼老而盲家惟一子一婦婦一日方炊未熟其子呼之田間婦囑姑畢其炊盲無所睹飯成捫器貯之誤貯溺具婦歸不敢言先取其中潔者食姑次以餉夫自視近其穢者以水漉之自食良久天忽晝瞑其婦冉冉中若為人攝去俄頃開眼身在近舍林中懷挾中得一小布囊貯米三四升適供晨飧明旦視囊中米復充滿寶之以終其身

石鍤

揮麈新談石鍤者尖鵬之精也鵬獨運無雌海靜不波之日見影在下以為雌也其精溢出陸土上為土鍤木上為木鍤惟石上為不失本性而佳浸酒服之健元陽天

順中駙馬都尉趙輝自海外得之可御女百數而精神不衰一少妾患苦之竊以投於池輝痛惜之必是妾所為乃嗢池覓之不得或教以婦女袒衣投池果冒土躍出輝歎曰豈吾之精血强耶果物之能耶取一毫與貧人令往娼家一夕不休以黃酒醉之乃解後輝卒其物不知存亡或云英國公張懋得之亦畜百妾云

枯骨滋榮

葵軒瑣記士人李武錫脊背間痛不可忍數十年後因改葬其父棺已朽易棺見脊骨間有大蟲持去之而武錫脊痛遂愈楳軒雜紀張仕政精治折傷荊有一軍傷脛張飲以酒破肉取碎骨一片出膏塗之數日而愈年餘軍脛忽痛以問張張曰當由所出骨受冷則痛急覓之牀下溫湯洗之置絮中遂愈夫已出之骨猶關痛癢為其一氣所聯無內外之間耳郭璞葬經所云枯骨受潤子姓滋榮洵有然矣

犬吠所怪

夷堅志臨興縣民程氏世以弋獵為業家頗豐因翰祖入觀達履市搖小鼓而售戲面具者買六枚以歸分與諸小孫諸孫得之喜戴之嬉戲堂下程所畜猛犬十數皆常日放獵所用者望見之吠聲狺狺爭趨搏噬救之不退六孫皆死犬吠所怪固常理也亦世獵之報云

梅籃

琅琊漫抄永嘉閨婦以青梅雕剜脫核鏤以花鳥纖巧可愛以手劈之玲瓏如小盒闔之復為梅謂之梅籃李太白詩云珍盤薦雕梅豈即此梅籃歟

脊金石

魚應龍聞窗括異志有人得青石大如磚背有異字鐵索長數丈循環無斷處海商一見以數十金易之曰此脊金石也垂於海中經夕引出上必有金

海魚吞舟

湖海搜奇海南一士言海上一巨魚死乘風浮海而來其高如山莫窮首尾久之內潰腹中透出一海舟長若千丈濶亦十餘丈高稱之中載胡椒椒得水作火熱魚雖大肉類也中熱腐腸是以死耳此事甚駭人聽所謂吞舟之魚洵有之矣

雪中芭蕉

王維雪中芭蕉圖或謂其情意寓於物不拘四時僧惠洪有雪裏芭蕉失寒暑之誚以芭蕉非雪中物陸安甫叢殘錄云郭都督鋐在廣西親見雪中芭蕉雪後亦不壞

又朱新仲雜記云嶺外如曲江冬大雪芭蕉自若紅蕉方開乃知前輩雖畫史亦不苟如此事不見不可懸斷其有無也

補服

伍容庵漫錄獬豸忠直見人鬬則觸不直聞人論則咋不正鸂鶒好食短狐在山澤中則無毒氣故御史服獬豸給舍服鸂鶒義有所取若獸名窮奇則食忠信之人而煦奸邪使御史給舍惡直醜正黨邪庇邪盍製窮奇一襲

臨摹硬黃嚮搨

唐人崇事法書其治書有四種曰臨曰摹曰硬黃曰嚮搨臨置紙法書之傍觀其大小濃淡形勢而放為之若臨深之臨摹籠紙法書之上隨其曲折婉轉用筆曰摹硬黃嫌紙性終帶暗澁置之熱熨斗上以黃蠟塗勻則瑩徹透明儼如魚枕明角纖毫必見嚮搨坐暗室中穴牖如盎大以紙覆帖上映而取之欲其透射畢見以法書年久縑色沉暗非此不澈也大都施之晉魏諸蹟故極意以取之耳

裝潢

唐百官志祕書省熟紙裝潢匠八人意是今之裱褙匠謂之潢其義未詳胡承之珙珠船云按釋名潢染紙也裝修治也本齊民要術染潢法云潢紙滅白便是不宜太深深則年久色闇註謂浸蘗汁為之蓋以避蠹也廣韻潢乎廣切音晃染書也

陳少陽書

祝枝山刻陳少陽書草於鎮江郡庠其書言三事一留李文定而黜汪黃一乞下罪已之詔并罪不進兵之將一請勿幸金陵此書上少陽即日被禍而所刻乃其槀草也少陽當時不聞以書名然處呼吸震盪并命殉國時而精神如常揮運不懾非臨匡撇手漢豈易辦此而京兆特為鐫播又豈徒玩其點畫哉

哥窰

春風堂隨筆宋處州章氏兄弟長曰生一次曰生二主龍泉之琉田窰生二所陶青器純粹如美玉為世所貴即官窰之類生一所陶者淺白斷紋號百圾碎名哥窰

蒲脯

紫桃軒雜綴余在中州食蒲筍甚脆美脂之如乾肉行河北道上遇野人驅鹿麗然如馬而無角皆稱為蒲名脯指鹿為馬而陰除諸言鹿與蒲者人但知指鹿事而不知蒲脯出潘安仁西征賦註

淵明瘞酒

李君實先生載江州絕無佳酒官廚排當則御建昌之脉姑或遠指蘇州之三白世乃傳廬山下多淵明瘞酒有發而飲之者香美不可言余以為淵明至貧得酒輒醉安所得餘酒而藏之耶當是道術好奇士特為此以寓其戲而世妄以為淵明耳

淡飯

倪正父云黃魯直作食時五觀其言至深切予嘗入一佛寺見僧持戒者每食先淡喫三口第一知飯之正味第二思衣食之從來第三思農夫之艱苦此則五觀中已借其義每食用此為法極為簡易其教子弟必先飢而後用菜亦重本之意也○余友周永開先生必為為余子姪童蒙師亦每樂先淡喫三口第一碗飯必素食添飯則用葷館於余家者十有九年並未更易

界結瓠法

翁山日記瓠初生時研碎芥辣以筆畫之其處不長儼如刻成此細頸者用之欲令長柄者屈曲切開籐根嵌巴菽肉一粒在內兩三日後其莖盡瘦瓠柄亦柔軟隨意挽結作巧以線縛定取出巴菽隨即甦活遂成結瓠此長柄者用之或將瓠子種亭雞冠而邊去皮合繫一塊待長切斷瓠根令凡雞冠結瓠紅色謂之仙瓠

乳田

今齋食者以佛經許食乳石故喫乳餅石首魚不知石乃礬石之石或云石耳乳乃乳田所種非畏中牛酪所成嘉定間黃子中在廣中見韶陽屬邑民爭乳田問之曰村民掘地為窖以粳米粉遍鋪之雜草卷其上用糞壤擁之候雨過氣出發之米粉皆化成白蛹螬蠐狀取蛹搗汁和粳米粉蒸成乳餅味甚甘美佛經所食此乳也

蔬圃

玉堂閒話載廣東新會縣蜆岡以南瀕海人有蔬圃乃淺水中積沙而成者或為大風飄去若浮筏然番禺有人訟失去蔬圃為人所匿在百里外蓋其事也

苜蓿

苜蓿一名光風生罽賓國爾雅翼似灰藋今謂之鶴頂貳師伐宛將種歸中國西京雜記樂遊苑中自生玫瑰樹樹下多苜蓿一名懷風時或謂之光風茂陵人謂之連枝草長安中有苜蓿園北人極重此味既老則以飼馬唐廣文粥有盤中何所有苜蓿長闌干闌干橫斜貌言既老而食之不已為可歎也漢貴武則以飼此唐賤文則

以養士一物足以覩世矣。

蜂蝶評

李君賫先生有蜂蝶評。蜂諠而擾。蝶靜而逸。蜂掠花膚澤而戕花最痛。蝶染花魂神而與花相忘。蝶者花之密契。蜂者花之蟊賊。蝶去來翩翩。聚無踪跡。蜂營窟宅擁徒衆。所啖幾何。務爲橫積。適資人割截而已。矧又毒尾肆螫。甘作人間孽虫乎。蓋蝶仙趣所攝。而蜂則貪嗔癡具備之一物也。

堅瓠秘集卷三終

堅瓠秘集卷之四目録

義馬　朱魚變白
孝丐　牛償債
圖乙誤字　傳説誤
李近樓琵琶　縣令主婚
天緣　一激成名
孕化金眼獅　大西國三主
爲法自斃　登嵩
馬腦　天目地肺
寺壁照遠　囊黄
郟德明　福地不易得
多子　短人
長人　神獲人長
犬噬鼻　食量過人
物日食料　蝗災
龍報金蓮　粉骨爲丸
簡紙　朱買臣
象畏鼠猪　金吾
扇　畫圖
異力異稟　萬物生虫
鱠殘紅蝦　野枝幻狀
大膽　中時弊
水産陸産　籍没貲財
楊太真　阿瞞
光武故人　嘉定井
酒活命　古來可笑事
詩有唐氣　畫虎類狗
桃異　張僧繇畫壁

魚呑仙父化龍　龍門
三足雞　乳媼奸慝
江西巢氏　奴解容愠
嚴嵩方書

堅瓠秘集卷之四

清　長洲石農褚人穫學稼纂輯

義馬

書史所載義馬如踰水救主望門訴冤事甚衆陶朱新錄載崇寧間東阿董熙載飲
於村落醉歸墜馬卧道次馬韁持於手忽有盜盡解其衣又欲其馬方俯首取韁馬
遽嚙盜髻盜不得去逮熙載醉醒盡從取所失物馬始縱盜為人臣僕而不盡力於
君主者曾是馬之不若也

朱魚變白

拙菴雜組仁和張問渠者冢宰元洲瀚之兄也性至孝母陳夫人嘗畜朱魚二十餘
頭玩弄日久母没問渠哀痛不忍往視魚忽皆變白觀者咸謂魚常變色不足為異
及熱側之日魚俱復變赤儼同除服人謂孝感所致

孝丐

都公談纂正統間有丐者奉其父母居蘇之南倉橋聲館中時父母俱以疾廢丐者
晨出而午歸未出而酉歸市中所得魚肉必擇美者躬自炊爨暮則置酒跪拜於前
喧歌以進必父母歡醉而後已市人皆賢丐者而樂施之以故甘旨不缺

牛償債

揮麈新譚潘愛松名珙字廷大贅於李氏李有挽磨犍牛已十五餘年精健多力一
日清晨帶所拴繩至李卧房前作人言曰牛即係某人原負主公本錢若干兩罰令
變牛來償今年限已滿本利已足告歸矣主人與其妻啟戶視之蓋磨牛也再跪前
二足垂淚而死其事潘所親見者

圖乙誤字

愛日齋叢抄趙景安云古人書字有誤即墨塗之今人多不塗旁注云卜謂之卜致
莫曉其義近於范機宜處見司馬温公與其祖議通鑑書有誤字旁注云非然後乃
知非字之半後人又省作卜或三點者項氏家說亦以温公為証謂勘書之法有為
乙字布於兩字之間者自右勾上而使之下蓋字顛倒當兩易也今館中校書於字
有誤者以雌黄塗訖別書於上或衍字以雌黄圈少者於字側添入或字側不容注
者即用朱圈仍於本行上下空紙標字倒字於兩字間書乙字勾轉與子塌中亦然
○歐陽文忠公詩補亡後序增損圖乙圖者塗抹也乙者勾正也史記東方朔傳止

棖乙其處。謂有所絕止。點而記之曰乙。如士人讀書。以硃志其止處也。又文字有遺落。勾其旁而添之。亦曰乙。唐試士式。塗幾字乙幾字是也。今試式作注。乃點字之誤。點竄出三國志。曹操與韓遂書。多點竄。點謂塗去。竄謂添入。

傅說誤

紫桃軒雜綴。石氏星經云。傅說者。章祝女巫之官。司天王之內祭祀。以祈子孫。故有大祝。以傳其說於神宮。鄭氏曰。傅說一星。惟主後宮女巫禱祠求子之事。蓋古有保母傅母。傅說者。謂傅母善之也。由石氏。則傅者。附達之義。而說為傳說之說。由鄭氏則傅為保傅之義。而說為喜悅之說。其遂目為商相傅說者。始於莊子。迨子瞻作韓文公廟碑。記申呂自岳降。傅說為列星。於是仍訛襲謬。不復可正矣。

李近樓琵琶

耳譚。載京師瞽者李近樓。籍錦衣千戶。善琵琶。能左右手。彈新舊古曲。無不絕妙。平生羈愁哀怨。及人已胸中事。皆於鳴絃鐵撥發之。令人髮上指。淚交下。忽作烏山梵唄。泠然孤僧雲水。從作蘇臺麋鹿。淒然百獸鳴嘷。有言瞽者習琵琶。穿破作二孔。寒夜舒手出外。聆時弄撥。故幾於神若此。

縣令主婚

南潯魚行程某無子。繼一陳姓者為子。在店經理。隨又嗣一他姓女。年相若也。陳子長而勤敏。嗣父母許以女妻之。兩人出入肩摩之際。私心亦許可。竊喜。陳以語本生父。納采焉。康熙辛未。嗣父忽不樂於其子。逐之出。另以女擇配姚氏。姚氏慫恿。已有成議。為他姓委禽矣。其女抑鬱不堪。而不能自主。壬申春。陳父訟之吳邑張邑侯。陸以陳納聘在前。諭其父以女歸陳。杖責從役執柯者。而程某托言其女不肯適陳。族屬程天士者。深為不平。隣里合詞。以程父另配為不義。張侯領之。視陳子少年韶秀。遂留意焉。拘其女到縣。詢之。頗亦不語。侯云。此佳偶也。我當為爾成之。命取庫銀拾兩。紅紬二疋。票喚喜娘儐相樂人。簪花披紅。當堂拜縣主。結婚焉。人見其女荊釵裙布。不稱新人裝束。承行吏亟取紅襖并綠裙。當前換易。贊禮交拜。觀者堵牆。詫為僅事。天士輩見張侯如此好事。而陳家戶庭門窮。且合卺之費無所辦。不將負此盛典乎。乃出一單。衆姓助婚。頃刻得銀拾餘兩。備列案間。張侯大喜。為之撫掌。歸而酒筵成禮。叩拜公姑。夫婦歡好。郡中鬨傳焉。

天緣

澄繆小雜記。正德間。都下王某。家甚富。其子聘孫氏女為婦。將娶。子病瘵死。恐孫氏匿其聘財。秘不發喪。詐令媒妁請期。女家覺其詐。佯許之。至親迎日。王以其女偽作男子往迎。孫氏亦令其姪偽作女子隨行。成禮。王意兩女共一室。了無他疑。不意少女與少男相悅。而私成配偶矣。都下民俗。成婚三日。婿與婦同歸父母家。孫氏遂留王氏女於家。王某方悟。反受其欺。已無及矣。訟於官。兩家各當坐詐罪。王氏女既為孫姪之婦。而以孫氏之女亦歸王氏之姪。一時盛傳以為奇事。此與癸集所載相同。

一激成名

近峯聞略。錢塘方賓為諸生時。在館中買靴。所乘驢逸。適蔡都指揮過。騎從擒驢驚賓。善罵。從時明初重武功。軍官多橫。蔡因杖賓。賓不勝忿。與蔡相爭。蔡曰。汝他日為官。能臨我乎。賓因拔皮刀擊檻曰。他日不得相臨。有如此檻。遂去。家入鄉校。鎖門修業。賓中傳臚。三年。貢入太學。授兵部主事。永樂初。賦元旦觀燈詩。稱旨。陞郎中。以侍郎陞本部尚書。蔡適有事至部。懼不敢見。乞賓親辱謝罪。賓不答。佯以公事見蔡。且喜且懼。乃盛幣候其歸休。叩頭待罪。賓扶之起曰。非君一激。何以至此。禮之有加。

孕化金眼獅

湖海搜奇。淮陰徐省祭城溪。妻有孕。夢中忽云見一金眼獅子。坐在胸前。徐忙起取火。獅即跳往桌上。及火至。而獅已無蹤。妻腹忽消。不復有孕。〇太倉一大家夫人有孕。產龜數枚。而腹亦消。母亦無恙。

大西國三主

紫桃軒雜綴。大西國在中國西六萬里而遙。地名歐海。國列三主。一理教化。一掌會計。一專聽斷。其尊雖等。人皆畏聽斷者。旁國侵掠。亦聽斷者徵發調度。然不世及。須其人素積望。譽年過八十而有精力者。衆共推立之。故其權不久。而勞於運用。人亦不甚欣羨之。地多犀象虎豹。人以捕獵為生。亦有稻麥菜茹之屬。文字自為一體。皆秉教於天主。不知有中國儒釋道教。天主者。最初生人生物之主也。立廟共祠之。其言天謂有三十二層。地四面懸空。日大於地。地大於月。地之最高處有闕。日月行度適當闕處。則光為映蔽而食。五星高低不等。火最上。水最下。金木土參差居中。故行度周天有遲速。皆著圖立說。頗有可採處。世廟末年。國人利瑪竇者。結十伴航海漫遊。歷千餘國。經六萬里。凡六年。抵安南。入廣東界。時從者俱死。瑪竇有異術。善納氣內觀。故疾孽不作。居廣二十餘年。盡通中國語言文字。瑪竇紫髯碧眼。面色如桃花。年五十餘。如二三十歲人。見人膜拜如禮。人故樂與之交。萬曆丁酉。李君實遇之豫竟與劇談出示其國異物一玻璃畫屏一鵞卵沙漏狀如鵞卵實沙其中而顛倒滲泄之以候更數攜有彼國經典綵罽金寶雜飾之其紙如美婦之肌云其國之樹皮治薄之耳因贈之詩云雲海盪朝日乘流信綵霞西來六萬里東泛一孤槎浮世常如寄幽棲即是家那堪作歸夢春色任天涯瑪竇不復作歸計以天地為階閭死生為夢幻較之達磨流沙之來抑又奇矣

為法自斃

公子虔告商君欲反發吏捕商君商君亡至關下欲舍客舍客舍人不知是商君也曰商君之法舍人無驗者坐之商君喟然歎曰嗟乎為法之弊一至此哉晉桓蔚之敗投牛牧寺僧昌保藏之劉毅聞而殺昌及毅被劉裕所討夜走亦投寺寺僧曰昔亡師容桓蔚為劉將軍所殺今實不敢容異人毅歎曰為法自斃一至於此蘇子由謫雷州不許占官舍遂僦民屋而居而章子厚以為強奪民居下郡按治及子厚謫雷州亦問舍於民民曰前蘇公來為章丞相幾破我家今不可復蹈前轍也當鞅輩快其令之行指撝如意假令知有後災猶將不恤及其出亡而無所居然後知為法之弊悔已無及矣

登高

登高不獨重九古人人日亦登高晉李充正月七日登剡山寺有詩桓溫參軍張望有人日登高詩元魏東平王翕人日登壽張縣安仁山刻銘於壁隋文帝正月十五日與近臣登高馳詔召元胄既見上曰公與外人登高不如就朕也又韓退之有寒食登高詩

馬腦

丹丘國人善別馬馬死則破其腦視之腦色如血者日行萬里能騰飛空虛色黃者日行千里色青者聲聞數百里色黑者入水毛鬣不濡日行五百里色白者多力而駑其地有夜叉拘跋之鬼能以赤馬腦為瓶盂及樂器皆精妙輕麗世所貴馬腦乃真馬之腦聖凝而然今則皆紅石子也

天目地胏

杭州臨安有天目山山有兩峯峯頂各一池左右相對為天之目河州歷陽縣亦有天目山河圖括地象云西北為天門東南為地戶真誥云金陵者洞虛之膏腴句曲之地胏註云水至則浮故曰地胏又大怌山為地喉岐山為地乳終南山有地脉為四皓修煉處苻堅時長安地有水影宋文帝時青州城南遠望地中如水有影人馬百物皆見謂之地鏡唐神龍中大曆末地見水影皆有樓臺花木士女往來之態明萬曆中皇城下忽見水影有衆鐵騎臨城城上刁斗旌旗無一不備踰時乃滅

寺壁照遠

紫桃軒雜綴湘潭界中有方廣寺每至四月朔日日在東壁則照見維揚宮府樓堞居民舍宇影着壁上物物可數又福清紫微院每三鼓後聞讙呼買物之聲正如城市皆是浙音達旦而止又七修類藁青州府城外羅北門曰鎮青俗曰馬與左轅數丈將抵門座之角人或持石擊地自遠至礴中則若雞棲之聲南京靈谷寺有琵琶街人僦之拍手應聲如琵琶然絳州鼓堆人馬踐之逢逢如擊鼓音蓋天地間空水火風相摶相攝其氣機虛翕之變不可以情理測識有如此

糞黃

白醉璅言萬曆辛丑仁壽令李公述職過鄜城有孝廉謝玉齋子庚子亦舉孝廉云未第時糞內生糞黃數枚李撿視之形如東瓜犬亦如之乃活物也彼地發旺之家糞多生此視後仍以糞覆之亦新聞也

廖德明

湖海搜奇廖德明玦江右商也素善青烏之術臨終語其子曰大江之中青龍山之尾有島焉當出異貴汝必葬我其上葬畢三年之中慎勿啟門啟則不惟敗事且得奇禍德明卒其子如其言葬之歸而扃鑰其門甚固雖至親貴省臨之不啟喪畢更五日則滿三年矣會其妹將嫁母曰所不盡者五日耳啟門何害於是遂啟其門而出欽天監奏帝星見江西分望氣者亦言在此島中帝命物色之遍一島不可得一老兵夜臥聞水次有聲明旦按其處發土得死屍已化為龍惟一足猶人形目睒未閉蠕蠕若有動息者更三日則入於江矣遂斬其屍鑿其島作神廟其上號曰斬龍廟而廖氏少長皆坐法

福地不易得

閩然録歸安仰思忠精堪輿家術閩故方伯何公先為湖州守其壻六合尹林克正知思忠乃延之入閩為方伯擇葬地而其姻某亦欲葬父因聘仰為得一地甚佳方點穴而雨至遂下山約天晴再往是夜思忠夢一老者問曰今日之地佳否曰佳曰切勿與之此人為考官嘗三舉子當有陰禍若葬此地法當禁其子孫非天意矣遂

慼明日思忠問克正曰。昨大尹公先為何官。官業如何。曰。先為某縣教諭。轉此官。不久遽卒。問為考官時。通關節。得賄甚多。鄉評以此少之。思忠惕然。遂托故辭歸。越三年。遇其鄉人。問某大尹奚何所。人曰。因與勢家爭地。官事牽纏。至今未奠。家業亦凋落矣。思忠益欺異之。

多子

齊田常宗國選民間女。七尺以上者為妾。生子七十餘人。田成子有子百餘人。漢張蒼有子百人。趙王彭祖子七十人。中山靖王子百二十人。唐棣王琰子五十五人。榮王琬子五十八人。延王玢子三十六人。張耆子四十二人。杜子徹子一百四十人。馮盎子三十人。宋李仙哲生男女六十九人。姚弋仲子四十三人。胡蕃子六十人。陵陽子仲子三十人。明慶成王有子百人。河洛周王子百人。光澤縣民某子百人。

短人

說苑。載李子敖長三寸三分。於鳴鵠喙中遊行無礙。莊子註。載務光身長八寸。耳長七寸。拔齊雜記。載李子昌長七寸。漢武故事。載漢武帝時。東郡送一短人。長七寸。名曰巨靈。論衡。載漢建武年間。潁川張仲師長一尺二寸。雜記載蔡謨外親王蒙長三尺。紫桃軒雜綴。載西陳民朱某。長僅二尺一寸。余稞而視之。腹下即出二趾。無腿脛。肩下即臀尻。無肋可數。

長人

中國之人長一丈者。人君則黃帝堯與文王。人臣則孔子。一云九尺六寸。莊子謂自腰以下。不及禹二寸。則仮貌似矣。吳伍員。漢巨無霸。元魏南明太守慕容北。俱十尺。無霸腰帶十圍。員眉間一尺。北頭一尺。腰圍九尺。宋程史載。唐某與其妹各長一丈二尺。禹長九尺九寸。湯九尺。秦始皇八尺七寸。漢高祖七尺八寸。光武七尺三寸。昭烈七尺五寸。宋武帝七尺六寸。陳武帝七尺五寸。宇文周太祖八尺。項羽八尺二寸。曹交九尺四寸。韓信八尺九寸。王莽七尺五寸。劉淵八尺四寸。劉曜九尺四寸。慕容皝七尺八寸。姚襄八尺五寸。冉閔什翼犍宇文泰俱八尺。慕容垂七尺四寸。慕容德八尺二寸。章康成年十五長八尺。姜宇十五長七尺九寸。劉曜子胤十歲長七尺五寸。後止八尺四寸。晉咸熙二年。長人見於襄武。長三丈。苻堅時申香夏默護磨那俱長一丈九尺。為拂蓋郎。大秦人長一丈五尺。龍伯國人長三十丈。支提國人長三丈三尺。長狄僑如長五丈。南海毗騫國王長一丈二尺。頭徑三尺。防風氏骨節專車。佛長一丈九尺。弟阿難與從弟調達俱長一丈四尺五寸。女子長者。明德馬皇后。和熙鄧皇后。俱七尺三寸。劉曜劉皇后七尺八寸。以美著稱。曜長九尺四寸。庶幾相稱。

神拔人長

湖海搜奇。嘉靖初。紹興張茲習儒為弟子員。夜卧。見二蒼蠅自窗外飛入。集几上。倏成二人。有頃漸大。皆長七八尺。各以手撫張。張噤不能出語。一人抱其首。一人抱其足。盡力相掣。覺其身隨拽而長。長與屋齊。又踞二壁角再拽之。張昏然。二人仍變為蠅飛去。張遂癖。至出。加長三尺。體肖雄偉。與舊不同。妻子驚而問之。一字不復識。有司聞之。奏為大漢將軍。

犬嚙鼻

挑燈集異。吾郡周時懋患崎少。以痘毒死。其家置之墻隈。出買凶器。為犬嚙其鼻。毒隨血出。而復活。遂收養之。正德中。以字謦被用。官至工部尚書。相者謂其鼻存則與五官不相稱。當不貴矣。

食量過人

食之多者。史稱廉頗七十餘。一飯斗米。秤肉。註秤肉。十觔也。發蒙記云。廉頗年老。日啖肉百觔。苻堅時。拂蓋郎申香夏默護磨那。每飯米一石。肉三十觔。宋明帝啖白肉至二百片。寒漬鱁鮧。一頓數金鉢。蕭穎胄啖肉膾二斗。唐張興一飯肉十觔。馬希聲食雞五十。范汪啖青梅一斛。都盡。齊王好食雞跖。日食雞七十。臨江王妃江無畏好食鯽魚頭。日進鯽魚三百石。晉宦者廖習之食量寬博。晋祖曰。汝腹中有五百斤鐵麼。癸辛雜記。宋丞相趙溫叔一飲三斗餘。食猪羊肉各五觔。蒸糊五十事。又宋永嘉陳仲潛健啖過人。適北使亦善啖。求為敵者。以仲潛充選。飯已復索。乃各以半豚進。使者辭不能啖。仲潛乃大嚼至盡。崇禎中。郡中俞胖。家素封。以善啖而貧。至饔飧不給。乃以銀四兩買郡廟皂隸一尊。日收其蛋肉麵飯自供。猶苦不飽。親友復集銀四兩。又買一尊。始得充然果腹。至順治初。卒。將皂隸頂替與人。為之棺殮云。

物日食料

真珠船。載禁苑魚獸食數。正德中。崔傑為光祿寺丞。言南城金魚日食蒸餅白麵二十斤。御馬監小猴十隻。日食白米一斗。紅棗二斤八兩。獅子房二號日食活羊一隻。曰糖四兩。羊乳二瓶。醋二瓶。花椒一兩三錢。犀牛一隻。日食白米一升。猪肉二觔。雞一隻。紅棗二觔。豹每隻日食羊肉二斤。虎每隻日食羊一羫。惟猴以攪馬不賦。辟害。

不為虛糜餘則坐食尸素之蠹耳當與曠官竊國者並殺同驅可也

蝗災

睽車志淳熙庚子辛丑平江比年大旱常熟縣虞山北郭有農夫過其種田六十餘畝歲常豐熟過額例免秋賦亦報旱災自為得計明歲壬寅飛蝗天至首集過田禾穟俱盡而隣北接壤田並無恙又二田冢東家守分常苦西家侵害無已是年蝗虫盡集西家之田不入東家之界西家怪之乃夜以布囊貯蝗移寘東田有報東家農者絶不與較但云果有神明蝗當自去明日蝗復飛集西家之田東家照舊成熟

龍報金蓮

鼓踞雜識康熙中一漁人獲一大鯉以筐成之往售時值上元合城張燈綵漁人往來市中並未有呼之者若空筐無物云漁人懊恨至晚歸舟述攜筐無人見問之故令妻斮之其妻甚慧諦視之謂夫曰我聞鯉魚䁾眼此恐是龍神食必有禍盍縱之水夫然之相與合掌加額放之湖中夜夢一白衣秀士來謝曰予龍王之子偶游湖濵為子所獲冢攜入市中覷燈竟日且不加害銘感難酬有金蓮一盆送至冢中當令日開一枝永富爾家且視之果有金色蓮花在焉日開一朶家遂殷富

粉骨為丸

白醉璅言張真人之始祖善相地頁其親骸骨行求十餘年到龍虎山覩其塋吉利而峻險不能梯乃粉骨為彈丸以弓發之至若干丸而墮後復再中至若干丸而止故其封爵中絶爵亦復續此其驗也又其家遺誓云傳晴不傳髮傳髮不傳晴今子孫襲封者非髮上指則目睛仰生云

簡紙

愛日齋叢抄王沂公以簡紙數幅送人皆他人書簡後截下者晏元獻凡書簡首尾空紙皆手自剪熨置几案以備用王文康平生不以全幅紙作封皮諸公皆身處貴盛儉德若此世俗費紙者無人語以前事又顏氏家訓云梁東宛臧逢世就姊丈劉緩乞客刺餘紙寫漢書勤儉更過人矣

朱買臣

漢時會稽郡即今蘇松常嘉湖地朱買臣為會稽太守而杉青吏同其妻謁伏道左因有羞妻亭買臣死亦葬嘉興東塔非今紹興屬邑之會稽也買臣在漢武帝時與嚴助王褒等俱以辭辯捷給見幸漢元帝時又一朱買臣作武昌太守率兵彭城者至梁元帝時又有朱買臣與胡夭祐同拒北魏者

象畏鼠豬

象畏鼠見地有鼠跡終日不敢動海語物產篇載象嗜田禾經旬數畝立盡島夷縛孤豚於深樹中喔喔不絶聲象聞而怖乃引類而遁昔王威寧平雨廣夷人畏象戰因覔小豚數千縱之象果披靡人以為豚類鼠不知豬聲固象所畏也

金吾

崔豹古今注金吾車輻棒也漢執金吾亦棒名以銅為之金塗兩末謂之金吾漢百官志漢官曰執金吾緹騎二百二十人應劭曰吾禦也掌執金吾漢以禦非常文獻通考武帝增置八校更名中尉為執金吾師古曰金吾鳥名主辟不祥天子出行職主先導以禦非常故執此鳥之象以名官

扇

古人所用團扇羽扇王珉贈嫂婢及王右軍為蕺山老姥書扇蘇東坡為春夢婆書扇皆團扇也方麯形如餅而四棱以木為之亦團扇類北史曾漫漢遇楊愔騎驢不下以方麯障面而過是也摺疊扇古名聚頭扇僕隷所執取其便於袖藏以避尊貴者耳元時東夷始以入貢明永樂間稍效為之後則流行泛廣而團扇幾廢矣至於揮洒名人翰墨則始於成化間作偽之徒乃取宋元明初名公手蹟入扇良可哂也

畫圖

漢宣帝思念輔佐之功則寫博陸侯諸臣圖元帝縱欲則寫王嬙諸美人圖以次待幸唐大宗重文則寫十八學士瀛洲圖宋仁宗畏敵則寫元昊像時覩之南唐韓熙載窮極聲妓之樂其沉酣狎暱閑於李後主後主令工就第寫夜宴圖宋吳益王道遥山水高宗命善畫者躡而寫之寫冷泉濯足圖以進明初祭酒滑縣宋仲敏訥剛毅稱職高皇殊眷之君臣之契莫倫高皇燕居思見祭酒不欲數召煩勞令畫工陰寫其貌以歸數主數臣其密契同而所尚終不逮明高皇也

異力異驗

白醉璅言攸縣張子雲身長八九尺為人担米肩各一石首戴五斗而行無喘步嘗卧石橋上其首去地數寸元末之亂鄉民推為寨主所乘馬灰色日行千里嗚余未絶自山馳下已十里矣歸附後為巡檢而卒同時有徐寨王躤十餘丈以覆砥之舒則其修二丈後亦歸附

萬物生蟲

世間萬物無不生蟲木水土之中生蟲固其常也人身中有所蟲醬與醯各有蟲至火中生蟲則火亂也極南方有之其毛可以為布垢則以火浣之原化記載猷名蝎斗如犬而食火糞復為火豬記室載南雖亦食火陰山以北積雪歷世不消其中生蛆大如瓠謂之雪蛆味極甘美張子和醫者著儒門事親書言見民家一鐵鏝底上一鐵泡捶破有一紅虫其走如飛其觜甚硬是金鐵中亦有蟲也

鱠殘紅蝦

博物志吳王江行食魚膾有餘棄於中流化為魚名吳王鱠餘長數寸大者如筯雲溪友議寶誌禪師嘗於臺城對梁武帝食鱠時昭明諸王皆侍側食訖帝曰朕不嘗此味者二十餘年矣師何為乃爾誌公乃吐出小魚鱗尾皆具帝深異之今吳中鱠殘是也○中吳紀聞承平時有蝦子和尚好食活蝦貯之袖中且行且食或隨其所往密視之遇水則吐出蝦皆游躍而去又林酒仙東禪僧也好食蝦人規之輒吐出即遊去至今東禪寺前河中有紅蝦

野技幻狀

王丹麓廣聞錄崇禎甲戌七月朔河南孟縣民孫光斷祖墓在河陽驛之東有野蔔萄藤枝柯間忽抽新條條列萬狀有美人者達官者為龍鳳為龜鱗為蟬為雀魚蛇鳳為孔雀鸜鵒道臣曹應秋取得三美人一鳳一鸜鵒美人黃衣白裳面施粉黛鳳翅五采鸜鵒栖於架架上有蓋蓋中有粒點渀生動妙手不及

大膽

拙蓭雜俎諺云出外十里為風雨計出外百里為寒暑計出外千里為生死計京師諺云三十里外不帶傘好大膽五十歲後不買板好大膽言三十里外則風雨不可期五十歲外則生死不可期耳然人生天地間無時不可死豈特五十外哉

中時樊

濯纓亭筆記太平之世人皆志於富貴位卑者所求益勞位高者所得愈廣然以利固位終不能保其所有故時人為之語曰知縣是掃箒太守是畚斗布政是叉袋口都將去京裏抖語雖粗鄙切中時樊

水產陸產

拙蓭雜俎東南之人食水產西北之人食陸產食水產者蠶蛤螺蚌以為珍味食陸產者狐兔鼠雀以為美品如吳人食土蚨蝦蟹鰍鱔之類不以為怪與嶺南食蟒蠟蜻蜓及鼠者何異此以五十步笑百步也

籍沒貲財

王愷珊瑚七尺高元載胡椒八百石古以為侈載之史册蔡京採餘王黼既誅籍其家庫中黃雀鮓自地積至棟滿三楹他物稱是童貫敗籍其家得理中剛丸幾萬斤金銀寶物無算貫似道死果子庫糖霜數千甕官謂此物不可久留難載册籍遂輦棄湖中七修類稿正德中劉瑾朱寧權倖人主當踰國帑及籍瑾究共金一千二百五萬七千八百兩銀共二萬五千九百五十八萬三千六百兩朱寧金共十萬五千兩銀共四百九十八萬兩聞籍沒王振曹吉祥家貲尤多民之脂膏安得不竭

楊太真

楊太真本廣西容州普寧人父維母葉氏妃生有異質都部署楊康求為女時楊玄琰為長史又從康乞為女携歸長安納之壽邸遂擅天寶之寵幾覆唐祚晉石衛尉家綠珠亦從南蠻中得之豈天地妖艷之氣偏鍾於荒峒密箐之地歟○綠珠井在白州雙角山下

阿瞞

人知阿瞞為曹操小字不知唐明皇小字亦曰阿瞞李德裕所作明皇十七事內一條李輔國矯詔遷太上皇於西內中路見兵披擢目一作日上皇驚懼賴高力士在左右獲安上皇曰微將軍阿瞞為兵死鬼矣又羯鼓錄載明皇與寧王簪花事累自稱為阿瞞明皇字阿瞞古賢小字集未收

光武故人

光武故人人知有嚴光而不知有牛牢光武平時與諸故人夜話及讖光武曰劉秀作天子安知非我萬一眾然各言爾志牢獨默然光武堅叩之牢曰大丈夫立意不與帝友眾大笑後光武即位累徵不至刺史郡守奉詔存問牢每披髮不答詔旨嚴君平之故友人知有富人羅冲而不知有安鴻丘鴻丘為君平作妹曰無營無欲澹然淵清又林閭翁孺皆臨邛人亦其友也

嘉定井

白醉璅言嘉定民家開井四丈無水得一石以鍬擊碎之石中鹵水湧出其人亟出得免水浸中庭高尺許眾謂必遭墊溺適有一垢衣道人過見而謂人曰無事以雞

龍罩之。即止。如其言。水果漸退。

酒活命

拙菴雜組。史百戶號松所。善畫龍虎。醉則運思尤妙。人欲求者。必以醇醪醉之。乃肯下筆。以是日事酩酊。嘗迎巡按。以醉伏地。言百戶稟事。實無所言。指揮何某稟云。百戶有癩疾。乃扶出。何呼其父。令戒其子飲。父怒責之。絕其酒一月。病甚不能起。延醫王維綱治之。云。脈絕不可治。其夕果死。親屬哭畢。母哀之曰。在生嗜酒。今以戒酒死。死不瞑目。命兒女啟其口。以盃酒灌之。入喉有聲。乃再進一盃。覺鼻息如相續者。又進一盃。唇動氣通。母問如何。答曰。好喫。乃更進一盃。遂省人事。明旦往告王醫求藥。王不信。具告以故。曰。然則非藥之力。乃酒之功也。宜更飲之。乃更進六七度。推枕而起。又十年乃卒。

古來可笑事

梁大將軍冀作販牛黃客。見後漢延篤傳石衛尉崇祖車騎逖截若思。李北海邕俱作劫海船賊。見正史吳興太守謝朏。唐新昌令夏侯彪之。皆以雞卵給人。收其雞。見南史廣記李後主作鵝卵椰條稅大使。見邵納見聞錄解漕運賓王作賣竹筒主人。見雜志謝丈靖安作蒲葵扇牙行。見雜俎裴丞相休韓丞相熙載作歌姬院乞兒。見本記石曼卿作鬻私鹽惡少。皆古來可笑事。

詩有唐氣

水東日記。吳下有舉子。作詩自揭壁間。乃凡舉之座客。曰。舍弟此詩。大有唐氣。一客忽起。索梯甚急。衆莫解其義。既得梯。歷級而升。以舌舐其詩曰。有糖氣為何不甜。一座為之絕倒。

畫虎類狗

紫桃軒又綴。爾雅釋畜。犬子曰狗。釋獸。虎子熊子皆曰狗。又漢律捕虎一。購錢三千。貙狗半之。然則所謂畫虎類狗。蓋指虎子。亦未大懸絕耶。

桃棗異

吐谷渾有大如石甕之桃。北荒有七寸之棗。南荒有三尺之梨。東方有三尺之椹。木蘭皮國有五尺之瓜。三寸之麥。退羅稻粒盈寸。屯羅島之麻。實如蓮的。皆中國所無。

張僧繇畫壁

梁武帝命張僧繇。畫江陵天皇寺壁。僧繇於所畫廬舍那像。另繪仲尼與十哲像。武帝怪問。釋門內何用此。僧繇云。後當賴之耳。迨宇文周滅佛。此剎以先師像故獨存。然則僧繇識略。超越今古。故藝能精如此。

魚吞仙艾化龍

安南國有艾山。在嘉興州蒙縣西。臨大江。峭石環立。人跡罕至。相傳上有仙艾。每春開花。雨後漂水中。有魚吞之。便過龍門江。化為龍。

龍門

漢地理志註。交州有龍門。水深百尋。魚躍龍門。雷為燒尾。乃化為龍。不得過者。曝腮點額。血流此水如丹池。故唐人比進士登科為登龍門。又李膺傳註。龍門在絳州。

三足雞

康熙壬申四月初。謝李純西山梯基籬落間。見一雞雛。足不能舉。取視之。乃三足焉。其一足出自尾間。形似鼎多趾。而稍短。頭差大而喙微扁。啾啾撲地作聲。因取歸玩之。得寓目焉。乃知輟耕錄所載非誣也。

乳媼奸惡

近峯聞略。嘉靖壬午。吳江舉人葉伯惇妻陶氏。賢淑。有乳媼欲盜其金。暮置毒茗中。將飲之。適葉醉歸。索茗甚急。媼進飲之。暴死。媼紿其父曰。無疾。脫陽耳。父醜其淫。竟驗之。後年餘。紉一婢。候陶寢熟。以布帶絞殺之。則又紿其父曰。墮私胎。懼露。故自盡。父益不欲彰。亦就殮。時有小婢。覩其狀。甚恐。踰時。媼毆其婢。具以白父。繫置於法。

江西畢氏

鈞乎。江西畢氏。中歲無子。甚以為憂。然與妻極恩愛。不忍置妾。每醉後與妻遇。瘖多不省記。妻陰以侍婢代己。即有娠。露於畢。怪而疑之。既產子。欲斃之。妻具以實告。乃納而試之。明年又產一子。遂釋然。且感其妻。後二子相繼舉進士。長濟川。次濟時云。

奴解客愠

見只編載。里有富人某。張具邀賓。意獨重一上客。顧衆賓皆至。上客不來。富人大慄。失聲云。偏是要緊者不來。衆賓不悅。各有去志。一奴在旁。知主人失言。莫解。應聲出門。急向後廚。擔二上尊。從大門入。厲聲謂主人云。要緊者來矣。衆賓釋然。初謂為酒也。此奴微言中解。亦黠矣哉。

嚴嵩方書

拙菴雜俎。嘉靖中。宗給諫弘暹。宦江西時。奉旨稽分宜相宗貲。與監籍之員。言嚴相青猖紗巾。手持小書數帙而出。監搨者難之。嚴曰。此經驗方書。欲攜以送老耳。監者曰。方書有刀劍藥方否。曰有。曰能治得楊繼盛沈鍊頸創否。嚴爲黙然。監者曰。若然則此書猶無效者也。遂奪而投之於火。

堅瓠秘集卷四終

堅瓠秘集卷之五目錄

更定文章九命　必然偶然
陳蔡相識　王侯木
歙令傅野倩　夢中語兆
宋錦　胡梅林定變
焚膳獲全　白水銅印
解閻君酒　八百丁
犬子射郎　七字勾向左
小兒傷臂　總是一家
鹽場土豪　汪司馬輿人
平嶺　烟淚污頂
縫裨陰　僕謊墨丈
人生各異　鳥翼藥兒
卧冰得魚　割股療疾

大黃療時疾　封木石鳥獸
放龜　燕增土塑像
雨係官銜　聖火聖水
存孫封爵　孫讓旋全
立橋除道　柳敬亭
狄梁公善鍼　蘇石異飲
正直爲神　慢神致禍
沈家怪異　佛像動泣
止啼根鬼　厄井
舞態　汾陽新建
駙馬　楚齊三王異好
楊妃心經　佛面刮金
部郎厚德　鴨卵河魨子
蜈蚣珠　牝牡珠

格　壓油
葫蘆棗　詩蛆詩牛
箴訣　三十六宮
洗字去硃法

堅瓠秘集卷之五

清　長洲石農褚人穫學稼纂輯

更定文章九命

昔王弇州先生創爲文章九命：一曰貧困，二曰嫌忌，三曰玷缺，四曰偃蹇，五曰流貶，六曰刑辱，七曰夭折，八曰無終，九曰無後。殆有所感而爲是論。仁和王丹麓先生以爲天下後世盡泥此言，豈不群視文章爲不祥之莫大者？誰復更有力學好問者哉？因反其意，爲更定九命：一曰通顯，二曰薦引，三曰純全，四曰寵遇，五曰安樂，六曰榮名，七曰壽考，八曰神仙，九曰昌後。各引古人往事以實之，頓令覽者有所歆羡云。

必然偶然

新安張山來先生云：聞錄吾邑某生從某師讀書山中，一日，徒問其師曰：讀書欲何爲？師曰：爲科第也。某曰：科第亦偶然耳，安可必乎？師曰：讀書以博科第，乃必然者，何謂偶然？後師徒二人同登賢書，各建一坊，師題曰必然，弟題曰偶然。歷年既久，必然者圮於地，而偶然者尚無恙云。

陳蔡相譏

歙邑陳元弼與蔡昭遠論文，陳云：所苦腹中無料耳。蔡即其語譏之云：陳元弼腹中無料。陳即答云：蔡昭遠背上有文。武詢其故，曰：君不記山節藻棁註乎？蓋戲其姓也。

王侯木

歙有精於星學者，偶遺矢於野，忽聞地上作爆響聲，視之，則土中迸出萌蘖，即以此時之干支推之，乃王侯命也，因留記爲驗。後里人建張睢陽公廟，以此木雕神像，果王侯云。

歙令傅野倩

崇禎乙亥，義烏傅野倩先生巖以名進士來令吾邑，善政頗多，偶記其軼事數則。鄉民有割肝療其親者，諸生以其孝，公舉於庭，公笑謂之曰：此子既已割肝，又煩諸兄來，必復破肺矣。蓋譏諸生之受賂也。試童子時，有方顯者，以官牘求前列。公見其名，笑云：方顯得文章有用。童對云：益足徵天地無私。公笑而取之。又有鄉先生詣公庭言事，頗似枉法，公不聽。鄉先生望公紗帽，戲云：老父母好高冠。公曰：不是官高，祇因髮法重。蓋公館髮因高其紗帽云。

夢中語兆

泰興李園是先生寓廬蓄女優數輩倩名師教授必飲以瘦陽之劑乃聽為師一日女徒語其師云我輩作此等事不審將來若何結果師云此非若輩所宜言越年餘先生語優師云吾夢中見一聯若使人人能結果除非樹樹不開花不知何所兆優師無以對先生有園名樹樹園一歲園中並無一花優師忽憶夢中句及女徒所詢結果語知主人當不久人間矣未幾先生果死女優遂散

宋錦

錦向以宋織為上泰興李先生家藏淳化閣帖十帙每帙悉以宋錦裝其前後錦之花紋二十種各不相犯先生沒後家漸中落欲貨此帖索價頗昂遂無受者獨有一人以厚貲得之則揭取其錦二十片貨于吳中機坊為樣竟獲重利其帖另裝他紵復貨于人此亦不遁手之智也今錦紋愈出愈奇可謂青出於藍而青於藍矣

胡梅林定變

胡梅林先生宗憲家僕中有有功健兒二人力萬鈞人不能近其一犯公令欲斬之禁獄中其一自度苟殺彼必且及我遂謀弒主有知之者密以語公次日公適當生辰諸子謂此賊必乘此行事盍不受賀公曰此示怯也其受賀如故吾自可辦賊因

密授諸將計及期帳下以次行酒及此僕公急語之曰汝素有大功吾前欲斬某僕汝為請即釋之欲以為汝榮也汝何久不言乎僕聞此語不覺感動泣下拜曰某初不敢言不謂主公厚我如此也公曰吾當為汝赦之今吾生辰汝輩可痛飲必大醉為樂僕果大醉乃並前僕斬之公之不動聲色而定變於倉卒類如此

焚牘獲全

胡梅林以總制開府於浙有幕客謂胡公某受公惠久無可報稱今嚴相勢國且敗敗則蔓延及其黨公必不免今為公計當以厚幣伴函薦某於彼記為室彼必重用某某暇時凡公有片紙隻字必為公匿而焚之嚴雖敗公無患矣胡公然之如其計行及嚴敗胡公果無累云

白水銅印

歙邑西村名華墟有某之先世微時來揚投其戚屬途拾一銅印文為白水至揚州戚屬各助以貲置質庫中故衣戲以銅印鈐之獲息殊厚未鈐印者初無人問也亦以印鈐之則售經年貿易貲且數倍於所助自後凡有所為必以銅印從事卒以鹽筴起家號其業曰泉蓋合白水二字而為言也迄今子姓仍以泉為號云

辭閻君酒

明代有一善人死閻君邀飲至則見為筵者四首為僧次為道士又次為善人主席則閻君也坐定閻君舉卮囑僧飲僧合掌念佛不肯飲閻君亦不之強也次及道士道士拱手亦不肯飲次及善人善人自念彼二人皆不飲吾寧敢獨飲乎亦辭之不飲如是者三閻君起立拱手向三人請行三人以次行至一處如井狀閻君拱手向僧請下僧趺坐而下次及道士道士立而下次及善人不覺首先入井及下則已托生人間矣自念奇異秘而不言長而求所謂僧道杳不可得後舉進士例為縣令往吏部掣籤見冢宰坐堂上儼然冥中道士狀也熟視再四冢宰忽呼曰汝在此乎曾憶冥間事否曰憶之特不敢言耳問曾見同席僧乎曰未之見也冢宰曰我若見之當以語汝汝若相見亦當語我時某掣得河南某縣令到官後謁藩王王固冥間同席僧也一見即驚喜曰汝來此乎曾識我否曰識之王曰曾見同席道士乎曰即今吏部尚書某也觀此則閻君之酒乃俗所謂迷魂湯耳

八百丁

歙邑南有村名北岸某姓始祖欲葬其父地師為示一地曰葬此子孫繁衍但初年

有損耳留一語為驗曰半夜夫妻八百丁葬後為子娶婦合巹之夕賀客皆散新郎已就寢定情矣迨半夜忽聞有款門者新郎疑為賀客復來也試啟戶視之一虎突入攫室驚救虎雖去而人則死矣踰年新婦生一子此後子孫果繁衍云

犬子財郎

某給諫子已娶婦為諸生每遇歲試輒倩人代作學使者以其要人子必置前列及給諫假歸有所聞親送其子入試試後亦不許通賓客試題為嫂溺不援六句公子於題則書豺狼為才郎權也為犬也於文則曳白無一字文宗初不知為給諫子置之六等給諫怒痛責之妻慙而自縊文宗例於試畢始拜鄉先生及謁給諫語及所書題云諸生中有如此不通者給諫云此即不肖子也文宗踖踖不安隨一揖別去改置一等次日有人榜給諫門曰權門生犬子烈女嫁豺郎又號公子為六一居士

七字勾向左

順治中歙邑一令初不識字及判示曰其日為十七胥教以十字判畢胥復教以七字如十字狀而曲其下復鈎向上令濡向左其形為七胥恚云誤向左矣令審視良久忽反張其示云如此懸之市則七正矣蓋令止知七正而為七而不知通幅墨字

之皆反也。其遺笑一邑如此。

小兒傷臂

白門幼科胡道玉，為巨室醫歲餘小兒，其証非外感，又非內傷，惟啼哭不止。胡乃密詢乳媼之夫曰：汝為我密詢汝婦，兒是何病，設有他故，我斷不以聞於主人也。其夫云：乃吾婦酣睡時，壓損其臂骨耳。胡曰：果爾，吾當偕外科往。遂密與外科計，詭云此病某有秘方，須以藥敷臂上，再以煎劑飲之，自愈。主人如其言，兒臂痛漸減，不數日而愈，乃厚酬之。此等乳媼殊可痛恨，而醫家亦不可不知此等作用也。

總是一家

歙邑令某，緝拘洪姓者，其人逃匿，令拘其族之富人。富人至，云某未犯法，不審何以見拘。令云某人有罪，彼既在逃，自應坐汝。富人云某與伊並非服屬，風馬牛不相及也。令怒云：汝與伊五百年前是一家也。富人云：若然，某叔父忝居相國，幸推烏屋之愛，見宥何如。令云：汝叔為誰？曰：內院洪承疇是也。令云：內院閣人，與汝何涉。富人云：五百年前亦是一家也。終無以加而出之。

鹽場土豪

鹽場土豪某，室有別業三楹，皆前掘一深池，中積水，外繚以垣，凡負債者，縛置池中，名曰水牢。後有一人自水牢中得釋，首於官。官初蒞任，批准勘。一胥素與豪厚，以告豪。豪謂胥能緩數日，吾事濟矣。胥曰：可。於是立召巧者繪者，髹者梵者，裝潢者，各厚其值，煥然一新，上懸名人畫，柱皆有聯，堂中雜置几案，交牀池畜金魚，凡器玩盆花畢備，外扃以鑰。及官來勘，豪力辯並無水牢。受害者引官往，豪若為不得已狀，始啟戶，訴云：某慮彼他往，則債不復償，因拉入書室，坐數日耳，非水牢也。官入室，所見殊精雅，水中金魚悠然自得。乃大怒首者，云汝負彼債，反誣以罪，吾署中荒蕪湫隘，苟得日坐此處，其樂實甚，汝反以為囹圄乎。遂直土豪，而責首者，噫，豪計亦狡矣。

汪司馬輿人

汪南溟司馬有輿人名四三一日，怒，司馬命以字。南溟字之曰目川。公子云：奈何為輿人命字乎？南溟笑曰：偶然樓起，便是目川，若放倒，則仍是四三耳。

平嶺

許文穆公國，為諸生時，赴鄉試，過新嶺，貧不能乘輿，語其擔行囊者曰：吾他日苟富貴，當平此嶺也。後登甲榜歸里，則乘輿過嶺，而擔行囊者復值，向日舊人，請公曰：公曩云富貴後為平此嶺，今當云何？公曰：我之嶺已平矣，汝輩各自平汝之嶺可耳。此言雖戲，實具至理。

燭淚污頂

有士人鄉試後，將揭曉，則夢人以燭淚澆其首。醒後喜甚，以為必捷。及榜發落第，甚恚。後數科，夢皆如是。因於揭曉之夕不復睡。不意其僕忽大叫，詢之，則夢人以燭淚污主人頂也。士人益怒，謂必無可望。及黎明，報人擁至，喜出望外。日中往視其榜，則姓名上有燭淚，蓋填榜時吏所污也。

縫婢陰

亳州一士狎其婢，婦妒甚，搗蒜納婢陰中，而以繩縫之，婢痛苦殊甚。鄰人咸為之不平，羣訟於官。官大怒，檄拘妒婦，並喚革工數人，携錐繩諸物，欲縫妒婦陰。士懼，為門戶辱，竭力求免。官曰：今城樓且壞，果能重為建造，庶可免耳。士罄家所有，始能竣役，至今土人即以此事名其城樓云。〇順治中，毘陵某官偶狎一乳媼，夫人知之，竟以錐鑽其陰而鎖之，棄其鑰匙於井。乳媼呌號欲死，人不得已，覓銅匠以鐵絲捺開之，至今常州人稱鎖陰奶奶云。

僕號墨文

程木文有僕號墨文，木文責之曰：我號木文，爾奈何亦號墨文？僕曰：音同字不同，相公乃木頭之木，小人是文墨之墨也。俱條問錄

人生各異

呂覽云：伊尹生於空桑。春秋演孔圖云：孔子亦生於空桑。空桑地名，非樹也。乃亦有生於樹者，隋王德祖家有樹生瘿，大如斗，經三年，其瘿朽爛，撤其皮，遂見一孩，因收養之，長名梵志。又元畏兀兒之地有和林山，有神光降於樹，人即其所候之，樹生瘿若妊狀，自是光常見。越九月又十日，瘿裂，得嬰兒五，土人收養之，其最稚者曰不可罕，既壯，遂君長其地。述異記云：魏時王子元家雨中有小兒八九枚，墮庭中，長六七寸許，自言家在河東南，為風所飄，則人有從風雨生者矣。寧國論云：蜀本無獠，犍為德陽山谷洞中壤壙而出，長而自為夫婦，種類益多，則人有從土生者矣。後漢書夜郎剖竹而生，哀牢觸木而感，則人有從竹木生者矣。內典載□□伽生於火中，則人有從火生者矣。又竟陵僧於水邊得嬰兒，育為弟子，稍長，因筮得姓名陸羽，則人有從水生者矣。諸兒之生，可謂水源木本。

鳥羽異棄兒

稷之棄也鳥覆翼之子文之棄也虎乳之齊頃公之棄也狸乳而鵲覆之皆見於經傳東觀紀漢肅宗敬隱天后以王莽末年生遺時倉卒母棄之南山下隆冬寒令再宿不死外家出過道聞兒啼聲憐之因往就視有飛鳥紆翼覆之沙石滿口鼻猶能喘息心怪之以為神靈持歸養之年十三乃以歸宋氏後為肅宗后天都載槀離國王侍婢有娠產子捐猪圂中猪以氣噓之徙置馬櫪中馬復噓之得不死後為扶餘國王準之后稷未盡誣也

臥氷得魚

晉書王祥孝母臥冰而雙鯉躍出王延為母欲魚叩冰而哭一魚躍出說儲載楚僚臥冰而童子送鯉查道泣禱河神而冰開得鱖元史載汶上田政住父病不愈禱天去衣臥冰上一月同縣王住兒母病臥冰上半月皆得魚以愈親疾又焦革冬月得魚以愈父疾王虞雪中得魚以止母渴是皆孝思所感動植之物得以非時應之若北史所載慕容熙因苻后病季冬思凍魚膾仲冬思生地黃切責有司必欲致之至加大辟而終不得益信南面之尊不敵孝感之神也○王祥臥冰處在沂水至今冰凍不合臥冰事人但知王祥不知又有王延楚僚諸人故拈出之

刲股療疾

開元中明州陳藏器撰本草拾遺云人肉治羸疾自是閭閻相效割股以博孝名乃亦有為子刲股者宋史呼延贊有膽勇鷙悍輕率嘗言願死於敵徧文其體為赤心殺賊字至妻孥僕使皆然諸子耳後別刺字曰出門忘家為國臨陣忘死為主嚴冬以水沃孩幼冀其長能耐寒勁健其子病贊刲股為羹療之○異苑載京房以漢時棄市其屍至義熙中猶完具不朽僵屍人肉堪為藥餌軍士分割殆盡

大黃療時疾

療時疾者服大黃良宋史載陳宜中夢神人語曰天災流行人多死於疫癘惟服大黃得生宜中遍以示人時果疫因食大黃得生者甚衆此見上帝好生即有必行之天災未嘗不開人以生路也

封木石鳥獸

秦始皇封松為五大夫唐武后封柏為五品大夫錢鏐封臨安大木為衣錦將軍明高皇封柿為凌霜侯陳後主封石為三品宋欽宗亦封石為盤固侯衛懿公鶴乘軒晉惠帝蝦蟆得廩北齊幼主雞鷹食縣幹犬馬有赤彪儀同逍遙郡君凌霄郡君之封隋煬帝以鷗字乃二品息封為碧海舍人唐太宗封白鵲為將軍玄宗封白驢為將軍昭宗封猴為供奉以朝廷爵祿濫及無知之木石鳥獸豈非祖龍之作俑哉

放龜

毛寶無放龜事放龜乃寶之武昌軍人及軍人之墮江也覺如立石上即所放白龜浮而送之竟得登岸晉書孔愉放龜後封餘不亭侯鑄印而龜三顧及其卒也龜復銜木植愉墓今號龜銜樹溪名龜溪橋名龜𡇸橋一念好生感及鱗介○梁書王瑩拜開府儀同三司丹陽尹印工鑄印六鑄而龜六毀既成頸空不實補而用之居職六日而卒龜為四靈之一宜其靈異若此

燕增土塑像

崔鴻十六國春秋魯國有齊傲數萬燕銜土培城史記漢臨江閔王榮葬於藍田數萬燕銜土置塚漢書王莽開哀帝母丁姬塚數千燕銜土投塚梁昭明太子枓宮有琉璃盌紫玉杯後吏葬為閶人所竊有燕雀數萬擊之為有司所緝上聞驚異詔納壙中復有數萬燕雀銜泥增塚墳側有湖因名燕雀湖○宋元嘉中靈就寺群燕共銜繡像委之堂內蕭道成於寺造白塔齊雲巖太素宮百鳥銜泥塑成真武像

雨係官銜

唐語林顏魯公為河西隴右監察御史時五原旱魯公為決冤獄數事天乃大雨人謂之御史雨宋史趙鼎為相延汪應辰之館塾紹興五年應辰舉進士第一歲旱鼎命應辰禱雨即應人謂之相公雨鼎曰不然乃狀元雨也又豐城王仲衡守建昌軍值大旱入境大雨如注郡人喜曰刺史雨休寧凌唐佐知夏津縣決河北疑獄時亢旱及唐佐歸雨隨至人號為縣令雨元王伯勝為遼陽行省平章事歲大旱伯勝齋戒以禱即雨人謂之平章雨至順中宇文公諒為餘姚同知夏久不雨禱即應民頌為別駕雨陳春為嘉興路推官因販私鹽累釋被誣者數百人先是久不雨至是大雨人稱陳公雨順治中秦世禎為江寧監察御史時久不雨世禎行部至太倉決冤獄數事即雨人亦稱御史雨蓋人事可以挽天心即天功可以為人力以視南史所載蕭推歷淮南晉陵吳郡太守所臨必赤地大旱人號為旱母者其人事可知矣

聖火聖水

南史齊世祖時有沙門從北齎火而至色赤於常云可療疾人取之者多得其驗謂

之聖火唐書觀察使令狐楚言亳州有聖水出飲者疾輒愈有方之人率十戶斂一人往汲而水斗三十千取者益他汲轉鬻於道裴度判狀令所在禁塞李德裕亦嚴勒津邏捕絕之且言昔吳有聖水宋齊有聖火皆本妖祥古人所禁請下觀察使令狐楚塡塞以絕妄源從之夫先輩豈不欲濟人誠杜其煽惑之原也

存孤封爵

程嬰公孫杵臼二塚在絳州太平縣之趙村至宋元豐中因議郎吳處厚上書始建廟加封封嬰為成信侯杵臼為忠智侯以時致祭處厚言之是矣第因屢失皇子而恐其為厲則大可笑也夫嬰與杵臼生前存趙孤以全忠義豈死後剪他人裔以求血食耶○天禧中封東方朔為智辨侯

豫讓施全

豫讓刺襄子於汾橋下馬驚而見執顧襄子猶從容待之嘉其義而從擊衣之請使讓得行其意可謂殺之之中又有禮焉施全之刺秦檜亦邀于望仙橋下柱斷而被擒斬於市衆中有一人曰此不了事漢不斬何為而避暑漫抄等書乃列全於檜之十客中不亦冤哉或云另有一施全

立橋除道

南吏會稽郭原平吳郡范元琰俱稟至行家貧以園蔬為業園外有溝見盜筍者苦於涉水乃採置籬外各伐木為橋以度之又桑虞見盜瓜者因園中多荊棘恐傷盜衣輒除道通之此皆盛德事但立橋除道不亦過乎昔宋羅可見人竊其園蔬乃伏草間避之以俟其去只如此足矣

柳敬亭

泰興柳敬亭以說平話擅名吳梅村先生為之立傳順治初馬進寶鎮海上招致署中一日侍飯馬飯中有鼠矢怒甚取置案上俟飯畢欲窮治膳夫進寶殘忍酷虐殺人如戲柳憫之乘間取鼠矢咲之曰是黑米也進寶既失其矢遂已其事柳之宅心仁厚為人排難解紛率類如此

狄梁公善針

狄梁公性嫻醫尤妙針術應制入關時華州有富室兒鼻端生贅大如拳石根蒂綴鼻如食筋或觸之酸痛刺骨兩眼為贅所縋目睛翻白苦甚垂絕揭巨牌求療之者許酬絹千疋公一見惻然曰吾能治之即於腦後下針寸許仍詢病者知針氣已達病處遽抽針贅應手落目睛如初富室感謝致所酬縑公笑曰吾急病行志耳（謂急人之病出左傳）不顧而去昔人云不為良相則為良醫蓋濟世之術均也如梁公者豈非良相良醫兼長而並收其效者歟彼其返周為唐即起死迴生伎倆當從容燕對無不以子母恩情為言尤屬頂門一針內經云上醫醫國梁公有焉後世猶以事女主為公咎而公急病行志之心晦矣

蘇石異飲

蘇子美石曼卿輩飲名有五曰鬼飲了飲囚飲鱉飲巢飲（一名鵠飲）鬼飲者夜不燃燭了飲者挽歌哭泣而飲囚飲者露頂圍坐鱉飲者以藁自束引首出飲飲復就束巢飲者飲於木杪海虞陳錫玄先生戲益之有六曰號飲偷飲跪飲枷飲牛飲狗飲號飲者阮籍飲酒二斗舉聲一號是也偷飲者畢卓盜樽是也跪飲者劉伶跪祝引酒是也枷飲者北齊高季式留司馬消難飲索車輪互括其頸命酒引滿相勸是也牛飲者商辛為酒池肉林一鼓而牛飲者三千人是也狗飲者胡毋輔之輩閉戶酣飲光逸脫衣露頭狗竇中大叫遂得入飲是也飲名雖新不若文字飲醉紅裙知己相聚斗筲之器成千鐘之為酣適也

正直為神

廣聞錄萬曆四年山陰諸生某暴死其胸與手猶熱家人不忍斂至月餘始甦身畔有大鏹五十金為所攜來人問之曰我死適冥司值親識某駭曰汝何以至此然某閻王正為其子延師當為君綏頰進之果延主西席諸子皆羅拜北面受業起居經史皆與世同而亦為師別具殽饌如世間食王則袞冕甚尊嚴因謂生曰汝欲見五閻王乎乃貴鄉王陽明先生也及見先生亦為主客禮歘然道故曰此冥司不宜久居命掌判官稽生祿命判官報生尚有十年陽壽先生即命語其主王送生還陽主王從之贈冥錢楮幣甚渥先生曰不可宜用世間錢即所攜五十金也乃知正直為神韓擒虎蔡襄之為閻王非誣也

慢神致禍

說儲載江吳某偶以丈木鑄神像二軀一為土神一日土神見夢於吳曰吾位卑不當與某神並殊不相安君盍徙我于他氏吳如其言後他氏鳩數人結土地社出土神禮而祀之一少年曰何物木偶靈何從生而能發吳君夢耶捽筵擊之少年居恒禮大士是夕歸夢大士謂曰汝昨何慢土神土神檄汝罪凡十三所定不汝貸矣少

年叩首乞哀大士曰我不能救汝死但令汝生而貴泰中某氏世勳系也且誕兒亟往就之可不失腰金矣然必須戒家人勿哭少年死家人不能如戒因復醒曰生汝草哭故失我世勳矣猶幸大士許我以後圖乃瞑據此則神固無可慢者故曰敬鬼神而遠之

沈家怪異

廣聞錄萬曆甲寅七月閶門外下塘冶坊沈廷華家初有三足蟾蜍一隻頭三角角紅如丹瑚緣墻行走伏墻下地裂走出數十人並長六七寸或老或少或好或醜或烏紗絳袍或角巾野服或垂白寡髮羣衆驅逐簿暮忽跳躍四散而隱明日家人晨起忽見墻上幻出五色彩畫宛然金碧山水次日換青綠山水越日又換諸細巧人物故事或染麒麟望月或寫丹鳳朝陽一日見兩仙人坐樹下圍碁一日忽見衣錦嬰兒捉少婦衣裾而立觀者以爪觸傷婦頰血出如縷如是累月符咒多方不能治○說儲載嘉靖中瞿元立曾見一三足蟾蜍取貯缸中翌日視之遁去矣

佛像動泣

石李龍時太武殿畫古賢悉變胡狀旬餘頭悉縮入肩中梁武帝時舍身光嚴重雲殿游仙化生震動三日普泰元年洛陽金像生毛而廣陵被廢永熙二年平等寺浮屠成孝武會萬人於寺石佛低舉其頭終日孝昌三年平等寺金像有悲容兩目垂淚遍體皆濕人號為佛汗明年爾朱入洛陽誅戮百官殆盡永安二年三月此像復汗五月莊帝北狩永安三年七月此像悲泣如初十二月爾朱入洛莊帝崩晉陽宋嘉祐中邕州佛寺塑像手忽震動未幾交趾入寇城幾陷其後又動而儂智高反竟屠城去又宣州大火先時有鐵佛迭前迭郤若俯而就人者火尋作夫像不過幻相耳胡然而動胡然而涕其殆示人以知趨避乎惜乎其不之悟也

止啼禳鬼

桓石虔趫捷絕倫威鎮敵人時有患瘧者呼桓石虔來以怖之立愈劉胡面黝黑似胡蠻人畏之小兒啼語云劉胡來即止楊大眼威振淮泗荊襄閒童兒啼呼楊大眼即止將軍麻秋有威名兒啼呼麻秋來立止檀道濟雄名大振魏甚憚之圖以禳鬼江南人畏桓康以其名怖小兒瘧者畫其形貼於牀壁宋劉錡為隴右都護與夏人戰夏人畏之兒啼怖曰劉都護來立止遼史耶律休哥官拜于越（官名）數敗宋師宋人不敢北向時宋人欲止兒啼怖曰于越至矣小兒噤不發聲此諸人者呼名可以怖兒已病圖形可以禳鬼愈瘧其臨敵決戰所向披靡又可想已

厄井

風俗通厄井在汜水縣東十五里漢高祖與項羽戰敗於京索遁入脅井追者至見井中有雙鳩飛出因得免殷芸小說滎陽板渚津原上有厄井漢王避項羽處郡國志厄井在滎陽漢高祖為雍齒所追投匿井中隨有蜘蛛結網蔽其井口得脫後貽為滎陽守立神蛛廟以祀之聖天子百靈呵護信然○陳州城外有厄臺寺乃夫子絕糧處舊榜文宣王因風雨洗剝但存一王字後釋子遂附會為一字王佛○宋王元之有厄臺銘

舞態

唐內史楊再思為高麗舞國子祭酒祝欽明為八風舞工部尚書張錫為談容娘舞將作大匠宗晉卿為渾脫舞左衛將軍張洽為黃麞舞諸人舞態愈工醜態愈露

汾陽新建

魏志咸熙中郭淮以功封汾陽子唐郭子儀封汾陽王是有兩郭汾陽矣劉宋時王華以誅徐羨之功封新建侯明王陽明守仁以誅宸濠功封新建伯是有兩王新建矣陽明先生尊人亦名華同宋新建侯名尤為巧合

駙馬

搜神記秦閔王女聘曹大死墓在雍州城西五里時有隴西士人辛道度者以游學糧盡經墓前見一宅因詣門下求餐一青衣延之入秦女遂與合焉信宿而去與金枕一枚後度鬻枕於市秦妃見而詢之得其故遂封度為駙馬都尉後之國婿蓋仍其名○宋世以駙馬都尉為粉侯遂指都尉兄為粉昆

楚齊三王異好

墨子云楚靈王好細腰其臣皆三飯為節韓非子云楚靈王好細腰而國有餓死人尹文子云楚莊王好細腰一國皆有飢色劉禹錫詩云為是襄王故宮地至今猶自細腰多是楚三王皆好細腰也齊無鹽女極醜而為宣王后宿瘤女項有大瘤而為閔王后孤逐女狀醜三逐於鄉五逐於里過時無所容而襄王與語悅之是齊三王皆好醜女也何好尚之相懸如此

楊妃心經

真定大曆寺中多藏唐時宮人所書佛經字俱工楷內有楊太真手寫心經一卷字

尤婉麗後題云善女人楊氏爲大唐皇帝李三郎書呼皇帝爲三郎此宮幃燕暱時語乃直書於經卷貽譏後世大爲可笑

佛面刮金

如皋冒女九先生夢齡嚨語上元鄭允宜號三山弘治癸丑進士仕至德安太守植關守郡素著清介晚歸白下值湛甘泉宗伯毀淫祠三山領佛像刮面金以供壽貲柳何前廉而後貪遂令佛面刮金成實事也聞易簀時自毀其面孫嗣山垂老落魄而貧徹骨有以夫○予友徐穀臣亦毀銅佛三尊病中刮面刮腿宛轉叫號而死

部郎厚德

萬曆中一部郎娶妾揚州旣登舟則非所擇取也媒氏懼伏罪請歸易之部郎以爲非體且貌雖遜麗於所擇而厚重過之因挈之赴任得子未幾擢憲副金章黃蓋過女父家詢曩所擇女則下嫁伍伯女聞其歸從簾內窺之遂自經死

鴨卵河豚子

王元翰稗史彙編成化丁未松江隸卒馮順盜庫者案乇二守怒其累己捶笞枷示屬總甲王五監之令致之死王以鴨卵實生河豚子與順食之竟無害後聞海鄉人云河豚同鴨卵食則不殺人信然

蜈蚣珠

萬歷中武進虞橋人慧其上多中惡死居人苦之不知其故會數賈胡至語人曰此有毒物踞其中吾當爲去之則以一大鐵籠作機檻布以絲綿貯熟鷄於其中夕而舁至橋下勅居人遠避無犯之賈胡伺之頃則勢如風雨久而絲綿難脫天明啟視檻中蟠一蜈蚣長數丈足皆纏縛而死矣剖其首一明珠大徑寸其百足一足一珠賈胡懷之而去自是虞橋之患乃息

牝牡珠

萬曆初巨璫馮保得一珠如大指下微有凸狀保曰此牡珠也惜失其牝遣人購之不得吳中有淘沙者得一珠亦如大指而下有凹形不知其爲牝也一賈胡見而以數錢買之顧賈胡方窘甚復鬻於吳賈得銀三金吳賈亦不知其爲牝珠也適遇購者遂引入京以售於保得三千金吳人因指其瑕曰珠誠佳而有微罅保笑曰此牝珠也乃以白玉盤捧牡珠出共置其中則轉而相就遂如牝牡交久而生一珠乃稱無價保敗沒入北三殿災而失所在矣

格

獸有名格者形似猩猩而自知吉凶人有意害之則去不來否則可擾而押也是何格智而猩猩愚耶蓋猩猩耽於所嗜人因得而制之夫惟無嗜者人莫制焉愚意格物之格或本乎此

壓油

蓋州有蟲名壓油形肖水黽每暮春時從水中出自呼其名人因採取以重物壓之油津津出油罄皮僅存焉投之水中復生蓋亦一種業報內典所謂壓油殃者是也

葫蘆棗

莫堅志光州七里外村媼家植棗二株於門外秋日棗熟一道人過而求之媼曰兒子出田間無人打撲任先生隨意啖食道人摘食十餘枚媼延道人坐烹茶供之臨去道人將所佩一葫蘆繫於木杪顧語曰謝婆婆厚意明年當生此樣棗旣是新品可以三倍得錢遂去後如其言今光州尚有此種人懷核植於他處則不然

詩蛆詩牛

王丹麓牆東雜抄龔合肥以總憲守制家居時士人投詩日以什伯計閽者往往應接不暇一日有士投詩閽者受置几上士促之閽者擲其詩叱曰去去汝這詩蛆也來獻詩士大慚拾詩掩面走一時傳以爲笑又鹽官有崔某者業負販能詩頗多佳句然其人惷惷焉如牛人謂其爲牛則沒其爲詩如稱其詩則又不似其爲人因戲稱爲詩牛人皆曰善詩蛆詩牛名目甚新

籤訣

今人輒呼醮詩爲籤訣不知古人多有以詩占者西山十二真君詩語多訓戒後人取爲籤以占吉凶極驗又射洪陸使君廟以杜少陵詩爲籤亦驗今陳烈帝籤訣乃是絕妙古詩蓋詩以言志古之作者多寓意風規故言皆足爲蓍蔡如被嘲風雪弄花草者真是構無用爲用耳於占驗奚當

三十六宮

唐徐凝詩三十六宮秋夜長景物凄涼之極唐蘇郁詩三十六宮愁幾許人情抑鬱之極唐許渾詩三十六宮閒玉簫羣心跂之極宋邵堯夫詩三十六宮都是春天真爛熳之極

洗宗去硃法

洗字法用西瓜一箇約重三觔半熟者帶邊開一孔入官硼砂三錢五分砒三錢五分硇四錢共爲細末入瓜孔内懸一七日霜自出以翎毛掃下又一七收取用時先將清水濕字以藥塗上待乾用翎掃淨紙白如新去硃法用黃瓜一條帶邊開一孔入官硼砂一兩依前法取霜用之

堅瓠秘集卷五終

堅瓠秘集卷之六目録

秦檜日受鐵鞭　冥王延師
杖卷　泥卷
查勘司　賜奴婢
梁木共大度　馬頭股
海中黑孩　秦女將健兒
巨神呵昆　刁筆
疫僧　神鬼有靈
屠語　善斷
宋司理厚德　八條絃
土魁　爲園
號因姓重　竊爐
孟嘗食客　中郎有後
供荔技　鼻祖耳孫

鞭尸　西王母考
穴中龜蛇　肉塊
冥報　呂需
土鼓鳴冤　顏邦直
賜無畏　年號仍襲
正字紀年　蚺蛇油
西太宰韶　看殺
采虞子　泥金報喜
清倖　饅頭
酷虐　倣德
蔣侯茅司徒　血逆流
女請代刑　想當然
古人自守　無對字
知足　飲酒賦詩

二氏廢興　千佛寺
剖心觀胎　鬼眼
足下黑子　一身是膽
長頭長脚長舌

堅瓠秘集卷之六

清　長洲石農褚人穫學稼纂輯

秦檜日受鐵鞭

予菴雜録秀水張恭錫先生晉伙自述為諸生時夢入岳王廟王待以客禮既而辭出聞廟後樹林中哀號聲往視之見一囚反接於樹一力士執鐵鞭鞭之張問何人囚曰吾秦檜也岳王法令每日受鐵鞭一百公幸與王善能為吾丐免今日百鞭乎張諾之復入謁王而王已預知其意不復為禮怒叱曰汝向與吾同事吾被檜賊害汝亦幾不免今何得昧前因而反欲為賊乞哀可速退姑貸汝張惶懼趨出再過林中則見執鞭者又增一人謂張曰王怒公為囚祈請令今日加鞭一百張大驚悸而寤明日猶面熱背汗急往廟拜謝幸無恙

冥王延師

張恭錫嘗於病中夢兩青衣使者持紅帖邀至一大府第云是冥王府遙望堂上冥王端冕執圭坐其身大如世間所塑金剛侍衛森嚴不能仰視使者令張且閉目俄而開眸則王已縮小如常人服常服侍衛俱退右左止數人揖張升堂叙主賓禮曰欲暫屈先生為館師訓吾二子作制舉義以便異日取科第耳張曰王子當自有世祿安用科第王笑曰即吾亦不免輪迴人世作公侯況吾子耶引張入館室呼二子出拜師子年可十三四甚俊雅王命以項仲昭煜刻稿與讀謂其文尖穎長人神智也張為講解二子殊聰敏恍惚間覺坐館之日已甚久一旦王開筵謝別酒肴極豐而張不思飲食王亦不相強謂張曰先生自是科第中人但艱於得子吾今贈先生以兩子顧左右捧一金盤來盤中坐二小兒長不及尺宛如粉孩王曰以此酬師足矣即命前青衣使送歸張頃刻至家遂醒身已僵卧兩日矣自是病愈後果得二子

杖卷

張恭錫於崇禎庚午之春至于忠肅公廟祈夢問秋闈獲雋否夢入闈試畢以三場文卷一總投納收卷官乃其受業師已故蔣姓者閱之嫌其文不工擲卷於地命每卷各杖三十張旁睨自歎吾文不佳致辱及卷惝憤而寤竊計今科必不利及秋榜發中第九十名蓋三卷各杖三十共九十之數而本房座師乃餘杭知縣吾鄉蔣雄圖先生爍也與所夢蔣師姓正符合甲戌成進士授閩縣令陞部郎

兌卷

遂安方渭仁先生象瑛健松齋集記郎司馬南和楊仲延絪芳初任和州知州康熙丙午苦病久至夕忽昏迷見一隸執柬相邀須臾至一府第主人常服延入序寓主華紱青衣投一刺楊竊睨之上書遂民周仁主人遽起出迎周至則皤然老翁也讓坐而之楊推周高年周亦遜楊官長主人乃謂楊公年尚少此席應屬周君坐定主人出數隸舁二卷箱至曰此明年春闈卷也屬兩公詳定楊因問閱卷舊例隸曰不必閱以天平較其輕重重一斤者為台式十三四兩次之十兩以下則不入格矣於是楊與周取平馬較兌得一斤者五十餘卷餘重十三四兩不等兌畢隸送楊歸則漏下五鼓矣家人環守榻前病遂愈

查勘司

康熙初吾蘇書生顧某居平奉佛又善扶鸞偶遇龍樹王菩薩降乩授經一卷皆勸人忠孝無異儒書後每運乩默誦此經菩薩立降言休咎奇中端午日生被酒晝臥忽夢冠帶坐公堂侍衛嚴整吏進文書云陰司新勾到人犯候點名起鮮見數囚伏墀下聽點中一女囚裸形不著一絲視之即其姊近日暴亡者也生念公堂不便認親但問女囚何得裸體吏云此係無為教中人陰司例不許穿衣生叱云太褻瀆今後改例穿衣吏方唯唯而顧視其姊已衣矣點名畢聞堂頭鼓聲衆忽不見生自省我何遽為陰官即脫冠帶置案上疾趨下堂回首堂額乃查勘司法堂五字因誦龍樹經信步行至一處山水明秀鳥獸花木俱非人世所見有數老僧或坐或立一僧呼生使向池中洗手水清見底生方探手欲洗忽見水中現一龍頭驚悸而寤明日請龍樹菩薩降乩書云陰官得游佛境幸甚水中所見者即我也何必驚怖生問吾身後得歸佛境否乩云且完查勘司事更圖後緣生自此忽忽不樂至來年端午日無疾而逝遺言以龍樹經為殉惜不傳

賜奴婢

見聞錄石首袁榮襄公宗皐為世廟日講官歎陳明宦上喜欲賜家奴女婢各六人初榮襄為興府長史時中酒晝寢夢一美姬扶牀跪請曰妾備充李白洲下陳今願侍相公帷幄袁夢覺異之召黃夫人語焉既而李以黨獄籍沒妻孥沒入官至是榮襄所受女婢李姬果與焉兌然夢中人也

梁未央大度

亦巢偶記梁朝鍾字未央粵東番禺名宿也內閣洪承疇慕其名聘致幕中甚相得一日洪有他行以夏楚付梁俾無論男女大小有不法即以治之既而一妾有犯洪竟責之妾之弟悍少年也以辱其姊大恨必欲殺之梁知不免告曰俟予寫一家書當就死少年持刃待之作書未竟家人報洪歸矣少年驚而逸去及梁見洪並不及此事後別洪歸路逢大盜即少年也見梁大喜曰我欲殺君竟不向主人言之真為可敬厚有所贈梁固有大度此少年亦非尋常人也

易頭腹

今世說宜興周立五啓雋弱冠時觀未高兩顴逼而禿面有橘色鄉人竊笑之曰此黃冠相耳立五聞之若弗聞也年三十二猶困童子試偕其父荆南旅宿南城外倉橋側夢中見一椎冠絳衣人右手操刀左手提一人頭鬚鬢如戟至榻前易其頭去以手所提之頭函其頸立五大驚持父足疾呼及舉手摩之頭如故凛凛者累日未幾面顴漸高兩顴骨漸豐鬚髯鬑然日益長越年餘又夢一白鬚老者冠緇冠執長尾麈隨一金甲人曰請吾來易爾臟腑語訖金甲人抽所佩刀啟立五腹出其臟腑滌濯而復納之既納以方竹立覆其腹上取釘錐釘四角立五夢中聞斲鑿丁丁而怪其無痛也釘畢白鬚老者揮麈而祝曰清虛似鏡原本無塵忽釘其笠豁然有聲立五遂寤自是文學日進順治乙酉丁亥歷試兩闈皆捷集官侍講學士

海中黑孩

南通州邊海鎮臺諸公遇有馬二百餘放青海口司牧者每見群馬驚跳望內地而馳者不一次群牧疑為盜馬者遂早晚候之遥駿騎沿海從外躡之者數矣並無人迹還後方得一小黑孩從海中出則群馬為之奔逸也牧人共擊得之以進諸公諸公即著與牧養養之無使逸去始則不食繼而知饑飴食粥飯嚴寒衣之衣亦衣漸識人言久之亦遂能人語但其肌膚純黑眼珠綠而齒珠黃若五官則盡與人同四年之久防閑者亦疎因長夏無衣復逸入海而不知所之想即鮫人之類歟此乃齊門司閽張瑞石所親知目見者

秦女將健兒

咤語石砫司女將軍秦良玉畜健兒名來狩者精擅鳥銃百發不失一方秦師抵渝賜江望見張黃蓋者脩女墻坐遽命彈之狩應手一發中執蓋者并仆其坐既復潛渡依城仰擊連中數人城中出鐵騎衝突兵多覆溺秦悔失狩謂即千金吾不與易也亡何附船柁歸身面中數鏃然不死秦以自食金匕箸食之仍犒以白鏹一錠

巨神呵長

韓莊張天護佑夜夢巨神呼令長長四跡身展足抵隣壁爲鄰媪驚止嗣是長八尺餘長髯肥軀過城市人競聚觀馬不得行佑仰攀卓楔脚束馬上去地二三尺衆駭服嘉靖元年山東礦賊王堂流刼歸德柘城諸縣申陽六使者往勦令佑控馬猝遇賊孔棠店佑執大屋梁據高阜呵賊辟易就擒以貧不願官受賞而歸壽終於家

刁筆

如皋有一善刁筆吏見石莊司巡檢中文內稱巡檢司弓兵某等拏獲巨盜若干名因語之曰弓兵獲盜官於何許文已將投不及竄改索其五金乃於司字傍直添一筆爲同弓兵某等獲盜申文上而巡檢得旌矣又郡有三童子交毆而斃其一官擬一人抵死其父欲爲申辨袁武生語之曰爾第酬吾多金可片言豁也與之因書牘云三嬰戲毆非姦非盜非仇六手交加一死一生一抵上司見而釋之真刁筆也

疫僧

萬曆中憲副李某素不喜緇衲守湖州時一日出行有僧持十金一緘閙告道左謂得之拾遺故上獻以憑示給李高其行命住持某寺董修殿之役出疏自捐百金湖屬得數千同事胥耆觭之篋笥鬻材鳩工業有日矣會李坐堂有僧伏堦下能誦其緘書筆迹合一李亟命以道金還之信禮愈甚已乃僧忽他出數日不返探其篋笥空空如也蓋十金書緘亦疫僧埋伏之術臨行一併脫去矣

神鬼有靈

萬曆丙辰五月初二贛州城外水發高女墻數丈沿江大履巨礎皆付洪濤城內至汶樓㮾有業酤者憑几樓上子母忽水湧去至萬安縣百家村尚據几無恙也城東三十里有儲潭廟水發之先廟神見夢於廟祝令移像至山巔頂去原位高數丈水果及所移地而止又一泥塑鬼卒乘流東下顏面剝落越數日溯流而上仍立於原位衆異之重加裝飾孰謂土木偶無靈哉

屠語

萬曆中如皋冒汝九之廬州城中多屠驢者參明方額擕一衛突入林前問之將就死地急持金向屠祈贖屠業淋漓携頭顱至矣冒戲之云郡名廬何得屠驢屠答云未聞公維揚不宰羊也冒爲之語塞

善斷

萬曆中直指姚公世所令江都時有兄弟以家貲構訟者其兄以百金托一貴人爲居間公廉知其狀陽領之比庭鞫日訊其兄曰若與貴人有何瓜葛則以父黨之中表對公曰若弟獨非其中表耶胡獨爲汝地即吾憐若弟貧公斷亦未必即百金也若何吝於弟而他是圖趣令如數取金畀其弟而置其兄免究貴人悻而服之

宋司理厚德

萬曆乙卯贛郡宋司理名懷祖者蜀之富順人遇直指按部訐訟奸民競砌單欵以害良懦宋爲匭置郡前紿之曰若盡投牘此中吾且爲彙呈也投者幾數百紙比直指放告過日則盡付一炬矣越三年其子嗜吉弱冠舉蜀榜之第六名

八條絃

琵琶四絃京師東院陳妓雙彈合調都人謂之陳家八條絃如皋宗孝廉羅中曾揮千金於都門買一校書亦陳姓其名爲一軸畫又南京院妓有一串金亦的對也

土麴

江西餘干縣有一酒家常施一道人酒不索酒錢道士曰吾有以報之引至一處指其土曰此可代麴爲酒歲省造麴若干緡也至今其土取之不竭

爲園

或問爲園之道於沈石田石田對曰多種樹少起屋又長興盧仲甫東常訪蔣堂堂方爲園謂東曰亭沼初完恨林木未就耳東曰亭沼如爵位一時遭際或可得之若林木非培植弗成正如士大夫立名節也

號因姓重

宋文文山節義凌霜名重古今宋道士方方壺善詩畫名著一時又萬曆間楚人方方壺名尚賢亦善書吳郡文文水衡山太史子擅詩畫名文文起亦衡山太史曾孫壬戌鼎元入內閣羅羅浮金陵人工書法石石洞名淮江浦人與莊定山同榜由詞林爲督學年二十六七即致政歸漫游名山不知所終以嘗讀書石洞故號石洞近錢塘吳吳山亦以詞藻見稱

竊爐

畫墁録宋與北人善兩界非時不得葺城堞李元則知雄州欲展城無由因作銀爐實城北土神祠一旦使人竊去因大喧閙蹤跡去來辭連北疆紛紜久之遂興工起築今雄州城北是也語云行陣之間不厭詐僞弦高誕而存鄭子囊北而全楚元則誑而固圉機心機事時有用之而濟者蓋亦君子所不諱也

孟嘗食客

列士傳。孟嘗君上客食肉。中客食魚。下客食菜。馮驩彈鋏歌無魚。孟求為中客也。以市義事。乃為上客。○青城南佛寺。相傳為孟嘗宅。尚有鑊釜在。其所用以待食客者。封氏見聞錄。鑊大者容四十石。小者三十石。盆可受七八石。

中郎有後

晉書羊祜傳。祜蔡邕外孫。討吳有功。將進爵土。乞以賜舅子蔡襲。詔封襲為關內侯。則中郎未嘗無嗣。而蔡克別傳亦云。克祖睦。蔡邕孫也。克。丹傳為可徵。誤則中郎後裔且蕃盛於典午之代。何得云無嗣哉。○代醉篇。羊祜父道。先娶孔融女。生子發。後娶蔡邕女。生承及祜。道發與承俱演。度不能兩存。乃棄心養發。承竟病死。邕女之賢如此。而後漢蔡邕傳無聞。列女傳止載文姬沒胡中。生二子。贖歸重嫁董祀事。而亦不及羊道之婦。史失去取甚矣。

供荔枝

漢孝和時。南海獻龍眼荔枝。十里一置。五里一候。晝夜傳送。至有死於道者。時唐羌上書。以為二物升殿。未必延年益壽。請罷之。見謝承漢書　又金史載世宗時。亦遞送荔枝。以諫議大夫黃久約諫。命罷之。然則荔枝之獻。前有漢官。後有金室。不獨始於唐家。所謂一騎紅塵。知道荔枝來者。特以妃子之故。遂譏史冊耳。

鼻祖耳孫

鼻祖。始祖也。黃山谷詩云。鼻祖以來傳父兄。許慎陽服氣書云。人受胎於父母。其生始成鼻。故鼻云祖。今畫家寫照。畫美人。俱從鼻始。鼻祖可對耳孫。前漢書惠帝紀。上造以上及內外公孫耳孫有罪當刑。應劭云。耳孫。玄孫之子也。言去高曾遠。但耳聞之也。李斐云。耳孫。曾孫也。晉灼曰。耳孫。玄孫之曾孫也。諸侯王表在八世。顏師古曰。耳音仍。以爾雅有仍孫。無耳孫故也。然以義揆之。宜讀本音為是。

鞭尸

史載吳兵入郢。子胥求昭王不得。乃掘平王墓。出其尸。鞭之三百。申包胥責其已甚。張伯起謂鞭尸者。伯嚭報誅伯州犁之讐。而史傳以為子胥者。蓋以子胥不禁鞭尸。責在元帥。此春秋責備賢者之義。及閱穀梁傳疏云。春秋說文。謂子胥鞭平王尸。血至踝。按平王之卒。至是已十餘年。而言血流至踝者。必無之事也。或者子胥至孝所感。天使血流以快孝子之心。乎然流血漂杵。載在周書。孟子猶云盡信書不如無書。安知血流至踝。非好事者為之哉。又吳地記云。越軍入吳。臨江北岸立壇。殺白馬祭子胥。盃動酒盡。似謂子胥快心越軍之入者。恐忠義如子胥。雖死忍見吳社墟哉。盃動酒盡。亦事之未可信者。

西王母考

爾雅。西王母乃西方荒僻之國。賈誼新書。堯西見王母。訓又。漢武師將軍西伐宛。斬王母寡之頭。據此。則西王母猶國名。女真人姓胡。母其實非婦人也。而以西王母為婦人者。由汲冢周書穆王乘八駿西巡狩。宴瑤池。而王母捧觴。又漢武外傳以七夕會於甘泉。王母捧仙桃而下。山海經。西王母梯几而戴勝杖。其南有三青鳥。為王母取食。又有三足鳥。主給使。在崑崙之墟。郭璞註穆天子傳曰。西王母如人。虎齒蓬髮戴勝。善嘯。是亦奇形怪狀。未聞有仙桃瑤觴美人侍女綽約流盼之態。而世乃繪圖以祝人壽者。本於甘泉賦想昔王母欣然而上壽之句。涇州回山有王母宮。陶穀撰紀。敘瑤之祀典。流傳至今。遂為勝事也。

穴中龜蛇

夸堅志。慶元二年三月。泰州韓羽建墓。正晝間見一紅裳婦人。一皂衣髯翁。從山而下。異之。歸述與妻徐氏。徐夢所見二人跪於牀下。婦曰。妾與翁在山五百餘年矣。今日方遇主人。無以效勤。敢獻微物。捧出紫袋。中有所盛。徐接之。而覺手內有所執。呼婢點燭視之。見是紫袋中包一瓠。搖之有聲。置之於几。明日韓復入山。夜半徐又夢二人跪。婦曰。昨與娘子一瓠。七棗在內。可鑽開取食。當生七子。為國家棟樑。如爭毫可與媳婦服。亦生七孫。聞來日開金穴。如見妾等。不可殺害。徐曰。汝等在何所。曰。盡在穴中。一長一尺八寸。一高三寸。徐驚覺。以告其夫。明日於土內得一赤蛇。長尺八。身紅如金。一龜。高可三寸。身綠色。韓以銀盆貯之。捧歸藏於廚。翌日啟視。無所見矣。○宋吳璘之制蜀也。以焚金坪叢茂。見烟焰中有黑氣從東南去。則逆曦生時也。從以叛族。傳方正學之父。亦焚穴蛇。雖忠逆不同。而赤族則一。不如韓羽之為得也。

肉塊

搜神記。新蔡時。南陽市中生一肉塊。所刺不入。以問費長道。從長房　道曰。此物一名薦。二名伏中有鐵𧏡。長二尺六寸。云王家衰。劉家當興。須得七歲女子尿之可開也。莽試之果然。又魏志載公孫淵時。襄平北市生肉塊。長圍各數尺。有頭目口喙。無手足。而動搖。占曰。有形不成。無體無聲。其國滅。載記。劉聰時。流星落平陽北十里。視之

有肉長三十步廣二十七步臭聞於外肉傍常有哭聲生肉之異大都亡國之徵

冥報

諸書所載白起李林甫曹翰秦檜等歷劫為猪牛受報宜矣若隋書皇甫士謙傳鮮為黄熊杜宇為鵑鴂襄君為龍牛哀為獸彭生為豕如意為犬黄母為黿宣武為鱉鄧艾為牛徐伯為魚鈴下為鳥書生為蛇云皆佛家輪轉之道又宋虞仙姑詣蔡京見大貓蹲踞榻上撫其背曰此章惇也廣聞録載雒魚腹京師顯靈宮道士買一魚腹有秦白起妻四字果報録載萬曆中武林一士夢冥王判秦檜為龜云剝剔以償夙冥鐵灼以饜餘智後江上漁翁網得大龜腹有秦檜字說儲栽宋天聖中侍中馮拯麓錫慶院側人家生一騾腹下白毛成馮拯字馮氏以金帛贖之但史稱馮拯氣貌嚴重頗得大臣體不知何以得此譴也

呂需

見聞録新鄭高公拱修華亭徐文貞階之怨其下遂有承望風旨者徐族幾碎文貞作書達之新鄭時文貞之客呂需號水山唐棲人老而負俠膽偽為徐使者持書而謁新鄭新鄭與之酒食不敢以勺粒入口哀號泣訴達於新鄭之內夫人以至乳媼女婢無不感動皆為文貞潛解之而新鄭意亦稍解文貞之得全呂需之力也新鄭答書詳載見聞録中

土鼓鳴冤

見聞録嘉靖中沈青霞之子襄相嵩逮之獄必欲致之死襄居獄以土造鼓矢之天曰此鼓若鳴則我父子之冤當白鼓成擊之不鳴則又搏土為之如是者歷幾年一日鼓成果有聲適嵩敗得出獄

顏邦直

夸堅志弋陽丁頭巖農夫何一傭工於添公鎮顏邦直家三歲工滿辭歸相去一程校問不通慶元二年四月何在田插稻忽見顏當前立何識故主升壠上揖顏曰可伴我行何即隨去半月不反何妻齊氏使兄詢於顏家其子孫曰我家二郎下世已一十九年如何要何一使喚兄歸述其言杳然不復可求四年正月何忽還妻問其因依曰二郎帶我去遊廬山偏歷諸寺去歲四月到蘄州蘄水武三郎家武留宿二郎謂之曰君之妾桂奴是生身活鬼其所拾一子方七個月亦是怪魅武命桂奴至扣審其事桂奴顧二郎曰汝道我非人爾亦是無身之鬼脫賺何一往來五千里使

堅瓠秘集　卷六　八

何妻兒想念二郎答云我雖無身然賴生前看度人經有功故得逍遙自在我欲拔度何一超生離苦豈是害他桂奴無以對即抱拾得之子走向厨中途不見二郎尚要挾我游大孤山我不肯因歸妻大驚二月間何一在田中又見顏來呼遂死

賜無畏

唐時每恩及功臣多云賜無畏幽閒鼓吹載裴休在相位一日奏對宣宗曰今賜卿無畏有何所畫言乎韓偓金鑾密記云面處分自此賜無畏又云已曾賜無畏卿宜凡事盡言其言淺鄙不知所起予意疑即孟子所引泰誓王曰無畏寧爾之意說儲謂出自普門品經云是觀世音菩薩於怖畏急難之中能施無畏故此娑婆世界皆號之為施無畏者此云賜無畏蓋借普門品語更施為賜見其恩出自上耳

年號仍襲

南唐賊張遇賢宋貝州賊王則睦州方臘俱改元永樂金賊楊安兒及元出帝阿速吉八並改元天順雲南賊段思廉宋西夏賊李遵頊俱改元正德魏元法僧梁王琳立永嘉王蕭莊稱帝俱改元天啓至正戊戌紅巾賊徐貞一陳友諒陷江南下吉安亦稱天啓又郭青螺集中載萬曆初泰和人掘地得一銅法馬如月樣上鑿天啓三年置乃知永樂天順正德天啓皆前代僭竊年號而明代四襲之宰相不讀書匪獨宋初也○按正德改元後吏部尚書馬文升試士因出宰相須用讀書人題以譏劉文靖健謝文正遷而隆慶之號雖不犯重至改隆慶州為延慶衛改隆慶殿為慶源殿時當國者徐文貞階不得辭其責也

正字紀年

朝家紀年多以正字為諱如魏齊王芳之正始高貴鄉公之正元梁武陵王之天正金煬王之正元正隆金哀宗之正大元順帝之至正並為亡徵明英宗之正統遂至北狩武宗之正德卒至乏嗣雖不失國終非吉兆蓋正字以一止為文故也

蚺蛇油

庭聞述略明武宗和年嘗宿豹房劉瑾等以蚺蛇油萎其陽是以不入內宮蚺蛇饞年姜如之後西幸悅劉娥甚寵之呼劉娘娘然在途諫帝幸浙且促回鑾與有力焉

兩太宰話

陳太宰話檀弓註云太宰至之子孔穎達云與吳太宰嚭名號同而陳太宰博聞強識多有所言兩太宰嚭何忠佞臭淵哉

堅瓠秘集　卷六　九

看殺

晉衛玠美丰姿從豫章至下都觀者如堵玠體不堪勞遂病死人謂之看殺衛玠蘇子瞻自海外歸毗陵時病暑著小冠披半臂坐船上夾運河千萬人觀之子瞻顧謂坐客曰莫看殺軾否無何亦竟卒荆谿將屬纊時對僧惟琳曰西方不無但個裏着力不得便見子瞻大得手處恐衛洗馬未必有此見解

來虞子

隋來護兒以武略任將帥而其子恒濟兄弟相次知政事學士虞世南文學邁世而其子昶不能纂其業為入仗宿衛陸元放戲曰來護兒兒把筆虞世南男帶刀許敬宗曰護兒兒作相世南男作匠文武豈有種耶

泥金報喜

談苑新進士及第以泥金帖子報其家謂之喜信太平清話宋時新及第者有金花榜帖用塗金紙濶三寸長四寸許大書姓名下有兩知貢舉花押又用白紙作封帖貯金花帖於中外亦書姓名謂之泥金報喜又明初在京中式者必於原籍出榜張掛今惟紙條一幅不知此儀廢於何時也

清俸

仁和王丹麓年踰四十益復困頓妻鄒夫人戲語之曰同學少年皆不賤奈何夫子獨長貧丹麓曰吳廬少詹有言貧者上天所設以待學者之清俸金陵吳介茲晉亦言天以貧德人今處儔類之中天幸德我特頒清俸義難獨享願以共卿鄒夫人哂曰君意良厚但不知何日俸滿耳

饅頭

蠻地以人頭祭神諸葛孔明征孟獲命以麪包肉為人頭以祭謂之蠻頭今則訛而為饅頭又淮源舊有祠堂蠻俗恒用人祭之北史韋珍為東荆州刺史乃曉告曰天地明靈即人之父母豈有父母甘子肉味自今宜悉以酒脯代用羣蠻從約而春秋時至用國君於社如用鄫子於次睢之社其慘酷更倍於蠻俗矣

酷虐

史稱晉靈公從臺上彈人觀其避丸巢全元吉當衢而射觀人避箭妲己置蠆盆令宮女裸浴觀其楚毒以為樂齊後主亦置蝎浴斛令人裸浴觀其叫號則大喜漢主龔掩亦聚毒蛇水中以罪人投觀其嚙噬謂之水獄又北齊文宣每行載死囚以從有他怒則取殺之以為快呼為供御囚太平廣記張思和斷獄諸囚必被枷鎖入號生羅刹後所生男女皆着肉鎖手足並有肉杻五行記大業中有卒暴酷諸囚後生一子肩上有肉枷無項芥視人命以供喜怒卒獲慘毒之報如此

儉德

史稱晏子一狐裘三十年南齊書卞彬所著帛冠十二年不改易又虞玩之所躡屐二十年不轉易北史魏司空長孫道生一熊皮障泥數十年不易宋寇平仲青幃二十年不易遼史張儉一敝袍聖宗密令近侍以火夾穿而記之屢見不易問之儉曰臣服此袍已三十年記忠宣之客皆布被諸人儉德足挽靡風而公孫弘獨以布被見譏直譏其詐耳

蔣侯茅司徒

蔣子文為鍾山神歷代廟祀不絕晉記符堅入寇會稽王道子以威儀鼓吹求助於鍾山神奉以相國之號及堅之敗見草木皆兵南史魏軍圍鍾離蔣帝許潛扶助曹景宗遂挫敵人宋元凶齊東昏禱之終莫救於敗亡助順禍淫昭昭不爽又李全乞靈茅司徒廟無應全怒斷神左臂或夢神告曰全傷我全亦當如我後范葵攻賊

新塘收骸骨瘞之得全左臂無一指神言驗矣可謂土木偶無靈哉惜不能為國殺賊而祇洩斷臂之憤終郤蔣侯一籌

血逆流

搜神記于公辯東海孝婦周青冤天乃雨按青將死車載十丈竹竿以懸五旛誓於衆曰青若有罪血當順下青若枉死血當逆流行刑已其血青黃緣旛竿而上極標復緣旛下注又晉書建興中斬督運令史淳于伯血着柱遂逆上終極柱末二丈三尺旋復下流其子忠訴詞稱枉齊書陳顯達為官軍所敗趙潭注矟落馬斬之籬側血湧湔籬又洛陽伽藍記神龜中河間劉宣明以直諫忤旨斬於都市血亦逆流目終不瞑屍行百步諸人並以淋漓殘敗之血肉能自白其枉刑官能不為之動念哉

女請代刑

唐咸通六年滄州鹽院吏趙鎔犯罪至死有女請隨父死鹽院官崔據列狀以聞詔哀之兼減父死永樂甲申江浦知縣周益成化丙申蒲州清東驛驛丞馮佇俱有罪當刑益妻梅氏佇妻李氏俱具疏請代夫刑詔特宥之是皆女子中之有至性者

想當然

孔融與曹操書稱武王伐紂以妲己賜周公操不悟後問出何經典對曰以今度之想當然耳蘇長公對策有皋曰殺之三皋陶曰宥之三既登第主司問所出曰想當然耳蓋本孔北海語

古人自守

楊子雲作法言蜀人齎錢十萬願載其名子雲以為富無仁義正如圈鹿欄牛卻之張知白守亳亳富人修佛廟成知白召穆修爲記富人遺五百金求修附名修投金庭下曰吾不忍以匪人汚吾文古人之自守如此

無對字

孫沙溪先生云古今字俱有對如吉對凶上對下與高卑深淺饑飽寒暑之類皆有對惟渴字無對又云隆古時人無詐僞故六經中無眞字人不知有異端故六經中無仙佛僧等字毛序始云大學無斯字論語無此字尚書無也字未有人拈出

知足

胡文定公語楊訓曰人家最不要事事足意得常有些不足處便好人家若事事足意便有不好事出來亦體消長之理然也袁中郎語汪進之曰人家一妻數妾和美無間卻無好處得他們小小炒鬧我從中解紛乃有些好光景人家做官一中進士徑直做到尚書卻無好處得遇遷謫歷些坎坷堅其德性煉其才品乃有些好光景語若不近人情然能覺此中有好光景便有處困而亨之意隨遇而安怨尤俱釋非大有學問人不易道此

飲酒賦詩

晏元獻與客宴飲稍闌即罷遣歌樂曰汝曹呈藝已徧吾當呈藝乃具筆札相與賦詩米元章邀蘇子瞻飲列紙三百置饌其傍每酒一行伸紙作字一二幅小史磨墨幾不能供飲罷紙亦盡乃更相移去先輩風流即一盃酌間不忘以詞翰相課亦異乎以飲食游戲相徵逐者矣

二氏廢興

齊文宣敕道士剃髮為沙門宋徽宗令沙門冠簪為道士此二氏之遞為興廢也周武帝廢佛道教而其子天元復之唐高祖廢浮圖老子法而其子太宗復之此二氏之並時興廢也昭昭乎揭日月而常行亘天地而不廢其惟吾夫子之教乎

千佛寺

帝京景物畧萬曆九年孝定皇太后建千佛寺於德勝門外殿供毘盧舍那佛座繞千蓮蓮生千佛時朝鮮國王貢尊天二十四身阿羅漢十八身詔供寺中其像銅而光如漆乾鏐質良穆肅慈猛相具神足其天人示現威儀亦與東土形摹迥別時西蜀徧融和尚以誣受訊師稱華嚴佛號一聲刑具斷裂訊者驚止衆乃延請住寺法聲大振寺南一里另有小千佛寺

剖心觀胎

俗謂人昏愚曰一竅不通蓋有所本呂覽曰紂殺比干而視其心以驗七竅孔子曰其竅通則比干不死矣高誘註孔子言紂一竅不通若一竅通則比干不見殺又紂剖孕婦以觀男女人所共知世紀云紂剖比干妻以視其胎人所未知特拈出之

鬼眼

宋藝祖謂陶穀一雙鬼眼神宗亦謂杜常一雙鬼眼穀傾危士也常折節學問無感里氣河陽久旱下車而甘雨隨直州河決及至而橫流止此可與穀同日道哉舜目重瞳項羽亦重瞳皮相何足以盡人

足下黑子

相法足下有黽文黑子並大貴張仁愿示之安祿山而祿山亦以呈仁愿□□為義兒西門軍容示之吳行魯而行魯亦以呈軍容曰吾為汝成之郭汾陽以示渾咸寧咸寧亦以呈汾陽汾陽哂曰不逮吾足相之貴一也汾陽最尊祿山渴漢軍容刑餘何以稱焉

一身是膽

蜀志姜維膽大如斗山房隨筆張世傑屍見焚膽亦大如斗不化南史李睍起兵討侯景被執遇害膽大如升北史周文時王羆芒山從戰獨拒敵兵周文歎曰王羆果身悉是膽人但知趙子龍一身都是膽而不知有王羆故為拈出

長頭長腳長舌

後漢書賈逵不通人間事而能折節下問諸儒為之語曰問事不休賈長頭南史范雲指范岫謂人曰諸君進止威儀當問范長頭以岫多識前代往事也而長纖美矣世流務南渡太學諸生素輕秦檜目為秦長腳及為相范同云這長腳漢也會做兩府而檜妻王氏時目為長舌婦二長濟惡凶德參會崇禍中張恭錫夢檜日受鐵鞭則腳雖長至今跳不出鬼門關而婦雖長舌恐不能巧飾以賺閻羅也

卷六終

堅瓠餘集序

稼軒褚先生抱巢許之高風居唐虞之盛世耕雲釣月睥睨天地之間漱石枕流放浪形骸之外網羅軼事既耳換而目移欣賞奇文亦日新而月盛向傳堅瓠大選又成餘集新編癸甲辛壬而後另有鰪椎續補廣秘之餘別成世界巾箱可置無煩插架堆倉行笈堪攜那慮汗牛充棟坐花醉月下酒物不數漢書益智娛心換骨丹無煩仙藥斯誠琅環之異寶實乃委宛之奇文矣湖也性嗜簡編身希脉望顧唾餘瀨拾剞爲塵飯塗羹牙後堪羞況屬牛溲馬勃槃秘笈於眉公卿語語都佳亦覺千篇之一例盜譚槪于龍子縱言言盡善終嫌數見而不鮮先生則盡掃舊聞專收新著輯近代之公卿將相允爲斯世楷模載熙朝之政治文章堪作國人矜式稽其姓氏半屬吾儕葦紀之交考厥里居無非此日舟車可至雖在鄙人之小草亦荷高士之不遺蠅附驥以能馳縈處囊而易售此生多幸其樂只且嗟乎屋梁徒仰寫愁尚有其人空谷自香紉佩遑需異日採遺珠於滄海知餘外尚有其餘琢剩玉於崑山蕢

序後或仍作序

康熙癸未上巳日新安張潮題

堅瓠餘集卷之一目錄

過自標榜　身後名
圓字解　班鄭著書
瓦卜　鬼附女
與俠借銀　騾得人身
蜀先主墓　金容坊
岳武穆錯精　潮通泖
九蟒御史　趙魁星圖
戊午解元　弄璋弄瓦
木工厭勝　木龍
木工建坊　吳淞江
杜女幽婚　淮海龍神
鱉蒸　活黿整痛
代吳大帝任　耳中得物
道士妖術　雷神畫壁
蟾宮織登科記　洞口先生
孝道明王　沉香雕首
雷殛逆婦　神助
金沙灘童子　陶球再生
李福達石函　飄揚金箔
雞舌湯　安南試錄
鬼虎　瘟部神放燈
珊瑚夫人　義猴
五足牛　蝯果梅杏
蟪蛄　蝗怒失信
肥遺　飛魚
蛛魔　六眼龜
辟龍　嬾婦化物

黃犬　九尾龜
神騾　枸杞龍形
趙乳醫　瓦朧
海馬

堅瓠餘集卷之一

清　長洲石農褚人穫學稼纂輯

過自標榜

管甯與華歆共讀歆見乘軒冕者過而廢書甯遂割席而坐南史劉璡見孔遏目送女子遂舉席自隔宋張敷見要人狄當周赳呼左右曰移吾坐遠客齊江斆見倖臣紀僧真命左右曰移我床遠客魏董昭枕蘇則膝則推下之曰蘇則膝非佞人枕梁宦者張僧胤候羊侃侃竟不前曰吾床非閹人可坐諸君子不以察察史汰汰是矣無乃過自標榜乎

身後名

李謐擁書萬卷無假南面百城劉晝每言使我數十卷書行世不易齊景之千駟是皆好身後名然與其有身後名何如當下恣流覽之為適也昔人以讀書不求甚解為善讀書此有得於語言文字之外者

圓字解

說儲漢儒趙岐孟子注云凡物圓則行方則止此解最明徽嘗試廣其義惟圓則無障礙故曰圓通惟圓則無礙缺故曰圓滿惟圓其機常活變化出焉故曰圓轉又曰圓融蓋至竺乾之教極於圓覺大易之用妙於圓神天下之能事畢矣

班鄭著書

班固作西漢書凡百篇未成有上書言私改史記者收京兆獄後復除蘭臺令使成前書鄭虔採集與聞著書八十餘卷有上書告虔私修國史由是貶謫十餘年後授廣文館學士更纂錄成四十餘卷名曰會粹則著述不可不慎也

瓦卜

萬曆間浙人楊生善占瓦卦鄰嫗失雞楊占云往西方短牆上求之有傍觀者笑云據此卦雞當在土墩矮樹上非短牆也俄而鄰嫗獲雞果在土墩矮樹楊甚嘆異其人袖出一書授楊云此瓦卦秘訣須細玩三年後吾來索酬叩其姓名居處不答而去楊自此瓦卜愈神越三年其人果至楊敬禮之居數日謂楊曰吾明日將歸予宜有所贈然無費家財只清晨一卜之所獲便足酬我楊不解所謂乃自卜一卦預知其故書片紙置瓦下黎明有負囊叩門來占者楊問其姓曰與君同姓楊卽取瓦下紙示之上云今日令時有假楊姓者來當縛送官其人失色楊云無恐但須傾囊見

付當指汝生路蓋此人乃刼盜事露將逃匿故隱姓來卜欲問所往其囊中皆金珠也既被識破即盡出以與楊楊乃示一處云於此削髮爲僧可免患盜叩首謝去楊以所獲酬授書者其人笑而受之別去楊未幾亦他徙不知所之

鬼附女卜

馬岌菴聞見略萬曆辛卯春東城朱奉濂家一養女有姿色善女紅年可十六七一日倦繡停針兀坐忽聞窗外嘖嘖有人聲啟視之見一偉丈夫從簷下作人言曰某山東人也風世負汝白鏹六十餘金今當奉償女即昏瞶鬼遂隱入女腹乃令其女垂簾賣卜剖斷如神每朝所獲止許給一日薪水之費餘俱歸女纍其家計不能祛女亦無恙幾及二年約足六十金之數其鬼乃去扣之亦不靈矣

異俠借銀

徽有布商密以千金分貯布捆中載歸路遇一人求附舟其人狀貌雄偉既登舟與語甚歡洽越二宿將別去岸上有擔囊者招呼之云其友也其人邀商與友共飲村店中飲畢其友擔囊先行其人引商至野外密語云吾有急需君布捆中物暫借一用某月某日當造宅奉還必不相負幸勿聲揚否將不利於君言訖長揖而去其行

如飛頃刻不見商大駭急還舟布皆捆束如故初無移動心甚疑之途次不便啟視及抵家視之空空如矣乃大歎異至某日門庭寂然意其所約乃誑語耳三日後其人與友擔囊而至曰償債者來矣出囊中金除前數外按月加息五分又另出銀一封云因吾友遲來爽約三日更當加一月之利商遜巡問曰君固俠士前日有何急用而假吾金其人曰吾有至親犯事在官急欲行賄買命而倉卒無辦故暫假於君耳商問布捆不動銀何從取去其人笑云吾自有取法何必見問乃索酒共飲且云吾輩何處不可取物但恐貽累於人故不爲也飲至暮夜友云可去矣二人步出中庭一躍登屋屋瓦無聲人已不知去向

騾得人身

艮齋雜說金文通公爲通薊道時有一旂牌官自言三世爲豬最苦宰殺之後每經臠割輒加楚痛如生時後乞冥官變身爲騾嘗馱一客負囊内數百金遇響馬盜追之自念客若被刼吾罪更重因奮力渡河客得脫而騾竟溺死既見冥官云由汝善念不但得人身且有小前程也

蜀先主墓

文苑瀟湘嘉靖中盜發蜀先主墓數盜穴墓而入見兩人張燈對棊侍衛十餘盜驚惶拜謝一人顧謂曰爾欲飲乎乃各飲以一盃兼乞與玉帶數條命速出盜出外口已漆矣帶乃巨蛇也視其穴已如舊矣

金容坊

成都金容坊有石二株高丈餘挺然聳峭舊傳其名有六曰石筍曰蜀妃闕曰沉犀石曰魚鳧仙壇曰西海之眼曰五丁石圖經云乃前秦寺之遺址武侯掘鏤其中一南一北無偏邪又鐫篆歇熘鷵鷊五字時人莫曉後蜀相范賢曰亥子歲篆字主水災寅卯歲歇字主饑饉巳午歲熘字主火災戌辰歲鷵字主刀兵丑未申酉歲鷊字主稼穡豐贍悉以年事推應驗符合

岳武穆豬精

岳武穆微時居相臺爲市游徼有舒翁者善相術見岳必烹茶設饌密謂之曰君乃豬精也精靈在人間必有異事他日當爲朝廷握十萬之師建功立業但豬之爲物未有善終君如得志宜早退步岳笑不以爲然後秦檜下岳于大理獄周三畏鞫之遇夜周往往閒行至鞫所一夕月明見古木下一物似豕而角周疑却步此物徐行

入獄傍小祠而隱數夕復往所見皆然

潮通泖

松江雖潮汐往來之地自古未有通泖者嘉靖庚戌泖始潮故民謠曰潮通泖出閣老越壬子徐文貞階果入相而拜命之日潮頭突至城内元輔舊第前湧起丈餘人皆驚異果爲太平宰相一十七年

九蜂御史

鄞都有閻羅廟山側又有九蜂御史祠傳有御史登此山遭蜂糾纏而死土人神而祀之甚著靈異嘉靖間祠旁有楊生者每過祠必下馬致揖忽一日倉卒竟騎而過御史見夢曰爾前過我必步今乃騎豈簡我耶爾若要中除非日月倒懸楊謂神尤己甚不樂已而秋試詩經一題乃如月之恆如日之升二句遂得雋

題魁星圖

陸文量容戲題魁星詩云天門之下有魁踢斗癸未之魁必入吾手粘于壁無何失去一日文量過陸鼎儀鉞鼎儀出以爲玩文量詰其所自云昨倚門一兒持此示我我以菓易之文量憫然曰我二人得失之兆矣是年鼎儀登進士文量丙戌始第

戊午解元

嘉禾張巽素無文名嘉靖戊午春夢神語曰成不成平不平綠水灣頭問老僧及邑試竟置劣等自郡城徒步歸過蕭寺少憩焉有老僧捧茶進曰解元請茶巽忽憶前夢問曰此地何名僧曰是綠水灣巽喜且疑已果發解所云成不成平不平蓋是戊午二字云一作萬曆戊午陳山毓事

吳璋吳瓦

隆慶庚午紹興太守岑某姬方娠太守出一人銜道縛至府叱曰汝業何事曰賣卜太守曰我夫人有娠吳璋乎吳瓦乎試為卜之其人愚憃不曉所謂漫應曰璋也吳瓦也吳太守怒而責逐之未幾分娩雙生一子一女太守奇其術深悔前事禮而厚賚之卜人之名遂著

木工厭勝

木工造厭勝者例以初安時一言為祟禍福皆由之婁門李鵬造樓工初萌惡念為小木人荷枷埋戶限下李適見叱問之工惶恐漫應曰翁不解此耶走進婁門第一家也李遂任之自是家遂驟發皆甲其里

木龍

吳有富商僨工造舟供具稍薄疑工必有他意視工將訖夜潛伏舟尾聽之工以斧敲琢曰木龍木龍聽我祝詞第一年船行得利倍之二年得利十之三三年人財俱失翁聞而識其言初以舟行商獲利果倍次年亦如言遂不復出一日破其舟得木龍長尺許沸油煎之工在鄰家登時疾作知事敗來乞命復煎之工仆地披歸而絕凡取厭勝者必以油煎見便民圖纂

木工建坊

嘉靖末世宗修崇慶興改宮殿楊州木工徐杲主大營繕極被寵官至兵部尚書又官其子尋奏言願以所積賞銀自建尚書坊許之隆慶初為言官所論劾遂籍其家奪官坊亦廢

吳淞江

挑燈集異天順元年吉水龍晉以監察御史左遷嘉定知縣邑中吳淞江百年以來之淤滯晉浚治之方鑿地時獲一石上刻云得一龍江水通晉果奏績又見閑録吳淞江久湮童謠云要開吳淞江須湮海龍王人謂其工難成耳隆慶中巡撫海公瑞倡議開濬而董

其事者則松江府同知黃成樂蘇州府推官龍宗武也時兩月不雨即日奏功其謠始驗

杜女幽婚

聞見略萬曆中長庠杜子紆大紱有文名善書法家居集福里水亭一座花石交錯幽雅多致次女年甫十四日與其母刺繡其中辛卯四月子紆就試荊溪母忽夢一少年郎君頂金冠衣緋袍僕從甚都升堂請婦敘禮婦惶悖不敢出少年自通曰某震澤龍王幼子也因與夫人次女有夙緣特來就婚婦曰我女許字金閶吳氏已越四載無更嫁之理且夫君不在媒妁未通郎君請回少年大怒曰若賴我婚耶爾女終不能為吳氏媳也言訖而去婦驚寤越宿子紆歸婦述其夢子紆謂夢何足憑置之度外五月朔女曉妝方罷偕侍兒詣亭前摘海榴飾鬢瞥見少年從池中躍出挾之沒水侍兒急呼主母并僕人撈救已沉水底不復生矣夫婦悲號籲天具棺殯斂夜夢少年來謝曰爾女已得佳婿奚哭之慟為神人道遠千萬鄭重再拜辭別馬發巷往弔面詢之子紆掩泣以道其詳如此

淮海龍神

吳中雜識長洲貢士張鯉庭瑀萬曆丙戌例選順天經歷子某往探父待舟瓜步見一虬髯老翁以斗盛蝦來至步頭負販某欲市以貢父取二尾審視瀾甫入口頓覺瞶眩口發譫語從者驚悸回視老翁已不見即僱船回家醫療惟僵臥日飲斗水自言吾淮海龍神因水涉挈族往東海僦居汝胡為食吾子其母求醫遍訪多方不治一日晨起小童驚報堂中磚上有河沙印成升降二龍鱗甲爪牙畢具母趨視之入覷其子則血污被席拔舌而死矣

歎燕

世說海外有燕子國故秋社燕去春社復來月令所謂春分玄鳥至是也偶見雜志載晉郗鑒為兗州刺史時歲饑百姓掘蟄燕食之又宋時東京開河岸崩見蟄燕無數然則燕亦蟄過蟄節氣而出耳渡海之說烏衣之事俱屬附會或云蟄者非燕乃類乎燕者也

活龜整痛

挑燈集異蘇州徐璠墮馬傷折手足痛甚命醫治之其方用一活龜既得之矣夜夢龜曰吾惟整痛不能整骨勿害我命有奇方奉告璠叩之龜曰取生地黃一觔生薑四兩搗研之用糟一斤入地黃生薑炒勻之乘熱罨傷處冷即易之先能止痛

後可整肯堵用其法治之果效

代吳大帝任

高叔祖鶴臺公諱九皐萬曆庚辰進士任武昌司李署江夏縣印出夏口迎某欽憲泊舫登岸暫憩古廟中見神像乃三國吳大帝因前叩拜執禮甚恭夜宿官舫夢一赭袍玉帶王者投刺相謁公分賓主禮坐定王者曰某孫權也血食此地有年惟公正直應代斯任幸無他辭公唯諾寤而體中不豫明日抵縣入衙述其夢即覺瞶眩沐浴更衣謂妻子曰今與從衆迎吾當赴任矣毋煩號泣言畢瞑然而逝異香滿室顏色如生堂上直宿門卒聞車馬喝道聲排闥而出盡皆驚起杳無所睹訃聞郡守暨撫按司道嘉其政績悉致厚賻扶柩還吳後家中若聞異香則有人馬之聲行於屋上靈帷必顯報應久之乃絕

耳中得物

陳眉公見聞錄無錫談愉號十洲一日偶挖耳耳中得銀一小塊重一分四厘人傳以為奇後觀祝枝山志怪錄則耳中得物更有奇於此者封門一媼年逾五旬令人剔耳耳中得少綃帛屑以為偶遺落其中已而每治耳必得少物絲花穀粟稻粱之屬為品甚多始大駭異年七十有八而卒每收貯所得物三十年中物逾一斛又永樂中吳郡一老偶治耳於耳中得五穀金銀衣服器皿等物凡一箕後更治之無所得視其正中有一小木校椅製作精妙椅上坐一人長數分亦甚有精氣

道士妖術

聞見卮言崇邑金某兄弟科貢出仕雲南留家住此一日有衆道士昇宋殿祖師到門抄化金不為禮道士遺一紙條夜遂無故火起梁柱間者數次急救乃息其家向延蔡某為西賓蔡攜其子同學一日忽見兩子在傍聽講面貌不異言語相同呼之共答不分真假蔡計無所出乃將兩子並抱緊束不放一子忽墮地急以足踏住乃是一紙人尚嘖嘖有聲釋其子急取持手中知吐火者定是此物不付諸火急投諸水其怪遂滅又安丘勞氏亦為此輩道一紙條遂化為蛇夜出淫其僕婦主人懼而厚賂道士求其收去怪遂滅迹

雷神畫壁

廣聞錄萬曆中吳郡西洞庭翠峰寺比丘維心新搆一室初塗白堊夜聞霹靂繞室晨起視之四壁皆寫山川樹木人物屋宇極其工緻燦然光明似梅道人筆法

蟾宮織登科記

建炎二年春揚州一士因天氣融和縱步出城有虹筆如赤虹自地吐出遥望其中有茅舍機杼之聲試徐行入觀見有機數張皆經以素絲白皙女子四五輩揎腕組織暑轉睇一傾士即端容抽箴不息士見綿紋花葉之內有字數行第一首曰李易稍空又有一人姓名復稍空又一人焉士問織此何為一女對曰登科記也士遍觀室內窗壁玲瓏自念得覩美姝復情致瀁泊遂揖而辭退諸女皆目送之迨出虹筆回頭注目蕩然無所覩乃躡故道歸是歲春高宗車駕南巡駐驆揚都四方貢士雲集至八月始唱名放榜第一人曰李易其下次第與夢中所見無異始悟春日所屆蓋蟾宮也

洞口先生

淳熙間信州漁人楊六孤子一身所得漁錢悉為酒資一日有道人棹小艇從之賒魚楊隨所需付之初不索直自是數數來楊與魚無倦色一夕風月清潔波平如席楊觀一舟從天際冉冉造前視之蓋向者道人也微笑相呼盡取所負魚直約二三千償之楊固郤不受曰我飄然蓑笠底安用幾許錢先生留助雲水費時得周旋否道人曰我相試已久恰來還錢亦是試汝汝志堅固真可教也挽之共載一小童操槳其行如飛逆遡窮河源登岸到山見奇花珍果異香錯落全不似塵世楊頓覺心意洒豁便欲依止道人曰此非汝可久居之地宜暫還後五年復相會出一卷書授之臨別扣其姓字曰我洞口先生也

孝道明王

子菴雜錄西晉時丹陽有老嫗姓諶氏不知其年幾何顏色常如嬰兒人稱為嬰母嘗於吳市收養一孩長而英異性至孝時談神明之事且云吾受天符為孝道明王因授母以修真之訣而自隱去後吳猛許遜俱傳嬰母之道而成仙

沉香雕首

從信錄南昌鄧子龍驍勇善戰領兵征倭渡鴨綠江有物觸舟取視之乃沉香一段把玩良久宛似人頭遂裝之每入夢則香與首或對或協而為一萬曆戊戌冬子龍衝鋒陣亡載尸歸失其元取香木雕為首酷肖豈天感其忠勇憐而賜之沉香作其面目乎

雷誅逆婦

從信錄。嘉靖辛卯。福建延平杜氏兄弟三人。輪膳一母。三人出耕。三婦輒詬誶。嚚然相勝。致姑飯粥不給。每欲自盡。一日。白晝中。忽霹雷一聲。電光紅紫眩目。三婦人皆人首而身則一牛一犬一豕。踞地鳴吠。觀者如堵。

神助

鄭有胡生。爲洗鏡鉸釘之業。輒祭列禦寇祠。以求聰慧。忽夢一人以刀劃其腹開。納書一卷。及覺。遂能吟咏。又說儲藏一書生。禮奎宿甚虔。同儕戲之。以經書文七首置神座前。書生得之。喜爲神賜。稽首受而讀之。及入試。命題一如所讀。竟登第。又一人見荆溪周處祠神像蒙垢。盥手拂拭之。其人素羸。忽覺神旺。後以勇聞。此無他。精誠所致。遂得神助也。

金沙灘童子

誌異編。隆慶中。鄂城金沙洲一童子。每死去三四日復活。父母問其所以。亦絕不言。後鄰翁坐廟廡下捫虱。有人從後掌其臉。回顧不見。翁大驚。童子一日復活。見鄰翁問曰。公知廟廡下掌臉者乎。此我也。因言在陰司爲無常。奉符勾攝人。今某縣某人。某里某人。皆我所勾。繫在後園樹上。母聞往視。乃是線繫促織小蟲。皆解而放之。童子見而號泣倒地曰。此輩生。我死矣。遂死不復活。某訪之。有竟死者。有死去復生者。

陶玦再生

廣莫野語。絳州陶玦。未第時。讀書僧寺。偶游息。見僧抱婦於懷。亟回走。僧追之。謂事至此。勢不俱生矣。追至佛殿。忽起烈風。香灰迷僧目。僧大吽。其黨不得放走。陶秀不陶度不得脫。奔入鐘樓。樓下一鐘覆地有年。忽自起。陶入。鐘隨覆。僧遍索不得。不虞其在鐘下也。俄陶僕來。僧紿已歸。家人尋覓無蹤。夜夢神指示所在。促使急救。未之信。夕復夢示。集衆舉鐘。陶出無恙。已三日。鳴之官。僧伏法。舉成化辛丑進士。歷浙藩轉南大司馬。致仕卒。贈少傅。諡恭介。

李福達石函

廣聞錄。嘉靖中。僧李福達至蘇州。欲稅空宅。徧閱數處。輒嫌湫隘。最後賃一大宅入居。人異而闞之。福達從容袖中出小石函。縱橫不數寸。凡衣服飲食床褥臥具屏障几席釜甑一切資生之物。盡從中出。又於函中挈出婦人男子凡數輩。皆其妾媵。又有十餘小兒。皆衣五綵戲。將行。還挈諸人並器玩。一一納之石函中。仍袖而去。

飄揚金箔

劉五城雜錄。有一豪富子弟張某。其父歿。昆仲析居之次。有餘資千金。各不欲存爲公家事。以滋擾攘。一創舉散之。頃刻遂貨金箔。約值此數。至絕高山頂。乘風揚舉。或飄舞長空。或粘綴林木。或散處水草。總成黃金世界。數里之內。人皆驚詫若狂。疑爲天雨黃金。婦女兒童。競爲爭逐。終無所得。一時傳爲異事。而張氏親黨。莫不稱爲豪舉。較之隋煬帝於景華宮徵求螢火數斛。夜出遊山放之。螢光徧於山谷。反覺鄙陋。但煬帝富有四海。奢侈過度。尚且不能令終。此一富有之民。乃暴殄財貨。取快一時。不知其人作何究竟也。

雞舌湯

宋呂文穆公微時極貧。故有湯餅漢之誚。比貴盛。喜食雞舌湯。每朝必用。一夕遊花園。遙見牆角一高阜。以爲山也。問左右誰爲之。對曰。此相公所殺雞毛耳。呂訝曰。吾食雞幾何。乃有此。對曰。雞一舌耳。相公一湯用幾許舌。食湯凡幾時。呂默然省悔。遂不復用。○吾蘇一宦。喜食鯽魚舌湯。每朝必用鯽魚若干頭。取舌烹湯以進。

安南試錄

安南國去中國數千里。雖名秉聲教。實自帝其國。建元刱制無忌也。其國凡幾道。如中國藩省然。有安邦道者。其中之一道也。人有見安邦道鄉試錄。題曰洪德二年辛卯科。初場四書義四篇。五經義五篇。二場制誥表各一道。三場詩賦各一篇。四場長策一篇。其取士之法。比中國反加詳焉。表賦中聯句佳者甚多。

鬼虎

稽神錄載。清源陳襄隱居別業。臨窗夜坐。窗外即曠野。忽聽有人馬聲。視之。見一婦人騎虎。自窗前行過屋西壁下。時壁下有一婢臥。婦人從壁隙中窺之。婢即驚呼腹痛。啟戶如廁。遂爲虎所搏。襄駭愕。大聲號救。婦與虎忽不見。婢幸無恙。鄉人云。村中恒有此怪。所謂鬼虎者也。予一日偶談及此事。一友笑曰。人畏虎。亦畏鬼。況二者兼之耶。又況加以婦人耶。婦人之凶很陰毒者。甚於虎與鬼也。予曰。此婦必是妬婦之鬼。故有此殺婢手段。

瘟部神放燈

吳中雜志。萬曆戊子四月。王墓村民剏臺演戲。賽神。城中某某宴集李氏樓中。正歡洽間。忽聞烈風迅雷。撼木飄瓦。啟牖視之。見朝天湖內有火大如鼎。熒光爍爍。閃爍水面。頃曳星散。遍湖南北村落。隱現百千燈火。魚貫而行。逾時乃滅。衆駭愕。明日次日。

詢諸父老云是瘟部神放水燈嘉靖某年間亦然主旱疫是歲夏六月亢旱天行大作吳民死者相枕藉視嘉靖間尤甚識者以爲輪廻中一刼數云

珊瑚夫人

異聞錄有人於昭應寺讀書見一紅裳女子吟詩云金殿不勝秋月斜石樓冷誰是相憐人褰幃弔孤影叩其姓氏云姓朱名昭遠字無忌上祖在漢時因宣揚釋教封長明公唐天寶中帝爲貴妃建設經幢封妾爲珊瑚夫人賜珊瑚帳居之自此冥郎蛾子不復爲恙矣言訖恍惚入經幢而隱乃詳味其詩與所言蓋經幢中燈也

義猴

閒見略萬曆中毘陵有乞兒日緊一猴至街坊施技索錢積數歲約有五六金偶與同伴一丐飲醉中誇詡丐忽起謀心置毒於酒强灌之而死取其所藏瘞屍於野外無人知覺獨猴不順從丐日加箠楚猴勉隨之一日忽失所在時縣尹張廷傑初下車升堂瞥見一猴突入跌坐丹墀向令吽號張異之命一隸隨其去向猴竟至養濟院覓丐不獲復扯隸行沿途乞糕餅與隸點心行至大市橋遇丐雙手挽住跳上丐肩批頰抓面丐不能脫隸擁至縣張鞫問再三丐始伏辜令隸押丐取銀包裹宛然

仍于野外扒開浮土將屍入棺火焚烟焰方熾猴向隸叩頭跳入火中焚死隸復命張驚異因作義猴記刻石以垂不朽

五足牛

庚巳編正德丙子有僧自京師携一牛至蘇有五足一在後跨下短不能及地跡類人手五指間有皮連絡僧牽於市乞錢所目睹者正統中劉原博先生上京師甚子宗序見道傍一牛五足其一足生於領跡反向上以告先生先生曰牛土屬而跡着土今反居上得無有小人在上而生變者乎後二歲爲己巳果有土木之變〇廣聞錄嘉靖庚申鍾祥民家牛生六足又隆慶年間三山民家牛生前犢七足腹下四足如常脊上三足皆輭前後寬各二

蛾累梅杏

嘉靖甲寅嘉興郡學有蛾無數集堂壁上累梅一章枝榦花葉皆具又吳匏菴先生及第日群蛾累成杏花一枝極其精巧

蟋蟀

吳俗喜鬭蟋蟀多以財物決賭庚巳編載相城劉浩好鬭促織偶臨水濱見一蜂以身就泥轉輾數四起集敗荷上久之身化爲促織頭足猶蜂也持歸養之經日則全變矣健而善鬭敵無不勝所獲甚多又張廷芳亦好之至蕩其產芳素敬𤣥壇神乃以誠禱祈其困乏夢神告曰吾遣黑虎助爾已化身在天妃宮東南角樹下矣明日芳往覓之獲一促織色黑而大用以鬭無弗勝者旬日間獲利如所喪者加倍至冬而死芳爲慟哭以銀作棺瘞之

蝗恕失信

湧幢小品萬曆丙辰丹陽有蝗從西北來蔽天翳日民爭刲羊豕禱神有潮大王者尤號靈異凡禱之家止嚙竹樹茭蘆不及五穀有朱姓者牲醴悉具見蝗已過遂寢須臾蝗復返集朱田凡七畝頃刻盡嚙而去鄰苗無不損一穎相傳有怪書投其神曰借道不借粮亦可異也

肥𧉏

從信錄萬曆丙戌建昌鄉民樵於山逢巨蛇頭有一角六足如雞距見人不噬亦不驚民因群呼往視亦不敢傷徐徐入深林中去華山記云蛇六足者名曰肥𧉏見則近郊大旱戊子己丑之災兆已先見矣

飛魚

庚巳編沙湖丘氏有魚池近外港夏大雨水溢魚長數尺者率諸魚飛出港去至暮水漸退魚復還巨魚在前諸魚從之飛行空中如群蝶交舞嘗觀范蠡養魚經有魚能飛去之說但去而復飛還則尤異也

蟓魔

西安有蟓魔寺中奉大士塑大蟓于楝間相傳明初有女子素不慈病死復生遂明敏以文史知名時有布政某喪偶娶之後布政方視事有所需使僕入內取之婢呼夫人不應但見大蟓如車輪卧于榻婢驚而出白於主不信婢曰他日相公下堂顧無聲欵伺之可見如言果見老蟓伏榻上頃之又成好女子意頗羞澀矣忽失所在是夕人定女子乃出拜燈下曰身本蟓魔所以貿絲見公者非敢爲幻惑欲有求耳公能不終拒乃敢輸情布政許之因曰昔爲魔得罪冥道賴觀音大士救拔免死因假女屍爲人獲侍左右覲公建一蘭若以報大士之德耳今醜跡已彰幸公哀憐布政頷之女子遂隱他日乃命所司建寺

六眼龜

郭景純江賦龜有六眸宋太始二年八月六眼龜見于東陽太守劉勰得之以獻唐睿宗先天三年江州獻靈龜六眼腹下有玄文又嶺南欽州出六眼龜實止兩眼餘四目乃斑文與真目排比端正不偏唐莊宗時有進六目龜者敬新磨獻口號曰不要鬧不要鬧聽取龜兒口號六隻眼兒睡一覺抵別人三覺又說儲載常熟水墩大士巷前曾出六目龜九十三翁繆道山得而畜之又廣聞録載嘉靖二十年興寧西河水漲有大龜長丈餘六目金光射人泝河而上所過田陂皆壞○吾郡十郎巷丁玉陽先生園池中有白龜大如車輪順治辛丑長洲縣令德州孫達卿繼解任後寓斯園亭所目擊者

臂龍

庚巳編金山寺有行者素佻達嘗晝寢同輩戲畫一龍於臂頭尾鱗鬣逼真行者覺而見之曰吾寢而臂出龍豈非天授乎當顯之以成其異乃以針刺而加墨焉數月色漸紫又數月其紋隱起約高一黍米每風雨之夕龍蜿蜒如動一日浴於江江水為之豁開數丈此臂騰掉上下如非已有行以為神時時泅水竄置魚鼈歷歷在目因念金山盤踞江心其下宜有根者乃下探之至江底見山根大僅數抱若一柱豎其山焉因運臂撼之山搖屋動僧怖為地震焚香祝三晝行登山知而竊笑之向同輩吐實且言臂龍之神皆驚以白長老長老以為妖詣官告治官為誣罔不理長老懼為已累醉行而縊之

獺婦化物

水族有獺婦魚相傳楊家婦為姑所溺死化為魚脂可燃燈照鳴琴博奕則有光照紡績則暗草類有懶婦箴桂林有睡草見之則令人睡一名醉草獸亦名有懶婦者如山猪而小喜食禾田夫以機軸織紝之器置田所則不復近安平七源等州有之物猶如此宜乎懶婦之多也

黄犬

偃曝談餘博羅何宇母死盛墓冢無僕從畜一黄犬聞日輒候墓所有所需即書片紙繫其頸家人見之具湖蟹使負還史稱陸機黃犬寄書良不誣也又趙澤民為山西廉使時畜一犬名桃花善撤有客至即呼名喉之語家人先具酒果良久桃花必致一物如麞鹿雉兎之類往無虛返

九尾龜

庚巳編海寧王屠遇漁父持巨龜長徑尺買繫柱下將烹以為羹隣居有江右商人見之告其邸翁請以千錢贖焉翁怪其厚商曰此九尾龜神物也欲買放之君從史成此功德一半是君領取因偕往商踏龜背其尾之兩旁有小尾各四持錢乞王王不肯烹作羹父子共啖是夕大水自海中來平地高三尺許床榻盡浮逾時水退明日及午翁怪王屠不起壞戶入視但見衣衾在床父子都不知去向人云害神龜為水府攝去治罪也

神騾

馬氏日抄京師梓童廟在玄武門東人常以白騾施廟中道士控群騾日行巷陌以糴豆為由募化銀錢一大騾特異不受羈紲紲則卧勿起遂縱之往來城市數日一遝廟道士恐為人所傷於項下懸一木牌標曰神騾日少食易畢喜啖茶葉沿門駐立乞茶麾之弗去以茶餉之即行日以為常一切禱祈借於神欲乘往德州以茶餌之至河西務加以銜勒堅卧不肯行遂捨之而還

枸杞龍形

聞見卮言載嘉興郡治西子墻上有枸杞一本歲月既深幹枝亦大樹身絶似龍形鱗爪逼肖垂四枝椏宛如四足夜間數里外遠望爍爍有光近睇之卻無所見常於風雨之日空中聞怒吼之聲隣近居人恐其日久為患將斧伐去一椏滴瀝星星越宿皆赤成血此後不復聞吼然龍形異質至今尚存

趙乳醫

夸堅志資州去城五十里曰三山村草木暢茂豺虎縱橫人莫敢近乳醫趙十五嫂所居相距三十里一夕聞人扣門請收生趙遽隨行步稍遲其人負之而去云只閉眼任我所之勿開登高涉險奔馳如風不勝驚顫至石崖下謂趙曰吾乃虎也遇神仙授以妙法在山修持已三百年誓不傷人能變化不測汝不須怖今緣吾妻臨蓐危困知媼善此伎所以相邀倘能保全母子當以黄金五兩奉酬便引入洞中具酒食見牝虎委頓且跪懇趙慰勉之於洞外摘娠藥數葉揉碎塗虎乳即噴嚏數聲從産三子牝虎即負趙歸明夜戶外有人云謝你相救出此一里他虎傷一僧衣內有金五兩可往取之黎明而往如言得金

瓦隴

夸堅志溫州洪慶善妻丁氏雖居海濱而性不嗜殺或惠瓦隴即蚶百餘枚不忍食

寘之盆中。將以明日放之江。夜夢丐者甚衆。跣足襤褸。各以一瓦自蔽前後。皆有憂色。別有十餘人。愀然曰。爾輩甚樂。我等抑何苦也。丁氏寤而思之。以瓦蔽形。必瓦隴也。夢中能密記其數。取視之。已爲一妾竊食十餘枚。乃愀然者也。

海馬

紹興八年。廣州西海壖地名上弓灣。月夜有海獸狀如馬。蹄鬣皆丹。突入近村。居民聚衆殺之。天將曉。如萬隊兵馬行空中。其聲洶洶。皆稱覓馬。所殺之獸。倏忽不見。咨有識者。慮其異。急徙去。次日海水流環村。百餘家皆溺。

堅瓠餘集卷一終

堅瓠餘集卷之二目錄

陳少陽　白鵝滅跡
波涌石船　崔氏女臥冰
酆都使代任　木中字
聚寶盆　種銀實
雨錢　誤吞釘
針產死婦　戲咒真死
陸稼書代任　扮相公見鬼
陽春園　目中見佛
秋海棠奇花　雪天掘蛟
高閒道　笪在辛
某相國　秦始皇再遇盗
齊天大聖廟　西施廟
小姑作祟　歌家驛吏
內江女子　愚不及婦
妾執妹禮　鬼孝子
乳香辟瘟　七丈八丈佛
鐵柱宮　牛隔盤兒
佛郎機　于闐玉
量書尺　赤鸚鵡
巨人半指　草峰倒懸
追魂碑　陸生水生
結髮香　閻王殿對
螢異　大螢
象孕　肉糜乾腊
贋女受封　海濱元寶
金石　紫潭李翁
登龍門　陶母截髮

奪妾　老鼠拖蛋
接輿　公輸子
人異　孝慈鵝
類

堅瓠餘集卷之二

清　長洲石農褚人穫學稼纂輯

陳少陽

樵書宋太學陳東上書以忠言見殺屢著靈異丹陽立陳少陽先生祠鐵鑄汪伯彥黃潛善像長跽階前游人唾之嘉靖間南安鄭晉入祠瞻禮題一聯於壁云一片忠肝千古綱常可託兩人屈膝平生富貴何為題畢二像應筆而倒

白鴉滅燄

太平御覽介子推不欲明從亡之功隱于綿上晉文公焚林以求之火烈巨舉有白鴉萬翼繞煙而譟扇滅其燄子推得不死晉人奇之為之立臺名曰思煙之臺據此則子推不死可無禁煙矣與左氏之說何其異耶然其說甚妮不可不存

波涌石船

劒南人物志漢犍為隗相母喜飲江水必得中流之水方以為潔否則不嘗溪流湍激每有覆溺之患一日波心涌起一大石船可穩步乘之而汲人以為孝感所致

崔氏女臥冰

北墅手述政和中濟南崔志有女母病冬日思魚冰堅不可得女曰王祥臥冰我欲效之家人止之女曰男子能為之豈女子獨不能耶乃焚香告天臥於冰上三日冰開躍出鮮鱗三尾烹以餉母母愈人問其臥冰時寒氣何如女曰身臥層冰之上但覺陽和之氣下逼殊不知有寒也昔王祥臥冰於沂河之中至今此地冰堅有一人影臥於上四隅皆凍獨此影碧水淪漣年年清湛不知崔氏所臥處有此異否

鄷都使代任

夸堅志林乂為鄷都使已載冥官數宣和七年其所親段敏病傷寒未解昏困間見錦衣花幘吏卒數十輩皆長丈餘直入卧內方驚顧而乂忽呼段字曰彥舉汝勿恐明日得汗矣因留坐敘語曰吾不久當受代段問其故曰有內臣黃某者覬時事不佳知必兆亂每起念曰不幸有變吾必死之上以報國家下以表忠節後京師破黃遂赴火死上帝嘉其節故預除為吾代少頃又告去敏覺少蘇明日果得汗而愈方問答次不暇詢黃之名紹興十三年錢知原觀復為廣德守中使黃彥節經過從容語及先世曰先人諱經臣于京城受圍時不忍見失守之辱積薪于庭自焚而卒以證前事乃知代林任者為黃經臣也

木中字

後梁開平二年，將軍李思安營於潞州，伐木為柵。一大木中有文云：「天十四載石進」。思安具表上之，群臣皆謂十四年必有遠人貢珍寶。至司天監徐鴻，私語其所親曰：自古無一字為年號者，以我度之，丙申歲當有石姓者王此地。蓋移四字中兩豎置天字左右，即丙字也；移四字外圍以十字貫之，即申字也。後至丙申年，石敬塘起并州，一如鴻言，其國號晉。石進者，石晉也。又春渚紀聞載：晉江尤氏，其鄰朱氏園中有柿木，高出屋上。一夕雷震中裂，木身若以濃墨書尤家二字，連屬而上，不知其數。至於木之細枝亦有之。尤氏乞得其木，作數百段，遺好事，字體帶草，勁健如王會稽書。朱氏尋衰，其園後歸尤氏。

聚寶盆

挑燈集異：明初，沈萬山貧時，夜夢青衣百餘人祈命。及旦，見漁翁持青蛙百餘，將事刲剖。萬山感悟，以鏹買之，縱於池中。嗣後喧鳴達旦，聒耳不能寐。晨往驅之，見俱環踞一瓦盆，異之，持其盆歸，以為盥手具，初不知其為寶也。萬山妻於盆中濯澧，遺一銀記於其中，已而見盆中銀記盈滿，不可數計。以金銀試之，亦如是。由是財雄天下。高皇初定鼎，欲以事殺之，賴聖母諫，始免其死，流竄嶺南，抄沒家貲，得其盆以示識古者，曰：此聚寶盆也。後築金陵城不就，命埋其盆於城下，因名其門曰聚寶。

種銀實

謝氏詩源：薛瓊家貧苦無以養，有一老者以物與之，曰：此銀實也，種之得贍汝親。瓊如言種之，旬日發苗，又旬日生花，花如細螺，又旬日結實，實如櫻李。種而收，收而復種，一歲之間，所得銀實無限。瓊曰：真仙所賜，我豈可以自封？凡有親而不能養者，皆徧周之。

雨錢

閩書：唐昭宗時，建陽熊袞為兵部尚書，性至孝。時值亂離，俸無給，惟立功有賞賚。袞悉散之部下。親喪不能葬，晝夜號泣，天忽於其院中雨錢三日。袞叩天以成葬事，所餘錢盡舉入官，其鄰里僕隸有得之者，悉化為土，人皆異之。　大有奇書：明甌寧王氏事姑孝，貧無以養，天亦雨錢以之。又汀州林氏為郡守，能任居家，天忽雨錢於其宅。林叩天拜祝曰：非常之事，必將為禍，求速止之。應聲而止，然所收已億萬矣。

誤吞釘

高坡異纂載：洪洞韓肅，即忠定公之父也，三歲時誤吞一釘，家人皆驚哭。待盡其祖以神醫名，視之曰：無恙，然必待三年，釘乃得出。人莫之信。遂定時日書壁間以俟。但每作腹痛，必絕而復甦。久漸黃羸骨立。及期，謂家人曰：兒疾將發，勢必大作，雖絕勿憚，宜先煮粥飲以俟之。既而腹果大痛，一叫而絕，良久，吐出釘，鐵盡刓，又復絕，逾時始甦。歲餘獲安，壽七十一卒。又三原王宗貫少師十一歲時口含一釘，忽聞師命，誤吞下咽。至十六歲，左腹作痛，遂成一癰，膿潰，釘出而愈。後撫吳，親與醫官盛春雨言者，至九十有七而卒。

針産死婦

挑燈集異：萬曆中，湖州凌漢章精於鍼灸，一日見一嫗溪邊淅米，出涕滂沱。凌問故，嫗曰：媳產難死，將炊飯作倒頭祭耳。凌曰：曾產否？嫗曰：未也。又問其氣絕許久，嫗曰：未久。凌令嫗引至其家，視之見死者胸尚未寒，凌乃取鍼於其胸中鍼之，鍼始入，胎即下，婦亦復甦。嫗請其故，凌曰：此子以手捧母心，故不下，所以死耳。今鍼其手，手痛釋放，子命雖傷，母命得生矣。嫗叩謝。

戲呪真死

聞有太學生在學舍讀書，偶晝寢，同輩戲以白紙書其姓字為靈位，設于桌上，更置楮帛香燭于前，反閉其門而從外窺伺之。生既寤，拭目熟視，大驚云：我豈死耶？遂嗚咽流涕，乃復就寢，久之不起，入戶視之，則真死矣。急輟戲具而諱其事。豈此生因疑駭，喪其神魂乎。

陸稼書代任

康熙中，平湖陸稼書先生隴其罷嘉定令里居，一日坐書室，似夢非夢，見青衣二隸持刺相邀，視之乃楊椒山先生帖也，驚而醒。頃之假寐，神魂飄蕩，見二隸在前引路，至一處宮殿巍奐，隸入稟，椒山出肅入，分賓主禮坐定。椒山極道稼書居官清正，彼此欽仰，茶罷，椒山云：有嘉定治民張某訟公枉法受銀十二兩，請公對讞。陸即起立，隸引至法堂，頃之，椒山升殿，喝隸拘張某至，張堅執老爺在任曾受民銀十二兩，陸辨其無，張云：康熙某年，兒子援例求老爺出結，某引兒子拜門生，送二函，二緞，用銀十二兩，亦是詐聞知縣數內銀子否？陸云：函緞是有，但是贄禮，何得云贓？椒山謂陸云：朝廷收他俊秀銀子，知縣自應出結，雖云贄禮，亦算不枉法贓。今閻人上現在獄中，公將銀十二兩送還閻人，上便結此案矣。稼書應允，椒山起揖之曰：公清廉正直，為人所擠。上帝憫之。此位不久屬公矣。命二隸仍送公。遂醒。道其事。不踰年。先生卒。

拗相公見鬼

談圃。王安石在金陵。於死之前一年。白日見一人上堂再拜。乃故吏也。死已久矣。安石驚問何來。曰。奉冥司檄來決公之子雱一案。問雱安在。吏曰。公如欲見。可于某日之夜。伏榻下觀之。切勿驚呼。但可使一人侍側。安石如其言。見故吏紫袍冠幘坐堂上。獄卒數人枷一囚入。身具桎梏。兩足流血。呻吟之聲。慘不可聞。視之乃雱也。雱哀告云。乞早結案。吏據案舉筆判訖。雱聲呵叱。安石失聲而哭。忽不見。明年安石死。

陽春園

張黃岳先生山天樓隨筆。崇禎中。唐中丞中拼名暉。撫楚時。予在衙。衙右曰陽春園。園中有老柏數百章。陰森沓蔚。羣鴉巢其巔。無慮千萬。啞啞之聲。自晨徹昏。始聞之意殊不耐。久而習聞。漸不復覺。池蓮甚茂。亭曰宛在。再入得臺榭四五。環植芭蕉翠竹。其後有雄楚樓。巍我軒敞。俯瞰城堞。大別漢川。渺渺在目。但扃鐍甚密。人鮮入其中者。久而詢之。知園中嘗有一衣緋女子。相傳為前中丞之女。及笄而殀。遂葬園中。每際風清月朗。女輙游衍于迴廊曲檻間。殆有不勝情者。是以人恐中其祟。莫敢入。予聞之喜曰。是固有待於張生也。每讀傳記所載幽情事。恨吾獨不躬逢。今有此。是吾緣也。乃白中丞。願居其中。遂散遣卒除雜兩日。幽爽更倍。予入居於樓前之寅亮堂。日以二小童給侍。夜則遣去。凡十日。而衣緋之女訖莫肯見。其棄我耶。抑前聞之謬耶。有情真至。良用悵悵。後以流寇勢逼。尋返郡中。不能再至陽春園矣。

目中見佛

宋元符中。張小顏常見目前光閃中有白衣人如佛者。遂奉佛斷葷酒。而體漸瘠多病。太醫汪壽卿見之。授以大丸藥數十。小丸藥千餘。約於十日內服完。既服五六日。漸見白衣人變為黃。而光不見矣。便思飲酒食肉。十日後一無所見。而病全愈。乃詣壽卿謝。壽卿曰。公脾受病。為肺所尅。心乃脾之母。心氣不固則多疑。故有所見。吾以大丸實脾。小丸實心。肺為脾之子。既不能勝其母。則病自去耳。

秋海棠奇花

武林王丹麓墻東草堂初植秋海棠一二本。數年遂蔓衍增砌。歲乙丑。忽發奇葩。千朶起樓。錦開四面。經月不落。其傍復有三四如蝴蝶。家人異之。為護其本根。散布其子。迨明年。子出無異。而原本所發。亦如常花。乃離原本尺許。見花心之上復起一花

如重臺。始細視叢中有千瓣如洛陽者。六瓣如桃者。五瓣如梅如幽蘭者。越日重視。或若山茶之初放。或若牡丹之半謝。至蓓蕾似垂絲。含蒂似石榴。碎剪如秋紈。其花或大或小。其心或連或散。其色紅白深淺。種種奇幻。莫可名狀。丹麓特繪為圖。繫以月日。且自為記。刻之霞舉堂集中。

雪天掘蛟

康熙己卯。有寧國老嫗傭于予姪方為家。見冬天久雪。因言寧國山中雪甚時。正好掘蛟。蛟伏處雪輙不積。土人尋得其處。老幼男女咸助一臂力。蓋為一方除害也。土深一丈。蛟重百斤。深二丈三丈。蛟更加重。其形如腰子。無頭尾。色淡黑。烹而切食之。味如海參。或云即龍蛋。傳野雉與蛇交。子生石上。遇雷雨入土一尺。沉至極深。積久則化為蛟。韓部蕭山園中亦曾掘得。

高閑道

張黃岳先生習孔雲谷卧餘。世知關壯繆刮骨療毒。飲奕自如。不知高閑道有矢鏃在類。召醫出之。醫曰。鏃深不可出。高怒斬之。別召一醫。醫曰。出之恐痛。又斬之。更召一醫。醫曰可出。乃鑿類骨。置楔其間。骨裂寸餘。竟出其鏃。閑道奏妓進饌不輟。此事新舊唐書皆不載。惟資治通鑑有之。

笪在辛

順治壬辰。句容笪在辛重光聯捷禮闈。以丁艱歸里。過吳門。寓同年姚茵稚菼先生家。一日閒步至吳子纓命館。推測子平。在辛貌質樸。又蔴衣蔴冠。絕無貴介容。子纓為之布算。亦甚忽畧。並不舉及科甲功名一字。推畢。在辛取子纓所持素扇。書高適夫尚有綈袍贈。應憐范叔寒。不知天下士。猶作布衣看句。後題笪重光書。以予子纓。子纓牌板書命友天下士。故書此詩以譏之也。子纓見之。惶媿無地。而在辛毫無怒容。一笑而別。至暮。其牌板已為人取去。隨有為之介紹者。餽銀十二兩。始得返璧。

某相國

明世說。江南某相國語所親曰。酒色財氣。不意近萃吾門。或請其故。相國曰。大兒好飲。次兒好貨。三兒好色。老人訓之不聽。惟有怒氣填胸而已。○予幼時曾侍一先輩飲。坐客譽及長公善治生產。先輩怫然曰。大凡人必須人家兼做。為做大兒做家而不做人。次兒做人而不做家。三兒既不做人。又不做家。又曰。予三子。彼孟子說孰不問云何。先輩曰。大兒好貨財。私妻子。不顧父母之養。次兒博奕好飲酒。不顧父母之

養三兒悄其四肢不顧父母之養豈非彼孟子決定已

秦始皇再遇盜

雲谷臥餘秦始皇二十九年博浪沙中為盜所驚大索十日人皆知之至于三十二年始皇微行與武士四人夜出關中逢盜于蘭池見窘武士擊殺盜大索二十日世鮮知者此帝王微行之始故表而出之

齊天大聖廟

艮齋雜說福州人皆祀孫行者為家堂又立齊天大聖廟甚壯麗四五月間迎旱龍舟裝飾寶玩鼓樂喧闐市人奔走若狂視其中坐一獼猴耳無論西遊記為子虛烏有即水簾洞豈在閩粵間哉風俗怪誕如此而不以淫祠毀則杜十姨伍髭鬚相公固無怪也

西施廟

西施生諸暨苧蘿村下有浣沙江此郡志圖經所載蕭山毛十九爭之曰范史郡國志引越絕書云西施蕭山之所出今蕭山有苧蘿山山前有紅粉石西施廟居人皆祀西施為土穀神此其証也或笑曰西施為土神則蕭山百姓皆婦人乎尤悔翁曰不然巫山有姚妃洛川有宓妃湘江有湘君浣紗夫人生為美人沒為明神亦無足怪惟是夫人不可無配夫差乎少伯乎恐王軒亦欲為辟陽侯矣

小姑作祟

彭蠡湖中有大孤山彭澤江中有小孤山又有彭郎磯女兒港皆山水名耳韓子蒼詩大姑已嫁彭郎去小姑還隨女兒住以孤為姑直是戲語而後人遂于山上立大姑小姑廟毛稗黃小匡載蔡可宗隨父仲敷司理衢州過鄱陽湖可宗題小姑廟詩有押語其夜岸上無析聲詰朝官召巡役詢之云昨夜見有冠帔者立船頭我輩謂是夫人玩月故不敢出耳官疑其情而誑亦置不問開船大風陡發闔家俱溺豈非小姑作祟與小姑本無姓氏既有廟貌則物或憑之矣

歇家驛吏

吳語云天下歇家王百穀山中驛吏趙凡夫相傳百穀家居申少師予告歸里車騎闐門賓客牆進兩家巷陌谷不相同凡夫卜築寒山投剔泉石又得卿子為妻靈均為子貴游屨至幾同朝市兩君可稱處士之特矣然題之曰歇家曰驛吏豈非春秋之筆乎○陳眉公隱佘山與董宗伯齊名遠而土司酋長丐其詞章近而

茶館酒樓懸其畫像然俯仰之間已為陳跡徵君故宅他人是保而書床藥竈不可復問矣

內江女子

臨川黎滿雲語尤悔翁云內江有一女子自矜才色不輕許人讀湯若士牡丹亭而悅之徑造西湖訪焉願奉其帚若士以年老辭姬不信訂期一日若士湖上宴客女往觀之見若士皤然一翁傴僂扶杖而行女嘆曰吾生平慕才子將託終身今老醜若此此固命也遂投水而死此女可謂鍾情者矣小青云人間亦有癡於我不獨傷心是小青信然

愚不及婦

侯官蕭長源震以順治壬辰進士為大名府司理擢御史後巡鹽兩淮家資鉅富與耿精忠有隙及精忠叛蕭之內子和約勸其自盡震勿從遂污偽命為布政使亡何以事害之腰斬東市籍其財得三十六萬康熙甲子尤悔翁先生至三山過其居已廢問其妻子無復存者慨然悲之作詩云人生富貴本無常生縛摩訶事可傷多少朱門皆白汝空留燕子話興亡震之愚乃不及一婦人悲哉

妾執妹禮

紀善錄長洲潘粹中純由監生拜御史永樂中在京邸娶穆氏為妾穆本宦族初不知潘有妻也既而純妻黃氏自蘇至純懼館于他所妻亦不知其有穆也穆氏知之具鞋帕之儀執妹禮以見意甚勤妻曰吾初不知有汝也吾有子婦在蘇家有田廬吾當還汝善事君子既而穆之母及兄弟皆至曰吾女不與君為妾將論純而歸之女曰不可乃以理諭兄弟黃氏又以女禮事穆母母感悟和好如初後純改陽信知縣二室同處幾及二十年始終無間

鬼孝子

北墅手述高雲客言鬼孝子閩中人幼失父未十歲即能以力養俾母安其室越數年而孝子死母無依有欲誘而娶之者孝子忽於空中作聲止母勿再適母悲曰豈得已哉無食何以為生孝子曰兒雖死心未死兒與母未相離兒能贍母母盍往市中語擔者今其倍擔所市物吾當佐其利三倍母果語擔者擔者如其言一人擔兩人之任擔加輕力加倍走加疾空所市者加速也以所獲之半歸其母日以為常勿敢欺母復歌黃鵠以終老

乳香辟瘟

孔平仲云：天行瘟氣，人多遘疾。宣聖軫念世人，遺有良方。孔氏今經七十餘代而不患時疾，用此方也。其方于每年臘月二十四日五更，取井花水，平旦第一汲者，盛淨器中，計家中人口多少，浸乳香，至元旦五更煖令溫，從幼小起至長老，每人以乳香一小塊，飲水三口嚥下，則不染時症矣。

七丈八丈佛

集異記：隋開皇中，并州釋子澄空鑄鐵佛，高七丈，三鑄捨身而後成，轉世為李嵩，建平等閣以覆之。七修載：真定龍興寺有銅佛，高七丈。按真定即古并州。諺有滄州獅子景州塔，東光寺裡大菩薩，云亦高七八丈，耳中可容數人。北方近帝都，故大佛之多若此。○寶顏堂載鄭廣文作聖善寺報慈閣大佛像記云：自頂至頤八十三尺，頂珠以銀鑄成，虛其中，可容八石。一首之大如此。按聖善寺乃唐太平公主所建，為其母武氏作福也。寺僧惠範後以罪誅，沒其私財，得一千三百萬。

鐵柱宮

成化初，我郡韓襄毅（雍）總督兩廣軍務，道經江西南昌府，入鐵柱宮謁許真君。方下拜，真君塑像忽彌隳地，旁觀疑為不祥，韓公亦驚異，乃語像曰：殺賊勝，當為真君鑄銅像。後至廣東，獲賊奏功，像遂易焉。至今真君像乃銅範者。考南昌鐵柱宮，晉許真君鎮蛟之所。鐵柱在池水中，徑尺餘，水退可見。昔有人携燈池上，水遂沸騰，急滅燈乃已。蓋真君與蛟誓：鐵柱開花，釋之。蛟見火，將謂柱開花也。至今池上不敢燃燈。

牛隔盤兒

夸堅志：湖州四安鎮翟楫，年五十無子，繪觀音像，懇禱甚至。其妻方娠，夢白衣婦人以盤送一兒，甚韶秀，妻大喜，欲抱取之，一牛橫隔其中，竟不得抱。既而生子，彌月不育。又禱如初，閒其夢者告楫曰：子酷嗜牛肉，故隔斷耳。楫悚然而誓，合家不復食，遂夢前婦人送兒至，抱得之，生子得成人云。

佛郎機

佛郎機乃國名，非砲名。正德間，海島佛郎機逐滿剌伽國王蘇端末媽，據其地，遣使加必丹木等入貢請封，會武宗南巡，貢使羈會同館一年。後遣去，因通此制，遂名佛郎機。嘉靖二年，佛郎機國人別都魯寇廣東，守臣擒之。○正德末，林見素俊聞宸濠反，即範錫為佛郎機銃式，併火藥方，遣人間道遺王伯安（守仁）書，至濠已就擒。文成因作佛郎機行，中云：佛郎機，誰所為，截取比干腸，裹以鴟夷皮，老臣忠憤寄所洩，震驚百里賊膽披。則佛郎機遂為銃名。

于闐玉

張世南宦遊記聞：玉出藍田崑岡，本朝禮器及乘輿服御多是于闐玉。玉分五色，惟青碧一色高下最多，端帶白色者漿水，又分九色。宣和殿有玉等子，以諸色玉次第排定，凡玉至，則以等子比之，高下自見。○西域記云：于闐王池，國人夜視月光盛處，必得美玉。常以端午日國王親往取玉，每得玉一圍，則以一圍石投之。又湘烟錄：白氏國人如玉，國中無五穀，惟種玉食之。玉成，椎為屑，採近地樹葉同食之，玉得葉即柔軟，味甘而美。宴客則以膏露浸玉屑，少選便成美酒，飲一升，醉三年始醒。

量書尺

王丹麓墻東草堂中置量書尺，式做木工六尺竿，以烏木為之，金錯為字。每歲積四方投贈詩文及諸雜編，于除夕量之，準以六尺上下，如七尺外為嬴，五尺內為絀。遂安毛會候有量書尺記，同里吳吳山有量書尺銘。

赤鸚鵡

楓窗小牘：宋高宗在建康，有大赤鸚鵡自江北來，集行在承塵上，口呼萬歲。宦者以手承之，鼓翅而下，足有小金牌，有宣和二字，因以紫架置之。比上膳，以行在草草無樂，鸚鵡大呼卜尚樂起方響。久之又曰：卜娘子不敬萬歲。卜蓋道君時掌樂宮人，以方響引樂者，故猶以舊格相呼。高宗為之罷膳泣下。後至臨安，此鳥忽死，高宗瘞之，親為文以祭，有謝跡雲端，投身禁裡，每呼舊人，以勵近侍句。其全文見湘烟錄。

巨人半指

崇禎末，維亭袁某航海貿易，同伴八十餘人，舟泊一沙渚，共登岸伐木供炊。行不百步，見一巨人臥于山麓，急欲避，而巨人忽起，舒兩臂，將六七十人拉拘一處。內一人脫出，隱石罅，巨人欲取，指不得入。尋摘一長籐，將眾人右手掐破，聯貫一串，懸于高樹而去。頃復邀二巨人來，皆喧嘩笑語，方欲及，而眾已將腰間利刃割斷奔逃，石罅中人亦出，急還舟。而初遇巨人已追及，遂伸右手攀船，船上人出巨刀斷其食指，負痛不前，因得揚帆而遁。指僅一節之半，秤之得十八斤。袁某與予細道其詳如此。

草峰倒懸

閩王審知初為泉州刺史有地名光啓村村中一夕地震有聲如鳴數百面鼓明日視地上草無一根掘地求之草皆倒懸土下○又福州城中有一山山上有峰大鑿薛老峰三字忽一夜聞山上如數百人喧譟聲及旦則薛老二字倒立峰字反向凡城中所有石碑俱自倒轉其年閩遂亡

追魂碑

李北海書法絕妙而莫奇於追魂碑方士葉法善求邕為先人作碑文不許乃設壇作法追魂書之邕固正人而為幻術所迷亦可怪矣將虎臣太史以一本贈尤悔翁先生鉤畫莊嚴而波瀾動蕩若有神助其末連點數點因雞鳴魂去不及竟書也悔翁甚寶之

陸生水生

宋孟珙開閫荊襄時嘗出巡見漢江一漁者狀貌奇偉提巨魚避道左問其姓名與年庚則年月日時皆與己同異之邀與俱歸欲命以官漁者不願曰富貴貧賤各有定分某雖與公相年庚相同然公相生於陸故貴某生於舟水上輕浮故賤某以漁為活自足若一日富貴定不能勝必致暴亡再三強之不可而去孟悵然久之曰吾不知也漁者之言可謂達矣

結願香

餘鷗雜識唐末有一省郎遊華山夢至碧巖下一老僧前烟穗極微僧云此是檀越結願香烟穗存而檀越已三生矣問之僧云第一生玄宗時為劍南安撫巡官第二生憲宗時西蜀書記第三生即今生也省郎洒然而悟

閻王殿對

耳談嘉靖末宜興大疫死者相枕籍有二青衿俱死同上閻王殿一從東廊一從西廊各相眄以目王查其籍以無罪復生從東者曰柱上對為天道地道人道鬼道道道無窮恨不見西柱對從西者曰胎生卵生濕生化生生生不已餘所見皆同

螢異

廣莫野語嘉靖中黎聞野鶴穎州衛人舉戊午孝廉選山東樂平令性豪放任俠響馬盜魁捕除殆盡以酷削籍七月七夕納涼庭中月色朦朧有螢飛來頃刻千萬旋繞不已聞野厲聲曰能為半月形乎則群聚為上弦之月又厲聲曰能為滿月形乎則又聚為望夕之月又厲聲曰能為星散布乎又散為列星形殊酷肖聞野大怖掩

戶寢次日韻上二千户以銀鐺來捕力辯得釋未一年卒○又野史載天啓丙寅五月初二日京都前門城樓角人見青色熒熒如有無數螢火出忽然合攏來大如車輪光照遠近觀者叫喊始漸漸分散是皆冤魂所聚化也

大螢

挑燈集異滁州魏某夜乘馬過田間時已昏黑見一物如金盤相去甚邇魏疑其為鬼且前且卻既而漸迫不得已以鞭擊之墮地視之乃一螢也

象孕

雲谷臥餘象入北土從不生育近年京師象房生一象子古人以未見其交而孕為奇近閱曲靖兵備程于周試犀容滇偶筆象仁而有禮非象奴命不觸一物交感必擇人迹不到處行之偶為人所窺必奮怒窮追力盡而止孕十有二載乃生乃知此象初有身于滇來今始足十二載耳

肉糜乾腊

晉惠帝謂民飢何不食肉糜近閱金世宗紀言遼主聞民間乏食謂何不食乾腊乃知古今事未嘗無對

賢女受封

雨窗雜錄正德中南昌李某業木作段某業針劉某業星卜俱以歲旱遷湖廣金沙州家焉鄉戚比鄰情好甚篤亡何李某姪喬來湖省叔相依授徒喬工制舉業從者日眾脩脯漸饒劉推其星命當大貴段有女少喬四五歲劉因執伐遂聘段女嘉靖壬午喬歸應試欲娶女偕歸而段婦忽中變謂喬固窶人失館即飢矣奈何捨愛女遠他省又不可背盟遂為計誑喬謂女當抵暮登舟已亦送半途始返寔則賀女喬與劉皆罔識也喬歸援例入場鄉會聯捷官刑部久之擢守成都便道還鄉過湖省餽遺段父母甚厚而為禮亦甚恭段女遂為姪子作天平者敗蕩日貧而羨賀者擁高華膺官誥封病卒

海濱元寶

崇禎癸未維亭錢裕鞠合夥入海貿易共一百二十餘人遭颶風作飄泊窮濱因共登岸見一處屋宇巍然入其中床帳羅列米麥俱備觸之皆灰也旁有一廩扃鑰甚固眾竭力啓視則元寶填塞各懷其四五遂舟前去貿亦倍利而歸後諸人復欲往悉惟裕鞠為顧邵南力勸乃止而一百二十餘人往者無一還家

金石

康熙庚辰維亭毛蘭生子升官入東海捕石首魚舟泊一山下同伴俱登山取柴見山上一方石如八仙桌大光耀奪目視之則宛然金也爲澗水衝洼磨盪日久金屑四散升官於其旁取泥約三担歸家煎之得赤金三錢零。

紫潭李翁

耳談黃岡有紫潭李翁族產俱盛得一吉地相者曰主出飛來金帶後浙有孝廉某北上過其家阻雪翁觴之屢日孝廉見傳餐小婢貌頗秀整因人語翁欲遣爲妾翁允之與偕行捷南宮歷任至大司馬夫人及諸姬皆無子獨李姬生二男二女夫人殁遂令主家事念其翁媪甚遣人于黃岡問消息時翁媪殁已久家亦淪替莫有知者忽翁之子以解運赴遼陽經都下過大司馬門與門吏評語知爲黃岡人以聞於夫人夫人訊之其兄也爲之慟令飾衣冠具羔雁謁公公厚客之餽贈甚豐夫人益不怡曰能富貴人者公也今待妾家若此何以令諸兒女有外家也時有侯李氏絕胤而山東人奏請襲者敘功績不合其功績冊在所司庫公陰以冊視李子令熟之亦奏請襲下所司勘之李子語合得襲侯夫人大悅相者所稱飛來金帶始驗。

登龍門

雲谷卧餘登龍門世但知有李膺某不知袁昂雅有倫鑑遊處不雜入其門者號登龍門又晉書王衍妙善玄理唯談老莊每義理有不安隨即更改世號口中雌黃朝野翕然謂之一世龍門又梁書任昉爲中丞簪裾輻輳預其宴者號曰龍門之遊。

陶母截髮

陶侃母截髮事古今艷稱本傳云截髮得雙髲以易酒肴樂飲極懽雖僕從亦過所望夫雙髲之值幾何能堪如許供設於理之所不可信此殆陶氏家狀美辭傳者据以爲寔遂成千古佳話耳。

奪妾

晉孫秀求綠珠於石崇不得而崇因秀誅宋阮佃夫求張耀於何恢不得而恢坐阮廢阮謂恢不思惜指失掌時亦謂崇不知斷指免頭又北史和士開使求平鑒愛妾阿劉鑒即與之仍謂人曰老公失阿劉與死無異要自爲身計不得不然若鑒之識高於石崇何恢遠矣

老鼠拖薑

工部主事黃讓會試時過書肆有菊坡叢話四冊持閱之傍一人從黃借閱黃視其貌寢甚謂之曰老鼠拖生薑譏其無用也其人微笑私問黃姓名後與黃同第官刑部曾黃以寶緣事發忝送法司其人坐黃受賄削籍過司日大聲曰老鼠拖生薑黃始悟結怨之由。

接輿

高士傳接輿姓陸名通字接輿楚昭王時人沈秋田一得錄云姓接名輿非陸通也周時齊有接子漢有接昕又長沮長姓沮名桀人周有長魚矯戰國時有長息漢有長樂張良椎擊始皇始皇大索良改姓爲長當時以有此姓故改之也桀溺桀姓溺名亦桀人見高士傳漢有桀龍。

公輸子

公輸子名班魯之巧人見孟子註李君實先生云公輸子名魯班楚之巧人與墨翟攻守相拒者又古樂府艷歌行云誰能刻鏤此公輸與魯班是又兩人矣班今作般匠作又祀張般又金華皇初起與弟初平師事赤松子得道自稱魯班初平自稱赤松子則是託襲古人名號以愚俗人耳。

人異

酉陽雜俎大曆中有乞兒無兩手以足夾筆寫經中朝故事天復中黃巢入寇一婦人爲賊所傷自鼻以上並隨刃去有人以藥封之得不死坐床用手緝麻甚熟友會談叢天聖中京師一婦人全無兩臂每梳頭左足夾梳右足綰髮及絜衣洗面亦如之說儲景德中一婦人無雙臂但用兩足刺繡鞋片纖好無敵此皆不能具手足形而能不廢手足之用彼直以心運也故莊子叔山無趾曰猶有尊於足者存又曰莫哀於心死而形死次之。

孝慈鵝

寰海記天寶末德清沈朝家母鵝抱雛成創腸出而死其雛仰天號叫銜芻母前若祭奠長叫數聲而死沈埋之名孝鵝塚又兩京記載淨影寺慧遠一鵝隨遠聽經遠入京鵝晝夜鳴唳僧徒送至京及門放之自知遠房便入馴狎聞講經入堂伏聽若談他事鳴翔而去如是六年忽一日哀叫不肯入堂二旬而慧遠卒二事雖出稗官然鵝性視他禽實馴柔宜昏禮所以取此也

類

山海經云亶爰之山有獸焉其狀如狸而有髦名曰類自爲牝牡食者不妒則類固獸名也而許氏說文釋類字云種類相似惟犬爲甚故從犬此解可笑豈羊豕之屬獨不相似耶自爲牝牡句郭景純註亦未明獨其讚有曰類之爲獸一體兼二近取諸身不用假器窈窕是佩不知妒忌此似謂類之交媾即于本身有其具而然此亦不經之甚也

堅瓠餘集卷二終

堅瓠餘集卷之三目錄

陳學究　真宗遊洞天
南雄煙祠　少林寺僧
妓飛入火爐　三角碎瓦
爆金盒　瑞炭
牛生奇遇　群鬼面衣
甌水爲醪　琢雪爲銀
菊花仙　月作異人
郝鼠符　宗嫂
水爲火禽即獸　毛龍
雙頭雞　賤人未可苟合
狼子　夏翁有識
決黥僕　沉竹龍
杖樂工　去處去
呼石得水　雷異
山分移　韓侂胄墓
土神娶婦　嗔水縛盜
鄭字音義　牂牁
乞丐　興亡數合
索疆索殿　一月兩日
象棋車馬　狼筋
伏突　獨孤信側帽
女儒　緹縈
傀家　周禮奔者不禁
宋書異同　行馬
轅門　寡人
尾閭通用　過海封王
五國城　奇計卻敵

天女使　　天女相偶
女子墜庭　　竹中人
避役　　掣貜
擔生　　蛇吞鹿

堅瓠餘集卷之三

清　長洲石農褚人穫學稼纂輯

陳學究

了菴雜錄。宋太祖生西京夾馬營中。營前有陳學究。失其名。聚徒設教。太祖幼時。嘗從受學。頗得其益。後又與趙學究往還。即趙普也。及舉大事。二人俱在左右。然太祖但與趙計事。陳不與也。至踐祚。用普為相。而恩不及陳。陳仍于陳州聚徒設教。太宗判南衙時。名之來。贈以金帛而遣之。中途盡為盜刦去。生徒日衰。至不免飢寒。太宗即位。以左司諫召之。官吏集其門。館之驛舍。一夕醉飽而死。兩學究同遇真主于龍潛之時。而命運不同如此。然太祖之待舊師。殊欠厚道。

真宗遊洞天

行營雜錄。宋真宗祥符中。封禪事竣。宰執入對便殿。帝曰。治平無事。久欲與卿等至一處閒玩。今日可矣。遂引諸臣及一二內侍入一小殿。庭中有假山甚高。山面有洞。帝先入。諸臣從行。初覺昏暗。行數十步。則天宇豁然。千峰百嶂。雜花瑤草。極天下之偉觀。少焉至一所。重樓複閣。金碧照耀。一道士貌奇古。出揖帝。禮甚恭。帝亦敬答之。既而開筵邀飲。揖帝坐上席。帝遜謝再三。然後坐。諸臣再拜。居道士之次。所談皆微妙之旨。其酒有皆非人世所有。鸞鶴舞庭際。笙簫振林木。至晚乃罷。道士送出門。謂帝曰。萬幾之暇。無惜與諸公頻見過也。復由舊路以歸。諸臣請問此何處。帝曰。此道家所謂蓬萊三山者也。諸臣自失者累日。後亦不再往。不知何術以致此也。

南雄淫祠

廣東南雄府學有淫祠。中塑女子像。號聖姑。師生媚禱甚。永樂十三年。吉安永豐彭勗以進士乞外補。得教授南雄。聞祠事。意欲毀之而未言。未至郡百餘里。一生來迎候甚恭。彭問曰。予未有宿戒。子何自知之。生曰。聖姑見夢言之。且道公邑里姓第甚悉。特遣相候耳。因言聖姑之神異。以感動之。彭益怒。抵任。積薪祠所。擬以夜往。佯為遺火以焚焉。生又夢聖姑曰。此翁意極不善。子盍為我言之。否則吾亦能為之禍。一二日間。當先死其奴。後若干日子與婦死。若干日死其身。臭生具以告彭。任之數日。其奴麼果暴死。家人懼。潛禱而蘇。聞之益怒。遂投炬爇之。後子及婦相繼皆死。如神言。學徒咸勸復其祠。不許。至期彭竟無恙。生疑之。一夕復夢聖姑。因詰其言不驗。聖姑曰。我鬼也。安能生死人。彼自是命當絕。吾特前知之。以相恐耳。彭公貴人。前程

遂大何敢犯耶後以御史提學南畿為師儒表帥仕終按察副使

少林寺僧

今人談武藝輒曰從少林寺出來昔唐太宗征王世充用少林寺僧衆破之其首功十三人最者曰曇宗封大將軍次論功封爵有差有不願官者賜田四十頃聽其焚修給勅護寺是以拳勇之風至今不替因思楊業為宋名將累摧契丹兵至號為楊無敵其家子孫人人驍勇後為王侁所惧陷敵被擒不食三日死今人但稱楊家將而子孫泯滅無聞少林寺之名獨傳世有千年僧寺無千年宗族信然

妓飛入火爐

廣辟寒唐末蜀人攻岐還至白石鎮裨將王宗信止普安禪院僧房時嚴冬中有大禪爐熾炭甚盛宗信擁妓女十餘人各據僧床寢息忽見一姬飛入爐中宛轉于熾炭之上宗信忙救之衣服並不燋灼又見一姬飛入如前又救之頃之諸妓或出或入各皆迷失音親吏隔墻告都招討使王宗儔宗儔至一一提臂而出視之衣裾纖毫不損訊之皆云被胡僧提入火中宗信大怒召諸僧至令妓識之有周和尚者身長貌胡皆曰此是也宗信鞭之數百又縛手足欲取熾炭炙之宗儔知此僧乃一村夫新落髮一無所解遂解其縛使逸去

三角碎瓦

茅山道士陳某遊海陵宿于逆旅雨雪方甚有同宿者身衣單葛欲與同寢而嫌其垢弊乃曰寒雪如此何以過夜答曰君但卧無以見憂既就寢陳竊視之見懷中出三角碎瓦數片練條貫之焼于燈上俄而火熾一室皆燠陳去衣衾乃得寢天未明而行則寒冷如故矣

煖金盒

進士張無頗遇袁天罡女大娘授藥以煖金盒盛之曰寒時但出此盒則一室暄熱不假爐炭矣金盒乃廣利王宮中之寶

瑞炭

西涼國進炭百條各長尺餘其炭青色堅硬如鐵名曰瑞炭焼于爐中無焰而有光每條可焼十日其熱氣逼人而不可近○唐内庫有七寶硯爐每至冬寒硯凍置于爐上不勞置火硯氷自消

牛生奇遇

牛生自河東赴舉行至華州宿一村店其日雪甚令主人造湯餅昏時一人窮寒衣

服藍縷亦來投宿生見而憐之要與同食人曰某窮寒不辦得錢今空腹已行百餘里矣遂飽食卧于床前其聲如雷至五更其人謂生曰請公略至門外有事要言之連袂出門曰某非人冥使耳深媿昨夜一餐今有少報可置三幅紙及筆硯來生與之令生遠立自坐樹下袖中出一卷書看數頁即書兩行如此三度求紙封之書第一封第二封第三封付生曰公若遇災難危篤即焚香以次開之視若或可免即不須開言訖行數步不見矣生緘置書囊中及至京止客戶坊貧甚絕食忽憶此書遂開第一封上云可于菩提寺門前坐自客戶坊至菩提寺有三十餘里饑困且雨雪乘驢而往自晨至鼓聲欲絕方至寺門坐未定一僧自寺内叱生曰雨雪連綿何為至此若凍死豈不相累耶生曰某是舉人至此值夜晷借寺門前一宿明日當去僧云不知是秀才可進宿也既入僧設火具食語久之曰賢宗晉陽長官與秀才遠近生曰叔父也僧乃取晉陽手書令識之皆不謬僧喜曰晉陽常寄錢三十貫在此絕不來取某年老一朝遠逝便無所付今盡以相與生先取錢千貫買宅置車馬納僕妾頓為富人後以求名失路復開第二封書云西市食店張家樓上坐生如言詣張氏獨止一室下簾而坐有數少年上樓來中一白衫人坐定一人曰某本只有五百千今請添至七百千此外力不及也一人曰進士及第何惜千緡生知其貨及第矣出揖之白衫少年即主司之子生曰某以千貫奉郎君別有二百千奉諸公酒食之費不煩他議也少年許之果登上第歷任臺省後為河中節度副使經一年疾困遂開第三封題云可處置家事乃沐浴修遺書纔訖而終

聾鬼面衣

陸餘慶少時嘗冬月于徐亳間夜行左右以囊橐前往餘慶緩轡從之寒甚會聾鬼環火而坐慶以為人下馬就火訝火甚熾而不煖慶曰火何冷可為我脫靴聾鬼不應但俯而笑慶顧視之見聾鬼悉有面衣慶驚馳馬而去其傍居人謂慶曰此地有鬼為祟遇之者多斃郎君無所驚懼必福助也後果富貴

甌水為醪

唐宣宗在藩時嘗從駕回而誤墜馬從人不知比二更乃能興時天大雪四顧無人聲寒甚會巡警者至大驚上曰我光王也誤墜在此困且渴若為我求水警者于旁近得水以進遂去上良久起舉甌將飲顧甌中水已為芳醪矣上喜自負舉一甌已而體微煖有力步歸藩邸後即帝位

琢雪爲銀

女冠耿先生於大雪中。南唐後主戲謂曰。先生能以雪爲銀乎。耿曰能。乃取雪削之爲銀錠狀。投于熾炭中。灰埃坌起。徐以炭周擁。過食頃曰可矣。乃持以出。赫然洞赤。置于地。及冷。鏗然銀錠。而刀迹具在。反視其下。若垂酥滴乳之狀。蓋初爲火之所融釋也。時傳先生所作雪銀甚多。

菊華仙

夸堅志。嘉州士人黄崇。博學能文。謂取功名如拾芥。肄業成都府學。學有菊花仙神祠。傳爲漢宮女。諸生求名者。影響答之。崇嘗夜讀。見美女立燈下。崇驚問汝何氏。輙至此。女笑曰。吾乃菊花仙。以君今舉當高第。故來報喜。初任郫縣主簿。宜勉之。遂不見。是歲果獲鄉薦。赴部試。至郫縣境。憩逆旅。有負水至者。崇酌飲之。又傾其餘以濯足。負者曰。村疃之水。數里行汲。得至此。飲尚不敷。忍用濯足。崇怒曰。候我爲主簿。當治爾。及試失利。復入學。見女於廊下。崇誚其言不驗。女曰。汝不能謹輕。已告人。且欲逞私憾。豈汝容乎。必欲成名。須修德乃可。崇自追悔。省咎克責。後一舉登科。

月作異人

壽州唐中丞慶。栖泊京都。雇一月作人。頗極專謹。口不言錢。冬日見卧雪中。呼起無寒色。唐深異之。後爲鹽榷使。過河中。欲別歸。唐曰。吾方請厚祿。得報爾勤勞。又懇請。唐固留。行至蒲津。酒醉與人相毆。節帥決脊二十。唐救免不得。纔出城。乃至唐曰。汝爭得來。曰。來別中丞。唐令袒背視之。並無傷痕。大驚。遂下馬與語。答曰。某所不欲經河中過者。爲有此報。今已償了。別中丞去。與錢帛皆不受。置于地。再拜而逝。

郄鼠符

僖宗末。廣陵丐者杜可均。當大雪。造酒家樂姓者求飲。見主事者白云。人以衣換酒收藏。不謹。爲鼠所嚙。杜即令治淨室。曰。某有一符能郄鼠。試書之。既有驗。可盡此室永無鼠矣。至焚符。鼠遂絶。

宗彝

貴州思南有山形如甑。名甑峯。人跡罕到。中有獸曰宗彝。類獼猴。巢于高樹。老者上居樹頂。子孫以次居下。老者不多出。子孫居下者出得果實。即傳遞至上。上者食。然後傳遞至下。下者方食。上者未食。下者不敢食也。先儒謂此獸名虎蜼。古人用以繪于衮。取其孝也。今解尚書者。謂衮衣所繪宗彝爲祭器。其器上有虎蜼形。故曰取其孝。而不知宗彝即虎蜼也。

水爲火禽即獸

拾遺記。西海之西。有浮玉山。山下有巨穴。穴中有熱水。其色若火。晝則冥冥。夜則光照穴外。雖波濤奔蕩。而光不滅。唐堯時。其光爛起。化爲赤雲。日輝四映。照徹百川。蓋應火德之運也。○舜崩于蒼梧之野。有大鳥從丹丘來。口吐五色氣。銜土成丘墳。此鳥名憑霄雀。能反形變色。棲木則爲禽。行地即爲獸。變化無常。

毛龍

拾遺記。南潯之國。有洞穴極陰深。中有龍。體生五色毛。唐堯時。其國獻二毛龍。一雌一雄。乃置豢龍之官。至夏代。豢龍不絶。禹導川乘此龍。及水土平。放之海。

雙頭雞

漢武帝時。大月氏國獻雙頭雞。四足一尾。鳴則二頭俱鳴。帝置于甘泉宮。更以他雞混之。得其種而不能鳴。人以爲不祥。帝命送還其國。行至西關。雞反顧漢宮而哀鳴。飛入霄漢。不知所往。時有謠云。三七末世雞不鳴。宮中荊棘亂相縈。當有九虎爭爲帝。及王莽篡位。有九虎將軍之號。

賤人未可苟合

碣石剩談。江西舉人龍復禮。美髭髯。自言平生未嘗與妓苟合。蓋恐構精受孕。生男必爲樂工。生女必爲娼婦。父母之遺體。淪於汚賤矣。此言似迂。而實中理。後飲一士夫家。兩行樂工排列。有一未冠者。面貌形體與主人甚相似。異而問之。樂工年長者。此是誰家子。工人云。花生子。有母而無父。已而咨訪主人。曾與其母私。蓋不肯認爲己子也。

狼子

古稱狼子野心。狼子非無本。昔突厥爲鄰國所滅。止留九歲一子。斷其手足。棄於溝中。有牝狼銜肉飼之。後長與狼交。生七子女。以致蔓延其種。故曰狼子。○說儲。阿史那子交狼。生十男。

夏翁有識

漱石閒談。江陰夏翁。巨家也。嘗出行過市橋。一人擔糞傾入其舟。幾汙翁衣。僕曰。此人無狀。盍執而撻之。翁曰。此出不知耳。知我寧肯相犯耶。歸閱債籍。其人乃負三十金無償。欲因此起釁。翁折券免之。人服其識。翁與宜興徐文靖公溥通姻。文靖嘗囑云傳語親密。翁凡訟皆無害。惟不可犯人命。翁蓋服文靖之訓不忘云。

決黠僕

宋羅黠守平江。有主訟其逐僕欠錢者。審問得實。而僕狡黠。欲汚其主。自陳嘗與主之侍妾通。黠知其誣。乃判云。奴既負主錢。又私其婢。事雖無証。即其自供。合從姦斷責還所負外。徒配施行。所有女使。俟主人有詞日另究。聞者快之。

沉竹籠

唐李福鎮南梁。境內多朝貴莊產。子孫僑寓其間。相習為非。不聽官府檢束。閭巷苦之。福涖任。命造大竹籠數具。召其尤橫者來。問其家世譜第。在朝姻親。乃曰。郎君輩籍如此地望。而作如此不法事。無乃辱於存亡乎。今日痛懲。賢親戚聞之。必稱當老夫也。遂命縛以竹籠。投之漢江。曰。若輩生不受檢束。死當被牢籠。由是眾皆惕息。

杖樂工

天寶中。梨園子弟有阿雛者。善笛。頗被寵眷。怙勢橫行。犯法當死。洛陽令崔隱甫捕之。雛走匿禁中。乞哀于帝。帝乃以他事召隱甫入對。雛在帝側。帝指謂隱甫曰。就卿乞得此人否。隱甫免冠奏云。陛下此言。輕官法而重賤工也。臣請罷職。再拜欲出。帝笑止之曰。朕與卿戲耳。遂令內侍擒雛出。隱甫即坐廳事杖殺之。俄有勑釋放。已死矣。乃賜隱甫絹百疋以旌之。

去處去

唐李紳鎮江東。用法嚴明。境中龜山寺有放生魚池。僧因以為利。廉察使某公在任日。題詩勒石于池畔云。勸汝僧人護此池。不須垂釣引青絲。雲山莫厭看經坐。便是浮生得道時。紳偶遊寺見詩。笑曰。僧若有漁罟之事。即當投之鏡湖。後僧有犯者。竟縛而沉之湖中。且作詩為戒云。汲水添池活白蓮。十千鬐鬣盡生天。廣兇不識慈悲意。自葬江魚入九泉。寺僧有黠而辯者。欲以因果勸諭。儼然造謁。紳問阿師從何處來。僧答曰。貧僧從來處來。紳即予以杖而逐之曰。任汝從去處去。

呼石得水

夔峽左巘上。題聖泉二字。有大石名洞石。而初無泉也。過者擊石大呼。則水自石下出。嘗有貴官過此。禮拜之。命僕人呼云。山神土地。行人渴甚。乞賜水。呼久不應。土人云。不當如此呼。乃代為呼云。龍王萬姓渴矣。於是水隨聲至。時冬月雪下。而水溫如湯。土人云。夏則冷如冰。凡呼必稱之為龍王。而以萬姓為辭。方得水。

雷異

天順戊寅四月。建昌熊某家被雷。中堂屋瓦如萬馬踏碎。移大門四楹豎立廚屋上。盤屈一秤。置斗中。倒懸斗於梁上。又成化乙未七月。宜興西溪中三人共駕一舟。行次被雷擊。一人細縛船中。一人頭入甑。一人橫閣於篙杪。篙則直豎船頭上。船自流六七里。縛者解。甑中者出。篙杪者墜。俱不死。皆彷彿聞擊者言。汝能改過否。○康熙癸未六月十九。有無錫人在陸墓趕工。同耕者云。雷雨將至。速耘完歸去。其人云。那怕他打去。我陽物頂之。雷震果擊其處。下身埋於土中而不死。同伴亦無傷。雨止眾共掘出。明日載歸。忽又雷震。人已吸去。震死於無錫家中矣。聞之其人有淫惡云。

山分移

雲南麗江軍民府巨津州白石雲山。距金沙江二里許。明成化庚子五月內。山忽裂中分一半。走移於金沙江中。與兩岸雲山相倚。山上木石屹立不動。西樵野記。弘治中。吳中蝦蟇山忽飛。高坡徐徐而下。其行漸疾。見者驚曰。山走矣。老稚哄然。山即隨聲而止。已懸隔址數畝矣。

韓侂胄墓

韓侂胄既死。朝命王柟為使。函胄首送金人。以謝開邊之罪。且許增歲幣。當時有太學生題詩於學宮云。歲幣頓增三百萬。和戎又送一於期。無人說與王柟道。莫遣當年寇準知。後有使臣至金。金主令往觀一墓。甚壯麗。題曰。忠繆侯墓。且釋云。忠於為國。繆於為身。詢是何墓。曰。韓侂胄之首葬其中也。夫椎奸已死之首。固不足惜。然大傷國體。反為敵國所侮。南朝真可謂無人。

土神娶婦

說聽。漢景帝廟在荊州之麻山。相傳昭烈下江陵時。寓於中。居民因祀為土神。每元旦設樂迎像入舍。奉之歲更一家。正統初有張氏女年十六。有殊色。求聘者。父母未嘗輕許。女每晨盥面。水中有黃蓋影。而家人弗見也。一日病死。復蘇云。初合目時。儀從塞目。稱麻山神來迎夫人。因升輿而行。半道忽憶失將梳具。從者言夫人須自往取。故暫歸耳。命取梳具置棺中。尋氣絕。父母悲甚。為肖像廟之別室祀之。

噀水縛盜

正德中。溧陽胡景春。一目重瞳。少時鬻油魯中。有全真道人日用油。不受直。道人感之。授以異術。能挾雙瓦。腹帕飛騰空中。嘗商於陝西。夜宿山中孤姥家。姥言此地多盜不可留景春曰止則死於盜賊行則死於虎狼不如坐以待之索水盥十隻步罡誦訣飲水斛許頃之盜二十餘人至景春盡腹中水噀之盜俱僵卧如被縛者哀祈云知是胡師聊相戲耳景春乃釋之後其子詐為盜戲父景春行術制之子遂卒

鄚字音義

鄚字有兩音在五歌韵者音嵯在十五翰韵者音贊其字出於周禮而後為地名字書於兩韵訓釋皆同蕭何封鄚侯當作嵯音班固十八侯銘云文昌四友漢有蕭何序功第一受封於鄚唐楊巨源詩云請問漢家功第一麒麟閣上識鄚侯可証考漢書地理志鄚有二邑其在沛縣者音嵯蕭何初封之邑在南陽縣者音贊光武時蕭何子孫所封而野客叢書云鄚侯皆當音贊未識何據郎仁寶云鄚有四音前二音之外一祖管切音纂一祖丸切音攢惟前二音可加於蕭何餘非其宜

牂牁

牂牁蜀地郡名葉夢得玉澗雜書牂牁繫船筏名華陽國志載楚頃襄王遣楚蹻伐夜郎蹻至牂牁繫船於且蘭既克夜郎會秦奪楚黔中地無路可歸遂留王之號莊王以且蘭有繫船牂牁處因改名牂牁魏畧記吳將朱然圍樊城遣兵於峴山斫牂牁林潯陽記亦言郡西北有一松樹垂陰數畝傳云陶公牂牁伐此樹吳晉間此語猶存今人但知郡名絕無知是繫船筏也

乞丐

匄丐同乞也然與人亦可稱匄稱乞漢廣川王越傳云妃陶望卿主繒帛盡取善繒匄諸宮人顏師古曰匄乞遺也朱買臣待詔公車糧用乏上計吏卒更乞匄之又宋書明帝陳貴妃始有寵一年許以乞李道兒尋又迎還生廢帝又齊書鬱林王毀世祖招婉殿以乞閹人徐龍駒為齋又梁蕭惠開有馬六十匹悉以乞劉希微償責

興亡數合

宋藝祖以乙亥命曹翰取江州後三百年乙亥呂師夔以江州降元以丙子受江南全城降後三百年丙子帝㬎為元擄失江南以己卯滅漢混一天下後三百年亦以己卯宋亡於厓山宋興於周顯德七年恭帝方八歲亡於德祐元年少帝方四歲名德㬎即顯也顯德二字恰合廟號皆曰恭帝周以幼主亡宋亦以幼主亡周有太后在上禪於宋宋亦有太后在上降於元事若相符更有異者七修類藁幹離不陷汴京宋臣有諳其營者覘其狀貌與藝祖絕相類其後殺太宗子孫殆盡而伯顏下臨

安有識之者後於帝王廟中見周世宗像與伯顏分毫無異報應不爽如此

索還索殿

宣和遺事徽宗即位一夕夢錢武肅王引御衣乞還兩浙舊疆未幾韋妃誕高宗後都錢塘百有餘年錢璆壽八十一高宗亦壽八十一吾堅續志宋理宗一夕夢二番僧曰二十年後當還我此殿及覺以問宰相馬廷鸞馬為美詞以對理宗命紀之馬遂立碑志之不知夢僧取殿者後為五寺之基番僧楊璉真珈主其地是其驗也德祐二年宋亡至元十四年為寺逆數至理宗夢時正二十年矣

一月兩日

弘治中洞庭東山黃訓為諸生時渡湖覆舟水中若有人云死卻罷又若有人應之曰一月兩日如何死得因飄至湖濱獲救後舉正德甲戌進士授兵科給事中到任三十二日卒

象棋車馬

雲谷卧餘象棋中車行當從馬馬行當從車蓋馬之為物騰踔無前縱橫如意車以轉輪邪拖而行從日字格正轉輪象也有物礙之則不行尤肖車義今車直行馬行日應是後世彼此相訛

狼筋

嘗見小說載一富人內室亡金詰群婢不承欲買狼筋治之一婢驚懼欲逃遂獲皆不知狼筋何物且何以能察盜後偶閱續博物志載唐武宗四年官市郎中有疑為狼筋者有老僧云貧道昔曾以一千於賈胡市得三枚狀如巨蛹兩頭光帶黃色涇帥段祐宅失銀器十餘集奴婢環庭炙之蟲慓動一女奴臉唇瞤動訊之乃竊器者按續博物志稱為晉李石撰但中有南唐元宗事及開寶年號豈晉人而至宋尚存抑書或成於宋代歟

伏突

史言李光弼將戰納刀於鞾曰戰危事吾位三公不可辱於賊萬一不捷當自刎偶閱顏魯公作光弼神道碑曰每臨陣常貯伏突於鞾中義不受辱乃知伏突刀名也穀很孟勞魯之寶刀人猶知之此則世鮮知者故錄出之

獨孤信側帽

世知郭林宗折角巾而不知北周獨孤信事令狐德棻周書載信在秦州因獵回日

蒼馳馬入城其帽微側詰旦而吏民戴帽者咸慕信而側帽焉東漢尚風節林宗人望士人樂效猶爲恒理若信武官處偏安之世而能風動如此爲尤奇也

女儒

前秦韋逞母宋氏家世儒學幼喪母躬自養其父及長父授以周官音義謂之曰吾家世學周官傳業相繼此周公所制經紀典誥百官品物備於此矣吾今無男汝可傳受勿令絕世宋氏諷誦不輟屬天下喪亂石虎徙之山東宋氏與夫俱在徙中乃推鹿車背負父所授書到冀州依膠東富人陳安壽壽周之逞時年少宋氏晝則採樵夜則教逞然紡績無廢逞遂學成名立仕秦爲太常堅嘗幸太學問博士經典乃憫禮樂遺缺博士盧壼對曰廢學既久書傳零落比年綴撰五經粗集惟周官禮經未有其師竊見太常韋逞母宋氏世學家女傳其父業得周官音義今年八十視聽無闕自非此母無可以傳授後生於是就宋氏家講堂置生員百二十人隔絳紗幔而授業焉拜宋氏爲宣文君賜侍婢十餘人周官學復行於世按自古無女儒韋母宋氏學行如此豈在高堂伏勝下乎雖非男子亦當俎豆千秋也

緹縈

肉刑自虞夏至漢歷二千餘年文帝以緹縈上書悲憐其意始下詔除之遂爲千古斷此至慘之法人知漢文之仁而不知緹縈實啟之也孝子不匱永錫爾類緹縈有焉後世當置仁孝賢媛祠以俎豆之

傀家

傳奇中女子自稱曰奴家語甚俗蘇東坡詩云應記傀家舊姓西後之編傳奇者當稱傀家爲雅然在未字之女則宜若婦人則竟稱妾可也

周禮奔者不禁

周禮媒氏中春之月令會男女是月也奔者不禁奔非踰牆行露之謂古有聘則爲妻奔則爲妾之言以奔對聘是明有奔之一例矣意奔也者當是草率成婚若今鄙野小家之爲不能如聘者之六禮全備耳蓋荒祲死喪或孤弱而不能自存必待備禮而需以歲年則道路無時男女之失所多矣故周公通此一格以濟大禮之窮不待其既亂而爲之所也其曰令者媒氏令之也既有令者非私合矣不禁者不禁其闕禮也若以奔爲淫冶之私雖後世昏淫之主亦無此法曾是周公制禮而有是乎

宋書異同

太平廣記載張暢嘗持觀世音經宋南譙王義宣之構逆也暢不從王欲害之夜夢觀世音曰汝不可投暢王遂不敢害及王敗暢繫獄誦觀世音經千遍鎖寸寸斷獄司易之輒復斷吏因釋之宋書暢傳不載考暢與王玄謨同時而玄謨傳載蕭斌將斬玄謨夢人告曰誦觀音經千遍則免玄謨既覺誦之得千遍明日將刑誦之不輟以沈慶之諫忽傳呼停刑令守碻磝暢鎖寸斷奇跡玄謨而休文不載何異同若此耶○北史盧景裕傳景裕以事繫晉陽獄至心誦觀音經枷鎖自脫是時又有人負罪當死夢沙門教誦經覺時如所夢謂誦千遍臨刑刀折主者以聞此經遂行名高王觀世音經嘗閱普門品若復有人臨當被害及枷鎖繫身者但稱觀世音菩薩名號刀尋段段壞枷鎖自然得解脫合之史書所載可謂信而有徵矣

行馬

晉魏舒卒燕叢避位後帝賜殊禮門施行馬解者以爲列馬騎於門以備行遮如朝廷之立仗馬也觀曹攄傳攄爲洛陽令天大雨雪宮門夜失行馬群臣檢察莫知所在攄使收門士以爲宮掖禁嚴非外人所敢盜必是門士以燎寒耳詰之果服乃知行馬者即郡邑門前之闌馬也解爲馬騎誤矣然在漢有曹操與韓遂兩軍會語諸將請爲木行馬以爲防遏則其名已久矣

轅門

官府衙門列木於外謂之轅門蓋軍行以車爲陣轅相向爲門故曰轅門又謂之鹿角蓋鹿性警群居則環其角外向圍圍如陣以防人物之害軍中樹木外向亦名鹿角

寡人

君稱寡人而婦人亦有稱寡人者莊姜云以勗寡人是也又人臣亦有稱寡人者孫過庭書譜王羲之云吾書比之鍾張鍾當抗行或謂過之張草猶當雁行然張精熟池水盡墨假令寡人耽之若此未必謝之又朕我也古者上下共稱之皋陶與舜言朕言惠可底行屈原曰朕皇考至秦然後天子獨以爲稱自漢至今因而不改

尾微通用

堯典鳥獸孳尾史記五帝本紀作鳥獸字微古尾微字通用論語微生高微生畝班固古今人物考作尾生高尾生晦又戰國策與莊子亦作尾生而薛方山四書人物考微生高即尾生與女子期於橋下水至而死恐未識何據

過海封王

明嘉靖中郭給諫汝霖使琉球錄載風濤之險景物之奇不必言中一條云舟中艙數區貯器用若干又藏棺二副前刻天朝使臣某人之柩上釘銀牌若干兩倘有風波之惡知不可免則請使臣仰卧其中以鐵釘錮之舟覆而任其漂泊庶使見者取其銀物而置其柩於山崖使後之使臣得以因便載歸奉使者其危若此亦可畏矣

五國城

宋徽宗崩於五國城向不知在何處考之城在三萬衛北一千里自此而東分為五國故名北至燕京三千三十里三萬衛在開原城内在遼陽城北三百三十里古肅慎氏地隋曰黑水靺鞨唐初置黑水府元和以後服屬渤海金初都此後遷於燕京又全遼志云五國頭城有宋徽宗墓在焉則和議成而梓宮返者蓋以空櫬紿宋爾

奇計郤敵

古人以兵力寡弱遇强敵猝至而能郤之最奇者有三諸葛亮在陽平魏兵二十萬奄至孔明大開四門焚香洒掃而走司馬懿劉琨在晉陽胡騎圍之琨乘月登樓清嘯中夜奏胡笳賊流涕棄圍而去此二事人皆知之夢溪筆談載宋一事更奇元豐中夏寇之母梁氏遣將引兵卒至保安軍順寧寨圍之數重時寨兵甚少人心危懼有老娼李氏得梁陰私事甚詳乃掀衣登陴抗聲罵之盡發其私夏人皆掩耳併力射之莫能中李言愈醜夏人度李終不可得又恐梁之醜迹彰著遂託以他事中夜解去雞鳴狗盜皆有所用信然

天女使

廣銷夏蔡希閔家在東都暑夜兄弟數十人會於廳忽大雨雷電墮一物於庭作颸聲命火視之乃婦人也衣黄紬裙布衫言語不通遂目為天女使五六年始能漢語問其鄉國不能知但云故鄉食粳米無碗器用柳箱貯飯而食之竟不知何國人初在本國夜出為雷取上俄墮希閔庭中

天女相偶

魏書聖武皇帝諱詰汾田於山澤歘見輜軿自天而下既至見美婦人侍衛甚盛謂帝曰我天女也受命相偶遂同寢宿旦請還曰明年周時復會此處言訖而别及期帝至田所果復相見天女以所生男授帝曰子孫相承當世為皇帝遂去故時人諺曰詰汾皇帝無婦家力微皇帝無舅家

女子墜庭

林居漫錄新城王氏自嘉靖己未見峯司農起家相繼登甲榜者不絶冠裳之盛海内無兩傳司農曾祖自某縣避地新城依某氏一日大風晦暝有女子從空而墜言我某縣初氏女也晨起取火不覺至此蓋頃刻已五百餘里矣主人以為天作之合遂令諧伉儷今之躋華要登顯秩者皆初之所出也其事若恠而司農弟立峯氏部載之大槐記中當與帝武空桑並傳矣

竹中人

小説載夜郎侯事云有女子浣紗聞竹中有聲剖之得一男收而養之後封夜郎侯以竹為姓漢武帝賜以王印又異苑建安有篔簹竹節間有人長尺許頭足皆具又鄜延有大竹凌雲剖之中有二翁對弈

避役

南方有蟲名避役一日應十二辰狀如蛇醫脚長色青赤肉鬣暑月時見於籬壁間見者多稱意事其首倏忽更變為十二時辰狀巳戌式從兄常覩之○蛇醫即蜥蜴

擊甕

王彥威鎮汴夏旱李玘過汴因宴王以旱為言李醉曰欲雨甚易耳可求蛇醫四頭石甕二枚每甕實以水浮二蛇醫以木蓋密泥之分置於鬧處甕前後設席燒香選小兒十歲已下十餘令執小青竹晝夜更擊其甕不得少輟王如言試之一日兩夜雨大注舊説龍與蛇醫為親家焉

擔生

有書生路逢小蛇因收養漸大生每擔之號曰擔生後不可負放之范縣東大澤中四十餘年蛇如覆舟號為神蟒人往澤中必被吞食生時老邁經此澤畔人曰中有大蛇食人君宜無往時盛冬寒甚生謂蛇藏不出遂過大澤頃之忽有蛇來逐生尚識其形色遥謂之曰爾非我擔生乎蛇便低頭良久方去迴至范縣令聞其見蛇不死以為異繫之獄斷刑當死生私忿曰擔生養汝翻令我死汝何負義其夜蛇遂攻陷一縣為湖獨獄不陷生乃獲免

蛇吞鹿

有人遊瞿塘峽時冬月草木枯落野火燎其峰巒連山跨谷紅燄燭天忽聞巖崖間軥然有聲駐足伺之見一物圖如大囷墮於平地近視之乃一蛇也遂剖而驗之蛇

吞一鹿，在於腹內。野火燒燃，墮於山下。所謂巴蛇吞象，信乎有之。

堅瓠餘集卷四終

堅瓠餘集卷之四目錄

主試外聘　雜流登第
外國人進士　景泰癸酉榜
典史中式　記夢
木刻孔明像　長子城
華山識君　豎神旋神
鸞爵　尚父
行香　十石米
無立錐地　瓦盆冰花
綠袍女子　堯九男
舞柘枝　樹妖
木中字　木紋如畫
樹化石　獄囚自脫枷杻
偏腸　治難產方

臥胞生　元神見形
瑞雲峰　醉石
活石　廉石
空心髮　蒜髮
破瘤飛雀　孔雀舞
林九姑　人物坐化
帝召李賀　筇吳江塔
武侯前知　金姑娘娘
祇公為水神　雞卵異
白圍　子類不宜食
字卵　方卵
義熊　蝌蚪伸冤
村叟夢鱉　二鱉吟詩
鱉逐人　夾浦江豚

女丈夫　人妖公案
藍道婆　俗語有本
鏤身　射書擊衣
閻王

堅瓠餘集卷之四

清　長洲石農褚人穫學稼纂輯

主試外聘

明初取士。鄉場主試。不必部推。不由欽點。例皆外聘。或出巡按。或出方伯。皆得聘之。不特進士在官者可聘。即請告家居。及非科目中人現身無官者。但取名望素著。亦得應聘。如洪武壬子科。崇德貝清江瓊曾主浙江鄉試。正統丁卯科。江西吳康齋與弼曾主南畿鄉試。元武康令沈夢麟入明。五主閩浙鄉試。又元學士滕克恭入明。聘主河南鄉試。蓋彼時人心猶古。以關節賄倖中為可恥。自嘉靖辛酉。無錫吳情主南畿鄉試。所中皆其親故。為人所劾奏。遂定制。南人不得典南試矣。

雜流登第

明高皇初設制科。九流雜職暨僧道。亦得預賓興。多有登第。識小編載洪武辛未榜眼吳言信。以抄鈔局副使中式。宣德癸丑狀元曹鼐。以泰和典史魁大廷。正統壬戌李森。以都察院吏。鄭溫以松陵驛丞聯捷。戊辰燕山衛小旗汪禹。禮部辦事官舒庭譔。景泰庚午順天解元劉宣。乃盧龍衛軍聯捷。甲戌翰林院譯字官吳禎。天順甲申劉淳。亦譯字官。又欽天監天文生馬愈。成化乙未錦衣衛小旗李昊。戊戌山東鹽驛丞譚溥聯捷。辛丑榆林衛軍李旦。甲辰岷州衛吏王璠。富峪衛總旗張綸。皆以雜流登第。不知此例廢於何時。使雜職遺賢。不克躬逢盛典。為可憾也。教職登鼎甲者。萬曆壬辰狀元侯官翁正春。丙辰榜眼江夏賀逢聖。崇禎甲申。闔門殉節。謚文忠。

外國人進士

明初文教覃及海外。外國英才。學於中國而登進士第者。洪武辛亥金濤。乙丑崔致遠。皆高麗延安人。赴闕會試成進士。濤授東昌府安丘縣丞。致遠以不習華語。歸還其國為官。未幾以洪倫金義之亂。禁止會試。景泰甲戌黎庸。交趾清威人。阮勤交趾多翼人。天順庚辰阮文英。交趾慈山人。何廣。交趾扶寧人。成化己丑王京。嘉靖癸未陳儒。俱交趾人。阮勤仕至工部左侍郎。陳儒仕至右都御史。萬曆中。高麗許篈許筠。皆舉本國狀元。而筠慨慕中華。以不得試天子之廷為恥。久道化成。於斯可見。

景泰癸酉榜

景泰四年癸酉科順天鄉試中式二百五十名。雜流中式之多。幾及四十人。內儒士十人。翰林院譯字官一人。吏部聽選官一人。戶部書算一人。工部承差一人。刑部都吏一人。衛令史一人。衛史一人。太醫院醫士四人。欽天監天文生二人。武生一人。軍餘九人。衛舍人三人。軍一人。燕山衛小旗一人。可見立賢無方之意。○按是科解元羅崇岳。江西廬陵人。治詩。以順天香河籍中式。榜後群攻冒籍。詔充原籍學生。丙子又領江西鄉試三十九名。

典史中式

典史中式。不獨宣德癸丑泰和典史曹鼐。洪武中。先有建寧吳璥。閩省鄉試中式。以遷官經黜為江夏典史。建文己卯。復中湖廣鄉試。庚辰成進士。任戶部員外。永樂乙未。福清曾佛以山西太平典史中式。任馬湖教授。鼐魁大廷。入內閣。故獨傳耳。

記夢

山天樵隨筆載。先王父石橋公年五十。尚艱嗣。郎有總甲王解二者。一夕夢持公移行。途遇一翁及嫗。嫗抱兒。翁肩錢豎書劍。謂言若非郎之某耶。曰然。曰張公號石橋者。在郎不。曰在。曰是吾子也。數苦艱嗣。吾抱此兒與之。若公事畢。稍若為郵寄。王許之。遂別。投文於府。官怒其愆期。王曰。非敢後也。郎有叙人張某號長者無子。適伊父母以孩托吾寄去。立談少頃。不覺其晏。官怒霽曰。喚翁嫗來質。質則宥汝。於是二老負荷以進。官曰。是然。吾為若兒名曰繼祖。翁曰。予族已有名繼祖者。復命之曰節之。遂留兒及伴兒物。勅令翁嫗去。俄遣白馬一。并兒錢書付王。王出府上馬行。倏忽至郎。水即送與先王父。見家已預設香燭以迎。王交兒訖。遂覺。心甚異之。黎明急趨告先王父。時萬曆乙亥陽月也。次年是月。而舉先君。所謂繼祖者。初實無之。後有族伯於嶽舉一子。與先君同庚同月。偶名繼祖。遂符前夢云。按黃岳先生尊翁諱正茂。號松如。即夢中所授之兒也。

木刻孔明像

嘉隆間。金陵沈越聞見雜錄載。按江西時。過白鹿洞書院。內諸葛孔明木刻小像。諸生焚香供之。詢其所以。皆云其來已遠。未知所由。後覩朱文公年譜。言先生嘗作臥龍菴。祀孔明。即其地而木刻像。乃文公所立。彼時門人言其微意有在。蓋朱子之意。以高宗南渡之後。偏安江左。委靡頹墮。不能振發。恢復疆土。以雪仇恥。故於孔明致意焉。惜乎人無有能知之者。

長子城

潞安府長子縣城。堯長子丹朱所築。故以名縣。縣去府治三十里。當孔道。車馬往來絡繹。萬曆中。余祖麟郊公以府佐攝是邑。云縣素有怪。夜半有衣冠者出遊。或時至公堂。胥吏輩群然走避。以為常。縣尹霍鵬者。初至疑之。為徙後圃數塚。怪仍不止。乃為文具牲醪告焉。其弟忽作鬼語曰。某河南人也。為教官。隙某妾。隨著是邑。被嫡陵虐至死。葬我後圃西北隅。思欲報之。故為祟耳。霍曰。若此。吾為汝改葬可乎。曰。吾事發當在後三十年。今非其時。改葬無益。自此怪亦止。

華山畿君

朱東皋漫紀。宋南徐有一士。從華山往雲陽。見客舍中一女。年可十八九。悅之無因。遂成心疾。母詢之。得其隱。往雲陽見此女。言及其故。女聞之感。慨不勝。因脫蔽膝。令母持歸。暗藏病者席下。臥之。得愈。數日果瘥。一日舉席見蔽膝。持而痛泣。氣幾絕。囑其母曰。他日葬我。須從雲陽過。母如其言。比至女門。牛任鞭策不行。須臾女沐浴粧飾而出曰。華山畿君既因我死。我活為誰。君若見憐。棺木為我開。歌言訖。棺開。女遂投入。氣即絕。因合葬焉。吟。為神士冢。樂府有華山畿。本與梁山伯祝英台事同。

鹽神炭神

海錄碎事。李嗣昭守上黨。為汴人所圍。城中鹽炭俱盡。嗣昭禱天地。俄而城生鹹。取以煎鹽甚美。又復掘得石炭。晉王自將解圍。躬奠其地。立二廟。曰鹽神炭神。世祭奉之。又世紀。廩君射死鹽神。

鬻爵

事物紀元載。鬻爵始於漢文帝。受晁錯言。令人入粟與官。及援武帝靈帝事。殊不知秦始皇時。飛蝗蔽天下。詔百姓納粟千石。拜爵一級。蓋在漢文之前。此鬻爵之始也。

尚父

古今之事。雖書史所載。亦難憑據。如太公八十遇文王。世所知也。然宋玉楚詞云。太公九十乃顯榮兮。誠未遇其匡合。東方朔云。太公體行仁義。七十有二。乃見用於文武。太公之年。得東方朔減了八歲。卻被宋玉增了十歲。當以何為準。一友笑曰。以多補少。當以八十為是。

行香

行香起於後魏。及江左齊梁間。每燃香熏手。或以香末散行。謂之行香。唐初因之。文宗朝省椽奏設齋行香。事無經據。乃罷。宣宗復釋教。其儀遂行。朱梁開國大明節。百官行香祝壽。石晉天福中。竇正固奏國忌行香。宰臣跪爐。百官立班。仍飯僧百人。即為定式。宋及元明暨國朝。至今用之。

十石米

宋蔣津葦航紀談韓彥古爲戶曹尚書孝宗問曰十石米有多寡彥古對曰萬合千升百斗廿斛遂稱旨

無立錐地

今俗謂人之至貧者則曰無置錐之地此語蓋自古有之韓非子云堯無膠漆之約於當世而道行舜無置錐之地於宇內而德結又史記優孟傳孫叔敖爲楚相死其子無立錐之地又後漢郭丹蜀諸葛亮傳俱有此語

瓦盆氷花

宋餘杭萬延之家有一瓦盆冬月注水水凝成花初若茶花之類久之趺萼檳態皆成眞花或時爲梅或時爲菊或時爲桃李以至芍藥牡丹諸名花皆交出之後隨其所變看成何花一日忽作水村竹屋斷鴻孤鷺之態初不可定其色目也遇凝寒必燕客觀氷花人亦携酒餚就其家觀焉

綠袍女子

朱敎隱于少室山陽駙馬李舒在岳寺使騎招敎乘馬使騶從者在後行至少夷廟下時盛暑見綠袍女子年十五六姿色甚麗敎意是人家臧獲亦訝其暑月挾纊馳馬問之女子笑而不言走入廟中敎亦下馬入廟不見有人遂壁上觀畫見綠袍女子在焉乃途中所覩者也

堯九男

宋許觀東齋紀事載孟子堯使九男二女以事舜於畎畝之中趙岐注云堯典曰釐降二女不見九男獨丹朱以胤嗣之子臣下以距堯求禪其餘庶無事故不見於堯典予按呂不韋春秋云堯有子十人而與舜貴公也然自丹朱之外不特八庶子而已皇甫謐帝王世紀云堯娶散宜氏之女曰女皇生丹朱又有庶子九人其數正與呂不韋合蓋使事舜畎畝丹朱以嫡子故不在所遣中趙岐云八庶蓋未之考耳

舞柘枝

宋俞琰席上腐談向見官妓舞柘枝戴一紅物體長而頭尖儼如角形想即今之罟姑也瑣碎錄云柘枝舞本北魏拓拔之名後則易而爲柘枝也

樹妖

萬曆丁酉柘城縣報稱本縣柳樹內偶出人物各類人馬冠裳等像爲牧童驗拾見在嘉興姚思仁時巡按河南取歸以柳樹內人物示客陳眉公曾見之載於見聞錄已而考之南唐末年溧水天興寺桑木生人長六寸如僧狀左袒而右跪衣褶皆備其色如純漆可鑑謂之須菩提縣令摘置龕中以仁壽節日來獻烈祖甚異迎置宮中奉事甚謹其後因參以爲感應不三年烈祖殂

木中字

茅亭客話僞蜀廣政末成都唐季明因破一木中有紫紋隸書太平兩字欲進蜀王以爲嘉瑞識者云不應此時須至破了方見太平爾果自聖朝弔伐之後頻頒曠蕩之恩救民於水火又改太平興國之號識者之言驗矣○又徐鉉稽神錄建康有木工破一木中有肉五斤許其香如熟猪肉此又不可以理窮究者矣

木紋如畫

大中祥符六年綿州彰明縣崇仙觀柏柱上有木紋如畫天尊狀毛髮眉目衣服履舃纖縷悉備知州劉宗言奏聞奉旨令津置赴闕送玉清昭應宮民皆圖畫供養之

樹化石

貴州兵備道內有山山間有樹不知其名由根而幹盤結成石其枝旁出者悉化爲石窺其中則猶有木也其葉上達翠色可愛嘉靖丁巳兵憲焦希程記其事後閱白孔六帖載回紇康于事斷松投河三年化爲石豈如茲樹化石生生不已哉

獄囚自脫枷杻

宋錢功澹山雜識載謝賓文景溫初任獄官忽倉皇自外入急問中門家人問之但云有囚善作法枷杻自脫勢必見害其家一老僕告之曰可速往取筆揭子揭其兩中指復杻之必無能爲景溫亟出用其言賊法遂不能神

偏腸

宋顧文薦船窗夜話載四明延壽寺一僧自首至踵平分寒熱莫曉所以徧問名醫無有識者雖以意投藥皆不效街有道人賣藥就市人皆忽之既出不得已召而問之道人曰此生偏腸毒也藥之而愈

治難產方

呢語一奇僧傳難產方用杏仁一箇去皮一邊書日字一邊書月字外用熟蜜爲丸或湯水或酒吞下試之有驗

卧胞生

見聞錄云婁東王荊石相國始生冷無氣母驚謂已死有憐媪徐氏者諦視良久笑請曰此俗名卧胞生吾能治之使活當大貴但不免多病累阿母耳趣使治之其法用左手掬兒右手捆其背百餘逾時噎下而醒六歲中痘母常下樓謁巫見一白衣人長丈餘閑立凝視若有所言母驚踣樓下神亦不見以為不祥然竟無恙

元神見形

萬曆初馮保客徐爵久奉長齋未得罪之前一年忽見寸許童子行几上驚問之曰吾乃汝之元神也汝不破齋不得禍否則禍旋及之矣已而蒲州相公召飲強之食始破葷血未幾遂以論奏逮下詔獄

瑞雲峰

吳中太湖石之絶奇者惟徐冏卿園中之瑞雲峰峰石高三丈有奇相傳為朱勔手斵魁岸雄奇如鬼刹神鏤蓋玲瓏妍巧出於天成朱勔敗此石棄置荒郊明初為上堡陳氏酒齋所得移置舟中石盤忽沉覔不可得僅峙其峰旋為烏程董氏搆去載至中流而船亦覆乃破背募善泅者取之先得其盤而石亦隨手出宛然劍合延平津嘉靖中遂為徐氏所有閣在閶門下塘前輩稱此石每夜有光燭天但此石若初

堅主人家君不利峰旁又有二峰亦壯麗然僅足充瑞雲衙官耳雁行非所敢也

醉石

人知有平泉之醒石而不知有栗里之醉石廬山記曰陶淵明所居栗里兩山閒有大石仰視懸瀑可坐十餘人號曰醉石

活石

天都錢海陵聖果院有石井欄南唐保大中造鑑有綆迹深寸許今復生合疑為活石又衡州府羊角山石其活尤異石在府治樵樓前有人自西蜀青城山來尋羊角山石鄉人指示之其人扣石云青城山有書石忽開書入石復合人亦不知所往

廉石

昏陸績為鬱林太守罷歸不載寶貨舟輕不可越海用巨石重之至姑蘇因置其門號鬱林石向在臨頓路吳文定匏菴集有廉石記天順間移置察院前又齋書廣慮為昏平太守海邊有趙王石常隱雲霧相傳惟清廉太守得見愿往觀清徹無隱翳愚謂此石真可名廉石

空心髮

俗諺以蘇人髮盡空心蓋謂髮無中虛理譏蘇人作事空虛也不知人之髮中無有實酉陽雜俎載魏有句驪客善用鍼取人髮斬為數段以鍼貫取之皆聯絡相承可見髮皆中虛不獨蘇人為然也設使天下獨蘇人之髮空心正見蘇人玲瓏剔透處

蒜髮

今人年壯而髮斑白者目之曰蒜髮按州縣作算髮以為心多思慮所致蓋髮乃血之餘心主血血為心役不能上廕於髮也東齋紀事云蒜髮猶言宣髮也本草無菁條下云蔓菁子壓油塗頭能變蒜髮陸德明云易說卦巽為寡髮寡本作宣黑白雜為宣髮也○項後白髮曰素領漢馮唐白首為郎官素髮垂領

破瘤飛雀

三國志註中載華佗破瘤飛雀事人為理之所無而開奇錄載唐金州防禦使崔堯封有甥李言吉者左目上瞼忽癢生一瘡漸大長如鴨卵其根如弦恆壓其目至不能開堯封患之飲之酒醉而剖去之言吉不知也贅既破中有黃雀鳴噪而去乃知華佗事非妄也

孔雀舞

孔雀出滇南續漢書云出西域條支國一名孔都護又名文禽李昉名曰南客康熙

癸未人餽劉藩憲二孔雀養於財帛司行宮已死其一甲申春予往觀見其尾長數尺金碧晃耀遇婦女服錦綵者則舞舞則奮張其尾團如錦輪吳都賦所云孔雀綷羽而翱翔是也

林九姑

閩古田有喬松松下祠神曰林九姑松因輪囷成林而祠九出祈禱者雲集靈應如響福清毛東義貧不能歸求濟於神書券告貸置案上翌日松枝上有羅綃裹金數九十義得之大喜持歸數年息千倍初無償意姑忽以聲至其家見索起居飲啖皆如人義但畝為供具技詞軟語終無償意姑曰不償吾金恐貽禍在胤子義即匿其子於師家戒勿出姑曰兒安所匿顧兒無罪也吾但焚爾居義復為之備數日火起義有叔曰孔塀亦在救焚姑告之曰公貴人也公家安得有負義如義者不念貲所自來而久負至索又不與吾非欲奪其所有祇還其所本無耳自是義貧如洗孔塀中萬曆甲戌進士任戶部郎

人物坐化

說儲戒僧伽坐化謂趺坐而化僧會立化謂端立而化僧志問行化謂隨行隨化鄧隱峯倒化謂倒立而化不知物亦有坐化者唐雜志有坐化鸜鵒焚之有舍利後山談叢廬山有坐化猫峽中有坐化猢猻李公擇家有坐化蛇夷堅志宋天柱寺有立化雉青州大聖院有坐化蝦蟇天慶觀有立化犬衢州七星橋有蹲化羊吾蘇瑞光寺放生池有立化雞洞微志僧卞懇遊五臺將歸有僧以書托寄東京勃賀至京不見其人一日郊遊見小兒逐大猪云勃賀勃賀問之云此猪能令猪群不亂逸愛食薄荷故名以書投之猪食之即人立而化帝京景物畧萬曆中建慈惠寺有伏化蜘蛛物有凡根信然

帝召李賀

上帝召李賀記白玉樓事新舊唐書皆不載惟見於李商隱小傳云聞之長吉姊嫁王氏者千古傳之遂爲佳話又宣室志載賀卒母夢賀曰上帝遷都白瑶宮作月圃凝虛殿命賀與文士輩纂三章天上差樂願母無以爲念豈因賀母之夢而商隱遂神其說云

平吳江塔

吳江塔欹側已久康熙癸未春邑令出示募人修整久之無人應募忽於夏間有人投詞云能正塔令奇而面詢之問用工費若干答云所費不多止用壯夫一百二十人棺板一百二十塊各帶畚鍤預備大土基若干至期衆工酒肉食之須飽令以其言太易忽之數日後定期六月十八黄昏起工至期大風雨役衆工搜去塔脚一處泥土各以板從低處敬起而以土基塞之其人於四周遍視衆工但聞風濤聲如是者一晝夜至暮風雨亦息人視塔已正矣

武侯前知

隋書史萬歲征南寧夷入蜻蛉川經大小勃弄見諸葛武侯紀功碑云萬歲後勝我者過此萬歲乃倒其碑而進蜀古續記曹彬伐蜀謁武侯祠謂孔明雖忠於漢然疲竭蜀之衆民不能復中原之萬一不得爲武欲折毁之俄報中殿摧塌有石碑出上云測我心腹事惟有宋曹彬彬遂令郎守新其祠宇爲文祭之而去宋史狄青破儂智高見孔明紀功碑云後有功在吾上者立石於右青果立之其右後爲震雷所擊孔明歷歷前睹若此真神人哉

金姑娘娘

康熙癸未夏吳中乏雨有人自江北來傳有一婦趁崇船行數里即欲去云我非人乃驅蝗使者即俗所稱金姑娘娘今年江南該有蝗災上帝不忍小民乏食命吾渡江收取麻雀等鳥以驅蝻蝗汝傳諭鄉農凡有蝗來稱我名即可除船錢百文在汝家門首可歸取之俄不見已而常州一帶果有蝗從北來鄉農書金姑娘娘位號揭竿祭賽蝗即去後聞人言崇禎庚辰辛巳間向有金姑娘娘紙馬六十年來並不刷印至今歲復興大獲其利予家庭中秋間果無鳥雀至冬復集

戚公爲水神

餘姚戚文湍瀾景泰辛未進士與丘文莊濬友善以編修服闋上京渡錢塘江忽風濤大作有絳紗燈數百對大夫九人帶劍乘馬飛馳水面舟人大恐戚曰我知之矣推戇九人下馬跪拜戚曰若非桑石將軍九兄弟耶曰然戚曰去我喻矣九人等皆散戚命返棹抵家謂家人曰某日吾將逝矣及期沐浴朝服坐向九人率甲士來迎行踐屋瓦瓦皆碎戈矛旗幟見糧填擁有頃公卒車騎前後呼衛隱隱入空而沒後文莊夫人自南海浮江而上過鄱陽湖夜夢達官呵擁入舟請見夫人曰吾編修戚瀾也昔與丘先生同官友善義不容坐視特來報知三日後有風濤之險隻帆片檣無存可亟遷於岸夫人驚覺如言移止寺中未幾江中果有風濤衆舟皆溺夫人至京白其事於文莊以聞於朝遣官諭祭文莊爲文祭之楊用修載其事於丹鉛錄

雞卵異

奇聞錄載唐詢家庖妾携雞卵數枚忽一墮地中有觀音像坐蓮花傍列善財龍女淨瓶柳枝皆具舉家驚異取以供奉遂棄其餘不食又天都載唐文宗以長安中緇徒日衆命有司詔中外罷緇徒說法會尚食吏修御膳烹雞卵方燃火忽聞鼎中有聲聽之乃群卵念觀世音菩薩也吏具以聞文宗歎曰不知浮屠氏之力如是耶因頒詔郡國各於精舍塑觀世音菩薩像并詔尚食吏自後無以雞卵爲膳

白團

冥報記周武帝好食雞卵賀拔虎爲監膳儀同開皇中死而復蘇云被攝証武帝進白團事儀同不識左右曰白團雞卵也虎謂人曰食子類其罪不減於殺生也

子類不宜食

支遁幼時與師論物類謂雞卵生用不足爲殺師不能屈師尋亡忽現形投卵于地殼破雛行頃之俱滅遁感悟遂蔬食終身又齊李道念好食雞卵曉得奇疾褚澄投

以蘇沐吐出一十三物。剖開皆雞雛頭脚羽翅皆具。又梁時有一婦以雞卵白和沐使髮光黑。每沐輒破二三十枚。臨終。但聞髮中有數雞雛之聲。又宋東平董瑛知澤州。將嫁妹。人餉雞卵三十枚。食其七。而留其餘。掛於堂內梁上。已而妹婿至。庖妾請供晨餐。瑛夜夢二十三小兒自梁而下。同詞乞命。中一女着裙帔而跛足。旦起𩔖面。適妾取卵二十三枚過。瑛方憶昨夢。命舍之。求兆雞分抱。皆成雞。惟一雌者病足。瑛自是不殺生。

字卵

碣石剩談。琴川有老婦養子。數歲就村塾。每午歸。必索啖。一日母雞方生一卵。命取充啖。兒諦視驚云。卵有楷書二行云。曹夫起心一生辛勤枉爾生。字畫精楷。若鐫刻者然。衆相傳玩。咸為怪異。未幾頓遭回祿。或者其兆云。

方卵

烏卵皆圓。烏卵而方。有白無黃。一人於烏巢中得一方卵。破之果然。見成丁百烏志。

義熊

王愼旃言。聖師錄。晉昇平中。有人入山射鹿。忽墜一坎內。見熊子數頭。須臾有大熊入。瞪視此人。人謂必害己。良久。大熊出果。分與諸子。末後作一分與此人。此人飢久。冒死取噉之。既而轉狎習。每旦熊母覓食還。輒分果此人。賴以支命。後熊子大。其母一一負將出。子既盡出。此人自分死坎中。乃熊母復還入坐。人邉人解其意。便抱熊足。熊跳出。遂得活。

蝌蚪伸冤

聖師錄。天啓中。紹興郡丞張佐治擢金華守。去郡至一處。見蝌蚪無數。夾道鳴噪。皆昂首若有所訴。異之。下輿步視。而蝌蚪皆跳躑為前導。至田間。三屍疊焉。張有力。挈二屍起。下一屍微動。湯灌之。頃復活。曰。我商人也。見二人肩兩筐蝌蚪。適市傷之。贖以放生。二人曰。此皆水淺。雖放。人必復獲。前有放生池。我從之至此。不虞揮斧。遂被害。二僕隨後尚遠。有腰纏。必誘至殺之。奪其金。張命亟捕之。人金皆得。以屬其守石公崑五。一訊皆吐實。抵死。腰纏歸商。

村叟夢鼈

夯堅志。乾道中。崑山近海村中。一老叟夢河內泊大舟。舟中罪人充滿。皆絕索縲縛。見叟。衆各哀呼求救。繼而舟師揭鏹詣門糴米。寤而怪焉。迨旦啟戶。岸下果有一舟。

舟子市米與夢合。亟趨視。滿艙皆鼈也。細縛莫展。詢其所之。曰。販往臨安。叟悚悟。此夢。問所值若干。索錢三萬。叟如數買之。盡解縛放諸水。是夜夢數百人被甲於門外。唱連珠喏。驚出視之。相率列拜。謝再生之恩。令君家五世大富。一生無疾。壽終生天。自是叟愈康健。生計日益。

二鼈吟詩

建炎末。王承可侍郎居分寧田舍。一夕夢黑衣男女約三十輩。兩人如夫婦。立於前。餘皆列於後。泣拜乞命。夢中似許之。明晨閒步門外。逢村民負鼈來。傾置地上。二大者居前。餘二十六枚在後。恍惚如夢中所見。遂買而投諸深溪。夜復夢二黑衣人來謝。且吟詩兩句云。放浪江湖外。全勝沮洳時。超然有自得之意。

鼈逐人

大理司直陳棣嗜鼈。所居山邑。艱於得。隨得則食。紹興壬戌。夢適通衢。見鼈二十餘出水行甚遽。且將齧己。急走還。及門。鼈亦踵至。復趨堂上。相逐愈急。窘甚。登床。鼈競緣四脚而上。棣大怖。謂曰。我無食汝意。何為見迫。叱之而寤。明旦啟門。有僕持劉元中書致一竹簍。餉鼈二十八頭。視之。絕類昨夢所覩。元中僕善捕鼈。赤手行水際。察砂石間。則知鼈所隱。日獲數十。以施親黨。棣舉所餉放諸溪。自是不復食矣。

夾浦江豚

聞見錄。三吳雖稱澤國。素無潮汐。萬曆丁丑間。夾浦橋瓜涇港口。有二大江豚。吹浪鼓風。舟多覆溺。漁人不敢網。網即磨裂。又有一小者。似獺非獺。似豚非豚。夜則潛入沿涯民家。卧榻鼾睡。人弗敢逐。逐者疾作。歷年洪水為災。田禾湮害。橋梁崩圮。比及三載旱荒。而是怪亦漸滅矣。

藍道婆

碣石剩談。嘉靖中。瑞州府有藍道婆者。身具陰陽二體。無髭鬚。因束足為女形。專習女紅。極其工巧。大族多延為女師。教習刺繡織紝之類。即與女子昕夕同寢處。初不甚覺。至午夜陽道乃見。因與淫亂。後至一家。女徒伴宿。藍婆求奸。女子不從。尋與父母語其故。因令老嫗試之。果然。首於官。捕至訊實。以巨枷遍遊市里。女子曾失身者。縊死甚衆。道婆仍杖死。所以人家三姑六婆。不許入門。以此。

俗語有本

里巷長談。出於史書者。廣集三卷。載之詳矣。玆更得數十則。人謂愚者。曰不知黑黃。

爾雅釋草云蘱薡蕫注似蒲而細不知薡蕫者即不辨菽麥意事不堅確者曰活脫
釋草云倚商活脫注草生江南高丈許大葉莖中有瓤正白活脫者靡然如草意也
隱跡曰畔陳後主時謠曰齊雲觀寇來無處畔事穩當曰妥帖杜詩千里初妥帖韓
人曰作人情杜詩曰粔籹作人情官之職掌曰管事李斯傳云管事二十餘年不正
曰差路差去聲唐詩云枯木巖前差路多虛而少實曰空頭北史斛律金傳空頭漢
合殺習氣曰毛病黃山谷刀筆云此荆南人毛病熱而不甚曰溫暾白樂天詩池水
暖溫暾

鏤身

古人多有鏤身為飾者蓋文身雕題之舊習也越人以此避蛟龍之患南中有繡面
老子裸人刺胸前作花蜀將韋少卿胸刺張燕公挽鏡寒鴉集詩荆州街子葛清自
頸以下遍刺白樂天詩蜀市趙高背鏤毘沙門天王段成式門下騶路神通亦背刺
天王又有一道士為郭威馮暉雕刺刺郭於項右作雀左作穀粟刺馮以臍作瓮中
作雁數隻戒曰爾曹各於項臍自覺他日雀銜穀雁出瓮則爾曹亨泰曰也後郭祖
秉旄雀穀稍近比登極雀遂銜穀而暉之雁亦自瓮中累累出矣是時暉亦秉旄一
時之雕刺郄寄先徵奇哉

射畫擊衣

太公金匱載武王伐殷丁侯不朝尚父畫丁侯三旬射之丁侯病遣使請臣尚父乃
以甲乙拔頭箭丙丁拔目箭戊己拔腹箭庚辛拔足箭丁侯病乃愈此魘術之所由
始顧長康畫隣女釘之而心痛拔釘而愈亦猶是也若史記索隱所載趙襄子允豫
讓擊衣之請讓拔劍三躍而擊之衣中有血襄子回車車輪未轉而亡則精誠所注
氣固足以攝之矣

女丈夫

古來女子詐為男而有官位者南齊時東陽婁逞能棊解文義變丈夫服仕至揚州
議曹錄事商丘木蘭代父征戍十年而歸除尚書不受杜牧之有木蘭廟詩五代女
子黃崇嘏易男服作司戶參軍治事明敏胥吏畏服惟與老姆同居唐貞元末有孟
氏者三原董橋店媼也彭城劉頗自渭北入城宿店中見媼年可六十衣黃衣大裘
烏帽跨門而坐問左衛胄曹李士廣何官廣具答之媼曰此四衛耳廣問之媼曰吾
年二十六嫁張詧為妻詧為朔方兵馬使日在汾陽王左右而吾貌酷與詧類詧卒
汾陽傷之遂衣丈夫衣冠投名為詧弟在前職事汾陽寵吾年七
十二軍中累奏兼御史大夫忽思煢獨嫁此店潘老為妻生二子曰滔曰渠後媼年
百餘歲卒益貌同一異也男服二異也累奏為御史大夫三異也七十又嫁又生二
子四異也壽百餘而卒五異也事載乾𦠆子又劉士珂赴選晚入徽安門旅店皆滿
惟一肆閒寂一人倚劍立門珂因留歇既入少選傳云參酒屈郎君晚膳引珂攤爐
飲酒昏時共被乃婦人也囑珂勿與他人語詰其所由則功臣李抱玉主課青衣石
氏因亂抱玉挾名奏授國子祭酒見唐雜記又四川西充女子代父從征以功授都
尉歷官數載而歸嫂見其腰軀肥大疑而嘲之女乃置酒邀親里會飲剖腹以示無
他人皆歎而哀之葬順慶府了山翁仲猶存名都尉塚見碧梧雜錄又元末保寧女
子韓氏年十七遭兵亂慮為所掠偽為男子服混處民間既而居兵伍中七年人莫
有知者後從王玲兵掠雲南還邂逅其叔攜之歸成都以適尹氏同時從軍者皆驚
異之又弘治中金陵女子黃善聰年十二喪母父攜之行販江北乃假粧為男父死
改姓名曰張勝合鄉人李英為夥六年歸仍處子英後聞之求娶善聰堅拒之事聞
三廠勒為夫婦

人妖公案

成化丁酉真定府晉州奏犯人桑冲供係山西太原府石州軍籍李大剛姪幼賣與
榆次縣桑茂為義男成化元年聞大同府山陰縣民谷才以男裝女隨處教婦女生
活暗行奸宿一十八年未曾事發冲頭拜為師將眉臉絞剃分作三綹戴上鬏髻粧
作婦人就彼學女士描剪花樣刺繡等項盡得其術隨有任茂張端揚太王大喜任
昉孫成孫原七人復投冲學各散去訖三年三月冲歷大同平陽等四十五府州縣
探聽人家出色女子即投中人引進教作女工默與奸宿若有貞正不從者隨將迷
藥噴於女子身上默念昏迷咒使之不能言動即行奸宿復念醒昏咒女子方醒冲
再三陪情女子隱忍不言住兩三日又復他之丁酉七月十三日至晉州聶村生員
高宣家宣留在南房宿宣壻趙文舉強淫之冲不從文舉捽冲倒摸胸無乳撲有腎
囊告官械至京都察院具獄以聞上以情犯醜惡命磔於市并命捜捕任茂等誅之

閻王

韓擒虎之將逝也人有疾走至某家者稱欲謁王因問何王曰閻羅王擒虎曰生為
上柱國死作閻羅王足矣又蔡襄病革遺化守李遘夢神人紫綬金章自云欲迓代

者。遂詢之神曰。余閻羅王。蔡襄當代我。明日蔡襄卒。遂挽之曰。不向人間作冢宰。却歸地下作閻王。本擒虎語。

堅瓠餘集卷四終

東城雜記

厲鶚著

上海文明書局印行

序

吾杭會城之東，迤列雉而截宇，有幽棲地僻，學圃以悅生，紫茄白莧，青松赤甲之鄰；緣畦被架，費四時而收春。魚陂千石，依梅水爲盈；縮不種自饒，居民勤織作，綠車縫絲；雙接響，運梭與耳謀。若若水激之淅湛，鼎沸矣。實區所聚，亦有牛醫馬磨，賤脂貴桔，吹笙簫織，黎花之巢，香麓其間，俗儉而風茂。美以故蟬蜕泥滓者，擇地而蹈，收窳棲馬，壑圻爲門，把茅蓋屋，攬水竹以清心魂，謝彰縷而同俗，駕高牀，爞火謳詠，內書軌陸，施府明，嚼道味，閒處求真，此其選也。亦有國老引年，依風繩谷，洛社高耆，英之名梁，書創止足之傳，折齒效其步，趨小冠別爲風尚，從賢尋白雲之堂，歸路是與，風之徑流，風未沫，陳迹殘基，史有名詮，鈞黨人目清流，汝潁仰月旦之品，題野欲結桃源之會，謀墨兵乍洸，筆陣橫飛，詩則臞軒著評，書則懷璀估值，文則彥和程材，眞則洪谷傳法，醉鄉遵呈甫之科條，茗酪藉伯番所辨，記斯識離騷之博，徒藝苑之別子矣。抑匪特輿奇逵也，蓋亦有禪悅焉，赤華雞棲，青豆蜂宿，胸衣交臂，蕃版倦聽，偕禪榻以驗鬢絲，拈餅花而參密旨，千函楡楔，信地緒經，一握松枝，彌天選佛，眞可以破除結習，淬練智光，號此樂邦，詢非妄爾。吾友樊榭山人業茲者，蓋二世矣。延年郁芳菊之谿名士，住青楊之巷，溯沿往事，特創一編，指形勝於瀼東瀼西，敍土物於舍南舍北，掺遺采隱，抑揚寸心，比城南之紀遊，揭東園之友說，蓋今世之耐得翁、癸辛老人也。昔闡稱紀載，陳留周處，掌錄陽羨，遠則根括四境，近猶敍說一州，若其撮舉方隅，瑣陳街陌，言不滿萬，體兼數家，譬之秦中歲時，嶺南異物，晨陽耆舊，益州名畫，洛陽伽藍，吳興園圃，合爲一書，各臻厥美，求之薄錄，古無其倫。不佞屢偕客座，提耳舊聞，研京練都，殆將一紀，而是書乃克寓目，信乎艱矣。因條其大槩而序述之如此。董浦杭世駿

自序

杭城東曰東園，地饒水竹，疏蘇翛然清遠。先君子因家焉，小子生於是，居已三十餘年，凡五遷，未嘗離斯地也。每欲攷里中舊聞遺事，而志乘所述，寥寥無幾。鄙翁野叟，拙樸無可與語者，因從故籍參稽，每有所得，輒掌錄之，又於交朋質問，復得一二，雖見聞陋隘，或過嘉客，見臨聊舉，爲茗盌閒談資爾。或曰：古杭事綦繁，何不推廣成書，而區區方隅爲？笑應之曰：姑有待。雍正六年春三月十有二日，樊榭山民厲鶚書於野人舟

東城雜記目錄

卷上
永壽寺　富景園
遊東園啟　宋畫院
程源　程源授迪功郎制
東皋隱者　癡絕生
海神壇　聞子將嚴印持結社
讀書社文序　灌園生
西嶺草堂續記　高雲閣
九宮貴神壇　朵那傳
長生寺　張隱君卿子
許然明　東門菜
慈雲寺宋刻　沈正叔
項子京芝賜圖　橫河
如此江山亭詩卷　砌石銘
城東倡和序　戴文進畫蹟
鵓　葉居仲
又　金中丞別業
圓魚大士像　皋園
梁園送春句　長明寺
貫休十六羅漢始末　蛇關
魏德剛　東里草堂
東城乞士　芝蘭室圖
土橋　蓮庵
新壩　惲壽平詩
卷下
雲泉題詠序　徐侃吳
馬婆巷　虞長孺僧孺

城曲茅堂　胡涓清
月中人　蘭菊草堂
徐鏡非　鍾紹京書
半畝居　委順齋
鍾馗圖　洪稗畦
芸隱橫舟　潮鳴寺
紅亭醋庫　織成十景圖
蘭芳軒　回龍橋
沈柳亭　靈芝寺
備萬齋　成黃門
郎仁寶　姜西溟卜居
瓦子巷　庾園
半山園　玉玲瓏閣
碧鳳堂　陳御史元倩
陳高士貞倩　陳際叔柴虎臣二處士
蓮居　白雲漫士
夾葉盦　尼居
前生社公　毛稚黃洪昉思詩附錢虎男書
青門處士　借了心
自餘軒　楊璓
莫氏古泉記　虞宗玫宗瑤
竹深亭　駱駝橋
機神廟碑

東城雜記卷上

清　錢塘厲鶚太鴻著

永壽寺

寺在慶春艮山二門城隅之間。四面皆菜畦野沼。舊名永壽菴。為南海普濟寺下院。康熙四十三年。聖祖仁皇帝南巡。賜御書額永壽寺。

富景園

武林城東曰東園者。宋御園也。至淮張展城。從迤東十里許。民居甚鮮。多為池塘畦棧。因槩以東園名鄉。兇輩或云宋東苑。似未得其詳。按宋史孝宗紀。乾道七年秋九月甲午。從太上皇帝太上皇后幸東園。光宗紀。紹興五年夏四月。壽聖皇帝幸東園。葉紹翁四朝聞見錄。孝宗內禪。光皇嘗憲聖所命。孝宗遂得日奉長樂。極天下之養。北宮去東園最近。旬浹間即請憲聖臨幸。觀芙蓉臨池秀發。遂白憲聖請登龍舟。撤去闌檻。臥看尤佳。憲聖欣然從之。潛說友咸淳臨安志。富景園在新門外之東。孝宗奉憲聖太后嘗請遊幸。又重於數戒有司。故營是園以適北宮。規置略倣湖山。今亦湮廢。悉隸慈元殿。歲收花果之入焉。吳自牧夢粱錄。城東新門外東御園。即富景園。

四水潛夫武林舊事。富景園。新門外。俗呼東花園。灌圃耐得翁都城紀勝。城東新開門外東御園。今名富景園。王士點禁扁。園有集芳。慶樂。聚景。玉津。玉壺。富景。翠芳。拉在杭以上諸書。班班可考。所云新門。明代名永昌。　本朝以其同閩賊偽年號。改曰望江。俗稱草橋門。門內地里人尚呼園前街者是已。郎瑛七修類稿云。東花園。宋之富景園也。內有百花池。今園前民家尚存大池。相傳舊矣。臨安志又云。昇仙橋富景園前。南新草橋富景園東。今望江門內設圍禪院。前有小橋。不通舟楫。俗呼為等仙橋。即昇仙橋也。近山陰許右丈尚質富杭雜咏云。富景園開曲巷東。風光直與玉津同。百花池上頻移艇。閒熱江南垂釣翁。述古可謂詳核矣。又平湖沈遐庵修齡有經富景園故址調寄摸魚兒詞云。過城東版兒巷口。斜陽催送殘景。空園喬木無情极。不帶昭陽鴉影。還記省。奈回首花天月地和煙暝。鵾鵊嘯晝。問淺碧荒池。淡黃疏柳。閒話不堪聽。銅駝裏。誰惜枝枝紅杏。昇仙橋外留映。繁華已作浮雲散。幾度春風消領。閒曲凭。數檢校垂旋。彈指三生頃。昆明劫冷。看漢苑螢飛。蘇臺鹿走。喚起夢鷗醒。予亦有過富景園故址調寄臺城路詞云。生平落拓東城下。黯雲素心都負。迹似潛夫。身如灌園。只記南朝衰柳。牆根井口。抱一片晴沙。眼波微溜。縱不關愁。露桃愁到不言後。採春那回行徧。冷錫猶未寬。入尚中酒。臟謎花樓。戲嬰水館。別有凭闌紅袖。新煙信否。過幾度酸風。翠梢眉鬪。佇立誰知。暝鵶飛去久。

遊東園啟

諸虎男匡鼎。招王丹麓晫遊東園啟云。比鄰看竹。本學士之清懷。攜客登山。亦達人之高致。城東有東園焉。乃故宋之東苑也。郭外桑麻。無殊栗里。園中雞黍。不異桃源。黃花萬畝。儼蘭國之鋪金。白鵠千池。似崑山之積玉。前松栽柳。抑又何求。折芰燔枯。比焉自足。沽村酒以薄醉。望明霞而可餐。持鋤野圃。竊比漢陰。垂釣方塘。略同濮水。何必山陰道上。始歎難為人懷。落雁峯頭。方稱呼通帝座耶。倘或傾風。幸希責止。

宋畫院

陳仲醇繼儒妮古錄云。武林地有號園前者。宋畫院故址也。

程源

南渡後。程源為伊川嫡孫。無悖殊甚。嘗糶米於臨安新門之草橋。著為道學正統圖。嘉定十七年。聖旨訪求伊川後。特與錄用。源補迪功郎。除二令監丞。元祐初。起伊川誥詞云。敕鄉貢進士程頤。孔子曰。舉逸民天下之民歸心焉。吾思起草茅巖穴。以粉

澤太平。而大臣以爾好學篤行。薦於朝。願得試用。故加以爵命。起爾為洛人矜式。此故事也。盛名之下。尚謹處哉。紹興元年九月二日。敕通直郎程頤。朕惟周衰聖人之道不得其傳。世之學者。違道以趨利。舍己以為人。其欲聞仁義道德之說。孰從而聽之。間有老師大儒。不事章句。不習訓傳。能自得於正心誠意之妙。則曲學阿世者。又從而排陷之。卒使流離顛躓。無所為而死。其禍賊於斯文者亦甚矣。爾潛心大業。無待而興者也。方退居洛師。則子弟從之者。孝弟忠信。及進侍講幃。則拂心逆指。務引其君於當道。賜錫以贊書。寵以延閣。尚其靈明。知予此哉。可特贈直龍圖閣。嘉定庚辰。徐公僑為江東倉。跋前後二制詞曰。右伊川先生舉逸民追贈之誥詞也。昔先生居洛。以道自任。元祐初。始應詔。未幾以閒去。中興首明黨議。而先生下世矣。先生之孫源。將以二詞刻諸石。先生之道。雖不行於時。此益以見我朝崇儒重道之意。東陽徐某謹書。出葉紹翁四朝聞見錄。

程源發迪功郎制

敕故左通直郎崇政殿說書。贈朝請大夫直龍圖閣。謚正。程頤四世孫源。朕惟道德性命之旨。具載魯論孟氏之書。關洛諸儒。講明益備。奈何頃歲各欲專門。遂致道來

橫生邪說。朕所以悉黜先儒之謬。并及張呂之偽。曲阜來歸。既尊崇於孔氏。元日發制。復訪後於伊川。觀之年高。廉而奉祀。源方強仕。道命以官。庶幾感發人心。推明道統。俾務躬行之實。無為邪說之歸。爾其懋哉。朕意深矣。可特授廸功郎。嘉定十七年六月三日。右見李秀巖心傳道命錄。觀之。伊川先生三世孫。源之父也。

東皋隱者

元末東皋隱者范思賢。其先在宋時。有為防禦使。用醫小兒。名隱者。去防禦五世。其業益精。其為醫。務利人。不務利於人。名愈顯。又性至孝。壬辰之寇。抄掠市井。亟攜其母出沒賊中。走匿湖山之叢薄。家貧不顧也。所居錢塘城東。地平衍。有草木禽魚之樂。暇日輒賦詩鼓琴。圖寫山川人物。以為娛。或勸之仕。輒曰。吾不能隨世俗俛仰。不願仕也。因自稱曰東皋隱者。作東皋隱者贊。贊曰。自昔先民。所趨靡同。或隱以為高。或仕以為通。惟聖有訓。卓有義方。我觀今之人。仕則以為容。鼎以拄車。崖以楨宮。鼎折斯仆。崖敗斯崩。彼苟揆苟守。上下用以殺。有美隱君。心夷而氣沖。其行既周。其惠又以充。東皋之陽。有木鬱葱。或俛而歌。或蹈而桐。俛仰宇宙。壽爵胡我降。傑核貞白。穆其清風。是用作此。以播於邦。此天台徐大章一夔始豐類稿之文也。大章又有述德一篇。略云。予有子方晬。病勿能乳哺。吾家去思賢十里許。晨起走告之。思賢曰。子第先往。日加午刻。吾來視之。既返。大雨如注。將午。平地流潦盈尺。吾已必其不來。既而思賢戴雨笠。被毳褐。跨款段馬。踵門索兒視。予抱兒前。視之曰。無傷也。投以匕劑。曰服是當愈。吾兒今已長大。而思賢墓有宿草。恒念之不置云云。蓋思賢隱於醫。而能以仁厚信誼存心。有古高士之風。不徒以技術著。故一時名流多投贈之作。廬陵張光弼昱題范思賢東皋隱居云。海水桑田幾變遷。桃花依舊郡城邊。疏園百畝充官稅。樂價一生供酒錢。詩句興來題綵筆。道心悟後付朱絃。院曹誰信同僚從。座指交遊十五年。臨海陳敬初基東皋隱者詩。為范思賢作云。錢塘隱者東皋子。讀書賣藥青門裏。云是先朝防禦孫。至今住近蒲橋市。蒲橋東頭楊柳青。門前好山終日橫。承家善起小兒疾。好古不求當世名。韓康之後誰流亞。宋清已矣無來者。世上如今市道人。紛紛見彈思鴞炙。眼明有此東皋生。百年義重黃金輕。江湖放浪詩千首。風月徘徊酒一罌。顧予亦是忘機客。買藥青門始相識。為君長嘯上東皋。極目千峯倚空碧。又楊廉夫維楨有吳氏歸本序云。錢塘吳觀善。字思賢。自杭之淞。謁東維先生曰。善之外高祖徐防禦氏。在宋為小兒醫。贅壻曰范防禦氏。范無子。又贅宋四門教授

吳氏子從明。字公亮。承其家而嗣其業。南渡後。自汴徙家杭之東青門。從明生德誠。提領平江醫學。德誠生仁榮。杭州路醫學錄。仁榮生四子。長即觀善也。善通經史。學不顓工岐黃氏之書。嘗讀文正范公傳。公幼隨母適朱。而未嘗一日敢忘其本。生卒復范姓。君子反本之道也。善隨外舅氏宗於范。今將反本於吳。禮也。已作堂。先廬之東。名以歸本。匄先生大手筆一志。庶吳氏子姓有以知水木本源之義也。吾悼秦法子壯則出贅。世襲以為風。父道不正。遂不子其子而子其壻。致宗祀不明。氏族無辨。有司詔民者。又不以釐而正之。至使一門沓著。戶籍其壞倫紀也甚矣。善能反本於徐范二宗之外。而亟歸正於吳。非讀書達禮篤正之君子。能至是乎。□□鐵史筆之。故吾樂與之文。使後之不肖子姓蹈秦風之錮弊者。有所徵也夫。東維子集。

癡絕生

陶南村宗儀輟耕錄。王思善繹。自號癡絕生。其先睦人。居杭之新門。篤志好學。雅有才思。至正乙酉間。楊李叢居仲寓思善之東里。教授予從永嘉李五峯先生孝光訪之之時。思善在諸生中。年方十二三。已能丹青。亦解寫真。先生即俾作一圓光小像。而部僅大如錢。而宛然無毫髮異。先生喜。作文以華之。爾後予託交於其尊人日華甚。遂與思善為忘年交。思善繼得吳中顧周道逵紛言。闡發益造精微。故於小像特妙。非惟貌人之形。兼得人之神氣云。郁逢慶續書畫題跋記。有楊竹西高士謙小像。嚴陵王繹寫。句吳倪瓚作松石。遂昌鄭元祐。抱遺叟楊維楨。西潤居士蘇大年。扶風馬琬。句吳高淳。東海散民錢鼒。席帽山人王逢。虛白道人茅毅。各為讚。思善之筆。流傳於世者。殊不多見也。

海神壇

咸淳臨安志。海神壇在東青門外太平橋之東。淳祐十二年。有旨。中興以來。依海建都。宜以海神為大祀。下太常議禮。詔守臣馬光祖建殿望祭。自寶祐之元歲。以春秋二仲。遣從官從事。宋史樂志。有淳祐祭海神樂章十六首。是時西北地久失於金源。而祭祀猶及之。其西海位奠玉幣潤安云。蓋高斯覆。猶隔封疆。酌獻瀞安云。我秩祀典。四海一家。北海位奠玉幣瀞安云。一視同仁。我心則怡。酌獻瀞安云。惟德之涼。呂奄九州。撰詞者不無冀望恢復之意。而國是日非。元起朔漠。未幾伯顏之師。且駐江上。海潮三日不至。神之馮依果安在哉。今太平橋在慶春門內東河橋之東。地近城曲。平遠虛曠。望見西湖諸峯。浮螺攢黛。於屋山樹杪。亦佳境也。

聞子將嚴印持結社

杭州明季尤有讀書社。倡自聞孝廉子將啟祥。張文學天生元。馮公子千秋延年。嚴印持調御忠公武順。無敎敎。後乃合於吳中復社。子將中萬歷壬子鄉試。天啟壬戌。與嘉定李長蘅流芳。同上公車。聞警報。踵至未及國門而返。著有自娛齋集。千秋為具區祭酒之孫。祭酒秀水人。娶於武林沈氏。遂家焉。愛西湖之勝。築快雪堂湖上。千秋因入籍錢塘。中崇禎己卯副榜。貢入太學。歸隱秋月庵。有煮鶴棠秋月庵詩三卷。嚴自餘杭家錢塘。高隱不出。兄弟有作朋倣。天生工書法。道文多散逸。東里有報國院。在慶春門城隅。舊為香林廨院。天啟初重建。仁和錢宮贊謙之受益碑記云。予與聞子將嚴印持諸公結社其中。即讀書社舊地也。復社名流數丁陽九。襟榜太盛。雅棠福。而數君子蟬蛻自全。龍潛不見。多以山水禪寂為託。比之申屠蟠郭林宗。有足多者焉。碑有不野而望趨。不山而閒寂。二語狀境殊勝。

讀書社文序

泰和蕭伯玉士瑋。與聞子將最善。嘗作讀書社文序。略云。山之致在煙嵐。無嵐則枯。水之致在淪漪。無漪則腐。文之致在氣韻。無韻則死。文之有韻。如山之自嵐。水之自漪。舉吾之所挾以為至貴至妙。一無所託。而後自然之韻乃出焉。蘇子瞻云。觀士人畫。如閱天下馬。取其意氣所到。乃若畫工。往往只取鞭策皮毛。槽櫪芻秣。無一點俊發。看數尺許。便欲倦。夫文有所挾以為長。人所可得而知者。此皆鞭策槽櫪類也。至意氣所到。天韻獨出。止可鼻參。不容目餉。廣陵散於今絕矣。予至武林。聞子將出讀書社諸君子文與予視之。脫口落墨。不墮毫楮。獨留一種天然秀逸之韻。倏忽往來。撲人眉端。如山嵐水波。風煙出入。年來文章之道。蕉鹿之爭。紛紛未已。為士師者良亦獨難。子將以一世沈濁。不可以莊語道物。離人而遊於獨。固善移諸君之情矣。

灌園生

元末潘時雍居郡城東宋葉院故址。有隙地十餘畝。古井一區。簡淡力學。詩句脫塵。嘗賦徐一夔獨樹軒云。瀟灑幽軒面水開。軒前老樹倚雲栽。閒來倚杖過三匝。醉後支頤看百回。風雨欲隨龍化去。雲霄常聽鶴飛來。結鄰擬共榮枯事。過莫人知是散材。教授海鹽之黃灣。見海宇兵起。遂歸抱甕而隱。自號灌園生。崇德貝廷琚瓊為作灌園賦并序云。錢塘潘時雍治圃於城東門。築垣四周。引水成渠。以灌園自號。其意以為無功而食人之食者。元氣之賊。萬物之蠹也。故勞焉而後食。身執其役。以給朝

夕之費。二親無戚戚之憂。萊妻有同志之驩。吁。驁於富貴者。不知澹泊之為高。耽於榮利者。不知道德之為大。既榮而覆。古今一轍。則灌園之利。不已多乎。昔於陵仲子辭三公而為人灌園。充其廉也。向秀呂安灌園於山陽。安其逸也。潘岳去長安令而閒居灌園。病其拙也。時雍亦若人之匹歟。或者疑其居有闤闠囿利之習。座有俗客喧聒之賤。又安能效彼之所為者。非知言也。乃述賦以廣其意云。賦曰。步青門而長嘯。遊予心於古初。目藻麗而弗近。敦樸素而為廬。資灌園以自業。類潘岳之閒居。食五鼎為不及。飲一瓢為有餘。幸免隸於征戍。或弦琴而讀書。恥桔槔之尚巧。遂來景而區區。其地襟江帶湖。青紆黛蓄。拱以連山。突然起伏。實東南之形勝。為帝王之行都。闢金城兮萬雉。列甲第而當衢。旌茂許史。家擬陶朱。埒有藍田之玉。斗量南海之珠。技博古今之妙。音會八方之殊。傾國過乎燕趙。跋利屣而曳輕裾。若神人之綽約。效冰雪之肌膚。於是命相開藩。鎮我南服。象天河而鑿池。擬紫微而建閣。集貂蟬之濟濟。衛虎豹之肅肅。殫慮乎庶務者。蕭曹之倫。鋪張乎太平者。枚馬之屬。衣襲綺紈。食兼粱肉。塗以車蓋。庭奏絲竹。巖棲者未覩其盛。家食者思發其所蓄也。乏匡時之明略。乃退處乎齊民。壁不食之棄壤。託麋豕以為鄰。疏濁流而遠注。闢斜徑而支分。筍長渭川之竹。菜生雲夢之蓴。蒲荒秋雨。菘茂早春。甘者如薺。脆者勝芹。始芽出而冒土。忽葉布而覆雲。荼三名而可食。瓠五色而成文。候靈雞而畢起。庶戒逸而務勤。冀擷秀於寒暑。必決潤於朝曛。恒獨往而無求。爰四顧而欣欣。乳鳩呼而相應。惡草蔓而當芸。感生成之攸遂。亦有藉乎人人。其或風雨之晨。鐙火之夕。俎豆娛親。琴尊命客。揄竿有鮮。充庖有辛。夏果磊落。秋瓜輪囷。茲田夫之所美。又焉得獻之吾君。嗚呼。章紱不侵於野服。瑤臺何異於蓬室。諒乘軒而取譏。雖抱甕而奚恤。寧陋彼而榮此。聊逍遙以終歲。叶金谷廢而蛙鳴。玉津空而狐穴。中雖侈於五畝。後孰恤夫一石。乃為之歌曰。朝汲於河兮。其流湯湯。暮覲我圃兮。其葉已黃。炎風卷沙兮白日藏。尚昏其事兮。毋棄而荒。又歌曰。登彼陸兮猛虎噬人。涉彼海兮白波滔天。叶我藝而灌兮。入以事親。誓勿彼適兮危其身。歌既闋。幽情暢。白露下。初月上。陶然一適。混乎無象。委通塞之有時。蹇予行其焉往。又寄時雍詩云。潘岳閒居學灌園。一椽茅屋近青門。野烏得食頻將子。慈竹圍陰定長孫。賓客過門車蓋合。兒童汲井轆轤喧。春風金谷空流水。且共高歌醉瓦盆。張光弼為灌園生潘時雍賦云。卻惡喧囂遠市塵。自耕荒僻浙河濱。時非蘇子投書日。髻是潘郎作賦年。飯客夜舂鸛鵲粒。灌園春引桔槔

泉塌然新壯茅茨下縈紆何因到爾前按青門謂東青門今名慶春門每經行松塍瓜架間髣髴時雍故居所在也

西嶺草堂續記 始豐稾

洪武中天台徐大章一夔有錢塘泯上人西嶺草堂續記云錢塘泯上人志行絕俗早依雲門法師受度至正中雲門來主下天竺之席上人實侍左右其所棲息則西嶺之草堂近焉西嶺草堂者唐元和中杭之高僧道標師所居也僧史稱師神氣清茂爲道既高而詩尤精妙與吳興皎然會稽靈徹齊名時之名人以摩雲霄三語贊之上人甚慕焉其言曰吾上視師雖不與同世而與同鄉里使師頫面肢體而與吾殊也我則不敢知苟頫面肢體不與吾殊亦奚不可及之有則其中之所存蓋可見已將謀復作草堂會兵燹日熾而西嶺之勝汨沒於風塵之中上人曾不少沮仍擇地郡城之東構屋四楹限以周垣植竹與樹其前舊有陂池春夏水長水氣上行與竹樹會清芬可挹上人閉門危坐披閱內典以探教觀之要暇則曳袖長吟頫瞻西山搜精鍊奇而西嶺岧嶤宛在眉睫間因署名曰西嶺草堂致其志也予曰古之桑門上首積行累業蜚聲一時垂名後世僧史所載蓋亦不鮮姑以錢塘言之若聖達

觀之神異辨才淨之辯博孤山圓之孤峻咸所宜慕者而上人頫獨於師是取蓋必有所以然者吾嘗思之學道之士以今慕古必取其質之近似者惟其質之近似故其慕之也切慕之也切精神念慮冥乎默契則其入道也易今人生而同世以某間某猶有不知者上人之生去師五百有餘歲而獨慕之非有所似惡能自信若是向予謁雲門於天竺見上人氣貌不凡心甚敬之別去日久其法友與予相見輒談上人行業精進而予猶未悉其緼間一造焉草堂甫成止予就宿青鐙永夜接膝清團之側神清思遠窺其風致隱然有上摩雲霄之意區區世相何得而涸之哉然後知上人不徒慕也吾經有云雖其有之是以似之草堂之作亦何必規規於西嶺之下哉會上人謁予請著西嶺草堂續記於是乎書

高雲閣

明雲間莫雲卿是龍有聞於時近吾杭莫雲卿如鍧亦以文雅好事爲名流所重毛稚黃先舒贈詩所謂昔字雲卿者君其伯仲間是也家東園有高雲閣疏泉列樹頗極清曠毗陵惲壽平格與之友善遊杭必寓閣上多有題咏句如露葉平窺石煙雜半浸池岩筋愁中鬼桃花劫外身舊雨青氈在新愁白髮知無山多怨鶴得樹亦棲鸞一時園林高致賓主交情令人想見予友陳玉几撰甌壽平在杭日手札二與毛稚黃云從東園緣柳堤行三四里逢橋五六過城北茅子鴻新居時多牧駝馬駝蹀躞奔驟吹角之聲相聞暝矣不敢故道從市中肩摩而趨抵高雲閣中新月已挂高柳之半露蟲大作吟聲此時意君已就臥或尚立檐下哦秋風得奇語正思惲子來叫絕然興從後不能再穿深巷呼君同上新橋看月也與王丹麓云五月廿三日期又兢稚黃東琪虎男次日訪北墅王丹麓會大風雨諸子不果來因思客歲丹麓從冰雪中訪我東園我輩今日盤桓不及王郎遠矣口吟自嘲并題扇寄北墅密雨千門正未開無人同破北山苔雲邊悵望回舟客曾比王郎踏雪來壽平又嘗自號東園客

九宮貴神壇

徐一夔宋行都考九宮貴神壇在東青門外一里許以今地度之菜市橋側東青巷是門之遺址元張氏改築杭城拓闢於橋東里餘壇當在慶春門內城隅矣按咸淳臨安志九宮貴神壇紹興十三年因太常丞米略之請以春秋二仲舉行祭禮座而不壇十八年太常主簿林大鼐乞詔有司建壇於國城之東從之神之版位則夢粱

錄所云北太乙西南攝提正東軒轅東南招搖中央天符西北青龍正西咸池東北太陰正南天乙是也神之靈爽則宋史禮志所載九宮貴神所主風雨霜雪雹疫所係甚重是也九宮壇分祭初獻亞獻官六部侍郎以上終獻官監察御史光祿卿丞見宋史輿服志紹興祀九宮貴神樂章十首見樂志方秋崖岳立春都堂受誓祭九宮壇詩云策路春融雪未乾雞人初唱五更寒瓊幡第一番花信吹上東皇太乙壇

朵那傳

輟耕錄云朵那者杭城東偉兀氏之女奴也年十九勤敏謹愿主卒杲郡官所朵那奉主婦日謹主婦亦委以腹心至正壬辰秋七月初十日寇陷杭刼官民府庫至偉兀氏家不得物乃反接主婦柱下拔刀磔頸上諸侍婢俱散走朵那獨以身覆主婦請代死且告曰將軍利吾財豈利殺人哉凡家之寶貨皆我所藏主婦固弗知若免主婦死我當悉與將軍不吝寇允解主婦縛朵那乃探金玉幣帛等散置堂上寇爭奪之竟又欲犯朵那身朵那持刀欲自屠曰我主二千石我誓不奴他姓況汝賊乎寇驚異捨而去朵那泣拜主婦曰棄主貨全主命權也妾受命主鑰貨今失貨而全身非義也請從此死遂自殺時人稱之義烈云

長生寺

予所居舍東一牛鳴地有庵曰曹源。興多屋宇。環以嘉木。鑒以清池。頗宜坐夏。榜曰古長生寺。按咸淳臨安志。長生寺。周顯德四年。吳越王建。紹興十九年。旨充九宮壇齋宮。後至元間重建。明洪武辛未。詔天下清理佛教。遂并附於潮鳴寺。而廢。至萬歷四十年。改為小庵。仍曰古長生者。存舊迹也。范石湖成大次韻尹少稷槃院九宮壇齋宿詩云。草草馳三里。蕭蕭共一餐。吏方縣從絕。公自將詩壇。隙月窺牀近。窗風刮坐寒。鵝鳴未忍散。端為合并難。正指斯地。近錫山秦對巖松齡遊杭。宿曹源庵。贈息機上人詩云。小築傍招提。安禪絕所思。艱難行腳後。容易退耕時。佛火分池面。茶煙合竹枝。語深忘去住。一榻鬢如絲。此詩甚佳。庵僧書於版以示過客。而秦太史蒼峴山人集不載。

張隱君卿子

張隱君遂辰。字卿子。一字相期。號西農。少穎異。於書無不窺。工為詩。以國子生遊金陵。見賞於董尚書其昌。陳徵君繼儒。明末潛名里巷。為醫自給。能採九起人死。人爭迎致之。卜築東城。詩格益澄澹孤峭。多自得之語。在西泠流派外。可自名家。隱君每於歲闌定勉誡子息云。家足過年之用。屋無寒士之求。不惟有愧本心。抑且無別牖俗。又嘗述其祖龍墩公。貧止一布袍。除日逢急者。即解贈之。清門世德。可以激薄停澆矣。著有白下。湖上。蓬宅。衰晚四編。蓬宅者。錄其東城所作也。忍公無數招入六逸社。簡謝云。東城有老生。三五接茅屋。聲名雖翳如。志色不降辱。乞食拙叩門。爵年少賜粟。二嚴天放翁。舉逸嗣其六。高會相招邀。窗聡散冠服。寄情在琴歌。養老事觴肉。詎惜恕疏狂。禮容亦簡足。持論昧苟同。古風良可掬。白首水晏言。娛懷還厚俗。冬曉尋東鄰諸子云。東城愛清曉。日出在寒林。殘葉響冰面。微霜留屋陰。事皆緣老謝。迹賸有孤尋。怨漫開村犬。悠然門巷深。隱几云。一區城曲地。還餘隱几蕭蕭落木初賸。豎吹樓無子弟。故家遺俗有琴書。天遁欲縱高飛鵠。池白長留禁射魚。尚惜興疏交漸絕。朝來斗酒為誰儲。孫宇台治題張卿子隱居云。東城何逶迤。樹木紛扶疏。中有賢人室。綠水繞前除。門外多車轍。室中惟圖書。草木皆秀色。僮僕鮮嗟呼。客至感心醉。朋來結相於。借問主人誰。其人乃為儒。伏郎無恆軌。嚴鄭有先驅。願得聆謦欬。執手日踌躇。曹監之臣舌華錄云。武林張卿子。有野花詩十首。佳極。盛傳一時。人目之曰張野花。卿子善病。常數年不出戶。面孔黃瘦。人有見之。曰。是野花張也。惜十詩集中不載。想少作爾。

許然明

許次紓。字然明。號南華。方伯茗山公之幼子。跛而能文。好蓄奇石。好品泉。又好客。性不善飲。宴客每徹宵旦。金錯到手。隨盡。坐是屢困。因出遊閩粵燕齊。數千里外。囊裝金數鎰歸。歸數月又盡。貧自若也。與黃貞父。吳伯霖。張仲初。馮開之諸公善。家東城近慈雲寺。址城對沚。境甚瀟灑。所著詩文甚富。有小品室。蕩櫛齋二集。今失傳。予曾得其所著茶疏一卷。論産茶。采摘。炒焙。烹點諸事。凡三十六條。深得茗柯至理。與陸羽茶經相表裏。前有吳興姚叔度紹憲。同里許才甫世奇二序。稱然明歿後三年。感夢於才甫曰。欲以茶疏災木。今以累子。才甫因授剞劂。文士結習。不能忘情於身後。事亦奇矣。

東門菜

鼂无咎補之七述云。杭之為州。負海帶江。而東南美味之所聚焉。水羞陸品。不待賈而足。菜則蔞蒿。因陳。紫蕨。青蓴。韭畦。芋區。芡首。芹根。藤花。羞蕈。蘘葉。薦苔。蕃辛。薤淡。薺甘。荼苦。此吾杭之菜見稱於文士之始。然未詳所産之地也。周平園必大二老堂雜志云。車駕行在臨安。土人諺云。東門菜。西門水。南門柴。北門米。蓋東門絕無民居。彌望皆菜圃。西門則引湖水注城中。以小舟散給坊市。嚴州富陽之柴。聚於江干。由南門而入。蘇湖米則來自北關云。此諺至今不改。毗陵邵子湘長蘅西湖雜興云。杭州食單大關奢。西魚東菜總堪誇。楊梅夏熟皋亭好。石首鮮來頭水嘉。一作西魚者。以西湖產魚鮮美。異他處也。

慈雲寺宋刻

雍正庚戌二月。予過慈雲寺。見階下生臺石柱上有宋元符二年。馮謹建普會塔一所。題記殿壁。又有宋景定二年。城東慈雲院甲乙流傳住持證據府帖碑。乃是臨安府給付住僧崇甯者。篆額細如絲髮。上作雲螭文。甚古。城東宋刻。僅存此耳。

沈正叔

沈大亨。字正叔。號樟亭。宅在清泰門。宋學士文通之後。少為諸生。博極羣書。善尺牘。百函可立待。而不善舉場之文。以故艱於遇合。中歲遊京師。時華亭徐文貞柄國。知正叔才。欲留撰青詞。積貲可得中舍。正叔曰。吾得曳裾王門可耳。安能鬱鬱久居此。遂入貲。得楚府典寶正。昭王雅志典墳。接遇賢士大夫。盡禮。正叔輔導之功居多。昭壬春秋漸高。艱於子。一日引正叔至密地。指太史公書某傳謂之曰。若堪屬此乎。正叔遷延引避。叩首曰。殿下年力方茂。錫麟非遠。臣實愚頑。不敢奉教。昭王咨嗟太息。愈欽重焉。其守正如此。子宜先字尚行。號芝暘。為人情至。哀樂過人。長女為馮太史開之繼室。太史時未遇。食貧不能納禮。尚行闢別館居之。父子墓石。俱太史所撰文也。

項子京芝暘圖

余友趙谷林家藏項子京芝暘圖一軸。山作小斧劈皴。崖上古松數株。墨桃花一樹。崖下芝一本。流水潺湲。一高士默坐相對。款云。芝暘圖山人項元汴為武林沈君寫。下有墨林山人印。左方跋云。汴與樟亭芝暘賢喬梓。道義相洽。意氣同調。歷交世好。凡其遨遊燕楚。經必過暘。把臂博古。逍遙世上。今此偕老人各守處僕。自向罹家難。無人制暴。嚚甚矣。吾哀世故灰滅。閉門待期。遐棄素交。曷勝興慨。方在戊子秋七月既望。兒曹赴省考校。重蒙尊君推恩。訪惠兼致。不遺故情。復辱長公寄貽龍井小春芽。合想同臭。犬馬垂盡之年。忽得宿好遠將之美。銘佩殊深。不憚耄老扶眵。勉力走筆是楮。擬作三生後對來因。拙技窮斯。幸充一晒。墨林子項元汴題。下有墨林項元汴二印。蓋清泰門沈氏故物也。

橫河

橫河東運河之支流。西湖水灌市河。從城外過壩入焉。東西夾以僂橋。如眉影窺鏡。夢粱錄云。崇新門外。小粉場前。普安橋。又名橫河橋。其東名廣濟橋。今但名東西橫河橋。而小粉場則里人仍稱之。其地近城闉。樹色高下。屋瓦參差。兩岸煙艇。早暮聚集。厲長孺淳熙橫河打魚行云。霏霏曉霧古城低。竹壓危橋魚艇迷。此時月鉤不落水。大魚小魚爭出谿。宿鷺憎人翻雪去。鷺沙盡被漁人蹤。飛罾十丈浪花浮。赤脚何妨多沮洳。魚驚迸散背尾馳。囊頭戢戢交參差。老夫無緣救不得。飛紅斫玉糜湯池。鮹鰷泣釜沸聲切。猶記蘆根有殘穴。後身願復濟前濡。濊子仍憂值江鼈。魂歸貝㧡訴白龍。白龍魚服泳寒風。漁人捕得蟠枯處。急雨打船帆影空。龔衎圖翔麟。調蔟水憶橫河紅葉云。小艇東偏綠陰曾。鵁鶄還雨。幾番霜信。宛翦就狸綃殘縷。恰伴僧牕黃雪。落帽風前舞。一點點逐亂流去。夕陽暮浴。水鳥斷霞攪碎。只趁著漁舠往。千絲撒網。便認作金鱗聚。莫是舊溝漂出。還有人題句。愁吟客夢過吳江路。

如此江山亭詩卷

張左司如此江山亭詩卷。明時藏城東景隆觀道士史志中處。按亭在吳山天聖觀。嘉禾周桐村鼎跋云。如此江山者。何有所感而言也。必宋遺民有為而作。越若干載。登高而嘯詠者。為一芙居士盧陵張光弼。於時元社既屋。居士之為此遊。一俛仰間。何如其為感也。作亭者之感尚淺。遊者為益深也。遊後又無亭矣。惟詩卷存。獨居士名章章然。他或僅附驥耳。此卷郎仁寶曾見之。名賢妙墨。失傳已久。今撿張光弼集。有如此江山清集。同王仲玉。陸進之。呂世良作云。吳越江山會此亭。暮春風景畫冥冥。長空孤鳥望中沒。落日數峯煙外青。不用登臨生感慨。且憑談笑慰飄零。古今何限英雄恨。付與江湖醉客聽。其三人之作。不可考矣。

劒石銘

劒石。元時在城東景隆觀。句曲外史張伯雨為銘并序云。石在景隆觀。長踰等。廣不及尺。黝碧如鐵。鐔鍔具焉。予作銘未幾。夜半為有力者負去。銘曰。鍊質鴻濛。挺鋒斂鍔。正一之氣。勿壅勿遏。星精內融。玉理旁達。瑩謝飈膏。書存紅沫。倚天卓地。排氣鎮魁。兆茲神宮。善建不拔。

城東倡和序

元戴帥初表元城東倡和序略云。歲在大德戊戌。嘉興顧伯玉客至杭東城。杭之賢而文者。皆與之遊。而屠存博。白廷玉。以歲晏立春前一日。過廬清談劇飲甚適。既少倦。即與循闌衍步江皋。眺太伯錢鏐之荒墟。弔陶朱子胥之遺迹。意色蒼茫。襟神飛竦。退而存博遂先成古詩二韻六言五章。以紀其事。既而廷玉有和。人別為詩。而張仲實陳無逸諸賢亦皆有和詩。遂不可勝紀。其氣如椒蘭之交襲而馥也。其音如蕭鐘之遞居而不亂也。其類如鍼芥磁鐵之不相違而相入也。山野土木之人。無能與於茲會。辱以小序見命。不敢固辭。予按顧伯玉名文琛。嘗為郡國所舉辟。遊燕不遇歸。陳無逸名康祖。龍泉人。官澧陽教。張仲實名模。號菊存。杭人。系出西秦。循王五世孫。牟巘翁之壻。官江陰學正。白廷玉名珽。號湛淵。杭人。官江浙儒學提舉。屠存博名約。號月汀。杭人。官溧水教諭。公皆知名可考。惜倡和詩已散佚不傳矣。

戴文進畫蹟

明宣廟召戴文進入京。為畫院謝廷循所忌。逃歸杭。隱於諸寺。為作佛教諸像。今東城華藏潮鳴二寺挂軸。尚有存者。杭人相傳。文進初為銀工。所造釵朵。種種花鳥人物。精巧絕倫。思以是傳於後。後見銷銀者。即已手製也。悔而學畫。遂有名。其女亦工

萬丈雁宕行西湖倚杖橋

鵝

明思陵癸未世難孔棘杭有海大鳥人面鳥身四足二翼集於城東門音唲唲然陳處士際叔聞而擬擊流涕曰此鵝也所見之國其下多放士因自號鵝客作鵝客問其後武林人士之高蹈者若金衛公堡徐世臣縱思遊於方外陸麗京圻應嗣寅捣湶隱於醫卜汪魏美渢徐堅石佾足迹不入城市關六吟鍵沈大匡捷徵辟不起其他肥遯之賢不可勝數際叔亦以授徒鄉里終其身百蟲將軍之經於是有驗矣。

葉居仲

元葉廣居字居仲至正乙酉間嘗居杭斷門之東里教授見暇耕稼及閱魏文靖公曦自得齋集序知其先居杭而後還嘉禾也序云自得齋詩文集若干卷鳩葉誠維新集其祖元江浙儒學提舉公之所著也惟葉初為括蒼之松陽人以維新之十六世祖銀青府君居元祐黨籍持節浙江遂為杭人後還嘉禾其子孫青紫蟬聯儒術相業在宋盛時人罕與儷公生於其族實宋吏部尚書贈開府儀同三司南陽郡公諡文康時之六世孫惠考文康以積學從政正色立朝若居臺閣而謇諤侃冑之姦任

侍從而定建儲之策述禮經會元以明周公建邦立極敦禮崇樂之要其文學政事誠表表偉偉於當時者也公承其家學於書無所不讀其所長者春秋與時之名士曲江惟善錢公嚴陵道原李公暨廉夫楊公皆以是經名重浙水東而若公之詩文尤春容浩瀚其理致體裁究其所至殆近古之作者惜乎歷年滋久散佚不傳者多今維新所集蓋不過千百而什一也公名廣居字居仲別號自得故集以自得名云今集已失傳僅斛其詩六首以備東里文獻云倆題范寬烟嵐秋晚圖云范寬作畫絕代無巖巒交錯青珊瑚玉堂仙人妙題品尉千載見題如見圖亂後圖書盡狼藉奇珍安地無人識蕭條錦褾世間稀拂拭墨痕三歎息題崔君誼友竹軒圖云孔方絕交亦已久忘形三徑相追攀高軒時過琴羽蓋美人或贈青琅玕清風慎莪鳴鳳琯滄海勿垂釣鰲竿一朝犀材盡登用空山無人同歲寒寄楊廉夫二首云江樹春如繡湖山煥帶煙興來猶早起愁絕不成眠醉酒過三月無家又一年故園歸去好猿鳥亦欣然聞道西湖載酒還飛瓊弱蔡挽歸鞍可無畫夢登金馬勝有春聲到玉鑾異國頓消鄉井念小堂新作畫圖看野人未納彭宣履獨向清谿把釣竿題西泠橋隱居云瘦木栽冠鶴氅輕十年塵土厭紛零小山舊隱雲封戶大樂新成月滿庭丹井夜交龍虎氣碧霄春鎖鳳皇翎西風容含秋歆淨擬讀琴心內景經西湖竹枝云水長西湖一尺過湖頭往客奈愁何鯉魚吹浪楊花落贈得臙脂歸思多。

又

前錄葉居仲詩近借得明杭前輩徐伯齡延之號蘀冠者所著蟫精雋於四明范氏之天一閣中載葉龍谿詩云龍谿葉廣居字居仲號自得宋文康公六世孫甫留居士伯遜志信之孫也嘗擬黃庭經贈醫師方氏云我有中庭元元根總攝百氣超乾坤噓吸日月通崑崙萬神寂寞黝歆存中有一物光熠爍化為真人朱冠顆手執赤符如瓊瑶是中實為元牝門三彭潛伏守其關峯名天柱五岳尊下嶽萬壑手可捫南離北坎無衡分黃婆為媒掌其婚姻中有語約不煩子能守之可與論慎勿適越北其轅伏其爐內弁其源方君之居近五雲幽澗夜聞常氤氳放之六合空無垠下視濁世塵煙紛以安易安何紛紛鍼砭可居艾可焚能經止與佗扁倫閶闔朝啟覲軒轅芝蓋玉帛臨邛園雨晴偶成云斗芋衣裳冰雪容沈郎多病怯東風陽城久拙征科政尹鐸新成保障功滄海樓船何渺渺崆峒小麥自芃芃腐儒自笑憂時切屢過田翁問歲豐題宋徽宗墨竹云永平天子玉為顏艮嶽秋風竹淚斑丹鳳不歸雲

萬里空留翠影落人間又同文詩云紅燭淚銷香篆小扇羅如月曉庭空風簾繡卷初醒酒靜院涼生水閣秋書李博士扇云水晶宮裏樹耗耗亂後情懷百不堪便面谿山留得似滿汀煙雨夢江南

金中丞別業

金學曾字子魯號省吾仁和人隆慶戊辰進士初授工曹旋擢楚學使時江陵奪情起視事言者且得罪公致書政府中有不顧綱常廢斥正人之語辭指激切江陵子入試公置不錄既而分守湖南道撫臬藩歲方大祲公賑恤多方兼封大戶倉平價以糶民賴以活者甚眾直指某希江陵意疏劾公鐫三級遂罷歸結孤山吟社有終焉之志江陵歿起用撫八閩數年以老乞休年七十九卒今東城土橋畔公別業在焉里人尚目為金衙莊也公嘗為太夫人造望江樓極高風帆沙鳥在闌檻間兼擅水木之勝窕窈明靚遠隔市囂矣

圓魚大士像

閩人何玉長璧客杭適金中丞家招宴過之庖人烹圓魚既熟剖之見一肉觀世音首戴巾披衣白衣粧飾眉目衣褶皆如畫右手下垂左手中按足踏芙蕖一朵座客

無不驚惋。遂命發蓋。見錢希言獪園。

皋園

皋園在城東隅。清泰門稍北。少司農嚴顥亭先生所築。即劉金中丞別業之半。中有梧月樓。滄浪書屋。跨黔小太湖。墨琴堂。綠雪軒。芙蓉城。怡雲亭諸勝。修竹一林。平山一簣。蒹葭楊柳。卷岸被涯。引外沙河之流。從水門穿壁入園中。流經亭閣間。東而為澗。展而為沼。縠紋鏡光。隨風日波瀾。復注籬外長溝。以達於東河。倚杖聞聽。潺湲有聲。城市所無也。諸虎男匡鼎與先生書云。皋園真異境也。翠竹脩然。古梅澹冶。窗前流水。時雜桃花。傑閣憑虛。湖山秀映。先生奉太夫人娛老其中。又何異安仁之卜居洛涘。萊子之奉水菽山耶。先生有經世之才。寄意每在山澤。官都諫。以憂歸。日相羊其中。與汪憺漪淇書云。近匿迹東城。苦謝酬應。古樹當軒。流泉繞戶。覺十餘年塵落餘生。稍稍有清閒之樂。何日策杖荒逕。一罄疇昔乎。宣城施尚白閏章同宋荔裳琬集皋園詩云。阻隔歲將晏。齒髮交積侵。見君復銜恤。隕涕霑衣襟。跕蹰展燕婉。別墅延登臨。回谿貫湖水。近圃緬邱林。參差梧竹秀。凌亂荷芊深。微雨繚良宴。故歡感夙心。疇昔在京洛。七子相追尋。惓惓古人義。忼慨揚清音。浮雲倏飄散。天路殊飛沈。英華

易凋落。煩憂故難任。相顧各歎息。嘉會方在今。各勉歲寒意。無事徒悲吟。及其歿於京邸也。徐華徵鄴挽以絕句云。卜築東皋闢草堂。城隅樓角望蒼蒼。清秋風景朱門客。他日登臨憶侍郎。即謂此園也。先生名沆。字子餐。餘杭人。家錢塘。順治乙未進士。父忍公。三嚴先生之仲氏也。

約園送春句

約園在東城隅。與皋園相望。明季吳文學我鈍名溢構。軒檻虛敞。竹木蕭森。玉照堂前。玉蘭一株。大可數抱。高花如雪。蓋百餘年物。康熙中。蕭山毛西河太史奇齡與吾杭諸名士。於立夏前一日。集此作送春詩。時濡筆數十人。多有佳句。末坐錢景舒泉年最少。獨集唐二首。其一三四用王建杜甫句。每度暗來還暗去。暫時相賞莫相違。其二五六用翁綬白居易句。百年莫惜千回醉。一歲惟殘半日春。太史極賞歎之。錄入西河詩話。

長明寺

清泰門內長明寺。宋開寶四年。錢忠懿王建。名法燈。治平二年改今名。明萬曆間。西竺宗公建華嚴閣。庋八十一卷真經於上。請四明李次公麟畫祖堂百像。行筆顫掣。衣紋如蓴菜條。樹石雲泉。勢極飛動。錫盂缾笠。經函坐具之屬。種種奇古。而唐梵相無一同者。寺僧至今珍惜之。每上元前數日。陳設齋供。遊人登閣瞻禮者。踵相接焉。夢粱錄云。仲春十五日花朝節。崇新門外長明寺。建涅槃會。羅列幡幢香花。推名賢書畫。設珍異玩具。莊嚴道場。觀者紛集。此亦南渡之遺風也。

貫休十六羅漢始末

城東長明寺。向藏有唐高僧貫休畫羅漢十六幀。并出山大士像一幀。其羅漢題款云。信州懷玉山十六羅漢。廣明初。於登高和安送十身。乾寧初孟冬廿三日。於江陵再續前十本。相去已十六年。時景昭禪人自北來見。請當年將歸懷玉。西岳僧貫休作。字為小篆體。其畫法之奇逸飛動。向讀歐陽炯長歌。歎其妙絕。如聽經弟子擬聞聲。瞌睡山童如有夢。繩穿木葉兩三片。線補衲衣千萬行。今始親見之也。相傳明神宗時。慈聖太后以賜紫柏大師。大師坐妖書事。於獄中示化。此畫歸法嗣某。流轉至杭。藏一小庵。本朝嚴侍郎沆。盧職方之頤。共捐千金購得。喜捨寺中。有年矣。世宗憲皇帝初年。敕改西湖行殿為聖因寺。制府李敏達公衛。請至聖因。永充供養。予按宋趙希鵠洞天清錄云。信州懷玉山有畫羅漢。郡中每迎請祈雨。常有一二身

飛還寺中。即此畫也。其靈異又有如此者。

蛇鬬

康熙初。東河之新橋柱下。忽出兩蛇相鬬。移時不解。觀者漸眾。忽崩壞壓而斃者數十人。傷者數十人。蛇亦不見。

魏德剛

元末魏德剛家東城。辟臨安學官。受春秋學於應之邵。之邵殁。復學於楊廉夫。著春秋左氏傳類編凡十二卷。廉夫為之序曰。三傳有功於聖經者。首推左氏。以其所載先經而始事。後經以終義。聖人之經斷也。左氏之傳案也。欲觀經之所斷。必求傳之所紀事之本末。而後是非見。褒貶得也。然考經者。欲於寸晷之際。會其事之本末。不無緒閱之厭。於是類編者出焉。鉅鹿魏生德剛。初受春秋經學於應君之邵。應君殁。又執經於吾。吾於三傳。有所考索。必生焉是資。其暇日。以左氏所記本末不相貫穿者。每一事各為始終而類編之。名曰左氏春秋傳類編。昔鐸椒虞卿輩。各作左氏鈔撮其書。蓋約言之編耳。未知求經統要也。生之是編。豈鈔撮可以較小大哉。予念其用功之勤。俾繕寫成帙。傳於同門之士。生且求言以為序。予於春秋諸家。有定是之

錄凡十有二卷。未敢傳於世也。蓋經有不待傳而明者。有因傳而歛者。學者通其明。祛其蔽。而後聖人之經。如日月之杲杲焉。故協於經者。雖科舉小生之義。有所不疑。而其不協者。雖三家大儒之言。亦黜也。生尚以予言有以定是於傳家。則經之如日月者。不患不明矣。生勉之哉。生勉之哉。至正十四年秋七月朔序。李宗表華有懷德剛詩云。東青門頭有惠連。五載不見步相牽。得歸茅廬對秋雨。與子細說遠遊篇。其為名流所傾企如此。惜乎。著述無存。名亦幾湮滅矣。

東里草堂

元至正間。有王維賢者。隱居嗜古。所交多勝友。築東里草堂於城東。張光弼題詩云。周遭多是及肩籬。馬過猶知舊草堂。若徑雨晴胡蝶亂。藥闌風煖牡丹香。詩篇未覺為時重。杯酒能留共日長。豈是輞川無作者。卻同裴迪賦山莊。廣陵成原常廷珪亦留題云。平安一橋吾舊遊。君屋乃在橋東頭。晚山得月更宜酒。春水到門還放舟。太守詩成寫素壁。老夫興發思滄洲。淮南叢桂不得徃。撫卷因之生遠愁。時原常蓋避地南遊。與之交云。又題維賢所藏盛子昭雙松繫舟圖云。雲門寺前風物幽。布襪青鞵吾昔遊。葫蘆盛酒待明月。舴艋載琴當上流。長松竝立幾千尺。狂客一別三十秋。何當挂席過湖去。東里草堂姑少留。雲門寺在越。凡過客之由杭東渡者。必於斷河平安一橋登陸。古人詩語無虛設如此。湖謂鏡湖也。

東城乞士

明季。許元光孝祿。靈長光祚雁行也。靈長有書名。結體微熟。元孝蕭然人外。愛談名理。著教典疏意一卷。自署曰東城乞士。今藏吾友丁敬身敬齋中。按梵語比丘。此云乞士。

芝蘭室圖

元時。錢塘高僧古林昌公。幼祝髮於寶石山。戒律精嚴。智慧明了。曾分淨慈之半席。晚年。築室於城東偏。移植紫蘭。列樹蘭蓀。倚檻則清心濯目。憑軒則衣芳佩馨。於是王叔明為之芝蘭室圖。并作記。俞子中和為之書。一時題詠者頗眾。蒲庵釋來復云。不着維摩師子牀。芝蘭為友座清香。商巖采到連莖瑞。楚畹移來奕葉光。春雨茁芽還茁秀。曉風薝蔔每同芳。也知臭味通元化。物我冥觀與世忘。臨川危太樸素云。築室古城曲。樹此蘭與芝。異芳間奇石。宛有山林姿。芝蘭日長茂。離披滿前墀。綠葉泫朝露。五色含晴暉。道人方燕坐。境寂神不馳。色香了無取。眼鼻忽若遺。嗟予老京洛。

無地結茅茨。洪歌望江水。白雲有餘思。南屏山人釋夷簡云。不以芝爲飧。豈用蘭為佩。芝秀蘭自馨。植此一室内。道人結習盡。與物了無礙。白晝敞禪扉。巒峯遠相對。始豐徐大章一夔云。草中惟有芝蘭好。不數宜男指佞賢。近喜亦從蕭寺種。誰云獨許謝庭專。嘗追氣留君子。窈窕風姿媚佛天。何用栴檀林下住。只將瀟灑度年年。白雲峯釋如蘭云。芝蘭百本繞階墀。勝埒瓊英間玉蕤。楚畹風光搖綠葉。漢廷春雨長銅池。香飄衣袂堪紉佩。味入齋廚足療飢。謝氏芳華歸寶石。封胡羯末宛同時。錢塘白以中範杭州府志。白範。字以中。號西坡。錢塘人。御選明詩姓名爵里考。朱彝尊明詩綜俱云山陰人。云。禪扃閒幽寂。石色生清芬。奇葩雖芳樹。藹然祇園春。如何尋丈間。迥與人寰分。蘭已知妄色。相原非真。兀以甘露梃。淨洗濁世塵。餘芳儻可即。相從問正因。京兆宇文子貞公諒云。紫芝求為食。幽蘭紉作佩。聊復助熏修。庶幾堪傲世。一室靜生香。諸塵自融會。蒲團禪燕餘。經卷了空外。嗒然吾我忘。誰云有三際。金華宋仲珩璲云。隱居結蓮社。地僻無人蹤。瑤草穿階綠。幽蘭入夢清。吟詩憐楚澤。分坐憶南屏。色映千華偈。香同九畹英。何當風月下。相對說無生。此圖曾錄入汪玉水珂玉珊瑚網中。

土橋

土橋。在新塘之左。近慶春水門。通外沙河之流。湯堯文煥土橋綴步詩云。徑以城隅僻。人因靜裏過。敲門還問竹。掃石近侵莎。堯文號鄰初道人。仁和人。中隆慶庚午鄉試。官贛州府同知。有書名。

蓬庵

湯之奇字稚常。錢塘人。少穎悟。四歲就外傅。讀書目數行下。比一年。即能振筆作文。語多奇峭。不襲前人。長者咸驚異之。萬歷戊午舉鄉試。仕太平府同知兼署江防事。時流寇蹂躪梁豫間。於是設方略。擒其渠魁。餘眾遂解散。督上下江糧餉。所過立辦。兵食以濟。尋擢江西瑞州知府。未至官。遭母喪歸。閉門謝客。大吏疏薦。堅以疾辭。因築室東園。名曰蓬庵。讀書灌畦。并課其子姓。著有蓬庵類稾。西崖少宰右曾。其文孫也。

新塘

慶春水門。明時以東郊地僻。盜徒闌入。不可禁。奉旨久塞。虞司勳淳熙卜居於是。門近土橋。不通舟。因佃為放生處。諸仁者競載魚鼈嬴蚌之屬來。在藻於栩。可千萬億命也。萬歷中。賈豎欲奪會安壩曳木之利。揭言慶春入巽水。主大吉。賄有司啟水門築埔曰新壩。是年司勲厫官。中丞直指兩臺皆中謳去。里中自是無富民。詳見司勲堆務山館集。

惲壽平詩

惲壽平寓杭日。有在東園東毛稚黄詩云。海雲茫茫春霰斷。柳絲絲倚寒江岸。細網幽窗竹煙亂。山桃海棠落將半。鳥聲過殘雨。蘭風細吹案。我思在空谷。我夢處雲漢。珩璧只獨照。錦衾空宵爛。飛花濛濛還坐歎。江郎操筆不在腕。石泉水汴泛路館。柳下無人侍誰鍛。風致俊逸。可以參昌谷玉谿之席矣。

東城雜記卷上終

東城雜記卷下

清　錢塘厲鶚太鴻著

雲泉題詠序

元初。虎林城東徐文雋字如心。扁其書屋曰雲泉。紫陽方萬里回。為雲泉題詠序云。有天地然後生萬物。故易有乾坤之卦。而繼之以六坎之卦。以天一生水而潤萬物者。莫潤乎水。天地雖生萬物。非水則莫生也。然則六坎之卦。以屯蒙需次乾坤。何也。凡有坎之卦。皆取象於水。而屯需之坎。取象為雲。蒙之坎。取象為泉。又何也。天之始生物也。猶大雲下雷而為雨。物於是芽茁於冥昧。故曰屯。以次乾。而坎為雲。天地之既生物也。猶泉之初泄於山。物於是幼穉而未壯。長則不可無所養。故曰蒙。以次屯。而坎為泉。物屯而亨。蒙而養。待其成而已。故曰需。以次蒙。而坎又為雲。此天地之屯也。天地之蒙也。天地之需也。聖賢者出。亨物之屯。發物之蒙。始也無所不用其力。以需夫各正性命之定。則終也無所容其力。今之學者。亦嘗讀易而知之否乎。虎林城東徐如心。偕鄱友童汝舟來謁。謂其讀書之室。扁曰雲泉。求於風騷者爭賦之。予以為斯文也。年始二十有七。自芽茁幼穉而壯長者也。其亦嘗次序屯蒙需三卦之坎而玩之否乎。聖人所以不曰水。而曰雲曰泉。何也。水之始初。為雲為泉。學者不慎其始初。聽其流注散漫。為渺茫無畔岸之水可乎。何謂經。何謂綸。何謂果行。何謂育德。字己字人。養己養人。此感彼應。始少需之。飲食宴樂。亦非流連荒亡之謂也。是為雲泉題詠序。右文見桐江續集四十五卷。

徐茂吳

徐桂字茂吳。餘杭人。中萬曆丁丑進士。授袁州推官。守正不阿。失上官指。投劾歸。僦居杭城之東隅。地幽僻。擅池亭竹木之勝。多蓄奇書名畫。日婆娑其中。有潔癖。客過者。先使人覘冠服鮮楚。方與接對。人以是怪之。與馮開之夢禎。屠長卿隆。同榜。皆罷官家居。扁舟雙屐。往來吳越間。著有大滌山人集。送吳公結廬天台云。海上樓禪境。拔雲訪石橋。一缽依澗壑。疏磬落山椒。華頂經年雪。松門半夜潮。預愁支遁去。誰與共逍遙。朱竹垞前輩錄入明詩綜。格調誠清拔也。

馬婆巷

元秦化戟郎初。戊戌清明杭邸坐雨絕句云。思鄉處處只愁生。正好春遊又不晴。雪是梨花雲是柳。馬婆巷口過清明。按巷為宋舊名。今俗呼馬坡巷。近東花園。為上馬坡北抵清泰門斜下馬坡前之入詩詞皎雅韻。

廣長琪僧然

萬曆中里人廣司數長號以文字為佛事碑板疏頌照耀東城長明蓮居二禪寂貞石猶存。其弟僧瑞淳貞終身不娶結廬靈隱寺側名稅鈌居役使僅一老僕又延八角閣邨於家角厥昔上有樓可眺遠馮祭酒夢禎書曰於陵仲子猶餘碑額之真僧誥足稱今之逸士矣。

城曲茅堂

藍瑛字田叔杭人善畫山水知名於時家東城自號東皐蝶叟又號東郭老農榜所居曰城曲茅堂子深字謝青為諸生亦以畫名懷新閣翔麟城曲茅堂感舊詩云他年文酒地腹痛此停軒病葉黃堆徑寒流綠映門斯人不可作茅屋至今存但有空梁燕喃喃對客噫。

胡滄清

胡守乾字滄清臨清人父尚英明神廟末進士官翰苑以忤魏璫削籍歸恩陵立召用至宮詹學士而卒守乾外家本杭人也母攜之居杭十餘年家益困乏貫卜於城東市中得百錢輒下簾事吟詠人不知其貴公子也西湖竹枝云長絲成匹竟難裁傳語儂莫見猜春日未能尋鶺去炎天那得見蓮來是亦不失鐵史遺音者。

月中人

馮開之快雪堂集云廣長孺祖母今年八十一矣嘗云年三四十時秋夜露坐庭中見有三人挨月而過異之急呼長孺伯母同觀伯母出遲僅見其二須臾盡入月中矣觀語陳季彪為予述之。

蘭菊草堂

徐子貞元末隱居城東號匏瓜道人洪武初仕為漳府典寶正所居曰蘭菊草堂天台徐一夔為之記云錢塘徐子貞甫廉介有雅操築草堂於東城隅不蒔他物獨蒔蘭與菊而日徜徉其間客或見之曰子愛此耶子貞曰吾愛其與吾性合爾既而大書蘭菊草堂四字而請予記蓋蘭之為物生於澗谷深絕之地人雖不采而清芬細馥漉漉然於風露之下有不求媚於人之意焉菊之為物發於卉木凋落之後時雖摯斂而幽姿雅豔采采然在風霜之表有不爭妍於時之意焉之二物者有道之士所不棄也方子貞隱處時人見其戀嫪此二物不置固曰其性然爾而不知其見於用者何如也及遭維新之朝盡起天下之遺逸而用之子貞起自草堂得以才行選為親王官屬趨蹌王庭一以直道自持如蘭之不求媚於人菊之不爭妍於時為王所禮貌所謂國有道不變塞焉者蓋如此詩曰維其有之是以似之豈不信然子貞之所守可謂不愧蘭菊矣因筆之為記張光弼為子貞賦匏瓜道人云吾豈匏瓜繫此生道人玩世以為名百年雨露司榮悴一日江湖見老成泬落情懷莊子夢浮沈蹤跡楚王萍安公借與龍為杖拌答青鞵到處行。

徐鏡非

徐行恕字鏡非茂吳司李之姪也世以易名家中萬曆癸卯浙江鄉試嘗為德安縣令鼎革後杜門不出與嚴印持張卿子稱城東三高士詹去矜鍾玉暗之詩云徐令本廉吏高擬陶彭澤早歲擅時名垂老厭兵革晦迹城東隅蕭然坐敝宅茶人夙自署若枕供朝夕健兒不敢窺閉門無俗客攪攪市朝間世眼徒青白張卿子過徐鏡非閒坐詩云朋舊今無幾所忻俱老翁累因遺嗣少閒賴一官窮每過寒齋雨共牆秋樹風高山多冀贊吾願采薇終。

鍾紹京書

鍾紹京書五帝六甲經後有倪雲林跋尾明時藏徐茂吳齋中近聞沈景倩德符野獲編云本高瑞南家物後歸徐司李近聞為徽人厚貲購去直是許高陽女嫁蠻酋不止昭君和戎已也。

半畝居

半畝居一名孝慈庵近艮山門城東隅順治初里中周氏子兄弟出家奉母於此中有放生池積水深淨風篁繞戶人迹罕到真息寂地也佷亭禪師淨挺夜過半畝居詩云夜色滿城隈一燈懸古屋平郊退微茫疏星澹幽獨梵唄雜鐘魚琅琅振林木抱兒此灌園何必異深谷俛仰與蓋寬閒閒情自足分坐成主賓阿咄及金粟佷亭為仁和徐繼恩字世臣明季壬午貢生晚雜染於河渚有谿流文字。

委順齋

元時杭之城東隅有鄭處士號虛原年八十餘研極乎漆園之旨名其燕處室曰委順齋錫康夫為之記文見東維子集多譌脫故不錄

鍾馗圖

鄭虛原家藏鍾馗圖為舊人筆至正甲辰春以贈海虞曹立立跋云先君昔遊錢塘

觀此卷於鄭虛原翁處歎其瓌怪幽眇曲盡鬼物之情狀鄭君欲以相遺先君亦不之請也後先君歿六年立至杭謁鄭君於棲遯之室情意款洽撫問存歿不勝惆愴因出此卷歸之且曰而翁之夙好也吁鄭君誤持此卷於兵火艱棘之中以先君有篤愛之心不以畀人而有所待一旦識予為故人之子卒能授之其亦庶幾延陵氏脫劍之意乎卷中題者四人馮海粟子振詩云老馗几與二鬼肩一鬼勃窣褎影懸一鬼負劍悄帶旂一鬼頂顱便角騑老馗之婦與蹁蹮其荷輿者鬼婢虎貓抱掌揑鬼妾娓提其斂具雌狄元擕枕而從服飾鮮鼠燦黏綴衿亦然掌撑最緩行李便鬼之嬰揣戚穿聯囊包槖裹琴能仙瓠壺穹挂吁可憐揭竿之魅愁攣緣最後兜鬼束縛椽戶而行者猶能前肌肉消畫骨骼經物怪種種來無邊神禹鑄鼎今幾年罔兩在此猶翩翩吁嗟吁嗟問老天不惟詩畫奇絕而鄭君之友道有足取焉

洪稗畦

洪昉思昇號稗畦居東里之慶春門少負才名尤工院本南北曲以國子生遊都門暇取唐人長恨歌事作長生殿傳奇一時鉤欄競鈔習之會 國忌止樂貴人邸第有演此者為言官所劾諸人罷職昉思遂歸山左趙宮贊執信亦在譴中趙嘗有絕句云牢落周郎發興新管絃長對自由身早知才地宜江海不道清歌誤卻人蓋自悲也朱檢討彝尊酬洪昇詩云金臺酒坐擘紅箋雲散星離又十年海內詩家洪玉父禁中樂府柳屯田梧桐夜雨詞悽絕薏苡明珠謗偶然白髮相逢豈容易津頭且纜下河船元人白仁甫有梧桐雨雜劇亦寫雨淋鈴一曲用事可謂工切昉思後溺於烏鎮王司寇士禎挽詩云送爾前谿去棲遲歲月多蒐裘終未卜魚腹恨如何采隱懷茗雪招魂弔汨羅新詞傳樂部猶聽雪兒歌中年欲卜居武康山中不果所著稗畦詩集清整有大歷間風格嘗有林月前後入谿花冬夏開之句世但豔稱其曲子耳

芸隱橫舟

城東清泰門宋之崇新門也舊在東河之西河流繞城而轉過東新關達於臨平抵長安堰近城河干宋有船官廨嘉熙中施知言樞嘗為是職有題廨宇詩云合是清谿近處居在官却與在家如柳風拂岸時鳴櫓梅月橫窗夜讀書休問舟閒與喚渡須知水到自成渠傳錢已足供薪粒比著簞瓢儘有餘樞自序其集曰丙申冬趨浙漕舟官戍小廨泊崇新門外傍河依柳髣髴家居剗刻之餘時作一二解殊自適先

正詩云野水無人渡孤舟盡日橫與樞官業偶同遂命曰芸隱橫舟窠

潮鳴寺

城東潮鳴寺故為梁貞明中建名歸德院後宋高宗曾駐蹕聞潮聲賜今名高宗御書額詩賜殿前統制劉漢臣咸淳臨安志云書古詩立石東廡者是也吳伯霖之鯨以詩為高宗作載之武林梵刹志誤矣李君實日華六研齋筆記云武林潮鳴寺有宋思陵賜統制劉漢臣詩野寺參差落漲痕疏林欹倒出霜根扁舟一棹向何處家在江南黃葉村此蘇子瞻詩也第二字是水字今改寺字遂掩而有之思陵博雅斷不如是當由偶在寺中書之賜劉寺僧欲假以為重改字勒石以侈榮觀耳觀此則宋時原刻後明時又有改字之刻今寺毀於火并改字之刻亦亡矣

紅亭醋庫

咸淳臨安志紅亭醋庫在菜市橋東街南面北今名醋坊巷宋時酒醋皆官庫醞造納緡錢於戶部臨安有醋庫十二此其一也莊季裕綽雞肋編載建炎後俚語云欲得官殺人放火受招安欲得富趕著行在發酒醋蓋宋自王安石設法賣酒并醋亦榷之南渡後軍興百費浩繁遂不能革既禁私造其直必昂遂有因此致富者矣

織成十景圖

杭東城機杼之聲比戶相聞郎仁寶云起於褚河南九世孫載善織作綾錦今褚家塘通聖土神是也其中一二供 尚衣之匠花樣有為西湖十景全圖者秀水朱稼翁稻孫武林恭紀詩云十樣西湖景曾看上畫衣新圖 行殿好試織九張機

蘭芳軒

貝清江瓊蘭芳軒記云永嘉李至剛氏僑居錢塘城東闢室為遊息之所樹蘭其前頟曰蘭芳軒間求予作記按蘭與澤蘭類紫莖赤節葉銳而長古人恆刈而佩之劉次莊之註已詳而黃太史又以一榦一花為蘭一榦數花為蕙朱子從而辨之且言今所見者花雖有香而葉無氣非可刈而佩者然亦不知古人所指何物也由是觀之天下之物其芳至槁而不變者莫過於蘭而楚屈原著離騷以見志舉而稱之者不一則原之守比蘭之芳已故其好脩自潔而朝夕不倦也則曰予既滋蘭之九畹兮又樹蕙之百畝及時俗之好醜而忠直不能容也則曰戶服艾以盈要兮謂幽蘭其不可佩夫蘭別於眾草故不與時俱化而獨芳君子別於小人故不與俗俱遷而獨立使俱化而俱遷則芳委於臭腐而美淪於淫僻矣至剛之託乎蘭其亦有原之

志歟予聞至剛蓋五峯先生之從子弟各有氣節嘗從武夷杜君清碧遊二十餘年渡江而北涉黃河覽太華客寄京師落魄不偶而南歸吳門一時將相皆欲致而致之幕府至剛弗屑也然而能不病蘭之弗丈若矣嗟蘭之香小夫孺子能知之至剛能不失其守如蘭芳之不變予知必擢於等夷而蜚聲天衢也於是乎書按珊瑚網載趙子固水仙卷云天台李至剛又有李至剛名鋼以字行華亭人洪武中舉明經試禮部郎中出為河南布政司參議永樂間仕至禮部尚書解縉沮上立漢庶人高煦至剛黨高煦以譖縉上震怒逮縉下詔獄死見明閣學記蓋傾險之流也其僑居錢塘者當別是一人

回龍橋

明仁和沈通判悅德儀兩湖塵談云郡城東潮鳴寺門徑曲臨通衢其東南北三面皆水水之外皆菜畦而寺獨踞其中竹樹幽茂人迹罕到儼然一山林也詢之僧云寺舊名歸德南宋高宗駕幸至此聞潮聲而回因易今名今寺後有小橋曰回龍即當時旋駕處也按臨安志菜市橋之西為東青門寺當在城外其迪東十數里則江塘也故潮聲可聞至於今日則城郭一變與曩者不類矣沈公為少司寇銳子正德己卯舉於鄉嘉靖中仕至惠州通判今去沈公又二百餘年此橋尚存跨荒溝上僅一石杠耳

沈柳亭

沈豈垣字適齋號柳亭仁和人少為諸生學於臨平沈去矜最工為詞纏綿處似柳屯田清穩處似趙仙源至不肯上歇聽為怕東牆近之句雖古人無以過之也嘗愛東城之幽曠因卜居焉賦一萼紅云近城隅有千竿脩竹正好結吾廬試蓄水成池鉏泥作圃添栽幾種嘉蔬將怪石圍成曲徑映柴關深處獨蕭疏蓮子生花蜂兒釀蜜快意何如最喜繁喧迴絕交情冷落細閱圖書幾陣風來一番雨過苔痕綠徧階除此際長吟高臥更何勞惆悵憶黃虞睡起閒消茗盌自許清臞

靈芝寺

靈芝崇福律寺在城東清泰門內稍南俗稱蠟燭庵吳伯霖武林梵剎志云唐貞觀間郡人施光慶捨宅建名寶際院元季燬元統間僧妙通重建竟不詳改額靈芝之始末考咸淳臨安志城東無靈芝寺并無寶際院但有寶積院天福七年施光慶捨宅建舊名崇福後改今名紹興十五年以其地為駝坊象院明夏時正杭州志靈芝寺

本在涌金門外錢王故苑芝生其間捨以為寺故名靈芝高宗孝宗凡四臨幸有浮碧軒依光堂亦為新進士會拜題名之所元季燬後建城東合觀二書則寺即湖上故迹元統中始徙於駝坊象院仍合靈芝崇福為額而寶際乃寶積之訛貞觀乃天福之誤不然豈有兩施光慶捨宅乎宋大智元照律師字湛然餘杭唐氏子傳究羣宗以律為本嘗著布伽黎杖錫乞食於市楊次公傑贊之曰持盂出持盂歸佛心常在四威儀初入座時人不識虛空自有鬼神知居靈芝三十年從遊嘗五百人政和六年示寂塔全身於寺西北明正統間僧杭州靈芝寺僧智淳說戒開壇為天下傳戒宗師乙亥年辭朝沐浴而化上遣禮部趙助諭祭智淳曰爾夙悟善緣堅持梵行邇膺崇命為釋宗師方闡法音導人為善倏爾示寂良可悼嗟靈其如存服茲諭祭自元照以來為律宗焉郡人陸拒石繁昭募重建靈芝寺疏略云靈芝之寺著乃兩浙之名基錢塘之靈阯聿開太平之歲重興元統之年椒房桂殿翻作禪宮太液昆明俄成寶筏節庵修三藏之書純一較五雲之典建章宮裏坐見蓮花華林院中塵成白玉片蘆北渡半偈以解萬緣一錫南飛三年而化諸品遂乃橫開銀闕高峙瓊樓焦葉火珠繚繞霧雞之塔陽烏陰兔回翔方丈之池法鼓雷鳴天香霧積信可以跨鳳山之仙境軼蓬島之香城者矣

備萬齋

元貢師泰字泰甫寧國路宣城縣人翰林學士謚文靖雲林先生奎之次子也泰定元年中江浙鄉試至正十五年除平江路總管甫踰月張士誠以高郵兵至城陷官屬潰散乃懷印綬避居吳淞江上十七年抱印納於浙省隱於杭之西山浙省丞相達識帖睦邇起之曰君之守平江也在官未三十日人心未孚且握兵扞患自有省臣在非君之過也即以便宜授兩浙轉運使次年遷江浙參政居杭州作備萬齋并為記云出杭州新門東北二百步又東折入委巷有屋四楹在敗垣廢圃間蒿萊不除問之徐氏業也遂僦其半葺漏補缺移木牀瓦竈就居之四壁空無長物因大書備萬二字於其顏或過而問曰飲食以備飢渴裘葛以備寒暑僕御以備使令子今無一物之備何謂備萬耶吾知子之不為是也豈嘗有見於孟氏萬物皆備於我之言之意歟予乃笑而答曰吾亦知我之不為是也夫我於天地間亦萬物之一也以一較萬其猶稊米之於太倉乎以萬歸一其猶太倉之於稊米乎故凡形色之可接者聲音之可求者氣類之可感者其數無窮也其變莫測也固非一身之所能備也

而不知自物觀物則物物也物且萬萬也自我觀物則物豈外我一身哉且人也物也同得陰陽五行之氣以成形也亦同得陰陽五行之理以為性也何其正通偏塞之不同耶蓋知覺運動之蠢然者物與人固無異也仁義禮智之粹然者人與物果無異乎是以散之為萬殊斂之為一理以一貫萬其所以為備也亦大矣雖然體之而不實則羣疑之起足以害吾道行之而非恕則一念之私足以戕吾仁若然則一自一烏乎萬萬自萬烏乎一非知道者其孰能與於此客唯而退遂書以為記後歷官禮部尚書祕書監卿公嘗摹先天六十四卦圓圖於壁而虛其中禮部員外郎程以文文名之曰玩齋故學者皆稱為玩齋先生云

成黃門

里中成黃門肇毅字而卓順治乙未進士官工科給事中有松江鎮帥馬逢知者初名進寶起家羣盜性貪橫自奉僭侈百姓殷實者械至倒懸以醋灌其鼻人不能堪無不傾其所有死者無算復廣占民艦縱兵四出劫掠官府不敢問時海寇未靖逢知密使往來江上之變先期約降要封王爵反形大露事定黃門特疏糾之朝廷恐生他變下温旨徵入繫若盧妻女發配衆奴未幾與二子伏鑕東市當逢知之入覲也寶貨二十餘舫他物不可勝計至是無一存者人皆快之

郎仁寶

郎瑛字仁寶正嘉中仁和諸生與馬浩瀾洪王天碧澄金玉泉珊王蔭伯一槐相友善居草橋門內景隆觀前自號草橋子博綜羣書恣意蒐討於進取泊如也有愛之者曰如後時何瑛曰吾已委身載籍矣當復與諸少年斷斷爭甲乙耶因作牌對以見志著七修類稾五十五卷行於世其中考訂精核間有紕繆然多舊聞逸事與瞿宗吉佑歸田詩話徐廷之伯齡蟫精雋吳錫用瓚武林紀事姜明叔南蓉塘詩話沈懋德儀兩湖麈談田子藝藝衡留青日札陳思貞師禪寄筆談並稱吾鄉前輩著述之傳世者

姜西溟卜居

慈谿姜西溟宸英績學能古文辭書得晉人筆勢遊長安名動公卿間曾被薦以上舍生食七品俸與修明史及一統志康熙丁丑第三人及第入詞館冉冉老矣嘗與宗人約買錢塘東園屋將告歸遂初焉送項霜田溶歸杭州句云我愛東園宅繞池青琅玕主人有成券卜居詎非難所願遂鄰此非久同盤桓又送湯西厓編修移居句云一椽如可託準擬住錢塘其眷眷於東園如此後以科場事累瘐死於貴人牢卜居之約徒成虛語惜哉

瓦子巷

瓦子勾欄南宋在臨安有二十三處其在城東者新開門外新門瓦亦名四通館薦橋門瓦在崇新門外章家橋南菜市瓦在東青門外菜市橋南艮山門瓦在艮山門外瓦舍者謂來時瓦合出時瓦解之義紹興間殿帥楊和王因軍士多西北人是以城內外創立瓦舍招集妓樂以為軍士暇日嬉遊之地貴家子弟因此遊蕩破壞尤甚於汴都也諸妓如賽觀音孟家蟬吳憐兒等以色藝擅一時家甚華侈唐安安最號富盛又如金賽蘭范都宜倪都惜潘稱心呂雙雙胡憐憐沈盼盼普安安等皆以歌曲得名至唐安安理宗嘗於元夕召入禁中潘稱心亦為賈秋壑所狎君相荒縱如此欲不亡可得乎今遺迹皆不可考獨菜市橋瓦子巷其名猶存吳君特詠京市舞女玉樓春云茸茸貍帽遮梅額金蟬羅翦胡衫窄乘肩爭看小腰身倦態強隨閒鼓笛問稱家住城東陌欲買千金應不惜歸來困頓滯春眠猶夢婆娑斜趁拍今則委巷蕭然知其事者亦鮮矣

庾園

沈秀巖紹姬庾園紀勝詩序云余家東城橫河當雙橋之中門臨流水左帶嚴城右環官市其北即庾園也園為從祖庾菴公所葺經始於順治丁酉歷七年而工始竣其中疊石為山疏泉為沼間以竹木錯以亭臺即一花一草必使位置得宜詳略有法室宇落成少不當意即毀而更張之鳩匠庀材糜以萬計園亭之盛甲於會城芳船盈巷麗賓滿座主人方秉燭夜遊樂以忘返予小子忝列孱從之末尚叨廣廈之被念山樹無盡臣鍊有窮雖殊墜天之憂敢忘履霜之戒猶恐曲終人散一時勝地湮沒不傳故不揣愚蒙援筆為詩志其梗槩藏之櫝中未敢陳於諸大人之前也康熙二年九月庾園云千金營一邸百金疏一壑泉石慘經營花葉紛相錯經春有餘妍凌霜無留擇一水懸樹杪三峯穿帷幕中有庾公樓飛梯連複閣書庫初落成酒池將次鑿魚鳥且無恙琴尊諒有託迎送不下牀賓至但酬酢玉津已卯虛蘭亭久寂寞盛事原不常俛仰幸無作人生貴適意何為自東縛行樂庶及時高懷寄寥廓東軒云步入庾園路三折到東軒已見山林志殊忘耳目喧紅龍繞曲砌青蘿被短垣果熟鳥窺徑雪銷人負暄多有問津徒一覺情易諼誰知檥舟處未即是桃源將

翠亭云：茲亭猶未名，姑字曰揖翠。當前林壑積，倚檻層峯對。桂林繞其右，蒔圃環其背。旁有陸羽鑿，茶煙出短闠。松風自相借，寒濤響谿碓。振衣登層樓，睥睨錯萬態。遙望湖上山，晴霄澄澈。雨氣多空濛，雲氣當凝燧。恍惚幾變遷，因之生遠慨。雪洞云：複道何逶迤，重門殊宥窈。心曠境自寬，地偏天逾小。嚴冬不知寒，虛明長達曉。坐牀淨如拭，殘雪方未了。明月不成輪，參星下林梢。不聞人籟聲，孤懷轉清悄。樵城書屋云：依山築土城，蜿蜒入林麓。高復增三版，廣不踰十幅。門設畫常閉，縱橫交曲木。負郭屋數椽，居然類盤谷。松疏見反照，寒桂深冬馥。煥然容長者車，聊憩棋者足。日暮負樵歸，啟鑰還且讀。臥雲閣云：傑閣浮林端，長共孤雲宿。想與人境殊，恍聞天語軋軋。綠浦偶丁丁，佳客杵。六月生晝寒，積雪僅尺許。高臥絕塵緣，誰當共爾汝。玉玲瓏云：縹緲玲瓏峯，巖嶪空碧。石名玉玲瓏，宋艮嶽中物也，高數丈，大十圍，數百人挽之，歷兩月餘始達此園。將軍從天下，萬夫從辟易。掌嫌巨靈短，腹笑伯仁窄。色比芙蓉潤，爛若蜻蜓蝕。噌吰振洪鐘，潺湲流素液。大不如虎踞，瘦不如熊立。恭分復星布，旋進若拱揖。何時靈鷲山，移向此中植。雖以丹青樹，蒼崖翠欲滴。孤梅發單瓣，紅梅單瓣者不易得。素李垂黃蕾。蘭蕙叢其陰，翁翳百鳥集。興至時一登，攀蘿躡危壁。睇髮平與上，箕踞石門側。欲令眾山響，呼童取鐵笛。瀑布云：山陰何所有，華宇結三楹。素蜺洨空來，迢迢度簾旌。危梁宜白石，雪浪涌濤聲。下有小龍湫，木葉不敢攖。山川信天造，孰謂人力營。娛目極志意，中懷猶怦怦。汲汲顧日影，厭厭秉夜檠。緬思與鳩集，悠然愴我情。西園云：一徑直如髮，遙遙復西去。漸覺熱客疏，遂與老圃遇。雙橘何陰森，孤松自盤踞。瓜韭三四畦，棗栗八九樹。酒庫七楹足，米廩十年貯。行盡丁字廊，別有齋心處。歌吹杳不聞，幽鳥自相語。焚香掃一室，喀馬澄我慮。肥甘豈不佳，蔬果亦可茹。竹閣醉日移，書為愁來著。四序如轉風，百年難暇豫。高明神鬼瞰，滿盈聖賢懼。悄悄懷殷憂，深心託短句。

半山園

沈秀巖半山園紀略詩序云：半山當庾園之北，兩園相距才隔一巷耳。若登庾園北樓望之，林光巖翠，襲人襟帶間，而鳥語花香，固自引人入勝。其東為古華藏寺，每當黃昏人定之後，五更雞唱之先，水韻松聲，亦時與斷鼓零鐘相答響。門著唐句曰：橋通小市家林近，山帶平湖野寺連，蓋實景也。先是家從祖為子弟課下帷之所，始闢其地，堂無數仞，山才一簣。因蓄魚而鑿池，偶結籬而種竹，既而踵事增華。山日益高，水日益深，臺榭軒廊，暈飛鳥革，遂月異而歲不同矣。夫土木之工，興之甚易，而節之甚難。憶自甲辰經始以來，歷今且數稔，猶未能從，將復有事於雪堂，其勢然也。半山視庾園稍廣，雖遜麗不及，而疏落可喜，頗有山林之致。主人坐卧其中，自課童僕十餘輩，澆花雜草，洗竹培松。東山別墅，仍開北海之尊；南浦停雲，舊是西園之客。一時名士，如吳廣百、徐寶名、家去矜、初山諸先生，凡過宴集，間出新裁，然風人之旨，揚扢為多，且即就一時耳目所及，徵於紀勝，未遑分題製詠，煥若列眉。予從諸父講業之暇，遊詠其間，值酒闌客散之時，正琴靜壓間之候，往往登高寓目，臨水送歸，輒低回慨歎者久之。因憶庾園昔有之編，倣綴古體十三章，更為半山園臨一副本，儻異日陵谷變遷，或亦賴繫其大略焉。時康熙庚戌仲冬下澣也。深柳讀書堂云：亭亭山際雲，漠漠園中樹。但聞讀書聲，不見讀書處。煙光浮遠岑，晴空卷香絮。一徑忽如螺，試從此路去。曲砌繞鷗波，飛亭振鳳翥。環視半山中，茲堂獨雄踞。鶴偕流水閒，花以回風聚。春柳詎長青，秋風毋乃遽。頗得千丈綆，為我維義馭。半山云：石山倣大癡，土山臨小米。兩山據東偏，峯巒長相倚。西北又一山，遙瞻煙林裏。質之繪史中，北苑差相似。咄哉十畝園，半為山所峙。園因以半名，山亦以半字。後山植如笏，前山平如几。俛几挹翠微，拄笏看雲起。宛然山中人，豈復類城市。城市與山林，誰能辨彼此。曲池云：地卑易為池，取土列屏岫。繡魚尾漸成，回塘白石甃。潴水作綠波，望之如鶯脰。第惜荇藻肥，翻覺芙蓉瘦。有客抱琴來，花邊了殘晝。冷然拂素指，潺潺響寒溜。半山閣云：池水清且漣，倒影插虛閣。仰視百尺雄，巖巖勢如削。恰與山樹平，長借雲根拓。拾級敢辭勞，登眺殊不惡。四望無遁景，一覽窮邱壑。東連給孤園，風磬隔林落。微聞清梵聲，名心頓蕭索。西軒云：回廊經北牖，水檻倚南池。冬日烘簾早，春雲渡水遲。奇峯列夏雲，丹樹生秋姿。客如落花聚，語言日在茲。絲肉奏新聲，松濤忽間之。憑軒攬西爽，披襟當涼颸。言將待明月，休擲手中卮。井字廊云：西軒西復西，廊形作井字。貫得馬腰花，丹黃如列肆。花繁徑道窄，風定香轉熾。即此井中天，居然有殊致。頻繁齋名，其形如舫。云：舟居不在水，陸居不在屋。一葦為頻繁，宛然處林麓。舟中何所載，寥寥書幾簏。舟中何所事，丁丁棋一局。布颿喜無恙，櫂歌如可續。豈不懷五湖，風濤苦翻覆。春水偶到門，秋山長滿目。借問張子同，何似林君復。花深處云：飛湍從北來，經東復西注。繞過竹盡頭，流入花深處。花深路紆折，樂閣各回互。蘇紅與歐碧，高下若綦布。伊蘭叢舞草，佛桑倚鐵樹。奇卉不可窮，按譜率難賦。翻呈陶家徑，結籬環菊圃。視此覺太疏，吾心有餘慕。水西閣云：離離藍東畦，迤西有水榭。縛竹為槐梠，參差若鱗匝。危閣俛中流石梁互虛泬蘋風枕上回荷珠座中瀉稍與圖史覩差喜人事謝客來偶問津彈碁消長夏圖歌云山中結圖歌宛然在中阿檻檻施曲木石磴跨回渦上覆三重茅旁繞百尺蘿織蘆當簾箔遙睇如鳥窠夜火青瑠璃春草紫葛蘿枕根鈔梵書丹青貌維摩平生愛禪寂晨夕時一過焦氏蝸牛廬邵家安樂窩廣厦非不庇轉眼成風波吾將息我機保此良已多雪堂云雪堂雖未成其勢不容已衛壁久矣儲菜石今方砥虛廊積文杏舍旁除苦李昨聞徙鹿柴言將燬竹里俄驚椎鑿聲丁丁築素圯杞人一何愚中宵歎息起靈光既已焚柏梁旋復圯否泰有乘除興此或廢彼人生百年中憂樂長相倚託諷諒無繇短歌聊用紀

玉玲瓏閣

玉玲瓏宋宣和花綱石也上有字紀歲月蒼潤嵌空叩之聲如鐘佩本包涵所靈隱山莊舊物沈氏用百夫舁挽之力致之庾園後歸龔侍御翔麟因以名其閣焉侍御為太常卿佳育子風流淹雅少日喜為樂章出入梅谿白石諸公太常開藩江左署有瞻園禾中朱檢討彝尊李徵士良年上舍符沈明府皞日上舍岸登皆在賓館酒闌碁罷相與唱和刻浙西六家詞行於時又屬王山人翬寫瞻園誌雨圖後以貢士起家歷郎署至南牀未幾罷歸貧甚至舉家食粥未嘗於監司郡邑有所干請士論高之晚年移家白洋池畔自號田居舊宅已易主玉玲瓏之名終播於詞人傳之海內矣朱檢討寄侍御摸魚子詞云玉玲瓏閣前松石經過朱夏曾擬主人直待秋期近金粟滿庭香雨新樂府早和徧蒼洲笛譜篔房句謂周青士篔李分虎符也竹垞小位笑我若歸時留君爛醉十日不教去西堂冷孔雀應凋錦羽鹿麑高下騰距紅泥亭子方池外深徑共誰延佇歲既暮想皖口鰣魚又好露扉茗粉雲風絮定吹到山樓叢梅凍雀把醆舊吟處

碧鳳堂

靈芝寺舊有碧鳳堂成化癸卯嘉禾姚公綬穀菴寓其中公綬辭官最早以山水翰墨為娛嘗得錢舜舉山居圖卷後有張貞居雨仇山村遠顧玉山阿瑛鄭明德元祐楚石釋梵琦諸名勝題跋奇愛之行笈必攜以自隨題其後云三日不展卷何異隔三秋今日一展之頓然消百憂片紙與隻字古人尚見收矧茲美圖史契我山居幽林鳥當我嘯石瀨當我流寄傲倚南窗濯足弄扁舟回視五陵內輕肥乃浮漚吾生寶此卷俛仰儘優游五月廿五日因訪韋庵康使假榻於杭靈芝寺之碧鳳堂對雨

無聊捉筆書此憲東逸史記前輩雅尚如此風致猶可想也

陳御史元倩

陳公潛夫字元倩原名朱明後更今名錢塘人家城東之橫河橋家貧落魄好大言以駭俗崇禎丙子舉於鄉以社事與友人陸培不合培兄弟為文逐潛夫潛夫乃避居華亭癸未冬授開封府推官時流寇猖獗大河以南郡邑皆不守賊署偽官數十人守之所在豪傑各據寨自保公下車後親歷戎行偽爲聯絡樂附者衆於是軍聲大振明年燕都陷思帝身殉社稷公令三軍縞素出師擒斬偽官走偽撫梁啟隆遂敗賊將陳德於柳園沿河數百里皆靖汝寧歸德河南諸府各寨豪傑爭先來歸受約束福王即位金陵公傳露布江南廷論恢復功特授巡按河南監軍兼察御史旋巡撫越其杰意譖之馬士英名潛夫還潛夫適遭外艱歸先是有童氏者自言福王繼妃廣昌伯劉良佐具禮送之潛夫至壽州亦稱臣朝謁及童氏入都王以為假冒下之獄遂責潛夫私謁妖婦逮下獄治之南都破脫歸航海至越上書魯監國願假兵五千為恢復計加太僕寺少卿監浙西軍募三百餘人與孫熊二家兵合列舟江上丙戌五月晦軍潰走山陰小赭里置酒賦絕命詞云父兮生我申以嚴誨惟友曰忠與義丙子鄉舉忝名自勵名曰孝廉庶幾無愧致身之期歲在癸未司理開封星言視事以身許君有死無二是時兩河賊氛如蝟衆人同車予獨攬轡賊出河朔羣工奔避予乃渡河擊楫而濟誓清河南以報先帝手披荊榛身禦魑魅獨張空拳以當賊騎知有封疆九死何畏三十州邑終復舊地惟時先帝鑒予忠痒投以巡方繡衣北征惜也諸姦互相牽掣中怵信讒嫉予不媚聯絡要圖置之罔遂三月撤歸可為隕涕哀哀先人一時捐棄甘旨莫承遺書淪廢我哀方盈姦怒轉熾赫赫金吾逮予郎第圖牆幽憂寇氣猝至匍匐歸來挈家奔蹟航海飄零請兵期會召募丁男三百而已衣甲糗糧皆予自備血戰江干二十餘次糧寡兵微事庸可冀疾痛呼號徒然憤恚丙戌五月公侯師潰區區孤軍討惟待斃事不可為偷生何貴拜別吾母以及諸弟挈吾妻妾從彭咸逝成仁取義千古如是

陳高士貞倩

陳麗字貞倩號正庵元倩弟也大梁之役與其兄間關戎馬思立效以自見國亡後匿迹東城貧窮以終有采菽堂詩集今錄其數首放言云武林城中游俠子自言生長東城里男兒意氣在四方雄心磊落誰能此生平不喜事文章走馬射箭心膽揚

憶昔曾為大梁客。憶昔嘗登公子堂。雕弓大羽追飛鳥。楚舞吳歌繞畫梁。穎川日落征旗出。河曲風高畫角長。可憐遊遍青山道。可憐踏徧春郊草。隻身許國未曾捐。頻年遺家多不返。短髮蹉跎空自憐。人生致身苦不早。回首風塵一劍隨。瓶罄罍恥落秋風吹。百年徒侶蕭條盡。舊國勳名那可追。窮湖天寒風瑟瑟。金盡牀頭空抱膝。無家可種故侯瓜。何地容栽陶令秫。村中濁酒聊自斟。耳熱歌高忘古今。功名富貴草長在。流水浮雲何足尋。勸君且酌杯中酒。秋月春花隨地有。遂犀傲世烈士心。坫玉鑠金衆人口。時危盡見世人情。不如壠上還躬耕。縱令疏拙非時調。吾自悠悠獨抱瀟雜詩云。市井城居僻。蘿懷野老迂。病從違世得。容自不才無。道喪更何用。杯深興未孤。筍全真此日。遂竟陶前途。可求非所好。不復更依人。仰食嘗空者。秋天月自皎。深高士臥。瓜弄故侯貧。此意今誰解。吾思早卜鄰。又雜詠云。仕懶存眞疾。孤居世不同。鶯人言豈信。閱俗禮難通。一名或他時在。身憐故里窮。短詩聊慰藉。擊筑此城東。出門時極目。今晚又河干。岸柬人聲靜。天垂斗柄寒。樹明燈出閣。水暗月歸灘。夜禁巡城急。荒荒早雖聞。喜康侯弟歸云。竊喜歸容易。倘環記一年。草生今日綠。閣有昔時元。梗折支離穩。牆頹補更穿。況經春去遠。幾度憶花前。暑散橫河雨。塵清陋巷風。一

東城雜記　卷下　十四

時朋自遠。雨日酒應空。汝亦愁行路。吾今識固窮。初歸莫惆悵。前去任西東。扶病同康侯弟登後園假山作云。無邪遣愁偏抱病。最憐春色強登高。山空老圃還生竹。柳暗鄰家更著桃。涕淚弟兄銷節序。飄零閭巷憶風濤。東城蒼翠年年發。幾日同來醉濁醪。九日云。九月九日風日清。一罇獨倒倚東城。紫萸欲插不忍插。白髮偏生未可生。落帽孟嘉真絕俗。登冠杜甫故多情。最憐人到傷心處。乘醉登高亦強行。贈梁仲木云。丁酉之歲七月中。薊門梁大來城東。投刺豈因諸弟好。訂盟曾與先兄同。班荊古寺留殘日。懷舊中原有戰功。四海空囊雙鬢白。青樓綠蟻興偏雄。五月三十日。為先兄諱日。泣賦一律云。一氣乾坤大。三秋日月寒。歸雲凌劍舄。陰雨拜衣冠。國破魂難慰。家危廟未安。江流成不返。懷舊幾悲酸。

陳際叔柴虎臣二處士

陳際叔廷會。九歲操管。作寇萊公枯竹生筍賦。人皆奇之。稍長。補錢塘諸生。效漢魏六朝人為文。與同郡陸麗京圻。鯤庭培。交好。歲乙酉。鯤庭以行人殉國難。絕吭於桐臨。引決時。留書與際叔別。且盡以書籍遺之。際叔聞信。奔赴哭之慟。為書以報地下。美鯤庭之得死所。叙己有母。且尚在草野。不即相從之故。詞甚激昂悅惻。無何。陸氏竄徙臨村。鯤庭配陳夫人。延際叔於蕭寺。教其子繁弨。繁弨學既成。乃還其所遺書籍。其交誼如此。柴虎臣紹炳。仁和人。御史祥之孫也。少為諸生。見賞於紹興司李陳公臥子。後棄舉業。杜門掃軌。以醫自業。詩文馴謹中程度。如其為人。際叔嘗稱之曰。虎臣著作雖伤。不為虛辭濫說。可謂質有其文者也。兩處士皆家城東偏。而虎臣居尤僻。老屋數椽。蒯於壞垣廢圃間。枯荼敗竹。三徑荒寂。際叔時過從劇談。會袖低昂。擊節起舞。雖貧餒不懸意。氣甚豪也。際叔有聽雲集。虎臣有巽堂山人集。與麗京及張祖望綱孫。毛稚黃先舒。沈去矜謙。丁飛濤澎。吳錦雯百朋。孫宇台治。虞景明黃昊。稱西泠十子云。

蓮居

城東精舍最多。惟蓮居為勝。其地左負郭。右互土橋。門外清流縈帶。倚六枳之樊而入。一往深窈。客堂殿如蜂王國。如燕子巢。戶牖相向。皆極低小。古木雜立。突怒對欝。陰滿階除。苔痕常如雨過。妙香時聞。倏然有出塵之想矣。明萬歷時。大覺瑞禪師所剏。師戒行精整。沈嘉則明臣。屠緯真隆。吳伯霖之鯨。諸名宿皆與之遊。有一碑。虞長孺之文。董奇李長衡之書。瘦硬宋比玉之篆。蒼嚴足稱三絕。

東城雜記　卷下　十五

白雲漫士

元陶煜字明元。自號道與山人。又號白雲漫士。台州人。以試吏年勞。省除杭州東北隅錄事司典史。長吾人伯不花與其妻忽剌真。自昔同艱苦。生女已十年。一朝為省宣使。乃娶忽都女觀音奴為小妻。貌美。皆無善迎合。至抑正妻。正妻不勝憤。不花擲刃以劗。弗覺。閉一室囚之。及其女。日少與食。欲俾餓死。婢引見訴主母枉於官。錄事捍使去。君曰。此婢去。三人必俱死。於是叩頭白憲府。使得伸理獲全。不花雖遇赦釋免。猶坐黜。至正壬辰。除歸安縣。平反冤獄。按抑豪強。此類甚多。子三人。長即南村先生宗儀也。詳見鄭明德僑吳集陶君墓碣中。按元史百官志云。凡路府所治。置錄事司。掌城中戶民之事。中統二年。二千戶以上。設錄事司候判官各一員。二千戶以下。省判官不置。至元二十年。置達魯花赤一員。省司候。以判官兼捕盜事。典史一員。地理志云。杭州路江浙行省所治。領縣八州一。至元十四年。分宋都九廂為四隅錄事司。泰定二年。併為左右二錄事司。所云東北隅。即左錄事司也。

央葉蟲

鄉先生仁和吳瓚。字錫用。號樂閒。弘治庚戌進士。嘗知南通州。致仕家居。年八十餘

卒。著武林紀事八卷。中有一條云。杭城東園人家。四時種菜販賣。遠至臨平長安。俱用船載而去。嘉靖元年三月閒。芥菜盛時。水涸閘河。船不能行。菜多而價廉。其葉腰中。生一種蟲子。形如芝麻。生數日。子中出蟲。久而生翅飛去。鄉人名曰夾葉蟲。人畏此蟲。皆不肯買食。其價大賤。甚有棄諸河中者。予幼時。康熙甲申年。菜亦多生此蟲。老圃以百部浸水灑之。

尼居

蕭山毛檢討奇齡志園尼師抄化齋糧序云。東園多尼居。綠塍相接。其在民家好佛。如洛陽女子。上請卻髮。牽連房以棲。而至於故家遺閥。官姬貴姝。往往自為唯棣結廬而居於其中。志園尼師中年去家。伐茅而編椸獨。以俗姓本沈氏。菴名沈菴。有日矣。康熙辛未。將勸緣於城。自持化簿。膜拜予而請予以序。夫閨中耽澄淨。自昔所難。況以朱門華屋之子。餐金挖繡。乃一旦托迹於此。汏其膏而毀其飾。猶復以齋薪供粥。經營樵粒。毋乃太苦。予嘗為家太保題墓門之碑。疏所自出。歎其舅氏京兆公為明熹宗朝名臣。當時稱杭州甲族。以沈為最。其後嗣若葦起。皆相繼仕宦。而第五郎君曾以舉人為蒼梧令者。則尼之夫也。世事之如幻也久矣。長林高岸。已為陂池。

數十年來。其間家國之興亡。城隍之圮復。與夫閭閻貧富。宦遊荒落。凡夫盛而衰衰而盛者。亦復何限。夫虹生電過。倏忽變遷。海市山樓。到眼而沫。而當其盛時。炙顏爛手。及其衰而悲之。乃以解脫之情。銷其愛憎。舉凡人世遭逢。或忻或戚者。而一舉而返之空虛。所謂以六如袪六觸非乎。則夫愛金錢而吝施捨。猶未達也。夫人之可愛者。莫如家室子女之身。其所甚愛者。尤莫如首髮。而以家之盛若此而棄之。身與髮之所甚愛若此而捨之卻之。由是而思天下之可愛而不可戀。有如是乎。況金錢已

前生社公

秀水沈孝廉景倩德符。敝帚軒賸語云。虞德園吏部曾為予言。記得前生為張秋左近河壖閒土神。人民稀少。香火蕭條。偶無聊。策杖散步至閘上。見津吏夼走。冠蓋如雲。急偵之。乃一吏部郎經過也。因心豔之。旋謁上帝。大被嗔責云。汝且還冥中要秩急矣。此塵世熱官。遂令生凡間。俾如所願。時虞清望素著。旦夕將出山矣。余心念曰。所言若信。其兆不佳。以社公而為銓部。前生所望已酬。恐名位止此矣。其後啟事屢登。竟老林壑。果如所卜。

毛稚黃洪昉思詩 附諸虎男書

前輩毛稚黃遊東園詩云。暮春天氣佳。霽色映庭樹。羣動恣來還。予亦信予步。東園此城隅。扶杖遵微路。依依見原疇。稍稍闢煙霧。井街紛疆畦。蔬果隨所務。居人多浮風。刀作鮮他慕。潟鹵宜周均。組泥適寒沍。婦女多秉機。兒童學馮鋏。稍北地轉曠。竹木森交互。弱藻慢緣流。幽花靜垂露。我行不知遠。足倦稍休駐。風景趣予前。竹橋三四渡。吾生困塵埃。城邑苦夼騖。翩翩濁世遊。徒為車馬誤。偶適樂郊樂。蕭然得其素。此民真吾徒。此鄉亦吾故。心賞誰與同。郊居良可賦。行將卜我鄰。亂餘頗相護。緬懷過羲皇。庶幾在朝暮。歸歟望層城。東樹挂蟾兔。洪昉思東園詩云。故苑景全非。閒遊趣不稀。鳩貪桑實醉。鼠戀豆根肥。日落機絲急。風回梵磬微。潮鳴留古寺。簞路草霏霏。二作俱能寫景。又諸虎男與毛稚黃書云。東園之遊。足下所刱為也。憶前十年除日。招我偕行。時枯桑未芭。凍梅著蘂。斑斑殘雪。如北苑畫中景物。村夫薄酒。小婦新衣。叩古剎。啜香茗。微日漸黑。疏星挂城。渡橫河橋而返。恍然一日千秋也。曾幾何時。又逢今夕。可想見當日之雅遊矣。

青門處士

元至正間。杭魏一愚。自號青門處士。楊康夫為作墓銘。稱處士醇懿靚深。恬惺外挽

閑置一室中。如處女然。雖重客至。不得而周。親謁請。或一見即退。平日危坐閣所蓄書幾萬卷。然無他制作。味其旨而已。其言行可為人勸者。疏以示諸子。凡積為若干帙。歿後三月。而紅巾寇杭。處士之廬與堞舍同燬。方諸公孫述黃巢時隱人李業周朴輩不免其身。處士何幸哉。按青門。即東青門。

僧了心

了心。宋臨安東城僧也。乾道五年。撰重建南高峯塔記云。住南高峯塔道人義圓一日疏其重建大略。來東城退居。求拙者語以識之。老子曰。噫。余方掩關卻埽。默據蒲團。體平明靜。如冬枯木。如古澗水。口邊白醭久矣。子不憚時流之所忌。將無汙先佛之塔廟也耶。越三數月。圓又來。叩顙彌篤。老子從容合十指爪掌曰。諾。請從事於此矣。異日。與二士夫過西澗。入靈石塢。由煙霞嶺。得支徑。偕伴而上。松篁蔥蒨。羊腸頭曲。行杳靄間。腳膝疲甚。遂解衣分塊石而坐。取棗栗相勞。既而怒策藤枝。猱小平隴。仰視雲根秀拔。天骨清臞。玉立危層。峣峣千仞。吾人駭目動心。疑將壓馬。圓倒屣笑迎。若慰吾慕者也。老子乃肅儀。野次拜手稽首。獻文字供。以塞其望。文多不具載。即數語。亦蕭散有致。

自餘軒

遂安毛鶴舫際可自餘軒說略云。自餘軒者，予友錢君介玉顏其室後之東偏以爲燕閒偃息之區者也。武林地當孔道，民居相屬，鱗次櫛比，雖達官右族，曾不得咫尺閒林，可以遊目而騁懷。惟錢君僻居城之東隅，風土閒靜，清池周四五里，襟帶其側。每煙月瀟漣，渺焉無際，如寄跡鏡湖震澤間，殊忘此身之在城市。位置亭臺一二，絕無排比雕飾，瀟然如其胸次。旁列素垣，董吏部田叔繪奇石數峯，嶔崎歷落，其下間植脩篁，左右相爲掩映，予眩於目，望之以爲真，幾欲下拜，就視之，乃知其墨戲也。因借憩軒中，數月不能去。（錢名士瑋，號赤霞山人。）

楊琇

女郎楊琇，字倩玉，家東城之菜市，明慧娟靚，雅善篇詠。有西湖竹枝云：「斷橋西去竹間廬，不道山孤人亦孤。嶺上梅花知妾是，水中萍葉似郎無。」人皆傳誦之。從郯沈適辭爲妾。適辭浣溪紗云：「一帶高城蕭寺東，遠山映水入簾空，箇人凝立畫屏中。衣裙暗藏花露溼，領巾斜沁粉香融，忘禁往事意惺忪。」爲倩玉作也。

莫氏古泉記

高雲閣主人莫雲卿，爲人任俠，好讀書，多藏古器舊物。康熙辛亥暮春，張祖望綱孫過之，出觀古錢百餘，作莫氏古泉記，今撮其略於此，曰：秦半兩錢（大徑寸二分，其文如主，有六八分書，曰半兩，重十二銖，式八分，製自秦始皇帝。）漢莢錢（長五寸七分，闊一寸八分，小如其體方，兩面隱起篆文，重三兩半，製自漢武帝。）新莽刀錢（有柄似刀，以黃金錯其文，隸書。）貨布錢（長二寸五分，廣一寸，首長八分有奇，上有孔，中有直文，其下枝足，文篆書曰貨布，重二十五銖，製自新莽。）漢錯刀（長二寸，柄似刀，如圓，刀文，未有圓孔。）大黃布刀（長二寸三分，色赤，首有孔，下枝足，文篆書曰大黃布刀，製赤，新室所穿，寶自新莽之後。）吳大泉五百錢（大徑寸八分，文篆書曰大泉五百，重十二銖，製自孫吳。）大泉當千錢（大徑寸五分，文篆書曰大泉當千。）漢云：戎錯刀。宋鵝眼錢（形如鵝眼，文隸書曰□，製自宋廢帝。）大貨六銖錢（大徑寸，文篆書曰大貨六銖，之一字，文如又。）北魏太和五銖錢（大徑八分，文隸書曰太和五銖。）永安五銖錢（大徑八分，文篆書曰永安五銖，十二銖，重十當五銖之一，製自北魏。）又有異文者，曰大布五百（背左右有七星劍，文上下廻蛇形。）萬國錢（面作水波紋，上一字類篆書，三字篆書，背文有□□。）日月錢（外無輪郭，文曰明月，星宿月兒，雲氣廻形。）明月錢（文曰明月。）鶴心錢（如鶴心，首如桶鈕，鼻有孔，四枝。）飛馬錢（背有一馬。）趙特騎勒（其背有人執騎馬形。）大泉五十（背有齊壽二字，上下有廻龍形。）左右俞俞（背有飛馬形。）上下絕影（背有立馬。）阡萬錢（背無文。）面無文者二（其一，左右劍形，背有日月，廻蛇形；其一，上下有七星，廻蛇形。）又有天下和平、世高通寶、天盛元寶、漢元通寶、光順通寶、金世圓寶、洪德通寶、洪順通寶、嘉隆元寶、延寧通寶、慶長通寶、寬永通寶、宋元通寶、皇宋通寶、大宋元寶、朝鮮通寶。（右錢十六，皆譯書，未及考。）又唐

開元、至元、至正，凡四十有一錢。（俱正品。）外此，永通泉貨（南唐李氏錢。）大唐通寶、唐國通寶（南唐元宗錢。）乾亨重寶（南漢劉氏錢。）光天元寶（前蜀王建錢。）乾德元寶（前蜀王衍錢。）大世通寶（吳越錢。）天慶元寶（契丹主天祚錢。）順天元寶（唐史思明鑄洛陽銅佛像錢。）龍鳳通寶（元末小明王韓林兒錢。）乾封元寶（唐高宗錢，五代劉漢同有此錢。）南唐馬殷同有此錢，馬氏鑄大錢，或云小唐錢也。大安元寶（晉出帝重貴元年，吳子大寶通錢，宋查刻金主允濟同有此錢。）大寶通寶（梁太祖、南漢同有此錢。）劉錢，海外高麗同有此錢，皇建元寶（北齊主高演、西夏金主安全同有此錢。）

虞宗玫宗瑤

虞宗玫，字大赤，宗瑤，字仲皜，俱德園司勳子。宗玫豐軀偉貌，初生時面如紅玉，故名，爲人樸訥，寡事文飾。宗瑤則英敏爽朗，每發議輒解人頤，與友交初甚落落，久乃彌篤。並有才名，入復社，仁和馮悰字儼公，社中知名士也，貧而不遇，無子，病危時，虞家人中車至二虞家，二虞爲之覲治醫藥，晝夜不懈，及卒，中堂門署喪庰，庭設司諡，大赤、仲皜跪拜謝弔客，披上古友朋喪服前輩交誼之篤如此。仲皜子黃昊，字景明，亦能詩，在西泠十子之列。

竹深亭

城東地殊美，多水而宜竹，竹色深碧，筍稍晚，與西谿種略異。洪武中，潯陽張來儀羽竹深亭記云：杭城之東偏，有地曰戚家園，周廣十畝，通衢外環，限以脩垣，其中民舍若干區，舍西有大竹數百竿，青秀敷腴，翁若深谷，煩囂倏祛，忘在闤闠，然居人莫知爲勝。吳興沈君某僦廬於斯，悼衆之遺，乃增亭竹間，以娛宴休命之，曰竹深亭。亭縱一楹，衡廣倍之，棟宇簡易，疏櫺閒靜，林園之勝，專於是矣。丁未之冬，予至自吳門，沈君辟是亭舍予居之，三月而後去。每清風激林，驟雨合至，飄蕩播灑，萬葉交振，䬃䬃鵾鵾之類，翔萃其中，鳴聲咽啾，與天籟合，乍大乍細，聽之無窮，故吾知是亭於風雨爲宜。窮陰之夕，雪霰交墜，玲瓏蕭條，坐聽既久，心寒耳淒，則就枕而臥，中夜聞折竹聲，如裂帛，如擊敔，清迅激越，出人不意，乍寐復寤，旦起視之，高者疎峭，下者披靡，琅玕翠碧，化爲瑤林，雙眩洞射，晴牖皆白，故吾知是亭於雪爲宜。煙霏朝斂，幾綫搖翳，日光穿漏，影布窗上，翁忽推移，偃仰開合，雖善繪者莫能窮其態，投林之翼，與暝色偕至，流霞倒影，晃搖其顛，久而後沒，故吾又知此亭於晴爲宜。凡人之居，有一勝焉，猶足以夸，況斯亭不出尋丈，以極萬變，晦明朝暮，攬之不竭，苟無所述，誠居者之媿也。乃記予所歷，俾揩之壁間。然予又意是亭，於夏宜避暑，於秋宜玩月，惜予不及其時，故無以寫其狀，姑闕之以俟來者。予喜此文盡得竹之情形，並錄之。

駱駝橋

夢粱錄云艮山門外法明寺前曰駱駝橋今橋在城内法明寺已久廢橋低而小下為溝通東河

機神廟碑

廟在慶春門北予製碑云古者蠶有先蠶爨有先炊牧有先牧嗇有先嗇蓋祭先代剏始之人以明報本之意所謂有功則祀者也杭於東南為大府桑土饒沃筐篚織文之貢於是乎出　國家常以内務重臣董其事置局城西而群工匠多家城東皆有機神廟地陋制陋隸於局者與自為緒以當者率私錢拓而新之獨無表石之文不知神所緣起懼無以示將來咨靈貺因謁記於予予惟機神不載祀典觀其為器則有杼有軸有走有縢有複有樓有鹿盧有躡有綜佐之者有杓有椸有篗有維車蓋一器而工聚焉冠帶衣履天下厥功甚大嘗無神以主之淮南子云伯余之初作衣也緂麻索縷手經指挂後世為之機杼以便其用高誘注云伯余黃帝臣也一曰伯余黃帝按史記黃帝姓公孫名軒轅則伯余非黃帝可知且帝嘗製五兵製指南車製華蓋製六律六呂製九鍼豈一手足之烈哉上有敦敏之君斯下有神明之佐易曰黃帝堯舜垂衣裳而天下治物剏於臣功歸於帝然則機有神非伯余莫屬矣考唐六典織染署有七月七日祭杼之文史記正義云河北織女三星主果蓏絲帛詩所云跂彼織女終日七襄者是也其祭以七月七日則附會七夕織女詣牽牛之說與乞巧俗類今廟像袞冕儼然無玉珈雲袿之飾與唐祀異稷之配殷人易柱而棄說者以為禮之善變傳曰天道遠人道邇機神雖私祀殆合於禮而知修人道者歟今　天子躬勤儉以御世垂宵衣覲澣濯虎旅龍驤之士皆衣大布神於斯時欽職甚易而羣工匠之荷神庥者正未有艾乃詳其說俾劖於石復為之歌以樂神曰神之降兮軒郊之廷易衣皮兮以緯以經神之妥兮東城之宇司袞衣兮為黻為黼染人五文兮慌氏萬縷貢尚方兮及我兆庶練日兮辰良紛巾舞兮浩倡靈風靈雨兮澤我流黃湛酒酤兮瑤席萬斯年兮享祀無斁

東城雜記卷下終

跋一

東城雜記二卷錢塘厲徵君鶚撰徵君與　先本生曾大父魚亭公友善每一書成輒就商可否是以著述手稾多藏余家是書為未定之本其中塗乙添注較外間傳鈔者頗有增益所載東里文獻足補志乘所未備爰略加詮次付之剞劂末學譾陋恐校勘未能盡善尚望博雅君子匡其不逮焉嘉慶庚辰夏五里後學汪遠孫識

跋二

右東城雜記二卷　國朝厲鶚撰按鶚字太鴻號樊榭錢塘人乾隆元年薦舉博學鴻詞著有樊榭山房集遼史拾遺宋詩紀事及是書　四庫提要均已著錄全謝山結埼亭集稱先生於書無所不窺故其詩多有異聞軼事為人所不及知者李穆堂閣學湯西厓侍郎激賞焉錢塘詩社以為職志方賴主持之云云王蘭泉蒲褐山房詩話稱先生讀書搜奇愛博鉤新摘異尤熟於宋元以來叢書稗說馬氏小玲瓏山館多藏舊書善本因得端居探討故所撰極為詳洽云云　提要亦稱其博洽群書吐屬嫻雅有修潔自喜之致云云其推挹之者即以移弁此書洵無愧色卷首有杭大宗序極潤雅其詞科掌錄稱是科徵士中吾石友三人皆據天下之最太鴻之詩稚威之古文謝山之考證求之近代罕有倫比而皆不得在詞館豈非命哉蒲褐山房詩話又稱先生無子菲於西溪後四十餘年何春渚遊西溪見田舍草堆中先生及姬人月上栗主在焉偕同人送武林門外黃山谷祠洒掃一室供之忌日薦酒脯焉吳穀人駢體文續集復有公置先生墓田碑記因天道之難問而諸君子之高義亦可風矣道光庚戌寒食令節南海伍崇曜謹跋

茶餘客話

阮葵生著

上海文明書局印行

茶餘客話題詞

吳江楊復吉

滦洲西風雪作氷，衙門飽聲望舩稜。一編入手雙眸豁，剔盡寒窗五夜燈。
幾載長安破㩳㩳，素心攸記著名山。蒐羅都付如椽筆，思在堅離組閣。
史才學識擅三長，珥筆端宜入玉堂。曾見洛陽曾紙貴，行間車得馬班香。
訪古常停問字車，生平癖嗜在虞初。漁洋而後君其續，苦吮霜毫詩書。

茶餘客話目錄

卷一
君臣壽考　梧窗圖
張湘曉訓子書　拙政園之盛衰
子平奇驗　春聯
淺語有味　張照左手書
贈徐乾學聯　贈徐仲山學聯
贈王文簡聯　贈高江村詩
勵文恪子孫科第之盛　吟詩寫字之敏捷
嘲謀學差　嘲求薦鴻博
田山薑　紅橋倡和詩
入相之早　大臣愛才
儒臣賜第　張文端養心法
尤西堂自營生壙　高念東作詩之敏捷

萬錢同修明史　馬章民時藝
長生殿傳奇　關禁屠祈雨之謬說
王文貞極人爵之榮　吳梅村晚年得子
朝鮮使臣題三家詞　徐立齋得孟子三樂之一
韓慕廬推重朱竹垞　絕好宋詩
葉訒庵行步如乃字　計東陳其年性情各異
史閣部後嗣　霍程之任俠
舊菜孟嘗君　朱竹垞詠史詩
卷二
內閣大庫　大學士加殿閣銜之歷史
中書入閣觀書　皇史宬
京官前後輩稱數之嚴　翰林稱謂變遷三則
辦事翰林　迭掌文衡
科名盛事　對策不合體制
科目得人之盛　胡稚威齊次風俱中副車
同考房運勝衰　重赴鹿鳴
各省會試中式人數　館選額數無定
鄉會試副榜源流　徐文敬逸事
狀元宰相之難　文字遇合之奇
翰林稱謂變遷
卷三
長安耆舊　人才月旦
場屋元燈　胡天游為霧氣所累
記扶乩二則　顧棟高殫精經學
春和園之命意　古人同姓名錄
古人不經見之名字　謝莊名子
老泉非老蘇號　傳名之奴婢
事物異名　螺螄祠聯

李穆堂持論之偏　迦陵填詞圖卷題詠
張南華吟詩之敏捷　前人選詩文集之慎重
酒人巨量　沈端恪逸事
詠在館庶常　科名得失有定
嘲京官
卷四
順康朝大臣體制　女媧為女像之異說
日者推算神運　于墳祈夢之靈驗
讖語成讖　宦途夢境
孫戲杏人　馬提督晚節
異鳥　趙廣文為金華將軍所戲
梁學博遇術士　齊召南一生三夢
龍泉逢遇仙　京師宴席重鹿尾
名流疏於韻學　收拾詩材之法

詩見性情　狀元宰相詩
文人好名　毛西河妄議杜甫早朝詩
考場題壁詩　詠風鳶詩優劣
著書體例必有所本　編役名刺之濫觴
紙價貴賤不同　搨帖
聯語寓志　荒村
卷五
汪顧不薄今人　毛西河引經之不足據
奉齋紀豪之謬　計弁讀經
五經中人物　古文名篇
志銘體例　月忌謬說
晷景圖之制度　家志古人闢佛文域背傳
鬼神作祟　僧道不必沙汰
山谷名言　閒中清福
傳青主醫術　投讀行醫之害人
著述不宜用奇字僻典　燕玉暖老
飲食衛生法　名人健啖
吳俗好尚
卷六
唐宋詩人第行　避名示敬
春大士改別號　帝王別號
徐鄒識更名　桃源驛題壁詩
沈曹金陵懷古詩優劣　王漁洋寄宋商邱之用意
寺名集名之奇　坊刻時文原始
制義行遠集　士與士師之別
老儒專心制義　爭南北中卷
舉業家之陋　八宗師考卷選
葉奕繩強記法　傳是樓書目
司書有鬼　藏書考
刻書考　狀元書法
選作楷書　南書房寫本十三經
畫家成名之難易　繪畫供奉內廷
畫家別派　故事可入詩畫
名手畫時有利鈍　三刺濫觴
夢中示偈　舉人出路
莞庫人勢利
卷七
通政司與司屬　大小九卿說各不同
官名從古稱之謬誤　紫禁城騎馬之制
吳梅村茸城行　范忠貞遇害
徐侯齋之高蹈　李琳枝之風度
林茂之之清貧　宋文恪善俳諧
汪堯峰性情卞急　文人習氣
陳千亭作六公贊　名人臨終吟詩
魏敏果能薦賢　重師誼
王相國假歸後逸事　湯文正撫吳政績
張文端恩遇　魚塞漏舟
高詹事奏免議政大臣跪見親王　潘次耕之學行
朱竹垞書魁譁左羽　李湘北薦賢
蔣文肅父子恩遇　李安溪密謀平臺灣
方賓菴兩朝聖恩記　朱文端知政體
臨終吟詩
卷八
相士之謬　學團聽歌詩
衙門外之撥衆　除官氣
骨董羊　火浣布

鷄家　記筆三則
朱碧山銀槎　記扇
納蘭侍衛之風趣　犬殺主人
是鏡之詭詐　春氏弟兄多壽
詩人福命之不同　紅豆
因禍得福　力阻開礦
豐臺花事　京城古樹
張南垣父子善疊假山　都門瑣記
卷九
吳雲巖爲九華山僧轉世　王岑夫人
黃羊田篤於師生之誼　詠煙詩
燕窩　煮熊掌法
江鄉風物　北地蒲萄
喫檳榔惡習　非時菜菓

貂狐之種類　物類相制
詠絡緯　物類相感
蜂蜜之神妙　中國用糖之始
卷十
記名磁　陽羨名陶錄
一藝成名　物異名
茗飲源流　品酒
酒祀典　杯襯之始
飲酒戒惡習　猜枚
評酒評詩　四書酒令
事物原始　取燈發燭
韮背別名　虎子
使篙張帆
卷十一
楊克一詩畫　龔高士畫之名貴
龔高士墨鍾馗　龔高士女
華公還金記　李陽冰祠碑之神異
復仇義憤　楊靖碎珠有四善
劉美人簪花樓　張懿簡自撰銘
嘉靖三狀元之異　范價獲盜
勢力婚姻之惡果　老少同榜異夢
夏瑾山逸事　淮鹽詩
王雷臣晚年信佛　嘲楊維垣
劉孔和爲劉澤清所害　劉文炤詩
楊太常琴　王漁洋賞識張虞山詩
吳蕃之學陶靖節　張性符著述
顧林亭音學五書之精審　王漁洋徐健庵推重張力臣
卷十二

陳卯兩家年世誼　靳周二子
瀟雪帆　馬西樵說詩
達官受窘於名士　望社大會淮上
艾東鄉賞識吳太清　星命家謬說
徐叔子　金道洲答王俱書
援引孟說之謬　高孝子望親廬圖
同時兩金聲　辨物志己逸
文人別號　李吉文大度
劉六皆篤於友誼　閻潛邱遺書
黃棃洲遺書　卞氏園枯枝牡丹
宋定元因禍得福　翻梧象舉
元立上人求父骨歸葬　術數之奇
御製寶玉詩　吳山夫輯山陽耆舊詩
楊幼憩爲盲女演彈詞　陳東巖雕壺
紀淮上園亭

茶餘客話卷一

清　山陽阮葵生吾山著

君臣壽考

康熙辛丑元旦早朝禮畢。同赴內廷賜壽。大學士馬公齊以下十四人。時大學士王公頊齡。年八十。松公柱。蕭公永藻。王公掞。張公鵬翮。田大司農從典。皆七十以上。馬公及貝大宗伯和諾。孫大司馬柱。賴大司寇都。陳大司空元龍。黨總憲阿賴。年皆七十。蔡大宗伯升元。張大司寇廷樞。年六十八。上有壽考之君。下多耆格之臣。賡拜一堂。千古佳話。

楮窗圖

內閣北牆下。有楮樹一株。陳文貞廷敬愛之。公事畢。移書案坐其下。焚香啜茗。召中翰分札詠詩以為常。儀命鴻臚序班。禹之鼎繪卷曰楮窗圖。公賦詩。中翰皆和之。

張湘曉訓子書

國初乙酉江南解元張湘曉九徵。視學河南。乙歸。康熙十七年。舉博學鴻儒。家宰郝恭定惟訥薦之。貽友人詩云。少不如人何况老。身將終隱又焉文。又述懷云。虛名空

好羊公鶴。肥遯深慚梁伯鸞。京師少年爭獻賦。伏生接武賈生難。以是知公不出山矣。子文貞公玉書。性淡泊。從不肉食。日粗糲一盂。或山藥少許。官庶子。為明史總裁。湘曉貽書戒之曰。此非養身之道。食不厭精。汝未讀鄉黨耶。退直後。宜靜坐片刻養身節勞。勿以青自焚也。古樂府哉君馬者路旁兒。謂竭馬之力以媚道旁耳目。吾處汝之馬力竭矣。文貞聞命悚然。加一餐焉。

拙政園之盛衰

陳海昌之遴。為吳梅村祭酒至京。蓋將虛左以待。比至。海昌已晚。盡室遷謫塞外。梅村作拙政園山茶歌。感慨悱惻。蓋有不能明言之情。園在蘇州婁齊二門之間。嘉靖中王御史獻臣因大宏寺遺址。營別墅以自託。潘岳拙者之為政也。文待詔園記以志其勝。後其子以樗蒲一擲。償里中徐氏。國初海昌得之。復加修飾。珠藤甲帳。烜赫一時。中有寶珠山茶三四株。交枝連理。鉅麗鮮妍。詩中所謂艷如天孫織雲錦。赬如姹女燒丹砂。吐如珊瑚綴火齊。映如蝴蝶凌朝霞是也。然主人身居政府。十載未歸。園繪詠歌。目未睹園中一樹一石。及戍者投荒。寄廬絕域。黃榆白草。父子焚燒。而此園已籍沒入官。為駐防將軍得矣。既為吳逆婿王永寧所有。益復崇高雕鏤。備極華

侈。逆黨作逆。永寧懼而先死。康熙十七年。改為蘇松道署。旋裁。散為民居。其伴侶贼瓛。皆輸京師供將作。陳其年維崧詩云。此地多年沒縣官。我因官去暫盤桓。堆米馬天齊址。閣學得嬉鳴。侍書嘅盛衰之際。良足感也。

子平奇驗

德清蔡翁精子平之學。一日史胥司愛過訪。蔡告以南中生一孫。推其命頗富厚。若進一時則大貴。史叩其日時。大驚曰。予今歲得子。正其日月時也。蔡曰。此兒必入閣。即今史文靖公貽直也。京師傳為佳話。康熙辛酉。胥司攜眷入都。泊舟水驛。生子。家人往來岸上。聞一鐵工家亦生一子。問其時正相同。歸告胥司。心識之。字之曰鐵屋。後二十餘載。文靖已官清華。胥司南歸。復經其地。欲驗舊事。親行訪之。則門宇如故。一少年持斤斧操作甚勤。問之。則辛酉某日生者也。公歸竟夕不寐。既乃悟語客曰。此四柱中惟火太盛。惜少水制。幸生舟中。得水氣補其缺。若生於鎔冶之地。則以火濟火。全無調劑矣。

春聯

塞廟賜張文和廷玉春聯曰。天恩春浩蕩。文治日光華。張氏歲歲貼之。後京官家度

易桃符。强半書此二語。近日比戶皆然。

淺語有味

王文簡士禎酒次。戲拈絕句。漱卿黃羊滿玉盤。黃鷄紫蠏等閒看。不如隨分朋餐飯。春韭秋菘未是難。又舉東坡一詩云。秋來霜露滿東園。蘆菔生兒芥有孫。我與何曾同一飽。不知何苦食雞豚。曾記陳文勤世倌煮粥詩云。煮飯何如煮粥強。好同兒女細商量。一升可作三升用。兩日堪為六日糧。有客只須添水火。無錢不必作羹湯。莫嫌淡泊少滋味。淡泊之中滋味長。淺語有味。乙丑夏日。禾中魏松濤作喫粥謠和之云。香于酪。乳膩于茶。一味和融潤齒牙。惜米不妨攙菜豆。佐餐少許抹鹽瓜。

張照左手書

張涇南司寇照。墜馬傷右臂。幾折。時方進呈落葉倡和詩。遂用左手書。楷杖厚穩。無一筆采澀。真造化手也。張南華學士鵬翀贈詩云。驟馬天街一蹶中。喻將折臂兆三公。翻身學士疑成瓦。掌仙人不是銅。漫笑莊生虛攫右。早許老妙書空。斷碑半截渾難補。天遣重完賴國工。時得蒙古良醫。百日全愈。

贈徐乾學聯

徐東海乾學爲司寇時。人贈以聯云。萬方玉帛朝東海。一點丹誠向北辰。謝病歸。御書光芒萬丈四字。以寵其行。

贈徐仲山聯

徐仲山召試歸。益都馮文毅贈聯曰。北闕上書。識盡西京才子。東軒賜食。歸貽南國佳人。仲山夫人商氏。明冢宰等軒幼女。後年八十。容貌如二三十歲好女。朝夕惟飲乳汁。猶耽花。讀書不衰。

贈王文簡聯

殷彥來譽慶贈王文簡一聯云。天下文章莫大乎是。一時賢士皆從其游。閻鋐亮功名世游京師。除夕以聯送王文簡云。尚書天北斗。司寇魯東家。由是知名。後送檀貴司云。分陝旌旗周太保。從天鐘鼓漢將軍。因之謫官。

贈高江村詩

康熙辛酉。高江村士奇。入直禁中。乙卯冬。設詹事府補錄事。一日賦紀恩有空對西風嘆二毛之句。是年三十二歲。上偶賜御書秋興賦。丁巳冬。擢內閣中書。庚申夏擢翰林院侍講。葉文敏方藹贈詩云。麻衣獻賦立彤墀。喜見龍頭一笑時。內府錦襦邀帝賜。天街官馬任君騎。侍臣盡識銀鉤體。宮女爭吟壁月詩。自是九重稱特達。從來不藉魏無知。

勵文恪子孫科第之盛

三殿三門禁扁。勵文恪六十外。以恩貢給事史局。議叙四川州同將之官。會殿門易額。史官翰林書皆不合式。入薦書扁。稱旨。授編修。至七十二歲開坊。歷刑部侍郎。贈尚書。予謚。子文恭廷儀。彊仕入詞館。十年不遷。洊陞刑部尚書。予謚。孫宗萬十七歲入翰林。亦官刑部侍郎。

吟詩寫字之敏捷

馮益都文毅。邀攜諸名士雪中遊善果寺。晚歸。敢陳檢討其年詩。令毛西河和一人倡韻。一人給寫。隨倡隨和。信口占叶。不許停刻。亦絕伎也。同時如龔芝麓司寇。高念東少宰。皆以捷敏見稱。毛西河奇齡自言爲文每日可一萬字。爲詩每日可一千句。陳其年言腹中尚有駢體文千餘篇。恨手不及寫耳。視宋仇萬頃未達時。挈牌賣詩。每首三十文。停筆磨墨罰錢十五。不足數矣。趙松雪自言一日寫一萬字。夔子山自言一日能寫三萬字。以檢討之才。得平章之手。斯兩美合矣。

嘲謀學差

康熙辛卯壬辰間。京堂小九卿謀出學差。憲臺中疏參翰林部郎不可出學差。一時造爲小說。有小京卿密謀翻大局。死御史賈本作生涯。老郎中製空旗望梅止渴。窮翰林閑白口畫餅充飢四段。見鄭寒村梁詩注。

嘲求薦鴻博

寒村二絕云。博學鴻儒本是名。寄聲詞客莫營營。比周休得尤臺省。門第還須怨父兄。補牘何因也動心。紛紛求薦竟如林。總然博得虛名色。袖裏應持金四錠。此等語刻之詩集。殊爲不學。蓋一時延賞虛聲及閑閣子弟之薦者亦無不濫舉云。

田山薑

田山薑雯未入翰林。弟需館選後。寄以詩云。此事亦尋常。于我猶無分。云先是歲推官改知縣。山薑就試中書第五。入署視事。遺同年翰林某海峰嘗嘆云。北門草制。始自乾符。內翰宣麻。號稱供奉。笑彼紛紛。乳臭標勝氣于眉棱。亦且嵌戴。編言詫清班于頰舌。又詩云。休言京兆除書近。搖落於今已六年。及試博學鴻詞。首先交卷。傷被黜。題溫飛卿詩後云。一代才名乾膜下。八叉吟手亦徒然。不教詞賦陪雕輦。空讀南華第二篇。末十年。官大鴻臚。巡撫江南。又題陸賈傳云。坑焚滲漏笑強秦。劉氏功憑馬上臣。椽史武夫兩行隊。中間遺得一詞人。此當有所指。陸在漢初。頗有文藻。新語外春秋後語南中行記感春引典語文心雕龍載其目。是爲子虛上林之先聲也。

紅橋倡和詩

王漁洋司理揚州。讌遊紅橋。詞云。北郭清溪一帶流。紅橋風物眼中秋。綠楊城郭是揚州。西望雷塘何處是。香魂零落使人愁。澹烟芳草舊迷樓。一時傳爲絕調。屬而和者遍江南北。以吾鄉邱季貞太史象隨爲最。清淺雷塘水不流。幾聲殘笛畫城秋。紅橋獨自倚揚州。五夜香消殘月夢。六宮釵落曉風愁。多情烟樹戀迷樓。

入相之早

李高陽文勤。丙戌進士。越十二年戊戌。由學士大拜。熊孝感文端。戊戌進士。越十七年乙卯。由學士大拜。高陽年三十四。孝感年四十一。此後惟蔣文恪溥五十歲大拜。

大臣愛才

王漁洋嘗言李高陽之于曹頌嘉禾。梁正定之于汪蛟門懋麟。馮益都之于陳舍人廣明玉璣。魏柏鄉之于董秀才文友。以盛服胥贊嘆。不啻若自其口出。諸君皆及門士。雨丈友與柏鄉。未嘗識面。足之謂知己。

儒臣賜第

勵文恪以編修賜第厚載門。張文端以諭德。高江村以侍講。朱竹垞以檢討。俱西華門。江村先以詹事主簿賜第。後蔣揚孫查聲山皆賜第西華門內。

張文端養心法

桐城張文端嘗云。五六年來得一法。一身五官百骸。聽其與憂喜順苦相繼綿續。獨守方寸靈府之地。製為一城。堅閉四門。不許憂喜榮辱進退升沉勞苦生死得失一切之念闌入其中。或稍疏虞。打入片刻。即怡然從容。仍前堅守。若此外之聲音笑貌。惟有聽其波委雲屬。與浮沉相浮沉而已。更有安心一法。非理事決不做。敗壞生平不可告人事決不做。衙門中事一切因物付物。一事當前。只往穩處想。不將迎於事前。不留滯於事後。用以每臥。粗糲當食。粗飽。視斗室如千巖萬壑。獨下濁酒一杯以解飢渴。清琴一曲以調心氣。此則一二年來之又一進境。較之昔時急於進退以致形神交困者。則差勝也。

尤西堂自營生壙

尤西堂侗晚年嘗言。不講學而味道。不梵誦而安禪。不導引而攝生。此吾所以異於人也。築生壙官山。自為之誌。搆丙舍於兩旁。年八十時。偕老友二三人往來觴詠於其中。風流近代所少。

高念東作詩之敏捷

高念東少宰珩。愛嚴瀨山水。忽得句云。嘯作抗嚴道。生平遇宴飲賦詩。必擇坐客一人代書。歌行近體。衝口而出。如宿搆。執筆者幾脫腕。閱一過。輒棄之。稿不存。漁洋所謂咳唾珠玉而用如泥沙也。

萬錢同修明史

初修明史之時。徐東海延萬季野斯同至京主其事。時萬老矣。兩目盡廢。而胸中羅全史。信口衍說。貫串成章。時錢亮工尚未達。亦東海門下士。才思捷敏。晝則徵逐朋酒。夕則奔走津要。夜半始歸靜室中。季野踞高足床上坐。錢就坑几前執筆。隨問隨答。如瓶瀉水。錢據紙疾書。筆不停綴。十行並下。略無罅漏。史稿之成。雖經數十人手。而萬與錢寔尸之。噫。萬以老諸生。繫國史絕續之寄。詢非偶然。錢之才亦曷可少哉。

馬章民時藝

馬章民世俊下第。留京落拓殊甚。以行卷謁之龔司寇。司寇讀至兩韻皆有為之題。至俊比數亡主於馬首之前。遇與王於牛口之下。河山方以瞻始。七十年以前之歲月。已淪七十年以後之星霜。俊覽少壯未闌。誅喜而稚齡反同。吸豐云云。司寇涕淚落泣曰。李嶠真才子也。歲暮贈炭金。章民得白金八百兩。明年遂狀元及第。賢哉司寇。非褊心者所能及也。

長生殿傳奇

趙秋谷執信。以丁卯國恤赴洪昉思寓。觀長生殿劇。被黃給事大鴻劾罷。時徐勝力編修嘉炎亦與讌。對簿時賂聚和班優人。詭稱未與。得免。都人有口號云。國服雖除未滿喪。何如便入戲文場。自家原有三分錯。莫把彈章怨老黃。秋谷才華迥絕儕少年。科第風流可惜。一齣長生殿。斷送功名到白頭。周王廟祝本輕浮。也向長生殿裏遊。抖擻香金求脫網。聚和班裏製行頭。徐豐頤修髯。有周道士之稱。後官學士。聞黃給事由知縣行取入京。以土物並詩稿遍贈諸名士。至秋谷。谷以來云土物拜登。大稿璧謝。黃銜之刺骨。故有是劾。

闢禁屠祈雨之謬說

宋牧仲嘗言文康公撫遼化日。苦旱。有司循例請禁屠沽。文康出示曰。天人一理。人事不修。則天變於上。苟人不為惡。即飲酒食肉。何足干天地之怒哉。各宜痛加修省。其屠沽如故。三日後大雨。人皆服文康之達。

王文貞極人爵之榮

王文貞公崇簡。嘗建言帝王廟祀宜及守成令主。因列商中宗以下七人。又言宋臣潘美張浚宜罷祀。詔從之。公為禮部尚書。年六十三。以老乞休。年七十。依古人以每歲盡讀五經為夏課。嘗作青箱堂記。西階前闢露臺。方丈餘。夏秋日暮。父子兄弟六七人。坐臺上。或莊論詩書。或稱述祖德。旁及故舊家世之興衰。以為勸戒。公家華下。出身寒素。父子同時官九卿。享上壽。乞休於主恩方渥之時。視其子為宰相。徜徉林下者十有五年。而一生端謹。無可指摘。可謂極人爵之榮者也。

吳梅村晚年得子

吳梅村晚年。精於星命之學。連舉十三女。而子暻始生。時唐東江孫華為名諸生。年已強仕。赴湯餅會。居上坐。梅村戲云。是子當與君為同年。唐意怫然。後戊辰暻舉禮部。東江果同榜。或贈梅村五十生子詩云。九子將雛未白頭。明珠老蚌正相求。蘭閨自喝河中曲，十六生兒字阿侯。蓋少矣所出。後官兵科給事中。

朝鮮使臣題三家詞

吳漢槎兆騫戍寧古塔，行笥攜徐電發釚菊莊詞、成容若德側帽詞、顧梁汾貞觀彈指詞三冊。會朝鮮使臣仇元吉、徐良崎見之，以一金餅購去。元吉題菊莊詞云：中朝寄得菊莊詞，讀罷烟霞照海湄。北宋風流何處是，一聲鐵笛起相思。良崎題側帽彈指二詞云：使車昨渡海東邊，攜得新詞二妙傳。誰料曉風殘月後，而今重見柳屯田。以高麗紙書之，寄來中國。漁洋續集有新傳春雪詠，縹緲織弓衣，指此。

徐立齋得孟子三樂之一

徐立齋登己亥狀元，授職後，嘗召至便殿，問家世及父母年歲，兄弟幾人。立齋具奏。上嘉歎曰：爾可以當孟子三樂之一矣。一時以為榮。迨庚戌，健庵及第，立齋已任大司成，或贈詩云：祭酒先成文廟禮，探花初采上林芳。兩時釋褐宣竟弟坐而兄拜耶。癸丑果亭及第，入館，健庵以掌院司教習，具疏題明兄果亭教習曠典也。後來查初白慎行入館，揆愷功敘掌院，擬為查受業弟子，亦奏明免查教習。

韓慕廬推重朱竹垞

韓慕廬宗伯菼，以諸生被斥，壬子應京兆試，以第一人中式，癸丑會狀。虛心好學，至老不倦。嘗語人云：吾貴為尚書，寧如秀水朱十以七品官歸田，飯蔬飲水，多讀數萬卷書耶。

絕好宋詩

孫愷似致彌，以布衣名動京師，賜二品服，充朝鮮采詩使，士論榮之。既歸，戊辰成進士，官翰林，至學士。然一生憂患，多在坎壈之中。渦定逵班題其集云：氣吐五采雙王勣，樹發寶蕤清談梵宮。言絕好宋詩也。

葉訒庵行步如乃字

葉訒庵司寇晚年駝背，行步緩，欹側。時人謂如乃字。張京江身軀短小，而一足跛。

計東陳其年性情各異

計改亭東云：予與陳其年同讀書於宋司業德宜家。其年居西舍，予東舍，燈火相照。予不能夜坐，而喜早起；其年吟詠必至夜分，而起每遲。其年好為驚艷絕麗之文，予嗜蒼涼古質之作。兩人性不相易，然至相契。

史閣部後嗣

明末史忠正閣部可法殉節時，相傳尚無嗣息，或可從官北京不返，其後裔與有間之者。雍正初，鄒東安宗伯鍾岳督學江西，有童子史姓，年四十餘，其祖書可法名，心異之，詢之則閣部孫也。蓋昔師赴揚，寄孥白下，有孕妾于滄桑後生一子，匪史氏之脈，因家焉。鄒公偏詢諸老生，對與異詞，及閱其譜，疑累百出。鄒公曰：是不可以文論，錄之邑庠。而刻石署壁，以記其事，俾後之視學者毋怒其黜沙也。故史生得以青衿終，而家亦稍裕焉。夫之祚忠節，不絕其後，詢非偶然，而鄒公恤孤苦心，亦不愧古人也。按靳茶坡集有送史愚菴梅花嶺展墓詩，愚菴道鄰子，鼎革後流寓山陽。又揚州志名宦傳載史公死後，養子直求其屍不得，招魂葬衣冠焉。愚菴當即直耶。

霍程之任俠

霍亮雅者，曲周人。任俠嗜酒，一擲百萬。辛卯後，中乾坐作僊巴人劉津逮枕曰：門前倩客雁行立，座內酒人魚貫眠。吾鄉程嗣立風衣，好結納名流，視黃金如土。晚作詩云：滿頭白髮來偏早，到手黃金去已多。周曰民振采改到字作信字，徐益山廷槐以為一字師。

薺菜孟嘗君

顧茂倫選元百家詩，賓至輒留，座上常滿，室家無儋石，江左有薺菜孟嘗君之號。

朱竹垞詠史詩

朱竹垞彝尊在翰林，詠史云：漢皇將將屈羣雄，心許淮陰國士風。不分後來輸絳灌，名高一十八元功。海內詞章有定稱，南來庾信北徐陵。誰知著作修文殿，物論翻歸祖孝徵。因此為人所嫉。

茶餘客話卷一終

清 山陽阮葵生吾山著

內閣大庫

文淵閣與其地偏質之先輩博雅諸公皆無以答王白齋司馬中筠山光祿皆以為在大內亦是臆度之詞予意今之內閣大庫彷彿近之當時楊廷和在閣升庵扶父勢傢至閣竊書攘段甚多又典籍劉偉中書胡熙主事李繼先奉命查對而繼先卽盜易宋刻精本觀此情形必非內庭深嚴邃密之地而沈景倩謂制度隘陋牖窗暗白晝列炬當時俱屬之典籍云云則與今日大庫形勢宛然如繪且紫禁殿閣綺牕藻井浮思玲瓏惟皇史宬為明季藏本之地則石室磚甓穴壁為牕蓋以本章要區防火為宜今大庫之穴壁為牕磚磨暗室較史宬尤為幽闇則為當日藏書之所正與史宬制度相合 㻋按此作於辛卯年癸巳建文淵閣於文華殿後藏四庫全書且設直閣校理檢閱等官

大學士加殿閣銜之歷史

桐城張文和公雍正丁未十月授文華殿大學士至戊申五月改保和殿後此多以初入之銜為定不更卽如劉文正公歷相十年終東閣而後入者尹高俱文華阿溫俱武英陳劉俱文淵其行步班次不以殿閣為序 按本朝殿閣首中和次保和次文華次武英次文淵次東閣體仁近年楊應琚楊廷璋俱授體仁不終其位

中書入閣觀書

內閣大庫藏歷代冊籍並封貯存案之件漢票簽之內外紀則具載百餘年詔令陳奏事宜九卿翰林部員有終身不得窺見一字者部庫止有本部通行惟閣中則六曹咸備故中書品秩雖卑寔可練習政體博古而通今也不難予于辛巳夏直票簽九月卽派入武英殿繕寫諸地球圖說未得久於其地計百餘日中粗繙外記一過夜直之期檢閱尤便每次携長燭三枝竟夕披覽不倦當時十五六日方輪一夜班每代友承直他人亦樂以見委聞近日中翰以夜班為苦互相推避誠不可解然予終以未得快覩大庫為憾緣典籍掌庫事資深者方轉典籍惟探閣庫之期塵封插架灰堆積土中隨意抽閱皆與故也

皇史宬

內閣副本每值年終派漢本堂中書查對送貯皇史宬內辛巳之冬祀宜誠前輩雖語歷斷役予偕往觀百數十年之章疏積若崇山而毛西河所稱史宬銅櫃仿石室金匱者皆得親見其盛今之史宬卽明之南城舊址惟所稱與種石施則無有矣

京官前後輩禮數之嚴

內閣翰詹科道吏禮二部皆按科分敘前後輩終其身不異不以官職年齒為低昂初衰於吏部禮部繼之後翰林人衆後生居多往往脫略近則內閣不甚如舊初入內閣見陳星齋曹秋圃錢稼軒諸先生官皆九卿于前輩老中翰致敬盡禮公譏之日拂座奉卮命坐皆長揖甚恭今則有此調不彈之嘆 各道御史初授先以侍生帖拜諸前輩見必長揖進署按資而坐稍後者前輩訶之予與先生先後入臺猶見此風今則罕有入陝西道列坐者矣 㻋附識

翰林稱謂變遷三則

翰林故事初入館於前輩投刺書侍生而口稱學生七科以前則書晚生未及七科而官至庶子以上亦書晚生洗諭以下則否竊怪庶子與洗諭讚讀同為五品不應分別等差若此嘗問翰苑諸公皆不能言其故但云俗稱庶不見庶而已心竊疑之今年歸里質之家大人云予故籍亦無可徵但明有掌坊學士之官而員不恒備多

以庶子兼之蓋其始止於學士稱晚生而其後亦用於兼官之庶子沿襲至今遂并用於不兼學士之庶子矣

翰林前輩稱後輩曰館丈必四科以前之前輩或有師生之誼者則可否則無是稱近見翰林一經散館授職與新庶常作札概曰館丈醜甚

乾隆壬戌以前翰林稱前輩曰老先生乙丑以後間有稱前輩者近者內閣都察院吏禮二部無不稱前輩設仍舊稱無不怪而叱之昔王凝稱司空表聖為先輩東坡稱李方叔為先輩所謂先輩寔乃後輩也

辦事翰林

明陳循任翰林學士保孔目馬昇授為檢討仍兼辦文書事宜此辦事翰林之濫觴也商文毅極論之以為非體雍正間掌院學士選近科編檢有吏才者充是選掌院先往拜後任事履任之日臨具再持兩掌院名刺至門敦請然後出厥後乃有脈不脈之嘆矣

迭掌文衡

前明主會試三次者王元美推為盛事我朝熊孝感五主會試范文端李高陽陳津

州朱高安張文和史文靖皆三主會試。劉文正介堂祖宗伯凡四為總裁。璐按德定圃宗伯五主會試。王韓城亦五主會試。

科名盛事

我朝科目有歷代所未及者二。崑山徐氏三兄弟皆大魁，一也。彭訪濂與其孫芝庭南宮廷試皆第一，二也。惟百年以來尚無三元，其猶有待耶。康熙壬子韓慕廬以南卷置第二。壬子王樓村鄉試已定首解，改置第六。乾隆辛未吳頡雲會試亦定元，復以策薄改第二十。殆有數存其間。

對策不合體制

康熙戊辰科仁和凌紹雯少習清書，殿試對策用清漢合璧體書，置二甲末。雍正庚戌貢士宋長城對策有請廢科目之議，置三甲末，停其選用。此元人所謂過橋拆橋者耶。

科目得人之盛

江南康熙癸卯鄉試，一榜出兩浙甲五尚書，三大學士，典試者為編修王勖、工科給事王日高。近則己卯一科得人最盛，十年中已出二殿元，秦大成、張書勳，由南巡召試授中書者三人。

胡稚威齊次風俱中副車

乙酉浙江鄉試，主考為任香谷、王次山兩先生，得人最盛，然名重當時者二人，俱中副車，胡稚威天游、齊次風召南也。

同考房運盛衰

會試同考房運亦有盛衰。給事中劉顯績，大興人，明季癸未本房得成克鞏大學士、姚文然刑部尚書、魏天賞學士。順治丁亥再為同考，本房得王熙大學士、李之芳大學士、程芳朝一甲二名太常卿、蔣超一甲三名、宋琬川臬使，又陳澤州官庶常。時辛丑為同考，本房馬世俊一甲一名、孫鍒二甲一名、董含二甲二名。又康熙庚辰科仁和翁嵩年，本房得張廷玉大學士、勵廷儀刑部尚書。乾隆乙丑科錢相人琦本房得蔣元益會元、錢維城一甲一名。戊辰科李然山金臺本房得梁國治一甲一名、汪廷璵一甲三名。丁丑錢香南學曙本房得館選分部即用知縣二，年老者以教職即用，與一歸班者。是科盧紹弓文弨、王仲湘澍本房所中，俱歸班，與一授職者。璐按鈍公本房梅立本榜眼，錢大經、李宗寶、陳蘭森、那穆齊禮俱翰林，沈建、閻昌琦、熊贊元及先君俱部曹，解東智、王裕增、李鵠俱知縣即用。

重赴鹿鳴

東莞尹之遴順治丁酉舉人，至康熙丁酉年八十。秋榜發，地撫延赴鹿鳴宴。主試嚴思位贈詩云：六十年前攀桂客，天留碩果到今時。已從石室傳丹訣，復與瓊筵泛玉卮。金粟山頭清白吏，珊瑚淵畔去來辭。非潛非見窮經術，百歲常為後輩師。康熙乙卯鄉試，松江唐進士昌期年八十矣，以萬曆乙卯鄉薦，亦與先後同年之宴。有客贈以句云：鷹揚杖履追前哲，鵰鶚科名接後賢。乾隆乙未，趙秋谷與新貴逐認同年，沈歸愚詩云：後先乙未亦同年。辛未會試，黃崑圃先生邀新進士至邸寓，會同年，賦詩飲酒，筆下稱盛事。至庚辰會試，溧陽史文靖年八十，亦循故事。壬午闈中黃華田任亦重宴鹿鳴，自制軍以下，俱作詩贈之。華田合鄉許謹齋給諫所取士也。璐按重宴鹿鳴，吾鄉丙子科有吳大熾，順天甲午有孟琇，己酉雲南崔嶼年百歲，則進士壬子湖北萬年茂，福建蔡璋、浦陳材、邸理德，湖南譚昌明，重赴瓊林，庚戌嵇中堂。

各省會試中式人數

順治三年丙戌會試中式四百名，內山東九十九人，狀元傅以漸，聊城人也。北是乙酉鄉試及京兆試山東共中式九十五人，而丙戌聯捷進士者四十九人。四年丁亥

會試中式三百名，內江南一百二十四人，殿試一甲三名皆江南。是科會元李人龍、二甲傳臚于明寶皆不館選，後至大學士凡五人：呂宮、黃文僖機、李文襄之芳、王文靖熙、馮文毅溥。馮丙戌中式，至丁亥始殿試。

館選額數無定

歷科館選無定額，就一時之人才為多寡。順治九年壬辰五十員，十八年辛丑十員。康熙三十年以前以三十員為率，其後以五十員內外為率，惟六年丁未僅十二員，四十八年己丑至六十四員，五十一年壬辰至六十六員。雍正五年丁未三十七員，而他途用者甚多。十一年癸丑七十員為最盛。雍正癸卯館選五十六員，乙巳散館，授編檢三十三員，用六部主事四員，中行評博九員，州縣二員，教職二員。內有文有保二十一名，館選十九人。有文無保十九名，俱館選。有保無文三十九名，館選十六人。文保俱無一百六十七名，選四人。清書止派五人。特賜張廷玠特旨授檢討，與一甲三人同入南書房。館選後又補點帥念祖一人。餘庶常外，另有記名十七人，着問有情願在官學教習者，令其自陳。又單點記名三十人，以知縣即用。

雍正二年甲辰殿試後，在保和殿考四書文一篇，詩一首，命大將軍年羹堯閱卷，又命九卿保舉，後止憑文錄用，不由保舉。館選四十人，各部主事三十八人，知縣十七人，清書派六人，進士用主事知縣，自甲辰後始為例。

雍正五年丁未，館選三十七人，外以各部主事即用五人，以六部額外主事用二十二人，以知縣即用四人，以知縣試用二十六人，以教職用五人。

雍正八年庚戌，一甲授職外，顧成天、胡宗緒二人俱即授編修，點庶常外，用額外主事五十八人，其餘分頭等四十二員，中等六十二員，次等九十八員，願就教職者四十八員，不用者一員宋長城。

雍正十一年癸丑，一甲授職外，張若靄授編修，任啟運授檢討。先是，張若靄已定一甲二名，折卷後，大學士張廷玉懇求降甲，繼以泣，乃改二甲一名，授編修。乾隆元年丙辰，庶常外，部用五十二員，即用知縣二十一員。丁巳庶常外，分部二員，即用知縣三十六員，助教一員。向例額外主事，三年期滿，甄別其勤能者，以主事選用，不及者改助教、博士等官。乾隆己卯科，分部者五十餘人，及戊辰甄別，留者僅十之三，餘俱歸原班銓選。嗣是以後，則不留者少。

鄉會試副榜源流

鄉會試之有副榜，考之前代，名曰激賞。順治戊子科，詔天下廩生中副榜者貢至吏部，謁選其最者以推官用，次知縣，次州佐。增廣附學中副榜者，入成均讀書，滿一年，送吏部歷事考用，如廩生例，後不為例。計順治甲午、丁酉、庚子三科，皆舉行。至康熙癸卯、丙午、己酉，遂不許立副榜名色。至壬子科，大司成某復請舉行，如甲午例允行。按禮部志稿，明嘉靖五年題准，會試各房閱卷，凡文字合式，除正卷外，將備卷每房少或五七卷，多則十餘卷，批詳次序，一併付禮部查姓名，以次填入副榜，不拘額數。

徐文敬逸事

徐文敬公潮，先世業漁，生公之日，江潮大上，一小舟為風漂沒，徐翁急救之，得無恙。儭身者為隣省孝廉入都赴試者，翁延至家，致雞黍之敬，次日洗兒，請孝廉命名，以江潮之異，遂名曰潮。其後孝廉累不第，而文敬早達，至某科以編修分校，孝廉得售，適出其門。

狀元宰相之難

狀元宰相，古今艷稱。自順治丙戌至乾隆辛巳，百十餘年，凡得七人：順治丙戌傅聊城以漸，丁亥呂武進宮，己亥徐崑山元文，乾隆丁巳于金壇敏中，己未莊番禺有恭，戊辰梁會稽國治，辛巳王韓城杰。宋人四清詩話陽修詩云：皇朝四十三龍首，身到黃扉止四人。謂呂蒙正、王曾、李迪、宋庠也。有明百八十年，為科六十八，入閣者止胡文穆廣、曹文忠鼐、陳方洲循、商文毅輅、彭文憲時、謝文正遷、費鵝湖宏、顧味齋鼎臣八人耳。至季年之魏藻德，釋褐四年，即擢登政府，卒之稽首賊營，拷掠責賂，以至均肉折體，身死名喪，又不足稱矣。

文字遇合之奇

康熙庚午江南鄉試，得人最盛，同考廖騰逵得劉捷卷首薦，時元卷已定，主司欲置第二，廖不可，曰：留來科作元。遂擯落。而是科元即捷兄輝祖也。後數年，廖以御史典江南試，以書屬輝祖授捷，為闈中物色計。輝祖星夜馳歸，中途病阻，書不得達。廖入闈徧求捷卷不得，太息累日。及揭曉，捷已居然舉首矣。噫，針芥之合，夫豈偶然！向使輝祖不病，授書區區一解元，何足以顯文字遇合之奇哉！此事余聞之周文白氏云。

翰林稱謂變遷

舊時翰詹編檢以上，於中堂、吏部尚書處投刺稱晚生，於五部尚書、左都、總督稱侍生，侍郎、巡撫以下則否。以余所見，庚午、辛未以前，猶守此規，嗣是則以侍郎、巡撫稱侍矣，旋於尚書、總督稱晚矣，近者又有於三品京卿稱侍者矣。

告身文字

康熙年間，命翰林按官職所掌，與擬告身文字，無須臨時擇撰，不必專切一人。積弊廓清，無能行其私智。今毛大可集中數篇，即當日分撰者。近日錫類彌廣，凡貤封伯叔兄嫂以及外祖父母舅氏者，悉蒙恩准，而當日並未撰擬此數項文字。近日誥敕房不敢另擬，即以父母之文用於伯叔兄嫂外氏，竊有未安。康熙戊子，直隸總督遣家僕為其外祖郭某請貤封，御史王奐曾劾其怙寵非忠，妄本非孝，語熱而制，聖祖特允其請，許給誥命，並許凡外祖乏嗣者，皆得援例請奏。翰林某侍讀撰制詞有云：緣情作則，厥施用慰夫蓋臣；遡本推恩，其義寬通于將母。當時傳為佳句。蓋國人以撰文事由特旨，不得為例。中書科所書告身，皆佐史之筆，着泥金五色者，潤筆尤豐。明隆慶中，司馬王崇古以泥金書軸為言官所糾。唐制皆名手，顏公自書朱巨川一人，而魯公季海同為之書，巨川賴此以傳。至宋時，則當制之人兼書，字體不拘真行，故當時以得歐蘇手筆者為瑰寶。

茶餘客話卷二終

茶餘客話卷三

清　山陽阮葵生吾山著

長安耆舊

計改亭東作耆舊記康熙十一年。海內耆舊重於長安者蘇門孫徵君鍾元年九十二北平孫少宰退谷年八十。王尚書敬齋年七十一。崑山顧隱君寧人年六十徵君之學從象山陽門入。而踐履篤實大節不苟侍郎之學以朱子為宗五經俱有纂述注疏尚書湛深經術尤工文章古近體詩隱君專精訓詁之學考訂詳慎為侍郎客友改亭止就一時朝士往來者言

人才月旦

國初有江左三鳳皇後又稱王樓村唐寔君顧俠君為三小鳳皇阮亭稱南施愚山北宋荔裳德爾稱北李天生南潘次耕趙秋谷以朱王并稱周銅野謂國朝詩人阮亭第一查初白次之又其次則汪蛟門

場屋元燈

有明墨牘皆有程式相傳奉為元燈惟主司明眼拔尤考官亦名由此而定計改亭謂洪永會元十五人宣德迄天順會元十三人皆非雕飾之文成宏十四人章楓山懋吳匏庵寬為冠稍見法度然未離乎樸也。正嘉二十人隆萬十八人如唐應德順之瞿崑湖景淳鄧文卿以讃王文肅錫爵馮具區夢禎李九我廷機。其文之矩矱神明若有相傳符節可以剖合驗視。其時天下承平士之起家非科目不貴科目非元不重閉門造車出而合轍作者與識者如針石之相投也或謂吳無障然以偏鋒傷氣湯霍林賓尹以柔媚敗度文運至此而衰然啟禎八元若曹勳若吳梅村又何減前人也

胡天遊為才氣所累

乾隆辛未薦舉經學命取生平著述其尤異者以聞後以吳鼎梁錫璵顧棟高陳祖范名上俱授司業集議之初浙江胡天游江南蔡寅斗亦在選中而胡名尤重舉主凡七人。宣城梅文穆穀成奏二人久居京師聲氣廣擴恐非真才遂不用胡終于副榜蔡壬申終於號舍

記扶乩二則

庚申晴江朱生館涇邑召乩仙。涇之故進士仕武岡州葉居仁至作詩云京洛分攜後相思積歲年湖山迷楚望風雨隔吳天立馬三苗寨騎龍七澤煙桐鄉遺愛在碑板待君鐫。詩調致佳。余聞之楊編樓圃廷棟楊樓圃朱裴園毛靜山之玉吳翼堂華孫皆癸卯選拔在京為扶鸞之戲。忽降乩者自稱葉沃若。葉亦明經同年也。諸君訝子方壯健未聞病逝安得至此乩言今年秋某日卒於涇諸君疑信不能決乩言君輩勿疑記某年歲除日在家剛與署西園古梅下商某事否。蓋樓圃等在學署開文院事他人所不及知者于是驚信為真聞耗日製文設祭為位以哭之未幾聞扣門聲則沃若披帷入矣諸君驚問何相逼之甚沃若自謂計偕來京方下車為諸君致信物。因探懷出信。諸君乃相視大笑具言所以。沃若後中辛未會試榜發已卒亦奇。

顧棟高殫精經學

顧復初棟高。以經學授司業。年逾七十。不復出山丁丑春迎鑾獻所著詩書兩義蒙恩加祭酒銜又數年而終。復初康熙辛丑進士。性倨慢不合時宜官中書與堂上官齟齬僅三載即歸田生平以窮經著書為事自幼至老未嘗一日不讀書於五經皆有所發明。掌教淮陰從遊甚眾夏日不見一客。堅閉重門解衣脫襪從至寸絲不掛匿帷後。手一卷不輟辛未經學。惟祭酒無愧色耳。

春和園之命意

忠勇傅公治園亭落成。上臨幸賜額曰春和園眾以為春和景明意按宋程立夫知臨安縣有治績。入對理宗語之曰。令京師細民當一意摩撫令常在春風和氣中立夫遂以郡西建春和樓以推廣德意。乃知春風之中。意成化豈徒賞其風景哉

古人同姓名錄

樂毅稱樂生賈誼稱賈生相如稱馬卿。太史公稱馬遷武侯稱葛亮李膺稱李君阮籍稱阮公阮生嵇康稱嵇生山濤稱山公。王導稱王公。郗愔稱郗公安石康樂元暉皆可稱謝公庾亮稱庾公。杲之稱庾郎。王凝之稱王郎袁粲稱袁公。江淹稱江郎徐陵稱徐君杜甫稱杜公杜子老杜。李白稱李侯李生孟浩然稱孟公韓愈稱韓公韓子。韋應物稱韋公。白居易稱白公白傅元稹稱元相李紳稱短李劉禹錫稱劉郎老郎溫岐稱溫　杜牧稱小杜之類各有所本。不可假借假令稱甫曰杜生白曰李公知復為誰耶不但此也古今人姓名相同而賢奸雅俗。一薰一蕕不可少混如兩張敞。一京兆尹。一令史賊寶武者兩張詠。一乖崖。一為孫皓所殺兩李綱一隋臣一宋相。兩張儉。一漢黨人。一唐臣。兩李膺。一漢黨人。一梁武時人。兩康顗。一趙將。一張栻

戰沒於神雨藺相如一趙臣一梁武時人為父報仇者兩董仲舒一江都相一齊亢閭將軍兩薛安國一武帝時一成帝時兩謝安一漢下邳人一晉臣兩徐邈一景山一東晉中書侍郎兩江革一漢孝子一梁貞臣兩王嘉一子年作拾遺記一漢相兩張載一孟陽一橫渠兩薛仁貴一武將一文人注易兩劉宏一漢司空一晉都督兩朱熹一文公一晉龍驤將軍兩葉夢得俱號石林一姑蘇一貴溪三鄧平一陳勝將一將相一東陵侯三劉毅一東漢平望侯一兩晉司隸校尉一東晉南平郡公又有兩王襃兩王猛兩劉向兩劉琨兩陳遵兩韓與殆未易更僕數矣然皆君子人也兩李廣一害蘇子美一害蘇子瞻兩湖廣一漢一明兩蔡京一唐一宋兩張昌宗一昌齡兄一易之弟兩朱買臣一漢太守一梁臣兩趙普一王莽將軍一宋相皆小人也亦復不少至若漢有埋輪之張綱宋有棄官之張綱而燕有殺母之張綱漢有研京之張衡隋又有殺主之張衡晉有陳情之李密唐有作亂之李密漢有飛將軍李廣北魏有文士李廣又有賊帥南岳大師李廣明又有宦官李廣有亡秦之趙高光武時又有清河太守趙高有降虜之李陵又有太常李陵臧洪為莽太保三國又有義士臧洪吉頊為唐酷吏又大吏詩人吉頊則美惡殊科不第孔子似陽虎矣更有不倫者梁太常丞唐堯漢臨武長虞舜不更誕耶

古人不經見之名字

神農名大魁虞舜字都君舜妹名嫘見說文天皇名獲字子淵地皇鐵岳字子元人皇愷胡字文生后稷字庚辰黃廉字虔父文種字子禽文翁名黨微子名開箕子名胥餘子產字子美孫叔敖名饒百里奚字井伯孤竹君姓墨名胎伯夷名允字公信叔齊名知字公達易牙姓雍名巫接輿姓陸名通計然姓辛名研字文子介子推姓王名光華周名旋杞梁名殖朱張字子弓杜康字仲寧鬼谷子姓王名詡一作詡申公公名培項伯名纏叔孫通名河東園公圈秉字宣明夏黃公崔廣字少通綺里季朱暉字文季用里先生周術字元道侯芭字鋪子壺公姓施名存嚴君平姓莊名遵莊周字子休又名芝字文猴陳仲名巳字子終許由字仲武李斯字通古曹操小字吉利又小名阿瞞佛印姓謝名端卿陶侃小字溪狗漢光武小字呼庾信小字蘭成崔顥小字桃簡相如名大子庾信兒名狗範蔚宗小字磚頭白香山姪名龜又女名羅子東坡孫名楚老子由子遲小名梁造小名羅遠小名虎兒王安石生時雜入產室小名雛郎文天祥字宋瑞小名雲孫小字從龍宋孝宗小名羊辛稼軒有印曰六十一上人朱子小名沈郎小字季延陶穀小字鐵牛仲雍字孰哉墨子姓翟名烏

謝莊名子

謝莊以風月山水景名五子颺朏顥從瀹也宋于虛名五子鑫森淼焱垚

老泉非老蘇號

東坡得鍾山泉公畫寄詩云寶公骨冷喚不聞却有老泉來喚人果老蘇號老泉敢作爾語耶惜不令焦文端聞之也

傳名之奴婢

顏魯公僕名銀鹿柳公權僕名海鷗蕭穎士奴名杜亮秦檜小奴名研童婢興兒辛稼軒侍者名錢方萬里二婢曰周勝雪劉玉櫥蘇小小一名簡簡秦檜妻王氏自號沖正先生白香山婢曰春草愛妾換馬之鮑生二妾曰蔓蘭小倩

事物異名

方丈僧居也宴室也圜室囹圄也道士居也禁中大內也幽室也闇內國門也閻闥也檻楹也霽也闌干罘罳也眼眶也夜深也尺宅陋居也面也寸田地少也心也秋水劍也眼也芙蓉劍也面也舌也帳也水花也木花也山峯也太史天官也翰苑也黃門奄人也給事也貂璫貴戚也刑餘也典刑老成人也大辟也金石文字也交情也圖書經史也符印也流黃顏色也機組也琥珀丹石也酒也珉瑁石也甌甲也筵席也琅玕石也絛也六寸筆也算也箴縷花也鎖也苜蓿馬芻也訓士官祿也

螺螄祠聯

螺磯孫夫人祠廟有池陽明經往遊題其柱云思親淚落吳江冷望帝魂歸蜀道難夜夢夫人來謝

李穆堂持論之偏

李穆堂紱記聞最博而持論多偏在明史館謂嚴嵩不可入奸臣傳纂修諸公爭之李談辯雲湧縱橫莫當諸公無以折之最後楊農先學士椿從容太息曰分宜在當日尚可為善可恨楊繼盛無知小生猖狂妄行織成五奸十罪之疏傳誤後人遂令分宜含冤莫白吾輩修史但將楊繼盛極力抹倒誅其飾說誣賢將五奸十罪條條剖析且辨後來議恤議謚之非則分宜之冤可申穆堂聞之愕眙自是不復申前說穆堂七十仕光祿侍郎雍任之日查閱冊籍後至實錄館諸公問今日何事穆堂歷舉筵宴器物制度無遺蓋一過目輒能誌至老不改

迦陵填詞圖卷題詠

陳望之中丞淮家藏迦陵填詞圖卷，畫已剝落，名流題詠甚夥。吳慶伯農祥題跋尤多。洪昉思昇題北曲一套，極風流蘊藉。彭羨門孫遹調浣溪紗云：一曲烏絲絕代工，碧簫聲裏見驚鴻，紅么小撥玉玲瓏。幾度牽縈衡傍芳，半生消受桂堂東，教人妬殺畫圖中。卷尾袁文達曰修題句云：少年曾稔花間集，最愛迦陵絕妙詞。今日丹青初識面，瓣香真欲奉吾師。文如徐庾當時體，詩是蘇黃一輩賢。卻被曉風殘月誤，顛街甘署柳屯田。百年名輩風流盡，髯也疎豪古丈夫。爾日侍香何女史，驚鴻一瞥世間無。卷中詩伯首漁洋，諸子飛騰各擅場。一事難忘惆悵處，不將餘瀋貌雲郎。載笠圖成並軼倫，斷縑隨手逐風塵。中郎莫抱無兒恨，世守芸香大有人。

張南華吟詩之敏捷

張南華詹事，今之謫仙也。天才敏捷，詩具宿慧，興到成篇，脫口而出，妥帖停勻。嘗試保和殿，未停午，眾方執筆著想，聞有投卷者，眾曰：必南華也。與涇南司寇同奏事乾清宮門下。涇南攜一漢製玉羊，南華曰：詠此可乎？即口吟四十字，語未畢，殿角淙然聲震，眾驚顧，乃四奄舉一大冰，繩斷冰墮地碎，且迸。南華曰：咏此可乎？即復吟四十字，眾驚歎叫絕。一日午門送駕，館閣諸公各唱一韻，應聲立就，頃刻成數十首，唱韻詩古人所未有也。南郊視壇，家叔同以講官侍班於齋宮補棕處候駕，因指棕字為韻，南華銜口吟數十韻。至風郎凝雲物，霓幨翳苑虹，山河扶棟宇，日月倚簾櫳，天閶常依北，招搖漸指東，尤警絕，如河縣淵翻，不能自休，羽林期門之士，環繞聳聽，詫為異人。會駕將至，始悚惕輟吟。噫，俊至此乎！南華少時，作迴文賦八首，自然清麗，亦前人所無也。

前人選詩文集之慎重

王壇東汝驤選明文治，風行一時，然已盡破前人之法。冀閔何義門焯選行遠集，其指歸悉本閻潛邱詠、李安溪光地。前後選諸集，皆徐壇長用錫、何義門所手定者。方靈皋苞選四書文，其總批、線批皆由兵曹鄭寄圃白民振采改定，然後出示同館。蔡芳三寅斗選三十名家，白民汰易其大半。前輩於選事慎重如此。若俞西園百二十家，因文以存人；徐山琢越嶺雲編，自刻其家藏世不常見者，以多為貴；近人同風錄等，皆墨牘，無關選法，又當別論也。

酒人巨量

江左酒人，推顧俠君嗣立第一。居秀野園，結社，家有酒器三，大者容三十觔。其兩遜殺凡入社者，各先盡三器，然後入座。因署其門曰：酒客過門，延入與三雅，詰朝相見決雌雄。雌是者毋相溷。酒徒望見，懾伏而去。亦有鼓勇者，三雅之後，無能為矣。在京師日，聚同時酒人，分曹較量，亦無敵手。一時方近史觀莊書田楷、繆湘芷沅、黎靈先致遠，皆萬人敵也。以予所見，勵侍郎滋大宗萬、李臬使與人治蓮、陳太僕句山兆崙、涂侍郎石溪達露、顧京兆息存汝修，亦頗詥觴政，足稱後勁。近人則素尚書昭詠、索侍郎琳，亦一時之雄。

沈端恪遺事

沈端恪近思字閻齋，幼依靈隱寺僧諦暉，既已披剃，復延師課以舉業，游庠還俗，無所歸，徘徊於西泠橋下。遇項某識其非常，邀至舍，妻以女，成進士，任選君，以清介著，不可干以私。後為御史大夫，雍正丁未卒於位。聞卒之前一日，出端門，瞠目若有所見，呵曰：此何地，爾等敢來！即來，何須多役？時戶曹郎姚均風培和隨其後，問公與言者為誰，曰：衙役，寔無一人也。姚訝之，次日公薨。

詠在館庶常

沈南疑難京春詠五十首：晚直歸來數八磚，但逢三五去朝天。東堂舊有承恩事，大倒關支月俸錢。曠牖新鋪小炕床，乳茶紅映玉壺光。日長院裏無喧喚，繙得清書又幾行。春店烹泉開錦欄，日斜宮樹散流鶯。朝來浸點黃柑露，馬上新茶已入京。蓋詠庶常之在館者。

科名得失有定

科名得失遲早高下，莫不有命。戊辰會試，鄂虛亭司馬容安閱江南卷，中已定三十卷，又選其次者十卷，暗藏枕下，以防意外更易。及進呈前十卷內，江南一卷後場犯諱撤去，急命小胥取床頭十卷來。十卷固亦自別高下，而小胥抱卷急趨，逾限而仆，倉皇甚，信手拾取以進。鄂公即取最上一卷置十名進呈，欽定第一，今即令儀部鄭前部郎中忬。

嘲京官

京師目翰林為橐駝，譏其臃腫而緩步也；科道為老鴉，發聲不祥也。又以富貴威武貧賤比六部：吏曰貴，戶曰富，禮曰貧，兵曰武，刑曰威，工曰賤也。又以喜怒哀樂分屬吏部四司，亦確。

老學庵筆記一則云。吏戶刑三曹富饒。他曹寂寞。時人為之語曰。吏勳封考。三婆兩嫂。戶度金倉。細酒肥羊。禮祠主膳。啖羹吃麵。兵職駕庫。齩薑呷醋。刑都比門。人肉餛飩。工屯虞水。生成惡鬼。

茶餘客話卷三終

茶餘客話卷四

清 山陽阮葵生吾山著

順康朝大臣體制

順治四年。諭范文程剛林祁充格曰。文職衙門。不可無領袖。今兩衙門。較前改大。而三人可用珠頂玉帶見本傳

查浦輯聞。康熙初。三品以上乘輿。呵殿雙藤。撤扇。丙戌罷引藤。丁亥並撤排扇。惟背燈籠題銜。壬辰冬。仍聽乘輿。膝扇如故。

女媧為女像之異說

北魏孝文帝葬於瀍西。陵毀已失。遂祭于富平西魏文帝陵。涂石渠通政丙子祭告還。請仿古望祭之禮。祭孝文洛陽。而革富平之祀。部議不行。同時奉使金檜門宗伯奏女媧聖皇。乃陵殿塑女像。村婦祈嗣者羣往祀。甚駭見聞。請有司更正。奉旨照所請行。若發部議。鮮不駁者。後數年。晤中州一友。女媧像雖議更。尚遲未行。蓋彼處香火之盛。皆由女像惑衆。遠近婦女。祈禱無算。廟祝以為奇貨。即地方官吏亦有裨焉。若更易男像。恐香火寂落。于冰璜云。當另立帝像。而以原像為帝后配。則香稅當益盛。頗為解頤。春秋世譜稱。華胥生男為伏羲。女為女媧。世言女媧為伏羲之妹。故後世訛為女像。盧仝詩。女媧本是伏羲婦。蓋本乾鑿度兄妹為夫婦之說。唐李石云。女媧之功。上際九天。下與黃壚。乘雷車。服應龍。驂青虬。席蘿圖。黃雲絡。援絕瑞。前白螭。後奔蛇。

日者推算神運

天啟間。宮中塑關帝像二。一大一小。時有日者甚神。熹宗指二像。令其推算。日者稱小者福壽綿遠。香火百倍大者。熹宗遂以小像奉置正陽門左側小廟。而供大像於宮中。增其祭品。以窮日者之言。未幾闖賊入宮。大像燬。小者今香火日盛。術亦奇矣。

明蒲州楊太宰博。每元旦入拜。先通名刺曰。鄉晚生。

于墳祈夢之靈驗

徐文穆本。少祈夢于墳。見忠肅命武士抉其一目。懸之柱石。遂驚寤。後入相。方悟目配木。乃相字也。

讖語成讖

陳桂林文恭黃閣雍容。執推持下。尹文端居首揆。素所推挹。文恭病劇。文端往視曰

吾輩均老，不知誰先作古人。文恭拱手曰：還讀中堂。蓋習于撝謙，初不覺也。文端默然。及文恭予告，方戒途，而文端已先騎箕。文恭欲回京一慟，家人力阻，行至韓莊而薨。

宦途夢境

山左軒轅詰以舉人作教諭，將陞某府教授。中己未會元，殿試改庶常，散館歸班選，改教，仍選其初陞之缺。一片青氈，依然如舊，二十年如一夢云。

狐戲吝人

某司成素有和嶠之癖，有餘錢輒藉而貯之箱，歲久積箱十餘。會當移居，聞某屋甚廣，遂僦之。月餘，有狐出入庭中。久之，撒錢於地，日可數千。司成大悅，以為神賜。性素慳，至是頗改舊習，鮮衣美食，飾車馬，宴賓客。人多訝之。一載，狐徙，不復得錢，而習奢既久，不能更儉，始取舊藉者用之，開篋已空。狐之愚人耶？抑人之自愚耶？

馬提督晚節

馬提督全，山西人，原名琛。中壬申武探花，官福建游擊，與同官押廣座，會四奉同官敗走，馬輕騎追及城濠橋上，相搏同墜於水，從者解紛始散。制軍聞之，俱劾去。馬時年未三十，遊京師，相國傅文忠公愛其材，留京營教習。己卯冒順天籍中式，庚辰會試復售。文忠從容奏之，及廷試，上召問良久，遂以第一人及第。不二年，擢江西總鎮，旋進提督，領兵金川陣亡，特賜優䘏，郵禮有加焉。

異鳥

戊寅，舍弟紫坪客西泠，三月暮，遊鳳凰山，訪宋御教場故址，忽見一異鳥，大如鴿，頭赤尾青，兩目炯炯，如金碧光，翱翔叢薄下，宛轉鳴嗷，竟日始去。問之土人，皆所未見，即博物家莫之識也。賦詩云：翩翩翠羽映明霞，啼遍東風戀落花，漂泊一枝棲未穩，上林新宿幾麈鴉。

趙廣文為金華將軍所戲

杭州有金華將軍者，蓋青蛙二字之訛。其物極類蛙，但三足耳。其見多在夏秋之交。所降之家，以秫酒一盃、脯二方祀之。其物蹣跚其旁，初不飲啖，而其皮殼由青而黃，而赤。祀者曰將軍受享既醉矣，遂以盤送諸湧金門外金華太保廟中，指顧間頓失所往。其家數日內必有所獲。上虞趙金簡司鐸杭州，己卯秋，金華將軍降于庭樹，紫坪謂曰：先生當邀恩加俸矣。已而無驗。十數日後，文廟丁祭，向例自制府以逮廳縣

與在官諸為胙，皆當歸胙。祭牲每不敷，廣文則市脯以益之。是歲所用獨廣，餘豕首二，肉二十餘斤。紫坪笑曰：斯豈金華之飛鄉。

梁學博遇術士

梁文莊公尊人學博公，少為名諸生，與同輩詣一術士，問曰：得一第乎？答曰：不僅是。更向上問曰：官翰林乎？答如前。又問：為京堂耶？卿貳耶？俱如前答。公曰：然則作相矣。對曰：真者不能，假者可致。同人曰：蓋協辦耳。後以明經老，而以文莊貴，受大學士封。

齊召南一生三夢

天台齊宗伯召南，平生不多作夢，每夢則必有異應。鄉舉時，遊于忠肅廟，倦憩於廡，見若隸役者執刺相迓，入中庭，忠肅出位揖之。先生因請曰：公在景泰時，專聽獨任，千載一時，而易儲之事，默不諫，何也？公曰：耿耿此心，淹沒幾數百載，微子問，余固將有譏。子他日第詳檢皇史宬中，便知我心跡耳。言訖而寤。及丙辰入翰林，修明史綱目，英景兩朝實任其述。先生因請開皇史宬，章疏乃着易儲十論，以暴于公之冤云。一在上書房時，一日面忽發赤，如中酒狀。其夜夢遊天台，與司馬道士談元甚久，寤後不知所謂。越三日，暮出禁門，馬逸不止，顛馬，腦傷竟出，賴蒙古某治之，兩月餘始活。既思夢中遇承禎之地，乃墜馬坡。馬一丁丑春將赴杭，渡錢塘之夕，夢至天竺，觀音大士遣侍者乞題柱聯，遂口占二語以應。醒後錄存。既至萬松嶺，新方伯富公曰：某一子染痘甚劇，家人禱於天竺，始得生。今將往祭，諸物備矣，獨缺聯句，願得先生之筆以為重。先生遂取所錄存者示之，而告其故。富大驚悟，從此稱先生為老佛云。先生瞳人極小，能遠視，與紫坪登山，見江舡葉許大，先生辨舟中幾人，服某某色，杯斝壺觴之屬，歷歷可數。下山至泊所，則舟甚大，所視皆不爽。先生清晨望雲，能辨其根，云仿佛如綫繫于山，隨所尋捡之，得雲根石，多花草鳥篆形，尤異者，一石具先生名字。因彙印一冊，為賦天然圖書歌以誌之。

龍泉連遇山

己卯，紫坪客杭，晤龍泉連學博，已年九十矣，應秋試，精神不衰，其鬚髮行步如五十許人，甚訝之。遂詢其故，謂某四十餘，讀書天目山中，授徒六七人，茅屋三間，孤寄深箐荒林，去人家甚遠。一日徘徊屋際，聞風聲肅然，一道士葛帔麻履，曳杖至前，形容枯槁，大類野鶴，初見殊驚，不得已揖之坐，言其姓吳，字妙應，宋元豐中避役居此山，今七百餘歲，謂某人授以神仙之術，服食有驗，特不能飛昇耳。入山之後，于世事一

無所聞。以予有宿緣。故來相會。幸勿懼也。問今為何代。去宋凡易幾姓。因言熙豐間敗政。有史書所未備者。其言詞清暢。吐納風雅。蓋亦當世名士。嗣後並數日一來。或月餘再至。來去倏忽。莫可端倪。某素習易。以所業請正。吳隨問答。議懸解妙論多昔人未道。出先天圖一紙以示。曰學易者不可不知此。兒夫止得其粗耳。後一年忽辭去。曰請從此別。不可復見矣。自此遂不復至。而連自遇吳後。覺神氣異昔。體素弱。終日據床咯咯不已。年未五十。面已作皺紋。至是病良已。容顏光澤。今閱五十年。未嘗一日少不快也。噫。神仙之說多荒唐不經。莫可考信。今連自述其見如此。而紫坪又親見連如此。則安能云必無哉。紫坪為賦天鯉山行以紀其事。

京師宴席重鹿尾

京師宴席最重鹿尾。雖猩唇駝峯不足為比。然自唐已貴之。陳子昂麈尾賦云。卒網羅以見遇。受庖割而罹傷。豈不以斷尾之有用。而殺身于此堂。爲君雕俎之羞。側君金盤之實。若六朝則以麈尾為談柄耳。未聞充盤俎也。耶律楚材西域詩亦以麈尾駝蹄作對。

名流疏於韻學

己未宏詞科。施愚山以奸韻降等。錢塘王嗣槐以失韻黜落。而鈍翁稼堂皆有錯處。明人多疏於韻學。雖名家亦多誤用。國初名流如梅村西堂輩皆不甚切究。溫公曰。備萬物之體用。莫過於字。包眾字之形聲。莫過於韻。故讀書須識字。作詩須辨韻。

收拾詩材之法

韓昌黎作范陽盧殷墓銘云。於書無所不讀。正用資以為詩。楊誠齋佳句事當看韻書。梅聖俞為詩。每得句。輒書小紙內算袋中。或半聯。或一句。他日作詩。有可用者入之。黃山谷答苗龍書云。作賦要讀左氏前漢。其佳句善字。皆當用心。略知某處可用。則下筆自源源而來。唐眉山云。凡作詩平居須收拾詩材以備用。往聞王漁洋在京師闢小閣為詩窟。斷箋零紙。鱗次壁上。或一二語。或數十字。皆昌谷古錦囊中物也。

詩見性情

張公文端為諭德時。詠梅云。嘉名他日傳調鼎。記取蟠根在草茅。王漁洋見之曰。此宰相語也。常熟歸少詹丙辰下第。居京師。袖詩與漁洋相質。多和平恬淡之音。無憤懣呼嘘之氣。漁洋曰。君必狀元及第。蓋知詩者性情之事。含神霧謂詩者持也。所以持人之性情。使不失墜也。己未果中狀元。

狀元宰相語

番禺莊滋圃狀元朝考春蠶作繭詩。經綸猶有待。吐屬已非凡。家大人讀而賞之。此狀元宰相語也。後果協揆。

文人好名

查夏重姜西溟唐東江湯西厓宮恕堂史蕉飲在輦下為文酒之會。嘗謂吾輩將來人各有集。傳不傳未可知。惟彼此牽綴姓氏于集中。百年以後。一人傳而皆傳矣。文人好名。結習難忘如是。

毛西河妄議杜甫早朝詩

毛西河謂杜和早朝詩仙桃俗語。龍蛇燕雀。非早朝時所能見。五六遂言朝罷。少次第。故當遠遜王岑。王作氣象壓岑。而春字犯重。末又拗句。自惟宸州衛步。施愚山附和其言。又謂早朝時無鶯囀。亦不能見春色。遂改為雞鳴禁苑滿聲殘。馬簇天衢曉色寒。自謂確切。且免犯複。予聞之不覺失笑。龍蛇燕雀二語。非身到其地。不知其確切不可易也。龍蛇指旌旗繡繪者言。燕雀每于寅初時千萬成羣。向北回翔。三匝而後散。適陳設旌旗時。則其翔尤高。西河官翰林。朝會之期。大半熟睡未醒。館史代投

職名耳。即或一至。亦在燕雀既散之後。故難為京朝官而無異議耳。啖胆粗言誕。遂筆之於書。雞鳴紫陌。正是禁城六街曉景。若九天閶闔。齊閣建章。清派作歌。兩階齊息。萬籟無聞。忽然雉雞一聲。大不倫矣。愚山改紫陌為紫禁。與西河同一俗父也。

考場題壁詩

康熙乙丑科會試。某號有題壁詩二首。朱旗夜瞭九成臺。金鼓火登樓曉角哀。分贈句前催飯去。至公堂上送題來。魚鑰森森鎖棘籬。麻衣如雪淚如絲。不處萬里歸來日。還見三條燭盡時。當是塞外赦回者。

詠風鳶詩優劣

高澹人詠風鳶。笑伊嘍嗣本無能。偶藉吹噓驟乃爾。一朝線斷風力微。督墜塵埃汚泥滓。淺甚。張硯齋相國詩云。霞舉軒軒五色繒。高危那敢不兢兢。九霄日近增榮彩。四野風多仗寶繩。本是無心舒爲翼。何須著力使長騰。槐烟榆火清明後。應似天池六月鵬。真金華殿中語。應制體須如是。

著書體例必有所本

王漁洋居易錄雜書官職遷除。直抄朝報。不嫌淩雜。蓋效文昌雜錄也。前輩多為一

書且體例必有所本，未有漫然落筆者，未可非議。

遍投名刺之濫觴

南史何思澄每宿昔作名一束，曉便命駕，朝賢無不悉狎。投晚還家，齋名必盡。今人以小紅箋作名紙遍投朝士，思澄殆濫觴也。

紙價貴賤不同

七修類稿云：少時見公卿刺紙，皆白柬紙，二寸，間有一二蘇箋，而書簡摺折，亦不過一二寸。今之用紙，非表白柬羅紋，則大紅銷金，且長五尺，闊五寸，更用一綿紙封套，遞送上下通行，否則不敬。噫，一拜帖而用三層之費，可謂暴殄矣。當時紙價之賤可見。今日之全帖封袋，潤七八分，將費至一分，若副啟手本一套，更不止一分矣。

揭帖

後漢書李雲傳：露布上三書，移副三府。即今揭帖，先呈部科者也。

聯語彙志

張忠定延登司空，以功名顯，劉理順、吳麟徵、夏允彝、周延儒皆門下士，家署門聯云：門多將相文中子，身係安危郭令公。　王文成少時題于忠肅祠一聯云：赤手挽銀河，公自大名垂宇宙；青山埋白骨，我來何處弔英賢。書法遒逸，杭人傳為文成真蹟。　湯東谷文成父海曰先生晚年偶書堂聯云：看兒曹整頓乾坤，任老子婆娑風月。　行允續題一聯云：東坡居士休題杖，南郭先生且濫竽。　李石君日華贈書賈一聯云：藏半是御書鶴，生計甘為食字魚。　申凫盟自見蘇門先生後，大書於門曰：真理學從五倫做起，大文章自六經得來。又題書室曰：學古之志未衰，每日必擁書早起；千世之心已絕，無夕不飲酒高歌。觀此則飲酒高歌正非易易。　朱竹垞在京師除夕署一聯云：且將酩酊酬佳節，未有涓埃答聖朝。　魏善伯徵士題范觀公中丞廟云：成文自古稱三上，作賦於今過十年。

荒村

孫藩使舍中太翁爾周宰浙時，獨行杭州城外荒村中，一望土冢纍纍，見粉墻即往索茶。一小婢舉竹椅出，令坐，捧苦茶一盞飲之。須臾去，呼之不出。見門上一聯云：雨口居山水之間，其惑聰明夫惑怪；四面皆陰燐所聚，人何寥落鬼何多。

茶餘客話卷四終

茶餘客話卷五

清　山陽阮葵生吾山著

汪顧不薄今人

汪鈍翁與友人論師道書，謂當世可師之人，其經學修明者，曰顧亭林炎武、李天生因篤；其內行淳備者，曰魏環極象樞、梁曰緝熙。顧亭林答之曰：著文有所未知者，未可以道也。輒就所見評之：夫學究天人，確乎不拔，吾不如王寅旭；讀書為己，探賾洞微，吾不如楊雪臣；獨精三禮，卓然經師，吾不如張稷若；蕭然物外，自得天機，吾不如傅青主；堅苦力學，無師而成，吾不如李中孚；險阻備嘗，與時屈伸，吾不如路安卿；博聞強記，群書之府，吾不如吳任臣；文章爾雅，宅心和厚，吾不如朱錫鬯；好學不倦，篤於友朋，吾不如王山史；精心六書，信而好古，吾不如張力臣。兩先生可謂不薄今人矣。

毛西河引經之不足據

家伯祖樾軒先生嘗戒子弟曰：近見後生小子，皆喜讀毛西河集，其所稱引，未足為據，必須撥討源頭，字字質証，慎勿為懸河之口所謾。因言西河與閻百詩辨地理，多奔擊百詩。太息曰：汪堯峰私造典禮，李天生杜撰故實，毛大可割裂經文，貽誤後學匪淺。　璐按先生諱應商，官吏部都諫。

奉齋茹素之謬

予見名卿大夫按日素食，云奉某齋。公言于衆，又愚民匹婦有戒食禽魚、不畜牛犬，或家不殺生，而特假于他人之門外，歸而熟以果腹者，或因戒一牛羊，而日殺雞魚無算，豈非貪殘之尤乎。裴晉公云：豬雞魚蒜，逢著便吃。昌黎云：豚魚雞，古以養老。反曰是皆殺生，人不可食，一從之饑，禁忌十常不食二三，不信常道而務鬼怪，臨死乃悔。柳州云：某氏愛鼠，不畜猫犬，後人撤瓦灌穴，殺鼠如邱，是唐人已有此惡風矣。余嘗見某學士不食某某等肉，其友規之，曰：是先人之命。又一郎中不食四足之物，亦言父命。是不能幹蠱，而反彰前人之過矣。古者宗廟特牛以祭神，七十貳膳，八十常珍，以養父母。天夫不掩羣，士不取麛卵，庶人不數罟，諸侯無故不殺牛，大夫無故不殺羊，士無故不殺犬豕，庶人無故不食珍。斯天下無妄矣，豈見重不食羊肉，復食而知其美，有相遇恨晚之意。周禮王食一舉，王齋日三舉。凡殺牲盛饌謂之舉。周制王日食一太牢，遇朔加食一等，散齋必變食，故加至三太牢，是齋日食肉反有加矣。論語齋必蔬食以下至不多食邢疏云此上皆蒙齋文孔子惟酒無量則酒亦不禁矣不飲酒不茹葷出莊子本不足據今齋戒皆在公署乃本楚人遷坐之義勝於唐人之宿寺廟也五葷皆昏神戒之宜也不必因齋戒始忌食楞嚴經云五葷熟食發淫生瞋生啖增恚故釋氏戒之按釋氏以大蒜小蒜興渠慈葱茖葱爲五葷興渠即荽道家以韭薤蒜荽芸薹即油菜爲五葷

計字讀經

鄭畊老云立身以力學爲先力學以讀書爲本世傳六經及論語孝經孟子以字計之毛詩三萬九千一百二十四字尚書二萬五千七百字周禮四萬五千八百六字禮記九萬九千二十字周易二萬四千百七字論語一萬二千七百字孟子三萬四千八十五字孝經一千九百三字春秋左傳二十萬四千三百五十字大小九經合四十八萬四千四百九十五字且以中材爲率日誦三百字不過四年半可畢或天資稍鈍減中材之半日誦一百五十字亦九年可畢苟能熟讀而溫習之久不忘失是全在日積之功耳故里諺曰積絲成寸積寸成尺寸尺不已遂成大匹此語雖小可以喻大後生勉之右鄭畊老勸學九經非唐制亦非宋制唐以禮記春秋左傳爲大經詩周禮儀禮爲中經易書公穀爲小經宋合三傳舍儀禮以易詩周禮禮記春秋爲六經又以孟子論語孝經爲三小經予謂儀禮公穀皆不可缺當補儀禮五萬六千六百二十四字公羊傳四萬四千十五字穀梁傳四萬一千五百十二字合十四萬二千二百十一字日誦三百字更一年三月可畢即減半亦不過二年半至爾雅十一卷存以流覽可不復成誦嗚乎以禹貢行水以洪範察變以春秋斷獄出使以甫刑較律合以三百五篇當諫書以周禮致太平以儀禮定服制等處方可謂之真經術

五經中人物

五經中所載人物易十三人詩一百四十八人禮記二百四十四人春秋二十五百四十二人共三千六十人合而去其重者約有二千六七百人

古文名篇

儲中子在文語門人云陸士衡五等諸侯論蘇廷碩東封朝覲壇頌獨孤至之夢遠遊賦韓退之進學解毛穎傳孫可之大明宮紀夢歐陽永叔王鎔傳王淑妃傳伶官傳蘇子瞻十八羅漢贊戰國任士論陳同甫上孝宗書皆得太史公之神當與項羽

本紀同讀初學必須解得此意方可作文字

志銘體例

純翁嘗言志銘首行及篆蓋宜書某朝君勿加暨元配字此近來無識者所爲唐宋大家及成宏以前名家皆無之古之誌銘上之太史立傳上之太常立謚今雖不行宜存遺意女子無傳謚要爲行狀哉其不同穴與節烈可稱或先葬而夫在夫歿且葬已久皆不及附見夫志者別爲之誌可也雖表之可也予於女子行狀悉不作而篆蓋稍存古法

月忌諱說

民間作事多以初五十四二十三三日爲月忌其說無所據一說謂此三日即河圖中宮商數爲君象故庶民避之宋桐鄉朱翊云世俗以正五九月到官不視事正五九釋氏謂之三長月學佛者不葷食唐武德中下詔禁屠宰自是方鎮禮士多避之緣方鎮到官大饗將校禁屠宰故不用此三月今外任無饗士之禮此三月又無屠宰之禁又何疑焉京官員除授即日履任亦未聞有避者乃自宋以來有此謬說未除耳

晷景圖之制度

朝廟衙署庭設石表以覘時刻不識造自何時按宋曾南中通天文宣和進士授南昌尉嘗謂古人揆景之法載經傳者不一止較景之短長未與刻漏相應乃爲揆景圖以木爲規四分其廣而殺其一狀如缺月晝辰刻於其旁爲基以薦之缺上而圓下南高而北低當規之中植針以爲表表之兩端一指北極一指南極春分以後視北極之表秋分以後視南極之表所得揆景與刻漏相應二分之日南北二表皆無景獨其側有景以其側應赤道也春分後日入赤道內秋分後日出赤道外二分日行赤道故南北皆無景也

彙志古人闢佛文

安溪先生云闢佛幾篇名文宜彙置一處范蔚宗西域傳贊傅奕表韓子原道佛骨表與孟簡書宋景文李蔚傳贊朱子釋氏論合而觀之釋氏無所逃罪唐以前文章之本儒學者推退之宋以後文章之通釋典者推大蘇王漁洋詩云慶歷文章宰相才晚爲孟博亦堪哀淋漓大筆千秋在字字華嚴法界來予謂長公不過藉爲文境波瀾耳非溺於彼教者今人讀子由行狀遂以公爲禪學之宗按公議學校貢舉書

極斥士大夫佞佛老之非又云天下有七廟今人飾佛老宮而爲之祠閣已過矣又使大臣兼官領之嵗費鉅萬其所爲者其言與佛骨表何異又作勝相院記謂浴其學者大抵設械以應敵匿形以逃敗窮則推墮滉漾中不可捕捉此數句說盡禪學自欺欺人之弊公于釋理至熟而其言如此蓋與世不合姑以消其不平聊資以爲文莊子云因之以曼衍所以窮年也殆坡公之謂乎又賀坤成節表云放億萬之羽毛未若消兵以全赤子飯無數之緇褐不如散廩以活飢民覩此乃知公之放生戒殺不過節口腹之欲以安素位之常非必惑於彼教偶有引據皆藉彼言以證吾說世人讀忠孝之大文而不知古人之爲聖賢讀惝恍之贅語輙斥君子之爲異端此學者所當戒也長公作司馬溫公行狀富鄭公神道碑如萬斛水銀隨地湧出蓋得華嚴經稱性而談無所不有無所不盡法界事理開遮湧現無門庭無牆壁無差擇世諦文字囿已蕩無纖塵何自而窺其淺深議其工拙乎蓋公之學深斥釋教之非而公之文又深得華嚴之妙也

鬼神作祟

咸陽魏孝廉毓梅丁巳計偕至都遊彰儀門古寺中見女像甚妍麗戲語同人曰娶

妻得此足矣何必陰麗華哉時魏年少未婚也歸寓夜半一女子靚粧人如畫所見魏爲所惑每夜必至兩閱月病不起吾鄉城隍兩廊多塑皂隸像數年前忽夜出作祟鄰女有被迷至死者愚民祭禱日數百人逾年不止後有老成人糾合鄉人持杖擊碎賢像負軀投之運河從此寂然人心始安魏爲家君丙辰鄉試所錄士

僧道不必沙汰

御製詩御史有以沙汰僧道爲請者朕謂沙汰何難即盡去之不過一紙之頒天下有不奉行者乎但今之僧道實不比昔日之横恣有賴于儒氏辟而闢之蓋彼教已式微矣且藉以養流民分田授井之制既不可行將此數千百萬無衣無食遊手好閑之人置之何處故爲詩以見意云頹波日下豈能挽二氏于今日可憐何必闢邢猶泥古留貲畫景與詩材具大哉王言也方今二氏之教不足以惑世誣民法苑珠林聊供詞人渫緒耳

山谷名言

人生太閑則別念竊生太忙則性真不見士君子不可不抱虛生之憂亦不可不知有生之樂山谷與洪氏甥書尺牘之除以三分之一以治公事一以讀書一以爲棋酒則公私皆辦爲京官宜味此語

閒中清福

宋宣和帖云隨宜飲食充腹取次衣裘亦暖身未得無求非度家何妨長福是單貧老龜豈羨犧牲飽蟠木寧爭桃李春隨分自安心自斷是非何用問閒人東坡云無事此靜坐一日是兩日若活七十年便是百四十細味此語可知向晦不息與黎明不起者雖活七十歲只算三十五歲耳陳眉公云掃地焚香清福已具有福者佐以讀書無福者便生他想予向于京師寓齋粘聯句云無事此靜坐有福方讀書

傅青主醫術

太原古晉陽城中有傅先生賣藥時立牌衛生堂藥鋪五字乃先生書也青主善醫而不耐俗病家多不能致然素喜看花置病者於有花木寺觀中令善先生者誘致之聞病人呻吟僧即言羈旅無力延醫耳先生即爲治劑無不應手而愈

授讀行醫之害人

王澹圃斯恬酒閒云士君子無手及殺人事然不操刀而甚于殺者有二焉一曰授徒士無恒產畧習句讀抗顏爲師名曰餬口實則喪心其在老師宿儒聲價愈高門

徒益盛謬種流傳害人三世其禍尤烈一曰行醫稍識藥性略諳湯頭懸壺賣藥病者危急之際以性命相托而動手輒誤立斃于俛不殊手刃言之悚然座中有以醫自命者失色擲箸而去

著述不宜用奇字僻典

宵寐匪禎札闥宏休爲歐公所呵唐徐彥伯爲文好變易字面以鳳閣爲鵷閣龍門爲虯戶金谷爲銑溪玉山爲瓊嶽芻狗爲卉犬竹馬爲篠驂月兔爲陰魄風牛爲飈犢後進效之謂之澀體又東鄉言近人作文好以今字易古字云出自某書以奇語易平語云本自某人論道理則初無意味徒令讀者縮脚停聲多少不自在徐文長有譯字生之譏正指此輩充其類不至板户公堂研脚露褎班夫良賦趣䆫空肚不止也安溪嘗言今人記年云歲在某干支本爲歲星在某次某非謂年歲在某次第及某也如今年是戊子子與丑合歲在元枵之次矣但今如此用人反大怪雖朱子亦錯用予生平總不用此直書康熙某甲子而已大凡地名官名作文字都應從今名不必以古語更易後世反無所考且文之古雅全不係此如北夢瑣言稱馮涓爲長樂公冷齋夜話稱陶穀爲五柳公皆貽千古笑端舊傳唐荊川家居日有當事

送新府修志者。荊州方沐西。側覽封面標題。輒不說。以大明人修蘇州志。而標題曰
姑蘇志。不通可知。又胡纘中修安慶府志。書正德中劉七叛。曰七年閏五月。賊七來
范江境。而分注其下云賊姓劉氏。見者咸笑。知此皆自謂古雅也。德州田山薑讀書。擬
拾字句。有餖飣之目。常云。奇字古人所常用。于古詩為尤。竝班馬等賦所以令人惡
眼傾耳者。政由時出奇字棚貼之。方今文尚古。吾黨之士。獨不訪子雲之亭。羔班馬
之香。吾予友李柳亭云。山藥昔歸臥病作藥贅。以分進惡俗名不飲。易以他名。方
辜。如為枸杞為天精。人參為地精。木香為東華童子。其辭好新奇。老而愈怪。柳亭山
薑之女孫婿也。善夫蘇子由之言曰。子瞻之文奇。予但文穩耳。是皆不知穩字之義
者。昌黎論說。亦取穩當二字。

燕玉暖老

唐東江史部一生不服藥。年九十七。及終。六十以後。與少女同臥。長則遣去。皆宛然
處子。燕玉暖老。當作如是觀。

飲食衛生法

酒灼真陰。醎耗真液。北梨南蔗。可解酒化醎。冬月宜煮食。食訖以滌水漱口無齒疾。
以紙然刺鼻。噴嚏則氣通明。疾自化。取天門冬茯苓為末。或酒或水調。每日頻飲。大
寒不畏風雪。

名人健啖

歸田錄言張僕射飲啖過人。晏元獻所食至少。明高新鄭兄捷攫食猪首。惡狀幾不
可耐。彭觀芝侍郎樹葵。嘗說王覺斯鐸飲量尤豪。乞書者治酒邀之。飲無算爵。或烹
雞卵數十枚。盛巨盌。破餺飥蒸餅數十枚其中。啖之立盡。又李殿撰蟠。廷試日啖三
十六餑餑。好事者詩以嘲之。徐健菴司寇歸吳。飲門下士賈生賚。庖人窮極豐腆。巨
鼎高且。每食必盡。門人輪執戲。更番為壽。繼賈生以玉缸進。腹隆然凸起。高出案。每
食一器。令左右二伻先置玉盤於心胸凸起之處。以盛豆。自以巨叉攫而啖之。須臾
輒盡數器。飲酒則門生故吏爭為侑進。夜以繼日。而司寇如未嘗飲食。始所謂填巨
壑灌漏卮者耶。張京江夜臥從不解衣。未辨色輒起。每食粥一甌。或冬春米飯數匙。
炒米少許。山藥極薄者五七片。日不過兩餐。李安溪每秋冬夜永。飽餐炳炬攤書。斷
生蘿蔔寸許者。滿置大盂。每精詣深思時。輒停筆齧一二寸。盡盂乃就寢。

吳俗好尚

王漁洋謂吳俗有三好。鬥馬吊牌。吃河豚魚。敬五通神。雖士大夫不免。恨不得上方
斬馬劍誅作俑者。近日縉紳又有三好。曰穷烹飪。狎優伶。談骨董。三者精可抵掌公
卿間矣。五通神自睢州焚毀後已絕。馬吊近來好者益眾。閻張文端最惡之。鐫一圖
章曰。馬吊眾惡之門。習者非吾子孫。所藏書卷圖畫悉印之。惟河豚魚食者尚少耳。
昔葉訒菴因食河豚致病。隕其年。尤酷嗜。在天津食之中毒。面目悉腫。至不可辨識。
皆烹製失宜所致。津門多海豚。毒重。吳門所出江豚。大而味薄。皆不佳。惟黃河滙淮
二百里中出。又名斑瑁魚。不甚大。豐盈柔膩。斑駁可觀。薦以青蔞白茁。味致佳絕。腹
腴如二卵。名西施乳。亦美。揚蕪堂惟增家烹尤得法。糟音更可致遠。今年春黃生延
齡來京師。攜致甚多。予答詩云。泥淖朝驅老尾驢。歸來破罈梅蝸廬。故人忽向江頭
至。攜得春溪斑瑁魚。重碧親浮槃玉舡。蒿苗荳白佐賓筵。桃花春水衣江路。孤負風
光又五年。遠心長日繞菰蒲。鄉味朝來潤客厨。爛醉苦教防啜墨。與君數典誦吳都

茶餘客話卷五終

茶餘客話卷六

清　山陽阮葵生吾山著

唐宋詩人第行

酒令舉唐宋詩人第行可入篇詠者。裴寂曰裴三。宋濟曰宋五。李白曰李十二。杜甫曰杜二。鄭虔曰鄭十八。嚴武曰嚴八。韋應物曰韋十九。鄭賁曰鄭十八。蘇溪曰蘇四。張建封曰張十三。唐詮曰唐十五。裴虬曰裴二。李御曰李十二。王涯曰王二。李建曰李十一。李程曰李二十。崔立之曰崔二十六。李商隱溫岐段成式皆曰十六。熊暑曰熊十一。熊孺曰熊十八。李正封曰李二十八。馮宿曰馮十七。侯喜曰侯十一。韓愈曰韓十八。張署曰張十一。張籍曰張十八。柳宗元曰柳八。元稹曰元九。白居易曰白二十二。陸贄曰陸九。李濟曰李十九。徐晦曰徐十八。李渤曰李四。李勉曰李七。劉天敦曰劉三十二。李大晷曰李二十。王質夫曰王十八。崔元亮曰崔十八。杜勝曰杜二十七。李潘曰李十七。趙滂曰趙十五。令狐綯曰令狐八。張旭曰張九。王無競曰王二。韋虛己曰韋五。趙眞固曰趙六。李宗嗣曰李三。王維曰王十三。鄭湛曰鄭三。張子容曰張八。韋穆曰韋十八。潘邠老曰潘十。蘇軾曰蘇二。秦少游曰秦七。陳無已曰陳三。歐陽修曰歐九。黃庭堅曰黃九。

避名示敬

鄂西林相公名拜。其子孫寫名刺。止用頭首。不寫拜字。莊滋圃侍郎撫江南。屬吏稟白槩不用恭惟字。此非有所嫌禁。亦禮讓之一端也。

秦大士改別號

秦修撰大士號劍泉。予告以此鄢懋卿之字。乃改鑑泉。

帝王別號

古帝王不聞有別號。宋高宗書其室曰損齋。即別號。明武宗號錦堂。世宗號天池釣叟。詞臣各賦詩。興化李文定詩。最當上意。拱極眾星爲玉餌。懸空新月作銀鉤。世宗道號雷軒子。又號堯齋。穆宗號舜齋。神宗號禹齋。光宗號天。

徐鄰哉更名

中翰徐鄰哉前輩因司坊有徐觀光頗不謹。惡之。更名曰徐良。

桃源驛題壁詩

桃源驛見壁上題詩云。走馬張方四十年。封侯無路且歸田。芭蕉夜雨梧桐露。注到

孫吳第幾篇後。未題名字。亦不凡之才。

沈曹金陵懷古詩優劣

沈歸愚金陵懷古。爲集中指名之作。其第一首與曹能始作雷同。而音節氣味。遠遜曹作。曹詩云。江東列郡領丹陽。鼎足三分此一方。總爲石城成虎踞。不知巫峽下龍驤。雲深殺廟千秋冷。月照離門幾夜長。年少風流能顧曲。行人猶自說周郎。沈詩云。石頭如虎踞巉巖。鼎足三分此一方。但恃江流橫鐵索。不知名將下龍驤。紫髯空自爭荊楚。青蓋旋看入洛陽。太息雄圖消歇盡。霸才終古憶周郎。

王漁洋寄宋商邱詩之用意

漁洋晚年寄宋商邱云。尚書北闕霜侵鬢。開府江南雪滿頭。誰識朱顏兩年少。王揚州與宋黃州。其意甚隱。壬申至都下。晤董曲江元度云。趙秋谷罷館職。益修憾阮翁。屢遊吳中。與吳修齡爲莫逆交。一日酒酣。語修齡曰。邇日論詩。唯位尊而年高者。斯稱巨手耳。時商邱方迦撫吳門。聞是語。遂述于阮翁。故答詩云爾。予謂此特漫堂假阮翁以自誇耳。其寔漫堂固不在秋谷所指議中也。

寺名集名之奇

周櫟園詩。月明蕭寺憶花之。山東沂水縣有花之寺。櫟園又有句云。佳名獨愛花之寺。隱地誰尋石者居。臨朐傅某作石者居于黃雲山中。見榕槎叢說。雪客詞集亦名花之詞。

坊刻時文原始

坊刻時文。興于隆萬間。房書始于李克一十八房之刻。自萬歷壬辰鈞元錄始。旁有批點。自王房仲選程墨始。厥後坊刻乃有四種。曰程墨。則三場主司及士子之文。曰房稿。十八房進士平日之作。曰行卷。舉人平日之作。曰社稿。諸生會課之作。亭林曰。八股盛而六經微。十八房興而念一史廢。洪武三年開科。以大學古之欲明明德於天下者二節。孟子道在邇而求諸遠一節。合爲一題。問二書所言平天下異同大旨。此即宋時之法。爲第一場四書義二場論一。三場另問時務策一。按此則爲今之五策開法門。亦異于唐宋之策問矣。

制義行遠集

閻潛邱若璩初交何義門。何年二十四歲。日與議論時文。潛邱將明二百年名家制義。其中錯解題誤用事者。盡標出爲一帙。凡聚百條。謂此乃代聖賢立說。豈有使別

字用語出在義門座師嘆賞歸而抄撰制義為行遠集悉如潛邱之旨義門曰如此方見制義之難

士與士師之分別

潛邱嘗語義門云有虞氏刑官曰士故舜典曰汝作士呂刑士制百姓于刑之中周禮曰大理周曰大司寇若士師特司寇之屬下大夫耳猶遂士鄉士縣士之屬在周禮士之八成凡四方之有治于士造焉則周之士師容或可稱為士而有虞氏之士斷不可稱為士師奈何楊一清王鏊薛應旂茅坤邵圭潔趙南星李光縉沈淵許解徐曰久顧錫疇艾南英黃淳耀姚應章文盡稱士為士師耶唐蘇頲作授李乂刑部尚書制云王命司寇汝作士師其由來舊矣

老儒專心制義

任香谷宗伯常言其鄉老宿芮先生者專心制義自總角至白首凡六十年手不停批復識得失老不應舉乃舉生平評隲之文分為八大箱按卦名排次其乾字箱則王唐正文其坤字箱則歸胡大家降而瞿薛湯楊以及隆萬諸名家遞次及之金陳章羅諸變體又次及之其坎離二箱則小題大觀優劣相半艮兌二箱皆歷來傳誦之行卷社稿及歲科試文所深惡而醜詆之者也書成後自謂不朽盛業將傳之其人舉以示客無一閱終卷者數年後益無一人過問一日有後生叩門請業願假其書先生大喜欣然出八大箱後生檢點竟日乃獨假其艮兌二箱而去先生太息流涕累日香谷先生猶及見其人

爭南北中卷

郭昆甫好談時文酒酣耳熱痛詆時文雖童育不能掩其口時方議更南北中卷禮臣有議以湖南入中皿者昆甫力爭之乃列南皿楚人誦之昔邱瓊山當國亦爭越人入南卷後人謂其受虛名而實禍昆甫名焌甲子解元

舉業家之陋

昔楊升庵慨古文之廢論舉業之弊曰士罕通經徒事末節五經子史則割取碎語抄節碎事章句血脉皆失其真有以漢人為唐人唐事為宋事者有以一人析為二人二事合為一事者曾見考官程文引制氏論樂而以制氏為致仕又士子墨卷引漢書律歷志先其算命作先算其命書坊刻布士子珍為秘寶轉相差訛殆同無目人說詞宋人自尊其家曰本朝家法與三代同過前代者五事今人亦云本朝家法

與三代同宋人云漢有七制唐有三宗本朝有四聖成化中有欲試策襲用本朝有四聖字稱前代為本朝前君為四聖與三家村學生稱人父為家父何異薛方山談以胡安定為朱子門人鍾伯敬以朱子與王無功相酬荅有明時文名士學殖淺陋至是此與近日磨勘諸生稱唐之王阮亭宋之白樂天者何異唐時有書生不知近代事因談駱賓王曰某見其孫字某竟謂駱賓是諸王封號亦是類也

八宗師考卷選

鄭漢林選八宗師考卷文體不拘一格而理真詞達以有清氣為宗少時見館師案頭各有一部近日訓徒者多不知有此編而惡劣選手牛鬼蛇神堆積盈几可怪也八宗師者江東高渭師江西考卷銅仁張元臣江南試牘韓城張廷樞江南試牘遂甯張文端江南考卷曲阜顏學山浙江考卷休甯汪律園八閩采風錄大興蔣聿修湖廣試牘海甯許時庵江南試卷

葉奕繩強記法

張爾岐云歷城葉奕繩嘗言強記之法云某性甚鈍每讀一書遇意所喜好即劄錄之錄訖乃朗誦十餘遍粘之壁間每日必三十餘段少亦六七段掩卷即就壁間觀所粘錄日三五次以為常務期精熟一字不遺粘壁既滿乃取第一日所粘者收笥中俟再讀有所錄補粘其處隨收隨補歲無曠日一年之內約得千段數年之後腹笥漸富每見務為汎覽者略得影響而止稍隔時日便成枵腹不如余之約取而實得也葉有文采善劇曲濟南人士推為淹洽其所言真困學要法

傳是樓書目

徐健菴作葉石君傳云江浙藏書家有金陵焦氏四明范氏錢氏半野之藏甚富惜厄於火澹園之沒亦多散失惟天一閣尚存予亦有聚書之癖半生所得庋之一樓曰傳是樓較之諸家多有目無書殊足憾也向聞葉君名惜未遇今為之傳不禁慨然觀此則所云傳是樓書目殆未實有書耶

司書有鬼

司書有鬼名曰長恩除夕呼其名而祭之則不蠹見致虛雜俎

藏書考

梅村汲古閣歌贈海虞毛生末云客來詩酒話生平家近湖山擁百城不數當年清秘閣亂離蹤跡似雲林予按毛生摹刻最多得梅村華文相虛植聲華益重其實所

刊特門崇勛訂尚未精。予晉家藏書本亦夥或云王駙馬以金錢革之去其板多在昆明駙馬者吳三桂壻也江南藏書毘陵瑯琊一代文獻鄞人范司馬欽字堯卿號東明喜購舊本與鳳洲家藏書目相較各抄所未見書故兩浙藏書以天一閣為第一。又晉江黃氏俞邰之先人海鶴先生官南京監丞居江甯千頃樓中聚書千萬餘卷。他若山陰祁氏淡生堂鈕氏世學樓禾中項氏倦圃曹氏皆東南文苑淵藪也竹垞撰經籍存亡考亦得力於數家明代藏書周晉二府胡元瑞朱彝儀焦弱侯錢叔寶諸家俱散盡後來絳雲一炬無復孑遺好古者所為太息也予家傳書無秘本先世族中分而為七然每檢舊抄書目略一披覽茫若烟海汗青無日顛毛種種白矣

刻書考

揮塵餘話毋昭裔貧時借人文選有難色自言身貴當鏤板以行後世蜀相遂刊之

按十國春秋蜀毋昭裔傳請後主鏤板印經又令門人句中正孫逢吉書文選初學記白氏六帖刻板行之誤毋昭裔為毋印儉耳毋印儉三國志魏人所謂事雖不成可謂忠臣是也司空表聖一鳴集為東都敬愛寺募雕刻律疏印本疏云自洛城焚印本漸廣散失更欲雕鏤又隋書文帝勑發像遺經悉令雕撰則隋唐已有刻印。

沈存中云慶歷中有畢昇為活字板用膠泥燒成今用本刻字令印之又銅鑄字工費而不便久藏

萬歷甲午南祭酒陸可教請刻永樂大典分頒廵方御史各任一種校刊彙存分貯兩雍以成一代盛事當時議允終未頒行竊謂文皇與穆宗兩番抄錄已費不貲鏤板通行談何容易耶

狀元書法

王阮亭謂本朝狀元工書壬辰鄒忠倚戊戌孫承恩皆法歐陽詢己未歸允肅壬戌蔡升元庚辰汪繹皆法黃庭樂毅論戊辰工二王者首推查昇國初沈繹堂蔣虎臣齊名沈書傳者多而蔣不多見

畏作楷書

予自七八歲即不喜作楷書自父師外問函無不狂草者心知其非竟不可改柳誠懸云心敬則筆正程子云即此是學又云作字甚敬前輩格言多矣皆視之不動心一日閱朱子跋韓魏公與歐陽公書云張敬夫嘗言平生所見王荊公書皆如大忙中寫不知公安得有如許忙事此雖戲言然實切荊公之病被閱未竟如芒刺背而亦汗流慨悔數日至是稍稍寫楷久之故態復萌。

南書房寫本十三經

蔣湘帆衡嘗以楷書寫十三經馮秋玉代為裝潢高東軒相國進呈恩賜國子學正銜人以為榮雍正今書俱在南書房未匣裝飾排列架端予在內廷猶見之 璐按云予刻石經于國學即衡進本

畫家成名之難易

沈歸愚為商尊古作誌銘云當代以畫名者五人武進惲壽平格太倉吳漁山歷王麓台原祁常熟王石谷翬歿後得吾友黃尊古鼎五人中麓台第進士官侍郎成名最易四人逸老布衣而名與之齊四人較難然壽平漁山石谷得梅村阮亭先後提揚宣其名流播遠近而尊古當諸公徂謝推挽無人尤難之難也吳中評畫者謂石谷看盡古人名畫下筆俱有似處得稱大家尊古看盡九州山水下筆俱有生氣並稱大家兩人皆虞山人。

繪畫供奉內廷

仁廟時刻耕織圖係焦秉貞畫萬壽盛典冷枚畫秉貞濟甯人欽天監五官正冷枚吉臣膠州人又避暑山莊三十六景圖內務府司庫沈喻畫

畫家別派

往時見同人作三畫詩蕪湖鐵畫饒州磁畫松江火筆畫也又漳州織畫裂紙為之一經一緯布置設色無異絲繡聞向有王秋山能以指甲掐畫紙點染作色如古名畫筆畫亦可詠詩近見宋繡大軸精深華妙超諸品之上矣

故事可入詩畫

羅龍章畫錦車出塞圖乃漢宮人馮夫人嫽乘錦車和戎故事楊升庵嘗言此亦佳話而罕入詩惟劉孝威錦車勞遠駕駱賓王錦車朝促候斗役傳呼一句一聯而已此事可畫可歌遠勝明妃蔡琰

名手畫時有利鈍

王漁洋謂曾鯨謝彬近日寫真擅名吾見其晚年筆墨亦草草鴻臚序班禹之鼎名重輦下亦時有利鈍名手尚爾況其他乎

三刺濫觴

拜前輩用三刺三國志凌統入里門謁長史懷三版恭敬盡禮其三刺之濫觴乎

夢中示禍

辛未冬。山東道御史缺出。王檢討世仕名佐賢。夕夢其祖父曰。汝得御史矣。明年禍甚烈。恐身首不全。奈何。世仕夢中請曰。願不得此官。父曰。名籍已定。無能改。然有一綫可貸。姑為爾謀之。驚寤。見案上燈籠。若有山東道察院五字。大惡之。三日後。忽副福建典試。及吏部以御史請。王名扣除。遂補蔡時田。次年五月。王旋京大考。改鹿邑令。及秋。蔡以科場監試伏法。而王無恙。

舉人出路

丙戌會試前。上念舉班久滯。命二科以前均行大挑。分一二等。用士林踴躍。逾年大吏請分別等第補缺。時為之語曰。九流三教。一等用知縣。又借補府經歷、直隸州州同、州判、散州州同、州判、縣丞、鹽大使、庫大使。為九流。二等以學正、教諭用。借補訓導。為三教也。

莞庫人勢利

台州侯元經。嘉繡才士也。詞賦敏贍。屢困場屋。年五十。官江左縣丞。解餉戶部。為庫吏需索。不即予批回。侯大窘。時梁文莊公為侍郎。見侯名。曰。袁門也。顧司官謂某尚書祭文。諸君謙讓不作。盍以屬之。即傳至戶部後堂。授筆札。不移晷成駢體。極壯麗。某司官復進曰。此堂官祭文。諸曹司尚需一首。亦以相屬。侯磨墨濡筆。復成四言韻文。此何足盡袁門才。而一時堂上下稱詡不已。彼莞庫者已袖批文。俟侯出而付之。明日東裝行矣。鎮江黃太守永年試童子。邀袁門至署閱卷。一夕自持燭入廁。久不出。家人怪之。啟戶則已墮廁中死矣。文人遭此。不可解也。

茶餘客話卷六終

茶餘客話卷七

清　山陽阮葵生吾山著

通政司無司屬

部院卿寺皆有司屬。惟通政無之。考明制。原以六科隸通政。蓋出納封駁。其事相表裏也。後省垣稍重。勢凌六卿。與通政無復關白。即文移往還。亦不循舊規。無復知有舊制。雍正時。令六科隸都察院。以示鈐束。較明之初制為善。　登聞院在西長安門外街東。舊設滿漢科道各一員掌之。雍正二年。統於通政司。

大小九卿說各不同

大小九卿說者不一。六部都通大為大九卿。至今皆然。至小九卿。先以太常、京尹、光祿、太僕、詹事、國子、翰林。而益以左右春坊為小九卿。或云詹事、春坊為東宮官屬。不宜班之大廷。當以尚寶、鴻臚、欽天監足之。或云鴻臚僅司傳宣。非同漢晉大鴻臚。欽天僅掌占候。亦非秦漢太史令。祇可與太醫院、上林苑等。自萬曆後。則以太常、詹事、京尹、光祿、太僕、鴻臚、國子、翰林、尚寶為小九卿。究不知始于何時。質之博學諸公。亦不能悉。

官名從古稱之謬誤

督撫加尚書侍郎銜。稱中丞。固謬。即憲職亦無是稱。于澱山嘗謂嘉隆後士大夫文字好古。官名稱謂多從古稱。大司徒、大司馬。皆周官舊名。職任相稱是也。惟臺長無稱。乃稱曰大中丞。則誤。今之左右都御史。乃漢之御史大夫。左右副僉都御史。乃漢之御史中丞。在漢官儀。皆無大字。乃以大夫降稱中丞。非所以尊之也。至于錦衣掌印稱大金吾。順天府尹稱大京兆。益無稽矣。雖名卿通儒。亦復隨俗相呼。心知其非。而口不能改。若近日稱六卿為大農、大馬、大寇、大空。刪去司字。誰為作俑。波靡相從。不值一辨矣。

紫禁城騎馬之制

年老大臣。六十五歲以上。應騎馬入紫禁城者。先列名具奏。准騎者由東華門入。至箭亭下馬。由西華門入。至內務府總管衙門前下馬。

吳梅村茸城行

馬進寶為江南提督。駐松江。愛結名流。有諸生歲暮窘迫。獻馬春聯云。漁陽老將多回紇。晉國諸生半在門。馬。武人。不知其用唐人語也。大喜。贈之千金。在江南橫征暴虐窮極者集。吳梅村賦茸城行以刺之云：不知何處一將軍，到日豪雄炙手黄。羊侃後房歌按隊，陳豨賓客劍成羣。又千箱布帛連艫車，百貨魚鹽充邸閣。將軍一一數高貲，下令牢搜徧墟落。非爲仇家告併兼，即稱盜賊通壹橐。未幾伏法。

范忠貞遇害

范忠貞公遇害，一時同死者，自幕友至隸卒，共五十三人。有部曲張福建者，聞變手雙刃大呼奪門，當之者立斃，力竭被執。又叅寇許鼎者，自公被執日，即陰左右之。公書片紙隻字，悉收藏。及被殺，耿逆焚公屍于山野，許鼎預往潛匿，心誌其處，至夜行亂石中，取其燼體于家。明年負骸骨走萬里至京師，事聞，上遣內大臣佟國維侍衛二十人奠酒臨喪。十九年耿精忠赴市朝日，公子時崇手刃寸磔其肉，攫其心以祭公墓。此較王弇州兄弟贖得嚴世蕃一體，熟而薦父，對食啖盡者，更快人心。

徐侯齋之高蹈

徐侯齋與宣城沈壽名、嘉興巢鳴盛，爲海內三遺民。川湖總督蔡毓榮慕侯齋名，具書致名縑，託幕下友馮羽道意，侯齋堅不受，遺書馮生，善爲辭焉。湯文正撫吳時，屏騶從兩詣山中，卒不得見，歎息而回。毓榮，漕督蔡士英之子，將軍蔡良之父。

李琳枝之風厲

王漁洋謂諫官稱楊以齋、魏環極，御史稱李琳枝，銓曹稱王伯勉，總督稱李鄴園，巡撫稱湯潛庵、張孝先。按以齋、環極、潛庵、孝先及武定、蔚川，皆刻有疏稿。琳枝巡按下江，優人王紫稼及三遮和尚淫縱不法，皆杖斃之。紫稼即龔芝麓、吳梅村賦其年所歌王郎者也。李素豪于飲，家有園，名椒雨。椒雨，酒之辛者。　璐按：琳枝名森先，書陝西道鐵面冰心匾尚存。

林茂之之清貧

林茂之窮老金陵，冬夜詩云：老來貧困實堪嗟，寒氣偏歸我一家。無被夜眠牽破絮，渾如孤鶴入蘆花。夏日又無帷帳，或遺之，則以易米。施愚山曰：夏無帷病于寒，無蟁書君能守之。當爲作詩。處士笑曰：當守之以虎。客皆絕倒。後愚山自攜草寄一紵帳，書絕句云：北窗高卧豈知貧，料理偏愁白髮人，紵帳親煙林處士，草堂長伴百年身。並屬同志者各題一幅，曰：不問知爲林處士物，即謂之墨守可也。時茂之年八十三，老健如五六十許人。

宋文恪善擇壻

宋文恪公善擇壻，爲王漁儒拔大學士顧懿樸藻，工侍廟雨若周霖，西充令陳廣陵元龍，大學士李丹壑孚青編修。

汪堯峯性情卞急

汪堯峯詩文爾雅，然性卞急，不容人過，議論大聲頻發，亦目光炯炯，詩文小得失，必面折之。與王阮亭以詩相戲，從遂成隙。與宋荔裳議論不合，輒自詫曰：吾乃與此人同名。

文人習氣

李天生爲三相國所薦，至京師，名重一時。容齋以同姓年長兄事之，天生居之不疑。人尊爲關西夫子，與顧寧人講韻學不合，加以聲色。與毛西河辨古韻不相下，大怒，始而哃喝，繼加拳勇，西河避之。邱海石、丁野鶴皆山左詩人，阮亭懷人詩所謂九仙詩人丁野鶴，又稱名當日邱靈鞠是也。二君平生友善，一日同飲鐵溝園，論文不合，嫚駡不已。邱拔壁上劍逐丁，丁急出上馬逸去，邱追不及，乃返，東人傳爲佳話。

陳午亭作六公贊

仁廟時，山東多詩人，山西多名臣。陳午亭相公嘗作六公贊，序略曰：吾鄉多賢人君

子，其以清德著者，若曲沃衛文清周祚，陽城故刑部尚書白允謙，蔚州魏敏果象樞，永寧于清端成龍，陽城故巡撫張璘，高平故布政使畢振姬。六公生同時，在數百里之內，皆所謂天下之士也，而吾忝從之遊，于是作六公贊云。

名人臨終吟詩

蔣虎臣晚年學佛，自京撥督學歸，入盧山行脚，至峨眉山伏虎庵，留一偈云：翛然猿鶴自相親，老衲無多剩醉塵，草向鑊湯求避俗，還愁大海去翻身。功名傀儡場中物，妻子骷髏隊裏人。只有君親難報答，生生世世祝能仁。宣城郁楚畹鶴馨，及第後數月，夢之天上，觀競渡而歸，見車騎迎至東嶽廟，吏白設此以待公。驚寤，賦絕句云：年年消渴望蓬萊，夢裏君王賜第來，隱隱龍舟聞競渡，香風天上五更迴。至五日逝。身後帷幕不周，杜寶坻、宋長洲兩相國經紀其喪以歸。汪季用臨終亦口吟絕句：恐夢虛名久未閒，孤雲倦鳥乍還山。半生心事無多事，只在儒臣法吏閒。陳其年疾篤時，亦吟詠山鳥山花是故人之句。近任蓋思編修抱病時，里中扶鸞者自稱峨眉山老人，問何以來，此則書約任端書回山。未幾蓋思臨終，索筆題詩云：岩前流水杳然去，門外桃花幾度開。放眼峨眉山下路，不知歸去是歸來。旋卒。

魏敏果推賢

魏敏果推總憲，首疏中明志綱，舉侍郎以下有清望者：雷虎、班迪、達哈塔、胡密子、振甲、蕭惟豫、高珩、宋文運、張沐、陸隴其，皆推用。

重師誼

白仲調為王東皋伯勉門人，官于京師，聞東皋訃音，既為位以哭，復于慈仁寺受唁，一時稱之。

王相國假歸後逸事

王太倉相公假歸，入山養病，戒僕人勿言姓氏。道遇疾雨，移舟避鄉坊，其家不容，遂之。乃告曰：我好人，勿疑也。鄉人笑曰：好人那肯六月出門遠行？公惘之悵然，曰：彼言是也。公喜菊，多蓄名種。杜醒陶造之，猝見白剪絨，不覺身入花間，忘與主人交禮。公曰：君與故不識我，乃贈與之。公夏六月科跣據地，手捉菊蟲，隨吏不知，意花丁也，呼之不應，乃蹴跣之。公曰：吏亦愛菊耶？亦贈與之。公有古瓷直不貲，一日李安溪索觀，命奴捧之，歷階而上，失足傾跌而碎。李不覺失聲，公怡然不動，安溪每服其雅量。

湯文正撫吳政績

湯文正斌撫吳時，有司報湖蕩蓮芡，公駁選吏固以例請，曰：例自人作，寬一分則民受一分之賜。且蓮芡或不歲歲熟，一報部，即為永額，欲去之得乎？常熟縣奴訐告其主父，國初時得隆武偽劄，迫主遠遁，欲據有主婦。公曰：國家屢更大赦，此草昧事，何足問？而逆奴以脅其主乎？追劄燔之，斃奴杖下。常州守祖進朝有惠政，落職，公奏留之。祖製衣靴欲奉公，久之不敢言，乃自著之。人謂公之廉直似海忠介，而去其煩苛；精敏似周文襄，而行以方正。若其學術純粹，世惜其用之未盡者，又非二公之所得而比矣。公學宗孫夏峯先生，自言為方面時，居官行政，只遵孟陵呂叔簡從政錄行之不盡。惜文集不全，今所刊湯子遺書數種，皆失本來面目。

張文端恩遇

張文端公英，于雍正十一年入祀京師，並賜祭本籍，命撫臣徐文穆本行禮。相國文和公、少宗伯葯齋廷璐，皆乞假回里舉行祀事。欽天監擇行期，內府製安車，沿途文武官護送，賜書籍五十二種，令織造用官舟載送其家，又賜冠帶、珍裘、文綺、豐貂、紫圖古玩、雜佩之屬。先期一日，上賜玉如意，曰：願爾往來事事如意。又令中使賚酒肴果餌至寓，酌金杯以餞之。又賜文端祠聯云：風度猶存，典禮煥千秋俎豆；師模如在，忠忱垂奕葉箕裘。

魚塞漏舟

陸稼書曾祖溥，為豐城縣丞，嘗督運，夜過采石，舟漏，跪祝曰：舟中一錢非法，願葬魚腹。漏忽止。旦視之，則水荇裹三魚塞其罅。人稱為盛德之佑。溥子東溟居浙上，榜堂名三魚。今稼書文集稱三魚堂。裘少司農曰修歸邸里之日，舟中餘訪沽瀆，見船底有巨隙，一大魚橫塞之，水不得進。二事絕相類。

高層雲奏免議政大臣跪見親王

康熙二十六年正月二十六日，諸王大臣議禮永康左門，向諸王以次環坐。內閣九卿科道議畢，閣臣白其議，向諸王長跪移時。武定李公之芳年老，踣地。吏科給事中高層雲抗章彈奏：天潢貴冑，大臣禮當致敬，獨集議國政，無不列坐。況永康左門乃禁門，天威咫尺，非大臣致敬諸王之地。大學士輔弼大臣，當自重。諸王宜加以禮接。疏入，交宗人府、吏禮二部議：凡會議時，大臣見諸王，不得引身長跪，著為令。高字二彪，華亭人，詩畫皆入能品。

潘次耕之學行

潘次耕耒幼時與人賭記取歷日，試之，首尾過目，不遺一字。徐侯齋沒，無尺寸之產，舉孀婦孤孫以托，次耕恤之終其身。

朱竹垞書慰譚左羽

譚左羽瑄授徒于某氏，主人有聲樂之好，歌板師食單豐于書塾，譚不平。竹垞寓書曰：君子以類族辨物，物各有族，在人類而辨之。君子自審其分處焉，娶妻納采儷皮純帛可也，至買妾則百金，落營妓籍則千金，流愈下直益高。食單之豐，譬以魚飼貓肉餵犬，于兄何損。

李湘北薦賢

李湘北為閣學時，舉李因篤、趙進美、秦松齡，皆詞翰之雄。在吏部舉陸隴其、邵嗣堯、彭鵬，皆有清介之操，一時物望歸之。

蔣文肅父子恩遇

康熙癸未五月，賜少宗伯孫岳頒水晶眼鏡。虞山蔣文肅時以庶吉士侍直內廷，奏臣母曹年老眼昏，上亦賜之。當時以為殊榮。蓋其製法尚未傳世也。文肅官庶常，即賜第西華門蠶池之西，御題匾曰揖翠堂。雍正戊申三月大拜，紫禁城騎馬。己酉七月。賜新第于德勝門內東南。子文恪公賜舉人。丁未冬。賜大臣福字。上以公母曹太夫人服未闋。特書金箋福字以賜。尤為異數。壬子賜人參十二觔。七月十五日卒。年六十四。公子文恪公聘陳乾齋相國之女。定于庚戌冬完婚。而杜夫人逝。文恪居憂四月。公病。以中饋無主。且欲得冢婦侍養。堅請陳相國將迎婦。素服異居。繼遭大故。禮無明文。與陳相國議所服。當時禮臣議者引禮經娶婦在途聞訃。女改服布深衣縞總以趨喪之文。遂持三年服焉。

李安溪密謀平臺灣

李安溪光地字晉卿。官編修。省親歸。值耿逆據福州。鄭經犯泉漳。乃密謀平閩機宜。裹蠟為丸。謀諸李父日煌。偕僕夏澤佯為江湖術者。紿出疾走京師。投閣學富鴻基入奏。聖祖手削蠟出疏。諭康親王軍中保護其家。十六年。同安蔡寅偽稱故明裔。裹白巾號白頭賊。眾萬餘。圍安溪。乃簡鄉里健兒三四百人。賊來高。欲下。使弟光垤率百餘人扼于要隘。卒不得逞。傳檄諸鄉。絕其芻糧。立時潰散。十七年鄭經圍泉州。屬邑皆不守。公遣人從間道走福州請師。以鄉兵迎寧海將軍喇達自漳州入安溪。巡撫吳興祚自福州入永春。同時而至。賊敗走。事聞。召入。奏鄭經死子幼。人思內附。狀薦施琅可任。遂平臺灣。

方靈皋兩朝聖恩記

方靈皋苞初為逆黨隸旗籍十年。至康熙癸巳召試。撰湖南洞苗歸化碑文。命為蒙養齋校對官。雍正元年出旗。復原籍。乾隆七年。以侍講休致。先是戴名世獄。部議戴姓期服之親皆緣坐。方孝標族無論服未盡已盡。罪皆斬。獄詞具于辛卯冬。五上五折本。至癸巳春章始下。悉免死。隸于漢軍。靈皋作兩朝聖恩記。以志殊恩。

朱文端知政體

高安朱文端公軾。字若瞻。生而宏聲廣顙。雙顴插鬢。大口長目。步闊二尺。二十三歲入學。二十九中鄉試。主司宋大業一見曰。河目海口。惟吾先公。今復見子。宋為文恪子也。文端撫浙。下車以清吏治正風俗二事為急務。曰。察吏莫先於獎廉懲貪。厚俗莫要於去奢崇儉。丙辰賜第於地安門外。遺摺云。萬事根本。君心所重。莫過於理財用人。近惟鹽課一事。經臣條奏。尚未議行。伏思國計民生。均應籌畫。臣查額徵所儲。一切經費。寬然有餘。倘日後有言利之臣。伏祈乾斷永絕。言至用人。尤關緊要。邪正公私。心迹各判。幾微之間。最易混淆。惟審擇君子小人而進退之。此臣垂死之言也。

文端生於康熙四年。卒於乾隆元年九月十八日。年七十二。

臨終吟詩

張詰士宏倓鄉試第二人。傳其納卷時。日方過午。乙未成進士。執業於李文貞。官溧水廣文時。浙江聘入鄉試同考。本房得陳文簡元龍為世名臣。臨終不亂。口吟一詩而逝。

茶餘客話卷七終

茶餘客話卷八

清　山陽阮葵生吾山著

相士之談

莊殿撰培因偕某上舍。自裘文達齋飲歸。同詣于佛寺。訪江西一相士。上舍即與莊易帽同車行。是時業有人報知相士矣。及至廟。殿撰謂易帽恐渉輕薄。仍各冠進。相士遂言上舍為狀元。歷巡撫尚書。而謂本淳質賦。不列於仕籍。即日聲名大損

學圃聽歌詩

許念中黄門志進精于顧曲。有家樂一部。填詞口授。後至吳門。寓顧秋山學圃。日徵歌為雅集。顧亦精于音律。衆推周郎。黄門和李玉洲學圃聽歌六絶句。其自序云。七月既望。秋山有學圃之招。同飲者為徐殿撰端揆、顧編修侠君、呂孝廉閒萍、金上舍曾詩、顧上舍嗣宗、李明府質菴、李茂才宴君、張上舍堅孟及主人令子枝百、研江、雨茂才。座上徧召善歌者。皆一時名流。秋山執板發聲。則孤韻獨流。衆喧皆寂。李宴君即席賦六絶句。余和韻志別云。檻外秋雲樹杪停。酒人聲寂為秦青。移情不是人間曲。除卻知音未許聽。嚼徵含商辨一毛。紛紛蟬鳥失啾嘈。停杯韻與秋飈發。天水澄鮮海月高。白髮過年結伴來。梨園法曲譜傾杯。何人即席題佳句。消得風流鐵笛才。曾記花前門柘枝。十年江海寄相思。雪兒化去花奴死。鼓說金荃寫麗詞。觴斝淋漓樂曲和。家吟興為感秋多。堂開秀野閒花木。頭白尊前復此過。醉誦新篇厭夜眠。載將風雅入歸船。蝦場老輩難分手。悵望秋山浦樹烟。

小的

政府小史効奔走之役。呼曰小么。按晉公談録云。皇城使劉承規在太祖朝。為黄門小底。蓋即小么類。今奴隷自稱則曰小的。亦小底類。唐制二品以下有白直執衣者。皆中男為之。

衙門外之㩐衆

今衙門列木于街。俗名㩐衆。即古之陛楯也。唐詩郎君官貴施行馬。三餘贅筆稱為鹿角。謂鹿性警。羣居則環其角圍圍如陣以防。故軍中塞柵外向亦名鹿角。清文曰蝦飾。

除官氣

官府出行。列肅静迴避二牌。亦辟人之義。王陽明開府時。易其字曰求通民情願聞己過。劉忠宣大夏為督撫。凡行司道府縣。不用官封碑照。當堂開拆。但央單帖具名。另用副啟開陳事宜。末後親筆塡四字云。大夏頓首。是皆前人艷稱為美談。其實此等舉動。全是客氣。非立異即沽名。且非素位之義

骨重羊

骨重羊出布哈拉外藩回子地。自葉爾羌西行約二十里可至。産羊短小。肉痩。惟骨至重。回子初不甚重。自天兵定葉爾羌後。逐漸及内地。初以為祉。值白金二三十兩。近不過十金。且以為裘矣。近聞按集延西南一帶。徧山皆是。然黑者至多。灰色者十不得一。價亦十倍之。予謂不過數年後。價與羣羊等。再久而陝甘亦皆出産矣。市里小兒呼曰。古董。或曰古銅。傳聞則不寔。可知矣。按布哈拉回子。風俗與中國回子相似。禮拜寺二百餘所。男女皆不飲酒。有私飲者。即擒至禮拜寺塔頂下擲殺之

火浣布

火浣布出四川越雋廳番地五嶺山石縫内。生草。其根俗名不朽木。性純陰。番民取以捻棉織成布。己丑劉臬使益贈一幅。具質粗。置火中經刻不然。以抹几案油穢。其利入烈火。臓處即有焰。焰息穢去。焰即穢也。布完整。故名火浣。然燒一二次。布色如灰。三次以後。質漸鬆。彈之即裂。楊升菴云。火浣布出蜀建昌。白如雲。出于石隙。元史所謂石絨也。當又是一種。

雞素

雞素本于雞斯。如小荷包。雞斯用以約髮。雞素用以盛物。作佩。素與斯勒音相近。如俄羅斯今皆稱額勒素。吾淮呼小荷包亦名雞素。或云雞膝。像形也。

記筆三則

東坡以黄連湯調青粉藏筆。候乾收之。山谷以川椒煎湯煨松烟染筆藏之。近日汪文端公以紅花黄連煎水。發筆磨墨皆用之。

明李陸繼翁王古用。皆湖州人。住南京工製筆。又吉水鄭伯清。吳興張天錫。皆以製筆有名公卿間。宋江湖長翁集有題筆工俞生藏書跋。謝肇淛西吳支乘。記元時吳興三絶。趙松雪書。錢舜舉畫。馮應科筆。又元時張進中者。字子玉。都城耆老。善製筆。嘗用堅竹毫用鼬鼠。精鋭宜書。吳興趙子昂、淇上王仲謀、上黨宋齊彦皆與之善。尚方有所需。非進中筆不用。進中每日持筆入宫。必蒙賜酒食。太平清話言宋時有雞心筆。小兒胎髮筆。猩猩毛筆。鼠尾筆。狼毫筆。近日復有以貂毫製者。某詠猩猩毛筆

云生前幾兩屐，身後五車書。明神宗文華殿用市中筆，貼筆匠楊彥章名紙通。松雪過筆有宛轉如意者，輒剖之，取其精毫別貯之，萃三管之精，令工總縛一管，則眞草巨細無不可。項子京嘗欲仿之。見李實君紫桃軒雜綴。近日劉石菴墉自太原守罷歸，居相國邸第，剖破新筆，自稱精毫，重加綁束，不付之工人也。揮灑和軟，有得心應手之妙。

沐碧山銀槎

朱竹垞、王阮亭皆有銀槎詩，初為孫北海所藏，後歸宋玉叔。玉叔與施愚山、曹實庵各賦長歌。玉叔歿，流傳至京，高江村從於市上得之，亦賦長歌記事，所謂二十年中有聚散，宋孫墓木拱可悲是也。杯首有岳壽無疆四字，左朱華玉造，右至正乙酉年。杯底槎杯二字。杯尾詩云：欲造明河隔上關，時人浪說貫銀灣。如何不見天孫錦，止帶支機片石還。圖書碧山二字。此杯後歸陸丹叔，曾堪予屢摩挲賞之。

記扇

明人皆尚金扇，即上方賜予，亦皆金面。康熙間，尚金陵仰氏扇、伊氏素紙扇，繼又尚青陽扇、武陵夾紗扇、曹扇、靴扇、溧陽歌扇，近日又尚豐潤畫扇、野雉編稱聚頭扇。吳

製外惟川扇至佳，其精雅宜士人，其華燦宜豔女。至于正龍、側龍、百龍、百鳥之屬，尤宮掖所尚。予近從陸耳山舍人處見其先世文裕公拜賜金扇，亦百龍之式，雖駁落已甚，而璀燦可觀，當是川製。聚頭一名聚骨，即折摺宜扇，永樂間外國入貢始有之。明時製扇名手，有馬勛、馬福、劉永暉、沈少樓、柳玉臺、蔣蘇臺，一柄值數金。

納蘭侍衛之風趣

成容若十七為諸生，十八舉鄉試，十九成進士，二十二授侍衛。天姿英絕，蕭然若寒素，擁書數萬卷，彈琴歌曲，評書畫以自娛，不知為宰相子也。書摹褚河南，幼善騎射，自入環衛，益便習，發無不中。扈蹕塞垣，珊弓牙箭，環列罽帳，以意製器，多巧便所不能到。嘗讀趙松雪自寫照詩有感，即繪小像，仿其衣裝，坐客或期許太過，皆不應，徐東海曰：爾何酷似王逸少。乃大喜。

犬救主人

京師火炕燒石炭，往往薰人中毒，多至死者。儀真陳殿撰定先冬日偕其妾寢，至夜皆中煤毒。室內別無一人，家人咸就寢，不知也。家畜一巨犬，忽咆哮萬狀，家人起，犬向主人窗外爬沙跳擲，窗紙盡碎。急請主人，不應，毀門入，則與妾並死，急救乃蘇。北人秋後即喜卧炕，遇大木廷樅于九月十六日中煤毒死，亦異矣。

是鏡之詭詐

江陰是鏡詭詐誕妄人也，胸無點墨，好自矜飾。居之不疑，海鹽陳相國為其所惑，高東軒相國亦信之。尹健餘侍郎督學江左，因二公之言，造廬請謁，結布衣交。鏡遂關書院，招生徒，與當時守令往還，冠蓋絡繹。常州守黃靜山永年，亦與過從，其後因囑托公事不復往。鏡因于書院靜室中供陳、高、尹、黃四木主，俗所謂長生祿位也。稍有識者皆非笑之。辛未雷翠庭先生督學至，廣文以為言，先生貽書令其來見，以覘其學。鏡不往，而令廣文通意，欲先生造廬，如尹故事。先生笑曰：吾固知賢士不可召見，但恐吾往見後，則四公木主之外，又增一人，故不為耳。後數年，鏡為鄉人告訐，亡命不知所終。鏡居村去市數里，有小路，踰溝而行，稍近數十步，鏡平生必由正路過橋，不趨捷也。一日自市歸，途遇雨，行至溝旁，四顧無人，一躍而過。有童子匿橋下避雨，驚曰：是先生亦跳溝耶。鏡餌以一錢，囑勿言。童子歸，其父詰錢所從來，爭傳是先生跳溝，聲名大損。

秦氏弟兄多壽

辛未駕南巡，幸寄暢園，秦氏子姓迎駕。孝然年九十，實然年八十七，敬然年八十五，榮然年七十，壽然年六十，芝田年七十六，瑞熙年六十一，莘田年六十，東田年六十二，九人共六百餘歲，皆近族也。

詩人福命之不同

近日稱詩者，推沈宗伯、夢司空兩家。沈以老諸生白首遇主，七十成名，十年致身卿貳；夢以韋杜之冑，具班馬之才，十八官翰林，二十三官國子師，二十四躋八座，三十一而終。其福命何相殊也。然兩家詩具在，一以人勝，一以天勝。人勝者可學而至，天勝者不可學而能也。

紅豆

蘇州城有東禪寺，舊植紅豆樹，相傳白鶴禪師所種，老而朽矣。久之復萌新枝，惠元龍移一枝入階前，自號紅豆主人，畫紅豆新居圖，題而和者百有餘人。又虞山紅豆昔為若書之處，今年顧古湫鎮繪紅豆山莊圖，同人題詠甚衆，董東亭潮七古尤為擅場。果郎見而賞之，鐫玉章一方贈之，朱文曰紅豆詩人。

因禍得福

寺南江孝廉周南辛巳選河南汜水令。引見調江西樂安。江貧苦不能出京。復請府改。意快快。此五月間事。及秋中州大水。黃汜交漲。滿河州縣盡付波臣。而所調某令盡室被淹。江聞之。而喜可知也。

力阻開礦

浙西武康縣有凝紫山。俗訛爲銀子山。明季錢雅礦稅之禍。今封閉已久。丙戌丁亥間。有吳越遊手不逞之徒。勾串胥吏。呈請開礦。且以重利啖主文者。事久不能決。撫軍覺羅永德亦心疑其有因。檄湖州守簡明幹官一員。入山勘定。以定行止。予弟紫坪令德清。廉斯役。不入山。竟赴府言于太守曰。俗語不宜流爲丹青。可無勘而明。奸人行險徼幸。庸知不預爲以實其語。設勘之果礦。則竟開礦任咎乎。不若據理辨駁。一紙申覆。因力陳其不便于民間數事。太守布勒亨深然之。會布倉卒罷官。弟亦挂議去。事仍未結。攝令李某入奸人之言。復揚其波。將入山徵定。紫坪尚滯省城。聞之。詣上臺力言理所必無。並陳其利害。上游採其言。事乃得已。

豐臺花事

豐臺爲養花之地。園圃相望。竹籬板屋。蟯蟯之聲不斷。芍藥尤盛。春時遊人車馬紛至。然圃翁貪利。花蕊未放即剪。擔頭紅紫。圃中止綠葉而已。元廉希憲之萬柳堂。趙參謀之匏瓜亭。栗院使之玩芳亭。張參事之遂初堂。皆在左右。而遺跡莫考。今惟存王氏園亭廢址。茂草中尚有花廳五架。清池一曲。游泳朱鱗。京朝官年年修禊于此。花圃皆有窖。冬月春花全放。按癸辛雜識。馬塍花即今之堂花也。

京城古樹

京城古樹。如太學檜。慈仁寺松。吏部藤花。臥佛寺娑羅樹。萬壽寺及昌運宮白松。封氏園松。一作風氏。呂家藤。皆數百年物。城南舊刹有龍爪槐。僧言三百年物。前輩詩文集中不多見。徐電發釚菊莊詞話。載白門紀伯紫云。壬子季夏。僕與合肥龔宗伯、山陽陳黃門階六同飲龍爪槐下填詞。此地在國初亦名流屐齒所常到也。乾隆庚辰四月。予與張六雲門、陳三竹泉茗飲槐蔭。對弈竟日。竹泉黃門從孫也。風氏園與龍泉寺相近。楊禹江集有丙戌夏日陪宋商邱過龍泉寺觀風氏園古松之作。封氏松見前輩題詠甚多。皆未明指何處。觀此則在龍泉寺不遠耳。今則四望瓦礫。不知孰爲園址。

張南垣父子善疊假山

華亭張漣字南垣。少寫人物。兼通山水。能以意壘石爲假山。悉仿營邱、北苑、大痴畫法爲之。峰壑湍瀨。曲洞遠岑。巧奪化工。其爲園則李工部之橫雲。虞觀察之預園。王奉常之樂郊。吳吏部之竹亭爲最有名。漣既死。子然繼之。遊京師。如瀛臺、玉泉、暢春苑。皆其所布置。先是米太僕友石有勺園在西海淀。與戚畹清華園相望。亦曰風煙里。今暢春苑即兩園舊址。王宛平怡園亦然所作。吳梅村爲南垣作傳。而世遂謂假山創自南垣。非也。唐人詩中詠假山者最多。晉會稽王道子開東第築山于府城內。武帝嫌其修飾太過。道子甚懼。晉武陵王貴有愍心名其後堂曰首陽山。其由來久矣。不獨宋之花石綱也。梅村傳中述漣語云。吾以此術遊江南數十年。中名園別墅。屢易其主。名花奇石。經吾架構。未幾而他人輦去。復爲位置者亦多矣。昔人詩云。終年累石如愚叟。倏忽移山是化人。又云荷杖有兒扶海嶠。詠南垣父子也。

部門瑣記

禮部堂夙夜匪懈額。工部節鎮爲捧日亭額。皆嚴分宜所書。已撤其名。嬾眠胡同水月禪林額爲王典答書。城南崇效寺。又名棗花寺。內靜觀二字額爲王覺斯鐸書。禮部前劉必通水華招牌。爲董思翁書。聖恩寺爲金源古刹。舊有雙楸。又古槐乃金時物。又馬纓花一株。係宋商邱手植。崇效寺有無塵別境四字扁。爲明楊忠烈公大書。又寺僧雪塢舊藏王覺斯草書一卷。今無存。雪塢亦能詩。與王樓村、劉大山倡和題壁。近日寺中止藏智朴青松紅杏卷子。內如漁洋、竹垞、初白輩皆有詩。

東嶽廟在朝陽門外。元延祐中建。有趙子昂書張天師神道碑。虞道園隸書仁聖宮碑。趙世延書昭德殿碑。

光明殿在西華門內。有婆羅蕭臺。係分宜書。供昊天上帝像。旁立十二將。云有一像亦分宜也。

白塔山即永安寺。本瓊華島舊址。

崇國寺在府西北。有趙子昂所書寺碑。元時有東西二崇國寺。此乃西寺也。明宣德間改大隆善護國寺。爲脫脫丞相故宅。今佛座下有二遺像。

妙應寺有白塔。遼壽昌二年建。制如幢。色白如銀。元至元八年加銅網石欄。改萬安寺。明天順二年改名妙應。今在阜城門外。

拈花寺德勝門內西北。雍正十一年御製碑文。果親王書勒石。

明憲宗建慈仁寺。爲母后祝釐。頒名畫百二十軸。皆天堂地獄變相。大毘盧閣高三十六級長廊四週城市郊園歷歷可睹仰瞻宮闕如傍雲霄俯眺西山儼入襟袖殿前雙松當時已稱數百年物東一株高四丈餘偃蓋三層濤聲滿天西一株僅二丈餘低枝橫蔭數畝鱗皴爪攫以數紅架承之阮亭作雙松歌又言其下可置數十席出總聖門爲海棠院皆僧寮也海棠幹數圍亦元時物閣後有寶雙觀音高尺許寶冠綠帔相極慈悲寺前後凡七層今毘盧閣改爲平殿三間雙松竟舉入木廠海棠院今廢爲染衣之所惟寶雙觀音尚存仰荷聖藻題詠珠龍寶座裝飾精嚴遊人瞻玩輒不能去己丑秋同人往遊陳緪稿張懷月履冬友皆有詩予亦有句云躋鑣出訪慈仁寺一帶荒畦種野蔬聞雙久經悲火化金仙閒已罷樓居珠龍白定瞻慈相翠竹黃花繞佛廬恠底絳裙曳環佩海棠月冷聽經魚

畄閒嚴民部寓渠家園積水到門顏其堂曰半房山後有疑野亭朝爽樓前對西山後遠清波極亭臺花木之盛而池之南北旗亭歌榭不斷遊人泛舟竟夜忘返賦詩者甚多惟張文端公一首尤傳誦耳

茶餘客話卷八終

茶餘客話卷九

清　山陽阮葵生吾山著

吳雲襄爲九華山僧轉世

青陽吳宗伯七雲襄少客於淮與先祖處再公及劉公再祈三人爲莫逆交時吾家新城舊宅有冬青樓宗伯來往如一家人大都同讀書太學同寓先伯祖樾軒公櫻桃斜街至庚戌癸丑先大夫暨家叔相繼入翰林宗伯贈詩云斜街舊雨憶黃門六十年來老弟昆予從劉氏壁上見宗伯手書過淮訪再祈二律錄之破帆乘月過淮陰小泊城西訪素心入郭人都知舊第到門僮尚解鄉音面因久別真難認話爲愁多不敢深我昔天南頻北望何堪向北又分襟天涯攜手立須臾如許離情半語無十六年來雙鬢短三千里去一帆孤家還有母非遊子貧即依人不丈夫笑謝韓臺垂釣客無勞分箸飯窮途甲寅冬公下直端坐而逝相傳前身爲九華山僧

玉岑夫人

許謹齋給諫志進有讜直名既劾江督噶禮負横聲震一時罷歸後以文酒自娛篇詠甚夥章豈績序云看此時之鴻鵠逝將去以空溟問當日之豺狼畢竟歸於何處人云奏議大有都俞我讀篇章絕無怨誹自辟園亭手栽花木具有邱壑築來鳳樓居其妾琮簾繡栱甲於郡城及卒無子四十年間鞠爲茂草妾玉岑夫人爲白門舊家女工詩翰隨宦中外暮年委頓無依余以葭李之末往見白髮青裙居然王謝每見輒談六十年前日下故事黃門爲新城澤州高足言兩家事尤詳迄今過來鳳樓故址輒誦王季木白雪高埋一代文蔡姬典盡舊羅裙之句以寄慨沈歸愚宗伯作制府來樂府云太陽照冰山傾黃紙收制府片刻不使停陳滄州詩二春華髮棲江表五夜丹心戀聖朝禁闥似聞憐讜直湖山自合老漁樵皆指黃門劾噶制府事黃門善騎射精繙譯於清文蒙古言語皆通曉才中高孝本嘗贈詩云十行一覽傲同儕餘藝兼看事事佳子建迎賓多計巧東方索米善詼諧六鈞弓挽鶬連帖重譯書工字左排脫卻朝衫騎劣馬生來不信是江淮

黃華田篤於師生之誼

福州黃華田任詩才淹雅爲八閩巨手宰四會以躭硯劾歸許謹齋壬午典試所得士師弟誼篤往來淮南十數年與鄉先生皆相契乾隆丙戌紫坪遊閩中華田年逾八十矣談及師門後嗣凋零園林荒落太息失聲老淚盈把因述生平知遇及當日

門廷賓客之盛紫坪即席賸以詩云給諫聲華一代才珊瑚網向八閩開千秋盛事傳衣在不負當年玉尺來珠湖一曲水雲偏四十年前泊畫船燕子歸飛門巷改傷心莫問舊平泉秋滿寒原宿草繁故家文獻幾人存誰知瘴嶺千重外白髮門生話舊恩草田讀之淒咽為之罷酒草田禮闈下第亟廹南歸貲脯告匱附舟至淮為同舟子所窘時許方遠宦不得已走謁吳中允西季時吳與黃未識面也中允一見云君即賦紫詩黃草田耶念中言子久矣商之夫人傾釵環盡付質庫得百金為償舟中逋居久之資送歸閩亦草田為紫坪言

詠煙詩

煙一名相思草漢文曰淡巴菰初出呂宋明季始入中國近日無人不用雖青閨稚女金管錦囊與鏡奩牙尺並陳矣韓慕廬出以課庶常陳廣陵詩一時傳誦家笠亭叔詩云味濃於酒思公瑾氣吐成雲憶馬卿人推佳句陸青來燿作煙草歌形容盡致

燕窩

廣東陽江縣海燕採小魚營巢故名燕窩王西窗仲威鋮署窗臆說云燕窩名金絲海際沙洲生蠶螺背有兩筋堅潔而白海燕啄食之肉化而筋不化並精液吐出結為小窩啣飛過海倦則漂水上息其中少頃又啣以飛海人依時拾之色紫者為佳閩小紀云燕窩有烏白紅三種紅者難得白者愈瘵紅者治小兒痘疹今白者價倍往歲惟烏者多耳紅者從未一睹近見閩廣賈船所載大者長止六寸鮮白無纖翳據云取小者折製人力合成非天然也許青嶼藩司松佶語予云燕窩產海島中窮巖邃谷足力繩竿之所不及估舶養小猿猴善解人意至山島間以小布囊繫猿背上縱之往升水深巖盡剝塞囊中而歸猿之去也苦不得食三數日始返海客以果餌充囊中俾之返出不饑拙者出即剝塞囊中歸而傾囊不過數片為果餌占地也其黠者將果餌傾巖竇間剝塞滿囊盡燕窩矣空而復去尤為便捷猿一值數百金價數倍於拙者云吳梅村詠燕窩詩海燕無家苦爭啣白小魚卻供人獻食未卜汝安居味入金齏美巢營玉壘虛大官求遠物早獻上林書許謹齋黃門每晨起食燕窩燕骾一巨觥以融軟為度謂他人皆生食也終日不溺

煮熊掌法

熊掌用石灰沸湯剝淨布纏煮熟或糟尤佳羅見陳春暉邦彥故第牆外磚砌煙竈

高四五尺上口僅容一碗不知何用云是當日製熊掌處以掌入碗封固置口上其下點蠟燭一枝微火熏一晝夜湯汁不耗而掌已化矣

江鄉風物

久客長安每逢令節輒憶江鄉壬午立春作望江南詞二十闋分詠淮南歲吳食品老饕故態良足哂也王蓬心宸讀而艷之為寫歲朝填詞圖仿衡山移居圖筆法宛然江邨新年情狀張吾溪陳東巖程晴嵐朱楡圃皆有題詠劉狄巖方謁選吏部門下榻予齋中亦分詠四十絕句董東亭小楷繕書一冊每一展讀食指欲動

北地蔔蔔

北地葡萄種最美客問南中何以敵此汪鈍翁云橘柚秋黃楊梅夏紫

吃檳榔惡習

大腹皮本草言其性最猛烈破氣虛損者忌之其子即檳榔性益加厲今人多好食之亦無恙檳榔樹高五七尺皮似青銅節如竹其葉聚於杪葉下數房房結數百子名棗子檳榔中有實如雞心與海南子無異粵人滇人熟而後食臺灣人則生時即取食之云可治瘴氣消飽脹以蠣房灰用柑子蜜染紅合海沼藤食之每會席敬客前各置一枚京師小人和蘇子豆蔻貯荷包中竟日口中咀嚼唇齒搖赭面目可憎威靡數十年近士大夫亦有嗜者阮亭云轎中端坐吃檳榔貴人亦不免矣范石湖云巴蜀人好吃生蒜臭不可近頃在嶺南其人好吃檳榔合蠣灰扶留藤食之輒昏已而醒快三物合和嚥如膿血可厭今來蜀道又為吃蒜者熏作詩云南食灰荼蠣巴蜀菜先葷辛脫蔞藤酢還遭胡蒜熏邵濟贈五羊太守詩云階下腥臊堆蜆子口中膿血吐檳榔又峒溪雜志載蔞藤葉可以作醬即蒟醬也

非時菜果

唐人詩云內園分得溫湯水二月中旬已進瓜京城冬月窖花甚盛春月獻瓜者絕少甲戌春三月二日董東山宗伯有食王瓜詩近來椿芽擷蒔皆二月入市王瓜茄子入市不為稀有

貂狐之種類

俄羅斯烏蘭海皆產貂舊傳人索體臥雪中貂就溫因撲而殺之與狂狡賂鄭人事相似為此說者蓋深痛人之無良有慨而言實不然耳掃雪大於貂絨白毛長光澤之價亦減猞猁孫大曰馬猞猁小曰羊猞猁比貂暖過之輕不及比老羊裘輕過之

暖不及狐之族七。蒙古產者二。毛黃而長曰草狐。短而黠曰沙狐。俄羅斯產者五。毯黑而毫白曰元狐。其次身黝而膁黑曰倭刀。又其次身赪而膁青曰火狐。外此又有白狐灰狐二種。又有妖狐。一曰靈狐。似貓而黑。年老能幻人形。又別一種云貂鼠。喜食松子。在松林內。一名松狗。有黃黑二種。紫黑色者蔚而不耀。尤為難得。其窟或土穴。或樹孔。捕者先設網穴口。後以煙熏之。貂畏煙出奔。即入網中。又有捕貂之犬。嗅其蹤跡所在。守而不去。伺其出嚙之。亦有用弓弶者。盛京志。貂鼠一名栗狗。好食松栗皮。故名。烏喇諸山多有之。其皮輕暖。為裘為帽。廣志。貂鼠出扶餘。

物類相別

駝糞煙可殺蚊蟲壁虱。槐樹生蟲。擂鼓於下則蟲落。以鹽束置青石上。築之易碎。蘆席蓋磁。經露必有痕。珍珠不宜近鐵器與柏木。尸氣故婦人帶入喪室。珠多爆碎。牛骨置池水不涸。爐插線香。灰實不入。鬆易側推二頭俱燃。滅一頭插之不倒。圍爐炭烈。分開易滅。不分易熾。用毛紙一幅。置於火頂。燒過灰存。則火不燄而四布。續博物志云。戎鹽累卵。獺膽分杯。

栗子以毛髓於眉上一抹。過下火煨則不爆。楊梅核咬碎。必是八塊。百數中偶一二

不同。雞頭生者一斗。以防風四兩換水浸之。可以度冬。酒甕置皂莢半挺則不沙。藏鹽用皂莢置內則不滷。好香油浸鰣魚。盛暑不壞。橙橘藏綠豆中不壞。酸酒每罈用鉛一二斤。燒極熱。入則酸氣去。喂雞鴨以土硫黃研細拌食即肥。雞下卵時。食內夾麻子喂之。則常卵不抱。染坊淋退灰晒乾藏黃瓜茄子。冬日可用。

容安齋蘇談載物有相制之法。油污衣。滑石末隔紙熨之。血污衣。嚼蘿蔔擦之。墨污紙絹。字蠹。燈草漬水洗。犀角羚羊角先銼為屑。置入懷中。出碾易碎。乳香朱置壁隙中半日。取指甲一二枚同擂。不粘易碎。兔絲子撚紙條數枚同碾易粉。香附先去皮毛。炒過投水浸透。曝乾再炒。艾葉入茯苓三五片同碾。缸裂先箍置烈日中。以瀝青末摻縫內不漏。墨污衣用半夏研。白果杏仁搗爛揉。少時即去。肥皂淹鐵索。胡桃塗鐵索。皆易斷。銅以荸薺水煮可刻字。染坊淋過灰洒乾。可收藏黃瓜茄子。蛙鳴處以芝麻楷磨碎。順風撒去定止。木槿葉浸絲絡則不亂。土硫磺飼雞鴨易肥。牛骨置池中水不涸。研芥子入豆醬不生蟲。赤豆湯洗色衣垢。生薑擦燈碗不生暈。鹽入燈碗可省油。香油入少桐油耐點。鹽置油燭亦耐點。擂桃杏仁設豆面攪入渾水中即澄清。冬筍福橘冰凍堅者。以冷水浸之。味不變。若加溫水則味大減。冰魚亦忌用溫水。

詠絡緯

絡緯鳴秋。聲特清脆。南人畜之籠中。北人貯以匏。冬日懷之。往聞宮中有養至暮春者。勵南湖司寇詩云。秋蟲遊化日。長養遂天和。育物齊堯德。含聲入舜歌。春庭鳴瑞霧。錦樹宿瓊柯。粉本祐新樣。珍傳奕世多。時將文肅寫春林絡緯圖。近羅緞五侍御典注詩。以此為螽斯羽之解。語甚怪。

物類相感

物類之相感也。多不可解。淮南畢萬之所述。往往為小人竊試以行詐。要不過五行相勝。一定之理。非有異也。董子云。人之言醞去煙。鴟羽去眯。慈石取鐵。頸金取火。蠶珥絲於室而弦絕於堂。禾實於野而粟缺於倉。蕪荑生於燕。橘枳死於荊。又羅泌云。陽燧來火。方諸致水。箕動而風舉。龍而雨。土龍致澤。桐魚鳴。鼓家灰傅溺。啄木飽蠹。堂螂之氣。含之出火。即蛆之塵。背之起霧。結巾投地而兔走。歲絰丹帶而蛇去。蟠切玉。橘明珠。油鐵。針蔓解茶。箕化牛。鹽消瓜。甘草硬角。木賊軟牙。磁錫以欲虀。筆以盧酒。油以窳濯錦以魚。新灰拘駒。然柳煞雞。飲齱裂毒。硫石毀執。薑磁兔爆。繫線不熱。翡翠屑金。神砂碎鐵。雨將至七弦緩。大風至痼疾發。癲疾作而鮑血動。蠶珥絲而商

弦絕。投醪醉士。望梅止渴。駝煙殺蚊。犀火照怪。慈石引針。琥珀拾芥。荷醉貓。皂莢宜蜂。黍以蜂散栗。因酒敗麻。得黍而涌。酒因麻而敗。蒲荷憎油。草木忌桂。阿膠止濁。犀株離水。蚌匿匿鹹。石灰正膠。戎鹽累卵。青蝸還錢。磨角續劍。鸞膠續弦。屠狗者狗逐之。屠牛者牛觸之。未可悉數也。至物類不既。更不足以常理測。訓狐夜窺。蚊蚋畫不辨山岳。跛雛陀龍無耳而聞。虬聽以掌。牛聽以角。蛾倒行。蝙仰棲。蜀犬吠日。江魚入海則感。外夷生首子則烹食以為宜男。見中國猢月相慶。訶為不慈。死者棄屍於野外施鳶鳥。七日不盡則哭。見中國素車黃腸。嘆為不仁。又安能一一求其故哉。

蜂蜜之神妙

蜜者密也。精也。秘也。固也。草木得天澤上露。抽其精華。以為花蕊。而花中浮艷如粉如珠。又其精之精。蜂採取之入窩穴。醞釀成蜜。其所處不容人窺。其王出入道成蹊圍。何秘如之。醫家製膏丸用蜜調劑。蓄奇香者以蜜養之。以其能固不泄也。鼎俎家蒸玉面狸與烹黃雀。必先以蜜塗之。雖沸煠而其膏不走。固之道也。酥者蘇也。枯燥乾結之物。以酥透之。則釋然融解。故蜜以衛內。以酥攻堅。二者皆神物也。

中國用糖之始

後漢書顯宗紀注以糖作狻猊號爲糖猊東坡過金山寺詩送遂寧僧圓寶云涪江與中泠共作一味水水盤薦琥珀何似糖霜美唐太宗遣使至摩竭陀國取熬糖法詔揚州取蔗作瀋如其劑色味逾西域遠甚此中國用糖之始其法始於佛氏然吳志孫休已有甘蔗餳矣

餹一名蔗貽仙經呼蜜爲丹醴見曹楝亭所刊餹霜譜舉宋玉大招已有蔗漿字是取蔗汁已始於先秦也前漢郊祀歌柘漿析朝酲註謂取蔗以爲飴也又孫亮取交州所獻甘蔗餳而三禮註餳字俱云煎米蘖也一名飴則是煎蔗爲糖見於漢時明甚

驢也蹇也衛也其名有三宋高英秀與僧贊寧議古人詩病摘其鵾鵬今日偶題題似昔不同閭巷寫詩題此衛子詩也不然安有四蹄注稱一時呼曰蹇曰驢曰衛子騾驢皆帶子呼馬則不啻遇草之云耳

茶餘客話卷九終

茶餘客話卷十

清　山陽阮葵生吾山著

記名磁

御窑磁器超越前代規模款識多出刑部主事劉伴阮監製伴阮名源又有郎窑巡撫廷佐所造仿古酷肖今之所謂成宣者皆郎窑也又熊窑亦不多讓近則年窑唐窑皆入賞鑒

成窑酒杯有名髙燒銀燭照紅粧者一美人持燈看海棠也錦灰堆者折枝花果堆四面也雞窑者上畫牡丹下畫子母雞也鞦韆杯者士女秋千也龍舟杯者鬬龍舟也高士杯者一面畫茂叔愛蓮一面畫淵明對酒也娃娃杯者五嬰相戲也其餘滿架葡萄及香草魚藻瓜茄八吉祥優鉢羅花西番蓮梵書名式不一皆描畫精工點色深淺磁色瑩潔而堅雞紅寶燒碗硃砂盤最貴價在宋磁之上朱竹垞稱芳草野紅當亦牡丹之類余舊藏酒器皆雞冠花下子母雞凡五其式必多當不止此數種也

陽羨名陶錄

供春壺式茗具中逸品其後復有四家董翰趙良袁錫其一則時鵬大彬父也大彬益擅長其後有彭君寶龔春陳用卿徐氏壺皆不及大彬彬弟子李仲芳小圓壺製精絶又在大彬之右今不可得近時宜興砂壺復加饒州之鎏光釆射人却失本來面目陳其年詩云宜興作者推龔春同時高手時大彬碧山銀槎濮謙竹世間一藝皆通神高江村詩云規製古朴復細膩輕便堪入筠籠攜山家雅供稱第一清泉好淪三春薺昔社茶村稱澄江周伯高著茶茗三系表淵源支派甚悉

一藝成名

陸子剛治玉鮑天成治犀朱碧山治銀濮謙治竹又嘉興王二漆竹蘇州姜華雨莓菉竹趙良璧黃元吉歸懋德治錫李昭一作荷葉李馬勲治扇周桂治鑲嵌呂愛山治金玉小溪治瑪瑙蔣抱雲王吉治銅雷文張越治琴范昌白治三弦子楊茂張成治漆器江千里治嵌漆胡四治銅爐談氏蘆顧氏綉張氏爐洪氏漆王春陽燭又文衡山非方扇不書及近時吳興葉晉侯銅鏡敘曾叔功製墨吳穆大展刻字顧青娘王幼君治硯張玉賢火筆竹器皆名聞朝野信今傳後無疑也濮謙壬午生與家同庚嘗贈詩云滄海茫茫感劫塵靈光無恙見遺民少將楮葉供游戲晚向蓮花結

淨因。杖底青山為老友，窗前翠竹似閑身。僦予甲子欣相近，何處名山許卜鄰。

物異名

陸放翁詩：遊山雙不借，取水一軍持。古今注：漢文帝履不借以臨朝。漢時已有草履矣。軍持，淨瓶也，出佛經。賈島詩：我有軍持憑弟子，岳陽江裡汲寒流。隱背，爬背也。李鄴侯以松樛枝作隱背。偏提，酒器也，見說郛，唐詩亦有用者。護朽，見叔園雜志。滑稽，汲酒曲器名。零丁，尋人招帖也。剛卯，古印佩名。模棱，門楗也，可左可右。佛影，竹也，見清異錄。君遷，牛乃柿。司馬溫公名苑云：君遷子如馬奶。律令，雷邊鬼，捷與雷同，迷見桂苑叢談。藕覆，婦人膝襪，始于楊妃，見致虛雜俎。猗猗，蚕箔也，見女紅餘志。響箭，今之骲頭，見宋畫。駿馬，扇馬，見唐書。柳斫，木扎也。湖謠吹管作聲。威栗，葭管卷廬為頭，截竹為管，即笳管。蒸餅，即胡餅，並見筆壁叢。漢見唐六典。筆神曰佩頡，硯神曰淬妃，墨神曰回氏，紙神曰尚卿，筆神又曰昌化，琴曰文鵲，笙曰呆腫，鼓曰送君，鐘曰華由，磬曰洗東，皆仙樂，俱見致虛雜俎。琵琶一名落壓，又名洛成，見吳賁插袖。不落為酒杯，不律為筆。扶老、柳楖，皆杖名，見表異錄。麥光紙、栗尾筆，見坡詩。溺器曰夜瀦，見唐人集。通峭，承梁小柱也。蘇頌詩：自知伯起難通峭，不及淳于善滑稽。魏收有通峭難為之語。匠製，即今之斲杯，俗名套杯，外大內小，古人不通五六。古今詩話：刁約使契丹詩曰：餞行三匠製，又聞令帳房之類，交木而支，如交椅之稱。胡床即交椅。

茗飲源流

六經無茶字，始見王褒僮約、爾雅檟苦荼，荼即茶也。然古人多稱飲茶始于三國。吳志韋曜傳：孫皓每飲群臣酒，以七升為限，曜飲不過二升，或為裁減，或賜茶茗以當酒。又飛燕別傳：后夢見帝賜坐，命進茶，左右奏云：向侍帝不謹，不合啜此茶。然則西漢時已有之。又謝安詣陸納，但設茶果。至晏子春秋食脫粟之飯，炙三弋五卵茗菜，非飲茶之謂。開元中，感岩寺有降魔師教人不寐，人多作茶飲，因以成俗，見續博物志。物類相感志：芽茶得鹽不苦而甜。古人煎茶必加薑鹽。余在杭州有詩云：詩人偏好事，何苦着薑鹽。未免為古人所囮。然烹茶取甜，予所不解，安能起古人而問之。今內廷皆用熬茶，尚有古意。

品酒

德州羅酒，亦北酒之佳者。漁洋詩云：玉井蓮花作酒材，露珠盈斛潑新醅。清冷錯着康王水，風韻還宜叔夜杯。山薑亦稱吾州酒色白，清味潔鮮，東坡所謂錯着水也。屢入篇咏，宦京師仿為之，德州人不知也。滄州酒止吳氏、劉氏、戴氏諸家，餘不盡佳。蓋藏至十年者，味始清冽，市中安可得耶。按羅侍御欽瞻，崇禎丁丑進士，官御史，巡按河南，剛直有聲，嗜飲，傳釀法，色味俱絕，至今猶呼羅酒。滄州城外酒樓背城面河，列屋而居。明末有三老人至樓上劇飲，不與值，次日復來飲，酒家不問也。三老復醉，臨行以餘酒瀝欄干外河中，水色變，以之釀酒，味芳冽，僅數武地耳，過此南北水皆不佳。劉紫亭嗣翔為余言之甚悉。予在京師，紫亭歲致滄酒，非市中物也。漁洋答謝方山詩：白家島帽棗屏裡，初試經泥小火爐。恰花陵州酒船到，不愁風雨阻前沽。酒東胃雪遠衙泥尺素，殷勤謝傳遞一樹山查紅。破戀花前催進玉東西。此漁洋晚歲之筆，頗得酒中三昧，風致可想。

酒祀典

袁石公觴政入之祭云：凡飲必祭所始，禮也。今祀孔子曰酒聖，夫聖無量不及亂，觴之祖也，是為飲宗。四配曰阮嗣宗、陶彭澤、王無功、邵堯夫。十哲曰鄭文淵、徐景山、嵇叔夜、劉伯倫、向子期、阮仲容、謝幼輿、孟萬年、周伯仁、阮宣子。而山巨源、胡毋彥國、畢茂世、張季鷹、何次道、李元忠、賀知章、李太白以下祀兩廡。至若儀狄、杜康、劉伯墮、焦革皆以醞法得名，無關飲徒，祠之門垣，以獎釀客，亦猶校宮之有土主、梵宇之有伽藍也。聖人吾不得而見之矣。二千二百餘年中，四配十哲十四人耳，而阮氏居其三，醉鄉閥閱莫有盛於吾家者矣。

杯襯之始

今人飲酒，杯下襯以托子，未知所昉。馮益都相國宴詣潞詞翰林于萬柳堂，酒酣，指此為問。汪苕文以為古無此製，是也。毛大可稱即古之舟也，引周禮註疏為證。益都命走馬取書，似有所本，然與杯不相屬。予見宋李濟翁資暇錄一則云：始建中，蜀相崔寧之女以茶杯無襯，病其熨手，取楪子承之。既啜而杯傾，乃以蠟環楪子中央，其杯遂定。即命匠以漆環代蠟，進于蜀相。崔大奇之，為製名而詞于賓友，人人以為便，于是傳者更環其底，愈新其製，以至百狀。此為茶器而設。資暇錄引此云：貞元初，青鄆油繒為荷葉形以襯茶碗，別為一家之楪。今人多云托子始此，非也。蜀相即昇平崔家。按此與今之杯托製甚合。前人有辨之者，周禮司尊彝之職曰六彝皆有舟，鄭康成曰：舟，尊下臺，似非今酒杯之製也。西河一時強論耳。

飲酒戒惡習

俗語云酒令嚴于軍令亦末世之弊俗也偶爾招集必以令為歡眾奉命唯謹顛首聽命恬不為怪陳繼儒云飲宴苦勸人醉苟非不仁即是客氣不然亦蠢俗也君子飲酒率真量情文士儒雅槩有斯致夫唯市井僕役以逼為恭敬以虐為慷慨以大醉為歡樂士人而效斯習必無禮無義不讀書者繼亭之言可為酒人下一針矣偶見宋小說中酒戒云少吃不濟事多吃濟甚事有事壞了事無事生出事旨哉斯言語淺而意深又鐵亭小飲壺銘曰名花忽開小飲好友略叙小飲凌寒出門小飲衝暑遠馳甚熱不可遽食小飲珍醞不可多得小飲真得此中三昧矣若酣飲流連俾晝作夜尤非向晦宴息之道亭林云樽罍無卜夜之賓衢道有宵行之禁故見星而行非罪人即奔父母之喪酒德衰而酣飲長夜官邪作而昏夜乞哀天地之氣乖而晦明之節亂所係豈淺鮮哉法言云侍坐則聽言有酒則觀禮何非學問之道

猜枚

元人姚文奐詩云曉涼船過柳洲東荷花香裡偶相逢剝將蓮子猜拳子玉手雙開不賭空猜拳賭空皆詩料也即今酒令之猜枚前後不放空也

評酒評詩

甲戌春同鄉宴寓齋閑飲竟一晝夜歌詠之餘諧謔同作吳山夫仿石公之說評諸子曰尚友如廉頗據鞍不肯下人北泉如香槽滴酒不甚洶湧而涓涓不休吾山如神魚縱壑或出或入出人意表大冶如韓信將兵多多益善東冶如橫滄之水一洩而盡賓南如精衛填海每不自量璜水如李陵敗北一以當千南生如諸葛出師鞠躬盡瘁死而後已若僕則如老僧持戒律百魔不能破又如嚴顏有斷頭將軍無降將軍也予曰請以評諸公之詩可乎山夫如光武遇小敵怯遇大敵勇尚友如齊東大鳥三年不鳴鳴則京人南生如凌波仙子一步一止令人目蕩魂興冰璜如玉卮無當價值千金大冶如黃河之水滾滾而來東岩如秋鷹盤空不肯輕擊賓南如隱娘劍術一擊不中聽為再擊若僕則如春雨淋漓不擇地而施沐膏者固多而怨咨者亦不少也　璐按胡賓南名一鴻予癸未同年

四書酒令

辛巳冬與消寒會酒令集四書語作聯句自一字至十餘字凡數百聯癸未冬紫坪入都復舉是令因閱查浦輯聞紀朱竹垞行酒令舉成語一句合平上去入者即天子聖哲類也竹垞與原子錡樂兵刃既接二句查浦思索竟夜不得心火迸發左耳遂聾同人因復舉為酒令予與紫坪即席引數十句不知查浦何以窘迫至是而竹垞亦僅思得二句殊不可解附錄于後

君子上達　何以報德　妻子好合　兄弟既翕　天下大悅　能者在職
邦有道穀　涇以渭濁　志我大德　生有聖德　充耳琇實　神保是格
瞻彼旱麓　王道正直　言以道接　沉湎冒色　雷夏既澤　天九地十
咸仰朕德　宏父定辟　天禍鄭國　天子建德　端冕搢笏　天子令德
惟彼四國　君子是識　天子建國　公子御說　司馬仲達　萌者盡達
寒暖燥濕　毋有障塞　元酒在室　鐘鼓既設　天子下席　君子進德
天子視學　天子用八

肆馬轂者于捍內藏一劍行路者藉以防賊人多用之按元阿隣帖木兒文貞王宦戶部尚書有獻鞭者製甚精拔靶去之則一鐵簡在內王喜示夫人夫人云王平日曾以事害人慮人害己則當防護之若無此心則不必用此見元揭元城山居新話

事物原始

秦文公作旄頭見列異傳黃帝作旗幟又作冕旒魯昭公作弁見世本燧人氏作[illegible]女媧氏作竹笛赫胥氏作木梳堯以銅為笄周文王作珠翠又名步搖笄唐高祖作反綰髻黃帝作几見李尤銘舜作五明扇又作漆器見古今注少康子興作甲杼造矛見世本蚩尤作戈戟見呂氏春秋又作劍鎧見管子蚩尤作梢見山海經黃帝臣揮於作弓夷牟作矢見世說荀卿云倕作弓浮游作矢見山海經少皞生般是作弓矢黃帝又作弩鯀作城郭禹作宮室伯益作井見世本及博物志神農作權伶倫作權度量胡曹作衣裳見呂氏春秋太公作九府錢見漢書神農作耒耜或云倕作皇甫隆作耬及犁見魏略風沙氏作鹽帝女儀狄造酒見戰國策蘇服牛又作旋相士乘馬服作駕三人皆堯臣見世本韓長侯作御舜造筆見博物志又曰蒙恬造筆蔡倫造紙堯作圍棋烏曹作博見世本齊懷陵王瞬作側楸棋局見鴻鑑續事中老子作摴蒱黃帝作蹴鞠見博物志劉向作彈棋見西京雜志曹植作長行局即雙陸也見後魏李邵序漢武帝作藏鉤晉擊衛尉作四維戲紙局木棋見李夢賦周武帝作象戲見後周書紂作粉見博物志尹壽作鏡見天中記岐伯作鼓吹見蔡邕初志帝俊八子作歌舞見山海經又云陰康氏作舞呂氏春秋云舜是陶唐氏作神農作琴

伏羲作瑟。蒙恬作筆。師摯作磬。帝嚳作鼓鞞。又云倕作。女媧氏作簫。見禮記。風俗通云。舜作簫。山海經云炎帝伯陵作鐘。黃帝作清角。女媧氏作笙簧。隨作竽。女媧氏臣。見世本。商辛作塤。蘇成公作篪。見世本。漢時邱仲作笛。見風俗通。黃帝始作釜甑。見古史。神農作釜。見周書。孟莊子作鉛鑿。見古史。夏少所為。其筆見古史。夏昆吾氏作瓦。烏曹氏作磚。俱見古史。公輸般作石磑。倕作銚。見世本。蚩尤作冶。見尹子。黃帝臣雍父作舂。見世本。赤冀作杵。見呂氏春秋。伏羲作網。見古史。詹何作綸鉤及餌。舜作瓦棺。土機為作伺風鳥。即相竿。見古今注。黃帝作釜甑。見輿服志。黃帝作弓。見洞冥記。赫連氏造梳。見炙轂子。明太祖見道人作網巾。頒其式于天下。又謝宗可集有咏網巾詩。則不始太祖矣。黃帝臣作扉屨。見世本。舜妹嫘作畫。見說文。岐伯作鼓吹。見蔡邕禮樂志。陸機賦云。原鼓吹之所始。蓋秉命于軒皇。

取燈發燭

京師人擘草麻秕為小片。塗硫黃于其末。呼之曰取燈。杭州人有以松木為之者。曰發燭。按史載周建德六年。齊后妃貧者以發燭為業。又清異錄云。夜有疾苦。發燭之緣。批杉木染硫黃。遇火即燄。呼為引兒

靠背別名

放翁詩。天橋竹如意解皺松養和。養和即靠背也。皮襲美以五物贈魏不琢。有桐廬養和。烏龍養和。

虎子

虎子一曰械窬。窬音豆。漢人以玉為虎子。

使篙張帆

江淮舟子使篙曰一張兩張。逆風張帆曰折搶。太白下涇縣陵陽溪詩云。漁人與舟人撐折萬張篙。蓋唐詩已有此方言。又便閱揭部賦。葉子搶風。榜人逆浪。即折搶之謂。

茶餘客話卷十終

茶餘客話卷十一

清　山陽阮葵生吾山著

揚克一詩畫

宋揚道孚克一。為歷陽法曹。遺呂榮公詩云。雨綠霜紅郭外田。山濃水淡欲寒天。參軍抱病陪清賞。一撫呼歸亦可憐。道孚為張宛邱甥。山谷有題道孚畫竹詩。所謂人物英俊。有外家風。即此詩可想見其標致。惜所著不傳耳。晁无咎亦有贈文潛甥楊克一學文與可畫竹詩。

龔高士畫之名貴

龔聖予畫馬。世已無傳。聞大內藏名駿骨圖云。係高江村所獻。孫退谷得其山水一卷。筆意似太小米。極其蕭灑。上題詩云。谷口長松澗底藤。石橋山路晚登登。攜琴斗酒來何暮。空負寒齋昨夜燈。小隸極高古。後有劉青田跋。

宋東楚湯垕字君載。畫鑒云。龔聖予身長八尺。頎大美髯。讀書為文。能成一家法。畫馬專師曹霸。得神駿意。人物亦師曹韓。山水師米元暉。梅菊花卉雜師古法。卷後必題詩或贊跋。皆新奇。嘗自畫瘦馬。題詩曰。一從雲霧降天關。空進天朝十二閑。今日有誰憐駿骨。夕陽沙岸影如山。此詩膾炙人口。嘗作雲山圖景五冊。傳于家。濆曾見之。乃生平所臨畫稿。亦奇物云。云先生在日。當世已稱得片紙如得連城璧。今日宜易多得。先生止一子。名灏。即凭其背畫馬者。

吳立夫稱翠巖作文宋瑞陸秀夫兩傳。翰遠圖陳壽以下不及。又有題翠巖古祺經詩。邱季貞洗馬梓陸傳。合徐仲東傳以行。古祺經未見傳本。

龔高士墨鍾馗

朱竹垞謂畫終南進士者。南唐周文矩蜀石恪。汴京楊棐。皆設色為之。至龔高士易以深墨。其法仿趙千里丁香鬼也。離奇變化。自比書家草聖。世傳水滸三十六像。亦高士筆。而明吳承恩為之贊。

龔高士女

宋儕攉道衛入市。鬻漢印一方。酧價已定。歸而取値。適龔高士至。以十五緡買之。肆主人復告以故。高士歸以語女。曰。大人亦奪人所好耶。高士即持送攉曰。先生愛請藏諸。高士謂在彼猶在此也。攉亦曰。彼猶此也。相讓久之。遂沉諸淵而別。高士之女誠不凡。紫坪謂何不還之肆主人。予謂主人亦不受。終當沉淵耳。元楊元誠著山居新

話武陵握密君守撫州鄞州世傑詩云曾聞海上鐵斗膽猶見雲中金甲神張擁兵海上一夕大風雨張州從昆卒獲砲揣蹤焚化膽大如斗不能焚諸君感慟忽雲中見金甲神云今天亡我國除匪輕俗身出雷慨復矣公此詩全篇不傳二語傳忠烈尤耿耿也大戰莫雨山傷丁氏故基題一絕于太虛堂踈雨斑斑灑葉舟前山喚客作清游昔來消息春歸後野草荒田一片愁又本心與淮郡蕭條之甚謝賓相傲云人家如破寺十室九空太守若頭陀兩粥一飯令淮人尚有兩粥一飯語

葉公還金記

葉公政字克明元至正甲午以浙西幕使轉餉鄂州與丹陽束子章訂交未幾子章赴沔以資囊付克明克明令子章手緘藏之越兩月子章及朱君讓來語克明曰子章入蓮臺湖遇盜死昔寄囊中某物在克明曰子章死家無恙也當質之其家明以付汝君讓竟去明年克明歸至丹陽驛要束氏子及君讓至啟子章手緘得鈔二百五十緡黃金五十兩銀三百兩珠八千顆布帛有差歸之束氏另緘鈔五十緡黃金五兩珠一千顆有朱題封歸之朱氏兩家具謝克明俱辭王逢有葉公政還金辭序稱葉為淮陰人國初宣政院都事李賀之子翰林直學士嶒心之從子也又云前國史編修官滕西張復初嘉葉高義為著還金記稱葉讀書淡榮利嘗從平章克復池之諸縣破蘭溪渠魁徐貞一平蘄水寨司餉糧四年無纖介誤平章七薦中書不報

李陽冰祠碑之神異

高志康安宣德中由進貢擢南宮令由杭州守仕至浙江參藩忤上官有詩云眼中綠灌非吾侶昔日夔龍憶共朝初在南宮有惠政郡邑飛蝗獨不入境民歌之曰侯宰南宮民和政通蝗不入境令之曾孫朱竹垞明詩綜采焉邑南有李陽冰廟碑高丈餘歲久祠碑已仆一日祈雨至見碑石巨非千人不能起立禱曰神有靈碑自立安當新其祠次日雷雨大作四野霑足竟夜至天明則碑已卓立庭際遂具其事上聞請新其祠召工雖草複錢六萬緡遂為修葺之需期月而廟工成

復仇義憤

宋濂作王先生毅小傳云昔者山陽殷子通以儒術教授里中人董為良善者眾及部境冠作子通率弟子起義之長史忌摽其功使人殺子通其門生毛術手及殺者梟首以甘心焉君子多其義其事與王先生絕類

揚靖碎珠有四善

洪武中刑部尚書楊靖逮一武官覲之門卒檢其身得一大珠僚屬愕然靖徐曰安有許大珠此偽物欺人命擊碎之太祖聞之曰靖此舉有四善他人見奇寶必獻朕求容悅靖不然可謂以道事君一善也其人藏珠必有所投獻以陷他人是一珠起大獄靖有陰德於人二善也若一卒得珠因而嘉獎由是趨風求獲人將受法外之苦能杜小人僥倖三善也且人處常易處變難令千金之珠猝然至前不為動竟擊碎之有過人之識處變之才四善也尚書才臣也未竟其用以冤死明史云尚書字仲寧臨難之日作絕命詞云可惜跌破了照世界的軒轅鏡可惜顛折了無私曲的量天秤可惜吹熄了一盞須彌有道燈可惜塌碎了龍鳳冠中白玉簪三時三刻休前世前緣定身後建祠于新城東門之下額曰昭恤院後即其墓久之蕪不治正德中潘伯和中丞重為修葺尋其嗣奉祀後代已絕潘氏子孫每清明上塚必至尚書墓前奠杯酒盂飯遵中丞之教三百餘年

劉美人簪花樓

武宗幸清江浦通淮都御史叢蘭總兵官顧世隆迎鑾獻金牌花紅綵帳帝戎衣簪花鼓吹入城駐尚書金濂第時金已歿以後樓居劉美人復至山陽縣儒學入視先賢像至敬諭書舍取通鑑一部去住三日遊各寺廟又偕內監等駕小艇網魚積水池舟小人眾覆溺池中隨從官及地方大吏州縣等齊入池爭援得出急治之驚悸成疾次日登舟渡黃北行金尚書故第在舊城後人呼其後樓曰劉美人簪花樓聞當時供頓必進鮮花朵各種悉具日凡數進

張懿簡自警銘

張懿簡鵬為理漕御史作自警銘詞書于淮陰行臺曰嗚呼小子淑慎爾止爾公爾廉天必福爾爾貪爾暴天必禍爾爾肯畏天天肯培爾爾忍欺天天忍遺爾福善禍淫天實由爾栽培傾覆天不與爾天維顯思敢不敬爾庶幾夙夜于時保爾書揭座右朝夕警爾嗚呼小子淑慎爾止

嘉靖三狀元之異

沈景倩野獲編紀嘉靖三科狀元之異辛丑狀元沈坤歷南祭酒憂居倭至散家貲募鄉兵自教練之賊縱火延燒官兵却祭酒率所部親當矢石射中其魁城上人望之呼曰狀元兵未幾倭復以二十二船從泗而下焚掠尤慘祭酒大破之巡撫李廬其才兼經畧功收槊悔起為北祭酒為同鄉故給事應嘉所構瘐死淮守范檟迎

合成之人皆以為冤其癸丑狀元陳謹乙丑狀元范應期皆殞非命

范檟抵盜

范檟字養吾文正之裔嘉靖庚戌進士由部郎出守淮郡時景王初出藩挾貲甚衆有大盜某密謀劫王布黨千餘人自天津至南昌分徒五百人往來伺隙一日晚范謁歸初罷門卒報有賈客至已僦舍潘氏園以罵守者問有傳牌否曰無有范之見從者甚衆而更出入心疑踪險選健卒數十人易衣如莊農曰若往視其黨入市者佯與飲中挑與鬥相毆縶以來戒曰慎勿言捕賊也卒既去范命興謁客而門還傳者前訴即收之比反得十七人陽怒罵曰王舟方至官吏不暇食暇問汝門乎叱令繫之入夜傳令吏飽食以待漏下二十刻出諸囚于庭厲聲叱之吐實如所料羣賊適散所留皆山東故也于是飛檄各省捕其餘黨而斃十七人于獄范本才吏公事之暇好讀書延接諸生講學論文淮郡徭役繁重自范蒞任民隱悉上達後緣沈祭酒之獄聲名大損告歸浙東居一小樓終歲不下著書力闢王龍溪講學倡師資曰口頭禪不可謂禪口頭儒又安可謂儒蓋范為陽明先生外戚深疾其門徒壞師說也

勢利婚姻之惡果

嘉靖中浙東趙祖鵬官翰林女嫁陸炳為繼室倚陸聲勢富貴擅一時其幼女甫笄艷而才乙未淮人丁士美舉狀元喪偶趙欲妻以女士美鄙其人拒不許時會元蔡茂春慕趙勢遂委禽焉一時清議皆重丁而薄蔡既而陸歿趙亦下獄蔡由郎署外謫羅歸始終皆坐眷趙一事不振蔡歿後趙尚在盛年以節聞

老少同榜異夢

王堯載號龍幰萬歷丙子舉人官樂清令與同里劉晦卿沈郎交好謂曰夜得子飲諸君酒告以夜來夢太乙星臨于室而生遂名一臨堯載聞之驚詫不怡衆詰之徐乃云予嘗夢與劉一臨同榜今此子哉降地予已向老能久待乎自是每過晦卿必抱膝呼年兄為謔及丙子一臨年十六果與堯載同鄉舉當時以為異後一臨卒于官堯載歸尚優游林下往撫其棺哭之

夏塗山逸事

夏塗山曰瑚幼為名諸生一日夜歸遇縣尹孫肇興于道左右以夜行執之不跪對以會文歸遲遂以草呈孫于馬上讀之不數行大驚曰即發矣即發矣子以此取科名拾芥耳因叩其居不遠同就書几更為指點且曰如此破法不得元索筆為易一

破而去是秋孫為同考得塗山卷欲元之主者置第二此天啟丁卯也至辛未中探花　路按孫肇興順治中官工侍

淮屋詩

淮民編蘆作屋貧家皆然亦有精粗之別園林中偶置一區儼入畫圖許太守同安守淮愛之既歸去仿為之名曰淮屋客題詩曰淮人作蘆屋縛蘆為楠椽磚壁省塗壁檻無刻鏤結構樸而雅況治且便許君守淮陰但飲淮上泉歸來結淮屋亭午猶醉眠人言蘆為屋嘗恐火誤燃踐草三月火祟亦蘆使然又云不耐久風雨易漏穿此屋如傳舍次公皆非賢竹樓安在哉其名至今傳

王雷臣晚年信佛

王雷臣燧晚年頗信佛日誦金剛經不輟五十生日人贈詩云靜夜香燈明贊筴誦天梵唄銀鈎蓮花世界非關汝胄何昆明笑白頭雷臣功名之士甲申後避入空門

嘲楊維垣

楊維垣戍淮十九年善談制義一日署其門曰授小兒秘訣山陽一秀才夜間續題其左曰太僕官方楊見之失色急令洗去

劉孔和為劉澤清所害

劉節之孔和山東長山人明大學士鴻訓子少年豪俠詩文有奇氣好煮酒論兵結納死士散財聚衆于長白山殺偽縣令領數千人至淮安時劉澤清開藩淮上建牙新城節之同鄉有舊遂以兵屬後見澤清所為不道屢侮之澤清怒令健兒二十人拉死之節之在新城與閻修齡靳茶坡友善時有倡酧死後修齡茶坡攜白金數百兩往尋其屍終不得節之有聽琴詩云高梧修竹曉沉沉侍子無言拂素琴聽盡明光三十段碧池涼雨一時深想見五陵公子風致也漁洋詩話載之

劉文炤詩

劉雪舫文炤新樂侯文炳之弟甲申侯闔門殉難雪舫年十五逃回海州故里變姓名至淮居珠湖與嵩三物色之贈詩云王孫徒寂寞芳草自萋萋故苑遊麋鹿滄江感鼓鼙人情隨世變風氣逐年低念子凝神久微陽可共攜明史孝純劉皇后生母即雪舫之姑吳梅村詩亡姑備宮掖吾父天家婿長兄進徹侯次兄拜將軍又云我兄聞再拜慟哭高皇靈宜同英國死不作衆城生我幼獨見存貧賤合依人云雪舫

趁人夜浦與諸文士往還有河口夜泊詩云孤舟雖結又清明一掛蒲帆十里程去住何誰關出處飄零到我見平生雪連海氣天無色沙鼓河流夜有聲襆被春寒眠不穩凄然夢泛洛三更

楊太常琴

張虞山七夕琴歌序云楊太常名正經酉陽宣慰司人初官總戎時大祀郊廟樂章失次宗伯林欲揖薦正經審音律改中書樂成晉太常賜漢琴唐琴各一亂後流寓淮海自製二操一曰西方思一曰風木悲為作長歌按正經字悵王家世為將少有別解通樂律懷帝召至便殿令彈琴稱善抱琴逃止啟土主陳碧涵家時李子變為淮安推官正經往見為李上客李為買宅又為其子納婦于淮年七十餘卒吳城東黄土橋與碧涵祖墓鄰迴陳氏每墓祭必置酒澆太常墓側淮人集中多聽太常彈琴詩平湖李因仲天植詩云淮海飄零值故知南州高士今何之謂碧涵也

王漁洋賞識張虞山詩

王阮亭至淮招名士為文酒之會見張虞山揖而龍曰風雙足下南樓楚雨三更遠春水吳江一夜增之句平生如此好詩須有幾虞山退語邱季貞曰風昔快意之作

不謂阮亭一見便能道出入古調堂集不載社篇從感舊集錄之春日張水部招游江南留別同社話別空文學壁燈故人相約過延陵南樓楚雨三更遠春水吳江一夜增去就黄魚分對饌行看紫笋掛山藤他時逆憶羊求侶花滿晴龕向日蒸增韻漁洋詩話誤刊生字此詩為虞山指名之作南齋選本刪之何耶

吳窩三學陶靖節

吳窩三珊明諸生聊城令棐孫涇陽令安邦季子甲申除夕召諸子曰汝輩知陶靖節乎三子默會其意曾學使至不試落諸生籍遍遊天下遇名山大川慨然弔古一發之詩可備史料其後人秘之不出以示人靜齋檢討為窩三從孫每談當年軼事具足動人忠孝之心

張性符著述

張性符致中為邑中名諸生博學工古文復社初興孫孟樸兩至淮羅致之與白素先受蒸方巽若能稚同時入社制藝一時傳誦大會于吳中者二家故貧而收藏鼎彝碑板之文極富精小學辨證音體為學者所宗死後里人私謚恭壽先生所著有學志草學山草理學尊守錄經濟源流雖邃閣隨抄張氏宗政眉史文集符山堂詩

手三人弨弧敦皆知名士弨即力臣其所著今無傳本惜哉

顧亭林音學五書之精審

顧亭林音學五書序云余纂輯此書三十餘年五易稿札手書者三已發版而刊改者數四又得張力臣為之考說文采玉篇倣字樣酌時宜而手書之二子叶增叶其分書小字鳩工淮上不遠數十里累書往復必歸於是又與潘次耕書曰著述之家最不宜以未定之書傳之于人即如近日力臣札來五書改正又一二百處觀此則音學五書力臣之功鉅矣後李安溪以五百金購之携回閩中力臣符山堂藏書考訂最精版多善本身後散佚後多歸何義門

王漁洋徐健庵推重張力臣

力臣博學精詣嘗摹嶧山石幢刻昭陵六馬圖贊辨瘞鶴銘晚年窮困流離棋子孫居京師王漁洋題其小照云瘞鶴銘邊携屐日羊侯祠下卸帆時吳山楚水探奇遍不覺秋霜點鬢絲金石遺文大放紛摩挲手卷對燈檠白頭史訪鴻都學手拓陳倉石鼓文徐健菴詩云五岳曾探岣嶁書年來覺鬢蒼蕭疏從誰辨得師春字好為遺經正魯魚奇字揭雲未渺茫茂先家學在巾箱對君轉復思元嘆灑淚風前誦渭陽

指亭林也力臣與程工部正父交善自京回南過德州偶詣正父已病篤力臣停舟旦夕視疾經紀其喪亭林哭正父詩云十載故人泉下別交情多愧郅君章指力臣也

茶餘客話卷十一終

茶餘客話卷十二

清 山陽阮葵生吾山著

陳邱兩家年世誼

陳碧涵為望社名士，專精三禮，淮上治禮經者多從之，與嘴六黃門台孫為兄弟，名譽並著。陳定生稱為吾家二夫子。一日過友齋館中，撫童子邱生之首云：此子偉器，他時當青於藍，寒於水。嗣每至館，輒摩弄頭目，為戲邱，即南齋侍講也。越十餘年，同中式為同年友，邱旋入翰林，陳久困公車，及戊戌，邱分校禮闈，閱禮記，陳竟出其門，執弟子禮甚恭。迄今邱氏叙年誼，而陳氏猶執世誼云。

靳周二子

周左台以師範著稱，毛西河作周母靳太君壽序云：予嘗數淮上君子，孝醞友謹，吾不如二邱，瓌瑋卓犖，吾不如楊蘭林，嶽嶽皖經濟風流四襲，吾不如蔡子攜，而諸子皆出自左台之門。靳太君為茶坡女弟，當時茶坡、左台有靳周二子之稱。

潘雪帆

先徵君鶴緱先生手錄同社倡和詩內，潘雪帆七律最多傑作。雪帆名問奇，錢塘人，客居淮上，隱淪終身，與石霞舉、紫嵐劉昭華及徵君為忘形交。後客死天寧寺，揚州守傅澤洪與之平山堂，為文誌其墓，查二瞻書丹。遺稿甚富，石氏舊有藏本，徵君每過揚，猶得舟攜酒奠之。

馬西樵說詩

馬西樵、蔡子攜、樂六舞、倪天章、毛大可同飲黃大宗園中，論詩。天章謂張燕公灉湖山寺詩"若使巢由同此意，不將蘿薜易簪纓"，若使不將字當有誤，不然語與意相反，殊費解。西樵曰：不然，君將前六句朗吟一過，即得之矣。天章未解。西樵曰：不云禪室從來雲外賞，香臺豈是世中情乎？大宗喜曰：是不減匡鼎說詩。天章猶未解，大可曰：西樵善說詩，謂此山寺無復世中之情，不啻雲外之地，不必離蘿薜始易簪纓。一座稱善。西樵慕杜詩分韻一書，初覺之似無甚深意，後覺唐人用韻與後人有迥不同者，亦古昔之蛛絲馬跡也，乃知前人輯一書皆具深意。

遺官受窘於名士

杜湘草工書法詩詞，家于西湖嘴，關館秀園水石花木之勝，甲于一郡，名士滿座，尊酒不空，有孔北海之目。至武林，冒雪遊西湖，適王丹麓、朱案書擬紫探梅，忽方伯某移舟欲見，湘草不納，其料命解纜移舟避之。方伯大慚，飲高灣人北墅，題詞一時傳誦。

望社大會淮上

望社諸名士選江浙勝流于重九大會于郡庠尊經閣，馬西樵詩：今古東南地，論文海嶽通，青英千里至，作賦一時雄。勝會會官閣，華筵變楚風，諂公沉醉後，絲管儼高空。

艾東鄉賞識吳太清

淮之文風至明末漸衰，科名亦不振。崇禎辛未，艾東鄉公車過淮，士人多以所業請政，概不着筆，惟吳太清數授，嘆賞不置，語吳曰：子加意精進，十年文名冠世矣。吳遂執業稱弟子，後吳鄉薦，造詣精純，所傳知名士。

星命家謬說

嵇叔子精于子平，自謂官止四品，而夫人之祿位不稱。舉孝廉，即喪偶，媒妁盈門，叔子排算其八字，俱以為不類。某富翁欲以女妻之，先以年庚付一術士推之，術士云：此十惡大敗命。翁以情告術士曰：試易之何如？因將生日移前數日，而時干亦易，適局俱變矣。翁乃付媒往議，叔子以手推之，曰：是恭人也。遂成姻，任杭州太守，妻受四品封。叔子卒後十餘年，諸子將為母稱七十觴，先期營辦，恭人笑止，云某日非吾真生辰也，因述其說，家人皆驚，蓋嵇氏父子為所紿者四十年矣。

嵇叔子

嵇叔子為李太虛作闌圍影賦數千言，編珠貫玉，地負海涵，刻成，歸盡，手攜示柯洞門，關心亭叔則明府各古揭，不下擄美，鬚眉閒一寸，守杭州，清介愛士，四壁蕭然，風雨不蔽，郡有好古之士，必折柬招致。

金道洲答鈕玉樵書

金道洲人望令關中長武，答鈕玉樵書云：才到鶉觚，剛剛一月，欣傳鯉素，耿耿生平。感舊雨之彌新，捧新詩之潮舊，鴻賓雁旅，曾經十換星霜，蟲臂鼠肝，不啻重逢笑語。沾青衫而欲濕，是誠何心，指白水以為盟，恭惟執事，粵自君袍方綠，子服猶緇，伴我馬上之鞭，中多揖操私，挾懷中之錦，會有逢迎，詎料儀不下豢，總由勞實瑜何生亮，鄙付荒唐，豈忘我之有人，遂易名而去國，于是江邊艤舫，尚擄征旗，嶺上烽煙，渾如毒霧，躑躅萬里，既地老而天荒，荏苒三年，徒風悲而日慘。無之携來，僮僕半莫予惧惱澤邊當去琴書行吟于汨羅江畔好潘岳之招隱閒生洪原是之無竊駢語以飛翦操丹鉛何工四六即備書之辛苦一歲累有千金填在仕之道亡百切猶留殘喘謂斯人之不死絕意希榮念垂白之高堂奉甘唯祿光來帶而重瞻三殿入極巍峩闕閣之觚下除書而分列五方偏處蕭疏開闢之地潘輿未遂毛檄遙征劉邠幽之一隅當邊陲之三面驛騎而罷于奔命歲儉而苦於頻仍地大如丸封函者此物居四唯穴營窟者何嫌昔僕憂生于瘴癘今則生敗于催科望之未解者一也憶彼炎徼十二城便然居於俯兹鴻湖三十里瞻之在前豈雞口之福難銷果竟因差累錯乃牛後之羞旋至大似鼓震鐘鳴望之未解者二也願有請焉大可怪者羅池樹柑越臘而仍丹南服陽生花木春而盡紫蠻女擎荷包飯米無道泮之時簡容樹若裹鹽地有不死之際夫何三冬衣葛未聞范叔啼寒頃易五月披裘慨被嚴陵叫屈望之未解者三也若就服食居處而言以及風土人情之變真堪發人一噱笑我長貧者矣借凡入洛老米三餐及弟入秦豆茅兩頓庭前米荔偏問歲而方逝江上秋風甫踰時而不見令者一望周原百年幽地市無兼味官廚以剪韭為豐圃乞嘉蔬土人以烹葵為誕將使公劉囊底餱即稱珍燕令釜中塵仍是賈嗟乎噫嘻求日大難居者不易況沈沈夜柝如送鐵撥清淒種種顛毛怕聽銅琵劈裂謂配明遠撞磬涼之調我則何人奉張燕公富制誥之才卿其推匠胡為淹滯尚爾卑棲謬荷長懷仰叨高誼走七百里之使者慰十八年之故人翻笑成悲情所必至銘感入骨口總難宣本同學之少年竟一官而老大聖明在躬望吾兄于掖梧臺柏之間局蹐難容當念我于塞柳關榆之下道洲題堂柱曰家臨漂母千金地人到邠風七月天未幾以受代註誤去計其時止七閱月耳。

援引孟說之謬

李公凱鎧罕鐵嶺丁憂歸己未以鴻博徵授翰林官閣學經筵講學理明詞暢當時謂不減范祖禹一生清節不名一錢門無雜賓嘗語門人云孟子為卿于齊終不受祿君祿且然況交際乎守身若此其嚴而彭更猶以傳食為泰萬章至比于禦人之貨孟子守身之嚴可知今人取與不慎多援孟子交以道接以禮之說以自便其私宜不謬哉

高孝子望親廬圖

暨城宋滋蘅恭貽有詩本繪高孝子望親廬圖徧徵詩以褒之孝子父高皆騤宦遊滇生甲申棄家去其兄求之數年不得父之關海上嘗卜奇中兄往卜之云當即相見察其情狀即持騤也强之歸生一子尚在一日短衣持缽盂出不知所之尚友長成數十年無消息遂築望親樓于錢吾山中每遇過客輒詢訪悲淚並下宋繪其地異之紀其事而繪圖焉

同時兩金章

金章字玉立善花鳥翎毛枝幹與夫飛鳴態度率有生意設色最鮮麗今淮上亦共話其傳本鴻仙人之輯圖繪寶鑑采之又杭州人金章亦善墨竹令人多誤稱

辨物志已逸

湯調鼎清河人順治初進士著辨物志王阮亭稱其議論多發人神智癸酉秋余寓清河月偏覓無有知是書者

文人別號

靳璧星號茶坡樵子著渡河集閻再彭號飲牛叟著春西堂集强葢重號虞山逸民晚自廣南歸戴一椰子冠又號冠椰道人先是丁亥秋有三子秋心之刻與化李小有序之。小有自稱虛天游。

李吉文大度

李吉文時謙初為潞安推官歷樂陵潞城二縣有清白名擢御史端方廉毅前後疏凡數十上陳澤州王阮亭皆以師禮尊之引疾歸起陝西觀察會飢出監賑孤介不名一錢未幾卒將軍督撫以下往弔遶萬滿庭咸揮淚買棺而歸其喪于淮關公之初歸也以言事忤輔臣頗有扼之者。返里後不見一客守令屢候之公概不置問及當路者誅持召起用兩臺敦迫就道邑令某懼甚日三至門悔罪之狀至卑屈公相待如初若無前隙者

劉六皆篤於友誼

劉六皆官刑曹時與倚氏衛爾錫既齊同巷交密衛撫黔以苗變得罪戍黑龍江六皆為經畫行李歲時饋問不絕逾年召還復從修高家堰六皆亦返里矣白首如新交契彌篤及衛病作孤苦無依倚一日顧張石虹編修云吾殆不起當詣六皆託身後計。即由袁浦舟至寶固尚能飲酒盡歡次日竟歿六皆經紀附身之具甚厚歟別葉為殯堂哀禮備至令人增友誼之重

閻潛邱遺書

閻潛邱遺書惟四書釋地三續宋商邱刻于吳校正困學紀聞馬秋玉刻于揚州其尚書古文疏證孔炳宗杞未識孟子生卒年月考則里人刻之孫學林刻潛邱劄記如日知錄補正喪服翼註毛朱詩說續朱子古文疑宋劉攽手校馬端臨王應麟四家逸事皆未刊劄記乃未定書零箋碎紙投入一簏捐館後家人與計簿混入簏中學林不知抉擇將他人往還手蹟及陳言押語游戲之詞悉除撂而刻之䂨玉並陳大失潛邱面目予嘗刪存十之五六泉然可傳不朽又徐健菴嘗手輯潛邱緒論一編曰閻氏碎金皆洞庭書局中辨論之事今無傳又憾湖掌錄一書吳山夫少年時猶見抄本予尋之二十年無有知是書者王漁洋稱其博雅精核手錄其盤谷一條辨李愿非西平子亦全鼎之一臠也附錄于此按昌黎年譜貞元十七年公在京師作送李愿歸盤谷序觀序言蓋不指朝籍者安得如唐書李愿傳所載乎一也退之有盧郎中送盤谷子詩和歌云昔尋李愿向盤谷當又在貞元八年退之未第前故得入太行訪隱淪是時西平尚在愿安得隱此二也又和歌云開緘忽睹送歸作字向紙上皆軒昂又知李侯竟不顧方冬獨不崖蒐藏則知序作于是年冬蓋愿嘗隱盤谷茲來遊長安不得志故序曰送歸豈得如傳所稱勲伐乎三也貞元中濟源令刻此序盤谷石上後書云昌黎韓愈知名士也高愿之賢故序而送之此當目擊其事者僅稱之曰賢無一語鋪張其人地四也李愿傳晟立功時諸子未官宰相以聞即日召授太子賓客上柱國考晟傳廣德初擊党項有功即所謂有功時也下距貞元己巳歷官三十九年矣安得如序所云耶五也退之辛巳冬尚在京參調明年始授四門博士唐人最重官爵安得與歷官三十九年者雁行曰友人某耶六也愿傳通聲色而致譴又云結納權近官賈隨踣皺盡其人如是安得吐高論俾退之聞而壯之七也西平洮州臨潭人貞元七年辛未以臨洮未復請附貫萬年詔可是愿當為長安人安得于濟源之盤谷曰歸乎哉八也此見于居易錄所載愿非西平子前人亦曾論及而未有如是之核按漁洋北征日紀云項讀李川父嵩渚集遊盤山記稱愿行實無考愿即西平長子唐書有傳川父號博雅何昧于考証如此云云蓋彼時阮亭尚未讀潛邱掌錄故輕嗤川父晚年一見急劄志之也又劄記云唐裴度作西平王李公神道碑銘云有子曰愿故撿校司空河中節度使贈司徒五列雄鎮三為上公則益無隱淪之理

黃梨洲遺書

戴晦夫晟顏在睢誤揚禹江開沅同受業于黃梨洲門以古學相勗南雷文定古文按讀皆西洮兄弟所梓行梨洲初選明文案搜羅家藏家集千餘種嗣從徐崑山假傳是樓藏書又三百餘家于是益文案為文海文海中摘加硃圈以授子百家讀是謂明文授讀板藏戴氏在睢少時着陸清獻學錄頗譏陸王及自雨上歸語門人云吾向日一知半解心粗膽大妄議先儒今從黃先生遊乃知半生全在夢中適索所抄清獻學錄焚之與禹江訂讀經史法求實學戒空談後生翕然從之

卞氏園枯枝牡丹

丙子游暨瀆見卞氏園中枯枝牡丹高出檐花開數百朵卞進士樂云相傳是宋時物六百餘年不能詳所自予按澠水燕談載海陵西溪鹽場呂文靖公嘗官於此手植牡丹一本有詩刻石後范文正又嘗臨蒞題一絕句人以二公詩筆貴重護以欄檻歲久茂盛每歲開花可百朵為海濱奇觀宋時鹽場皆在今之下河暨邑范公堤皆文正公所築卞氏之花云是宋物或即二公所植未可知也海陵即今之泰州東西數百里皆是卞元亨元從張士誠屢諫不聽歸隱海濱明太祖平吳後屢徵不出作詩有恐使田橫客笑人之句明祖怒遣戍遼陽將行以酒酬牡丹曰待我南還花再開自是花果不復開安樓息園中朝夕對花祝云主人有還信當再着花如是十年花忽大放元亨果遇赦還復作詩云牡丹曾是親手栽十度春風九不開多少繁華零落盡一枝猶待主人來蓋予其妾之守貞也後有一醫使奪之去移之揚州署中花竟萎槁卞氏婉轉取其枯枝植之園中久之竟生遂以枯枝名每歲花開紅紫各色或秋冬着花有紅有白以此卜休咎獨醒雜志一則維揚后土廟有花潔白而香號為瓊花宣和間起花石綱因取入御苑逾年不花乃枝之道還其地花開如故此與卞氏牡丹事絕相類而近在三百里內雖彊猶主人物不異古今一致

朱定元因禍得福

淮安守朱定元謹飭有守大史忠之將欲告罷會大史入覲上問江南知府才守兼粹不記一人遂以朱名入奏不久擢至閣學

胡梧義舉

胡梧字侍翁優士也以薦歷官至潞安守謝事後值山右虧空案起收令人人不自保特翁首倡捐貲即日遣其子倡歸棄田宅得十萬金裝三十騾馱至太原侍翁各官及同僚中追比之員皆賴史生當時義聲振河北矣湯西厓贈詩喜予贈儒書治

行篋寄家謁帝蓬萊宮賜衣光翠彩

元立上人求父骨歸葬

貞夏重集贈僧元立詩序云元立上人淮陰張氏子幼隨父官京師父歿權厝天津且死屬其子曰必反吾骨故鄉時元立甫九歲不能自存去而爲僧得法于平陽壽公今五十年矣辛卯秋徒跣北來求父葬處天津瀕海沙衝不可辨有里老張姓依稀指其處發視墓磚在焉桐棺無恙將奉以歸葬相見京師乞一言紀事爰贈以詩

術數之奇

丁卯周㝢圃檢討偶爲扶鸞之戲紫垣年十四時供果中有西瓜子紫垣漫撮而問之乩筆曰三八之數開掌數之則二十四枚也復撮問曰仍前數數之則三十八枚復撮少許問之曰仍前數數之則十一枚漫取不數而亦能奇中豈邵子之說不盡然耶

御製寶玉詩

唐肅宗本紀載楚州獻寶玉十三改元寶應令曰田縣名本此一曰黃天符其製上圓下方近圓有孔歲戊辰有得以入貢者御製詩云方水生瑤瑾寶英靜似映截肪安可喻燕粟得曾無猶見先王制如逢君子儒何須撿唐史附會謂天符

吳山夫輯山陽耆舊詩

吳山夫學有本原館恭樹峰司寇家五禮通考皆其手訂者樹峰嘗言得三異人山夫其一也丙子丁丑挽八旗教習作十憶詩一時傳誦內有憶手鈔山陽耆舊詩二首其小序云吾淮詩人漢枚都尉始其詩即古詩十九首中之十首也十九首爲古詩鼻祖而未出都尉手宜淮詩之傳世多矣乃漢魏唐宋尚有傳人自元後無可指名者明代流傳亦少予求之數十年于宋元得三家於明得數十家手自抄寫積爲五大冊仿元氏中州集意人各詳其姓字官階時代先後間論次其逸事名曰山陽耆舊詩將上附枚乘陳琳趙嘏張耒諸集合而梓之以存吾鄉文獻又得本朝詩集十餘種鈔錄未竟以出遊置之至今爲胸中一未了事雖余力薄未必即能有成然誠鑿之舟有力者負之以趨不難也特恐兒子輩不知愛惜使予心力付之飄風劫火功未就而罪已莫雖即得好事者再爲搜輯益日遠而日難矣山夫著書甚富已刻者僅別雅一種乃其少作晚年自言其書不足觀以予所見尚有六書引經考六經述部序辨金石存正字通正山陽志叢類四朝黃河圖說刪定潛邱劄記皆可傳

者其所藏金石碑板文尤富其山陽耆舊詩五冊予於壬申歲假歸過先生次子與紫坪子鍾瑛同入學因得索其遺書止存二大冊耳予購得之以待好事者補輯之

楊幼晃爲盲女演彈詞

盲女琵琶明時已有之至今江淮尤甚京師近年亦多少年游閒者藉以佐酒消遣不異青樓吾鄉楊幼晃廣文年七十致仕同里饑餓不能出門戶後聾盲日選其門肯其飲饌踞龍蟠槍銜極豈聽人不解其疏久之知廣文以歌曲擅長多取耳聞目見之事演爲彈詞新聲綺調盲女以先得者聲價頓高廣文遂藉以娛老焉元稚存翁過非翠詩陌頭盲女無愁恨能撥琵琶說趙家又陸放翁詩斜陽古柳趙家莊負鼓盲翁正作場盲女瞽男由來舊矣

陳東巖雅量

甲戌上元夜陳玉盟儀部大復招集鄉人爲文酒之會中席一賓郎突至面目憎獰語言誕妄同座皆心惡之吳南生投箸大嘔先去惟陳東巖柱飲啖自若終席不接一談既散諸君詆訕百出東巖亦不置一語若不知其事余甚服其雅量某後選楚令擢州牧以貪伏法

紀淮上園亭

國初郡城園亭見于詩文者甚多今遺址無考以予所知略識于此斷壁星茶坡草堂在新城河北關半叟春西堂在新城東門張養重虞山古調堂劉勃安昭華綠筠草堂在駙馬巷陳階六鷗笑齋在南市橋劉僉事設菴思園黃園中有背山在采橋茶巷閣修齡再彭春西堂金石皮嘉樹軒在新城又一蒲菴影闊鶴巢鶴琢在平河橋又西爲飲牛草堂張翶存史部徵文檢討花塢在北門內依綠園在蕭湖中有雲起閣曲江樓黃甫及鴻臚蘭岩觀察舫閣止園梅花嶺在蕭湖徐山琢侍郎家南門大街其華平園有容園鎖雲閣在郭家墩邱著戒侍講南齋李貞洗馬西軒玉蕊亭皆爲桐園之一在西長街倪天章一草亭張泗水漪園杜首昌湘草綰秀園在湖嘴有柳塵亭如如室天心水西亭黃翁谿梅花屋藕塘萬年少溪東村屋在河下又濕西草堂在北門西岸馬孝康西樵青奕軒不離草堂在隆興寺塔南徐動盈橫秋閣高卧堂白貢棠張力臣符山堂在清江浦樂六舞曇曆養本生兔園邱且菴東里山莊張赤岸竹堂許念中黃門米鳳軒南樓在八字橋程假君水南林浦曲在伏龍洞程與林李康莊小人堂在城東莊外戴晦夫硯齋在西長街楊彙征南村草堂

在府學東北隅又棋盤大椿樓博士李廣崇四晴霞山房老樹軒皆在南門大街沈厚峰移雲堂崔鴻臚春水樓在湖嘴陳留餘明經墨莊瀟碧亭在駙馬巷吳子通棲山天笠齋海棠所陳謂嶽淇園徐日敬北山草堂劉芳齊萬吹兄弟竹素園酒草堂邊壽民葦間書屋道遙仙舟在梁度橋陸隱察雪奎月湄孫竹民泰陶皆在北門內周徵君白民清來堂止止齋在暖刀劉巷馬明經思亭亦愛廬皆園在丁光裕先徵君鴈縣先生宅在新城宅內有水閣南有山園曰冬青樓與來軒經堂修竹廊伯吟亭古香樓松石齋十餘處又夏雲草堂在東村鼈邸草堂在南莊先大夫于壬申歲移居城西北隅家塾東曰咏素齋西曰七錄齋為愚兄弟讀書處匀湖草堂則水面數椽講學論文之所其春風亭蘇香書屋齋吹亭皆門弟子所增葺也　璐按匀湖草堂繪圖徵詩余賦四律為先生所許補錄

茶餘客話卷十二終

己亥夏余與司寇吾山先生同膺司諫之選先後入臺過從無間每春朝讌集酒遑談論前言往行聽者忘還固未知其有所著述也嗣詣行述有茶餘客話之輯王少林太守亟稱其書今夏從方浦大兄借觀其記前型搜逸事考証典物多有未經人道為說部諸家所不及者為選十二卷梓行是書成于辛卯之前故云文淵閣與其地本朝尚無三元癸巳建閣以及辛丑錢修撰棨及弟亦未補錄知此稿固未成之書也且卷中深以正閣日淺不及備觀庫藏典冊為歉昔余科垣夜直恒秉燭讎史錄書盈尺竊與先生有同嗜曾于先生所撰刑部與試題名二書多所校正惜公早騎箕不及參訂客話全者不無遺憾頎方浦自荷命切行將與七錄齋詩文全集合刻流傳翁惠藝林更樂得而觀厥成焉甲寅上元烏程戴璐跋

先司寇束髮受書即躭吟咏於書無所不讀所著詩文集如干卷藏于家中歲以後又入直綸閣歷卿垣御史居長安藏書最富手不停披鉀心著述與一時賢士大夫遊賓客過從煮茗劇談靡間寒暑凡所得于載籍以逮聞見所及輒誌之積二十年成茶餘客話三十卷所記自經史及國朝典故淮陰事蹟下及書畫鈞魚之類靡不講貫精核獨出己見論斷而折衷之己酉捐館後謹錄收藏版行匪易中心竊自疚焉奉常菔塘先生為先司寇壬選同年交好無間今春寄閱此書詳加校正欲公同好先選十二卷仿聚珍活字板印行餘卷仍謹藏以待再梓琦愧不能讀父書幸先生稍鑒流傳事先司寇賴以不朽而先生敦情古處以及洽澂士林之讀亦足以風世矣爰敬跋于後癸丑小除男鍾琦謹識

上海文明書局印行

子不語

袁枚著

子不語序

怪力亂神子所不語也然龍血鬼車繫詞語之元鳥生商牛羊飼稷雅頌語之左邱明親受業於聖人而內外傳語此四者尤詳厥何故哉蓋聖人教人文行忠信而已此外則未知生焉知死敬鬼神而遠之所以立人道之極也周易取象幽渺詩人自記祥瑞左氏恢奇多聞垂為文章所以窮天地之變也其理皆並行而不悖余生平寡嗜好凡飲酒度曲樗蒱可以接羣居之懽者一無能焉文史外無以自娛乃廣採游心駭耳之事妄言妄聽記而存之非有所惑也譬如嗜味者饜八珍矣而不廣嘗夫蚳醢葵菹則脾困嗜音者備咸韶矣而不旁及於侏儒僸佅則耳狹以妄驅庸以駭起情不有博弈者乎為之猶賢是亦裨諶適野之一樂也昔顏魯公李鄴侯功在社稷而好談神怪韓昌黎以道自任而喜駁雜無稽之談徐騎省排斥佛老而好采異聞門下士竟有偽造以取媚者四賢之長吾無能為役也四賢之短則吾竊取之矣書成初名子不語後見元人說部有雷同者乃改為新齊諧云

子不語目錄

卷一

李通判　蔡書生　南昌士人
曹虛舟　鍾孝廉　南山碩石
酆都知縣　骷髏報仇　骷髏吹氣
趙大將軍刺皮臉怪　狐生員勸人修仙　煞神受枷
張士貴　杜工部　胡求為鬼球
江中三太子　田烈妻　鬼著衣受網
阿龍　大樂上人　山西王二
大福未享　觀音堂　常格訴冤
蒲州鹽梟　靈璧女借尸還魂　漢高祖賊義帝
地穴宮　獄中石匣

卷二

張元妻　蝴蝶怪　白二官
關東毛人以人為餌　平陽令　不倒翁
算命先生鬼　鬼借力制凶人　馬盼盼
滇綿谷秀才半世女妝　煉丹道士　黃老脫
蘇耽老飲疫神　劉刺史奇夢　趙李二生
山東林秀才　秦中墓道　夏侯禪墓
塞外二事　關神斷獄　紫清烟語
顧堯年　妖道乞魚　屍行訴冤
沭陽洪氏獄　鬼畏人拼命　天殺
董賢為神　羅刹鳥

卷三

烈傑太子　裘秀才　摸龍阿太
水仙殿　火燒鹽船一案　年子
狐撞鐘　土地神告狀　鄱陽湖黑魚精
鄱陽小神　囊囊　兩神相毆

賭錢神號迷龍　羊骨怪　夜叉偷酒
披麻煞　瓜棚下二鬼　介溪墳
李半仙　李香君薦卷　道士取葫蘆
火焚人不當水死　城隍殺鬼不許為聻

卷四

呂蒙塗臉　鄭細九　替鬼做媒
鬼有三技過此鬼道乃窮　鬼多變蒼蠅　嚴東玠
秦新奇事　智恆僧　三斗漢
蘇南村　葉生妻　七盜索命
陳清恪公吹氣退鬼　陳聖濤遇狐　長鬼被縛
西園女怪　雷誅營卒　青龍黨
陝州考院　荷離楚客　徐氏疫亡
蔣文恪公說二事　縊尸除狐

卷五

城隍替人訓妻　文信王　吳三復
影光書樓事　波兒象　斧斷狐尾
洗紫河車　石門屍怪　空心鬼
畫工畫僵尸　鶯媒　旁觀因果
徐四葬女子　半段前緣　鬼神欺人以應劫數
趙陶　藏魂罈　老嫗為妖
署雷公　捉鬼　某侍郎異夢
奉行初次盤古成案

卷六

豬道人即鄭鄤　徐先生　秦毛人
獏　人同　人蝦
鴨嬖　扇扁精　陰間中秋官不辦事
蔣山魈　洞夾鬼腿　祭雷文
王介眉侍讀是習鑿齒後身　周若虛　葛道人以風洗手

沈姓妻　怪弄爆竹自焚　喀雄
常熟程生　怪風　孝女
老嫗變狼　義犬附魂　白虹精
冷秋江　釘鬼脫逃　櫻桃鬼
亂嶲林西仲
卷七
尹文端公說二事　蘆霖腩　瘟鬼
千年仙鶴　夏太史說三事　石崇老奴才
鬼差貪酒　李倬　王將軍妾
仙鶴扛車　紅花洞　大毛人攫女
吳生不歸　狐仙冒充觀音三年　陳姓父幼子壯
吳生手軟　狐祖師　紂之值殿將軍
瘧鬼　誤學武松　李星女身
九夫墳　土地奶奶索詐

卷八
鬼鬧雞鳴則縮　蜈蚣吐丹　雷部三爺
鬼乖乖　鳳凰山崩　董金甌
蔣廚　見會撫稱晚生　武后謝嵇先生
冒失鬼　史官虖改命　高相國種蝗
說官話鬼　偷雷錐　土地受餓
批僵尸頰　蘇耆龍　命該溺棺
向狐仙學道　五通神因人而施　張奇神
青陽江丫　梁武帝第四子　呂城無關廟
挑劍仙　累歎神　吳子雲
禿尾龍　石灰窯雷　徐巨源
九天元女　項王顯靈　醫肺癰用白朮
朱十二　鬼聲日線繞能託生　兄夫賣活妻
惡鬼嚇詐不遂　道士作祟自斃

卷九
木箍頸　掘塚奇報　一目五先生
夢乞兒煮狗　一棺藏十八人　真龍圖變假龍圖
莆田冤獄　水鬼畏算字　狐仙知科舉
鬼爭替身人因得脫　城隍神酗酒　地藏王接客
治鬼二妙　狐讀時文　何翁傾家
江軼林　裂足作俑之報　判官答問
蔣太史　李敏達公扶乩　呂道人驅龍
盤古以前天
卷十
禹王碑吞蛇　黑柱　猴怪
鞭尸　洪朝古冢　獅子大王
綠毛怪　張大帝　紫姑神
艷象山　王莽時蛇冤　牙鬼

妖夢三則　凱明府　羞疾
賣漿者兒　謝經歷　趙文華在陰司說情
毀陳友諒廟
卷十一
通判妾　劉貴孫風　狐詩
大小綠人　紅衣娘　秀民冊
妓仙　李百年　醫妬
風水客　呂兆龍　張又華
官癖　鑄文局　染坊椎
血見愁　龍陣風　彭楊記異
冤鬼戲臺告狀　奇鬼眼生背上
卷十二
掛周倉刀上　驅雲使者　吾頭豈白斫者
石言　鬼借官銜嫁女　雷祖

鎮江某仲　銀隔世走歸原主　人熊
繩拉雲　燒狼筋　王老三
擇風水貫禍　飛僵　雨僵尸野合
鬼寡賓　雷震蜈蚣　夢中破案
馬變魚團地變鶴　贅鬼　棺林
毆打蝗蟲　僵尸手執元寶　張飛棺
誤嘗糞　借屍延嗣

卷十三
關神下乩　遇太歲煞神禍福各異　歸安魚怪
張憶娘　飛星入南斗　楊妃見夢
曹能始記前生　江南容寫　荊波兒在
馮侍御　藥師父　莊秀才
鵓鴿幽人　僵屍求食　僵屍貪財受累
宋蕊叢受惡土地之累　陸夫人　牛頭大王

子不語　目錄　五

水定巷牡丹　烏臺　見娘堡
鬼糊塗　鬼奴利　鬼相思
關神世法　鄉試彌封　兩汪士鋐
雷擊土地　張光熊　趙氏再婚成怨偶
童其瀾　銳山寺僧　江秀才寄話

卷十四
勾魂卒　趙西席　楊四佐領
藍頂妖人　蒙化太守　店主還債
許氏女報奶娘仇　蠱　酗人取香火
科場二則　狸稱表兄　陸大司馬墳
鬼受禁　狐鬼入腹　怪詐人父
皂莢下二鬼　中山王　狀元不能拔貢
謹權量　拘忌　奇術
狐仙自縊　高白雲　梁觀察攣應

大胞人　錢文敏公夢辛稼軒而生　鬼入人腹
牛僵尸　袁州府署大樹　燧人鑽火樹
鬼怕冷淡　鬼避人如人避煙　賣缺臾
借棺為巢　孫伊仲

卷十五
姚端恪公遇劍仙　吳髯　麻林
鶴靜先生　門戶無故自開　黃陵元鶴
土地迎舉人　孫烈婦　小芙
鬼寶塔　棺蓋飛　油瓶烹鬼
無門國　宋生　屍香
儲梅夫府丞是雲麾使者　唐配滄　裘文達公為水神
莊生　禍道人　佟觭角
淘氣　白蓮教　眼挂子長生
伊五　諸廷槐　王都司

子不語　目錄　六

卷十六
杭大宗為寄靈童子　西江水怪　仲能
雀報恩　全姑　奇勇
紅毛國人吐妓　西賈認父　徐步蟾宮
歪嘴先生　鬼衣有補褂痕　孫方伯
賣冬瓜人　柳如是為厲　捧頭司馬
賑黨　海中毛人張口生風　卞山地陷
鬼逐鬼　柳樹精　搯疊仙
仙人頂門無縫　杏虹　閻王升殿先呑鐵丸
萬佛崖　大力河

卷十七
白骨精　鼋殼亭　怪怕講理
婁異人錯捉妖　陳姓婦咬石子　天台縣缸
木姑娘墳　雷誅王三　鐵匣壁虎

圖公爲神　隨園瑣記　廣西鬼師
馬家墳　天廚星　夢中聯句
碧眼兒鬼　龍母　清涼老人
徐崖客　虎銜文昌頭　採戰之報
木兒隸　王清本　女化男
井泉童子　射天箭　神秤
莊明府　淨香童子　棺尸求祭
沈椒園爲東嶽部司
卷十八
陝西茶客　山娘娘　瓜洲公子
王白齋尚書爲潮喝寺僧　白天德　髑髏乞恩
錫錁一錠陰間准三分用　雞卵搭糞　狐丹
處州溺婦奇獄　道家有全骨法　批地藏王頰
儒佛兩不收　烏門山事　楊二

吳東中　土窟異獸　鷄腳人
海和尚　一足蛇　方蚌
山和尚　贈紙灰　湯翰林
黑苗洞　空中扯辮　蓮頭鬼
借絲棉入殮　洞庭君留船　纜將軍失勢
吳二姑娘　石獅求救命　旱魃
蜈怪　蛇王　顏淵爲先師判獄
豆腐架著　蔣金娥　還我血
卷十九
周世福　韓宗琦　徐俞氏
琵琶墳　曹阿狗　錢仲玉
蝦蟆蠱　碓怪　六郎神鬬
返魂香　觀音作別　兔兒神
玉梅　盧彪　孔林古墓

史閣部降乩　懸頭竿子　陳紫山
忌火日　朱法師　城門面孔
竹葉鬼　驢大爺　熊太太
冤鬼錯認　代州獵戶　金剛作鬧
燒頭香　樹怪　廣信狐仙
白石精　鬼圖　東醫官鍼有法治狐
乩言
卷二十
移觀音像　山陰風災　謝橝霞
引鬼報冤　雷鬼兩救凡命　木畫
滚經堂　菜花三娘子　神和病
鼠食牛　代神判斬　鬼門鬬
冤魂索命　掃螺螄　周太史驅妖
良豬　雷打扒手　北門貨

泥劉海仙行走　驢雷奇冤　張大令
銃水　蔡掌官　沈文崧
藍姑娘　鼠胆兩頭　西海祠神
猢猻酒　張秀才　周將軍墓二事
卷二十一
婁羅二道人　蛇含草消木化金　蔡京後身
天鎮縣碑　撞轎郎君　楊笠湖救難
馮侍御身輕　江都某令　執虎耳
十八灘頭　三姑娘　捜河都尉
科場事五條　百四十村　人畜改常
夢葫蘆　乩仙示題　神籤預兆
奇騙　騙術巧報　香亭記夢
敦倫　一字千金一咳萬金　菩薩答拜
邏羅妻驢　倭人以下戥服藥　獅子擊蛇

賈士芳　石男　鬚長一丈
禁魘婆　割竹簽　黎人進舍
海異　嗤呼草快子竹　蚺蛇藤
綱虎　福建解元　顧四嫁妻重合
千里容　趙子昂降乩　神仙不解考據
麼公　烏魯木齊城隍　黑霜
中卯度　來文端公前身是伯樂　福建試院樹神
于雲石
卷二十二
萬佛羹　大力河　王昊廬宗伯是蓮花長老
鬼買兒　鬼搶饅頭　荷花兒
歐陽澈　浮尼　雷大救忠臣
滑伯　盤古脚迹　珠重七兩
采膽入酒　膀長三寸　湖神守尸

僵尸抱韋馱　竊鬼祟人窩鬼不祟人　雷神大劍
水精李康　水鬼移家　負妻之報
四小龜扛一大龜而行　鬼送湯圓　忠恕二字一筆寫
土雨　降廟　隴西城隍神是美少年
城隍赤身求衣　水怪吹氣　鐔響
貞女訴冤　楊成龍成神　周倉赤脚
張飛治河　神佑不必貴人　成神不必賢人
中一目人　女鬼告狀　丁大哥
汪二姑娘　謝銅頭　烏頭太子
吳生兩入陰間　狐道學
卷二十三
太白山神　太平間史　楚雄奇樹
泗州怪碑　雁蕩動靜石　瓦屑廟石人無頭
十三貓同日殉節　鬼吹頭響　蝦蟆教書蟻排陣

木犬能吠　銅人演西廂　雙花廟
假女　預知科名　胡鵬南
龍護高家堰　雷公被污　李文貞公夢兆
鬼求路引　石揆諦暉　天上四花園
碌碡作怪　風流具　騙人參
偷畫　偷靴　偷牆
鬼妬二則　人面豆　粉撻
口琴　蔣湖朱生　白日鬼
饒州府幕友　雷誅不孝　桂花相公
落漈　鐵公雞　夜星子
瘍醫　産麒麟　生夜叉
石膏因果　劉伯溫後輩　小耶爺
水鬼棒　鬼市　金鋼墩
翻洗酒罈　雷誅吉朌　狐仙親嘴
喇嘛　夢中事只靈一半

卷二十四
長樂奇冤　燒包　金銀洞
貓怪　夢馬言　蔣静存
天妃神　宿遷官署鬼　匾怪
為鬼索債　鬼魂覓棺告主人　廣東官署鬼
徐支手　魚怪　盜鬼供狀
時文鬼　鬼弄人二則　漢江冤獄
牛乞命　豬乞命　張世犖
洗心池　活死人墓　屋傾有數
汚布十三疋　牛犇山守歲　鬼拜風
僵屍夜肥晝瘦　黑雲劫　金秀才
黃觀察　狐仙問帳　皮蠟燭
乍浦海怪　天開眼　泥像自行
焚尸二則　美人魚人面豬　花魄

子不語卷一

隨園戲編

李通判

廣西李通判者鉅富也家蓄七姬珍寶山積通判年二十七疾卒有老僕者素忠謹傷其主早亡與七姬共設齋醮忽一道人持簿化緣老僕呵之曰吾家主早亡無暇施汝道士笑曰爾亦思家主復生乎吾能作法令其返魂老僕驚奔語諸姬羣訝然出拜則道士去矣老僕與羣妾悔慢神仙致令化去各相歸咎未幾老僕過市遇道士於途老僕驚且喜強持之請罪乞哀道士曰我非靳爾主之復生也陰司例死人還陽須得替代恐爾家無人代死吾是以去老僕曰請歸商之拉道士至家以道士語告羣妾羣妾初聞道士之來也甚喜繼聞將代死也皆悉各相視嘿不發聲老僕毅然曰諸娘子青年可惜老奴殘年何足惜出見道士曰吾老奴者代可乎道士曰爾能無悔無怖則可曰能道士曰念汝誠心可出外與親友作別待我作法三日法成七日法驗矣老僕奉道士於家旦夕敬禮身至某某家告以故泣而訣別其親友有笑者有憐者有敬者有揶揄不信者老僕過聖帝廟素所奉也入而拜且禱曰奴代家主死求聖帝助道士救回家主魂魄語未竟有赤腳僧立案前叱曰汝滿面妖氣大禍至矣吾救汝慎弗洩贈一紙包曰臨時取看言畢不見老僕歸偷開之手爪五具繩索一根遂置懷中俄而三日之期已屆道士命移老僕牀與家主靈柩相對鎖鑰扃門鑿穴以通飲食道士於羣姬相近處築壇誦咒居亡何了無他異老僕疑之心甫動聞牀下颯然有聲兩黑人自地躍出綠睛深目通體短毛長二尺許頭大如車輪目睒睒視老僕且視且走繞棺而行以齒嚙棺縫縫開聞咳嗽聲宛然家主也二鬼啟棺之前和扶家主出狀奄然若不勝病者二鬼手摩其腹口漸有聲老僕目之形是家主音則道士愀然曰聖帝之言得無驗乎急搖懷中紙五爪飛出變為金龍長數丈攫老僕於空中以繩縛梁上老僕昏然注目下視二鬼扶家主自棺中出至老僕臥牀無人焉者家主大呼曰法敗矣二鬼獰獰繞屋尋覓卒不得家主怒甚取老僕牀帳被褥碎裂之一鬼仰頭見老僕在梁大喜與家主騰身取之未及屋梁震雷一聲僕墮於地棺合如故二鬼亦不復見矣羣妾聞雷往啟戶視之老僕與道所見相與急視道士道士已為雷震死壇所其屍上有硃礦大書妖道煉法易形圖財貪色天條決斬如律令十七字

蔡書生

杭州北關門外有一屋鬼屢見人不敢居扃鎖甚固書生蔡姓者將買其宅人危之蔡不聽

券成家人不肯入蔡獨自啟屋東燭坐至夜半有女子冉冉來頸拖紅帛向蔡俠拜結繩於梁伸頸就之蔡無怖色女子再挂一繩招蔡蔡曳一足就之女子曰君誤矣蔡笑曰汝誤纔有今日我勿誤也鬼大笑伏地再拜去自此怪遂絕蔡亦登第或云即蔡炳侯方伯也

南昌士人

江西南昌縣有士人某讀書北蘭寺一長一少甚相友善長者歸家暴卒少者不知也在寺讀書如故天晚睡矣見長者披帷入登牀撫其背曰吾別兄不十日竟以暴疾亡今我鬼也朋友之情不能自割特來訣別少者畏懾不能言死者慰之曰吾欲害兄豈肯直告兄慎弗怖吾之所以來此者欲以身後相託也少者心稍定問託何事曰吾有老母年七十餘妻年未三十得數斛米足以養生願兄周恤之此其一也吾有文稿未梓願兄為鐫刻俾微名不泯此其二也吾欠賣筆者錢數千未經償還願兄償之此其三也少者唯唯死者起立曰既承兄擔承吾亦去矣言畢欲走少者見其言近人情貌如平昔漸無怖意乃泣留之曰與君長訣何不稍緩須臾去耶死者亦泣回坐其牀更敘平生數語復起曰吾去矣立而不行兩眼瞠視貌漸醜敗少者懼促之曰君言既畢可去矣屍竟不去少者拍牀大呼亦不去屹立如故少者愈駭起而奔屍隨之奔少者奔愈急屍奔亦急追逐數里少者踰牆仆地屍不能踰牆而垂首牆外口中涎沫與少者之面相滴涔涔也天明路人過之飲以薑汁少者蘇屍主家方覓屍不得聞信舁歸成殮識者曰人之魂善而魄惡人之魂靈而魄愚其來始也一靈不泯魄附魂以行其既去也心事既畢魂一散而魄滯魂在則其人也魂去則非其人也世之移屍走影皆魄為之惟有道之人為能制魄

曾虛舟

康熙年間有曾虛舟者自言四川榮昌縣人佯狂吳楚間言多奇中所到處老幼男婦環之而行虛舟嬉笑嫚罵所言輒中人隱或與人好言其人大哭去或笞罵人人大喜過望在閩者自知之旁人不知杭州王子堅先生知瀘溪縣事罷官後或議其祖墳風水不利子堅意欲遷葬而未果聞虛舟來走問之適虛舟持棒登高阜眾人環擠子堅不得前虛舟望見子堅遙擎以棒罵曰你莫來你莫來你來便想掘屍盜骨了行不得行不得子堅悚然而歸後子堅子文璿官至御史

鍾孝廉

余同年邵又房幼從鍾孝廉某常熟人也先生性方正不茍言笑與又房同臥起忽夜半醒哭曰吾死矣又房問故曰吾夢見二隸人從地下聳身起至榻前拉吾同行路泱泱然黃沙

白晝了不見人行數里引入一官衙有神烏紗冠南向坐隸掖我跪堂下神曰汝知罪乎曰不知神曰試思之我思良久曰某知矣某不孝某父母死停棺二十年無力卜葬罪當萬死神曰罪小曰某少時曾淫一婢又狎二妓神曰罪小曰某有口過好譏彈人文章神曰此更小矣曰然則某無他罪神顧左右曰令渠照來左右取水一盤沃其面恍然悟前生姓楊名敞曾偕友貿易湖南利其財物推入水中死不覺戰栗匐伏神前曰知罪神厲聲曰還不變麼舉手拍案霹靂一聲天崩地坼城郭衙署神鬼器械之類了無所覩但見汪洋大水無邊無岸一身渺然飄浮於菜葉之上自念葉輕身重何得不墜回視己身已化蛆蟲耳目口鼻悉如芥子不覺大哭而醒吾夢若是其能久乎又房為寬解曰先生毋苦夢不足憑也先生命速具棺殮之物越三日嘔血卒七

南山頑石

海昌陳秀才某禱夢於肅愍廟夢肅愍開正門延之秀才逡巡肅愍曰汝異日我門生也禮應正門入坐未定侍者啟湯溪縣城隍稟見隨見一神峩冠來肅愍命陳與抗禮曰渠屬吏汝門生汝宜上坐秀才皇恐而坐聞城隍神與肅愍語甚細不可辨但聞死在廣西中在湯溪南山頑石一活萬年十六字城隍告退肅愍命陳送之至門城隍曰向與于公之言君頗聞乎曰但聞十六字神曰志之異日當有驗也入見肅愍言亦如之驚而醒以夢語人莫解其故陳家貧有表弟李姓者選廣西某府通判欲與同行陳不可曰夢中神言死在廣西若同行恐不祥通判解之曰神言始在廣西乃始終之始非死生之死也若既死在廣西矣又安得中在湯溪乎陳以為然偕至廣西通判署中西廂房封鎖甚祕人莫敢開陳開之中有園亭花石遂移榻焉月餘無恙八月中秋在園醉歌曰月明如水照樓臺聞空中有人拊掌笑曰月明如水浸樓臺易照字便不佳陳大駭仰視之有一老翁白藤帽葛衣坐梧桐枝上陳悸急趨臥內老翁落地以手持之曰無怖世有風雅之鬼如我者乎問翁何神曰勿言吾且與汝論詩陳見其鬚眉古樸不異常人意漸解入室內互相唱和老翁所作字皆蝌蚪形不能盡識問之曰吾少年時俗尚此種筆畫今頗欲以楷法易之緣手熟一時未能驟改所云少年時乃媧皇前也自此每夜輒來情甚狎通判家僮常見陳持杯向空處對飲急白通判通判亦覺陳神氣恍惚責曰汝染邪氣恐死在廣西之言驗矣陳大悟與通判謀歸家避之甫登舟老翁先在旁人俱莫見也路過江西老翁謂曰明日將入浙境吾與汝緣盡矣不得不傾吐一言吾修道一萬年未成正果為少檀香三千斤刻一元女像耳今向汝乞之否則將借汝之心肺陳大驚問翁修何道曰斤車大道陳悟斤車二字合成一斬字愈駭曰僕

歸家商之同至海昌告其親友皆曰肅愍所謂南山頑石者得毋此怪耶次日老翁至陳曰翁家可住南山乎翁變色罵曰此非汝所能言必有惡人教汝陳以其語語友友曰然則拉此怪入肅愍廟可也如其言將至廟老翁失色反走陳兩手扶持之強拔以入老翁長嘯一聲沖天去自此怪遂絕後陳生冒籍湯溪竟成進士會試房師乃狀元于振也

酆都知縣

四川酆都縣俗傳人鬼交界處縣中有井每歲焚紙錢帛鏹投之約費三千金名納陰司錢糧人或吝惜必生瘟疫國初知縣劉綱到任聞而禁之衆論譁然令持之頗堅衆曰公能與鬼神言明乃可令曰鬼神何在曰井底即鬼神所居無人敢往令毅然曰為民請命死何惜吾當自行命左右取長繩縛而墜焉衆持留之令不可其幕客李詵豪士也請令曰吾欲知鬼神之情狀請與子俱令沮之客不可亦縋而墜焉入井五丈許地黑復明燦然有天光所見城郭宮室悉如陽世其人民貌小映日無影蹈空而行自言在此者不知有地也見縣令皆羅拜曰公陽官來何為令曰吾為陽間百姓請免陰司錢糧衆鬼嘖嘖稱賢手加額曰此事須與包閻羅商之令曰包公何在曰在殿上引至一處宮室巍峩上有冕旒而坐者年七十餘容貌方嚴羣鬼傳呼曰某縣令至公下堦迎揖以上坐曰陰陽道隔公來何為令起立拱手曰酆都水旱頻年民力竭矣朝廷國課尚若不輸豈能為陰司納帛鏹再作租戶哉知縣冒死而來為民請命包公笑曰世有妖僧惡道借鬼神為口實誘人修齋打醮傾家者不下千萬鬼神幽明道隔不能家喻戶曉破其誣罔明公為民除弊雖不來此誰敢相違今更寵臨具徵仁勇語未竟紅光自天而下包公起曰伏魔大帝至矣公少避劉退至後堂少頃關神綠袍長髯冉冉而下與包公行賓主禮語多不可辨關神曰公處有生人氣何也包公具道所以關曰若然則賢令也我願見之令與幕客李惶恐出拜關賜坐顏色甚溫問世事甚悉惟不及幽冥之事李素戇遽問曰玄德公何在關不答色不懌帽髮盡指即辭去包公大驚謂李曰汝必為雷擊死吾不能救汝矣此事何可問也況於臣子之前呼其君之字乎令代為乞哀包公曰但令速死免致焚屍取匣中玉印方尺許解李袍背印之令與李拜謝畢仍縋而出甫至酆都南門李竟中風而亡未幾暴雷震霆繞其棺槨衣服焚燒殆盡惟背間有印處不壞

骷髏報仇

常熟孫君壽性獷惡好慢神虐鬼與人遊山脹如廁戲取荒塚骷髏蹲踞之令吞其糞曰汝食佳乎骷髏張口曰佳君壽大駭急走骷髏隨之滾地如車輪然君壽至橋骷髏不得上君

壽登高望之髑髏仍滾歸原處君壽至家面如死灰遂病日道父觸手取石之自呼曰汝食佳乎食畢吏遑遑畢吏食三日而死

髑髏吹氣

杭州閔茂嘉好弈其師孫姓者常與之弈雍正五年六月暑甚閔招友五人循環而弈孫弈畢曰我倦去東廂少睡再來決勝少頃聞東廂有叫號聲閔與四人趨視之見孫伏地涎沫滿頤飲以薑汁蘇問之曰吾牀上睡未熟覺背間有一點冷如胡桃大漸至盤榛大未幾而半席皆冷直透心骨未得其故聞牀下咈咈然有聲俯視之一髑髏張口隔席吹我不覺駭絕遂仆於地髑髏竟以頭擊我聞人來始去四人咸請掘之閔家人懼有禍不敢掘遂扃東廂

趙大將軍刺皮臉怪

趙大將軍良棟平三藩後路過四川成都川撫迎之投館於民家將軍嫌其隘意欲宿城西察院衙門撫軍曰聞此中關鎖百餘年頗有怪不敢為公備將軍笑曰吾盪平寇賊殺人無算妖鬼有靈亦當畏我即遣丁役掃除置眷屬於內室而已獨占正房枕軍中所用長戟而寢至二鼓帳鈎聲鏗然有長身而白衣者垂大腹障牀而燭光青冷將軍起厲聲喝之怪退行三步燭光為之一明照見頭面儼然俗所畫方相神也將軍拔戟刺之怪閃身於梁再刺再走遂入一夾道中隱不復見將軍還房覺有尾之者回目之此怪微笑躡其後將軍大怒罵曰世那得有此皮臉怪耶眾家丁起各持兵仗來怪復退走過夾道入一空房見沙飛塵起簇簇有聲似其鬼類共來格鬬者怪至中堂挺然立作負嵎狀家丁相視無敢前將軍忿起手刺以戟正中其腹膨亨有聲其身面不復見矣但有兩金眼在壁上大如銅盤光睒睒射人眾家丁各以刀擊之化為滿房火星初大後小以至於滅東方已明將軍次日上馬行以所見語闔城文武咸為咋舌終不知何怪

狐生員勸人修仙

趙大將軍之子襄敏公總督保定夜讀書西樓門戶已閉有自窗縫中側身入者形甚扁至樓中以手搓頭及手足漸次而圓方巾朱履向上長揖拱手曰生員狐仙也居此百年蒙諸大人俱許在此公忽來讀書生員不敢抗於天子之大臣故來請示公必欲在此讀書某宜遷讓須寬限三日如公見憐容其卵息於此則請扃鎖如平時趙公大駭笑曰爾狐矣安得有生員曰群狐蒙太山娘娘考試每歲一次取其文理精通者為生員劣者為野狐生員可以修仙野狐不許修仙因勸趙公曰公等貴人可惜不學仙耳如某等學仙最難先學人形

再學人語學人語者先學鳥語學鳥語者又必須盡學四海九州之鳥語無所不能然後能為人聲以成人形其功已五百年矣人學仙較異類學仙少五百年功苦若貴人文人學仙較凡人又省三百年功苦大率學仙者千年而成此定理也公喜其言即於次日扃西樓讓之此二事得于鎮遠太守諱之壇者即將軍之孫且曰吾父後悔未問太山娘娘出何題目考狐也

煞神受枷

淮安李姓者與妻某氏琴瑟調甚李三十餘病亡已殮矣妻不忍釘棺朝夕哭啟而視之故事民間人死七日則有迎煞之舉雖至戚皆迴避妻獨不肯置子女於別室己坐亡者帳中待之至二鼓陰風颯然燈火盡綠見一鬼紅髮圓眼長丈餘手持鐵叉以繩牽其夫從窗外入見棺前設酒饌便放叉解繩坐而大啖每咽物腹中嘖嘖有聲其夫摩撫舊時几案愴然長嘆走至牀前揭帳妻哭抱之冷然如一團冷雲遂裹以被紅髮神競前牽奪妻大呼子女盡至紅髮神踉蹌走妻與子女以所裹魂放置棺中屍漸奄然有氣遂抱置臥牀上灌以米汁天明而蘇其所遺鐵叉俗所焚紙叉也復為夫婦二十餘年妻六旬矣偶禱於城隍廟恍惚中見二弓丁舁一枷犯至睇之所枷者即紅髮神也罵婦曰吾以貪饞故為爾所弄枷二十年矣今乃相遇肯放汝耶婦至家而卒

張士貴

直隸安州參將張士貴以公廨太仄買屋於城東俗傳其屋有怪張素倔強必欲居之既移家矣其中堂每夜聞擊鼓聲家人惶恐張乃挾弓矢秉燭坐至夜靜時梁上忽伸一頭既而相笑張射之全身墜地短黑而肥腹大如五石瓠矢中其臍入一尺許鬼以手摩腹笑曰好箭復射之摩笑如前張大呼家人齊進鬼升梁而走詈曰必滅汝家次日天明參將之妻暴卒天暮參將之子又卒張棺殮畢悲悔不已居月餘聞複壁中有呻吟聲往視即其所殯之妻子也飲以薑汁揚揚如平生問之皆曰吾未嘗死但昏昏如夢見兩大黑手挪我於此間棺視之蕩然無有方知人死有命雖惡鬼相怨亦僅能以幻術揶揄之不能殺也

杜工部

四川杜某乾隆丁巳進士為工部郎年五十餘續娶襄陽某氏婚夕同年畢集工部行禮畢將入房見花燭上有童子長三四寸踞燭盤以口吹氣欲滅其火工部喝之應聲走兩燭齊滅賓客驚視工部變色汗如雨下侍妾扶之登牀工部以手指屋之上下左右云悉有人頭汗愈甚口漸不能言是夕卒襄陽夫人出轎時見有蓬髮女子迎問曰欲鑄圖章否夫人怪

其語不倫，不之應。及工部死，始知揶揄夫人者，即此怪也。工部卒後，附魂於夫人之體，每食必搤其喉，悲啼曰：「捨不得。」同年周翰林煌正色責之曰：「杜君何憒憒！爾死，與夫人何干，而反索其命乎？」鬼大哭，絕聲，夫人病隨愈。

胡求為鬼毬

方閣學苞有僕胡求，年三十餘，隨閣學入直。閣學修書武英殿，胡僕宿浴德堂中。夜三鼓，見二人舁之階下。時月明如晝，照見二人皆青黑色，短袖仄襟。胡恐，急走，隨見東首一神紅袍烏紗，長丈餘，以靴腳踢之，滾至西首；復有一神，如東首狀貌衣裳，亦以靴腳踢之，滾至東首。將胡當作拋毬者，然胡痛不可忍。五更雞鳴，二神始去，胡委頓於地。明旦視之，遍身青腫，幾無完膚，病數月始愈。

江中三太子

蘇州進士顧三典，好食黿，魚者知之，每得黿，必售顧家。顧之岳母李氏夜夢金甲人哀求曰：「吾江中三太子也，為爾壻某所獲，幸免我，必不忘報。」次早遣家人馳救，則廚人已解之矣。是年進士家無故火自焚，圖史散盡。未焚之夕，家畜一犬，忽人立，以前兩足擎雙盂水獻主人。又見屋壁上有歷代祖宗狀貌如繪，識者曰：「此陽不藏陰之象也，其將火乎？」已而果然。

子不語　卷一　七

田烈婦

江蘇巡撫徐公士林，素正直，為安慶太守時，日暮升堂，月色皎然，見一女子以黑帕蒙首，眉以上眉目不可辨，跪儀門外，若訴冤者。徐公知為鬼，令吏卒持牌喝曰：「有冤者魂許進。」女子冉冉入，跪階下，聲嘶如小兒。吏卒不見，但聞其聲，自言姓田，寡居守節，為其夫兄方德逼嫁，謀產致令縊死。徐公為拘夫兄與鬼對質，初訊時殊不服，回首見女子，大駭，遂吐情實，乃置之法。一郡譁以為神。公作田烈婦碑記以旌之。時泰安趙相國國麟為巡撫，責徐公謂此事作訪聞足矣，何必託鬼神以自奇？徐公深以為愧，然其事頗實，不能祕也。徐公未遇時，往京師，路上有同行客，忽輾背痛，跪地叩首曰：「我響馬賊也，利公之財，將手劍公，忽有金甲神以挫擊我，遂仆於地。公日後非凡人也。」言畢死。

鬼著衣受網

廬州府舒城縣鄉民陳姓者，妻忽為一女鬼所憑，或扼其喉，或縛其頸，旁人不能見，婦甚苦之。時將手抓領內，多出麻草繩索。夫授以桃枝一束，曰：「來即擊之。」鬼怒，鬧更甚，夫無可奈何，乃入城求葉道士，贈以二十金，延之家中，設壇作法，布八卦陣於四方，中置小瓶，以五色紙剪成女衣十數件，置瓶側。道士披髮持咒，濕三下，婦人曰：「鬼來矣。」手持豬肉，夫以桃枝迎擊之，果空中墜肉數塊。道士告婦人曰：「如彼肯穿我紙衣，便好辦矣。」少頃，鬼果取衣，婦故意喝曰：「不許竊衣。」鬼笑曰：「這樣華服，理該我著。」乃盡服之。衣化為網，重重包裹，始覺緊迫，不能出其陣。中道士書符作咒，以法水一杯當頭打去，水潑而杯不破。鬼在東，杯擊之於東；鬼在西，杯擊之於西，杯碎而鬼頭亦裂矣。隨即擒納瓶內，封以法印，五色紙埋桃樹下。復以二符入縴香末，搓為二圈，付婦人曰：「此鬼亦有丈夫，半月內必來復讎，以此擊之，可絕患矣。」數日，果有男鬼獰獰而來，婦如其法，鬼乃逃去。

阿龍

蘇州徐世球居木瀆，幼入城中，讀書於韓其武家。韓有僕曰阿龍，年二十，侍書室頗勤。一夕，徐讀書樓上，命阿龍下取茶，少頃阿龍失色而至，曰：「某見一白衣人在樓下，狂走呼之不應，殆鬼耶？」徐笑而不信。次夕，阿龍不敢上樓，徐命柳姓者代其職。至二更，柳下取茶，足有所躡，遂仆地，視之，阿龍死於階下。柳大呼，徐與韓氏諸賓客共來審視，見阿龍頸下有手搯痕，青黑如柳葉大，耳目口鼻盡塞黃泥，屍橫而氣未絕，飲以薑汁乃蘇，曰：「吾下階時，見白衣者當頭立，年可四十餘，短鬚黑面，向我張嘴，伸其舌長尺許。吾欲叫喊，遂為所縶，以手夾我喉。旁有一老者白鬚高冠，勸曰：『渠年少，未可欺侮。』我爾時數欲氣絕，適柳某撞我腳上，白衣者銜屋去矣。」徐命眾人扶之登牀，牀上鬼燈數十，如極大螢火，徹夜不絕。次日，阿龍痴迷不食。韓氏召女巫眕之，巫曰：「取縣官堂上硃筆，在病者心上書一正字，頸上書一刀字，兩手書兩火字，便可救也。」韓氏如其言，書至左手火字，阿龍張目大叫曰：「勿燒我，我即去，可也。」自此怪遂絕，阿龍至今猶在。

大樂上人

洛陽水陸庵僧號大樂上人，饒於財。其鄰人周某，充縣役，家貧，承催稅租，皆侵蝕之。每逢比期，輒向上人借貸，數年間積至七兩。上人知其無力償還，不復取索，役頗感恩，相見必曰：「吾不能報上人恩，死當為驢馬以報。」居無何，晚有人叩門甚急，問為誰，應聲曰：「周某也，來報恩耳。」上人啟戶，了不見人，以為有相戲者。是夜所畜驢產一駒。明旦訪役，果死。上人至驢廄，產駒奮首翹足，若相識者。上人乘之一年。有山西客來宿，愛其駒，求買之。上人弗許，不忍明言其故。客曰：「然則借我騎往某縣一宿，可乎？」上人許之。客上鞍攬轡，笑曰：「吾詐和尚耳，我愛此驢，騎之未必即返，我已措價置汝几上，可歸取之。」不顧而馳。上人無可奈何，入房視之，几上白金七兩，如其所負之數。

山西王二

子不語　卷一　八

熊新林滌齋先生爲余言。康熙年間遊京師。與陳參政儀計副憲某飲報國寺。三人俱早貴。喜繁華。以席間不得聲妓爲悵。遣人召女巫某唱秧歌勸酒。女巫唱終半席。腹脹將溲。急出至牆下。少頃返。則兩目瞪視。跪三人前呼曰。我山西王二也。某年月日爲店主趙三謀財殺死。埋骨於此寺之牆下。求三長官代爲伸冤。三人相顧大駭。莫敢發聲。熊曉之曰。此司坊官事。非我輩所能主。張女巫曰。現任司坊官俞公與熊翁有交。但求熊翁轉請俞公到此掘驗足矣。熊曰。此事重大。空言無信。如何可行。巫曰。論理某當自陳。但某形質朽爛。須附生人而言。諸位老爺皆我尊之。言畢。女巫仆地。良久醒。問之。茫然無知。三公謀曰。我輩何能替鬼訴冤。訴亦不信。明日。盍請俞司坊官共飲此處。召女巫質之。則冤白矣。次日。招俞司坊至寺飲。告之故。召女巫。巫大懼。不肯復來。司坊官遣役拘之。巫始至。既入寺門。言狀悉如昨日。司坊官啟巡城御史發掘牆下。得白骨一具。頸下有傷。詢之土人。云從前此牆係山東濟南府趙三安歇客寓之所。某年捲店逃歸山東。乃移文專差關提至濟南。果有其人。文到之日。趙三一叫而絕。

大福未享

蘇州羅姓者。年二十餘。元旦夢其亡祖謂曰。汝於十月某日將死。萬不能免。可速理後事。醒後語其家人。舉家驚怖。爲至期。衆家人環而視之。羅無他恙。至暮如故。家人以爲夢不足信。二更後。羅溲於牆。久而不反。家人急往視。衣離其身矣。取燈照之。裸死於牆東。去衣服十餘步。心口尚溫。不敢遽殮。次夜。蘇告家人曰。冤業耳。我姦妻婢小春。有胎不認。致妻拷掠而亡。渠訴冥司。覩來拘我。適至我牆。渠以手剝我衣。如我當時淫彼之狀。我昏迷不省。遂同至陰司城隍衙門。正欲訊鞫。適渠亦以前生別事發覺。爲山西城隍所拘。陰官不肯久縶獄囚。故仍令還陽。恐終不免也。羅父問曰。爾亦聞陽間事乎。曰。我自知死不可逭。恐老父無養。故問管我之隸。吾父異日何如。隸笑曰。念汝孝心。爾父大福未享。家人聞之。皆爲老翁喜。翁亦竊自負。未踰月。羅父竟以膨脹亡。腹大如鼓。始知大福者。大腹之應。其子又隔三年乃死。

觀音堂

余同官趙公諱天爵者。自言爲句容令時。下鄉驗屍。薄暮宿古廟。夢老嫗面有積塵。髮脫左鬢。立而請曰。萬藍扼我咽喉。公爲有司。須速救我。趙驚醒。張目燈前。隱隱猶有所見。急起逐之。了無所得。次早閒步。見廟側有觀音堂。旁塑一老婦。宛如夢中人。堂前溝巷狹甚。爲民房出入之所。呼廟僧問曰。汝里中得毋有萬藍乎。僧曰。在觀音堂前出入者。即萬藍家也。喚藍至。問閣屋祖遺乎。曰。非也。此屋本從前觀音堂大門出入之地。今年正月。寺僧盜售於我。價二十金。趙亦不告以夢。即捐二十金爲贖還基址。加修葺焉。是時趙年四十餘。尚無嗣。數月後。夫人有兒將產之夕。夢老嫗復來。抱一兒與之。夫人覺。夢亦如公。遂產一兒。

常格訴冤

乾隆十六年八月初三日。閱邸抄。見景山遺失陳設古玩數件。內務府官疑挑土工人所竊。召執役者數十人立而訊之。一人忽跪訴曰。我常格也。係正黃旗人。年十二歲。赴市買物。爲工人趙二圖姦不遂。將刀殺死。埋我於厚載門外堆炭地方。我家父母某尚未知也。求大人掘驗伸冤。言畢仆地。少頃復蹶而起。曰。我即趙二。殺常格者我也。內務府大人見其狀。知有冤。移交刑部。掘驗屍傷宛然。訪其父母。曰。我家兒遺失已一月。尚未知其死也。隨拘詢趙二。盡吐情實。刑部奏趙二自吐兇情。跡似自首。例宜減等。但爲冤鬼所憑。不便援引此例。擬斬立決。奉旨依議。

蒲州鹽梟

岳水軒過山西蒲州鹽池。見關神祠內塑張桓侯像。與關西南坐。旁有周將軍像。怒目猙獰。手拖鐵鍊。鎖朽木一枝。不解何故。土人指而言曰。此鹽梟也。問其故。曰。宋元祐間。取鹽池之水煮數日。而鹽不成。商民惶惑。禱於廟。夢關神召衆人謂曰。汝鹽池爲蚩尤所據。故燒不成鹽。我享血食。自宜料理。但蚩尤之魂。吾能制之。其妻名梟者。悍惡尤甚。我不能制。須吾弟張翼德來。始能擒服。吾已遣人自益州召之矣。衆人驚寤。旦即在廟中添塑桓侯像。其夕風雷大作。朽木一根。已在鐵鍊之上。次日取水煮鹽。成者十倍。始悟今所稱鹽梟。實始於此。

靈壁女借尸還魂

王硯庭知靈璧縣事。村中有農婦李氏。年三十許。貌醜而瞽。病臌脹十餘年。腹大如鼓。一夕卒。夫入城買棺。棺到將殮。婦已生矣。雙目盡明。腹亦平復。夫喜近之。妻堅拒泣曰。吾某村中王姑娘也。尚未婚嫁。何爲至此。吾之父母姊妹俱在何處。其夫大駭。急告某村。則舉家哭其幼女。屍已埋矣。其父母狂奔而至。婦一見泣抱。歷敘生平事。皆符合。其未婚之家。亦來盼視。婦猶羞澀。赤見於面。兩家爭此婦。鳴於官。硯庭爲之作合。斷歸村農。乾隆二十一年事。

漢高祖戕義帝

山東驛鹽道盧憲觀暴卒。已而復蘇。云前身本九江王英布也。戕義帝乃高祖使之。非項羽所使也。高祖陰戕義帝。嫁名項羽。而偽與諸侯討戕義帝者。羽訟於上帝。須布爲質。質明。果係高祖所戕。陳平六出奇計。此其一也。故盧死而復蘇。問何以遲二千年而獄始定。曰。羽以坑咸陽卒二十萬。上帝震怒。戮於陰山。受無量罪。今始滿貫。方得訴冤。按王阮亭池北偶談

我張巡妾報冤事亦遊至千年蓋張以忠節故而報復難頃以慘我故而申訴亦難也

地窮宮

保定督標守備李昌明暴卒三日屍不寒家人未敢棺殮忽屍腹脹大如鼓一溺而蘇握送殮者手曰我將死時苦楚異甚自脚趾至於肩領氣散出不可收既死覺身體輕倩頗佳於生時所到處天色深黃無日色飛沙茫茫足不履地一切屋舍人物都無所見我神魂飄忽隨風東南行許久天色漸明沙少止俯視東北角有長河一條河內牧羊者三人羊白色肥大如馬我問家安在牧羊人不答又走約數十里見遠處隱隱宮殿瓦皆黃琉璃如帝王居近前有二人靴帽袍帶立殿下如世上所演高力士童貫形狀殿前有黃金扁額書地窮宮三字我玩視良久袍帶者怒來逐我曰此何地容爾立耶我素剛不肯去與之爭殿內傳呼曰外何喧嚷袍帶者入良久出曰汝毋去聽候諭旨二人環而守之天漸暮陰風四起霜片如瓦我凍久戰慄兩守者亦恐縮流涕指我怨曰微汝來作鬧我輩豈受此冷夜之苦哉天稍明殿內鐘動風霜亦霽又一人出曰昨所留人著送歸本處袍帶者拉以行仍過原處見牧羊人尚在袍帶者以我授之曰奉旨交此人與汝送他還家我去矣牧羊人毆我以拳懼而墜河飲水腹脹一溺遂蘇言畢復盥手沐面飲食如常後十日餘仍卒先是李之鄰張姓者睡至三更牀側聞人呼聲驚起見黑衣四人各長丈餘曰為我引路至李守備家張不肯黑衣人欲毆之懼而同行至李門先有二人蹲於門上貌更獰惡四人不敢仰視偕張穿籬笆側路以入俄而哭聲內作此事傳卓閣提督所言李其友也

獄中石匣

越州周道灃以難蔭選陝西隴州知州抵署後循例按獄獄中有石匣長尺許封鎖甚固周欲開視獄吏固持不可曰相傳自明季即有此匣不知所藏何物但記有道人云開則不利於官周素愎必欲開視乃斧其匣得人影半幅赤身帶血面目模糊冷氣襲人周諦視未畢有硫黃氣自匣中起卷幅燒毀紙灰騰空而去周大悸得病卒於隴竟不知何怪周蘭坡學士為余言州牧即其從孫也

子不語卷一終

子不語卷二

隨園戲編

張元妻

河南偃師縣鄉人張元妻薛氏歸甯母家遣小叔迎之路過古墓樹木陰森薛氏將溲馬索所乘驢與小叔使視之而挂所衣紅布裙於樹溲畢返裙失所在歸家與夫宿侵晨不起家人撞門入窗牖宛然而夫婦有身無首告之官不能理拘小叔訊之具道昨日失裙事迹至墓所墓旁有穴滑溜如常有物出入者從之紅布裙帶在外即其嫂物掘之兩首具在並無棺槨穴甚小僅容一手官竟不能徹也

蝴蝶怪

京師葉某與易州王四相善王以七月七日為六旬壽期葉騎驢往祝過房山天將暮矣一偉丈夫躍馬至問將何往葉告以故丈夫喜曰王四吾中表也吾將往祝盍同行乎葉大喜與之偕行丈夫屢躡其背葉固讓前行偽許而仍落後葉疑為盜屢回顧之時天已黑不甚辨其狀貌但見電光所燭丈夫懸首馬下以兩脚踏空而行一路雷與之俱丈夫口吐黑氣與雷相觸舌長丈餘色如硃砂葉大駭卒無奈何且隱忍之疾驅至王四家王出與相見懽然置酒葉私問與路上丈夫何親曰此吾中表張某也現居京師繩匠衚衕以鎔銀為業葉稍自安且疑路上所見眼花耳酒畢葉就寢心悸不肯與同宿丈夫固要之不得已請一蒼頭伴焉葉徹夜不寐而蒼頭酣寢矣三鼓燈滅丈夫起坐復吐其舌一室光明以鼻嗅葉之帳涎流不已伸兩手持蒼頭啖之骨星星墜地葉素奉關神急呼曰伏魔大帝何在忽訇然有鐘鼓聲關帝持巨刀排梁而下直擊此怪怪化一蝴蝶大如車輪張翅拒刃盤旋片時又霹靂一震蝴蝶與關神俱無所見葉昏暈仆地日午不起王四啟門視之具道所以地有鮮血數斗牀上失一張某與一蒼頭矣所騎馬宛在廄急遣人至繩匠衚衕蹤跡張某張方踏爐燒銀並無往易州祝壽之事

白二官

常州王姓者以暴遊為業歲暮歸里慕張氏青山莊園林之美襆被往遊邀白二官於園中晝所狎戲旦也甚善遊畢同宿於園王神思恍惚不能成寢見白二官伸頭吹燈燈離白所臥處二丈餘而白伸頸亦長二丈餘吹燈而滅王大駭以被裹首而寢白至其牀頭披被以手上下量之所按處其冷如鐵王驚呼無人答應忽窗西有一黑物猪臉毛爪從外跳入與白二官對搏甚兇不知勝負俄而天明見地上鮮血一片死蛇一條急往白二官家詢之二

官得蠱疾半年一旦而愈其疾愈之時即王姓遇白二官之時也

關東毛人以人為餌

關東人許善根以掘人參為業故事掘參者須黑夜往掘許夜行勞倦宿沙上及醒其身為一長人所抱身長二丈許遍體紅毛以左手撫許之身又以許身摩擦其毛如玩珠玉者然每一摩撫則狂笑不止許自分將果其腹矣俄而抱至一洞虎筋鹿尾象牙之類森森山積置許石榻上取虎鹿進而奉之許喜出望外然不能食也長人俯而若有所思既而點首若有所得敲石為火汲水焚鍋為烹熟而進之許大啖黎明長人復抱而出身挾五矢至絕壁之上縛許於高樹許從大駭疑將射己俄而群虎聞生人氣盡出穴爭來搏許長人抽矢斃虎復解縛抱許曳死虎而返烹獻如故許始心悟長人養己以餌虎也如是月餘許無恙而長人竟以大肥許一日思家跪長人前涕泣再拜以手指東方不已長人亦潸然復抱至採參處示以歸路并為歷指參地示相報意許從此富矣

平陽令

平陽令朱鑠性慘刻所宰邑別造厚枷巨梃案涉婦女必引入姦情訊之杖妓去小衣以杖抵其陰使腫潰數月曰看渠如何接客以臀血塗嫖客面妓之美者加酷焉髡其髮以刀開其兩鼻孔曰使美者不美則妓風絕矣逢同寅官必自詫曰見色不動非吾鐵面冰心何能如此以俸滿遷山東別駕挈眷至茌平旅店店樓封鎖甚固朱問故店主曰樓中有怪歷年不啟朱素愎曰何害怪聞吾威名早當自退妻子苦勸不聽乃置妻子於別室己獨携劍秉燭坐至三鼓有扣門進者白鬚絳冠見朱長揖朱叱何怪老人曰某非怪乃此方土地神也聞貴人至此正群怪殄滅之時故喜而相迎且囑曰公少頃怪至但須以寶劍揮之某更相助無不授首矣朱大喜謝而遣之須臾青面者白面者以次第至朱以劍斫應手而倒最後有長牙黑嘴者來朱以劍擊忽呼痛而隕朱喜自負急呼店主告之時雞已鳴家人秉燭來照橫屍滿地悉其妻妾子女也朱大叫曰吾乃為妖鬼所弄乎一慟而絕

不倒翁

蔣生某往河南過葉縣宿焉店家有西樓灑掃極淨蔣愛之以行李往店主笑曰公膽大否此樓不甚安蔣曰椒山自有膽秉燭坐至夜深聞几下如竹桶泛水聲有躍出者青衣皂冠長三寸許類世間差役狀睨蔣許久吒吒而退少頃數短人舁一官至旗幟馬車之類歷歷如豆官烏紗冠危坐指蔣大詈聲細如蜂蟻蔣無怖色官愈怒小手拍地麾衆短人牽蔣靴襪竟不能動官嫌其無勇擐臂自起蔣以手攫之置於几上細視之世所賣不倒翁也塊然

僵仆一土偶耳其與從俯伏羅拜乞還其主蔣戲曰爾須以物贖應聲曰諾牆穴中喃喃有聲或四人舁一釵或二人扛一簪頃刻首飾金帛之屬布散於地蔣取不倒翁擲與之復能舉動如初然隊伍不復整矣奔竄而散天漸明店主大呼失賊問之則樓上贖官之物皆三寸短人所偷店主物也

算命先生鬼

平望周姓以撐舟為業舟過湖州橋下篙觸骨墮落水至家而妹病呼曰我湖州算命先生徐某在生時曾撫司道貴人誰不敬汝何人敢投我骨於水女素不識字病後能諸書為人算命寫八字與之其推排悉合世上五行之說亦不甚驗也周具牒訴於城隍女卧一日醒曰見二青衣拘一鬼與我質於神前鬼跪訴毀骨之事神曰其兄觸汝而責之於妹何畏強欺弱耶自稱能算命而不能自護其朽骨其算法不靈可知生前哄騙人財物不知多少矣笞二十押赴湖州女自此不復識字亦不能算命矣

鬼借力制兇人

俗傳凶人之終必有惡鬼以其力能相助也揚州唐氏妻某素悍妒妾婢死其手者無數亡何暴病口喃喃詈罵如平日撒潑狀鄰有徐元者膂力絕人先一日昏暈呼叫罵如與人角鬭者逾日始蘇或問故曰吾為群鬼所借用耳鬼奉閻羅命拘唐妻而唐妻力強群鬼不能制故來假吾力縛之吾與鬭三日昨被吾拉倒其足縛交群鬼吾纔歸耳往視唐妻果氣絕而左足有青傷

馬盼盼

壽州刺史劉介石好扶乩牧泰州時請仙西廳一日乩盤大動書盼盼二字又書有兩世緣三字劉大駭以為關盼盼也問兩世何緣曰事載西湖佳話劉書紙焚之曰可得見面否曰在今晚果薄暮而病目定神昏妻妾大駭圍坐守之燈上片時陰風颯然一女子容色絕世遍身衣履甚華手執紅紗燈從戶外入向劉直撲劉冷汗如雨下心有悔意女子曰君怖我乎緣尚未到故也復從戶外出劉病稍差嗣後意有所動女子輒來劉一日寓揚州天寧寺秋雨悶坐復思此女取乩紙焚乩盤大書曰我韋馱佛也念汝為妖孽所纏特來相救汝可知天條否上帝最惡者以生人而好與鬼神交接其孽在淫嗔以上汝嗣後速宜改悔毋得邀仙媚鬼自戕其命劉悚然叩頭焚乩盤燒符紙自此妖絕數年後閱西湖佳話泰州有宋時營妓馬盼盼墓在州署之左偏青箱雜志載盼盼機巧能學東坡書法始悟現形之妖非關盼盼也

滇綿谷秀才半世女粧

蜀人滇謙六富而無子屢得屢亡有星家教以壓勝之法云足下兩世命中所照臨者多是雌宿雖獲雄無益也惟獲雄而以雌畜之庶可補救已而綿谷生謙六教以穿耳梳頭裹足呼爲小七娘娶不梳頭不裹足不穿耳之女以妻之果長大入泮生二孫偶以郎名孫即死於是每孫生亦以女畜之綿谷韶秀無鬚頗以女自居有繡針詞行世吾友楊刺史潮觀與之交好爲序其顛末

煉丹道士

楚中大宗伯張履昊好道予告歸寄居江甯入城時攤朱提一百六十萬有郎總兵者公門下士也薦朱道士善黃白之術壽九百餘歲燒杏核成銀屢試若神道士說公燒丹以白銀百萬煉丹一枚則長生可致公惑之齋戒三日定坎離之位每一爐輒下銀五萬兩炭百擔晝則公親監之夜則使人守之銀登時化爲水煉三月費銀八十萬丹無消息公詰之道士曰滿百萬則丹成成後含之不飢不寒可南可北隨意所之無不可到公無奈何復與十餘萬然已覺其妄道士洩溺必遣人尾之清晨道士洩於園尾者回顧忽失道士所在往視其爐百萬俱空矣啟道士行李得書一封云公此種財皆非義物也吾與公有宿緣特來取去爲公打點陰間贖罪費用日後自有效驗幸毋相怪家人覓道士者皆云每五萬銀下爐時屋上隱隱有雷聲道士惶恐伏地以朱符蓋其頭其搬運實無痕迹

葉老脫

有葉老脫者不知其由來科頭跣足冬夏一布袍手挈竹席而行常投維揚旅店嫌房客嘈雜欲擇潔地店主指一室曰此最靜僻但有鬼不可宿葉曰無害徑自掃除攤竹席於地夜臥至三鼓門忽開見有婦人繫帛於項雙眸挾出懸兩頤下伸舌長數尺彳亍而來旁有無頭鬼手提兩頭繼至尾其後者一鬼遍體皆黑耳目口鼻甚模糊一鬼四肢黃腫腹大於五石匏相詫曰此間有生人氣當共攫之羣作搜捕狀卒不得近葉一鬼曰明明在此而搜之不得奈何黃腫者曰凡吾輩之所以能攝人者以其心怖而魂先出也此人蓋有道之士心不怖魂不離體故倉猝不易得羣鬼方徬徨四顧葉乃起坐席上一手自表曰我在此羣鬼驚愕齊跪地下葉一一訊之婦人指三鬼曰此死於水者此死於火者此盜殺人而被刑者我則縊死此室者也葉曰若輩服我乎皆曰然曰然則各自投生勿在此作祟各羅拜去迨曉爲主人道其事嗣後此室宴然

蘇耽老飲疫神

杭州蘇耽老性滑稽善嘲人人惡之元旦畫疫神一紙壓其門耽老晨出開門見而大笑迎疫神歸延之上坐與共飲酒而燒化之是年大疫四鄰病者爭祀疫神其病人輒作神語曰我元旦受蘇耽老禮敬愧無以報欲禳我者必請蘇君陪我我方去於是祀疫神者爭先請蘇蘇逐日奔忙困於酒食其家大小十餘口無一病者

劉刺史奇夢

陝西劉刺史介石補官江南寓蘇州虎邱夜二鼓夢乘輕風歸陝未至鄉里路遇一鬼尾之長三尺許四首喪面獰醜可憎與劉對搏良久鬼敗劉挾鬼於腋下而趨將投之河路遇余姓者故識也謂曰城西有觀音廟何不挾此鬼訴於觀音以杜後患劉然其言挾鬼入廟廟門外韋馱金剛神皆怒目視鬼各舉所持兵器作擊鬼狀鬼亦悚懼觀音望見呼曰此陰府之鬼須押回陰府劉拜謝觀音目金剛押解金剛跪辭語不甚解似不屑押解者觀音笑目劉曰即著汝押往陰府劉跪曰弟子凡身何能到陰府觀音曰易耳捧劉面呵氣者三即遣出鬼俯伏無語相隨而行劉自念雖有觀音之命然陰府未知在何處正徘徊間復遇余姓者曰君欲往陰府前路有竹笠覆地者是也劉望北路有笠如俗所用醬缸蓬狀以手起之窿然一井鬼見大喜躍而入劉隨之冷不可耐每墜丈許必爲井所夾有溫氣自上而下則

又墜矣三墜後豁然有聲乃落於瓦上張目視之別有天地白日麗空所墜之瓦上即王者之殿角也聞殿中羣神震怒大呼曰何處生人氣有金甲者擒劉至王前王袞龍衣冕旒鬚白如銀上坐問爾生人胡爲至此劉具道觀音遣解之事王目金甲神捽其面仰天諦視之曰面有紅光果然佛遣來問鬼安在曰在牆腳下王厲聲曰惡鬼難留著押歸原處魔神叉戟交集將鬼叉戟上投池池中毒蛇怪鱉爭嚙食之劉自念已到陰府何不一問前生事揖金甲神曰某願知前生事金甲神首肯引至廊下抽簿示之曰汝前生九歲時曾盜人賣兒銀八兩賣兒父母懊恨而亡汝以此罪夭死今再世矣猶應爲替以償前愆劉大驚曰作善可禳乎神曰視汝善何如耳語未畢殿中呼曰天符至矣速令劉某回陽毋致洩漏陰司案件金甲神挽至王前劉復跪求曰某凡身何能出此陰界王持劉背吸氣者三遂聳身於井三聳三夾如前有溫氣自下而上身從井出至長安道上復命於觀音廟跪陳陰府本末旁一童子嚅嚅不已所陳語與劉同劉駭視之耳目口鼻儼然己之本身也但縮小如嬰兒劉大驚指童子呼曰此妖也童子亦指劉呼曰此妖也觀音謂劉曰汝毋恐此汝魂也汝魂惡而魄善故作事堅强而不甚透徹今爲汝易之劉拜謝童子不欲曰我在彼上今欲易我必先去我我去獨不於彼有傷乎觀音笑曰毋傷也手金簪長尺許自劉之左脇插入剔一腸

出以腕繞之每繞尺許則童子身漸縮小繞畢擲於梁上童子不復見矣觀音以掌拍業劉悸而醒仍在蘇州枕席間脇下紅痕猶隱然在焉月餘陜信至其鄰人余姓者亡矣此事介石親爲余言

趙李二生

廣東趙李二生讀書番禺山中端陽節日趙氏父母備酒殽爲兩生度節兩生同飲甚樂至二鼓聞叩門聲啟之亦書生也衣冠楚楚自云相離十里許慕兩生高義願來納交邀入坐言論風生先論舉業後及古文詞賦元元本本兩生自以爲弗及最後論及仙佛趙素不樂聞而李頗信之書生因力辨其有且曰欲見佛乎此頃刻事也李欣然欲試之書生取棠几疊高五尺許身踞其上登時有旃檀之氣氤氳四至隨取身上絹帶作圍謂二生曰從圍入即佛地也可以見佛李信之既圍見圍中觀音韋馱香烟飄渺即欲以頭入圍而趙望之則獠牙青面吐舌丈餘者在圍中矣遂大呼家人共進李如夢醒者雖掙脫而頸已有傷書生杳然不復可見兩生家俱以此山有邪不可讀書各令還家明年李舉孝廉會試連捷出授廬江知縣卒以被劾自縊而亡

山東林秀才

山東林秀才長康四十不第一日有改業之想聞旁有呼者曰莫灰心林驚問何人曰我鬼也守公而行并爲公護駕者數年矣林欲見其形鬼不可再四言鬼曰公必欲見我無怖而後可林許之遂跪於前長面流血曰某藍城縣市布者也爲掖縣張某謀害以屍壓東門城石磨盤之下公異日當宰掖縣故常侍公求爲申冤且言公某年舉鄉試某年成進士言畢不復見至期果舉孝廉惟進士之期爽焉林嘆曰世間功名之事鬼亦有不知者乎言未畢空中又呼曰公自行有虧耳非我誤報也公於某月日私通婿婦某事不成胎無人知覺陰司記其惡而寬其罪罰遲二科林悚然謹身修善逾二科而成進士授官掖縣抵任巡城見一石磨啟之果得屍立拘張某訊之盡吐殺人情實置之於法

秦中墓道

秦中土地極厚有掘三五丈而未及泉者鳳翔以西其俗人死不即葬多暴露之俟其血肉化盡然後葬之否則有發凶之說屍未消化而葬者一得地氣三月之後遍體生毛白者號白凶黑者號黑凶便入人家爲祟劉刺史之鄰孫姓者掘濠得一石門開之隧道宛然陳設雞犬器皿皆瓦爲之中懸二棺旁列男女數人釘身於牆蓋古之爲殉者惧其仆故釘之也衣冠狀貌約略可觀稍逼視之風起於穴悉化爲灰并骨如白塵矣其釘猶在左右牆上不知何王之墓亦有掘得土人作臥形者有頭角四肢而無耳目鼻皆古屍之所化也

夏侯惇墓

本朝松江提督張勇生時其父夢有金甲神自稱漢將軍夏侯氏入門隨即生勇後封侯歸葬掘地得古碣隸書魏將軍夏侯惇墓字如椀大閱二千年而骨肉復歸其故處亦奇

塞外二事

雍正時定西大將軍紀成斌以失律誅在塞外頗爲祟後接任將軍查公轅下兵某白日仆地自稱紀大將軍求索飲食衆皆羅拜代爲乞命幕客陳對軒豪士也直前批其頰罵曰紀成斌爾任阿拉蒲坦臨陣退縮以王法伏誅鬼若有靈尚宜自愧何敢恭爲厲鬼作屠沽兒乞食狀耶罵畢兵蹶然起不復作語矣自後凡有疫癘自稱紀大將軍者稱陳相公來了驗之無不立愈紀受誅時家奴盡散一廚者收其尸亡何病死常附病者身自稱廚神曰上帝憐我忠心葬主故命爲羣鬼長問紀將軍何在曰上帝怒其失律使兵民受傷數萬罰爲疫鬼受我驅遣我以主人故終不敢然我所言無不聽嗣後塞外遇將軍爲祟先請陳相公如陳不來便呼廚神紀亦去矣

關神斷獄

溧陽馬孝廉豐未第時館於邑之西村李家鄰有王某性凶惡素捶其妻妻飢餓無以自存竊李家雞烹食之李知之告其夫夫方被酒大怒持刀嚇妻至審問得實將殺之妻大懼誣雞爲孝廉所竊孝廉與爭無以自明曰村有關神廟請往擲環珓卜之卦陰者婦人竊卦陽者男子竊如其言三擲皆陽王投刀放妻歸而孝廉以竊雞故爲村人所薄失館數年他日有扶乩者方登壇自稱關神孝廉記前事大罵神之不靈乩書灰盤曰馬孝廉汝將來有臨民之職亦知事有緩急重輕耶汝竊雞不過失館某妻竊雞立死刀下矣我寧受不靈之名以救生人之命上帝念我能識政體故超陞三級汝乃怨我耶孝廉曰關神既封帝矣何級之陞乩神曰今四海九州皆有關神廟焉得有許多關神分享血食凡村鄉所立關廟皆奉上帝命擇里中鬼平生正直者代司其事真關神在帝左右何能降凡耶孝廉乃服

紫清烟語

蘇州楊大瓢諱賓者工書法年六十時病死而蘇曰天上書府喚我赴試耳近日玉帝製紫清烟語一部繕寫者少故召試諸善書人我未知中式否如中式則不能復生矣越三日空中有鶯鶴之聲楊愀然曰吾不能學王僧虔以禿筆自累致損其生瞑目而逝或問天府書家姓名曰索靖一等第一人右軍一等第十人

顧堯年

乾隆十五年，余寓蘇州江雨峯家。其子寶臣赴金陵鄉試，歸家病劇。雨峯遍召名醫，均有難色。知余與薛徵君一瓢交好，强余作札邀之。未至，余與雨峯候於門。病者在室呼曰：「顧堯年來矣。」連稱顧叟請坐。顧堯年者，蘇市布衣，先以請平米價倡衆毆官，爲蘇撫安公所誅者也。坐定，語江曰：「江相公，你已中鄉試三十八名矣。病亦無患，可自寬解。賜我酒肉，我便去。」雨峯聞之，急入房相慰曰：「顧叟速去，當即祭叟。」病者曰：「外有錢塘袁某官喧聒於門，我怖之，不能去。」又喈曰：「薛先生到門矣，其人良醫也，我當避之。」雨峯急出，拉余讓路，而一瓢果自外入。即告以故，一瓢大笑曰：「鬼既避我，二人請與公同入逐之。」遂入房。薛按脈，余帚掃牀前，一藥而愈。其年寶臣登第，果如所報之名次。

妖道乞魚

余姊夫王貢南，居杭州之横河橋。晨出，遇道士於門，拱手曰：「乞公一魚。」貢南嗔曰：「汝出家人，喫葷乎？」乃索魚肉耶？曰：「木魚也。」貢南拒之。道士曰：「公吝於前，必悔於後。」遂去。是夜，聞落瓦聲。旦視之，瓦集於庭。次夜，衣服盡入廁溷中。貢南乞符於張有虔秀才家。張曰：「我有二符，其價一賤一貴。賤者張之，可制之於旦夕；貴者張之，現神獲怪。」貢南取賤者，歸懸中堂，是夜果安。越三日，又有老道士，形容古怪，來叩門。適貢南他適，次子後文出見。道士曰：「汝家日前爲某道所苦，其人即我之弟子也。汝索救於符，不如索救於我。可囑汝父明日到西湖之冷泉亭，大呼鐵冠三聲，我即至矣。否則符且爲鬼竊去。」貢南歸，後文告之。貢南侵晨至冷泉亭，大呼鐵冠數百聲，杳無應者。適錢塘令王嘉會路過，貢南攔輿口訴原委。王疑其痴，大被詬辱。是夜，集家丁雄健者數人，護守此符。五更寂然，有聲，符已不見。旦視之，几有巨人跡，長尺許。從此每夜羣鬼畢集，撞門擲椀。貢南大駭，以五十金重索符於張氏。懸後，鬼果寂然。一日，王怒其長男後曾，將杖之。後曾逃，三日不歸。余姊泣不已。貢南親自尋求，見後曾徬徨於河，將溺焉。急拉上肩輿，其重倍他日。到家，兩眼瞪視，語喃喃不可辨。卧牀上，忽驚呼曰：「要審要審，我即去。」貢南曰：「兒何去？我當偕去。」後曾起，具衣冠，跪符下。貢南與俱。貢南無所見，後曾見一神上坐，眉間三目，金面紅鬚，旁跪者皆渺小丈夫。神曰：「王某陽壽未終，爾何得以其有畏懼之心，便惑之以死？」又曰：「爾等五方小鬼，不受上清勅令，乃爲妖道奴僕耶？」各謝罪。神予杖三十。鬼啾啾乞哀。視其臀，作青泥色。事畢，以靴腳踢後曾，如夢之初醒，汗浹於背。嗣後家亦安寧。

屍行訴冤

常州西鄉有顧姓者，日暮郊行，借宿古廟。廟僧曰：「今晚爲某家送殮，生徒盡行，廟中無人，君

爲我看廟。」顧允之。爲閉廟門，吹燈卧。至三鼓，有人撞門聲甚厲。顧喝問何人，外應曰：「沈定蘭也。」沈定蘭者，顧之舊交，已死十年之人也。顧大怖，不肯開門。外大呼曰：「爾無怖，我有事託君。若遲遲不開，我既爲鬼，獨不能衝門而進乎？所以喚爾開門者，正以照常行事，作故人之情耳。」顧不得已，爲啟其鑰。砉然有聲，如人墮地。顧手忙眼瞎，意欲舉燭。忽地上又大呼曰：「我非沈定蘭也，我乃東家新死者某，被奸婦毒死，故託名沈定蘭，求汝伸冤。」顧曰：「我非官府，冤何能申？」鬼曰：「屍傷可驗。」問屍在何處，曰：「燈妥即見。但見燈，我便不能言矣。」正匆遽間，外扣門者人聲甚衆。顧迎出，則羣僧歸廟，各有駭色，曰：「正誦經送殮，屍忽不見，故各自罷歸。」顧告以故。同衆火照，屍有七竅流血者，奄然在地。乃同報有司，爲理其冤。

沭陽洪氏獄

乾隆甲子，余宰沭陽。有淮安吳秀才者，館於洪氏。洪故村氏，饒於財。吳挈一妻一子，居其外舍。洪氏主人偶娛先生并其子，妻獨居於室。夜二更返，其被殺死，刀擲牆外，即先生家切菜刀也。余往驗屍，見婦人頸上三創，粥流喉外，爲之慘然。根究凶手，無可蹤跡。洪家有奴洪安者，素以左手持物，而刀痕左重右輕，遂刑訊之。初即承認，既而訴爲家主洪生某指使爲者，師母不遂，故殺之。生即吳之學徒也。及訊洪生，則又以奴曾被笞，故仇誣耳。獄未具，余調江甯。後任魏公廷會竟坐洪安以狀上。臬司翁公藻嫌供情未確，均釋之，別緝正凶。十二年來未得也。丙子六月，余從弟鳳儀自沭陽來，道有洪某者，保武生員，去年病死，尸柩未出，見夢於其妻曰：「某年某月，姦殺吳先生婦者，我也。漏網十餘載，今被冤魂訴於天，明午雷來擊棺，可速爲我遷棺避之。」其妻驚覺，方議引柩之事，而棺前失火，并骨爲灰燼矣。其餘草屋木器俱完好也。余方愧身爲縣令，婦冤不能雪，又加刑於無罪之人，深爲作吏之累。雖天報必遲至十年後，又不於其身，而於其無知之骸骨，何耶？此等凶徒，其身已死，其鬼不靈，何以尚存精爽於夢寐，而又自惜其軀殼者，何耶？

雷公被紿

南豐儆士趙黎村言：其祖某，爲一鄉豪士。明季亂時，有匪類某，武斷鄉曲，慣爲糾錢作社之事，窮氓苦之。趙爲告官，逐散其黨。諸匪無所得，積怨者衆。趙有膂力，羣匪不敢私報。每天陰雷起，則聚其黨，挈具豚蹄禱曰：「何不擊惡人趙某耶？」一日，趙方採花園中，見尖嘴毛人從空而下，響轟然，有硫黃氣。趙知雷公爲匪所紿，手溺器擲之，曰：「雷公雷公，吾生五十年，從未見公之擊虎，而屢見公之擊牛也。欺善怕惡，何至於此？公能答我，雖枉死不恨。」雷喋不發，赧怒，目閃閃如有慚色。又爲溺所污，竟墮田中，苦吼三日。其羣匪喈曰：「吾累雷公，吾累雷公。」爲設

醜提度之始去。

鬼冒名索祭

某侍衛好馳射，從東直門有翁踞井汲水，馬逸不止，擠翁於井。某大懼，急奔歸家。是夜即見此翁排闥入，罵云：爾雖無心殺我，然見我落井，喚人救我，尚有活理，何乃忍心潛逃，竟歸家耶？某無以答，翁即毀器撲戶，作祟不已。舉家跪求，爲設齋醮。鬼曰：無益也，欲我安甯，須刻木爲主，寫我姓名於上，每日以豚蹄享我，當作祖宗待我，方饒汝。如其言，祟爲之止。自此遇東直門必紆道而避此井。後扈從聖駕，當過東直門，仍欲紆道走，其總管斥之，曰：倘上問汝何在，將何詞以對？況青天白日，千衆萬騎，何畏鬼耶？某不得已，仍過井所，則見老翁宛然立井邊，奔前擧衣罵曰：我今日尋著汝矣。汝前年馬衝我而不救，何忍心耶？且詈且毆之。某驚遽哀懇曰：我罪何辭，但翁已在我家受祭數年，曾面許赦我，何以又改前言？翁叟怒曰：吾未死，何需汝祭？我雖爲馬所衝，失腳落井，後有過者聞我呼救，登時曳出，何得妄我爲鬼？某大駭，即拉翁同至其家，共觀木主所書者，非其姓名。翁復詬詈，取木主擲之，撤所供物於地。擧家惶愕，不解其故，聞空中有鬼大笑而去。

鬼畏人拚命

介侍郎有族兄某，強悍，憎人言鬼神事，每所居處，[illegible]素號不祥者而居之。過山東一旅店，人言西廂有怪，介大喜，開戶直入，坐至二鼓，瓦隕於梁。介罵曰：若鬼耶，須擇吾屋上所無者而擲焉，吾方畏汝。果墜一磨石。介又罵曰：若屬鬼耶，須能碎吾之几，吾方畏汝。則墜一巨石，碎几之半。介大笑罵曰：鬼狗奴敢碎吾之首，吾方服汝。起立擲冠於地，昂首而待，自此寂然無聲，怪亦永斷矣。

天殼

深天之說，天地如雞卵，卵中之黃白未分，是混沌也；卵中之黃白既分，是開闢也。人不能遊於卵殼之外，則道家三十三天之說，終屬渺茫。秦中地厚，往往崩裂，全村皆陷，有衝起黑水者，有冒出烟火者，有裂而仍合者。惟所陷之人民家室，從無再出土者，亦不知何往矣。順治三年，武威地陷，有董遇者，學煉形之術，能伏氣沉海中不死，全家遭此劫，九日後，竟一身自地下起。云初陷時，沉沉然一日一夜，陵至於泉，其陵下之勢，似飛非飛，似墜非墜，頗爲順適，猶與家人答問。一至於泉，則家口盡溺死，董伏氣入水底，千餘丈，乃復乾燥，覺四面純黃色，已而漸明，下視蒼蒼然，有天在下，細聽之，人民雞犬之聲，因風而至，竟悟此是天殼之外天也。得落第二層天宮固佳，即落在人家瓦上，豈不駭我爲天上人耶？因極力將身掙陟，爲罡

子不語　卷二　十

風所數，兜攏空中，終不得下。俄而有古衣冠人長二丈餘，叱曰：此兩天分界處，萬古神聖不破此關，汝何人作此妄想，從地來合時，仍歸汝世界，否則大地一合，百萬丈汝能穿水不能穿土，死矣。語未畢，忽金光萬道，自遠而來，熱不可耐。古衣冠者撫其背曰：速行速行，日輪至矣，我且避去。汝血肉之身，不走將燒爲飛灰。董聞之悚然，即運氣騰身而上，面目爲水土所蝕，黑如焦炭，衣服肌膚，粘結一片，逾月始復人形，自稱劫外叟。余按淮南子曰：溫帶之下無血氣之倫，日輪所近，即溫帶矣。

董賢爲神

康熙間，從叔祖弓韜公爲西安同知，大雨，終南山山崩，有古廟中塑少年，貌艷，衣服飾如漢公侯，問道士何神，道士指爲孫策。弓韜公以爲孫策稱行江東，未嘗至長安，且以策才武，當有英銳之氣，而神狀妍媚如婦女，疑爲邪神。嘗建修太白山龍王祠，意欲毀廟，拆其木瓦，移而用之。是夕夢神召見，曰：余非孫郎，乃漢大司馬董聖卿也。我爲王莽所害，死甚慘，上帝憐我無罪，雖居高位，家盛籍而在朝未嘗害一士大夫，故封我爲大郎神，管此方晴雨。弓韜公知是董賢，記賢傳中有美麗自喜之語，諦視不已，神有不悅之色，曰：汝毋爲班固所欺也。固作哀皇帝本紀，既言帝病痿不能生子，又安能與我耶？此自相矛盾語也。我當日君臣

子不語　卷二　十一

相得，與帝同臥起，事實有之。武帝時，衛霍兩將軍亦有此寵，不得以安陵、龍陽見比。幸臣一星，原應天象，我亦何辭。但二十年冤業須卿爲我湔雪。言未畢，有二鬼猙牙藍面者牽一囚至，年已老，頭禿而聲嘶，手捧一卷書，神指之曰：此莽賊也，上帝以其罪惡滔天，貶入陰山受毒蛇咀嚼久矣。今救出，押至我所，司溷圊之事，有小過，輒以鐵鞭鞭之。弓韜公問囚手挾何書，神笑曰：此賊一生信周禮，雖死猶抱持不放，受鐵鞭時，猶以周禮護其背。弓韜公就視之，果周禮也。上有臣劉歆恭校等字，不覺大笑，遂醒。次日捐俸百金，葺其廟祀，以少牢。又夢神來謝，且曰：蒙君修廟，甚感高義，但無人配享，我未免血食太孤。我掾史朱栩，義士也，曾收葬我尸，爲莽所殺，我感其恩，奏上帝，蔭其子浮爲光武皇帝大司空，君其留意。弓韜公即塑朱公像於董公側，而兼塑一囚，爲王莽狀，跪階下。嗣後祈晴雨，無不立應。

三頭人

康熙時，吳逆爲亂，道路斷絕。有湖州客張氏兄弟三人，在雲南逃歸，從棠梨山之東步行十晝夜，迷失道，採木葉草根食之。忽行曠野，忽大風西來，如海潮江濤之聲，三人懼，登高邱望之，見一黑牛，身大於象，踉蹌而過，草木爲之披靡。暮無投宿所，望前大樹下若有屋宇者，趨之，屋甚宏敞，中一丈夫走出，身長丈餘，頭上三頭，每作語，則三口齊響，清亮可聽，似中州

人竟問三人何來，俱以實告。三頭人曰：汝步行迷道，得毋飢乎？三人拜謝。隨呼其妹為客煮飯，意頗殷勤。妹應聲來，亦三頭女子也。視張兄弟而笑，語其兄曰：此三君其長者可長壽，其兩弟恐不免於難。張兄弟飯畢，三頭丈夫折樹枝與之，曰：以此映日影而行，可當指南車也。但此去所過廟宇可住宿，不可撞其鐘鼓，須緊記之。三人遂行。次日入亂山中，有古廟可憩。三人坐簷下，烏鴉羣飛來啄其頂，張怒取石子擊之，誤觸廟中鐘，鏗然作聲，兩夜叉跳出，取其兩弟擘而食之。又將及張，忽聞風濤聲，有大黑牛滃然而至，與兩夜叉角鬬。移時夜叉敗走。張乃脫逃，行數十日，始得歸里。

水鬼帚

表弟張鴻業寓秦淮潘姓河房，夏夜如廁，漏下三鼓，人聲已絕，月色大明。張憑欄閒水中砉然有聲，一人頭從水中出。張疑此時安得有泅水者，諦視之，眉目無有，黑身僵立，頸不能動，如木偶然。以石擲之，仍入於水。次日午後，有一男子溺死，方知現形者水鬼也。以此告同寓人，有米客因言水鬼索命之奇。客少時販米嘉興，過黃泥溝，因淤泥太深，故騎水牛而過。行至半溝，有黑手出泥中，拉其腳。其人將腳縮上，黑手即拉牛腳，牛不得動。客大駭，呼路人共牽牛，牛不起。乃以火炙牛尾，牛不勝痛，盡力拔泥而起。腹下有敝帚緊繫不解，腥穢難近，以杖擊之，聲啾啾然，滴下水皆黑血也。衆人用刀截帚下，取柴火焚之，臭經月餘不散。自此黃泥溝不復溺人矣。米客有詩紀其事云：本欲牽人誤扯牛，何須懊悔哭啾啾。與君一把桑柴火，暗處陰謀明處休。

羅剎鳥

雍正間，內城某為子娶媳，女家亦巨族，住沙河門外。新娘登轎後，騎從簇擁，過一古墓，有颷風從冢間出，繞花轎者數次，飛沙眯目，行人皆辟易。移時方定，頃之至壻家。轎停大廳上，擯者揭簾扶新娘出，不料轎中復有一新娘，掀幃自出，與先出者並肩立。衆驚視之，衣妝彩色無一異者，莫辨真偽。扶入內室，翁姑相顧而駭，無可奈何，且行夫婦之禮。凡參天祭祖謁見諸親，俱令新郎中立，兩新人左右之。新郎私念娶一得雙，大喜過望。夜闌，擁兩美同牀，僕婦侍女輩各歸寢室，翁姑亦就枕。忽聞新婦房中慘叫，披衣起，童僕婦女輩排闥入，則血淋漓滿地，新郎跌臥牀外，牀上一新娘仰臥血泊中，其一不知何往。張燈四照，梁上棲一大鳥，色灰黑而鉤喙巨爪如雪。衆喧呼奮擊，短兵不及，方議取弓矢長矛，鳥鼓翅作磔磔聲，目光如青燐，奪門飛去。新郎昏暈在地，云並坐移時，正思解衣就枕，忽左邊婦舉袖一揮，兩目睛被抉去，痛劇而絕，不知若何化鳥也。再詢新婦，云郎叫絕時，兒驚問所以，渠已作怪鳥來啄兒目，兒亦頓時昏絕。後療治數月，俱無恙，伉儷甚篤，而兩盲比目，可悲也。正黃旗張君廣基為予述之如此。相傳墟墓間太陰積尸之氣久化為羅剎鳥，如灰鶴而大，能變幻作祟，好食人眼，亦藥叉修羅薜荔類也。

子不語卷二終

子不語卷三

隨園戲編

烈傑太子

湖州烏程縣前有廟神號烈傑太子相傳元末時有勇少年糾鄉兵起義與張士誠將戰死土人哀之為立廟號烈傑者以其勇烈而能為豪傑之意也乾隆四十二年邑人陳某燒香廟中染邪自縊其兄名正中者剛正士也以為廟乃神靈所棲不應居鬼祟往詢廟祝云今歲來進香者先有二人縊死矣正中大怒率家僮各持鋤械入廟毀其神像衆鄉人大駭嘈然以為得罪神明將為鄰里禍遂投牒縣中控正中狂悖正中具訴原委且云烈傑太子四字不見史傳又不見志書明係與五通社鬼相同非正神也今正中已將神像折毀致犯鄉鄰怒情願出資將廟修好另立關聖神像為鄉鄰祈福縣令某嘉其詞正批准允行銷案如是者兩月廟頗平安忽孫姓家一女年已將笄染患邪病目斜眉豎自稱烈傑太子被惡人折去神像棲身無所須與我酒食等語其家進奉稍遲則此女自批其頰哀號痛苦女父往正中家咎之正中大怒持桃枝徑往女家大呼而入曰冤有頭債有主毀汝像者我也我在此汝不報仇而欺人家小兒女索詐酒食何烈何傑直是無恥小人敢不速走女作驚懼聲曰紅臉惡人又來矣我去我去女登時蘇醒其父乃留正中住宿其家女遂平安正中偶然外出鬼祟如故於是正中與其父謀擇里中年少者嫁之自此怪絕而病亦愈

裘秀才

南昌裘秀才某夏日乘涼裸臥社公廟歸家大病其妻以為得罪社公即具酒食燒香紙為秀才請罪病果愈妻命秀才往謝社公秀才怒反作牒呈燒向城隍廟告社公詐騙酒食憑勢為妖燒十日後寂然秀才更怒又燒催呈并責城隍神縱屬員貪贓難享血食是夜夢城隍廟牆上貼一批條云社公詐人酒食有玷官箴著革職裘某不敬鬼神多事好訟發新建縣責三十板秀才醒心懷狐疑以為己乃南昌縣人縱有責罰不得在新建地方夢未必驗未幾天雨雷擊社公廟秀才心始憂之不敢出門月餘江西巡撫阿公方入廟行香為仇人持斧斫額衆官齊集查拏凶人秀才以為奇事急往觀探新建令見其神色挖異喝問何人秀才口吃吃不能道一字身著長衫又無頂帶令怒當街責三十板畢始稱我是秀才且係裘司農本家令亦大悔為薦實城縣事敉

摸龍阿太

杭州少宰姚公三辰以外科醫術世其家相傳少宰之祖半夜採藥歸過西溪醉臥於澗以手據石滑軟有涎旋即蠕蠕而動驚以為蛇少頃負姚而上兩目如燈照見頭有觡角委姚地上騰空去始知乃龍也兩手腥涎香處數月不散以之抓藥應手而愈子孫相傳呼為摸龍阿太又號曰姚籃兒以其采藥持籃故也每愈人病不受謝故孫位至二品人以為陰德之報

水仙殿

杭州學院臨考諸廩生會集明倫堂互保應試童生號曰保結廩生程某在家侵晨起簪衣冠出門行二三里仍還家閉戶坐嘿嘿若與人語家人怪之不敢少問頃又出良久不歸明倫堂待保童生到其家問信家人愕然方驚疑間有箍桶匠扶之而歸則衣服沾濕面上塗抹青泥瞪目不語灌以薑汁塗以硃砂始作聲曰我初出門街上有黑衣人向我拱手我便昏迷隨之而行其人云你到家收拾行李與我同遊水仙殿何如我遂拉渠到家將隨身鑰匙繫腰間出湧金門到西湖邊見水面宮殿金碧輝煌中有數美女豔妝歌舞黑衣人指向余曰此水仙殿也在此殿看美女與到明倫堂保童生二事孰樂余曰此間樂遂挺身赴水忽見白頭翁在後喝曰惡鬼迷人勿往勿往諦視之乃亡父也黑衣人遂與亡父互相毆擊亡父幾不勝矣適箍桶匠走來如有熱風吹入水中者黑衣人逃水仙殿與亡父亦不見故

得回家家人厚謝箍桶匠兼問所以救之之故匠曰是日也湧金門內楊姓家喚我箍桶行過西湖天氣炎熱望見地上遺繖一柄欲往取之遮日至繖邊聞水中有屑索聲方知有人陷水扶之使起而君家相公埋頭欲沉堅持許久纔得脫歸其妻曰人乃未死之鬼也鬼乃已死之人也人不強鬼以為人而鬼好強人以為鬼何耶忽空中應聲曰我亦生員讀書者也書云夫仁者己欲立而立人己欲達而達人我等為鬼者己欲溺而溺人己欲縊而縊人有何不可耶言畢大笑而去

火燒鹽船一案

乾隆丁亥鎮江修城隍廟董其事者有嚴高呂三姓設簿勸化一日早有婦人肩輿來袖中出銀一封交嚴曰此修廟銀五十兩拜煩登簿嚴請姓氏府居以便登記婦曰些微小善何必留名煩記明銀數便了語畢去高呂二人至嚴述其故並商何以登寫呂笑曰登簿何為趁此無人知覺三人派分似亦無害高曰善嚴以為非理急止之二人不聽嚴無奈何去高呂將銀對分及工竣此事惟嚴一人知之越八年乙未高死丙申呂繼亡嚴未嘗與人談及戊戌春患疾見二差持票謂嚴曰有一婦在城隍案下告君我等奉差拘質問告何事差亦不知嚴與同行到廟門外氣象嚴冷不復有平日算命起課者在矣門內兩旁舊係居人

此時所見盡是差役班房過仙橋至二門見一帶枷囚叫曰嚴兄來耶視之高生也向嚴泣曰弟自乙未年辭世迄今四載受苦總皆陽世罪譴眼前正在枷滿可以託生不料又因侵蝕修廟銀一案發覺拘此審訊嚴曰此亦已隔十數年何以忽然發覺想彼婦告發耶高曰非也彼婦今年二月壽終凡鬼無論善惡俱解城隍府彼婦乃係善人同幾個行善鬼解來過堂城隍神戚問曰爾一生聞善即趨上年本府修署爾獨惜費何耶婦曰鬼婦當年六月二十日送銀五十兩到公所係一嚴姓生員接去自覺些微小善冊上不肯留名故尊神有所未知神隨令廟惡司細查原委不覺和盤託出因兄有勸阻之言故拘兄來對質嚴問呂兄今在何處高嘆曰渠生前罪重已在無間獄中不止為分銀一事也語未畢忽二差至曰老爺陞座矣嚴與高等隨差立階下有二童持彩幢引一婦上殿又牽一枷犯至即呂也城隍謂嚴曰善婦之銀可交汝手乎嚴一一從實訴明城隍謂判官曰事干修理衙署非我擅專宜申詳東嶽大帝定案可速備文書申送仍令二童送婦歸二差押嚴并高呂二生出廟過西門一路見有男著女衣者女著男服者有頭罩鹽滿包者有披羊狗皮者紛紛滿目耳聞人語曰乾隆三十六年儀徵火燒鹽船一案凡燒死溺死者今日業滿可以轉生二差謂嚴曰難得大帝坐殿我們可速投文已而疾走呼曰文書已投可各上前聽點嚴等急趨立

未定聞殿上判曰所解高某竊分善婦之銀其罪尚小應照該城隍所擬枷責發落呂某生前包攬詞訟坑害良民其罪甚大除照擬枷責外應命火神焚毀其尸嚴某君子也陽祿未終宜速送還陽嚴聽畢驚醒則身臥在床家人皆已挂孝曰相公已死三日矣因心頭未冷故爾相守嚴將夢中事一一言之家人未信後一年八月夜呂家失火柩果遭焚

年子

鹽城東北鄉草堰口小關營村民孫自成妻謝氏除夕生子因名年子年十八挑雜入城半途有旋風一陣將籠內雜盡吹出騰空飛去年子大驚從此回家臥病危急中會其母將產舉家守生無人看護年子昏沉身隨風蕩忽從朱門之內墮於萬丈深潭恰無痛楚只覺身子短小不似平時兩目蔽澀難開耳中所聞仍似父母聲音以為夢中幻境安心待之其時孫見謝氏產兒安穩偷暇趨視年子則已死矣不覺大哭年子驚醒不解其故只聞母泣而數曰生此血泡反將我成人長大的年子死了悲號不已年子始知身已轉生恐母急壞遂大聲曰我即年子也年子未死謝聞小兒言語頓時驚風數日而死孫憂小兒無乳哺以粥食三月生齒五月能履取名再生今年十六歲此事鹽城令聞公云

狐撞鐘

陳公樹蓍任汀漳道時海上忽浮一鐘至大可容百石人以為瑞告之官送於城西建高樓懸此鐘焉撞之聲聞十里外選里中老民李某掌守此樓亡何海水屢嘯陳公以為金水相感海嘯者鐘聲所召也命知縣用印封閉此樓并嚴諭李叟不許人再撞有美少年常來樓中與李閒談偶需食物之類往往憑空而至李知為狐仙忽起貪心跪曰君為仙人何不賜我銀物徒以酒食來耶少年曉之曰財有定數倘分窮濫不可得也得且有災將生慎悔李固請不已少年笑而應曰諾少頃見几上置大元寶一錠嗣後少年不至矣李大喜收藏衣箱中一日邑宰路過聞撞鐘聲怒李守護不謹召而責之笞十五板李無以自明歸視印封完好如故然業已受笞悶悶而已未幾邑宰又過樓上鐘聲亂鳴遣役視之並無一人邑宰悟曰樓上得毋有妖乎李無奈何具以實告命取寶視之即其庫物也持歸後所鐘不復鳴

土地神告狀

洞庭山棠里世富饒徐氏家起造花園不足於地東邊有土地廟香火久廢私向寺僧買歸建造舉臺已年餘矣一日其妻韓氏方梳頭忽仆於地小婢扶之亦與俱仆少頃婢起取大椅置堂上扶韓氏南向坐大言曰我蘇州城隍神也奉都城隍神差委來審汝家私買土地神廟事語畢婢跪啟太湖水神參見又啟棠里巡攔神參見韓氏一一首頷之最後曰原告

土地神來韓氏命徐家子弟奴婢聽點名分東西班侍立有不聽命者持狀擊之喚買地人姓名即其夫也問價若干中證何人口音純非平素吳音乃燕趙間男子聲其夫驚駭伏地願退地基建還原廟韓氏素不識字忽索紙筆判云人奪神地理原不應況土地神既老且貧露宿年餘殊為可憐屢控城隍未蒙准理不得已越訴都城隍今汝既有悔心許還廟宇可以牲牢香火供奉之中證某某本應治罪姑念所得無多罰演戲贖罪寺僧某於事未發時業已身死可毋庸議判畢擲筆而臥少頃起立仍作女音梳頭如故問其原委茫然不知其夫一一如所判而行從此棠里土地神香火轉盛

鄱陽湖黑魚精

鄱陽湖有黑魚精作祟有許客舟過忽黑風一陣水立數丈上有魚口如臼丸向天吐浪許客死焉其子某誓殺魚以報父仇習易數年貲頗豐詣龍虎山具盛禮請於天師時天師老矣謂許曰凡除怪斬妖全仗純氣真熱我老病且死不能為汝用然感汝孝心我雖死囑吾子代治之已而天師果死小天師傳位一年許又往請小天師曰誠然父有遺命我不敢忘然此妖者黑魚也據鄱陽湖五百年神通廣大我雖有符咒法術亦必須有根氣仙官助我方能成事匲中出小銅鏡付許曰汝持此照人凡一人而有三影者速來告我許如其言

照江西皆一人一影密搜月餘忽照鄉村楊家童子有三影告天師供養數日隨攜許及童子同往鄱陽湖建壇誦咒一日者衣童子衮袍劍縛背上出其不意直投湖中衆人大駭其父母號哭向天師索命天師笑曰無妨也俄而霹靂一聲童子手提大黑魚頭立高浪之上天師遣人抱至舟中衣不沾濕湖中水十里內皆成血色童子父母爭問所見童子曰我酣睡片時並無所苦但見金甲將軍提魚頭放我手中抱我立水上而已其他我不知自此鄱陽湖無黑魚之患或云童子者即總漕楊清恪公也

鄱陽小神

江西新建縣張某生二女同日出嫁天大風送親及舁轎者一時迷惑將妹嫁其姊家將姊嫁其妹家成婚後一日方知錯誤兩家父母以為天緣亦各相安無異言其小妹所嫁夫金某買貨過鄱陽湖舟中忽謂其伙伴曰我將作官即日到任伙伴咸笑之以為戲語行又數里金欣然曰胥役轎馬都來迎我我不可以久留言畢躍入水中死是夕近湖村人見一男子昂然來立村前曰我鄱陽小神也應血食汝地方可塑像祀我言畢不見村人遲疑未為立廟已而頭痛發熱口稱小神為祟衆大駭糾錢立廟祀之凡有祈求神應如響未幾小神又至曰豈可神明而無妃偶乎汝等再塑立一娘娘像配我不可緩也村人如其言塑之金家聞水死之信撈尸殯殮舉家成服忽一日其妻脫衰麻換盛服敷脂抹粉揚揚得意公姑怒責曰此非孀婦所宜曰我夫並未死現在鄱陽外湖作官差胥役夫轎迎我上任都已在外伺候我何為不吉服耶言畢作上轎狀隨瞑目矣嗣後鄱陽小神之名頗著遠近燒香者爭赴焉

囊囊

桐城南門外章雲士性好神佛偶過古廟見有雕刻神像頗尊嚴迎歸作家堂神奉祀甚虔夜夢有神如所奉像曰我靈鈞法師也修煉有年蒙汝敬我以香火祀我倘有所求可焚牒招我我即於夢中相見章自此倍加敬信鄰有女為怪所纏怪貌獰惡遍體黃茸似毛非毛每交媾則下體痛楚難忍女哀求見饒怪曰我非害汝者不過愛汝姿色耳女曰某家女比我更美汝何不往纏之而獨苦我耶怪曰某家女正氣我不敢犯女子怒罵曰彼正氣偏我不正氣耶怪曰汝某月日燒香城隍廟路有男子方走汝在轎簾中暗窺見其貌美心竊慕之此得為正氣乎女面赤不能答女母告章章為求家堂神是夜夢神曰此怪未知何物寬三日限當為查拏過期神果至曰怪名囊囊神通甚大非我自往翦除不可然鬼神力量終需恃人而行汝擇一除日備轎一乘夫四名快手四名繩索刀斧八物翦紙為之悉陳於廳

汝在旁喝曰上轎曰擡到女家更喝曰斬如此則怪除矣兩家如其言臨期扶紙轎者果覺重於平日至女家大喝斬字紙刀盤旋如風颯颯有聲一物擲牆而過女身霍然如釋重負家人追視之乃一蓑衣蟲長三尺許細脚千條如蠶絲閃閃自腰斫為三段燒之臭聞數里桐城人不解囊囊之名後考庶物異名疏方知蓑衣蟲一名囊囊

兩神相毆

孝廉鍾悟常州人一生行善晚年無子且衣食不周意鬱鬱不樂病臨危謂其妻曰我死慎毋蓋我棺中我有不平事將訴冥王或有靈應亦未可知隨即氣絶而中心尚溫妻如其言橫尸以待死三日後果蘇曰我死後到陰間所見人民來往與陽世一般聞有李大王者司賞善罰惡之事我求人指引到他衙門思量具訴果到一處宮殿巍峩中坐尊官我進見自陳姓名將生平修善不報之事一一訴知且責神無靈神笑曰汝行善行惡我所知也汝窮困無子非我所知亦非我所司問何神所司曰素大王我心知李者理也素者數也因求神送至素王處一問神曰素王尊嚴非如我處無人攔門者我正有事要與素王商辦汝可隨行少頃聞呼騶聲所從吏役皆趁齊嚴肅行至半途見相隨有泥血者曰受冤未報有嚙齒者曰逆黨未除有美婦人而拉醜男者曰夫婦錯配最後有一人衮冕玉帶狀若帝王貌偉

然而衣履盡濕曰我周昭王也我家祖宗自后稷公劉積德累仁我祖父文武成康聖賢相繼何以一傳至我而依例南征無故為楚人溺死幸有勇士辛游靡長臂多力曳我尸起歸葬成周否則徒為江魚所吞矣後雖有齊侯小白借端一問亦不過虛應故事草草完結如此奇冤二千年來絕無報應望神替一查李王唯唯餘鬼聞之紛紛然俱有怒色鍾方悟世事不平者尚有許大冤抑如我貧困固是小事氣為之平行少頃聞途中喝道而至曰素王來李王迎上各在輿中交談始而絮語繼而忿爭嘵嘵不可辨再後兩神下車揮拳相毆李漸不勝群鬼從而助之我亦奮身相救終不能勝李神怒云汝等從我上奏玉皇聽候處分隨即騰雲而起二神俱不見少頃俱下雲中有霞帔而宮裝者二仙女相隨來手持金尊玉杯傳詔曰玉帝管三十六天事無暇聽此些些小訟今賜二神天酒一尊共十杯有能多飲者便直其事李神大喜自稱我量素佳踴躍持飲至三杯便捧腹欲吐素神飲畢七杯尚無醉色仙女曰汝等勿行且俟我復命後再行須臾又下頒玉帝詔云理不勝數自古皆然觀此酒量汝等便該明曉要知世上凡一切神鬼聖賢英雄才子時花美女珠玉錦繡名書法畫或得寵逢時或遭凶受劫素王掌管七分李王掌管三分素王因量大故往往飲醉顛倒亂行我三十六天日食星隕尚被素王把持擅權我不能作主而況李王乎然畢竟李王能飲

三杯。則人心天理。美惡是非。終有三分公道。直到萬古千秋。綿綿不斷。鍾某陽數未絕。而此中消息。非到世間曉諭一番。則以後告狀者愈多。故且開恩增壽一紀。放他還陽。此後永不為例。鍾聽畢還魂。又十二年乃死。常語人云。李王貌清雅。如世所塑文昌神。素王貌陋。圖圖渾渾。望去耳目口鼻不甚分明。從者諸人。大概相似。千百人中。亦頗有美秀可愛者。其黨亦不甚推尊也。鍾本名護。自此乃改名悟。

賭錢神號迷龍

李某官縉雲令。以賭博被參。然性好之。不能一日離。病危時。猶拍肘牀上。作呼盧聲。其妻泣諫曰。氣喘勞神。何苦如是。李曰。賭非一人所能。我有朋類數人。在牀前同擲骰盆。汝等特未之見耳。已而氣絕。忽又蘇醒。伸手向家人云。速燒紙鏹替還賭錢。妻問與何人決勝。曰。陰司賭神。號稱迷龍。其門下有賭鬼數千。皆受驅使。探人將託生時。便請迷龍作一花押。納入天靈蓋中。此人一落母胎。性便好賭。雖嚴父賢妻。萬不能救。漢書公卿表。以博揜失侯者十餘人。可見此神從古有之。或且一心貪賭。有美食而讓他人食。有美妻而讓他人眠。皆迷龍作祟也。但陰間賭法與世間不同。其法聚十餘鬼。同擲十三顆骰子。每子下盆。有五采金色光者。便是全勝。群鬼以所齎紙鏹全行獻上。迷龍高坐抽頭。以致大富。群鬼賭敗窮極。便到陽間作瘟疫。詐人酒食。汝等此時燒紙錢一萬。可以救我生還。家人信之。如其言燒與之。而李竟瞑目長逝。或曰。渠又哄得賭本。可以放心大擲。故不返也。

羊骨怪

杭人李元珪。館於沛縣韓公署中。司青檗事。偶有鄉親回杭。李託帶家信。命館童調麪糊封信。家童調盛碗中。李用畢。以其餘置几上。夜聞窸窣聲。以為鼠來偷食也。揭帳伺之。見燈下一小羊。高二寸許。渾身白毛。食糊盡乃去。李疑眼花。次日。特作糊待之。夜間小羊又至。因留心細觀其去之所在。到窗外樹下而滅。次日。告知主人。發掘樹下。有朽羊骨一條。骨竅內漿糊猶在。取而燒之。此後怪絕。

夜叉偷酒

直隸永平府灤州河下。每年龍王造宮。有黃白二龍。從古北口拔木運來。每木百枝。一夜叉管守之。其木在水中。皆直立而行。上挂一紅燈為號。關外販木商人。每年侍龍發水。然後依附運行。偶失一枝。龍怒。遣夜叉尋取。風雨大作。山石皆飛。村中民進酒八缸。一夜被夜叉偷飲立盡。慣其為患。為伐一木置水中。夜始平靜。此石埭令鄭公首瀛為余言。鄭灤州人。

披麻煞

新安曹媼有孫發官。定婚某氏。將娶有日。先期掃除樓房。待新婦居。房與媼臥閣相去十步許。日向夕。媼獨坐樓下。聞樓上履聲橐橐。意是丫鬟。不之詰也。久而聲漸厲。稍覺不類。疑是偷兒。疾趨而掩執之。起推樓門。門開舉首。見一人麻冠麻鞋。手扶桐杖。立梯下。屈見媼至。返身退走。媼素有膽。不計其為人為鬼。奮前相捉。其人狂奔新房。有窸窣之聲。如烟一縷而滅。始悟為鬼。急下樓。欲以語人。念明日婚期已屆。捨此無從覓他室。隱忍不言。次夕新婦入門。張燈設樂。散後。媼以前事在心。不能成寐。旦覘新婦。則已靚妝坐牀。琴瑟之好甚篤。媼意大安。易宅之念漸差。然終以前事故。常不欲新婦獨登樓。一日者。婦欲登樓。問其故。以如廁對。勸其秉燭以熟徑。辭。食頃不下。媼喚之。不應。遣小鬟持燈上樓。亦不見婦。媼大驚。婢曰。是或往廁下乎。媼謂我坐梯次。未見他下來。無可奈何。乃召諸者以夫婦狀。舉家大駭。婢忽在樓呼曰。娘在是。衆亟視之。則新婦團伏一小漆椅下。四肢如有細縶之狀。扶出。白沫滿口。氣息奄然。以水漿灌之。逾時甫醒。問之。云。遇一披麻人為祟。媼乃哭曰。咎在我。因備述前事。且告以不言之故。時夜漏將殘。不能移宅。擁婦偃息在牀。婿秉燭。婢婆鬟立左右。至五更。侍者睡去。婿亦勞倦。稍一交睫。覺燈前有披麻人破戶入。直奔牀前。以指掐婦頸三五下。婿奔前救護。披麻人聳身從窗櫺中去。疾於飛鳥。呼婦不應。持火視之。氣已絕矣。或曰。此選日家不良於術。誤犯披麻煞故也。

瓜棚下二鬼

海陽邑中劉氏女。夏日在瓜棚下剝繭。薄暮家人鋪蒲席招涼。女忽於座間顧影絮語。衆怪其誕。呵之。乃大聲曰。唉。我豈若女耶。我為某村某婦。氣忿縊死多年。欲得替人。故在此。語畢大笑。舉帶自勒其頸。閤室盡驚。取米豆厭勝之。不退。乃哀求曰。我女年年為他人壓金線。取錢易米。家貧可憐。與汝素無冤。幸相捨。不然。天師將到。我當往訴。鬼懼曰。嚇人嚇人。雖然。我不可以虛返。當思所以送我。衆曰。供香楮何如。不應。曰。加斗酒隻雞何如。乃有喜色。且領之。如其言。女果醒。後三日。家人方相慶。女衣袖忽又翩舞。憤語曰。汝等如此薄待。我回想不肯甘休。仍須討替。更作惡狀。以帶套頸。衆察其音。不類前鬼。正驚疑間。儼聞瓜棚下綷綷履聲。仍在女口叱曰。鬼婢罵我姓名。衆詐錢鏹。辱沒煞人。亟去亟去。不然。我將訟汝於城隍神。又勞問女家勿怕。此無賴鬼。我在此。他不敢為厲。言畢。其女頰暈紅潮。狀若羞赧。俯首食頃。兩鬼寂然。皆退。次日。其女依舊臨鏡。詢其事。杳然如夢。

老人李某。海陽人。薄暮自邑中還家。覺腰纏重物。解視無有。勉荷而歸。時已月上。家人聞叩扉聲。走相問安。老人瞪目無言。為設酒脯。亦不食。愈益怪之。既而取布幅許懸梁間。作縊狀。

曰余縊死鬼也今與汝翁作交代衆驚詰以前因曰余爲李氏婢泊城中曾至某家與其女於瓜棚下因其家中哀求我亦念伊女婉弱是以捨去別尋替代奔及城門有二大人司管甚嚴不敢走過以此日日受苦一言難盡衆家人曰城門大人既然攔阻汝今日何能復來乃嘻嘻笑曰此實大巧事今早鄉人以糞桶寄門側大人者惡其臭也兩相謂曰昨宵雨歇城頭山色當佳盍一憑眺乎遂約伴登山去矣余得乘間出城遇汝翁歸附他腰帶間蒙其負荷急於得生故仍欲相借重耳衆聞其言軟似可以情動者乃哀求曰翁年老墓木已拱你不忍於弱女肯獨甘心於秃翁如蒙哀憐當爲延名僧修法事令你生天人境界何如鬼拍手喜曰我前在瓜棚下原欲挽彼作此功德視其家貧是以勿言今衆居士既能發大願力余又何求雖然世人慣作哄鬼伎倆惟求居士勿忘此言衆唯唯鬼即作頂禮狀食頃老人已起索水漿飲矣翌日廣延僧衆作七日道場瓜棚下從此清潔

介溪墳

嚴介溪爲其妻歐陽氏卜葬召門下風水客數十人囑曰我富貴已極尚何他望只望諸君擇地生子孫能再如我者而甘心焉諸客唯唯未一月有客來云某山有穴葬之子孫貴壽與公相埒介溪命幕客視之一客獨曰若葬此子孫雖貴但氣脈大遲恐在六七世後耳俱以爲然介溪買成開穴中有古墳墓志摩視之即嚴氏之七世祖也介溪大駭急加封識然自此嚴氏大衰且籍沒矣此事嚴後裔名秉璉者所言

李半仙

甘肅參將李璇自稱李半仙能視人一物便知休咎彭芸楣少詹與沈雲椒翰林同往占卜彭指一硯問之曰石質厚重形有八角此八座象也惜是文房之需非封疆之料沈將所掛手巾問之曰絹素清白自是玉堂高品惜邊幅小耳正笑語間雲南同知某亦來占卜取烟管問之曰管有三截鑲合而成居官亦三起三倒然否曰然曰君此後爲人亦須改過不可再如烟管問何故曰烟管是最勢利之物用得著他渾身火熱用不着他頃刻冰冷其人大笑慚沮而去逾三年彭學差任滿回京李亦入都引見彭故意再取烟管問之曰君又放學差矣問何故曰烟非吃得飽之物學院試差非做得富之官且烟管終日替人呼吸督學終年爲寒士吹噓將必復任已而果然

李香君薦卷

吾友楊潮觀字宏度無錫人以孝廉授河南固始縣知縣乾隆壬申鄉試楊爲同考官閱卷畢將發榜矣搜落卷爲加批駁倦而假寐夢有女子年三十許淡妝面目疎秀短身青紺裙

烏巾束額如江南人儀態掐帳低語曰拜託使君桂花香一卷千萬留心相助楊驚醒告同考官皆笑曰此闈夢也焉有將發榜而可以薦卷者乎楊亦以爲然偶閱一落卷表聯有杏花時節桂花香之句蓋壬申二月表題即謝開科事也楊大驚加意翻閱表頗華贍五策尤詳眞飽學者以時藝不甚佳故置之孫山外楊既感夢兆又難直告主司欲薦未薦方徘徊間適正主試錢少司農東麓先生嫌進呈策通場未得佳者命各房搜索楊喜即以桂花香卷薦上錢公如得至寶取中八十三名拆卷填榜乃商邱老貢生侯元標其祖侯朝宗也方疑女子來託者即李香君楊自以得見香君夸於人前以爲奇事

道士取葫蘆

秀水祝宣臣名維誥余戊申同年也其尊人某饒於財一日有長鬚道士叩門求見主人問法師何爲來曰我有一友現住君家故來相訪祝曰此間並無道人誰爲君友道士曰現在觀稼書房之第三間如不信煩主人同往尋之祝與同往則書房掛呂純陽像道士指笑曰此吾師兄也偷我葫蘆久不見還故我來索債言畢伸手向畫上作取狀呂仙亦笑以葫蘆擲還之主人視畫上果無葫蘆矣大驚問取葫蘆何用道士曰此間一府四縣夏間將有大疫雞犬不留我取葫蘆煉仙丹救此方人能行善者以千金買藥備用不特自活兼可救世立大功德因出囊中藥數丸示主人芬芬撲鼻且曰今年八月中秋月色大明時我仍來汝家可設瓜菓待我此間人民恐少一半矣祝心動曰如弟子者可行功德乎曰可乃命家僮以千金與之道士束負腰間如疋布然不覺其重留藥十丸拱手別去祝舉家敬告神明早晚禮拜是年夏間無疫中秋無月且風雨交加道士亦杳不至

火焚人不當水死

涇縣葉某與人貿易安慶江行遇風同船十餘人半溺死矣獨葉墮水中見紅袍人抱而起之因以得免自以爲獲神人之助後必大貴亡何家居不戒於火竟燒死

城隍殺鬼不許爲聻

台州朱始女已嫁矣夫外出爲賈忽一日燈下見赤脚人披紅布袍貌醜惡來與褻狎且云娶汝爲妾婦力不能拒因之病迷日漸黃瘦當怪未來時言笑如常來則有風肅然他人不見惟婦見之婦姊夫袁承棟素有拳勇婦父母將女匿袁家數日怪不來月餘蹤跡而至曰汝乃藏此處乎累我各處尋覓及訪知汝在此處我要來又隔一橋橋神持棒打我我不能過昨日將身坐在擔糞者周四桶中纔能過來此後汝雖藏石櫃中吾能取汝矣與婦商量持刀斫之婦指怪在西則西斫指怪在東則東斫一日婦喜拍手曰斫中此怪頭角矣果數

日不至已而布纏其頸仍來為祟袁發烏槍擊之怪善於閃躲屢擊不中。一日婦又喜曰中怪臂矣果數日不來已而布纏其臂又來入門罵曰汝如此無情吾將索汝性命毆撞此婦滿身青腫袁號欲絕女父與袁連名作狀焚城隍廟是夜女夢有青衣二人持牌喚婦聽審且索差錢曰此場官司我包汝必勝可燒錫鏍二千謝我你莫嫌多陰間只算九七銀二十兩此項非我獨享將替你為鋪堂之用憑汝叔紹先一同分散他日可見個分明紹先者朱家已死之族叔也如其言燒與之五更女醒曰事已審明此怪是東埠頭轎夫名馬大城隍怒其生前作惡死尚如此用大杖打四十戴長枷在廟前示衆從此婦果康健合家懽喜未三日又瘋迷如前口稱我是轎夫之妻張氏汝父汝姊夫將我夫告城隍枷責害我忍飢獨宿我今日要為夫報仇以手爪搯婦眼眼幾瞎女父與承揀無奈何再焚一牒與城隍是夕女又夢鬼隸召往怪亦在焉城隍置所焚牒於案前瞋目厲聲曰夫妻一般凶惡可謂一牀不出兩樣人矣非腰斬不可命兩隸縛鬼持刀截之分為兩段有黑氣流出不見腸胃亦不見有血旁二隸請曰可准押往鍋鳴國為聻否城隍不許曰此奴作鬼便害人若作聻必又害聻可揚滅惡氣以斷其根兩隸呼長鬍者二人各持大扇扇其尸頃刻化為黑烟散盡不見因其妻械手足充發黑雲山羅剎神處充當苦差命原差送婦還陽女驚而醒從此朱婦安然仍回夫家生二子一女至今猶存鬼所云搪裊周四者其鄰也問之曰果然可疑我某日搪空桶歸壓肩甚重

子不語卷三終

子不語卷四

隨園戲編

呂蒙塗臉

湖北秀才鍾某唐太史赤子之表戚也將赴秋試夢文昌神召跪殿下不發一言但呼之近前取筆向硯上蘸極濃墨塗其臉幾滿大驚而醒慮有污卷之事意忽忽不樂隨入場係在號蓬中假寐見有偉丈夫掀其號簾長鬚綠袍乃關帝也罵曰呂蒙老賊你道塗抹面孔我便不認得你麼言畢不見鍾方悟前身是呂蒙心甚惶悚是年復售後十年選山西解梁知縣到任三日往謁武廟一拜不起家人視之業已死矣

鄭細九

揚州名妓多以細稱細九者商人鄭氏奴也鄭家主母病革忽蘇瞿然而起曰事大可笑我死何妨不應託生於細九家為兒以故我魂已出戶到半途得此消息將送我者打脫而逝言畢道口渴索青菜湯家人責與之噉少許仍仆於牀瞑目而逝須臾鄭細九來報家中產一兒口含菜葉啼聲甚厲嗣後鄭氏頗加恩養不敢以奴產子待也

替鬼做媒

江浦南鄉有女張氏嫁陳某七年而寡日食不周改適張姓張亦喪妻七年作媒者以為天緣巧合婚甫半月張之前夫附魂妻身曰汝太無良竟不替我守節轉嫁屠奴以手自批其頰張家人為燒紙錢再三勸慰作厲如故未幾張之前妻又附魂於其夫之身罵曰汝太薄情但知有新人不知有舊人亦以手自擊搥舉家驚惶適其時原作媒者秦某在座戲曰我從前既替活人作媒我今日何妨替死鬼作媒陳某既在此索妻汝又在此索夫何不彼此交配而退則陰間不寂寞而兩家活夫妻亦平安矣何必在此吵鬧耶張兩作羞縮狀曰我亦有此意但我貌醜不知陳某肯要我否我不便自言先生既有此好意即求先生一說何如秦乃向兩處通陳俱唯唯忽又笑曰此事極好但我輩雖鬼不可野合為羣鬼所輕必須媒人替我剪紙人作輿從具鑼鼓音樂備酒席送合歡杯使男女二人成禮而退我輩魂去張家如其言從此兩人之身安然無恙鄉鄰哄傳某村替鬼做媒替鬼做親。

鬼有三技過此鬼道乃窮

蔡魏公孝廉常言鬼有三技一迷二遮三嚇或問三技云何曰我表弟呂某松江廩生性豪放自號豁達先生嘗過泖湖西鄉天漸黑見婦人面施粉黛貿貿然持繩索而奔望見呂走避大樹下而所持繩則遺墜地上呂取觀乃一條草索嗅之有陰霾之氣心知為縊死鬼取

蘇樑中從向前行其女出樹中往前遮攔左行則左攔右行則右攔呂心知俗所稱鬼打牆是也直衝而行鬼無奈何長嘯一聲變作披髮流血狀伸舌尺許向之跳躍呂曰汝前之塗眉畫粉迷我也向前阻拒遮我也今作此惡狀嚇我也三技畢矣我總不怕想無他技可施爾亦知我素名豁達先生乎鬼仍復原形跪地曰我城中施姓女子與夫口角一時短見自縊今聞泖東某家婦亦與其夫不睦故我往取替代不料半路被先生截住又將我繩奪去我實在計窮只求先生超生呂問作何超法曰替我告知城中施家作道場請高僧多念往生咒我便可託生呂笑曰我即高僧也我有往生咒為汝一誦即高唱曰好大世界無遮無礙死去生來有何替代要走便走豈不爽快鬼聽畢恍然大悟伏地再拜奔趨而去後土人云此處向不平靜自豁達先生過後永無為祟者

鬼多變蒼蠅

嚴州狀元戴有祺與友夜醉玩月出城步回龍橋上有藍衣人持繖從西鄉來見戴公欲前不前疑為竊賊直前擒問曰我差役也奉本官拘人戴曰汝太說謊世上只有城裏差人向城外拘人者斷無城外差人向城裏拘人之理藍衣者不得已跪曰我非人乃鬼也奉陰官命就城裏拘人是實問有牌票乎曰有取而視之其第三名即戴之表兄某也戴欲救表兄心疑所言不實乃放之行而堅坐橋上待之四鼓藍衣者果至戴問人可拘齊乎曰齊矣問何在曰在我所持繖上戴視之有線縛五蒼蠅在焉嘶嘶有聲戴大笑取而放之其人惶急跽跟走去天色漸明戴入城至表兄處探問其家人云家主病久三更已死四更復活天明則又死矣

江甯劉某年七歲背囊紅腫醫藥罔效隣有饒氏婦當陰司差役之事到期便與夫異牀而寢不飲不食若痴迷者劉母託往陰司一查去三日來報曰無妨也二郎前世好食田雞剝殺太多故今世羣雞來嘬相與報仇然天生田雞原係供人食者蟲魚皆八蜡神所管只須向劉猛將軍處燒香求禱便可無恙如其言子疾果痊一日者饒氏睡兩日夜方醒醒後滿身流汗口呿喘不已其嫂問故曰隣婦某氏兇惡難捉冥王差我拘拏不料他臨死尚強有力與我格鬭多時幸虧我解下纏足布捆縛其手纔得牽來嫂問現在何處曰在窗外梧桐樹上嫂往視之見無別物只頭髮拴一蒼蠅嫂戲取蠅夾入針線箱中未幾聞饒氏在牀上有呼號聲良久乃蘇曰嫂為戲大害陰司因我拏婦某不到重責三十板勒限再拏嫂速還我蒼蠅以免再責嫂視其臀果有杖痕始大悟取蒼蠅付之饒氏取含口中睡去遂亦平復自此不肯替人間直陰司事矣

嚴東玠

嚴東玠作雲南祿勸縣縣署東偏有屋三間封鎖甚嚴相傳狐仙所居官到必祭嚴循例致祭其妻某必欲觀之屢伺門側不得見一日見美婦人倚窗梳頭妻素悍妬疑惑其夫率奴婢持棒衝入亂毆美婦化作白狼繞地哀鳴東玠取印印其背遂現原形委地墮胎而死胎中兩小狐也嚴取硃筆點其額兩小狐亦死取大小狐投之火中自此署中無狐而嚴氏亦無恙又一年其妻懷孕生雙胞頭上各有一點紅如硃筆所點妻大驚而殞嚴以痛妻故未幾亦病亡小兒終不育

奉新奇事

江西奉新村民李氏婦生產三日胎不下其姑率三女守之以俟故又請隣婦三人輪流守護一婦姓孫有兒尚襁褓不能同往乃交託外婆家而率長子名鍾者同往鍾已弱冠入學慮夜間寂寞乃持書一卷伴次日將午其門內絕無人聲戚里疑之扣門入則產婦死於牀七人死於地七人中六人衣服面目無他異惟氣絕而已獨孫秀才身尚端坐右手執書如故其左臂自肩以下全身燒毀直至脚底黑如煤炭合村大譟鳴於官急相驗令且掩埋亦無從申報也此事彭芸楣少司馬為余言

智恆僧

蘇州陳國鴻彭芸楣先生丁酉鄉試所取孝廉性好古玩家園內有種荷花缸年久不起陳命扛起閱其款識缸下又得一罈黃碧色花紋甚古中有淤泥朽骨數片陳投骨於水擲罈入室夜夢一僧來曰我唐時僧智恆也汝所取磁罈乃我埋骨罈速還我骨而土掩焉陳素豪曉告友朋不以為意又三日其母夢一長眉僧挾一惡狀僧至曰汝子無禮貪我磁罈拋撒我骨我訴之不理欺我老耳我師兄大千聞之不平故同來索汝子之命母驚醒命家人遍尋所棄之骨僅存一片問孝廉則已迷悶不省人事矣未十日而病亡

三斗漢

三斗漢者粵之鄙人也其飯須三斗粟乃飽人故呼為三斗漢身長一丈圍抱不周鬈虬面黑乞食於市所得莫能果腹一日之惠州戲於提督轅門外雙手擎二石獅去提督召之則仍雙擎石獅而來提督命五牛曳橫木於前三斗漢挽其後用鞭鞭牛牛奮欲奔終不能移尺寸提督奇其力賞食馬糧使入伍學武乃跪求云小人食需三斗粟願倍其糧提督許之習武有年馳馬輒墜箭發不中乃改步卒鬱鬱不得志而歸遊於潮州值湖之東門修湘子橋橋梁石長三丈餘寬厚皆尺五衆工構天架數十人挽之莫能上三斗漢從旁笑曰如許

眾人賴而汗背，猶不能升一條石塊。耶眾怒其妄，命試之。遂登架獨挽而上，眾股栗。橋洞故有百數，辛卯年圮其三，郡丞范公捐俸倡修，見此人能獨挽巨石，費省工速，遂命盡挽其餘，賞錢數十千。不一月，食盡去，莫知所之，或云餓死於澄江。

蘇南村

桐邑有蘇南村者，病篤昏迷，問其家人曰：「李耕野、魏兆芳可曾來否？」家人莫知，漫應之。頃又問，答以未曾來。曰：「爾等當著人喚他速來。」家人以為譫語，不應。乃長嘆，欲逃。家人倉皇遣健足奔市，購紙轎一乘。至，則見與夫背有李耕野、魏兆芳字樣，乃恍然悟，急焚之，而其氣始絕。轎與夫姓字，乃好事者戲書也，竟成為真，亦奇。

葉生妻

桐城邑西牛欄鋪界葉生，業耕餬口，父兄業農。乾隆癸卯春，佃其族人田，於牌門莊闢室移居。於是其妻年十八，素端重寡言，忽發顛，慢罵，其音不一。惟罵李某喪絕天良，毀我輩十人塚，蓋造房屋，好生受用，將我等骸骨踐踏污穢。葉生不解，詢鄰老，始知房主李某於康熙時平墳架屋，事實有之。乃詰其妻云：「平墳做屋，實李某事，於我何干？」妻答云：「當時李某氣燄甚高，我等忍氣不言，多出遊避之。今看爾家運低，故在此洩忿。」罵音中惟此厲聲者最惡，其九音偶爾相間，亦略平和。生許以拆屋培塚，答云：「屋有主人，爾不能擅拆，盍往商量。」生奔請李姓來，其妻引至堂西兩正屋內，指示曰：「此二椰也，此四墳也，其牆旁乃二女墳，我墳在牀後牆下。」李問：「爾何人？」答云：「我阮姓，字名，年二十二，前明正德間儒生，讀書白鶴觀，戲習道教，竟成羽士，偶為貪色，蹈糟被辱，自縊，葬此十人中，惟我受踐踏污穢更苦，故我糾合伊等同來。」李云：「汝骨在何處？」答曰：「正中一塚，掘下三尺，見棺黑色者是我也。」李躊躇不敢掘，鬼罵不息，遠近觀者絡繹而至，有問必答，或燒紙錢求之，其九鬼亦從旁勸解，音皆自其妻口中出。縊鬼罵曰：「汝等九個賠賊，得受葉家紙鏹，彼此趕老羊，快活，便來勸我麼？」自是九鬼無聲，惟縊鬼獨鬧。生請羽士禳解，屬塾師陳某作疏送文，鬼大笑曰：「不通之極，某故事用錯，某處文詞鄙俗，況送我丈，當求我，不應以威脅我。」塾師慚赧，唯唯而已。道士誦經略錯，必加切責。生之戚有程氏者，家素豐，方到門，鬼曰：「富翁來矣，當備好茶。」章孝廉甫與生有姻，將到，鬼曰：「文星至矣。」求為我作墓誌。章口占一律贈之，曰：「當年底事竟投繯，遺體飄零壓此間。茅屋妄成將拆去，高封誤毀已培還。從茲獨樂安黃壤，還望垂憐放翠鬟。他日超升藉法力，直排閶闔列仙班。」鬼謝曰：「蒙獎太過，學有風流罪過，安能排閶闔列仙班乎？惟五六二語見教極是，吾遵命去矣。」臨去，呼葉生字告之曰：「吾不受道士懺悔，受文人懺悔，亦未忘結習故也。爾盍鎸詩墓石，以光泉壤。」生妻瞑目無言，越一日乃醒。

七盜索命

杭州湯秀才世坤，年三十餘，館於范家。一日晚坐，生徒四散，時冬月畏風，書齋窗戶盡閉。夜交三鼓，一燈熒然，湯方看書，窗外有無頭人跳入，隨其後者六人，皆無頭，其頭悉用帶掛腰間，圍湯而各以頭血滴之，涔涔冷濕。湯驚迷不能聲，適館僮持溺器來，一衝而散，湯隕地不醒。僮告主人，急來救起，灌薑湯數甌，醒，具道所以，因乞回家。主人喚肩輿送之，天已大明。家住城隍山腳下，將近山，湯告輿夫不肯歸家，願仍至館，云未至山腳下，望見夜中七斷頭鬼，昂然高坐，似有相待之意。主人無奈何，仍延館中，遂大病，身熱如焚。主人素賢，為迎其妻來侍湯藥，未三日卒。已而蘇，謂妻曰：「吾不活矣，所以復蘇者，冥府寬恩，許來相訣故也。昨病重時，見青衣四人拉吾同行，云有人告發索命事，所到黃沙茫茫，心知陰界，因問吾何罪，青衣曰：『相公請自觀其容便曉矣。』吾云：『人不能自見其容，作何觀法？』四青衣各贈有柄小鏡，曰：『請相公照。』如其言，便覺龐然魁梧，鬚長七八寸，非今生清瘦面貌，前生姓吳名鏘，乃明季某縣知縣。七人者，七盜也，埋四萬金於某所，被獲後，謀以此金賄官免死，託本縣典史許某轉請於我。許匿取二萬，以二萬說我，我彼時明知盜罪難逭，拒之。許典史引左氏『殺汝，璧將焉往』之說，請掘取其金，而仍殺之。我一時心貪，竟從許計，此時悔之無及。乃隨四人行至一處，宮闕壯麗，中坐袞袍陰官，色頗和，吾拜伏堦下，七鬼者捧頭於肩，若有所訴，訴畢，仍挂頭腰間。吾哀乞陰官，官曰：『我無成見，汝自向七鬼求情。』吾因轉向七鬼叩頭，云請高僧超度，多燒紙錢，鬼俱不肯，其頭搖於腰間，獰惡殊甚，開口露牙，就近來咬我頸。陰官喝曰：『盜休無禮，汝等罪應死，非某枉法，某之不良，在取爾等財耳，但起意者典史，非吳，今似可緩索渠命。』七鬼者又各以頭裝頸，笑曰：『我等向伊索債，非索命也，彼食朝廷俸，而貪盜財，是亦一盜也。許典史久已被我等咀嚼矣，因吳今初轉世為美女，嫁宋尚書牧仲為妾，宋貴人，有文名，某等不敢近。今又託生湯家，湯祖宗素積德，家中應有科目，今年除夕，渠之姓名將被文昌君送上天榜，一入天榜，則邪魔不敢近，我等又休矣。千載一時，尋此非易，陰官勿行婦人之仁。』陰官聽畢，蹙額曰：『盜亦有道，吾無如何，汝姑回陽間一別妻孥可也。』以此我得暫蘇。」語畢，不復開口。妻為焚燒黃白紙錢千百萬，竟無言而卒。湯氏別房諱世昌者，次年鄉試及第，中進士，入詞林，人皆以為填天榜者所抽換矣。

陳恪勤公吹氣退鬼

陳公鵬年未遇時，與鄉人李孚相善，秋夕乘月色過李閒話。李故寒士，謂陳曰：「與婦謀酒不待子少坐我外出沽酒與子賞月陳持其詩卷坐觀待之門外有婦人藍衣蓬首開戶入見陳便却去陳疑李氏戚也避客故不入乃側坐避婦人婦人袖物來藏門檻下身走入內陳心疑何物就檻視之一繩也臭有血痕陳悟此乃縊鬼取其繩置靴中坐如故少頃蓬首婦出探藏處失繩怒甚奔陳前呼曰還我物陳曰何物婦不答但聳立張口吹陳冷風一陣如冰毛髮噤齘燈熒熒青色將滅陳私念鬼尚有氣我獨無氣乎乃亦鼓氣吹婦婦當公吹處成一空洞始而腹穿繼而胸穿終乃頭滅頃刻如輕烟散盡不復見矣少頃李持酒入大呼婦縊於牀陳笑曰無傷也鬼繩尚在我靴告之故乃共入解救灌以薑湯蘇問何故尋死其妻曰家貧甚夫君好客不已頃止一釵拔去沽酒心悶甚客又在外未便聲張旁忽有蓬首婦人自稱左鄰告我以夫非為客拔釵也將赴賭錢場耳我愈鬱恨且念夜深夫不歸客不去無面目辭客蓬首婦手作圈曰從此入即佛國懽喜無量余從此圈入而手套不緊圈屢散婦人曰取吾佛帶來則成佛矣走出取帶良久不來余方冥然若夢而君來救矣訪之隣數月前果縊死一村婦

陳聖濤遇狐

紹興陳聖濤者貧士也喪偶遊揚州寓天甯寺側一小廟廟僧遇之甚薄陳見廟有小樓扃閉問僧何故僧曰樓有怪陳必欲登乃開戶入見几上無絲毫塵有鏡架梳篦等物大疑以為僧藏婦人不語出過數日望見美婦倚樓窺陳亦目挑之婦騰身下已至陳所陳始驚以為非人婦曰我仙也汝毋怖為有夙緣故耳款接甚殷竟成夫婦每月朔婦告假七日云往泰山娘娘處聽差陳乘婦去啟其箱金珠爛然陳一絲不取代扃鎖如初婦歸陳私謂曰我貧甚而君頗有餘貲盍假我屯貲為生業乎婦曰君骨相貧不能富雖作商賈無益且喜君行義甚高開我之箱分文不取亦足敬也請資君衣食自後陳不起炊中饋之事婦主之居年餘婦謂陳曰妾所畜金已為君捐納飛班通判赴京投供即可選也妾請先入京師置屋待君陳曰娘子去我從何處訪尋曰君第入都到彰義門妾自遣人相迎陳如其言後婦人兩月入都至彰義門果有蒼頭跪曰主君到遲娘娘相待久矣引至米市衚衕則崇垣大廈奴婢數十人皆跪迎叩頭如舊曾服侍者陳亦不解其故登堂婦人盛服出迎攜手入房陳問諸奴婢何以識我曰勿聲張妾假君形貌赴部投捐又假君形貌買宅立契諸奴婢投身時亦假君形貌以臨之故皆認識君因私教陳曰若何姓若何名喚遣時須如我所囑毋為若輩所疑陳喜甚因通書於家明年陳之長子來如父已續娶後母入房拜見母慈恤倍至如所生子亦孝敬不違婦人曰聞兒有婦何不偕來明年可同至別駕任所長子唯唯婦人贈舟車費迎其妻入京同居忽一日門外有少年求見陳問何人少年曰吾母在此陳問婦人婦人曰是吾兒妾前夫所生也喚入拜陳并拜陳之長子呼為兄居亡何婦假日也不在家長子亦外出妻王氏方梳妝少年窺嫂有色排闥入擁抱求歡王不可少年強之弛下衣以陰示嫂竪頭無肉而有毛尖挺如立錐王愈畏惡大呼乞命少年懼奔出王之裙裾已毀裂矣長子夜歸被酒見妻容色有異問之具道所以長子不勝忿拔几上刀尋少年少年已臥就帳中斫之燭照一狐斷首而斃陳知其事驚駭懼婦人假滿歸必索其子命乃即夜父子逃歸紹興官不赴選一錢不得着身貧如故

長鬼被縛

竹墩沈翰林厚餘少與友張姓同學讀書數日張不至問之張患傷寒甚劇因往問候入門悄然將升堂見堂上先有一長人端坐仰面視堂上題額沈疑非人戲解腰帶潛縛其兩腿長人驚轉面相視沈叩以何處來長人云張某將死余為勾差當先來與其家堂神說明再動手勾提沈以張寡母在堂未娶無子胡可以死懇盡計緩之長人亦有憐色而謝以無術沈代懇再三長人曰只一法耳張明日午時當死先期有冥使五人偕余自其門外柳樹下入冥中鬼飢渴久得飲食即忘事君可預設二席置六人座君候於門外柳樹邊有旋風自上而下即拱揖入門延之入座勸為勸酬視日影逾午則起散張可以免沈允諾即入語張家人屆期一一如所教張至巳刻已昏暈當午惟存一息外席散而神氣漸復沈大喜歸月餘夜夢前長人作痛楚狀攢眉告曰前為君畫策張君得延一紀入學且當中某科副車舉二子而余以泄冥事為同輩所告責四十板革役矣余本非鬼乃峽石鎮挑腳夫劉先今遭冥責不復能行走尚有三年陽數未終須君語張君給日用費終我餘年沈語張張即持數十金偕沈買舟訪之果得其人方以癱疾臥牀乃拜謝牀下以所攜金贈之而返張後一如夢中所語

西園女怪

杭郡周姓者與友陳某游邗上住某紳家時初秋尚有餘暑所居屋頗隘主人西園精舍數間頗幽靜面山臨池二人移榻其中數夜安然一夕步月至二鼓入室將寢聞庭外步履聲徐徐吟曰春花成往事秋月又今宵回首巫山遠空將兩鬢凋兩人初疑主人出遊既而語氣不類披衣竊視見一美女背欄干立兩人私語未聞主人家有此人且裝束殊不似近時得毋世所謂鬼魅者此乎陳少年情動曰有此麗質魅亦何妨因呼曰美人何不入室一談庭外應聲曰妾可入君獨不可出耶陳拉周啟戶出不復見人呼之隨呼隨應而人不可得

尋聲以往。若在樹間，審視之，則柳枝下倒懸一婦人首。二人駭極大呼，首墜地，跳躍而來。二人急奔避入室，首已隨至。兩人關門盡力抵之，首嚙門限咋咋有聲。俄聞雞鳴，跳躍去，至池而沒。迨天明，兩人急移住舊所，各病瘧數十日。

雷誅營卒

乾隆三年二月間，雷震死一營卒。卒素無惡蹟，人咸怪之。有同營老卒告於衆曰：某頃已改行為善。二十年前披甲時，曾有一事，我因同為班卒，稔知之。某將軍獵臯亭山下，某立帳房於路旁。薄暮有小尼過帳外，見前後無人，拉入行姦。尼再四抵擱，遺其褌而逸。某追半里許，尼避入一田家。某悵悵而返。尼所避之家，僅一少婦、一小兒，其夫外出傭工。見尼入，拒之。尼語之故，哀求假宿。婦憐而許之，借以己褌。尼約以三日後當來歸還，未明即去。夫歸，脫垢衣欲換，婦啟篋求之不得，而己褌故在。因悟前倉卒中誤以夫褌借去，方自咎未言，而小兒在旁曰：昨夜和尚來穿去耳。夫疑之，細叩蹤跡，兒具告和尚夜來哀求阿娘，如何留宿，如何借褌，如何帶黑出門。婦力辨是尼非僧，夫不信，始以詈罵，繼加捶撻，遍告鄰佑。鄰佑以事在昏夜，各推不知。婦不勝其冤，竟縊死。次早其夫啟門，見女尼持褌來還，并籃貯糕餌為謝。其子指以告父曰：此即前夜借宿之和尚也。夫悔，痛杖其子，斃於婦柩前，已亦自縊。隣里以經官不無多累，相與殯殮，寢其事。次冬，將軍又獵其地，土人有言之者。余雖心識為某卒，而事既寢息，遂不復言。曾密語某某，亦心動，自是改行為善。豈以蓋愆，而不虞天誅之必不可逭也。

青龍黨

杭州舊有惡少，插血結盟，刺背為小青龍，號青龍黨，橫行閭里。雍正末年，臬司范國瑄擒治之，死者十之八九。首惡董超竟以逃免。乾隆某年冬，夢其黨數十人走告曰：子為黨首，雖幸逃免，明年當伏天誅。董惶恐求計。衆曰：計惟投保叔塔草庵僧為徒，力持戒行，或可倖免。董夢覺，訪之塔下，果有老僧結草棚趺坐誦經。董長跪泣涕，自陳罪戾，願度為弟子。老僧初猶遜謝，既見其情真，乃與剪髮為頭陀，令日間誦經，夜沿山敲木魚念佛號。自冬至春，修持頗力。四月某日，從市上化齋歸，小憩土地祠，朦朧睡去，見其黨來促曰：速歸速歸，今夕雷至矣。董驚覺，踉蹌歸棚。天已昏黑，果有雷聲。董以夢告僧，僧令跪己膝下，兩袖蒙其頂而誦經如故。不數刻，電光繞棚，霹靂連下，或中棚左石，或中棚右樹，如是者七八聲，皆不得中。少頃風雷俱止，雲開見月。老僧謂難已過，挽以起曰：從此當無事矣。董驚魂少定，拜謝老僧，出棚外，忽電光爍然，震霆一聲，已斃石上。

陳州考院

河南陳州學院衙堂後有樓三間，封鎖相傳有鬼物。康熙中，湯西崖先生以給諫視學其地，亦以老吏言，扃其樓如故。時值盛暑，幕中人多屋少，杭州王秀才暖、中州景秀才考祥居常以膽氣自壯，欲移居高樓。湯告以所聞，不信，斷鎖登樓，則明窗四啟，梁無點塵，愈疑前言為妄。景榻於樓之外間，王榻於樓之內間，讓中一間為憩坐所。漏下二鼓，景先睡，王從中間持燭歸寢，語景曰：人言樓有祟，今數夕無事，可知前人無膽，為書吏所愚。景未答，便聞樓梯下有履聲徐徐登者。景呼王曰：樓下何聲？王笑曰：想樓下人故意來嚇我耳。少頃其人連步上，景大窘號呼。王亦起，持燭出至中間，燈光收縮如螢火。二人驚急，添燒數燭，燭光稍大，而色終青綠。樓門洞開，門外立一青衣人，身長二尺，面長二尺，無目無口無鼻，而有髮直豎，亦長二尺許。二人大聲喚樓下人來，此物遂倒身而下。窗外四面啾啾然作百種鬼聲，房中什物皆動躍。二人幾駭死。至雞鳴始息。次日有老吏言：先是溧陽潘公督學時，歲試畢，明日當發案。潘已就寢，將二更，忽聞堂上擊鼓聲。潘遣僮問之，值堂吏云：頃有披髮婦人從西考棚中出，上階求見大人。吏以深夜不敢傳。答曰：吾有冤，欲見大人陳訴。吾非人，乃鬼也。吏驚仆。鬼因自擊鼓，署中皆惶遽不知所為。僮人張姓者稍有膽，乃出問之。鬼曰：大人見我何礙？今既不出，即煩致語。我某縣某生家僕婦也。主人涎我色，姦我不從，則鞭撻之。我語夫，夫醉後有不遜語，渠夜率家人殺我夫，喂馬。次早入房，令數人抱我行姦。我肆口詈之，遂大怒，立捶死，埋後園西石槽下。沉冤數載，今特來求申。言畢大哭。張曰：爾所告某生，今來就試否？鬼曰：來，已取在二等第十三名矣。張入告潘公。公拆十三名視之，果某生姓名也。因令張出慰之曰：當為爾檄府縣查審。鬼仰天長嘯去。潘次日即以訪聞檄縣，果於石槽下得女屍，遂置生於法。此是衙門一異聞，而樓上之怪究不知何物也。王後舉孝廉，景復官侍御。

符離楚客

康熙十二年冬，有楚客貿易山東，由徐州至符離，約二鼓，北風勁甚，見道旁酒肆燈火方盛，入飲，即假宿焉。店中人似有難色。有老者憐其倉遑，謂曰：方設饌以待遠歸之士，無餘酒飲君。右有耳房，可以暫宿。引客進。客飢渴甚，不能成寐，聞外間人馬喧闐，心疑之，起從門隙窺見店中遍地皆軍士，據地飲食，談說兵間事，皆不甚曉。少頃衆相呼曰：主將來矣。遠遠有呵殿聲，咸趨出迎候。見紙燈數十，錯落而來。一雄壯長髯者下馬入店，上坐，衆人伺立門外。店主人具酒食上，餔啜有聲。畢，呼軍士入曰：爾輩遠出久矣，各且歸隊，吾亦少憩，俟文書至再行。未遑衆諾而退。隨呼曰：阿七來。有少年軍士從店左門出，店中人閉門避去。阿七引長髯者入左門，門隙有燈射出。客從右耳房潛至左門隙窺之，見門內有竹牀，無睡具，燈置地上，長鬚者引手撼其頭，頭即墜下，放置牀上。阿七代捉其左右臂，亦皆墜下，分置牀內外。然後倒身臥於牀，阿七搖其身，自腰下對裂作兩段，倒於地。燈亦旋滅，客悸甚，飛趨耳房，以被掩面臥。輾轉不能寐。適聞雞鳴一二次，漸覺身冷，啟被見天色微明，身乃臥亂樹中，曠野無屋亦無墳堆。冒寒行三里許，始有店，店主人方開門，訝客問客來何早，客告以所遇，并問所宿爲何地。曰：「此間皆舊戰場也。」

徐氏疫鬼

雍正壬子冬，杭城徐姓嫁女，業家杭俗，彌月行雙回門禮。是日，壻飲於徐，徐爲設榻廳樓下。壻就帳，未寢，聞樓梯有行步聲，見四人下樓，立燈前。一紗帽朱衣，一方巾道服，餘二人皆媼帽皮袍，相與嘆息。少頃，有女裝者五人亦來，掩泣於燈前。有高年婦人指帳中曰：「可託此人。」紗帽者搖手曰：「無濟。」且泣曰：「吾當求張先生存吾門一線耳。」互相勸慰，或坐或行，壻悸極，不能出聲。迨五鼓，方相扶下樓，泉下忽走出一黑面人，急上梯挽紅衣者曰：「獨不能爲我留一線耶？」紅衣者唯唯。時雞已鳴，黑面人奔泉下去。壻候窗微亮，披衣入內，叩樓上何人所居，曰：「新年供祖先神像，無人住也。」壻上樓觀像，衣飾狀貌與所見同，心不解所以，祕而不言。先是，徐家三子，皆受業於張有度先生，是年張館松江。五月中，以母病歸，乞其弟子往權館。徐故富家，皆不欲出，張强之，主人命第三子往。有阿壽者，奴產子也，向事張謹，因命同往。主僕出門，未二十日，杭州蝦蟆瘟大作，徐一家上下十二口，死者十人，惟第三子與阿壽以外出故免。聞喪歸，壻以所見語之，徐愕然曰：「阿壽之父名阿黑，以面黑故也。君所見從泉下出者是矣。」

蔣文恪公說二事

余座主蔣文恪公，居李廣橋賜第，自言少時讀書，平壹其地，與他屋隔遠。每夜坐，呼人輒有應聲，而無人至。一夜，欲溲，窗外月不甚明，又無相伴者，乃呼其所隨僮名，應聲答，令之入，卒不入。啟戶出，見一人方枕外牆門閾，以頭向內而應。公初疑爲某僮醉，罵之。其臥如故。公怒，行至閾邊，思撲之，見所臥人長三尺，方巾皂衣，白鬚如世所塑土地樣。公喝之，其人冉冉沒矣。

公父文肅公戒子孫不得近優人，故終文肅之世，從無演戲觴客之事。文肅歿後十年，文恪稍稍演戲，而不敢蓄養伶人。老奴顧升乘文恪燕坐，跋及梨園，慫恿曰：「外間優人，總不若家伶爲佳，且便於傳喚。家中奴產子甚衆，何不延教師擇數奴演之？」文恪心動，未答。忽見顧升驚怖，面色頓異，兩手如受桎梏，身倒於地，以頭鑽入椅腳中，由一椅腳穿至第二椅腳，由第二椅腳穿至第三椅腳，自首至足，若納於匣。呼之不應。公急召巫醫，百計解救，夜半始甦。曰：「怕殺怕殺，方前言畢時，見一長人捽奴出，先老主人坐堂上，聲色俱厲，曰：『爾爲吾家世僕，吾之遺訓爾豈不知？何得導五郎蓄戲子？』著細打四十，活挽棺中，奴悶絕不知所爲。最後聞遠遠有呼喚聲，奴在棺中欲應不能，稍後覺清快，亦不知何以得出。」驗其臀，果有青黑痕。

獵戶除狐

海昌元化鎮有富家，臥房三間在樓上。日間人俱下樓理家務，一日，其婦上樓取衣，樓門內閂加鎖焉，因思家中人皆在下，誰爲此者？板隙窺之，見男子坐於牀，疑爲偷兒，呼家人齊上。其人大聲曰：「我當移家此樓，我先來，家眷行且至矣。假爾牀桌一用，餘物還汝。」自窗開擲其箱篋零星之物於地。少頃，聞樓上聚語聲，三間房內老幼雜沓，鼓盤而唱曰：「主人翁，主人翁，千里客來酒無一鍾。」其家畏之，具酒四桌，置庭中，其桌即憑空取上，食畢，復從空擲下。此後亦不甚作惡。富家延道士爲驅除，方在外定議，歸，樓上人又唱曰：「獨道狗道，何人敢到？」明日道士至，方布壇，若有物捶之，踉蹌奔出。一切神像法器，皆撤門外。自此日夜不寧，乃至江西求張天師。天師命法官某來，其怪又唱曰：「天師天師，無法可施；法官法官，來亦枉然。」俄而法官至，若有人捽其首而擲之，面破衣裂。法官大慚，曰：「此怪力量大，須請謝法官來，纔可謝住。」長安鎮某觀中主人迎謝來，立壇施法，怪竟不唱。富家喜甚。忽紅光一道，有白鬚者從空中至樓，呼曰：「毋長謝道士，謝所行法，我能破之。」謝坐庭前誦咒，擲鉢於地，走如飛，周廳盤旋，欲飛上樓者屢矣，而終不得上。須臾，樓上搖銅鈴，琅琅聲響，鉢遂委地，不復轉動。謝驚曰：「吾力竭，不能除此怪。」即取鉢走，而樓上歡呼之聲，徹牆外。自是作祟，無所不至。如是者又半年。冬暮大雪，有獵戶十餘人來借宿，其家告以借宿不難，恐有擾累。獵戶曰：「此狐也，我輩獵狐者也，但求燒酒飲醉，當有以報君。」其家即沽酒具殽饌，徹內外，燃巨燭。獵戶轟飲大醉，各出鳥鎗，裝火藥，向空點放，烟塵障天，竟夕震動。迨天明雪止，始去。其家方慮驚駭之，當更作祟，乃竟夕悄然。又數日，了無所聞，上樓察之，則鬖毛委地，窗槅盡開，而其怪遂矣。

子不語卷四終

子不語卷五

隨園戲編

城隍替人訓妻

杭州望仙橋周生，業儒，婦凶悍，數忤其姑。每歲逢佳節，著麻衣拜姑于堂，詛其死也。周孝而懦，不能制妻，惟日具疏禱城隍神，願殛婦以安母。章凡九焚，不應，乃更為忿語責神無靈。是夕，夢一卒來曰：「城隍召汝。」周隨往，入跪廟中。城隍曰：「爾婦忤逆狀，吾豈不知？但查汝命只一妻，無繼妻；恰有子二人。爾孝子，胡可無後？故暫寬汝婦。汝何嘵嘵？」周曰：「婦惡如是，奈堂上何？且某與婦恩義既絕，又安得有嗣？」城隍曰：「爾昔何媒？」曰：「范、陳二姓。」乃命拘二人至，責曰：「某女不良，而汝為媒，嫁于孝子，害皆由汝。」呼杖之。二人不服，曰：「某無罪。女處閨中，其賢否，某等無由知。」周亦代為祈免，曰：「二人不過要好作媒，非賺媒錢作誑語者，與伊何罪？據某愚見，婦人雖悍，未有不畏鬼神、念經拜佛者。但求城隍神呼婦至，示之懲警，或得改逆為孝，事未可定。」城隍曰：「甚是。但爾輩皆善類，故以好面目相向。婦凶悍，非吾變相，不足示威。爾輩毋恐。」命藍面鬼持大鎖往擒其妻，而以袍袖拂面，頃刻變成青靛色，朱髮睜眼。召兩旁兵卒執刀鋸者，皆猙獰兇猛，油鐺肉磨，置列庭下。須臾，鬼牽婦至，觳觫跪墀前。城隍厲聲數其罪狀，取登註冊示之，命夜叉拉下剝皮，放油鍋中。婦哀號伏罪，請後不敢。周及兩媒代為之請。城隍曰：「念汝夫孝，姑宥汝。再犯者，有如此刑。」乃各放歸。次日，夫婦證此夢皆同。婦自此善視其姑，後果生二子。

文信王

湖州同徵友沈炳震，富書，寢書堂，夢青衣者引至一院，深竹叢密中，設木床、棐几，几上鏡高丈許。青衣曰：「公照前生。」沈自照，方巾布履，非是本朝衣冠。方錯愕間，青衣曰：「公照三生。」沈又自照，則烏紗紅袍，玉帶皂靴，非儒者衣冠矣。有蒼頭闖然入，跪叩頭曰：「公猶識老奴乎？奴曾從公赴大同兵備道任者也，今二百餘年矣。」言畢，泣，手丈卷一冊獻沈。沈問故，蒼頭曰：「公前生在明嘉靖間，姓王，名秀，為大同兵備道。今日青衣召公，為地府文信王處有五百鬼訴冤，請公質問。老奴記殺此五百人，非公本意，起意者乃總兵某也。五百人本劉七案內敗卒，降後又反，故總兵殺之以杜後患。公曾有手書勸阻總兵，不從。老奴恐公忘記此書，難以辦雪，故袖此稿奉公。」沈亦恍然記前世事。與慰勞者再，青衣請曰：「公步行乎？乘轎乎？」老僕呵曰：「安有監司大員而步行者？」呼一輿，二夫甚華。擁沈行數里許，前有宮闕巍峨，中坐王者，冕旒白鬚，旁吏絳衣烏紗，持文簿呼：「兵備道王某進。」王曰：「且止。此總兵事也，先喚總兵。」有戎裝金甲者從東廂入。沈視之，果某總兵，舊同官也。王與問答良久，語不可辨。隨喚沈，沈再拜，王兩立。王曰：「殺劉七黨五百人，總兵業已承認。公有書勸止之，與公無干。然明朝法，總兵亦受兵備道節制，公令之不從，平日懦恧可知。」沈唯唯謝過。總兵爭曰：「此五百人非殺不可者也。曾詐降復反，不殺則又將反。總兵為國殺之，非為私殺也。」言未已，階下黑風如墨，聲啾啾遠來，血臭不可耐。五百頭拉雜如滾球，齊張口露牙，來嚙總兵，兼吸沈。沈大懼，向王拜不已，且以袖中文書呈上。王拍案厲聲曰：「斷頭奴！詐降復反，事有之乎？」羣鬼曰：「有之。」王曰：「然則總兵殺汝誠當，尚何嘵嘵？」羣鬼曰：「當時詐降者渠魁數人，復反者亦渠魁數人，餘皆脅從者也，何可盡殺？且總兵意欲迎合嘉靖皇帝嚴刻之心，非真為國為民也。」王笑曰：「說總兵不為民，可也；說總兵不為國，不可也。」因諭五百鬼曰：「此事沈擱二百餘年，總為事屬因公，陰官不能斷。今總兵心迹未明，不能成神；去汝等怨氣未散，又不能託生為人。我將以此事狀上奏玉皇，聽候處置。惟兵備道某所犯甚小，且有勸阻手書為據，可放還陽，俾生罰作富家女子，以懲其柔懦之過。」五百鬼皆手持頭叩階，嗟嗟有聲，曰：「惟大王命。」王命青衣者引沈出，行數里，仍至竹密書齋，老僕迎出，賀喜曰：「主人案結矣。」跪送再拜。青衣人呼至鏡所，曰：「公視前生。」果仍巾履，一前朝老諸生也。青衣人又呼曰：「公視今生。」不覺驚醒，汗出如雨，仍在書堂，家人環哭道暈去一晝夜，惟胸間微溫。文信王宮闕扁對甚多，不能記憶，只記宮門外金鎸一聯云：「陰間律例全無，那有法重情輕之案件；天上算盤最大，只等水落石出的時辰。」

吳三復

蘇州吳三復者，其父某饒于財，晚年中落，所存只萬金，而負人者眾。一日，謂三復曰：「我死則人望絕，汝輩猶得以所遺資生。」遂縊死。三復實未防救。其友顧心怡者，探知其事，偽設乩仙位，而召三復請仙。三復往，焚香叩頭，乩盤大書曰：「余爾父也。爾明知父將縊死，而汝竟不防于事先，又不救于事後，汝罪重，不日伏冥誅矣。」三復大懼，跪求懺悔。乩又書曰：「余舐犢情深，為汝想無他法，惟捐三千金交顧心怡，立斗姥閣，一以超度我之亡魂，一以懺汝之罪，庶可免死。」三復深信之，即以三千金與顧，立收券為憑。顧偽辭讓，若不得已而後受者。少頃，飲三復酒，乘其醉，遣奴竊其券焚之。三復歸家，券已遺失，遣人促顧立閣，顧曰：「某未受金，何能立閣？」三復心悟其姦，然其時家尚有餘，亦不與校。又數年，三復窮甚，求貸于顧。顧以三千金營運，頗有嬴餘，意欲以三百金周給之。其叔某止之曰：「若與三百，則三千之說確矣。是小不忍而亂大謀也。」心怡以為然，卒不與。三復控官，俱以無券不准。三復怨甚，作牒詞訴于城隍，焚牒三日，卒。再三日，顧心怡及其叔某偕亡。其夜，顧之鄰人見蘇州城隍司燈籠滿

卷時乾隆二十九年四月事

影光書樓事

蘇州史家巷蔣申吉余年家子也有子娶徐氏年十九琴瑟頗調生產彌月忽置酒喚郎君共飲曰此別酒也予與君緣滿將去昨日宿冤已到勢難挽回詰曰夫妻本是同林鳥大難來時各自飛我死後君亦勿復相念言畢大慟蔣愕然猶慰以好語氏忽擲杯起立豎眉瞋目非復平日容顏臥牀上向西大呼曰汝記萬歷十二年影光書樓上事乎兩人設計殺我我死何慘呼畢以手批頰血出未已又以剪刀自刺察其音山東人語也蔣家人環跪哀求卒不解如是者三日有某和尚者素有道行申吉將遣人召之徐氏厲聲曰余汝家祖宗也汝敢召僧驅我乎即作蔣氏之祖父語口吻宛然呼奴婢名一一無爽責子孫不肖某某亦復似是而非有中有不中和尚至門徐氏噤曰禿奴可怖且去且去和尚甫出則又詈曰汝家媳婦房中能朝夕使和尚居乎和尚謂申吉曰此前世冤孽已二百餘年纏得緊者積愈久者報愈深老僧無能為走出不肯復來徐氏遂死死時面如裂帛竟不知是何冤此乾隆二十九年二月事

波兒象

江蘇布政司書吏王文賓晝寢聞書室有布衣綷縩聲視之一隸卒也見便昏迷身隨之行至一處殿宇清嚴中坐兩官一白鬚年老者上坐一壯年面麻而黑鬚者旁坐階下以金絲熏籠罩一獸狀如豬夫嘴綠毛見王來張嘴奮躍欲前相噬王懼跪身向左右一人藍縷枯瘠狀如乞丐怒目睨王白鬚官手招王跪近前問曰五十三兩之項汝曾記得乎王愕然不解壯年者笑曰長船變價案也汝前生事耳王恍然悟是前明海運一案前明海運既停海船數百隻追價充公王前世亦為江蘇書吏專司此案運丁追比無出滲銀賄王圖准充銷為居間者中飽案仍不結此藍縷者乃追比縊死之運丁也王悟前世事由即俯伏實對兩官點頭曰冤既有主當別拘中飽者治罪汝可回陽命隸卒引出黃埃蔽天王知為泉下問獄卒曰彼乞丐睨我者吾知為冤鬼矣彼似豬非豬欲噬我者是何物耶隸卒曰此名波兒象非豬也陰間畜養此獸凡遇案件訊明罪重之人即付彼吞噬如陽間投畀豺虎故事王悚然行至大河側被隸卒推入水驚醒妻子環榻而泣昏沉者已三日

斧斷狐尾

河間府丁姓者不事生業以狎邪為事聞某處有狐仙迷人丁獨往以名帖投之願為兄弟是晚狐果現形自稱愚兄吳清年五十許相得如平生懽凡所求請愚兄必為張羅丁每誇

予人以為交人不如交狐一日丁謂吳曰我欲往揚州觀燈能否狐曰能河間至揚雄二千里弟衣我衣閉目同行便至矣從之遇空而起兩耳聞風聲頃刻至揚有商家方演戲丁與狐在空中觀忽聞場上鑼鼓聲喧關聖單刀步出狐大驚舍丁而奔丁不覺墜于席上商人以為妖械送江都縣刑訊再三解回原籍見狐咎之狐曰兄素膽小聞關帝將出故奔且偶憶汝嫂故急歸丁問嫂何在曰我狐也焉能婚娶不過魘迷良家婦耳鄰家李氏女即汝嫂也丁心動求見嫂狐曰有何不可但汝人身無由入人密室我有小襖汝著之便能出入窗戶如履無人之境丁如其言竟入李家李女久被狐蠱狀如白癡丁登其牀女即與交女為狐所染氣奄奄矣忽近人身酣暢異常病亦漸愈丁告以故女祕之不言而漸漸有樂丁厭狐之意狐知之召丁語曰開門揖盜兄之罪也近日嫂覺愛弟而惜我弟固兩世人身女子愛之誠宜然非兄之醜亦無由顯弟之美也丁問故狐曰凡男子之陰以頭上肉肥重為貴年十五六即脫穎出皮不裹稜嗅之無臊氣者人類也皮包其頭不淨稜下多腐渣而筋勝者獸類也弟不見羊馬豬狗之陰非皆皮裹頭尖而以筋勝者乎出其陰示之果細瘦而毛尖如錐丁聞之愈自得也狐妒丁奪婦寵陰就女子之牀取小襖歸丁俟曉鑽窗窗不開矣塊然墮地女家父母大驚以為獲怪先噴狗血繼沃屎溺針灸倍至受無量苦丁以實情告其家不信幸女愛之私為解脫曰彼亦被狐惑耳不如遂之還家丁得脫歸將尋狐咎之狐避不見是晚大書一紙貼丁門曰陳平盜嫂宜有此報從此折開弟兄分處嗣後丁與女斷狐仍往其家設醮步罡終不能禁女一胎生四子面狀皆人類而尻多一尾落地能行頗盡孝道時隨父出採蔬果奉母一日狐來向女泣曰我與卿緣盡矣昨泰山娘娘知我蠱惑婦女罰砌進香御路永不許出境吾將攜四子同行袖中出一小斧交其女曰四兒子尾不斷終不得修到人身卿人也為我斷之女如其言各拜謝去

洗紫河車

四川酆都縣皂隸丁愷持文書往夔州投遞過鬼門關見前有石碑上書陰陽界三字丁走至碑下摩觀良久不覺已出界外欲返迷路不得已任足而行至一古廟神像剝落其旁牛頭鬼蒙灰縷蛛網而立丁憐廟中之無僧也以袖拂去其塵網又行二里許聞水聲潺潺中隔長河一婦人臨水洗菜菜色甚紫枝葉環結如芙蓉諦視漸近乃其亡妻妻見丁大驚曰君何至此此非人間丁告之故問妻所居何處所洗何菜妻曰妾亡後為閻羅王隸卒牛頭鬼所娶家住河西槐樹下所洗者即世上胞胎俗名紫河車是也洗十次者兒生清秀而貴洗兩三次者中常之人不洗者昏愚穢濁之人閻王以此事分派諸牛頭管領故我代夫洗

之。丁問妻可能使我還陽否。妻曰待吾夫歸商之。但妾既爲君婦。又爲鬼妻。新夫舊夫殊覺啟齒。爲悉語畢。邀至其家。談家常。訊親故近狀。少頃外有敲門者。丁懼伏牀下。妻開門牛頭鬼入。取牛頭擲于几上。一假面具也。既去面具。眉目言笑宛若平人。謂其妻曰。憊甚。今日侍閻王審大案數十。腳跟立久酸痛。須斟酒飲我。徐驚曰。有生人氣。且嗅且尋。妻度不可隱。拉丁出叩頭。告之故。代爲哀求。牛頭曰。是人非獨爲妻故。將救之。是嘗于我有德。我在廟中蒙灰滿面。此人爲我拭淨。是一長者。但未知陽數何如。我明日往判官處偷查其簿便當了然。命丁坐。三人共飲。有殽饌至。丁將舉箸。牛頭與妻急奪之曰。鬼酒無妨。鬼肉不可食。食則常留此間矣。次日牛頭出。及暮歸。欣欣然賀曰。昨查陰司簿冊。汝陽數未終。且喜我有出關之差。正可送汝出界。手持肉一塊。紅色臭腐。曰以贈汝。可發大財。丁問故。曰此河南富人張某之背上肉也。張有惡行。閻王掄而鈎其背于鐵錐山。半夜肉潰脫逃去。現在陽間患發背瘡千醫不愈。汝往以此肉研碎敷之。即愈。彼必重酬汝。丁拜謝。以紙裹而藏之。遂與同出關。牛頭即不見。丁至河南。果有張姓患背瘡。醫之。痊。獲五百金。

石門屍怪

浙江石門縣里書李念先催租下鄉。夜入荒村。無旅店。遙望遠處茅舍有燈。向光而行。稍近見破籬攔門。中有呻吟聲。李大呼。里書某催糧求宿。可速開門。竟不應。李從籬外望見遍地稻草。草中有人枯瘠。如用灰紙糊其面者。面長五寸許。闊三寸許。奄奄然臥而突轉。李知爲病重人。再三呼。始低聲應曰。客自推門。李如其言入。病人告以染疫垂危。舉家死盡。言甚慘。强其外出買酒。辭不能。許謝錢二百。乃勉强爬起。持錢而行。堂間燈滅。李倦甚。倒臥草中。聞草中颯然有聲。如人起立者。李疑之。取火石擊火照見一蓬髮人。枯瘦更甚。面亦闊三寸許。眼閉血流。形同僵尸。倚草直立。問之不應。李驚。乃益擊火石。每火光一亮。則僵尸之面一現。李急遁出。坐而倒退。退一步。則僵尸進一步。李愈駭。拔腿而奔。尸追之。跳草上。簌簌有聲。狂奔里許。闖入酒店。大喊而仆。尸亦仆。酒家灌以薑湯。蘇。具道其故。方知合村瘟疫。追人之尸即病者之妻。死未棺殮。感陽氣而走魂也。村人共往尋沽酒者。亦持錢倒於橋側。離酒家尚五十餘步。

空心鬼

杭州周豹先家住東青巷。屋之大廳上每夜立一人。紅袍烏紗。長髯方面。常侍二人。頂小帽[illegible]。衣青衣。聽其使喚。其胸以下至肚腹皆空。透如水晶。人視之。雖隔肚腹。猶望見廳上所挂畫也。周氏郎年十四。臥病。見烏紗者呼從者謀曰。若何而害之。從者曰。明日渠將服盧浩亭

之藥。我二人變作藥渣。伏碗中。俾渠吞入。便可抽其肺腸。次日盧浩亭來診脈畢。周氏郎不肯服藥。告家人以鬼語如此。家人買一鍾馗挂堂上。鬼笑曰。此近視眼鍾先生。目昏昏然。人鬼不辨。何足懼哉。蓋畫者戲爲小鬼替鍾馗取耳。鍾馗忍癢微合其目故也。居月餘。鬼又言曰。是家氣運未衰。聞之不益。不如他去。烏紗者曰。若如此空過一家。將來歲例何以得血食乎。掄其指曰。今已周年。可索一屬豬者去。未幾果一奴屬豬者死。而主人愈。周氏家人至今呼爲空心鬼。

畫工畫僵尸

杭州劉以賢善寫照。鄰人有一子一父。而居室者。其父死。子外出買棺。囑鄰人代請以賢爲其父傳形。以賢往入其室。虛無人焉。意死者必居樓上。乃躡梯登樓。就死人之床坐而抽筆。尸忽蹶然起。以賢知爲走尸。坐而不動。尸亦不動。但閉目張口。翕翕然眉搏肉蹙而已。以賢念身走則尸必追。不如竟畫。乃取筆申紙。依屍樣描摹。每臂動指運。尸亦如之。以賢大呼。無人答應。俄而其子上樓。見父屍起。驚而仆。又一鄰上樓。見尸起。亦驚滾落樓下。以賢窘甚。强忍待之。俄而扛棺者來。以賢徐記尸走畏苕帚。乃呼曰。汝等持苕帚來。扛棺者心知有走尸之事。持帚上樓。拂之。倒。乃取薑湯灌醒仆者。而納尸入棺。

鶯姑

揚州妓鶯姑年二十四。矢志從良。有柴姓者娶爲妾。婚期已定。太學生朱某慕之。以十金求攜。妓受其金。紿曰。某夕來。當與郎同寢。朱臨期往。則花燭登門。鶯姑已登車矣。朱知爲所賺。悵然反。逾年鶯姑病瘵卒。朱忽夢見鶯姑披黑衫直入朱門曰。我來還債。驚而醒。明日家產一黑牛。向朱依依若相識者。賣之竟得十金。抑邪之貲。尚且不可苟得也如此。

常觀因果

常州馬秀才士麟自言幼時從父讀書北樓。窗間處。與曹翁叟王某露臺相近。一日早起。倚窗望天色微明。見王叟登臺澆菊。畢將下樓。有擔糞者荷二桶升臺。意欲助澆。叟已不悅。拒之。而擔糞者必欲上。遂相擠于臺邊。天雨臺滑。蹶且高。叟以手推擔糞者。上下勢不敵。遂失足隕臺下。叟急趨扶之。未起。而雙桶壓其胸。兩足蹶然直奏。叟大駭。噤不發聲。曳擔糞者足開後門置之河干。復舉其桶置尸傍。歸閉門復臥。馬時雖幼。念此關人命。事不可妄談。掩窗而已。日漸高。聞外喧傳河干有死人。里保報官。日午武進知縣吹鑼至。仵作驗尸無傷。保失足跌死。官詢鄰人。鄰人齊稱不知。乃命棺殮。加封焉。出示招尸親。而去。事隔九年。馬年二十一。入學爲生員。父亡家貧。即于幼時讀書所招徒授經。曾學使者劉吳龍將臨歲考。馬

早起溫經聞窗見遠巷有人肩兩桶冉冉來諦視之擔糞者也大駭以為來報叟仇伏而過其門不入別行數十步入一李姓家李頗富亦近鄰而居相望者也馮愈疑起尾之至其門其家蒼頭踉蹌出曰吾家娘子分娩甚急將往招收生婆問有擔糞者入否曰無言未畢門內又一婢出曰不必招收生婆娘子已產一官人矣馮方悟擔糞者來託生非報仇也但竊怪李家爾富擔糞者何修得此自此留心訪李家兒作何舉止又七年李氏兒漸長不喜讀書好畜鴿鳥而王叟康健如故年八十餘愛菊之性老而彌篤一日者馮又早起倚窗叟上臺灌菊李氏兒亦登樓放鴿忽十餘鴿飛集叟花臺欄杆上兒懼飛去再三呼鴿不動兒不得已尋取石子擲之誤中王叟叟驚失足隕于臺下良久不起兩足蹶然直矣兒大駭噤不發聲默默掩窗去日漸高叟之子孫咸來尋覓知是失足跌死哭殮而已此事聞于劉繩菴相公相公曰一擔糞人一叟報復之巧如此公平如此而在局中者彼此不知賴馮姓人冷覷歷歷然則天下事吉凶禍福各有來因當無絲毫舛錯而惜乎從旁冷覷者之無人也

徐四葬女子

攞牙喇徐四居京城金魚衕衕家貧屋內外五間兄嫂二人同居兄外出值宿嫂素賢謂徐四曰北風甚大室惟一煖炕吾與叔俱畏寒而又不便同炕宿我今夜歸宿母家以炕讓叔叔唯唯嫂遂歸寧夜二鼓月色微明有叩門者走入美少年貂帽狐裘手罩一囊坐炕上泣曰君救我救我非男子君亦不必問我所由來但許我一宿我以貂裘為贈解其囊示徐金珠首飾約直萬金徐年少見其貌美懷寶意不能無動然終不知何家女留之懼禍拒之不忍乃曰奶奶姑坐我與鄰人商量即歸女曰諾徐自外掩門奔往善覺寺告方丈僧圓智圓智者高僧有道徐素所敬也圓智聞之亦大駭曰此必大家貴妾有故奔出留之有禍拒之不忍子不如在我菴中坐以待旦俟天明歸家未遲徐以為然圓智之弟子某素無賴聞之乃僞作徐還家狀閉門滅燈入逼上炕抱女子臥矣是夜其兄值宿苦寒以取皮衣故四更還家持燈照炕下有男子履大怒以為妻與叔姦拔腰間刀連斷兩頭奔告岳家入門大呼妻自內走出其兄驚仆地以為鬼也正喧嚷間而徐四與智圓亦來方知誤殺之因相與報官刑部以為殺姦律本勿論但懸女頭招尸親竟無認者徐四憐女子之遘死竊其金珠為收葬焉

羊踐前緣

康熙五十九年山東巡撫李公樹德生日司道各具羊酒為壽連日演戲諸幕客互相娛宴徹夜不臥有刑名張先生酒酣逃席入房將就寢聞紗帳內嗝嗝有聲若男女交媾狀怒以為他幕客匿優童借其牀為淫所大呼揭帳則兩白羊跪而人淫則厨官送禮之羊也見人驚散張笑以為奇偏告同人少頃張昏迷仆地以手自批其頰罵曰老奴可惡我與謝郎生死因緣隔四百七十年方得一聚汝何容易又被汝驚散破人婚姻罪不可饒言畢又自批頰撫軍聞之來視笑慰之曰謝家娘子何必如此吾生日本意放生行善今將爾等數百隻盡行放生聽汝配偶以了夙緣何如張聽畢叩首曰謝大人躍然起矣此事裘璉峰相公言

鬼神欺人以應劫數

本朝定鼎後有顧姓者妄欲糾眾執無錫兩邑民為亂有黠者某姑其無益而難于相禁乃號于眾曰某村關帝廟甚靈盍禱于帝取周將軍鐵刀重百二十斤者投河以卜之沈則敗不可起兵浮則勝可以起兵其意以為鐵刀必沈之物故試之以阻眾也先禱于神眾投刀刀浮水面如蔑葉一片眾驚喜即日揭竿起者數萬人俄而王師至剿絕無遺

楚陶

乾隆丙寅夏江陰縣民徐甲家患黑眚火失其實矢盈於甑噉啤無寧夕里人咸患苦之時邑令劉君翰長粵西名士也禱於神不應延羽士賽祈不應乃託劉少司空星煒為文禱于城隍令齋沐投爐宿神廡下聽命翌日無所兆但爐灰擁起作楚陶二字令謂曰汝豈與楚人陶姓有冤乎甲大驚吐實云甲幼年從其宗人某往武昌路患惡疾同行者棄之於道分轉溝壑死矣有一丐者雄軀深目分糗糒食之携與同乞月餘病良已丐者以力凌其曹儕所得獨贏因省嗇為甲作歸計竟得歸甲素有心計為人傭租得婚娶且小阜矣亡何丐忽至挾巨索頗色窘甚叩之曰曩別後竄身綠林浮沉湖湘間二十載今事敗捕急請從子而庇焉甲唯唯諾其子子謂功令匿盜者與盜同罪不如救之使遁甲方嚅囁未決忽伍伯數人入縶其人以去甲大驚有拍手笑于房者其子婦也曰大恩不報新婦知若父子不忍故已遍知捕快召之入矣復厚賞且得賞何懼為民無可奈何顧常大恨不意其祟至於此也劉令曰盜劫人而子殺盜盜當其罪何属之能為顧汝享其利則汝亦盜也神人烏能庇盜無何祟益甚燬其家殆盡子若婦先後卒祟乃絕

藏魂罈

雲貴妖術邪術最盛貴州臬使費元龍赴滇家奴張姓騎馬上忽大呼墜馬左腿失矣費知妖人所為張示云能補張某腿者賞若干隨有老人至曰是某所為張姓昔時倚主人勢威福太過故與為惡戲張亦哀求老人解荷包出一腿小若蝦蟆呵氣持咒向張擲之兩足如初覺領賞去或問費公何不威以法曰無益也在黔時有惡棍某案如山積官杖殺之投尸

於河三日還魂五日作惡如是者數次訴之撫軍撫軍怒請王命斬之身首異處三日後又活身首交合頸邊隱隱然紅線一條作惡如初後毆其母母來控官手一紙曰此逆子屍魂鐔也逆子自知罪大惡極故居家先將魂提出煉藏鐔內官府所刑殺者其血肉之體非其魂也以久煉之魂治新傷之體三日即能平復今惡貫滿盈毆及老婦老婦不能容求官府先毀其鐔取風輪扇扇散其魂再加刑於其體庶幾惡子乃真死矣官如其言杖斃之而驗其尸不決旬已臭腐

老嫗為妖

乾隆二十年京師人家生兒輒患驚風不周歲便亡兒病時有一黑物如鵂鶹盤旋燈下飛愈疾則小兒喘聲愈急待兒氣絕黑物乃去未幾某家兒又驚風有侍衛鄂某者素勇聞之怒挾弓矢相待見黑物至射之中弦而飛有呼痛聲血涔涔灑地追之踰兩重牆至李大司馬家之竈下乃滅鄂挾矢之竈下李府驚爭來問訊鄂與李素有戚道其故大司馬命往竈下覓之見旁屋內一綠眼嫗插箭於腰血猶淋漓形若獼猴乃大司馬官雲南時帶歸苗女最篤老自云不記年歲疑其為妖拷問之云有咒語念之便能身化異鳥專侍二更後出食小兒腦所傷者不下數百矣李公大怒細縛置薪活焚之嗣後長安小兒病驚風者竟絕

雷公

婺源董某弱冠時暑月晝臥忽夢奇鬼數輩審視其面相謂曰雷公患病此人嘴尖可替代也授以斧納其袖中引至一處壯麗如王者居立良久召入冠冕旒者坐殿上謂曰樂平某村婦朱氏不孝於姑合遭天殛適雷部兩將軍俱為行雨過勞現在患病一時不得其人功曹薦汝充此任汝可領符前往董拜命出自視足下雲生聞雷環繞公然一雷公矣頃刻至樂平界即有社公導往董立空中見婦方詬誶其姑瞰者如堵董取袖中斧一擊斃之聲轟然萬衆駭跪歸復命王者欲留供職以母老辭王亦不強問董何業曰應童子試王顧左右取郡縣冊閱之曰汝今歲可遊庠遂醒急語所親詣樂平縣驗之果然震死一婦時日悉合方閱籍時董竊睨邑試一名為程雋仙二名為王佩蘅次年皆驗

捉鬼

婺源汪啟明遷居上河之進士第其族汪進士波故宅也乾隆甲午四月一日夜夢魘良久寤見一鬼逼帷立高與屋齊汪素勇突起搏之鬼急奪門走而誤觸牆狀甚狼狽汪追及之抱其腰忽陰風起殘燈滅不見鬼面目但覺手甚冷腰痛如甕欲喊集家人而聲噤不能出久之極力大叫家人齊應鬼形縮小如嬰兒各持炬來照則所握者壞絲綿一團也窗外瓦礫亂擲如雨家人咸怖勸釋之汪笑曰鬼黨虛嚇人耳奚能為倘釋之將助為祟不如殺一鬼以懲百鬼因左手握鬼右手取家人火炬燒之脂膋有聲鮮血迸射臭氣不可聞迨曉四隣驚集聞其臭無不掩鼻者地上血厚寸許腥膩如膠竟不知何鬼也王葑亭舍人為作捉鬼行紀其事

某侍郎異夢

乾隆二十年某侍郎督視黃河駐劄陶莊歲除夕矣侍郎素勤騎疋馬跟從者四人持懸火巡河行冰淖中一望黃茅白葦自覺悽然見草中有支布帳而露燭光者召問則主簿某也侍郎愛其勤大加誇獎主簿請曰大人除夕至此夜已三鼓天寒風緊回館尚遠某有度歲酒殽獻上一醉何如侍郎笑而受之歡數觴仍歸公館倦解衣臥夢中依舊騎馬看河覺所行處便非前境最後黃沙茫茫行二里許有火光出廬舍間就之老嫗迎門細視即其亡母太夫人也見侍郎驚曰汝何至此侍郎告以奉命看河之故太夫人曰此非人間汝既來如何能歸侍郎方悟太夫人已亡己身已死遂大哭太夫人曰河西有老和尚法力甚大吾帶汝往求之侍郎隨行至一廟莊嚴如王者居南面坐一老僧閉目無言侍郎跪階下再拜僧不為禮侍郎問我奉天子命看河因何至此僧又無言侍郎怒曰我為天子大臣縱有罪當死亦須示我使我心服何默默如啞羊耶老僧笑曰汝殺人多矣祿折盡矣尚何問為侍郎曰我殺人雖多皆國法應誅之人非我罪也僧曰汝當日辦案時果只知有國法乎抑會圖迎合固寵遷官乎取案上如意直指其心侍郎覺冷氣一條直逼五臟心踖踖然跳不止汗如雨下惶悚不能言良久曰某知罪矣嗣後改過何如僧曰汝非改過之人今日恰非汝壽盡之日顧左右沙彌云領他出放他歸沙彌同行昏黑中開其拳出一小珠光照黃河工次一段直至陶莊公館歷歷如白晝太夫人迎來泣曰兒雖歸不久即來無多時別也遂依原路歸及門下馬而醒日已午矣衆河員賀節盈門疑侍郎貪勤何以元旦不起侍郎亦不肯明言其故是年四月病嘔血竟以不起此事裘文達公為余言

奉行初次盤古成案

北史稱毘騫國王頭長三尺至今不死予嘗疑其誕康熙間浙人方文木泛海被風吹至一處宮殿巍峨上署毘騫殿三字方大驚俯伏殿外兩霞帔者引之入有長頭王上坐冕如巨桶珍珠四垂旒拂拂然相觸有聲問文木曰汝浙人乎曰然王曰離此五十萬里矣賜文木飲米大如棗文木知王神靈跪拜求歸王顧謂侍臣曰取第一次盤古皇帝成案替他一查文木大駭叩頭曰盤古皇帝有幾個乎王曰天地無始無終有十二萬年便有一盤古今來

朝天者已有盤古萬萬餘人我安能記明數目但元會運世之說已被宋朝人邵堯夫說破可惜他來開闢總奉行第一次開闢之成案尚無人說破故風吹汝來亦要說破此故以曉世人耳文木不解所謂王曰我且問汝世間福善禍淫何以有報有不報耶天地鬼神何以有靈有不靈耶修仙學佛何以有成有不成耶紅顏薄命而何以不薄者亦有耶才子命窮而何以不窮者亦多耶一飲一啄何以有前定耶日食山崩何以有劫耶彼善推算者何以能知而不能免耶彼怨天尤人者天胡不降之罰耶文木不能答王曰嗚呼今世上所行皆成案也當第一次世界開闢十二萬年之中所有人物事宜亦非造物者之有心造作偶然隨氣化之推遷半明半暗忽是忽非如濁水落地偶成方圓如孩童著棋隨手下子既定之後竟成一本板板帳簿生鐵鑄成矣乾坤將毀時天帝將此冊交代與第二次開闢之天帝命其依樣奉行絲毫不許變動以故人意與天心往往參差不齊世上人終日忙忙急急正如木偶傀儡暗中有為之牽絲者成敗巧拙久已前定人自不知耳文木恍然曰然則今之所謂三皇五帝即前此之三皇五帝乎今之二十一史中之事即前此之二十一史中之事乎王曰然言未畢侍臣捧一冊至上書康熙三年浙江方文木赴海至毘騫國應將前定天機漏洩俾世人共曉仍遣歸浙江云云文木拜謝臨別泣下王搖手曰子胡然十二萬年之後我與汝又會於此矣何必泣為既而笑曰我錯我錯此一泣亦是十二萬年中原有此兩條眼淚故照樣謄錄我不必勸止也文木問王年壽左右曰王與第一次盤古同生不與第千萬次盤古同死矣木曰王不死則乾坤毀時王將安歸王曰我沙身也歷劫不壞萬物毀壞變為泥沙而極矣我先居於極壞之處劫火不能燒洪水不能淹惟為惡風所吹蕩上至九天下至九淵殊覺勞頓每每枯坐數萬年等盤古出世覺日子太多殊可厭耳言畢口噓氣吹文木文木乘空而起仍至海船上月餘歸浙以此語毛西河先生先生曰人但知萬事前定而不知所以前定之故今得是說方始豁然

子不語卷五終

子不語　卷五　十二

子不語卷六

隨園戲編

豬道人即鄭鄤

明季華山寺中養一豬年代甚久毛盡脫落能持齋不食穢物聞誦經聲則叩首作頂禮狀合寺僧以道人呼之一夕老病將死寺中住持湛一和尚者素有道行將往他處說法召其徒謂曰豬道人若死必碎剮之分其肉啖寺鄰眾僧雖諾之而心以為非已而豬死乃私埋之湛一歸問豬死作何處分眾僧以實告且曰佛法戒殺故某等已埋葬之湛一大驚即往埋豬處以杖擊地哭曰吾負汝吾負汝眾僧問故曰三十年後某村有一清貴官無辜而受極刑者即此豬也豬前生係宋宦負心事知冤劫難逃託生為畜來求超度我故立意以刀解法代勝之不意為汝輩庸流所誤然此亦大數無可挽回也崇禎間某村翰林鄭鄤素行端方在東林黨籍中為其舅吳某誣以杖母事凌遲處死天下冤之其時湛一業已圓寂眾方服其通因果也

徐先生

宿松石贊臣家饒于貲兄弟數人資各數萬宿俗富饒之家每日必設一家常飯置外廳堂不拘來客皆就食焉號曰燕坐忽有徐姓者清癯微鬚亦來就食指門外青山曰君等曾見過山跳乎曰未也徐以手指三撮山果三躍眾人大奇之呼為先生先生謂贊臣曰君等家資雖富能煉丹可加十倍衆兄弟惑其言置爐設竈各出銀母數千以求子金二房弟婦某氏素黠瞞置銅於銀母中不與先生見亡何炭熾風雷起於屋上劈碎瓦數片先生罵曰此必有假銀攙雜至干鬼神怒詢之果然合家駭服先生置銅盤於空中呼曰丹來盤中鏗然一錠墜下連呼之鏗鏗之聲不已大錠小錠齊落于盤先生曰煉大丹在深山中人跡不到之所可致千萬盍隨我往江西廬山乎石氏兄弟愈喜即載銀數萬隨先生往未半途先生上岸去矣夜半大盜數十明火執杖來劫取銀曰毋怖我雖盜魁然頗有良心念汝等供養我甚誠當留下千金俾汝等還鄉於是石氏兄弟以全數與之惘惘然歸十年後安慶按察使衙門獄吏差人來召贊臣曰獄有大盜徐某請君相見贊臣不得已往果見先生先生曰我劫數已盡死亦何辭但念我數年交誼為我葬其遺骸脫手上金釧四隻與贊臣為棺當且曰我大限在七月一日未時汝可來送至期贊臣往市曹見先生反接待斬忽胯下出一小兒作先生音曰看殺我看殺我須臾頭落小兒亦不見其時臬使為祖建衡滿洲正藍旗人

秦毛人

子不語　卷六　一

湖廣鄖陽房縣有房山高險幽遠四面石洞如房多毛人長丈餘遍體生毛往往出山食人雞犬拒之者必遭攫搏以槍砲擊之鉛子皆落地不能傷相傳制之之法只須以手合拍叫曰築長城築長城則毛人倉皇逃去余有世好張君名敔者曾官其地試之果然土人曰秦時築長城人避入山中歲久不死遂成此怪見人必問城修完否以故知其所怯而嚇之數千年後猶畏秦法可想見始皇之威

貘

房山有貘獸好食銅鐵而不傷人凡民間犂鋤刀斧之類見則涎流食之如腐城門上所包鐵皮盡為所啖

人同

喀爾喀有獸似猴非猴中國人呼為人同番人呼為噶里往往窺探穹廬乞人飲食或乞取小刀烟具之屬被人呼喝即棄而走有某將軍畜之喚使坐豆棋汲等事頗能服役居一年將軍任滿歸人同立馬前淚下如雨相從十餘里麾之不去將軍曰汝之不能從我至中國猶我之不能從汝居此土也汝送我可止矣人同悲鳴而去猶屢回頭仰視云

人蝦

國初有前明遺老某欲殉難而不肯死于刀繩水火念樂死莫如信陵君以醇酒婦人自戕傚而為之多娶姬妾終日荒淫如是數年卒不得死但背脉斷矣頭彎背駝傴僂如熟蝦匍匐而行人戲呼之曰人蝦如是者二十餘年八十四歲方死王子堅先生言幼時猶見此翁

鴨嬖

江西高安縣僮楊貴年十九微有姿性柔和有押之者都無所拒一日夏間浴于池中忽一雄鴨飛起啗其臀而以尾撲之作抽疊狀斃之不去須臾死矣尾後拖下肉莖一縷滕水涓涓然合署人大笑呼楊為鴨嬖

扁儡精

無錫華生美風姿家居水溝頭密邇聖廟廟前有橋甚闊多為游人憩息夏日生上橋納涼日將夕步入學宮見閒道側一小門有女徘徊戶下生心動試前乞火女笑而與之亦以目相注生更欲進詞而女已閉扉遂記門徑而出次日再往女已在門相待生叩姓氏知為學中門斗女且曰妾舍逼臨不避耳目卿家咫尺但得静僻一室妾當夜分相就卿明夕可待我于門生喜急歸誑婦以畏暑宜獨寢灑掃外室潛候于門女果夜來攜手入室生喜過望自是每夕必至數月後生漸羸弱父母潛窺寢處見生與女並坐嬉笑出排闥入寂然無

人乃嚴詰生生備道始末父母大駭偕生赴學宮蹤跡絕無何時門從遍訪門斗中亦並無有女者共知為妖乃廣延僧道請符籙一無所效其父研硃砂與生曰俟其來時潛印女身便可蹤跡生俟女睡以硃砂散置髮上而女不知次日父母偕人入聖廟遍尋絕無影響忽聞鄰婦詬小兒曰甫換新褲又染猩紅從何處染來耶其父聞而異之往視小兒褲上盡硃砂因究兒所自曰適騎學宮前負碑黿首不覺染此往視負屭之首硃砂存焉乃啟學官碎碑下黿首石片片有血絲腹中有小石如卵堅光若鏡錘之不碎遂投太湖自是女不復來閱半月女忽直入寢所詈生曰我何負卿竟碎我身體然我亦不惱也卿父母所慮者惟卿病耳今已乞得仙宮靈藥服之當無恙出草葉數莖强生食其味香甘且云前者居處相近可朝夕往返今稍遠便當長住此矣自是白晝見形惟不飲食家人大小咸得見之生妻大罵女笑而不答每夕生妻擁生坐牀不令女上女亦不强但一就枕妻即惛惛長睡不知所為而女獨與生寢生服靈藥後精神頓好絕不似曩時孱弱父母無奈姑聽之如是年餘一日生偶行街市有一疥道人熟視生曰君妖氣過重不寔言死期近矣生以寔告疥道人邀入茶肆取背上葫蘆傾酒飲之出黃紙二符授生曰汝持歸一貼寢門一貼牀上毋令女知彼緣尚未絕俟八月十五夜吾當來相見時六月中旬也生歸如約貼符女至門驚却大詬曰何又薄情若此然吾豈懼此哉詞甚厲而終不敢入良久大笑曰我有要語告君君自擇君且啟符如其言乃入告生曰郎君貌美妾愛君道人亦愛君妾愛君想君為夫道人愛君想君為龍陽耳二者郎君擇焉生大悟遂相愛如初至中秋望夕生方與女並坐看月忽聞喚名聲見一人露半身於短牆外迫視之疥道人也拉生告曰妖緣將盡特來為汝驅除生意不欲道人曰妖以穢言謗我我亦知之以此愈不饒他書二符曰速去擒來生方逡巡適家人出遂將符送至妻所妻大喜持符向女女戰慄作噤乃縛女手擁之以行女泣謂生曰早知緣盡當去因一點痴情淹留受禍但數年恩愛君所深知今當永訣乞置我于牆陰勿令月光照我或冀須臾緩死君能見憐否生固不忍絕之也乃擁女至牆陰手解其縛女奮身躍起化一片黑雲平地飛升道人亦長嘯一聲向東南騰空追去不知所往

陰間中秋官不辦事

羅之芳湖北荊州府監利縣舉人辛未會試有福建浦城縣李姓者來拜曰足下今科必中但恐未能館選羅詢其故李不肯說云俟驗後再說榜發果中進士竟未館選乃往問之李云前得一夢夢足下將為浦城縣老父臺故來相訪羅選家選期尚早乃就館某氏自道將來選官必得浦城矣不料處館三年一病而殁家中亦不知李所說夢中事也又一年後八

月十五日，家中請仙乩，乩大書：「我係羅之芳，今回來了。」合家不信。乩上書：「爾等若不信，有螺螄灣田契一紙，我當年因殁于館中，未得清付家中，尚記得夾在禮記某篇內，爾等現在與田鄰構訟，可查出呈驗，則四至分明，訟事可息。」家人當即檢查，果得此契，于是合家痛哭。乩上亦寫數十哭字。問現在何處，乩寫：「做浦城縣城隍。」且云：「陰間比陽間公事更忙，一刻不暇，惟中秋一日例不辦事，然必月朗風清，遊魂方能行遠。今適逢此夕，故得暫回家一走。若平常日子，便不得暇回來了。」又吩付家人：「庭外草木不得搖動，我帶回鬼吏鬼卒有十餘人，皆依草附木而棲。鬼性畏風，若無所憑藉，被風一吹，便不知飄泊何處，豈不是我做城隍的反害了他們？」厯乩盤書畢，又做長賦一篇乃去。

縛山魈

湖州孫叶飛先生掌教雲南，署家於飲中秋夕，招諸生飲于樂志堂。月色大明，忽几上有聲如大石崩壓之狀，正愕視間，門外有怪頭戴紅緯帽，黑瘦如猴，頸下綠毛茸茸然，以一足跳躍而至，見諸客方飲，大笑去，聲如裂竹。人皆指為山魈，不敢近前，伺其所往，則闖入右首廚房。廚者醉臥牀上，山魈揭帳視之，又笑不止。眾大呼，廚人驚醒，見怪即持木棍毆擊，山魈亦伸臂作攫拏狀。廚夫素勇，手抱怪腰，同滾地上。眾人各持刀棍來助，斫之不入，棍擊良久，漸漸縮小，面目模糊，變一肉團，乃以繩捆于柱，擬天明將投之江。至雞鳴時，又復几上有極大聲響，急往視之，怪已不見，地上遺緯帽一頂，乃書院生徒朱某之物，方知院中秀才往往失帽，皆此怪所竊，而此怪好戴緯帽，亦不可解。

門夾鬼腿

尹月恆，住杭州艮山門外，自沙河灘歸，懷菱半斤，路經缽盂潭，人稀地曠，有義塚數堆，覺懷內輕鬆，探所買菱已失去矣。因轉身尋至義塚，見菱肉剖碎，並聚塚尖。尹復拾至懷內，踉蹌歸家，食未竟，而病大作，喊云：「吾等不嘗菱肉久矣，欲借以解宿饞，汝必盡數取回，何吝嗇若是？今吾等至汝家，非飽食不去。」其家懼，即供飯為主人贖罪。杭俗例，凡送鬼者，前人送出門，後人把門閉，其家循此例閉門過急，尹復大聲云：「汝請客當恭敬，今吾等猶未走，而汝門驟閉，夾壞我腿，痛苦難禁，非再大烹請我，則吾永不出汝門矣。」因復祈禳，尹病稍安，然旋好旋發，不脫體，卒以此亡。

祭雷文

黃湘舟云：渠出鄰某有子，生十五歲，被雷震死，其父作文祭雷云：「雷之神誰敢侮，雷之擊誰敢阻。雖然，我有一言問雷祖：說是我兒今生孽，我兒今年纔十五；說是我兒前世孽，何不使

他今世不出世？雷公雷公作何語？」祭畢，寫其文于黃紙焚之。忽又霹靂一聲，其子活矣。

王介眉侍讀是習鑿齒後身

吾鄉奔康王介眉，名延年，同儁博學宏詞，少嘗夢至一室，秘書古器，盎然橫陳，榻坐一叟，短身白鬚，見客不起，亦不言。又有一人傾而黑，揖介眉而言曰：「余漢之陳壽也，作三國志，黜劉帝魏，實出無心，不料後人以為口實。」指榻上人曰：「賴此彥威先生以漢晉春秋正之，汝乃先生之後身，聞方撰歷代編年紀事，夙根在此，須勉而成之。」言訖，手授一卷書，俾題六絕句，而寤。寤後謹記二句曰：「慚無晉漢春秋筆，敢道前生是彥威。」後介眉年八十餘，進呈所撰編年紀事，得賜翰林侍讀。

周若虛

慈溪周若虛，久困場屋，在城外謝家店教讀四十餘年，凡村內長幼，雖不受業，一日晚膳後在館獨坐，有學生馮某向前作揖，邀若虛至家，有要事相懇，言畢告別，辭色之間甚覺慘悽。若虛憶馮某已死，所見者係鬼，不覺大驚，即詣其家。馮某之父夢蘭在門外佇立，見即挽留小飲。若虛亦不道其所以，閒話家常，不覺漏下三鼓，不能回家，夢蘭留宿樓上，在中間設榻。間壁即馮某之妻王氏住房，隱隱似有哭聲，若虛秉燭不寐，見樓梯上有青衣婦人屢屢伸頭窺探，始露半面，繼現全身。若虛呵問何人，其婦厲聲曰：「周先生此時應該睡矣。」若虛曰：「我睡與不睡，與汝何干？」婦曰：「我是何人，與先生何干？」即披髮瀝血，持繩奔犯若虛。驚駭欲倒，忽背後有人用手扶持曰：「先生休怕，學生在此保護。」諦視之，即已故之馮生也。隨亦不見。若虛喊叫，其父夢蘭持燭上樓，若虛具道所見，夢蘭即叫媳婦王氏開門，杳無聲息，抉門入，則身已懸梁上矣。若虛協同解救，適時始蘇。因午前王氏與小姑爭鬧，被翁責罵，婦輕生，惡鬼乘機而至。其夫在泉下知之，故求援於若虛。

葛道人以風洗手

葛道人者，杭州仁和人，家素小康，性好道，年五十外，分家貲半以與子，而挾其半以遊。遇錢唐江，將取道入天台山，路遇一叟，拱手曰：「子有道骨，盍學道？」葛與談甚悅。叟曰：「某福建人也，明習天文，曾官於欽天監，辭官歸二十年矣。子如不棄，明春當候子於家。」葛居址與之，訂次年如期往訪，不遇，悵悵欲回，晚入旅店，又見一道士，貌偉神清，終夕不發一語。葛就而與談，自陳為訪仙故來。道士曰：「子果有志，吾薦子入廬山，見吾師兄雲林先生，可以為子師。」葛求薦書而往，行深山中十餘日，不見蹤跡，心竊疑之。一日，見山洞中坐一老人，以手招風作盥沐狀，葛異之，因陳道人書，拜於座下。老人曰：「汝來太早矣，尚有人間未了緣三十年，吾且與

汝經一卷法寳一件汝出山誦經守寳以濟世人三十年後再入山吾傳汝道可也葛問以手招風何爲曰修神仙術成者食不用火沐不用水招風所以洗手也因導葛出山行未半日已至南昌大路矣至家葛道人學其術能治鬼服妖所謂法寳者乃一鵝子石有縫頗似人眼有光芒能自動閃閃如交睫然葛亦不輕以示人也

沈姓妻

杭城有沈姓者住運司署前與葛道人善其長子旭初妻有娠詢道人說男女道人命取水一碗來沈與水置几上道人默念咒語數通側耳聽片時蹙額曰奈何奈何沈驚問故曰汝妻不久有難恐傷性命不暇問男女也沈雖素知道人靈異然其妻甚健疑信參半未幾沈妻持燈上樓忽大聲呼痛其翁姑與其夫急走視之已卧牀顛撲面作笑容曰今日乃洩我恨其聲若紹興人沈夫妻環叩之答曰我自報冤不干汝事沈急命次子某往求道人道人至取米一碗口作咒語手撮米擊病者病者作畏懼狀曰我奉符命報冤道人勿打道人曰汝有何冤病者答曰予山陰人也此女前生乃予隣家婦予時四歲偶戲其家碎其碗伊詈我母與私夫某往來故生此惡兒予訴之母母恐我泄其事撻予至死是致予死者此婦也我仇之久矣今始尋著道人告沈曰報冤索命事都是東嶽掌管必須訴於嶽帝尤救方可以法治否則難救沈清晨赴法華山嶽帝廟默訴其事占得上上籤歸告道人其時婦胎已墮道人嫌不潔不肯入房沈合家哭求道人乃詣榻前書召彩雲符一紙問好看否病婦答曰好道人曰何不出觀應曰諾道人即捏訣向空一捉曰得矣馳下樓去病人昏迷若醒曰我爲何遍身痛極腹甚飢左右與之食安未半刻又作哭聲曰汝擒我孫去我在此亦能索汝命言畢顛狂如故口中作聲甚雜皆杭音內有一鬼云我輩皆張老頭兒邀來你家若肯齋醮我等即去沈遂僧作道場衆聲稱謝不已忽又作張老者聲云我是正客如何反輕我諸人饅頭皆是菜心我獨豆沙多而菜心少沈視所設張老位前果如所言乃换與之求其去終不肯復請道人來道人授桃枝一束曰吵則打之沈持入向病人作欲打勢婦哀告曰勿打我去我去道人立門外預設一甕向空罵曰速入此中用符一紙封其口攜去沈婦從此愈矣半年後有人遇道人于理安寺見衆僧扛道人行空室中七晝夜不著土和口吐黑汁數升汙沾衣色如血告人曰我以童真之身汚產婦穢氣卒衆長老超度不然幾墮落矣

怪弄爆竹自焚

紹興民家有樓終年鎖閉一日有遠客來求宿主人曰宅東有樓君敢居乎客問故曰此樓素積緇重二僕居之夜半聞叫號聲往視之見二僕顏色如土戰慄不能言少頃云我二人

甫睡尚未滅燭見一物長尺許如人間石敢當狀至榻前擎幃欲上我等駭極不覺大呼狂奔而下所見如此自是莫敢有樓居者客聞笑曰僕請身試之主人不能挽爲掃塵土列几席而下攜焉客登樓燃燭佩劍以待漏三下有聲索索自室北隅起凝睇窺之見一怪如主人所言狀跳而登座翻閱客之書卷良久復啟其篋陳物几上一一審視篋內有徽州炮竹數枚怪持向燈前把玩良久燭花飛落藥線上轟然一聲響如霹靂此怪唧唧滾地遂寂不見心大異之慮其復來待至漏盡竟匿跡銷聲矣晨起告主人互相驚詫至夜客仍宿樓上杳無所見此後樓中怪絕

喀雄

喀雄者姓楊父作守備早亡表叔周某作副將鎮河州憐其孤撫養之周有女年相若見雄少年聰秀頗愛之時與飲食周家法甚嚴卒無他事有務子者亦周戚也直宿書齋見月雄若熱徘徊月下見周女冉冉而至遂與成懽次日入內見女曉妝雄目之而笑女亦笑迎之自後無日不至務子聞其房中笑語疑而窺之見雄與周女相狎而心大妬密白周公周入宅讓其夫人夫人曰女兒夜夜與我同牀焉有此事周終以爲疑借他事杖雄而遣之雄無所依棲身蘭州古寺中一日者女忽至帶來輜重甚富雄驚且喜問從何來曰與我叔父同來蓋周公之弟名鋙者亦武官也方陞蘭州守備雄深信不疑與女居半月揚揚如富人叔到任後遇諸塗喜曰姪在此乎曰然叔策馬登其堂姪婦出拜乃周女也大驚問故雄具言之鋙曰予來時不聞署中失女事豈吾兄諱之耶居數日借公事回河州備述其事周大駭曰吾女宛然在室頃且同飯那有此事或者其狐仙所冒託耶夫人曰與其使狐狸冒託我女之名玷我閨門不如竟以真女妻之看渠如何周兄弟二人大以爲然即招雄歸成親合巹之夕西寧之女先已在房雄茫然不知所措女笑而謂之曰何事張皇兒狐也意爲報德而來今祖作將軍時嘗獵于土門關兒胷矢被擒今祖拔矢縱之屢欲報恩無從下手近知郎愛周女而不得故來作冰人以償汝願亦因子與周女有宿緣不然兒亦不能爲力也今媒已成兒去矣倏然不見

常熟程生

乾隆甲子江南鄉試常熟程生年四十許頭場已入號矣夜忽驚叫似得瘋病者同號生憐而問之俯首不答日未午即收拾考籃投白卷求出同號生不解其意牽裾強問之曰我有虧心事發覺矣我年未三十時館某搢紳家弟子四人皆主人之子姪也有柳生者年十九貌美余心慕欲私之不得其間適清明節諸生俱歸家掃墓惟柳生與余相對余挑以詩曰

繡被憑誰寢相逢自有因亭亭臨玉樹可許鳳棲身柳見之臉紅圖而嘖之余以為可動矣遂強以酒俟其醉而私焉五更柳醒知已被汙大慟余勸慰之沈沈睡去天明則柳已縊死牀上矣家人不知其故余不敢言飲泣而已不料昨進號見柳生先坐號中旁一皂隸將我與柳齊拏至陰司處有官府坐堂上柳訴良久余亦認罪神判曰律載雞姦者照以穢物入人口例決杖一百汝為人師而居心淫邪應加一等治罪汝命該兩榜且有祿籍今盡削去柳生爭曰渠應抵命杖太輕陰官笑曰汝雖死終非程所殺也倘程因汝不從而竟殺汝將何罪以抵之且汝身為男子上有老母此身關係甚大何得學婦女之見羞忿輕生易稱殞觀女貞亦可愧也從古朝廷旌烈女不旌貞童聖人立法之意汝獨不三思耶柳聞之大悔兩手自搏淚如雨下神笑曰念汝迂拘着罰往山西將善人家作節婦替他謹守閨門享受旌表判畢將我杖二十放還魂依然在號中現在下身痛楚不能作文就作文亦終不中也不去何為遂呻吟顛唐而去

怪風

涼州大靖營有松山者在沙磧中古戰場也將軍搭思哈因公領兵過其處白草黃雲一望無際忽見一山高十仞中有火星萬點蔽日而來聲若雷霆人馬失色哈大驚謂是山移俄而漸近不及回避乃同下馬閉目據地互相抱持頃之天地如墨人人滾地馬亦翻倒良久始定麾下三十六人滿面皆血石子嵌入面皮深者半寸回望高山已在數十里之外日暮抵大靖營告總兵馬成龍馬笑曰此風怪非山移也若山移公等死矣此等風塞外至冬常有之不傷性命但公等為沙石所擊從此盡成麻面年貌冊又須另造矣

奔女

京師崇文門外花兒市居民皆以製通草花為業有幼女奉老父居亦以製花生活父久病不起女忘啜廢寢明慰暗憂適有鄰媪糾眾婦女往丫髻山進香者女因問進香可能療父病否媪曰誠心祈禱靈應如響女曰此間去山道里幾何曰百餘里曰一里幾何媪曰二百五十步女謹記之每夜靜父寢持香一炷自計步數里數繞院叩頭默祝身為女子不能朝山之故如是者半月有餘何例丫髻山奉祀碧霞元君凡王公搢紳每至四月無不進香以雞鳴時即上殿拈香者為頭香頭香必待大富貴家庶人無敢僭越時有太監張某往進頭香甫闢殿門已有香在爐中張怒責廟主廟主曰殿不曾開不識此香何由得上張曰既往不咎明日當來上頭香汝可待我毋許別人先入廟主唯唯次日始四更張已至至則爐中香已宛然一女子方禮拜伏地闔人聲倏不見張曰豈有神聖之前鬼怪敢公然出現者此

必有因坐二山門外候香客而告之並詳述所見容態服飾一婦聽良久曰據君所見乃吾鄰女某也因說其在家救父禱拜之事張嘆曰此孝女神感也進香畢即策馬至女家厚賜之認為義女父病旋愈因太監周卹故家漸溫飽女嫁大興張氏為富商妻

老嫗變狼

廣東崖州農民孫姓者家有母年七十餘忽兩臂生毛漸至腹背再至手掌皆長寸餘身漸傴僂尻後尾生一日仆地化作白狼衝門而去家人無奈何聽其所之每隔一月或半月必還家視其子孫照常飲食鄰里惡之欲持刀箭殺之其子婦乃買豚蹄俟其再至囑曰婆婆享此以後不必再來我輩兒孫深知婆婆思家無奈意彼鄰居人那能知道倘以刀箭相傷則做兒媳者心上如何忍得言畢狼哀號良久環視各處然後走出自後竟不來矣

義犬附魂

京中常公子某少年貌美愛一犬名花兒出則相隨春日豐台看花歸遲人散遇三惡少方坐地轟飲見公子美以邪語調之初而牽衣繼而親嘴公子羞汎遮攔力不能拒花兒咆哮奮前咬噬惡少怒取巨石擊之中花兒之頭腦漿迸裂死於樹下惡少無忌遂解帶縛公子手足剝去下衣兩惡少踏其背一惡少褪褲按其臀將淫之忽有癩狗從樹林中突出背後咬其腎囊兩子齊落血流滿地兩惡少大駭擁傷者歸隨後有行人過解公子縛以下衣與之始得歸家心感花兒之義次日往收其骨為之立塚夜夢花兒來作人語曰犬受主人恩正欲圖報而被凶人打死一靈不昧附魂于豆腐店癩狗身上終殺此賊犬雖死犬心安矣言畢哀號而去公子明日訪至賣腐家果有癩狗店主云此狗奄奄既病且老從不咬人昨日歸家滿口是血不解何故遣人訪之惡少到家死矣

白虹精

浙江塘西鎮丁水橋鬍工馬南箴撐小舟夜行有老婦攜女呼渡舟中客拒之鬍工曰黑夜婦女無歸渡之亦陰德事老婦攜女應聲上坐艙中嘿無言時當孟秋斗柄西指老婦指而顧其女笑曰豬郎又手指西方矣好趨風氣若是乎女曰非也七郎君有所不得已也若不隨時為轉移恐世間人不識春秋耳舟客怪其語瞪愕相顧婦與女夷然絕不介意舟近北關門天已明老婦出囊中黃豆升許謝鬍工并解麻布一方與之包豆曰我姓白住西天門汝他日欲見我但以足踏麻布上便升天而行至我家矣言訖不見鬍工以為妖撒豆于野歸至家捲其袖猶存數豆皆黃金也悔曰得毋仙乎急奔至棄豆處迹之豆不見而麻布猶存以足蹋之冉冉雲生便覺輕舉見人民村郭歷歷從腳下經過至一處瓊宮絳宇小青衣

侍戶外曰郎果至矣入扶老婦人出曰吾與汝有夙緣小女欲侍君子葛工謙讓非耦婦人曰耦亦何常之有緣之所在即耦也我呼渡時緣從我生汝肯渡時緣從汝起言未畢笙歌迎有婚禮已備葛工居月餘雖恩好甚隆而未免思家謀之女女教仍以足蹋布可乘雲歸葛工如其言竟歸丁水橋鄉里聚觀不信其從天而下也嗣後屢往屢還俱以一布為車馬葛工之父母惡之始焚其布異香屢月不散然往來從此絕矣或曰姓白者白虹精也

冷秋江

乾隆十年鎮江程姓者抱布為業夜從敎山歸過山腳荒塚纍纍有小兒從草中出牽其衣程知為鬼呵之不去未幾又一小兒出執其手前小兒牽往西西皆牆也牆上啾啾然黑影成羣以泥擲之後小兒牽往東東亦牆也牆上啾啾然鬼聲成羣以沙撒之程無可奈何聽其牽曳東鬼西鬼始而嘲笑繼而喧爭程不勝其苦仆于泥中自分必死忽羣鬼呼曰冷相公至矣此人讀書迂腐可憎須避之果見一丈夫魁肩昂背高步闊視持大扇擊手作拍板口唱大江東去于于然來羣鬼盡散其人俯視程笑曰汝為邪鬼弄耶吾救汝汝可隨吾而行程起從之其人高唱不絕行數里天漸明謂程曰近汝家矣吾去矣程叩謝問姓名曰吾冷秋江也住東門十字街程還家口鼻皆青泥俱滿家人為薰沐畢即往東門訪冷姓者杳無其人至十字街問左右鄰曰冷姓有祠堂其中供一木主名嵋乃順治初年秀才秋江者其號也

釘鬼脫逃

句容捕者殷乾捕賊有名每夜伺人于陰僻處將往一村有持繩索者貿貿然急奔衝突其背殷私憶此必盜也尾之至一家則踰垣入矣殷又私憶捕之不如伺之捕之不過獻官未必獲賞伺其出而劫之必得重利俄聞隱隱然有婦女哭聲殷疑之亦踰垣入見一婦梳妝對鏡梁上有蓬頭者以繩鉤之殷始知乃縊死鬼求代耳大呼破窗入鄰右驚集殷具道所以果見婦懸于梁乃救起之婦之公姑咸來致謝具酒為歡散後從原路歸天猶未明背有聲回顧則持繩鬼也罵曰我自取婦于汝何事而破我法以雙手搏之殷膽素壯與之對搏拳所著處冷且腥天漸明持繩者力漸微殷愈奮勇抱持不釋路有過者見殷抱一朽木口喃喃大罵上前諦視殷狀如夢醒而朽木亦墮地矣殷怒曰鬼附此木我不赦木取釘釘之庭柱每夜聞哀泣聲不勝痛楚過數夕有來共語者慰唁者代乞恩者啾啾然聲如小兒殷皆不理中有一鬼曰幸主人以釘釘汝若以繩縛汝則汝愈苦矣羣鬼嘩曰勿言勿言恐漏機關殷學乖次日殷以繩易釘如其法至夕不聞鬼泣聲明旦視朽木竟遁去

櫻桃鬼

熊太史本館居京師之半截衚衕與莊編修令輿居相鄰每夜置酒互相過從八月十二日夜莊具酒飲熊為主共坐忽桐城相公遣人來招莊去熊知其即歸獨酌待之自斟一杯置几上未及飲杯已空矣初猶疑己之忘之也又斟一杯伺之見有巨手藍色從几下伸出探杯熊起立藍手者亦起立其人頭目面髮無一不藍熊大呼兩家奴悉至燭照無一物莊歸聞之戲熊曰君敢宿此乎熊年少氣豪即命僮取被枕置榻上而麾僮出獨持一劍坐劍者大將軍年羹堯所贈平青海血人無算者也時秋風怒號斜月冷照榻施綠紗帳空明澄澈街鼓鳴三更心怯此怪終不能寐忽几上鏗然擲一酒杯再鏗然擲一酒杯熊笑曰偷酒者來矣俄而一腿自東窗進一目一耳一手半鼻半口一腿自西窗進一目一耳一手半鼻半口似將人身當中分踞作兩半者皆作藍色俄而為一睒睒然怒視帳中冷氣漸逼帳忽自開熊起拔劍斫之中鬼臂如着敗絮了無聲響奔窗逃去熊追至櫻桃樹下而滅次早主人起見窗外有血痕急來詢問熊告所以乃斬櫻桃樹焚之尚帶酒氣窗外有司閽嫗老矣既聾且瞽所卧窗榻乃鬼出入經過處杳無聞見鼾聲如雷熊後年登八旬長子巡撫浙江次子監司湖北常笑謂人曰余以膽氣福氣勝妖終不如司閽奴之聾且瞽尤勝妖也

鼠嚙林西仲

福建耿藩之變廈門司馬林西仲不降被縛入獄西仲平素畫一小像忽被鼠嚙斷其頸環頸一線如刀截者家人號哭以為不祥未幾王師破耿出西仲于獄復其官加遷三級西仲還家家人置酒慶再生是夕聞羣鼠聲啾啾甚忙扛一物置几上去視之所銜去小像之頭共持來還西仲也

子不語卷六終

子不語卷七

隨園戲編

尹文端公說二事

乾隆十五年尹文端公總督陝西蘇州顧某者為綏德州知州夙素豐是年九月顧赴西安求見則廷疾已甚尹公疑其病問之顧跪而請曰某平生讀書從不信鬼神事況敢妄言於大人前耶今某將死不敢不告為身後計本年五月初七日清晨起坐書齋見一人青衣皂帽持帖入曰某官請公會訊備騎在門視其帖同寅湯拭也某即上馬出城北行三十里至公廨有古衣冠者迎揖曰所以屈公至者為欲造姓名冊送上帝須與公會辦某未答旁一吏跪啟冊草創未就須八月二十四日方可謄清古衣冠者目皂衣人送某還約某期勿爽某復上馬行三十里入署見己身僵臥牀上妻子號泣于旁皂衣者推某身自其口入格格然如不可復合四肢筋骨五臟之間酸楚萬狀蘇醒後始進米飲自此部署公私至八月二十四日晨起即具衣冠訣別幕友妻子泣囑曰尸勿寒且緩殮至午自覺類中風者某皂衣人來引至前處古衣冠者坐堂上列兩几于前如世間會審狀吏逐名點唱無相識者至第三名即本州之皂隸某也第八十五名本州之東房吏某也其餘人眼中雖甚熟悉而不知姓名呼二人到案前問之亦云不知何以到此古衣冠者笑曰公何問耶公永當在此共事自然具曉一切問來當何時曰今年十月初七日公趁此時速歸部署家事可也復拱手別蘇醒如故身之狼狽尤甚于前未幾此縣大疫一吏一役俱染疫亡今已九月死期不遠故來訣別大人尹公慰之再三泣拜去明年正月尹公巡邊過綏德州內幕許姓者素知其事方留心訪顧而顧仍無恙來謁于轅體充足如故公戲之曰鬼言何以靈于吏役而不靈于汝耶顧叩頭謝恩亦不解其何故

公督陝時接華陰縣某稟啟云為稱祀妖神陳情稟死事皂職三廳前有古槐一株遮房甚黑意欲伐之而邑中吏役僉曰是樹有神伐之不可某不信伐之并掘其根根盡見鮮肉一方肉下有畫一幅畫赤身女子橫臥皂職心惡之焚其畫以肉飼犬是夜覺神魂不寧無病而憔悴日甚惡聲洶洶目無見而耳有聞自知不久人世乞大人別委署篆者來尹公得稟袖之與幕客傳觀曰此等稟帖作何批發言未畢華陰縣報病故文書至矣

霹靂脯

海州朱先生康熙間人貌三四十歲或出或隱不知寒暑常曰海州氣象好惜讀書者少耶出遊數年歸語人曰吾家竹垞子姝博雅可與談山陽閻百詩亦後來之秀惜其俱未聞道耳居亡何又語人曰我何罪于天而今日有雷擊我我不得不相抗但恐驚諸君諸君須避之至期雲雨晦冥見大蜘蛛腳自空中下雷乍擊而啞矣曠野有血肉一團大如車輪朱指示人曰此所謂霹靂脯也以酒烹之獨坐而啖又一日雷雨復集朱張口空中吐白絲數百丈盤屈如網有火龍騰空而至奮爪舒爪于網外終不能入良久入雲去朱嘆曰海濱多怪物不可久居吾將逝矣竟去不知所終人疑為蜘蛛精也

瘟鬼

乾隆丙子湖州徐翼伸之叔岳劉民牧作長洲主簿居前宗伯孫公岳頒賜第翼伸歸湖之便訪焉天暑浴于書齋月色微明覺窗外有氣噴入如曉行臭霧中几上雞毛帚盤旋不已徐注視之見牀上所挂浴布與茶杯飛出窗櫺外窗外有黃楊樹枒槎樹碎聲鏗然徐大駭喚家奴出視見黑影一團繞瓦有聲良久始息徐坐牀上片時帚又動徐起以手握帚非平時故物濕軟如婦人亂髮惡臭不可近冷氣自手背臂直達于肩徐強忍持之帚角有聲如出甕中者初似鸜鵒學語繼似小兒啼音稱我姓吳名中從洪澤湖來被雷驚故匿於此求恩人放歸徐問現在吳門大瘟汝得非瘟鬼乎曰是也徐曰是瘟鬼則我愈不放汝以免汝去害人鬼曰避瘟有方敢獻方以乞恩徐令數藥名而手錄之錄畢不勝其臭且臂冷不可耐欲放之又懼為祟家奴在旁各持撣帚請納帚而封焉徐從之封投太湖所載方雷丸四兩飛金三十張硃砂三錢明礬一兩大黃四兩水法為丸每服三錢蘇州太守趙文山求其方以濟人無不活者

千年仙鶴

湖州菱湖鎮王靜巖家饒于財房室高敞有九思堂廣可五六畝宴客日輒必聞廳柱下有聲如敲竹片靜巖惡之對柱祝曰汝鬼耶則三響乃應四聲曰若仙耶則四響乃應五聲曰若妖耶則五響乃亂應無數有道士某來設壇用雷簽插入柱下忽家中婢頭墳起痛不可忍道士撤簽婢痛止間一日婢忽狂呼如傷寒發狂者召醫視之按脈未畢舉足踢醫傷面血流男子有力者四五人抱持不能禁王之女初笄聞婢病來視之初入門大驚仆地曰非婢也其面方如牆白色無眼鼻口耳吐舌赤如丹砂長三四尺向人噏張女驚不已遂亡女死而婢愈王百計驅妖有請乩仙者來言仙人草衣翁甚靈可以鎮邪王如其言設香案置盤乩筆劃然有聲穿窗而出于窗紙上大書曰何苦何苦土地受過主人問乩乩言草衣翁因地邪未去遂請仙駕將當方土地神發城隍審二十矣自後此妖寂然草衣翁與人酬酢甚和所言多驗或請姓名曰我千年仙鶴也偶乘白雲過鄱陽湖見大黑魚吞人予怒而啄

之魚傷骴死所吞人以姓名假我以狀貌付我我今姓陳名芝田草衣者吾別字也或請見之曰可請期曰在某夜月明時至期見一道士立空中面白微鬚冠角巾披晉唐服飾良久如烟散矣

夏太史說三事

高郵夏醴谷先生督學湖南舟過洞庭值大風浪諸船數千泊岸未發夏性急欲趕到任日期命舵工逆風而行諸船隨之揚帆至湖心風愈大天地皆冥白浪如山見水面二短人長尺許面目微黑掠舟指檣似巡邏者諸船中人俱見之風定日出漸隱去矣

公居督學衙門家丁子弟白日見怪見者必病公夫人病閉子弟于後不許至園嚇公致祭公不信是夜閱卷燈下聞哭聲自西來殷殷田田碧響雜沓飛沙打窗如雨而下公竊聲曰吾已悉爾意明日祭汝可也其聲漸遠而滅公詰朝尋其聲來之處有破屋一間木主數十皆前任學臣閱卷暮友卒于署者因為文具牲牢祭之此後怪絕

公門生朱仕琇從福建入都至山東茌平道中日暮投宿風雨交至遣家人先行覓店停車于三叉路口待之夜二更天地皆黑至遠樹中火光忽上忽下疑為家人持火至矣少頃火光漸近大如車輪錯落數十高者至蒼天低者及馬足大駭以為必非人燈近視之火光中有三人掠車而過其中行者當額閃閃有眼朱衣博帶鬚眉偉然旁侍兒錦衣玉貌扶之而行最前一白鬚老翁傴僂先驅背有穴孔如碗大火光從此孔出如竈突洩烟者然見人了無驚異徐步入遠村而殁少頃家人與店家至云共見之相與詫駭而已

石崇老奴才

康熙間任雨林進士有詩名宰河南鞏縣晝臥書室見簪花女郎持名紙稱石大夫招飲與夫盈門俱來迎接任不覺身隨之行良久至一府第閣巍然主人戴晉巾錦襠褲叉手出迎談論風發坐定席設水陸奇珍皆目所未睹女樂二人舞傞傞然酒酣主人起握任手行至後園極亭臺花木之勝園後有井水綠色主人手黄金勺呼左右酌水為任公解醒任初沾唇覺有辛惡之味唇為之焦因辭謝不舉其勺主人强之衆美人伏地勸請任不得已為盡之俄而腹痛欲裂呼號求歸主人拱手曰客果醉矣且暫別再會任倉皇登車痛愈甚從原路歸過城隍廟城隍神趨出迎喈曰石季倫老奴才又毒人乎非作主飲君者晉石崇也崇生時取精多用物宏誅死時受孫秀屠割血肉狼藉强魂不散為羅剎鬼神誓殺名士三千以洩生平好名之忿吾第十九人君第二十九人也吾以生平正直訴冤上帝帝不能救封為城隍神賜藥二丸曰有遭名士被害者以此救之君有文行故在此相救言畢取藥塞任口中任痛遂止頃刻汗出而寤其原卧之處家人環泣已迷懵二日矣後修鞏縣故城掘地得碑鐫金谷雨大字類索幼安筆法始知石氏金谷不在今洛陽也

鬼差貪酒

杭州袁觀瀾年四十未婚鄰人女有色袁慕之兩情屬矣女之父嫌袁貧拒之女思慕成瘵卒袁愈悲悼月夜無以自解持酒尊獨酌見牆角有蓬首人手持繩若有所牽睨而微笑袁疑為鄰之差役招曰公欲飲乎其人點頭斟一杯與之嗅而不飲曰嫌寒乎其人再點頭熱一杯奉之亦嗅而不飲然屢嗅則面漸赤口大張不能復合袁以酒澆入其口每酒一滴則面一縮盡一壺而身面俱小若嬰兒然凝迷不動牽其繩所縛者鄰氏女也袁大喜具酒罌取蓬首人投而封之畫八卦鎮壓之解女子縛與入室為夫婦夜有形交接晝則聞聲而已逾年女子喜告曰吾可以生矣且為君作美妻矣明日某村女氣數已盡吾借其尸可活君以為功兼可得資財作奩費袁翌日往訪某村果有女氣絕方殮父母號哭袁呼曰許為吾妻吾有藥能使還魂其家大喜許之袁附女耳低語片時女即躍起合村驚以為神遂為合巹女所記憶皆非本家之事逾年漸能曉悉貌較美於前女

李倬

李倬者福建人乾隆庚午貢生赴京鄉試路過儀徵有並舟行者自稱姓王名經河南洛陽縣人赴試京師資費不足求李挈帶李許之同舟言笑甚歡出所作制藝亦頗清雅惟篇幅稍短耳與共食必撤飯于地每舉碗但嗅其氣無一粒納喉者李疑而憎之王似解意謝曰某染膈症致有此累幸毋相悪既至京師將賃寓所王長跪請曰公毋畏我非人也乃河南洛陽生員有才學當拔貢為督學某受贓黜落憤激而亡今將報仇于京師非公不能帶往入京城時恐城門神阻我需公低聲三呼我名方能入其所稱督學某即李之座師李大駭拒之鬼曰公黨師拒我我行且祟公李無奈何如其言舍館定即往謁座主其家方環泣聲達戶外座主出曰老夫有愛子生十九年矣聰明美貌為吾宗之秀前夜忽得瘋疾尤奇持刀不殺他人專殺老夫醫者莫名其病奈何李心知其故請曰侍門生入視郎君言未畢其子在內笑曰吾恩人至矣吾當謝之然亦不能解我事也李入室握郎君手語移時旁人不解更駭愕都來問李李告之故于是舉家跪李前求為關說李謂其子曰君過矣君以被黜之故氣忿身死果冤非吾師殺君也今若殺其郎君絕其血食殊非以直報怨之道況吾與君有香火情獨不為我地乎其子語塞瞋目曰公語誠是然汝師當日得贓三千豈能安享吾取之而去足矣手指曰某室有玉瓶價值若干為我取來至則擲而碎之又手指曰某

箱內有貂裘數領價值若干為我取來至則舉火焚之事畢大笑曰吾無恨矣為汝救老奴拱手作去狀其子霍然病已李是年登第行至德州見王君復至則前驅巍峨冠帶尊嚴曰上帝以我報仇甚直命我為德州城隍尚有求于吾子者德州城隍為妖所憑以我位血食垂二十年我到任時彼必抗拒吾已選神兵三千與妖決戰公今夜聞刀劍聲切勿諦視恐有所傷邪不勝正彼自敢去但非公作一碑記曉諭居民恐四方未必崇奉我也公將來爵祿亦自非凡與公訣矣言畢拜謝垂淚而去是夜闔城內外兵馬喧然至五鼓始寂李詰朝往城隍廟焚香作記其道士已磨墨相待云昨夜大王到任託夢道故相迎也李為鐫石立碑今猶存德州大東門外

王將軍妾

蘇州慕崇上宰河南汲縣未遇時館京師任姓家寓半截衚衕院間獨宿燈下見物黑而毛攫其書篋慕手劍逐之無所得次晚月下如廁有女子冉冉來慕疑主人婢妾避不敢起女竟不去而冷風淒然慕始驚懼投以瓦了不復見慕踉蹌歸至書齋則女子在牀矣單裝持刀容貌甚麗呵之不應驅之不去召他人觀之皆不能見慕遂病囈語曰我明朝王將軍妾也久不得祭故道兒輩取食汝以劍傷之我親來謝過汝又蹲廁辱我我故來索命同寓客俱為哀祈女曰能以衣服車馬送我歸故鄉姑貸汝衆如其言慕蘇醒食粥未半晌女又復來曰吾為汝輩所紿衣服領袖並未裁縫吾何以為衣耶可速選縫人善治之衆客愈駭視所陳之衣果未開摺也然治再拜慕竟病除三年慕登進士選河南汲縣知縣路過開封宿客店店之西偏廂室甚固慕疑之窺窗隙見朱棺一口橫于中堂凝塵數寸棺之前和題曰王將軍亡妾張氏慕大驚且悔心觳觫不樂濟暮女果至裝束如前曰昔妾逼君妾之罪也今君窺妾妾之緣也妾在此數十年非取人見代不能自拔于幽冥故今夜來伴君慕大懼連夜呼騶入城告開封同寅將來道士驅之開封守令留飲達旦翌早與共至店中一書僮自縊于牀守令怒剖其棺尸裝束鮮濃儼而不腐焚之竟無他怪

仙鶴扛車

方綺亭明府作令江西其同僚郭姓者四川人言少時曾上峨嵋山意欲棄世學道見老翁長鬚秀貌戴羽巾飄飄然導之前行至一處宮殿巍峨似王者居翁指示曰汝欲學道非王命不可王外出未歸汝少待俄而仙樂嘹嘈異香觸鼻兩仙鶴扛水晶車車中坐王者狀如世上所畫香孩兒紅衣文褓潔白如玉口嘻嘻微笑長不滿尺諸神俯伏迎入宮老翁奏曰有真心學道人郭某求見王命傳入注視良久曰非仙才速回人間老翁掖郭下郭問曰

王何以年少老翁笑曰為仙為聖為佛及其成功皆嬰兒也汝不聞孔子亦儒童菩薩孟子云大人者不失其赤子之心乎吾王已五萬歲矣郭無奈何仍自山下歸家猶記其殿門外朱書二對云胎生卵生濕生化生生生不已天道地道人道鬼道道道無窮

紅花洞

溧水知縣曹江初官蜀時夏日晝寢見二隸卒牽馬來邀與俱行約二十餘里復有一人乘駿馬約束如軍官持令箭呼云奉上帝命煩君點放洞鬼幸勿辭勞曹惘然不知其故再行二三里至深山有穴傍曰紅花洞石門一雙封鑰甚固洞口胥吏七八人具公案文冊跪迎道左軍官以令箭付曹囑云照冊點放言畢乘馬去曹登座一吏稟請啟洞向洞大呼開門者三有陰氣隨呼而出冷逼毛髮須臾女鬼數千蓬首垢面紛然雜至哀號困苦之聲不可言狀吏按冊唱名開鎖具驅向南行諸鬼逡巡若不得已而往者最後三女鬼向曹哀求免放曹辭以奉帝命不能為力三鬼憤恨罵曰二十年後會當相報放既畢軍官復來囑隸云曹公勞矣須好送還家隸卒仍以馬送至中途經大河馬渡水忽失前足而墮驚寤見家人環哭方知已死一日心秘其事不敢言于人後二十年長男婦病產卒未期年次媳當產亦病忽作囈語呼姑至前曰紅花洞事發矣我房舍已定當與李氏為鄰笑指其小叔曰繼我者當在此君可恨翁當時令箭在手樂得作人情何故不肯乎言畢張目大呼血流被面腹潰腸出死姑與小叔奔告于曹曹大駭自憶此夢從未嘗語人不知乃媳何從知也殮後寄其柩于古寺寺中舊有朱棺一口詢之果為某家妻李氏棺也曹後第三子娶婦亦以產卒三婦年歲雖各有大小計其始生皆與夢時相上下後側室生兒皆無恙

大毛人攫女

西北婦女小便多不用溺器陝西咸寧縣鄉間有趙氏婦年二十餘潔白有姿盛夏月夜裸而野溺久不返其夫聞牆外颯拉聲疑而出視見婦赤身爬據牆上兩腳在牆外兩手懸牆內急前持之婦不能聲啟其口出泥數塊始能言曰我出戶溺方解褲見牆外有一大毛人目光閃閃以手招我我急走毛人自牆外伸巨手提我髻至牆頭以泥塞我口將拖出牆我兩手據牆掙住今力竭矣幸速相救趙探頭外視果有大毛人似猴非猴蹲牆下雙手持婦腳不放趙抱婦身與之奪力不勝乃大呼村隣隣遠無應者急入室取刀擬斷毛人手救婦刀至而婦已被毛人拉出牆矣趙開戶追之衆隣齊至毛人挾婦去走如風婦呼救聲尤慘追二十餘里卒不能及明早隨巨跡而往見婦死大樹間四肢皆巨藤穿縛唇吻有巨齒嚙痕陰處潰裂骨皆見血裏白精濟地斗餘合村大痛鳴于官官亦淚下厚為殯殮召獵戶擒

毛人卒不得

吳生不歸

會稽縣東四十里地名長濮有吳生者年十八美丰儀讀書家中忽失所在越三日歸自言某日坐書室見美婦人降自屋上招與偕行隨至大第中陳設華美往來者無一男子室內更有一美倚窗斜睇見酒食共飲飲畢兩美迭就為歡叩以姓名俱笑不答但云此間樂我二人惟郎是從郎但安居可也居數日我偶動鄉思一女曰郎思家矣當送歸無苦郎心遂送至里門我纔得歸自此神思恍惚當下家人為具膳則云此味惡不似彼食美也當夕為拭牀帳則云此物惡不如彼物華也未幾又失去數日復歸所言如前但顏色漸焦舉體有腥氣家人延僧道醮祀都無所濟俄而數月不返生有弟某行經白塔見山洞口有遺帶認係兄物持歸率人秉火入洞見兄裸臥淤泥間作行房狀扶至家灌以藥餌甦張目怒曰我雲雨未畢卧錦衾中何奪我至此于是親族皆來守護以鐵索錮之獻以符籙生稍知懼不敢寐夜間衆方環坐忽聞響聲琅然有光若電繞室數匝失生所在鐵索斬然中斷門窗仍閉竟不知何自出也次晨再尋白塔山洞茫然無得矣于是遠近傳播洞中有妖聚觀者日以千計縣令李公懼生事親來搜看亦無所得乃以石封洞門觀者止而生竟不歸

狐仙冒充觀音三年

杭州周生從張天師過保定旅店見美婦人跪階下若有所祈生問天師天師曰此狐也向我求人間香火耳生曰盍許之天師曰彼修煉有年頗得靈氣若與香火恐逞威福為人間祟生愛其美代為祈請天師曰難卻君情但令受香火三年毋得過期可也命法官批黃紙付之去三年後生下第出都過蘇州閶上方山某菴觀音極著靈異將往禱焉至山下同禱者教以步行曰此山觀音甚靈凡肩輿上山者中道必仆生不信肩輿上山未十數武扛果折生墜地幸無所傷遂下輿步行入廟見香燭極盛所謂觀音者坐錦幔中勿許人見生問僧僧曰塑像太美恐見者輒生邪念故也生必欲啟視果極妖冶不類他處觀音諦視之頗似曾相識者良久恍然是旅店中婦人生大怒指而數之曰汝昔求我說情故得此香火汝乃不感我恩而壞我輿何太沒良心也且天師只許汝受香火三年今已過期戀此不去豈竟忘前約乎語未畢像忽撲地碎僧大駭亦無可奈何俟生去糾金為之重塑而靈響從此寂然

陳姓父幼子壯

揚州陳山宸世業騾馬行年五十餘病卧見少年騎馬自外入掌其頸遂昏迷被少年提置馬上疾馳出門陳號呼莫有救者至郊外少年擲之于地曰速來吾先行候汝復以掌擊其股乃馳去陳心遲疑而兩足不覺前進其行如飛亦不甚倦惟所穿履甚易敗則道旁有織履者為易之易畢即行了不通問問亦不答腹餒甚見市中殽饌試取食之亦無禁約行三晝夜見道旁去思碑題名知已入陝西咸陽城矣及郭門少年在焉叱曰來何遲累人三日痛楚即導入城止一家門外少年入復出曳其裾至房內見婦人輾轉牀上若甚痛迫者少年挈其項足投婦人身陳昏昏若入深巖中腥穢滿鼻目不見天光心窘甚逾時見小隙微明併力踴躍豁然而墮聞耳邊多作賀聲曰得一佳兒陳更駭異亟欲言而口已噤因大呼男婦滿前都無所聞徐自審其聲若甚小者更摩視其耳目四肢無不小矣悟曰吾其投胎復生乎乃張目四顧有老嫗曰是兒目光焰焰豈妖耶再視當殺之陳懼即瞑其目自是沈沈若愚胸中一切哀愁憤悒之心叫呼啼哭旁人便抱乳之全不解其意漸久習慣亦不復作前世想矣至六歲稍稍能言其父行賈江南歸以絹紿其母曰此物不易得在江南值數十金母珍之置枕函間陳偶取玩視母以父言禁之陳笑曰父妄耳此濮院紬不數金可得父大驚固問之陳乃具道所以且曰吾來時生兒方十數歲今當成人名某家住某里父至江南可訪也父領之明年至揚州果得其子語以故子亦以貿易故欣然偕來相見之

下略不相識子鬚鬢有白而父猶孩也道家事如平生且言某某欠債未還某處有積金三百存為汝婚宜歸取之言訖趣子不勝悲歸訪之其言皆驗後十餘年陳年壯繼父業來江南訪其故居前生子已死家事凋落睹然老妻撫孤孫獨存陳不勝感慨留三百金為前生妻治後事具杯酒澆其前世墓而去

吳生手軟

乾隆二十四年五月豐縣宰盧世昌修邑誌聘蘇州吳生為謄錄與同事者同住一樓忽具衣冠揖同事友曰吾死矣以後事累公友問故吳愀然曰我初赴豐時至沛縣道上遇一婦人求與共載我以車小不許婦隨車行二十里心竊訝之問輿夫皆不見始知為鬼晚投旅店人靜後婦來坐榻上語我曰君與我年俱廿九合為夫婦我大駭以枕投之隨響而沒自此不復見形時聞耳邊嚅嚅作語求作夫婦呼我為寫字人嘿聒不已問如何酬汝汝方去曰與我錢二百置樓板上我即去如其言既而錢仍在婦來纏擾如初奈何奈何友人咸相解慰令二僮守之越數日樓上大呼衆奔上見吳倒地腹右刀戳一洞腸半濆出喉下食嗓已斷扶起之絕無痛楚盧公往視吳手招之近前作一寃字盧曰是何寃曰數甚冤家也今早婦人來逼我死以便作夫妻我問作何死法婦指案上刀曰此物佳余取刺右腹痛不可

忽婦人並以手按摩之曰此無濟也所摩處遂不覺痛我問然則如何婦人自摩其頸作刎勢曰如此方可我復以刀斷左喉婦人跌足嘆曰此亦無濟徒多痛苦耳又以手摩之亦不覺痛指右喉下曰此處佳余曰我手軟無能為也卿來剌之婦遂披髮搖首持刀直前而樓下許公已走上矣彼聞人來擲刀斧去盧公詫異為延醫納其腸矣始不能飲食用藥數治亦遂平復婦人不復再至吳生至今尚存

狐祖師

鹽城村戴家有女為妖所憑徵以符咒終莫能止訴于村北聖帝祠怪遂絕已而有金甲神託夢于其家曰吾聖帝某部下鄧將軍也前日汝家妖是狐精吾已斬之其黨約明日來報仇爾等于廟中鳴金鼓助我翌日戴家集鄰衆往聞空中馬嘶聲乃鳴金鉦鐃鼓果有黑氣墜于庭村前後落狐狸頭甚夥越數日其家又夢鄧將軍來曰我以滅狐太多獲罪于狐祖師狐祖師訴于大帝某日大帝來廟按其事諸父老盍為我祈之衆如期往伏于廟下至夜半仙樂嘈嘈有冕服乘輦者冉冉來侍衛甚衆後隨一道人龐眉皓齒兩金字牌署曰狐祖師聖帝迎謁甚恭狐祖師曰小狐擾世罪當死但部將殲我族類太酷罪不可逭聖帝唯唯村人自廊下出跪而請命有周秀才者罵曰老狐狸鬍白如此縱子孫淫人婦女反來向聖帝說情何物狐祖師罪當萬斬祖師笑不怒從容問人間和姦何罪周曰杖也祖師曰可知姦非死罪矣我子孫以非類姦人罪當加等要不過充軍流配耳何致被斬況鄧將軍斬我一子并斬我子孫數十何耶周未及答聞廟內傳呼云大帝有命鄧將軍嫉惡太嚴殺戮太重念其事屬因公為民除害可罰俸一年調管海州地方村人歡呼合掌向空念佛而散

紂之值殿將軍

天台僧智果好遊山行迷路至大石洞坐一道者蘿衣薜裳僧跪而請曰某幸遇仙人願受教道者曰予人也非仙也子來胡為僧曰某入山已數日腹枵甚敢有雲漿之請道者曰子姑待吾往後山覓之去有頃攜一物來狀輪囷而色鮮白道者破之自吸其漿以其餘授僧曰此千年茯苓也因令僧坐問岳飛將軍安否秦檜死否僧曰此宋朝事也今易代數百年為大清矣因告以宋史所載岳事顛末道者慘然曰岳將軍終不免乎遂大哭曰吾姓周名通岳將軍麾下小將也當秦檜以金牌召岳時我知有難遂逃于此食松草得不死我師教勿出洞出洞即死汝宜速出遲恐無及僧懼拜辭而行路甚紆曲備歷險阻忽望崖上坐一巨人長丈餘遍體綠毛如翠錦駭而奔還告道者道者曰此予師商高紂王之值殿將軍也為飛廉惡來所譖避居此山性好食野獸故其狀與人異子往拜祈兼可問商代事僧故

蠢野無所記憶見巨人禮拜畢便問紂寵妲己事巨人曰汝誤矣妲者商宮女官之稱己氏者女官之行次女官非止一人也汝所問何妲僧不能答又問文王受命事曰吾不知文王為何人或是西方諸侯姬昌耶其人事紂甚恭並無稱王之事因問汝所問者何人告汝曰書上云云巨人問何物為書僧手作書狀示之巨人笑曰我當時尚無此物言畢以一臂攜僧行如飛置之平地供手而別已在天台郊外矣

瘧鬼

上元令陳齊東少時與張某寓太平府關帝廟中張病瘧陳與同房因午倦對卧牀上見戶外一童子面白衣帽鞋襪皆深青色探頭視張陳初意為廟中人不之問俄而張瘧作童子去張瘧亦止又一日寢忽聞張狂呼痰如湧泉陳驚寤見童子立張榻前舞手蹈足歡笑顧盼若甚得意者陳知為瘧鬼直前撲之著手冷不可耐童走出颯颯有聲追至中庭而沒張疾愈而陳手有黑氣如烟熏色數日始除

誤學武松

杭州馬觀瀾家每四時必祭其門予問古禮門為五祀之一今此禮久不行君家獨行之何也馬曰余家奴陳公祚好酒每晚必醉敲門歸一日聞戶外喧呶聲往視之奴撲地曰奴歸見門外一男一婦俱無頭頭持在手婦呼曰我汝嫂也吾淫屠宴吾夫殺我可也汝為小叔不當殺我夫殺我時心軟手戰斷不下汝奪刀代殺此事豈汝所宜與耶吾每來相尋為汝主人家門神呵禁今故伺汝于門外因大罵唾奴面其男鬼擲頭撞奴奴倒地聞人聲二鬼纔散馬氏衆家人扶至牀自言少年曾有此事當時看小說慕武松之為人不意遭此冤孽或告之曰小說都無定案何得妄學且武松殺嫂為嫂殺兄故也若尋常犯姦王法只杖決耳汝何得代兄殺嫂言未終奴張目作女聲曰公道自在人心何如何如言者三叩頭而死馬氏以鬼言故祭門神甚敬世其家

孛星女身

山東有施道士者善祈晴雨乾隆十二年東省大旱撫軍準泰祈雨不得錮道士而逼之道士曰雨非不可得也但須某日孛星下降公捐錦被一條白金百兩某捐陽壽十年方可得雨撫軍如其言至期道士登壇呼一童子近前令其伸手畫三符于掌中囑曰至某處田中見白衣婦人便擲此符彼必追汝汝以次符擲之彼再追汝以第三符擲之速歸上壇避匿可也童子往果見白衣婦如其言擲一符婦人怒棄裙追童童擲次符婦人益怒解上衣露兩乳奔前童擲三符忽霹靂一聲婦人褻衣全解赤身狂追童急趨至壇而婦人亦至道人

敕令牌喝曰雨雨雨婦人仰臥壇下雲氣自其陰中出彌漫蔽天雨五日不止道士覆以錦被婦漸蘇大恚恥曰我某家婦何為赤身臥此撫軍備衣服令著遣老嫗送歸以百金酬其家事後問道士道士曰孛星女身而性淫能為雲雨居天上亦赤體惟朝北斗之期始著衣裳是日下降田間吾以符攝入某婦之身使替代而來又激怒之使雷雨齊下然用法太惡必遭陰譴矣不數年道士暴亡

九夫墳

句容南門外有九夫墳相傳昔有婦人甚美夫死止一幼子家貧甚犀乃招一夫生一子夫又死即瘞於前夫之側而又贅一夫復死如前凡嫁九夫生九子環列九墳婦人死瘞於九墳之中每日落時其地即起陰風夜有呼嘯爭鬭之聲若相毆而奪此婦者行路不敢過鄰村為之不安相率訴于邑令趙天爵親至其地排衙呼皁隸于各墳頭持大杖重責三十自此寂然

土地奶奶索詐

虎踞關名醫徐徹儒與余交好其子婦吳氏孝廉諱鎮者之妹也乾隆丙申六月吳氏夜夢街坊總甲李某持簿化緣口稱虎踞關將有火災斂費演戲以禳之簿上姓名皆里中相識者正徘徊間有老婦人黃衫綠裙從門外入謂吳曰今年此處火災是九月初三日君家首被其禍數不可逃須燒紙錠買牲牢還願庶不至燒傷人命吳氏夢醒方悟總甲李某久已物故乃往各鄰家告以故并問此間可有衣黃衫婦人否皆曰無之吳有戒心往禱土地廟見所塑土地奶奶宛然夢中所見驚懼異常諸鄰聞之亦大駭彼此演戲祭禱費數百金將至九月徐氏一門衣箱器具盡搬移戚里家自初一日起不復舉炊矣至期四鄰寂然並無焚如之患徐氏至今安好

子不語卷七終

子不語卷八

隨園戲編

鬼鬧雞鳴則縮

予門生司馬騊館溧水林姓家其所住地名橫山鄉僻處也天盛暑以其所居宏敞乃與群弟子洒掃為晚間乘涼之處挈書籍行李移牀就焉秉燭而臥至三鼓門外啾啾有聲戶樞拔矣燭光漸小陰風吹來有矮鬼先入臉似笑非笑似哭非哭繞地而趨隨後一紗帽紅袍人白鬚飄飄搖擺而進徐行數步坐椅上觀司馬所作詩文屢點頭若領解者俄而起立手攜短鬼步至牀前司馬亦起坐與彼對視忽雞叫一聲兩鬼縮短一尺燈光為之一亮雞三四聲鬼三四縮愈縮愈短漸漸紗帽兩翅擦地而沒次日問之土人云此屋是前明林御史父子同葬所也主人掘地朱棺宛然乃為文祭之起棺遷葬

蜈蚣吐丹

余舅氏章升扶過溫州雁蕩山日方午獨行澗中忽東北有腥風撲鼻而至一蟒蛇長數丈騰空奔迅其行如箭若有所避者後有五六尺長紫金色一蜈蚣逐之蛇躍入溪中蜈蚣不能入水乃舞掉其羣腳颯颯作聲以鬚鉗掉水良久口吐一紅丸如血色落水中少頃水如沸湯熱氣上衝蛇在水中顛撲不已未幾死矣橫浮水面蜈蚣乃飛上蛇身啄其腦仍向水吸取紅丸納口中騰空去

雷部三爺

杭州施姓者家居忠清里六月雷雨後小便樹下甫解袴見有雞爪尖面者蹲焉大怖而返夜即暴病狂呼觸犯雷神家人環跪求赦病者曰沽酒飲我殺羊食我我貸其命如其言三日而愈適有天師法官過杭施姓與有舊以其事告之法官笑曰此雷部奴中奴也小名阿三慣倚勢詐人酒食如果雷神其技量寧止此耶今長隨中有稱三爺四爺者是矣

鬼乖乖

金陵葛某嗜酒而豪逢人必揶揄之清明與友四五人遊雨花臺臺旁有敗棺露見紅裙同人戲曰汝逢人必揶揄敢揶揄此棺中物乎葛笑曰何妨往棺前以手招曰乖乖吃酒如是者再羣客服其膽大笑而散葛醉歸稍後背有黑影尾之聲啾啾曰乖乖來吃酒葛知為魅應避之則氣先餒乃向後招呼曰鬼乖乖隨我來徑往酒店上樓置一酒壺兩杯向黑影酬勸旁人無所見疑有癡疾聽其所為共飲良久乃脫帽置几上謂黑影曰我下樓小便即來奉陪黑影者首肯之葛急趨出歸家酒保見客去遺帽遂竊取之是夕為鬼纏繞口喃喃不絕天明

自縊店主人笑曰認帽不認貌乖乖不乖

鳳凰山崩

同年沈永之任雲南驛道時奉制府璋公之命開鳳凰山八十里通擺夷苗路山徑險峭自漢唐來人迹未到處也每斫一樹有白氣自其根出如匹練升天蝦蟆大如車輪見人輒瞪目怒視當之者登時撲地土人醉燒酒以雄黃塞鼻持巨斧斫殺之烹食可療三日飢忽一日有美女盛裝從山洞斧出役夫數千人皆出洞追而觀之老成者不動心操作如故俄而山崩不出洞者壓死矣沈公為余述其事且戲曰人之不可不好色也有如是夫

董金甌

董金甌者湖州勇士能負重走京師十日可到嘗為人腰千金入都過山東開成廟有盜尾後將取其金董知之挂金樹上下馬與搏盜抵敵不勝問足下拳法何人所授曰僧耳盜曰破僧耳拳須我妹來汝敢在此相待否董笑曰避女子非夫也坐以待之少頃一美女來年十八九貌甚和相見即格鬭良久曰汝拳法非僧耳授也當別有人董以實告曰我初學于僧耳後學于僧耳之師王征南女子曰若然須至我家彼此一飯再鬭方決汝敢往乎董恃其勇從隨女子行到其家則其兄已先在家張燈掛紅率妻歡迎曰妹夫來矣以紅巾蒙其妹頭强之交拜董駭然問故曰吾父某亦為人保標路逢僧耳與角鬭不勝而死我與妹立志報仇同習拳法必須勝僧耳者然後可以殺之訪得僧耳之師為王征南苦相尋無路汝是其弟子則可以引見征南再學拳法報此仇矣董遂贅其家別遣人齎腰間金赴京師嗣後不知所終

蔣廚

常州蔣用菴御史家廚李貴取水竈下忽中惡仆地召巫視之曰此人夜行衝犯城隍儀仗故被鬼卒擒去須用三牲紙錢禱求城隍廟中西廊之黑面皂隸便可釋放如其言李果蘇家人問之曰我方汲水忽被兩個武進縣黑面皂頭來拏去說我衝犯他老爺儀仗縛我衙門外樹上聽候發落我竟不知原委今日聽他二人私地說李某業已盡孝敬之禮可以放他回去不必稟官將我解去索子推入水中我便驚醒御史公聞之笑曰看此光景寧時城隍不知故時城隍不知都是黑面皂隸詐錢作祟耳誰謂陰間官清于陽間官乎

見曹操稱晚生

江寧剝皮王甯夢古衣冠人召往一處宮闕巍峨兵衛甚嚴有赤幘者從東門出曰漢丞相曹公奉屈王遂入見一人皮弁上坐鬚眉蒼白帶心知為操一時心慌無以自名乃長揖稱

晚生王某奉謁操命旁坐謂曰聞汝好學書可知楷書先乎草書先乎曰楷書先操搖頭曰不然先有草書後有楷書所以召汝者正為將此義告知以便轉語世人也語畢仍遣赤幘人送出甫及門聞內有呼號聲赤幘者曰相王又用五色棒棰人矣王啼驚而醒

武后謝嵇先生

無錫嵇侍讀受之余授業弟子也辛丑冬過隨園余止而觴之席間論史事余極言通鑑載楊妃洗兒事之誣嵇云門生在史局時派修唐鑑立論頗合先生之意將舊唐書所載武后淫穢事大半刪除同局以為不然亡何夜臥書舍有小黃門來稱則天皇太后請嵇先生因隨之行望前面宮殿外有四金柱插空高數十丈上書天樞二字一宮女雲髻霞佩出引向殿西角云先生少坐待我奏聞語畢便去殿上門檻甚高跨殊費力繡簾中坐冕旒者相離遠仰視不甚分明異香從殿上吹來儼彿蓮花氣息旁有虎皮交椅坐白鬚人手執牙笏口奏事琅琅數千言亦不可辨冕旒者似與駁詰良久已而大笑其齒皓然呈露潔白如玉面為流珠所遮終未見也少頃前宮女出謂曰今天已暮太后不及相見請先生且回所以奉屈者謝先生駁刪唐書之功先生當自知之語畢袖中出一玉杯曰此我在長安以此稱量天下才者先生將往長安敢以奉贈門生心知是上宮婉兒逡巡揖謝而醒其年果有督學陝西之差

冒失鬼

相法瞳神青者能見妖白者能見鬼杭州三元坊石牌樓旁居老嫗沈氏素能見鬼常言十年前見一蓬頭鬼坐牌樓上石繡毬中手執紙錢為標長丈餘要若貫珠伺人過牌樓下暗擲標打其頭人輒作寒噤毛孔森然歸家即病必向空中祈禱或設野祭方愈蓬頭鬼藉此伎倆往往醉飽一日有長大男子氣昂昂然背負錢缀而過蓬頭鬼擲以標男子頭上忽發火燄衝燒其標線層層裂斷蓬頭鬼自牌樓上顛仆滾繡毬而下噴嘖不止化為黑烟散去負錢之男子全不知也自此三元坊石牌樓無復作祟矣吾友方子雲聞之笑曰作鬼害人亦須看風色若蓬頭鬼者其即世所稱之冒失鬼乎

史宮詹改命

溧陽宮詹史實斯未遇時赴省鄉試過南門外湯道士談命甚精因以年庚求為推算道士曰照丑時算你終身只一籍生壽可八十三歲若照寅時算便可官登三品今科便中汝丑時乎寅時乎曰丑時也曰若然則今科不中矣史愴然不樂道士曰命可改也但陰司最重君如肯減壽三十年當為君改作寅時史公欣然願改道士曰果情願者明日早來次

夜史五鼓熏沐到寺道士已啟戶待曰子誠信人但日後官尊壽短毋自悔也史唯唯具香燭對天自陳道士披髮仗劍口中喃喃誦咒良久另書一庚帖與之史公持歸置匱中棄於是年鄉會聯捷官至宮詹五十二歲命圖降級永年而任內總無過失商之吏部笑而不信至次年春精神甚健五月偶染微疾上命太醫往視為樂所誤竟不起矣此事公孫抑堂司馬言司馬余親家也

高相國種鬚

高文端公自言年二十五作山東泗水縣令時呂道士為之相面曰君當貴極人臣然鬚不生官不遠相國自摩其頤曰根且未有何況于鬚呂曰我能種之是夕伺公睡熟以筆蘸墨畫頤下如星點三日而鬚出矣然筆所畫縷縷百十莖終身不能多也是年遷邠州牧擢遷至總督而入相

說官話鬼

河東運使吳雲從作刑部郎中公館外偶有社會家人婦抱小公子出看溺尿路旁公子忽哭不止家人抱歸不知何故至夜公子作北語云恁麼小孩子這般無禮溺在我頭上我與你不得開交吵鬧一夜吳公怒次晨作牒焚與本處城隍云我南方人也無故小兒撞著說官話鬼倡擾可恨託為拏究是夜平定至第三日晚公子又病仍作北語云你不過是個官兒罷了竟這樣糟蹋我們的老四咱們兄弟今日來替他報仇要些燒酒喝喝夫人不得已曰與你喝不要鬧了於是一鬼唱畢一鬼又要唱兼討前門外楊家血腸做下酒物吸吸之聲又復達旦吳公上前批其頰罵曰狗奴強轉舌根學說官話再說便打然打者自打說者自說吳又牒城隍云說官話鬼又來了求神懲治是夕空中聞鞭撻聲鬼云你不要打咱們去就是了公子病隨愈

偷雷錐

杭州孩兒巷有萬姓甚富高房大廈一日雷擊怪過產婦房受污不能上天蹲于園中高樹之頂雞爪尖嘴手持一錐人初見不知為何物久而不去知是雷公萬戲諭家人曰有能偷得雷公手中錐者賞銀十兩衆奴嘿然俱稱不敢一瓦匠某應聲去先取高梯置牆側日西落乘黑而上雷公方睡匠竟取其錐下主人視之非鐵非石光可照人重五兩長七寸鋒稜甚利刺石如泥苦無所用乃喚鐵工至命改一刀以便佩帶方下火化一陣青烟杳然去矣俗云天火得人火而化信然

土地受餓

杭州錢塘邑生張望齡病熱甚時見已故同學顧某者踉蹌而來曰兄壽祿已絕幸幼年曾救一女益壽一紀前兄所救之女知兄病重特來叅保為地方鬼棍所詐誣以平素有賭眛事弟大加呵飭方遣之去特詣府叅賀張見故人為己事而來衣裳藍縷面有菜色因詰以金顧辭不受曰我現為本處土地神因官職小地方清苦我又素講操守不肯擅受鬼詞濫作威福故終年無香火雖作土地往往受餓然非分之財雖故人見贈我終不受張大笑次日具牲牢祭之又夢顧來謝曰人得一飽可耐三日鬼得一飽可耐一年我受君恩可挨到陰司大計望薦卓異矣張問汝如此清官何以不即升城隍曰解應酬者可望格外超升做清官者只好大計卓薦

批僵尸頰

桐城錢姓者住儀鳳門外一夕回家時已二鼓同事勸以明日早行錢不肯提燈上馬乘醉而行到掃家灣地方荒塚叢密見樹林內有人跳躍而來披髮跣足面如粉牆馬驚不前燈色漸綠錢倚醉膽壯手披其頰其頰隨披隨轉少頃又回如牽絲于木偶中陰風襲人牽後面人至其物退走仍至樹林而滅次日錢手黑如墨三四年後黑始退盡詢之土人曰此初做僵屍未成材料者也

簸箕鼈

乾隆辛卯春山陰劉際雲舟過鎮江見風覆客船漂沒貨物甚多江邊有善諳水性人俗名水鬼專以打撈貨物為生是日客舟有覆者群水鬼皆至言定價錢一齊入水及上岸忽少一人衆疑其在水藏匿金銀復入水遍尋不得但見一鼈赤色大過浴盆形扁如簸箕無頭無尾無足水鬼被其咬住拉之不開乃以大鐵鉤攙鼈上岸遍體有小穴數百皆其口也人血已經吸盡而口猶緊咬不放剌以利刃鼈若不知不得已并人與鼈烈火焚之臭聞數里或曰此即鍋蓋魚之極大者嚴州江中尤多

命該薄棺

台州富戶張姓家有老僕某六十無子自備一棺嫌材料太薄訪有貧家治喪倉卒不能辦棺者借與用之退時但索加厚一寸以為利息如是數年居然棺厚九寸矣藏主人廂房內一夕鄰家火起合宅倉皇看火者見張氏宅上立一黑衣人手執紅旂逆風而揮揮到處火頭便轉張氏正宅無恙惟廂房燒毀老僕急入扛取棺業已焚及忙投水塘中僕撲滅餘火後拖起刨之依然可用但尺寸之薄亦依然如前矣

向孫仙學道

雲南臨安俞清遠習仙家符籙之學仗一古劍替人驅妖頗有靈應一日其友張某下田收租遇大風雨過其門將借宿焉俞不可張忿然而行必欲探其所以見拒之故仍往其門穴牆窺焉見俞張設酒肴有兩席賓客喧呼男女雜沓張愈怒斧碎其門排闥入則酒席具存而群賓不見俞驚出頓足曰君誤我君誤我我好學仙難得真師傳道不得已廣請狐仙指示半年以來所遇男女狐仙甚多有相約為兄弟者為夫婦者為兄妹者不一而足今日眾仙會議將授長生要訣故隆其禮文備饌相延尚未談及元關要旨而被汝撞破洩漏天機致諸仙散去豈非天哉前數日紫文真人原說今日是破日必被凡人沖破須改日作會而瑤仙三妹以明日將嫁某郎故權擇今日果然不利亦數也我明日行矣將別擇一潔淨之所聚會群仙不使人知此後俞雲遊于外不知所往

五通神因人而施

江監陳瑤芬之子某素不良遊普濟寺見寺供五通神坐關帝之上怒其無禮呼僧責之命移五通于關帝之下遊人觀者俱以為是陳傲然自得夕歸見五通神當門而立遂仆地狂叫曰我五通大王也享人間血食久矣偶然運氣不好撞著江蘇巡撫老湯兩江總督小尹將我誅逐他兩個都是貴人又是正人我無可奈何只得甘受汝乃市井小人敢作威福我不能饒汝矣其家環拜具三牲紙課延僧禱祀竟不能救而死

張奇神

湖南張奇神者能以術攝人魂祟奉甚眾江陵書生吳某獨不信于眾辱之知其夜必為祟持易經坐燈下聞瓦上颯颯作聲有金甲神排門入持槍來刺生以易經擲之金甲神倒地視之一紙人耳拾置書卷內夾之有頃有青面二鬼持斧齊來亦以易經擲之倒如初又夾于書卷內夜半其婦號泣叩門曰妾夫張某昨日遣兩子作祟不料俱為先生所擒未知有何神術乞放歸性命吳曰來者三紙人並非汝子婦曰妾夫及兩兒皆附紙人來此刻現有三屍在家過雞鳴則不能復生矣哀告再三吳曰汝害人不少當有此報今吾憐汝還汝一子可也婦持一紙人泣而去明日訪之奇神及長子皆死惟少子存

青陽江了

青陽人江了處鄉館教村童五人長者不過十二三歲幼者八九歲一日午課甫畢江忽持木棍將五生排頭打死已亦觸牆流血昏暈倒地各家父母聞之奔赴喊哭叩其故據江云午間安坐突見窗外奇鬼六七輩紺髮藍面著五色衣前來搏噬諸生我惶急驅之不去隨取木棍將鬼擊打無蹤自幸諸生得免于難亡何諦觀始知所打死者非鬼即弟子五人橫屍在地痛摧心肝自尋死故觸牆腦裂官驗取供以鬼語難成信讞質之各家父母皆云與江了平日絕無仇隙渠作先生覺惜諸童頗好亦無瘋疵此舉不知何故想係前生冤孽江腦破斃現在收禁俟醫治痊時再行審訊云云此乾隆二十一年五月間青陽知縣申詳總督尹公文書也余親見之半月後報江了死于獄

梁武帝第四子

杭州汪慎儀家園亭極佳園在小粉牆北街主人將有掘池之舉夜夢美少年玉冠珠履儀貌詳華自領以下悉翠綠環繡袍衫上繡萬枝梅花自稱我梁武皇帝第四子南康王蕭績也都督江州病殁望此千餘年聞主人將有池塘之掘幸勿傷我宅言畢而逝主人次日命鍬鋤試之未丈許得梁天監八年所造方磚數十塊遂止掘今磚藏嚴侍讀冬友家

呂城無關廟

呂城五十里內無關廟相傳城為呂蒙所築至今蒙為土地一造關廟每夜必有兵戈角鬬聲以故相戒勿立關廟也有以卜卦行道者借宿土神廟中夜聞雷雨作鬧屋瓦皆飛及旦不解其故里人來觀則卜者所肩一布旗上畫帝君像也乃逐之不許其再宿呂侯廟中

姚劍仙

邊桂巖為山盱通判構屋洪澤堤畔集賓客觴詠其中一夕觥籌正開有客闖然入冠履垢敝鬅髮鬖鬖然披拂于耳叉手揖坐請客上飲啖無怍諸客問名姓曰姓姚號穆雲浙之蕭山人問何能笑曰能戲劍口吐鉛子一丸滾掌中成劍長寸許火光自劍端出熠熠如蛇吐舌諸客悚息莫敢聲主人愈驚客再三請收客謂主人曰劍不出則已既出則殺氣甚盛必斬一生物而後能斂通判曰除人外皆可姚顧堦下桃樹手指之白光飛樹下環繞一匝樹仆地無聲口中復吐一丸如前狀與桃樹下白光相擊雙虬攫拏直上青天滿堂燈燭盡滅姚且弄丸且視諸客客愈驚懼有長跪者姚微笑起曰畢矣以手招兩光奔掌內仍作雙丸吞口中了無他物引滿大嚼群客請受業為弟子姚曰太平之世用此何為吾有劍術無點金術故來通判贈以百金居三日去

黑煞神

桐城農民汪廷佐耕雙岡圩發一古墓得古鼎銅鏡等物攜歸家置鏡几上徹夜通明以為寶也與其妻加愛護焉亡何汪入街市路見猙獰黑面者長丈餘拳毆之曰我黑煞神也汝盜陸小姐墓當死小姐乃元祐元年安徽太守陸公女陸作官有善政小姐夭亡上帝憐之屬我營護其墳命小姐往徽州司一路瘟疫事汝敢乘我與小姐外出而盜其所有耶言畢

仆地，昏迷，路人舁之至家，瘡發于背。小姐亦附其妻身大罵。舉家哀求，欲延高僧爲設齋醮。小姐曰：「不必。汝村農無知，既自知罪，但速將鼎、鏡等物送歸原所，别買棺安葬我骨，可以恕汝。但我已爲陰司痘神，應享香火，此段公案須立一碑，曉示村民，永昭靈應。城中貢士姚先生翌儀，人品端方，人所敬信，須往求其作記，方免汝死。」汪叩頭曰：「前發墓時，但見鼎、鏡等物，實不見有骸骨，此時雖買新棺，將從何處檢小姐骨耶？」小姐曰：「我年少女子，骨脆，歲又久遠，故已化矣。然我骨所化之土，堅潔不污，有金色光，汝往坑中取土映日視之，便有識別，可以改葬。」汪如其言試之，果然。即爲禮葬，往告姚貢生。姚亦夜有所夢，乃作記立碑，而汪瘡愈。此事江鹽太守章公攀桂所言，章，桐城人也。

吴子雲

康熙初，桐城秀才吴子雲春夜玩月，聞空中有人聲曰：「今年鄉試，吴子雲當中四十九名。」誦其文琅琅然，題是「君子之於天下也」一章。吴雖不甚記憶，而覺其文甚佳，因預作此題文以備試。未幾，入場，果此題，大喜，因書宿構，故榜果中，如其數。旋登進士，官翰林，督學湖南，滿載而歸，宿旅店中。夜取溺器，忽有人以手奉之，十指纖纖然。吴驚問，曰：「我狐仙也，與公有前緣，故來相伺。」起燭之，嫣然美女，遂倚伉儷。囑曰：「妾有雷劫，曾匿君車中以免，故來報君。今君亦有大禍，不可不防。」吴問故，曰：「前途君必宿吕姓店，吕有愛女，年九歲，君召而愛之，抱之，繼爲乾女，重賜珍寶，則免矣。」吴至吕家，果有此女，遂如其言。至三更時，店主拉吴手笑曰：「我響馬盜魁也，君出署時，輜重頗富，諸僂儸兒相涎已久。今知君眞長者，我不忍害君。」取壁上鈴鞭撞壁者三，諸盜齊入，曰：「吴學院，我乾親家也，諸君不得無禮。」急爲我護送到家。吴竟得免。後吴無子，族人爭以子來求繼，吴私問狐：「應繼何人？」曰：「牧牛兒好。」次日果有牧童過，亦本家也，吴拉入嗣爲己子。族人皆笑之。吴亡後，兒頗恂謹，能守其業，家日以富，至今人呼爲吴牛。書案對聯于方處士貞觀，方戲書云：「對窗常玩月，獨坐自彈琴。」吴甚喜，竟不知暗用牛事嘲之也。

禿尾龍

山東文登縣畢氏婦，三月間浣衣池上，見樹上有李，大如雞卵，心異之，以爲暮春時不應有李，採而食焉，甘美異常。自此腹中拳然，遂有孕，十四月產一小龍，長二尺許，墜地即飛去，到清晨必來飲其母之乳。父惡而持刀逐之，斷其尾，小龍從此不來。後數年，其母死，殯于村中，一夕雷電風雨，晦冥中若有物蟠旋者。次日視之，棺已葬矣，隆然成一大墳。又數年，其父死，隣人爲合葬焉。其夕雷電又作，次日見其父棺從穴中擲出，若不容其合葬者。嗣後村人呼爲禿尾龍母墳，祈晴禱雨，無不應。此事陶悔軒方伯爲余言之，且云偶閲《群芳譜》云：「天雷擊乖龍，必割其耳，耳墜于地，輒化爲李。」畢婦所食之李，乃龍耳也，故感氣化而生小龍。

石灰窰雷

湘潭縣西二十里地名石灰窰，某翁家頗小康，無子，有二女，贅婿相依。翁欲納妾，買妾歸，腹有孕矣。其次女夫婦私議：「若得男，吾輩豈能分翁家財？」乃陽與妾暱，而陰設計害之。及分娩，得男，落地死。翁大恨，以爲命不宜子，不知乃其次女賄穩婆扼吭絶之也。翁痛不已，解衣裹死兒，瘞之後園。次女與穩婆心猶未安，往啟視之，忽霹靂一聲，女斃而兒甦矣，穩婆亦焦爛，猶未死。衆問得其故，翌日穩婆亦亡。若天故遲死之，取其供狀以戒世者。翁乃葬女，逐婿，分給錢粟，使歸。舟於中流，怪風起，婿亦溺死，前後纔數日。

徐巨源

南昌徐巨源，字世溥，崇正進士，以善書名。某成鄒某延之入館，途遇怪風，攝入雲中，見袍笏官吏迎曰：「冥府造宮殿，請君題榜書聯。」徐隨至一所，如王者居，其扁對皆有成句，但未書耳。扁云：「一切惟心造。」對云：「作事未經成死案，入門猶可望生還。」徐書畢，冥王所以謝者甚渥。請爲母延壽一紀，王許之。徐見判官執簿，因求查己算，判官曰：「此正命簿也，汝非正命死者，不在此簿。」乃别檢一火字簿，上書云：「某月某日徐巨源被燒死。」徐大懼，仍向冥王祈解。冥王曰：「此天定也，姑徇子請，但須記明時日，毋近火可耳。」徐辭謝而還，忽至鄒家，主人驚曰：「先生期年何往？」輿丁以失脱先生故，被控于官久，以疑案繫獄矣。世溥具言其故，并爲白于官，事得釋。時同郡熊文紀號雪堂，以少宰家居，招徐飲酒，未闌，熊忽辭入，曰：「某以瘡發，故不獲陪侍。」徐戲曰：「古有太宰嚭，今又有少宰瘡耶？」熊不懌。徐臨去，書唐人絶句「千山飛鳥絶」一首于壁，將四句逆書之，乃「雪翁滅絶」四字也。熊懷恨于心。徐憶冥府言，懼火，故不近木器，作石室于西山，裹糧避災。時劫盜橫行，熊遣人流言：「徐進士窟重金于西山。」羣盜往劫，竟不得金，乃烙鐵徧燒其體而死。

九天元女

周少司空青原未遇時，夢人召至一處，長松夾道，朱門碧瓦，金字榜云「九天元女之府」。周入拜，見元女霞帔珠冠，南面坐，以手平扶之曰：「無他相屬，因小女有小影，求先生題詩。」命侍者出一卷子，漢魏名人筆墨俱在焉，淮南王劉安隸書最古，曹子建以下，稍近鍾王風格。周素敬揖，揮筆書五律四章。元女喜，命女出拜，年甫及笄，神光照耀，周不敢仰視。女曰：「周先生富貴中人，何以身帶暗疾？我無以報，願爲君除此疾，作潤筆之費。」解裙帶授藥一丸，命吞之。同幼時誤食鐵針者腸胃間時作隱痛自此霍然醒後詩不能記惟記一聯云冰雪消無質星辰繫滿頭。

項王顯靈

無錫張宏九者販布無湖過路烏江天起暴風舟衝石上破矣水灌舟中舟人泣呼項王求救忽有銀光如一疋布斜塞船底水竟停流而人得登岸。次早視之船底已穿有大白魚以身橫塞其穿處故水竟不得入舟人舉船搖櫓則洋洋然去矣自此項王香火倍盛于往時。此乾隆四十年事。

醫肺癰用白朮

蔣秀君精醫理宿覺東古廟中廟多停柩蔣胆壯即在柩前看書夜燈忽綠柩之前和聲然落地一紅袍者出立蔣前曰君是名醫敢問肺癰可治乎不可治乎。曰可治曰治用何藥曰白朮紅袍人大哭曰然則我當初誤死也伸手胸前探出一肺如斗大膿血淋漓蔣大驚持手肩擊之家僮齊來鬼不見而柩亦如故。

朱十二

杭州望仙橋許姓住樓相傳有縊死鬼屠戶朱十二者恃其勇取殺豬刀登樓秉燭臥三鼓後燭光青色果一老嫗披髮持繩而上朱斫以刀嫗套以繩刀斫繩繩斷復續繩繞刀刀亦如烟格鬭良久老嫗力漸怠罵曰朱十二我非怕你你福分內尚有十五千銅錢未得故我且饒你待你得後試我全老親娘手段言畢拖繩走朱下樓告知衆人視其刀有紫血且臭年餘朱賣屋得價錢十五千是夕果卒。

鬼攀日線纔能託生

乩仙冀子春自言宋末進士文丞相友也修煉形之術在九幽使者家處館四百年主人司人間生死事辟王爵一等子春言人間禍福事甚驗有問輪回之說者子春云輪回非一言可盡凡死法有數種生法亦有數種德大者成神佛有來因而無業譴者仍歸原位雖無德無來因而氣未散者隨投人身其餘散盡者生即死死更死矣然微魂小魄如風爐吹烟一時未能消化往往團為一氣在氤氳鼓盪之中有時被風吹至陰山下寒冷異常惟冬至日有陽光一線流照陰山群鬼蠕蠕然僵而復動攀日線而行得至中國復投人身投做一人之身常合群魂而來非止一人之魂也其隕落于線外者仍歸陰山再待來歲冬至矣或問有初世為人者乎曰此類甚多譬如草木其無舊根而生者即是初世為草之草摘之非投胎而來者即是初世為人之人問鬼有化物者乎曰有大凡娼優化為蝶惡人化蛇虎問雷擊之鬼何化曰化蚯蚓譚子化書言凡被雷擊死者搗蚯蚓汁覆其臍可活斯言蓋有所本。

死夫賣活妻

杭州陶氏家道小康老主人紹元曾為萊州刺史死已久矣有僕人李福夫妻同役其家福病死逾年忽一日福妻陳氏中風發狂召集其家大呼我老太爺也李福在陰間將妻陳氏賣與我為妾汝等如何不放他來家人大駭延醫視之陳氏手批醫頰醫不敢近亡何竟死陳氏恰一粗婢耳貌無姿色。

惡鬼嚇詐不遂

仁和秀才陳鄘張性頗嚴正生一女幼而好道日持齋誦經聞人為議婚便涕泣不食鄘張厭苦之父女不相見年三十餘忽病重囈語口稱我江西布客張四汝前世為船戶我雇汝船往四川汝謀財殺我并抉我目剝我皮沈我江中故我來索命陳心念謀財之盜容或有之剝皮之事盜未必為問是何年事曰雍正十一年陳大笑曰雍正十一年我女已三歲矣焉有尚為船戶之事女忽自批其頰曰陳先生好利害是我錯尋你女兒了與我錢三千我即去陳怒曰惡鬼妄詐人我方取桃枝打汝焉得與汝錢女又自批其頰曰陳先生好利害汝既說我是惡鬼我將肆惡鬼手段索汝女命去毋悔陳曰此女不孝我甚厭之汝同他去我甚喜但汝並非冤家敢如此嚇詐想吾女陽數已絕矣汝能立索其命方信汝手段若三日後死則是吾女之大數使然非汝手段也言畢女蹶然起不復作鬼語後兩月餘女纔死。

道士作祟自斃

杭州趙清堯好弈聞落子聲必與對枰偶遊二聖菴見道人貌陋與客方弈而棋甚劣自稱煉師趙意薄之不與交言歸即辭出是夕上牀就寢有鬼火二團繞其帳上趙不為動俄有青面踞齒鬼持刀揭帳趙厲聲呵之旋即消滅次夕滿牀作啾啾聲如童子學語初不甚分明細聽之乃云我棋劣自稱煉師與汝何干而敢輕我趙方知是道士為祟愈加不忍旋又聞低聲云汝大胆刀劍不畏我將以勾魂法取汝性命遂咒云天靈靈地靈靈當門頂心下一針趙聞之覺滿身肉趯趯然如欲顫者乃強制其心總不一動兼以手自塞其耳然臨卧則咒聲出于枕中趙堅忍月餘忽見道士涕泣跪于牀前曰我以一念之嗔來行法怖汝要汝央求好取些財帛不料汝總不動心我悔之無及我法不行于人者反殃其身故我昨日已死魂無所歸願來服役作君家樟柳神以贖前愆趙卒不答明日遣人往二聖菴視之道士果自剄嗣後趙君一日前之事必先知之或云道士為服役也

子不語卷八終

子不語卷九

隨園戲編

木箍頸

莊怡園在關東見獵戶有以木板箍其頸者，怪而問之，曰：我兄弟二人方馳馬出獵，行大野中，忽見一人長三尺許，白鬚幅巾，揖於馬前。兄問何人，搖手不語，但以口吹其馬，馬驚不行。兄怒，抽箭射之。其人奔竄，兄逐之，久而不返。我往尋，兄至一大樹下，兄仆於地，頸長數尺，呼之不醒。我方驚惶，幅巾人從樹中出，又張口吹我，我覺頸癢難耐，撫之，隨手而長，蠕蠕然若變作蛇頸者。急抱頸持馬逃歸，始免於死。然頸已痿軟不能振起，故以木板箍之，而加鐵焉。或曰：此三尺許人乃水木之精，遊光畢方類也。能呼其名，則不為害。見抱朴子。

掘塚奇報

杭州朱某以發塚起家，聚其徒六七人，每深夜，昏黑，便持鋤四出，嫌所掘者多枯骨，少金銀，乃設乩盤預卜其藏。一日，岳王降壇，曰：汝發塚取死人財，罪浮于盜賊，再不悛改，吾將斬汝。朱大駭，自此歇業。年餘，其黨無所歸，乃誘其再禱于乩神，以試之，如其言。又一神降，曰：我西湖水仙也。保叔塔下有石井，井西有富人墳，可掘得千金。朱大喜，與其徒持鋤往，遍覓石井不得。正徘徊間，若有耳語者曰：塔西柳樹下非井耶？視之，已填枯井也。掘三四尺，得大石槨，長闊異常，與其黨六七人共扛之，莫能起。相傳淨寺僧有能持飛杵咒者，誦咒百聲，棺槨自開。乃共迎僧，許以得財朋分。僧亦妖匪，聞言踴躍而往，誦咒百餘，石槨豁然開，中伸一青臂出，長丈許，攫僧入槨，裂而食之，血肉狼藉，骨墜地，琤琤有聲。朱與群黨驚奔四散。次日往視，並不見井，然淨寺竟失一僧，皆知為朱喚去。眾徒控官，朱以訟事破家，自縊于獄。朱嘗言所見棺中僵尸不一，有紫僵、白僵、綠僵、毛僵之類。最奇者，在六和塔西邊掘墳，有圍門石戶，廣數丈，中有鐵索懸金飾朱棺，斧之，乃犀皮所為，非木也。中一尸，冕旒如王者，白鬚偉貌，見風悉化為灰。侍衛甲裳似層層繭紙所為，非絲非絹。又一陵中，朱棺甚大，非綿索所懸，有四銅人如宦官狀，跪而以手承棺，雙手捧之。土花青綠，不知何代陵寢。

一目五先生

浙中有五奇鬼，四鬼盡瞽，惟一鬼有一眼，群鬼恃以看物，號一目五先生。遇瘟疫之年，五鬼聯袂而行，伺人熟睡，以鼻嗅之。一鬼嗅，則其人病；五鬼共嗅，則其人死。四鬼倀倀然斜行躑躅，不敢作主，惟聽一目先生之號令。有錢某宿旅店中，群客皆寐，己獨未眠，燈忽縮小，見五鬼排跳而至。四鬼將嗅一客，先生曰：此大善人也，不可。又將嗅一客，先生曰：此大有福人也，不可。又將嗅一客，先生曰：此大惡人也，更不可。四鬼曰：然則先生將何餐？先生指二客曰：此輩不善不惡，無福無祿，不吃何待？四鬼即群嗅之，二客鼻聲漸微，五鬼腹漸膨亨矣。

夢乞兒煮狗

陳秀才清波處館紹興，夜間夢遊土地廟，廟後有數乞兒狀貌猙惡，擁土爐剝黃狗而烹之。狗似新受棍傷者，血猶淋漓。陳心惡之，忽門外有衣冠人來，罵曰：我家狗被汝偷食，我將告官。語未畢，群丐起而毆之，衣冠者倒地死。陳驚醒。越三日，夢青衣皂隸持城隍牌票示之，曰：狗主人被惡丐打死，其鬼已控城隍牒內，寫君作證，故來相招。陳視票果有己名，且有聽審日期。覺而惡之，然自念此事與己無干，不過暫往陰司作證，因辭館歸。以二夢語其親徐某，且託曰：我死當復生，誠恐陰陽隔路，一時靈魂迷失，乞君臨時雞書我姓名，臨期到城隍廟招呼，免我迷路。徐以為夢幻難憑，笑允之，恰終不信也。至某月日，陳果無疾而逝，家人泣報于徐。徐急買白雞，書陳姓名而往，適城隍廟搭臺演戲，眾人蜂擁，至日仄方能到神座下，大呼招魂。及歸家，六月盛暑，尸已腐矣。

一棺藏十八人

乾隆四年，山西蒲州修城，掘河灘土，得一棺，方扁如箱，啟之，中有九槅，一槅藏兩人，各長尺許，老幼男婦如生，不知何怪。

真龍圖變假龍圖

嘉興宋某為仙游令，平素峭潔，以包老自命。某村有王監生者，姦佃戶之妻，兩情相得，嫌其本夫在家，乃賄算命者告其夫以在家流年不利，必遠遊他方，才免於難。本夫信之，告王監生。王遂借本錢，令貿易四川，三年不歸。村人相傳某佃戶被王監生謀死矣。宋素聞此事，欲雪其冤。一日過某村，有旋風起於轎前，迹之，風從井中出。差人撩井，得男子腐尸，信為某佃。遂拘王監生與佃妻嚴行拷訊，俱自認謀害本夫，置之於法。邑人稱為宋龍圖，演成戲本，沿村彈唱。又一年，其夫從四川歸，甫入城，見戲臺上演王監生事，就觀之，方知己妻業已冤死。登時大慟，號控於省城臬司。某為之申理，宋令以故勘平人致死抵罪。仙游人為之歌曰：瞎說姦夫害本夫，真龍圖變假龍圖。寄言人世司民者，莫恃官清膽氣粗。

莆田冤獄

福建莆田王監生素豪橫，見田鄰張嫗田五畝，欲取成方，造偽契，賄縣令某，斷為己有。張嫗無奈何，以田與之，然中心忿然，日罵其門。王不能堪，買囑鄰人毆殺嫗，而召其子視之，即縛之，誣為子殺其母。擒以鳴官，眾證確鑿，子不勝毒刑，遂誣伏。將請王命，臨時凌遲矣。總督蘇昌聞而疑之以為子縱不孝毆母當在其家不當在田野間衆人屬目之地且遍體鱗傷子毆母必不至此乃繳福泉二知府會鞫於省中城隍廟兩知府各有成見仍照前擬定罪其子受綁將出廟門大呼曰城隍城隍我一家奇冤極枉而神全無靈響何以享人間血食哉語畢廟之西廂突然傾倒當事者猶以廟柱素朽不甚介意甫牽出廟則兩泥皂隸忽移而前以兩挺夾叉之人不能過於是觀者大譁兩府亦悚然重鞫始白其子冤而置王監生於法從此城隍廟之香火亦較盛焉

水鬼畏罵字

趙衣吉云鬼有氣息水死之鬼羊臊氣岸死之鬼紙灰氣凡人聞此二氣皆須避之又云河水鬼最畏罵字如人在舟中聞羊臊氣則急罵一罵字可以遠害

狐仙知科舉

錢方伯埼祭觀察應鼇未第時有友吳某招飲其家素奉狐仙二人與群客至其家候至日晚腹已枵矣不見酒肴心以為疑少頃主出有愧色曰今日飲諸公肴已全備忽為狐仙攝去奈何衆客疑吳惜費以狐為推諉祭公曰主人若果治具必有水漿痕迹盍往廚房視之往驗則餘火未熄盤碗薰豉之物尚在始知吳非誑言衆客欲散祭公大呼曰果狐仙在此我有一言奉問今年乙卯秋闈我輩皆下場人如有一个中者狐仙還我酒肴如無一人中者狐仙竟全啖之我等亦沒興在此飲酒言畢出未久主人大笑來曰恭喜諸公酒肴都全還在桌矣今年必有中者於是群客惟飲而罷是年錢公登第祭遲一科

鬼爭替身人因得脫

會稽王二以縫衣為業手挈女裙衫數件夜過吼山見水中跳出二人倮身黑面牽之入河王不能自主隨行數步忽山頂松樹間飛下一人垂眉吐舌手持大繩套其腰曳之上山與黑面鬼彼此爭奪黑面鬼曰王二是我替身汝何得奪之持繩鬼曰王二是成衣師父汝等河水鬼赤屁股在水中並無衣服要做何所用之不如讓我王亦昏迷聽其互拉然心中尚有微明私念倘遺失女裙衫則力不能賠因掛之樹上適其叔從他路歸月下望見樹有紅綠女衣疑而近前視之三鬼遂散王二口耳中全是青泥塡塞扶之歸竟脫於死

城隍神酗酒

杭州沈豐玉就幕武康適上憲有公文飭捕江洋大盜盜名沈玉豐幕中同事袁某與沈戲以硃筆倒標沈豐玉三字曰現在各處拏你沈怒奪而焚之是夜沈方就枕夢鬼役突入鎖至城隍廟中城隍神高坐喝曰汝殺人大盜可惡呼左右行刑沈急辯是杭州秀才非盜也

神大怒曰陰司向例凡陽間公文到來所拏之人我陰司協同緝拏今武康縣文書現在指汝姓名為盜而汝妄想漏網耶沈具道同事袁某惡謔之故神不聽命加大杖沈號痛呼冤左右鬼卒私謂沈曰城隍神與夫人飲酒醉矣汝只好到別衙門申冤沈望見城隍神面紅眼眯知已沈醉不得已忍痛受杖杖畢令鬼差押往某處收獄路經關聖廟沈高聲呼屈帝君喚入面訊得實帝君以黃紙硃筆判曰看詞吐屬實係秀才城隍神何得酗酒妄刑應提參治罪袁某久在幕中以人命為兒戲宜奪其壽某知縣失察亦有應得之罪念其因公他出罰俸三月沈秀才受陰杖五臟已傷勢不能復活可送往山西某家為子年二十登進士以償今世之冤判畢鬼役惶恐叩頭而泣沈夢醒覺腹內痛不可忍呼同事告以故三日後卒袁聞之急辭館歸不久吐血而亡城隍廟塑像無故自仆知縣因濫應驛馬事削俸三月

地藏王接客

袁南湖者吾鄉潘曉先生之從子也性狂傲三中副車不第發怒焚黃于伍相國祠自訴不平越三日病病三日死魂出杭州清波門行水草上沙沙有聲天淡黃色不見日光前有短紅牆宛然廬舍就之乃老嫗數人擁大鍋煮物啟之皆小兒頭足曰此皆人間墮落僧也功行未滿偷得人身故煮之使在陽世不得長成即妖亡耳袁驚曰然則嫗是鬼耶嫗笑曰汝自視以為尚是人耶若人也何能到此袁大哭嫗笑曰汝焚黃求死何哭之為須知伍相國吳之忠臣血食吳越不管人間祿命事今來喚汝者伍公將汝狀轉牒地藏王故王來喚汝袁曰地藏王可得見乎曰汝可自書名紙往西角佛殿投遞見不見未可定指前街曰此賣紙帖所也袁往買帖見街上喧嚷攘攘如人間唱臺戲初散光景有冠履者有科頭者有老者幼者男者女者亦有生時相識者招之絕不相顧約略皆亡過之人心愈悲向前果有紙店坐一翁白衫烏巾以紙付袁袁乞筆硯翁與之袁書儒士袁某拜翁笑曰儒字難居汝當書某科副榜轉不惹地藏王呵責袁不以為然睨壁上有詩箋題鄭鴻撰書兼挂紙錢甚多袁素輕鄭乃謂翁曰鄭君素無詩名胡為挂彼詩箋且此地已在冥間矣要紙錢何用翁曰鄭雖舉人將來名位必顯陰司最勢利故吾挂之以為光榮紙錢正是陰間所需汝當多備賄地藏王侍衛之人纔肯通報袁又不以為然徑至西角佛殿果有牛頭夜叉輩約數百人胸前繡勇字補服向袁猙獰呵詈袁正窘急聞有撫其肩者烏巾翁也曰此刻可信我言否陽間有門包陰間獨無門包乎我已為汝帶來即代袁將數千貫納之勇字軍人方持帖進聞東角門闢然開矣喚袁入跪墀下高堂峩峩望不見王紗窗內有人聲曰狂生袁某汝焚牒伍公廟自稱能文不過作爛八股時文看高頭講章全不知古往今來多少事學問而

自以為能文何無耻之甚也帖上自稱儒士汝現有祖母年八十餘受凍忍飢致盲其目不孝已甚儒若是耶袁曰時文之外別有學問某實不知若祖母受苦實某妻不賢非某之罪王曰夫為妻綱人間一切婦人罪過陰司判者總先坐夫男然後再罪婦人汝既為儒士如何卸責於妻汝三中副車以汝祖父陰德蔭庇並非仗汝之文才也言未畢忽聞殿外有鳴鑼呵殿聲甚遠內亦撞鐘伐鼓應之一勇字軍人虎皮冠者報朱大人到王下階出迎袁踉蹌下殿伏東廂竊視乃刑部郎中朱履忠亦袁戚也袁愈不平罵曰果然陰間勢利我雖讀爛時文畢竟是副榜朱乃入衆得官亦不過郎中何至地藏王親出迎接哉勇字軍人大怒以杖擊其口一痛而甦見妻女環哭於前方知死已二日因胸中餘氣未絕故不入殮此後南湖自知命薄不復下場又三年卒。

治鬼二妙

裘真人勸人遇鬼勿懼總以氣吹之以無形敵無形鬼最畏氣轉勝刀棍也張豈石先生云見鬼勿懼但與之鬬鬬勝固佳鬬敗我不過同他一樣。

拆讀時文

四川臨卭縣李生年少家貧偶閑坐一老叟至揖而言曰小女與君有緣知君未娶願借秦晉之婚李曰我貧無以為娶叟曰郎但許我娶妻之費郎勿憂生方疑且驚哦而香車擁一美人至年十七八妝奩甚華几案椸架之物無不備來叟具花燭呼婿及女行交拜撤帳之禮曰婚事畢吾去矣生挽女解衣就牀女不可曰我家無白衣女婿須汝得科名吾纔與汝成婚生曰考期尚遠卿何能待曰非也只須看君所作文章可以決科便可成婚不必俟異日李大喜盡出其平時所作四書文付女女翻視良久曰郎君平日讀袁太史稿乎曰然女曰袁太史文雄奇原利科名宜讀然其人天分高非郎所能學也因取筆為改數句曰如我所作像太史乎曰然曰汝此後為文先向我問作意再落筆勿草草也李從此文思日進壬午舉于鄉此女在其家事姑孝理家務當至今猶存人亦忘其為狐矣此事臨卭知州楊潮觀為予言。

何翁媚家

通州何翁生三子皆庸俗長子尤陋娶婦王氏美而薄其夫鬱鬱不得志死死後鬼常憑次婦史氏為厲何翁苦之具牒城隍廟越數日忽嗔一鬼憑次婦言曰請親翁答話何錯愕問為誰曰我史某爾次婦之父也死後為郡神掌案吏不復留心家事昨見翁牒方知我女為王氏鬼所苦我總本官已將王氏發配雲南嗣後可無患惟是我女適翁家時我已去世家

業蕭條憫無妝奩至今耿耿茲在冥司積白金五百兩當送女室翁可於本月十六日子時備香燭錠帛同次子祭廚房之西南隅焚帛鋤土即得矣井戒是夕備素筵一席我將邀二三同輩來慶翁也翁如其言及期鋤土竟得空罐父子怏怏至夕鬼又憑婦曰翁運可謂窶矣我多年蓄積一旦為犬子奪去奈何先是何翁有姊適徐氏生一兒名犬子姊夫及姊亡犬子零丁挈千金依舅氏舅待之薄未幾犬子亦亡其貲竟為何有犬子怨之故先期來奪取五百金蓋鬼事鬼知也越半載次婦歸寧暮回家進門忽倒地大哭極口罵何翁不絕舉家驚聽其言乃王氏自配所逃回方謀昇入內室而三媳房中婢奔出告曰三娘子在房晚妝忽將妝臺打碎拍桌大呼勢甚凶猛不解何故何翁夫婦入視則又有鬼憑焉乃王氏之解差鬼罵曰何老奴才大沒良心自家兒媳全不顧恤忍心控害押赴遠方且倚仗爾親翁史某作掌案吏勢叫我走此萬里苦差分文不給如何得至雲南今王氏感我一路恩情將身配我我與伊回不得家鄉進不得衙門只好借爾家作洞房花燭快溫酒來與我解寒何氏次三兩媳本對房居此後王憑次婦則差憑三媳王憑三媳則差憑次婦終日不安翁奔告神廟神不復靈翁大費貲財遍求方士如此者二年江西道士蘭方九應招而來先作符十數張遍貼其宅之前後門再入室仗劍步罡兩婦先於房作笑罵狀次作驚窘狀後作哀懇狀忽屋角響聲如雷兩婦伏地蘭持小瓶曰鬼入鬼入旋封其口而兩婦醒蘭命起王氏墓斧其棺面目如生尸僵出血乃焚灰與小瓶合埋用石鎮之其祟永絕而何翁從此傾家

江軼林

江軼林通州士人也世居通之呂泗場娶妻彭氏情好甚篤彭歸江三年軼林甫弱冠未遊庠一夕夫婦同夢軼林於其年某月日遊庠彭氏即於是日亡學使臨通州呂泗場距通州百里軼林以夢故疑不欲往彭促之曰功名事重夢不足憑軼林強行及試果獲售榜出即夢中月日也軼林大不懌越二日果聞彭訃試畢急回家彭死已二七矣通俗人死二七夜設死者衣衾於柩側舉家躲避言魂來赴屍名曰回煞軼林痛彭之死即於回煞夜坐牀柩旁潛處其中以冀一遇守至三更聞屋角微響彭自房檐冉冉下步至柩前向燈稽首燈即滅滅後室中自明如晝軼林惟恐驚彭不敢聲彭自靈前循柩走至牀揭帳低聲呼曰郎君歸未軼林躍出抱持大哭哭罷各訴離情解衣就寢歡好無異生前軼林從容問曰聞說人死有鬼卒拘束回煞有煞神與偕爾何得獨返彭曰煞神即管束之鬼卒也有罪則羈紲而從冥司念妾無罪且與君前緣未斷故縱令獨回軼林曰爾無罪何故早死曰修短數也不論有罪無罪軼林曰卿與我前緣未斷今此之來莫非將盡於此夕乎答曰尚早前緣了後

猶有後緣言未畢閒戶外風起彭大懼以手持軼林曰緊抱我護持我凡作鬼最怕風風倘著體即來去不能自主一失足被他吹到遠處去矣雞鳴言別軼林依依不捨彭曰無傷夜當再會言訖而去由此每夜必來來撿閱生時舊物為軼林補綴衣服兩月餘忽欷歔泣曰前緣了矣此後當別十七年始與君續後緣言訖去軼林美少年家豐於財里中願締婚者衆軼林概不允待至十七年以彭氏貌物色求婚歷通泰儀揚俱不得仍歸呂泗呂泗故邊海有海船自山東回者載老翁夫婦來言本世族止生一女依叔為活其叔欲以其女結婚豪族翁嫗不願故來避地女亦欲嫁一江南人人為翁言軼林翁甚欲之言諸軼林軼林必欲一見其女乃可翁許之見則宛然一彭也問其年曰十七矣其生時月日即彭死之兩月後也軼林欣然訂娶歡好倍常性情喜好彷彿彭之生前或叩以前生事笑而不言軼林字曰蓬萊仙子隱喻彭仙再來也子曰彭兒女曰彭媳歡聚者十七載夫婦得疾先後卒

裹足作俑之報

杭州陸梯霞先生德行粹然終身不二色人或以戲旦妓女勸酒先生無喜無慍隨意應酬有把小罪求關說者先生唯唯當事者重先生所言無不聽或嘗先生自毀風骨先生笑曰見米飯落地拾置几上心纔安何必定自家吃耶凡人有心立風骨便是私心吾嘗奉教於湯潛菴中丞矣中丞撫蘇時蘇州多娼妓中丞但有勸戒從無禁捉語屬吏曰世間之有娼優猶世間之有僧尼也僧尼欺人以求食娼妓媚人以求食皆非先王法然而歐公本論一篇既不能行則飢寒怨曠之民作何安置今之虐娼優者猶北魏之滅沙門毀佛像也徒為胥吏生財不揣其本而齊其末吾不為也一日晝先生夢皁隸持帖相請上書年家眷弟楊繼盛拜先生笑曰吾正想見椒山公遂行至一所宮殿巍然椒山公烏紗紅袍下階迎曰繼盛蒙上帝旨任滿將陞此坐需公先生辭曰我在世間不屬為陽官故隱居不仕今安能為陰間官乎椒山笑曰先生真高人薄城隍而不為語未畢有判官向椒山耳語椒山曰此案難判須奏上帝再定先生問何案曰南唐李後主裹足案也後主前世本嵩山淨明和尚轉身為江南國主宮中行樂以帛裹其妃窅娘足為新月之形不過一時偶戲不料相沿成風世上爭為弓鞋小腳將父母遺體矯揉穿鑿以致量大校小婆怒其媳夫憎其婦男女相貽恣為淫褻不但小女兒受無量苦且有婦人為此事懸梁服滷者上帝惡後主作俑故今其生前受宋太宗牽機藥之毒足欲前頭欲後比女子纏足更苦苦畫方覺近已七百年懺悔滿將還嵩山修道矣不料又有數十萬無足婦人奔走天門哭冤云張獻忠破四川時截我等足堆為一山以足之至小者為山尖雖我等劫運該死然何以出非常慘毒一至於此豈非

李王裹足作俑之罪求上帝嚴罰李王我輩目纔瞑上帝惻然傳諭四海都城隍議罪文到我處我判尊由獻忠李後主不能預知難引重典請罰李王在冥中織履一百萬偕諸無足婦人數滿纔許還嵩山奏草雖定尚未與諸城隍會稿先生以為何如先生曰習俗難醫愚民有焚其父母尸以為孝者使有痛其女子之足以為慈者事同一例也椒山公大笑先生辭出醒竟安然翔後椒山公不復來請壽八十餘卒常笑謂夫人曰毋為吾女兒裹足恐害李後主在陰司又多織一雙履也

判官答問

謝鵬飛以仁和廪生為陰間判官晝如平人夜則赴冥司勾當公事友朋多託查壽數不肯人疑其懼洩天機曰非也陽間有司衙門惟犯罪涉訟者纔有文簿可查若良民則百姓林林總總誰有工夫為造保甲冊官府聽其自來自去耳陰間亦然君輩不涉訟不犯冥拘氣數來則生氣數盡則死我冥無冊可查問瘟疫死者可查乎曰此陽九百六陰陽小劫應死者如府縣考試有點名簿皆可以查然皆庸庸小民方入此冊若有來歷之人便不在小劫數中來去猶之陽間有官蔭者不考童生也問疫外尚有大劫數乎曰水火刀兵是大劫數此則貴顯者難逃矣問冥司神孰尊曰既曰冥司何尊之有尊者上界仙官耳若城隍土地之職如人間府縣俗吏風塵奔走甚勞苦賢者不屑為肯白石仙人終朝煮白石不肯上天人問故曰天上清嚴符籙麻起仙官司事者甚勞苦故願逍遥於山巔水涯永為散仙亦此意也

蔣太史

蔣太史士銓官中書時居京師賈家衚衕十一月十五日兒子病與其妻張夫人在一室中分牀臥夢隸人持帖來請不覺身隨之行至一神廟入門小憩見門內所塑泥馬手撫之馬竟動揚其鬣隸扶蔣騎上騰空而行下視田畝如棋盤縱橫俄而雨濛濛然心憂濕衣仰見紅油繖有一隸擎而覆之未幾馬落一大殿階下宏敞如王者居殿外二井左扁曰天堂右扁曰地獄蔣望天堂上軒軒大明地獄則黑深不可測所隨隸亦不復見殿旁小屋有老嫗擁鑊炊火問何所煮曰煮惡人頭開鍋蓋視之果皆人頭地獄井邊有人衣藍縷自往投入嫗曰此王爺將囚寄獄也蔣曰此非人間乎曰何必問見此光景亦可知矣蔣問我欲一見王爺可乎曰王請君來自然接見何必性急君欲先窺之亦可因取一高足几登蔣蔣從殿隙窺王王年三十餘清瘦微鬚冕旒盛服執笏北向嘔曰此上玉帝表也王焚香俯伏叩首畢隨開正門鉻然開召蔣入蔣趨進見王服飾盡變著本朝衣冠白布纏頭以兩束布從兩耳拖下若三禮圖所畫古人免服狀坐定曰冥司事繁我任滿當去此坐乞公見代音似常

州武進人蔣曰我母老子幼事未了不能來王有慍色曰公有才子之名何不達乃爾令堂太夫人自有太夫人之壽命與公何干尊郎君自有尊郎君之壽命與公何干世上事要了就了要不了便不了我已將公姓名奏明上帝無可挽回言畢自掀其椅背蔣坐若不屑相睨者蔣亦怒發取其几上木界尺拍几厲聲曰不近人情何動氣也大喝而醒覺一燈熒然身在牀上四肢如冰汗涔涔透重衾矣喘息良久始能起坐呼夫人告之夫人大哭蔣曰且住恐驚太夫人因憑几坐夫人伺焉漏下四鼓沈沈睡去不覺又到冥間殿宇恰非前處殿上設五座位案積如山四座有人專空第五座一吏指告曰此公座也蔣隨行至第三座視之本房老師馮靜山先生也急前拱揖馮披羊皮袍卸眼鏡欣然曰足下來好好此間簿書忙極非足下助我不可蔣曰老師亦為此言乎門生母老子幼他人不知老師深知如何能來馮慘然曰聽足下言觸起我生前心事矣我雖無父母而妻少子幼亦非可來之人現在陽間妻子不知作何光景言且泣涕如雨下少頃取巾拭淚曰事已如此不必多言保奏汝者常州老劉也本屬可笑汝速歸料理身後事今日已十五到二十日是汝上任日也拱手作別而醒窗外雞已鳴太夫人亦已聞知抱持哭矣蔣素與藩司王公顯吾交好乃往訣別且託以身後王一見驚曰汝滿面塗鍋煤非夜大病耶何鬼氣之襲人也蔣告以夢王曰勿

怖惟禮斗誦大悲咒可以禳之汝歸家如我言或可免也蔣太夫人平時奉斗頗虔乃重建壇合家持齋祈禱兼誦咒語至期是冬至節日諸親友來賀環而守之至三更蔣見空中飛下轎一乘旗數竿輿夫數人若來迎者乃誦大悲咒逼之漸近漸薄若烟氣之消釋焉逾三年始中進士入翰林

李敏達公扶乩

李敏達公未遇時遇乩仙自稱零陽子為判終身云氣槪文皖似勳名衛國同欣然還一笑鄰筆在秋紅旁小註曰秋紅草名當其時無人解者後公為保定總督劾總河朱藻而覺後人方悟朱者紅也藻者草也

呂道人騙龍

河南歸德府呂道人年百餘歲鼻息雷鳴或十餘日不食或一日食雞子五百吹氣人身如火炙痛或餓以生餅覆其背須臾焦熟可食矣冬夏一布襖日行三百里雍正間王朝恩為北總河築張家口石壩不成縻帑數萬廢寢不食適呂至曰此下有毒龍為祟王問汝能驅之否曰此龍修煉二千年魄力甚大梁武帝築浮山堰崩傷生靈數萬此龍孽也公欲壩成須賀道親下河與鬭庶幾逐龍去而壩可成然賀道福命薄慮為所傷必須仗聖天子威靈大人福力護持之曰若何而可曰請王命牌油紙裹縛賀道背上用河道總督印鈐封大人手書姓名加封之乃可如其言道士遂仗劍入水頃刻黑風起雷電大作波浪掀天至明日夜半道士來署提血劍腥涎滿身背傴僂曰賀道觔骨為龍尾擊斷矣然賀道亦斬龍一臂臂墜水僅留一爪獻公龍受傷奔東海去明日壩可成也王大喜呼酒勞之欲延蒙古醫為之接骨曰不必賀道運真氣養之半年後可平復也次日王公上工下掃石壩果成所藏龍爪大如水牛角嗅作龍涎香懸之蚊蠅遠避呂自言與李自成交好曾為繫草鞋帶又與賈士芳同受業於王先生某先生常言汝愿故道可成賈好利又自作聰明必不善終然亦須名動天子嵇文敏公為總河入都陛見家人不得家信問呂呂曰汝家大人已被大木撑入眼矣舉家驚恐有目疾已而授東閣大學士方知目旁木乃相字耳乾隆四年呂入都諸王公延之治疾脫手愈徐文穆公第六子虛陽不閉呂一見曰公子面上血不華色不過夢遺耳令閉目臥地袒胸手一鐵針長尺餘直刺其心拔之血隨針出如一條紅絲取口唾拭其創處旁人駭絕而公子不知是夕病痊王太守孟亭患腰痛求道人道人曰俟天晴日來治至期手撮日光抹之熱透五臟而愈問導引之術不肯言乃引其僮私問之曰無他異也每早至曠野紅日始出見道人向日作虎跳狀手招日光納口中且吸且嚥如是者再

盤古以前天

相傳陰沈木為開闢以前之樹沈沙浪中過天地翻覆刦數重出世上以故再入土中萬年不壞其色深綠紋如織錦置一片於地百步以外蠅蚋不飛康熙三十年天台山崩沙中湧出一棺形製詭異頭尖而尾闊高六尺餘識者曰此陰沈木棺也必有異啟其前和中有人眉目口鼻與木同色臂腿與木同紋理恰不腐壞忽開眼仰視空中問曰此青青者何物耶衆曰天也驚曰吾當初在世時天不若是高也語畢目仍瞑人爭扶起之合邑男女群來看盤古以前人忽然風起變為石人棺為邑宰某所得轉獻制府子疑此人是前古天地將混沌時人也緯書云萬年之後天可倚杵此人言天不若今之高信矣

子不語卷九終

子不語卷十

隨園戲編

禹王碑吞蛇

屠赤文任陝西兩當縣尉有廚人張某者善吹多力身體修偉面無左耳詢其故自言四川人三世業獵家傳異書能抓風嗅鼻即知所來者為何獸某幼亦業此曾獵於邛崍山其地號陰陽界陽界尚平衍陰界尤險峻人跡罕至一日往獵陽界無所得遂裹糧入陰界行五十里許天已暮遙望十里外高山上有火光燒來燭林谷如赤日怪風狂吹而至某不知何物抓風再嗅書所未載心大惶恐急登高樹頂上覘之俄而火光漸近乃一大石碑碑首鑿猛虎形火光如萬炬燃照數里碑能躑躅自行至樹下見有人忽躍起三四丈似欲吞噬者幾及我身我屏息不敢動碑亦緩緩向西南去某方幸脫險俟其去遠將下樹矣忽望見巨蛇千萬條大者身如車輪小者亦粗如斗蔽空而來某自念此身必死于蛇腹驚惶更甚不料諸蛇皆騰空衝雲而行離樹甚遠我蹲樹上竟無所損惟一小蛇行少低向我耳傍擦過覺痛不可忍摸之耳已去矣血涔涔流下但見碑尚在前蹲立火光中不動凡蛇從碑旁過者空中掇有脫殼墮下亂落如萬條白練但聞呿吸噴然有聲少頃蛇盡不見碑亦行遠某待

至次日方敢下樹急覓歸路迷不可得途遇一老人自稱此山民也子所見者為禹王碑當年禹王治水至邛崍山毒蛇阻道禹王大怒命庚辰殺蛇立二碑鎮壓誓曰汝他日成神世世殺蛇為民除害今四千年矣碑果成神碑有一大一小君幸遇其小者得不死其大者出則火燃五里林木皆灰二碑俱以蛇為糧所到處挈以隨行故蛇俯首待食不暇傷人子耳際已中蛇毒出陽界見日則死因於衣襟下出藥治之示以歸路而別

黑柱

紹興嚴姓為王氏贅婿嚴歸家岳翁遣人走報其妻急病嚴奔視之天已昏黑秉燭行路見黑氣如庭柱一條時遮其燭燭東則黑柱亦東燭西則黑柱亦西攔截其路不容前往嚴大駭乃到相識家借一奴添二燭而行黑柱漸隱不見到妻家岳翁迎出曰婿來已久何以又從外入嚴曰婿是未來舉家大驚奔入妻房見一人坐牀上與其妻執手若將同行者嚴急向前捉妻手而其人始去妻亦氣絕

猴怪

杭州周雲衢孝廉有女嫁睢甯吳某之子吳以住屋頗窄使居園中書室婚三月矣忽周女患奇疾始而心痛繼而腹背痛繼而耳目口鼻無不痛者哀號跳擲人不忍見徧召醫士莫名其病但見白黑氣二條纏女身如繩帶綑縛之狀雲衢與吳翁齋醮無效不得已自為牒文投城隍神及關神歷半月未見靈應又投文催之果一日雲衢與其女及婿俱白晝假卧若死去者兩日而蘇家人問之據雲衢云城隍神得我牒文即拘此妖妖抗不到直至催牒再至關神處神札發溫元帥擒訊訊得為祟者乃一雌猴其白黑二氣則黑白二蛇也元至正七年猴與其雄偷果於達魯花赤余氏之園其時女為余家小婢撞見以石擲之雄走出適遇獵戶張信以箭斃之雌猴驚逃修道於括蒼山中今獵戶張託生為吳翁之子婢託生為周氏之女故來報仇元帥問汝既有仇何以不早報而必待至四百年後耶猴云此女七世託生為文學侍從之官或為方伯中丞故我不能相犯因其前世居官無狀仍罰為女身適值所嫁之人又即獵戶故我兩仇齊發問黑白二氣何來供稱吳園中物被猴牽帥而至者元帥怒曰周女前生作婢擲石驅猴是其職分所當為吳某前生為獵戶射殺一猴亦人間常事汝又不仇吳而仇其妻甚為悖亂且與園中兩蛇何與而助紂為虐耶擲劍喝曰先斬妖黨隨見皂衣人取二蛇頭呈驗元帥謂猴曰汝罪亦宜斬但念爾修煉多年頗有神通將成正果斬汝可惜速改過悔罪治好周女之病我便赦汝一面詳覆關帝猴猙獰不服兩日如雷霹爪向前似欲攫犯元帥者俄聞空中大聲曰伏魔大帝有令妖猴不服即斬妖猴

言畢瓦上琅琅有刀環聲猴始懼叩頭服罪元帥呼周女到案下令猴治病猴抉其眼耳口鼻中所出橫刺鐵針竹簽十餘條女痛稍蘇惟心痛未解猴不肯治元帥又欲斬猴猴云女心易治但我有所求須吳翁許我我纔替治問何求曰我愛吳園清潔欲打掃西首掃雲樓三間使我居住吳翁許之猴伸手女口直到胸前探出小銅鏡一方猶帶血絲纏繞女病旋愈元帥命吳氏父子領女回家遂各蘇醒此乾隆四十四年七月間事也據吳翁云溫元帥襆巾紗帽如唐人服飾裝溫然儒者白面微鬚非若世間所畫青面瞪目狀也猴在神前妝束甚華自稱小仙

鞭尸

桐城張徐二友貿易江西行至廣信徐卒於店樓張入市買棺為殮棺店主人索價二千文交易成矣櫃旁坐一老人遮攔之必須四千張忿然歸是夜張上樓尸起相撲張大駭急避下樓次日清晨又往買棺加錢千文棺主人並無一言而作梗之老人先在櫃上罵曰我難不是主人然此地我號坐山虎非送我二千錢與主人一樣棺不可得張素負力有不能無可奈何旁皇於野又一白鬚翁著藍色袍笑而迎曰汝買棺人耶曰然曰汝受坐山虎氣耶曰是也白鬚翁手一鞭曰此伍子胥鞭楚平王尸鞭也今晚尸起相撲汝持此鞭之則棺得

而大難解矣言畢不見張歸上樓尸又躍起如其言應鞭而倒次日赴店買棺店主人曰昨夜坐山虎死矣我一方之害除矣汝仍以二千文原價來擡棺可也問其故主人曰此老姓洪有妖法能役使鬼魅慣遣死尸撲人人死買棺彼又在我店居奇強分半價如是多年受累者衆非夜暴死未知何病張乃告以白鬚翁贈鞭之事二人急往視之老人尸上果有鞭痕或曰白鬚而著藍袍者此方土地神也

梁朝古冢

淮徐道署在宿遷城中宿故百戰地是處皆兵燹之餘署中多怪康熙中有某道陞浙江臬司臨去留一朱姓幕友在署俟後官交代衙署曠蕩每夕人語譁然又一夕月下聞語者聚中庭槐樹下朱於窗隙窺之見庭中人甚多面目不甚了了大率衣冠奇古一少年烏巾白衣倚柱凝思不共諸人酬荅諸人呼曰陸郎如此風月何獨惆悵少年荅曰暴骸之事近矣不能無悲語畢諸人皆為咨嗟有長鬚高冠者出曰郎勿慮此厄我先當之賴有平生故人在此自能相庇朗吟云寂寞千餘歲高槐西復東春風寒白骨高義望朱公少年舉手謝曰當年受德至深不圖枯朽之餘猶叨仁庇因復共談似皆北魏齊梁時事既而鄰雞遝唱諸人倏然散矣朱胆壯安寢如故閱數日新官孫某來受交代朱生匆匆出署將覓船赴浙忽差役寄東君札來止之云某到金陵見督院後接楚中訃音已丁外艱不赴浙西新任竟歸矣先生行止自定可也朱遂稍停聞新任淮徐道孫公署中一友得急疾殂乃託宿遷令某薦揚一說而就隨攜行李入署時將署中舊住之屋改作客座另置諸友於他所幕中公務甚繁朱不復憶前事孫公新來大修衙署一日與朱閑坐家人走報云適開前池得一石碑不知何代物孫公拉朱同往觀之見碑上書梁散騎侍郎張公之墓正當兩槐之間朱恍憶前月下事力為勸止並述所見云當更有一墓言未終而荷鍤者云又得骸骨一具孫始信其說非妄命工人仍加土掩平如舊池不改作矣蓋前碑乃長鬚高冠之墓而後所得烏巾少年之骨也

獅子大王

貴州人尹廷洽八月望日早起行禮土地神前上香訖將啟門見二青衣排闥入以手推尹仆地套繩於頸而行尹方惶遽間見所祀土地神出而問故青衣展牌示之上有尹廷洽字樣土神笑不語但尾尹而行里許道旁有酒飯店土神呼青衣入飲得間語尹曰是行有誤我當衛君前行倘遇神佛君可大聲叫冤我當為君脫禍尹頷之仍隨青衣前去約行大半日至一所風波浩瀰一望無際青衣曰此銀海也須深夜乃可渡當少憩片時俄而土神亦

至扶來青衣怪之土神曰我與渠相處久情不能已於一送前路當分手耳正談說間忽天際有彩雲旌旗侍從紛然土神附耳曰此朝天諸神回也汝遇便可叫冤尹望見車中有神貌猙獰然目有金光面闊二尺許即大聲喊冤神召之前并飭行者少停問何冤尹訴為青衣所攝神問有牌否曰有有爾名乎曰有神曰既有牌又有爾名此應攝者何冤為辭叱之尹詞屈不知所云土神趨而前跪奏此中有疑是小神令其伸冤神為何疑曰某為渠家中霤神一人始生即准東嶽文書知會其人應是何等人應是何年月日死共計在陽世幾歲歷歷不爽尹廷洽初生時東嶽牒文中開應得年七十二歲今未滿五十又未接到折算文書何以忽爾勾到故恐有冤神聽說亦遲疑久之謂土神曰此事非我職司但人命至重爾小神尚肯如此用心我何可膜視惜此間至東嶽府往還須遲遠恐從天府行文又不彀方速乃喚一吏作牒口授云文書上只須問民魂尹廷洽有勾取可疑之處乞飛天符下東嶽到銀海查辦急急勿遲尹從旁見吏取紙作書封印不殊人世但皆用黄紙封訖付一金甲神持投天門又呼召銀海神有繡袍者趨進命看守尹某生魂俟嶽神查辦毋誤繡袍者叩頭領尹退而神已倏忽入雲霧中矣此時尹憩一大柳樹下二青衣不知所往尹問土神而閒二尺者是何神耶曰此西天獅子大王也少頃繡衣者謂土神曰爾可令尹某往暗處少坐弗令夜風吹之我往前途迎引天神聞呼可急出荅應尹隨土神沿岸行約半里許有破舟側卧灘上乃伏其中聞人號馬嘶及鼓吹之音絡繹不絕良久始靜土神曰可以出矣尹出見繡衣人偕前持牒金甲人引至岸上空闊處云立此少待岳司即到須臾海上數十騎如飛而來土神挾尹伏地上數十騎皆下馬有衣團花袍戴紗帽者上坐餘四人著吏服又十餘人武士裝束皆猙獰如廟中鬼面環立而侍上坐官呼海神海神趨前問荅數語趨而下扶尹上尹未及跪土神上前叩頭一一對荅如前上坐官貌頗溫良聞土神語即怒瞋目豎眉厲聲索二青衣土神荅久不知所往上坐者曰妖行一週不過千里鬼行一週不過五百里四察神可即查拏有四鬼卒應聲騰起懷中各出一小鏡分照四方隨飛往東去少頃挾二青衣擲地上云在三百里外枯槐樹中拏得上坐官詰問誤勾緣由二青衣出牌呈上訴云牌自上行役不過照牌行事倘有舛誤須問官吏與役無干上坐官詰云非爾舞弊爾何故遠颺青衣叩首云昨見獅子大王駕到一行人衆皆是佛光土神雖微員尚有陽氣尹某雖死未過陰界尚係生魂可以近得佛光鬼役陰暗之氣如何近得佛光所以遠伏及獅王過後鬼役方一路追尋又值朝天神聖接連行過以故不敢走出並未知牌中何弊上坐官曰如此必親赴森羅一決矣令力士先挾尹過海即呼東騎排衙而行尹怖甚閉目不敢

開視似覺風雷聲蕩心魂震駭少頃聲漸遠力上行亦少徐尹開目即已墜地見官府衙署有冕服者出迎前官入分兩案對坐堂上先聞密語聲次聞傳呼聲青衣與土神皆趨入土神叩見畢立階下青衣問話畢亦起出有鬼卒從廡下縛一吏入堂上厲聲喝問吏叩頭辨若有所許者然又有數鬼從廡下擒一吏抱文卷入尹遥視之頗似其族叔尹信既入殿冕服者取冊查核許久即擲下一冊命前吏持示後吏後吏惟叩首哀求而已殿內神喝杖數鬼將前吏曳階下杖四十又見數鬼領枷鎖下剝去後吏巾服鎖押牽出過尹家的是其族叔呼之不應叩何往鬼卒云發往烈火地獄去受罪矣尹正疑懼間隨呼尹入殿前花袍官云爾此案已明本司所勾係尹廷治該吏未嘗作弊同房吏有尹姓者係廷治親叔欲救其姪知同族有爾名適相似可以朦混俟本司吏不在時將牌添改治字作洽字又將房冊換易以致出牌錯誤今已按律治罪爾可生還矣回頭顧土神云爾此舉極好但只須赴本司詳查不合向獅子大王路訴以致我輩均受失察處分今本司一面造冊申覆一面差勾本犯爾速引尹廷洽還陽土神與尹叩謝出遇前金甲者於門迎賀曰爾等可喜我輩尚須候回文纔得回去尹隨土神出走並非前來之路城市一如人間飢欲食渴欲飲土神力禁不許城外行數里上一高山俯視其下有一人僵卧數人守其旁而哭因叩土神此何處土神唱曰尚不省耶以杖擊之一跌而寤已死兩晝夜矣棺槨具陳特心頭微暖故未殮耳遂坐起稱進茶水急喚其子趨廷治家視之歸云其人病已愈二日頃復死矣

綠毛怪

乾隆六年湖州董暢菴就幕山西芮城縣縣有廟供關張劉三神像廟門歷年用鐵鎖鎖之逢春秋祭祀一啟鑰焉傳言中有怪物供香火之僧亦不敢居一日有陝客販羊千頭日暮無託足所求宿廟中居民啟鎖納之且告以故販羊者恃有膂力曰無妨乃開門入散群羊於廊下而已持羊鞭秉燭寢心不能無恐三鼓眼未合聞神座下豁然有聲一物躍出販羊者於燭光中視之其物長七八尺頭面具人形兩眼深黑有光若胡桃大頸以下綠毛覆體茸茸如蓑衣向販羊者睨且嗅兩手有尖爪直前來攫販羊者擊以鞭竟若不知奪鞭而口嚙之斷如裂帛販羊者大懼奔出廟外怪追之販羊人緣古樹而上伏其梢之最高者怪張眼望之不能上良久東方明路有行者販羊人下樹覓怪怪亦不見乃告衆人共尋神座了無他異惟石縫一角騰騰有黑氣衆人不敢啟具牒告官芮城令佟公命移神座掘之深丈許得朽棺中有尸衣服悉毀遍體生綠毛如販羊人所見乃積薪焚之嘖嘖有聲血湧骨鳴自此怪絕

張大帝

安溪相公墳在閩之某山有道士李姓者利其風水其女病瘵將危道士謂曰汝為我所生而病已無全理今將取汝身一物以利吾門女愕然曰惟爺命曰我欲占李氏風水久矣必得親生兒女之骨埋之方能有應但死者不甚靈生者不忍殺恨汝將死未死之人緣有用耳女未及答道士即以刀劃取其指骨置羊角中私埋李氏墳旁自後李氏門中死一科甲則道士族中增一科甲李氏田中減收十斛則道士田中增收十斛人疑之亦不解其故值清明節村人迎張大帝像為賽神會綵旗導從甚盛行至李家墳神像忽止數十人舁之不可動中一男子大呼曰速歸廟速歸廟衆從之舁至廟中男子上坐曰我大帝神也李家墳有妖須往掃治之命其徒某執鍬某執鋤某執繩索部署定又大呼曰速至李家墳速至李家墳衆如其言神像疾趨如風至墳所命執鍬鋤者搜墳旁良久得一羊角金色中有小赤蛇蜿蜒奮動其角旁有字皆道人合族姓名也乃命持繩索者往縛道士鳴之官訊得其情置之法李氏自此大盛而奉張大帝甚虔

紫姑神

尤琛者長沙人少年韶秀偶過湘溪野廟塑紫姑神甚美愛之手摩其面而題壁云藐姑仙子落烟沙玉作闌干冰作車若畏夜深風露冷槿籬茅舍是郎家是夜三鼓聞有叩門者啟之曰紫姑神也妾本上清仙女偶謫人間司雲雨之事蒙郎見愛故來相就若不以鬼物見疑願薦枕席尤狂喜攜手入室成伉儷焉嗣後每夜必至旁人不能見也手一物與尤曰此名紫絲囊吾朝玉帝時織女所賜佩之能助人文思生自佩後即入泮舉於鄉成進士選四川成都知縣女與同行助其為政發姦擿伏有神明之稱忽一日謂尤曰今日置酒與郎為別妾將行矣妾雖被謫謫限滿原可仍歸仙籍以私奔故無顏重上天曹地府又以妾本上界仙人不敢收之鬼錄旬念此身飄蕩終非了計雖託足君門尚無形質不能為君生育男女昨將此情苦求泰山神君神君許將妾名收置冊上照例託生十五年後可以重續愛緣永為夫婦未知君能勿娶專相待否尤唯唯不覺涕下女亦凄然大慟而去自此尤作官不能如前時之明因罣誤革職人有求婚者毅然拒之年四旬猶隻身也如是者十五年房師某學士憐其鰥居為議婚生又堅拒并道所以學士大駭曰若果然則吾堂兄女是已吾堂兄女生十五年不能言但能舉筆作字每聞人議婚必書待尤郎三字得毋即汝乎拉尤至兄家請其女出見女隔簾書紫絲囊在否尤解囊呈驗女點首者三遂擇日成婚合卺之夕女仰天一笑即便能言然從此絕不記前生原委如尋常夫婦

魏象山

余同友魏夢龍，字象山，後余四科進士，由部郎遷御史。己卯典試雲南，没於途，歸柩於西湖昭慶寺。其年十月，沈辛田觀察亦僑其先人之柩於此寺，見前屋厝柩旁列雲南大主考金字牌，知為魏君。魏故辛田所善也。俄而弔客來，孝子當扶杖行禮，辛田弟清藻忽不見，覓之，昏昏然卧魏柩前，神色慘沮，扶歸則寒熱大作，病勢沈重。醫者下藥，方開人參三錢，辛田心狐疑，未敢用參。至牀前視弟，弟躍起坐，如平時拱手笑曰：沈五哥別久矣，佳否？辛田怪而呵之。旁有二女眷視疾，清藻又手揮之曰：兩嫂請回避。顧假紙筆，我有所言。與之紙，熟視笑曰：紙小不足書也。為磨墨，而以長幅與之，乃憑几楷書曰：夢龍奉命典試雲南，從豫章行至樊城，感冒暑熱，奴子吳陞不察病原，誤投人參三錢，遂至不起，甚矣人參之不可輕服也。樊城令某經理喪事，頗盡心力，使靈柩得還家，而諸弟嘖有煩言，誣其侵蝕衣箱銀兩，殊不識好歹。家中所存只破書幾卷，諸弟尚忍言分析乎？賣藥完明，遺望諸弟照應之。書畢，擲管而卧。須臾又起，提筆將人參不可輕服數字旁加密圈。辛田大驚，不敢為弟下人參。請魏家人來，以所書示之，皆駭嘆，汗淚交下。辛弟病愈，問其索紙作書狀，全不省記，但云病重時見短身材多鬚而衣葛者入房，便昏然不曉事矣。沈年幼，不及見魏君，所云者果魏君貌也。沈後中辛卯探花，辛不永年而亡。

王莽時蛇冤

臨平沈昌穀，余戊午同年舉人。年少英俊，忽路間遇僧，授藥三丸，曰：汝將有大難，服此或可少瘳。臨期吾再來視汝。言畢去。沈素不信因果事，以藥擲書廚上，勿服也。亡何病大重，忽作四川人語曰：我峨嵋山蟒蛇，尋汝二千年，今方得汝。自以手扼其吭，氣將盡。家人憶路間僧語，即速覓書廚上藥，只存一丸，以水吞下，恍然記歷代前生事。沈在王莽時姓張名敬，避亂隱峨嵋山，學仙，有同志人嚴昌為耦耕之友。劉歆謀起兵應漢事敗，裨將王均亦逃奔峨嵋，事二人為弟子。山洞有蟒，大如車輪，每出遊必有風雷，禾稼多傷。張欲除其害，命王削竹刺插地，以毒藥傅之。蟒果出，為竹所刺死。蛇修煉有年，將成龍者，其出穴自挾風雷而行，非有心害人，為王殺後，思報主謀者之冤，而王均聞於死後隨出山，佐光武中興，拜驍騎將軍，蛇不能報。再世為北魏高僧，三世為元將，某有戰功，蛇又不能報。惟今世僅作孝廉，故蛇來將甘心焉。其原委歷歷，口皆自言。家人問路僧為誰，曰：即嚴昌先生也，先生辭光武之聘，早登仙道，與吾有香火緣，故來相救。言終，沐浴整衣冠卒。開弔日，前僧果來，泣拜畢，語其家人曰：毋苦毋苦，了此一重公案，行當仍歸仙道耳。語畢，忽不

見

牙鬼

杭州朱亮工妻張氏，患傷寒甚劇，忽作山西人語，咆哮索命，聲毀盤桓，且云恩自恩，仇自仇，不能作混亂。亮工在家，求命若不至出則，聲亂如前。亮工乃具牒訴本郡城隍神。張氏沈沈熟眠，如此者良久，甦曰：冤雪矣，冤去矣。手摩其臀曰：被神杖甚痛。前生予與亮工俱山西販布為業，予官牙劉某，吞布價而花銷之。予告官比追，劉不勝其苦，勸予從而救之。予恕曰：汝雖死，吾仍索欠不饒。劉赧於轉身覓，溺水死。亮工前生姓俞名谷聞，之勸予曰：牙人死，固當然，捕驗之費，我二人當分給之。予怒未息，竟不肯。俞乃捐囊中金三兩為棺殮焉。今此牙鬼來報予仇，而不料俞之為吾今生夫也，故不敢見之。昨蒙城隍神訊，得劉牙侵蝕人銀，自己尋死，本無冤抑，乃敢作鬧於宋氏恩人之舍，責三十板，鎖解酆都。道予前生以索債故見死不救，見尸不驗，居心太忍，亦責十五板。然病勢漸除矣。亡何，其押解之鬼差附病者身，啾啾曰：為汝家事作八千里遠行，須以紙錢酒飯享我。家人懼，為大設齋醮，方始寂然。

妖夢三則

栝城李少司空子繼遷，成進士。司空及太夫人歿後，繼遷患危疾，夢太夫人教服參，因以告醫，醫曰：參與病相忌，不可服。是夜復夢太夫人云：醫言不可聽，汝求生非參不可，我有參錢許，在某處，可用採之。果得，服之，夜半發狂死。

陸射山徵君夢尊人孝康公云：吾窀穸內為水所浸，甚苦。皋亭山頂有地一區，係某姓，求售，盍往買而移葬？吾神所依也。訪之果合，因以重值得之。及改葬，舊穴了無水，且暖氣如蒸。悔已無及。遷葬後，徵君日就困躓，子孫流離。

江寧報恩寺僧房，每科場年，僧為舉子寓所。六合張生員者，住某僧房有年。其寺主老僧悟西已死。張以不第心灰，數科不至。忽一歲，悟西託夢其徒曰：速買舟過江，延張相公來應試。張相公今歲登科。其徒告張，張喜，渡江應試。發榜後仍不第。張惱甚，因設祭對之。夜夢悟西來云：今汗科場，我飯與司事老僧結散，一名不到，老僧無處開銷。相公命中尚應吃三場卞一碗冷粥飯，故令愚徒相延，以免我譴，非敢誑也。

凱府

余叔令凱公，音湘，能詩，倜儻，與余交好。庚寅分校南闈，疽發背卒。公母懷孕時，將至期，夢某為內務府總管，職見庭下有巨人，長過屋脊，叱之漸縮小，每叱一聲，輒短數尺，拔劍追之，化

作短人奔樹下而滅。取火燭之，乃一土偶人，長尺許，面偏闕，耳右角左手少一小指。因拾置几上。而婢報某娘子房生一男矣。三日後抱視之，左手少一小指，狀貌酷肖土偶。舉家大驚，乃取土偶供祖廟中，禮事甚虔。及凱卒後，送神主入廟，見土偶為屋漏，被雨滴其背，穿成三孔。作於是凱死時背瘡三孔皆穿。家人悔奉祀不虔，已無及矣。

羞疾

湖州沈秀才，少年入泮，才思頗美。年三十餘，忽得羞疾，每食必舉手搔其面曰：羞羞。如廁必舉手搔其臀曰：羞羞。見客亦然。家人以為癲，不甚經意。後漸尪羸，醫治無效。有時清楚，問其故，曰：疾發時有黑衣女子捉我手如此，遲則鞭撲交下，故不得不然。家人以為妖，適張真人過杭州，乃具牒焉。張批仰歸安縣城隍查報。後十餘日，天師遣法官來曰：昨據城隍詳稱，沈秀才前世為樊林鎮葉生妻。黑衣女子者，其小姑也。葉饒於財，小姑許配李氏，家貧，葉生愛妹，延李郎在家讀書，須李入泮，方議婚期。一日者，小姑步月，見李郎方夜讀，私遣婢送茶與郎。婢以告嫂，嫂次日向人前手戲小姑面曰：羞羞。小姑忿，遂自縊，訴城隍神，求報仇索命。神批其牒云：閨門處女，步月送茶，本涉嫌疑，何得以戲謔微詞索人性命？不准。小姑不肯已，又訴東嶽。東嶽批云：城隍批詞甚明，汝須自省。但沈某前身既為長嫂，理宜含容，況姑娘小過，亦可暗中規戒，何得人前惡謔？今若勾取對質，勢必傷其性命，罪不至此。姑准汝自行報仇，俾他煩惱可也。所查沈某冤業事，須至牒者。天師曰：此業尚小，可延高僧替小姑超度，俾其早投人身，便可了案。如其言，沈病遂痊。

賣漿者兒

杭州汪成瑞家，延錢塘貢生方丹成為西席。數日不至館，問之，云：替人作狀，告東嶽。問何事，云：其鄰張姓者，妻病祈神，有賣漿叟往觀，歸，其子忽高坐，呼其名索水吃。叟怒責之，子曰：我非汝子，我是城隍司之勾神。今日與火伴數人至張家，勾取張氏婦魂，因其家延請五聖在堂，未便進內，久立簷下，渴甚，是以附魂汝子，向汝求水。叟與之水，其子年僅十四五，所飲水不下石餘。少頃，聞音樂聲，曰：張氏送神，吾去矣。叟賜我火炬數枝。叟曰：夜靜難覓。曰：吾之火炬，即紙索耳，非世上火炬也。焚與之，乃起謝曰：受叟惠，無以報，吾有一事相告：令郎自今日後，無使近水，否則將犯水厄。語畢，其子即昏睡，而鄰家張氏哭聲舉矣。叟雖異其事，尚祕之不宣。次日下午，其子忽狂叫云：甚熱，我往浴於河。叟不許，其子竟去。叟急拉回家，而狂躁愈甚，指地上石云：如此好水，何不令我浴？叟見其光景甚怪，懼不能提防，遍告諸鄰，相同看視。西鄰唐姓者，向信鬼神之事，里中祀東嶽，實唐主其事，或代親友祈禳，屢屢應驗。聞叟言，又

見其子之狂態，因告曰：汝子為鬼所憑，何不求東嶽神？叟問作何求法，曰：帝君聖誕日，各執事俱齋，汝具牒呈焚香爐內，我鳴鐘鼓相助，令有力者抱令郎在堂下跪候審訊，發落或可驅除惡鬼。叟以為然。三月二十八日清晨，叟齋戒往，抱其子從轅門外匍匐喊冤。唐在殿上令會中執事者取其詞狀大呼者，達報司查，等候。叟抱兒上殿，眾環擁之。甫及門，兒已昏迷，滿口流涎，眾惶恐。少頃蘇醒，叟挾之歸。至夜始能言，云：我在街戲，見一人甚藍縷，相約往浴，日日相隨不離。至東嶽廟時，尚隨在後，忽見殿前速報司神奔下擒他，方懼而逃，恰已為其所獲，并將我帶上殿，見帝君持呈狀細閱，向一戴紗帽者語，纏纏不甚明，惟聞說我父母無罪，何得捉伊兒作替代，將跟我之鬼鎖押枷責，放我還陽。嗣後叟子竟無恙。

謝經歷

廣州經歷謝坤，紹興人。甥陸某選廣東巡檢，攜母妻及子至粵，甥舅相聚甚歡。赴任後，作書與舅氏，挽其轉求上官，調一美缺。謝為轉請於大府，得調澳門。其地雖所入腴，昔而逼近海隅，不無烟瘴。甥又作書與舅，復請再調。謝憎其貪妄，不答。不兩月，又接札云：甥病矣，乞舅速救之，遲則性命不保。謝雖惡甥之饋，而念姊已年邁，或有不測，勢將如何，又憚長官見惡，難以進言。正躊躇間，當午假寐，見甥忽至前曰：舅誤我，我囑舅至再，舅不一報，今甥受瘴死矣，母妻及子已在城外水次，舅速迎之。言畢而號，謝驚寤，即見人踉蹌入門，云陸甥於數日前已死，家眷扶柩至矣。謝始悟夢見者即甥魂也。迎其眷至署，厝甥柩於僧寺，為作佛事。僧人宣疏請齋主拈香，忽見朝衣冠者自屏後走出行禮，僧不知何人，其子拜佛，見其父在上，乃奔前相呼，隨即杳然滅去，僧眾皆驚。謝書室中素心蘭開，外孫戲折一枝，謝撻之。忽見甥來，怒曰：舅奈何以一花責我兒？我當盡壞之。片刻間將蘭葉均分為二。居月餘，謝歸其喪，解纜將向，男人附一柩於船尾，謝家人不知也。出粵界後，舟子欺其孤孀，與家人爭毆，忽見陸甥跳踉中出，後隨一少年，助陸將舟子五六人痛打，舟子哀求方已。家人驚疑，問舟子，云：吾主人素所識，其少者不知何來。舟子惶愧曰：船頭內附裝一小柩，前恐府上人不許，是以匿之。今助毆者想即此鬼耶。從此一路舟人倍小心矣。舟抵家，家人為開喪設主，從此寂然。

趙文華在陰司說情

杭人趙京，祖籍慈溪，有弟某，性方嚴，婚後，婦家婢頗慧，未嘗假以顏色。京私與狎，弟妻不知。無何婢孕，婦翁疑婿，婢亦篤詞誣婿，婿不能自明，恚投繯死。越二年，京父壽辰，賓朋畢集，京與婢忽仆地囈語，經宿始蘇，云：攝至冥府，與婢械繫大門外，俄聞鼓升堂，鬼役捽其首髮，階下有冕旒者上坐，引弟質訊，京與婢皆伏罪，不敢置辯，將定讞矣。忽報趙尚書至，紅束上

書年家眷弟趙文華頓首拜冥官肅衣冠出迎命帶人犯械繫故處舉頭見柱上一聯云人鬼只一關關節一絲不漏陰陽無二理理數二字難逃後署僉稱閻羅題正孰視閻羅趙尚書出矣冥官喚京與婢諭云本案應照因姦致死罪減三等判以趙尚書說情姑放回陽且趙某身為男子通婢事有何承認不起而竟至輕生亦殊可鄙故且寬汝放回陽間舉家不知趙文華何故庇京一日詢諸宗老始知文華其七世祖也因詬嚴相子孫醜之故皆諱言無知者

毀陳友諒廟

趙公錫禮浙之蘭溪人初選竹山令調繁監利下車之日例應謁文廟及城隍神吏啟有某廟者當拈香公往視廟有神像三人雁行坐俱王者衣冠狀貌頗莊嚴問何神竟無知者公欲毀其廟吏不可曰神素號顯赫歷任官參謁頗肅毀之恐觸神怒禍且不測公歸搜志乘祀典不載此神乃擇日朝吏民於廟手鐵鎖繫神頸曳之神像瑰偉非倍數不能去公曳之應手而倒三像碎於庭中新其屋宇改奉關帝久之竟無他異公心終不釋乃行文天師府查之得報牒云神係元末偽漢王陳友諒弟兄三人兵敗死鄱陽湖部曲散去為立廟荊州建於元至正某年毀於國朝雍正某年趙大夫之手合享血食四百年

子不語卷十終

子不語卷十一

隨園戲編

通判妾

嵗州刑署之東前半為司馬署後半為通判署中間有土地祠乃通判署之衙神也乾隆四十年春司馬署後牆倒遂與祠通其夕署中老嫗忽倒地若中風狀救之甦呼飢與之飯啖量倍于常左足微跛語作北音云我哈什氏也為前通判某妾頗有寵為大妻所苦自縊桃樹下縊時希圖為厲鬼報仇不料死後方知命當縊死即生前受苦亦皆數定無可為報陰司例凡死官署者為衙神所拘非牆屋傾頽魂不得出我向棲後樓中昨日袁通判到任來驅我入祠此後飢餓尤甚今又牆傾傷我左腿困頓不可耐特憑汝身求食不害汝也自是嫗晝眠夜食亦無所苦往往言人已往事頗驗先是司馬有愛女卒於家赴任時置女靈位某寺中歲時遣祭皆嫗所不知司馬見其能言冥事問爾知我女何在否曰爾女不在此應俟我訪明再告翌日語司馬云爾女在某寺中甚樂所得錢鈔大有贏餘不願更生人間惟今春所得衣裳太窄小不堪穿著司馬大駭推問衣窄之故因遣家人往祭時所製衣途中為雨毀家人潛買市上紙衣代之故也未幾新通判蒞任方修衙署動版築嫗曰牆成我當復歸原處但一入又不知何年得出敢向諸公多求冥錢夜焚牆角下我得之賂衙神便可逍遙守內司馬如其言焚之次日嫗有喜色曰主人甚賢無以為別我善琵琶且能歌能飲酒當歌一曲謝主人司馬設為醴置琵琶嫗彈且歌云三更風雨五更雞落盡夭桃一樹花月下望鄉臺上立斷魂何處不天涯音調悽惋歌畢擲琵琶瞑目坐衆再叩之嫗欠伸起語言笑貌依然蠢老嫗足亦不跛矣內幕崔先生常與問答其言飢時崔云此與府尉近何不赴尉求食答云府署神尤嚴不敢入其言袁通判見驅時崔云袁通判上任大病爾何必避答云他雖病未至死將來還要陞官我敢不避袁通判者余弟香亭也

劉貴孫瘋

阜陽王尹遣家人劉貴偕役孫瘋至江寧公幹瘋素強悍好管世上不平事正月二日貴邀瘋晨飲淮清橋瘋於稠人中執手罵曰新歲非索債之時酒店非肆毆之地渠可欺我不可欺為扯攬衛護之狀同伴不解其故方欲問之瘋忽瞑目云彼負我債我遲至數十年蹤跡七千餘里今纔償之干汝何事乃為放去汝既放彼汝當代償語畢自扯其頰衆共持之俄而口涎目瞪猰然倒地衆舁之旋寓少頃甦云我入店見市中一人頷有血痕狀類乞丐手捽一儒生討債捶吐交下儒生不勝痛遍向市人求救無一應者我心不平怒罵其人

驚擇手。儒生起避。我右其人來奪我拳揮之。格鬬。階儒生遂走。不知所往。不料索債人遂為我崇。洪彼時不備。故為所欺。今若再來。當痛捶之。因以馬鞭自衞。衆見其無恙。稍稍散去。惟貴與同處。抵暮。風語責曰。其人至門外矣。方執鞭欲起。而手足皆若被縛。批頰詈罵如前。貴寘揖風而言曰。汝為何人。渠向汝何債。我當代償。風曰。我名王保定。儒生名朱祥。前世負我身價。非銀債也。本與風無干。風不合強預他人事。故我怒而凌之。承汝代償。渠豈足我勾當。我即去。否則并將及汝。貴大恐。廣集同伴。買冥鏹數萬。燒畢。乃向貴拱手作謝狀。曰。十年後再獲儒生。還須拉風作證。於是風蘇起。而神色散瘁。無復從前矯健矣。

狐詩

汝寧府察院多狐。每歲修葺。則狐四出為閭閻害。工竣即息。學使至。多為所擾。盧公明楷到任祭之。乃安。從此成例。學使至。皆祭。署後小閣。相傳狐所居。後學使至。有二僕不知。揭其上。晨起。人聞呼號聲。往視。則二僕裸縛閣下。臂上各寫詩二句。其一臂云。主人祭我汝安牀。汝試思量妨不妨。一臂云。前日享儀空酒果。今朝借爾代豬羊。

大小綠人

乾隆辛卯。香亭與同年邵一聯入都。四月二十一日。至欒城東關。各店車馬塡集。惟一新開店無客。遂投宿焉。邵宿外間。香亭宿內間。漏初下。各就榻。燃燈隔壁遙相語。忽見長丈許人。綠面綠鬚。袍靴盡綠。自門入。其冠擦頂搧紙。捽捽有聲。後又一小人。高不滿三尺。頭甚大。亦綠面綠衣冠。共至榻前。舉袖上下作舞狀。香亭欲呼。而口噤。耳中聞邵語言。竟不能答。正惶惑間。見榻旁几上又倚一人。麻面長鬚。頭戴紗帽。腰束大帶。指長人曰。此非鬼也。指大頭者曰。此鬼也。又向二人揮手作語。二人點頭。各向香亭拱手。每一拱手。則倒退一步。三拱三退出。紗帽者亦拱手而退。香亭遽起。方欲出戶。邵亦狂呼。突起奔而入。口稱怪事不絕。香亭詢邵亦見大小綠人耶。邵搖手曰。否否。方就枕時。覺牀側小屋內陰風習習。冷浸毛髮。不能成寐。因與公相語。繼呼公不答。見屋內有大小人面若盂若盎者數十。來去無定。初疑眼花。不之怪。忽大小人面層疊堆門限中。上下皆滿。又一巨面大如磨盤。加於衆面之上。而視我而笑。乃投枕起。不知所謂綠人也。香亭亦告以所見。遂彼此不秣馬而行。及明。聞二僕夫嘖嘖私語云。昨宵所宿鬼店也。投宿者多死。否則病瘋。往往縣官疲於相驗。封閉已十餘年。昨一宿無恙。豈怪絕耶。抑二客當貴耶。

紅衣娘

劉介石太守少事乩仙。自言任泰州分司時。每日祈請。來者或稱仙女。或稱司花女。或稱海外瑤姬。或稱瑤臺侍者。吟詩都俚。不成章句。說休咎一無所應。署後稱花洲。上有樓。相傳為秦少游故跡。一夕登樓書符。乩忽判紅衣娘三字。問以事。不答。但書云。眼如魚目徹宵懸。心似酒旗終日掛。月光照破十三樓。獨自上來獨自下。太守見詩覺異。請退。次夕復請。又書紅衣娘來也。太守問仙鄉何籍。詩似有怨。且十三樓非此地有也。何以見詠。又書曰。十三樓覺十三時。樓是樓非那得知。寄語稱花洲上客。今宵燈下是佳期。書畢。乩動不止。太守懼。棄盤奔就寢。燭見二婢持綠紗燈。引紅衣娘冉冉至。妾拔劍揮之。隨手而滅。自是每夕必至。不能安寢。數月後遷居始絕。

秀民冊

丹陽荊某應童子試。夢至一廟。上坐王者。階前諸吏捧冊立。儀狀甚偉。荊指冊詢吏何物。答曰。科甲冊。荊欣然曰。為我一查。吏曰。可。荊生平以鼎元自負。首請鼎甲冊。遍閱無名。復查進士舉人冊。皆無名。不覺變色。一吏曰。或在明經秀才冊乎。遍查亦無。荊大笑曰。此妄耳。以某文學。可魁天下。何患不得一秀才。欲碎其冊。吏曰。勿怒。尚有秀民冊可查。秀民者。皆有文而無祿者也。人間以鼎甲為第一。天上以秀民為第一。此冊為宣明王所掌。君可向王請之。如其言。王於案上出一冊。黃金絲穿白玉牒。啟第一頁。第一名即丹陽荊某。荊大哭。王笑曰。汝何痴也。汝試數從古有幾個名狀元。名主試半。韓文公孫袞中狀元。人但知韓文公。不知有袞。羅隱終身不第。至今人知有羅隱。汝當歸而求之實學可耳。荊問科第中皆無是學乎。主曰。既有文才。又有文福。一代不過數人。如韓白歐蘇是也。此其姓名別在紫瓊宮上。與汝尤無分也。荊未對。王拂衣起。高吟曰。一第區區何足羨。貴人傳者古無多。荊驚醒。快快卒不第以終。

妓仙

蘇州西磧山後有雲隱菴。相傳其上多仙蹟。能捨身而上不死。即得仙。有王生者。屢試不第。乃抗志與家人別。裹糧登焉。再上得平原。廣百畝許。雲樹蓊鬱中。隱隱見懸崖上有一女子。衣裝如世人。徘徊樹下。心異之。趨而前。女亦出林相望。迫視。乃六七年前所狎蘇州名妓謝瓊娘也。彼此素相識。女亦喜甚。攜生至茅菴。菴無門。地鋪松針。厚數尺。履之綿軟可愛。女云。自與君別後。為太守汪公訪拏。褫衣受杖。臀肉盡脫。自念花玉之質。一朝至此。何顏再生人間。因決計捨身。辭別鴇母。以進香為詞。至懸崖。奮身擲下。為蘿葛糾纏。得不死。有白髮老嫗食我以松花。教我以服氣。遂不知飢寒。初猶苦風日。一歲後。霜露風雨。都覺無怖。老母居前山。時相過從。昨老母來云。今日汝當與故人相會。以故出林閒步。不意果見君子。因問汪太守死否生曰我不知卿仙家亦報怨乎女曰我非汪公一激何能至此當感不當報但老母向我云偶遊天庭見杖汝之汪太守被神苔背數其罪故疑其死生曰彼不當杖乎女曰惜玉憐香而心不動者聖也惜玉憐香而心動者人也不知玉不知香者禽獸也且天最誅人之心汪公當年為撫軍徐士林有理學名故意殺風景以逢迎之此意為天所惡且他罪多不止杖妾一事生曰我聞仙流清潔卿落平康久矣能成道乎女曰淫媟雖非禮然男女相愛不過天地生物之心放下屠刀立地成佛不比人間他罪難懺悔也生具道來尋仙本意且求宿廢中女曰君宿何妨但恐仙未能成也因為生解衣置狎情愛如昔而語不及私生摸視其臂白膩如初女亦不拒然心稍動則女色忽莊門外猿啼虎嘯或探首於窗或進爪於門若相窺者生不覺惡邪心抱女端臥而已夜半聞門外呵呼聲輿馬騶從貴官顯者往來不絕生怪之女曰此各山神靈酬酢每夕多有慎勿觸犯及天明女謂生曰君諸親友已在山下訪尋宜速返生不肯行女曰仙緣有待君再來未晚送至崖一推而墮生迴望見女立雲霧中情殊依依逾時影纔滅生踉蹌奔歸見其兄與家人持椅錢哭奠於山下謂生死已二十七日矣故來祭奠訪汪太守果以中風亡

李百年

無錫張塘橋華協權者與好事數人設乩盤於家其降鸞者曰仲山王問仲山故明進士錫之聞人也眾因與酬答出語蹇澀詩亦不甚韻每召輒至時華方構一樓請仙題其扁仙曰無錫秦園有扁曰聊逍遥兮容與此可用乎眾疑此語出屈子而必曰秦園不似仲山語也一日有與眾答問方讙忽書吾欲去矣問何之曰錢汝霖家見招赴席乩遂寂然錢汝霖者亦里中人所居去張塘橋不二三里眾因怪而偵之則是日以病故禱神也明日仙復至華因問昨飲錢家乎曰然盛饌乎曰頗佳眾嘲之曰錢乃禱神非請仙也所請者城隍土地之屬豈有高人王仲山而往赴席乎仙語塞乃曰吾非王仲山乃山東李百年耳問百年何人曰吾於康熙年間在此販棉花死不得歸魂附張塘橋廟有無主魂與我共十三人皆無罪孽無羈束里中之禱者皆吾輩享之華曰所禱城隍諸神俱有主名若既無名何得參與其間曰城隍諸神豈輕向人家飲食所禱者都是虛設故吾輩得而享焉華曰無名冒食天帝知之恐加罪奈何曰天上豈知有禱乎是皆愚民習俗之所為即鬼祟索食間或有之究無關於生死也況我非索之而彼自設之而我享之何忤於天帝即君家祭酒亦非我索之也曰既如此子何必託名於王仲山耶曰君家廳頭神執符來請彼不敢上請真仙所請者皆我輩也十三人中惟吾稍識幾字故聊以應命使直書姓名曰李百年君等肯尊奉我

乎我見此處人家扁額多仲山王問書知為名人故託其名來耳問聊逍遥兮容與六字何出曰吾但於秦家園見之不知所出道聽塗說見笑大方矣華曰子既無羈束何不歸山東曰關津橋梁是處有神非錢不得輒過華曰吾今以一陌紙錢送汝歸何如曰唯唯謝謝既見惠須更以一陌酧於橋神不然仍不獲拜賜也時華之姪某在旁曰吾早暮過橋上汝得無祟我乎曰頃吾言之矣鬼安能為祟於是焚楮錠送之而毀其乩焉

醫妒

軒轅孝廉常州人年三十無子妻張氏奇妒孝廉畏如虎不敢置妾其座主馬學士某憐之贈以一姬張氏怒以為干我家事我亦設計授其家僕學士喪偶張訪得某村女世以悍聞乃賄媒嫗說馬娶為夫人馬知其意欣然往聘婚之日妝奩中有五色棒一條上書三世傳家搗棄砧者也合巹畢群姬拜見夫人問若輩何人曰妾也夫人叱曰安有堂堂學士家而有禮當置妾者乎即棒群姬馬命群姬聳其棒齊毆之夫人力不勝逃入房罵且哭群姬各擊鑼鼓亂其聲如無聞馬者夫人不得已揚言將自盡則侍者備一刀一繩曰老爺久知夫人將有此舉故備此不堪之物奉贈已而群姬各敲木魚誦往生咒願夫人早昇仙界聲嘈嘈然夫人尋死之說又如無聞焉者夫人故女豪自分虛疑恫愒計已盡施無益乃轉嗔作喜請學士入正色曰君真丈夫也我服矣我所行諸策亦祖奶奶家傳嚇世間妄庸男子非所以待君嗣後請改事君君亦宜待我以禮學士曰能如是乎夫復何言即重行交拜禮合巹姬謝罪叩頭并取田房帳簿一切金帛珠翠盡交夫人主裁一月之間馬氏家政肅雍內外無閒言張氏於學士成親日即使人往探召而問之聞見群妾矣曰何不棒之曰鬩敗矣曰何不罵且哭曰鑼鼓聲喧無所聞曰何不尋死曰早備刀繩且誦往生咒送行矣然則夫人如何曰已服禮投降張大怒罵曰天下有如此不中用婦人乎殊誤乃娘事初學士贈姬時群門生具羊酒往賀軒轅生有乎素酗酒者與馬飲方酣張氏自屏後罵客客皆隱忍酗酒者直前揮張氏髮批其頰曰汝敬軒轅兄是我嫂也汝不敬軒轅兄是我仇也門生無子老師贈妾為汝家祖宗三代計耳我今為汝家祖宗三代治汝敢多一言者死我拳下座客爭前擁勸始得脫然裙裂衣揭幾露其私馬張素號壯夜叉一旦凶威大損愈恨馬學士計惟毒苦其所贈姬以抒憤而姬陰受學士教一味順從雖進門不與軒轅生交一言以故張雖笞罵屢加未忍致之於死居亡何學士手百金贈軒轅生曰明春將會試生宜持此盤費早入都生以為然歸辭張氏張氏慮其居家押妾喜而許之生甫登舟馬遣人迎至家扃後園中讀書而陰遣媒嫗說張氏趁軒轅生外出盡賣其妾張曰此吾心也然賣必遠方方無

後患嫗曰易易俄而有陝西賈布客醜且鬍背負三百金來叩姬出見喝采不已即成交易張氏餘怒未消褫其衫履一絲不得著身姬乘竹轎過北橋大呼我不願出跳身河中學士早備小船迎至園與軒轅生同室矣張氏聞姬投河死方驚疑而陝客已蹋門入曰我買人非買鬼汝家賣妾未曾說明何得逼良為賤賍我冀方人速還我銀怒且罵張氏無以答昇原銀三百兩去越一日有白髮藍縷男婦兩老人號哭來曰馬學士將我女賂汝家為妾女命安在生還我人死還我尸張氏無以答則撞頭拚命打掄鄰盤滿屋無完物矣張苦求隣右賄以財帛勸解去又一日武進縣捕役四五人獰獰然持硃字牌來曰事關人命請犯婦張氏作速上堂投鐵練几上鏗然有聲張問故初猶不言以銀賄之方曰某姬之父母在縣告身死不明事也張愈恐私念我丈夫在家則一切事讓他抵當何至累我一婦人出乖露醜堂上受訊耶方深悔從前待夫之薄御妾之暴行事之誤女身之無用付怨自恨間忽有戚曰倘踉蹌奔呼而至者曰軒轅相公到蘆滿橋暴病死矣我驟夫也故來報信張氏大慟不能言諸捕役曰他家有喪事我輩且去張氏成服治喪未數日捕役又至張氏乃招訟師謀緩其獄典妝奩賣屋賄書差掄擱此案訟事小停家已蕩然日食不周矣前媒嫗又來曰夫人一苦至此又無公子可守奈何張心動取生年月日命瞎姑算之瞎姑曰命犯重夫穿金戴珠張氏語媒嫗曰改嫁命也我敢違命乎但我自行主婚必須我先一見所嫁者而後可嫗引一美少年盛飾與觀曰此某公子也候選員外郎張大喜屏擋衣飾未滿七七即嫁少年方合巹忽房內一醜婦持大棒出罵曰我正妻大奶奶也汝何處賤婢敢來我家為妾我斷不容直前痛毆之張悔被媒紿又私念此是我當日待妾光景何乃一旦身受此慘報復之巧殆天意耶飲泣不能聲諸賓朋上前勸醜婦去曰且讓郎君今日成親有話明日再說於是諸少年秉花燭引張氏入卧室甫揭簾見軒轅生高坐牀上大驚以為前夫顯魂暈絕於地哭訴曰非我負君寔不得已也軒轅生笑搖手曰勿怕勿怕兩嫁還是一嫁抱上牀告以自始至終中馬老師之計張初猶不信繼而大悟且恨且慚於是修德改行卒與某村婦同為賢妻

風水客

袁文榮公父清崖先生貧士也家有高曾未葬諸叔伯兄弟無任其事者先生積館穀金買地營葬叔伯兄弟又以地不佳時日不合將不利某房為辭咸捉搦之先生發憤集房族百餘人祭家廟畢持香禱於天曰苟葬高曾有不利於子孫者惟我一人是承與諸房無礙衆乃不敢言聽其葬葬三年而生文榮公公面純黑頸以下白如雪相傳為龍轉世官至大學

士文榮公甍子陛升將葬公感於風水之說常州有黃某者陰陽名家也一時公卿大夫奉之如神黃性迂怪又故意狂傲自高其價非千金不肯至相府既至則腳踢碎盤以為不屑食也拆屋裂帳以為不屑居也陛升奮其術之神不得已曲意事之慈溪某侍郎墳在西山之陽子孫衰弱黃說袁買其明堂為葬地立券勘度畢從西山歸已二鼓矣入相府見堂上燭光大明上坐文榮公烏帽絳袍旁二僮侍如平生時陛升等大駭皆俯伏文榮公罵曰某侍郎我翰林前輩汝聽黃奴指使欲奪其地昔汝祖葬高曾是何等存心汝今葬我是何等存心某不敢答公又怒睨黃叱曰賊奴以富貴利達之說誘人財壞人心術比娼優媚人取財更為下流令左右唾其面二人皆惕息不能聲文榮公立身起滿堂燈燭盡滅了無所見次日陛升面色如土焚所立券還地於某侍郎家黃受唾處滿身白蟻緣領嚙襟拂之不去久乃悉變為虱終黃之世坐卧處虱皆成把

呂兆騶

呂公兆騶紹興人以進士為陝西韓城令嚴冬友侍講與交好閒話間問公名兆騶義是何取呂曰我前生乃北通州陳氏家馬也花白色鬣長三尺餘陳氏畜我有恩一日有我在廐中聞陳氏妻生產三日而胎不得下其戚某曰此難產之胎必得某穩婆方能下之可惜住某村隔此三十里一時難致奈何又一戚曰遣奴騎長鬣馬去立請可來言畢果一蒼頭奴來騎我我自念平日食主人芻豆今主母有急是我報恩時即奮鬣行過一澗絕險兩崖相隔丈許紆其途原可緩到而一時救主心切遂騰身躍起跌入深崖中骨折而死蒼頭以抱我背故不墜峯崖轉得不死我死後登時見烏紗神上坐曰此馬有良心在人且難得而況畜乎差役書一牒若古篆文縛置我蹄上曰押送他一好處遂再冉而升不覺已入輪回為紹興呂氏家兒周歲後頭上髮猶分兩處如馬鬣毿毿然故名兆騶也

張又華

安慶生員陳庶寧就館於淮寧重九登高出南門過一墓若有青烟起者諦視之覺冷風吹來毛骨作噤歸館中夜夢至僧舍明窗淨几竹木蕭然東壁上松江箋一小幅上有詩題是牡丹首句云東風吹出一枝紅意不以為佳視紙尾署張又華三字正把玩間有推門入者瞪眼而紅鼻身甚矮年四十餘曰我即張又華也汝在此讀我詩何以有輕我之意陳曰不敢解釋良久紅鼻者自指其面曰汝道我人耶鬼耶陳曰君來有冷氣殆鬼也曰汝以我為善鬼耶惡鬼耶陳曰能詠詩當是善鬼紅鼻者曰不然我惡鬼也即前擭之冷氣愈甚如一

圖冰沁入心坎中，陳迴竹榻旁，兜抱持之，以手捫其外腎，痛不可忍，大驚而醒，腎囊已腫如斗大矣。從此寒熱往來，醫不能治，遂卒館中。淮寧令為之殮，殮義其寓，然心終疑是何冤譴。偶問邑中老吏：「汝知此閣有張又華乎？」曰：「此安慶府承發科吏書也，死已二年，平生罪惡多端，而好作歪詩，某曾認識之，赤紅鼻，短身材，死葬在南門外，即陳所吹冷風處也。」

官癖

相傳南陽府有明季太守某歿於署中，自後其靈不散，每至黎明發點時，必烏紗束帶上堂，南向坐，有吏役叩頭，猶能頷之作受拜狀。日光大明，始不復見。雍正間，太守喬公到任，聞其事，笑曰：「此有官癖者也。身雖死，不自知其死故耳。我當有以曉之。」乃未黎明即朝衣冠先上堂，南向坐。至發點時，烏紗者遠遠來，見堂上已有人占坐，不覺趦趄不前，長吁一聲而逝。自此怪絕。

鑄文局

句容楊瓊芳，康熙某科解元也。場中題是「譬如為山」一節，出場後覺通篇得意，而中二股有數語未愜，夜夢至文昌殿中，帝君上坐，旁列爐竈甚多，火光赫然。楊問何為，旁判官長鬚者笑曰：「向例場屋文章，必在此用丹爐鼓鑄，或不甚佳者，必加炭火鍛煉之，使其完美，方進呈上帝。」楊急向爐中取觀，則己所作場屋文也。所不愜意處，業已改鑄好矣，字字皆有金光。乃苦記之，一驚而醒，意轉不樂，以為此心切故耳，安得場中文如夢中文耶？未幾，貢院中火起，燒試卷二十七本，監臨官按字號命舉子入場重錄原文。楊入場，照依夢中火爐上改鑄文錄之，遂中第一。

染坊椎

華亭民陳某有一妻一妾，妻無子，而妾生子，妻妬之，伺妾出外，暗投其子於河。隣有開染坊婦在河中椎衣，見小兒泛泛然隨流來，哀而救之，抱兒入室，哺以乳粥，忘其敲衣之椎尚在河也。陳妻雖沈兒，猶恐兒不死，復往河邊察視，不見兒，但見椎浮在水，笑曰：「吾洗衣正少此物。」遂取歸，懸之牀側。亡何，有偷兒夜入室，攫其被，陳妻驚喊，偷兒急取牀邊椎擊之，正中腦門，漿潰而死。陳氏旦報官，取驗兇器，乃天生號染坊椎也。拘染坊人訊之，其妻備述抱兒棄椎之原委，官乃取其兒還陳氏，而另緝正兇。

血見愁

吳文學粮廷，少遊京師，寓嚴州會館中。前廳三楹最宏敞，旁有東西兩廂，亦頗潔淨。最後數椽多栽樹木。有李守備者先占前廳，吳因所帶人少，住東廂中。守備懸刀柱間，刀突然出鞘

吳驚起視刀。守備曰：「我曾拄此刀出征西藏，血人甚多，頗有神靈，每出鞘必有事，今宜祭之。」呼其僕殺雞取血，買燒酒洒刀而祭。日正午，吳望見後屋有藍色衣者踰牆入，心疑白晝賊，往搜無人。吳慚眼花，笑曰：「我年未四十，而視茫茫耶？」須臾，有鄉試客范某攜行李及其奴從大門入，曰：「我嚴州人也，到此覓棲息所。」吳引至後房，曰：「此處甚佳，但牆低，外即市街，慮有賊，夜宜慎之。」范視守備刀，笑曰：「借公刀防賊。」守備解與之。秉燭而寢，未二鼓，范見牆外一藍衣人開窗入，范呼奴起，奴所見同，遂拔刀斫之，似有格鬭者。奴盡力揮刀，良久覺背後有抱其腰而搖手者，曰：「是我也，勿斫勿斫。」聲似主人。奴急放刀，回顧燭光中，范已渾身血流，奄然仆地矣。吳與守備聞呼號聲，往視之，得其故，大駭曰：「奴殺主人，律應凌遲。范奴以救主之故而為鬼所弄，奈何？盍趁其主人之未死，取親筆為信，以寬奴罪。」急取紙筆與范。范忍痛書「奴誤傷」三字，未畢而血流不止。吳之蒼頭某唶曰：「牆下有草名血見愁，何不采傅之？」如其言，范血漸止，竟得不死。吳與守備念同鄉之情，共捐貲助其還鄉。未半月，吳蒼頭溲於牆下，有大掌批其頰，曰：「我自報冤，與汝何干，而賣弄血見愁耶？」視之，即藍衣人也。

龍陣風

乾隆辛酉秋，海風拔木，海濱人見龍鬭空中，廣陵城內外風過處，民間窗櫺簾箔及所曬衣物，吹上半天。有宴客者，八盤十六碟，隨風而去，少頃落於數十里外李姓家，肴果擺設絲毫不動。尤奇者，南街上清白流芳牌樓之左，一婦人沐浴後簪花傅粉，抱一孩，移竹榻坐於門外，被風吹起，冉冉而升，萬目觀望，如虎邱泥偶一座，少頃沒入雲中。明日，婦人至自邵伯鎮，去城四十餘里，安然無恙，云：「初上時耳聽風響甚怕，愈上愈涼爽，俯視城市，但見雲霧，不知高低，落地時亦徐徐而墜，穩如乘輿，但心中茫然耳。」

彭楊記異

彭兆麟，掖縣人，同邑增廣生楊繼庵，其姑丈也。兆麟業儒，年二十餘病卒。越數年，楊亦卒。後有高密人胡邦翰者，與彭、楊素未謀面，因其仲兄久客於遼，泛海往尋，道出遼，至兆麟館，留與同居。凡兩月餘，治裝欲歸，謂兆麟曰：「今歸將赴郡應試，可為君作寄書郵。」兆麟曰：「非已將家書付使羽矣，如至掖縣，第代傳一口信可也。」及將行，又曰：「去此百餘里，余姑丈楊繼庵在彼設帳授徒，煩便道代為致候。」胡因往，又一見繼庵焉。比赴郡試，至彭家，言其與兆麟及繼庵相見顛末。其家人因二人死已二十年，以胡為妄。胡曰：「彼曾為予言巷口關帝廟壁有手迹遺書，試往廟中發壁閱之。」與遼館所書筆跡不殊。復憶別時曾告以其妻及二女乳名，兆麟妻賈氏年已四十餘，二女已嫁，非親黨無知者，乃與胡言一一相符，其家方信，而胡亦始知

其所遇之皆鬼也。胡是年入泮，未幾亦亡。後數年，又有自邊東來者，兆麟寄一馬，並其死時所服衣來。其家愈驚絕之，不受。先是兆麟疾革，謂其家曰：我死勿殮，可得復活。既死，家人以為亂命，置不論，竟殮焉。葬三日，家人見其墓穿一孔，如有物自內出者。其年高密某姓，不知兆麟之已死，延兆麟於家，教其幼子，歷八九載，從不言歸。後某子將赴郡應試，强與之俱。抵郡城馬邑地，忽謂某子曰：此處有親舊，姑就便往視之，汝先行至郭外候我。某子至所約處，久待不至，日漸暮，投宿他所。旦至師家，口稱弟子某，其家猶謂其生時曾拜門牆者，詢之，方知事在死後。相與駭愕，莫知所以。其徒涕零而別。豈兆麟之客邊東，即從此而去耶？此乾隆二十八年事。皆池令林君夢鯉所言，林掖人也。

冤鬼戲臺告狀

乾隆年間，廣東三水縣前搭臺演戲。一日演包孝肅斷烏盆，淨方扮孝肅上臺坐，見有披髮帶傷人跪臺間，作申冤狀。淨驚起避之，臺下人相與譁然。其聲達於縣署，縣令某着役查問。淨以所見對。縣令傳淨至，囑淨仍如前裝上臺，如再有所見，可引至縣堂。淨領命行事，其鬼果又現。淨云：我係偽作龍圖，不若我帶汝赴縣堂，求官申冤。鬼首肯之。淨起，鬼隨之至堂。令詢淨：鬼何在？淨答：鬼已跪墀下。令大聲喚之，毫無見聞。令怒，欲責淨。淨見鬼起立外走，以手作招勢。淨稟令，令即着淨同皂役二名尾之，視往何處滅，即誌其處。淨隨鬼野行數里，見入一塚中。塚乃邑中富室王監生葬母處。淨與皂將竹枝插地誌之，回縣覆令。令乘輿往觀，傳王監生嚴訊。監生不認，請開墓以明己冤。令從之。至墓開未二三尺，即見一屍，顏色如生。令大喜，問監生。監生呼冤，云：其時送葬人數百，共覩下土，并無此屍。即有此屍，必不能盡掩衆口。數年來何默默無聞，必待此淨方白耶？令疑其言，復問：汝視封土畢歸家否？監生曰：視母棺下土後，即返家，以後事皆土工為之。令笑曰：得之矣。陸續喚衆土工來，見其狀貌兇惡，喝曰：汝等殺人事發覺矣，毋庸再隱。衆土工大駭，叩頭曰：王監生歸家後，某某等皆歇此。適下有孤客負囊來乞火，一夥伴覺其囊中有銀，與衆共謀，殺而朋分之，即衆鍬鋤碎其首，埋王母棺上，加土填之，竟夜而成塚。王監生喜其速成，復厚賞之，並無知者。令乃盡致之法。相傳衆工理屍時，旁云：此事難明白，如要得申冤，除非龍圖再世。鬼聞此言，故藉淨扮龍圖時便來申冤云。

奇鬼眼生背上

費密，字此度，四川布衣，有「大江流漢水，孤艇接殘春」之句，為阮亭尚書所稱。康熙年間，揚將軍名展者，從征四川，過成都，宿察院。樓中人相傳此樓有怪，揚與李副將俱不信，拉費同宿。費不能無疑，張燈按劍，端坐帳中。三鼓後，樓下窣窣有聲，一怪躡梯而上。燈下視之，有頭面，無眉目，如枯柴一段，直立帳前。費拔劍斫之，怪退縮數步，轉身而走。有一眼豎生背上，長尺許，金光射人，漸行至揚將軍卧所，揭其帳，轉背放光射之。忽見將軍兩鼻孔中亦有白氣二條，與怪所吐之光相為抵拒。白氣愈大，則金光愈小，旋滾至樓下而滅。揚將軍終不知也。未幾，又聞梯響，怪仍上樓，趨李副將所。副將方熟睡，鼾聲如雷。費以為彼更勇猛，尤可無慮。忽聞大叫一聲，視之，七竅流血死矣。

子不語卷十一終

子不語卷十二

隨園戲編

掛周倉刀上

紹興錢二相公學神仙煉氣之術能頂門出元神徧歷十洲三島所遇諸魔不一而足或惡狀猙獰或妖姬豔冶錢具不為動如是者十年一日諸魔聚而謀曰再遲一月逢甲子日錢某大道成矣我輩作速下手衆以為然趁其打坐時掌抱手足放大甕中壓之雲門山腳下是夕錢家失去二相公徧尋無蹤以為真仙去矣半年後月明中見二相公坐花園高樹上大呼求救乃取梯扶下問其故自言為魔所窘幸平生服氣有術故不致凍餒而死問何以得歸曰某月日我在甕中有紅雲一道伏魔大帝從西南來我大聲呼冤且訴諸魔慫恿帝君曰作祟諸魔誠屬可惡然汝不順天地陰陽自生自滅之理妄想矯揉造作希圖不死是逆天而行亦有不合顧謂一將曰周倉汝送他還家周將軍唯唯周長丈餘所持刀亦長丈餘取紅繩縛我刀上掛此樹頂而去我亦不料即我家園樹也二相公自後隨行逐隊飲酒御內不敢復學神仙術矣

驅雲使者

宣化把總張仁奉緝私鹽過一古廟將投宿焉僧不可曰此中有怪張恃其勇竟往設帳吹燭臥至二鼓滿室盡明張起怒喝燈光外移追之見神燈萬盞投松下而滅明早往探松下有大石洞張命里人持鋤掘之得大錦被中裹一屍口吐白烟三目四臂似僵非僵張知為怪聚薪焚之後三日白晝坐有美少年盛服而至曰我天上驅雲使者以行雨太多違上帝令謫下凡間藏形石洞中待限滿後依舊上天偶於某夜出遊略露神怪是我不知韜晦原有不是然汝燒我原身亦太狠矣我現在棲神無所不得已借王子晉侍者形軀來與汝索命汝作速召某道士持誦靈飛經四十九日我之原身猶可從火中完聚汝本命應做提督一品官以此事不良上帝削籍只可終於把總矣張唯唯聽命少年騰空而去後張果以把總終

吾頭豈白斫者

蔣心餘太史修南昌府志夜夢段將軍來拜見一偉丈夫兜牟戎服叉手不揖披其頸罵曰吾頭豈白斫者蔣驚醒知有冤抑查新志並無其人查舊志有段將軍乃史閣部麾下副將死於揚州者急為補入忠義傳中

石言

呂書建寧人讀書武夷山北麓古寺中方晝陰晦見階砌上石盡人立寒風一過窗紙樹葉飛脫着石粘挂不下層瓦亦飛着石上石皆旋轉化為人窗紙樹葉化為衣服瓦化冠幘儼然丈夫十餘人坐踞佛殿閒清談推論娓娓可聽呂怖駭掩窗而睡明日起視竟無蹤跡午後石又立如昨數日以後竟成泛常了不為害呂遂出與接談問其姓氏多複姓有言晉漢魏人有二老者則秦時人也所談事與漢魏史書所載稍有異同呂甚以為樂午食後待其來詢以託物幻形之故不答問何以不常住寺中亦不答但笑語曰呂君雅士今夕月明我共來角武以廣君所未見是夜各攜刀劍來有古兵器不似戈戟而不能強加名者就月起舞或隻或雙飄瞥神妙呂再拜而謝又一日告呂曰我輩與君周旋日久情不忍別今夕我輩皆託生海外完前生未了之事當與君別矣呂送出户從此闃然呂悽然如喪良友取所談古事筆之於書號曰石言欲梓以傳世貧不能辦至今猶藏其子大延處

鬼借官銜嫁女

新建張雅成秀才兒時戲以金箔紙製盔甲鸞舁等物藏小樓上獨制獨玩不以示人忽有女子年三十餘登樓求製釵釧步摇數十件許以厚謝秀才允之問安用此曰婚女奩中所需張以其戲不之異也明日女來告張曰我姓唐東鄰唐某為某官我欲借郎君求其門上

官銜封條一紙借同姓以光蓬蓽張戲寫一紙與之次夕釵釧數足女攜餅餌數十錢數百來謝及旦視之餅皆土塊錢皆紙錢方知女子是鬼數日後半夜山中燭光燦爛鼓樂喧天村人皆啟戶遙望以為人家來下葬者近視之人盡披紅插花是吉禮也山間鴻冢素無居人好事者欲追視之相去漸遠惟見燈籠題唐姓某官銜字樣方知鬼亦如人間愛體面而學勢利異哉

雷祖

昔有陳姓獵户畜一犬有九耳其犬一耳動則得一獸兩耳動則得兩獸不動則無所得日以為驗一日犬九耳齊動陳喜必大獲急入山自晨至午不得一獸方悵悵間犬至山凹中大叫將足爬地頓其頭若招引狀陳疑掘之得一卵大如斗取歸置几上次早雷雨大作霹光繞室陳疑此卵有異置之庭中霹靂一聲卵豁然而開中有一小兒面目如畫陳大喜抱歸室中撫之為子長登進士第即為本州太守才幹明敏有善政至五十七歲忽肋下生翅騰空仙去至今雷州祀曰雷祖

鎮江某仲

某仲鎮江人兄弟三人伯無子仲有子七歲看上元燈失去不知所往仲悶甚攜背簡易山

西並冀訪子耗去數載未歸飛語謂仲已死仲妻不之信乙叔往晉伯利仲妻年少可鬻詭稱仲凶耗已真旅櫬將歸勸仲妻改適仲妻不可縗麻素髻誓為夫持服伯知其志難奪潛與江西賈人謀得價百餘金令賈仲妻去戒曰個娘子要強取黑夜命輿來見素髻者挽之去速飛棹行也歸語其妻意甚自得伯故避去仲妻見伯狀知有變甫黑即自經於梁懸絕作聲伯妻聞之奔救恐虛所賣金也抱持間仲妻素髻墮地伯妻髻亦墮適賈人轎至伯妻急走出迎摸地取髻誤帶素者賈人見素髻婦不待分辨竟搶以行伯歸悔無及嗟不能聲仲自晉歸塗如廁見包袱裹五百金在地心計此必先登廁者所遺去應不遠盍俟諸未幾遺金者果至遂與之其人感德分以金不受乃邀仲偕行數日抵其家具雞黍命一子一女出拜仲視其子宛然己子也問之良是蓋仲子失去時為人所賣遺金者無子買為己子十餘年矣仲持之泣下遺金者曰若攜子去我女即許汝子為媳婦仲歸將渡江見一人落於水呼救無應者群攫其資仲惻然亟呼曰孰肯救者我募以金救起視之是季弟也季承嫂命聶仲伯并利其死擠之落水有撟之者伯所使也仲知其情攜弟與子歸入門伯見之亡去

銀隔世走歸原主

夏鎮屬滕縣有蔣翁者勤儉成家生一子失教長而遊蕩家漸落蔣翁以為憂有關帝廟陳道士河南固始人素與蔣翁善乃私攜五百金囑道士云吾子不肖諒不能守業後日必為餓殍今以此金付汝我死後俟其改悔以此濟之倘終不悛汝即以此金修廟道士應允藏金瓦罐上覆破磬埋殿後無有知者後數月翁死子益無忌家業盡蕩妻歸外家至無棲身之地交游絕跡始萌悔念道士時周卹之蔣亦漸習操作道士見其改過乃告以其父遺金將掘出畀之乃攜鍬至藏金處適罐已失所在相與大駭蔣歸告其匪類因共譁然喉控於官官訊之道士不諱官斷賠償道士罄其當猶不滿十分之二里人多不直道士道士遂舍廟去雲遊數年過直隸蓮池禪寺掛單將行值寺僧為某觀察公誦壽生經作佛事有老僕抱公子戲於山門公子遽牽道士衣投懷不捨家人不能解因命道士抱送公子歸觀察厚贈道士遣去而公子啼哭追之不得已留道士於後園小庵飲食之一日道士設誦經為觀察公子祈福需木魚鐘磬家人以破磬付之道士驚云此我之磬也家人白其主詰之道士云磬覆瓦罐內貯五百金問安所得金乃具述蔣翁遺金之事觀察恍然知其子為蔣翁轉世此金即翁所藏而走歸原主者也告以生此子三日掘地埋胞衣因得此金以無所用付之布肆中取息已五年矣憐道士之無辜受賠且與其兒有宿緣因以此金子母贈道士並遣使送歸夏鎮致書於滕邑令將此事鐫石以紀之

人熊

浙商某販洋為生同伴二十餘人被風吹至一海島因結伴入島閒步走里許遇一人熊長丈餘以兩手圍其伴愈圍愈逼至一大樹下熊取長藤將人耳逐個穿通縛樹上乃跳去諸人俟其去遠各解所佩小刀割斷其藤逃奔回船俄見四熊擡一大石板板上又坐一熊比前熊更大前熊仍跳躍而來狀若甚樂者至樹側見空藤委地悵然如有所失石板上熊大怒叱四熊羣起毆之立斃而去眾在舟中望之各竊喜以為再生山陰吳某耳孔有一洞沈君萍如戚也問其故歷歷言之如此

繩拉雲

山東濟寧州有役王廷貞術能求雨常醉酒高坐本官案桌上自稱天師刺史怒之笞二十枷示幾州大旱禱雨不下合州紳士都言其神刺史不得已召而謝之良久許諾令閉城南門開城北門選屬龍者童子八名特差使搓繩索五十二丈待用已乃與童子齋戒三日登壇持咒自辰至午雲果從東起重疊如鋪棉王以繩擲空中似上有持之者竟不墮落待繩擲盡呼八童子曰速拉速拉八童子竭力拉之若有千鈞之重雲在西則拉之來東雲在南則拉之來北使繩如使風然已而大雨滂沱水深一尺乃牽繩而下每雷擊其首輒以羽扇遮攔雷亦遠去嗣後隣縣苦旱必來相延王但索飲不受幣且曰一絲之受法便不靈每求雨一次則家中親丁必有損傷故亦不樂為也刺史即藍芷林親家芷林為余言

燒狼筋

藍府有狼筋一條凡家中失物燒之則偷者手足皆顫有女公子失金釵一隻不知誰偷乃齊奴婢媼嫗數十人取筋燒之數十人神氣平善了無他異但見房門布簾閃顫不已揭視之釵挂其上蓋女公子走過時釵為簾所勾留耳

王老三

江西陶悔庵行五妻某氏偶與姑口角怒騰身而坐屋瓦上大笑不止再三招之始下口作北京男子音曰我天津衛王老三誰人不知年一百三十歲矣從北遷南住此已七十年此屋是翰林蔣士銓故居我猶見其初生時也家人聞之大駭問汝鬼耶狐耶曰我非鬼非狐乃半仙也我所住處被汝家五爺拆毀使我無安身之所我權立瓦屋七日既凍且餓不得不借窩你家娘子身上速買麵來潑肌與之麵一啖五斤五爺者悔庵也問五爺並未拆房何得云爾曰所拆者東廂庭柱下是也先是悔庵得古錢千文欲其生青綠故掘柱下埋之

不知即此怪所居間既惱五爺何以不附五爺身上曰彼手内有印我畏之故不敢悔庵因而自視其手果有紋正方平素亦不自知也陶太夫人責之曰汝既自稱半仙便當知男女有別何以纏擾我家娘子某氏即作男子揖狀曰我自知非禮但不附你家娘子身上恐所求不遂因知男女有別故我夜間不許他睡教他張著眼所以避嫌疑也且我高年修道豈復再有邪念耶問何求曰送我還居問作何送法曰請五爺用有印之手用紅紙寫王三先生之神位貼向東湖水邊松樹上則我去矣如其言又曰我尚需衣冠纔去乃向紙店買紙衣冠焚之又大笑曰我布衣也並未入學又未捐官何必用此金頂帽哉速換速換視店中紙冠果有金頂乃去之悔庵親持紙牌送貼東湖松樹上聞空中呼謝者再從此家中平安問其妻曰我與姑口角時忽見空中有短而鬚者以手提我至瓦上此後我不知矣怪在家作鬧時人問休咎有中有不中問多則不荅曰我荅何難但你輩亦須自惜娘子肯費此中氣閒亦作詩數句文理粗俗末落款但云王三先生高興六字而已

擇風水賈禍

河南孝感縣張息村明府葬先人於九峻山事畢別買隙地五畝許將造宗祠工人動土豎柱得一朱棺蓋已朽壞中露一尸骷髏甚大體骨長過中人胸貫三鐵釘長五六寸腰有鐵索環繞數匝工人不敢動告知明府一時賓客畫勸掩埋另擇豎柱之所張不可曰我用價買地本非強占且風水所關尺寸不可移此古墓也可以遷葬乃自作祭文具牲牢祭之祭畢仍令遷棺工人鍬方下遽仆地噴血罵曰我唐朝節度使崔洪也以用法過嚴軍人作亂縛我釘死國家戡亂不能為我洩怨誅凶葬此八百餘年張某何人敢擅遷我墓必不能相恕也言畢工人起而張明府病矣諸賓客羣為祈請病竟不減舁歸數日而卒

飛僵

潁州蔣太守在直隸安州遇一老翁兩手時時顫動作搖鈴狀叩其故曰余家住某村村居僅數十戶山中出一僵尸能飛行空中食人小兒每日未落群相戒閉戶匿兒猶往往被攫村人探其穴深不可測無敢犯者聞城中某道士有法術因斂積金帛往求捉怪道士許諾擇日至村中設立法壇謂衆人曰我法能布天羅地網使不得飛去亦須爾輩持兵械相助尤需一膽大人入其穴衆人莫敢對余應聲而出問何差遣法師曰凡僵尸最怕鈴鐸聲爾到夜間伺其飛出即入穴持兩大鈴搖之手不可住若稍歇則尸入穴爾受傷矣漏將下法師登壇作法余因握雙鈴候尸飛出儘力亂搖手如雨點不敢小住尸到穴門果狰獰怒視聞鈴聲琅琅逡巡不敢入前面被人圍住又無逃處乃奮手張臂與村人格鬭至天將明仆地而倒衆舉火焚之余時在穴中未知也猶搖鈴不敢停如故至日中衆大呼余始出而兩手動搖不止遂至今成疾云

兩僵尸野合

有壯士某客於湖廣偶居古寺一夕月色甚佳散步門外見樹林中隱隱有戴唐巾飄飄來者疑其為鬼旋至松林最密中入一古墓心知為僵尸素聞僵尸失棺上蓋便不能作祟次夜先匿於樹林中伺尸出將竊取其蓋二更後尸果出似有所往尾之至一大宅門外其上樓窗中先有紅衣婦人擲下白練一條牽引之尸攀援而上作絮語聲不甚了了壯士先回竊其棺蓋藏之仍伏於松深處夜將闌尸匆匆還見棺失蓋窘甚徧覓良久仍從原路踉蹌奔去再尾之至樓下且躍且鳴啁啁有聲樓上婦亦相對啁啁以手搖拒似訝其不應再至者雞忽鳴尸倒於路側明早行人盡至各大駭同往樓下訪之乃周姓祠堂樓停一柩有女僵尸亦臥於棺外衆人知為僵尸野合之怪乃合尸於一處而焚之

鬼幕賓

毘陵王生年四十餘遊幕閩中時盧菴莊公知屋盤縣事延至幕中是年秋與署中友暨莊遂吉諸人同至城隍廟看菊若無佳者王生偶拾一枝遺僕送歸遂吉阻之以為神前之物不可輕動王戲曰某一生直道神明必不見怪如欲加譴責我為之代辦公事一二件何如明年三月三日王生無疾而終各以為駭更餘忽醒曰予獨坐見一使者持一名柬至邀余即同步出門外登輿行里許至城隍廟神降階迎行賓主禮曰先生折我菊花許我辦案茲有某縣積案遲延日久尚未審結恭邀先生一商少頃吏捧積年案卷至主人退出余閱諸情節皆屬易辦惟有誤勾某罪人一案余批云骨肉未寒猶可還陽否則東嶽行查徹至城隍將受處分矣神出視大喜云先生所見甚合我意茶罷仍送至丹墀曰尚有一事奉託如晤包少府渠承辦工程木料日內可到矣余唯唯別出登輿而歸取牀頭青蚨三百犒其從者而醒越三日仙游大水木料皆出黑口鎮矣包少府者瞪泉同知包某也至今人呼王生為鬼幕賓

雷震蝦妖

嚴陵宋淡山於乾隆丁亥夏見遂安縣民家雷震其屋須臾天霽一無所損惟室中恒有臭氣旬日後諸親友以摴蒱之戲環聚於庭天花板內忽有血水下滴啟板視之見一死蝦蟆長三尺許頭戴騣纓帽脚穿烏緞靴身著元紗褂褡宛如人形方知雷擊者即此蝦蟆也

夢中破案

曹州劉姓以典當為業虞城張某為經理其事已二載矣少有齟齬欲歸主人留至元旦乘一青騾去相訂上元日返曹州至期不至劉因遣人促之來至其家則云未嘗歸也兩家致訟控至撫按勒限飭縣捕拏延至六月矣公差惶遽無措一夕訪於城南見有老人偕一年少相謂曰月色甚佳何不向涼亭一行曹州南城十數里舊有涼亭公差私議二人於此時往倘城門閉何由而入心異之遂先至彼相伺未幾二人果至聽所言皆陳里閭瑣事有頃少年忽云城內劉姓事至今未明余心竊計乃西門外賣餅孫姓利其財物因而害之也翁問故少年云餅店在此已數載今春修閉是以疑之翁叱云此事大有干係何得妄語意甚拂然旋云夜深可歸矣公差尾其後行甚速至南城門已閉見二人從門隙入差亟呼司閽啟鑰入城則兩人尚在前行至小街少年與翁別入門門亦未啟也復隨翁行二十餘家亦未啟扉而入差大驚叩其戶半晌翁出持紙燃披衣極困倦之狀差曰適間與少年涼亭看月何遽睡耶翁神色遲疑曰看月有之乃夢中事也差復申之往詰少年少年出亦如翁狀乃拘入縣署述夢中語次早遣二人至某村跡孫姓所居則青騾宛繫門首也因鎖拏到縣一訊而服遂起贓問抵償焉此乙巳夏間事曹州守吳忠誥向為綏德州牧與嚴道甫善告道甫也

馬變魚圃地變鵝

雍正初年伍相國為盛京將軍送馬五百匹詣黑龍江將至不數里忽一馬振鬣長嘶衆馬隨之至江口盡躍入水化而為魚嚴道甫館德州盧氏時盧有戚羅姓偶以二百錢買一鵝帶至濟南應試到時鵝價甚貴有以五百文售之者羅忽動牟利之念憶家有圃地十五畝若質錢買鵝可獲三倍之利試畢回家售地得價四出買鵝得三百餘隻復驅以往行二日至齊河過城外長橋有鵝頭帶鈴者引頸長鳴振翼而飛衆鵝相率以上觀者數十人羣相拍手須臾之間望之如白雲一片隨風而滅羅懊悔交集無可奈何搜索囊中尚餘前次買鵝錢數百文作盤費以歸自嘆祖遺圃地化鵝而去矣

聾鬼

乾隆四十九年杭州半山陸家牌樓河中淌一浮屍來村民霍茂祥素行善事為殮錢買棺殯諸市上夜夢藍衣人來曰我臨平人張某教館為業不幸失足落水蒙君殯我無以為報我能預知休咎替人禳解倘有靈應須以牲牢謝我君可得香火錢霍醒告之里人果有求必應不數日香火如雲霍夜又夢張來曰我左耳聾有來通誠者須向右耳告我於是次日人來祈禱者聽霍之言多向棺右致祭叫呼似有應聲答者村民奉之若狂呼為聾棺林霍

家取香火錢因以致富未幾仁和令楊公路過見境首若洶洶蟻聚楊怒其惑衆命焚其棺鬼遂絕

棺牀

陸秀才避亂赴閩中幕館過路江山縣天大雨趕店不及日已夕矣望前村樹木濃密瓦屋數間奔往叩門求借一宿主人出迎頗清雅自言沈姓亦係江山秀才家無餘屋延留陸再三求沈不得已指東廂一間曰此可暫榻也持燭送入陸見左停一棺意頗惡之又自念平素膽壯且捨此亦無他宿處乃唯唯作謝其房中原有木榻即將行李鋪上辭主人出而心不能無悸取所帶易經一部燈下觀至二鼓不敢息燭和衣而寢少頃聞棺中窸窣有聲注目視之棺前蓋已掀起矣有翁白鬚朱履伸兩腿而出陸大駭緊扣其帳而於帳縫窺之翁至陸坐處翻其易經了無懼色袖出煙袋就燭上喫煙陸更驚以為鬼不畏易經又能喫煙真惡鬼矣恐其走至榻前愈益諦視渾身冷顫榻為之動白鬚翁視榻微笑竟不至前仍袖煙袋入棺自覆其蓋陸終夜不眠迨早主人出問客昨夜安否強應曰安但不知屋左所停棺內何人曰家父也陸曰既係尊公何以久不安葬主人曰家君現存壯健無恙並未死也家君平日一切達觀以為自古皆有死何不先為演習故慶七十後即作壽棺厚糊其裏置被褥焉每晚必臥其中當作牀帳言畢拉赴棺前請老翁起行賓主之禮果燈下所見翁笑曰客受驚耶三人拍手大劇視其棺四圍沙木中空其蓋用黑漆綿紗為之故能透氣且甚輕

礮打蝗蟲

崇正甲申河南飛蝗食民間小兒每一陣來如猛雨毒箭環抱人而蠶食之頃刻皮肉俱盡方知北史載靈太后時蠶蛾食人無算真有其事也開封府城門被蝗塞斷人不能出入祥符令不得已發火礮擊之衝開一洞行人得通未飯頃又填塞矣

僵尸手執元寶

雍正九年冬西北地震山西介休縣某村地陷里許有未成坑者居民掘視之一家仇姓者全家俱在尸僵不腐一切什物器皿完好如初主人方持天平兌銀右手猶執一元寶握把甚牢

張飛棺

蕭松浦從四川歸云保寧府巴州昔刺史之廳事有張飛墓石穴至今未閉一朱棺懸空長九尺叩之聲鏗鏗然乾隆三十年有陳秀才某夢金甲神自稱我漢朝將軍張翼德也今世

俗驛遞公文遞夯兒霎長之諱而反犯我之諱何太不公道耶彼此大笑而寤蓋近日公文改羽遞為飛遞故也

誤嘗糞

常州蔣用菴御史與四友同飲於徐兆潢家徐精飲饌烹河豚尤佳因置酒請六客同食河豚六客雖貪河豚味美各舉箸大啖而心不能無疑忽一客張姓者斗然倒地口吐白沫噤不能聲主人與羣客皆以為中河豚毒矣速購糞清灌之張猶未醒五人大懼皆曰寧可服藥於毒未發之前乃各飲糞清一杯良久張竟蘇醒羣客告以解救之事張曰小弟向有羊兒瘋之疾不時舉發非中河豚毒也於是五人深悔無故而嘗糞且嗽且嘔狂笑不止

借屍延嗣

蕭公文登宰陽湖伊隣施嫗其夫早卒撫其遺腹子某長大娶妻李氏姑媳甚歡年餘媳忽病亡嫗家貧痛媳亡不能再娶以延夫祀呼天籲地次日將殮媳忽從炕上躍起呼姑曰我來做汝家媳婦不要再哭嫗方慶媳再生喜不自勝其子私語母曰何聲音之不似吾妻也眼光又直視恐非真李氏再生得毋野鬼憑之為祟乎隣里皆驚遂環守之三四日中閉目仰卧給湯粥飲啜如常惟姑呼之則應夫與之語則避而不答至七日後方起梳洗畢斂衽告姑曰我海寧州某村方氏女也行二年十九歲待聘未字因病死至冥府適汝家李氏媳婦在焉隨有矮鬼無數長鬼一個環跪閻君泣訴求放李氏還陽閻君怒叱將衆矮鬼逐出長鬼責二十板長鬼受責後仍再四哀求云小人父祖以來皆守本分不敢為惡罪不至於絕嗣妻辛苦萬狀方得娶一媳婦今又病亡何能有力續娶豈不令一家絕嗣乎乞放媳還陽得生子以延一脉閻君怒稍霽命判官檢簿細閱畢向長鬼曰爾媳李氏陽壽已絕不能放還姑念爾世無過惡爾妻又能守節撫孤若令乏嗣無以勸善方氏女雖年命該盡生前亦頗好善可令借李屍復活則爾無媳而得媳矣長鬼拜謝閻君指長鬼告予曰此爾翁也著他領爾借屍還魂生子延祀予遂隨翁到此翁指示予曰此爾姑也將我推跌在地開眼不見翁只見婆婆立我身旁我故只認得婆婆一人餘皆不識也我家父母俱存有一個兄弟年十六歲望遣人告知以免父母啼哭姑遣子探訪果如所云告以故其父與弟同至嫗家方氏見即相抱而哭父反退縮不敢向前曰聲音舉止雖與吾女相像而面貌不同何也女對父泣曰我假李氏軀以生非我本來面目豈得再見生身之父與同胞之弟母親忍心不來看我父與弟又疑而不肯相認生不如死矣悲痛問其母遣隣嫗來探問女兒即呼某媽媽汝從何處來我母亦來看我乎父方撫而慰之叩以往事絲毫不爽始真信其再生也姑遂款留其父與弟在家至晚令子與媳同室而處媳辭曰我處女也雖冥數已定乞俟吾母來擇吉日成夫婦禮不可苟合親隣羣稱善父亦喜甚遣其子歸迎母來治合巹焉三年後舉一子子生百日親朋來賀忽向姑曰已為汝家傳後有人我壽算久盡要去矣瞑目而逝人相傳冥官破例辦事猶陽官之因公挪移云

子不語卷十二終

子不語卷十三

隨園戲編

關神下乩

明季關神下乩壇批某士人終身云官止都堂壽止六十。後士人登第官果至中丞。國朝定鼎後其人乞降官不加遷而壽已八十矣。偶至壇所適關帝復降其人自以為必有陰德故能延壽跽而請曰弟子官爵驗矣今壽乃過之豈修壽在人雖神明亦有所不知耶。關帝大書曰某平生以忠孝待人甲申之變汝自不死與我何與。屈指計之崇禎殉難時正此公年六十時也。

遇太歲熬神禍福各異

徐壇長侍講未遇時赴都會試如廁見大肉塊遍身有眼知為太歲侍講記某書云鞭太歲者脫禍因取大棍與家丁次第替擊每擊一處則遍身之眼愈加閃爍是年成進士。蔣文肅公家中開井得肉一塊方如桌面刀刺不入火灼不燃蜿蜒而動徐化為水是年文肅公卒。任香谷宗伯未遇時走田埂上遇一人口含一刀兩手持兩刀披髮赤面傴身而過宗伯行未半里見赤面人入喪者之家知是熬神宗伯後登第。蘇州唐姓者立孝子坊忽于衣帽中得白紙帖書一熬字如胡桃大是年其家死者七人。

歸安魚怪

俗傳張天師不過歸安縣云前朝歸安知縣某到任半年與妻同宿夜半聞撞門聲知縣起視之少頃登牀謂妻曰風掃門耳無他異也其妻認為己夫仍與同臥而時覺其體有腥氣疑而未言然自此歸安大治獄訟之事判若神明數年後張天師過歸安知縣不敢迎謁天師曰此縣有妖氣令人召知縣妻問曰爾記某年月日夜有撞門之事乎曰有之曰現在之夫非爾夫也乃黑魚精也爾之前夫已于撞門時為所食矣妻大駭即求天師報仇天師登壇作法得大黑魚長數丈俯伏壇下天師曰爾罪當斬姑念作令時頗有善政特免汝死乃取大甕囚魚符封其口埋之大堂以土築公案鎮之魚乞哀天師曰待我再過此則釋汝天師自此不復過歸安云。

張憶娘

蘇州名妓張憶娘色藝冠時與蔣姓者素交好蔣故巨室花朝月夕與憶娘遊觀音靈巖等山輒並轡而行憶娘素明慧欲託身于蔣而蔣姬媵絕多不甚屬意因與徽州陳通判者有終身之託陳娶過門蔣不得再通大恚百計離間之誣控以姦拐憶娘不得已度為比邱衣食猶資于陳蔣更使人要而絕之憶娘貧窮自縊而亡居無何蔣早起進粥忽頭暈氣絕至一官衙二弓丁挾之前旁有人呼曰蔣某汝事須六年後始訊何遽至此呼者之面貌乃蔣平日門下奔走士也曾道以問憶娘者死三年矣蔣驚醒自此精氣恍惚飲食少進有元妙觀道士張某精法律為築壇持咒作禳解法三日後道士曰冤魄已到我不審其姓氏試取大缸盛以明水當有一女子現形召家人視之宛然憶娘也道士曰吾所能力制者妖孽狐狸之類今男女冤孽非吾所能驅除竟佛衣去蔣為憶娘作七晝夜道場意欲超度之卒不能遣延蘇州名醫葉天士贈以千金藥未至口便見纖纖白手按覆之或無故自擲于地蔣病益增六年而歿蔣氏從孫諸園猶藏憶娘小照戴烏紗髻著天青羅裙眉目秀媚以左手拈花而笑為當時楊子鶴筆也。

飛星入南斗

蘇松道韓青巖通天文嘗為予言宰寶山時六月捕蝗至野田中四鼓起坐胡牀督率書役見客星飛入南斗私記占驗書見此災者一月之內當暴亡法宜剪髮寸許東西禹步三匝便可移禍他人爾時我即麾去書役依法行之居亡何署中司書記者李某無故以小刀剖腹而死我竟無恙李乃我薦卷門生年少能文不料為我替災心為悵然。余戲謂韓曰公言占驗之術固神矣然如我輩全不知天文往往夜坐見飛星來往甚多倘有入南斗者竟不知厭勝法為之奈何曰君輩不知天文者雖見飛星入南斗亦無害。余曰然則公又何苦知天文多此一事而自禍禍人耶。韓大笑不能答。

楊妃見夢

康熙間蘇州汪山樵先生諱俊選陝西興平縣宿馬嵬驛中夢一女子容貌絕世明璫翠羽披襟而言曰妾有墓地為人所侵幸明府哀而察之。汪驚醒詢土人曰此間惟有楊娘娘墓道唐時改葬後墓址原有數十畝寬自宋明以來為樵牧所侵漸無餘地。汪為清理界有舊碑記存墓側土中題大唐貴妃楊氏墓乃為別置界石兼買樹百株植其上春秋設二祭焉。

曹能始記前生

明季曹能始先生登進士後遇仙霞嶺山光水色恍如前世所遊暮宿旅店聞隣家有婦哭甚哀問之曰為其亡夫作三十周年耳。詢其死年月日即先生之生年月日也遂入其家歷舉某屋某徑毫髮不爽其家環觀共來審視曹亦凄然涕下曰某書屋內有南向竹樹數十株我尚有文稿未終篇者未知猶存否。其家曰自主人捐館後恐夫人見書室而神傷故至今猶關鎖也。曹命開之則塵凝數寸遺稿亂書宛然具在惟前妻已白髮盈頭不可復認矣。

曹以家財分半與之，俾終餘年。余按文苑英華白敏中書滑州太守崔彥武事，復記前生為杜明福妻，騎馬直抵杜家，而明福老矣。乃說舊事，取所藏金釵于垣中。施宅為寺，號明福寺。與此相類。

江南客寓

滌齋先生為諸生時，在京師賈家衚衕有店號江南客寓，廳屋三間，中一間甚潔，住者絕少。先生居之，了無他異。一日外出，託所親某管其衣物，夜睡至三鼓，忽室內盡明，時並無燈燭。所親駭，揭帳視之，見一長人黑色，手提其頭，血淋漓，直立不動，呼曰：「爾何得居此？」所親狂奔出告店主。主人曰：「此屋素不安靜，爾乃必欲居之，奈何？」次日，先生歸，告之。先生曰：「此必有鬼欲申冤耳。我在此，何不現形耶？」大書一狀，向空焚之，以為爾果有冤，當于今晚赴訴。是夕，先生復睡，未一更，所見果如所訴，但持一血頭跪而不言。先生問何人，何冤，持頭者以手指口，竟無一語。次日，亦不復見。先生又常于園中月下見黑物一團，大如浴盆，追奔樹下，以脚蹋之，隨脚而滅。次日視其靴襪，黑如烟煤，并足皆黑。

荆波兒在

本朝佟相國巡撫甘肅，按站行至伏羌縣，夢神呼云：「速走速走。」佟不以為意。次晚夢如初，且云：「欲報我恩，但記荆波兒在可耳。」佟驚起，亟走。三日而伏羌縣沉為湖，卒不解救者為何神。後出巡至建昌野渡，有關公廟，上書荆波兒在四字。佟入拜謁，大為修葺，今煥然猶存。

馮侍御

馮侍御靜山居京師永光寺西街，改造書屋，掘地得黑漆棺，為改遷之。夜夢人投牒訴冤。馮時巡西城，夢中取牒閱之，告勢宦掘棺事，即己之姓名也。驚醒，得疾。疾革時，夫人聞房中哭語聲，以為病有起色，往視之，見黑衣人，素不相識者，坐床上，一閃而滅。侍御謂夫人曰：「此人吾鄉也，曾作運糧守備，運餉至京師卒，棺厝于永光寺前街僧寺中，迫近吾家，而吾不知。今聞我亦有行期，故來相約耳。可燒紙錢助其冥資。」夫人遣人至前街蹤跡棺識，宛然。知先生之終不起也。

蔡師父

崑山徐大司寇之子字冠卿，幼時就蔡師父，以其曾祖死一葉師也，葉師周姓，號書核，受司寇聘前一月，夢巨蚺以口吐紅丸逼令嚥之，腸痛而醒，就聘于徐，督冠卿嚴。冠卿素佻達，皆晉尤甚。冠卿與僕謀置酖于飯食之，而卒。後冠卿為翰林，不得志，詩文多怨誹，為人所構，就鞫刑部。見左司楊景震，大驚曰：「吾死矣。吾初見時，儼然周先生也。」次日復訊，各官俱以司寇之子稍加憐恤，楊獨怒鞫，批其頰數十下，齒左右墜。定以斬決，獄上，即刑，楊為監斬官。其家訪之，楊景震之生年月日，即周先生之死年月日也。或告之楊，楊大笑曰：「豈有是哉！使吾早知此語，轉當屈法以救之矣。」此與太平廣記載王武俊事同。

莊秀才

通州莊孝廉戊午舉人，少年貌美，其佃戶有女悅之，竟以成疾。臨卒，謂其父曰：「吾為莊秀才死也。吾思嫁莊秀才，自念門戶寒賤，事必不成，故鬱鬱成病。今雖死，此意當為致之秀才，則目瞑矣。」其父急告莊，莊往視，而氣已絕。莊赴秋闈，遇女子于淮新橋，宛然如生，入闈一切炊飯烹茶之事，見女子身為執役。是年登第。每有遠行，則女子必至。莊怖之，為置神主，祭于家，書亡妾某氏。見女子來拜謝，自此絕矣。

鵠鵠幽人

通州李臬司韓玉鉉，丙戌進士，少時好煉筆籙。忽一日，筆于空中書曰：「敬我，我助汝功名。」李再拜，祀以牲牢。嗣後文社之事，題下則聽筆之所為，尤能作擘窠大字。求者捆與，李敬奉甚至，家事外事，咨之而行，靡不如意。社中能文者，每請李作，嘆其筆意大類錢吉士。錢吉士者，前朝翰林錢憙也。李私問筆神，答曰：「是也。」自後里中人來扶乩者多，以錢先生呼之。筆神遇題跋落款，不書姓名，但書鵠鵠幽人四字。李舉孝廉，成進士，筆神之力居多。後官臬司，神助之決獄，郡中以為神。李公乞歸，神與俱。李他出，其子弟事神不敬，神怒，投書作別而去。余與李公之子方膺同官，交好，絕不向余道隻字。方膺卒後，臬司同年熊滌齋太史為余言之，并云方膺深諱其事，蓋忤神者即方膺也。

僵屍求食

武林錢塘門內有更樓，僱更夫擊柝，表裏巡邏，大衆斂貲為之，由來舊矣。康熙五十六年，更夫任三者，巡巷外，路過小廟，每至二更，聞柝聲，則有一人從廟中出，跟蹤捷走，漏五下則先柝聲入廟。如是者屢矣。任三疑廟中僧有邪約，將伺之，為詐酒肉計。次夕，月明如晝，見其人面枯黑如臘，目眶深陷，兩肩掛銀錠而行，窸窣有聲，出入如前。任三知為僵屍，因山門之內停有舊櫬，積塵寸許。詢諸僧人，云其師祖時不知誰何氏所寄厝者也。與儕輩語及之，其中黠者曰：「吾聞鬼畏赤豆、鐵屑及米，子備此三物升許，伺其破棺出，潛取以繞棺之四周，則彼不能入矣。」如其言，購買三物，侍夜二更，屍復出，伺其去遠，攜燈入視，見棺後方板一塊，俗語所謂和頭者，已掀在地，中空空無所有。乃取三物繞棺而密灑之。事畢，逕歸卧更樓上。至五更，有厲聲呼任三爺者。任問為誰，曰：「我山門內之長眠者，無子孫，久不得血食，故出外營求以救饑餓令爲雨所壓不能入棺吾其死矣可急起將赤豆鐵屑拂去之任懼不敢答又呼曰我與爾何仇何苦爲此虐耶任念與彼解圍之後彼殺我而後入何以禦之終不答雞初鳴鬼哀怨纏以詈罵久之寂然明日過樓下者見有屍僵臥乃告衆鳴官以屍還諸棺而火焚之一方得寧

僵屍貪財受累

紹興王生某食餼有年村中富家延之爲師因屋宇湫隘適相距里許有新室求售者遂買使居且曰家中摒擋未盡學徒暫館童輩明晨進館先生一夜獨眠能無懼乎王自詡膽壯且新室也何畏之有乃命童攜茗具引至書齋王周視室内畢復至門前徙倚時已夜矣月色大明見山下燐火熒熒趨往視之光出一白木棺中王念此鬼燐耶色宜碧而燄帶微赤得無爲金銀氣乎憶智囊所載有胡人數輩凶服輿櫬而葬埜城外者捕人跡之櫬中皆黃白也此棺毋乃類是幸無人可攫而取也遂取石塊擊去其釘從棺後推卸其蓋則赫然一屍面青紫而腹膨亨麻冠草屨越俗凡父母在堂而子先亡者例以此殮王愕然退縮每一縮則屍一躍再縮而屍蹶然起王盡力狂奔屍自後追之王入戶登樓閉門下鍵喘息甫定疑屍已去開窗視之窗啟而屍昂首大喜從外躍入連叩門不得入怒大聲悲呼三呼而諸門洞開若有啟之者遂登樓王無奈何持木棍待之屍甫上即擊以棍中其肩所挂銀錠散落于地屍俯而拾取王趁其傴僂時儘力推之屍滾樓下旋聞雞鳴從此寂無聲響矣明日視之屍跌傷腿骨橫卧于地遂召衆人扛而焚之王嘆曰我以貪故招屍上樓屍以貪故被人燒毀鬼尚不可貪而况于人乎

宋荔裳受惡土地之累

宋荔裳爲山東臬使族子某素不肖與總兵于七飲博爲姦于七者前明末年山東土寇降清朝者也雖爲總戎怙惡不悛以族子事告公公怒曰如此必爲家門之禍俟其歸將縛至祠堂杖殺之某聞之逃至德州夜宿土地廟中夢土地神謂曰汝毋怖大富貴至矣現在于七謀反汝可速往京師赴提督處出首且曰某地中埋有百金可取爲路費族子掘地果得金大喜以怨其叔故遂赴提督處並誣其叔與于七通謀以故荔裳被逮入獄未十日于七果反族子以首報之功受賞荔裳牽累入獄旋亦昭雪

陸夫人

某方伯夫人陸氏尚書裘文達公之乾女也文達公薨後夫人病夢有大轎在屋瓦上行來前立青衣者呼曰裘大人命來相請夫人登轎冉冉在雲中行至一大廟正殿巍峩旁有小

屋甚潔文達公科頭衣繭紬袍二童侍几上卷案甚多謂夫人曰知汝病之所由來耶此前生孽也夫人跽而請曰乾爺有力能爲女兒解免否文達公曰此處西廂房有一婦人現卧床上汝往扶之能扶起則病可治否則我亦不能救汝命小童引夫人往西廂房果有一錦金床施大紅綾幔被褥甚華中卧赤身女屍兩目瞪視無一言夫人扶之手力盡矣卒不起歸告文達公公曰汝孽難消可還家託張天師打醮以解釋之但天師近日心粗祿亦將盡某月日替蘇州顧懋德家作齋醮錯字甚多上帝頗怒奈何夫人驚醒適天師在京遂以此言告之天師檢顧家齋表稿中果有誤字法官所爲也心爲驚悸未幾夫人亡天師亦亡天師名存義顧懋德者辛未進士官禮部郎中

牛頭大王

溧陽村民莊光裕夢一怪頭上生角敲門而進謂曰我牛頭大王也上帝命血食此方汝塑像祀我必有福應莊醒告知村農村方病瘧皆曰寧可信其有斂錢數十千起三間草屋塑牛頭而人身者坐焉嗣後瘧病盡痊求子者頗效香火大盛如是數年村民周姓子兒出痘到廟先具牲牢祀神再擲卦大吉周喜許演戲爲謝未數日兒竟死周怒曰我靠兒子耕田養我兒死不如我死率其妻持鋤钯撞牛頭碎其身毁其廟合村大驚以爲必有奇禍自此寂然牛頭神亦不知何往

水定菴牡丹

江寧二尹汪公易堂訪友古北口路憩水定菴菴中牡丹盛開花大如斗汪近前賞玩菴僧戒勿折花花有妖能爲禍汪素剛笑曰我本不折花既云有妖當折而試之以手摘之花左右旋轉堅如牛筋竟不能斷取所佩刀截之花未斷而拇指傷血涔涔下汪慚且怒以袍袖裹血忍痛不言乃左手捽花頭而右手以刀截其根竟斷一枝歸置瓶中夸于人曰我今日獲花妖矣將歸藥醫手創細視之並無刀痕袍袖上亦無血迹

烏臺

粵東肇慶府即古端州包孝肅舊治也大堂暖閣後有黑井覆以鐵板爲出入所必經相傳包公納妖于井俗有包收盧放馬成湖之謠謂太守遇盧姓則妖出遇馬姓則井溢也然千百年來亦從無此二姓爲守者署東有高樓號稱烏臺俗謂包公聽斷妖鬼皆坐此臺四面磚石封固啟則爲祟凡太守履任必祀以少牢無敢啟視者前任安守有晉厨人某酒醉登樓巔揭瓦窺之見臺中有三土堆品字排列如小墳狀中間小樹一株枝青葉綠此外一無他物方瞪視間有黑氣衝起厨人自樓巔滾跌于地顛汗交作僅能言所見至夕狂叫而死

越日安公暴染瘋狂鞭撲其妻竟至身死又手刃其寵妾以此落職携入謫越而任後家第杳
亭出守是郡家信來為言若此余聞而大怒寄信云此說荒唐可也若真有其事則樓神不
法甚矣斷非包公舊迹弟何不拆而焚之

見娘堡

順治乙酉 王師破建昌明益王遁去長史劉某吳下人也逃山中不知所往其子蘐蕭從吳門赴考歸有志尋親時藩府荒圮莫可蹤跡乃禱于旴江張令公祠夢神書石潾二字與之醒而徬徨不知何地遇一尼告曰石潾在閩廣之交阻兵難行幸有曲徑七日可達如其言歷盡危險竟至其地父母依村農姚氏居焉母子相持而泣父已死矣乃持喪奉母而歸所居村名見娘堡君已奇矣尤奇者長史避難時攜家譜一册自隨戊子歲其母聞窸窣聲出自篋中以為鼠也啟視無有閉則復然一日見緋衣人數輩冉冉從篋中走出益大驚衛時而孝子至此事載姜西溟文集中韓尚書炎為之表墓

鬼糊塗

乾隆三十九年京師有無賴子韓六毆傷其父刑部審明下獄擬斬侍郎某以所毆非致命處意欲減等發落大司寇秦公奏名分所關理宜正法奉 旨依議遣刑部司獄司李慎中監斬後三日鬼附李身口稱諸大人業已寬我而汝來斬我我死不甘故來索命聞者駭然以為此鬼糊塗然而李竟不起

鬼勢利

張八郎有所懽婢婚後棄之婢幽怨成病臨死曰我不饒八郎語畢氣絕忽又張目曰八郎運甚旺不能報仇我捉八奶奶也是一樣未二年八郎夫人竟以產亡

鬼相思

岳州張某號鬼三爺以其行三為鬼所生故也父某府學廩生妻陳氏有色忽遇妖自稱鄖陽小神白晝現形與之交接張雖同牀無故自離若有梏其手足者其家遍請符籙毫無效驗三月後陳氏受胎生子空中聲鬼啾啾爭來作賀擲下紙錢無數張忿甚將到龍虎山求救于天師忽一日小神踉蹌來汗如雨下語其妻曰吾幾闖禍昨夜入汝鄰毛家偷其金盆被他家所挂鍾馗拔劍相逐我懽為所傷不得已急走將金盆擲在巷西池塘中脫逃來此汝速具酒替我壓驚次日妻告張張往毛府刺探果失金盆合家喧吪將控官捉賊張止之曰我有法替汝取來作何謝我毛氏大喜曰果得金盆憑君取索張詭作念咒狀良久喚毛氏家人徑往塘所命善泅者入水取之果得金盆毛延張上坐問以何物作謝張笑曰我請

書人不受財帛只須君家收藏書畫與我一二件足矣其家盡出所藏張選取文徵明芙蓉一幅其家覺謝禮太薄心抱不安張乃指壁上所挂鍾馗像曰賜此畫湊成兩件何如毛氏唯唯張取歸懸空中小神從此永不再來但聞園中樹上鬼哀哭三日人稱鬼相思云

關神世法

康熙癸卯舉人江闓選某縣令丁憂歸將起復時夢有甲士來自稱周倉服飾如今廟中所塑而少年無鬚手持名帖上寫治年家弟關某頓首拜驚醒大笑以為關帝行此世法未幾選山西解梁知縣往謁武廟旁塑周倉果少年無鬚者也面貌恍如夢中乃捐俸重修神廟後竟卒於任所江公即予九太守之叔太守為余言

鄉試彌封

皖江程叔才名思恭學問博雅註陳檢討四六得名以平時好古不喜時文其師唐赤子太史責之曰科名進身非此不可今歲入場之年汝宜留意因强之誦讀金陳諸大家文程唯唯終非所好四書體註等書臨場並不翻閱康熙戊戌科江南首題舉賢才曰焉知賢才而舉之次題大哉聖人之道程三場畢自言首篇頗得意唐太史讀之喜曰頗可望魁程急取案頭中庸一看愕然喪氣嗜曰不中用了我只道大哉聖人之道在禮儀三百威儀三千之下故領題出題俱承接此二句今方知是開首第一句則通身犯下矣其不中尚復何言唐亦為之悼嘆已而榜發竟中第五名唐不解所以得售之故往見主試將探問之主試某故唐公同年一見笑曰今年科場中有笑話兄知否唐問故曰 皇上有密旨謂諸生關節都放在破承領題出題三處今歲將此三處盡行彌封故有程某文字領題出題全行犯下竟中五魁將來磨勘定受參罰奈何唐笑而不言後叔才先生果被吏部磨勘罰停一科

兩汪士鋐

順治間徽州汪日衡先生元旦夢行天榜會元汪士鋐先生乃改名應之竟終身不第直至康熙某科汪退谷先生中會元榜名士鋐相隔四十餘年日衡先生死久矣孫某記乃祖之言相與嘆造化弄人亦覺無謂

雷擊土地

康熙間石埭令汪以炘素與其友林某交好後林死為石埭土地神每夜間陰陽雖隔而兩人來往如平生歡土地私謂汪曰君家有難我不敢不告第告君後恐我難逃天譴汪再三問曰尊堂太夫人分當雷擊汪大驚號泣求救土地曰此是前生惡劫我官卑職小如何能救汪泣請不已神曰只有一法可救汝速盡孝養之道凡太夫人平日一飲一饌一帳一衣務使

十倍其數很費而累發之庶幾祿盡則亡可以善終雷雖來無益也汪如其言其母果不數年而卒又三年天雨雷果至硯楷照耀滿房硫磺氣卒不下破屋而出飛擊土地廟塑像成泥

張光熊

直隸張光熊幼而聰俊年十八居西樓讀書家豪富多婢妾而父母約之甚嚴七月七日感牛郎織女事望星而坐妄想此夕可有家婢來窺讀書者否心方動見簾外一美人側身立喚之不應少頃冉冉至前視之非家中婢也問何姓曰姓王問居何處曰君之西隣晨夕見郎出入愛郎姿貌故來相就張喜即與同榻此後每夕必至有家僮伴宿女謂張曰小奴不宜在此可屏令遠宿張喚再至張遣奴奴不肯曰每夜聞郎君枕席間妮妮軟語疑有別故老主人命奴調護郎君不敢遠離張無奈何以其言告女女曰無庸將自困是夕奴未睡熟被一物攫去繩縛之挂西園樹上奴哀號求郎主救命女笑曰伊果知罪遣避即赦之如敢漏洩被老主人知者將倍令受苦奴唯唯即時繩解奴已在地矣居年餘張漸羸瘦其父問奴奴稱郎處無他故而意色漸沮父愈疑自至張齋前伺察聞帳中有婦女聲躍窗直入揭帳無人惟枕角有金簪一枝山查花一朶父念北地從無山查花此必妖魅所致怒將簪擲張不得已以實告父為延名僧法官設壇禁咒女夜間來哭謂張曰天機已洩請從此辭張亦哀慟臨別問曰尚有相會期乎曰二十年後華州相見從此遂絕張隨娶陳氏登進士第授吳江知縣推陞華州知州而陳氏卒其父在家為續娶王某之女送至華州官署成婚卻扇之夕新人容貌宛如書齋伴宿之人問其年剛二十歲或曰此狐仙感情欲而託生也語從前事恰不記憶

趙氏再婚成怨偶

雍正間布政司鄭禪寶妻趙氏有容德與鄭恩好甚隆以瘵疾亡臨訣誓曰願生生世世為夫婦卒之日旗下劉某家生一女生而能言曰我鄭家妻也劉父母大驚以為怪嗣後遂不復語八歲遇親戚從路過鄭家奴騎馬衝其車怒曰汝鄭四也自幼賣身我家何敢見我不下馬鄭奴愕然因訪至劉家見女父母具道生時之異女歸見鄭四因問汝主安否并詢一切妯娌上下奴婢田宅事歷歷如繪有奴所不知而女悉知者奴歸白之鄭鄭亦至劉家女歸視涕泣絮語良久時鄂西林相公以為兩世婚姻亦太平瑞事勸鄭續娶劉女十四歲即行合巹之禮時鄭年六旬白髮飄蕭更有嫡室女嫁年餘鬱鬱不樂竟縊死袁子曰情極而緣生緣滿而情又絕異哉

童其澍

紹興童其澍乾隆元年進士官戶部員外一日值宿衙門與同官數人夜飲忽仰天吒曰天使到矣披朝衣再拜俯伏同官問何天使童笑曰人無二天何問之有天有勅書一卷如中書閣誥封童中金甲人捧頭上而來命我作東便門外花兒閘河神將與諸公別矣言畢泣下同官以為得狂易之疾不甚介意次早大司農海望到戶部童具冠帶長揖辭官具白所以海曰君讀書君子辦事明敏如有病不妨乞假何必以神怪惑人童亦不辨駕車歸家不飲不食將家事料理三日端坐而逝東便門外居民聞連夜呼騶聲以為有貴官過就視無有花兒閘河神廟中道士葉某夢新河神到任白皙微鬚長不過中人果童公貌也

鏡山寺僧

錢塘王孝廉鼎實余戊午同年少聰穎年十六舉于鄉三試春官不第有至戚官都下留之邸中偶感微疾即屏去飲食日啜涼水數杯語其戚曰予前世鏡山寺僧某也修持數十年幾成大道惟平生見少年登科者輒心豔之又華富之慕未能盡絕以此尚須兩世墮落今其一世也不數日當託生華富家即順治門外姚姓是也君之留我不出都想亦是定數耶其戚勸慰之王曰去來有定難以久留惟父母生我之恩不能遽割乃索紙作別父書大略云兒不幸客死數千里外又年壽短促遺少妻弱息為堂上累然兒非父母真子有弟某乃父母之真子也吾父曾憶某年在茶肆與鏡山寺某僧飲茶事耶兒即僧也時與父談甚洽心念父忠誠謹厚何造物者乃不與之後耶一念之動遂來為兒兒婦亦是幼年時小有善緣鏡花水月都是幻影何能久處父幸勿以真兒視兒速斷愛牽庶免兒之罪戾其戚問生姚家當以何日王曰予此生無罪過此誠則彼生不須輪迴越三日巳刻索水盥漱畢趺坐胡床召其戚歎笑如平時問日午未曰正午曰是其時也拱手作別而逝其戚訪之姚家果于是日生一子家業饒厚行有數萬金

江秀才寄話

婺源江秀才號慎修名永能製奇器取豬尿胞置黃豆以氣吹滿而縛其口豆浮正中益信地如雞子黃之說有願為弟子者使令先封此胞坐視七日不厭不倦方可教也家中耕田悉用木牛行城外騎一木驢不食不鳴人以為妖笑曰此武侯成法不過中用機關耳非妖也置一竹筒中用玻璃為蓋有鑰開之開則向筒說數千言言畢即閉傳千里內人開筒側耳其音宛在如面談也過千里則音漸漸散不全矣忽一日自投于水鄉人驚救之半溺而起大恨曰吾今而知數之難逃也吾二子外遊于楚今日未時三刻理應同溺洞庭吾欲以老身代之令諸公救我必無人救二子矣不半月凶問果至此其弟子戴震為余言

終

隨園戲編

勾魂卒

蘇州余姓者好鬬蟋蟀每秋夜攜盆往葑門外捉取滿夜方歸一日歸晚城門已閉余驚駭無計徘徊路側見二青衣遠來履聲橐橐有聲向余笑曰君此時將安歸乎我家離此不遠盍宿我家余喜從之至則雙扉大啟室中置舊書數部磁瓶銅爐各一余手持蟋蟀十數盆腹餓甚映燈而坐二青衣各持酒脯來相與對啖隱隱聞病者呻吟及衆人喧雜聲余問故二人曰此隣家患病者勢甚迫故也未幾漏下五鼓二人相與耳語曰事宜辦矣出靴中文書一道謂余曰請君呵氣紙上余不解其故笑而從之呵畢二青衣喜以脚踏屋上而舞長丈餘皆雞爪也余大驚正欲問之二人不見壁外哭聲大作余方知所遇非人是勾魂鬼也天明啟戶欲出則門外扃鎖甚固不得出乃大呼喪家人驚開鎖入以為賊也爭毆之余具道所以且指蟋蟀盆為證曰豈有行竊而攜此累墜物者乎喪家人亦有相識者始得免所食酒脯盤盒俱喪家物也竟不知從何處攜入已身亦不解從何而進

趙西席

山東按察司白映棠家延一西席姓趙名康友康熙丁卯孝廉賓主師弟俱各相得元宵張燈彼此宴飲散孝廉就寢書齋次日遲午不起有小僮戶外窺之見孝廉頭上插紙花雙枝兩手反接口微笑而目斜睇赤身僵立僮大驚喚主人蹋戶入則已死矣當胸一圈洞通于背大如碗中無心肝不知被何物探去插花反縛剝衣者傚牲牢之形以戲之也

楊四佐領

楊四佐領者性直而和年四十餘忽謂家人曰昨夜夢金甲人呼我姓名云第七殿閻羅王缺無人補南嶽神已將汝奏上帝不日隨班引見汝速作朝衣朝冠候召子再三詰金甲神曰已經保奏無可挽回但喜所保者連汝共四人或引見時上帝不用則陽壽尚未絕言畢去夢兆如此決非偶然家中可速製朝衣冠以待家人聞之在疑信之間猶未喚縫人為製衣也是夕金甲神又來嘖曰命汝製新衣而緩緩何耶昨玉旨已降點汝作閻羅不必引見矣楊驚醒急語家人畢昏暈而逝俗例有接煞之說至期家人從俗行事有百戶胡姓者晚來臨奠過楊所居巷口見高燈旗纛中有蟒袍而盛服者疑為巡城察院侍立路側方竦視間楊在車中大呼曰胡某毋恐我陰間到任少一判官將仗君助我胡驚懼自道親老不可即死楊曰我已奏上帝事無可商汝親老吾亦知之當令我妹夫張某代汝養母言畢不見

胡奔至家深悔臨奠之行與其母相對悒悒有叩門者持銀一封曰我楊四佐領之妹夫張某也昨夢閻羅王召去命以五十金助汝家養膳之費閻羅所命不敢有違故來奉贈且速駕也胡自知將死出外辭親友越三日卒

藍頂妖人

揚州商人汪春山家畜梨園有蘇人朱二官者色技俱佳汪使居徐寧門外花園一日隣人失火火及園朱逃出巷巷西有二美人倚門立以手招之朱遂入二美自稱亦姓汪春山族妹也語方濃一豹裘而藍頂者來云是二美之父年五十許強朱為婿朱雖心貪女美而自訴家貧無以為聘藍頂者云無妨一切費用我盡任之朱欲回蘇告父母藍頂者云汝歸蘇可也但吾女貪汝貌而為婚自知非偶切勿通知吾姪春山為囑朱買舟同抵閶門語其父父故木匠亦以娶媳無力為辭藍頂者助錢二千為婚費錢皆康熙通寶朱絲穿二官攜歸路遇數捕役尾之曰此朱繩穿錢乃某紳宦家壓箱錢汝為盜驗矣將擒送官二官告以故一市之人聚觀以為怪且曰必見藍頂者纔釋汝二官云吾岳翁以錢與我原約今日為婚少頃新人花轎至矣君等伺之衆以為然果遠遠聞鼓樂聲四人皆紅半臂舁花轎至衆人鬨而往揭簾一青面獠牙者坐焉衆大駭并役亦奔散二官得脫于禍急歸家則藍頂者高坐堂中罵曰吾戒汝勿洩而汝竟告衆人且聚而捕我何昧良若是呼杖杖之二女為哀求免成婚匝月偕還揚州又歲餘二女置酒謂二官曰緣盡矣請郎還鄉二官不肯泣二女亦泣如是者數日藍頂者忽來驅逼其女二官攀衣不捨藍頂者怒以手擺二官向空中擲之冥然墜地及醒已在虎邱後山

蒙化太守

無錫曹五輯為雲南蒙化太守其子某庚午舉人江蘇巡撫莊滋圃之門生乾隆二十一年無錫大疫華劍光之子某素好行善出古畫數幅託孝廉售之囑曰得八百金為本邑埋葬死人之費曹帶往蘇州以書呈莊公莊念曹不義舉畫亦佳竟與八百金曹歸以八十金付華曰價只此華無奈何勉力補湊得數棺為瘞其暴骨者餘棺猶有待也未幾孝廉病卒太守哀悼不已焚牒于東嶽神東嶽神自稱居官清正子無罪不宜得此報歸而假寐見青衣人持東嶽神帖請往至大殿外神迎于階下曰公見責良是但爾子近為不肖之行也人之骨令千百人骨暴原野公不信可歸至爾子書齋啟笥視之言畢命人擁一囚至枷鎖鋃鐺即其子也太守抱之哭驚醒急往其子書齋啟笥尚餘七百餘金詢其僕方知當畫匿價之實其子媳亦未知也太守自此哀子之思為之少衰

店主還債

甘泉縣役鄒姓者月夜過西門大街夜已三鼓路無行人鄒見槐樹下小屋門開一女倚門立鄒偽吃烟取火者就之女勿避鄒喜攜女入屋坐凳上話談良久約以次日復往明早伺之槐樹下並無居人一厝館小屋也從窗外窺棺發見然凳上灰痕有兩人並坐形迹心知鬼迷意忽忽不樂一日早起謂其妻曰有人欠我銀七兩二錢我將往索已而不及次日聞街前有人云某茶館有人飲茶其茶館主人猝死官驗無他故飭店主買棺殮之招屍親識認妻聞往視果其夫也問主人棺價適符七兩二錢之數

許氏女報奶娘仇

杭州許某業鹽家生女纔四十日忽遍身紅腫而死五日後附魂於小婢口稱我為你家女兒命不該死皆因奶娘不好自家貪睡將我放在大廳階磨下全不照管被左隣開喪人家煞神走過觸犯致死我今要向奶娘討命許氏爺娘聞之悲泣告以奶娘乃海鹽人自汝死後彼已去矣從何處往報耶女云取身契看便知住處如其言乃往視良久曰勿勞爺娘我自會往報但燒紙船一隻與我許家燒與之婢蹶然起矣嗣後奶娘存亡亦不復往問

蠱

雲南人家家畜蠱蠱能糞金銀以獲利每晚即放蠱出火光如電東西散流聚衆譟之可令墮地或蛇或蝦蟆類亦不一人家爭藏小兒慮為所食養蠱者別為密室命婦人餵之一見男子便敗蓋純陰所聚也食男子者糞金食女子者糞銀此雲南總兵華封為予言之

酏人取香火

杭州道士廖明斂錢立聖帝廟塑像開光之日鄉城男婦蜂集拈香忽一無賴來昂然坐聖帝旁指像侮慢之衆人苦禁道士曰不必聽其所為當必有報須臾無賴仆地呼腹痛盤滾不已遂死七竅血流衆大駭以為聖帝威靈香火大盛道士以之致富逾年其黨分財不勻出首去年無賴之慢神乃道士賄之教其如此其死乃道士先以毒酒飲之而無賴不知也有司掘驗其骨果青黑色遂誅道士而聖帝香火亦衰

科場二則

江西周學士力堂癸卯鄉試題是學而優則仕一節文思幽奧房考張某不能句讀怒而批抹之置孫山外晚間各房考歸寢張忽囈語不止自批其頰曰如此佳文而汝不知尚忝然作房考乎自罵自擊不止家人以為中風急請衆房考來撿視之得所抹周卷讀之俱不甚解乃曰試薦之何如大主考為禮部侍郎任公蘭枝閱而驚曰此奇文通場所無可以冠多

士也會副主考德公閱文倦假寐几上伺其醒告之德公問何字號曰男字第三號德曰不必閱文竟定解元可也任問故曰我寢方酣忽見金甲神向我賀曰汝第三兒子中解元矣今得男字三號之卷豈非其驗耶言畢閱文亦大加嘆賞遂定此科第一榜填後衆問周本房某夢中囈語之故茫然不知周後為福建巡撫總督南河

雍正丙午江南鄉試其時聘各道省甲科司分校事皆少年英俊有張豐者科分既久自居前輩性尤迂滯每晚必焚香祝天曰豐年衰學荒恐不稱閱文之任恐試卷中有佳文及其祖宗有陰德者求神明暗中提撕衆房考笑其癡相與戲弄之折一細竿伺其燈下閱卷有所棄擲則於窗紙外穿入挑其冠如是者三張大驚以為鬼神果相詔也即具衣冠向空拜又祝曰某卷文實不佳而神明提我想必有陰德之故如果然者求神明再如前指示我衆房考愈笑之俟其將棄此卷復挑以竿張不復再閱直捧此卷上堂而兩主司已就寢矣乃扣門求見告以深夜神明提醒之故大主考沈公近思閱其卷曰此文甚佳取中有餘君何必神道設教耶衆房考噤口不敢言及榜發見此卷已在榜中各譁然笑告張曰我輩弄君張正色曰此非我為君等所弄乃君等為鬼神所弄耳衆亦折服

狸稱表兄

六合老梅巷多狸夜出迷人在窗外必呼人字稱曰表兄人相戒不答則彼自去有夏姓少年讀書巷中月夜聞呼疑為人也開窗答之見一婦人招手而貌甚醜意欲相拒竟被擁抱入室扯脫下衣大吸其勢精盡乃去據云其力甚大不能自主且毛孔腥臊所經之處皆有餘臭經月始散

陸大司馬墳

杭州陸大司馬家方卜葬時其子某聽形家言以千金買清波門外地初下窆時啟得一棺形製甚偉衆戚友咸勸毋動舊棺別穿一穴陸不可曰我以重價買地彼何人敢占我耶掘而棄之是夕陸得病自批其頰口稱葛老太太云汝奪我安宅以而父為尚書耶我兒子亦前明侍郎也問為誰曰葛寅亮子誼為鄉魁于科名為前輩竟藐汝父拋我骨汝父安乎陸大司馬夫人率全家泣請延僧齋醮燒紙錢十萬葛太太似有允意忽又作侍郎公語云傷我母墳不可還也少頃又作族祖梯霞先生口吻從中說情侍郎終不允卒索其命去當鬼祟時陸有戚舒十九者新館選翰林歸在旁勸曰陸某以價買墳何名為奪鬼在陸口罵曰後生小子新得一官敢來饒舌恐自身難保耳陸亡後月餘舒亦亡

鬼父集

上虞令邢某與妻素不睦，因角口批其頰，妻怒自縊。三日後見形為祟，伺邢與妾臥，便吹冷風揭帳，或滅其燈。邢怒，請道士持咒作法，攝鬼於東廂，而以符封之，加官印焉。鬼竟不去。亡何，邢調知錢塘，後任上虞者來開廂房，鬼得出，遂附一小婢身作祟如故。後任官呼鬼語曰：「夫人與邢公有仇，與小婢無涉，何故害之？」鬼曰：「非敢害了婢，我借附他身以便求公。」問：「何求？」曰：「送我到錢塘邢某處。」曰：「夫人何不自行？」曰：「我枉死之鬼，沿路有河神攔截，非公用印文關遞不可，并求簽兩差押送。」問：「差何人？」曰：「陳貴、滕盛。」二人者，皆已故役也。後任官如其言，焚批文解送之。邢公方在寢室晚膳，其妾忽倒於地，大呼曰：「汝太無良，汝逼我死，乃禁我於東廂受飢餓耶？我今已歸來，不與汝干休。」自此錢塘署中日夜不寧。邢不得已，再請道士作法，加符用印，封移錢塘獄中。鬼臨去呼曰：「汝太喪心，前封我於東廂，猶是房舍，今我何罪，而置我於獄乎？我有以報汝矣。」未逾月，獄有重犯自縊死，邢因此被劾罷官。大懼，誓將削髮為僧，雲遊天下。同寅官有捐貲助其衣缽者，未及行而病卒。

狐鬼入腹

李鶴峯侍郎之子鵷，字醫山，辛巳翰林，能詩，爽朗，好宋儒理學。燈下讀書，忽兩女子絕美來與戲狎，李不為動。少頃，李晚膳畢，忽腹中呼曰：「我附魂茄子上，汝吃茄即吃我也。我已居汝腹中，汝復何逃？」即燈下女子聲。李自此兩目瞪然，若迷若痴，或以手自批其頰，或大雨首頂一石跪雨中，衣裳淋漓，不敢入內，或對人膜拜，拉之不起。面色黃瘦，日漸不支。鬼常借李君手作字，與人酬答。其同年蔣君士銓往視之，問：「汝貌甚佳，何不來訪我，而必從李君耶？」李手書二字曰：「無緣。」蔣又問：「汝絕世佳人，何為居腹中污穢之地？」李手書二字罵曰：「下足。」時江西巡撫吳公與侍郎善，乃招李往，為延張天師設壇於滕王閣，齋三日，誦咒三日。其法官懸牌曰：「三月十五日拏妖。」臨期，觀者如堵。天師上坐，法官旁坐，令李跪，張其口向法師。法師中兩指入其口，撮而擲之，一小狐如貓，從口中出，呼曰：「我為姊探信，不料被擒，姊慎毋出腹中。」應聲曰：「唯。」方知腹中尚有一妖。天師封符於罈，投之大江。李微覺神清，而腹中嘆息之聲大作，曰：「我與汝有宿世冤，因尋汝不著，故拉仙姑同來，不料反為彼禍，使我心轉不安，我愈不饒汝矣。」言畢，腹痛不止。天師問法官：「李翰林可救乎？」法官取鏡照其腹曰：「此是翰林前生冤鬼，非妖也，法籙不能治。」天師以告中丞，中丞亦無奈何，仍送李還家養病，遂卒。

怪詐人父

李玉雙孝廉家有婢名春雲，頗有姿，年十五，李欲納為妾，與其妻有成說矣。春雲白日見瓦上一男子下，撫其背而嘆之曰：「汝髮甚香，當大貴，宜從我，勿從主人。主人處館窮儒，雖中舉不

過一教官終耳。你向主人言，命其讓我，且供我酒饌，我便替汝家玉雙關之。」大怒，然亦無如何。是夜怪竟來與婢配合，婢求主人具酒饌，如其言，則日夜安寧，否則飛磚擲瓦之禍畢作。玉雙不得已，與人謀將此屋招人承買。玉雙館於望仙橋施氏，不常在家。一日，有商人孫耕文來看屋，敲門，有蒼髯老翁衣灰鼠袍出迎，搖手曰：「此屋是我祖遺，並未出賣，勿聽小兒玉雙妄語，私相授受，將來要受訟累。」孫大駭，走告玉雙，責以父在，子不得自專。玉雙曰：「先君亡已十餘年，家中並無此翁。」乃知為怪所揶揄，冒認為父，彼此大笑。自後人知屋有怪，屢賣不成。玉雙乃命婢父母領女還家，勿索身價。婢剺面翦髮，誓不肯歸。其母慮為怪所害，以繩縛之，綑載還家，另嫁一士人，怪竟不來。

皂莢下二鬼

丹陽南門外呂姓者，有皂莢園，取利甚大。每結實時，呂氏父子守之，防有偷者。一夕月下，其父坐石上看樹，樹下有蓬頭髮鬖鬖然從土中出，懼而不視，呼其子往覘之，有紅衣女子閃然起。父驚仆地。其子狂奔入室，女追之至大門，忽僵立不動，一足在門外，一足在門內。子大呼，家人持刀杖齊集，畏其冷氣射人，俱不敢近。女子從容起行，傴身入牀下，遂不見。其子持薑湯灌醒其父，扶以歸。招鄰人共掘樹下，果一朱棺，中有紅衣女尸，如夜所見。嗣後父子不敢看園守樹矣。逾三日，皂莢樹下又有仆於地者，呂氏子亦灌醒之，問其由來，曰：「我西鄰也。見君家皂莢甚多，無人看守，故來偷竊，不意見樹下有無頭人以手招我，故駭而仆地。」其子又集人掘之，得黑棺，埋一無頭尸，皆僵不腐，聚而焚之，其怪遂絕。

中山王

江寧布政司署，為徐中山王故府，中有寶安殿，供奉中山王像，一几一椅，灰高數寸，例不敢拭，拭者有災。帳幔桌幃，俱以黃綾為之。乾隆四十年，方伯某上任之日，即往行香，心念中山王爵雖貴，亦人臣也，帷幔黃色，似乎太僭，命以紅綾易之。是夕火光照耀，急往視之，則一帳一帷俱已焚盡，而几案絲毫無傷。細查並無引火之物，於是悚然怖懼，仍以黃色綾易之。

狀元不能拔貢

狀元黃軒，自言作秀才時，屢試高等。乙酉年，上江學使梁瑤峯賞其才，以拔貢許之。臨試之日，頭暈目眩，握筆一字不能下。梁不得已，以休寧縣生員吳鶴齡代之。及榜出，後病乃霍然。從此灰心於功名，自望得一縣佐州判官，心足矣。後三年竟連捷，以至廷試第一，而吳鶴齡遠館溧水，以傷寒病終，終於貢生。

謹權量

方敏慤公署直隸按察使時饒陽民婦侯蕭氏拒姦被殺有周秋者迹可疑而狡詐不肯吐實懸案二載公閱案牘盡三鼓坐而假寐夢一人持素紙下寬上窄缺左角中有方孔孔下有謹權量三字寤後細思周字下寬左缺而謹權量三字皆土字在下移土之文於方孔之上則成周字且月令謹權量三字乃秋政也兇人為周秋無疑矣一訊而服此事載公行狀中

拘忌

塞侍郎某性多拘忌每遇人談有死喪二字必作噴嚏以啐散之路逢殯柩則急往親友家解下衣帽撲撒數次以為將晦氣撒在人家與己無與矣又薛生白常往李侍郎家看病請晨往侍至日午始出侍郎以面向內以背向外兩公子扶之而行坐定診脈口答病源終不回顧薛大駭疑其面有惡疾故不向客問其家人家人云主人貌甚豐滿並無惡疾所以然者以某日喜神方在東故不肯背之而出又是日辰已有衝故必正午方出耳

奇術

康熙間成其範善風角三藩之變成為中書凡千里外用兵之事日有所奏皆奇驗以此官至理藩院侍郎常赴席東華門張參領家已坐定矣忽脫冠帶置几上謂主人曰我腹痛將如廁出門呼其與夫飛奔而歸與夫問故搖手曰我與汝三人皆此日劫數中人我不敢不到故留衣冠以厭之言未畢東華門火藥局大發延燒數十家張參領家已為灰燼又有計小堂者以妖言惑衆充發黑龍江至旅店中飯桌仄小差三人不能同坐小堂以手扯之頃刻桌長三尺差役曰汝以此得罪尚不悔改而作此狡獪乎小堂怒而起扯其所乘馬送入牆內僅留一尾在外搖擺差哀求乃拔其尾而出之至配所與某將軍交善一日忽來泣曰緣盡矣不知何時再見揮手作別將軍留之不可但見小堂冉冉升空而去將軍遣到彼帳中訪之則已死矣

狐仙自縊

金陵評事街張姓屋西書樓三間相傳有縊死鬼人不敢居封鎖甚密一日有少年書生戴衣冠而來求寓其家張辭以家無空屋書生愠曰汝不借我我自來居日後胃犯無悔張問其意知為狐仙既云西邊書房三間可以奉借因此房有鬼私心欲狐仙居為之驅除然口不言其故書生甚謝而去次日門樓中有笑語聲連日不斷張知狐仙已來日具雞酒供之未半月樓上寂然無聲張疑狐仙已去將重封鎖其門上樓視之有黃色狐自縊於梁上

高白雲

四川高白雲先生名辰辛未翰林長于天文占驗之學嘗就館于岳大將軍家卒業歸觀星象知山東氣惡已而果有王倫之事未遇時請乩仙問終身仙贈詩云少時志業蛟潛壑老去功名鳳峙岡先生不解後由祠部主事陞鳳陽府同知未到任卒其子扶櫬來江寧層千儀鳳門外方悟乩仙第二句之應

梁觀察夢應

廣東梁兆榜觀察其族某素奉佛妻有娠夢觀音大士謂曰汝生子可名兆榜將來是三甲第八名進士驚醒果生一男夫婦甚喜以兆榜名之即為捐監以待入塲及年長頑蠢異常不能識字捐監照無用乃以與族姪使下塲即觀察也果庚午辛未連捷會試出侍郎雙公門將殿試時雙公欲為送表聯於讀卷官觀察辭曰門生先有夢兆已定為三甲第八名進士殿試前列似難以人謀也雙公笑而不信殿試榜發竟得二甲六十八名雙公愈笑其誕觀察亦疑夢之不足憑矣是科進呈十卷第一名為某相國之子上改拔杭州吳鴻為狀元嫌二甲八十名太多命分二十卷置三甲於是梁公仍為三甲第八名進士雙公嘆曰易稱聖人先天而天不違斯言信矣

大胞人

壬辰二月間余過江寧縣前見道旁爬一男子年四十餘有鬚身面縮小背負一肉山高過於頂黃脹膨亨不知何物細視之有小竅而陰毛圍之方知是腎囊也囊高大而倍於其身而拖曳以行竟不死乞食於途

錢文敏公夢辛稼軒而生

錢文敏公維城初名辛來以其尊人夢辛稼軒而生公故也改名後乃字稼軒以存夢讖乙丑科前四月夢行天榜狀元李某已為探花榜眼不著姓名後榜發公為狀元而李某竟在二甲以知縣用亦不可解

鬼入人腹

焦寧廉妻金氏門有算命瞽者過召而試之瞽者為言往事甚驗乃贈以錢未而去是夜金氏腹中有人語曰我師父去矣我借娘子腹中且住幾日金家疑是樟柳神問是靈哥兒否曰我非靈哥乃靈姐也師父命我居汝腹中為巢購取財帛言畢即捻其腸肺痛不可忍焦乃百計尋覓前瞽者數日後遇諸途擁而至室許除患後謝以百金瞽者允諾呼曰二姑速出如是者再內應曰二姑不出矣二姑前生姓張為其家妾被其妻某凌虐死某轉生為金氏我之所以投身師父作樟柳神者正為報此仇故也今既入其腹中不取其命不出瞽者

大鬻曰既是宿孽我不能救。遂逃去。焦懸符拜斗終于無益。每一醫至腹中人曰此庸醫也藥亦無益。且聽入喉。或曰此良醫也藥恐治我。便扼其喉藥吐而後已。又曰汝等欲求我尚可。若用法律治我我先嚙其心肺。嗣後每聞招僧延道。金氏便如萬刃刺心。滾地哀號且曰汝受我如此煎熬而不自尋一死。何看性命太重耶。焦故彭芸楣侍郎門生。彭聞之欲入奏誅僧者。焦不欲聲揚求寢其事。金氏奄奄垂斃。此乾隆四十六年夏間事。

牛僵尸

江寧銅井村人畜一牝牛。十餘年生犢凡二十八口。主人頗得其利。牛老不能耕。宰牛者咸請買之。主人不忍。遣童餵養。俟其自斃。乃掩埋土中。是夜聞門外有擊撞聲。如是者連夕。初不意即此牛。月餘為祟更甚。聞吼聲蹄聲。於是一村之人皆疑此牛作怪。掘驗之。牛尸不壞。兩目閃閃如生。四蹄爪皆有稻芒似夜間破土而出者。主人大怒。取刀斷其四蹄。並剖其腹。以糞穢沃豬之。嗣後寂然。再啟土視之。牛朽腐矣。

袁州府署大樹

江西袁州府署後園有大樹。高十餘丈。每夜有兩紅燈懸其巔。或近視之。必有泥沙拋擲。春夏則蜈蚣蛇蠍下焉。人以故不敢押褻。乾隆年間有戚姓者來為太守。惡其為妖。召匠數人持刀斧伐樹。畫像妻子無不諫者。太守不為動。自坐胡床督匠伐樹。樹上飛下白紙一張。上有字數行。墜太守懷中。太守視之。色變而起。趣揮匠散。至今大樹猶存。然終不知紙上作何語。太守亦終不為人言。

燧人鑽火樹

四川苗洞中人跡不到處。古木萬株。有首尾闊數十圍高千丈者。邛州楊某為採貢木故親詣其地。相度群樹。有極大楠木一株。枝葉結成龍鳳之形。將施斧鋸。忽風雷大作。冰雹齊下。匠人懼而停工。其夜刺史夢一古衣冠人來。拱手語曰。我燧人皇帝鑽火樹也。當天地開闢後。三皇遞興。一萬餘年。天下只有水並無火。五行不全。我憐君民生食。故捨身度世。教燧人皇帝鑽木出火。以作大烹。先從根上起鑽。至今灼痕猶可驗也。有此大功。君其忍鋸我乎。刺史曰。神言甚是。但神有功。亦有過。神問何也。曰。凡食生物者。腸胃無烟火氣。故疾病不生。且有長年之壽。自水火既濟之後。小則瘡痔。大則痰壅。皆火氣熏烝而成。然後神農黃帝嘗百草。施醫藥。以相救。可見燧人皇帝以前民皆無病。可治自火食後。從此生民年壽短矣。且下官奉文採辦。不得大木不能消差。奈何。神曰。君言亦有理。我與天地同生。讓我與天地同盡。我有曾孫樹三株。大皆十牛。儘可合用消差。但兩株性恭順。祭之便可運斤。其一株性倔強。須我諭之。纔肯受伐。次日如其言。設祭施鋸。果都平順。及運至川河。忽風浪大作。一木沉水中。萬夫曳之。卒不起。

鬼怕冷淡

揚州羅兩峯自言能見鬼。每日落。則滿路皆鬼。富貴家尤多。大概比人短數尺。面目不甚可辨。但見黑氣數段。旁行斜立。呪呪絮語。喜氣曉人旺處。則聚而居。如逐水草者然。揚子雲曰。高明之家。鬼瞰其室。言殊有理。鬼逢牆壁窗櫺。皆直穿而過。不覺有礙。與人兩不相關。亦全無所妨。一見面目。則是報冤作祟者矣。貧苦寥落之家。鬼往來者甚少。以其氣衰地寒。鬼亦不能甘此冷淡故也。諺云窮得鬼不上門。信矣。

鬼避人如人避烟

兩峯云。鬼避人。如人之避烟。以其氣可厭而避之。並不知其為人而避之也。然往往被急走之人。橫衝而過。則散為數段。須圍湊一熱茶時。方能完全一鬼。其光景似頗喫力。

賣蒜叟

南陽縣有楊二相公者。精于拳勇。能以兩肩負糧船而起。旗丁數百。以篙刺之。篙所觸處。寸寸折裂。以此名重一時。率其徒行教常州。每至演武場傳授槍棒。觀者如堵。忽一日。有賣蒜叟龍鍾傴僂。咳嗽不絕聲。旁睨而揶揄之。衆大駭。走告楊。楊大怒。招叟至前。以拳打磚牆。陷入尺許。傲之曰。叟能如是乎。叟曰。君能打牆。不能打人。楊愈怒。罵曰。老奴能受我打乎。打死勿怨。叟笑曰。老人垂死之年。能以一死成君之名。死亦何怨。乃廣約衆人。寫立誓券。令楊養息三日。老人自縛于樹。解衣露腹。楊故取勢于十步外。奮拳擊之。老人寂然無聲。但見楊雙膝跪地。叩頭曰。晚生知罪了。拔其拳已夾入老人腹中。堅不可出。哀求良久。老人鼓腹縱之。已跌出一石橋外矣。老人徐徐負蒜而歸。卒不肯告人姓氏。

借棺為車

紹興張元公在閶門開布行。聘夥計孫某者。陝人也。性誠謹而勤。所經算無不利市三倍。以故賓主相得。三五年中。為張致家資十萬。孫乞歸。張堅留不許。孫怒曰。假如我死。亦不放我歸乎。張笑曰。果死。必親送君歸。三四千里。我不辭勞。又一年。孫果病篤。張至床前問身後事。曰。我家在陝西長安縣鐘樓之旁。有二子在家。如念我前情。可將我靈柩寄歸付之。隨即氣絕。張大哭。深悔從前苦留之虐。又自念十萬家資。皆出渠幫助之力。何可食言不送。乃具賻儀千金。親送柩至長安。叩其門。開。長子出見。告以尊翁病故。原委為之泣下。而其子爽然。但喚家人云。爺柩既歸。可安置廳旁。既無哀容。亦不易服。張駭絕無言。少頃次子出見。向張致謝數語亦揚揚如平常張以為此二子殆非人類豈以孫某如此好人而生禽獸之二子乎正驚嘆間其母在內呼曰行〻遠來得無餓乎我酒饌已備惜無人陪奈何兩子曰行主張先生父執也卑幼不敢陪侍其母曰然則非汝死父不可命二子肆筵設席而已侍大介出髒棺罵曰業已到家何必裝痴作態死者大笑掀棺而起向張拜謝曰君真古人也送我歸死不食言張問何作此狡獪曰我不死君肯放我歸乎且車馬勞頓不如臥棺中之安逸耳張曰君病既愈盍再同往蘇州曰君命中財止十萬我雖再來不能有所增益留張宿三日而別終不知孫為何許人也

孫伊仲

常州孫文介公元孫伊仲赴江陰應試舟泊于野天將久矣路見古衣冠者問何去曰應試其人叱曰功名富貴可襲取乎水源木本可終絕乎此之不知應試何為言畢不見伊仲恍惚如夢歸至舟中欲不應試同人勸行不得已仍至江陰患瘧甚劇昏熱時見古衣冠者又來曰爾無父我無子風雨霜露哀哉傷心伊仲悚然即買舟南歸以此言告本族方知文介公本無子嗣其宗人為子後其家子孫皆嗣子所出而嗣子之墓久不可考矣趙恭毅公孫刑部郎中某代訪得消息墓為沈氏所佔乃為助錢議贖還之此乾隆四十三年事

子不語卷十四終

子不語卷十五

隨園戲編

姚端恪公遇劍仙

國初桐城姚端恪公為司寇時有山西某以謀殺案將定罪某以十萬金賂公弟文燕求寬文燕允之而憚公方正不敢向公言希冀得寬將私取之一夕者公於燈下判案忽梁上男子持匕首下公問汝刺客耶來何為曰為山西某來公曰某法不當寬如欲寬某則國法大壞我無顏立於朝矣不如死指其頸曰取容曰公不可何為公弟受金曰我不知曰某亦料公之不知也騰身而出但聞屋瓦上如風掃葉之聲時文燕方出京赴知州任公急遣人告之到德州已喪首於車中矣據家人云主人在店早飯畢上車行數里忽大呼好冷風我輩急送綿衣往視頭不見但血淋漓而已端恪題刑部白雲亭云常覺胸中生意滿須知世上苦人多

吳鼐

揚州吳鼐行九鹽賈子也年二十將往廣東某鹽司署中館娶舟至滕王閣下白晝見一女與公差來舟中云尋君三世今日得見面矣吳鼐茫然不知所來家人知為冤鬼日以苕帚打其見處無益也從此吳鼐言語與平時迥異由江西以及廣東二鬼皆不去入署之日女鬼忽入洞房索其坐位與新人爭上下惟新人與吳鼐聞其聲云我本漢陽娼婦與吳鼐昵遂訂婚姻以所蓄萬金與至蘇州買屋開張布字號訂明月日來漢陽迎娶不意吳挾金去五年竟無消息我因自經死到黃泉哭訴漢陽城隍移查蘇州城隍回批云此人已生湖南尋至湖南新城隍又查明已生揚州及至揚州而吳又來廣東追至江西始得相逢今日婚姻之事我不能阻但須同享榮華等語新人大駭白之藩臺不得已竟虛其位待之始得安然鬼差口索杯箸求食乃另設席相待閱一月吳鼐告歸買舟回揚鬼亦索輿甚迫欲隨其輿以登舟揚州士人早知此事而不信于吳鼐抵揚之日填街塞巷以待其歸見其四輿入城前果二空輿肩輿者亦覺其若有人坐一時好事者作再生緣傳奇閱半月吳鼐妻與女鬼約脩道場七日焚冥鏹于瓊花觀中勸之去女鬼欣然諾之其時鬼差已去道場中設女魂牌于殿之西側每日吳鼐妻設席親祭至第七日大雨遣家人往供家人失足跌于路即供以泥污之饌鬼大嗔不止吳鼐責其家人而鼐妻又約以九日道場圓滿之後女鬼向鼐妻稱謝謂吳鼐曰後十年來再索汝命我且暫去鼐惶懼捨身為城隍役至期則白日睡去至今揚之人皆知吳九鬍子為活勾差

麻林

長隨麻林與李二交好。李以貧死，而林家資頗厚。一夕，夢李登其牀，責之曰：「我與汝平日兩弟兄，頗莫逆。今我死無子孫，汝不以一豚蹄見祭我墳，何忍心也？」林唯唯許諾。李起身出戶。而林猶覺腹上有物相壓，疑李魂未散，急起視之，乃一小豬壓被上，屎矢淋漓，方知李魂附豬而來也。心大省悟，即縛小豬賣之，得二千文，為備酒肉，親至其墳祭之。

鶴靜先生

厲樊榭未第時，與周穆門諸人好請乩仙。一日，有仙人降盤，書曰：「我鶴靜先生也。平生好吟，故來結吟社之懽。諸君小事問我，我有知必告；大事不必問我，雖知亦不敢告。」嗣後凡杭城祈晴禱雨、止瘧斷痢等事，問之必書日期開藥方，皆驗。其他休咎，則筆臥不動。每日祈請，但書「鶴靜先生」四字，向空焚之，仙輒下降，有所唱和，詩尤清麗，和雁字至六十首。如是一年，樊榭、穆門請與相見，拒而不許。諸人再四懇求，曰：「明日下午在孤山放鶴亭相候。」諸公臨期放舟伺之，至日昃，無所見，疑其相紿，各欲起行。忽空中長嘯一聲，陰風四起，見偉丈夫，鬚長數尺，紗帽紅袍，以長帛自挂于石牌樓上，一閃而逝，疑是前朝忠臣殉節者也。自此乩盤再請亦不至矣，惜未問其姓名。

子不語　卷十五　二

門戶無故自開

孫叶飛先生掌教雲南五華書院，正月十三夜，院門無故自開，樞限皆脫，以為大奇。次日城中轟傳家家門戶昨晚皆無故自開，不知是何妖異。何之月餘，大小平安，了無他故。

黃陂元鶴

陝西黃帝陵向有兩元鶴，相傳為上古之鳥，朔望飛鳴，居人可望不可即。乾隆初年，又有二小鶴，同飛羽色亦黑。一日，忽空中飛下大鵰，以翅撲小鶴斃，為所傳老鶴知之，雙來啄鵰，格鬬良久，雲雷交至，鵰死崖石上，其大可覆數畝，土人取其翅當作屋瓦，蔭庇數百家。

土地迎舉人

休寧吳衡，浙江商籍生員。乾隆乙酉鄉試，榜發前一日，其家老僕夜臥，忽醒，喜曰：「相公中矣。」問何以知之，曰：「老僕夜夢過土地祠，見土地神駕車將出，自鎖其門，告我曰：『向例省中有中式者，土地例當迎接。我現充此差，故將啟行。汝主人即我所迎也。』」吳聞之，心雖喜，終不信。已而榜發，果中第十六名。

孫烈婦

歙縣紹村張長壽妻孫氏，父某工武藝，孫自幼從父學。年及笄，歸長壽。長壽家貧，娶婦彌月，即客浙西。有賊數人，窺婦年少，夜往撬其門，將行不良。婦左手執燭，右手持挺，與賊鬬。賊被創仆地而逃。又一年，長壽病死，婦從容執喪，既葬，閉戶自縊。鄰人以婦强死，懼其為祟，集僧作佛事超度之。夜將半，僧方誦經，見婦坐堂上，叱曰：「我死于正命，並非不當死而死者，何須汝輩禿奴來此多事？」僧皆驚散。後村有婦某與人有私，將弒夫者，忽病狂，呼曰：「孫烈婦在此責我，不敢不救。」嗣後合村奉孫如神。

小芙

黔北王氏婦夢美女子，媿己為男子而與之合，曰：「我番禺陳家婢小芙也。子前身為僕，與我有約而事露，我憤死，宿緣未盡，故來結歡。」婦醒，即病顛，屏夫獨居，時自言笑，皆男子褻語，忘己之為女身也。久之，小芙白晝現形，家人百計驅之，莫能遣。會鄰舍不戒于火，小芙呼告王氏，得免于難，王家德之，聽其安居。年餘，一夕謂婦曰：「我緣已盡，且得轉生矣。」抱婦大哭，稱與哥哥永訣。婦顛病即已，後竟無他。

鬼寶塔

杭人有邱老者，販布營生。一日，取賬回，投宿店，窺店中人滿，前路荒涼，更無止所，與店主商量。主人云：「老客但大否？東後牆外有椴子房數間，日久無人敢宿，恐藏邪祟，未敢相邀。」邱老曰：「吾計半生所行，不下數萬里，何懼鬼為？」於是主人執燭偕邱老穿室內，行至後牆外，視之，空地一方，約可四五畝，貼牆矮屋數間，頗潔淨。邱老進內，見桌椅牀帳俱全，甚喜。主人辭出。邱老以天熱，坐戶外納涼，是夕淡月朦朧，恍惚間似前面有人影閃過，邱疑賊至，注目視之，忽又一影閃過，須臾連見十二影，往來無定，如蝴蝶穿花，不可捉摸，定睛熟視，皆美婦也。邱老曰：「人之所以畏鬼者，鬼有惡狀故也。今豔冶如斯，吾即以美人視鬼可矣。」遂端坐看其作何景狀。未幾，二鬼踞其足下，一鬼登其肩，九鬼接踵以登，而一鬼飄然據其頂，若戲場所謂搭寶塔者然。又未幾，各執大圈，套邱頸上，頭髮俱披，舌長尺餘。邱老笑曰：「美則過于美，惡則過于惡，情形反覆，極似月下人情世態，看汝輩到底作何歸結耳。」言畢，羣鬼大笑，各還原形而散。

子不語　卷十五　三

棺蓋飛

錢塘李甲素勇，夕赴友人宴，酒酣，座客云：「離此半里，有屋求售，價甚廉，聞藏厲鬼，故至今尚無售主。」李云：「惜我無錢，說也徒然。」客云：「君有膽能在此中獨飲一宵，僕當出此室奉君。」眾客云：「我等作保。」即以明晚為訂。次午，作隊進室，安放酒餚，李帶劍升堂，眾人闔戶反鎖，去借隣家聚談候信。李環顧廳屋，其旁別開小門，轉身入，有狹衖，荒草叢茸，後有環洞門，半開半掩李心計云我不必進去且在外俟其動靜乃燒燭飲酒至三更聞腳步聲見一鬼高徑尺臉白如灰兩眼漆黑披髮自小門出直奔莚前李急挺劍起其鬼轉身遁衝李遂至環洞門內頃刻狂風陡作空中棺蓋一方似風車兒飛來向李頭上盤旋李取劍亂斫無奈頭上愈重身子漸縮有泰山壓卵之危不得已大叫其友伴在隣家聞之卒衆入見李將被棺蓋壓倒乃併力搶出背負而逃後面棺蓋追來李愈喊愈追雞叫一聲蓋忽不見于是救醒李甲連夜搬歸次日共詢房主方知後園矮室停棺時時作祟尊飛蓋壓人死者甚衆於是鳴于官焚以烈火其怪乃滅李病月餘始愈常告人曰人群不如雞群豈鬼不怕人反怕雞耶

油瓶烹鬼

錢塘周軼韓孝廉性豪邁某年暑甚偕七八人暮夜泛湖行至丁家山下一友曰吾聞淨慈寺長橋左側多鬼盍往尋之或得見其真面可供一笑衆相慫慂上岸同行橋邊見扳夜網者挈魚而走孝廉熟視是其管墳人也乃云此網借我一用明早奉還管墳人允之遂付僕從肩駄此網而行衆友詢故孝廉云余將把南屏山下鬼一網打盡各大笑遂捸山僻小路步去是夜月明如晝見前林中有一婦紅衫白裙舉頭看月衆友云此時夜深必無女娘在外是鬼無疑誰敢作先鋒者孝廉願往大步前進相去半箭許冷風吹來婦人回身滿面血

流兩眼倒挂孝廉戰慄僵立不行連聲呼網來網來衆人向前一網打去不見形迹網中僅得枯木尺許擕歸敲管墳者門借利鋸寸寸鋸開有鮮血淋漓乃買主人點燈油一瓶擕上船尾然火烹油將鋸斷枯木送入瓶中一時飛起青烟竟成焦炭衆人達旦入城告親友云昨夜油瓶烹鬼大是奇事

無門國

呂恒者常州人販洋貨為業乾隆四十年為海風所吹舟中人盡沒惟呂抱一木板隨波撇賸飄入一國人民皆樓居樓有三層者五層者祖居第三層父居第二層子居第一層其最高者則曾高祖居之有出入之戶無遮關之門國人甚富無盜竊事呂初到時言語不通以手指畫久之亦漸領解聞是中華人頗知禮敬其俗分一日為兩日雞鳴而起貿易往來至日午則舉國安寢日斜時起照常行事至戌時又睡矣問其年稱十歲者中國之五歲也稱二十者中國之十歲也呂所居處離國王尚有千里無由得見官員甚少有偶從者呼為巴羅亦不知是何職司男女相悅為婚好醜老少各以類從無攙越勉強致嗟怨者刑法尤奇斷人足者亦斷其足傷人面者亦傷其面分寸部位絲毫不爽姦人子女者使人亦姦其子女如犯人無子女則削木作男子勢狀椓其臀竅呂居其國十有三月因南風之便附船還

中國據老洋客云此島號無門國從古未有通中國者

宋生

蘇州宋觀察宗元之族弟某幼孤依叔叔待之嚴七歲時赴塾師處讀書偷往戲場看戲被人告知其叔懼不敢歸逃于木瀆鄉作乞丐有李姓者憐而收留之俾在錢鋪傭工頗勤慎遂以婢鄭氏配之如是者九年宋生頗積貲財到城內燒香遇其叔於途勢不能匿遂以實告叔知其有蓄惜令還家別為擇配生初意不肯且告叔云婢已生女矣叔怒曰我家大族豈可以婢為妻逼令離婚李家聞之情願認婢為女另備妝奩陪嫁叔不許命寫離書寄鄭而別為娶于金氏鄭得書大哭抱其女自沉于河越三年金氏亦生一女其叔坐轎過王府基忽旋風括轎而起家人視之痰湧氣絕頸有爪痕是夜金氏夢一女子披髮瀝血訴曰我鄭氏婢也汝夫不良聽從惡叔之言將我離異我義不再嫁投河死今我先報其叔當即來報汝夫與汝無干汝毋怖也但汝所生之女我不能饒以女易女亦是公道報法妻醒告宋生生大駭謀之友友曰元妙觀有施道士能作符驅鬼俾其作法牒之酆都可也乃以重幣賂施施取女之生年月日寫黃紙上加天師符押解酆都其家果平靜三年後生方坐書窗白日見此婢來罵曰我先拏汝叔遲拏汝者為惡意非從汝起且猶戀從前夫妻之情故也

今汝反先下手牒我酆都何不良至此今我牒限已滿將覓訴與城隍神神嘉我貞烈許我報仇汝復何逃宋生從此痴迷不省人事家中器具無故自碎門撐棍棒空中亂飛舉家大懼延僧超度終于無益十日內宋生死十日外其女死金氏無恙

屍香　二則

杭州孫秀姑年十六為李氏養媳李翁挈其子遠出家只一姑年老矣隣匪嚴虎窺秀姑有色借乞火為名將語挑之秀姑不從乃遣所暱某作餌搔頭弄姿為蠱惑計秀姑告其姑姑罵斥之嚴虎大怒詈曰女奴不承檯舉我不淫汝不止朝夕飛磚擲門李家素貧板壁單薄絕少親友嚴又無賴隣人無敢攖其鋒于是婆媳相持而哭一日黎秀姑晨起梳頭嚴與其黨登屋上各解褌挺其陽以示之秀姑不勝忿遂密縫內外衣重重牢固而私服鹽滷死其姑哀號欲告官無為具呈者忽有異香從秀姑所卧處起直達街巷行路者皆愕眙相視嚴虎知之取死貓死狗諸穢物雜置李門外以亂其氣而其香愈盛適有總捕廳某路過聞其香怪之查問街隣得其冤乃告知府縣置嚴虎于法而旌秀姑于朝至今西湖上牌坊猶存

荆州府范某鄉居家甚富而早卒子六歲倚其姊以居姊年十九知書解算料理家務甚有法族匪范同欺其弟幼屢來借貸姊初應之繼為無厭之求姊不能應范同大怒與其黨謀

去其妹。為吞噬計。乃俟城隍賽會時。沉其妹於河。又縛沉一錢店少年。以兩帶束其屍。報官相驗。云平素有姦。懼人知覺。故相約同死。縣官信之。命棺殮掩埋而已。范氏家產盡為族匪所占。逾年。荆州太守周鍾宣到任。過范女墳。有異香從其墳起。問書役。中有知其冤者。為白其事。乃掘男女兩墳驗之。屍各如生。手足頸項。皆有綑縛傷痕。于是拘訊范門。則數日前已為厲鬼祟死矣。太守具酒食香紙祭女墳。表一碣曰。貞女范氏之墓。覓白後。兩屍俱腐化。

儲梅夫府丞是雲麾使者

儲梅夫宗丞能養生。七十而有嬰兒之色。乾隆庚辰正月。奉使祭告嶽瀆。宿搜敦鄗亭。是夕旅店燈花散采。倏忽變現。如蓮花。如如意。如芝蘭。噴烟高二三尺。有風霧回旋。急呼家童觀之。共為詫異。相戒勿動。是夕夢見羣仙五六人。招至一所。上書赤雲岡三字。呼儲為雲麾使者。諸仙列坐松陰聯句。有稱海上神翁者。首唱曰。蓮炬今宵獻瑞芝。次至五松丈人。續曰。羣仙佳會飄吟髭。又次至東方青童。曰。春風欲換楊柳枝。旁一女仙笑曰。此雲麾使者過瀆河句也。汝何故竊之。相與一笑。忽燈花作爆竹聲驚醒。

唐配滄

武昌司馬唐配滄。杭人也。素有孝行。卒于官。後五年。其長子在粵。遣館四川長媳鄧氏在杭病劇。忽作司馬公語云。冥司念我居官清正。勅為武昌府城隍。念爾等新作人家。我既無遺物與汝輩。新婦媍勤儉。特來救護。但須至獅子橋覓劉老娘來。託他禳解。伊次子字瞷武者。往覓得。遣至家中。即杭俗所稱活無常也。問此病汝能救否。答云。我奉冥司勾提。何敢私縱。今爾家太爺去向閻羅王說情。或得生亦未可定。因問你見太爺何在。答云。此刻現在向閻神說話。少頃曰。太爺出門。想至冥府去了。病者靜臥不言。逾時曰。太爺來。病者即大聲曰。汝已得生無慮也。是時視病者有親友在座。鄧氏作司馬語。各道款洽。宛如生前。其次子因跪請云。父既為神。應預知休咎。兒輩將來究作何結局。司馬厲聲曰。做好人。行好事。自有好日。何得預問。又云。我今日為自家私事。勤勞廟中夫役。速焚紙錢。并給酒飯酬之。語畢。病者仍復原音。病亦自愈。此乾隆二十四年五月事。至今鄧氏尚存。

裘文達公為水神

裘文達公臨卒。語家人曰。我是燕子磯水神。今將復位。死後汝等送靈柩還江西。必過此磯。有關帝廟可往求籤。如係上上第三籤者。我仍為水神。否則或有譴謫。不能復位矣。言終卒。家人聞之。疑信參半。舊顧某信之獨堅。曰。公為王太夫人所生。太夫人本籍江寧。渡江時曾求子于燕子磯水神廟。夜夢袍笏者來曰。與汝兒。并與汝一好兒。果逾年生公。公妻熊夫人

挈柩歸。至燕子磯。如其言卜于關帝廟。果得第三籤。送柩家大哭。焚紙錢。敝江立木主于廟旁。有尹文端公詩碣。子往蘇州阻風于此。乃揖其主而題壁曰。燕子磯邊泊小舟。公柩下過。摩挲舊碣惻懷此山阿。短髮蕭蕭雪。長江渺渺波。江神如識我。應送好風多。次日果大順風。

莊生

葉祥榴寺丞云。其友陳姓家延西席莊生。八月間日暮。諸生課畢。陳姓弟兄弈于書齋。莊旁觀之倦。起身歸家。莊家離陳姓里許。須過一橋。莊生上橋失足跌地。急起趨家。扣門不應。仍返陳氏齋。陳弟兄弈局未終。乃閒步庭院。見軒後小門內有圓亭。巨燭無數。心嘆主人有此雅室。不作書齋。再數步。見小亭中有婦臨窗。色頗美。心覺動。既而曰。此東人內室。見此不過非禮也。趨出。仍至齋中小坐。見主人棋為乃弟暗欺。主人他顧若不覺者。代為道知主人。張皇似驚。仍復不係。莊復大聲呼曰。不依我全盤輸了。且以手到局上指告。陳氏兄弟驚惶。趨內燈為之熄。莊不得已。仍回家。至橋復又一跌。起赴家叩門。開者納焉。莊以前次叩門不應之事。罪其家人。家人曰。前未聞也。莊次日赴館。見燈盞在地。棋局尚存。恍然若夢。少頃主人出曰。昨夜先生去後。鬼聲大作。甚至滅火。真怪事。莊然告以曾來救棋。東人曰。吾弟兄並未見先生復至。莊曰。且有一證。我到尊府花園。見有臨窗婦人。陳笑曰。我家並無花園。何有此婦。莊曰。在軒後。莊即拉陳同至軒後。有小土門。內僅菜園半畝。西角有一豬圈。育小豬六口。五生一斃。莊悚然大悟。蓋過橋一跌。其魂已出。後一跌則魂仍附體。倘不戒于淫。則墮畜生道矣。

褐道人

國初德侍郎某與褐道人善。道人精相術。言公某年陞官。某年得紅頂。某年當遭雷擊。德公疑信參半。後陞官一如其言。乃大懼。懇道人避雷擊之法。道人故作難色。再四求之。始言只有一法。公于是日約朝中一二品官十餘位。環坐前廳大炕上。公坐當中。過午時則可。德公如其言。至是日天氣清朗。將午。起黑雲風雨暴至。雷聲轟轟欲下復止。忽家人飛報老太太被雷攝至院中。德公大驚。與各官急趨往扶。則霹靂一聲。將炕擊碎。視其中有一大蝎。長二尺許。太夫人故無恙也。尋褐道人。已不見矣。始知道人即蝎精也。以術愚人。冀以自衛。智亦巧矣。非雷更巧。則德公竟不知為其所用也。

佟觭角

京師傅九者。出正陽門。過一巷。路狹人衆。挨肩而行。一人劈面來。急走如飛。勢甚猛。傅不及

逃。兩胸相摩，覺與己身合而爲一。頓覺身如水淋，寒噤不止。急投一飯店坐定，忽大言曰：你攔我去路，可惡已極。于是自扎其頰，自捋其鬚。家人迎歸，徹夜吵鬧，或言有話無常終將角者能治之。正將延請，而傅九已知之，罵曰：我不怕銅騎角也。未幾，終至，瞋目視曰：汝何處鬼，來此害人？速供來，不實供，叉汝下油鍋。傅瞪目不言，但切齒咋咋有聲。其時男女觀者如堵。終命油一鍋，燒柴煎之，手持一銅叉向傅臉上旋繞，作欲刺狀。傅果戰慄，自供：我李四也，鳳陽人，追于飢寒，盜殺人墻，被人捉着，一時倉猝用鐵鍬拒捕，連傷兩人，坐法當斬。今日綁赴菜市，我極力掙脫逃來，不料爲此人攔住，心實忿忿，故與較論。終曰：然則速去勿遲。乃倚叉而坐。傅大哭曰：小人在獄中，兩脚凍爛，不能行走，求賜草鞋一雙，且求祕藏，不教官府知。逃再來捉緊。傅家人即燒草鞋與之，乃伏地叩頭，伸脚作穿狀。觀者皆笑。終問何往，曰：逃禍須遠，將奔雲南。終曰：雲南萬里，豈旦夕可至？半路必爲差役所拏，不如跟我服役，可得一吃飯處也。傅叩頭情願。終出囊中黃紙小符焚之，傅仆地不動，良久蘇醒，問之茫然。是日刑部秋審，訪之，果有發墓之犯，已梟示矣。蓋惡鬼猶不自知其已死也。終年五十餘，寡言笑，睡往往睡三四日不起，至其家者，堂門以內無寸木纖埃云。其平日所服役者皆鬼也。

淘氣

永州守惠公之奴，年少狡黠，取名淘氣，服事書房。見牀前流螢一點，光大如雞卵，心異之。時天暑，赤臥牀上，覺陰處蠕蠕有物動，摸視之，即螢火也。笑曰：么麼小蟲，亦愛此物耶？引被覆身而睡。夜半有人伸手被中，捫其陰，且捋其毬角，按其馬眼。其時身欲轉折，竟不能動，似有人來交接者，良久精遺矣。次日身頗倦憊，然冥想其趣，欲其再至，不以告人。日暮浴身，裸以俟之。二更許，螢火先來，光愈大，照見一女甚美，冉冉而至。奴大喜，抱持之，遂與綢繆。叩其姓氏，曰：妾姓姚，父某爲明季知府，曾居此衙。妾年十八，以所慕不遂，成瘵而死。生時酷愛梨花，斷氣時囑老母即葬此園梨樹下。愛卿年少，故來相就。奴方知其爲鬼，舉枕投之，大呼而出。徑叩宅門，宅中婢女疑爲火起，爭起開門，見其赤身，俱不敢前。主人自出叱而問之，奴以實告，乃命服以硃砂，且爲著魂。次日掘梨樹下，果得一朱棺，剖而視之，女色如生，乃焚而葬之。奴自此恂恂不復狡黠，群伴笑曰：人不可不遇鬼，淘氣遇鬼不復淘氣矣。

白蓮教

京山富人許翁世居桑湖畔，娶新婦某，妝奩頗厚，有偷兒楊三者羨之。年餘，聞翁送其子入京，新婦有孕，相伴惟二婢，乃夜入其室，伏暗處伺之。至三更後，燈光下見有一人，深目虬鬚，負黃布囊，從窗而入，楊念吾道中無此人，屏息覷之。其人袖出香一枝，燒之于燈，置二婢所。

隨向婦寢處喃喃誦咒，婦忽躍起，向其人赤身長跪。其人開囊出一小刀，剖腹取胎，放小磁罐中，背負而出。婦尸仆于牀下。楊大驚，出戶尾之，至村口一旅店，抱持之，大呼曰：主人速來，吾捉得一妖賊。眾隣齊至，視其布囊，小兒胎血猶涔涔也。眾大怒，持鍬鋤擊之，其人大笑，了無所傷，乃沃以糞，始不能動。及旦，送官刑訊，曰：我白蓮教也，夥伴甚多。方知漢湘一帶胎婦身死者，皆受此害。獄成，遂遲其人，賞偷兒銀五十兩。

服桂子長生

呂琪從其兄官嶺南司馬，署有古井，夏夜納涼，見井中有聲琤琤然，升起數紅丸，大如彈，桃疑有寶。次早遣人縋下探焉，得隔年桂子數十粒，鮮赤可愛。琪戲以井水服焉，日七枚，七日而盡，頓覺精神強健，如服役者然。年九十餘。

伊五

披甲人伊五者，身矮而貌陋，不悅于軍官，貧不能自活，獨走出城，將自縊，忽見有老人飄然而來，問何故輕生。伊以實告。老人笑曰：子神氣不凡，可以學道，予有一書授子，够一生衣食矣。伊乃隨行數里，過一大溪，披蘆葦而入，路甚曲折，進一矮屋，止息其中，從老人受學，七日而術成。老人與屋皆不見。伊自此小康。其同輩韋思喧嘖之，伊無難色，同登酒樓，五六人恣情大飲，計費七千二百文，眾方愁其難償，忽見一黑臉漢登樓拱立曰：知伊五爺在此，款客主人遣奉酒金，解腰纏出錢而去，數之，七千二百也。眾大駭，與同步市中，見一人乘白馬急馳而過，伊縱步追之，叱曰：汝身上費可急與我。其人惶恐，下馬，懷中出一皮袋，形如半張豬脬，授伊，竟走。眾不測何物，伊曰：此中所貯，小兒魂也。彼乘馬者乃過往遊神，偷攫人魂無算，倘不遇我，又死一小兒矣。俄入一衚衕，有向西人家門內哭聲嗷嗷，伊取小囊向門隙張之，出濃烟一縷，射此家門中，隨聞其家人云：兒甦矣。轉涕爲笑。眾由是神之。適某貴公有女爲邪所憑，聞伊名，厚禮招致。女在室已知伊來，形色慘沮。伊入室，女匿屋隅，提熨斗自衛。伊周視上下，出曰：此器物之妖也，今夕爲公除之。漏三下，伊囊中出一小劍，鋒芒如雪，被髮跣足，仗之而入。眾家人伺于院外，尋聞室中叱咤聲、擊撲聲，與物觸擲聲、詬詈喧鬧聲，良久寂然。但聞女叩頭哀懇，不甚了了。伊呼燈甚急，眾率僕婢秉燭入，伊指地上一物相示曰：此即爲祟者。視之，一藤夾膝也。聚薪焚之，流血滿地。

諸廷槐

嘉定諸廷槐家有再醮僕婦李姓者，忽鬼扼其喉，口稱：是汝前夫，我病時呼茶索藥，汝多不係，以至氣忿而亡。冥王以我陽數未盡，受積鬱死，與枉死者一般，不肯收留，遊魂飄蕩，受盡飢寒。汝在此飽食煖衣。我心不服。故扼汝喉。使汝陪我忍飢。廷槐知為鬼所憑。上前手批其頰。鬼呼痛逃去。廷槐視其掌黑如鍋煤。少頃鬼又作鬧。廷槐再打。婦無懼色。手亦不黑矣。罵曰。你家主人。初次打我。出我不意。故被他打痛。今我已躲入汝背脊骨縫中。雖用掌心雷打我。亦不怕也。于是衆家人代為請曰。汝妻不過婦道有虧。事汝不周。並非有心殺汝。無大仇可報。況汝所生子女。賴渠改嫁後夫替汝撫養。也算有良心。汝何不略放鬆手。俾其少進飲食。鬼唯唯。婦覺咽喉一清。登時喫飯三碗。衆人知其可動。乃曰。主人替汝超度何如。鬼又唯唯。遂設醮延僧誦往生咒。鬼去而復至。曰。和尚不付度牒。我仍不能託生也。乃速焚之。鬼竟去而婦安矣。當作鬧時。最畏主人之少子。曰。此小相公頭有紅光。將來必貴。我不願見之。或問可是諸府祖宗功德脩來乎。曰。非也。是他家陰宅風水所蔭。問何由知。曰。我與鬼朋友數人。常在墳間乞人祭掃之餘。獨不敢上諸府墳。因隴上有熱氣一條。如火衝出故也。

王都司

山東王某作濟寗都司。忽一日。夢南門外關帝廟周倉來曰。汝肯脩帝廟。可獲五千金。王不信。次夜又夢關平將軍來曰。我家周倉最誠實。非誑人者。所許五千金。現在帝君香案腳下。汝須黑夜秉燭來。五千金可得。王喜且驚。心疑香案下地有藏金。分應我得者。乃率其子持

皮口袋往。以便裝載。及至廟中。天已黎明。見香案下睡一狐。黑而毛。兩目金光閃閃。王悟曰。得無關神命我驅除此妖耶。即與其子持繩索捆縛之。裝放口袋中。留之歸家。口袋中作人語曰。我狐仙也。昨日偶醉。唱喚聖帝廟中。觸怒神明。故託夢于君。教來收拾我。我原有罪。但念脩煉千年。此罪尚小。君不如放我出袋。彼此有益。王戲問何以見謝。曰。以五千金為壽。王心記周倉關平兩將軍之言驗矣。即釋放之。頃刻變成一白鬚翁。唐巾飄帶。言詞溫雅。藹然可親。王乃置酒設席。與談過去未來事。且問都司窮官。如何能得五千金。狐曰。濟寗富戶甚多。俱非行仁義者。我擇其尤不肖者。竟往彼家拋磚打瓦。使他頭疼發熱。心驚膽戰。自然彼必尋求符籙。延請道士。君往說我能驅邪。但書花押一個。向空焚之。我即心照而去。又關別家。如此一月。則君之五千金得矣。但君官職止于都司。財量亦止五千金。過此以往。不必妄求。吾報君德。亦從此逝矣。未幾。濟寗城內外疫癘大作。雖犬不寗。但王都司一到。便即安寗。遂得五千金。捨二百金脩聖廟。祭奠周關兩將軍。乞病歸里。至今小康。

子不語卷十五終

子不語卷十六

隨園戲編

杭大宗為寄靈童子

萬近蓬奉斗甚嚴。每秋七月。為盂蘭之會。與施柳南刺史同設道場。施能見鬼。凡來必祭者。俱能指為何人。且與言語。方立壇時。先書列死者姓名。向壇焚化。萬故杭大宗先生弟子。忘書先生名。施見是夕諸公俱集。有人短白鬚。披夾紗袍。不冠而至。罵曰。近蓬我弟子。今日設會。獨不請我何也。施素不識杭。不覺目瞪。旁一人曰。此杭大宗先生也。施向前揖問先生何來。曰。我前生是法華會上點香者。名寄靈童子。因侍香時見燒香女美。偶動一念。謫生人間。在人間心直口快。有善無惡。原可仍歸原位。惟以我好譏貶人。黨同伐異。又貪財。為觀音所譏。不許即歸原位。因自指其手與口曰。此二物累我。問先生在陰間樂乎。曰。我在此無甚苦樂。頗散蕩。游行自如。問先生何不仍投人身。杭以手作拍勢笑曰。我七十七年人身。倏忽過去。回頭想來。有何趣味。曰。先生何不仍求觀音收留。曰。我墜落亦因小過。容易超度。可告知近蓬替我念穢迹金剛咒二萬遍。便可歸原位。問陳星齋先生何以不來。曰。我不及彼。彼已仍歸桂宮矣。語畢。上座大哄笑曰。施柳南一日不出仕。我輩田允兄大有嗅處。田允兄者。俗

言鬼字也。

西江水怪

徐漢甫在江西。見有呪取魚鱉者。日至水濱禹步持呪。波即騰沸。魚鱉陣至。任擇取以歸。其法不得多取。約日需若干。僅給其值而已。一日偶至大澤。方作法。忽水面涌一物。大如獮猴。金眼玉爪。露牙口外。勢欲相攫。其人急以襆蒙首走。物奔來躍上肩。抓其額。人即仆地流血暈絕。衆咸奔救。物見衆至。作聲如鵝鳴。躍高丈許遁去。人不敢捕。傷者亦甦。北人云。此水怪也。以魚鱉為子孫。吾食其子孫。故來復仇耳。其爪銛利。遇物破腦。非蒙首而得衆力。則斃其爪下矣。

仲能

唐再適先生觀察川西時。有火夫陳某。嗜飲。一夕方醉臥。覺有物據其腹。視之。乃一老翁。鬚髮皆白。貌亦奇古。朦朧間不甚了了。陳以同伴戲己。不甚驚怖。時初秋。適覆單衾。因舉以裹之。且挾以臥。曉視衾內有一白鼠。長三尺餘。已壓斃矣。始悟據腹老人即此怪。按此即玉策記所云仲能。善相卜者。能生得之。可以預知休咎。

雀報恩

周之俾好放生尤愛雀鳥恒置米穀于瓦下飼之中秋夜明倒在如故忽病氣絶惟心頭溫家人守之四晝夜甦云初出門獨行曠野日色昏暗寂不從人心懼疾馳數十里見城外宴然無烟火俄有老人扶杖來視之乃亡父也跪而哀泣父曰我喚汝來答曰迷路至此父曰爾無傷尋之入城至一衙署前又有老人綸巾道服自内出乃亡祖也相見大驚責其父曰爾亦糊塗何尋兒至此叱父退手挽之俾行有二隸手鐵鏈兇惡大呼曰既來此安得便去與其祖相爭奪忽有儀從自西來呼二隸鐵鏈咤祖父與之出驛從隨之導以遄還之俾約行數十里祖以杖擊其背曰到家矣遂如夢覺自後明至今無恙

全姑

爲山茶肆全姑生而潔白嫻媚年十九其鄰陳生美少年私與通爲匪人所捉陳故富家以百金賄匪縣役知之思分其賄相與牽扭到縣縣令某自負理學名將陳決杖四十女哀號涕泣伏陳生臀上願代令以爲無恥愈怒將女亦決杖四十兩隸拉女下私相惜以爲此女通體嬌柔如無骨者又受陳生金故杖輕撲地而已令怒未息剪其髮脫其弓鞋置案上傳觀之以爲合邑戒且貼庫處將女發官賣案結矣陳思女不已賄他人買之而已仍娶之未一月縣役紛來索賄道路喧嚷令訪聞大怒重擒二人至案女知不免私以敗絮草紙置褲中蔽其臀令望見曰是下身累累者何物耶乃下堂扯去褲中物親自監臨裸而杖之陳生抵擋掌嘴數百後乃再決滿杖歸家月餘死女竟爲某公子妾有劉孝廉者俠士也直入署責令曰我昨到縣聞公呼大杖以爲治強盜積賊故至階下覷之不料一美女剝紫綾褲受杖兩臀隆然如一團白雪月炙之猶慮其消而君以滿杖加之一板下便成爛桃子色所犯風流小過何必如是令曰全姑美不加杖人道我好色陳某富不加杖人道我得錢劉曰爲父母官以他人皮肉博自己聲名可乎行當有報矣奮衣出與令絶交未十年令遷守松江坐公館方午餐其僕見一少年從窗外入以手拍其背者三遂呼背痛不食已而背腫尺許中有界溝如兩臀然召醫視之醫曰不救而成爛桃子色矣令聞心惡之未十日卒

奇男

國初有二巴圖魯一躍地地陷一尺能自拔其髮拔起身在空中高尺許兩足離地移時不下一在關外被敵劫營黑暗中已爲敵斷其首矣刀過處急以右手捺住頭左手揮刀猶殺數十人而後死

紅毛國人吐妓

紅毛國多妓嫖客置酒召妓剥其下衣環聚而吐口沫于其陰不與交媾也吐畢投賞就衆

唾錢

西賈認父

錢塘銓部主事吳名一騏者初舉孝廉入都會試僦居旅次有西賈王某來云其父臨終言往生浙地某處爲吳氏子其終年即銓部生年也又云昨晚其母又復示夢云汝父已至都中現寓某處汝何不往以故到此訪問乞一觀顏色銓部因事屬怪異不肯出見王賈痛哭遥拜而去王賈甚富並無所希冀而來者以故人笑吳公之迂吳作吏部主事數年死死年二十八

徐步蟾宮

揚州吳竹屏臬使丁卯秋闈在金陵扶乩問中否乩批徐步蟾宮四字吳大喜以爲館選之徵及榜發不中是年解元乃徐步蟾也

歪嘴先生

湖州潘淑聘妻未娶以瘵疾亡臨終請岳翁李某來要其未嫁之女守志翁許之潘卒後翁忘前言女竟改適將婚之夕鬼附女身作祟有教讀張先生者聞之意不能平竟上女樓引古禮折之以爲女雖已嫁而未廟見尚歸葬于女氏之黨況未嫁之女有何守志之說鬼不能答但走至張前張口呵之一條冷氣如冰臭不可耐從此女病愈而張嘴歪矣李德之延請在家合村呼歪嘴先生

鬼衣有補褂痕

常州蔣某在甘肅作縣丞乾隆四十五年甘肅回回作亂蔣爲所害三年音耗斷矣其姪某開參店于東城忽一日午後蔣竟直入布裹其頭所穿衣有釘補褂舊痕告其姪曰我于某月日爲亂兵所害屍在居延城下汝可遣人至其處棺殮載歸指其僕曰此小兒亦是劫數中人我現在陰間僱用之每年給工食銀三兩其姪大驚唯唯聽命鬼命小僮取火吸烟旋即不見姪即遣人載其棺歸啟視之頭骨斫作數塊身著紅青緞褂隱隱有補褂一方痕迹

孫方伯

孫猛中方伯爲部郎時居京師之櫻桃斜街房宇甚深忽有臭氣一道從窗外達于中庭喚而迹之乃從後苑井中出夜三鼓衆人睡盡有連呼其老僕姓名者聽之隱隱然亦出自井中孫公愁而填之怪亦竟絶

賣冬瓜人

杭州草橋門外有賣冬瓜人某能在頭頂上出元神每閉目坐牀上而出神在外酬應一日

出神買蒸餅片託鄰人帶歸交其妻妻接之笑曰汝又作狡獪耶將蒸餅擲其頭少頃負瓜者神歸以頃為蒸所污徬徨牀側神不能入大哭去尸亦漸僵

柳如是為厲

蘇州昭文縣署為前明錢尚書故宅東廂三間因柳如是縊死此處歷任封閉不開乾隆庚子直隸王公某蒞任家口多內屋少開此房居妾某氏二婢作伴又居一妾于西廂老嫗作伴未三鼓聞西廂老嫗喊救命聲王公奔往妾已不在牀上尋至牀後其人眼傷額碎赤身流血觳觫而立云我臥不吹燈方就枕便一陣陰風吹開帳幔遍體作噤有梳高髻披大紅襖者揭帳招我隨挽我髮强我起我大懼急逃至帳後眼目為衣架觸傷老嫗聞我喊聲隨即奔至鬼纔放我走窗外去合署大駭慮東廂之妾新娶膽小亦不往告次日至午東廂竟不開門啟入則一姬二婢俱用一條長帶相連縊死矣于是王公仍命封鎖此房後無他異或謂柳氏為尚書殉節死于正命不應為厲按金史蒲察琦傳琦為御史將死崔立之難到家別母母方晝寢忽驚而醒琦問阿母何為母曰適夢三人潛伏梁間故驚醒琦跪曰梁上人乃鬼也兒欲殉節意在懸梁故彼鬼在上相候母所見者即是也旋即縊死可見忠義之鬼用引路替代亦所不免

棒頭司馬

如皋高公巖為陝西高陵令其友某往探之去城十里許日已薄暮恐不能達見道旁廢寺正室封扃西偏屋二楹內有小門通正室門亦封扃某以屋尚整潔遂借宿焉沽酒少飲解衣就寢其僕出與守寺道人同宿東邊之耳房時當既望月明如晝某久不成寐忽聞正室履聲橐橐小門砉然頓開見有補褂朝珠而無頭者就窗下坐作玩月狀某方驚其人轉身向內若有見於某者旋即走還正室中某急起開門遁而門外鎖已為其僕倒扣去某大呼瘖不能聲其僕弗應某無措遂奪窗出窗外有牆緣之又不克越近窗高樹一株乃緣之而上俯視窗下則其人已捧頭而出仍就前坐以頭置膝徐伸兩指拭其眉目還以手捧之安置頂上雙眸炯炯寒光射人是時某已魂飛不復省人事矣次晨僕入不見主人遍尋之得於樹上急撥其腕交抱樹柯堅不可解久之始甦猶謂鬼之來攫己也問之道人云二十年前寓夏用兵有楚人為同知者解糧誤期為大帥所戮柩行至此資斧告絕遂寄寺中今或思歸見形於客乎某白高高因捐俸為賚柩資並寓書於楚令其子領歸

驅螢

吳興卞山有白螢洞每春秋間即見狀如匹練起空中游漾無定所過之下蠶繭一空故養蠶時尤忌之性獨畏鑼鼓聲明太常卿韓紹曾命有司挾毒矢逐之有驅螢文載郡志近年來作患尤甚乾隆癸卯四月有范姓者具控於城隍是夜夢有老人來曰汝所控已准某夜當命元衣真人逐螢但螢與司蠶有功被害者亦有數故以會故當示之爾輩等備硫磺烟草在某山洞口相候可也范至期集數十人往夜二鼓月色微明空中風作見前山有大蝙蝠丈許飛至洞前蝟息諸小蝠羣集者不下數十每一蝙蝠至必有燈一點如引導狀范悟曰是得非所謂元衣真人乎即引火縱燒烟草俄而洞中聲起如潮湧風號有匹練飛出蝙蝠圍環若布陣然彼此搏擊良久鄉民亦羣打鑼鼓放爆竹助之約一時許匹練飄散如絮有青氣一道向東北而去蝙蝠亦散次早往視林莽間綿絮千餘片或青或白腥穢不可近自是螢患竟息

海中毛人張口生風

雍正間有海船飄至臺灣彰化界船止二十餘人皆貨頗多因家焉踰年有同夥之子廣東人投詞於官據云某等徙海開船後遇颶風迷失海道順流而東行數晝夜舟得泊岸回視水如山立舟不可行因遂登岸地上破船壞板白骨不可勝計自分必死矣不逾年舟中人漸次病死某等亦糧盡餘荳數斛植之竟得生荳韜以充腹一日者有毛人長數丈自東方徐步來指海水而笑某等向彼號呼叩首長人以手指海若揮之使去者某等始不解既而有悟急駕帆試之長人張口吹氣蓬蓬然東風大作晝夜不息因望見鹿仔港口遂收泊焉彰化縣官稟驗得實移咨廣省以所有貨物按二百餘家均分之遂定案焉後有土人云此名海關乃東海之極下處船無回理惟一百二十年方有東風屈曲可上此二十餘人恰好值之亦奇矣第不知毛而長者又為何神也

卞山地陷

乾隆乙巳湖州大旱西門外下塘地陷數丈民居屋舍與地相平屋中人破瓦而出什物一無損壞河中忽丘起土埂升出白光一道望龍溪而去怪風隨之溪中漁舟數十俱為白光所迷俄頃風定舟俱聚一處而白光亦不見矣時有方老人者年九十餘自云少年時見漁舟捕得白鱔一條重五六斤不敢醃獻之烏程令某適令前一夕夢見一白衣女子來告云某皆上水神也為陳皇后守宮門明日有厄求救次日見鱔而悟仍命放入河中今土中白光得毋即此物歟考西門外與迎禧門相連南朝陳武帝之后為其父母營墓於卞山起民夫開地道而出墓後仍行封閉然則地之陷亦有由矣

鬼逐鬼

桐城左秀才某與其妻張氏伉儷甚篤張病卒左不忍相離終日伴棺而寢七月十五日其家作盂蘭之會家人俱在外禮佛設醮秀才獨伴妻棺看書忽陰風一陣有縊死鬼披髮流血拖繩而至直犯秀才秀才惶急拍棺呼曰妹妹救我其妻竟勃然掀棺而起罵曰惡鬼敢無禮犯我郎君耶揮臂打鬼鬼踉蹌逃出妻謂秀才汝嚴矣夫婦鍾情一至于是耶緣汝福薄故惡鬼敢于相犯盍同我歸去投人身再作偕老計耶秀才唯唯妻仍入棺臥矣秀才呼家人視之棺釘數重皆斷妻之裙猶夾半幅于棺縫中也不踰年秀才亦卒

柳樹精

杭州周起昆作龍泉縣學教諭每夜明倫堂上鼓無故自鳴遣人伺之見一人長丈餘以手擊鼓門斗俞龍素有膽將張弓射之長人狂奔而去次夜寂然後兩月學門外起大風拔巨柳一株周命鋸之為薪中有箭橫貫樹腹方知擊鼓者此怪也龍泉素無科目是年中一陳姓者

摺疊仙

滸市關有陳一元者棄家學道購一精舍獨坐其間內加鎖鑰初辟穀飯繼辟果蔬但飲石湖之水命其子每月餉水一壺次月往視則壺仍置門外而水已乾乃再實其壺以進焉孫敬齋秀才聞而慕之書一紙條貼壺蓋上問可見否并請許見日期心揣揣恐不許也次月往探壺上批紙尾云二月初七日可來相見孫大喜臨期與其子偕往見一元年僅四十許而其子則已老矣孫問修道從何下手曰汝且靜坐片時自數其心所思想處孫坐良久一元問汝可起幾許念頭曰起過七十二念一元笑曰心無所寄求靜反動理之常也汝一個時辰起七十二念不可謂無根氣可以學道遂教以飲水之法曰人生本自虛空而來因食物過多致身體堅重腹中穢蟲叢起易生疾病學道者先清其口再清其腸餓死諸蟲以湯滌之水為先天第一真氣天地開闢時未有五行先有水故飲水為修仙要訣但城市水渾有累靈府必取山中至清之水徐徐而吞使喉中嗒嗒有響然後甘味纔出一勺水可度一晝夜如是一百二十年身漸輕清并水可辟便服氣御風而行矣孫問一元何師曰余三十年前往太山燒香遇一少年貌甚靈俊能預知陰晴因與一路偕行少年背負一錦匣每至下店必向匣絮語片時然后安寢心大驚疑鑿壁窺之見少年啟匣几上整冠再拜一老人從匣中笑坐而起雙眸炯炯白鬚飄然兩人相與密語聽不可辨但聞有竊道者有道竊者八字而已夜三更少年請曰先生可安寢乎老人頷之遂將老人摺疊如紙糊人一般裝入匣中矣次日少年知余窺見故告我來歷許我為弟子而傳以道也孫抱一元試之連所坐

椅僅三十斤孫以兩女未嫁故已設而歸俟滿再往余見之于震澤張明府署中其道如此時戊申二月初十日也

仙人頂門無髮

癸巳秋張明府在毗陵遇楊道人者童顏鶴髮惟頂門方寸一毛不生怪而問之笑曰汝不見街道上兩邊生草而當中人所踐踏之地不生草乎初不解所謂既而思之知頂門地方故是元神出入處故不生髮也道人夜坐僧寺門外僧招之內宿決意不可次早視之見太陽東升道人坐牆上吸日光其頂門上有一小兒圓滿清秀亦向日光舞蹈而吞吸之

香虹

吳江姜某一子一女其子娶新婦劉氏劉性柔婉不能操作有婢香虹者素無禮因與其女日夜媒櫱其短劉恨不能伸來時嫁妝頗豐為其姑逼索且盡未期年染病牀褥姑謂其病也不許其子與見劉抑鬱死忽一日其女登牀自批其頰歷數其生平之惡且云姑使我不與郎見亦是姻緣數盡然爾輩用心何太酷耶如是數日為設醮亦不應姜與其妻婉求之乃曰翁待吾厚姑亦老悖此是香虹之過我不饒她香虹在側忽瞪目大呼兩手架空而行若有人提之者墜下則已斃矣其女依然無恙此乾隆五十三年正月事

閻王升殿先吞鐵丸

杭州閔玉蒼先生一生清正任刑部郎中時每夜署理陰間閻王之職至二更時有儀從輿馬相迎其殿有五先生所蒞第五殿也每升殿判官先進鐵彈一丸狀如雀卵重兩許教吞入腹中然后理事曰此上帝所鑄慮閻羅王陽官署事有所瞻徇故命吞鐵丸以鎮其心此數千年老例也先生照例吞丸審案畢便吐出之三滌三視交與判官收管所辦事晨起輒忘即記得者亦不肯向人說但勸人勿食牛肉多誦大悲咒而已到任三月忽一日晨起召諸親友而告曰吾今而知小善之不足為也昨晚吾表弟李某死生魂解到判官將其生平作官惡跡請寄地獄審定擬罪再詳解東嶽余心惻然將獄牌安放几上再三目李李自訴平生不食牛肉作官時禁私宰尤嚴似可以此功德抵銷他罪余未作聲判官駁云此之謂恩足以及禽獸而功不至于百姓也子不食牛肉何以獨食人肉李云某並未食人肉判官曰民脂民膏即人肉也汝作貪官食千萬人之脊血而不食一牛之肉細想小善可抵得大罪否李不能答余知李素誦大悲咒為陰司所最重因手書大悲咒三字在掌上以示之李竟茫然不能誦一字余為代誦數句滿堂判官胥役一齊跪聽西方赫然似有紅雲飛至者然而鐵丸已湧起于胸中左衝右撞腸痛欲裂矣余不得已急取獄牌加硃放李獄中腸內

鐵丸始定方理別業而歸訪親友因問到底牛肉可食乎先生曰在可食不可食之間人問故曰此事與敬惜字紙相同聖所未戒然不過推重農重丈之心充類至義之盡故禁食之者慈也然天地不仁以萬物為芻狗此語久被老子說破試想春蠶作繭衣被天子以至于庶人其功比牛更大其性命比牛更多而何以烹之煮之抽其腹腸而哭食之竟無一人為之鳴冤立禁者何耶蓋天地之性人為貴貴人賤畜理所當然故食牛肉者達也

萬佛崖

康熙五十年肅州合黎山頂忽有人呼曰開不開開不開如是數日無人敢答一日有牧童過聞之戲應聲曰開頃刻砉然風雷怒號山石大開中現一崖有天生菩薩像數千鬚眉宛然至今人呼為萬佛崖章淮樹觀察過其地親見之

大力河

孫某作打箭爐千總其所轄地陰雨兩月忽一日雨止仰天見日光孫喜出舍視之頃刻烟沙蔽天風聲怒號孫立不牢撲地亂滾似有人提其辮髮而顛擲之者腿臉俱傷孫心知是地動忍而待之食頃動止起視人民與自家房屋全已傾圮有一弟逃出未死彼此惶急孫老于居邊者謂弟曰地動必有同湖不止一次我與汝須死在一處乃各以繩縛其身兩相

擁抱言未畢而怪風又起兩人卧地顛播如初幸沙不眯眼見地裂數丈有冒出黑風者有冒出火光如帶紫綠二色者有湧黑水臭而腥者有現出人頭大如車輪目睒睒斜視四方者有裂而仍合者有永遠成坑者兄弟二人竟得無恙乃埋葬全家掘出貨物各自謀生先三月前有瘋僧持緣簿一冊上寫募化人口一萬孫惡其妖言將擒之送縣僧已立一楊柳小枝上曰你勿送我到縣送我塞大力河水口可也言畢不見是年地動日四川大力河水神決溺死萬餘人

子不語卷十六終

子不語卷十七

隨園戲編

白骨精

處州地多山麗水縣在仙都峯之南土人耕種多有開壟到半山者山中多怪人皆早作早休不敢夜出時值秋深有田主李某到鄉刈稻獨住莊房土人恐其胆怯不敢以實告但戒其夜勿出一夕月色甚佳主人閒步前山忽見一白物跳躑而來稜嶒有聲狀甚怪田急回寓其物已追蹤而至幸莊房門有半截柵欄可推而進怪不能越主人進柵胆壯月色甚明從柵縫中細看乃是一骷髏咬齒柵門腥臭不可當少頃雞鳴見其物倒地祇白骨一堆天明亦不復見問之土人曰幸足下遇白骨精故得無恙若遇白髮老婦假開店面必請足下喫烟凡喫其烟者從無生理月白風清之夜常出作祟惟用苕帚可以擊倒之亦終不知何怪

黿殼亭

乾隆二十年川東道白公以千金買一妾挂帆回任寵愛異常舟過鎮江月夜泊舟妾推窗取水為巨黿所吞主人悲恨誓必得黿而後已傳諭各漁船協力搜拿有能得巨黿者賞百

金船戶爭以豬肚羊肝套五鵝鉤為餌上繫空酒罈浮于水面晝夜不輟兩日後果釣得大黿數十人拖之不能起乃以船纜繫巨石磨盤用四水牛拖之躍然上岸頭如車輪擊以利斧斫之痕地成阬嗑嗑有聲良久乃死破其腹妾腕間金鐲尚在于是碎其身焚以火臭聞數里一殼大數丈堅過于鐵苦無所用乃搆一亭以黿殼作頂亮如明瓦窗至今在鎮江朝陽門外大路旁

怪怕講理

蘇州富翁黃老人者年過八十獨處一樓忽見女子倚門而望老人壯年曾有愛女卒于此樓疑是女魂置之不問次晚又見則多一男子矣至第三日一男一女跨身堂問兩目下垂老人故作不見俯首看書其男子乃下直立老人旁老人笑問曰足下是鬼耶此來甚善我年已八十餘死乃旦夕事不久與君為同類何必先蒙過訪若是仙耶何不請坐一談怪不答但長嘯四面樓窗齊開陰風襲人老人喚家人上樓怪亦不見後數月二媳一孫皆死僅存一小婢老人恐此女身後無依乃贈與西席華君為妾生三子現在浙江臨海縣華公署中此事華秋槎明府為余言

婁真人錯捉妖

松江御史張忠震。甲辰進士。書房臥炕中。每夜鼠鬪作鬧不止。主人厭其煩。燒爆竹逐之不去。打以火槍。亦若不知。張疑炕中有物。毀之。毫無所見。書室後為使女臥房。夜見方巾黑袍者來與求懽。女不允。旋即昏迷不省人事。主人知之。以張真人玉印符放入被衾。覆其胸。是夕鬼不至。次日又來作鬧。剝女下衣。污穢其符。張公怒。延婁真人設壇作法。三日後。擒一物如狸。封入甕中。合家皆以為可安。是夜其怪大笑而來。曰。我兄弟們不知進退。竟被道士哄去。可恨。諒不敢來等我。淫縱愈甚。主人再謀之婁。婁曰。我法只可行一次。第二次便不靈。張無奈何。每晚將此女送入城隍廟中。怪乃去。一回家則又至矣。越半年。主人深夜與客弈棋。天大雪。偶推窗啟口。見窗外一物。大如驢。臉黑。眼黃。蹲伏階下。張吐水正澆其背。急跳出窗外遷之。怪忽不見。次早女告主人曰。昨夜怪來。自言被主人看見。天機已露。請從今日去矣。自此怪果絕。

陳姓婦吠石子

天台縣西鄉賽會迎神。神袍微皺。有婦人陳姓者。為扶熨之。晚歸。見金甲神自稱將軍。擁衆至。儀衛甚盛。云汝替我整衣。有情于我。今娶汝為妻。帶點心與吠。皆河子石也。婦人吠時甚覺軟美。小者從大便出。大者仍從口內吐出。吐出則堅硬如常石子矣。父兄俟其來時。使有勇者與格鬪良久。婦人曰。傷其鍾柄矣。次日至野廟中。有五通神所執金鍾有傷。乃毀其廟。神亦寂然。

天台縣缸

天台縣署中到任官空三堂而不居。讓與一缸居之。相傳為前朝故物。缸有神靈。能知人禍福。凡縣尹到任。必行三跪九叩禮祭之。否則作祟。官當陞遷。則缸先憑空而起。若有繫之者。當降革。則缸先下陷。漸入土中。平時缸離地寸許。從不著土。余心疑焉。壬寅春遊天台山。地主鍾公醴泉邀飲署內。酒後言曰。署中二古物。盍往一觀。書室西有老桂參天。旁懸一扁。乃明天啟四年。邑宰陳命衆題額。轉過三堂。則缸神所居。其大如鼓。一黃沙粗缸耳。中有小穴。吏云。此神口也。牲血涔涔。皆歷年來所享雞豕。余以扇擊之。聲鏗然。以竹片試其底。毫不能入。並非離地者。鍾公駭然。余笑曰。我擊之我試之。缸當禍我。不禍君也。已而寂然。此缸載天台縣志中。

木姑娘墳

京師寶和班演劇甚有名。一日有人騎馬來相訂。云海岱門外木府要唱戲。登時須去。是日班中無事。遂隨行至城外。天色已晚。過數里荒野之處。果見前面大房屋。賓客甚多。燈火

熒熒。燃帶綠色。內有婢傳呼云。姑娘吩咐。只要唱生旦戲。不許大花面上堂。用大鑼大鼓擾亂取厭。管班者如其言。自二更唱起。至漏盡不許休息。又無酒飯犒勞。簾內婦女堂上賓客語嘶嘶不可辨。于是班中人人驚疑。大花面顧姓者。不耐煩。竟自塗臉扮關公。借荊州一齣。單刀直上。鑼鼓大作。頃刻堂上燈燭滅盡。賓客全無。取火照之。是一荒塚。乃急捲箱而歸。明早詢土人。曰。某府木姑娘墳也。

雷誅王三

常州王三。積惡訟棍也。太守董怡曾到任。首名訪拏。王三躲避。其弟名仔者。武進生員。正在娶親。新人入門。而差役拘王三不得。遂拘其弟往。管押班房。王三知家屬已去。則官事稍鬆。乃夜入弟室。冒充新郎。與弟婦成親。次日差役帶其弟上堂。太守見是柔弱書生。憫其無辜。且知其正值新昏。作速遣還。寬限一月。訪拏王三。其弟入室。慰勞其妻。妻方知此是新郎。昨所共寢者非也。羞忿縊死。其岳家要來吵鬧。而報于發楊。且明知非新郎之罪。乃曰。我家所賠贈衣飾。須盡入棺中。我纔罷休。新郎舅姑哀痛不已。一一從命。王三聞之。又動惡念。伺其橫殯之所。往發掘之。開棺。婦色如生。乃剝其下衣。又與淫污。污畢。取其珠翠首飾。裹滿懷將奔上路。忽空中霹靂一聲。王三震死。其婦活矣。次早管墳人送信于其弟家。迎歸完娶。太守聞之。命斷王三骨而揚其灰。

鐵匣壁虎

雲南昆明池旁。農民掘地。得鐵匣。匣上符篆不可識。旁有楷書云。至正元年楊真人封。農民不知何物。椎碎其匣。中有壁虎寸許。蠕蠕然似死非死。童子以水沃之。頃刻寸許者漸伸漸長。鱗甲怒生。騰空而去。暴風烈雨。天地昏黑。見一角黑蛟與兩黃龍空中攫鬪。冰雹齊下。所損田禾民屋無算。

圖公為神

乾隆己丑。兩淮鹽院圖公思阿到任。清操卓然。每日用三百文。過商人和平坦易。慈愛諄諄。人以為百餘年來無此好鹽政也。年七十三殁。前三日遍召幕客戚友曰。吾將歸去。君等助我摒擋雜務。以便交代後人。衆咸疑之。以為讕語。公笑曰。吾豈欺人者哉。臨期自早遣木梁。沐浴冠帶。趺坐而逝。三七之期。衆商往哭。其妾某夫人遣人問曰。諸位老爺可知道天下有思州府否。曰。有此州在廣西省。未知夫人何故問之。曰。妾昨夜夢老爺託夢云。我將往思州府作城隍。上帝所命。于是衆商辨然。知圖公果為神。又不知何緣官此遠方也。

隨園瑣記

余姨母王氏得疾將死。忽轉身向裏卧。笑吃吃不止。其女問之。曰。我聞袁家甥將補廪。故喜。時余猶附生也。姨卒之次年。竟以歲試第三補廪。先君子亡時。侍者朱氏亦病。呼曰。我去我去。太爺在屋瓦上喚我。時先君雖卒。而朱氏病危。家人慮其哀傷。並未告知。俄而亦死。方信古人升屋復魂之說。非無因也。閩人朱明。死矣復蘇。張目伸手索紙錢。曰。我有應酬之用。焚燒之。目始瞑。甲戌秋。余病危。見白面小僮。戴纓帽跪牀下。持一單幅。上書家政條條。人口寥寥八字。余念此鬼戲我也。我亦戲之。是午飲胡椒湯。胸次稍寬。乃口號絕云。可憐小鬼只怕胡椒。僮一笑去矣。嘗熱重時。覺牀中有六七人。縱橫雜卧。或我不欲呻吟。而彼教之。或我欲靜卧。而彼搖之。熱減則人漸少。熱滅盡仍然一我而已。方信三魂六魄之說。亦屬有之。至于夢兆。有不可解者。余祖旦釜公好道術。夢至一山頂。有八人飲酒。如俗所畫八仙狀。呼余祖至。羣仙不起。余祖戲曰。八個仙人十五隻脚。李跛大怒。持杖將擊。羣仙呼曰。速謝罪。拉余祖跪謝。而杖已至腰。曰。與汝三年。驚醒。後腰上凸起如雞卵。羣醫罔效。潰裂三年竟卒。余戲蹟跛奴與我家不共戴天。每見跛像。必痛詈之。亦復不能作祟。姊夫王貢南。祈夢于少保墳。夢一僧狀猙惡。持棍追擊。貢南狂奔。見前面羣僧數十。圍坐草上。貢南求救。衆僧拉貢南入草中。而四圍膜手向外。追僧至。索貢南不得。喝曰。無情種子。留他作甚。大衆閃開。領吾一棍。貢南驚醒。至今無驗。余幼時。夢束數百萬筆為大桴。身坐其上。浮于江。亦至今無驗。又立春日。夢關帝綠袍長鬚。立空中。以左手擒我。右手持雷。從脇擊入。如烈火鑽灼。痛醒腹猶熱也。或以為關帝戊午生。余亦戊午得科之讖。終屬強解。壬子鄉試將赴科者。是日五更。夢過門斗李念先于路。搖手曰。勿去勿去。相公科考不取遺才不取。須大收方取耳。是時科考遺才最寬。余自問必不至此。後一如其言。因念補廪録科事甚小。而機先動。及後登進士。入詞林。改縣令。杳無預兆。何也。

廣西鬼師

廣西信奉鬼師。有陳賴二姓。能捉生替死。病家多延之。至則先取杯水。覆以紙。倒懸病者牀上。翌日來視其水。週時不滴者。云可救。或取雄雞一隻。貫白刃七八寸。入雞喉。提向病人身。運氣誦咒。咒畢。雞口不滴血者。亦云可救。拔刃擲地。雞飛如故。若滴下點水及雞血者。辭去勿救。其可救者。設一壇。掛神鬼像數十幅。鬼師作婦人妝。步罡持咒。鑼鼓齊作。至夜。染油紙作燈。至野外呼魂。其聲幽渺。隣人有熟睡者。魂即應聲來。鬼師送火與之接。去後。鬼師向病家稱賀。則病者愈。而來接火之人死矣。解之之術。但夜聞鑼鼓聲。以兩脚踏土上。便無所妨。陳賴二家以此致富。其堂宇層層陰黑。供鬼神像甚多。余嫡母患病。呼賴鬼師視之。賴持劍捕鬼房中。有物如大蝙蝠。投入牀下。賴用掌心雷擊之。火倒出。燒稍稍大熾。令煎一鍋桐油。書符燒之。以手攪鍋中油。闢牀下鬼。啾啾求饒。久之而絕。嫡病果愈。一日。有陳鬼師為某家呼魂。見藍衣女冉冉來。逼視之。即其所生女。來接火。陳大驚。擲火于地。以掌擊其背。急歸視女。女方睡。驚覺。云夢中聞爺呼。故來。所衣藍布衫上。手掌油迹宛然。桂林魏太守。女病危。夫人延陳鬼師視之。陳索百金為謝。太守素方嚴。拘而杖之。將置之獄。鬼師笑曰。杖我毋後悔。方杖鬼師。女忽于牀上呼曰。陳鬼師命二鬼杖我臀。拉我入獄。夫人大恐。力勸放之。許以重謝。陳曰。業為祟鬼所驚。吾力不能。女竟死。

馬家墳

伊都拉年二十一。入直羽林。暇日。獵蘆溝橋之西。見羣雀飛入林際。因馳馬縱鷹攫之。雀驚散。少年將往收鷹。見深林內有人。臂鷹而立。以右手刷其羽毛。諦視之。自手至足。皆枯骨也。駭而奔告諸僕從。彈以鳥鎗。枯骨人不見。伊收鷹行里許。望見高樓大廈。以為貴人莊院。各下馬。見老婦人冉冉來。戴大髻。衣杏黃袍。錦襟素裙。婢數人。向伊呼曰。汝非某家郎乎。余為汝中表姑。既至此。何不過我。伊趨前問起居。曰。某以當差內府。不識大人居址。請往候安。老婦先行。招諸僕從曰。汝輩俱來少息。入第。堂宇深邃。老婦趺坐榻上。與語近事甚悉。呼其女出見。曰。汝妹也。年十八矣。伊見其貌美。心為之動。老婦曰。郎君遠獵。得毋渴乎。食以瓜大倍于常。并賜諸從者。皆叩頭謝出。侍者引至左廂。與女子坐語良久。俄而一華服丈夫。冠珊瑚頂孔雀翎。昂然自外入。少年起執手問訊。坐定。丈夫曰。頃于樹林內得鷹。絕佳甚愛之。忽有何人放大鎗。幾為所中。鷹逸去。可惜。伊聞之。始悟為鬼。默不敢語。因詭請如廁。出門上馬而馳。僕從六七人。各色若死灰。行數十步。回望之。松楸宿草而已。詢之土人。曰。此馬家墳也。昔有馬將軍者。以陣亡。瘞其夫人并一女同塋于此。

天廚星

曹能始先生飲饌極精。廚人董桃媚尤善烹調。曹宴客。非董侍則滿座為之不懽。曹同年某督學蜀中。乞董偕行。曹許之。遣董。董不往。曹怒逐之。董跪而言曰。桃媚天廚星也。因公本仙官。故來奉侍。督學凡人。豈能享天廚之福乎。爾來公祿將盡。某亦行矣。言畢。升空向西去。良久影滅。不踰年。曹竟不祿。

夢中聯句

曹少時過太平書坊。得椒山集歸。夜闌之候。掩卷卧。聞叩門聲。啟視。則同學遲友山也。攜手登臺。仰見明月。友山賦詩云。冉冉乘風一望迷。曹云。中天烟雨夕陽低。來時衣服多成雪。遲云去後皮毛盡脫泥但見白雲侵月冷。嘗云何曾黃鳥隔花啼遲云行行不見人間毀譽云手挽蛟龍作杖歌吟罷友山別去。學士歸語其妻。妻不答。郵呼僕。僕亦不應。復坐北窗取椒山集欲數頁。恍惚自身臥竹林上。大驚。始知夢也。嘗醒起視椒山集宛然數頁而次日友山訃至。

碧眼見鬼

河南巡撫胡公寶瑔眼碧色。自幼能見鬼物。九歲猶不言。尚記前生事。能言後不復記矣。自言人間街衢堂屋在在有鬼。惟朝廷午門內無之。菜市口刑人處鬼尤叢集。遇人氣盛避之而行。衰弱則摩肩而過。或有所揶揄者其人必病。午前猶不甚出。午後道路紛紛然且舉止率皆卑猥離褷無昂偉正大者。公一生不肯入廟。神佛見之往往起立。嘗述所經歷者有與尊于東嶽大帝。菩薩繁盛奇異奇于金將軍。遍體金色。毛孔閃閃生萬道金光。醜異于狹而神身長三尺。面長四尺。闊止五六寸。令人對之欲嘔。他如如來仙子。關公將侯皆木之凡也。幼時過土地祠。家塑牛頭鬼。公戲其角。鬼隨歸家。以角抵公臥牀。震撼不已。隨患瘧。牛坐其胸。太夫人祭之方去。人問胡公官貴何神佛見之尚起立。而牛頭賤鬼乃敢揶揄之耶。余答之曰。惟是神是佛。正直聰明。故知其為貴人正人而敬之。牛則無知也。何敬之有。

公撫河南時。朔日行香。未至廟。忽低頭持扇遮面。司道迎接打恭。岸然不答。公素謙。一旦改常。司道大疑。越一日。乘間問曰。公某日行香。如有意拒絕我等者。得毋有所開罪乎。公曰。非也。前日見廟前有天蓬神兩位被河神鎖繫。求我說情。我若允許則彼原有罪。如不允則天蓬神纏擾不清。故佯為不見而過之耳。

龍母

常熟李氏婦孕十四月。產一肉團。盤曲九折。瑩若水晶。懼棄之河。化為小龍。穿空而去。逾年李婦卒。方殮。雷雨晦冥。龍來哀號。聲若牛吼。里人奇之。為立廟虞山號龍母廟。乾隆壬午夏大旱。牲玉既殺。卒無靈。桂林中丞以為大戚。其門下士薛一瓢曰。何不登堂拜母乎。中丞遣官以牲牢禱龍母廟。翌日雨降。

清涼老人

五臺山僧號清涼老人。以禪理受知鄂相國。雍正四年。老人卒。西藏產一兒。八歲不言。一日剃髮呼曰。我清涼老人也。速為我通知鄂相國。乃召小兒入。所應對皆老人前世事。無絲指侍者僕御能呼其名。相識如舊。鄂公故欲試之。賜以老人念珠。小兒手握珠叩頭曰。不敢。此僧奴前世所獻相國物也。鄂公異之。命往五臺山坐方丈。將至河間。書一紙與河間人袁某

道別。緒甚款。袁故老人所善。大驚。即騎老人所贈黑馬來送。小兒中道望見。下車直前抱袁腰曰。別八年矣。猶相識否。又摩馬鬣笑曰。汝亦無恙乎。馬為悲嘶不止。是時道旁觀者萬人皆呼生佛羅拜。小兒漸長大。纖妍如美女。過琉璃廠見書店。賞男女交媾狀者大喜。歸玩不已。歸過柏鄉。召妓與狎。到五臺山過召山下。淫娼與少年貌美陰巨者淫媾。親臨觀之。猶以為不足。更取香火錢往蘇州聘伶人歌舞。被人劾奏。疏章未上。老人已知。嘆曰。無出影樹而生色界天。誤矣。即端坐趺跏而逝。年二十四。吾友李竹溪與其前世有舊。訪之。見老人方作女子妝。紅肚袜裸下體。使一男子淫己。而己又淫一女。其旁魚貫連環而淫者無數。李大怒罵曰。活佛當如是乎。老人夷然應聲作偈曰。男權女愛。無邊無礙。一點生機。成此世界。俗士無知。大驚小怪。

徐崖客

湖州徐崖客者。隽子也。其父惑繼母言。欲置之死。崖客逃。雲遊四方。凡名山大川深巖絕澗必攀援而上。以為本當死之人無所畏。登雁蕩山不得上。晚無投宿處。旁一僧目之曰。子好遊乎。崖客曰。然。僧曰。吾少時亦有此癖。遇異人授一皮囊。夜寢其中。風雨虎豹蛇虺俱不能害。又與纏足布一疋。長五丈。或山過高。投以布。便攀援而上。即或傾跌。但手不釋布。緊握之堅亦無傷。以此遊遍海內。今老矣。倦鳥知還。請以二物贈公。徐拜謝別去。嗣後登高臨深。頗得如意。入滇南出青蛉河外千餘里。迷道。砂磧渺茫。投囊野宿。月下聞有人溲于皮囊上者。聲如潮湧。偷目之。則大毛人。方目鉤鼻。兩牙出頤外數尺。長倍數人。又聞沙上獸蹄雜沓。如萬騎奔。麋鹿被逐狂奔者。俄而大風自西南起。腥不可耐。乃蟒蛇從空中過。驅群獸而行。長數十丈。頭若車輪。徐揭囊屏息而伏。天明出囊。見蛇過處兩旁草木皆焦。己獨無恙。飢無乞食處。望前村有若烟起者。奔往。見二毛人並坐。旁置鐵釜。熱芋甚香。徐疑即月下遺溲者。跪而再拜。毛人不知哀乞救飢。亦不知。然色態甚和。睨徐而笑。徐乃以手指口。又指其腹。毛人笑愈甚。啞啞有聲。響震林谷。若解意者。賜以二芋。徐得果腹。留半芋歸視諸人。乃白石也。徐遊遍四海。仍歸湖州。嘗告人曰。天地之性人為貴。凡荒莽幽絕之所。人不到者。鬼神怪物亦不到。有鬼神怪物處。便有人矣。

虎銜文昌頭

陝西興安州民某六月娶妻。天大暑。路遠。新婦以紅巾裹首。不勝悶熱。暴死車中。其父母悲甚。買棺殮之。不便仍舁至家。乃厝之城外古廟後。棺不甚堅厚。會大雨。涼氣浸入棺中。女復活。呼喚。有寺廟中僧師徒二人聞而視之。啟其棺。嫣然美婦也。扶起以湯藥灌甦。抱女入寺。

其徒思獨占此女。囑師買酒。飲半醉。持斧斫殺之。即以女棺盛其師屍。置廟後。而負女逃居剡村文昌祠。蓄髮為伏居道士。逾年。夜忽有虎跳入祠中。將所塑文昌帝君頭銜去。而遺下乳虎三隻。村隣喧傳。爭來看虎。女之父母亦至。突見其女。以為鬼也。抱哭良久。女不能隱。具陳始末。且告以占妻殺僧事。其父母控官訊鞫得實。掘驗僧屍。置其徒于法。女交父母領歸。此事嚴侍讀冬友從陝西歸。親為予言。

採戰之報

京師人楊某習採戰之術。能以鉛條入陰竅。而呼吸進退之。號曰運劍。一鼓氣則鉛條觸壁。鏘然有聲。或吸燒酒至半斤。妓妾受其毒淫者衆矣。忽自悔非長生之道。乃廣求丹竈良師。相傳阜城門外白雲觀元時為邱真人所建。每年正月十九日。必有真仙下降。燒香者畢集。楊往伺焉。見一美尼偕衆燒香。衣褶能逆風而行。風吹不動。意必仙也。向前跪求。尼曰。汝非楊某學道者乎。曰。然。曰。我道須擇人而傳。不能傳汝俗子。楊愈驚。再拜不已。尼引至無人之所。與丹粒二丸。曰。二月望日。候我于某所。此二丹與汝。可先吞一丸。臨期再吞一丸。便可傳道。楊如其言。歸吞一粒。覺毛孔中作熱。不復知寒。而淫慾之念百倍平時。愈益求偶。坊妓避之。無敢與交者。至期吞丹而往。尼果先在一靜室。弛其下衣曰。盗道無私。有翅不飛。汝亦知古人語乎。求傳道者。先與我交。楊大喜。且自恃採取之術。聳身而上。須臾精瀉不止。委頓于地。尼喝曰。傳道傳道。惡報惡報。大笑而去。五更蘇醒。乃身卧破屋內。開門外有賣漿者匐。告以故。舁至家中。三日死矣。

木皂隸

京師寶泉局有土地祠。旁塑木皂隸四人。爐頭銅匠咸往祀焉。每夜衆匠宿局中。年少者夢中輒被人雞姦。如魘寐然。心惡之。而手足若有所縛。不能動。亦不能叫喚。旦起。摸糓道中。皆有青泥。如是月餘。羣相揶揄。終不知何怪。後祀土地。見一隸貌如夜間來淫人者。乃訴之官。取鐵釘釘其足。嗣後怪絕。

王清本

湖北巡撫陳公楚其父文肅公于祖塋卜有日矣。其弟綑祖夢有持帖來拜者。上書王清本三字。入門則十三人也。坐無一語。俄而十二人辭去。獨留一人告公曰。此十二人皆河神也。公驚醒。次日到墳。伐其樹之礙路者。樹文有王清本三字。數之十二枝也。大駭。遂命停斧。其木今尚存于家。此事嚴侍讀為余言。并云偶閲五色線說部。果載河神名王清本。

女化男

子不語　卷十七　八

耒陽薛姓女。名雪妹。許字黄姓子。嫁有日矣。忽病危。昏瞶中有白鬚老人拊其身至下體。女羞澀支拒。白鬚翁迫以物納之而去。女大啼。父母驚視之。已轉為男身矣。病亦霍然。邵令張錫組署耒陽篆。陶悔軒方伯以會審來。嗅驗之。果然。面貌聲音猶作女態。但腎囊微陷。宛然陰溝也。薛本二子。得此為三。改雪妹名為雪徠。

井泉童子

蘇州繆孝廉涣。余年家子也。其兒喜官年十二。性頑劣。與羣兒戲。溲于井中。是夜得疾。呼為井泉童子所控。府城隍批責二十板。旦起視之。兩臀青矣。疾小痊。越三日復劇。又呼曰。井泉童子嫌城隍徇同鄉情。而罪大罰小。故又控于司路神。神云。此兒污人食井。罪與蠱毒同科。應取其命。是夕遂卒。聞城隍何人。曰。周公範蓮。庚戌翰林。蘇州人。為河南某郡太守。正直慈祥。每杖人。不忍視。必以扇掩其面。

射天箭

蘇州陶籙典之弟萬年十六。好仰空發矢。號曰天箭。忽一日。射畢投弓。大叫曰。我太湖水神。朝天過此。被汝射傷我腰。罪當萬死。舉家跪求。卒不能救。病一日而死。籙典謂余曰。弟誠頑劣。然以鬼神之靈。而不能避兒童之箭。亦不可解。

神秤

張玉奇。武進縣户房書吏也。解錢糧至蘇州。過橫林地方。白日仆地。越一日。蘇。自言被金甲人擒去。至大院落。呼曰。大師父。惡人來矣。上坐青面獠牙者云。既是惡人。著即拘禁。金甲人跪請曰。玉奇有朝廷公事在身。未便羈留。且放還陽。候其事畢。再行審訊未遲。青面者許之。張遂活。解糧至蘇。掣批歸。仍過橫林。宿旅店中。夢金甲人又來。將玉奇引見大師父。即青面者。大師父判曰。取玉奇生平功過簿來。稱其輕重。再行治罪。左右取一秤至。金星照耀。其權以紫金石為之。凡善事用紅標簽。惡事用黑標簽。分投秤盤中。頃刻間紅輕黑重矣。張戰慄不已。俄而有人取紅簽文書一卷投之。則秤盤中諸黑書為所壓。紅簽重不可舉。青面者曰。有此大功德。可放還陽。增壽一紀。玉奇驚醒。以此語人。人問可記得是何文書。曰。我所承辦。豈有不記。此常州劉藩司名某者抄家案也。劉被抄時。所藉田產佃户陳欠甚多。縣令某欲按數比追。玉奇陽承奉其言。而夜中故意不戒于火。盡焚之。以此被杖。其事遂已。想壓秤者是此事也。玉奇至今尚存。

莊明府

莊明府炘未官時。館廣西横州刺史署中。晝卧書室。夢青衣人持帖云。城隍神奉請。非隨行

子不語　卷十七　九

至一衙署城隍神降階迎敘寒溫畢道為某案事君作中證故屈來質對無干礙也莊唯唯即告以當年作中原委城隍笑頷之呼僮置酒神南向莊西向曰敝署有幕友四人可許作陪否莊首肯左右即請四先生來皆非素相識者彼此相揖不交一言四先生依城隍而坐離莊甚遠階下紅燈四盞光熒熒然宴畢莊知為陰府固問終身之事可預知否城隍神亦無難色命左右取四簿至上帖紅簽有橫死夭死老壽四柱名目莊本身註在老壽簿上有妻某子某妾某云云莊其時尚無子無妾也莊辭別城隍神命青衣者依原路送還出衙見街上搭臺演戲觀者如堵莊問何班青衣者曰郭三班也中有白鬚老人憑某是莊舊僕死久矣一見便來攜手且託云我塟某地棺為地風所吹現在傾仄君歸告我兒孫改塟為安莊自夢歸如其言告知馮家啟壙視之棺果斜朽十餘年來莊之遭際歷歷如夢惟所云為某中證事不肯向人言

淨香童子

桂林相國陳文恭公幼時扶乩仙判牒云人原多道氣吏本是仙才後文恭歷任封疆位至宰相似乩仙語未滿其量公卒後數年蘇州薛生白之子婦病醫治不效乃扶乩求方乩判云薛中立可憐有承氣湯而不知用尚得為名醫之子乎服之果愈問乩仙何人曰我葉天士也蓋天士與生白在生時各以醫爭名而中立者生白之子故譏之從此蘇人求方者畢集乩所判無不應手而痊一夕告別大書云我為大公祖淨香童子所召不得不往衆駭然問淨香童子何以有公祖之稱曰陳文恭公已復淨香童子之位矣陳故蘇州巡撫也

棺尸求祭

常州御史吳龍見文端公之曾孫也其弟某館于李氏廳宇甚寬旁有古棺總帷塵滿吳亦習見不以為怪一夕月明時棺中窣然有聲則前和開矣中伸一首出紗帽白鬚手指其腹自稱飢渴求祭吳許之白鬚者向棺中取淡黃色袍服相畀曰此明朝萬曆皇帝所賜也今以為謝吳不敢受夜漸闌棺合縫如故吳次日告主人為建齋醮據云此棺乃李氏高祖名傑前明侍郎以子孫甚多惑于風水故未塟耳

沈椒園為東嶽部司

嘉興盛百二丙子孝廉受業于沈椒園先生沈歿數年盛夢遊一處見椒園乘八轎儀從甚盛盛趨前拱揖沈搖手止之隨入一衙門盛往投帖求見閽者傳諭此東嶽府也主人在此作部曹未便進見盛知公為神乃踉蹌出見柳陰下有人彷徨獨立諦視之椒園表弟查某也問何以在此曰椒園表兄招我入幕我故來及到此又不相見未知何故我有大女明姑冬月將出嫁我要過此期纔能來而此意無由自達奈何盛曰若如此我當再扣先生之門如得見則并達尊意何如查曰幸甚盛仍詣轅門向閽者述所以又來求見之故閽為傳入頃之閽者出曰主人公事忙甚不能見可代致意查相公速來速來不能待至冬月即查大姑娘亦隨後要來不待婚嫁也盛以此語覆查相與欷歔而醒是時春二月也急往視查彼此述夢皆合查憮然不樂其時查甚健無恙至八月間查以瘧亡九月間查女亦以瘵亡椒園余社友同舉鴻詞科

子不語卷十七終

子不語卷十八

隨園戲編

陝西茶客

陝西茶客某販茶江南，歸宿閿鄉旅店。其東廂先有居者，山東二布客也。彼此晚膳畢，閉門睡矣。客夢有怪物披髮赤短鬚凹面，撞門入，手持鐵索取東廂二布客鎖之，隨鎖茶客，三人共索，如魚貫然，縛門外柳樹上。怪又撞入他店去。二布客鐵鍊甚緊不能動，茶客鍊稍鬆，若掙得脫，驚醒，以為夢也。告店主，亦不甚怪。次日五更，店主大喊：東廂二客死矣。半里外飯店中，亦死一縣夫。

山娘娘

臨平孫姓者，新婦為魅所憑，自稱山娘娘，喜妝粉，著豔衣，白日抱其夫作交媾狀。其夫患之，請吳山施道士作法。方設壇，其妻笑曰：施道士薄薄有名，敢來治我，我將使之作王道士斬妖矣。王道士斬妖者，俗演戲笑道士之無法者也。即以手按其婦腹下，撚血噴之，法果不靈。道士曰：我有辟穢符在枕中。命其徒取而張之，再登壇作法，妻有懼色，亦登几上，揮帚作法。彼此鬬良久，其夫見三日神擒一白猴，大五尺許，拔跪壇前，猴俯伏。道士取而擲之，屢擲屢小，縮如初生小貓，乃取入瓦罈中，封以符印，旋有黑氣從罈中出。次日投江中，婦病遂愈。

瓜洲公子

杭州大方伯地方，有胡姓姑嫂二人同居一樓。清明日，嫂見瓦上有搭柳為橋者，疑是兒戲，用竿挑去之。晚間有羽衣男子哭至牀前，曰：我瓜洲公子也，與汝姑嫂有緣，故折柳做鵲橋，從瓦上度來，以應清明佳節，汝何得拆去？言畢，往房中，戀二女為祟。其家請道士念玉皇經解禳之。道士方至，怪以溺器擲之，經卷淋漓，道士逃去。胡翁遣老嫗五人守夜調護，則五嫗髮皆成辮，辮然相接，非拖曳不能行。如是者月餘。其女久有婿家，遂擇日嫁之。怪曰：某家無緣，我不能往，在此徒抉一美，亦覺蕭索，請從此辭。因謂胡翁曰：我在此閙汝久，甚愧無以為報。我有妹甚美，願贈汝為妻，未知汝肯納否？胡請見，怪許之。命中堂垂簾觀之，果望見絕色女子。胡不覺心動，急請婚期。怪曰：我願以汝為妹夫，而妹嫌汝老醜，心頗不肯。汝能將頤下鬚盡去之，則姻事成矣。胡年五十餘，肥而多髯，聽其言，一旦盡剃之。怪在空中大笑而去，妹竟不來。

王白齋尚書為潮鳴寺僧

余同年王白齋，少年美秀，初入學時，年纔十七，偶遊潮鳴寺，見影堂老僧像，不覺毛髮淅瀝，還家遂病。痾後過寺，不敢入。及探花及第時，夢老僧以綠香五十四枝與之，曰：我有三弟子，一夢麟，一錢維城，一汝也。汝將來司刑名時，當超度某某，再來歸依原位。白齋祕而不言，後果為大司寇，壽五十四而終，卒不知所超度者何案也。

白天德

湖州東門外有周姓者，其妻踏青入城，被邪跡歸。其家請道士孫敬書誦天蓬咒，用拷鬼棒擊之。妖附其妻供云：我白天德也，為祟者我弟維德，與我無干。孫書符喚維德至，問：汝與周家婦何仇？曰：無仇。我路遇，愛其美，故與結緣，方愛之，豈肯害之？問：汝向住何處？曰：附東門元帝廟側，偷享香火已數百年。孫曰：東門廟是元帝太子之宮，當時創立，原為鎮壓合郡火災，故立廟離宮東首。汝何得妄云元帝廟耶？妖云：治火災當治其母，不當治其子，猶之伐木者當克其本，不克其枝。汝作道士，而五行生克之理茫然不知，尚要行法來驅我耶？拍其肩大笑去。周氏妻亦竟無恙。

髑髏乞恩

杭州陳以夔善五鬼搬運法，替人圓光，頗有神效。其友孫姓者宿其家，夜半牀下走出一白髮翁，跪而言曰：乞致意陳先生，還我髑髏，使我全屍。孫大駭，急起以燈照牀下，則髑髏一具存焉。方知陳驅役鬼物，皆向敗棺中取其天靈蓋來施符用咒故也。孫初勸之，陳猶隱諱，取牀下骨示之，陳乃無言，即送還原處。未幾，陳為羣鬼所擊，遍身青腫死。

錫鏹一定陰間准三分用

杭州龔穀垣，生員，原任甘泉令龔明水之從子也。病中夢遊陰府，街巷店鋪與陽間無異，惟黃沙迷漫，不見日月。見店鋪中有司櫃者，故所識也，趨往問路。司櫃者笑曰：此間無路，汝至此尚欲何往？再問，不答。穀垣不得已，彷徨道中。有乘四轎呵殿而來者，近視之，己之岳翁某也。趨而問焉，翁慘然曰：此非人間，汝何至此？穀垣方知其身已死，因自述病中原委，并問其父母壽算。岳翁曰：此事非我所司。汝叔父明水先生現在王府教書，汝可往問。但王府尊嚴，侍衛甚衆，非重用門包不能通報。穀垣問門包何物，曰：亦不過陽世通用之錫鏹耳。凡陽世燒錫鏹一定，陰間准作三分用；其有破損潮爛者，僅准一二分用。穀垣聞言，急往王府，忘其身未帶錫鏹。至一宮門，侍衛者如林，見穀垣果伸手索賄，而穀垣無以應也。但口稱家叔明水在此教書，煩為通報。侍衛者怒罵曰：老腐頭巾在府，已甚可厭，怎禁得又添一小腐頭巾來？揮杖擊之。一驚而醒，家人已環泣於旁。後數月，穀垣忽無故猝死。

雞卵搪糞

杭州清泰門外有觀音堂徐姓者，其妻爲五通神所迷，每朔望必至其家飲噉，有事必預爲通知。妻故邪若，從其夫糞田，神偕之代爲擔糞，以兩雞卵爲桶，盛糞石許，細竹管挑之，軟多於木桶盛者，而所灌田尤肥。

狐丹

常州武進縣有呂姓者，婦爲狐所迷，化作美男子，戴唐巾，爲人言休咎，有驗有不驗。來問卜者，狐或外出，則命書一氣焚之，存其灰於罈中，狐來，口吐一物，紅色如小鏡，然大不過寸許，持向罈中照灰，便能朗誦所焚之語，然亦無訛誤。照畢，仍吞入腹中。或云此狐丹也。狐有批答，輒令婦口授之。慮其遺忘，則以手招婦手，指之中節，便能記憶，雖長篇韻語，俱能成誦。過此則依然不識字也。有某秀才爲婦中表親，欲與狐唱酬，將詩詞致狐，狐曰：「有一對，秀才能屬對，即與酬答可也：紅白桃花映紙窗，花無二色。」婦以告秀才，不能對，慚而退。此狐至今猶存其家。錢竹初明府爲予言。

處州溺婦奇獄

處州鄉民陳瑞，送妻還其母家，路過半塘橋，婦溺於廁，久而不返。陳往尋，不得，望見前村搭屋中紅裙外露，急往視之，果其妻裙也。似被人曳入棺中，露半幅於外，心疑僵尸作祟，將斧出

之，以救其妻。訪問棺主，有張某云：「此我家姑母棺也。姑母死時年三十餘，其子又亡，無力營葬，久攢於此。」陳請開棺，初不許，陳哀求至再，始許之。開棺則一白鬚男子，手持某妻之裙，而不見某妻之身。於是陳以失去妻控官，張以失死姑控官，官不能斷，至今懸爲疑獄。

道家有全骨法

杭州龍井初開時，商人葉姓者司其事，有倪某者爲葉擇開工日期。後十年，葉身故，倪忽暴病，有羣鬼附其身，語音不一，曰：「還我命！還我骨！」聲啾啾然，楚越吳魯音皆雜有也。最後有自稱陳朝傳將軍者曰：「我助蕭摩訶南征北討，葬此千年，汝何得與葉某擅傷我骨？」家人環求曰：「此官府所命，主人力不能抗，將軍何不相諒耶？」將軍曰：「此雖公事，不可違，然汝與葉某理宜將掘骨暴棺事告知官府，官府不從，便與汝無罪。今汝等並不告官，而擅將我等數十人骨混行拋擲，以致男裝女頭，老接少腳，至今叢殘狼藉，鬼如何安？」家人請用佛法解禳，將軍曰：「佛無能爲，惟道家有全骨法，汝往求之。」於是葉家人訪有禮斗人施柳南，邀往而拜求，遂設壇於龍井，作法七日，見西湖神燈赫然散滿水上，或疊高爲塔，或橫排爲雁字，或團聚如大車輪，或散作流螢萬點，須臾斗姥下降，寶珮瓔珞，莊嚴不可逼視。壹二四來，即葉某與倪姓也，皆跪階前，鬼數十爭來苦擊，斗姥喝曰：「此亦汝等劫數，毋儲仇怨，我令丸幽使者盡提殘骨，爲汝等補還可也。」少頃，骷髏數十具皆有白氣縈繞，旋滾成團，其缺處皆圓滿矣。將軍長丈餘，披金甲，率羣鬼拜謝斗姥，葉亦解鎖合掌膜拜而去。倪病遂愈。此事近遂爲余言。

批地藏王頰

兩江總督于成龍未遇時，夢至一宮殿，上書「地藏王府」四字。殿上老僧趺坐，閉目。于心念地藏王主人間生死事，家有老僕某，忠而勤，久病不起，因長揖告訴，求爲延壽，再三言，僧默然不應。于怒，直前手批其頰。老僧開眼笑，屈一指示之。醒而告人，皆云地藏王一指，當是延壽一紀。已而老僕病愈，果又生人間十二年。

儒佛兩不收

杭州楊生兆南，業儒，數遭擯斥，後一年，託夢於其妻曰：「人死必有所歸。我故儒士，司魂者送我於文昌所，帝君出題試我，我不能作，帝君不收。司魂者再送我佛菩薩處，佛出經問我，我不能解，佛又不收，徬徨陰間，無歇足之地，不得已，將以某月日投生張某家。自念我一生好佛，汝須往告張家，勿以葷乳我，免再墮落。」張故兆南友也，臨期視之，其家果生一男，盤膝而坐，哭三年不止，張氏哄以葷，哭遂止，而兒遂犯驚癇之疾。此乾隆四十三年事。

烏門山事

紹興東關有張姓者，妻病，延醫，行過烏門山，遇白鬚叟相隨而行。時天已晚，覺此叟足不貼地，映夕陽無影，心疑爲鬼，問其蹤跡，叟亦不諱，曰：「我非人，乃鬼也。然有求於君，非害君者。我有骸骨葬烏門山之西，被鑿石者終日鑽斫，山石就傾，我壙中朽棺業已半露，不久將墜入河中。幸君哀我，爲改葬之。君前去到新橋地方，有五個溺水鬼坐而待君，我爲君先往驅除之。」出懷中朱家糕與張食，曰：「明日請到朱家，以朱家包糕紙爲證。」張與偕行至新橋，果有黑氣五團踞橋坐，叟先往折樹枝打之，聲啾啾然，盡落於水。張到醫家，叟再拜別去。次日，張往朱家買糕，出其紙，果朱店中招帖也，告以原委。店主人悄然曰：「君所見叟，姓吳名全章，故余戚也。渠改葬之事，何不託我而託君？想與君有緣。君命中不應死於五水鬼，故神遣命此叟爲君驅除耶。」引張往烏門山，視其墓，棺離水僅尺許，乃別擇地改葬焉。

楊二

杭州楊二，素以拳棒爲事。夏夜坐後園假山上乘涼，見石罅中出一小頭，先露其髮，再露其面。楊大駭，持棍擊之，頭不見。次日，宿樓中，聞樓下有著屐聲，往來歷落，疑爲賊，然心念倘賊無著屐之事，有此屐聲，緣梯而上，則一白衣人帶角長帽，手持四方燈籠，嘻嘻然向楊而笑。

楊蜉以鐵尺白衣人墜於樓下作怒聲曰好打好打待我喚夥計來好好收拾你次日楊召其徒告之諸無賴噪曰彼有夥計我等亦有夥計諸誰持老尤登樓打鬼於是治肴痛飲各持器械登樓鬼竟不至雞鳴時諸無賴各偃臥平明時起尋楊二不見覓之已死於樓下竹榻上

吳秉中

吳秉中居葵巷故予舊宅鄰也延汪名天先生訓其子姪月夜至館中閒談見牆上有一老翁長尺許白髮銳頭坐而效其所為吳喫烟叟亦喫烟吳拱手叟亦拱手以為大奇呼汪先生觀之先生所見無異其姪錫九往觀無所見是年秋秉中與汪俱死而錫九至今猶存

土窟異獸

閩商陳某與諸客泛海遇颶風飄至一山腳下見山崖平坦可步相率樵採初進路甚仄行一二里即覺開曠時天色將暮聞海風蕭瑟林鳥啾嘈不敢深入乃歸次日風更甚舟不行舟中人悔昨未窮其境約再往拉陳與偕蹤前徑行八九里有一溪水色澄綠旁有土山不甚高穴中似有物喘息衆懼竄走陳恃膽力上大樹隱身覘之食頃其物出穴外大倍水牛而形似象頂生一角晶瑩犀利盤踞石上長嘯聲裂竹木陳驚懼幾墜但見虎豹狼鹿各以其屬至俯伏其下不止千計其物擇肥者踐之用舌舐其腹吸其血百獸皆股慄不敢動食三四獸復曳尾入穴客乃下尋舊徑歸與衆言所見終未知山與獸何名也

雞腳人

閩商楊某世以洋販為業言其祖於康熙中偕客出洋遇旋風吹入海汊其水四面高惟中港獨低又在海水之下楊舟盤渦而下人船俱無恙至港底見山川草木田疇蔬穀一如人世惟無廬舍岸側有船依泊內有數十人亦中州來者見楊等歡如骨肉因言此水惟閏年月有一日獨高與海水平舟始可歸然只一食頃耳稍遲則又不得上矣其人先被颶風吹至時亦曾有人居此港後遇閏水得歸彼遲不及留此六年皆屢遇閏而失其時故未得去楊同舟客有四十人帶有穀菜諸種咸分土耕種其地頗沃而收倍且不須人灌溉終日與前舟人款接往來幾忘身在世外也惜無黃曆考日時每食訖咸登舟待水滿而已一日楊與客閒步野外望隔溪有人行近溪口皆長丈餘無衣身有毛腳如雞爪脛如牛膝見楊啾啣作對語狀音不可曉歸與彼舟人言之亦言來時曾於溪口見之緣溪滿不得渡倘其來此吾輩寧有孑遺耶後六年八月遇風水滿與前舟人同歸楊家有老僕曾隨行者今已八十餘尚在能道其詳按臺灣有雞爪番常栖宿樹上此豈其苗裔歟

海和尚

潘某老於漁業頗饒一日偕同輩撒網海濱曳之覺倍重於常數人并力舁之出網中並無魚惟有六七小人趺坐見人輒合掌頂禮作狀遍身毛如獮猴髡其頂而無鬚語言不可曉開網縱之皆於海面行數十步而沒土人云此號海和尚得而腊之可忍飢一年

一足蛇

謝大痴言其友某在黔日往一村見民家多懸一物鱗甲瑩然已腊而乾之矣言此去五里有山為樵採地山腳為往來路徑旁有枯樹一株極大樹內藏一蛇人首蛇耳耳能扇動有聲鱗如松皮只一足如龍爪吐舌甚長躍行迅疾近人輒以口噴毒氣令人迷仆然後以舌入人鼻吸血飲之村人募丐者予以金除其患無有應者逾年有二丐應命索重酬衆為醵金如其數其人取唾涎厚塗其身裸而誘之蛇果至則急趨路旁田內蛇追及之陷於泥中不能動然後二丐躍起以長竿繫刀盡力斫之斷其首乃死村民家有被其害者爭分其肉

方蚌

有人在閩出海口樵採至一山見山澗內悉臥方蚌大者丈許小者亦長數尺砢重疊以千百計其人驚方欲去忽一蚌開口其殼內有藍面人如夜叉狀臥其中見人手足皆動作攫拏勢欲起而不得脫蓋其軀生殼上即借蚌殼為背故不能脫殼而出少頃衆蚌悉張口皆有夜叉如前狀其人倉皇急竄聞背後剎剎有聲衆蚌皆旋滾隨之及歸舟中人斫以巨斧獲其一并殺俱碎夜叉亦死帶歸示人俱無知者

山和尚

有李姓者客中州遇大水登山避之水勢驟漲其人更上山頂時已暮見矮草屋乃山民耕地夜巡者所居內悉藉以草旁置一竹梆其人宿焉中夜聞踏水聲視之見一黑短胖和尚遊水面將至其人大呼此怪稍却少頃又前其人窘急取梆大擊山民都集怪遂去終夜不復至次日水退詢山人云山和尚也欺人孤弱便食人腦

贈紙灰

杭州捕快某偕其子緝賊每過夜子不歸其父心疑遣徒伺之見其子在荒草中談笑少頃走至攢屋內解下衣抱一朽棺作交媾狀其徒大呼其子驚起不得已繫褲帶隨其徒歸然猶淋漓不止撫其陽冷如冰雪直至小腹其母問之曰兒某夜乞火小屋見美婦人挑我與我有終身之訂以故成婚月餘且贈我白銀五十兩母罵曰鬼安有銀少年取懷中包擲几上鏗然有聲視之紙灰也訪諸鄰人攢屋中乃一新死婦

湯翰林

錢塘湯翰林其五未遇時。應試晉院。僦屋而居。苦其狹小。見旁有大宅。封鎖甚固。杳無人居。訪之鄰人。云此杭州太守柴公屋也。有惡鬼作祟。以故無人承買。湯素有膽。曰借居可乎。鄰人笑其任。亦無阻者。湯遂開鎖啟門入。見樓上有二桌四椅。樓西有竹箱。雖久無人居。而塵埃不積。湯心喜。即挈行李。登樓。手一壺一燭。秉燭讀書。至三鼓。陰風起於牕外。燈焰縮小。有披髮女子。赤身噴血而進。湯掉以燈。女惘然曰。貴人在此。妾誤矣。仍從窗出。湯意鬼已去。將解衣安寢。忽樓西廂內簌簌有聲。視之。則此女從西廂出。手執裙襖藍色衣。并梳篦等物。若將膏沐者。湯愈無恐。且飲且讀書。有頃。女子梳妝畢。著藍衣。冉冉至前。跪訴曰。妾負奇冤。非公不能為我白者。妾姓朱。名華。杭州柴太守妾也。正妻妬而狡。知太守愛妾。不敢加害。值妾產子時。賄收生婆於落胎後。將生桐油塗我產宮。潰爛而亡。妾兒名某。正妻取以為子。至今雖長成。並不知為妾之子。十年後。君為湖北主考。子當出公門下。公須以妾冤告之。妾尸猶埋此樓之東。臨井邊有八角磚為記。可命其來此改葬生母。并指竹箱曰。此皆妾妝奩首飾盒具處也。妾亡時。太守哀痛之至。臨去吩咐家人。勿持我箱還家。恐觸目心傷故也。後有來竊取者。妾以陰風喝退之。今此中尚存三百金。可以奉贈。湯為慘然。唯唯而已。後一如其言。樓上怪從此絶。而屋亦轉售。

黑苗洞

湖南房縣。在萬山之中。西北八百里。皆叢山怪嶺。苗洞以千數。無人敢入。有采樵者。誤入洞內。迷路不能出。見數黑人。渾身生毛。語兜離似鳥。以草結巢棲於樹巔。見樵人喜。以藤縛其手足。挂於樹梢。樵者自分死矣。俄而一老嫗從他巢中來。白髮高額。略似人形。言語猶作楚聲。謂樵者曰。汝何誤入此洞耶。我亦房縣城中人。康熙某年。年荒乞食。迷入此洞。諸黑苗初欲食我。復褫我下體。知為女。遂留居巢中為妻。指二黑毛人曰。此我兒也。尚聽我說。話我當救汝。樵人跪謝。老嫗騰身上樹。親解其縛。袖中出栗棗數枚曰。為汝療飢。隨向二黑毛人耳語良久。語啾啾然。手樹枝一條。縛布巾於上。曰有爾等同類。欲害我鄉鄰者。以此示之。俾知我意。二毛人送樵人行三日許。纔得原路歸。路上人皆曰。此黑苗洞也。迷入者。都被其啖。從無歸者。

空中扯辮

蘇湖江口巡司衙門弓兵趙信。年三十餘。尚未娶妻。忽一日。往野廟中。留連笑語。不肯歸家。人問之。則曰。吾贅於某氏矣。極誇其妻之美。家之富。次日又往。嬉笑如常。人與同行。毫無所見。知為鬼所弄。乃囑其父母苦禁之。閉門而通飲食焉。趙在房呼曰。我來我來。勿扯我辮。家人在窗眼中窺之。見其頭上辮髮直豎空中。似有人提之者。於是防範愈嚴。三日後聲寂然。開戶視之。竟以辮髮自縊牀闌干上。

蓬頭鬼

涇縣于道士。能白日視鬼。常往城中趙氏家飲酒。密語主人曰。君家西樓夾牆內有鬼。蓬頭走出東窗。西探形如竊賊。必是冤魂有所擒捉。但未知應在府上何人。主人曰。何以驗之。道士曰。我明日早來。看鬼藏何處。即便告君。君可喚家人一一走過。看鬼作何形狀。便見分曉。主人以為然。次日道士來。曰鬼在西廳案桌脚下。主人召集家丁。往來桌前。鬼皆不理。其女六姑娘過。鬼向之大笑。道士曰。此其是矣。然且勿通知令嬡。慮其驚怖也。主人問可禳解否。曰此前生孽。無可禳也。自後聞拋磚擲瓦之聲。月餘不絕。俄而六姑娘以產亡。家果平靜。

借絲綿入殮

蘇湖趙明府必恭。宰湖南衡陽。傷寒病劇。氣已絶矣。家人棺殮。綿絮無一不周。因其心口尚溫。故爾未殮。趙夢行黃沙中。茫茫然不見天日。過一小河。天漸開朗。有廟題曰準提觀音菴。走入。見老僧趺坐煮素麪。甚香。覺腹中飢。向僧乞食。僧喝曰。汝何必在此乞食。可作速還家。家中有麪。等汝。趙跟蹌走出。遇鄉鄰吳某。拱手謝曰。蒙君見惠。使我體暖。趙不解所云。驚而醒。果聞煮麪如夢中之香。蓋家人守屍。鎮日不餐。故煮麪充飢。趙即索食。家人曰。老爺病月餘。湯水不沾。何能吃麪耶。趙必欲取食。家人無如何。與一甌。竟飲啖如常。而病亦愈。心中想吳某謝暖之說。亂夢無憑。絶不向家人言。及後二年。趙眷屬還蘇。將昔年作殮之綿。裝箱帶歸。適吳某死。當盛夏無處買綿。其家殮時。來借絲綿。乃即與之。又三年。趙罷官歸。偶與家人談及前事。方知千里之外。兩年之前。此綿應歸吳用。生魂早來謝矣。

洞庭君留船

凡洞庭湖載貨之船。卸貨後。每年必有一整齊精潔之船。千夫拉曳不動。舟人皆知之。曰此洞庭君所留也。便聽其所之。不復裝貨。舵工水手。俱往別船生活。至夜則神燈炫赫。出入波浪中。清晨仍歸原泊之處。年年船隻輪換。當差從無專累一家者。亦從無檣桁損傷者。

鼉將軍失勢

鄱陽湖客舟遇風。常有黑鼉如龍。撲舟而來。舟必損傷。號鼉將軍。年年致祭。雍正十年大旱。湖水乾處。有朽鼉橫臥沙上。農人斫而燒之。涎盡血出。從此鼉將軍不復作祟。而舵工亦不復致祭矣。

吳二姑娘

全椒金棕亭進士。寓揚州馬氏玲瓏山館。孫某年十七。文學頗佳。相隨讀書。祖孫隔房而寢。夜聞惜呼聲。以為魘也。起視喚之。孫即醒悟。棕亭還臥己房。未幾又魘。棕亭再往。其孫業已起坐牀上。對棕亭以兩手向上曰。請屈一指。則一指彎。曰請屈五指。則五指彎。自後或叉手。或拱手。作態萬狀。棕亭呵之。泣求還家見母。乃呼轎送歸。病者自取衣冠靴帶著之。請祖父母上坐。拜別曰。兒即登仙去矣。舉家惶惑。莫知所為。日午神氣稍定。私拉乃祖耳語曰。無他。一小狐狸鬧我耳。語畢。昏亂如初。自稱吳二姑娘。與我前世有緣。或云妹子吳三姑娘也來了。姊妹二人。要同嫁我。隨作淫褻語。令人難聞。拉棕亭向前呵氣一口。其冷如冰。從鼻管直到丹田。毛髮皆噤。鎮江將春農中翰贈天師符一張。方欲張挂。而病者遽來搶奪。幸係綾本。爪招不傷。棕亭張符向之。又被吹冷氣一口。符飛總外。綾竟碎裂。棕亭不得已。求禱城隍廟關帝廟。數日。忽病者呼接駕接駕。伏魔大帝至矣。棕亭悚然。率家人齊跪。病者呼棕亭名罵曰。金兆燕。汝身為進士。而脫帽露頂。不穿公服迎我。有是理乎。棕亭叩頭謝罪。少頃。復呼接駕接駕。孔聖人至矣。棕亭又叩頭迎接。文武二聖。相與共語。嚅嚅不可辨。皆在病者口中作山東山西兩處人口吻。如是者自午及申。舉家長跪哀求。不敢起立。腿腳皆腫。病者厲聲曰。妖魔已斬。封爾孫為上真諸侯。吾當去也。棕亭叩送畢。進病者粥。病者向空招手曰。喫粥喫粥。狂言如故。棕亭大悟。文武二聖。皆妖冒充者。病者曰。我年逾六十。從未受人欺哄。今乃為汝揶揄耶。病者縮首內向。掩口而笑。作得意狀。顛狂月餘。有林道士者。來言拜斗可以禳遣。棕亭於是設壇齋醮。終月誦經。如是七日。病者神氣漸清。乃急為完姻。入贅岳家。妖果不至。此乾隆四十七年三月間事。棕亭先生親為余言。

石獅求救命

廣東潮州府東門外。每行人過。聞喚救命聲。察之。四面無人。聲從地下出。疑是死人更活。持鋤掘之。下土三尺許。有石獅子被蟒圍其頸。衆大駭。即擊殺蟒。而扛石獅於廟中。土人有所祈禱。靈驗異常。或不敬信。登時降禍。自此香火大盛。太守方公聞之。以為妖異。將毀其廟。民衆曉曉。幾激成變。太守不得已。詭言迎石獅入城。將別為立廟。衆方應允。舁至演武場。錘碎石獅。投之河中。了無他異。太守方公名應元。湖南巴陵人。余按晉元康中。吳郡懷瑤家地下聞犬聲。掘之。得二犬。長老云。此名犀犬。得者其家富昌。事載異苑。

旱魃

乾隆二十六年。京師大旱。有健步張貴。為某都統遞公文至良鄉。漏下出城。行至無人處。忽

黑風捲起。吹滅其燭。因避雨郵亭。有女子持燈來。年可十七八。貌殊美。招至其家。飲以茶。為縛其馬於柱。願與同宿。健步喜出望外。綢繆達旦。雞鳴時。女披衣起。留之不可。健步體旋。乃復酣寢。夢中覺露寒甚。醒則臥荒塚間。大驚。牽馬。馬縛在樹上。所投文書。已誤期限五十刻。官司行查至本都統。都統慮有捺擱情弊。都統命佐領嚴訊。健步具道所以。都統命訪其墳。知為張姓女子。未嫁與人通姦。事發羞忿自縊。往往魘祟路人。或曰。此旱魃也。猱形披髮。一足行者為獸魃。縊死尸僵出迷人者為鬼魃。獲而焚之。足以致雨。乃奏明啟棺。果一僵女尸。貌如生。遍體生白毛。焚之。次日大雨。

蠍怪

佟明府寀蒞城。有鄉民夏間袒背坐石上。持麵一碗。食未畢。忽大呼仆地而絕。衆人視之。背正中有洞。深數寸。黑血泉湧。不知何疾也。具呈報官。疑為賣麵人所毒。佟公往驗。見所坐石旁有罅。黑血流入罅中。其下若有蜂唱聲。乃命掘石下三尺許。石穴中有蠍如鵝大。方仰首飲血。尾彎環作金色。鄉民爭持鋤擊之。蠍死而尾不損。以驗死者之背。傷痕宛然。乃取蠍尾貯庫。至今猶存。

蛇王

楚地有蛇王者。狀類帝江。無耳目爪鼻。但有口。其形方如肉櫃。渾渾而行。所過處草木盡枯。以口作噏吞狀。則巨蟒惡蛇盡為舌底之水。而肉櫃愈覺膨然大矣。有常州葉某者。兄弟二人。遊巴陵道上。見群蛇如風而趨。若有所避。已而腥風愈甚。二人怖。避樹上。少頃。見肉櫃正方。如蝟而無刺。身不甚大。從東方來。其弟挾矢射之。正中櫃面。櫃如不知。負矢而行。射者下樹。將近此物之身。欲再射之。拔其矢。而身已仆矣。良久不起。乃兄下樹視之。尸化為黑水。洞庭有老漁者曰。我能擒蛇王。衆大駭。問之。曰。作百餘个麵饅頭。用長竿鐵叉叉之。送當其口。彼略噏則去之。而易新者。如是數十次。其初饅頭麋爛如泥。已而黑。已而黃。已而微賴饅頭之色。白如故。而後衆人圍而殺之。如豚犬耳。不能噬人。衆試之。果如其言。

顏淵為先師判獄

杭州張姓秀才。夏月病死。家貧無棺。從其叔乞助。叔居海寧。往返五日而甦。言至天帝所聽獄。已入死案。既而曰。緒生也。遣一官押至學宮。請二先師出。曰。是人已有成案。然必得二師決之。一師曰。罪輕而情重。當死。一師曰。雖然。事尚可矜。渠非首謀。姑與減等。五年後改行則已。其父官嶺南。有功德於民。姑押令見渠父。命原押官押至嶺南名宦祠見其父。父大呼曰。非吾子也。拒而不見。母夫人從室旁出泣曰。父不汝子矣。汝當速歸改過。但汝死久。恐尸

壞可歸則歸否則仍返帝所自有處分萬勿借他人屍也遣鬼僕同至家視家人肯認否及至家見屍尚横卧未壞旁有一燈一飯抑者推紘仆屍上屍遂動妻子哭而驚視之其僕呼曰認矣可以報土地矣遂去紘已活人爭問紘隱諱紘不言後未五年紘竟死其從兄名綱者毛西河友也告西河曰大清兵下杭州將王北去其宮眷留匿塘西孟氏家吾弟為王某所誘謀出首取賞既而悔之不列名後同王某出首者五人皆暴死吾弟死而復甦然殺性不改與米道士爭一鶴乃私賦道士名于海寇案中竟致之死負先師之訓違慈母之教宜其終不永年也問學宮先師姓名紘曾言何人曰其一顏淵其一子服景伯

豆腐架箸

四川茂州富戶張姓者老年生一兒甚愛之每出遊必盛為妝飾年八歲出觀賽會竟不返遍尋至某溪中已被殺矣倮身卧水衣飾盡剥去張鳴於官兇手不得刺史葉公身宿城隍廟求夢夜夢城隍神開門迎葉置酒宴之几上豆腐一碗架竹箸其上旁無餘物終席無一言葉醒後辯之不得其故後捕快見人持金鎖入典鋪者獲而訊之贓證息合其人姓符方知竹架腐上成一符字

蔣金娥

通州興仁鎮錢氏女年及笄適農民顧氏為婦病卒忽甦呼曰此何地我緣何到此我乃常熟蔣撫臺小姐小字金娥細述蔣府中事啼哭不止拒其夫曰爾何人敢近我須遣人送我回常熟取鏡自照大慟曰此人非我我非此人擲鏡不復再照錢遣人密訪蔣府果有小姐名金娥病卒年月相符遂買舟送至常熟蔣府不信遣家人到舟中看視婦乍見能呼某某名姓一時觀者如堵蔣府恐事涉怪誕贈路費促令回通婦素不識字病後忽識字能吟詠舉止嫺雅非復向時村婦樣矣有何義門先生之姪號椎之者向曾聘蔣府女未娶女卒因事來通婦往見何稱為姑父與談舊事一切皆能記憶遂呼何為義父何勸婦仍與原夫為婚婦不肯欲為尼不果此事在乾隆三十二年

還我血

刑部獄卒楊七者與山東偷參囚某相善因事發臨刑以人參賂楊又與三十金囑其縫頭棺殮楊竟負約又記人血饅頭可醫瘵疾遂如法取血歸奉其戚某甫抵家忽以兩手自扼其喉大叫還我血還我銀其父母妻子燒紙錢延僧誦救之卒喉斷而死

子不語卷十八終

子不語卷十九

隨園戲編

周世福

山西石樓縣周世福周世祿兄弟相鬭刀戳兄腹腸出二寸許日久肚上剏平復如口能翕張腸拖于外以錫碗覆之束以帶大小便皆從此處流出如此三載餘方死死之日有鬼附家人身詈其弟云汝殺我乃前生數定也但早了數年使我受多少污穢

韓宗琦

余甥韓宗琦幼聰敏五歲能誦離騷諸書十三歲舉秀才十四歲楊制軍觀風拔取超等送入敷文書院掌教少宗伯齊召南見而異之曰此子風格非常慮不永年耳己卯八月初一日清晨忽謂其母曰兒昨得夢甚奇仰見天上數百人奔波于雲霧之中有捧書者有授紙筆者狀亦不一既而聞唱名聲至三十七名即兒名也驚應一聲而醒所呼名字一一分明醒時猶能記憶及晚披衣起俱忘之矣自以為天榜有名此科當中及至鄉試三場畢中秋月明如晝將欲繳卷聞有人呼曰韓宗琦好歸去也如是者三其聲漸厲若責其遲滯者甥應曰諾及繳卷時四顧無人踉蹌歸次日問諸同考友皆曰無之倘我輩即欲同歸必另有稱呼豈敢竟呼兒名揭榜後名落孫山甥悵悵不樂旋感病遂不起臨終苦吟舉頭望明月低頭思故鄉二句張目謂母曰兒頓悟前生事矣兒本玉帝前獻花童子因玉帝壽誕兒獻花時偷眼觀下界花燈諸仙嫌兒不敬即罰是日降生人間今限滿促歸母無苦也卒年十五蓋俗傳正月初九為玉帝生日云

徐俞氏

鄧州牧徐廷璐與妻俞氏伉儷甚篤俞卒徐慟甚凡其粉澤衣香一一位置若平時取其半臂覆枕上至一七營奠于庭有小婢驚呼夫人活矣徐趨視見夫人著半臂端坐牀上子女家人奔集咸見之徐走前欲抱其影奄然漸滅而半臂猶僵立良久始仆一夕徐設席若與夫人對飲者執盃泣曰素勞卿戒飲今誰戒我耶語未畢手中盃忽失所在侍立婢僕遍尋不得少頃盃覆席間酒已無餘有妾語人曰此後夫人不能詬我矣至夕見夫人直登卧榻批其頰頰上有青指痕三日始滅自是舉室畏敬甚于在生時

琵琶墻

董太史潮青年科第以書畫文辭冠絕時輩性磊落而有國風之好常與諸名士集陶然亭散步吟詩獨至城墻下忽聞琵琶聲蹤跡之聲出數椽敗屋乃十七八美女子著淺紅衣據

窗理絃索見董略無羞避揮絃如故董徘徊不能去同人怪董久不至相率尋之見董方倚破牖癡立呼之不應猝啐之董驚寤而女子形聲俱寂始道其故衆入室搜索敗瓦頹垣絶無人跡有蓬顆一區俗所稱琵琶墳也乃挽董歸未幾以疾歸常州卒于家

曹阿狗

歸安程三郎妻少艾而賢里黨稱三娘子方夏日曉妝忽舉動失常三郎疑為遇祟以左手批其頰三娘子呼曰勿打我我鄰人曹阿狗也聞家中設食同人來赴既至獨無我席我飢且餒知三娘子賢特憑之求食耳勿怖其隣曹姓大族也于前夕果延僧人蹝焰口施阿狗者乃曹氏無賴少年未婚而卒者也以阿狗無後曹未為之設食聞此言亦駭同以酒漿楮錢至三娘子前致祝三娘子曰今夕當專為我設食送我于河此後祭祀必有阿狗名乃可曹氏懼如其言送之三娘子遂愈

錢仲玉

錢生仲玉少年落魄遊關谿署中值上元夕同人咸出觀燈仲玉中懷鬱鬱獨不往步月庭除嘆曰安得五百金使我骨肉團聚乎語畢聞階下應聲曰有有仲玉疑友人揶揄之遍視不見人乃還齋坐聞窗外覗覗聲一美女搴幃入曰郎勿驚妾非人亦非為禍者也佳節異

鄉共此岑寂適聞郎嗟笑郎以七尺男子何難得五百金哉仲玉曰然則頃云有有者即卿耶曰然仲玉曰在何處女笑曰勿急勿急即拉仲玉手同坐曰妾汪六姑也埜此為污泥所慁求君改埜高處必當如君言以報問何病亡女以手遮面曰羞不可言固問之曰妾幼解風情而生長小家所居樓臨街偶倚窗見一美少年方溺出其陽紅鮮如玉妾心慕之以為天下男子皆然已而嫁賣菜傭周某貌既不佳體尤頑穢絶不類所見少年以此怨思成疾口不能言遂卒仲玉聞之心大動弛下衣拉女手使摸而人聲忽至女遽拂衣起曰緣未到仲玉送至牆下女除一銀臂釧與之曰幸勿忘言畢而沒仲玉恍然如夢視銀釧竟在手中乃秘之次夕人靜獨步牆陰遍視不復見乃語主人並出臂釧以證主人異之起土三尺許得女屍衣飾黴朽肌色如生與仲玉所見無異右臂一釧猶存仲玉解衣覆之為備棺衾移埜高阜其夕夢女來謝曰感郎信義告郎金所郎卧榻向左三尺舊有人埋五百金明當取之如其言果得金如數

蝦蟆蠱

朱生依仁工書廣西慶遠府陳太守希芳延為記室方盛暑太守招僚友飲就席各去冠衆見朱生頂上蹲一大蝦蟆拂之落地忽失所在飲至夜分蝦蟆又登朱頂而朱不知同人又為拂落席間殽核盡為所毀復不見朱生歸寢覺頂間作癢次日頂上髮盡脱當頂墳起如瘤作紅色皮忽迸裂一蟆自內伸頭睒目而望前二足踞頂自腰以下在頭皮內針刺不死引出之痛不可耐醫不能治有老門役曰此蠱也以金簪刺之當死試之果驗乃出其蟆而朱生無他恙惟頂骨下陷若仰盂然

礮怪

萬睿功世家子也其居廳前有怪每夜人行輒見白衣人長丈餘躡後以手掩人目其冷如冰遂閉前門别開門出入白衣人漸乃晝見人咸避之睿功偶被酒坐廳上見白衣人登階倚柱立手撚其鬚仰天微睨似未見睿功在坐者睿功潛至其後揮拳奮擊誤中柱上挫指血出白衣人已立丹墀中睿功大呼趨擊時方陰雨為苔滑撲地白衣人見而大笑舉手來擊腰不能俯似欲以足蹴而胫又長不能舉乃大怒瞋目而走睿功知其無能為直前抱持其足而力掀之白衣人倒地而沒睿功呼家人就其仆處掘深三尺得白礮青坐礮一個礮上鮮血猶存蓋睿功指血所染也擊而碎之其怪遂絶

六郎神關

廣西南寧鄉里祀六郎神人或語言僭犯則為祟尤善媚女子美者多為所憑凡受其害者

以紙錢一束飯一盂用兩三樂人午夜祀之送至曠野即去而之他其俗無夕不送六郎也有楊三姑者年十七美姿容日將夕方與父母共坐忽嫣然睨笑久之趨入房施朱傅粉嬌羞百態父母往問礫石自空擲下房門遂閉惟聞兩人笑語聲知為六郎亟呼樂人送之六郎不肯去及晨女出如常云六郎美少年頭戴將巾身被軟甲年可二十七八與我甚恩愛不必送他去父母無如何越數夕忽倉皇奔出曰又一六郎來大鬍子貌甚獰惡與前六郎爭我相毆前六郎非其敵也行當去矣俄聞室中鬭聲甚劇似無物不摧者父母乃召樂人雙送之兩人俱去三姑亦無恙

返魂香

余家婢女招姐之祖母周氏年七十餘奉佛甚虔一夕寢矣見室中有老嫗立焉初見甚細目之漸長手紙片堆其几上衣藍布衫色甚鮮周私憶同一藍色何彼獨鮮問阿婆藍布從何處染不答周怒罵曰我問不答豈是鬼乎嫗曰是也曰既是鬼來捉我乎曰是也周愈怒罵曰我偏不受捉手批其頰不覺魂出已到門外而老嫗不見矣周行黃沙中足不履地四面無人望見屋舍皆白粉垣甚宏敞遂入焉案有香一枝五色如秤桿長上面一火星紅下面綵絨披覆層疊如世間嬰孩所戴劉海搭狀有老嫗拜香下貌甚慈問周何來曰迷路到

此曰思歸乎。曰欲歸不得。嫗曰。嗅香即歸矣。周嗅之。覺異香貫腦。一驚而甦。家中僵卧已三日矣。或曰。此即聚窟山之返魂香也。

觀音作别

方姬奉一檀香觀音像。長四寸余。性通脫。不加禮。亦不禁也。有張姓者奉之。凡晨昏早必往佛前焚香。禱首畢。方供梳膝之役。余一日晨起。呼盥面湯甚急。而張方拜佛不已。余怒。取觀音像擲地。足蹋之。姬聞泣曰。昨夜夢觀音來别我。云明日有小劫。我將他適矣。今果被君作踐。豈非數也。乃送入準提菴。余想佛法全空。焉得作如此狡獪。必有鬼物憑焉。嗣後乃不許家人奉佛。

兔兒神

國初御史某。年少科第。巡按福建。有胡天保者。愛其貌美。每升輿坐堂。必伺而睨之。巡按心以為疑。卒不解其故。胥吏亦不敢言。居亡何。巡按巡他邑。胡竟偕往。陰伏厠所窺其臀。巡按愈疑。召問之。初猶不言。加以三木。乃云。實見大人美貌。心不能忘。明知天上桂豈為凡鳥所集。然神魂飄蕩。不覺無禮至此。巡按大怒。斃其命于枯木之下。逾月。胡託夢于其里人曰。我以非禮之心。干犯貴人。死固當然。畢竟是一片愛心。一時癡想。與尋常害人者不同。冥間官吏俱笑我揶揄我。無怒我者。今陰官封我為兔兒神。專司人間男悅男之事。可為我立廟招香火。閩俗原有聘男子為契弟之說。聞里人述夢中語。爭醵錢立廟。果靈驗如響。凡偷期密約有所求而不得者。咸往禱焉。程魚門曰。此巡按未讀晏子春秋勸勿誅羽人事。故下手太重。若狄偉人先生頗不然。相傳先生為編修時。年少貌美。有車夫某亦少年。投身入府。為先生推車甚勤謹。與雇直錢不受。先生亦愛之。未幾病危。諸醫不效。將斷氣矣。請主人至。曰。奴既死。不得不言。奴之所以病至死者。為愛爺貌美故也。先生大笑。拍其肩曰。痴奴子。果有此心。何不早說耶。厚賚之。

玉梅

香亭家婢玉梅。年十餘歲。素勤。忽懶。終日昏睡。詈之亦不改。每夜喃喃如與人私語。問之不肯說。褫下衣驗其陰。已非處子。且潰爛矣。拷訊。乃云。夜有怪。狀如黑羊。能作人語。陽具如毛錐。痛不可當。戒我勿告人。如告人。當拉我去。置之死地。衆駭然。伺婢卧。夜竊聽焉。初作貓飲水聲。繼而呻吟。香亭率衆持棍入。燭照無人。問怪何在。婢指牀下曰。此綠眼者是也。果見眼光兩道。閃爍處帳色皆綠。棍擊之。跳起衝窗去。滿房帳鈎箱鎖之類。鏘鏘有聲。次日失婢所在。遍覓不得。俾綠窗下人見風飄紅布裙一條。在柴房西角處。往尋得婢。痴迷不醒。灌以薑汁。蘇曰。怪昨夜來云。事為汝主所知。不得不抱汝去。遂藏我于柴房中。約今夜仍來。問聽得貓飲水聲何耶。曰。怪每摇我。先舐後交。口舐差樂也。香亭即日呼媒者將玉梅嫁售他家。怪竟不往。

盧彪

余幼時同館盧彪。一日至館。神色沮喪。問之。曰。我昨日往西湖掃墓。歸遲。城門閉矣。宿某店家。夜月甚明。雞鳴即起。踏月進城。至清波門外。小憩石上。見遠遠一女子來。向余俠拜。余疑其非人。口誦大悲咒拒之。女如畏聞而不敢近者。我逼而誦之。我愈近。女愈遠。我驚。乃狂奔數里。將入甕城。見東方漸白。賣魚人挑擔往來。以為此時尚復何懼。何不重至舊處一探蹤跡。行至前路。不料此女高坐石上。如有所待。望見我。便大笑奔前相撲。冷風如箭。毛髮盡豎。我惶急。再誦大悲咒拒之。女大怒。將手向上一伸。兩條枯骨側側有聲。面上非青非黃。七竅血流。我不覺狂叫仆地。枯骨從而壓之。我從此昏昏無知矣。後有行路者過。扶起。以薑汁灌我。纔得蘇醒還家。余急與諸窗友置酒為盧壓驚。視其耳鼻兩竅及辮髮中。尚有青泥填塞。星星如小豆。或云皆盧所自塞也。故兩手亦皆泥污。

孔林古墓

雍正間。陳文勤公世倌脩孔林。離聖墓西十餘步。地陷一穴。探之中空。廣闊丈餘。有石榻。榻上朱棺已朽。白骨一具甚偉。旁置銅劍。長丈餘。晶瑩綠色。竹簡數十頁。若有蝌蚪文者。取視成灰。鼎俎尊彝之屬。亦多破缺漫漶。文勤公以為此墓尚在孔子之先。不宜驚動。謹加磚石封砌之。為設少牢之奠焉。

史閣部降乩

揚州謝啓昆太守扶乩。灰盤書正氣歌數句。太守疑為文山先生。整冠肅拜。問神姓名。曰。亡國庸臣史可法。時太守正脩葺史公祠墓。環植梅松。因問為公脩祠墓。公知之乎。曰。知之。此守土者之責也。然亦非俗吏所能為。問自己官階。批曰。不患無位。患所以立。謝無子。問將來得有子否。批曰。與其有子而名滅。不如無子而名存。太守勉旃。問先生近已成神乎。曰。成神。問何神。曰。天曹稽察大使。書畢。索長紙一幅。問何用。曰。吾欲自題對聯。與之紙。題曰。一代興亡歸氣數。千秋廟貌傍江山。筆力蒼勁。謝公為雙勾之。懸于廟中。

懸頭竿子

某令宰寶山時。有行商來告搶。奪者被搶處係一坍港泊舟所也。令往視其地。見水路可通城中。而來舟者例在此處雇夫起行。心疑之。衆莫言其故。一把總來見曰。此地原可通舟。所以客來必起擒港口窮民藉挑馱之力為餬口計故也。今問擒拿事。曰。不敢言。須寬把總罪纔敢言。令曰。律有自首免罪之條。汝告我即為自首矣。何妨。曰。諸擒拿者皆把持壟斷人也。把總兒子亦在其中。前月某商到此。見水路可通。不肯起撥。因而打吵。事實有之。乾隆三十年新例。拏獲強盜者破格超遷。令定案時心想遷官。竟以獲盜具詳。把總知情。照窩家例立決。一時斬者六人。令超遷安慶知府。後六年。署松太道。巡海至寶山擒拿處。見六竿子挂髑髏尚存。問跟役曰。前纍纍者何物耶。役曰。此六盜也。大人以此陞官而忘之耶。令不覺悚然。怒曰。死奴誰教汝引我至此。速歸速歸。昇至衙。罵司閽者曰。此內室也。汝何敢放某把總擅入。言畢而背瘡發。一瘡六頭。如相嚙者。家人知為不祥。燒紙錢。請高僧懺悔。卒以不起。

陳紫山

余鄉會同年陳紫山名大輪。溧陽人也。入學時。年纔十九。偶病劇。夢紫衣僧自稱元圭大師。握其手曰。汝背我到人間。盍歸來乎。陳未答。僧笑曰。且住且住。汝尚有瓊林一杯酒。瀛臺一碗羹。喫了再來未遲。屈其指曰。此別又十七年了。言畢去。陳驚醒。一汗而痊。己未中進士。入翰林。陞侍讀學士。三十八歲。杖廁不休。因憶前夢十七年之期。自知不起。常對家人笑曰。大師來來或又改期。亦未可知。忽一日早起。焚香沐浴。索朝衣冠著之。曰。吾師已來。吾去矣。金質夫編修素好佛者。在旁喝曰。既牽他來。又拖他去。一去一來。是何緣故。陳目且瞑。強起張目答曰。來原無礙。去亦何妨。人間天上。一個壇場。言畢跏趺而逝。

忌火日

曹來殷太史在京師。晝寢夢偉丈夫來拜。自稱黃崑圃先生。拉至一處。宮闕巍然。中有尊神。面正方。著本朝衣冠。請曹入見。曰。吾三人皆翰林衙門官。只行前後輩禮。不行僚屬禮。坐定。目曹曰。卿十一歲時曾行一大好事。上帝知之。故特召卿到此受職。卿可即來。曹茫然不記幼所行何事。再三辭。力陳家寒子幼。故不願來。尊神甚不悅。旁顧崑圃先生曰。再向彼勸掖之。語畢。不顧而入。先生拉曹笑曰。我深知翰林衙門亦甚清苦。卿何戀戀不肯來耶。曹復哀求。先生曰。我且為卿說情。似亦可免。但卿此後逢火日。不可出門。慎無忘也。曹問尊神何人。曰。張京江相公。問何地。曰。天曹都察院。曹驚醒。後每出門。必檢視黃曆。遇火日。雖慶弔事皆不行。數年後不甚記憶。乾隆三十三年臘月二十三日。嚴冬友舍人邀曹至程魚門家作詩會。俗以此日祀竈。遂以為題。席間酒數巡。曹俛然如睡去者。目瞑身仆。舉家大驚。疑詩中有侮竈神之語。故神為祟。乃羣向竈禮拜祈禱。至三更時。曹始蘇。自言見黑袍人送我回來。次日取黃曆視之。二十三日火日也。

子不語　卷十九　六

朱法師

同館翰林朱滄之父枝巷先生。陝西人也。少時課徒為業。偶至一村。村人傳呼曰。朱法師來矣。具酒饌。求書姓名。以為鎮壓。朱笑曰。我乃蒙童之師。非法師也。且素無法術。不能鎮怪。汝輩何為。衆人曰。此村有狐仙為民患者三年。昨日空中語曰。明日朱法師來。我當避之。今日先生來。果姓朱。故疑為法師。朱寫姓名與之。某村果安。未幾朱別過一村。其村人之攜迎者如前。且曰。狐仙有語。二十年後與朱法師相見于太學之崇志堂。朱其時尚未鄉舉也。後中壬子科舉人。選國子監助教。監中祭器久被狐竊去。司祭者皇皇然索而弗獲。方謀賠償。朱記前語。為文祭之。一夕。俎豆之屬。盡橫陳于崇志堂。絲毫無損。屈指計之。距到某村已二十年。

城門面孔

廣西府差常寧五鼓有急務出城。扣門猶未啟鑰。以手捫之。軟膩如人肌膚。差大駭。乘殘月一線。定睛視之。則一人面塞滿城門。五官畢具。雙眼如箕。驚而返走。入城。逐隊出城。亦無他異。

竹葉鬼

豐溪吳奉璣作宦閩嶠。謝病歸里。舟過豫章。天暑熱。假空館于百花洲。屋宇寬敞。頗覺適意。屋內外常有聲如鬼嘯。家人獨行。往往見黑影不一。一夕。吳設榻乘涼于闌干側。聞牆角芭蕉叢中窸窣有聲。走出無數人。長者短者肥者瘠者。皆不過尺許。最後一人稍大。荷大笠帽。不見其面。旋繞垣中。若數十個不倒翁。吳急呼人至。倏忽不見。化作滿地流螢。吳捉之。一螢纔入手。戛然有聲。餘螢悉滅。取火燭之。一竹葉而已。

驢大爺

某貴官長子。性兇暴。左右稍不如意。即撲責至死。侍女下體。椓以非刑。未幾病死。見夢於平昔親信之家奴云。陰司以我殘暴。罰我為驢。明晨當入驢腹中。汝速往某衙衖驢肉鋪中。將牝驢買歸。以救我命。稍遲則無及矣。言甚哀。奴驚寤。心猶疑之。乃復睡去。又夢告之曰。以我與爾有恩。俾爾救援。爾竟忘平日眷顧耶。奴亟赴某衙衖。見一牝驢將次屠宰。買歸園中。果生一駒。見人如相識者。人呼大爺。則躍而至。有貴士鄧某居其鄰。一日聞驢鳴。其家人云。此我家大爺聲也。

熊太太

康熙間內城伍公某者。三等侍衛也。從上打圍木蘭。以逐取猿犬故。墜深澗中。自分死矣。

子不語　卷十九　七

餓三日，有人熊過洞，乃抱以上。自分以為將啖己也。俄熊抱入山洞，采果喂之，或負羊豕與食。伍見而揖，熊為采樹葉燒熟以食之。久之，漸無怖意。每小便，熊必視其陰而笑，方知熊故雌也。遂與成夫婦，生三子，勇力絕人。伍欲出山，熊不許。其子求還家，熊許之。長子名踏術，官藍翎侍衛，乃以巨車迎父母還家。家人號曰熊太太。人求見者，熊不能言，能叉手答禮。就養其家十餘年，先伍公卒。學士春臺親見之，為余言。

冤鬼錯認

杭城艮山門外俞家橋楊元龍，在湖墅米行中管理帳目。湖墅距俞家橋五里，元龍朝往夕返，日以為常。偶一日，因米行生理熱鬧，遲至更餘方歸。至得勝壩橋，遇素識李壽先偕二人急奔。元龍呼之，李答云：「不知二人何事，要緊拉我往蘇州去。」楊詢二人，皆笑而不答。元龍拱手別李。李囑云：「汝過湖王廟里許小石橋邊，有問汝姓名者，須告以他姓，不可言姓楊。若言姓楊，須并以名告之。切記切記。」元龍欲問故，李先匆匆行矣。元龍前行至橋，果有二人坐草中，問其姓名。元龍方答姓楊，二人即直前扭結，云：「久候多時，今日不能放你了。」元龍以手拒之，奈彼夥漸衆，為其扯入水中。始悟為鬼，并記前語，即大呼曰：「我楊元龍，并未與各位有仇。」中有一鬼曰：「誤矣，放還可也。」方叫喚間，適有賣湯圓者過橋，聞人叫聲，持燈來照，見元龍在水中，急救之。元龍起視，即隣人張老，告以故。張老送元龍歸家。次早元龍往視壽先，見壽先方殮，詢之其家，云昨晚中風死矣。蓋遇李時，即李死時也，但不知往蘇州何事。

代州獵戶

代州獵戶李崇，南郊外馳射，見鴿成羣，發火槍擊之，正中其背，負鉛子而飛。李大驚，追逐至一山洞，鴿入不見。李穿洞而進，則石室甚寬，有石人數十，雕鏤極工，頭皆斫去，各以手自提之。最後一人，枕頭而臥，怒目視李，睛閃閃如欲動者。李大怖，方欲退出，而帶鉛子之鴿率鴿數萬爭來咬撲。李持空槍且擊且走，不覺墜入池內。水紅熱如血，其氣甚腥，鴿似甚渴者，爭飲于池。李方得脫逃出洞，衣上所染紅水鮮明無比，夜間映射燈月之下，有大光照灼，終不知此山此鴿究屬何怪。

金剛作鬧

嚴州司寇某有戚徐姓者，能持金剛經。司寇卒後，徐作功德，為誦經日八百遍。一夕病重，夢鬼役召至閻羅殿上，坐王者謂曰：「某司寇辦事太刻，奉上帝檄，發交我處，應訊事甚多。忽然金剛神闖門入，大吵大鬧，不許我審，硬向我要某司寇去。我係地下冥司，金剛乃天上神將，我不敢與抗，只好交其帶去。金剛竟將他釋放，我因人犯脫逃，不能奏覆上帝，只得行查到

地藏王處，方知是汝在陽間多事，替他念金剛經所致。地藏王曉得公事公辦，無可挽回，故替我攔住金剛神，不許再來作鬧，仍將某公解回聽審。所以召汝者，將此情節告知，不許再為誦經。姑念汝也是一片好意，無大罪過，故仍放汝還陽。然妄召尊神，終有小譴，已罰減陽壽一紀矣。」徐大驚而醒，未十年竟卒。吳西林曰：「金剛乃佛家木強之神，黨同伐異，聞呼必來，有求必應，全不顧理之是非曲直也。故佛氏坐之門外，為壯觀禦武之用。誦此經者，宜慎重焉。」

燒頭香

凡世俗神前燒香者，以侵早第一枝為頭香，至第二枝便為不敬。有山陰沈姓者，必欲到城隍廟燒頭香，屢起早往，則已有人先燒矣，悶悶不樂。其弟某知之，預先通知廟祝，毋納他人，俟其先到，再開門納客。廟祝如其言。沈清晨往，見燒香者未至，大喜，點香下拜，則仆地不起矣。扶舁歸家，大呼曰：「我沈某妻也。我雖有妬行，然罪無死法。我夫不良，趁我生產時，屬穩婆將二鐵針置產門中，以此隕命，一家之人竟無知者。我訴城隍神，神說我夫陽壽未終，不准審理。前月關帝過此，我往喊冤，城隍說我衝突儀仗，又縛我於香案腳下。幸天網恢恢，我夫來燒頭香，被我捉住，特來索命。」沈家人畢集拜求，請焚紙錢百萬，或請召名僧超度。沈仍作妻語曰：「汝等痴矣！我死甚慘，想往叩天閽，將城隍縱惡、沈某行惡之事，一齊申訴，豈區區紙錢超度所能饒免者乎？」言畢，沈自牀上投地，七竅流血死。

樹怪

費此度從征西蜀，到三峽澗，有樹孑立，存枯枝而無花葉。兵過其下，輒死，死者三人。費怒，自往視之。其樹枝如鳥爪，見有人過，便來攫拏。費以利劍斫之，株落血流，此後行人無恙。

廣信狐仙

徐芷亭方伯初守廣信府，有凶廟房，鎖閉多年，云中有狐。徐夫人不信，親往觀之，聞鼾呼聲，啟戶無人，聲從一梢中出。夫人以棍敲之，空中有人語云：「夫人莫打，我吳子剛也，居此百餘年，頗有去意，屢欲移居，而門神攔我。夫人可為我祭之，且代為乞情，則我讓出朝廷公廨矣。」夫人大駭，具酒肴向竹林陳設，兼祭門神，告以原委。又聞空中語曰：「我受夫人恩，愧無以報，謹來賀喜。府上老爺即日陞官。奉囑者，七月七日切勿抱官官到紅梅園嬉戲，其日恐有惡鬼在園作祟。」言畢寂然。到期，方伯表兄某過園，見樹上有兩紅衣兒以手招人，就視之，並無形影，但聞崩頹之聲，則假山石倒矣，幾為所壓。九月間，徐公陞贛南道。此事徐公子裏鑑為我言。

白石精

天長林司坊名師者，家設乩壇。有怪物占為壇主，自名白石真人。人問休咎，頗驗。常教林君修仙，須面上開一眼，便可見上帝宮室、雲中神仙。林從此痴迷，時以小刀向鼻間刲劃，人奪其刀，便怒罵。忽一日，乩盤書云：「我土地神也，現在纏汝者是西山白石之精，神通絕大，我受其驅使，渠不能作字，凡乩上皆强我代書。今日渠往西天參佛，故我特來通知，速將乩盤具呈于本縣城隍，庶免此難，但切不可告知此怪。」是土地神來洩漏也。適蔣太史苕生自金陵來，知其故，立毀其盤，并以三十金買天師符一張，懸林室中，怪果不至。後十年，林君亡矣。符尚挂中堂，有線香倒下，燒其符上硃砂字畫，而襯紙不壞。其時蔣在京師，未得林訃。適天師來朝，告蔣曰：「貴親家林君死矣。」問何以知之，曰：「某月日，我所遣符上神將已來歸位故也。」後得知林家燒符之信，方覺駭然。當扶乩時，蔣在座，則盤中不動，蔣去後，人問乩，書云：「此老有文光射人，我不喜見之。」據土地云：白石精在林家作祟者，要攝取林之魂，供其役使故耳。

鬼圈

蔣少司馬時菴公子某，與數友在京師遊憫忠寺。時屆清明，踏青荒地，見積金數間，中有琵琶聲，趨往，則一女背面坐，手彈弦索。逼視之，女回頭，變青面獰獰者，直來相撲，陰風襲人。各驚走歸，時尚下午。彼此疑為眼花，且恃有四人之衆，各持木棍再往，則有四黑人坐而相待，手持銅圈套人，受其套者無不傾跌，棍無所施。正倉皇間，有放馬者數人，驅馬衝來，怪始不見。四人歸，各病十餘日。

東醫寶鑑有法治狐

蕭山李選民，少年倜儻，燒香佛廟，見美女在焉，四顧無人，遂與通語。女自言姓吳，幼無父母，依舅而居，舅母凌虐，故在此禮佛，願得佳耦。李以言挑之，女唯唯，遂與歸家，情好甚篤。久之，李體日羸，覺交接時，吸取其精，與尋常夫婦不同，且十里以内之事，必先知之，心知為狐，驅之無法。一日，拉其友楊孝廉至三十里外，以情告之。楊曰：「我記東醫寶鑑中有治狐術一條，何不試之。」遂偕往琉璃廠覓得是書，求東洋人譯而行之，女果涕泣去。此事余在西江謝蘊山太史家親見楊孝廉為余言之，惜未問其東醫寶鑑中是何卷頁。

乩言

撫州太守陳太暉未第時，在浙鄉試，向乩神問題，批云「具體而微」，後中副車，方知所告者非題也。有求對聯者，書「努力加餐飯，小心事友生」十字。問次句何出，曰：「秀才讀時文，不讀杜詩，可憐可笑。」陳方與友遊鑑湖，觀邀乩問昨日鑑湖之遊樂乎，有詠紅蓮者，以詩求和，乩上題云：「紅衣落盡小姑忙，從此朝來葉亦香。莫惱韶光太匆迫，花開三日即為長。」雲門山眠有被鬼作鬧者，詣乩盤求救，乩書：「我不能救，請某村余二太爺來救。」如其言，請余二太爺，壓余向其家東北角厲聲曰：「你們要往四川也，該速去了。」空中應曰：「極是。」從此怪竟寂然。余二太爺者，某村之學究也，問其所以驅鬼者是何言語，笑而不答，問乩，乩亦無言。

子不語卷十九終

子不語卷二十

隨園戲編

移觀音像

山西澤州北門外有廟供觀音時時有黃蜂從其座下石縫中出紛紛數萬白日為晦土人移觀音像探蜂穴以火熏之見一木棺有底無面中有婦人突然而起將紅袖一揮蛆拖雙帶而走衆瞠視䁑其所往具裙上滿繡蝴蝶翩翩然竟入市中李姓家而滅李方娶婦衆人告以故李以為妄大罵衆人荒誕未三日其家新婦縊死

山陰風災

己丑年蔣太史心餘掌教山陰有扶乩者徐姓盤上大書關神下降蔣拜問其母太夫人年壽神批云爾母係再來人來去自有一定未便先漏天機復書云屛去家僮有要語告君如其言乃云君負清才故爾相告今年七月二十四日山陰有大災爾宜奉母避去蔣云弟子現在寄居絕少親戚無處可避且果係刼數中人避亦無益乩盤批違哉二字靈風肅然神亦去矣臨七月之期蔣亦忘神所言二十四日晨起天氣清和了無變態過午二刻忽大風西來黑雲如墨人對面不能相見兩龍鬬于空中飛沙走石石如碗大者打入窗中以千百計古樹十餘丈者折如寸草所居蕺山書院石柱盡搖至申刻始定牆傾處壓死兩奴惟一七歲小兒存米桶中呻吟不死問之曰當牆倒時見一黑人長丈餘攝我納桶內其母則已死桶外矣是年臨海居民死者數萬人

謝檀霞

連昉者昭州人好潔耽吟友人某邀與同賈楚中友入肆會計昉獨守舟泊湘源數日愛江水淨碧凡衣裳襟帶都促奴子再三滌濯而自吟不輟夜夢身立水上有好女子蹴波與語自稱謝檀霞元時人年十八夭死父母憐我癖愛此間山水遂葬于此今塚沒水噬遺骨久付泥沙生時好潔耽吟與君同癖宜喜而知故得全其神氣不復輪迴生死介在仙鬼之間君明日當死于風濤中妾憐其癖之同也敢以預告君可速附他舟回家昉驚醒即治裝覓下水船抵家歸後足不出戶旋聞湘源陷風濤死數十人惴惴無已年餘忽夢吏數人突至其家責以免脫之罪謂冥王赫怒將重按其事昉星遽甚許焚冥錢若干方允緩期數夕後鬼使復至索錢加倍昉亦允許正當焚送之期方晝寢忽見檀霞自外入笑曰我來賀君脫難尋君居址不得歷為閻訊不圖野水之鬼人數太多容易蒙混又喜各府判官新舊交代我已遣人將君姓名註銷自今以後杳無死期我是數百年英魂飄泊無羈願共晨夕授子服氣之法不必交媾如人世之夫婦也且曰鬼差索詐不必理他有我在此後遂白日降形其家周旋如妻妾不飲不食久之昉亦能辟穀每言禍福輒應閭里以此敬而奉之檀霞嫌人世無味仍偕昉重游湘中不知所終

引鬼報冤

浙江鹽運司快役馬繼先積千金為其子煥章営買吏缺煥章吏才更勝乃翁陸續發家資巨萬繼先舊年娶妾馬氏頗胡得繼先私蓄千金指示妾云汝小心服侍終我天年我即將此物相贈去留聽汝越五六年繼先病復諭其子云此女事我甚謹我死後所蓄可俱付之繼先死煥章頓起不良即與其姑丈吳某曾為泉州太守者商曰不意我翁私蓄尚多命與此婦殊為可惜吳云此事易為乃翁死後我來助汝逐之過後曰煥章誘此妾出屋伴靈私與其妻硬取箱籠搬入內室將乃翁卧房封鎖此妾在外尚不知也繼先回煞後此妾欲歸內室吳突自外入厲聲曰姨娘無住我看汝年輕決不能守節不若即今日收拾回娘家另擇良配我叫汝小主人贈汝銀兩可也隨呼煥章兌銀五十兩來煥章趨出曰已備妾欲進內煥章止之曰既是姑爺吩咐想必不錯汝之箱籠行李我已代汝收拾停妥毋煩再入妾素懾吳之威含淚登輿去煥章深謝吳之勞又數月節屆中元妾帶去之資及衣飾已為父

母兄弟蕩盡欲趁此節哭奠主人仍歸馬氏守節七月十二日備香帛祭器至馬家哭奠煥章之妻罵曰無恥賤人去而復返不容入內命其坐外廳之側軒暫過一夜祭畢即去如再逗留我決不容妾徹夜哭五鼓方絕聲次早往視已懸繯于梁矣煥章買棺收斂其母家懼吳聲勢亦無異言煥章因屋有縊死鬼將屋轉售章姓別構華室自居章翁自小奉佛誦經夜見此女作懸梁哭泣狀翁久知此事心為不平且恐煥章之嫁禍乃祝曰馬姨娘我家買屋用價不少並非强佔姨娘與馬煥章吳某有仇與我家無干明晚二更我親送汝至煥章家何如鬼嫣然一笑而沒次晚為此女設位持香送至煥章門低聲曰姨娘請自入仇可復矣司閽者不解章即叩門閽司問汝主人歸否對曰尚未乃又私祝曰姨娘傍立待我叩門之喃喃何語笑其痴章歸家終夜不寐天未明即趨馬家聽信見司閽者已立門外章曰汝起何早司閽者曰昨夜主人歸方至門即疾作刻下危甚章驚而返下午復探馬已死矣過數日吳太守亦亡煥章無子其資均為他人所有吳沒後家亦不振

靈鬼兩救兄弟

武昌太守汪獻琛之弟名延生者君月卒亡後乾隆二十八年秋日其堂兄希官亦得危疾數夜不寐醫者開方以補劑治之其母方煎藥病者忽發聲曰大嬸娘毋再誤也我昔誤于

廣醫今希哥又遭此難我不忍坐視其死言畢即將藥挽擲地希母問曰汝何人憑我兒曰我即延生也死未一年嬌娘不能辨我聲音耶希母曰汝死後作何事曰陰司神念我性直且係屈死命我為常州城隍司案吏因本官移文浙省城隍會議總督到任差務要事命我齎文來此我故得來一探希哥不意渠已臥病幾為庸醫所殺此刻我往城隍衙門將公事了結再來語畢即閉目臥竟夜安眠次早醒問之茫然無知至晚忽作延生聲曰憊矣速具水漿來解渴希母與之又云可呼八兄來我有話說八兄者即其胞兄也既至慰問若生時且云八兄汝何貪戲若此前在祖宗祠堂池內自蕩小舟幾為石柱碰翻其時幸我在旁使柱旁倒不然難逃此厄柱下有古塚一坵因我父濬池不察使他枯骨日浸水中故欲來報怨我再三求之彼方允諾八兄須為遷葬又呼其妹三人至前曰大妹二妹有福不妨小妹祿甚薄不若隨我去交與母親照管何苦在此常受庶母之氣大笑拱手作別狀曰再會再會言畢希復仰臥如初越數日病愈不半年其幼妹果亡二十九年冬希哥夢延生至曰兄今愈矣弟辦完此差小有功績可望受職從此別矣後會難期語竟而去希哥悲呼而醒

木畫

永城尉陸敬軒浙之蕭山人修署截木署舊有柳樹一株鋸之板中現天然畫一幅如淡墨寫成左危峯右懸崖崖上松一株山樹一株枝葉倒垂松上縷藤纍纍中有一叟扶杖立高冠長袖鬚眉如活左手納袖中著胸前右脚前行露舄左舄隱衣下回顧若聽泉狀尉寶之攜歸其家時乾隆辛丑十月十三日事

滾經臺

貴州平越府署內有石臺高七尺藏佛經十六幅全書梵字讀之不可解相傳太守訊獄有事關重大而犯人不伏者則取經鋪地令犯人在經上滾過理直者了然無害理屈者登時目瞪身僵數百年來官恃以斷獄而獄囚亦無敢輕滾經臺者張文和公第五子景素愷抵任後以為妖拆臺焚經是年兩子死次年公亡

菜花三娘子

陽湖某秀才美丰姿春夜獨坐書房中聞扣門聲啟視之有女自稱菜花三娘子特來相伴隨後有四姊妹如媵從然生驚其美遂留宿焉日久身病遣之不能去具文具牒訴于本縣之張王廟是夜夢張王拘犯聽審責三娘子蠱惑良人各杖十五押逐出衙五婦行未數步皂隸持杖追至向三娘子索錢曰非我用情輕打則汝等嬌嫩之臂傷矣焉能行路各女皆于裙帶中出錢謝之越三日三娘子復來曰我與汝緣法未盡不能捨汝汝再告張王王亦

無奈我何汝同學有王先生某者其人迂腐可憎汝不許往告亦不許其入門生父母惡之重具牒訴于張王廟神果不靈乃延招王生生處館遠方越數日方到到時生已死矣王先生亦邑中庠生年未三十

神和病

趙雲崧探花年十六歲時戚人張某患神和病有女鬼相纏形神敝立奄奄欲斃其母徧禱諸神卒無效驗惟趙坐其榻鬼不敢至趙去鬼笑曰汝能使趙探花常坐此乎母苦求趙公趙不得已往秉燭相伴至第三夜不勝其倦略閉目病人精已遺矣越數日而卒

鼠食牛

句容村民養一牡牛忽有七鼠從牛後竅入食其心肝牛竟死村民逐鼠得其一遍體白毛重十斤烹食之肥過雞豚

代神判斷

蕭十洲參戎致政歸養舟泊巫峽是夜夢有若差官狀者持令箭騎馬沿江問孰是蕭大老爺船躍入船頭喘猶未定懷中取出公文一角面書金龍四大王封六字隨押七犯跪旁請判斬字蕭駭曰此地方官之事余武職且退歸林下之員不敢越俎差官答曰公文上有公銜名請照例辦頃刻間燈燭輝煌傳呼升堂開門階下儀仗吏卒排立儼然坐公堂上非舟中也差官先唱綁犯六名畢後唱斬犯一名乃六七歲童子蕭問曰渠尚未成丁何罪遽斬吏拱手曰罪名已定毋煩置議請速判之隨送標條判訖遂押衆犯而去公夢覺心惡之次晨大霧瀰江公戒勿解纜巳刻向其母太夫人問話間述前夢未竟忽有一隻上水貨船觸石撞沈呼救甚慘乃急命舟子撈救僅救起三客業僵死矣如法灌救良久方活其舵工七名皆已淹斃後復撈獲無頭童男一屍認其衣服即舵工之子也余按此事與無錫華師道夢中相同華夢陰官差役請華到衙門判斬字華以未審罪名不肯落筆有被髮婦再四哀求云公若不肯下判則此案又拖累三年矣華終不肯云我不知其所以應斬之罪如何忍心落筆遂喝拒而醒隔三年師道卒師道字半江精篆隸之學在淮上程莼江家處館與余交好

鬼門關

朱梁江名衣太倉州諸生也戊子科赴江甯鄉試寓中患熱症甚危親友買舟送歸行次丹徒床卧舩中忽兩暈絕見二青衣人導之登岸其路直而窄黑暗無光兩足甚輕飄行約十數里忽有一物來緊傍身右再走數十里到一城城郭巍然雙

門謂閉城額横書鬼門關三字二青衣扣門不應再扣之旁竅突出一鬼貌甚獰獰與二青衣互相爭鬬遥見紅燈一對四轎中坐一官長傳呼而來近視之似太倉州城隍神神問係是何姓名對係下場太倉州學生員神曰你來尚早此處不可久停命撥所乘之燈送歸見城門洞啟轎甫入而門仍閉矣持燈者云速隨我尚東走此非前來之路行二三里至大江邊白浪滚滚持燈者將渠推入江心大呼救命而甦時舟已抵太倉城外蓋死去已三日矣因心窩尚溫故從者從舟子日夜趲行至家病愈此事蕭松甫所言蕭客珠崖時曾過儋耳四面叢嶂草莽中通一道壁上鐫鬼門關三字旁刻唐李德裕詩曰崖州司戶經此所題詩云一去一萬里十來九不還家鄉在何處生渡鬼門關字徑五尺大筆力遒勁過此則毒霧惡氛異鳥怪蛇冷日愁雲如入鬼域真非人境矣

冤魂索命

乾隆戊寅蕭松浦與沈毅庵同客番禺幕中分辦刑名時茭塘有刃傷事主盜案獲犯七名賊證確鑿蕭照律擬斬解府司勘轉臬使某疑七犯皆附大辟得毋過刻駁審減輕蕭亦不願辦此重案借此推辭案歸毅庵辦矣毅庵居處與蕭僅隔一板壁夜闌披閱案牘聞毅庵齋中若唽唽有聲甚微起而瞯之見毅庵俯首案上筆不停書其旁立有三四鬼手捧其頭

又見無數矮鬼環跪于地蕭急呼毅庵視之忽血腥撲鼻燈燭俱滅身亦蹼跌窗外童僕急扶歸臥次日毅庵及同人叩其故蕭告以所見毅庵曰吾知之矣昨宵所辦茭塘盜案也原擬情真罪當七犯皆無可生之法因奉駁不得不從中減輕二名內謝阿挺沈阿凝兩犯本在外接贓並未入內因謂贓搭關刃傷事主且有別案君故皆擬斬余欲改輕其罪以迎合臬司君所見跪地無數矮鬼殆二犯之祖宗也其環侍之無頭鬼非二犯已伏法誅之夥盜即被殺害之怨鬼來索命也余不敢枉法以活人使死鬼含冤于地下請仍照原擬頂詳可也具稟遂定

掃螺螄

徐公浩觀察山西有老狐化作道士入其署與語某縣令太倉王姓者中飛語觀察信之將褫其官老狐緩頰謂其人祖宗功德不可量也後觀察廉得其誣事遂已令來謁觀察問君祖宗作何好事對以五世祖耕海濱海潮至青螺隨潮入岸潮退螺不能歸原處被人捉賣祖夫妻各持帚掃青螺入海自三更至黎明為度如是者六十年狐所謂功德或指此耶觀察有小婢曰彩雲狐見之曰不可使為婢此女有根基將來是觀音大士作媒嫁與洞庭君遐數日彩雲持其父所書扁倚柱看觀察見文理粗通問知其父為諸生祖翰林且感老狐

之言命作第三孫女遣近皆知有三姑娘閨中甚有巨公以札寄觀察並贈一書曰云聞公三姑娘未字人可許與中太守大年之子奉贈大士像甚靈賜齋頭禱求當有驗也中湖北人悟洞庭君之說大士像又與媒札同至乃為成其婚狐之前知如此

周太史驅妖

周用修江西瑞昌縣樓下邨人年五十餘早喪妻有子有媳生計頗自給一日有嫗年五十許入其家登樓呼其長子婦至曰吾爾姑也爾毋懼婦詰其子歸時並未見有姑也用修聞之欲相見不許其子欲見亦不許然飲啖寢興無異常人舉家亦安之無何有詩語飛入其耳怒亡去用修家遂困所存布敝盻之樞扃鎖甚固啟視一空邑人但時見老嫗在用修門首日市布敝如是三年家困甚請于官召巫治之皆不驗宗人厚賴以庶吉士在假至其家問乎限三日驅之不能則五日七日若再不能是無神也焉用血食為當令焚爾廟毀爾像與陽同一理無陰司則已若果有則以一區區樓下邨有二神在此而聽此妖祟人竟莫之先一夕怪去至期又去用修異之乞厚賴為驅除厚賴硃書黃紙檄其土地神及社神曰陰矣檄焚後厚賴即渡江訪友閱月歸仍過樓下村在肩輿小睡似見漫山塞谷皆老少男婦人上立人者幾千萬擁道來觀二老人鬚長二尺立輿旁默無語厚賴驚寤從肩輿入城

諸族人賀曰君焚檄後三日怪去竟不復來言未已用修至搏顙于地求為草善後文再焚于二神祠怪遂絕

良猪

江南宿州睢溪口民被殺投屍于井官驗無由手忽一猪來至馬前啼甚悲從役驅之不去官曰畜有所訴乎猪跪前蹄若叩首狀官命隨之行猪起前導至一家排戶入猪奔臥搨前以嘴嚙地出刃血跡尚新執其人訊之果殺人者鄉人義之各出費養猪於佛舍號曰良猪十餘年死寺僧為龕埋焉

雷打扒手

烏程彭某妻病子幼賣絲度日一日負一捆絲赴行求售因估價不合置之櫃上時出入賣絲者甚衆行家以其貨少他顧生理彭轉盻絲即失去因拿行主鳴官行主云我家數萬金關行肯騙此數千文絲乎官以為有理不究賣絲者悶悶回家適其子嬉戲門外見父賣絲歸以為必帶果餌迎上索取彭正失絲懷忿往脚踢之兒登時死彭悔急自投河亦死其妻不知也鄰人見其子卧于門扶之方知氣已絕連呼病婦告以兒亡婦痛子情急登時墜樓死官驗後屬鄰人為之埋葬越三日雷雨大作震死三人于賣絲者之門少頃一剃頭者復甦

據云前扒手孫某在某行扒出一捆絲，對門謝姓見之，欲與分價，方免出首。絲在我店賣出，派分我得錢三百，彼二人各得二千。旋聞賣絲者投河，官驗後無事矣。不料今日同遭雷擊，彼等均已擊死，我則打傷一腿。驗之果然。

北門貸

紹興王某與徐姓者，明季在河南避張、李之亂，所過處尸横徧野。一夕遇李兵二人，自度必死，避城内亂屍中。夜半燈燭煇煌，自城頭而下，疑賊兵巡城，漸近，乃城隍燈籠也。驚懼不敢作聲。少頃聞從者曰：「有生人氣。」又一吏呼曰：「一個北門貸，一個不在數。」神漸遠去。次早賊兵出城，二人起走，緊記夜所聞，認南路而行，傍晚又抵一城，恰是北門，突遇賊兵，徐被殺，王逍歸家，子孫甚衆。

泥劉海仙行走

如皋北門内湖南常德太守徐文度家，供一泥塑劉海仙，長六寸許，置于堂前神龕内有年矣。一日文度欲睡，忽聞堂前有剝啄聲，命婢攜燈照視，其婢驚奔入告曰：「龕内泥劉海忽然下地行走。」公初不信，視婢驚怖之狀，乃出堂諦視，而泥劉海果跦跦而行，咸以為妖，欲毁棄之。公語衆曰：「汝等且勿慣，此像既能行走，或有靈應之徵，不可毁棄。」仍令供奉龕内。迄今二十餘載，絕無他故。其子湘浦，現任兩浙副使。

騾雷奇冤

乾隆四十三年春，保定清苑縣民李氏女，嫁與西鄉張家莊張氏子為室，相距百餘里。李女歸寧月餘，新郎跨驢來迎，令妻騎驢而己步行於後。路經某村，離家僅二十里，緣此村居民素與新郎熟識，必多調笑，且驢亦熟識歸路，張乃令妻先行。至六七里許，有三叉歧路，過西為張家莊大路，過東則任邱縣界。有一少年控車自西道轆轆而來，係任邱豪富劉某，將張妻驢銜向任邱道上相逼而行。天漸晚，張妻心慌，問少年曰：「此地離張家莊幾何？」少年答曰：「娘子誤矣，張家莊須向西而去，此是任邱大路，相距數十里，天晚難行，當為娘子擇莊借宿，天明即遣人送往何如？」張妻無奈，勉强允從。至前莊，係劉之佃戶孔某家，備房安歇。其時適孔佃之女亦新婚歸寧，孔謂女曰：「今晚業主借宿，不能違命，汝當暫回夫家，俟業主去後再來迎汝。」女從而歸，其房為劉、張共宿之所。劉之車夫宿于房外，張之騎驢繫于廊下。次日將午，不見啟戶，孔佃窺于窗隙，見兩屍在炕頭俱在地，廊下繫驢亦失。孔佃與車夫顫慄莫制，佃乃密語車夫曰：「汝家河南，離此甚遠，何不載彼衣物逃行竄歸，一經到官，則爾我身命難保矣。」車夫從之。是晚即野瘞兩屍，御車載物而去。劉母見子久出不歸，杳無音耗，即在任邱

縣控追車夫。張郎追妻不見，疑有别故，復又趕至清苑控告其岳父母。縣官疑有冤，飭捕密訪。其時有嗜賭無賴之郭三鬻驢于市，恰與張供毛色相符，向郭盤詰，始知郭三向與孔佃之女有私，孔女歸寧，郭從後窗潛入，見有二人共寢，一時氣忿，殺此二人，并盗此驢。縣令復喚孔佃根詰屍首所在，親往起屍，開土三尺，赫然一死人，乃禿頭老和尚也。復又深掘，得所殺兩屍。張冤既雪，劉死有蹤，而和尚之屍又屬疑案。正懷疑間，天忽陰雨，乃避雨古廟，寂無人蹤。詢諸鄰保，云此庵向有師徒二僧，後以師出雲遊，徒亦他往矣。即同鄰保往視僧屍，咸云此即雲遊之僧也。遂緝拏其徒，訪至河南歸德地界，已蓄髮娶妻，開張豆腐店。究其師死之由，緣僧徒所娶之婦，向與其師有姦，後徒漸長，復與此婦私通，其師每有不平，故共謀殺其師，棄廟潛逃，遂成夫婦。乃置之法。

張大令

嘉興張大令者，辛巳進士，海陵查太守廣昌之業師，素行正直。忽一日平明而起，束冠帶甚急，道有當事貴人要來相會，遂著蟒衣補褂，迎至大門外，升中堂作揖遜坐，口喃喃對語，旁人聽者語不可解。初若欣喜，繼而悲歎，又繼而辞讓，取茶兩杯，一自飲，一置空中，杯亦不脫落。作態良久，乃送至大門外，再揖始歸。家人問何客，曰：「嘉興府城隍也。彼陞任去，舉我代其職，故先來見訪，且告我此地一二年内有兩貴人横死，遭刼者不少，我不便洩天機也。」言畢，端坐不飲不食，三日遂亡。俄而巡撫王、陳兩公事發。

鏡水

湘潭有鏡水，照人三生。有駱秀才往照，非人形，乃一猛虎也。有老篙工往照，現作美女，雲鬟霞帔。池開蓮花，瓣瓣皆作青色。

蔡掌官

虎邱蔡掌官，以古董為業，年少貌美。飲倪康民家，倪遣小奴持燈送歸，于無人之處，見掌官與人作揖，口呢呢細語。奴問與何人說話，曰：「好友李三哥喚我，我便同他去，你不必跟我。」語未畢，跳入河中。奴急救起之，拉歸家，告之蔡之父母，親友咸大驚，都來問蔡，蔡如醉如痴，口無所言，但見刀即摩其喉，見繩則試其頸，若以為天下至樂之境，無如横死者。家人鎖閉之，雖小衣衫褲皆不縫綫，但穴一洞通飲食而已。清明日，全家上墳，蔡從窗外逃出，兩日不歸。家人知其必死，四處尋覓，至白蓮橋空野，忽見掌官倚桑樹大呼曰：「我在此，不必再尋矣。」家人喜，奔趨視之，則已縊死樹上，呼者乃其魂也。縊帶係偷染坊店地上所曬布為之。

沈文崧

高郵沈公文崧宰山左霑化時有相好同官某親老無子將奏差西藏公慨然代往聞者無不驚其高義跋涉三年餘始回內地途中冰雪苦寒往往月餘無人烟有僕二人名夏祥者侍公最忠每至住營帳時輒不見少頃必手捧桑至炊熟奉公不知其桑何自來也一日晦霧行至險坂下臨深澗萬丈二僕俱墮澗中公馬足已陷忽見雲霧中有大士像手持青蓮向公指導俄頃身已過澗至平地痛失二僕逡巡不前久之曛黑聞人語聲急呼之則夏祥至矣問何來稱墮澗後有綠毛人長丈餘自澗中負出主僕相抱大哭公歸後將此事語高文良公高爲動色繪大士圖書年月以紀之後三十餘年沈之孫名均安者知江西贛縣高之孫名士鑌者官贛縣司馬初不相識既而詢及世系彼此爽然始知大士圖猶在高處傳爲至寶至此乃以歸沈

藍姑娘

王中丞丁憂後居杭州羊市公館竈下婢忽仆地良久蘇醒瞪目作旗人語曰我鑲紅旗某都統家藍姑娘也口渴腹飢可致意大人作速供養我王親臨問曰爾既係旗人何故到我漢人家來鬼曰我與群姊妹清明日出門看會不料布政使國大老爺路過儀從甚盛將我姊妹一衝而散我避不及只得避到大人家來中丞曰汝避國大人不避我獨不知國大人尚是我之屬員乎他衝汝汝何不到他家作祟鬼曰我畏之中丞曰然則汝輩作鬼者亦勢利只怕現任官不怕去任官耶曰不然去任者果做好官我亦怕他中丞大不喜不得已且供飯燒紙錢與之婢病旋愈未一年中丞及于難

鼠胆兩頭

山東桂未谷廣文精篆隸之學藏碑板文字甚多每夜被鼠咬碎心惡之設法擒鼠以爲鼠胆汁可以治聾乃生剝之果得一胆如綠大兩處有頭蠕蠕行動鼠死半日胆尚活也卒不解其故懼而棄之溝中亦無他異或云首鼠兩端此之謂也然擒他鼠驗之幷膽俱無

西海祠神

嘉興錢汝霖太傅文端公第七子也選陝西武功令祗任後不數月以疾卒卒之前一日旦起告家人具湯沐朝服北向九拜復東向九拜家人問故曰北向所以謝主恩也東向者余出都時過蒲州宿西門外禹廟夢禹王召我爲水神居西海祠余固辭不獲定于明日當去次早果端坐而逝時壬寅九月十七日也先是有郭生者藝屋人明慧善歌爲錢所眷孫君淵如亦善之旋以他事逸去後孫在朝邑令莊虛菴所接郭生書云九月過解州夢錢七公子來儀衛甚盛告余云將赴任西海祠如申旦之約無間幽明當訪我于蒲州南郭外言訖

而寤若夢中言果真公子當不在人間矣時孫正訪生消息不得接此信即日脂車渡河至蒲州相訪果有西海祠建于至元十二年現在重修落成方徘徊間忽郭生自廟出相與敘述前事共相悲喜因釃酒潔羞爲文祭云昔者巨卿死友厥有素車之馳子文酒徒無損成神之骨恭聞故實不謂逢君陽湖洪孝廉亮吉亦爭以詩云少年有願須先償既入神籍何能狂

猢猻酒

曹學士洛禋爲余言康熙甲申春與友人潘錫疇遊黃山至文殊院與僧雪莊對食忽不見席中人僅各露一頂僧曰此雲過也次日入雲峰洞見一老人身長九尺美鬚髯衲衣草履坐石牀曹向之索茶老人笑曰此間安得茶曹帶炒米獻老人老人曰六十餘年未嘗此味矣曹叩其姓氏曰余姓周名執官總兵明末隱此百三十年此猿洞也爲虎所據諸猿患之招余殺虎殪其類因得居此牀置二劍光如沃雪臺上供河洛二圖六十四卦地堆虎皮數十張笑謂曹曰明日諸猿來壽我頗可觀言未已有數小猿至洞前見有人驚跳去老人曰自虎害除猿感我恩每日輪班來供使令因呼曰我將請客可拾薪煨芋猿躍去少頃持薪至煮芋與曹共啖曹私憶此間得酒更佳老人已知引至一崖有石覆小凹澄碧而香曰此猢猻酒也酌而共飲老人醉取雙劍舞走電飛沙天風皆起舞畢還洞枕虎皮卧語曹云汝飢可隨手取松子橡栗食之食後體覺輕健先是曹常病寒至是病減八九最後引至一崖有長髯白猿以松枝結屋而坐手索書一卷誦之琅琅不解作何語其下千猿拜舞曹大喜急走歸告雪莊拉之同往洞中止存石牀不見老人

張秀才

杭州張秀才某館京師某都統家書舍在花園中離正宅百步張素小膽喚館僮作伴燈上卽眠已年餘矣八月中秋月色大明館僮在外飲酒園門未關張立假山石上玩月見一婦人披髮赤身遠遠而至諦視之膚體甚白而自臉至身皆有泥污垢痕張大驚以爲此必僵屍破土而出者也雙睛炯然與月光相射尤覺可畏急取木杖撐房門而已登牀竊覰之未幾砉然有聲門撐推斷而此婦昂然進矣坐張所坐椅上將案頭書帖盡撕毀之颯颯有聲張已駭絕更取其界尺大敲桌上仰天長嘆張神魂飛越從此不省人事矣昏迷中覺有摩其下體者罵曰南蠻子不堪不堪遂搖步而去次早張僵卧不起呼之不應館僮及學生急請都統來視灌以薑汁始蘇具道昨宵情形都統笑曰先生毋駭此非鬼也吾家有僕婦患偶積思成癲已鎖禁二年矣昨偶然鎖斷故逸出作鬧致驚先生張不信都統親拉至鎖婦

歷艱難果昨所見也。病乃霍然。張頗以不堪二字自慚。館童聞而笑曰：幸而相公此物不堪，家中人有中瘋婦意者，都被其索鬪無休，有咬傷指痛其陰幾至斷者。

周將軍墓二事

山西寧武有周將軍遇吉之墓。百餘年來河水齧其旁，墳漸傾瀉。土人張某哀之，具牲牢致祭，默禱曰：將軍威靈，當思所以護墓之法。次夕，天大雷雨，百里內聞有兵馬騰踔之聲。次日，將軍墓旁忽湧出一山，高十丈餘，闌截衝處，水至墓前，便繞道曲折矣。人咸異之。

乾隆四十五年，其地山水暴至。有周某者，將軍之族孫也，負母而奔。黑夜踉蹌，全不認路。其母在伊背上罵曰：汝有妻有子，妻可以生兒，可以傳代，汝俱棄之，而獨負我龍鍾之母，不太愚乎？其子不顧，牢負其母狂奔而已。次早天明，始知身與母俱立將軍墓上，土高丈許，水不能流，雖行一夜，並無三里之遠也。歸家視妻子，皆無恙，云水來時似有人扶我上屋者，故得生全。其旁鄰人已無孑遺矣。

子不語卷二十一

隨園戲編

婁羅二道人

婁真人者，松江之楓鄉人，幼孤，從中表某養大。與其婢私，中表怒逐之。婁盜其素金五百逃入江西龍虎山，方過橋，有道人白鬚曳杖立，笑曰：汝來乎？汝想作天師法官乎？須知法官例有使費，非千金不可。五百金何濟？婁大駭曰：吾實帶此數金，少奈何？道人曰：吾已為汝豫備矣。命侍者擔囊示之，果五百金。婁跪謝，稱仙道人。曰：吾非仙，乃天師府法官也，姓陳，名章緣。盡當去，為侍子故未行。有三錦囊，汝佩之。他日有急難大事，可開視之。言畢，趺坐橋下而化。婁入府見天師。天師曰：陳法官望汝久矣，汝來，陳法官死，豈非數耶？故事，天師入京朝賀，法官從行。雍正十年，天師入朝，他法官同往，婁不得與。夜夢陳法官踉蹌而來，涕泣請曰：道教將滅，非婁某不能救，須與偕入京師，萬不可誤。天師愈奇，婁乃與之俱。時京師久旱，諸道士祈請無效。世宗召天師諭曰：十日不雨，汝道教可滅矣。天師惶恐伏地，竊念陳法官夢中語，遽奏請婁某升壇。婁開錦囊，如法作咒，身未上而黑雲起，須臾雨霑足。世宗悅，命留京師。十一年，誅妖人賈士芳。賈在民間為祟，召婁使治，婁以五雷正法治之，拜北斗四十九日，妖滅。是年地震，婁先期奏明，皆錦囊所載三事也。今婁尚存，錦囊空而術亦盡矣。婁所服丸藥一二三，當歸一兩，熟地二兩，枸杞三兩。

又有羅真人者，冬夏一衲，佯狂于市。兒童隨之而行。取生米麥求其吹，吹之即熟。晚間有家燃燭無火，亦求羅吹，吹之即熾。京師九門，一日九見其形。忽遁去無跡，疑死矣。京師富家多燒煖炕，炕深丈許，過三年必掃煤灰。有年姓者，掃炕，炕中鼾聲大驚，各衆觀之，乃羅真人也。崛然起曰：借汝家炕熟卧三年，竟為爾輩掃出。衆請送入廟，曰：吾不入廟。請供奉之，曰：吾不受供。然則何歸？曰：可送我至前門外窯蜂窩，即舁往蜂窩。窩洞甚狹，在土山之凹，蜂數百萬嘈嘈飛鳴。羅解上下衣，赤身入羣蜂圍之，穿眼入口，出入于七竅中，羅怡然不動。人饋之食，或食或不食。每食必罄其所饋，或與斗米飯、雞卵三百，一啖而盡，亦無飽色。語啾啾如缺鼻，不甚可解。某貴人饋生薑四十斤，啖之，片時俱盡。居窩數年，一日脫去，不知所往。

蛇含草消木化金

張文敏公有族姪寓洞庭之西磧山莊，蔵雨雞卵于廚舍，每夜為蛇所竊。伺之，見一白蛇吞卵而去，顆中膨亨不能遽消，乃行至一樹上，以頸摩之，須臾雞卵化矣。張惡其貪，戲削木片裝入雞卵殼中，仍放原處。蛇果來吞，頸脹如故，再至前樹摩擦，竟不能消。蛇有窘狀，遶歷園中諾樹死而不顧。忽往亭西採草九。採其葉綠色而三叉者。摩擦如前。木卯消矣。張次日認明此草。取以摩停食病。略一拂拭無不立愈。其鄰有患發背者。張思食物尚消。毒亦可消。乃將此草一兩煮湯飲之。須臾。開背瘡果愈。而身漸縮小。久之並骨俱化作水。病家大怒。將張捆縛鳴官。張哀求以寔情自白。病家不肯休。往廚間喫飯。入內視鍋上有異光照耀。就覸則鐵鍋已化黃金矣。乃捨之。且謝之。究亦不知何草也。

蔡京後身

崇禎時某相公。常自言為蔡京後身。以仙官墮地獄。每世間誦仁王經一部。冥司為之一亮。又罰作揚州寡婦。守空房四十年。故癖好尤奇。好觀美婦之臀。美男之勢。以為男子之美在前。女子之美在後。世人易之。非好色者也。常使女衣袍褂。男飾釵裙。而摸其臀勢。以為得味外味。又常戲取姬妾優童數十。以被蒙首。而露其下體。互猜為某郎某姬。以為笑樂。有內閣供事石俊者。微有姿。而私處甚佳。公甘為咂弄。有求書者非石郎磨墨不可得也。號臀曰白玉綿團。勢曰紅霞仙杵。

天鎮縣碑

天鎮縣隸雲中。其地有元帝廟。廟有古碑。其上礮銃鉛鐵大小丸甚多。皆陷入石內。邑人云。前明時闖兵來。邑人拒戰不勝。俄見此碑自廟飛出。盤旋軍陣。凡敵所放火礮。咸著於上。我軍無失血。而敵賴以退。今謂之天成碑。現存于廟。

擡轎郎君

杭州世家子汪生幼而聰俊。能讀漢書。年十八九。忽遠出不歸。家人尋覓不得。月餘。其父遇于萬橋大街。則替人抬轎而行。父大驚。牽拉還家。痛加鞭箠。問其故。不答。乃閉鎖書舍中。未幾逃出。又為人抬轎矣。如是者再三。祖父無如何。置之不問。戚友中無肯與婚。然漢書成誦者。終身不忘。遇街道清淨處。朗誦高祖本紀。琅琅然一字不差。杭州士大夫亦樂召役之。賭自己開卷也。自言兩肩負重。則筋骨靈通。眠食俱善。否則悶悶不樂。此外亦無他好。

揚笠湖救難

揚笠湖為河南令。上憲委往商水縣賑災。秋暑且虐。午刻事畢。納涼城隍廟。坐未定。一人飛奔而來。口稱小民張相求救。問何事。曰不知。左右疑有瘋疾。群起逐之。其人長號不出。曰我昨夜得夢。見此處城隍神與已故縣主王太爺同坐。城隍向我云。汝有急難。可求救于汝之父母官。我即向王太爺叩頭。王曰。我已來此。無能為力。汝須去求鄰封官揚太爺。救過明午則無害矣。故今日黎明即起。聞太爺姓揚。又在此廟。故來求救。言畢叩頭不肯去。揚無奈何笑曰。我已面准。汝有難即來可也。問其姓名。命家人記之。數日後。散賑過其地。訊其鄰人曰。張某是日得夢入城。後彼臥室兩間無故塌倒。毀傷什物甚多。惟本人以入城故得免。

馮侍御身輕

馮侍御養梧先生。自言初生時。身小如貓。稱之重不滿二斤。家人以為必難長成。後過十歲。形漸魁梧。登進士。入詞林。轉御史。生二子。一為布政使。一為翰林。先生為兒時。能蹈空而行十餘步。方知李鄴侯幼時能飛。母恐其去。以葱蒜厭之。其事竟有。

江都某令

江都某令。以公事將往蘇州。臨行。往甘泉李公處作別。面託云。如本縣有屍傷相驗事。望代為辦理。李唯唯。已而聞其三鼓後仍搬行李回署。李不解何事。探之。乃有報相屍者。商家汪姓兩奴角口。一奴自縊。汪有富名。某以為奇貨。命其停屍大廳。故不往驗。待其具稟。詐贓三千兩。始行往驗。驗時又誣侵主人。以為喝令。重詐銀四千兩。方肯結案。李公見而尤之。以為太過。某曰。我非得已。我欲為小兒捐一知縣故耳。現在汪銀七千兩。已差人送入京師。我並不存家中。未幾。其子果選甘肅某縣。陞河州知州。乾隆四十七年。為冒振事發。覺斬立決。孫二人盡行充發。家產籍沒入官。某驚悸。疽發背死。

執虎耳

雲南大理縣南鄉民李士桂。家世業農。家畜水牛二隻。至夜。一牛不歸。士桂往尋。昏黑中。月色初上。見田中有獸臥。鼾齁聲雷鳴。以為己牛。罵曰。畜生如何此刻不回家。隨即騎上。將舉其角。角不見。但聳毛耳兩隻。徧身狸色斑斕。方知是虎。急不敢下。虎被人騎。驚醒騰身。起咆哮叫跳。士桂私念下背必為所噬。於是竭生平之力。緊握其耳。至于穿破耳輪。手愈牢固。抵死不放。虎性猛烈。騰山躍水。為棘刺所傷。次日晨刻。力盡而斃。士桂亦僵仆虎背。氣息奄然。家人尋得。抱持歸家。竟獲重生。兩脚上為虎爪所攫。肉盡骨見。醫逾年纔得平復。

十八灘頭

湖南巡撫某。平時敬奉關帝。每元旦。先赴關廟行香。求籤問本年休咎。無不應驗。乾隆三十二年正月一日。詣廟行禮畢。求得籤有十八灘頭說與君之句。因有戒心。是年雖淺水平路必捨舟坐轎。秋間。為侯七一案。天使按臨。從某湖過某地。行舟則近而速。起旱則遠而遲。使者欲舟行。公不可。乃以關神籤語誦而告之。使者勉從。而心不喜。未幾。貴州鉛廠事發。有公受贓事。公不承認。而司閽之李姓。必欲扳公。說此銀實送主人。非奴所撞騙。時李已受刑。兩足委頓。奴主爭辯不休。使者厲聲謂公曰。十八灘頭之神籤驗矣。李字十八也。委頓于地。無也。說此銀送與主人。是送與君也。關聖帝君早知有此劫數。公何辦之有。公悚然。遂詔受賦而案定。

三姑娘

錢侍御琦巡視南城。有梁守備年老能超距騰空。所擒獲大盜以百計。公奇之。問以平素擒賊立功事狀。梁跪而言曰。擒盜未足奇也。其至今心悸且嘆絕者。擒妓女三姑娘耳。請為公言之。雍正三年某月日。九門提督某召我入。面諭曰。汝知金魚衚衕有妓三姑娘勢力絕大。曰知。汝能擒以來乎。曰能。需役若干。曰三十。提督與如數。曰不擒來抬棺見我。三姑娘者深堂廣廈。不易篡取者也。梁命三十人環門外伏。己緣牆而上。時已暮秋。暑小涼。高蓬蔭屋。梁伏蓬上伺之。漏初下。見二女鬟從屋西持朱燈引一少年入。踞東窗低語曰。郎君至矣。少年中堂坐良久。上茶者三四女鬟持珠燈擁麗人出。交拜昵語。膚色目光如明珠射人。不可逼視。少頃兩席橫陳。六女鬟行酒。奇服炫妝。紛趨左右。三爵後。繞梁之音與笙簫間作。女目少年曰。郎倦乎。引身起。搴其裾從東窗入。滿堂燈燭盡滅。惟樓西風竿上紗燈曳紅。梁竊意此是探虎穴時也。自蓬下足踢寢戶入。女驚起。赤體躍牀下。趨前抱梁腰低聲辟喝曰。何衙門使來。曰九門提督。女曰。尊矣。安有提督拘人而能免者乎。雖然。裸婦女見貴人。非禮也。請著衣。謝明珠四斛。梁許之。擲與一視一裙一衫一領襖。女開箱取明珠四斛。擲某手中。女衣畢。乃從容問公帶若干人來。曰三十。曰在何處。曰環門伏。曰速呼之進。夜深矣。為妾故累若饑渴。妾心不安。顧左右治具。諸婢烹羊炮兔。咄嗟立辦。三十人席地大嚼。懽聲如雷。梁私念牀中客未獲。將往揭帳。女搖手曰。公胡然。彼某大臣公子也。國體有關。且非其罪。妾已放從地道出矣。提督玩晚。必不怒公。如怒公。妾願一身當之。天黎明。女坐紅帷車與梁偕行。離公署未半里。提督飛馬硃書諭梁曰。本衙門所拏三姑娘訪聞不確。作速釋放。毋累良民。致干重譴。梁惕息下車。持珠還女。女笑而不受。偕婢十二人騎馬來迎。擁護馳去。明日偵之。室已空矣。

搜河都尉

余親家張開士牧宿州。奉旨開河。掘地得龜大如車輪。項繫金牌鐫正德二年皇帝敕封搜河都尉十二字。龜兩眼深碧。背殼綠毛寸許。民間聚觀。告之官。官念前代老物。命放之。是夜風雨颯至。河不掘而成者三十餘丈。

科場事五條

乾隆元年正月元日。大學士張文和公夢其父桐城公諱英者。獨坐室中。手持一卷。文和公問爺看何書。曰新科狀元錄。狀元何多。公舉左手示文和公曰。汝來此。吾告汝。文和公至左

曰。汝已知之矣。何必多言。公驚醒。卒不解。後丙辰狀元。乃金德瑛。移王字至英字之左。此其驗也。公得子遜。祈夢於京師之前門關帝廟。夢帝以竹竿與之。旁無枝葉。心頗不喜。有解者賀曰。公得二子矣。問何故。曰孫竹君之二子。此傳記也。破竹字為兩个字。此字法也。已而果然。

王士俊為少司寇。讀殿試卷。夢文昌神抱一短鬚道士與之。後臚唱時。金狀元德瑛如道士貌。出其門。

劉大櫆丙午下場。請乩。乩仙批云。壬子兩榜。劉不解。以為壬子非會試年。或者有恩科耶。後丙午中副榜。至壬子又中副榜。

繆焕。蘇州人。年十六。入泮。遇乩仙。問科名。批云。六十登科。繆大恚。嫌其遲。後年未三十竟登科。題乃六十而耳順也。

有三人祈夢於于肅愍廟。兩人無夢。一人夢肅愍謂曰。汝往觀廟外照牆。則知之。其人醒。告二人。二人妒其有夢。偽遣馬者即于夜間取筆向牆上書不中二字。天尚未明。寫不字不甚連接。次早三人同往視之。乃一个中三字。果得夢者中矣。

百四十村

閩學周公煌。四川人。自言其祖樵也。孤身居峨嵋山。年九十九未婚。每日入山打薪賣與山下吳姓賣豆腐翁。吳夫妻二人。一女。每日買周薪為炊。交易甚懽。吳年六旬。告周曰。明日是吾生辰。叟早來飲酒。周諾之。已而不至。吳之妻曰。周叟頗喜飲。今不來。素薪又不來。稱祝。毋乃病乎。盍往視之。吳翌日往訪。見周顏色甚和。問昨何不來。叟笑曰。我昨入山。將伐薪作壽禮。不意過一深溪。見黃白色纍纍。得毋世所稱金銀者乎。余竭力運之。現堆牀下。若下山則誰為守者。吳視之。果金銀。因代為謀曰。叟不可居此矣。叟孤身住空山。而挾此重物。保無盜賊慮耶。周曰。微君言。吾亦知之。盍為我入城尋一屋。在人烟稠密處。吳如其言。且助之遷居。未幾。周又至。面赧然有慚色。手百金贈吳。揖曰。吾有求于公。吾明年百歲矣。從未婚娶。自道將死。遑有他想。不料獲此重貲。一老身守之。復何所用。意欲求公作媒。代聘一婦。吳睨其妻相與笑。吃吃不休。嫌其不知老也。周曰。非但此也。我聘妻非處子不可。若再醮二婚。非老人鄭重結髮之意。倘嫌我老者。請萬金為聘。以三千金謝媒。吳雖知其難。而心貪重謝。強應曰諾。老人再拜去。月餘。無人肯與老人婚。老人又來催促。吳夫婦無計。時吳女纔十九歲。忽跪請曰。女願婚周叟。夫婦愕然。女曰。父母之意不過嫌周老而女少耳。女聞人各有命。兒如薄命。雖嫁年相若者。未必不作嫠婦。兒如命好。或此叟尚有餘年。幸獲子嗣。足支門戶。亦未可

從且父母無子。只生一女。女恨不能作男兒孝養報恩。如彼以萬金來此。而又以三千金作謝。是生女愈于生男。而女心亦慰。女想此叟。如許年紀。獲此橫財。恐天意未必遽從此終也。吳夫婦以女言告叟。叟跪地連叩頭。呼岳父母者再。嫁生一子。讀書補廩。孫即開學公也。老人年一百四十歲。吳女先卒。年已五十九矣。老人殯葬制服。哭泣甚哀。又四年。老人方卒。所居村人題曰百四十村。

人畜改常

搜神記有雞不三年。犬不六載之說。言禽獸之不可久畜也。余家人孫會中畜一黃狗甚馴。常喂飼。狗搖尾乞憐。出入必相迎送。孫甚愛之。一日手持肉與食。狗嚙其手。掌心皆穿。痛絕于地。乃捧狗殺之。揚州趙九善養虎。檻虎而行。路人觀者。先與十錢。便開檻出之。故意將頭向虎口摩擬。虎涎滿面。了無所傷。以為笑樂。如是者二年有餘。一日在平山堂下索錢。又將頭探虎口。虎張口一嚙而頸斷。眾人報官。官召獵戶以槍斃虎。殺之人皆曰。鳥獸不可與同羣。余曰不然。人亦有之。乾隆丙寅。余宰江寧。有報殺死一家三人者。余往相驗。凶手乃是親之妻弟劉某。平日郎舅姊弟甚和。並無嫌隙。其姊生子。年甫五歲。每舅氏來。代為哺抱以為慣常。是年五月十三日。劉又來抱甥。姊便交與。劉乃擲甥水缸中。以石壓殺之。姊驚走視。便持劉參刀斫姊。斷其頭。姊夫來救。又持刀刺其腹。出腸尺餘。尚未氣絕。余問有何冤仇傷者。極言平日無冤。言終氣絕。問劉。劉不言。兩目斜視。向天大笑。余以此案難詳。立時杖斃之。至今不解何故。又有寡婦某。守節二十餘年。內外無閒言。忽年過五十。私通一奴。至于産難而亡。其改常之奇。皆虎狗類矣。

夢葫蘆

尹秀才廷一。未第時。每逢下場。必夢神授一葫蘆。放榜不中。自後遇入闈必惡。而每次必夢葫蘆。然屢夢則葫蘆愈大。雍正甲辰科入闈之前夕。尹恐又夢。乃坐而待旦。欲避夢也。其小奴方睡。大呼曰夢見一個葫蘆與相公長等身。尹懊恨不祥。亦無可奈何。已而榜發。尹竟中三十二名。其三十名姓胡。其三十一名姓盧。皆其少年。方悟初夢之小葫蘆。蓋二公尚未長成故也。

乩仙示題

康熙戊辰會試。舉子求乩仙示題。乩仙書不知二字。舉子再拜求曰。豈有神仙而不知之理。乩仙乃大書曰。不知不知又不知。眾人大笑。以仙為無知也。是科題乃不知命無以為君子也三節。又甲午鄉試前。秀才求乩仙示題。仙書不可語三字。眾秀才苦求不已。乃書曰。正在

不可語上。眾愈不解。再求仙明示之。仙書一署字。再叩之。則不應矣。已而題是知之者不如好之者一章。

神籤預兆

秦狀元大士。將散館。求關廟籤。得靜來好把此心捫之句。意鬱鬱不樂。以為神嗤其有虧心事也。已而試松柏有心賦。限心字為韻。終篇忘點心字。閱卷者仍以高等上。上閱之。問心字韻何以不明押。秦俯首謝罪。而閱卷者亦俱拜謝。上笑曰。狀元有無心之賦。主司無有眼之人。

奇騙

騙術之巧者。愈出愈奇。金陵有老翁。持數金至北門橋錢店易錢。故意較論銀色。嘵嘵不休。一少年從外入。禮貌甚恭。呼翁為老伯。曰令郎貿易常州。與姪同事。有銀信一封。託姪寄老伯。將往尊府。不意姪之路遇也。將銀信交畢。一揖而去。老翁拆信。謂錢店主人曰。我眼昏不能看家信。求君誦之。店主人如其言。皆家常瑣屑語。末云。外紋銀十兩。為爺薪水。翁喜動顏色。曰還我前銀。不必較論銀色矣。兒所寄紋銀。紙上書明拾兩。即以此兌錢何如。主人接其銀稱之。十一兩零三錢。疑其子發信時匆匆未檢。故信上祇言十兩。老人又不能自稱。可將錯就錯。獲此餘利。遽以九千錢與之。時價紋銀十兩。例兌錢九千。翁負錢去。少頃一客笑于旁曰。店主人得毋受欺乎。此老翁者。積年騙棍。用假銀者也。我見其來換錢。已為主人憂。因此老在店。故未敢明言。店主驚。剪其銀。果鉛胎。懊惱無已。再四謝客。且詢此翁居址。曰翁住某所。離此十里餘。君追之猶能及之。但我翁鄰也。使翁知我破其法。將仇我。請告君以彼之門向。而君自往追之。店主人必欲與俱。曰君但偕行至彼地。君告我以彼門向。君即脫去。則老人不知是君所道。何仇之有。客猶不肯。乃酬以三金。客若為不得已而强行者。同至漢西門外。遙望見老人攤錢櫃上。與數人飲酒。客指曰。是也。汝速往擒。我行矣。店主喜。直入酒肆。捽老翁毆之。曰汝積騙也。以十兩鉛胎銀換我九千錢。眾人皆起問故。老翁夷然曰。我以兒銀十兩換錢。並非鉛胎。店主既云我用假銀。我之原銀可得見乎。店主以剪破原銀示眾。翁笑曰。此非我銀。我止十兩。故得錢九千。今此假銀似不止十兩者。非我原銀。乃店主來騙我耳。酒肆人為持戥稱之。果十一兩零三錢。眾大怒。責店主。店主不能對。群起毆之。店主一念之貪。中老翁計。懊恨而歸。

騙術巧報

騙術有巧報者。常州華客挾三百金。將買貨淮海間。舟過丹陽。見岸上客負行囊。呼搭船甚

急。華憐之。命停船相待。船戶搖手。慮匪人為累。華固命之。船戶不得已迎客入宿于後艙。將抵丹徒。客負行囊出。曰。余為訪戚來。今已至戚所。可以行矣。謝華上岸去。頃之。華開箱取衣。箱中三百金盡變瓦石。知為客術換。懊恨無已。俄而天雨且寒。風又逆。舟行不上。華私念金已被竊。無買貨資。不如歸里摒擋。再赴淮海。乃呼篙工挽舟返。許其直如到淮之數。舟人從之。順風張帆而歸。過奔牛鎮。又見有人冒雨負行李淋漓立。招呼搭船。舵工眈之。即竊銀客也。急伏艙內。而僞令水手迎之。天晚雨大。其人不料此船仍回。急不及待。持行李先付水手。身躍入艙。見華在焉。大駭。狂奔而走。發其行囊。原銀三百宛然尚存。外有珍珠數十粒。價可千金。華從此大富。

香亭記夢

香亭于乾隆壬辰冬。赴都謁選。道過東昌。十二月五日。宿冠城縣東關客店。夜夢至一園亭。竹石蕭疏。迥非人境。几上橫書一卷。字作蠅頭小楷。開之。載一事云。新野之渠有巨魚化為麗姝。名曰喬如。有李氏子娶焉。至三百六十日。而李氏子以溺死。宋氏子又娶焉。歷三十六日。而宋氏子亦死。有楊氏子知其為怪也。故納之。而特襞之。絕其水飲。喬如無所施術。三年生三子。悉化為魚。六年。楊氏子遍體生鱗甲。而喬如益治盤一夕。暴風雨。喬如抱持楊氏子。兩身合為一身。各角一首。鼓鬐同飛。投洞庭湖。日出時。楊飲水。日入時。喬如飲水。楊氏子猶知與喬如交歡。不知為魚在水也。而竟得不死焉。此之謂物其物。化其化。自此以下。字模糊不可辨。鐘鳴夢醒。枕上默誦。不遺一字。

敦倫

李剛主講正心誠意之學。有日記一部。將所行事。必據實書之。每與其妻交媾。必楷書某月某日。與老妻敦倫一次。

一字千金一咳萬金

商邱宰某申詳一案。有畢職勘得毫無疑義四字。臬使某怒其專擅。駁飭不已。并提經承宅門將行枷責。某急改似無疑義四字。再行申詳。乃批允核轉。往返羈費。司房打點。已至千金。汶上令某見巡撫某偶患寒疾。失聲一咳。某怒其不敬。必欲提參。央中間人私獻萬金。方免。人相傳為一字千金。一咳萬金。

菩薩答拜

余祖母柴太夫人。嘗為余言其外祖母楊氏老而無子。依其女洪夫人以終。年九十七而卒。居一樓。奉佛誦經三十年。足不履地。性慈善。聞樓下笞奴婢聲。便停箸不能食。或奴婢有上

樓者。必分己所食與食。九十以後。拜佛。佛像起立答拜。太夫人大怖。時余祖母年尚幼。必拉之作伴。曰。汝在此。佛不我答也。卒前三日。索盆濯足。婢以向所用木盆進。曰。不可。我此去將踏蓮花。須將浴面之銅盆來。俄而旃檀之氣自空繚繞。端坐跏趺而逝。逝後香三晝夜始散。

暹羅妻驢

暹羅俗最淫。男子年十四五時。其父母為娶一牝驢。使與交接。夜睡縛驢以其勢置驢陰中。養之則壯盛異常。如此三年。始娶正妻。迎此驢養之終身。當作側室。不娶驢者。亦無女子肯嫁之也。

倭人以下竅服藥

倭人病不飲藥。有老倭人能醫者。熬藥一桶。令病者覆身卧。以竹筒插入糞道中。將藥水乘熱灌入。用大氣力吹之。少頃腹中汩汩有聲。拔出竹筒。一瀉而病愈矣。

獅子擊蛇

戈侍御濤云。其太翁名錦。為某邑令。適西洋貢獅子。經過其邑。獅子於路有病。與解員在館驛暫駐。獅子蹲伏大樹下。少頃昂首四顧。金光射人。伸爪擊樹。樹根中斷。鮮血迸流。內有大蛇決折而斃。先是驛中馬多患病。往往致死。自是患除。厚待貢使。至京獻於闕廷。衆見之不曉。獅子震怒長吼一聲。衆皆俯伏。奉旨放歸本國。後數日。陝撫奏至云。京中放獅。本日午時已過潼關。

賈士芳

賈士芳。河南人。少似癡愚。有兄某讀書。命士芳耕作。時時心念欲往遊天上。一日有道人問曰。爾欲上天耶。曰。然。道士曰。爾可閉目從我。遂凌虛而起。耳畔但聞風濤聲。少頃命開目。見宮室壯麗。謂士芳曰。爾少待我。入即至。良久出。謂曰。爾腹餒耶。授酒一杯。賈飲半而止。道人怫然曰。此非爾久留處。仍令閉目。行如前。風濤聲少頃開目。仍在原處。步至伊兄館中。兄驚曰。爾人耶鬼耶。曰。我人耳。何以為鬼。曰。爾數年不歸。竟在何處。曰。我同人至天上。往返不過半日。何云半年。其兄以為癡。不之顧。與徒講解周易。士芳坐于旁。聞之。起搖手曰。兄誤矣。是卦繇詞九五陽剛。與六二相應。陰陽合德。得位乘時。水火相濟。變為正月之卦。過此以往。剛者漸升。柔者漸降。至上九數不可極。極則有悔。悔則潛藏。以待剝復之機矣。其兄大驚曰。汝未讀書。何得剖析易理如此精奧。信其果遇異人。遠近趨慕。叩以禍福。無不響應。田中丞奏聞。發召見。辛以不法伏誅。或云賈所遇道人。姓王名紫真。尤有神通。嘗煮茶招賈觀之。指曰。初煮時。茶葉亂浮。清濁不分。此混沌象也。少頃。水在上。葉在下。便是開闢象矣。十二萬年不

過如此一窶耳。嵇文敏公總督河道時，賈常在署中，人多崇奉之。有不相敬者，賈必拉至無人之處，將其生平隱事，妻子所不知者，一一語之，其人愧服乃已。又常問人可畏鬼否，曰畏鬼便已，如云不畏，則是夜必有奇形惡狀者入房作鬧。

石男

石婦二字，見太元經，其來久矣。至于半男半女之身，佛書亦屢言之。近復有所謂石男者，揚州嚴二官，貌甚美，而無人與狎。其穀道細如綠豆，下溺如線香，晝食粥一盂、酒數杯、蔬菜些須而已，多則腹中暴脹，大便時痛苦異常。

髯長一丈

黃龍眉，震澤縣人，官熱河四旗廳巡檢，髯長一丈有奇，繞腰兩匝，餘垂至地。

禁魔婆

粵東崖州居民半屬黎人，有生黎、熟黎之分。生黎居五指山中，不服王化；熟黎尊官長，來見則膝行而入。黎女有禁魔婆，能禁咒人致死。其術取所咒之人，或鬚髮，或吐餘檳榔，納竹筒中，夜間赤身仰臥山頂，對星月施符誦咒，至七日，其人必死，遍體無傷，而其軟如綿。但能魘黎人，不能害漢人。受其害者，擒之鳴官，必先用長竹筒穿索扣其頸項，下曳之而行，否則近其身，必為所禁魔矣。據婆云，不禁魘人，則過期己身必死。婆中有年少者，不及笄，便能作法，蓋祖傳也。其咒語甚秘，雖杖殺之，不肯告人。有禁魔婆，無禁魔公，其術傳女不傳男。

劄竹簽

黎民買賣田土，無文契票約，但用竹簽一片，售價若干，用刀劃數目于簽上，對劈為二，買者賣者各執其半，以為信。日久轉賣，則取原主之半簽合而驗之。其稅簽如稅契，請官用印于紙，封其竹簽之尾，春秋納糧，與內地加豐焉。

黎人進舍

黎民婚嫁不用輿馬，吉日新郎以紅布一疋往岳家，裹新婦負背上而歸。其俗未成親之先，搭私至翁家，與其妻苟合，謂之進舍。若能生子，而後負婦去，則羣以為榮，鄰里皆賀，各以白紙封番錢幾元，至其門前，拋竹筐中。其主人以大甕貯酒，陳于門前，甕內插細竹筒數條，賓客至，各伏甕而飲，飲畢，又無迎送拜跪之禮。余在肇慶府署中，崖州刺史陳桂軒為余言。

海異

海中水上鹹下淡，魚生鹹水者，入淡水中即死；生淡水中者，入鹹水中即死。鹹水煮飯，水乾而米不熟，必用淡水煮纔熟。水清者，下望可見二十餘丈，青紅黑黃，其色不一。人小便則水

光灼作火光，亂星噴起，魚當之高飛如鳥雀。有變虎者，變鹿者。

吶呼草　快子竹

惠州山中有草，喝之則葉搖，號吶呼草。羅浮山有快子竹，竹形小而質勁，截之可以為著，不許人作聲，呼之便遁入土中，覓不可得。

蚺蛇藤

瓊雷兩州蚺蛇，大如車輪，所過處腥毒異常，遇者輒死。性淫而畏藤，土人多以婦人褌並藤條置腰間。聞腥氣知蛇至，先以婦褌擲去，蛇舉頭入褌，吮嗅不已，然後以藤拋擊，蛇便縮伏，憑人捆縛，歸釘之樹上，用刀剖腹，蛇似不知，將至胆處，乃作愛護之狀。胆畏人取，逃上逃下，未易捉取，直至蛇死，腹裂胆落地上，猶躍起丈餘，漸漸力盡勢低，取掛屋間。其胆衣內汁，猶終日奔騰上下，無一隙停留，俟晃乾後，纔可入藥。

細虎

江西鄱陽湖漁人收網，疑其太重，解而視之，斑然虎也，惜已死矣。

福建解元

裘文達公典試福建，心奇解元之文，榜發後，亟欲一見。晝坐公廨，聞門外喧嚷，使問之，則解元與公家人為門包角口。公心薄之，而疑其簡，禁止家人索詐，立刻傳見。其人面目語言，皆粗鄙無可取。心悶悶，問吉方伯某悔取士之失，方伯云：公不言，某不敢說。放榜前一日，某夢文昌、關帝與孔夫子同坐，朱衣者持福建題名錄來，關帝屢顧云：此第一人平生作惡武斷，何以作解頭？文昌云：渠宮階甚大，因無行，已削盡矣。然渠好勇喜鬭，一鬭母喝即止，念此尚屬孝心，姑予一解，不久當令歸土矣。關帝尚怒，而孔子無言。此亦奇事。未幾某亡。

顧四嫁妻重合

永城呂明府家佃人顧四，乾隆丙子歲荒，鬻其妻某氏嫁江南虹縣孫某，生一女。次年歲豐，顧又娶後妻，生子成，幼遠出為人傭工，流轉至虹縣地方，贅孫姓家兩年，妻父歿，成無所依，遂攜其妻并妻母回永城。顧四出見，兒之岳母，己之故妻也。時顧後妻先一月歿，遂為夫婦如初。

千里客

萬歷年間，紹興商某宅起，第卜云：千里客來居此宅。當時訝之。至國初，王侍御蘭青先生任鹽政，歸，買此宅居之。王別號千里，即江寧王檢校大德父也。

趙子昂降乩

鄧宗洛秀才云伯祖聞禹公少時贅海寧陳大司空家眾人請仙公亦問終身乩判云余趙子昂也五字宛然趙書公在旁微笑云兩朝人物乩隨判詩一首云莫笑吾身事兩朝姓名久已著丹霄書生不用多饒舌勝爾寒氈數寂寥後公年八十由歲貢任來安訓導十年而終

神仙不解考據

乾隆丙午嚴道甫客中州有仙降乩鞏縣劉氏自稱雁門田穎詩文字畫皆可觀并能代請古時名人如韓柳歐蘇來降劉氏云有壙誌其家已數載矣中州仕宦者咸敬信之穎本唐開寶閒人曾撰張希古墓志石在西安碑林畢中丞近移置吳中靈巖山館一日降乩節署甫至即以此語謝其護持之功此事無知者因共稱其神奇時嚴道甫在座因云記墓志中云左衛馬邑郡尚德府折衝都尉張君攷唐府兵皆隸諸衛左右衛領六十府志云尚德府為左衛所領固也但唐書地理志馬邑郡所屬無尚德府未知墓志何據仙停乩半晌云當日下筆時但據行狀開載至唐地理志為歐九所修當俟暇時問明再奉復耳然自是節署相請乩不復降即他所相請有道甫在座乩亦不復降

產公

廣西太平府獠婦生子經三日便澡身于溪河其夫乃擁衾抱子坐于寢榻卧起飲食皆須其婦扶持之稍不衛護生疾一如孕婦名曰產公而妻反無所苦查中丞儉堂云

烏魯木齊城隍

烏魯木齊于乾隆四十一年築城得至德年殘碑中有金滿字知其地唐時為金滿城今唐書作金滿城誤也並建有城隍廟興工三日都統明公亮夢有人儒冠而來云姓紀名永寧陝西人昨奉天山之神奏為此地城隍故爾來謁公心異之時畢公秋帆撫陝因以札來詢畢公飭州縣查現在紀姓中未有名永寧者適嚴道甫修華州志有紀姓以家譜來求登載其遠祖撿之則名永寧者居然在焉乃明中葉生員生平亦無他善惟嘉靖三十一年地震時曾捐貲掩埋壓傷死者四十餘人而已因以復明公書至適于是日廟方落成也

黑霜

四海本一也南方見之為南海北方見之為北海證之經傳皆然嚴道甫向客秦中晤鹹綏伯伍公伍公云雍正間奉使鄂勒素聞有海在北界欲往視國人難之固請乃派西洋人二十名持羅盤火器以重氈裹車從者皆乘橐駝隨往北行六七日見有冰山如城郭其高入天光氣不可逼視下有洞穴從人以火照羅盤蛇蟺而入行三日乃出出則天色黯淡如琉璃閒

有黑烟吹來著人如砂礫洋人云此黑霜也每行數里得巖穴則避入以硝磺發火蓋其地不生草木無煤炭也逾時復行如是又五六日有二銅人對峙高數十丈一乘龜一握蛇前有銅柱字篆不可辨洋人云此唐堯皇帝所立相傳柱上乃寒門二字因請回車云前去到海約三百里不見星日寒氣切肌中之即死海水黑色如漆時復開裂則有夜叉怪獸起來攫人至是水亦不流火亦不熱公因以火著貂裘上試之果不然因太息而回入城檢點從者五十人凍死者二十有一公面黑如漆半載始復故隨從人有終身不再白者

中印度

後藏西南四千餘里有務魯木者即佛經所云中印度也世尊居之金銀宮闕與佛書所云無異宮門外有池方廣百里白蓮如斗香氣著衣經月不散云即阿耨池也天時寒暖皆如三四月秔稻再熟無金銀皆以貨物交易達賚喇嘛五歲一往覲關雍正初年鄂羅索發兵萬餘驅猛象數百來闘欲奪其地世尊持禁咒遣毒蟒數千往禦鄂羅索懼請受約束蟒蛇瞬息不見世尊云此嗔心所致也不嗔則無有矣因諭以此地人少每十年當以童男女五百來獻令其自相配偶至今猶然誠意伯伍公云

來文端公前身是伯樂

來文端公自言伯樂轉世眸子炯炯有光相馬獨具神解兼管兵部及上駟院時每值挑馬百十為群瞥眼一過其毛病纖悉無不一一指出販馬者驚以為神年七十後常閉目靜攝每有馬過靜聽蹄聲不但知其良否即毛色疾病皆能知之上所乘馬亦皆先命公選視有內侍衛數人精選三馬百試無差將獻上公時已老眼皮下垂以兩指撐眼視之曰其一可用其二不可用再試之果蹶矣一日坐內閣史文靖公乘馬至閣門外下偶言所乘棗騮馬甚佳公曰佳則佳矣但公所乘乃黃驃馬也何得相誑文靖云適所言誠誤但公何以知之公笑而不言又一日梁文莊公入閣少遲自言所乘馬傷水艱于行步公曰非傷水乃誤吞水蛭耳文莊乃請獸醫針治果下水蛭數升而愈公常語侍讀嚴道甫云二十時倚杖子長安門外三十餘日觀索易象乾坤二卦得相馬之道其神解所到未能以口授人也

福建試院樹神

紀太史曉嵐視學閩中試院西齋有柏一株干霄蔽日幕中友人于深夜常見有人來往其下童服一如本朝制度惟袍是大紅紀意樹神為祟乃掃室立主以祀並作對句懸于楹間云參天黛色常如此點首朱衣或是公自是怪遂絕

子雲石

金壇于雲石官翰林時，迎其父就養入都。一日行至中途，天色已晚，四無人烟，尋一旅店，遂往投宿。店主以人滿辭。于以前路無店，固求留宿。店主躊躇久之，曰：店後空屋數椽，小兒幼年曾讀書其處，不幸夭亡，我不忍往觀，故封閉之。客如不嫌，請暫住一夜，如何。于從之。即開門入，見四壁塵蒙，蟰蛸滿戶，案有殘書數卷，偶得時文稿一本，翻閱之，與其子雲石所作文無異。入後數篇與鄉會試中式之卷亦相同，意甚訝然。忽窗外有光射入，見對面石壁上恍惚有于雲石字跡，即秉燭出觀，乃于雲石三字也。轉身進內，砉然有聲，石壁遂倒，字亦隨滅。一夜驚疑不寐。曉行抵都，與子備述前事。雲石聞言，不覺失色。須臾仆地，急喚家人救治，不甦而絕。

子不語卷二十二

隨園戲編

萬佛崖

康熙五十年，肅州合黎山頂忽有人呼曰：開不開。開不開。如是數日，無人敢答。一日，有牧童過聞之，戲應聲曰：開。頃刻轟然，風雷怒號，山石大開，中現一崖，有天生菩薩像數千，鬚眉宛然。至今人呼為萬佛崖。章淮樹觀察過其地，親見之。

大力河

孫某作打箭爐千總，其所轄地陰雨兩月。忽一日雨止，仰天見日光，孫喜，出舍視之。頃刻烟沙蔽天，風聲怒號，孫立不牢，撲地亂滾，似有人提其辮髮而顛擲之者，腿臉俱傷。孫心知是地動，忍而待之。食頃動止，起視人民與自家房屋，全已傾地。有一弟逃出未死，彼此惶急。孫老於居邊者，謂弟曰：地動必有回潮，不止一次，我與汝須死在一處。乃各以繩縛其身，兩相摟抱。言未畢，而怪風又起，兩人卧地顛播，如初。幸沙不眯眼，見地裂數丈，有冒出黑風者，有冒出火光帶紫綠二色者，有湧黑水臭而腥者，有現出人頭大如車輪，目睒睒斜視四方者。有裂而仍合者，有永遠成坑者。兄弟二人竟得無恙，乃埋葬全家，掘出貨物，各謀生。先三月前，有瘋僧持緣簿一冊，上寫募化人口一萬。孫惡其妖言，將擒之送縣。僧已立一揭柳小枝上，曰：你勿送我到縣，送我塞大力河水口可也。言畢不見。是年地動，四川大力河水沖決，淹死萬餘人。

王昊廬宗伯是蓮花長老

王昊廬宗伯未第時，自黃岡赴京應試，路過廬山，宿於蓮花宮內。因次日仍欲啟行，未晚便睡。夢身坐大殿之上，面前供齋果，下有袈裟百輩環拜誦佛，因隨手取面前菓子偶啖數枚。遂醒，醒時口中有餘味。正驚訝間，忽見住房外燈燭煇煌，几筵肆設，眾僧方膜拜，宛然夢中光景。啟戶問之，是日乃此庵已故淨月上人忌辰，眾方祭祀。宗伯大異，起視所供盤中之菓，其頂微缺，如少二三枚者，恍悟自己前身乃此庵長老也。故終身奉佛甚虔。先是宗伯父用余公，崇禎翰林，殉節廬山，故自號昊廬，取昊天罔極之義。諱溎宏。

鬼買兒

洞庭貢生葛文林，在庠有文名。其嫡母閻氏亡後，父荊州續娶李氏，即文林生母也。于歸三日，偶理閻氏衣箱，有繡九枝蓮紅襖一件，愛而著之。食次，即昏迷，自批其頰，曰：余前妻閻氏也。箱內衣裳是我嫁時帶來，我平日愛惜，不忍上身。今汝初來，公然偷着，我心不甘。來索汝命家人環跪替李求情且云娘子業已身故要此華衣何用曰速燒與我我等要着我自知氣量小從前妝奩一絲不能與李氏皆速燒與我我纔肯去家人不得已如其言盡焚之鬼拍手笑曰吾可以去矣李即霍然病愈家人甚喜次日李方晨妝忽打一呵欠鬼又附其身曰請相公來其夫奔至乃執其手曰新婦年輕不能理家事我每早來代爲料理嗣後午前必附魂於李身查閱薪米呵責奴婢井井有條如是者半年家人習而安之不復爲怪忽一日謂其夫曰我要去矣我柩停在此汝輩在旁行走震動靈牀我在柩中骨節俱痛可速出殯以安我魂其夫曰尚無葬地奈何曰西鄰賣爆竹人張姓者有地在某山我昨往看有松有竹頗合我意渠口索六十金其心想三十六金可買也葛往觀果有地有主緣毫不爽遂立契交易鬼請出殯日期葛曰地雖已有然啟期告親友尚無孝子出名殊屬缺典鬼曰此說甚是汝新婦現有身矣但雌雄未卜與我紙錢三千我替君買一兒來言畢去至期李氏果生文林三日後鬼又附婦身如平時其姑陳氏責之曰李氏新產身子孱弱汝又來糾纏何太不留情耶曰非也此兒係我買來嗣我血食我不能忘情新婦年輕貪睡倘被渠壓死奈何我有一言囑婆婆俟其母乳畢後婆婆即帶伊同睡我纔放心其姑首肯之李氏打一呵欠鬼又去矣擇日出殯葛慟兒甫滿月不勝粗麻易細麻與着鬼來罵曰此係壽衰孫喪

祖之服我嫡母也非斬衰不可不得已易而送之臨葬鬼附婦身大哭曰我體魄已安從此永不至矣嗣後果斷先是周未嫁時與鄰女結拜三姊妹誓同生死其二妹先亡周病時曰兩妹來現在牀後喚我葛怒拔劍斫之周頓足曰汝不軟求而斫傷其臂愈難挽回矣言畢而亡年甫二十三

鬼搶饅頭

文林言洞庭山多餓鬼其家蒸饅頭一籠甫熟揭蓋見饅首唧唧自動逐漸縮小捥大者頃刻變小如胡桃食之味如麪筋精華盡去初不解其故有老人云此餓鬼所搶也起籠時以硃筆點之便不能搶如其言點者自點縮者仍縮蓋一人之點不能勝群鬼之搶也

荷花兒

餘姚章大立康熙三年舉人家居授徒忽有二寃鬼一女一男白日現形初扼其喉繼推之地以兩手高擡梏而不開若空中有繩縶之者先作女聲曰我荷花兒也繼作男聲曰我王奎也皆北京口氣家人問何寃曰章大立前身姓翁亦名大立前朝隆慶時爲刑部侍郎其時我主人周世臣官錦衣指揮家貧無妻只荷花兒與王奎二婢一奴相伴有盜入室殺世臣去我二人報官官遣張把總入室捕盜疑我二人因姦弑主刑部嚴刑拷訊我二人不勝箠毒遂自誣服刑部郎中潘志伊疑之獄久不決及大立爲侍郎忽發大怒別委郎中王三錫徐一忠再訊二人迎合竟照前議定罪志伊苦爭不能得遂剮我二人於市越二年別獲真盜都人方知我二人之寃傳入宮中天子僅怒奪大立官職而調一忠三錫於外請問沒遲重情可是奪職所能敵辜否我故來此索命家人問何以不報王徐之寃曰彼二人惡跡更多一已變猪一囚酆都獄中我不必再報惟大立前身頗有清官之號又居顯秩故爾遲遲今渠已投第三次人身矣祿位有限方能報復且明季朝綱不整氣數將絕陰司鬼神亦多昏瞶我等屢訴不准不許出京豈若當今大清之世冥司陰官亦洗心革面耶家人跪求說召名僧爲汝超度何如曰我果有罪方要名僧超度我二人絲毫無罪何用名僧超度況超度者不過要我早投人身耳我想就投人身遇着大立也要報仇渠必死我二人之手然而旁觀者不解來歷即我與大立既已隔世雖報其人兩邊都不曉來歷無以垂戒作官之人故我二人每聞陰司喚令輪回堅辭不肯今寃報後可以輪迴矣言畢取几上小刀自割其肉片片墜下作女聲問曰可像剮耶作男聲問曰可知痛耶血流滿席而死

歐陽澈

宋淅西有陳東歐陽澈廟當時士民憐其忠故私立而祠之也後王倫從金國來見而惡之命有司拆毀明季有富而好義李士賁又立廟於艮山門外鄉民祈求頗靈一日李夢神人布袍革履叩門求見曰我歐陽澈也當日位卑而言高獲罪係我自取幸上帝憐我忠誠命我司杭城水旱之事杭城地方甚大我一人難以辦理我有友二人一與安邦一傅國瑋皆布衣有氣節可塑二人像於我側助我安輯地方李允諾既而笑問曰陳東先生安在何不相助爲理曰李伯紀相公現司南嶽聘陳先生作記室去矣士賁於次日即增兩像於旁

浮尼

戊戌年黃河水決河官督治者每築堤成見水面有綠毛鵞一群翺翔水面其夜堤必崩用鳥槍擊之隨散隨聚逾月始平雖老河員不知爲何物後閱桂海稗編載前明黃蕭養之亂黃江有綠鵞爲祟識者曰此名浮尼水怪也以黑犬祭之以五色粽投之則自然去矣如其言果驗

雷火救忠臣

全椒金光辰以御史直諫觸崇禎皇帝之怒召對平台將重懲之忽迅雷震御座乃免之嘉靖怒劉魁楊爵周怡直諫杖置獄中有神降乩言三人寃乃赦之後因熊浹言乩仙不足信重捕入獄亡何高元殿火起帝禱於露臺火光中有呼三人姓名稱忠臣者乃急傳詔釋之

且復其官。

滑伯

河南滑邑署中有滑伯墓，甚大。邑令到任，必先祭奠，朔望行香。滑伯之神時時出現，圭璋袞冕而出者，官必升遷；深衣便服而出者，官多不祥。余門生呂炳星宰滑州，忽一日見滑伯衣甲冑立於墓上，是年陞香河同知。墓前古木甚多，葉落時風吹四散，從未有落墓上者，亦奇。

盤古腳迹

西洋錫蘭山高出雲漢，其顛有巨人腳迹，入石深二尺，廣八尺，云是盤古皇帝開天落地之腳迹。其國人多裸形，有穿衣者，皮肉必爛。

珠重七兩

明史：永樂十五年，蘇祿國貢大珠，重七兩有零。

采膽入酒

古城國取生人膽入酒，與家人飲，且以浴身，曰：通身是膽。每伺人於道，出其不意殺之，取膽以去。若其人驚覺，則膽先裂，不足用矣。置衆膽於器，必以中華人膽居上。王在位三十年，則避位入深山，以兄弟子姪代，而已持齋受戒，告於天曰：我為君無道，願虎狼食我，或病死。居一年無恙，則復位如初。

膽長三寸

福王之敗，有起義兵者吳漢超，宣城生員也。兵潰逃出城，念其母在，乃入見大帥曰：首事者我也。殺之，剖其膽，膽長三寸。

湖神守尸

明季大學士賀逢聖在武昌，為張獻忠所逼，投墩子湖死。自夏至秋，有神託夢於湖之居民某云：我奉上帝命，守賀相尸，殊苦，汝可撈而視之。有黑子在其左手者是也。某覺而異之，俟於湖，赫然尸出，乃殮而葬之。尸在水中百有七十日，面如生。

僵尸抱韋馱

宿州李九者，販布為生，路過霍山，天晚，店客滿矣，不得已宿佛廟中。漏下兩鼓，睡已熟，夢韋馱神撫其背曰：急起急起，大難至矣，躲我身後，可以救你。李驚醒，踉蹌而起，見床後厝棺砉然有聲，走出一尸，遍身白毛，如反穿銀鼠套者，面上皆滿，兩眼深黑，中有綠睛光閃閃然，直來撲李。李奔上佛櫃，躲韋馱神背後。僵尸伸兩臂抱韋馱神，而口咬之，嗒嗒有聲。李大呼，群僧皆起，持梃點火把來。僵尸逃入棺中，棺合如故。次日見韋馱神被僵尸損壞，所持杵折為三段，方知僵尸力猛如此。群僧報官，焚其棺，李感韋馱之恩，為塑像裝金焉。

窮鬼祟人富鬼不祟人

西湖德生菴後門外厝棺千餘，推積如山。余往作寓，問菴僧。僧曰：此間皆富鬼，終年平靜。余曰：城中那得有如此許多富人？焉能有如此許多富鬼？且久攢不葬，不富可知。僧曰：所謂富者，非指其生前而言也。凡死後有酒食祭祀、紙錢燒化者，便謂之富鬼。此千餘棺雖久厝不葬，僧於每年四節必募緣作道場，放盂蘭會，燒紙錢千萬，鬼皆醉飽，邪心不生。公不見世上人搶劫詐騙之事，皆起於飢寒。凡病人口中所說、目中所見，可有衣冠華美相貌豐肥之鬼乎？凡作祟求祭者，大率皆蓬頭歷齒，藍縷窮酸之鬼耳。余甚是其言。果住月餘，雖家僮婢子，當陰霾之夜，無聞鬼嘯者。

雷神火劍

乾隆戊申八月，河庫道司馬公遣兩僕還家，一名祝升，年三十；一名壽子，年十六，二人在船行至寶應劉家堡地方，天漸陰晦，壽子忽喜曰：前面搭臺唱戲，有金盔金甲神在場上，甚熱鬧。旁人皆不見，笑曰：前面河水滔滔，絕無戲臺，汝孩子氣，一心想看戲耶。祝升同一篙工爭曰：果然有戲，諸君何獨不見？言未畢，有惡風吹折桅杆，滿船昏黑，霹靂一聲，擊殺壽子、祝升於船頭，並殺篙工於船尾。雷雨稍定，艙中人大駭，泊船報縣，請官相屍。祝升甦，曰：我與壽子正在船看戲，忽見前面萬道金光，不見河路，地上俱鋪雪白銀磚，台上宮殿巍巍，中坐冕旒神，方面白鬚，旁立金盔金甲者數十。金甲神向冕旒者鞠躬白事，語不可辨，但見冕旒神點首，金甲者遂趨出上船，擒我與壽子、篙工三人去，跪殿上。抽腰下挂劍，紅光灼爍，將壽子頭上橫穿過去，又將篙工胸上橫穿過去。我看光景不好，側身要逃，被別個金甲神扯住，用金瓜錘當頭一打，我遂昏絕，以後便不知人事了。縣官萬公來驗，即取此段口供申詳立案，驗壽子、篙工兩尸，果有細眼穿喉胸二處，買棺殮埋。因祝尚活在船中，不便醫治，乃撐船至大王廟，停泊，扛祝身入廟。祝望見大王，驚曰：剛纔上坐者即此神也。又旁睨曰：諸位神道都在殿上，何不救救我耶？言畢，食粥一甌，仍氣絕矣。是年冬，余同劉霞裳遊淮陽，過劉家堡，泊船大王廟，往看諸神，皆尋常金裝木偶，無他靈異。劉向神問壽子年幼，有何惡而犯天誅，神不答。余笑曰：癡秀才。此所謂民可使由之，不可使知之耳。幽明一理，何必對神饒舌耶。

水精孝廉

廣東紀孝廉，童時誤入蛇腹，黑無所見，但聞腥氣，捫其壁，滑澀不可近。幸身邊有小刀，因挖其壁，漸見微明，就明鑽出，困臥於地。鄰人見之，攜歸其家，是日郡郊三十里外有大蛇死焉。

孝廉。爲毒氣所傷。通身皮脫如水精。腸胃皆見。從幼至壯不改。鄉舉後。同年皆見之。呼爲水精孝廉。

水鬼移家

王某居杭城之東園。地多魚池。東西相接。中隔一埂。季夏日正午。立埂上乘涼。見東池忽有一道浮漚。闊尺許。似潮湧而來。活活有聲。及近埂岸。有尺半長一段黑氣。從東池飛入西池而寂。鼻中作羊羶氣。問之鄰人。云是水鬼移家也。

負妻之報

杭城仙林橋徐松年。開銅店。年三十二。驟得瘵疾。越數月疾漸劇。其妻泣謂曰。我有兩兒俱幼。君或不諱。我不能撫。我願禱於神。以壽借君。君當撫兒。待其長娶。總可以成家。君不必再娶矣。夫許之。婦投詞於城隍。再禱於家神。婦疾漸作。夫疾漸瘳。浹歲而卒。松年竟違其言。續娶曹氏。合巹之夕。牀褥間夾一冷人。不許新郎交接。新婦驚起。蓋前妻附魂於從婢以鬧之也。口中痛責其夫。甫踰五六月。齋禱不靈。松年仍以瘵歿。

四小龜扛一大龜而行

杭城橫塘鎮有孤靜庵。一老僧焚修。其後殿見有四小龜共扛一大龜。徑尺許。循牆依檻團團而走。迴環不止。老僧唪經畢。清磬一聲。龜方斂迹。數年後。老僧圓寂。龜亦不復再見。雍正年事。

鬼送湯圓

杭州王生繩玉。課蒙於橫塘鍾氏。鍾第三子字有條。年已二十。自賭其年稱十六。聞弟子此時尚可讀書否。王答以果能志堅。書何不可讀耶。有條大喜。諷誦不輟。其父俗賈也。不以爲然。迫之赴吳門貿易。有條鬱鬱而往。日赴市廛。夜仍閉戶隱身帷帳中。私自鑽研。渴房貼款不我與四字。越四月。疾亟而歸。時近重九。抵家遂卒。柩停於家。次年七夕前一日。王睡夢中。聞內屋啟門聲。步至書舍。排闥入。見有條左手秉燭。右手執盌。杭內騰騰熱氣。至王牀前。啟帳笑曰。先生肚飢耶。特送點心來。王坐起。接其盌。見內浮湯圓四個。兼有銅匙。遂忘其爲鬼。竟挑食之。及三而飽。尚留其一。隨手交還。有條有條復爲下帳。閉門而去。王忽大悟。驚曰。有條歿已週歲。今夕胡爲而來。方眾念間。體中寒熱頓作。自夜及明。循環三次。僵甚不能起。乃呼與歸。家中擱門鬼以百十計。男女大小。他鄉本郡之鬼無所不有。大約鳩形鵠面。披衣襤褸之窮鬼爲最多。恰無怪狀奇形之可怖者。王有妹嫁翟氏。來視兄疾。鬼在病人口中云。汝是鄭家媽。翟家娘子亦來此耶。王弟訪之。果翟鄰家結髮之妻。新縊死者也。王父爲延醫投藥。扳起病人命服。眾鬼擁肩掐背。持其手使不得服。如是者再四。王心厭焉。竟違父命。終不飲藥。次晨另延一醫。診視間。曾投藥否。父語以故。醫索方視之。驚曰。幸而未飲。否則今日不能出聲矣。另立一方。鬼不復來奪。從此眾鬼閒門塞屋。日掩天光。夜蔽燈火。或坐或立。或言或笑。聚集十餘日。家中持經放焰口。毫無效驗。一女鬼呼曰。汝家盍延老僧宏道來。我輩便去。如其言。往請宏道。甫到門。眾鬼轟然散矣。病亦漸安。袁子曰。同是念經放焰口。而有驗有不驗。此之謂有治人無治法也。不知鬼食之不宜人食。而以奉其先生。此之謂愚忠愚孝也。

忠恕二字一筆寫

黃燦照。歙縣人。原任福山同知。罷官後。主講韶州書院。嘗書忠恕二大字。勒石講堂。款落新安後學某敬書。忽一日。夢黑衣者二人執燈至。曰。奉命召汝。黃即隨往。至一處。歷階而升。聞呼曰。止。黃即立定。黑衣人分左右立。中隔一層白雲。聞有人曰。汝爲大清官員。何以生今反古。書忠恕二字。款落新安。宜速改正。黃驚醒。急將前所刻新安二字。改寫歙縣。越數日。又夢前黑衣人。引至原處。仍聞雲中人語曰。汝改書勒石固善。但亦知忠恕二字之義是一氣讀否。汝可於古帖中求之。黃醒。檢閱十七帖。見忠恕二字行書。乃是中心如一四字。恍然大悟。復將壁間石刻毀去。仿帖中行書。另寫勒石。今現存韶州書院。

土雨

乾隆十四年。李元叔秀才。自京就館瀋陽。越明年夏四月。回京師。渡遼水。是日住北臺子。站路過遠。昏黑不得抵宿。時乘四套車。援一深林中。聞樹葉上簌簌作雨聲。沾灑衣上。視之皆土也。未幾。四馬攢蹄。退後不敢前。騾腳大呼曰。有鬼踹路。當道車拉不動。乃取開路鐵鍬。拆土撒之。口中作咒語。車始得行。不數步。見一火。茶杯大。傍車而行。其光上下遠近不定。照里許而滅。土人云。凡鬼物出。皆先有土雨。

降廟

粵西有降廟之說。每郡中有總管廟。所塑之像。美醜少壯不同。有學降廟法者。法將成。則至廟卜卦降神。初至。插一劍於廟門之中。神降。則拔劍而回。神不降。則用腳踢倒之。如隨足而起則生。如不起則爲神誅矣。其法將一椀盛水。寫一井字圈繞之。地上亦寫一井字圍繞之。八仙桌中間亦寫一井字圈繞之。名童子四人。手上各寫一走字圈繞之。將桌面反對椀口之上。四童以指抬桌。其人口念咒云。天也轉。地也轉。左叫左轉。右叫右轉。太上老君急急如令轉。若還不轉。銅叉叉轉。鐵叉叉轉。若再不轉。土地城隍代轉。念畢。桌子便轉。然後請樂方。

無不驗者。

隴西城隍神是美少年

康熙間，隴西城隍塑黑面而鬚者，貌頗威嚴。忽於乾隆間改塑像為美少年。或問廟僧，僧曰：聞之長老云：雍正七年，有謝某者年甫二十，從其師在廟讀書。夜間先生出外，謝步月吟詩，見一人來禱，乃隱於神後伺之。聞其祝云：今夜若偷物有獲，必具三牲來獻。方知是賊也。心疑神乃聰明正直之人，豈可以牲牢動乎？次日賊竟來還願，生大不平，作文責之。神夜託夢於其師，將降生禍。師醒後，問生，生抵賴。師怒，搜其篋，竟有責神之稿，怒而焚之。是夜神跟踪而至曰：我未告你弟子不敬神明，將降以禍，原不過嚇嚇他，你竟將他文稿燒化，被行路神上奏東嶽，登時將我革職拏問，一面將此城隍之位奏明上帝，即將汝弟子補缺矣。秋獻而退。未三日，少年卒，廟中人聞呼騶聲，云是新城隍到任。嗣後塑像者易黑鬚之貌為美少年。

城隍赤身求衣

張觀察挺修湖州城隍廟，以檀香雕三丈法身，繡衮為袍衣之，供奉三日矣。忽夜夢一巨人，頭帶平天冠而身無衣服，赤兩股直立帳前。公驚醒，心動，急欲赴廟查看，而廟中道士已來報：神衣被竊矣。乃為另製，且命緝賊云。

水怪吹氣

杭州程志章由湖州過黃岡，渡海汊半渡，天大風，有黑氣沖起，中有一人，渾身漆黑，惟兩眼眶及嘴唇其白如粉，坐船頭上，以氣吹舟中人。舟中共十三人，頃刻貌盡變黑，與之相似，其不變者三人而已。少頃黑氣散，怪亦不見，閩船風浪大作，舟覆水中，死者十人，皆變色者也。其不變色之三人獨免。

罈響

杭州北門外王清院林道士，能擒妖，在興化收妖罈中，放三清神座下。逾年，錢生袖海與友孔傳經、錢行上南京鄉試，醉後向罈云：我友中則罈響。罈果響一聲。客散，生夜看書，見白衣人坐檻上，與之拱手，生用界尺打之，撫掌大笑而退。是年孔君果中。

貞女訴冤

陸補梅作濟州太守，有和姦自盡一案，縣詳到府，文卷在案上，將批如詳矣。其晚幕友房中起大風，冤然一女子立而不言，五更始去。幕友告太守，適太守奉調上省，謂其子曰：汝胆大，今晚可至幕友房伺之。晚間公子遵父命，宿幕友書房，果如前風起，幕友又見此女，即告公子，而公子無見也。因大聲問曰：汝何為者？女曰：吾即几上案中人也。因拒姦致死，父母受賄，證成和姦，污我名節。冤訴之縣，縣亦受賄，不為申理，所以來此訴冤。公子唯唯，即以其言寓家信馳告太守。太守從省歸，適經是縣，因札致幕友，將原案發回本縣。未幾，縣令來迎太守，不宿公館，先往城隍廟行香，謂令曰：吾訪聞前姦案事有冤，信乎？縣據其父母口供抗詞請質。太守無奈何，即宿城隍廟中，傳犯人及鄰證人等，於大殿後陪宿，陰伏人於殿後察之。至三更餘，鄰證等各自言語，有罵其父母之無良、憐其女之貞烈者。聽者取筆書之。至天明，先盤詰鄰證，取夜間所書示之，俱服，遂以強姦致死定案，旌其女入節孝祠。

楊成龍成神

處州太守楊成龍，性正直，作官五十年，頗有政聲。壬寅春，余遊天台，招余飲酒，恩致鮮山東數大簍。有古循吏風，余許作傳以表章之。不料別後告老，就養於伊子深州署中，無疾而卒。先是太守宰歷城時，買沙板一副，置張秋僧舍。身亡後，其子濬文必欲遣人取歸，然後入殮，以慰乃父之心。忽其幼孫某頭暈仆地，旋起坐，厲聲曰：濬文，汝太糊塗！當此六月天，我尸在牀，待從張秋取棺來，則吾尸壞矣。深州木材儘可用，何必遠取？現在處州人來迎我作彼處城隍，我俟汝喪事小定，即往到任，我無他語。大凡人在世上，肯做好官，必有好報，汝緊記之。明年三月十四日，二孫所生之子，將來可以紹我之志，取名紹志可也。若葬我，當在唐務山中，做癸丁山向。幼孫言畢，沈沈睡去，俄而嬉戲如初。濬文悚然，一遵父命。次年果生紹志，月日無爽。

周倉赤脚

相傳東臺白駒場關廟周倉赤脚，因當日關公在襄陽放水淹龐德時，周倉親下江挖坑故也。戊申冬，余過東台，與劉霞裳入廟觀之，果然赤脚。又見神座後有一木匣，長三尺許，相傳不許人開。有某太守發而開之，風雷立至。

張飛治河

大學士嵇文敏公總督南河，將築隄東岸，夢有兜牟而短鬚者直入一揖，隨即上坐，曰：某隄須築某所，截堵無虞，若在此，不能成功。嵇頷之，已而思其人狀貌，乃一武夫，言復推魯，何以公然與宰相抗禮？意頗不懌，叱叱而醒。次日上工，次過張桓侯廟，小住啜茶，上塑神像宛然夢中人，乃命停工。

神佑不必貴人

章觀察家奴陳霞彩，居上元姜直巷中，與其外婦同宿。夜間風雨聲似震雷擊物，初不介意。天明揭帳，則臥榻後山牆夜崩，榻之前後左右皆磚堆數尺，惟留一榻不打壞，青衣青裡亦得神佑如此。

成神不必賢人

李海仲秀才秋試京師，在蘇州雇鴨嘴船行至淮上，見艙前來王某，求附舟，舊時鄰也，因與同行。泊晚，王笑問君胆大否。秀才愕然，漫應曰大。王曰：懼君生畏，故以胆問。君既胆大，我不得不以實告。我非人，乃鬼也。我別君六年矣。前年歲荒，為飢寒所迫，掘墳盜財，被捕鞫獲罪，已斬決。今作鬼，依舊飢寒，故往京中索逋。伏君乞帶。李問往索何人之債。曰：汪某渠作刑部司官，許擬斬文書到部時，為駁減等，故餽以五百金。不料渠全無照應，終不能保全性命，故往祟之。汪某者，李戚也。李大駭，曉之曰：汝罪宜誅，部議不枉。汪舍親不應騙汝財物。我帶汝往，說明原委，令渠還汝，以解此仇可也。但汝已死，要銀何用。王曰：我雖無用，尚有妻子在家，居與君鄰。我索得後，可代我付之。李唯唯。又數日，將到京師，王請先行曰：我且到令親處作祟，令渠求救無方，君再往說之，方肯聽。君否則渠係貪財之人，君雖有言，渠不聽也。言畢不見。李入都，僦寓，遲三日往汪家，汪果得風狂之病，舉家求神問卜，毫無效驗。李方至門，病人口語曰：汝家救星到矣。家人爭迎問。李具告以原委，汪妻初意要燒紙錢數萬為償，病人大笑曰：以真錢還假錢，天下無此便宜之事。速兌五百金交李老爺，我便饒你。其家如其言，汪

病果愈。又數日，來李處，催與同歸。李不肯，曰：我未下場。鬼曰：君不中，不必下場也。李不聽。畢三場後，鬼又催歸。李曰：我要等榜。鬼曰：君不中，不必等榜也。榜發，無名。鬼來笑曰：君此時可以歸乎。李嘶泪，即日起身，鬼與同船，一切飲食，嗅而不吞，所嗅物，登時冷矣。行至宿遷，鬼曰：某村唱戲，盍往觀乎。李同至戲臺下，看戲數齣，鬼忽不見，但聞飛沙走石之聲。李回船待之。天將黑，鬼皺眉而來曰：我不歸矣，我在此做關帝矣。李大駭，曰：汝何敢做關帝。曰：世上觀音、關帝，皆鬼冒充。前日村中之戲，還關神願也。所還願之關神，比我更無賴，我大怒，與決戰而逐之。君獨不聞飛沙走石之聲乎。言畢，拜謝而去。李替帶五百金付其妻子。

中一目人

康熙甲戌，司徒裴公之仙偕數友人入都會試，都中有善名乩者，延之，問中否。仙至，判一「貴」字。眾不解，再叩之，則曰：皆判明矣。榜發後，惟裴公中會元，餘皆落第。裴公眇一目，始悟向所判「貴」字，乃「中一目人」也。

女鬼告狀

鎮江包某，年少美丰姿，娶室王氏。包世業胥，常與同事者往來閑巷。乾隆庚子秋，日偕數友為狎邪之遊，日暮乃返。王氏方同一老嫗入廚下治晚餐，聞叩門聲，命老嫗往啟，見一少婦

盛妝而入，直赴內室，閉之不答。嫗疑為姻戚，往告王氏。王急趨至室，則包在焉，因大笑老嫗目昏，誤認主人為婦人也。包忽作女態，斂衽而前，與王氏寒暄，且言包郎在某娼家飲酒，時我在門後窺守，俟其出，方得同回。王見其聲音舉動不類包郎，恐其瘋狂，急召僮僕及鄰里姻戚共來看視。包皆一一與見，禮儀周到，稱謂無誤，究然一大家女也。或男子稍與相狎，鬼即怒曰：我貞女也，誰近我，我即取其命。眾問你與包有何仇，鬼曰：妾與包實因恩愛成仇，曾控告於城隍神前，後共十九狀，俱未見准。今又告於東嶽帝君，始蒙批准，不日與包同往矣。詢其姓名，鬼曰：我好人家兒女，姓名不可聞也。問告包者何詞，鬼即連誦十九詞，其詞甚悲，不能悉曉，大概控包負心，令彼無歸之意。或又問汝既託包身而言，包今何在。鬼微笑曰：渠被我縛在城隍廟側小屋中矣。王氏泣拜，求放其夫，鬼不答。至夜分，眾姻戚私語曰：彼鬼曾言告城隍狀不准，今縛包於城隍廟側，何不往告於神，求其伸理。於是共覓香燭楮錢，若將往者。鬼忽言曰：今諸人既同來相求，且放彼歸，自有東嶽審斷。言畢倒地，少頃包蘇，極稱困頓。眾環問所見，包曰：初出某娼門，即見此婦相隨，初尚或左或右，至教場，婦遂前扯，拽往城隍廟左側小屋內，黑暗中以繩縛我手足，置之於地，旁似有相守之人。適聞婦來曰：今且放汝歸。推我出戶，一跌而醒，身已在家。此事明日東嶽當傳審矣。再詢其細，包惟酣睡而已。次日

午後起曰：差人至矣，速具酒食。自出廳向空座拱揖，語多不解。酒既設，復歸臥床上，更許死矣，惟心頭微熱。王氏與諸人泣守之。見包面色時青時紅時黃，變幻不測。三更後，胸前及喉頰間見紅斑爪痕數處。次夜二鼓，辮髮忽散亂。至曉始蘇，索茶飯盡十數器，吞咽迅速，觀者駭然。少定，呼取酒食款差役。王氏如前設之，又命取紙錢六千，須去其破缺者，以四千焚於廳前，二千焚於門側巷內。復自起至大門，作拜送狀，反室熟睡。兩日乃能起，悉言所見：自女鬼解縛放回後，次日下午有二差役來傳。其一不識，其一陳姓，亦貴人子，兒時與包為同窗好友，在生又承高誼，自當用情照應，不必上刑具。同行至中途，又見二役鎖前女鬼。鬼大恚，以首觸包，手抓傷包面頰，此包身所以有紅斑爪痕之現也。女鬼詈二差賣法，差不得已為包亦上鎖，同行路愈遠愈黑，陰風慘烈，辮髮俱散。至一處，彷彿見衙署，差令坐地守候。旋見二紅燈由內出，二差去包鎖，帶入跪於燈止處，見有公案文卷，一官上坐，紅袍烏紗，以手將鬚問曰：汝包某耶。包應曰：諾。官即提女鬼至，執詰語頗多，女與包俱跪階下，相去尺許，絕不聞其一字。見官震怒，令扯女鬼頰十五，即上枷鎖，二差牽之，痛哭而去。包初跪案前，覺沮洳泥濘，陰風吹髮，面上絲絲如刀刺，寒慄難當。迨扯女頰時，陳役從旁悄言曰：老兄官司已

蔽矣吾爲兒聯起發來包再與前錢與官僕不復見二役乃送之回言明差錢四千文其二千則陳役所私得也人問包曾識此女否包力言不識揣其情女鬼因蕩包之色而亡又欲禍包以償陰耦進私妄控故爲陰司所責謫。

丁大哥

康熙間揚州鄉人俞二耕種爲生入城取香價鋪戶留飲回時已遲遠逕昏黑行至紅橋有小人數十扯拽之俞素知此地多鬼然膽氣甚壯又值酒酣奮拳毆擊散而復聚者數次聞鬼語曰此人兇勇非我輩所能制必請丁大哥來方能制他遂閧然去俞心揣丁大哥不知是何惡鬼但已至此惟有前進方過橋見一鬼長丈許黑影中彷彿見其面色青紫猙獰可畏俞念動手遲則失勢難脫不若乘其未至迎擊之解腰間布裹錢二千文迎面打去其鬼隨手倒地踹街石上鏗然有聲俞以足踏之漸縮漸小其質甚重牢握歸家燈下照視乃古棺上一大鐵釘也其長二尺粗如巨指入火鎔之血涔涔出俞名諸友笑曰丁大哥之力竟不如俞二哥也

汪二姑娘

紹興吳某行三在趙州刺史署中主刑名後又延一管書禀者亦吳姓行三蘇州人署有老吳師爺小吳師爺之稱其館舍對房而居甚相親洽刺史有妾七八人侍婢甚衆亦皆妖豔常出入於館舍左右二吳每評論某某當爲君意以爲戲謔一日公事畢時已三鼓各回房就寢小吳方坐牀上吸烟燃燭於帳外命僕反掩門而去少頃衆聲皆寂忽有人推門小吳問爲誰不答見一女子年可二十容色甚美忽趨而進至牀前瞪目視小吳問爾何人何爲至此女曰我汪二姑娘也來尋紹興吳三誤矣誤矣吳疑其爲東家侍婢與老吳有約因笑指曰紹興吳三在對房我蘇州吳三也女瞥然竟去明日向老吳戲謔曰昨夜大快活老吳不解屢言之老吳究問所以小吳笑曰吾所目擊尚抵賴乎老吳益疑再三問小吳告以衣服形狀並汪二姑娘來尋紹興吳三之語老吳爽然失色曰彼何至此耶少定告小吳曰此吾至親也亡去已十數年不識何故尋我小吳驚異見其顏色沮喪不復再問至晚老吳默默無語而畏懼之容愈甚拉小吳至房同居小吳力辭老吳不得已命二僕夾牀而臥小吳徹夜潛聽毫無聲息至曉其二僕起視老吳則已死矣

謝銅頭

鎭江西門舊在磨頫山國初遷於北城外陽彭山有佛寺殿宇廊廡修潔即麗春臺古蹟也地近孔道搢紳富道迎送飲餞皆在此處自城門遷後路既隔遠此寺遂廢惟存大銅佛三尊相傳五代時所鑄約數萬斤寺處山內有謝某者業販銅爲業潛勾通書役銷鎔而朋分

之議定工費皆謝出謝取其半諸人分其半銷毀之日四體皆化惟佛頭不壞衆皆疑懼謝曰此易事耳登爐溺之佛頭竟燬謝年四十餘尚無子是時方歡笑間傭工者至前賀家中已生子矣謝大喜曰以爲此佛劫數當爲我燬遂名其子爲謝銅頭家由此少裕日以私鑄制錢爲事數年後其黨以私鑄見獲詞連謝某謝自以熱灰揉瞎雙目到案時言目瞽已久譬振顯然竟得漏網及銅頭長成仍事私鑄復爲人所控乾隆某年父子對縛斬於陽彭山下

烏頭太子

胡某世以丹徒江上洲田爲業乾隆十八年冬初至洲收租以所收稻曬於場上有烏鵲群集食稻吳取土塊逐之隨手中一烏啞然墮地復奮起飛去吳歸莊房晚餐後忽聞風雨聲啟戶仰視天色深黑大雨如注急入室衣色全白皆鵲糞矣吳因憶人言烏糞著身者不吉我今被污殆將死乎自此遂病雀水風手足抽掣不便起臥又不能持物飲食需人扶餵不堪其苦然心甚明晰因自念鵲食我稻我逐之有何過乃敢累我必控之於神廣動此念賁未能寫狀也一日晝寢夢以黃紙自寫一狀將投於城隍廟忽空中有黑雲二片飛下至地化青衣人向吳曰君前所擊者非鵲也乃烏頭太子也君因得罪於彼故患此恙若再往告彼罪益重與不如具酒食請罪於太子可保全也吳不聽且怒曰彼食我稻又妄累我我必告之須臾空中又下黑雲二片化作少年元色冠巾一人持黑纖隨其後向吳拱手曰君欲控烏頭太子耶控詞何似吳持與觀之少年曰君前擊中太子故有此疾今知其誤也某爲君緩頰於太子可保君如舊何須控告耶因取控詞懷之飛去吳遂前往奪忽然驚醒自此所患漸愈兩月後平復如常

吳生兩入陰間

吳某丹徒舊家子也其祖父俱在黌序祖爲人端直鄉閭推重歿十數年某始娶婦琴瑟甚篤乾隆丙子其婦暴卒吳追思不已有朱長班者合城皆知其走陰差因吳治喪彼朝夕來供役吳因私問陰司事朱言陰司與人世無異無罪者安閒自適有罪者始入各獄吳遂懇其攜往陰司一與妻見朱云陽陰道隔生人不宜濫入若相公待我甚好我豈肯作此欺擒吳勸之不已朱云此事我不爲相公累堅意欲往可往城裏太平橋側尋丹陽常媽許以重貲或可同往吳欣然次日尋得常媽初亦不允許錢數千始允之且曰相公某日可擇一靜屋獨宿我即來相約但衣履一切不可使人稍爲移動移動即不能還陽矣吳再四而歸吳自妻殁後即獨宿於一廂屋內至某日吳私囑其嬸母曰姪今病甚須早臥望嬸母爲我鎖房切不可令人撞入動我衣履此姪生死關頭也嬸母甚疑問其故不告乃陰爲檢點之

吳既入房，燃一燈於牀前，心有此事，展轉不能寐。私念曰：彼原未囑我熟睡，但彼從何來招我耶？抑妄言耶？二鼓後，見有黑烟一線，自窗隙間入，蜿蜒如蛇之吐舌也。吳心甚懼。少頃，其烟變成一黑團，大如斗，直撲吳面，遂昏暈。有人在耳邊悄言曰：吳相公同去。聲即常嫗也。以手扶起，同由門隙而出，所過窗戶皆無礙。見其孀母房門有火光數叢，蓋與諸弟同宿於內。甫出大門，則另一天地，黃沙漫漫，不辨南北。途中所見街市衙署，與人世彷彿。行至一處，見一大池，水紅色，婦女在內哀號。常指曰：此即佛家所謂血污池也，娘子想在其內。吳左右顧，見其妻在東角，吳痛哭相呼，妻亦近至岸邊，垂淚與語，並以手來拉吳入池。吳欲奔赴，常嫗大驚，力挽吳，告之曰：池水涓滴着人，即不能返。入此池者，皆由生平苛虐婢妾之故。凡毆婢妾見血不止者，即入此池，以婢妾身上流血之多寡，為入池之淺深。吳曰：我娘子並未毆婢妾，何由至此？嫗曰：此前生事也。吳又問：娘子並未生產，何入此池？嫗言：我前已言明，此池非為生產故也，生產是人間常事，有何罪過？言畢，吳從原路歸。吳昏睡過午始起，面色黃白，若久病者，數日方復。月餘，吳思妻轉甚，走至常嫗家，告以欲再往看之意。常甚難之，許以數倍之資，始為首肯，如前囑孀母鎖門。常嫗復來相約，出門行里許，常嫗忽撇吳奔去，吳不解其故。錯愕間，見有一老翁肩輿而至，覿面乃其祖也。吳惶遽欲避，祖喝曰：汝何為至此？吳無奈何，告以故。其祖大怒曰：各人生死有命，汝乃不達若此！手批其頰，罵曰：汝若再來，我必告知陰官，立斬常嫗。遣輿夫送至河畔，與夫從後推吳入河，大叫而醒，左頰青腫，痛不可忍。託病臥牀中，十數日始愈。時吳有姻戚某翁病篤，吳謂其孀母曰：某翁某日方死。孀母驚問之，吳告以兩次所見，並言於一衙署前見所挂牌上姓名月日，故知之也。自後吳神氣委靡，兩目藍色，下午後即常見鬼，至今猶存。吳孀母，法嘉孫中表，法故悉其顛末而為余言。

狐道學

法君祖母孫氏外家有孫某者，巨富也。國初海寇之亂，移家金壇。一日，有胡姓攜其子孫奴僕數十人，行李甚富，過其門，云是山西人，遇兵不能行，願假尊居暫住。孫接其言貌，知非常人，分一宅居之。暇日過與閒話，見其室中有琴劍書籍，所讀者皆黃庭、道德等經，所談者皆心性語錄中語。遇其子孫奴僕甚嚴，言笑不苟，孫家人皆以狐道學稱之。孫氏小婢有姿，一日過翁之幼孫於巷，遽抱之，婢不從，白於胡翁。翁慰之曰：汝勿怒，吾將杖之。明日將午，胡翁之門不啟，累叩不應。遣人踰牆開門闃之，宅內一無所有，惟書室中有白金三十兩，置几上，書「租貲」二字。再尋之，階下有一招死小狐。法子曰：此狐乃真理學也。世有口談理學而身作巧宦者，其愧狐遠矣。

子不語卷二十三

隨園戲編

太白山神

秦中太白山神最靈。山頂有三池，曰大太白、中太白、三太白。木葉草泥偶落池中，則群鳥銜去，土人號曰淨池鳥。有木匠某墮池中，見黃衣人引至一殿，殿中有王者，科頭朱履，鬚髮蒼然。顧匠者笑曰：知爾藝巧，相煩作一亭，故召汝來。匠遂居水府三年，功成，王賞三十金，許其歸。匠者嫌金重難帶，辭之而出。見府中多小犬，毛作金綠色，向王乞取，王不許。匠者偷抱一犬於懷，辭出。路上開懷視之，一小金龍騰空飛去，爪傷匠者之手，終身廢焉。歸家後，忽一日雷雨下冰雹，皆化為金，稱之得三千兩。

太平閒吏

王員外中齋，予告後卜居江寧，題一齋額曰：太平閒吏。後十年，員外卒，屋之東偏售于太平守王克端，屋之西偏售于太平守李敏第。

楚雄奇樹

楚雄府碍嘉州者，卜吏地方，有冬青樹根蟠大十里，遠望如閒數十座，木行其中，桌椅牀榻廚櫃俱全，可住十餘戶。惜樹葉稀，不能遮風雨耳。其根拔地而出，枝枝有腳。

泗州怪碑

泗州虹縣有井，是禹王鎖巫支祈處，鐵索猶存。旁有石碑，碑頭不可動，一挪移其頭，則碑孔內便流黃水，如金色。

雁蕩動靜石

南雁蕩有兩石相壓，大可屋二間，下為靜石，上為動石。欲推動之，須一人臥靜石上，撐以雙腳，石轟然作聲，移開尺許。如立而手推之，雖千萬人不能動石一步，其理卒不可解。

瓦屑廟石人無頭

太湖旁有瓦屑廟，廟不甚大，中坐石人二十餘頭，皆斫落在地，亦有以手提之者。相傳張士誠被圍，夜有石將軍率所部拒戰甚勇，城破後，廟中石人頭俱墜地矣。一云明末石人夜為民祟，故村民以鐵鋤擊去其頭。

十三貓同日殉節

江寧王御史父某有老妾，年七十餘，畜十三貓，愛如兒子，各有乳名，呼之即至。乾隆己酉，老妾亡，十三貓繞棺哀鳴，餵以魚飧，流淚不食，餓三日，竟同死。

鬼吹頭彎

林千總者，江西武舉。解餉入都，路過山東宿古廟中。僧言此樓有怪，宜小心。林恃勇，夜張燈燭坐以待之。半夜後，橐橐有聲。一紅衣女踏梯上，先向佛前膜拜，行禮畢，望林而笑。林不爲意。女披髮瞋目，向前撲林。林取几擲之，女側身避几，而以手來牽林。林握其手，冷硬如鐵。女被搓不得動，乃以口吹林，臭氣難耐。林不得已回頭避之。格鬥良久，至雞鳴時，女身倒地，乃僵尸也。明日報官焚之，此怪遂絕。然林自此頭頸彎如茄，欹不復能正矣。

蝦蟆教書蟻排陣

余幼住葵巷，見乞兒索錢者，身佩一布袋、兩竹筒。袋貯蝦蟆九個，筒貯紅白兩種蟻約千許。到店市櫃上，演其法畢，索錢三文即去。一名蝦蟆教書。其法設一小木椅，大者自袋跳出，坐其上；八小者亦躍出，環伺之，寂然無聲。乞人喝曰：教書。大者應聲曰：閣閣。眾皆應曰：閣閣。自此連曰閣閣，聒人耳。乞人曰：止。當即絕聲。一名螞蟻擺陣。其法張紅白二旗，各長尺許。乞人傾其筒，紅白蟻亂走櫃上。乞人扇以紅旗曰：歸隊。紅蟻排作一行。乞人扇以白旗曰：歸隊。白蟻排之，作一行。乞人又以兩旗交扇，喝曰：穿陣。走紅白蟻遂穿雜而行，左旋右轉，行不亂步。行數匝，以筒接之，仍蠕蠕然各入筒矣。蝦蟆、螻蟻至微至蠢之蟲，不知作何教法。

木犬能吠

葉公文麟言：在京師到某比部家，甫叩門，有獅毛惡犬咆哮而出，狀若噬人者。葉大怖。主人隨出喝之，犬臥不動。主人視客笑吃吃不止。問何故。曰：此木犬也，外覆以獅毛，中設關鍵，遂能吠走。葉不信。主人更出一雞，黃羽絳冠，中頸報曉，披毛視之，亦木所爲。

銅人演西廂

乾隆二十九年，西洋貢銅伶十八人，能演西廂一部。人長尺許，身軀耳目手足悉銅鑄成，其心腹腎腸皆用關鍵湊接，如自鳴鐘法。每齣插匙開鎖，有一定準程，誤開則坐臥行止亂矣。張生、鶯鶯、紅娘、惠明、法聰諸人能自行開箱著衣服，身段交接揖讓進退儼然如生，惟不能歌耳。一齣演畢，自脫衣臥倒箱中。臨值場時，自行起立，仍上戲毯。西洋人巧一至於此。

雙花廟

雍正間，桂林蔡秀才年少美風姿。春日戲場觀戲，覺旁有摩其臀者，大怒，將罵而毆之；回面則其人亦少年，貌更美於己，意乃釋然，轉以手摸其陰。其人喜出望外，重整衣冠，向前揖道姓名，亦桂林富家子，讀書而未入泮者也。兩人遂攜手行赴杏花村館，歡飲盟誓，此後出必同車，坐必同席，彼此熏香剃面，小袖窄襟，不知烏之雌雄也。城中惡棍王兖兒伺子無人之

處，將強姦焉。二人不可，遂殺之，横屍城角之陰。兩家父母報官相驗，捕役見兖兒衣上有血，擒而訊之，吐情伏法。兩少年者，平時恂恂，文理通順，邑人憐之，爲立廟，每祀必供杏花一枝，號雙花廟。偶有祈禱，無不立應，因之香火頗盛。數年後，邑令劉大鬍子過其地，問雙花廟原委，得其詳，怒曰：此淫祠也，兩惡少年何祀之爲。命里保毀之。是夜，劉夢見兩人，一捽其鬍，一唾其面，罵曰：汝何由知我爲惡少年乎？汝父母官，非吾奴婢，能知我二人枕被間事乎？當日三國時，周瑜、孫策俱以美少年交好，同寢宿，彼蓋世英雄，汝亦以爲惡少年乎？汝作令以來，某事受枉法贓若干，某年枉殺周貢生，汝獨非惡人，而謂我惡乎？吾本欲立索汝命，因王法將加，死期已近，姑且饒汝。袖中出一棍，長三尺許，擊劉辮髮上曰：汝他日自知。劉驚醒，與家人言，將復建廟祀之，而報於發書。未幾，以贓事被參，竟伏絞罪，方知一棍之徵也。

假女

貴陽縣美男子洪某，假爲針線娘，教女子刺繡，行其技于楚黔兩省。長沙李秀才聘請刺繡，欲私之，乃以實告。李笑曰：汝果男耶，則更美矣。吾嘗恨北魏時魏主入宮朝太后，見二美尼，召而幸之，皆男子也，遂置之法。蠢哉魏主，何不封以龍陽而畜爲侍從？如此不獨已得幸臣，且不傷母后之心。洪欣然就之。李甚寵愛。數年後，又至江夏，有杜某欲私之，洪欲以媚李者媚杜，而其人非解事者，遂控到官。解回貴陽，臬使親驗之，具纍結喉，髮長委地，肌膚玉映，腰圍僅一尺三寸，而私處稜肥肉厚，如大鮮菌。自言幼無父母，鄰有繡母撫養之，長與有私，遂不剃髮，且與纏足，詭言女也。鄰母死，乃爲繡師，教人十七歲出門，今二十七歲。十年中所遇女子無算，問其姓氏，曰：抵我罪足矣，何必傷人閨闥？以三木始供吐。某某擬軍，欲擬長流，臬使爭以爲妖人非斬不可，乃置極刑。死前一日，謂獄吏曰：我享人間未有之樂，死亦何憾。然某臬使亦將不免。我罪止和姦，蓄髮誘人亦不過刀杖耳，于律無死法。且諸女子與通姦，皆暗昧不明之事，儘可覆蓋，何必逼我供招，置諸章奏，各擬重杖，使數十郡縣富貴人家女子玉雪肌膚，困于朱木乎？次日赴市受戮，指其跪處曰：後三年，執我者在此矣。已而臬使果以事誅，眾咸異焉。余謂此事與明史所載嘉靖年間妖人桑沖相同，桑不報仇，而洪乃報仇，何耶。

預知科名

族弟袁楠作秀才時，癸酉鄉試，因有家難，場前奔走倦矣。入闈進洪字三號，天已晚，即鋪板熟睡。二鼓後，聞有人問：何號是袁相公？不覺驚起。其人乃同考秀才，素不相識者，問君姓袁考名楠乎？曰：然。其人拱手作賀曰：君已中矣。問何以知之。曰：我臨安人，姓謝，與君同號，頃睡

夢聞闈外喊取題目紙，勢甚急。及取之，只一紙，首題是邦有道危言危行二句。其時同號中有六七十人，嘈嘈爭問題目何止一紙，外答曰：「此號只中洪字第三號袁某應得一紙耳。君既坐此號，名姓皆符，故來相報。」袁謝而領之，黎明題紙出，果如其言，乃大喜，自命必中，縱筆疾書，文如宿構，榜發竟登第。

胡鵬南

胡公鵬南巡視中城。一日，聞姊病，往視之，姊已昏迷。聞胡至，瞿然而起曰：「弟來視我甚善，然弟宜速歸。」胡不肯，姊起用手推之。家人子弟不解其故，既去，姊語家人曰：「我方死去，押差將送我至城隍府，路遇旌旗皂役曰：『舊城隍升去，新城隍到任，汝且將女犯押回。』問新城隍何人？曰：『吏科給事中胡鵬南也。』我驚醒，不意鵬南即坐我床上，故我勸令還家，汝等可速往視之。」如其言，胡已沐浴朝服，無疾而逝矣。胡乃春圃座師。

龍攫高家堰

乾隆二十七年，學使李公因培科考淮安，清晨風雨怒號，生徒驚願不能唱名，正躊躇間，地大震，棘外旗竿被龍攫入雲中，不知所往。河水暴漲，與高家堰相齊。河督高公及各廳官面如土色，皆云西風一大，則淮揚休矣。方恐怖間，忽轉東風，天低若蓋，將壓人頭，見黑龍在雲中拖尾取水，數捲後頃刻之間，洪澤湖水低三丈，人心大安。龍之鱗甲，金光四射，惟頭角則不可見。此石埭縣教官沈公雨潭所目擊。

雷公被污

沈公又云：是年淮安有雷擊畢某，將擊孫貢院中一老婦，婦方解褲溲溺，心急甚，即以馬桶潑之，隨見金甲者繞屋而下。少頃，有雷神蹲老婦之旁，尖嘴黑身，長二尺許，腰下有黑皮裙遮掩下體，瞪目無言，兩翅閃閃，搖動不止。居民報知山陽縣官，官遣道士來畫符建醮，以清水沃其頭，至十餘石，次日復雨，纔能飛去。

李文貞公夢兆

李相公光地未貴時，祈夢于九龍灘廟神，贈詩一聯云：「富貴無心想，功名兩不成。」李意頗惡之。後中戊戌科進士，為宰相，方知戊戌兩字，皆似成字而非成字；想字去心，恰成相字。

鬼求路引

德齡安孝廉知太倉州事，內幕某浙人也，偶染時症，一夕大呼曰：「歸歟歸歟！胡不歸？」察其音，陝人也。問何以不歸，曰：「無路引。」問何以死于此，曰：「我家夏人，姓莫名容，非前太倉刺史趙面遠親也。萬里齎糧而來，為投趙故。趙刺史反拒不納，且一文不贈，故窮餓怒死于此。」問何以不纏趙，纏幕友與汝算有冤乎？曰：「趙已他遷，鬼無路引，不能出境，纏他人無益，故來纏幕友，庶幾驚動主人，哀憐幕友，必與我路引。」德公聞而許之，召吏房作文書，咨明一路河神關吏，放莫容非魂歸故鄉，幕友病不醫而愈。

石揆諦暉

石揆、諦暉二僧皆南能教也。石揆參禪，諦暉持戒，兩人各不相下。諦暉住杭州靈隱，香花極盛，石揆謀奪之。會天竺祈雨，石揆持咒召黑龍行雨，人共見之，以為神。諦暉聞知，即避去。隱雲棲最僻處，石揆為靈隱長老垂三十年，身本萬曆孝廉，口若懸河，靈隱開若之會，震動一時。有沈氏兒喪父母，為人傭工，隨施主入寺，石揆見之大驚，嘆曰：「此兒為吾弟子。」施主許之。兒方七歲，即為延師教讀，兒欲食肉即與之肉，兒欲衣繡即衣之繡，不剃髮也。兒亦聰穎，通舉子業，年將冠矣。督學某考杭州，令兒應考，取名近思，遂取中府學第三名。月餘，石揆傳集合寺諸僧曰：「近思余小沙彌也，何得瞞我入學為生員耶？」命跪佛前，剃其髮，披以袈裟，改名逃佛。同學諸生聞之大怒，連名數百人上控巡撫、學院、道府，言僧敢剃生員髮，援儒入墨，不法已甚。有項霜泉者，仁和學霸也，率家僮數十，篡取近思，為假辮以飾之，即以己妹配之，置酒作樂，聚三學弟子員賦催妝詩作賀。諸大府雖與石揆交，而眾怒難犯，不得已准諸生所控，許近思蓄髮為儒。諸生猶不服，各洶洶然，欲焚靈隱寺，毆石揆，大府不得已，取石揆兩侍者各笞十五，群忿始息。後一月，石揆命侍者撞鐘鼓，召集合寺僧各持香一炷，禮佛畢，泣曰：「此余負諦暉之報也。靈隱本諦暉所住地，而余以一念爭勝之心奪之，此念延綿不已，念己身滅度後，非有大福分人不能撐持此地。沈氏兒風骨嚴整，在人間為一品官，在佛家為羅漢身，故余見而傾心，欲以此坐與之。又一念爭勝，欲使佛法勝于孔子，故先使入學，以繼我孝廉出身之衣鉢。此皆貪嗔未滅之客氣也。今侍兒受杖，為辱已甚，尚何面目坐方丈乎？夫儒家之改過，即佛家之懺悔也，自今以後，吾將赴釋梵天王處懺悔百年，纔能得道。諸弟子速持我禪杖一枝、白玉鉢盂一個、紫衣袈裟一襲，往迎諦暉，為我補過。」群僧合掌跪泣曰：「諦暉逃出已三十年，音耗寂然，從何地迎接？」曰：「現在雲棲第幾山第幾寺，戶外有松一株、井一口，汝第記此去訪可也。」言畢，趺坐而逝，鼻垂玉柱二尺許。群僧如其言，果得諦暉。沈後中進士，官左都御史，立朝有聲，謚清恪，雖貴，每言石揆養育之恩，未嘗不泣下也。

諦暉有老友惲某，常州武進人，逃難外出，披甲，有兒年七歲，賣杭州駐防都統家。諦暉欲救出之，會杭州二月十九日觀音生日，滿漢士女咸往天竺進香，過靈隱必拜方丈大和尚。諦暉道行高，貴官男女膜手來拜者，以萬數，從無答禮。都統夫人某從蒼頭婢僕數十人來拜諦暉、諦暉探知瘦而纖者暉氏兒也。瞿然起，跪兒前，膜拜不止，曰：罪過罪過。夫人大驚，問故。曰：此地藏王菩薩也，託生人間，訪人善惡。夫人奴畜之，無禮已甚，鬧又鞭撲之，從此罪孽深重，禍不旋踵矣。夫人皇急求救。曰：無可救。夫人愈恐，告都統。都統親來，長跪不起，必求開一綫佛門之路。諦暉曰：非特公有罪，僧亦有罪。地藏王來寺，而僧不知迎，罪亦大矣。請以香花清水供養地藏王入寺，緩緩為公夫婦懺悔，并為自己懺悔。都統大喜，布施百萬。以兒與諦暉。諦暉教之讀書學畫，取名壽平。後即縱之還家，曰：吾不學石揆痴也。後壽平畫名日噪，詩文清妙。人或問暉、沈二人優劣。諦暉曰：沈近思學儒，不能脫周程張朱窠臼；惲壽平學畫，能出沈唐仇範圍，以吾觀之，惲為優也。言未已，以戒尺自擊其頸曰：又與石揆爭勝矣，不可不可。諦暉壽一百零四歲。

天上四花園

嘉興祝孝廉維誥為中書舍人，好扶乩，言休咎，往往有應。者將死前一月，乩仙自稱我天上看園叟也，特來奉迎。祝問天上安得有園叟？云：天上花園甚多，不能言其數，但我所管領者，四園三主人耳。問主人為誰，曰：冒辟疆、張鹿洄其一，則足下也。祝問冒與張絕不相倫，何以共在一處？曰：君等三人皆隸仙籍，冒降生為公子，享福太多，現今未許復位，園尚荒蕪；張福

力最大，以作經略時，殺降太多，上帝怒之，將置冥獄，幸而生前已飯羅漢法，故猶許往園。君在世無過無功，今陽數將終，可來復位。言畢，乩盤不動。是年祝病亡。

碌碡作怪

常州武生某素有力，往金陵鄉試，路過龍潭，見一婦坐門首，因口渴，向其索茶。婦以生不分男女，大罵，閉門進去。生思不與茶則已，何至罵詈？氣甚不平。見其田中卧碌碡一條，即用力擎起，架于樹上而去。明日，婦開門見之，詢鄰人，皆曰：此物非數人不能動，莫非樹神所為乎。因朝夕敬禮，有求必應。或侮慢之，即有不利。如是者月餘。生試畢歸家，仍過其地，見所置碌碡尚在樹間，其下香火羅列，禱禱者紛紛。心知為己所誤，笑而不言，是晚宿店中。思此事終是惑衆，必轉去說明方好。忽朦朧睡去，見有人告曰：我某處鬼也，游魂到此，假託樹神，以圖血食。君新科貴人，故不敢隱瞞。若肯見容不說破，感恩非淺。言畢不見。生遂不轉去，徑回常州，是科榜發，果中舉人。

風流具

長安蔣生，戶部員外某第三子也。風流自喜。偶步海岱門，見車上婦美，初窺之，婦不介意，乃隨其車而尾之。婦有慍色，蔣尾不已。婦轉嗔為笑，以手招蔣。蔣喜出意外，忽往追車。婦亦回頭顧盼，若有情者。蔣神魂迷蕩，不知兩足之蹣跚也。行七八里，至一大宅，車中婦入，蔣痴立門外，不敢近，又不忍去。徘徊間，有小婢出，手招蔣，且指示宅旁小門，蔣依婢往，乃圂圊所也。婢低語少待，蔣忍臭穢，屏息良久，日漸落，小婢出，引入，歷廚竈數重，到廳院，甚唐皇。上垂朱簾，兩僮倚簾立。蔣竊喜，以為入洞天仙子府矣，重整冠，拂拭眉目，徑上廳。廳南大炕上坐一丈夫，麻黑大鬍，箕踞兩腿，毛如刺蝟，倚隱囊怒喝曰：爾何人，來此何為？蔣驚駭，身戰不覺屈膝，未及對，聞環珮聲，車中婦出，手挈鬍者捋坐膝上，指謂生曰：此吾愛姬名珠團，果然美也。汝愛之原有眼力，第物各有主，汝竟想喫天龍肉耶？何癡妄乃爾！言畢，故意將婦人交唇摩乳以夸示之。生窘急，叩頭求去。鬍者曰：有興而來，不可敗興而去。問何姓，父何官，生以實告。鬍者笑曰：而愈妄矣，而翁吾同部友也，為人子姪，而欲污其伯父之妾，可乎？回顧左右，取大杖，吾將為吾友訓子。一僮持棗木棍長丈餘，一僮直前按其項仆地，褫剝下衣，露臀呈臭。生哀號甚慘，婦人走下榻跪而請曰：奴乞爺開恩，奴見渠臀比奴臀更柔白，以杖擊之，渠不能當，以龍陽侍之，渠尚能受。鬍者叱曰：渠我同寅兒也，不可無禮。婦又請曰：凡人上廟買物，必挾買物之具，渠挾何具以來？請驗之。鬍者喝驗，兩僮手摩其陰，報曰：細如小蠶，皮未脫稜。鬍者捻其面曰：羞羞，挾此惡具而欲唐突人婦，尤可惡。擲小刀與兩僮曰：渠愛風流，為修整其風

流之具。僮持小刀握生陰，將削其皮。生愈惶急，涕雨下。婦兩頰亦發赤，又下榻請曰：爺太惡謔，使奴大慚，奴想喫餑餑，有五斗麥未磨，毛驢又病，不如著渠代驢磨麥贖罪。鬍者問願否，生連聲應諾。婦人擁鬍者高臥，兩僮負麥及磨石至，命生於窗外磨麥。兩僮以鞭驅之，東方大白，炕上呼云：昨蔣郎苦矣，賜餑餑一個，開狗洞放歸。生出，大病一月。

騙人參

京師張廣號人參鋪甚大。一日，有騎馬少年，負銀一囊，到店先取百兩與作據，而徐取參數包閱之，曰：我主人性瑣碎，買參不如其意，必加呵責，我又不善擇參，可否存此據銀於店，命老成伙計多攜上等參同往主人處，憑其自擇何如？店家以為然，即收銀，遣店中曾負參數斤偕往。臨行囑曰：謹持參，勿落他人手也。進東華門，至一大府第，少年同登樓，樓上主人美鬚髯，披貂裘，戴藍寶石頂，病奄然倚枕，踞榻，目負參者曰：所攜參果遼東頂上者耶？店吏唯唯。旁兩僮捧參上，遂包開撿，所批駁皆洞中行情。閱未畢，忽門外車馬聲甚喧，一客入，主人惶遽命侍者下樓辭以病，不能會客。低語負參者曰：此向我借債客也，斷不可使上樓。彼上樓見我力能買參，則難以無錢相覆矣。客在樓下呼曰：汝主病詐也，必是抱僥童要小把奶，故不許我登樓。我偏要上樓一看。兩侍者固拒之，爭吵不已。主人愈惶急，又低語負參者曰：

速藏參。速藏參。毋爲惡客所見。牀下竹箱可以安放。以銅鎖鑰匙付之曰。汝坐箱上護守參。我自下樓見彼。或能止其上樓。亦未可定。踉蹌下樓。與客始而寒暄。繼而戲罵。客必欲上樓。主人又固拒之。客大怒曰。汝不過防我借銀耳。慮我見汝樓上有銀故也。如此薄待我。我即去。永不再來。主人陽爲謝罪。送客出。僮僕亦隨之出。許久寂然。負參者端坐箱上以待。良久不至。始有疑意。開鎖取參。參不見。藏參之箱。一活底箱也。箱底即樓板。方戲罵時。從樓下脫板取參。守參者不知也。

偷畫

有白日入人家偷畫者。方捲出門。主人自外歸。賊窘。持畫而跪曰。此小人家祖宗像也。窮極無賴。願以易米數斗。主人大笑。嗤其愚妄。揮叱之去。竟不取視。登堂。則所懸趙子昂畫失矣。

偷靴

或著新靴行市上。一人向之長揖。握手寒暄。著靴者詫然曰。素不相識。其人怒罵曰。汝著新靴便忘故人。掀其帽擲瓦上去。著靴者疑此人醉故酗酒。方傍徨間。又一人來笑曰。前客何惡戲耶。尊頭暴烈日中。何不上瓦取帽。著靴者曰。無梯奈何。其人曰。我慣作好事。以肩當梯與汝踏上瓦何如。著靴者感謝。乃蹲地上聳其肩。著靴者將上。則又怒曰。汝太性急矣。汝帽宜惜。我衫亦宜惜。汝靴雖新。靴底泥土不少。忍污我肩上衫乎。著靴者愧謝。脫靴交彼。以襪踏肩而上。其人持靴徑奔。取帽者高居瓦上。勢不能下。市人以爲兩人交好。故相戲也。無過問者。失靴人哀告街鄰。尋覓得梯繞下。持靴者不知何處去矣。

偷牆

京中富人欲買磚造牆。某甲來曰。某王府門外牆現欲折舊磚換新磚。公何不買其舊者。富人疑之曰。王爺未必賣磚。某甲曰。微公言。某亦疑之。然某在王爺門下久。不妄言。公既不信。請遣人同至王府。候王出。某跪請。看王爺點頭再折未遲。富人以爲然。遣家奴持弓尺偕往。故事賣舊磚者。以弓尺量若干長。可折二八分算也。適王下朝。某甲攔馬頭跪。作滿州語喃喃然。王果點頭以手指門前牆曰。憑渠量。甲即持弓尺率同往奴量牆。縱橫算得十七丈七尺。該價百金。歸告富人。富人喜。即予半價。擇吉日遣家奴率人往折牆。王府司閽者大怒。擒問之。奴曰。王爺所命也。司閽者啟王。王大笑曰。某日跪馬頭白事者。自稱某貝子家奴。主人要築府外照牆。愛我牆式樣。故來求丈量。以便如式砌築。我以爲此細事。有何不可。故手指牆命汝。事原有之。非云賣也。富人謝罪求釋。所費不貲。而某甲已逃。

鬼妬二則

常德張太守之女。許周氏子。年十七。以瘵疾亡。周別聘王氏女。年亦十七。甫締姻尚無婚期。王女忽中惡。以手批頰曰。我張四小姐也。汝何人。敢奪我郎君。周氏子聞之告太守。太守夫人治家素嚴。聞之大怒。懸亡女畫像罵曰。汝與周郎連姻尚未成親。汝死。周郎再娶。亦禮之常。何以往害王家女。無恥若是。罵畢。折桃枝擊之。未數下。門外周郎奔來求饒。問何故。曰。王女口稱張四小姐呼痛去矣。并求替他母親說情。故婿特來。王氏女竟愈。

杭州馬坡巷謝叟賣魚爲業。生二女。俱有姿。有武生李某見而悅焉。李貌亦美。先有表妹王氏慕之。託人說婚。李卻王氏。就婚於謝。王氏以瘵亡。謝嫁未逾月。忽披髮佯狂口稱我王氏也。汝一個賣魚婆。何得奪我秀才。取几上剪刀自刺其心曰。取汝蜜羅柑。謝叟夫妻往秀才家燒紙錢作齋醮。跪求。卒不能救。問蜜羅柑何物。曰。你女兒之心肝也。未幾。女竟死。秀才又來求聘其妹。謝叟有戒心不許。妹悅其貌曰。我不畏鬼。如其來。我將揮刀殺之。爲姊報仇。謝不得已。仍嫁與之。婚後鬼竟寂然。爲秀才生一子而寡居。

人面豆

山東于七之亂。人死者多。平定後。田中黃豆生。形如人面。老少男婦。好醜不一。而耳目口鼻俱全。自頸以下。皆有血影。土人呼爲人面豆。

粉楦

杭州范某。娶再婚婦。年五十餘。齒半落矣。奩具內橐囊有聲。啟視則匣裝兩胡桃。不知其所用。以爲偶遺落耳。次早。老婦臨鏡敷粉。兩頰內陷。以齒落故。粉不能勻。呼婢曰。取我粉楦來。婢以胡桃進。婦取含兩頰中。撲粉遂勻。杭人從此戲呼胡桃爲粉楦。

口琴

崖州人能含細竹。裝絃其上。以手拉之。上下如彈胡琴狀。其聲幽咽。號曰口琴。

蕪湖朱生

蕪湖監生朱某。家富而嗇。待奴僕尤苛。捐州牧入都。路出茌平。以一二文之微。痛笞其奴。奴懷恨。夜伺其睡。持所用錫溺壺擊其頂門。腦裂而死。店主告官。置奴于法。後十年。蕪湖趙孝廉會試。誤投此店。燈下見赤身披血而立者。曰。我朱某也。欲有所求。趙曰。汝奴淩遲。汝冤已雪。汝復何求。曰。窮極求救。曰。汝身雖亡。汝家大富。汝雖爲鬼。不合苦窮。曰。我死後方知生前所有銀錢。一絲不能帶到陰間。奈陰間需用。更甚於陽間。我客死于此。兩手空空。爲群鬼所不齒。公念故人之誼。燒些紙錢與我。以便與群鬼爭雄。問何不歸。曰。凡人某處生。某處死。天曹都有定簿。非有大福力超度者。不能來往自如。橫死者。陰司設關于神廟東之。故不能還故鄉間紙錢紙也陰司何所用之曰公此間誤矣陽間真錢亦銅也飢不可食寒不可衣亦無所用不過習俗所尚人鬼自趨之耳言畢不見趙哀之為焚紙錢五千而行

白日鬼

有偷兒戚姓技最工攫取漸多恐跡之者衆因僦義冢旁敗屋居焉有數鬼見夢曰若宜祀我會且致富戚于夢中諾之覺以為妄亡何鬼復見夢曰三日內祀我出三日則若于夜間所偷予能白日取之戚倔強覺而不祭三日後果大病命其妻檢視諸物徵鬼言驗否時日亭午諸物忽自移動若隱隱有運之者欲起奪之手足如縛物盡而縛解戚病亦痊乃大悟笑曰我燒悶香迷人今乃為鬼所迷世俗所稱白日鬼其斯之謂歟自此改行為善

饒州府幕友

慈溪袁如浩遊幕西江與鄱州程牧交好乾隆三十一年程公委署饒州府篆邀如浩偕往時郡署新遭回祿前太守某被焚身死程公到任修葺尚未告成夜間如浩持燈往廁中遇一人年三十許衣月白衫舉頭望月若有所思惟下體所著衣襪模糊莫辨見如浩至拱手問訊審其音杭人也自言周姓字漢庵如浩因署內並無是人詰所自來乃欷歔告曰我非人乃鬼也我係前任司錢穀幕友上年饒郡被災太守某侵蝕賑糧郡民聶某率領三十餘人赴部告準發本省大憲審問吊核賑冊不料太守已早捏造印簿升斗出入皆有可憑大憲為其所賄遂將數人問成誣告即行正法此輩冤魂上訴都城隍牒閻羅審訊我係幕友故被株連又值公事甚忙正在查辦饒郡災民冊子候至月餘始得審明太守某冒賑是實又冤殺數人即遣鬼隸擒縛故入火中以故在署燒死我非同謀罪雖獲免而皮囊已壞不能還陽只得暫留在此因停屋處被瓦木匠溲溺終日穢雜坐臥不安先生肯為我移至郊外含恩不淺言訖不見如浩次日尋至署後果見黑漆棺一具停在牆邊諸工作人在旁喧嚷遂告知主人舁至城外擇地掩埋作文祭之

雷誅不孝

湖南鳳凰廳張二賦性兇惡父死依母而居母年七十餘視若老婢少不如意輒加呵叱隣里忿極欲鳴之官母溺愛隱忍反為調護乾隆庚寅六月七日值其生辰留群不逞飲酒食麵家故貧未暇廚中僅母一人司炊某酒酣索麵母云柴濕火不旺姑少待某怒赴內呵責母急捧一碗戰兢而至因惶遽忘下葱韭某益怒接碗劈面打母母倒地仰天大哭忽天光晝暝雲氣如墨雷聲隱隱而起某自知干天之怒即扶母起跪地謝罪母亦代為跪求某伏母後抱持母足不放雷電繞屋不去母起立焚香忽火光如流星飛入中堂將某攝去擊死

于街鄰里聚觀同聲稱快宋孝廉名錦者適主邵陽書院講席聞而趨視見其面目焦黑左太陽一孔如針大作硫黃氣其身踡縮如蝦蜷提起即長放手即縮蓋骨節已震碎矣背間有字似篆非篆不能識

桂花相公

江西豐城縣署後有桂花相公祠相公之里居姓氏弗可考相傳為明時人作幕豐城令有盜案株連數人相公廉其冤欲釋之令不從遂大憾縊桂樹而死後人肖其像為之立祠稱為桂花相公相公甚靈異宰斯土者必先行香凡有命案發覺前一日相公必悄悄几上自露其頂始而異之積久如是亦弗之怪

落漈

海水至澎湖漸低近琉球則謂之落漈漈者水落下而不回也有閩人過台灣被風吹落漈中以為萬無生理忽聞大震一聲人人跌倒船遂不動徐視之方知抵一荒島岸上砂石盡是赤金有怪鳥見人不飛人飢則捕食之夜聞鬼聲啾啾不一居半年漸通鬼語鬼言我輩皆中國人當年落漈流死到此不知去中國幾萬里矣久棲于此頗知海性大抵閩三十年落漈一平生人未死者可以望歸今正當漈水將平時君等修補船隻可望生還如其言駢鬼哭而送之饒取岸上金沙為贈嗚咽曰幸致聲鄉里好作佛事替我等超度衆感鬼之情還家後各出貲建大醮以祝謝焉

鐵公雞

濟南富翁某性慳吝綽號鐵公雞一毛不拔也忽呼媒納妾價欲至廉貌欲至美媒笑而允之未幾携一女來不索價但取衣食充足而已翁大喜過望女又甚美頗嬖之一日女置酒勸翁曰君年已老需此多錢無用何不散之貧人使感德耶翁大怒拒之嗣後且防之慮其花費如是者半年啟其所藏已空矣翁知女所竊拔刀問之女笑曰君以我為人乎我狐也君家從前有後樓七間是我一家所居君之祖父每月以雞酒相餉已數十年自君掌家以多費故罷之轉租取息使我一家無住宿處懷恨在心故來相報耳言訖不見

夜星子

京師小兒夜啼謂之夜星子有巫能以桑弧桃矢捉之某侍郎家其曾祖留一妾年九十餘舉家呼為老姨日坐炕上不言不笑健飯無病愛畜一貓相守不離侍郎有幼子尚襁褓夜啼不止乃命捉夜星子巫來治之巫手小弓箭箭繫素絲數丈以第四指環之坐至半夜月色上窗隱隱見窗紙有影倏進倏卻彷彿一婦人長七八尺手執長矛騎馬而行巫推手

低語曰：夜星子來矣。媼弓射之，唧唧有聲，棄矛反奔。亟破窗引線，率衆逐之，比至後房，其線竟入門隙。衆呼老嫗，不應，乃燒燭入覘，一婢呼曰：老嫗中箭矣。環視之，果見釘老嫗肩上，呻吟流血，所畜貓猶在胯下，所持矛乃小竹簽也。衆家撲殺其貓，而絕老嫗之飲食，未幾死。兒不復啼。

瘍醫

大興霍筤、霍筦、霍筠皆瘍醫子。筠獨秀逸出群，不屑屑本業，而喜讀書。父以其梗家教，怒而責之。賴有鄰翁姚學究者時來勸勉，因得肄力于舉子業。不數年，父死，筤、筦各行其術，頗能自贍。獨筠謀生計拙，日就窮困。時值試期，筠步行之通州，一老僕相隨，因起身挽，行二十餘里，日已西下，苦無宿店。忽見林際燈光自遠而近，一媼奔走氣喘，老僕遮問曰：此處有人家借宿否？媼應曰：正有急事，去請外科，不得代借宿處。筠急呼曰：我曉外科，何不見請？媼問：先生如此少年，可曾娶妻否？曰：未也。媼大喜，就請同行。筠心疑其所問非所答，俄至一莊，門庭壯麗。媼請少待，容先入白老夫人。少頃，媼率婢婦數十趨出，曰：老夫人奉請。筠與老僕隨媼行過十餘間屋，始到上房，夫人已相待于中堂，年約三十餘，珠環玉珮，光艷奪目。與筠行賓主禮，問姓字年齒，及未婚原委。筠以實對。夫人之顏色甚怡，屏去侍婢，謂筠曰：身姓符，本籍河南，寄居于此，孀居無子，只生一女，名宜春，年已十七，待字于家。忽患瘡疾在私處，不便令人醫治。嘗與小女商量，必訪得醫生貌美年少者，乃請療病，病愈即以小女相配。如先生者，正是合式，但未知手段何如。筠初念不過欲求一宿，及聞此語，喜不自勝。夫人命喚慈兒傳語，親攜筠手而行，歷曲室數重，始至閨閣。啟簾入，見麗人擁錦衾而卧。夫人謂女曰：郎君乃良醫也，兒意可否？女睨筠低語曰：娘以為可便可耳。夫人曰：先生請看病，娘且暫去。女羞澀不勝，慈兒屢促之，乃斜卧向內，舉袖障面。筠坐牀側，秋秋啟衾，則雙臀玉映，穀道繭細而霞深，帷私處，敞以紅羅，瘡大如錢。筠視畢，覆衾下牀。夫人迎于門外，延至書齋，陳設精雅。筠麾諸婢出，碎扇上所繫紫金錠，調以硯水，攜入見夫人曰：此藥忌陰人手，須親敷乃可。夫人曰：但得病愈，任郎所為。筠復啟衾，摩挲其臀，溫軟如綿，女但微笑，不作一語。越數日瘡愈，夫人舉酒屬筠曰：郎君之于小女，天使之也。乃部署新室，涓吉合巹。新婚彌月，筠欲歸家，夫人曰：此間荒野，不足棲遲，京師阜成門外有故宅一所，郎往居之。筠遂同行，輜重甚富，既至宅，皆畫棟雕牆也。居數年，生子女二人。一夕，宜春忽泣向筠曰：夙緣已盡，明日將別矣。四十年後當復相見。天明，攜手出門，彼此大慟。前已駐一犢車，望之甚小，夫人與宜春、慈兒率女婢十數人乘之，車亦不覺隘，瞬息不見。宜春哭聲尤恍然在耳也。筠後舉孝廉，出為某縣尹，究不知四十年後再見之說，果何如耳。

產麒麟

蕪湖張姓者，貢腐為業，其妻孕十四月，生一麒麟，圓手方足，背青腹黃，通身翠毛如繡，左右臂有鱗甲，金光閃閃，墜地能走，餵飯能食，好事者以為祥瑞，方欲報官，而是晚死矣。距生時只七日。

生夜义

紹興鄭時若秀才，妻衛氏生一夜义，通體藍色，口豁向上，環眼縮鼻，尖嘴紅鬚，雞距駱蹄，落胎即咬傷收生婆手指。秀才大懼，持刀殺之。夜义作格鬭狀，良久乃斃，血色皆青。其母亦驚死。

石膏因果

嘉定張某有名醫之號，偶下藥用石膏，誤殺一人，過後自知，深以為悔，然亦不便語人，雖家中妻子無人知者。一年後，張亦患病，延徐某來診，定一方而去。臨煮藥時，張自提筆加石膏一兩，子弟諫不聽。清晨服後，取方視之，驚曰：此石膏一兩，誰人加耶？其子曰：爺親筆所加，爺忘之耶？張歎曰：吾知之矣，汝速備後事可也。作偈語曰：石膏石膏，兩命一刀，庸醫殺人，因果難逃。過午而卒。

劉伯溫後輩

紹興上虞縣署後園有古墓，相傳新令到任，拜城隍神後必往祭之，由來舊矣。乾隆間有冉姓者，宰其地。禮房吏以舊例請，冉問：從前縣令到任時可有不祭者乎？曰：惟張某性倔強，竟不行此禮。今現任湖北布政司。冉曰：我有志效張公。竟不祭。一日至廳事，見有古衣冠客乘輿至上堂，冉竟不知為鬼，叱傳事吏何以不報，語未畢，其人下輿，拉冉入書室，語嘵嘵不可辨。但聞冉若與人爭辨者，亡何氣絕，作鬼語曰：我姓蘇，名松，元末進士，為上虞縣令，死亂葬此。劉伯溫猶是我後輩也。汝大膽不祭，或引張方伯故事折之。鬼云：張某祿位飆時，我不能撥，今其運蠹，我將抉其眼矣。冉家人環跪求恩，願多備牲牢祭奠，良久醒，冉懼，遂朝服祭之。尋果無恙。未幾，張方伯竟以事罣誤，遂至喪明。此事錢少詹辛楣先生為余言。

小郝爺

參領明公與小郝爺交好。明奉差他出，三年還都，行至南小街市，見郝立市中，仲夏衣棉衣，戴暖帽。明心異之，下馬執手，各道寒暄畢，郝曰：自與公別後，每為人欺凌。公所贈騾為某騎去不還，新居樹木被畜牧傷損，家人不理。幸公歸，替我圖之。語畢，明公上馬，郝亦登車去。明公歸詰其眞家人云那死一年矣明公大駭至那家問之殮時衣服與途中所見同問所贈騾其子云在某家據云先人所贈故不敢索公呼某時之道破其詐乃追騾還其子視其墓果被牧豎踐損爲修葺封樹而還其夕夢那來謝云愧無以報明午居市中有一病騾公買之必獲大利明公如其言果得騾嘗乘之後日行五百里。

水鬼幃

武林門外西湖嘴人家有老僕日暮取水進見水面一酒幃隨流而泛因思撈取亦可貯物俄而幃已至前用手取之不意腕入幃口口漸縮小拖拽入水急呼人救獲免。

鬼市

汪太守僕人李五由潞河赴京畏暑至晚步行計天曉可進城夜半見途中街市甚盛肆中食物正熱麪飯蒸食其氣上騰腹且餒入肆中喫之酬值而出及曉遙望見京城猛憶潞河至京四十里其間不過花園打尖草舍一二家何以昨夕有街市如此盛耶頓覺胸次不快俯而嘔之蠕蠕然在地跳躍諦視之乃蝦蟆也蚯蚓蟠結甚多心甚惡之然亦無他患又數歲而卒。

金娥墩

金娥墩在無錫縣城東南六十里故南唐李昪妃墓也娥能工詞翰進忠言昪甚愛之越數年昪發兵晉陵挈娥同行遇吳越王兵不得進娥適死因葬於此乾隆初年居民耕地得碑上篆四字云唐王寶印至今墓間尚多更可異者每當風雨之夕嘗有女鬼見形且泣且歌曰日侵削兮三尺土山川已改兮衆余悔。

翻洗酒罈

廣信府徐姓少年無賴鬬酒毆死鄰人畏罪逃去官司無處查緝家人以爲死矣五年後其叔某偶見江上浮屍即其姪也取而葬之又五年徐忽歸家家人皆以爲鬼徐曰我以殺人故逃不料入廬山中遇仙人授我煉形分身之法業已得道忽念家中我將浮一屍以相安慰兮我尚有未了心事故還家一走徐故未娶其嫂半信半疑且留住焉一日溲于酒罈嫂大怒罵之徐曰洗之何妨嫂曰穢在罈裏如何可洗徐伸手入罈拉其裏出之如布袋然仰天大笑騰雲而去至今翻底罈尚存徐家所毆死鄰家早起在案上得千金或云徐來作報所云了心事者即此之謂。

雷誅吉粉

湖州女子徐氏生喫長素三歲後即好念佛長至十四歲忽被雷誅鄉人譁然謂雷無靈及

殯時見有篆文在背識者以爲唐吉粉三字。

孫仙親嘴

隱仙庵有孫業人庵中老僕王某惡而罵之夜卧于牀燈下見一女子冉冉來抱之親嘴王不甚拒乃變爲短黑鬍子鬚尖如針王不勝痛大喊孫笑而去次日僕滿嘴生細眼若蝟刺者然。

喇嘛

西藏謨勒孫喇嘛王死其徒卜其降生於維西某所乾隆八年衆喇嘛乃持其舊器訪之至某所有麼些頭人子名達機已七歲矣忽指雞雛問母曰雛終將依母乎其母曰雛終將離母也達機曰兒其雛乎有頃謂其父母曰西藏有人至此迎小活佛曷款留之父母以爲妄不聽達機力言之其父出視果有喇嘛數十輩不待延請竟造其室達機見之跏趺於地爲咒良久衆喇嘛聚所用缽數珠手書心經一冊各以相似者付之令達機審辨得其舊器服珠持缽展經大笑衆喇嘛免冠羅拜達機釋缽執經起徧摩衆喇嘛頂於是一喇嘛取偕衣帽進達機自服之羣喇嘛以所攜錦茵數十層置中庭擁達機坐其父不知所爲衆奉以白金五百錦緞罽各數十端爲其父壽曰此吾寺主活佛也將迎歸西藏其父以止此獨子不許達機曰毋憂明年某月日父母將生一子承宗祧我乃佛轉世不能留也其父不得已許之亦合掌拜焉衆喇嘛擁達機于達摩洞佛寺遠近麼些千百成群頂香跪拜佈施無算留三日去之西藏明年其父母果如期生一子。

夢中事只靈一半

涇縣胡諱承璘方爲諸生時夜夢至一公府若王侯之居值其叔父在焉其叔父驚曰此地府也汝何以至承璘詢其叔父有何職任叔父曰爲吏耳承璘請查其祿命叔父閱其籍曰一窮諸生耳承璘再三哀懇求爲之地其叔父不得已乃以他人祿命與之相易曰此大難也若破罪在不赦可若何因以所易籍示之庚子科舉人雍正元年恩科進士任長垣縣知縣某年月日終且謂之曰爾鄉試須記用卦名因以手推之一跌而寤承璘庚子科首題歲寒一節因用屯蒙剝復等十卦成文果得高魁癸卯恩科成進士又數年授長垣縣知縣一一不爽無何屆死期矣因豫辦交盤且置酒與親友作別沐浴易衣靜坐而待至黃昏後忽嘔血數升以爲必死矣徐徐平復竟不死復活十餘年至乾隆六年壽終于雲南糧道任夢寐之事參靈否亦不靈如此。

子不語卷二十四

隨園戲編

長樂奇冤

福建長樂縣民婦李氏年二十五生一子越六月而夫亡矢志撫孤家只一婢一蒼頭此外雖親族罕相見者里黨咸欽之子年十五就學外傅一日氏早紡績忽見白衣男子立牀前駭而叱之男子趨牀後逃氏懼呼婢入房相伴及午子自外歸同母午餐樂頭又見白衣男子在牀前蹤而哭男子復趨牀下逃母語子曰聞白衣者財神也此屋自祖居至今百餘年得毋先人所遺金乎與婢共起牀下地掀有青石大如方桌上置紅緞銀包一個內白銀五錠母喜欲啟其石而力有未逮乃計曰凡掘藏宜先祀財神兒盍入市買牲醴祭而後起之兒即持銀祇趨市買猪首既成交乃憶未經攜錢因出銀祇與屠者曰請以五錠為質更以布袋囊猪首歸道經縣署前有捕役見之問小哥袋內盛何物曰猪頭役詰再三兒怒擲袋於地曰非猪頭豈人頭耶倾囊出果一人頭鮮血滿地兒大恐啼泣役捉到官兒以買自某屠告拘屠者至所言合並以銀祇呈上經吏胥輾轉掉上皆紅緞祇及至案前開視則緞祇乃一血染白布中包人手指五枝令大駭重訊兒兒以實對令親至其家啟石既內一無

頭男子衣履畫白右五指缺焉以頭與指合之相符遍究從來莫能得其影響因繫屠與兒于獄案懸莫結此乾隆二十八年事

燒包

粵人於七月半多以紙錢封而焚之名曰燒包各以祀其先祖張戚者素無賴而有膽其僕三兒卧病月餘至七月十六日忽自牀躍起趨而出戚追之出城至大河側三兒凝立點首囈語若與人爭狀戚掌其頰三兒云為羞人拘來替人挑送包錢戚問差何在以手指曰前立淺渚者是也戚果見一人高帽青衣若今之皁隸狀手執鞭指揮戚大呼擒之一擊而沒問包在何處三兒云在家堂板閣上我因過重不肯擔乃拘我來戚歸啟家堂果有紙灰十包

金銀洞

高峯崖在廣西思恩府城南百里兩峯壁立崖上大書十二字云金七里銀七里金銀祇在七七里字畫遒勁不知何年鐫鑿崖下有土地祠望氣者咸稱其地有金銀歟百十年間土人多方搜求一無所得星士某至土地祠內徘徊數日攫神像去土人追及詢知像乃范金所為然亦不知七七里為何義崖中旁峯數十丈上有銀洞洞中白銀纍纍大者重數十斤土人架木而登拾之即百計不能出或向外擲之著地即失或牽犬入將銀縛犬身向外牽之犬即狂吠比出而身亦無銀也

猫怪

靖江張氏住城之南偏屋角有溝久弗疏淪淫雨不止水溢於堂張以竹竿通之入丈許竿不可出數人曳之不動疑為泥所滯天晴復曳之竿脫然出黑氣如蛇隨竿而上頃刻天地晦冥有綠眼人乘黑氣其婢每交合其陰如刺痛不可忍張廣求符術道士某登壇治之黑氣自壇而上如有物舐之者所舐處舌如刀割皮肉盡爛道士狂奔去道士素受法於天師不得已買舟渡江張使人隨之將求救于天師至江心見天上黑雲四起道士喜拜賀曰此妖已為雷誅矣張歸家視之屋角震死一猫大如驢

夢馬言

乾隆十八年山東高尉辰宰河南延津縣晝寢書室夢一馬銜其庭立而人言高射之正中其心馬吼而奔高驚醒適外報某村婦盧羅氏夜被殺以杙椓其陰并殺二孩高往驗屍傷如所報而凶犯無以根究因憶所夢乃順莊點名冀有馬姓者點畢無有問外莊有姓馬者乎曰無高將莊冊翻閱沈思良久見有姓許名忠者忽心計曰馬屬午馬立而言則言午也

正中其心當是許忠矣呼許曰殺此婦者汝也許驚愕叩首曰實是也以姦不從故殺之而指被婦咬傷故怒而椓其陰并殺其子但未識公何以知之高笑不答視其手血猶涔涔也置於法合郡以為神

蔣靜存

麟昌蔣君字靜存余同館翰林也詩好李昌谷有驚沙不定乳螢飛羊燈無骸三更碧之句生時其祖夢異僧攜十三經擲其門餓而長孫生故小字僧壽及長名壽昌以避國諱故將改名又自夢僧畫麒麟一幅與之遂名麟昌十七歲舉孝廉十九歲入詞林二十五歲卒性傲兀不羣過目成誦嘗曰文章之事吾畏袁子才而愛表叔座他名宿如沈歸愚等易與耳卒後三日其遺孤三歲披帳號叫曰阿爺僧衣僧冠坐帳中家人爭來遂不見嗚呼靜存始終以僧為漁爪之露其為戒律輪迴似矣然吾與之談輒痛詆佛法而深惡和尚何耶

天妃神

乾隆丁巳翰林周鍠奉命冊立琉球國王行至海中颶風起飄至黑套中水色正黑日月晦冥相傳入黑洋從無生還者舟子主人正共悲泣忽見水面紅燈萬點舟人狂喜俯伏於艙呼曰生矣娘娘至矣果有高髻而金環者甚美麗指揮空中隨即風住似有人曳舟而行聲

隆隆然，俄頃遂出黑洋。閩歸後，奏請建天妃神廟。天子嘉其敬順之忱，遂允所請。事見乾隆二十二年邸報。

宿遷官署鬼

淮徐道姚公廷練駐劄宿遷，封翁壽期演劇于堂。堂旁牆極高，見牆外有人頭數十，眼睒睒然俱來觀劇。初疑是皂隸輩，叱之不去，近之無有。明旦視之，牆外皆湖，無立人處。其幕友潘禹九遣奴往廚取酒，久而不至，迹之，已仆於地，口眼皆青泥，盤中酒菜之類作蚯蚓、樹葉。潘素不信鬼神，乃挺身至奴所行處驗其有無。署中二客詐爲鬼狀，私往嚇之。潘籠一小燈行，未半，逢兩客，見黑氣一條繞燈而入，燈色綠如螢火，流幻，覺二客悚然噤不能聲。潘將如廁，有大黑手遮其面，跟蹡急歸。二客迎之，共相駭異。手持燈漸重，火亦漸滅。家奴各持火來照，燈籠內有死野鴨一隻，鴨大籠小，竟不知從何處竄入也。

廣東官署鬼

康熙壬戌，武探花沈崇美爲廣東守備，署後花園有井，擔水者率以爲常。偶一夜，有女子呼水，擔夫如其言與之，乃捽其頭入桶中。擔夫疑署中婢與戲，詈群婢，群婢曰無之。擔夫引婢至取水處，有海棠一枝，白雞成群入樹下，不見。群婢笑曰：「非鬼也，藏神也，掘之必得金銀。」遂令擔夫具畚插開土，未五六尺，得一棺，擴而止。忽一婢發狂大呼曰：「請主人，請主人。」沈公偕其妻往視，婢呼曰：「我嘉靖十七年巡按某公之第四妾也，遭主婦毒虐，縊死，埋此。公家群婢犯我，我應索其命。第土淺地濕，棺中多水，主人肯改葬我，則擾者不爲無功，將免其罰。大堂西偏，我生前埋金鐲一隻、寶珠數顆，可掘取爲改葬費，亦不累主人金也。」言畢，婢子如常無病矣。主人爲啟其棺，水涔涔然流，發堂之西偏，封鐲宛然，爲改葬高處。鐲重三兩六錢，形如蒜苗。

爲兒索債

葛禮部諱祖亮者，爲余言其鄰程某擁重貲無子，晚年生兒，性聰慧，習舉業，程愛如掌中珍。十二歲即多病，所費醫藥不貲。稍長，不事生業，好鬬雞走狗，產爲之空。程忿甚，一旦懸祖宗神像，將詈之，子忽作山東人語曰：「俺吳某也，前生爲汝負債萬金，今來索取，將盡，汝以我爲子耶？大誤大誤！我昨揭帳，尚欠八十餘金，今亦不能相讓。」奪衣前取其母髻上珠，踏碎之，然後死。程卒大窮而嗣絕。

鬼魂覓棺告主人

姜靜敷寓京師憫忠寺，寺旁爲書室，室中有空棺，俗所稱壽器是也。寺鄰某爲其父老故置焉。姜月夜讀書，窗戶轟然，大聞棺蓋低昂不已。姜大駭，持燭視之，如有人指痕出沒於棺上者。響良久乃已。次早，鄰人叩門云：「某翁死，來取棺。」方悟初死之魂夜間先來就棺也。蘇州唐道原年七十卒，其子爲買棺于海紅坊壽器店。主人云：「昨夜有白鬚人坐某一棺上，燭之不見。」問其狀貌，酷似道原。店主人素不相識也，乃即買其所坐者歸。金陵戴崴咸進士與梅式庵飲於吳宋明孝廉家，忽狂癲，握梅手呼曰：「要朱紅，要加漆。」梅愕然不解，已而氣絕，方知所託者藏身物也。程原衡家管事李姓者，夜醉墮樓死，舉家未知。原衡睡醒，覺左耳陰冷異常，疑而回顧，燈光青熒，有黑人吹氣入耳，似有所訴。驚起呼家丁四照，見樓下屍，方知李魂來告主人求棺殮也。

匾怪

杭州孫秀才夏夜讀書齋中，覺頂額間蠕蠕有物，拂之，見白鬚茸茸，出屋梁匾上。有人面大如七石缸，眉目宛然，視下而笑。秀才素有膽，以手捋其鬚，隨捋隨縮，但存大面端居匾上。秀才加枕於几，視之了無一物。復就讀，書鬚又拖下如初。如是數夕，大面忽下，几案間布長鬚遮秀才眼，書不可讀，擊以硯，響若木魚，去。又數夕，秀才方寢，大面來枕旁，以鬚揉其體。秀才不能睡，持枕擲之，大面繞地滾，鬚颯颯有聲，復上匾而沒。合家大怒，急爲去匾，投之火，怪遂絕。秀才亦登第。

徐支手

咸陽徐某家巨富，初生一子，頗聰慧，六歲病瘵死。旋生三子，貌皆相似，病亦如之。徐年已邁矣。至第三子死時，撫屍慟甚，用刀剖兒腹，出其瘵，復斷其左臂，罵曰：「毋再來誑我。」其瘵形如三角菱，有口能呼吸，懸之樹間，風日吹乾，每觸油腥，口猶能動。未期年，徐又得子，貌如前，瘵雖不作，而左手竟廢，至今尚存，人呼爲徐支手。

魚怪

會稽曹某山人市得大魚，歸剖食之，餘半置紗廚內。至晚，廚中忽有光，舉室皆亮，迫視則所餘之魚鱗甲通明，火光射目。曹大駭，盛以盤，送于河，其光散入水中，隨波搖蕩，蜿蜒間成魚而去。曹歸家，屋中火發，東滅西起，衣物牀帳燒燬都盡，而不及棟宇。凡三晝夜始息。食魚之人竟亦無恙。

盜鬼供狀

先君子在湖廣臬司遲公維臺署中，同事大興人朱陽湖司錢穀，忽一日狂呼，趨視之，面如死灰，伏地昏迷。飲以薑汁，良久曰：「吾坐此校文案，日方正午，見地下磚縫中有物蠕蠕然頂磚起疑為詭，以腳踐之。磚亦平復，稍坐定，磚響如初。掀視之，有黑毛一團，類人頭髮，自土中起。陰風襲人，漸起漸大，先露兩眼，瞪睛怒視，再露口，頤腰腹，其黑如漆，頸下血淋漓，躍然而上。舉手抱我足曰：汝在此乎？汝在此乎？吾前世山東諸生也，汝當死，汝作郯城知縣，受我贓七千兩，許為開脫。定讞時，仍擬大辟，死不瞑目。今汝雖再世，而吾仇必報。言畢，即牽我入地。我大呼，彼見眾客至，捨我去。眾視磚迹，猶宛然。閱嗣後其鬼無日不至，有人共座則不至，尤畏臬司遲公。聞遲公將至，便抱頭遁。遲公大書几上曰：鬧鬼汝作諸應死，敢與法吏仇乎？汝欲報仇，應仇於前生，敢仇於今世乎？速具供狀來。鬼夜墨書其側，字迹歪斜，曰：某不敢仇法吏，敢仇贓吏。某以盜故殺人，多受冥司炮烙數十年，兩目已成焦炭，每受刑必呼曰：某當死，有許我不死者在也。郯城縣某老爺受贓七十兩，獨不應加罪乎？呼六十餘年，初不准理，今以苦海漸滿，許我勉桎梏報冤。所具供狀是實。遲公無如何，不能朝夕伴宋，命多人守護之。居月餘，遲公生日演戲，諸客飲酒，強宋出觀。宋曰：吾待死之人，有何心情看戲？諸公愛我，可多命家人伴我。如其言，席散往視，宋已縊於牀。遲公及諸友俱責家人何以不當心，僉云燈下吹來黑氣一團，奴婢便各睡去，或云諸奴看戲，亦未必伴宋也。

時文鬼

淮安程風衣好道術，四方術士咸集其門。有蕭道士琬號韶陽，年九十餘，能遊神地府。雍正三年，風衣宴客於晚甘園，蕭在席間醉睡，去少頃，醒，嘆曰：呂晚村死久矣，乃有禍，大奇。人驚問，曰：吾適遊地府，見夜叉牽一老書生過，鐵鎖鋃鐺，標曰時文鬼呂留良，聖學不明，謗佛太過。異哉！時坐間諸客皆誦時文，習四書講義，素服呂者，聞之不信，且有不平之色。未幾，曾靜事發，呂果剖棺戮尸。今蕭猶存，嚴冬友秀才與同寓轉運盧雅雨署中，親見其醉後伸一手指，令有力者以利刃割之，了無所傷。

鬼弄人二則

杭州沈濟之訓蒙為業。一夕，夢金冠而髯者謂曰：汝後園有埋金一甕，可往掘之。沈曰：未知何處。曰：有草繩作結，上穿康熙通寶錢一文，此其驗也。明早往園視之，果有草繩，且綰錢焉。沈大喜，持鋤掘丈餘，卒無有，竟一怒而得狂易之疾。

乾隆甲子，湯香山秀才夢神告曰：今歲江南鄉試題，樂則韶舞。次日即作此題文，熟誦之。入闈，果是此題，以為必售。榜發無名，就館廣東，夜聞獨步闈二鬼吚唔聲，聆之，其闈中所作文也。一鬼誦之，一鬼拊掌曰：佳哉，解元之文！湯驚疑，以為是科解元必割截卷面，偷其文字，辭館入都，以狀具控禮部。禮部為奏聞，行查江南解元薛觀光文，雖不佳，並非湯稿也。獲誣

告之罪，謫配黑龍江。

漢江冤獄

曹震亭知漢江縣，晚衙夜坐，見無頭人手提一頭，啾啾有聲，語不甚了。曹大駭，遂病，病三日死矣。家人欲殮，胸前尚溫，過夜而蘇，曰：被隸人引至陰府，見峨冠南面者，衣本朝服色，賴外人傳呼漢江縣知縣曹學詩進。曹行階闔屬吏禮，向上三揖，神賜坐，問有人訴公，公知否？曰：不知。神取几上牒詞示曹，曹閱之，本縣案卷也。起立曰：此案本屬有冤，為前令所定，已經達部，我申詳三次，請再加審訊，為院所駁，駁牌現存。神曰：然則公固無罪也。傳呼冤鬼某進，陰風颯然，不見面目手足，但見血塊一團，叫跳呼號，滾風而至。神告以曹為申救之故，且曰：汝冤終當超雪，須另覓仇人。鬼伏地不肯去，神拱手向曹作送狀，手揮隸人云：速送速送。曹猛然驚醒，不覺汗之沾衣也。自此辭官歸家，長齋奉佛，終其身。

牛乞命

天台縣令鍾公醴泉為余言：其尊人守貴州大定府，設局辦鉛，日正午，忽有牛突入鉛廠，數十人鞭之不肯去。醴泉往觀，牛伏地作叩頭狀。因問牽牛者曰：此耕牛乎？宰牛乎？曰：宰牛。問價若干，曰：七千。鍾曰：以牛與我，以價與汝，何如？牽牛者謝，領錢去，牛躍然起矣。

豬乞命

奉天錦州府之南，有天橋廠海泊交易處，屠人縛一豬，將殺以入市，其豬乘間嚙斷繩索，奔至海客前，屈雙足伏地。屠人執繩追至，海客詢其市價，如數付與，以此豬捨於海會寺之龍神廟，人呼豬道人，則應曰：何得無禮？豚屈前雙足向人作叩首狀，牙長數寸，腳爪環裹如螺，其大倍於常豬。

張世犖

張世犖，字遇春，杭州府諸生，每入試場，輒為墨污被黜。積憤殊甚，乾隆甲子科入闈，加意防範，試卷謄真，至晚，另貯他所坐號中，留心伺察，覷一女子舒手採卷，急執之，厲聲問曰：予與汝何讎，七試而污我卷？曰：今歲君應中解元，我亦難違帝命，但君當為我剖雪前言，擇地瘞我，以釋冤讎。我即君對門錢店女也。當日鄰人戲謂君與我有私，君實無之，乃不為辨明，且風情自命，假無為有，以資嘲謔，既嫁而夫信浮言，不與我同處，我無以自明，氣忿投繯。君污我名，我污君卷，遲君七科，宜也。言畢不見。張毛骨俱悚，甫出場即訪其家，告以故，而捐貲助葬之，且為延僧超度。是科揭曉，果中第一名。

洗心池

洗心池在茅山乾元觀西石壁上有洗心池三字。筆法遒勁。隱而不見。欲見則以池水沃之。歲大旱不涸。相傳錢妙真鍊居燕洞宮修煉。或謗之。乃於此剖腹洗心以相示。故名。

活死人墓

道人江文谷於洗心池旁掊小阜。甃石塞牖。趺坐于中。囑其徒云每日向牖呼我。應則已。不應則入收遺蛻。呼之三年皆應。忽一日應曰可。歐吾去矣。嗣後不應。啟戶視之。尸果僵。故稱活死人墓。

屋傾有數

總憲金公德瑛視學江西。考吉安府童生。五鼓點名畢。燈下見紅衣婦人從考棚趨出。冉冉騰空而去。問之僕隸。皆有所見。公心惡之。即以中庸必有妖孽四字命題。日正午。諸生方握筆。忽考棚傾倒。壓死三十六人。金公據實奏聞。上憐之。俱欽賜生員。

余親家史少司馬抑堂任福建臬使時。與糧道王介祉等四人同坐花廳議事。聞梁上屋角沙沙有聲。客欲起避。史公不可。已而聲漸大。有鼠呼曰出出。者再。史亦心動。急與四客聲出。則花廳倒矣。几案皆碎。是日省中府縣俱來請安。史公笑謂曰。設使四大員一時併命。則司道之印諸公委署。不皆有分乎。

沔布十三疋

杭州胡某程九峯中丞之表姪也。中丞巡撫湖北。胡往求館。薦與荊州刺史某署中司書記事。半年後胡妻在家病瘧。忽為鬼所附。聲如男子。聽之乃其夫也。口稱到湖北後蒙中丞公薦往荊州。賓主相得。不料末二月患病身死。有衣箱行李新買沔陽布十三疋現在署中。須著人往取。我客死飢寒。可供木主祭我。并廣招名僧超度。我家人聞之環泣。當即成服立主。以死無日月。未便報訃。亡何。妻病痊。家故貧。欲差人往楚迎喪。以無盤費。屢屢遷延。亡何。胡竟歸里。舉家駭然。以為鬼也。坐定說說。方悟前所憑者乃邪鬼借名索食求超度。故耳。頃之。衣箱到門。開之。果有布十三疋。的係胡過沔陽時所買。

牛卑山守歲

廣西柳州有牛卑山。形如女陰。粵人呼陰為卑。因號牛卑山。每除夕。必男婦十人守之待旦。或懈於防範。被人戲以竹木梢抵之。則是年邑中婦無不淫奔。有邑令某惡之。命里保將土塊填塞。是年县邑婦女小便梗塞。不能前後溲。致有傷命者。廣東沙面上妓船如雲。河泊大使專司船政。有總督某嚴禁之。隨即海水溢濕。城不沒者三板。地方紳貴俱以為言。乃收回禁約以試之。果令收而水退。至今妓船愈多。

鬼拜風

錢塘孫學田開鹽店溫州城中。與友錢旒蒼往來甚狎。錢有樓三間。封鎖頗密。相傳有鬼。人不敢居。孫素有膽。與同人賭勝。鋪牀樓上。燒巨燭二枝。竟往居焉。夜二鼓。聞推門聲。有艷妝女子冉冉來。見燭光。意若畏之。斂衽而拜。每一俯首。則陰風從其袖出。一燭滅矣。孫擲以劍。鬼走下樓去。孫知將復來。所恃惟燭。乃以所滅燭重加點明。以身擁燭而坐。鬼果再至。又作拜狀。見孫上坐。欲卻欲前。孫以劍擲。鬼變惡狀上前格鬭。彼此相持不已。忽聞樓外雞鳴。遂化黑氣一團滾樓而下。溫州人為之語曰。人拜曲躬。鬼拜生風。但逢孫老。比鬼還兇。

僵屍夜肥晝瘦

俞蒼石先生云。凡僵屍夜出攫人者。貌多豐腴。與生人無異。晝開其棺。則枯瘦如人腊矣。焚之有啾啾作聲者。

黑雲刦

王師征緬甸。有昆明縣皂隸葉某。死三日復蘇。言被鬼卒勾赴冥司。有大殿朱門。如王者居。門外坐官吏甚多。皆手一簿判記甚忙。判畢則黑氣一團覆於簿上。有椎髻蠻額旬稱勞苦者。葉陽壽未盡。以不在應死之數。故仍放還。路間私問鬼卒。彼官吏所執何簿。曰人簿三獸簿五。問何為有簿。曰從古人間征戰之事。皆天上刦數先定。無可挽回。一切應死者皆先寫入黑雲刦簿中。雖一騾一馬。皆無錯誤。終竟獸多人少。故其簿有人三獸五之說。問應此刦者省城中可有某官乎。曰第一名即你家總督也。其時督滇南者劉公藻。丙辰鴻詞翰林。後自刎。

金秀才

蘇州金秀才晉生。才貌清雅。蘇春厓進士愛之。招為壻。婚有日矣。金夜夢紅衣小鬟引至一處。房舍精雅。最後有圓洞門。指曰此月宮也。小姐奉候久矣。俄而一麗人盛妝出曰。秀才與我有夙緣。忍捨我別婚他氏乎。金曰不敢。遂攜手就寢。備極綢繆。嗣後每夜必夢。懽好倍常。而容顏日悴。舉家大懼。即為完姻。蘇女亦有容色。秀才愛之如夢中人。嗣後夜間酉戌前與蘇氏交。酉戌後與夢中人交。久之竟不知何者為真。何者為夢也。其父百般禳解。終夜無效。體本清羸。斲削逾年。成瘵疾而卒。與夢中女唱和甚多。不能全錄。但記其贈金郎一絕云。佳偶豈易尋。參郎如奪彩。幸虧下手強。爭先得為快。

董觀察

董觀察名樑。官贛南道時。所屬上猶縣某村。素被山瀑衝没田廬。公為相度開河。引水入江。居民安堵。又改佛寺為濂溪書院。規模一新。亡何。丁太夫人憂。哀毀過度。欲以身殉。扶櫬返里。至滕王閣下，維舟受詹。大吏親來撫慰，觀者無不謂董公真孝子，真好官。次早方欲解纜，忽家僕等遍覓觀察不得，急報守土官，沿江打撈，俱無蹤跡。經一晝夜，尸竟逆流至豐城縣沙岸上。驗視之，猶白衣麻帶，面目如生。乃具斂送至舟中。月餘，公舊僕某偶至上猶，土人告以感公開河之恩，立廟祀公。僕欣然走至廟中，拜覩神像，則儼然公之面目。詢立像時日，即公墮水夕也。

狐仙開帳

和州張某作客揚州萬興教寺寺中僧舍，素有狐仙，無人敢居。張性落拓，竟往居焉。未三日，果有一翁自稱吳姓，叩門求見。揖而與言，風采頗異，能知過去未來之事，因問可是仙乎，曰：「不敢。」張故貧士，意欲交結之以圖富貴，遂設酒食與之飲，吳亦答謝。未半月，張力竭矣，而吳之酒饌甚豐。張遂起貪念，一日，觀其設席，吳作主人，亦無吝色。如是者月餘，吳忽不至。時逢霉雨，張開箱曬衣，則全箱空矣，中書一帳，並質錢帖數紙，某日雞魚若干，某日蔬果若干，皆典張之衣服而用之，筆筆開除，不空設一席，不妄消一文。

皮蠟燭

上虞人錢姓者為人傭工，夜歸，見女路哭，問其故，曰：「夫亡無歸，家居蘇嘉山，一時迷路，求為指示。」錢與調戲，相隨至一室中，成夫婦之好。如是者數月，主人見其貌日憔悴，再三詰錢，錢言其故。主人曰：「此鬼也，再與交時，須取渠一物以為驗。」錢如其言，佯與狎笑，而暗剪女髮一束。女大驚，走去。錢細視所居之地，全無房屋，其與此女淫處，精流髑洞中，皆血也。髮如燭而軟，黑若牛皮，刀斫火焚不壞。自此不敢出門，匿主人家。未幾，鬼入主人家，附其婢身，作鬧曰：「還我錢郎，不還我者，即將錢郎交與汝家，我暫去，明年來提。且云，俟今秋汝壽盡時當來降禍。」至期竟不驗。錢姓至今猶存。此事台州張秀璵為余言。

乍浦海怪

乾隆壬辰八月廿三日，黎明大風雨。平湖乍浦之海濱，有物突起，自東南往西北，所過拔木以萬計。民居屋上瓦多破碎，中間有類足跡，大如圓桌子者，竟不知是何物，有某家廳房移過尺許，仍不倒壞。

天開眼

平湖張穀坡，一日偶在庭中，天無片雲，忽聞訇然有聲，天開一縫，中闊兩頭小，其狀若舟，睛光閃鑠，圓若車輪，照耀滿庭，良久方閉。識者以為此即天開眼云。

泥像向行

平湖張氏，世居東門圜，其始遷祖名迪，字靜庵，明洪武間人，沒時其家泥塑靜庵夫婦二像，高七八尺，供家廟中。所居屋鄰磨長廠，四百餘年，長房子孫窮，屋傾圮，僅存數間，而其像猶在張氏故宅。有宗祠距靜庵故居三里許，一日黎明，有鄉人操舟者見兩老人來雇渡船，遂載以行，問何往，云將之張家祠堂。既登岸，疾行如飛，舟人望之，見形略漸小，無何，抵祠前，守祠僧開扣門聲，起視之，寂無所見，但見兩泥像在門檻下。一時哄然，以為異。其裔孫張丹九方重修祠宇，因加綵繪，別設一廚，供之祠中。

焚尸二則

平湖南門外某鄉，掘出三穴，二穴已空，中一穴棺木依然，碑書趙處士之墓。尸年四十餘，貌如生，穿雲履，蟒青紬袍，紬如一錢厚，不壞。掘者罵甚，覆出其尸而焚之，火不能旺，乃投諸水。是夜鬼大哭，一村皆驚，好事者為扛起殘尸，血縷縷如決，乃仍納棺中，加土葬之，是夕遂安。馬姓至今無恙，為典史皂役。

平湖小西溪之西蔣姓，田家也。冬至前一日，日方西，燒父尸。方開棺，尸走出迫之，蔣擊以鋤，尸倒地，乃焚之。晚歸，開其父罵曰：「汝燒我甚苦，何不孝至此！」其人頭腫如鮑，及午而死。張熙河所目擊也。

美人魚人面猪

崇明打起美人魚，貌一女子也，身與海船同大。舵工問云：「失路耶？」點其頭，乃放之，洋洋而去。雲棲放生處有人面猪，平湖張九丹先生見之，猪能與人見，以頭低下拉之纔晚。

花魄

婺源士人謝某讀書張公山，早起，聞樹林鳥聲啁啾，有似鸚哥，因近視之，乃一美女，長五寸許，赤身無毛，通體潔白如玉，眉目間有愁苦之狀，遂攜以歸。女無懼色，乃畜籠中，以飯喂之，向人絮語了不可辨。畜數日，為太陽所照，竟成枯腊而死。洪孝廉宇麟聞之曰：「此名花魄，凡樹經三次人縊死者，其冤苦之氣結成此物，沃以水猶可活也。」試之果然，里人聚觀者如雲而至，謝恐招搖，乃仍送之樹上，須臾間一大怪鳥銜之飛去。

續子不語目錄

卷一

狼軍師　几上弓鞋　白龍潭
露水姻緣之神　縊鬼申冤　執錫二童
趙氏三世爲神　張少儀觀察　屍合
葛先生　天后　陰氏妹
虎投河　武夷君　九華山
張福公　受私倫　曹公夢
治妖易治人難　伏波灘義犬　浮海
刑天國　萬年松　虹橋板
天上過船

卷二

鬼狀　軀殼四字　女鬼守財待壻
僵尸食人血　鼠鬼　蠶精

雷異　紀曹孝廉夢　縊鬼畏魄字
發啞子　珠理紀事　葉氏婢
牟尼泥　蝴怪　天蓬尺
攝土避賊　沙彌思老虎　子不語娘娘
枯骨自贊　藤花送終

卷三

杌　地仙遺詔　張關王
梁氏新婦　小婢入穴　吹網龍送枉死魂網上有字紙童子
打破鬼例　道士留符　奪狀元須積善
照心袍　羅剎國大荒　紹興李先生
怨氣變蛇　心經誅狐　旱魃有三種
鬼腳甚香能行經受胎　巫術　蕭總管求焚
全州兵書匣乃水怪弇室之骨

卷四

帝流漿　討亡術　學竹山老祖教喫鐵馬桶
關帝現相　鼠作揖黃鼠狼演戲　溫元帥幽靈
僵尸拒賊　亡父化妖　乾麂子
石呆　物變　人蝦樹
水精碧霞洗　浮提國　刀瘡藥
乩仙靈蠢不同或借人捉刀拔鬼舌　蔣堂溪
方宮詹　麒麟燕勝　四耳貓
頭形如桶　烏怪　劉子壯
黑牡丹　李秀才捕亡術　石樹榕
禪師吞蛋　含元殿判官　狐狸默旗白鹿張傘
虎有黃光　正色立朝四字現出腿上　狗兒
鵬真　銀依　蒼蠅替人治病
鼠穢卷　石人賭錢　犬逐通判
佛奴穿母腸生　彭祖舉柩　人皮鼓

指上樓龍

卷五

奪舍法　屍奔　骷髏三種
人氣分塵　鬼氣攝物　山魈怕桑刀
蝦蟆鬼咒　陰沉木　織登科記
朱鹿田　飛僵　程嘉陰
水虎　綠郎紅娘　文人夜有光
狐仙正論　外國　作勢渡水
唐公判獄　郭六　劉迂鬼
痴鬼戀妻　狐仙懼內　軍校妻
飛天夜叉　虎倀　狼牙
樓怪　武進兩異事　有子廟講書
米元章顯聖　麒麟喊冤　大通和尚
掠剝鬼

卷六
多官　祈夢二則　鬼被衙散圍合最難
石板中怪　僵尸貪財　黃鼠狼著紙衣呼小將
徐明府幕中二事　同服琉璜致驗各別　夜航船二則
盛林基　趙友諒寃刑一案　換尸究雪
凡肉身仙佛俱非真體　動靜石　玉女峯
廬山禹碑　飛鐘吸鐘妖鐘　鼠渡江
鵰過　石中玉碗　瓜子妖
犂熋　古北口城樓火箭匣　官受妓嗔
京中新婚　張趙鬬富　朱爾玫
梁制府說三事　官運二則　錢縣丞
卷七
乩仙　勒勒　雷擊兩婦活一兒
火神打蹚　殺一姑而四人償命　誤殺金童

續子不語　目錄　三

錢尚書　夢墨　錢狀元小名
歸盜女遇怪　龍銖龍　朵鬘
韓六　魍魎　術異
柏香樹不宜入殮　獵戶說虎　鬼請上任
通幽法　喜婆　貓溪
虎囤藤斗　甘公入夢
卷八
尸熋　鬼買竹頭　韓六三事後又續一事
鬼買缺　溫將軍　鬼請吸烟
李生遇狐　仙童行雨　金能退鬼
秀結宜男　黑眚畏鹽　僵屍挾人棗核可治
壘童子　雷符　呑舟魚
雞毛烟死蛇　蛇猶　番僧化鶴
謝玲格物　烟龍　形交氣交

笑虎　滇南蜜草　羊乳鹿
多角獸　江中黃袱　水乩
九尾蛇　燉虎遺精　皖城雷異
卷九
天后鯀女　桃源女神　安慶府學孫
湖南官院鬼　雷異二則　人變魚
韓昌黎稱老猶公　急淫自縊　照海鏡
殺佛　丹徒異獸　鬼怕討債
蘭渚山北來大仙　吸腎囊中點　楊老爺召攙婆收生
溺盎夾節　三虎索命　梁相國解夢
癡猴　狗熊寫字　雷屑
牛讓水　陰陽山　亡夫領婦到陰間見太公太婆
卷十
淫諭二羅剎責其蹤　人壽有定六陽不能增減　關帝血食秀才代享

續子不語　目錄　四

惡人棘世為鱷　姦夫死後報仇　董刺史雲冤
劉老虎　屈丐者　僵尸
申氏自揝　雁宕仙女　生魂入胎孕婦方產
女化男　人化鼠行竊　唱歌犬
韓鐵棍　誣鬼作妹　蟒過嶺
食猴怪物名石俐　鐵牛法　妖術二則
種蟹　扯雞除救溺死人法　鳥獸不可與同群
拘蛇　金香一枝　小僮遇女鬼
懷僊水災投函水息　三王神請醫治臂

續子不語卷一

隨園戲編

狼軍師

有錢某者。赴市歸晚。行山麓間。突出狼數十。環而欲噬。迫甚。見道旁有積薪高丈許。急攀躋執梱爬上避之。狼莫能登。內有數狼馳去。少焉簇擁一獸來。儼與卒之昇官人者坐之當中。衆狼側耳於其口。倚若密語俯聽狀。少頃各踴起。將薪自下抽取。枝條幾潰散矣。錢大號呼救。良久。適有樵夥鬨聲共喊而至。狼驚散去。而昇來之獸獨存。錢乃與各樵者諦視之。類狼非狼。圓睛短頸。長喙怒牙。後足長而軟。不能起立。聲若猿啼。錢曰。噫。吾與汝素無仇。乃為狼軍師謀主。欲傷我耶。獸叩頭哀嘶。若悔恨狀。乃共挾至前村酒肆中。烹而食之。

几上弓鞋

余同年儲梅夫宗丞。得子晚。鍾愛備至。性頗端重。每見余執子姪禮甚恭。恂恂如也。家延師館京師某都統家。賓主相得。一日早起。見几上置女子綉鞋一隻。大怒。罵家人曰。我在此做先生。而汝輩几上置此物。使主人見之。謂我為何如人。速即擲去。家人視几上並無此鞋。而儲猶痛罵不已。都統聞聲而入。儲即逃至床下。以手掩面曰。羞死羞死。我見不得大人了。都統方為辨白。而儲已將床下一棒自撾自擊。腦漿迸裂。都統以為瘋狂。急呼醫來。則已氣絕。

白龍潭

彌勒縣舊城集。漢夷雜處環山而居。山麓有白龍潭。寬可數畝。有良田千頃。築土壩以蓄水。俯臨大河。水溢則啟閘以洩之。雨時二龍相鬬。狀如小蛇。或見巨木一段。蒙青苔而豎遊。每每冲決壩岸。一日衆農栽秧。值細雨中。飛魚大小成對。如擺隊伍。有緋衣女子持扇揮之。偕至潭中。隨即不見。相傳龍女歸寧云。夷人湯二家。天將暮。忽來衣孝服者。云來投宿。問其所需。則要卧房一間。一大缸滿貯清水而已。湯疑客浴。遂如所請。並欲為備酒食。客曰不必。惟有一事相煩。更當重謝。湯問何事。客曰。此地龍潭後有大樹。君往伐之。俟其將斷。先用巨繩縛住。俟潭中有兩羊相鬬。即斷繩倒樹。湯許之。黎明伐樹。果見潭中水沸如潮。有黑白二羊出鬬。湯思當是此時。乃斷繩而倒樹。黑羊躍出。水亦平復。急歸。欲告客以請功。客竟遁矣。問妻。妻曰。客在房未嘗出戶。乃共搜之。疑其在缸。啟覆觀之。則黃金滿焉。始知客即白龍化身。爭潭求助者。於是潭遂以白龍名。而湯家至今稱首富。

露水姻緣之神

貴州經黔中人。娶妻陶氏。頗佳。清明上墳。同行至半途。忽有旋風當道。疑是鬼神求食者。乃列祭品。灑酒祝曰。倉卒無以為獻。一尊濁酒。毋嫌不潔。祭畢。然後登墓拜掃而歸。次春賈別妻遠出。一日將暮。旅舍尚遠。深怯荒野。無可棲止。忽有青衣伺於道旁。問曰。來者賈相公耶。奉主命相候久矣。問為誰。曰到彼自知。遙指有燈光處。是其村落。私心竊喜。遂隨之去。約行里許。主人已在門迓客。道服儒巾。風雅士也。樓閣雲橫。皆飾金碧。賈叙寒暄。問曰。昏夜迷途。忽蒙寵召。從未識荊。不解何以預知。遠勞尊紀。答曰。舊歲路中把晤。叨領盛情。曾幾何時。而遽忘耶。賈益不解。主人曰。去年清明日。賢夫婦上墓祭掃。旋風當道者。即我也。賈曰。然則君為神歟。曰。非也。地仙也。問所職司。曰言之慚愧。掌人間露水姻緣事。賈戲云。僕頗多情。敢煩一查。今生可有遇合否。仙取簿翻閱。笑曰。奇哉。君今生無分。目下尊夫人大有良緣。賈不覺汗下。自思妻方少艾。若或有此。將為終身之恥。乃求為消除。仙曰。是註定之大數。豈予所得更改。賈復哀求。仙仰天而思良久。曰。善哉善哉。幸而尊夫人所遇。庸奴也。貪財之心。勝於好色。汝速還家。可免閨房之醜。不過損財耳。賈屈指計程。業出門四日矣。恐歸無及。又思為蠅頭微利。而使妻失節。斷乎不可。乃辭仙而歸。晝夜遄行。離家僅四十里。忽大雨如注。遂不得前。明午入門。則見卧房牆已淋坍。隣有單身少年。相逼而居。迴憶仙言。不覺歎恨。妻問何歎。曰。牆坍壁倒。兩室相通。彼此少年獨宿。其事尚可言。而來問我乎。妻曰。君為此耶。事誠有之。幸失十金而免。賈詢其故。曰。牆倒後。少年果來相調。予逃往隣家。不料枕間藏金。遂被竊去。今還怕汝歸。囊已遭颳。問金何來。則某家清償物也。賈嗚官擒少年。答之。而金卒難追。此事程慢菴為予言。

縊鬼中寃

新安趙天如。授徒黃氏。酷暑畏熱。夜不成寐。向居停請易卧室。居停為指數處。皆不當意。惟一樓院內多花樹。清風徐來。趙喜之。黃似不可。趙疑切近內室。黃曰。非也。上有鬼魅。故未敢令先生居。趙云無妨。遂移榻焉。秉燭以待。夜半。忽聞梁間有聲。覩之。則弓鞋雙垂而下。年二十許之美人也。凭欄望月。取妝奩作梳沐狀。復行至廂樓。揭起瓦數溝。取出白鏹六封。擲几上。展玩歎息。仍復包裹。藏瓦溝中。覆蓋如故。轉身至趙榻前。將揪帷幕。趙下榻叱之。遂直至樓下。入後園竹林中而沒。窺之內有新砌痕。心知即此祟。明日晤居停。問曰。後園之鬼。得無自縊者乎。為君家誰。黃不覺泣下。曰。死者為吾愛妾張氏。性最敏慧。掌出納銀錢。一日收某處租三百兩。甫交未幾。及吾急需。則烏有矣。予一時盛怒。以污蔑之言罵之。詎知渠竟忿短見。趙曰。是君暴怒之過。然其事可得終明乎。曰。未也。問有子否。則現拜門牆者是也。趙曰。請為白其冤。拉黃登樓。揭瓦溝取金出。果然原物也。其夜見鬼復下。如前作梳沐狀。取筆題詩於牆。向榻前再拜而去。詩曰。小婢偷金去。私藏瓦上溝。今朝冤始雪。我恨亦全休。自後此樓安靜矣。

執錫二童

順治進士蔣封翁名伊。求嗣於靈巖。夢禪僧指執錫二童為之子。因舉長子名之曰陳錫。後為雲貴總督。晚年嘗曰。吾命中尚應得一子。久之。夢其中堂懸錦被一床。一龍蟠其上。適佃戶曹姓者。送租并攜其女至。甫十餘歲。裹舊錦衣嬉笑。公見大驚。遂留納之。生文肅公。

趙氏三世為神

常州趙恭毅公。為康熙名臣。人所共知。歿後有蘇州過姓者。嘗識公於生前。後泛舟洞庭湖。暮見大舸順風而來。旗燈皆書湖廣城隍司。心竊異之。及近視則公危坐舟中。方據案視事。又陸光生子靜。善勅勒之術。嘗伏壇至二天門外。見公亦在二天門奏事。其子侍讀公。以大臣子弟効力肅州軍前。恭毅公薨。恩許奔喪。侍讀哀毀遘疾。病中每自記曰。嘔吐滿地。使人難堪。吾何為居此職耶。衆問何職。曰痰火司也。家人不知痰火司為何神。越日禱於東嶽行宮。則兩廡果有痰火司神。病革。人見痰火司燈籠入門。遂瞑。其子副使公。歿後逾年。洪氏姑病。昏不省人事。恍惚至一衙署。見公自內出。詫曰。妹何為來此。延入談家事甚悉。姑問兄現作何官。曰巡海道也。事繁劇。欲他出。不能留汝。且曰汝嫂亦不久人間。家中多事。可屬兩姪慎之。遣二役持香送歸。及甦。室中尚有餘香。未幾。族人以立嗣興訟。彌年不寧。又未幾。其嫂黃恭人下世。

張少儀觀察為桂林城隍神

長洲顧某。以父久病。禱於神。願以身代。一日。夢城隍神遣隸攝至署前。不得即入。見有肩輿遠來。顧側身以俟。乃其師也。自輿中出。執手慰勞。且曰。余已為某方土地。生何事至此。顧具以告。曰。此大孝。吾當為汝白之。良久出曰。今日神有事。當改期。遂甦。越日。隸攝如前。至則神召入。問其父病狀。對曰。骨瘦如柴。神大怒。趣隸杖之。顧不解。呼冤。未幾內送一紙條出。神見之色始霽。曰。汝父設藥肆。某年大疫。不索藥值。功德甚大。且憐汝孝。可以延壽一紀。顧謝而出。問旁人。神何以怒。曰。獸中惟豺最瘦。世人多訛作柴。神始聞之。以為比父於獸。故怒。賴幕客辨明。乃免。署前所見諸人。皆其鄉先輩。以刑辟死者。一人被縲絏。一人將遞解遠行。顧不識。問之。曰。此原任知府某。為其部民所訴。張公為桂林府城隍神。移牒取之耳。問張公何人。曰。余亦忘其名。嘗在雲南糧儲道。今河南巡撫畢公甥氏也。張名鳳孫。字少儀。長洲人。與余同舉鴻詞科。少時有張三子之目。三子者。孝子君子才子也。生平多厚德。宜其為神。然冥中

不知其名。但以威嚴官位相炫耀。毋怪人之好談顯者矣。

屍合

山左王倫之亂。臨清戮殺最慘。男女尸填河。高於岸者數尺。賊既平。啟閘縱屍順流而下。無賴者竊剝其衣。故屍多裸露。忽一女屍。年可十七八。裸仰水面。流至閘側。左足罣閘而止。俄一男屍。年略相似。裸流而下。甫至閘側。忽躍水而起。與女屍合。抱頸股交摩。衆以篙撥之。竭力不能開。須臾流去。亦不辨其誰氏子也。

葛先生

河南汲縣李秀才。就館村落。夕行迷路。遙望叢木間燈火。趨之。見一茅舍。隱隱有誦書聲。叩其門。主人出迎。年四十許。見李延入。自稱葛姓。素好讀書。厭塵市囂雜。故隱此僻處。且言其妻在家乏食。為妻母逼嫁。明日將投河。惟君能救。望乞垂援。言之泣下。李唯唯。因就止宿。茵褥猶濕。既明。身臥塚上。並無屋舍。李駭極。趨歸。道遇一婦。衣綠衣。行且泣。臨水將自投。李挽止之。詢其所以。則葛姓妻也。孀居乏食。父母將奪其志。故覓死耳。李以去舍不遠。邀歸與嫗共述其異。養為己女。李年已五十餘。忽舉一子。視其眉目。酷肖所遇葛姓者。戲以葛先生呼之。兒輒笑投其懷。

天后

林遠峯曰。天后聖母。余二十八世祖姑母也。未字而化。靈顯最著。海洋舟中。必虔奉之。遇風濤不測。呼之立應。有甲馬三。一畫冕旒秉圭。一畫常服。一畫披髮跣足仗劍而立。每遇危急。焚冕旒者輒應。焚常服者則無不應。若焚至披髮仗劍之幅而猶不應。則舟不可救矣。或風浪晦冥。莫知所向。虔禱呼之。輒有紅燈隱現水上。隨燈所往。無不獲濟。或見后立雲際。揮劍分風。風分南北。船中神座前。必設一繩。每見其繩浮水上。則風濤將作。焚字紙羊毛等物不能下。使令舟中稱舵師者。焚香請繩浸水而舁一繩。龍輒戢尾而下。無敢泯者。若爐中香灰無故自起若線。向空而散。則船必不保。余族人之父某。言其幼時。適漳郡官兵征臺灣。致祭教場中。某隨父往觀。見后端坐龕上。貌豐而身甚短。急呼父視之。已不見。

陰氏妹

吳郡中衙前陰某有妹。纔十二歲時。方中秋。家人方共飲。聞比鄰婦泣其姑。詬誶甚厲。妹忽變色。起持刀直入其家。毀其几案。從婦將刀之。家人奔救。女力甚猛。五六人持之方得脫。挾歸。詢其故。猶拗怒咆哮。厲聲曰。我必殺此婦。訊其母家人。強之臥。則鼾睡矣。醒而詰之。惘汗喘。立不自知其故。

虎投河

紹興西鄉谿水甚深。一兒戲谿上。見虎來。兒竄入水。泅而出沒。且覘之。虎坐岸上。眈視良久。意甚躁急。涎流於吻。忽躍起撲兒。遂墮水中。憤迅騰擲。谿水為沸。數躍數墮。竟不能起。兒獲免而虎溺死。

武夷君

大興朱竹君學士。督學安徽。夢上帝召為武夷君位。先生以文集未成泣辭。帝許之。醒而述其事於貴池令林夢鯉。聞者共異之。後視學閩中。謁武夷君廟。廟內施設位置。與夢中一一脗合。心益異焉。任滿復命。無疾而終。余按宋人說楊文公初生時。遍身皆毛長一尺。自呼武夷君。與竹君先生相似。

九華山

九華山最著神異。相傳明季海公剛峯。雨中皮靴登山。同伴告以皮靴乃牛皮所作。是穿非宜。不可著也。乃易草履。隨衆參神。指廟中鼓問神曰。此亦皮也。寧非穢耶。言畢。忽霹靂從廟起。將鼓擊破。至今廟鼓無敢用皮。以布代焉。有江南太平人顧翁。生一子一女。皆成立。而妻死。塊然老鰥。為子娶農家女姜氏。年十七。性仁慈。翁愛之。亡何翁疾作。而子未歸。姜聞呻吟聲。衆請延醫。翁曰。我足疾也。但須溫煖便差。姜曰。果若是。又何難。乃為翁抱足眠。蓋惟知盡孝。不解瓜李嫌者。次春子歸。道經妹家。妹以嫂孝告之。不能無疑。而難於啟口。乃暮則抱襆被於別室。不與姜眠。姜心疑駭。問其夫。夫曰。汝聞世上有翁媳同眠者乎。姜始大悟。曰。吾衰翁老病。實與同眠。此心惟天佛知之耳。其子笑而不答。一日聞隣嫗鳴鑼誦佛聲。出問何作。曰。將朝九華。姜即附伴同行。焚香跪拜畢。見對山香爐峯懸崖絕壁。問彼何名。老衲曰。此處名龍口香。心跡不能自明。可質証於鬼神者。往焉。姜聞大喜。執香前往。老衲阻之。曰。予作沙彌。至今老矣。未見有敢登者。況娘娘纖纖蓮步。豈可冒險哉。姜不聽。直抵其處。看者心悸。果及半山而墮。衆惜其已成齏粉矣。隣嫗歸。急告其翁。翁怪其謬。曰。吾媳昨已返舍。引隣嫗入。果見姜瞑目盤膝坐蒲團上。嫗等驚曰。此即活佛。何須更朝九華。於是齊聲念佛。而朝拜之。姜始張目而起。共驗蒲團上有九華山置四字在焉。共問翁。汝媳何時還家。翁曰。昨聞院內有聲。心疑為賊。偕子往視。則飛下吾媳也。目瞑若死。氣息奄奄。故扶諸室間之。則曰。媳欲表心迹。故含忿而往。並未慮及生死。不料山高千尋。足軟便墮。亦不知何由而歸家。嫗乃為翁父子述其事。於是夫妻相抱大哭。遠邇驚異。嗣後朝九華者。先來禮姜云。

張稿公

張稿公者。滇南總督衙門掌稿吏也。誠樸無私。歷任制府多信服之。一夕早起。開門見縊尸高懸。細認為某甲。緣訟事求稿公左袒。而未許者。因復閉門靜坐以聽外信。及朝暾上。再啟門。則縊尸已不見矣。私心竊喜。然亦不解其故。數月後。過市上賣菜傭趙某。問曰。某月之夜。君見縊者驚乎。稿公詰之。招趙入室。款以酒食。問何以知。趙曰。是予負去。安得不知。稿公曰。我爾不相識。何故負尸。且負尸甚早。城門柵欄未啟。奈何。趙曰。予亦不解其故。是日五更販菜。途遇友人。召予來此。曰。汝負此尸到某處。必有厚利。勝於販菜。予慮城柵未開。友曰。無傷。但從我行。從之。及柵柵開。至城。城開。稿公問友人姓名為誰。曰。認其人。未問其姓。亦市上交好者也。借去烟插。至今尚未見還。稿公出百金謝之。屬勿揚言而別。一日趙閒步入城隍廟。見十殿中有泥鬼挂烟插。頗似己物。細認不謬。因摘去。且戲曰。何久假不歸耶。次早在市賣菜。見前遇之友責曰。似爾為人。殊難相與。一烟插之微。何即在大衆前笑我。趙方欲道契闊問姓字。適呼買菜者又至。一掉頭間。其友渺然不見。

受私橋

臨安府張大興。李二為莫逆交。李家雖屢空。然賦性不茍。故張重之。一日向張道貧苦。張遂有積金數百。因盡出以付李。相約除存本外。瓜分其利。不料數年間。李資本盡喪而歸。閉門高卧。絕不見張。張靜待之。許久不至。值嫁女期迫。因登李門問之。李置若罔聞。張怒。互相爭詈。觀者如堵。問張則言李無良。問李則言張負騙。兩無中證。難定曲直。李嘵嘵不服。張憤甚曰。汝明日若敢赴城隍廟盟誓撈錢。吾即休矣。李謾應之。蓋鄰人信鬼神。相傳城隍神最靈。神前熱油鍋。置錢其中。理直者手撈不爛。否則必爛。故背之。明日張果來追李。李亦不懼。同往至廟。撞鐘鼓。陳顛末。然後置鑊鐺。熱沸油。擲一錢於油中。令入手撈。李竟取出。而手無恙。於是衆咸非張。張亦不能再辯。後李別作生業。數年間滿載而歸。於是計算張氏本利若干。盡為歸楚。親登其門。張曰。交已絕矣。義不受金。李曰。實借君物。何敢負德。待來世作牛馬償耶。推讓再三。張終不受。於是鄉里為之區畫。廟前有板橋已朽。請將此金易之以石。並問李曰。前既昧良。何敢盟誓。李笑曰。彼時非敢昧良。實恐一經承認。即須原物。勢有難償。故先至廟禱神默佑。待發財時再報答張。亦不意神靈如是。衆聞之。咸笑曰。城隍神乃受君私耶。後橋成無名。因顏其橋曰受私橋。

曹公夢

海陽曹孝廉銓。得廣西某縣。親友來賀。公欲引疾不赴。曰。幼年曾作異夢。幾時入泮。幾時娶婚。幾時生子中舉選粵西某縣。為穿白甲二將軍所害。細記所歷。一一皆驗。不爽毫髮。今所進缺。又恰符合。地多苗蠻。野性莫測。先幾之兆。可不趨吉而避凶哉。於是有言夢不足徵者。有以閒年半載相機進退勸者。公不得已就道。及抵某縣。民淳吏樸。公甚安之。數年後忽有呈開銀礦者。公為轉詳。奉上檄委公採辦。公親詣礦所。視其開挖。及礦則見白氣二道。宛如長虹。直沖公前。公驚而仆。迎館舍。至夜半竟卒。家人方悟白甲之徵。

治妖易治人難

漢陽令劉某。性方鯁。治祝由科邪教過嚴。有奸民上控撫軍。撫軍戒飭之。公抗言抵觸。撫軍怒曰。若果才能。有沔陽州某案。若能審辦。予乃服。劉唯唯。先是沔陽有金桂娟。受黃氏聘。及婚期。綵輿迎至家。則兩新婦齊出。髻珥服飾。聲音體態。無不相肖。因之未敢成禮。仍以兩女歸金。金父母無從分別。於是兩姓均以人妖莫辯訴官。由州至撫。案懸半載。俱未能決。故撫軍以之難劉。劉稟請提案至撫軍公署候審。并請臨審時借用撫軍寶印。撫軍許之。臨期。公喚兩女隔別細鞫。並其父母庚甲產業陳設。一一盤詰。及核供詞。如出一口。公乃喚二女至案前曰。觀汝二人。原是一胞雙生。若並斷與黃家。恐爾父母不肯。吾今特設一鵲橋在此。能行者斷合。否者斷離。乃鋪白布如橋。從儀門直接公座。命二女行布上。一辭不能。盈盈淚下。一則欣欣然喜見於面。公叱淚下者逐出署外。喚喜者登布上。此女如履平地。步至公前。公暗擎院印。從頭擊下。兩旁覆以網。而現為狐。投之江中。於是案結。撫軍大悅。奏陞漢陽府知府。從此迎迓歌龍圖再出矣。漢陽有茶客。携重資歸。中途為盜所追。奔至漢川。求救於逆旅主人。主人沉吟至再曰。誠若是。則此處非君所宜棲。可速投某武孝廉家。庶保無虞。引至孝廉家。孝廉兄弟為具酒食。掃臥榻囑曰。倘夜間有動作。但安眠毋輕出視。客疑矣。兄弟秉燭待盜。盜果蹤至。彼此格鬬。被孝廉殺其四。餘三盜踰垣逃。天明。呼客起。赴縣呈報。詎知客出未幾。府差早至。將孝廉兄弟鎖去。蓋黠盜偽作茶客。先以謀財害命。連夜赴府擊鼓求救。故劉公發差就近將孝廉兄弟拘到。問供。孝廉兄弟陳述顛末。請釋一人保家。公不許。並下於獄。盜返入孝廉家。將其家口盡殺而逸。及公覺悟釋之。已無及矣。嗚呼。公能斷狐。竟不免為盜所賣。宜非治妖易。治人難耶。

伏波灘義犬

伏波灘。入廣之要區。因其地有漢伏波將軍廟而名也。某年有客收債而返。泊其處。船戶數人。夜操刀直入。曰汝命當畢於斯。我輩盜也。可出受死。勿令血汙船艙。又需滌洗。客哀求曰。財物悉送公等。肯俾我全尸而斃。不惟中心無憾。且當以四百金為酬。盜笑曰。子所有盡歸吾輩矣。又何從另有四百金。客曰。君但知舟中物。豈識其餘。乃出券示之曰。此項現存某行。執券往索可得。惟我於醒受死。殊難為情。請賜盡醉。裹被席而終可矣。盜憐其誠。果與大醉。席捲而縛綁之。拋擲於河。甫擲。有犬躍而從焉。與俱順流。傍岸。犬起抓嚙廟門。僧問為誰。不應。及啟關。見犬走入。渾身淋漓。嚙僧衣不放。若有所引。隨至河邊。見裹尸。俱砍散去。犬復作追擱狀。僧喻其意。移尸至廟。撫之。酒氣薰騰。猶有微息。解其綫。移席上。有齒痕。始知是犬嚙斷。乃與薑湯而臥。明晨客醒曰。盜走水路。我輩從陸告官。當先盜至。蓋度其必執券而往某行也。僧諾。與俱。盜果未至。因告行主人以故。戒勿泄。俄而盜果持券至。主人偽為邀奉。潛客鳴官。遂皆擒獲。客偕犬同歸。終老於家。不復再出。右義犬記

浮海

王謙光者。溫州府諸生也。家貧不能自活。客於通洋經紀之家。習見從洋者利不貲。謙光亦累貲數十金同往。初至日本。獲利數十倍。繼又往。人衆貨多。颶風怒作。飄忽不知所之。見有山處。遂往泊之。觸焦石沉舟。溺死過半。緣岸而登者三十餘人。山無生產。人跡絕至。雖不葬魚腹中。難免為山中餓鬼。衆皆長慟。晝行夜伏。拾草木之實。聊以充饑。及風雨晦冥。山妖木魅。千奇萬怪。來侮揶人。死者又十之七八。一日走入空谷中。有石窟如室。可蔽風雨。傍有草甚香。掘其根食之。饑渴頓已。神氣清爽。識者曰。此人參也。如是者三月餘。諸人皆食此草。相視各見顏色光彩如孩童。時常登山望海。忽有小艇數十。見人在山。泊舟來問。知是中國人。遂載以往。皆朝鮮徼外之巡邏也。聞之國王。蒙召見。問及履歷。謙光云係生員。王笑曰。道不行。乘桴浮於海耶。因以浮海為題。命謙光賦之。謙光援筆而就。曰。久困經生業。乘槎學使星。不因風浪險。那得到王庭。王善之。館待如禮。嘗得召見。屢啟王欲歸之意。又三年。始具舟資送謙光并及諸人回家。王賜甚厚。謙光在彼國。見諸臣作賦詩。高會無不招致。臨行贈餞頗多。及至家。計五年餘矣。先是謙光在朝鮮時。一夕夢至其家。見僧數眾。設資冥道場。一妾哭甚哀。有子衰絰以臨。謙光亦哭而寤。因思數年不歸。家人疑死。設蘸固矣。但我無子。雖非衰絰者為何。誠夢境之不可解也。但為酸鼻而已。又年餘。抵家。几筵儼然。衰絰傍設。夫婦相持悲喜。詢其妾作佛事招魂。正夢回之夕。又問衰絰為何人之服。云房姪入繼之服也。因言夢回時。亦曾見之。更為慘然。

刑天國

謙光又云。曾飄至一島。男女千人。皆肥短無頭。以兩乳作眼。閃閃欲動。以臍作口。取食物至臍吸而啖之。聲啾啾不可辨。見謙光有頭。羣相驚詫。男女逼而觀之。臍中各伸一舌。長三寸

許弟祇謙光。謙光斧至山頂，與其衆拋石子擊之。其人始散。識者曰：此山海經所載刑天氏也。為禹所誅，其尸不壞，能持干戚而舞。余按顏師古等隱亭碑作形天氏，則今所稱刑天者，恐是傳寫之訛。又徐應秋談薈載：無頭人織草履。蓋戰亡之卒，歸而如生，妻子以飲食納其喉管中。如欲食，則書一饑字；不食，則書一飽字。如此二十年纔死。又將軍賈雍被斬，持頭而歸，立營帳外，問：有頭佳乎？無頭佳乎？帳中人應曰：有頭佳。雍曰：不然，無頭亦佳。此亦刑天之類歟。

萬年松

廣東香山縣鳳凰山有萬年松數株，西洋人架梯取之。其松忽上忽下，偏梯轉移，洋人終用鳥槍擊之，連發數十槍，卒不能得。松至今青蔥如故。

紅橋板

福建武夷山大藏峯山洞中凹處，有大木千百條，橫斜架立，千萬年不朽不落，色如陳楠木。文公云：是堯時居民所棲避洪水處，後水退而木存。然木狀非受過斧斤者，洞離列峯，木如民間開木行者然。山下灘水湍急，舟不能泊。余至武夷親見之。後到杭州，又見孫景高家藏虹橋板一片，木微香，肌紋細潤。梁山舟侍講鐫詩其上。

天上過船

乾隆五十五年五月十四日，風雷大作，儀徵縣江邊一客船被風吹至空中，落在洪澤沙灘上。舟中米客六人，及器物盤碗，俱絲毫無損。但據揚州人云：是日親見有一船從雲中過去，初意猶以為大鳥也。

續子不語卷二

隨園戲編

鬼狀

河南祥符縣最繁劇，凡各州縣中解院司案件，有應審者，多委州縣自理。詞訟雖常接堂，而示審無期，反致沉擱。令尹鮑公，勤於堂事，一夕收呈狀若干本，及細閱，即交幕友批發。次日幕友問公曰：某處命案可往驗否？公曰：未見呈稟，安得有此案狀？觀之，則是謀殺親夫狀也。內載姦夫姓名，自稱瞽某，被殺某處，屈指計之，已十六年矣。公愕然，曰：案懸十六年，事頗怪。因將各呈俱為批發，獨此呈不發。逢收呈日，又親點不過堂，並無作者。及晚查閱，則前瞽者呈又在內矣。公問書役：汝輩可識劉順否？或答曰：有。其人現充臬司厨役。公赴司請拘劉犯。臬司交公帶訊，供認不諱。先是劉順本屬無賴，在城外河口以渡人渡河為生。值瞽者夫婦同行，見其妻有姿，遂萌惡念。於自渡時，即戲挑之，曰：娘子嫁一瞽者，殊非終身了局，倘不予嫌，願同白首。其妻心動，共紿瞽者，憩樹間，解裹足布勒死，挖坑埋之，遂成夫婦。偽作逃荒者，至外縣雇傭於巨紳家，遂學烹飪，頗有所積，乃挈妻入汴城，充臬司厨役。公廉得真情，即往掘驗，尸未朽，傷痕宛然。於是劉夫婦皆伏誅。

驅狐四字

周公世傑宰廣城時，有耿家莊劉化民家患狐，百法驅禳無效，因訴於公。牒移城隍，公從其請。狐在空中喝曰：汝求城隍，城隍奈我何？祟之益甚。公謂神且莫制，殊難為力。其友沈松濤曰：予在息縣，有巨紳某之子，甫畢姻，延於父嚴，恐戀新婚，促令從師遠讀，且督責曰：無故不得擅歸。其子綢繆燕爾，未免妄想。一日獨坐書齋，見隔牆有美人露半身，秋波流注，挑之微笑而下。方欲移几梯接，又見牆上立金甲神，手執紅旗二桿，一書右戶，一書右夜，向女招颭，女杳然遂滅。今試寫四字在紙上試之，何如？因裁黃紙二方，研硃砂書之，令劉持歸，貼戶牖間。是夜狐來，卻步而言曰：戶夜神在此，今且讓汝三年，後當再來。從此寂然。周旋即陞去，不知其後若何。其時內幕蔣生知此情節，聞紹興桂林菴有三尺赤練妖纏，蔣乃教以用硃砂如法書右戶右夜四字，貼其樑牕，無風自啟，樓上狐扒竄，一夜聲如鐵甲，至曙始息，狐盡逃去。余按四字平平，不解出於何典，乃能降狐如是，故誌之。

女鬼守財得婿

安陽縣楊某，開客店，有女適湯陰縣鄭某。負販家貧，楊妻杜氏常以錢物周給之。楊蓄白金數十兩，扃櫃中，婦思竊少許與婿作資斧，而未得間。一日，隣人招楊飲，婦瞯夫出，因啟櫃愳試數鑰。鎖始開。取金鏡出。揭匳歸。姊倉卒納金懷中。閉付匳鎖而起。然金在手。無處藏匿。往埋後苑土中。揚夜啟櫝不見金。知爲姊竊。疑其贈與所私。詬詈百端。婦忿極。俟夫熟睡。縊死。死後鬼常作祟。揚不能安其居。乃賣屋遷徙。先是婦未死時。鄧已攜妻往湖北依其叔。叔業醫坊。六旬餘無子。見姪大喜。認爲己子。自是鄧夫婦身登樂土矣。數年後。揚女思其父母。偕夫往探。鄧襆被往。則故宅依然。而主人非矣。日已昏暮。鄧行倦欲宿其家。主人辭曰。客房已滿。無下榻處。惟後堂兩楹。相傳有鬼。能祟行旅。至今扃閉。無人敢宿。鄧云此屋舊屬予岳家。乃予熟游地。何曾有鬼。縱有鬼。暫歇一宿。諒亦無礙。主人從之。移燈啟戶。設牀掃塵。鄧展衾解襪。和衣偃息。夜將半。聞堂西角嚶嚶哭聲。急起視之。一女鬼披髮垢面。傾身來攜。鄧跣足急走。奔堂中設一方几。猶以障身。鬼東人西。鬼南人北。駭極欲號。而口不能出聲。見庭中月白如晝。奔立月光中。鬼追至不敢犯。惟兩目眈眈注視而已。月移一寸。人退立一寸。鬼近一寸。月移一尺。人退立一尺。鬼逼近一尺。月上庭牆。鄧負牆立。須臾月移至膝。鬼蹲身來曳其足。鄧嘆曰。不意鄧某乃死於此。鬼聞語遽釋手。曰。汝爲誰。曰我湯陰鄧某。鬼曰。是吾壻也。胡不早言。幾誤殺汝。因告以身死原由。及埋金處。曰。趁天未曉無人知。速取金去。我所以作祟者。守此財以待汝耳。今日心事已了。予亦不復作祟矣。仍趨堂西角而滅。鄧往掘地。果得金

攜歸。困益甦。遂家小豐焉。

僵尸食人血

吳江劉秀才某。授徒於元和縣將家。清明時假歸掃墓。事畢。將復進館。謂妻曰。予來日往某處訪友。然後下船到閶門。汝須早起作炊。婦如言。雞鳴起身料理。劉鄉居。其屋背山面河。婦淅米於河。擷蔬於園。事事齊備。天已明而夫不起。入室催促。頻呼不應。揭帳視之。見其夫橫臥床上。頸上無頭。又無血跡。大駭。呼隣里來看。羣疑婦有姦殺夫。鳴之官。官至檢驗。命暫收殮。拘婦拷訊。卒無實情。置婦獄中。累月不決。後隣人上山採樵。見孱塚中有棺暴露。棺木完固。而棺蓋微啟。疑爲人竊。然呼衆啟視。見尸面色如生。白毛遍體。兩手抱一人頭。審視識爲劉秀才。乃訴官驗尸。官命取首。首爲尸手緊捧。數人之力。挽不能開。官命斧斫僵尸之臂。鮮血淋漓。乃劉某之頭。反無血矣。蓋盡爲僵尸所吸也。官命焚其尸。出婦獄中。案乃結。

飛鬼

漢陽崔某家素豐。選雲南知縣。攜家到任。留一老僕守門。自廳以後。俱封鎖而去。數年後。罷官旋里。居纔數日。家人羣苦佛樓上每夜有怪。崔素膽壯。移牀宿樓下。思覘其異。漏初下。滅燭就枕。即聞樓上拍案聲。繼倚聲。繞樓行走聲。又如官府出門皂役拖板子聲。少頃漸次下樓。降梯一級。又如攜斧鑿桶板聲。崔駭極。拍牀大叫。又如人復曳椎上樓聲。家人畢集。以火上樓燭之。虛無一物。益信以爲非妖即鬼。延巫覡祈禱不靈。一邑哄傳崔家有鬼。崔舊契闈一部。內有膽大者數人。思一睹鬼狀。乃入夜塗面易服。一人扮伏魔帝君。一人扮周將軍侍立。燃燭以待。忽一鼠自神龕頂上竄下。尾大如棒槌。二人急下追捕。鼠因尾大身體遲滯。頃刻就縛。細視其尾。乃灰塵凝結。重可數斤。不知其故。崔恍然悟曰。昔年此鼠竊食燈油。予自從潛捉其尾。鼠力竄脫去。尾皮盡褪。膏血塗裹灰塵。日積月累。致作此狀。曳地作聲。奚數月來祈禱紛紜。空見鬼也。

鬼精

吳縣孫香泉女。適同縣某生。女偶食雞得怪疾。喜則明妝艷服。笑舞百出。怒則拋盆擲碗。詬詈不情。或二三日不食。或一食可兼數人之膳。日漸尫羸。女爲祖母所鍾愛。因迎歸養病。複請醫藥無效。數日後。病輒一止。止時即如平時。家人問病狀。女云。初見一皂巾綠袍人。向予臉嘘氣。即身不自主。其一切語言舉動。皆綠袍人所爲。問食兼數人何也。曰非我食也。一紺衣人暨兩皂衣人。向綠衣人索食。借予飲噉以饗之。綠衣人臨去。必伸長其頸舌三舐足三蹠。不知何故。時香泉客河南衛輝中丞幕中。家道急足以女病告之。孫即束裝歸。攜女避元妙觀。蓋衣真人殿中。祟如故。孫思載女遠出。或可避之。賃船欲往揚州。無錫顧晴沙觀察與孫友善。聞其事。迎至家中。怪亦隨往。觀察肅容莊論。冀以正理壓服之。女掩耳曰。腐氣迂儒之談。勿污吾耳。因口吐白金一小錠。細珠數粒。向觀察云。此綠袍人聘我禮也。約月望來取。孫恐女爲怪祟死。急偕女解維遄發。將抵鎮江。女忽云彼若往揚州。我輩畏江神奇老爺不能渡江。奈何。徐云我有計矣。不必待望日。即於此時娶之可也。女旋即偃卧。呼號腹痛欲絕。孫恐女即死。許其返棹旋里。女腹痛頓止。至望日。家人惶懼。恐女有不測。而女故無恙。孫因札致舉中丞。爲代請龍虎山張真人除怪。真人得書。遣鄉法官至。設壇作法三晝夜。而女病痊。孫問是何怪。法官云。綠袍者黿。紺衣者蝦。皂衣者龜。窟在石湖湖心亭下。因汝壻家殺其子孫太多。故率其類來報讐。適遣六丁盡已拘去。汝女無恙矣。予按江神名奇相。見博物志。

雷異

金壇屏渚有某者。其子幼時與某姓爲婚。未幾某卒。妻矢志撫孤。屢遭饑饉。子既長。不能行聚禮。遂屬媒氏辭婚。令別擇壻。某夫婦詢之女。女志堅不奪。媒復命。母子計無所出。居久之。母呼其子曰。吾十數年來饑寒交迫。不萌他念者。望汝成立室家。爲爾父延一線也。今覺貲相守。雖百年何濟。余昨已議改醮某姓。得金若干。爲汝取婦。若干償宿逋。今金俱在床頭。汝

可視之。子噤不能出一語。母泣曰。速詣媒氏言之。余坐待汝夫婦成禮。然後去。子泣不應。母促之再三。乃往。時鄰左博場。有輩睢竊聽。乘某子夜出。穴壁偷金去。母晨起失金。遂自縊。越宿子偕媒來。啟戶不見其母。怪之。使媒坐客舍。而己入內。見母已死。痛極亦縊。媒怪其久不出。呼之無應者。窺其寢。母子俱懸梁死。駭極而號。鄰眾畢集。咸不解其故。媒因奔告女之父母。女聞之亦縊。時方隆冬。天忽陰晦。雷電交作。震死博徒七人。某子某女俱索斷而蘇。惟某母救亦不醒。一時聞其事者。相與嘆曰。貞烈節孝三事。萃於一門。而一時俱死。非其命。若無人為之伸。雷為之伸者。斯亦奇矣。至于蘇男女二人。使之完娶。而節母則聽其悠悠不返。所以曲全之者又如此。誰謂雷無知耶。

紀曹孝廉夢

孝廉曹君履青。弱冠時。冬月染疾。困臥五六日。一日夢在冶西横街。有在後呼其姓名者。回視不相識。叩之。則曰奉府君召。問何事干涉。曰往自知耳。適族伯用章至。向公人緩頰云。我同姪往何如。公人頷之。曹子路問公人云。近聞城隍非楊公。誰為攝篆。曰東漢袁公也。遂別去。用章挈履青同行。步履迅疾。街衢月色甚皎。但覺陰氣中人。兩旁屋宇。門戶俱掩。門楣上各樹楮錠一二串。數里中所見無異。俄達一曠野。遙望高垣如城。正南有雙扉。用章叩之。內有人應聲啟扉。入。命向東廊行。少前。用章不知所在。覺力倦欲稍憩。徙倚一門。首見室前有十數人。或縲繫足。或索拴頸。坐立不等。室後半皆羊豕。不得已坐檻外。忽諸囚咸伸一手出戶。如索物狀。諸羊豕俱來嚙衣嚙足。曹甚窘怖。旁有人咻云。勿無禮。所需當即見付。未幾。公人傳訊。出票相示。方恍然如為前身。且曰。君父子為人作券中。其人負心。今屆來一證耳。毋懼也。至署門。有吏捧冊來。詞色間似索規例。前一人又曰。有有。遲日取諸我家。遂止。忽有人短衣跣足。左右望。如探訪公事者。官隸揮叱之。遽閃避。但見壁上如黑烟一片。縷縷散去。俄聞內陞座訊供。用刑拷掠。聲甚厲。少頃有人出外。云勿須到案。某吐情實矣。見內牽出一囚。鬚髮鬔鬆覆額。一手著膺。一手撫背。胸口牽貫其中。并縛前後手。瘦憊斜行。意即捕囚也。署前各散寂無人蹤。探首窺內。廳堂三楹。兩廊肩輿牌棍儀仗。悉如人世衙署。進數武。母舅周子堅已先在。曰甥來作證耶。因相勞苦。蓋翁即宿世債主云。時翁之從兄方死。語次及之。翁泫然曰。亦在此。我不忍見也。正敘語間。前吏來曰。請回已久。何尚滯此。隨之出署。前見一大池垣。週四圍。池中一遶石片相接。履之。兀兀有聲。焚然墮水。水如渦旋。旋轉甚疾。心甚惶迫。忽見岸上蓮燈萬柄。閃爍照耀。往來不定。其行甚速。燈亦漸遠。陡然擱淺。一無所見。視之乃冶後玉帶河滸也。月光西墮。譙樓五鼓矣。相扶上岸。送周翁出北門。已仍向西返舍。豁然而醒。

身臥床上。望月影。聽更聲。一一如夢。自是病痊。

縊鬼畏魄字

瀨江有二士相友善。甲年長而性凝重。乙妻呼甲以伯。相見如家人。俄乙妻死。續娶少艾。甲以嫌不往。蹤跡久疏。一日暮雨。避宿茶亭。距乙家二里許。忽見乙前妻至。甲心動色變。乙妻曰。伯無懼。妾方有求於伯。吾夫後娶者。勤於家事。善撫妾子女。今日微反目。有縊鬼知之。將令投繯。此人若死。吾家蕩然矣。祈一往救吾夫。甲曰。吾非師巫。往何能驅鬼。汝在冥中反不能禁耶。乙妻曰。是惡戾之氣。妾烏敢敵。須伯一往。甲不得已隨之行。至門。門已閉矣。乙妻已從旁隙入啟戶。不知何時已燃燈矣。移一椅至中庭。告甲曰。伯坐此。有麗人來假道者。即縊鬼也。堅坐勿動。彼自不敢前。妾當在座後視之。少頃果見一女手執紅帕。含笑婉言曰。妾有事欲前。盍少退。甲不應。女乃卻退。乙妻曰。彼去當復來。來則意態甚惡。伯勿怖也。須臾女至曰。君胡弗避。甲仍不睬。女忽披髮噀血突至甲前。甲厲聲叱之。鬼亦滅。乙妻曰。惜哉。伯勿啫。但以左手兩指。寫一魄字。指之入地。彼一入不能出矣。今雖暫滅。彼必暗往吾家。伯可急叩吾夫寢門。甲如言。乙從夢中辨其聲。曰兄何暮夜至此。曰君勿問我。且問尊嫂安在。乙繞床捫之不見。急啟門呼甲入。燭之。乃懸於床後。共解其縊。灌以湯。徐徐而蘇。乙問妻何苦尋死。妻曰。合初不知。恍惚有婦人邀我至園中。尋玩片時。見若有闌窗者。今我引頸望之。我頭入窗。遂不能出。甲因具述所遇。而乙前妻杳無迹矣。江西堪輿陸在田。與甲善。言其事。

蔡啞子

常州有生而不能言者。蔡姓。逸其名。世居郡北青山莊。家貧行乞。人皆呼為蔡啞子。啞子無他技。諸乞兒莫善也。獨有許道士待之厚。久之許道士死於朱家村。屍有重傷。許氏鳴朱某於官。煅煉成獄。擬大辟。或曰朱某實斃之。罪誠當。或曰恐有冤。然莫知的耗。一日蔡啞子至朱家村。村人曰。啞子來與爾食。蔡啞子忽張目大言曰。我為朱氏雪冤而來。勿暇食也。村中老幼驚駭。時朱氏以許道士一案。家產蕩然。計無所出。謂啞子曰。事關人命。汝無戲言。啞子曰。到官我自能白之。於是朱氏族眾及鄰保數百人。共拉啞子入城。太守李公適坐堂皇。詰訊啞子。啞子曰。殺人者許甬公也。與朱某何與。歷言情事。纍纍可據。即發拘許甬公。甬公方與朋輩避暑豚柵。賭錢。拘至。一訊而服。立出朱某於獄。初甬公與朱某爭客行不遂。故設計拉許道士於僻所毆斃之。輿尸朱某門。事甚秘。然獨不避蔡啞子者。以其生而不能言也。朱某感其再生之德。往乞隊中作謝。諸乞兒曰。噫。啞子死矣。蓋即朱某出獄之日云。

珠涇紀事

嘉興珠涇地瀕湖，有童年十三歲，跨牛背，糗繩拴於腰，飲牛於湖，牛入水漸深，沒及童足，久許，牛忽驚走，童顛墮水，岸上人恍見有物排浪吞童，牛奔上岸，繩尾拽起一鮎魚，形如小舟，羣譁然，始知牛初為魚所齧，負痛而奔，奔太速，童遂墮，而童與牛繩相繫，魚雖餌童，而繩不得脫，因為牛曳出，如漁人之釣者。衆操刀斫魚，冀童尚可救，及童出，氣已絕，而衣服髮膚毫無所損。剖魚肉秤之，得三百八十餘斤。封君朱緒三自吳門歸，述其事云，乾隆五十四年七月十一日。

葉氏婢

葉星槎別駕之姊，適張氏，婚未四十日而寡，無子，歸守節於母家。別駕為諸生於　朝，乾隆己酉，姊年七十二矣，偶秋日遊園中，忽冷風如箭，直射其心，卧床，醫藥罔效，而食量頓增，素持長齋，病後大嗜葷腥，且能兼數人之食，終日向空絮語，兩手作支吾拒抵之狀，頤頰間時有傷痕，徹夜呼號，侍婢皆不得眠，惟別駕在坐，則安睡片時。如是數月，醫者莫能名其病。別駕來，其神氣稍清時，詢以終日喃喃，與誰共語，所患何處痛癢，而呼號不止，姊初不答，強問之，乃長嘆曰：前世孽也。彼日我遊園時，忽陰風吹來，毛髮俱悚，急歸房中，見一短小婦人，面醜而麻，著白布單衣，渾身補綴，携兩小男，亦醜惡襤褸，相隨，婦呼我曰夫，兒呼我曰爺。我前生乃男子也，江西人，姓顧，號於耽，婦為我妻，兩男皆我子，我嫌婦醜，酖殺之，並酖二子，而連娶二美婦，以天年終。婦沉冤百年，索我不得，上年遇張得新，得新前世與渠有瓜葛，親乃告知我在此處，並引之至園，又以室有乩壇，不得入內，匿園中者半年，今始相遇，要我償命。我亦恍然覺前生殺妻殺子，實皆有之，猶憶身死後，閻羅王以我生前有罪須審，但怨主未至，且罰作女身，而使早寡，皆了了於心目間，悔之無及。彼母子三人者，日披我頰，扼我喉，使我不得一息平安，食非我食，而我不自知飽，呼非我呼，而我不能禁聲，其苦甚矣。惟弟在側，則三鬼潛匿，若他人，皆不畏也。所以隱忍不言者，以事太怪，而又可醜，今不得不以實告，弟須為我傳說於世，使知因果顯應，雖隔世不相寬假，雖念佛齋僧，絲毫無益也。言畢泣數行下。所謂張得新者，乃葉之老僕，死已多年者也。別駕聞之駭然，向空喝曰：冤冤相報，理所固然，然汝輩果含冤，何不索報於前世未死之時，而容其以天年終？又何不索於既死之後，而容其再轉人身，遲至七十餘年之久，太覺糊塗，非情理。且冤仇宜解不宜結，我為爾延高僧超度，三人早投人生，如何？婢搖頭曰：渠說不願，只需兩件衣服上身使好。葉即製大小紙衣三襲，方持入戶，婢忻然起坐床前，兩手盡力扯攤，云我要穿一件白布衫，破爛不堪，純以斷線縫補，解之不開，我為盡力撕之，纔得脫體，今甫換新衣，便覺容貌漸漸可觀，雖醜亦像人矣。

其實紙衣猶在桌上未焚，乃謂三鬼已著於身也。別駕又喝曰：衣既易，可速去。婢呪喃片刻，云渠尚要黃金數錠，白銀一千兩。別駕有難色，婢曰：勿難，只佛草數莖、錫錁一千耳。佛草者，參草也。於是眷屬羣取參草，則宣佛號而斷之，參草中間有零星顆粒墮地，婢曰：是絕好珍珠，何可拋棄，皆令拾起。頃刻得草數百莖，婢呼曰：止，渠等嫌重不能勝矣，宜更與一包袱。乃剪紙為袱，并錫錁一千，焚於床前，婢即瞑目鼾睡。別駕出見客，逾數時，婢醒，詢以怨鬼去否，曰：去矣，要我親送出大門，問鬼得衣物喜否，曰不喜亦不謝，但云著此衣可出去見官府矣。我送渠轉入門時，弟方送鄭六爺出，我避於門側，弟不看見我耶？鄭六爺者，別駕所見之客，內室所不知者也。羣相駭異，自是婢安眠，不復索飲食。未三日，忽呼曰：二奶奶來矣。又呼曰：三奶奶來矣。囈語相寒溫，或笑或泣，刺刺不休，詢之，則云此二婦乃我前生繼娶之兩室也。陰司以大奶奶事要質審，故將二婦囚閉已久，不得託生，今大奶奶得我衣財，向各衙門告准，放出兩婦質訊，故先來相看，且云明日當赴城隍處聽審，我其休矣。嗚咽不自勝。至夜三鼓，呼號甚慘，遲明，稱右股痛甚，視之，一片紅腫，若受杖者。次日，復呼左股痛，繼呼足踝痛，皆紅腫潰爛，流血淋漓，委頓特甚，潛語別駕云：我事本無可辨，到案即一一承認，乃既兩次受杖，復一次受夾，而案終不結，奈何。自是遂不能言。又十餘日方死，此乾隆庚戌年二月中事，別駕親言之。

牟尼泥

進士湯聘為諸生時，家貧甚，奉母以居，忽病且死，鬼卒數人拘之到東嶽，聘哀籲曰：老母在堂，無人侍養，聘死則母不得獨生，且讀書未獲顯親揚名，可即死，望帝憐而假之年。東嶽帝曰：汝命止秀才，壽亦終此，冥罰森嚴，不能徇汝意加增功名壽算也。聘扳案哀號，聲徹堂階，帝曰：既是儒家弟子，送孔聖人裁奪。命鬼卒押至宣聖處，宣聖曰：生死隸東嶽，功名隸文昌，我不與焉。回時路過昇門大士，哀訴求生，大士曰：孝思也，盍允之，以勸世。鬼卒曰：彼死數日，屍腐矣，奈何？大士命善才往西天取牟尼泥補完其屍。善才往越三日，囊取牟尼泥來，泥色若栴檀，其香不散。因與善才同至家，而屍果腐爛，蠅蚋嘬於外，蛆蛆攻其中，見一燈熒然，老母垂涕，是時死既七日，尚無以為殮也。善才以泥團屍三匝，須臾臭穢漸息，蠅蚋四散，蛆亦去，腐爛者完好如常，遂有生氣。善才令聘魂歸其中，從口入，曰：我返報大士去矣。屍即蠕動，聘張目見母在旁涕泣，亦嗚咽不禁，母驚而狂叫，隣人咸集，聘已起坐，曰：母勿怖，男再生矣。因備言遇大士得再生之故，曰：男本無功名命，限已盡，力求報父母恩，大士命持齋淫葷酒諸戒，與我功名壽耳。男惟不能斷酒，餘俱如所戒，大士許男成進士，但命無祿位，戒勿仕而已。復顧母曰。勿怖恐。男實再生也。後膠舉戊戌進士。就真定縣令。卒於官。

捆怪

郭生者。吳郡名家子。弱冠未娶。一夕讀書。有好女子到其家。與之狎。自是過午輒至。不逾夜。生妹見之。告其父。父疑生有私姬。因為之婚。及新婦入房。啟帳見好女子在焉。大驚走避。舉家譁然。逐之。其女了無懼色。反毆其青生曰。我與若十年夙姻。奈何戀新婚而逐我耶。家人求禱於法師。施元宰起醮壇作法。敕王木二天君持劍擊生。即奔突大吼。良久乃定。睨日曰。妖見神將下。擊伏我腳下。被神將所有餘創。破顱而遁。殆即死矣。怪果絕。郭生亦無恙。居無何。郭生家七口同日仆地。死後求法師來作法。仆地中一人忽立而罵曰。吾翁已千歲。郭家殺之。吾必滅郭氏。中又一人攘臂起曰。汝識我為上方君乎。彼女子是千年水獺。觸犯功德。與郭氏子有緣。為汝所殺。今其子孫怨於我。我來與之伸冤。汝之法無奈我何。法師正惶惑間。忽死者皆甦。人問其故。曰昨見五鬼甚猙。拉我們至一窟中。見羣怪舁死獺。身被百創。頭顱粉碎。眾妖縞素拜哭。吊者皆鱗介之屬。閒相聚商量議。倚賫神為援。賂獻珠寶無算。賫神者即上方君。上方君貪其賄而許之。羣妖得賫神援。欲悉族類與法師相抗。忽聞空中萬馬奔騰聲。有金甲神騰空而下。曳鐵鍊數十百條。圍縛羣妖而去。故我們依舊得法。從此郭氏平安。

天蓬尺

朱生某臨試日。至校士館門。腹痛甚。廣文引驗。主司放歸。及抵家。腹中隱隱作人語曰。我為姚泳。金陵人。明初為偏將。隸魏國公子麾下。魏公子即朱生三世前生也。主帥與我千人勦山賊。深入被圍。亟我妾潘氏求援不發。我與千人死傷殆盡。生還者不數人。因強納我妾不從。自經而死。欲報已久。故來索命。家人詰之曰。彼時何不即報。乃遲數百年始報耶。曰。彼為元戎。忠且勇。宿根甚厚。故不得報。及再世則為高僧。至三世則為顯官。有實政。又不得報。即今生彼亦有科名。尚不得報。今彼一言而殺三命。祿位已削。方得報之也。問殺三命者何事。曰。渠某月日。錯告某為盜。并其妻弟俱死。非殺三命耶。先是朱生被竊。心疑是鄰人張某所偷。告官究治。以形迹可疑。真贓不獲。張與妻及其弟。拖累而死。事實有之。時同邑有周生者。學法治鬼怪。頗驗。聞之往候。朱生有懼色。腹中不作聲。周生出。復大言曰。我豈畏若耶。我畏其天蓬尺耳。詢之周生。果持之袖中也。又有行腳僧西蓮者候朱。見朱痛楚狀。乃口誦其咒。腹中曰。師德行人。乃誦咒禁我耶。西蓮曰。我與汝解冤。何為禁汝。腹中曰。若欲解冤。須誦法華經。師所持咒是穢迹金剛咒。命惡神係禁我。我豈服哉。西蓮曰。我即起道場誦法華經。能解仇釋宿冤乎。腹中唯唯。又要冥鏹若干。定立券約。書中保。曰依我。我即捨之去。但我責者當從口中出。諸跟隨者從後竅出。朱生遂嘔痰斗許。下瀉數日。而聲遂息。越數日。腹中復言曰。我之仇已解。奈死賊圍者又甚眾。渠等不肯釋。奈何。於是聞千百人喧閙腹中。朱生患苦不堪而逝。

掘土避賊

江州醫生萬君謨。業甚精。遠近就醫者絡繹。君謨皆盡心療之。絕不計其有無酬謝也。甚有貧者。䘏之於家。病愈而遣之。一日有道人款門求醫。萬診之曰。師病痞膈。服藥數十劑。可以平復。道人曰。來自廬山。奈往返何。因留治之。月餘果瘥。崇禎末年間事也。其時流寇猖獗。所在患其突至。君謨憂之。道人曰。公有力可徙避之乎。君謨曰。糊口之外。毫無長物。貲生且無別業棲託。奈何。臨行。道人令君謨取土斗許。咒之。命藏於功德堂中。晨夕焚香禮拜。有賊至。取升許土撒前後門。閉戶不出。只喫炒米。不舉火食。度賊退後乃出。賊入城數次。及官兵至。俱用此法。絕無所損。鄰人有回視者。云但見雲霧而已。及土用完。世已太平。

沙彌思老虎

五台山某禪師收一沙彌。年甫三歲。五台山最高。師徒在山頂修行。從不一下山。後十餘年。禪師同弟子下山。沙彌見牛馬雞犬。皆不識也。師因指而告之曰。此牛也。可以耕田。此馬也。可以騎。此雞犬也。可以報曉。可以守門。沙彌唯唯。少頃一少年女子走過。沙彌驚問。此又是何物。師慮其動心。正色告之曰。此名老虎。人近之者。必遭咬死。尸骨無存。沙彌唯唯。晚間上山。師問。汝今日在山下所見之物。可有心上思想他的否。曰。一切物我都不想。只想那喫人的老虎。心上總覺捨他不得。

子不語娘娘

固安鄉人劉瑞。販雞為生。年二十。頗有姿貌。一日驅十餘雞往城中販賣。將近城門。見一女子容態絕世。呼曰。劉郎來耶。請坐石上。與郎有言。我仙人也。與郎有緣。故坐此等君。君不須驚怕。決不害君。且有益於君。但可惜前緣止有三年耳。君此去賣雞。必遇一人全買。可以担而空。錢可得八千四百文。劉唯唯前行。心終恐懼。及至城中賣雞。果如所言。心愈驚疑。以為鬼魅。思避之。乃繞道從別路歸家。則此女已坐其家中矣。笑曰。前緣早定。豈君所能避耶。劉不得已。竟與成親。宛然人也。及旦。謂劉曰。住房太小。我住不慣。須改造數間。劉曰。我但有雞價八千。何能造屋。女曰。君不須慮及於此。我知此房地主亦非君產。是君叔劉瘸子地乎。曰然。曰。此時瘸子在賭錢場上。輸了二千五百文。君速往。他必向君借銀。君如數與之。地可得也。劉往賭錢處。果見乃叔被人索賭債捆縛樹上。見劉瑞喜不自勝。曰。姪肯為我還賭錢。我情愿將房地立契奉贈。劉與錢立契而歸。女在其屋旁添造樓屋三間。頗為家啟。頃刻家伙俱全。亦不知其何從來也。鄉隣聞之。爭來請見。劉歸問女可使得否。女曰。何妨。一見但鄉鄰中有王五者。素行不端。我惡其人。叫他不必來。劉以告王。王不肯。曰。衆隣皆見。何獨外我。遂與群隣一鬨而入。群隣齊作揖呼嫂問安。女答禮回問。顏甚溫和。王五笑曰。阿嫂昨宵受用否。女罵曰。我早知汝積惡種種。原不許汝來。還敢如此撒野。厲聲喝曰。捆起來。王五雙手反接跪矣。又喝曰。掌嘴。王五自己披頰不已。於是衆隣齊跪代為討饒。女曰。看諸鄰面上。叉他出去。王五踉蹌倒爬而出。嗣後遠逃。不敢再住村中。女為劉生一子。眉目清秀。端重寡言。劉家業小康。不復販雞矣。一日。女忽置酒抱其兒置劉懷中。而痛哭不已。劉驚問故。曰。郎不記我從前三年緣滿之說乎。今三年矣。天定之數。絲毫不爽。不能多也。但我去後。君不妨續娶。囑後妻善撫我兒。須知我常常要來看兒。我能見人。人不能見我也。劉聞之大慟。女起身徑行。劉牽其衣曰。我因卿來之後。家業小康。今卿去後。我何以為生。女曰。所慮甚是。我亦思量到此。乃袖中出一木偶長寸餘。贈劉曰。此人姓子。名不語。服事我之婢也。能知過去未來之事。君打掃一樓供養之。諸生意事。可請教而行。劉驚曰。子不語得非是怪乎。曰。然。劉曰。怪可供養乎。女曰。我亦怪也。君何以與我為夫妻耶。君須知萬類不齊。有人類而不如怪者。有怪類而賢於人者。不可執一論也。但此婢貌最醜怪。故我以子不語名之。不肯與人相見。但供養樓中。聽其聲響可也。劉從之。置木偶於樓中。供以香燭。呼子不語娘娘。則應聲如響。舉家聞其聲不見其形也。有酒食送樓上。盤盤皆空。但聞哺啜之聲。踏梯腳迹。弓鞋甚小。臨去時猶與劉抱卧三晝夜。早起撫之。渺然不見。窗戶不開。不知從何處去也。供子不語三年。有問必答。有謀必利。忽一日。此女從空而歸。執劉手曰。汝家財可有三千金乎。曰。有。曰。有則君之福量足矣。不特妾去。子不語娘娘亦携之而去也。嗣後向樓呼之。無人答矣。其子名劍。入國安縣學。華騰霄守備親見之。

枯骨自贊

蘇州上方山有僧寺。揚州汪姓者寓寺中。白日聞堦下喃喃人語。召他客聽之。皆有所聞。疑有鬼訴冤。糾僧衆用犁鋤掘之。深五尺許。得一朽棺。中藏枯骨一具。此外並無他物。乃依舊掩埋。未半刻。又聞地下人語喃喃。若聲自棺中出者。衆人齊傾耳焉。終不能辨其一字。群相驚駭。或曰。西房有德音禪師。德行甚高。能通鬼語。盍請渠一聽。汪即與衆人請禪師來。禪師伛僂於地。良久。許曰。不必採他。此鬼前世作大官。好人奉承。死後無人奉承。故時時在棺材中。自稱自贊耳。衆人大笑而散。土中聲亦漸漸微矣。

藤花送終

吏部衙門有藤花一枝。係千年之物。古幹如龍。一人不能合抱。葉覆三間堂。暑夏日尤涼。每與牡丹齊開。乾隆六年。冢宰甘公汝來與果毅公訥親選官堂上。甫唱名抽籤。而甘公薨於椅上。手猶執筆未落也。納公奏聞於上。賞銀一千兩。命所屬經紀其喪。其夕藤花盛開。結蕊發花。大香三日。較暮春時更盛十倍。不如是何徵也。

續子不語卷三

隨園戲編

犼

常州蔣明府言：佛所騎之獅象，人所知也；佛所騎之犼，人所不知。犼乃僵尸所變。有某夜行，見尸鼓棺而出，某知是僵尸，俟其出，取瓦石填滿其棺，而已登農家樓上觀之。將至四更，尸大踹步歸，手若有所抱持之物，到棺前不得入，張目怒視，其光睒睒，見樓上有人，遂來尋求。苦腿硬如枯木，不能登梯，怒而去。梯某懼不得下，乃攀樹枝漸緣而墮。僵尸知而逐之，某急，幸平生善泅，心揣尸不能入水，遂渡水而立。尸果躑躅良久，作怪聲哀號，三躍三跳，化作獸形而去。地下遺物，是一孩子尸，被其咀嚼，只存半體，血已全枯。或曰：尸初變旱魃，再變即為犼。犼有神通，口吐烟火，能與龍鬬，故佛騎以鎮壓之。

地仙遭劫

乾隆二十七年，杭州葉商造花園，掘池得二缸，上下覆合，疑有窖，命人啟之，則一道人趺坐其中，爪長丈許，繞身三匝，兩目瑩然，似笑非笑。問係何朝之人，搖頭不答；飲以茶湯，亦不能言。商故富豪，喜行善事，率人參湯灌之，終不能言，微笑而已。商意是煉形之地仙，功行未滿者，將依舊為之覆藏。其奴喜兒者，想取其爪分人，以為異物，私取剪刀剪之，誤傷其身，鮮血流出，道人兩眼淚下，隨即倒斃，化枯骨一堆。余按南史列傳，載有人掘地開棺，見一女子，自稱將成地仙，慎無傷我。掘者利其金釧，斷腕取之，遂血流而化枯骨。方知古今事往往相同，殆劫數也。事見王元揆傳。

張閻王

杭州有張秀才者，素無行，武斷鄉里。一日過友人家，聞某村有女巫能呼召鬼神，從者甚衆，張往觀之。巫正作法，觀者如堵，張上前手披其頰曰：汝妖言惑衆，罪不可逭，若我作閻王，必斬汝。觀者羣散去。未幾巫果病落頭疽而死，人因呼為張閻王。又數年，張小病，見兩公人，素不相識，邀之同行，走至一署，殿宇輝煌，兩神坐左右，當中一神座前垂簾，面不可見。張問神何故見召，神云：女巫告君，故召訊君。君定渠之罪甚當，原無冤枉，但君亦非正人，須自將生前作惡共有多少，一一自首。令左右授以簡板，自書其上。張援筆直書，兩面寫完，尚覺未盡。神觀之曰：只此數案，業已足矣，君自擬應得何罪？張思之良久，曰：應遭雷擊。神曰：不足蔽辜，當擊三次。命捲起殿中簾，教張仰視，儼然己像，始悟前生即閻王，因有過惡，又輪迴人世也。俄而兩公人復衆送張回里，如夢初覺，汗流浹背。自是改過為善，一洗前非。忽一日雷電

交作，震死於地，既而復甦。又數月，有戲於臺下，雷電又至，張知擊已，叫衆人急避，果震死。少頃又甦，踉蹌而歸，訓蒙於鄉。又一日，雷聲殷殷，繞座不止，渠思第三次擊死，未必能活，因潛身於黑漆桌下，忽震一聲，桌毀牀傾，張竟得免。心知劫數已過，仍理舉子業，兩年舉孝廉，會試不第，隨其戚梁階平中丞赴湖南巡撫任，路過漢陽，聞有某術士算命極靈，往訪之。術士云：君此去小有佳處，但壽命已盡，只可一年即回，不可留戀。回時仍來一晤，我有要事奉託。張思其言，如期便回，再往訪之，其人已死，留札一函，啟視之，乃乞其帶櫬回里也。張為載棺回杭州，未一月無病卒於家。余按廣博物志云：雷火所及，金石俱消，惟漆器不壞。張之第三次得免，或以是耶。

梁氏新婦

杭州張孝廉來云：梁氏新婦娶未數日，忽然痴矣，口作北語，啾啾不解，細察之，乃其亡兄之口吻。其兄為姚河臺之子，作廣西同知，卒於任所。口稱新婦為妹，云有要緊事，請主人面談。適主人有足疾，不能登樓，乃請其夫人登樓。新婦云：我來無別話，只要替造一斗姥閣，我便去了。夫人卻之云：汝要奉斗造閣，是姚家事，與梁氏無干。乃云：我與妹皆前生是斗姥侍者也，今姚氏家貧無力，非梁氏不可。如不依我，我便同妹去復原位了。夫人不得已許之。新婦云：非立誓賭咒，我不信也。於是家人皆以為不可與爭，辯良久。姚公子生平並非佞佛奉道者，死後忽要奉斗，殊不可解。杭州故事，新婚婦手執寶瓶，內盛五穀，入門交藝，梁氏新婦執寶瓶過城門，司門者索錢吵鬧，新婦大驚，遂覺恍惚。後喫符水，神魂少定，曰：我有三魂，一魂失落於城門外，一魂失落於寶瓶中，須向兩處招歸之。家人如其言。新婦曰：城門外魂已歸矣，寶瓶中魂為米櫃所壓，尚不能出，奈何？蓋杭州風俗，以新婦所執寶瓶，俱放米櫃中故也。如其言，病雖差，而神氣依舊恍惚。

小婢入穴

張又言其尊人星子先生，曾學江西，有小婢甚蠢，忽然伶俐，家人異之。一日閉門洗浴，久而不出，呼之不應，窺之無人，撬門而入，則浴盆之水尚溫也，四面窗牖纖塵不動，但地板上有小洞，僅容一鼠出入者。啟板尋之，中有穴深丈許，婢卧其中，痴迷不醒，灌以薑汁，良久方蘇。云一月之前，遇一少年婦人，待之甚厚，教之甚勤，其忽變蠢為黠者，皆此婦所教也。語我云：我有冤要你主人申雪。我許之而不敢上言。隔數日，婦來責我失約，我對以畏主人，故不敢。婦人云：你所說亦有理，我不怪你。我有絕好花園，何不同我往遊？遂拉至一處，有小小紅門，狹室數間，我云並無可遊，我要回去。婦人云：我與你且去小坐片時，養養足力。忽聞外邊喧

喉聲。婦人驚避而走。方知你們來尋我。遂拉之出穴。鬼亦杳然。婢年十六七。隨即嫁人。至今安然無恙。年已五十餘矣。

吹銅龍送枉死魂鍋上有守飯童子

慈溪袁玉梁。乩上扶出汪姓者。嚴州人。秀才。赴秋試。死於七里瀧。飄蕩無歸。憑乩與人云。水死者其初死時。輒有人收管入一處。如今之班房。其主之者名司官。次日始查籍貫。遣卒解赴閻王。起行時吹銅龍送之。銅龍以銅為之。曲其柄如今之馬上小喇叭狀。聲甚淒切。汪至冥府。王查其生平無大惡。釋之。亦不令託生。亦無人拘管。聽其飄揚。故得至此。并言鬼無樂趣。每苦寒冷。必欲就人身傍。吸其生氣。始得融暢。倘吸氣之時。數鬼爭搶。一有不慎。逼近人體。即有熱灼之患。又怕大風。風起時必伏地不能行。因風大即帶有罡氣。風若鬼體其重如山。每望見風起色如黑漆。遇大風時。如板片一般。片片擦鬼背而過。能令鬼體消爍。又苦飢餓。入人家竊飯氣為食。凡大家食指多者。其飯氣濃厚。食之耐飢。貧家飯氣薄。不足供飽。竊飯時。鍋上常有童子守之。童子係竈君所管。每見鬼竊飯氣。必相追逐。故大家之飯亦不易得。其竊飯氣必俟飯熟開鍋時。有風則飯氣四散。鬼以手攬之如絲絮狀。可摶而食。若無風則飯氣上達。為童子所守。不可竊也。

打破鬼例

李生夜讀。家臨水次。聞鬼語明日某來渡水。此我替身也。至次日。果有人來渡。李力阻之。其人不渡而去。夜鬼來責之曰。與汝何事。而使我不得替身。李問汝等輪廻必須替身何也。鬼曰。陰司向例如此。我亦不知其所自始。猶之人間補廩補官。必待缺出。想是一理。李曉之曰。汝誤矣。廩有糧。官有俸。皆國家錢糧。不可虛廩。故有額限。不得不然。若人生天地間。陰陽鼓蕩。自滅自生。自食其力。造化那有工夫管此閒帳耶。鬼曰。聞轉輪王實管此帳。李曰。汝即以我此語。去問轉輪王。王以為必需替代。汝即來拉我作替身。以便我見轉輪王。將面罵之。鬼大喜。跳躍而去。從此竟不再來。

道士留符

常州吳某。刑部郎中。諱楫之祖。素好道。自京師歸。店晤一道士。風采絕異。不帶行李而宿。夜覘之。赤身而坐。氣咻咻然。從耳中出。蚊不敢近。旦起將行。吳詢所往。曰我實遊無定處。吳拉之南歸。供奉甚誠。居數年。臨死授二符。曰我受君恩。未報。他日有事。可以此符鎮壓。所以謝君也。已而吳某卒。其夫人大病垂危。屢見鬼魅。夜遣婢環視。有僕素健壯。好酒有膽。設席於門外。已醉睡矣。夢一老者隨一童子。持壺杯各一。謂童子曰。彼好酒。可令飲一杯。童子將一杯置老僕將內斟之。初覺甚熱。後不能耐。乃大呼而起。欬嗽一聲。口血已噴滿地。從此鬼更猖獗。未幾家人收拾地方。將停夫人之柩。偶在箱中翻出道士符。乃釘掛帳上。夫人久不言語。見符叱曰。帳上懸一明鏡。中有甲胄將軍。持刀逐鬼。鬼盡遠遁矣。夫人從此病愈。又十餘年而終。親友中有病家。借其符驅鬼。無不驗者。旋竟失去。

奪狀元須損壽

康熙癸未。江南士子赴都會試。解元某。負才傲物。陵轢同輩。每曰今歲狀元舍我其誰。同輩不堪其侮。既至京師。試期且近。同舍生夜夢文昌帝君陞殿傳臚。及唱名。則某果狀元也。同舍生意竊不平。未幾有女子披髮呼冤曰。某行止有虧。不可冠多士。須另換一人。帝君有難色。顧朱衣神問之。朱衣神曰。萬歷間亦有此事。以下科狀元移置上科。其人早中三年。減壽六歲。此例今可照也。遂重唱名。狀元為王式丹。旦起某大言如常。同舍生告之以夢。某失色曰。此冤孽難逃。非特不思作狀元。并不復應試矣。亟束裝歸。半途而卒。是科狀元果王式丹也。壽六十。

照心袍

錢塘錢蔭庭云。曾從天津買舟回杭。同舟楊姓者。無錫秀才。日坐舟中默默寡言。錢問其木訥。亦不與其談。一日偶言因果。錢甚不信。楊因極言其有。且云一月內有數夜往陰間。公差亦卑司鈎取人命之事。皆以一紙票注其人名。若有一命之案及侯王將相。必加一硃印。如人間官府牌票。其印文彷彿官印篆法。但不識其為何字。閻王執問陽間善惡。先用一袍罩人身上。如人間一口鐘之樣。人著此衣。在生曖昧虧心之事。不覺自吐。陰間待人極寬。人在陽間有一惡念。若復有一善念。即將前惡念銷去。司此印者。前明于忠肅公掌之。至今尚未遷去。

羅剎國大荒

趙依吉。臨安歸。遇僧說本年二月六日。有臨安二人。一姓趙。一姓李。販豬來賣於杭州。到半路。趙豬已賣矣。欲先歸。李姓者要與同歸。趙不肯。李怒罵曰。汝雖行。必有惡鬼攔阻不得到家。某惡其言。禱於玄壇廟而行。至大橋渡。夜已二更。果見前四人。蓬首惡面。七竅流血。環而圍之。渠恃勇欲揮拳。一鬼以黑帕直套其頭。便覺冷氣攻心。口不能聲。倒於地矣。羣鬼以泥塞其口鼻。忽前有人持棍來趕散四鬼。以手提趙擲之曰。我特來救汝。我即玄壇神也。此四鬼者。因昨年羅剎國大荒。餓鬼無處覓食。故逃入中國作祟。汝所遇者。羅剎之餓鬼也。但子雖脫於禍。恐有後患。須到家後。用香十三枝。自竈前點至門外。方可脫然。趙驚醒。不料其身已仰卧自家門外。乃望空拜謝。如其言。果無恙。

紹興李先生

紹興李直韜作幕山西太谷縣。夜眠書齋。有老人伸靴於坑下。曰我山陰人。亦幕客也。死不得歸。奴竊銀信衣服而逃。至今家中猶未能知。求君為我寄信到家。李曰。不必寄信。我即日要返舍。歸時即送君柩歸可也。鬼大喜拜謝。且曰無以報恩。願代為辦案。從此李每宵熟寢。而几上之案已辦定矣。一時有神明之稱。逾年送其柩歸。其妻子泣迎於門。曰。昨夜夢老相公寄信還家。故在此相迎也。

怨氣變蛇

亳州胥生郜某。家頗富。住城西五里。地名小鎮。家多豪僕。皆倚主人之勢。橫行鄉曲。鄉民陳老有田數畝。與郜宅相近。禾稼屢被郜家騾馬踐傷。與之理說。反受豪奴辱詈。陳老自度勢不相敵。莫敢誰何。致成膈疾。年餘將死。一日喚工人至家作棺。謂工人曰。棺後為我鬧一小穴。鬧者皆咤之。問其故。陳老曰。我被郜某欺氣而死。自諒生不能報仇。欲死後變蛇以食郜之心肝。方泄我恨。工人笑而從之。至晚工匠歸過郜宅。咸以此事為新聞笑語喧嘩。適值郜某閒立門外。見衆人狂笑。因內中有素熟識者問之。其人仰將陳老語相告。郜罵曰。我豈不知。明日清晨至陳家。云前事皆家人放肆。故親來請罪。望翁宥我。陳老曰。公果不知。能將家人某某等。當我面責處。我即不恨公也。郜曰可。即邀陳老至家。將家人重責。又著叩頭陪禮。并留之小酌。陳老大悅。即能進飲食。忽胸中作嘔。吐出一物。長尺許。衆視之。乃一小蛇。遊於痰沫內。郜駭然。曰。非我今日請罪。則翁必化蛇相報矣。自後陳病亦愈。

心經誅狐

錢唐秀才鄭國相有妹。適羅氏。於康熙甲申十月初旬夜坐。忽有風從窗隙中入。微有氣息。旋見一少年滿妝美女。嬉笑而至。後隨一毛物。不滿三尺。身披半臂。美女與妹言笑。不覺隨之而行。或山林。或城市。來往輕疾。不知其魂之離體也。或殭臥三五日方甦。妖戒勿洩。洩必害其性命。故不敢語其家人。以為病瘋如此者。至乙酉八月。國相遠歸鄉試。延妹回家中秋晚再四詰之。始吐其實。是夜妖即鬧至五更而去。次夜復至。妹即暈絕。國相挈妹衣領。朗誦心經。始得釋回。每日因虔禱所供大士前。願刊施二千餘部。除妖救妹。是夜妖至。舉家朗誦大士寶號。飯頃始甦。云正在危急之際。空中現大士。呼孽畜何得至此。妖應曰。因飢覓食耳。大士叱之。隨去。以手向妖一指。騰空而起。妖亦不見。衆覺旃檀香滿室。妹得安寢。次日午後忽又女魂附體。口作北音。國相取周易鎮之。彼云乾元亨利貞。我曾讀過。不須取來。口中只

喚還我胡三哥來不絕。因一一詢之。云我姓繆。喚繆三姑。年十六歲時。池邊採荷花。見一美女。與我笑語。云是汪大姑。背後隨着。即胡三哥。名叫將恠。自稱天下老狐第三。故稱胡三哥。我被其迷。因此而亡。汪大姑得脫生去。今已四十二年。我依倚胡三哥。尋一替代。去年十月連你妹子。尋有三人。期在一年之內。三人中必將一人收盡眼光。方可替代。今胡三哥被收。我無所歸。奈何。國相云。汝何不歸母家夫家。云母家遠在江西不能去。七月間見盂蘭盆會上丈夫搶食。想已不在人世矣。言訖悽然。國相允以誦心經三百卷超度。繆即合掌禮謝。云得此。我可再生人世。你為我先誦兩卷何如。國相每誦一卷。繆即念阿彌陀佛一聲。誦至三四卷。乃云不須多誦。若多則太重了。我手不能持。并索燒酒牛肉。銀錠五百。烟筒荷包。一一從之。起身作禮。致謝而去。飯頃妹病始甦。作呻吟聲。云我被繆三姑藏山洞中。正在啼哭。忽見繆三姑面色微紅。似有酒氣。胸懷銀錠。口含烟筒。手捧白紙經卷。口稱般若波羅密多而來。云汝父兄念汝。須汝回去。走得腳痛。故呻吟也。次早忽又作繆語。云菩薩不忍將胡三哥殺害。不過拘繫而已。今聞胡三哥要打千尺深的地洞。逃出來害汝妹性命。我感你恩。故來相報。大相公可再求大士。使他不得逃出。國相又虔禱大士前。願再刊施心經千卷。共三千卷。并將此胡三哥為恠之事。載於經後。普勸世人。禱畢。繆三姑云。如此甚好。但昨日與我的銀錠。虛數不敷。又云心經被人來奪。扯碎了。烟袋因狗叫心驚失掉了。今要銀錠一千。裙襖二副。仍要烟袋荷包。燒酒牛肉。許我心經。可先念三十卷。須做一紙箱。開蓋對箱朗誦。自甚卷數在內。又云九月初一日。可齋供大士。將你妹子歸依菩薩。取名觀貞。打一銀鎖。將法名鏨上。挂在胸前。以避凶災。以保年壽。於是一一備辦。候暮而送。又云此刻大士已帶了胡三哥到城隍處。你妹子亦去赴審矣。黃昏後妹甦曰。城隍廟審事。回來備述。先在廟門外。見城隍神迎接大士。上殿正坐。城隍在下側首旁坐。我跪大士側邊。胡三哥跪丹墀下。大士向城隍說了些話。城隍就問胡三曰。孽畜何得擾害生人。胡三答曰。我原在新宮橋裏住。因橋折遭借居羅家空樓。此係女鬼。他來跟我覓食的。城隍即令判官查我父母及吾兄之祿。又查羅宅之祿。查畢。叱曰。他是生人。如何說是女鬼。喝令掌嘴。掌畢。復抽籤擲地。將胡三哥重打三十板。曰。我處亦不究你。解往真人府去治罪。隨點役二人。備文解去。解差手執紅棍。將胡三哥鎖押而去。大士出廟升天。我亦出廟門。繆三姑領我回來。於是延巫祭奠。繆三姑相送而去。不復來矣。至二十六夜。其妹夜半夢解差二人。一人手執長槍。槍上挂一毛頭。帶有血痕。曰。胡三已正法矣。妹驚醒。次夜甫就枕。即有一毛頭滚地而來。將女左臂帶衣痛咬一口。隨即喊叫。其頭不見。只見左臂衣上染有血痕。自此或晝或夜。每見毛頭在腳邊滚來滚去。

九月初一日。依繆三姑之言。買鐵磬名。齋供大士。妹見大士吩咐。胡三已經正法。你終身勿往東南去。汝兄許繆三姑心經三百卷。他得此經已成地仙矣。我之心經重大。汝兄須加敬奉。大士又取香灰在女頭上書符鎮之而醒。於是國相同妹叩謝。但滚地之頭。不時來擾國相。亦每夜夢與人毆擊。不見其形。但覺有一不滿三尺之黑物而已。忽悟心經佛力浩大。可以解冤釋結。超度苦魂。又向大士前再拜。願誦心經三百卷。超度胡三。以解此結。於是毛頭亦不復再見。此皆國相親歷之事。向人言之。

旱魃有三種

一種似獸。一種乃僵屍所變。皆能為旱。止風雨。惟山上旱魃名格。為害尤甚。似人而長。頭頂有一目。能喫龍。雨師皆畏之。見雲起。仰首吹噓。雲即散。而日愈烈。人不能制。或云天應旱則山川之氣。融結而成。忽然不見則雨。

鬼腳甚香能行經受胎

甯波周秀才。在於潛署內作幕。久之。形狀羸瘦。同事疑之。叩問。總言無他。一日同食西席客有言鬼無腳。周忽云鬼不特有腳。且女鬼之腳甚香。群問何所見。周頗悔失言。衆再四詰之。始言於某夜月光下有所感觸。對月長嘆。忽見對過廊下。有一婦人甚美。亦對月長吁。周初疑為署中人。坦然不懼。詢其所嘆何故。遽答曰。子不知我之所嘆。猶我之不知子之所嘆也。少頃。周閉門而睡。心悔月下逢此美婦人。惜未細談。忽見婦人踉蹌而來曰。我為君驰千里而來。叩之。故曰。今夜往江南六合視盟妳。歸去時有同伴數人。恐久留失約。故撇同伴獨回。途間恐遇虎狼。膽怯行遲。故後期。天且漸曉。不能繾綣。如君必欲相會。可與僮僕分居。恐與陰陽有犯。如其言。奴知主人室中有鬼。堅不肯移。周大怒。奴始從之。然每夜必窺探主人之室。婦人遂不至。久之。僮亦釋然。不復來擾。忽婦人至曰。君毋畏。我係前幕友主人之妾。松江人。偶小疾。為庸醫所誤。遂殁。以陽壽未終。冥籍不收。可以閒遊。吸露水。夫妻薄上與君有緣。但註定只應交媾一百十六次。若與人知。則相處可長。否則緣盡便散。又云君外尚有一人。亦有夙緣。應數百次。不知何日得會。自此後可為地仙。不復輪迴。且我行經受胎。皆與人同。吾君命中無子。我不能為君嗣續耳。從此周形神愈憊。同人知其事。促之歸。周亦以同人皆知。身不能安。遂歸甯波。身漸充肥。周每與女交。用紅圈印於憲書月日之下。同人數之得一百十六圈。

王衍

王衍字良輔。秦州人。行醫延安。遇巫王萬里。與從子尚賢。賣卜龍沙。悉其語侵坐。折辱之。萬里恚甚。驅鬼物慴衍。衍夜坐。忽聞窗外悲啼聲。啟戶視之。空庭月明無有也。翌日晝哭於門且稱冤。衍乃祝曰。豈余藥殺爾耶。苟非余當白爾冤。鬼曰。兒閙人多。惟翁可訴。故來訴。翁非有他也。翁若果白兒冤。宜集十人為證佐。衍如其言。鬼曰。兒周氏女也。居大同豐州之黑河。父和卿。母張氏。生時月在庚。故小字為月西。年十六。母疾。父召王萬里占之。因識其人。母兒百有五日。父晝卧。兒楪未還。兒偶步牆陰。萬里以兒所生時日禁咒之。兒昏迷瞪視不能語。萬里負至柳林。反接於樹。先剃其髮。纏以綵絲。次胸穴割心肝暨眼舌耳鼻爪指之屬。粉而為丸。納諸匏中。復束紙作人形。以咒劫制使為奴服役。稍息。舉針刺之。痛不可言。昨以翁見辱。乃遣兒報翁。兒心弗忍也。翁能憐之。勿使銜冤九泉。兒誓與翁結為父子。在坐諸父慎毋洩。洩則禍將及。言訖哭愈悲。衍共十人者。皆灑涕備書月西辭。聯署其名。潛白於縣。縣審之如初。急逮萬里叔姪鞫之。始猶抵拒。月西與爭反覆甚苦。且請搜其行橐。遂得符章印尺長針短釘諸物。萬里乃引伏云。萬里廬陵人。售術至興元。逢劉鍊師。授以採生法。大概如月西言。萬里弗之信。劉於囊間解五色帛中貯髮如彈丸。指曰。此咸寧李延奴。為吾所錄。爾能歸錢七十五萬緡。當令給侍左右。萬里欣然允諾。劉為步斗符祝之。延奴空中言曰。師命我何之。劉曰。爾當從王先生游。先生仁人也。殊無苦。萬里如約酬錢。并盡受其術。復經房州。遇鄜

生者。與語意合。又復耿頑童者。亦奴畜之。其歸錢數如劉。戒萬里終身勿近牛犬肉。近忘之。因啖牛心炙。事遂敗。尚復何言。縣移文豐州。追和卿為左驗。和卿來。心頗疑之。雜處稠人中。衍陽問誰為爾父。月西從壁隙呼曰。黑衣而蒲冠者是也。和卿慟。月西亦慟。慟已。歷叩家事。慰勞如平生。官為具成案。上大府將定罪。而萬里死於獄。衍訴縣歸。親朋持壺觴樂之。忽聞對泣聲。衍詢之。鬼曰。我耿頑童。李延奴也。月西冤已伸。翁寧不憫我二人耶。衍難之。頑童曰。月西與翁約為父子。吾獨非翁兒女耶。何相遇厚薄之不齊也。衍不得已。再往縣入牒官遣頑童父德寶。延奴父福保至。其所言皆驗。自是三鬼留衍家。晝相隨行。夜同衍卧。雖不見形。其聲琅然。衍從容問曰。門當有神。爾曷從入。月西曰。無之。但見繪相懸戶上耳。曰。吾欲戴紙錢賜爾何如。曰。無所用也。曰。爾之精氣。能久存於世乎。曰。數至則散矣。頑童善歌。遇衍飲則唱漢山東調為壽。衍達以酒酹地。頑童輒酩。應對皆失倫。客戲以隘代之。頑童怒曰。幾替吾悞吻。何物小子。惡劇至此。嘵嘵然數其陰事不止。客慚而遁。月西尤狡黠。嘗時與衍諸子相謔。言辭多滑稽。諸子或理屈。向有聲處揖之。月西大笑曰。鬼無形。兄何必然。徒見其不智也。凡八閱月。始寂寂無聞。

蕭總管求鬾

戚南元爲歸安知縣。有蕭總管祠甚靈。廟壯麗特甚。一日過之。值賽會之期。聚數千人。戚告於神曰。天久不雨。若能禱神得雨則善。不爾。廟且毀。罪不赦也。舁木偶於橋上。竟不雨。沉之水中。數日舟行。忽木偶自水躍入舟中。侍者失色走報曰。蕭總管來。蕭總管來。戚笑曰。是總管求焚也。命斃其舟側。顧岸傍有社祠。别遣黠吏易服入祠。戒之曰。聞水中人出。械以來。已而果然。蓋諸賽者踏沒人所爲也。遂焚之。而杖作僞者。

全州兵書匣乃水怪奔雲之骨

乾隆丙辰。余過廣西泉州。見絕壁之上有匣。似木非木。其上無蓋。舟人云。諸葛亮藏兵書處。甲辰余再過泉州。已將五十年矣。仰而諦視。絲毫無損。疑世上焉得有此不朽之木。後廣西布政司奇公過其地。用千里鏡測之。的是木匣。非石匣也。其下江流迅疾。舟人難久停。心中終以爲疑。後閱湯愷小品云。嘉靖皇帝常遣南昌姜御史往取兵書。姜架雲梯。募健卒緣梯而上。乃一木棺。厚尺許。黃黑色。其上有蓋。啟之。中有白骨頭顱大如車輪。兩牙長一尺餘。鋒利如刃。遂取以下。御史據實奏聞。瘞其骨於山側。是夜姜夢一虎頭人長丈餘。撞門而入。瞪目怒曰。吾水神巫支祁之第三子奔雲是也。能出入風雲。吞啗虎豹。當禹治水時。我父子與之大戰。我敗伏山澤中。伯益來放火。幾爲所燒。我咬傷伯益之指而逃。禹王大怒。命天將庚辰用神霄劍斬我。擲尸江中。其時我父尚在。命群水怪取陰沉木爲棺。葬我於此。將來劫滿時。我尚想下世報仇。汝乃命某卒來剖棺戮尸耶。然汝貴人也。奉天子命而來。我不能害。彼破棺之卒。吾將取其命矣。言畢而去。次日。卒果暴亡。余按陰沉木乃洪荒以前之木。經過劫灰者。萬年不壞。以故歷千百年。巍然不朽。其蓋被姜御史所取。故今猶暴露也。余丙午遊武夷山。見大藏山洞之虹橋板森森架立。恨無姜御史其人者。架雲梯取而視之。

續子不語卷四

隨園戲編

帝流漿

方延濟善乩術。其主乩者每年必有一仙。戊子主乩者陳真人字覺齋。善與衆談論。一日衆人以溺鬼必帶羊臊氣是何緣故。陳云凡人魄入地。沾水即臊。河中皆淤泥。本多積穢。魄漬其中七日。即作羊臊氣。凡河水鬼帶羊臊氣。若不能祟人。必五年之後。無此氣使能禍人。又云焚死之鬼。五體不全。必覓伴合併而後能成形。或二三人合併不等。其併法老不併少。男不併女。又云凡草木成妖。必須受月華精氣。但非庚申夜月華不可。因庚申夜月華。其中有帝流漿。其形如無數橄欖。萬道金絲。累累貫串垂下。人間草木受其精氣。即能成妖。狐狸鬼魅食之。能斷神通。以草木有性無命。流漿有性可以補命。狐狸鬼魅本自有命。故食之大有益也。

討亡術

杭州陳以達善討亡術。凡人死有未了之事者。其子孫欲問無由。必須以四金請陳作術。其術擇六歲以上童子一人。與亡人素相識者。命其閉目趺坐。在童子背後書符於其項。其符內有某齋寵焉八埃台庚八字。其時命家人坑甲焉於門外。書畢。即瞑目睡去。見當方土地。背負一包裹。牽焉命騎。同至冥司尋亡過人。詢悉其生平未了之事。畢即蘇。其術尤盛行於杭城。布政司司房土地。相沿爲漢蕭何。一日方作術時。童子忽瞪目大呼曰。我乃漢丞相蕭何。陳以達何等人。敢以邪術驅遣我爲童子背包牽焉。因汝誦太上元經來款我。不敢不遂。此後如敢再爾。吾將訴之上帝。即加陰誅。陳貪利不改。一日行法。土地乃領童子經由枉死城中。見斷體殘肢猙面兇鬼。提頭擲骰。遍滿焉前。童子驚駭而號。以後不敢再奉其法。陳不得已。復教以劍訣。命童子手中執一劍。仍誦前經。土地復領至前所。童子遵即舞劍。所殺數鬼。衆鬼號咷。忽見空中金光萬道。衆鬼喜曰。關帝降矣。見土地揖於帝焉前。喃喃不知作何語。有頃。牽童子焉至帝前。帝諭之曰。我念以達老奴才。奉太上元宗之教。故不忍即滅其法。汝可傳諭他以後倘敢再行其術。我當即斬其首。乃命周倉以青龍刀背擊童子一下。童子大叫而醒。嗣後遂絕志不復從陳受法。陳久之益貧。無所得食。偷於他處復行其術。是年秋夢至錢唐門外累亭子灣。見一木榜上羅列其罪。當於九月十三日。誅斬妖人陳某。醒後略不爲意。稍稍白其夢於人。至期有好事者欲驗其言。往至陳家。見陳身易道服。遍體書符。口誦經咒。似有解禳之法。良久忽大叫云。被殺被殺。衆云汝尚能言。何以云被殺。答云幸我

魂多斬之不死然亦不能久延矣未幾病死視其頸皮肉雖好而內骨已斷矣

學竹山老祖教頭錯馬桶

湖廣竹山縣有老祖邪教舉倖一人專竊取客商財物其教分兩派破頭老祖即竹山師弟學此法者必遭雷擊學法者必先於老祖前發誓情愿七世不得人身方肯授法避雷震須用產婦馬桶七箇於除夕日穿重孝麻衣將三年內所搬運之銀排設於几叩頭畢遂錯馬桶數遍所以壓天神也有江西大賈夥計夜失去三千金旦視箱篋絲毫不動惟包銀紙有蟲蛀小孔而已因記船過襄陽有搭船老翁借居艙後每晚爇艾一炷香向空三揖三拜口喃喃誦咒聽之不解疑即竹山邪教也識者包銀用紅紙四兩以五穀護之則其法不能行

關帝現相

桐城姚太史孔鋠云曾於北直某觀察署請乩仙判事署中親友齊集惟觀察年家子某靜坐齋中不出或邀之曰乩仙不過丈鬼耳我事關聖者也法不當至乩壇客曰關帝可請乎曰可並可現相遂告知觀察觀察親祈之年家子愀然曰諸公須齋戒三日擇潔淨軒窗設香供諸君子另於別所設大缸十口滿貯清水諸公跪缸外伺候年家子遍身著青衣仰天慟哭口諱諱若有所訴忽見五色雲中帝君袞冕長髯手扶周將軍自天而下臨軒南向坐謂年家子曰汝勿急仇將復矣某復叩頭大哭周將軍手托帝君足飛去只見瑞雲繚繞而已諸公爲金甲光眩射目不能開皆踹水缸伏地一日年家子不辭而去聞某大僚中惡於道皆疑之終不知所報何仇也

鼠作揖黃鼠狼演戲

紹興周養仲在安徽作幕攜外甥某居縣署空室三間向來人不敢居周不信打掃潔淨自居內間點燭而臥忽見房門自開有一白鼠如人拱立行數步鞠躬一揖至床前又一揖跳而登床其旁有兩黃鼠狼拖長尾含藤紫演呂布要貂戲似皆白鼠之奴隸求媚於鼠王者也白鼠伏周君足下由腹下徐徐而上肢體如酥顏覺樂甚至胸前便覺如石壓身不能動鼠以嘴對嘴挖其沫而食之漸褪下仍由其足下床向門一揖而出周亦無恙其甥在外只見鼠初來時一揖而門閉出又一揖而門閉如故韓詩云禮鼠拱而立其信然歟

溫元帥顯靈

陽湖令潘本智之太翁用夫開線莊忽失銀千金仁和令李公學禮親爲踹勘於灰中查出六百金李公以爲諸夥計之事欲押帶赴縣太翁云此輩皆老成力作之人必不爲此帶我家奴僕研訊可也衆夥計云非主人仁厚我輩皆當受刑雖然我輩亦當赴元帥廟明明心

衆始到廟門內中一人忽閉目大叫莫打莫打我說我說你可將甕中四百金令汝兄手捧到廟諸人見此光景同搜其家四百金宛然在甕其兄遂頭頂四百金送廟中李令取其親供判云此冥法也非官法也候其安靜帶縣發落未幾其人已投水死矣

僵屍拒賊

杭州洋市街石牌樓販魚人每五鼓出艮山門販魚見樹林內燈光隱隱有美女子獨坐紡績每日如此並無別人疑爲鬼亦不懼一日有白鬚叟語之曰君慕此女欲以爲妻乎我有法依教則事畢圖明早須持一飯團闖入彼室開口則以飯塞其口負之而歸勿令見天光便與人無異矣如其教果得此女閉樓中伉儷甚篤年餘生子亦能飲食天陰則下樓執炊積廿餘年娶媳生孫家亦小康開茶肆一日天大熱日光如火其媳閒姑下樓至梯無聲視之有血水一攤變作僵尸其夫心知其故亦不甚痛苦但買棺收殮每夜於棺中出入常有賊入前門有人撲之入後門又有人撲之皆僵屍爲之護衛也

亡父化妖

某太守西北人其父已死多年忽一日乘馬而來與生無異曰我已得仙但愛汝未能忘情故來視汝汝可掃一靜室與我居住其子雖疑然聲音笑貌舉止作事果真父也遂事之如生日閑看書夜中或寐或不寐久亦飲食如常遂相安焉年餘江西張真人過其地太守告之張曰妖也豈有仙人俱久居城市與一毫異人者乎能與見否太守告其父父欣然曰我正欲與天師相見談吐如故天師曰此妖非我所知詢之老法官云當乘其不備勘破之一日其父正寫字時法官忽從背後喝之遂驚如木雞病立法官出袖中天蓬尺從頭量之量一尺則短一尺量一寸則短一寸至足而滅衣冠如蛻剝膛骨一條法官曰此老太翁之真骨也爲狐貍穴野狗銜出受日月精華而成此妖所以能言生前之事再與女人交得陰精其禍更不止此太守欲請骨而葬之法官不可曰勿貽後禍遂攜之去余按太平廣記載唐時李審死後還家處分奴僕倶井井有條然獨居一室不與人見一日其子孫逼而視之變作青面獠牙之鬼頭大如車輪眼光如野火子孫大懼而散審從此亦遂不來矣

乾魔子

乾魔子非人也乃僵尸類也雲南多五金礦開礦之夫有遇土壓不得出或數十年或百年爲土金氣所養身體不壞雖不死其實死矣凡開礦人苦地下黑如長夜多額上點一燈穿地而入遇乾魔子魔子喜甚向人說冷求烟喫與之烟噓吸立盡長跪求人帶去挖礦者曰我到此爲金銀而來無空出之理汝知金苗之處乎乾魔子導之得礦必大獲臨出則紿之

曰。我先出。以藍接汝出洞。將竹籃繫繩。拉乾麂子於半空。剪斷其繩。乾麂子糊墜而死。有官嚴人性仁慈。憐之。竟拉上乾麂子七八箇。見風。衣服肌骨即化為水。其氣腥臭。聞之者盡瘟死。是以此後拉乾麂子者。必斷其繩。恐受其氣而死。不拉則又怕其纏擾無休。又相傳人多乾麂子少。衆縛之。使靠土壁。四面用泥封固作土墩。其上放燈盞。則不復作祟。若人少乾麂子多。則被其纏死不放矣。

石某

下津橋石某開米鋪。家豪豐。忽病。女鬼憑之。作杭州聲口。云石某前生與女鬼比隣。開當鋪。女鬼之父作客在外。家有月臺。男女彼此眷戀。一日正在月臺上私語。女鬼之叔自外來。被其撞見。男竄逃去。女被叔父羞削。慚愧自盡。男受驚而亡。又聞女死。亦一病而亡。男轉生石家為男。女鬼尋覓三十餘年。始知在蘇州。是以尋覓而至。石家哀求情願當祖宗供奉於書房。石某果愈。未幾。一女病亡。有老嫗見此女坐鬼膝上。鬼抱而嬉。石大怒。罵鬼。停其祭祀。鬼大作祟。乃復求饒。而祭之如初。鬼仍平靜。半年後。忽一日附石某身上。云吾從此去矣。快備酒席車船。家人問故。曰監生娘娘來領我投胎在揚州張姓家第三子。是我也。託人詢之。果然。

物變

每年八九月間。于闐河石子化玉。採者以腳踹之。兩岸卡兵傳鼓。見一人傴僂俯身。必須得玉以獻。否則治罪。採盡則明年復生。天大霧則山上石變者為山料。河中石子變者為水料。戕儸斯國有鳥來千羣。一遇大霧。即伏地不動。化為灰鼠。其他沙魚變虎變鹿。兩蛾相鬥便化為蝙蝠。爬虫變蜻蜓。為人所撲則怒蠢而變蜈蚣。

人變樹

外國元裔特及回部民。從不肯自盡。云自盡者必變樹。樹易招斬伐。故不願也。春中明府將雲驤云。

水精碧霞洸

漳州山上有氣冲上。即如其下有水精。滇南聞大雷。使生碧霞洸。皆因時變。並非洪荒以來已有之物。

浮提國

浮提國人能飛行。心之所到。頃刻萬里。前朝江西巡按某。曾渡海。見其人相貌端麗。所到處便能學其言語。入人閨閫。門戶不能禁隔。惟從無淫亂竊取之事。

刀瘡藥

甘肅田五之變。官兵殪之於石峰堡。死者甚衆。諸童子割男女之陰腳為一副。貨錢十二文。配刀瘡藥者爭買之。過一宿則臭腐不可用。

乩仙書蠢不同或倩人捉刀

乩仙書蠢不同。趙雲松在京師。媜鄉人王殿邦孝廉請仙。殿邦本有素所奉仙。不須畫符焚香。默祝即至。下筆如飛。俱有文義。或雲松與之倡和。意中方想得某字。而乩上已書。每字皆比雲松早半刻。及雲松在滇南。米殺公問將軍幕下。阿公之子豐昇額亦能請仙。一夕邀雲松同觀。而乩大動。不能成字。雲松知其非通品也。乃戲為之傳遞意中想一事。依約至帷閒。則乩上即書此字。意中故停不措思。則乩上不能成字矣。

拔鬼舌

蔣敬五之僕阿真。勇而好酒。常隨主寓西直門。其地多鬼。人不敢居。阿真居之。夜有鬼披髮而來。某方醉。不懼也。鬼伸舌丈許以嚇之。阿真起以手執之。并拔其舌。冷軟如綿。鬼大號而去。乃置舌席下。次早視之。一草繩耳。鬼從此絕。

蔣瑩溪

蔣瑩溪曾於華亭王氏內弟纏助娶於桐鄉。歸未數日。室中失牙箸銀簪數件。搜得於賠嫁之僕處。將鳴之官。是晚僕夫婦齊縊。其夫係一僧拐婦而來。懼發覺則罪大。故自盡也。不數日。將小婢無故自縊。急救乃蘇。蔣至其處。罵曰。汝有姦拐盜竊之罪。不當官治罪。自殞其生。亦大幸矣。何敢作祟於無辜之小婢。倘婢不活。吾將鞭汝二屍。焚之。嗣後婢遂無恙。

方宮詹

桐城方宮詹亨咸。前身在嘉靖時。作青城山道童。見楊升庵中狀元。心為一動。遂託生宜興潘家。少年進士。適一比邱尼半達相貞。尼思慕抑鬱而亡。亡何。尼轉世為貴公子。潘轉世為女。嫁與貴公子。而早寡。守節七十餘年。所以報也。三次輪迴為宮詹。公生而美貌。耳有穿孔。故乳名姐哥。父拱乾為前明侍郎。名其子必取字於文頭武腳。曰育茂。曰章鉞。曰亨咸。皆本此義。或戲之曰。何不取於戲哀哉四字為名。亦皆文頭武腳也。

麒麟無腸

乾隆四年。蕪湖民間牛生麒麟。三日而死。剖其腹。不見腸胃。中實如蟹。人以為奇。後人有云康熙南巡蔵與曾執此事。

四耳貓

四川萬州，猶皆四耳。有從萬州來者，親爲余言。

頭形如桶

南史載毘騫國王頭長三尺。萬古不死。後閱謝濟世西域記云：毘騫王生於漢章帝二年。本朝稱董喀爾寺呼爾托托。聖祖曾遣使者至其國見之。王頭如桶，頸如鵝，俱長三尺。張目直視，語不可辨。其子孫皆生死如常，惟王不死。事載康熙天文大成。趙衣吉秀才云。

鳥怪

松江王掌科之姨，凌進士應蘭之次女，年甫及笄，嫁於李氏。方理晨妝，有五色鳥翔於窗閣，飛立於鏡架之上。舉爪招女，女便癡迷，口啁啾作鳥聲，人不能辨，身輕如雀，梁間瓦上，上落如飛。鏡架之鳥則已去矣。家人患之，不能禳解。聞蘇州穹窿山有道人能行法，迎而求之。道人曰：「此鳥怪也，我能禳治。但須白布三尺，裹鳥所立之鏡，用烈火燒之，鏡紅而布不壞，則可治也。」如其言，布果不壞。道人口喃喃誦咒良久，曰：「妖已得矣。」取瓦罈封之，加字篆其上，囑家人曰：「不可開看，速投江中。」女果如夢初醒，言語如常。問其故，全然不知。家中持瓶者，偶封偷視，女昏亂如初，手製弓鞋，皆作鳥爪之狀。再請道人，道人曰：「不聽吾言，果生枝節。幸而夫人有福，此怪逃去不遠。」再如前法試之，須布燒後，現出牡丹花一朵者，吾法始靈。如其言，果布上現牡丹如畫。道士再取磁瓶加封，施篆，親投江中。女病遂愈，至今生子，安居了無他恙。

劉子壯

明末湖廣黃岡州張某之子，病重，爲鬼所迷。一鬼既集，羣鬼皆至，索飯索紙錢者，紛集於門。適劉克猷先生推門而入，羣鬼驚曰：「狀元來了，我輩且避。」一老鬼走矣，回頭笑曰：「沒紗帽戴的狀元，吾何懼哉！」病人恰愈，衆人不解。後劉中本朝狀元，方悟老鬼之揶揄也。

黑牡丹

福建惠安縣有青山大王廟，廟之階下，所種皆黑牡丹。花開時數百朵，朵皆向大王神像，而鬧移動神像，花亦轉面向之。

李秀才捕亡術

閬中李秀才，老於場屋，而家甚貧，不事館穀，惟以捕亡餬口。其效甚神。有王某被竊，來求秀才。誦咒畢，置碗水面，命王視碗。遂教以某時刻到東門外，見有白鬚而跛者，擒之，則失物必得。王意跛者不能竊物，白鬚則其人老矣，何能作賊。姑試之，竟如其言。人贓並獲。其行竊者係一積賊，年二十餘，應捕快認識，故偷戲場優人所戴假鬚，充作老翁。先一日上山遇雨，跌傷其足，故跛也。

石樹榕

石樹榕，以太學肄業生受知於浮山孫文定公，薦授四川推官，今署嘉定州。精於占驗。一時有官公明郭景純之目。一日，於嘉定署中自占卦成，駭曰：「予未四十，豈七十二歲方守郡耶？」後年逾四十即歿。惟此一事全不驗。然嘉定改府，恰在渠七十二歲之年。

禪師吞蛋

得心禪師行腳至一村乞食。村中人皆澆薄，尤多惡少年。語師曰：「村中施酒肉，不施蔬菓。」果然餓三日。當備齋供，至三日請師赴齋。依舊酒肉雜陳，蓋欲師飢不擇食，以取鼓掌捧腹之快。師遂取雞蛋數個吞之，說偈曰：「混沌乾坤一口包，也無皮血也無毛。老僧帶爾西天去，免受人間宰一刀。」衆人相顧若失，遂供養村中。

含元殿判官

甘肅中衛令胡紀謨，直隸通州人，戊子孝廉。自言未仕時，館於京師。忽一夜，夢儀從甚多，身跨銀角花鹿，御風而行。至一處，殿宇甚敞，額曰「含元殿」。旁設公座，案上燃紅燭，有泥巢三盤。階下書吏多人，捧冊侍立。未登座時，先至側房，將所著衣履脫卻，盡易紙者，頓覺寒入肌骨。步出，即扃閉側門。如有時門縫略開，即覺風吹衣履，有纖氣冲入。所辦公事，惟按簿點名。而己方點名時，或見故人將受苦楚，稍存回護之心；或見絕色女子，不無動念，即時殿上火起，身上紙衣盡焚，驚心鎮定，其火自熄。但所點男女，俱有黃氣一團，云是道門中轉劫者。一日見一童子，年七八歲，閱簿知前身係仁和邵昌阜，亦舉戊子北闈，榜發後即歿。計此童子又轉輪矣。如此者數年，每夜必去，雖與受戒僧相似，心甚苦之。時尚無子，幸其父爲杭州龍王書吏，以乏嗣例爲子求免。龍王爲之申懇，得准除免。此差據在含元殿見天府所頒秘書甚多，無如夢中舉筆，千鈞之重，僅默記得心經注解一本，元君下品戒格一冊，係殺盜淫狂四則。其律甚細，大抵與禪門戒律相彷。惜當差數年之久，而含元殿主從未得一見，不知何許人也。杭州屠瀾南時在陳望之方伯署中，親見其人，自言如此，并親錄二書戒格一本帶歸。此事爲近遠言。

狐狸馱旗白鹿張傘

胡又云：伊書吏皆陽世讀書人，或生童，或孝廉。聞有識者，至吏卒多係狐鹿之類，來迎時，儀從盤繞，狐狸馱旗，白鹿張傘，有金角者、銀角者，似以此分職之尊卑。後充教習，居內城，則不復至。凡男女皆不得同牀睡，同牀則魂歸時，爲主人所衛，不得入。城內護衛宸居，天將充滿，狐鹿之屬不能入。後以洩機密革任，始生子女。

虎有黃光

胡又云。米公輪回者。一虎亦有黃光。生時。山神土地視之。奏聞上帝。如為道中人。落劫於含元殿者。查得命終時。未曾勾取生魂。遂自縊死。混入虎胎。旋奉天旨。若虎傷人。罪坐含元殿主者及判司。

正色立朝四字現出腿上

吳鈉孫字堅士。仁和諸生。雍正甲辰。孝廉任令葵庭先生諱邦煟之孫。館於本城汪氏。白日假寐。起覺左腿作癢。視之。現一正字。朱文隆起。又逾時。復現正色立朝四字。大如椀口。拭之不滅。端楷工整。筆法頗似虞世南廟堂碑。見者無不以為異。然求其說而不得也。先是一日前。吳君為移厝屋至三台山。道過依天官墓。石碑上鐫正色立朝四字。或以為有所觸犯。因復有與至天官墓上。虔禱之。其地去于忠肅祠不遠。即禱於公祠。乞神示兆。云少年發跡自崇儀史。復花枝壓帽紅。引得鄉人齊頫首。洛陽季子一時榮。旁有解之者曰。此吉語。不必言是秋。適舉行己酉正科鄉試。定為獲雋之兆。第三句謂逾近來觀者皆低首諦視。第四句暗用引錐刺股事。而延陵季子之稱。於姓亦有關合。及秋試。竟不第。現出四字。漸漸平復。自後亦無他怪。此乾隆五十四年六月初三日事。余按湧幢小品。載嘉靖間山東海豐縣民徐二病傷寒。忽臂膊上生王山東三字。知州尤寶以聞。逮至京師。驗明釋放。

狗兒

申生祥麟者。小字狗兒。居渭南。故農家子。狀妍媚而性謔。黠不為父母所悅。會關中飢。將鬻食他郡。以祥麟寄鄰家。鄰人責以治地。怠則鞭撻之。不堪。乘間乃逃入藍田山。復越秦嶺而西。晝食卉木。夜就巖穴。偎其身。凡數月。時方酷暑。入山益深。一日坐崇阜下。窺洞穴林薄蔽之。入其中。假寐須臾。黑烟歘入。火燎毛髮。有聲亟穿穴出。有巨蟒如甕。不見其首尾。梓洞外毒霧幕之高三丈許。祥麟驚仆地。墮土窟中。醒後自視身首黝黑如漆。就山中乞食。群呼噪指為鬼物。以刃挺毆逐之。自分必死亡。伺見灌莽中有物若栲栳狀。飢甚剖食之。凝白如乳。數日後。覺體中麻癢。乃入溪澗浴之。忽黑皮蟬蛻。而貌轉靡嫚。祥麟故習秦聲。出山後由漢中至武昌。其地有胡姐者。藝頗精。求其指示。欲借以假食。不肯授。轉嘵同類揶揄之。憤而棄去。傭於金鐔兒家。漢陽名倡也。祥麟事之。見其一顰一笑。一舉止。一飲食。一寤寐。明姿冶態備極諸好。居一載。喜曰。吾得之矣。復請奏技。觀者盡傾。如壯悔堂所傳馬伶演鳴鳳記故事也。又數月。復宿旅店。忽有白刃自牖飛入。揕其首。亟避出。視之。即胡姐也。如招妲忌其地不可居。即日反渭南。方祥麟始去也年十六。又四載歸。入室不如父母所在。有云見之山西者

復業家浞河。由蒲州售技至太原訪之。一日。演劇於沈竹坪觀察署。傔從侍列中有老叟。似其父。時方登場。瞥眼不覺失聲。詢其故。令相識認。果然。其母亦在署。闔幃出趨。抱持之。石相視慟不能起。坐中皆泣下。觀察感動。厚贈之。令與俱歸。遂舊居。置田五十畝於酒河川原上。將事親以終其身焉。

鵬糞

康熙壬子春。瓊州近海人家。忽見黑雲蔽天而至。腥穢異常。有老人云。此鵬鳥過也。慮其下糞傷人。須急避之。一村盡逃。俄而天黑如夜。大雨傾盆。次早往視。則民間屋舍盡為鵬糞壓倒。從內掘出糞。皆作魚蝦腥。遺毛一根。可覆民間十數間屋。毛孔中可騎馬穿過。毛色黑如海燕狀。

銀伥

人但知虎有伥。不如銀亦有伥。朱元芳家於閩。在山谷中。得窖金銀歸。然聞穢臭不可近。且人口時有痾瘵。長老云。是流賊窖金時。常困若一人至求死不得。乃約之曰。為我守窖否。其人應許。閉之窖中。凡客過金者。發虔而後可得。朱氏如教。乃祝曰。汝為賊守久。我得此金。當超度汝。已而穢果滌。病亦已。朱氏用富。有中表周氏。亦得金銀歸。虔終不能久也。反其金窖中。湯某為作銀伥詩曰。死仇為仇守。倆伥何其愚。試語穴金人。此術定何如。

蒼蠅替人治病

諸生俞某。久病。家赤貧。不能具醫藥。几上有醫便一本。以意檢而服之。皆不效。有一蒼蠅飛入。嗚聲甚厲。止於冊上。生泣而禱曰。蠅者應也。蠹也。如其有靈。我展書快擇方而投足焉。庶幾應病。且有瘳乎。徐展十數葉。其蠅瞥然投下。乃犀角地黃湯也。如方製之。服數劑。得愈。

鼠齧卷

饒昌令黃公。與余同校江南甲子鄉試。黃閱趙字號一卷。不合其意。置之落卷箱中。次日早起看文。此卷仍在几上。初意以為本未入箱。偶忘之耳。乃仍放箱中。次早此卷又在几上。疑家人作弊。夜張燭佯寐伺之。見三鼠銜入箱。共扛一卷放几上。黃疑此人有陰德。故未衣遣鼠為之。遂勉強一薦而中。榜發。其人姓閔名某。來見。乃告之故。且問君家作何善事。曰家貧無善事可做。但三世不許畜貓耳。

石人賭錢

雷州治前立石人十二。執牙旗兩旁。即令衛治是也。忽一夜守庫軍丁。聞人賭博爭吵聲。趨而視之。乃石人也。地上遺錢數千。次早聞於郡守。閱視庫藏。鎖鑰如故。而所失錢如所得之

續子不語卷五

隨園戲編

奪舍法

莊怡圃言在西番達次。憩一廟側。旁有斃馬。風來。腥穢不可忍。欲行。又苦足疲。正躊躇間。俄有老僧偕一少年來。亦憩息廟隅。少者謂老僧曰。徒弟速遣死馬去。老僧即垂目不語。死馬忽動躍然起。向下風行二里許。復倒路側。僧乃開目謂少者曰。已遣去矣。此用奪舍法。然其法有奪生奪死不同。奪生者易其魂。仍載其魄。奪死者無魄可襲。奪舍後。尚須修煉以養魄。今西藏紅衣喇嘛。悉知其術。在楞嚴經為投灰外道是也。

屍奔

屍能隨奔。乃陰陽之氣翕合所致。蓋人死陽盡絕。體屬純陰。凡生人陽氣盛者。觸觸之。則陰氣忽開。將陽氣吸住。即能隨人奔走。若聲縛旋轉者然。此易所謂陰疑於陽必戰也。故伴屍者。最忌對足眠。人眠則陽氣多從足心湧泉穴出。如箭之離弦。勁速無礙。若與死者對足。則生者陽氣盡貫注死者足中。屍即能起立。俗呼為走屍。不知其為感陽也。惟口不能言。其能言者。為黃小二之類。為老魅所附。陳鼎恆邊州聞見錄載。有客山行。途中聞呼其名者。不覺應之。暮投主人宿。告以故。店主曰。客無憂。我能治之。夜攜劍伺客寢外。打三更。果聞有呼客者。聲在牆外。問為誰。答曰。我黃小二也。啟門逐之。見一物如人。奔入一塚而沒。明日。詢其居鄰。知為新死而葬者。相與報官起驗。其屍斑斕五色。店主曰。是也。然猶未成精。與衆四覓入深山中。見遺骸一具。亦五色生毛。曰。此其黃小二矣。焚之。果啾啾作聲。及焚新葬之屍。了無他異。蓋槁死之魂。久則成魅。特借新死之體以禍人。無所借。則久而為青。若遇雷火擊散其氣。又能布而為疫。此皆山川沴戾之氣偶中於身後故也。

骷髏三種

地中有遊尸伏尸不化骨三種。皆無棺木外襲者。遊尸乘月氣應節而移。無定所。伏尸則千年不朽。常伏地不化。骨乃其人生前精神貫注之處。其骨入地。雖棺朽衣爛。身軀他骨皆化為土。獨此一處之骨不化。色黑如瑿玉。久得日月精氣。亦能為祟。故負米者死肩骨後朽。輿夫死腿骨後朽。以其生前用力為精氣結聚。故入土不易朽。伏尸亦然。伏尸久則受精氣為遊尸。又久而為飛行夜叉。岣嶁神書云。老蛤能辟伏尸。

人氣分塵

世皆積塵。人氣能分塵。故目不見塵也。塵能朽物。故宮室無人住則易朽。然屋宇年久。則又積受人氣。與日月風露之氣交感而生影於木石中。如含丈嘉夏鼎彝所載門屋市澗池澤器具。悉能成精。有名字可呼。百年有影。千年則脩影成形。此屋日有人住則精氣不能外越。以常為純陽之氣所逼。僅伏形於內。成金水內景之象。一經封閉數十年不得人陽氣。則陰氣日通。而內之陽氣悉達於外。於是有聲有形而出。為成火日外景之象。惟無質而精氣以成形。故能幻變一切。此內生之邪。非外來者之乘虛而擾者也。然火酒照之則真形立見。硫黃氣亦退避。

鬼氣攝物

趙衣吉曰。凡鬼物攝人及器具。皆用氣禁。能以小容大。予少時讀書西城重佛庵鐘姓家。親見其家老僕為冤鬼所纏。一夕忽失所在。而門戶四閉皆扃。已死於二里外菜園中。頸有手掐痕青色。究不知從何出戶。乙酉館常山。見有為妖祟者。攝其人入石穴中。穴不甚大。僅容其身。穴口如盞。呼之則應。終不可出。破石取之。其人已死。又予戚唐姓家為狐祟。一日其婦覓鏡不得。後取瓶插花。覺瓶倍重於昔。視之則失鏡宛然在中。口小腹大。亦不知何由而入。此皆以氣禁。漢書方技傳有禁架之術。即此法也。

山魅怕柴刀

常山縣紫庭貢士有書塾在東門外山中。時有山魅出沒其間。土人習見亦不為怪。呼為獨腳鬼。皆反踵而行。其來必有風。云其怪最怕柴刀。以老柴削成刀斫之即死。懸柴刀於門亦避去。山魅愛聽歌。有張某館衢州山中。每夜山魅踯躅而來。強嚮唱曲。

驅瘧鬼咒

道書。瘧鬼皆分干支值日。有名字。某日得病。查其名即可以符驅之。其不以日者。更屬狂瘧之鬼。尤狡猾為祟。名岳子貴。必須用值日之鬼拘之。所謂以賊攻賊也。然持此法行之亦間有未驗者。不如太平廣記載驅邪瘧鬼咒甚驗。云勃瘧勃瘧。四山之神。使我來縛。六丁使者。五道將軍。收汝精氣。攝汝神魂。速去速去。免逢此人。凡人疾發時。朗誦不輟。寒熱即散。汗出而愈。張雨材先生業醮台州。親試有驗。傳人無不效者。

陰沉木

陰沉木湖廣施南府屬山中土產。此物悉掘地得之。名陰沉木。質香而輕。體柔膩。以指甲掐之即有掐紋。少頃復合。如奇楠然。土人云。其木為棺。入土則日重。重則沉。葬千年後。其棺陷入地數十丈。亦堅重如鐵。故寶貴之。施南買不過六七十金可得佳料一具。載至漢口。非千金不易購。以出水脚費大也。蓋古以前。無可攷。有相傳近混沌之上代乃脫高龍漢也。老聃生於龍漢元年見道書。

織錦科記

昔有人誤入星渚。見一女織練。練上多古篆不識。問之。曰。此今年登科記也。以呈上帝。夫登科記必織錦。科文必鑄。天上之重科目如此。千佛名經。豈虛語哉。若楊瓚芳自貢院失火得元。又何異前明黃狀元故事耶。當時人語曰。不因南院火。安得狀元黃。

朱鹿田

朱鹿田先生官刑部郎中時。偕大學士馬公。赴河南查辦事件。路宿公館。卧室三間。朱與馬對房而居。時七月十六日。月色皎甚。朱患熱不寐。三更忽有風來。門戶自開。見白氣如虹。蜿蜒進內近朱帳。朱以拂擊之。氣即出。朱躡其後。見氣入馬卧閣。少焉退出。有紅光一道逐氣。交繞。白氣不勝。形亦漸微。即出門去。紅光亦回。不復追逐。門戶又閉。聽馬則鼾聲如雷。似不覺者。次日耳房報。隨從家丁死者二人。皆身軟如綿。不知何病。

飛僵

凡僵尸久則能飛。不復藏棺中。遍身毛皆長尺餘。毿毿披垂。出入有光。又久則成飛天夜叉。非雷擊不死。惟鳥鎗可斃之。閩中山民。每每遇此。則群呼獵者分踞樹杪擊之。此物力大如熊。夜出攫人損稼。

程嘉蔭

趙衣吉曰。予幼與程嘉蔭同學。嘉蔭有巧思。性好道。與范羽士交。得其奇器錄一本。能爲木牛。親見其製。外式人盡能之。惟中設機各異。其喉舌下。橫直木一。繫舌根。一豎心。心以鉛爲之。木四邊有孔竅。悉用絙索貫通於足。行則心搖。鉛體墜。則木一頭下垂。少則舌本間又復下垂。則鉛心又爲所舉而向上。如是俯仰。則足上所貫絙曳足屈伸而行。但甚緩不能馳。加重物於背。則行亦鈍滯。程云。尚有九風輪。木加內五以合五藏。外四以像四肢。則行疾如飛。數百斤皆可負。然其舌轉則鉛機橫擱腰上。貫繩曳起足即曲卧。與俗傳武侯木牛式及土遁諸書。西洋木牛法皆異。亦能造寄話筒。筒間寸許。有關隔之。內有機閉氣。人向筒語畢。則關之。關有次第。若亂開則不成句矣。據程云。此法可貯百日。過百日則機轍氣散。惜早夭。父母以其用心過甚。嘔血死。故其所得諸書悉焚去。勿留以禍弟也。

水虎

爾雅。虎有角曰虒。能行水中。而不知水中實有虎也。康熙中。朱鹿田先生曾見松江提督養一虎在池中。以鐵柵圍之。名曰水虎。飼以魚蝦。不食生肉。象山志。里民漁於海。網得一雄虎。在網中猶活。出水即死。剖之腹中有三小虎。此蓋鯊魚感氣而化也。未登陸即爲網獲。

綠郎紅娘

廣語。廣州女子年及笄。多有犯綠郎以死者。男子未娶。多有犯紅娘以死者。諺云。女忌綠郎。男忌紅娘。紅娘亦曰過天。綠郎亦曰射馬。有犯者須齋醮禱祀驅之。備男犯綠郎。女犯紅娘。其病不救。蓋亦妖鬼猶金華之貓魅。

文人夜有光

愛堂先生言。聞有老學究夜行。忽遇其亡友。學究素正直。亦不怖畏。問君何往。曰。吾爲冥吏。至南村有所勾攝。適同路耳。因並行至一破屋。鬼曰。此文士廬也。不可往。問何以知之。曰。凡人白晝營營。性靈汩沒。惟睡時一念不生。元神朗澈。胸中所讀之書。字字皆吐光芒。自百竅而出。其光縹緲繽紛。爛如錦繡。學如鄭孔。文如屈宋班馬者。上燭霄漢。與星月爭輝。次者數丈。次者數尺。以漸而差。極下者亦熒熒如一燈。照映戶牖。人不能見。惟鬼神見之。此室上光芒高七八尺。以是知爲文士。學究問我讀書一生。睡中光芒當幾許。鬼囁嚅良久曰。昨過君塾。君方晝寢。見君胸中高頭講章一部。墨卷五六百篇。經文七八十篇。策略三四十篇。字字化爲黑煙。籠罩屋上。諸生誦讀之聲。如在濃雲密霧中。實未見光芒。不敢妄語。學究怒叱之。鬼大笑而去。

狐仙正論

獻縣令明晟。應山人。嘗欲申雪一冤獄。而慮上官不允。疑惑未決。門役有王半仙者。與一狐友。言小休咎多有驗。遣往問之。狐正色曰。明公爲民父母。但當論其冤不冤。不當問其允不允。獨不記制府李公之言乎。門役返報。明爲憮然。因言制府李公衛未達時。嘗同一道士渡江。適有與舟子爭詬者。道士太息曰。命在須臾。尚較計數文錢耶。俄其人爲帆腳所掃墮江死。李公心異之。中流風作。舟欲覆。道士禹步誦咒。風止得濟。李公再拜謝更生。道士曰。適墮江者命也。吾不能救。公貴人也。遇阨得濟。亦命也。吾不能不救。何謝焉。李公又拜曰。領師此訓。吾終身安命矣。道士曰。是不盡然。一身之窮達當安命。不安命則奔競排軋。無所不至。李林甫秦檜即不傾陷善類。亦作宰相。徒自增罪業耳。至國計民生之利害。則不可言命。天地之主才。朝廷之設官。所以補救氣數也。身握事權。束手而委命。天地何必生此才。朝廷何必設此官乎。晨門曰。是知其不可而爲之者。諸葛武侯曰。鞠躬盡瘁。死而後已。此聖賢立命之學。公其識之。李公謹受教。拜問姓名。道士曰。言之恐公駭。下舟行數十步。翳然滅迹。

外國

外國之異傳聞最多。高麗有狗站。以四狗挽車。無啟國人死心存。埋之地中。百年又復為人。土哈國晝長夜短。日沒頃刻即出。沙衕國日入時。聲如雷。國中必鳴金鼓以亂之。否則小兒驚死。大耳國耳長七尺。闊四尺。人臥以一耳為褥。一耳為被。富公臺外人。至冬必蟄如蛇蟲狀。不飲不食。不語不言。逢春則蠕蠕而動。飲食來往如初。又某國民百年一蟄。雷州民喫熟肉。咒之變生肉。再咒變豬羊。仍還原形。再咒之。仍為熟肉矣。其咒云。東山王母桃。西方王母桃。只十字而已。殊不可解。大秦國去長安四萬里。羊生土中。臍連於地。劉之必死。須擊鼓以震之。則臍絕而羊逐水草。此說見新唐書。近今果有殺種羊之皮。可見古人非欺我也。

作術渡水

張灝遊真州竹林寺。寺隔小河二丈。僧駕板橋來往。張到時日暮。橋已撤矣。張聳身踏水而渡。至僧庵。但濕半鞋。僧大驚。以為仙。張笑曰。我非仙也。少時曾有師法授。用厚磚高尺餘。橫排於地。鋪三丈許。躍上飛走。磚不傾倒。再換薄磚試之。往來而磚不動搖。則用朽爛布絹。布絹受足不穿。再換豆腐。最後用棉紙。竹紙能踏竹紙不破。便可踏水矣。但起步須在二十步之外。一鼓作氣。即作虎勢騰空如飛。鞋頭著水。不過五六寸。即上岸矣。若到水邊。續鼓氣便不能起勢。然極其量。亦不過二丈而止。余按王莽用兵。募能飛者。有人應召。縛鳥羽為翅。飛數十步乃墜。莽知不可用。即此類也。

唐公判獄

保定制府唐公執玉。嘗勘一殺人案。獄具矣。一夜秉燭獨坐。忽微聞泣聲。似漸近窗戶。命小婢出視。噭然而仆。公自啟簾。則一鬼浴血跪階下。厲聲叱之。稽顙曰。殺我者某。縣官乃誤坐某。讐不雪。目不瞑也。公曰。知之矣。鬼乃去。翌日自提訊。衆供死者衣履與所見合。信益堅。竟如鬼言。改坐某。問官申辯百端。終以為南山可移。此案不動。其幕友疑有他故。叩公。始具言始末。亦無如之何。一夕幕友見公曰。鬼從何來。曰自至階下。鬼從何去。曰欻然越牆去。幕友曰。凡鬼有形而無質。去當奄然而隱。不當越牆。因即越牆處尋視。雖甃瓦不裂。而新雨之後。數重屋上。皆隱隱有泥迹。直至外垣而下。指以示公曰。此必囚賄捷盜所為也。公沉思悵然。仍從原讞。諱其事。亦不復深求。

郭六

郭六者。淮鎮農家婦也。不知其夫姓氏。雍正甲辰乙巳間。歲大饑。其夫度不得活。出而乞食於四方。瀕行。對之稽顙曰。父母皆老病。吾以累汝矣。婦故有姿。里少年瞰其乏食。以金錢挑之。皆不應。惟以女工養翁姑。既而必不能贍。則集鄰里叩首曰。夫以父母託我。今力竭矣。不別作計。當俱死。鄰里能助我則助我。不能助我。則我且賣花。毋笑我。（里語以娼女為賣花）鄰里囁嚅。俱散去。乃慟哭白翁姑。公然與諸蕩子游。陰蓄夜合之資。又買一女子。防閑甚嚴。不使外人覘其面。或曰。是將邀重價。亦不辨也。越三載餘。其夫歸。寒溫甫畢。即與見翁姑曰。父母都在。今還汝。又引所買女見其夫曰。我身已污。不能忍恥伴君。故為汝娶一婦。今亦付汝。夫駭愕未答。則曰。且為汝辦餐。已往廚下自剄矣。縣令來驗。目炯炯不瞑。縣令判葬於祖塋。而不祔夫墓。曰。不祔墓。宜絕於夫也。葬於祖塋。明其未絕於翁姑也。目仍不瞑。其翁姑哀號曰。是本貞婦。以我二人故至此也。我兒身為男子。不能養我二人。而委一少婦。逢人如其心矣。是誰之過。而絕之耶。此我家事。官不必與聞也。語訖而目瞑。又有孟村女者。崇禎末。巨盜肆掠。見女有色。併其父母縶之。女不受污。則縛其父母。加以炮烙。父母并呼號慘切。命女從賊。女請縱父母去。乃肯從。賊知其給己。必先使受污而後釋。女遂奮擲批賊頰。與父母俱死。棄尸於野。後賊與官兵格鬭。馬至尸前。辟易不肯前。遂陷淖就擒。此二事正相反。論者皆有貶詞。以為其一失節。其一心太忍。余曰。皆是也。孔子曰。殷有三仁焉。郭六改行。其子為之奴也。孟村女抗節。比干諫而死也。古人於徐孝克妻、樂昌公主尚憐之。而況此二人乎。

劉迂鬼

劉羽冲者。滄洲人。性孤僻。好講古制。實迂闊不可行。嘗倩董天士畫秋林讀書圖。紀厚齋先生題云。兀坐秋樹根。塊然無與伍。不知讀何書。但見額眉古。祇愁手所持。或是井田譜。蓋規之也。偶得古兵書。伏讀經年。自謂可將十萬。會有土寇。自練鄉兵與之角。大敗。又得古水利書。伏讀經年。自謂可使千里成沃壤。繪圖列說於州官。州官使試於一村。溝洫甫成。水大至。順渠灌入。人幾為魚。由是抑鬱不自得。恆獨步庭階。搖首自語曰。古人豈欺我哉。如是日千百遍。惟此六字。不久發病死。後風清月白之夕。每見其魂在墓前松柏下。搖首獨步。側耳聽之。所誦仍此六字。

痴鬼戀妻

京師有嫗能視鬼。常告人云。昨於某家見一鬼。可謂癡絕。然情狀可憐。亦使人心脾悽動。鬼名某。住某村。家亦小康。死時年二十七八。初死百日後。婦邀我相伴。見其恆坐院中丁香樹下。或聞婦哭聲。或聞兒啼聲。或聞兄嫂與婦詬誶聲。雖陽氣逼爍。不能近。然必側耳窗外。悽慘之色可掬。後見媒妁至婦房。愕然驚起。左右顧。後聞議不成。稍有喜色。既而媒妁再至。來往兄嫂與婦處。則奔走隨之。皇皇如有失。送聘之日。坐樹下。目直視婦房。淚涔涔如雨。自是婦每出入。輒隨其後。眷戀之意更篤。嫁前一夕。婦整束奩具。彷徨簷外。或倚柱泣。或俛首如有思。循聞房內嗽聲。心從隙私窺。瞥瞥微夜。媼太息曰。鬼何必如是。若串聞也。娶者入秉火前行。鬼避立牆隅。仍翹首望婦。召偕婦出。回顧見其遠遠隨至娶者家。為門神所阻。稽顙哀乞。乃得入。則立牆隅望婦行禮。癡立如醉狀。婦入房。稍稍近窗而窺。至燭滅就寢。尚不去。為中霤神所驅。乃狼狽出。仍至婦室。婦留一兒在家。聞兒索母啼。趨出環繞兒四周。以兩手相搓作無可奈何狀。俄嫂出撻兒一掌。更頓足拊心。遙作切齒狀。媼視之不忍。乃徑歸。

狐仙懼內

紀儀庵有質庫在西城中。一小樓為狐所據。夜恒聞其語聲。然不為人害。久亦相安。一夜樓上詬誶鞭笞聲甚厲。群往聽之。忽聞自痛疾呼曰。樓下諸公。皆當明理。世有婦撻夫者耶。適中一人方為婦捷。面上爪痕猶未愈。衆哄然一笑曰。是固有之。不足為怪。樓上群狐亦哄然一笑。其鬨遂解。聞者無不絕倒。

軍校妻

紀曉嵐先生在烏魯木齊時。一日。報軍校王某差運伊犁軍械。其妻獨處。今日過午門不啟。呼之不應。當有他故。因微遣佐同知木金泰往勘。破扉而入。則男女二人共枕臥。裸體相抱。皆剖裂其腹死。男子不知何自來。亦無識者。研問鄰里。茫無端緒。擬以疑獄結矣。是夕女屍忽呻吟。守者驚視。已復生。越日能言。自供與是人幼相愛。既嫁猶私會。後隨夫駐防西域。是人念之不釋。復尋訪而來。甫至門即引入室。故鄰里皆未覺。應暫會終離。遂相約同死。受刃時痛極昏迷。恍如夢覺。則魂已離體。急覓是人。不知何往。惟獨立沙磧中。白草黃雲。四無邊際。正彷徨間。為一鬼將去至一官府。甚見詰辱。云是雖無恥。命尚未終。叱杖一百驅之返。杖乃蘇。鑄不勝楚毒。僅輩絕。及漸蘇。則回生矣。視其股。果杖痕重疊。駐防大臣巴公曰。是已受冥罰。姦罪可勿重科矣。先生烏魯木齊雜詩有曰。鴛鴦畢竟不雙飛。天上人間舊願違。白草蕭蕭埋旅櫬。一生腸斷華山畿。

飛天夜叉

先生在烏魯木齊。把總蔡良棟言。此地初定時。嘗巡瞭至南山深處。日色薄暮。似見隔澗有人影。疑為盜伏叢莽中。密偵之。見一人戎裝坐磐石上。數卒侍立。貌皆獰獷。其語稍遠不可辨。惟見指揮一卒自石洞中呼六女子出。並姣麗白皙。所衣皆繪綵。各反縛其手。躬身使首跪。以次引至坐者前。褫下裳伏地鞭之。流血號呼慘惻。聲徹林谷。鞭訖徑去。六女戰慄跪送。望不見影。乃嗚咽歸洞。其地一射可及。而澗深崖陡。無路可通。乃使弓力強者攢射對崖一樹。有兩矢著樹上。用以為誌。明日迂回數十里。尋至其處。則洞口塵封。秉炬而入。曲折約深

四丈許。絕無行跡。不知昨所遇者何神。其所鞭者又何物。或曰。此飛天夜叉。化為女子者也。

虎倀

新安程生名敘。有族人家深山中。後闢園亭。頗有幽趣。生往候之。迨晚則鍵莊門。蓋其地有虎也。一日初更時。月色微明。狂風驟作。一僮欲啟鑰出戶。僕輩止之不可。主人親曉諭之。僮不得已。私欲越垣而出。以高峻不得升。忽聞垣外有虎嘯聲。主人乃令衆僕挾持此僮。顛狂撞叫。不省人事。生知有異。親登小樓覘之。則見有一短頸人在垣外。以磚擊垣。每擊則此僮憱叫呼欲出。不擊乃定。生及主人皆知必虎倀也。乃持此僮愈力。僮叫呼良久。忽嘯作豕聲。便溺俱下。其夭亦成豬矣。園中之人大驚。至五鼓。此僮睡去。天曉時。生及主人復登樓覘之。則見一虎自西邊叢薄中躍去。而倀不復見矣。

狼牙

凡猛獸皆以爪牙貽利。故能搏噬。而古者獨稱狼牙者。但以為尖利害物耳。數年前。甘泉令某。一日自外返署。見快役班房。繫一小獸如犬。而雙眼淺綠色。意其為狼。詢之果然。乃牽入署。有幕客某以烟袢纖其口。小狼露齶作欲噬狀。諦視之。其牙纍纍白。大小參差不齊。而其齶生成一片。非若人與他獸之分排編次也。因恍然悟古人以狼牙名兵器。蓋取諸此。而狼之狠戾。恃有此牙。亦天之賦與獨異。若人之駢脅。猨之通臂然。

樓怪

西安省城四府街。有王太守宅。太守官浙中。宅久關鎖。留僕守之。一日鄰人遙望。見其後樓懸燈數十盞。趨至詢其僕。啟門視之。寂然無物。又有童子數人。白日往遊至後樓。見有白髯老人憑樓窗下視。摩挲之。老人忽吐舌長丈餘至地。大駭而散。乾隆某年。太守緣事。此宅入官。同寅乾州高公名璣者買之。所屬武功黃令景略赴省借宿。是月晝臥前廳。傍晚乍醒。北窗自啟。有物黑面赤睛來窺。黃大呼而起。率衆僕逐之。不見。高公赴省。將蒞任長安。任眷宗箱置後樓。一日。查驗書簏。令廝役上樓啟之。見巨蛇蟠據箱側。大駭走白高公。親往視之。無有矣。高因不敢居。忽一日晚間後樓失火。官吏救之。惟後樓燼焉。院中有白骨一堆。長安令周小亭撿視之。有大牙十數。長各五寸餘。別無他異。春方伯舒觀察皆取一二枚以去。人皆云此怪已自焚死。高公攉寶武太守。始遷居之。今將此宅轉鬻於前藍厓令楊竑亭。竟無他異。

武進兩異事

武進之北鄉。土名乞橋。有某姓誕一兒。甫長十一月而長三尺。每喫飯三巨椀。或餌以粉餈。能食七枚。然不能言。尚臥匡籃。需人提抱。此乾隆五十五年事。

毘陵郡北隅。有秦姓婦忽誕一兒。狀貌獰惡。頭有兩角。角隱隱復有兩目。徧身青色。多肉塊磊磊。勢長數寸。鱗細如燈草。啼聲亦甚異。其家以為妖。埋之屋園旁。翼日人過猶聞地下作呦呦聲。此五十五年八月事。

有子廟講書

西江周篔軒太史。新舉孝廉。赴北闈會試。路過鄒魯間。夢人引至一處。棟宇巍峩。上書有子廟三字。心疑之。以為有子配享聖人久矣。此地何以另立有廟。俄而召入。上坐有古衣冠者。年五十許。鬚眉蒼秀。揖而進之。命之旁坐。曰。汝西江名士。可知論語第二章孝弟也者其為仁之本歟作何解。周曰。仁為五德之首。孝弟又為仁德之首。有子曰。非也。古字人與仁通。我首句其為人也孝弟。末句孝弟也者其為人之本歟。其義一也。漢宋諸儒。不識仁字即人字。將个孝弟放在仁外。反添枝節。汝到世間為我曉示諸生也。周唯唯而出。是年即中進士入詞林。余按井有仁焉之仁。即人字。則此章仁之為人。當亦無疑。

米元章顯聖

蘇湖鮑某工畫。專學米元章。竟能得其大概。且又能烘染紙作舊色。識者莫辨。南北骨董家購者甚多。因之致富。一日作畫倦矣。坐而假寐。忽見一人唐巾宋服。登其庭罵曰。我米元章也。汝學我畫。僅得皮毛。而欺世取財。將來千百世後。道元章之畫。不過如此。則我之身分姓名。俱為汝糟塌矣。因袖中出一石。擊其右肱。鮑覺酸痛。一驚而醒。從此握筆腕痛難勝。執著數錢。依然無恙。

麒麟喊冤

有邱生者吳人也。幼習時文。屢試不售。怒曰。宋儒誤我。乃盡燒其講章語錄。而從事於考据之學。奉鄭康成孔穎達為聖人。而渺視程朱家。嘗遊學楚蜀。過峩嵋山。坐古松之下。溫習儀禮注疏。有白額虎銜之而去。行數里。乃擲於深谷中。虎竟去。邱心悔。當是背宋儒之報也。方懊惱間。見谷旁有石門大開。邱走入。則殿宇巍峩。署曰文明殿。兩旁羅列書籍百萬。莫知其數。邱擬翻書目。揣必以六經冠首。不意翻舉竟無有也。心疑之。旁有古衣冠者。倚門而立。邱揖而問曰。此處何神所居。曰。蒼聖。邱問蒼聖始制文字。自該萬卷橫陳。獨無古六經何耶。古衣冠者曰。向來原有此書。但名詩書周易。不名經也。自漢人多事。名曰六經。造作注疏。穿鑿附會。致動上帝之怒。責蒼聖造字。生此厲階。從此文明殿中。撤去注疏。致汝擬翻不得。邱問注疏何以上干天怒。曰。此事原委甚長。汝且靜聽我言。汝可知萬國九州。只有一天乎。自盤古開闢以來。三皇五帝。莫不欽若昊天。天亦安享。郊丹數千年矣。忽然東漢末年。有五妖神頭戴冕旒。身穿龍袞。闖入天宮。各稱名號。其自稱赤熛怒者。紅面螺髯。狀尤獰惡。其他兄弟四人。衣青者號含樞紐。衣白者號白招拒。衣黑者號汁光紀。豎眉昂首。呪吃嚷嚷。竟欲篡奪上帝之位。分據為五國。上帝盤問五人得姓受命所由來。皆瞪目不能答。帝命神兵擒之。與鬬不決。適蒼聖朝天奏曰。此五神姓名。皆讖緯妖言。漢人鄭元師弟所僞。但召鄭元來。則不鬬而自伏矣。帝無可奈何。即命九幽使者召鄭元師弟上殿。見其舉止老成。飲酒三百杯不醉。送署文明殿功曹。五妖神始帖服不動。凡鄭所奏。帝亦循行。世間久之。其教有必不能行者。天子冕旒用玉二百八十八片。天子之頭。幾乎壓死。袞服必服大裘。天子之身。幾乎暍死。只許每日一食。須勸再食。天子之腹。幾乎餓死。喪禮含飯用米二升四合。君大夫口含粱稷四升。如角柶不能啟其齒。則鑿尸頰一小穴而納之。凡為子孫者。心俱不忍。以訛傳訛。習而不察。將及千年。一日天帝坐紫微宮。見雲中飛下一獸。來龍鱗馬鬣。喊冤奏曰。臣麒麟也。不食生蟲。不踐生草。人人稱為仁獸。必待聖人出。臣纔下世。不料有妄人鄭某孔某者。生造注疏。說郊天必殺一麒麟。麒麟何罪。遭此屠毒。此等議論。只好嚇騙黃巾賊。見老鄭便一齊下拜。使麒麟見之。必嗤其面。言未畢。又見空中雲鬟霞佩。率領數婦人。珊珊來者。跪奏曰。妾姜氏周王妃

也。當時周王勸農。妾並不隨行。今有妄人鄭某。說天子勸農。必與王后同行。妾想婦人幽閨弱質。行不踰閾。豈有拋頭冒露出來勸農之理。北魏王肅皆言其非。唐人孔穎達。將王大加呵斥。黨人毀妾。一至於此。諸婦人齊奏曰。妾南國諸侯大夫之妻也。夫君外出。妾等心憂。亦既覯止。我心則降。言既見而心安。此人情也。鄭訓覯為交媾之媾。言交精而心降。又訓五日為期。六日不詹。云婦人五日不御。必有思男子而不得之病。妾等皆公侯淑女。不應貪淫至此。麒麟在旁。蹶足大笑。帝問何笑。麟曰。諸夫人但知責鄭元。不知責戴聖。戴聖造禮經。其罪更大。臣在周文王靈囿中。與振振公子同遊。見文王宮女原無定數。多不過二三十人。並無九嬪二十七世婦八十一御妻之名號。亦從不見有金環進之銀環退之之條例。文王日昃不暇。樂而不淫。那得有工夫十五夕而御百餘婦哉。戴聖本係贓吏。造作宮闈經典。以媚昏主。而鄭元師弟又從而附會之。致後世隋宮每日用烟螺五石。開元宮女六萬餘人。皆其作俑也。且註詩經。皆務羅供。言條是條婦人之陰。此是景十三王傳中之事。三代無此修刑。天帝聞之大悔。喟曰。朕用人過矣。召蒼聖謂曰。卿造字原有功於萬世。大聖人周公孔子。皆出汝門下。不料後來俗儒流弊。一至於斯。何以救之。蒼聖奏曰。臣兄弟三人同造字。臣所造之字。都是下行。臣弟沮誦佉盧所造之字。或右行。或左行。左右行者行於東西二方。下行者行於

中華。今東西方只一教。而中華之教如此紛張。惟有召西方明心見性之人。學佛未成者來大顯神通。將此輩一掃而空之。帝曰。召佛是矣。何以要召學佛不成者。蒼聖曰。佛無夫妻父子。故名異端。恐來中國人多不服。惟有少時借佛書參究一番。中年通歸周孔者。罡行儒名。人饒肯服。宋朝甚衆最佳。麒麟在旁爭之曰。楚固失矣。而齊亦未為得也。據漢儒麟鼓郊天之說。不過麒麟瞪氣。而天帝尚得一頓飽餐。若宋儒主持名教。訓天命之謂性。云天即理也。古帝王只有祭天。並無祭理者。將來天帝血食不從此而斬斷乎。不但此也。恐尖嘴雷神還要來鬧。帝曰。何也。曰。朱註有盛饌二句。云敬主人之禮。非以其饌也。下文註迅雷必變。云敬天之怒。豈非下文昭然不以其雷。既從此雷公沒人怕了。雷公豈肯甘心。天帝笑曰。汝言亦是。但氣運各有歲度。朕亦不能作主。姑且召明心見性之人。試其伎倆何如。俄見蒼聖帶領宋儒上殿。有褒衣博冠手執太極圖者。有閉目指心。自稱常惺惺者。有拈花弄月。自號活潑潑地者。最後四人扛一大桶上。放稻草千根曰。此稻桶也。自孔孟亡後。無人能扛此桶。唐人韓愈妄想扛桶。被我取他與大顛和尚書。搜出真贓。把他所扛之桶多掀翻了。何況鄭孔敢與我四人為難乎。言未畢。衆見赤熛怒白招拒五妖神。從牆穴洞。偃旗息鼓而逃。天帝大喜。即命此四人權攝文明殿功曹。此漢學所以不昌。而文明殿之所以無註疏也。郎問既如此。何以架上不收宋儒註疏乎。曰。一誤豈容再誤。宋儒此座。亦恐終不能久。現在王陸二姓。本朝顏息齋李剛主毛西河等。都與為難。方談論間。忽聞鐘鼓聲。內閣蒼聖傳旨云。朕命白虎馱郎生來。原恐其自於漢學。凌蔑百家。挾天子以令諸侯。故有投畀射虎之意。今聞郎已悔誤。可賜山中雲霧茶一杯。領其出山。俾述所聞。可以曉世。古衣冠者引行曲澗中。郎因問曰。據蒼聖之言。漢學不可從。據麒麟之言。宋儒又不足取。然則我將安歸。神曰。隨之時義大矣哉。士君子相時而動。故曰順天者昌。即如神道設教。蔣帝既衰。關帝自興。此眼前之明證也。當漢學盛時。晉朝王弼註易。罵鄭康成為老奴。康成白晝現形。立索其命而去。元行沖有言。今人寧道孔聖誤。諱言鄭孔非。亦怕康成作祟故也。今氣運既衰。其鬼不靈。而人亦少談孔鄭矣。當宋學盛時。元朝祭朱考亭至於呼太祖御名。成忌書而祭尊與天同。明祖登極。又聘宋金華四先生等講學。皆考亭之小門生也。一脉相傳。頒行四書大全。通行天下。捆縛聰明才智之人。一遵其說。不讀他書。楊升庵有言蟲有應聲者。今之儒生。皆宋儒之應聲蟲也。子不作應聲蟲。安能拾取科名。上報君父乎。郎曰。然則上帝亦好時文八股耶。古衣冠者大笑曰。上帝非秀才。安用時文。不特帝所無時文。即嫏嬛洞二酉山。亦從無此腐爛之物。細字小板。古書亦無此惡模樣。郎曰。然則時文科甲中。何以出許多要人。神曰。士如魚也。釣之可

得。射之可得。網之亦可得。大者蛟鯊。小者魴鯉。皆水所生。不因釣射網罟而有異焉。歷代以經學取為名臣者若而人。以詩賦策論取為名臣者若而人。以時文取為名臣者若而人。豪傑之士。豈為功令所束而遂淹沒哉。汝試看呂蒙拔於盜賊。郭子儀起於縲紲。盜賊罪中人尚且有人。而况於時文科目耶。郎問上帝何好。曰好詩文。問何以知之。曰汝試想上帝白玉樓成。何以不召老成人。馬季常井大春作記。而召一少年佻健之李長吉耶。海上仙龍芙蓉城主。何以不召周程張朱衆徒講學者居之。而召一好酒及色之白居易。豪縱不羈之石曼卿耶。郎恍然大悟。乃再拜曰。如神人所言。某將棄漢學宋學。而從事於詩文何如。神曰。子又誤矣。人之資格。各有短長。著作之才。水也。果有本源。自成江河。考據講學。火也。胸中無物。必附物而後有所表見。如火之必附於薪炭也。子天性中本無所有。焉得不首鼠兩端。且子既精漢學矣。試問帝王所食之米何名。郎不能答。神曰。康成注釋之溲溲云。舂之揄之。使趨於鑿。粟一石為糲。舂一斗為粺。又去八升為鑿。又去九升為侍御。侍御者王所食也。子試思米舂至八九次。其糲粺糠粃將何所歸。天故專生此一流飢糠覈而飽糲粺之人。或瑣屑考據。或迂闊講學。各就所長。自成一隊。常見孔聖如來老聃空中相遇。彼此微笑。一拱而過。絕不交言。此天地之所以為大也。郎聞之。色若死灰。意流連不出。神曰。子休矣。子被虎銜落山澗袖中所帶儀禮注疏。蠹食者過半矣。盍速歸乎。郎再拜出洞。至今猶存。

大通和尚

吳門某進士。通禪理。立志成佛。聞天台山僧名大通者。年一百二十歲矣。乃徒步訪焉。兩扣茅蓬。辭不見。進士跪門。一日僧召入。問汝來何為。曰願學佛。曰君非某尚書之子歟。曰然。今尚在乎。曰在。有妻子乎。曰有。僧曰。君誤矣。佛性慈悲。汝父尚在。妻尚存。而忍心別父棄妻。貪圖作佛。此心可以見得佛否。進士不能答。僧又問成佛必須功德。汝立何功。曰我遇荒年必倡捐振𢿱。遇棺櫬必掩埋。年年買活物放生。僧曰。凡有心積德以徼福者。與無德者同。猶之律上過失殺人。雖殺不抵命也。汝貪成佛。而強為諸善。何功之有。汝果要學佛。當先學我。使從此刻學起。我坐則坐。我食則食。我溲溺則溲溺。我眠則眠。汝能照樣行乎。曰能。僧長嘆一聲。使閉目坐榻上。一日不語不飲不食不眠不起溲溺。進士骨節酸楚。腹中雷鳴。溲溺俱下。而僧不知也。不得已起跪僧前。願且還家。僧亦不答。拱手微笑而送出焉。

掠剩鬼

廣陵法雲寺僧珉楚。常與中山賈人章某親狎。章死。楚為設齋誦經數月。忽遇章於市。楚未食。章即延入飯店。為置胡餅。既食。楚問君已死。那得在此。章曰。吾以小罪未免。今配為揚州

掠剩鬼。問何為掠剩鬼。曰、凡吏人賣販利息。皆有數。過常數得之。即為餘剩。吾得掠而有之。今人間如吾輩甚多。因指路人曰。某某皆是。頃之有一僧過。指曰。此僧亦是。因召至與語。良久。僧亦不見。楚與章南行。遇一婦人賣花。章曰。此婦人亦鬼。所賣花亦鬼所用之花。人間無用。章出數錢買之。以贈楚曰。凡見此花而笑者皆鬼也。即告辭而去。其花紅芳可愛而甚重。楚亦昏然而歸。路中人見花頗有笑者。至寺北門。自念吾與鬼同遊。復持鬼花。殊覺不祥。即擲花溝中。濺水有聲。既歸。同院人覺其色甚異。以為中惡。競持湯藥救之。良久乃蘇。具言其故。因相與覆視其花。乃一死人手也。

續子不語卷六

隨園戲編

多官

多官。閩莆田人。孫祿失怙恃。嫂鄭氏乳之。長而美麗。兄嫂皆愛之。兄遠賈外出。或經年不歸。嫂常居母家攜叔去。令出就外傅。邑有葉先生授徒於家。多官往學焉。江西陳仲韶。貴公子也。年十八舉於鄉。兄官閩。以喪偶故往省。路出莆田。值雨。遭多官於道。神為之奪。下輿隨行。多官回顧。見其摳鮮衣曳粉靴。走泥淖中。狀若狂癡。心頗疑之。仲韶卒尾至其家。苦不得入。訪於鄰。始知為多官。自書塾歸。乃至其嫂家也。仲韶抵兄署。與其嬖京兒謀。欲得多官。京曰。子盍以遊學請諸兄。允則事濟矣。兄果許。仲託莆令修脯贄於葉館。以公子禮。不知為先達也。仲謁同學。多官出見。駭然良久。心知客為己來。自是絕不過從。惟扃戶而讀。居匝月。終無由通款。一夕聞多官呻吟聲。瞰之。病臥在牀。葉偕醫來診其脈。曰虛怯將脫。非參四兩不治。葉聞。欲送之歸。仲韶勃然曰。渠家貧。安能辦此。即歸亦死耳。立啟篋出金授醫。復語葉曰。有故惹我任。遂親侍湯藥。衣不解帶者半月有餘。多官旋愈。深德仲韶。於是來往頗密。然終無戲容。仲無間可入。復謀於京兒。京曰。吾知其感公子矣。不知其愛公子否。可佯病試之。如其言。多官來。亦如仲之侍己疾。省京兒。瞞醫詭云。藥中須人臂血。疾始可治。命京京佯不可。多官在旁無語。至暗中乃刺血和藥以進。仲知之大喜。以為從此可動也。適兄嚮荐入都。招仲偕往。多官聞之。乃夜就仲室。曰。曩者公子傾金活我。非愛我故耶。今行有日矣。義不忍負公子。請綿三日好。誓守此身以待。即宿於仲所。三日仲乃行。葉有甥名適者。性淫惡。而頗饒膂力。涎多官美。欲與狎。不可。一日仲韶使至。多官置來書案上。出詢仲起居。適潛入見仲書多親昵語。喜曰。是可劫也。多官來。袖書示之曰。汝從陳公子。獨不可從我乎。多官初欲拒之。已而思有書在。慮不能滅其迹。復佯笑曰。若還吾書。今夕當從汝。適喜。還書而出。多官焚之。乃作二札。一與仲訣。一以告嫂。納諸篋。即取所佩刀自刎。嫂聞信至。啟篋得書。訟其甥。適瘐死獄中。仲韶歸。見所遺書。一慟幾絕。感其義。誓不再娶。一夕夢多官來。曰不可以我故廢君祀。君娶。我將為君後。從之。果舉一子。眉目絕似多官。因名喜多。年甚京兒與謀時。曰多官淘美。但眉目間英氣太重。末其量可以為忠臣烈士。慮不善終耳。後果如其言。

祈夢二則

宜興士人。少時到于忠肅廟中祈夢。夜夢神旁皂隸來揖其腰。與之押。士人憤怒。大叫而醒。以為忠肅不能御下。何足敬也。遍告親友。後士人成進士。選湖廣龍陽縣。十餘年。卒於任所。

趙笠亭祈夢于謙廟，夢見少保憑几坐，几上燃燭二枝，上有綠字，書「冠冕通南極，文章列上台」兩句，以為大吉兆。後竟以疾亡。將殮，諸門弟相率臨奠，設筵告祭，其筵前燭二枝，綠字所書即此二句。

鬼被衝散團合最難

紹興傅長純館胡撫軍寶瑔署。一日胡出堂理事畢，來告幕中諸友云：「適坐堂上，有皂役倉猝從衙外入門，俄一鬼迎出，與皂相值，為皂衝仆，其鬼四肢悉散墮地上，耳目口鼻手足腰腹如剝開者，蠕蠕能動。久之，漸漸接續，又良久，復起而去。」胡視皂役之氣頗旺，鬼誤值為其氣攝住，故不得退避而衝倒也。其倒時皂竟不知，旁廊下有鬼多笑之而不前。

石板中怪

桐城朱書樓云：其父昔官巢縣，去其家里許，有山險峻，不通人跡。一日佃戶來報：山上木魚聲響，從未見有僧往來。請偕視之。其父率佃戶數十人，披荊斬棘而上，見山頂石洞中有老僧趺坐蒲團，敲木魚念佛。問從何來，僧不答；問需齋供否，曰：「吾辟穀多年，求用齋為？」言畢閉目而坐。眾驚異，下山。朱歸告其母，母曰：「是神僧也。我有蓄金五百，汝為我建佛閣於山上，供養此僧。」朱遂率眾鳩工。僧忽出洞，指所立處曰：「此下若見石板，慎勿輕動，動則妖出。」眾不信，以為石下或有窖金，趁僧不在時，共力掘起。忽黑氣沖天，飛砂迷目。僧急出洞曰：「妖已遁矣！不信吾言，致為人祟，奈何？」工未完，果有方姓家婢被二女妖纏擾，雞犬不寧。其主人倉皇來告，僧求救。僧遂下山，建壇豎七星燈，咒語移時，雙袖一揮，向空喝曰：「汝幽禁雖久，野性尚存，速隨吾上山修煉。」是夕方姓家遂安。嗣後有上山者，常見僧旁有二美女侍立，執香焚香，年姿綽約。群以為異，如是者六年。一日僧召朱謂曰：「予號大容，曾遇異人指點出家，今道行已滿，明日即當飛昇。二妖已皈佛法，留往他處修真，但與方姓尚有宿愆，吾化後須供撰七日，消除此業。」及明日，僧舉火自焚。於是二女復至方家，附婢身上索酒食，曰：「吾已千年未曾看戲，可為我演戲七本。我纔看和尚面上，甘心饒汝。」方從之，演畢寂然，惟正廳桌上留紅帖一張，大書「嫣紅、環翠謝戲」六字。

僵尸貪財

金陵張愚谷與李某交好，同買貨廣東。張有事南歸，李託帶家信。張歸後寄信李家，見有棺在堂，知李父亡矣，為設祭行禮。李家德之，其妻出見，年纔二十餘，貌頗妍，推設饌款張。時天晚矣，留張宿其家。宿處與停柩之所隔一天井。至夜二鼓，月色大明，見李妻從內出，在窗縫中相窺。張愕然，以為男女嫌疑之際，不應如此。倘推門而入，當正色拒之。旋見此婦手持一炷香，向其翁靈前喃喃然若有所訴，訴畢，仍至張所住處，將腰帶解下，緊縛其門上鐶環，徐徐步去。張愈驚疑，不敢上牀就寢。忽聞停棺之所豁然有聲，則棺蓋落地，坐起一人，面色深黑，兩眼凹陷，中有綠睛閃閃，鬚髮異常，大步走出，直奔張所，作鬼嘯一聲，陰風四起，門上所縛帶登時寸斷。張竭力撐門，力竟不敵，尸一衝而入。幸其旁有大木廚一口，張推廚擋尸，廚倒，正壓尸身，尸倒在廚下，而張亦昏迷不醒矣。李妻聞響，率家丁持燭斧至，將薑湯灌醒張，而告之曰：「此妾翁也。素行不端，死後變作僵尸，常出為祟。性最愛財，前夜託夢於我曰：『將有寄信人張某來，我家身帶二百金，我將害其身而取之，以一半置我棺中，以一半賜汝家用。』妾以為妖夢，不信其語，不料君果來宿於此，我故焚香禱祝，勸其勿萌惡念；恐他推門害君，故以帶縛住門環，而不料鬼力如是之大也。」乃與家丁扛其尸入棺。張勸作速火化，以斷其妖。曰：「久有此意，以翁故，於心不忍，今不得不從俗矣。」張助以作道場之費，召名僧為超度而焚之，其家始安。

黃鼠狼作紙衣呼小將

李半仙，奉天人。其師黃某，為吾杭方伯國公棟壬戌房師，為通州牧，過於仁慈，上司劾其縱賊殃民，發遣奉天。授徒教讀，見半仙曰：「子可傳道，非功名中人。」半仙叩首聽命，令其拜斗四十九日，授書一卷，劍一口，遂能驅邪治病。黃公每歲至瀋，來去萬里，甚速。限滿放歸，不知所終，蓋有道術者。李君每歲一至京師，住國公宅，往往見其役鬼使神，頗有效驗。一日有狐仙延請赴宴，所設豬羊雞鴨等肉，李皆淡食不下咽。席間左右侍立捧盤饌者，皆極大黃鼠狼，人立而衣紙衣，呼為黃小將。惟主人則狐而人形，衣綢緞焉。李怪而問之，曰：「若輩福薄，只宜著紙衣，一著綢則病，一著緞即死。今日所以奉請者，有所求也。吾曹子孫繁，每有在外間無狀者，祈法師遇有此等事，以文書牒我，俾我以家法處置，幸勿傷其性命。如有文書，可焚于紫禁城轉灣之城腳下，呼黃小將三聲，我即領受。」李唯唯而出。有患瘵病為冤纏者，半仙為禳解之；若為妖魅，驅之不去，則作法斬之，用米一斗，插劍於中，焚符誦咒，劍自飛舞，斫於門柱，有怪毛毿毿然，截八寸餘，病者獲安。李即辭去，從不受謝。

徐明府幕中二事

徐公名振甲，初宰句容，有仲姓威司刑名事。句境皆山，產雉兔、麞麂之類，每歲召獵戶捕取，供上憲以為土物。徐公一日召獵戶於署中試放火槍，轟然震響，仲姓失色，竄匿於隱處，屏息不動。至晚覓之不得，遣人出城追逐，直至省垣，遇匿一小巷中。署中人多言仲本女狐所生故也。後徐調任清河，赴省，遇余留飲，語余曰：「余幕中諸友多有外癖，家人輩有拂其意使之意者。暮友即欲辭去。以此小事甚費周旋。以致此風大熾。署中諸犬效之。兩雄相偶。豈非絕倒。座中廣文孫公曰。此何足異。余家牝鴨與牝雞每作雌雄相偶之狀。更可笑也。

同服琉璜效驗各別

琉璜有毒。人人所知。然服之而壽考康強者有之。疽發於背於頸死者有之。禍福互異。由各人體氣本不相同也。本朝託冢宰庸於冬至日嚼雪吞冰。不知其冷。自稱陽臟。故然。尹文端公隆冬不戴貂帽。戴則雖大雪中。汗出如雨。宋夏英公服鐘乳琉璜。偶離此二味。則手足如冰。真不可解也。杭州王畫師林常服琉璜。久之毛孔中常突起小泡。青烟一道直射而出。皆作琉璜氣。據云其毒從毛孔中出。便無他恙。至今其人年高卒無恙云。

夜航船二則

杭州夜航船。夜行百里。男女雜沓。中隔以板。仁和張姓少年。素性佻健。以風流自命。搭船將往富陽。窺板縫有少女向渠似笑非笑。張以為有意於己也。夜眠至三鼓。衆客睡熟。隔板忽開。有人以手摸其下體。少年大喜過望。挺其陽使摸。而急伸手摸彼。宛然女子也。遂爬身而入。彼此不通一語。極雲雨之歡。雞鳴時。少年起身將過船。其女緊抱不放。少年以為愛己。愈益綢繆。及天漸明。照見此女頭上蕭蕭白髮。方大驚。女曰。我街頭乞丐婆也。今年六十餘。無夫無子女。無親戚。正愁無處託身。不料昨晚蒙君見愛。俗說一夜夫妻百夜恩。君今即我丈夫。情願寄託此身。不要分文財禮。跟着相公。有粥吃粥。有飯吃飯。何如。少年窘急。喊衆人求救。衆齊起。嗤笑。勸少年酬以十餘金。老嫗始放少年回艙。回看彼少女。又復對少年大笑。

柴東升先生搭夜航船往吳興。船中老少十五人。船小客多。不免挨擠而卧。半夜忽聞一陝西聲口者大罵小子無禮。擒一人痛毆之。喊叫我今年五十八歲了。從未幹這營生。今被汝乘我睡熟。將陽物插入我穀道中。我受痛驚醒。傷我父母遺體。死見不得祖宗。諸公不信。請看我兩臀上他擦上吐沫尚淋漓未乾。被毆者寂無一語。柴與諸客一齊打火起坐。為之勸解。見一少年羞慚滿面。被老翁拳傷其鼻。血流滿艙。柴問翁何業。曰。我陝西同州人。訓蒙為業。一生講理學。行袁了凡功格過。從不起一點淫慾之念。如何受此孽報。柴先生笑曰。翁行功過格。能濟人之急。亦一功也。若竟毆殺此人。則過大矣。我等押無禮人為翁叩頭服罪。並各出錢二百。買酒肉祀水神。為翁懺悔。何如。翁首肯之。始將少年釋放。天明。諸客聚笑勸飲。老翁高坐大啖。被毆者低頭不飲。別有一少年笑吃吃不休。裝束頗類戲班小旦。衆方知彼所約夜間行數者。乃此人也。

盛林基

乾隆四十一年。樂安縣民盛林基年三十二歲。家有一母一妹。忽一日以切菜刀斷其母妹二人之頭。高置几上。買香花燈燭而供奉之。其鄉鄰驚問何故。笑曰。送他兩人到極好處去成佛。我不過盡孝道耳。總甲報官來驗。坦然出迎。口供與對鄉鄰之言如一。官請　王命凌遲。其人含笑就死。亦無一言。據鄰人云。此人平時待母頗盡孝道。與妹亦甚和睦。

趙友諒宮刑一案

趙成者。陝西山陽城中人。素無賴。老而益惡。姦其子婦。婦不從。持刀相逼。婦不得已從之。而心終不願。私與其子友諒謀遷遠處以避之。其戚牛廷輝住某村。離城三十里。遂往其村對山築舍而居。彼此便相叫應。居月餘。趙成得信追蹤而往。并持食物往拜牛廷輝。牛設饌款待。鄉鄰畢集。席間客觴七。與牛至好。問牛近況。牛告以生意不好。賣兩驢得銀三十兩。以十金買木修屋。家中僅存二十金等語。趙成欲通其媳。厭友諒在傍礙難下手。知鄰人有孫四者。凶惡異常。且有膂力。一村人所畏也。乃往與謀殺牛廷輝。分其所騰金。孫四初不允。趙成曰。我媳婦甚美。汝能助我殺牛廷輝。嫁禍於友諒。友諒抵罪。則我即以媳婦配汝。不止一人分十金也。孫四心動。遂慨然以殺牛為己任。是夜與趙成持刀直入牛家。友諒見局勢不好。逃入山洞中。孫趙兩人竟將牛氏一家夫婦子女全行殺盡。而往報官。云是友諒所殺。縣官路學宏急遣役往拏。見友諒匿山洞中。形跡可疑。遂加刑訊。友諒不忍證其父。而又受刑不起。遂痛哭誣服。然殺牛家之刀。原是孫四家物。趙家所無也。屢供藏刀之處。屢搜不得。路公以凶器未得。終非信讞。遂蓄留拖延。連累席間飲酒鄉鄰十餘人。家產為空。一日捕役方帶趙成覆訊。成自喜案結矣。策蹇高歌。其媳見而罵曰。俗云虎毒不食兒。翁自己殺人。嫁禍於兒子。拖累鄉鄰。猶快活高唱曲耶。一人作事一人當。天地鬼神肯饒翁否。趙成面赤口噤。捕役以其情急。聞於官。官始窮問趙成。初猶不服。燒毒烟薰其鼻。方輸實情。按律殺死一家五人者。亦須一家五人抵償。按察使秦公與撫臺某傷其子之奔獄。奏時為加夾片。序其情節。奉上諭。趙友諒情似可憫。然趙成凶惡已極。此等人豈可使之有後。趙成著凌遲處死。其子友諒加宮刑。百日滿後充發黑龍江。

換尸雪冤

京師順承門外有甲與乙口角相鬭者。甲拳傷乙喉。氣絕仆地。時天已晚。路上人將兇手縛置營房。以尸交兩營兵看守。待次早報官。會天雨雪。一卒老病畏寒。向年壯者云。我歸家添衣服。喝酒略耽延便來。年壯者許之。其人久而不至。年壯者亦買酒取煖。醉睡帳房。早起尋尸。尸隱不見。方驚愕間。年老者亦至。曰。我已報司坊官。即時來驗矣。年壯者曰。尸竟遺失。官來無可驗我二人罪大奈何老卒沈思良久曰我有一計某處荒地前有人舁一棺來似是新死之人尸尚未壞我與你打破其棺扛尸來此以冒抵之庶可免罪年壯者以為然依計而行少頃官來驗尸則額角上有長釘一條流血被面問兇手兇手曰我原失手打死此人並未加釘釘額且此尸面貌並非我所毆之人官不能斷正喧嚷間有一男子大呼而入曰此事與甲無干我乃被毆仆地之人初時氣絕仆地既而蘇醒還家是未死也官始將兇手放釋而查問荒地扛棺來瘞之人細加推究釘額之尸姓劉名汎以染工為業妻與人奸乘劉醉與奸夫釘殺之也乃釋甲而置奸夫於法旁觀者曰尸非可換之物而兩營兵奇計如此此非營兵之愚也乃暗中鬼神之巧也

凡肉身仙佛俱非真體

余每遊剎院見肉身菩薩大概渾身用生漆灰布叩之橐橐有聲雖腿筋盤屈隱隱可見而脰頸總歪在武夷山見卓鞋仙姓程名艮坐石洞中在九華山見無瑕和尚皆兩目下垂無睛搖其頭尚動叩其齒皆蛀朽脫落惟廣西永州無量壽佛雖肉身而頸獨端正心常疑之後有人云順治間有邢秀才讀書村寺中黃昏出門小步聞有人哀號云我不願作佛邢爬上樹竊覘之見衆僧環向一僧合掌作禮祝其早生西天旁置一鐵條長三四尺許邢不解其故聞郡中喧傳某日活佛升天請大衆燒香禮拜來者萬餘人邢往觀之升天者即口呼不願作佛之僧也業已扛上香臺將焚化矣急告官相驗則僧已死蓮花座上血涔涔滴滿轂道中有鐵釘一條直貫其頂官拘群惡僧訊問云燒此僧以取香火錢財非用鐵釘則臨時頭歪不能端直故也乃盡置諸法而一時燒香許愿者方大悔走散全州佛廟大門外有墳一座相傳某御史入廟禮佛欲試是否肉身取針刺佛之耳鮮血流出御史大驚出廟顛仆而死其家即瘞之於廟門外以示戒也余觀墳上碑但記前朝姓名某而並無此語余雖不剌佛然剝其所施衣彩十三層叩其胸而彈之亦自覺無禮矣

動靜石

南雁宕有動靜石二座大如七架梁之屋一動一靜上下相壘遊者臥石上以腳撐之雖七八歲童子能使離開尺許森然有聲倘用手推雖與夫十餘人不能動其毫末此皆天地間物理有不可解者

玉女峰

雁宕有石如女子獨立長五丈餘頭有髻形杜鵑花開紅滿一頭恰無一朵拂其面上著袍色微紅裙色慘綠若天然染就衣界畫分明衣裙之痕宛然若織

盧山禹碑

盧山宗生菴旁有谷簾泉泉有石洞險而深有人縋身而下得一碑上有禹王大篆六字釋文曰洪荒漾余乃耕崖子令丁正心在蓮花池席上為余言

飛鐘啞鐘妖鐘

武夷伏虎山之巔有鐘擊之聲甚厲相傳唐時飛來離地三十餘丈無人能擊故又號啞鐘張家口外總管廟有妖鐘三更外無故自鳴

鼠渡江

乾隆五十年有鼠數萬銜尾渡江大小不一在水颯颯有聲須臾間江南里許為其所齧老舵工云上江必有水災至七月間來安全椒二縣起蛟田堤盡壞

鵬過

康熙六十年余纔七歲初上學堂七月三日纔吃午飯忽然天黑如夜未數刻而天漸明紅日照耀空中無片雲或云此大鵬鳥飛過也莊周所云翼若垂天之雲竟非虛語

石中玉椀

乾隆五十五年荆州大水圍王山巔有璞石隨流而下耕人以鋤擊之中得玉碗溫潤潔白無雕刻而有血沁周圍六寸許惜石破而碗已傷群不解碗何以生石中或曰此必千年前富貴人家玉碗墜入泥中泥久氣燥變而為石故將碗裹在石內

瓜子妖

陶方伯在江寧署中與濮某劉某相友善中秋招二人飲酒各把瓜子散步階下且行且談被風吹數子落在土中其地忽發瓜藤漸長漸大俄結三瓜其大如斗一時賀者紛紛以為祥瑞三人聞之亦自得也未一年陶以書案被罪濮以瘵疾卒劉癩疾大作血肉潰爛而亡

琴變

金陵吳觀星工琴常為余言琴是先王雅樂不過口頭語耳未之信也年五十時為趙都統所逼命彈寄生草旁有伶人唱淫冶小調以和之忽然風雷一聲七絃俱斷仰視青天並無雲彩都統舉家失色從此遇公卿彈琴必焚香淨手非古調不彈矣

古北口城樓火箭匣

乾隆六年嘉興知府楊景震為盧案謫戍軍臺在古北口城樓上有一銅匣封鎖甚固相傳明代總兵戚繼光所留過客不許開看楊撫玩良久見匣上金鑴一震卦笑曰匣上卦名震與我名景震相應我當開之啟其蓋飛出火箭一枝著於對面景德廟正殿柱上登時火起

將殿守僧房焚燒殆盡。

官受妓嗔

楊鏡村作蘇州太守。娼某甚寵。某太守治蘇州。笞妓甚酷。後兩人俱解組矣。偶遇江都。有巨公某延之飲酒。座有三妓。皆蘇人也。二人戲問蘇州官長賢否。三人但認識楊公。不認識某公。齊聲對曰。楊太老爺待奴輩仁慈。并某地方衙役光棍嚇詐。此等官府。自然公侯萬代。後來某大老爺拏奴輩去。非笞即楞。并教供出嫖客姓名。以便他嚇詐取錢。不供便打。如此等官。世世子孫要做奴輩這行生意的。舉座大笑。某公不終席。登車而去。

京中新婚

北京婚禮與南方不同。郎又房娶妻。南方諸同年賀之。意欲鬧房拜見新人也。不料花轎一到。直進內房。新郎彎弓而出。向轎簾三發響箭。然後抱新人出轎。則亂髮蓬鬆。紅綢裹首。新郎以秤桿挑下紅巾。不行交拜之禮。便對坐牀上。伴婆二人持紅氈將四面窗櫊遮蔽。進大餃一個。剖之中藏小餃百餘。兩新人飲酒啖餃畢。脫衣交頸而睡。次日雞鳴。公公秉燭早起。禮拜天地竈神祖廟。過五日後。方纔宴客。本日賀者。全無茶酒。飢渴而退。或嘲之曰。京裏新婚大不同。轎兒抬進洞房中。硬弓對臉先三箭。大餃蒸來再一鍾。秤幹一挑休作揖。紅氈四裏不通風。明朝天地祖宗竈。拜得腰疼是阿公。

張趙鬬富

康熙間河道總督趙世顯與裏河同知張灝鬬富。張請河臺飲酒樹林上。張燈六千盞。高高下下。銀河錯落。兵役三百人點燭剪煤。吽吽嘈雜。人以為豪。越半月。趙回席請張。加燈萬盞。而點燭剪煤者不過十餘人。中外肅然。人疑其必難應用。及吩咐張燈。則颯然有聲。萬盞齊明。並不剪煤。而通宵光燄。張大慚。然不解其故。東訪其奴。方知趙用火藥線穿連於燭心之首。點火時。每一線貫串百盞。燒一線則頃刻之間百盞明矣。用輕羅為燭心。每燭半寸。暗藏極小爆竹。爆竹隔脾燭煤。蠹飛不須剪也。鹽商安麓村請趙飲酒十里之外。燈綵如雲。至其家東廂西舍。珍奇古玩。羅列無算。趙顧之。如無有也。直至酒酣席撤。入燕室小坐。美女二人捧雙錦盒呈上。號小頑意。趙啟之。則關東活貂鼠二尾。躍然而出。拱手向趙。趙始啞然一笑曰。今日費你心了。

朱爾玫

康熙間朱爾玫以邪術惑人。有神仙之號。名重京師。王公皆折節下之。惟三登熊文貞公之門。終不得見。一日朱又往告司閽云。相公今日著何服。食何菜。坐何處地方。我一一皆知。司

閽者以其言告熊。熊曰。相公。公笑曰。朱某所測我者。果件件不錯。可謂仙矣。第我心上有不喜見妖人五個字。渠竟茫然不知。可以謂之仙乎。閽以告朱。朱慚沮而退。相傳朱與張真人鬬法。以所喫茶盃擲空中。若有人捧者。竟不落下。張笑而不言。朱有自矜之色。嗤張不能為此法。張曰。我非不能也。屬破君法。故不為也。朱固請。張不得已。亦擲一盃。則張盃停於空中。而朱盃落矣。或問真人。真人曰。彼所倚者妖狐也。我所役者五雷正神也。正神騰空。則妖狐逃矣。亡何。朱遂敗。

梁制府說三事

同年梁構亭制府總督直隸。自言五歲時。有外祖母楊氏無所依倚。就養女家。得奇疾。卧牀能將緞被寸寸裂之。亦不知其指力之勇。從何來也。一日召梁太夫人曰。外孫二官。以後切不許其立牀邊。他渾身是火。近之將人炙痛。現在我跟前某姑某嫂人雖物故。而於我有情。時來與我談笑。一見二官到。無不爬牆升屋而逃者。使我心大不安。梁太夫人即手攜公出。公不敢再入。時於窗縫中窺探。楊已知覺。罵曰。二官這小兒又來作鬧了。速趕他去。如其言。楊始安寢。亡何。楊病重氣絕矣。良久復蘇。張目謂梁太夫人曰。我魂靈要出去。汝家竈神門神一齊攔住大門。說我不是梁氏之人。不許我出去。奈何。梁太夫人曰。當速請高僧來誦經。為母親懺悔求請。何如。楊曰。不如仍教二官來向二神一說。神必首肯也。太夫人即牽公往門竈前。代為通說。頃刻間楊瞑目逝矣。

公宰良鄉時。病瘧甚劇。夜夢本邑城隍請見。謂公曰。我亦從前此地縣官也。上帝以我居官清正。命我作城隍神。大人所患之症。即我從前所患之症也。復服某藥而愈。今以方投公口。說某藥幾味。長揖而去。明日服其方。果兩劑而愈。查良鄉邑志。果有其人。

又宰香河時。有老翁率其女來喊冤。女頗有姿。問何冤。曰。女為城隍神所魅。每夜神以車來迎。便癡迷不醒。必到次日辰刻。纔放女歸。女定婚某家。某家不敢來娶。故求公救。公曰。我能治民。不能治神也。翁曰。我女說公來城隍廟行香。渠看見城隍神必先出迎。公拜神。神過位答禮。其敬公如是。公肯一言。或神肯聽。亦未可知。公稱善。自歸即作文書交翁焚而投之。次日翁果同女來謝。云昨晚神竟不來迎女矣。

官運二則

華雍作淮寧令。有欽差某從廣東來。即日將過其境。華遣長隨張榮備辦公館。張固幹僕。料理齊全。約費百金。而欽差又奉旨往他處審案。遂不果來。張榮正在徬徨間。適遇江西巡撫阿公思哈奉聞進京。路當過此。張榮乃代主人具手本向前迎接。告以公館已備。阿

公大驚。以為素未謀面。又非屬員。何以有此禮文。既而進公館。則挂綵張燈。牲牢夫役無不齊全。真出意外。乃召張榮而諭之曰。我係被罪之人。一路人情冷落。雖我所提拔屬吏。待我如冰。何以爾主如此隆情古道耶。汝主乎本我理應望還。今一番感激之心。背恐忘記汝主姓名。推將于本留下。以便為日後圖報之地。諭畢。親自作書與華令稱謝再三。方上馬去。張榮歸。以情節告知主人。主人責以多事。旁有幕友笑曰。此奴辦差貴重矣。如此出脫。呌他從何開消耶。主人笑而頷之。未二年。阿公起用山西巡撫。華四參限滿送部。引見奉旨發往山西。初次到轅稟謁。阿公如得至寶。遣家人致意司道曰。請大老爺緩見。我主恩人到矣。即開中門親迎至堂下。呼老賢弟。攜手入內。羅列酒肴。待如上客。華長跪辭謝。惶不敢當。阿公曰。有恩不報。我是何等人耶。今日我盡我心。明日汝行汝禮。盡歡痛飲。送上轎而別。司道聞之。莫不刮目。未半年。題陞通判。又半年。題陞同知。再陞至南安府知府。阿公調任河南。華亦乞養。滿載而歸。當張榮二千金。張亦小康。

傳四爺。吏部司官中之能員也。果毅公訥親掌吏部時。凡衆司官說堂有不能了之事。喚傳來數言而決。訥甚重之。故事保舉郎中一正一副。有戶部郎中缺出。訥公正薦之。引見於光明殿。傳下入殿門即跪。上覺其驗用副薦者。適年吏部郎中缺出。訥公又正薦之。傳入殿門又即跪。上不悅。謂訥公曰。如此等官人。如何保舉。訥奏傳某辦事甚好。是以屢薦之。不料其不習朝儀。當是福薄。上意亦解。未幾又有保舉引見之事。將入朝。訥公訓之曰。汝兩次失儀。今次千萬留神。勿再蹈前轍。致傷我臉。傳唯唯。及至引見時。各官背履懸舉。並無此人。訥亦不解其故。直至退朝。到午門外。見傳面目青腫。踉蹌涕泣而來。訥問故。曰。司官兩次入殿門。見一紅袍大人。長丈餘。將我擱住。我不得不跪。今番第三次矣。我緊記公爺吩咐之言。以為我再見紅袍之人。我當直衝而進。不受其攔。不料其人又在殿上攔我。往前一衝。他手拔我頭。提而擲之。遂跌在殿外臺坡之下。致傷面目。不能瞻仰天顏。不知前生是何冤孽。自知福薄。求公爺以後亦不必再保舉我了。訥無可奈何。諸司官聞之。咸為駭異。遣人扶至車上。送歸其家。隨即病發。四日而亡。

錢縣丞

雎寧縣丞錢某。權知縣事。其地向例有路斃者。相驗時。地主出錢八千送官。便可結案。一日某村來報有投河死者。吏以前例告錢。錢往驗屍。無傷。命即掩埋。回公館後。吏送進地主常例錢八千。錢將受矣。見錢用紅繩穿繫。色甚鮮華。不解其故。以問吏。吏曰。地主家貧。無力出此。不得已將一女賣與村鄰為妾。得價二十四千。因係喜錢。故用紅繩耳。錢思此錢係逼迫

而求。不忍濫受。即召村人詰之。果以窮苦。乃并召其買妾者曉之曰。我得人錢而逼之賣女。不仁也。汝乘其急而買其女。不義也。我決不受此錢。汝速退歸此女。其人唯唯。因問賣女者曰。餘錢尚存否。曰。都作衙門胥役使用矣。錢命胥役追繳。則已彼此飲博。將錢分散。錢慨然願買女者曰。吾償爾錢。即命給發原數。令村人領女歸家。此案遂結。無何。錢患背疽。昏迷於牀。夢青衣人召至一處。殿宇巍峨。上坐王者。謂錢曰。汝大數已盡。幸有一善事。足以抵償。汝知之乎。錢茫然不解。王者命判官查簿與觀。則所載某年保全賣女一事也。判官奏曰。此事功德甚大。例得延壽一紀。官至五品。王首肯之。遂令青衣人送其還魂。疽遂潰。然錢自此一心行善。凡振饑埋棺等事。悉捐貲為之。官果游濯同知。而一紀之期已滿。背疽又發。家人將理後事。而意尚遲疑。且慰錢曰。公前有一善。壽尚可延。年來善行甚多。安知冥中不再為益算乎。錢笑曰。不然。昔之善無所為而為之也。故陰間重我。今之善有所為而為之也。恐陰間未必重我。此番數盡。斷不能逃。或者有心為善。終與有心為惡者不同。或者他生其有報乎。不數日。疽潰而卒。

續子不語卷六終

續子不語卷七

隨園戲編

乩仙

乾隆丙午春。棋川楊芮鋤與金陵徐滄濤扶乩。有女仙降壇。詩曰。何處重尋舊翠鈿。濤聲如夢恨如烟。泉臺一去千餘載。只抵相思半日眠。妾王氏。小字也。恰遇有緣人。欲與之語。諸君勿懼。壇中友人孟姓見辭涉豔麗。恐致邪祟。欲燒退符。乩遂書曰。既已招之使來。豈能揮之即去耶。昔者妾美姿容。君饒才韻。相遇大堤之下。同遊細柳之陰。鴛侶方成。鸞儔遽拆。珠沈玉隕。遂折蘭摧。君屢託迹於人間。妾尚滯魂於水府。今吾方備濤神侍從。偶為行使。招攜臨世。遂魚水之交。不昧素心一點。對面有河山之隔。誰知紅淚千行。恨頸臨之依昧。幸精誠之易合。窗明風露。冷將于汗。轉參橫後。夢君惟靜。雨雲來其于夢。美魂酣時。賞我不呼名氏。恐疑畏之檀生。惟續情緣。詎祟殃之敢作。是夜滄濤果夢有女子。手持團扇。豔麗非常。相與綢繆。極雲雨之歡。次夕復至。流連達旦。越日又降乩。詩云。赤甲峯頭雨似塵。天風吹送夢中人。請君試采櫻花嗅。老郤殘香樹樹春。又詩云。露裹夭桃風外柳。昨宵幾執纖纖手。千秋無盡是相思。緣卿又到君知否。末書珍重而去。嗣後總未入夢。亦不降乩矣。

勒勒

淄川高念東侍郎元孫明經某。自言其少時合卺後。得頭眩疾。輒仆地不知人事。數日後耳邊漸作聲。如曰勒勒。又數日。復見形依稀。若尺許小兒。自是日羸瘦。不能起牀。家人以為妖。延術士遣之。不效。乃密於牀頭藏劍。病瘖時。每見小兒由獨前疾趨木几下即滅。遂以銅盤盛水置几下。一日午寢方醒。見童子至。以劍揮之。劃然墮水中。家人於銅盤內得一木偶。小兒穿紅衣。頸纏紅絲。兩手拱之。作自勒狀。乃燬之。妖遂絕。後相傳里中某匠即於是日死。蓋明經入贅時。其岳家修葺房宇。匠有求而不遂。故為是厭魅術。術破故匠即死。然自是明經病骨支離。不能勝步履。明經家故有園亭。一日值月上。扶小僕至亭。至即命僕歸內室取茶。與隅舊有女。猙而美。明經故識之。至是女伺僕去。即登牆而望。手持茗碗。冉冉自牆而下。至亭內置茶几上。謂明經曰。知君渴甚。以奉君。明經疑其怪。且舊病未復。力促之去。女曰。君領此妾當去耳。少頃閒小僕來。女忽不見。回視几上碗茶。惟一桑葉貯一撮土而已。嗣後每遇簾波蕩靜。清夜月明。女輒至。談論間頗有慧心。明經自以新病初起。刻自把持。女亦不甚干以褻狎。其容姿意態。長短肥瘦。一日間可以隨心變易。故明經始雖疑之。久亦樂得以為談友。不復問其所自來也。女往來形跡。人不能見。惟至時覺翠袖冷氣逼人。明經一日嘗與夫人為歡。醒覺。乃即女。明經知為其術所幻。然欲強留之。女遽攬衣下牀。大笑而去。攝其衣如紙。瑟瑟有聲。後明經得導引之法。女遂絕跡。

雷擊兩婦活一兒

安東縣村中。一婦產子。喚穩婆接生。留宿一夜而去。其夫某自外歸。抱子甚喜。欲祀神。偶觸忽探摸其枕。驚曰。我暗藏銀四錠在內。無一人知道。如何失去。妻怪而問之。因謂昨夜收生婆睡此枕。可疑也。某即往問索銀。許以一半為謝。一半備還作酬神之用。穩婆勃然大怒。且罵且咒曰。我為汝家接生。乃冤我為賊。是兒必死。若盜汝銀。天雷打死。罵之不已。某反疑其婦有別情。亦不敢索銀。三朝復請穩婆洗兒。是日穩婆不到。令其女來。至夜兒果暴死。夫婦相泣。盛以木匣。埋之空地。僉曰。穩婆之說驗矣。時忽雷電大作。遠近聞一聲霹靂奇變。合村有硫黃氣。咸蹤跡之。見空地跪兩婦人。俱雷火燒焦。各捧銀二錠在手。而所埋之兒已出地。呱呱啼矣。鄉鄰奔告埋兒之家。來認兒腹臍露出針頭一指。隨拔針出血。兒仍無恙。雷擊斃者。一係偷銀之穩婆。一係穩婆之女。洗兒時暗以針刺兒臍心致死。欲寔其咒詛之言也。見者咸為悚懼。乾隆五十七年六月間事。

火神打跧

吳賜宇南谷。毗陵之馬蹟山人也。微時館于某宅。其家方構新居。匠人以盆貯木屑。藏火為炊。一日夜半。南谷聞屋角有聲。起視之。見一赤面人向火而吹。南谷叱之。其人打跧對曰。某祝融氏所使。今日此屋當焚。南谷曰。我在此。烏乎可。其人唯唯而退。數日後。南谷將解館歸。而屋竟焚。南谷後登萬曆丁未進士。仕至方伯。

殺一姑而四人償命

建平令周君有族姪。自言兄弟二人。娶妻各有一子。父母歿後。遺一弱妹。不能撫養。兩婦尤虐待之。妹已字某廣文子。貧不能娶。乃賣焉。兩婦恆相語曰。一姑已累人。今又多一食指。奈何。終當以計遣之耳。會兄弟讀書城外僧舍。妹婿亦往省其親。兩婦俱託辭歸寧。而盡攜其新米食物以行。次日姑入廚。無以為炊。忍餓兩日。報無可告。輾轉不得已。遂自經焉。兩婦乃歸。召其夫。詭曰病死。草草殯殮。寄書其夫家。攜柩去。心喜以為脫然矣。然而室中常聞鬼啾啾哭聲。數月而長婦母子驟病俱死。未幾次婦母子亦病。怖甚。囑夫環守之。夜二鼓。忽陰風襲人。門窗豁然啟。見一卒赤髮藍面。齒長數寸。手執鋼叉。直入牀前。攫其子去。急追逐之。見其子猶赤體展轉。而忽不見矣。還視榻上。則子已絕。而婦猶呻吟也。黎明婦亦歿。某目擊其妻子之死。而大悔恨。每告人以示戒焉。夫殺一姑而四人償之。甚矣陰謀致死之罪至大也。

誤殺金蟾

阿寔嚴相公奉使武林。戲曰：欲繪一小像。鄞令錢君，邀暨陽繆炳奎館謁，為公寫真，甚肖。公喜，以屬錢君補圖。錢君以公常談佛法，乃繪公著紅袈裟趺坐一山洞。公見之，大喜曰：此吾前生矣。錢問故。公曰：曩吾督師滇中，適額駙色布騰珠爾布納病劇，絕而復甦，遣左右邀我至榻前，曰：頃至一山，長松插天，蒼翠四匝，中有石洞，列古雕漢數尊，旁設蒲團，虛其座。一羅漢指示曰：此阿某舊居也，以誤殺一金蟾，謫人間，能立心不妄殺，有以全活人，乃可復位。其傳語焉。因揭蒲團相視，則赫然一童子骸也。公其善自愛。語訖而逝。今子所圖適合前兆，豈非天哉。是圖公攜歸京師，名公鉅卿題詠殆遍，而繆生由此以傳神名日下。

錢尚書

毘陵錢梅谷先生名春，明崇禎間官南京戶部尚書。幼患瘧危甚，瀕死矣。其父啟新先生以獨子鍾愛，抱諸懷不忍棄，方繞階行，忽聞空中大聲叱曰：誰錯行錢尚書瘧者？可笞二十，速另降好瘧。遂聞屋瓦有聲如撒豆，然視懷中則已甦矣。成童後常卧樓上，夏月偶他宿，有傭私就其榻卧，恍惚聞叱咤聲曰：可惡可惡，若何等人，而敢卧此榻。覺榻搖搖不安，急起視，則牀已置屋角閣處，非復卧所。嗣後傭見梅谷先生，甚畏懼，長跪白事云。

夢墨

武進錢文敏公戊子應順天試，場前夢至正陽門外，見一人貌岸然，支布帳而陳墨若干於其下。先有一髯買墨，公亦就買。售墨者熟視公，予墨兩丸，髯子祇一丸。遂醒。後謁座主孫文定公，偶與售墨者次一同年來謁，則髯至焉，是為無錫李君時乘。蓋墨兩丸者兩榜，李以一榜終於昌平州牧。

錢狀元小名

乙丑會試後，部門有某夢閱天榜，見四十一名獨泥金書某二字，上插一小黃纖草之。醒時但記其某姓而忘其名，意必滿洲旗人，當有異也。及榜發，則四十一名乃錢文敏，旋授殿撰。某以為疑，一日會於讌所，談及之，適湯太史大紳在座，笑曰：錢殿元小名某，又何疑乎？衆乃恍然。

歸寧女遇怪

陝西清澗縣某村有婦歸寧，其父送女還，中途歷山徑，風驟起，女衣褲盡失，裸而立。父無奈，脫衣與之披以行。昏暮抵婿家，婿怪問之，翁告以故。婿叱且怒曰：是何邪魅！翌日當持檮擊之耳。各就寢，黎明女驚呼，婿忽無頭矣。其家乃訟之官，縣令戴君提鞫，疑女之有所私而殺其夫也，刑之堅不承，翁亦訴其冤。令遂躬率丁役，命導至女失衣所，徧加搜覓，見山側有一穴甚深。令募能下探者，搞錢若干，一健卒應募，乃束炬入，行數十武，忽有天光，見一僧貌猙惡，瞑目卧土榻，卒懼而返，白諸令。令更遣壯役數人持背索器械隨之入，則僧已醒，衆向前縛之，擁而出。見令，再三研詰不答，批其頰亦無一言，無如之何，乃加鍊數匝，督衆役押解入城，將禁之獄。行里許，忽狂飆大發，衆皆目眯，少頃而僧及解役數人俱杳然矣，遂寢其事。戴君名樹屏，荊溪人也，其幕中戚友歸述其異如此。

龍誅龍

乾隆辛亥八月，鎮海招寶山之側，白晝天忽晦冥，有兩龍互搏，一龍捽諸海濱，大可數十圍，如人世所畫龍狀，但角頷短而蹄甚長，始墮地猶蠕蠕微動，旋斃矣。腥聞里許，鄉人競分取之，其一脊骨正可作臼，有得其頷者，市之獲錢二十緡。

桑蠶

宜興東倉橋離城數里，有某村婦子患瘡，醫者下方須用桑蠶，夫備于外，其姑命婦覓桑蟲。婦至野尋求，見老桑一株，有蠶蠕蠕甚大，喜而捉之，行數武，忽失蠶。婦告其姑，姑曰：此活蠶非有翼能飛，墮亦只在草間耳，盍往覓之。婦仍詣其地搜尋，林隙有一洞，方諦視間，忽巨蛇

昂首出，儼然人頭，有一臂，怒目睒睒，指婦作人語曰：汝再擾我，即當啖汝。婦驚仆。其姑訝婦久不返，往視之，見其卧地吐沫，面無人色，扶歸漸甦，乃述所見如是。兒竟殤，婦亦旋患癇，不知何怪也。此乾隆壬子五月間事。

韓六

山陰庫書馮心法，辛亥冬，其母病，馮夜歸，張燈見韓聖華來，竟忘其死，與言生平如故。韓曰：兄家有差使事值我，票已判行，三日可發，我當為兄經理，俾妥。馮庫書與弄多事，吏胥發與之議賄，許以錢六千。韓許諾謝去。馮方怪韓之既死，謂母病必危，又疑許賄六千庶可救。及三日，韓至，竟入內，而馮母死。豈冥使亦如人間獄訟，不論輸贏，總需使費耶？抑衙門人生不顧其親，好者為鬼亦無異耶？

魍魎

山陰高進士之父某翁，未遇時以傭為生，暮歸值長鬼立路側，倚人屋簷，翁立俟之。鬼手捧一孩子而視之，曰：我欲食爾，爾宜為九品官，有田三千畝，屋九椽，男子二人，我即欲食汝，心不忍食。遂置之瓦上，回身欲走，則見翁。翁被酒且立久，絕無恐心，計渠尚不食小孩子，我苟不至餓死，渠豈能食我，我何畏渠。且謂之曰：吾聞神之長者為魍魎，能富貴人，我

將乞汝致富。鬼掃袖令翁去。翁固求。鬼探袖得繩縛竹桿一枝。若秤物具。翁再索錢。則鬼拂衣竟去。翁歸告婦。取秤抱兒下。翌日里許有馮村人姓馮者。失其子。徧覓不得。高翁出兒。而告以鬼語。馮父乃拜翁。呼為外父。後馮果為山西巡檢。田盛如翹翹言。高亦自此致富。子發科甲矣。

獺異

山陰施漢一秀才曰。越水鄉多獺怪。其小者止潑水侮人。驅之即去。其老者能惑人如魅。余家舊有獺怪。逢科甲富人。必相押逼。百年內凡三見矣。不可逐。亦不為禍。余丁亥歸里。夜就寢。有聲如撒螺殼者。大小千萬聲。散置几榻間。燭之無有。疑北牖失扃。故扃之。怪亦漸安。又二十年丙午。余苫塊之際。方側臥。若有物壓胸間。小掌撫我頭頂甚勤。而其身甚滑。耳邊嘖嘖作哀語。夢見一粉面娘子。年可二十四五。紫緞衫。元緞半臂。湖藍色裙。就我要抱。卻之。則從背後抱我。口向兩耳。聒聒不休。予夢中謂之曰。世間乃果有淫嫗。我二十年前尚不可干。今日能動我乎。驚而醒。覺耳邊嘖嘖聲。蹦上撫摩狀猶未絕也。旋從枕上逸去。輕小若貓。翌日又至。則覺有物在右股上。夢見昨女子。衣服如故。而立處稍遠。隔欄杆相招。余竊念昨身近尚不亂。今隔欄杆。乃肯動心耶。遂醒。則物從股上跳去。怪亦遂絕。丁未冬初。挾猪湖口。夜宿陳氏新樓。瀾湖甫息燭。則物躍上牀。予知其非鬼非偷兒也。若嗔叫。徒驚鄰里。適為人笑。計所以逐之。記得杭大宗先生職跡金剛咒事。試誦之。物輒伏不動。五更跳下牀。有聲遂去。曉起見伏處衣褶捲起如蟄。予因作客。不宣告主人。越月又過此宿。解衣始記前事。欲避無及。擁衾作久倦合眼。則物已在牀裏矣。持金剛咒稍綫。則輒動欲上侵。誦弛漸逼近胸。嘗出聲尖細如鼠叫。旋作人語曰。若佩正一真人符。吾不懼。但公口一動。吾則甚畏耳。五更從腳後繞出。是夜誦咒百餘徧。明日家人怪吾夜作囈語。久自此陳氏亦無他異。今年二月初二日。鄉塾師沈昭遠來說獺祟。衣上遺毛可數。向余告急。欲辭館去。勸之誦職迹咒。又猝不能成誦。但偶憶本草有熊食鹽而死。獺飲酒而斃之語。憶聞丁未進士徐景芳嘗用以除館中獺妖。令沈姑試之。是晚置燒酒於案上。二更獺至。沈已迷不能聲。但見獺起案飲酒。樽欹就案餂遺酒有聲。食魚亦盡。既跳下。欲登沈牀。則前足甫起。而後足不勝。墮地者三。蓋獺醉矣。逃去。今遂絕。然則記覽不嫌其雜。亦能救人。獺之飲酒。水居人宜知之。而熊之嗜鹽。又山居人所不可不知也。

柏香骨不宜入殮

會稽鄉人陳生。娶郡金氏女。伉儷甚篤。金死。陳設像祝奠。朝夕相對。如其生時。既而金之妹二姑亦病死。將殮。忽魅家人。喜甚。乃其聲則金氏大姑也。曰。我被勾神誤攝入冥。既訊明釋魂欲返。則殮時用柏香骨。魂不能再入。令妹命盡。故我求冥司借軀以還魂。我將歸陳家。人大異之。金指點其生時所存箱篋衣物。一一不爽。且述其與陳生牀笫燕私密語。真陳婦也。金之兄自遠歸。女與言昔日過其家時留飯殺酒盃盤。及其兄市羊肉船上腥臊逼人事。皆畢肖。其兄亦不絲毫異。無如其妹已許某姓郎矣。宗族疑妹或託鬼語以飾曖昧。不遂歸陳。陳生亦謂姊魂妹魂。不忍迎歸。某郎家又必欲娶。父母遂送女往。下車即大言曰。我金氏大姑。非二姑也。我歸陳家。不歸汝家。汝家必留我。我將致大不祥。其無悔。是夕其翁姑扃女與某郎同房。三日而某郎無病猝死。陳亦不敢迎女。遂為某郎家守節。凡鄉里吉凶事。必先知之。言若巫者。鄉人異之。或曰。此妖憑焉。非真大姑魂。陳生不迎。非無見也。

獵戶說虎

傳聞虎傷人。則倀鬼為屍脫衣與虎食。又云。虎能禹步。令屍自起脫衣。此皆不然也。蓋人不見虎。故為此推測之詞。有鄭獵戶云。虎攜人銜其頭。鋪人痛極。手足自撑擻。勢皆向下。衣褲自褪下。人無事而講禮貌。則岸然撫然也。及至窘急無所使。自抖擻卑縮。衣帶自寬矣。鄭少年時。嘗與同伴值兩虎。其一虎銜同伴去。其一虎鄭槍中之。未斃而逸。鄭懼其復來。乃先上高樹遙而望之。見虎所銜同伴。先下鞋。又下襪。遞退而褲下矣。明日招伴舁之。則衣履一一在途。其屍隔五里餘。剝其衣尋驗有皆備。果其伴也。腹臟亦未喫盡。又二三里。則所槍傷虎僵伏而斃矣。

傳聞虎咬人。初旬在頭。中旬在肩背。下旬在腰腿。此大不然。鄭所見皆肩項也。虎作威向前。自上撲下而咬之。非肩項不可掣其軀。無上下異也。即虎食所先。難亦不可見。其所磔剝奇偶。餘手足亦無上下旬分手足之異。

虎大者力千斤。小者亦二三百斤。又加以爪牙騰躍。人力斷斷不能勝。所恃者人之巧。可以制虎之貪癡耳。虎氣旺。中槍多不立斃。鄭嘗入深山。徑轉處有虎如大牛。蹲路側。鄭急甚不及用槍。乃大聲喝之。姑懾以氣勢。虎果躍去。鄭度其必來。無村落可避。乃先視其所去處。尋坡下伏。虎果躍至。中鄭槍。又躍去。鄭度再至則虎必難禦。急上高樹避之。俄頃虎至。覓鄭不得。鄭窘甚。足偶失滑。枝動。虎仰視見鄭。躍起撲鄭。搭巨枝而墜者再。樹表槭葉葉有飭。虎創甚。不能再躍。乃嚙道旁石塊盡碎。銜石而斃。

倀必附物而行。或貓兔雞鴨蛙雀。皆能作汪汪聲。先虎二三里。視機伏處。引而避之。虎輒隨倀聲轉移。制之之法。聞倀即用釘釘樹上。隨所值之第一株。然後擊倀所附物。則物斃而倀亦能絶矣。或曰釘金也。樹木也。魂屬木。魄屬金。取以魄就魂之義。魄惡好魂依魄也。穫之以就魂則當魄行。依不爲虎役矣。

倀骨慘而長。無精。昔但夜深人静。亦有能作人語。鄭嘗與同伴往撒舟泊溪下。一夕聞岸上敲門聲久。而門内人應之。欲起。其婦力阻曰。夜深宜避勿往啟戶。敲者益急。其婦卧問曰。客何來。曰。聞塾宮爲誰。則又曰。聞壁夫婦遂不起。敲以明日來。敲仍急。鄭異之。從縫隙視見有物如斃。石投叢竹裹其門。從斜月光中審辨之。則虎也。以頭撞其門。所應兩字。則倀也。鄭潜曳解其同舟。而告之。皆恐。匿船板下。鄭乃以鎗自後打之。虎驚痛咬破其門。壞屋簷而去。翌日視之。門下所蹢。點點處成雨窪。跡行二里餘。溪水中得死虎。重六百斤。或曰。虎首傷落水不能起也。或曰。虎中擂熱甚。故就水取涼。傷發而斃也。

虎食兔入口即没。虎食雞與鴆雉。則入口上下嚼一再合。即仰噴剩羽如散花雨。周圍丈餘。雉五色文散飛甚可觀。

傳說虎喫人畏故。不傷醉人。不食孩童。非也。醉人必醉甚。行路欹斜不定。虎始不食。蓋撲之不準也。至于孩童。則楊里有陳兒兄弟。夜出門就廁。其兄年十三四。蹲廁上。其弟九歲。立簷下。見有若松毛一團者。鄉而前。弟畏縮就其兄旁。曰是何物耶。兄曰。松團耳。虎前噬其弟而

攫其兄去。明日迹血尋之。夜履處處散遺。拔起小松根數十株。蓋其兄忍痛手迹也。至血痕斷處而止。蓋已食盡。而草上血亦經吮過矣。

虎飢亦食蔬菜。楊里有女子與其嫂在樓煨芋。食棄芋皮窗外。姑偶憑窗見虎吮芋皮盡。則仰以俟。嫂慣多煨芋以皮給之。恐其躍上也。姑欲閉窗。則伸手出。怕虎起攫手。坐待則眼見嫂芋將不繼。乃試以全芋投之。虎一吞而盡。姑曰。吾得之矣。若不畏熱可圖也。乃燒鐵錘透紅。以芋皮裹之。芋皮著熱鐵即粘。試投之。則虎仰頭視既久。見擲物接而吞之。吞後則躍去。後二日。里得斃虎。爪自裂其胸見骨。

傳聞虎不再交。亦非也。虎獨處。其有兩者。必牝牡也。其有三四五者。必虎母子也。子大則牝牡母子皆開而仍獨處矣。大概月大暈夜。虎乃交。在半夜後。來日必起大風。鄭少時嘗聞兩虎互鳴。不知何故。一夕宿嶺上寺樓。聞兩虎鳴甚遠。鮮開林外窺之。則月濛濛暈矣。有物一堆。上白下黑。如土阜搖動。久之其下者猛吼震谷。蓋其竅初合。牡者痛而驚躍也。晨起則兩虎在土阜上互跳交撲。久之始散。是日寺僧不敢啟門。踰月早起。見隔嶺此白黑二虎抱躍而起。既落地則兩釋矣。其明年。則有四小虎同行。或曰。虎交一躍則得一子。四子皆一交所得。

鄭晚年嘗七十。後必持一雨繖行。捍鐵自衛。常曰。吾遇虎一。則俟其撲。而左右避。以捍抵其腰。能令不再起撲。吾遇虎二三。則張繖而旋轉之。能使虎疑不敢撲。吾又數年。鄭往隣村看社戲。肩繖歸。中途暮。猝虎突起道左。鄭避撲。不及墜崖下。急坐起。張繖伺虎。不料虎亦墜下壓鄭身上。繖旋轉如輪。虎踞鄭腰腿間。凝視繖轉。鄭急取所佩鐵刀。以右手斫其尾。閒左手拔其陰。虎方疑繖。又驚觸其陰。躍起力猛。斷其陰寸餘。鄭據地手不釋繖。幸隣人看戲者群過。呼扶以歸。而鄭力竭矣。越二日死。

鬼請上任

侍御沈立人名孫漣。京邸卧病十餘日。謂所親曰。有朱衣人從空下中庭。謂直隸保定城隍神缺。當命子攝。予以老父在南。妻子無託。子然單身。客死可憫。乞朱衣人善為我辭。而另選焉。朱衣人去而復來。云謂爾父以庶民受侍從封誥。已榮甚。有弟在。不至失養。子已游庠。復何慮。苟召人而皆辭。將無可召之人矣。朱衣人語如此。予殆不望生。若為我治後事。所親多勸慰。謂是病譫語耳。然沈自是不復作聲。藥飲皆屏。凡三日。更定後。車夫宿門下。聞叩門聲甚喧。問之。則曰。請老爺上任。車夫嫌其錯打門也。令別尋門戶去。叩門者云。的是汝家。車夫云。我家老爺是京官。十年不出城。現在卧病。那得上任。叩門者曰。非外官也。吾輩是直隸省

城隍衙役。明日新官上任。長接在此。你家無人管事。并不打點一些行裝擷當。所以吉與汝知。車夫大恐。縮頸被底。睡不成夢。四更後。但聞沈從内呼從而出。肩輿扛槓觸門。有聲鏗然。宛如也。聲漸遠。始聞侍沈疾者哭聲。明日車夫以告沈所親。始知前日語非譫。

通幽法

南塘通判顧梅坡說。張天師有通幽法。有不白事。能遣陽魂至夜臺召鬼問話。鬼如何語。即借人口出之。其人不自知也。必愚笨人方可使。梅坡曾親見五十六代天師時。有法官某失所司倖銀五十兩。求之不得。愧恨自縊死。既死。所失銀仍不可得。主人乃用通幽法。令水夫某立門檻上。噴水貼符百餘紙。幾滿身矣。眼耳皆貼符。惟不貼頂與口。水夫初猶身動。繼則不動如鐘。少頃出聲。則抵冥府門。見某法官肩梁帶繩。在冥府門外立。候發落。見水夫至。則曰。汝歸告天師。銀則所私與童某置地板下。天師遣人揭看。果錙銖不失。因問縊肩何梁。則云。縊死鬼皆肩梁連繩。不能脫。甚苦其重。惟陽間為之作法事。方能脫。否則不脫。不能另投生也。望天師慈悲。為作法事。天師許之。忽傳冥王諭天師府法官知道。爾等屢以細事。動擾幽冥。來使責二十板。後當戒絶。否則且獲重譴。水夫方僵立。忽作屈身狀。呼二十。滿而起。仍僵立。冥語皆水夫口述。天師如問供狀。水夫隨問隨答。問畢。水夫忽云本府門神不令入。則

作法者忘焚飾門神一符也。既醒，水夫覺足力乏甚，問其事，殊昏昏，但覺去時貼符漸多，前身上束縛漸緊，為窘而腸逼甚，覺魂從頭頂迸出，痛不可當。其歸也，仍從頂上入，滿身舒快如釋重負，如捲極之得眠也。醒後臂有杖痕，色青，久始褪。自此法官不敢輕用通幽法。

喜婆

越郡城有惰民巷者，居方里，男為樂戶，女為喜婆。民間婚嫁，則其男歌唱，其婦扶侍新娘，梳妝拜謁，立侍房闥如婢。新娘就寢，始出，謂之喜婆。能迎合人男女，各遂其歡心，服役民家有常主，如田之有佃，得自相頂替，賣買皆有契券。事婚嫁祭祀外，常時則以說媒售衣錦為業。有某公子者，少年好狹邪游。一日，其素所暱喜婆來，告某日郎可至我家，當治具相待。公子如期往，則曰：「請俟之，尚有佳境。」公子未解也，謂是抑語耳。少頃，有與女容至，門入見之，則少豔也，衣飾整麗，年二十三四。喜婆旁通言語，坐定進茶，具喜婆出，反扃戶去。公子喻意，乃近少豔，不峻拒也，歡畢，問姓與住處，皆不答，求再約，則曰視緣盡未耳。啟扉出，則喜婆已啟扃入矣。為整妝擁之登輿去。公子固問喜婆以少豔姓氏，則亦堅不洩也。後一年，公子觀水嬉，則畫船中其人在焉，珠翠滿頭，婢媪侍側，喻意以目，無何，艇擘漿擊，一見而散，不可復識矣。

獨淫

獨性淫，吳越小家女人多於水中洗褻衣，獨食之久，能為異迷人，雌者多就異類交為異，則迷惑男子，亦不至遽魅死。其雄者聞少婦褻衣氣，輒纏繞不去，雖衆逐擊之，至死勢不援。辛亥十一月，蔡村人娶婦，容散婢僕各就寢，郎醉先睡，新娘閉戶解帶，則有物繞兩足間，作異嗅，口涎狀。新娘駭怪，性頗慧，不作聲，密啟戶告其姑。知是獨怪，新娘歸房，則獨在門蹺俟。隨新娘繞足如故。移時，翁姑糾健者十餘人，各持一燭一梃入房，即扃門守定。見獨共擊，獨上牀則上擊，落地則下擊，走几案則聚擊，屋無完器，而獨已聚梃斃于地矣。毛黑如鑑，身長一尺五寸，勢長七寸，與人無異，而肉稜甚大。剝其皮售值，足償所毀器物。其肉腥不可食。或曰獨肝醃入醫經，其勢異若此，可為房中藥，惜醫經不載，而村人皆不之知也。

虎困藤斗

橋里王姓童子，攜藤斗糴米，時暮雨，過溪邊木橋，童子即以斗加頭上，手扶木欄過橋。有虎在橋下伺，前咬童子頭，得其斗而去，童子仆地，謂是人所推跌，捽其斗而去也。明日，山中人見虎狂走徧山，則虎銜藤斗不可脫也，虎口合則藤斗隨合，虎口張則藤斗齒張，斗塞滿口。藤性韌，條條嵌入虎牙縫中，虎性躁不可耐，走三日而伏斃於山中。頭猶仰張其口，猶含藤斗也。

甘公入夢

甘冢宰汝來，余己未座師也。其孫立功，某科翰林，典試湖北，卒于貢院。後其孝文廣，作漢興道，監試秋闈，夜臥牀上，夢立功搴帷入，驚曰：「二叔在此耶？」道臺亦驚醒，問之旁人，方知所居之處，即當日主考停柩之所也。

續子不語卷七終

續子不語卷八

隨園戲編

屍變

鄞縣湯阿達在京，其兄來而不樓。或問之，故曰：廿年前曾與兄守一鄰女之屍，兄下樓取茶，阿達聞屍之笑，有邪心，看之良久，屍忽立起，繞案逐之。阿達至門，想走，而門已外扣，蓋其兄上樓時見屍相逐，故畏之而扣門也。阿達跳窗走，屍不能跳，阿達暈死瓦上，屍亦僵立不動。次早家人上樓視之，屍猶僵立，乃取法師降屍而殮之。隔三日，阿達從市歸，白日見此女罵其不良。阿達入城，再入京，至今不敢歸。

鬼買行頭

杭州線店施三聘死後無子，妻以其家資轉嫁某。三聘到冥府告狀，冥王不准，施商之判官書役。云：婦人轉嫁，不取夫財，則我輩無可辦也；你妻取財而嫁，則你有錢與我輩，我輩替你妻來，雖老爺得知，亦無大罪。但你須攜銀子來買陰司行頭，纔好去嚇後夫，并可以取汝妻之魂。施如其言，渡江到本家，借取冥資四百作使用。後夫家聞爆竹放，則鬼叫，見溺死者縊死者，皆行頭所為。閏十月以後，有新死木匠鬼來，胥役云：此人力能取汝妻之魂。匠果斫其床，截其足，妻果叫三日而卒。後夫取用之資，醫藥棺槨祈禱之費，適如其帶來之數。

韓六三事 後又起一事

錢鋪葉姓，十九歲，病廿餘日，忽起跪數日，自言曰：我山陰活無常韓六也，今為冥役，生前與汝叔好。汝壽未盡，以幼時背後罵小寡母，受冥譴，然尚可挽回，須爾叔一行，可俟我本官後日外出拜客時，至嶽廟前東首第一位判神前焚錄處叩。當為爾囑託內幕挽回，但入廟不可聲張。何事？只多焚楮錠可也。翌日，韓復至，曰：爾叔可集客作保狀，立時焚之，我當齎去，為爾關說。爾叔明日午時來，毋俟我主歸焉。至期，葉叔往廟拜禱，韓已先至家通信，令葉起跪曰：狀已入，大哥周章，內幕已批定矣，但需費八百。爾叔自有知驗，試問麻雀何自來乎？葉叔歸，果云拜時有雀拂帽過，甚奇。葉病遂愈。

清涼橋賣炙糕媽媽之子某，為縣役。庚戌夏，遇所服青衣歸，有同役徐失其青衣，見某，問其衣是否？某怒其誣己竊也，罵之。翌日，同其母所謂炙糕媽媽者，詣府城隍廟，買香爐而詛之，且罵神不靈。時有他役葉李孫三人見而勸止之，事已寢矣。九月間，有同役程姓者死。辛亥年正月十四夕，某看燈歸，忽作，及曉，面青，云：被冥官掌責，歷述被逮至冥時，冥王判斷程姓為竊衣，已昇算，今補枷矣。徐某偶一問，及原無罪，葉李孫三人以非己事，背踏踐爭先排難解紛，戒人勿瀆神明，各贈口福三年。某以微嫌褻瀆神祇，既掌責，仍發陽官責四十板。又云：皆是韓六與他料理，擇同及開簽後，某果以公事官責如數。葉老矣，李孫中年人，今皆無恙。

戲七亦山陰役，好嫖賭，娌月餘不歸。其妻某氏託其鄰王三寄口信，云要錢米度日。王三尋見戲七，挾邪，則戲云：爾在此會花酒，婦有信，爾無錢寄歸，爾婦亦要養漢矣。戲七信以為真，曰：伊婦人乃與王三作此言，伊必有故。是夜二更歸，急叩門，婦披衣起開門，怒其久出，故作色不語，而入室臥。戲以為有所私在室也，提燈遍燭之，不得，坐而疑之。適有吳某者，亦同役，過其巷，偶磕煙灰於其壁者三聲，其夫方疑，謂是必有所約而至也，開門逐之，吳怪之，急走。戲逐里餘，及吳各相視而散。戲歸，詣婦與吳私，毆之，婦方娠月餘，斃。是年冬，王三病死。辛亥正月初旬，吳晚飯罷，口噤，遂絕，旋旋甦，去詰朝起，則曰：我當往謝韓六，我當往告戲七。蓋喋時見兩冥差，其一為韓六也。攝至冥，見主者，嵯峨如廟官，服獄王。某以口舌戲嘲，釀人命，壽既盡，當杖四十，枷三年，另案再結矣。以非法飲食之，不應夜深磕人門壁。戲既開門出，尤不應急走。戲既逐里餘，相見亦當說明其故以釋疑。吳當算半紀，掌責百二十。戲游蕩不歸，以疑殺妻，當得絕嗣窮餓。檢冥籍，戲已有子七歲，命五鬼攝取其魂。且云：韓六請獄詞與伊聽，需費八百。乃詣韓家焚楮謝。戲聞之，駭，挈子叩禱於神。第三日子無病猝死，吳面上掌痕四閱月而青褪。

鬼買缺

山陰戶書徐某病，見其故兄來，曰：吾已為爾買缺於冥府矣，死可仍為冥判書吏，無苦也。既而有縣役已死祝姓者亦來，謂之曰：爾可不死，但以重資付我，我能為爾彌縫。某許之。既去，其兄復來，謂之曰：冥祝姓蓋欲謀買爾缺耳，且賺爾錢，爾壽數有定，求不死無益，徒自棄此缺耳。徐某曰：吾已許祝姓矣，奈何？其兄曰：冥司事如人間，此缺尚隔年月，此時不過預定期約耳。祝姓尚可回覆，未晚也。徐曰：然則何處覓祝而覆之？其兄曰：余能往。翌日，則其兄與祝同來，聚而議之。祝果為買缺謀也，與徐之兄爭先。復有故鬼某某者同至，為之平其爭，議令五年後此缺出讓徐某先補，候徐某五年吏滿，再令祝頂補。祝允諾，既而祝又來，曰：吾不及待也，當改圖他缺去。徐某病亦漸瘳。此乾隆辛亥年事，今徐某無恙。此事山陰書吏皆能言之，甚確鑿也。

温將軍

俗祀温將軍，道家謂之天蓬神，釋流謂之藥义神，威靈頗驗。丙戌秋初，山陰安昌里裏蔡甫由山西巡檢假歸，偶出訪友，與途遇立語，忽見其故兄蔡甫玉拉至路隅，密囑曰：我家修宗祠事發矣。曾地者之祖先鬼有姓周者甚强，初控土地城隍各神，我已為訴冤矣。今温將軍奉上帝命往乍浦辦海劫一案，親來海上，周叩馬投詞。將軍已批遣副使神至宗祠，會同城隍土地神勘地訊供。修祠本我兄弟東事，從來事則爾宜掌之，爾當與質訊，爾可速歸沐浴更衣，擇一室卧，聽傳問。囑家人無譁，亢戒哭，哭則魂散，不可復歸也。此事爾無恐，諒城隍土地亦當調護，必不肯翻案也。我為爾寘助可多焚冥鏹，及抄周姓賣地契枝之。家甫在路隅切切私語，並無人與對，其友怪之。家甫語罷，徑歸沐浴更衣，入書室扃卧。其家人從窗外聚視，靜以聽之，吏餘作聲，皆質供語也。且命家人多辦茶具，飲客至百餘盞，尚嫌不足。五更客去，家甫從伺啟扃出，說所訊事，則買地建祠時，曾遷棺十餘具，家甫給資與傭，而傭忽略，遺周姓祖一骨。既遷後，始視地得骨，惟主人責，潛棄骨於河。周因是控不休，且招諸遷柩鬼同詣温神控告。神命城隍查骨下落，則在水中，宛然也。神謂周子孫受錢領賣地，遷柩要復給有工錢，以建宗祠，且有簿券，原無罪過。周裔墓落，其子孫賣祖墓，原本不合，但已窮無容再議。王傭受值而移骨，潛擲水中，咎寔難逭，伊禄已盡，付厲部攝之。周哭而去。周本同邑人，生前有軍功，要不肯言其名。是年乍浦潮災，漂溺數千人，温將軍之來，使其言驗矣。婁樸厚人，今年八十有三矣，尚健行不携杖。

鬼請吸烟

談竹菴名震德，清人。乾隆乙巳夏，寓蘇覓館，偶染傷寒，發熱數日甚，形委頓，昏瞀中夢有青衣人手持一卷至前，曰：「喚汝去。」談曰：「何人喚我？」曰：「閻王喚汝。」談聞言心悸，不肯同往。青衣人遂將手卷打開，中係黑紙白字，如今之法帖狀。談不覺隨行，至一處，見有官坐案上，旁立書吏一人，似論公事，互相爭執者。談至案前，吏曰：「汝是談師爺麽？」曰：「然。」曰：「所言者即係汝事。」談心懼，回身走避，復至一處，見一月洞門，遠望門內有堂屋甚軒敞，排列几案十餘張，俱有冠帶人上坐，若會審案件者。中坐一官金面，形狀可怕，談不敢進。青衣人從背後推之，已至案前。金面官問曰：「有嚴姓在我衙門告爾。」談曰：「告我何事？」曰：「告爾奸夫淫婦。」談曰：「並無此事。」金面官即令鬼卒將犯證帶來，遂有囚車十餘輛推至階下，先喚男犯一名見，談曰：「不是此人。」後有女犯遥認曰：「人雖不是，面貌倒有些像。」金面官又問談曰：「汝認得倉米巷佛婆麽？」談曰：「並不認識。」金面官即令青衣人送回陽世。車中女犯尚招手謂談曰：「何不到我處吃茶去？」談不應而出。至途中，青衣人于襪桶中取出烟管一根，長僅五寸，請談吸烟。談心知是鬼，不肯取吸。夢醒後，汗透重衾，其疾遂愈。

李生遇狐

榻上相視嫣然，年可十五六。生心動，手挑之，亦不拒，遂就燕好。每宵輒然，自至常教生作詩填詞，并為改削，間與論時文，則愀然不樂，云：「此事無關學問，且君科名無分，何必耐此辛苦？」由是兩相酬唱，頗不岑寂。數年迄無知者。曾有楊生者，生中表戚也，亦就院中下帷，與生僅隔一壁，常怪生既昏即閉户。一夜月下，楊生潛于壁隙窺之，見生方擁麗者坐，急敲扉入，遍燭寂然。問之，始諱，次夜復窺如前狀，并聞笑語之聲，心知為狐，遂奔告生父，促生返，而狐隨至其家，他人莫覩，惟生見之。舉家慮為生害。一日，生嫂詣生室，大言責曰：「妖狐豈無羞耻，强欲奪人婿，况吾家小叔幼已訂婚某室，他日入門，誰為嫡庶？」是夜狐泣謂生曰：「嫂氏見責，其言甚正，不容不去，今永别矣。」生為泣下，留之不可。兩相唏嘘於枕畔，聞雞唱，遂下榻而没。李生工詞律，善拳棒，皆狐所教也。聞狐所贈詩詞極清麗，惜傳者未記。此新安洪介亭所説，李亦自言不諱。

仙童行雨

粤東亢旱，制軍孫公禱雨無驗。時值按臨潮郡，途次見民衆千餘，聚集前山坡上，遣人詢之，云看仙童。先是，潮之村民孫姓子，年十二，與村中羣豎牧豬，嬉於山坡，一兒戲以拳擊孫氏子，方擊去，忽孫子兩脚已離地數尺，又一兒以石擊之，愈擊愈高，皆不能着。於是群兒奔説，哄動鄉鄙，十數里外者俱來譁覩。其父母泣涕仰喚，童但俯笑不言。制軍聞是異，與司道羣官徒步往觀，仰視一童子背掛青笠，手鞭插于腰際，立空中。制軍方以天旱為憂，便祝曰：「爾果仙乎？能三日致雨以救禾稼，當祠祀爾。」童笑而頷之。頃之，浮雲一朵，迷失其蹤。制軍亦登輿行。俄大雨滂沱，數日内粤境豐報得雨，徧滿溝澤。制軍于是命塑其像，遣畫師赴其家，使憶而圖之。童父母蓋愚農也，若難形容其狀，雖易屢幅，莫似。方無計間，忽童自空而下，笑曰：「特來為繪吾面目。」遂圖而成之。父母將挽留之，倏失所在。遂塑其像于五羊城内三元宫，題曰羽仙孫真人，香火甚盛。此乾隆五十二年五月事。歙邑洪介亭遊粤東，親見迎孫童子像，因詢其顛末。恐有訛疑，他日當謁補山相公證之。

全能退鬼

乾隆己酉年，常熟縣為敬公民人某，於二更時還家，忽見穿紅褲黑靴者持火把當街立，自腰以上不見。某避入親戚家中，物即追之而至，因取銅盆擊之，化而為五大恐，閉門入後，汛兵巡船于船上見所坐人皆衣紅褲黑靴，知其為妖也，擊之以槍，每人皆化為五，少頃河中盡燕矣。晚間突入民家，满城不安。敬公差人請顧公諱德懋者來，叩其所以。顧曰：「試以鼓擊

之怪慝甚及命以鐵擊之怪遂退因曰此陰兵象也兵以鼓進以金退偶合鐵擊鐵三日始安

秀結宜男

杭州富家子金挺之美少年也慕某女不得因有妖冒作此女來魅夜必摟抱甚緊金郎下泄如注幾成瘵疾避之他舍妖至覓之不得即在空樓上束稻草為人以蜂作頭插山花披紅錦衣以恐其家人并時作喃喃絮語聲一日攜一斗大髑髏來上寫秀結宜男四字書法秀媚其家延顧安伯弟近蓬往視之萬云此蛇妖也修煉千餘年我已受菩薩戒不忍殺但可驅之去顧乃為畫先天八卦圖鎮貼萬但書楞嚴咒心咒字治之妖始泣語小婢云我本揚州人為訪妹而來因鼓樓被燬妹不可見偶見金郎貌美鍾情于此今萬家見逐自限期去但從此見金郎不得求郎所悅之歌童為我唱陽關一曲足矣其家至期果以鼓吹清歌送之乃以線繡瓶袋一枚白鏹六錢賞歌童而去此壬子二月間事也

黑眚畏鹽

丁憲榮諸城人言其地有殷家村在城外多古壙舊傳礦中有怪物形如人面無質僅黑氣一團高可丈許每夜出晝隱其出也遇人于途隔一矢地輒作嘯聲如霹靂令人心驚膽落惟見者聞他則罔覺也嘯畢以黑氣障人至腥穢觸鼻輒絕里人相戒視為畏途皆暮無行者有鹽販某市鹽他所會飲醉中忘戒誤躡其地時月上已二鼓前怪忽突出遮道大嘯某以木挑格之若無所損駭極不知為計急取鹽撒之物漸逡巡退縮入地因舉籮中鹽悉傾其處而去曉往蹤跡見所棄鹽堆積地上皆作紅色腥穢難聞旁有血點痕籍此後怪遂絕

僵屍挾人棗核可治

尤明府佩蓮未達時嘗客河南言其地棺多野厝常有僵屍挾人之患土人有法治亦不之異凡有被屍挾者把握至緊雖兩手斷裂爪甲入人膚終不可脫用棗核七個釘入屍背穴上手隨鬆出屢試輒效如新死屍奔名曰走影乃感陽氣觸動而然人有被挾亦可以此法治之

量童子

褚氏遺書男子二八精通能近女八八六十四而精衰然近日稟氣厚薄不同有十三四娶妻生子者似又難拘于定數也俗有量童子法能知其近女與否法用粗綫一根自其頂圍頸一匝記其長短以線雙折從其鼻準橫量至耳長過耳者便能人道否則猶童子不能近女也

靈符

萬近蓬言聞胡中丞寶瑔病劇時忽語家人曰明日慎閉吾戶勿喚勿入也如其教明日日將暮亦不喚啟夫人疑之自往從穴隙窺見房內列二桌南北相向南向桌上有一人頭大如十石甕金目巨口灼灼翕動北向桌上中丞坐與相對桌上列紙筆方握管似與問答欲作書狀第見口動亦不聞聲遂大驚排闥入中丞擲筆而起曰汝敗吾事矣不然可得尚延歲月然此亦天數也速備我身後事三日內當死已而果然究不知此大頭屬何神怪時張六乾在座乃曰此名靈符文昌宮宿也凡有文名才德者喜往依護昔朱紫陽註四書每見之而文思日進後能招之來麾之去遇疑義輒與剖晰中丞蓋欲召之來以祈祿命不意為婦女所敗予因詢其出何書云朱子集中序上載其事因記之暇日尚當檢集以究其端末也

吞舟魚

凡出海客輒市字紙灰包載以往云洋中多怪風及一切水怪或吞舟魚投灰即去有鹺賈業海運載鹽滿舟而往一日忽遇吞舟大魚吸浪而來舟中無字灰即以鹽包投之吞吸數十而去後數日聞有大魚死灘上腹中殘包猶未化始知食鹽而斃也

雞毛烟死蛇

李金什言雞毛燒烟一切毒蛇聞其氣即死凡蛟蜃屬皆然無能免者究不知相制之性何自而然或曰此易知耳凡蛟蜃與蛇類皆屬陰雞本南方積陽之象性屬火為至陽故至陰之類觸至陽之氣無不立斃此正陰符經註所謂小大之制在氣不在形耳

蛇箱

浙江衢州常山縣有名山石硿山山麓有寺曰石硿寺山下溪水匯注民田皆枕山開陌土中產一物如松毬如筋支大亦相等外皮亦如松皮色擊碎內如濕青狀入火燒之化氣而走彼處土人名曰蛇箱詢其義曰此蛇入蟄時所含土啟蟄後吐棄於地故名按此乃鉛汞之苗所結故見火則飛非蛇所銜之土蓋土人不知耳

番僧化鶴

宮中丞為滇藩時西域有僧二人來滇一老者望之可八九十許云已三百餘歲一差少望之可五六十許云已歷百二十歲宮館之省城隍廟旁舍東廊中不飲不食人與之食亦食啖可兼人朔望宮必招僧入署設饌與食僧輒傾諸有併一器內和飯手摶而食盡一二斛歸終不飲食月惟兩餐而已暇輒市民間小鐵器物轉售覓利得錢必買磚積廊下人怪而

問之亦不對。一日少者他出，老僧忽以磚割甕門戶，窃固其室，俄有火自內發，人爭往撲救，不得入。烟燄蔽空，有白鶴一隻破烟而出。熄後檢其遺骸，瘞于塔院。少者迄不歸，更不知何往。

謝珍格物

謝珍字紫璘，武進人。遊幕來杭，性倜儻好客，有奇才，平居尚精格致之學。一日嘗語人曰：古人制物精意，雖日用小物，亦有至理寓焉。如箕帚除穢之器，人多忽視，不知箕插絲花于角，可降紫姑；箕帚縛雛之背，即飛；反毛疫疾，焚帚箕烟能却鬼；冬瓜、蘿蔔篩風則易爛。此皆有感應類從之理。予因指其座右取火刀石器曰：此亦有理乎？曰：金石之屬，皆感土火之氣凝結，本屬同類，賦質將剛，鐵擊石則出火，以應之施，其所畏也。故火刀忌擦火，擦火則擊石勿利。火石如出火少，則納水中一二日，出之則取火必多。其故何也？蓋金為水母，擦火則枯，性枯則質鈍；火石之火分周四體，外剝既甚，則火藏石心，不易誘出，用水激之，中激之則火盡出於外，故擊則多火。試之良然。

烟龍

張寧人言：其鄰老嗜食烟，手一竹管，長五尺許，已三十餘年矣。忽有道者過門，顧張所持烟管曰：君此物得人精氣久，已成烟龍，療怯者有效。他日有索者，勿輕與。一日果有典商來云：其子患怯症，知君有舊竹烟管，乞市以療。乃以價七十千截半尺許去。其子服之，瘵蟲盡化紫水而下。他日又遇前道者于門，出殘管示之。曰：龍已傷尾，尚可活，須再食十年，乃可作還丹藥也。求其法，但笑不言，徑去。其竹管至今猶存，張曾見之，其光澤鑑髮，非照夜懸空間，一切毒蟲皆不敢近。

形交氣交

諸城劉上舍怡軒言：凡鳥外八竅，內亦少大腸，止有小腸，其糞溺於從九竅者，大小腸皆全，故獸亦分前後陰出入也。趙衣吉曰：鳥之腸一，何以知其為小腸而非大腸也？曰：凡人大腸通于後，結於肛；前陰為小腸之頭，以通溺。獸亦然。獨鳥以小腸在後，觀鷄鴨相交，前陰突出于後，非小腸何也？大凡鳥之區嘴者以形交，有陰物相媾；尖嘴者皆以氣交，無形器也。此言可補禽經所未備。

蜜虎

蜜虎，蜂類，形如蠶蛾，首有斑點，鼻上有二短鬚，口有黑絲如鐵線，常捲縮。或云此鼻也。入花叢採花，輒伸黑絲入蕊心鉤取，猶象之用鼻。然蜂採花用足，蜜虎用鼻，又各不同。諸城王氏

僕名王三，曾治莊田數十年，云此蟲山東最多，大為農患，土人呼為古路哥，子身有五綵，具細毛，如蠶蛾，尾如鶴尾，鋪張。雄者身狹小，可入藥；雌者肥壯，不入藥。秋間腹中有子，散子生蟲，有數種。其子產於豆莢上，則為豆蟲，如青蜓，狀若相撲蟲，則體上細毛盡落，以油鹽蔥椒炒食之，味勝蠶蛹。其食蜂也，入其窠內，用鼻絲刺蜂，蜂中絲毒輒斃，然後徐啖之。蓋蜂針在尾，此則在首。在尾者屬陰，在首者屬陽，以陽制陰，蜂故不能敵也。

滇南靈草

胡吏目什，自滇歸，言其地多產靈草。近日有一種草，名安駝駝，四方購者如雲，能煉銅為銀，又可治病。彼處夷婦善為媚藥以悅男，其藥成，必試驗乃用。試法以二巨石各置房東西兩頭，相隔尋丈，以藥塗之，至夜則自能相合。其藥亦以各草合成。然則邊荒僻壤所產，本草所不載者何限，又不僅雞血藤膠為近日所珍也。

羊乳鹿

臨安山中產鹿，清明前後生子，其子必俟天雨方能走，若無雨，終不能行也。土人覓得，歸家以羊乳之，長大便隨羊行走，野性稍馴，可為園林點綴，名羊乳鹿。

多角獸

僧志定居天目，言其山深處，長亘一二十里，榛莽森列，無道路，產沙木，可為板。豪猪多構巢樹隙，為木工所患。忽一年絕跡，不知所往。山民喜，乃大縱斧斤。有匠某入一荒谷，見一物，為藤罥死樹上。視之，狀如牛而形大逾倍，遍體皆短角，長二三寸，灰黑色，如羊角然，以千計。頂上一角，紅如血，長二三尺。蓋巨藤多蔓大木，此獸偶從崖上誤躍，而入角為藤纏，四足架空，且藤性柔韌，無所施力，卒致餓死。始知豪猪患為所啖，究不知此獸何名。

江中黃袱

張壽莊言：有客行長江，一日忽見江面浮一物，似黃布衣袱狀，隨波游泳，捽不能細辨。呼舟子視之，內有舵工大驚失色曰：此物出，必有覆舟之患，奈何？急將船上貨物悉去，帆剝船底，令客安坐以待。措置甫畢，果陡然風發，出入危濤中，卒幸無恙。他舟有未備者，俱遭覆溺。詢其故，蓋其父昔亦見此遭難，故知之，然莫知其為何物也。憶賈文琮老於賈船，嘗言江行有大風，必先有風旗出水面，或即此歟。

水乩

和州含山有程姓者，幼失明，路遇異人，授以占乩法，為人決事多奇中。其法迥與他異，用水一盂，虛書符訣于上，置案間，有頃則水面泛起泡沫，結而成字，字已，更泛他字。有未識者，復

泛如前如此數十次。或成詩歌。或隱語對答。無不洩人隱微。

九尾蛇

茅八者。少曾販紙入江西。其地深山多紙廠。廠中人日將落即鍵戶。戒勿他出。曰山中多異物。不特虎狠也。一夕月皎甚。茅不能寐。思一啟戶玩月。瑟縮再四。自恃武勇尚可任。乃啟關而出。行不數十武。忽見羣猴數十。奔泣而來。擇一大樹而上。茅亦上他樹遠窺。旋見一蛇從林際出。身如栱柱。兩目灼灼。體甲皆如魚鱗。而腰以下生九尾。相曳而行。有聲如鐵甲。然至樹下。乃倒植其尾。旋轉作舞狀。每尾端有小竅。竅中出涎如彈射樹上。猴有中者。輒叫號墮地。腹裂而死。乃徐啖三猴。曳尾而去。茅惴歸。自是昏夜不敢出。

蝦虎遺精

蝦虎即守宮。劉怡軒云。其遺精至毒。人誤食之。不能見水。倘有水一滴在體。不拘何處。即能銷化人骨肉成水。曾有江南民人有二兒自塾歸。其母以乾冬菜蒸肉餉食之。時正暑。兒食後洗浴。久之不出。怪而視之。則盆中惟有血水。骨肉皆銷。衆盡駭。不知何故。乃檢所存稍乾菜罈。內有大蝦虎二相交于上。其精溢菜中。始知誤取以食兒。其毒至此。然考遵生書云。夏月冷茶過夜者不可食。守宮性淫。見水必交。恐遺精其上。古人亦未嘗言其能化人筋骨。

皖城雷異

乾隆五十六年。八月初一日午刻。有黑雲自東南蔽江來。去地不數丈。少頃。雷電大作。風雨驟至。自午至戌未霽。霹靂數十震。房屋動搖。電光一閃。窗紙颯然有聲。是時人人自危。莫測其變。次早始知雷擊者凡十數處。撫軍署前左首旗竿劈去其半。碎裂處爪痕如梳。約深三四分許。火藥局前池中。擊死大蛇一條。約丈許。其餘牆垣倒塌。棟折榱崩者甚衆。漁翁游姓者。前數日嘗有乞藏其家者。翁辭以隘無所容。早起即見有物如獼猴狀。爪綠色。約長二尺許。踞屋脊上。時移其前後屋瓦。餘無他異。是日雷作。鄰人見電光如金繩數十條。盤遊姓屋上。屋旁空地老柳一株。中空如竹。雷揭其皮殆盡。樹身迸裂。如橫置地上擊碎者。然其中黑煤累累。又如火焚。想其物被擊時。逃匿柳中。雷因擊柳取去。然究不知何怪也。後數日有自黃湓來者。云是日雷聲甚小。有自桐城來者。問之不知也。黃湓距皖三十里。桐城百里。不同如是。

續子不語卷八終

續子不語卷九

隨園戲編

天后繡女

清河縣有汪姓劉姓閻姓三女。性俱明慧。貌亦清麗相似。汪適王氏。劉適閻氏。即閻女兄。皆業儒。閻適王家營某氏。家頗饒。乾隆五十一年。閻女病重。謂其夫曰。我與同縣汪女及嫂氏。皆河口天后宮繡女。因事謫降。今期滿當還。彼二人亦將同往矣。其夫訪諸兩家。汪與劉果亦病篤。未幾閻死。汪亦死。閻母聞其女死。而媳又垂斃。惆甚。即詣天后前泣禱曰。妾女已死。僅一媳。倘死。妾何以生。祈稍留以終妾身。既而劉病果瘥。年餘。劉忽有身。將產。夜夢天后曰。因汝姑老。暫留塵世。豈容生子耶。以手捫之。早起腹平如常。人先是劉女自童時及適閻後。每月必有一二日鍵戶。終夜不容一人見。有竊聽者。如數人言笑。達旦乃已。家人固詰之。終不言。至是始知。今尚存。代州馮松濤寄居清河。目覩之事。

桃源女神

桃源縣鄭氏女。生而端整。寡言笑。年及笄。一日謂其母曰。兒將某日死。死當為某村神。其地當廟祀我。母以為顛。弗信。及期微疾。數日而卒。卒時端坐。顏貌如生。室中聞異香。雲旗風馬之狀。家人咸隱約見之。後數日。某村男女同日夢女告曰。吾當血食於此。為爾等福。居民以為神異。醵金塑像。號曰娘娘廟。頗著靈異。乾隆三十四年事也。女舊有婢李氏。最親暱。女為神後。每月必數召婢去。倚輿至廟。昏睡終日。醒而歸。倘神欲留。强歸。扃輿十人不能舉。李氏嫁後。仍赴召如常。至五十一年冬。李氏謂夫曰。娘娘命我臘月某日去。去不復歸矣。夫素不信神。諾之而已。至日。李沐浴焚香。使人召其夫一訣。夫故不歸。李恚曰。誤吾時刻矣。改次年正月某日。夫歸聞不死。以為妄。至次年某日。李又召其夫作別。夫怒曰。又作狡獪矣。竟歸視其死否。及歸。李言笑如常。囑家事數語。凭几瞑目而逝。

安慶府學狐

乾隆五十六年。秋祭前數日。滌濯籩豆。預備祭品。陳列明倫堂。夜使人看守。有副齋與夫田姓者。素勇健。獨任其事。是夜微月。田卧至三更。覺來聞有人偶語。開目視之。見二人歷階上。將至卧榻。田躍起大呼。二人徑前與鬪。田奮力擒一人。擲堦下。大嘷化狐而去。其一復鬪田。又擒擲。亦化狐去。田以為不復至。因就寢未熟。忽聞人聲甚衆。且至矣。急起見一叟。鬚眉晝白。偃僂行。率少年十餘人。喝令擊田。田怒奮拳擊衆。衆應手倒。無能抗者。叟怒曰。如此可惡。因騰躍以首觸田左腿。如中巨石。痛不可忍。仆地不能起。叟喝衆急曳至堂後左側齋房去。田念此去必無生理。見堂右有大鍾懸架上。因衆扶掖出。不意急走架下。以一肘挽架。一手拒敵。鬼怒甚。以手持田肘力曳之。田懼。兩手固挽。鬼力猛。連架曳行數尺。鍾聲鏗然。鬼懍而止。令衆旅就擊之。自頂及踵無完膚。嘔血數升。將曙乃去。田亦仆不省矣。天明執事者入見之。大駭。以湯灌之。良久乃甦。具道始末。乃知為祟。次夜集衆十餘人守之。衆不敢卧。坐至四更無所見。衆亦倦甚。甫就寢。聞衆馳驟聲。張目仰視。朋老人曰。其人在否。衆排頭按驗曰。無。老人曰。幸漏網矣。去去。遂寂然。田卧病月餘。尋愈。愈後欲挾刃宿堂上復仇。其妻力阻之。乃止。

湖南貢院鬼

乾隆丙午科湖南秋闈。澧州吏目馮名廷春。差委巡場。第三場十四日夜。馮與同寅李某同坐至公堂李方隱几卧。是夜月色微明。馮見堦下有物長二丈餘。腰腹如囷。通體皆毛。兩目閃爍如炬。自西文場出。緩步入東文場。馮素有胆。不懼。初見時。低聲呼李。李驚起仰視。大驚伏案。物去。然後起。同入卧處。命僕從同卧一室。馮以李胆怯。既卧。故以手扣壁作聲。李恐。嚇之以為戲。正喧笑時。忽有大聲呼嘯。良久乃已。衆皆股慄。以被蒙首。少頃聞人聲喧然。馮與李皆披衣起。監臨監試兩主考皆起。使人察問。內外遠近。無不聞者。咸大詫異。是時頭場卷已中定十七八。兩主考覆加校閱。黜落七卷。後竟無他異。豈因此七人不當中。而致怪異如此歟。

雷異二則

滁州某村有黃氏嫗。獨坐室中。午後風雨暴至。忽霹靂一聲。左壁下諸器物皆移置室中。離壁四五尺。壁上白泥厚不過三分。亦離壁四五尺植立。如堵絲毫不損。嫗驚仆。良久乃甦。不知所擊何物。其家亦無他異。代州旅店中有二客同居。一日早起大風微雨。一客在土炕上。以大瓦盆覆坐之。一客坐門限上對語。坐限上者忽仰見屋梁上有火光二寸。如小蛇跳躍。急呼炕上者視之。其人未及答。忽霹靂一聲。屋頂揭去一片。衆奔入視。地下一人僵卧。一人在炕上堅坐不動。就視之已死。頂上一孔如豆。初疑雷擊。仰視屋瓦外飛。不似自上而下者。移屍視之。見所坐盆底亦有孔如豆。揭盆視之。炕上亦然。竟從地下起穿炕盆洞腹貫頂破屋而去。地下者以湯灌甦得不死。

人變魚

從子致華作淮南分司。解四川兵餉過夔州。城道上人男女喧譁。舉國若狂。問之。曰。某村婦徐氏與其夫同牀眠甚相愛也。早起則婦面目髮膚如故也。而下半身已變作魚形矣。乳以

下鱗甲腥滑。口尚能言。貌亦平然。惟涕泣哀號。云我睡時無他痛楚。只覺下體作癢。搔之漸漸起稜。以為將生瘡癬耳。不料五更後兩腳合并。不能伸縮。摩之已作魚尾矣。今將奈何。夫妻相抱大哭。致華遣家人視之。果有其事。因官程緊迫。不能逗留。不知報官後將放諸江乎。抑養之家乎。不及問矣。

韓昌黎稱老相公

韓文公為貢院土地。庚子歲。有嘉興秀才陳敬曾者。先試前數日入廟。廟祝令拜。生曰。昌黎者何。拜之為。學不足師。文不足師。祝强之。大詬而出。試畢歸家而死。殮數日矣。其妻偎與小姑合被而寢。夜半小姑登廁。忽見兄排戶搴嫂帷帳而入。嫂奔出。姑大呼。家人湊集。而嫂之聲音狀貌儼然兄矣。大聲曰。我敬曾也。身何在。家人曰。殮矣。狂奔至棺所。扣棺而哭曰。我得罪老相公。相公之門人家僕鎖我聽審。俟老相公科場事畢當放我。昨老相公放榜出。責我二十板。我得歸。何殮我之速也。又大哭。家人曰。老相公何人也。曰。土地。土地何人也。曰。韓昌黎。客曰。昌黎伯也。依今時稱謂。當曰伯爺。依家人稱之。當曰老爺。乃冥中僅稱老相公。

急淫自縊

京師香山某兵妻。嫂姑同居。嫂素淫。於後門設溺桶。伺行路之來溺者。其陰可觀。即招入與淫。如是者有年矣。一日嫂姑同伺門隙。有屠羊者推小車過巷。就桶而溺。其陰數倍於昔之所御者。嫂狂喜。迎入至卧榻。即解屠者下衣而俯就之。姑旁坐視其事。畢。即欲往就。而屠性耐久。自午至未甫了事。腹中餓甚。索飯急。飯畢。姑以為將及已矣。亦弛衣攀屠者之臂。為之吮咂。屠具復舉。嫂曰。屠性猛。汝恐不勝。宜再讓我。姑許之。同入牀。嫂顛狂不休。姑情急。水流至踵。怒嫂之誑己也。往別戶自縊。于是姑之夫家訟于官。以為被嫂磨折故死。而不知其事之可醜也。嫂之本夫。街卒也。歸家見其妻神色不異。被褥污穢。乃私自覈訊之。姑得其情。而告于官。此乾隆丙午刑部福建司承審事也。獄成。以口供穢褻。不可上達。比嫂以不應重律杖八十。

照海鏡

宜興西北鄉新芳橋邱農耕地。得一物。圍如羅盤。二尺餘。圓圈外圍紺色。似玉非玉。中鑲白色石一塊。透底空明。似晶非晶。突立若蓋。賣於鎮東藥店。得價八百文。塘棲客某過之。贈以十千。至崇明賣之。得銀一千七百兩。海賈曰。此照海鏡也。海水沈黑。照之可見怪魚及一切礁石。百里外可豫避也。

毀佛

湖州沈秀才記號納庵有穀佛一尊弆以玻璃之櫝櫝長半寸櫝下有座高二分許中藏大穀一顆長一分有半穀有芒亦長分許穀旁有斂睛明了亦目之中間一目朗之其斂漸大如門闢之久出門見堂由堂見殿現三寶如來像像高數丈纓絡莊嚴見胸前卍字紋盈尺旁立文殊普賢二像若聞人語眼少瞬斂忽不見仍大穀一顆而已據沈云此物傳留湖州某尚書家係明時利西公從西洋晝瓦臘泥迦州帶來者遂入中國彼國秋熟時此穀生田畝中千里亦然門人王晏親見此穀不知今歸何處

丹徒異獄

丹徒縣宰張名振綱者騶呼出門忽一物從空而下落轎簷上轎夫迎風而避物忽墮入衣袂中彌彌而跳驚視之乃男子陰也僅長二寸許亟出轎命騶從捉之跳不已覩者如堵於是攜歸貯庫遍訪此案不可得越一月西門撈水王大娘者報某家婦姑殺人遂拘之亟訊蓋婦姑二人先通一陝客某後又通一陳姓者因彼此通姦後夫斫殺陝客而支解埋之使其尸不辨男女故割下其陰倉皇未收投之樓窗之外不料落在本縣官轎中告知如府同寅無不大笑者照謀人律姑婦姦夫三人一齊抵命

鬼怕討債

常州一窮漢死其房賣入富姓鬼作祟富者鎖之幾十年矣後富者亦窮大屋賣去挪居之忽窮鬼大鬧索錢討祭一家小大盡病時方冬盡房主負逋最多債客盈堂日夜號罵妖魅忽絕病者盡起至來歲債務稍清將帳目焚化鬼又白日大話曰我去年見討債甚多疑是我生前舊欠故而避之今聞所燒帳目皆涵家積負不干吾事吾何避焉於是拋磚擲火惡聲日甚而房主亦徙去不復住

蘭渚山北來大仙

會稽蘭渚山有蘭亭道院焉其院為北來大仙所居北來大仙者狐神也初會稽陳賈少年時客楚喪資本窮窶不能自給且病居蕭寺中一夜有女郎至容貌都麗衣服照耀皆明珠綴成者賈驚起女脫臂上釧贈之曰知郎乏故來相餉也遂去明日又至如是數月枕席諧暢情好日篤賈乃以金釧梢餉資斧理其舊業而女郎亦構新居料其家事且日致金銀珠寶之物不下巨萬居數年賈家信忽至賈欲驂其鄉里又疑女郎為魅一日伺女郎不在家賈忽呼數百夫及僮僕等攜裝急賈而去女歸見一室罄空追賈至江口賈已欲呼振帆女臨流號慟不得渡賈于是歸為富人越十載女郎至呼賈曰吾狐神也積千年陰德名在仙籍今汝負心已訴天帝命江神授吾文檄到此汝宜死矣於是飛刀擲火家不安枕百計禳

之無效也一日女空中嘆曰吾因往日情重至於此極使汝死恐天下有情人貽笑吾輩汝家倘能大修醮禳擇名山安我神龕我仇且釋矣時蘭渚山道士某道法素高為設醮四十九日道士謂女曰何不向我蘭渚山住女曰甚好但吾須住五百年纔去由是遂絕今道院為羅氏業羅氏為之塑像甚麗而女亦歲時夜出與世人談論云

喫腎囊中舉

杭州士人於文肅祠祈夢甫睡一鬩鬼與一腎囊至大如甕曰欲中舉當食此否則不中士子慣勉食之初啖味甚甘如櫸子片時將厚皮四面食盡獨留腎丸二枚齒決不可下鬼曰棄之汝已中矣士子喜甚自此下場屢斥至乾隆癸卯揭發士子中魁始恍然解悟蓋浙中呼腎為卵鬼者癸也卵去核卯字也

楊老爺召穩婆收生

嘉興鄉鎮間祠楊老爺神多靈驗穩婆阿鳳者以收生致富遠近生育之家必延之至始無難產忽雪夜有人叩門問何來曰冷水灣楊府主公子主人命來宜急就船風雪交同僕下船果至冷水灣第宅嚴麗進門主人臨軒而立見阿鳳來喜甚命僕導入後堂則產母方卧牀而呼衆媼婢執燭而立皆慘然曰吾夫人產四日矣阿鳳胗視之蓋腸盤於胎急不得下也以法救之胎應手而出報主人主人贈金元寶二錠鳳納之曰後三朝吾當來時天大雪而房中熱氣甚逼鳳解衣從事及出門就船始記有外衣未著歸家天已明視元寶則金紙糊成而皮衣已送至家矣由是鄉人為老爺作三朝行團盤飣果之禮迎各廟諸神來賀

溺壺失節

西人張某作幕會稽友王商南杭州人一日同舟出門商南夜間借用其溺壺張大怒曰我西人俗例以溺壺當妻妾此口含何物而可許他人亂用耶先生無禮極矣即命役取杖責溺壺三十板投之水中而與商南行李於岸上揚帆而去

三虎索命

元和單展成生二女皆有國色一嫁李敏達公之第四子皇甫觀察一嫁屬少司寇之子守謙太史乾隆壬子春余與太史相遇虎邱偶談往事曰異哉吾妻之死也結褵之後琴瑟甚調將及三年忽一日閨中置酒向余作訣別狀曰我前生獵戶也曾殺三虎虎魂不散要來索命今我懷孕矣明年分娩之期正值寅年寅年屬虎我其不免乎問何以知之曰昨夜夢中有神人金甲而虎冠者告我也因所殺三虎中有二虎俱曾傷人故上帝不准報仇其一虎未曾傷人故准其索命言畢涕泣不止適年果以產難亡

梁相國解夢

梁文定公病篤夢至一處宮殿巍峩坐客皆非所認識者公談久忽想喫烟苦無火或指一殿曰此中有火中坐神人招梁曰且緩喫烟我有一對君對之書三代之英汝繼泰七字梁驚而醒召諸門生來視病為解之俱不能解良久曰我不起矣三者三中堂寶也英者英中堂廉也泰者伍中堂彌泰也三人官與我同而俱死矣我其繼之乎速辦後事可也越三日而薨

齋猴

天目山多猴要往齋猴者先往韋陀廟燒香陳設某日來山齋猴寺僧為掛牌晚示臨期主人買饅頭一千鋪在廟外地下清晨羣猴畢集有一極老者白鬚尺許飄飄傴僂而至旁有二猴亦白鬚老者扶持而來羣猴跪迎老者南面就地坐羣猴拱手亦坐秩然嚴肅不敢譁二侍者捧饅頭獻老猴老者食然後羣猴共食食畢向主人叉手拜謝而去梁覆素弟廉親見其事余欲往施齋而以路險草深不敢往

狗熊寫字

乾隆辛巳虎邱有乞者養一狗熊大如川馬箭毛森立能作字吟詩而不能言往觀者一錢許一看以素紙求書則大書唐詩一首酬以一百錢一日乞丐外出狗熊獨居人又往與一紙求寫熊寫云我長沙鄉訓蒙人姓金名汝利少時被此丐與其夥伴捉我去先以啞藥灌我遂不能言先畜一狗熊在家將我剝衣捆住渾身用針刺之熱血淋漓趁血熱時即殺狗熊剝其皮包在我身上人血狗血交粘生牢永不脫落用鐵鍊鎖我以騙人今賺錢幾數萬貫矣書畢指其口淚下如雨衆人大駭將丐者擒送有司照採生折割律立杖殺之押解狗熊至長沙交付本家余按己未年京師某官家僕婦被婦咬去舌尖蒙古醫來命殺狗取舌帶熱血續上戒百日不出門後引見奏對如初元某將軍入陣受刀箭傷無算血湧氣絕太醫某命殺馬剖其腹抱將軍卧馬腹中而令數十人搖動之食頃將軍浴血而立皆一理也

雷屑

吳人蔡鳴西與徐佩玉中表兄弟也二人自楚同舟載貨蘇歸乾隆戊寅九月十三日夜泊九江雷雨大作蔡怯懦蒙被臥有銅飯罐支爐上震搖欲墮徐起移置見雷光直下森逼雙眸大雷一聲船柁拔去水溢入艙人齊起奔救就岸皆黑中互搬失物天漸明見徐頂心插一木長約三四寸圓寸餘羣相驚問徐徐不自知毫無痛癢宛若生成恰累墜不可一刻耐

隣舟有人善符咒曰此雷屑也無罪而誤觸者予能拔之徐甚喜爭慮或妄嘆詣縣尹尹至江干審視其人書符於徐頂口誦喃喃舉手一拔木隨手起復以小黃紙書符貼創處木入於頂者寸餘尖銳如錐或云能辟邪魅尹以為當存縣遂攜去明日頂上紙自落宛好如初奇情奇事奇技奇人何所不有

牛瀼水

臨武縣水多激險東南三十里地名牛頭瀼因山象形而名也產魚繁水勢奔騰難施罟網率用白鷁裹投水則魚皆僵浮水面或駕小舟或裸下體沿流檢之一夕兩人赴飲歸緣岸行見水面浮巨魚一人喜謂同行曰昌猗待吾攜此魚來遂脫衣入水久之人與魚皆無蹤訝其溺矣急聚村中素善泅之張某丐其入水相覓約以若干余為酬張許諾索酒飲立盡數斗遂若不支踏小船至浮魚處翻波而下越數武或起或沒如是數次奮躍升岸云見一匹夫坐沙中見人至輒移去快取酒飲我當再往攜與俱來又盡數斗復入水少頃波浪見張攜一人髮踏波登岸擲於地以掌批之曰你累我往返數次費如許力眞可恨汀得該死旁觀力勸始解視其人已死即昨日求魚者酬以所約余張笑曰我兩番痛飲腸味已充倘使是術以騙人金又何異迷人之水鬼即搖頭舉手而去張殆奇术之士而隱於水者乎吳門顧君朗村是日過其地親見之並云土人稱其下有龍宮向一幼童誤墮水至一官署門坐二人對弈狀怪似蝦蟹見童訝之詢其故送出水幼童今現存年甫三十餘嘗向人談此異

陰陽山

川東新寧縣之南鄉地名火石嶺有唐姓者茹素誦佛經年五十餘忽無病卒越四日胸仍溫家人不忍遽殮漸復甦進以湯粥遂更生語家人曰我前日偶出門外見一道人布袍跣足呼與同行覺此身不能自主行數里聞水聲奔騰須臾至一河寬廣莫測巨橋凌空橋上人見道人笑呼曰通靈來矣問何地答曰黃河又數里高山峻起問何山答曰陰陽山前留而升危崖聳駭驚奇怪異氣色皆暗中間一徑僅容人行兩旁皆荊棘見多人往來叢脞中如覓路狀皮膚皆為荊棘所傷流血號泣予懼而詢之道人曰人居心坦白公正無私者則見此大道可行巧詐欺偽者則自投荊棘徒受折磨生平不由正道之故耳山既盡天日清朗城郭在望道人曰此太平城行人雜沓皆候發落者忽見一隸卒執牌來呼曰且帶三十六人去道人亟招予入城城中衙署甚多皆寂然須至一署額曰業鏡司挾予由東角門進立大堂簷下見右廂椅上坐一人補服頂帽前立一女子年可十七八攬之泣冤睨視其人

即同鄉吳縣尹也詢之道人曰吳作令時有陳氏女夫亡守志父欲改嫁女不允後訟於吳吳見女美少年意其必合判歸之女竟自縊死今亦來候發放者少頃聞呵殿聲一人升堂高坐旁立川大服類道教裝兩旁吏役祇候威儀甚肅潛問何官曰此冥府總政也道人叩見互相問答莫辨所云既而帶余跪謁座上官曰汝在世曾誦經否應曰曾誦又曰汝誦何經應曰誦金剛經曰汝自是好人但摩訶如何念成沙摩訶因錯了一字罰去一歲今叫汝來快改過還汝十年陽壽去罷遂叩頭起立適前女子見叩見所訴果如道人語座上官曰汝該違這條死後岸上擲下一物如方斗曰汝自看來女遂默然又曰汝矢志守貞今奉岳主之命燕地投胎皇莊受祿去罷旋退堂而雲板鼗鼓宛若陽官儀注回視右廂則吳亦不見矣出乎陽見有三十六人蹲踞相向一隸至來持巨扇煽之火焰騰起高數丈須臾火息三十六人仍在隸又於懷出一珠大如卵置地上復以扇煽之狂風驟起而三十六人不知所往驚問道人曰冥府不比陽世刑法只此陰陽火勦除惡類繼以罡風揚其渣滓落於山則為獸介入於水則為魚蝦行善之人別有善路去也仍由前徑而還遇舅氏某負豬皮在背泣曰吾不幸死於利川今且變豬矣及家中門道人竟去今乃醒不自知為已死也遣家人往候吳果惡病危篤兩手厥逆者數日今得痊然矣詢以女子事則果宰黔田時之案也未幾其舅氏之子來云其父果於某日卒於利川縣事在乾隆二十二年四月間唐姓今尚存言之如繪吳乃康熙庚子孝廉仕於春世居新寧縣後觀子曾至其家子名聯邑庠生能詩文精岐黃亦曾備言其事

亡夫領婦到陰間見太公太婆

毘陵莊生家千早歿遺婦陸氏於乾隆壬子臥病經夏至七月六日忽夢亡夫挈至一門庭事頗如舊家登堂見舅姑咸在各各悲喜俄而屏後有髯翁夫婦扶杖出家千曰此太公太婆也汝未及見今宜祇謁氏如禮拜見髯翁曰孫婦初見我當有以款之其子以空乏對翁乃探囊出白金付左右須臾餚饌羅列方圓坐共食翁指盤中肉丸謂家千曰此味何不攜去啖孫婦家千遽攸然目視其祖若以為不可者翁遂不言食竟氏前請曰既到此須一見閻王否翁曰汝並無罪過無庸去見因指旁向者謂氏曰明日戌時當遣肩輿來送汝耳乃欻然醒述所見髯翁夫婦果其生前狀貌口吻宛然至奔走使令之人皆其家已故僕婦一一不爽也氏言夢中所遇一家骨肉團聚甚樂次日七夕果見夢中二僕舁輿來迎如期而逝髯翁者名椿字書年曾為射洪令一生爽直家千父字竇君亦誠篤人也

續子不語卷九終

續子不語卷十

隨園戲編

淫諂二罪冥責甚輕

老僕朱明死一日而復蘇告人曰我被陰間喚去為前生替人作借貸中證兩造互訐必須我到纔得明白我見閻羅王之後被冤訶陳其案遂定放我還陽我出殿門見柱上有對一聯云是是非非地明明白白天我嘆賞之以為不愧神明口氣正徘徊間見有一羣託生之鬼從堂上下來大半多不相識只有一女子一老叟皆我隣也女有淫行叟諂富家以為此二人者必墮阿鼻地獄矣及判官走過手持託生薄因而問之判官曰某婦甚孝故託生山西貴人家為公子叟甚慈故託生山東為富家女朱大不服曰我素知某婦不端某叟沒品俱得託生好處然則閻羅衙門何得為是是非非明明白白乎判官嘆曰此乃所以謂之是是非非明明白白也何也男女帷薄不修都是昏夜間不明不白之事故陽間律文載捉姦必捉雙又曰非親屬不得擅捉正恐黯昧之地容易誣陷人故也閻羅王乃尊嚴正直之神豈肯伏人牀下而窺察人之陰私乎況古來周公制禮以後纔有婦人從一而終之說試問未有周公以前黃農虞夏一千餘年史冊中婦人失節者為誰耶至於貧賤之人謀生不得或奔走權門或趨蹌富室被人恥笑亦是不得已之事所謂順天者昌有何罪過而不許其託生善地哉況古人如陳太邱弔張讓而解黨禍康海見劉瑾以救李崆峒貶其身而行其仁功德尤大上帝錄之入菩薩一門且有善報矣至於因淫而釀成人命因諂而陷害平人是則罪之大者陰間懸一照惡鏡孽障分明不特寃家告發也朱聞之大悟而醒云判官亦其族叔名啟宏作黃岡州吏目生前以端謹聞

人壽有定陰間不能增減

六合程某平素不信鬼神之事年六十餘患病不起不納穀者四十餘日忽一日謂其妻曰我病不起矣但兩孫婚有日期我不能一見孫婦人必笑我沒福盍作速料理以慰我心其妻子如其言引兩新婦到牀前拜見程喜動顏色曰吾明日可以去矣可於次晨即扶我起便穿入殮之衣家人以蟒服進命斥去之曰我並未作官而著此服必為羣鬼所笑仍衣常服可也服畢良久曰有二人在外相待可燒紙錢具酒餚待之妻問何人曰俞旄江辛二人者已死之人曾搭身為城隍役卒者也言畢沈沈睡去者將一日忽醒曰扶我起將殮衣暫脫城隍夫人生日賓客來往甚忙無暇點名故俞江二人仍放我回來後日方去聽候發落依舊吃梨汁清茶者又二日雖醒命取衣穿曰我此番真去不復歸矣但家中子女多向城

隍燒香借壽與我。或傾減五年。或傾減十年。雖是他們孝心。恰都可笑。人之年壽。各有定數。不比他物可以通挪。但有一件奇事。我望見城隍有妻不認識之婦人。替我涕泣討情。故我還陽。城隍搖頭不允。我大起疑心。盤問二皂隸。此是何家婦女。曰唐李氏也。君不記三十六年前之事乎。李氏嫁唐某而夫亡。此婦事堂上姑送其終。又勸其夫承繼一子。事畢再拜靈前自縊而死。君重其節。託人敎唐氏小叔遞呈請旌。一切費用俱是君包攬。而去何竟不記耶。程聞之。恍然如昨日事。且知城隍搖頭者。亦因人壽有定。非城隍所能減增也。言畢。又吃梨汁數杯而逝。程君之子號石泉。親為余言。

關帝血食秀才代享

某生貢請仙。一日關帝臨壇。某以春秋一段問之。乩上批答。明晰無誤。批畢。遂去。某終疑從心切疑之。云關帝忠貫日月。位至極尊。如何以一紙之符。即能立刻請到。心甚不服。欲將表文一道。焚於上天控告。正作表文間。忽聞叩門聲。某啟戶視之。而不見一人。某愈怒。擬表文畢。忽案頭有人云。相公緩筆。某問爾係何人。答云。我即臨壇之人。是係唐朝秀才。因被亂軍所殺。魂魄落在廟中殿下。朝夕打掃殿宇。聖帝憐我勤苦。命我享廟中血食。並非關帝也。某大笑。即欲焚表。案頭人又云。緩焚。某又問何故。答云。若焚表文。仍是控告我。總求相公將表文放入水中。磨滅字跡。方於我無礙。某又問關帝到底有臨壇時否。答云。關帝只有一尊。凡天下各廟中血食。皆係我等享受。惟天子致祭。方始臨壇。某問何以知之。答云。曾有修煉數千年之狐狸。聞天子致祭。一月前齋戒沐浴。遂往窺伺。七日前。見周將軍臨壇。打掃壇舍。紅光滿室。妖魔盡被燒死。故知天子致祭之期。關帝方臨壇云。

惡人轉世為鼈

揚州胡姓有子。頗慧。年將二十。將娶之前數月。忽得顛疾。飲食眠動不時。若明若昧。自言自笑。一日在牀上坐。語其父母曰。兒於昨夜奉嶽神命。署本縣城隍事。本縣舊有積案十件未結。命兒公正辦理。兒恐錯誤。需請幕友。細思惟有受業某師。素精理學。可信可速。備禮請之。時某師已故多年矣。少頃。忽起立云。師至。師至。喃喃刺刺不休。家人旁聽。竟是兩人問答聲音。笑態畢肖平日。云十案中有七案。仍從前議。其餘三案。一當斫頭。一當剁手。一當充軍。其時因醫言其病須滋陰。買一鼈。於竈下引其首而斬之。鼈頭落地。怒目猙獰可駭。相隔卧房甚遠。其子忽於牀上大喝曰。這惡人應當斬罪。還有甚麼不服。斫去還敢怒目視我耶。家人祈禱城隍廟未回。其子又於牀上云。太爺何故燒香於判官面前。他如何當得起太爺一拜。十案俱有姓名。細訪之。皆係已死境內積惡昭昭在人耳目者。

姦夫死後報仇

儀徵縣役何二曾與一婦姦好。其婦有舊好胡四。往來多年。婦利其財。後漸窮窘。婦漸疏之。何復凌之。遂至鬱抑而死。婦夫亦死。婦遂歸何。竟為夫婦。數年頗有積蓄。何原有妻已故。曾生一子。忽得狂病。持刀弄斧。見此婦來。即欲手刃。云我乃胡四。汝家用我數千金。財盡心離。更從何姦。如此快活。我死不甘。已訴於神。准我報仇。醫治不效。延請僧道修齋祈禱。一無靈驗。如此數月。其子骨瘦如柴。忽一日叫戲演唱。又忽跨驛館中馬。狂奔街市。又忽將家中物件打碎。將銀錢搜尋出。散與他人。云神許我將你家財蕩散。再討你兒子的命云云。至今其子現存。而家貲已空。

董刺史雪冤

董公溶在海豐州時。下鄉踏勘。有旋風迎輿來。左避左隨。右避右隨。公異之。祝曰。若有奇冤。可在輿前三旋而退。吾當命役從汝指引。祝畢。果如公諭。遂令幹役隨風查察。至僻壤處。入墓而殁。詢知為某解元女公子墓。稟覆。公立為傳訊。據稱其女是暴病夭殤者。公不之信。即欲起墓檢驗。某乃稟公無故開棺。筆據方許啟墓。公不得已與之。及啟驗。果屬病亡。公頗自悔。亦惟候告督參而已。乘輿返行未數武。旋風又來。公益驚。停輿細思。憶及墓內棚棺石板下當有故。復同至墓。揭石驗之。又得一棺。開檢亦一女尸。而貌如生。傾國姿也。遍體鱗傷。訊係解元戚。逼強姦不從。受傷身死。公遂按律詳革。科斷。昭雪其冤。而旌表之。

劉老虎

劉名捷。江右人。綽號老虎。強而有力。為一鄉之無賴。夜飲醉歸。來路開鬨。酒上湧。捫壁以行。遇門便入。認為己家。足力憊軟。倒地而卧。五更盡始醒。聞人問曰。某人何在。答曰。在某洞。又問此番是誰。答曰。某某共若干名。劉之姓名在內。自想不知所犯何案。係何衙門拘訊。因仰目視天。亦漸明。細認乃知在土地廟中。遍尋杳無人跡。大為奇異。因思某洞離此不遠。無妨一往偵察。遂飛步至其洞。果有大漢鼾睡正熟。自思大漢雖睡未可輕說。乃拔佩刀。抓起大漢。將刀置其喉間。大漢驚問何作。劉曰。汝是歹人。尚問我耶。大漢曰。我是過路客。何以指為歹人。劉曰。既是過客。緣何不投歇店。行蹤詭異。若不是言。我先殺汝。大漢急曰。我是奉官差拘犯人。索票觀之。第一人即劉也。問犯何事。要其救釋。大漢曰。是大數註定。上帝所命。豈手敢徇縱耶。劉曰。如是。殺汝亦死。釋汝亦死。均之死也。不如與汝同死。復欲刺之。大漢搖手止之曰。救汝。汝可自行咬破手指。血染吾票上。更易姓名。遠徙他鄉。或可稍緩數年也。劉如其言。見大漢出洞門。就地一滾。化為老虎。跑哮入山去。劉踉蹌歸。到家。天亦大明。遂改姓名。移居外府從此改悔不作無賴習理生業娶妻生子壽至七旬因親友家拜斗為病人作干保劉思拜斗大事豈可填寫假名緣將前事告之填寫真名而歸出大門甫數武被虎銜去

屈丐者

蘇州楓橋鎮乃客商積艘聚集處村盡頭有古廟為屈丐者所居兩足不仁朝出暮歸不離楓橋左右一日晨起見廟旁有遺囊拾而開之中藏白金數百因思是過客所遺吾薄命人安能享此且不知其作何勾當一旦失之有關性命亦不可知乃復歸廟坐待午間果有人飛步而來頓足搥胸狀甚惶急因問之曰君得無失物者乎客曰然汝拾耶屈曰有之但須陳說不誤方可還君客大喜為述若干封若干數是何銀色是何包裹果相符合屈乃攜出付之客見原銀大喜願分半相贈屈笑曰君癡耶予不拜君全惠而乃貪其半乎且君損半又不能了大事請即速去勿誤我乞客不得已檢拾錠與之而別丐至街口忽見一垂髫女貌絕美依父而哭觀者如堵因問於衆或告曰是曹氏索債者將欲鬻此女為償故悲耳問欠幾何衆曰十金屈聞怒曰盤剝私債凶惡如此設欠官項又將如何且十金亦小事何為富不仁竟至於此詎知債主在旁聞言而怒指屈問曰似汝填溝壑者亦來說仁義耶既出大言可能為彼償否屈慨然即將前客所贈為之代償取歸某之欠約而散曹之本意原在

女不在金恨屈破其姦謀乃賄捕役指屈為賊鎖屈送官吳縣陳公深疑其冤遣金客聞之立即奔縣代為昭雪陳公聞之喜曰此義丐也照反坐例重懲捕役並傳楓橋各米行至諭曰所有日收米樣俱著賞給屈丐免其朝夕沿門求乞之苦且為披紅令肩輿送歸於是此丐享日收石米之利遂漸延求名醫遇道者與乾荷瓣茉朮各藥煎洗不數日足病竟愈與常人等不十年間便居然置大屋娶妻室作富翁矣

僵尸

紹興有徐姓者新典巨宅書屋三間臺榭俱備為館師章生設帳所章夜讀至二更後忽聞東房啟窗之聲疑為暴客即於窗隙窺之見一少婦玩月登假山攀樹枝踰牆垣去疑是私奔行徑遂輟書息燭而寐雞鳴未曙聞樹頭簌簌有聲似是赴陽臺歸來者凌晨書童送湯沐至問之曰東房為何人住通內室耶童曰不通乃前業主封鎖之閒房耳章聞大疑因往觀之則門封鎖窗閉如故窺之內有靈柩停焉至夜留心觀察又復如是章因秉燭啟窗入觀則棺蓋斜起中空無所有矣章生乃將棺蓋代為扶起取易經折開密鋪棺上然後歸登樓視之及五更時見女從窗入覩易經而卻步繞棺一週旁惶四顧舉頭見章知其所為拜而哀求章生哭而不許鬼曰若汝不下樓吾即上矣章仍不睬鬼物乃變作青面獠牙狀騰踔直上章遂膽而墜樓不省人事追書童送茶湯至徧覓章生不得乃與主人登樓觀之見樓下東房內似有人在啟關視之則章生與女尸並卧地上撫之章體猶溫因共擡出灌救半晌始甦述其所見具呈於官為之查喚尸親領埋而尸親已全家遠出因房無人看守故為出典至徐已三易其主矣亦由僵尸為祟故耳於是焚其棺隣家子患鬼病者從此絕跡矣

申氏自傷

張某為其子娶申氏女成婚歲餘伉儷甚篤一日女癡迷不語兩手直垂下忽舉手合掌八指交叉作擂狀痛苦異常呼號欲絕自不能開左右代劈之不能動即使有力者共劈之亦莫能動分毫亟詢其故女則云有一婦人在我身後使我至此言未畢更大呼兩頰盡赤似受批撻者女不敢言言則被擂更苦惟呻吟而已逾時自開八指皮肉紅腫又半時亦平復女言動如常惟不肯明言其故自是日必一二次或三四次其苦不可言醫藥符籙皆不能治至今猶然不解其故或云其女生性乖戾在母家時家本富饒女每餐以水牌點寫餚饌而食稍不適口即詈罵併器皿碎之婢女進茶若指擊杯口即碎其杯而重笞其婢以為手不潔不可進茶也其所著衣若一經浣濯即不再服或云今之受擂是暴殄之報其信然

歟

雁宕仙女

六合戴某有子十八歲貌清秀閉戶讀書忽然不見其家各處尋覓不得一日忽從園中杏樹上飛騰而下曰我某夕月下閒步園中見一美女從空飛來挾我上升道我凡人也如何上天女微笑採杏樹葉一片令我踏上當即騰空而起到一高山頂上有石門數十閒門內有亭臺花草無所不備我問此是何處曰溫州雁宕山也天台小山尚有劉阮之事況我雁宕又高天台一千餘丈而可無佳話流傳人間乎與我遂成伉儷諸石門中俱有仙娥來往老少不一所說言語都是元經秘旨不能記憶但覺服食起居鮮華可愛我樂而忘返忽昨日謂我曰郎父親明日八十生辰矣不但郎宜歸祝即妾亦宜同去也又取杏樹葉一片令我踏上遂復乘雲而起又到家園其家人隣右聞此信來觀者如麻忽聞異香撲鼻空中聞簫鼓聲果有一絕色女子珠冠玉佩在雲中作叩首狀每一跪起則霞光四閃百鳥皆鳴家人正思攀留而清風一起其女與其子已冉冉攜手而又去矣其父思子涕泣不止或曰此怪如穆侯翁九十歲時定與令郎再至也

生魂入胎孕婦方產

金山縣有老農。某月朔。夢一青衣人似公差。齎牌來語之曰。子本月十七數盡應死。因一生勤慎無大過。死後即託生某家為子。亦小康壽考無虞也。故我先來告知。使早處分家事。屆期我來同子往投胎可也。其人醒。徧告家人。悉以家事付兒子。不數日處置畢。拭巾待期而已。至十二月夜。忽又夢見前青衣來促之行。農以未及期為辭。曰我固知之。第彼婦於初十晚偶失足致仆。損動胎氣。不能待至十七。即於是夕坐蓐。兒已墮。須生魂入竅。乃能飲食。今已三日。君若不行。彼不能生矣。晨寤述其事於家人。復安枕而歿。

女化男

乾隆四十六年。長沙西城之長安坊。地名青石井。有把總宋姓者。一女五歲。與張守備家為養媳。其姑遇之嚴。少有忤。輒鞭笞交下。不勝其苦。十三歲逃歸父家。張向宋索女。宋以女未及笄。不願再歸養姑家。且留家。俟有吉期。備禮遣嫁。張無奈聽之。及女年十七。婿亦長大。張擇期以告。宋亦備奩具擬嫁。女知期近。而畏姑嚴。終夜哭泣。向天叩禱。求速死。不願出閣。母見女如此。頗憐之。曰汝徒哭泣求死無益。若禱天能變得男身。便可免嫁。是夕女夢一老人。手持三丸如彈大。二紅一白。納其口而去。比寤。復覺小腹極熱。喉痛異常。不一炊頃。陽出於戶。竟成偉男。項下結喉突起。驚疑以告母。驗之不謬。宋夫婦無子。只此女。一旦成男。喜甚。往告張。以事屬怪誕。疑宋捏飾賴婚。控於縣。時邑令山西黨公兆熊。拘女到案驗之。貌猶是女。而陰頭鮮紅。確係男子。勢難行嫁。命宋將奩資貼張為代聘一女。以子其子。當堂令宋女放腳雉髮。脫珥著靴。改男裝而出。

人化鼠行竊

觀察王某。以領餉到長沙。邑令陳公為設備公館。將餉置臥室內。一夕甫就枕。氣逆不能寐。展側至三更。忽梁上仰塵中有物作嚙木聲甚厲。懸帳覘之。見頂板洞裂大如碗。一物自上墜地。視之鼠也。長二尺許。人立而行。王駭甚。遍索牀枕間。思得一物擊之。倉卒不可得。枕畔有印匣。舉以擲之。匣破印出。擊鼠。鼠倒地皮脫。乃一裸人。王大驚喊。吏役皆至。已而邑令陳某亦來視之。乃其素識鄉紳某也。家頗饒於資。不知何以為此。訊之。瑟縮莫能對。王即坐公館將動刑。其人自言。幼本貧窶。難以自存。將往沈於河。遇一人詢其故。勸弗死。曰我令汝饒衣食。引至家。出一囊。令我以手入探之。則皆束皮成捲。疊疊重列。因隨手取一皮以出。即鼠皮也。其人教以符咒。頂皮步罡。向北斗叩首。誦咒二十四下。向地一滾。身即成鼠。復付以小囊佩身畔。竊資納於中。囊不大。亦不滿重也。到家誦咒。皮即解脫。復為人形。然供其積年所竊。不下數十餘萬。王因問汝今日破敗。前曾否敗露。曰此術至神。不得破敗。曾記十年前我

見一木牌上突出一貓。嚙我項。我急持法解皮欲脫身逃。而砉然有聲。貓皮脫。亦人也。遂被執。究所授受。其人與我同師。其術更精。要化某物。隨心所變。不必藉皮以成。因念同學。釋我歸。戒勿再為此。已改業三年矣。緣生有五子。二子已歷仕版。一子拔貢。尚有二子。思各捐一知縣與之。斂家中銀不足額。探知公餉甚多。故欲竊半以足數。不意遭印而敗。王因取皮復命持咒試之。則皮與人兩不相合。乃以其人付縣復訊定讞始去。

唱歌犬

長沙市中有二人牽一犬。較常犬稍大。前兩足趾較犬趾爪長。後足如熊。有尾而小。耳鼻皆如人。絕不類犬。而遍體則犬毛也。能作人言。唱各種小曲。無不按節。觀者如堵。爭施錢以求一曲。喧闐四野。縣令荆公適遇之。命役引歸。託以太夫人欲觀。將厚贈之。至則先令犬入內衙。訊之。顧犬曰。汝人乎犬乎。對曰。我亦不自知為人也犬也。曰若何與偕。對曰。我亦不自知也。因詰以二人平素所習業。曰我日則牽出就市。晚歸即納於桶。莫審其所為。一日因雨未出。彼飼我於船上。得出桶。見二人啟箱。箱中有木人數十。眼目手足悉能自動。其船板下臥一老人於內。上死與否。我亦不知。荆公拘二人鞫之。初不承認。旋命燒鐵針刺入鬼哭穴。極刑訊之。始言此犬乃用三歲孩子做成。先用藥爛其身上皮。使盡脫。次用狗毛燒灰和藥敷之。內服以藥。使瘡平復。則體生犬毛而尾出。儼然犬也。此法十不得一活。若成一犬。便可獲利終身。不知殺小兒無限。乃成此犬。問木人何用。曰拐得兒。令自擇木人。得跛者瞎者斷股者。悉如狀以為之。令作丐求錢。以肥其橐。即率役籍其船。於船下得老人皮。自背裂開。中空者以草。問何用。曰此九十以外老人皮也。最不易得。若得而乾之為屑。和藥彈人身。其人魂即來供役。覓數十年。近甫得之。又以皮濕未能作屑。乃即敗露。此天也命也。只求速死。荆公乃曳於市。暴其罪而搒死之。犬亦餓斃。

韓鐵棍

韓舍龍者。山西汾陽人。貧無居處。在邑中破寺棲止。傭工為生。勇健多力。一日歸。見寺門外臥一道者。詢知以病不能去。乃供養之。無德色。如是三月餘。道者病愈。謂韓曰。感子厚義。無以報。今行矣。平生蓄有一物。食之力逾賁育。兼可致富。以贈子。七十二年後。終當歸我弟子。富後慎勿納粟得官。徒耗壽算。言已。口中吐一羊出。小如拳。寘掌視之。乃粉所為。納韓口中。方欲吞嚥。羊從喉中直趨而下。道者以掌向韓腰後一仆。韓即暈仆於地。比醒。道者已不知所在。試舉鏝鋤之屬。悉輕如草。次日仍往見主人。願居其家為長作。俾買鐵另鑄作鋤。為鋤

地其所耕十倍於人。日食米必三斗。他物稱是。主以其勤而力。甚愛之。一日令載煤五十斤。自他所歸。車歷土坂將下。騾蹶車傾。韓在後手挽之。徐徐而下。面色不動。主知其事異之。詫其神勇。命隨標行押布至都。中途值盜。保標客二人與鬬。俱為傷死。韓手無械。拔道旁棗樹掃之。盜盡靡。所資皆獲焉。主自後即令押標販布。許分其餘息。不令傭作。韓乃鑄精鐵為棍。長丈有二。重八百斤。其用棍無法。亦無授受。惟恃勇力橫掃。無能禦者。江湖皆呼為韓鐵棍。盜賊莫敢犯其鋒。其棍載在車後。非八人莫能舉。而韓以隻手取之。輕如草莖。一日至京師。方投寓。忽有人來訪。自通姓名。曰山東白二。韓素不相識。詰其突如。詢來意。曰我聞君善用鐵棍。盍以見示。韓指車後。令客自取之。客以隻手輕取而下。謂韓曰。君用此棍。不知傷幾許人。我卸其兩君試擊我。能傷我。則君果為神勇。韓不可。曰我與君無仇。何故以兵相戲。既與吾角力。不若我屈一指。君能伸之。我即當斂迹歸田。不敢馳驅道路矣。乃環其食指。曰以手鉤韓指。韓俟其指入。乘勢提而擲之地。白起曰。我山東劇盜也。一生無敵。今竟讓子。嗣後韓行山東北直一路。如在家中往來。如是二十年。韓分息亦厚。乃辭主人。不復作標客。主人猶載其棍行者二十餘年。韓歸里置田產。生有二子。課農為業。年逾七十。自在場上看舂。忽有一山羊自場出。眾咸以為晉地所產皆胡羊。此不知所從來。爭逐之。羊入一枯井中。眾欲入。韓爭先跳下。見羊在井底。以手舉之。向上一擲。不覺身隨羊上。眾在井外。見有白氣一縷自井飛出。羊入雲中。韓坐地上。氣力兼無。共舁之出。尋亦無恙。眾自是手無捉雞之力矣。始悟道士逐羊之說。神力已去。又活二十餘年。至九十壽終。所用棍猶在韓孫。至今六十餘年無有能舉之者。

認鬼作妹

浙藩司吏夫陳某。喜飲而膽最豪。一夕巡伺垣牆外。時三鼓。月甚明。見一婦人年十八九。容貌頗麗。陳念官衙禁地。必無私約者。心知非人。姑戲之。乃往握其腕。曰子夜行得無覓佳耦乎。我為若婿何如。婦曰。我非人。乃縊鬼也。熟其貌甚獰惡。陳曰。我聞鬼皆能改貌。卿即陋劣。我不嫌也。鬼無奈。乃曰子姑捨我。有錢十五千與子何如。陳問錢從何得。鬼曰。屬橋某錢莊有如我。明日往祟之。子須認我作妹。我教若與子錢十五千。其病即愈。但子得錢後。我在此勾當一二事。自後毋得再阻我。陳諾之。鬼乃去。明日午後。果有人來訪陳。且曰。汝妹為鬼太不良。昨日主人女出看戲。歸為其所祟。百計求解。云必欲尋其兄來乃去。故招子往。陳乃同往入門。鬼即在內曰。吾兄至矣。大慟迎出。陳亦佯泣相抱而慟。已而鬼曰。吾兄貧無以為生。汝家當須與吾兄錢十五千作生計。我當去矣。店主人不得已。如數予之。女疾果愈。陳得錢

歸。不三日。聞司廨中果有婦人縊死者。蓋鬼求代。恐陳阻之。故行賄耳。

蟒過嶺

湖廣武岡州有水路可達。有赴武岡任者。挈眷由水路行。一路皆灘河。兩山壁立。茂樹密箐。惟日午見日而已。一日舟行。聞上流灘畔有人敲鑼鳴眾。詢之。曰今日蟒過嶺。須停舟不得行。行則有失。問何以知之。曰我處蟯山向例有定期。蟒知之先期半月相聿。自南而北。俟北路蟯山。則又自北而南。時正十月。蓋南路定期在初冬。北路定期在初春。故也。其來日早。必有大風以阻行舟。使其橫溪而渡。今早風大作。故知之。問在何處。曰相離里許。可望而見。俄頃風愈大。見兩山樹梢枝葉皆垂。露一蛇首。大如十石甕。徐徐自山下渡溪。過其頭入北山。尾猶在南山。未盡。約計兩山隔溪河。三五百丈。如是者一食頃。始盡一蟒。過盡。又一蟒來。長皆彷彿。以次相接而行。其體亦漸小。一晝夜乃盡。土人云。此黑蟒。性皆純良。從不傷人。

食猴怪物名石[illegible]

湖南至道州路有一山。高數百丈。千峯環列。中有濂溪講堂。山中最多猴。常出撲人。山腳居民數十家。皆漆戶也。山產漆樹。紅芽初茁。如香椿。食者多死。官為立石以禁。沿漆林而入。周遭五六里。隔一澗。過澗即入山徑。樵路穿雲。高可摩天。吾鄉愛堂居士往遊。遠望崖側有似枯松。其毛遍覆數里。蠕蠕然。近視之。皆猴也。屏息而過。已歷其上。俯視眾猴。約有六七萬。老少雌雄環集。吻吻皆有哭聲。亦莫測何故。有頃。忽見二猴自上崖來。向眾猴搖手。似禁其勿泣者。已而悉起。有扶老者。有攜雛者。皆緣崖左而上。至經香臺畔。俯伏屏息。高下幾無隙地。旋有大風。簌簌動林木。臺後出一獸。絕似猴而小。高可尺許。眾猴見之。皆俯伏。此獸躍上濂溪講座。踞膝而坐。推其身忽伸長丈許。眾在下仰望。不見其頂。久之。見一猴來跪其座旁。自以雙手向獸。後剝去其皮。若供其食啖者。愛堂尚欲再覘其異。不料僕人遽起。起燃大爆竹震之。響一發。眾猴咸驚。墜山下死者不可勝計。其獸聞聲一躍。直穿屋而出。不知所在。按異物志。石[illegible]如猴而食猴。或即此獸。

鐵牛法

湖南邑囚論死。秋決後。例多暴尸三日。然後埋。入夜尸常不見。官吏異之。踪緝四出。初以為其親屬私竊以葬。訊之不承。有武生某。以事赴縣。行至一村鎮。牽馬飲於溪橋之下。水中映有人影。俯窺之。則橋洞內水乾。有一人閉目趺坐於中。躡而就之。見其襟裯間皆血污狼藉。問為誰。不答。因急趨出。適鎮中有駐防汛弁。告之。守備般某。般先入橋下。其人見般相近。即飛左足。將般踢仆地。復入者至。救般起。覓其人已不見。互相嗟訝而返。是夕雷雨擊死一人

於橋柱側衆往視正昨日橋下人也或云此學鐵牛法者可以代形而終獲天譴

妖術二則

江陰有士人學法於茅山有術能致婦人用烏龜殼一個書符於上夜擲之而卧少頃即見一輿舁一少婦至咸平昔有屬意者皆可召來其婦不言與交媾無異生人天將明乃去其去時必反縶其裙以出未知何故據言此乃所召之生魂也婁縣有道士善致天女有求其術者必令其人備衣裙釵釧之屬須極華麗珍貴乃可為天女服飾言著天宮衣不能履凡世故也其來必在初更須先掃淨室屏絶人迹道人入書符步罡則天女始至色果殊麗異香襲體人與交合與世人無異亦不言笑天未明道士來又屏人書符送天女去則衣飾皆帶去無一遺存與天女交者皆無後禍故其術頗為豪富家所重即耗其貲亦不惜也後乃知其常通妓女為之道士素頎而長將女裸縛於懷以袍襲之昏黑人莫能辨屏人而出諸懷服其衣飾僞為天女給客將曉仍束而去以此分肥其衣飾蓋死後其徒言於人云

種蟹

盛京將軍某駐劄關東地方向無螃蟹惟將軍署頗饒此物有異之者請於將軍將軍笑曰此非土產乃予以人力種之法用赤莧搗爛以生鱉連甲剁細碎和青泥包裹為丸置日中晒乾投活水溪畔七日後俱出小蟹取置池塘中養之螃蟹亦如此做法按此法養魚經中載之而不言能種螃蟹據將軍言則凡介屬皆可以此法種之則是赤莧固蛤介中之返魂丹也

扯雞膆救溺死人法

凡人落水淹斃一日內者尚可活洗冤錄載有騎牛法最妙而不知更有扯雞膆法入水三日者亦可活揚州各郡作排手黃一謙沛縣人隻身帶貨無不獲利積至百餘金以周濟貧乏康熙五十九年六月在北通州壩上落水已三日撈起有長眉白鬚老翁云用筆管套雞膆先破一孔插入肛門扯出雞膆吹之吹至三人心口微動老人曰活矣衆趨視忽失老人所在又換人吹果噴氣而甦

烏獸不可與同羣

荊州寺僧某頗精禪誦一日有獵徒獲一虎子歸途憩寺門僧勸勿殺衆即以虎捨寺中僧給以飲食頗馴服隨僧起居每課誦虎亦從衆後作頂禮狀課畢乃退日漸長大客至方丈虎伏座下初甚駭怖繼覺其狀無惡意亦不甚畏押玩之虎亦不怒一日有客訪僧入方丈僧以足蹴虎令去曰毋驚我佳客虎作欠伸狀瞪目而視良久始出已而又來伏脚下氣粗而有喘聲客愈恐僧以手批虎又瞪目視良久一若有所思狀僧以足踹之乃去俄而又進作怒容直前一口啣僧頭而去僧猶坐而不仆寺中人見虎口有血奔出山門乃共逐之入深山去卒不可獲

拘蛇

江陰章燕橋言有南客館京師自言能拘蛇主人欲觀其法不可強之至再始允焉先命竹工削竹籤百枝長三尺許銳其兩端如箭鏃至期約主人及外客以麻繩束竹籤捆載而行同赴西山石佛廟中踞石臺上步罡書符口喃喃作詞俄頃微風起草中索索作聲蛇果大至先小後大盤旋迴繞有若錦者有若花者諸色俱備衆咸詫所未見最後有一蛇至不甚大遍體光黝如漆昂其首向前視客客色遽變憮然曰殆矣急書符退之衆蛇皆散獨黝黑者不去吻舌張口似有怒態客披髮跣足持咒嚙舌血噀之黑蛇始去顧衆曰君等可歸矣此蛇來與吾較法我不可去去則貽禍主人乃命衆人用繩束其身捆於石佛背上以所攜竹籤置手旁促衆人去次日客歸衆詢所以云是夜風雨大作其蛇乘空而來張口吸氣似欲相吞客望其氣來乃以竹籤一枝投之籤為氣躡入其腹中如是數十次氣亦漸衰籤亦將盡俄聞廟門外有崩摵之聲蛇斃於地風雨亦息

金香一枝

富民某聞某寺有老僧德行頗高延請至家供奉一室中朝夕頂禮即香桂香爐之內無不以金為之一日僧於靜室中入定忽見彩雲飄渺異香滿室有二仙女將一蓮花座來曰我奉西方佛祖之命來迎僧自顧功行頗淺懼不敢往仙女催促再三且曰若不去我無以復命僧乃取瓶中香桂一枝與之始冉冉而去明日主人家產一驢墮地而死奴僕剔剖食之腸中有金香一枝驚白主人僧不知也即主人亦不知金香桂為供奉和尚之物後偶於參禮和尚時主人談及此事和尚大驚失色始以向夕蓮花相迎之事告主人亟看瓶中已少一枝香桂矣蓋無功食祿天意所忌故使變驢以報也

小僮遇女鬼

鎮江梅甫族弟家僱小童孔姓者伴其子岸夫宿書樓上乙巳冬月望日三更後遣其樓下取物遲至一更不來即偕其家西席王松坪先生下樓往看遍尋不見於是急呼衆家人尋覓尋至第三進小室內見其伏卧桌下頭嵌於椅脚內家人拖出人事不省以薑湯灌醒問其原委云我下樓梯至中階見一奶奶將我攙至堂前我欲叫人他將手卡我頸項我即不能言語此後如何關門如何來此我總不知於是令其安睡次日亦無他恙越至次年五月

望。前深卧書樓下廂屋内時約二更許月明如晝忽然大叫。岸夫急起往觀奴云去冬擾我的女人又來了。我驚怕將帳門捫緊他與我扯奪不開而去。我急叫人。他又轉來。我不敢叫他又去了。我遂大叫。他見人來遂不見了。問此女人模樣云身穿藍衣面甚標致其白如雪。家中恐其復又來鬧。遂將小童遣去此後安然無見聞矣岸夫姪親爲余言

懷慶水災投匾水息

余同年沈永之爲懷慶府太守。天久雨。黄河水發直灌城中。公與屬員百姓等俱登城外高阜看水水高數丈。竟不能歸餓三日矣。曉禱天之外。一籌莫展。忽見一黄衣者帶笠乘舟而來問曰汝等欲使水退須當問我。公即問之曰。可取懷慶府大堂之匾投水中。水即退問其姓答曰我姓黄言畢遂去水隨其舟漸漸流下。高阜離署數十餘里。公之父母俱在署内無人能往正彷徨間。有家人陳姓者曰小人能識水性願往。公欣然遣之令其人頭頂葫蘆放書其中。泅水到署見二老登樓哭泣得其信大喜。即取匾投水登時水遂退訪之里人。云某處有黄將軍廟想懷慶一府應遭此刼投其匾於水算已應此刼故也。公即往拈香瞻其像果符所見云

三王神請醫治臂

歸安有名醫湯姓字勞光門外挂一匾云凡求醫者非先送十金不治一日聞外有鑼聲出視見一大沙飛船泊其門外頃有一人登岸。從者手捧一大元寶自言王姓家住菱山下左臂有傷特來求治醫即與膏藥貼之拱手而去醫送登舟照舊鳴鑼開船旗上書三王府三字須臾不見醫歸家見桌上元寶乃紙元寶也大驚曰此乃東菱山之神明日即着冠袍往拜見神左臂上膏藥猶在旁有一死蠏存焉

續子不語卷十終

熙朝新語

徐錫麟著

上海文明書局印行

序

余自少至老以衣食奔走嘗七上京師側聞名公卿緒論仰見
國家文物之盛上自
朝章掌故下逮嘉頌謳謠揚厲無前新奇可喜日有所聞難以悉數每擬筆之於書往往記憶不真歲乙亥自滇南歸里道出武昌於市肆中得歙人余德水所輯
熙朝新語一書展卷讀之與余曩昔傳聞異辭俱足互相印證其書多采諸前人著述中無一臆撰訛傳之語且又旁蒐軼事發潛闡幽凡登臨耳目所經巷議街談所及自　國初至今二百年來有關於政事文章人心風俗者靡不具載亟令生徒鈔錄成帙畧加編次釐為十二卷付諸梓以公同好書名撰人俱從其舊示不敢掠美也我　朝重熙累洽久道化成自今億萬斯年詞林佳話藝苑名言日積月累不可祇丽續輯之作以俟將來

嘉慶戊寅春三月吳郡守瓶老人翁子敬願莊氏書

熙朝新語十六卷吳門徐厚卿明經與予同輯凡屬朝章國典聲名文物以及嘉頌謳謠有關於政事文章人心風俗者罔不該羅託名余金者蓋取兩家姓氏偏旁實無是公也此書一出翻本盛行蘇揚坊家已有兩刻而原板反為所掩嗣厚卿筮仕河南卒於逆旅家徒四壁圖籍散亡可慨也已惟念厚卿學識有餘著述甚少因檢原本仍著其名以志挂劍之意云道光十二年三月楳華溪居士錢泳書時年七十有四

熙朝新語卷一

清　吳郡徐錫齡厚卿輯

盛京長白山為我　朝發祥之地，高二百餘里，綿亘千里。山上有潭曰闥門，周八十里，鴨綠、混同、愛滹三江出焉。明中葉有望氣者，言其地將出聖人，統一諸國。山之東有布庫里山，山下有池曰布爾湖里，相傳有天女名佛庫倫，浴於池，浴竟，有神鵲銜朱果置衣上。女吞之，遂有身，尋產一男，生而能言，體貌奇異。及長，母告之故，且命之曰：天生汝以定亂國，其以愛新覺羅為姓。語畢，母凌空去。子乘小舠順流至河步，登岸，折柳及野蒿為坐，且端趺其上。適其地有三姓搆兵，不解，有取水者，奇其貌，歸告眾。眾走問所來，具以實告。眾驚曰：天生聖人也。舁歸奉為主，居長白山東俄漠惠之野俄朵里城，國號滿洲，十數傳至　太祖高皇帝，英明神武，滅哈達、輝發、烏喇、葉赫諸國，開拓疆土，建元天命，再傳至　世祖章皇帝，拯民水火，統一天下。我　國家億萬年無疆之福，肇基於此。考諸往古，元鳥降祥，姜嫄履武，後先同揆，信有徵也。

范文肅公文程，為　本朝開國元勛文臣第一人。天命二年，文程見　太祖高皇帝於撫順，偉其貌，詢知家世，謂諸貝勒曰：此名臣後也。天聰三年，從征有功，時官文館，尚未有大學士職銜，而文肅所領皆樞密事。崇德元年，改六館為內三院，授秘書院大學士，每議大政，必資籌畫。八年，撥隸正黃旗。是歲，　世祖章皇帝即位，明年為順治元年。四月，闖賊陷明北京，明山海關總兵吳三桂來乞師，遂　召文肅於湯泉，決策進兵。時抱病力疾趨　朝，建議曰：闖寇猖狂，中原塗炭，近且傾覆京師，戕厥君后，此必討之賊也。雖擁眾百萬，橫行無憚，揆其敗道有三：逼殞其主，天怒矣；刑辱縉紳，拷掠財貨，士忿矣；掠民貲，淫人婦，火人廬舍，民恨矣。備此三敗，行之以驕，可以一戰破也。我　國家上下同心，兵甲選練，誠聲罪以臨之，恤其士夫，拯厥黎庶，兵以義動，何功不成。復言：好生者，天之德也；兵者，聖人不得已而用之。自古未有嗜殺而得天下者。　國家欲統一區夏，非乂安百姓不可。於是大軍遂發，扶病隨征，申嚴紀律，妄殺者有罪。二十二日，敗流賊兵二十萬於山海關，我兵長驅而西，民多逃匿，為草檄宣諭，言義兵之來，為爾等復君父仇，非殺百姓也，今所誅者惟闖賊，官來歸者復其官，民來歸者復其業，必不汝害。民心遂安。師入燕京，文肅建議首先為明帝發喪，易梓宮，備儀衛，文肅親紀其事。

國初有內三院，一國史院，二秘書院，三宏文院，各設大學士一員，學士一員。順治十

五年九月，改內三院為殿閣，一中和殿，二保和殿，三文華殿，四武英殿，五文淵閣，六內閣。十六年，初以覺羅巴納哈為中和殿大學士，額色赫為保和殿大學士，蔣赫德為文華殿大學士，洪承疇為武英殿大學士，文淵閣未補人，裁三院學士官，另設翰林院掌院學士一員，以折庫納為之。十八年七月，復改殿閣為內三院。康熙九年，復改內三院為殿閣，復設翰林院。

天聰八年四月，　太宗文皇帝命禮部考取通滿洲、蒙古、漢書文義者為舉人，取中滿洲習滿書者剛林、敦多惠，滿洲習漢書者察不害、恩國泰，漢人習滿書者宜成格，漢人習漢書者齊國儒、朱燦然、羅繡錦、梁正大、雷興、馬國柱、金柱、王來用，蒙古習蒙古書者俄博特、石岱、蘇魯木，共十六人，俱　賜為舉人，幷　賜衣一襲，免四丁，宴於禮部。崇德三年八月，　賜新中式舉人羅碩、常鼐、胡邱、阿濟格、畢禮克圖、王文奎、蘇宏祖、楊方興、曹京、張大任、于變龍等十名，朝衣各一領，授半個牛彔章京品級，免四丁。六年七月，賜新中式舉人滿洲鄂貌圖、赫德，蒙古杜當，漢人崔光前、卞三元、章于天、卞為鳳，緞朝衣各一領。是時取士之額雖少，名臣多出其中。

太宗文皇帝用范文程議，特選士於盛京，沈文奎登第一名，字清遠，浙江會稽人，世居曹娥村，客遊遵化，大兵破城，挈之行，受知登第，充秘書院纂修官。順治元年，從入關，累官至兵部尚書。人皆知　本朝開科進士第一人為傅以漸，不知實自沈文奎始也。

順治三年丙戌科，狀元傅以漸，山東聊城人，授修撰，官至大學士。榜眼呂纘祖，直隸滄州人，授編修，官至侍講學士。探花李奭棠，順天大興人，授編修，官至侍郎。是科會試首題「百姓足，君孰與不足；百姓不足，君孰與足」，次題「見而民莫不敬，言而民莫不信，行而民莫不說」，三題「王道之始也」。會元即李奭棠，三藝渾穆蔚然，開國氣象。二甲七十七人，三甲二百九十三人。國初諸大老皆出此科：大學士四人，傅以漸、李霨、魏裔介、馮溥；尚書八人，沙澄、高景、傅維鱗、冀如錫、朱之弼、艾元徵、魏象樞、劉楗；督撫三人，袁懋功、朱之錫、林起龍；左都御史一人，劉鴻儒；侍郎十五人，李奭棠、石申、張爾素、陳協、王天眷、胡兆龍、梁清寬、梁清遠、田六善、楊時薦、于嗣登、朱裴、李棠馥、楊運昌、王度；左副都御史一人，董篤行；右副都御史一人，張沂；通政使二人，晉淑軾、劉士禎；大理卿一人，王景祚；內院學士一人。凡數九

宛平王文靖公熙，順治四年進士，時年甫二十，改庶吉士，習滿書，疏前列。　世祖召

見於文院命以滿語奏對大加稱賞存陞國子監司業累官至大學士
此時廷對策洪州四六順治己丑科　世祖臨軒策士命不用四六舊制劉子壯對
策稱　旨親定一甲一名與榜眼熊伯龍齊名熊典試浙江一榜得三狀元乙未史
大成甲辰嚴我斯庚戌蔡啟僔士林榮之

小陵孟月心永光工寫真明季游遼東後歸　本朝以畫祗候　內廷為　世祖
所知命內侍張篤行受其筆法

合肥龔尚書鼎孳歸　本朝後頗與涿州相國齟齬當時兩非之後龔黃公中尚書
有六大壽還陵寢龍輀葬大行義脅歸御史疏稿出先生浮議千秋白餘生七尺輕
當年溝瀆死苦志竟誰明文人之筆能為人文過如此

順治己丑探花張次修天植由編修至太常轉通政端午　世祖召入龍舟賜宴人
稱異數

順治七年織造龍衣機上有異光三日不止欽天監占以為一統天下政治文明之
瑞

順治壬辰會試分滿漢為二榜蒙古入滿洲榜漢軍入漢人榜是科滿榜中式五十
人殿試一甲一名麻勒吉二名折庫納三名巴海乙未科滿榜亦取五十人殿試一甲
一名圖爾宸二名覺勒三名索泰自此兩科以後仍停滿榜與蒙古漢榜合而為一

無錫鄒忠倚字子度幼遊錢塘祈夢于忠肅祠見忠肅倚其身授以瓜子一握數之
得五十四粒因名忠倚後閒居其夫人戲以瓜子排作狀元二字壬辰會試中式五
十四名殿試果一甲一名與夢俱合

順治乙未冬　召日講五人進講王熙講尚書堯典稱　旨並　命嗣後講官不必
立講遂侍坐其後講官因得侍坐自王熙始

徐元枲字道力順治乙未進士　廷試時為文敏捷　上顧見起草奇之及　召對
便殿倒舉少年習清書者中選元枲列最後　上問其年對曰臣年五十二　上曰
不欺翰林居清要須用不欺之臣遂用為庶吉士

陳澤州相國初名敬殿試榜有通州同姓名者　上命加廷字以別之官學士時奉
命進所作詩　上覽其詠石榴子云風霜歷後含苞實只有丹心老不遷誦之至
再官至大學士仍兼經筵故事大臣入閣不復侍經筵兼之者桐城澤州二相蓋曠
典也

涿州馮文敏公銓歸　本朝官中和殿大學士順治十年銓母范太夫人壽八十有
七　世祖特命畫史繪銓母像加賞賚以寵之　馮文敏公次子源濟年十九成進
士改庶吉士授編修遷至秘書院侍讀學士緣事降東城兵馬司指揮遷淮安府山
清同知丁艱起復授翰林院侍講官至國子監祭酒宦迹亦奇

無錫秦松齡順治乙未進士改庶吉士授檢討　召試詠鶴詩有高鳴常向月善舞
不迎人之句　上大加稱賞以為有品

蔚州魏敏果公象樞順治丙戌進士由庶吉士改刑科給事中時　世祖初親政象
樞上言宜慎起居盡啟沃貞備時宰人皆危之　上深嘉納在諫垣時疏凡三十餘
上尋因事奉涉左遷康熙初　召授貴州道御史具疏言科臣余司仁欺罔不法湖
南布政使劉顯貴從公參不當內陞數年間官至左都御史劾嚴貪知州曹廷俞薦
舉清廉知縣陸隴其又舉學道公明者二人去貪墨者二人吏治肅然遷刑部尚書
上言臣忝司風紀職多未盡敢援漢臣汲黯自請為郎故事乞辭新命而領現職
上鑒其無欺從之仍加刑部尚書銜嘗曰法自天子寬之則為施仁自刑官寬之則
為執法以病乞歸　御書寒松堂額　賜之以寵其行

順治己亥會元朱錦上海人由庶吉士授編修先是同邑潘尚書有家人朱錦其子
遊庠入謝潘潘曰汝子係　朝廷士子可以門生禮見勿再論主僕也因還其券朱
感泣夫報潘曰我當且貴安賴汝報朱懇請不已乃曰現今文廟圮壞汝能修葺斯
於報我遠矣朱欣然營繕棟宇一新此百餘年前事至康熙壬子會元公殁同日文
廟正梁朽壞下折刻有建造人姓名與會元同始知即其後身也

順治己亥狀元徐元文康熙庚戌探花徐乾學癸丑探花徐秉義同胞三及第前明
三百年來所未有

馬章民世偉性朴素釋褐時貧不能具軒策蹇驢老蒼頭攜宮袍隨之傳為士林佳
話

張文貞公玉書文春容典雅渢渢乎　盛世之音其撰諾仙狼居胥山二碑敘述
聖武神功尤為詳贍足以昭示萬世紀平定江南事紀滅闖獻二賊事紀三路進師
下雲南事皆端緒詳明足以彰開國之鴻烈紀順治間樂章及錢糧戶口三篇皆資掌
故紀陝西殉難官事一篇足與史傳相參他若遊玉泉山記遊化育溝苑後苑記遊
喀喇河屯後苑記遊熱河後苑記皆足揄揚太平愷樂之象其餘碑誌亦多　國初

將相事迹可備考。

益都馮相國溥二十一歲鄉舉報到酣眠不醒太夫人大驚以水潠面乃張目曰夢登泰山雲氣擁身而行至一殿上碧霞元君迎之羅錦幄張樂飲酒未終見海日如車輪大驚而醒醒時猶帶酒氣

順治癸巳正月十八日夜大風山東恩縣祁村陂中冰皁立成山廣四丈高二丈許峯巒秀拔谿壑廻環一碐委蛇相通觀者雲集造物之巧有不可思議如此者

即墨藍見洧潤順治丙戌進士官翰林性廉介不異儒素故事直隸江南皆以臺員視學 世祖特簡詞臣以潤為安徽學使盡剔積弊 上詢廷臣曰居官如藍潤可法也會直省監司多不稱 上以翰林官習法度以潤品行端方出為福建參政此詞臣為監司之始

嘉善曹子顧爾堪順治壬辰進士改庶吉士授職編修 召試瀛臺南院 上寵顧問久之嘗與吳學士偉業等同注唐詩書成稱 旨特被 褒獎儒林以為佳話

順治十四年二月給事中張文光言魯哀公誄孔子曰尼父漢平帝元始元年加謚曰宣尼父後魏太和十六年改謚文聖尼父唐太宗貞觀十二年尊為宣聖尼父明皇開元二十一年始進謚文宣王元武宗至大元年加謚大成至聖文宣王明嘉靖九年改為至聖先師孔子神位前祭酒李若琳不加攷訂請易為大成至聖文宣先師孔子不過仍元武宗舊謚而不稱王耳臣謂大成文宣四字豈足以盡孔子請仍改至聖先師孔子神位 上從之

徐立齋元文為諸生時赴試金陵船家一啞子見之忽迎笑曰狀元來矣後果如其言遣一船與之俾溫飽終身 立齋官修撰時嘗從 幸南苑 賜乘御馬 命學士折庫納執鞚乃元文館師也遜謝不敢乃改命侍衛又嘗晚對便殿夜分 賜饌 世祖又問從者得毋饑乎 命侍衛與之食嘗被 命進孚齋說一篇孚齋 世祖讀書所也 上賜覽稱善為刊行之

順治戊子順天鄉試第四名張永祺壬辰榜眼第五名戴王綸乙未榜眼第八名熊伯龍己丑榜眼同榜三榜眼亦奇

鎮國公敬一主人 世祖章皇帝之庶兄也居瀋陽性淡泊如枯禪老衲好讀書善彈琴工詩畫精曲理樂與文士遊以康熙九年七月薨著有恭壽堂詩

法黃石若真母夢應真入室而生故名若真學問淹博順治乙酉以五經中式丙戌進士由編修擢選秘書院侍讀與時相不合外用浙江道調福建禦鄭寇有功遷浙江按察使平反王式誣告案浙人詑為神明

新城傅麗豐家修眼偉貌蒲眉如戟博學強記嘗過一友家其女為狐祟聞傅至曰傅公正人將來必責吾去矣果不復來傅中順治乙未進士官至江西道御史

國初時山東有李神仙者遊行京邸庚子北闈鄉試前有兩生密詢試題曰公等皆道德仁義中人也無俟卜題出乃志於道全章辛丑會試又有以場題問者李曰五後四可勝中首題乃知止而後有定一節次題乃夫子之文章一章三題乃易其田疇二節果五後字四可字

吳縣黃端木向堅父孔昭作宰滇中姚江道梗不得歸向堅於順治八年十二月徒步出門涉歷艱險周徧於猓獞之地跰足蠻面至白鹽井始遇二親以十年六月歸里承歡二十年父母歿負土營葬不再期得疾以殉世稱完孝好事者為譜三溪記傳奇至今世多演之

趙恒夫吉士讀書靈隱偶憩冷泉亭見文宗屏去騶從攜一小童入寺良久步行去寺僧告趙云黃公以尊名問僧遂與文宗云寺中有一士子未識其面夜過午書聲不輟當培植之文宗唯唯而去僧來報喜也趙詢之方知所僦居之旁有黃中丞鳴俊者係文宗房師避靜寺中絕無人知前輩之斂迹韜光而不憚提獎後進如此

句容笪重光未第時夢其父曰汝功名在朝天宮某道士身上覺而異之訪其人與訂交焉既而辛卯金陵填榜即某道士也拆卷到笪官欲易之道士已開唱直考官呵曰爾知笪字如何寫道士曰竹下加旦字官曰數也

國初時浙江用兵諸暨陳氏女年十六被地匪所掠逼之不從杭人郭宗臣未贍生尚御公者方剏義醵金贖難民聞女之貞亟贖之方至家忽友人贖一童子至問之即其夫也翌日贖兩媼即其母與姑也正驚喜 訊問有兩翁跟蹤至覓其妻孟即女之父與翁也兩家骨肉一時完聚人皆以為貞節所感三人為之治酒脩具衣幃合卺而歸之高義亦足多也

五岳皆祭於山獨恒岳祭於曲陽自漢宣帝神爵元年始而恒山實在渾源州相傳舜望於山川北至大茂山大雪不能前有石飛墮遂祀焉即今曲陽廟石長不滿丈潤僅四尺餘濮陽蘇侍郎毅疑石晉後燕雲陷遼宋遂遙祀於此然史漢唐書之文甚明不始宋也沈存中筆談云北岳謂之大茂山半屬契丹以大茂脊為界岳祠舊

在山下石晉之後稍遷近內今祠乃在曲陽蘇說本此也明宏治中馬端肅公曾請改祠於山事下禮部竟格於倪文毅公按南園漫錄云倪公文謙奉命祀曲陽禱於神神指旁侍一人與之生公因名岳以是固執不肯改祀云順治十七年 上允刑科給事中粘本盛之請罷曲陽廟祀改祀渾源千年因循之誤至是始釐正焉

順治甲午四明金良於鄉試前夢見天榜解元乃金良也寤而喜甚及揭曉解元乃鍾朗夢中僅見其半耳又己亥八月再行會試朱若臣士綬夢看榜會元朱姓單名金字偏傍左邊不甚了了因具呈禮部吏名錠榜發會元則朱錦也二事相類豈神或戲之與不然何其巧也

賽國字麟閣滿洲科目解元幼貧嘗藉馬通譜嵩凡好為詩滿洲文學之開實自賽公始而滿洲文字則創於達海公故謚曰文成

金壇蔣虎臣超順治丁亥探花以編修督學順天事竣即告歸不過里門泝巴峽至峨眉寓伏虎寺至癸丑正月端坐說偈而逝初生時其祖母夢峨眉老僧至其家故幼不茹葷至是果驗

劉克猷子壯少穎悟讀書一目數行爲文奇肆中崇禎庚午舉人領薦後夢神告之曰爾須朱之鄉作房考方中春榜及至京偶出寓散步見數童子攜書包經其門一童特秀出執手與談見其書上寫學名朱之鄉也大驚隨至其家見其父乃開柴廠者贈筆硯數事珍重而別後遭流寇之亂屢次不赴春官及 本朝順治己丑會試之鄉已為分校得首卷即劉也

本朝最重易名之典京朝官惟閣臣尚書總憲得 賜謚侍郎以下不得與如葉文敏方藹沈文恪荃以久在侍從宋端愨文運以康介受知加太子太保皆予謚蓋異數也

順治乙未進士李贊元原名立由翰林遷御史奉 命按湖北收漢陽大猾段世昌杖斃之世昌謂家人曰少時遇道士叩以終身言他日遇非桃非杏非坐非行即祿盡時也

長洲宋維新懋褘順治癸巳補博士弟子員秋闈報罷即絕意進取多智略三遇暴客俱以計脫晚耽禪悅受戒退翁和尚常作八悔警言曰幼不習學老時悔富不惜福貧時悔酒不節飲醒時悔賭不戒貧輸時悔健不養生卧病悔忿不顧身傾家悔善事因循臨回悔惡念纏綿墮落悔真見道之言也

崑山王聖開室畢氏名著字韜文歙縣人 國初時著父勒流賊陣亡尸為賊所得衆議請兵復仇著謂請兵則曠日賊知備矣於是夜率精銳入賊營賊方飲酒驚駭間著手刃其渠衆潰以兵追之多自相踐踏死者與父尸還葬金陵于歸從諸布衣刺無往時義勇氣矣其詩集序中有云黎花槍萬人無敵鐵胎弓五石能開又云入軍營而殺賊虎穴深探奪父尸以還山龍潭旁葬又云室中椎髻何殊孺仲之妻隴上攜鋤堪效龐公之耦其自紀殺賊奪尸事有云相期智勇士慨焉賊同仇蛾賊一時滅萬年固金甌忠孝義勇兼而有之可謂奇女子矣

熙朝新語卷一終

熙朝新語卷二

清　吳郡徐錫麟厚卿輯

康熙初，孫芑瞻在豐為侍講學士時，嘗言聖祖勤學，前古所無，坐處環列皆書籍。尤好性理五經四書。所坐室中，額曰敬天，左曰以愛己之心愛人，右曰以責人之心責己。皆御筆自書，書法直逼歐顏。見章奏有德邁二帝功過三王等語，謂二帝三王豈朕所能過，戒羣臣以後不許如此。陸清獻公隴其嘗謹述其事。

靜海宮夢仁初名宏宗，久困場屋。一夕夢鄉前輩林會元春以一册子之，春字子仁，因更名夢仁，康熙庚戌果中會元。

崑山徐司寇乾學為禮部侍郎時，朝鮮使者鄭載嵩訴其國王受枉，語頗悖妄。乾學上疏劾其不敬。上喜曰：此文有關國體。遂陞左都御史。已而王果上表請罪。

吳人張姓，以星卜游公卿間，嘗許繆念齋彤狀元。康熙丁未果第一人及第。吳中驚以為神，門外車馬不絕。張亦自高聲價，累致千金。韓宗伯菼時教授陋巷，託友代問。張厲聲曰：此人來歲當死，還問功名乎。及韓中會狀，張遁去。

盧陵張貞生少入塾受經，即有志聖賢之學。官侍講學士時，言事激切，命下考功議革職。上愛其才，止鐫二級。出都時，王阮亭司寇賦詩餞行，張留別詩云：秋風送客復乘船，江遠帆孤一夢懸。焚草燈前期報國，披肝殿上願回天。聖明豈是誠難格，臣戇還慚術未全。賴有宗工交勸勉，臨歧申贈繞朝鞭。歸二年，詔以原官起用。至京卒。嘗書至危是人禽之界，喫緊在義利之關二語，於座右以自警。

湖州沈閣學涵於康熙辛未閏端午，御試紫禁朱櫻出上欄詩。上閱至末句云：結根幸荷滋培久，長抱丹心對紫薇。嘉歎久之，曰：沈涵故自不凡。

康熙四年十二月，兩江總督郎廷佐奏報溧陽縣民獲玉璽，篆文人心惟危道心惟微惟精惟一允執厥中十六字。命貯寶庫，賞獲璽人顧起龍等各銀五十兩。

山東邱縣孝子王祚昌封肝療父，父病立起，奉特旨給旌，後不為例。

本朝高文良公其倬詩為勳業所掩，實一代作手也。嘗賦恩賞花翎黃馬褂詩云：冠飄孔翠天風細，衣染鵝黃御氣濃。莊雅獨絕。

湯文正公既官參議，康熙己未舉鴻博，名試授侍講。命錄平日詩文進覽。首篇係觀耕籍田詩，上肅然改容曰：此世祖章皇帝時事。又閱詩至末首，有年老才將盡，路多道轉艱之句，上佇思久之，曰：何謂路多道轉艱。對曰：臣幼遭亂離，半生在憂患中，常隨事體認，於道轉覺艱切，詩辭朴拙，不勝惶恐。天顏和霽，從容顧問甚詳，一時咸歎優禮儒臣，為國家盛事。

范忠貞公承謨，大學士文程子，初充侍衛，後舉壬辰進士，改庶吉士，授宏文院編修，官至浙閩總督，死耿逆之難，有畫壁詩傳於世。檇李董漢策，尚書份元孫，博聞宏覽，忠貞特薦以科道用，旋被臺參放歸。忠貞殉難後，浙人建祠於孤山，董往謁，詩云：淚灑西臺夢欲迷，怒濤風急拍長堤。天涯渺渺無知己，埋劍金庭伴鶴棲。機密啟意躊躇篋，有陰符返五湖。卻悔囊錐猶未試，女牆望見夜啼烏。

康熙庚戌一甲一名德清蔡宮贊啟僔，二名德清孫司空在豐，三名長洲徐司寇乾學。即於是年十二月召對宏德殿賦詩，即日被命同直南書房，又同主順天鄉試，為鼎甲盛事。

孫司空在豐充講官時，扈駕南苑，閣內有麞突出，上以御用弓矢授在豐射得之。上大喜，顧大臣曰：孫在豐文武材也。

丹棱人楊鼎幼失怙，母子煢煢相守，茅屋一椽，僅蔽風雨。鼎力耕養母，暇則釣於溪，得魚以為母日用。言笑起居，不敢有違。偶與人爭，母呼之立解，雖曲直勿論也。年近

三十卒，其母悲痛，目為之昏。所居荒棘中，心多怖。一夕夢鼎語曰：母勿怖，兒為母伴。驚覺，足底有物，晨起視之，則大蛇蟠屈其上。母駭甚，恍悟夢中語曰：得非兒所化耶。果爾當首肯。蛇昂首若領之者。母牀以大竹為之，竹節皆通，可藏物，蛇自牀下入竹中。夕則復來。鄰里聞之，歎為奇事。後數年，母去依別氏，臨行啟視竹中，蛇已不知所往。

康熙十七年，御史成其範題為星占之理可憑，援晉之秉伊通請敕令術士應期征剿，以奏蕩平事。臣竊惟天道至微而難窺，非淺學所可輕議。臣以愚陋書生，何敢妄談，但事關軍國大計，不敢不據實為我皇上陳之。臣謹按五星之占驗，往往不爽，惟熒惑一星，其應尤速，此司馬遷所謂天子必視熒惑所在也。天文志曰：熒惑行無常，出則有兵，入則兵散，各以其舍命國，為亂為賊，為疾為喪，為饑為民，所居國受殃。天官書曰：熒惑反道二舍以上，居之三月有殃，殃速至，雖大當小，久而至，當小反大。今年十一月十五，火星退度，其在柳土者，無可占驗也。惟自十二月十八，火星退鬼金之宿，二十二，火星退井木之宿，自三十一度起，直至十八年正月初九，退至二十五度而留，留至正月十七而止。夫鬼金之分野，貴州平越府是也。井木三十一度

至二十五度之分野，雲南大理、武定、姚安等府是也。據星占而論，論其時則自十二月十八至正月十七止，論其地則自貴州平越府起至雲南八府止。此內當主賊兵自相殘害。一月之內，端倪必見，五月之內，消滅無餘。此必至之應也。說者曰：火星退度，亦有未必盡應者。臣以為火星退在四水宿則不應，蓋水能克火，火故不能為厲也。火星退在四土宿則亦不應，蓋火土相生，火亦不能為禍也。至於火退鬼金，則火能鑠金。火退井木，則火逢木而愈熾，況火旺南方，鬼井皆南方之宿也，雲貴皆南方之地也。反道正居其野，則逆寇之滅亡所必然耳。臣不知彼地之情形，亦不知兵家之進退，但以星氣之占驗其理如此，請 敕軍士速應星象以圖剿滅，則蕩平指日可期矣。如果臣言不謬，伏乞 睿鑒施行。奉 旨知道了，該部知道，欽此。是年吳三桂病死，次年世璠伏誅，雲南平。

歸安嚴侍郎我斯，嘗夢至一山僧舍中，見座師及房師諸同年俱僧服，謂之諸公曰：寧忘卻此地耶。因問山何名，僧云：崧山。忽悟曾晒鞋於階，視之尚未燥，尋寤，數日卒。口占偈云：誤落人間七十年，今朝重返舊林泉。崧山道侶來相訪，笑指黃花白鶴前。

山西衛既齊，官檢討，以言事忤 旨，謫霸州州判。翰林建言，既齊其一也。歷官至順天府尹。御史陸清獻公隴其，亦以言事當謫。既齊面奏陸為縣令時深得民心，今皆恐其遠謫，遂得邀免。衛與陸初不相識，自後亦不相往來，正如祁奚不見叔向之事，人兩賢之。

丹徒張九徵，字樸存，九歲通五經，壬午未冠領鄉薦，丁未對策直刺部院督撫陋弊，讀卷者歎曰：此長沙痛哭書也。既奏，擢一甲二名，授編修。

平原董訥，字茲重，康熙丁未探花，由編修歷官至江南總督，以閱河事鐫級補侍讀學士。民為立生祠。次年 上南巡，民數千執香祠前，求仍放訥為江南官。 上廻鑾，召訥至舟前曰：汝做官好，江南人為汝蓋一小廟矣。因大笑。旋陞漕運總督。

德清蔡石公啟僔，領順治甲午鄉薦，時尚未舉子，夫人私蓄三十金，為置一妾。妾至垂淚，蔡怪而問之，曰：吾夫以負營債，故至此。蔡乃夜往其夫家語之曰：吾為爾消釋此事，然我不可歸，歸則心跡不明。即襆被卧其家。天明召營卒至，謂曰：汝輩違法，今不汝較。即繳券付營卒，亦感動，不取息。命轎舁婦還夫。然後歸。夫人踰年即舉子。是科公車北上，有妓欲從蔡，蔡賦羅江怨詞云：功名念，風月情，兩般事，日營營，幾番攪擾心難定。欲待要倚翠偎紅，捨不得黃卷青燈，玉堂金馬人欽敬，欲待要附鳳攀龍，捨不得玉貌花容，芙蓉帳裏恩情重，怎能兩事都成，遂功名又遂恩情，三杯御酒婦娥共。竟去不復顧。康熙庚戌果以第一人及第。

德清蔡翁築室落成，夢人授以四紅箋，各書大一字。後孫奕琛官至一品，曾孫啟僔庚戌狀元，元孫升元壬戌狀元，彬辛酉解元，方悟四一字之兆。翁壽至百八歲。

吳逆叛，兵逼建城，鎮帥怯而耄，欲即降。其屬張遊擊者請戰，數卻賊。張好著羊絨絳袍，單馬入陣，戰酣，輒袒露半袖，驍勇絕倫，軍中號曰半邊紅。鎮帥忌之，誣陷以死。一軍皆哭。後人弔以詩曰：漢將一身當獻騎，楚歌千古怨蕭蕭。何事茅簷諸故老，負暄閒說半邊紅。

平湖陸聞學菜，九歲時值鼎革，其父為馬將軍所獲，菜伏草中，躍出求代父死。將軍愛其文秀，以扇示之曰：兒能讀扇上詩，即赦汝父。菜朗誦曰：收兵四解降王縛，教子三登上將壇。此宋人贈曹武惠王詩也。將軍不殺人，即今之武惠王矣。將軍大喜，釋其父，乞為己子。菜哭別其父而去。已而將軍物故，得脫歸。康熙己未舉鴻博，入詞林，

聖祖愛其才，一日七遷，官至內閣學士。

打箭爐，故旄牛徼外地也。雅州西去大渡河五日程，羌蠻混雜，連山接野，鳥路沿空，漢永平中，白狼、槃木、唐菆等百餘國舉踵奉貢，越山坂負繈而至，皆此種類。蜀漢時，武侯征孟獲，於此造箭，因名打箭爐。唐韋皋拒吐蕃，李德裕拒南詔，皆扼大渡河為險要。宋建隆三年，王全斌平蜀，議欲因兵威復越巂。藝祖以玉斧畫所繪圖曰：外此吾不有也。於是為黎雅之極邊。蓋時河道平廣，可通漕舟，自玉斧畫河之後，河之中流忽陷五六十丈，河流至此，澎湃如瀑，從空而落，舂撞號怒，船筏不通，名曰噎口，殆天設險以限羌蠻也。元明時番人俱於此地互易茶馬。自明末流寇之變，商民避兵，過河攜茶貿易，而烏斯藏亦適有喇嘛到爐，彼此交易，漢番雜處，於是有坐爐之營官管東往來貿易諸番。我 朝定鼎，德威所被，直通西域，打箭爐一區盡入幅員矣。

聖祖御乾清宮，講官張玉書進講畢， 上問理學之名，始於宋否。對曰：道理具在人心，宋儒講辨加詳耳。 上曰：日用常行，無非此理，自有理學名目，彼此辨論，言行不符者甚多。終日講理學，而所行全與所言背謬，豈可謂之理學。若口雖不講，而行事脗合，此即真理學也。大哉 聖人之言，偽學聞之汗浹襟矣。

康熙癸丑春， 天子御講筵，從容謂學士，欲得文學之臣朝夕置左右，惟職經史講誦，給內廬以居之，不令與外事。其慎擇醇謹通達者以聞。時舉編修桐城張英名入

對。上心識之。自是再四諮詢，對者無異辭，遂有內廷供奉之命。賜邸舍於瀛臺之西，辰而入，終戌而退。

上攜所御讀書處曰南書房，在乾清宮之西南隅。命處其中，飲膳給於大官，執書使中涓，紙筆之屬出自御府，珍果之屬撤自御饌，每日數至焉。上御乾清門聽政後，則召至懋勤殿，辰巳前講經書，午後講史，率以為常。此南書房供奉之始。

高文端公之父都統嵩瞻，贈弟斌詩云：與君一世為兄弟，今日相逢第二場。想見勳戚大臣國爾忘家之義。

顧八代，字文起，鑲黃旗人，以軍功授戶部筆帖式，擢吏部文選司郎中。康熙十四年，聖祖御試旗員，擢八代第一，遷翰林院侍講學士，自他職改入翰林官，實自八代始。

康熙二十一年六月，上諭部院諸臣：朕因天氣炎熱，移駐瀛臺，今幸天下少安，四方無事，然每日侵晨御門聽政，未嘗暫輟，卿等各勤職掌，時來啟奏。曾記宋史所載賜諸臣於後苑賞花釣魚，傳為美談，今於橋畔懸設罾網，以待卿等遊釣，可於奏事之暇，各就水次舉網得魚，隨其大小多寡，攜歸邸舍，以見朕一體燕適之意。誰謂東方曼倩割肉之事，不可見於今日也。特諭。仰見聖朝喜起明良、一心一德之盛。

桐城張相國英，長子廷瓚，康熙己未進士，由編修兩歲中遷至侍讀學士。乙亥六月，上名翰詹八人至暢春園，賜宴賜扇，英父子皆與焉。

長洲彭定求，康熙丙辰會狀，弟寧求，康熙壬戌探花，孫啟豐，雍正丁未會狀，弟兄鼎甲，并祖孫會狀，為吳中盛事。

康熙己未狀元常熟歸允肅，授修撰，兼日講官，進講周易、毛詩，舉止端詳，敷奏明暢，湯文正公斌歎曰：講筵得正人，天下有賴矣。

康熙十七年，詔舉博學鴻詞，十一月初一日奉旨：各大臣官員題舉才學諸人，俟全到之日考試，其中恐有貧寒難支者，交與戶部酌量給與衣食，用副朕求賢重文之意。欽此。戶部議酌給俸廩，并柴炭銀兩，真曠典也。次年三月初一日，平明，薦舉人員齊集太和門，以魚貫入。上御太和殿，鴻臚唱行三跪九叩首禮畢，命赴體仁閣下，大學士捧題出，題二道：璿璣玉衡賦，省耕詩，俱坐地作文，已刻，大學士傳旨賜宴。凡會試、殿試、館試、狀元、庶吉士俱不賜宴，此乃皇上十分隆重之意，宣

訖。命赴體仁閣設高桌五十張，每張設四高椅，光祿寺設饌十二色，皆大盌高攢，賜茶二通，時果四色，後用饅首、卷子、紅綾餅、粉湯各二套，白米各一大盂，又賜茶訖，復就試。陪宴者大學士、掌院學士滿漢各二員，皆南北向坐，謂之主席，以賓席皆東西向也。餘官皆不與。欽取彭孫遹等二十人為一等，李來泰等三十人為二等，已仕者照品級授講讀宮坊編修等官，未仕者概授檢討，總充明史館纂修。

長洲吳廷楨，字山倫，少試有司二十三次，皆第一，顧不得中。嘗夢泥金報至，己名第八。丙子入陝西籍，獲售，又以冒籍黜。己卯，名試第一，欽賜舉人，癸未殿試二甲五名，合一甲數之，適符夢兆。

高文良公，改庶吉士後，即乞假歸，閉戶讀書數年，然後就職。前輩之虛心好學如此。

徐州李蟠為舉子時，嘗夢神人衣冠甚偉，手一椷付之，中有黃金絲糾結成狀元二字。果以康熙丁丑第一人及第。

姜西溟宸英，工古文，布衣時，聖祖即知其名。屢試不售，薦入史館，纂修明史，分撰一統志，月給俸錢，衣儒生衣，雜坐公卿之次。丁卯順天鄉試，已擬第二，闈第二場有點竄堯典舜典一語，為監場御史所貼，後以丁丑會試中式，殿試進呈卷在二甲第四，上問有浙江姜宸英乎？內閣學士韓菼對曰：宸英在史館，識其字跡，第七卷當是。上曰：老名士也，積學能文，至老猶篤，可拔置一甲三名，為天下讀書人勸。

本朝進士出身最奇者三人：一杞縣任暄猷，明末團紳鄉勇，以禦流寇，後歸南京，為偽軍都督。王師下江南，投誠隸旗下，順治壬辰進士，以磨勘被黜，又中乙未進士。一部陽吳芳，崇禎己卯舉人，官至左都御史，投誠後願以科第進，中康熙甲辰進士。一五河錢世熹，鼎革後棄官為浮屠，久之還俗，應試為諸生，康熙庚戌成進士，年已七十餘矣。

葉文敏公方藹官翰林學士時，修四書講義，至羔裘元冠不以弔，為聖諱，商於同僚，俱不能對。翰林典簿移維乾對曰：大字當仍原字以尊經，小註改元字以避諱。方藹問何所本。維乾曰：中庸慎獨乃原字，小註改謹字。方藹大悟曰：余自幼疑此，始知朱子為避諱也。深加敬禮，人服其虛中。

王司寇士正謁武侯祠詩云：武興城郭亂山前，廟貌丹青古殿陰。三代僅存魚水契，千年猶聽臥龍吟。世家瞻尚成忠孝，祖德高光式鑒臨。禮樂可興身未死，中原人識老臣心。全集不載，想係初稿後刪之也。

康熙四十年 聖駕駐蹕郭哈密圖七立有索和諾蛇哈密獻麟草一方奏云此草產於鳴鹿山雷風嶺必俟千月乃成非遇 聖朝未易呈瑞

鄞縣眷純甫粹忠垂髫時讀書里中董氏大書戊戌成名四字於壁間後果中順治戊戌進士累官至兵部尚書先是 聖祖以粹忠老年矍鑠 御書修齡堂扁額賜之又 賜御臨趙孟頫行書曰白鹿城頭百萬兵碧油幢下一書生如今始識為儒貴臥聽元戎報五更乃大司馬之預兆也

宜興任葵尊宏嘉官御史上疏請定服色三品以上始許衣貂裘猞猁猻王阮亭先生口占戲贈云京堂詹翰兩衙門齊著貂裘猞猁猻昨夜五更寒徹骨滿朝誰不怨葵尊

康熙壬午順天鄉試五經監生二人江南武進莊令輿浙江桐鄉俞長策初以五經違例貼出仍其題請旨賜為舉人一體會試嗣後願做五經者聽之

合肥李相國天馥服闋入都其壬戌諸門生已多通顯置酒邸第史侍讀夔即席賦詩有郎君館閣稱前輩弟子門牆半列卿之句時人比諸唐人鸞掖鯉庭之盛

陸清獻公令嘉定時被參魏果敏公象樞上疏力爭其略曰陸隴其清操飲水愛民如子賢聲播於都下臣心竊重之謂異日可步于成龍之後塵者此人也今被議革職例之所在臣不敢問但有此清介之官正當為羣僚作榜樣為百姓作慈母今之有司守與德為難耳既知其守與德矣何不留以長養百姓云云有 旨報聞一時傳誦後累官至順天巡撫辛酉歲入覲 上賞予甚厚並 賜詩有郊圻王化始鎮鑰重臣膺之句尋擢兩江總督如陸公之遭際 聖君可謂不負所守矣

宣城孫榜眼卓之父勳故給事中也父孫翁艱於嗣一日見市中一僧以火然指問之曰願得一茅庵足供大士像旁可坐臥誦經足跡不出門而免持鉢之苦久之無一檀越辦此者故然指耳翁曰吾為師了此願僧即罷爇延至其家為結茅如僧言居三年一日送客忽見僧入後堂問之則夫人臨蓐得一子矣方駭異間庵中人來云僧已坐化子一指然痕宛然

劉吏部體仁客風陽一日同友人蘇茂遊銘過龍興寺訪老衲流連竟日始別蘇歸邸中夢劉來笑吟詩云六十年來一夢醒飄然四大御風輕與君昨日龍興寺猶是拖泥帶水行覺而異之忽聞剝啄聲則劉僕至云已坐脫矣

熙朝新語卷二終

熙朝新語卷三

清　吳郡徐錫齡厚卿輯

本朝大典禮例由翰林編檢以上撰文壬寅冬掌院靜海勵文恭公詢於青陽吳文簡公曰記得庶常中有一人善四六文者為誰吳曰華亭黃之雋文恭立授數題令作奏上多稱 旨庶吉士撰文自此始

康熙庚辰溧陽史文靖公貽直年十九釋褐後請假歸娶於揚州許氏繪玉堂歸娶圖題詠甚夥郭元釪一絕云采鐙十道簇香輪花滿游纓踏路塵似有行人傳盛事公然許史是天親

洪洞李檢討因篤康熙初膺薦舉以母老家貧力辭不赴既被敦促入都 召試入翰林即上疏乞養情詞懇切昔人比李令伯之陳情殆又過之鈕玉樵以為 國初兩大文字之一部議以纂明史不允其請奉 旨特准終養出都之日士大夫詩文贈送者數百人海內高之其疏云臣某奏為微臣母老多病獨子萬難遠離泣血陳情籲 恩歸養事臣竊惟幼學而壯行者人臣之盛節辭榮而乞養者人子之苦心故求賢雖有國之經而教孝實人倫之本伏蒙 皇上敕諭內外諸臣保舉學行兼優之人比有內閣學士臣某等旁采虛聲充俊以臣因篤姓名聯塵薦牘獲奉 俞旨吏部遵行陝西撫臣促臣應 詔赴京臣自念臣母年踰七十屬歲多病又緣避寇墜馬左股受傷晝夜呻吟久成廢疾困頓牀褥轉側需人臣止一弟因材從幼過繼於臣叔曾祖家分奉小宗之祀臣年四十有九兒女並無母子煢煢相依為命躬親扶持跬步難離隨經具呈哀籲次第移咨吏部謂咨中三人其中稱親援病恐有推諉一概駁回竊思己病或可備言親老豈容假借臣雖極愚不肖詎忍藉口所生指為推卸之端痛思臣母垂暮之年不幸身嬰殘疾臣若貪承 恩詔背母遠行必致倚門倚閭風病增劇況衰齡七十久困扶牀 輦路三千難通遄指一旦禱北辰而已遠迴西景以無期萬一有為子所不忍言者則是毛義之捧檄不逮其親溫嶠之絕裾自忘其母風木之悲何及缾罍之恥奚償即臣永為名教罪人虧子職而負聖朝非臣愚之所敢出也 皇上方敬事 兩宮率隆孝治細如草木咸被矜容自能推錫類之仁推於士庶寧忍子然母子飲泣向隅棄其烏鳥私情置之仕路蓋閭臣去臣最遠故以虛譽採臣而不知臣之有老親也臣某與臣皆秦人雖所居里閈非遠知臣有老母而不知其既病且衰委頓支離至於此極也即部臣推諉之語

概指三人而言。非謂臣當必舍其親而不之顧也。且臣謭陋。而同時薦臣者皆 朝廷大臣。其於君親出處之義。聞之熟矣。如臣猥名遂母。則其始進已乖。不惟瀆數天倫。無顏以對 皇上。而循陔負疚。躁進貽譏。則於薦臣亦為有覥面目。去歲奎司郡邑。給繹遣臣長行。急若風火。臣趨 朝之限。雖迫於戴星。而問寢之私。倍懸於愛日。然呼天莫應。號泣就途。志緒荒迷。如墮雲霧。低頭轉盼。輒見臣母在前。寢食俱忘。肝腸進裂。其不可瀆官常而干祿位也明矣。況 皇上至孝至仁。以堯舜之道治天下。敦倫厚俗。遠邁前朝。而臣甘違離老親。致傷風化。有臣如此。安所用之。乃臣自抵都以來。屢次具呈具疏。 九重嚴邃。情難 上聞。遂於三月初一日扶病考試。蒙 皇上拔之前列。奉 旨授臣翰林院檢討。與臣同官纂修明史。聞 命悚惶。忝竊非分。念臣衡茅下士。受 皇上特達之知。 天恩深重。何忍言歸。但臣於去秋入京。夜更十月。數接家信。云臣母自臣遠離膝下。哀痛彌侵。晝夜思臣。流涕無已。雙目昏眊。垂至失明。臣仰圖報 君。俯念 母。欲留不可。欲去不能。瞻望 闕廷。進退維谷。乃於五月二十一日。具呈吏部。未蒙代題。臣孺切下情。惟有哀祈 君父。查見行事例。凡在京官員。門無以次人丁。聽其終養。臣身為獨子。與例相符。伏願 皇上特沛恩慈。許臣遄歸。扶養其母。叨沐 聖澤。以終天年。臣母殘病餘生。統由再造。不惟臣母子銜環鏤骨。誓竭畢生。而報 國方長。策名有日。益圖力酧 知遇。務伸涓埃矣。臣無任激切待 命之至。緣係陳情事理。字都逾格。貼黃難盡。統祈 鑒宥施行。

秀水徐嘉炎既舉詞科後。從益都相國修禊於萬柳堂。會者十六人。酒半。相國問包咸註浴乎沂。是祓濯。抑是澡洗。宣城施愚山云。沂水之上。則非澡洗矣。嘉炎謂古無裸體入水者。惟齊懿祓禊時。有邴歜閻職入申池浴。池與沂水不同。且是賤者之事。非士大夫所行。又時當夏月。非暮春也。暮春入水。恐無是理。衆以為然。康熙辛酉。王師收滇黔。羣臣獻頌甚夥。惟嘉炎獨仿鐃歌鼓吹曲。自聖人出至文德舞止。凡二十四章。因事立名。與繆襲韋昭何承天輩相表裏。乙丑元夕。 上於南海子大放燈火。使臣民縱觀。都盧尋橦魚龍曼衍之屬畢進。羣臣從觀者皆有詩。獨嘉炎作紅門花火記。文筆奇麗。稱於一時。

聖祖南巡。江南民王來熊獻錬金養身秘書一冊。 上曰。此等事朕素不信。其擲還之。 聖訓煌煌。足破漢唐宋明諸主輕信方士之謬。

康熙三十二年。鄂羅斯察漢汗遣使進貢。 上曰。鄂羅斯人材頗健。從古未通中國。

距京師甚遠。自嘉峪關行十一二日至哈密。自哈密行十二三日至吐魯番。吐魯番有五種部落。過吐魯番即鄂羅斯之境。聞其國有二萬餘里。漢張騫出使西域。或即彼處。史載霍去病曾出塞五千里。想或有之。今塞外尚有碑記可考。至外藩朝貢。雖屬盛事。恐傳至後世。未必不因此反生事端。總之中國安寧。則外釁不作。故當以培養元氣為根本要務耳。

江都汪舟次楫。由贛榆縣訓導薦舉授檢討。二十一年春。琉球國王請封。舊典用給事中行人各一員往。 上重其選。特命廷臣會推可使者以聞。 朝人多俛首畏縮。楫獨鶴立班中。大臣遂以楫對。充正使。 賜一品服。至琉球。國王識楫。手自彈琴以悅賓。楫故善音樂。縱談琴理。王大悅。乞楫書殿榜。縱筆為擘窠書。王大驚以為神。累官至布政使。引疾歸。 上南巡。楫强起迎謁伏道左。 上熟視曰。汝老耶。朕幾不識矣。 賜御書以榮之。

朱竹垞彝尊年五十。由布衣薦舉鴻博。 召試一等。授檢討。旋充日講起居注官。出典江南省試。拜 命之日。即不見客。將渡江。誓於神。試畢入京。無所攜。惟載書兩麓而已。盜劫其居。得錢二千。白金不及一鎰。已靡覆不發矣。後以吏議當落職。 上特宥之。僅左遷焉。相傳竹垞性嗜酒。嘗與高念祖同入都。日暮泊舟。輒失朱所在。逆之。已闌入酒肆。玉山頹矣。其跌蕩如此。而清操如彼。所謂大德不踰。小德出入者耶。

宿遷徐侍講用錫。充康熙乙未房考。嚴絕請託。或銜之。嗾御史劾其把持科場。 聖祖廉得其情。將本擲還。

金壇王虛舟澍。精金石考訂之學。錢香樹先生凡於京邸左園右史。積帖充棟。昕夕丹鉛。辨析不少置。戲曰。子欲為張仲楊柯丹邱其人耶。澍曰。人各有癖。樂此不疲也。嘗道經秦郵。泛舟珠湖。仰見天際白雲。如竹數百枝。枝葉皆具。下有雲片若怪石儼然。圖畫。因作竹雲題跋。

嘉定孫松坪致彌。工詩。康熙初。 上命御前大臣採訪朝鮮文獻。致彌以薦。 賜一品服。策遣奉使。詩有甘茂漫教從博望。馬周只恐負常何之句。後登戊戌進士。官至侍讀學士。以布衣先假一品服。而後登第服官。事亦奇矣。

嘉興馬維翰貌僅中人。而抱負甚大。中康熙辛丑進士。內大臣驗看。諸人皆跪。馬不可。九門提督隆科多訶之。馬夷然不動。隆轉笑曰。不料渺小丈夫。風骨乃爾。馬曰。區區一跪。未足見維翰風骨也。

湯文正公斌順治己丑進士歷官至工部尚書以理學自任撫吳時以上方山五通廟惑民士女燒香祭賽大為風俗累上疏請燬其廟得　旨允行於是海內五通廟悉行撤毀神像投之水火一時快之公由江蘇巡撫內陞尚書至京　陛見　上曰天下官有才者不少操守清謹者不多見爾前陛辭時自言平日不敢自欺今在江蘇潔己奉公實心任事克踐前言朕用嘉悅故行超擢爾其勉之仰見　聖主知人之明而公之簡在　帝心從可想見矣

長洲馮勉曾勗由布衣薦舉鴻博　召試一等十三名授檢討性至孝父寓館閩中己與祖及母家居歲凶乏食為村塾師得升斗奉養與妻采荇以佐後父客死阻兵弗獲歸櫬徒步入京游公卿間廣薦得官乞假歸入閩舁父櫬不得伏地哀慟有老人指視其處遂扶以歸人謂孝思所格神示之也

華亭黃之雋康熙辛丑進士在翰林日聚同卷八人為八仙會以杜少陵飲中姓氏為上八仙人取其一以自署又以世俗所傳鍾離洞賓輩分署之為下八仙彼以上八仙呼此以下八仙應故為參錯不得呼姓字稱謂錯者罰飲時號酒仙著香屑集十八卷皆集唐人句為古今體詩九百三十餘首對偶工整渾若天成可謂前無古人後無來者

長洲尤西堂侗明季諸生我　朝以選拔授永平府推官以事免少時有聲庠序所作駢儷各種膾炙人口嘗以西廂詞句題作文流聞禁中　世祖知為徐立齋元文師因取觀之歎曰真才子及　召試官翰林偕諸儒進平蜀詩文　上見其名曰此老名士西堂以此六字刻堂楹左曰章皇天語右曰　今上玉音極文人之榮

施愚山閏章少孤事叔譽至孝一日值叔誕辰大集親戚上壽而叔以小故忤意堅卧不起愚山跪榻前移晷辛亥客都門每憶叔輒涕泗事叔如此世所希有

蔡文勤公世遠康熙己丑進士出安溪李文貞公之門是時文貞以程朱之學教後進公故習宋儒書既見文貞毅然以聖賢自勵顏其所居室曰二希言學問不敢望朱文公庶幾真希元事業不敢望諸葛武侯庶幾范希文可見其志矣

王樓村式丹少知名年六十始領康熙壬午鄉薦癸未捷會狀當鄉試時已定解矣及得吳梵琦卷改王為第六其實吳遠不逮王知三元亦前定數也

海寧查慎行初名嗣璉康熙癸未庶吉士胞弟嗣瑮官編修族姪昇官諭德時稱三查　上賜鮮魚慎行紀　恩詩云笠簷蓑袂平生夢臣本煙波一釣徒頗稱　旨一

日忽奉內傳煙波釣徒查翰林蓋以別二查也慎行又有煙蓑雨笠吾常事慚愧猶家記憶中之句一時以為佳話

康熙癸未會試十八名進士宮懋言之祖名偉璟係崇禎癸未中式十八名且俱係詩四房房考俱翰林李姓初懋言公車北上夢祖與之傾覺而喜曰此繩祖武之兆也

常熟蔣文肅公廷錫康熙癸未進士官至文華殿大學士少時工寫生名與惲南田埒及貴都中極重之大抵以逸筆寫生而風神生動非識超膽大筆有仙骨者莫能為之性愛士一藝可觀者皆羅致門下指授之故其客潘馬所作皆能亂真而文肅真本不可多得

高郵賈國維以工書侍　內廷食俸　聖祖常以內翰林呼之舉順天鄉試以目稿被劾蒙　恩賜復會試落第又　特賜進士一體殿試遂以第三人及第異數也

松江錢少司寇艱於嗣偕夫人祈子於天童大師為集眾僧問誰願隨錢居士往眾未應一飯頭老矣自言願往已而司寇果生子初名鼎瑞易名芳標中丙午順天鄉試官中書舍人既而假歸一日與客坐齋中有僧持一緘至門云自天童來舍人拆視殊不駭訝但云奈卒奈何明日晨起索筆書一偈云來從白雲來去從白雲去笑指天童山是我舊遊處擲筆而逝

武進趙太史熊詔恭毅公申喬長子也生前一夕祖夢神授一軸雲彩蟠結熊詔二字因名之果中康熙己丑狀元

熊相國賜履官侍郎時上萬言疏有名臣風度其略曰臣荊楚鄙儒猥蒙　先帝簡拔授以清班繼荷　皇上殊恩累遷今職　聖恩高厚中夜汗流伏念臣雖至愚自幼讀書辨志竊以聖賢為師數年以來恭遇　皇上高拱深居經筵未舉臣區區獻納微忱無由上達且以出位陳辭典制有禁因循緘默尸素至今臣之罪也茲者伏遇　皇上恪謹天戒軫念民依虛己下詢採及芻蕘正微賤小臣圖報涓埃之日也臣備員侍從謹仰遵　明詔殫竭愚衷庶幾高深之一助惟　皇上留神省覽則天下幸甚伏讀　詔書有曰今聞直隸各省人民多有失所疾苦窮困深可軫念或因官吏貪酷朘削民生或因法制未備致失民業嗚呼　皇上此心乃二帝三王之心此言乃二帝三王之言也夫民生至今日其困苦亦孔亟矣國家日言生聚而凋敝愈甚日言軫恤而瘡痍不起日言招集言蠲免而流亡滿目道殣寖多近而畿甸遠而

直省流離瑣尾之狀，所在皆是。惟官吏之朘削，儲賦之科征，有以致之。誠有如聖諭所云者。蓋小民終歲勤勞，耕耨僅能自給，而夏稅秋糧，朝催暮督，賫絲糶穀，十室九空。私派倍於官征，雜項浮於正額，況乎分外之誅求，無名之賠補，種種朘剝，剜肉及髓。一有不應，而老弱疾病，俱已顛頓呼號於捶撻敲扑之下。閭閻之膏液有盡，而猾吏之貪囊無底；愚蒙之皮骨僅存，而有司之欲壑無厭。就使年豐歲稔，尚難保須臾不絕之命；一旦水旱，其不至轉徙流亡，填溝渠而委道路者，幾何哉。竊征則吏收其實，而民受其名；賑濟則官增其肥，而民重其瘠。此固民情之大可憫，而國計之重可憂者也。雖然，此不獨守令之過。上之有監司，又上之有督撫。朝廷方責之以廉，而上官實教之以貪；皇上固授以養民之職，而上官日課以厲民之行。今日之守令，誠有難言者。督撫廉則監司廉，守令亦不得不廉；督撫貪則監司貪，守令亦不敢不貪。表直影端，源汙流濁，此又理勢之所必然者也。今之為督撫者，求所謂精白一心為國家安輯地方、愛養黎庶者，臣亦不敢謂遂無其人，獨是國家以全省付畀，有察吏安民之權，興利除害之任，其待之不為不隆，而任之不為不重矣。乃日望其察吏，而吏治日壞；日望其安民，而民生日蹙；日望其興利除害，而一利未之興，一害未之

除也。大抵有司之職業在地方，上官之激勸憑舉劾。年來督撫之所薦舉，循卓者果小民之戴為父母，而尊若神君者乎？其所劾為貪庸者，果百姓之畏若豺虎，而疾如蛇蝎者乎？是未可知也。以督責為能，而不問其慈惠；以催科為政，而不問其撫綏；以賓緣之巧拙為優劣，而不問其才幹之短長；以禮節之厚薄為殿最，而不論其品誼之高下。此風一倡，爭相效尤，交錯互結，牢不可破。如是而欲其激濁揚清，興利祛弊也，是何異適越而北其轅，炊沙而望成飯耶？所以比年來旱潦頻聞，死亡載道，而此輩竟若越人視秦人之肥瘠，漠然不加喜戚於其心，不知其為國斂怨，已不可解。在廷諸臣習為瞻徇，務相容隱，不肯舉發其貪汙之跡以告皇上。間有一二指名糾參者，亦不過微示其意，曾未嘗直暴其汙穢殘酷之所在，而皇上亦遂莫得洞悉其蠹國殃民之實狀。故此輩得以久竊威權，貪戀祿位，方恃此以為壟斷之長計，而無辜赤子之顛連而無告者，正未知何日而有再蘇之望也。伏乞皇上將現任督撫大加甄別，其賢而能者，加銜久任；其貪汙不肖者，立即罷斥，無令久居人上，荼毒生民。嗣後遇督撫缺出，不拘內外大小臣工，果有端方清正，能事才優，如古大臣其人者，敕部院大臣從公保舉，授以茲任。其考課也，以民生之苦樂為守令之賢否，以守

令之貪廉為督撫之優劣，則督撫得其人，監司自得其人；監司得其人，守令亦必得其人。廉者勸，貪者懲，有利必興，有害必除，而民之不獲其所者寡矣。蓋任之非其人，行之失其意，雖周官周禮，祇足為厲民禍世之具。傳曰：有治人，無治法。又曰：人存政舉。此不易之論也。此聖諭之所已及，而臣詳切言之者也。雖然，內臣者，外臣之表也；京師者，四方之倡也。本原之地，亦在朝廷而已。朝廷一舉一動，為萬方之則效，九土之觀瞻，於是乎出。而其大者則在於六綱陳紀，用人行政之間。此其鼓舞化導之權，轉移感動之機，固有不問之草野，而問之廊廟者。今朝政之可議者，不止一端，臣請擇其至大者言之。一曰政事極其紛更，而國體因之日傷也。從來聖君賢相，開國承家，必取一代之典章法制，為之斟酌損益，釐為百世不易之令模，以善建於不拔。遠之子孫，率由無愆忘變亂之患；近之臣民，遵守無紛擾龐雜之虞。三代聖王所以保世滋大，無疆惟休者，此也。我國家章程法度，一踵先朝之舊，雖其勢之極重而難返，事之極敝而難行者，類無不承訛襲陋，苟且因仍，曾不聞略加整頓。夫其所為太甚之弊，而急公喜事之輩，人從而意為更變於其間，但知趨目前尺寸之利，以便其私，而就中其大之愛，無窮之患，潛倚暗伏於冥冥之內，而皆不知所以為之計。朝舉夕

罷，倏弛倏張，王言屢褻，朝政滋繁，議論日多，成功絕少，此時之最當講究者也。伏乞皇上敕下議政王貝勒大臣九卿科道，將國家制度文為，詳慎會議，何者當沿，何者當革，何者宜益，何者宜損，參以古制，酌以時宜，務期振衣挈領，綱舉目張，勒為會典，著為成憲，則上有所持循，下有所決守，貽謀垂裕，作述於昭，而億萬年無疆之業在此矣。奏上，上深嘉納，飭部議行之。

康熙三年，以八比多剿襲，鄉會試改用策論。甲辰會試，海寧沈晗子珩以二場擬上太祖、太宗尊號表最工，中會元。

錢塘高澹人士奇，以詩受知於聖祖，不由科甲，欽賜翰林，官至詹事。陪宴唱和，扈從不離左右，恩寵無比，異數也。

無錫杜雲川詔，以諸生迎聖祖駕於惠山，進迎鑾詞及梁溪望幸詞，蒙召見御舟，賜綾書詩一幅。已而被名至京。一日，特召待詔者八人入南書房，命寫御製金蓮花賦，各賦紀恩詩一首，詔又獨進一詞，蒙恩拔置第一。旋命纂修歷代詩餘，又命修詞譜。辛卯舉京兆試，壬辰會試，欽賜進士，改庶吉士。為諸生時，每鄉試前輒夢試題是「子之燕居」一節，卒不驗。及辛卯領薦，主司為趙

公中爲乃悟前身之巧也

康熙二十六年四月浙江巡撫金鋐疏稱海寧縣民陳雲生母林氏年一百八歲尚勤紡織 詔旨旌表 敕部給銀建坊 賜名貞壽

康熙庚戌六合縣民王振家庭樹産白烏二總督麻勒吉表進於 朝

聊城丁姓女幼孤無兄弟依母以居及笄母欲議婚女曰母老矣又鮮兄弟兒不願適人願終身養母母不能强及母卒從兄某爲議婚又不許獨處三十餘年閨範嚴肅里中人咸稱曰貞女棠邑中黄中丞圖安七十喪偶聞貞女名遣聘焉先一日貞女召其從兄語曰明日當有議婚者吾將許之凡及娣姪輩漫應之弗信也詰旦黄氏媒至先是貞女縞衣數十年至是乃易吉服既許字卜葬其母然後于歸年五十餘猶處子也中外子孫多人待之皆有恩禮東昌人至今稱之

餘姚勞麟書史世爲農躬耕養母年十七讀朱子大學中庸序慨然發憤以道學自任舉動纖悉必依於禮終身弗懈引進後學委曲盡誠雖傭工下隸皆引之向學聞麟者莫不爽然里中販賣者近麟書居不忍貨僞物鄉兒牧童戲爲矰繳機穽者聞麟書講學悉毀之年五十九無疾卒門人桑伊佐調元爲刻餘山遺書行於世

吳江金文通公之俊生時母夢人告曰與汝子龍睛將來位極人臣公入閣後蕭山醫者陳生善相人試令相之曰乞兒相也衆大笑已而摩挲至目大驚曰此龍睛也當貴極人臣衆乃服

文登賽從儉卜葬其親有鄰里與之爭地神示夢云是宜爲賽氏兆當世科第爾不能葬此也乃罷爭康熙丙午元旦五更時近村人見賽塋前有二炬遶行是秋從儉曾孫玉紘舉鄉試明年登第己酉元旦復然玉紘子瑋亦於是科聯捷以後每發一科甲輒見火炬率以爲常然則風水之說未盡子虛矣

葉石林每令諸子女兒婦列坐說春秋武林黄夫人顧氏名若璞者有卧月軒文集多經濟大篇有西京氣格常與婦女宴坐則講究河漕屯田馬政邊備諸大計巾幗中有此等人亦奇事也

熙朝新語卷三終

熙朝新語卷四

清 吳郡徐錫齡厚卿輯

康熙三十九年十月 皇太后六袟聖壽 上恭進佛三尊 御製萬壽無疆賦圍屏一架 御製萬壽如意太平花一枝 御製龜鶴遐齡花一對珊瑚進貢一千四百四十分自鳴鐘一架壽山石羣仙拱壽一堂千秋洋鏡一架百花洋鏡一架東珠珊瑚金珀御風石等念珠一九皮裘一九羽緞一九哆囉呢一九嗶嘰緞一九沉香一九白檀一九降香一九雲香一九通天犀珍珠漢玉瑪瑙雕漆官窯等古玩九九宋元明書册卷九九攢香九九大號手帖九九小號手帖九九金九九銀九九緞九九連鞍馬六疋并令膳房粒米一萬粒作萬國玉粒飯及肴饌等物進獻四十九年

皇太后七旬大慶先期 諭禮部蟒式舞者乃滿洲筵宴大禮至隆重歡慶之盛典向來皆諸王大臣行之今朕欲親舞稱觴壬午進宴 上近前起舞進爵 聖天子大孝尊親誠曠古未有也

聖祖諭大學士等曰書册所載有不可盡信者如風不鳴條雨不破塊風不鳴條何以散天地抑鬱之氣鼓盪萬物雨不破塊何以播種又云囊螢讀書朕曾取百枚盛

以大囊照書字畫竟不能辨此書之不可盡信者亦有似乎荒謬而竟實有其事者東方朔記北方有層冰千尺冬夏不消今年鄂羅斯來朝云其地去北極二十度以上名爲冰海堅冰凝結人不能至始知東方朔所云不謬又從前有書吏三人偏傳西邊異獸形圖部議重罪具奏朕從寬免死令其往覓是獸後將軍祁里德等來自軍前奏云果有是獸目在乳傍口在臍傍巡哨侍衛等曾親見之蒙古名其獸曰鄂布又有飛者名曰積布蒙古名惡人爲鄂布泰積布泰是即山海經所謂刑天無首以乳爲目以臍爲口也故將發遣書吏放還又神異經云北方層冰之下有大鼠肉重千斤名爲鼢鼠穿地而行見日月光即死今鄂羅斯近海北地有鼠如象穴地以行見風日即斃其骨類象牙土人以製椀碟梳篦朕親見其器方信爲實又古人以天市垣爲中國分野朕始疑其說細玩天球合以地圖中國去赤道二十度至四十度在穀雨立夏小滿三節氣上天市垣亦去赤道二十度恰與中國對照始知古人分野之說確有所據此又書之不可信而可信者也

康熙五十四年 諭大學士等曰朕常立小旗占風并令直省凡起風下雨之時一一奏報見有京師是日西北風而山東是日東南風者古人云隔里不同風此言最

碓又嘗考驗雷聲不出百里之外易云震驚百里若霹靂則不過七八里也至於砲聲竟可聞於二三百里從前盧溝橋演礮天津皆聞之此其驗也書中云北方苦寒之地冰結千丈春夏不消今果有其地又淵鑑類函有云鼢鼠有重至萬觔者今亦有之其身如象牙亦似象牙但稍黄耳此皆與古書相符者也又地理上應天文中國山脈皆由崑崙而來彼地四面有江土人呼崑崙為枯臘推算天象中國與瀚海俱在赤道四十五度之西四十五度之南水皆向南而東流四十五度之北俱向北流此皆天文地理之相合者也聖學淵深非管窺蠡測者所能擬議矣

杭州柴南屏謙作中書時恭和聖祖御製冬至詩有雪花欲共梅花落春意還同臘意舒之句上嘉賞謂有翰苑才尋陞御史

杜雲川送友之官天長僕馬已戒口占一絕贈行云招尋有約竟何嘗判袂匆匆語未遑半晌花前嫌日短至第四句屬思未就少頃疾書曰一帆江上到天長真巧對也

明季士大夫爭立門戶互相傾軋不特賢奸如水火之不相入即賢與賢奸與奸又復齗齗不已東林黨之禍相持數十餘年至明社已墟根株猶在誠可歎也本朝定鼎後屢奉諭旨痛改明季陋習此風漸息郭瑞卿琇為御史參明珠余國柱等可謂不避權貴錚錚有聲者矣然如靳文襄公輔治河功業昭然言官多有指摘郭亦不免訾議康熙二十七年聖祖諭大學士曰近來議論靳輔者甚多靳輔為總河有年挑河築堤漕運並未遲誤謂之毫無效力不可但屯田下河之事亦難逃罪即欲寘之重典亦須留七八年朕曾閱河防一覽於治河洞悉凡事皆慮永久等諭於是浮議始息仰見聖明在上幹濟之臣得以保全祿位長享榮名不可謂非厚幸也

靳文襄公過邯鄲呂祖祠見壁有題詩云富貴榮華五十秋縱然一夢也風流而今落拓邯鄲道要與先生借枕頭墨跡未乾蹤跡其人乃秀水陳天裔也一見遂為知己天裔名潢明鈎戈之法從精奇門步算凡河防得失變態並有先見一時治河諸員以師事之康熙二十三年五月上南巡問靳曰爾必有通今博古之人輔爾靳以陳廣對即蒙召見特賜參議銜以幕友邀恩遽膺四品冠服可謂奇人有奇遇也

仁和姚少宰三辰之祖善醫嘗採藥入山迷徑失足墜溪中以手捩石有涎蜿蜒而動負姚而上意是巨蛇回視兩目如燈照見頭角安姚地上騰空而去始知為龍也兩手觸涎處香數月不散以手撫藥病輒愈愈後不受人謝由是皆呼之為摸龍阿太及其孫貴人謂陰德之報

康熙戊辰狀元秀水沈原衡廷文年二十時父仲霖於大兵入粵時被執監禁廷文哭訴軍府得釋年已七十矣及廷文官修撰為介壽徵詩同里陶越作引言有孝子身經百險幸覯止於鯨波鱷沫之餘孤臣跡越千鄉正徬徨於電閃沙驚之候之句都下盛傳

聖祖南巡山東巡撫王國昌進海物并生鹿侍衛傳旨不用海物又不食特殺將鹿發還蔣陳錫恭紀詩云鹿脯何曾減鳳麟須知特殺不沾唇諸花作膳逾珍饌翹首天廚近玉宸聖祖駐蹕德州有不用煙酒之諭蔣陳錫恭紀詩云碧椀冰漿瀲灩開肆筵先已戒深杯瑶池宴罷雲屏敞不許人間煙火來

康熙四十八年上諭大學士等曰明季事蹟卿等所知往往紙上陳言萬曆以後所用內監曾有在御前服役者故朕知之獨詳明朝費用甚奢興作亦廣其宮中脂粉錢四十萬兩供應銀數百萬兩至世祖皇帝登極始悉除之紫禁城內砌地磚橫豎七層一切工作俱派民間宮女九千人內監至十萬人飯食不能徧及日有餓死者今則宮中不過四五百人而已明季宮中用馬口柴紅螺炭以數千萬觔計俱取諸昌平等州縣今此柴僅天壇焚燎用之馬口柴約長三四尺淨白無點黑兩端刻兩口故謂之馬口柴

李西池華國康熙初武探花及第後即引疾歸工山水名於時殆所謂將軍不好武者耶

耿逆叛時浙閩間土寇出沒道路梗阻新遷閩中邑令王公挈眷之任途遇寇掠夫人走避相失比曉不知夫所在恐辱於賊以垢塗面乞食於野訪至西安仍杳然乃囓指血題絕命詩於襟欲投井死村人救而免達之邑宰詢悉顛末嘉其節款留內署為女公子師出示訪王下落未幾王公適來投刺見宰延入詳詢歷難始末獨不以夫人告而使夫人親治饌以進酒半王泣下宰故詢之曰此味絕類亡荊所治且斷葱亦以寸為度見之不覺感觸耳宰佯為歎息既而請以妹妻之王不允強而後可乃剏設館舍治奩具而以王夫人歸之屬僕婢輩勿洩王猶不樂交拜入掩面泣目不一及夫人固知之至是則悲喜交集不及待即泣而語曰王郎猶念及糟糠乎王

視之乃妻也相抱而哭各述流離狀知罕之盛德而詭詞以合之也時王公文憑已失官為詳咨補給得之官自是兩家誼同至戚使問不絕罕舉以行取擢御史人謂盛德之報

錢唐朱皋亭雖模年九十六猶工畫山水秀水王犀億佩年九十餘猶能畫大幅雲龍皆　熙朝人瑞也

康熙二十二年十月陸清獻公隴其述雲間王慶孫之言崇明有吳老人年九十有九婦九十有七老人生四子壯年家貧鬻子以自給四子盡為富家奴及四子長咸能自立各自贖身娶婦遂同居而共養父母焉卜居於縣治之西列肆五間伯開花米店仲開布莊叔開醃臘鋪季開南北雜貨鋪中一間為出入之所四子奉養父母曲盡孝道始擬膳每月輪一家週而復始其媳曰翁姑老矣若一月一輪則歷三月後方得侍奉顏色太疏復擬每日一家週而復始媳又曰翁姑老矣若一日一輪歷三日後方得侍奉顏色亦疏乃以一餐為率如早餐伯則午餐仲晚餐叔明日早餐季週而復始逢五及十則四子共設於中堂父母南向坐東則四子及諸孫輩西則四媳及諸孫媳輩分昭穆坐定以次稱觴獻壽率以為常老人飲食之所後置一櫥櫥中每家各置錢一串每串五十文老人每食畢反手於櫥中隨意取錢一串往市中作童子嬉櫥中錢缺其子潛補之不令老人知也老人間往所知家博四子輒遣人密持錢二三百文安置其家并囑佯輸於老人老人勝躊躇持錢歸老人亦不知也率以為常數十年無異老人夫婦至今無恙長子年七十有七餘子皆班白孫曾二十餘人崇明劉總鎮兆表其門曰百齡夫婦齊眉五世兒孫繞膝洵不誣也清獻公為作崇明老人說

吳楞香苑康熙壬戌進士由編修歷官祭酒故事凡國子生初謁者有贄見禮歲滿咨部者有咨部費俱禁之時稱賢祭酒

上元胡狀元任與康熙辛酉解元嘗夢登高山手摘香櫞二顆神贈以詩有手弄雙丸天下小之句甲戌大魁會試題乃孔子登東山而小魯登泰山而小天下也

任宗伯蘭枝未遇時偶經田野間見一人口銜一刀手執兩刀趑趄不進尋遠越而過遥望半里許入喪者之家詢之以告人知者以為煞神卜其必貴後果然

徐太史用錫未遇時偶如廁見大肉塊徧身有眼知為太歲因記書載職太歲者轉禍為福遂擊之每擊一眼則徧身眼愈加閃爍是歲領薦連捷己丑進士官至侍講

長洲文與也點衡山裔孫明季棄舉子業依墓田以居肆力於詩古文辭兼善書畫嘗舍於城中僧寺書畫自給人或以多金迫促之則不可得也巡撫湯文正公屏騶從入寺訪治吳之要所論皆採行而未嘗有私湯公益重之後族人有引　見者　聖祖問曰文點是你何人則知點之名早達　九重矣

任侍庵辰旦康熙丁未進士官上海縣令有布客魏丙買布市中失紫金三百兩訟於官侍庵素善讞至是獄不能定乃禱於城隍廟夢有人右手抱細女左手挈衣與之及寤視則裙襴也寤而思之曰夫賜衣而得裙襴則非衣也豈有裴姓其人耶以問捕捕曰似也閭左有裴愛者素無賴不事家人產其人儼居旅舍傍與布客居相近或見財起意耶侍庵曰然則其抱細女者抑可知矣夫細女愛女耳吾聞納音之數陽姓從左今左非衣而右愛女其為裴愛無可疑者遂收裴拷之得贓獄具邑中稱神明焉

海寧張仲張英康熙癸丑進士出桐城張文端公之門師生同一姓名當時以為奇及戊午分校北闈文端公子廷瓚復出仲張門更奇

陳迦陵維崧少有文名數奇落魄年四十餘尚困諸生一日過京口有相士熟視良久曰君五十後當入翰林然不由科甲人皆嗤以為妄宣城梅杓司贈詩云朝來日者橋邊過見說功名似馬周後果以薦舉鴻博授檢討

洪昉思昇問詩法於施愚山閏章施曰余師言詩如華嚴樓閣彈指即現又如五城十二樓縹緲俱在天際余則譬作室者鋸斲木石一一俱就平地築起洪曰此禪宗頓漸義也

仁和沈閑平筠上海錢越江金甫同膺薦　廷試授檢討又同中戊午己未鄉會試改庶吉士兩入翰林儒者榮之沈尤敦內行嘗刲股肉和藥以療父病既而母病亦如之其至性如此不僅以文學傳也

睢州徐幹妻孫氏侍姑疾脫簪珥求醫不解帶不交睫匍匐於牀簀之間者近三旬姑病且殆孫氏倉皇籲禱不應不得已潛入其室拒戶左持刃置右臂於機欲割之手弱刃屢下始斷一臠血濡縷而已其夫自外至見之驚仆孫氏投刃旋之起戒勿出聲然後裂帛裹創烹為羹以進姑既食病良已家人初無知者田簣山蘭芳之女孫氏姊也嘉其異詰之不肯言久而得其詳以白父簣山歎曰此可以愧天下之為人婦而漠視其舅姑者

錢學士金甫。甚笥。敬表𣼬馬處之泰然。足不履權貴門。時與鄉黨故人為文酒之會。坐有語及官資遷擢者。輒恚之。後會其人不速至。竟引避。其崖岸高峻如此。然能急人之急。有師卒於官。竭奉錢為治喪。俄而鄰人不戒於火。延及師舍。亟率力士負棺出。火燎其須不顧也。又有被逮者。三日當出關。為稱貸拮据。兩晝夜追及其車。慟哭而返。客有暴卒於都亭外。時己亦有疾。強起至盧溝橋。經紀其喪。或陷於獄。禍不測。力援之得解。其篤於師友如是。故其為詩。纏綿悱惻。不失溫柔敦厚之遺。秀水朱竹垞為論而序之。

仁和凌紹雯康熙戊辰進士。對策用清書漢書兩體。違式例不得與上第。讀卷官奏請　上裁。置二甲之末。改庶吉士。

土魯番於順治十三年入貢。康熙十二年。國王瑪墨忒塞伊忒韓。復遣其臣兀魯和隆等獻馬。其表畧云。土魯番國某上言於乃聖乃仁天下治平　皇帝陛下。恭惟皇上一統攸同。何異於古之占什特。恩澤群生。相同乎昔之達刺汗法紀軍威。比隆於楷黑塞勞。聰明格物。媲美乎伊思謙達爾。　皇上容知天錫。如日升之無不照。皇上撥亂為治。如月恒之無不臨。旌旗閃爍。超越乎墨烏忒爾。　皇恩浩蕩。實出於度量寬仁。國祚無疆。而萬國咸寧。洪福雍熙。而　皇圖應運。後稱一千八十三年二月十八日。

康熙己酉。大西洋博爾都嘉利亞國貢使瑪訥撒爾達聶入貢。奉　旨。該國從來未通中國。凡賜齎皆加一等。

康熙二十一年。土魯番上言。伏以我　皇上猶昔者斯堪達爾之君。一統金甌。北穆西特之君。藻鑑五行。亦若化日普臨率土。景星光照萬靈。抑猶哈伦穆之君。廣施恩惠。汝思他穆之君。勇力絕倫。譬之矛鋒之銳。龍爪之威。莫敢正向而視。茲者恭候聖安。切照前經遣發進烏盧火者曾奉　上諭五年一次進貢。欽此。所以誤此進貢者。原因臣國道途荒亂。今幸太平。亟遣亦思喇木火者前往進貢。至於以後應進貢物。合當照蜜爾焦地音阿克剌卑進貢舊例。但　天朝建都極東。臣國地居極西。應否照舊進貢。恭請裁奪。

康熙二十一年。蒙古為請　旨事。外藩蒙古王貝勒貝子公台吉等謹臣。誠惶誠恐。謹奏。為因逆賊吳三桂相率叛亂。軍民極其荼毒。幸我　皇上不惲身心之勞。致收閩治。仰見　天朝早臻太平。是以祭告　太祖皇帝　太宗皇帝　世祖皇帝。復

上　皇太后徽號。頒頒恩詔。大赦天下。爰加　賜賚。率土供歡。恭上我　皇帝尊號為至神大德治平天下聖皇帝。伏祈　皇上俯准臣等所奏。臣等不勝欣躍。奉旨。朕自御極以來。夙夜孜孜。勤求化理。期於中外乂安。生民樂業。今逆寇雖已蕩平。治化尚未孚洽。前諸王大臣等請上尊號。已經有旨。這藩王等所請。亦不必行。該部知道。

荷蘭國自康熙六年入貢。至二十五年。臺灣平。設郡縣。荷蘭國王耀漢連氏甘勃氏遣陪臣賓先吧芝復奉表進貢。其畧云。外邦之丸泥尺土。乃是中國飛埃。異域之勺水蹄涔。原屬　天家滴露云云。貢物。大珊瑚珠一串。照身大鏡二面。奇秀琥珀二十四塊。大哆囉絨十五疋。中哆囉絨十疋。織金大絨毯四領。烏羽緞四疋。綠倭緞一疋。新機嗶嘰緞八疋。中嗶嘰緞十二疋。織金花緞五疋。白色雜様細軟布二百十九疋。文采細織布十五疋。大細布三十疋。白毛裏布三十疋。大自鳴鐘一座。大琉璃燈一圓。聚耀燭臺一懸。琉璃盞異式五百八十一塊。丁香三十擔。冰片三十二觔。甜肉豆蔻四甕。廂金小箱一隻。內丁香油薔薇花油檀香油桂花油各一罐。葡萄酒二桶。大象牙五支。廂金鳥銃二十把。廂金馬銃二十把。精細馬銃十把。彩色皮帶二十佩。廂金馬銃中用繡彩皮帶十佩。精細馬銃中用精細小馬銃二十把。短小馬銃二十把。精細鳥銃十把。廂金佩刀十把。起花佩刀二十把。廂金雙利劍十把。雙利闊劍十把。起花金單利劍六把。照星月水鏡一執。江河照水鏡二執。雕製夾板三隻。

康熙二十三年。暹羅國進表云。啟奏　大清國　帝皇陛下。伏以　聖明垂統。繼天立極。無為而治。德教孚施萬國。不動而化。風雅澤及諸彝。巍巍莫則。蕩蕩難名。梟國世荷　皇恩。久沾　德化。微臣繼襲踐祚。身處遐方。莫能仰瞻　天顏。幸遇貢期。敢効輸款。頒遣正貢使臣坤孛述列瓦提。二貢使臣坤巴實提瓦抒。三貢使臣坤司吝塔瓦嗟。正通事坤思吝塔披彩。辦事文披述哈新禮嗏等。梯航渡海。齎捧金葉表文方物。譯書前至廣省。差官伴送京師。朝貢進獻。代伸拜舞之誠。恪盡臣子之職。恭祝皇圖鞏固。　帝壽遐昌。伏冀俯垂鑒納。庶存懷遠之義。微臣瞻　天仰　聖。不勝屏營之至。

康熙二十三年。冊封琉球。翰林院檢討汪楫。中書舍人林麟焻等。疏言中山王尚貞親詣館舍云。下國僻處彈丸。常慚鄙陋。執經無路。嚮學有心。稽明洪武永樂年間。常遣本國生徒入國子監讀書。今願令陪臣子弟四人。赴京受業云云。　勅下禮部議覆。

奏叅　恩准二十七年琉球國王遣耳目官魏應伯等恭進朝貢方物又遣陪臣子弟梁成楫鄭秉均阮維新蔡文溥等四人同貢使赴京入監讀書於正貢方物外䟽加屛風紙三千張蕉布五十疋我　朝開國以來文德武功遐荒畢被海隅出日罔不率俾其梯山航海重譯來庭者指不勝屈其臨不能備載敬錄數則以見聲教四訖之攸云

仁和吳託園任臣學問淹通兼精音律嘗於市上見編鐘一枚曰此大呂鐘也滌視款識果然有人書鄉䢵二字問之吳曰鄉同許本說文長箋䢵同也本秦權古文聞者歎服

上虞徐仲山咸清明兵部尚書人龍子母俞夫人自以識字稍晉發顯借字每見棄紙輙儉閱有字則留之并募人收字紙而焚之久則沈其灰於江仲山生一歲即能識字五歲通一經消束髮即有文名嘗博取訓詁說文玉篇篇海諸書以正字形取切韻唐韻廣韻集韻諸書以正字聲而緯以經史子集暨唐宋元諸大小篇帖凡有繫於說文者悉搜採以正字義名曰資治文字凡一百卷己未　召試拆卷時上卷中斥去一卷　上命擇一有名者補之益都相國以仲山薦　上問有著作乎曰有資治文字若干卷嘗一學士曰字書小學也遂置不問諸臣各有所薦　上不允特取嚴繩孫卷補之

惠硯谿周惕康熙辛未進士由翰林改官知縣嘗送友出門詩云餞客遍僧傳顛倒作奇想二語不言出門而神理已到可謂體會入微

硯溪之子士奇亦成進士入翰林督學粵東每封門後危坐大堂溫理史漢等書朗誦一遍即起繞座循環背誦一字不遺諸生大驚曰吾儕非人矣一淬於學粵東人至今以為師法

翰林最重前輩凡隔七科或官至掌坊庶子其初入院庶吉士終身稱晚生不改雖至入閣後亦然故事六部尚書遷還內閣亦落輪惟冢宰則落半輪門生師長相遇則彼此落輪候師長先行故往往相避而行

德州趙進士其星嘗月夜露坐仰見一女子妝飾甚都如來鶯鶯一人持宮扇衛之逡巡入月而沒仙耶非耶不可得而知矣

趙恭毅公申喬為浙江巡撫時因錢唐江岸日圮請易土為石貫以鐵事聞於　朝報可將施工齋戒三日乘倏舟赴江干為文以祭忽風狂潮大至浪搏人若哲激矣

觀者奔辟公朝服屹立不少動距祭所百丈餘潮遽止公跪禱願假數旬以畢事嗣是潮不至者七旬而工竣誠之所格如此

康熙二十三年　聖祖東巡周公後裔七十三代孫世龍奉祀生員東野沛然上疏籲　恩奉　旨交禮部議部臣議駁奏上奉　旨周公承接道統繼往開來功德昭著其裔孫應給職銜着九卿詹事科道會同確議會議得周公後裔應授官職撥給祀田修葺廟宇行文該撫查明以沛然世襲五經博士如孔顏曾孟仲氏例先是沛然上疏　行在　上問周公姬姓爾疏稱東野何故沛然對曰昔魯公伯禽季子魚賜東野田一成因以為氏　上曰周公廟何在對曰在曲阜城東北二里　上悅隨御製祭文　命恭親王致祭禮部尚書介山　御前侍衛瑚保鴻臚寺卿穆成格閻興邦太常寺寺丞張量學山東提學副使唐廣堯陪祭此東野氏世襲博士之始

總河梅麓朱公之錫有遺婢帖見池北偶談其畧云此女原無大過只是娃子氣好言敎導不甚知省誠恐聲色相加流入婢子一類所以量給衣飾還其父母初時原是待年五六日後便有遺歸之意故自後并無半語詬誶猶然處子也可將此段緣由向其父母中媒昌言之以便此女將來易於擇壻云云真盛德事也相傳朱公今為河神宜哉

于清端公成龍用兵如神尤善治盜官兩江總督時江寧有巨盜曰魚殼凶悍莫敢近公涖任時單車入署一切供張俱屛不受屬吏不知所出或從容向公言之請以一餐為公壽公曰以飲食壽我不如以魚殼壽我屬吏喻公意乃以千金募名捕雷翠亭往雷偵知魚殼方會羣盜飲佯為乞者伺左右魚殼望見疑之以叉貫肉飼雷雷仰而吞神色不動魚殼瞿然曰好男子非丐也為予青天來禽我耳遂俯首就縛雷擁之赴獄是夕公秉燭治官書梁上有物墜燭之一男子持匕首叱問何人則魚殼也云本欲乘間刺公如有物掣而墮地公神人也公命有司執付市曹自是境內肅然

熙朝新語卷四終

熙朝新語卷五

清　吳郡徐錫齡厚卿輯

康熙五十二年三月。萬壽節。宴直隸各省八旗滿洲蒙古漢軍大臣官員士庶年九十以下六十以上者。於暢春園。六十一年正月。宴滿漢文武大臣及斥退人員年六十五以上者。三百四十人。於乾清宮前。御製七言律詩一首。命與宴者各作詩紀盛。名曰千叟宴詩。宴畢。各頒賚有差。

聖祖天縱聰明。留心格物。嘗諭廷臣曰。如雷擊木。必於罨無瑕疵枝葉整齊者。方擊之。如擊馬。已割耳鼻之馬亦不擊。再書冊所載雷斧雷楔。大約得自深林者皆石。得自卑原者皆銅。朕所得最多。將小石一塊。置於泉水攪之。即可祈雨。蒙古謂之查達。齋書冊則曰查達也。謹按陶南村輟耕錄載蒙古人祈雨以水浸石子弄之即可致雨名曰鮓答即查達也

康熙三十一年。上御乾清門。取性理展閱。諭諸臣曰。律呂新書所言算數。專用徑一圍三之法。朕觀此法必不能合。蓋徑一尺。則圍當三尺一寸四分一釐有奇。若積累至於百丈。所差至十四丈有奇。等而上之。舛錯可勝言耶。因取諸圖指示諸臣曰。所言徑一圍三。止可算六角之數。若圓圍則必有奇零。理甚明顯。朕觀八線表中半徑勾股之法。極其精微。凡圓者可以方算。開方法即從此出。至隔八相生之說。聲音高下。循環相生。復還本音。必須隔八。此一定之理。隨命樂人取笛和瑟。次第審音。至八聲仍還本音。又曰。算數精密。即河道閘口流水。亦可算晝夜所流分數。其法先量閘口濶狹。計一秒所流幾何。積至一晝夜。則所流多寡。可以計矣。

康熙四十三年。諭大學士等。戶部呈樣之斛斗升。朕俱注水詳加測量。其樣升上下四角寬窄不勻。算積數見方得三萬一千三百八十二分有零。其樣斗上下四角寬窄亦不勻。算積數得見方三十一萬六千七百六十四分零。其樣鐵斛算積數見方得一百六十萬分。其數不相符。查性理大全嘉量篇第十二內。每斛積一百六十二萬分。與今之鐵斛較多二萬分。因鐵斛用之已久。不可輕改。是以依今之鐵斛五斗為準。造新樣斗一具。方徑八寸。深五寸。積數見方得三十二萬分。又造新樣升一具。方徑四寸。深二寸。積數見方得三萬二千分。若依此樣。十升一斗。五斗一斛。毫釐不差。因出新樣銅斗升付部。以鐵照式為之。

康熙四千四年十一月。大學士等。以鄂羅斯曾易來使齎至原文繕譯進呈。上閱之曰。此乃喇提諾託多烏祖克鄂羅斯三種文也。外國文亦有三十六字母者。亦有三十字五十字母者。朕交喇嘛詳考視之。其來源與中國同。但不分平上去入。而尚有入聲。其兩字合音甚明。中國平上去入四韻極精。兩字合音不甚緊要。是以學者少。漸至棄之。問翰林院四聲。無不知者。問兩字合音。則不能知。中國所有之字。外國亦知之。特不全耳。

聖祖諭廷臣曰。中國與西洋地方。俱在赤道北四十度內。海洋行船。中國人多論更次。西洋人多論度數。自彼國南行八十度至大狼山。始復北行。入廣東界。常六閱月在海中。不見一山。又自西洋至中國。有陸路可通。因隔鄂羅斯諸國。行人不便。故皆從水路而行。鄂羅斯距京師約萬二千里。西洋及土兒虎特地方。皆與鄂羅斯接界。鄂羅斯倚土兒虎特馬匹。土兒虎特用鄂羅斯皮張。往年鄂羅斯與雪西洋戰。土兒虎特助之。大敗雪西洋。又回子溫都斯坦。布海兒。夜兒根等處。產綿甲。四十層可敵浙江綿八十層。曾以鳥鎗試驗知之。又過哈密六百里。有吐魯番。去雪山百餘里。其人晝伏。至夜始出耕種。其地甚熱。而多石。若日出時耕種。輒然死。又哈薩克那古陽關地。其人心好鬭。常結隊以殺擄為事。人心亦齊。若婦女被人擄去。其婦女必乘間手刃其人而回。此地亦熱。草極肥盛。馬皆汗血。所產蘋果葡萄梨等物。皆大而美。

又西北回子種類極多。皆元太祖後裔。又有一支在小西洋。約十萬人。皆住帳房。惟北極下為最寒。往時有人築室而居。明年人往視之。其人已無復存者。但見林間雪深數丈而已。昔人云。北海有積冰數百丈。向以為荒誕。以此觀之。信不誣也。總之西北地方極大。其風土亦各不相同。朕曾詳悉訪問。是以一一周知耳。

康熙五十八年。上諭朕於地理。從幼留心。故遣使臣至崑崙西番諸處。凡大江黃河黑水金沙瀾滄諸水發源之地。皆目擊詳悉。載入輿圖。大概中國大水。皆發源於東南諾莫渾烏巴西大山內外。其源委可得縷晰也。黃河之源。出西寧外枯爾坤山之東。眾泉渙散。不可勝數。望之燦如列星。蒙古謂之敖郭他拉。西番謂之梭羅木。中華謂之星宿海。是為河源。滙為查陵鄂陵二澤。東南行。折北復東行。由歸德堡積石關入蘭州。岷江之源。出於黃河之西。巴顏哈拉嶺七喇哈納番名岷尼雅克撮漢。書所謂岷山。在西徼外。江水所出是也。而禹貢導江之處。在今四川黃勝關外之乃褚山。古人謂江源與河源相近。禹貢岷山導江。乃引其流。非源也。斯言實有可據。其水自黃勝關流至灌縣。分數十支。至新津縣復合而為一。東流至敘州府。與金沙江合流。金沙江之源。自達賴喇嘛東北烏厄尹烏蘇峯流出。烏厄尹烏蘇峯。中華謂之

氿牛山其水名移魯斯烏蘇東南流入喀木地又經中甸入雲南塔城關名金沙江至麗江府又名麗江至永北府會打衝河東流經武定府入四川界至敘州府流入岷江經夔州府入湖廣界由荊州府至武昌府與漢江合漢水源出陝西寧羌州北嶓冢山名漾水東流至南鄭縣爲漢水入湖廣界東南流至漢陽縣漢口合岷江此諸水在東南諾莫渾烏巴西大幹之內源發於西番入於中國也瀾滄江有二源一源於喀木之格爾機楪噶爾山名雜褚河一源於濟魯肯他拉名敖母綽河二水會木蔡木多廟之南名拉克褚河流入雲南境爲瀾滄江南流至車里宣撫司合九龍江流入緬國瀾滄之西爲喀喇烏蘇即禹貢之黑水今雲南所謂潞江也其水自達賴喇嘛東北哈拉腦兒流出東南流入喀木界又東南流入怒夷界爲怒江入雲南大塘隘更名潞江南流經永昌府潞江安撫司境入緬國潞江之西爲龍川江龍川江之源從喀木所屬春多嶺流出南流入雲南大塘隘西流爲龍川江至漢龍關入緬國此諸水在東南諾木渾烏巴西大幹之外皆流入南海又雲南邊境有檳榔江者其源發自阿里之岡底斯東達木朱喀巴卜山譯言馬口也有泉流出爲雅魯藏布江從南折東流經藏危地過日噶云噶兒城旁合噶爾詔母倫江又南流經公布部落地入雲南古勇州爲檳榔江出鐵壁關入緬國而岡底斯之南有山名郎千喀布卜譯言象口也有泉流出入馬皮木達賴又流入郎噶腦兒兩河之水西流至桑南地岡底斯之北有山名僧格喀巴卜譯言獅子口也有泉行出西行亦至桑南地二水合而南行又折東行至那克拉蘇母多地與岡底斯西馬卜家喀巴卜山所出之水會馬卜家喀巴卜者譯言孔雀口也其水南行至那克拉蘇母多地會東行之水東南流至厄納忒可克國爲岡噶母倫江即佛法所謂恒河也佛國記載魏法顯順恒河入南海至山東之渤海入口處即此水矣梵書言四大水出阿耨達山下有阿耨達池以今考之意即岡底斯是唐古時稱岡底斯者猶云衆山水之根與釋典之言相合岡底斯之前有二湖連接土人相傳爲西王母瑤池意即阿耨達池又梵書言普陀山有三一在厄納忒可克之正南海中山上有石天宮觀自在菩薩遊舍是云真普陀一在浙江之定海縣海中爲善才第二十八叅觀音菩薩說法處一在上伯特今番名布塔拉山也亦謂觀音現身之地釋氏之書本自西域故於彼地山川亦可引以爲據也尚書導黑水至於三危舊註以三危爲山名而不能知其所在朕今試考其實三危者猶中國之三省也打箭爐西南達賴喇嘛所屬爲危地拉里城東南

爲喀木地班禪額爾德尼所屬爲藏地合三地爲三危耳哈拉烏蘇由其地入海故曰導黑水至於三危入於南海也至於諸番名號雖與史傳不同而亦有可據者今之土伯特即唐之突厥唐太宗時以公主下降公主供佛像於廟今番人名招招者者譯言如來也其地猶有唐時中國載去佛像明成化中烏斯藏大寶法王來朝歸時以半駕鹵簿送之遣內監護行內監至四川邊境即不能前進而返留其儀仗於佛廟至今往來之人多有見之此載於明實錄者

王阮亭司寇云京官舊例各衙門稱謂俱有一定仮注不可那移如翰詹稱老先生吏部稱選君印君員外以下稱長官科稱長科道稱道長是也自丙子祭告回京見閒頗異各部司及中行評博無不稱老先生矣

翰林吏部官揖尚右謂之南禮科道官揖尚左謂之北禮郭瑞卿琇先官御史及爲學士遂翰林官只行北禮

宋牧仲犖撫吳時爲唐六如修墓韓文懿公題云在昔唐衢常慟哭祗今宋玉與招魂眼前語信手拈來便成絕對

洪昉思昇爲王貞女作金環曲云王家有女字秀文少小綽約蘭蕙芬項郎名族學詩禮金鐶爲聘結婚姻十餘年來人事變富兒那必歸貧賤一朝別字豪貴家三日悲啼淚如霰手摘金鐶自吞食料死未死救不得柔腸九曲斷還續臥地祇存微氣息詎料國工賜靈藥吐出金鐶定魂魄至性由來動彼蒼一夜銀河駕烏鵲嗟哉此女貞且賢項郎對之悲復憐朝來笑倚鏡臺立代繫金環雲髻邊此種詩足以維持風化何必藉長生殿以傳耶

曹楝亭尚衣每出肩輿中必攜書一本覯之不置人問公何好學曰非也我非地方官而百姓見我必起立我心不安故藉此遮目耳素與陳太守鵬年不相中及陳獲罪乃密疏薦陳人以此重之

李文貞公光地以耆碩特備　顧問密承　旨纂修朱子全書周易折中性理精義律呂韻學諸書自言晚年學問始進得力於　聖訓居多

朱竹垞遊揚州康山有有約江春到之句後六十餘年康山主人江穎長春修葺其地恭迎　翠華臨幸極一時之盛其姓名恰與竹垞詩句合亦奇

任邱龐雪崖塏守福建建寧府甫到任浦城令以嚴苛激變邑人乘夜焚稅局殺稅書塏聞信馳往傳學典諸員集紳士於明倫堂數令罪而諭士民毋生亂查倉庫反

冊爲收未焚餘冊變遂完時制府惡民俗刁悍欲重懲之而浦令與紳士爲仇有羅織意擅大言曰今實已甚吾可殺人以媚人乎僅坐重辟一人流二人而已浦人尸祝之或書於九仙山壁云龐公判事皎日當空慈心彌勒白面包公

王阮亭選十子詩商邱宋犖邵陽王又旦安邱曹貞吉黃岡葉封江都汪懋麟曲阜顏光敏晉江丁煒德州田雯謝重輝江陰曹禾也

高阮懷詠少時夢行市上見大幅字鋪滿街心不敢踐躡側徑迤邐入不覺輕舉凌雲忽至一所樓閣壯麗踰橋入門有黑面鬚者目光如電擁皂纛自內出避之神睇而顧問纛卒有所言者再乃去遂及門門左冕而執笏者甚衆心知爲天庭竊詳何緣至此俄有導者引至右旁殿額曰三官堂有公坐三黃綢畫象比私念何可據三官坐遂出復引至文昌宮以第三座命之曰可坐此驚而寤壬子貢入成均應 廷試至五鳳樓金水河彷彿夢中以爲兆應矣及 召試授檢討入史館復夢前境心惡之遂引疾歸里每語人曰當以二十八日辭世究不言其故果以次年二月二十八日卒其生有自來而終反其位邪不可得而知矣

仁和王桂山嗣槐少工駢體晚乃專爲大家之文二體並傳於世已未薦舉不中授中書舍人戊辰 太皇太后升祔禮成恭進 孝德廣運頌 上南巡奏獻於靈隱寺後羣臣送 聖駕至河干 特召嗣槐 諭以所進文字已看過 天顏溫霽尚有數語以 御舟迅發聽未真觀者莫不榮之

王麓臺原祁康熙庚戌進士 聖祖知其善畫 命供奉內廷鑒定古今名書畫充書畫館總裁嘗在南書房被 命畫山水 聖祖憑几而觀不覺移晷并 賜以詩其隆重如此人乞其畫者踵相接然應 詔不遑大抵賓客弟子輩代筆者什之七八其真跡不可多得也

康熙壬辰有三庶吉士一爲長洲顧俠君嗣立散館後即告歸居秀野草堂有元詩選初二三四集注韓昌黎溫飛卿兩家詩一爲無錫杜雲川詔以養親歸與道士榮連僧天鈞結三逸社選唐詩叩彈集一爲江都程伍喬夢星不就職歸注李義山詩三人者可謂不慕爵祿超然榮利之外矣

王阮亭在京師與同人爲銷夏會以五月會松風人間本無價爲題一時名作如林飛雪崖壇云閒傍蒼松買短牀南風瀟灑透衣裳人間第一清涼散休把千金比禁方 嘒嘒鳴蜩毒熱新松枝輕颭午風勻此間好似清涼國一片鋪金肯售人龍雷岸

燮云岸幘披襟意爽然憑誰索價且高懸東坡只欲將人買剛道清風直萬錢滿袖擔歸且嘯歌紛紛觸熱客何多涼風爭似涼州好此價惟須問孟佗

常熟汪玉輪繹康熙丁丑會試第三未與殿試庚辰以一甲一名及第臚唱後歸報馬上口占詩有歸計詎謀千頃竹浮生只辦十年官之句乙酉年卒 命校全唐詩於揚州事竣而卒計自通籍至其時僅九年耳前詩已爲之讖矣

順治間徽州汪日衡夢見天榜會元汪士鋐因改名應之竟不第至康熙丁丑汪退谷士鋐中會元相隔四十餘年日衡已物故其孫記乃祖之言以告人相與嘆造物弄人亦覺與謂此事與朱士綬改名朱鎔相似而事更奇

錢唐顧侍御豹文彈劾不避權貴然卒無妄言嘗曰言而當足以裨國是言之不當雖 天子不以爲罪使異日輕諫官非計也旨哉斯言可爲臺諫法

于清端公成龍總督兩江其族弟襄勤公亦名成龍知江寧府同姓同名同時同官一城且同以清節著聞位又同至一品古所未有

人家科第在積學種德風水之說不足道也然亦有灼然可信者全椒吳榜眼昺之曾祖爲父卜吉壤延閩人簡堯坡擇兆三年不得辭歸吳翁固留之一日同往梅花山中遇大雪同飲陳家酒樓簡倚檻遠眺久之罷酒起曰異哉吾遠近求之三年不得乃在此乎即同往三里許審視良久曰是矣雪晴更往觀之喜曰天賜也然葬後君之子未即發至孫乃大發發必兄弟同之兩面文峯秀絕發必鼎甲然稍偏未必得元或第二三人未可知亦不僅一世而止翁如言卜葬其後孫國鼎中崇禎癸未進士國縉中順治己丑進士國對國龍學生國對中探花國龍成進士至昺兄弟亦先後成進士而昺則中榜眼簡之術亦神矣哉

辛未名臣如陳恪勤公鵬年文章事業爲一代偉人詩更瀟灑有句云隔簾幽韻上蕉桐一曲湘靈奏未終略記年時春雨後海棠初試卜熏籠

關中李天生因篤仁和吳志伊任臣俱寓益都相國邸中一日飲李閣學天馥家天寒天生衣短貉裘而來毛色粗惡李曰是當內其毛而衣之天生怫然曰是反衣也獨不聞反裘而負薪者乎傳曰皮之不存毛將焉附是內毛者反裘也李曰然則羊裘如何曰羊裘賤服恐負薪者所衣即此但毛色所尚古無明文然定無從內向者時毛大可奇齡在座李以問之大可曰毛巳不內向極是但羊裘用純黑論語黑裘元冠緇衣羔裘以緇衣黑色表毛色也詩曰羔羊之皮素絲五紽恒黑毛向外當

用白絲五條嵌之使黑白分明以為飾此非外向乎至狐羊貴賤不可考然禮記亂裘非古大裘非古解者謂以黑羊雜狐白相間而成文者謂之黼裘純黑羊裘謂之大裘是天子用純黑羊裘諸侯用之即謂之非古是非尊黑羊而賤狐白乎李以問志伊志伊曰觀黼裘誓省狐裘祭臘論語狐貉之厚以居則狐用卑褻自不如羊裘祀天之尊也且檜詩曰羔裘逍遥狐裘以朝則羊裘狐白雖皆可用為朝服然狐多羊少則詩人譏之此亦羊貴狐賤之一驗也天生乃笑曰田文以一狐白脫秦患而五羊之皮則秦人薄之國策曰千羊之皮不如一狐之腋若此果何貴何賤也志伊曰羊之價焉得如狐然歷觀古書似乎羊裘價賤而用貴狐裘價貴而用反賤也坐客皆是其言

康熙二十六年四月副都御史徐元珙疏請釐正祀典其畧云臣按歷代祀典唐望祀北海於洛州即今河南府也宋望祀北海於孟州即今懷慶府也明亦望祭於懷慶府我　朝典制東海祀於萊州南海祀於廣州二祀近海誠為允當西海則於蒲州望祭益西海遥遠循宋明之舊而望祭之宜也至北海則仍祭於懷慶夫宋都於汴而懷慶在其北彼時幽燕皆非宋土即出國門而望北一祭亦權宜之計有明定鼎燕京仍往南而祭北海我　朝因之殆非宅中以莅四海之義伏查北鎮醫無閭山在奉天府屬今為北鎮山海關迤北之海非北海乎況　盛京發祥重地土厚水深源流綿邈　皇上聲教四訖幅員之大從古未有長白山水并烏龍鴨綠諸江亦盡朝宗於海則北海之祭不應仍在懷慶此祀典之急宜釐正者伏查順治十七年科臣粘本盛題請改祭北岳於渾源州旨下部議嗣後告祭更定於迤北近海地界云云奉　旨九卿詹事科道會議上言明臣邱濬言京師東北乃古碣石淪海之地於此立祠就海而祭為宜濬所云碣石今在永平府但我　朝幅員廣大混同江水發源長白流入北海今北海之祭應改混同江邊望祭可也奉　旨准行

康熙二十二年二月　駕幸五臺駐蹕完縣　召父老慰問　賜金有蔡丹桂者自陳縣學生員家貧無以為養　上命講飛龍在天利見大人及德輶如毛毛猶有倫句稱　旨賜白金五兩金盤蘋婆果六枚　諭曰爾當努力讀書開卷有益也

陳鐵山常夏家貧力學嘗為人傭書順治辛丑會元控米貼令孫子禾襄幼孫貧嘗某家為伴讀代主人子作文師康知之以告主人遂加禮焉後中康熙乙丑進士官至通政司參議人顧可不自立耶

尤西堂嘗戲作浴乎沂風乎舞雩二句題詩云洗耳自同高士潔披襟不讓大王雄後山左李少詹呈祥謫塞外有人以此二語贈之及到戍更解官為高姓名士潔者抵戍所即有王侍郎名舜踵至舜原名雄二語適與相符亦奇

孫子未襄嘗於其師徐華隱坐中見一貧客乃徐年家子也仰體師意招致家中遇之甚厚一日忽謂孫曰受恩未報明年當生公家未幾卒孫生一女六歲時戲抱之語家人曰此華隱師客也云來報恩乃是女兒要所望報耶女勃然曰爺憎我女耶當再生為男逾十日以痘殤明年果舉一子頂有痘瘢名千蕙字莊夫後中雍正乙卯舉人

濰縣姜雲一國霖少有至性父游京師遇疾雲一往省則已歿貧不能市棺乞於市以斂之復以其喪乞食而還旅宿憐之為釀金以葬母善怒怒則致疾雲一百計解之一日怒甚雲一跪膝前作小兒嬉戲狀持母手撻其面母笑而罷自是不復怒時雲一年五十矣昌樂閻懷庭循觀與之善問喜讀何書曰論語終身味之不盡也嘗自述生平學力年四十始能不以貧富攖其心五十始能不以死生動其心懷庭為作姜先生言行記

施愚山閏章官湖西道時新淦有虎患愚山為文禱於山神翼日有虎曳尾入村中一婦人以舂杵擲而殺之虎患遂絕

濰縣劉衍泗繼聖山教職歷湖南慈利縣時滇寇甫平人民彫敝劉以寬為政不忍輕用刑杖與民語常呼為兒有人被罪法當笞劉便慼然曰兒何苦忍痛耶慈利人感之再引疾去民籲留不得集醵金送之劉不受民固請始人受一錢凡數萬時謂今之劉寵云

諸城劉弢子棨文正公之父也年十一補諸生康熙乙丑登進士第出知長沙縣三十七年遷寧羌州是歲關中大饑劉請於監司假歷倉粟以活州民寧羌民故貧多逋稅遂聽民便宜采苛蕨悉充稅而自賣家中田代之輸下車之日城中居民僅七家期年而輻湊矣一日出郭見山多槲樹宜蠶乃募里中善蠶者栽蒔種數萬至是民獲蠶成復教之織州人利之名曰劉公綢

吳江計甫草東順治丁酉舉人少負奇氣過順德府知歸震川先生嘗佐是郡有䭾記二篇訪求遺碑不得入署旁廢圃中瓣香再拜又嘗至吳中知黃向堅之孝投刺稱門生焉真奇人奇事也

長洲褚蒼書篆學閎治博天爵自尊韓文懿公以父執敬禮之康熙己巳 聖祖南巡。召見於 行在所。命書屏二幅。御書海鶴風姿四字 賜之時年已九十六矣。人瑞也。

熙朝新語卷五終

熙朝新語卷六

清 吳郡徐錫齡厚卿輯

康熙四十年七月。聖祖駕幸索岳哈瀧有喇里達番頭人進彩鷂一架青翅蝴蝶一雙。上問此二物產於何地頭人回奏云生於穹谷山中鷂能搏虎蝶能捕鳥。上賜以金而遣之

長洲惠硯溪周惕子士奇孫棟三世以經學傳家二百年來東南第一家也著作甚多。欽定四庫全書中多有采入者。

康熙十七年。命一等侍衛狼瞫頒 孝昭皇后尊謚於朝鮮吳人孫致彌為副奉命采東國詩歸奏致彌撰朝鮮採風錄詩甚多不及備載錄其送詔使還京詩序云。皇上紀元之十七年戊午上駟武備二大人頒 大行皇后謚於下國時則不佞謬膺寡君儐命之託馳迓龍灣因護其行抵王京二大人傳宣 帝命以寡君有疾停郊迎儀前度使臣之回奏也小邦君臣且感且悚惟是飲冰之行莫肯虛徐請少留而不可得時值大歉公私未立殆不能備供億之禮二大人大加蠲損一革浮費所索惟詩文與書法而已寡君命朝紳或製或寫以應索中所徵蘭亭若寒士前此所未有也武備公仍將 兩朝宸翰示不佞暨都監諸官其書曰正大光明者即 先皇帝筆。今皇帝手書跋尾者也其曰清慎勤者。今皇帝筆也生龍活蛟之蜿蜒銀鉤鐵畫之勁健真可以參造化驚風雨跋語珠光玉潔自有不可掩之華益公世懋酬庸錫予蕃庶最以此珍玩不以出疆而舍之云海外鯫生非常 天使眷顧則亦何逸之從而獲此大觀也哉自臨境至回旆首尾四十有二日不佞又伴至鴨綠江上大人微詩若序要作他日不忘之資顧不佞素短於章句重以簿仕鞅掌載勞擾簿書拋棄翰墨自慚不足以副大人之勤教也辭之益固命之益懇因畧敘其概兼呈篇什以供一粲云爾詩五言十韻其警句云紙上風雷隱毫端造化奇城路風旌掣滄江鼓角悲末署伴送使資憲大夫行司憲府大司憲兼成均館大司成廣州後人歸巖李元楨。

康熙丁未夏荷蘭國甲畢吧王油煩嗎綏極遣陪臣卑獨攀呵閔等入貢內有刀劍八枚丑采緞指𦁚檀樹四株各長二丈許西洋小白牛四高一尺七寸長二尺有奇白質斑文項有肉峰荷蘭馬四銳頭卓耳形態殊異又玻璃箱丁香哆囉尼絨之屬是歲暹羅國王森烈拍臘照古龍拍臘馬嘑陸坤司由提呀菩埃遣貢使握坤司吝喇耶邁低禮

貢六足晚孔雀馴象等物回回國貢牛三角三目。

南昌滕王閣毁於金聲桓之亂。順治中，蔡尚書士英開府江右，重新之，海內名流賦詩甚多，惟海鹽彭羨門孫遹詩為最，其警句云：「依然極浦生秋水，終古寒潮送夕陽。」

康熙己酉科，浙士有祈夢於于忠肅祠者，神告之曰：「爾功名在詈中。」醒而不解所謂。是科領薦，首題乃知之者一節，始悟詈為四者字，中者中式也，神固已明示之矣。

周司空清原幹棠太學時詩名籍甚，有詠白丁香句云：「月明有水皆為影，風靜無塵別遞香。」一時傳誦，上徹宸聰。比官翰林，召見時猶誦其詩句獎之。

潘次耕耒以布衣薦舉，召試授翰林院檢討。幼時聰穎異常，過目成誦，試以憲書與之諳，一過即能背誦首尾，不遺一字。兄檉章有史才，頗承受其學，又從顧亭林、徐昭法、戴耘埜遊，故其學貫穿淹洽，無所不通，旁及曆算，悉有神會。昭法歿後，無尺寸之產，舉孀婦孤孫以託，潘恤之終其身。其古誼有如此者，益不僅以博雅稱也。

米紫來漢雯，王文貞公崇簡之壻也，性放浪不羈。常以翰林典雲南鄉試，故事試差復命不得過年，米以六月朔赴雲南，事竣，浪跡江楚，至十二月猶未還。婦翁王瞿庵遣人敦迫，乃就道。及至都，自言我為相公押解來京，都人士笑之。

靳文襄公治河功績彪炳人寰，其河防奏議，至今行水者奉為圭臬，而其他建白尚多，知者蓋鮮，茲錄其請減專差疏，以為嘗鼎一臠。其詞曰：臣惟皇上因在外諸臣於民生疾苦不以上聞，朝廷詔旨不行下達，廢弛驛站，侵冒錢糧，民隱莫申，民冤無訴，於是屢遣在內諸臣訪査察究，此皇上軫念民瘼，惟恐一夫不獲其所，是以不得不然也。但天使之車塵馬跡，一經絡繹於道途，則閭閻之蒼首黔黎未免嗟咨於草野。在奉差之臣，未嘗不以皇上之心為心，未嘗俱有示威勒指之事，并未嘗盡縱家人跟役等需索地方官也。然往來供應，雖盞酒粒粟、片肉隻雞，盡皆小民膏血。況地方官員賢能廉介者少，平庸畏事者多，一聞欽差將至，惟恐有所厭詰，莫不力圖要結以悅之，行賄與否姑置弗論，所飲食之費已屬不少。上司雖戒之曰倘無科民，有司亦隨答之曰斷不妄派，究竟無神輸之術也。更值不肖官員借端多斂，則又不堪言矣。此等事務，臣雖未得確情，並無指實，然揆之情勢，在所不免。臣愚以為除軍機重務必須口授廟謨，於兵主確酌商行者，自當專差馳驛。又在外貪官污吏，督撫不行題參，科道糾參，或旁人告發，并督撫扶同枉法、肆行貪婪之事，亦必須遴選部院能員秉公確審者，無庸置議外，他如盤頓驛站、料理軍需、查勘灘疆、恤刑督賑諸務，似應責成督撫。蓋督撫為封疆大吏，皇上將數千里地方數千萬百姓託之綏懷撫治，乃不夙夜匪懈勉力報君恩，將此等分內之事闒茸貽誤，甚至揑冒侵漁，致煩皇上左顧右慮，另差近臣代理，似此不職之督撫，雖立置重典，亦不足惜。然天下督撫賢愚不同，未必盡皆不肖也。臣請嗣今以後，凡督撫司道不能料理必須差員之事，自當照舊遴差；其督撫司道能行之事，俱責成督撫司道料理，停其另差。如有貽悞生弊等情，即將該督撫司道立行從重處分，以為大吏溺職之戒。如此庶地方不至困供應而擾民矣。

康熙辛丑科得人最盛，名臣名儒多出其中。官尚書者一：嘉興錢陳羣；官侍郎者二：靜海勵宗萬、鄞縣邵基；官總督者二：上蔡陳元亮、平越王士俊；官巡撫者四：新喻晏斯盛、滋陽喬世臣、安居王恕、漢軍孫國璽。名儒則德州盧見曾、孝感夏力恕、會稽魯曾煜、宜興儲大文、歸安陸奎勳、金谿馮詠、閩縣謝道承，皆是科庶吉士也。

海鹽彭羨門孫遹，順治己亥進士，康熙中官至吏部侍郎，兼充講官。上特命進講大學樂只君子一節，音吐宏亮，極加稱獎。時明史久纂未成，命為總裁，賜專勅，異數也。

松江瀕海，一日兩潮，歷久不爽。康熙戊戌重九日，華亭王相國頊齡拜入閣之命，是日潮忽三至，咸以為異。

朱竹垞以檢討被命纂修明史，有上總裁七書，最為詳贍，茲錄其一曰：彝尊來自田間，學無師法，一旦入著作之庭，備員纂史，受命以來，悅悅惴惴，伏念史尚三長，而不有其一，何以克副厥任？猶幸有閣下總裁之，可以無恐。今開局逾月矣，顧未見體例頒示，竊有所陳，造門者再，未值歸沐之暇，敢奉言於左右。歷代之史，時事不齊，體制因之有異。班固書無世家，而有后戚傳，已不同於司馬氏矣；范蔚宗書無表志，後人因取司馬彪續漢書志以為志，又不同於班氏矣。蓋體例本乎時宜，不相沿襲。故漢之光武、唐之孝明、宋之真宗，皆行封禪之禮，作史者不必效史記而述封禪之書也；德星、慶雲、醴泉、甘露，不絕於世，作史者不必效北魏、南齊而述符瑞之志也：此志之不相沿襲也。班史第古今人表，上及於皇初；歐陽子紀宰相世系，下逮於子姓；遼之游幸，金之交聘，他史無同焉者：此表之不相沿襲也。史記列傳有滑稽、日者，五代史有家人、義兒、伶官，宋史有道學，他史無之：此傳之不相沿襲也。至若皇后一也，尊之則附於帝紀，卑之則冠於臣傳；公主一也，或為之傳，或為之表；釋老一也，或為之志或為之傳餘如天文五行或分為二職官氏族或合為一然則史蓋因時而變其例矣明三百年事有創見者建文之遜國革除長陵之靖難裕陵之奪門宜何以書躋興獻王於廟存之則為無統去之則沒其實宜何以書志河渠者前史第載通塞利害而已明則必兼漕運言之而又有江防海防禦倭之術宜何以書志刑法者前史第陳律令格式而已明則必兼廠衛詔獄廷杖宜何以書若夫志地理則安南之郡縣朶顏之三衛曾入版圖旋復棄之又藩封之建置衛所之參差宜何以書至於土司之承襲恭順者有勤王之舉反側者興征討之師入之地志則不能詳其事入之官志則不能著其人宜何以書凡此皆體例之當先定者也又魏定黔成英臨淮諸國衍聖一公咸與明相終始則世家不可不立惟是張道陵之後受世祿奉朝請於義何居若竟置不錄難免闕漏宜何以書此亦體例之宜審量者也又承閣下委撰明文皇帝紀本之實錄參之野紀削繁證謬屏誣善之辭撰稾三卷巳上之史館矣昨睹同館所纂建文帝紀具書燕王來朝一事合之鄙纂書法相遠匪敢揚己之長暴人之短但史當取信百世詎可以無為有明太祖之崩在洪武三十一年五月遺詔諸王各於本國哭臨不必赴京踰月而訃至燕燕王抵淮安勅令歸國斯太祖實錄史臣曲筆謂用事者矯詔卻還當在是年之秋也時方執周王廢為庶人衆齊王榑有罪召入京留之燕王方慮禍及歸國恐後因簡壯士為護衛迨齊王之入燕且益懼焉肯以次年來朝身犯危地而且傲慢無禮由皇道入登陛不拜致監察御史曾鳳韶戶部侍郎卓敬一劾王大不敬請徙封南昌建文帝不報而燕世子及弟高煦適以三月至京師譬諸虎雛其父盡將虎子入於陷阱之中縛之一二獵夫力耳雖至愚者弗為而謂智慮過人之燕王為之乎且燕世子之來在三月則是時燕王猶未反國野史稱文皇遣之來誰實遣之姜清秘史據南京錦衣衛百戶潘暄貼黃冊內載校尉潘安二十三日欽撥隨侍燕王還北平以為來朝之驗似若可徵然稽之實錄靖難師駐龍潭帝顧望鍾山愴然下淚諸將請曰禍難垂定何以悲為帝曰吾異日渡江即見吾親比為奸惡所禍不渡此江數年今至此吾親安在瞻仰孝陵是以悲耳然則太祖崩後燕王未嘗入朝可知蓋革除年事多不足信即燕王來朝不足信者一也金川門之啟實錄稱建文帝闔宮自焚中使出其屍於火越七日備禮葬之遣官致祭輟朝三日野記則云松陽王景請以天子之禮葬文皇從之夫既葬以天子之禮未有不為之置陵守冢者而鍾山左右無之則備禮云者亦史臣掩人耳目

焉耳況孝陵既葬文皇責建文以庶人之禮葬其祖又豈肯以天子之禮葬建文乎不足信二也北京金山口景陵之北相傳有天下大師之塔謂是建文皇帝墳此尤無據嘗登房山山隅有亂塔寺瘞僧兜不可數計繞山村落田中亦多僧塔或題司空或題司徒或題帝師國師蓋遼金元舊制則然所稱天下大師不足為異乃誣為建文帝墓既云不封不樹矣其誰為之立石為表不足信三也從亡隨筆稱太祖預貯紅篋於奉先殿側四圍以鐵錮之鎖二亦灌以鐵汴程濟破之得三度牒濟為帝祝髮既扶帝出聚寶門矣不應復折而至神樂觀不足信四也致身錄載帝至鬼門從者八人牛景先用鐵棒啟之而出考是日乙丑文皇一入金川門即命分諸將守京城及皇城鬼門非無人之境為景先者持鐵棒啟門守城將士豈無一人見者不足信五也方孝孺衰杖哭闕下語文皇曰成王安在此事之所有也至文皇謂曰獨不顧九族耶答曰便十族如何因并其弟子友朋為一族戮之此則三家村夫子之說矣歐陽夏侯尚書雖云九族者父族四母族三妻族二而馬鄭俱云九族上自高祖下至元孫九攀蔡氏從之故世之言九族者名為九族其實本宗一族耳迨秦漢誅及三族為最酷而造為是說使文皇果用是刑無遽舍母妻之族而遽誅及於弟子友朋者且正學之友最莫逆者如宋仲珩王孟溫仲縉鄭叔度林公輔諸人故叔度之弟叔美叔端仲縉之子叔豐皆為及門高弟諸君惟仲縉早卒其餘當日戮不及於難輯其遺文以傳足以破野史之謬不足信六也實錄載文皇入都即收齊泰黃子澄至闕同磔於市所牓姦黨二十五人鄭賜黃福尹昌隆在其列不聞伏法又靖難師起北平所司州縣棄職遠避朱寧等二百一十九人亦未嘗悉誅獨大理寺少卿胡閏野史謂抄提男女二百一十七人俱死外遣戍者又一百一十四人而奉天刑賞錄載茅大芳妻死上命飼狗不應若是之酷不足信七也萬歷初以建文帝所遺三詩宣付史館竊疑是黜窮元之故臣憶庚申君之作若天命潛移四海心之句豈出之帝口乎不足信八也鐵鉉二女沒入教坊世傳七言二詩乃吳人范寬題老妓卷而作載皇明珠玉集中好事者巧為附會不足信九也河西傭川中補鍋匠東湖樵夫雪巷僧潔其身隱其名姓號傳以書異而不可乃憑轉輪殿鼠齧餘冊一一實之不足信十也實錄載壬午歲七月命前工部尚書嚴震直戶部尚書王鈍應天府尹薛正言分往山西山東陝西巡視傳奏利弊震直受詔至山西九月卒於澤州公廨初不聞震直督餉山東為北兵縛置布囊中以兩馬舁至京後使安南回滇

有否余之技不足信十一也至若因楊行詳戮而移之楊應熊因史仲彬之名而造為致身錄久而附益之不足信十二也論者以革除靖難之事載諸實錄者皆曲筆無寧取之野史然實錄之失患在是非之不公然人物可稽歲月無舛後人不難論定至遜國諸書往往以黎邱之鬼眩人觀聽以虛為實以偽亂真其不滋惑焉者寡矣閣下宜辨去其惑曉然開諭同館毋相矛盾作史之貴乎有識者此也故因燕王東訓一事而兼及之惟閣下垂鑒焉

建德宋白山維藩所善方尚節者善卜易以白山為東道主越經歲不歸方春始初白山必令占一卦以卜歲稀戊午春占卦畢忽呼奇奇語白山曰今歲必有人自天子所來召君者謹識之白山笑曰所以煩君卜者姑以問安否何如耳窮閻臨巷於外間隔軼為翰音登於天者而有命自天乎方曰書言之固然謂余不信請俟之可也及開御科辟書至乃信方之術神也

朱秋厓克生云實應西北七十里曰張公舖屬天長縣康熙四年二月二日張公舖人見平地忽擁官艦數十帆檣樓櫓畢具船首列羽旗大纛之屬儀衛森然所過之地迅如鳥跡草木皆靡竟不知是何祥也

益都冷孝子名昇邑諸生父植元好遠遊崇禎己卯適嶺表鼎革後兵戈阻絕三十年孝子發憤依僧屢道趙緇退進美往端州冀便咨訪一日有喬某者亦山東人往西粵孝子跪請訪求閱歲喬返微聞其父歿於龍州土司孝子遂辭去湖畔祠而上歷三百七十餘灘自橫州達南寧又經遷隆思明行五千里一那利人蔡鄭二叟詢知與其父舊為龍州土司客乃與偕往從與葬師譚姓者遇覓得父櫬於龍州北門交帶橋側負骸骨歸孝子自敘其事為龍州扶櫬記夫以一寒士父歿三十年覓能負遺骸於萬里之外雖欲不謂之孝其可得乎亟書之以愧世之蔑視其親者

康熙間泰安知州某行泰山下忽見片雲自山巔下雲中一人端立初以為仙及墜地乃一童子也驚問之曰曲阜孔姓方十歲母病禱泰山府君願殞身續母命母病尋愈私來捨身巖欲踐夙約不知何以至此知州大嗟異命輿送之以歸

葉丙霞映榴順治辛丑進士由庶常累官湖北督糧道戊辰夏包子之亂從容拜疏公服自刎死奉旨褒嘉特贈工部侍郎己巳　聖祖南巡其子葉敷迎　駕　上諭禮部等衙門當楚省兵譁之際葉映榴盡節捐軀朕心深切憫悼特詔所司優贈亞卿兼予陰卹今巡行江南見其子葉敷迎伏道旁彌增軫惻忠節之臣應特　謚以彰異數禮部曾議具奏欽此部議上奏　旨賜謚忠節　聖朝褒忠曠典迥出令甲之外葉公死不朽矣

米侍講漢雯令建昌時有水夫文三郎者頗文雅不類俗人米謝事居南昌三郎亦隨役一日見家僮輩所索扇一畫梅一畫蘭竹又書唐人絕句二首問之即文三郎妻徐容所作年才二十三

睢州湯文正公族人家有傭工夫婦每聞主人與客談詩文輒竊聽如是者數年一旦辭門去留書千言文詞博奧援據古今多出意表竟不知誰何也此事與文三郎相類而蹤跡尤奇

孫文定公廷銓為童子時嘗五鼓入塾道遇一長人如方相狀目睢盱可畏直前欲搏之公方錯愕間頓覺己身驟長與之等乃搏且卻至半里許其物忽不見又青齊常有狐為祟公讀書其中久之無所睹邪不勝正從茲可想

餘姚黃梨洲宗羲明御史忠端公尊素子少補仁和諸生忠端公死魏閹之難崇禎初梨洲年十八刺血緝疏袖長錐入京訟冤至闕門而忠賢伏誅卹典已下刑部鞫閹黨許顯純等召梨洲對簿即出袖錐錐許血被體又毆崔應元拔其鬚歸而祭忠端神主前已又與從獄卒顏咨葉仲文蓋顯純為大理時鍛鍊忠端公罪而絕命於二獄卒手梨洲冒死報仇時以忠義孤兒稱之後以攻詆阮大鋮被逮值大兵南下事得解康熙戊午己未學士葉子吉都御史徐立齋先後薦於　朝以老病辭後　聖祖復以海內遺獻問徐司寇乾學仍舉以對且言其衰老乃止

盩厔李中孚容父信吾死流寇之難容母子相依雖貧不受人餽遺母卒三年後徒步之襄城求父骨不得知縣張允中聞之為立信吾祠且造冢於古戰場以慰其心乃取其塚土歸告於母墓更持服如初喪累薦不就　聖祖西巡欲見之陝督傳旨容驚泣以廢疾辭　特賜關中大儒四字寵之

關中有鬼孝子者七歲喪父家亦貧孝子雖幼即能以力養母數年孝子死鄰人將奪母志孝子為祟於其家以止之且託夢於母曰兒雖死猶能以力養母母泣曰兒已鬼矣安所用力為曰母第適市語負擔者令加重焉兒陰佐之加使能勝則其傭可倍獲母取其贏以給贍也母如其言果賴以存活守節至老宋射陵曹為作鬼孝子傳見虞初新志世之生而忘親者愧此鬼

康熙甲申四月　命侍衛拉錫等探視河源初四自京起程五月十三至青海十四

至呼呼布拉克。六月初七。至星宿海之東。有澤名鄂陵。周二百餘里。鄂陵至有澤名札陵。周三百餘里。二澤相隔三十里。初九至星宿海。蒙古名鄂敦塔拉。登南山視星宿海之源。小泉萬億。不可勝數。周圍羣山。蒙古名庫爾袞。即崑崙也。南有山名古爾班吐爾哈。西南有山名布胡珠爾黑。西有山名巴爾布哈。北有山名阿克塔因七奇。東北有山名烏蘭杜石古爾班吐爾哈。山下諸泉西番國名為噶爾馬塘。巴爾布哈山下諸泉名為噶爾馬春穆朗。阿克塔因七奇山下諸泉名為噶爾馬沁尼。三山之泉流出三支河。即古爾班索羅謨也。三河東流入札陵澤。自札陵一支流入鄂陵澤。自鄂陵流出。乃黃河也。除此他山之泉與平地之泉流為小河者。不可勝數。盡歸黃河東下。使者自星宿海於六月十一日回程。向東南行二日。登哈爾吉山。見黃河東流。至呼呼托羅海山。又南流繞撒除克山之南。又北流至巴爾托羅海山之南。次日至冰山之西。其山最高。雲霧蔽之。蒙古言此山長三百餘里。有九高峰。自古至今。未見冰消。終日雲霧蔽之。常雨雪。一月中三四日晴而已。自此回行十六日。至席拉庫特爾之地。又向南行。過僧庫里高嶺。行百餘里。至黃河岸。見黃河自巴爾托羅海山向東北流。於歸德堡之北。達喀山之南。從爾山峽中流入蘭州。自京至星宿海共七千六百餘里。寧夏之西。有松山。至星宿海。天氣漸低。地勢漸高。人氣閉塞。故多喘息。

靖逆侯張勇字飛熊。　國初定鼎。即仗劍出關。求見英王。王大奇之。提督甘肅。知吳三桂將反。命子雲翼間道入都。首發其姦。　聖祖親解御袍賜之。功成後。謚襄壯。相傳其封公夢夏侯惇而生。侯薨後。葬墳掘地。得夏侯碑碣。亦奇事也。

金會公德嘉。順治庚子舉人。就安陸府教授。不赴會試。一日。夢有人投刺來拜。視之乃門弟劉子壯五字。奇之。因北上。康熙壬戌會試。總裁掌院學士朱之弼。乃劉子壯會試房師也。果中第一。夢兆之異如此。

張清恪公伯行。康熙乙丑進士。歷官至江蘇巡撫。素以清節理學著名。四十八年。大計。盡除吏之貪婪不職者。萬民鼓舞。而總督噶禮貪黷怙勢。素與齟齬。辛卯科場事發。　上命刑部尚書張鵬翮往鞫。亦畏其勢。伯行抗疏上言。噶禮營私壞法。有曰。仰祈　皇上大奮乾綱。除兩江之民害。快四海之人心。振萬古之綱常。培一時之士氣。人皆傳誦。噶禮亦誣伯行不肯出洋數事。　上命並解任。　命工部上書張廷樞來鞫。並擬革職。　上責諸臣顛倒是非。革噶禮職。留伯行巡撫任。　諭諸大臣曰。伯行乃天下第一清官。噶禮辦事歷練。操守朕未能信。若非張伯行在彼。江南地方。受其侵削一半矣。中外無不頌　聖祖知人之明。

海寧查嗣韓。以五經鄉薦。不第。留京。住西華門劉廷璣宅之無倦軒。攻書。身素弱。劉勸慰之。曰。吾非不知。曾夢神贈書。有五色雲中第二人句。是以戀戀冀其一驗耳。至康熙戊辰。果以榜眼及第。

孫松坪致彌。康熙戊辰進士。官編修。蚤齡即以詩供奉禁中。四十餘年。有歸舟口號云。有淚何曾灑路歧。小船欹側逆流中。料頭白眼傾尊酒。飽看人家使順風。其襟懷磊落可想。

餘姚汪鑒。少任俠。及從勞麟書遊。研心朱子之學。粹然儒者矣。其父歿雲南。鑒扶櫬歸至漢江。遇大風。舟將覆。鑒憑棺號哭。誓以身殉。風忽止。得泊沙岸以免。人咸謂孝思所感。

熙朝新語卷六終

清 吳郡徐錫齡厚卿輯

正白旗漢軍陳夢球康熙甲戌進士未與館選 上特召試聖人之本論一篇稱旨補選庶吉士異數也

高安朱文端公軾少好學用志不紛塾師嘗會飲公不與譚書不輟師命餉以酒肉置座間若無覩也每於古大儒名臣循吏之行輒筆記之康熙癸酉領鄉薦第一甲戌進士改庶吉士累官文華殿大學士有可亭十三種行於世

康熙甲戌丹徒裘之仙偕數人入都會試有善扶乩者同往問中否乩判一貫字衆不解後裘中會元裘故眇一目始悟向所判貫字乃中一目人也

吳文簡公襄之父與一僧善後僧患足疾坐山中一日忽見僧自外至徑趨入內跡之則夫人方坐蓐誕一子即文簡公也由癸巳翰林歷官禮部尚書康熙壬寅二月恭與千叟宴紀 恩詩云六旬今列千官宴兩榜原登 萬壽科

宋牧仲犖先撫湖北後撫江蘇振拔名流提挈後進士林德之性嗜古精鑒賞名人書畫一見即別真贗嘗寫水墨蘭竹小幅湯西崖題詩云竹翦美必採澤蘭香宜紉公乎鎮東南空谷無幽人偶然托墨妙寫此平生心恣嗟魏公傳小筆乃爾神借圖頌德洵非諛語

康熙間梁溪陸生者忘其名少好學弱冠遊庠家小康以好施故中落妻父故富翁也頗輕薄之翁壻往還蹤跡日稀後值鄉試陸以無力納卷且妻已有娠八月餘慮無人周顧意不欲往同人固強之捐資以助陸不能卻陸屬人聞於妻父母冀兒內顧憂而翁夫婦若不聞也者陸為同伴所迫怏怏而去倉卒終場歸則妻患病甚劇醫決不起陸傍徨無措夜半妻渴甚索飲欲溫之苦無薪足下有破板將取以燎火板甫揭見白蛾蠕動撥視之下有巨甕咸白鏹焉喜欲告妻聞扣扉甚急啟關未及詢衆擁而入乃報錄科者方錯愕間又聞妻大聲作喘視之已生一子呱呱在牀矣一息之間三喜畢集信所謂困極而亨者耶

康熙四十一年九月十五日兵部尚書兼都察院右都御史總督河道軍務臣張鵬翮河工告成疏曰河工一事每厪 睿慮 親臨閱視洞悉原委 宸衷獨斷區畫精詳拆攔黃壩以通海口築挑水壩開陶莊引河以導河北行培高堰築六壩以東淮敵黃挑張福口裴家場張家莊等引河以暢淮流修歸仁堤以節宣睢水塞時家馬頭以杜黃水旁溢開王家營減水壩挑鹽河以洩黃淮漲水鑿厎字堡等引河逕灣取直以分水勢杜邵伯更樓諸口修運河兩岸排樁濬深運河改修中河以利漕運疏人字芒稻河涇澗諸河以洩運河漲水挑海溝蝦鬚等河以洩下河積水建高郵南關車邏諸滾水壩以資蓄洩工程次第完畢今歲伏汛黃淮並漲逾川不溢水勢大過三十五年而堤防保固海口通暢運道深通民獲耕穫莫不歡聲如雷洋溢原野此皆我 皇上神謨睿慮上與天通燭照於事前符驗於事後用能錫地平天成萬世永賴之鴻休偉績等語有 旨明歲閱視河工四十二年

聖駕南巡三月以淮黃告成 頒詔天下

賴塔拉巴圖魯從征耿逆一日浴於溪覺水底有物槎枒如古木因縛以繩引出之乃一龍首頭顱兜然所縛者乃其角也見者驚走賴神色不變徐解其縛少頃雷雨晦冥龍騰空而上自是人呼賴為縛龍巴圖魯

錢香樹陳羣為翰林時舟行失足入水家人救以篙得免謂人曰吾聞墜水者必有鬼物憑之倘遇李太白便把臂去矣次日過李白樓題云昨夜未曾逢李白今朝來與一登樓樓中人已騎鯨去樓影當空占上游

海鹽徐个臣容鄉試前祈夢于忠肅祠神告之曰歸語汝祖以吳三桂一事報汝也容心惡之既而榜發竟入彀而終不悟所謂吳三桂者歸語其祖年已及耄亦茫然不知久之乃曰是矣三十餘年前有僕吳姓與婢女名三桂者有私汝曾祖母將治之吾力諫得免即以三桂配吳不謂為神明所鑒貽福於汝汝其勉之

武進周清原祈夢于忠肅祠忠肅延揖之有童子立戶側吟一片冰心在玉壺句讀壺為衡竊訝之不敢問頃辭出忠肅送及階握手言曰余事在爾爾事在余覺後不解所謂入都謁侍講董公訥公一見如故留館其家先是董公夢忠肅拜訪若有所囑未及詰而寤質明周至故異而優禮之己未應試鴻博賦題璿璣玉衡恍悟前夢文思沛然一如夙構遂取一等第九名授檢討纂修明史周適分得于忠肅傳同官有以易儲事議之者周立辨其誣論始定初周赴試後有平韓卿者精於數董公使為周占之當得祭酒董云太尊曰否則助教及 命下謝 恩章服未具假之平原張良哉官助教者始信平言有驗也

西藏達卜喇嶺前有前朝紀功碑漫漶剝蝕僅存十六字云雲山為劍風樹為旗用彰我武永靖邊夷不知建於何時

本朝康熙六十年蒙古王貝勒貝子公台吉及土伯特酋長以西藏平定請於拉地建碑紀績奉 旨准行以 御製碑文頒發泐石仰見 皇威廣播聲教遐敷千古為昭矣

康熙辛丑狀元聊城鄧悔廬鍾岳工書法友愛諸弟或暮歸過時必俟於門諸弟不敢夜出鄉黨重之

李文襄公之芳由順治丁亥進士官至文華殿大學士剛正沈毅總督浙江時平定耿逆不動聲色以身繫天下之重使數千里危而復安真社稷臣也

黃陂王宗伯澤宏未第時自黃岡赴京過廬山宿蓮花宮未晚而睡夢坐大殿見衆僧誦經取棗上晨數枚啖之遂醒口中尚有餘味正詫間忽見衆僧掌燈列席問之是日乃此菴主淨月上人忌辰衆方祭祀宗伯大異起視所供棗頂上微缺如少數枚者乃悟前身即淨月也

士未遇時遭人白眼得志後猶憶及之甚或見諸語言文字間要非盛德事也然亦有足快人意者德清蔡狀元啟僔赴公車時有同年為山陽令投刺往謁令批其刺令閽人查明回復蔡怫然而去及第後令以厚幣謝過郤之寄詩云一肩行李上長

安風雪誰憐范叔寒寄語山陽賢令尹查明須向榜頭看

孫侍郎在豐官侍講時 上命講性相近也對曰性本聖愚一樣但此論義理之性若氣質之性便不能一樣 上曰義理氣質有兩個性乎對曰義理即在氣質之中二者一也 上嘉賞之

康熙二十二年正月十四日 上御乾清門宴內閣大學士學士各部院等堂官翰林院學士講讀日講編檢詹事坊局科道掌印官九十三員 敕諸臣歡忻暢飲笑語無禁宴畢復命近 御座前觀燈吏 賜卮酒霑醉者令內官扶掖而行明日 御製昇平嘉讌詩序首唱麗日和風被萬方句群臣集太和殿下倣柏梁體以次賦詩九十三韻宣 上德而通下情雖賡雲糺縵之歌不是過也

安溪李文貞公光地未遂時祈夢於神贈以一聯云富貴無心想功名總不成覺而惡之後中康熙庚戌科進士官至相國方知戌字似成而非成字想字去心恰是相字

蔡宗伯升元紀 恩集載其傳臚詩云入對 彤廷策萬言句臚高唱 帝臨軒 君恩獨被臣家渥十二年間兩狀元一時傳誦以為科名盛事

范忠貞公承謨撫浙時杭之西溪有虎攫人遣役往捕不得公患之一日自詣水月和尚卜之告以故和尚答云山頭大蟲任打門內大蟲莫惹公不悟未幾遭閩督殉逆藩之難乃悟門內大蟲閩字也事由前定信然

易州范良粟女許字未婚而夫死女聞之自縊庭前海棠一株方花甚穠豔烈女死花忽盡變為白一時文士歌詠甚多

江南尤生將赴鄉試而苦無貲夜夢人告曰市橋下有白金二錠重二十兩五更可往取之如言而往無所見再夢再往亦如之橋側有銀工某怪其數早行邏詢之以實告且數鬼神之弄人也至晚又夢且促其早往至則果有白金如數銀工覘得之又邀而問焉對以故且示之金銀工曰誤矣吾昨聞君述夢以為癡聊鎔鉛錫以戲君耳不意誤取篋中金以往然神先告君特假手於我此定數也即舉以相贈是科尤領薦乃倍酬銀工

順天萬維嶽嵩順治丁酉解元康熙庚戌進士其入學題乃夫子循循然善誘人食餼則博我以文約我以禮丁酉領解首題即顏淵喟然章明年 世祖御試題克己復禮為仁自謂平生與大聖有因緣比庚戌會試題無顏子語意頗不懌及榜發中式房師乃曲阜顏主事光敏也

宣城自 本朝來科甲最少康熙己未施愚山閏章高阮懷詠孫子立卓以辟廌吳楚畹廌譽以鼎甲同時入翰林時施園有梅三月復開四花恰應四人所居方伝咸以為異繪圖題詠焉

康熙十六年四月十五日內大臣覺羅武 一等侍衛兼親隨侍衛首領臣耀色一等侍衛臣塞護禮三等侍衛臣索奉 上諭長白山係 本朝發祥之地今乃無確知之人爾等四人前赴鎮守兀喇地方將軍處選取識路之人往看明白以便酌量行禮欽此欽遵於五月初四日起行八月二十一日回京復 命疏稱臣等於五月十四日至盛京十六日由盛京起行二十三日至兀喇地方轉宣 上諭於將軍等隨查兀喇寧古塔及兀喇獵戶所居邨莊等處俱無確知長白山之人僉云曾遠望見惟都統尼雅漢之宗族戴穆布魯原係採獵之人今已老退閑自稱我輩原在額赫訥陰地方居住我雖不曾躋長白山之巔曾聞我父云如往獵於長白山腳下得鹿肩負以歸途中三宿第四日可至家以此度之長白山離額赫訥陰地方不甚遙遠我不知其他等語因訪問雖不曾至長白山如赴額赫訥陰地方水路幾日可至

陸路幾日可至亦有如往額赫訥陰地方陸路之人布林哈管獵戶噶喇大額黑等口稱如乘馬由陸路前赴額赫訥陰地方十日可至如乘小舟由水路而往途中全無阻滯二十日可至倘遇水漲阻滯難計日期有獵戶喀喇者知赴額赫訥陰地方陸路等語臣等隨議每人攜三月糧而往又思或三月糧盡或馬匹倒斃不能歸家亦不可定隨語鎮守寧古塔將軍巴海可載一船米於額赫訥陰地方豫備我輩糧盡以便於彼處取用將軍巴海云大船不能過松阿里河大險處當即載米十七小船至額赫訥陰豫備臣等即擬於六月初二日起行又思由水路而往倘遇水漲阻滯稽遲時日不能即至因與噶喇大額黑約我輩乘此馬匹肥壯速由陸路往看俟看過長白山回時再由水路逆流而上前赴額赫訥陰地方約定臣等帶領固山大薩布素於六月初二日起行經過文德痕河阿虎山庫勒訥林祁爾薩河淤泥河沙布爾堪河納丹佛勒地方輝發江法河木敦林巴克塔河納爾渾河敦敦山阜龍窩河等處至訥陰地方江干不意噶喇大額黑乘小舟而行半月程途七日齊至因語固山大薩布素我輩乘小舟由江中逆流前赴額赫訥陰地方汝帶領官兵馬匹由晃努湖河逆流而上由佛多和河順流而下前來額赫訥陰相會約定遣發去後臣

等於十一日至額赫訥陰地方固山大薩布素等於初十日已至因前進無路一望林木臣等與固山大薩布素商議令薩布素闡散章京喀達與識路徑之喀喇帶領每旗甲士二十名前行伐木開路并諭如望見長白山可將行幾日方得望見有幾許路程相度明確來報我輩住二日亦即起行矣隨於十二日遣發前行去後本日據固山大薩布素差人顧素前來報稱我等別大人們行三十里至一山頂上望見長白山不甚遐遠似止有一百七八十里等語又續差艾喀來報稱先差人來後又至一高山頂上望見長白山甚明約有百餘里山上見有片片白光等語臣等趁未有雨水之時急往看驗長白山因留噶喇大額黑督捕珠琺於十三日起行十四日與固山大薩布素等會於樹林中揣摩開路前進十六日黎明聞鶴鳴六七聲十七日雲霧迷漫不知山在何處因向鶴鳴處尋路而行適遇路蹤由此前進直至長白山脚下見一處周圍林密中央平坦而圓有草無木前面有水其林離住札處半里方盡自林盡處有白樺木宛如栽植香木叢生黃花燦爛臣等隨移於彼處住札步出林外遠望雲霧迷山毫無所見臣等近前跪誦　綸音禮拜甫畢雲霧開散長白山歷歷分明臣等不勝駭異又正值一路可以躋攀中間有平坦勝地如築成臺砌遙望山形長濶近觀地勢頗圓所見片片白光皆冰雪也山高約有百里山頂有池有五峯圍繞臨水而立碧水澄清波紋蕩漾殊為可觀池畔無草木臣等所立山峯去池水約有五十餘丈地周圍寬濶約有三四十里也北岸有立熊一望之甚小其繞池諸峯勢若傾頹頗駭瞻視正南一峯較諸峯稍低宛然如門池水不流山間處處有水由左流者則為扣阿里兀喇河右流者則為大訥陰河小訥陰河繞山皆平林遠望諸山皆低相視畢禮拜下山之際峯頭有鹿一羣他鹿皆奔獨有七鹿如人推狀自山峯陸續滾至山下闡散章京畢楊武里等駐立之處臣等不勝駭異因思正在乏食此殆山靈所賜隨望山叩謝收其七鹿臣等上山之時原有七人也自得鹿之處退至二三十步回首瞻望又忽然雲霧迷山臣等因清淨勝地不宜久留於十八日言旋回視先望見長白山之處因雲霧蒙蔽遂不得復見山光矣二十一日至二訥陰河合流之處二十五日回至恰庫河此河乃訥陰東流會合之所二十八日正行之際適遇頒到　敕旨臣等不勝歡忭捧讀　敕旨感激靡盡當經叩頭謝恩訖二十九日因馬瘦不堪馳驅自恰庫河水路乘小舟而歸經過色克騰險處圖白黑險處噶爾漢險處噶大渾險處薩滿險處薩克錫險處法克錫險處松阿里

大險處多渾險處乘一葉小舟歷此大江九險俾以無恙而渡者皆仰賴　皇上洪福之所致也七月初二日回至兀喇地方又往看寧古塔等處地方於十二日至寧古塔偏看會寧府等處地方畢於七月十七日自寧古塔起行回京臣等奉　命於人跡罕到之處創闢路徑行於不見日色深林之內無一日阻滯得見長白山皆我皇上敬念　祖　宗誠心感格神明之致也謹疏奏聞奉　旨長白山　祖　宗發祥重地奇蹟甚多山靈宜加封號永著祀典以昭國家茂膺神貺之意著禮部議奏禮部議覆應將長白山封為長白山之神相擇吉地建祠照五嶽例每年春秋二季致祭祭祀所行禮儀應用等物亦照五嶽今未建祠之前應　特遣大臣往封致祭其封神祭文及每年春秋二次祭文交與翰林院撰擬工部酌量題請建造祠宇成日始行春秋二祭可也

侯官陳解巷學夔康熙己酉舉人耿逆之變抗節匿橫闌洲三年不受偽職尋丁父憂廬墓側任司寇克溥首薦之略曰昔長安賈賦洛陽之紙頓貴今全節罵賊睢陽之舌猶存時服未闋郡縣迫之赴京願乞終喪得請歸後授寧陽令興利除弊撫臣錢公珏疏薦陞兵部

朱竹垞檢討研經博學上徹　九重其所著述固已風行海內矣即一二緒餘亦有穎異獨絕者幼時塾師舉王瓜使爲對即應聲曰后稷師怒之而心服其對之工在京師時與人會飲各舉古人男女成對者爲酒令得太白小青無咎莫愁淮夫漂母武子文君東野西施等字又嘗舉四書一句合四聲得康子饋藥兵刃既接二語又除夕集唐作對聯云且將酩酊酬佳節未有涓埃答聖朝罷官後集聯云聖朝無棄物餘事作詩人

湯文正公爲庶子時夜夢登高山已陟其半忽一人自後趣之湯鼓勇至山巔有室懸麻姑仙壇記既覺不知所謂癸亥冬閣學缺出特用左春坊王鴻緒甲子閣學又出缺湯遂繼擢是年六月　特簡江蘇巡撫麻姑壇在撫州而蔡經家在吳縣洞庭山也事之前定如此

康熙二十四年十月丙午五色慶雲見時方克復雅克薩城　命薩布素等撤兵鄂羅斯遣使乞和

康熙二十五年　諭禮部翰林院自古帝王致治隆文典籍具備猶必博採遺書用充祕府蓋以廣見聞而資掌故甚盛事也朕留心藝文晨夕披覽雖內府書籍篇目

熙朝新語　卷七　七

粗陳所襃集未備因思通都大邑應有藏編野乘名山豈無善本今宜廣爲訪輯凡經史子集除尋常刻本外其有藏書祕錄作何給值採集及借本抄寫事宜俾部院會同詳議具奏務令搜羅罔軼以副朕稽古崇文之至意閏四月禮部等遵　旨議覆購求遺書應令直隸各省督撫出示曉諭如得遺書令各有司會同儒學教官轉詳督學及該督撫酌定價值彙送禮部其無刻板者亦令各有司確募繕寫交翰林院進呈有願自行呈送者交禮部彙總得　旨自古經史書籍所重發明心性裨益政治必精覽詳求始成內聖外王之學朕披閱載籍研究義理凡厥指歸務期於正諸子百家泛濫奇說有乖經術今搜訪藏書善本惟以經學史乘實有關係修齊治平助成德化者方爲有用其他異端稗說概不准收錄該部院即遵　諭行

汪苕文琬以鴻詞科改翰林院編修入史館僅六十日撰史傳一百七十餘篇遂以疾請歸終不復出甲子冬　聖祖南巡至蘇州在籍諸臣恭迎　聖駕於河干　上召撫臣湯斌諭曰汪琬久在翰林院文名甚著近又聞其居鄉不與聞外事可嘉賜御書一軸以榮之

凡翰林　賜宴瀛臺定在暑節每趁早涼入西苑門大柳星稀高槐露下宮牆綠岸鬧安步徐行菰蒲四面水禽啁哳與江南水鄉無異嘗渡板橋則荷香襲衣牖流滴耳究在夢中聽箏筑聲然後從內苑牆入小紅門豁然大湖有紅板長橋橫跨水面橋夾朱欄欄外維列魚罾凡朝官渡橋者俱許抽罾捉魚得即攜歸於是迤邐達瀛臺門帷　賜宴時則　詔從牖口北上直西浮道過梁中有層亭兩面帳房如號舍排列　上命登舟汎太液池即從過船亭登舟芰荷十里望如番錦北面望金色搖曳則別一境地矣李石臺來泰應制詩云紅橋蝃蝀渡綠樹貫魚歸蓋紀實也

台州洪廣鄉若皋敬事呂祖順治戊子領鄉薦壬辰會試前與鄉生何陳二姓同禱於呂祖問南宮捷否拜起見爐灰書中阿二字是科僅中陳何始悟析二姓之半而成阿字也乙未會試前洪夢神贈以詩云大国崔巍正展旗春光逗發遠爲期君家福分非輕淺先報瓊林第一枝是科果捷

萬柳堂爲益都馮相國溥別業每逢上巳輒與朝士修禊其中飲酒賦詩壬戌上巳益都將有致政之意首倡詩第六句云水萍風約故沿留徐健菴春坊和云盡日行吟步屧留施尚白侍講和云回溪時有斷雲留陸義山編修和云落花香倩蝶攜留方渭仁編修和云煙宿合山翠欲留徐華隱檢討和云小雨泥看屐印留高阮懷檢

熙朝新語　卷七　八

討和云羽觴泛泛去還留汪蛟門主事和云輕陰時爲落花留林玉巖中書和云檻拂垂楊畔栗留騁妍角勝佳句如雲相國歎賞不絕而意似未屬後至潘稼堂檢討和云東山身爲草堂留相國拍案而起稱爲第一

米紫來漢雯順治辛丑進士授長葛令到任後清靜無事民皆安之米故善度曲時有剃頭待詔羅漢者業既猥而貌又甚惡人咸侮之一日方爲米剃髮家童有吹笛者羅漢忽曰誤矣命作一弄甚妙又令吹笙曰必胡琴和之乃可翌日自製胡琴和而吹之果異凡調雖吳中曲師不能過也米由是異之常與究極音律康熙癸丑米在長葛見邸報中會試題具孟子題乃盡其心者一節米歎其難適羅漢在側為闡發傳註名理燦然又曰此章與宗門某公案相發明因引諸尊宿語錄如翻水米益奇之叩其所學頗記唐人詩數百首兼曉篆隸米以賓禮館之一日忽辭去自言有母在河北當來一別即往五臺不歸矣後竟不來

吳江徐電發釚幼穎敏年十三賦詩即有驚人句由翰林外用乞歸著書自娛有詞莊樂府早行於世朝鮮貢使仇元吉見之以金餅購去有詩云中朝攜得菊莊詞讀罷煙霞照海湄北宋風流何處是一聲鐵笛起相思其爲遠人所慕如此

山陽張穀文鴻烈康熙己未薦舉授檢討二十二年十月黄河漲發淮水下注山陽鹽城高郵寶應興化泰州江都七邑受害御史李時謙奏請疏濬淮揚下河以拯七邑之民恭值　聖祖南巡相度地勢發帑救民遣官督理張上疏言淮揚水患關係運道民生淮安以南則山陽鹽城高郵寶應興化泰州江都七邑受害淮安以北則清河桃源宿遷邳州睢寧沭陽安東海州八邑受害今　皇上准臺臣李時謙條議疏濬淮揚下河以救七邑之民適值　聖駕省方親過淮揚洞察情形特命大臣查勘俟復經會議發帑經理大哉　帝德如天好生七邑之黎何幸至此但臺臣祇知淮安以南七邑之害而不知淮安以北八邑之害其苦一也祇知七邑民田昔受決口之水今受漲蹦之水而不知八邑民田在黄河岸以内者其苦尤甚也臣籍隸淮安何忍不為八邑生靈再請命於　聖主之前乎伏乞　皇上命總河確勘具題到日再議　上從之

京城觀象臺上舊有元郭守敬所製渾天儀簡儀銅毬量天尺諸器本朝康熙二年以舊儀年久多不可用　御製新儀凡六曰天體儀曰赤道儀曰黄道儀曰地平經儀曰地平緯儀曰紀限儀陳於臺上至今遵用其舊儀移藏臺下

龍中允變作瓊華夢傳奇盛行於時一日置酒招王阮亭秉觀之阮亭酒酣賦詩有自掐檀痕親顧曲江東誰似阿龍超之句蔣靜山仁錫和云玉崑崙碎為檀超阮亭歎絶

宋漫堂中丞選江左十五子詩厥後其中大魁一人官大宗伯者一人大學士者一人其餘仕宮坊入翰林者指不勝屈高郵李百藥必恒獨以諸生終然其詩格之高才力之大實為十五人之冠

熙朝新語卷七終

熙朝新語卷八

清　吳郡徐錫齡厚卿輯

康熙二十三年駕幸金陵　上親謁明太祖孝陵由甬道旁行諭扈從諸臣皆於門外下馬　上行三跪九叩頭禮詣寶城前行三獻禮出復由甬道旁行賞賚守陵内監及陵户人等有差諭禁樵採命地方官嚴加巡察父老從觀者數萬人皆感泣總督王新命刻石紀事古今未有之盛舉也

杜文端公立德德器厚重人不見其喜愠之色京師有無賴子偶與公騶卒鬪來詣隨公輿後辱詈公若不聞無賴子隨至邸第詈不止久之公遣問曰詈可已乎無賴子踉酒醒或告以昨辱相公倉皇詣第謝罪公慰遣之予二金令改行生理無賴子感泣而去卒為善人此真休休有容之度凡為士大夫者當以此為法

太倉王相國掞未入閣前大病幾危或薦方士李姓禳之獨閉一室禮拜七日啟户曰尚書無恙昨斗府已送扁署云熙朝元老康熙某年月日為王掞立未幾病瘳後果如期宣麻至雍正初罷相始悟熙朝二字之驗

韓文懿公菼癸丑會狀撤闈後　上取墨卷覽之稱主司得人是年冬召至起居館作太極圖說命將平日窗稿進呈以刻本五十篇進　上召至宏德殿講大學畢　上問平日所作必尚多時館師學士熊賜履代奏曰尚有二十三篇以題目小不敢進呈　上曰不妨都進來其二篇即鄉試墨卷　上悉留覽其以時文受主知如此前代所未有也

明隆慶中長洲韓侍郎世能居陸墓家故貧祖永椿喜放生每早持帚掃河灘螺螄盡放水中久而不倦侍郎鄉試時夢神告之曰汝祖放生功德大當令累代貴顯後官至少宗伯使朝鮮　賜一品服文懿公即其後人也

南宮張太史光豸康熙戊午赴鄉試時久病不欲往强之行至旅店夢一人以白帽與之寤而恚甚欲歸而父書至病良已遂終場歸家未幾報至則光豸中解元矣賀客麇至内有一客云邑中自前明大司馬白圭領解後久無繼者君能繼之殊足賀矣光豸始恍然

太原傅青主山母夢老比邱而生生復不啼一瞽僧至門云既來何必不啼乃啼六歲食黄精不樂穀食强之乃食讀十三經諸子史如宿通者崇禎中袁臨侯繼咸被誣逮闕傅裹饘左右伏闕上書白其寃馬君常世奇作義士傳比之裴瑜魏邵鼎革

後隱於黄冠已未薦舉鴻博固辭不可 特旨免試放歸授中書舍人以寵之

邵西林相國作侍衛時詠懷詩云有求四十猶如此使到百年已可知若不料後此之出將入相者及為七省經略登甲秀樓絶句云吹簫京下散煙絲十萬人家飯熟時問訊何年招濟火斜陽滿樹武鄉祠居然以武侯自命歟未得志時氣象迥異

康熙壬寅京口撤造戰艦江都劉氏園中有銀杏一株百餘年物也亦被伐及工人施刀鋸則木之文理有觀音大士像二妙麗天然眾共駭異乃施之城南福緣菴中

孔太守興訓渡鄱陽湖見有物甚長黑質黄文自空飛入湖掉尾行數里風恬浪靜竟不知何物也

錢塘沈方舟用濟為紅蘭主人客其邸朱道珠繪故鄉山水圖題詩其上以寄方舟主人為作詩云應憐夫壻無歸信翻畫家山遠寄來方舟感動未幾言旋當時傳為佳話

江陰王韓起景琦以名節自負康熙中學使者某以母壽祈福於古寺寺僧懸孔子拜釋迦像韓起見之怒卷畫歸學使知之拘韓起至訊之韓起曰生恐累公得罪名教故奉聖像歸耳即學使前裂去佛像拜而焚之學使者詘於理婉言謝之而已

熙朝新語 卷八 二

長洲繆洗馬日藻十歲時能作擘窠大字閶門西禪寺扁額是其手筆今寺宇屢經更葺仍就舊額鉤勒新之無有能更書者

潘荊山兆吾為浙閩總督滿保幕友康熙五十日年臺灣奸民朱一貴滋事事聞省城時方二鼓滿謂滿公曰兵貴神速須盡此夜了之即燈下書牒頃刻數十言未二鼓而部署定黎明發兵兩日至廈門五日至鹿耳門賊大怖以為神兵自天而下駭散無敢鬬者凡七日而臺灣平滿公欲奏請 恩獎潘固辭不受奇人也

陳恪勤公被逮入都時遣人市米潞河主人問客何來曰陳太守所曰是湘潭陳公耶曰然曰廉吏也不受直餽米十石且遺以書云 天子必再用公公宜一節終始毋失天下望書末不署姓名問擔米夫曰主人姓魏跡之已閉戶他出不知所之殆塵隱也

納蘭容若性德大學士明珠子康熙癸丑進士少聰敏過目成誦年十七為諸生十八舉鄉試十九成進士二十二授侍衛擁書數萬卷蕭然若寒素彈琴歌曲評書畫以自娛人不知為宰相子也

刑部郎朱涵齋倫瀚康熙壬辰武進士年四歲時以煤塗壁肖人鬼鳥獸狀見者驚詫一日舉煤車取煤壓傷右手中指治痊則此指甲獨厚而銳有微凹能容墨遂以指代筆 聖祖嘗書其所畫扇 賜高麗國王王復請於 朝具幣帛乞畫一時傳為美談

長白留少宰保幼年氣盛善怒太夫人屢戒之及長使於四方跪太夫人前乞一杖授老僕曰爾後見我怒即以杖示我每怒必悚然曰母在怒輒平其純篤如此

康熙五十一年五月圖理琛奉使土爾扈特由喀爾喀俄羅斯至其地五十四年三月還京述其道路所經為異域錄一卷進呈 御覽首冠以輿圖次為行記以所歷之地為綱而按日紀載以為目乾隆間奉 旨採入四庫全書

康熙間西域貢獅子二形如圖畫後口外打圍遇兩羆人不能勝 召獅子搏得之老獅力盡而斃小獅繼亦逸去其羆皮實之以草置 雍和宮殿庭懸牌於脥間一重一千三百餘觔一重八百餘觔

鄭芝龍初據臺灣時廈門人有掘地得石者文曰生女滅雞十億相倚人初不解康熙二十二年會稽姚熙止啟聖為福建總督臺灣平或曰十億兆也加女姚也鄭字酉旁雞也滅雞滅鄭也鄭逆竊據四十餘年而其讖已先定蓋天早厭之矣

熙朝新語 卷八 三

德清徐方虎倬康熙癸丑進士官翰林院侍讀歸田十餘年恭遇 聖祖南巡進呈全唐詩錄百卷 特加禮部侍郎銜年登大耋子列六卿真 盛世偉人也

禹州十一齡童子朱姓打虎救父州牧史君廷桂獎以粟帛蕭山毛大可奇齡作打虎兒行

秀水周青士篔嗜學工詩吟誦不輟有郡丞行署與周為鄰聞其聲達旦不寐惡甚遣吏勾捉將加扑扶鄉先生聞之固請始得免肉食之鄙一至於此真堪絶倒

歙人某娶婦甫一月即行賈婦刺繡易食以其餘積歲置一珠以綵絲繫之比夫歸婦歿已三載啟篋得珠已積二十餘顆汪千鼎洪度為作紀歲珠詩云珠纍纍天涯歸未歸較白香山商人重利輕離別之句尤覺婉約可悲

康熙戊申年京師正陽門外挑濬御河得玉印如升篆文人不能識禮部出榜訪問並印原印於後數十日無辨之者少宰孫北海家居聞之曰此元順帝祈雨時所刻龍神印也各門俱有之蓋雨後即埋地下耳因取一書送禮部上刻印文注釋甚詳一時歎為博物

雍正初年江南山東所產麥穀皆兩岐穗蜀黍一餘四穗內池蓮花同莖分蕊諸

內閣學士等上言。此皆 皇上盛德之所感召，請宣付史館。

雍正癸卯狀元金壇于振，榜眼上元戴瀚，探花鍾祥楊炳。 上以登極首科， 恩施格外，俱著在南書房行走，曠典也。

聖祖時鄉會試二場，以孝經為論題，後改用太極圖說、通書、西銘、正蒙。雍正元年， 上以宋儒雖足羽翼經傳，不若聖言之廣大悉備，仍改用孝經。

湖南向無貢院，士子俱赴湖北鄉試。雍正元年七月，奉 上諭：湖南赴湖北，必由洞庭湖，六七月間，風浪尤險，間有覆溺之患。著分湖南湖北兩闈，即於明年預備場屋。從此湖南多士，永無秋風涉險之虞，咸頌 皇仁於無既矣。

向例殿試進士，在 太和殿丹墀。癸卯年十月二十七日殿試時，天寒硯凍。 上命移至殿內兩傍，並令太監多置大爐，俾殿內和暖，使諸貢士得盡心作文寫卷。 世宗之優卹士子如此。

雍正元年十一月二十九日奉 上諭：新科進士，於引見前，朕欲先行考試，再引見。一應仍照殿試預備。朕將詩文四六各體出題，視其所能，或一篇，或二三篇，或各體俱作，悉聽其便。此進士朝考之始。

雍正二年，禮部遵 旨議從祀孔廟宜復者六人：林放、蘧瑗、秦冉、顏何、鄭康成、范甯。宜增祀者二十人：縣亶、牧皮、樂正子、公都子、萬章、公孫丑、諸葛亮、尹焞、魏了翁、黃榦、陳淳、何基、王柏、趙復、金履祥、許謙、陳澔、羅欽順、蔡清、陸隴其。入崇聖祠者一人：張迪。宜增置博士者四人：冉雍、冉伯牛、子張、有若。

雍正三年， 上諭各省學政與正副主考，朕皆就其為人謹慎者派往，並未考試文藝。其中恐有荒疎年久，不能衡文者。著將應差翰林並進士出身各部院官，查奏，俟朕試以文藝，再行派差。此考差之始。

安州陳狀元惪華，少時讀書靜室，有東鄰之女竊窺，正色拒之。事與明朝曹鼐相似。每於座右書曹鼐不可四字。雍正甲辰，果以第一人及第。

郃陽張大有，為漕運總督，奏言寫字手顫，請奏摺代書。 上諭云：忙時令人代書亦可，若密摺，仍須親寫。即字畫粗大，略帶行草，亦屬無妨，辭達而已，故不在此。仁和孫士毅為兩廣總督時，亦有是 旨。我 朝待大臣之寬容脫略如此。

雍正癸卯，江西鄉試題學而優則仕一節，有周學健者，名士也，文思幽奧。房考張不能句讀，怒而批抹之。歸寢，忽囈語自批其頰曰：如此佳文，而汝不知，尚覥然作房考乎。家人以為中魅，急呼各房考視之。見所抹卷，曰：試薦之何如。時正主考任宗伯蘭枝聞之，驚曰：此奇文，通場所無，可以冠多士也。副主考德公方假寐几上，伺其醒告之。德問何字號，曰男字第三號。德曰：不必閱文，竟定壓卷可也。任問故，曰：我寢方酣，忽見神賀我曰：汝第三兒子中解元矣。今果男三號，豈非驗乎。榜定後，眾問張房考囈語故，茫然不知，若或使之也。

雍正五年，浙江巡撫李衛進瑞穀，羣臣上言 皇上至德光昭，太和翔洽，是以宇內徧產嘉禾。浙江又呈瑞穀。奉 旨：此非朕涼德所能致，想浙省澆漓之習，必然丕變，是以感召上蒼如此瑞應。朕深為浙省臣民慶幸。 命曉諭浙江通省，先是因查嗣庭悖逆，停浙江人鄉會試故也。

雍正六年三月，安徽巡撫魏廷珍言：鄉民違例演戲，應嚴禁。奉 旨：州縣鄉堡之間，借演戲為名，斂錢耗費，招呼朋類，開設賭場，種種不法，此則地方有司所當嚴禁者。至於有力之家，祀神酬願，歡慶之會，歌詠太平，在民間有必不容已之情，在國法無一概禁止之理。今但稱違例，而未分晰原由，則是凡屬演戲，皆為犯法，國家無此科條也。朕文法皆準情理至當，其有不便而難行者，則奉行之不善也。

河南孟津縣居民翟世有，拾獲陝西人秦泰買花銀一百七十兩，尋主給還，並不受謝。大吏入告，奉 旨給與七品頂戴，仍賞銀一百兩。又商邱貧人陳懷金，拾獲道金二十四兩，全數付主，力辭酬謝。奉 旨嘉獎，給九品頂戴，賞銀五十兩。又兗州軍兵李中倫，拾銀二封，歸還原主。奉 旨賞銀六十兩。仰見我 國家久道化成，民敦古處，而 聖主之懋賞殊恩，與人為善，亦曠古罕有也。

鄉試房考，向例選州縣中科甲出身者，只許入闈一次。雍正元年五月，奉 上諭：考官以鑒拔為主，不論曾否入闈，臨場時監臨試以時藝一篇，其文理優長者，為內簾房考；荒疎者，俱外場執事。

雍正癸卯九月，會試禮部請定取中進士名數。 上定一百八十名，仍令總裁朱軾、張廷玉，此外不拘省分，不限額數，有可取佳卷，選出另行具奏。

康熙時，編檢多至二百人，庶吉士五六十人。雍正元年， 上諭內閣大學士，會同掌院學士，秉公擇其學優工書，善繙譯者，留館辦事修書外，其或才具練達，可當科道吏部之選，或長於吏治，編檢可為府道，庶吉士可為州縣者，一一分別具奏。

雍正丙午，江南鄉試房考有張皇者，科分最久，自居前輩，每晚焚香拜祝神佑，如有積德之士求時中指示各房笑其癡咸揶揄之伺其燈下閱卷時以一細竿穿牖入挑其冠張驚以為神拜祝如前衆伺其坐定又挑之張遂捧卷上堂主考已寢張叩門告以神明指示之故主考聞之笑曰此文甚佳取中有餘君何必神道設教乎衆皆不敢言及榜發此卷已中式各譁然告張曰我輩弄君耳張正色曰此非我為君等所弄乃君等為鬼神所弄耳此論甚正

雍正六年上命諸臣各保舉一人衛永郴道汪樹保舉其父原任刑部司官汪澐學問優裕政事練達忠愛之性出於至誠奉旨補授四川敘州府知府此可見聖世用人勿疑之意而汪樹亦可謂內舉不避親者矣

徐公士林巡撫江蘇凡讞獄先摘疋案大略牌示於外而後發繕文册所以杜胥吏之撞騙也 世宗嘗謂曰爾風格凝重當為名臣

武陵楊太史緒摧奇倜儻抱負不凡雍正間苗民蠢動王師征之太史學鄰生單身入洞說之羣苗雖拜乞降亦奇事也

建昌李司空鳳翥康熙丁丑翰林雍正七年五月奏賀瑞芝本內自稱謹華陋儒賀慶雲本又稱鄉地才疎敢含毫而賦五色上諭李鳳翥既以儒者自居則陳奏本章自應加意慎重不當作游戲之詞若未曾作賦而云作賦則所奏盡屬虛文若實曾作賦便當進呈朕覽若自知不能而作浮詞湊成謙語陳於君父之前豈儒者之道乎李鳳翥受朕深恩由翰林擢至工部侍郎似此輕慢疎忽尚得謂之儒者乎此可為陳奏不明體制者戒

康熙庚辰科二名相一為桐城張文和公廷玉雍正四年進所著性理全書上諭此書發明聖賢之義蘊為後學之津梁有益於身心有關於品誼凡屬士大夫皆當身體力行服膺弗失又奉敕纂修明史三百三十二卷積十有五年而成義例為唐宋以來諸史所不及一為溧陽史文靖公貽直官侍郎時奉命赴閩審案上命教導督臣高其倬撫臣劉世明貽直遵旨至閩宣述聖意其語有大凡人臣事君不但當以身事更當以心事此心惟知有君而不知有人此心惟知有君而并不知有己甚合上意硃批云高其倬劉世明能從與否尚須觀其後效朕先慶得一堪為股肱之史貽直矣

嵇文敏公曾筠總督河道時中年將築隄夢有兜牟而短踣者直入一揖遂上坐曰某隄須築某所才保無虞公頷之已而思其人狀貌乃一武夫言復推敲何遽公然

抗禮意頗不懌次日赴工次過張桓侯廟小住啜茶見神像宛然夢中所見乃親禱於神一如所指

錢塘沈閣學近思幼孤貧依靈隱寺諦暉和尚延師課讀遂成通儒有項姓者識其非常以女妻之後登庚辰進士由知縣行取為吏曹官至侍郎以清介稱項姓之為女相攸物色寒畯猶是恒情若諦暉之獨具慧眼可謂大善知識矣

松江顧小崖成天康熙丁酉舉人公車至京寓宗人府丞蔡嵩宅中雍正七年閏七月嵩緣事逮問籍錄其家得顧詩稿有聖祖輓詞六章辭意悲切上覽之凄然墮淚謂大臣曰彼未登仕籍之人而感恩戴德之誠若此其秉性善良居心忠厚可知命江南督撫送部引見八年至京時庚戌科會試已過欽賜為編修列名入於是科庶吉士之列人皆以為奇遇後官至侍講

蔣文恪公溥雍正庚戌進士官至大學士少時讀書平臺每喚人輒有應聲而無人至一夜欲溲窗外月不甚明呼所隨僕但應而不入啟戶見一人方枕牆門而臥其頭向內而應初以為家僮訶之知故諦視之人長三尺方巾皂服白鬚如世所塑土地像然喝之冉冉入地而沒人以為土地伺班後必大貴已而果驗

雍正七年三月初七日滇粤二省同時慶雲見自午至酉八年正月景陵寶成山上產瑞芝三本命宣付史館

雍正癸丑殿試大學士尹泰等將策十卷進呈上閱至第五本字畫端楷策內有云寮寀之際善則相勸過則相規無詐無虞必誠必信則同官一體也內外亦一體也文武亦一體也廣而至於百司庶司何莫非臂指手足之相關此則純臣之居心庶不負千載一時之遭逢贊襄太和之上理數語極為懇摯頗有古大臣之風因拔置一甲三名及拆號乃大學士張文和公廷玉之子若靄上意深悅因遣人往諭廷玉廷玉再三懇辭云天下人材衆多莫不想望鼎甲臣蒙恩現居政府而子若靄登一甲三名占寒士之先於心實有不安尚蒙皇上天恩名列二甲已為榮幸之極上云汝家忠蓋積德有此佳子弟中一鼎甲亦人所共服何必遜讓廷玉跪奏云皇上至公諸臣亦無私曲只算臣情願讓與天下寒士求皇上將臣愚衷若君恩祖德佑庇臣子留其福分以為將來上進之階更為美事上乃從其請以張若靄改為二甲一名即將原擬二甲一名沈文鎬改為一甲三名文鎬宗明人

全州謝梅莊濟世為御史時奏劾河東總督田文鏡朝廷疑有指使逮問命刑部

嶽訊曰指使者有人孔子孟子問何謂指使曰讀孔孟書便當盡忠直言　上憐其
自謫軍前效力時雍正丙午十二月也有次來成獄中寄予由韻二首其從軍云
嚴霜初隕晚回春留得衔寒冒雪身　綸綍下傳渾似夢親朋相慶更爲人敢愁刀
劍隨戎幕已免銀鐺禮獄神早晚扶歸君莫慟嫛婗勍鞏亦前因尚方借劍心何壯
牘背書詞氣漸低已分黃泉埋碧血忽聞　丹闕放金雞看花　上苑朋吾弟譏樹
高堂伏老親且脫南冠北庭去大宛東畔貸蘭鳴　高宗登極放歸乞外用授湖南
糧道長沙人士至今稱之
方恪敏公觀承本名家子祖父皆以詩文名於時以族人累從居塞外公弱冠歸金
陵家無一椽借居清涼山僧寺有中州僧知爲非常人厚遇之公與兄觀永往來南
北嘗塞外菽水之資重趼徒步幷日而食怡然安之雍正壬子平郡王爲定邊將軍
征準噶爾夙知公才奏爲記室　世宗命以布衣　召見　賜中書銜偕往凱旋以
軍功實授內閣中書累官至直隸總督年六十有一以八月十四日生子公賦詩云
與翁同甲子添汝作中秋　高宗聞之喜甚抱至　御前解所佩金絲荷囊　賜之
雍正癸卯殿試二甲一名張廷珩奉　旨即授檢討並　命同三鼎甲在南書房行
走傳臚榜下授職前此未有也
諸城劉文正公統勳雍正二年進士以檢討入直　內廷官左都御史時人多憚其
剛直時桐城張姚二姓官最多文正上疏曰大學士張廷玉與伊戚姚文然本係巨
族科第漸多仕宦實盛至今名登仕籍者有張廷璐姚孔鋕等數十員臣聞　聖祖
仁皇帝時曾　命廷臣中同陞遷太速　特諭停止陞轉原任大學士王熙之孫王
景曾亦在其內臣以爲宜仿此意將張姚兩姓部冊有名者視房近支累世密戚現
在之員開列奏聞三年以內除奉　旨特陞外其餘一概停陞奏上　飭交部議吏
部覆稱臣部官冊所載張姚兩姓出仕各員與所奏詳加核對張姓出仕者十三員
姚姓出仕者十員雖姚孔鈵係大學士張廷玉之甥姚孔鋐係張廷玉之壻臣等核
其陞轉在京侍郎在外司道知府多由　特旨簡用亦有督撫保題陞用之員或因
大學士張廷玉爲　皇上簡用大臣該管上司或存瞻顧之情亦未可知臣等酌議
將張姚現任之員開列名單行文在京各部院在外各該督撫令其察看嗣後除臣
部論俸仍應照例陞轉外如有才具優長應行保題者應於摺內將該員係大學士
張廷玉親戚之處聲明與臣等確查該員歷俸深淺是否合例之處核覆具奏如不
能稱職亦即據實糾參務期一秉至公不得稍存瞻徇庶舉措咸得其平矣奉　旨
依議一時朝議翕然夫以張姚世祿之家簪纓相望儻貴陞轉原無偏私而文正之
不避嫌怨骞諤立朝亦從可想見矣
雍正六年七月　上諭內務府總管常明於盧溝橋蓋造官房令赴京應試舉子無
盤查行李之擾並令崇文門查稅官員嚴飭巡役毋得借端稽留額外苛索至今著
爲功令　聖朝作養人材體卹周至古未有也

熙朝新語卷八終

熙朝新語卷九

清　吳郡徐錫齡厚卿輯

雍正六年十月二十九日。恭遇萬壽令節。滇南省城五色慶雲捧日。經辰巳午三時。至十一月朔。絢爛倍常。呈現兩日。實從古未有之祥。總督鄂爾泰奏報。奉旨。朕每遇此嘉祥。不敢絲毫慶幸。惟倍加敬畏。況此實卿忠義所感。而顯於朕壽日者。正表卿愛戴之忱也。命宣付史館。

海甯陳文勤公世倌。官山東巡撫時。雍正二年六月。闕里孔廟災。上命世倌修葺。旨正殿用黃琉璃瓦。兩廡用綠琉璃瓦。以黃瓦鑲砌屋脊。聖像選內務府匠人到東。用脫胎之法。敬謹裝塑。欽定大門曰聖時。二門曰宏道。八月。聖像成。九年。命監修孔林。去墓四十餘步。陷出一穴。廣尺餘。內有石榻。上朱棺已朽。有白骨一具。甚偉。旁置銅劍長丈餘。瑩綠色。有竹簡數十頁。皆蝌蚪文。取視成灰。意此尚在孔子之先。因加石封之。為設少牢之禮焉。

世宗嘗諭朱綱曰。昔聖祖賜朕眼鏡。朕眼目原不似今精明。因聖祖升遐之時。痛哭出涕。較少時反覺倍好。似此人言哭多傷目之論。未確。彼時朕在養心殿辦理政事。坐臥不離此處者三年。而三年內每遇暑天。未有如此殿之涼者。朕曾蒙聖祖慈訓。戒急用忍。故殿中扁額即用此四字。仍敬書上諭二字於上。東暖閣扁額取惟仁二字。對聯云。諸惡不忍作。眾善必樂為。西暖閣扁額取為君難三字。對聯云。原以一人治天下。不以天下奉一人。可見我朝聖聖相承。心傳有自。

曹亮儕之裕。雍正間作令河南。與田總督文鏡不洽。每被劾一次。世宗召見必陞一官。真奇遇也。乾隆初。官至直隸清河道。

奉新甘莊恪公汝來。既貴。其父萬達。弟汝逢。子禾。迨以雍正丙午科同領鄉薦。三世同榜。古今罕覯。

錢塘王介眉廷年。雍正丙午舉人。著有通鑑編年紀事本末。少時嘗夢至一室。榻上坐一叟。短身白鬚。見客不起亦不言。又有一人頎而黑。揖介眉而言曰。余漢之陳壽也。作三國志。黜劉帝魏。實出無心。不料後人以為口實。指榻上人曰。賴彥威先生以漢晉春秋正之。汝乃先生之後身。聞方撰歷代編年紀事。夙根在此。須勉而成之。言訖。手授一卷書。俾題六絕句而寤。寤後僅記二句曰。慚無漢晉春秋筆。敢道前身是彥威。至高宗朝。年八十餘。成書進呈。賜翰林院侍講。

襄城劉芳草青芝。雍正丁未翰林。與兄青蓮甚友愛。築江邨七一軒同居。所謂七一者。仿歐陽公六一居士之義。而多一弟。故名七一先生。

孫文定公嘉淦。康熙癸巳翰林。以直言敢諫受知世宗。游陞都察院左副都御史。乾隆間。歷官至大學士。立朝剛直。多面折廷諍。不避權貴。天下想望丰采。乙丑秋。審冊內有福建將邦齡致死族匪一案。公上疏曰。查舊例。同族之中。果有兇悍不法。偷竊奸宄之人。倘事起一時。合族公憤。不及鳴官。以家法致死。報官審明。死者所犯應死與不應死者。將為首者分別擬杖減等。免抵。嗣於乾隆二年五月。據廣督鄂奏稱。舊例雖屬體順人情。但恐朋比串害。地方官豈能洞燭無遺。倘民間恃有減等免抵條例。相習成風。其中難免冤抑。奏請酌刪。經刑部律例館議稱。族大人眾。賢愚莫分。或以富貴而招眾怨。或以剛直而致同仇。一人煽誘。羣相附和。共快忮嫌。輒圖報復。因而駕捏串害。難免冤抑之處。況生殺乃朝廷之大權。如有不法。自應明正刑章。不宜假手族人。以開其隙。奏請刪除在案。臣等伏思舊例。乃一時懲創兇悍權宜之法。行之久遠。必滋流弊。夫族眾之中。妒憎多端。或以侮慢招衅。或以贛直生嫌。或假義忿以樹己威。或借公義以報私怨。一豪強倡論於先。眾朋黨附和於後。倉猝致死。情罪難明。如一家之中。莫尊於祖父母父母。其子孫若違犯教令。毆之殺之。宜無不可。然毆殺則律應滿杖。故殺則律應杖六十徒一年。是祖父母父母之於子孫。尚且不得擅殺。何況其他。再捉姦例內。卑幼不得犯尊長。犯則依故殺伯叔母姑兄姊律科罪。尊長殺卑幼。亦按服律擬議。以倫紀攸關。防微杜漸也。夫以朝廷之尊。明罰敕法。於凡應死罪人。猶令法司詳加核議。至於法無可追。必令三次覆奏。聖天子用刑慎重如此。奈何任匹夫之好惡。操生殺之大權。橫行於一族乎。是舊有之例。必不可存。族匪之條。不須另設。於此擬定罪則。當臨時參酌。虛衷援引。務使輕重得宜。方為允協等語。奉旨飭部議行。其他嘉謨讜論甚多。不及備載。錄此以見一斑。

雍正十年七月。山東鉅野縣民李思家牛產瑞麟。麟身牛首。遍身皆甲。甲縫有紫毫。玉定丈須。光彩爛生。撫臣岳濬奏請詔付史館。宣示中外。奉旨。山東前歲被水。今聞產瑞麟。實深愧悚。該撫所請。皆屬虛文。將朕朝乾夕惕對越上天之悃忱。曉諭天下知之。欽此。仰見聖天子持盈保泰。敬天勤民之至意。

仁和吳太常隆元奏。天壇揭內有蜈蚣八字牆字樣。世宗命交部嚴議。以其不敬也。十三年。諭廷臣曰。凡奏章遇有壇廟等字。於中竟中俱可撝行。不可火

布褥繡之間 世宗之誠敬如此

博野尹會一元孚雍正甲辰進士累官工部侍郎文章經濟兼而有之嘗有敬陳本議疏條奏豫省農桑事宜言之親切有味其詞曰臣竊惟衣食為生民之至計農桑實務本之良圖我 皇上軫念民依重農貴粟特頒 諭旨明示勸課之方復 命廷臣詳為教稼之法臣伏讀 綸音遵照部議業已飭令各屬隨地制宜因民利導設立老農與修水利實力奉行惟是臣生長田間頗知農務謹就豫省情形悉心籌畫謬抒管見敬為我 皇上陳之一天時之宜乘也凡物之生長必有其候故農時以不違為先而力田以早種為主蓋早種則先得土氣根株深固發生必盛收成必倍今豫省百姓罔知節候往往有時宜播種而未舉耜者有時宜耘耔而始播種者既失天時逆違物性臣查播麥之期務在白露如天氣尚暖當於白露十日後種之種高粱當臨清明節種早穀當臨穀雨節種棉花當在春末夏初豆子晚穀則於五月刈麥之後在麥地播種蕎麥於中伏以內芝麻多種於棉花地旁即有氣候不同寒暄各異之處要必按時下種不可遲緩應令地方官刊刻告示徧戶曉諭并責令老農督率勸勉仍欽遵 聖諭州縣官不拘時日輕騎減從親往各鄉查勘如適時而未種者即詢明緣由而加訓飭倘有工本不足者許老農開具名結借以倉穀秋後照例還倉則天時無失而耕種得宜庶百穀繁昌收穫自豐矣一人力之宜盡也南方種田一畝所穫以石計北方種地一畝所穫以斗計非盡南智而北拙南勤而北惰南沃而北瘠也蓋南方地窄人稠一夫所耕不過十畝多則二十畝力聚而功專故所穫甚厚北方地土遼闊農民惟圖廣種一夫所耕自七八十畝以至百畝不等意以多種則多收不知地多則糞土不能厚壅而地力薄矣工作不能徧及而人事疏矣臣以小戶自耕已地種少而常得豐收佃戶受地承耕種多而收成較薄應令地方官勸諭田主多招佃戶量力授田每佃所種不得過三十畝至耘耔之法又須去草務盡培壅甚厚耕則以三犁為率糞則以加倍為準鋤則以四次為常棉花又不厭多鋤則地少力專佃戶既獲豐收田主自享其利且分多種之田以給無田之人則遊民亦少仍飭地方官善於奉行不得強抑勒派以滋擾累一樹藝之宜廣也夫木之佳者以桑為尚其餘如棗梨桃杏榆柳椿杜等均堪利用臣查豫省地方每多鹹鹻飛沙之地小民因難以墾種大半荒棄不知鹹鹻之地挖去三尺必無鹹味飛沙之地挖去三尺必有濕氣而邨尾溝頭離邊屋角隙地頗多雖不可播種五

穀未始不可栽植樹木似應令地方官責成鄉耆保長廣為勸諭就所宜之木隨處種植加意培養如鄉耆保長有能於一年之內勸民種桑五百株梨棗等樹一千株者據實冊報印官給以花紅三年內能每年添種如前數者給匾獎勵則地無曠土而利賴更溥矣一女工之宜勤也竊以蠶桑之利固屬無窮而布帛之需為用尤廣查江南蘇松兩郡最為繁庶而貧乏之民得以俯仰有資者不在絲而在布女子七八歲以上即能紡絮十二三歲即能織布一日之經營儘足以供一人之用度而有餘今棉花產自豫省而商賈販於江南則以豫省之民曠費女工故也臣愚以為寸絲之直可買尺布衣布之人百倍衣絲且織布易而織絲難教以難者或未必其率從教以易者庶可冀其就業但豫省未嘗不織布而家有機杼者百不得一應令地方官曉諭有力之家或多造機杼貸於織布之戶量取賃直或將無礙公項可以動支打造者令其報名給領俟一年之後繳還原項并廣諭婦女凡牌甲之內有一家織布者即令同甲仿效行之久而比戶連邨無不各勤紡織似亦推廣蠶桑之一道也以上四條臣仰體我 皇上重農務本富民足食之至意竊就豫省地方董率官民措施辦理但臣知識淺陋是否有當伏乞 訓示遵行

雍正十二年元旦立春恰遇甲寅年丙寅月戊寅日甲寅時瑞雪繽紛竟日盈尺考之古書最為祥瑞諸臣上表稱賀 上卻之

世宗登極 恩科有因迴避考官未曾應試者 欽派大臣擬題奏請 欽定於內閣考試另取四卷又 命大學士王頊齡尚書勵廷儀吏部侍郎史貽直戶部侍郎張伯行李周望兵部侍郎阿克敦副都御史李紱同南書房翰林檢閱落卷取前二名俱 賜為舉人 特恩也

華亭黃石牧之雋於雍正元年七月奏呈中元祭 聖祖文稱 旨次日 召見養心殿時之雋尚在庶常特蒙 賜貂授職編修他日 上命檢查檔案凡撰文稱很好稱好者列名給賞時陳編修萬策鄧修撰鍾岳陸庶常奎勳錢庶常陳羣皆 賜內府緞一匹之雋得二匹 聖祖祔主太廟 乾清宮早朝兩大禮侍班躬覩其盛人咸羨其遭際云

雍正十二年四月直隸總督顧琮奏永定一河全賴下口深通庶上流暢注入淀乃陶河以南淤積填淤正議挑濬仰賴 皇上至誠感格 天賜引河開刷二十餘里有四千餘丈之遠不勞民力悉出天工云云奉 旨展祀以答神貺

雍正三年四月，吏部議原任檢討董思恭終養應准所請俟親終來京候補云云。奉旨：為人子無不欲父母常存，今云親終候補，人子聞之，何以為情？似此不仁之語，朕不忍閱，著刪去具奏。聖主孝治天下之意如此。

雍正七年八月，浙江署督性桂署撫蔡仕舢奏進湖州民王文隆家萬蠶同織一幅，長五尺八寸，寬二尺三寸，自然成就，不由人工。王大臣上表稱慶。上諭：朕每遇休徵，必加乾惕儆。上天錫福，黎庶衣食充盈，乃朕心所謂祥瑞也。

雍正十一年，大學士管掌院事張廷玉遵旨議奏新科庶吉士，恩給廩餼，每月給銀四兩五錢，器用什物工部支取，並撥給官房一所，為教習館，令肄業其中。

桐城張寶臣廷璐，康熙戊戌榜眼，文端公之三子也。督學河南，除夫馬取給地方外，其幕友束脩、家口養贍俱無所出。上聞之，問其兄戶部尚書廷玉，遂以實對。上命撫臣田文鏡酌議，每歲夫馬銀一千六百兩，幕脩銀一千兩，養贍家口銀一千兩，供給雜用銀三千兩，每歲銀六千六百兩，三年共需銀二萬兩。河南學臣養廉之優自此始。

雍正十八年八月，賜湖北巡撫王士俊花屯絹蜜荔枝。其謝恩摺有云：縫衣有耀，頂踵皆被龍光；懷核觀嘗，肺腑長含玉液。上覽之，批云：衣只被身，何及頂踵？核豈足嘗，難入肺腑。凡司奏章者當知之。

新安汪謹堂由歙寄籍杭州，入錢塘學，時巡撫徐元夢聞其名，延致幕中。迨徐陞工部尚書，汪援例入成均，偕至都。雍正元年，徐疏薦之，奉旨充明史館纂修官，故事史局編纂例用詞臣，汪以諸生被命，時人榮之。

無錫鄒小山一桂，雍正丁未傳臚，官至內閣學士兼禮部侍郎，工寫生，設色明秀，布置自如，南沙相國不是過也。

祁陽陳文肅公大受，雍正癸丑翰林，官至大學士，卒後，其子營葬於祖塋下，有日矣，夢有持帖來拜者，曰河神王清本十二人也，驚而寤。次日刊墳伐其樹之礙路者，樹文有王清本三字，數之，十二株也，遂命停伐。

翰林學習國書，蓋以備繙譯編纂之任，故須專心熟習，辨析精微，積學功深，與年俱進，殆為不負所選。康熙年間館選之例，庶吉士年四十五歲以下者，悉皆分讀清書。世宗御極以來，祇擇年少質敏者，每科不過十餘人，蓋取其年富力強，可收記誦繙譯之功也。而翰林甫經散館，遂謂無從考驗，束置高閣，以致教習三年，轉為虛設。

雍正十一年四月，上諭：嗣後庶吉士等雖經授職，或數年以後，或十年，朕當再加考驗能否，若仍然精熟，必從優錄用，以示鼓勵；其或遺忘錯誤，亦必加以處分。此繙譯翰林大考之始。

雍正十一年十月初三日，大學士張廷玉請假回里，奉旨給與驛遞夫馬，其所過地方派撥弁兵，並文武官員迎接，悉照上年鄂爾泰進京之例，至明年回京亦照此例。

向例館選不分省，以致邊省多缺。通江李雪源鍾峩官太常寺少卿，雍正四年疏言康熙四十五年至六十年七科，不分大小省，俱有庶吉士。至元年癸卯，漢軍及河南、四川進士無館選者，二年甲辰，蒙古及山西、河南、陝西、湖南、四川、廣東、廣西、雲南、貴州諸省進士俱無館選之人，請廣儲才之路。上交部議准行，令各省皆有館選，自鍾峩疏奏始。

景州魏君璧廷珍，以李文貞公薦，由舉人入直內廷，同王蘭生梅𣪶成，在館充校對官，編樂歷淵源諸書，嘗被命與文貞參酌樂律韻學，士林以為榮。後中康熙癸巳探花，世宗時官至工部尚書。

慎郡王，世宗憲皇帝庶弟也，工詩，善畫山水，筆致超逸，有山靜日長小景，高宗純皇帝御題云：即景繪為圖，筆法特高老。一峯插天青，波面池亭小。峯腰瀑布飛，亭畔清流繞。更無別裝點，寫意殊了了。我聞詩兼畫，妙品古來少。摩詰真蹟無，元鎮清風渺。吾叔乃升堂，況值青年早。從知天授奇，不憑人力巧。恭讀一過，想見王之畫筆，世所罕及也。

雍正十一年六月，廣西巡撫金鉷疏稱：鬱林所屬之富民鄉滕廬坡，忽湧瑞泉二穴，味甘色清，足灌田三千餘畝。奉旨建祠奉祀泉神。

桂林朱繪叔龍權為浦令，邑處萬山中，高峻陡坂，非雨澤不能有秋，乃刊區田圖說勸民為之。區田者，始於伊尹，古法不可考，已元王楨農桑推本氾勝之之法，以為每田一畝，廣十五步，每步五尺，計七十五尺，每行占地一尺五寸，計分五十行，其長十六步，每步五尺，計八十尺，每行占地一尺五寸，計分五十三行，長廣相乘，得二千六百五十區，空一行，種一行，隔一區，種一區，留空以便澆灌，且可疏風，不致熟壞，而以餘土壅根也。除隔空外，可種六百六十二區，區深一尺，用熟糞二升，騍用生糞，恐㱿熱害苗也。與區上相和，布種勻覆，以手按實，令土與種相著，苗出時，每一寸留一株，每行十株，每區十行，留百株，別製廣一寸長柄小鋤，鋤多則糠澌，若鋤至八徧，每穀一斗得米八升。如雨澤時降。則可坐享其成。旱則澆灌不過五六次。即可收成。結實時。鋤四旁土。深壅其根。不致被風吹折。其為區當於閒時。旋旋掘下。春種大麥。豌豆。夏種粟米。黑豆。高粱。黍。秋種小麥。隨天時早晚。地氣寒暖。物土之宜。節次為之。不必貪多。毋論平地山莊。歲可常熟。近家瀕水為上。其種不必牛犂。惟用鏊钁劚。更便貧家。大率區田一畝。足食五口。丁男兼作。婦人童子量力分工。定為課業。若粵治得法。灌溉以時。雖遇災旱。不能損耗。後衢州詹文煥監督大通。於官舍隙地為之。計一畝之收。五倍常田。又聊城鄧鍾音於雍正末亦嘗行之。一畝之收。多常田二十斛。勸農治生者。當考鏡焉。

漳浦藍任庵鼎元。少孤。力學。讀書山中。貧不能具蔬。月攜白鹽一罐。點以佐餐。同學咸揶揄之。藍怡然。作白鹽賦以自勵。雍正初。以 恩貢入成均校書 內廷。分修一大清一統志。獻青海平定雅三篇。臨雍頌。日月合璧五星連珠頌。河清頌各一篇。一時聲噪都下。高安朱相國薦舉。授廣東普寧縣。引 見時。 上顧廷臣曰。此人用做道府。亦綽然有餘之官。二載。與觀察使不合。劾免。總督鄂專摺奏復奉 特旨赴京。十一年三月引 見奏對良久。 命署廣州府。 賜御書貂皮等物。遭際 聖明。真異數也。

熙朝新語卷九終

熙朝新語卷十

清 吳郡徐錫齡厚卿輯

雍正十一年四月。奉 上諭。國家聲教覃敷。人文蔚起。加恩科目。樂育群材。彬彬乎盛矣。惟博學宏詞之科。所以待卓越淹通之士。俾之黼黻皇猷。潤色鴻業。膺著作之任。備顧問之選。 聖祖仁皇帝康熙十七年。 特詔內外大臣。薦舉博學宏儒。召試授職。一時名儒碩彥。多與其選。得人號為極盛。迄今數十年。館閣詞林。儲才雖廣。而宏通博雅。淹貫古今者。未嘗廣為搜羅。以示鼓勵。自古文教休明之日。必有瑰奇大雅之材。況蒙 聖祖仁皇帝六十餘年壽考作人之盛。涵濡教澤。薄海從風。朕延覽維殷。闢門籲俊。端崇實學。諭旨屢頒。宜有品行端醇。文材優贍。枕經葄史。殫見洽聞。足稱博學宏詞之選。所當特修曠典。嘉與旁求。除現在翰詹官員無庸再膺薦舉外。其他已仕未仕之人。在京著滿漢三品以上。各舉所知。彙送內閣。在外著督撫會同該學政。悉心體訪。遴選考驗。保題送部。轉交內閣。務期虛公詳慎。蒐拔真才。朕將臨軒親試。優加錄用。廣示興賢之典。茂昭稽古之榮。應行事宜。著會議具奏。欽此。

雍正十三年二月。奉 上諭。朕令薦舉博學宏詞。以廣育才之典。為督撫者。自應秉公採訪。加意蒐羅。以副朕愛惜人才之至意。乃降旨已及兩年。而外省之奏薦者寥寥無幾。以江浙兩省人材眾多之地。至今未見題達。此非人才之不足應選。乃督撫等奉行不力之故也。大凡薦舉之典。臣工得以行其私者。往往踴躍從事。爭先恐後。若不能行其私。則觀望遷回。任意延緩。其跡似乎慎重周詳。其實視公事如膜外也。凡督撫學臣之所考取者。不過就耳目見聞之所及。彼伏處巖隅。學問淹雅。素有抱負之士。未必肯以文章筆墨。求售於有司。以俾邀一日之遇合。是在督撫學臣。留心訪察。加意旁求。屏虛名而崇實學。以佐國家右文之治。如李衛吳應棻合舉二人。吳應棻又獨舉二人。就中則有宣化府進士。夫以宣化北邊一郡。尚有可舉之人。何況各省內地之大。可見李衛吳應棻。乃實心為國家留意人材者。著再通行宣諭。無論已奏未奏之省。俱著再行遴選。倘因朕此旨。而遂冒濫以行其私。亦難逃朕之鑒察。若果有才華出眾。而與例不符者。著具摺陳奏。候朕降旨。其在京三品以上之大臣。均有薦舉之責。將此一併曉諭知之。欽此。

雍正十三年十一月。奉 上諭。國家久道化成。人文蔚起。 皇考樂育人材。 特降諭旨。令直省督撫及在朝大臣。各保舉博學宏詞。以備著作之選。乃直省奉 詔已及二年。而所舉人數寥寥。朕思天下之大。人材之衆。豈無足膺是舉者。一則各懷慎重觀望之心。一則督撫之明。視乎在己之學問。或己實空疏。難以物色流品。此所以遲回而不能決也。然際此盛典。安可久稽。朕用再為申諭。凡在内大臣及各省督撫務宜悉心延訪。速行保薦。定於一年之內。齊集京師。候旨廷試。倘直省中實無可舉亦即具本題覆。欽此。

本朝自康熙己未至乾隆丙辰。兩開制科。得人之盛。曠古罕聞。伏讀　兩朝諭旨。可想見　聖主思賢若渴之至意焉。

乾隆元年九月。　召試薦舉博學鴻詞一百十八人於　保和殿。後　欽命試題策問二道。五六天地之中合賦。山雞舞鏡七言排律。黃鍾為萬事根本論。　上臨軒親試。取一等五名。二等十名。次年補試臨場未到者續薦二十六人。　欽命試題策問二道。指佞草賦。良玉比君子七言排律。復見天心論。　欽取一等一名。二等三名。是科較康熙己未取數較隘。然榜首劉文定公綸。起家詞賦。洊歷政樞。明良契合。千載一時。實與王文恭公後先媲美云。

嘉定張南華鵬翀。性穎異。讀書如夙習。詩畫無不敏捷。雍正丁未。入詞林館。課雁字詩。日未晡成七律三十章。衆皆歎服。乾隆二年。　御試衆詞臣。日未午有交卷者。皆曰必南華也。果先知於　高宗。擢高等。官至正詹。

張文敏公照同南華入　朝。值春雪初霽。南華見午門外簷下冰柱。賦七律一章。文敏訝為宿搆。南華請面試。文敏出所佩小玉羊為題。南華應聲云。宛爾成形質。居然或寢訛。方欲續下。有　旨命和湯圓詩。南華立成二十四韻。以進。其警句云。甘白俱能受。升沉總不驚。文敏歎服曰。不料倉卒閒猶能自見身分也。

錢文端公陳羣早歲詩名與沈宗伯德潛相埒。天下稱詩者。以二公為宗。　高宗南巡。　御製詩俱寄沈與錢。賡和相傳。為二臣遭際之異數也。

高宗純皇帝。天縱多能。文不加點。詞臣中罕能賡和者。錢文端公嘗侍　上於　乾清宮。元宵聯句。　上思若湧泉。言言珠玉。文端得一聯云。風團謝家絮。霜點洞庭橙。一時王公大臣推為五字長城。

岳大將軍鍾琪。狀貌奇偉。食飲兼人。而工於吟詩。遇赦後。種菜於四川之百花洲。既而有　詔起用。督師征金川。過邯鄲。題壁云。四圍未了塵寰事。又作封侯夢一場。

乾隆丙辰。張文和公。夢見其父文端公。文和請問今科狀元。文端書鈺字示之。問何

姓。曰姓徐。及臚唱一甲一名。乃金德瑛也。始悟鈺字中已藏其姓名。繼云姓徐。又以德字偏旁合姓告之。真不可思議。

涪州周大司馬煌。其祖峩眉山樵也。年九十九未娶。一日忽於溪中得金銀若干。與所善貧人吳翁謀遷居城中。且屬為媒。願以萬金為聘。但非處子不可。吳笑諾之。歸告媪謂九十九老翁。誰肯與為婚者。時吳女年十九。忽跪而請曰。父母貧且老。生女不生男。何恃。今周叟高年。驟獲多金。天將福之。未必遽終於此。女願嫁之。父母得萬金之聘。可以娛老矣。人各有命。女如濟相嫁年少者。未必不孀也。吳夫婦奇其言。以告。叟喜甚。即日委禽成婚。後年餘生一子。時叟年百歲矣。及見其子游庠食餼抱孫。後乃卒。壽一百四十歲矣。女先一歲卒。已五十九矣。信人瑞也。

無錫顧祭酒棟高。康熙辛丑進士。以中書謝職歸田。乾隆辛未。以經學徵。　召見之日。　上問以治道。對曰。以儉德示天下。　賜官國子監司業。丁丑迎　鑾。晉祭酒銜。著有春秋大事表。萃公穀之微言。正杜孔之義疏。宋元以後諸儒。鮮及其精確也。

曹洛禋麟書。晚年受知　高宗。官至侍讀學士。　上書房行走。予告歸里。自述生平嘗入黃山。遇老人傳道。人問納交。當從子夏乎。從子張乎。曰。朝廷之上從子夏。鄉黨之間從子張。

張南華宮詹侍直　乾清門。有　旨宣召。而南華已歸。　上以詩責之。云。傳宣學士為吟詩。勤政臨軒未退時。試問羔羊二首內。可曾此際許委蛇。　命依韻和呈。聊當自訟。南華遵　旨和進。　上喜。　賜以克食。南華又進謝　恩詩。有溫語更欣天一笑。翻教賜汝得便宜之句。

古來君臣唱和。如虞廷賡歌。周室卷阿。尚已。三代後如漢武帝唐太宗元宗宋仁宗皆有賡颺之觽。然皆君唱臣和。從未有臣作詩而君和者。乾隆七年。庶子張南華鵬翀。奏進經史。蒙　召對。　賜御書。鵬翀以所畫春林澹靄圖進呈。並題六詩於上。末用頭字韻云。珍祕琅函特許求。他年擬結　賜書樓。天公定遣雲霞擁。長有　龍光在上頭。　上用韻　賜和六首。以　君而俯和臣詩。從古帝王未有此。沖然若谷者也。是日　賜松花石硯。上有　御製銘。以靜為用。是以永年八字。　上天縱多能。鵬翀詩才敏捷。每日　宣召至再至三。詞館諸臣。豔稱奇遇。一日又以所畫日長山靜便面進呈。　上題云。彷彿前生是舊三。畫禪瀟灑擅江南。大癡更擅坡仙筆。動啟江山雨不斷。蓋以東坡許之。其寵異如此。

乾隆十九年。琉球國中山王尚穆遣陪臣毛元翼蔡宏謨等。上表請封。二十一年五月初七日。 上遣侍讀全魁中允周煌往封。六月二十二日渡海。舟泊姑米山候風。忽颶風大作。經三晝夜。接封大夫鄭秉和請易小舟登岸暫避。使者以 詔敕在舟。不從。二十四日。風愈暴。四股椗索十餘。一齊皆斷。柁走龍骨觸礁而折。底穿入水。時既昏黑。兼大雷雨。帆篷廚棚。吹落殆盡。倏見神火飛向桅木尖招風旗而墜。又海面一燈浮來。若烟霧籠罩狀。於是眾忘呼曰。天后遣救至矣。須臾船身直趨向岸。一礁石透入船腹不動。亦不沉。因令解杉板小舟。下水捧詔節陸續登岸。同舟二百餘人舉慶更生。皆云 皇上洪福所庇。舟到姑米港。謁廟行香。獻頌大能成四字扁額。其封聯云。神為德其盛乎。呼吸迴天登彼岸。臣何力之有也。忠誠若水證平生。以答神貺。方顛播時。使者虔告天后。若默佑平安。當為神乞請封號。並於冊封之年。明頒諭祭。至是具奏。請加封諭祭。 上命部議。部查天后亦稱海神。康熙十九年。 敕封海神天妃。為護國庇民。妙靈昭應。宏仁普濟天妃。二十年。福建提臣萬正色以天后著靈具奏。 詔封妙靈昭應。仁慈天后。五十九年。檢討海寶冊封。奏請春秋致祭。乾隆二年。閩督奏稱守備陳元美在洋遇風。禱天后獲安。奉 旨加封福佑羣生四字。今

應如所奏。奉 旨加誠感咸孚四字。並書明封號。即於怡山院天后宮舉行祭事。

乾隆丙辰。為 高宗登極首科。館選多至六十七人。名臣如蔡相國新。曹尚書秀先。秦尚書蕙田。金總憲德瑛。仲總憲永檀。鶴總督年。鍾總督音。皆出其中。可謂盛矣。

會稽倪玉笥玉露。康熙乙未翰林。歸田四十年。以著述自娛。年踰八旬。尚能揮翰。乾隆初年。 上眷注舊臣。 恩加宮允。儒林榮之。

江寧燕子磯宏濟寺僧默默。於乾隆辛未年。恭迎 聖駕。 上問其年。奏云一百二歲。 上笑曰。和尚還有二十年壽。隨 賜紫衣。默默謝 恩而出。乾隆二十年乙亥竟圓寂矣。方信 天語之成讖。

謝侍郎道承。嘗引疾乞休。以養母。人問何不奏終養而奏病耶。曰。為人子養可也。聞終字便傷心耳。其憶母詩云。兒來前。自兒經今凡幾年。兒可記。自兒經今凡幾番。兒時應對稍逡巡。母怒變色旋喝嗔。陳隨遊。志學人。責稽古胡不如婦人。吁嗟母言在耳。兒顏猶泚。安得我母常嗔兒常泚。於今勸學無聞矣。讀此詩而不勸於孝勵於學者。非人情矣。

陳句山兆崙。雍正庚戌進士。乾隆初。薦舉入翰林。官至順天府尹。生平和易近人。人有寸美。不去口。有以詩文請質者。備極獎借。故人樂親之。書法蘭亭。取意簡遠。梁侍講同書云。 本朝不以書名。而書必傳者。陳文簡公元龍。及句山先生兩人而已。

齊次風召南。雍正己酉副貢。乾隆初。薦舉入翰林。官至禮部侍郎。少穎敏。讀書十行俱下。目光炯炯。能瞭一二十里。嘗登杭州鳳凰山。視隔江西興渡人。皆歷歷可辨。應徵北上。謁某邑宰。留宿署中。見架上有異書八冊。借觀竟夕。天明還之。主人詰其閱之速。詢之。則一一成誦矣。為閣學時。 高宗得古鏡於寧古塔。未詳款式。問朝臣莫有對者。齊引證書史。羅列具奏。 天顏大悅。謂左右曰。是不愧博學鴻詞矣。沈文愨公德潛。嘗因奏言天台石梁之奇。 高宗詢及齊。對曰。荒山磽确。不足以勞 聖駕。人謂其率易。然可見其伉直也。後因 上書房退直。蹶馬驚墜地。破腦。目睛眩轉。神魂飛越。蒙古醫生以牛皮裹之。即用生牛皮冒首。使真氣聚而不洩。且編體推扑。使十二經脈復其本初。二百六十五骨節各還部位。三日而知痛。五日而知飢。不三月而能起立。然生平所讀書。不能記憶隻字。前後如兩人云。

回文詩。詩家以為小道。罕有為之者。如張月槎漢秋夜一首云。煙深臥閣草疑愁。冷夢驚回幾樹秋。懸壁四山雲上下。隔簾一水月沉浮。翩翩影落飛鴻雁。皎皎光寒靜

斗牛。前路客歸螢點點。遠城夜火似星流。字字對貼。巧合自然。豈復庸手所能為。

仁和錢相人琦。應丁巳會試。公車將發。友人吳某治酒餞行。至則不見酒肴。而主人有愧色。怪而詰之。曰。寒家畜有豨仙。今日已治具。忽被攝去。奈何。錢戲曰。主人惜費而託故於豨耶。吳窘甚。邀客往廚下驗之。甕大未燥。毛血之腥尚存。而肴核全失。錢大吁曰。我有一言奉問。此去若能登第。豨仙還我酒肴。否則竟請全啖之。我亦無顏相擾矣。言畢出。未久。吳笑而至曰。恭喜今科必中。酒肴已還在案矣。懽飲而罷。是科錢果成進士。

陳學士大喻。初入學時。年十九。偶病劇。夢紫衣僧自稱元主大師。握其手曰。汝背我到人間。盍歸來乎。陳未及答。僧笑曰。且住且住。汝尚有瓊林一杯酒。瀛臺一碗羹。喫了再來未遲。屈其指曰。此別又須十七年也。言畢而去。陳驚醒。病遂瘥。己未成進士。入翰林。官至侍讀學士。三十六歲。秋痢不休。因憶前夢十七年之期。笑謂家人曰。大師未來。或又改期。亦未可知。一日早起。焚香沐浴。索朝衣冠著之。曰。吾師已來。吾去矣。跏趺而逝。

新建裘文達公曰修。為編修時。兩典江南鄉試。兩典浙江鄉試。一典湖北鄉試。旋奉

命視巴里坤軍務。賜　御用冠服以寵其行。歸　朝奏對稱　旨。遂　命在軍機
處行走。游歷六卿。兼司撰述。所作文以歐陽文忠公爲宗。常遊滁州。得文忠畫像。
上題之。文達書仿張即之。　上以內藏即之書華嚴經殘本　命補書。人莫能辨。
　　　　　　　　　　　　　　　　　　　　　　　　　　　　　　　　　　　
畫本。　命往河南山東江南經理河渠。當是時。河南水溢數郡。所被災州縣甚多。文
達疏水之達於淮者四枝。流六十有三。民得永遠寧居。所治允副　聖慮。而直隸如
永定大通等處。孰宜隄堰。孰宜疏濬。以達諸海。凡　上指授方略。悉以屬之。無不允
協。嘗治某水時。有田夫突至輿前。如欲有言者。左右呵止之。文達呼與語。竟得地勢
高下之宜。久而無患。其虛衷博採類如此。年六十二卒。前一日。語家人曰。我本江寧
燕子磯河神。今將復位。汝等扶櫬還江西。必過彼。可求籤於關帝廟。如係上上第三
籤。則知我仍爲水神。否則或有譴謫。不能復位矣。家人聞之。疑信參半。有老僕獨信
之曰。公爲王太夫人所生。太夫人本籍江寧。渡江時。嘗求子於燕子磯水神。夜夢絕
笏者來曰。與汝佳兒。逾年生公。後以公之喪歸。至燕子磯。如其言。卜於關帝廟。果得
第三籤。遂立木主於旁。兩江總督尹文端公繼善爲立石。作詩紀其事。
尹文端公愛才如命。總督兩江時。有王主簿發桂。派令管理省城　行宮。王有句云。
愧我銜官無一事。宮門持帚掃開花。公大器重之。又解秀才中鋒謁見鮑雅堂在
座。適十四公子慶寶至前。鮑問年幾何。曰十四歲。鮑戲出對云。十四世兄年十四。解
應聲曰。三千弟子路三千。公即聘解爲西席。
長洲沈宗伯德潛。以名諸生久困場屋。乾隆元年。薦舉鴻博。召試不售。歸。戊午。己
未聯捷入詞館。年已六十餘矣。壬戌散館試　殿上。日未昳。黃門捲簾。　上出賜諸
臣。問誰是沈德潛。沈跪奏臣是也。　上曰。文成乎。對曰。未也。　上曰。汝江南老名士。
而亦遲遲耶。翌日授編修。六月引　見。奏對畢。　上曰。沈德潛係老名士。　命和消
夏十詠。餘願和者亦和。於內閣分給箋札。　賜飲及餅餌瓜果。自午至未。成詩六章。
有　旨嘉獎。　賜文紗。越葛。旋陞中允。少詹事。典湖北鄉試。歸。召入　上書房。再
遷禮部侍郎。乞假省墓。　詔贈其先人如其官。升　贈詩寵之。云清朝舊名士。吳下
老詩翁。向每誦新句。猶然見古風。同官皆謹依此二十字爲韻。仿賀知章還四明例
贈行。假滿還京。典戊辰會試。次年請告歸里。　上命恭校　御製詩集畢乃行。　上
賦詩以賜。復　命加尚書銜。在籍食俸。時嘉興錢司寇陳羣亦　予告在籍食俸。
上稱兩詩翁。文臣之榮。無出其右。

錢文端公典庚午江西鄉試。寫榜吏陳巨儒。鬚鬢如雪。求公手書以爲榮。自陳年七
十。寫文武二十二榜矣。公贈詩云。桂籍憑伊腕力傳。白頭從事地行仙。自言作吏
中書省。曾侍朱衣四十年。十月復寫武榜。解首則其孫騰蛟也。名初唱。掀髯一笑。筆
墮於地。中丞吾極索彭方伯家屏贈詩。時蔣茗生士銓在幕府。代作一絕云。榜頭題
處笑開眉。七十年來鬢若絲。官燭兩行人第一。夜闌回憶抱孫時。

熙朝新語卷十終

熙朝新語卷十一

清 吳郡徐錫齡厚卿輯

乾隆九年。重修翰林院落成。十月二十七日。聖駕臨幸。送兩掌院大學士八署御書扁額二。曰稽古論思。曰集賢清祕。賜宴賦詩。以唐張說麗正書院詩東壁圖書府五律四十字為韻。御製東字首字韻。敕諸臣各分一字。是日與宴者一百六十餘人。燕次中和清樂奏玉署延英之曲。令伶人演唐沈佺期宋之問昆明賦詩故事。更仿柏梁體聯句。召至御前賜酒者。大學士而下十三人。上諭大學士掌院諸大臣曰。致治當崇實政。為學當務躬行。勿專尚文詞。我君臣所宜共勉。燕畢復拜御集文綺錦箋之賜。並賜古今圖書集成一部。貯院中。是日。上御清祕堂小憩。復得七律一章。亦宣示諸臣。翰林院宴畢。駕幸貢院。周覽號舍。軫勞士子辛勤。御製七律四章。勒石至公堂。自古帝王未有之盛舉也。

乾隆十四年十一月初二日奉上諭。聖賢之學。行本也。文末也。而文之中。經術其根柢也。詞章枝葉也。翰林以文學侍從。近年來因朕每試詩賦。頗致力於文章。而求其沉酣六籍。含英咀華。究經術之閫奧者。不少概見。豈篤志正學者鮮歟。抑有其人而未之聞歟。夫窮經不如敦行。然知務本則於躬行為近。崇尚經術。良有關於世道人心。有若故侍郎蔡聞之。宗人府府丞任啟運。研窮經術。敦樸可嘉。近者侍郎沈德潛。學有本源。雖未可遽目為通儒。收明經致用之效。而視獺祭為工。翦綵為麗者。迥不侔矣。今海宇昇平。學士大夫舉得精研本業。窮年矻矻。宗仰儒先者。當不乏人。奈何令終老牖下。而詞苑中寡經術士也。大學士九卿外督撫。其公舉所知。不拘進士舉人諸生。以及退休閒廢人員。能潛心經學者。慎重遴訪。務擇老成敦厚。純樸淹通之士。以應精選。嗣內外所保舉四十九人。十六年。諭大學士九卿再行秉公衆覆確舉以聞。如果衆所共信。即不必考試。於是公同會核。得陳祖范吳鼎梁錫璵顧棟高等四人。上諭既衆論僉同。其平日研窮經義。必見之著述。朕將親覽之。以觀實學。在京送內閣進呈。在外行督撫取。不必另行繕錄。致需時日。啟勤裝僱泉之弊。於是吳鼎進象數集說一部。集說附錄一部。易問一部。春秋併選義一部。易堂問目一部。考律緒言一部。梁錫璵進易經揆一一部。吏部帶領引見。奉旨俱以國子監司業用。各賞紗一疋。召對勤政殿。上曰。你們以經學保舉。朕所以用你們去教人。但窮經不在口耳。須要躬行實踐。方能教人。尋將進士陳祖范顧棟高俱授司業職銜。

鶴山梁兆榜。乾隆庚午辛未聯捷。場前夢神人告以汝三甲二十八名也。及殿試榜發。竟得三甲第八名。上以二甲人數過多。命將二十卷分置三甲。於是仍為三甲二十八名。始信數由前定也。

秦澗泉大士。乾隆壬申狀元。散館前求籤於正陽門關帝廟。有靜來常把此心捫之句。疑已有隱慝而神儆之云。然時自訟。終不解也。及試。欽定賦題松柏有心。以題為韻。第四段忘却心字本韻。閱卷大臣俱未檢及。上指出。笑曰。狀元有無心之賦。主司無有眼之人。始悟神已先示之矣。

盧學士文弨有張遷碑拓手甚工。澗泉愛而乞之。盧不與。一日乘盧外出。入其書舍。攫取而去。盧歸知之。追至其室。仍奪還。未半月。秦暴亡。盧往奠。袖中出此碑。哭曰。早知君將永訣。我當時何苦如許吝耶。今耿耿於心。特來補過。取帖向靈前焚之。頗有延陵挂劍之風。

乾隆己未新進士朝考題。賦得因風想玉珂。袁簡齋枚有句云。聲疑來禁苑。人似隔天河。諸總裁以語涉不莊。將擯之。尹文端公力爭曰。此人肯用心思。必年少有才者。特未解應制體裁耳。此庶吉士之所以必需教習也。倘進呈時。上有駁問。我當獨奏。於是群議始息。簡齋館選後。乞假歸娶。朝士贈詩甚多。毘陵程文恭公景伊一絕云。金蓮花下沸笙歌。寶帳流香散綺羅。此日黃姑逢織女。漫言人似隔天河。蓋戲之也。

費雲軒元龍。乾隆丙辰進士。知四川綿州時。有惡棍為地方害。費廉得其罪狀。杖斃之。閱三日復活。復毆其母。母持一罈來控曰。此逆子藏魂罈也。先將生魂煉藏此罈內。官用刑。乃血肉之軀。以久煉魂治新傷體。三日即平復如故。求先毀其罈。散其魂。庶逆子可除。如其言。果斃杖下。傳言曾殺秦諜七日而蘇。此種事自古有之。然邪不勝正。況又逆倫。天壤間豈容梟獍漏網哉。

陽湖蔣太史麟昌。乾隆己未進士。館選時年甫十九。生時。其祖夢異僧持十三經至其門。俄而長孫生。故小名僧壽。及長。自夢一僧畫麒麟一幅與之。故名麟昌。二十五歲卒。卒後三日。其孫甫三歲。搴帷見其父僧衣冠端坐其中。人以為戒律僧託輪迴者。然生平又痛詆佛法。不可解也。

連江胡給諫鵬南。巡視中城。一日聞姊病。往視之。姊已昏迷。聞胡至。蹶然起曰。弟來省我甚善。然弟宜速歸。胡不肯。姊起用手推之。家人不解其故。胡既去。姊語家人曰。

我方死去押差將我送至城隍廟路遇一役曰舊城隍陞去新城隍將到任汝且暫候問新城隍何人即鵬南也我驚醒不意鵬南恰坐我床上故勸令回家汝等可往探之如其言覘之則已沐浴朝服而逝矣

史文靖公館課庶常出春日即事題管水初一清詩中有一聯云兩三點雨逢寒食廿四番風到杏花文靖歎賞拔置第一時人以管杏花呼之

杭州有負販者目不識丁而酷好度曲與人言往往五七言連屬若歌謠然人笑之而已其母死哭曰吽一聲哭一聲兒的聲音娘慣聽如何娘不應一字一淚出於至誠真天籟也

儲宗丞麟趾庚辰奉　命祭告嶽瀆宿郵亭一夕燈花散彩倏忽變現噴煙高二三尺有風霧回旋呼家人聚觀共相詫異戒勿動比寢夢仙人五六輩招至一所上書赤雲岡三字呼儲為雲麾使者諸仙列坐聯句有稱海上神翁者首唱曰蓮炬今宵散瑞花次至五松丈人續曰羣仙佳會飄吟髭又次至東方青童曰春風欲換楊柳枝旁一女仙曰此雲麾過淩河句也奈何竊之相與一笑忽燈花如爆竹聲儲驚醒亦無他異

尹文端公總督江南時年才三十人呼為小尹海寧楊次也守知康熙庚辰進士以道員候補南河年七十矣文端知為老名士所以憐慰之者甚厚楊喜自指其鬢曰鬢公盛意惜守知老矣夕陽無限好只是近黃昏文端應聲曰不然豈不聞天意憐幽草人間重晚晴乎楊駭然出語人曰不謂小尹少年科甲竟能吐屬清新若此

乾隆八年十月十六日　上自盛京還道入榆關登澄海樓望海雪霽千峰波明萬頃天容海色迥屬奇觀時張文敏公照梁文莊公詩正侍從因奉　命聯句凡字畫涉水部者概不用仿歐陽詠雪禁體也十九年秋　上自吉林至盛京恭謁　三陵禮成旋蹕以十月二日入關再登澄海樓距癸亥前遊周一紀矣星霜亟易風景猶新爰襲成例　命汪由敦劉綸用禁體並前韻既暢發臨並誌歲月洵昇平佳話也

莊滋圃有恭乾隆己未第一甲第一名進士歷官至吏部尚書協辦大學士官浙江巡撫時乾隆二十七年　聖駕三次南巡過嘉興侍　上遊鴛鴦湖登煙雨樓樓中舊有錢陳羣書趙孟頫耕織圖詩屏並敬書　御製鐏鍾特磬二銘於壁　上指陳羣所書以問有恭奏言臣目近視嘗不能見　上大笑隨召有恭聯句用石鼎體自來　上聯句皆　召廷從諸臣未有獨　命大吏者真異數也

雞江李石亭化楠乾隆壬戌進士為浙江餘姚令民有犯竊者訊係初次即喟然曰此良民也為飢寒所迫生無業故蹈此耳捐俸錢搆屋三十椽令居其中募城中技能之師假官錢為資本授以所業業成具師具保狀領出習其業以餬口終身不再犯化莠為良之法莫妙於此人性本善諒哉

錢稼軒維城乾隆乙丑四月夢見天榜狀元為金銘李建中已為探花及榜發錢竟為狀元李乃在二甲三十名謂夢為無據耶何以姓名巧合謂夢為有真耶不應前後顛倒豈臨期亦有更換耶

王司農際華年十七入錢唐學偶遊湖鳴寺夢影堂老僧以綠香五十四枝與之曰汝乃我弟子也官刑名後當來歸後中乾隆乙丑探花由編修累官至戶部尚書兼署刑部壽五十四而終

長洲蔣時庵元益雍正己酉科鄉試入頭場之日其祖母顧太夫人夢天門開一星冠羽衣人自日中出手持黃紙一卷冉冉而下自言我斗府真人也太夫人篤信二氏亟拜之因問我孫鄉試有名否真人不答展手中黃紙示之乃第一名蔣元益六字及榜發報至乃中九十五名方訝名次之不符所夢至乾隆乙丑竟中會元始知

前所夢見者會試榜也相去十六年早經註定耶與稼軒事又適相反矣

李尚書宏總督南河嘗有句云過顙應知因搏致徹桑須及未陰時二語槪括治河要指凡從事河工者當有味斯言

漳浦蔡相國新乾隆丙辰傳臚改庶吉士累官至禮部尚書大學士年八十　予告　上優崇故舊　御書盛世耆英四字以　賜之初公以康熙己丑年十二月初五日生有日者推之曰福星也位極人臣壽享大耋已而果驗

乾隆九年舒少司馬赫德上廢科目疏其畧云科舉憑文而取案格而官已非良法況積弊已深僥倖日衆古人詢事考言其所言者即其居官所當為之職事也今之時文徒空言而不適於用此其不足以得人者一墨卷盛行輾轉抄襲膚辭詭說蔓衍支離以為苟可以取科第而止此其不足以得人者二士子各占一經每經擬題多者不過百餘少者僅止數十古人畢生治之而不足今則數月為之而有餘此其不足以得人者三表判可以預擬而得答策就題敷衍無所發明此其不足以得人者四且人材之盛衰必於心術之邪正今之僥倖求售者弊端百出探本清源應將考試條款改移而更張之別思所以遴拔真才實學之道云云奉　旨飭議時鄂文端

公為首相乃持議駁云謹按取士之法三代以上去於學漢以後出於郡縣吏魏晉以來出於九品中正隋唐至今出於科舉科舉之法每代不同而自明至今則皆出於時文三代尚矣漢法近古而終不能復古自漢以後累代變法不一而及其既也莫不有弊九品中正之弊毀譽出於一人之口至於賢愚不辨閥閱相高劉毅所云下品無高門上品無寒士者是也科舉之弊詩賦則祇尚浮華而全無實用明經則專事記誦而文義不通唐趙匡舉所謂習非所用用非所習當官少稱職吏者是也時文之弊則今舒赫德所陳奏是也聖人不能使立法之無弊在乎因時而補救之蘇軾有言觀人之道在於知人知人之道在於責實苟能責實則雖由今之道而振作鼓舞人才自可奮興若專務循名則雖高言復古而法立弊生於造士終無所益今舒赫德所謂時文經義以及表判策論皆為空言剿襲而無所用者此正不責實之過耳夫凡宜之於口筆之於書者皆空言也何獨今之時文為然且夫時文取士自明至今殆四百年人知其弊而守之不變者非不欲變誠以變之而未有良法美意以善其後且就此而責其實則亦未嘗不適於實用而未可一概訾毀也蓋時文所論皆孔孟之緒餘精微之奧旨未有不深明書理而得稱為佳文者今徒見世之腐

爛抄襲以為無用不知明之大家如王鏊唐順之瞿景淳薛應旂等以及　國初諸名人皆寢食經書冥搜幽討殫智畢精殆於聖賢之義理心領神會融洽貫通然後參之經史子集以發其光華範之規矩準繩以密其法律而後乃稱為文雖曰小技而文武幹濟英偉特達之才未嘗不出於其中至於奸邪之人迂懦之士本於性成雖不工文亦不能免未可以為時藝咎若今之抄襲腐爛乃是積久生弊不思力挽末流之失而轉咎作法之涼不已過乎即經義表判策論等苟求其實亦豈易副經文雖與四書並重而積習相沿慢忽既久士子不肯專心肄習誠有如舒赫德所云數月為之而有餘者今若著為令甲非工不錄則服習講求為益匪淺表判策論皆加覈實則必淹洽乎詞章而後可以為表通曉乎律令而後可以為判必有論古之識斷古之才而後可以為論必通達古今明習時務而後可以為策凡此諸科內可以見其本原之學外可以驗其經濟之才何一不切於士人之實用何一不見之於施為乎必變今之法行古之制則將治宮室養游士百里之內置官立師獄訟聽於是軍旅謀於是又將簡不率教者屏之遠方終身不齒毋乃徒為紛擾而不可行又況人心不古上以實求下以名應興孝則必有割股廬墓以邀名者矣興廉則必有惡衣菲食敝車羸馬以飾節者矣相率為偽其弊尤繁甚至借此虛名以干進取及乎莅官之後盡反所為至庸人之不若此尤近日所舉孝廉方正中所可指數又何益乎若乃無大更改而仍不過求之語言文字之間則論策今所見行表者賦頌之流是詩賦亦未嘗盡廢至於口問經義背誦疏文如古所為帖括者則又僅可以資誦習而於文義多致面牆其餘若三傳科史科名法書學算崇文宏文生等或駁雜無紛或偏長曲技尤不足以崇聖學而勵真才矣則莫若懲循名之失求責實之效由今之道振作補救之為得也我　皇上洞見取士源流所降　諭旨纖悉舉照司文衡職課士者果能實心仰體力除積習杜絕僥倖將見數年之後士皆束身詩禮之中潛心體用之學文風日盛真才日出矣然此亦特就文學而言耳至於人之賢愚能否有非文字所能決定者故立法取士不過如是而治亂盛衰初不由此無俟更張定制為也舒赫德所奏應毋庸議奏上奉　旨依議科目之不廢者文端之力也

齊次風少宗伯目力過人嘗銷夏萬松山中見雲起處必牽一縷如絲繫於峯巔蹤跡之獲石數枚有文即之成書畫形後積聚漸多因以作譜用東坡石鼓韻題長歌紀之一時名流咸屬和焉

乾隆甲戌科首題唐棣之華至未之思也場中文有用勝一日而九迴句者　上以言孔孟言不應襲用漢書語先是　命方苞選錄四書文頒行至是　命再頒禮部順天府外簾存貯俾試官知衡文正鵠並嚴重磨勘以下科為始磨勘試卷俱於卷面填寫銜名以向來磨勘俱視為具文是以　特派大臣詳加校閱除試帖初添可稍寬至制藝既經入彀不應復有疵謬也二十四年奉司寇蕙田進呈磨勘順天等省試卷　上閱順天第四名邊鬱禧文有飲君心於江海之語　上云揆其命意不過如飲和食德常言而無鄙雜湊遂至不成文義此豈字句小疵雖不宜以一語擯棄亦何至濫廁前茅著將該士子及主考官交部議邊鬱禧罰停會試五科主考官奪俸並　諭嗣後定議敘議處例有原勘京堂等官全未磨出經覆勘大臣指出者交部嚴議有原勘出一二經大臣覆勘尚多挂漏者亦交部議有能悉心檢閱秉公舉出覆勘無遺者交部議敘於是乎磨勘始嚴而場屋之文斤斤繩墨矣

蔣編修士銓修南昌府志夜夢一偉丈夫來見兜牟戎服叉手不揖自批其頰曰吾頭豈向斫者將驚醒知有冤抑查舊志有段將軍乃史閣部麾下副將死於揚州者新志並無其人亟為載入忠義傳中

南康謝蘊山啟昆知揚州府時修葺明史閣部祠墓畢秋帆閣部來見因問爲公修葺祠墓公知之否曰知之此守土者之責也然要非俗吏所能爲問已官階曰不患無位患所以立問將來有子否曰與其有子而名滅不如無子而名存因問公祠中尚少一聯應作何語曰一代興亡歸氣數千秋廟貌傍江山謝爲書丹泐石今存祠內

嘉定秦簪園大成乾隆己卯舉於鄉斷絃續娶婚夕新婦悲啼不止問之曰妾幼許鄰村李氏子父母嫌貧逼休改嫁竊念身更二姓名節有乖是以痛耳秦聞之悚然曰何不早言幾成吾過乃趨避外舍命僕召李至語之故且曰今夕良辰可於敝廬合巹所有奩資舉以相贈李感激涕零莫知所對三朝後夫婦叩謝而去癸未會試秦中第三名殿試前夢至文昌宮適關帝至問今歲狀元何人文昌以某對忽見一婦人跪帝前云某爲我夫弟夫死後某淩虐備至逼嫂致死文昌曰此人短行安可大魁爲期已近誰可易者命吏查後科狀元何人吏捧册呈閱文昌曰秦大成本以孝行該中丙戌狀元查伊又有還妻一事擢早三年亦爲允協帝曰然秦遂躐是科竟大魁天下

熙朝新語　卷十一　七

歷代帝后圖像向貯内庫乾隆十四年命工重加裝潢移藏於南薰殿自太皞伏羲氏而下爲軸者六十有八爲册者七爲卷者三先聖先賢圖册五詳定位置次第甲乙歲以盛夏曝而庋之扃鐍惟謹又明諸帝玉册向貯工部外庫今附藏殿之西室仰見我國家優禮先朝隨在盡其誠敬如此

乾隆癸酉科江西分宜縣知縣天門陳大經分校鄉闈入簾前一夕夢迎天榜鼓樂甚盛送一匾額至其家書曰三元及第已而本房取中七人内三人爲樂平胡羽堯翹元大庾戴篔圃第元南昌彭芸楣元瑞後皆登進士第所謂三元及第也胡官至光祿寺卿戴官至太僕寺卿彭官至協辦大學士

乾隆壬申會試榜發後恩命落第舉子年逾耄耋者給與職銜當塗徐位山文靖年逾九十欽賜翰林院檢討著有山河兩戒考禹貢會箋皇極經世考管城碩記又嘗以之乎者也矣焉哉七字冠首爲七言長句十章奇才睠思爲前人所未有其仲子應根博求故實逐句爲訓亦佳士也

向例禮部會試榜發後呈進會試登科錄内俱有恭進皇太后及皇后各一本等語乾隆二十八年奉上諭此係沿襲具文非事關典禮者可比況我朝宮闈肅穆不惟一切政務從不與聞即尋常細事亦無絲毫干預似此相沿舊套徒滋抄繕自應停止以後著爲令

梁階平國治父官刑部司獄向詣獄者司獄官輒有所索梁獨屏不受於獄卒潔謁惟謹一切可以方便者多方調護之二十年如一日擢刑部主事卒後階平大魁天下官至大學士人謂陰德所致

熙朝新語　卷十一　八

熙朝新語卷十一終

熙朝新語卷十二

清　吳郡徐錫齡厚卿輯

康熙間，特恩開千叟宴，自王大臣以及士庶年六十以上者皆預。乾隆間，高宗復舉行曠典，與宴人數視昔加倍，年九十以上者，召至御前侍食，天顏和煦，恩賚優隆，一時扶翊而出，感頌皇仁，歡騰閭巷。又乾隆四十八年，普宴宗室於乾清宮，自王貝勒至四品頂戴者一千三百八人，有事不與宴者五百六十九人，各賜如意、朝珠、文玩、綺帛、銀兩有差。國家養老親親至意，實爲曠古所未有。

乾隆三十八年二月，命開四庫館，校定永樂大典，訪購天下奇書，著各省督撫採訪彙集上於朝，仍命翰林注明月日，俟呈乙覽，辦竣後，乃給還本家。銷回書進時，派總裁總纂等官辦理。書成，欽定爲四庫全書，此漢唐以來未有之盛舉也。於時在朝諸臣及各省紳士，紛紛奏進，惟鮑士恭、馬裕、范懋柱、汪啟淑四家多至六七百種。上嘉之，賜內府古今圖書集成一部。其朝臣黃叔賢、勵守謙、紀昀，紳士周厚堉、蔣曾瑩、吳玉墀、孫仰曾、汪汝瑮等各進呈一百種以上，賜內府初印佩文韻府各一部。

昌樂閻懷庭循觀，少穎敏，讀書過目不忘。年十八，舉於鄉，其學一以程朱爲宗，而孝行尤篤。少而孤，及長，每承祭哀慕累日。其父母墓卑溼，值霪雨，泉水交匯。每夏秋之交，天將雨，輒不食，繞墓哭，以是致羸疾。後行營乞假，卜吉兆而遷焉。後登乾隆乙丑進士，官吏部主事。

滋陽牛真谷運震，雍正癸丑進士，乾隆初，丙辰，舉博學鴻詞，廷試未取。後官陝西秦安、平番等縣，有政聲。嘗與人書云：僕爲縣官，有三字，曰儉、簡、檢而已。儉者，薄於自奉，量入爲出，所謂以約失之者鮮，此不虧空不婪贓之本也。簡者，令繁則民難遵，推亢則下難近，一切反之。毋苛碎，毋拘執，毋聽陋例，毋信俗諱，儀從可減則減之，案牘可省則省之。檢者，天有理，人有情，吏部有處分，上司有考課，豪强將吾伺，奸吏將吾欺，入一錢，乙諸簡，將毋納賄；施一杖，榜諸楗，將毋濫刑。此檢字訣也。後年五十三，無疾而殁。殁之前數日，屢夢遊金碧樓臺，醒語家人曰：吾將辭吾好夢，設不醒，慎勿驚。果然去。豈其慧業文人，赴玉樓之召耶？抑醇儒循吏，殁而爲神耶？未可知也。

納蘭愼齋峻德，詩格幽秀，嘗寓盤山天城寺，與水月菴僧然西以詩往還，係於小犬之項。云：相望一峯隔，相呼恐不聞，寄詩憑小犬，好去度溪雲。僧答詩有昔有鴻傳信，今憑犬寄書之句，蓋不知陸機黃耳千歲留掌故事也。但犬寄詩則古所未有，可爲廖融添一詩奴。

金匱梅里黃氏女，年十九，歸同里吳希言，三年生一子。甫三月，希言與其子相繼殁，姑以哭子及孫亦殁。翁名德星，故跌曠，不善治生，黃哭慰之，盡鬻嫁時衣以供甘旨，且買妾進焉。翁憐其誠，許之。妾入門五月，甫有身，而翁又死。黃仰天呼曰：吳氏之祀斬矣，天若閔予志，俾予算而畀吳氏以男也。既而妾果舉子，不三月，妾復去。惟黃自抱翁子於懷，哺以粟，啼則以乳就之。時黃已喪兒兩載，乳絕湩矣，無何，乳忽至，遂終乳之。人謂黃氏一女子，於翁爲忠，爲孝於夫，爲節於翁子，爲慈，其行卓有可傳者。觀於絕乳復生，不可謂非誠之所感也。

崑山曹孝子起鳳，父子文，賈於蜀，歲寄金錢歸，俄而耗絕。孝子年十六，遇蜀客云其父已死，然弗知死所。孝子大慟，將往求父骨，貧不能行。長洲潘君爲經贈以百金，遂就道，陸行由豫入秦，至蜀南抵滇界，西達金川，書牒於背，逢人號哭，訴所由。久之無知者，金盡，乞於鄉人之爲客者，合助之，又得數十金。孝子大哭曰：此行不得父骨，金無由再致，吾亦不復生還矣。乃禱於諸葛武侯祠，神示令東向行，失道七日

無人蹤，及酉陽，積雪盈尺，足跡不能前。踣土穴中兩日，有土人項生、許生過之，羣鴉逸穴而鳴，異之，見僵尸氣微屬，視背牒，詫曰：孝子孝子。扶以歸，灌之蘇，問故，止宿，進酒肉，孝子弗食，曰：不見父棺，不食此矣。其夕夢經荒原，一老父與數人坐林中，見孝子至，撫掌大笑，語曰：月邊古，蕉中鹿，兩壬申，可食肉。覺而誌之，遂辭去。兩人留之不可，偕送之。行數里，不忍別，忽經荒原，如夢所見，白楊下有棺纍然，孝子心動，泣不止。兩人問故，語之夢。兩人曰：有徽人胡姓者，居此日久，相距不遠，盍往詢之。從之，見胡生良久，曰：噫，倩牘記十年前鄉人曹姓客死窮於是，以所遺牙牌納棺中，其殆是乎？然非白諸官莫驗也。遂引訴之酉陽巡檢白州牧，飭里長察諸棺，多有主名，而一棺獨無。啟棺見骨，孝子漬血驗之，沒骨，棺有牙牌，文曰：蕉鹿。孝子曰：是矣。月邊古，胡也；蕉下鹿，牌也，何疑乎？遂撫棺大哭，收骨行，項生、許生爲設祭，祭畢，以餕肉食孝子，曰：向子之不食肉者，以未見父棺耳，今則既見矣。憶與子遇土穴中，日在壬申，今六十有一日，又值壬申，夢益驗矣，豈非天哉？孝子再拜謝，兩人交餽之賻，遂負骨歸，過洞庭湖，風作，兩日不得渡，同舟者疑之，且大索，孝子悉禱於洞庭君，風立止。既歸，葬其父，廬墓以終。乾隆四十九年卒，壽七十二。長洲莊太守學和作曹孝子紀略。

李眉山鍇正黄旗漢軍人官筆帖式少司寇粹祖之子相國索額圖之壻也家世貴顯而性耽清寂偕其配隱居盤山廌青峯下號廌青山人又號焦明子喜行無人徑嘗憩谿谷中犯雨雪遇蛇虎不顧也歲一至都郡留一二日輒歸人罕見其面時謂有静癖詩文古奥峭削自闢門徑視世之以篤花為國妝以紅棗為法物者超然遠矣

丙辰詞科之徵有祖父以已未鴻博起家而其後人復膺薦辟者三人秀水朱竹垞檢討孫稻孫華亭王文恭公孫祖庚宣城施愚山侍讀孫念曾兩世俱應大科之召亦盛事也

西人測算之法本於周髀自中土失其傳西人攺易名目以衍其術世遂奉為絶學餘姚邵子政昂霄通中西之術推測布算細析豪芒手製儀象西人見者咸服其精巧著有萬青樓圖編十六卷專論天文算數之術分十有四目皆援引漢晉以來天官家言及歐邏巴之說頗為精密

歸安沈東甫炳震世居竹墩為東南望族東甫少時即浮厲於學為諸生有聲屢困場屋遂謝舉子業專攻古學於經史子集多丹黄鉤纂考訂博辨而新舊唐書合鈔二百六十卷尤生平注力積十數年而成丙辰應　召試不遇歸後錢香樹司寇以唐書合鈔奏　聞奉　旨付詞館采取栞刻頒布天下時東甫已歿可謂鬱於生前榮於身後者矣

滁州李雨邨調元乾隆癸未進士改庶吉士至丙戌春同年崇慶何希顔明禮訃信入都撫寫甫一日即夢見李端坐堂上然燭繕書書中所載隱約皆官爵姓氏煌煌大書旁若有神護持之者意此中祕書非人間有也已而李散館改吏部主事始悟何夢中所見乃銓部官册耳

儀徵張孝女巧姑父曰天相病痺不能起立兩兄傭他所孝女獨與父居乾隆九年正月十八夜比鄰不戒於火火延及門孝女狂號負父出未及門而仆與父俱死年甫十四明日出其屍灰燼中猶肩承父屍握父手弗釋邑人建石幢書孝女死父狀誌其處謹錄之以俟采風者（按孝女事於嘉慶三年縣丞申淑泮濬渠得石幢聞於邑令申大史入奏得旌典都轉曾公燠為文記之并系以詩復邑令屠琴隖倬亦書其事并作歌焉）

長清曾孝女衍綸宗聖裔也父尚增以庶吉士出為知縣累遷知彬州衍綸年十一從父於官母病瘓不能起衍綸侍湯藥凡四載不少休衍綸偯甚一夕母謂衍綸曾

假寐命老嫗東獨侍幃側火然及幃老嫗突出呼救衍綸突火入抱母號父自外闖之趨至亟呼救者挾衍綸出衍綸嚙其手至骨挾者痛釋手衍綸大呼曰速救夫人夫人出我乃出已復突火入而煙焰壯救者不得入遂與母俱燼既滅火衍綸身覆母攣結不可解此乾隆二十三年十二月乙亥事也巡撫聞於　朝得　旌如制鄉人為祠祀焉

乾隆二十九年蘇州樂橋有李氏子每晨鬻菜於道得錢以養母一日拾遺金一封歸而還其母發之內題四十五兩母駭而卻之曰汝一窶人計力所得日不過百錢分也今什伯之不祥且彼遺金者或别有主遭鞭責死矣促持至其所遺金者適至語以故還之其人得金立馳去市人怪其弗謝也眙之令分金酬賣菜者其人不肯詭曰予金固五十兩彼已匿其五又何酬焉市人大譁有司過而訊之佯怒賣菜者鞭之五而發金指其題謂遺金者曰汝金故五十兩今題四十五兩非汝金矣以授賣菜者曰汝妄得吾鞭以是償汝且而母所謂不祥者驗矣促持去一市稱快

宣城湯鵬千偉康熙二十九年領鄉薦至乾隆初始得選江寧教諭年已七旬天真爛漫若童子然夏月葛衣搖扇與羣兒嬉或上樹撲棗童子環噗之湯曰盍留苦敗者償老子勞耶其風趣如此時學舍穿漏每大雨湯輒持繖坐承霤下白髮淋漓客駭問之則髯然曰大成殿未修先聖露居某敢即安乎紳士聞之肅然未幾爭相營構宮牆煥然

乾隆四十三年夏劉文正公為東閣大學士早朝至東華門在肩輿中端坐而逝舁垂玉箸長尺餘戶部尚書額駙福公隆安奏　聞　高宗震悼輟朝即日　聖駕親至東直門　御臨其喪時文正子墉官江西按察使未歸　上撫其孫慰之諸大臣勸　上迴蹕　上哭至　乾清門流涕謂軍機大臣曰朕失一股肱矣可想見聖主賢臣明良契合之盛

乾隆三十一年吳縣張西峯書勳以舉人就挑得知縣行捧檄出都矣及會榜發復售　廷對竟得大魁以知縣中狀元奇遇也相傳是年西峯公車未發時資斧無措禱於至感某翁翁故盛德然力無以應吳中有所謂七賢會者每人各出金若干以六赤置盆中擲而三擲之彩勝者先收金而後稱息以償數月一舉滿七人而止翁有會已兩舉尚未得彩是月值會期私念若得之可百金足以濟張用然得失未能逆料也屆期因偽為疾而約同會五人飲於其家酒半將卜彩令老嫗傳語曰

主人畏賊卧帳中。可延客至卧榻前。余彩乎。客曰諾。傳壽至。翁名遽呼持盆入帳中。容靜聽三擲畢。持盆出帳外。揭視之。六子皆赤。皆大笑曰。得彩得彩。勿藥有喜矣。客旣散。翁愛然曰。余生平不作欺人事。今為張孝廉計。不得已出此。可愧耳。蓋翁預置璞叟與盆各兩。先列上彩色樣。易以示客。計在必得也。已而笑謂所卜之彩。究竟何色。揭盆試視。亦六子皆赤。是年張捷南宮。人謂文星所照。神或助之。若某翁之不憚自污以濟人急。其高誼不可及也。或曰此係某探花事俟考

錢唐王文莊公際華。乾隆乙丑一甲第三人。及第通籍三十一年。蒙　恩賞福字二十四幅。乙未冬。重加裝潢懸　賜第之東。顏曰二十四福堂。

太常寺署中有蝴蝶。黃色大如茶盌。吏人欲見之。呼曰老道。則飛至掌中。有欲害之心。則飛去。相傳自明嘉靖至今。三百年物也。乾隆戊申冬。　高宗齋宿　郊壇。詢太常寺蝶。乃以盒盛進。有　御製太常仙蝶詩。　命仍送歸寺內。

米萬鍾得異石於大房。東牲載書以告。爲東醉回見之。復代石報米書。二書當時傳誦。以爲韻事。此石棄置良鄉縣多年。乾隆間。　命運至昆明湖之樂壽堂。　賜名青芝岫。有　御製詩。當日委諸榛莽。一旦託足蓬瀛。士之願致青雲者。覩此可以興矣。

贛州鄧慕濂元昌。爲諸生有聲。年二十五。得宋五子書讀之。遂屏棄舉子業。一以理學爲歸。慕濂有長兄。鬢而頑。大小事必稟而後行。後母性瑣刻。每怒。慕濂必長跪請罪。得解乃已。後母弟早夭。弟婦有子。請於慕濂曰。感伯之德。願留守侍兒之有立也。慕濂泣拜之。自是遂不入處室。挾其子與弟之子。躬於堂課督之。慕濂有田在城南。秋熟視穫。挾小學書坐城隅。見貧人子拾束穗者。招之曰。來。汝毋然近吾。吾教汝讀書。能背誦者。量穀與汝。羣兒爭就之。慕濂始則使識字。既使諷章句。既以俚語譬曉之。羣兒踴躍受教。旣卒穫。羣兒嚎曰。穫卒。先生且歸。奈何。有泣者。自是每秋穫兒輒就學焉。城南人無少長智愚。皆曰我鄧先生。見有衣冠問鄧先生者。則曰是我先生客耶。渴則進飲。飢則進食。市井人見慕濂過。必起立。如弟子之敬師長然。十室之邑。必有忠信。此其驗矣。

長洲沈立方孰中。邑諸生。屢試不售。年五十餘。棄舉子業。循覽儒先傳註。旁通內典。久之有省。題其室曰心太平居。作太平吟四首。以恬淡虛無分隸焉。其一曰。國太平。境無虎。家太平。人安堵。身太平。揚蹈舞。心太平。去城府。蓺硯田。逃稅戶。抱遺經。嗟塵做。山水緣。月三五。蝴蝶夢。日卓午。四海大醉。樂土三萬場。畢吏部。子孫蔓焉。斯祜天甚吾人何苦。其二曰。國太平。煙無塵。家太平。蔬滿囿。身太平。隨左右。心太平。泯聲臭。一瓢飲。安且富。五柳風。入寬袖。繁華夢。牛馬走。錦繡林。嚴霜凋。醉山水。不在酒。淡蕩友。對清查。疏松奏。長眉壽。石可漱。居何陋。其三曰。國太平。聖神代。家太平。高曾在。身太平。退蔵會。心太平。絶瑕纇。一炷香。無晨晦。半輪月。空星礙。幾點煙。渺秦岱。想非非。夢環珮。耳到順。通天戴。原出峽。放宇內。雲可栽。鏡相對。紛藻繪。休渾穢。其四曰。國太平。拖鸞天。家太平。箪瓢逸。身太平。無事仙。心太平。不二禪。仰碧落。識太元。倚混茫。忘魚筌。浮雲去。何處覓。消虛來。自在眠。縮聲手。不在川。忘言詩。不著篇。浮漚幻。月輪圓。看轉旋。識幾先。頗有康節行窩伊川擊壤之樂。

吳縣周景曾聖與。毋以盡倫爲窮理之實。嘗榜其室曰。學喫虧學快活。

長洲何濫山灶。邑諸生。常佩一囊一笑。途中見字紙粒米。必拾取之。家貧。課徒自給。而性好放生。有餘輒濟親友。人以窮孟嘗目之。晚耽禪悅。八旬外猶健飯。日行五六十里。不知疲時。　高宗詔錫老榜。官涇山年例應得檢討。人勸之試。曰吾福相滿。驟邀　恩賜。恐生災患耳。嘉慶初。奉　詔舉孝廉方正。當道將以涇山名應徵。辭曰。捫心自問。字字箇疚。何敢冒爲。且不就老科而就制科。更折福矣。年九十有七。無疾而終。

長洲余仲林蕭客。與汪竹香元亮。周定生琳。以道義文章相切劘。所著五經鉤沉。彭大司馬采以進呈。奉　旨入四庫全書。儒林重之。

崑山張潛文予焯。早歲有至行。父疾。刲臂肉和藥以進。父歿。終身孺慕弗衰。性好施出私財為族人親戚營葬。不計數。涂工祁天章者。年四十。貧不能娶。張與金勸令娶祁諾。受金去。明日過祁。察其容甚戚。詰之不肯告。詢其鄰。曰是以金歸。而道遇張灰具金如前。往語之曰。爾有遺乎。曰否。如是者三。張曰。爾欺我。出金袖中曰。此非爾遺乎。祁大喜。以爲誠然。張又嘗過賣菜傭失百錢。忿欲死。張呼至家。令家人平菜而陰納錢菜中。中錢隨地。張佯驚曰。爾錢乃在。用是家中落。而施不衰。人呼之曰張善人。

江州崔進士念陵需次京師。聘某姓女爲妾。崔故貧士。歸家省親。不能俱載。寄媖於其母家。母强售之於千戶某。媖求死不得。入門展拜。即呼千戶爲父。而訴以故。千戶義之。不奪其志。仍以歸崔。人頌千戶之高義。而媖之急智。亦不可及也。

靖逆侯張仁宗之配高夫人。詩才清絶。張侯家財數百萬。以好客喜施。不二十年而磬。甍逝後。其子謙襲職。貧不能支門戶。太夫人示以藏鏹處。所發之得三十萬。賴以

資用益侯在旺太夫人已逆料之而預為地也其識力有過於丈夫者豈復尋常閨閣中所能知

六安夏秀才實傳少任俠出雅雨盧公之門盧謫戍僮僕無肯從者夏奮然往居三年盧蒙 賜環始與俱歸厚贈以報之不受人以此高之乾隆庚子科以年過八十
欽賜舉人

杭州吳修撰鴻視學湖南壬午科典試者為嘉定錢竹汀大昕韓城王偉人杰三公皆衡文巨眼也諸生出闈後各以闈卷呈吳吳所最賞者丁甡丁正心張德安石鴻翥陳聖清五人曰此五卷失一吾此後不復論文矣榜發之日吳使人走探俄而鈔榜來自第六名至末僅有陳聖清一人吳旁皇莫釋未幾五魁報到則四生已各冠其經矣吳大喜一時省下傳為佳話

乾隆五十二年貴筑李尚書世傑督蜀令民沿城皆植芙蓉垂柳今皆合抱花時爛若雲錦人比之召伯甘棠云

往在成都見三異人其一曰曹回子係西域回鶻人童顏鶴髮類有道之士住禮拜寺冬夏不設茵席以小石子堆一炕夜則兀坐日則閑遊街市出言元奧人莫能曉

餽以食有受有不受其一曰徐瘋子語音類秦人疥癬滿身行乞於市夜則棲身東洞子門途見所棄死猫鼠則攜回燒之供飧病者向索藥徐隨手拾土石與之服無不立愈其一曰笑和尚終日不言見人惟一味憨笑喜吸煙向人索之其人必多吉利事故人爭與之轉有固卻者居寶光寺寺僧惡其嬾故遲其飯或未明即食及舉飱笑和尚輒在鄰有張裁縫者訝其非常人俟其出遊必瞷之一日笑和尚忽謂張曰爾寒暑無間俟吾六載必有所欲但吾性嬾不耐為人師有徐瘋者道行高堪為爾師我當送爾至彼即偕往適徐爇火炙死鼠飲白醑遙見之責笑和尚曰爾不耐為人師又何苦拉別人乎言訖大笑時朔風正勁城門外寒氣更甚笑和尚與徐皆赤足露頂將及三鼓徐脫身上破衲與張曰服之可禦寒張披之奇煖而香後徐張與笑和尚同日不見惟曹回子至今尚存

長白那蘭長海父為鎮安將軍以 恩蔭宜得官引疾不赴補覓易水之雷氏築室居之自號雷谿居士吟諷不輟嘗襲衣所親喪見其貧不能辦即解裘與之歸中途見異書亟欲買之又解其裏衣以質焉由是得寒疾伏枕夷然李眉山嘗贈詩云二月輕寒擁鹿皮人間獨有馬卿癡夜來窗底無烟火自詠梅花絕調詩可想見其人矣

奉天于紫亭宗瑛為襄勤公之孫乾隆甲戌進士改庶吉士歷官至御史性簡淡不趨榮利所在掃地焚香似韋左司之為人詩筆沖淡亦酷似左司著有來鶴堂集

胡恪靖公寶瑔世居徽州父官松江府教授遂家焉生公之夕教授公寓居王文成公祠夢文成手一金軸曰五十年後煩送吾鄉乾隆十六年恭值 聖駕南巡至會稽 御祭王文成 命公賫金軸讀祝堂下方知前夢之徵也

恪靖公未遇時赴禮部試有友人託其代賫文書投部者為奴子誤事致愆期其人不得與試公知之曰吾累吾友不得入闈吾安忍獨試遂不入闈尋考授中書歷官巡撫

熙朝新語卷十二終

熙朝新語卷十三

清 吳郡徐錫齡厚卿輯

乾隆三十六年。皇太后八旬萬壽。賜三班九老宴遊香山。次日。命畫工艾啟蒙繪圖。文職九老顯親王衍璜恒親王宗志大學士劉統勳協辦大學士官保吏部尚書託庸戶部尚書素爾訥刑部尚書楊廷璋刑部侍郎吳紹詩工部侍郎三和武職九老都統四格曹瑛散秩大臣國多歡甘都副都統伊松阿薩哈岱李生棟富僧阿色瑞蔡致仕九老刑部尚書錢陳群內大臣福祿禮部尚書陳德華兵部侍郎彭啟豐禮部侍郎鄒一桂副都御史呂熾內閣學士陸宗楷詹事府詹事陳浩國子監司業銜王世芳此國家崇禧之曠典亦山靈未有之奇遇也

乾隆十三年九月。上御集鳳軒侍衛於大西門樓校射。上親發二十矢中十九矢有集鳳軒紀事詩勒石齊召南大西門樓御射恭紀詩云曈曨初日照西山百尺樓開紫翠間御苑經寒欣草淺秋風講武值晨閒虎熊的畫君臣鵠鵷鷺班分左右班何幸此時叨侍從大弓親覩至尊彎侍臣如堵並呼嵩巧力分明不可同容節中和天子射弛張高下聖人弓曾聞作賦誇嬰兒更說題詞數六熊何似我皇能百中閒臨寶相教羣工

御園十種蒲桃一伏地公領孫二伏地黑蒲桃三伏地瑪瑙蒲桃四哈密公領孫五瑣瑣蒲桃六哈密綠蒲桃七哈密紅蒲桃八哈密黑蒲桃九哈密白蒲桃十馬乳蒲桃翰苑諸臣時蒙恩賜恭紀詩甚多不及備錄

康熙中。欽定古今圖書集成一萬卷凡三十二典曰乾象典歲功典歷法典庶徵典坤輿典職方典山川典邊裔典皇極典宮闈典官常典家範典交誼典氏族典人事典閨媛典藝術典神異典禽蟲典草木典經籍典學行典文學典字學典選舉典銓衡典食貨典禮儀典樂律典戎政典祥刑典考工典每典復分門類共六千一百九部計書五百二十函又目錄二函年久銅字殘缺過半乾隆三十八年易以木字印四庫書應刊樣本賜名聚珍板有御製詩

乾隆三十八年奉旨特開四庫全書館翰林院為辦理處武英殿為繕寫處自殿板館書外詔徵天下遺書共一萬三千七百二十五種舊存明代永樂大典殘缺幾半命詞臣分類纂出整書八十五種散片二百八十四種分存書存目二項纂輯提要以該一書大旨按序輪進書之佳者皆蒙御製題詞以冠簡首其四部條目與前代稍異經部十類曰易曰書曰詩曰禮曰春秋曰樂曰孝經曰四書曰總經解曰小學類別八法供入子部術數禮類別歷代儀注入史部故事樂類別宮調絲竹譜入子部藝術史部十五類曰正史曰編年曰詔令奏議曰別史曰雜史曰傳記曰史鈔曰載記曰故事曰時令曰地理曰職官曰政書曰目錄曰史評雜史類別瑣碎記錄入子部小說雜家子部十四類曰儒家曰兵家曰法家曰農家曰醫家曰天文算法曰術數曰藝術曰譜錄曰雜家曰類書曰小說曰釋家曰道家集部五類曰楚詞曰別集曰總集曰詩文評曰詞曲其編錄欽遵奉諭旨經首易注史首史記子首老子集依時代而聖祖世宗皇上御製集冠於本朝集首每庫繕寫四分倣浙江范氏天一閣式建文淵文源文津文溯四閣貯之並有御製記又擇其精醇為薈要計全書三之一繕寫二分一藏大內一藏圓明園凡編錄十三年竣事四庫共存書三千四百六十種計七萬五千八百五十四卷輯簡明目錄以便稽覽底本仍貯翰林院內此古今來未有之大觀也

乾隆甲子。御製育院詩有從今不薄讀書人言孔孟言大是難之句一時士林傳誦為之感泣張南華鵬翀和詩云添得青袍多少淚百年雨露萬年心益紀實也

乾隆二年命易蓋國子監大成殿屋瓦改用黃瓦乾隆三十年。欽頒禮器犧尊雷一紋壺一子爵一內言卣一康侯鼎一盟簋一雷紋觚一召仲簠一素洗一犧首罍一皆周時法物命陳設殿庭

乾隆五十年建辟雍宮於國子監集賢門內宮四面出向周以環池有橋四前有碑亭二是年二月上丁高宗親行釋奠臨雍講學舉行盛典有御製國學新建辟雍圜水工成碑記御製上丁釋奠後臨新建辟雍講學詩四首御製三老五更說皆勒石諸臣皆有聖主臨雍禮成恭紀詩

乾隆九年。詔編內廷祕笈為天祿琳琅乾隆四十年重為補輯以經史子集為綱以宋金元明刊版朝代為次其一書而載數本用遂初堂書目例詳其題跋姓名收藏印記兼用鐵網珊瑚例至各冠御題品評甲乙則自來冊府儲藏未聞斯盛矣

襲封簡親王德沛貝子福存之子應襲封鎮國將軍讓與從子而已託疾入山讀書世宗朝召見問所欲曰願得側身孔廟分特豚之饋世宗重之授兵部侍郎高宗登極遷湖廣總督調任江南尋內擢尚書襲封簡親王常詣成均講大學橋門俯聽者千餘人皆悅服助教河間王仲顏之銳前曰猶未盡王請益曰自天子以

至於庶人一節聖經畢矣其本亂以下數語乃重申之以見吾儒所以異於二氏之義王欣然捬謝賢王之虛己好學從可想見矣

崑山朱以載厚章天資超絕五官並用嘗於座間手錄孝子傳而令二人左右隅坐各操紙筆口授令書一成駢體序文一成長律已而各書竟合座傳觀詩文俱工所錄孝子傳精楷無一譌字真奇才也著有多師集

丹徒余文圻京工詩祈品沈歸愚宗伯與訂車笠交柏鄉魏念廷觀察愛其詩欲令往見文圻曰往役義也以詩爲羔雁非禮也卒不往以布衣終著有江干詩鈔

元和蔣震收曾榮有至性父子宣病股體卷曲中夜含淚拊摩跪中庭籲天求代風露所侵得濕氣病又迎醫至數百里外觸炎暑犯霜雪如是者數載竟以瘵疾卒士林以其少年死孝咸惋惜焉

錢唐諸生徐爾熾之配汪氏年二十二歸於徐事舅姑以孝聞甫七月而夫卒汪誓欲殉維經者再繩輒中斷將自剄小婢瞯知之以告舅姑亟救之時汪已孕四五月矣舅姑諭以宗祀爲重乃泣受命閱五月遺嗣維康生及長躬親課讀維康有聲庠序娶婦藍氏七年甫有娠而維康遘疾藍禱於神請以身代刲臂肉以和藥卒罔效藍絕粒欲死姑從容諭之曰余延未亡之命以至於今爲遺嗣故也汝歸我家七年未生子今復有娠若男也則徐氏血食又綿延矣語未竟婦姑皆哭失聲踰三月而生子承恩家益落藍養姑訓子衣食皆火之資盡給於十指間因積勞成疾汪六十六歲卒守節四十四年藍五十八歲卒守節三十年承恩旣成立白於有司請 旌如例杭人至今稱徐氏兩世遺腹不絕如綫實有天幸傳曰明德之後必有達人吾知其嗣之必昌矣

會稽吳鑑南璜儆士樸存之子也少負詩名力學不倦乾隆庚辰成進士榜下授主事改官四川重慶府通判殉木果木之難篋中有黃琢山房集令家人懷之脫出曰我死弟令此詩失其同年友畢制府沅爲序而刻之

汜水縣東南四十里有山名曰五雲高絕千尋形勢嶙峋與三峯崗若東西相峙中忽聳起一邑旺氣上有古清涼觀汜水人士或讀書其中每見白雲入戶因名五雲觀有浮屠九級不知建自何代明宣德中有雷姓者利其磚毀之以爲觀中階基其中得石徑尺沏曰逢雷必破土人神之至今以塔山名絕頂有泉曰野狐窩水從石罅出不溢不涸宛轉層崖怪石間亦水之奇者乾隆癸未姚貫魯河陰採訪得之

熙朝新語　卷十三　三

始纂入縣志

打箭鑪在成都西南九百二十里相傳蜀漢諸葛武侯南征遣偏將郭達造箭於此山脊有郭達廟極著靈應土人敬奉維虔天文分野井鬼之域爲中華之極西西域之極東天時多寒少暑層巒峻嶺峭壁懸崖中隔魚通河形勢險峻 本朝添設軍糧廳分駐鑪城專司夷務兼理五台糧運明正土司甲克木參同駐於此轄十二鍋莊約東新附土司乾隆丙午 敕建惠遠廟於城西山麓金碧輝映光照山谷番民所居碉樓亦極宏壯瀘定橋在飛越嶺西南六詔孔道橋跨兩山間瀘水經其下不施梁柱鎔鐵鍊爲橋每鍊重二千四百觔長二十四丈有奇闊六丈以九鍊爲橋身四鍊爲扶欄欄穿小鍊如卍字形各鋪薄板以濟行人每板離尺許滿則爲狂風鼓蕩兩崖埋鐵柱四橫木以綰鐵鍊每柱鍋鍊柱觔重每柱重四萬八千觔天全州有王姓者世業鍜能懸鑪於鍊鼓鞴施鎚名曰飛火遇有損壞輒召令興修他姓不能辦也

巴塘沃野千里水泉環繞日麗風和路人心目物產類中土西行十里有河曰竹巴龍即金沙江之上游北通孔宣土司南與滇之麗江接壤有土司二以轄番衆前明授以宣撫司敕秩二品長曰阿什錯副曰阿什滚曾隨嘉勇公福渡臺征林爽文屢立戰功乾隆丙午臺灣平論功入奏 賜奇勇巴圖魯名號以寵榮之臨陣用鳥鎗能及遠二百步內擊人無不中者捷如猿猱所向披靡夷民懾服暇則邀漢官大員至寨宴飲度曲恂恂儒雅不類夷産

西藏古曰烏斯藏即唐古忒前藏名曰布達拉距京師萬里乃坤維極遠之地天文入井三十度四時觀北斗祇見其半南極出地十六度唐高宗以宗女文成公主妻其國王始封爲海西郡王康熙五十九年平定西藏 敕封康濟鼐爲貝勒阿爾布巴爲貝子隆布鼐爲公頗羅鼐以軍功晉進 恩命封至郡王領藏事子孫世襲乾隆十五年謀逆伏誅藏王之爵遂除 高宗以其地 賜達賴喇嘛管轄以後藏屬班禪額爾德尼佛管轄國人酷信佛法自改封後頗稱寧謐班禪住扎什倫布距前藏一千餘里乾隆四十五年入覲 高宗純皇帝賜四體字玉册玉印五十九年仍還扎什倫布駐錫其地與廓爾喀接壤故貿易多西洋貨物行使銀錢每枚重一錢五分面鑄乾隆寶藏四字五十八年奏准在藏設局鼓鑄 賜名寶藏局由四川總督派員往董其事

熙朝新語　卷十三　四

乾隆四十一年奉　敕撰勝朝殉節諸臣錄十二卷凡三千六百餘人分專謚通謚祠祀三等人各錄其事迹為傳仰見　聖人之心大公至正視天下之善如一不以異代而歧視也

乾隆四十三年奉　敕撰西清研譜二十四卷凡陶之屬六卷石之屬十五卷共研二百為圖四百六十有四附錄三卷則今松花紫金駝基紅絲仿製澄泥諸品共研四十有一為圖百有八每研皆正背二圖亦間及側面凡　御題及諸家銘識一一鉤摹精好自有研譜以來無如此之全備

乾隆丁未庶常散館　欽定賦題太液池人字柳賦以題為韻謹按人字柳在太液池乾隆間風吹一枝著地本株傾欹欲倒　命以折枝撑拄既而成活與本株作人字形因以名之有　御製賦并詩伏讀　御製句云借問人稱誰氏依稀彭澤先生可想見此柳之風致矣

陶南村輟耕錄載黑玉酒甕玉有白章隨其形刻為魚獸出沒波濤之狀其大可貯酒三十餘石徑四尺五寸高二尺圍圓一丈五尺至元二年告成敕置廣寒殿由元迄明至　本朝垂四百年此甕委棄人間久矣乾隆十年重進於　朝奉　敕建石亭於承光殿之南以貯之　御製玉甕歌鐫於甕內　內廷翰林恭和詩甚多秀水鄭杏松虎文詩云天啟聖瑞玉甕出惟聖克受昭聲歌臣愚未覩法宮寶伏讀　睿藻心為摹甕廣三尺容五石隨形凹凸浮圓荷刻畫類鑄排象物長風蹴踏萬里波腥涎怪霧走蛟蜃呀呷睒睛騰竄鼉陽冰不冶陰火閃怪變滅沒吞江河伊誰劇削運鬼斧或巨靈掌吳剛柯吾思此玉當在瑰瑰然萬古藏嵯峨百靈爭合胚太極渾及草木粹巖阿原為聖役剖鑿出宛轉人世幾日窠那知德薄不能有供玩耳目羞婐妸如延津劍泗水鼎神物終化理不訛於時恭承　陛下聖萬方獻瑞聲猗那人無遺賢物鮮棄希世寶貴終煙蘿熊熊龍氣光燭夜乃遂而得歸搜羅轉　敕內府輸朽蠹千金易致駟馬馱陳之廣殿重圍訓其如金甌無傾頗龍翔鳳翥餘　天唱四十八人鳴相和嗚呼隱見會有遇委棄道旁歲已多冬值營腹泥沒足學士愁吊資吟哦揣摸偶及光萬國經天不掩同義娥既幽拔隱寄深慨誰共會者空摩挲異物且貴況奇士努力　盛世無蹉跎此詩奉　勅鐫勒石亭楹柱按鄭詩與翰林館所載廣大各受之數互異未知孰是存以俟攷

長白祥約園亮乾隆丙戌進士由工部主事累官至布政使嘗作酒甕詩云送客船停楓葉岸尋春人指杏花樓都下盛傳戲呼之曰祥酒甕

滿洲烈婦希光吏部尚書協辦大學士永貴之媳員外郎伊嵩阿之室也夫病割股以療不驗矣以死從因女弱無依忍詬舅姑累苦守十年女嫁之次日賦七言律詩二章見志自縊死翁錄其詩奏　上憫之　特予旌遺稿多有可採鐵尚書保選入熙朝雅頌集中凡二十首其烈婦歎二首為大學士舒文襄子婦棟鄂氏作益自傷同志也

長洲黃協周林事親至孝母病禱於北斗願以身代積四十九日方假寐忽聞異香幡幢蔽空下中擁神人如世所肖斗母狀呼其名曰爾誠孝奈爾母數盡何黃搏顙哀求神曰憐爾孝心當延爾母數旬壽餘已而果然

長洲林煜奇番鍾少孤嗜學年十八補諸生乾隆戊子舉於鄉煜愷悌族人有親死不能斂者與之錢為具棺木同年生死遺孥妻貧且病貸金周之交友以急告者傾橐與之不足則出所藏卷軸使質錢為用久而不歸亦未嘗往索也與人同行人指所識妓門曰吾故人家也牽之入見粉黛者覺其紿輒引去或招飲於舟酒半呼妓至則辭以洩登岸脫歸其任邨狷潔如此後謁選得教諭年三十九卒長子衍潮致行力學如其父甫得一衿遽嬰痲疾以卒年僅二十六天之所以待端人者顧若是耶按林君次子衍原優於古文卓然可傳衍潮之子弃梅少年英雋今俱為邑中名諸生其所藏或正未可量然則故舍所屬或在此不在彼耳

吳縣顧童子年九歲遘母病且殆禁不與童子寢從鄰家貸薙髮刀歸止戶外熱火煮湯持刀割脇肉投鐺中會母呼湯傾蓋中以進母飲之病良已童子袖間血漉漉出恬然無所苦母病起童子創亦合上海曹御史鴻書為之記

趙雲松翼未第時其戚張某為女鬼所祟醫禱罔效趙往省之坐其榻上張恍惚聞小語曰趙探花至矣姑避之及趙出祟如故張家苦求趙襆被宿其處旬日頗安趙歸祟業大作而張竟不起趙登乾隆辛巳一甲三名官至貴西道

吳縣諸生陳和叔黃中少通敏長於史學深究前代治亂往復所由以達於當世之務發為文磊落不可控制乾隆丙辰應博學鴻詞科　廷試未取客遊燕楚齊梁閩浙間時　高宗純皇帝登極之初中外大臣仰承　聖意延致天下豪俊盛表諸詩和叔故善海寧陳相國因上書論用人理財治兵三大事其條用人之目有十曰分科取人曰慎擇舉主曰重名節曰辨邪正曰加俸曰汰冗員曰寬法網曰覈名實曰懲貪曰酌道里以銓選條理財之目有六曰定祈制曰權錢幣曰興西北水利曰輕

征榷曰減漕衆曰定賦政條治兵之日有六曰謹邊防曰嚴海禁曰練土兵曰修車器曰簡帥臣曰加月餉相國題其言曾　詔求骨鯁質朴之士相國欲舉之和叔辭已而倦游歸里下帷著書成宋史藁一百七十卷又著新唐書刊誤　國朝謚法考殿閣部院年表督撫年表十餘卷詩文集四卷貧不能付梓年五十九卒不能治喪具親友以金賻者妻張固卻之曰余何以貸故傷夫子義遂鬻居以葬其展氏之與歟

熙朝新語卷十三終

熙朝新語卷十四

清　吳郡徐錫齡孝卿輯

乾隆十六年三月初十日奉　上諭朕時巡至杭州禹陵在望縞惟平成之德萬世永賴　皇祖聖祖仁皇帝曾親祀焉爰東渡浙江涉會稽式遵　皇祖舊典躬薦馨於宇下厥有姒氏子姓世居陵側應世予八品官奉祀該督撫擇其有品行者一人充之以昭崇德報功之至意欽此欽遵由閣部移咨督撫行據司府縣結報詳題請將姒恒甸世襲八品官奉祀等因到部具題奉　旨准行

乾隆二十二年二月二十八日奉　上諭朕昨至浙江省城禮部未奏請遣祭已故大學士徐本詢其故則以未入賢良祠例不致祭為對徐本歷事　兩朝宣力多年勤慎懋著即如前者過常州時已故巡撫潘思榘禮部尚猶奏請徐本視潘思榘為何如耶朕巡幸所經郡縣名臣舊輔皆即致祭乃國家念舊酬功之典該部自當慎重辦理何得膠柱鼓瑟乃爾徐本著入本省賢良祠並著該部奏請遣官致祭欽此仰見　國家眷念舊臣有加無已之至意凡在臣工宜如何感激奮興耶

乾隆十六年　聖駕南巡進治河方略之生員俞堉　賞緞一疋貂皮二張大荷包一對進詩賦之吳楷顧于觀姜掄元王世球于堯臣各　賞緞一疋大荷包一對其餘王新銘等十五人各　賞大荷包一對原任太僕寺卿張映辰編修梁啟心各　賞緞一疋貂皮二張續進詩賦之魏近思等二十名各　賞緞一疋荷包一對嚴長明等五十二名各　賞荷包一對二十二年　聖駕南巡進獻詩賦書畫人員進一冊者　賞緞一疋進二冊者　賞緞二疋其進　萬壽生生圖之羅學旦進蘇詩補註之查開各　賞緞四疋二十七年　聖駕南巡進獻詩冊之胡紹鼎李宗袁王誠吳燦英各　賞大荷包一對小荷包二個進獻黃山圖之員外郎許葆林進獻龍井見聞錄之舉人汪孟鋗各　賞緞二疋進獻彙冊之監生朱方藹貢生呂師説言世永各　賞緞一疋進獻唐詩之李清馥　賞緞二疋三十年　聖駕南巡進獻詩賦之湯世昌等三十人各　賞緞一疋承辦金山墨刻之程堂姚思廉各　賞緞二疋江廣達　賞貂皮四張大小荷包各一對以上俱見　南巡盛典後自庚子至甲辰鑾輅經臨行慶施惠不勝殫述

乾隆二十七年李鶴峯因培督學江蘇按試淮郡方唱名時地忽震西風大作轅門外旗竿被風刮入雲中不知所往時河湖盛漲水與高家堰平西風加勁淮揚危在

頃刻河皆以下各官面色如土方恐怖間忽轉東風天低若蓋見有黑龍在雲中修尾下垂湖水上吸一炊許邏兵來報消水三尺衆心大悅與試諸生歡聲雷動石埭縣教諭沈公目擊其事

紀文達公昀中乾隆丁卯順天解元二場表題擬乾隆十一年　上特召宗室廷臣分日　賜宴瀛臺賦詩聯句賞花釣魚　賜賚有差羣臣謝表紀作高華典貴進呈御覽其詞曰伏以　皇慈霈洽雅叶夫酒醴笙簧　聖渥天浮道契夫賡歌颺拜秋深桂苑蓼蕭沾濃露之華日麗繪葵藿依太陽之照集公姓公族以式燕玉牒生光合大臣小臣以分榮冰銜動色槿棖八凡真同海容之遊廣樂九成似返鈞天之夢屏藩有慶鐘組騰歡臣等誠惶誠恐稽首頓首上言竊惟世道昇平著太和於有象朝廷清暇敷愷樂以無疆鼓吹休明必有詠歌之作潤色鴻業炙中燕樂之文故象協鳳振誌卷阿之雅會與傳魚藻留鎬邑之遺風鹿鳴以下共六詩君歌臣答白華而後為一作誼美恩明天王燕則諸侯毛司儀風傳其職掌正歌備而太師告禮經亦著為典章在先王皆具有明徵及後世乃別名曲宴柏梁臺上藩封以追於郎官萄萄宮中宰執兼隨以學士五王共宴花萼樓頭三等分評曲江亭畔咸亨之會二王同太子俱從麗正之筵兩相暨禮官咸在情聯荆枝之句興慶移樂詩吟花萼之雨樂遊置酒莫不燕衍於暇豫用以祝頌夫太平然而大陵享神歸藏既謎洞庭張樂莊叟尤多汾水新詞不入西山之錄瑤池舊事浪傳汲冢之書雖有其文蓋無足道至於寧哥噴帝黃旛綽於以解嘲婉兒評詩宋之問誇其警句砑光帽小汝陽旋舞以簪花飛白書成常侍登牀而乞字每嫌輕薄宜曰風流未有沐浴深仁醉以酒而飽以德昭宣盛典禮同御而樂同和如今日者也茲蓋伏遇　皇帝陛下虹璧當陽龍圖啟運澤洽四表薰風入舜帝之琴德訖八荒瑞露浮高辛之甕雲生牖松生棟無為宰萬化之原樂為御德為車有道識一人之慶固已民康物阜不殊華胥之遊遠乂遍安兒似春臺之樂九年耕而三年食世登含哺鼓腹之天十日雨而五日風人識位育中和之化史官載筆於玉署頻登大有之書　天顏有喜於瑤階爰下推恩之典用相交於上下務兼備夫情文乃移法駕之清塵焚香灑酒聿舉超陂之高會鼓瑟吹笙來泰運者百三年再行曠禮過中秋者十二日先及懿親或慶衍於螽斯或派分於麟趾文昭武穆盡周家子姓之班東平河間皆漢室宗盟之望昔年故事曾裁桐葉以分圭此際遺逢更叶棣華以侍宴未央二十萬之賜方此未

多唐皇十六字之榮覺其尚陋迨乎翼日遂及羣臣落蓂後之仙莢尚餘兩葉閏重陽之瑞菊尚隔十朝則有輔弼依垣列三臺以拱極卿士惟月分九道以從星鵷鷺集瀛閣之英瀛峯日曉獬廌映柏臺之繡烏署霜寒官司鹽梅俱陪嘉會班聯槐棘咸預消寒職盡清華鄭鮮之未容啟事人兼風憲李栖筠亦得從遊儀肅冠裳列分左右時乃仙東九九降來五色雲中玉佩雙雙隨過百花橋上參差貝闕疑浮弱水之三千隱見珠樓似見崑崙之十二滄洲曉氣化為宮闕之形閶闔秋颸吹入金銀之樹舟浮太液驚黃鵠以翻飛帳啟昆明凌石鯨而問渡指天河之牛女路接銀灣寄秋水之芙蓉域開香國尋芳曲便惹花氣於露中垂釣清波起潛鱗於荷下擅林瑤草似開金谷之郁芬桂餌翠綸喜看銀盤之撥剌大官賜膳圓雲刻雷之尊光祿傳餐漬桂釀花之酒青龍布席白虎執壺四溟作杯五嶽為豆琳琅法曲舜韶奏而鳳凰儀渾穆元音軒樂張而鳥獸駭紅牙碧管飛逸韻以干雲羽衣霓裳驚仙遊之入月莫不神飛色舞共酌太和咸覺心曠神怡同餐元氣遂乃集枚馬呼應劉歌詠清平揄揚盛美　天章首煥落一串之驪珠　御筆高標扛百斛之龍鼎葛天浩唱不推義繩以前叢雲奥詞漫道媧簧而後因之句成七字彷漢事以聯吟人賦五言分唐詩而採韻宮鳴商應俱協和聲璧合璋分細裁麗製歌叶八伯盈廷依紀綬之華頌出九如聯秩上岡陵之祝當此颺言以拜手彌增嘉慰於　宸衷賚綺七襄抽仙絲於香草鸞牋十色分妙製於桃花織天女之金梭名高蜀郡研吳都之銀粉價壓膠東玉井波寒濯瓜桃於懸圃鐵舡渡遠分蓮藕於華山帶去歸鞍香拂青絲之籠傳來中使光搖赤玉之盤皆得攜出人間爭識來從　天上西苑賜遊之佳話曾何足云北門侍宴之恩榮無能過此笑貞觀豐年之慶筵啟丙辰陋開元麥秋之宴樽移端午千秋曠禮萬古奇逢洵哉遊豫之風允矣泰交之象　臣等才同樗櫟器謝棟梁藻有愧於披天賦未堪以擲地濫列金章之寵叨分玉局之班簪白筆而莫效涓埃侍黃門而多慚獻替六龍雙鳳知點竄之難工九几五筵屬遭逢之有幸得與鹿苹之會彌增魚藻之思伏願化洽郅隆治超皇古無逸而乃可以逸常軫夫康功田功已安而益求其安毋傷夫一日二日撫池臺之勝槩則思靈囿之子來對魚鳥之親人則思姒王之咸若觀九族之燕笑則思自親睦以至平章顧千官之肅雍則思正朝廷以及邦國賞花而念貢花之非禮勿信其小忠垂餌而知食餌之不慎務察其大偽供來芳餞莫忘東作之耕人捧出霜綃當厪西江之浣女樂諧韶濩致戒

夫琴瑟之專，詩被管絃，務覩夫風雅之正，則宮為君，商為臣，角為民，徵為事，羽為物，音有五而協氣長調，肅時雨乂時暘，哲時燠謀時寒，聖時風，疇次八而休徵咸應。銀繩玉檢不數夫七十二君，玉燭金甌永固於百千萬世矣。臣等無任瞻 天仰 聖激切屏營之至，謹奉表稱謝以 聞。按文達公其時年甫弱冠，場屋中乃有此瞻麗之文，洵不媿一代作手。

蔡葛山相國舉 敕校四庫全書時，其幼孫誤吞鐵釘，醫家以樸硝等藥攻之，不下。奄奄就斃，適校至蘇沈良方，見有誤吞鐵物方云：剝新炭皮為末，調粥三碗與食，其鐵自下。依方試之，果炭屑裹鐵釘而出。乃知方技雜書俱有用處。蘇沈者，蘇東坡、沈存中也，宋人集其所論為此書云。

曹來殷仁虎由 召試中書，登乾隆辛巳進士，在京師時，晝寢，夢一偉丈夫來拜，自稱黃崑圃，偕至一處，宮殿巍然，中有尊神面正方者。 本朝衣冠，請曹入見，曰：吾三人皆翰林衙門官，只行後輩禮，不行僚屬禮。坐定，目曹曰：卿十一歲時，行一大好事，上帝知之，故特召卿到此受職。卿可即來。曹茫然不記幼所行何事，惟力陳家寒，子幼，不願來。尊神意不懌，向黃曰：再勸挍之。語畢而入。黃笑謂曹曰：翰林衙門甚苦，何

戀戀不肯來耶？曹又哀求至再，黃曰：我姑為卿說情，或者可免。但卿以後逢火日不可出門，慎無忘也。曹唯唯，因問尊神何人，曰：張京江相國。問此間何地，曰：天曹都察院。曹驚醒，後每出門，必避火日，雖慶弔亦不往。數年後漸不記憶，乾隆三十三年臘月二十三日，嚴舍人長明邀曹至程太史晉芳家作詩會，俗以此日祀竈，遂以為題，席間酒數巡，曹伏案睡去，搖之不醒，客大驚疑，詩中有侮竈神語，故神示之譴，乃羣向竈神禮拜祈請，至三鼓，曹始甦，自言恍惚出門，如行泥沙中，身不知所泊，亦了無恐怖，忽見黑袍神迎面攔阻去路，因送之歸。次日取時憲書閱之，二十三日乃火日也。曹後官至侍讀學士，卒無他異。

乾隆甲寅，四川解元黃多益，場前夢人示以題，為益者三友章，因改名應之，榜發果得榜首。

乾隆三十年， 高宗純皇帝巡幸江浙，訓導王世芳接 駕，時年一百七歲，奉 旨賞給匾額，並 賞緞二疋。三十六年，入都恭祝 皇太后萬壽，時世芳年一百十三歲， 賜翰林院侍講銜，還鄉與第三子同行，白髮飄蕭，背轉佝僂，不似乃翁之矍鑠。問其年，曰八十五歲。又乾隆辛未， 聖駕南巡，有湖南湯老人來接 駕，年一百四十歲。 上賜扁額云：古稀再度，皆 熙朝人瑞也。

無錫王晉川會汾，乾隆丁巳翰林，官至吏部侍郎，家故貧，刻厲讀書，館選後，猶鍵戶下帷，勤讀無間，人以為難。癸亥 御試翰詹，第一，一歲三遷，洊陟卿貳，立 朝宴處有古大臣風。 上方倚重，將畀中樞，會京察自陳，舉侍講學士齊召南自代，推賢讓能，朝野重之。

南豐李恭毅公湖，乾隆己未進士，由知縣累官至廣東巡撫。時番禺英塘澇為盜藪，出沒數百人，劫掠官民無數，大吏不敢問。恭毅下車，即跴訪得賈商之巴總督廷三，委汪泉使新、廣州李知府天培率兵千餘人捕之，四面設伏，夜半鼓譟而入，直搗其巢。巢名老鼠山，三面臨海，其賊首梁亞香聞風即率其醜類拒捕，官兵踴躍爭先擒其賊百餘人，亞香見勢不敵，即遁至海邊，扳倒枯樹擲之海中，騰身抱樹而逃。汪命善泅者駕小舟追至海中擒之。奏聞， 上嘉之。 命廠鞫其黨，兩月獄成，共審得首從一百八十人，所劫數百案，磔於市。令鑄大鐵猫於老鼠山以鎮之，盜風始息。粵人為之歌曰：廣東真樂土，來了李巡撫。 聖眷正隆，而積勞成疾，遂卒於官。斂時見其面目手足作黃金色，光耀照人，亦一奇也。

劉文定公為相時，王司寇述菴以公事詣邸，第商酌時，夜半天寒甚，公呼三公子具酒脯，而廚傳已空，僅得白棗數枚以侑酒。公自愧其陋，然儉德如此，不可及也。

丙辰徵士武林桑弢甫之父文侯，家貧性至孝，父病膈，醫者云須羊脂和粥以為餌。文侯每日侵晨市脂煮粥以供父。父歿，文侯抱鐺以哭，若孺子然。里人為繪抱鐺圖，作詩紀其事，萬光泰一首最悲切，云：羊脂數合米一匊，病父在牀惟啜粥，父能啜粥子亦甘，粒米勝於五鼎肉。升屋皋某無歸魂，束薪斷火鐺空懸，牀前呼父鐺畔哭，抱鐺三日鐺猶溫，嗚呼恨身不作鐺中米，臨歿猶能進一匕。謂鐺不聞鐺有耳。

高郵夏醴谷之蓉，雍正癸丑進士，由教諭膺薦舉，入翰林，典試閩中，督學粵東，於治經外，示以古文之學，兩省文風因此蒸蒸日上。輶軺所至，綜所見聞，繫諸篇什，著有駪征集。歸田後仍日事丹鉛，手不釋卷，耆德威名，學者以為矜式。

會稽周學士長發，雍正甲辰進士，改庶吉士，散館以知縣用，尋改教職。乾隆初，由薦舉重入詞館。 命祭告嵩華、江淮、吳山等處，乞假省母。 恩賜內緞、貂皮，令歸為母壽，極儒臣之榮。

華亭王礪齋祖庚，為相國文恭公長孫，幼穎異，公愛其類己，且生同甲，故名曰祖庚。

字曰生同。雍正丙午丁未聯捷。榜下選山西聞喜縣，調興縣。歲旱，申請開倉平糶，不待報，即令民赴倉買穀，民賴以安。乾隆丙辰薦舉　召試，不售。尋奉　旨纂修續史。出知隰州，卓薦陞順德府，調保定府。恭逢　聖駕巡幸，及秋獮木蘭諸大典，屢荷　召見，奏對悉稱。在任八年，卓薦者再。然終以未得入詞館為歉。兩子紹曾、顯曾，皆膺館選，而意終不樂，亦見文人結習未忘也。

山陰胡稚威天游，兩中副榜。乾隆丙辰薦舉　召試，因持服未與。次年補試，又以污卷見遺。居京師，館任宗伯蘭枝第，晨夕商榷詩書，未嘗挾一刺以干公卿。公卿慕其名者，欲一見而不可得。每廣座作文，落紙輒數千言，見者嘆服。駢體文得唐燕許二公之遺。會一統志成，當進　御，鄂文端、張文和兩相國屬齊檢討召南作表，齊推稚威，文端欲招之，卒不至。其任氣不肯下人如是。

桐城張文和公七十壽辰，　高宗賜對聯云：「潞國晚年猶矍鑠，呂端大事不糊塗。」常州陳文恭公薨，　賜對聯云：「執笏無慚真宰相，蓋棺還是老書生。」錢塘梁文莊公乞假養親，　賜詩云：「翻祝還朝晚，卿家慶更深。」　天語之肫摯如此，知明良之契合深矣。

吳縣陶部郎篠之妾李氏，年二十四而寡，撫所生子望潛甫彌月，教養成人，為之授室。媳陳氏有娠六月，而望潛又歿。時陳氏年甫十七，痛不欲生，勉從姑命，以待生男延宗祀也。已而舉一女，孀姑恐傷寡媳心，亟請於族黨，公議以猶子緒瀠為嗣。又十年而李氏卒，計守節二十九年。陳氏命緒瀠循例請　旌，建坊墓道，綽楔巍然，工費不貲，典質簪珥殆盡，親族賢之。乾隆壬子，陳氏年四十一歲，西鄰不戒於火，延爇將及臥室，舉家促避，陳氏守伯姬之戒，端坐不出。時西風大作，火勢忽迎風返轉，闔門得免於厄。天之厚待苦節，此其顯而易見者也。聞緒瀠之子亮采已有聲庠序，陳氏猶及見其孫之成名，食報正未有艾耳。

長洲蔣重光女有至性。父病瘵日久，女隨生母晨夕侍，會天暑，蚊集嘬遍體，婢媼舉欲揮之，女不可，曰：「蚊得一飽便絕他嘬，冀使嘬吾膚，毋令再嘬吾親也。」婢媼為之泣下。其感人如此。女年十四，字同里陳珏，未娶而夭，女誓不再字。父母不忍奪其志，遂歸於陳，持服如制。立嗣娶媳，而嗣子又歿，乃與孀媳撫遺腹孫廷椒，以養以教，守節三十餘年而卒。廷椒呈請詳題，得　旌典焉。按兩世苦節，撫遺腹成立，此貞節中所最難者。集中所載如錢塘徐、吳縣陶及蔣貞女事凡三則，今徐節母之子承恩業已貴顯，吾願世之為貞節後裔者，咸涵清芬而貽令名也。

程杳巖蔭曾，乾隆己卯舉人，授四川大竹令，有政聲，公餘以詩畫自娛，翩翩一書生。絕不料其有幹濟才也。金川用兵，上官察其能，委辦南路科多站程，以其子烈隨行。西軍失守，賊勢方張，漸及科多。程下令籍隸役兵夫盡力死守，數月賊不得逞。黠者教以火攻，賊乃積薪縱火，既熾，程身先出戰，手及二賊，遂遇害，其子亦不屈死。事聞，贈道銜，祭葬蔭襲如例。若程君父子，可謂忠孝萃於一門矣。

熙朝新語卷十四終

熙朝新語卷十五

清 吳郡徐錫齡厚卿輯

高宗純皇帝御極六十年壽寓宏開篤生人瑞各直省奏報耆民五世同堂親見七代八代者屢見邸抄然未有如長洲蔣氏之盛者乾隆丙寅春內閣中書應焻之祖文源年九十配張氏年八十九翰林院編修元益之祖文涵年八十九配顧氏年八十八俱五世同堂親見八代應焻元益同日給假回籍祝壽海內榮之時徐雨峯士林為巡撫製聯稱祝云登甲登科五代兒孫繞膝難兄難弟九旬夫婦齊眉洵為熙朝盛事

乾隆庚戌恭逢高宗純皇帝八旬萬壽先期有詔以戊申鄉試己酉會試為正科己酉鄉試庚戌會試為恩科己酉典江南試者胡閣學高望副考賢志選士公明闈中向例於萬壽節將各房考首先呈薦之卷取中一名名曰恩卷然間有二三場疵累或事故不到不能入彀者是科金山令秦天于滄來豔圖房中首薦一卷主司亟加稱賞即時批中及填榜拆閱彌封姓名乃知是卷為元和王壽祺主司監臨及監試簾官羣無不額手稱慶聖天子壽考作人髦士嘉名適符瑞應也

長洲錢宮聲中諧康熙己未博學鴻詞科官翰林院編修時湯文正公為江蘇巡撫贈以題額曰奎壁凝暉乾隆己亥宮聲元孫棨以第一人舉於鄉辛丑公車北上時夢五色雲自空飛下中有蒼龍直前蟠舞因以左手持龍角右手取筆大書奎壁凝暉四字於龍頭上龍即騰空去尋中會狀自前明正統商文毅公輅後三百三十六年來一人自唐元和張公又新至是九百七十六年中第八人也高宗純皇帝御製三元詩賜之有王曾如可繼達弼我心存之句草茅新進而簡在帝心如此豈非厚幸歟

乾隆甲辰余在四川成都府城隍廟見一道士清癯如鶴髮半白問其年曰不知也因言今歲聖駕南巡惜未得瞻仰天顏余異其言因問吾師曾至江浙否道士備述聖祖六幸江浙諸慶典並沿途景亭名勝所在歷歷如繪非躬逢其盛者不能道殆二百歲人也

崇化屯屬之刮耳巖為大金川要道蜿蜒棧約長三里山巖如削石壁崚嶒俯瞰作欲墮狀下視大江蒼茫無際濤聲雷動往來者捫壁附石轉側傴僂勢與俱傾苟一瞚眩顛蹶無底王師平定喝拉依僞嶽築石為欄行人過此咸誦阿文成公之偉烈北行七十里名龍登硐即福貝子駐兵處福貝子康安後追封郡王大學士傅忠勇公次子年十九以頭等侍衛統兵隨定西溫將軍福征大金川叛酋莎羅奔進駐龍登硐木果木兵潰貝子以衆寡不敵且戰且退行至刮耳巖痧脹墜馬家人恐懼委之而遁重慶營戰兵王貴見貝子呻吟草中奇其狀貌負而疾馳七十里抵沃什站適阿文成公自西路撤兵至沃一面飭令隨營太醫診視立遣將備以安輿送入關五十年貝子節制全蜀閱兵至渝憶及王貴刮耳巖之功立諭鎮將查訪時王貴辭糧已久孑然一身補履為業以自給貝子既憫其窮又感其勞欲官千夫長以酬之王因年老力辭貝子知其性耽麴櫱為置千金之產俾得醉飽終其身蜀人咸稱王之淳樸而多貝子之勇於報德也

乾隆辛未四月聖駕南巡至山東撫臣準泰奏稱山東之沂州府舊為瑯琊郡地嗣號臨沂本朝因之曰沂州雍陞為郡考之通志該地為漢臣諸葛亮及晉臣王祥王覽唐臣顏杲卿顏真卿故里是以城內舊有景賢祠為合祀亮與祥覽及杲卿真卿等五臣之所及忠孝祠專祀亮祥於內今各祠宇雖皆年久堙圮而志乘載之里民思之並有諸葛城孝感河諸遺蹟存焉此五臣者如諸葛亮之鞠躬盡瘁殫忠漢室

偉業豐功史冊炳然至如王祥之純孝格天王覽之友于感母洵皆至性出於醇篤非僅為一代名臣已也若夫顏杲卿顏真卿之節烈萃於一門孤忠標於千古尤為正氣凜然是亮等不獨學術事功彪炳載籍且其忠孝友悌實為千古人倫坊表今事遠年湮各蹟雖沈榛莽然里民之懷想芳徽猶昭昭可考茲當我皇上翠華巡狩聿修慶典可否仰懇天恩將此五臣或賜匾額或賜詩章一經聖主表忠教孝之褒嘉則五臣之忠孝亮節既得上隨奎藻天章永垂不朽而化益覺光昭萬禩矣奏上蒙賜七言詩一首曠典也

浙江蕭山張氏觀五秉五昆仲俱以貲入為郎出宦山東福建乾隆丁未歲其家後園荒地上忽出大竹兩竿枝葉凌霄詫為奇事是年秋觀五擢東昌府知府秉五擢汀州府知府

乾隆辛丑十月蕭山陸敬軒為永城尉署中舊有柳樹一株年久半槁命工伐之鋸板見天然畫一幅如淡墨寫成左右峯石峻削懸崖上有松一株老樹一株枝葉倒垂松上纏藤累累下有一叟扶杖立高冠長袖鬚眉宛然左手納袖中若前前右脚前行露其踢左脚隱衣下回顧若聽泉狀雖妙手寫生不是過也造物之巧真有不

可思議矣。

畢秋帆沅為陝西巡撫時，曾上華山頂宿僧舍，夢有人長身玉立，著古衣冠，拜之曰：某居此山中，已及千年，近有僧人以大銅鐘掛吾左臂，吾甚苦之，乞為解釋。明日入寺，果見鐘一口，挂大銀杏樹上，因命山僧移鐘別置他所。

秋帆先生生平於古人中，最服膺蘇文忠公，每於十二月十九日，輒為文忠作生日會，懸明人陳老蓮所畫文忠小像於堂上，命伶人吹玉簫鐵笛，自製迎神送神之曲，率幕士及屬吏門生，衣冠趨拜，拜罷，張宴設樂，即席賦詩，秋帆首唱，和者積至千餘家，當時傳為盛事。

浙江金華吳紫廷鳳來，乾隆庚辰進士，任廣西象州知州。境內有山，山上有龍潭，旱時祈雨甚盛。吳不信，嘗帶從役數十人入山禱雨，初見潭水甚清，一無鱗介，俄頃忽見有紅白魚數頭，出沒其間，從者羅拜曰：龍神見矣。吳不信，引弓射之，一魚血淋漓帶箭去，衆惶懼不知所為，吳大言曰：果係龍神，當現真相，吾始信耳。言未畢，四山昏黑，作雲霧，對面不辨人，潭水決起數丈，龍頭仰浮水面，其狀如牛，雙角有鬚，兩眼若漆，而所射之魚，仍帶箭游泳於龍之左右，若侍從然，吳始信服，再拜謝過，未幾大雨如注。

琵琶亭在江西九江府潯陽江畔，題詠甚多，乾隆間，唐蝸寄英司榷九江，置紙筆於亭上，賈客能詩者，輒令賦詩，開列姓名，交關吏投進，唐讀其詩，分高下以酬之，投贈無虛日，生是劇累，變產以償，怡然絕不介意，去官後，過客思之，為建白太傅祠，肖唐公像於傍，至今尚存。

江陰李芥軒崧隱居不仕，與其配薛素儀更唱迭和，有前明趙凡夫陸卿子之風，一日，夫婦對酌，偶以瓜子仁排作數行，芥軒云：細剝瓜仁排雁陣。素儀應聲云：輕移杯底印連環。一時傳為佳話。

歙縣程道平坦，少習制舉業，不售，去而學賈，生平敬惜字紙，每行街市，輒注目四顧，恐有字紙棄地也，人以為癡，程樂此不疲，倡惜字會，雇人拾劂，砌爐焚之，灰則附客舟載至江而沈之，如是者五十年，年八十餘，無疾而終，歿後旬日，示夢于其子曰：我前身乃文帝坐下白騾也，夙根不昧，惜字一生，今往浙江託生為士人，早掇科第，食其報矣。此乾隆五十九年事。

常州孫氏祖塋，在府城西門外十里，乾隆間，塋上忽生連理木二本，上合為一，枝幹拳曲，人所罕見，至丁未科，裔孫星衍中進士第二人，由翰林累官至山東督糧道，曾作記刻石墓間。

乾隆己丑殿試，進呈十卷中，吳縣潘榕皋奕雋名列第七，以得信遲誤保和殿御試不到，改為內閣中書。一日，劉文正公指潘笑謂同列曰：此天子呼來不上船者。

吳縣潘芝軒世恩，生於乾隆己丑十二月，誕生前一夕，其祖貢湖贈公夢一玉麒麟自空降於庭，贈公取置掌中，宛轉化為嬰兒，比長，天姿聰穎，器宇端凝，中癸丑進士第一人，歷踐清華，年四十，官至尚書。

乾隆癸酉，太倉王生赴省試，有同鄉友三人，託預定寓屋，恐臨期倉猝也，王因為之稅屋三椽，而已下榻於其傍屋內，越數日，王卧病，恍惚見呂祖入門，手持齋匾三枚，王起迎之，呂祖搖首微笑曰：到口乃可吞耳。王不解所謂，翌日，三人來，王亦病瘥，場事畢，三人皆捷，一解元吳溶，一第八名吳一桂，一十一名吳鍔也。

長洲蔣氏族最繁衍，其先世光祿公可竹墓在婁門外埧墓橋，五年合族會祭於舟次，肆筵宴劇，觀者如堵，乾隆壬辰二月，屆會祭之期，黎明有一白鶴舞於墓前，旋繞者再四，闔喜龢結隊相隨，逾時始散。是年，少司馬元益膺覃恩一品封誥，四世俱仙鶴補服。閱二年，奉命典浙江鄉試，撤闈後，得旨給假回籍省墓，里人榮之。

蔣參議祠在虎邱，祀明天津兵備參議燦，孫贈兵部右侍郎之逵配焉。乾隆乙酉，高宗南巡至虎邱，見參議祠前斗標林立，上曰：這是那一家。時扈蹕大臣以山東學政蔣元益家祠對，上曰：原來是念書人家。勝國名臣重邀溫諭，尤為異數，迄今里人尚呼為旗杆場云。

蔣侯園贈公舊第在郡城福濟觀西門，首貞節坊，為贈公嗣母盛太夫人建，自康熙初至今，綽楔巍然，左右屢遭回祿，坊獨保全。乾隆五十年間，鄰近大火，太夫人元孫媳陳氏亦節婦也，居第內，從樓望見火勢方熾，一星冠羽衣人，凌空指揮，若保護此坊也者，因得無恙。陳氏夜夢太夫人語曰：上帝嘉我生前貞節，故臨災之際，神明庇佑。今吳縣節孝祠中有木主首列者，即太夫人也。後裔成進士者十二人，登賢書者三十餘人，其食報如此。

高郵州治東有狀元墩，祀文昌神，神前有一騎，俗呼曰白特，甚著靈顯。王文肅安國、夏箭莊之芳、夏體谷之蓉，三公為諸生時，曾文於此，文肅嘗夜入文昌祠，祠前故有一小橋廁樞上軟如綿初不覺也既至祠僧驚曰橋圮矣君何從來文肅茫然次早見神前白犢四足泥濘尚津津然疑夜所履者即此也後三人皆成進士入翰林惟文肅官至尚書

俞貞女名杏貞金匱人翰林肯堂女弟也許字高郵明經金蘭未嫁而蘭卒女閉絕食死女能詩嘗過露筋祠作詩曰題烈傳千古聞名似讀銘嗟膚空幻相屹石護貞靈未見野逢白惟傳沙草青崇祠留砥柱多少女郎經時人以為詩讖所著有杏軒集

蘇州周爵齋明德官蜀中最久嘗隨福郡王入西藏見唐古忒風俗人死即臠割以喂鷹犬謂之天葬地葬又割天靈蓋作盂貯酥油供佛明德乃稟駐藏大臣出示禁止其畧云 欽差駐藏大臣示為禁止臠割死屍以重人倫以厚風俗事照得天地至大凡一切知覺運動之類惟人最靈惟人最貴無論山陬海澨但係人類莫不有父母焉但有人性莫不有不忍之心焉既有此心則君臣父子夫婦兄弟朋友俱至親至愛之人生時團聚歡樂死後哀戚悲慟人有同心理固然也乃唐古忒俗崇佛教賦性愚頑積習相沿無情無理之事不可枚舉即如人死殘割與鷹犬掠食謂為

天葬地葬竟與禽獸無異本部堂奉 命駐藏治理斯民蒿目疚心不忍不擴為訓誨俾佛地番民共曉 聖教而遵 王法從此養生送死倫紀無乖乃至顧焉查律載笞杖徒流斬五等所以治罪人也至於剉尸梟首尤為極重之刑其謀反叛逆弒父殺兄妻殺夫乖亂倫常之人方予凌遲處死今唐古忒民人各有父母兄弟妻子在生極其憐愛迨其死後即將尸碎割以喂鷹犬其子其弟其婦在旁觀矚不以為慘反謂得受好處有是理乎試思爾之父母生而獲罪為王法所加或斬或剮其子尚為哀痛或爾之父兄為仇人殘害其子弟尚欲報復焉有一生無罪幸得善終反被自己妻子凌遲殘忍凶惡一至於此雖日夜誦經懺悔何能消罪于萬一耶爾將父母屍身殘毀喂鷹喂犬故爾之子孫亦將爾屍照樣剉裂此即明示報應可不猛然省悟乎嗣後人死概不許殘毀以喂鷹犬自己有莊田者于莊內埋葬如無莊田之貧民現由達賴喇嘛撥出荒山立為義塚公地報官即與掩埋倘有無知番民仍不遵奉即治以不孝之罪凌遲處死毋貽後悔特示自示之後唐古忒民人感化凜遵頓改惡俗仁人之言其利溥哉

山東庠生張大美素奉關帝甚虔乾隆乙亥張患病甚劇恍惚間夢至關帝廟見帝方陞殿理事着 本朝衣冠威儀嚴肅張怵息不敢仰視有頃聞呼張名張匍匐至階下帝在殿上語之曰吾廟中楹柱對聯語近俚俗甚不愜意爾與吾有香火緣其為吾改之張跪誦一聯云數定三分扶漢室勤魏伐吳辛苦備嘗未了平生事業志存一統佐 熙朝伏寇降魔威靈丕振只完當日精忠帝深加獎賞曰此四十二字爾來歲當知好處也張叩謝出遂寤不解來歲何云次年鄉試首場張坐號屋中搆思未就倦而假寐夢帝肘之曰起起爾忘對聯字數乎張驚醒文思沛然援筆立成三藝如宿構然是科中式第四十二名

蘇州府城闉妙觀之東為臨頓里有錢某者以賣藥為業謹愿性成市價不二里人重之一日錢方據櫃板修治藥料忽有一瘋道士抱一臃腫幼童置櫃上撫弄之間三遺其矢店夥大恚將加詬誶錢諭止之道士曰居士善人吾令吾徒自己收拾可耳即呼童俯拾所遺矢納口中錢察其異亟奔之道士已肩此童去步如飛遥望之所負非幼童乃一葫蘆耳因悟此道士必呂祖也櫃上遺矢之處異香經月不散人有異疾不能瘳者試刮板屑少許和藥以進病良已不逾月櫃板洞焉時人咸以錢家藥店呂祖曾到利市三倍云

梁溪俞容汀大鴻幼警悟嗜學工詩畫得唐宋人意及長循例入太學肄業歲需齋火自顧弗逮也有吉水某與俞素相善游學至都遘疾不起俞經紀其喪盡罄己資且撫育其十歲孤兒延師課讀數年學大就適俞以考職發河工將出都以某尚未歸葬其子不能獨留都下急託其鄉人給資令扶櫬同歸其子旋游庠食餼感俞甫義至今尸祝之俞年四十九無疾卒著有容湖吟草

定州唐河近村為西山衆水所歸驟長丈許依阜而居者時遭水厄有王某者耕於田見水忽至急趨至家遇妻在戶即負之走妻大聲呼止之曰毋在內何先顧我也某舍而負母置之阜歸救妻則水已及丈居毀而妻無跡矣奔告母母痛甚望水泣不已尋見一屍浮近阜某力挽出之即妻也母益痛撫屍大慟某亦視而泣妻忽蘇張目如夢醒然形氣無恙母子告以故始覺再生未幾水落仍安居如故蓋造物嘉其孝特活之數外也

容城張進士南川父某以歲貢銓恒山學博食俸十二年積金八十孺人以公年屆六旬已年亦五十有七子嗣無望力勸歸田公從之乞休返行裝蕭然不及一肩次保陽旅邸聞鄰婦老少相泣哭而詢之知老婦有子為俳科役虧官銀三十餘金限甚

迫其妻討無所出將自縊以償是以悲耳公惻然欲解橐以濟應孺人中沮太息不止孺人先亦詢知始末亦以力竭效容不敢請公會其意以告孺人慨然如數代償全其骨肉焉次早車過西城舊石坊下聞空中云該死者至矣又有人云昨以積善免且有一子登第語甫畢石坊崩去車尾僅尺許既歸孺人以車中所聞語告公曰一念感天君或者其有後乎勸之置妾不可未幾孺人信水復至居然生子即南川也遠近聞而異之南川幼聰穎年十七成進士出宰百里二老人就養任所俱享大年積善之報也

江北張某為人經紀收債於江寧歲暮將歸黎明肩行李出城門未啟立市簷以待倦甚以置金之布搭坐身下方閉目城遽啟忘攜身上布搭僅肩行李趨出行里許始覺急返覓舊所已各肆俱張人如雲集而布搭不知去向矣於此愁眉覩望排徊不已一老者詢故以實告邀張入曰今早啟門得有遺物未識相符否張曰為東人物者兩大封其小封則己物也錠數分量各若干老者驗係原物即還之張感泣願以己金奉老者笑曰吾果愛財頃則不言矣君何不諒也張不敢强因拜謝各道姓名而別張抵江待渡而風大作渡舟多覆溺人無算張惻然曰吾所攜之金失而復得吾命亦屬再生矣悉出己金買救生者操舟往救立拯數十人皆感謝彼此通姓氏中有一少年江寧人往江北貿易回家度歲即還金老者之子也張異而告以故聞者莫不歎息後二氏結婚姻焉可見濟人即自濟也

元和施李子瀅性至孝父病目翳以舌舐之二十日盡去目復明母病痢五月不止割臂肉和藥以進病立起母思食梨時尚未有忽來一老嫗遺之瀅上有三兄伯早卒仲叔常客遊瀅奉父母索逋于東昌一夕夢黃衣老人曰爾父病亟瀅驚起即刻束裝歸至江口陰雲四合將有大風舟人相戒無渡瀅涕泣叩頭一老篙工哀其誠渡之中流舡幾覆忽聞空中語云謹護施孝子厥後其孫文燽舉於鄉請　旌如制

熙朝新語卷十五終

熙朝新語卷十六

清　吳郡徐錫齡厚卿輯

欽縣洪桐生梧乾隆庚子恭應　南巡召試　欽賜舉人後中庚戌科進士散館授職編修嘉慶元年正月　太上皇帝授寶禮成羣臣上表稱賀翰苑諸臣各進詩賦詞章俱蒙　睿賞　頒賚有差桐生獨出機杼敬撰　萬全全韻頌進呈洋洋萬餘言導揚　盛軌無一膚泛語　聖心嘉悅拜蟒袍文綺之　賜是年冬　簡授山東沂州府知府先是桐生之兄名樸名榜者俱以　召試邀　恩歷官至知府後先接踵若合符節亦見文人遭際之隆也

嘉慶元年八月奉　上諭朕兄成親王自幼精專書法深得古人用筆之意博涉諸家兼工各體數十年來臨池無間近日朝臣文士之工書者罕出其右早應摹勒貞珉俾廣流傳而王㧑謙自矢不肯遽付鉤鐫昨特命軍機大臣傳旨諭令將平日所書各種自行選擇刻石始據王具摺陳謝遵旨於回京後覓工摹刻著照所請以貽晉齋名額其卷帙王即繕朕此旨勒冠簡端以當製序本日王所奏之摺亦著另書一通附刊於後以誌一時翰墨欣賞之盛欽此王遵　旨泐石壽世藝林寶貴珍若球琳焉　熙朝盛事也

錢唐錢贊谷棫弱冠遊庠屢困場屋嘗祈夢于忠肅祠夢忠肅示一紙大書十六字曰尚早尚早來不湊巧若問功名綠衣人小醒而不樂謂中期尚遠也然綠衣句不解所謂嘉慶甲子潘芝軒司農典浙江試贊谷始領薦年已六旬謁見座主詢及入學年歲具以實對潘拱手致敬曰前輩前輩是年家大人入學某尚未生也因悟夢兆之巧此事與劉子壯夢出朱之綱房中相似

嘉慶辛酉郫縣天后宮紫檀花盛開類牽牛有小鳥翔鳴其間丹喙金距文彩偏體形似鳳而小羣鳥隨之不可勝數居人以得見為祥不能比歲然也石門顧韓五述

嘉慶乙丑三月簡州徐刺史鼎奉檄赴嘉定催銅夜夢五人從東來自稱行疫使者將赴成都問何時回去曰過年看龍燈方回後徐回省適見瘟疫流行憶及所夢告之總督令府縣曉諭民間以五月朔大張燈火如元宵故事自錦江門以達鹽市口金鼓震地燈火燭天花炮煙火徹夜不絕各官復捐俸延僧道設壇誦經如是者五日時疫遂平豈癘鬼亦可以術紿之耶或曰是良有司痌瘝在抱足以感嘉祥而消沴氣也

播州老瀛山之白瀛觀志稱老君修煉於此山門前石梯百餘級水經石竇中淙淙可聽崖上鑿梯步鳴琴四大字筆力蒼勁山門之左瀑布千尺從崖瀉下彷彿廬山面目觀之南兩峯夾峙處跨以石橋勢若飛虹下臨絶壑名曰飛仙橋橋南石筍一株峻削直上石下一洞內供大士像題曰卧雲枕月石筍稍南有玉井焉甃以白石覆以松檜相傳飲此者多壽棊盤崖石几石椅狀皆極肖遠望之如懸峭壁間崖路一綫猱援而上山上異景頗多不能殫述其最奇者莫如香碑削壁萬仞崖際忽吐一石如舌形大似三間屋圍以石楠香碑嵌石壁上字類古篆文糢糊不甚可辨遊人以絹拭之攜歸其香經月不散從玉井左轉以鐵鍊承木架浮梁以達香碑余於甲子春過播州遊白瀛觀見一老道士類百餘歲人操秦音喜著高脚木屐其行甚捷問其年笑而不答或曰明季避流寇時即居此　國初時尚與鄉先生賦詩贈答年來益與世俗相遠觀中住持即其徒孫年亦九旬矣蓋道士皆飲玉井泉者故多壽云

卭州火井槽產鹽而色紫草竈戶全賴井火以煎熬色類螢火以猪尿胞吸其氣能攜之遠方用大鍼刺一孔以火爇之即然光大如豆終夜不滅余過卭州時曾親試之

余幼時讀莊子北溟有魚其名為鯤化而為鵬其翼若垂天之雲以為莊叟寓言未必實有是物也後閱南滙縣志載　國初時有大魚過海口其高如山蠕蠕而行過七晝夜始盡終未見其首尾嘉慶甲子山東登州府蓬萊縣濱海處一日忽有大鳥從空飛過兩翼垂天晝為之暝城內外人觀者億萬咸恐懼羅拜逾時始不見豈即莊子所謂鯤鵬耶

嘉慶丙子十月江蘇海州據報沿海有大魚一頭兩目已剜去計長三十六丈自背脊至腹高七丈有餘居民咸臠食之其肪甚厚腥不可聞較諸南滙縣志所載渺乎小矣

嘉慶丁巳南康謝蘊山啟昆為浙江布政使闢署中園屋得永平磚八塊大喜以為晉惠帝時物遂名此室曰八磚書舫賦詩紀之一時和者百餘人或以為明永平衛所造非晉磚也方伯曰區區瓦礫何足深究嘗見蓄古家每得一物斷斷聚訟甚至穿鑿附會何不如方伯之見超也

無錫唐孝女素少有至性慕北宮女之為人居惠山之麓賣書畫以養父母至老不字士大夫重其人往往函金購尺幀視若奇珍嘉慶初邑紳請於有司詳題得旌

典附今尚健在年近七十矣

長洲張孝女壽姑居滸墅關有殊色尤精女工髫年喪母其父為之擇壻某某喜狹邪遊染惡瘡潰爛無人理舅姑不得已央原媒退婚女父本寠人心竊喜蓋闔部丁胥艷女久爭欲聘之千金可立致也女持不可曰兒一人寧字兩姓耶父曰吾小家何所忌女曰家有大小禮無大小也兒願終身事父十指足以供甘旨矣父憫而從之後父病癃侍四十餘日目蠹腫夜禱天願以身代刲臂肉以進病良已閱三年父又病奉侍籲禱如昔仍刲肉以進愈而月而殁女出衣飾盡粥之以治喪與既葬歸自沈於宅後尤家湖時六月盛暑殮之日面色如生異香噴溢閭里咸為歎息嘉慶甲戌得　旌如制

嘉慶甲戌春潞河白洗馬鎔督學安徽幕士吳秋舫湖訪知青陽徐孝子事聞於使者使者曰表微勵俗余之責也按試日詢諸生皆曰信遂表其廬曰至性感人并為之傳其略云孝子姓徐氏名守仁世業農孝子四歲而孤未嘗讀書事母孝晨昏視問悉如禮為人傭得值則市酒肉歸奉母母呼孝子共食輒以持齋謝蓋不忍分其甘也母年七十六而終孝子哀慕若孺子既葬孝子露處墓側號泣十餘日蛇虺附體不顧也鄉人憐而為之廬且飲食之孝子乃並奉其父木主以居有弔問者鏹楮外悉不受既免喪或勸之歸孝子曰必俟母過八十壽而後歸於是守墓凡四十有二月歸時則鬢髮垂一尺許矣使者聞而歎曰吾人自束髮受書少而負笈長而服官大抵奉親之日少而違親之日多及抱恨終天又或牽於塵累求如孝子之盡禮者終不可得乃致父母有富貴子不如有貧賤子可勝痛哉

崑山徐孝子者軼其名大司寇乾學之元孫也父某為邑諸生放誕不善治生家貲蕩然生徒亦散盡孝子年十三學未竟即為縣胥鈔寫得值以奉父母父故嗜酒每飯無三爵不能舉箸孝子力不給貰於肆久之不能償恐市儈之怒之也日過肆中學柳敬亭抵掌談三國隋唐演義聲色俱肖市人悅之竟不問酒債已而遂佯狂歌唱藉此易酒肉甘旨幸無闕父殁母病孝子又苦目眚不能作書居然抱絃索彈盲詞以為故業矣崑邑於雍正十年分設新縣曰新陽另建城隍廟於城東之羅漢橋即葉文敏家半繭園故址也孝子每日歌於斯聽者雲集日將午輒告歸強留之則泣下眾異之或尾之去則以所得金錢市飲膳歸母食已餕而後復來率以為常或詢其家世則偽為聾狀憨笑而已蓋以操術既卑不欲污先人門閥也其母死孝子

遂不見。或曰自沈於河矣。衆呼之曰徐癡。嗚呼，是眞癡也耶，是孝子也。亟書之以厲世之不癡而癡者。

嘉慶庚申，恩科浙江解元崔懋嗣，嘉興人；江南解元崔錫華，荊溪人。係近族分居，占籍兩省，同時領解首。次年辛酉正科，江南解元崔暄，即錫華一家。同族兩科三解元，古所未有。

山東諸城劉沁芳尚書祖母顏太夫人，前相國文正公之繼配，文清公之母也。嘉慶辛未，尚書督學江南，迎養太夫人於江陰使署。值太夫人九十誕辰，文清公恭奉恩命前赴江南為母介壽。　天章炳耀，　錫予便蕃，朝野榮之。公卿大夫各有蝦觴聯句贈行，記其一聯云：　帝祝期頤，舉朝祝期頤，合三代之門生，亦共祝期頤八座；恩榮昭海內，夫為宰相，嗣為宰相，備六官之文孫，又將為宰相，九旬福曜蔭江南。一時傳誦，洵古今所罕有也。

嘉慶丁巳，忻州崔酉山映辰令山東蘭山時，署中有老民池姓者，擔水夫也。相傳自康熙間受雇供役，其時年已四旬，生平無所嗜好，亦未有室家，所得傭值，輒分給其曹偶，人咸昵之。歷任縣令亦知其愿且勤，令督率諸夫，儼然頤指氣使，不徒恃力作矣。乾隆三十年，年逾九十，循例宜邀粟帛之　賜，令欲為之請，池堅辭曰：小人薄福，相天特予之壽，幸矣。一旦謬膺　恩錫，恐折將來壽算，盍少留之，以緜未盡之年乎。令題其言，事遂寢。至是酉山為之詳請題咨，蒙　賞六品頂帶，時年一百二十六歲。余在蘭山親見其人，體癯而神清，聲啾啾如嬰兒。隆冬常科首，汗氣蒸蒸上騰，庶幾其能葆眞者。

四川松茂河水湍急，力如勁弩，不宜舟楫，乃施石柱於兩岸，緪亘其中，上繫木筩，其名曰橦。欲渡者以緪自縛於橦，兩手緣索而進，即至彼岸，復自解之。嘉慶甲子，蜀人張遠峯言其曾祖某，弱冠時過此河，縛甫竟，輒解，身已離橦，瞑眩欲墮，恍惚中似有人為之維繫，又從而推挽之者，因得渡。後生八子，二十孫，及見曾孫十一人而殁，壽八十有九。諺云：大難不死，必有大福。不其然乎。

嘉慶庚午四月，高郵州西門外臨湖石隄傾圮，河帥委員修築。有州署幕友夏友香者，督工役，往來於隄上。日將暮矣，忽見湖中城市顯然，林木繁茂，斷岸一帶，小橋亘之，橋旁有斥堠，列柵拒馬咸備。橋上有人持破傘，作迎風急走勢，而柳陰之下，二驢齕嗟於其間。其時落日沉山，暮霞四起，適當湖中城門隙處，金碧萬道，沿隄水紋如

縠，與夕陽相激蕩，光怪陸離，不可名狀。城中炊烟縷縷，人影幢幢，傑閣嵯峨，浮圖矗峙，鐘聲如在耳也。晚風乍起，而所謂城市林木橋亭斥堠者，漸淡漸遠，然已數刻矣。嘗聞山東登州萊州有海市，四川青城錦城有山市，今高郵更有湖市，亦奇觀也。

長洲蔣竹浦封翁以厚德推重鄉里，督課子姪，期望甚殷。嘉慶戊午八月初八日，封翁長子雲甚名泰階赴秋闈，封翁詣關帝廟祈籤，得四句云：萬人叢裏逞英豪，便欲飛騰霄漢高，爭奈承流風未便，青燈黃卷且勤勞。是科雲甚中式第四名，首句之驗；己巳捷南宮，入薇省，次句之驗；中間三薦春闈，一取謄錄，一挑教職，三四句之驗。雲甚座師為萬和甫侍郎，名承風，姓名悉見于籤，尤奇。

嘉慶戊辰七月望日，蔣竹浦封翁詣關帝廟祈籤，首句羨君兄弟好名聲，末句巍巍科甲兩同登。是科鄉試，封翁仲子琴史名廣均，與堂弟蕅汀名庭芝同榜。閱六年甲戌會試，琴史又與堂兄建堂名元封同榜甲戌。　殿試前，封翁詣呂祖廟祈籤，有衣冠身惹御爐香之句，琴史果館選。又琴史公車至都，在正陽門關帝廟求籤，有彼此懷疑不相信之句，果以提塘報條錯悞，家中遲報十日。又琴史祈籤，有萱堂快樂未渠央之句，時封翁母陳太恭人尚在堂，親見兩孫聯登館閣，一時稱為盛事。

封翁宅在郡城西花橋巷之東，巷西有張氏旗杆，年久潰爛倒地。嘉慶癸酉秋大雨，積潦盈尺，旗杆順流，浮抵蔣氏門首而止。明年，琴史入翰林，蓋已為之兆矣。

嶺西藍祥善繪事，年一百四十四歲，猶能畫大幅人物。嘉慶初，　恩賜六品頂帶。壬中年，錢唐梁侍講同書得其所畫壽星一幅，為之題識泐石，時梁亦年至九十矣。國琛人瑞，此之謂與。

吳縣城西北有桃花塢，方志稱為宋樞密章楶別業，唐解元寅築居於此，有夢墨亭，有祠祀六如居士，及祝京兆允明、文待詔徵明。天啟時，楊端孝大濚改為準提庵。國初宋中丞犖重加修葺，增建才子亭，百數十年來，行就湮廢。嘉慶六年，善化唐觀察仲冕知吳縣事，因拓庵東別室，移祀唐祝文三君像，顏其室曰桃花仙館，且訪得六如居士墓在胥門外橫塘王家村，封植而題識焉，并賦七律八首，一時和者如雲，不可勝記。記其原唱云：紈綺羅紋管總成塵，一種才華閱世新，縱酒地為澆酒地，看花人是種花人，可憐謝客無遺宅，何必遺仙有後身，燕麥兔葵芟剔盡，絳桃依舊占芳春。第一風流自愛名，佯狂獨得聖之清，奏書不遂嚴夫子，擊鼓真同禰正平，半偈悟禪空電逝，小樓談畫尚花明，饒他文酒求餘韻，三百年來識此生。吾宗衛後數尤奇，

牢落悲深曠代知。司馬青衫同灑淚。尚書紅杏舊題詞。謂宋商邱中丞衙碑土近要離冢。拾翠人歸想鑄祠。千古英豪齋下馬。況傳華胄備官司。荒烟蔓草贖寒燈。仙館重開問寺僧。五十步分樵采路。三千界埽辟支乘。乞花好句留楹帖。近得居士真蹟一聯刻之祠楹夢墨遺編付剞劂。藤表墓式閭吾豈敢。名流好事寫韓陵。白玉樓成隔兩塵。水村山郭幾番新。未知若箇眠雲處。想見當年倚錫人。蘭若舊藏題後碣。蒓廬雅稱夢中身。橫塘十里秋聲館。合與芳園一例春。荒邱冥漠不書名。訪到山橋澗水清。指點青燐孤月出。侵尋黃壤亂雲平。一杯馬鬣新封大。三尺雞碑小記明。過客莫歌蒿里曲。早歸兜率悟無生。菱芡重重鼎俎奇。橫阡設祭暮雅知。唐風剩有毛萇傳。楚些曾無宋玉詞。崇禎甲申毛子晉曾封表之。置墓田丙舍。紀以碑。今蕩然無存。惜商邱中丞未嘗議及池以滄桑沈。斷楚人於伏臘走叢祠。秋來雁鶩從新占。憑仗村翁社媼司。文人慧業照元燈。墓前碑仍題明熠縣元煙穗前生記老僧。花隖吟樽延客賞。石湖釣艇沛吾乘。城開更注千年漆。松茂長寒百尺藤。疑冢鄴噬銅雀伎。空教賣履望西陵。

新進士釋褐後。謁國子師。大司成例得坐受無少遜。且當新貴展拜時。戒不得動。若頭動。則於一甲第一名不利。左右手動。則於一甲二三名不利。俗說如此。然輒有奇驗。嘉慶辛未。天門蔣丹林祥墀為祭酒。一甲一名蔣修撰立鏞。即祭酒子也。父子行此大典。莫不羨其遭際。有朝士贈詩云。回憶趨庭學禮時。　國恩家慶喜難支。阿翁不敢撒髯笑。怪底郎君拜起遲。詩近諧。亦佳話也。

蘇州府城東史家巷蔣氏。有二第。門首俱豎旗杆。一為孱德堂。乾隆癸巳夏。雷震旗杆木。明年甲午。前蓉明府基順天中式。乙未聯捷會魁。一為亦政堂。嘉慶丁巳除夕。鄰家祀神爆竹。火爇旗杆上。光燭通衢。明年戊午。雲甚主事泰堦中鄉魁。己巳科成進士。識者以為雷震火焚。皆文光騰上之徵也。

蘇州府城閶門外南濠之黃家巷。古名雁宕里。相傳都少卿詩書燈即其地也。明時尚係近城曠地。烟戶甚稀。至　國朝生齒日繁。人物殷富。閭閻且千。鱗次櫛比矣。巷內何姓素稱積善。數十年來。耆瑞屢徵。天之所以待之者亦厚也。乾隆壬午。何厚齋名鱗之妻周氏年八十八。以五世同堂有司上其事於　朝。得　旌如制。乾隆壬寅厚齋之子何墨呥永鉅年八十二。又以五世同堂得　旌。典至嘉慶丙寅。墨呥之子何勉耘漣八十四。又以五世同堂請　旌。邀　恩賜八葉衍祥扁額。閭里榮之。祖孫相繼三次以五世同堂得　旌。世所罕有。

淮安太守趙公名璠。因公赴徐州。途次見推小車者將客人行李拋擲路旁。怒形於色。不顧推送。客錯愕無所措。趙停車問之。車夫乃言曰。小人自徐州受雇推送此客行三日矣。尚不知其姓名。今日偶問及。知伊姓秦。小人姓岳。安能為仇家作僕御耶。趙大笑。因諭之曰。秦岳之仇。乃六百年前事。爾何憾於客耶。車夫乃悟。趙與之錢二千文。命仍送客往。此與皮匠殺秦檜事相類。真赤子之心也。

乾隆甲辰歲。潘樹庭世榮與其弟芝軒世恩同遊於庠。有梅溪居士者。為作棣萼聯芳圖以賀之。三十年來。芝軒官至尚書。樹庭以中書引疾歸里。嘉慶丁丑。樹庭兩子曾彥曾綺。亦同遊泮宮。居士又作紫薇雙照圖為贈。系以詩云。棣萼才名本出群。一枝先發上蒼雯。惟君獨享山林福。不作人間出岫雲。三十年前事偶同。秀才原是舊家風。春來第一開心事。又見雙雙入泮宮。可添入玉堂佳話。

元和俞冠三濂。於乾隆戊寅年入學時。有白鶴翔於庭。咸以為瑞。至嘉慶丁丑。冠三年已八十。矍鑠異常。又見白鶴來翔。擬於戊寅秋應　恩科鄉試。是冬循例應得重遊泮宮。亦　熙朝人瑞也。

熙朝新語卷十六終

重論文齋筆錄

王端履　著

上海文明書局印行

序

重論文齋者　族父晚聞先生暨其冢嗣　小穀太史兄讀書所也　先生自乾隆庚子成進士澹於名終身不筮仕敬敏好學嘗聚書十餘萬卷構樓以貯世所稱十萬卷樓是也與　先君子爲莫逆交國中有二難之目旻壽年十七由閩還里從先生橋梓學時文率以月之三八日錄所肄業文就質一日見先生有喜色顧謂兄曰此可學前明隆慶文者其時兄似未之心許也果以質魯且多病業不成閱三年復之　先君子任所睽隔者有年及嘉慶戊寅隨侍先君歸僩得朝夕以經史詩古文相問辨橋梓間以愛重　先君故不以旻壽材鈍少倦誨也家著甚夥　先生遺集九卷久已盛行於時道光丙午兄之筆錄成編梨棗竣事寓書命旻壽序旻壽跋踏無以應因對曰兄之辭翰苑侍庭闈也日坐十萬卷樓披吟不絕口於書則自十四經廿八史以及老莊諸子風騷漢魏之文無不窺也抽簪三十餘年朋舊之從游俊髦之請業解紛排難消剔抉摩於事則知無不言言無不盡也晚歲築心矩堂以孝友教子姓以輯睦和親戚以任恤惠鄉黨與宗族凡庠師同講之督學撫司吾浙者絕不以一言通而邑中或有水旱災並江海塘歲修之役以洎地方勸分公舉凡無不首爲倡也信乎言有物而行有恒已近始節取閒見心得之精粹成重論文齋筆錄十二卷在兄不過聊示文豹一斑而讀者已莫能窺萬一也昔洪景盧著容齋隨筆淹通該洽爲南渡諸儒之冠而吾家伯厚困學紀聞既博且精尤爲後勁今餘姚翁鳳西太常詳爲注釋竭三十年之力而後成書藝林重焉今之筆錄固前師伯厚而後事容齋者也碌碌如旻壽奚以序之抑嘗讀唐書元白傳白有文集七十五卷微之序之曰樂天入翰林爲賀雨詩秦中吟等數十章指言天下事時人比之風騷人以微之序爲盡其能事元之行不足數其文實與香山相伯仲旻壽才不及元而兄則今之白也奚以序兄之書又嘗讀樂天池上篇曰東都風土水木之勝在東南偏即白氏叟樂天退老之地樂天既爲主喜且曰雖有臺池無粟不能守也乃作池東粟廩雖有子弟無書不能訓也乃作池北書庫雖有賓朋無琴酒不能娛也乃作池西琴亭加石樽焉每至池風春池月秋酒酣琴罷命樂童奏霓裳散序曲未竟而樂天陶然石上矣白之自序又如此當今之世居浙之東有詩酒之樂如白者舍兄無人也兄有田三十頃得穀二千石者三倍焉兄之粟廩多於白矣白無子兄有子且賢無紈絝氣家庭之身教又多於白矣至十萬卷樓之書庫心矩堂之琴樽數

十年來竊見兄書攤百城無不暢也無不酣也凡所以自娛者方之醉吟先生何媿焉劉昫謂樂天友愛過人兄弟相待如賓客辭祿道遙惟以吟咏性情為事放心於自得之場置器於必安之地昫言良允就兄之文觀兄之行昫所以稱樂天者蓋不啻預為兄筆錄之序矣碌碌如（曼壽）奚以序兄之書哉爰述唐書傳語及池上篇醉吟先生自序以為之序是年十一月小寒後十日族弟曼壽謹書於郎鄞學廬

自序

流光荏苒老景頹唐每讀羣籍掩卷即忘氣日以短學日以荒偶有聞見頗聚以方錄之於筆以當知囊虛糜翰墨習以為常積久成帙語焉必詳駁而不醇雜而無章不堪問世繫楹而藏敬告友朋非饋貧糧

重論文齋筆錄卷一

清　蕭山王端履輯

重論文齋舊名悅我軒平屋三楹前饒花木後俯清池為先君晚間公讀書之所端履幼亦肄業其中後遭家難鵲巢久被鳩居嘉慶丙寅始復故業先君子房易今名以志感道光戊子余兄弟析爨室歸於予因逼近內室改建樓居而遷書塾於廳事之西南隅仍以舊額顏之不忘本也

康熙乙酉悅我軒落成時毛西河先生年九十四歲矣為集李青五張喬句書楹聯云披雲激瓊液傍池觀素書又題一詩於縑素云佳士不恒遇垂老歎積薪何期跬步間獲此雙南珍意氣既難量風雅真絕倫遠過鹿門客豈減藍田人王楊并樓子從此稱有鄰方今世趨壞高髻徒嶙峋誰謂宇宙寬俯仰空四垠今聯已毀木詩尚藏於余家

重論文齋改題後先君子製一聯云扶杖故人來白首記君攀桂日還牆喬木在青山見我讀書時蓋庭前有老桂兩株花時少年朋好多喜攀折故憶及之徐古樵觀察（國楠）見而笑曰當指我也

嘉慶丙辰儀徵阮相國師以內閣學士督學浙江按臨吾郡歲試統覆生童詩以重與細論文為題限七排八韻（端履）有句云話聯風雨牀頻對夢入池塘草又生師閱之笑曰詩句尚佳但是兄弟而非朋友耳因出二卷示之曰如此方切題汝其識之一卷為會稽郘驤一卷為山陰王文瀾也敬錄之於左郘詩云江雲渺渺朝辭岫春樹依依晚悵晞滿地殘英翻燕影橫天孤雁送鐘聲當歌頓念人千里對酒空邀月一觥望遠情懷如有失索居風味似餘酲仙才擊水沄沄瀉妙論飛花的的明講律學康憑友細求工宇必待君更徒教仰臥摹顏色那得重看歎瘦生獨抱相思向誰語離悰心夢雨難清（端履案云春樹云濕地殘英則是春暮矣又云橫天孤雁未免秋景然風昏寸晷之作不可泥字吹毛且因此益見是編中本色未經刪潤也）王詩云故交別後知何處但覺茫茫百感生判袂河山成獨立論文心跡憶雙清樽傾綠蟻空憐酒燼落紅英熟對檠翳我雲停思夙好想君天末結遐情何勞刮目推前哲惟願敲詩續舊盟並紫丹鉛消晝宇連牀風雨聽雞鳴雄才自縱無人識卓午相看倍念縈閒仰屋梁增悵觸誰如庾鮑筆縱橫

（端履）案此二詩後刻入浙江詩課

余舊藏抄本通歷十五卷宇畫譌脫殊甚因取各史及通鑑諸書校正一過命工繕

窩。差可句讀，然無從校正者尚不少也。此書前十卷，唐馬總撰，後五卷，張光庭所續，今已佚。其前三卷詳見阮相國師揅經室提要。此本前三卷不知何人所補，與卷四以下文義迥殊，體例亦異。舊題李燾，殆出依託，不足據也。

戊戌仲秋，從杭賈購得吳履齋（潛）奏議四卷，前有其十一世孫（詒相）原序，又有十二世孫伯與序，稱是刻汝州公類梓之，與續為六卷。汝州公即指詒相，似此本為伯與重葺，非復詒相之舊，且尚有續刻二卷。然案詒相原序稱疏凡六十餘種，與此本篇數相符，且始於紹定四年論都城火災，迄於臨殁謝表，首尾完具，即宋史列傳所稱論疏，亦全載此本中，並無闕失，不知伯與等所續又是何疏，今不可得而見矣。

新刻宋鄒浩道鄉集四十卷，補遺一卷，附錄一卷，學使桐城姚伯昂師所貽。讀師後序，知為鄒二十六世孫（禾）所刻，而李海帆（宗傳）、吳梅梁（傑）兩觀察捐廉佽助之者。海帆師同鄉，現官山東按察使；梅梁，會稽人，與余鄉會同年，甲戌會試又同出師門，後官工部侍郎，卒於位。是書僅從明萬曆中重刊本付梓，據王漁洋跋，其先尚有正德壬申刻本，又聞杭州振綺堂有南宋刻本，暇日當從又邨假校之也。（又邨名遠孫，乃振綺堂後人，姓汪氏，能世守遺籍，為杭州藏書第一家。）

重論文齋筆錄　卷一　二

內閣學士向俱由三品京堂陞轉，讀講學士雖開列，而鮮有超擢者。道光戊戌七月，特授侍讀學士徐士芬（平湖人，嘉慶己卯進士）、侍講學士杜受田（濱州人，道光癸未進士）為內閣學士（二學士俱在上書房行走），並諭令專心授讀，不必到閣批本。徐謝摺云：臣學慚謏陋，職忝清華，幸講幄之趨承，光依日月；慄禁闈之侍直，報乏涓埃。五夜自思，寸衷彌惕。茲復忝膺異命，渥邀逾格之恩，畀晉升階，寵荷超遷之秩。且免其到閣批本，俾得專心入侍。沐鴻慈於至厚，攜鸞策以難勝。臣惟有慎效管窺，勉殫綆汲，鵜梁滋愧，懼貽牆面之譏；蛾術時勤，聚勵齋心之業，願竭悃忱於萬一。杜謝摺云：臣一介庸愚，備員詞館，仰蒙渥眷，拔直禁廷，以振匱為專司，僅躐班而旅進。幸屢承於訓諭，得稍迪其顓蒙；方課授經執簡之程，曾無墜露輕塵之效。茲復恩書特沛，俾以職居內省，官帶容臺；步趨丹陛，入鵷鸞而知嚴；手校紫泥，臨鼇峯而滋惕。自天雨露，莫名逾格之恩；近日雲霞，倍切依光之願。乃復載荷恩綸，專其任使，綸直無煩於兼顧曲成，更被夫殊施，縱竭蟻忱，難酬鴻造。臣惟有殫誠夙夜，悉志盱宵，斯遂斯征，冀靡慚其職業；惟高惟厚，庶稍答於生成。

秀水錢籜石侍郎（載）奉使祭告堯陵，回京具奏：堯陵當在平陽，不在濮州。奉旨申飭。其疏大抵援酈道元水經注，備引成陽有堯陵、堯母陵，有中山夫人祠，而結之云考地驗狀，咸為詠僻語為左證。其同年盧召弓學士（文弨）著議二篇駁之，載抱經堂文集。蓋侍郎工於詩畫，而考證非其所長，此疏尤強辭奪理，宜上干　廷議，而下貽通儒之指摘也。

侍郎有籜石齋集五十卷行世，其畫尤為儒林珍貴，於是市賈作偽欺世，贋鼎雜出，百無一真。余藏折枝桂一幅，蓋侍郎乾隆壬子重赴鹿鳴後所作者，舊為同里蔡聖涯（濬）故物，後歸於予。葉用水墨，花綴金粟，草草數筆，老氣橫秋。自題云：深被君恩一殘醇，中丞堂啟接如賓。冷冷魚麗南陔古，濟濟天香桂子新。八袠早開扶杖者，三朝生長太平人。未能遍語諸前輩，感極歸田已十春。壬子赴宴後賦此詩，回家索為此花，索錄此詩者甚眾，余亦期望情殷，有所不辭，然古人囊螢映雪之事，必宜自省。九月廿五坐雨寶潛堂中寫。八十五老人錢載。先君子跋云：籜石先生桂枝圖真蹟，今藏余表弟蔡君聖涯家。嘉興人云：先生喜作是圖，贋者不少，當以此本為證。又有湯清泉封翁題云：嘉慶丙子閏六月，蔡聖涯妹婿出示萬松居士折桂圖，七十五老人湯元裕題并觀。（封翁今協揆湯敦甫大司農夙老畫松，庶逼真，其畫書清直，追淳化帖筆意。）

重論文齋筆錄　卷一　三

朱彝齋周禮句解十二卷，明成化戊子刻本，每葉二十行，行二十三字。前有奉勅提督學校奉政大夫陝西提刑按察司僉事臨川伍福序。後有西安府庠生員六名李文煥、韓聰、許仁、宋欽、楊鵬、宋綸謄寫字。蓋福督陝學時，令文煥等繕校，而屬西安郡守孫世榮重刻之者。其書於經文任意刪節，又如天官獸醫之類，多有併全職而去之者。案諸書所述，但言其前序，官不載，而不言其刪節經文。據伍福序稱梓刻久散，傳布頗尠，是成化以前有舊刻本矣。又據浙江採集遺書總錄稱明陳儒督撫淮南時曾刊行之，是成化後又有刻本矣。豈各本俱全而此本獨刪之耶？抑各本所刪皆與此本同耶？明人刻書，每務刪節，然多在嘉靖以後，不意成化時已蹈此習也。

吾郡舊月歲演目連救母記，跳舞神鬼，窮形盡相。鐵嶺李西園太守（名奉翰，[illegible]官閩東河總督）聞而惡之，勒石示禁通衢，迄今幾六十年，風仍未革。偶閱章學白（樾）鄂崖勝說，載江南風俗信巫覡，尚禴祀。至禳蝗之法，惟設臺倩優伶搬演目連救母傳奇，列紙馬齋供賽之，蝗輒不為害。又自言康熙壬寅在建平，蝗大至，自城市及諸村堡，兢賽禳之，親見伶人作劇時，蝗集梁棡甚眾，村氓言神來看戲，半本後去矣。已而果然，如是者匝月。凡傳食於四境殆遍，然田禾無損者。或賽之稍遲，即轟然入隴，不可制矣。噫！演劇禜可禦災，亦當權宜開禁。然吾郡素無蝗孽，有驗與否，固不可得而知。是在良有司因時制宜，不可舉一而廢百也。（余詢之老農云：蝗多起於北方，五六月間南風甚盛，蝗不能逆風而飛，至南境，即比其至，則蝗已老而無能為害，未知其說然否。）

胜說又言：建平縣西有村堡曰諸葛城，四周土墉隱隱隆起，居其中者可數十家，其中居民生兒俱不出痘。痘證行時，外人或攜兒避入堡中，輒無恙。理有不可曉者。（姚）

（嚴）見近日痘醫吝惜養苗之費，不復傳種，及至種痘之時，多輾轉購賣，貽害無窮。又有黠者以水痘苗充數，亦能灌漿結痂，誑人酬謝，其父母方以兒痘已出，可保無虞，不知一遇天災，仍罹劫數，忍心害理，莫此為甚。故種痘以揀苗為第一要事，當擇紅潤而圓綻，太細則力弱，太粗則力猛，若沉黑而堅燥者不可用，恐係天痘苗也；淡白而平薄者不可用，恐係水痘苗也。錢唐梁晉竹孝廉（紹壬）言：今西洋醫唦哈咗善種痘，以極薄小刀微剔兒左右臂，以他人痘漿點入，不過兩三處，越七八日即見點。彼云其國雖牛馬亦出痘，恒有斃者，因思此法由牛而施之人，無不應驗，然亦必須此痘漿方得，他痘不能，故互相傳染，使痘漿不絕，名曰牛痘。是術也，余未嘗親驗，姑妄聽之而已。

七零八落，吾俗諺語，謂散而無紀之辭。道光甲午冬，族恭甫弟抱危疾，幾殆，病中嘗自言：我若死則家事七零八落矣。明春病愈，余喜，作從此餘年號更生詩五章慰之，中有「五角六張難作事，七零八落最關情」句，以俚語入詩，恐傷雅道。後讀梁玉繩蕉亡妾倪氏疏，有「七顛八倒，五角六張，未免生憂，何如死樂」語，是前人有先我而為之者。七顛八倒亦吳越閒諺語，謂諸事不如意也。曾憶一書（忘其名，偶檢不得）七零八落作七菱八落，謂菱角熟時無不自落，此又別自一解也。（恭甫名曼壽，為族兄蘭陵中丞師長子，候選同知。）

魯春雨學博（名杏秀，遷居蕭山七世矣，其籍尚係會稽）嘗取陸放翁「小樓一夜聽春雨，深巷明朝賣杏花」句，繪聽花圖小影，先君子題詩曰：江南二月春信歸，餘寒勒花花尚微。風五風後雨十雨，紫光汎被爭芳菲。長安得意看不足，一日萬樹猶嫌稀。聽花巷主有真賞，未與目遇先耳依。簷牙靜數羯鼓點，屐齒肯踏泥痕肥。雨能催花響斯應，雨消息即花生機。明朝雨歇花更寂，拈來在手散滿衣。耳力到處遣眼界，塵根誤用識者希。俗目但解愛絢爛，移棠穠艷夭桃緋。豈知幻景等泡露，色相雖是聲聞非。憑君寄語雨前急，莫遣紅雨隨風飛。道光戊子，嗣君三橋光祿（然）復出此圖乞余續咏，蓋距春雨之歿已二十二年矣。披圖感舊，不覺情見乎辭，題云：春夢杭州尋不得，放翁舊寓錢唐側。

賣花聽雨景依然，條條門巷分南北。魯君名字恰相同，約略詩詞繪顏色。披圖重見畫中人，圍爐翦燭情堪憶。花耶雨耶兩無主，韻事流傳歸翰墨。清明魂斷杜樊川，一樹棠梨冥寒食。東風老去太闌珊，杏花憔悴無消息。惟有簷前夜雨聲，春來猶帶餘寒勒。

春雨藏有錢舜舉蘇武歸漢圖，筆墨工細，先君子以七古題之云：穹廬偏野沙茫茫，風吹草低雁南翔。蘇卿乘風還故鄉，節旄飛落旃裘涼。誰與送者右校王，跗注靺韋鳥眥黃。仰天握手氣不揚，菀結抑塞摧肝腸。從騎跪進湩酪漿，通國十歲能挽強。射兔掘鼠持作糧，胡婦對之心感傷。欲別不別牽衣裳，更有漓角羝乳羊。胝魔不去鳴聲長，子卿恍慨泣數行。從此分袂各一方，不復相見毋相忘。橐駝驛騎蹄足良，行程蒼茫紀不詳。漢關峩峩近在望，山川重秀日再光。歸詣長安朝未央，太牢祭告先帝旁。拜典屬國為列卿，道路觀者如堵牆。面目改易鬚眉蒼，丹青圖畫何堂堂。齧氈咽雪若備嘗，不降不辱臣之綱。千載而下誰頡頏，洪皓朱弁郝仲常，垂示風紀傳無疆。（歸詣長安，晚聞居士遺集本作歸詣北闕，未免與上漢闕重複，茲依先君子手書原稿本訂正，附識於此。）

璜汪克寬撰鄭五行狀云：女二人，黃庭堅、吳宗其壻也。山谷之名，婦儒皆曉，以師山之壻，竟與同名，而不之避，師山亦不令改，實不可解，豈亦王介甫欲據謝公墩意耶。

吾邑南五十里河上鎮，有嚴將廟，唐時管氏兄弟，長名張實，次名張耀，季名張聖，暨其舅氏董戈，甥舅四人，並剛方勇烈，協力除害。後唐清泰中，土人周段青以妖術聚賊，張實等設計入穴，奮勇勦滅，鄉人德之，歿後建祠並祀。國初土寇石仲方聚衆肆掠，一日過其廟門，忽見神等四人揮戈追捕，衆寇潰散。嘉慶二十五年，洪水驟漲，顯神保障，水勢立退。道光九年，瘟疫盛行，籲神驅消，沈疴咸愈。又境內猝遭回祿，神為返風撲滅。里人俞（會汾）乞余偕諸紳士呈懇大吏題請封號，經署總督魏（元烺）、巡撫富（呢揚阿）合詞具題，禮部議可，敕封董戈綏佑伯，管張實保惠伯，管張耀昭靈伯，管張聖普佑伯。道光戊戌，（會汾）兄子（寶三）等又於廟後隙地創建後殿三楹，中祀董戈等四神，左祀文武二帝，右祀于忠肅、楊忠愍兩公。落成，以楹聯為請，余各撰一聯云：惠綏桑梓，靈佑枌榆，不愧一鄉稱善士；爵冠子男，廟酬甥舅，儼同四嶽視諸侯。（右綏佑伯四神）十七世陰隲文存，惟孝友于兄弟；億萬載春秋志在，用勸相我國家。（右文武二帝）黃壓弱地，碧血沖霄，冤獄古今同一愍；（于初諡肅愍）赤手回天，丹心貫日，孤臣先後表雙忠。（右于楊二公）

管轄之地。多有隔越。如直隸南宮威縣之間。有清河縣地。清河威縣之間。有山東冠縣地。鄆城范縣之間。有鄆縣地。青州之益都等縣。俱有高苑地。江南之宿遷縣。有河南祥符縣地。山西之靈邱廣昌二縣間。有順天宛平縣地。甚則有如沭邱之縣署地糧乃隸於汝陽者。見顧亭林日知錄所載。今不知其然否。

夏小正。鞠則見。注家皆以鞠為柳星。洪百里（亮吉）謂鞠非柳星。乃虛星也。爾雅釋詁。鞠。盈也。鞠有盈義。盈虛相反。鞠之為虛。其猶治之為亂。甘之為苦。與古人原有以義適相反命名者。則謂鞠星為虛星是也。其說頗創。

李竹嬾日華味水軒日記。起萬曆己酉正月。終丙辰十二月。凡八年。釐為八卷。仁和趙晉齋（魏）從知不足齋所藏竹嬾手錄稿本寫副流傳。余家藏本即從晉齋轉鈔也。先君子手校數次。閒有題跋。但寥寥短章。不能彙入文集。因敬記於左。　嘉慶戊寅正月廿二日寒雨。獨坐剪燭閱此。吾衰已甚。奈何。晚聞居士記。　嘉慶戊寅二月六日小雨重陰。牆隅紅梅正開。小病啜粥。閱此撥悶。　君實太僕云。近代真蹟零落。得佳臨本。亦自不可棄。此言甚有會。乃知明眼人不肯作高世眩俗語也。　石田去成此畫𣆶僅百年。徵仲則二三十年前事也。當時已多贋物。何況今日。善乎王虛舟之評書曰。二王帖但當論其佳與不佳。不必辨其真與不真。此有得之言。彼執印記絹色以校銖錙者。猶刻舟之見也。　近來市賈所售墨蹟。多從法帖中雙鉤。而鑒家所刻法帖。又多從摹本上石。眼轉眩幻。幾於罔兩問影。不謂太僕爾時已盛行贋鼎也。太僕言證真固樂。窮偽亦快。余直謂真偽平等。但悅目即為妹耳。　日華手畫。余曾見之。體雜行草。晉齋手自繕定正本。可謂勤矣。其閒誤會筆意。彼作他字。亦時有之。

嘉慶甲戌。（姑）蒙恩得與館選。是秋九月。為先君子六旬壽辰。遵例加級得六品封。因乞假歸里稱慶。並乞穆鶴舫師（彰阿）轉求英煦齋協揆（和）一聯侑觴。協揆欣然撰句云。以少微星流輝奎壁。為鄉祭酒振鐸東南。語既渾涵。字極雄健。先君子見之色喜。爰鋟木懸諸廳柱。（姑復乞假歸。穆鶴舫師亦手製一聯贈行云。斯宣有翰生静共其人若竹喻虛懷。姑復至今寶藏之。）

和仁趙大川。測字吳山。乾隆己卯。姚木山（琳）拈得兜字。大駭。大川曰。君問何事。曰功名。大川曰。必中。上一畫是第一名。下夕已各具己卯之形。可預賀。姚果於是年領薦。有問婚姻者。亦拈兜字。大川曰。吉。下夕已有兒央之形。上一畫乃一對兒央同到老也。又有拈一字以問疾者。大川曰。必亡。一乃生字末筆。死字起筆也。其人果不久病卒。見武陵人物新志。（姑復有李鹹。以測字吳山。亦極靈驗。有某欲娶妾者。叔李問之。拈得一節字。心頗不懌。又舉一物。乃爛書一事。李曰。卯刻就成。汝欲娶二人耶。以卯上有兩个字也。此必是偏房。以洞房花燭只得一枝耳。又有封之者。亦得一節字。復舉一物。乃燒一事。李曰。汝欲娶再醮妾耶。以兩个供不成卯也。此必汝舊御之婢。業已而今復收之。所謂破鏡重圓也。又有問功名者。拈得困字。復舉一物。乃弓一張。李曰。不佳。木嵌口內。如何能得出好來。有弓無矢。如何命中得來。其拙巧多類是。）

余舊藏毛西河先生尺牘一冊。內一札云。大興周雪客。係櫟園先生之子。廿年老名士。作太原參軍。候補州牧。今暫寓湖頭。彼極慕老世兄才望。因匆匆作之際。不敢潤謁。閻淮安杜湘草已致意過矣。弟明日仍攜尊湖舫。敢邀我世兄枉駕。作竟日之會。不敢具簡。竟煩主麈。不知我世兄肯慨然否。若可則示小价。以便明早候迎。囑切囑切。彼有自註南唐一書。以陸為主。以馬為註。且遍搜諸書。統注其下。妙不可言。若早見此書。則專刻書者可以不用二本矣。彼云馬書在江南有之。可以索寄。但此人將之閩粵。恐不能即得耳云云。（姑復）案。周書今不知尚存否。近得南唐書注十八卷。係青浦湯運泰所著。徵引極為詳贍。想較周書有過之無不及耳。

阮雲臺師揅經室集。紀任昭才事云。昭才鄞人。善泅海。入海底能數時之久。行數十里之遠。據言海水十餘丈以上有浪撼人。再下則水不動。湛然而明。冬日甚溫。海底之沙。平淨無淤。亦無他異。浙海有珊瑚。但不若南海之堅。在海底視之甚鮮。出水則嫩萎無色。魚不一類。遇泅者之旁。不相駭而去。惟大魚能吞人。當避之。大魚之來。其呼吸動及數里之水。水動知有大魚來矣。宜急避之。嘗獲安南大銅砲。重二千餘觔。甚精壯。遭颶沉於溫州三盤海底。深二十丈。不可起。令昭才往圖之。昭才用八船分為二番。一番四船。空其中。一番四船。滿載碎石。自引八巨繩入海底。繫沉船之四隅。以四繩末繫四石船為一番。繫既定。乃拋其石入第二番之空船。是石船變為空船。浮起者數尺矣。繼以二番四繩之末。繫二番之石船。繫既定。復拋石入第一番空船。是浮起者又數尺矣。如此數十番。數日之久。船與砲舉升於水面矣。乃命昭才入水師營。食兵餉。擢為武弁。

康熙乙酉。翠華南幸。野人於輦路所經。種菜數畝。豫以紅花子。按萬壽無疆四大字界其間。花開似由天瑞。聖顏停鑾賜覽。載陳彝恒邊州聞見錄。

余同年李冠山比部（國南）授職後。即乞假旋里。匆匆話別。未及細論文也。瀛洲筆談載其揚州楊柳枝詞二首云。廿四橋邊初種時。紅樓對舞鬪腰支。吹簫又去空惆悵。可有隋宮舊柳枝。幾樹垂楊管別離。竹西亭外送歸時。劉郎題後留春色。更蘸清波續妙詞。昔王文簡公以綠楊城郭是揚州句得名。今讀冠山詩。洵足步後塵矣。

道光丙申族恭甫弟讀書石巖山寺余擬上巳日招同盧夢薇學師碧筍與往訪因禪廚小劫不果遂共飲於重論文齋翼日盧以詩五章為謝因次韻答之云乃從文海挽頹波世肯公孫曲學阿校罷詩書延受日鱸堂春酒頌三多滿徑莓苔綠未除官衙清騃似吾廬小輿風雨衝寒去猶勝長安濤筆車水有淵源木有根文章窮韭細重論昌黎體製南豐格果孰卑庳果孰尊酒味新樽挹惠泉醉來成佛亦成仙叙萬事從頭過放浪江湖不計年石頭路滑罷行縢石巖寺舊有一覺亭先君子題其柱聯云主定腳跟不怕石頭路滑放開眼界且看江上峯青慙愧山中苦行僧彼自參禪吾食肉兩無罣礙我猶能

省城趙大川李殿颺測字多驗余前已紀其事矣因憶嘉慶甲子科鄉試後因彙試倏行留寓吳山殿日信步運司河下見一卜肆遂過問焉術者亦令書一字余即以甲字與之術者曰君今科不中矣甲字分明是中字上被一畫攔住如何申得出頭來然有小功名可望甲字下加二畫便是里字鄉舉既無分里選其可得乎然將來必得科甲里字申出頭上加一撇一畫便是重字非重重科甲而何況內中自有甲字乎然必須再過三科方得以下又有二畫攔住故也言畢復曰吾言果驗君亦當重重謝我相與大笑而出後是科果以優行貢成均閱三科庚午始登鄉薦甲戌成進士其言一一皆驗甲子至今已三十餘年復過其地見門已易肆無從訪其蹤跡矣乙未花朝日對雨重記

遂寧張船山太守問陶移疾去官僑寓吳閶別營金屋藏嬌夫人不知也一日攜游虎邱而夫人適至事遂敗露太守戲作一詩云秋菊春蘭不是萍故教相遇可中亭明修蜀道連秦隴暗畫蛾眉鬪尹邢梅子含酸都有味倉庚療妬恐無靈天孫應被黃姑笑已向銀河露小星

嘉慶庚午余忝膺鄉薦主司為諸城劉文恭公鐶之今大學士滿洲穆公彰阿關防嚴肅弊絕風清有同年徐某者家赤貧向在吳山測字餬口亦預斯選一日其房師某公置酒飲其所得士酒半笑曰向來榜放外間不無物議今科吾知免矣徐起對曰識如尊諭但言闈墨平平耳某公哂曰此由諸君並無佳作故耳吾輩不敢不盡心也同堂一噱而罷

定例拔貢每閱十二年逢酉歲一舉行嘉慶辛酉劉文恭公公名已見前督學吾浙所拔皆知名之士其未與選者遺為蜚語有兩袖清風脫祖武一雙瞎眼報君恩之句師左日微書公知之亦不與較也至庚午來主浙試其拔貢生無一人獲雋者榜後群相進謁公慰藉良久問所以被擯之故或諉言未經房薦或託辭稿不完場互相推諉有

某生者性戇直從懷中出其落卷曰某實為而不售公閱之笑曰此竟是吾所黜者汝不聞吾素稱一雙瞎眼乎無鞅鞅也某惶懼謝罪而已

平湖錢稚農名士馨一名釗少游金陵眤一妓欲挾之歸妓曰以君之才妾侍箕帚宜也但觀君談論似恨讀書尚少耳他日請相從也稚農恥之即日還里假僧舍以居夜據昭明文選一沙彌前曰秀才年不為少矣乃尚讀此兔園冊耶稚農益以為恥發憤肆力於經史之學遂為通儒見初月樓聞見錄

余歲以家釀餽盧夢薇學師師率賦一詩為謝因次其韻答之云壯懷消盡便成衰新釀三年即舊醅學佛未成姑飲酒也將一滴供如來丙申師前詩有白水長齋是世尊句故作一轉語解之長生不可學何處覓爐丹有酒樂今夕開心惟古懽燭隨人悄悄梅飽露瀼瀼是年冬暖霜不見白歲除梅花盡放老矣無他望相期保歲寒丁酉未能廣廈歡寒士聊且窮年對麴生歲盡不知人事改半酣猶聽客談兵戊戌歲事倥偬而師論文不倦故戲及之

煙草名淡巴菰景岳全書謂自萬曆時始出於閩廣故明以前無味之者詩翟晴江灝無不宜齋稿有五言排律一篇組織工細布置妥貼錄之於左云耕地栽瑤草能令四德俱占肥同黍麥望影接葵蒲栽采香何烈云黃葉已枯縛箱通遠賈懸肆售交衢梯削堆初積絲分縷不繁輕柔搓柳線瑣碎落金麩蘭屑紛攙和蘇膏暗洽濡慕羶情自切嗜炙性無殊費薄錢挑杖饒深唾溢盂細筒裁竹節夾袋製羅襦佩或隨鳴玦攜常倩小奴鑯金抽菡萏籥律管窮葭莩藉艾頻敲石圍灰尚撥爐乍疑伶秉籥復效雁銜蘆墨飲三升盡烽騰一縷孤似矛驚焰發如筆見花敷苦口成忠介焚心異鬱紆纖叢岑革亂醉擬碧筩呼吻燥穿嫌涩唇津漸得腴清禪參鼻觀沉瀣潤喉胡幻訝吞刀並寒能拳口驅餐霞方執秘厭火國非誣曉驚霧徐結遙胸雲叠鋪稍青凝斗室橫碧漾紗幮七灼心除疚三薰胃滌汚含來思邈邈策去步于于款客尤先茗澆書不待醐濯回齋撤欖瘦辟浸茱萸沂海誇糅紬番禺詭醬輸作騷多賸稿採藥早遺珠郭璞箋仍缺嵇含狀莫摹滇南功獨奏閩右路羣趨種未周三甲風先布八區相思名綺旎呵應語糢糊損益人憑說辛芳膩不渝詩腸緡恐涅吟謝渙巴菰嶰江有庶子一律亦佳因附錄之初嫌瑣屑影細讀尚金頂府撥脫口乍問庶甲破出屑還作縷序香頻分小令參差見未數來年齒欲殘信楳裊枚饕餐霞嘲蝴再香水品焉

余辛未出都夜宿泰安旅店見壁上有二絕句不著姓名云琳宮夜半喚朝天風動銖衣月正圓長跪瑤墀拜獻壽一年一度會羣仙羣仙拱手問平安一曲霓裳坐上

看燭影搖紅入未敢。金烏勝彩已三竿。想是進香泰岱者之所作也。

讀陳扶疋名昌和號嵩庵庚午舉人損齋文集。內書哈什河經石後一篇云。此石爲唐古忒所書。綽翟勒贊旦經。嘉慶己卯秋。徐舍人星伯名松上虞人遷居京師道光大興籍嘉慶乙丑傳臚官翰林院編修湖南學政緣事論戍伊犁有年後復官內閣中書。從伊犁將軍晉昌獵於哈什河。得諸吉里白虎嶺。嶺下舊多石璞。上鐫蒙古及唐古忒字佛經。蓋其先累石爲主。以祀神。謂之鄂博。因刻佛經其上。此書自左而右。横行讀之。特紀元無可考。哈什河爲烏孫國。距京萬有一千餘里。星伯載歸贈余。余載以歸杭。又越三千餘里。荒徼文字。見於吾杭者不少。雲林寺借秋閣有咸平三年外裔所進貝葉梵經。萬松嶺烏龍社有蒙古字鐘銘。今是石又越萬有四千餘里而至。金石之刻。日出不窮。豈獨茲石也哉。扶疋性情真摯治論撰甘學江蘇時延入幕中校閱未及半載辭歸蓋偽撰規短豈商非種不幼而狀足衣冠治拖不修邊幅故也

嘗見一書。忘其名。載家中失物。集其僮僕婢媪。取猥巾燒之。則竊者股栗伏罪。梁山舟學士舊藏蟲窠一枚。其色棗赤。狀之大小長短。亦絕似。不鏤自雕。如細目之網緣。皆爲經。又若小口之囊。一面附著樹枝處。痕深陷而直貫徹上下。以是知爲蟲所結也。許周生駕部宗彥謂即猥巾。未知所據。猥巾或作猥巾猥翁學士有七律一首詠之云此蟲真合號猥翁蟲盡化猶然識作工猥雀結房嫌鐵嫩海鹽成腐久玲瓏雖細起省千絲網疑墮仙燕一剪風六十餘年遺蛻在即堪重問主人翁

此條甫錄。說偶閱居易錄。三卷十載段成式云云。與此所說小異。彼云如巨蟲兩頭。光帶黃色。此云是蟲窠。究未知孰是。

西域聞見錄八卷。長白八十一所撰。載新疆事實甚詳。然語多夸誕。不可盡信。如記控噶爾云。其建都之城。南北經過馬行九十餘日。東西亦然。城南大江三山河藪澤。不可勝計之類。與趙甌北所言迥殊。知趙爲得實矣。甌北名翼江蘇陽湖人乾隆辛巳探花

又言新疆有八叉蟲。形類土蛛。黝色褐而圓。八爪微短。紫口。口有四歧。偏身黃綠爲章。皮裏通明如蠣殼。大者如雞子。小者如胡桃。行急如飛。怒則八足聳立。逐人噬人。最爲毒惡。須臾不救。通身潰爛而死。如噬人輕。即取其蟲碎之。尚無大害。若噬人時吐白絲於瘡口。或噬人後走向水中呼吸。則人必死矣。或云茜草搗汁服之。並敷瘡口。可愈云云。娛庵案。新疆自入版圖以來。迄今幾及百年。此等孽蟲。想久已消歸烏有矣。

娛庵又案。王肯堂續醫說。引馬氏日鈔云。回紇有蟲如蛛。毒中人則煩渴。飲水立死。惟過醉葡萄酒。一吐則解。想即此蟲。

又言鵰之黑而大者。名骨盆鍸。能多力。生回地深山中。至巴達克山並西。黑鵰尤大而猛鷙。飛則兩翼垂雲。高如駝象。所過之處。人皆避屋中。往往攫去牛馬。翅翎墜地。長輒八九尺。或丈餘。娛庵案。此恐亦是駭俗之談。不可據爲必有也。

士冠禮主人戒賓。鄭注。賓主人之僚友。古者有吉事則樂與賢者歡成之。有凶事則欲與賢者哀戚之。即論語樂多賢友之一義。

道光癸巳。邑有北海塘改建石隄之役。余弁與往來。間日查工。時值連歲大祲。飢民載道。憖少蜂擁登門。婦女呼號求救。余解紛排難。屢致傾囊。鄉人亦甚德余。殺雞治具相見無猜。偶成四絕。皆當時實事也。荒蕪一片鎖寒煙。舊是膏腴上上田。翻覺潮平江岸闊。拾來沙蟹小於錢。沙蟹俗名沙蛆不可食以小蟹雜沙水養之靜細可供清玩而已池塘閑聽吠青蛙。雨過秧田歇水車。聞說城南無點滴。一江如練泄紅霞。頭綱留我試新茶。料理雲藂半鷄鵝。臨水柴門三兩屋。庭前一樹碧桃花。繞籬雞犬倉皇日。隔岸風濤澒洞時。一一問名相慰撫。就中明艷數文姬。

何問材太常培德。余中表兄弟也。在京行走有年。移疾回里。後膺末疾。軀特狀瘠。而長子病亡。遂一慟而絕。余以詩哭之云。老去無聊剩恨明。悲來翻覺死生輕。一官仙蝶真同佇。廿載沙鷗賴主盟。觴詠關心曾有約。光陰彈指太無情。摘稽我亦傷前事。看到淒涼淚暗傾。

余中年以後。故交零落。舊時朝夕過從之地。今至其門。俱不得入。因以一詩寄懷云。壇坫當年此主盟。後園花竹尚縱橫。春風莫憶堂前燕。細雨還啼柳外鶯。玉粉七條今寂寂。銀河一水古盈盈。行吟偶向門前過。嫣樹緋桃正落英。

各州縣凡遇行禮坐班之地。文東武西。紳士隨文職就東班。耆老隨武職就西班。一日班進。有武弁某者。忘其姓名顧諸文墨戲語余曰。某得一詩贈君。遂誦之云。瑤階咫尺隔仙凡。班判東西禁往還。君是儒官隨令尹。神仙多半就西班。相與大笑而出。

吾邑名醫張樹堂應裕於古今醫書。無所不窺。亦無所不讀。且精賞鑒。工篆刻。是以文士多與之往來。然性迂僻。每讀一書。即用其中方散以治病。有誚之者曰。君可謂書之所至。病亦至焉。又有某者。亦精醫理。而讀書不多。所用方散。不過一二百種。又有誚之者曰。君可謂書之所盡。病亦盡焉。

產婦爲風寒所侵。身熱頭痛。兩眼反視。手足瘛瘲。名曰蓐風。用荊芥穗一味。新瓦上焙乾爲細末。豆淋酒調下二錢。即愈。古人隱括其名曰舉卿古拜散。蓋用韻之切語。

舉鄉為荆古拜為芥見王肯堂續醫說鈍履案此方最佳余嘗舉以語人全活者亦不少矣（或曰氣體虛寒者奈何余曰於十全大補湯中加此味以配之則並行不悖矣）

論語惡居下流而訕上者漢石經無流字陳仲魚孝廉鱣曰鹽鐵論大夫曰文學居下而訕上漢書朱雲傳小臣居下訕上是漢時所據論語並無流字義疏云惡為人臣下而毀謗其君上者亦無流字今所傳皇本有流字蓋依通行本增入也惠徵君曰當因子張篇惡居下流涉彼而誤鈍履案祭統上有大澤則民夫人待于下流流字對上澤字而言今論語自以上下對文斷不得有流字當依石經為是

景東程月川中丞（含章）巡撫吾浙儉德清風士民至今愛戴吾邑有西興改築條石盤頭之役公輕騎查閱先期移書司事曰吾到西陵日已中矣勢不能不一餐今與諸君約鮮果四碟雞鴨魚肉豆腐作羹青菜作湯六盂而止其餘執事人役已各給飯錢命其在舟中煮食不令登岸衆嫌其太簡時湯協揆以侍郎丁憂家居主局事曰中丞人極誠樸竟遵其命可也翌日渡江相見歡甚命擲工紳士共案同食笑語移時掛帆回省有一黠吏語余曰某今日亦與撫軍同食予詰問故曰撤下殘肴某等羣聚而噉之非與撫軍同食而何滿座粲然

余家舊藏麻姑仙壇記先君子跋云此玉煙堂搨本之佳者猶宇上石蝕處尚不損字今本則蝕痕直下矣張樹堂說如此乙亥黃梅對雨記於十萬卷樓

鈍履案張樹堂名已見前余家藏兜沙經尚是伊所贈辛卯雨窗展閱因題一絕云故人長往成千古文采風流尚宛然一卷兜沙曾手授愴懷三十二年前

下第情懷最難消遣然鄉試落解尚無失其為故我至會試被黜則親朋絕跡僮僕垂頭加以黃金已盡囊橐蕭條翹企家鄉茫茫天末此種淒涼光景真有令人不堪回首者余有句云到門茶竈都無燄訪友梨園大有人蓋紀實也又有某詩云路經花市都無色風動蘆簾別有聲亦覺逼肖（又某鄉試落解詩中聯云怕遣道路逢新貴未免塗泥有故人語極蘊藉）或問未免塗泥有故人句與下第何涉曰此正無聊極思蓋見同病相憐苦況若出諸新貴口中便是富貴驕人矣然則得第詩當若何曰余有二絕云三十五年饒一第旁人爭羨我心傷秋風鍛翮尋常事親見槐花七度黃神仙方許到瑤臺丹鼎今朝幸一開同學少年裘馬客半提玉尺去量才

惠定宇棟云朱子詩伐木許許傳引淮南子云舉大木者呼邪許邪許是舉木之聲非伐木也鈍履作王聚泉家傳有聞邪許聲自遠而近句蓋本其義

罷官光景較之下第尤難為懷吾郡王笠舫（衍梅）大令詩春在花光濃淡裏官如山色有無中未免强為歡笑也不如昆明李橋東（芬嘉慶己巳進士宰吾邑凡六年）大令云老吏多情猶送酒黠奴託故半歸家又云早起轉調琴入趣夜眠作聽鼓無聲情形愈覺宛然（又有鬻其宅於他姓者後過其舊居詩云舊時門役已全更衙刹增開兩葉料路上行人俱熟識關小犬吠無情相迎僮僕都呼客細有琴書別有名多事主人勤問訊檻軒曾記手經營）

仙游有殷某者酷好作詩一日患腸癰甚篤其甥往問之某於枕上朗吟云君才酷似何無忌我病難蘇押不盧訖而殁人但服其垂危神明勿亂而究不知押不盧為何物余案王肯堂續醫說引志雅堂雜抄回回國西産一物狀如人參名押不盧服者若傷其皮毒氣著人必死取之之法先開大坑令四旁可容人然後以皮條絡之繫於犬足用杖擊犬犬奔逸則此物拔起然後別埋他土中經歲取出別用藥製之若以少許磨酒飲之即遍身麻痺而死別以少藥投之即活昔華陀治病先以酒服麻沸散既醉無所覺因割破腹背湔腸滌胃恐即此藥云云未知其說然否然此老臨終尚憶及此可謂博矣

論語吾黨有直躬者孔注直躬直身而行也鄭注直人名弓陳仲魚（鱣）云韓非五蠹篇楚之有直躬其父竊羊而謁之吏令尹曰殺之以為直于君而曲於父執而罪之呂覽當務篇楚有直躬者其父竊羊而謁之上上執而將誅之直躬者請代將誅告吏曰父竊羊而謁之不亦信乎父誅而代之不亦孝乎荆王乃不誅孔子曰異哉直躬之為信也一父而載取名焉故直躬之信不若無信又淮南汜論直躬其父攘羊而子證之高誘注直人躬楚葉縣人也躬蓋名其人必素以直稱者故稱直躬雖同作躬而皆以為人名故鄭據之孔以古弓字從身訓為直身失之鑿矣（作文躬鄭本作弓）

吾邑陸文恭公珍藏其封公所遺木畫（其形製詳袁簡齋新齊諧中）余在京師時時見之後十年題陵左行小照云憤在小詩巢裏住（小詩巢文恭公齋名）五湖歸夢未全荒春明聽罷尚書履相見都驚鬢有霜曾記天然聽漆園十年想像已模糊細將舊事從頭問此畫而今尚在無蓋左行依文恭居最久也

吾邑前明魏文靖公（驥）在南都時官舍止一蒼頭舉俸貲付之同鄉子其人請封鑰公曰後生何待先輩薄乎時同鄉子有將以偽銀易之比公歸令工碎之則偽也工語蒼頭曰某當為此物出于手將毋是乎蒼頭以告公曰慎勿洩彼將不安已而事稍露同鄉子攜貲以償公曰誤矣予銀故在未有以偽易者

又公為南京禮部侍郎時。嘗積求文銀百餘兩。置書室中。失去。邏者詢知為一小吏所竊。其已費用一紙裹餘尚在。當送法司治罪。公憐其貧且將得冠帶。曰若寘之法。非惟壞此吏名。其妻子恐將失所。遂釋之。

以上二則。大同小異。當是一事。傳聞者潤色其辭。遂分而為兩耳。公清風儉德。至今鄉里猶稱道勿衰。呼為姚老尚書而不名。又有言公年九十餘。尚康健如常。一日有饋生魚者。公命畜之池。則已蔫矣。乃亟沐浴肅衣冠而逝。衆遂目公為此魚之精所化。是則委巷之談。不足以徵信也。

嘉慶丁巳。阮相國師科試吾郡。經解覆試。相國笑曰。汝等經學。吾已盡知之矣。皆出於記誦。而尚無心得也。今日且試詩賦可耳。乃以得意忘言為賦。而詩則為金銅仙人辭漢歌七古。端履上堂繳卷。公閱之曰。汝賦雖清麗。未能脫唐人窠臼。汝詩頗能規橅長吉。吾為汝點定付刻可耳。詩曰。漢家宮樹啼鴉急。元當首繡鴛鴦濕。通天高閟日曈曨。銅人獨背西風立。西風吹老萬年枝。猶憶銅人初鑄時。望氣迎來汾水鼎。通燼拜祀竹宮祠。上陵霍靁磨刀吏。豈有神仙妖妄耳。吉雲寶甓起猿煙。銅人淚滴金盤水。許昌宮殿漳河船。授禪碑前露溢田。頗歌黃鵠三千歲。移得金莖五百年。鍾

㠁駝裝辭漢始。躡入河流牽不起。沒磐還揚砥柱波。題胸𥂕勒當塗字。河上行人說未央。摩挲故物總淒涼。他年銅雀風吹折。空有三臺對夕陽。末二句蓋師所手改也。

昔有婣新婦回門詩云。奴僕隨行俱款款。夫妻偕至即雙雙。案山海經南海之外。赤水之西。流沙之東。有獸左右有首。名曰跦踢。有三青獸相并。名曰雙雙。郭注言體合為一也。公羊宣五年。齊高固及子叔姬來。傳子公羊子曰。其諸為其雙雙而俱至者與。疏引舊說云。雙雙之鳥。一身二首。尾有雌雄。隨便而偶。常不離散。或以為鳥。或以為獸。未知孰是。

余在清江浦。嘗喫過河豚一次。大約味似螃蟹。而鮮嫩過之。店主人亦甚慎重。棻葉紫裹。以醬燒之。其毒在肝。子次之。血又次之。必洗滌淨盡。然後可烹。故至少必須一二時之久。由今思之。食肉不食馬肝。未為不知味也。何必冒險於數千里外哉。

酈道元水經注見浙江水篇。云。諸暨縣洩溪。廣數丈。中道有兩高山夾溪。造雲壁立。凡有五洩。下洩懸三十餘丈。廣十丈。中三洩不可得至。登山遠望。乃得見之。懸百餘丈。水勢高急。聲震水外。上洩懸二百餘丈。望若雲垂。此是瀑布。土人號為洩也。嘉慶辛未秋暮。余偕周末蕃同年試往游。山面迎人。愈轉愈曲。真令人應接不暇。夜宿山寺。未

斧斫窮西龍湫之勝。明日飯後。徒步而進。山石壁立。劣僅容趾。兩人扶之而行。惴惴惟恐失墜。蓋下臨不測之淵。亂石𡫏嵲。水聲澎湃。險莫甚於此矣。偶因憶及。錄之。

以上兩則。皆生平蹈險之事。故書之以為子孫戒。曰河豚斷不可食。五洩斷不可游。

魏文靖公諱銀之事。已載於前。又有言公於每歲除夕。必肅衣冠於大門之外。祝曰。凡有孤魂。今夕無處棲止者。俱到僕家度節。室上則盛設酒醴以饗之。元旦昧爽復衣冠送出。鄉人至今以為美談。

邑有鉅公。欲擴族衆香火地為墓。墓而不可得。乃結瘀於其前而葬焉。族衆果凋零殆盡。而鉅公之墓亦漸淪於水。余有詩傷之云。衰草西風颯颯涼。一年一度弔斜陽。遺裔零落悲身後。斷碣叢殘認道旁。回首重門巢翡翠。關心孤冢卧牛羊。白頭野老翻惆悵。徹屋猶留一瓣香。噫。鉅公居鄉。處意欲追蹤文靖。而賢否相懸若此。豈真古今人不相及耶。傳聞有某縣生某過其鄉先達墓者作詩云石馬嘶風落照寒墓門松柏不堪殘當時封姑蟾何事穴地埋碑遍地猛孤兔窟一五參飯子孫艱行人墓識碑中字指點頭銜是誰官。

道光戊子。先繼妣周太宜人年七十矣。召端履兄弟謂曰。吾老矣。不能摒擋家政。汝兄弟年俱長成。自應各立門戶。此出於吾意。非汝兄弟不和之故。可不必寫立分書。端履及弟號家俱敬應命。迄今已十餘年。各有增益。此可為後世子孫析釁良法。後有挑端履兄弟補立分書者。端履兄弟各唯其母曰此太宜人面命也汝欲我兄弟交不睦之名乎抑欲令我兄弟交不孝之名乎其人愧沮而退。

邑有某公者。有子五人。已析爨矣。慮日後兄弟之爭競也。時時寫立遺言。朝令暮更。然防之愈密。齟齬愈多。殁後。兄弟各執一紙以構訟。先君子每舉以為戒。周太宜人不立分書。承一先君志也。

重論文齋筆錄卷一終

重論文齋筆錄卷二

清　蕭山王端履輯

游仙之作，大抵盡屬寓言。故能抒寫性靈，飄然有凌雲之概。近時惟畢秋帆制軍沅諸篇，敦厚溫柔，不失詩人風旨。至洪稚存編修亮吉，未免鋒鋩太露矣。余幼時最喜效顰，近已盡歸灰飽，偶存一二，不忍付之一炬，附錄數首，各紀以事，知非抗懷沖舉鄧以借遊聞見云爾。游鑑湖水，南山川清曠，先君子最愛斯地，曾題其廟中楹帖云：水路界三叉，避水先營臨水屋；山光環四面，背山仍起看山樓。煤廟祭用下二句，演成二絕。避水先營臨水屋，水聲頻向小樓聽。神仙要享清閒福，先把衡茅搆一亭。背山仍起看山樓，樓下清溪一帶流。如此溪山明媚甚，神仙前度也來游。先曾祖墓在會稽東南三十里，春秋展祀，風日暢美，輒命舟行，安往盡若耶射的之勝，真是謝公屐齒所不到者，故游仙體率成四絕。峯巒百丈絕躋攀，射的傳聞即此間。石色賸青圓似鏡，舟人指點酒缸山。射的山名酒缸山。山前綠水港玻璃，山島時聞水鳥啼。一路樵風吹不斷，輕帆已過若耶溪。傍溪三兩即仙家，涼夜停橈似泛槎。欵乃一聲人不見，月明如水浸蘆花。蘆花深處欵柴扉，滌盡塵寰漂露釣磯。時有小山橫對岸，滿江紅樹靜朝暉。余邑南三十里為桃源鄉，鄉學蘿村民率皆務野，然鄉名則甚古，諸暨江界其中，江北即桃源鄉，為巴南丘鎮，商賈輻湊，酒樓佛院，連亘不休，舵婦靚妝，冶游雲集。余有薄田在焉，每臨催租，佃宿僮僕，生硬大費彷閑，偶託游仙，率成四絕。偶到仙家小犬迎，樸籬深處有人行。石橋低矮溪流淺，此是桃源第一程。桃源村接苧蘿村，除卻游仙不到門。尚有漁舟載西子，落花風裏醉金樽。浦陽江口倚篷聽，唱出新詞別有腔。無限情懷無限恨，故籠翠袖剔銀釭。涼露涓涓月正圓，五更殘夢醒游仙。微風偶向窗前度，猶送簫聲到枕邊。余嘗與山大佛廟曹雨次翁聞道試問成三絕。冊府圖書祕龍嚴，重樓管鑰紫泥緘。石郎與我曾相識，偷示南華第一函。石室收藏盡石渠，乞將祕笈付鈔胥。元珠密語金丹法，俱是人間未見書。玉宇西風拂面寒，西爽閣為廟中最幽勝處。胡麻飯熟勸加餐。洞真部錄三千卷，道藏第一為洞真部。不是神仙不許看。日接近人著述，意有未悵，又成四絕。大地山河無定影，天田草木不知名。神仙深恐多譏彈，芸館新編爾雅成。雞犬雲中得未曾，何人白日慣飛昇。上清別纂神仙傳，特黜劉安不許登。仙錄俱將實事臚，詼諧游戲盡刪除。歲星也要修年譜，翻向蘭臺借漢書。回首紅塵下第初，自慙詞賦太荒疏。近來謝絕人間事，靜閱瓊廂讀道書。試罷游仙，感而有感，又成六絕。偶然攬鏡鬢毛衰，不信壺中歲月馳。只有吹笙王子晉，風流依舊少年時。五霄回首記曾遊，屈指光陰廿八秋。畢竟真靈無位業，故人多半去瀛洲。手澤流傳天上來，琅琊翰墨重三台。右軍真蹟摩挲遍，曾憶臨池日幾回。貪心竟奪道心堅，解脫塵凡別有緣。成佛恐居靈運後，又攜瓶鉢去參禪。老明特許住人間，柱下頻將典種嫻。本是散仙無管束，青牛任爾度函關。游仙一夢夢初叙，夢到青城夢赤松。夢裏情懷無限好，最愁敲醒五更鐘。

余嘗囑畫師作游仙圖小影，凡花鳥之以仙名者，皆羅列幅內，系以六絕云：蝴蝶本香欵欵飛，竹籬隔斷路東西。不知誰是羅浮種，老眼深愁五色迷。屋外青山設色鮮，一灣流水繞門前。琪花瑤草蒙茸處，鸞鶴翛然光陰不肯眠。小謫蓬萊幾度春，蟠桃初熟許嘗新。生憎味太酸甜甚，不及湘湖雉尾蓴。買得城南數畝田，手栽紅紫各爭妍。水仙標格難窺近，只向階前種鳳仙。修竹團欒數萬竿，春來貓筍已登盤。上清管領森嚴甚，不是仙材不許看。恰好羣芳曉露漙，避風避日恐摧殘。仙名別署威靈號，樂龍搗來種最難。

阮相國師以游仙題試杭郡士子，刻入浙江詩課中者甚夥，然迫於風簷寸晷，或未盡才人能事。又應試體貴莊重，勢難發揮己意，故較畢洪諸公所作，未免少遜一籌。今錄其尤者數首，著之是編，亦伯仲間見伊呂也。圓月都圍五色霞，曉寒曾訪玉清家。夢回忘卻新詩句，只記瓊樓倚桂花。官府何當位上仙，侍郎紫誥尉監天。但須遊徧名山路，一處花開住一年。錢唐陳文杰。莫道方蓬別有山，一舟弱水往還閒。芝田縱有三千頃，春到年年課丈閒。錢唐陳肖。凌虛長嘯海天秋，好趁洪崖作隊游。剛到碧桃花發處，蓬萊清淺不勝愁。一曲笙歌空際聞，慢亭高會武夷君。當筵卻唱人間曲，只恐人間手易分。仁和陳鴻孝。玉闌干外綠陰肥，記得臨妝拜宓妃。莫向瓊樓高處立，天風吹透五銖衣。錢唐陳文沚。瑤池歸去鬢痕香，采得仙芝正夕陽。一幅蝶裙餘想像，娥眉先已上秋霜。錢唐吳清鴻。夜跨蒼龍上玉京，丹書新勅署花卿。瓊臺春色知多少，又看桃花十二城。蓬山高會駐鸞驂，鐵笛橫吹酒半酣。夢醒雲中雞犬響，八公昨夜度淮南。錢唐朱奕山。山中紅日過扈遲，咫尺雲封竟不知。老鳳一聲清夢破，胡麻飯熟已多時。朝乘東海千層浪，晚臥西山一枕雲。明日列仙相約去，玉樓牆草上梁文。仁和趙嘉樂。龍涎馥郁鴨爐焚，屈戌晴開散彩氛。雲笈七籤參未徧，碧霄又降紫泥文。錢唐吳寅。縹緲空傳十二城，天風想像步虛聲。風流誰似芙蓉主，共說當年石曼卿。錢唐方鴻詞。年少仙郎著紫檀，五皇案下欵金扉。若非身有珊瑚骨，不著珠宮一品衣。仁和許乃[illegible]。瑤草琪花別有春，雨餘步屧不沾塵。仙凡莫隔松林吠，客是蓬山舊主人。海寧沈毓蘊。東風散綠下瑤臺，六曲闌干細步迴。笑指碧桃花發處，縹雲圍住小蓬萊。海寧曹宗載。虹橋萬里路原通，一夜秋風到碧空。天柱峯頭好明月，不知人世雨濛濛。仁和湯禮祥。幾面芙蓉障夕曛，人間空識隴頭雲。

春風十里桃花浪，不入仙源不見君。（錢唐詩夢麟）

余舊藏盛子昭山水畫冊十幅，有同邑蔡君（蔭）跋云：盛懋字子昭，臨安人，僑寓嘉興之魏塘鎮。父洪，字子裕，工於繪事。懋能世其業，學而過之。善山水人物花鳥，始學陳仲美，（仲美名琳，為宋畫院待詔，元初三百年名手）畧變其法。茲冊為會稽孟氏賢翰樓中珍藏，觀其仿各名家畫法十葉，色色逼真，於蒼老之中，別有生趣。評者嫌其精緻有餘，特過於巧，此則不然，未可執一論也。又云：樓閣界畫稍有土氣，觀此第五葉中，樓閣用紅線作格，似近於俗，然愈細愈見其平淡也。款署紀年，至大由元以來，五百有餘歲矣。絹色如新，定有眼福人賞而玩之也。頻水居士濱識。

（蛾庭）案：此冊為頻水居士舊物，後歸於予。細驗絹色，係前明中葉贋鼎，然亦幾四百年物矣。為作匣而藏之。

余舊藏王元章墨梅卷，草草數筆，老幹橫斜，疎花暗瀅。自題云：雪嶺雌浮路，苔封瑪瑙坡。無根華自好，想是得春多。山農王元章頓首。江南春色四篆字，係魏文靖公手寫。款署南齋而不名，引首有南齋一印，末有南齋迂叟吏部尚書之章兩印。又題詩於後云：慣寫冰霜質，山農何可當。不孤今日重，深感故家藏。大庾蒼崖頂，通仙老屋傍。一枝開傲雪，誰敢鬬奇芳。又跋云：此梅蓋元王山農先生之筆，為今之罕有者。龍峰沈廷用持以請題，故書。天順癸未十月初吉，天官致仕九十翁蕭山魏驥識。引首有南齋天官歸老二印，末有仲房南齋迂叟吏部尚書之章三印。其餘題者為陶元素、葉冕、賀確、蓬壺道人（不著名）、朱廷訓、韓璋、朱純、沈璟，詩繁不具錄。又有一詩，署名草窗，半蝕不可辨。其印章則為大天官亞卿二方，暇日當細考之也。

（蛾庭）案：南齋係山農於元，豈元章未嘗入明耶？天順去明初不遠，當確有所據也。

又案：此卷為吾邑瀛池沈氏舊藏，道光癸巳予為沈氏題歷代神主，姻家猷夫太學（琛）出以贈余。今猷夫已亡，展閱之餘，不勝物是人非之慨。

高郵王懷祖觀察（念孫）謂史記晉世家唐叔虞者，周武王子而成王弟。唐上當有晉字。左昭元年傳：遷實沈於大夏，唐人是因，以服事夏商，其季世曰唐叔虞。杜注曰：唐人之季世，其君曰叔虞。下文當武王邑姜方震大叔，夢帝謂已，余命而子曰虞。注曰：取唐君之名。是唐人之季世與周武王子封於唐者，皆謂之唐叔虞，而武王子封於唐者，實為晉之始祖，故言晉唐叔虞以別之。索隱本出晉唐叔虞四字，注曰：晉初封於唐，故稱晉唐叔虞，則有晉字明矣。

錢唐屈與樹徵君（鶚）構花影樓落成，陳句山太僕（兆崙）手書楹聯贈之云：座上酒人忘甲子，門前花地課丁男。甲子丁男屬對，可謂巧不傷雅。

阮芸臺師按試嘉興，以鴛鴦湖詠鴛鴦試士，佳作甚多。今錄其尤者於左：南北湖如雙鏡清，照來翠鬣影分明。斷經久着鴛鴦號，不比能呼鴨鴨名。（嘉興陳均）蓮開並蒂滿湖香，款乃蓮舟聲最長。水入雙湖分兩派，生來不宿野鴛鴦。（嘉興汝霖）

阮芸臺師人以老，秋列幽宮詞命題，有一卷云：昨日臨淄逆女回，內官傳敕御筵開。少齋玉貌渾難似，新有猿華帶得來。（晉）報說荊尸振旅旋，小君提帶到軍前。隨行還有雙嬌（一女）鬢髮純純正及肩。（鄭）新荷君恩賜副笄，綠雲深護鬢低。後宮那曉人間怨，笑說戎州已氏妻。（衛）貴主韶年色致佳，相依心事卜金釵。頻聞選得東阿宰，宮妾傳來事不諧。（齊）密語帷中日幾迴，易儲謀洩起疑猜。寵姬赴宴青宮去，已為熊蹯速禍來。（楚）三百蛾眉望幸饒，魚軒停向夕陽遙。那知還有雙珠在，婉孌偏啼季女朝。（曹）昔日徵聞二國求，託詞傳母尚含羞。燼果仗齊邦力，空望淇泉淚暗流。（許）嫡女般勤託大夫，親教啞娃入句吳。未知麋走姑蘇日，可有安車載得無。（越）讀之齒頰生香。古人云：匡說詩，解人頤。此詩真無愧解頤二字。

小米詩詞並皆佳妙，而詞尤勝於詩。其哭吳子律教授百字令云：先生長往，聽蘼歌江畔，肝腸摧碎。斗米折腰渾不屑，笑殺酸寒孟尉。落拓襟懷，蕭閒意趣，獨醒人皆醉。此生行樂，尚平之願初遂。　最憶交打忘年，燈前酒後，容我狂言肆。善病維摩還健飯，慙愧元章斫鱠。賦別纔旬，到官五日，風雨愁新鬼。天邊遼鶴，遽廬甚處安睡。又松濤亂捲，痛知音已矣，牙琴搥碎。擗泛扁舟蓬海去，去訪丹陽仙尉。生上苔生，題遺竹裂，生怕今宵醉。騷壇淒寂，飲中仙失焦遂。　因甚屢名修文，天胡作劇，欲問成都卦。還記故人情獨重，寄我桐江乾鱠，鰯水詞名，凌雲賦筆，高唱秋墳鬼，夢魂來也，北窗奈不成睡。題西湖訪秋圖金縷曲云：一碧空明裏，望遙天雙峯雲樹，六橋煙水。楓葉未霜蘆已雪，做得秋光如此。正騷客扁舟乍艤。遠段閑情何處著，倚吟篷笑向南屏指。聽一杵，梵鐘起。　儂家別有悲秋意，惱西風幾番吹鬢，幾分憔悴。生小湖邊來往慣，鷗鷺都成知己。到今日情懷何似，秋上心頭無計遣，算鳴蛩差識愁滋味。堪與訴，只君耳。題南湖花影圖齊天樂云：夕陽紅到垂楊處，依稀一重簾影，鏡檻香消，酒壚塵網，換了西風門徑。花晨月暝，只水面輕漚，舊游能省。見說年時，納涼池畔綠荷淨。閒愁都付畫苑，脈蕭疎幾筆，鴻爪存更。古木鴉啼，荒階蛩訴，做得詩情淒冷。聲聲喚醒億紅粉青衫側隨逢梗說也無厭把杯拌酩酊。

小米振綺堂藏書最富。予曾向借抄孫逢吉職官分紀。僅行細字。凡二年方得蔵事。卒前數日。尚有書來招余泛棹西湖。作文酒之會。余答言。年已老矣。怕見之江波惡。此事恐難知也。未幾而訃音至。故予輓以聯云。何時重到西湖。此事難知。只素往還成讖語。少日名馳秋水。先生長往汗青零落剩遺書。又和其百字令原韻哭之云。遣愁無計。剗五樓人去。冰壺唾碎。少日豪華兼落拓。不怕鄰亭里尉。春雨存詩。秋燈校字。與盡陶然醉。臨安鎸志有情詢到毛遂。（君刊咸淳臨安志附存卻收數則）愛我意氣疎狂。評茶說餅。相對吳山肆。更約秋風帆落處。細斫鱸魚作鱠。訣證長生。藥存不死。休論除無鬼。南柯繞了。秋墳一枕孤睡。

連平練伯顥（恕）生而聰慧異常。年十八。得暴疾亡。所著有後漢公卿表後漢書註刊誤西秦百官表北周公卿表五代地理考明謚法考雜文十餘篇。歿後其父立人大令（瑛）合而梓之。名多識錄。武進李申耆翰林（兆洛）為之序。

伯顥雜文援据精確。斷制謹嚴。其漢劫五諸侯兵攷云。漢二年。漢王劫五諸侯兵。東伐楚。楚大破之。五諸侯者。應劭謂雍翟塞殷韓。如淳謂翟塞魏殷河南。韋昭謂翟塞

韓殷魏。師古以為皆非。乃常山河南韓殷魏也。雖然顏氏之說。亦未為得也。夫此文下言諸侯見漢敗。皆亡去。塞王欣翟王翳降楚。殷王卬死。則知伐楚之役。塞王翟王殷王皆與之。三者即漢王所劫之國。又魏豹傳。從擊楚於彭城。漢王敗。豹至國。絕河津畔漢。陳餘傳。漢東伐楚。使告趙。餘遣兵助漢。漢敗。即背漢。此二國者。皆始助漢。終畔漢。與高紀所言相合。然則五諸侯者。乃塞翟殷趙魏耳。故曰顏氏之說亦未為得也。讀書得間。頗能正前人之失。

鄞全謝山（祖望）解堯典象恭滔天云。孔安國傳。滔。漫也。孔穎達云。漫者加陵之辭。史記本紀亦作漫天。古文滔通於慆。漫通於慢。故諸葛忠武曰。慆慢則不能研精。合之孔傳所云傲很。孔疏所云侮上陵下。是滔天者慢天也。班孟堅幽通賦。巨滔天以泯夏。唐六臣采班昭注。滔漫也。可知舊解如此。蓋貌莊而心險。實與僞言僞行交濟。其惡大禹以巧言令色當之。正合是旨。

（[illegible]辰）案堯典又云。浩浩滔天。孔傳亦以漫天釋之。疑此二字乃堯時常語。故斥鯀惡用之。咨洪水亦用之。必求其義以通之。則是天步艱難。天真有足矣。鶴鳴於九皋。聲聞於天。天真有耳矣。

祥符周稚圭侍郎（之琦）最工倚聲。著有金梁夢月詞。錄其佳者數首。蔔仙米玉漏遲云。紺珠塵未掃。綠鸚啣後。黛螺痕小。一捻圓勻。春出玉山香稿。僞味青精漫擬。待移入茱湯還好。春又早。紅鹽碧醞。者時情抱。　相看勾漏雲封。只乞米長安。歡塵開笑。旅食年年依舊。石田荒了。儘把丹砂寄與。怕夢裏黃粱人老。鄉信杳。知他雁鴻多少。送劉芙初南歸蝶戀花二解。簾底斜陽紅一綫。怕近黃昏。不放銀鉤捲。燭影西堂看又短。金尊只訝宵來淺。　賦罷離情魂欲斷。砧杵誰家。喚起征人怨。今到秋心秋不管。芙蓉卻在江南岸。又往日題襟同客館。一樹斜陽。兩兩吟鞭寄。小巷城南三五里。等閑化作盈盈水。　天上秋雲吹易碎。送得君歸。卻問歸何計。燕子樓臺斜日裏。江南也是銷魂地。蝶𢥞漾蘭雪云。羅浮舊侶。仙跡曾棲。一莿洞雲溜碧。花迷試夢。橘窺海秋。恰好异衣藏得。問匆匆粉怨香愁。情絲困誰暗織。壁鏡分明。可念春來消息。　看取團圞樣巧。中有柔奴。玉腰纖細。翻飛小影。閑到枯形蜜緒。尚憐軟側。付蘭閨捗手親縹。卻恐蠶娘未識。剩幾片芳草宮斜。羅裙空憶。（其號夢詞則皆悼亡作也）

王漁洋池北偶談。載古今詩句。如流將春夢過杭州。滿天梅雨是蘇州。二分無賴是揚州。白日澹幽州。黃雲畫角見并州。澹煙喬木隔綿州。曠野見秦州。風聲壯岳州。風

味各肖其地。使易地即不宜。（[illegible]辰）少時戲倣其體。多有押州字者。今稿已散失。追記數首。附錄於後。生平蹤跡等浮漚。趙北燕南幾度遊。閒道赤城風景好。芒鞋尚擬到台州。春流得雨櫓聲柔。觸網鱸魚泊水鷗。石細沙平江路窄。釣臺高處認嚴州。店家醇酒膩如油。醉倒西湖第一樓。扶起書騰全不管。春茶爭試六安州。江南雄鎮數奔牛。客裏帆檣薄暮收。屈指明朝泊何處。絨花記得買常州。（此詩係由京回里所作故云）棃陰深處聽鳴鳩。雨過秧鍼綠滿疇。城郭空濛煙水闊。苕溪如帶繞湖州。了了青簾案色浮。東舉煙樓暮方休。酣心換季無多日。新樣藤胎棟德州。當年酒換鷓鴣裘。消渴文園已倦游。故蹟當壚無覓處。臨卬傳說即卬州。刻石推殘蟲篆留。長隄十里障洪流。當年人物知誰是。汪遺州偕鄭莒州。（此役係癸丑江壖之役先君一手經理局務事竣不敘局具名蓋讓其功於二公詳見汪遺州編撰夢痕錄）也。

池北偶談言王陽胎仙景州人。有道術。知湖州府。府弁山中。每稻熟。嘗有雲霧。居人諷見霧中有人。若負擔者。什伯為羣。霧散則稻穗已空矣。王命結壇山上。令道士吳梅岑者。代已禮拜。而自具衣冠。書符祿。忽顧吳曰。大風且至。但弗動。須臾果大風。發屋拔木。壇上人皆惴恐。已而風息。自是雲霧不作。歲復豐稔。（[illegible]辰）案吾邑數十年前

亦有此異土人云是白虹為孽此物居仁和臨平山穴中每遇稻吐花時夜半輒有白雲如匹練自北而南所過之處稻皆秀而不實然畏礮聲及鑼聲鄉民互相守望遇其將至鳴鑼發礮雲輒四散遂不為害迄今迹已銷滅故年老人尚憶及之而少壯無知之者矣

吾邑數十年前又有青蟲之孽能噉捲數苗葉作繭處其中久之成小蝶飛去苗亦隨槁先君聞劉猛將軍神專除蟲孽今鄉民塑像於城南十里岳大橋廟中并親書毘蟲毋作扁額榜諸廟門其患頓息今亦無知之者矣其像及扁額現存(坊廢)案居易錄云舊說江以南無蝗蝻近時始有之俗說南宋劉漫塘宰為蝗神劉金壇人有專祠往祀之則蝗不為災俗呼莽將殊為不經按趙樞密葵前作漫塘集序稱其學術本伊雒文藝過漢唐不知身後何以矯誣至此亦如江湖間祀張睢陽作青面鬼之類也(猛將俗呼莽將想因聲近而訛然吾邑自建祠以來迄今二十餘年矣而蟲不為災亦一異也)

道光辛丑三月邑東鄉瘟疫甚盛嘗記族樸存兄(淳)言(兄眼能見鬼凡黑夜往來俱不用燈)凡鬼皆依附牆壁而行不能破空疫鬼亦然每過牆壁必如蚓卻行而後能入常鬼如一團黑氣不辨面目其有面目而能破空者則是厲鬼須急避之凡往瘟病家探望亦無礙但必須憑空坐立不可倚牆切不可飲其茶水以毒皆施於水中故也(吾鄉有諺語云喫要喫得飽睡要睡得早夜裏蓋好被病就不患了語雖鄙俚實避疫之要訣也)予笑曰是真有鬼矣兄曰孰謂鬼無之者但未嘗如森羅殿上種種變相耳至疫鬼則恐係天時不正之氣結而成形未必真鬼也予曰氣能積而成形矣安知形積久不又成質耶兄曰是亦在不可知之數耳(兄又言鬼最畏風遇風則牢握草木降伏不敢動)

余嘗問兄縊死溺死之鬼必求替代何也兄曰非求替代也古人云魂升而魄降魂善而魄惡橫死之人氣由遽絕故魂雖上升而魄不能遽降遂四出而為厲耳由其性惡故也試於縊死未解以前掘其足下土尺餘有形如桴炭者即其魄也焚之則不能為祟至溺鬼沈淪水底魄為水氣所迫不能驟入於土久之附物為患或如草鞋或如婦帚非草鞋婦帚也附之久而成幻形也碎之有血痕者恐如子所云形積久將成質也至成質則不可復制矣

兄又云左傳言故鬼小新鬼大其說確不可易至溺死之鬼則新小而故大其鬼亦能登岸遠視之如煙雲銷滅者此新鬼也故鬼形如槁木見人則躍入水中水有聲而不散故無圓暈余笑曰此又形久成質之一證矣

吾鄉土音其字有可證者藏物曰伉(直音抗)以油塗物曰油(去聲直音宥)以身踊擲曰趒(直音逃)火杖曰掭(直音忝今俗呼大掭即挑燈杖亦曰燈掭)凡物不平以他物襯之曰𥱼(直音剳)竈突曰煙囱(直音怱)塵座曰蓬塵以湯去鳥獸之毛曰熥(音燖之燖)壞物色陳曰蔫(直音焉)食壞曰餿(直音搜)味觸口曰𪏮(直音軒與其義殊者也或況爲一之讀亦如獯非也)

元方輿勝覽三卷題曰聖朝混一方輿勝覽從元槧本影抄(其碎書者元刻當從文也)

乾道四明圖經二冊不分卷鄞全謝山太史(祖望)跋云四明志乘以吾家為最備自胡尚書寶慶志吳丞相開慶志袁學士延祐志王總管至正志李孝謙永樂志楊教授成化志張尚書嘉靖志無一佚失足以豪矣張制使乾道志則最初之作也購之不可得乃過天一閣范氏見四明文獻錄全引其文為之狂喜乃別為抄而出之於是揚之小玲瓏山館馬氏杭之小山堂趙氏皆來借抄顧余猶疑非足本嘗見成化志中於逍遙二廟下紀劉穀胡粮諫吳越無納土事以為出自乾道志今竟無之則脫簡殆多然要屬難得之書可寶愛也

凡新進士釋褐必在國子監是日祭酒就座受拜戒不得動相傳頭動則害狀元左右手動則傷榜眼探花嘉慶辛未天門蔣丹林(祥墀)為祭酒狀元為蔣笠陵(立鏞)郎祭酒子也有朝士贈以詩云回憶趨庭學禮時國恩家慶喜難支阿翁不敢掀髯笑怪底郎君起跪遲父子行此大典遂為一時佳話(姚秋農是科榜眼王毓異散館改授部曹探花吳廷珍不久病歿豈左右手動故耶)

關帝廟籤語天下皆同惟吾郡至大寺獨異然極靈應嘉慶戊午科蔣公(祥墀)時為編修副吳公(省蘭)來典浙試余省試畢適有事郡城因入廟祈籤云萬年日月耀清光惟有文章壓四方三級浪中龍獻爪九霄雲外鳳呈祥或曰子當中九十五名(浙額止九十四名是科追奉恩廣額二十名)三級浪中非九十乎龍有五爪非九十五乎九霄雲外非在九十四名原額之外乎後榜發被放領閱遺卷乃大悟曰神先告我矣蓋余卷內號鈐鳳十一所謂九霄雲外鳳也經房師閱薦而為編修批黜呈者呈薦也祥者編修之名也其驗如此(憶乾隆癸丑余赴郡應童子試祈籤於廟中有異道神明今猶怪從來還有事蹤跡先君大驚回不信分內事復有何蹤跡事乎至次年甲寅應試出場先君大播回汝又不信矣汝知神已將是科之題先告汝矣蓋試題係有事二字也榜發果然又是年場後祈籤於畫壁關帝廟籤云蹤蹤城裏事如麻無事如君有幾家先君曰題係有事而神言無事非相背乎恐難履信也孰謂神無靈哉)

嘉慶戊辰富春江水泛溢吾邑西江塘潰決數處時阮雲臺師重撫浙江亟籌捐貲修築仍延先君董其事越二年功竣鄉人感戴公德創建阮懷亭以志勿諼之意中

蹔重修西江碑記。先君即以漁浦浪花搖素壁。西陵樹色入秋窗句。鐫作柱聯。今歲久亭圮。碑石無存。故址已不可問。故余有詩云。漁浦浪花搖素壁。西陵樹色入秋窗。白頭野老談遺事。猶說碑亭向大江。

吾邑瀕臨浙江。江水環其三面。故西南為西江塘。東北為北海塘。皆所以障江水也。塘外之田名為竈地。錢清場徵其課。乾隆庚寅七月二十三日。風潮大作。（俗名海嘯）北海隄潰。江潮直入城市。塘外竈地淪入於江。江身直逼塘根。居民咸惴惴不保旦暮。不二十年。江流北趨海甯。不特舊時竈地盡數漲復。並添漲新沙數十里。土豪咸思佔墾。爰定舊有者為原業。新漲者為報陞。然地淪水中已久。無從辨別新舊界址。於是舊有者指新漲為原業。報陞者指舊有為新漲。攘奪紛爭。鬨然械鬬。撫軍覺羅吉公。慶不得已。奏請將報陞之地作為牧地。歲收其息。作養贍杭城駐防綠營之費。而爭端始絕。於是吾邑有牧租之課。向有龕赭二山對峙大江南北。南為蕭山。北為海甯。數十年來海甯北岸之地盡數坍合。南岸居民畏涉風濤之險。賦稅多抗延不納。嘉慶某年。又將其地改隸蕭山。併將赭山司巡檢亦改屬焉。吾邑於是有南沙之課。嗚呼。江流無定。坍漲靡常。小民苟且目前。罔知遠慮。安居樂業。視為沃壤。然終非久長之計也。偶紀其事。成四絕句。落日樓臺萬竈煙。果然滄海變桑田。鄉人舊說風潮險。此話流傳七十年。卅里龕山接赭山。（赭土音讀若拓去聲）羊頭車子穩於鞍。棉花今歲收成好。會戲開場十日看。（土俗奢侈。每遇豐收。率羣聚演戲。安飲為樂。名曰會戲。俾晝作夜。百弊叢生。以離城寫遠。官法亦不能禁禁也。）麥浪隨波漾曉風。繞塍豇豆每叢叢。似嫌黑白分明甚。故意開花一例紅。（豇豆花黑裏白邊。惟沙地豆皆開紅花。）濁酒閒澆佐韭菹。盤飧留我意何如。官衙遠市無兼味。全得池中兩鯽魚。

余作詩弔某公墓。已錄之於前矣。今歲重過其地。意有所觸。不覺情見乎辭。復成一律云。烏衣只隔一重垣。兩不相容竟兩存。喬木百年留故第。青箱五世守文孫。西河月冷霜凝屋。南樂橋低水溢門。昔嫌仇讎成轉眼。慢懷舊事竟難論。

吳越春秋。禹周行天下。還歸大越。大越云者。如爾雅西至日所入為大蒙之類。蓋當時國號如此。非僭而稱大。竊謂春秋於越。於字亦當作于。于大也。（見方言）荀子勸學篇。于越夷貉之子。正作于越。楊倞注。于越猶言於越。今本荀子。于字多誤作干。而古義廢矣。（如今府名大同大理之類。亦是仍其舊稱。非名加大城大邑之類。更非悉戰。）

居易錄載桐城姚文燮年六十餘。忽病不識字。即其姓名亦不自知。醫不知為何證也。（嶷屐）案。余友汪蘇潭吏部。（紫培）亦患此證。有醫者云。凡人記性皆司於腦。吏部久患頭風。腦已枯涸。刻腦處至高之位。藥力所不能及。後竟不起。或云。得百舌馬腦食之可愈。嘗制馬有定額。安能得其百馬以療病。益明知疾不可為。姑為大言以欺世耳。（近世醫者云。治嗌隔用獅子油。治耳聾用啄木鳥。亦皆此類。啄木鳥尚一見之。獅子油從何得哉。）

蘇潭博通經史。器重藝林。累於家境。抑鬱而歿。余哭以詩云。玉樹臨風迥絕塵。新詩脫手已無倫。憶同剪燭論文日。始識湘湖雉尾蒓。（君幼隨侍尊人龍莊公湖南任所。年十八歸里。始得喫蒓菜。）少時詞賦動公卿。吏部文章最有名。緯侯辨同書冊考。（見後）一時傳誦已刊行。十年憐我滯青衫。珍秘書函手自緘。住近京華繞百日。到門幾度訊歸帆。詢君家事語支離。偶問傍人始得知。如此情懷如此病。縱逢和緩也難醫。

蘇潭為文。援據典博。精審不苟。今歿垂三十年。家徒四壁。長嗣又亡。斷簡零篇。字字皆當珍惜。故備存之。不厭其繁也。

史記闕篇補篇攷。漢書藝文志。司馬遷傳。漢書班彪傳。並云史記闕十篇。有錄無書。所闕之篇。班氏不著其目。張晏注漢書。稱遷歿之後。亡景紀。武紀。禮書。樂書。兵書。漢興以來將相年表。日者列傳。三王世家。龜策列傳。靳蒯列傳。然序目本無兵書。顏師古已糾其謬。至謂景紀取班書補之。則景紀所載。每有在班書外者。日者傳辨肆淺深。亦豈褚先生所能。是二篇固未嘗闕也。禮書。樂書。龜策列傳。皆有今上即位之文。使非出自遷手。何以并年歲而襲之。觀其自序三篇。原止略舉大概。言簡而事括。或乃取禮樂論龜兆雜書以益之。皆贅矣。將相名臣表。自高祖元年至太初四年。首尾完具。無可疑。其載天漢後事。為後人所增。與建元侯表正同。凡此諸篇。雖有增補。而本書要無闕者也。傅靳傳。班書多仍其舊。其敘事簡而有法。洵非史公不能作。若孝武本紀。序稱今上本紀。當有目而無其書。舊說皆謂武帝怒其短己削之。不知遷書至宣帝時始宣布。武帝曾未及見。且序謂漢興五世。隆在建元。則必不作詆毀語可知。三王世家。贊云燕齊之事。無足采者。自序又云。三子之王。文詞可觀。此篇蓋本詳載冊文。而畧於事。褚先生觀列傳。誤三子之王為三王世家。遂謂世家文辭可觀。求其善而不得。亦得失相半者也。要之十篇之目。班氏所未言。無從懸揣。或班氏修史時雖亡。而後或得出。如泰誓之比。亦未可定。紛紛指屬。多成臆斷。亦疑以傳疑可矣。續史記諸儒。詳史通正史篇及後漢書班彪傳注。張晏徒見三王世家龜策日者傳俱有褚先生名。遂舉屬之少孫。則三代世表。建元侯表。外戚世家。梁孝王世家。田叔傳。滑稽傳。少孫俱有附益。又何以不在補篇之數。而始皇本紀之附秦紀。及班固語。厤書之附厤日甲子篇。及表傳世家中。增入史公以後事

者凡數十處安能一一名之至索隱謂褚生以班書補景紀則褚生仕元成間又安能取章帝時書而用之斯為謬矣

周代書冊制度考周時書冊所用見於經書有四周禮小宰聽閭里以版圖司書掌邦中之版土地之圖司會掌版圖之貳內宰掌書版圖之法以治王內之政令大胥掌學士之版司士掌羣臣之版司民掌登萬民之數自生齒以上皆書於版此書之以版者也內史王制祿則贊為之以方出之哲蔟氏掌覆夭鳥之巢以方書十日十有二辰十有二月十有二歲二十有八星之號縣其巢上則去之此書之以方者也內史又云凡命諸侯及孤卿大夫則策命之左傳二十八年傳說襄王使內史叔興父策命晉侯為侯伯襄三十年鄭命伯石為卿三辭乃受策又隱十一年傳云滅不告敗克不告勝不書於策襄二十年傳甯殖云名藏在諸侯之策此書之以策者也王制太史典禮執簡記奉諱惡左襄二十五年傳南史氏執簡而往詩小雅出車篇畏此簡書傳簡書戒命也鄰國有急以簡書相告此書之以簡者也哲蔟氏注方版也內史注杜子春云方直謂今時牘說文牘書版也論衡量知篇斷木為槧析之為版力加刮削乃成奏牘然則方版牘皆木為之論衡又云截竹為筒破以為牒加筆墨之迹乃成文字說文以牒訓簡牒札轉注相訓冊象其札一長一短中有二編之形古文作笧策乃假借字也然則簡策牒札為一類合而舉之則謂之方策有謂以字異者儀禮聘禮記百名以上書于策不及百名書于方左傳正義凡為書字一行可盡者書于簡數行可盡者書于方方所不容者乃書于策是也有謂以事異者杜預春秋左傳序云大事書于策小事簡牘而已又隱十一年傳凡諸侯有命告則書不然則否注謂仍其書辭告命乃書之于策若所傳聞行言非將君命則記在簡牘不得記於典策此蓋周禮之舊制是也其長短之制各視所施聘禮左傳序兩正義引鄭元注論語序云易詩書禮樂春秋策皆二尺四寸（儀禮正義作尺二寸誤）孝經謙半之論語八寸策三分居一又謙焉尚書正義引顧氏云策長二尺四寸簡長一尺二寸束皙穆天子傳序云以前所攷定古尺度其簡二尺四寸南史王僧虔傳云有盜發楚王冢獲竹簡書簡廣數分長二尺江淹傳云以科斗文推之則周宣王之簡也此皆周時策書之制漢書杜周傳注孟康曰以三尺竹簡書法律而鹽鐵論云二尺四寸之律古今一也則周律與漢律簡當並用二尺四寸杜周朱博俱舉其大數謂之三尺耳後漢書曹褒傳云撰次禮制寫以二尺四寸簡周磐傳云編二尺四寸簡寫堯典一篇簡制於周時經典合獨斷謂策長二尺短

者半之左傳正義謂此據漢世策書所用故與六經異也釋名槧版之長三尺者也說文以槧為牘樸削槧為牘當必減小史記匈奴傳漢遺單于書牘以尺一寸單于遺漢書以尺二寸牘周時牘制長短當與漢不甚相遠而杜子春謂方即漢時牘則方版之制亦與牘不甚相遠矣漢書藝文志言劉向以中古文校歐陽大小夏侯三家經文酒誥脫簡一召誥脫簡二率簡二十五字者脫亦二十五字簡二十二字者脫亦二十二字儀禮正義謂鄭注尚書三十字一簡之文服虔注左氏云古文篆書一簡八字則一簡容字多少亦靡定也周時史策之外官府文書類用木版蓋便於更換不復編綴學士所習則多用竹故周禮每言方版而六經則皆策書內則請肄簡諒學記云呻其佔畢畢即簡見爾雅佔即說文笘字潁川人名小兒所寫書亦用竹之證若夫陰謀祕密之書及國家常法亦有以金為之者逸周書大聚解云召昆吾冶而銘之金版莊子徐無鬼篇女商曰從說之則以金版六弢六弢即太公六韜其書蓋亦冶金所成左昭六年傳鄭人鑄刑書二十九年傳晉趙鞅荀寅賦晉國一鼓鐵以鑄刑鼎鑄范宣子所為刑書焉然則所云金版蓋亦鐵也學記云入學鼓篋篋所用藏書者尚書納冊於金縢之匱中鄭注縢束也凡藏祕書藏之於匱必以金緘其表淮南子精神訓云通許由之意金縢豹韜廢矣韜豹乃六韜之一當亦以金緘匱史記孔子世家稱孔子讀易韋編三絕王僧虔傳又云楚王冢書青絲編周時裝冊藏護之法亦畧可見矣

緯候不始哀平雖緯候之書周季蓋已有之讖言亦龍感劉季興劉秀發兵捕不道以及當塗典午莫不事合符節智神蓍蔡然而亡秦者胡盧生奏其錄亡秦必楚南公述其言秦楚之際祕文叠顯其證一也漢書儒林傳稱孟喜得易家候陰陽災變書隸釋謁敏碑稱故國師樵贛深明典隩讖錄圖緯能精微天意傳道與京君明是讖緯之書宣元諸儒並已傳習其證二也孔演圖曰詩含五際六情汎歷樞云午亥之際為革命卯酉之際為改正漢書言翼奉治齊詩事元帝乃云易有陰陽詩有五際春秋有災異公羊傳隱元年何休注云所見謂昭定哀所聞謂文宣成襄所傳聞謂隱桓莊閔僖疏謂本春秋緯文而董子繁露實用其說其證三也失之毫釐差以千里見易緯通卦驗而禮記經解載之天道無親常與善人後漢書郎顗傳稱為易曰而史記伯夷傳用之有一道大足以守天下中足以守國家小足以守其身說苑亦稱易曰而韓詩外傳引之凡斯逸文類本易緯其證四也宣帝時王褒作九懷其株昭篇云神章靈篇王逸注以為河圖洛書讖緯文

成帝時李尋說王根云。五經六緯。孟康注以六緯為五經就孝經緯本文義隱注為閑達。其證五也。漢初求遺書。讖緯不入中祕。故劉向七畧不著於錄。而民間誦習歷可案驗。張衡謂成哀之後。乃始聞之。又言成于哀平之際。要據其盛行之日而言。劉勰正緯。遂謂起于哀平。荀悅申鑒俗嫌篇。以為起于中興之前。終張之徒之作。均未為得也。

蘇潭著述甚富。惜天不假年。僅成潛夫論注一書。已刊入湖海樓叢書中。鹽鐵論注。漢人說經錄諸書。皆未卒業。歿後遺稿散失。今得其詩數首。亟錄存之。由靈隱至韜光。明湖西去古禪林。歎歎籃輿度曲岑。門擁白雲分樹色。泉穿寒澗落峯陰。佛前旛影隨風轉。山外鐘聲到晚沈。為滌煩襟聊憩息。不妨猿鶴伴長吟。磴道盤空客到稀。偶攜吟策款僧扉。板橋人跡尋黃葉。老屋經聲出翠微。海日江潮都入眼。籐梢花刺欲牽衣。探幽獨領登高興。坐對斜暉未肯歸。　范蠡載西施游五湖留別文種。三千犀甲共驅除。生聚功成廿載餘。大敵已亡臣事盡。美人無恙宦情疎。吳宮麋鹿添新恨。越國山川壯昔居。從此不須懷舊事。五湖煙水近何如。　畫檣一聲欸乃過前汀。柔櫓輕搖送畫舲。紅入落花粘片片。綠隨芳草映星星。幾時船到鴛鴦

浦。半壁山開翡翠屏。三十六溪春漲曉。耐人相看耐人聽。

予舊譔陳節母俞孺人傳。臚列實事。尚無支辭蔓筆。因錄存之。同邑陳某等。乞端履為其曾祖立人公。及曾祖母俞孺人作合傳。以垂家乘。蓋距立人公之歿幾百年矣。雖其子若孫無有知其聲音笑貌者。俞孺人故節婦也。淑德懿範。具載縣學申牒。尚可考見一二。昔嘉定錢竹汀先生有言曰。孔子傳恒之六五。婦人貞吉。從一而終也。夫子制義。從婦凶也。男帥女。女從男。夫尊妻卑。禮之大經。乃一介之士。束脩自好。名湮沒不章。何可勝算。獨為節婦之夫者。言行無所表見。而史家傳列女。牽連得名。以制義之夫子。特賴從一之婦以傳。此又理之變也。端履嘗服膺斯語。敬依其例。為俞孺人作節母傳。而附見立人公生平梗概焉。孺人姓俞氏。山陰五章公長女。而蕭山陳公立人之妻也。陳公諱位。以字行。性穎異。弱冠作為文章。咸中程式。以思遠名應童子試。見賞於邑侯某公。歸益肆力於學。遂得喀血疾。未預院試而卒。時孺人年甫二十有一。慟不欲生。絕而復甦者數四。其弟川濼等慰之曰。姊舅姑老矣。叔氏尚幼。姊死誰代姊夫供子職者。孺人乃免進饘粥。煢煢孤獨。下無子女。旁無妯娌。寒暑一樓。晝夜紡績。以奉甘旨。並積十指所餘。為叔廣宗公營婚娶。閱十餘年。廣宗公生子夢川。孺人即嗣為已子。撫之如所生。夢川長。克盡孝道。乾隆五十有三年。以孺人貞行。呈請有司。上其事於朝。得旨旌表如例。諭曰。孺人之姑王太孺人。端履曾祖姑也。孺人胞妹適瞿杏川公。又端履舅祖母也。先君子嘗以母禮事之。故端履幼時。陳瞿諸親長往來者不絕。每憶新歲節屆。燒燈瞿姓。少長咸集。燕飲信宿。相得甚懽。廣宗公率夢川踵至。親串同堂。歎語竟日。老成典型。追溯如昨。而數十年凋零殆盡。音問契濶。彼此子姓相見。均不相識。幾不知先世之為姻婭也者。良可慨已。陳氏舊譜載立人公生雍正三年九月十五日。卒乾隆三年九月十二日。案乾隆三年。歲在戊午。距雍正三年。歲在乙巳。是公卒時年止十四齡。恐未可以娶妻。又載孺人生雍正五年正月二十六日。卒乾隆四十五年正月十五日。案雍正五年。歲次丁未。下距乾隆戊午。僅十二年。尤非理之所有。據山陰俞檢討洪所撰家傳。言公卒時。孺人年二十一。推之當是乾隆十二年丁卯歲。疑莫能定。故不敢敘之傳中。某等其詳稽祠堂栗主函中所載。據實訂正。無仍舊譜之誤可也。

姚槃山東之連山廳志物產門載龍鬚草。生峭壁上。取之甚難。莖長四五尺。以水浸之。去其毛纖為席。唐令文安定彭原汧陽中部洛交天水諸郡。俱貢龍鬚席。多者無

過十領。其寶貴也遠矣。連人不善織。售草與楚人織之。席佳者直錢四緡。槃山為伯昂師親弟。道光壬午進士。現官貴州大定府知府。

爾雅釋草。須葑蓯。郭注未詳。邵晉涵正義據太平御覽引爾雅舊注云。江東呼蕪菁為菘。菘須聲相近。是即須蕪菁。一名蔓菁也。端履案舊注是也。葑蓯即菘之合音。短言之則曰菘。長言之則曰葑蓯。然與蔓菁截然二種。蔓菁吾鄉謂之諸葛菜。四月開紫花。菘吾鄉謂之油菜。三月開黃花。不得混而為一。又按吾鄉白菜種於八月。至次年三月而花。古人云。秋末晚菘。是白菜亦得名菘矣。然總不得與蔓菁合為一種。

對扯物裂曰斯。說文解斯為析。爾雅釋斯為離。故詩斧以斯之。即析薪之義。而史稱廝養即斯役。易旅象初六。斯其所取災。王輔嗣注。為斯賤之役。蓋廝亦以斯為名。謂其能析薪為竈下養也。

爾雅釋草。蔚牡菣。郭注無子者。邵晉涵正義云。小雅蓼莪云。匪莪伊蔚。疏引舍人云。蔚一名牡菣。陸璣云。牡蒿也。三月始生。七月華。華似胡麻華而紫赤。八月為角。角似小豆。銳而長。一名馬新蒿也。案馬新。廣雅作馬先。即因塵也。因塵今謂之茵陳。亦蒿之類。然與牡菣有別。陸氏合為一物。殆考之不審也。端履案釋草上云蒿菣。是蒿一

名蔬此云牡蔬所以別於蒿之蔬而言也今俗名薺頭蒿秋開黃花子微細不可見故景純以為無子耳

道光戊子端履兄弟析爨時余將與業給弟端家作為己業周太宜人曰讓肥受瘠固是美舉但汝何以為生端履曰某年邁五旬精神不能周到且影開有違禁令耳太宜人曰雖然將來須添設一業以慰我心端履敬受命但此願未知何日償也

重論文齋筆錄卷二終

重論文齋筆錄卷三

清 蕭山王端履輯

道光己亥伏先纖妣周太宜人患癱瘓疾端履侍夜四鼓起視湯藥一日行至廳後覺寒氣一縷由足心直注小腹即蹲伏不能行先慈大故後遂昏迷不省人事明年二月始能杖而後起而家樺穀弟端家又去世矣撫景傷懷情殊悵惘適坐閒懸蘆雁一幅因題其幀首曰惆悵錫原痛弟亡何時風雨再連牀江頭轉瞬蘆花白忍向雲中看雁行垂死病中驚骨肉少陵詩句最關情傷心五十年前事重仰遺容悵紫荊乾隆丙午庚戌先祖考𢂰公及先叔祖考世揆公相繼謝世先君𢂰亭師館錫原風雨小影朝夕供奉屋外紫荊數株蓋嚴養堂大兵所布也無情燕子閣春巢根觸奉懷百感餘悲句而今須改定棣棠不種種梅花家茶南弟署題其十里梅花一幢半堂

端履年十五時戲作湘湖竹枝詞上下平韻三十首先君見之頗心喜為題一絕於國余應以四絕中有他升餘送建林約不種梅花栽桃家句其上云錦纜牙檣工部句荷花桂子屯田詞誰知見慣湘湖景也譜商聲唱竹枝幼時吟咏稿久無存偶然記憶一二不忍棄去錄之於後越王城上白雲飛越王城下雨淒淒一棹跨湖橋外泊綠楊雨岸鷓鴣啼十里烟波兩劃開我南君北共徘徊白蘋洲外逢僧話知自楊岐寺裏來蘭亭先生摩岷山寺題壁有望到白蘋洲外路買魚船載一僧歸余幼時尚及見之今已無存矣檢笠芒鞋小暑初梅風如剪碎菰蒲少年邀與楊梅去行過頭湖到二湖湖鏡如揩淺碧虛一枝柔櫓蕩芙蕖竹篙輕傍漁舟插要買新鮮杜父魚杜父到處有之出湘湖者尤佳湖心三月水鱗鱗湖面花開盡白蘋採得純絲全不滑秘傳煮法要瞞人蒓菜雖生蘋藻間不可辨認惟土人能識之春時採摘以沸湯方能柔滑其法秘不傳人雲影空濛露一斑峯頭妝束翠如鬟到來湫口須拖蠶且看隆興寺後山修竹根從石罅穿綠陰窰畫鎖寒烟掘來貓筍論斤賣脆美蒸湯味最鮮東湖深處即山家山骨玲瓏一徑斜竹筵插腰垂似帶滿山兒女採新茶春水初生緊短篷錦鱗發發藻叢叢蒓鱸何預秋風事試約張翰到浙東余原句云蒓鱸美不減吳中張翰何曾到浙東先南陔師云句則佳矣而未諦首聯也翰字季鷹當作平聲入十四寒韻此用遣韻之翰而翰墨之翰為異端履服膺此訓五十年矣回憶函丈叔承事如昨日而音容已渺不可追言之心惻不癡騃稚語見笑大方然令今日擲管轉不能如此真率也

先君嘗言作詩須從溫李入手方能工細而免粗豪故端履少作皆緣情綺麗然恐見譏大雅未嘗存稿也偶檢敝簏尚有四律追憶往事頗寓寄託不忍付諸焚如附錄於此太息年華似水流重門落葉易驚秋臨風每被輕寒襲看月都因小病休團扇情懷悶蛺蝶麻衣身世託蜉蝣自憐不及西飛燕得伏春光入翠樓只隔形骸不

隔思黃昏人静畫簾垂生怕小字名桃葉故怕新泥濺藕絲水漆文魚偏宛宛香熏睡鴨故遲遲一樽醉後添惆悵辜負柔橫月落時闌干十二静無塵只有游絲罥落茵春夢攪人多不醒風懷似爾竟難伸鸎梭織柳成金縷燕翦叉魚得細鱗九十匆匆花事了酴醾潑倒間前因陳狂深悔少年場作事原應忌角張詞調漫填青玉案堂名翻誤鬱金香不禁憔悴同河獅況復光陰過海棠綺業而今歸解脫白魚紅豆兩相忘

海鹽海中小魚也曝乾大僅如米粒甬東人目為珍味蓋其致遠意頗矜貴然食之不過較勝蝦米一籌慈谿姜西溟太史咏琴魚而兼及之云儂家本住扶桑東扶寸的皪連枚筒海鹽之味將無同勿詡鄉物輕比儗為公多致為佳耳他日徵公海鹽詩似言此心已馳彼未免徵人以所不知耳亦如吾邑楊梅味誇獨絕士大夫多以未經嘗試為憾然酸甜相雜見慣甚覺平平未能動人食指也又如張翰純鱸相傳韻事純固佳品至鱸魚味極薄者何至有秋風之興近有松江人以醉鱸見貽者啟之乃杜父魚也魚皆二腮惟杜父魚四腮耳食者流傳聞不實遂謂鱸皆二腮惟出松江者四腮是誤認杜父魚為鱸魚可發一噱（杜父魚最醉嫩然只宜蒸食糟之便失真味至純菜春時嫩芽極為甘滑生熟俱可食至秋斯芽重饋上人無食之者始轉販吳郡摹誇異味耳）

東論文齋筆錄　卷三　二

明湯紹恩為吾郡守於三江口建閘二十八座（名應宿閘）以時蓄洩旱潦有備歿後郡人於閘旁建祠春秋祭之其祠聯云鑿山振河海千年遺跡在三江纘禹之緒鍊石補星辰兩月成功當萬歷于湯有光徐天池（渭）筆最為警切（萬歷云者猶言萬年云爾非神宗年號也後果應其言）

蔡陸士秀才（名衡）貽予同邑任硯鄰鯤使（同任）詩稿卷首列予題語不屑模山範水而纏綿悱惻字字從至性至情中流出邇之可以事父遠之可以事君吾於硯鄰詩見之矣云云當時草率應酬久不復關懷詎意不棄葑菲並登梨棗因重讀其詩一過五言如蟹斷棹聲急漁磯燈影涼山登飛雲石池通夢筆泉一寒猶范叔多病似維摩愁多詩意澀歲暮客情深七言如天涯晤對梅為主客裏相親燕亦賓雌心似墨磨常短鄉思如麻績愈長情類蛛絲多結網事如鴻爪暫留痕燈却有情能送影髮緣多恨易成絲皆佳句也

子勝其父名曰跨竈不知所解或云馬前蹄之上有兩空處名曰竈門凡善走之馬前蹄之痕即地則後蹄之痕反在前蹄之先故軍中謂之跨過竈門夫後過於前以擬子過其父似為較切

余家舊藏小字本說苑驗其紙色疑係元代印本惜作偽者割去刊刻年月致無從辨認耳或云凡宋刻書每行字數如其行數是本每頁二十六行行二十四字則非宋刻可知然古香馥郁亦可寶愛矣

池北偶談載吳江金文通公（之俊）生時母夫人夢神告曰與汝子龍睛將來位極人臣公大拜後蕭山瞽者陳生善相人試令相之曰乞兒相也衆駭笑已而至月大驚曰此龍睛也當貴極人臣衆乃服（端履案）陳生不知是何族人（吾邑陳姓凡十餘族俱不聯宗）徧詢故老無有知者

阮芸臺師巡撫吾浙時建詁經精舍於孤山之麓選士之好古力學者萃處其中相與講明雅訓兼治詩古文辭刻有詁經精舍文集並錄其詠物數首以見嘗鼎之一臠云　牡丹洛陽金粉冠皇州品是瑶臺月下留七寶裝來難著手百花初見總低頭香圍銀鑰煙初重紅壓珠簾露未收記得宣和闌畫裏玉貓相倚照珊鉤（胡縉）映葉輕盈燦更肥驚殘蝶夢認枝飛玉顏易肖千金賦仙骨容披一品衣名重豈緣栽處少價高方悟見來稀九天雨露恩原厚不用園林翠幙圍（周聯奎）綠陰萬綠排雲擁眼

東論文齋筆錄　卷三　三

前濃陰如水更如煙林塘黯黯連三月門巷愔愔又一年芳草有情還自秀落花無主倩誰憐攜尊邀莫鈎簾賞不放斜陽到酒邊（孫同元）滿林幽翠滴巖廊小憩還憐綠野堂暮景早從千嶂合午陰多占一分涼閑蛾舊市闌桑前晚雨秋魂到石牀籬落無人清晝永茭雞獨自下迴塘（張鑑）諫果錫爾嘉名諫義長雙尖觸處露鋒鋩回甘始覺中邊徹微澀須教次第嘗臣直原來多苦口儒酸留得沃剛腸要知藥石真同味賸有青青一段香（江藩）茗花碧乳輕陰白玉泉此花開向小春前碾成飛雪偏宜月占斷秋風欲化煙小朵盡教青鳳啄細香消受素蘿煎何須肝膈清涼甚沾爾餘芳便醉眠（[illegible]）廷來訪秋光過幔亭采茶人去戶常扃滿林香氣清於水一路繁花碎似星誰惜佳人在空谷剩憐高會待山靈冥冥吾欲呼桑苧合為名花再譜經（[illegible]）夕陽林梢渲染有無閒髻鬟鳥衣巷口還初地鶯花三月樹故宮金粉六朝山碧雲作意遲來友暝色催愁上別顏記得紅衫高骨馬九嵕寒影上潼關（[illegible]）一痕那比月輪圓斷續光浮接暮天雨後樓臺明界畫花邊雲水共澄鮮偶依古驛桑垂柳漸逐行人去去鞍殘笛數聲何處起僊教催上紫微顛（周聯奎）聽蟬蕭蕭池館有餘清送到秋風第一聲野屋隔林嘶雨重遠山森木叫雲輕來禽帖好看雙翼爾雅經

繡梭八名。高拓吟窗聽未厭夕陽無際暮陰平。僎丁子　柳暗槐深六月秋刁騷何處蹋紈拙。覺來吳苑三更夢。訴盡蘇宮萬古愁。煙暝雀窺涼露葉。風踈人倚夕陽樓。蕭條便有江湖思。繞屋清陰似水流。李古湛　落葉。飛來點點下秋空。絕似寒烏西復東。小閣作添山月白。隔林全露寺門紅。年光往再悲流水。客路飄零感短蓬。最是馬蹄閒踏處。蕭條古戍夕陽中。朱王蹤砧聲斷隔天涯。丹鳳城南第幾家。夜靜玉階驚睡鶴。曉寒金井怨啼鴉。刻成莫笑三年楮。飄去猶隨八月查。海上扶桑日邊杏。春風依舊爛紅霞。陳文述　方鏡。正色寒芒百鍊精。寫形端合號方明。淬來玉水宜旋折。安上蓮臺類削成。地表齊開天皎皎。庭中影滿月庚庚。緣知丈室澄觀處。合矩原從我相呈。陶定山　一盃寒水淨無埃。生面從今為別開。未許磨將圭角去。似曾照過璧人來。神光半吐先蟾魄。皓魄微棱自縊胎。認取飛仙眸炯炯。始知明鏡本非臺。劉敬

嘉慶辛酉壬戌間。先君主杭州紫陽書院講席。阮芸臺師時屏騶從過訪。因出詁經精舍課卷。囑為點定。故先君亦有擬作。　夕陽。落照銜山半欲遮。錯疑初旭上窗紗。樓頭塔影明雙寺。屋角桑陰帶幾家。野草烏衣飛舊燕。寒煙紅樹點歸鴉。夕陽惟有江南好。只聽鐘聲不聽笳。駒隙匆匆過若何。餘暉猶自戀巖阿。桑榆事業懸垂異。遲

暮心情懶飲河。牛背影斜流水繞。馬蹄聲急亂山多。長繩一樣留難繫。不負分陰是嘯歌。　落葉。陰樾曾依綠滿叢。停車猶愛晚林紅。砧敲秦塞三更月。帆冷吳江一夜風。未肯借枝因擇地。幾曾附木自飛空。歲寒留得貞柯在。好養根荄待化工。柏翠松蒼健自如。紛紛餘子付刊除。塵根解脫還真樸。眼界寬閒想太虛。谷口人歸雲卧後。山頭獵罷雁來初。論功大樹封侯事。且埽空庭伴校書。惟綠陰詩四首成時。先君頗自愜心。後嫌於陰字尚未體會微至。因改題曰新綠。

同年嘉興沈西雝。清瑞原名國根寄書索所刻周易鄭注。余以二部贈之。並答函云。周易鄭注經丁小山臧在東張皋聞諸先生訂定。精審不苟。陳君扶雅曾寫副本見示。舍親陳春嘯為校定。刊入湖海樓叢書中。甫經蔵事。而舍親下世。僅得刷印數部。內有數條。尚需斟酌。亦未及補改。如小畜九三。輿說輻。釋文本亦作輹。馬云車下縛也。鄭云伏兔。案說文輹車下縛也。轐車伏兔也。似馬易作輹。而鄭易當作轐。轐疑釋文鄭字下。傳寫脫作轐二字。不得據釋文本亦作輹之文。遂改經輻字為輹。而注云伏兔也。又井九二注。坎為水。上直巽。義不可通。胡刻文選注引作上直魚。案晉書天文志。魚一星在尾後河中。主陰事。知雲雨之期。與坎義相合。知巽字乃魚字之譌。此必須改正者。餘俟簽出續聞。沈嘉慶庚午舉人。現官直隸廣平府知府。

揚州鍾保岐明經懷。有與阮芸臺師論鄉人儺一則云。阮雲臺學使寄贈浙士解經錄。其中有擬作論語鄉人飲酒解一篇。引禮記鄉飲酒義。鄉人士君子尊于房戶之間。鄭康成注。鄉人。鄉大夫也。為據此鄉人飲酒。即儀禮之三年大比鄉飲酒。立說最精。而於鄉人儺之鄉人。未經疏證。余恐滋無識者之疑。為之申其說曰。鄭康成論語注云。十二月命方相氏索室中。驅疫鬼。即月令季冬之月。命有司大儺。旁磔出土牛。以送寒氣是也。凡儺有三。季春國儺。畢春氣。諸侯以下不得儺。仲秋天子儺。達秋氣。天子以下不得儺。惟季冬儺。貴賤皆得為。故謂之大。周禮序官方相氏。只曰狂夫四人。不名其職。要亦胥徒之屬。其曰命有司者。大儺通於天下。必有董其事者。卿大夫之職。各掌其鄉之政教禁令。此儺亦其一事。如今時出土牛。各郡太守必盛儀從以隨其後。謂之押春。可見特古禮以大儺出土牛為一令。今禮以出土牛迎春於東郊為一令。微有不同。郊特牲字。或從禓。文異義同。謂之存室神者。方相氏索室敺疫。比戶為之。至孔子家。則孔子行朝服立阼階之禮。故謂之存室神。皇侃疏以儺為季春之儺。失之。孔融注謂恐驚先祖。與郊特牲合。

炳展案。吾邑俗例。立春日令乞兒數十輩著伶人衣。導土牛而行。名曰春官。想即古之所謂儺也。易儺而為春官。易黃金四目而扮演故事。可謂失其義而陳其數矣。

吾浙某科鄉試詩。以月點波心一顆珠為題。予彼時有擬作一首。藏之篋中。已不復記憶。己亥春日。偶檢得之。不忍棄置。錄之於後。波淨中心徹。秋宵月滿湖。四圍凝曉鏡。一顆浸明珠。雲共消銀漢。冰同映玉壺。清澄天上下。圓折水縈紆。驪頷探難得。蟾光近卻無。蚊潛翻皎潔。兔顧轉模糊。七寶涵章動。千潭悟萬殊。景星昭聖壽。瑞靄溢皇都。

吾邑朱君國珮之孝行。夫人而知之矣。其七十壽辰。子孫欲捧觴稱慶。君固止之曰。若能得王某一言。飾諸屏幛。勝於祝嘏之辭。不已多乎。余感其意。為撰朱孝子書事曰。孝子姓朱氏。名璉。字國珮。蕭山桃源鄉人。少孤。善事母。母奉佛謹。有族子為僧普陀。說母附舟渡海禮大士。母欣然往。孝子病不能從。日夜念母。嘔心血。困卧。聞有言颶風覆舟者。驚起。隻身走四百里至渡海處。從逆旅主人得母所附舟主名。及覆溺日月。搏膺呼曰。吾母死。吾何用生矣。踊無數。將自沈於海。初孝子扶病出門。家人慮

力不任遣鄰某尾之及奮身欲投尾者適至自後力持告以相從死無益不若求母屍歸葬孝子然其言顧天水極望不可蹤跡焚鏹楮禱於神痛哭號籲沿海尋覓似目瞿或累日不食至蟹浦蚘絞疾大作踣地幾絕有嫗飲以漿少定問其故歎息曰孝哉吾居海濱久矣歲獲舟千百未聞有獲屍者若母之溺距岸不可里計屍能逆流上耶雖然幸遇我若歸詢若母衣履以來吾子業漁於海當為若物色之冀萬一得孝子稽顙謝趣歸詢母服履具識之將往倦而假寐夢至一所風日慘淡不類人世彷彿見母言吾已抵岸收我勿遲也驚寤即行未抵蟹浦里許有榜書草亭言海中獲屍狀所著履綉雙鸞孝子曰非吾母履耶審揭者姓名詣其家主人出即嫗也視而愕曰孝哉吾始憐若垂斃姑紿若歸耳若去三日吾子方漁有屍隨潮入沙尾不復下吾易衣履而棺之藏所易以俟求者信若母耶出示之符所識而多一半臂衣孝子疑母平日不衣半臂又歸問之婦婦泣曰姑臨行奉以備蠶櫛不意遂襲之也孝子曰信矣復返偕嫗子至棺所即前禱神地也焚楮迹尚在距母溺一月餘矣啟視面如生孝子憑屍大慟血淚俱竭卒奉歸以葬觀者如堵牆皆為隕涕嘖嘖稱孝子事在乾隆癸巳距今五十有一年孝子年七十矣教子孫力耕為食娖娖畏謹語及其親負罪引愚淚承睫不可止庶幾終身慕者

端履言面如生者此行文修飾之辭耳有屍沈海中而尚能如故者乎孝子言可證有三一綉履一半臂衣也三則吾母有隱疾此實而可據也然其文不雅馴故不具錄錄其所可言者

嘉慶甲子余與仁和周青上(雲墩)同以優行貢入成均青上不久病歿詩文零落今僅得其表忠觀落成詩以誌事百韻錄之悵觀標忠順堂陛又創垂考成宮已落誌事肇能摛青燮輝新緒朱甍陋舊規重來瞻廟貌相與話興衰文泐中郎石銘鐫幼婦詞摛毫真吐鳳潑墨想丸麋鳥篆工飛帛雲書寫陟蕉句應摩禹揭名直耀蘇碑血食知無既神嚴共鑒茲陸開金碧界忽煥冕旒姿俎豆馨香久江淮保障宜封壇裁古柏紀瑞產靈芝地攬明湖秀山圍故國奇壯心歌驥櫪京室慨龍漦五季兵除日羣雄竊據時英雄天眷顧德澤世淪灑斬董軍威震誅劉霸業資臨安看崛起鎮海想數施處處凋戈擾紛紛羽檄馳南閩希霄翰西蜀抗王師秉節江鄉靜安瀾海屋期舞干遙應化執帛竟相隨紀績延來世蜚聲訖遠陲地聯吳越廣星分鼓旗移啟宇全牛對傳家鐵券私潮頭回白馬陌上寄紅姬鳥記羅平滅人遺溯水思虎林棲得地龍阜路分岐十四花封跨三千鏡浪拔事詳青簡載身化白蓮疑勁勇兵難撼柔能眾所推錦衣歌抗隊玉帶度委蛇香暖旃檀護閭崇邸第支危幢環象弭惡浪鎮鵠夷仗劍寒霜颯開樓貸畫犢紙須紅袖振夢醒黑甜遲將吏銜仁惠臣僚頌孝慈階拋銅爵裂事憶粉盤欹函籌尊黃鉞衣冠拜赤墀妙因遺故址誠應奉新祠塼埴憑陶旋鉤繩任爾倕肆酬香火願僉動管絃悲建始辛勤備觀成景物滋莓苔先埽磴瓊玉漫堆瓷既竭登憑力深諳美富基麗江方瀲灩鷲嶺入崖岅晚寺敲茶鼓前村望酒旗鴨頭欽盼乃魚鬣起之而櫟道車才去莎亭鶴正怡雙峯霏杏雨二月采純絲勝境斯為最名區定屬誰夜歸花仗晚春逗錦城熙軌溯東陽蹟空傾北斗卮葯邊來櫝渥樵底覆伊尼丑坐驚封蘚寅階不翦茨蝸牛涎欲上鼯鼠跡頻窺夜月飛神鵲秋風走玉貍奉戲嗟聳享叫廟或聞嘻呵護靈恒庇趨蹌禮自卑宮牆中葉圮修葺使臣司壯麗神威助經營意匠持選材皆杞梓守隊必熊羆爰令鳩功竣甯教拾鐵嬉維增翬瓦爍象豈蜃樓危快拂蟠螭戶欣籠翡翠帷茱萸芬綺幔玳瑁飾文榱雲覆千層構煙過一線曦檐多排雁齒梁或亘虹霓館以琳琅合宮將紫翠累旌旃標大木棨戟豎亭楣輪奐羣誇美雕鎪詎告疲魯邦分雉觀晉室陋虒祁屋角重重隱廊簷曲曲迤金鋪含了鳥銀鑰鎖葳蕤柳綻垂堤線梅開寄隴枝鶼鶼飛格格麀鹿叫呦呦水色涵僧眼山光出黛眉坊前爭繫艇館外共聽鸝祭廟三年祫軒當九達馗賀門來燕雀繞柱掣虹螭瑣闥原非舊庭楹又若斯蒲葵增几席鹵鼎進牲犧刻蛹成先纂望黃復妥尸彝宜題鷲翩罇必佐離弁綉筥供香稻黃封奠海醨四王延駿德萬禩集鴻禧靈秀鍾天目聰明是地祇魚鹽其利獨橘柚厥包惟文采詩書見殷饒戶口知扳輿何日返璧棨幾曾虧丹龍祠官守蒸嘗子姓為實獻原貴龐張軌紀支離納土良謨遠殫忠祀典追黃童皆擷育緇老解拈維脈系雲礽衍椒聊架鏤貽木應懸丙枕香不爇丁皮南國仍輸賁西泠阻建麾殺青光已乘妃白悵詩牌巧愧雕蟲技才慚吐綬辭只緣逢勝舉載頌落成詩

嘉慶己巳今協揆湯敦甫太宰時以編修丁憂里居重九日邀余同汪蘇潭吏部陶安生拔萃作登高之會見有聯句於吳越兩山亭壁者墨跡尚新而其人已不可見矣詩云扶杖難勝老病勞(田)重陽循例又登高西陵雲黯千門靜(江)北幹風高萬木號海國帆檣橫島嶼(梁)江城樓閣湧波濤消除豪氣添詩興(西)點筆仍題此日糕(田)今亭已久圮原蹟不可問矣

又有注田字者復依原韻獨題一律云栽花種竹已嫌勞況復登山百丈高暮齒依人憐白髮壯心籌海挽烏號退看求海雙峯色（謂蜀峽二山）曾聽西陵八月濤莫怪盟飧供草草居然出樹有花糕想是署中幕賓故有依人籌海之語

孟子吾何脩而可以比於先王觀也趙注當何脩治是趙以治釋脩端履案脩與循古字通（易繫辭傳德之脩也釋文脩馬本作循莊子大宗師篇以德為循釋文循本作脩是也）循從也由也（見漢書武帝紀集注爾雅釋詁循從由同訓故併相轉注）吾何脩而可以比於先王觀猶言吾何由而可以比於先王觀也比讀如樂記比于慢矣之比鄭彼注云比猶同也

孟子則之野則字邠卿無注閻百詩若璩引台語則至于豐謂古人有此句法端履案則猶乃也書則至于豐言乃至于豐也孟子則之野言乃之野也月令豺乃祭獸戮禽呂氏春秋季秋紀乃作則是其證此節文義趙注最為迂曲以善士為善搏虎有勇名則是馮婦未嘗改行與上節殆不可復意毫無關合（蓋齊饑之舉孟子雖行之當時必措置失宜有虛名而無實處上下皆歸咎於孟子孟子深悔其事門弟子直知之故咻咻先以不可復止之而不知孟子已決然不復）以望見馮婦為馮婦見虎則馮婦二字當在望見之上趨而迎之攘臂下車文氣貫注義當擇善而從正不必墨守一家也

嘉慶乙亥鄞縣紳士於學宮之西建祠祀錢忠節張忠烈二公而以後之左室祔祀全謝山先生既成先君為之記曰鄞全謝山先生負閎博淹貫之才仕焉而已歉於其鄉論誤前哲成仁取義致命遂志之事以垂不刊而錢忠節張忠烈兩公尤其生平所樂道者也夫兩公丁亡國之餘不大宅天命崎嶇山海至於喪元湛族義不返顧洪惟聖朝寬大褒載同量愍其勁草之心勅諸史傳錫之通諡學者聞兩公之名思考見其行事而諸家紀錄或隱約而不詳或牴牾而失實蓋殺頑迪屢明趨之間復留竭於饋餽骨肉膏於鋒鏑室家毀於剟剔之株逮民人愁痛固已多口噴間矣而且將帥之跋扈士卒之反覆同事者意見之牴牾有覥面握手而不能相告以心者百年以降傳聞異辭宜其日就湮微也先生官史館時得金匱石室之藏證以耆舊聞見於忠節公則有神道第二碑降神記畫像記年譜引莽錄題辭棠祀錄跋於忠烈公則有神道碑銘畫像記合祭文並按時論事鉤稽審覈而文筆足以達之然後兩公生平未白之志昭然光河嶽而揭日星不可謂非張中丞之韓退之段太尉之柳子厚也孟子言學所以明人倫朱子說中庸道其不行曰由不明故不行倫莫大於君臣兩公行之而君臣之倫明於當時先生言其所以行而君臣之倫益明於後世其有功於名教甚大嘉慶二十二年春鄞人士卜地學宮之西建祠祀兩公而以其後之左室舉先生祔食焉法施於民則祀之之義也周官大司樂掌成均之灋凡有道者有德者使教焉死則祭於瞽宗鄭康成曰祭於學宮中也先生於學則南雷戢山之傳也其著述則伯厚東發之儔也其餘事為文章平視攻媿剡源清容所不屑道也古之所謂鄉先生者與宜祀於學又不僅在表章兩公矣

論語允執其中四海困窮天祿永終包注允信也困極也永長也言為政信執其中則能窮極四海天祿所以長終也（大禹謨孔傳以困窮為天民之無告者永終謂天之祿籍長終汝身釋終字與包同是孔包皆以允義釋終士冠禮廣終幅鄭注終充也）王伯申釋詞允猶用也與書允釐百工允迪厥德庶尹允諧允釐鰥寡並當作用字釋允執其中言用執其中也端履案用作虛詞釋亦可作實義解中庸言舜執其兩端用其中於民彼執是兩端此執是中義雖少異但用中於民與用執其中用字似無二義允執其中猶言執其中而用之或疑此三句文氣不相貫注不知允執其中乃勸勉之辭四海困窮天祿永終乃頌禱之辭終者盡也（見釋名釋喪制）竟也（見孟子趙注）此天祿永終皇侃義疏云終猶卒竟也言必至海極盡而天祿方竟史記高祖功臣表年表載封爵之誓曰使河如帶泰山如厲國以永寧實本此意正言之猶云億萬年有道之長也此堯禪位之文當時自有一定之體式故舜禪位時亦以此命禹也

候選主簿樸生曹君像贊　嗚呼此吾友曹君樸生之遺像也君性和易無疾言遽色家庭雍睦不聞有詬誶聲簿籍出納未嘗刻意鉤稽衣服飲食不擇精粗溫飽而止楹軒剝落任其頹廢几案凝塵不加拂拭或有請其疏略者君一笑應之終不隨世俗為轉移然家事不嚴而辦臧獲無所侵盜歲會率有羨餘人又咸以為異蓋君神明內湛燭照數計物無遁情猝然指摘悉中窾要是以不敢毫髮欺也君生長邑南鄉七都距城六十餘里其地萬山叢立親友罕款其門年二十餘始隨父南畦公遷居城市故與余交稍晚余指數四十以後總角舊交如陶安生拔萃汪蘇潭吏部何閒材太常潘德安明經魯東山光祿魯春雨學博輩凋零殆盡見君相得歡甚嗣後昕夕過從靡間寒暑二十年如一日邑有善舉必偕君董其役君黽勉奉公不辭勞瘁事蕆而功不居富道無有知君名者亦可見君之狷介已君體素强無疾偶染微痾況困牀蓐者五十餘日侵尋委頓遂致不起余謂君病若遇良醫可以無死而世無和緩不能識膏肓而起廢疾嗚呼其命矣夫君生於乾隆庚子年四月初五日

卒於道光丁酉年七月初二日。春秋五十有八。贊曰。恥為鄉愿兮。而學柳下惠之和。塵海紛華而汩沒兮。君不肯沿流而隨波。若竹箭之有筠兮。貫四時而不易葉改柯。喜友直諒與多聞兮。以文章道誼相切磋。余性落落而寡合兮。生平同方與同術者無多。見君言必信而行必果兮。謂久要不忘者非君而何。忽歲月之徂謝兮。吾不能為君揮魯陽之戈。感生死之異路兮。撫遺容而老淚滂沱。

余偶購得玉臺新詠。中有詩箋。乃擬古四章。不著姓名。似膠漆之交。後至隙末。然婉而多風。可謂怨悱而不亂矣。其詩曰。投我以書。報之以畫。畫中有詩。其人宛在。投我以錦。報之以羅。羅輕錦重。傷如之何。投我以桃。報之以李。同坐春風。竟成彼此。投我以玉。報之以金。相期水好。無有遐心。

孟子言決汝漢。排淮泗。而注之江。與禹貢水道多不合。因作論而解之曰。據戰國之水道。不可以釋禹貢。據水經之水道。不可以釋孟子。禹時淮泗斷不注江。故揚州貢道沿于江海。達於淮泗。孔傳沿江入海。自海入淮。自淮入泗。說本精確。後儒概以為僞而斥之。又求淮泗注江之蹟而不可得。則以水經注泄水之濡須口施水之施口當之。夫濡須口為泄水注淠(淠即沘)之處。原未嘗與江通。況經明言泄水與沘水合。西

北入于淮。注以泄水上承沘水。北仍注沘。故總之曰亂流同歸。是經注釋泄水經流甚詳。又無支流可以附會。若謂肥合於淮。肥分為施。施注巢湖。湖水入江。今以水經論之。經于施水明云從廣陽鄉與肥水別。東南入于湖。則施水本與肥水別流。不能相合。惟注言施水受肥於廣陽鄉。似施水從肥水分支。經注已自相違異。今欲據以釋孟子。不得不舍經就注。以証成其說。而經與注之孰是孰非。又不暇顧矣。且禹時貢道。果可由江入湖。由湖入施。由施達肥。由肥達淮。則禹貢但云沿于江達于淮泗可矣。何必錯出一海字乎。竊疑孟子言決汝漢者。決汝入淮。決漢入江。汝與漢施功皆用決。故總而言之。注之江。專指漢言。不指汝言。蓋江淮皆發源注海。爾雅之文甚明。汝本入淮。漢本入江。自故道就湮。故橫出而為患。決汝入淮則汝治。決漢入江則漢治。然江自受漢以後。江之勢益大。淮自受汝而後。淮之勢亦大。至於下游。淮泗與江彼此泛濫。互相貫注。而莫可分別。故必排淮泗。不使之注江。而後江與淮泗各得安流而入於海。趙邠卿所以訓排為壅也。蓋孟子本當云排淮泗。決漢而注之江。因與汝並言決。不得不先敘汝漢。而後及淮泗。古文每有此文法。說者又據班志安豐禹貢大別在西南。鄭康成謂大別在廬江安豐縣(見尚書正義。故城在今安徽霍邱縣西南)。謂古時漢水直至安豐。故可決汝入淮。決淮入漢。信是則孟子當云決汝淮而注之漢矣。況禹貢導漢。明言過三澨。至於大別。南入於江。東滙澤為彭蠡。則漢水入江。尚在彭蠡之西。安得復至安豐界也。且古今山水。容有同名。必執安豐之大別。以當禹貢之大別。則穿鑿而不可通矣。(胡渭云大別不知何處。此說最為得解。)

武昌張松生(邦棣)與余同舉嘉慶甲戌科進士。由新昌令移劇蕭山。暇日出其政績圖屬題。余應以二律云。剡源水漲綠波平。天姥峰高翠黛橫。九曲溪山縈別緒。百錢父老送行程。披圖恍聽神明頌。握手尤欣臭味情。話到師門真不愧(甲戌會試俱余同出桐城姚伯昂師門下)。甘棠桃李滿春城。江鄉迎得使君來。湖上西陵日雨迴。要築金隄資砥柱(湖嘗西陵鎮時改建條塊石塘尚未竣事)。更調玉燭上春臺。風濤過歲魚噴浪(甲申歲杉風漲南鄉土塘流散參苗有被淹者)。雨雪兼旬雁告哀。民困蘇時公報最。農桑溝洫倚長才。

論語如其仁。如其仁。而其仁字。應上未仁而言。仁字是全章問答主腦。而如字頗不得其解。孔傳曰。誰如管仲之仁。朱子因之。謂誰如其仁者。於如字上加一誰字。便是增益聖語矣。竊謂如當訓乃。未敢自信。及讀王伯申尚書釋詞。渙然冰釋。可謂先得我心之所同然。(王尚書曰。如其仁。如其仁。言管仲不用兵力。而天下安。乃其仁。乃其仁也。又詩采菽如震如怒。大戴禮少閒篇臣之言未盡。請盡臣之

言。如財之王。皆釋如為乃。竊案君如財之之如。不若訓為則。義更明顯。如猶則也。)釋詞於論語多有異訓。今去其常語而錄其別釋於左。論語君子食無求飽。居無求安。(無不也)漢書谷永傳。君子食不求飽。為政篇季康子問使民敬忠以勸。(以一作而)是亦為政。奚其為為政。(其猶乃也)與乃同意。里仁篇一則以喜。一則以懼。(一猶或也)惡不仁者其為仁矣。(矣猶也也)矣也一聲之轉。故矣可訓為也。也亦可訓為矣。公冶長篇。君子哉若人。(若猶此也)謂此人也。於予與何誅。於予與改是。(與猶也也)猶言於予也何誅。於予也改是也。雍也篇。今也則亡。(也猶者也。子罕篇今也純儉之也字。今也或是之亡也並同)斯人也。而有斯疾也。(也猶乎也。然則井有人焉其從之也並同)山川其舍諸。(諸之乎也)不有祝鮀之佞。而有宋朝之美。(而猶與也)言有祝鮀之佞與有宋朝之美也。女得人焉耳乎。(耳猶矣也)言汝得人矣乎。泰伯篇。吾無間然矣。(然猶焉也。先進篇若由也不得其死然並同)子罕篇。偏其反而。(而漢書杜鄴傳注曰。而者。句絕之詞。微子篇已而已而同)鄉黨篇。便便言。唯謹爾。(爾猶而已也)色斯舉矣。(斯猶然也)公羊哀六年傳。諸大夫見之。皆色然而駭。何休注。色然。驚駭貌。先進篇。人不間於其父母昆弟之言。(不無也)言人無有非其父母昆弟之言也。方六七十如五六十。(如猶與也及也)微子篇。而誰以易之。(以與也)言誰與易之也。子張篇。無以為也。(為語助也)言無用毀也。皇侃義疏。使無以為訾毀。邢昺正義曰。無用為此訾毀。皆誤解為

字。〔頫謂猶何以又與子路篇率爾以為字以為何以為此用是語助〕堯曰篇允執其中。〔允信也〕言用執其中也。猶之與人也。〔猶猶與均也〕猶之與人均之與人也。物相若則均。故猶有均義。

衛藏圖識凡圖考二卷。識畧二卷。蠻語一卷。馬少雲〔揭〕盛梅溪〔纘祖〕同輯。前有曾華祝序。所記道里程站最為詳悉。此藏者必不可少之書也。因與西域聞見錄合為一函藏之。

圖識言西藏之地有四。一曰衛。一曰藏。一曰喀木。一曰阿里。轄六十餘城。拉撒居諸藏之中。又名中藏。至京萬有二千餘里。後藏在前藏之南。至京萬有三千餘里。喀木在衛藏之東。至京九千餘里。阿里在衛藏極西。至京萬有四千餘里。

又言西藏燈具狀如弓鞋。俗傳為唐公主履。其炊爨具狀如幞頭。亦傳為唐尉遲敬德冠。番人仿而製之也。

又言西藏以賽蘭香供佛。佛經名伊蘭花。花小如金粟。特馥烈。藏髮髻間可聞十步。經月不散。後漢書所謂伊蒲之饌也。

又言西藏不產竹。其識字頭人番民所用竹簽。倍極珍惜。有自內地攜竹器至藏者。輒不惜多方購致。

近得張沅白桃花立軸。秀麗絕倫。一時題詠者四人。爲備錄之。十丈紅塵飛紫陌。掩關閒煞踏青屐。梨花勻面柳伸腰。客裏春光總狼藉。忽開素豔倚東風。叢叢深鎖梵王宮。漢碧深紅千樹嬌。得此一枝都辟易。檀窩破笑蕊初圓。玉靨含羞苞半拆。錯疑扁舟入武陵。恍見仙姝下姑射。平生好花如好色。不過傾城雙眼白。天姿淨洗粉和朱。佳名應賜秦與虢。想見世尊微笑時。月籠雲遶爭愛惜。縱有芳情引蝶蜂。可無好事護鈴索。見唾塵俗為態幽。未遣攀折緣地僻。人生榮落似此花。彈指韶光屬陳迹。當歌不飲更何為。鏡中兩鬢霜華迫。列炬燒紅照晚妝。重來莫待花狼籍。〔陸晦〕此地宜空色。濃花亦澹來。碧鄰天上種。紅誤禁中催。燕子初相識。鸚哥莫浪猜。鶴衣緋未著。鄂被錦難堆。烏臘窺何處。胡麻嗽不迴。雪迷洛陽道。霞幻武林隈。仙骨金丹換。塵心玉魄摧。舞園居士座。獻上世尊臺。元觀悲陳迹。嫣山悟別栽。憎塗雲母粉。肯浣夜明苔。鈿盒眉從婦。精盤手自揉。妝除釵孔雀。曲罷柱玫瑰。小墜虧深注。單羅避遠埃。吳孃顰昔昔。卓女雪皚皚。嚼盡朱霞氣。燒完劫火財。銷魂長黯黯。映石獨嵬嵬。影不勾流水。華仍吐蟄雷。對宜冰鏤箄。酬只玉交盃。憶昔叢華夢。當春匝匼開。温馨困日醉。瀬困仗風培。上苑千重綺。芳林一樹繞。別時韓愈李。折處貴妃梅。鄴下遊場簇。遙

囂書譜該公子顏點染。夫也呪蓮回。忽為胭脂死。深防露雨垓。唾壺猶有淚。縈睫儀成氏不意光明地。偏於麗冶魁。妾紈裁作素。郎玉小宜顏。自笑非爭媚。無言更息懷。馬驚霜練匹。鶴異翠禽胎。片紙和烟浣。輕歌入夜催。覓裳聲益擅。郢客調同哀。會解東皇鬘。能持鬱壘災。肯猶傾霧鬢。醋可貯雲罍。天意憐殊絕。吾徒悔豔才。高人中蕑勞。羽客袷褶緦。露井猶輸此。波斯足駭哉。莫隨柳絮亂。錯認杏花媒。頃刻冰肌理。多生慧眼恢。紛紛好容澤。留與稚嬰孩。〔胡紹〕閒愁花意遲。他鄉春思晚。皮柳馬嘶欲。供草僧飯鼠。虛白何時生。空色此中宵。漢廷留別種。漁郎問津窮。深紅苦爛漫。重碧困繳繞。素面與天看。芳心竟誰挑。冷著霓裳單。靜嫌玉佩搔。盡情出輕薄。一意入幽渺。和雪蹟無痕。倚風笑漸杳。宜殿寒梅壓。似拉穠李嬲。物理重孤清。人情矜絕少。浸酒玻璃空。簪髻燕釵嫋。月上半有無。燭照顛明了。疑下姑射仙。愛此佼人嫽。情知前度迷。怨結五更嬾。別裁浣花箋。詩成到白曉。〔惲東〕乘閒選勝梵王宮。冷絕幽香愛此叢。吹入武林疑是雪。映來人面不俱紅。留將素質塵埃裏。占得濃春淡蕩中。庭院蕭條苔徑靜。無言未肯嫁東風。雪樣精神柳樣腰。天然真色顯清標。枝輕也欲迎風舞。極遲慈見睍消。淡掃雙蛾嫌膩粉。不盈一握試單綃。往來多少看花客。肯信春風第

一橋。〔陳鍾恒鼎恒之弟〕

論語放鄭聲。穀梁宣元年傳。放猶屏也。白虎通。孔子曰。鄭聲淫何。鄭國土地人民山居谷浴。男女錯雜。為鄭聲以相悅懌。故邪僻聲皆淫色之聲也。漢書地理志。土陿而險。山居谷汲。男女亟會聚。故其俗淫。鄭詩曰。出其東門。有女如雲。又曰。溱與洧方灌灌兮。士與女方秉蕑兮。洵訏且樂。惟士與女。伊其相謔。此其風也。是漢志引詩以証鄭聲之淫。非謂鄭詩淫也。樂記正義引五經異義命論說。鄭國之為俗。有溱洧之水。男女聚會。謳歌相感。故云鄭聲淫。左傳說煩手淫聲。謂之鄭聲者。言煩手躑躅之聲使淫過矣。許君謹案。鄭詩二十一篇。說婦人者十九矣。故鄭聲淫也。是許君亦引詩以證聲之淫。其實鄭詩皆譏刺時事。而託言男女。故孔子列之於風。與鄭聲之淫無與也。周禮大司樂。禁其淫聲慢聲。鄭注。淫聲。鄭衛之音也。

又遠佞人。佞人殆。廣雅釋詁。遠。疏也。大學亦曰。殆哉。鄭注。殆。危也。佞人不可親近者。以其人可危也。春秋莊十七年。齊人執鄭詹。穀梁傳。鄭詹。鄭之佞人也。秋。鄭詹〔公羊作瞻〕自齊逃來。公羊傳。何以書。書甚佞也。曰佞人來矣。佞人來矣。何休解詁。蓋痛魯知而受之。行其計策。以取齊淫女。丹楹刻桷。卒為後敗也。此是佞人殆之證。說文。佞。巧讇

高材也。佞人所以當遠而不可放者。古者事鬼神。非用佞不可。故祝史之任。惟佞人能勝之。金縢予仁若考。能多材多藝。能事鬼神。（仁即佞。詳見後。）是周公以佞自居矣。故孔子言祝鮀之佞。又曰祝鮀治宗廟。故佞人不能竟廢。特疏遠之而已。白虎通曰。佞人當誅。何為其亂善行。傾覆國政。韓詩內傳曰。孔子為魯司寇。先誅少正卯。謂佞道已行。亂國政也。佞道未行章明遠之而已。

阮相國師曰。佞字不見虞夏書。商周之間始有仁佞二字。佞從仁。更在仁字之後。故佞與仁相近。或言雍也仁而不佞。可見仁佞尚欲相兼。夫子言不知其仁。（端履案。不知其仁。言不知佞者之仁。故邢疏言佞人與載人所惱惡。不知有其仁德之人。朱子言不知仲弓之仁。恐非。）始言佞異於仁。說文佞巧讇高材也。巧是一義。材又一義。柔讇又一義。給口給又一義。屬文時。當用何義。則可以何義釋之。（端履案。）巧讇與高材對文。巧讇即巧言。亦即口給也。不得分巧為一義。讇為一義。口給又為一義。（讇者有巧與不巧。猶材有高與不高。惟巧讇而又高材。乃始為佞。如以巧為一義。則高材當又為一義矣。）金縢予仁若考。仁即佞也。太史公周本紀作旦巧。以巧代仁。巧即巧讇也。長言之曰巧讇。短言之曰巧。諂即讇之省文。

重論文齋筆錄卷三終

重論文齋筆錄卷四

清　蕭山王端履撰

乾隆辛丑（端履）年甫六齡。先君延族父南陔師教讀。至庚戌歲。師以選拔入都。始解館去。後師成癸丑進士。歷仕閩中。至嘉慶丁丑。罷職旋里。又隨侍函丈者有年。以故知師最悉者。莫如（端履）。於其葬也。竊出之石。不敢以不文辭也。爰為之志曰。道光乙未秋八月。先師原任兵部侍郎。兼都察院右副都御史。巡撫福建等處地方。提督軍務。兼理糧餉。族父南陔公。壽終里第。彌留屬纊。神明不衰。老成云亡。宗族殄瘁。是可哀已。公以名進士出宰閩中。蒙仁宗睿皇帝特達之知。由縣令洊任封圻。眷注優渥。垂二十年。公躬膺重寄。夫勤矢慎。陳綱肅紀。百廢具舉。有古大臣風。風道高德重。獨立多懼。（石刻删此八字。文氣便不聯貫。）卒以剏船敬畏。罣議鐫職。公自念身介危疑。怵惕無地。聖恩寬大。廸格矜全。感激涕零。戢影沒齒。杜門謝客。殫心著述。又有十九年。成周人說經八卷。周人禮說八卷。禮堂集義四十二卷。儀禮圖十七卷。石渠議逸文攷一卷。董仲舒詩說箋一卷。匡說詩義疏一卷。漆書古文尚書逸文攷一卷。附杜林訓故逸文。叅欽古文尚書說地理志攷逸。合一卷。附中文尚書。齊論語問王知道補亡一卷。夏大正逸文攷一卷。弟子職古本攷一卷。凡將篇逸文注一卷。漢書地理志校注二卷。袁宏後漢紀補證三十卷。曾子地員篇注四卷。老莊急就章一卷。說文段注訂補六卷。讀書雜記十二卷。思惟居士存稿十卷。唐人宮詞鈔三卷。古詩鈔二卷。李杜詩鈔四卷。王氏奉支瓜瓞譜七卷。均手自寫定。說文集注一百二十四冊。未及脫稿。今年春。公輯瓜瓞譜既成。復備述受國恩厚涓埃未報。身歿之後。不敢乞銘當代。燕許鉅筆。遍命（端履）志粗幽之石。諄諭質而勿文。毋騁妍抽祕。貽羞諛墓。（端履）敬識不敢忘。孰謂天不慭遺哲人。其萎。日月有時。復歸於土。孫子曼壽等。將以冬十二月。奉公骸於城南十九都河南莊之原。啟元配蔡夫人之兆而合葬焉。爰契我龜。卜云其吉。載中先訓。請志貞珉。惟公含和履仁。篤信好學。敦樸應讓。砥礪廉隅。孝乎惟孝。施於有政。視民如傷。若保赤子。居上不驕。恭而有禮。舍之則藏。知止不殆。燕居申申。鄉黨恂恂。粥饘餬口。歌哭全受。生榮死哀。可謂無遺憾矣。至恩綸治行。例載史館。道德文章。光昭宇宙。無俟（端履）再述。謹遵治命。詮次世系官階。生卒子女。使後世有可攷見焉。（世系官階等不錄。）

嘉慶庚申。師奉檄赴姑蘇採辦洋銅。為同邑單蘭國（湞）題垂釣圖。有少梁紅牆夕陽外重師原不到蕭山句，一時傳誦，以罪居近學宮故也。後跋有為蔡某題小影云：里共桑陰臭味投，西頭君住我東頭，盈盈一帶宮牆水，猶繞烏衣舊日樓。樓外參天樹色蒼，柏亭遺蹟劇荒涼，西城老屋三間裏，時對紅牆看夕陽。蓋實本師意。蔡居亦在學旁，為吾族玉晃公故業，舊有柏亭，今頹廢矣。

吾師精熟選理，詩古文辭並皆沈博絕麗，有身集藏於家。少作七古數首，已刻廣足樓試卷內，為全集中所不載，因錄而存之。擬昌黎岣嶁山尖神禹碑：岣嶁之山高崔巍，上有神禹摩崖碑。工倕寮書及刻石，鳥蟲蹤跡交厓扆。厥初元圭未底績，勝胝無胈躬忘疲。隨刊疏洒傳下土，冀州既載先京師。龍門後鑿呂梁闢，泥行路乘山乘欙。黃能深潛羽淵底，九金合鑄魑與魅。蔵蕤玉字琳宛委，縱橫鐵鎖沈支祁。氏碑雲霍五峯頂，綠痕蝸匾光紛披。我生者古比昌歌，捫蘚跨轁游荒祠。苔斑蘚駁色堅黑，字凹石凸形離奇。摩挲夜索火來照，古文難讀心狐疑。後人好事失真意，撫窩范豸走豪鸞。有如岐陽泐石鼓，瑕璟豁體卑攻詩。丙繚紛豁澧繁重，舊科一一摘奇辭。又如壇山穆王碣，干支勵擣西京遺。岱宗封禪七十二，荒碑漫漶都如斯。況迺片石留禹迹，豈有文獻能徵之。伯翳山經紀神異，史臣夏禹鐫衹台。命篇雖佚禹功在，吾魚黃念徒齎咨。謁碑詎忍就歸徑，回見木末龜趺移。秦刻石（用昌黎石鼓歌原韻）：秦始皇帝併海寓，傳令博士為豕歌。車轍馬迹徧天下，雖有劉項如台何。泰山之罘頌功德，書潛篆籀兼文戈。羣臣嘉觀請立石，蒼珉翠琰煩磨。垂著儀矩示休烈，刮抉沙礫紛陀羅。三十七年祠大禹，宣省習俗踰嵬峩。丞相去疾獨居守，臣斯陪從游巻阿。浙江波忍不可犯，豐隆屏翳驚嗔訶。西二十里狹中渡，神羊叱石留寢訛。上會稽山刻文字，變化鳥迹參蟲蝌。棱角波磔森銛利，陸剸犀兕水劚鼉。兗典舜典任點竄，大義擳比秩交柯。寄豭逃嫁化誠絜，男躬耒耒女織梭。和安敦勉遵度軌，至今越俗殊委蛇。苗山窆石共千古，是時黃絹無曹娥。後嗣久遠永無極，譬河有事先浮沱。馬遷東遊探禹穴，手拓樂石同雲和。作秦本紀紀本末，史法九旨詞三科。殘碑剩字並收入，珍惜不少風唱多。我登秦望哀秦過，當年狙斃狙亞駝。金城瓦解石亦爛，舊時點畫誰經過。鸞飄鳳泊就剝蝕，續衰椎搨紗磨碣。何如兼剝具卓識，高豎釜險深投波。闢壹滌書苦遺俗，私改秦大更放頗。安得古碣互警戡，以馬喻馬它平它。少温不來伯喈往，胸次搞昧心婍娜。縱使文辭可剗剔，有手不復能摩挲。岣嶁赤石摹贋鼎，豐碑十丈供長哦。山陰禊帖本俗體，偏旁博擬挾龍鵝。如此至寶坐湮沒，字無人識石削那。

迺知神物有顯晦，識者未遇徒嘰訶。爾來二千幾年所，徧閱塵劫沙恒河。石乎精氣不磨滅，發露光怪無蹉跎。望海亭放歌（用東坡白金山放船至焦山原韻）：神龍掉尾雄眈眈，欲化巖壑天東南。何人作亭據龍脊，遠見方丈蓬萊三岑。山雜沓赴覆底，視若蝘蜓蝸蜀蠶。其下周以大香海，馮夷駭走天吳慙。渾茫溟滓俯一氣，極目窅黑深潭潭。禹象怳忽百怪聚，日輪湧出紅雲酣。而我望海不見海，滄波瀛渤同虛談。河莊禪機隔衣帶，豈有潮汐經鬖毿。南坍北漲意計事，譬如啖欖當回甘。連番六鼇忽昂首，赤手捕得窮嫌貪。天雲下垂海水立，筆力撐拄吾猶堪。黃金銀闕許身到，何必窮老棲山菴。

嘉慶庚申，仁廟命各省督撫保舉堪勝知府人員，閩撫桐城汪稼門志伊既以裒增壽、陳鴻漸二員應旨矣，又另片奏師品端學裕，守潔才優，民情愛戴，等因附摺入告。仁廟即硃批其旁云：此人朕知其名，原係好員。復明降旨嘉獎，令送部引見。師之受知仁廟，自此始也。時師方為閩縣知縣，不十二年，遂膺開府之任，始終不離閩省。故公之甍也，福屬泣誄輓聯，飾諸靈座云：閩嶠宣猷，守潔才優，廿載好官知聖主；寢門慟逝，山穎梁壞，六旬猶子哭先生。蓋紀實也。

嘉慶甲戌，師由閩藩擢任巡撫，入覲，過浙，先君買舟迎於錢塘江上，為歌四絕贈行。中一首云：不是天涯不到家，彭城風雨願偏賒。匆匆便算連牀約，同坐船頭看浪花。想見王事靡盬，不遑啟處之況。後師罷職旋里，（謂庚辰歲。）以純菜作羹餽食，并佐以鼠姑供插瓶之玩。師賦一絕答之云：漸老東風拂面寒，晝長獨自倚闌干。年來韻事都成例，飽吃純羹看牡丹。言外見實從稀疏，門庭闃寂情景，讀之可為酸鼻。師守泉州日，訪知有某者素藉出入公門以誇耀鄉里，飭司閽者不得通謁。某間討於司閽，司閽者曰：汝但日來候門，吾當令汝一見。一日，師送客至門，司閽者咸出站侍，某亦衣冠廁其中。師問為何人，司閽者即以手版進，師呼與坐，匆匆命茶，茶畢，一揖而出。師責司閽者，司閽者曰：奴輩奉嚴諭，阻不許見主人，自延之入耳。師默然，而不知司閽者已得重賂也。

道光丙申，同邑蔡凝堂大令（五辰成進士），歸里，余詢吳梅梁近狀（是科梅梁為副總裁），曰：吾師畏熱特甚，見客亦帶風兜子，數曰：梅梁危矣，此與汪蘇潭同病，蓋腦枯也，其能久乎？未幾而訃音至（是科二三場出題錯誤，自行檢舉，交部議處，想亦由精神恍惚之故）。桐城姚伯昂師（元之，甲戌會試房師），由左都御史降補內閣學士，其謝摺云：竊臣前因陳

奏致蹈愆尤仰荷矜全曲為寬貸飭議僅鐫其二級銘心深泐於五中覺已往之難
追豈殊榮之敢望茲聞綸綍又沐寵光直閣班崇兼曹銜重聖無棄物木雖朽而仍
雕帝有恩言垢縱汙而頓滌欽承新命回憶前塵燕識舊巢庇廈之歡更洽羊追歧
路補牢之計彌殷臣惟有事事講求時時省察向傾葵藿感恩有勝於遷除收望桑
榆糾過常懍於寤寐所有微臣感激下忱理合繕摺泥首宮門叩謝天恩伏祈聖鑒
謹奏
數年前阮相國師自都寄札并詢吾師近況端履敬呈墓誌一通并覆啟云先師素
性清廉罷官已久琴書而外別無長物近復祝融作祟盡付焚如因此驚悸成疾浸
致不起伏念先師身任封圻愛民潔己身後一貧如洗幾至無以為殮端履等目擊
心傷糾合賻金始得勉襄喪事循吏下場顛連若此可為心惻辱承垂詢用敢附聞
相國得書嗟之不論尋亦予告出都矣
乾隆丙午先南陔師以擬江式求撰集古來文字表受知學使朱文正公迄今幾六
十年儕本日赴邑中新進已無有知之者故備錄之不敢以文繁而輟筆也　擬江
式求撰集古來文字表臣聞虙犧氏作河雒吐其天苞軒轅氏興龜鼎圖其地絡古

史倉頡見鳥獸蹏迒之迹肇造書契以代結繩依類象形謂之文形聲相益謂之字
施典邦國百工以治布在方策萬品以察亞斯之代七十有二封於泰山厥體異焉
周官保氏掌教國子以六書一曰指事視而可識察而可見上下是也二曰象形畫
成其物隨體詰屈日月是也三曰形聲以事為名取譬相成江河是也四曰會意比
類合誼以見指撝武信是也五曰轉注建類一首同意相受考老是也六曰假借本
無其字依聲託事令長是也迄於宣王太史籀著大篆十五篇與古文頗有同異時
人謂之籀書孔子書六經左氏傳春秋皆以古文厥意可得而說周綱解紐七國雲
擾禮樂害己皆去其籍田疇異畮車涂異軌律令異灋文字異形暨乎嬴秦兼并天
下丞相李斯廼奏同之罷其不與秦文合者倉頡七章斯所作也爰歷六章中車府
令趙高所作也博學七章太史令胡母敬所作也文字多取籀篇頗或有所省改所
謂小篆者也於時燔滅文章以愚黔首官獄煩多趣約就簡隸書萌芽而古文由此絕
矣隸書者秦獄史程邈增減大篆去其繁複以逸徒隸謂之隸書自爾秦書廼有八體
大篆小篆刻符蟲書摹印署書殳書隸書是也漢興有尉律太史試學僮十七以上
能諷書九千字廼得為吏又以八體試之課最者以為尚書史字或不正輒舉劾之

閭里書師合倉頡爰歷博學三篇斷六十字為一章凡五十五章并為倉頡篇武帝
時司馬相如作凡將篇無復字宣帝時召通倉頡讀者張敞從受之涼州刺史杜業
沛人爰禮講學大夫秦近亦能言之元帝時黃門令史游作急就篇成帝時將作大
匠李長作元尚篇平帝時徵爰禮等通小學者以百數各令說文字於未央庭中以
禮為小學元士黃門侍郎揚雄采以作訓纂篇凡倉頡以下十四篇五千三百四十
字王莽居攝大司馬甄豐校文字之部頗改定古文時有六書一曰古文孔子壁中
書也二曰奇字即古文而異者也三曰篆書即小篆也四曰佐書即秦隸書也五曰
繆篆所以摹印也六曰鳥蟲書所以書幡信也後漢杜林作倉頡訓纂一篇倉頡故
一篇班固續揚雄訓纂篇作十三篇凡一百三章無復字郎中曹喜號工篆體郎中
賈魴作滂喜篇曾侍中賈逵受詔修理舊文於是太尉祭酒汝南許慎博訪通人考
之於逵作說文解字十四篇分五百四十部九千三百五十三文重一千一百六十
三凡十三萬三千四百四十一字首一終亥檢以六文貫以部分使不得誤誤則覺
之六藝羣籍之詁皆訓其意而天地鬼神山川草木鳥獸蟲魚雜物奇怪王制禮儀
世間人事皆集括有條例剖析窮根原鄭氏注經多引為證左中郎將蔡邕以經籍

去聖久遠文字多謬俗儒穿鑿疑誤後學迺與五官中郎將堂谿典等奏求正定六
經文字邕自為書丹於碑立於太學門外魏初博士清河張揖著埤倉廣雅古今字
詁流覽埤廣並擇撢羣藝文同義異音轉失讀八方殊語庶物易名詳錄品覈然其
字詁方之許篇有得失矣陳留邯鄲淳博學有才章又善倉雅許氏字指太祖時五
官將博延英儒宿聞淳名因啟淳使在文學官屬中臨淄侯植亦求淳淳以書教諸
皇子又建三字石經於漢碑西校之說文篆體大同古字少異晉世義陽王典祠令
任城呂忱著字林五卷尋其況趣附託說文忱弟靜別放左校令李登聲類之灋作
韻集五卷宮商龣徵羽各為一篇字林音看為口甘反音伸為辛韻集以成仍宏登
合為兩韻為奇益石分作四章文辭音衡音韙譜夏皇魏道續百王文同六合世變
風移字畫遷改以影代景以緤代紲以鐘代鍾以根代蠹金旁作患為鎖大宰作庶
為炙席中加帶惡上安西鼓外設皮鑿頭生毀離側配禹壑迺施谿巫混經旁皋分
澤片追來為歸巧言為辯小兒為嫛神蟲為蠶幸字自有律音妄改為別單字自有
善音遽析成異如此之例專輒不少皆不合孔氏古文史籀大篆許氏說文石經三
字也臣六世祖瓊家世陳留受學於河東衛覲善蟲篆訓詁洛陽鼎沸避地河西世

祖太延中臣祖文成獻五世傳學之書序列於儒林臣慥質參蘇學謫辭賴聰聽祖考之彝訓蒙守六代之家學不揆儒昧求誤集古來文字以許慎說文為主及孔氏尚書五經音注籀篇爾雅三倉凡將方言通俗文祖文宗埤倉廣雅古今字詁三字石經字林韻集諸賦文字以類編聯分列於下統為一部臣謹案說文者九流之津涉六藝之鈐鍵經典疑義有時以澤猶儒病疾診之立解臣嘗諸易姤卦繫於金柅不知何物馬融云所以止輪令不動者王弼云制動之主意與馬同王肅之徒皆謂織績器用衆說聚訟靡所折中及檢說文柅字兩出一云木實如梨一云杘是籆柄或從木尼聲考之易義並不相關別有檷字為絡絲檷音讀如柅迺知易之金柅當作金檷絡絲之器婦人所用柔道牽繫允合象旨肅等所說信而有徵又商書曰蒙曰驛注者云氣落驛不連屬鄭氏以驛為圛解圛為明言色澤光明王肅云圛霍驛消滅如雲及檢說文圛訓回行引尚書曰圛圛升雲半有半無讀若驛乃知圛聲如驛經當為圛也又周書陳寶赤刀檢之說文引為陳宲訓宲為藏因疑禮記陳其宗器或是陳其宲器不敢輒改義合兩存又讀齊風東方明矣朝既昌矣毛亨傳云昌盛鄭箋亦同及檢說文昌訓日光東方已明朝有日光正君日出視朝之時詩旨既顯禮意復合又大雅殷商之旅其會如林毛云如林言衆而不可用及檢說文引詩廼作其旝如林旝建大木置石其上發之以機用以追敵春秋傳云旝動而鼓建木為旝木衆如林言以知物此之謂也又禮記既稟稱事鄭氏注氏既讀為餼檢之說文既訓小食引論語不使勝食既今本集解既字作氣又檢說文氣字訓云饋客芻米引春秋傳齊侯來氣諸侯又气字訓為雲气迺知鄭注之餼字當作氣集解之氣字當作气既氣古通不煩改字又坊記引君奭曰在昔上帝周田觀文王之德鄭氏注云古文周田觀文王之德為割申勸寧王之德今博士讀為厥亂勸寧王之德三者皆異古文似近之尋鄭斯旨例須破字及檢說文田有陳訓周偏陳觀文王之德考文既順詮義亦通無所更易豁然而解又孟子曰欲常常而見之故源源而來趙岐注云如流水之與源通取譬於水義頗迂遠說文引之廼是謜謜而來又訓謜為徐語舜欲見象故徐徐語曰汝來以方趙注許義為長至若奇闢壹壼幽探蘩黜渙馬用挑睒牛見貿東平唐酅西戎殷邑燀逸盤謀駇作箕範虞典敳苗康材嫋婦南嚚冏酌邠鵲隸陰雅瓶雖寊頌鬻終和曹衣韤醯周駕擊堅鄭漕非漆王瑞是瑞衛得翻齊思婉嬌祭瀯饗其害縈少儀習其偭異月令腐草為蠲禮器晰明行事娖

馬賄冠狮犬怵臣儆茅酱酒嗾焚乖隨鄉黨結衣巤章浣浙考工之蜫爾雅之䅋以暨沸溢為潑收芳為椒輕財為貴酢母為醫或同聲而別字或合義而異文或援古以通俗或登謬以證經舉一三反不能終物臣誠已著此書藏之祕府播諸通邑鐵俗儒之賣盲證遺經之得失庶幾表異端辰資裨小學豈至踵舛襲繆通成鄙俗獻識士林騰笑文囿脫蒙許可與書祕書乞垂勑給并學士五人助臣披覽書生各五人寄令謄寫侍中黃門國子祭酒一月一監庶幾無誤錯所撰名目伏候詔旨 右略 案此篇亦剟入廣元禮試卷中為思惟居士存素所未載

道光戊子家輝叔弟 城豪 赴試省門吾師以陳章侯 洪綬 科甲蟬聯廷揭第一圖寵行並題其幀首曰此圖首畫蜻蜓欹欹然扶飛鳴高舉之勢且無雙也其所謂廷揭第一乎說爾雅者以大者為螀蟟小者為科斗蓮蓬正面有蹤躍欲騰而上者螀蟟也是其取義於科斗又蓮蓬空洞狀若蜂窩窩亦科也蟹以旁行二螯八跪中央隆起者非甲乎夫蟹者解也高居葉頂殆寓意於發解之首焉蓮房如生蟬脅如鳴潔靜莫如蓮清高莫如蟬綴蟬於蓮證以諧聲纏聯之義顯然矣此四者比物聯類其所謂科甲蟬聯者乎老蓮畫意蓋如此道光戊子七月望後小阮仲瑞中翰將赴省闈無以壯其行色因取章侯此幅贈之並深望其子丑三捷云爾並系以詩曰不才子丑曾聯捷及到臚傳甲第三幸喜三元我家物百花頭上試高探好音伊邇洗耳以俟 瑞履 依韻敬成六絕志謝云青氈舊事欣逢子 先君以乾隆庚子科成進士城赤於嘉慶甲子科以優行貢成均 胄雅吹笙又肄三珍重大羅天上曲瓊梯試與躡雲探時樣從深無定相畫眉可似月初三桂攀蟾窟尋常事莫作奇書究委探紀經科領歸廢東墓榜題名紀第三 同邑汪龍莊先生舉乾隆戊子科鄉試第三名時詩一告以先生領首故鄉有花經解元匾額歸廬先生自述也 六十年來嘉話在真靈位業望重探當代大儒王伯厚德業崇勳達尊三蟬聯科甲章侯畫也擬蟲魚爾雅探東山命駕圍棋日深眄淮淝捷報三好語忠連須努力河源星宿要窮探樗材慚愧工師顧敢厠庭槐手植三碧樹義他梁棟器百花留待孝先探 瑞師張子敘

傳子經先生 學淵 居邑南鄉橫山村言行庸謹非禮勿動生平篤信朱子之學然於名物制度咸考訂精審一字不苟迥非講學家空談義理者比嘗見試經解曰與學使阮相國師面論深衣之制口講指畫相國師復出任子田侍御深衣釋例相質先生立摘其誤數條相國師深服其博奧然性迂闊恒面斥人過人多畏而避之 瑞履 一日遇先生於途先生呼 瑞履 為老姪心甚駭歸告先君先君笑曰此正先君屈節

下交也。先生長於余二十餘歲。其進學年分。尚在汝祖之先。今呼汝為姪。非降心相從而何。先生嘗與先君相見。先君曰。人苦儀禮難讀。奈何。先生曰。是不難。君試倣其宮室規模。建屋數楹。令生徒以時揖讓登降於其中。則嫻熟矣。先君笑曰。君言良是。但儀禮十七篇。喪禮居其四。亦可令生徒衰麻哭泣以從事耶。相與一笑而罷。先生後以年例貢成均。復以年老。欽賜舉人國子監學正。子鵬興。嘉慶同年入泮。附先生深衣考。○古者男子之服上衣下裳。至深衣則連衣裳為之。袷曲袂圜縫直齊平。兩旁有衽。裳十二幅。諸侯大夫士夕服。庶人吉凶亦服之。時是衽為斜殺之布。說者多因鄭氏小要之訓。謂衣裳有兩斜之裁。布一布縱衣斜殺而下。一布縱裳斜殺而上。合而望之。中要漸狹。故曰小要。或又謂衽止在裳。卿復世之衣褄。又見經言裳十有二幅。以為若用全幅。則要齊適均。不得要半下齊倍要矣。故謂取二尺二寸之布幅。三分之一頭闊一尺四寸三分寸之二。一頭闊七寸三寸分之一。皆以闊處向下。狹處向上聯合之。是謂下齊倍要。除去殺縫。上要得七尺二寸有奇。下齊得一丈四尺四寸有奇。而後人因有以為對襟之衣。其製面前左右兩相。衣下各綴裳三幅。通計為六幅。背後衣下亦綴裳六幅。又謂衣之之時。取右襟之三幅。牽之向左而掩於內。取左襟之三幅。牽之向右而冒於外。如是則袷得交掩而方可應矩矣。不知未衣之先。前後各六幅。既衣之後。前襟六幅以交掩而成三幅。而後襟之六幅自如。則是背寬於質一倍。無是理也。竊以為凡斜裁之布謂之衽。不必兩旁相對成小要。方謂之衽也。衽當旁。專謂一在裳者也。蓋深衣乃交襟之衣。非對襟之衣。上衣用整布二幅對摺。而前左襟外綴一斜裁之布向右。右襟外綴一斜裁之布向左。是為續衽。生時右衽掩外。士喪禮左衽掩外。反生道也。鉤曲也。考工記倨句磬折是也。惟其綴衽裳後處有鉤曲之形。是為鉤邊。若然前左襟下綴裳二幅。左衽下亦綴裳二幅。右襟與右衽之下亦如之。非從衣下左右亦各綴裳二幅。合而計之。則成十二幅。如是則衣之之時。左襟掩內。右襟冒外。既無斜牽而成交掩之失。而計裳之先二幅。左襟之四幅掩於內而不可見。其可見者。右襟之四幅與衣後之四幅而已。前後相當。而亦無背寬於腹一倍之疑也。又案衽之在裳旁者。方言云。褸謂之衽。注試曰。裳際也。云裳際則裳之旁也。左氏成十七年傳。公使清沸魋助之。抽戈結衽而偃。杜注。衽。裳際也。亦以衽為裳旁際也。雖隱現散衽以陳鵜。洪興祖補注引開雅疏注。衽。裳際。此皆確證也。○先生著四書名物一書。藏於家。不知今尚存否。

道光庚子科。庶常卓檉為卓海帆協揆秉恬之子。辛丑散館。授職編修。協揆謝摺云。竊臣初由翰苑。洊贊綸扉。曾無報國之文章。詎有傳家之矩矱。臣子檉未嘗學問。遽博科名。忝射策於南宮。獲讀書於東觀。飽窺康祿。深荷優施。特簡館師。甄陶備至。茲以屆期考試。又蒙授職編修。時未一旬。疊荷生成之德。實延再世。均叨侍從之班。槐廳傳為美談。蓬戶忻其寵遇。受恩愈篤。銜感彌殷。臣惟有勗以勤慎。加之督課。無使山徑蹊間之塞。致辜玉堂天上之榮。庶共竭其庸愚。冀少酬夫高厚。所有微臣感激下忱。理合繕摺具奏云云。

予撰黃繡莊先生傳云。先生姓黃氏。諱朝元。字三驄。世為蕭山埭上村人。先生隨父天木公移居城內繡衣坊。因以繡莊自號。天木公性嚴毅。督諸子學不成。命貿易四出。先生獨留侍。怡聲柔色。得歡心焉。美鬚眉。長身健臂。以騎射補邑武學生。非其志也。勇於為義。喜拯人急。鄰陳某習米業。喪其貲。負責盈萬。眾洶洶。欲訟之官。陳謹愿不知所為。言動異平時。先生過視。心許之。姑慰曰。無憂。吾為汝謀之。亟命陳延眾至。先生倡言曰。陳經理失宜。遂爾耗君輩財。非有心欺隱者。君輩肯從吾言。悉焚其券。則簿籍具在。凡所財賄剩貨。任君輩計數取償。尚可得十之六七。無以訟為也。眾許諾。陳色稍定。時漏下三鼓矣。忽屋瓦聲震。其如人爭競狀。出視無所覩。閉戶則震如故。先生兀坐室內。恍惚見厲鬼數四。睚眦環向。若怒先生活陳者。先生瞋目叱之。形頓滅。聲亦隨息。陳始如夢覺。乃泣曰。微君。吾幾殆。吾窘迫不欲生。思自裁。匏累斗戚周某遊粵東。久老病回里。貧不能自存。先生時給其衣食。周尋歿。遺孤甫周歲。先生家故中人。貲慮力不能繼。且僅為朝夕謀。非經久計。爰集同志告之。故各欣然醵金若干。棠稱責月取息。俾養贍至成立而止。其他義行多類是。先生生乾隆癸亥。卒嘉慶庚申。享年五十九歲。配楊孺人。子福麟。王嘉履曰。先生與先君子為莫逆交。陳事方棘。先生悍然意頗阻。先君子持之力。曰。非君誰能任此舉者。先生意遂決。厲鬼為虐。語似志怪。然實有其事。先君子時為嘉履言之。周與先君子夾西河居。性傲岸不諧俗。先君子憐其窮乏。亦共賙之。一日煮黃精甫熟。周以無藥餌告。即舉以相畀。旁觀咸腹誹。謂畀其所藥。勿顧也。忽忽數十年。先生久返道山。先君子遽於丙戌春初棄養。追憶舊聞。竟成遺事。因據福麟來狀。謹加詮次。俾垂諸家乘。先君子言先生初本名紀。字山康。深得古人解詁制字之義。今先生子孫無有知者。因附識之。

嘉慶甲戌。計偕復至京師。客邸晝長。意有所感。戲作夢遊仙詩四絕。大羅天上點仙班。小謫新從海嶠還。闕下千官齊拱手。三年容易住蓬山。漁人重到武陵源。雞犬都非舊日村。紅雨隔溪人不見。只添春水一篙痕。玉宇瓊樓原幻影。白雲黃鶴又愆期。神仙無限滄桑感。說與人間總不知。朝乘鸞鶴暮騎牛。少日紅顏老白頭。萬事不如春夢好。夢中風景我曾遊。

湯敦甫協揆。向不宴客。余辛未入都。一日忽招飲。時協揆尚官編修。居至則迎謂曰。熊書谷常鑄家有吉事。以一席餉余。故延君共嘗之耳。因命招朱蘭石渝之僑。○文正公時為協揆。朱文正公賜郎中。復官江蘇糧道。同坐。終席朱不舉箸。公問其故。曰無下箸處。席罷朱先出。公問今日之菜何如。余曰。甚佳。公笑曰。此君世故之談耳。吾謂何至不堪適口。但蘭石對之。自然食不下咽耳。

嘉慶辛未予會試入都。試畢游前門。見禮部示云。諭三場完竣舉人知悉。揭曉在即。爾等各宜在寓靜候。毋得擅自出京。探望親友。以致臨期自誤功名。榜發被放。從以事至前門又見稽部示云諭下第舉人知悉例等務宜及早回籍無得在京逗留觀望時主儀制司稿者為山陰童望軒前輩（門下士）先君來慰問余因語之童正色曰此向例也予潸然出涕率成四絕以志慨云都門頃刻判仙凡前苦相留後放還同學笑言循故事照依舊例不容删參禪瓶鉢已全拋行腳僧歸要打包燕子不知人事改尚啣花片補新巢料峭西風拂面寒又騎驢背出長安回頭弱水三千里來忒匆匆去太難天上人間一霎分泥塗翹首望青雲英雄同輩知誰是昨日相逢尚論文（謝同年上廣錢西來前輩鈞由嘉慶辛酉科拔貢朝考授七品小京官庚午科中式順天鄉試舉人是科聯捷成進士改翰林院庶吉士散館授編修後官江西九江府知府湖北荊宜施道）

嘉慶甲戌又計偕入都舟過淮安時阮相國總督漕運駐節其地余詣轅叩謁并以西湖藕粉燒酒楊梅甌柑筍脯為贄入門巡捕迎謂曰漕帥到任以來從不收受官民一絲一粟此恐當見卻也又私謂曰如漕帥奉還能分惠少許乎余曰某車中斷難攜帶當盡以奉贈耳既而呼令入見並命將禮物全收巡捕大駭坐定相國笑謂巡捕曰此蕭山王某余翼而長之二十年矣彼以師生之禮來故可受之而無愧也又曰浙中佳品吾不嘗其味者已有年矣今日見之未免露老饕故態也乃命啟筐出甌柑十枚與巡捕曰爾亦試嘗此味其餘諸物我當寄歸揚州不能割愛矣

太學生東皋陳公像贊　公諱夢川字東皋蕭山塘里莊人生甫彌月公父廣川公即命公為伯父立人公後時立人公早卒母俞孺人守節已十餘年公事俞孺人及所生二親均克盡子職乾隆某年以俞孺人貞行呈請有司上其事於　朝得　旨旌表如例公奉俞孺人栗主入節孝祠宗族親朋會送者幾數百人道路觀者咸嘖嘖稱公孝思不匱此（端履）得之親見者也公軀幹鶴立外癯而內腴神氣清朗老尤矍鑠援例補國子生以親老故棄舉子業牽車服賈思得什一之利以養遺時不偶屢喪其貲晚境甚困公處之泰然不以菀枯易志公祖母王太孺人（端履）曾祖姑也故公於（端履）高祖甸侯公為外曾王父歲正月公必肅衣冠詣神像前再拜展敬先君子治具款接繼問家人瑣屑及親舊存歿娓娓竟日（端履）隨侍在旁者數十年知公為詳故不敢辭而為之贊公生於乾隆乙亥年二月十一日卒於道光乙酉年三月初五日春秋七十有一贊曰有穆其容有澤其躬行修於外德蘊於中母氏苦節卅載阨窮體情哀顏彤管褒崇幸哉有子眾口從同為善於鄉古道可風州里則傚革薄從忠景仰前哲無愧仲弓典型在望神光熊熊克昌厥後貽饗豐融

先君嘗與陳侍軒（名家驥先君門下士乾隆己酉科副榜甲寅科舉人嘉慶辛酉科進士改內閣中書乞補外授嚴州府學教授）論春秋人物陳曰惟管仲一人可列一等若鄭子產即二等耳先君曰不然齊是大國故管仲可施其材力鄭是小國子產只得如此做法譬如吾浙杭嘉湖甯紹五府自然多可取一等者若金衢嚴溫台處六府不得不以二等考一等矣陳意不以為然後教授嚴州因公來省先君問曰有鄭子產其人乎陳搖首曰求裨諶世叔而亦不可得況子產乎

全謝山春秋五霸失實論雖一偏之見不可據為定論然實能自伸其說備錄其文於後

春秋之五霸其說不一或曰齊桓晉文秦穆宋襄楚莊也或則進吳闔廬而退宋襄或又登越句踐而去秦穆愚皆不以為然秦穆原非中國之霸曾是西戎之牛耳而可以言主盟者雖史記嘗有天子錫命之文而不足信宋襄實嘗主盟以困於楚故不終先儒亦嘗言之顧不知楚莊之不足言霸也楚莊於中國求如宋襄之一歃且不可得何以言霸蓋楚自成穆以來無日不爭霸而終不得霸直至盟宋會虢弭兵以後始得專會於申而其霸以成然以靈之無道終不可言霸故追屬之楚莊至吳則黃池主盟方遂其霸而國隨以亡是亦宋襄之流也越雖嘗主盟然從之者寥寥詎能令糾合之盛乎蓋所謂霸者必能使天下望國皆來聽命定其朝聘之節張其征討之威號令分明有如癸邱如踐土而後不愧於禮樂征討之自出如楚如吳如越草竊苟簡不過霸之閏而已即軼秦宋何足以嗣桓文然則五霸之目究以誰當之曰齊一而晉四也終晉之霸由文襄至昭頃凡十君然實止四世文公垂老而得國急於求霸既有成矣而圍鄭之役見欺於秦此其所以深恨也幸襄公真肖子足以繼霸自靈以後而始衰成公以鄬之敗幾失霸至景公而復振至厲公而又衰中興於悼其規模赫然有先公風平公以後至昭頃則無譏矣故文也襄也景也悼也接齊桓而五晉之失霸齊景頗有志焉而弗能也是以霸於此而絕世之無識者以為一晉而得五霸之四疑於予晉過厚不知論四王者周之文武居二非厚周也楚之恃強而好勝莫如靈其時南北既成而申之會要必請於晉而行是以知天下之望惟晉是說也今戶部侍郎臨川李公最以為然

（端履）案孟子曰五霸者三王之罪人也以五霸統三王則是統夏商周而言非專屬有周一代明矣是當以杜預左傳成二年注夏伯昆吾商伯大彭豕韋周伯齊桓晉文為是而趙注孟子反以齊桓晉文秦繆宋襄楚莊當之（各據白虎通一說）則孟子

當言五霸者周室之罪人。不當言三王之罪人矣。且楚莊觀兵周疆。已成問鼎之勢。尚得謂之霸乎。至晉世主夏盟。不過承先代之餘烈。以糾合諸侯。不當在五霸之列。故穀梁傳但言二伯。二伯者齊桓晉文也。論語子曰晉文公譎而不正。齊桓公正而不譎。祇論齊桓晉文。是孔子時亦止二伯。無五霸之名也。然則孟子言五霸桓公為盛者。乃三代五霸。亦無有盛於齊桓者耳。

或又曰。孟子既言無道桓文之事矣。又云其事則齊桓晉文何也。曰此即春秋天子之事也。之事所謂大事也。知宣王當日所問。必是取威定霸之陰謀。以力服人之方畧。故孟子以為無傳。至癸邱五命。孟子所言。較三傳為詳。安得云未聞耶。或云孟子欲進齊宣以王。故抑桓文而不論。亦是一說。

或又曰。論語明言齊桓晉文。而孟子對齊宣王云仲尼之徒無道桓文之事何也。曰讀書當逐字體會。孔子所言。論桓文心術。未嘗言其事也。宣王問者。乃桓文之事。故孟子以無道桓文之事而對之。春秋筆削。但舉會盟侵伐。以定褒貶。未嘗臚陳事迹。至於三傳。左氏為詳。未免有失誣之誚。是孟子言後世無傳。乃是據實以對。非諱而不言也。

錢塘蔣蔣邨學博炯亦有五霸考一篇。並錄於後。以俟後人之折衷。　五霸有二。有三代之五霸。有春秋之五霸。左傳齊國佐曰。五伯之霸也。勤而撫之。以役王命。杜氏注為三代之五霸。確是孟子五霸者三王之罪人也。今之諸侯。五霸之罪人也。趙注謂春秋之五霸。確是丁氏釋孟子從左傳注。與趙說異。集注並存二義。而無所折衷。竊以嚴安云。周之衰三百餘歲。而五霸更起。則五霸宜如趙注。以經文五霸三王之罪人。似統論三代之伯。又左傳椒舉言六王二公。穀梁傳交質子不及二伯。周伯惟二。但數齊桓晉文。則五霸又宜從丁釋。故不折衷歟。竊以霸古字作伯。所謂侯伯也。侯伯命于天子。得專征伐。而孟子乃以伐諸侯為罪。於此可證此五霸惟據東周以後而言。若夏昆吾。商大彭豕韋。皆受王命為伯。征伐不得為罪者。竹書紀年夏帝仲康六年。錫昆吾命作伯。商祖乙元年。命彭伯韋伯是也。春秋之霸。惟齊桓晉文有王命。左傳莊公二十七年。王使召伯廖賜齊侯命。僖公二十八年。策命晉侯為侯伯。然齊未受命之時。已先滅譚滅遂。遂伐宋伐鄭。晉未對命之前。已先入曹伐衛。戰城濮。至宋襄王者之後。例不為伯。秦繆楚莊。僻在戎蠻。並無王命。莫不連兵侵伐。以爭雄長。此衰周之五霸。摟諸侯以伐諸侯。所以為罪也。

吾越俗諺。雞寒上嘴。鴨寒上距。今云雞寒上樹。鴨寒上水者。誤也。水禽每遇天寒。則拳其一足。而以一足立於水中。不特家畜鴨也。推之鴻鵠鷺鷥之屬。無不皆然。故余有句云。白鷺拳煙孤掌冷。蓋紀實也。今錄全律於左。云出郭低垂畫舫簾。作寒天氣晚風尖。孤蓬曬色侵詩卷。十里朝暉上酒帘。白鷺拳煙孤掌冷。紅菱刺水兩頭纖。吾邑紅菱兩角者熟於夏時俗名水紅菱多種於水田中至秋菱皆兩角青色亦間有紅者城南一帶河中種植殆遍編竹為界當通舟推鄉人視為利藪一枝柔櫓狀波瀾。尚有同舟夢黑甜。意有所指

論語樊遲問知。子曰務民之義。敬鬼神而遠之。並不是知。而可謂之知。先難後獲。並不是仁。而可謂之仁。皆是當前指點口氣。與問仁曰愛人。問知曰知人語意迥然不同。自來作制藝者。均未體會及此。因附論之。

史記齊太公世家。武王即位九年。欲修文王業。東伐以觀諸侯集否。師行。師尚父左杖黃鉞。右把白旄以誓。曰蒼兕蒼兕。總爾眾庶。與爾舟楫。後至者斬。遂至盟津。索隱曰。蒼兕本或作蒼雉。馬融曰。蒼兕主舟楫官名。又王充云。蒼兕水獸。九頭。今誓眾令急濟。故言蒼兕以懼之。此文上下並今文太誓。案郭氏山海經序曰。釣天之庭。豈伶人之所躡。無航之津。豈蒼兕之所涉。蒼兕與伶人相對。是郭氏亦同馬說。謂無涯之水。非世間主舟楫官所能涉也。蓋蒼兕本水獸。善覆舟。故以此名官。欲使居是職者常以蒼兕為警也。論衡是應篇云。尚父威眾。欲令急渡。不急渡。蒼兕害汝。此蓋今文家說。失呼而令之之旨矣。此條見臧琳經義雜記

爾雅釋草。荷芙蕖。芙蕖。疊韻。荷即芙蕖之合音。今杭州土音皆讀何如胡。是其證。吾鄉讀荷如本音。惟城內西河下吾族世居其地則土俗相沿。讀河如湖。想因下字俗作賀。舉河賀不分。故以杭音讀之。歟城內別有西河沿。則讀河如本音矣。

同邑潘德安明經增渤後字掇芸先君門人也年十五入邑庠。詩古文辭援筆立就。兼曉音律。工繪事。賦性真率。毫無城府。又善詼諧。間出一二語。滿座為之傾倒。故人無不樂與之交者。不幸學力未充。聲名太早。遂誤墮入鍾譚魔道。纖仄輕佻。不合有司程度。以年例入成均。貧病而歿。余哭之以詩。中有云。文被聰明誤。材因患難多。褀懷康磊落。老境益蹉跎。蓋紀實也。

掇芸歿後。其詁嗣炳燦出其所畫山水一幀乞題。余以五言一律應之曰。作畫無師法。居然秀可餐。偶然摹北苑。隨意寫嚴灘。山色侵雲淺。泉聲落澗寒。生平知己淚。對此為君彈。

擬蓉有文昌帝君陰騭文詩一卷。歿後同邑施君刊之。余爲之序曰。潘君擬蓉績學工詩。暮年多病。取文昌帝君陰騭文析句各爲一律。以自消遣。君歿後同邑施君文新武銘兄弟等梓而行之。間序於竣履。竣履曰。詩之爲教。所以感發人之善心。而懲創人之佚志。故孔子論詩三百。蔽以思無邪一言。至於儒者之道。正誼而不謀利。明道而不計功。陰騭文意雖主乎勸善。而卒誘之功利。故爲君子所不尚。然大禹謨言惠廸吉。從逆凶。惟影響。伊訓言作善降之百祥。作不善降之百殃。易文言言積善之家必有餘慶。積不善之家必有餘殃。則感應之說。古聖人未嘗不默存其理。是陰騭文覺世牖民之心。固與詩之爲教無異旨也。潘君字飾句繢。粗也而引之以精。俚也而文之以雅。使讀者紬繹深思。而爲善之念。油然而生。其有裨於世道人心者。良非淺鮮。則謂爲陰騭文作注釋也可。謂爲潘君之自爲詩也亦可。

作序甫成。或問於予曰。古文尚書。近儒皆以爲僞而斥之矣。子引大禹謨伊訓之言何也。予曰。噫。古文尚書。何可廢也。即爲梅賾所僞造。亦是東晉人著述。今人於漢魏六朝文字。莫不採輯而編次之。何獨於梅賾而絕之。惟恐不力耶。且梅賾撰集實有所本。並非臆造。其散見於古籍者。可覆按也。梅賾但以意爲貫串之耳。是合之爲梅氏之書。析之則皆古文尚書逸文也。國朝閻百詩若璩著疏證以攻其僞。吾鄉毛西河奇齡著寃詞以辨其誣。出主入奴。迄無定論。其實以古文爲僞者曰。此襲某書所引者也。況自唐孔穎達作疏以來。已歷千百餘年。家絃戶誦。我朝頒列學官。命題試士。且我聖祖仁皇帝敕撰彙纂。嘉惠士林。爍然若日月之經天。而顧可以儒生之臆見妄參同異於其間乎。或聞余言。遂昭然若發矇矣。

余宅後多尼菴。每昧爽聞木魚聲。遠近相接。一似苦行焚修者。或告余曰。此黠尼藉此以惑衆耳。豈真於佛前頂禮唄誦哉。蓋在牀第間。擁衾以擊之耳。或高唐夢覺。令所歡代擊而已。則達旦酣眠。吾蓋目見而知之也。余大笑曰。真所謂千聞不如一見矣。

此條語甚褻。存之而不刪者。蓋戒子孫當約束婦人。不得入廟燒香。并當嚴飭司閽。禁絕往來。不得夤緣入內。朱子格言曰。三姑六婆。實淫盜之媒。蓋亦有所見而云然也。如有不遵教令者。則祖宗家法具在。我亦不能稍爲寬貸也。尼姑蘇湖最盛。吾鄉城中亦多有之。名爲女僧。實娼婦也。且止誘惑男人。未嘗勾引婦女也。至吾邑尼姑。則外襲清淨之名。而內逞其奸盜之實。尤防之不可不嚴。而杜之不得不力者。

重論文齋筆錄卷四終

重論文齋筆錄卷五

清　蕭山王端履輯

先南陔師與先陳字風師應坡同年入泮。交誼最篤。南陔師將入都。即代延陳師來授端履之讀。師襟懷坦白。讀書而外。幾至不辨菽麥。作爲文章。淳厚樸實。尤喜吟詠。遇一邱一壑。即徘徊戀眺。不忍捨去。然屢躓秋闈。頗有牢騷不平之意。歿後無子。遺稿散失。今僅從浙江詩課中錄得數首。未足盡師之能事也。　其春夜坐雨云。坐何知夜色闌。況於滿屋唄旃檀。細從寶鴨參差出。獨對銀屏爛漫看。遠漏漸沉花影重。尖風輕側翦刀寒。添衣檢點春宵課。幽韻清香繞畫欄。　畫檣畫鷁接柔櫓。春江送遠人。水肥青半釀。山瘦碧微皴。喚渡名桃葉。迎風漾麴塵。絕勝攤晚飯。枕上聽頻頻。烏箬。採製烏頭小。編成箬葉工。春湖紅雨裏。秋浦白雲中。閒爲　安茶竈。推應捲釣筒。翻疑牛背穩。參隴過薰風。　布帆白布聯成幅。當風類馬馳。不知春雨重。但見遠山移。送客隨湘轉。拖煙入畫宜。東西二百里。欲速更何之。

予撰族祖履旋公五世神像贊云。族弟始然合繪其十一世祖履旋公至其父陰堂公五代神像。並列本生曾祖宣美公於第三代之右。同堂享祀。不忘本也。謹案家譜。吾族自定二公由邑桃源鄉遷居蘇潭閭。九傳至德十五公。生四子。惠六公。惠九公。惠十公。惠十一公。端履祖惠六公。始然祖惠十公。支分派別。親已盡矣。惠十公有子五人。履旋公爲嫡長。諱元吉。配陳孺人。子沛園公。諱垓。是爲始然之高祖。配傅孺人。繼配傅孺人。側室郁孺人。生五子。次榮山公。諱應揚。是爲始然之曾祖。配張孺人。繼配來孺人。無子。以親弟宣美公子企泉公爲後。宣美公諱鏸。始然本生曾祖也。配吳孺人。企泉公諱一蜚。始然祖也。配陳孺人。企泉公生四子。長陰堂公。諱某。始然父也。配曹孺人。吾族子姓蕃衍。家譜此八十年因循未輯。故自乾隆二十年以後。服屬之遠近。昭穆之倫次。無從究其顛末。或兄也而以弟呼之。或親也而以疎目之。嗚呼。上治下治旁治之法廢。則長幼之序失。而爭鬭之獄煩矣。始然乞端履爲贊。因詳述其世系。俾後世有所考見焉。贊曰。惟我祖宗。忠厚積累。子子孫孫。永錫爾類。歷十一傳。至履旋公。保世滋大。年齒德豐。善積於躬。澤流後裔。惟沛園公。纘承弗替。嗣榮山公。瓜瓞未綿。兄弟之子。克紹其傳。教誨式穀。以似以續。惟企泉公。同氣攸屬。夙興夜寐。無忝所生。慎乃儉德。適觀厥成。至陰堂公。率由前烈。業廣惟勤。咸正無缺。五世其昌。俎豆一堂。愾聞僾見。春露秋霜。在後之人。聰聽彝訓。孝弟力田。光昭令聞。展圖肅拜。

尚有典型，亟諸奕祺，永安先覺。

論語子夏曰：大德不踰閑，小德出入可也。朱注：大德小德，猶言大節小節。荀子王制篇孔子曰：大節是也，小節是也，上君也；大節是也，小節一出焉一入焉，中君也；大節非也，小節雖是也，吾無觀其餘矣。蓋本子夏之言而推闡其義。其曰孔子者，託辭也。又韓詩外傳：孔子遭齊程本子，傾蓋而語，顧子路曰：由，束帛十匹以贈先生。子路曰：由聞之夫子，士不中道相見，女無媒而嫁者，君子不行也。夫子曰：夫詩不云乎，野有蔓草，零露漙兮，有美一人，清揚婉兮，邂逅相遇，適我願兮。且夫齊程本子，天下之賢士也，吾於是而不贈，終身不之見也。大德不踰閑，小德出入可也。是外傳引此二句以證邂逅相遇適我願兮之旨，皆出於託辭。錢獻之（坫）以為是夫子之言，而子夏述之，恐未必然也。

輓壽聯以數語包括一生，最難措手。梁晉竹孝廉（紹壬）記其叔曾祖山舟學士所撰諸聯，皆吐屬天然，渾灝流轉，載在其所著兩般秋雨盦隨筆中。先君少年亦工此作，晚更削稿存複，如輓何葭汀孝廉云：一个弱馬我輩存，而此人死，九原往矣，言有盡而意無窮。（末一句係孝廉與先君永訣之言）徐古棣觀察云：老淚難乾，四海論交無如我早；壯心未已，五河濟運猶望公來。（徐官山東運河道，故云）陳北坪學博云：相見無幾，集寮心篤，最憶琴樽里社；戲言成讖，過車腹痛，難忘俎豆宮牆。（陳修葺學宮，剛入祀功祠）汪龍莊大令云：有德行，有文學，有政事，才可傳於後；為孝子，為循吏，為鄉先生，不朽者名。瑞履幼承庭訓，亦有一二聯，尚覺愜心，亦錄於後。輓餘姚翁鳳西年丈云：召伯憩棠，叔孫綿蕝，如古君子；陽明敵愾，梨洲講學，繼鄉先生。（翁以宰南藩司入為太常少卿，在道在內得軍功賞花翎）又汪蘇潭吏部云：見面曾相識，前事都忘，到死只可憐二字；傷心竟不言，寸衷如結，平生有知己幾人？家蔭三姪孫云：風雲千里，竟喪名駒，尤痛無兒同伯道；辛苦半生，忽遭屠蝎，尚憐有女似中郎。魯東山光祿云：君是神仙，讀書換骨，揮手今朝長跨鶴；世無屠揭，擬龍經哭，關心何地問眠牛。（魯善著古書，又精堪輿）湯益齋典籍云：握手幾分，扶病登輿，詎意長辭成永訣；壯心未已，望潮射弩，尚勞江上願平安。（是日北海將關工，湯尚階往祀神）又有為友人代擬者：輓徐古棣觀察云：治河方略，歸田錄，從政遺規，善俗書。為某輓其子云：執手憶無窮，弱女韋衣，嬌兒繞膝，傷心言尚在；無父何怙，有母尸饔，惟輓陶思和封翁，擬一出聯云：駒隙彌留，惜到分陰猶運甓，竟不成對而止。（翁聯未免稍涉沖謝，故止不錄）

余兩度入都，每讀旗亭畫壁，大牢潦草塗鴉，不堪寓目，僅記有抱琴人比亂雲多一句，頗肖一路旅店光景，因續成四律云：抱琴人比亂雲多，纔卸征鞍喚奈何。愧乏金錢見西子，差無綺夢繪南柯。茶廉架外花含露，豆蔻梢頭月上波。一種閒情誰領取，橋霜店月久消磨。抱琴人比亂雲多，楚楚衣裳髻挽螺。花發紅塵名玉樹，水流碧落隔銀河。輪蹄舊夢縈齊魯，松柏前緣施（去聲）蔦蘿。獨有天孫伴明月，七襄雲錦夜投梭。抱琴人比亂雲多，夜靜雲消出絳河。野店殘燈隨夢息，荒村寒柝點更譌。虛車那得人投轄，塵網空勞鳥避羅。如此風波行不得，鷓鴣枉自叫哥哥。抱琴人比亂雲多，限燭銷殘半夜過。（吾越諺過如孤一更盡時謂之一更過，雅之五更俗然半夜盡則謂之半夜過）緣盡紅絲猶宛轉，書殘白紵尚摩挲。鏡中髮鬢顏如玉，塘外分明路溢荷。老去夢遊遊亦夢，少時事業悔蹉跎。

御製代聖賢立言，必須體會聖賢語氣，方可下筆。嘗見季文子三思而後行節題文，莫不將季文子痛加貶斥，不知君子居是邦，不非其大夫，況文子歷相魯君，妾不衣帛，馬不食粟，清風儉德，見稱大國，而可妄肆譏評乎？然而孔子之言何也？曰：此美文子也。孔子意謂後人心思才力，斷不能如文子之深謀遠慮，殫思而能至再，庶幾亦得斯可矣。三字與得見君子者斯可矣、得見有恆者斯可矣語氣一例，不可歧而二之也。

又御製藝於詩三百章會發思無邪一句之義，而於上二句全未體會，不知此章是論詩，不是論思，其著重全在一言以蔽句。朱注：其善者足以感發人之善心，其惡者足以懲創人之逸志，正是闡發蔽字實義。兩其字指詩三百言，思無邪句不過借作指點。自來作者沿訛，至今竟似此章專是論思，非論詩矣。

唐宋以來無題諸作，皆別有所託。至朱竹垞（彝尊）風懷百韻，則僅付諸冶遊矣。因戲倣其體作三律云：柳黯花愁一片春，春來無主最傷神。隔牖消息通紅杏，似水光陰轉綠蘋。月影照來終覺淡，風聲傳到恐非真。憐他不及西飛燕，金屋年年點絳唇。亂頭粗服臥滄江，靜掩柴門不吠尨。歷亂寒鴉棲古木，飛騰野馬度紗窗。殘星作意頳銀漢，流水無情繞石矼。一夜西風人擾擾，財才難仗酒兵降。衣衫時樣稱身裁，翠袖輕籠暮倚欄。蟋蟀聲中秋雨急，芙蓉花外涿波寒。低傳玉漏風催箭，高壓金莖露溢盤。東閣才華何水部，錯將定力詡儒冠。

或問於予曰：律詩凡二首或四首，子獨三首何也？余曰：古人作詩，並非漫爾吟咏，定皆被諸管絃，故或多或少，皆不可以接讀。李青蓮清平調祇有三絕，李義山師其意，無題詩亦止三律，近有作四首者，乃後人合併也。

辛丑立冬。寒雨連夕。復用前無題韻作三律云。悲因秋氣恨因春。兒轉流光最困人。易闕易圓天上月。忽開忽合水中蘋。花前消息原無定。夢裏情懷恐未真。我欲醉眠偏獨醒。一樽難得酒沽唇。楊柳如煙綠滿江。花陰容到吠村尨。雨三點雨侵苔徑。十二迴欄繞綺窗。靜掩重門通別戶。偶支一木駕徒杠。封侯夫壻知誰是。聽客談兵意未降。十畝余陰地太寬。竹籬畫處露紅欄。假山石本玲瓏疊。小屋風偏料峭寒。但聽雞鳴知早晚。何曾狼藉有杯盤。渾忘憔悴無顏色。翻笑他人戴鶡冠。

陸文恭公與韓仙舫城同領乾隆戊申鄉薦。韓每會試入都。則寓居旅店。而日食於公第。公極敬禮之。曰此吾老同年也。一日語韓曰。君何不憚煩。乃捨吾空屋甚多。任君移居可耳。韓屈指計曰。尚有某某數處可以傳食。至某日則徧嘗矣。公雖不言。吾亦當來相就耳。又一日公治具宴客。韓亦與焉。庖人以鴿蛋進。公舉著讓客食。韓曰。公無然。吾已悉數之矣。主客共有八人。而鴿蛋止七。計客每人各食一枚。而主人無與焉。乃以箸挈其一。曰吾之所得止於此矣。坐客咸失色。逡巡不敢下箸。公乃一一親送之。辭世故之言耳。官宅可寓居。即一則閣防嚴肅。不能任意出入。二則早晚餐必須按時。餘三則茶湯燈火。時呼無人照應。四則來往賓客。門丁絕不敢通。五則歲時餽贈不能絲毫減省。六則隨例當須。不得自行添菜。七則大小生日。按人要派分金。八則主人宴客。必須及早迴避。九則衣衫垢污。無人為之滌濯。十則主人入室。必須衣冠相見。吾性落拓。其能堪此束縛否耶。

陳讓園 懶口。嘉慶癸酉科舉人。從官嘉善學訓導。與文恭公兒女姻親。甲戌會試。偕余同寓旅邸。公就見曰。有女在京。而身居客店。人其謂我何。乃命車強載其行李而去。陳不得已從之。後數日。余往候之。陳頻顣曰。不可一朝居也。吾靜坐此室。足不能出戶外。不見天日者已數朝矣。尤難處者。己之家人耳。蓋家人與其家人同食。每人每日支鹽菜銀一分。賬房折給。止大錢七文耳。故廚房公餼。惟菜腐一盂。餘皆其家人所自備也。平泉屢任學差。僮僕類皆奢侈驕悍。飲酒食肉。旁若無人。吾家人止許餐其常饌。彼自備珍羞。不得妄下一箸。又一言不合。即加譏誚。斥為寄食。吾家人屢向余垂涕。然此等細故。豈可令平泉知也。讓園又曰。吾與平泉同食。常饌而外。例有添菜。然命之食則可食。不命之食則不可食。所最難者。命之食而不食。則又為違式耳。嘉慶甲戌入都。有一僕求余附載。余曰。吾今歲與人合車。主僕已四人矣。後從何處位置汝乎。乃大哭曰。小人若能到京。則不憂凍餒矣。後隨同邑戚蘆汀前輩。唐。後官給事中。時尚為編修。進京。時余已乞假將出都矣。又求余附載回籍。余曰。汝前言到京不憂凍餒。今又欲南旋何故。復大哭曰。小人已三月不知肉味矣。余大笑曰。汝欲跟京官。則肉味二字。先當置之高閣。吾家人已半載不知矣。尊管如此煩惱。何不竟赴峨嵋修鍊。侯功夫到三年不知肉味地步。自然此心無窒礙耳。一日向陸文恭公言之。公曰。斷人也。吾知之矣。吾前往拜蘆汀。彼已接吾名片。復回問吾尊姓。僕從無不匿笑。吾湛庭之曰。汝但以此通報。想汝主人當識字也。吾與蘆汀同鄉。本可相忘形迹。但彼勞觀竊笑。未免轉為抱愧耳。

先君年少時。質稟弱。晚歲加意靜攝。乾轉豐腴。徐古梅觀察。驅幹壯偉。罷官後賠項甚多。憂形於色。年甫六旬。皤然一老翁矣。一日與先君同坐。笑語人曰。汝輩亦知吾二人所以豐悴之故乎。蓋做官與不做官之分也。嘉慶甲戌座師為錢唐章文恪公煦。公久任封圻。規矩嚴肅。見門生如見屬吏。咸惴惴懼失儀。後予告回籍。煦屢拜謁里第。則一見歡然。如家人父子。跟僕大駭曰。中堂何前倨而後恭也。余笑曰。此亦做官之別耳。

向來浙江廣東鄉試首題。例不出大學。以為犯之。非貢院被火。即主司有譴責。亦不盡然。嘉慶戊午。廣東首題為此之謂絜矩之道句。主司為吳公。烜。至侍郎。後官趙公。良澍。嘉慶丁卯。廣東首題為此謂惟仁人為能愛人。主司為花公。杰。何公。凌漢。花後官至尚書。何後官至總憲。是兩科主司皆終身未嘗得罪。即貢院亦不聞被災也。惟浙江則至今尚無出大學題者。

嫡叔祭。浙江自雍正紀元以後。未嘗以大學命題。雍正以前則屢有之。康熙癸卯科。生財有大道一節。壬子科如切如磋者六句。庚午科君子無所不用其極一句。即康熙丁卯科廣東亦以民之所好好之二句為題。不知此等議論起於何時。

百文敏公。齡。有感懷詩四首。一時膾炙人口。云淮甸雲沈月上遲。夜寒獨坐夢醒時。霜欺短髮愁低首。花放長髭笑展眉。棋局定能淆黑白。蛙聲那復問公私。路人萬口騰相告。鼠穴牛車事亦奇。狂花滿眼鬧沈酣。說鬼譚禪異所聞。鏡裏無形難覓影。峰頭有石易生雲。服轅老馬愁前路。鎩羽秋鴻感舊群。箕斗插檐天尺五。自扶節杖看星文。膠漆當陳託舊盟。相逢一笑素心傾。平生自詡汪汪度。宇宙曾無矯矯名。海市幻成樓有象。并刀剪處水無聲。著書辨謗渾多事。付與千秋月旦評。嬾從逝水問行藏。尺短何能較寸長。只恐身名終碌碌。空令歲月去堂堂。忘家渾作雄鷹想。多病難尋辟穀方。昨夢游仙心境朗。五雲樓閣氣蒼茫。蓋因以事奏參河督陳鳳翔。一時不無物議。公亦深悔之也。

詩間煩列。文篇末多一韻。天作篇末少一韻。仁和范介茲 崇福 云。杉鳴呼。前王不忘

六字於子孫保之之下則兩篇皆叶韻矣二詩相連益詳簡也說甚精確

介兹湛深經術尤精天文律算之學其三侯見鵝說諸篇阮相國師錄入詁經精舍文集瑞履索昧斯術不敢妄贊一辭也

論語吾以子為異之問曾由與求之問朱注異非常也詩小雅正月篇正義引洪範五行傳云非常曰異曾乃也孟子公孫丑篇爾何曾比予於管仲趙注何曾猶何乃也為有也孟子滕文公篇將為君子焉將為野人焉之是也詩小雅蓼莪篇拔報之德蓼之猶是也言吾以子有非常是問乃由與求是問也瑞履案孔注則此二人之問訓曾為則義似未安又異字與由求對當指非常之人而言故下文先論大臣之義而後及由求言大臣當以非常之人任之而乃以由求當之故斥之也

蓬山風引固屬方士荒誕不經即張騫窮河源之論亦是飾辭欺漢武也故余有詩云片石支機重若何黃河終古隔銀河果然識得天孫面何不輕攜織女梭或曰既云天孫又稱織女非重複耶余曰織女宮中豈止一天孫乎天孫不過管領織女之事耳或曰子何從知之余笑曰煩君為問張騫彼何從見之也

嘉慶甲戌瑞履在京向陸文恭公言旅邸臭蟲作孽夜不能安寢公曰子如此即不耐煩耶余按試涼州界連邊境故使車所至騎從森嚴後擁前呼旌旗雜遝每至人

煙稠密之處則見如黑毯一塊當輿而陳視之四散皆臭蟲也入試署後命婦除淨盡設榻於室之中央并命家僮納帳之四面於席下然後睡初宵頗覺安穩四鼓即起點名第二夜即杌隉不安至第三宵則血流遍體矣聽轅門甫傳初更漏盡也大轅門點漏傳至二更則放炮一聲俗謂之盡更炮又天明放炮一聲則謂之天明炮日落放炮一聲則謂之起更炮陝甘文風向推武威第一余嘗曰武威臭蟲第一文風次之

貴州龍泉係貴州者以浙江江西皆有龍泉縣故也盧石甫先生名光璐乾隆丁酉拔貢稱先生者以與先君交好故也兩任吾邑先生於嘉慶壬戌來署縣事阮芸臺師即行題陞後乞養回籍從秦觀事畢部令仍赴浙江補原缺忠信慈惠不事文飾與先君交最篤阮相國師初任吾浙巡撫時公尚為縣丞歸極貴之命兒巡撫實奏擢知縣以老病乞休卸篆之日即已斷炊寓居蕭寺貧不能歸後同人醵金助行方得歸里公處之泰然日賦詩以自消遣先君集中有依韻答盧石甫明府二律皆公再任時倡和之作也敬錄於左　迎來竹馬又三年愛景薰風話果然抱牘人稀淳近古放衙吏散冷如禪劉公棠芾思周甲乾隆壬午安順劉公來宰鄞山政績卓然民到今思之楊尹坊崇仰昔賢治東還堂坊為宋楊文靖公建珍重瑤華耀蓬蓽新詩合與口碑傳政成畏壘大穰年懿戒箴猶視欲然過眼喚醒蕉鹿夢當頭喝破野狐禪頃聞姚江社案急有所感相期晚節堅清白獨抱初心向聖賢此日因公曾至室他時附驥武同傳吾邑生祠

皆氏自會州復十年留浙人稱云先生尚無恙公子已入泮矣盧再任吾邑時年已老矣故舊漸稀新交太濫逐致為所牽制先生憤悶形於辭色然無可如何也瑞履以二絕規之云此行借冠自何人山水原非舊日春翁笠簑衫誰似我湘湖深處獨垂綸　新人定與故人殊用朱竹垞先生句金屋裝需論斛珠記否吳山聯袂日一輪明月浸西湖公寓道墟日曾與瑞履秋夜同登吳山看西湖月色先生得詩亦不甚省恭讀先君子次作已悄見乎辭矣

去任官不宜再蒞舊治阮相國師重撫吾浙清釐勤節始終一轍卒致被議罷官錢唐黃鐵年超再同吾邑學篆人間亦嘖有煩言余寄以四絕云劉阮重來事已非天台惟見亂鶯飛日長飽喫胡麻飯切莫無端叩玉扉　前身本是少微星手種垂楊色尚青仙骨珊珊衣一品閉門無事誦黃庭　庭前桃李已摧殘尚剩當年首蓿盤畢竟菜根滋味好但將芹藻勸加餐　彈能瑤琴讀罷書長吟抱膝意何如一池春水煙波闊且憩余陰靜釣魚　蓋諷之也鐵年學長生訣按摩運氣時萌妄想故余贈詩亦雜以仙語

鐵年原名楨精於天文推步及九章算術能自製寒暑表不差累黍余素不諳其學故未嘗與談也生平著述甚多今恐亦散失矣余所存者僅伊應試時經解一條為錄

存之　問保氏九數終於句股磬人句倨即銳鈍設股四十二弦六十得句幾何設銳角四十二弦六十得句幾何對曰句股之名見於周髀算經廣者為句修者為股句股兩端之斜綫為徑隅徑隅亦謂之弦銳鈍者幾何原本云凡角大於直角為鈍角小於直角為銳角句股無鈍角合兩句股為三角形斯銳鈍所由名也句股弦互求皆以開方得之弦方內有股方有句方如設股四十二弦六十求句幾何則以弦數乘之為三千六百以股乘之為一千七百六十四而於弦自乘內減股自乘之積其餘一千八百三十六為句自乘之積以開方法開之得方邊四十二又八十五之七十二為句數又法股弦相併得一百零二股弦相減得十八以兩數相乘開方亦得句數如前又法以長濶相和法求之得數亦同設銳角四十二弦六十則得數又不同蓋角之數在對弧與句股異今有角度有弦求句此即八線求他形之術法以半徑比所設角餘弦若弦與句以半徑為一率所設角四十二餘弦為二率所設弦六十為三率二三率相乘一率除之得所求句數四四五八八六八八即四率蓋句股皆直線所成其求之也易角度則度在弧背為曲線曲直無相通之率自西人用中比例推得八線之法以列為表而得一線即可以求餘線可以因角求邊可以因

遂求備。何以八線求他形。亦可以他形求八線。即古人割圜弧矢之法。而益精之者也。

論語興滅國繼絕世。詩文王正義。引五經異義。卿得世不。公羊穀梁說卿大夫世。則權并一姓。妨塞賢路。專政犯君。故經譏周尹氏齊崔氏也。左氏說卿大夫得世祿。不得世位。父為大夫死。子得食其故采。而有賢才則復升父故位。故傳曰。官有世功。則有官族。謹案易爻位三為三公。二為卿大夫。曰食舊德。食舊德謂食父故祿也。尚書古我先王暨乃祖乃父。胥及逸勤。予不敢動用非罰。世選爾勞。予不掩爾善。論語曰。興滅國繼絕世。國謂諸侯。世謂卿大夫。詩云。凡周之士。不顯亦世。孟子曰。文王之治岐也。仕者世祿。知周制世祿也。是許叔重引論語以證周之世祿。亦殷制。此言興滅繼絕。當指反商政而言。國者國之國。世者殷之世。似與周世祿不合。白虎通王者受命而[illegible]絕世何以為先[illegible]之功。後[illegible]此[illegible]受命之王不[illegible]論語以證其義。非專指商周而言。

或謂余曰。宋人刻書。每行字數。如其行數。如每葉二十行。則每行各二十字。每葉二十二行。則每行各二十二字。此亦不盡然。如錢竹汀日記鈔所載宋板儀禮注。每葉二十八行。行二十四字。宋刻漢書。每葉二十八行。行二十四字。宋刻司馬溫公集。每葉二十四行。行二十字。宋刻史記。每葉二十六行。行二十五字。又一本每葉十八行。

每行十六或十七字。宋刻列子。每葉二十四行。行二十五字。略舉一二。餘不備載。則其說不足據矣。近日書賈無不作偽。以欺世。新進後生。皆當慎之。先君嘗言。書賈吾可與周旋。兩等慎無與交。未有不被其愚弄者。不特書賈也。即同學中如何夢華元錫趙晉齋魏小卿陳仙作。藏書皆伊二人代購。恐將來半是不全之本也。[illegible]何趙以書來甚多。余[illegible]

皆統闢之。

嘉慶甲戌。瑞人釋褐後。偕錢西來駿上虞人辛未翰林。同門之館故偕往見。姚梅捲汝台。陳玉峯騏。胡修展鑑。同學於魏城山陵俱歸安胡仁和也。以上三人與晚俱皆以嘉慶庚午。吳梅梁保山陵人嘉慶甲酉選拔。劉文[illegible]。韓桐上絪平湖人。癸酉選拔士。謁劉文恭公於邸第。公曰。譬如乳母然。爾輩皆吾保抱哺養。以至於成立也。今幸各授室矣。乳母之恩。可不報乎。吾亦無他求。但為我謀一醉耳。又曰。龍子吾此言吾天津閱卷所得士。亦當預斯會也。又曰。何十五一坤伊劉號履成不知其的。故師亦以其行第呼之。亦吾門下士。何為師督學吾浙時所取附生。今現居吾書館。當招與共飲。不可令其一人獨自向隅。衆皆諾。乃相訂日治具。移樽師邸。師大喜。先令諸蘊纖復投壺。師投壺之技。百發百中。然其技法亦與衆不同。後入席。當行。師曰。今日可謂人生難得之遭逢矣。諸君皆當不醉無歸耳。於是復盡職謎飛觴傳令。又出令盃一匣。磁銅玉石。大小參差。斑駁陸離。寶光耀目。師云是文正公所遺。昭不輕出示人也。命各隨酒量之淺深。取盃之大小。師自取其最小者曰。吾本涓滴不入口。今日亦當盡興也。於是瑞粗分得玉船一事。意謂不過一盃之數耳。不料舵尾中空。旁通一穴。酒注其中。涓涓不絕。遂至酩酊大醉。餘亦屢舞亂邊。無復儀節。時師先已被酒入室。遂皆不辭而出。次明羣赴師邸謝過。師大笑曰。吾一睡直至天明方醒。實不知君等幾時散席。作何了局也。

文恭公言。凡君臨臣喪。則移尸柩於北面。而其子孫吉服出迎。此定例也。或又云。須皆一死者親屬主喪者持之。迎於門外。未知然否。文恭公未及言之。惟吾文正公薨。高宗聞信。即趣命駕。時文清公巡撫陝西。家中止我一人。年尚童穉。不諳定例。諸事未經預備。惟聞傳呼接駕。即喪服倉皇趨出。而駕已抵門。進內又不敢隨入。惟聞門內哭聲震地。定例。凡上哭則隨侍之人。無不崩哭。而已。少頃。又傳呼送駕。予甫伏地。而駕已出門。顧予問曰。是某孫耶。料此孩子詎能辦大事。快叫劉墉。玉音甫畢。而鑾輿已行數步矣。瑞按。公第本極寬敞。因曾經駕臨。故大門廳事。咸扃鑰森嚴。而別啟一門出入。朱文正公之弟亦然。文正公之喪。仁廟擇日駕臨。故諸事皆得周備。

文恭公又言。乾隆甲辰。紀文達公昀主禮部試。釋褐後。其館選門生。又群赴公第。修後進禮。例以白關三場紅手版。俗謂之換帖。公飲之酒。出一硯相示曰。此吾師劉文正公所貽者。公為乾隆

丁卯順天解元。是科劉文正公為副考官。吾身後亦當不傳於子。而傳於弟。不知誰當得此硯者。會稽茹古香棻。茹為是科狀元。起對曰。何不即付與某收藏。公大笑曰。吾明言要俟身後。而君即欲攜歸。豈以我為已死耶。

左傳史趙曰。亥有二首六身。下二如身。是其日數也。先南陔師曰。亥之二首。人盡知之。其云六身。尠能解者。因閱商鐘銘。吉日丁亥之亥作亓。正合二首六身。古之造文者。本有移置之法。右旁之丨。橫之為一。置於中丨之下。即為上矣。左旁之𠂉仰其丿作丨。置於一上。亦為上矣。總其六身。則為川。合其二首則亓。豎其二首。則為刂。下而置於川之左旁。則為川。於是士文伯見而數之曰。然則二萬六千六百有六旬也。

讀朱子論語。三嗅而作。集註晁氏曰。石經嗅作戞。謂雉鳴也。全謝山謂朱子所引石經皆成都本。見鮚埼亭集外編卷四十七。未知所據。

浙江提督李忠毅公長庚。勦擊海賊蔡牽於黑水洋中。礮盡殲。阮中堂師。重撫吾浙。為建昭忠祠於甯波。作詩四章哭之。粵海閩天接焜炸。火是如斗陌殘冬。一生精氣騎箕尾。百戰功名瘞鍾死。後人知真盡命。生前命許得榮封。至尊震悼廷臣哭。早有孤忠動九重。詔遣孫恩轉一船。非公進不到。而天速報。蛟穴五千里苦歷。鯨波二十年。尚歲過門皆不入。衆潮腹夜每無賊。猶之若興牢之合。罕見瀰溝綿水仙六戟相依作。弟兄一郎樓風雨共。豎兵手中。常穿千舟溢。海上如建萬里城。絕吭原知關運數。寄牙早已斷歸情。雖舶泊道。終無予

姚謝恩勤侍館告病上坐宋稍建祠蔭其部曲貢依僕朝終陳月冷粘樂樹洋水若深以子祥如此發身貢不能為衛堂志也後延臨洱文合觀察遇衍流興歇溺國飭公塔陳君大琮從官溫州府同知乙先君慕祠漢碑文成極為當時傳誦文曰嘉慶十有二年冬十有二月壬辰浙江提督西安李公以舟師迎剿海賊蔡牽於廣東黑水洋而明年春正月閩浙總督以聞天子震悼賜祭葬追封壯烈伯世襲予謚忠毅敕建祠原籍福建同安有司春秋以時享祀備哀極榮無與倫比其年冬祠宇落成楹桷與楹堂庭廣偉迎奠東京精爽肸蠁昭謁肅祇若公生存麗牲視景之石礱材既具宜有銘刻以昭忠伐公塔浙江候補同知陳大琮以備某閩辭不獲謹案公以武進士入宿衛出官浙江福建由偏裨游擢至大帥總領各鎮追捕洋盜窮溟絕島之中徂踐寒暑赴蹈危險蘇水澳雞籠尾碧石塘釣艇掃林門全蠟卯捁小肥賓擁安南夷艇於松門乘颶風滅之磔僞侯倫貴利格朱濆於甲子洋斬紅旗賊目猗鄭一於佛堂外洋獲其乘舟前後翁賊首林權吳三林明灼陳禮禮侯納羅二十等諸所殲斃不可勝計群盜惕慴自縛投首台溫之間淵藪綏服蔡賊惡逞狡獪頤義敢擾公襲之白大洋逐之旗頭擒之漁山幾獲之賊詭降走遁追之三沙及於南麂大及之鷂折之浮鷹洋擒四十八尾之黃堀至於盡山挫之青龍港擊之斗米洋

戰三晝夜擒七十二人賊走臺灣攻之安平乘之柴頭港戰皆捷大破之洲仔尾賊遁遯之鹿耳門外閩之張阮洋充之澗珠洋殺傷多逼之竿塘功最殲之三盤覆之大星嶼收其戰械燬其礮毀其艨艟斷其纜索折其桅燒其巾項插花及其頭蓬桌其黨許老陳帖陳火燒彭宋陳貴李七等來歸其餘蔡添來從群醜鳥駭獸散賊僅存三舟亡命奔竄入於粵洋公銳師銜尾以所製火攻船縋賊梢後而身躍登賊艦者三賊皆股栗墜海不知所為俄而烈風反逆海水飛立天地晦冥士皆偵眙公大呼奮擊猝受流礮中頷及咽始於暴沒匪躬終以致命遂志當宁為之泣下三軍為之慟哭稽古死綏伏節之臣類變起倉猝義不返顧或中讒投忌援絕身危甚則撓阻掣牽左次失律進退不可猶能明志論者尚悲其遇原其心俎豆尸祝以嗣享之謂勤雖不足列則有餘也公稅兩朝之知遇際十全之盛會師三省之勁旅貫百戰之餘勇賊以螳斧蟻負之力弄兵潢池使公早統戎行當此文武和衷將佐用命出其喑啞叱咤指顧之間撥鏇濯燒綽有餘裕且夫總統之任非一手足之烈公從容帷幄發縱指示令興廝虛養縛狄捷不難坐腐樵盜況復聖慮萬全中命特申公即涉履波濤何不必躬冒矢石顧以受恩深淵未敢啟居懲賊之

譎作士之氣晝夜駿逐不予以暇當度緩急決定機宜以為不先除餘盜不能翦蔡賊之翼不直擣蔡賊不能靖餘盜之心往來分合次第廓推使蔡賊勢力孤竭然後一鼓撲滅又念身專閫寄師之耳目先登陷陣率厲士卒躬衽鋒鏑以劉大憝而困獸猶鬭死灰竟然此公所不及料要其敵愾致果誓厥頂踵成仁取義定於平日惟勳與烈實兼有之合於祀典所稱以死勤事能捍大患之義國家使臣以禮有功而能知之盡忠而必報之名炳於丹青賞延於後嗣廟食奕祀傳諸無窮所以慰恤激厲者跨越前載公生為名將死為明神志意有所未伸事業有所未竟正氣不泯發揚昭明其光景動人民宜有煒赫震耀宣助威武殲蕩鯨鯢澄謐凶逆以默相我大清鏡平砥厲之治爰系以詩常羊之絲大海邑之滓滴欽納閒氣鍾之篤生李公龍驤雲起繼其家聲臨淮成紀藏仁抱義說禮敦書雅歌投壺如古大儒入衛周廬出擁旂旌東南倚公屹然長城參戎銅山追盜象嶼八船回環若捕雀鼠純皇褒嘉擢鎮定海柁是汝王汝勤無怠公拜稽首臣在洋久誓埽欃槍以報我后惟帝謂公雄挺傑出宜在要地勿輕弁滷蔡賊蔡牽抗逆顏行敢窺臺灣敢擾浙洋帝命總統提督舟師用汝浙江汝惟勉為公感泣言臣敢不力誓死滅賊以盡臣職

爰率諸鎮孫羅王許飛礮雷轟浴血濯雨漁山搶圍樓船雲集剸賊死命懸於呼吸詭降大府哀惶蹴踖緩待漏網狡譎反覆公出新意造火攻船鐵鈷繫縴所向無前鯨濤遠狀竄穴窮搜草薙禽獮無俾種留誓師慷慨滅此朝食賊餘三舟心破膽寒疆梧單閼極涂之月鑿門而出底天之罰髑髏南下蒼兕黃頭至黑水洋公先眾舟踴登賊艦往毀賊梢左手執盾右手執刀積颷焚輪駭浪噴薄妖鳥山飛大星夜落凜凜鬚眉殁而猶視生長於海與之終始九重太息襃綸殊眷帝用公名未識公面冀公獲醜觀封鼓鼙登於明堂酬庸錫齋何期齊斧遽悼灰釘瘞首蓋綏以寵公靈詔守土吏建祠同安慰公忠貞祭以賊饌祠堂枚枚在海之隈公歸其鄉靈旗往來上為日星下為川嶽更千百年瞻此榱桷定軍之山象公之杜歲時膢臘椎牛奠斝蔡賊既平溥海來庭告公事成公神載懽後浙江提督邱良功福建提督王得祿等追凡蔡賊於溫州外洋疾加攻擊蔡牽坐舟礮漏及其二妻一子同時沉海沒覆得旨王得祿晉封子爵邱良功亦晉封男爵

近日經籍文字皆以居為凥段大令玉裁曰說文有凥有居凥處也從尸得几而止凡今人居處字古祇作凥處居蹲也凡今人蹲踞字古祇作居廣雅釋詁二凥也一條釋詁三踞也一條畫然分別曹憲曰按說文今居字乃其居字近之矣但古人有

尻有跽有蹲有箕踞。跽與坐皆鄰著於席。而跽聳其體。坐下其脾。詩所謂啟處。四牡傳曰。啟。跪也。處。居也。四牡不遑啟處。采薇出車作不遑啟居。居皆當作凥。許凥下云處也。正本毛傳。引伸之爲凡凥處字也。若蹲則足底著地。而下其脾。聳其厀曰蹲。其字亦作竣。原壤夷俟。謂蹲踞而待。不出迎也。若箕踞則脾著席。而伸其腳於前。是曰箕踞。趙佗箕踞見陸賈。聞賈言乃蹶然起坐是也。箕踞爲大不敬。三代所無。居篆正謂蹲也。今字用蹲居字爲凥處字。而凥字廢矣。又別製踞字爲蹲居字。而居之本義廢矣。（足部曰蹲居也。二字爲轉注。今足部改居爲踞。又妄添踞篆。訓云蹲也。總由不究許書條理。不知古形古義耳。立部竢下許曰居也。亦同義而誤爲從踞也。蓋俗本之紛亂如此。）

予兩度入都。每見旗亭旅舍。多有題壁詩篇。襆被簾燈。亦復欸聲遐興。匆匆不復留稿。所記憶者。止此一二章耳。原非漫賦冶遊。實以借存聞見云爾。習控青驄下碧宵。玻樓玉宇夜迢迢。二分明月人間好。腸斷揚州第幾橋。門前高柳碧煙籠。恰恰嬌鶯細雨中。一縷柔情牽不斷。當年幾度剪春風。璧社湖頭日暮雲。離情無限水沄沄。阿儂見慣春波綠。軋得雙槳便送君。蘭風習習透輕絹。豆蔻梢頭月上初。郎自論文儂度曲。衣香人影最愁予。軋軋淒聲隔岸多。七襄雲錦夜投梭。分明衣帶銀潢水。未許黃姑喚渡河。清溪斜抱數弓牆。幾樹桃花倚夕陽。無復雕梁棲海燕。題名尚著鬱金堂。櫻桃花底酒如淮。人在瑤臺分外佳。回首蘭亭好絲竹。踏青時節負芒鞋。殘月簾櫳遠幾重。樓頭初聽五更鐘。酒痕燭淚消磨盡。只剩殘香滿屋濃。作非一時。題非一處。是類而輯存之。

仁和胡書農前輩敬重修曝書亭記。組織工雅。洵推當代作手。讀之令人遙頌生香。記云。夫芳臭所及。迹往彌歡。宗尚所存。情通匪邈。是以過廬阜者。必跂望於曾臺。經瀼西者。亦流連於茅屋。况乎流風可接。大雅同符。結神契於百年。抗詞宗於同代。訪舊事於采風之始。振清塵於問俗之餘。洵爲政之美談。抑藝林之盛事也。惟曝書亭者。秀水朱檢討彝尊藏書之所也。鴛湖里第。長水郊園。八萬卷之緗函。校來研北。一百弓之隙壤。拓自池南。溯當避地之初。迄乎歸田而後。蒐羅日富。排次遂繁。寶之秘中。時有一瓻之借。閱來肆上。不辭十笏之酬。善且益多。聚於所好。裝潢千卷。比之南渡尤家。著目八門。擬於西齋吳氏。瑤圃則吉光滿匧。妙綜詩詞。珠囊則璧典盈箱。字（諧作平聲。未知所據。）博搜經義。夜燈雨細。聯吟多江左英流。曉几風清。問字有外家高從。七品頭銜。雖小傾倒公卿。一時手筆爭推。巍然尊宿。王筠晚歲。遂負朝野之名。庾信暮年。大動江關之望。無何榮悴有歇。閱歲如馳。竹垞荒蕪。金風冷落。零亂丹鉛之本。叢殘

黃墨之編。曹倉卷軸。散於四方。鄴架纖縢。歸於他姓。棣花紅粉。空餘里帙之痕。蕉葉清涼。漫蔭論文之座。綠陰匝地。是處生蛇。煙色參天。誰來誅草。苔深徑沒。水涸池平。風月依然。亭榭非古。文人過而踟躕。騷士爲之悵結。已大中丞儀徵阮公。懷舊蓄於遐情。愛才深於曩日。輶軒昔歲。曾經通德之門。節鉞今茲。載訪蘭臺之宅。撫今緬往。因地思人。睠先輩之風華。發後來之景慕。爰探故址。更築新亭。櫨宇高張。丹青增飾。繞池花木。仍留移植之株。絡架藤蘿。尚想追涼之地。雖四部之無存。庶五畝之不改。坐春風而念詞筆。酹尊酒以招吟魂。如接清標。如披雅致。青山已逝。長埋邈代之才。白雲能來。應慰生平之舊。於以擷遺芳於未沫。啟夕秀於方來。豈同鶻上續詩。徒誇觴詠。滄浪重葺。但侈名勝已哉。攬筆爲記。傳之無窮。以爲後之君子。亦有樂乎此也。

說苑君道篇。未見君子。憂心惙惙。亦既見止。亦既覯止。我心則悅。詩之好善道之甚也如此。王應麟漢書藝文志考證。劉向說苑新序列女傳。間引詩以證其說。向爲楚元王交之孫。交受詩於浮邱伯。劉向之學。魯詩之流也。（臧庸）案此說實非。新序說苑列女傳引詩證明之說。實多與韓詩外傳文。其不皆魯詩。一證也。漢書儒林傳。魯人申公受詩於浮邱伯。以詩經爲訓故以教。亡傳。是魯詩本無傳。今說苑所引詩說多冠以傳曰字。其非魯詩。二證也。又儒林傳。向以故諫大夫通達待詔受穀梁。而新序說苑中多雜引公羊左氏二傳文。知所引詩。亦當雜齊魯韓三家之說。其不皆魯詩。三證也。三家詩久亡。學者無從分別。幸韓詩外傳尚存。得以尋間求索。亦一快也。

先南陔師家居時。有書吏誤差本管官將杖之。泣求師爲緩頰。師問誤差之由。曰聞召趨赴。失跌傷足故耳。師笑曰。所謂此日足可惜矣。嘉慶甲戌。予乞假偕汪小硯大令（名世鏡。時以捐貢引見。以知縣用。候分發江西。）出都。道過揚州。適同邑旃羅巖太守（名心畬。署揚州府事。）偕寓其地。同往謁焉。坐定。小硯以右足加於左膝上。而問見上官儀注。羅巖歎曰。此足恐終身無加膝之日矣。予憶師言。笑曰。所謂此日足可惜也。（憶平未會試報罷。偕諸友結隊南旋。共有二十餘人。商擬揚州。適羅巖下車伊始。時知江都縣者夏君錦。而揆之縣丞皆同邑人。江都典史則山陰洪某。甘泉典史則會稽章某也。羅巖置酒高會。各分言情。命以揚州茅興紹興采相間而退。遇漁師以鮮魚獻。並令烹而食。席間各賠香珠草席諸物。皆揚州土產也。時瞬州年已無一人在者。而羅巖亦罷官落拓。寄居蕭寺矣。）

王雅宜借銀券文曰。立票人王履吉。央文壽承作中。借到袁與之白銀五十兩。按月起利二分。期至十二月一併納還。不致有負。恐後無憑。書此爲證。嘉靖七年四月日。立票人王履吉押。作中人文壽承押。錢竹汀少詹題詩曰。草堂曾待王録事。少米乞乞李大夫。分人以財今已罕。稱貸保任古有諸。詩人多窮乃往例。四壁蕭然了無計。

雅宜山色難摹倣。下筆區區懸鈞契。誰其償者貞與之。白銀五十無不奇。覊息二十
一歲年皆明之傳留存款。年月日子紙尾脈成。不之生平腕食家家蔵此
來郡賞山人抑。風流才裕偶流傳。筆法關劭繊衷觸事以皆歸與。超評估一字買
十千。褚先生容易少游。乞我作詩述其由。歲朽春失我亦懋。有麼逃責招我不
左氏春秋傳閔公二年。衛懿公好鶴。史記衛世家正義引括地志。故鶴城在滑州匡
城縣西南十五里。是鶴乃地名。非鳥名也。此其文於此城。文定文生義矣。春秋時。祿位有
仕至大夫者。故曰鶴有乘軒者。杜注軒大夫車。乃將戰。當受甲。國人國人似指世臣公族。皆曰使鶴。鶴
實有祿位。余焉能戰。國人與鶴。鶴謂外邑。相對言。無事則以祿位與鶴。有事則以甲授國
人。況鶴有祿位則可以戰。國人無祿位則不能戰。故曰鶴實有祿位。予焉能戰也。所
以申明使鶴之故。懿公所好。皆嬖倖左右之人。如宮觀公從蠱去諸大夫而立其左右之類。故史記衛世家於好鶴下繼以淫樂奢侈四字。平日本不知兵。臨事恇怯。委之國人。國人久無祿位。已無兵柄。故不能戰
也。當時國人為大夫者。止有石祁子甯莊子二人。故與之玦與矢。而使守。下渠孔子
伯黃夷孔嬰齊諸人。想即鶴人。故致敗績。杜元凱於鶴無注。正義以鳥釋之。失其旨
矣。文齋序狄人攻衛。其民曰。君之所與祿位者鶴也。所當者宮人也。宮人與鶴對文。正是外嬖之屬。呂覽忠廉篇同。

重論文齋筆録卷五終

重論文齋筆録卷六

清　蕭山王端履輯

閔安生定山幼受業於先君之門。讀書沈靜精細。尤邃於經學。而韻語非其所長。間有所作。皆捉刀也。晚年意殊剛愎。又擇交不慎。竟至貽禍。蕭牆時君病已革。余方覲覆桃源。亟買舟歸視。而事已決裂。故予哭以詩云。已絜新樽命臧紇。中豈杖其敝亦行。益傷之也。嗣子東淳道光乙未舉於鄉。君於是始有讀書種子矣。今録其雜文數篇。亦不嫌其繁也。

詁經精舍崇祀許鄭兩先生記。嘉慶二年。侍郎阮公視學兩浙。雅意古訓。舉唐以前經傳子史諸書。依韻而編次之。遴溯士之能經者。餞集於西湖孤山之麓。越兩歲。復來撫浙。乃闢為精舍。顏曰詁經。招諸生肄業其中。設木主祀漢太尉祭酒許君叔重。北海相鄭君康成。為先師。俾諸生以時習禮其間。甚盛舉也。聞之記曰。凡學春官釋奠於其先師。秋冬亦如之。注謂若禮有高堂生。書有伏生。樂有制氏之類。漢時以經為博士者。皆自名其師。無師說者不得立學官。能兼通者聽之。而不得背其本師。漢末失學。明章之間。儒術始微。經生暫建精廬。精廬橫動有千百者。名高義編牒受徒。繁其章條。穿求崖穴。別體俗書。鉤瓜析亂。遂不免有循吏漆書私定竹帛者。許君懼文字之滋譌。於是撰為說文。明形聲指事之本原。取訓纂杜故班續訓故諸書。悉加釐正。成一家言。而鄭君括囊大典。包羅眾家。研精小學。設為讀如讀為當為故書今書諸讀。以窮假借轉注之用。然後訓詁之道大明於天下。講詁經之學而不師兩先師。猶衣食而忘先嗇先蠶。師田而忘先貉先牧也。夫鄭君解經禮堂寫定。傳之其人。承學之士能言之。許君正文字以正經。使後世不徒習秦時徒隸之文。而猶見三代周孔之古義。是說文之功。實不在周公作爾雅下。顧當時既不與博士之班。後代復不聞從祀之請。今侍郎表而彰之。且先許於鄭。俾知或原或委之故。以為當世習古訓者告。其所期於浙人士者甚大。浙人士當如何濯磨。以無負兩先師也。

大衍之數五十其用四十有九論。天數奇。地數偶。合天地之數五十有五。所以成變化而行鬼神。而大衍之數獨云五十。其義安在。或曰河圖洛書之中數皆五。衍之而各極其數。以至於十。則合為五十。豈知一三五七九為天數。二四六八十為地數。皆天地自然之數。謂後世圖書之學。有合於大衍之數則可。謂大衍之數出於河圖之中數則不可也。或曰。天地之數五十五。虛其中金木水火土五數。而為五十。則尤謬甚。夫衍者演也。合天地之數演而用之。故曰大衍。周語曰。夫水土演而民

用也。庠昭注云。水土氣通爲濵。濵則生物。民得用之。是濵數所以前民用。而天地之用莫大於五行。豈有舍五行而置空虛無用之區哉。太元云。一六爲水。二七爲火。三八爲木。四九爲金。五五爲土。天地之數五十有五。而五在地十之中。故大衍之數五十五爲虛也。五五爲十。故伏羲演易數止五十。虛者道之舍也。天地之道。不虛則不受。然亦藏五於地十之中。而非舍五行以爲虛也。何以其用則四十有九焉。三統厤曰。太極元氣函三爲一。一太極也。馬融曰。易有太極。北辰是也。太極生兩儀。兩儀生日月。日月生四時。四時生五行。五行生十二月。十二月生二十四氣。北辰居中不動。其餘四十九轉運而用也。王弼所謂其一不用。而用以之通者是也。由諸儒之言觀之。聖言簡奧。約文申義。易理精微。參伍錯綜。誠無不該。竊謂大衍五十者。卦數也。其用四十有九者。策數也。何則。艮爲少陽。其數三。坎爲中陽。其數五。震爲長陽。其數七。乾爲老陽。其數九。兑爲少陰。其數二。離爲中陰。其數十。巽爲長陰。其數八。坤爲老陰。其數六。是八卦之數總五十也。卦法長陰八八之數。故六十有四。蓍法長陽七七之數。故四十有九。先儒所謂五十之數不可以爲七八九六。故卜筮之占必減其一。而爲用焉。況循環解之由減一之數以合五虛數。則六爻之位亦備於其中。是在神明乎數者能通之矣。

重修會稽大禹陵廟碑。會稽禹廟。舊在秦望山南。夏后啟使使以歲時春秋祭禹於越。立宗廟於南山之上。越絕書曰。禹廟在小城南門外大城內。至漢謂之故宗廟。明紹興府志云。禹廟在塗山南麓。宋元以來咸祀於此。今始即會稽山陵廟致祭。茲廟遂廢。攷吳越春秋言少康封其庶子無余於越。春秋祠禹墓於會稽。是墓故有廟。如漢原廟之制。有司掌之。不親奉也。越滅於楚。子孫散處海上。不敢復立宗祧。百姓思慕。飄欻龍冢。禱祀瞻戀。後世順民之情。增飾陵廟。斷其私祭。所以壹民志而崇明德也。謹案禹貢記禹所導山水原隰。無一言及於會稽。然山海經載夕水浙江餘暨諸地名。皆禹跡所掩。而後儒說三江者。以松江浙江浦陽江當之。是浙河以東未嘗不勤排瀹矣。聞嘗博稽經訓。旁徵圖緯。咸以禹按黃帝中經。登宛委山發石。得金簡玉字書。以知水泉之脈。其後九隩既宅。四海會同。南巡守會群神苗山大會計受功。誅汪芒氏之後至者。治水之功。惟會稽實終始之。舟車樏䡞之跡。胼胝[illegible][illegible]容之過化存神。彷彿想像。鑄貌虔事。亦固其所。何況緘葛藏裘。宅體魄。凡有血氣莫不尊親。尤服教懷德於勿替者哉。洪惟國家加意東南。宣河防海。平地成天。邁績媲夏。聖聖繼承。先後合節。展義宣風。肅將祀事。培護修葺。必慎必時。宮廟閎俾光於前代。聖天子孝思維則。敬事配天。大禮隆文。躬告羣祀。絜牲嘉幣。駿奔在廟。宜益聲斯棖楣。塗茨丹艧。構雲煥日。俾堅且麗。以稱朝廷尊嚴祀之義。以慰百姓報功崇德之思。爰自嘉慶某年某月鳩功。載周越某月日。克觀厥成。乃紀貞珉。繫之頌曰。於皇惟清。紹天建極。聖祖受之。欽明允塞。精一傳心。平成奠職。聲教所漸。媲禹之則。陟跡時巡。至於南國。惟聖知聖。仰惟前式。降土隩宅。奏民粒食。萬世之賴。稽山岧崱。精意曰禋。虔以牲黝。於越高宗。是繩是翼。豈惟古帝。永懷明德。風陵槁阜。嶷虞殺唐。孰云不欽。庶官是享。越國之陽。古殿深巷。碑以綸綍。榻以宸章。巍巍王功。肅肅陵闕。如何雷雨。失此神祺。敢不馳驟。民僅士戢。時月之令。蒼水告符。天井自出。飛石自還。法以身度。卑彼室微。果祿已斯。芳茨既塗。龍夾浮槎。嚴駕陪扶。日月飾珪。鉤鈴爲樞。垣拱繁極。穴導蒼梧。烟霞變幻。瞻於有無。胼胝無罷。宮室不卑。毋謂雕峻。歆獻以時。欽惟聖敬。於以奠之。勖爾羣神。是護是持。勸以勿壞。珉勒於斯。

唐孔穎達五經義疏得失論。唐貞觀十六年。以經學多門。章句繁雜。詔孔穎達與諸儒撰五經疏。謂之正義。由是易書詩禮春秋之學。皆宗於一。竊惟訓詁師承。波沿兩漢。章句箋釋。橫決六朝。一旦取長棄短。務定一尊。酌雅槩經。型垂萬世。其融貫

羣言。誠足消門戶黨同之習。而支離曲護。亦不免阿私所好之弊。昔朱子嘗論之矣。曰。五疏之中。詩禮爲上。春秋次之。書易爲下。試參稽而博考之。猶可知其得失所在者。易自輔嗣宗尚元風。盡棄象數。注之者既無古義之可尋。疏之者難免詮釋之未當。然亦間有推明鄭義者。訟九二人三百戶。則引下大夫一成之地之說。復彖七日來復。則引六日七分之說。且有專闢鄭義而并不細案王注者。乾卦大人本指九五。惟九二雖非君位而有君德。此真弼據文言以解經。故云利見大人。惟二五焉。疏乃謂訟蹇之大人。俱不指九五。則失易之卦位矣。蠱先甲後甲。馬融云。甲在東方。艮在東北。故曰先甲。巽在西南。故曰後甲。此納甲之義。弼所不取。至先三日爲辛。義取更新。後三日爲丁。義取丁寧。正合弼注因事申令之意。而疏斥爲無端妄作。則不解矣。其閒引莊氏張氏褚氏諸家之說。皆義涉淺近。尠所根據。較諸他經。誠爲劣矣。書則專宗孔傳。先儒謂因梁費甝疏而廣之。非也。據孔原序稱隋初爲正義者。蔡大寶巢猗費甝顧彪劉焯劉炫。而焯炫最爲詳雅。則書疏本二劉爲多。第欽明文思。旁引顧氏闕石和鈞。兼引費氏。如作服十二章。州十有二師。則述鄭注以補傳所未備。且亦有直斷孔傳之失者。立政三亳。非文王時官。呂刑九黎。非蚩尤。未嘗曲爲回護也。惟是

孔傳之僞。至宋以後始確有證據。而沖遠往往曲為附會。斯固不待馬嘉運振其疵王元感糾其謬矣。左傳則本杜預。其先為正義者。有沈文阿蘇寬劉炫三家。沈長於義例。故元妃孟子及季督賜族二條引之。蘇多䟽本文而考仲子之宮仍叔之子二條亦引之。桓七年穀伯鄧侯。全述衛冀隆秦道靜之說。桓九年享以上卿。荀首鄭箴之義。其他考證之言。多憑賈服。旁採之說。亦取劉規。數劉之誤。桓二年戰於千畝。有晉世家穆十年伐千畝有功可證。而疏引王戰姜戎之事。則以周事為晉事矣。舛錯之誤。襄十三年九族。自高祖至元孫。杜注自明。而桓六年則謂九族兼外親。直自相矛盾矣。先儒謂左多古言。亡於杜注。然自有此疏。而杜注以明。則孔又杜之功臣也。至若詩疏注有毛傳鄭箋。既皆通於爾雅。疏有士元先伯。復兼括夫群言。間有可指摘者。度其解原本偏商周之邑。有周書程寤解可證。而孔誤以為程邑。古詁訓道篇首訓詁傳下。疏自不易。而烝民則以為古道先王之政事。要其考證之博。援引之詳。終唐之世。無敢異議。洵足多已。禮自穎達以前。傳習最衆。南人有賀循賀瑒庾蔚之崔靈恩沈重皇侃等。北人有徐遵明李業興李寶鼎侯聰熊安生等。孔則以皇為本。而以熊補所未備。夫禮學固沖遠之所長。而又兼採南北著録。凡古左氏說公羊說周禮說五經異義及鄭氏張逸趙商答問。一一旁證而疏通之。注固簡奥精微。疏亦詳贍博雅。後儒徒執讖緯以譏。要亦宋以後之論。不可以議唐以上之儒矣。蓋疏之為體。不使稍有出入。其識亦似太拘。康成之箋詩也。宗毛而時異毛。其注周禮也本杜而時背杜。況唐之初。易有孟京荀鄭。書有馬鄭。春秋有賈服。漢經師授受之微言。猶有存者。倘參互考證。兼收並蓄。則鑄銅於山。煮鹽於海。網羅古今。包容萬有。不更為經術之淵海也哉。

司馬溫公書家人卦考。摩崖家人卦及樂記禮樂不可斯須去身。至舉而措之。凡百九十二言。中庸道不遠人至無入而不自得焉。凡百九十七言。在南屏山旁刊石。司馬溫公書六字。朱竹垞言家藏宋𥳑。有高宗紹興六年諭大臣以司馬光所書中庸家人卦。隸字真似漢人。事疑當時承旨所刊。然所據宋鑑藏書家不著於録。未敢徵信。或云光父池嘗判杭。後亦封溫公。嘗書此以教民。亦屬肊說。今案家人卦。貞字敬字皆不避諱。疑非溫公所書。武林舊事謂是唐人摩崖八分書。後人於石旁刊公名者。較為近之。若李日華六研齋筆記稱其篆書遒勁。則未見其書而妄識之謬。桐國師昔學吾浙時。先以是題試杭郡士子。今録存陳文杰一首云。閑將吟屐游南屏。南屏山色芙蓉青。松間一徑入寒草。流泉盈耳響泠泠。摸書古跡得山背。蘚痕半蝕土花碧。云是溫公舊日書。未識何時勒崖石。我聞元祐紹治年。黨人傾軋相偏連。碑上有名不肯刻。而[illegible]推有安民賢。一解向州循南渡。因湖山最佳處傾當宮。中紹聖梅半開空上平原擁日役宮樹付蒿萊。金粉銷殘舊封民居翠山下無谷滿點役當年御輦來。公書三絕映崖翠。赤然猶有山巖底萬古崢嶸翰墨青。蠻緣古義留天地。

安生既歿。余往哭奠其靈。有友人從旁語余曰。安生臨終。如何痛哭流涕。伊如何委曲調停。刺刺不休。意殊可厭。余應之曰。君正可謂臣之業。在禓水之卒章矣。其人語塞而罷。

有某友無子。先立其期服兄弟之子為子。後又並立大功兄弟之子為子。而大功兄弟之子。年長於期服兄弟之子。於是爭為宗子。期服兄弟之子曰。我親也。大功兄弟之子曰。我長也。議久不決。以問於予。予曰。定例不云乎。先儘同父周親。次及大功小功緦麻。敘繹先次二字之義。則不得以疎間親也明矣。此亦如庶子年長於嫡子。不得越嫡子而代主其祀也。且律有比照之條。今例無明文。即可以比照之法定之矣。後二人析産。又爭長孫田畝。吾鄉俗例。長孫向例給財産。然所得甚微。如二人各得田一百畝。長孫不過給田一二畝耳。又決於予。予曰。爾等亦知長孫給産之義乎。蓋嫡子不幸先父母而亡。其嫡孫例當承重。故於析産之時。先寓覲親之意。此其旨甚微。有為父母所不忍言者。今繼已定矣。試思將來脫有不幸之事。果誰之子為承重孫乎。其爭乃息。予謂長孫財産。當令長孫之子孫世守其業。不得分瞞。亦不得售賣。若子孫有力。許其陸續增置。日後各房愈衍愈微。或典賣殆盡。而長房嫡孫之後。尚得以其田産之所入。祀其先人。良法美意。莫過於此。今吾邑惟長河來氏行之。他族則不能也。

論語鄙夫可與事君也與哉。孔注言不可與事君。是讀與為相與之與。王伯申尚書曰。下文患得患失。皆言鄙夫所以不可事君之故。非謂鄙夫不可與事君也。後漢書李法傳。法上疏諫。坐失旨。免為庶人。還鄉里。人問其不合上意之由。法未嘗應對。固問之。法曰。鄙夫可與事君乎哉。苟患失之。無所不至。法之言如此。是不說人以無罪而以鄙夫自貶。且自謂其不可以事君也。然則法之意。亦謂鄙夫不可以事君。非謂不可與鄙夫事君明矣。顏師古匡謬正俗曰。孔子曰。鄙夫不可以事君也與哉。李善注文選東京賦曰。論語鄙夫不可以事君。變文言以正與經旨相合。鄙夫不可與事君。猶言鄙夫不可以事君也。與猶以也。

徐北溟[illegible]。從陳桐國師。其字曰白民。邑東南楊樹莊人。補縣學生。家酷貧。無以自給。乃赴杭州販書度日。暇輒緒閱。因通聲音訓詁之學。嘗自言初入省城。惘惘無所適。偶閒市肆得山海經一冊。自以為枕中秘。未嘗示人。適盧抱經學士。丈招致見於館。有以其名薦者。乃隨衆往謁。時賓朋滿座。學士上下其議論。皆聞所未聞。而無一言及山海經意謂此必其未見之書矣。乘其問及，乃起對曰：某家無藏書，惟有山海經耳。學士曰：汝所有者何時刻本？復不能對。學士曰：山海經有某本某本，因出其所藏凡十餘冊，曰：汝先為我一校，亦足驗汝之學力也。乃攜歸悉心讐校，閱半月而卒業，竟得其遺異者數字，以復學士。學士見之極喜，乃歎曰：吾固知書亦當令不通人校之也。

阮相國師督學吾浙，設館西湖，招集諸生修經籍纂詁，北溟亦與焉。越明年竣事，乃延武進臧在東（鏞堂，後改名庸）為總纂，以北溟副之。時相國將任滿還京，督促成書甚急，北溟見相國欲為將伯之呼，相國問誰可當其任者，北溟以嚴厲等數人對。相國曰：是數人吾今科皆望其中式，當令潛心誦讀，豈可以編纂之事擾其心思？北溟對曰：然則某亦須赴試耳。相國笑曰：子之制藝，即令連下百場，萬無獲售之理，不如為我纂書，尚可月得數金贍養妻子也。此事亦北溟親為予言之。

北溟詩文無人收輯，零落殆盡，今僅錄存數篇，亦管中窺豹之一斑也。

六朝經術流派論：昔范蔚宗有言，王父豫章君每考先儒經訓，而長於鄭，常以為仲尼之門不能過也。又傳授生徒，並專以鄭氏家法。豫章君即注穀梁傳者，其尊鄭學也如此。隋史云：漢世鄭氏並為衆經注解，服虔、何休各有所說。鄭易、詩、書、禮、論語、孝經，虔左氏春秋，何公羊傳，大行於河北，然則河北之重漢儒，亦猶夫范甯也。溯晉自渡江以後，洎宋元嘉年間，有丹陽尹何尚之者，始創南學之目。迄梁武天監時，此風最盛。北方之學，自魏氏太和以後，劉芳、李彪諸人以經書進，而儒術大興，至末有大儒徐遵明者，遂開後齊周隋經學之派。其門下諸生咸能自樹幖幟，故史稱魏氏雅誥興義，宋及齊梁所不能尚，豈虛語哉。夫儒業之興廢，係乎國運之盛衰；經術之淺深，存乎學識之高下。故梁臺建而沈峻榮，侯景亂而文阿餒，拓拔興而梁越顯，隋室壞而劉炫餒，此其尤大彰明較著者也。若夫阜爾大雅，俊悟不倫，知古本之可珍，識先師之宜奉，其為學也非一家，其為教也非一藝，貫古今而越等夷者，獨惟於徐遵明見之。奚以明其然也？蓋易體微遠，理貫群籍，鄭主爻辰，實稱該備，自正始風行，元風丕振，一變而為王肅，再變而為輔嗣，學者爭趨時好，聞者莫不風靡。於是華陰俊士，喟然有感，屏除元學，獨守康成，時則有盧景裕、崔瑾之徒，親承意旨，權會、郭茂之倫，世守宗風，三古四聖道教獨宣，鄭易之得行，遵明之功也。孔壁古文久藏中祕，漢儒所見，祕據伏生，自梅賾獻而偽書出，姚方興奏而舜典分。始則與鄭同行，繼則惟孔是習，幸而河北諸儒不關聞見，二十九篇之說獨行，費甝義疏之來亦晚，故李周仁、張文敬

與李鉉、權會獨守王肅所傳，具識康成所注，師友淵源，遺編宛在，尚書之不亡，又遵明之功也。三禮之學，小戴固多祖習，周儀或未兼通，而徐生之業，一傳而為李鉉，再傳而為熊安生，李則稱為高弟，熊則號為祖師，兼得房虯之授，並有義疏之撰，豈若沈峻特精周官，逆荷陸倕之薦，戚袞就質儀禮，獨得一方之秘而已哉。三禮之通講，又遵明之功也。至若春秋一書，左氏為備，漢儒注解，服氏為精，而徐生所得，又係永嘉舊寫，讀經數載，手撰義章，執疏數講，浸以成俗，其視河外儒生止知服膺杜氏，不窺服注精微，相去奚啻倍徒。崔靈恩著左氏條義以明之，是也。而虞僧誕小儒，乃說說作申杜難服，以答靈恩，適形其識陋而已，於服氏奚損焉？服氏左傳之盛行，又遵明之功也。按北史云：江左周易則王輔嗣，尚書則孔安國，左傳則杜元凱；河洛左傳則服子慎，尚書、周易則鄭康成，詩則並主於毛公，禮則同遵於鄭氏。又云：公羊、穀梁，儒者多不措懷，論語、孝經，學徒莫不通講。然則他不具論，即如易、書、禮、傳，遵明一人視南學諸儒所得，為孰優？而議者乃云南人簡約，得其英華；北學深蕪，窮其枝葉，豈通論者？夫經以師訓為主，學以師授為貴。江左諸儒習正始之音，祖元虛之學，以至好老易甚於言者，比比皆是，宜其蔑視康成，妄訾服氏，忘己量之所稱，指前人之瑕疵，此其所以遜於北學也。

釋睽：易睽卦釋文引說文云：目不相聽也。校此書者輒改聽字為視字，通志堂本已如此，惟董真卿周易會通載呂祖謙音訓所引釋文尚作聽字，與今本說文合。案玉篇耳部、廣韻十二齊睽字注並引說文云：耳不相聽。又廣韻睽字注引說文云：目少睛。一切經音義一引廣蒼亦云：睽，目少睛也。乃今本說文耳部脫去睽字，而以其注併於目部，復脫去睽字目少睛本訓，致斯譌舛。然則陸氏所引說文當作耳不相聽也，睽卦之睽宜從耳也。

礮考：說文無礮字，或作砲。說文亦無，惟旝字解云：旝，建大木置石其上，發以機，以磓敵也。春秋傳曰：旝動而鼓。詩曰：其旝如林。按左氏桓五年傳杜預注云：旝，旃也。正義曰：賈逵以旝為發石，一曰飛石，引范蠡兵法作飛石之事以證之，說文與賈同也。是以礮為旝也。毛詩旝作會，鄭箋以為會聚之義。考馬融廣成頌云：旃旝摻其如林，正用詩語，蓋別本固有作旝者，弟馬為旃旝，與杜注左傳同，而與賈、許義異。如許氏所說，是礮石之制，在商周時已有之矣。至范蠡兵法，據張晏注漢書甘延壽傳引云：飛石重十二斤，為機發，行二百步。李善文選注亦引之，十二斤作二十斤，二百步作三百步，此礮石之顯證也。特自漢以前，未見所謂礮字耳。然則礮字何昉乎？文選閒居賦云：礮石雷駭，激矢蝱飛，益

昉於西晉時也。字又作拋。李善注云。礟石今之拋石也。又後漢書袁紹傳。紹為高櫓起土山射營中。營中皆蒙楯而行。操乃發石車擊紹樓。皆破。軍中呼曰霹靂車。章懷注云即今之拋車也。又御覽三百三十六引崔鴻前涼錄曰。麻秋造攻抱竿為蟹數重雲梯拋車地突百道皆通。城內亦起樓樣拋車穿地以應之。秋眾傷數萬。或作碻字。宋書殷琰傳。劉勔作大蝦蟆車。載士牛皮蒙之。三百人推以塞塹。虜提之造碻車擊之以石車悉破壞。御覽引沈約宋書碻作拋。是碻即礟字也。或又作炮。宋太祖將平江南。簡稽軍實置南北作坊及弓弩院。所造有炮。其字借炮熘之炮。皆當音匹孝切。蓋古之為礟也。以機發石。而載之以車。通典載衛公兵法守城篇。牀下安四獨輪。牀上建雙陛。開横括中立獨竿。首如桔槔狀。其竿高下長短大小以城為準。竿首以窠盛石。大小多少。隨力所制。人挽其端。投之。其推轉逐便而用之。亦可埋腳著地而用。其旋風四腳。亦隨事而用之。謂之拋車。其制如此。自漢唐迄宋。皆此用法。若今之所謂礟者。與古大異。其制用銅或鐵。如筒狀。中實以藥。而以石子塞其口。旁通一線。用火發之。蓋起於南宋金元之際。自宋虞允文采石之戰。用霹靂砲敗敵。而火礟之製已肇其端。然霹靂砲以紙為之。而未知用鐵也。自金人守汴城中。有火砲名震天雷者。用鐵罐盛藥。以火點之。砲起火發。其聲如雷。此火礟用鐵之始。然猶未工也。至元世祖時。得回回亦思馬因所獻新礟法。攻破襄陽。世謂之襄陽礟。此則火礟之用精矣。然造法不傳。明成祖平交阯。得神機鎗礟法。特置神機營習之。亦未嘗傳習於外。至嘉靖八年。造佛郎機礟。謂之大將軍。發諸邊鎮。而外間始知製造之法。萬歷時。大西洋船至。復得巨礟。曰紅夷。天啟中。錫以大將軍號。遣官祀之。有明一代之礟。大概具矣。我

朝軍法嚴明。軍氣精備。而火礟之用。有迥非前代所及者。伏讀　皇朝禮器圖式。自　大清崇德八年。造神威大將軍礟。後至康熙十五年三月。造神威無敵大將軍礟。二十年造神威將軍礟。又造金龍礟。金龍礟者。鑄銅為之。前弇後豐。底如覆笠。重自二百八十斤至三百七十觔。長自五尺八寸至六尺。受藥自六兩五錢至八兩。鐵子自十三兩至十六兩。此軍營第一利器也。二十八年。造武成永固大將軍礟。神功將軍礟。制勝將軍礟。威遠將軍礟。皆　聖祖仁皇帝御製。此外又有得勝礟。九節十成礟。衝天礟。鐵心銅礟。子母礟。嚴威礟。紅衣礟。龍礟。奇礟。行營信礟。渾銅礟。臺灣綠回礟等名。仰見　天威震疊。有征無戰。指揮所指。四敵披靡。良由武備修而軍政善。故能奮士氣而肅戎行也。又按明史兵志。佛郎機礟式以銅為之。長五六尺。大者重千餘觔。小者百五十觔。巨腹長頸。腹有修孔。以子銃五枚貯藥置腹中。發及百餘丈。最利水戰。駕以蜈蚣船。所擊輒糜碎。今海洋中不聞此器。豈造法不傳耶。近日有西瓜礟之器。頗似此式。但形體甚小。聞以用索擲引。聞海盜最畏此礟。是亦為水師者所亟宜演習也。

予最喜作游仙詩。已屢錄於前矣。偶檢敝簏。又得六首。並錄存之。樓臺合處樹籠煙。貪看桃花只向前。四五謫仙迎客出。不知誰是李青蓮。神仙留我宿山家。綠樹陰濃似暮遮。夜靜簾籠風露濕。一池明月浸荷花。荷花深處碧銀塘。最愛梵欄十里香。無數水禽棲宿穩。就中多半是鴛鴦。楓林斜日乍停車。不看朝霞看落霞。天意似憐人寂寞。隔溪添得數聲鴉。亂山風雪太紛拏。驢背吟詩石徑斜。每笑神仙無定所。衝寒從不看梅花。夢境迷離記不真。偶然冬覓偶然春。醒來枕上初回首。猶認桃源欲問津。

大學無他技至寔能容之九句。無他技是形容斷斷。如有容是形容休休。人之有技二句。是證無他技。有字與無字相對。人之彥聖至寔能容之。是證如有容。寔字與如字相對。今講家以不啻口出稍任以寔能容句合下保我子孫黎民作兩項總束非也。

辛丑秋八月。唊咭唎逆夷（英咭唎本名荷蘭。後析其國為三。曰英咭唎。曰瑞國。曰其人深目長鼻。髮鬚皆赤。足長尺二寸。脩偉非常。然不善戰。所恃惟巨舟大礮。往往多抱蚶。其船有兩舶。有戈船。底皆二重。尚舶攙橹十重。環以飛廬。內合大銃百餘。以藤結而上。窗牖以玻璃嵌之。艙以鐵支縱鋪之船頂凡數重。縋而下。有甜水井。菜畦。懸釜而炊。張綿紬白布。名曰兩帆。食皆以麪合油煎烙。牛頭羹。皆度色如金。乃食。以蒲萄。以香橘。時啟再飾以銅琴。舞以娛客。帆以布。凡七張。之其舵。舵底置四海鏡。大極數尺。刀可辟。古之出勝劍戈。船有五桅。凡桅皆有舵。舵工分班。惟視羅經所向。直桅視千里鏡。遠舟如在目前。大則不可見。若大如拇指。隔檣上其招而避之。板有雌雄二。窗旌而模之。益左右帆。數百里之遠。通時可入。所生有金銀器。琉璃。玻璃。天方。琉鳴多。其自鳴鐘。馬鞍便利。劍單利。劍照星月。木銃江河照水。銃制作精巧。甲洋。當見馬銃中。小馬銃二十東。又當有刀劍八枚。其采峽術。峻馬。四日可千里。小牛四。長二尺。高一尺七寸。頃有內奉。見澳門紀畧）肆擾定海。總兵葛雲飛、鄭國鴻、王錫朋等咸殉難。欽差大臣裕謙據實奏聞。蒙恩照例議卹。葛雲飛吾郡山陰人（蕭山而長者東不施二十里與山陰為界。山陰之界自東遶南。蕭山之界。亦自北遶南至諸暨江為界。江內之地。以麻溪分隔之。江為界。江西為蕭山地。江東為山陰地。然往往混淆。以西江塘也。道光甲申。邑有修築西江塘之役。蹟煩甚。湯敦甫侍郎前往查閱。以天樂鄉歸之山陰。以西江塘歸之蕭山。其議始決）世居天樂鄉。與余家有連。記前來謁余時。佩刀入見。余再四遜謝。方解刀就坐。與之談。恂恂儒雅。余早識其必為儒將。不意竟效命疆場。舍生取義。廟食海壖。澤流後裔。可哀也。實可榮也。故於其喪之歸也。以一聯哭輓之云。視死竟如歸。遇大節不可奪志。臨難毋苟免。惟殺身乃得成仁。（聞葛之殉難時。手刃數十人。身被重創不能起。乃罵賊。賊入其中。又刃其胸而死。越日出其屍。兩目炯然。眉髮皆豎。而東還生氣）

賞代誤一聯云上將頗星辰策中竟失何無忌大名垂宇宙海上群思郭子儀道光二十二年六月奉上諭剿辦河南直隸陣亡各紳民從前一攝府任浙江定海鎮總兵葛雲飛之長子葛以簡著賞給文舉人次子葛以敦著賞給武舉人均准其一體會試欽此國家悵念忠貞賞延從優從總存如麻紫站草以糊鼓擲也

余甲戌入都。得董文恭公誥墳島蒼虬立幅。以泥金繪於磁青箋上。工緻絕倫。陸文恭公見之。歎為得未曾有。雅美門前輩庐因欲強攜以去。文恭公為之調停。以別幅贈之乃止。今董幅尚存。而陸瞿二公已久返道山矣。因題一絕以志感云。燕市回頭三十年。仙山樓閣尚依然。風流前輩今何在。空結延陵掛劍緣。名傳官至工部尚書贊字河南陳州府知府又董文恭公墨竹立幅。亦同時得之燕市。草草數筆。圓勁秀潤。懸之座間。翠露欲滴。真名筆也。

蔬園雜記載還元水者。臘月以空罈不拘大小。細布緘其口。引之以索。沒大糞廁中。日久糞水滲入罈內。取出埋土中。二三年化為清水。略無穢氣。凡癰疽毒瘡初發時。取一盌飲之。其毒即散。俗名金汁是也。蜥蜴業。以大毛竹長二三尺一節者。不去膈。浸之尤良。然虛寒者不可服。

公羊莊二十七年傳。通季子之私行也。何通乎季子之私行。辟內難也。紫王伯申尚書引之云。公羊僖三十一年傳。通可以已也。謂通之為言。猶道也。道言也。道可以已言可以已也。竊嚴竊意此傳二通字。亦當訓言。通季子之私行。猶云言季子之私行也。何通乎季子之私行。猶云何言乎季子之私行也。漢書夏侯勝傳。上謂勝曰。先生通正言。無懲前事。顏師古注。通謂陳道之也。是通與道同義。道通一聲之轉。道言之道轉為通。猶通達之通轉為道矣。穀梁僖二年。城楚邱傳。雖通其仁以義而不與也。通亦當訓言。猶云雖言其仁以義則不與也。王尚書釋詞云。而猶則也。引莊二十三年傳君親無將將而誅焉為證。而不及此傳宜舉以例此耶。

論語周監於二代。朱注監視也。言其視二代之禮。而損益之。似與子張問十世章無甚分別。且禮字又屬添出。彼章指禮言。此章不專指禮言也。竊謂殷鑒不遠。宜鑒於殷。我不可不監於有夏。亦不可不監於有殷。鑒監古通皆指鑒其失言。緣夏尚忠。殷尚質。周監其失。故特尚文。表記言夏民之敝。蠢而愚。喬而野。朴而不文。殷民之敝。蕩而不靜。勝而無恥。是也。郁郁乎三字。是狀監字來。不從文盛推出來。知鄙說然否。

嘉慶壬申二月。予有事姑蘇。泊舟吳興城外。時春事將半。風日素嘉。蓬窗清暇。戲作櫂歌四絕。汪蘇潭見之。以為頗肖湖州風景也。夜靜琳宮隱佛燈。寺門清閟寂無僧。

重論文齋筆錄　卷六　十

人言此是莊嚴地。不布黃金不許登。苔草如烟綠一塍。郎邊新水漾春冰。阿儂生小菱湖住。編出弓鞋也似菱。何山相對道場山。人在虛無縹緲間。萬樹桃花紅似錦。只容遙望不容攀。偶愛桃花第幾株。較量顏色似羅敷。舟人相戒無多說。明日風帆下太湖。

同邑何葭汀孝廉其美。與先君子為總角交。刻有小春浮遺稿。余既鈔輯尚未盡也。歿後。先君子為作別傳。曰君諱其美。字師韓。號葭汀。系出廟山斤沂何氏。父國子監生諱植。早歿。後以君引例請　贈儒林郎。母李。以節孝　旌。後　封太安人。君生而奇慧。七歲嫺聲偶。有以四明不讓天台秀句索對者。君應聲曰。丘嶽先推泰岱尊。聞者異之。九歲能偶文。十二歲應童子試。學使者疑其年。令坐堂廡間。伏案操筆。纚纚千言。予時長君四歲。與聯席。窺其文。媿不如也。十七歲府試冠其曹。其年補縣學生員。明年鄉試幾雋。又明年歲試高等。餼於庠。二十一歲舉乾隆己亥浙江鄉試。嘯厰業先生中式第七名是科吾邑獲雋二人其第十一名徐吉梅觀察題係州卒出正立執贄一揚士之多及其廣大正其象屋詩題經訓乃益盦追今六十餘年新退無知之者為備記之聲譽隆起。雅自負。不為詭遇。六試禮部。不中第。嘯厰業乾隆己酉庚戌先生不赴計偕嘉慶丙辰以後遂絕意進取故此六試捐輸例。啟蹕躍思自効。卒不果。若有尼之者。就職直隸州州同。非其志也。未幾卒。年四十六。君通敏善慮事。批郤導窾。洞中機要。能見易於難。馭簡於繁。暇於接以禮。坐客常數十人。有所咨諏。從容肆應。耳聽目視。口講手書。心畫分端。互用人各厭其意。而君之精力亦少憊矣。乾隆辛丑壬寅之間。邑人士以意氣相期許。來先生起峨為之職志。竦嚴業東先生字魯望號江皋乾隆己卯科舉人壬辰科進士官戶部湖廣司額外主事顧先生肯道○竦嚴業先生字東曾號霽白又號養堂乾隆庚子科優貢生字蒙南應寶生賦用訓導蔡君典○竦嚴業先生字肆由仁和籍成道光己丑科進士官山東蒙陰縣知縣先君擬君兩嵊嚴仍輯先生著以謀興先君至交以父執之禮事之也君皆蔡仲君。碩○竦嚴業先生字念齋號瀾洲與先君同學於鄉乙未成進士官山西萬泉縣知縣陶君。廷珹○竦嚴業字紀川號南園世居扇山而籍仍隸會稽乾隆辛丑科進士官貴州清平江西鉛山知縣陞思南府道光乙未科進士現官翰林院編修福建學政鄭君。鹿蕭○竦嚴業先生與先君乾隆甲午庚子兩科鄉會試同年後官雲南祿豐縣知縣調會澤縣知縣卒於官份一石。國瑚○竦嚴業先生字蘄不號古樵乾隆己亥科舉人官內閣中書游擢山東運河道暨予。時時會於君所居之小春浮。汪君。福○竦嚴業即蔻莊先生字焕曾乾隆戊子科舉人乙未科進士官湖南常寧縣知縣調善化縣知縣子光詰原名塏坊乾隆丙午科舉人官嘉吾縣學訓導歷官福建長泰縣典史雖治嘉慶甲子科舉人乙丑科進士官吏部文選司主事湯君。元邑○竦嚴業先生字蒸詒號擬鄉乾隆丁酉科拔貢官金華府學訓導擢廣東徐聞縣知縣蘇州江州知州江蘇海州直隸州知州亦間至焉。吾邑故事凡鄉試獲雋者先進先達往賀從後進報揖益愬其卑年不諧規矩所以示之以禮也又公事將發先進會約同人合新舊舉子置酒祖道蹈之公錢皆自徐古採觀察先後數十年來此風已渺不可追矣。江龍莊二先生亂之自來江吏閣墻

重論文齋筆錄　卷六　十一

灺儆文詼戲辭拼鋒起縱言所志間雜諧隱君尤踸厲激發視天下事無不可為而與予交尤密日用瑣悉家庭委曲傾肝膈相指示天雨雪兩人皆喜著風帽釘鞵以自表異予有詩曰生平一知己動即到君家風色兜羅帽冰聲吉莫靴蓋紀實也無何來先生死顧先生死於鎮海徐君會試入京師蔡仲鄭陶諸君相繼謁選人去君中棄其宅意悒悒鮮歡久之汪君自湖南官歸徙居城南復招君及予相過從予已老大短氣君習世事久意象深邃非復曩時精悍之色而才識益明練邑西江塘圮撫部侍郎覺羅長公（麟公乾隆乙未科進士官江蘇最有籍擢兩廣總督入為大學士諡文敏）奏請改建石堤百二十丈為錢二十四百萬（是時銀價昂錢價低故龍莊先生定議以錢為準然以錢折銀歸多不便物議蜂起）屬汪君總其成賦功計直鳩材度地督聽君議定上大府報可以授視役者成不衍累費不虛糜當是時山陰會稽胥有局以治事大府獨才蕭山君以謀汪君以斷相濟而成也汪君直諒好面折人過君婉曲導引使人說以解予交汪君晚君更後於予數論事予是汪君君始持異議久而無間予與君性情嗜好不同而志誼孚浹彌縫補救若心之於體不言而喻其意汪君老病予失所因仗君死而予之質亡矣君病甚執予手泣曰吾言有盡而意不可窮（先生既歿先君子輓之以聯云一个弱馬我輩存而北人死九原任矣言有盡而意無窮蓋即用先生臨歿之言哭之也）若何言畢而氣絕嗚呼孰知予意之不可窮有甚於君者哉君生三歲而孤十四喪其祖逾年哭其伯兄二十而喪祖母又哭其仲兄嫂初娶於陸再娶於沈皆有子而失之三娶於任無子屢買妾皆不育一女甚愛之及笄而夭君哭之慟顧景倘髮不能自已宿有胃逆疾至是而劇李太安人春秋高不忍傷其意力疾強飯以謀養故瀕游江南歲二月往七月歸侍以為常李太安人之歿也君以事淹江南未及歸而赴至君哀毀幾滅性逾年而身殉之綜君生平憂悴之日多歡娛之日少崔駰以不樂損年吳質以長愁善病宜其不中壽而徂隕也君少席豐厚行跌宕不齪齪廉隅有游閒公子之賜與名晚歲折節恭儉治生計逐什一之利稍復故田宅而年齡從之悲矣君無子子兄之子培德俾仍為大宗後而兼後君焉君博聞強識文筆鴻麗身所閱歷聚散盛衰悲愉欣戚一寄於詩氣體俊逸類其為人嘗笑語予足下作詩必此詩生天當僕靈運予亦笑曰我自用我法耳尤工於賦體物言情爾雅以則每一篇出讀者未嘗不稱善也昔人論作賦之法勤讀書而多為之君賦不恒作亦不喜伸佔畢求者敦促翻覆摘紙尾疾書與之俚言常語經其裁制自然工妙殆有別材非關學也君死遺稿多散失其存者培德錄而刻之蓋所傳者止於此矣

陶君安生最喜葭汀先生遺妾詩云三年勞汝抱衾裯準擬相依到白頭月缺縱教星漸替樓空那得燕仍留從前恩怨都休問此後榮枯好自謀去去不須嗟薄命人生聚散本浮漚謂其辭意酸楚情致綢繆（蝶硯）紫先生佳作甚多實不止此一律也安生益興之同病相憐耳

金登園（是林）本吾邑東鄉塘上莊人屢困童子試貧不能自存漂泊杭州有薦入滿營教讀者將軍某公見而愛之遂令僦屋以居言於學使得入仁和縣學稍能自給遂潛心經學博通群籍阮相國師督學吾浙深加器賞後為巡撫會同學使劉文恭公以優行貢入成均復招入詁經精舍讀書相國去浙後又無所依兼兩目失明遂老病而歿士林惜焉

石經穀梁傳考　唐石經穀梁傳四萬二千八十九字顧亭林金石文字記謂誤者十有九字與今文不同而兩通者三字細思之有不全為誤者聊為識之并於顧所未及者備論之如隱九年所俠也俠石經作挾案俠即挾字前漢叔孫通傳殿下郎中俠陛李布傳任俠有名顏師古注俠之言挾以權力俠輔人也則俠挾不異也桓九年則是故命也故石經作放案御覽引虞信注云放逭也言世子違命而止是當不義則爭之似於曹伯失正義相融洽則故命宜作放命也莊十有七年桓公常有存亡繼絕之功桓下石經脫公字案穀梁傳每有此句法僖九年桓盟不日亦弟稱桓字二十有二年春秋三十有四戰三十下石經脫有字案春秋隱十有一年經于實函義十盈則更始以奇從盈數故言有也經書十有一年則是紀年必言有紀事可不必言有文不同而兩通也二十有八年經晉侯齊師宋師秦師及楚人戰於城濮齊師石經作齊侯案石經齊師多作齊侯如成二年左氏傳及齊師戰於新築齊師亦作齊侯文六年處父主竟上事事上石經有之字案之為有所之之辭傳以事為辭文簡也石經以之事為辭語長也成五年師羣臣而哭之師石經作率案師率古今字經傳每互用十有三年經夏五月公自京師遂會晉侯宋公衛侯鄭伯曹伯邾人滕人伐秦晉侯下石經有齊侯二字案何煌校宋建安余氏萬卷堂本亦有齊侯二字則石經或不誤襄元年經晉侯使荀罃來聘罃石經作嬰案嬰與罌通穆天子傳黃金之嬰之屬罌作嬰罌廣雅云瓶也罃說文云瓶也罃又與罌通故傳作罃石經作嬰六年立異姓以涖祭祀立字上石經有非字案何煌校宋建安余氏萬卷堂本亦有非字則石經或不誤昭四年為齊封也封石經作誅案慶封不臣於齊靈王戮慶封若為齊討也故石經以為齊討為辭定四年後而再

僞後字石經作一事字案此盟昇謎之傳也前有召陵之會一則侵楚一則畏楚故石經作一事而再會十有二年非國言間言字上石經有不字案據傳文似有不字益以不言為轉離下乃接圍成為大公也故石經以不言為離哀元年此該之變而道之也該字下石經有郊字案此鼷鼠食郊牛角改卜牛之傳也為郊之變似當作郊之變而道之據下文該郊之變而道之句義即該字下似當有郊字子不忘三月卜郊志石經作志案志古文識字志意之志與記識之志同論語多見而識之白虎通引作志賢者識其大者蔡邕石經作志左氏傳以志吾過且曰志之歲聘以志業皆古文識字弟子問穀梁子之辭若言子何不忘三月卜郊也似志字義長六年入者內弗受也弗石經作不案弗者不之深者也弗不義通故傳作弗受石經作不受此皆石經之可與傳文參互觀也○魯詩三歲宦女解石經魯詩三歲宦女毛詩作貫訓貫為事益本爾雅義案宦臣也宦為臣僕見國語入宦於吳韋昭注訓宦為臣隸言三歲為臣莫我肯顧而將去矣三歲宦女同春秋左氏傳宦三年矣文法比事字義深彼婁壽碑謂宦即貫字不足據以解此○齊欒施晉欒施解左氏傳昭公十年齊欒施來奔施字子旗齊惠公後非晉欒氏公羊

重論文齋筆錄　卷六　十四

異矣案晉即齊字晉齊一也考晉卦之晉孟氏易作齊說文晉從日臸聲今人以晉易之非也益齊可為晉晉不可為晉蔡邕石經改晉為晉而齊晉字不通矣然則古齊字則為晉非古晉字讀為齊也公羊不異

予舊藏達摩小幅金環穿耳身著紅袈裟跣足蹈水上水著衣處似有濕痕予素不佞佛因題偈於幀首而施諸僧寺已二十年矣今不知尚存否偈云何苦走到塵寰生出許多煩惱不如色相盡空方覺頭頭是道彼言我佛如來教你回頭要早今我到汝東方勸汝等當貢功名一切俱捐金有時而爍木有時而槁何不到西天極樂世界無知亦無覺不少亦不老我答儒家言惟善以為寶讀書敬君親力田謹早潦令名貽父母孫訓聽祖考若如汝佛言豈非三綱廢滅五倫顛倒你且歸兮勿擾我懷抱你有梵經勿煩我搜討我若生兮旦夕發抗稿我若死兮魂魄游三島彼聞我言遁海而逃翻令我心愁焉如擣

庚子立冬漏下三鼓大雨如注宵寐匪禱起坐復傾倒其餘作為一偈然太涉游戲矣附錄於後若有識者刪之可也偈云菜若要釜湘椒辛要臼擣有山必有泉有海必有島寒必衣布帛饑必食粱稻有善必旌有惡必討汝言我佛慈悲一切痌瘝在抱既非三令五申必至七顛八倒譬有車馬弗馳弗驅譬有鐘鼓勿鼓勿考以比我儒家言若河海之於行潦食色天性也不空五蘊孝弟至樂也不證三寶汝且歸兮為語汝長老云我斷如是彼不能如灰之死木之槁世緣不可絕塵網不可埽時常說喫要喫得飽睡要睡得早咿唔呫嗶但云顧偕一世而游之大道想佛聞是言拈花微笑立時解脫煩惱

水經河水篇酈注南河又東右會阿耨達大水先南陔師曰阿耨者華言無也西山經曰昆侖之邱河水出焉而南流東注於無達無達即阿耨達矣[illegible]因悟爾雅釋木無姑山榆無姑疊韻榆即無姑之合音也長言之曰無姑短言之則曰榆又悟方言螻蛄謂之螻蛄古音十一尤之字變從如七虞螻蛄即無姑也施之於木曰無姑施之於蟲曰螻蛄若急言之則螻蛄亦可曰蛄孟子蠅蚋姑嘬之姑與蠅蚋為一類即螻蛄矣姑蓋蛄之借字螻蛄亦曰螻蟈蟈即蛄之轉聲方言曰螻蛭月令曰螻蟈字不同而聲之轉則一也禮記釋文引蔡云螻螻蛄蟈蛙也不知螻蟈與下蚯蚓對文豈亦可分蚯蚓為二物乎

重論文齋筆錄　卷六　十五

重論文齋筆錄卷六終

重論文齋筆錄卷七

清 蕭山王端履輯

先南陔師撰傳穀齋中翰家傳，字字真摯，無諛辭，無愧辭，所謂一死一生乃見交情也。亟錄於左，而以端履所知者附注其一二焉。傳：中翰諱涂，字穀齋，端履案中翰又號笠山。蕭山橫山里人也。父縣學生晨南先生，博學多聞，有聲庠序。叔父弼川先生無嗣，中翰後之。幼孤，依伯兄雨山以居，且受學焉。端履案雨山先生湛深經術，作為文章亦有本原，後患瘵疾，屬其生徒於先君子而歸家養病，後十餘年方卒。性頗恬，日誦數千言，習科舉業，年十七補諸生，參試高等，遂食餼。王文端公、朱文正公先後賞其雋才。端履案先師與中翰俱以月課卷受知朱文正公，是時尚分經專習，師習書經，題為汝劼毖殷獻臣一節；中翰習禮記，題為有大宗而無小宗者四句。先師僅記試卷中未詳經義，故附識之。許以必成大器。其文章不苟同於流俗，每操觚必默而深思，電入雷出，鬱為沈博絕麗之文。朱文正公手批其試卷云：戛戛獨造，筆意大類倪鴻寶。其思力精銳可知矣。雨山之歿，中翰窮微極幽，嘔心血殆盡，適得病，家無儋石儲，中翰扶持抑搔，一夕或十餘起，延高手醫，市珍藥，雖屢空不恤。論者多雨山之宜兄，而賢中翰之難弟也。無何，家人衣食益不充，中翰又不善治生，惟以勤儉自持，或省齋館穀用之，而益專心於學。乾隆五十有四年萬壽恩科，主

司寶東阜先生得中翰卷，奇之，拔為魁。端履案題係君子矜而不爭一節侯大戴一節制有處二句詩題得祥字 三躋禮闈。六十年會試榜後，帝簡大臣搜閱遺卷，得三人，中翰與焉，特旨授內閣中書，誠異數也。端履案是科總裁為諸城劉文清公、光泉滿洲瑚公國禮、武進劉公躍雲，第一名王以鋙歸安人，第二名王以銜歸安人，係同胞兄弟，為高廟欽其有私，料總裁降調有差，而命廢行覆試，並恐有屈抑，別簡大臣將落卷悉心覆勘。大臣以中翰及天津徐炘、山西李誠三卷進呈，俱命授內閣中書。徐官至某省藩司，李誠嘉慶己未科進士入詞館。嘉慶二年選入軍機行走，充方略館纂修、文淵閣校理。時文端、文正兩公相繼入相，劉文清公、董文恭公汲引皆恐後。端履案中翰久館董文恭公邸，教公子淳書業司業。久之，聲名大著。中翰澹泊自如，外和而內介，條入不數出，敝車羸馬，居然晏子之風，從不以私干人，人亦無敢干以私者。世稱中翰學識精敏，事情通達，鮮知其操守之嚴、內行之篤有如此。惜乎天不假年，而未竟其用也。中翰生於乾隆三十有一年某月某日，以嘉慶六年七月某日卒於京，年僅三十有六。子一，鎮，道光辛巳科舉人，端履案現官天台訓導。醇謹好學，能世其家。論曰：中翰天才英敏，生於累葉儒素之家，方其帶經隴畝，務稼耰鉏為伍，苟非遭逢盛朝，烏在其能致此清顯乎？顧紹蘭之獲交中翰也，自乾隆壬寅始。時韓城相國科試蕭山，同入學宮，甚相歡，入相敬，交相勗也。端履案是科試題為今惡夫不仁者，詩題得揭字，先師與笠山皆以是年入泮，先師嘗謂端履曰：余與笠山皆以是年遊泮，亦奇也。詩題押下合韻，大端以為揭字，必竊笑之，其後亦不告人也。既而互相校閱，見笠山卷亦押揭字，大異之，遂訂交焉。當是時，各不知天壤間有飢飽事，遑計米鹽瑣屑者為哉！過此以往，或先就公車，或忝竊一第，或趨陪柱歛之班，或缺守風塵之吏，此其間蓋各有天焉。讀仲任逢遇、祿命諸篇，不其然與！迄於嘉慶庚申，紹蘭以閩縣知縣　恩召入都，中翰退直之暇，偶相過訪，慰勞平生，致足樂也。匆匆還閩，握手而別，方以彼此皆壯歲，良會且長，乃辰巳之夢甫起，而庚子之日已斜。悲夫！逐貧之賦難工，養生之論已拙，長愁善病，不樂損年，自古已然，豈惟中翰所不解者？天既畀其材與時，何獨靳其境與壽？豈蒼蒼者誠難測，將所謂是有命焉，不可強而致耶？抑所謂非此其身，在其子孫耶？吾將於鎮也卜之矣。

論語子見齊衰者、冕衣裳者與瞽者，冕當論作絻，古作弁。釋文引鄭注魯論作弁，為絻今從古。錢曉徵少詹大昕謂：絻即免字，齊衰，服之重者；免，服之輕者。舉其至重與至輕者，而五服統之矣。先言齊衰，後言絻，言之序也。又云：古作弁者，周禮司服凡弔事弁絰服，此以弁衣裳與齊衰同言，意者其弁絰乎？端履案鄉黨篇見齊衰者雖狎必變，見冕者與瞽者雖褻必以貌，與下凶服者式之、式負版者連文，皆主有喪者而言。儀禮喪服負廣出於適寸，鄭注負在背上者也。鄉黨篇負版係凶服之屬，當以喪服為正，孔鄭注論語皆以版為邦國圖籍，失其義矣。冕與瞽者對文，所謂瞽者蓋指

哀毀滅性而喪明者，非泛謂無目之人也。檀弓曾子曰：朋友喪明則哭之。正雖褻必以貌之義。子夏因哭子喪明，故曾子以為罪，若執親之喪而泣血喪明，是當在哀矜之列矣。鄉黨言齊衰，言絻，言瞽，又言凶服，言負版，然則所謂凶服者，其指斬衰言之歟？

負版與凶服異文。喪服但言負廣出於適寸，不言施於何服。據上云凡衰，又云若齊衰內衰外，鄭注凡五服之衰一斬四緝；下又云適博四寸，出于衰，衰長六寸博四寸，鄭注前有衰後有負版，似五服皆有衰有負版，傳無明文，亦未敢遽定。專言負版者，據後可以統前也。然則凶服指斬衰明矣。言凶服，言負版，猶上言齊衰，言絻也。敖繼公集說鄭注孝子哀戚無所不在，謂負版惟孝子乃有之。然鄭注總包衰與負版辟領而言，不專指負版也。

嘉慶甲子，先君主講杭州紫陽書院，端履隨侍讀書，且應鄉試。中秋後一夕，三場竣事，月明如晝，因偕楊書巢秉初、汪選樓家禧、汪處梅應泰、高小農應松。小農後屢易其名，近無一定，今從在院之名書之。信步吳山，遂登大觀臺，時桂香零露，蟲聲滿山，憑眺移時，見壁間隱隱有題字，以火來照，乃七律二首，因錄之以歸。云：乍上層臺百尺高，風飄黃葉樹蕭騷。漫憑一將成孫注，只恐千金失孟勞。原注時蔡牽尚未就擒，海氛連年不靖，李提督長庚往來攻擊，賊中有不怕十萬兵，只怕李長庚之語。王導定能揮羽扇，盛衍閒說畏秋濤。文場慕戰書生事，得失誰云眷可操。木芙蓉

放滿汀洲斜日帆檣起暮愁捲地風雲驚海若從天鐘鼓下瀛洲原注時按部筆指者為阮芸臺中丞由翰林出身干時聲撼無雙聲投袂知誰第一流搖落我同楓葉冷蕭蕭白髮最悲秋詩云文武想是鼎甲士子云白髮愁已年老矣
會稽吳梅梁侍郎烜少有終軍之目嘉慶丁巳以詩賦受知阮相國師年才十二齡耳年十七拔萃成均一時聲譽雀起孫淵如觀察星衍○時掌教戴山王蘭泉司寇昶○時掌教敷文皆歎為從來之秀時袁栢田東貞觀察杭州以女孫妻之嗣後苦被飢驅奔馳南北者十有餘年至甲戌始成進士入詞館兩主江西陝甘試事一為四川學政一充會試總裁以御史授巡道陞任臬司入為順天府尹游擢侍郎卒於位年未五十也嗚呼天道難知人生不再舊時著述盡飽蠹魚老友僅存緬懷宿艸今併其遺詩二首亟錄存之 越海風潮秋波不合精飛雪怪底龗眼前掣一線潮來天地青奔騰獨駕東風烈排山倒海雪花吐海若前驅馮夷舞聲搖精徂翻雲車勢汩龕山撞雷鼓素車白馬恨空吞錢塘折向蕭山奔控弩將軍不敢發擊鯨學士驚詩魂桐廬江上銷風雨蜒帆平處痕如縷飛濤雄壯能幾時何事怒心亘千古君不見銀河之水靜無波洗盡兵甲滋嘉禾 登卧龍山望會稽禹陵卧龍不化梅梁飛玲瓏佳氣騰

翠微風雲萬里護名鎮百神朝罷廻靈旗蒼松翠柏儼成列禹王書金簡精光結宛委山頭雷雨閟空碑亭下龍蛇挐岣嶁石氣涵餘青玉帛千重會大廷回首蓬萊舊城闕鷓鴣啼破雲冥冥越王宮殿銷歌舞衰草荒煙自終古琅琊北徙爭中原一朝金玉藏黃土豈如不封不樹明德馨馭下九龍卧風雨
瑞庭案浙江素無鷓鴣古人詩鷓鴣飛上越王臺益指嶺南趙佗之越王臺而言非謂勾踐之越王臺也詩人沿訛已久習焉不察故特正之某公祝香巴越王城奇姆鄉云沼吳案存錦衣化滿殿飛塘壁至錦沈始知卓錫指花波綠無量遺佛塔閒看鉢貯雨湖城水人天觀喜翻覺卧新雲殿婦恆何為飛塘二字亦屬誤用
梅梁西湖雜詠詩有金碧樓臺無限好何人看到夕陽時一時傳誦先君聞之歎曰詩則佳矣梅梁其不壽乎古人云夕陽無限好只是近黃昏猶譏其未免有老景頹唐之態況未看到耶後梅梁知遇兩朝宣猷中外先君稱其前言之不驗而不知言為心聲固自有不可逃者在也是時先君已棄養久矣迴憶巽訓不覺悲從中來也
印泥古無詠之者石門方鐵珊廷瑚○嘉慶辛未進士官直隸平谷縣知縣為兩城先生兼話詞先生工繪事山水與錢唐奚鐵生齊名至其說已花卉秀媚純倫尤為世所貴重五排一篇細膩熨貼體會微至真工於詠物者吞篆而符夢研朱別有才芝泥傳惟製挑印妙新裁勻滿分仙槳啟瑚潤濤脂佳名徵火齊細貿硍冰臺翡翠色肥附蟾蜍滿許陪黃麻操草後丹詔出花來字字榮光發重重護未開軟疑堆錦繡豔轉奪玫瑰餘事縮斑管叢編展玉杯紅雲霏四面錦字浸周回半角痕初淺中央色豈摧直將珊作骨寧比蠟成灰畫古仍留押書成莫浸催亦心千里共紫氣一丸該遠肖捋鴻爪香猶壓麝煤定教徽省客把玩重徘徊時同作者為會稽顧鄭香廷綸嘉慶戊午優貢官天台縣訓導詩亦佳而起聯尤為超脫絳雲消不盡一朵縮紬脉結體冰臺淨鐵陶石髓良鍊猶金出冶珍將玉留章芝檢探奇字花曉醸異香如齋蒸紫蕙和露賦紅薔凍捏玻瓈色凝成琥珀光紋添蝸雨細臓押辟濤方巴壽延科篆平安記吉羊珊瑚裁作骨玳瑁綴為裝五鳳曾募漢神龍武志唐蹌跌微磁緑鵠紐漫添黃寶以紗龍護鈴應玉局防丹心通叩叩赤棗誦琅琅凡似封函谷文疑造未央圖書三殿古姓氏一編芳落紙珠飛屑開函錦貯霞豔非資鉢蛤青亦削筲鶯賦有金門獻名從汗簡望銀符輝列綬粉本署諸郎合是中書伍長依萃室傢
嘉慶甲子瑞庭與鎮海鄔尚瓛子同以優行貢入成均同榜者為仁和周青上雲織歸安趙雨樓光祿○後成嘉慶戊辰科進士官翰林院庶吉士散館改主事鄞縣張記水懋○後官青田縣學訓導麗水葉一山映○後官孝豐縣教諭瀘湖北襄陽鍾祥歷凡六人瑞庭忝以一日寸長受知學使文遠皋師名寧御名下一

字同國改名幹滿洲正紅旗籍乾隆甲辰進士官吏部侍郎歷起居注官復為駐藏大臣沒於任所得附青雲之末顧諸君子皆以文顯而尚齋獨以行著其樂善好施非為名亦非為利直以為人生當如是耳緣是盡喪其貲鬱鬱不得志而歿先君哀之為銘其墓散錄於左 嘉慶十三年浙江巡撫侍郎清安泰公以鎮海鄔君創造靈山書院事疏聞下吏部議略言君為國家廣敦化美風俗貲不及中人毅所興作費錢三千一百一十二萬有奇宜賜陪府同知用介脊志仁勇義之士俞旨報可君感激涕零深以糜錫逾分實不副名為懼手疏規條刊板為書俾後有所遵守某名而序之所謂敦善錄者也復以次推廣措置其所未詳備者晝夜思維心力耗竭越三年而君死矣靈山書院者在君所居靈巖鄉當中經河入海處累石為岸釃流為渠作堂於南奉文昌為少東傑閣三重像奎宿焉西南為節孝義院鄉之貞婦祀焉其存者數實而衣食之歲田五十畝義學在西廡寡婦之子不能就傅者學焉東偏之田十有二畝入西為廣濟義院鄉之無主後者享焉東則學舍三十六楹中為講堂諸生所肄業也膳膳之田六十畝其後為宗廟君祖若考栗主妥焉歸善於親也河之北石浮居三以歲時收遺骼辨男女而葉掩之經費之田八畝皆君出私財所營攜鎮海由是稱君鄔善人矣同里胡鑑

曰君善行不止此鑑所知者君族父昌隆死妻王守節撫子娶婦張而子又死君陳大義諭張且餽之粟俾安於室王死為之請旌宗人茂才死妻張少而貧有以他適勸者張抱孤泣告君君傑之十五年祖佑少喪父母不得食且死君長育而婚之明祖少孤依叔居比長析產久矣叔死負百金索償於祖將貨其居母老不忍去君為理逋責資生計以養其母汪孝昌聘君族女不能娶寄養女父母家女父母別受聘悔汪婚君還後聘者金迎女居已家長而歸汪其他周急拯危未嘗告人身受者或終不知君所為也君誠樸少文采言訥訥不給於口內沈毅有識斷聞善必為為必果不近名不望報盡己而不責於人推其心得同志之士佽而比之可使由縣而府偏於浙河以東孤寡窮獨無不得其所者書院之建惠僅一鄉非意所滿慊荷被寵命志願益大毀其家而恐不贍至徇之以身故夫寵嘉榮顯人之所喜君之所懼也經畫勞悴人之所苦君之所樂也然君窮賤下士好行其德大吏揚之天子賞之士君子歌誦而稱道之天下之為善者可以興矣君諱學字商珍號尚齋嘉慶甲子優貢生議敘府同知銜先世遷自奉化曾祖維城寧波府學生祖大寶國子監生以君請貤贈奉政大夫父能國子監生誥贈奉政大夫曾祖母某氏祖母某氏貤贈宜人母某氏贈宜人君生於乾隆乙亥二月初二日卒於嘉慶壬申七月二十三日得年五十有八娶同邑胡氏有賢行先一年卒子二鑮國子監生鍠先卒女二孫男三君歿之明年某月某日鑮卜葬君於某山之原以胡宜人祔先期胡鑑偕君兄子鏡來蕭山奉狀請銘業君階五品法得立碑謹據敦善錄及鑑所為狀件繫君行誼表揭於阡辭業不殺冀闡著盛德益明朝廷章善之意銘曰烝民之生攸好懿德有能有為蓋行昌國爵福之錫訓行保極匪惟好之實允蹈之夙夜匪懈存則操之陰行之德惟神勞之志在美報必怠於祉進銳之力其繼易衰德輶如毛能舉者誰恂恂鄒君厚重少文庸行之謹篤志不務非聞之求惟善是勸爰建書院靈巖之鄉傑閎莪莪學舍粉粉春誦夏絃栽育秀良旁作義院厥祀貞孀恤緯之嫠繼粟以守塾訓其蒙俾見為友游魂餒而祭以廣濟欍破骼露石塔埋瘞鬼有所歸乃不為厲負郭上腴盈千累陌耕者之税釜庾鍾秭割輸供億定著版籍寸椽尺土皆出君身君不自有善則稱親作廟翼翼奉其先人凡君所為維神風教樂善之誠孚舉學校適貢成均與賢舉孝疆吏騰實入告楓宸天子褒予爰咨部臣品爵惟五以旌好仁受命踧踖小臣何力臣父遺志是循是式榮及臣身荷懼弗克況此書院租入未充臣創厥始思固厥終拮据殫勤心枯聽聳作法垂後可久非暫克己紓公沒齒無憾尚繼順安始弛負擔族黨悲哀鄉鄰慟哭宜享壽考云胡不淑死而不朽敦善之錄前罔後阿左林右泉封之若堂宰樹齡年過者式焉善人之阡

論語子張學干祿鄭云干求也祿祿位也疏殿案廣雅釋詁祿善也子張欲求善訊今俗語討好要故夫子告以寡過過寡則善自在其中由此推之詩旱麓干祿豈弟言求善而得樂易也假樂干祿百福言求善而得百福也孟子曰經德不回非以干祿也言行德自不回邪非有意求善所謂性者也干祿與下正行對文益知非爵祿之祿祿之釋善古有是訓故廣雅列之釋詁自鄭趙諸注俱以祿為祿位而祿善之詁遂昧王懷祖念孫錢晦之大昕作廣雅疏證俱引周禮天官天府若祭天之司民司祿注祿之言穀也穀訓善祿亦當訓善為釋由不得其本義故也

道光辛丑長至前後大雪盈丈為數十年來所未有圍爐悶坐意有所觸成四絕錄之於後風雪連朝睡起遲硯池冰滿罷吟詩擁爐別有懷人意說與梅花總不知佛手垂黃滿屋香一簾深處漏斜陽始知雪罷天容淡扶杖衝寒到畫廊畫廊西面玉山多入夜微茫月瀉波鳥鵲無聲人有影一亭咫尺隔銀河天竹叢叢繞砌垂雖非紅豆也相思一綫要倩騎驢客寄問袁安定有詩余所見大雪一在嘉慶丙辰一在嘉慶庚申然彼時俱已交春不數日融化淨盡不似今之堆砌庭院積月未銷也

乾隆四十七年高宗命兵部侍郎大理寺卿陸錫熊等編撰河源紀畧三十六卷千古異同一朝論定惟江源未蒙勅有成書儒生無從徵信讀全謝山祖望結埼亭集外編卷四十八內有江源辨一篇未知其說確否姑錄之以備考河源遠而江源近江源之不始於岷山猶河源之不始於積石古今所同辭也雖然謂不始於岷山則可離岷山以求江源則不可自明崇禎間江陰徐霞客謂河源在崑崙之北江源在崑崙之陽常熟某氏為作傳盛稱其言而吾鄉萬處士季野已力辨以為妄或曰霞客所指殆即金沙江也然某氏述霞客語謂江源與金沙水相並南下環滇池以達五嶺則似乎別有可以稱一江者今以輿地按之殆即鴉礱之泉霞客未知其名耳至近日李穆堂侍郎紱則直以金沙為江源乃祖霞而復變之按方輿路程圖西番之阿克達母必拉西番人云必拉者江也南行千八百里始有金沙之名又東南九百里至雲南之麗江府又行千四百里至四川境又行千二百里有打沖河來會之又行千四百里至馬湖府敘府舊馬湖說即邊廳也又東行二百里至敘州府與岷江會凡六千九百餘里

而岷江自羊膊嶺至此僅一千八百餘里故侍郎謂水必以源遠者爲主而近者從而附之今不以六千九百餘里之水爲源而反主一千八百餘里之水其勢不能以相統然與如禹貢明文確不可易如侍郎之說當自金沙入四川以後穴山通道直派羊膊嶺而後與岷山導江合且可與河源之自崑崙而積石者相比不然姑無論岷山之不得以羊膊盡之也即羊膊以求之水已由松而茂而敘歷一千八百餘里矣安得忽指金沙之自源來會者以爲之源也哉然侍郎既以金沙爲江源而又自猶疑其源謂禹貢之舊徒以滇亦發源於崑崙南行二千餘里紬來西大水十餘名號總之江又南行六百里卻所謂行中河又八百里而會於金沙凡五千里而至敘似亦可以爲江源特以視金沙較近一千餘里故不取按此即導江所云與金沙並行南下者更就其遠近以爲定說夫以四瀆之在天壤且明著其文於遺經而可任吾之擇而取之乎且以洪武間宗泐之言證之其云西番抹必力赤巴山者東北爲河源西南爲江源然胡處士朏明以是山爲其龍山非崑崙若據都實昂霄所記以西番朵甘思之西爲河源雖不知其部抹必力赤巴與否要之去崑崙尚遠斯皆前代史書與方輿圖之可考者也然則侍郎所謂高山聳峙因據之以爲崑崙者侍郎自

以意定之耳況累代之窮河源也皆以天子之力不能得其要領是故漢武張騫所定則唐人非之薛元鼎劉實所定則明人疑之今欲鑿空求一江源視河源爲更遠不亦遊弊陸放翁曰吾嘗登岷山求江源不可得蓋自蜀郡之西大山廣谷嶔岑起伏西爲蠻箐中皆岷山也李贊皇曰岷山連嶺西不知其極薛士隆曰今自岷洮松疊以南大山峻嶺班班可考者皆岷山之隨地立名者也括地志謂岷州溢樂縣南連至蜀殘二千里皆名岷山朏明宗守班志以爲必在氐道西徼之外方可當之亦非通人之論近有引江源記者謂在臨洮郡之木塔山朏明駮之然木塔亦岷山之支峯必有水入江故云然也愚最取范石湖之說以爲大江自西戎來自岷山出其大略而不必確求所識於大荒之外蓋河山兩戒南紀以岷山嶓冢負地絡之陽爲越門北紀以三危積石負地絡之陰爲胡門而河源江源並在極西以其在九州之表故禹貢畧而不言必指其地以實之恐如宋孝宗之所以詰程泰之者矣侍郎之學淹貫古今方今人物罕所首推而江源考失之好奇故不敢不辨

比明鬷檢討〔嘉慶辛未進士官湖南藩司〕館選時尚未授室也散館後始乞假旋里完姻因繪玉堂歸娶圖徧索都門題詠予爲賦四絕云學士頭銜署玉堂八磚花影許迴翔吹蕭本是神仙侶定向雲中引鳳凰鵲橋初駕渡天孫百兩如雲麗燭門攜得閨中修史筆淺深時樣畫眉成金蓮撤燭有光輝爭羨儒臣異數稀寶帳春寒眠未穩嬌杏猶記惹朝衣御溝新裁五色雲合歡曲裏溯詩聞漢陽嘉話隨圖繪前度風流竟屬君〔漢陽史文靖公乾隆袁子才皆有未娶歸娶圖〕

錢唐梁府丞〔紹思嘉慶戊午舉人文莊公曾孫山舟學士之孫〕生長簪纓怡情詩酒本不甚於宦途晚年爲家境所累出宰粵東聞其歿於鬱林時詩以弔〔紹壬〕會試入都落寄嘉興陸莘臺咸而爲之棺殮其邊涼光景甚有不忍言者故陸賦臺城路二闋輓之云春殘忽倒維摩榻林禽正呼歸去迴望十郎截然片石相對祇增悲緒刀圭何補恨春殘未盡玉樓先赴化鶴飛來還君魂返古杭渡　甘棠歌遍循嶺看碑題廣泛吳滅羊祜甲第莫裝倉官衣鉢況有傳經小枝真無憾處儘撒手紅塵游神紫府滿目淒涼猶留興半語又知君一去無依戀淒涼瓊宮譜奉下第劉蕡思親仲子可有夜來魂夢關山阻塞只寄鵑聲聲換淋漓淚更是傷心左家嬌女當衣送　萍蹤飄散太從想芙蓉幕捲情緒千種寄白堂閒拈紅會散六十二旬歡縱余尤雖重感伯也當年榜花曾共兩世科名撫棺增一慟

眉子與黃鐵年兒女姻親〔紹壬爲鐵年之壻〕鐵年司鐸吾邑眉子時常往來故與予交頗密殁後詩文散佚無人收拾今得其春草一律云宵來消夢繞池塘檢點新痕一例芳小雨微風皆入畫新苔嫩柳並生香簾波欵欵揺流水院落陰陰正夕陽莫向天涯作游子春輝終是北堂長又游仙二絕云碧夜樓臺太華鐘真人爭把玉芙蓉來風破曉麟洲去已過青山一萬重百首新詩破曉寒羽衣來謁岳陽官千年重見兒容過不跨青牛跨彩鸞

吾邑三面瀕江全賴西江塘爲之保障而南鄉臨浦據閩邑上游又爲諸暨江頂衝尤爲險要外爲山陰天樂鄉地有田千餘畝居民環築一塘名石堡阪塘包西江塘之外道光辛丑五月江水驟發石堡阪塘圮幸鄉民救護得力西江塘得保無虞蓋石堡坂塘向任之阪內孫姓今孫姓日就陵替無暇顧及塘工故潰決屢見因請先君孫思贊家傳敘述情形瞭如指掌謹錄之於左俾後來辦江塘有所取法焉○孫思贊家傳君姓孫氏諱上驤字思贊山陰縣學生世爲臨浦鎮人鎮在山陰蕭山之間君居鎮東偏隸山陰天樂鄉有塘環之曰石堡阪其北則蕭山之西江塘屬於麻谿者也麻谿承浣化諸山之水經茅山閘出新閘而注於江江者古浦陽江也麻谿

以下，別名西小江。明孝宗時，塞麻谿，而古道堙廢。江自諸暨南來，至臨浦，折而西，由碛堰以合富陽江。富陽江者，古浙江也。浙江之潮，逆上會之，逾盛漲不可洩，則橫流泛濫，而石堰阪塘當其衝，益屢有潰決之患。故君家世能治塘。乾隆中，君父遇東公修麻谿閘，有勞，記於石。君習聞緒言，忼慨果毅，有利於鄉，無不舉行也。而治塘之績尤偉。嘉慶十三年，大浸，水由塘裏陳決口，入西小江，歲以不登。署蕭山縣事者，從政新，諉堵築於胥若僕，不慎，算新而塗附之。人行其上者，若履巨綆，蜿蜒而掉，民大惴恐。今兩廣總督阮公，方為巡撫，聞其事，捐金倡修。蕭山士民視力出泉，計丈賦役，臨浦至麻谿，則以君任之。君於塘裏陳斥所算新，去塗之浮者，撅得堅壤，下木為楗，而甃以石，中實以土，其高丈有三尺，於廟後塘（端履案：其地有張神廟，俗因呼其塘為廟後塘，係山會蕭三縣上游最為險要）以木衛石，以石閑土。凡塘一千三百餘丈，築之平之，塘如砥如阮。公嘉之，以力衛鄉閭，旌其門。阮公去，今協辦大學士蔣公為巡撫，檄山陰、會稽兩縣捐輸協助，以續未竟之工，而君任修石堰阪塘，捐不時集，出己貲以濟工需，為錢一千六百，閱歲而後庚。當是時，君晝夜立塘上，指畫董視，風雨寒暑未嘗倦。輟役者咸[illegible]以堅完。十年之間，水漭至而塘不壞，君之力也。君卒時年七十六。子三，柱廷，例授武略騎尉，封君如其階；度，候選儒學訓導，出為君弟後；涵，山陰縣學生。論曰：西江塘之患有三：其西興以西至鎮水巷，浙江所往來也，患在潮汐之擊；塘而聞家堰、西江橋、孔家埠、漁浦、楊家濱，浙江所滙也，患在汕水之激；塘根碛堰、臨浦、麻谿，浦陽江所委輸也，患在盛漲之溢。塘身不知水之性，塘不可得而治也。石堰阪為西江塘之衛，外塘圮則內塘隨之。然以尋尺之土，受建瓴之水，急者為湍，深者為淵，非下石築礎，激湍使緩，塘不可得而治也。予嘗為君言之，然於力而止，公議垂定，而君逝矣。慮有事於斯者之以智鑿也，故附論之。若君之於臨浦塘，可謂盡其心而得其道者矣。

論語「直哉史魚」。荀子不苟篇「夫富貴者則類傲之，夫貧賤者則求柔之，是非仁人之情也，是姦人將以盜名於晻世者也，險莫大焉。故曰：盜名不如盜貨，田仲、史䲡不如盜也」。又非十二子篇「忍情性，綦谿利跂，苟以分異人為高，不足以合大衆，明大分，然而持之有故，其言之成理，足以欺惑愚衆，是陳仲、史䲡也」。（端履案：）莊子以史䲡之直為欺衆盜名，與孔子異義。

公羊僖四年傳「序績也」，鹽鐵論執務篇曰：「齊桓公以諸侯思王政，憂周室，匡諸夏之難，平夷狄之亂，存亡繼絕，信義大行，著於天下，邵陵之會，予之為主，傳曰：予積也，故土積而成山，水積而成江海，行積而成君子。」王伯申尚書謂所引傳文，序績作予積，字不同而說亦異，蓋本於嚴氏春秋。（端履案：）漢書鄒陽傳「魯哀姜薨於夷，孔子曰齊桓公法而不譎，以為過也」，白虎通春秋傳曰「叔姬歸于紀，叔姬者，伯姬之娣，伯姬卒，叔姬升于嫡，經不譏也」，疑亦皆嚴氏春秋義。

漢書匡衡傳「是有白祇之裘，而反衣之也」，師古曰「今人則以背毛為裘，而棄其白，蓋取其厚而溫也」。知唐時狐裘尚黃色。

論語「君子之於天下也，無適也，無莫也，義之與比」，白虎通「君所以不為臣隱何？以為君之於臣，無適無莫，義之與比，當一善而衆臣勸，罰一惡而衆臣懼。若為臣隱，為不可殆也」。（端履案：此引論語以證君不為臣隱之故，非釋論語義也。）適，釋文引鄭音敵，又鄭曰：「莫，無所貪慕也。」（是鄭讀莫為慕。）無敵無慕，與義字不協。范甯「適莫猶厚薄也」，邢昺本其義而作疏，然古無訓適為厚、莫為薄者。竊謂此章即孟子所云「大人者，言不必信，行不必果，惟義所在」，亦即孔子所謂「可與權」也。適莫者，執中無權，故執一而不能變通。適，主也（[illegible]）；莫，定也（釋詁文）。無主無定，權也。孔釋「好信不好學」，謂父子不知相為隱之輩；趙注「言不必信」，為子為父隱，是無適專屬隱不隱言。漢時本有此訓，適屬言一邊，莫必屬行一邊矣，故白虎通引以為證。

大興朱竹君編修（珪）督學福建，於使院西偏為小山，號笥僊山，諸生聞之，爭來人致一石，刻名其上，凡九府二州五十八縣，咸具刻名者三百餘人，因名其山上之亭曰三百三十有三亭，而為之記。

仁和蔣將鄉（炯）世居西溪之山麓，地饒竹木蠶桑之利。君性敦厚真摯，工詩文，援例授某縣訓導，擢湖北某府經歷，非其志也。時今大學士潘公芝軒督學吾浙，太息曰：「蔣鄉吾本欲以優行升之，咸均何遽入官途耶？」君與人交，恂恂似不能言，及酒酣耳熱，則意氣激昂，議論奇肆，蓋不得志於場屋，未免流露於不自知也。其詩自有專集，不具錄，錄其文數篇。　南宋中興四將論：將莫患於不和，軍莫患於不一。軍不一，則勢分而志離；將不和，則搆怨而召釁，而又挾震主之威，處忌功之勢，於是人主之畏將帥也，過於敵國，而奸人得以陰乘其間。吾讀史至南渡四將之事，未嘗不掩卷三歎息也。方四將勤王之始也，張俊握兵最早，一時有鐵山之號。苗、劉構難，俊提孤軍首倡大義，激世忠於海上，說光世於淮南，遂定明受之變。其後偽齊內侵，俊破馬進於筠州，而岳飛請為先鋒；飛破李成於襄鄧，而張俊特上首功。爾時四將固相倚如左右手未嘗有一日之間也夫以並膺四鎮之重而無一日之閒此寇擄不能得之冑復而臨淮汾陽用以復唐社稷而功絕千古者也乃何以淮陽之圍俊疑世忠見呑而不援而與世忠隙矣光世移鎮江世忠追襲於白鷺店而與光世隙矣淮西之役帝以轉餉艱難為辭俊以飛漏言而與飛隙矣始則瀧涕相召繼則操戈反攻其故何哉說者謂建炎以後用四將者趙鼎張浚卒成中興之基紹興以後用四將者秦檜卒敗中興之業而咎於此顧不謂然蓋檜所以得收四將權者實由四將先投檜以間也且夫檜收四將之權莫大乎班飛朱仙鎮之師而是時俊等猶力矢恢復為己任范同王次翁之計未行也使果於使命初綱之日相與效古人杯酒釋憾執大夫出疆之義世忠由楚州進俊由亳州進則中原可速復何也四將合則檜勢孤也兀朮既擒翟洛關陝之地悉復則功孰有大於俊等者哉檜且以和議得罪而去又豈能出死力以與俊等為難者哉木必先腐也而後蟲蛾得竊處而食石必非堅也而後水滴繩鋸而易斷惜乎四將以不和敗卒使檜得乘其間也雖然四將中若光世之庸懦張俊之貪慕固甘心墮檜術中而不悟而飛與世忠者非所謂深沈多智計者耶既知投檜以間何不即用檜間四將者轉以間俊光世陰離其心使不為檜用則吾聯絡之勢成可徐合為恢復之計而飛世忠不能也蓋飛世忠所首疾者和議俊光世所首附者和議也疾和議不得不與檜敵與檜敵并不得不與俊光世敵其不能不投檜以間者亦勢也況其先又隱有以中高宗之忌哉高宗之為人也懦而忍臨江之役帝謂趙鼎曰劉麟敗北不足喜諸將知尊朝廷為可喜而諸將所以能立功疆外者率選丁壯子弟為親軍軍皆有號若太尉軍張家岳家諸軍皆帝所聞之而憂其跋扈難御者也用檜者正所以制四將之術也既任檜勢不得不罷世忠殺岳飛而後止飛之死帝主之也不然世忠亦終身不附和議至抗疏詆檜誤國徒以嘗田新淦有以免帝之忌檜雖銜之刺骨不能更陷以風波之獄此非觸檜有幸有不幸嘗檜力有能殺不能殺也其後光世首納兵柄遂寵榮終身而俊獨居樞府不踰年復為江邈論罷以此可見帝之所忌不在金人之外侮而在四將之內叛矣故曰四將之敗在間而其所以卒敗而終無成功者其故又不在間也青衣之條不再見於紹興之世也幸矣

禹貢北過降水至于大陸者降水之說有二以河內之共水當之東至魏郡之黎陽入河此鄭說也以降為絳在安平信都南此班氏說也正義欲回護僞孔故力主班氏以襄國為信都在大陸之南為降水發源之地

不知漢志襄國自屬鄭國與安平之信都相去實遠不可牽合而其地即今邢臺縣地絕無降源其說之謬可見且志改字從糸作絳而絳實至春秋始見界於秦晉之交與大陸一在冀一在兗地勢各異經文豈得言北過而至于大陸耶則絳與降明屬二水不得合為一也至杜佑通典以降水為濁漳乃據水經注濁漳水出上黨長子縣西發鳩山東逕屯留縣南又屈逕其城東東北流有絳水注之絳水東逕屯留縣故城南東北流入於漳則絳與漳當別為一水不得即指為禹貢之降水明矣且使禹貢之降果同於合漳之絳則水行必西北折始合地理何以南合於白渠故瀆而與大陸背耶況夫降與漳皆禹貢大水則導河但言北過漳水是矣何必別其文為降耶史記河渠書禹導河至於大伾禹以為河所從來者高水湍悍難以行平地數為敗乃廝二渠以引其河北載之高地過降水至大陸則降水自為二渠之一而在大伾之北經文本上下相貫自定王五年河徙二渠皆失故道降水於是時或淪於河元光中河決瓠子注鉅野通淮泗二十載天子乃發卒塞瓠子導河北行二渠但二渠亦仍周之徙道非禹跡之舊也故司馬氏直以北瀆當禹河者亦非也惟屯氏河東北至漳武入海今館陶臨清清平高唐景州滄州鹽山諸界地與黎陽相近而居大伾之北揆之地勢為宜此鄭氏所以指為降水故道歟則降水雖變易世失其處要必自淇口為北折之始而鄭注亦有舊河水北入之語與鄭注相發明則或謂之共或謂之淇或謂之屯氏河皆即以為降水之故道可也而非得據地志絳水轉以譏鄭說之謬也明矣

浙江即岷江非漸江考水出三天子都北過餘杭東入海為漸江水出岷山至石城分為東流至會稽餘姚東入海為浙江古河與江皆水名河則專指積石江則專指岷山浙偏於東而稱江者岷為之源也說文江水東至會稽山陰為浙江曰江水指岷江也曰東至會稽為浙江明乎浙為岷之末流非岷則浙莫為江也至於漸水但言出丹陽黟南蠻中東入海而已其非浙之正流不待辨而知也然則水經胡為言漸而不言浙蓋經之例水有異源而合流者雖小必詳有同源而異流者雖大必略經之言漸志漸所出非志江所出也其稱漸江水右正合江與漸為一水猶之贛江水由彭蠡入江延江水從酉陽入江皆非江而稱江者與此一例若導江自漢沔以下過牛渚石城毘陵東過餘姚入海其水道枝指燎然言江則浙在其中不必詳志其地以別夫浙之非漸可考而知也或又以為漢晉以前浙何以與岷合而漸為其支唐宋以後浙何以與岷分而漸反為之源嘗細繹酈

氏舊文參以累朝志記。而知岷浙之分。由於唐之築海塘也。海塘之築。由於南江之水道失也。譬之形體。岷為首。至吳為支股。至錢塘為尾閭。世未有支股不運。而血氣能達於尾閭者。岷源既失。浙乃得挾上江諸水。濤瀾激衝。沙土坍漲。制江力而強之東。洪波巨浸。半為平壤斥鹵。於是人苦鹽水。不得不捍江以衛民。白居易之禱神以築堤。錢武肅之射潮以立塘。人力日興。地理日失。浙乃儼然居江上游。反為之源。而後南條之水。始有不附江而入海者矣。而要豈浙水之故道也哉。

孟子齊四境考。

閱解孟子齊之四境者曰。南至穆陵。北至無棣。聊攝以東。姑尤以西。竊以為皆不合。益賜履實在境外。而春秋戰國疆宇大小又不同也。謹案史記田完世家。威王曰。吾臣有檀子者。使守南城。則楚人不敢為寇東取泗上。十二諸侯皆來朝。吾臣有盼子者。使守高唐。則趙人不敢東漁於河。吾吏有黔夫者。使守徐州。則燕人祭北門。趙人祭西門。然則齊之四境。東接郯魯。西鄰三晉。南楚。北燕。其勢大也。康公貸十五年。魯敗我平陸。徐廣謂東平陸。則平陸齊東境也。威王起兵西擊趙魏。趙人歸我長城。則長城齊西境也。楚威王伐齊。敗之徐州。徐州北燕西趙。而楚寇得入。則徐州齊南境也。桓公十五年。齊起兵襲燕國。取桑邱。至宣王時。齊地未聞入燕。則桑邱齊北境也。

杭俗仕女向梳高髻。近則低髻。蓋蘇式也。時謂之背蘇州。梁晉竹紹壬作歌云。吳髻且莫唱。越髻且莫謳。四座靜無譁。我歌背蘇州。蘇州肌理嫩如水。蘇州顏色烘如蕊。相君之背亦風流。時樣妝梳鬪嬌美。靈蛇新式到杭州。日日凝妝上翠樓。明月圓時休正面。嬌雲堆處莫回頭。妝臺軟掠輕梳罷。留與南朝周昉畫。山眉水眼且休論。霧鬢雲鬟已無價。吁嗟乎。粉頸香肩骨肉勻。羨來背面果然真。只愁一顧傾城處。仍是西湖畫裏人。

予性澹於名利。嘉慶甲戌。館選後。乞假出都。已無仕宦之志。因囑畫師繪鑑湖一曲圖。自題四絕以寄意云。雁南歸兮白雲飛。吳會西風稻蟹肥。黃葉紛多行不得。我如賀監遂初衣。越鳥南枝戀若何。故人定惜唱驪歌。衝寒漸恐征袍冷。要趁微霜喚渡河。細雨春樓聽賣花。蕭疎楊柳又啼鴉。醒回半載春明夢。小錄燃脂紀歲華。畫舫烏篷日往還。跨湖橋外水潺湲。他年訪我山陰道。只在千巖萬壑間。是科吾同郡復雋者五人。（吳梅梁傑、姚梅坨汝鑑、馮曉江思澄、暨予。凡四人。皆本籍。姜碧園梅河南汜水籍。）今惟予及碧園在耳。披圖歎逝。未免感慨係之矣。

鹽鐵論執務篇。求之不得。寤寐思服。有求如關雎。好德如河廣。何不濟不得之有。故高山仰止。景行行止。雖不能及。離道不遠也。此統舉關雎河廣車舝三詩義釋之。蓋鹽鐵之議。起漢始元中。至宣帝時。桓寬推衍增廣。為鹽鐵論。其時毛詩未立學官。所引。皆三家詩說也。（案大田篇有渰萋萋。興雨祁祁。韓詩作興雲。此水旱篇引作興雨。又節南山篇憂心如惔。釋文引韓詩作炎。此散不足篇引詩正作惔。與韓異。義知所引非韓詩說。）

讀孟子及紂之身□統誅紂是一事。伐奄討其君。驅飛廉於海隅而戮之。是一事。滅國者五十。驅虎豹犀象而遠之。是一事。以孟子文義言之。飛廉即是奄國之君。則虎豹犀象亦即五十國之君。古者多以獸命名。如朱虎熊羆之類。故逸周書世俘解云。武王既克殷。狩禽虎二十有二。犀十有二。熊羆麋塵等若干。遂征四方。凡憝國九十有九。馘俘若干。狩禽與馘俘對文。虎犀熊羆麋塵與憝國對文。明是人名而非獸名。呂氏春秋仲春紀言。殷人為虐於東夷。周公以師逐之。正是五十國之一。自史記秦本紀紀蜚廉事。不言是奄國之君。（史記但言蜚廉惡來有力善走。父子俱以材力事殷紂。並不詳所封之國。惟紀蜚廉之死。與孟子異。當是傳聞異辭。分就孟子釋孟子可也。）後儒又涉上禽獸字。遂以虎豹犀象當囿囿所畜之獸。若然。則飛廉亦是獸名。又何所分別哉。書序。武王伐殷。往伐歸獸。歸獸即獻俘也。王制出征執有罪以訊馘告。是其義。若飛廉非奄國之君。則當誅紂時已就戮矣。何必俟驅戮於伐奄之下哉。

重論文齋筆錄卷七終

重論文齋筆錄卷八

清　蕭山王端履撰

先君夕陽詩已錄於前。端履彼時亦有擬作。稿已散失。道光辛丑九月。風雨連句。翦燭悶坐。意有所觸。役成二律云。焚罷爐香看罷花。暫驚遲日度窗紗。曾含涼影騰朝旭。尚帶殘痕襯落霞。畫角一聲催牧馬。關心幾點認寒鴉。銀蟾指顧凝空碧。迴莫貪停石徑車。杭州七載舊居停。時趁斜曛醉綠醽。金碧樓臺湖上寺。（用吳梅溪詩意。說已見前。）蕭疏楊柳驛邊亭。樂頭容易杯邀月。彈指光陰又巳星。多事參軍誇俊逸。當年詩稿久飄零。鮑綠飲先生。著有夕陽詩一卷。係袖珍刻本。予幼時曾見於汪蘇潭處。今無從搜覓矣。

或議予畫角對關心容易對光陰為非。余曰。此即古人借對法也。杜工部詩。酒債尋常行處有。人生七十古來稀。已肇其端。悟得此訣。則句法圓動而無板重之病。雖非詩家正宗。然偶一為之。尚是無礙。但不可時逞狡獪伎倆也。若應制莊重等題。斷非所宜耳。

詩有句通而理不可通者。如朝鮮金靜江南春思云。江南殘夢日懨懨。愁逐年華夜夜添。雙燕來時春欲暮。杏花微雨下重簾。又知當醉後云。桃花紅雨鳥呢喃。繞屋春山閒翠嵐。一頂烏紗偏不整。醉眠花塢夢江南。（二詩俱見梁晉竹兩般秋雨盦隨筆。）詩則佳矣。但不知所謂江南者。指吾中土之江南耶。抑彼國亦有江南耶。如中土之江南。則彼國遠隔重溟。豈終身所能夢到。譬如吾輩作詩而用彼國地名。可乎不可乎。詩人下筆。往往失於檢點。大率如此。

今世神主。末行稱晉孝某（或男或承重孫之類）某（其名也）奉祀。其義蓋有所本。史記魯世家。季友以莊公命。命叔牙待於鍼巫氏。使鍼季劫飲叔牙以鴆。曰飲此則有後奉祀。不然死且無後。有後奉祀四字。本連讀。謂有後以奉祀也。今左傳飾其文曰。飲此則有後於魯國。不然。死且無後。是左邱明但仲有後二字之義。而奉祀之旨晦矣。

論語。忘其身以及其親。荀子榮辱篇。鬭者忘其身者也。忘其親者也。忘其君者也。行其少頃之怒。而喪終身之軀。然且為之。是忘其身也。室家立殘。親戚不免於刑戮。然且為之。是忘其親也。楊倞注。蓋當時禁鬭殺人之法。戮及親戚。尸子曰。非人君之用兵也。以為民傷鬭。則以親戚殉一言而不顧之也。端履案。孟子好勇鬭很。以危父母。是論語親字專屬父母。孟子之言正合孔子之旨。（公羊莊公三十二年傳。君親無將注亦云。親。父母也。）荀卿於親外別出戚字。似泛指六親六戚言矣。（六親見賈子新書六術篇。六戚見呂覽論人篇。）

世傳化州橘樹乃仙人羅辨種於石龍腹上。共九株。相去數武。以近龍井界偏一株為最。井在州署大堂左廡中。龍口相近者次之。城內又次之。城以外則臭味迥殊矣。廣西江李康（樹玉）著橘紅辨。謂橘小皮薄。柚大皮厚。橘熟由青轉黃。柚熟透綠轉黃。閒嘗坐臥樹下。細驗其枝葉香味。明明柚也。而混呼之曰橘。且飾其皮曰紅。何也。

嘉興錢文端公（陳羣）乾隆庚午典試江西。寫榜吏陳巨儒年七十矣。自言手寫文武三十二榜。求公書以為榮。公贈詩云。桂籍憑伊腕力傳。白頭從事地行仙。自言作吏中書省。常侍朱衣四十年。至十月復寫武榜。解首唱名則其孫騰蛟也。掀髯一笑。筆墮於地。中丞大喜。索方伯彭公（家屏）作詩。時蔣苕生太史（士銓）在幕府。代作一絕云。榜頭題處笑開眉。七十年來鬢若絲。官燭兩行人第一。夜闌回憶抱孫時。

餘姚黃晦木（其諱與先君同。故不錄。）圖書辨惑一卷。與所著周易象辭尋門餘論。皆別本單行。後因象辭目錄列此二書。因附錄於其後。象辭予不得見。恭讀四庫全書總目。所載如釋剝六五貫魚。引儀禮魚每鼎用十五頭。腊禮用十四頭。其數多必貫。援據精確。非空談義理者比。（易學辨惑文業。今錄自序一篇。其大旨已瞭然矣。序曰。易有圖學。非古也。注疏猶是魏晉唐所定之書。絕無言及於此者。有宋圖學之派。出自陳圖南。以為養生馭氣之術。託諸大易。假借其乾坤水火之名。自申其說。如參同契悟真篇之類。與易之為道。截然無所關合。儒者得之。始則援墨入儒。

卒之圖說即尊奉蝌蚪為高曾。甘自黜其祖禰。據朱子發經筵表。宋易之陳氏本出自儒漢之易學。乾與其祖於田子裝田氏之學。傳自聖門。歷歷可數。圖學從未出自圖南。則道家者流雜之大易。遂使天下雅然稱為易老。從者推其宗奉并諱其所謂老。專以易歸之。亦可畏也。上古何嘗有圖。但文字未備。畫為奇耦。示文字之造端爾。陳氏不識古文古字。誤以為圖也。文周孔子。文字大備。始得據其所言者之什本而義理瞭然可觀。皆所以闡發古文古字之蘊。陳破除其蘊理以就夫但衰十翼。正所以嘆象文辭。哀家文辭。哀正所以遙測卦畫之古文古字也。創為三圖而欲指為已露之面目。使天下後世重求之無興象味之途。何殊鄉委瑜而以和毛。飲血為至味。既處含哺以上棟下宇為過安也。秦焚詩書。獨易以卜筮得存。若有圖亦宜不禁。胡為偏遺而不行方外。秦漢之時。雖有黃老之學。亦只在民間。豈有與世閣隔不通於學士大夫之理乎。此皆據其偏辭無從旁及仲者也。非惑與。可不辨與。乃作圖學辨惑。）

卷末有其元姪孫璋跋一篇。並錄之云。先忠端公冢嗣文孝公。次立溪澤望二公。崇禎末皆負賦名。藝林稱三黃。滄桑後息影邱園。閉門卻埽。文孝公承證人之緒。講學東南。海內至今遵演其澤。澤望公有縮齋文集。吉光片羽。略見一斑。惟立溪公憂患學易。論六書會通。本草注。二晦山樓詩集。共若干卷。竹浦舊里。洊經水火。後嗣貧弱。弗能廣其傳。憶璋弱冠時。獻歲拜影堂。過花園老屋數楹。見遺書一麓。缺緗夾板懸之梁間。煤重塵積。詢之。則家人曰。已五六十年於茲矣。先人故物。前此尚歲時翻曬。今則無復問者。然自祖父相戒。勿輕示人。璋固請。竟無從一啟視。然日以耿耿胸中。多方購之不可得。蓋其家人別有億度。有不可以理曉喻者甬上全謝山太史嘗舉及此則曰梁閣之物若何琫自愧無以應命丁丑公車北上旋游齊魯之郊僕僕者七八年甲申夏旋里始知家人已誤付之一炬為扼腕者久之今春偶過武林晤汪丈槐塘出圖學辨惑一卷示曰此君家故物也併之秀水曝書亭中鈔釘甚好其題簽亦係竹垞手書八分琫拜受驚喜累日因告於荻林夫子即以付剞劂氏竊意立溪公經學淵深尤邃於易象患學易論大旨已採入竹垞經義攷此書特其一種旁及緯讖周子太極圖說立論斷斷祇求同於往聖不頗異於先儒瀾翻水決樋露無餘蠹瑣墨守之徒見而咋舌要其一縷心光證之羲文周孔無不脗合故雖厄於後嗣尚克守夫世族而微文大義弗絕於今日也先高祖文孝公有易學象數論是書出足以並垂天壤為不朽之盛業則擅東南之美豈僅虞氏一門也歟

孟子與鑽穴隙之類也王伯申尚書釋與為語助周語其與能幾何韋注與辭也無意義殷業與當讀為惟我與爾之與之是也詩小雅蓼莪我獨鞠之依養之猶是也爾雅之子者是子也謂不由其道與鑽穴隙是類爾同故趙注云是與鑽穴隙何異何異正釋之類二字知與字之字俱不當作語助解孔檢討廣森讀與為歟屬上讀焦里堂循疑之字為衍文皆未審之訓為是故耳

嘉慶甲戌杭州陸爾雅堯春小雅以烜父子同會試中式錢塘仁和兩縣訓導考取爾雅仁和儲小雅錢塘故小雅盡呼通榜為年丈而通榜亦盡呼爾雅為年丈余笑謂小雅曰君目前太吃虧而日後則太便宜小雅問故予曰君之令郎則盡呼吾輩為年丈矣吾輩子姪則盡呼君為年丈矣爾雅旋丁內艱未及廷對小雅曰家君下科當補行殿試則丁丑通榜吾又當呼年丈矣何吾年丈之多也予曰此則尊吃虧事矣恐丁丑諸公之子無呼君為年丈者耳

爾雅丁丑殿試入翰林散館授江西某縣知縣生平湛深經術為隸存數篇

爾雅序篇說　爾雅之有序篇猶周易之序卦尚書之百篇序詩之大小序也按詩周南關雎詁訓傳正義引其文云釋詁釋言通古今之字古與今異言也釋訓言形貌也此序篇之僅存者爾雅疏兼用孔疏但於釋詁下引上三句足見邢氏之陋漢志爾雅三卷二十篇今所傳止十九篇漢志或即合序篇而言也張揖上廣雅表云今俗所傳三篇爾雅者蓋即漢志之三卷古人篇與卷同也陸氏釋文謂釋詁一篇周公所作釋言以下或言仲尼所增子夏所足以一篇專指釋詁而言謂張揖論之詳矣似猶誤讀張揖表未審也

倉頡篇逸文考　倉頡篇說文所據於小學為最古其書之不傳久矣近孫淵如觀察刺取書傳數千言其中若以凸為凹之據廣韻騧騊為劉昭之據廣雅縣為雞之據論衡萬為鵝之據說文彪為閤之據漢書之類旁所添注皆非臆說其有偶未采輯尚須補錄如抒取出也見詩生民釋文冕冠也見後漢書班固傳注熻火光銷也見莊子胠篋篇釋文奸犯也見莊子天運篇釋文攜正也見文選注十八炯明也見文選注廿七在內曰奸在外曰宄見一切經音義一殺小孔也見一切經音義二又若同門曰朋同志曰友見公羊定四年傳注人知鄭注論語有此語本漢武謂司馬遷之言而不知其先亦出於倉頡也至若揚音盈為揚子雲之揚應入手部而誤入本部楷盛盬物池池為今字引一切經音義而不引史記貨殖傳索隱之盛盬致器又偶有未檢者

州為川誤證　盧學士鍾山札記云山海北山經倫山有獸如麋其川在尾上其名曰羆九今本皆脫九字惟道藏本有之後畿郝璞贊云獸生尾上號曰羆九注以川為竅也其注爾雅白州驠以州為竅故畢秋帆山海經校本疑川字當作州按春秋外傳周語云川氣之導也釋名云川穿也穿地而流也爾雅釋文引李巡注云水流而分交錯相穿故曰川也竅之為川取義於此

州則廣雅訓國訓官訓居訓殊訓浮釋名訓注韋注國語訓聚皆於竅義不合即州臀也之訓見於廣雅釋親亦無意義可尋竊疑山海經之川字本不誤而爾雅經注及廣雅訓臀之州皆當為川也又案素問生氣通天論云其氣九州九竅五藏十二節皆通於天氣州亦疑作川九竅必原注其旁以釋九川者自後人孱入正文並誤川為州於是王砅不審兼冀兗青齊之九州以當之細繹上下文皆言人之生氣上通於天專指人身而言可以得解其誤當由六節藏象論其氣九州九竅皆通於天氣句九州下脫去五藏十二節五字亦衍九竅二字而下文又有九分為九野九野為九藏語遂致踳駁至此其實九野之名即指九竅如五官之稱官耳若解作地之九州州可九亦可十二初非一定如九竅不可增損者義恐難通故王注亦謂九野應九藏而為義不云九藏應九野而為義不知於經文一為字先已窒礙矣蓋野古作埜埜當為埄古序字以形近而致譌也言其氣之相通則為川言其體之相次則為序猶漢書古今人表之言九等序耳參校羣書其義自見故書之以質世之稽於考古者

大算袋魚即望潮也其大者曰章舉亦曰章距俗以為秦始皇東巡棄算袋於水中化而為魚羅願爾雅翼以大算袋魚為鯽之別名非也鯽之出以夏大算袋魚

之出以秋。時既不同。種類亦判。見趙學集外編。

張時徹攝生衆妙方十一卷。目錄後有嘉靖四十一年七月望日。江西布政司左布政使姚一元。右布政使王遵。校刊字。時徹字維靜。鄞縣人。嘉靖癸未進士。官南京兵部尚書。中有治鼈氣一方。田螺大者一箇。巴豆去殼。膽礬一豆許。麝香少許。右將螺用水養三日。去泥土。揭起螺靨。入礬麝豆在螺內。以線拴住。放磁器內。次日化成水。凡用須五更時。將藥水以手自抹在兩腋下。不住手抹。藥直待腹內欲行臟腑。卻住手。要揀深遠無人到處空地內。去大便。黑黃極臭。是其驗也。以厚土蓋之。不可令人知。如不盡再以藥水抹之。又去大便。次日用枯礬一錢。蛤粉半錢。樟腦一錢。為細末研勻。每用少許擦之。永去病根。

孟子然則嗜炙亦有外與。趙注如嗜炙之意。豈有外耶。是趙以在訓有。與下章然則飲食亦在外也同義。王伯申尚書曰。也猶與也。飲食亦在外也。猶言飲食亦在外與。與上章然則嗜炙亦有外與同義。

蔗蟲性極涼。出痘險者可以助漿。然不可多得也。廣東潮州蔗田接壤。蔗蟲往往有之。形如蠶蛹而小。味極甘美。姚秋芷承寵詠以一律云。縕隆連日賦蟲蟲。渴念寒漿解熱中。佳境不須疑有蠹。庶生原可慶斯蟲。似誰折節吟腰細。愛彼銜花蜜口空。舉竟冰心難共語。一樽愁絕對蠻風。端廢業。痘有寒熱虛實之分。蔗蟲用療熱證則可。若虛寒者一概用之。則鮮不僨事矣。又杭人類言用活鴿劉之。覆於患者胸前。謂可以起漿。此施之於寒證方效。若熱證以此治之。亦敗壞而不可收拾矣。可不慎哉。

讀全謝山先聖前母祀典或問云。孔氏三世出妻。稍有識者無不知其妄也。古人固不諱出妻。然不應聖門獨如是之多。彼為此語者。始於檀弓。檀弓之誣先聖及諸高弟。不一而足。而此為甚。且鄭康成之解。亦與王肅異。康成言先君喪出母。是聖父出妻。伯魚之母死期而猶哭。是先聖出妻。子上之母死而不喪。是子思出妻。而子思之母死於衛。則以為伯魚死而嫁。是聖門四世三出一嫁。亦不幸之甚矣。王肅又變其說。謂聖父出妻。即子思所言先君子喪出母也。伯魚出妻。即子思之母死於衛也。子思出妻。即子上之母死而不喪也。而於先聖之出妻。則為之泯其事。乃後人之言又與康成王肅異。謂子思所云先君子。指伯魚。是先聖出妻。而伯魚子思亦皆出妻。則聖父又幸免。不特其事之誣妄。又可見其說之傞移而上。倏移而下。初無定也。端雅案。出母云者。謂所出之母。即今之所云生母。若被出之母。則喪服明云。出妻之子為母。蓋出之名。夫可施之於妻。子不忍加諸其母。故變其文曰。出妻之子為母。係夫言。不係子言。聖人緣情制禮。其不得稱為出母明矣。若所生之母。則喪服曰。庶子為父後者為其母。傳曰。何以緦也。傳曰。與尊者為一體。不敢服其私親也。此指為父後者言也。又曰。公子為其母練冠麻麻衣縓緣。既葬除之。此指未為父後者言也。若孔氏喪出母與不喪出母。則其義有別。蓋伯魚之母。言嫡子思言先君子。是指伯魚所生之母。孔子以為謂孔子。孔子之母在未嘗被出。且是後升於嫡。並非妾母。故伯魚喪出母。所謂道隆則從而隆也。子上之母不升於嫡。故子上不喪出母。所謂道汙則從而汙也。觀子思言為伋也妻者。是為白也母。不為伋也妻者。是不為白也母。其義顯然。蓋子上之母於子思為妾。而不為妻也。然則子思之母死於衛何也。曰子思嘗仕於衛也。當是奉其母以行。故死於衛也。備今之說

參觀柳若之言。與子思之答。則非伯魚死而改嫁明矣。

鄉先生某公。論詩主溫柔敦厚。素不喜庸腐說理之談。嘗應乾隆己酉科鄉試。詩題為視履考祥。公警聯云。踏花春有信。步月夜生香。見者大駭。而不知亦有所本。明蘇子平衡詠繡鞋云。南陌踏青春有跡。西廂立月夜無聲。人以蘇繡鞋呼之。但施之於賦得題。斷非所宜耳。某公詩文並皆佳妙。兼精岐黃之術。其妻母八十壽辰。公欲製幛介壽。其妻弟辭曰。世事險巇。母寄啟遊。未幾妻母患病。公診其脈曰。疾尚可為。然非人參不可。妻弟又曰。人參難得真者。及卒。公往唁之。又答曰。此關一生大數。公大恚。乃製一聯挽之云。堂來問請脈。曰刀圭之術。奈仙草難尋。世緣久歇。七日夜兢兢求生。豈信人亡歸大化。文章我事薪云視贈無靈。乃冬桃未熟。時事多違。八十歲淒涼鬼籙。至今魂魄愧東床。其妻弟不如所謂。懸諸楹間。見者無不絕倒。

吾邑於京師向無會館。士子會試者。咸寄寓客邸。旅費艱難。居大不易。道光辛卯。湯敦甫尚書捐銀三千為之倡。率并糾集同志。買屋於西河沿。沈君青士經營締造落成。尚書為文以紀其事。親書姓名。以一本寄端。屬記曰。吾蕭人文蔚起。來試禮部者。不下五十人。鄉無會館。下車逆旅。事雜言龐。到輒稍稍輒人滿。慨價益昂。寒士苦之。同人議築館久矣。歲辛卯。醵金具費。買得西河沿房屋一區。新其堅完。葺其頹敝。增其不足。整其規模。沈君青士諳練工程。實董斯役。踰年落成。凡用白金五千九百兩。計東西兩院。為房四十五間。又西偏二所。房共二十四間。出賃為歲修費。草創猶就屬當壬辰會試。朱君桐軒以第二人及第。為吾邑未有之科名。雖會逢其適乎。亦吉事有祥也。繼自今登鼎甲掇大魁者。當不乏人。俟之君子。尚有以保護隨時振興擴而充之。理而董之。俾桑梓公衆咸得寓宇。是所厚望也。夫捐助銜名銀數。依捐到之數勒於碑陰。道光十四年歲次甲午夏六月。邑人湯金釗撰并書。

子甲戌同年官浙江者。道光辛丑年為最多。制府則連平顏公。伯燾 藩司則鳳臺常公。恆昌 臬司則漢軍蔣公。文慶 糧道則盧龍趙公。光祖 嘉湖道則益都宋公。國經 台州知府則陸涼周公。師然 予未嘗通一刺也。憶當時榜下以知縣即用者。分發吾浙凡五人。武昌張君。兆棟○曾署吾邑篆 甌寧楊君。鏡書 保山范君。任義 遵義黎君。恂 右玉賈君。學問今已無二三人在矣。又桐城徐君。璈 以部屬改就知縣。任台州。臨海。署吾郡南郡通判事。

嘉慶甲戌科運最盛。先後官一二品大員者。已有十餘人。壽陽祁公。寯藻 戶部尚書。南書房行走 滿州全公。熙 戶部尚書。武威牛公。鑑 河南巡撫。會稽吳公。傑 戶部侍郎。上元伍公。長華 廣東巡撫。滿州呈公。麟 內閣學士。泗州楊公。殿邦 山西布政使。候任太僕寺少卿 新建程公。懋采 安徽巡撫。連平顏公。伯燾 閩浙總督。諸城王公。瑋慶 戶部侍郎。安岳王公。炳瀛 倉場侍郎。同安蘇公。廷玉 四川總督。慶陽四川臬司改授大理寺少卿原品休致 孝感喬公。用遷 山西布政使。滿洲慶公。祿 某省布政使。現駐藏辦事大臣 鳳臺常公。恆昌 浙江布政使。滿洲覺羅德公。厚 盛京工部侍郎。天門程公。德潤 甘肅布政使。

徐俟齋。名枋字昭法 真蹟世難多得。予舊藏其山水小幅。筆墨圓潤而渾厚。迥非時手所能摹擬。自題詩云。小橋流水接漁村。寂寂山家常閉門。有客扶筇來剝啄。披襟應共倒金尊。近有以贋鼎求售者。因出此幀較之。眞贋霄壤之別。

吾邑人家門戶。當橋梁巷陋之衝。則豎石碑。書泰山石敢當五字。以鎮之。田易鄉談謂石敢當見史游急就篇。顏師古注曰。衛鄭周齊皆有石氏。其後因以命族。敢當所向無敵也。據此則古名始於西漢。五代史劉知遠為晉押衙。高祖與愍王議事。知遠遣勇士石敢。袖椎侍晉祖以虞變。敢與左右格鬭而死。今立門首以為保障。似五代之石敢。其云當者。或謂惟石敢之勇。可當其衝也。然泰山之義未知何居。瑞廉案。此當為禳火而設。非折衝也。公羊傳三十一年傳。觸石而出。膚寸而合。不崇朝而徧雨乎天下者。惟泰山爾。似泰山石敢當者。謂其地有泰山之石。能興雲雨。敢當其災也。臆見如此。未知然否。

道光辛丑。靖逆將軍奕山等。奏言廣東省城北面依粵秀山為城。舊有觀音殿。俗呼為觀音山。士民瞻仰。久彰靈感。本年四月初三至初六等日。英夷攻城之際。據捉獲漢奸供稱。賊攻靖海門。撲近城牆。正欲開炮。烟霧中望見白衣神像。立於城上。遂不敢轟擊。火藥局在觀音山下。貯藥三萬觔。漢奸潛拋火彈。火焰衝起。倚架力發。勳全

城。及燼。當兵弁搶救之時。居民望見白衣女裝在屋上展袖拂火。登時撲滅。且夷匪火箭如雨。射入城內。無一延燒。所有火箭。非入水塘。即落空潤之處。而夷匪方欲謀大炮向城施放。而迅雷暴雨。滿若傾盆。衝沒漢奸及黑白夷數百名。夷人無不畏懼。現在海氛既熄。省城安堵。雖文武同心。亦神明之默助。此皆仰賴 聖主洪福。德威遠播。上邀天佑。百神效靈。奴才等及軍民無不共深感戴。為此不揣冒昧。恭請御書匾額。供奉山巔。以彰神貺等因。得 旨准行。

論語。當暑袗絺綌。必表而出之。袗單也。曲禮鄭注 孔注。暑則單服。絺綌葛也。必表而出。加上衣也。瑞廉案。袗字對下緇衣素衣黃衣而言。謂表必有裼。絺綌則單服而無裼。蓋表之裼也。見美也。絺綌無美可見。故不必裼也。說者謂服之有裼。襲不以寒暑異節。月令。天子始絺。與始裘對文。似絺制一準裘制。故聘禮賈疏。絺綌之上有中衣。中衣之上復有上服。皮弁祭服之等。是實以中衣為裼衣。鄭深衣目錄云。深衣者謂連衣裳而純之以采也。有表則謂之中衣。以素純則曰長衣也。是中衣即深衣也。蓋春秋二時則止服中衣。冬夏時則以衣為表之於外。表則加裼焉。不加裼則謂之表裘。賈混中衣裼衣為一。見有裼衣。遂謂絺綌之上有中衣。是以深衣為裼衣矣。若春秋二時又云袷褶之上加中衣。則中衣又為裼衣矣。竊疑絺綌既單。復用何衣為裼。且內服袗衣。外又加中衣。亦非當暑所宜。崔靈恩謂中衣加裘。裘外加裼衣。則中衣在裘內。以裘準絺。則中衣亦當在絺內。必表而出。謂必以絺綌為表而內著中衣。以防其見膚。若入公門。則仍加上服。故禮。振絺綌。不入公門。表裘不入公門。袗絺綌與表裘連言。則此表字正指絺綌言。朱注先著裏衣。表絺綌而出之於外。是也。孟子被袗衣鼓琴。史記作絺衣。袗衣言被。則無裼可知。樂記。舜作五絃之琴。以歌南風。正是當暑時事。趙岐注以袗為畫。非。詩衛風君子偕老篇蒙彼縐絺是紲袢也。毛傳。蒙。覆也。謂以展衣覆絺綌。非以絺綌蒙展衣也。故箋申言展衣。夏則裏衣絺綌。表衣字正釋蒙字。又云此以禮見于君及賓客之盛服也。似非見君與賓客則亦袗絺綌矣。朱子引以證必表而出。誤也。

檀弓。子卯不樂。注。紂以甲子死。桀以乙卯亡。王者謂之疾日。不以舉樂為吉事。所以自戒懼。瑞廉案。漢書翼奉傳。北方之情好也。好行貪狼。申子主之。東方之情怒也。怒行陰賊。亥卯主之。貪狼必待陰賊而後動。陰賊必待貪狼而後用。二陰並行。是以王者忌子卯也。禮經避之。春秋諱焉。與鄭異義。

孟子封之也。或曰放焉。漢書宣帝紀詔曰。蓋聞象有罪。舜封之。骨肉之親。粲而不殊。師古曰。粲明也。瑞廉案。粲當是㬥字之誤。左昭元年傳。周公殺管叔而蔡蔡叔。杜注蔡放也。說文作㬥。是㬥即放也。上言封之。下言㬥而不殊。不殊謂不絕其封也。故下文云。其封故昌邑王賀為海昏侯詔。蓋兼孟子二義而言。顏注似誤。

三十年前杭郡經術文章首推仁和汪漢郊（名家禧號選樓）居上舍能融貫群言而折衷於一是時朔望書院課試日能作制藝十餘篇而無一字雷同每篇屬稿甫竣即分授生徒繕錄而已居其廠治文卷則漏下二鼓矣先君嘗曰漢郊之才之學不可及也雖然吾憂其無後耳或問其故先君曰漢郊第一篇文洋洋灑灑動輒逾額（功令每篇限七百字過即為違式）後則一篇短於一篇至其已作不過四百餘字矣或以迫於時刻為解先君曰為語漢郊盍自愛惜無徒敝精神於無用之地也後果如先君之言其所刻東里先生燼餘集先君為之敘曰仁和汪君漢郊之歿門人許玉年文學奉其遺書以歸燼比毀不戒於火越一年君友莊之階中翰搜采得文五十二篇編為四卷名之曰燼餘集幸其不盡湮沒而深惜其言之不盡傳也於是君妻兄胡書農侍讀杖資以鋟諸板既成謂某習知君宜敘其端敘曰儒者之道修己治人而已修己之謂行治人之謂事所以明著其行與事者存乎言言之善者曰明體曰名家明體以致用名家則深造自得而取之左右逢其原此汪君立言之旨昔者以告某者也君具通敏之材於學無所不窺而能識其大由程朱之義理許鄭之故訓上溯劉子政董子賈生之論議以尋繹七十子之徒之緒言而求合於聖賢之道作為文章思周乎物氣倍乎辭深肆浩博適於當世之務不屑分文析字繁言碎辭循人以徼一時之譽其與人也虛中下氣欿然若不足至於論事得失學術是非誾誾侃侃未嘗少貶損自名公鉅卿文學之士下及村僮販豎知君名者莫不重其人與其言既連應鄉試不中有司程度衣食於奔走歸而貧益甚侘傺病困歿而無子其精神所結撰文皆灰飛煙滅百不存一二遇至窮矣然使君致科第致富貴其所言度未有外於修己治人者而五十二篇之中大畧具之學者因君之言推其所未及言以大闡其明體名家之旨則君之言足以傳言傳而君之行與事可以想見敗數之多寡不必論之矣若天假之年見道益深必能齊得失泯菀枯以馴至於樂天知命之詣而受命不長未見其止此則可為長太息也君所著正氣遺愛先賢三堂祠志陳晏生司馬嘗寫其副漢制考疏證意林翼王右軍帖注皆不傳師其意而述之所望於為君之學者漢郊自有文集行世故祇錄其文一篇以存梗槩

儒與二氏出入論士必束身名教而後廉隅立趨向端名教在法先王崇仁義尚禮教是故儒高於九流而治天下之必用儒也道家言清淨不貴名釋家外形骸無身安有名猶狂妄行者平旦氣銷不憣然悔悚然思返二氏之與乘其悔也而導之曰是外也非內也得乎內可遺乎外也譬行失道者從而示之曰是亦可達也無人行之勞且有自適之樂亦何有不從者夫堯舜文武周公孔子萬世不易之道也儒述之其道亦不可易道家始黃帝而黃帝無書釋氏梵夾其文且殊其言安足信含章著之典籍信假託之虛辭是惑矣道之書莫古於老聃莊述老而衍誕不經聞釋氏之漸漢文景治用黃老而不言老莊知莊非老比矣漢武帝表章六藝後世學漸衍至光武益敦崇名節舉經明行修之士終東漢世獨行卓絕蔚然為真儒者史不絕書而高密鄭公尤以淹通才傳解聖籍儒道大昌備是將失三代之風詎遠哉正始之世蔑禮敗而崇放曠之始也時主少臣專國不靖矣一二士夫縱誕為高視處朝廷如處傳舍以彼其人豈不能自樹立而姑以廢棄一切自文其陋洎及兩晉言經法者斥為鄙俗甚以周易與莊老衡王何之罪上通于天豈虛語與釋氏襲莊老之放曠而加甚者也萌於東漢盛於東晉郭璞孫綽謝靈運假借其言以消侘傺而彼教之播出者又先以清言自結於朝士外如支恭明衛道安業或覃思搆精廣為翻譯石勒苻堅諸僭國又為張大之歷宋齊梁陳崇信徧於上下史官言佛經之傳多於六經數十倍其侵儒較道

加烈矣唐祖老子崇道也廣建塔廟崇釋也疏五經興學校崇儒也然道自三洞四輔說行流為神仙如真誥等言地獄又襲釋氏怪誕尊釋氏者言施捨賦莊嚴以禍福籠而未精以釋通儒首李翺翺著去佛齋說似闢佛者復性書言滅情固釋氏旨也然其說雖存道者實鮮益昌黎韓氏以仁義之旨導天下儒術大顯於靜之說未能動衆也然唐之世儒與二氏雖並崇朝廷獻納師友講習儒外固不旁及北宋穆脩受學華山邵子闡之易分先後天通書因太極溯無極均本道家然周邵之學深明體用繼以二程實踐躬行內聖外王非僅僅激厲名節已也惜從二陸提唱心學慈湖繼之論漸空虛朱子振六經絕續之傳使聖學不流異教天下胥崇拜之以實論說經典章明禮教雖少歲言靜坐言警悟晚歲盡反之故傳朱學者歷久無弊論者或據傳注小疵以相詰難人甚者謂虛靈不昧顯踏禪機嗚呼好議論而昧大綱有如是耶天人五行漢儒亦語幽微鄭氏注經先從異說論學者不聞以駁雜斥之也且泥章句訓詁而荒實行者為陋儒朱子立執本末賅備僞學之禁宋為失人後世和之謂道學亡宋何昧昧歟統論之儒有鄭而經明有韓而用彰有朱而體立二氏卒不能奪儒三子功也近世講考據之學碎義逃難繁則生厭必有以空悟濟

斋防不可不豫也。明節義。守家法。如東漢坐言起行。如南北宋名教。庶以不墜微漢郊詩不多作。故絕無存者。僅得其蠶詞二絕。錄之。柏燈低照緒參差。恰好吳蠶上箔時。舊穀尚存新麥熟。莫愁二月賣新絲。也有春風到辟廱。城中人莫笑山阿。綺羅輸與茅簷樂。女伴桑陰互唱歌。

說文鼠部。鼨。豹文鼠也。從鼠冬聲。案爾雅釋獸曰。鼨鼠豹文。鼮鼠。郭茉純以豹文屬下讀。云鼠文采如豹者。漢武帝時得此鼠。孝廉郎終軍知之。賜絹百匹。至文選注。藝文類聚。皆引竇氏家傳載此事。系之光武時。竇攸以豹文為鼮鼠。則同。惟唐書盧若虛傳云。時有獲異鼠者。豹首虎臆。大如拳。職方辛怡諫謂之鼮鼠而賦之。若虛曰非也。此許慎所謂鼨鼠。豹文而形小。一坐盡驚。金壇段大令玉裁曰。他人讀爾雅皆豹文鼮鼠為句。終軍竇攸辛怡諫從之。許讀爾雅鼨鼠豹文為句。盧若虛從之。其是非詎難定也。說文有鼨無鼮。疑爾雅六字為一物。

說文鼠部。鼲鼠出丁零胡。皮可作裘。段大令玉裁按魏志注引魏略云。丁零國出名鼠皮。青昆子白昆子皮。王伯申引之曰。昆子即鼲子也。後漢書鮮卑傳。鮮卑有貂豽鼲子。皮毛柔蝡。天下以為名裘。按今俗語通曰灰鼠。聲之轉也。如揮翬皆本軍聲。鼲

殿按爾雅鼢鼠。郭云未詳。分軍聲相近。疑鼲鼠即鼢鼠也。凡從分得聲之字。皆有相半之義。灰鼠背徽青而腹白。故謂之鼢。軍灰皆分之轉聲也。

史記五帝本紀。帝堯者放勳。虞舜者名曰重華。夏本紀。夏禹名曰文命。似放勳上當亦有名曰二字。傳寫者奪之耳。上文帝嚳娶陳鋒氏女生放勳。娶娵訾氏女生摯。既是名。則放勳亦是堯名可知。太平御覽引尚書中候運行曰。帝堯刻璧東沈于雒。書天子臣放勳德薄施行不元。白虎通號篇引其文。曰天子臣放勳。天子於天猶臣之於君。子之於父。其云臣放勳。君前臣名。父前子名之義也。

孟子。夷子思以易天下。豈以為非是而不貴也。然而夷子葬其親厚。則是以所賤事親也。王懷祖念孫曰。豈以為其以為也。也與邪同。夷子以薄喪之道為貴。非其道則不貴之矣。故曰非是而不貴。是字正指薄葬而言。言夷子思以葬薄之道易天下。其以為非此則不貴耶。然則厚葬者。夷子之所不貴。而夷子乃厚葬其親。則是以所不貴者事親也。故下文曰。然而夷子葬其親厚。則是以所賤事親也。趙注曰。夷子豈肯以薄為非是而不貴之也。於語意不合。焦廣案。此說焦里堂循孟子正義不錄。以與趙注違異故也。又趙注以如使釋然。而義亦未安。然而者詞之承上而轉者也。非疑而未定之詞。夷子葬其親厚。是夷子實厚葬其親。故朱子亦云。夷子學於墨氏而不從其教。其心必有所不安者。趙註以厚葬為孟子設言。故下不得不增如其游也一層。便增益孟子語矣。

漢西嶽華山碑。毀於明嘉靖時。世間舊拓僅存三本。一在大興朱竹君學士家。即華陰王山史所藏本。是本明萬曆時藏陝西東雲駒肇商雲雛肇高兄弟家。後歸武平郭允伯家。郭允伯重裝之。天啟元年。一時名流書跋者十餘人。國朝華陰王山史字無異名宏撰得之。戒子孫不得輕示人。跋尾康熙間在淮南張力臣弨家。中年陳香泉在揚州周確齋儀處獲觀。言乾隆初在上海凌侍郎如煥家。乾隆三十一年上海黃星槎與凌為姻親。遂得之。後七年歸大興朱竹君學士筠家。一在成親王詒晉齋中。即商邱宋牧仲所藏本。是本明季長垣王文蓀與王覺斯鐸為親家。冊首有覺斯題籤。康熙三十八年歸商邱宋漫堂犖。宋竹垞跋所謂驚心動魄者。蓋歸商邱陳氏。嘉慶二年歸成親王詒晉齋中。兩本皆已翦裱成冊。一在揚州阮相國師小琅嬛仙館。是本明時藏寧波豐學士熙萬卷樓。國朝歸鄞縣全謝山翰林祖望。後歸范氏天一閣。嘉慶間嘉定錢大學東壁為范氏編金石目錄成。范氏以此碑非司馬家物。酬之。嘉慶十年錢氏贈於邵氏。十二年丁卯。乃歸於阮相國師。此本單紙未裱。碑完全。是以謝山有歷二百餘年不缺不爛之語。額間有唐太和間李衛公題名二段。碑內空處又有宋元豐間題名一段。皆他本所無。尤為希世之寶。相國師裝成立軸。與泰泰山碑同貯一匣。而系之以詩曰。太華三峯削不成。夜來碧色無深淺。仙人染作延熹碑。飄落人間止三卷。長垣一冊歸

商邱。但損偏旁最完善。華陰東郭又一函。椒花館中見者鮮。我今快得四明本。玉軸縹裘示尊顯。豈全范錢三百年。入我樓中伴文選。驚心動魄竹垞語。七尺巍巍闕空展。渾金璞玉天所成。鏞然不受人裁翦。唐宋題字皆分明。衛公兩缺夾額篆。全身平列十二行。波磔毫釐盡能辨。一字一朶青蓮花。玉女翻盆黑雲軟。己巳摹鍋向北湖市石察書書佐遺湖邊。更刻泰山碑嶽色鬱鬱照人眼。

論語。哀公問社於宰我。孔注。凡建邦立社。各以其土所宜之木。謹案。古文論語作問社。今文論語作問主。鄭讀從古。而注云。主田主。謂社也。見釋文。蓋鄭以何休誤以主為廟主。何休公羊文二年解詁云。夏后氏以松。殷人以柏。周人以栗。松猶容也。想見其容貌而事之。主人正之義也。柏猶迫也。親而不遠。主地正之義也。栗猶戰栗。謹敬貌。主天正之義也。故云。主田主。又恐人誤以田主為作主。故云謂社也。周禮大司徒。設其社稷之壝而樹之田主。各以其社之所宜木。遂以名其社與其野。鄭彼注云。田主田神。后土田正之所依也。詩人謂之田祖。所宜木。謂若松柏栗也。若以松為社者。則名松社之野。以別方面。其說蓋本之馬融。續漢書祭祀志引馬融周禮注云。王者五社。太社在中門之外。惟松。東社八里。惟柏。西社九里。惟栗。南社七里。惟梓。北社六里。惟槐。說又本古尚書逸篇。又於周禮小宗伯注云。社之主蓋用石為之。是鄭意樹木以為田主。使后土田正得所憑依。復用石作主。以為祀。正與論語互相發明。說文

示郜社地主也春秋傳共工之子為社神周禮二十五家為社各樹其土之所宜木是許亦與鄭同義故於五經異義曰見太平御覽禮儀部所引論語哀公問主於宰我宰我答以夏后以松夏人都河東宜松也殷人以柏殷人都亳宜柏也周人以栗周人都灃鎬宜栗也雖其說小異但云宜則是樹木而非作主作主當取木之義不必論土之所宜也端履按五經異義今春秋公羊說祭有主者孝子之主繫心夏后氏以松殷人以柏周人以栗又周禮說虞主用桑練主用栗無夏后氏以松為主之事許君謹案從周禮說論語所云謂社主也益許著異義多從公羊此雖從周禮而駁公羊但不敢顯斥作主之誤故致自相違異白虎通曰社稷所以有樹何也尊而識之也使民望即見敬之即使民戰栗之義所以表有功也五經通義云社皆有垣無屋樹其中以木有木者土主生萬物萬物莫善於木故樹木也皆言樹木而不言作主則非以松柏栗作主明矣

詩大雅下武應侯順德毛傳應當侯維也端履案水經滍水篇注滍水東逕應城南故應鄉也應侯之國詩所謂應侯順德也是鄭善長以應為國名與毛異義或是三家詩說

按左僖二十四年傳邗晉應韓武之穆也下武詩序言武王聖德繼文而作武王崩時成王尚幼安得應侯先已就封豈三家詩說以下武篇非為武王而作如閻暱與刺之類歟

又按路史國名紀應汲古文云商時國褒字記云故城郟城東南四十里故殷之應國豈所謂應侯者指殷之故國言歟

又按汲古閣本杜預左傳注應國在襄陽城父縣西大誤城父即今河南汝州寶豐縣地晉時名父城不名城父且屬襄城郡不屬襄陽憶小農應松仁和學生一日嘗偕詣學使忽詢其三代應已對言生父某曾任山東城武縣典史學使笑曰想是武城汝誤倒耳應曰論語子之武城孟子曾子居武城俱名武城至生父所任之縣實是城武屬曹州府管轄學使稍慚忽不復再問正與城父父城相類是否毛本失於校正抑宋元舊刻沿譌至今或賢像元凱舛誤均未可知也

重論文齋筆錄卷八終

重論文齋筆錄卷九

清 蕭山王端履輯

道光辛丑八月恭逢皇上六旬萬壽率土臚歡普天同慶端履宗塾秋課以一人有慶為題令作五言排律是題只須典麗矞皇頌揚得體不必沾沾關合題旨此即古人斷章取義之法諸作殊少愜心因擬作一首云錫福敷仁壽嘉祥奏一人盛逢千載會慶溢四時春望氣輝南極瞻雲拱北辰雨暘惟帝念福祿自天申壹共登熙皞郊應集鳳麟萬年延億兆九域並尊親忱榜歡騰士璇圖瑞貢珍華封齊進祝歌詠偏臣鄰

先南陔師湛深經術實事求是雖一名一物之微必博綜羣籍折衷一定所著思惟居士存稿卷帙宏富尚未付梓嘗錄論石數篇輯為鄉鄭精廬藏石記登之於左丹霞

紅蝦石記　圓石徑寸餘兩面深綠似桐廬江水正面一層諸伏其上長寸而純赤猩血雖冠莫名赫赭蓋仙人以萬斛朱沙十年伏火九轉成此渥丹耳行則鬱鬱目尤睒睒餘光穿背而散為霞赤城峰霄未足方其綺麗段柯古云鼈無放自濕潤者赤蝦蟆名鉤注居之此桐君藥爐中物也因名丹竈紅蝦石而繫以歌曰誰燒萬斛金丹沙靈煙綠鎖紅蝦蟆眼光透出綠烟外滿天化作桐江霞

蕃馬圖石記　河李伯時三馬圖東坡贊其叙畧云元祐初游師雄行邊至西河蕃官包順擒滑羌大首領鬼章青宜結以獻時西域貢馬振鬣長鳴萬馬皆瘖來年羌有良馬請以贖於路國公詔許之將之奇為西河帥西蕃有貢駿馬汗血者之奇為請軾時為宗伯判其狀事遂寢私請於承議郎李公麟畫當時三駿之狀而使鬼章青宜結効之藏於家紹聖四年在惠州為贊云云政和以後有蓬池生集題龍眠畫鬼章牽錦膊驄各詩跋附末錦膊驄者蓋三駿馬之一此石圓徑寸餘而有萬里之勢遠山三成其狀混淪昆侖也有臨若田顯氣周帀其中星噴萬點金精陸離疑是火敦腦兒又有傑彙珠圓乃河之重源色白匯而東注不知其幾千里始得一曲兩岸目宿蒲萄鬱茂相望熙河也一馬絕流而渡其後左由膝以下在水不得見惟膝耑形色可辨右由郄以上亦形色而陰白雜毛前左可見者郄上同後右右足登岸具虎氣騰上之狀其蹄隱躍目宿間郄以下陰以上黃白相次是真錦膊驄背似師子銜勒宛然一西蕃橫踞驄背控御甚適驄首俛卬與耳遂為鬣鼠掩至其近尾本處見若五花者馬見若九花者馬見若萬花者馬可謂一川雲錦尾絕有力河水濡其末風涌雷轟聲振水外知其大而能

掉也。西番奇絕。鬈髮科頭。虬須甚口。紫眸挈電。蒼鶻凝煙。略與馬首師子同。而頳頬眉目之間。皆青澱色。袒厥黃衫。大胸露臍。澱者深墨。青者出藍。是真鬼章。章宜結矣。此馬稚奇萬分。此人傀怪萬狀。殆出魯頌駉詩、楚詞山鬼之外。固知龍眠駿顧而輟畫。東坡攫對而廢贊爾。萬年太平石記此即番馬渡河石背也。有樹焉。臨清流。拂白雲。密葉青葱。繁陰翳會。一禽棲於虬幹間。厥首赭黃。眼光如漆。宛頸而舒其味。羽備五采。穠豔絕倫。隔岸峭石成林。參差與樹相對。黃筌畫法。蓋本於此。宋畫學嘗以萬年枝上太平雀命題。萬年枝。冬青樹也。太平雀。頻伽鳥也。然則此樹為萬年枝。此鳥為太平雀矣。梅花寒雀石記此石橢圓。直徑一寸五分。横贏二分。寒林小景也。凍雲滿天。殘雪在地。古梅一樹。花繁而枝斜。下為寒雀所棲。不可見。但見雀焉。白羽豐潔。雖衝寒不臞。而腴其天全也。目光睍睆。如生。傳神在阿堵。化工勝畫工矣。引其吭若有所啄者。以莊雪中。未知何物。疑是摩詰所畫芭蕉。或石菖蒲根耳。其味開而不合。若管夷吾謀吕時焉。石背則白雲右繞。清江左迴。雪消水生。自斷崖間衮衮而來。如游臨皋亭下。離華秋色石記此石圓而微橢。從横皆不及寸。色淺綠。兩面各隱隱有形。正面一山。妍如華萼。小雅常棣。鄭箋讀鄂不為鄂柎。謂承華曰鄂。柎為鄂足。蓋即蒂也。晉語衣韎韋之跗注。各本衣作以。周官司服鄭注引作衣。跗柎古通用。注者屬也。韋昭云跗注兵服。自要以下注於跗。左氏說齊山有華不注。華不即華鄂之跗。不注即跗注。總稱之則曰華不注。言此山秀絕寰中。如華蒂屬於承華之鄂。酈道元所謂單椒秀澤是也。趙鷗波嘗寫鵲華秋色。贈齊人周草窗。叙云齊之山獨華不注最知名。又峻峭孤立。有足奇者。東則鵲山也。草窗未見。有詩其題高房山畫云何當架松广。分我翠一疊。說者謂可移詠趙圖。此石鵲山在其背。山下湖光搖碧。煙波渺然。必在背面者。地勢禁紆。中隔北湖南濼。太白詩固云遥看鵲山轉矣。兩山之項綠色尤淺而帶白。蓋涼雨新晴。微霜初墮。秋光撲面。空翠溼衣。秀色可餐。殆徧齊煙九點。豈止分翠一疊而已。唐人云清泉煮白石。此雖綠石。但秀既可餐。試汲清泉煮食之。其味當遠出白石之上。松雪之畫。殆無足觀。雪江帆石記此石橢圓。長僅及寸。廣又減之。質白。雜以墨文。審視諦聽。則曉雪初霽。江流有聲。枯木無葉。片帆樹杪。昔摩詰有雪江勝賞圖。又有雪江詩意圖。恐不能如此天然妙畫也。知雪已霽者。以月湧大江。兔魄團欒如鏡耳。左畔沙渚凌競。石背適當渚曲。千巖萬壑。盡在冰天雪窖中。并難辨其競秀爭流之致。宜子猷訪戴。不必見而返。剡谿之櫂矣。嬾鳧戲藻石記石形橢圓。長約二寸有奇。廣減寸許。視

它石為較大。正面兩岸玉山對峙。清谿流貫其中。翠藻紛披。一鳧游泳於上。自頸以下。汩沒烟波杳靄間。爾雅所謂沈鳧。故不可見。其可見者。頸毛擁雪。如是白鳧。急就云。春草雞翹鳧翁濯。說文解字以翁為頸毛。今觀此鳧頸間。非特細毛許。其實亦豈豪翁翁。正如雨雲漸起。襞厚成叢。足為翁字解加一證矣。又其眼光射泰。味頑啄錐水草交而作聲。唼喋可聽也。谿回沙轉。有白鷺在遠灘。望而不見其目。宛頸引吭。通身如墮林粉。因蒙白鳥之稱。右腳拳曲。亦不可見。獨左腳突兀而立。爾雅釋為舂鉏。蓋古時方言如此耳。說者謂行則如舂。立則如鉏。不已鑿乎。背面谿山鳧藻。大略與正面同。惟正面之鳧自右向左。背面之鳧自左向右。隨波往來。各適其性。在藻之樂。與魚同趣。任天而游。亦與道大適。此化工自然之妙。非畫家所能彷彿。老杜云白鷗沒浩蕩。庶堪移贈斯鳧。錦江玉壘石記此石亦橢圓。廣長與鳧藻不差纍黍。合璧也。兩面皆江流貫注。派別紛歧。蓋岷山初導。濫觴而來。東逕成都。絅為錦江。在錦官城外。相傳錦工織錦。濯之此江。則錦至鮮明。因命之為錦里也。此石穠豔絕麗。繡繪天成。徵其央岸。有若遂岑者焉。有若瑤島者焉。有若元圃者焉。有若珊瑚林者焉。有若藍田者焉。有若碧岫者焉。有若紫巖者焉。有若廣崖者焉。球琳琅玕。觸目皆是。前山見後山足。後山見前山頂。如畫重巒玉山矣。殆郭景純所謂玉壘作東別之標者。莫名其實。名之曰錦江玉壘云。青蓮曉發華陰石記有客烏帽唐裝。驢背徐行。蹴輕耳碍。唼潤目瑩。似孟襄陽探梅雪陽灞橋詩思。歇後鄭五驢鳴。否否。掉尾長吟。遠山隔岸。斜月墮林。是李青蓮曉發華陰也。丹山鳳凰壽星巖石記嘉慶甲戌涂月。予入覲還。閩舟行嚴瀨。赤光燭波。得卷石焉。厥狀如桃。赫如渥赭。一鳳陽文。圓首丹毛。修目銳喙。錦翼料翔。半在霞衣。一鳳陰文。色紫。九苞蟠蔟。尾上繚。蓋雌凰也。一壽星巖際。長眉白鬚。面凍梨耳。日角口。豪末惟肖。幅巾緋衣。石杖桃枝。有節。仰袂微皺。指見杖間。開口笑。有小鳳依袂而飛。文采譣麗。巾上一紅韎韐。織於介甚圓。光熊熊四射。巾帶左垂。雄鳳在上。雌在下。旁多虬松。松杪一珠。朗潤仙露。石面純赤。鳥跡蝌文。皆丹篆可辨。絕頂朝日初升。慶雲紫氣。璀璨萬狀。背有穴。弓形。月恒矣。右側之珊如琢。底平可立。中有濤泓。碧海也。聖德覃敷。庶徵時敘。歌舞仁壽。咸大安平。遂名其石為丹山鳳皇壽星巖云。五色雲龍普陀巖石記嘉慶甲戌季冬之月。予得丹山鳳皇壽星石於嚴瀨。既紀其事。是月之望。放櫂蘭谿。舟人以異石告。啟牖觀水神光陸離。亟令出之。狀若蹲鼇。偃石臥。五采皆備。其陽崖為鼇頸。經而廣。稍左一巖。嶔岑若覆。頂屋巖際見大士焉。金軀寸許。長頰隆準

閉目內觀。梵音在口。首戴巾。俗言觀音兜者。巾嵌介珠。須彌普照。衣千手。巾帶飄繫。蓮華鄂不。加承蒂。跏趺端坐。妙相莊嚴。瞻禮者咸合掌生敬矣。備巖而東。鬈腹也。大海環之。珊瑚樹瓊苑萬叢。秒餘中有一龍。昂首向人。厥角雙仰。丹霞綠雲。蔚其上。深目隆額甚口。揚張鬚鼻。噓之而頷作勢。垂頷下千思千思。若髮若絲。可梳可數。其身蜿蜿蜒蜒。自右旋折而南。繚於巖。又盤而上。達鬐之背。又東縈遶繞於北。鬐脊盡矣。過而盤兒。跨末已。鱗甲斑爛。青與黃相間也。黃與赤相間也。赤與紫相間也。非畫非染非繡非刻。其爪僅一見於鬐背。一見鬐脊之盡。而左攫拏雲雨。不可捉搦。蓋天將使神龍呵護靈巖。是以通體盤際。在上在旁。不知幾千萬里。而莫窺其尾也。鬐背服似古洞。力士守之。擐甲。衣裳正赤。丹雜玉之。如火由帶以上。赤氣縵縵。不得見。鬐背之右。當臥所。或坎或窪。有獸焉。虎身馬首。尾如王彗。趁小山而走。前足出其陽。後足在陰。不知是何物也。石之陰厓。即鬐背。錫名曰五色盤龍普陀巖。神奇之石。不二日。又獲其一。觀者詫焉。與丹山合璧。盂水瀹茗。作清供矣。硯星淑水之瀕。得片石焉。高五寸許。橢。上中廣三分之二。下半之。厚不盈寸。沈於盆。色如翡翠。二柳在面背。星睒睒天。有星名柳。因名柳星石。為硯屏。綠涵墨外。石面之柳。高與石齊。幹若纖腰娜娜而上。柔條臨水。風度依依。南浦銷魂。不減渭城朝雨。有綠牡丹。婷婷柳下。葉鞾綠雲。蕊含綠萼。紫星照之。夜光懸藜。疑此花身是綠珠矣。背微凹。旁若斷岸。岸側楊柳一株。淡波而過。隔岸成陰。新綠參差。垂絲旖旎。一鉤殘月。斜挂梢頭。令人憶西湖春曉。

仁和趙寬夫坦。性情敦樸。襟懷灑落。熟於唐宋古文流別。故其為文亦懿茂老潔。嘗與予晚登吳山。每過懸崖峭壁。必手自撫摩。恐有南宋人刻石。道光辛巳。保薦孝廉方正。賞六品頂帶。余往見之。至則扶杖出迎。肅衣冠相對。轉無少時直率氣象。余笑曰。人言廉吏不可為而可為。余當作一轉語云。孝康方正可為而不可為也。寬文有考康方正某君鄉試入塲。將空號挾片畫。遇入已號後至者。無所得。向某索求新切。與後至者曰。君是孝康方正。何乃爾耶。某恍然曰。孝康方正不進。是出身階耳。豈實事耶。正可此時。

寬夫雖以古文名家。實則湛深經術。故特錄其釋經數篇。知其非空談義理也。○春秋異文。解三傳釋經。為例不同。其說自異。至經文同出孔子。而亦多互異者。公穀學多假借字。間或雜以方音。由是參錯迭出。今即其紛糾者。一一疏通證明之。如隱八年盟于浮來。公穀作包來。案鹽鐵論毀學篇。昔李斯與包邱子俱事荀卿。漢書楚元

王傳。浮邱伯者。孫卿門人。包邱即浮邱。一聲之轉耳。禮記投壺。若是者浮。鄭注。浮或作匏。說文。枹。從木。包聲。漢書酷吏傳。枹鼓不絕。蕭該音義引字林音浮。此浮包通轉之明證。十一年。公會鄭伯于時來。傳云。公會鄭伯于郲。杜注。時來。郲也。滎陽縣東有釐城。案來古音釐。時來之合言為郲。故傳作郲。至釐城之釐。又郲之假音也。儀禮少牢饋食禮。來汝孝孫。鄭注。來讀為釐。漢書劉向傳引詩。貽我來牟。作飴我釐麰。陸璣草木疏云。麳。麰也。此本韻訓也。說文。萊麰。爾雅作釐。公羊隱五年傳。登來之。禮記大學注引作登戾之。是知公羊作會鄭伯于祁黎。蓋假音字。僖二十一年。經。會于盂。公羊作會于霍。穀梁作會于雩。案白虎通巡狩篇。南方為霍山者何。霍之為言護也。言太陽用事。護養萬物也。崔靈恩三禮義宗云。南嶽謂之霍。霍者護也。是霍與盂雩音相近也。故公羊作霍。若顏氏家訓書證篇。吳人呼鑊字為霍字。亦足借證也。文二年。盟於垂隴。公穀並作垂斂。案易繫辭云。不封不樹。虞翻注。穿土稱封。封古窆字也。禮檀弓云。懸棺而封。鄭注。封當為窆。喪大記。凡封用綍去碑負引。鄭注。封周禮作窆。窆。下棺也。此封或皆作斂。此方音隴斂相通之明證。文十一年。經。楚子伐麇。釋文。麇九倫切。公羊作伐圈。案禮記王制篇。制三公一命卷。鄭注。卷。俗讀也。其通則曰袞。釋名釋首飾篇。袞。卷也。畫卷龍于衣也。說文。圈。從口。從卷聲。是圈字與九倫切之麇字音正相近。宣十五年。經。仲孫蔑會齊高固于無婁。公羊作牟婁。案列子黃帝篇。列禦寇為伯昏無人射。釋文。無。莫侯反。禮記郊特牲篇。毋追。夏后氏之道也。釋文。毋。音牟。是方言無有牟音。故公羊作牟婁。宣十八年。經。楚子旅卒。穀梁旅作呂。案國語周語云。胙四嶽國。命為侯伯。賜姓曰姜。氏曰有呂。謂其能為禹股肱心膂。以養物豐民人也。韋昭注。呂之為言膂也。是呂旅音同義通也。哀十年。薛伯夷卒。公羊夷作寅。書堯典。寅賓出日。釋文。寅。徐邈以真反。又音夷。舜典。夙夜惟寅。釋文。寅。如字。徐音夷。案夷與寅古音不通轉。古方音則通。廣韻。既收寅入真韻。復收寅入脂韻。亦因方言而兩收。然則公羊作寅。殆讀寅為夷耳。若宣十一年。經。楚子陳侯鄭伯盟于辰陵。穀梁作夷陵。是又讀辰為夷矣。凡若此類。或古字假借。或古音通轉。或間以方音。鄭康成云。其始書之也。倉卒無其字。或以音類比方假借為之。趣於近之而已。殆謂是歟。○論語過位解。包咸注鄉黨篇過位曰。過君之虛位也。釋者以為門屏之間。顧中庭之左右謂之位。門屏之間謂之宁。見爾雅釋宮。不當混宁為位。或又釋為外朝之君位。而堂為治朝之堂。然古者朝無屋。治朝亦宜然。安得有堂。案曲禮。君子式黃髮。下卿位。鄭

注卿位卿之朝位也。君出過之而上車，入未至而下車。孔疏云：卿位，路門之內門東北面位。故論語鄉黨云：入公門，又云過位，色勃如也。注：過位，謂入門右北面君揖之位。此所引乃鄭氏之論語注。然則鄭釋位為卿位矣。左氏成六年傳：韓獻子將新中軍，且為僕大夫。公揖而入，獻子從公立於寢庭。此寢庭為路寢之庭，則孔子所發為路寢之堂。或曰：禮文王世子篇云：公族朝于內朝。孔子非公族，何以非燕非射入內朝？曰：周禮太僕掌內朝及諸侯之復逆，其小臣掌三公及孤卿之復逆。鄭司農云：復謂奏事也，逆謂受下奏。諸侯之燕朝當亦然。孔子殆因復逆而燕見爾。故士相見禮疏引鄉黨云孔子與君圖事於廷，圖事於堂。且孔安國注復其位云來時所過位也，益足證位為卿位矣。

道光辛丑歲將暮矣，家恭甫弟避地金華，無以餞別，率成四絕贈之，云：白髮憐予種種何，那堪風雪聽驪歌。送君一棹蘭谿去，猶勝微霜晚渡河。日月厸厸等擲梭，此行未免悵離多。相期一歲一相見，切莫聽琴嬾斧柯。少年劍佩玉磋磋，老去光陰逐逝波。如此情懷真太惡，一杯酒更勸君何。水驛山程次第過，一肩行李笑無多。篋中剩有遺書在，留與挑燈校字訛。後聞但令喆嗣子敬拔萃，悉奉母以行，而已獨留故宅。又依前韻作四絕以慰之，云：聞說行踪未定何，戀聽漁唱厭樵歌。西頭依舊東頭對，雞犬圖書隔一河。耕有鋤耰織有梭，遣將兒女別離多。老夫獨住三間屋，伐木從誰假斧柯。道學從今又切磋，生平閱歷慣風波。琴書典盡無長物，縱有雀蒲奈爾何。去行程水陸過，鄉關回首望雲多。郎君且自寬懷抱，消息傳來半是訛。

論語侍於君子有三愆章釋文引鄭注：魯讀躁為傲，今從古。荀子勸學篇：故未可與言而言謂之傲，可與言而不言謂之隱，不觀氣色而言謂之瞽。是荀卿從魯讀也。（陳仲魚曰：諸家為傲者，未與言及而先自言之，是以所知傲人也。繫辭傳曰：躁人之辭多，故鄭從古作躁也。）言未及之而言，猶以也。未可與言猶云不可以言也，可與言猶云可以言也。古與以字多通用。史記袁盎傳：妾主豈可與同坐哉。漢書與作以。貨殖傳：智不足與權變，勇不足以決斷，仁不能以取予。或言與，或言以，是與即以也。

海寧俞筠莊寶華字（蓮石）中嘉慶庚午科副車，與余為同年生。少以詩文受知阮相國師。然恃才傲物，嗜酒放誕，人咸畏而避之，遂至窮無所遇，鬱鬱而歿。先君嘗曰：筠莊之為人，其遇可矜，其才尤可惜。故作哀辭以憫之，蓋紀實也。海寧俞君蓮石，尊人潛山翁家學（蓮石尊人潛山翁名思謙，篤行君子也。嘗見其解朱子刊去孝經數百字，解云朱子疑孝經引詩非經本文，而其辭亦尚多可疑者，因刊去大雅曰無念爾祖以下數處共二百餘字，大儒卓見，原非後人所及。惟考漢書匡衡傳衡疏云：大雅無念爾祖，聿脩厥德，孔子著之孝經首章，蓋至德之本也。是朱子所疑後人增入者，正漢儒所謂孔子著之首章者也。）為文章操筆立就，尤工於詩，高華亮拔，情深而文明。以貧故出游，所至達官貴人文學之士無不延譽羅致。補州學生，歲科試輒高等，累不得志於場屋。嘉慶庚午鄉試中副榜。潛山翁老，思得祿以養，投牒就職州判，志進取久之，未謁選。丙子十一月病脹，卒，年五十七。君瓌偉博達，不屑就繩墨，善談議，酒酣以往，論學術源流，人物臧否，古今事成敗得失，風發泉湧，間雜諧謔，往往傾其座人。不當意，望望然去之。見君子周旋中禮，竟日不失辭色。以此知君之器識深而託迹以自晦也。夫以君之才，居著作之任，必能雍容揄揚，達情宣德，即膺處繁劇，治簿書錢穀，雖不盡所蘊蓄，幸稍自發舒，尚不至頹放湮鬱，以至於死。古人言得一知己可以無恨。當世有道德居尊位、氣力足以援引者，皆知重君，而君之所就止於此。蓋國家登選之制極嚴，公卿大人不能私其所厚，而君之安義命而不為詭遇，亦可槩見矣。君死，無錫秦侍郎（端履，宗侍郎名瀛，號小峴，官杭嘉湖道最久）小傳之，某故為之辭以述其意，以慰潛山翁之思。曰：情足以盡其才兮，才足以達其情。行不必掩其言兮，言不必正其行。清亦濯足兮，濁亦濯纓，吾孰知其志之所貞。吹之不枯兮，噓之不生，吾孰測其意之所成。繫中情之沈默而不得見兮，羣傾耳於論說之畝畝。予嘗與之錯規矩而就禮法兮，然後知其量之沖而不盈。嗟乎！謂君遇之達兮，不能偕鄉貢之士鼓簧而吹笙。謂君遇之窮兮，所與交臂而促膝者皆當世之名公鉅卿。窮不足君戚兮，達不足君榮。所可自信者，歿世而稱名。彼感舊之什兮，胡以為不平之鳴。

筠莊歿後，詩文無人收拾，零落殆盡，予搜得數首存之。○游南屏，觀司馬公（摩崖隸）書：南屏洞天春雲櫺，尋碑客向丹崖游。蛟龍盤拏波磔老，健筆直與東京侔。（辯指）悔失攜竹膜，但覺眼底鸞鷟清遒。草窗著論異吳葉，款題涑水知誰留。公侍親閣判府事，總宜一棹曾杭州。趙庭緩目尚年少，那遽石墨垂山陬。中興宣刻事或有，秘府清玩光充搜。長編資治已進御，法書五卷重雕鎪。石經太學兩輝映，自謂文治光前部。豈知金繒索歲例，偷安半壁非良謀。惜哉和議信長腳，澌臉得曾忘同仇。三經之文試進講，致堂經幄應含羞。摩崖誰人有深意，憂憂珍並琳琅璆。南渡宰輔侍公侶，中原未必竟沈浮。讀碑如見公忠義，凜凜生氣來雙眸。程蔡巽鍾古能手，精神魄力難公儔。一字一拜心一況，直欲變化如潛虬。長逐雲峯滃不散，爪痕攫石懸厓杖。○題詞：禁忌湖杭約略諳，吞陰深處燕呢喃。遠來客訝新鄉俗，帖改宜春寫浴蠶。○維縈環

村春晝長販鮮人到僧弟昂蓮衣可與愁難遣忍斷香粳莫斷葷書成淮海問如何
浴種繞右穀雨過最是江南三月半蠶愁暖少麥愁多○擬曹堯賓小游仙詩金磬
聲圓度綺牕步虛初罷珮琤琮上元小女嬌猶昔唱出青詞別有腔問訊青溪道士
居黃庭誦罷意何如珊瑚結網逢雙鯉接得琴高一紙書○銀漢無聲瀉玉鏞舟乘蓮
葉訪黃姑匏瓜落後星光冷補向天街種白榆夢入仙宮賦曉寒黃金為屋玉為欄
衍波箋上唐人句記得街名署彩鸞焚香鄂渚記同舟交甫江皐解珮游一樣眉間
認黃粟玉娥雙髻早經秋○春草芊芊生意莫教剗飛絮閒庭盡日閒作引庾郎盤
馬去好催謝客夢詩還可堪細雨春如霧部佛征袍淚有斑料得江南青已徧幾人
共汝閒柴關一年一度到天涯春雨春晴感歲華潛引風光來窄徑早移暝色上輕
紗何人拾翠憐雙葉作意搖青待落花雨露即今開萬里不須芳家問龍沙
寧波為古甬東地賈逵曰甬東越東鄙甬江東也韋昭曰句章東海口外州也史記
索隱曰國語甬句東越地會稽句章縣東海中州也按今鄞震澤本史記誤作鄞縣即是其處
元和蔣詩山徵蔚有甬東詠古八首格律雄健隸事精審為備錄之蟻鬬紛紛浪自
誇至今舊俗尚繁華空留君子六千戶猶記甬東三百家海外風濤多島嶼營中軍
士半蟲沙夫差瞑目無疆滅又見東甌走傳車回浦章安劇變遷孤城築後少烽煙
是誰陽朔更州治不信孫恩號水仙漢代尚傳南部遠晉家失計一隅偏三江口外
頻防禦故轍齊梁豈偶然改郡開皇自不同思思唐室廢興中幸看巨寇干戈戢得
見遺氓賣賦通浹口森嚴安巨鎮鄞江守護詫奇功千年府治從茲定奏稿分明憶
薛戎武肅英風拓土疆鎮名底事自朱梁丸泥獨力支盤踞鐵弩餘雄及大洋航海
建炎心須洞關心德佑事興亡東錢湖畔增惆悵史相頹祠尚夕陽鋌險黃巖起國
珍鹽徒何意有經綸十年竊據分諸縣一道降師散浹旬金蓋山深狼露龍石蟫門
黯海舟淪可憐血戰慙吳楚枉受元封負此身信國舟防老將才三時分哨合嚴哉
何期中葉經倭入復見南塘備海來烽影樵生螺髻鎮礮聲潮湧碇江臺舟山本自
稱天險鎖鑰無端為寇開招寶巖前番舶過蛟門控扼竟如何七場鹽竈新丁盛四
所軍營舊衛多海月江跳都入市決湖南浦盡通波居人指點靈山岸一髻烟中見
普陀蛟宮蜃市出危樓千里鷲潮一郡收風挾剛威來颶母山盤遠勢自台州天封
塔古唐碑廢阿育王室梵迹留此地海東門戶重壯懷不僅為清游
予嘉慶甲戌會試出桐城姚伯昂師元之門下後撥入儀徵汪小竹師全德房中師

少年科第詩古文詞援筆立就從官江西吉贛南寧道卒於官其遺集未知曾蒐輯
否今僅得與阮中丞書一篇錄之云歲月不居飄忽如流違侍以來倏焉三祀白雲
興懷有深於記室仁風載詠何殊於舊賓采山使還再寓篋素因念掌錄待詔興居
逢心勞勞惶恐無任頃枉嘉問曲賜故言德音孔昭大雅宏達省覽未竟神爽交馳
雖富叔向之縱橫八行陳孔璋之紛紜六紙洪筆巨製蔑以加諸某材慙莫京學非
繁悅生抱槧籍莫辨朱紫行操一卷纔記姓名類宋工之刻楮三年而不成等鄭人
之削棘一朝而思遂比於敬禮潤色之請未堪譬以德柔鄰居之音莫判何圖閣下
喻及兩賢正恐彌月不獻有慙陳思集中他篇貽羲沈隱來書所論三蔽二難傅衆
流別妙思典論吳均文釋李充翰林深撿厥章未覩斯奧接渠今之趣雲霧可披開
謝公之談河漢非遠自揆檮昧有闕窺尋譬若空桑之流蛇想弗知大椿之年蟪蛄
何覺今以獻歲下九裝束北征擊汰湘衡周輪華洛望天門其不見涉馬陂以何歸
緜緜遠道青草之詠未成湛湛江水長楓之魂易斷須所綴輯錄為一編伏冀鴻裁
覽斯鬼說臨發祇悚尾蹈不宣
孟子象往入舜宮舜在牀琴象曰鬱陶思君爾忸怩舜曰惟茲臣庶女其于予治趙
注茲此也象素憎舜不至其宮也故舜見來而喜曰惟念此臣衆汝故助我治事[illegible]
案舜雖愛象豈不知其不仁他日封之有庳尚使吏治其國今甫築蓋之後反令治
其臣庶恐無此理史記五帝本紀作爾其庶矣雖與孟子小異並不以為臣庶之庶
先大人曰臣當作㠯古臣㠯字形相近而誤㠯由也見漢書劉向傳注大戴禮子張問入官篇曰忿數者獄之所由
生也唯者慮之所塞也所以即所由也以于讀如檀弓于則于之于彼疏以廣大釋之廣大即寬博之
義治有安意蓋象入舜宮見舜無恙乃盡諉揜井之過於瞽瞍而反飾言思舜而憂
之甚舜誠信象實不與謀乃曰思惟思也爾雅釋詁文爾此由徼幸詩檜風庶見素冠兮傳庶幸也爾雅釋詁庶幾幸也汝
其寬博予安也猶今俗語云放心我好也汝憂者心必迫蹙故今其寬博若如史記之言則當云
爾之幸也其之也猶王伯中釋訓左成二年傳郤伯見公曰子之訓也二三
子之力也古人語歸美於人類此者甚多猶今俗語云仗福索隱言汝猶當庶幾於友悌之
情義也則是責備之辭而非親愛之言矣當日兄弟相與慰藉亦猶今人之常語若
過以高遠求之反失其旨矣
書五子之歌鬱陶乎予心孔傳鬱陶言哀思也陸氏釋文憂思也因悟爾雅釋詁鬱
陶繇喜也繇喜二字當連讀以繇喜訓鬱陶正是釋孟子之義蓋約象憂亦憂象喜

亦吾之意言之緣上既釋跡為憂矣此不當更釋為喜也或云跡善即憂思之誤案
跡善與憂思聲本相近但控易經文吾所不敢。
先君題毛西河先生遺像並叙云朱南崖相國端履案相國諱珪字石君諡文正順天大興人祖籍蕭山得毛西
河先生遺像於閩中寄歸毛氏今為家南陔中丞弟所藏道光乙酉長至前十日奉
王悅我軒瞻禮經句敬題四絕句先生與某高祖中翰公少同筆硯軒中所懸楹帖
先生手書贈曾祖湘潭公者欽題康熙乙酉長至距今一百二十一年矣江東王彥
舊知名先生出游時改姓名王彥晚為雄文似長卿萬柳堂成修禊日坐中都說小毛生七年載
筆侍金鑾彤史纂書屬草完花影過磚初退直窄裁衫稱小冬冠先生嘗賞李恕修手青衢秋遣窄裁衣句畫圖飄泊到南天珍重仍歸渤水船多謝盤陀老居士此奩真了筆文緣先生自言入閩未及識荊西堂未就海華篇使賦真堪賦海華朱南崖太傅懷家中丞弟句招我寒泉拜謫仙潋波觀書遺蹟
在先生所書楹帖拔雲激壤流觴池觀素書唐人李華玉張喬句也通家百廿一年前道光庚寅先師復令端履題
詩幀未敢賦四絕以應命云溫嶠居然第二流先生以廉監應博學宏詞試列二等授翰林院檢討八磚花影
顧瀛洲迦陵聯步超丹陛互說功名是馬周有以詩謂陳迦陵先生當不由科目入翰林梅村司馬贈詩有朝來日者憐遺逸為評功名似馬周之句後果與先生同舉制科入直史官書古今文聚訟滋力宗偽孔著冤詞百年而後平情

論疏證依然守百詩蚍蜉撼樹競紛紛後世誰知揚子雲公道主持汪吏部商量思
撤謝山文鄞全謝山庶常作先生別傳頗有微辭汪蘇潭吏部校刊鮚埼亭外集時擬芟去不果繡像庋飛執護持吾邑任侍郎侍御官上海令時有女子感其德致繡像以獻任氏子孫珍為世寶今燬於火六丁下取事難知披圖剩有靈光在鄭鄭精
廬小劫時鄭鄭精廬吾師書室扁也道光乙酉不戒於火藏書並燬燼惟先生此圖及舊題猶存自是而先生益窘矣
端履題此詩時於書古今文尚無有成見故有第三首之句後定宗西河之學說
已見前。
論語其為人也發憤忘食樂以忘憂不知老之將至云爾端履案發憤三句是為人
實事云猶有也言其為人有此三事爾王懷祖念孫謂公羊文二年傳大旱之日短
而云災故以災書此不雨之日長而無災故以異書也云災與無災對文是云為有
也又商頌元鳥景員維河箋員古文云廣雅員云有也論語皇侃義疏曰汝何不曰
我有如此之德云爾以示之也增有如此之德五字於云爾之上蓋不知云即有之
故耳。
仁和趙鹿泉先生佑乾隆壬申進士官都察院左都御史經術文章士林景仰駢體文不多作清獻堂
集所載祇寥寥數篇不能成卷然布置妥貼吐屬天然真能合唐宋諸家為一手非

說韓六朝者所能望其肩背也茲錄存二篇嘗嘗豹之一斑云○庚午端履案當是乾隆十五年
十二月北上覆車還寄友人書回首高雲關心舊雨相逢脈脈江花搖曳之情惜別
匆匆燕樹蒼茫之色每經歧路多乎昔所未曾試述離蹤覺天涯其易已頃逾黃遵
陸舍舟即車歷宿男之故封近下邳之北界泇沂流合土名三汊河頭新舊年交節
記小除日腳問途堠則荒烟幾村睇平沙則亂鴉千點撩人感慨鎮集百端乾我馳
驅得驚一蹶時則橋困小築不過徒杠棹為寒潦罕逢漁父惟是避深就淺未嘗非
溱洧之觀因之攬轡臨流大抵作滹沱之渡非有先驅之遇霞聊為後乘之追奔不
圖有淖於前小駟遽驚而莫避急欲掉鞅而返重輪亦發而難收既濟未濟之間進
謀退謀之地無多輾轉頃成反側之形不及扶持遂迫顛危之狀我僕痡矣胡為泥
中匪車嘌兮宛在水沚落將席帽緣黃菊之風濕盡征衫不為杏花之雨於是立
之積雪巫暮來援易我敝襦別趨他馬涼颸颯颯然且過河者三落日漫漫幾乎及
溺者再迫至邳郯侯宿野店棲遲攤書而大有浸淫發篋而都成沾漬倚圍爐而就
燥真作冬烘憑酒釀以攻寒漫添春色惶忪入夜還餘定後之思蹭蹬連朝重效開
頭之祝是則淮陰背水尚應避此危機項籍沉船未足方斯奇況者也往者江雄天

塹片帆臨萬頃之波河阻金隄一葉剽長空之雪未聞失之川上胡乃納諸溝中固
知險易何常康莊可以顛趾風塵有命閱歷可以平心見其大則如夷思其難乃死
喜覺輪脫幅古有是占履濱臨深聖垂為戒敢佈大略藉質素心匪徒作事後之牢
騷亦聊寄途間之抒寫而已○謝脊寄酒枇杷啟空奈作醞乃有女媧盧橘含精最
誇炎果鍵原費夏釀踰竹葉清醲花獨凌冬種配蒲萄仙樹詎須頓遜安石千杯漢
說無論元陰百畝乃者辱蠟丸之見過特從杜老家園頻歆伯以偕臨藉破步兵塊
壘壘金丸之顆宜犁梅黃翁翁碧盎之齊還浮蔥白應是汁糅三味挾秦樹以彌
甘共看盤滿一梢佐周醇而並美長卿善渴復飽上林吏部工眠免窺比舍觴何須
患況復兼償甘醴之思醉或多狂得毋錯認琵琶之字感同膏黍愧甚投桃。
鹿泉先生呂城鎮書事詩呂城土穀神祠二南岸汾陽北顏良郭公明德祀宜廣顏
也何功食此方土人相傳明代末廟祝見帝命將報賽至今有禁例近祠各廟無
關王從世民神多糅雜誰能一一竅渺茫自注云雍正某年縣令某疑其說使優人
演單刀會事試之神像遽隕化是年大疫令旋謫死遂相戒不復然也又七律云門
前魚網後船籠案有圖書壁著弓愛客能留三日飲奉親難得兩昆同太平不礙身

馬周奇姓弟教籍字通記取漸家兄弟事求之合在古人中自注漸愼行居濟寧漸家淺博學知兵力能挽强百步射與其弟躬耕養母好客善飲客至輒留歎盡意叩其得姓之原曰本姓馬先賢子晚後以字為氏也獨見遺於氏族略姓譜諸書自宋時遷濟寧始隨音呼改為漸還居此三百年矣

以藥名入詩始見黄山谷集然必須滅盡鍼痕不露裁縫形跡方為妥貼雪窗多暇偶爾效顰然未免墮入魔道矣常山西去一帆通旭日曈曨映橘紅聽得歌聲時斷續遂隨互說要防風薄荷貼水尚平鋪水藻參差綠滿湖我識漁人無遠志貫來鱗甲醉當歸殺縱益智喜開庭戶插菖蒲艾並懸節過天中繞半夏螳螂奮斧逞車前淡竹環籬境絕塵藏書百部未全貧生平五味都嘗徧且嚼乾薑耐細辛滿地黄花九月初蠶休陶令愛吾廬茱萸插髻人何在空撫長松淚滿裾大儒出處嚴防已肯任雌黄道路識王不留行孟子去漫勞尹士勸當歸丈壇掉鞅車旋覆暗室挑燈草決明老去射干難貫衆少年巨勝最關情少婦深堂號鬱金樂遊時配紫園參年來石斛金釵少不信花名尚玉簪秋高露冷仙人掌作意凝霜逼白微百尺凌霄盤溢處曉寒日及未應晞芭白麻黄已及時牽牛花放露華滋詩材杜若人誰是試問青蓮也不知

吾郡自順治開科以來賜進士及第者凡十有四人會稽傳王露康熙乙未科探花會稽梁國治乾隆戊辰科狀元餘姚盧文弨乾隆壬申科探花餘姚諸重光乾隆庚辰科榜眼會稽王增乾隆辛卯科榜眼上虞范衷乾隆辛卯科探花山陰俞大猷乾隆壬辰科探花以大興籍中式後改歸原籍會稽茹棻乾隆甲辰科狀元餘姚邵瑛乾隆甲辰科榜眼山陰史致光乾隆丁未科狀元會稽莫晉乾隆乙卯科榜眼餘姚朱蘭道光己丑科探花蕭山朱鳳標道光壬辰科榜眼蕭山張百揆道光庚子科探花其有寄籍他省不改歸原籍者俟補錄

以藥名入詩已錄於前矣有某友擬作二首亦佳因並存之香含豆蔻隱花叢翠鳳連翹面面通何首烏雲蟬鬢薄當庭美煞白頭翁鵝黄一色綻芸臺大麥花先小麥開偏插杜鵑紅似錦畫船簫鼓慕頭回

爾雅釋畜白州驠郭注州竅邢疏謂馬之白尻者名驠王懷祖觀察念孫曰廣雅尻州臀也故馬尻亦謂之州北山經曰倫山有獸焉其州在尾上今本州譌作川郭彼注亦曰州竅也內則曰鱉去醜鄭注醜謂鱉竅也醜與州聲近而義同釋鳥云燕白脰烏此云白州驠義古者謂白色為燕也

蠐螬紫王以白色為燕未知所據俗呼淺巴菰為蔫其色淺黄而微黑今人以衣服之類不鮮明者為蔫以其色言之也燕蔫聲相近非白色也且說文明以燕為元鳥安得謂之白色乎

又案王以燕白脰烏三字連讀以白脰烏釋燕字然燕與烏絕非一類燕字當是鶠字之誤莊子齊物論鴟鴉耆鼠釋文引崔注鴉烏也本亦作鴉烏鴉同類惟以脰之白不白為別脰白者為鴉鴉或省作亞亞惡古通用心俗省作小從人又以四點平列形與燕相似遂訛為燕耳小爾雅云白項而群飛者謂之燕烏蓋因爾雅之言而望文生義耳不知烏白脰者即為雅安得別有所謂燕烏者乎

或曰釋鳥譽斯鵯鶋郭注鵯烏也蓋本詩毛傳義小弁弁彼譽斯傳譽斯卑居卑居鵯鳥也是爾雅既以譽斯為鵯矣子又以燕為鵯之誤字何也曰爾雅上釋鵯之異名此別鵯之異類也且郭注以鵯烏釋譽不知譽之一烏為鵯乎抑為烏乎亦未免混而同之矣或謂毛傳於烏二字連讀烏但名烏鵯則謂之鵯烏未知然否 自來學者秖知博者舊聞未嘗得之目驗遂致承譌踵謬吾亡友王木齋名述曾仁和學生曾作爾雅今證以方言釋古訓以今物證古名一一實事求是惜乎天不假年未及成書而死也或又謂毛傳鄭注鴉烏當是鵯烏之誤說文雅楚烏也猶存其説

張繼詩月落烏啼霜滿天江楓漁火對愁眠姑蘇城外寒山寺夜半鐘聲到客船此詩久膾炙人口然律法未免太疎首句不敘明泊舟夜宿之由則次句對愁眠三字是對誰愁而對誰眠耶予嘗戲易之曰羈客姑蘇作繫船江楓漁火對愁眠鐘聲夜半寒山寺月落烏啼霜滿天江南臨水多植烏桕秋葉飽霜鮮紅可愛詩人類指為楓不知楓生山中性最惡濕不能種之江畔也此詩江楓二字亦未免誤認耳 又楊萬里詩梅子留酸濺齒牙芭蕉分綠上牕紗日長睡起無情思閒看兒童捉柳花自是佳什然梅子留酸芭蕉分綠已是初夏風景安得復有柳花可捉乎詩人失檢比比皆然

先南陔師藏古銂柶一為文記之典核質實敬錄存焉○此公食大夫禮之銂柶也以虞俿尺校之長尺有一寸五分葉長五寸一分强博二寸五分深八分柄長四寸五分厚一分强銳其端柄之兩旁為雷回紋中立羊一豕一皆向葉其端為牛首外向仰而迤高二寸豕大於羊牛首又倍之牛頷下有孔繫小鈴圍二寸六分並紐徑一寸四分閩陳恭甫編修壽祺曰禮有醴柶有鉶柶醴有糟鉶有菜故以柶扱之士

冠士昏聘禮校醴者皆加柶受醴者皆以柶祭醴三醴柶不必飾三牲則此器於祭醴無疑也少牢饋食上佐食羞兩鉶皆芼皆有柶尸扱以柶祭羊鉶遂以祭豕鉶宗廟之事鉶各有柶不宜一器飾三牲則此器於饋食之祭亦無施也惟公食大夫宰夫設鉶四於豆西東上牛以西羊羊南豕豕以東牛賓扱上鉶以柶辯擩之上鉶之間祭記之鉶芼牛藿羊苦豕薇上鉶者牛鉶也辯擩則及羊鉶豕鉶一柶而施四鉶此器三牲之飾所以尚象斷為公食大夫祭鉶之柶牛領有鈴以鉶羹宜畜扱鉶之器取焉愚案士冠士昏聘禮祭醴用柶皆薦脯醢冠昏有特豚無鉶士虞特牲皆祭鉶而特豕無羊牛少牢則羊豕無牛聘有六鉶四鉶三牲備矣然陳而不祭其柶經無明文公食大夫有牛羊豕且四鉶以一柶辯擩是器也三物畢具象形指事其為公食大夫之鉶柶無疑也

重論文齋筆錄卷九終

重論文齋筆錄卷十

清 蕭山王端履輯

同邑沈補堂琢幼受業於陳侍軒教授之門（侍軒名家駿字道睎乾隆己酉科副貢生甲寅科舉人嘉慶辛酉科進士校閱中書以親老改授嚴州府教授受業先君門下最久）故經術詩文咸有根柢不苟為炳炳麟麟者晚年自訂為蛾術堂集而問序於余為序之曰補堂沈君幼擅詞華長耽經訓久客江淮通知時事閱見日擴學問益深恥蹈隨俗詭遇之習課讀多暇鍵戶探賾成皇清經解淵源錄一卷皇清經解提要二卷羣書提要一卷讀經如面一卷讀易寡過一卷周官識小一卷左官異禮略一卷羣書雜義一卷袁浦札記一卷讀史雜記一卷秋陰雜記一卷仿今言一卷芙邨文鈔二卷芙邨學吟一卷凡一十四種總名曰蛾術堂集分而言之乃閻百詩潛邱劄記姜西溟湛園札記之流亞合而言之實陸嚴山外集王弇州四部稿之體例也儀徵阮相國師嘗言為才人易為學人難端履謂以才人而為學人尤難往往工詩文者或疏於考證躬經義者或窘於辭章我朝稽古右文名流輩出論者獨推吾浙朱竹垞毛西河二先生為能兼擅其勝然竹垞之學遜於西河西河之才亦亞於竹垞則甚矣才人而為學人之難也補堂生長是邦追踪叢哲其於經義也沿流討源實事求是不必墨守成說而妙論解頤奇而不詭於正其於詩文也不屑步趨古人而醞釀深厚流露自然故能錯采鏤金而無雕琢痕迹合詞華經術而為一真令才人學人一齊頫首矣原補堂著述之意本欲規倣王伯厚困學紀聞顧亭林日知錄體例會萃羣言部次先後勒成一書以信今而垂後顧衰病侵尋心力不給門弟子懼其久而遂散失也亟付剞劂以廣其傳端履受而讀之體大思精宏通淹貫才大而心細學博而說約其專門說經之書未脫稿者尚以尺計方將次第寫定傳之其人則讀是集也雖未獲仰窺全豹而管中所及亦可謂略見一斑矣因不辭而為之序

補堂古文實可見之施行非徒規橅唐宋以沽名干譽者○親在外故柩回里不入門議近俗客外亡故者柩回里每設廠於門外或壽藏既築殯厝有所即至其墓前設主受弔嗚呼是薄道也豈仁人孝子之心所敢出此哉禮曾子問曰自君及士凡死於道者未在棺則入自門升自阼階皆奉之以生之禮稱此而推即在棺者亦斷不令暴露風霜之生而致死也雜記上大夫士死於道則升其乘車之左轂以其綏復如於館死則其復如於家大夫以布為輤而行至於家而說輤載以輲車入自門

至於阼階下而說車舉自阼階升適所殯詔殯當兩楹之中蓋不忍遠之也春秋定元年六月癸亥公之喪至自乾侯公穀皆云死從外來者正棺于兩楹之閒夫禮由義起恩自情推五世親盡主遷祧廟仁人孝子非不欲日祭月祀也殺于禮殺于恩也今之扶柩而歸者父居其八九祖則二三矣曾祖則百無一二矣揆之以禮則斬衰論之以恩則天性而顧令生為異域之人死為大漠之鬼可乎哉子輿子曰亡於禮者之禮也世之囿於俗說者其尚知所反乎○請停挑北海塘外引河書蓋聞圖事必謀其萬全建議貴衷於一是上年夏仲嚴徽暴水漂蕩廬墓偽秫無算被害紳耆咸深蒿目今春劉大中丞札諭道府詳勘蕭邑海塘自長山以東相度情形以為開掘引河消納上八府洪流漲沒以奠民居俟因花地撤種俯念輿情此舉停止仰見合大憲上謀國是下恤民生忠愛之情感深愚賤適者復聞憲委前來查看繪圖呈送興舉在即某居近海塘自委縣插標以後塘外男婦驚惶失措緣長山至瓜瀝一帶三十餘里數十年來開荒之地盡為魚米其間生齒之繁衍物產之豐多文教之秀發廬舍之稠密較之內地過無不及一旦盡東其畝不啻剖割其腹心而欲四肢之無恙得乎然此猶利之小而害之淺也今之議開掘者將以為暢下流之勢則

上游自殺而不至於衝決也雖然此策可行之淮黃無慮行之於江浙夫黃流發源於崑崙經甘陝山西河南委遠而至淮瀆衍萬餘里瀰漫六七省其源遠故其法宜疏宜排宜決併多設閘壩挑挖支河以洩其怒至金衢嚴處之水來龍不過十里況所慮者亦止在夏末秋初非如黃河之須防三汛也今以嚴徽之陡漲而歸罪於北海之汙塞是猶祖父之過誤而移獄於子孫也某竊以為未可矣且試問上八府之水災其果始於今乎其不始於今乎如其始於今也則誠是下流壅塞之弊也某竊按舊志新林堰以東曰丁村渡再東曰瓜瀝渡前百餘年間明明是蛟龍出入之區魚鼈浮沈之地而各大憲曷不取上八府災賑水利諸書考之有無水患乎某竊以為難免也此其故不待智者而知矣顧執此以論得無以鄰國為壑而不通時務乎又非也吾與邦擊柝相聞若越人視秦人之肥瘠亦豈為聖天子撫綏兆民之至計可即上游一帶察看情形或開其溪澗或濬其汙池俾梅雨淫霖有所蓄洩而何至潰冒衝突有沈竈產鼃之苦乎況滄海桑田變遷倏忽今年五月海水驟進直至三义路口安見不欲又安上八府之生靈而復還故道無俟人力為也且舊志云劉師築塘稱名捍海東發作記謹栽萬柳恐蟻穿蟥屬明明欲其固吾圉也今欲鑿而

通之無乃與前賢之經畫相左乎子輿氏曰禹之行水也行其所無事今者欲行其無事可矣某翻閱故紙時事未諳聊舉舊志撮述大略謹陳管見望明公垂察之補堂駢體文字亦能追踪六朝今錄其數篇於左○明副總兵嚴殺青來沈公像贊昔者明季授土作周室之司空葉公問政為楚邦之令長復有東陽舊族書續麟經餘不名賢宜傳方節家乘既詳國史尤備公姓沈諱邦通字青來浙之蕭山人也祖篤山漢室茂才求偕於異等晉代秀士名重於舉人父益州天山逸民隱居樂道作求世德誕育英豪公少有奇氣膂力過人號許褚為虎癡國策士在牛後斯時也值有明末造山嶽摧頹江河麻沸銅駝淚下歎炎漢之將亡玉馬奔來兆太安之大亂公之族翼如道州守備領游擊將軍嶺乾先生順吾先生類皆馬革裹口碧若萇宏之血豺牙逞毒嬰猛士之城公乃嚙馬武無預於甲兵學魏尚好施其租養家有積蓄悉助軍需張稈以背為騎郎卜式納金而拜爵得與戎行一矢奔命維時蛾賊橫飛白頭當道攖亂我民人束縛我子女而公慷慨護軍義聲俱唱振威團練馬屋兵填橋職元戎魚門冑落西陵以東數十里得以安堵者皆公之力也公憚於為犧識超景行效范大夫之扁舟作陶淵明之處士仍高恬退遁跡農桑為前代之遺黎補裳

陽之耆舊德配滿太夫人四德夙嫻三從素著繼室陳太夫人勤內則於綠歲誦風詩之荇藻子四人萬石家風陸生裴產曾孫輩以文學起家入部曹舉進士者踵繼焉公六世孫某予同學弟也以畫像索贊於予予不獲辭仿枚人吳先生魏忠節公像贊倒并參蕭邑任彥昇王文憲文集序體序而錄之爰為贊曰天下安注意相天下危注意將方懷宗之末年鶴唳驚心於武帳堂我勇夫驅除虜掠為有明遺冠裳皇朝作隱嶽嶽奇姿眈眈雄量圖繪宛然緬予高矚我懋夏后之鴻文公有東方之遺狀○送葉古槎之京序江文通曰樂莫樂於新相知悲莫悲於生別離予於古槎十載傾心一朝識面握手未幾驪歌乍催南浦之魂銷於遠道西江之月冷此征途大難為情值茲小別雖然合而復離者勢也聚而必散者理也古槎天姿亮拔豪興高騫鼓逸翮於鵬程濯長鬐於鯨海懸市之役復上者三博浪之椎幾中者再卻鄉有才而無命卜式納粟而入官此則賢哲之通途鴻儒之生面也夫器不論精粗適用者為貴士奚必科第裨世者較優假使搖頭通市之流膠柱鼓瑟之子與之曆赤縣治劇繁鼎足之折無俟於三公朱紱之來有慚於一命此短於才者之不可與言吏治一也又或案牘山積判決為勞姑息養奸莠秕滋戾羅漢之號何當於遺生父

母之稱。徒思夫君子。此絀於力者之不可與言事功一也。又或峭峻爲能。刑名是尚。酷吏之傳。鷙若蒼鷹。苛政之形。嚴於猛虎。繭絲憐於尹鐸。蛇賦苦於永州。此刻削爲事者之不可與言經濟一也。又或處非廉泉。渴思盜飲。求唐成公之鸕鷀。請韓宣子之寶玉。無慕楊震卻金之節。不解任棠置水之情。黷貨無厭。多藏厚亡。此貪鄙爲懷者之不可與言撫字一也。足下夙擅九能。亡兹四患。曰清曰慎曰勤。康善廉能廉敬。一行作吏。美哉始基。某某杵臼訂交。桑梓話舊。退飛之鷁。聞振羽而神馳。點額之魚。想衝波而尾赤。卜彈冠於異日。羨鑾響於詰朝。好踏軟紅。駿骨收夫燕市。聊且浮白。雛懷小叙錢江。壯哉故人。此游最樂。

論語鯉也死。曲禮正義引五經異義。公羊說臣子先死。君父猶名之。孔子曰。鯉也死。是已死而稱名。左氏說既歿稱字而不名。桓二年。宋督弑其君與夷及其大夫孔父。孔父先君死。故稱字。穀梁同左氏說。謹案同左氏說。穀梁說以爲論語鯉也死時實未死耳。鄭康成亦同左氏穀梁之義。以論語鯉也死有棺而無椁。是實死未葬以前也。故鄭駁許慎云。設言死。凡人於恩猶不然。況聖賢乎。端履案史記孔子世家伯魚年五十。先孔子死。索隱引家語。孔子年十九娶於宋之上官氏之女。一歲而生伯魚。計死時孔子年六十九。弟子列傳顏回少孔子三十歲。年二十九。髮盡白。蚤死。索隱引家語。年二十九而髮白。三十二而死。校其年則死時。孔子年六十一。則實似未死而假言死。然世家絕糧陳蔡。在楚軍城父之歲。實魯哀公六年。孔子年六十三。顏回尚從行。有道大莫容之說。則死時年必非三十二。家語王肅僞造。不足爲據。列傳渾言蚤死。亦無實據。如鄭君說則顏淵死時伯魚尚未葬。皆疑莫能明也。

論語默而識之。學而不厭。誨人不倦。何有於我哉。朱注言何者能有於我也。阮相國師謂此與聖仁章合。未有在彼自任曰可謂云爾。云訓有見前。此忽謝不敢居。非自相矛盾乎。當以鄭注爲是。端履案皇侃義疏本鄭元曰。人無有是行於我。我獨有之也。人無有是行。句是釋何有二字。於我。句我獨有之也。是釋於我二字。皇疏解人無有是行。言天下人皆無此三行也。解於我我獨有之也。言由我獨有之。故天下貴有於我也。今註疏本或脫人字有字。邢疏亦不能斷其句讀。此與聖仁章皆任之辭。彼言云爾。此自言何有。對文見義。

龍泉周篤甫。耿光。少游杭州。從先君講學。後受堪輿之術於青田端木子彝國瑚。遂精其業。薄游京師。無所遇。援例得儒學訓導。又謁選需時。皆不遠千餘里來爲先君

擇地。得吉壤於城南汲家莊之原。遂卜葬焉。篤甫爲人方正樸誠。不苟言笑。其於地理也。謹守不求有功。但求無過八字。故不能隨俗俯仰。以邀時譽。予贈以詩云。點穴須憑自在身。來龍曲折始能伸。要知平近無奇處。方信先生眼力真。昨歲曾登大禹陵。千巖萬壑勢飛騰。喟然一覽羣山小。莫數蓬萊最上層。欲窮滄海無涯澨。試躡蓬萊最上層。臥龍山望海亭中柱聯也。

田易鄉談云。人謂愚者曰不知鼎董。爾雅釋艸。顛鼎董。注似蒲而細。不知鼎董者。即不辨菽麥之意。端履案此則求之過深。恐非方言常語。爾雅邢疏固屬疏略。即近時邵氏晉涵。郝氏懿行二家。亦不能確指鼎董爲何物。竊謂非者顛之轉聲。一切經音義引倉頡篇。顛。頂也。吾俗呼柱與棟相接之處謂之顛棟。不知顛棟者。猶今諺不解事之人曰天不知多少高也。至釋艸之鼎董。則不能辨其義。鼎董之爲顛。急讀緩讀亦俱不可通。闕疑而已。

丁小鶴茂才。予復。長於予十餘歲。經術詩文。咸有根柢。與人交。性情真摯。雖初識面必忠告善道。以道義相切磋。故人皆久而敬之。爲錄存其詩數篇。

銀河篇。秋河伴月案戶朧。蒼龍掉尾連箕斗。白雲飛盡夜未曉。金波無聲瀉空杳。仙槎徑渡水清淺。凝牛服箱車輪轉。白楝橫斜冷不收。宵寒織室機聲秋。靈鵲飛來濡兩翼。鉤星耿耿秋繩直。欃槍埽落攙寒芒。西流向曙廻清光。烏雲一抹起銀浦。漲作承平洗兵雨。○聽蟬。蕭寥池館有餘清。送到秋風第一聲。野屋隔林嘶雨重。遠山森木叫雲輕。來禽帖好看雙翼。爾雅經繙檢八名。高柘吟窗聽未厭。夕陰無際暮陰平。閒簾秋爽入遠天。遠綠層層漠漠烟。竹戶晝長詩夢破。荷塘風定樹陰圓。韻流曲徑停雲外。人在高梧落葉前。清絕無煩更相譬。輸他占得露華鮮。林亭嘶處轉清幽。平野蒼茫暝色投。坐愛晚霞紅葉寺。吟思疎雨白蘋洲。涼生煙浦一江碧。夢逐溪山萬木秋。不爲不平鳴不已。卻憑裁作錦囊收。歲歲蓬門和短吟。塵埃脫去獨關心。亭皐響斷初飄雨。水檻聲多罷弄琴。清露高寒仙館迥。綠槐[illegible]畫堂深。秋光如此好飛去。莫漫棲風卧一林。○落葉。林屋秋高意自閒。西風颯颯響柴關。呼童開徑乍疑雨。攜客登樓初見山。埽不須頻容鹿臥。樓猶未穩惜烏還。酒邊莫漫驚搖落。一倍松添雪後顏。

銀河篇爲小鶴應試之作。同時有秀水金衎宗一首。亦極端莊流麗。並錄存之。秋羅雲薄涼蟾入。金井梧桐珠露濕。銀河案戶聲西流。夜深鳥鵲南飛急。煉痕遙挂暮天長。新月如鉤欲讓光。十二樓中簾盡捲。不知隔斷是紅牆。盈盈一水橫銀漢。城上烏

唳聞戍鼓刁斗望斷玉關秋砧杵敲殘雲渡古此時別殿晚風天紈扇西風又一年秋屏銀燭涼初透玉枕薰籠悄未眠況復高樓愁永夜天街一片金波瀉羅帶風飄下玉階流蘇月冷臨芳榭別殿高樓共幾時仙槎何事獨歸遲人間悵望銀灣畔碧海青天那得知又嘉興金光烈一首格調雖同而命意迥異亦並存焉井梧葉落秋風起碧天夜靜涼如水箕南斗北火西流耿耿銀河千萬里仰視流光照女牛羽車雲鬟幾經秋素影遙連鳷鵲樓鳳樓鵲觀夜還曙一水盈盈不可渡縹緲如聞玉宇笙高寒下滴金盤露誰家機杼動離情天漢無聲似有聲蟋蟀階前霜乍冷芙蓉塘外月還明關山萬里同今夕惆悵河梁終歲隔天上虛傳織錦梭人間那得支機石奉使尋源憶漢家客星遙訪遍天涯若從井絡西邊去試泛張騫八月槎

道光甲午季冬家恭甫弟臥病幾殆喜其得生擬約次歲花朝作更生湯餅會因用洪稚存前輩亮吉句為倡以下蟬聯屬韻率成五律云從此餘年號更生休言先甲與先庚花朝屈指添湯餅風物從頭換蜂鼯磨蟻立時歸解脫吉羊一歲紀分明時書道光十五年乙未一歲羊才華但願消除盡莫使行文又促行茫茫萬劫一身輕從此餘年號更生五角六張難作事七零八落最關情辭巳見前君憐白傅官司馬我乞蕭郎作騎兵今年延弟課兒子讀長得連宵話風雨著書歲月定章程劉向當年自命名晚原作字有同情同巳夏晚原先生名甦字更生乾隆壬申科進士官金華府學教諭當年亦死而復生因以為名欲將故事追前輩從此餘年號更生碧樹定能培杞梓白頭知尚羨公卿況逢壽宇延洪日應赴秋風聽鹿鳴康甫為學師贈弟詩有培成梅子侍和羹句弟和詩註引于碧樹羨他梁棟器二句云孝廉船竟阻前程偽族弟敬甫孝廉名煓道光乙酉科舉人揮手行行到玉京一个弱馬人短氣九原遊矣我傷情不教抱病同長往從此餘年號更生人定勝天吾輩事只須歌詠樂昇平花甲匆匆六十盈雁行況復我為兄塵緣牽率多詩債老境消磨仗酒兵搔髮自應慙鶴髮杖藜何處訂鷗盟至多一萬四千日從此餘年號更生予年已六旬即活至百歲屈指只得此數日耳可勝浩歎

道光壬寅元旦追憶作前詩時又閱二千五百二十日矣歲月匆匆似白駒之過隙因賦詩云乾隆壬寅歲予年甫七齡從師受爾雅期文室性靈師為解訓詁一一辨聲形釋地晰四瀆釋天辨列星草木鳥獸狀並證山海經故事稿搜討兼論終軍鼷灌園老抱甕坐井智挈瓶志氣日以短清濁混渭涇蚤起幸清朗披衣循戶庭習勞免扶杖學佛庶避腥木鐸振衰朽貫我如雷霆安得萬事足飲醇當獨醒元黓攝提格循環無留停日月不我與鯤化息北溟況祈同氣枝原隰悲鶺鴒水哲婦壓帆凝神游杳冥

為人題畫之作大抵隨筆應酬予故向不存稿偶檢敝簏得題郁辛田覺蓮圖一詩押韻尚覺工穩不忍割愛因錄於後蓮性不染塵清淨乃其質濂溪愜真賞淥波耀初日辛田道學儒嗜好顧畫一書味既醇醇德音並秩秩微風送遠香如入芝蘭室精研太極圖物理驗虛實譬彼擇芙蕖推究其本窟吾老慨索居長吟但抱膝不殖學將落恐化踰淮橘何時細論文為我評得失切磋不憚嚴砥礪益加密光風倘入座水木盡明瑟

凡為族譜作序大抵勉徇人求惟予作邑詹姓譜序則頗詳其本末故錄存焉○蕭山詹氏族譜序蕭山詹氏居邑西白馬湖之濱二十餘世矣類謹愿敦樸力田服賈間有員秀異游庠序者辛未顯貴赫奕故世系之先後支派之流別多不得而詳族故有祠眾主充扱其中道光庚寅裔孫某等理而董之由近而推諸遠由分而溯其合詳其可知者而略其不可知者輯為宗譜而告於端履曰吾族不知所自來相傳南宋時有諱駿者登大魁歷中外其幼子諱純居蕭山是為遷蕭之始祖又別族居諸暨詹家塢者亦祖於駿但其字作揆疑莫能明不敢與之通譜也惟吾子博稽焉端履竊案詹之得姓世咸謂出周宣王之支子封詹侯仕為周大夫此據明凌迪知萬姓統譜言之耳夫姓氏之書現存者莫古於林寶元和姓纂其於詹氏也僅云楚詹尹之後有詹何善釣鄭明世姓氏書辨證糾其誤而不詳所自出況晉有詹瑕號有詹父鄭有詹伯世之相去不甚遼遠必泥詹侯為受姓之祖此譜牒之依託不足為徵信也若吾邵詹氏顯於宋氏洪邁夷堅志稱為會稽巨擘有擁幹者富於財子元宗為諫官孫騤魁天下今考張元忭紹興府選舉志詹京登元豐五年進士不係擁幹之官其弟承宗與弟林宗同登紹興十三年進士並無元宗之名知小說家附會之誤傳聞異辭存而不論可也至林宗子騤字晉卿登淳熙二年榜首累官龍圖閣學士知定國府而其子孫未有聞也蕭山當南宋時為畿輔近邑士大夫仕於朝者多僦居之或晉卿官京師曾寓其地而幼子遂因以家焉未可知也某等所輯之譜事涉創始不過粗具梗概然名字之莫考昭穆之不辨生卒之無存皆闕疑不書不敢向壁虛造以誣其祖深有合於敬宗之義故不辭而為之序

介壽之作予亦素不存稿惟為邑史某作六十壽詩頗寓規於頌因錄存焉早從竹

苟見襟懷市隱何妨與俗諧靜裏拈花徵妙諦忙中得酒足生涯摩挲古柏蟠同幽倚徙寒梅鶴與儕扶杖數時聯洛社買山曾亦辦青鞋勞勞鬢髮紅顏改滾滾塵埃素願乖臥榻憐君增肺病閉關共我息心齋況看座上金尊泛差喜階前玉樹排燥意要航魚在藻化機休似橘踰淮田園勉詰桑麻好身世能如木石佳自領盈顛添白髮相期攜手訪洪崖應思萬事歸知足但祝三多便乞骸下里司規容採擇莫因從事又偕偕

後史某得此詩雖不能盡從然稍自戢影物故兌兌於累有同學笑謂予曰君詩可謂感發人之善心而懲創人之佚志矣予謝曰豈吾詩之力哉彼自能及早回頭耳

予於嘉慶戊寅歲悼七中懷悽惻復遊外倦愈邑邑妙散偶賦消影一律以寄慨今尚存篋中乃錄存之秋來未識黃花瘦對影方知瘦道真林下風懷曾對酒燈前綺夢久成塵孤鴻留爪都無跡寒蝶循墻不避人猶有餐英搖落吝每偕風雨共傷神

予年來閉戶養痾絕不知門外事反招小人之忌謂予高自位置遂遭橫逆欺凌適有以行腳圖索題者率賦二絕云萬丈危崖撒手登興酣剔徧佛前燈年來餘勇猶

堪覊閒嫋入山能不能七級尖頭憶獨登蘭膏一炷續殘燈老僧切莫多饒舌何故能時謝不能柳下不恭之誚愈知不免矣

嘉慶庚申先南陔師奉憲委赴姑蘇採辦洋銅時知吳縣事者為善化陶山唐公（名仲冕與師同成乾隆癸丑科進士）出一舊磚相餉師琢以為硯溫潤而澤因繪餉研圖徧徵題詠歸田後並令端履補作因賦七古一首以應命云不耕而穫語匪虛直向經訓勤菑畬修綆汲古功徐徐逢原左右差溝渠先生學優而仕歟六旬歸老西河居形聲訓詁窮六書以硯為田食無魚精義日出汩汩如丁壺乙卣悉屏除獨寶此硯如瓊琚故人所餉不可疎什襲奚啻千金儲雲霞斑駁殊蟾蜍巋然或是靈光餘或田或井各爬梳實事求是無異譽先生盤匜而藏諸

予為邑姓作族譜序皆不留稿其間有關於氏族考訂者不可盡付茇如也故存一二篇以見梗概〇蕭山湘湖陳氏族譜序湘湖環在山（莊山俗名長山）之南陳氏聚族而居者有二居西堡者別為一族曰西陳居東堡者則為湘湖陳氏其先世譜系荒渺脫漏無徵不信宋元之間伯五公自杭州遷居蕭山石版衖為一世祖始有居址之可稽六傳至福三公卜葬來蘇鄉始有墓域之可證九傳至月軒公仕明官刑部郎中始有爵秩之可考十五傳至敦樸公始家湘湖大其族譜一修於錫元公再修於機平公三修於列宸公道光丙戌族長某等又合族眾而續修之問序於端履端履讀其譜而歎其得尊祖敬宗之道焉夫三代以上宗法明而官掌其事三代以下宗法廢而家自為書降及六朝崇尚門第北地姓著崔盧南朝望推王謝甚至寒門不躋華要士庶不通嫁娶於是單寒孤畯不得不遠託雲礽近附貴盛以自張其閥閱歷今數千百年冥世系者沿其流弊仍譌踵謬而不知所返且或變而加厲即陳姓之著望於蕭山者凡十餘族按其譜牒類皆分支潁汭衍派太邱至於源流閒隔則憑虛臆造以為增續譜學其不可問矣獨湘湖陳氏則不然近宗始祖而不追述舊德詳列本支而不依附他族若邑東門之陳長濱之陳皆屢請通譜敘昭穆湘湖自伯玉公以來閱世二十有六而東門世止二十長濱世僅十七且東門祖康義公長濱祖福一公以世以祖莫之能合則與為親同姓而別自為譜別嫌明微之意也若埭上之陳榮山之陳雖雜析轉徙舊乘不詳而埭上實出自敦睦公榮山實出自敦歷公皆為敦樸公之親兄弟湖本窮源遠遠可按則引與同譜而別為一支明不得襲湘湖之緒也非慎之至而能若是乎慎故尊其祖而不敢冒不可知之祖以為祖慎

故敬其宗而不欲援不相屬之宗以為宗其體例謹嚴創自舊譜而某等仍守其法而不廢殆古所謂賢子孫歟抑聞其族有義學有義田規畫纍具所以教仕䘏而厚風俗有非他姓所能企及則其收族之道固不在區區譜牒之修明已也〇龕山施氏族譜序施氏著姓於蕭山凡數族系皆出於魯施父之後源流荒渺無徵不信宋度宗時有諱有志行萬七者始自會稽豐山遷居縣龕山之北即俗所稱山伯施也舊有譜創始於三俊公其孫文照等續修之道光丁亥裔孫丙泰等又鳩族眾而增輯焉既成問序於端履端履曰氏族之盛衰繫乎墜形之厚薄而俗之貧富因之蕭山當吳越之衝浙江遶其西浦陽江環其東北濱海尾閭洩焉恃龕山為之屏障又北則赭山峙焉浙江舊走南亹兩山之間為江流故道潮汐日益澎湃地逼於不能藝稷黍蹊斯土者大抵蓋苫蒸波掛席釣海僉然褊憾家畜雖貫茲江勢北趨海昌昔沮洳下濕之區盡衍為平陸膏壤宜五種復擅魚鹽吉貝之利服賈者麕集是衢衖洞達閭閻比櫛眾魚桃灑家給人足施氏介居其間鬱然為蕭山巨族夫族莫不由盛而後稍凌夷獨施氏之族則始衰而後盛溯自元明以來閱世幾二十類皆潛德弗曜罕有顯達聞於當世恭遇國家重熙累洽涵濡生息百數十年遂得衆

沃土之遠引。蒼引佑燒昌溟大始猶滄海之爲泉也。愈積而愈厚。果墮形之遷變使然乎。亦由其祖功祖德綿綿延延引而勿替歟。久而始光也。嫣嬴嘗觀周南以螽斯之衆多。喻子孫之蕃衍。一則曰振振兮。再則曰繩繩兮。三則曰蟄蟄兮。若深望子孫秉仁厚之心。而復深戒慎之意。用能和集一堂。而本支百世。今丙奏等食舊德服先疇。孝弟忠信。克昌厥後。而尤汲汲於敬宗收族之道。蓋甚懼夫散者之不可復聚。疏者之不可復親。正有合於詩人敦勉之義。故不辭而爲之序。譜言有登宋度宗癸酉鄉榜。今邑志不詳其名。疑以傳疑可也。

吾邑遶西自冠山至半月山南北十里。地勢特高。素無江塘。俗傳以高地爲塘。謂其地高與低處塘面等也。後沿江漲沙。日積日闊。至十餘里。居民逐漸開墾陞科。別自築堤以防江水之入。謂之土備塘。故不編入江塘字號之內。土備塘別有字號不與西江塘字號聯序乃私塘也。乾隆癸丑。鄉先達某公與長河來姓有違。竟徇其請。一例修築。而長河之私塘遂成官塘矣。試思西江塘內之田。每畝歲派錢二文。官爲修築。今長河圍入之田。曾否派江塘歲修費乎。即此一端而論。恐某公亦無辭以對矣。

仁和關東皋涵嶺南隨筆。載粵瘴有四。瘴於春夏者。曰青草。曰黃梅。瘴於秋冬者。曰新禾。曰白茅。四者均病人。而青草黃梅尤毒。蓋春草方生。百蟲並出。結而爲非煙非霧之狀。初起極微。漸且四布。遇之者務閉口塞鼻。伏土中。乃不爲害。至於八九月間白茅際天。熱毒伏地。人略沾染。輕則寒熱往來。爲冷瘴。重則鬱火沉結。爲熱瘴。甚且失音。爲啞瘴。又木棉開時。有木棉瘴。亦稱杳花瘴。誤吸之。毒不可救治。之之法。利在閉者開之。結者下之。粵醫常用芒硝大黃。以是故也。然惟質厚者當之。未可概論。

又言測颶之法。總於立春立夏日值鬼宿。即知是年必颶作。所謂一鬼打節。二鬼打節也。起於朝而勢極凶猛者。颶即止。以其禾純乎陰也。起於暮而勢頗柔緩者。一發必七日。桑本陰之體。暮又陰之極也。颶周四方。遇南風輒回者。風以南爲正也。颶起得雷便不成颶。成颶後得雷亦止者。一爲陽所制。一爲陽所搏也。七日後無雷亦止者。七日來復。陰陽之道也。颶藏匡州山中。地有颶穴。土人善禱之。稱爲息風山。又有颶草。爲蟲所化。粵人即以葉之折數占颶數。颶神稱母者。颶合四方之風爲風。故以母稱之。

又言花燕出雷州西湖。其色紫。巢荷花中。雷州謠云。燕燕燕。飛入荷花尋不見。荷花落盡燕無依。歸去猶銜花一片。明年花發莫東西。還向荷花深處棲。人間不似荷花好。莫使空梁有燕泥。

偶檢舊篋。得絕句四章。失載原題。憶爲邑李橋東令君芬（甲子舉於鄉。令君雲南昆明人。嘉慶□□亦以□年以優行貢成均。戊午舉鄉。令君以嘉慶己巳成進士。以知縣即用。先任□州。分水縣。移蕭山。）科題其尊人省園先生小照也。錄之於後。琴堂深處舞萊衣。飲露餐英樂古稀。兩載板輿曾小駐。衙齋長記蔭蘭暉。來三徑尚依然。松菊籬邊又五年。豈做羲皇成小隱。淵明何似竹林賢。扶杖吟秋齋色怡。望雲五色祝期頤。鯉庭桃李知多少。培養都家雨露滋。椿堂向日頌恒春。新錫恩綸荷紫宸。遙指湘湖看子舍。花栽滿縣似安仁。（嫣衆後以乞養歸里。今不通音問有年矣。）

今人但知廢爲興廢字。非廢之本義也。說文广部。廢屋頓也。從广。發聲。段若膺大令玉裁云。頓之言鈍。謂屋鈍置無居之者也。引伸之凡鈍置皆曰廢。淮南覽冥訓四極廢。高誘注。廢頓也。古謂存之爲置。棄之爲廢。亦謂存之爲廢。棄之爲置。公羊傳曰。去其有聲者。廢其無聲者。鄭云。廢置也。於無聲者爲廢。謂廢留不去也。左傳。廢六關。王肅家語作置六關。淮南子。舜葬蒼梧。不變其肆。高注。不煩市井之所廢。莊子曰。廢一於堂。廢一於室。仲尼弟子列傳。子貢好廢居。與時轉貨貲。殖列傳作廢著鬻財。徐廣曰。著猶居也。讀如貯。廢之爲置。如徂之爲存。苦之爲快。亂之爲治。去之爲藏。（俱見□□。今世以兄弟析居爲析箸。猶存古義也。流俗習焉不察。竟以箸爲匕箸字。失之遠矣。）

族曾祖母汪太孺人。撫孤守節。事詳家乘。其子允達暨孫曾輩。累乞人題詠。以闡幽光。端履亦敬賦二律云。烏衣巷口崇坊樹。大母流芳百廿年。筠柏黎垂旌節錄。萱敵盟誦贈言編。上頭黃鶴題崔顥。（端履多閩前輩）下走青雲附馬遷。尚願文孫勤祇述。西河手稿好同傳。（節母墓誌。西河先生所撰。其手蹟附節婦孔孫擒青收藏）端履曾錄筆嫂貞越女吟。人間流落劇傷心。一朝歸趙成完璧。（孔君超眞蹟已贈□嫂。孫子允達以母遺蹟。□近始陳□以歸□）此事推韓定鑄金。（予勸又庭傷汪氏墓節世墨刻附其佳者鑴石以傳）剏助祝孤敦善行。（修先塋刻家譜其他善行不可枚舉）即今慶婦祠嚴音。（母孔氏。孫婦陳氏丁氏俱青年守志）倪都符太史輔軒採珠玉行看滿藝林。

春秋定十年。公會齊侯于夾谷。杜注。即祝其也。地理志。濟南淄川縣西南三十里有甲山。亦名夾山。一名祝山。山上有夾谷臺。爲定公會齊侯處。恭讀欽定春秋傳說彙纂。齊魯兩君相會。不應去齊若此之近。去魯若此之遠。今萊蕪縣有夾谷峪。名勝志以爲萊兵劫魯侯處。庶幾近之。是書暴明以萊蕪之夾谷當春秋之夾谷矣。乃洪稚存編修亮吉乾隆府廳州縣志。於萊蕪下云。夾谷峪在縣南三十里。春秋定公會諸侯於夾谷即此。（端履案。夾谷之會。止定公齊侯耳。此云諸侯。亦誤）於淄川下又云。夾谷山在縣西南三十里。

荫水出焉。名祝其。左傳定公十年。公會齊侯於祝其。實夾谷。又于贛榆下云。夾谷山在縣西四十里。左傳祝其實夾谷。今祝其縣故城在縣西五十里。一地而三異其處。何其莫知適從耶。(又洪志於江蘇徐州府邳州葛嶧山下云在州西南六里爲貢嶧陽孤桐班固云葛嶧山古文以爲嶧陽於山東兗州府鄒縣嶧山下又云在縣東南二十里一名邾嶧山亦曰鄒嶧山書禹貢嶧陽孤桐班固云騶縣嶧山在北亦茫無定見)

爾雅所載多古藥名。即以釋草言之。如薜山蘄爲當歸。赤枹薊爲蒼朮。萑蓷爲益母。熒委萎爲葳蕤。蒡隱荵爲桔梗之類。其與今名同者。(如莔貝母蕇亭歷茨蒺藜芣苢黃濼貫衆之屬)尤不可勝數。嘗欲取爾雅全書區分五藥種類。(周禮天官疾醫五藥鄭注草木蟲石穀也)別著釋藥一篇。(如甘草見釋地麢羊見釋獸之類)已得數十條。今老病侵尋。知不能償此願矣。故散附筆錄中。其釋爾雅而不關藥名者。亦並存焉。

嘉慶丁丑。余在省垣。買得舊板六書統一部。中夾素箋小幅。驗係前明紙色。中有七絕四首。每句各寓藥名。頗覺工巧。末不署姓名。究不知其何所指也。此箋久爲滇友攜去。無從蹤跡。其詩尚能記憶。因錄於後。里環城郭秖三七。守禦多疎乏射干。何苦參商殊意見。車前不著祖生鞭。天門冬日少雷霆。海帶潮聲入夜聽。只恐謗書騰薏苡。捷音飛遞馬兜鈴。昏黃連日動風塵。滿地梅花未見春。附子家書希早達。白頭翁老又家貧。最憐少婦鬱金香。知母情懷也感傷。莫怪從軍無遠志。使君子細爲商量。

居易錄載周中丞(即吾邑石公先生)說明萬曆中。浙江某提學試士於鄞。謁 聖廟畢。坐明倫堂。顧階砌古槐。陰極濃鬱。出一聯令諸生屬對云。綠槐夾砌。午陰匝地掃難開。楊崑阜庶子應聲對曰。紅杏出牆。春色滿園關不住。提學擊節歎曰。子必狀元及第。已果中甲辰會狀兩元。(楊諱守勤慈谿籍)

會稽章實齋先生(名學誠乾隆戊戌進士官國子監典籍)深於古文法律。端履偶以此條質之。先生曰。說部記載無關文義。然亦不可草草。如云試士於鄞。鄞字當作寧波。以楊慈谿籍。若僅試鄞士。則楊不得與矣。且提學校士。試寧波闔屬。非僅試鄞也。楊崑阜庶子下。當增時尚爲諸生五字。不然竟似庶子對提學言矣。有是理乎。會狀兩元當省作狀元二字。上云子必狀元及第。下云會狀兩元。則會字從何雜出耶。先君聞之。戒端履曰。汝輩作文當刻刻如此留心。自然精審不苟矣。

阮相國師浙江詩課錄。青田端木子彝國瑚風暖鳥聲碎。日高花影重七律二首。尚嫌刻劃題字。未免着迹。因各擬試帖一篇。存爲家塾規範。(風暖鳥聲碎)芳樹風初暖。間關聽鳥聲。嚶嚶真共碎。布穀佇催耕。縷似千絲斷。香如百合成。柳堤兼細雨。花塢報新晴。小弄吭猶澀。初調韻未清。剛來過社燕。啼處想流鶯。葉細還裁柳。簫吹並賣餳。一枝棲閬苑。春色滿蓬瀛。(日高花影重)遲日高颺彩。春光卓午逢。低翻花四照。深護影千重。馳隙飛停響。尋香鶴避蹤。倚闌看兩面。對鏡似雙峰。掠趁銜泥燕。忙輸釀蜜蜂。作騰初旭上。未許夕陽春。風力隨絲軟。煙痕入檻濃。晚來梨院靜。坐對月溶溶。(附木子彝原詩。○風暖鳥聲碎。惠風晴色鳥繽紛。碎作新聲響續環。花氣一簾吟午夢。草香滿院話春閒。韻流簷影爭歌處。簧入琴絲對拂間。天籟無端成詩趣。幽人正爾未閒閒。○日高花影重。出牆花枝勢不齊。幾重影日作高低。蝶圍空裏緣香誤。鳥入闌邊爲畢述。十丈游絲難到地。一天飛絮未沾泥。濃陰不覺將移處。只見闌干月射西。)端履案。子彝詩既云鳥入闌邊。又云闌干月射西。未免重複。然風簷寸晷之作。原與抱膝長吟者不可同日而語。正如吾師浙士解經錄序。所云邠卿複壁。所以見諒於後人也。

本草述三十二卷。潛江劉雲密若金所著。前有吳騏譚瑄陳許毛際可諸序。刊刻精工。紙墨堅潔。其持論皆粹然儒者之言。非俗醫所能窺其堂奧。即第一條雨水云。立春節雨水。李時珍謂宜煎發散及補中益氣藥。是因虞摶謂其得春生發之氣也。如梅雨水時。珍則謂其皆受濕熱之氣。鬱遏薰蒸。釀爲霏雨。人受其氣則生病。物受其氣則生黴。故此水不可造酒醋。即此說觀之。則梅雨水不宜用矣。又液雨水。(立冬後十日爲入液至小雪爲出液得雨謂之液雨云)時珍主治殺百蟲。宜煎殺蟲消積之藥。蓋因此雨在嚴冬而百蟲皆伏蟄。故取此義爾。此書雖多糾時珍之失。然實足與本草綱目相輔而行也。

嘉慶戊午。阮相國師以春草七律(限元門陽諧韻)麻科試杭郡士子。佳作美不勝收。然大約綠情賦物。旖旎芊綿。惟錢塘陳文湛一篇云。雁塞龍堆道路長。客愁如海更茫茫。烟濃古戍思盤馬。日落荒原正牧羊。萬里平沙春似繡。千秋漢塚土猶香。遙知紅袖刀環夢。歌到蘼蕪已斷腸。聲調悲壯。有一洗萬古凡馬空之概。

春草詩佳作雖多。然求其通篇一氣渾成者絕少。因倣摘句圖之例。各錄一二聯於後。紅豆空迷游客夢。玉鉤誰弔美人魂。(錢塘陳文燾)好夢又催前日句。倦蹄重踏去年痕。(仁和陳甫)梅花夢後春纔到。燕子歸時客未還。南浦從來牽別恨。絕勝楊柳不禁攀。(錢塘陳鴻壽)南浦有情偏送別。東風無客不思家。(仁和湯禮祥)亦將綠意迎歸雁。詎有春心薦落花。(錢塘姜寧)綠楊細雨清明路。紅杏春風上巳山。(錢塘孫夢麟)十里亭邊春一片。小紅橋外路三叉。連天風雨迷寒食。半徑牛羊飯落花。(錢塘葛方巖)青連柳線煙三徑。紅襯桃花水一村。(仁和宋景梅)回首隋堤接楊柳。消魂青冢怨琵琶。(海寧徐鈐)吟成綠意渾無賴。生出紅心別有根。(仁和孫同元)小雨微風皆入畫。新苔嫩柳並生香。簾波款款搖流水。院落陰陰正夕陽。

從姪孫祖恩

余邑學署多方竹。道光壬寅。春雪連旬。盡遭壓折。蝸廬因從何星橋學博乞得數株。製以為杖。爰銘之曰。伊會稽之嘉植兮。別種類於篔簹。幾虛心而勁節兮。質獨抱夫直方。不隨俗而轉圜兮。象符於震之蒼筤。似太華之削成兮。肯踰矩而磨光。恐謠諑於孳亓兮。爰託迹於宮牆。冀四時而不改柯兮。用則行而舍則藏。奈歲歲而遺俗兮。竟見欺於雪霜。被摧殘而挫折兮。匠者不顧於道旁。幸君子之憐材兮。出塗泥而承筐。是將擇一枝以惠我兮。爰拂拭而美彰。願為杖以相倚兮。製有類於戚肪。伏逍遙而散步兮。免中道之彷徨。匪雕琢而獨立兮。確然自守夫故常。惟我與爾有是兮。交訂君子毋相忘。

又製方竹為杖。贈陸紉蕃典簿之祥並媵以四絕云。君亦年餘五十衰。孤懷難與世相宜。但須扶杖看山色。我得篔簹贈一枝。此君秉性最剛方。娟潔原殊世俗裝。只與幽人最相契。不因塵俗便和光。北幹峯高一徑通。伏伊導我過橋東。行吟也覺相須急。柱彼人誇鐵翁。不扶麟角不扶藜。藉爾平安手自攜。海上方壺真咫尺。借斟美酒倩人提。

有誚予第四詩曰。此真俗語所稱海話矣。或解之云。今之話無往而非海矣。與其局促於江湖。何如放懷乎溟渤。故古今記載之書。潘自牧曰。記纂淵海。王應麟曰。玉海。陸楫曰。說海。予笑謝曰。飲河之量。不過滿腹。敢效木元虛之賦海哉。

春秋書以師者三。桓十四年。宋人以齊人蔡人衛人陳人伐鄭。僖二十六年。公以楚師伐齊。取穀。定四年。蔡侯以吳子及楚人戰於柏舉。胡安國曰。師而曰以者。能左右之以行己意也。宋怨鄭突之背己。故以四國伐鄭。魯怨齊人之侵己。故以楚師伐齊。蔡怨囊瓦之拘己。故以吳子伐楚。蔡弱於吳。魯弱於楚。宋與蔡衛陳敵而弱於鄭。乃用其師以行己意。故特書曰以。穀梁傳曰。以者不以者也。

爾雅釋蟲蠪朾螘。郭注。赤駁蚍蜉。王伯申尚書引之曰。蠪之言尨也。古者謂雜色為尨。或借龍字為之。周官牧人用尨犬人用駹巾車駹車故書並作龍杜及先鄭司農或讀為尨或讀為駹皆謂雜色又巾車龍勒鄭注龍駹也又考工記玉人上公用龍先鄭司農讀為尨故螘之赤色斑駁者謂之蠪。義與尨同也。朾之言赬也。赬赤也。螘色赤駁。故又謂之赬螘。釋文朾本又作打。玉篇朾丑輕切。今本誤作經蠪朾也。廣韻丑貞切。丑輕丑貞之音並與赬同。說文經赤色也。或作赬。或作赤丁。朾打並從丁聲。故字亦相通也。玉篇以蠪朾二字連讀。段氏說文注謂蠪朾為螘之一名。讀爾雅者誤以朾螘為句。皆非也。蠪朾螘螱飛螘二句文同一例。若以螘字自為句。則與上文小者螘相複矣。

重論文齋筆錄卷十終

重論文齋筆錄卷十一

清 蕭山王端履輯

論語所重民食喪祭，朱註僅引武成釋之，而無所分別。端履案：武成重民五教，惟食喪祭。孔傳謂所重在民及五常之教，是民與五教分為二事。又云民以食為命，喪禮篤親愛，祭祀崇孝養，皆聖王所重，是食喪祭三項又統注於民，蓋緣為一惟字所誤耳。論語孔傳則云重民國之本也，重食民之命也，重喪所以盡哀，重祭所以致敬，則是民食喪祭四項並列。朱註既未明晰，似當依論語孔傳為是。或以民字絕讀，以食喪祭三項串入民字中，蓋本尚書孔傳。後說或以民食連讀，與喪祭並列為三，則未知所本也。

江西巡撫吳公文鎔奏稱：江西鄱陽湖面寬濶，著名險要，通省漕艘均須由此經行。湖濱之左蠡鎮尤為極險，向有元將軍廟一座，靈應顯著，往來船隻無不肅恭祀事，以祈神佑。前於嘉慶十四年間欽奉上諭：江西鄱陽湖面寬闊，素稱極險，每遇春漲較盛，風信靡常，各幫船於銜尾渡湖之日，往往猝遇暴風，無從收泊，以致人力難施，殊堪憫念。因思該處湖神向昭靈感，著該撫親往虔誠祝禱，俾此後各幫平穩渡湖，以迓神庥而昭呵護等因。欽此。經前撫臣先福遵旨致祭，奏咨敕部封號，經部移會內閣撰題，覆奉硃筆圈出顯應。欽此。並於每年春秋官為致祭在案。至今祀典尊崇，護漕助運，久荷神庥。本年起運二十年漕糧，經糧道潘鐸於督運渡河之先，潔誠致禱，默祈保護，雖迭遇大風，皆得穩渡無恙，各弁丁均稱虔感。茲據該糧道潘鐸詳請奏懇頒給匾額前來，合應仰懇天恩，給予匾額，以酬神貺云云。奉上諭：吳文鎔奏請給湖神聯額一摺，江西鄱陽湖神助運護漕，久著顯應，本年督運渡湖，迭遇大風，均得化險為平，自應特頒匾額，以答神庥。發出御書匾額一方，對聯一副，著吳文鎔祗領，敬謹懸掛。欽此。

水神管轄各有分地，浙江則靖安公張夏司之。公吾邑人，事詳府縣各志。

家恭甫弟得家舊藏十里梅花一草堂印章，因繪為圖，徧徵同人題詠。予賦詩云：十里梅花一草堂，玲瓏篆石發光芒。霣餘小集親鈐偏，留與文孫韞匱藏。族伯祖編宮公諱湛名書餘草。小新圖舊澤共綿長，十里梅花一草堂。瓜棣種餘兩株樹，春來老屋逗寒香。甫枝師寄先君詩有何時瓜棣種梅花夜種得倘花可當家句瓜棣塋公葬地。論詩最愛陳無己，意足不求顏色似。十里梅花一草堂，前身從古多如此。時家弟仲揆璟其借形未肖五嶽游難舊願償，頻年婚嫁向平忙。何時

清福同君享，十里梅花一草堂。恭甫賦詩見答有未盡意復成四絕十里梅花一草堂，中藏養老壽親方。親顏有喜知難老，汝已含貽我弄璋。紙窗竹屋劇荒涼，十里梅花一草堂。畢竟壯懷消不得，論文時約我聯牀。詩囊太富定囊澀，誰憐司馬青衫濕。十里梅花一草堂，蓑笠相逢揖。品味曾將百草嘗，賦成藥性擅岐黃。何須更識廬山面，十里梅花一草堂。恭甫復以詩來再酬四絕十里梅花一草堂，當年馬冀盛諸王。琅邪風調今誰在，巷口烏衣尚夕陽。老槐已壞柏亭荒。予宅先族詩郎公所居，恭甫宅先族玉兔公所居。予宅舊有槐，故侍郎公以茂槐自號，今此宅分屬族叔甫弟。余幼時老輩尚名其地為槐樹下，今無知之者。恭甫宅旁柏樹為玉兔公手植，舊有亭名柏亭，今樹尚婆娑，而亭久已頹廢矣。十里梅花一草堂，此畫流傳百年後，歸然也並魯靈光。百花留待孝先探，戲言佳話君知否。道光戊子，恭甫弟赴試省垣，南陵師賦詩寵行，端履和詩：碧樹羨他深棣萼，百花留待孝先探。次年子敬果游邑庠，今歲料試列前茅，行食餼，戲言遂成嘉話矣。十里梅花一草堂，良駒大有和羹手。自在披裘六月涼，何須曲逕借禪房。今年酷熱殊甚，恭甫嘗向祇園寺避暑。卧游便覺清寒甚，十里梅花一草堂。天氣酷暑，偶抱小恙，恭甫復以詩來，不禁技癢，又得六章，馮婦之譏，知不免矣。萬樹梅花得句忙，玉昆我竟愧無方。流金無計鋤明月，小病偏逢夏日長。梅花與爾結緣長，不斷吟情不斷香。脫手彈丸傳萬口，新詩漫許罄槃藏。城市不宜麋鹿性，桑麻最愛水雲鄉。村居得遂聯牀約，不種梅花種棣棠。梅花吹落韻悠揚，五月人間無此涼。昨夜倚樓三弄笛，江城詩律太頹唐。昨以江城五月落梅花題課同學，詩無一佳者。申庚舊業勉青箱，桂籍關心玉兔涼。明歲辛卯。好語阿咸須努力，秋風轉瞬是槐黃。童洪作戲便逢場，殺尾詩餘又六章。從此右軍真誓墓，不教煩惱擾枯腸。

右六章前有煞尾詩一首，因太涉游戲，刪去不錄。

道光戊子，邑苧蘿王氏修輯宗譜，其族致雲進賢等各乞端履為其先人作傳，以光家乘。端履曰：必無諛辭無愧辭，方可以應命也。致雲等許諾，乃各據實而為之傳。

禮賢王公家傳。公諱公璧，字禮賢，姓王氏，世居蕭山苧蘿村。父立階公生三子，公其仲也。少厚重好學，制行淳樸，事父母能得歡心，友于兄弟無間言。伯父渭熊公無子，立階公命以長子公璇為兄後，公故為家督，佐立階公理家政，乃舍學援例為國子生，非其志也。立階公素謹愿，或欺其懦，中以事，經歲不解，公推誠相與，搆釁者恧服，願修舊好，公待之如初，無纖芥藏怒，人益推為長者。與人交未嘗疾言遽色，而御家有則，門以內無嘻嗃聲。村處邑南隅，地磽瘠，居者率力田自給，公躬服勤操作，若樂與僮僕同。會計出納，視歲豐儉以制用，或議其勞力，公喟然曰：吾不能學而得祿，願可使耕而餒乎。公族為邑著姓，多秀良，遊庠序者林立，鄉試輒揞於有司，公朋望

朓切族衆醵金月課宗人於家祠而督諸子學尤嚴每日暮自塾歸必命取所業而背誦之稍艱澀則厲色責其熟習至夜分不輟曰吾以家累故廢學但歷世積厚子孫當有以科第起家者吾不敢姑息負祖宗培養也由是諸子爭力於學嘉慶戊寅公子致雲舉於鄉道光乙酉大挑一等分發陝西試用知縣能承公之志者公生於乾隆乙酉年卒道光丙戌年春秋六十有二配韓孺人子二長即致雲次桂蟾論曰公恂恂鄉黨庸言庸行無以表異當世端履與致雲交久跡公生平作事實有大過人者道光癸未諸暨江水驟發臨浦塘危甚公命致雲冒風雨隨衆晝夜救護塘獲無恙是歲邑大饑富遁牧兩地尤甚待哺者數萬口賑有定額當事者謀於邑人士勸輸財展益之端履請於公公慨然許諾首出金為同族倡事獲濟江塘被水嚙多陷貧衆議修築而憚費鉅有謂宜按畝出錢者迹涉科斂仍定鳩資興役時議捐者屢又歲歉衆多覬望公復倡捐無吝色非好義而能若是乎彼席豐厚雄視鄉里遇公事則齷齪較量筭食豆羹見於顏色公故中人資而救災衈患為所當為其度量之廣隘相去奚啻倍蓰哉因據致雲來狀謹加詮次並附端履所見聞俾垂諸家乘以傳不朽焉附像贊公子致雲等既狀公行事俾端履為傳以垂家乘矣復奉公遺像俾端履以贊惟公豐頤廣顙豬眉修偉望而嚴拜神采煥發和藹之氣宛尚生平時公殁已二年致雲行服闋赴補陝西指日思綸錫鑽龍章紫泥有以娛耀丹青榮施鐫獻無俟端履藻飾而致雲等固請不已乃復為之贊曰振蜚風於庭戶兮仰冠裳之矜思嚴謦欬之難聞兮瞻令色與令儀溯立身之膚德兮政由孝友而施與人敬而有禮兮復見裳而必為俾敦薄而寬鄙兮挽末俗之澆漓為鄉黨所矜式兮痛天乎之不愁遺望老成之典型兮往者不可復追幸後昆之垂裕兮令名思父母始佇專城於鄉社兮秉彝訓為悲惠之師不於其身必於子孫兮匪天道之不可知公有美而弗稱之公斷贊公無溢辭

○王家瑞別傳

字羅王姓以執技來城市者予所識凡二人景昭擅繪事家瑞業攻木皆苦心志勞筋骨致小康景昭後以家累喪其資獨家瑞終始勤力晚境益佳子孫家業而安未有艾道光戊子王姓輯族譜其子進賢乞為傳以光家乘予以家瑞隱跡市廛無嘉言懿行可傳後世善辭焉進賢固請不已因思人子莫不欲顯揚其親冀一語表彰而不可得其抱恨當無終極況志有大小量有廣狹如家瑞者亦可謂竟其志而滿其量者已遂為之傳君諱取泉家瑞其字也世居蕭山学離鄉先世潛德弗耀君生而貧習藝事隨工師營繕餬廩所入不足供饘粥適挈家入城僦居南樂橋下治故業敦樸食力年已三十矣小屋一椽劣蔽風雨橋北達縣署東接城隍廟賈廛湫隘吏胥販夫所錯居茶肆酒樓飲食歌舞所徵逐惡色惡聲怳若塗炭君雖廁其間由由然不忍去和光同塵行類柳下願執事敬與人忠察言觀色犯而不校人故咸樂與君交業漸起予幼讀書小學樓與君廛衹隔數垣寒暑晝夜寢饋其中甫昧爽聞邪許聲自遠而近則君先匠人以舁材也予亦起盥漱畢坐南窗下旋聞斧刀剝啄聲則君先匠人以操作也漏三下予就枕聲猶未輟如是者以為常後予書舍移於重論文齋距君居稍遠又人事牽迫無復裘時聞雞起舞之概而君業日裕然履豐如困老而益壯不御粱肉不衣裘帛脫粟縕袍不以為恥其刻厲多類是君生於乾隆己卯年卒道光乙酉年春秋六十有七配童氏繼娶倪氏子三進賢用賢進德贊曰余於君所見所聞如是耳無諛辭無曲筆據事直書之義也進賢來狀稱君事父母孝友于兄弟生養死葬獨任其事不以累兄弟也自奉極薄而與人惟恐不厚親族有負貸者未嘗取償也進賢固不能文或信有其事抑好事者為之余故不據以立傳端履案曰孟子言規矩方員之至今世匠人皆舍之而用榘惟治皿器者則尚用規家瑞擅盤匜之屬者也其履催圭角隨俗轉圜深有得於規之旨者予何不以此意作贊辭然其辭已成不及追改姑附其說於後

武昌張松生大令邦棟與端履甲戌會試同年又同出姚伯昂師之門任新昌知縣移劇嘉善託疾去官病痊坐補原缺甲申乙酉間來署吾邑篆事出其刻鉛送別圖索題因賦二律應之云天姥峯高刻曲深循良撫字最關心官箴夙凜勤兼慎清節時攜鶴與琴人在鏡中調玉燭材掄管下度金鍼魏塘移著飛鳧舄去住情懷兩不禁湘湖幸遇使君來潮撼西陵日幾回擬障風濤資砥柱共欣民物上春臺十年臭味聯鴻譜百里農桑仗驥材寄語沃洲諸父老棠陰一樣荷栽培

說文象部豫象之大者賈侍中說不害於物从象予聲段若膺大令玉裁云此豫之本義故其字從象也引伸之凡大皆稱豫故淮南子史記循吏傳魏都賦皆不豫價周禮司市注云防誑豫皆謂賣物者大其價以惑人也大必寬裕故先事而備謂之豫寬裕之意也寬大則樂故釋詁曰豫樂也易鄭注曰豫喜豫說樂之貌也亦借為舒字如洪範豫恒燠若即舒恒燠若也亦借為與字如儀禮古文與作豫是也說文犬部猶玃屬从犬酋聲一曰隴西謂犬子為猶爾雅釋獸云猶如麂善登木曲禮曰定猶豫正義曰說文猶玃屬豫象屬此二獸皆進退多疑人多疑惑者似之故謂之猶豫

街談俚語皆可入詩但視其運用何如耳如蛙翻白出闊蚓死之紫長此明人笑柄也新建裘春州元善云萍疏翻白出柳嫩覺春歸又香牛皮席都中土產也會稽吳梅良傑云窗隙光陰騰野馬草涼消息報香牛隙字當據作㮚字與涼字對不可以窗隙連讀蓋窗有隙則日光穿入而野馬起矣無隙則不見也自了端履湖南大吏請吾同鄉汪龍莊先生也見病榻夢痕錄嘉慶甲戌端履在

京邸。為陸文恭公述之。公曰大難大難。遂即席得句云。一世誰真自了漢。廿年尚有未歸人。蓋是時公官京師已十九年。故感慨係之。

今世婦人喜以翠羽塗於金銀首飾上。謂之點翠。不知自古有之。左僖二十四年傳。鄭子華之弟子臧出奔宋。好聚鷸冠。杜注。聚鷸羽以為冠。非法之服。孔疏釋鳥云。翠鷸。李巡曰。鷸一名為翠。其羽可以為飾。樊光云。青羽出交州。郭璞云。似燕紺色。生鬱林。說文云。翠青羽雀也。漢書尉佗獻文帝翠鳥毛。然則鷸羽可以飾器物。聚此鷸羽以為冠也。（端履案）鷸鳥毛短。不可以織。聚以為冠。其即今之點翠歟。

偶買得今古輿地圖。中有一箋七律云。去年秋稑本豐積。里社傳聞戶足糧。民氣轉因風鶴動。縣官紙解送迎忙。患沾桑梓吾儕劇。演衣冠怕上場。同是書生無善策。況兼離散石田荒。書法秀逸。尚是明季遺墨。邑君侯公。（為福）見而愛之。因舉以為贈。後侯卒於官。此箋不知流落何所矣。（侯嘉慶丁丑進士。漢軍鑲紅旗人。）

嘉慶甲子乙丑間。同人歲為消寒雅集。集必徵文考獻。出新意定為觴政。不能者罰以巨觥。迄今幾四十年。朋輩凋零殆盡。其酒令亦並遺忘。今畧記二則錄之。皆所謂連理枝也。○一以四書二句。以上句末字下句首字合一藥名。道不遠人。參也魯。（人參）諸侯之寶三。七里之郭。（三七）白雪之白。微子去之。（白微）臧武仲以防。風乎舞雩。（防風）不知為不知。母命之。（知母）殷鑒不遠。志於道。（遠志）仍舊貫。眾皆悅之。（貫眾）方寸之木。賊夫人之子。（木賊）顏路請子之車。前日於齊。（車前）辭事親為大。黃衣狐裘。（大黃）仁者如射。干戈戚揚。（射干）長一身有半。夏日則飲水。（半夏）譬諸草木。通國皆稱不孝焉。（木通）願車馬。勃如戰色。（馬勃）與其弟辛。栗子思以易天下。（辛栗）○一以四書二句。（依前式）合一縣名。（可合者甚多。今擇其新穎者）事孰為大。興於詩。（大興）詩曰新。陽虎欲見孔子。（新陽）教者必以正。定而後能慮。（正定）不俟駕而行。唐虞禪。（行唐）詩可以興。山徑之蹊間。（興山）止子路宿。遷於負夏。（宿遷）遠之則有望。江漢以濯之。（望江）大夫以旌。德不孤。（旌德）綏之斯來。安而後能慮。（來安）君子之所以教者五。河不出圖。（五河）而未嘗有顯者來。鳳鳥不至。（來鳳）所惡於上。猶之於人也。（上猶）彼以其富。陽貨欲見孔子。（富陽）草上之風必偃。師也辟。（偃師）遂有南陽。城非不高也。（陽城）吾斯之未能信。宜民宜人。（信宜）誠不以富。民之為道也。（富民）臨五十以學易。門人治任將歸。（易門）德之不修。文信忠行。（修文）顛而不扶。風乎舞雩。（扶風）

觴政又有所謂並頭蓮者。集經書二句。以上一句第一字。下一句第一字。合一物。如合縣名。則以信近於義。宜民宜人。（合信宜）文之以禮樂。水信無分於東西。（合文水）是

也。有所謂並蒂蓮者。以上句下一字。下句下一字。合一物。如合藥名。則以渴。柚懷璧。下車。不敢以陳於王前。（合車前）膾不厭細。與其弟辛。（合細辛）是也。此皆飛觴故事。銷夏閒談。偶一效顰。亦無傷於大雅也。

爾雅釋草。薜山蘄。郭注。廣雅曰。山蘄。當歸。當歸今似蘄而麤大。郝（懿行）義疏。釋文。蘄古芹字。麤本今作麤。（端履案。爾雅本字作麤。今則皆作麤字。）李時珍云。當歸本非芹類。特以花葉似芹。故得芹名。古今注云。古人相招以文無。文無一名當歸。

又云。朮山薊。郭注。即今之白朮也。楊枹薊。郭注。即今之赤朮也。陶宏景云。朮乃有兩種。白朮葉大有毛而作椏。根甜而少膏。赤朮葉細無椏。根小苦而多膏。邵（晉涵）正義。爾雅別山薊枹薊之名。陶分朮為二種是也。赤朮今呼為蒼朮。

又云。薜白蘄。郭注。即上山蘄。又云。赤枹薊。郭注。即上枹薊。（端履案）其名既見於前矣。不知何故重出。（予實欲精爾雅釋藥一篇。既已見前。今年近七旬。知力有不能矣。故以所釋者散見於筆錄中。而釋爾雅則姑亦附存。）

或云。當歸以白者為尚。未免望文生義。郝（懿行）義疏。陶注本草云。歷陽所出。色白而氣味薄。不相似。呼為草當歸。唐本注云。當歸苗有二種。一種似大葉芎藭。一種似細葉芎藭。細葉者名蠶頭當歸。大葉者名馬尾當歸。陶稱歷陽者。蠶頭當歸也。如唐本注。則白蘄葉較細。即蠶頭。可知山蘄葉麤大。即馬尾矣。陶注馬尾當歸稍難得。出隴西。（端履案。當歸即俗所謂荷包牡丹。吾鄉多植之。以供清玩。然其根皆白。未見有赤者。）

又云。離南活莌。郭註。草生江南。高丈許。大葉。莖中有瓤。正白。零陵人祖日貫之為樹。（端履案）祖當是植字之誤。貫當是灌字之誤。中山經云。升山其草多寇脫。郭彼註。寇脫草生南方。高丈許。似荷葉。莖中有瓤。正白。零陵人植而日灌之以為樹。邵（晉涵）正義既引此。又云。祖日貫之四字。疑有脫誤何也。

邵正義據陳藏器本草。謂即今之通草。郝義疏又謂古之通草。今之木通。始兩存其說以俟考。

又下倚商活脫。郭註。即離南也。一草再見。未知何故。

又云。蒡隱荵。郭注。似蘇有毛。今江東呼為隱荵。藏以為菹。亦可瀹食。郝（懿行）義疏。陶註本草云。桔梗葉名隱荵。可煮食之。療蠱毒。是隱荵即桔梗。然別錄一名薺苨。陶注則云薺苨非桔梗。而葉甚相似。今按桔梗葉較薺苨稍長而不圓。華紫碧色。與薺苨又別。故陶注以別錄為非。蓋苨雖名甜桔梗。其實非一物也。郭云似蘇有毛。管子云。蒽葉似萑葉以長。二者復與桔梗異類。篇又謂隱荵菜名。似誤。

又云：虋冬，顛棘。郭註：細葉有刺，蔓生。一名商棘。廣雅云：女木也。邵正義云：虋一名顛棘。本草云：天門冬，一名顛勒。抱朴子云：天門冬一名顛棘是也。

又云：蘥，蒬。郭注：今澤蒬。邵正義云：蘥一名蒬，即澤蒬也。莊子釋文引司馬彪云：陵舄一名澤舄，隨燥濕變也。劉向九歎云：筐澤舄以豹鞹兮。王逸注：澤瀉，惡草，喻於草叢無益於用也。案澤瀉今方書通用之，豈漢時尚未入藥耶？劉向所言，又別是一種耶？（釋草：蕢，牛脣。郭注：毛詩傳曰：水舄也。如續斷，寸寸有節，拔之可復。邵晉涵正義云：詩疏引李巡云：別二名。案上文云：蕍，蒬。郭注云：今澤瀉。魏風汾沮洳云：言采其藚。毛傳：藚，水舄也。本草謂澤瀉一名水舄，陸璣疏亦以藚為澤瀉，是則蕍也、蕢也、藚也、牛脣也，一物而四名也。邵意以藚一名本草別言其形狀，本於李巡為義也。）

又云：蘠蘼，虋冬。郭註：門冬一名滿冬。本草云。邵晉涵正義曰：蘠蘼一名虋冬。上文顛棘為今之天門冬，此則為今之麥門冬也。本草別錄云：麥門冬葉如韭，冬夏長生。陶註云：根似穬麥，故謂之麥門冬。今所在有之。虋門音同。（郝義疏謂即蘠蘼，恐非。）

又云：覆，盜庚。郭註：旋覆，似菊。邵晉涵正義曰：本草云：旋覆一名金沸草。陶註云：出近道下濕地，似菊花而大。圖經云：今所在皆有。二月以後生苗，多近水旁，大似紅藍而無刺，葉似柳，莖細。六月開花如菊花，小黨田野人呼為金錢花。

又云：味，荎藸。郭注：五味也，蔓生，子叢在莖頭。郝懿行義疏曰：本草：五味一名會及。陶注今第一出高麗，多肉而酸甜；次出青州、冀州，味過酸，其核並似豬腎；又有建平者，少肉形，核不相似，味苦亦良。唐本注云：五味皮肉甘酸，核中辛苦，都有鹹味，此則五味具也。

又云：盱，虺牀。郭注：蛇牀也，一名馬牀。廣雅云：虵粟。郝懿行義疏曰：本草：蛇牀一名思益，一名繩毒，一名棗棘，一名牆蘼。陶注云：花葉正似蘼蕪。淮南記氾論篇云：夫亂人者，芎藭之於藁本也，蛇牀之於蘼蕪也，此皆相似。說林篇云：蛇牀似蘼蕪而不能芳。是皆陶注所本。

又云：菟奚，顆涷。郭注：款涷也，紫赤華，生水中。郝懿行義疏曰：顆涷即款冬，顆款聲轉，涷冬聲同也。本草：款冬一名橐吾，一名顆冬，一名虎鬚，一名菟奚。廣雅云：苦萃，款涷也。涷與冬義亦同。此草冬榮，忍凍而生，故有款冬、苦萃諸名。西京雜記引董仲舒曰：葶藶死於盛夏，款冬華於嚴寒。水經注引述征記云：洛水至歲末凝厲，則款冬茂悅曾冰之中。按款冬蓋有二種，藝文類聚八十一引吳普本草云：款冬十二月花，黃色，陶注本草云：形如宿蓴未舒者佳，其腹裏有絲，其花乃似大菊花，知吳陶所說華俱黃色，與郭注異。唐本注云：葉似葵而大，叢生，花出根下，不言花色。蘇頌圖經又有紅花

者，葉如荷，此說蓋與郭同。又本草款冬一名橐吾，為一物，如急就篇橐吾、款冬又為二物。顏師古注以款冬生水中，花紫色；橐吾似款冬而腹中有絲，生陸地，花黃色。然陶注言腹有絲者，即是款冬，非橐吾，則此蓋一類二種也。

又云：芐，地黃。郭注：一名地髓，江東呼芐，音怙。本草：地黃一名地髓。別錄：一名芐，一名芑。公食大夫禮云：鉶芼牛藿羊苦豕薇。鄭注：苦，苦茶也。今文苦為芐。說文引正作芐。古人芼羹用芐，蓋取新生苗葉為其益於人也。蘇頌圖經云：葉似車前葉，上有皺文而不光，花似油麻花而紅紫色。今按其華葉亦全似蔊蕩子，唯根實形味不同耳。淮南覽冥篇云：地黃主屬骨，而甘草主生肉之藥也。然地黃亦主生肌肉，張鷟朝野僉載云：雉被鷹傷，銜地黃葉點之。

本草綱目云：生者以水浸驗之，浮者名天黃，半浮半沉者名人黃，沉者名地黃，入藥沉者為佳。

說文厂部：厲，旱石也。从厂，蠆省聲。段懋堂大令若膺云：旱石者，剛於柔石者也。禹貢厲砥砮丹，大雅取厲取鍛，引伸之義為作也，見釋詁；又危也，見大雅民勞傳、虞注周易；又烈也，見招魂王注。俗以義異異其形，凡砥厲字作礪，凡勸勉字作勵，惟嚴厲字作厲，而古引伸假借之法隱矣。凡經傳中有訓為惡、訓為病、訓為鬼者，謂厲即癘之假借也；訓為遮列者，謂厲即迾之假借也，周禮之厲禁是也；有訓為涉水者，謂厲即濿之假借，如詩深則厲是也；有訓為帶之垂者，如都人士垂帶而厲，傳謂厲即烈之假借也。烈，餘也。

阮相國師巡撫浙江時，以釋葵題試詁經精舍士子，有程作一篇，極為精確，敬錄存之：葵為百菜之主，古人恒食之。詩豳風、周禮醢人、儀禮諸篇、春秋左氏傳及秦漢書傳皆恒見之，爾疋於恒食之菜不釋其名，為其人人皆知也，故不釋韭葱之名，而但曰藿山韭、茖山葱，爾疋不釋葵，其曰莃葵、楚葵、戎葵、蔠葵，皆葵類，非正葵，亦韭葱之例也。六朝人尚恒食葵，故齊民要術載種葵術甚詳，鮑照葵賦亦有豚耳鴨掌之喻。唐宋以後食者漸少，今人直不食此菜，亦無知此菜者矣。然則今為何菜耶？曰：古人之葵，即今人所種金錢紫花之葵，俗名錢兒淑氣者，以花為玩，不以葉為食也。今之葵花有四種：一向日葵，高丈許，夏日開黃花，大徑尺；一蜀葵，高四五尺，四五月開各色花，大如杯。此二葵之葉皆粗澀有毛，不滑，不可食，惟金錢紫花葵及秋葵葉可食，而金錢紫花葵尤肥厚而滑，乃為古之正葵。此花高不過二尺許，花紫色，單瓣，大

如錢葉雖有五歧而多駢誠有如鮑明遠所謂鴨掌者異於秋葵之葉大多歧不駢如鵝爪也齊民要術稱葵米花紫今金錢葵花皆紫無二色不似蜀葵具各色秋葵色淡黃也左傳云葵猶能衛其足杜預注云葵傾葉向日以蔽其根背植表云若葵藿之傾葉太陽雖不為之迴光然向之者誠也玉篇云葵葉向日不令照其根此皆言葵之葉能衛其根即萬葉庇本根之義非言其花向日自轉也藿為豆葉豆之花亦宜向日而轉哉予嘗鋤地半畝種金錢紫色之葵翦其葉以油烹食之滑而肥味甚美南中地暖春夏秋冬皆可采食大約須地肥而葉嫩大如錢乃甘滑儀禮士虞禮稱之曰滑者以此又余嘗登泰山其縣崖窮谷曲磴幽石之間無處無金錢紫花之葵皆山中自生非人所種山中人采其葉烹食之但瘦耳然則世人雖久不食之而其種固多有留存者矣說文云藿豆之少也余嘗種豆采其葉淪食之味亦美葵葉之味與藿正相似益可知古人葵藿並舉之義秋葵葉嫩時亦可食但此與葵性相近終非正葵葵之花開於夏此則至秋始開其葉不能四時中食耳

爾雅釋木寓木宛童郭注寄生樹一名蔦邵晉涵正義云小雅頍弁蔦與女蘿疏引陸機疏云蔦一名寄生葉似當盧子如覆盆子赤黑甜美案方言云寓寄也寄附於大木而生故謂之寓木廣雅云宛童寄生槁也又云寄屑寄生也廣異名也今寄生多於桑上本草云桑上寄生一名寄屑一名寓木一名宛童後漢書註云百草至寒皆彫落惟寄生獨榮於桑上

釋草蔨蒵顛凍郭注款冬也紫赤華生水中又中馗菌小者菌郭注地蕈也似蓋今江東名為土菌亦曰馗廚可啖之郝懿行義疏云中馗釋文引舍人本作中鳩云蔨蒵名顛東顛東名中鳩是讀中鳩上屬與郭異義又按說文菌地蕈蓋許亦讀中馗屬上與舍人同而云菌地蕈則郭注地蕈二字疑古本在正文寫書者誤入註中因加也字足句耳

端履案郝說非也中馗即終葵考工記玉人杼上終葵首鄭注終葵椎也凡物之豐上而銳下者皆謂之終葵菌之形正似之則中馗是屬菌言其小者則謂之菌耳菌者亦以其形言之北人謂之磨菇南人謂之香菇吾越則謂之香蕈蕈甚佳加以導上聲上云終葵蘩露草雖異種其形則一特彼有垂旒故又名蘩露耳吾鄉霉雨之後溷地皆生土人相戒曰食之殺人亦有冒死食之者云其味最鮮然未達不敢嘗也今錫塘雲棲一帶寺僧亦取以供客云出於竹根未知然否

又菉王芻郭注菉蓐也今呼鴟脚莎郝懿行義疏說文引詩菉竹猗猗今詩作綠毛傳綠王芻也終朝采綠鄭箋綠易得之菜也離騷云薋菉葹以盈室兮王逸注用爾雅詩正義引舍人云菉一名王芻李巡云一物二名某氏云菉鹿蓐也說文又云藎草也唐本注藎草俗名菉蓐草葉似竹而細薄莖亦圓小按此即今淡竹葉也其葉如竹葉色深碧人取汁入畫如點黛御覽引吳普本草藎草一名黃草蓋以其可染黃綠也

常熟蔣文恪廷錫文肅溥父子並擅丹青予舊藏文肅罌粟一幀設色鮮麗着紙如新道光壬寅穀雨日晴窗展玩因題一絕云嫣然紅紫各爭妍富貴花前別有天春盡羣芳齊頫首始知囊粟勝囊錢

罌粟開於春末紅白異種絢爛可觀奸民擣取其汁熬成鴉片貽害無窮屢奉嚴禁芟除淨盡今園亭已無復此卉矣讀畫之餘又題一絕云春夢年來已化烟芳菲回首劇堪憐流傳剩有丹青筆啜茗題詩穀雨前

嘉慶庚申歙縣曹顧崖侍郎來主吾浙試事侍郎名城乾隆辛卯科進士所得皆知名士端履閱卷荷蒙批閱有文章清老之譽嗣以孟藝微瑕被黜道光庚子杭貫有以其所繪秋山烟靄圖來售者筆意渾厚水盡而山無盡雲深而樹亦深展讀之餘不禁追思往事悵觸予懷因題一絕紀之云憶昔金風洗露天白袍選佛竟無緣文章清老蒙虛譽舊事關心四十年

道光壬寅予輯明鼎甲分縣備考既成乃為之序曰今世俗稱進士及第者謂之鼎甲鼎甲云者以一甲止三人象鼎之三足也其名不知始自何時而相沿不改皆為故常宋元以來題名錄之存者僅有宋紹興十八年同年小錄寶祐四年登科錄元元統元年進士錄三種而已不能博稽而會考也前明進士國子監始刻有題名洎乎國朝著為令典每新科進士赴監釋褐畢則大司成各以一部授之於是名次籍貫可一覽而知也端履忝捷南宮引疴歸養陵餘多暇思欲將題名分縣排纂而卷帙浩繁鈔錄匪易先成明鼎甲分縣備考一卷存諸篋中以自觀省夫鼎之時義大矣哉必克副乎調羹之望始無慙於覆餗之譏明代由鼎甲致位通顯者指不勝屈而分宜黃子澄新淦練子寧會稽余煌輩尤能力矢孤忠舍生取義洵無愧為一代完人蓋上以名求之斯下以實應之亦足見有明養士之澤長矣至於雍容揄揚潤色鴻業此詞臣之職守不足為諸公異也姑不具論

爾雅釋草薢茩英光郭注英明也葉銳黃赤華實如山茱萸或曰陵也關西謂之薢茩邵晉涵正義太平御覽引吳普本草云決明子一名草決明一名羊明廣雅云決明羊明也又云羊蹢躅英光也後世釋本草者以草決明羊蹢躅與決明分為三物所說形狀亦與郭殊說文繫傳云決明藥菜也馬蹄者葉銳下而實與山茱萸亦良似華深黃色與郭註同也郭又引或曰陵也關西謂之薢茩者說文云淩芰也楚謂之芰秦曰薢茩繫傳謂關西即秦地是也又謂許慎所註全是菜屬到嗜芰即決明之菜而非水中之淩是於郭氏兼存兩說者牽合為一未見其覈實也

道光壬寅四月初旬寒雨連日芍藥薔薇次第零謝垂簾悶坐重展蔣文肅鶯粟畫觴人題二絕云設色穠鮮授鯉庭相門家世擅丹青挑燈重讀南沙畫細雨如絲滿院今淚將顏色殿春風芍藥薔薇相競紅只是榮華易衰歇一年幾日醉花叢蒼鶯粟花開最不耐久先君嘗云種花一年看花一日何必勞勞乃爾故余未奉嚴禁之先久已擯斥不種矣又有一種名虞美人者與鶯粟無異而花較小今年市攜有來售者云鶯粟禁而虞美人不禁以其子細無漿可取故也但彼姑妄言之予則何敢姑妄聽之擇之使去而已

論語聽其言也厲集註厲者辭之確是朱子以確字釋厲字然古無訓厲為確者似當從鄭註嚴正之說為是

余舊藏方甘白華山水小幅筆墨簡淡似不經意而逆能橫生脫盡烟雲蹊徑陸紉巷芝祥以為偽余以為真雖然畫不能言紉巷以為偽則竟偽矣余以為真則竟真矣安得起甘白於地下而問之乃以一絕紀之云老年筆墨太蕭疏斷續雲山竹樹枯信手拈來成妙諦轉勝節節與株株

石竹俗名六樣花以其備紅紫各色耳李時珍以為洛陽花誤也即爾雅之大菊遽麥郭注云一名麥句薑即瞿麥郝懿行義疏云說文大菊遽麥繫傳今謂之瞿麥又名句麥其小而花色深者俗謂石竹本草云瞿麥一名巨句麥一名大菊一名大蘭陶注一莖生細葉花紅紫赤可愛子頗似麥故名瞿麥然則瞿麥一名巨句麥郭據廣雅以為麥句薑似誤本草麥句薑乃地菘即上文蘋豕首也麥句巨句二名相亂遂令薑麥二種異類同名矣今按石竹花大如錢葉形似竹莖亦有節以是得名其花紅紫赤白共翠葉相鮮如陶所云也遽瞿巨句音俱相近

釋草茢薽豕首郭注本草曰彘顱一名蟾蜍蘭今江東呼豬首可以㷇蠶蛹邵晉涵正義云本草天名精一名麥句薑一名蝦蟆藍一名豕首別錄云一名彘顱一名蟾蜍蘭圖經云天名精生平原川澤今江湖間皆有之夏秋抽條頗似薄荷花紫白色葉如菘葉而小故南人謂之地菘香氣似蘭故名蟾蜍蘭狀如藍故名蝦蟆藍其味甘辛故名麥句薑一名豕首爾雅所謂茢薽豕首也江東人用此㷇蠶蛹五月採葉郭氏以麥句薑為即下文之遽麥蓋別據廣雅不盡從本草以今驗之本草為覈說文蘋豕首也是蘋一名豕首與郭同也讀玉篇連引茢蘋與郭同也端履案李時珍本草綱目其實即今之鶴蝨也吾鄉亦有之但不堪入藥以邊地亦良耳而市賈亦有採取攙和以欺世者不可不辨也此草吾鄉別有土名不甚雅馴故不備錄

釋草蘄茝蘪蕪郭注香草葉小如葵狀淮南子云似蛇牀山海經云臭如蘪蕪郝懿行義疏云說文茝䓘也楚謂之蘺晉謂之䓘齊謂之茝是茝即江蘺故說文云江蘺蘪蕪釋文引本草云蘪蕪一名微蕪微古讀如蘪也一名江蘺芎藭苗也陶注云葉似蛇牀而香據本草及說文則芎藭江蘺蘪蕪皆一物子虛賦云芎藭昌蒲江蘺蘪蕪上林賦云被以江蘺糅以蘪蕪復似二物本草唐本注云此有二種一種似芹葉一種似蛇床今按蘄古芹字以葉似蘄故謂之蘄淮南說林篇云蛇牀似蘪蕪而不

能芳史記司馬相如傳索隱引樊光曰槀本一名蘪蕪根名蘄芷是樊本茝作芷釋文引本草云白芷一名白茝茝芷古字同聲通用實一物也槀本葉圓如蘇與蘪蕪異樊注非矣郭云葉小如葵狀大觀本草引作如萎蕤之狀邢疏蕤作莛誤

釋草蕁茺藩郭注生山上葉如韭一曰提母郝懿行義疏云釋文引孫云蕁古潭字說文蕁或作𦺇茺藩也又云芪芪母也廣雅芪母兒踵東根也玉篇𦺇母草即知母也本草一名蚳母一名連母一名貨母一名蝭母郭云一名提母提蝭蕁蚳芪知並聲借字通也陶注云形似菖蒲而柔潤葉至難死掘出隨生須枯燥乃止堪治熱病亦主瘧疾蘇頌圖經四月開青花八月結實

先南陔師經術詩文之外兼工倚聲載南陔雜錄中今特錄花信風詞師自云信口謾成不拘譜即名其調以存窺豹之一斑云有叙有注不及備錄梅花笑了正小寒第一番報花風信百花頭上獨先開且慢說元燈相印蠟黃宮艷萼綠仙華須讓雪香月韻一枝驛使寄江南分兩處林逋何遜山茶淡了正小寒第二番報花風信玉皇收拾上天宮我向曼陀羅問訊角犀何綠頂鶴何丹兒女花名何俊海榴誰綻錦窠勻玉茗淺分紅潤水仙罷了正小寒第三番報花風信礬兄梅弟作閒朋誰夢見淩波襪襯中

洲北渚遠望湘君更望湘夫人近漢皋佩解弄珠而交甫仙緣無分瑞香結了正大寒第一番報花風信廬山夢覺睡香名又轉瑞幻閨香帰　綠雲畫黛紅錦熏籠紫上蓬萊幾仞動人心樹本風流半透芳心須於蕊花夢了正大寒第二番報花風信國香空谷自含芳況九畹余滋堪紉　荒郊遠騁綺石清供癸丑春亭禊會筆詩補後采南陔戒養心傳方寸山礬香了正大寒第三番報花風信瑒花雅號色兼香見黃九更名飯噴　梅邊月澹李外露酣高節春風幾陣而今礬弟水仙呼占了傾城香踏遊春黃了正立春第一番報花風信東皇初次到江城先點綴春光得情　纖濃鬬巧嬌小爭妍早占中央色黨萬花紅紫鬧紛紛乞與金腰帶鎖櫻桃施了正立春第二番報花風信繁英如雪萬枝攢望隔水神仙隱隱　豔歎紅玉髻進綠雲鬟鵓籠邊四近金盤不見瀉珊瑚知是寂園未進望春華了正立春第三番報花風信初開乙鳥喚辛夷看小盞紫袍紅暈　燕支染細粉筆含尖香思芳情悄悶春衫繡罷立多時不省含羞誰恨菜花開了正雨水第一番報花風信黃花徧地散如金五百季風流餘韻　合歡夜讌平野春華小摘禪餘曬潤上東門外月春三桑葉陰陰覆畫杏花芳了正雨水第二番報花風信粉光脂膩恰新晴喜閙宴探花人後　橋連午錦簾映春羅紅杏尚書鬪韻牆東宋玉是誰窺枝壓玉欄鄰近李花白了正雨水第三番報花風信來禽青日給櫻桃看寺裏九標綠鬢　雲丹數五月影成三仙樹根蟠土潤因何露井代桃僵冠被風吹不整桃花皺了正驚蟄第一番報花風信左盲寃枉息夫人從列女傳中細訊　樓東嬌女門裏春風偏與玉環銷恨獨憐桃葉共桃根前向王郎遣問棣花穠了正驚蟄第二番報花風信古來唐棣是夫移偏反處人遠室近　崔梅號混崔李名謫車下輪圍誰遣鬪西樹子似櫻桃常棣別標逆鬢嫣薔薇芽了正驚蟄第三番報花風信麗娟買笑費金錢增轉九微香蓮　姊兼妹十妹滅姊三見笑佛頭著真更聞月桂一枝花闕都隨月落海棠勻了正春分第一番報花風信鶯鶯亂上打流鶯笑春睡釵橫亂鬢　東山有酒西蜀無詩花上結巢藥嚥磬亭未覩碧雞坊紅瘦綠肥試問梨花靜了正春分第二番報花風信枝六出雪霏霏憶紅樹校書更韻　雨糝漠漠月院溶溶沽酒青旗初趁海棠深映暖水香妝洗風流香嫩木蘭稱了正春分第三番報花風信揚州院裏碧紗籠想一曲霓裳風韻　此花船上波望洞庭日日征帆遠認皆餘軍帖十年歸火伴驚窺雲鬟樹花紫了正清明第一番報花風信佛芭夏正記時書與月令始華並引　丹山路遠綠水池深桃葉桃根如絲潤十三葉上缺如花花與葉同知閏客花來了正清明第二番報花風信畫開北地夜闔南分煖濕冬春須問　七蕤成穀七蕊成芒指射一弓壓金粟留來往在桑間甚熟麥將時過柳花飛了正清明第三番報花風信隨風如絮又如絨想枝上柔荑纖寸　吳姬壓酒滿店生香踏過謝橋夢近襦綠衫子蔥沉香更著繡花裙襯牡丹媚了正穀雨第一番報花風信永嘉水竹子華園三萬蓮經染暈　天香夜染國色朝酣調進清平新韻姚黃畢竟花王魏紫且替后鬟荼蘼動了正穀雨第二番報花風信清於芍藥釀於梅愛品字葉中香噴　鮮同水映輕繞染鼻窺見好枝少恨碧龍頭上赤蛟身一蓋鵝毬攢鬧楝花熏了正穀雨第三番報花風信初開三月尚餘寒待留與博山香引　榆槐芳景桃柳韶光二十四番數盡東風號令守梅花獨讓此花殿陣

偶檢舊簏得先南陔師寄先君手札一通亟付裝裱成冊並錄其文如左○潛研堂金石文跋尾三續弟已得一冊止六卷始西宮縣銘訖慶元路儒學興造記卷首刻一利字想以元亨利貞分帙定有四續未審兄處得其全書否也竹汀先生學甚精博迴出盧趙諸公上三續中惟燉煌長史武班碑跋云春秋時周有武氏子來求賻此武氏見於經傳者而姓氏書惟舉趙武臣為始亦弗深考也（案襄四年左氏傳言羿臣有武羅是夏時人較武氏子為先矣）淮南子校本家懷祖先生校出誤處二百十一條陳觀樓先生校出十五條皆精當不可易此外尚未能盡刊誤也盧校釋文已見其書不甚精審考證亦多疏舛如爾雅釋詁劉考證云案說文艸部戴艸大也竹部劉訓草木到（案說文竹部無劉字艸部有劉字訓艸木倒盧誤記耳）論之王邵二公均不滿其書謂盧郎老矣而刻書甚易能無誤乎邵公謂盧公喜興時賢作難是其一敵鍾山札記駁及許緣紂紅驕四儷六各有體裁豈可以經義繩之爾雅考證厈山條下之近人指洪稚存亮吉也稚存謂厈山即沂山原屬臆說然作釋文考證則不直與此等無稽之談辨也至卷首校勘姓氏有云東吳朱文游兄海鹽吳槎客兄東吳顧豹人兄桐鄉金雲莊兄吳縣袁又愷兄杭州汪仲鉉兄杭州汪季懷兄杭州孫仲容兄（仲容誤當作頤谷先生名衍曾乾隆甲午與先君同舉於鄉）蘇州許梅軒兄經典釋文是何等古書乃有此九兄之稱竟同屠沽家酒肉簿都人傳為笑柄不意抱經先生鄙俚至此豈所謂老將至而耄及之者耶言之可發一噱從古編自葛君罷官竟不刷印坊間絕響聞鮑氏有刻本似可無容遠購希與蔡君言之爾雅正義舊聞業已翻

已覓得即將尊處所有與之歸時當奉還也既飾裝潢閒謁作勝席上談天只可場中對求無補經術不必急于購求也新刻抱朴子此間已有無所校補不及藏本遠甚候歸後重坐吳山慎餘就鈔矣以上八月二十四日三鼓寫（乾隆辛亥八月先師貽先君子鈔錄遺藏於杭州吳山大德觀先君子有事先歸先師復留同日此在觀中寄先君子札也時先師將謁朱文正公於皖城節署匆匆解纜不及四鼓次年即由皖入都聯捷成進士矣回憶往事忽忽五十餘年先君子墓木已拱先師亦久返道山手澤猶新典型尚在而音容已邈不可追矣仰之餘不禁潸然出涕也道光癸卯重展此札復成一絕云殘字如新墨未乾深宵挑燭反覆看師門知己恩何似不眠三十年矣後之視今亦猶今之視昔俯仰之間已成陳迹因錄以誌感云）

竹汀先生（姓錢名大昕字曉徵號辛楣又號竹汀嘉定人乾隆甲戌進士官少詹事所著金石文跋尾是先生所著）敦煌長（當是史字）懷祖先生（姓王名念孫江蘇高郵人乾隆乙未進士官山東運河道）陳觀樓先生（名昌齊廣東海康人官浙江溫處道）盧校（盧名文弨浙江餘姚人乾隆壬申進士官翰林院侍讀學士著）王邵二公（王即懷祖先生邵名晉涵浙江餘姚人乾隆乙未進士官翰林院侍講學士）洪稚存（名亮吉江蘇陽湖人乾隆庚戌進士官翰林院編修）葛君（名鳴陽字雲峯山西安邑人官戶部）鮑氏（名廷博字以文安徽歙縣人寄居杭州）蔡君（名瀚字生涯）藏本（山陰吳氏居錢塘後一度致賜舉人刻有知不足齋叢書）

（劉道文受業族子端履敬注）

道光壬寅仲夏梅雨連旬悶坐小齋展覽舊藏陳老蓮荷花以消長日老蓮寫生半屬贗鼎此幀鈎勒圓勁題字亦得閣帖筆法當是真蹟無疑因系以一絕云老蓮隨意寫蓮花鐵畫都無一點差菊竹瓷瓶同供養涼風吹過蟄還𣁽

重論文齋筆錄卷十一終

重論文齋筆錄卷十二

清　蕭山王端履輯

祝嘏詩文端履向不存稿嘉慶癸酉新正謁庚午房師王雲濤（名會汾嘉慶戊辰進士官浙江寧波府知府任湖北江陵縣知縣）先生於杭州行館師出一冊授端履曰吾今年四十生辰欲得汝一言為壽但不欲施諸屏幛可書於冊以留示後人也端履謹賦五排一篇以應命云瀛海瓊臣沍崧高並點蒼望雲呈麗彩列宿應瑤光雞足鍾靈秀烏衣降社祥德門綿紱綬粹守秉珪璋濟美留名里傳經鄭號鄉從渙鯤變化翮羽翔翔策題璇棧分符縮墨鄉山城縈澈水花縣擬河陽馴雉依鈴閣飛鳧啟印牀板輿寬穀穩廣厦萬人望訟少庭生草年豐米溢倉惠心孚豈弟茂實報循良峻節康淵懿勤施治具張朱絃聽政暇玉尺佐才量金栗收珊網龍淵辨劍鋩披沙精採擇晞驥並騰驤採蓮樓絢容陪桃李芳春風欣擬履時雨許升堂彼澤偕帥黍留陰憩召棠椒花馨獻歲柏葉暖浮觴測海增籌算占星耀角亢陔蘭吟束晳庭英種劉綱父母民之福升恒仕正強宜榮春爛熳椿壽景舒長鼎勒鏤彝鼒郭風追召與黃崇賴林祭戟積閥履嵩廊晴衍惟無極耽稱樂未央融暉熙讌日霄露挹瓊漿勉效三多祝難窺萬仞牆報恩惟筆札搞頌愧荒莊此詩布置尚覺妥貼不涉戲謔浮辭故特錄之

餘姚翁小鳳忠錫為鳳西年丈（名元圻乾隆甲午舉人與先君同榜於乾隆辛丑科進士歷中外後以太常寺少卿致仕）之子五十生辰亦徵端履作詩侑觴適賦七排一篇以應之云春風又送孝廉船早捧瑤觴敞綺筵（君生辰在壬辰正月計車期近先於今年九月補慶）桂樹預占莖夢好萊衣喜著菊花前欣看海鶴精神湛屢與沙鷗臭味聯橘下江城曾訪舊燭燃矮屋憶爭先學源深似𣶏銀洪俗感端因對玉川器量傾心黃叔度才華低首李青蓮羅櫊腧穴能分絡海鏡縱橫慣測圓集擬會昌師德裕帖蒐淳化傲僧虔弓裘世業聞詩禮清白家風守粥饘鳩杖健徵無量壽霓裳聽詠大羅天（時次詣闕赴省秋試）正看花定合瓊林璧舞綵俱揚閬苑觥有酒如淮君一醉三多載好頌延年又製一聯贈之云經術世傳王伯厚禮家舊業叔孫通以鳳西年丈官太常寺少卿又著有困學紀聞集注云

嘉慶己卯余因事到富陽舟中信宿偶成四絕以誌其風土云沿堤雉堞短于牆城外人家傍水涼怪底江鄉無好景皺游爭賞菜花黃未到清明食已寒鯊來鮎筍幸登盤潮魚入饌誇珍味濁酒三杯伴早餐拍拍飛鳧弄曉寒月波澄處覺星殘舟人

何故抽帆早。要趁長風到遂安。城北如拳一點山。山谷平近鮮踏攀。要知萬笠千巖
處。盡在東南望遠間。

吾鄉祠宇楹聯有絕佳者。府城隍廟云。王公險設。帶礪盟存。八百里湖山。知是何年
圖畫。牛斗星懸。蓬萊景勝。十萬家烟火。盡歸此處樓臺。相傳係徐天池（名已見前）手筆。
以廟踞臥龍山麓。登高可以遠眺故也。又郡中一關帝廟。不塑神像。僅於壁上繪雲
長上馬欲行。孟德從旁贈別之狀。其楹聯云。亦知吾故主尚存乎。從此去走徧天涯。
甯肯戀萬鍾千駟。曾許汝立功乃去耳。倘他年相逢歧路。最難忘樽酒綈袍。郡庠堂
聯云。禹會諸侯。三百里捘文。設為庠序以教。越多君子。六千賢定霸。是亦聖人之徒
（道光某年。吾邑創建考棚。為縣試士子之地。落成。予師其意。撰堂聯云。九畹雲程。於茲發軔。六千君子。咸樂升堂。又撰楹聯云。地當蕺筆橋頭。郡外松濤風雨共春聲。食葉人在大羅天上。染路旁柳汁。康莊馳良驥呈材。）

嘉慶丙寅。予與錢塘黃鐵年。超同邑陶安生（定山）陸香圃（芝榮）何問林（培德）汪蘇潭
（繼培）陳香槎（培）月約為文酒之會。可謂樂莫樂於新相知矣。不數十年。風流雲散。今
惟予及香槎在耳。偶檢舊簏。得題香圃種菊圖二律。撫今追昔。感慨係之。因錄於左。
滿院黃花靜掩關。餐英身世太蕭閒。同心臭味蘭曾訂。招隱情懷桂可攀。文苑袁君
排四部（君藏書最富）。草堂容我坐三間（君書室名三間草堂）。而今學圃都成趣。相約盤飱共往還。半
來朋舊凋零盡。兩鬢憐君亦點霜。何遜風流今寂寞（謂問林）。淵明籬落久荒涼（謂安生）。愁
心忍歎蘇潭月（謂蘇潭。時三君皆先後逝世。蘇潭有風定蘇潭看月生小照）。離緒將銜瀔水觴（時鐵年推掣金華教諭。束裝有日矣）。
剌有元龍饒意氣。姑蘇雨度返歸航（香槎久寓蘇州。今有事回籍兩次）。

今人但知五百家為黨。非黨之本義也。說文。黑部。黨。不鮮也。從黑尚聲。段若膺大令
（玉裁）曰。屈賦遠遊篇。時曖曖其曭莽。王逸注。日月晻黮而無光也。然則黨曭古今字。
方言。黨。知也。楚謂之黨。郭注。黨。朗解寤貌。此義之相反而成者也。釋名。五百家為黨。
黨長也。一聚所尊長也。此謂黨同尚。

嘉慶甲戌朝考。端履荷家錄取。因乞假出都。未及刊刻試卷。今篋中尚存詩稿
一篇。備錄以紀恩遇。○被褐懷珠玉（得珠字）。式度人如玉。含輝氣似珠。詠懷珍待
聘。被褐貫求沽。文采披襟現。詩情尚絅殊。洗心秋露潤。比德白虹俱。量等才論斛。光
容美掩瑜。連城今特達。照乘舊相須。品重思藏器。知希肯濫竽。圭璋逢雅化。瘦鑿朗
冰壺。

憶赴試日。與吳梅梁聯坐。梅梁嫌白虹字與史記荊軻傳相混。未免刺目。因酌改
為入抱夏瑣俱。時山陰馮晚江（思澂）以夏瑣秋露屬對工細。迄今思之。五字未免
生湊。故仍用舊句存之。

予檢閱舊簏。所存文稿。其未愜心者。盡付一炬。惟像贊三篇。筆墨尚不泛濫。因錄於
後。○韓君挺奇像贊　君姓韓。諱維城。字挺奇。世居蕭山義橋鎮。鎮濱臨浦陽江。為行
旅往來要津。帆檣鱗集。居斯地者。類為商賈。理舟楫。撰行李。多以便僻為逢迎。君生
長市廛。獨厚重簡默。對客危坐。不妄發一言。願質然諾。精會計。當駔儈諠嘵。質賄填
委。君均一出納。無纖毫遺失。人故信君樸誠。事咸倚以辦。君生於乾隆某年某月某
日。卒於道光某年某月某日。春秋幾十有幾。君妻（端履）族姊也。君子婦又為端履族
姪女。知君生平甚詳。故不辭而為之贊。曰。守鄉黨之恂恂兮。歛威儀之抑抑。嫕塵世
之囂凌兮。爰知白而守黑。譬蓮出於綠波兮。天然而去其彫飾。即之而溫然兮。後淵
然而不可測。申禮防以自恃兮。主忠信而進德。予與君相知以心兮。知君好義而質
直。洵敬慎而周密兮。外遠嫌而內修飭。求之今而不可得兮。方諸古人之陳寔。○友
常施君暨配方孺人像贊　君諱一恒。字友常。蕭山龕山里人。生乾隆甲戌年十二月
二十六日。卒嘉慶乙丑年正月初十日。享年五十二歲。配方孺人。生乾隆壬申年七
月二十五日。卒道光甲午年六月二十一日。享年八十三歲。子俊。孫二。湘炳。俊筮合
葬於邑大義村之原。欲繪遺像而囑端履為之贊。曰。有肅其容。有端其範。黼黻外彰。
神明內湛。猗與施公。幼丁孤苦。忍心動性。無怨無惡。不違事親。友于兄弟。以養以教。
相聯一體。潛德克曜。賴內助賢。職勤中饋。式穀莫愆。公敦善行。夫人贊之。公溯患難。
夫人捍之。夫人後公。三十年亡。式穀垂訓。盡獲揚芳。衍瑱象服。並煥丹青。展圖再拜。
尚有典型。俊也至孝。孺慕終身。僾聞愾見。以事其親。乞綴韻言。識諸幀首。敬述嘉猷。
永垂不朽。○鳴岡韓君像贊　君姓韓氏。諱羽增。字鳴岡。蕭山峽山莊人。太學生。配孔
氏。繼配王氏。子三。景梁。景樑。景模。君生乾隆戊子年十月初一日。卒道光辛卯年十
月初九日。年六十四歲。景梁等以君遺像請題。乃為之贊曰。君貌厚重似少文。君才
粥粥無奇勳。君德善良鄉里熏。治家克儉兼克勤。忠信是主孝友聞。嚴以與人涇渭
分。不隨流俗為同羣。眾論龐雜似聚蚊。君獨以靜息其紛。小人見義無勇云。君獨作
氣張其軍。胡遽仙蛻辭塵氛。典型在望薦苾芬。我瞻遺範心慇慇。

道光乙酉。予因禮懺南屏。信宿禪寺。時松光和尚住持方丈。能詩善畫。少時舊識。相
見甚驩。率得數詩。錄之於後。（神宿雙照軒偶成呈松光大和尚）一曲徑通幽。拾級登南屏深處證禪

塔偶談緣法來初地忽現光明到上乘雨後松杉詩滿箱山間樓閣盡千層白頭老衲供仔細為我題圖了未曾益松光久許為予作重論文齋長卷迄今十年尚未果也（況半忽時從戒中留別松光和尚）一積雨朝初霽晴暉暖可親中峯分院落細路接城闉修竹空闌綠疏梅未破春明年重放棹便是再來身（松光和尚出示先契公放參為題一律）佛法太白苕放參頻自卿此心無罣礙何地不逍遙濠上魚同樂松間鶴任招芒鞋行腳處寸步已迢迢時孫華海（濺元）來寺訪予即於座間次第三首韻云經年長抱病情緒益無聊懶看雙峯色應緣十里遙舉杯年已盡策杖隱誰招明日君歸矣禪房別思迢頃之汪小米逸孫踵至又次第二首韻云知己經年別今朝見益親寒風催短棹殘雪阻重闉岸柳將舒臘山磬已放春（時庭中山磬咸開心後壬寅歲端履和先南陵師花風信詞內山磬一首云山磬杳了正大寒第三番報花風信　寄傳到西湖十八載光陰轉瞬寒風如霸快雪初晴曾記留房淵聯故人詞惆悵我是涯田首斷腸如寸篆指此詩）闌爐吾有約莫早便抽此松光出見笑曰又侍老僧了緣矣（光法名了緣）松乃次第一首韻云羡爾題名雁塔登文章傳授續元燈入山肯與芒鞋伍渡海須從寶筏乘偶叩禪關真了了未窺智府想層層老僧何幸陪清話此福人間享未曾

嶺南隨筆載粵蕉不一種雪蕉白蕉食蕉也崑崙蕉藥蕉也竹蕉狄蕉飴蕉也飴之利東莞十居四陽春十居七而惟增城白蕉鍊以為飴稱上等其他有黑片黃片赤砂白砂各名而最白者為霜粉售之兩洋稱洋糖黃白相間曰冰糖粵人多以此致富故蕉田與稻田等

桐鄉蔡浣霞儀部鑾揚嘉慶甲戌相見於汪竹素師邸第廿載傾心一朝識面遂相與訂交未幾余乞假旋里而君遽返道山忽忽二十餘年宿草之感未能去懷吳越迢遙無從問訊其遺集未知曾付剞劂否今僅得其詩數首錄而存之○題文侍詔秋山聽瀑圖秋山秀芙蓉山泉落琴筑平生五嶽遊矯首付飛瀑閱茲畫圖中疑是仙人屋銀河瀉虛空劃破半天綠黃葉送吟筇白雲佇幽躅不知聽者誰想見襟期獨衡山繪事工造化在其腹傾耳如有聲洗心清可掬蒼然老手同石田與石谷即此寄孤蹤鷲溪絹一幅掩卷夢天台琤琮珠萬斛○綺懷四首寒城烟月總天涯錦瑟絃絃感歲華我記白衣曾失路人傳碧玉尚無家分明薄命占條脫飄泊春心託琵琶今日綠苔紅雨地有人彈淚葬秋花小樓曲苑上燈遲楊柳春魂喚不知北里人來仍背鏡東堂燕去枉牽絲竹枝迢遞傳湘瑟花蕊淒涼譜蜀詞一別青門消息斷口脂眉嫵未逢時靈鑠森沉起夜烏怕聞憔悴十眉圖生逢韓重緣猶淺晚嫁王昌命亦孤從夜心情歌玉樹隔時蹤跡倚銅鋪再來棖觸鍾陵感但向秋山種綠蕪吹竹彈絲罷後庭斷腸聲到合歡鈴針穿錦字修花史小冊金函注佛經閒理玉衣銷翡翠自迴紈扇數春星年年河上傳相節烟雨移家總淚零○題唐子畏秋山策杖圖何人曲徑抱雲還絕好幽居住綠灣疏雨一林黃葉晚半隨秋夢落空山如畫雲山落照邊板橋冷卧半溪烟一筇抵赴尋秋約不辦人間買酒錢踏破雲陰野行長秋心撿點付紊箋遊山似與西風約吹得數峯如許涼蒲團禪悟倦遊時門外青山結夢遲誰似浣花溪畔客晚年人寄草堂資（子畏自題詩意）

池北偶談載穆文簡大學千慮論格物曰倉頡篇云格量度之也見文選運命論注此宋程以前書乃訓詁之最古者以其書久廢故見之者鮮考之內典隋智顗法華經文句解分別功德品云格量功德又云格量多少其一篇內格量字甚多此又在唐以前者大莊嚴經論云況復如來德何可格量格量之義古皆用之而程子未之見意雖暗合而解釋弗暢故使聖經難明然其為說合於聖經無疑豈前人所及哉問格之訓至可終廢乎曰不可格量物理以求其至其義始備端履案阮芸臺師巡撫吾浙時嘗以格物說試詁經精舍諸生佳作甚多今錄德清徐養原嘉善謝江二篇一宗漢學一宗宋學合而觀之義盡備於是矣

格物說

徐養原

釋格物之義者多至七十二家聚訟紛紜幾如論禮夫程朱為理學正宗則或問所載二程說一十六條乃格物之正義其餘曲說固可一埽而空之矣惟鄭氏舊注立學校者已向千載雖精研未若閩洛而詁訓具有師承或尚可以備一解乎鄭氏云知謂知善惡吉凶之所終始也格來也物猶事也其知於善深則來善物其知於惡深則來惡物言事緣人所好來也按格之訓來見於釋言非臆說也蓋知者非昭昭靈靈之謂也謂其能知物也物不來則何所知乎所謂致知在格物者言欲致吾之知在因夫事物之來以審夫善惡之幾而已天下之物有善有惡皆緣人所好以招致之唯因其來而有以審其善惡之幾則自然知所當好知所當惡故曰物格而后知至凡物之未來寂然不動及其既來感而遂通易曰夫易聖人所以極深而研幾也无有遠近幽深遂知來物所謂極深也知至至之可以幾也所謂研幾也極深研幾格物致知之謂也樂記曰物至知知然後好惡形焉物之感人無窮而人之好惡無節則是物至而人化物也人化物也者滅天理而

窮人欲者也此與格物之義亦互相發明夫人心之靈足以知物而物至又足以知知有知斯有好惡大學一書其要在慎好惡如好好色如惡惡臭循天理者也好人所惡惡人所好徇人欲者也天理人欲善惡吉凶之所終始也苟非物來何以知之乎

謝江

考格字十有八解漢唐宋言格物者皆宗鄭氏康成其禮記注云格來也物猶事也其知於善深則來善物其知於惡深則來惡物言事緣人所好來也孔穎達小變其說言善事隨人行善而來應之惡事隨人行惡亦來應之以格物兼及行惡說李習之復性書稍渾言之謂物者萬物也格者來至也物至之時其心昭昭然辨焉而不應於物者是致知也是知之至也司馬溫公亦不以鄭君為非特謂其未盡古人之意其釋格物曰格猶扞也禦也謂扞禦外物而後能知至道也姚江王氏宗之以格物為正物為去欲按諸儒解物字俱與聖經無涉不若朱子作事物之理解事則事有終始之事物即物有本末之物也鄭君據爾疋釋言格來也又据易繫傳聖人之道無有遠近幽深遂知來物謂當以所來之善惡驗所知之

深淺是格字全無功力知何由致不若朱子据釋詁格至也但補傳兩言天下之物物物無窮格亦無窮誠難免為後人所議宋黎氏立武云格物者格其物有本末之物致知者致其知所先後之知致知格物即在誠意正心修身齊家治國平天下之中故不必重言以釋之此說足破學者之疑而朱子或問中亦嘗及之謂以其至切近者言之則心之為物實主於身次而及於身之所具又次而及於身之所接外而至於人遠而至於物是固以內而身心意外而家國天下皆物也自漢以來言格物者七十二家難盡舉其同異要必以朱子或問黎氏發微為折衷若朱子補傳則大學原無闕文固無容補耳

春秋辨疏二卷王夫之所著其釋從祀先公盜竊寶玉大弓云經言從祀先公盜竊寶玉大弓相連成文非二事明甚蓋陽虎從定公以祀因作亂而掠寶玉大弓以叛從者陽虎從也不言盜從者不可加盜於祀先公之上且當其從祀尚未為盜也中庸曰陳其宗器則寶玉大弓以祀而陳而虎因得竊之合二句為一事順讀之大義自昭然矣說似新穎然春秋筆削之旨無合二句為一事者竊未敢以為然也

爾雅釋草蒿卬鉅郭注今藥草大戟也邵晉涵正義曰本草云大戟一名卬鉅陶註云近道處處有之蜀本註云似甘遂而高大葉有白汁花黃根似細苦參

又云葽繞棘蒬郭注今遠志也似麻黃赤華葉銳而黃其上謂之小草廣雅云邵晉涵正義曰本草云遠志一名棘蒬一名葽繞一名細草陶註狀似麻黃而青圖經云遠志生泰山及寃句山谷今河陝京西州郡亦有之根黃色形如蒿根苗名小草似麻黃而青亦有似大青而小者三月開花白色根長及一尺泗洲出者花紅根葉俱大於他處商州出者根黑色蘇頌案晉謝安云處則為遠志出則為小草以遠志處於土中小草出於土上也

又云葍大苦郭注今甘草也蔓延生葉似荷青黃莖赤有節節有枝相當或云蘦似地黃邵晉涵正義云蘦與苓通一名大苦邶風簡兮云隰有苓唐風云采苓采苓毛傳俱云苓大苦即今藥草之甘草也說文苷甘草也廣雅云美丹甘草也

又云芣苢馬舄馬舄車前郭注今車前草大葉長穗好生道邊江東呼為蝦蟆衣邵晉涵正義曰車前易識之草而向來說詩者多異說有以為似李之木者詩釋文云山海經及周書王會圖皆云芣苢木也實似李出於西戎食之宜子衛氏傳及許慎並同此王肅亦同詩疏引王基駁云王會所記雜物奇獸皆四夷遠國各賚土地異物以為貢贄非周南婦人所得采是芣苢為馬舄之草非西戎之木也有分芣苢車前為二物者詩釋文引韓詩云直曰車前瞿曰芣苢今車前即芣

苢無瞿直之分以為二物者非也有以芣苢即澤瀉者文選註引韓詩章句云芣苢澤瀉也芣苢臭惡之草詩人傷其君子有惡疾人道不通求己不得發憤而作以事興芣苢雖臭惡乎我猶采采而不已者以興君子雖有惡疾我猶守而不離去也此据韓詩序芣苢傷夫有惡疾也而演成其說然澤瀉即上文之蕮蕮與芣苢自為一草蕮爾雅分釋之不得牽合為一是以芣苢為澤瀉者非也惟詩毛傳與雅訓同斯為得實

又云連異翹郭注一名連苕又名連草本草云邵晉涵正義曰連一名異翹今謂之連翹本草蘇恭注云此物有兩種大翹小翹大翹生下濕地葉狹長如水蘇花黃可愛著子如椿實之未開者作房翹出衆草其小翹生岡原之上葉花實皆似大翹而小細寇宗奭云連翹亦不翹出衆草其子折之片片相比

物有貴北而賤南者京都宴會酒半出勃臍偷客以為特敬而吾鄉以之飣盤則犀請其菲薄矣爾雅釋草芍鳧茈郭即勃臍也鳧勃聲之轉此臍聲相近而李時珍謂烏喜食之故名鳧茈真望文生義矣案郭注生下田苗似龍鬚而細根如指頭黑色可食齊民要術引樊光注云澤草可食也當指今勃臍而言今吾鄉呼勃為渤亦是一聲之轉至吳音則無不讀作渤矣若鳧茈之為芍究不得其解

釋草茭委萎郭注藥草也葉似竹大者如箭竿有節葉狹而長表白裏青根大如指長一二尺可啖邵晉涵正義曰茭一名委萎後世所謂萎蕤也本草云女萎生山谷太平御覽引吳普本草云女萎一名葳蕤一名玉馬一名地節一名蟲蟬一名烏萎

一名熒一名玉竹生太山山谷葉青黃相值如薑

有某學使按試楚南以不畜牛至於犬命題為巡撫所劾予謂四書題可類對者甚多何必如此割裂適與同學會飲席間舉以為令不能者罰以巨觥或請予曰此襲某書而為之者予亟索其書閱之則竟無一同者予笑曰可釋不白之冤矣今尚記一二錄之於左

秋陽　冬日　瓶甖　墨者　顏淵後　陽貨先　有一言　雖萬鍾　從而後　乞其餘　過諸塗　指其掌

如其仁　志於道　羣居終日　以待來年　三年有成　四海之內　其父攘羊　有衆逐虎　修我墻屋　易其田疇　請問其目　言擧斯心

已而已而　歸與歸與　有能一日　比及三年　凡一人之身　夫二子之勇　是為馮婦也　無若宋人然　非與　是也　百官牛羊倉廩備　麻縷絲絮輕重同

此等游戲筆墨本可刪削因見說部中亦有載者故偶存之

近時瓷器最重官窯哥窯然而無一真者偶閱春風堂隨筆云宋處州章氏兄弟長曰生一次曰生二主龍泉之琉田窯生二所陶青器純粹如美玉為世所貴即官窯之類生一所陶者淺白斷紋號百圾碎名哥窯端履案云即官窯之類則非官窯可知而生二所陶之器究不得其主名也哥窯余亦有之其質粗劣無足寶愛也

爾雅釋草蘇桂荏郭注蘇荏類故名桂荏郝懿行義疏曰荏白蘇也桂荏紫蘇也按方言云蘇荏也則二者亦通名古人用以和味鄭注內則薌無蓼云薌蘇荏之屬也

陶注本草云蘇葉下紫色而氣甚香其無紫色不香似荏者名野蘇生池中者為水蘇一名雞蘇皆荏類也今按荏與蘇同惟葉青白為異蘇之為言舒也方言云舒蘇楚通語也然則舒有散義蘇氣香而性散

釋木梫木桂郭注今江東呼桂厚皮者為木桂桂樹葉似枇杷而大白華華而不著子叢生巖嶺枝葉冬夏常青間無雜木郝懿行義疏曰說文梫桂也桂江南木百藥之長王會篇自深桂孔晁注自深亦南蠻也楚辭遠游篇云嘉南州之炎德兮麗桂樹之冬榮是桂為江南木也郭以皮厚者為木桂本草作牡桂牡木音相近也南方草木狀云桂生合浦交趾生必高山之顛冬夏常青其類自為林更無雜樹有三種皮赤者為丹桂葉如柿者為菌桂葉似枇杷者為牡桂雷公炮炙論云桂釘木根其木即死故呂覽云桂枝之下無雜木也

端履案桂字之見於經者惟檀弓以為薑桂之類也鄭註以為記者正曾子所云草木滋者謂薑桂則此句尚非曾子之言至爾雅始有桂荏木桂之名爾雅謂桂為荊州所植何以三代時未見於詩書因思禹貢惟箘簵楛之箘即桂也故醫家猶有箘桂之名古凡物之圜者皆謂之囷後人乃加竹加草以別之疑禹貢之箘古本作囷學者誤加竹於其上故或為箘耳文選蜀都賦菌桂臨崖李善注引神農本草經曰箘桂出交阯圓如竹為衆藥通使云如竹則非竹類可知為衆藥通使非桂而何若是竹之類則不能為衆藥通使也而俗儒以箘為箘字之誤真臆說哉

釋木杞枸檵郭注今枸杞也邵晉涵正義云說文云杞枸杞也檵枸杞也姤九五云以杞包瓜釋文引張氏說以為苟杞也小雅四牡云集於苞杞毛傳用爾雅左氏昭十二年傳云我有圃生之杞乎杜注世所謂枸杞也證類本艸引陸璣疏云一名苦杞一名地骨春生作羹茹微苦其莖似莓子秋熟正赤莖葉及子服之輕身益氣

今人乾濕之乾皆借乾為之詩王風中谷有蓷暵其乾矣乾字傳箋及釋文皆無音釋而不知正作干字爾雅釋木栈木干木郭注殭木也江東呼木殭釋文引字書云殭死而不朽木知干木即乾木矣釋文引樊光本作杙玉篇云杆殭木也是亦以杆為乾矣郝懿行義疏讀栈為栈道之栈又依樊本作杙而引廣雅杆柘釋之失之迂曲矣

予購得陳玉几撰梅花芭蕉小幅其自題云雪爛芭蕉春又芽隔牆開過老梅花此間好事能兼得喚了魚兒又揀蝦自題摹天池所畫句右有厲樊榭鶚跋云摹山擅鄭虔之三

絕蜚英騰茂客居竹西聲價隆振求點筆者恒滿户外唯其天才亮拔無子些塵俗氣渠及筆端觸手生春自然超妙天池白陽走且僵矣何況餘子落落者乎西秋過邗上把晤多日瀕行承寫此幅見貽意良可感因書數行於後以志忻幸款云樊榭山民厲鶚誌予亦題一絕於其下云著樹殘梅尚戀春芭蕉分綠吐苞新依然玉几山人筆橅放天池竟逼真

爾雅釋草果臝之實栝樓郭注今齊人呼之為天瓜邵晉涵正義豳風東山云果臝之實亦施於宇毛傳果臝栝樓也疏引李巡云栝樓子名也本草云栝樓葉如瓜葉形兩兩相值蔓延青黑色六月華七月實如瓜瓣是也孔疏所引本草蓋唐本注也呂氏春秋云孟夏之月王善生高誘注善或作瓜瓠瓤也是月乃生如高誘之說則月令所云王瓜即栝樓矣今栝樓四月生苗引藤蔓長及秋而華厥色淺黃秋末成實下垂如拳或長而銳或小而圓故詩與爾雅皆言其實也栝樓當從說文作苦婁通作瓠瓤

又萑蓷郭注今茺蔚也葉似荏方莖白華華生節間又名益母廣雅云邵晉涵正義云王風中谷有蓷毛傳蓷鵻也詩釋文引韓詩云茺蔚也茺蔚生海濱池澤其性宜

水而毛傳以為傷於水者。注谿之谷。不能長庶草也。詩疏引陸璣疏云。舊說及魏博士濟陰周元明皆云。蓷闈是也。韓詩及三倉說。悉云益母。故曾子見益母而感。按本草云。益母茺蔚也。一名益母。故劉歆曰。蓷臭穢。即茺蔚也。(郝氏懿行義疏云臭穢即茺蔚之轉聲蓷又茺蔚之合聲也)今按陸疏引劉歆說。即其爾雅之註。詩疏引李巡云。臭穢草也。與劉歆同。

又菓菟荄。郭注未詳。(邵晉涵正義云)菓一名菟荄。說文。𦼮白蘞也。或作蘞。繫傳本草白蘞藥也。一名兔荄。蘇生根似天門冬。一株下有十許。蘇唐風葛生云。蘞蔓於野。毛傳。蘞生蔓於野。疏引陸璣疏云。蘞似栝樓。葉盛而細。其子正黑。如燕薁。不可食也。幽州人謂之烏服。其莖葉煮以哺牛除熱是也。(郝氏懿行義疏云白蘞根形似核故以核名菓與蘞菟與兔荄與核並古字通借)

苨底苨。郭註。薺苨。郝(懿行)義疏云。本草別錄。薺苨陶注云。根莖都似人參。而葉小異。別本注云。根似桔梗。以無心為異。按今薺苨葉似杏葉。根如沙蔘。故名杏葉沙蔘。又名甜桔梗。陶云。根味甜絕。能殺毒。以與毒藥共處。毒皆自然歇。薺苨底苨。亦以聲為義也。

余年近四旬。始得子嗣。今已有三孫。頗娛暮景。壬寅三月。為長孫(恕行)聘定同邑韓傴甫刺史鳳修孫女。因賦小詩以志喜云。平明瑞靄喜盈門。樂意相關酒一尊。漫說

含飴眼前事。十年屈指抱曾孫。差幸行年近古稀。諸孫繞膝各依依。試扶節杖迎賓客。暫脫荷衣換錦衣。病卧滄江歲月多。光陰駒隙漸消磨。關心檢點神仙傳。已領蓬瀛十五科。老大頭顱白髮盈。田園容我傲公卿。無多詩稿叢殘甚。尚擬編成付鋟檻。壓海風波總不平。西疇歲歲課春耕。由來萬事當知足。不是衰翁少宦情。氣清天朗惠風和。春到衡門任嘯歌。難得一堂兒女滿。競攜卮酒祝三多。饒有圖書擁百城。硯田留與子孫耕。阿翁不敢掀髯笑。恐被旁人抱不平。鬖鬖街鼓二更支。親舊團圞樂可知。紅燭兩行人未散。夜深迴憶抱孫時。

又得方竹二枝。一為杖。一為尺。各係一絕云。秉性何曾肯毀方。居然刮垢並磨光。老年不合時宜甚。仗爾扶持看夕陽。(右杖)中郎從古擅知音。契合真如芥拾鍼。漫說量才憑玉尺。論文只是要虛心。(右尺)

時族子梅生(樹森)在予家授讀。有和作云。老去襟懷益抱方。肯因塵俗便和光。此君標格真相似。不趁東風羨豔陽。(右杖)內式圓通外式方。託根原不是孤芳。寸長一日誠難料。只願工師仔細量。(右尺)

族恭甫(曼壽)弟。亦和予方竹杖詩一次元韻。一倒疊韻。云八裒將開眼孔方。黎紅映紫倍增光。長年健步何須杖。為寄清標付夕陽。道契參同魏伯陽。老思益壯濟靈光。夜游秉燭從今始。悟得徐行不跌方。

鰣魚出吾邑與富陽淡水鹹水交界之間。漁人宵見水面有微光滉滉。即舉網取之。然不可多得也。道光壬寅。以一臠餉恭甫弟。恭甫復次余方竹杖詩韻。又倒疊韻。共二首為謝。云渾身骨鯁雪鱗方。半尺盈盤匹練光。安得成都桑八百。(時兒適遣人到園採桑葉日)餐嘉貺卧南陽。酒徒無量媿高陽。藍尾酡顏益寵光。酸秀人情詩一紙。選丹多謝為生方。予亦依韻答之云。吳越中分水一方。纖鱗潛處爍瑤光。老饕慾壑填難滿。尚擬乘潮到富陽。風流慚愧孟襄陽。老蚌珠乾乏夜光。難得季方相慰藉。新詩和到壓元方。

予又以方竹杖一枝貽何星橋學博(烺)星橋賦七古一篇為謝。云衰老誤人人戰兢。聖賢期人人奮興。示之方外助之力。一名一物皆師承。古人製杖各隨意。重則鐵拄輕則藤。梅香在手元閒僂。桃枝削皮杜少陵。品竹無如陸務觀。擕筇多謝王禹偁。詩人簫竹亦間取。方竹至漢無名稱。傳聞西域出方竹。天然成杖性堅凝。當日漢武征大宛。窮兵萬里車轔轔。汗血神駒約歲貢。何不并此亦輸徵。蔔萄苜蓿取種歸。奚獨

棄此如新蒸。何時始入衛公手。衛公持贈潤州僧。為僧道行極孤峻。談禪可以悟上乘。重來便問竹方兄。庶幾無恙保厥恒。可惜僧人不解事。破方為圓太瞢騰。世事轉移隨風俗。棱棱容易失高曾。觚哉觚哉聖人歎。此意足為當世懲。其實世上方竹少。罕而見珍理則應。東南之美甲天下。會稽一望青雲蒸。衛齋一叢今僅見。無乃桃源舊種仍。(摩芬譜桃源山有方竹)又疑靈峯仙筋化。(昔仙翁棲丹於定海靈峯植竹筯化為方竹見寧波志)蜀胎移到爭蘚滕。要是吾輩無矜式。天生我師為準繩。神工鬼斧削不就。人面龍牙見未曾。無端忽遺滕六忌。一雪五日太弱凌。飄零敗籜將無數。瘦損筠膚又一層。枯管回春知未必。兀然僵立置寒冰。先生命取一東去。未信如何制作勝。今朝默服吳寬妙。又比吳寬用意增。(明吳寬有新製方竹杖詩○按原稿吳寬字不如易作匏菴更為穩)若使贈我斬竹㞋。不過暑月一相憑。又使貽我斑竹扇。纔遇秋風便厭憎。何以隨行又隨止。勝得因緣耐久朋。吾道廉隅宜砥礪。此君風骨最崚嶒。既得知己可不恨。況善因天巧弗矜式。我周行還中矩。羨他晚節不模棱。回頭顧影增慙赧。羞說追隨驥尾蠅。壯不如人今老矣。讀書白晝如昏燈。老而將至耄已及。一以反三吾何能。但使賴有扶持力。日報平安也服膺。余依韻答之云。先生史筆同吳兢。先生經術媲鄭興。衛齋幽邃絕塵迹。眼前生意時相承。綠滿

高小窗從筆化烟新獨立如枯株亦抱孤芳不諧俗豪貴敢以意氣陵以重就輕或
相識爾雅故以梁粹偁虛懷肯逢娟娟嫦娥名久負嶽嶽稱究竟未角嫌太露歲寒
猶被霜雪凝夜半陡聞萬竹裂具響恍似鼓鞞轅入室同失芝蘭臭作貢幸免筍籜
徵歛材就範公輸巧焦桐忽使供新爨破觚斵雕兩無擕拈花頓悟入定僧載林漫
放下擎寢渡海背作寶筏乘困方為珪車原一物仍舊貫乃有恆先生齒踰古稀歲
每談山水興飛騰折旋矩步不由徑緩行扶掖揮孫曾輕鞋瘦削諫鶴立跛蹇詎為
吹篪微杖朝歷指荷龍錫珍從几授理則應以君之竹製君杖巨者為鴞細則為
杖期未免太迂闊乎澤但願傳雲仍沾酒羞將孔方掛截長補短類小國滕化我自然
不踰矩刻劃鶴使本就繩櫛雲看山天趣適留疑訪友異聞留詩腸輾轉類轉轂淵
喉時或需忍凌（麥門冬一名忍凌）詠懷境界益高曠岑樓分更上一層我慚作詩無紀律
嬉戲迺效士執冰長城就列使請戰匹雖自數力勿勝殊君用兵若韓信多多一鼓
士氣增稱干戈比雄壁壘得臣寓目君軾憑願君善藏歛餘勇平視萬物泯愛憎優
游扶杖攬德化難老永錫壽作朋君不見太華削成方四面三峯作勢頗峻嶒上
有玉井之蓮花四照態濃意遠殊自今以杖相較判大小鉤金輿羽難模棱抱方各

自葆吾素尖毅點筆誤作蝿方瞳翦水具隻眼讀書丙夜挑寒燈扶山超海徵大力
奚必語人我不能長篇留誦投杖拜登龍何幸接李膺
呈橋學博又以詩示家恭甫弟恭甫亦依韻和之云冷官高唱何淩競竹軒主人病
遊興（時予抱恙杜門先生以詩見訪乃之強起）內翰外翰杖可杖願排閶闔鼎足承（內翰謂家小梅兄次韻之作自然工）
（雅絕不為韻所拘足與原唱旗鼓相當予兩具間予從矣予酬我翼柳助一時之興不計詞之工拙也）內翰杖是太乙精兄事赤藤弟
為藤外翰杖是般若眼負曳法音同迦陵取義概節投五柱（竹黃凱之竹譜竹節柱而概節）並優固依
儼劣亦偁（見始方竹五等且許更移新篁十許林於拜竹軒撥園）直方含章至德備老無枝葉無得偁（竹譜於雷栈荣）
（拂疏）入門陡覺俗塵洗拂麈尚有清香凝坐客摩挲口嘖嘖就觀佳士卑輘轕破方規
圓戒德裕（原詩云衛公持贈瀓州僧破方為圓太尉腸）嫵媚硬直思魏徵荒廚新畫意拜竹幹取為杖支
作蒸事固無獨必有偶弄斧大顛胃幐僬差幸先生不吾咎貽詩說法無餘乘（竹之次）
（日復貽二絕句達佐斷筆之約）為隱示嚴冬耐寒訣卓立不易雷風恒兼許續餉栽小園句芒可期
茂實勝我恐園簹叢榛野蒹葭倚玉羞毛曾息土材美耗土醜習美或使醜性從
神方智德原一庶幾二陸比二應東南竹箭近罕覯篠簜漸成蕿笆蒸何期蔽子外
孫間竟許植此傳雲仍此君風聞定失笑笑予無乃口說勝惟予行年五十九曲不

中句直廉繩大匠不吝一隅舉投杖於盲得未嘗不琢不磨自合度迥殊伐冰三其
凌歲疑葛翁渡東海攜自靈峯最高層（甬東誌葛仙翁於定海靈峯植竹化為方竹）先生一束後生五
（原詩云先生命取去先生謂家小殷先生）一束清如頭銜一條冰對竹拜賜喜無量鈙銘撫杖情不勝（佐君遣書）
（善鐵筆為予鐫銘於杖頭其文曰勁直此君之性與我周旋持危扶顛何俟之令）方況復新綠爍箜筿將使夾岸風漪增（予與）
（家太史夾河而居故云）矜式鄉國既有賴追尋家庭亦得憑自是不慮獨行踽忘形三壽應得
朋自是何虞菜園隔千竹萬个峻且嶒鳴鳳棲鸞未必敢矯矯亢亢殊自矜或曰苦
節不可貞（先生詩注云方竹八月生筍味苦不可食）何如味道姑模棱或曰較量方圓亦夢夢名稱過耳
如飛蠅讀先生詩豁然悟不啻寡樂懸饑姆持危扶傾意良厚隨方應節吾何能安
得追隨壺公騎杖去雲龍上下紆墳膺
時同邑富佳山茂才（燦雲）就館予家因以方竹杖一枝餽其尊翁再如先生而系之
以銘曰富其姓壽其年五福來備天假緣先生自謂窮益堅舒長但願化日延我得
方竹癡如柯亭椽節異桃枝四寸圍製以為杖輕且便聊以一枝奉高賢與君步履
相周旋弗矜捷足輕棄捐
同邑韓二橋太常之錦次予方竹杖原韻四首見贈云清詩如讀孟襄陽行地僊人

眼忽方我願老為愚百姓從扶鳩影荷龍光唫興飛騰字有光老當益壯[illegible]近春
陽此君節目殊踈闊為我蹣跚笑大方巷口烏衣趁夕陽山花飛動帽砑光羨君老
不須扶杖人自圓融竹自方不知烟雨自何方路入瀟湘接水光聞說西河老詩伯
一節招我起南陽[illegible]適作四絕答之云漁捕渡頭風悄悄傳家山下雨絲絲先生
閉戶多唫事不為懷人不作詩曲徑通幽半畝荒衕齋無復舊篔簹綠陰已逐年華
老剩有紅牆趁夕陽我愧頭顱同筆秃毎拈枯管意茫然庭前幸滴芭蕉露避暑還
容住綠天新詩字字燦珠璣詠物言情體會微我欲集成方竹卷畫師難得是王肇
道光壬寅夏至家祠會課以反舌二字為詩衆皆閣筆予曰此詠物體必須字字刻
劃句句細切與泛賦反舌無聲者不同唐人竹外天空曉溪頭雨自晴相傳以為名
句若移之是題則浮而不實矣因作一律示之曰守忒如瓶出類危相依唐棣最相
思啼殘紅雨憐初轉吐盡青蓮定倒垂不信捫時圭有玷翻疑飛去駟難追蝦蟇古
誼多承誤為對中郎一解頤
禮記鄭注反舌百舌鳥孔疏百舌鳥者蔡云蟲名蟲也今謂之蝦蟇其舌本前著
口側而末嚮內故謂之反舌通卦驗曰博勞鳴蝦蟇無聲又庾信云昔於長安中

與書生數十共往城北水中取蝦蟆剖視之具舌反錯後如此鄭君得不通乎
蟠風問曰識如緯與予言為蝦蟆五月中始得水適當聒人耳何反無聲此皆著
時候今猶省也是以知蝦蟆非反舌反舌鳥春始鳴至五月稍止其聲數轉故名
反舌時候言之今人識之故不從緯與俗儒也

同邑丁珊洲孝廉澍林見和余方竹詩云說項頻教感賞音每從私淑討金針自慚
未具量才尺孤負良工一片心介懷高尚不同方扶杖優游軼孔光他日瑣林重赴
宴好賡鳴鳳頌朝陽復作二絕答之云良材大半成名器無復參差綠滿庭幸喜筍
根多稚子栽培秋雨望添丁（方竹至秋時方抽筍）下界神仙是歲星不須叩齒誦黃庭梅花東
閣原無恙何遜居然老復丁（此首指何星橋學博）余又以丁字韻二絕簡何星橋學博云竹竿
落落等晨星無復干霄舊日青但願先生勤保護芟鋤切莫任園丁世間絕少如田
面靦愧蛾眉關尹邢食肉管蛾原有相大烹轉瞬祭秋丁
星橋來索觀余詩復以何字韻作四絕東之云吉金樂石盡消磨萬事雲烟瞥眼過
俗語流傳多失實休將成敗問蕭何信手輕塵樂意多況兼如琢復如磨一變已足
堪娛老不必逢人喚奈何清陰無復舊時多太息修篁逐逝波老將摧鞍猶矍鑠嫗
灰消遣撥陰何先生歲月著書多教授諸生各設科詩義毛長三禮鄭探源周易溯
田何

家恭甫弟次余方竹尺詩二絕（一依原韻一用梅生韻）一云十尺文王九尺湯豈徒較短與量長
此君妙得公輸意到老心虛不毀方十六椽難贊賞音聊從尺矩度金鍼立程舉示
廉隅士為皂為卿視寸心

孔門道德皆渾言之至子夏氏始分別大小曰大德曰小德曰小道（有小道即有大道故大學言君子有大道生財有大道記言大道不器）余謂道德皆兼善惡而言有吝道有左道有穢德有惡德（略舉一二不備詳）故朱子論語道不同注如善惡邪正之類是也惟志於道據於德此道德字當
主善一邊說以下有依仁故也此亦如大學閒居為不善之小人不可太看壞彼自
有致知格物工夫但不能實用其力以至此耳朱註非不知善之當為與惡之當去
此知字即致知之知也偶與同學論題隨筆記之

錢塘吳鐵生（闕）少年書法出入歐趙之間圓逕秀逸晚年專精繪事書名遂為所掩
又草草塗鴉毫不經意轉無復曩時姿媚矣余舊藏其所書朱子格言立軸以泥金
寫於磁青箋上字字端楷寓婀娜於剛健之中視梁山周學士有過之無不及因以

一絕題之云杜氏甲兵羅武庫劉郎紀律作長城先生下筆真如鐵不愧題名號鐵
生
相傳先生年三十餘尚應童子試有誚之者曰此非童生乃鐵生耳（童鐵音同）先生忿
甚因自號鐵生遂不復赴試以布衣終後以孝廉方正徵亦不就

偶閱宋柳仲塗河東集後浦江戴瀛山學博殿海跋云宋景定間以賢正任蘭谿縣
尉至祥符間遇難殉節祥符當是祥興之誤（端宗是時改元已入元代版圖不應仍奉崖山年號殿日當檢吳禮部墓誌）
校正之

爾雅釋草葴寒漿郭註今酸漿草江東呼曰苦葴音針郝（懿行）義疏云玉篇葴寒漿
釋文寒本今作寒御覽引吳普云酸漿一名酢漿陶注處處人家多有葉亦可食子
作房房中有子如梅李大皆黃赤色蜀本注云酸漿即苦葴也根如菹芹白色絕苦
按苦葴今呼苦精聲相轉也子外稃如皮弁一名皮弁草楊慎危言本草燈籠草苦
耽酸漿皆一物也重複耳燕京野果有紅姑孃者乃紅瓜囊之譌此說得之今京師
人以充茗飲可滌煩熱故名寒漿其味微酸故名酸漿耳
又釋草蘵黃蒢郭注蘵草葉似酸漿花小而白中心黃江東以作葅食郝（懿行）義疏
云蘵玉篇作蘵云蘵草葉似酸漿按蘵蘵皆或體古本作職釋文蘵又作職是也說
文蒢黃蒢職也通作識夏小正三月采識識草也識即職職與識古字通樊毅修華
嶽廟碑云周禮識方氏是其證也顏氏家訓書證篇云江南別有苦菜葉似酸漿其
花或紫或白子大如珠熟時或赤或黑此菜可以釋勞即爾雅蘵黃蒢也今河北謂
之龍葵按此即上文葴寒漿華小而白開作五出中心甚黃故名黃蒢根味絕苦故
名苦菜又名苦識大觀本草龍葵苦耽別條而云又有一種小者名苦識蓋苦識比
苦葴差小也識與蘵同葴耽蘵蒢又俱一聲之轉
（端履）案顏云葉似酸漿則明是二種郝合而為一非也

重論文齋筆錄卷十二終

耳食錄

樂鈞著

上海文明書局印行

耳食錄總目

卷一

夕芳　鄧無影　青州雷　張將軍
巽巽巽　譚襄敏夫人　藍宮仙史　劉秋崖
錢氏女　胡好好　西村顏常　紅裳女子
雪媒　劉岡　毛生　三官神
鄒忠介公　長春苑主　梅花美人　紫釵郎
畫師　荊州女　竹冠道人　上官完古
徐太保

卷二

紫溪洞長　宓妃　跨衛者　葛衣人
過陰　沈魁魁　南埜社令　廊下物
秋心山人　秦少府　竹連環　大赤蛇
繡鞋　彭公子　方先生　市中丐者
李齊娘　困默真人　吳士冠　章琢古妻
阿惜阿憐　紫衣吏　胭脂娘　綠蠙

卷三

王方伯　東倉使者　卜疑軒　田晝鬼
攬風島　蔣氏女　黃衣丈夫　大王
蕭點雲　李公　芙蓉館埽花女　哭笑疾
婦失褲　捕魚仙　髑髏　二鬼役
碧桃　我來也　董公　杳靄婦
青青　銓章遒　李氏婦　胡夫人墓
古瓶　婉如　王侍御　東嶽府掌簿
段生

卷四

韓布衣　影娘　劉生　羅壺山
揭雄　清河令　明絹　文壽

沈觧　並蒂蓮　河東丐者　寶劍
蛟　平陽生　愛䲶　吳生
猫言　介巽　秦某　武侯碑
姚子英　奎光　燕　篠翠
蠑技　施建昌　湯瑭　西城逸叟
交物　癩蝦蟆　范依　過期孕婦
三都人　沈利㴱儀　蜘蛛　書吏
卷五
魏翁　女湘　齊福喜　猿狽
何生　偷兒　柏秀才　龍𧈅
華㢋　陳著　張碧雲　鐵丸
盧山僧　䵻　韓五　易內
石先生　瘋道人　惡蠅　宋先生
金陵𣛧者　龍碁　沈璧　余時𢐃
章五　王黄髯子　猫犬　仍吉
石孝廉　周英如　盧山蛭　戴公
癡女子　惡鼠　志誤　陶金鈴

耳食錄卷一

臨川樂鈞著

夕芳

宜川張伊理，邃於學而不偶，家故貧。一子名露，年十三，而伊理卒。露幼頗慧，善讀父書。伊理以不遇感懷，竟令露廢業，藉樵牧以奉母。三載矣，同邑黄生，伊理舊友也，以文學教授鄉里，憐而收之，令就學。露母泣而謂黄曰：公惠教藐孤，實起死人而肉白骨，雖然，露之勿學，夫子之志也。黄曰：嫂氏休矣，斷而不發，豈理也哉？張吾軍者，非露而誰？故人有知，當亦首肯。卒教之。三年而文成，令就郡試。試有期矣，偶登城闉，興發高吟，得夕陽㐌石明羊角，芳草孫洲瞎虎頭之句。一儒巾少年，神骨清逈，前揖之曰：君非宜川張君者歟？余雲林鄭玉也。適聞佳句，不減義山錦瑟之調。露怪其擬議不倫，且問何以相識。玉笑曰：僕固識君，君何不識僕耳？露終茫然，陽謝之，而心儀其人，漸與浹洽。日既暮，邀歸旅舍。偶及試事，玉曰：君程文太高，恐不諧俗。盍揣摩時好，以圖一當？露笑曰：伯牙不以里耳改弦，王良不為獲禽易轍，況文章不朽之業，安敢自貶？玉唯唯。比曉辭去，數日杳不復至。試既畢，玉忽來，袖出露試卷擲案上。露失色，問所從來。玉指其卷曰：此豈利器哉？吾為君謀易之，已獲售矣。露愈疑。已而果售，始異其言。及視所易卷，文甚劣，然心德之，向玉稱謝。玉歎曰：吾非逐臭名場者，以君禄命太薄，久得文名，恐造物見怒，姑為此態。君先世有清德，厥後必大。露由是愈奇之。居數日，别去。露亦歸，往見黄，未言也，忽報玉至。僕從甚都，即執贄見黄，願為弟子。黄既以露為先容，深器之。玉復與露約為兄弟，玉長一歲，露兄之。明日，玉至露家，升堂拜母，以金帛數事為羔鴈，露及母堅辭不受。玉曰：以吾弟空乏，且當周贍無已，不腆之奉，何乃卻之？弟母即我母也，又何間焉？露始謝而受之。嗣是日用衣食之需，悉取給於玉，而贈黄者亦厚。甚居數月，玉曰：已為弟謀得佳婦，六禮無所需，吉期在邇，弟當往贅，如以慈母睽隔為辭，一月後偕歸可也。露問為誰氏之女。玉曰：即去當知之。問之再三，終不告。露疑，以白母及黄。黄曰：鄭生固良士，其所謀當不妄，秘之故以示奇耳，否則為爾惜費也。爾第行。乃與玉俱，不三十里而至朱門洞啟，院宇軒華。玉下馬徑入，使露候於外。須臾，主人出，年五十許，儀服偉然，肅客入。露趨拜，主人熟視而稱曰：真英特也。既坐，主人曰：舊奉賢尊命，許與老夫結朱陳，今以次女夕芳侍君子箕帚。荆婦舐犢之愛，不欲弱女遠隔晨昏，故挽君下贅耳。露起而謝曰：叨近冰清，極知欣幸，然露先人早背，安得與大人聯姻？且露之來也，鄭兄實媒之，適奉大教，誠所未喻。主人笑曰：未識鄭玉耶？老夫賤息也。數歲前受業賢尊，老夫心契，嗣是有婚姻之約，故令玉訪君，而君夕陽芳

草之句適隱道小女之名故玉得相遇於城闉也露再欲啟問忽傳夫人出見堺頻貌如三
十許人衣飾華潔侍者數人序坐少時多作家人憐惜之語而堂角簾中諸女窺客吃吃笑
語露頗跼蹐莫知措對已而玉整衣而出笑曰昔為與弟今則內兄矣露亦笑遂引入客館
設食有數女或稱青姑或稱雲閣夫人或稱素英姊或稱阿麗往來戲樂竊立其門風趣妖
冶言詞謔浪竊竊私語露頗聞之而莫敢支應腹議而已次日庭施供帳工奏音樂女僕執
燭捧香擁夕芳出嚴妝衽服珠翠熒煌成禮於金碧之堂同牢於綺羅之席既成眷屬情好
篤洽玉相得之歡亦更踰於往日甫匝月露乃告歸將迎婦以覲母夕芳了無難辭而玉父
母皆有悵恨之色露歸告母母甚喜恍若聞之亦先來問狀既言及其父約皆授徒之事露
疑昔時父或為之母愕然曰爾父平昔家居交接殊寡安得有是是必有異翌日同往迹之
至則斜陽一片秋草離離愁白楊之悲風咽空山之流水知逢鬼物舉家驚詫露心傷目斷
殆亦離魂躑躅而歸耿耿終日一夜夢門外鐃鹵騶從肩輿中一人乃其父也謂露曰余向
館鄭氏獲訂姻事今年家上帝授地府司憲迫於公劇未暇視爾茲因鳳凰山苞元君神邀
赴賞花之宴故迤道來家告爾以由鄭氏偶為避難移家陽曲新婦賢淑終當合并吾已使
人籌畫爾無憂也爾師學德吾所深銘玉前奉爾師金帛皆吾俸餘之物為吾謝之匪以云

報亦故人地下之情耳爾母吾不及晤爾其告之言訖揮淚而去露覺而異之聞者亦莫不
嗟歎然合并之語莫得而明意謂非死不能也露殆不永矣厥更憂之一日露偕僕郊外遥
見綠輿一乘後一人從數十騎來甚速既近則玉也即下馬相持痛哭語別後事不勝嗚咽
云自君去之夕即為仇家所攻幾投凶暴之爐賴與府帥有舊遣兵救護老幼家口僅以獲免
避患他州極知爽信貽憂無由陳達比得尊人書諭俾玉送舍妹于歸今已送至君家君宜
速歸加意調護玉亦從此別矣幽明道隔相見何期言罷復痛哭留之不可上馬馳去露跟
蹌至家寂然無所見神色黯悴徑投臥內將以哭痕長漬衾枕矣既入乃見錦帳低垂臥具
盈室亟呼母奔帷視之一麗女臥於綉幄氣息如縷乃夕芳也有頃目開四顧見露而泣半
晌能言曰妾形體初復宜令人環坐以受生氣於是鄰女駢集皆言國色夕芳故善言詞雖
臥寡言而偶爾酬答悉出意表諸女咸悅之晝夜更番守坐爭以氣嘘其口中七日而起半
月而能行一月而飲食起居了與人無異乃言其父鄭氏名洛雲林人家頗豐男女僕婢數
十人悉死於疫妾時年十六冥司言陽數未終當再生為君婦風雷啟墓輿馬護行迷罔之
間遂已至此前者一月繾綣猶能記憶了了所謂仇家者蓋疫鬼也夕芳性質柔婉伉儷甚
篤事堂上尤以孝稱常念其父母兄弟不置每歲寒食輒與露埽其墓慟哭而歸後舉一子

仕至州判火此前明天啟時事

鄧無影

鄧乙年三十獨處每夜坐一燈熒然沈思鬱結因顧影歎息曰我與爾周旋日久盍不能少
怡我乎其影忽從壁上下應曰惟命乙甚驚而影且笑曰既欲爾怡而反我畏何也乙心定
乃問爾有何道而使我樂曰惟所欲乙曰吾以孤棲無偶欲一少年良友長夜晤對可乎影
應曰何難即已成一少年鴻騫玉立倜儻風流真良友也乙又令作貴人俄頃少年忽成官
長衣冠儼然端拱中坐乃至聲音笑貌無不逼肖乙戲拜之拱受而已乙又笑曰能為妙人
乎官長點頭下牀轉眼間便作少女容華絕代長袖無言乙即與同寢無異真良由是日畏
燈明變幻百出罔不如意久之日中亦漸離形而為怪與他人不見唯乙見之如醉如狂無
復常態人咸怪之因詰而知之視其影果不與形肖也形立而影或坐形男而影或女以問
乙而乙言其所見則又不同一鄉之人以為妖焉後數年影忽辭去問其所之云在離次之
山去此數萬餘里乙泣而送之門外與之訣影凌風而起頃刻不見乙自是無影人呼為鄧
無影云徐懋庵書之

青州賈

賈人有丙丁相善者皆青州人也約至長沙合資貿易訂以某日啟行會於某所既而丙至
而丁不來候之十日丙謂丁爽約心非之遂獨往三年而丁至時丙已饒於財將卜歸乃迎
謂丁曰來何暮也我且歸矣丁深謝後期之罪而不言後期之故且曰君歸我亦歸耳丙問
故丁曰恐君道遠孤行或有不利願伴君以贖前愆也丙謝曰君勿爾君千里遠赴必有所
為今不終朝而歸乃以我故也我則累君丁固請同行丙乃許雖感之亦復疑之謂有故而
強避者情也無故而旋反者非情也雖友生之篤誼爽約之悔深不宜至此是必有異而丁
於道途之間旅居之際金蘭之情雲霞之誼過於往昔又時道人生聚散之感朋友離別之
恨使人悽然如覩寒冰而聽哀笛對落月而聞斷琴也既至青州丁距丙居近百里邀丙三
日後過其家當相待因執手歧途慟哭言別丙亦為之潸然不知涕之何從也三日過訪丁
妻出見收淚而言曰先夫捐館已近四年其沒也在公南行之前夕故不及訃彌留之際猶
諄諄以失約於公為憾昨夢至家言公明日當來宜雞黍俟之家以公方遠行未信今果然
矣丙聞大哭命其子引至墓所持尊酒而告之曰故人故人已至此乎向猶謂君寒盟不意
已隔泉壤而君不遠千里省我而同行故人於某生死厚矣形泯情親千古所僅今酹酒故
人之宅能使猿鶴舊侶更望顏色乎言罷大哭子亦痛哭行道見之無不隕涕忽陰風刺骨

山棐驚飛見丁於塵霧之中揮淚拱手須臾而滅

張將軍

聖人受命河海安瀾百餘年來嘯聚之徒洗心革面無復梗化嘗聞故老言昔有明之季有張將軍者逸其名嘗出海捕盜駕大舸一健卒數人自恃武勇欲探虎穴有少年書生形儀雅飭言有事他國孱晷舟人求附舟將軍故有令附舟者以謀論殺無赦舟人利其金私納之行數日將軍聞香烟撲鼻命索舟中曰必有盜得書生將置之刑書生自陳非盜欲之海外省父無舟自達故敢昧死來惟將軍仁恕將軍視其狀貌不類盜且憐其孝赦而與之言書生能學問語才語仙佛語農商經濟語俳優諧謔語出風入雅吐史談經隨事酬應動中款會將軍素長於文學竟莫能屈往往反為所難大加歎服自謂得書生晚也一日及捕盜之事書生曰盜可服不可捕也盜能見將軍將軍不能見盜將軍不平乃大言曰爾書生敢枯硯翻蠹簡烏知將軍之能乎專制一方揚威千里長鞭所指遐徼恐懾區區海盜何足當其斧刃哉書生曰將軍亦知海盜之能乎將軍曰海盜之能解衝刀跋火夜趁叢泊猝聞捕誅潛逃藪澤耳書生曰以某所聞固不僅此將軍問汝何以知之書生笑曰以盜言盜安得不知姑請試之將軍愕然時繁星麗空海波碎月萬里無片帆隻船書生取篳篥自船頭吹之不數聲小舟千百艘自波中湧出明炬雪刀須臾環集將軍失色書生笑曰盜不可捕也雖然為國供職自應爾爾吾輩豈得犯將軍聊與將軍戲耳將軍無恐復吹篳篥數聲大呼曰將軍珍重某去矣書生及小舟皆不見將軍亟命回舟喪魄者累日自是不復捕盜

樊黑黑

有屠者娶一婦貌奇醜蓬髮歷齒脅聳深目面顴頎而黑色肩高於項左後聳而右前垂腹膨大如瓜腰以下肉肬墳起者三四寸足復跛行步蹣跚頗好塗飾見者莫不辟易而屠者愛之不啻毛嫱鄭袖也有戲問之者曰何子鍾情之深也屠者曰吾每夜於帷帳中微燈閃爍之際則殊見為麗人蛾眉巧笑頫頫多姿令人猿馬大動既與合體並覺纖腰一握肌理細膩兩股之間有香氣氤氳撲人不禁神骨之俱解也怪亦問婦婦亦不自知間或持燭就照之即亦無異其本形而去燭則復如是以是愛之而忘其醜聞者不信傳為笑柄群謂天下固有如是之溺於淫而復飾此說以誑人也屠者無以明其言大恚憤乃日引鄉里諸惡少入其室令嘗試之果如所謂於是欲淫其妻者故言不信屠者使令與偕焉所交幾遍一邑不啻名娼矣一日方寢有人自牀頭謂之曰爾家合為娼無以致客故吾為爾婦易形吾樊黑黑也今去矣言訖寂無所見而視其帷中之婦醜態畢露矣屠者憎其形一夜三四起

不能寐久之遂別攜焉向時往來其家者至是皆絕跡

譚襄敏夫人

宜黃譚襄敏公綸夫人某氏初配於李氏子歸之日道失轎中臭不可邇李氏醜之即反諸其母家與絕婚焉由是鄉里聞之無肯委禽者時襄敏貧而未娶夫人之父使人喻意願不索其聘以女歸之遂納為婦夫人既淑且慧不類悲媪叩其道失之故終不肯言偕襄敏登嘉靖甲辰進士歷官太子少保兵部尚書夫人以事召至宮中出而笑謂襄敏曰數十年之夢今日始醒矣向嫁李氏日中途假寐夢二女使如內家妝束導吾至一處宮闕巍煥歷門闥數重忽覺腹漲欲如廁女使引至一室因授一紅桶而遺覺而穢物汙襟矣心甚恥恨然知所夢之必非無故姑隱忍待之向所以不告人者恐人有謂我飾詞而包其羞也今至宮中悉符所見既而登溷亦儼然故處使吾無當日之夢不能有今日之事然無今日之事又安得有當日之夢哉月下老弄人何狡獪也襄敏噱然

蕊宮仙史

乾隆癸卯春金谿楊孝廉英甫為扶鸞之戲有仙女降壇署曰蕊宮仙史自叙為宋祥符間人貴恨早逝游於閬風之苑獲遇上元夫人命居蕊珠宮掌玉女名錄云云為詩詞操筆立就淒豔絕倫叩其生時事跡終不肯言固請再三輒書曰噫紫烟燈穗中隱隱有殫淚聲繼有黃素水者至亦女仙也於仙史為中表姐妹並有文藻遂雜書仙史閨中軼事數十條皆雋異可喜予從兄木虛手錄成帙惜不盡記憶今紀其畧云仙史姓薛氏名瓊枝湘潭人年十七才豔絕世隨父某守杭州遂家焉所居曰問花樓俯臨西湖雲樹煙波凭檻可接性愛蘭手植千百本衣袖履襪皆喜繡之或畫為冊卷花葉左右題句殆遍嘗謂人曰此花逸韻幽香自是我輩後身當加倍珍護毋令與眾芳伍也閣中置書數百函瓷日親纏焚香展對風日清美輒命畫舫遊萬花叢中吟賞忘倦既恐有蹤跡者遂於清夜易裝帶衣烏幘乘白雪駒侍女數十人皆綠衫短劍累騎從行於時芙蓉秋放笙管簇傍鏡水澄鮮佳月流素徙倚湖亭自製新曲聯袂歌之聲振林木鷗鷺驚翔興酣更拔佩劍起舞陸離頓挫與歌聲相應於是劍光月光花光水光交相映發湖中一草一木皆有歌舞之態畫舫如蟻集觀亭外寂然無譁翌日爭傳以為真仙下臨皆莫知其為太守女也久之從湖上得畫卷一旁有題句云縈裹湖山是也非向人楊柳自依依六橋日暮花成雪腸斷碧油何處歸惆然神傷遂不復出每當疎雨垂簾落英飄砌對鏡自語泣下沾襟疾且篤強起索筆自寫鬢花小影旋即毀去更為仙裝倒執玉如意一柄侍兒旁立捧膽瓶插未開牡丹一枝凝視良久一慟而

絕著有問花小稾四卷。今無傳本。序壇詩甚多。余尤愛其絕句。懷湘君云。數行征雁起平沙。落雨江寒杜若花。欲撥空船迎帝子。瀟雲封處竹枝斜。答黃素冰云。歸真騎許住蓬萊。回首前塵亦可哀。莫問問花樓外樹。六朝金粉已成灰。又有片雲同我送。明月向誰多。吾日媚楊柳。對風香萊花之句。仙乎仙乎。此篇得於吳君蘭雪。余絕愛之。並錄於此。

劉秋崖

臨川劉秋崖先生。曠達士也。冬夜讀書甚勤。常忘寢。鄰有少婦。亦夜紡不輟。聲相聞也。一夕漏二下。聞窗外窸窣有聲响。於時淡月微明。破窗窺之。見一婦人。徬徨四顧。手持一物。似欲藏置。恐人窺見。覓置者屢易其處。卒置稿稭中而去。秋崖竊得之。乃一麻繩。長二尺許。腥穢觸鼻。意必縊鬼物也。入室閉戶。以繩壓書下。靜以待之。已聞鄰婦輟紡而嘆。嘆不已。復泣。穴壁張其狀。則見縊鬼跽婦前。再拜祈求。百態慫慂。婦睨視數四。遂解腰帶。欲自經。縊鬼喜極踴躍。急自牖飛出。婦則仍結其帶。有躊躇不行之狀。秋崖知鬼覓繩也。無繩必不能為厲。遂不呼救。而還坐讀書。有頃聞鬼款其門。秋崖叱曰。爾婦人。我孤客。門豈可啟乎。爾能入則入。鬼曰。處士命我入。我入矣。則已入。曰。適亡一物。知處士藏之。幸以見還。秋崖曰。爾物在某書下。爾能取則取。鬼曰。不敢也。曰。然則去耳。鬼曰。乞處士去其書。不然。恐處士且殆。秋崖笑曰。試為之看。吾驚否。鬼乃噴血滿面。散髮至腰。舌長尺餘。或笑或哭。秋崖曰。此爾本來面目耳。何足畏。技止此乎。鬼入縮舌結髮。幻為好女。夭裊而前。示以淫媚之態。秋崖略不動。鬼乃跪拜而哀懇。秋崖問欲得繩何為。曰。藉此以求代。庶可轉生。無此則永沉泉壤。幸處士憐之。秋崖曰。若是則相代無已時也。吾安肯為死者之生。使生者死乎。冥間創法者何人。執法者何吏。乃使生者有不測之災。而鬼亦受無窮之虐也。庸可令乎。吾當作書告冥司。論其理。破其例。使生謝鬼。曰。如是則幸甚。不敢復求代矣。秋崖取硃筆作書。訖。付之鬼。曰。乞焚之。乃能持。焚之。而書在鬼手。復乞繩。因去其書。繩亦在鬼手。乃欣喜拜謝而去。還視鄰婦亦無恙。

錢氏女

郭氏子聘錢氏女。親迎之日。魚軒至門。得二女自軒中出。聲音笑貌。服飾無纖毫差異。彼此互相爭辯。其家駭怪。亟召其母家。既至。二女皆泣就母懷。與兄弟通款。皆曰請除妖妄。母家亦竟莫能辨。因令各訴母家事。纖悉皆知。其母曰。吾女左足跟有小黑點。就驗則皆有之。各復驗左臂紅印。印亦宛然。以及手足箕斗。無不符契。或私謂曰。是怪妖所為。形聲之間。何難盡肖。必彼為淫媚而來。若於牀笫間試之。則或莊或謔。或淫或貞。真偽立見矣。郭氏子挾二女就寢。觀其所為。亦竟莫能辨。試驗之法殆窮。母忽心設一策。命立機於地。約曰。能超過者。

為吾女。不能者殺之。因挈劍以俟。一女惶惑無策。涕泣自陳。一女聞言。即躍而過。因前砍之。應手而滅。蓋深閨弱女。步履艱難。安能躍機而過哉。其躍者知非女明矣。此妖不及思。而為人所賣也。

胡好好

天津何生。有別業。臨河干。距所居三里許。妻張氏。美而妒。生素佻邪。而憚為張覺。每託故居別業。乃得一宿妖妓。再納淫媟。而張不知也。候值清明。天氣晴朗。花柳爛漫撩人。生河上翱翔。逢一少女。淡妝素服。嫋娜而前。生注盼良久不移睛。女亦目成。生挑之曰。何處麗人。獨行何處。女低應曰。覓渡。生曰。地非秦淮。人如桃葉。渡江不楫。焉能不畏橫流哉。女笑曰。既已知之。不解迎接。饒舌何為。生狂喜曰。迎接久矣。乞降芳趾。女以目示生。生會意。乃前行。女遂遙相從。達人莫之識。既至別業。不暇問姓氏。成歡而後言。女自云胡氏。名好好。新寡。夫族單門。鄰童暴橫。懼為所辱。將逃之母家。不意阻影津梁。復見誘於吉士。幸勿見棄。雖列身妾媵所不辭矣。生心畏妻妒。囁嚅難言。不覺有負心之語。女頓顣曰。薄命之人。不自持慎。蕩情再辱。亦復何憾。誠恨既覯君子。旋復棄捐。遂如楊柳東西。客舟空絆。含冤茹嘆。慚恧無窮。惟有赴長流以自潔耳。言罷淚零。不勝悲悽。生不得已告之故。女收淚言曰。郎誠見采。是亦何難。妾母家近在河西。一葦可杭。花月之宵。便與郎會。風雨之夕。便與郎離。以此地為王司空別業。寧有犢車塵尾之誚乎。生曰。計亦甚善。第一水盈盈。儼使天孫夜渡。奈羅襦之沾濡何。女曰。君勿憂。家有漁舟。少習水性。視家眾就寢後。便可擊楫渡江矣。既而期會數月。殊無失約。生自清明之遊。託以讀書靜。家長居別業。不復歸臥張所。張亦不往。唯一价往還而已。久之生恐張見疑。晝日歸家。將圖寢。夕遂見一少年書生。形容都麗。徑入其室。生怪之。伏門外而窺之。聞妻迎謂書生曰。胡郎今日來正好。吾正念爾也。遂閤其入寢室。淫聲媟語。殆不可聽。生大怒。突入中門。求劍不得。求僕婢不得。乃厲聲呼妻。問爾室何人。時張方與書生交歡。猝聞生至。股栗不能出聲。欲推起藏匿。書生堅抱張不令脫。且淫且笑。神色自如。事終。仍抱張而臥。不令著衣褌。張窘極。因大呼有賊。書生亦大呼曰。吾爾夫也。賊安在。時已衝入寢室。啟帷發被。將執書生而斬之。瞠視大驚。退曰。怪事。第見抱妻而裸臥者。非書生。乃好好也。好好見生。迴眸微笑。仍抱張不釋手。張怖懼稍定。乃見書生化為麗女。轉復驚駭。生瞪視呆立。半晌無言。倏忽之間。好好又變書生矣。對生而媟張。張羞慚無地。宛轉嬌啼。生知是妖怪所為。攘臂登牀。從中擘之。書生捨張而抱生。張手足仍若束縛。略不能運。而生眩惑之際。視抱己者。則又好好也。謂生曰。郎乃忘我。不計別業共枕時耶。遂以一手按生胸。一手褫生衣。與交歡焉。

生初力掙。竟不得動。而為好好所擨。頗復不自持。既而力竭偃臥。厠身於二女之間。恍惚如夢。左抱右擁。轉覺歡洽。而怖怒之情更消。好好乃笑曰。與君同寢者半載。與君妻同寢者亦半載。日夕之間。兩地酬酢。曾無休暇。雖艳彼注此。於我無與。然本圖合內外。博兼寵。以為同類光。今既交惡矣。尚何留焉。我素性廉潔。不欲媚人。而有所取。適所受於君者。願仍還之。君妻吾事畢矣。眨眼之際。復成書生。與張媾精。張無如何。唯有順受。生亦倦憊已極。睨視而已。夫婦相對。各有慚色。良久。書生整衣下牀。鼓掌大笑。舉手高揖曰。吾去矣。變為野狐。騰躍而出。遂不復至。初生以清明之遊。而不返也。次日書生造訪其家。張見而悅之。三見而通焉。鄰人咸聞而醜之。而生不知也。至是狐乃自洩其事。

西村顧常

諺云。錢有眼。殺有鼻。飛來飛去無定地。蓋至言也。嘗有一貧兒。年二十餘。落拓不事產業。一日有青衣人導一白衣人至其家。謂之曰。某等為人所幽閉。幸得脫。今來就君。數日內黃兄亦至矣。徑入其內室。貧兒頗駭。促視之。寂無所有。見地上有物積甚厚。皆青錢白金也。乃悟為銀錢之神。數日後。又有黃衣者造其宅。而滅。得黃金百鎰。遂暴富。心念財神為幽閉而來。必樂為人用。於是聘妻買妾。造華屋。營田產。奴僕充庭。賓客蹟座。出則肩輿駟馬。煊赫道路。儼然如長官貴族焉。豪富甲鄉里。奢侈聞都邑。其子驕淫尤甚於父。或搥金為薄。以大旗數十卷之。俟風起。命僕颺颺。燦爛滿空。日以為常。或以綺羅席地。厚數寸。令婢妾數十。裸臥於地。以金珠貴重之物。遙擲之。約中其私處。即與狎。又或以珍珠瑟瑟。數升散地上。令裸相搶奪。而觀其顛仆。以為笑樂。其他淫侈褻越之事。不可枚舉。而一歡千緡。一食萬錢。又不足道也。一日其父出遊。見道上糞中有穀數粒。忽瞿然曰。稼農人三時之勤。為人生日食之需者。奈何令糞污穢中。即命僕拾取。以水滌之。歸至家。其子迎謂曰。午晌時。有數人。衣服鮮楚。成隊自室中出。語我曰。爾家逐我。今去至西村顧常家。遂冉冉出戶。視室中財物盡亡矣。復見黃蛟億萬。出倉中。頃刻蔽空。望西而去。而倉中無粒穀存矣。父子跌足懊嘆。其家頓貧。數年間。田產蕩盡。死亡相繼。其子竟以饑寒委溝壑。蓋奢侈素習。不能復以勤儉持其後。天禍又從而施之。以至於斯也。其父復夢人告曰。我穀神也。感爾昔日糞中相救。念之不忘。當以爾身之食給爾。明日。乃有黃蛟億萬飛來。其家盡化為穀。食盡復來。至死乃已。嗚呼。天地生財。本為人用。必撙節流通。而後不竭。近世窖鏹之徒。至於父借耰鋤。母取箕帚。猶不肯與。其貪吝之意。若取錢神而囚之。錢神豈可囚哉。而紈袴富豪子弟。承襲餘蔭。腴田萬頃。廣廈千楹。至於舉手一擲。輒費中人十家之產。是錢神既來。而斧鉞逐之。錢神又豈可逐哉。夫囚錢者不智。逐錢者不仁。不仁不智。真不可以為人。區區用財之道。又無足論矣。

紅裳女子

常德有士人。客滇中歸。一僕負擔以從。一日向夕。不及旅店。過一小村。向村人假宿。村人曰。此地他無館舍。惟一古廟。然素有妖怪。殺人。不敢宿客。士人度日暮途遠。不得已。乃曰。吾不畏。乞以一几一鐙。為達旦之備。村人與之。士人入廟。下榻一室。命僕宿其耳房。因張燈讀書。并取行篋中朱筆硯。陳於几。澄心息慮。以待其變。二更之後。僕已熟睡。有紅裳女子。年可十八九。婀娜而來。顧之而笑。士人揣知妖魅。殊不顧。女乃延佇而歌曰。昔伴笙歌隊。今居土木旁。銅丸埋漢殿。誰是定陶王。低昂斷續。音節頗妙。既畢。笑曰。郎識之乎。士人答言不識。因復少近曰。更有新歌。敢獻於君子乎。士人曰。第歌之。女乃拂袖搴裳。斜睇款足。緩聲而歌。柔覓纏綿。夭媚百出。其一章曰。白月壓生暗。鏤星添綵孤。卧夜晃晃。都罨晤朧。無消息。腸斷花奴空淚零。二章云。閑道蕭郎愛細腰。齊娘薛妙顫聲嬌。自憐不及雙飛鸞。猶伴行人宿麗譙。歌罷。立近几旁。含情欲發。士人取筆濡朱。戲畫其頰。女大驚。失聲而走。遂不復至。次日以狀告村人。令窮其跡。遍索廟中。見殿角一敗鼓。朱畫宛然。遂破之。得血數升及人骨若干。魅遂絕。

雪媒

康熙己丑冬。崇仁有兩姓同日娶婦者。一富室賈姓。一士族謝姓。新婦一姓王。名翠芳。一姓吳。吳貧而王富。兩家香車。遇於陌上。時彤雲布空。飛霰如掌。郊原谿谷之間。一望皎然。幾不辨途徑。車上各飾綵繩。覆以油幕。積雪封之。一二寸。絢爛略相似。同行二三里。共憩於野亭。輿夫僕媵。體寒欲僵。共拾枯薪。熱火亭中。久之。而雪愈甚。恐日暮途遠。各擁香車。分道而去。是夜翠芳將寢。環視室內。奩具甚薄。且非己物。疑壻家貧而易之。悵嘆不能忍。乃問壻。吾紫檀鏡臺安在。可令婢將來。為我卸妝也。壻笑曰。卿家未有此物。來今從何處覓。翠芳曰。賈郎何必相誑。壻又笑曰。吾真郎。非假郎也。翠芳曰。謂郎姓賈耳。壻曰。某姓謝。翠芳聞言大駭。乃啼呼賊。徒賣我。壻大驚。不知所措。家人盡集問故。翠芳唯啼呼不止。謝母怒叱曰。家本儒素。詎會作賊。汝父母厭我貧薄。教汝作此伎倆耶。詎能畏汝。翠芳曰。吾聞汝家本姓賈。今姓謝。何也。母曰。咄。婢豈有臨昏而易姓者乎。然則汝家亦不姓吳乎。翠芳悟曰。我知之矣。汝婦自姓吳。吾自姓王。吾來時途次。遇一嫁娘。同避雪亭下。微聞旁人言。此婦吳氏。其壻家吾亦聞之。不能記憶。殆汝家婦也。而吾乃賈氏之婦。雪甚寒極。兩家車從倉卒而行。其必兩誤。而互易之矣。遽使人覘於賈氏。賈得其故。衆咸以為然。而賈氏相距三十里。使者明日乃返。則延陵季女。已共賈大夫射雉。如皋矣。蓋吳女凝視妝奩。略問姓氏。亦頗知有誤。而心黠其富。

姑目昧以從之至是知之佯爲怨怒而盆水之覆已不可收即賈氏之子亦不欲其別抱琵琶也使者反報翠芳欲自盡或勸之曰王謝之婚本由天定殆姻緣簿上偶爾錯注合有此顛倒今賈氏已婚於吳則阿卿自宜歸謝尚何負哉翠芳不可謝氏乃馳介詣王公告以故王公深異曰非偶然也即遣媒者來告願爲秦晉翠芳以父母之命乃始拜見姑嫜同牢合卺成夫婦之禮厥後賈氏陵替吳女憤恚而卒謝氏子補諸生終身伉儷兒女成行而翠芳以順婦稱焉是事也時人謂之雪媒

蜀商

蜀有商人某甲居貨漢口性誠朴而不善持籌每爲同夥者欺蔽商知之亦不較一日獨立店門有美人翩然而入直上其樓商疑爲娼女而同夥者之私之也將召而詰之美人從樓上語曰君勿疑吾乃狐也欲僦此樓故來耳幸日以白飯一器餉我當有以報商諾之不復言即以飯往寂無所見信其果狐也設飯而下抵暮往取器則磊磊者在椀中視之白金也商驚喜次日復設飯復得金如前日以爲常同夥詢知其事因先往取器冀得金至則椀中飯如故乃笑謂商誑已傾其飯而下及商往則金也同夥恚曰金自樓出公物也當均分之商未應而樓上語曰吾以金予某賞其樸也若輩盜賊其行每私其囊橐以欺某不罰幸矣復望得當耶敢言析金者當吾石語畢有石擲地上地爲之裂夥慚且懼乃不敢言後夥衆謀欲殺商而分取其金置毒酒中邀商飲商未識也忽樓上叱夥曰跪夥不覺皆跪又叱曰拜夥皆向商亟拜商詫甚急扶之起則皆膝屈不可伸樓上又叱曰好自陳其罪夥皆涕泣向商曰偶萌惡念利君財實欲圖君設毒酒待君矣又聞樓上叱曰有毒酒何不自飲於是數人趣起取酒將分飲之商亟奪覆地火光星爆樓上大笑曰公誠長者姑爲公貰此數人死令長跪三日謝罪然此輩不可與居公宜亟去吾亦從此逝矣於是見美人緣梯而下含倩流睞徐徐出户而去商追謝之不復見矣夥果跪三日而後能起孤居凡三年商得金無算遂返成都爲富人立狐仙祠焉

毛生

前明崇禎時天下多故盜賊充斥錦帆綠林之徒所在多有洪州數舉子入都挾貲頗重道淮徐之間一少年來附舟叩其所自自云施姓蓋亦應春官試者爲獨行恐盜故來語作吳音窺其行李衣冠似乎烏衣子弟既入舟取笥中佳茗煎以江水遍飲同袍俊語名談傾一座衆皆悅之以爲良友恐不得當也已而江岸夕陽亂流明滅孤舟泊蘆葦中少年進曰江天暮景殊佳某有短笛頗爲諸君一奏遂撅管倚篷吹之悠揚數弄直使魚龍驚飛蝦蜆欲

跳衆擊節曰桓伊李牟今復生矣語未畢忽一豪客躍入舟中持一鐵柄傘猝擊少年墮水死呵曰咋奴不耶食村落來此奚爲衆視其人形容怪偉鬚髯林林如竪戟皆駭極仆跌結舌重呼曰賊賊客曰公等非赴試者耶曰然有重資耶曰有之願獻賊賊毋殺我客笑曰余不殺賊賊真且殺公適吹笛號衆者是也衆皆起謝客曰賊衆且悍夜將報余畏者可暫去前三里村落翁店一宿無患也不畏者留此看余殺賊於是去者半留者半客戒留者先寢聞呼即起視自引酒狂飲連飛數十觥不醉飲罷取鐵柄傘枕之鼾聲如雷衆假寐俟之夜半忽聞客呼曰賊至矣挾傘踞船頭時月黑星繁微辨人影一賊持刀奔客曰若殺吾弟我今取若頭客不答即舉傘格之賊應手而仆刀槊環進客從容揮傘呼呼作風聲與鋒鏑相應賊左右撲刺落水餘賊奔逃客已奪得賊弓矢連發射之盡告斃艙者股栗汗流浹衣襟客忽挾傘入艙坐神氣灑然衆酌酒勞客復飛數十觥掀髯謂衆曰公等窮年佔畢足跡不出三里外豈知世路之險巇哉衆唯唯又曰國家求才待用自惟有具則近而平平置坐床頭弄稚子無以父母之身輕餧虎狼之口也今第行無恐衆羅拜曰向者不敢啟問今將軍活我恩厚矣願聞姓名以圖報效客恚扶之起舉傘扣舷曰余亦非將軍亦無姓名亦不望報吾去矣一躍而逝旣而春闈一舉子遂客於號舍心訝此君能挽兩石弓復能識丁字真異人也趨前問無恙客睨視若不相識亦不答即入號熟寢窺其舍鐵硯斑管各一別無長物初不敢呼問客直睡一晝夜不少寤次日午晌舉子文已畢將繕寫心慮客虛其沉睡將不克終卷欲以己餘剩胥之遂呼客客大恚曰豎子敗吾事斷送會元矣舉子跼蹐不知所對既而客嘆曰毛生毛生豈非命也夫千金之璧當首首王廷安能隨行逐隊自居牛後爲渴睡漢揶揄哉今以吾文與公可獲亞名亦不負公數千里冒險跋涉也掣紙書之風行海湧三藝立成擲予舉子之前曰吾去矣即挾空卷投有司稱疾而去舉子閱其文允稱傑構書法亦矯健非常嘆歎不已因稾已作書客文以進果成進士第二名

三官神

臨川吳甲賈黔中嘗與黔人之女私女曰郎家距此數千里一旦遠歸別選淑配妾如殘秋敗葉矣甲曰某雖歸必旋來謀與卿偕老何乃出此言女轉嗚咽甲亦愴然無以慰藉之乃曰卿不信立誓可乎女頷之地有三官廟神素靈顯共詣廟焚香矢之曰男某女某爲結私緣願偕佳偶千里同心九原共穴有渝此盟神明殛之既立誓情好愈篤將圖偕奔女曰無庸也君鄉人客黔中與妾父善者不下十餘人妾父素重君若因鄉人爲蹇修致禮而求娶其誰曰不然又何必以逃嬖之行爲人笑哉甲曰甚善然須得嚴君手諭令某暫回以慰思

念。某不敢違。計往返不及期年。某更得銜父命而通姻好。不亦善乎。女然之。臨行之前夕。謂甲曰。始終之盟固不或爽。但早至一日。則多受一日之賜。若稽以歲月。將有子晳妾窩之覺。妾雖捐骨泥沙。其如三生飲恨何。甲曰。吾已寓意鄉人為某斧柯。當無他虞。某亦尅期至矣。灑淚而別。既歸。甲父為聘封氏女。甲不能違。已復得黔中鄉人書。言為君議昏某翁。可不辱命。但當速來完其好事。甲素畏父嚴。不敢以聞。進退狼狽。而背誓之念遂決。不復黔中之駕矣。將逆女於封氏。先三日。召屠者割牲。將告祖廟。忽有三人從南來。形表偉異。遂奪屠刀。擒甲而割其陰。擲于地而去。旁人奔救不及也。甲既閹。宦絕數四。傅藥半年。乃能起。親迎不果。封氏之女亦別醮焉。後父母物故。家道凋落。甲以癈疾不任遠商。年六十餘。遂至乞食。嘗絮黔來余族。兒童見之。無不誚譏。尋以創發死。

鄒忠介公

崇仁大華山。名山也。其神甚靈異。禱疾病祈福祥者。數郡畢至。趾相接也。有不誠者。輒被譴。趙元壇王靈官為左右二元帥。輪流值歲。相傳趙寬王嚴。趙值歲。來者有小過多不較。其繩之峻而禍之速者。必王值歲也。甚者被其擎立死。或蹉跌傷折肢體。邪視者痛目。妄言者卷舌焦唇。手足不戒者。傷趾折指。其輕者。亦或得狂疾。自道生平私隱事。以故諸為不善者。聞其風不敢往。嘗有謁者至山下。見一女足甚纖。心羨之。因以二指遙度其長短。指乃傴。至神前悔罪。乃復。又有一人言牛肉之美。遂喑啞。懇禱而後能言。又有男女二人中途相挑。夜苟合。兩体連牽不能脫。遂羞痛俱死。死猶相黏。同棺而葬之。其靈異如此。鄒忠介元標微時。三至而三不得上。詢其故於人。人曰。子之鞾。革物也。神必惡之。盍易之。易布鞾。乃登。既謁廟。見神旁有鼓。革鼓也。忠介詰神曰。我革其鞾。神惡之宜矣。神明革其鼓。厲有說乎。言未已。鼓即從架上滾下。直至山腳。聞者異之。後每歲供布鼓焉。忠介既以理屈神。獨自持慎。雖曠途暗室。不敢或苟。神使靈官隨之三年。欲伺其短。每聞鞭聲錚然。或日中燈下。見其舉鞭欲擊狀。而卒莫之擊。後偶過井旁。見修綆繫一膽瓶。有水甚清潔。蓋新汲之井中者。而汲者不在。忠介方渴。掬飲之。乃見水中有靈官鞭影。急取錢投於水。乃滅。遂不復見。

長春苑主

友人余君。自號鳥虛子。為余述元生事甚悉。元生不知何許人也。弱冠補諸生。才名甚躁。三戰秋闈不捷。遂結廬山間。絕意進取。潛營寮廡。詩文之外。唯嗜花若性命。然未嘗手折一枝戕一莖也。一日獨坐。有輿馬旌節倥傯門外。二青衣進謁曰。夫人敬遣相迓。元茫然問夫人云誰。青衣曰。長春苑主也。即促登道。元漫許之。不半里。便有香氣來迎。澤衣沁骨。又三四里

許。城郭表延。望如錦綺。青衣曰。此花城也。皆落花砌築。久而膠結。固於金石。抵一城門。榜曰管春。謂天下之春皆從此出。城內粲煌爛漫。不可目窮。皆四時之花。同時開放。顏色相間。掩映而蔽虧也。行萬花中。逕甚繚曲。覺神明爽發。膚髮皆香。有頃而至。則宮闕亭台。朱甍碧瓦。鱗次而帶繡也。閽者皆韶艷女郎。馳報夫人。元降輿以待。第見紅英翠葉之間。飄輕裾曳廣袖。美麗閒都者。無慮千百。私語匿笑。往來窺客。以問青衣。曰。花神也。花一種即有一神。豐約穠纖不一。花亦如之。已而閽者出。傳夫人請見。元肅容而入。歷門闥十數重。達一大殿。珠簾乍捲。翟葆斜開。嬪從如雲。左右環簇。夫人冠華玉之冠。佩彩雲之綬。衣裳霞艷。環佩鏘鳴。神影仙姿。殊絕人世。降階而迎。元下拜。夫人命侍女曳起。賜坐。夫人南向。元東向。夫人斂容曰。此地眾美所歸。群芳所出。秀才以惜花之心。成愛花之癖。故特迎致。蓋奇緣也。元遜謝。俄而設享自殿中。至於廊廡。綺席相次。凡諸花神。悉令陪宴。進飛英紅露之釀。陳調香和玉之羞。酒肴數周。眾樂並作。間歌合舞。過雪停雲。風調各殊。容華並絕。夫人曰。惜弄玉飛瓊諸姊妹。方宴瑤池。未暇邀致。使今日管絃未臻極盛。元捧觴避席曰。今日宴會。色藝極天地之選。聲容盡古今之妙。一介鯫生。躬際斯盛。皆夫人辱命之寵也。願借芳尊為夫人壽。夫人起而受之。亦酌酒酬元。日昃罷宴。以笙歌羽衛。送居貴芳館。明日令下。以元為長春苑催花使者。並賜青旛絳節。綠仗雲驂。披服寶玉。出入府第。花神聞之。皆來賀。夫人命侍兒送花名玉冊至。元閱其姓字。皆往古美人。乃悟花神即美人也。出世為美人。離世為花神。元欲識其尤者。因謂美人曰。諸卿芳名。心竊久矣。今鄙人願有以覩焉。敢請。眾皆笑曰。謹受命。元問蘇若蘭來乎。一女遷回而出。意度閒雅。元揖謂之曰。卿織錦璇璣圖。八百四十字。宛轉循環。有詩三千餘首。古今才妙。莫或右之。若蘭遜謝。次問紅拂。紅拂應曰。妾是也。元視其貌。落然絕塵。歎曰。識藥師於晉謁。結虬髯於逆旅。紅妝俊眼。真有也希。紅拂退。元目送久之。忽見一女於稠人中。俯而摩其足。若不勝其楚者。元戲問為誰。眾曰。窅娘也。元曰。以纖月之勾。妙凌雲之舞。真不讓掌上人矣。窅娘頳顏而西階。一美人輕盈纖弱。拂袖而嗔。頗有不平之色。旁有一女手梅花一枝。眉目明秀。不可描畫。睨之而哂曰。燕兒燕兒。又作昭陽故態矣。美人聞言。慚且怒曰。何與爾梅精事。蓋飛燕與采蘋相誚也。楊妃亦謂樓東寂寞。則珍珠可慰。奈何以舌鋒刺人。采蘋未及答。一女姍姍而前曰。肥婢何知。欲為禍水興波。不記環上繫羅衣時耶。元問之。乃班婕妤也。恐其攻訐無已。亟為解之曰。諸卿往事。何足深論。譬諸花枝糾結。花片相撲。無害於花。徒令人可憐耳。於是諸女謝而退。他日。夫人命元定花神甲乙。元辭讓再三不獲。乃甄別其香艷。各為三品。香曰奇香。名香。幽香。艷曰雅艷。穠艷。狂艷。視其神以定品。而花隸焉。如

西施王嬙卓文君崔鶯鶯之屬，咸列狂豔。西施聞之，請見曰：妾雖鄙陋，君何至以狂豔見目。元謂：卿泛湖之役，固當小貶。西子辯曰：沼吳之後，妾實從伍相於江流，陶朱何人，妾嘗儼之以負君恩而喪婦節也。元矍然曰：微卿吾幾誤矣。有頃，王嬙亦來泣告曰：妾以薄命，為畫工所誤，遠嫁沙漠，以君命故，不敢違，未當一日忘漢也。而倭臣東峯，誣以駁驪之行，妾飲恨黃沙，未由昭雪，故使塚草獨青，以明區區之志。而僞儒周秦行記，乃敢肆為狂言，深相汙衊，此妾之所痛心而茹憤者也。君其察之。元再三引咎，乃列二人於幽香，始悅而去。元既以六品位花神，報於夫人，夫人嘉歎曰：是花神職。歲時各以花之顏色數目，具書於冊，聞於使者。使者所司，眾花神銜命，歲出看春門一度，五日而返。亦有不返，遂留人間者，即出世而為美人者也。元以久別山居，欲乞假暫歸，遂上書於夫人，其略曰：竊惟芳草相思，王孫惆悵，垂楊惹恨，遊子踟躕，故富貴有鄉國之思，即神仙多別離之感。臣本寂莫，辱在草莽，並無田而惹無園，稅駕何鄉，岸有芷而汀有蘭，尋芳迷路，蓬心不改，自分老於蒿萊，匏繫無聞，維憶采其葑菲。紫闥畫掩，忽鶯小玉來鼓，荅苑春開，竟使飛瓊下請，寶翻成行，鸞笙作隊，現空中之城郭十二樓臺，浮世外之嬋娟三千粉黛，身如桂樹，許近嫦娥，命占桃花，更依王母。既陪麟脯之宴，復長蛾眉之班。千古奇逢，三生異數。豈雖翟傾陽而已，遂兼葭倚玉，以何求然而玉枕遊仙，夢裡之蘼蕪莫採；金丹換骨，胸中之荊棘難除。憶阮客之曾歸，笑龐公之不返。東籬晚菊，定憶陶潛；南國秋蓴，尚思張翰。值此風迎杏靨，暫假歸鞭，俟待雪綻梅粧，重開舊閣。擬衣華表，爭傳化鶴之人；塗為雲端，竊比飛鳧之吏。夫人笑而許之。遂置酒祖行，召眾花神至，告以意，則皆惘然有可憐之色。酒數巡，盧女抱琴而前曰：本不妙於音律，先生遠去，願獻一曲，代渭城之唱。元稱謝。盧女撫絃動操，為鼓霓裳序。不數聲，梁上欲飛，落花起舞，四座寂然無語。琴罷，夫人復謂眾神曰：諸卿妙技，各於今日試之。過此以往，則天上之曲，人間不可得聞矣。於是雀莖奴理箏，宋偉吹笛，關小紅奏琵琶，徐月華彈箜篌，檀板玉簫，更番迭奏，歌舞紛沓。大都麗娟絳樹，飛鸞輕鳳之儔。盡歡而罷。明日遂行。夫人及花神各以花片為贐，元拜而受之。送之管春門外而返。元既至家，妻子皆驚怪，覩舊聞之，咸來問訊，聞言莫不嗟異。明年復往尋之，則武陵之舊路迷矣。悔恨不已。自是愛花愈篤，花前多作傷心語，益無意於人世。後數年，無疾而終。臨終謂家人曰：吾始以花生，終以花死，死而有知，魂魄猶應戀此也。身沒之後，當以花花葬我，且吾以花隱，毋著我名，但題曰：故長春苑催花使者元生之墓。葬之日，棺輕如蛻，識者以為尸解云。

梅花美人

如皋陳肖生嵩，以畫名於時，尤長於梅，冷蕊疎枝，嫩寒春曉，見者輒作孤山雖落之想。有金陵李某，僦居京師內城，齋壁紅梅一軸，肖生筆也。一日仰卧觀畫，童子侍焉。忽有老人出於畫中，龍鍾傴僂，俄而枝葉動搖，花蕊怒放，每一花現一美人，步虛而下，須臾，次第入花去。老人亦遂隱。畫如故也。後凡三年，亦無他異。李言之肖生，肖生述之吳茗香，茗香述之余。

紫釵郎

有馮生居郡城，郊外閒步，花木叢萃中一宅，雙扉半掩，有美人倚門斜盼，如有所待，見生，徐徐掩門，如不勝情。生悵然而歸。次日復往，又見焉，遂低徊駐足，挑之以目。女低語曰：蝶亦戀花枝耶？生應曰：蝶不戀花而更誰戀，但未識花戀蝶否？女笑曰：蝶既戀花，何不飛上梢頭，栩栩何為？生遂入。而門遂掩，閒館雲虛，惟女獨處。生問宅上無人乎？女曰：吾有新婦，何謂無人？生笑問卿安有婦？女曰：吾族納壻，均謂之新婦。今卿是也。吾名紫釵郎，卿宜郎我，勿得卿我。我乃得卿卿。生笑頷之。紫釵向壁曰：新婦昏冥寂闃，奴誑奴可出侍。俄有二青衣自壁中出，娬媚可觀。生大驚，知其非人矣，疾趨欲遁。紫釵追捉其臂曰：既為夫婦，不啻骨肉，何相棄

之速也。遂命青衣將酒來，與夫人壓驚。酒至，連酌奉生，每杯自飲其半。兩頰盈盈然，如桃花之冶豔矣。生初最畏怖，至是心動，漸狎暱之。紫釵復命青衣往請諸姊妹及魏姑。姑來陪夫人花燭宴。凡稱新婦及夫人，皆謂生也。生亦戲自稱曰妾。須臾青衣報曰：諸姑至矣。有自東壁出者，有自西壁出者，共四人，皆韶顏豔質。指問生曰：此新貴人乎？乃目巾領下及襪履，一一審視，咸斂衽向紫釵曰：賀汝得佳婿。生頗羞慚，而亦儼然如新婦之腼腆者。青衣又傳魏家姑。姑至，則一美人自南壁出，年稍長，迎紫釵笑曰：偷香賊，乃敢延客，劣我遠速。紫釵亦笑問何索何不教來。魏姑曰：小蠻女眾人難行，已命小婢將餅餡餉之矣。於是叙禮就席。僉曰：新人宜首座。生遜謝。諸女共挽生坐之，復挽紫釵坐於次，曰：新郎君宜此位也。紫釵亦謝而後坐。已而諸女以次皆坐。一女名小瓊，年最少，居雯尾焉。閑奴奉壺，蓮奴進饌，瓊醴雕盤，無復凡器，芳潔充筵。嘻嘻而飲，酒數巡，一女執爵而起曰：吾觀夫人眉黛風雅，新妝妙詠，可得聞乎？一女曰：此吾輩事，奈何以苦夫人。生素自負，不覺愠見曰：詩豈苦人之具乎？妾雖不才，願有所獻。請即席賦之。諸女微哂曰：願聆佳句。取牋筆授生，吟哦久之，不能就，而汗浹兩頰。小瓊曰：吾為夫人解圍可乎？遂奪筆書曰：海內青蓮死，誰為併馬才。一言難返汗，默默落吟腮。蓋生姓馮氏，詩折其字以嘲之也。一座鬨然，方肆笑鬨，南壁一婢抱三歲小女兒出曰：阿

妻來母來也。魏姑抱置膝上。將乳之。諸女群起弄兒曰。能作一催粧詩。使當乳爾兒。應聲而就。詩曰。妝閣螳巾移。菱花笑相見。脂凝杜子春。粉傅何郎面。諸女咸喜曰。真慧種也。生驚愕愧赧。始無人色。紫釵頗憐之。對衆曰。吾婦新來。羞怯故文思偏澀。再言詩者。裸罰之律無赦。衆笑而戢。生亦少安。紫釵又曰。今日宴者。阿素之外。凡七人。適符竹林之數。吾有觴政。各占一籌。得五君者勿飲。得山公者罰一爵。惟錯核兒最為污鄙。若得阿戎。當以大斗酌之。而能有辭者。仍勿飲。衆皆曰善。青衣具牙籌。書七賢姓名。各一。以紫金筒貯之。紫釵探得王戎。生得山濤。諸女意在沛公。譁曰。今日為二人命觴之酒。第一籌便為佳偶。宜行合卺禮。乃引滿一斗。今同飲各半爵。亦如之。飲訖。貯籌復探。生得王戎。酌大斗矣。一女得山濤者。索筆戲書曰。臣公山啟事。臣以斗筲猥竊鼎鍾。伏見王戎梵林搖墜。風塵小物。臣不敢濫爵。願薦戎自代。舉爵向生。生無詞以報。遂并飲之。嚴後生復得王戎。不勝其虐。而紫釵得劉伶。生因謂之曰。妾聞劉伶以酒為名。一飲一石。五斗解酲。郎當代妾飲。紫釵不欲忤其意。將飲之時。阿素方卧母懷。見之亟代釵答曰。婦人之言。慎不可聽也。衆皆失笑。紫釵遂不飲。生怒甚。瞋目叱素曰。乳臭兒安敢爾。而小瓊得阮籍白眼而起。揶揄曰。君等視濟仲雙目真閃閃如巖電矣。衆復大噱。生是日雖置身羅綺間。而為衆所播弄。神氣沮喪。賴紫釵常袒護之。然終覺口衆我寡。遂力求罷席。魏姑曰。新人欲入溫柔鄉。吾輩纏何為者。諸女皆起別。各向四壁中而去。生時已被酒。不暇誰為。繡帳錦衾爛設東閣。遂與紫釵繾綣焉。次日晨起。諸女以酒肴來會。復縱飲至暮而散。生既住半載。亦能行壁中無礙。因過從諸女家。皆華屋幽閣。更無雜客。乃次第與諸女通焉。覺脂膚玉體。並殊凡豔。巫山洛浦。不過矣。而小瓊與生情好尤篤。紫釵知之。亦不問也。如是數年。鍵戶而居。足不履閾。一日忽思歸。言於紫釵。紫釵黯然不言。而愁怨之容可掬。生慰之曰。歸即來耳。何不釋乃爾。紫釵強顏之。淚珠熒熒然落襟袖矣。將行之夕。諸女畢至。慘怛惆悵。無復歡容。時阿素稍長。嬌頭綠衣。隨母而至。亦牽衣喃喃叙別也。而紫釵及小瓊執手嗚咽。斷腸哀怨之語。至不可聞。生雖不勝其悲。而私怪兒女之情過於牽戀。謂數日便當重會。何至如木落水流。相訣也。遂別而行。至家。妻見之若不相識。但言此婦何來。生大駭。急言吾乃馮某也。妻亦駭曰。吾夫久出無蹤。而此婦假其名。得毋妖乎。將欲走避。生猛然追憶。恍惚如夢。記紫釵故戲我。嘗以巾幗遺我矣。乞鏡自照。宛然好女也。亟白其故。妻不之信。生因笑謂曰。不記雙橋釣鯉時耶。妻曰。竿頭魚餌安在。答曰。藏於獅山淺澤中。蓋當年閨中隱語也。語既符。妻熟視其狀。猶可識。遂納之。同寢床笫之間。固猶是藁砧風度。明日。重改衣裝。本來之面目始見。居旬日。往訪紫釵。風景不殊。道途猶是。而仙村人面俱不

知何處所矣。茂林叢莽之間。猿烏悲鳴。若有彈指而泣者。生回念當時情況。雨散雲飛。欲再求阿郎呼我作新婦。了不可得。而泣別傷離之狀。耿耿然在心目間也。遂悼痛而歸。感疾迷離。數月而卒。

畫師

徐氏肇夫者。忘其郡邑矣。家號素封。而好接異客。技術之士多往依之。有畫師客其家。自言有奇畫。願與衆觀之。乃張畫於壁。見樓台亭館。重疊縈迴。類西洋畫。徐問畫有何奇。畫師曰。吾能身入其中。故奇也。徐以妄笑曰。噫。帖然一紙。塗以丹碧。公焉能置身其間乎。畫師乃向畫咒之。即有一旁門洞開。聳身而入。門亦隨合。捫之如故。索之不可得也。共相驚怪。門復啟。而畫師躍下矣。衆遂問畫中之狀。畫師曰。何問為。第同往觀之。衆皆喜。畫師指畫中門最大者曰。當今開此正戶。以延諸君。戶應手而闢。畫師先立門中。一一以手挽之入。第見梁欐丹艧。鳥革翼飛。埒於王侯甲第。每歷一門。便覺改觀。或粉壁森然。忽啟雙扉。或畫棟巍然。忽開螢閣。或牕間縋下。別有亭池。或石罅穿入。另闢園囿。其堂室之形制。矩方之外。有似月者。有似圭者。有似弓者。有似扇者。有似蕉葉者。有似香爐者。有似鐘者。有似環玦者。有似壺甑各器者。環形詭制。無一雷同。最後啟一偏門。衆皆入。乃徐妻卧室也。時方盛夏。徐見妻裸卧白綃帳中。皓體畢呈。急不及掩避。諸客見之。無不掩口奔走。至畫所。畫固儼然在壁也。徐大怒畫師辱己。尋刀將殺之。畫師復聳入畫中。畫與人俱失所在。

荊州女

明末時。荊州有許氏民。生三子一女。子以射獵為生。女最幼。年十六。嫁北村盧氏子。甚敬其夫家。自舅姑以下。悉得其意。鄉里稱順婦焉。而父母尤絕憐之。諸兄亦各愛此妹。歲時往來。音問甚數。每獵得麋鹿獐兔諸物。或鮮而饋之。或腊而致之。雖一臠之甘。未嘗不共。女歸寧父母家。歲輒數四。一日。偕婿來母家。女忽發狂。走入室。閉戶良久。母於隙間窺之。忽一虎突門而出。攫母噬殺之。父驚走。虎復攫父。又殺之。其婿在旁。震駭仆地。虎不之顧。時三子方遊獵歸。遇虎於門。虎欲搏三子。咆哮而前。三子正持獵具。因共格虎。得不傷。虎復奔入室。三子追視之。則虎方人立。其皮豁落。乃其妹也。三子哀號。并其婿執女以詣縣官。女自辨形變則心變。故不識父母。當無罪。令曰。不然。心者身之主也。心變故形變。即形變而心不宜變。且其虎殺人。亦法所不貸。況女而虎。其父母者歟。遂置女於法。

竹冠道人

樂安有士人。偶宿土地廟。夢土地飭其屬曰。明日仙人過此。宜洒掃滌除。以迓仙蹕。復謂其

媪曰。爾我亦宜沐浴以待。勿以慢褻取罪也。士人趨問曰。仙人為誰。曰田真人也。士人曰。某亦願迎之。土地曰何與爾事。且爾凡骨尸居。安得見真人。士人曰。某慕道亦有年矣。反遜於君之紀綱耶。土地卒不許。士人大嚷。土地命逐之。出戶而覺。頗以為異。歸以語同學者。次日同往廟前伺之。有竹冠道人自西來。朗目脩髯。丰度飄灑。葫蘆長劍各一。繫於腰下。過廟門而拱手焉。諸人私訐。殆田真人也。徑前牽其衣。請大仙過我。道人笑曰。某姓宮。名去驕。遊方道士。而安知仙術。何子之誤耶。諸人請益堅。道人曰。既諸君款留過厚。某謾無短長之人。安敢峻拒。聊且過子。諸人喜躍。導之以歸。共潔一齋。而奉之飲食。器具效致甚誠。居十餘日。諸人僕求度世及黃白導引之事。道人泛然略無所答。忽染沉痾。淹淹欲斃。諸人始猶奉湯藥。漸見其疾不支。頗悔之。咸咎士人之妄。士人亦自以為罔䏦也。將謀遷之於他室。道人曰。念某客死他鄉。乞以此齋為葬地。飲食而足。我則公等始終之德也。衆怒曰。我輩誤識爾。耗費不少。此吾輩清修之所。顧以為爾宅兆耶。忽一童子造門請曰。吾師在此否。衆問為誰。童以道人對。衆喜。告以病。且紿之曰。爾師日望爾來。護病歸去。今始來耶。童聞之趨而入。見道人已不能言。但以目視童。淚隱隱承瞼。童大慟。擗踊嘔血數聲而絕。道人見之。長吁一聲亦死。禍上。諸人慌亂。不知所為。懼為人所覺。亟具薄材。謀以夜半瘞之冀壤之下。解視腰間劍。劍光

艷發。視葫蘆中。皆黃金。衆大喜。議瓜分之。道人忽大笑而起。謂童子曰。可去矣。童子亦起。因擲其劍化為龍。擲葫蘆化為鶴。各乘其一。飛騰空中。冉冉而去。諸人俱駭愕。悟仙人之游戲矣。其臥室有香。經月不散。壁間有五言古詩一首。七絕二首。皆墨淋漓。向莫之見也。抄而讀之。隨抄隨滅。五古云。瓊樹三千丈。種在流霞闕。朝浥瑤台露。暮掛緱山月。風霜飽更榮。花葉無衰歇。提洪花下傾。醉到臙脂雪。七絕云。空山明月照莓苔。劍匣鉋尊久不開。黃鶴未知塵世險。等閑載我出蓬萊。海雲十片散幽襟。昌老無心却有心。仙侶相逢好歸去。碧桃花下撫瑤琴。

上官完古

谿北上官完古。嘗行遠村。歸值日暮。投止無所。至一山。見遠燈明滅林外。尋燈而至。乃一小村。數十戶。戶各一燈。燈色甚綠。有異常火。而哭聲甚譁。比屋皆然。未便遽之。隱身躡步聽之。一婦哭曰。烏乎。吾不圖爾之至於斯也。一婦哭曰。哀哉吾夫。痛哉吾夫。一婦哭曰。天乎何奪吾二男之速乎。一男子哭曰。吾弟素勤謹。不意亦罹橫禍。一老人哭曰。吾經營數十年。僅足衣食。爾破我產已甚矣。又役我子而死之。此恨寧有終極耶。又有男女二人共哭曰。阿父阿父。衰朽之年。猶不能免於溝壑。其餘聲情哀抑。聽不能徹。又一家不聞哭聲。但聞男女數人竊竊私語。乃有人數四伺門外。若謀機事。恐人覘者。完古甚怪。入而問之。曰是何哭聲之多也。男女乍見皆驚避。旋聞人語云。客也。何避為。有數男子出衣履甚敝。椎魯類農夫。因先問其門。謂完古曰。客遠來。未知此地官長自承源以上。貪殘如狼虎。數年工役繁興。科派鄰里。日役丁男數千。而少給其食。小民失業。勞苦飢餓。往往踵相望。無以供租稅。悍吏日來吾鄉。呼囂隳突。雞狗不寧。鄉民流離死亡。殆盡。今副使且至。旁閭縣官從人除道。副使爪牙千百所在騷擾。不死於勞悴。則死於敲朴。倉卒之間。未能遠徙。且謀宵遁耳。完古慰之曰。古有力役之征。民為上勞。亦其職也。農夫皆然。曰公若為吏。當不滅縣官之酷。室中有婦人呼曰。此何時。猶輩尚閑話。不畏縣裡公差耶。言未已。忽聞扣門甚急。乃女皆吞聲。一婦人悄語曰。吏至矣。吾當應之。爾輩且從後門出。遂啟門而奔。完古亦從之。諸人行甚疾。頃刻相失。完古道黑不能前。乃伏於叢莽之內。屏息伺之。須臾見數吏持火炬。挾銀鐺繩索。呵叱而來。搜索甚急。映火而窺。有一吏似是族子某。蓋數年前已死者。而聲情逼肖。欲出問。恐有誤。因念此豈陰府耶。且官吏酷虐如此。鄉里死徙如此。向何不少聞耶。旋聞一吏曰。不知從甚路去。好一吏曰。歧路雖尋。當分道索之。且行且語。亦頃刻不見。乃出尋路至舊村。而婦人之哭如故也。男子則皆逃矣。完古欲求宿。婦人皆以吾寡婦不便留客。使於門外檐下坐。夜久

門閉燈滅。哭聲亦寂。遲明視之。乃坐墳冢間耳。

徐太保

前明吾鄉徐太保。少時偶行綠野。前臨石瀨。深不及骭。褰裳可涉。已解其履矣。忽見一女子婷婷而至。立而望之。年可十七八。丰態絕妍。臨流不語。悵望夷猶。若欲濟而恨無梁者。徐曰。美人欲涉乎。女子微笑。徐曰。美人欲涉。奈羅襪之難凌波何。女子乃低頭自顧。仍微笑而羞澀不勝。徐笑曰。書生之背可作舟楫乎。女子頷之。乃以雙袖附徐肩。徐以兩手挽其足。載之中流。依依麗影。清漣可鑑。不覺微吟曰。玉女渡銀河。紅裙罩綠波。詩未成。已登彼岸。女子下而續之曰。只因詩二句。奪却狀元科。言罷不見。徐驚且悔。悟神人之試己也。後登天順己丑進士第二名。官至太子太保。

耳食錄卷二

臨川樂鈞著

紫溪洞長

金陵李翁逸其名有城南別業多妖異鍵其戶有年矣一日故人之子黃生來假寓李告以異而黃固言不畏不得已從之居數日有叟自內出鬚髮皓朗衣冠甚古黃知其妖也叱之曰若何人來此何為叟曰以君獨處欲來共破寂寥耳君固解事者何乃效愁生滅燈耶我紫溪洞長也君第安之無所苦自是輒與談論終日詞氣風雅語多奇妙黃甚愛之而秘不以告李李使僕覘焉及其門無所覩但見黃端坐語刺刺不休若與賓客偶談然歸以告李李召黃詰焉則曰無之李曰是必有異不去且有患贈以白金遣之歸黃不欲去謂李無主人情乃下逐客令殆厭我不輸僦屋貲故反金以誚我也乃辭其金并益以已金還之求僦別業以終歲李固長者辭而謝焉然覩其詞氣之間頗若迷罔益患之乃預買一舟約舟子曰客登即發而召黃醉以酒遣二僕舁之行并束其裝置舟中即解纜還去比黃醒已數十里矣黃念叟急甚欲返舟舟子知其故勿聽也行數日叟忽至舟中讓黃曰我與若好友即去何得不告我黃謝之以情訴叟笑曰固知之欲返于易易耳舟子聞之始知妖妄舉篙將擊之叟忽蛻黃登岸飛騰而去他舟及岸上見者無不駭絕也舟子亟回棹白李使視諸別業閴其無人焉叟既偕黃至舊所曰此地殊擾吾已別僦一室盍還焉黃從之行二里許至一處榛莽塞徑室宇荒穢復前行入一小門越曲巷三四則迥廊曲榭雕題畫礎廣廈數十間便有童子二人出迎客而笑語之聲自簾幙間出者復嬌韻可聽也叟之曰此老夫菟裘非佳客良友未許至此黃謝之居數日款留甚厚是時黃年三十餘所遇多佹傺覩此豪華而無聊不平之慨不覺形於顏色一日酒後談心叟詢黃何鬱鬱不樂第言所欲某當能為君致一臂黃笑曰吾屢試不售而關節之頻答若得令科甲頭足矣叟躊躇曰不可若次科即亦無難黃曰君適言之何遽有難詞得毋誑乎叟良久乃曰往朝南海或有濟然終不敢必也久之未有行意黃促之與俱往及半途遇一神廟叟驚懼變色慘然曰君累我禍至矣速反避黃方欲問故忽陰霾障天雨雹如矢雷電交作砰訇若崩山塌谷黃急避入廟而叟不見既而雨收天霽出踪之見巨蟒長二丈餘死於廟門外踉蹌而返

宓妃

有書生家洛水之旁好義任俠書齋假寐夢青衣來告曰洛神宓妃使下妾致命以君之高義將申不量之誠已至門外矣生亟趨出迎見洛神飄然降車服飾崇侈果如曹子建所賦沓侍者十餘輩率皆研麗風華相見禮成生啟曰塵凡下士久企仙顏無由展謁何幸凌波之步竟肯遠顧將何所命妃低鬟斂衽貌若含愁半晌乃言曰妾以鄙陋獲處宓宮每念滄海瀾狂自防如玉黃初三年偶蹈閑隶稅駕江皋邂逅東阿不及掩避初未嘗流連盼睞致蹈觧𤓰之嫌乃東阿詞人好為誇飾妍詞豔語借局抒衿致驚鴻游龍之談為輕薄者所藉齒而臨濟劉伯玉者竟雒誦於其妻段氏明光之前加以褻語遂致觸怒悍婦捨命過津欲效介氏之尤憑泉漢而為厲陽侯長者任其作威竟得獨擅秋潭役使鱗介而應美人以得渡者咸毀容妝乃占既濟自太始以來千有餘年皓齒青蛾未有敢嬰其妬鱗也者魚腹餘妖不自愧恥漸乃遷怒於妾飛語橫加初無睚眥小怨竟成骨髓深仇妾為是風馬牛之不相及未嘗寇至曾不以龍武三軍當此之時剪除凶兆僥谷過當養禍貽奸致滋蔓之難圖悔噬臍之無及段婦嘯聚日多悍流蜂起延平六虎盡為爪牙獅吼鳩盤所在響應跳踉我邊陲殺傷我將吏河洛之間安瀾日久刻期徵調惶惑奔逃采旄桂旗無以敵虎狼之眾遂使憑陵所至鱗介之屬靡有孑遺往者發使避須告急於國王曹植且責以文境不戢厥口興戎曹王愧謝大詰戎兵傾國之眾尅期赴援妬賊自度不支聞風宵遁援師既返乘間復來雖曹王念憐羈之由已卿與國之多難一介乞師無役不赴而寇情詭秘竊發無時勞師遠來無功而返彼既歲疲于奔命我亦虛縻其供張頃聞羽檄馳告臨濟之師又將壓境妾欲募召義勇濟師益甲乘其無備先發制勝義旗久建赴難無人而海內鵰鷲之徒多為敵用疾風暴浪可為寒心事之成敗身之安危在此役也先生心存濟弱義任鋤凶故敢特布腹心覥面之羞所不能避惟先生圖之生曰凶悍之惡人有同心惜玉書生尤所深嫉苟能伏助敢憚勤勞第恐水陸殊途顯幽異迹雖眾無所用之耳妃曰不然昔涇川節度周寶遣鄭承符將兵赴九娘子之難使朝耶受縛善女奠安古今稱其俠烈柳生伏義寄書洞庭君錢塘昏怒吞噬涇陽骨肉再合柳生獲虞女之報書傳所載不可誣也誠能捐三寸之舌乞一旅之師屯戍水濱為犄角之勢相機策應進可以攻退可以守是先生以齒牙餘論安全弱擔而有大造於巾幗也妾雖不慧其敢忘德生問所需甲馬之數曰得輕騎三千足矣皆軍帖除名無所復用於人間者生故與戎間相善計可借兵遂許諾妃謝而去生倏然而寤深以為異先是水中常有黑風捲浪勢若山崩歲輒數四乃悟妬婦之相侵也遂詣總帥言之帥素重生不以為妄生復思曰妃言須輕騎三千皆以除名軍帖當是已死者不然生人赴水將何所用耶帥亦以為然遂籍已歿軍士得若干牒送洛水越數日風浪如前生復夢妃遣青衣來曰妃主蒙君卿惠賜以貔貅悉隸於虎賁將洛子淵戲下洛君將略非其所

諳又兼新集之衆未經閱隸驟遇狂氛倉卒逆戰不能指揮將士參用機權夜屯無備爲賊掩襲三戰三北挫折軍鋒妃主憂危計無所出故遣下妾請命於先生抒茲大難知先生素優韜畧用兵如神久欲斬妖龍搏餓虎寄雪不平爲天下快此正用武之秋建功之日也幸勿以他詞委焉生聞之怒甚攬衣而起謂青衣曰有是哉吾往矣誓當竭其微力縛臨濟么麼致之階下以雪妃主之恨也遂隨青衣出已有旌節甲馬之屬在門須臾而至翠棟虹[illegible]零閣玲瓏見妃淚容可掬生前拜妃亦答拜坐生賓位而陳詞曰選將不慎挫取新軍故收合餘燼以待先生爲破釜沈船之計以先生瓌才勝算當此妖狐如掃塵振落耳觸聞勦賊之客生曰我以新集之衆當遠涉之師宜嚴守以待其弊子淵意在速戰已進戎纓且又防禦不周爲賊所乘是以有前日之敗今寇已深入不可復緩緩將失機蓋新敗之後彼料我怯謂將退保窮城防我必怠若以精卒宵加于彼可以得志妃深然之因命金甌取酒爲生壯行生飲訖即躬擐甲冑精選士馬初更之後犯其前軍人不及闘遂拔之次日復整三軍將與決戰賊聞新帥善兵盡皆膽落使諜來偵爲邏騎所執因盡吐彼軍虛實於是分布要害設伏誘之僞以羸師佯戰詐敗而南賊輕敵無謀并力前進鼓譟一聲伏兵雲集轉戰夾攻賊師披靡斬首數萬級乘勝追襲猝臨賊境將賊全軍盡出堡戍皆空所至城守莫不望

旗歸命段婦遣使請降生不許親率吏士亟攻意在生擒圍其三面故解其西誘其出而擒之段婦果棄城而奔匹馬潛逃輕騎前邀縛於郊野遂大索其黨餘黨盡殲露布馳聞臨濟波臣率衆稱賀大犒兵士振旅而還妃率侍女百餘人迎于郊笑靨微頳丰姿愈絕擒解獄勞感謝再三並鑾還宮與生登樓受俘引囚於樓前數其辠惡唯叩頭鳴哀搖尾乞命妃殊不忍遂欲貰以不死生笑曰眞神仙之度也雖然挑兵首禍天有常刑無滋敗類實逼處此宜論置極典以彰法紀遂命押赴市曹車裂以徇其餘兇黨悉皆伏誅段氏臨刑而歎曰向怒伯玉眞得爲神以報之豈料爲神猶有今日臨濟晚渡可得見乎聞者嗤之論囚既畢飲至策勳欲封生以三萬戶賚玉之贖不可紀極諸將士賞賚有差生辭曰排難解紛而無所取者魯連之義也某激於區區之志攘臂而來豈爲此乎妃曰義哉雖然恩之不報人其謂我何生不得已受珍器數事餘悉卻之妃復以白璧二水犀一驪珠四鮫綃六託生致總帥以報其假師之意於是開筵張樂極其豐備妃捧觴而起爲生壽曰先生義勇所加窮澗立殲鯨鯢授首維澤國萬世之安雪玉臺千秋之恨恩同再造畢世莫酬生曰上帝彰美刑淫假手於人儒者任之故巫峽之雲瑤臺之露藍橋碧澗之花月率皆見於文章形諸歌詠天下後世罔不知聞雖以妃主之幽貞無從伺影而陳思忽然覯止作賦留傳翠羽明珠恰傳阿堵此皆天假之緣使昭其美而欲世間之知有妃也至於姤忌之流役夫若嫉美如仇持劍萬廉奏刀發彼呈醜于廣衆之地揚穢於遠近之口頻使正士興歎詞人發忿口誅筆削怒及枯骨雖決西江之水以洗穢持南岳之山以包羞豈能喻其萬一者哉若斯之故是謂天刑然或由頑鈍無恥之夫淳佯無良之子激發其嫉很之私醞釀其蜂蠆之毒以至於斯極固未有邀怒神仙宣威律度且以一姤上干千古如段婦明目張膽者也蒼固水鄉已歷千霜未遭誅戮而猶不戢思逞幾欲淹滅[illegible]祀之靈罪實貫盈正宜殲滅故果得上藉妃靈下資兵力搗其巢穴殲厥渠魁一鼓而平無亡矢遺鏃之費天之所命非人力矣且身隸巾幗曾不能投鞭拂劍預戩橫流掃蕩腥穢而使[illegible]之[illegible]也敢自功乎乃亦酌酒奉妃妃爲進引數觥紅妝數百人皆次第奉生酒獻酬交錯俄傳江妃湘君湘夫人等來賀戰勝皆飈車羽輪雲衣霞佩咸向生致祝頌之詞不可勝紀已而湘靈爲鼓瑟江妃爲起舞極音節神妙之態眞使蒼梧雲停漢皋月白殆非語言所能喻矣及暮別去生次日亦辭歸妃知不可留徘徊眷戀悽然淚落顧視諸女亦皆神意黯楚生於是亦惆悵有恨別之色妃謂生曰後二十年君當厭棄塵世服食還仙此妾與君相見之秋也君但誌之無深慽於此行遂以旌旗甲仗輿馬侍從送生還家恍然一覺生乃驚寤家人環泣言已昏睡七日矣呼之不醒惟氣未絕耳生具告之家人復報東軒有寶物無數耀目充庭視之即妃

向所贈蓋妃以生廉不欲多取故俟其歸而盡致之也生後仕至郡守頗思宓妃言乃棄官歸行導引之術一日訣家人大笑投洛水中死數年後有人見生與數麗人遊於水上

跨衢者

東鄉諸生陳某方夜讀書聞東隣婦姑詬誶隣人歸而捆其婦婦嗚嗚哭泣不休少頃戶外池水泙然有聲疑隣婦忿而自溺亟呼家人救之果曳一人起視之乃數年前其家傭工也猶囈語曰聘金五十已在腰纏但欲一見新婦何久不出既而恚曰誰敗吾事耶既而則又拱手作揖狀鼾然睡去乃撻其面而醒之則四顧徬徨驚起駭走曰何遽至此此何處耶陳語之故且詰其自備恍然曰吾昨過丈家橋見友人某乙跨黑衛而來蓋去冬溺死橋下者吾殊忘之渠問我欲得婦否有少婦欲嫁須聘若干吾爲若媒之遂與俱至一人家而跨衛者忽怒曰豎子敗吾事叩其故不答憤恨而去吾還而送之乃竟闖諸水濱殊不覺耳憶所聘者即君東隣某婦也陳亟使人覘之則婦已投繯垂絕矣救之得甦是夜陳既寢聞跨衛者來窗外且哭且詈陳怖不敢出雞鳴始去

葛衣人

江寧江進士之京師止逆旅小飲時密雪嚴寒折酪冰酒忽見戶外一葛衣人過頎然而長跣足行雪中了無寒色江異之前叩其姓氏不答又問客寒乎亦不答又問客飲酒乎乃點首者再遂引入旅舍飲至無算不醉復進食食至無算亦不飽而終席都無一語狀類瘖啞江愈奇之次日將行請客俱搖首勿許遂辭別行三日至一處葛衣人忽至謂江曰君見夫寬衣大笠短棒荷燈籠遙立道旁者乎江曰見之一僧也彼何為曰今夜三鼓飛刃取君首者即渠也江膽喪伏地求救客曰吾在固無畏渠果來齎吾斧矣乃戒江熟寢勿動至夜半客提僧頭擲地上曰斧髡無禮吾已殺之然亦君挾貲太重為渠所覬耳江初諱之客曰君裝中白金若干黃金若干封識何狀藏置所處胡乃欺也江大驚失色連曰唯唯客曰挾此何為江曰欲往投某公門下以此為贄耳客艴然怒曰咄汝固拙營若此哉吾目眯誤識爾悔不教和尚殺爾言罷提僧頭越屋而去時星光黯淡頃刻無蹤江慚且懼遂不復至京師而返

過陰

野老常言陰牒勾人往往有生人為之者謂之過陰其人言語飲食了不異人但就睡則咯焉若喪呼之不能覺蓋其過陰時也榻下雙履必一仰一覆盡仰其履則覺盡覆其履則死不復返故每寢必扃其戶懼為人所弄也後一月誰當死者輒先弄之預見陰牒也有村民周氏役此有年矣一日獨坐汪然出涕家人怪問之曰吾弟某日死矣吾欲生之而不能也弟媳跽而請曰伯固忍勾其弟耶盍謀所以代之民曰諾然必得生辰符合者使冥司不及察則弟可生而吾不獲譴顧安所得其人乎數日喜曰得之矣同邑某生是也方讀書山中吾弗能入其室聞某日夜歸當俟於途而要之數日又報曰無能為矣吾俟之南山之陰亭碶之右某生過焉吾三前而三踣重為所困吾憊矣無能為矣期至而弟果死有知其事者舉以叩某生生曰誠有是嚀昔之夜吾行亭下而寒噤者三毛髮皆豎豈其殆是歟後十餘年生補弟子員今年五十餘矣友人徐君能舉其姓名姑逸之

沈翹翹

河南韓生遊都下薄暮獨行見高樓隱隱粉壁紗窗有婦女笑語其中駐步聽之一女曰前日葉子戲阿姊贏錢何一女曰三百緡耳昨復為阿翠攫去一女曰渠是錢樹子偏耐著花一女曰連日張公子不來想怨醉眠鄭九娘處矣一女太息曰錦綺纏頭金錢買笑大都冷烟寒月不足復記憶近有薄倖郎贈吾二詩尤可笑也豈知吾輩多情乍離眼前已置腦後況于彤銷骨化乎不然某門相思之樹行且成林矣諸女皆失笑問其詩云何女乃誦詩曰舞衫如蝶翅醉倒城南碧玉家一霎紅樓嬌夢短酸風苦雨送梨花眉欽秋霜冷畫屏往娘卷裡太零丁紫鞭紅杜都尋遍何處空山葬草青韓聞大驚即其弟亡妓沈翹翹詩也將息問高樓已失所在惟白楊蕭瑟夕照燻林數息而返亟搜篋中二詩稿焚之終身不復幸妓斯亦迷香洞之閉門羹也

南埜社令

桃江之濱有漁者一人一舟往來烟水賣魚得錢沽酒獨酌一夕明月滿江欸乃既息有客造舟求飲漁即引與共酌問其姓名客詭以對於是談風說雨相得甚歡天將曉客始辭去至夜復來漁是日得魚倍於往日沽酒亦倍之復與客暢飲無少倦色客笑曰君可謂得魚而不忘筌矣雖然君既吾酒而不飲我首君魚而不勞可謂相須亦復相濟漁愕然不解所謂客從容曰君勿怖吾溺鬼也今日之魚我所致所以報昨夕之惠也此後當日日為之少佐盤飧耳漁素豪曠聞而樂之自是捕魚輒盈網皆鬼力也晝則捕魚買酒夜則與鬼豪飲雞鳴而罷近半載矣一夕飲半酣鬼色不悅詰之乃曰明日受代行與君別矣詢甚悽惻漁亦惘然明日伺之有一婦人攜幼子而來既及河干自投於水子戀母亦從之漁心知鬼之所為殊為之悲惻欲救之而無從也少頃婦人復攜子衝波而出遁還上岸去若有自下捧之者心轉訝之謂鬼之不能禍也比夜鬼復來曰今日本當得代然覿一婦人并戕其子吾不忍為寧終處水國隸于波臣之籍耳故復得盤桓於君前漁歎之謂其已死而仁心特厚也因縱酒歡呼訂交莫逆又數年鬼復辭去曰吾前者一念之善冥王嘉之已為轉奏上帝得授南埜某村社令明日走馬赴任矣君倘念故人宜來相訪雖不能復見然必有以待君也漁許之且問不復見之故鬼曰此非吾所能主也遂殷勤灑淚而別越數日漁掉舟龍南至某村求社令之祠而造焉則村民相待于路謂漁至則皆訝且喜漁問故村民皆曰昨夢社公言明日吾故人來訪爾當迎于郊為我作東道主人慎毋慢客也故先俟於此亦叩漁所以訪社令之故漁具告之莫不嗟異既引漁至祠設香楮蠟炬茶酒雞魚之供漁捧香酹酒拜祝曰故人別來無恙今受祀茲鄉不憂餒而故人仁厚愛物亦宜有大造于茲鄉也惟是澄江靜夜孤岸扁舟無復素心人供杯杓矣言訖不覺淚下忽有香風起於神座拂漁衣袂飄颻舉動他人則否於是觀者咸異之競邀至家勞以酒食數日不能周且各有餽帛之贈皆神意也漁將歸辭于神復有香風送之至舟而後散漁每數年一往神異如初

廊下物

某甲晨起見一物狀如人一身兩首自項而分臥於堦下舉殺斬然甲大驚而呼家眾畢集

以杖擊之物驚覺而起視其兩首耳目口鼻並與人同但一面衰老一面夭少老者悸憒少者歡愉衆咸駭異物兩口並言曰我不足異落鐵山有旭旭者乃異耳我當以迎來言罷自擔問蹤去半晌偕一物至立于堦前人身而九面環肩而生大如拳狀亦不一有嘻笑者有哭泣者有喜者有怒者有愁者有閉目睡者有傾耳聽者有言語者有酣默若凝思者既見人亦不驚避亦不近身而兩首者立其旁伺之甚恭若廝役然九面者謂衆人曰我不足異何不請吾師顧來於是俱去衆方嗟呀間見二物導一物自門而入其首乃多至無數叢生側出若花瓣或仰或俯或側或欹狀大如桃核妍媸雜見奇正互出聲言嘈雜不能辨少頃變形異相則衆人之貌悉具無異纖毫衆相顧各錯愕嘖傳一哩忽廊下有物足自地仰出須臾及手又須臾及肩躍然立起首大於甕並無七孔于是三物見之驚走此物逐之疾于隼焉頃刻失所往竟不知爲何怪

秋心山人

呂生者名並柏維揚人少貧而孤遂於舅有中表余高甫其妹玉簪者國色也且善屬文與生同歲兩人自幼相處爲兒嬉戲聰穎絕倫而相得亦迥異于他兒玉母嘗笑曰好一對能言鸚鵡時兩人方九歲聞而解之相愛因愈篤儼然雌雄之依倚也十二三歲便各能詩唱和酬答之間每有多情語年十五歲玉父約之甚嚴生至其家不使復見兩人之怨自此始玉每於簾下窺生動至永日生亦爲之神魂離舍也屢託媒者致辭而余氏以生困弱堅不許積半載生以文會過高甫玉俳佪簾下乘間以函書授生於窗處折視之其書曰自二年來會絕蹤疏眼中千里每恨歲月沿馳妹將笄而兄且冠不復如曩昔晨夕左右形影無猜也向使此身常童年稚齒則相見相依亦何至避若仇讎視同行路約以文章而深隱卑以毛羽而高飛吾兩人者何以異此哉乃者臨風歎息向月孤吟弔影無聊寄音難冀詩思逐槁木同枯人面與落花俱瘦回憶擲錢堂下總髮林間弄兒戲之時殆恍然如隔世矣使妹而虎頭麟角便可對筆硯之交兄而蟬鬢蛾眉亦可作閨房之侶安見雙棲不可並翼而華昭不可同瞬乎奈何芬異松蘿嫁分瓜李天實限制夫復何言彼蘢言聞北山之鶴精衛填東海之波亦可以喻此素抱也願與有心人共鳴之小妹玉簪斂衽言生省書揮淚立具回牋其詞不記大約以徐圖之言相慰喻而悽激之音亦復形如山下也後廉以詩詞自簾下擲還其家微覺之防愈密生不得意快快而歸而玉乃自此病矣生聞之愈加傷切愁緒百端雕鶴哀鴻孫支風日托故造余氏訪其病狀則已沈睡衾帷斷漿絕粒矣生悲慟之形形於顏面矣而玉父母兄弟顧厭之于是晦跡不復去聞有秋心山人者善君平之術能

前知因往卜之山人曰爾兩人皆散仙也偶涉花月之戒上帝怒謫于人間相具悅已三世矣第一世君爲臨海人姓白氏玉爲邯鄲人姓伍氏兩家同官於粵西伍因上巳踏青郊外與君相見兩人俱感情而亡第二世與玉同生於豫章君姓元業商玉爲賣粉者王某之女君嘗市粉其家見而相悅屢過之得通辭焉玉因是而殞君亦以鬱結死今兩人之算亦要盡矣然尚有一見之緣若忍而不見君可延三年之壽生曰吾寧速死而可斷情于彼美乎顧何由得見願先生教之山人曰三日後巳午之間待於某村佛寺玉當以祈病而來可得一睹此後即長別耳生如言果見玉偕母同輿而至瘦質婷姿神韻蕭瑟生前拜母曰栢亦以祈病至此詎意相遇因拜玉曰阿妹珍重不覺相視涕橫言詞鳴咽母大怪怒促女歸遂登輿而去生肝腸寸裂飲泣歸家沈靈數四臥不能起已而傳玉訃音至不覺撫膺大慟曰玉妹玉妹一至此乎妹先我而死我何可以後妹而生雖然一息尚存不可無一言以告妹也乃力疾摛箋書憶秦娥一闋云誰能補媧魚蝕斷姻緣薄姻緣薄珠樓人去彩雲黃土此身不作芙蓉主三生石上相思苦琵琶淒斷數聲鶗鴂投筆而絕兩人贈答之詩不下數十首不能盡記今錄其數首玉贈生七律云萬丈愁思一寸心暮雲庭院冷花陰蛾橫玉筯燈前淚怨亂霓裳月下琴紫燕巢孤春寂寂青鸞信杳夜沈沈上宮獨處東隣妾命薄神傷自古今生和之曰鶯簧啼亂惜花心日轉西樓落晚陰鸞曲未調風月笛朱絃欲斷鳳凰琴那堪路遠天難問祇覺情深海可沈悔恨十年空守玉豈知遺淚到如今生之七絕二首云隔面垂簾兩地孤洞庭雲水渺蒼梧分明簾是湘妃竹猶帶當年血淚枯自從冷淚化啼鵑倏忽黃花九月天一枕新愁不成夢秋風秋雨夜如年五言律云才子休名玉佳人莫姓蘇淚澆白雪曲塵汙璇璣圖自昔愁如此於今恨更殊盈盈隔一水牛女望河烏又有憶玉滿庭芳詞云粉蝶聲遲金蟬齊女飛來梓澤平泉春花秋樹伴侶過年年一旦綠蟬[illegible]傷離恨冷霧淒煙空惆悵闌干曲處魂夢永相牽堪憐猶得記畫眉低偎恰趁花鈿更一捻纖腰舒倚風前別後知他愁絕嬌模樣曾否依然休斷腸昔時兒戲也是好姻緣玉五絕二首云郎莫牽紅綫妾莫題紅葉媒妁倩滕王畫爲雙蝴蝶消恨桃花紅忘憂萱草綠翻驚鴛鴦恨多結在相思木絕筆七言絕句云芙蓉凋謝可憐秋一霎西風下土游認得侍時王母鶴來迎侍女返瀛洲又有警句如花緣才子落月向美人殘佳句兼愁寫深情借恨傳縈絲與草亂眉黛與山攢世間大恨歸兒女天上飛仙怕別離心似沈檀爐內火人如桃李鏡中花云云皆可喜

秦少府

浦郡蔡少府官常州其子秀少而能文與常州殷生者相善殷妻美而早卒葬之郭外殷感傷不已冀其魂見於夢中禱之三年而不應會少府卒于官宦囊蕭索秀無力舁歸秘櫬佛寺托家口於殷生而自往求親舊之官姑蘇者長洲令張棻之內兄也於秀爲舅氏張女名小蕙有姿容年十七歲死旅櫬未歸武弁黃某秀之從姑之夫也黃子綸與秀同生時年月故自幼狎昵是時年俱弱冠矣並豪宕不羈自秀登仕籍秀與兩家眷屬不謀而合者凡八九載至是相見益親暱秀往來兩家住無常所久之漸與綸爲北里遊黃知之呂綸切責併責秀張聞之亦謂秀奈何與賤倡爲伍秀與綸俱不聽也一日薄暮共遊隘巷見數女妹艷倚門盼客兩人私語曰必倡之居也試挑之女郎皆笑呼容入紗燈錦幛華麗迷人飲酒既醉各選一女就東西寢室皆諸妓之尤者夜半綸大怒呼秀秀驚問則曰賤婢譎詐乃敢以紀信誑我於是殘燈映帷秀未及答忽諦視共寢者亦一醜女殊非寢時所選者也將應綸醜女急掩其口曰慎勿聲禍及矣秀懼不敢再言綸亦爲其妓所止寂然不相聞秀私叩醜女禍及之故答曰郎君年少當大用故特相告主人異姓兄弟五六人皆獷猂無賴常以豬美誘客醉後就寢則易之妾所以得侍君子也五杯之詐有年矣覺而嚷者則殺之生是死者不可勝數今幸主人未聞不然危矣少頃辭別宜若爲勿知也者以示彼弗疑則可免於難

明宵主人飲他所若再來彼美可圖也秀謝而起呼綸出詰之而綸之醜女亦云須臾主人出果六五人皆身長七尺狀貌猙獰各怒色相視綸秀心悸辭以有事欲早歸解金而予之畧不及夜來易女之事主人乃喜且卻其金曰兩公一宿拜惠多矣余無所用金綸秀強之受時諸女在旁咸以目相視綸秀會意乃懷金而出門皆扃鐍主人啟鑰乃得出綸謂秀曰夜來美人吾見亦罕當再求以畢夙願且覘其寔秀然之薄暮又往焉諸女仍延客於門問主人果赴飲他所兩人喜各私所選妓而奪之秀將寢女忽自陳乃常州殷生之婦秀驚曰殷生吾友也其婦死已久何妄乎女曰君勿怖吾鬼也吾姊妹輩皆鬼也芳魂無依爲强鬼所劫望乞救援言罷咽嗚哽淚闌干秀不覺惘然爲之悲愴反忘其爲異物也因問鬼亦能淫人乎女曰甚於人秀問妍媸有擇乎女曰鬼之好與人同鬼之淫與人異秀問其異云何女曰鬼純陰而無陽不能行人道恒使醜者媚人取精而食之然後選色而御之其具倍于人而毒螫之存且虐亦甚於有生之日秀不覺怒而起曰嫂氏勿憂吾當召武士提利劍斷此數賊頭女曰如是則無濟君第走告殷生使投牒吳縣城隍則此輩齏粉矣城隍非他君之府君也生平居官廉潔上帝嘉之故有是命秀悲喜交集方絮語間綸忽啟門呼曰君知其異乎秀曰知之綸曰君知張妹小蕙在此乎秀聞言急呼蕙妹安在蕙掩泣而出嬌魂楚楚欲訴欲語楚怨難明秀亦洒涕曰別來多時竟不識爾妙齡弱質乃竟遭此暴横良可惆惱亦出殷生婦以語綸四人相對悲哀哽咽至於失聲綸秀復相與私幸雖有李下之嫌未涉桑中之刺也諸女聞之咸來自訴凡曰宜速去遲將有變殷妻囑秀曰必告殷生陰律非親臨不得控私也君慎勿置詞授狀訖以反噬之隙也蕙亦以告父母牒城隍囑秀并囑綸綸亦知蔡少府官城隍之事蕙先告之也二人別而行迨晚憩宿處數塚纍纍白楊蕭草信夜來之非誑矣秀即以白張張叱其妄綸又來言之張夫婦乃不勝悲痛秀復追介殷生馳名殷生至告以故殷搶地長號悟三年之無夢者强鬼之制其妻也遂與張共詣城隍首之綸秀亦往並宿廟中是夜乃聞城隍升廳事鋃鐺鈕鐐諸具擲地聲次聞胥役吆喝聲唱到聲書吏唱名聲城隍問曰誘良善侵孤弱淫橫不逞者誰爲首秀察其聲音宛然父也因幽咽微聞羣鬼供曰是萬德爲首一鬼辨曰小鬼非毛三周喜兒等慫恿亦不敢肆行一女鬼訴曰鬼婦是趙七所劫一女鬼曰辱妾者余小猴金年及萬德也而萬德爲甚聲似殷生之妻殷生泣下旋聞城隍曰蕙兒可言狀蕙曰兒爲衆賊共虐兒苦也願罪賊極刑城隍歎息命至後堂與阿姑相見蓋張之姊秀之母先少府沒三年矣張及秀皆暗哭綸亦哭其時衆鬼紛辨鞠訊雜沓聽不甚微已聞拷掠聲衆鬼呼痛楚聲女鬼感謝聲畢獄聲繫犯入獄聲

久之遂寂於是秀上堂呼父張呼女殷生呼妻綸呼舅氏及蕙妹慘語千端哭聲一片卒亦無有隔窗而應者後殷生夢婦來曰狂徒雖則授首妾已蒙垢羞見郎君且近奉秦公約束少婦不得外行慮招謗辱情不能已暫得請命來見爲謝秦公子及黃生蒙其仗義相援他生圖報蕙妹亦寄語張府言已得所依祠當發門問安也郎君好自重妾從此別矣言畢涕泣而去殷生挽之忽然已覺惟殘釭熒熒射枕上淚光而已自是杳不復至小蕙屢見夢於張少府亦屢夢於秀焉秀遂反常州奉父櫬葬之姑蘇

竹連環

邑中八九月之間四鄉賽神演劇農商士女及游方乞食之徒咸集焉謂之神會有一道人來趁會敝衣跣足以竹杖荷竹連環二蓋截竹爲之互挽而無端人不能爲也獨坐場隅三日而衆莫之識有一士人察其異俟其去潛尾之行二十里許至一山巖谷深然石壁千仞道人以杖叩石壁石即洞開石屋數重戶牖皆墀悉具道人趨入內士人隨之入至前庭觀其內昏黑不辨物裴回不敢前亦不去其前庭一柱雕云雲藏石室虛無地風捲前簾小有天宇皆石鏤吟誦不已不覺飢甚呼道覓食道人出訶曰誰教爾來此此豈有食耶無已以我九喫爾探袖出一九與之道人則仍趨入內九大如山查堅如石深黑色士人嚼之盡力

既盡不能容，念必仙藥，強吞之。咽中如物噎而饑，仍不止，乃俛呼道人，百呼不一應，將入內視之，第見一巨蛇據內，雙目閃閃如電光。士人駭絕辟易，汗流氣喘，廻視石壁已閉，孤松倒挂，離叢叢生，野鳥啁啾其上而已。士人歎曰：叔夜未應得道也。歎罷，咽中丸哽，倏已消下。還家數月不飢。

大赤蛇

豐城有娶妻而美者，甚戀之。數年之間，足跡未嘗離房帷。其妻亦情好至篤，琴瑟伉儷，至有長生夜半之約。友人好事者，故以酒招之，強之醉而止之宿，必再三而後可。既宿，則終夜不寐，呻吟床榻，輾轉反側，作詩及詞以示友人。雖誚謔之，不顧也。至是招飲，常不赴，人知其如此，亦無有過而往者。雖其至親，終歲不獲一面焉。後病瘵將死，執妻之手，涕泣曰：本圖百年完聚，豈意中道解携，君尚青春，能終居燕子樓否？妻泣而誓之，且曰：羽族失雄，猶不再匹，可以人而不如鳥乎？夫乃訣而瞑。妻哭之三日，哀毁欲自經，舅姑救而免，稍稍勸慰之，乃不哭。有傳生者，亦其家傳夫友也，美丰姿，妻窺而悅之。傳請見妻，縞素而出，雖銜哀慘語，四目往來，如流星之相照也。時傳方喪偶，妻遂有去帷之意，往往谿勃於舅姑之前，或無故虐其婢，使夜施藥帳，旦飾明粧，風流顧盼，自好也。舅姑不能堪，告其父母，父母亦不能制，知其貳心，命之再醮。傳聞之，旋以媒來，遂歸於傳。成歡之夕，有大赤蛇出于牀下，繞牀三帀。夫婦驚呼，家人破戶視之，已垂死矣。蛇齧婦心，食之，須臾而滅。

繡鞋

王屋之陰有童子採樵入山，雪後失逕，飢甚。林壑幽翳中，忽聞麥飯香，即之，甲第一區，金環朱戶，蓬頭小婢方炊麥西廡。乞食得飽，復引入後院，倚檐高樹一株，花大如盤，數美人宴集花下，被服奇艷，歆歈芬烈，並非人間所有。婢令叩頭謝訖，隨出，告其家，尋路同入，屋舍杳然。彼以為誑，廻過竹林中，拾得繡鞋一隻，精麗非常。山中故無此物，心知其仙，携歸什襲笥中。準楊妃錦襪之例，詣觀者輒與百錢。予親見之，瘦不盈握，鏤繡嵌珠，異香襲人，非蘭非麝。把玩不能去手，因邀至拾鞋處，餘雪未消，蓮印宛然，類石家香塵，絕無沾泥之跡，悵惘良久。後數日，聞其家啟笥，鞋失所在。此篇得之吳蘭雪。

彭公子

東鄉艾生善卜日，凡鄉里婚嫁喪葬及一切動作瑣碎事，多就卜焉。遵其所謂宜者則吉，犯其所謂忌者則凶，往往奇驗，鄉之人以是神之。有彭公子者，豪而慢，素不信艾。買得好絹，將製衣，僞卜期於艾。艾選某日可，某日必不可。公子心嗤之，故以不可之日製焉，且多召衣工，務覩成於一日。艾聞而往戒之曰：公衣犯大忌，必不可服，即服，當以明年之某月某日某時，庶無患。公宜信之，毋謂鄙人之言略不驗也。公子陽諾。次日即衣之，方絜領，忽有人影出衣中，欻然遂滅。公子始疑，憒然轉念：一衣之微，何關休咎？或目眩所致。卒衣之，以事如閩上岡。閩上岡者，小市廛名也。事畢而歸，道逢擔者負棘薪過之，其疾，棘端勾其衣，衣為之裂。乃止擔者而呵之，擔者不避。公子怒，三掌其面而去之。是夜，擔者歸，號痛，語妻子曰：彭公子毆我傷甚，我死矣，爾曹不可忘。言畢遂死。妻子鳴於里正，夜奔公子，發以斃命，明發將詣縣訴之。當公子之掌擔者也，里正在焉，乃謂公子曰：日間之事，余實見之，公子拳之亦太甚，動中竅會，是以速斃。公子知其誣，誣而莫能辨也。私許里正金，求其排解，願以萬緡歸擔者妻子，且經紀其喪，以求毋訟。里正主之，遂息訟。計公子所費，不下三萬金，而家藏頓盡。或以語艾，謂不聽公言，果至於此。艾歎曰：未也，猶有甚。時公子憤怨不已，乃過擔者家，撫其棺而大哭曰：吾與若何仇，爾裂吾衣，不吾償，薄責爾，亦其宜也。爾之死，病也，命也，爾妻子因以為利，破吾家，落吾產，爾死有知，寧獨無媿於心乎？其妻聞之大恚，曰：爾本吾殺夫之仇，僅傾爾產，亦大幸。今既若此，吾豈以夫之死為市者乎？且爾非實斃吾夫，心有所恐，何為輸吾金而營其喪事？即命其子訴之縣。令驗屍，得死傷五六處，乃抵公子法。里正亦以受賄蔽姦，比於同謀，降一等讞罪。夫破吾衣而不避，擔者則有罪矣，從而薄責之，亦人情所時有，未應遂得慘報。然必其平日暴橫不遜，有以取鬼神之怒，遂於彼而償於此也。不然，亦其前生業冤也。至卜者之言，本不足信，然人生有吉凶悔吝，少不謹，禍機伏焉。雖無人言，亦當隨地自警，況有卜者之言哉！此與陸次雲《北墅奇書》所載推車者破衣事，初相類而後相反。蓋彼能忍而不較，此厲聲而不悟也。又嘗有一人出游通市，一無賴漢迎而毆之，非醉非顛，不可理解。其人猛悟此漢無故而辱我，非前生仇，即今生業也，再拜而謝之，拂衣竟去。市中見者無不服其量之宏而怒此漢之狂也。次日，此漢無故死，其人以是故得免於累。善哉，君子克己以全身，逢人見幾而遠禍，斯人有焉，此可以為法矣。

方先生

明萬歷間有方先生者，西江人也，性頗端嚴，舉孝廉，至京師，館於宗室府第。一日偕主人偏游諸宅，見後苑一室，華麗軒敞，棟椽指雲，而扃鑰甚固。時方盛夏，炎威熾人，心念此地清曠，欲避暑其中，請于主人，許之，為掃榻焉。先是宅素傳有異，人不敢居，亦絕無所見聞。主人雅不欲拂方，故未之告也。方秉燭觀書，至更餘，就寢，將欲寐矣，忽聞簫管雜奏，環珮之聲璆然發於戶外。戶既啟，歷游諸房，達于寢所，則女郎數輩，容態妖冶，舞衣歌扇，紅燭翠綠，共擁一麗人方意必主人諸姬爲長夜之游。偶至於此。又念直達寢所。何無閽閣徑得。無以己新還而諸姬故未之識耶。枚以驚之。麗人遽問。呶者誰。方以姓名對。麗人謂侍從曰。方先生正人也。安得擾之。笑語而去。異日。欲以所見語主人。恐冒瓜李之嫌。而貽諸姬罪。乃託他詞。還舊居。而洩於其戚屬某。戚匪人也。竊幸之。潛往宿焉。冀有所遇。果聞鼓樂聲自樓而下。急於門隙間窺之。見鎧仗至廳事。一麗人中坐奏樂。既闋。兩行班衛甚肅。無敢譁者。中坐麗人忽怒曰。聞方先生已去。誰何至此。邪氣逼人。乃爾速爲勾致。須臾。二女郎破門而入。以銀鐺繫戚頸牽出堂下。麗人數之曰。穴居鼠子。欲隨公房雞犬不可得。敢犯神仙眷屬耶。其心可誅。亟斬以徇。戚叩頭乞哀悔罪。麗人曰。若殺爾。實污吾刃。今貸爾以死。爾宜畢以告人也。若秘之。是爾心叵測。終當殺爾矣。乃命杖一百而去。次日。人來見戚死轉於地。血肉狼藉。氣息僅屬。病一月而後瘥焉。每自述其狀云云。

市中丐者

昔通州市一丐者。一瓢一杖。衣不襟。鞋不底。復患瘡。其惡。市皆[illegible]。逢人則呼曰。肚裡餓。人與之錢則辭。與之食則不受。如是三日。人咸怪之。謂其飢而不受餉。殆狂人也。及其再呼。則呵之。且惡其臭穢。逐之境外。丐者笑曰。我自肚裡飢耳。與公等何與。於是呼更急。忽來肆一少年。跪於丐者之前曰。師度我。師度我。丐者大笑。舉手對衆曰。我今真度李機矣。遂挾少年凌空而去。少年姓李。名機也。其隱語云。丐者去後。市中當三日。又見陵市一丐者。衣百結之衣。袒其腹。腹患癰。潰膿血。被體腥穢不可近。大呼市中曰。誰人醫我肚。人咸怒罵曰。賤乞誰醫爾肚者。丐仍呼不止。一判官肩輿而出。過於市。即降輿跪而醫之。丐及判官皆失所在。仙人游戲。往往如此。以正道論之。殊不近人情。呼此其所以爲仙人歟。

李舜娘

桃源羅敬之。弱冠客岳州。夜有女子款關而入。年可十八九。敬之驚問所由。曰。妾君之婦也。念君獨處。情不能已。故來相視。敬之茫然不解。既同寢。向晨而去。次夜又一女子來。年更少於前女。相見之際。一如前女之言。敬之愈疑。意必非人也。序屆殘秋。太守李公名客張宴。敬之與焉。醉酹菊花闋。座客各賦菊花詞。敬之詩最佳。太守愛之。欲妻以女而未言。敬之酩酊歸。是夜二女同至。敬之大恐。女曰。吾姐妹與君皆訂百年之契。雖未及結褵。遽隔泉壤。妾忍自昧。君既不安。便當歸述。李舜娘者。君之佳偶也。彼已有意。宜求之。懷恨而別。敬之獨坐凝思。不得其故。孤燈短幌。淒然不寐。迨曉而父手書至。乃知作客之後。曾聘同邑崔氏女。小字松翠。年十八而卒。復不欲與羅斷。旨復以次女留翠字焉。旬日而留翠又亡。夜來二女。蓋

其魂也。敬之悲慟。遺書別太守。即日東裝歸。求二女之墓而哭焉。陰霾冷霧中。二女形見。他人不見。惟敬之見之。宛然岳陽聘對時也。有頃而滅。敬之感其情。誓不欲再娶。即娶亦必李舜娘。而又不知其何許人也。父亦令訪之。遂浪游吳越。李太守。越人也。聞已罷官歸。敬之以舊誼往謁。太守甚悅。詢知敬之猶未娶。夜使媒者道意焉。敬之固辭。因以舜娘之說告媒者。笑曰。若是則君爲求婚來也。又何辭焉。舜娘。李公之仲女。我所執柯者是也。敬之喜躍。遂允之。蓋太守任岳州時。嘗欲以長女妻敬之。至是長女已他適。故及舜娘云。即其家成昏。昏之夕。既寢。聞妝臺之畔有相對歎息之聲。敬之驚問。則答曰。翠翠。敬之知爲二女。乃謂曰。二卿既來。何不登吾床。吾不復畏也。一女應曰。宴爾新婚。豈得相擾。舜娘聞之。悸怖汗浹。急抱敬之於衾中。略不敢動。又一女曰。阿妹且去。薄命之人。在此奚爲。郎即不棄。寧不畏懼新人乎。言罷寂然。再問之則不應矣。由是遂不復見。

因默真人

因默真人。姓徐氏。金谿菖蒲塘人。婦人孺子能道之。異聞其家傳。祖記其畧。追錄于此。真人將生之前夕。異香滿室。母夢八人造其堂。類所傳八仙狀。互相推挹。最後推一跛足者入臥內。蓋李鐵拐也。既寤而真人生。貌奇醜。數歲頗愚魯。以此失愛於父母。年十三四。始能言。值大旱。父命灌苗田間。則高臥樹下。竟日不醒。見者以告。父怒。將撻之。真人曰。父欲灌苗。則苗已灌矣。復何求。往視。則水已盈畦。蓋結草爲人。置水車上。車自運轉以致水也。於是父始知其異。正月十五夜。與諸昆弟坐談。忽假寐。既醒。則稱曰。蘇州燈戲頗佳。衆嗤之曰。汝夢游耶。真人曰。即真去亦何難。衆試求與俱。真人曰。欲去則當如吾教。乃肩一傘。令昆弟閉其目。坐於上。共三人。戒之曰。慎勿開目。開則墜矣。其從兄素黠。真人於其左掌畫一錢。曰。呵之則錢出。遂啟行。三人坐傘上如坐椅榻。略不搖撼。但聞耳畔風聲呼呼。如百萬金甲衛校赴鬭。巨浪洪濤洶湧而澎湃也。俄頃已至。使令開目。果見綵燈雁足。綺樹繒欞。煒煌爛漫十餘里。妙女踏歌。游人如蟻。語言嘈雜。皆作吳音。真人曰。揚州天津二處亦不減此盛。宜并觀之。亦次第攜之而至。風景不同。語音亦異。賞心悅目。使人忘返。時夜漏將殘。真人笑曰。可以歸矣。復令閉目坐傘上如前。從兄中途私記必騰空也。試開目下視。則已墮地矣。兒轉至曉。乃在廣信人家屋上。扳緣而下。將乞食。忽記掌中畫有錢。如真人教。每呵之。輒得一錢。以市食。僅不飢。五日至家。而畫錢乃滅。復有人自蘇揚返者。叩其所見。果不謬也。於是昆弟各異之。又嘗游郡郡。大暑。居停之門曰。出賣風雲雷雨。見者駭焉。時五月之交。數郡旱甚。太守聞而召之。真人曰。野人安可召。竟不往。使者反報。守怒曰。妖人惑衆。猶敢爾。欲捕之。或勸守姑就之。

買雨不效乃治之守諾往見馬真人命結壇郊外官吏齋戒後三日午刻當致雨守歸遵其言禁內外屠宰其日辰牌真人不至使二胥視諸其旅竟不知所往遍索之得於東門之酒肆則燒刀一壺犬一器飲啖將盡矣胥訶曰野道不潔如此乃使官長齋戒耶當鳴於官懲爾罪狀真人以犬耳二枚啖二胥求秘之既至胥以告守怒甚真人曰是何傷哉乃張口吐出一犬飲其兩耳守問耳安在真人曰二胥食之矣守乃笞二胥將午真人命官吏拜壇下戒之曰雨至亦勿起復取片瓦覆縣令之頂然後揚袂登壇時赤日當天晴空萬里真人向東而噓則黑雲一片起於東復向西南北三方噓之雲皆隨其噓而起須臾四合彌天雷電交作雨集如矢自午迄未甘霖三尺矣真人拍掌高歌壇下聲乃高於雷官吏長跪泥淖中俯伏不敢起起則雷聲震足下縣令以片瓦之覆周身方丈雨竟不及焉蓋諸吏多貪刻惟縣令廉明故真人以瓦相庇也已而衆揪呼雨足真人舉袖一揮則滂沱頓止陽烏躍出更無纖雲下壇作別衣冠洒然略不沾濡守大服其神將酬以金帛飲以酒真人曰風雲雷雨不須價也掉臂便行追之莫及又嘗客金陵書肆市中一人過其前真人拱之曰公何來其人曰來散布紅鹽真人曰吾所居乞相庇其人諾而去聞者詢其說真人私語曰此熒惑星也金陵火矣此宅當無恙已而萬家焦土惟書肆巋然真人從母貸以賣酒爲生素愛真人真人感之家有井投以米七粒令汲之則酒也賣之三月得錢數百千真人問曰獲利否從母曰善則善矣惜無糟滓以飼豚耳真人嘆曰白水爲酒猶憾無糟甚矣人心之無厭也復投米七粒而井水如故人以其種種奇妙咸知其爲仙多以仙呼之真人終託術士以自晦平居孝父母畜妻子和協鄉里不失乎人道之常故人卒莫得以仙名之也一日無疾而死家人殯而葬之矣適有友人自成都返者造其家訪之聞已死恍然曰彼殆真仙矣前日晤我成都市訶我曰尊慈壽期已近曷不歸吾以爲道遠莫及則笑曰果欲歸吾買舟候君但去保無悞吾素聞其術慨從之黃昏解纜比天曉已達文昌橋下矣不挂席不鼓棹舟過萬重山宜如天上坐不謂從水中行也登岸相別令來致謝耳夫神妙若此而豈其死哉急發其墓果空棺而已後蛻化於武夷山牧童每出其蛻戲弄之忽大風攝蛻而去幼時牧牛山中偶以雞卵擲石上黃白相間歷久彌鮮鑿之不能去又嘗與諸仙試法游戲或以網兜風或以篩盛水或以紙包火真人以茅擔石其迹猶在焉武宗召使求雨輒稱旨封爲真人自稱困默道人云今其村有神仙樓祠祀不絕其故宅也嘗遺一求雨牌族人寶之遇旱而禱無不立應後爲鄰村郭氏借而易之遂不應郭氏出其牌禱雨風雷之中牌亦不知所在

吳士冠

吳生烝字士冠攜筆人僦居沈氏別業院有小池池上桃柳各一株淡日微風吟咏其下悵然有碧雲日暮佳人未來之思一夕鏡月初懸遙見人影徘徊桃花下促視之乃一麗人雲鬢霞臉衣淺絳衣見生欲避去生引其裾曰天風吹來復任其吹去耶絳衣曰妾西鄰某氏之女也愛此夜景清佳故來游賞生求與俱至室中絳衣曰妾非能無意宋玉者然此時蓋顏所不能及且恐家人見迹當俟諸他日生不得已與之盟而縱之去自是日掃榻整裀以待佳期矣越三日夜初有扣環聲急啟門一女郎徑入綠衣翠袖並非前日所期者而容態冶豔不相下生訝之方欲啟問而女郎遽駭曰此非阿姨之家耶吾悞耶即欲去生持之笑曰誰爲卿阿姨即此是也女且怒且笑曰此真冤苦生閉門迫之女不得已從焉詰生曰妾家去此伊邇因阿姨遣婢相召悞至君所殆亦夙緣今當赴阿姨招矣生請後期女答以伺便當至遂送之出門時生僦居未久且足迹不甚出門戶固未悉鄰氏之誰何也但覺餘情騰馥描寫中恍竟不成寐少頃又聞扣環聲竊意綠衣復至啟而納之映燭而觀則宛轉低鬟絳衣長袖向者之花下人矣生益喜私心竊謂一時頓得兩玉人從容撫之曰待卿日久今夕乃來然真信人也絳衣不語而眉黛間微有愁怨之色叩之亦不言終宵而去次夕綠衣者復至曰昨得侍君子歸而心醉因成拙詩一首以志幸可呈教否生狂喜索觀綠衣袖出一碧牋字畫端麗詩曰小院春愁聽子規風前舞斷小腰肢韓郎忽走章臺馬烟散紅樓月上時生讚賞不已笥而藏之若獲至寶是夜綢繆繾綣倍覺風流綠衣臨去謂曰妾父母頗不戒得恣往來然恐過擾君子當定期而至生正念兩女頻來必且相值宜得要然乃訂以越宿一至次夜絳衣復來妖嬈諧謔不復如前之緘默而舌鋒銛利多含譏刺若知有綠衣之事者雖百端隱秘終不釋將曉臨去亦請期生陰幸其言因僞請連夕而女不許遂亦訂以越宿蓋奇日也而綠衣之約乃偶日故假紅倚綠無虛夕而竟不相值生一日晝坐無聊出綠衣詩觀之即于紙尾屬和既畢壓置硯匣下是夜絳衣至鼓次屢繙閱案頭書册復玩弄其筆墨不休生曰美人亦解吟咏乎絳衣曰誠恐貽羞大雅然鄙人之志不可默也遂索牋書二絕云鎮日無言憶玉真天台明月是前身芳魂孤負襄陽賦偏讓靈和殿裏人爲誰消恨助誰嬌紅雨丹霞自寂寥惆悵劉郎幷阮客斷魂翻在灞陵橋生覽之雖覺諷己而驚其才藻乃亟讚曰雅有唐音真掃眉才子矣絳衣笑曰謬賞所不敢當第比章臺柳何如生愕然曰何謂也絳衣即于硯匣下取綠衣詩讀之曰謂此耳生不勝慙遂告之且求相容絳衣曰非有他意直以此賦詩者非人耳恐傷郎君宜遠之生猶未信恐有排闥而入者乃綠衣也指絳衣罵曰汝本妖妄乃間我乎絳衣亦罵曰顛狂婢子只合向長安道上牽行人

衣袂何得撞入武林源誘人漁郎耶綠衣曰吾先人九烈君好獎士類曾以藍袍贈李秀才李遂登第詞人學士往往稱之即清風亮節如陶彭澤猶心折焉安所謂顛狂為汝輕薄隨流者口實也且即有是於汝何與而妬若此豈猶謂阮宣之婦劍鋒不利耶是時生意驚魄駭莫所知云但曰不汝之罪不佞之罪二女爭辨殊不息久之乃相謂曰郎君何罪皆汝我之孽既已言洩安可復留自後當相戒絕迹再至者宜奮斧刃生凄然曰二卿何相軋之深也鄙人方圖聯芳乃遽作此斷腸語吾將何以為情哉二女曰君勿戀緣盡矣世間繁華無不擷手而況嬌花弱絮乎遂超出俱失所在後徵叩鄰人並無所謂二女者但見桃花帶雨狼籍殘紅柳線含烟飄搖慘綠尚有洒淚含顰之態二女殆桃柳之精也歎息永日禱請終宵每當淡月微風雙影搖動翩疑嬌魂麗魄翩然而來卒亦無有搴簾而入者而生亦自此病矣思念之誠至於心死乃賦醉春風一闋以自傷云柳外倉庚喚花間蝴蝶散東風吹老豔陽天歎歎歎前度牛郎當年張緒一般凄斷獨倚雕欄畔情根誰剖判相思相見定何時算算算除是來生現身花柳總完公案久之移疾歸

章琢古妻

友人朱青谷述一事有林甲者素有心疾心之所向魂輒隨之一日仰視飛雁見其翔翔自得心羨之入室而病忽覺魂遊舍外旋有一人導之去見一王長頸鳥喙旁立者皆肖其形王謂甲曰聞有翀天之志凌雲之想寧有羽化乎因命一人持羽衣衣之甲方遜謝自視其身則已雁矣遂與羣雁俱翔海碧天青唯其所向駕彭蠡之烟沙宿瀟湘之蘆葦忽有持弓挾彈追而弋之者羣雁皆善避唯甲不習遂中左翅噭然而墜昏痛之際倏已魂返呻吟牀褥躍然而起問諸家人言已死半日唯氣尚未絕耳猶記弋者為族子某急使人告其故則主人之雁已為其不鳴而烹之矣又一日臨淵羨魚既歸而魂離遂往浴於淵有一魚頭人引之至一處宮殿皆水晶所構其中人語曰子非魚何以知魚之樂今當使爾為魚也甲已懲羽族之苦不欲更為異物急辭不願忽一人持一衣覆之投之深池覺五官百體都非其故悟已身已魚服矣游泳清漪依躍淺渚侶蝦蟹而戲萍藻乘風雨而駕波濤頗謂潛鱗差勝飛翼然苦飢無食唯含水吞沙耳間遇岸上垂綸餌端之物芳香可味熟視猛省知其餌也即掉尾不顧後饑甚垂涎聊一吞之則鉤挂其腮已上七尺竿頭矣視垂釣者乃鄰人之僕因大呼舍我我乃林某也僕畧不顧欣然有喜色脫其鉤以楊柳貫之復大呼勿當即又不聞提之以歸過鄰人於門遂呼公速救我鄰人殊不識但曰尚鮮尚鮮速剸而烹之可用佐飲膳甲窘甚大罵曰我與爾比鄰有年今不相救反烹我乎何忍殘若此亦無應者乃厭

以畀其妻甲又連呼曰我也奈何烹我其妻即又不答乃攜之庖廚百端呼號皆不省既被刃大叫一聲乃從牀上驚覺再視諸鄰人魚固儼然在釜也云向見魚口喫喫不已竟不聞聲甲因自思一心之動便已易形致受弓刀湯火之苦以後遇物絕不敢生歆羨想然而化鵲化鶴化牛化犬仍不一而止蓋用心既滑略動則應之不必羨也而所化無不被禍者被禍乃得返唯無知之物雖羨之亦不能化家人知其如此每見其淹淹欲絕亦殊不經意因是或數日或數月似死非死而卒亦不死其友人章琢古妻陶氏麗色也以病死經日忽活親愛有加而驗其性情嗜好聲音舉動絕不類向時閨閫中多作友朋契濶語而牀笫之情或疏章每謂重訂三生便成隔世也妻亦言不自知其故並不記有向時情事有時或束帶加冠作男子容狀見賓客常不避或見他姓女流反避焉章頗患之一日甲之弟乙來訪章妻見乙急前抱持痛哭呼吾弟無恙乙甚駭而章甚怒意其病狂也牽而閉之室中妻仍呼不止乙恐犯嫌即辭去妻慟哭至暮章素憐之尋常不欲忤其色至是怒其辱己切責之聲色俱厲妻畧不悔亦不辨唯求死不已章無如何也反以溫言慰之妻曰我死志已決欲我不死須共如林氏乃可詰其故仍不肯言章不得已從之既至林氏室妻忽僵仆於地氣已絕矣章驚悼而呼觀者環集共相嗟呼章既不知其妻暴死為何故眾又不知暴死之人為何人莫不以為奇絕矣忽一人自內鼓掌而出曰吾友欺人太甚乃使友人薦枕耶視之乃甲也章亟叩其說甲笑曰君妻久死其復活者乃我也我向嘗見君妻心驚其豔一日晝眠畧憶之則魂已離散直至君家見其死在地遂憑之而起至為君帳中人數月亦宿緣也向所以不自言者懼相對懷慚衾影且惑吾友耳今乃得免是役也言訖大笑章亦失笑時甲死已數月至是復甦云章聞其向有是疾信其言之不謬也畀妻而歸是夜妻乃見於夢曰妾死之後不知竟有替人雖身有生死之分而人無新故之别妾亦克領其情故久不欲洩今行與郎長别矣慟哭而去歿數月之後始賦永訣亦可異也甲疾自是頓愈以他疾終

阿惜阿憐

蕭生者詞人也僦居金陵有妓胡媚娘甚麗與生素好生為賦媚娘曲有南國佳人嬌於玉擺乱風前腰一束娥眉輕點黛螺新照得秦淮春水綠小樓西角斷雲飛莫惹春香猶在衣東風乍起庭鶯喚楊花一曲送郎歸云云一日有少年造訪飄巾麗服丰采翩然自言胡姓盛稱生此詩之佳坐談久之頗相契洽少年謂生曰君獨處無緒敝廬伊邇屈往往幾睇早晚促膝更為深幸生慨然從之既至房宇不甚高嚴而繚曲精雅頗稱幽居有一園屋數十楹不施丹堊而花木之盛幾與平泉金谷埒處生其中設供具甚備少年日至生所劇談酣

豺風雅。稍生亦能詩。詩多佞語。生由是益愛之。一日。有小婢詣生。出片紙書曰。願錄胡媚娘由一讀。宇蕃端覘。生問此何人書。婢笑曰。主人之妹阿惜也。年十七。愛詩詞。新來城內探親城南。故命至此。生喜極。取碧牋亟書以進。且附一律云。落拓草衫客。羈棲小玉家。逢情牽旅夢。傷句感春華。忽聽能言鳥。來傳解語花。願調湘水瑟。彈和洞庭笳。付婢持以去。頗為縈念。延頸至暮。音耗不至。次日午牕獨坐。聞牕外低吟。潛步出聽。見緋桃花下。一女郎背花而立。手折花枝而嗅之。且嗅且吟。聞末二語云。莫誇顏色好。能伴阮郎無。生戲謂曰。誰家玉人。在此簪花。乞以手中一枝見贈。看他能伴阮郎否。女郎廻身斜睇。微笑。即以花擲之。低鬟轉避。生素狂蕩。徑前持其衣曰。阮郎非桃花可伴。伴阮郎者。乃卿也。遂曳以行。女雖拒而步已姍姍移矣。詢之。即是阿惜。遂成眷屬。由是得閒即至。綢繆婉孌。恩情日新。偶語及媚娘之事。生問卿兄妹何以知之。惜曰。媚娘乃吾從女也。比來音問雖絕。彼處舉動。未嘗不知。生因笑曰。媚娘非媚。惜娘真有媚珠耳。惜不覺愠。見曰。何相譏也。從而謝之。猶未解。少年忽至。見之怒曰。相待不薄。何乱吾妹。生惴伏不敢言。少年亟呼將吾拄杖來。惜前批其頰曰。但許謝卧榻上。抱阿郎腔耶。少年笑。因謂生曰。戲耳戲耳。吾妹憐搭太甚。便以妹歸君。於是開正室。進麗服。焚香熱燭。設五色氍毹。令行交拜之禮。美婢成行。諸姑畢至。開筵列宴。酒肴絡繹。琴瑟鏗鏘。引至洞房。椒蘭四壁。錦帷繡幙。衾枕既具。舊事新翻。愈覺歡洽。生謂惜曰。今日之事可謂轉敗為功。但卿抱郎一語。使令兄前倨後恭。此何故也。惜笑而不答。生愈疑。詰之再四。惜曰。今幸託絲蘿。當不復以異類見擯。妾兄妹皆狐也。婢及諸姑。亦皆狐也。兄亦能為女。我亦能為男。有李郎者。兄嘗夫之。今已遠遊矣。所言觸其舊事耳。生以情親。竟不懼。乃更戲之曰。卿試為男。惜曰。是何難。但以被覆我。我吁。乃啟之。如其言。果作翩翩變童也。拖雙角髻。衣綠羅衫。淺絳吳綾袴。美如冠玉。楚楚動人。生撫之曰。古所稱奉餘桃。泣前魚者。殆不予過。惜曰。是何足道。但丈子輩所為。每不屑耳。彼既具男子之形。復爭婦人之寵。陰陽淆乱。雌雄倒置。莫此為甚。妾之以女見。不以男見者。誠羞恥而賤惡之也。欲以信君。姑為此態。固已辱矣。願還本形。生然之。覆被如前。復成阿惜。異日晨起。少年來揖曰。夜來吾妹漏言。惟君戲德。勿棄為感。生指物矢心焉。且語惜曰。胡能教若兄作女郎。惜因謂少年。少年笑而領之。趨入帳中。須臾而出。花顏雲鬢。嫋娜低鬟。立於惜旁。生因浼阿惜媒之。併妻焉。比於屬戴宇之曰阿憐。因惜名也。閨門之內。頗擅柔淑。生每偕兩女出遊。既而花渡桃葉。見者羨慕之。以為神仙儔偶。下幃屨褰也。有道士見之。引生私問曰。君擁此寵。不懼乎。生色變。問其故。道士曰。君妖氣賊神。不治將死。生固疑二女戕害己。乃以實告。道士書一符與之。令持歸。繫於私

處。交接之際。乃能勝之。則妖氣可除。而元氣可復。言罷。飄然竟去。生信之。夜將寢。懸符於兩股之間。二女已知。故詰之。不以告。惜怨怒曰。久同枕席。何太無情。而使妖道竄入閨中乎。阿憐笑曰。妹勿怒。當擒此野豬。遲則無及矣。亟令生解符。符已不可解。令卧而燭之。則豕鬣蟠動。若將下撲。噉其勢矣。生大恐。乃亟呼二卿救我。阿惜曰。郎君負心。合受此禍。然我輩芳潔。安肯作烏將軍婦哉。阿憐已袖刀。即胯下割之。生楚極昏厥。有頃而甦。見道士反縛於庭柱。二女指以問生曰。是此物教爾否。生方怨道士賣己。起而撻之。道士低頭不語。二女曰。此野豬魅也。潛以隱身符投郎君。欲作郎君胯下物。犯吾姐妹。而飲其元精。淫狠極矣。當令復其形而宰割之。為郎君取酒。道士哀求。二女以水澆其首。倏已化為一豕矣。命婢殺而烹之。味殊甘腴。生飲酒既醉。求二女與寢。二女曰。郎體已為豕氣所中。妾等義不可再辱。請從此辭矣。彼媚娘者。為淫媚過多。為神所怒。責令受生女體。墮入烟花。不復能自變化。竟失本來面目。此吾前車矣。生聞言慘然。深自悔恨。并問此後能見否。二女凝思久之曰。三十年後相見於少室山下。所以報伉儷之情也。言罷。灑泣舉家望空而去。生坐至天明。視所居。乃牛首山也。松栢陰翳。人跡杳然。向所熟遊。故能識之。旋造媚娘述其事。媚娘亦罔然。不復記憶。

紫衣吏

吾鄉某翁。賈人也。饒於財。而性惊。學者輕之。翁慨然嘆曰。所以不齒於諸君子者。不學故也。我老大。良已矣。我能教子。安見銅臭者之不書香乎。其子方七歲。性奇魯。授師教之。禮義隆盛。師感其厚。訓誘百端。十年不能卒一冊。雖尋常字義。莫能解也。師不得意。辭去。復請他師。亦未就。不得已。暫自督之。不使少懈。每夜三更。自携粥及果餌。往助其勤。至則書聲琅琅。或對書默視。翁竊幸無師而其勤如此。雖愚可教也。後頗聞人言。其子實欺父。每夜假寐。聞父至則覺。父去則仍隱几耳。翁初不信。細察其故。蓋緣住宅與書舍相隔。未至數十步。有石當道。置未安。翁經其上。輒吝吝作聲。子乃聞而覺之也。其夜密從他道行。擊棒伺牕外。子果倚睡几上。翁氣塞。謂不肖如此。留子且辱己。痛扶之。夜深無救者。其子竟斃於杖下。翁返內。亦不告其妻。經兩日。將使理之。忽其子趨入內。叩首翁前。自陳架上萬卷書。已盡讀。大人何貴之深也。翁驚其復甦。叱曰。爾不死。猶敢妄言。取數冊試之。背誦如流。不失一字。皆平生未嘗誦及者。翁喜極。復令出與諸儒試。則皆莫能難。反難諸儒。并角丈。文亦莫能及。於是皆慚伏流汗。詢詢稱弟子。羣知其天授。非人力也。向時輕翁者。皆嘲納交焉。翁詳叩其由。子對曰。是日杖死後。便有二神來相引。至一處。宮宇如宮闕。中座一神如王者。指兒謂紫衣吏曰。是為某翁子。其父教子頗篤。惜是子太愚。宜為易其心。吏乃剖兒心出之。別以一心置兒胸。仍引

還故兒得復見天地書亦無所不記也後舉進士登仕籍天下仰之蓋吾鄉先輩之擅名於世者以傳聞異辭不能確定其爲誰

胭脂娘

王氏爲雲林巨族家畜名書古畫累世寶之美人一幅化工筆也妖姬數人倚闌撲蝶掛於齋壁王氏子韶年十六蓋風韻之士而篤於情留注畫神移向壁癡語殆有呼活真真之想乃題二絕於幀首云何處花間撲蝶妹芳姿寧許畫工摹桃源女伴尋夫壻走入滕王尺五圖望立姍姍來未來雲蹤留滯楚陽臺東風誰道能相濟難殺衣裳吹不開題罷書款曰二八王郎題贈美人諸姊妹一粲父見之而哂取藏之韶不敢問父死家稍落韶古耕於他姓有族子無賴盜竊其家書畫贊之美人圖卷亦未知流落誰手韶峪然懊恨如喪拱璧他日容洪都館於許氏西齋其東齋主人之所偃息也通於內室客不得入一夕月明松下若有紅裳素裳倚而招之者就視之一十七八麗女也至於西齋低鬟無語而情意殊厚數叩其名始答曰胭脂娘質未明別去韶意許氏姬妾帷薄不戒者次夜又偕兩女來皆靚妝麗服妖嬈非常一曰絳花一曰雲碧綣繾而去次夜絳花復送粉憐至亦丰韻天然前後共四人承值無虛夕相見之際恍若熟識終不記會遇何所意四姬曾或共遊相見于柳堤花徑間未可知也一夕以問胭脂娘胭脂娘曰郎向贈妾等珠玉何乃忘之韶惘然不省亦弗深究久之四姬情益密韶期以晝見則皆不可曰無使射工伺影也韶信之復戲以叩之旁人則未聞主人曾有所謂四姬者心頗疑而不敢問一夜四姬並至皆鎖眉歛態有愁怨之容韶怪之曰與郎緣分盡此矣韶驚問其故不肯言因泣下韶亦泣四姬曰妾等各有新詩願酬佳什雲碧詩曰恨殺壽眉人將傻作年少疑妝晚夜新不向青荷無粉憐詩曰青蓮低含笑弓鞋左右看碧霞裙上蝶猶自滿香傍紈胭脂詩曰曉起倚紅欄口香花上嗅遲回不啟昏伯弄櫻桃破絳花曰阿姊戲趨思蹴語詩雖佳失酬和之意矣妾當補之詩曰共得肅郎顧寢徽寫照真明畏尊酒畔凄斷卷中人韶曰諸卿妙才圖香鍊雪今夕始露鄙人方寸已亂不能屬和矣但未識此後猶得相見否四姬曰在相見不相見之間韶不解其語問之仍不肯言遂洒淚訣去次日主人謂韶曰君居此久矣未嘗一至吾東齋遂置酒其中邀韶飲韶入東齋擧頭周覽忽見向所題詩美人圖懸於齋中之西壁而卷中人儼然所遇四姬也臉暈消紅眼波送綠猶是夜來帶笑含嚬之態一一呼之欲出也韶始而驚繼而悟久之淒然淚落黯然和於酒樽中主人怪之韶秘不敢言但言此畫吾家傳物其上小詩蓋韶作也撫今追昔是以悲耳主人亦豪士毅然還之韶拜謝持之歸供之於寢帷之側將之以神明

之敬而禱之以夫婦之私花月之朝風雨之夕飲食未嘗不祝寢寐未嘗不懷而悲其相對卒亦無有心痛而從者韶自是感疾咏前題詩曰相見不相親不如不相見遂大慟而卒時年二十一臨命以美人圖殉葬焉

綠雲

福山劉生假館鄉儀爲童子句讀師歲夏晚涼散步門外暮霞席色殘照滿山眺望間忘其遠近旋有鞠車飛至車中人搴簾語曰油壁昔乘勞君久佇視之十七八好女子也言詞泠泠如嬌鶯顧笑劉愕然半晌答之曰某實不候卿得毋悞否女子顏赬微慍曰甫讀數行講章坐破錢作牧牛兒兩目乃遂無珠耶言已趣車疾去暮色蒼茫須臾不見劉深怪之夜漸黑邊迴而返頻迷前路方疑慮間有數人舉燈而至相謂曰爲著先生矣劉意館人迎己漫從之導行亂山中入一巨宅訝非故處欲問之一人前啟曰主君候堂下矣一老婦立燈光中綠紗鞜髮短髮星星見劉熟視曰婢子眼故憨果不誤也既就坐從容曰向別尊府時君猶總角不意岐嶷若此堂上人俱無恙耶劉故朴訥且未省是何世舊踧踖不知所對唯唯謙謝而已次日辭歸老婦斂容曰弱娘失教欲以西席相屈幸毋謂樸鄙不脩豢具孤殘實惟盛德劉以舊館爲辭老婦强之遂留焉越日潔治館舍縹緗滿室文具精良老婦引二女出拜長綠雲次翠衿碧衫丰態嫣然顧目劉而笑劉諦視之即車中人也心竊嗜疑然不敢問次素雲青蛾黛眉目明秀衣裳如雪二女天穎章回書一過即了了劉初擬以兔園之學概置不一覽書誦佛經不假師授雖格磔鈎輈而梵音清越間摘奇字叩劉劉莫能答劉妄質奇愚爰誦俚辭文字竟日夜咿唔不絕二女每竊笑之劉雖慙怨無如何也侍女有兒亦令佐讀聰悟稍遜二女而苗條婉媚便捷可憐性好嬉戲柳堤花圃來間竊遊劉禁之不可以告老婦老婦曰是婢天性固然姑聽之一日有陳家姨來稱曰阿錦華妝豔服類貴家婦二女令謁劉將使授業叩問家世劉具告之阿錦艴然捐二女曰是吾仇也老母左臂指痕猶在今既僥倖勿報乎懷庭下石將投之二女喻之曰然毒雖甚不在復仇力勸而止劉駭然强謝之始很很去又數日素雲從劉受書背誦如流劉戲拍其背遂暗啞綠雲泣曰中其要害矣馳告老婦老婦至亦泣曰是兒夙根太慧宜獲此報非得菩提楊柳露飲之不能瘳也劉惶恐固求去老婦亦不復堅留命綠雲脫金約指贈劉曰此君家故物今特歸趙臨行酌杯酒告曰太夫人之惠未之敢忘弱息又辱門牆君故貽此酒所以報也劉立飲之覺腦中如絲剝下氣太沖神悟頓開喉舌亦便利無復期艾之苦老婦令蒼兒挈車送劉還家須臾而至家人方覓劉既見皆欣忭劉具述前事並出約指觀之劉母識之曰異哉昔爾父當二

鸜鵒一母一雛。母白色。雛綠色。並能言。一日悲鳴求去。余憐而放之。繫以金戒環而約之曰。他日倘相見。以此為信。即此物也。急視窗兒已化為燕子。呢喃而去。門外之東亦杳。復諭阿錦之事。蓋劉父嘗射雉於郊中。其左翼云。

耳食錄卷三

臨川樂鈞著

王方伯

遼東王公某。少應童子試。自郡歸。值日暮。使奴子策馬先行。尋旅店。王按轡於後。過一第宅甚閎厰。有數人候於門外。叩馬而請曰。姑娘待公子久矣。王訝然不識。下馬入宅。既見則一少女也。序世次甚詳。乃王之姑之夫死者。王憶果有是。然殊忘其死。遂以從子之禮見。坐言別後事。辭色悽惋。已聞有貴官至門。騶從呵叱聲。姑曰。爾姑丈歸矣。可暫避內室。姑死時年方二八。實未字人。蓋死後匹配者。王亦忘之。潛於壁穴間窺之。俄而姑丈入。面黝黑而貌獰獷。甚可怖畏。忽以手探面。則殼頓落。類今梨園中面具。以付其從者收之。則翩翩然美丈夫矣。而年亦少。與姑齡上下。問姑曰。其人來否。姑曰。來矣。呼王見之。戚誼甚殷勤。不啻王導之待何充也。少頃設飲食酒饌。豐備。王素不勝杯杓。姑强之。王勉為盡觴。既有書吏呈一牒。令共覩之。內書王姓名籍貫。臚列其科第及事行。體例似年譜。有一頁大書六字曰。承宣布政使司。姑丈取筆下注一酒字。繙閱未盡數頁。遽付吏持去藏之。不令見。酒罷。引之就寢。帷榻茵席。亦華煥非常。天明視之。乃空山之冢上耳。王自是遂善飲酒。厥後仕至方伯。以事伏法死。其所未見數頁內。殆書其犯事當誅狀。故不令見歟。

東倉使者

金谿蘇坊有周姓句媪。年五十餘。夫死無子。獨處破屋。忽有人於耳畔謂之曰。爾甚可憫。余當助爾。回視不見其形。頗驚怪。復聞耳畔語曰。爾勿畏。爾牀頭有錢二百。可取以市米為炊。無事傍人門戶也。如言果得錢。媪驚問何神。曰。吾東倉使者也。媪察其意非欲禍己者。竟不復畏怖。自是或錢或米或食物。日致於庭。亦無多。僅足供一二日之費。費盡則復致之。亦不缺乏。間又或為致衣服數事。率皆布素而無華靡。媪賴之以免飢寒。心甚德之。祝曰。吾受神之澤厚矣。願見神而拜祀焉。神曰。吾無形也。雖然。當夢中化形示爾。果夢中見之。皤然一翁也。久之。頗聞東鄰人言。室中無故亡其物。其西鄰之人亦云。媪乃知神之竊鄰以貺己也。鄰有吉凶美惡事。輒預以告媪。囑以勿洩。自後驗之無不中。如是者數年。村鄰人訝媪之不復丐也。即其家伺之。則所亡之物在焉。乃怒媪。將執以為盜。忽聞空中人語曰。彼何罪。我實為之。損有餘。補不足。復何害。若猶不捨。將不利於爾。言甫畢。而瓦礫擲其府矣。鄰人懼而舍。一里傳以為怪。往觀者甚眾。與之晤語。娓娓可聽。語不遜者。輒被擊。惟媪言勿擊則止。一日有諸生乘醉過媪所。大詈曰。是何妖。妄作祟不已。敢出與吾敵乎。詈之再三。竟兼恙而去。媪詰神曰。何獨畏彼。曰。彼讀聖賢書。列身庠序。義當避之。且又醉。吾不與較。生聞益自負。數曰又往詈之。則空中飛片瓦擲其首。負痛而歸。媪又以詰神。曰。無故詈人。一之為甚。吾且柔之。則曲在彼矣。又不戢而思逞。是重無禮也。無禮而詰之。又何怪焉。鄉人頗患之。謀請符於張真人。輒為阻於途。不得往。一日。媪聞神泣曰。龍虎山遣將至。吾禍速矣。媪曰。曷不逃。曰。四布羅網矣。將安之。言罷復泣。媪亦泣。越翌日。果有隣人持符詣媪家。蓋託其戚屬已潛求於上清。故神莫知而未之阻也。徑入卧內懸之壁。媪怒欲裂之。忽霹靂一聲。一巨鼠死於牀頭。穴大如窗。向常行坐其處。勿見也。自是媪丐如故矣。

卜疑軒

褚青。餘杭人。年少負才。跌宕不羈。從其舅氏馬公宦山左。每為狹邪遊。馬知之。召而切責。褚遁。不敢歸。薄暮將投逆旅宿。遥見騶從甚盛。呵叱而來。褚避立道左。一貴官坐車中問曰。是何少年。褚以姓名告。官驚曰。是褚先生耶。顧乞相過。即呼馬來載先生。褚漫從之。須臾至其第。閈閎高厰。閥閱家也。主人下車肅客入。曲欄洞室。不知幾落。竹林花徑。曲折數重。達一書齋。窗几精潔。西偏小室。匾曰卜疑軒。揖褚坐其中。曰。久耳先生名。幸不交臂相失。可舍此以為東道主。一日之積。一宿之衛。不足道也。褚遜謝。叩問姓名。主人笑曰。詠於詩。繫於易。雜見於百氏之書。先生何問焉。竟不告。褚甚疑之。既而設宴享客。水陸具陳。諸妓行酒。衆樂並陳。繁音靡曼。褚素善音律。竟不知其為何曲也。詢於主人。主人曰。佳客在坐。安用舊曲。皆姬子輩自製新腔。不識中聽否。褚贊賞不已。請其曲名。則有九尾醮。夜篝紅。玉雨娘。縫繡窠兒慢之屬。皆新奇詭異。莫曉其意。為誦玉娘面一闋云。如孤洞。今夜月華雲湧。東瓜棚側犬初眠。北斗垣中星欲動。你莫西。我莫東。大家看看。大家拜拜。大家送了送青蚨。被與誰去也。只待掠鬢梳頭。學那些顛鸞倒鳳。帳鈎正挂。燈影偏紅。不管小夭娘指尖兒濕破窗縫。睡也麼濃。怕則怕曉烏數聲嘶斷。一林幽夢云云。樂既闋。一女前而歌曰。張家阿姊趙家姨。同向春山學畫眉。更抹櫻桃唇一點。檀郎頰上印胭脂。一女繼歌曰。吳王宫柳醉春烟。阿姊腰肢二八年。昨夜伴郎郎未慣。今宵珍重向嬋娟。又一女向主人歌曰。章卯校尉太風魔。漫使佳人鬥艷歌。斗柄闌干天欲曙。須防華表照嫦娥。主人笑曰。褚先生非其人也。雖然。先生醉矣。可扶先生睡。吾與東城君閒話去矣。別褚徑出。時褚已被酒。神飛目眩。形骸都非。諸女引入卧室。即擁一姬與狎。諸女顧之而笑。有頃而褚已頓矣。諸女以次踰淫。俱覺其躬中交融。歡洽非復人道之常也。次日夢覺。體不勝憊。開目睨視。乃卧叢薄間。宛轉細思。蓋狐所為也。卜疑軒者。狐性善疑也。其語言詞曲。皆狐隱語也。狼狽歸舅所。卧不能起者數月。

田賣鬼

有田乙者。不畏鬼。而尤能伏鬼。遂以賣鬼為業。衣食之需。妻孥之供。悉賣鬼所得。人頗識之。呼為田賣鬼云。年二十餘時。嘗夜行野外。見一鬼肩高背曲。頭大如輪。田叱之曰。爾何物。鬼答言。我是鬼。爾是何物。田欲覘其變。因紿之曰。我亦鬼也。鬼大喜。躍遂來相嬲。抱體冷如冰。鬼驚疑曰。公體太暖。恐非鬼。田曰。我鬼中之壯盛者耳。鬼遂不疑。田問鬼有何能。鬼曰。善戲。願呈薄技。乃取頭顱著於腹。復著於尻。已復著於胯。悉如生就。無少裂折。又或取頭分而二之。或三四之。或五六之。以至於十數不等。擲之空。投之水。旋轉之於地。已而復置之於項。奇幻之狀。靡不畢賣。既復求田作戲。田復紿之曰。我飢甚。不暇作戲。將覓食紹興市。爾能從乎。鬼欣然願偕往。丁丁而行。遂次。田問曰。爾為鬼幾年矣。曰。三十年矣。問住何所。鬼言無常所。或大樹下。或人家屋角。或廁旁土中。亦問田。田曰。我新鬼也。趨避之道。一切未諳。願以教我。益欲知鬼所喜以誘之。知鬼所忌以制之也。鬼不知其意。乃曰。鬼者陰屬也。喜婦人髮。忌男子鼻涕。田誌之。方行間。又逢一鬼。瘠而長。貌類枯木。前鬼揖之曰。阿兄無恙。揖田示之曰。此亦我輩也。瘠鬼亦來。近通款洽焉。亦與俱行。將至市。天欲曉。二鬼行漸緩。田恐其隱遁。因二手捉二鬼臂牽之。左右行。輕若無物。行甚疾。二鬼大呼。公不畏曉耶。必非鬼。宜速釋手。無相逼也。田不聽。持愈急。二鬼哀叫。漸無聲。天明視之。化為雨鴨矣。田恐其變形。乃引鼻向鴨噴嚏。持入市賣之。得錢三百。從此每夜挾婦髮少許。隨行野外索鬼。鬼多來就之。輒為所制。或有化羊豕者。變魚鳥者。悉於市中賣得錢。以市他物。有賣不盡者。亦自烹食之。味殊甘腴。

攪風島

有興賈浮舶入南海。至一島。見桑黮纍纍。上岸摘啖之。味逾常黮。懷數枚。欲遺同舟。俄而風作。舶已離岸去。頃刻不見。海波洶湧。山林杳冥。獨立四號。淒苦萬狀。宛轉至暮。慮逢豺虎蛇虺之族。欲赴海中死。轉念身無生理。復何所畏。惟不如且窮其境。初行蓁莽。梗路趑趄欲踣。踰里許。漸覺平坦。復前三四里。見遠燈甚明。似有村落。竊喜身入人境。尋燈而往。乃聞人語聲。自茅屋中出也。叩門呼之。一老人啟關問曰。客何來。賈具告以故。且求寓宿。老人曰。夙緣也。此地名攪風島。惟有仙緣者能至。居此者三人。皆昔乘舟入海。遺於岸上者也。今與子而四矣。言罷。復有老人自內出。道骨仙風。衣冠瀟灑。謂賈曰。爾識我乎。吾爾十九世從祖也。挽以入室。指中坐一老人曰。此為元邱公。先我來此七百年。指啟關者曰。此最後至。亦三百餘歲矣。視其室無器皿。亦無牀榻。壁間懸燈。非膏非火。老人曰。此萬年脂也。晝則無光。夜則自然。吾三人者。不飲不食。亦不夢寐。爾初至。或飢則山果皆可食。或渴則西澗有泉。味如醴酒。

就而飲之可已渴而不醉或倦困則隨地可眠安於衾枕睡或十餘日或數月而後覺久之俱不復須矣賈聞言甚樂以為遇仙頓忘世慮又問何名攬風島老人曰風起必過此從而攬之頃刻可以遊六天躡太虛然足跡所過山水景物視此島多不及焉不幸為世塵所攖反數日不竟是以常不願往也次日三老人引賈登小郎遥望海波忽見飛旆大纛簇擁一人危冠廣袖鬚髮戟張身騎青虎凌空而過老人曰是為風伯即山海經謂折丹者也主天下雄風凡鳴竅揚波擲塵飛石觸物暴猛皆彼為之賈見巨浪稽天海水皆立而老人衣袂不少動即賈亦不覺其風之衝拂也已而宮黃低髮一少女婷鶯為曳紈扇婀娜而來從以曲蓋護以長旂有香氣襲人甚烈賈不覺昏沉仆地良久始甦老人笑曰封姨信盾也賈問何故老人曰封姨年少夭紈主天下雌風多行柳隄花逕淡烟細雨間習習飄飄柔而善入其撓人甚于風伯頃者襲人香氣皆攝百花之精也自非道力素定者鮮不為所仆焉宜矣須經受此香三四千日則不復畏又數千日始可以攬之而遊賈乃日於海上候其過久之漸不仆然心搖神眩每不自持又久之乃少定亦漸不欲仆不夢寐矣一日老人謂之曰自爾來此爾家人以爾為死今日建道場度魂吾攜爾往觀之但既至家見家人慎勿聲否則不利賈應諾頃之風至三老人令賈閉目共挾之行須臾果至其家方建壇設供因共坐壇上人皆莫之見數僧鳴鐃振錫拜伏壇前口宣咒唄吒婆不可辨賈顧之竊笑老人掩其口而止之既而妻子縞素而出搶地哀慟賈不覺心動淚零亟下壇撫之曰我固在此妻子驚走回視三老人已失所在悔不可追遂以故告其家與妻子相處飲食夢寐如常人

蔣氏女

有富翁洪氏一子甚聰秀年十五出就外傅離家五六里一日自塾歸過蔣氏之門忽有自內傾盂水濺其衣履者視之婉然好女子也生不為忤笑而去他日過之女子復傾水向生蓋亦適然而生甚疑其有意遂狂惑抵暮徑入女室而女及父母皆坐於堂中殊未之見也是夜女闔户寒帷忽見男子橫眠其榻大驚欲呼生遽起掩其口嚼之曰吾兩過卿門卿兩以水澆吾衣是誨我來也吾有辭矣復何畏女大冤苦而莫能設辭也生擁之共枕誓以山河女亦心動弛衣暱就時新秋殘暑未退恣情歡狎狂蕩中宵生渴甚向女求漿女以夜深顧無由得憶床下有西瓜一枚剖以食之既盡昏然就睡天將曙女推之使去則已死矣女傍徨無策掩袂幽咽至午而門不啟父母怪之破門而入得其狀且恕且懼曰洪翁繼三妻納數妾惟此兒愛護若掌珠今斃於此奈何奈何馳告之洪哀慟訴於邑宰言蔣女誘殺其子宰覺其詞頗疑惑請悉有少年處子鍾情所歡而復殺之牀者乎庭鞫之女具訴本末至

以瓜之事宰笑曰是矣猶戰門市息巾盜賊入其室而刺之恐能不死哉時女已受聘李氏生亦縮命宰氏宰遂判以寡配李而以蔣歸洪守節焉女已有身遺腹生一子為洪後

黃衣丈夫

村人林某偶行河畔見一浣衣女子容態殊絕因訪其姓氏里居以厚幣娶之女子賢且慧事舅姑頗孝謹處諸姑娣姒間性甚和柔各得其意惟待其夫乃過於悍戾之婦梳洗飲食必其夫進巾櫛奉匕箸少不如意便撻之夫惟順受不敢敵亦不敢逃甚或令長跪榻下以火烙其面以錐刺其股至於焦爛瘡痍身無完膚而婦怒猶未已也舅姑奔救則少止既去則復虐之慘毒百端莫可名狀而婦家兄弟無賴若狼虎不可理喻故舅姑欲治以官而卒不敢也他人見之每為不平以故詢其夫則答言不知或教以宜自振作不當為婦人所制則惟俯首長嘆而已一日有黃衣丈夫形容魁偉至婦家而謂婦曰君處商濱倭然數世以來受五娘之凌折亦可以已矣浪泡無憑落花自好儘可釋然胡不歸鄭曲而頻此與愚物較乎婦笑而頷之家人怪其言黃衣曰此唐李益霍小玉數世業也淨持夫人使我逆玉娘今與俱去耳家人以為詭詞將呵禁之黃衣撫掌大笑須臾風起雲霧迷空婦與黃衣俱失所在

大王

某乙雄於力其儕共推之眾言某宅素凶約敢下榻者當醵酒相勞乙故酒徒聞之欣然曰諾以麴君為息壤願往見魑魅為城下之盟倘肯命任公等遺我巾幗眾壯其言乙亦自覺無畏遂腰劍襆被夜往宿焉眾反鑰其户而去空房寂謐燭淚熒熒乙本無膽勇徒以酒故忘身犯難至是風鳴皆兵漸生恇怯下帷枕劍耿不成寐二更之後遥見室西隅一婦人閃出白面糊斑黑衣蓬頭嘻笑向壁若有所思少焉昂鼻四嗅宛轉而前啟唇發聲願薦枕席乙大怖急起拔劍手戰劍落於牀下婦人睨之而笑曰新絃可續故劍何來遂下拜求帳衽也乙力振帳門帳不得開良久婦人怒曰爾不納我耶我請大王來主持看爾不作嚮壻否即啟户而出乙窘甚大呼夜深地僻卒無應者因念魑魅大至支解必矣徬徨無策視床頭有酒甕一具大可容身乙乃祝曰麴君麴君向以爾為息壤今以爾為朱家矣幸乞相庇毋使酒國中失一壯士也祝畢即入內以蓋覆甕口旁有一穴容一目遂蹲身屏息窺之須臾鬼眾坌至以婦人為導貌皆醜黑裝束類皁役又有數人以交椅舁一人至頭大身短語言含糊眾鬼惟其命是聽若主僕然即婦人所謂大王是也嚶嚶數聲不辨作何語眾鬼爭前裂帳翻被索之不得會報曰逃矣復索室中遍及於酒甕乙戰栗齒叩有聲婦人曰有聲自

内可索之。一鬼前即仆地，又一鬼前復仆。於是諸鬼相顧不敢近。大王怒，自下椅，傑然而前。忽若有人掌其胸，大王仰首顛運作筋斗，哀呼曰：康侯貸我。羣鬼亦為之跽請。良久掖大王登椅，一鬨而散。乙心知酒神衛己，而口噤不能言，心感而已。比曉，其儕啟關而入，至臥處見其狀大駭，莫知乙所在。最後得至叢巾，急出之，已垂絕矣。灌之半日乃得甦。一人戲謂曰：君無膽如斗大，奈何自取困頓。方謂穩坐中軍帳，誰請公入甕者乎。乙縷述其狀，且曰：不得麴君擁衛，已消受無躐況味矣，可無一斗麴蘗乎。不甯唯是，亦所以報知己也。眾大噱，為置酒彝飲至暮。

蕭點雲

東吳柳生悅隣女蕭點雲，思之甚篤。一日過其門，見點雲倚扉而立。生時被酒，挑之曰：雲娘真如飛雲縹緲，乍見使人眼纈不能分明。今願熟芳姿，歸而寫畫作水月觀音供養也。遂逼視之。雲微笑，掩門而去。生徘徊戶外，至暮始歸。其夜雲憶生言，亦頗情悵，孤燈愁對。方伏就枕，聞有彈指於窗外者，靜聽之，其人微吟曰：情癡伏情癡，情癡不可說。魂斷楚峰雲，尚繞梅花月。梅花伏不開，魂兮真斷絕。雲素嫺吟咏，低問吟詩者誰。答曰：供養大士者也，今來侍香案耳。雲方念生，且憐之，不暇問生所由入之故，遂納之。情好燕婉，遂約終身。由是往來殆無閒夕。一夜雲母劉來雲所，哭見生，娭呼其父共執之。生叩頭乞舍。蕭柳素親睦，兩家門第亦顯貴，不欲絕好以彰其醜也，許以女妻焉，且戒曰：宜速以媒來。因縱之出。數日杳然。劉乃造母私語其事。母詫曰：何誣也。吾兒久病床褥，垂斃者數矣，安能與賢女期耶。生聞之，躍然起曰：誠有是。昏憒之際，以為夢焉，不知遊魂之為變也。兩家聞之，共訝以為天合，締姻好焉。

李公

金谿尚莊李公某，偕數人府試而還。會日暮曛黑，迷路至一山，不辨何地，荊棘四塞，溪澗環之，不可得前，遂共坐樹下待旦。及明覩之，乃其中一人之村後山，亦甚平坦而無所阻，知遭魑魅矣。分道而歸。而李亦旋至館，所覺神情恍惚，卧起不舒。晚饍後忽思歸宿，而去家稍遠，主人止之，殊勿聽，遂袖火以行。天晚不能至，過一村郭，舊游處也，茫然似初經也者，以問人曰：是某村。因立而熟視，果某村也。薄暮始至家，程不二十里，凡行一夜及一日。見其妻若不識，問曰：誰歟？妻笑曰：李某之妻也，何目瞀至此。因立而熟視，果妻也。既同寢好合，乃豁然而悟，謂我數日行止，乃如夢中也，爽然自失者良久。是夜妻有娠，閱年舉一子，體貌怪異，不甚類人，亦不啼，亦不笑，懷抱乳哺，三歲而夭折。蓋魅之將魅生其家也，故迷之於路，迫之以歸也。嗟乎，將欲父之，而先魅之，鬼之無賴亦甚矣。醜然者一鬼，亦蠢然者一人，又可怪焉。

芙蓉館掃花女

一士人忘其地與姓矣，名谷，下帷攻苦，罕與外交。舍旁溪水清潔，奇花絢爛，心愛之，日往低佪焉。有一麗女子提籠采汲，谷見惑之。由是谷每至，女子輒來，遂有玉洞桃花之約。女子行而谷從之，西行至一山，危峰連日，奇峭插雲，遥聞雞犬之聲，而不見村落。時已昏暮，谷惧遽不行。女子故紿曰：閨人眼疎，迷失故路，山君且至，奈何奈何。忽林中衝出一虎，咆哮而前。谷驚而仆。女子以手揮之曰：去，毋驚我郎也。虎吼而奔。女子扶谷起。又一虎繼至，耽耽視谷。女子又揮之去。谷神情慌亂，請返者再。女子以袖拂谷面，調之曰：年少書生怯弱乃爾。令已至此，隔此一嶺耳。谷慮險峻無由上。女子取帶束其腰，以繫於己臂，前行牽挽，們蘿扳木，拾級以登，猿徑側出，鳥道斜連，竭息增欷，乃始得下，則一川浩淼，橫截山跟，明月澄波，深淺莫測。谷又欲返，曰：濟則無楫，渡則無梁，長江豈能飛渡耶。女子曰：無慮。乃摘一梧葉浮之水上，須臾便大如舟，蓬檣桅柁悉具。攜谷登舟，挂帆西渡。暴風大作，舟覆中流，谷及女子俱落水。水及於肩，谷任呼吸，女子奮立於波上，提谷臂出之，遂攜同行，如履平地。少焉登岸，笑曰：我戲陽侯，陽侯亦復戲我也。谷衣履盡濕，女子略不沾濡。谷深訝其神。女子謂：略習水性耳，何足異。因令谷盡脫其衣履，颺之風中，須臾乾燥。前行數武，又隔一嶺，谷視之，崔嵬千仞，壁立如峭，仰視股栗，疑巨鬼欲來攫人，不覺變色，撫膺長嘆。女子笑曰：郎乃畏勞乎？不慮險阻艱難而成好事者，蓋亦寡矣。既畏之，當另覓坦途，無怠厥志也。乃抽簪於石壁畫之，石隨簪而中分，望如深巷，幽暗不見人，不知其遠近。曳谷而行，略無蹭蹬，隨過而石巷隨合。約二里許，忽然開曠，石壁乃在其東矣。一村如畫，畫閣參差，乃度疎林，達近郭，歷重門，經曲榭。於時明月西斜，樓鼓三報，人語寂靜，睡聲翕然，掩息幽房，情語相對。女子出酒果款谷，情態甚殷。谷忽自思鼓道有年，奈何效長卿薄行，因正襟危坐，莊語酬答，凛然有不可犯之容。女子笑曰：風流藪澤中，何處容道學腐調，宜向單比座前去演也。遂起引谷與就寢，衾枕煥爛，蘭麝熏人。將欲交頸，忽聞有女子叩門，連呼七娘子。女子失色，低語曰：冤業至矣。此吾家四娘，最凶戾，向與吾有隙，今來伺吾短矣。急藏谷於複壁中，然後啟關而問曰：夜深已寢，姊來何為。四娘徑入，見酒果狼藉，雙舄宛然，指之笑曰：欲分鴛鴦盃中餘滴耳。巧詞鼓擊。女子不能掩，乃怒曰：人家夫婿，何與爾事。四娘亦怒曰：果爾夫婿耶？遂出而尋刀。女子亦掣劍而出，各呼其群婢助戰。婢皆錦襖裌袖，手執短兵，捷如猿，猛如虎，輕如燕，艷如花，共十餘人，格鬥庭間。踰時出門外，聲漸遠。谷壁縫潛窺，汗流浹背。忽聞群女笑而反，歡呼曰：七娘子一軍北矣。谷為愴然，益恐懼。旋聞四娘云：賊當在室中。命收索。群婢挾谷出複壁，谷俯伏於地。四娘怒曰：何物卯戾坡我閨門命二婢斧出斬之谷哀求數四終不允忽傳六娘子至四娘告之故六娘曰罪固不免然念其初犯姑舍之因命扶谷起六娘責以禮義之正間雜以嘲謔之辭谷驚悸既定轉復羞慚嬰頰凝紅低顏無語有頃六娘去四娘笑而撫谷曰我見猶憐何況妮子慎毋作閨態向人谷不敢應羣婢皆粲然而笑四娘叱之使退谷知其無他因諦視之始驚其豔殆與七娘伯仲矣然心念七娘登山涉水艱難備嘗不獲一當安忍負之反顏作仇人葉砧且又不敢問其消息淒然泣數行下將近五更庠雞亂叫四娘不自持託以同寢谷辭不獲將從之一婢狼跄來告曰七娘子提兵至矣四娘駭而奔諸婢從之遂聞戶外馬蹄聲戈戟聲士卒喧呼聲七娘戎裝而入執谷手泣曰阿郎阿郎幾落賊婦之手矣今賊婦安在谷曰逃矣七娘曰若是不可緩縱虎貽患妾當了却之再與郎歡聚即上馬揚鞭領衆而去谷倚戶目送頃刻寂然樹中曉鳥啁啾東方已白矣凝視立處乃荊棘之叢所倚者枯樹也大數十圍高數丈空中而靈秒四圍松栢蒼蒼杳無人跡驚絕呼號山鳴谷應良久尋至一村見其居人窄衣冠言語皆不類今世見谷皆大駭一白髮叟引谷至其家以筆書問答惟文字尚同乃知離家不計程已渡大海而西矣其地乃西方絕國向嘗有人至京師三年乃能達谷遙望鄉國揮涕傷心叟問故谷具言其狀叟曰危哉此飛天夜叉也我國多有不劇其蓋尒幸矣谷且恐且悲知不可驟返居數月當事者知之聞於國王王狀貌醜惡可怖相見甚敬禮見其愛女女悅之達意於王王喜乃納谷為婿女貌頗類其父而賦性善淫成昏三月谷不堪命因念爲異域鬼不如葬夜叉之腹遂尋其故處空山如故枯木依然徘徊浩嘆謂人面終不可覩矣忽村郭房舍見於當前恐符前夜所見七娘靚服華妝旖旎而出見谷即掉頭欲入若不相識谷即前相呼致詞自表七娘曰閑已知我形迹那得不畏而復來耶谷曰雖知之亦何害情好固在願終攜我耳七娘笑曰真無賴之徒也遂納之谷問四娘及羣婢安在七娘笑而不答叩之不已實告君吾乃芙蓉館掃花女也以毀觸花根謫汲水人間澆花三年故與君遇於溪畔君還盞不戒窟娃巫雲本當斥逐避罪永沈異壤然好學可嘉得從末減故為此以相戲耳一切所見所歷皆吾幻設此地本非絕國亦無國王王亦無女女亦不嫁君况乎四娘羣婢頃刻之現示者哉驀海茫茫回頭是岸耳谷駭然伏地謝罪七娘引與登樓遙指樓下曰此去君家不遠矣便緣梯而下則人物景光悉失所在乃立於舍旁之溪上耳恍如夢覺趨歸書帷硯水未乾爐烟初燼止頃刻之間耳自是閉戶讀書謹身寡過識者以為有道之士焉

哭笑疾

昔吾鄉一人有笑疾視人顏色舉動少異即大笑不止復一人有哭疾與笑者殆稱合璧毋兩人相過便各發其疾笑者見哭者之哭則大笑哭者見笑者之笑則大哭愈笑愈哭愈哭愈笑聞者往觀填衢塞巷數十里之外多有至者亦或笑或哭各因其哀樂之所感而從旁贊嘆者亦十之五六羣狗聞人聲鼎沸又從而狺狺不休於是笑聲哭聲衆譁聲千百狗吠聲閧然數里兩家親朋告慰言語皆不聞笑者至於疾喘氣索哭者至於淚盡咽乾猶相對張口抵目不少止但無聲而已日暮觀者漸散家人强牽其臂歸閉之室中乃去

婦失褌

有男子御其妻歸寧者及山僻之間婦欲小遺時遠顧無人即大樹下溺焉忽若有捉臂而褫其褌者竟失褌焉怪而歸泊夜分夫婦方寢聞剝啄聲甚急且呼其名夫起應之婦止之曰日間事甚怪今誰何夜呼姑勿出夫不可遽往啟關婦愈疑尾而燭之者然一聲而夫踣地上不復作聲急視已無首矣大哭呼隣里須臾畢集驗其創殊無點血非斧刃所斷若石磨去者然俱莫明其故以聞於令令鞫知婦溺失褌事曰是必觸妖物作祟也遂命導前與至其處周視良久復命就溺處掘地驗之深丈餘得大石純石出之則婦褌裹其夫首宛然在也碎其石血涔涔濺腥聞數里

捕魚仙

捕魚仙者不知何許人也以捕魚得仙故云仙性慈而誠家近大溪捕魚為業兄某甲客於邊地十餘年未歸仙竭力奉母未嘗缺乏一夜宿溪畔聞鬼語曰明午鐵拐仙人過此吾輩當遠避仙竊聞里老談說知鐵拐乃八仙之一并識其狀類丐者因跪而俟之次日午晌果見一丐者蓬頭跣足蹣跚而來瘡穢臭惡不可向邇仙候其過抱其足乞大仙度世丐者笑曰爾知我仙乎視爾緣分因探胡蘆中得藥一丸如櫻桃大謂仙曰是爾造化尚帶得此丸可將去仙拜受之視丐者忽不見仙得丸喜極玩弄歸以告母及隣人人或嗤之後偶以丸置魚罌中魚死者盡活仙益喜每魚死輒以丸活之用是賣得數倍利鄉之人始聞其異矣有瑞者私計是丸殆真仙丹也以投魚活魚若以咽人當不死謀奪之仙覺而吞之忽點首大悟曰原來如此自是言未來事無不奇中而神施妙用不可測識矣一日謂母曰兒當迎兄歸計明日可到母雖知其術猶未甚信仙別去明日兄果歸母驚問其得歸狀兄曰弟昨暮尋我我以離家久初猶不識叩其姓字乃知弟也大怪其來弟乃言來迎我我辭以程遠費乏不然且早歸弟笑曰無慮也頃刻即至耳我深嗤其妄弟言試一行何害因令我附肩上堅戒閉目時已四更餘但覺風聲貫耳雲氣侵膚迅泉奔馬莫喻其速殆凌虛也終食之

聞於巳。促地令我閉目曰。兒可步行以歸。吾訪青城山人去。不日亦返。言訖不見。我視其地。依稀記是某村。去家十餘里。遂尋路得歸。今見阿母。猶疑夢中也。母告以吞丸之事。於是咸知仙蕊已仙云。數日仙歸。曰。母子兄弟。濶絶多歲。今得聚首。良可樂也。當大會賓客親朋以賀斯遘。第今宇太隘。當少謀之。然明日便可召客。母迫於事。至明日。舍外甲第大啟。傑閣重門。雕欄曲榭。廣十餘畝。供帳之盛。埒於公侯。酒肴歌舞。莫不極精盡妙。解衣盛飾。進母及兄。客至。罔不駭異。見所未見也。慶宴三日。遠近來觀。先是溪旁有高塔。名會仙塔。新宅甫成。適當門庭之要。仙漫言當移之他所。乃不礙車馬輻輳。言罷伏几而寐。有頃客且至。兒乃呼之。仙醒而愠曰。適移塔南海之岸。安置未正。兒乃促我歸。亦缺事也。兒趨視門外。塔已不見。後有鄉人遊南海。見塔於岸上。會仙二字依然。雖欹側而絶不傾塌。蓋仙故為之。以留奇跡也。後辭家人入武夷山。遂不返。其捕魚敝笱。一日風雨之際。忽化為青龍。騰空而去。

髑髏

余偕數君子看花豐臺。飲於賣花翁屋中。相與説鬼。羅兩峰述一髑髏事。亦可發一噱也。揚州有狂夫。從數人行郭外。道有髑髏甚夥。或侮之。輒被祟。詈罵有聲。於是相戒無犯。狂夫大言曰。咄。是何敢然。就一髑髏之口溺焉。且戲曰。吾酒汝。溺畢。疾行數步。誇於衆曰。田舍奴。我豈妄哉。旋聞耳後低呼曰。拿酒來。狂夫愕然。詰於衆。衆未之言也。行數武。又呼如前。衆亦未聞。少頃又呼曰。頃云酒我。何誑也。聲漸厲。始信為髑髏之祟。謾應之曰。汝欲酒。第隨以來。髑髏曰。諾。於是寂然。既入城。共登酒家樓。列坐呼酒。虛其一位。設匕箸杯杓。以饗髑髏。衆每飲一觴。則一以觴酹之。酒注樓下。汜濫如泉。叩其醉乎。則應曰。死且不朽。卮酒安足辭哉。髑髏飲既無算。衆皆厭之。次第散去。惟狂夫不能自脱。頗為所苦。久之。髑髏且醉。狂夫紿以如廁。急下樓取金質酒家。不暇論值。悄然而遁。已聞樓上索酒甚急。酒家倸往應。杳不見人。大駭。以為妖。空中喧呶曰。我何妖。奴輩招我來飲。乃避客而去耶。須為我招來。意甚怒。酒家諭之曰。招汝者誰。避汝者誰。酒徒千百。我烏知之。汝既相識。曷弗自尋索之。於我汝殊憒憒。於是髑髏語塞。悒恨而去。竊見雜劇中扮一嗜酒鬼。挂壺於襟。出杯於懷。且哭且飲。亦髑髏之流亞也。

二皂役

族祖某公。處鄰村王氏西席。一夜夢自家赴館。道逢二皂役。以黑索牽二婦人。婦人哀哭。役呵之曰。此何時。猶效楚囚耶。公前問故。役曰。奉公拘人。何與爾書生事。公視二婦人。大駭。其一主人之母。一為主人之傭媼。老於其家者也。亟言此為某某。今何罪而見拘。役曰。亦無甚

大罪。但二婦好咀咒。人口角太多。公解曰。此亦婦女常態。官長奈何察此細故耶。役曰。閨門詬誶。風化攸關。那得不察。即令以行。公復追之。為之緩頰。曰。是固有罪。然於我曾有薦茗乞縱之。并取囊中錢二百以畀役。役初不聽。言至再三。二役乃私相謂。其語不可聞。既而指主人母謂公曰。是本當拘去。今為先生舍之。遂解索縱之去。公稱謝。役反其錢曰。吾曹得此無所用。但求歸語主人。以後無相忘足矣。傭媼啜泣向公。公欲更為之請。役已挾之奔而去。公度不能及。太息而行。忽殘析鳴。窗條然驚覺。深訝所夢之異。披衣而起。敲石燃釭。坐以達旦。旋聞書童來報。昨夜主人之母及傭媼同時暴卒。主人之母復甦云。

碧桃

馬晴湖為余言。其鄉趙夢霖。字雲友。性倜儻。好為汗漫遊。年二十餘。客杭州。愛西湖之勝。流連近半載。為山水所醉矣。而春夏之間。花柳爭發。靚妝袨服。沓來畫舫。為湖上遊者。四望如雲。趙往來寓目。亦不覺其情之移也。一日艤舟斷橋。徊徊步至花神廟。向一神注視。良久。戲謂曰。花神年少。得毋寂乎。因吟一絶云。彩雲擁出曉朧晴。欲向羅浮夢裡行。今夜月明横翠羽。玉梅花下侍卿卿。悵然返旅舍。買酒夜酌。朦朧就枕。夢一少女。搴簾而入。衣五銖縞素之衣。拖六幅緗碧之裙。足繫五色雲霞之履。耳垂明璫。鬢簪珠翹。行步姍姍。丰神曠世。逕坐謂趙曰。感君繫意。不避崔苑之嫌。來與君共談風月。言詞淵雅。談浪波生。趙頗感之。挑以微詞。不答而起辭曰。坐久更深。恐風露侵人衣袂。妾行矣。趙急挽之。已冉冉出户去。莫知所之。遺素帕一方於榻上。取視之。有詩曰。瓊樓深處片霜遮。久別孤山處士家。自有碧桃開洞口。不須惆悵向梅花。覽畢。倏然驚覺。辨色而興。珮聲香氣。猶堪想象。洵哉花神之來也。次日至廟。禱請再至。花神若相視而笑。有意無意。宛然夢裳夜過時也。低徊而返。徜徉湖上。水光山色。盡入愁腸。花外鳥語叮嚀。若與愁人相浩歎。懸答。有老翁見而問之曰。少年何歎。此非歎所矣。趙曰。人各有心。翁豈知之。翁曰。若是何不過我。我有敝廬在武林門內。亦有十畝。頗稱閒適。朝夕與老夫晤對。或可以破寂寥乎。蓋翁實心儀趙之風采。而未知其才藻也。欲有以試之。故倉卒相邀。趙堅辭不獲。勉從之。而心亦頗訝。既至館。趙於東閣。朝與內室相聯接。蓋幽居而華構者也。款接之殷。供侍之盛。實踰凡分。而賓主觴詠之間。亦稱歡敍焉。一日方賦詩。微聞簾間珮環。銀鉤動處。半露娟鬟。趙頻目之。翁覺之而不語。如是凡十餘次。趙相思之情。見於顏色。翁乃笑指簾間曰。此弱女也。請以侍君子箕帚。趙惶恐謝。翁諦已半晌。乃辭曰。已督邵氏。焉敢辱命。翁復請以女備小星之選。趙避席再拜曰。一介鄙人。辱長者賢之。門舍已幸矣。奈何復以蘭蕙下匹蒿艾乎。翁固言之。乃卜吉成禮焉。定情之夕。女艷麗非常。才亦婉麗

問名曰碧桃趙忽觸悟花神碧桃開洞口之句遂為碧桃言之碧桃嗟歎曰是矣是矣花神乃撮合者矣妾向見君而弗能釋也則頻夢一女郎來謂曰郎在卿家不可失因是而情愈不禁妾父母憐妾過甚不欲違妾意緣離之託有自來矣趙問所夢之狀則容顏服飾一一與己夢相符洵哉花神之來也遂共焚香詣廟中謝祭脩爲而以沉香肖其像祀於家

我來也

昔京師一偷兒奇絕莫測每入人家竊財貨雖高墉堅壁弗能防也臨去必粉書我來也三字於門壁間彼盜之家歲以百計官吏雖而捕之久不獲一日近縣獲一盜云是我來也解以來京繫之郡獄怨家共詣守言之皆欲得而甘心焉盜聞之謂獄卒曰我固嘗作賊然實非我來也今既誣服有死而已子幸善視我當即有以相報卒遂善待之數日盜謂曰我有白金三百在某塔下盍往取之卒以為誑盜曰子夜半繞塔三匝當有應者金可得也如言果得之卒甚德之益厚盜又曰某橋下水中有金器數事亦以贈子卒曰橋道行者甚衆何術取之盜曰不難以竹籃盛衣往浣沉之水底下而取衣因以金置籃中誰能見耶果又得之是夜盜謂卒曰有所求於子而無損於子其許我乎卒問云何盜曰求為我暫脫枷鎖出獄勾當一事五更即至決不子累卒頗難之盜作色曰子受我千金之贈我出即不返子以此受褫譴亦無負也況不至此耶若必不獲命誠不難破網而逃於子反恐不利耳卒不得已縱之去心甚惶惑比五更盜倏從檐際投下復就繫卒大喜過望次日有富民詣府投狀云夜來大亡其財門上大書我來也守訖曰我來也果未獲耶獄中盜之誣明矣遂薄責而釋之卒歸家妻迎謂曰夜來一事頗奇有誰何呼門甚急我啟門問之其人突入擲一布袋於地而去其中累累者不知何物我不敢發也卒亟啟視之則皆黃白物乃悟盜即我來也為此以求免且以報己也秘不告人此事似出宋人說部姑記於此

董公

樂安董公貂與時人傳者隱其名未遇時從師讀書他姓為同學士所不齒弗與共飲食誚讓侮辱靡所不至以其貧也同學為主人圍蹴為所鄙嫁之於董董弗能平他日試亦鄙之猝遇主人甚慚恧主人曰無害也先生果缺於供當日奉不腆之饌疏豈足道哉董請其誚已辭謝而返主人果遣奴子餽飲食甚豐備禮意有加焉董驚其異數屢辭弗獲深不自安同學亦莫不訝駭稍稍親暱之主人復言於師請以女妻董師訝曰公具不有其女主人曰先生休矣烏有董生而長貧賤者師固素器董聞言甚喜乃更私問曰董生固可妻但公何以識之主人曰以蔬疏識之前夜吾偶窺園見二紅燈籠照耀菜畦間迫而視之董生耳燈

固無見也是必大貴蓋鬼神為之役矣師亦深以為異遂妻之董後果居顯秩有聞於時清宮附秦檜主和議為平生之玷云明時猶傳其畫像於世今仍見之戚曰胡澹菴請斬檜近等若老夫在廷恐公亦不免耳言畢其畫劃然而裂尤可異駭云

香囊婦

袁州某生年十六美丰姿偶自塾歸過一人家見綉羅香囊挂於兩壁間旖旎人心愛之就門內呼問曰香囊市否有美婦出見之笑曰妾家業此云胡不市生問值幾何婦施曰妾夫攜此日賣於鄉里間賣未識其值君欲之第持以去無須問價也解一以贈生生受以歸蓋婦實悅生假此通意而生不知也後同學者見之詰所自生置不諱咸以為誑難之曰倘能更取數具分予諸人則信不然且奪爾所佩者而誚之他日歸附車過婦室婦見生以為寧哀來就也急引入內寢具茗飲已復設酒饌生愕然致謝謂主人款容何太厚欲辭去婦堅留之而挑以微詞生亦不解婦復整鬟易服為華豔之妝以手抓生面而摩其頰曰郎君郁李粉桃幾為我殫破因取鏡共照以媚相偎若兩生之相倚也婦不自持竟摟生就榻笑而求歡生大駭曰此何事焉可為固求去婦摟之愈力時牀頭有劍噌然作聲自躍出匣三四寸生爭脫掣劍顧之曰不畏劍鋒耶婦笑曰爾忍殺我即便殺終不教爾去遂引頸向生生竟揮之斃而出洎暮夫歸見而駭慟有鄰父者婦之假父也嘗出入其家夫疑之執而訟之官迫於刑遂誣服獄具矣生聞之急詣縣自陳具述本末願為死因償婦命夫聞之慨然曰有婦若此宜死久矣感君盛德為我殺之不然其穢我滋甚今何敢復相累乎願息訟以歸縣宰義之允其請而加禮於生其年學使按郡生遂入泮

青青

昔有相士僦居京師虎坊橋術頗驗往來士大夫家往往禮為上客車馬輻輳殆無虛日一日有乘白騾造其廬以求相者衣冠都雅從者數人相士相之曰君神姿爽異氣色方新必貴人也其人唯唯復命相其從者則或言當得財當得壽當有小疾厄小損傷不一其詞從者亦唯唯其人復問曰吾壽幾何相士又周視久之謂當得八十九歲位至卿貳其人曰恐不能也相士曰吾寄跡京華四十餘年閱人多矣所決窮通壽夭鮮有不驗何獨爽於君於是歷數其生平應驗之多後陳其交遊聲勢之盛意氣揚揚詞色軒舉其人曰先生神鑑僕所素傾僕有友人尤為仰慕惜今未曾來屈尊趾同過可乎相士欣然命駕從騎而行至宣武門內一宅頗幽曲既通刺使有一人便衣出迎各道相見之意相士先以言餂之知其好諛乃虛詞稱美其人大喜出酒共歡之席間因言有舍親居南西門外願同往一相相士諾

之乃以後輻車載相士而自策馬與乘騾者從既至日已昏黃燈燭輝煌出於華屋之內有老人燈下相見鬚髮如銀神韻孤迥相士捧手迎謂曰何得此千歲龜也老人大笑坐訖有頃相士請即君相見老人頻顧曰老夫衰邁尚寡嗣息小妾方有娠願先生相之辨其男女遂引入內室一少婦含羞而出相士既相揖老人曰夫人久當產麟當由尊相某處未佳故應少晚今細相貴寵必是弄璋之喜老人顏色頓悅忽聞屏後有人吱吱而笑意似哂其妄者老人呼之曰青青兒汝可出令先生相爾好否一婦人遲回而出年三十許顏色頗麗雙頰羞紅笑容猶未盡斂也相士復揖老人曰此位娘子目下亦有玉燕投懷之兆言甫畢婦人大怒而嗔就屏後索梃逐之老人亦神色頓異急挽相士出謂之曰此是老夫寡女性最烈先生奈何失言同來二人亦謂先生信口而談此事全無影響誣青娘甚矣相士大慙赤頸汗面無言可答老人又曰雖然勞先生遠行豈可空返當奉薄謝即入內取金錢贈之二人亦各有所與相士皆辭而後受共議留宿書齋忽聞青青率數婢持梃而出大罵曰賊奴猶敢逗留受賞耶須令吃吾棒相士犇逃女追之半里及城乃返時城門已閉坐以待旦天明視金錢皆紙耳往跡所居皆非人境知逢鬼物怖駭而歸事聞於衛坊後遂無問津者

奎章道士

鄉人之始死者其家必召道士豎符有奎章道士以術鳴于鄉凡建醮設法道士無不與者一日於人家豎符歸夜已初更星光昏黑邈邈行田野中西風搜搜撲面忽有一物迎至面濶一尺長僅數寸色黝黑似笑似哭兩耳大如葵扇與道士交臂過兩肩相觸冷氣射人入肌骨道士立而凝視物亦屹立相向道士初不甚辨久之乃審見其狀始知非人驚怖失措亟以米囊擲之物亦欻滅

李氏婦

余客郡城時談席間聞客述一事甚怪有張姓娶李姓婦路稍遠親迎之日中途而新婦不見香車綉箔女家封鍵依然也於是張疑李氏未嘗以女來而媒者及輿夫固見其以女來也李聞之亦疑張殺其女故責我不以女至而媒者及輿夫誠未見其女至也兩不能釋以聞於宰宰不能決於是遂疑媒者及輿夫或利其奩或淫其色中道共圖之而媒者則兩家之親舊鄉里之所謂端人也而輿夫則未嘗逃一人妝奩則未嘗亡一物也以聞於守守不能讞以聞於諸司兩臺諸司兩臺皆不能決延滯三年遂成疑獄兩姓之民咸願息焉忽空中擲下一人正是新婦已枯槁死矣其事遂白噫此何怪歟

胡夫人墓

分宜某塾師聚徒山中門人某生聰穎而好學師絕愛之而見其體漸羸瘦神色恍然詰攻苦所致戒以少輟然殊不聞誦讀之聲竊疑之夜就其窗外伺之則聞有人喁喁私語音似婦人而聽不能徹意其私人閨閣也甚怒明日使他徒詰之生不能諱遂告之曰向暮行山下遇一女子含笑而來姿容曠世款語通情遂訂私約夜分乃來入自側門會於燈下比寢則幽香軟玉宛轉衾席間復以徑寸明珠置我口中戒勿吞咽將曉則仍取之去蓋已如是兩月矣叩其居址乃山下前村之女如此佳人如此密約吾非石人誠不能遣直願為斯人死耳徒以告師師亦疑之度人家閨女惡能曉夜獨行蹤跡不露如此果若所云其殆妖魅也且明珠必取精之具若再來當吞之以觀其變乃召生而教之是夜女子復來納珠如故及其將取則吞之女子跌足而泣曰垂成之功隳於一旦矣生戰然不安叩其故女子曰此珠已歷五百年死於此珠者凡九十九人皆聰明富貴壽考之人其精氣盡在於是若經百人則成正果不料敗於君也邪道求仙終歸無益妾敢怨君君後日福祚且不可量幸念枕席之情明日求吾屍於東山下棺槨而葬之得比於君之姬妾歲時以盃酒澆冢上不使游魂弱魄寂寞泉台君之惠也死亦無憾遂相持慟哭而去同室之人莫不聞之惟不見形耳次日至東山下見一大狐死焉生伏而哭之甚哀備棺槨如禮為文而祭之夜乃夢女子來謝生自吞珠之後精神智慧盡倍於前居顯秩登上壽皆珠之益云乃題胡墓曰胡夫人之墓

古瓶

金谿鄢路亭胡姓有甲乙二人入山游獵見一白兔自草間逸出急引弓追而射之兔忽不見相與惶惑甲謂乙曰兔也而白必義也蓋里巷以得窖鏹為義謂其利以義取也故謂之義亦嘗聞有白物見而得白金者以其色同而幻化也故甲意及此乙亦以為然謹誌其處伺人靜往發之則古冢也棺槨無存唯斷瓶殘碣可驗嘗得一大缸中貯古瓶二古硯一二人本圖大獲見此爽然甲恚甚舉畚碎其一瓶乙曰止取此聊為養花器不庸愈於空返乎因提一瓶及硯以歸硯乃泥硯甚平平瓶置几上數日覺有氣自內浮出氤氳若雲氣之蒸不測其故試折花木貯其中無水而花木不萎且抽芽結實若附土盤根者然始詫瓶蓋寶物也一日風雨大作雷霆電閃光耀室中忽霹靂一聲起於柱側破屋穿瓦而去舉室皆驚驚定視瓶已為雷毀碎矣

婉姑

龔生者浮梁子也年二十餘讀書開元寺先是某典史一女死殯寺中與龔隔院有二門通焉女名婉姑有殊色能詩年十六未嫁以情死龔聞而慕之憑其棺戲謂曰生為有情人死

亦有情鬼郁生麗娘之事豈不可嗣徽音乎寺僧笑之而龔不愼也他日又戲之曰卿青春佳麗寂處泉台豈可無郎又豈不念鰥魚永夜乎是夜挽袖空階月華浸影微聞隱院嬌歌聲如鶯燕深怪僧徒那得容此摩登女傾聽久之非歌也乃吟詩耳時微風貫耳字字清越可辨詩曰穿穀花老杜鵑殘玉砌凄涼翠袖單不耐蕭蕭連夜雨斷腸明月又添寒龔愀然曰噫安得此悽惻之音也又聞吟詩曰紫玉多情怨化烟曲中誰唱想夫憐鏡台長掛蔵鏈鎖小小眉兒畫不全龔太息曰詞愈好而心愈悲何處佳人愁怨乃爾忽陰氣砭肌毛髮皆立見一女郎由牆角蹣跚而前畫頰仙靨亭亭玉立笑謂龔曰屢蒙相憶今來矣龔失驚猛踣階下香魂卽棺中玉骨也急喚而奔女亦踵逐不捨龔大呼寺僧盡起燭之見龔仆地上神已癡矣口中呼婉姑不止僧知為女鬼所魅急告其家迎之歸魔情擬語逐日而增其家恐甚召道士作符咒不治名醫進湯藥不治龔氣息奄奄猶言我與婉姑百年情好義不獨生但求為我作鶯鶯塚可矣其友人白雲生風雅之士義屬文聞其故乃作書焚於婉姑之柩龔數日頓愈書曰蓋聞陰陽事重姻緣薄必訂三生伉儷情深溫柔鄉何難一死誓堅皦日室雖異而穴必同心託清塵形已消而誠不泯然皆同年合巹共枕連衾結大義於山河寫素心於琴瑟一朝離別孤鏡裏之青鸞中道解攜落釵頭之白燕是以神傷舊塚甘殉傾城意絕新微願圖合塚疑寃禽共解語比翼千秋借拱木以還魂相思百尺其或已諧鳳卜未駕魚軒花含蕊以先凋玉無瑕而先葬想雲雨之未試欲遂幽歡儔濃柳之無依爰求故偶紅絲猶在重牽已斷之魂黃土難乾長作同眠之夢斯皆義在倡隨是以情無生死也又或曾謀畝面久許同心倩侍女以代冰人託短箋而申素約誓鴛鴦之不獨宿願蝴蝶之必雙飛未卜他生倏成隔世望佳人兮不見淚灑梅花思公子兮無言歌殘桃葉此黃衫所以挺身於生前紫玉所以延頸於沒後者也乃婉姑以碧玉破瓜之年抱綠珠捐軀之恨人皆惜玉誰弗傷心我不偷香亦為茹嘆然而絳雪無丹莫駐蛾眉之嬌彩雲竟散仍遲鳳釵之班既已歸清淨真緣當勿念風流舊債況乎身猶柳絮曾無杵臼婚期時未桃夭宜識桑砧滋味而於龔生又陌路之不如雲霄之迥隔者矣良緣慳梧葉清無顧況新詩好面隔桃花洞絕劉晨舊路玉釵塵葬豈掛臣冠寶鏡鄉雲封誰感子悅未聞溫郎玉鏡徒聘麗影於泉台石氏珍珠猶買嬌魂於地府縱情根已斷而未斷不甘墓鬼胎含然色界本空而又空誰為牡丹花死且貞魂捐謁於地下則織女遂流於人間白骨其猶包羞青山何能止謗女也不爽靡赦清白長存魂兮歸來那使門庭受玷姑誠念此庶猶安乎嗚呼金鈿盒空金釵非定情之物玉鉤斜冷玉簫非再世之緣崔羅什事本無稽杜麗娘尤安可效吾故特為友訴不

遊仙李生嫌斛宜亟救卽遂促謫綠雖可託從此瑤台淪落世間知有許飛瓊笑乞看花犬上豈無丁文雅

王侍御

饒州爲總鎭江右一大都會也商賈輻輳士大夫亦往往聯鑣焉同里王石林侍御爲孝廉時常客其地張於撫州公廨之西偏其正室素僻不甚先有同郡某君者居之魑魅晝見室僕夜驚大爲所嬲遷而他徙某既去侍御命下榻其中家咸以為言侍御夷然久之寂無所異遂為吉宅又侍御所居地向有所謂三聖公王者素能禍人眾為小石龕棲其主歲時奉牲甚惟謹或犯其龕常樹石以語言不莊者輒被射立死輕亦疾發知是不一人侍御令子典華孝廉死時尚少聞而惡之詣龕前數其罪取其主劈而焚之以厭置溷中家咸恐懼神且不測言於侍御侍御笑而置之卒無咎後神夢於鄰人求為新其主鄰人重為立之至今舉祀不衰然靈則已熄矣

東嶽府掌簿

明末成都有仕宦至卿貳者其子年十九忽暴病死逾數月其父夢之云兒生時纓之家長紈袴之寢席豐厚履腴園已久矣近為東嶽府君兒役既賤且勞備諸苦況而某吏部之子亦與兒共事前數月有新任判官生時與吏部有舊即轉其子為內班令復轉為錄事矣吾父姻黨多在當路獨不能囑託使為兒免此役乎父覺而傷之百計圖營然明冥異路無可為也於是作書千餘言焚於東嶽廟大約求東嶽君照拂其子也復夢子來告曰吾父書為門者所格卒未達於東嶽君不然且獲罪東嶽君豈可干以私者乎兒今探知寅伯父張公當為東嶽府掌簿於某日受事宜速往賂以錢二萬求其轉斡則兒獲免此役矣父覺而憶之因思張吾至交也此類之求庸必賄乎且事屬虛渺恐徒費無益第遣致書之而不復以賂往張愕然曰吾其死乎果有是不煩叮囑矣父再拜而退至期而張果死十餘日後子復於夢中告父曰吾父吝費不惟無益且受其虐矣兒屢謁張公求以猶子之禮見俱為閽者所叱最後見之張公怒言吾與爾父偶爾同官聲勢依倚初無天倫骨肉之愛復少金珠幣帛之交卽使臨世請託亦不能耽無賄之令名而為之委曲況幽冥之間時異勢殊吾既與爾父無情則爾亦與我無涉與眾役等爾而冥法不可輕干公門不可私謁爾屢犯鳳法不可貸不然府君聞之且謂我門如市也杖兒三十而逐之兒前者之言蓋逆知有今日也倘賂之何以至此卽吏部子之於判官亦非託諸空言也遂掩泣而去父為之大恚而覺以至鬱結成疾數月亦死

段生

段生者，逸其地與名。年十七八，神姿秀朗，時有潘岳衛玠之稱。倘少失怙恃，家計貧乏，然鄉鄰戚友多翡之，每佽助其金錢，得不甚困。生既自負英特，銳意進取，亦念非毛錐莫脫，終不免窮途，抑揄因是而名心甚熾。應童子試，補諸生，鄉薦不售，乃從諸戚好醵金入太學，赴都應順天鄉試，復落解，貧不能返，遂止京師，以岡再舉。城東有小宅一區，素不靖，主人以是故取值甚廉。生固不知也，稅居之。自夏徂秋，略無所異，惟紙窗石炕，孤悶無聊耳。一夕，滅燭而寢，少頃而覺，乃在綃帳繡被中，蘭麝芬芳撲人。生驚起四顧，則漆几銀釭，人影在壁。一女郎背燈而坐，鬟光髮影，隱躍撩人，而明璫玉珮，時珊珊作聲。生不禁毛髮盡悚，問此何地，爾何人。女郎回眸斜盼，半露芳姿，少焉發聲，如流鶯語燕，曰：君自至此，君固不知，吾不須詰，反詰我耶？言罷，仍轉背燈，微聞嘆息之聲。生故怯，不敢復問，但蜷縮衾中，汗出如蒸，不覺昏然竟成熟睡。既寤而殘月射窗，晚鐘切枕，依然獨眠孤館耳，遂以為夢。次夜既寐，忽有人搖之醒，則前背燈女郎也，微笑而無言。生諦視之，有傾城冠世之姿，疑懼頓消，因推枕擁衾而坐，展問邦族姓氏。女低應曰：天下固有如此倉卒，容兩次造訪，猶自不識主人氏族。兒姓杜氏，名蘭秋，本貫洛陽，初從父母移家於此。生因請謁其父母。女曰：復移去五載矣。惟兒與婢子

小鈴居此耳。復問有親戚往來否。女曰無之，惟異姓姊妹數人，皆別宅而居。生竊喜，稍以游詞侵之，女頹頰無言，俯頸撚雙帶而已。削玉纖纖，類麻姑手爪，生心大動，前握其腕，求與歡。女雖微拒，而冶蕩之態，漸覺不支，乃低罵曰：何物小郎，作劇太惡，使世間無復貞姜。遂解衣登榻，成眷屬焉。抱璞含苞，依然處子也。已而一婢款關入，手捧一器，置桌上，曰：酪奴來矣。青衣窄袖，天冶殊常。既見生，作色曰：誰家秀才，不守法度，亟當使受水厄，以懲其拂牆花影之罪。生聞言惶惑，莫知所對。女睨之而笑，以手揮婢曰：去去，狡獪婢子，故以險語駭人，不顧書癡破膽耶。婢徐徐匿笑而去。女謂生曰：此即小鈴，兒之私人也。姑弗恐生，始斂縱息，徐悟水厄之說。叩女曰：卿好茗飲乎？女戲撫其腮曰：虧殺小郎聰明，穎悟到此。兒生平實有此癖，自謂女中盧仝，故婢子輩背開此說。不識小郎枵腹能為左紐素助敵否。生故嗜茶，應聲曰：黃九之窮，半為車聲羊腸，七碗之技，豈足道哉。女曰：書生大言，恐衆是其故智，姑試之。遂攬衣下榻，生從後戲捉其足，曰：新花著雨，弄眼纖否。女回顧怒之以目，臉潮忽生，無語可措。乃挈生衣衫，脫之擲地，曰：蘇季子貂裘敝矣，下第酸生，一寒至此，猶漫作醜態向人。生不覺赧然蹴踖，歎息而起。女慰之曰：前言亦戲耳。大丈夫不恥緼袍，豈慚敗絮。即拾衣起，為生著之。旋取碗傾茶對啜，生意稍解，且啜且歎曰：貧非病，何足怏怏。良以主司冬烘，致使書生眊矂，鞠

中，悵悵殊覺憫然。女曰：是尤不然，兒聞曹沫不恥三敗之辱，卞和不懼再刖之刑，忍以成之，艱以得之，觀其所為，志念深矣。郎謂千金之軀，恥於再試，則摧撞折牙，永息機用，效抄手空空，可也。士誠有才，何適不然。而自今若是，生曰：此老生常談，誰則不知。緣身入其中，乍動於不及覺耳。吾向者視卿背燈太息，亦似重有憂者，以卿玉腕珠顏，妙齡芳茁，有何不釋，亦愁苦若此，豈其為郎憔悴乎？女不覺愀然曰：兒之愁苦甚於下第秀才。人孤似月，命薄如雲，回首當年，春風幾度，抱衛姬之深痛，比倩女之離魂，人世零丁，孰甚於此。言訖，玉箸雙垂，嬌啼嗚咽。生亦悵然，淚承睫不能已，頻以袖為女拭面，繼以寬言。小鈴聞之，亦來勸勉，乃始止泣。淚痕縱橫，粉頰擦殘，黛長眉，尚壓盈盈秋水也。於是領茗復啜，各遣愁襟，喁喁絮語，聞已蓋歌器。女雙臉桃紅，若被酒然，愈覺妍媚撩人。生興狂不禁，辭言茶已不勝，欲飲藍橋瓊液矣。女哂曰：解渴已取盈耶，未使藍橋降城且再。賂逢草露一杯，使小鈴奉茶向生，生勉盡一碗，曰：胸有奇渴，非苦荈所能消也。小鈴置茶笑而出。女亦笑而止。遂復就寢，生戲謂曰：溫柔鄉中，宿死不為枉。女曰：本與君有夙緣，不圖於今夕了之。生聞夙緣之說，轉滋疑，抱曰：逆旅孤眠，不啻何以有此，猶恐蹤離戲我，非有夙緣，祇成幻夢，向梅花惆悵而已。女曰：天下恐無此夢，夢中恐無此人，人中恐無此景也。郎既垂涎於夢，則與郎同夢何如。生為解頤，然終疑之，

乃伺女睡，私於茵下搜得繡履一隻，藏之腰間，俟明日驗其真幻。初欲不寐達旦，繆與女狎，倦甚不支，因復沉睡。至曉，女失所在，而履故存也。纖小類新月，花樣精巧殊倫，不異人間美人步蓮物。歎詫久之，悟焦鹿之非夢矣，而亦知其非人，疑懼填胸。凡三夕，目不交睫，獨寂如故也。既而心味其美，思念頗摯，日玩弄繡履，珍若連城，以為美人之贈物，在人亡倍可惜也。越四日，黃昏無聊，偃臥恍惚，復眠繡榻，見女郎搴幃凝視，微批其頰曰：書生繡虎雕龍，乃逾人竊物，何為所謂穿窬之類，非子也耶。生驚喜以應曰：刺史不能守鞋，從者豈其竊鉤者，令須以此要盟耳。時小鈴在側，作怒曰：酸子作賊，三日逋逃，今舌猶硬，請令長跪捉鞋，用懲厥後。直前牽生下床，拘令屈膝。女笑曰：郎亦可憐矣。姑貸之，使出力自贖。生亦笑曰：武庫戈矛隨身而具，祭無用武之地何。小鈴曰：昨高七姑折柬約為秉燭遊，想又負彼詩債，盍與小郎俱往。一角楚漢女曰：微爾言，吾幾忘之。寀蹙雖集彼細酸，枝梧當婺孫先登，猶煩勸駕，即生笑曰：既欲乞師解圍，乃用激將法，真智囊也。雖然夜深矣，心旌不定，膚敢他出，彼尚問鼎誰何來，將何以應。不且鴻雉魚網乎。女曰：桃源女伴，皆司空見慣，無慮唐突兒，亦自有袖裡兵，削不著捉刀人，所以相屈，肴誠慮小郎回寫耳。生乃許之。小鈴前導，甫出門，西風砭骨，涼露侵膚，片月東來，松陰檜影，蕭疏滿地。約三四矢之路，燈光隱隱射於林表，少頃而至，則甲第

一區繞以茅屋土室叩環數聲一女使啟關接入徑造其室女向內呼曰不速之客來主人何避之深耶俄有美人自內出年可十八九妍容脩態直與女埒笑曰我謂是何嘉賓乃紅拂妓揭佛俗奔耳生踧踖謙讓唇舌無措美人曰烏衣子弟固如此哉生私詢小鈴始知美人即七姑也七姑請入內生惶恐辭不敢女曰我即即彼即也何遂以形迹拘拘即挽生先行七姑罵曰妮子吞鋒刺人乃爾生至是已不復畏回首睨七姑笑而謝之七姑低首將不應既入內素壁丈窗斐几藥榻獸爐瓶香一縷烟裊圖書筆硯位置驕羅紅燭光中遙見階前盆花離列綠葉紛披生問何花濃麗若此女使告曰斷腸花也生令秉燭觀之胭脂點點但覺嬌艷可憐回視諸女皆有悽惋之色旋聞剝啄聲令女使往應頃之偕數女入一一年四十餘面枯瘦一年三十餘一年二十餘各相見道款曲皆左右鄰女赴七姑之招者也敘坐畢仍設茗飲供山果數品殊雅潔生始詳叩七姑家世答曰兒嵩縣尹之女也父官福州留老母與兒俱處此一月前阿姐迎老母去猶未還也生曰大家風範固自非常七姑㩦詞酬對吐納生新諸女游詞浪語無所不至惟七姑正襟端坐莊語不佻然眉影眼波屬意於生生頗感之已而年四十餘者曰七姑見召何為七姑捧茗椀而起曰酒單觴政進日勞如令玉郎在坐不可以俗事敗意但宜剪燭烹茗各賦新詞如詩不成罰依玉川茶數年三十

耳食錄　卷三　二十

許者笑曰主人不欲破慳徒以蘋蘩昭其忠信乃侈然欲執牛耳耶年二十餘者曰亦可謂所持者小而所求者大矣女曰良夜苦短無事以口舌殺風景便可從七姑之議留為身後佳話毋酒食是議使雅文之士又賦老饕也眾皆稱善生意屬七姑乃起而請曰羣芳畢集安用遠覓舊題庭中秋海棠盛開殊可賦詠聞此花乃少女懷人灑淚於地而生真情花也某已占就拙句不識可呈觀否諸女皆曰善因授牋筆使書之生書畢但授七姑詩曰豈讓無香種芳名況復同夜深花不眠應為怕秋風年四十餘者閱之睇女而笑曰爾家阿郎意別有在矣女曰得隴望蜀薄倖郎類多如此曷足怪哉生支詞以解之既而女與七姑詩皆成七姑詩曰秋日看花最可憐碧雞空見海棠顛玉腰未識花成淚誤到香霏小閣前女詩曰當年珠淚階前灑化作秋來花片片玉骨長埋夜獨眠柔腸斷盡無人見年二十餘者曰七姑悲涼太甚蘭娘愁怨無端讀之使人感慨悽然那復有愉詞赴筆不如且已生視諸女眉黛間皆有恨色謂己之佻達所致急引自咎七姑曰薄命之人各有心事非小郎之過也於是諸女皆辭去女亦謂生曰七姑與君有緣君亦有心盍止此以畢夙願兒亦去矣芙蓉鏡下當復相見七姑亦無語推拒生心搖意奪留止不能自主而女已呼小鈴出戶矣女使旋即閉關引生入七姑臥室華煥與女室無異少焉七姑亦入背燈痴坐不發一語女使徐出反為閉扉焉生前揖七姑曰深深矣吾無所求惟乞早寐為幸七姑初未[illegible]不已乃低罵曰蘭秋陷我矣忽聞女使驚報曰夫人歸矣七姑變色亟伏生於床而出旋聞有老婦聲自外而內問曰茶具縱橫何客至此七姑曰鄰姓姊妹也老婦曰顧適見兒神色不定何故七姑曰別阿娘已久故喜形於色耳老婦又以非喜色實懼色也旋見老婦入刂室年近六十而目深然有怒色詰七姑曰何得有男子氣七姑不能隱遂言之老婦大恚曰爾父居官不潔故貽青綃於爾耶何中冓之醜如此七姑盈慚伏地女使啟帷捉生出於衾中長跽謝罪老婦氣塞半晌乃罵曰好秀才爾行至此耶徐操梃撻女使數十命送生於大門外門啟闔捫閉內譁不已生倚於牆下聽之則老婦曰不有罪進士背令出耶餘語啁啾不可辨遂闃寂雞亂鳴語聲遂寂生亦倦甚就檐下宿矣及醒而東方白焉兜風露滿衣蟲聲聒耳仰見樹木蕭疏群鳥咽嘶夜來房舍化為烏有乃卧亂塚之間耳驚愕而起踉蹌而歸距所居已二里許不識夜來何自而出又若此其近也亟以所見語主人主人不能詳告之曰此宅實河南杜某所居聞其有一女未嫁而卒一婢亦旋死客所遇其必此也至高七姑云云官地塚多不知伊誰也生又問杜氏之墓主人亦不知但言客宜去不然且禍客生細思他處房舍必非無從措置而心戀蘭秋之美將殉而甘心又念青娥皓齒欲玉溫香當諒

耳食錄　卷三　二十一

非禍人者仍堅請不去主人無如之何亦聽之入室將取紡履示主人從舊置枕下則已不知所在矣徘徊眷戀冀其復見久之杳然因憶老婦進士之語知必捷南宮心轉安之遂下帷攻苦果於次科領鄉薦明年復成進士將理歸裝一夕朦朧之際見蘭秋姍姍而前再拜曰知郎君無注頻脫非不相念奈緣盡於此所以復見者欲求念枕席之恩下及枯骨耳兒向者不慎遂怒于父母迫而殞其生婢亦坐是致死未謀葬地遂瘞於此室即君卧榻之下即兒與婢之幽宮也即向者無力改葬故不敢言今則貴人矣幸為別擇爽塏更築新居俾近七姑牛眠之地兒魂魄得所依倚小婢亦受及烏之愛也銜環之報其敢不中因於袖中出一玉環授生曰此兒嬰年所弄父母因以為殉今以贈郎雖不足以報德亦金盌雜鎖之意也郎其毋辭使兒抱歎九泉生欲答之胸中竟如物壓不能出聲手足不能運動但以首頷之而已忽砉然一聲驚寤而起蘭秋已失所在凝思久之始悟芙蓉鏡下復見之說次日遂告主人於炕下掘之果得二棺焉界至官地並瘞於向者所卧高七姑家旁立石碣二一題曰洛陽美人杜氏蘭秋之墓一題曰杜蘭秋侍女小鈴之墓澆奠慟哭而歸果於廟下得玉環焉匣而藏之珍為異寶生後官至二千石

耳食錄卷四

臨川樂鈞著

韓布衣

布衣韓生豪宕好奇出遊則累年不返萬里不遠也嘗曰吾平生所善有四一為會稽老道士一為湘江女子一為太倉泥塑皂隸一為粵西驛亭之鬼或徵其由曰吾向遊會稽路遇道士銀髯雪項足下恍惚有雲氣異而尾之則入一茅庵踞坐石上問之不應禮之不答嗤而呵之亦不報也余無奈之何亦坐其旁默然相守兩晝夜飢甚而呻道士大笑起出門余又尾之行里許道士反顧曰無賴子蠅纏何為欲作餓殍耶余曰師不死我亦不死道士睨余復大笑遂出一物啖余類蓮實而大腹頓果引至一處雲館星樓環以流水僕兵數輩出迎道士指余謂之曰是爾輩主人宜善事之吾往矣余挈其袂辭不可道士曰無慮余索替人不得而屬之子也絕袂而去余遂入居之數日有偉丈夫卧門外余意其飢使與之不受堅臥彌日問其故曰居無家室出無輿馬不如死也將棲魂於子門矣余哂曰何必爾拉之入室即以道士之所贈贈之出門徑行復遇道士揖余曰子難取易舍心跡灑然道根植矣後五十三年相見於天都峰下勿忘也遂去異哉道士仙乎仙乎此余方外之交也南遊於楚曉行湘水遇童子涉草而來手握馬蹄香一束聊從乞之答曰是我姑命采以貽贈者也不欲更與人俄去不顧余亦置之旋過一山居嘉樹當門小憩其下忽見前童子啟門熟視曰是乞花人也因招余進具歡若有女子窺簾間若甚姣好簪旁馬蹄香猶依稀赴息也余辭出門女使童子追余反詰其故曰姑姑年少氣高不肯適人棲遁於此人稀地僻虎狼如麻覘君有奇骨將邀福於君惟郎是卜緩急有賴惟君之賜余許諾館余於舍傍之次供具甚備童子餽資腆越一日至一夕暴客大集余橫槊而出遇女於門短衣提劍劍脊血光殷然已斬其魁而逐其餘矣翩然竟入乃知女習劍術也余故善槊思一角以究其能使請於女女不可屢請乃許余舞槊女飛劍削槊槊斷如朽余大驚而退童子乃言女父本豪客女傳父術固無敵也女多技能工筆札尤嫻於琴一日忽抱琴詣余紈衣茜裙婉嫕無儔而風範矜肅撫絃彈思歸之引音響淒激往而不反曲終語余曰吾逝矣推琴而絕余出其資厚葬之餘以付童子封樹而去此閨閣之交蓋神交也又嘗宿太倉古廟泥塑諸神像面目不完顛倒頹墻斷瓦之中廊下一皂隸像執杖巋然余戲曰爾迷僕客聒爾為東道主人携有壺酒當以酹爾因舉壺灌之問曰佳乎隸忽應曰佳余不覺驚躍卻立叱之曰鬼子敢爾立斬爾首隸置杖叩頭乞命曰素嗜麴糵且遇知己不覺失言幸寬假之使得侍杯杓亦不忝叙余感其言笑許之對坐而飲苦無飲器各引頸就壺吸之觥吏酒澗鼓曰君與我錢我能行沽解杖頭付之果沽酒至又飲隸先醉呶口刺刺談幽冥荒怪之事已而距躍曲踊揶揄不已余曳其髮以屋之壖然臥地余亦旋醉遂臥其旁比曉酒醒隸執杖如故余是日郊遊至暮復止廟中隸欣然迎門問有酒乎余答以錢盡隸攢眉良久曰當謀之遂出既而抱一甕置兩爵以歸酌之佳醞也窮所自來俏語曰盜諸酒肆耳余嘗其解事縱飲大醉由是日以為常一夜隸出盜酒久而不反余悶甚恍惚而臥夢見隸夢曰余盜發被執投諸濁流矣感溢高情姑來相訣言訖而覺悽然傷之蓋酒徒於是亡矣又嘗探奇粵西曉宿野亭長夜荒閴星河到枕徘徊而興遙聞吟咏聲清越凄細聽之其詞曰月黑高山迷西風吹我出平生短劍青秋氣侵人骨余訝曰鬼也又聞鬼吟曰棲鶻叫層崖亂星墮林莽無人夜轉深嚴洞孤泉響聲漸逼近徐步迹之一鬼頎而臞貿貿然來余心顧憐鬼笑曰余雖非人然不為俗夫輕出非魑魅之比子何畏焉生時雅好孤遊致死山谷魂魄戀此不能去向有蕭生過此與余交最篤蕭生去寂寞至今始得吾子願少留也余頷之與坐亭礎上談論甚暢瀕曙乃隱余遊山至暮期於亭下鬼又至曰壯哉遊也雖然蹊徑不習未窮幽險今夜月輝竟天某請為導必有以娛子余欣然從之鬼授雙屐著之足輕登陟巉巖若平地每經奇勝洞壑指示其名勝纓纍至一古洞中有老猿見客作禮洞外小猿數十爭獻山果飽啖而反如是十餘夕乾餱告匱始辭別鬼慟哭送余踰年復往三宿亭下鬼不至其交遂絕道士隱其姓名希客女子姓阮名西娘驛亭之鬼姓練名敘

影娘

青蓮山秀削如花清泉出其陰渟而為沼淵然澄澈背有士人春日陟山偃憩水上拾得一玉釵把弄冥想忽水中見麗女子影出其肩後若相偎倚驚而反顧無有也俄而微風皺波混漾久之影遂失歎詫而歸試一覽鏡則女在鏡中倩輔流睇士人悅之出釵問之曰此卿所貽耶女搖首微笑徘徊卻去環珮珊珊作聲士人大惑入以游語女面頰發赬歛然遂隱士人急索覘鏡背垂首悵惘聞空中吃吃笑微語曰左矣其聲如簫管從風徽婉清妙莫知其所自發也士人徬徨四顧神志散亂又聞空中語曰苟無相謔當見鏡中日一度第莫沈水杳供釵其上妾即至矣如教果至即相對瑣瑣語他事未嘗微動則聲出鏡中詞旨殊妙其初一二時許使去久之語漸狎女亦稍稍見答遂延鏡中不忍去家人異其狀疑鏡為妖奪鏡擲之地鏡裂士人驚悅失聲曰傷我麗人亟取他鏡注視乃色喜曰幸無恙家人愈異甚盡藏其鏡不使復得窺士人憂悶答焉如喪魂魄偶於案上得芍藥一枝不知所從來聞

耳畔語曰君頗識此花名否請西如圃中池上與君別矣士人淒然趨詣之見女在水中撥瀲而歌曰消消流泉淑淑清池灼彼鏡光影合形違斯影斯幻復能幾時春風告行贈子將離子不我思思我其誰子即我思我胡能爲悠悠天地兩心知之水流西東永以爲期遂不復見士人由是臥疾廢飲食治以巫醫弗效也有道士款關求見自言知喙疾家人見之道士問士人玉釵安在士人瞿然曰公焉知此道士微笑袖中取絳丹一粒令吞之病良已道士謂曰君前身爲諸生過鄰家値其女影娘墜釵簾下睨其無人徑拾之不還由是相慕悅死女死悲釵墜人間業緣未了求得之轉以貽君而格於形迹弗能合又憐爲君害故去之行而已我我憐其情摯故來因出一小瓶授之曰當以某日如有遊山見梅花樹上有雀千百飛翔乃捧瓶西向立呼來來者三當有所遇遂辭去至期士人如言往呼乃見紫煙一縷入瓶中聞瓶中語曰來矣即懷瓶趨歸置室中頃刻瓶大數抱中闢一戶有麗人姍姍而出即昔之水中鏡中人也道士旋來攜瓶曰幾壞我器瓶即小如初納袖中倏然已杳女謂士人曰道士蓋申元之也

劉生

劉生三十遊庠序遂得狂疾逢人輒嫚罵人無有伍之者偶訪遠親歸迷失道遇瞽叟坐山下交手而扶杖於肩意甚得也劉漫叩之叟揮其杖曰南劉乃南行三四里幽篁蒼翠溪水琤淙鳴咽非故道於時日既曛矣頗惶惑遙見三四丫頭女子戲竹林間眉目韶秀不可描畫取竹葉扭結作舟投溪水中共叉手鼓笑劉以失道告一女子斂笑睨視曰客何爲者闖中人直放竹馬歲劉心好之故請指迷遷延不去一女子謂衆曰歸耳歸耳莫黏壻惹還相携穿林竹中去劉尾之數十武見小村落假女子入一白板屋返身見劉相與嬉笑耳語扉遽闔劉徑叩之意甚肆良久有嫗出應問何處惡郎子撾門欲碎劉答以求宿嫗曰家有主翁請自見之言已自去劉登其堂粉壁紙窗甚雅潔一老人擁杖枯坐燈影中熟視即向所遇瞽叟也怪而問之三問而不答劉怒罵曰瞽奴給我失道何復得爾叟曰我終瞽哉迷道者眞瞽耳爾目誠在且何爲問我劉語塞悠然徑出時月弦雲翳篁黑隱蹤俯不見地舉步輒踣蹤遶返則門已扃矣頗悔前倨而恥於再通便就檐下稍坐少焉細雨刺面衣絮漸寒聞門內喁語問閽甚響滿耳徐察之乃女子讀書聲念欲一從覘且便圖寄宿計亦良得遂復叩門前嫗啓門問劉掩入謝辭以對而諱言前客嫗曰止止君適至此何誑也須臾啓主翁乃趨上堂劉從之下窺見叟南向據案上兩眼炯炯光與燈燭相映射女子十餘人雁坐左右誦書濱上數女亦廁其列始知叟蓋非瞽者心竊竊詫嫗前白叟叟曰是故爲求宿

來也東廂一席地姑爲之所劉因登堂容自賠謝叟便開其目青熒亦遂止視叟睛眊如前矣劉益怪之問叟曰丈人之目何其異也叟曰老朽失明何足爲異劉詣觀諸女所讀書則皆掩之問何書叟曰此不足爲子道也皆山人遺我此後惟妮子輩能讀之請使樓上勿復見諸語次女子皆已避入內叟亦策杖起劉不得已詣東廂而堂上之燭滅矣東廂設具頗設便命然就睡中夜聞虎嘯聲忽復驚覺起窺見堂上光明如晝一虎蹲階下有大鳥集舞庭中女子皆華妝次第乘鳥飛翔聞翔去最後嫗出騎虎將行聞叟笑謂曰請妮子遊戲甚樂奈老夫何嫗曰勿復作龍鍾態且偕往耳叟因擲其杖化爲白龍夭矯而下叟躍登龍背乃朗目修眉面如傅粉少年人也嫗亦少女耳龍虎相逐凌空而逝劉汗浹如蒸始敢縱息乃知叟亦并非叟而視己身乃在破舟中並無窗檽煙波空濛惟其所之爾然悲恐欲有名而呼之者則舟已觸岸合舟亟登杳然無人仰視疏星綴天殘蟾未墜樹杪孤雞猶在夢中也徐有光一縷起於林腠望而即之砰然下墜若在陷穽舉目如漆俯仰略無所見以手四捫杳無崖壁且捫且行亦無窒礙大呼叫絕亦無應者歷時甚久歷路甚遠不知其爲南北而爲東西也不知其爲晝而爲夜也不知其爲明而爲幽也既困且飢念必無生理而困極飢極卒亦不死頹然僵臥不復能行因默念瞽叟神人何乃困我旋覺有物上拂其項引手探之乃一垂繩急捉繩結於帶間蛛援而上挽且千尋疲卒不盡即又惴惴不敢釋手繩盡良久力竭握弛昏然復墮遂聞人語其旁曰是劉生也何以在此劉因張目則天地雲日山川人物昭然復見若噩之始發而夢初覺也其語者劉之鄰人其地則劉所居郭外耳扶之至家計失道時已三十餘日劉自是恂恂謙讓鄉里稱之

羅盦山

羅盦山有高江右人嘗察孝廉不汲汲仕進抗志讀書以博雅聞海內能舉鼎善擊劍風流儁爽殊有奇氣好賭買古器鼎彝權律之屬充列几案又好畜奇石有奇章南宮之癖數千里外輒獨行無僕從嘗暮過中牟塘澱濵峨眉劍閣山水之雄險東吳搜遊比返載石盈舟如百萬金寶壓舟欲沉壓處石以塞其上者裹以繅帛坐舟中摩挲終日不休舟子竊窺視以爲財也夜相與謀議殺客而分其有舟子四一老翁其二爲翁子一爲傭者二子及傭者竊竊語翁入門初皆秘之翁諾不已始以所謀告翁驚曰嘻惡乎可二子曰厚利也且易而無禍何爲焉翁不能止歎息去時羅已寢忽驚覺袖而占之知有殺機潛起屬耳竊之審道既恍後數日薄暮舟泊荒江叢葦間其儕請曰今者享神介福願以餕餘爲客壽客其無辭羅曰甚善舟子喜以酒肴進羅知其酒鴆也置不飲舟子陰異之然欺其獨夜度無所

避匿亦不罔彊雄自出紹興醞一甕傾杯大嚼既饜偽醉據榻滅燭俟之三人各秉炬持刀入刃晃晃如霜雪一人舉刀就枕下悉力斫之覺有異驗之非人蓋捲被為之如酣臥狀相與大駭搜索聞雄在別船呼曰余在此一人奔之忽飛一石起中腕腕傷刀落二人次至亦如之遂突起擊三人俱仆拽而登之拾刀擬其項笑曰余能前知安得犯余余與金亦無點金術爾曹何利焉姑與爾曹戲坎不淺也亦殲厥渠魁脅從罔治三人哀呼乞命翁亦來跽請雄麾之起曰翁無罪也然恐翁泣曰三人者罪固不宥然老朽之嗣斬於是矣幸仁人寬假之雄從容擲刀曰為翁故貰爾曹死亟革乃心腕復創雖必血吾刃矣且孤蹤遠涉者類能自保如某猶其季指耳遲之悉當吾梃毋自取戾搖尾態不足當侍也眾唯唯於是共疑雄神人奴僕事之訖於既不敢有貳

揭雄

明季有揭雄者遺其郡邑矣貌椎魯寡言笑然門以內無違行肫肫如也年十餘不識冬夏適於途迷所向鄉人愚之每為人傭役任負不及常兒然不取值人亦利其用里之豪右爭役之雄推移其間亦無忤也久之貧甚或勸之服賈雄曰諾與族商賺事者數人俱西眾欺其愚懦畜之僕數雄執役不倦中途遇盜禦其裝諸客辟易雄徐曰是何敢然即奔一盜仆他盜復進雄巧奪其刃連殪數人餘盜奔去眾始驚其異矣待之有加禮既共諸客賈使視利數四喪失其資人皆曰是健兒而愚者也復易之其年所居地雨甚決月河漲溢堤鄉人修之隄成而復決者三莫能為計雄謂眾曰是其下有暴物焉將魚我村里某請除之乃拔劍没水移時斬一龜提其首旋波而出水威頓殺而隄得不潰眾復驚曰子果若是之能耶何向者示人弱也於是士大夫好事者亦漸與往來邁里會羣口哆然雄默坐而已他日有兩文士論文席間奮爭至攘臂雄勸之曰文可不必論論文亦不易然以其言誇詫曰公亦解此耶雄笑曰惟稍識之故知其難耳眾欲徵其蘊爭摘古義詰難之雄隨問酬對機悟深徹超超乎元箸眾愕然如貫珠也論辨若懸江河驟風雨而不可遏也疏故實如數家珍如舉東西南朔歲月日之無誤也而平生未嘗一問字一執卷呻吟也皆帖然服曰神人也會歲饑流民相聚剽掠鄉里勢若蜂屯里人走且號謀竄山谷雄曰無庸此易制耳乃聚丁壯使於境南之澤中斬勁竹為兵仗晝夜訓練增高壘濬濠分守要害婦人老弱治餉轉從饋飲食寇至鼓之令之曰備有家爾廬爾墓毋以畀賊其奮毋息不用命者衆有誅鄰里聞之相趨皆來守望賊至無所利竟引去數十里之內賴以安全雄晚歲與妻子閒居茅屋中焚香誦佛經旦夕不徹罕與外人相見適有一遠方僧來訪之跏趺對語三日夜乃去其後

帳數月一來但相對枯坐不復作一語久之僧去臨行謂雄曰可矣雄稽首者再僧遂不復來雄自是祝髮為僧乃不復誦經已謂其所親曰吾前身勞山僧也好攻文籍及一切經世之務師以結習特重不可化使出世戒之曰慎勿迷也將迷不復度余念師言深自韜秘不意數數與人事不免炫露亦不得已耳師此召我我去矣遂合掌坐逝

清河令

清河令王君名城大興人其所著衣及身皆有火祖之不見以手抵之則火星爍然問其兩袖則火從袖中爆出其他性體毫不異人盱眙令羅君拮庵親試之為余言其故殊不可解

明綃

浙江盧七以衣工起家家富鉅萬不衣帛不御酒肉以儉著于里性絕豪侈愚不類其父尤嗜志狹邪青樓珠箔間多識其名者嘗嚴於擇配議婚多門卒鮮所當意年二十餘猶鰥魚也或說之曰姑蘇佳麗之藪也必有施旦其人者重乃挾重資遊吳門擇錢塘達於笠澤湖風度耳遙聞歌吹聲少焉片帆拂天嬰桅剪水須臾而至岸然官舫也歌喉尚轉雯響如線重心醉張帆隨之晝則同流夜則同岸歷兩日兩舟僮僕稍稍通問訊官舫又語曰嚴州顧刺史侂居金閶先行矣此夫人舟也重使人餉其舟師竊叩歌吹者為誰舟師曰夫人女奴數人皆善絲竹奏曲者其女公子耳問公子字乎曰聞尚未問見乎曰公子甚簡出嘗一見真仙人也重乃賂舟師使緩發迂行終日華冠冶服徙倚舵樓冀一遇次日晚泊某溪橫波艤舟謹艤半啟粉黛數人膚光艷發指畫遙山仰睇橋烏相與喃喃波語一翠衣尚袖者最麗回首見重遽命掩窗重以問舟師舟師曰翠衣者是也重益惑亂求舟師而哭之金舟師却之曰郎君亦癡矣某何能為重固請舟師躊躇曰若是為郎君策之已而曰得之矣夫人有弟趙刺史所任也今在舟中試以鄉誼修半刺先結其歡心申禮而求婚可也重從之趙來答拜因留之飲酒語頗洽酒酣重微露其意趙曰公固未室耶某甥女尚待字如公者誠佳婿也重即下拜稱謝趙曰容返舟與姊言之少選趙來色喜曰事諧矣姊聞公高誼甚願浼我為執柯然亟須納采為定處刺史性梗或有變易耳重曰禮不備奈何趙曰隨所有可也是日舟已近姑蘇遂止不行重乃出千金為聘復以百金為趙壽旋登顧舟執甥見夫人年四十許人也慰誨良厚諸婢皆竊竊戲笑既返舟約翼日同發抵吳門夫人及諸女皆先乘行裝資隨往趙留宿重舟曰俟姊歸少舁當當往謁婦翁不意評水之交竟成絲蘿之託重謝曰長者之賜也越三日有使者來迎重留二僕守舟隨趙往造一大宅頹官閥主人出

迎隨曰刺史也重再拜執子婿禮甚恭趙遂趨入內刺史顔頗莊訓辭嚴簡重侍坐踧促良
苦已而設席重不敢縱飲慭慭數杯而已及罷日已晏遂辭之外舍趙來笑謂曰余不耐拘
拘故失陪奉想君亦復不暢也遂令剪燈取酒歡然更酌重放懷飛觥狂飲大醉趙辭去況
睡至午晌始醒悄然無一人異而跡之宅乃空問之鄰人乃言此宋氏新構別業昨一人來
暫僦請客耳始知被賺倉皇至舟中見二僕則箱篋衣裝亦皆為趙賺去矣急索顔舟舟亦
杳其舟師者亦同黨設局者也重懊悔因僦原舟返浙江至家而償其值囑二僕秘之時盧
七已老家稍悉以委重故重得自寄重然顔趙之責已也而思女不置時時使人物色之忽
有李乙者來言于重我金當言顔所在重喜曰第言之李曰顔實返嚴州試同往蹤跡聊信吾
言重然之偕之嚴州至一村郭中長楊尚闕畫檻周遮閣上一女子苗條夭冶李躡重足悄
語曰此即顔居也請隱樹間伺其出然慎毋輕動屬其反室耳重頷之因審視女子亦頗類
舟中所見於時夕照紅黃炊煙四綻一人酩酊入其門諦之果顔也李曰信乎重曰信也雖
然何以處之李曰君欲得女耶得金耶重曰能兼得甚幸不然則得女而甘心焉李曰欲得
金訟之可也訟其父是仇之也則女必不從或有他變可惜也欲得女則戚也顔誠居女為
奇貨更挾以求公公能應之乎重曰君意謂何李曰甚請說之明日當報命明日李乃引顔

來惶恐謝罪曰內兄誤我以及此悔也顔更修前好重喜甚顔去李曰假我千金則佳人為
君有矣重許諾與之歸而授之金復偕往既至李請先入報使重待門外久不出心疑之入
其門無人焉登其堂無人焉窺其闥鏡奩釵盒顛倒凝塵盈寸訝其無人排扉甫進則聞人呼
曰賊賊俄有數人共執重數之曰入人閨闥欲何為重力申前說人曰此方氏非顔氏何誣
也遂縶之棟而鞭之重不勝楚請所欲人曰以萬金來當宥汝重哀籲請半之且無揚於衆
初皆不聽再三而後許重即遣書所親致五千金贖之歸羞悔不自容念乃疑由是家漸替
行亦少斂逾年聞里中張丞女好遂委禽焉將醮張女外遇忽逃去丞羞宕無策適買一媵
婢絕姣麗因厚遇之囑婢偽如己女者以歸重婚夕無語重詰之婢忽泣涕曰妾亦安忍復
秘哉雖然惟君寬假之乃敢言重曰姑言之婢曰妾非張氏女所謂顔女者也亦非顔女特
章臺柳耳宋十三娘明絹者是也顔亦非顔金五耳趙乃李八也奸謀實妾以誘君得金而
從而妾敗葉隨風飄茵落溷已三易婿矣而倖得歸君亦夙分也重駭然因述嚴州事絹曰此
事妾不知要亦誑楚故智耳重問張女亦安在絹偷以情告且解曰非張公之得已也君將
興中冓之獄於君實有鬩重既慮宣穢於外又憐絹美遂安之居無何重歸自友家過林間
有少婦投繯救之而與問其故婦不勝羞泣自言偶蹝閫誠乃為抱布氓所誘今復見棄無

所歸故自決耳重覷婦亦頗有姿詢以情婦乃言感德相援願為箕帚妾遂攜從重歸徵其
氏族即張丞女也重恕其前瑕欲棄之絹力勸重且以嫡讓婦重不可遂妾之使人告張丞
修甥舅禮焉

文壽

文上舍壽累舉不第其仲弟某者一戰而捷父謂壽不學責而逐之母亦時時挫辱其婦婦
故賢終無怨色壽之初逐也訣婦曰父母以不第逐壽壽不第終不返壽不肖既長進父母
又以累卿卿年少宜自為計婦泣曰異哉君之言及此也君才妾所知何有於一第然得非
堂上復何言幸早有以慰之妾之願也敢有他志壽亦泣曰謹受教壽行無資婦盡取衣飾
付質庫為戒行李使應京兆舉壽乃至京師稅居宣武坊某寺中重理故業已聞仲弟來赴
春官試趨往見之問父母安否泣言別後事仲笑曰伯氏夙昔自負今孰與仲多壽愧然而
退及仲捷南宮授官部曹乞假歸壽既慙復往仲亦竟不詣壽所仲至家親朋來賀者踵相
接召客張樂門庭如火壽婦體舅姑意不敢向隅仲妻誚之曰姒亦良樂姊伴為不聞數日
問仲曰叔見而兄乎仲漫應曰曾一見即旁顧漠漠說他事婦知其意不復問閉門掩泣而
已仲又言壽貧怨親之逐己也而以為我罪故在都常避我不得數數見父母既以仲貴而

聽信其言益怒罵喪壽書數至輒焚棄不發益愛仲妻而憎婦婢畜之婦固知仲之譖壽而
不敢辯也每食以食餘食婦婦常不飽歲時飲宴遊戲之事婦未嘗與與壽有子甫三歲與
仲子爭栗而啼仲子亦啼母怒撫仲子而笞壽之子且謂婦教之詬詈累日婦因垂涕長跪
謝壽父病篤婦日夜憂歎既痛其夫之不遇而深恐舅之不及待也夜焚香籲天私為舅乞
算壽父病良已仲妻見之乃譖於姑曰姒實祝詛姑怒甚言於壽父將訟之鄰里多知婦冤
而畏仲妻且忍己不敢言婦無以自明飲恨嘔血數升卒年未三十聞者傷焉是時壽舉京
兆復報罷止京師不敢歸資用乏絕為寺僧傭書自給偶薄暮步寺外有少婦徘徊立松下
貌類其婦就問果婦也大駭問何以至此婦哽咽不能答已而告曰妾已鬼矣壽聞言大慟
婦止之曰勿悲今來就君不異生時之樂且生時離逷今乃聚晤奈之何不歡壽乃收淚亦
不復畏怖與婦俱入寺中他人莫見婦語亦莫之聞也婦謂壽曰君食貧若此願眾所以佐君
者問何術曰請著於門設卜肆妾願預人事當大獲壽從之卜焉輒驗聲譽大起都人士聞唱
其門以為君平復出也無何將復賓興壽問吾今獲售否婦曰此事神道所秘妾不能知但
宜破釜以冀一當耳因勸壽避居謝客購書盈案日夜讀之婦故識字亦展卷相對弦誦敏
乃過於壽壯日課經義及詩策之屬婦必常優壽數曰惜卿乃不獲進士又隔幽泉撓此將

安施乎。婦笑而不答。壽既入門。比夜。婦亦至。謂壽曰。妾向勸學。如應舉秀才。乃以君故也。當併力圖之。庶其濟乎。遂為壽捉刀。文成。壽朗誦之。鄰號舍某生。如名士也。聞之。索觀。大快賞謂有神助。且曰。必冠南車。壽因告以故。生亦欷歔歎詫。及揭曉。壽竟復落解。婦不勝悲。曰。已矣。奈何。壽反慰諭之。婦曰。非也。科名誠何足芥蒂。所悲者。堂上人老矣。旦夕望君之貴。而君卒不副其志也。命也。夫命也。天時仲已攜妻子供職司曹。壽奉親且就養。馳往問訊。則親固未來。仲聰見之。戒門者不為通。蓋自婦卒後。仲妻倚夫貴。益驕。往往肆悖慢。舅姑之前。略無子婦禮。質帚誶語。殆有甚焉。舅姑反曲意下之。職是。仲官京師。不願與仲俱來也。壽得其故。益自恨不第。與痛哭竟日夜。未幾。仲秩滿。出守外郡。婦竊謂壽曰。非福也。仲氏寡恩而好貨。將不免。壽有季弟名秩生。天性仁淑。父母絕憐愛之。壽出時尚幼。既長。就外傅。頗知壽被逐無罪。而嫂以讒死。垂涕請於父母曰。伯兄不第。屬有罪乎。命也。且科第亦何愛之有。如仲氏富貴。大人奚與焉。長嫂賢孝。鄰里無不知。不幸冒不韙之名。銜屈泉壤。遺孤煢煢。可為傷心。願大人少寬假之。使伯兄復侍庭闈。而酬酒嫂氏之墓。以伸其靈魂。負天地之德。時壽父母亦漸悔悟。稍稍知婦冤。聞秩生言。不覺泣下。曰。兒大仁哉。吾從汝。於是作書召壽歸。使人祭婦塚。而撫卹其子。書未至。婦已知。喜動顏色。謂壽曰。賀君歸矣。舅姑比以季子言。旦夕召君。

耳食錄　卷四　九

妾志亦蒙昭雪。且賜酒食矣。宜治裝待。與君偕返耳。後十餘日。書果至。至則啟行。間河風雨。舟車館驛之間。婦未嘗不在。將至家。謂壽曰。妾欲登堂覲拜舅姑。恨身為異物。不能明修榛栗。恐駭聽聞。君幸為我陳白之。壽泣曰諾。既至。有少年俟門外。見壽。乃趨而前曰。公誰耶。壽曰。亡人壽也。少年潸然下拜。問之。秩生也。蓋度壽將至。企望者累日矣。旋有垂髫而號於地者。壽子也。方婦之卒也。父母待壽子不慈。秩生憫之。日取食餇壽子。夜則視其寢。一果餌一什物。弄具未嘗不分遺。父母重拂秩生意。亦不復過虐壽子。故壽子雖失王父母歡。而以育以長。不以飢寒疾困死。秩生之力也。至是亟出迎壽。而壽去家已八年。故各不相識。於是秩生馳入門內報父母。壽亦趨入拜父母堂下。曰。壽不孝。久缺溫凊。卒不能有所成立。少慰高厚之心。而大人憐愛無已。使得復望見顏色。言未畢。哭失聲。父母亦涕泗嗚咽。挽之起。併惜慰勞之甚厚。鄰人聞之。無少長。皆來觀。多泣下者。壽欲言婦偕歸事。慮駭驚聽。躊躇不敢發。父母則以婦卒而壽未之知。且初至。姑諱之。洎暮。壽趨出門外。見婦於牆隅。淚涔涔。目盡赤矣。婦曰。言之乎。壽曰。未也。卿且入。明發。壽當言之。婦曰。無舅姑命。安敢入。壽為歎息。遂入請命於父母。具陳始末。室中聞者。皆相顧咄咄。秩生曰。請無疑。長嫂非禍人者。嫂賢且孝。以神明其身。何為乎不然。父母感其意。命之入。壽乃即門外呼曰。婦入矣。徐聞堂下有泣而言者。

衣裳綷縩然。若跪起者。壽白父母曰。婦拜。母踧踖曰。向有聞新婦於我者。我實不德。重負新婦。今固知其誣矣。新婦毋怨我。則聞婦對曰。何敢。母又曰。新婦語可得聞。形不可得見。何也。婦曰。婦人不飾。不敢見舅姑。況敢以朽化之身。驚尊者。誠不以詭異見擯。得供使令於冥漠中。而防衛其不及。以少補生前未盡之職。何幸如之。奚以見為。言已。復拜謝秩生。詞致哀婉。壽子號咷而請曰。兒幼未識母。母棄兒去。日夜思母不得見。今幸母來。倘使兒得見母也。婦亦哭曰。汝依汝祖父母、汝父、汝叔父甚善。吾雖汝母。不復能撫汝。不忍更汝見也。子固請。婦為一見曰。聊為他日驗。旋隱去。自是壽之外。無得見婦者。婦雖死。而言詞恭慎。循循執婦道維謹。梱以內咸安之。母誕辰將至。婦謂壽。請為我市東帛及少繒綵來。作針黹數事。為介眉之獻。壽白母。即市與之。婦將去。置鄰婦繡筐中。鄰婦訝所從來。聞空中言曰。吾西家文氏婦也。欲製衣履為姑壽。脫指苦弱。煩夫人代操刀尺。縫紩而成之。感且不朽。鄰婦欣然許之。不逾日成衣一襲。女舄一雙。見者嘖嘖。咸謂針神。鄰婦亦自訝巧捷。他日女紅不能如也。婦持歸付壽。則凭几支頤。若倦繡狀。蓋婦恐物出己手。疑於不祥。故附女成之。至日。壽進母。母且喜且悲。以為死婦乃勝生婦也。里有悍婦。夫服賈於外。素虐其姑。竊市美食自食。使姑茹藜藿。終歲不知肉味。澣衣滌器。若服役。終日不得休。而悍婦偃臥游戲。猶詬辭不已。及聞婦事。

耳食錄　卷四　十

深自慚悔。事姑有加禮。其感化如此。父母已知壽賢。而數奇不遇。遂使主家政。不復令興進取。婦乃教壽傾囷儲易粟積貯。連困屢歲游饑。勸壽平糶。而賑其貧者。所全活甚眾。里中饑民羣起掠食富戶。德壽之賢。卹己也。相戒不入其門。以故文氏父子兄弟。皆獲晏然無劫奪流亡之患。已而得仲官中耗。仲以贓敗削籍。戍邊。官橐沒入官。妻子窮困。不得歸。壽白父母。使秩生往迎仲妻子。秩生薄仲為人。不欲往。婦勸之曰。伯與仲均之兄也。小郎孝友。何獨閒於仲。秩生嘆曰。聞命矣。乃行。以仲妻子歸。仲妻習於安樂。驟於困苦。頗不任。壽父母以仲得罪。嘗辱己。而仲妻素不敬己。其愛亦浸衰。久更惡之。若向之惡婦。鄰里初以仲貴。腹非不敢言。至是亦多不齒之。壽子怨仲妻之譖死其母也。雖迫於父母命。不敢發。而時有報志。仲子隨官失業。既愚且驕。好博塞飲酒。數數盜財物亡去。從里中無賴少年遊。戲習莫能禁。而仲竟死荒徼。無邱首之日。故仲妻雖歸。前後如隔世。顛沮詘辱。幾不得比於人數。獨婦遇之如常。不以前卻為嫌焉。頃之。秩生補弟子員。登乙科。將議室。婦私告壽曰。季子有宿業。當娶且瘖醜婦。妾已請而易之矣。符氏有女。妍而德。其前身比丘尼也。行甚苦。偶涉香色界。遂結世緣。故尚無定匹。請以金珠為聘。事必諧。初符媼夢少年尼來至其家。乃生女子。女稍長。常常夢至佛寺中。長松翠竹。黃鳥嬌囀。蒲團空而金經掩。爐煙裊裊。猶縈繞瓔珞幢幡之間。俳徊一兩時便返。後有老尼謂之曰：伽楠一百八是汝後身處也。女述於符，媼媼異而志之。婦所言合其契。果一媒而定婚，夕有蜥蜴長二尺許來嚙青盧，家人欲殺之，婦曰：不可，即所謂怨耦者也，宜亟藏其鏡而祭以半子之履，則無咎矣。如言，蜥蜴見履，若甚怒，躍下齧履裂之，玫玫緣壁間迴首顧秩生者再，逡巡登屋而隱。知婦言之非妄矣。符女賢，亦頗類婦，其事蹟始定門內，一以婦為法。婦每形見，與生相款語，相得彌至，仲長以為技之，然卒無能復毒也。居數年，壽父母相繼卒，壽秩生居喪哀毀，婦亦衰絰哭泣如生人。壽問曰：舅姑安在？婦曰：此不可言，言則存亡皆獲罪，故不敢言也。婦自是顏色常不豫，見亦甚疎，詰其故，終不肯告。一日，聞除際簫管，既還，則家人咸得見婦。婦慘然霄涕曰：別矣。上帝憫妾志而旌其愚，使得佐神監之末，叨廟祀之享，獲邀此命，已歷五年。妾為舅姑在，不忍行，今不能復却矣。乃謂壽曰：諸人祿命方長，惟君侘傺，人間福祚，奠能一朝享，然君毋苦也，越數日常相告。復謂其子曰：兒且貴，後十二年還見我。今勿悲，善事汝叔父母，他日竭力報國家，無忝祖父、汝母之志也。言訖，遂冉冉而去。壽尋病，彌留之際，怒語家人曰：婦來。乃卒。後十二年，其子官某所，過一廟，謁神像，酷肖其父母。婦蓋娃裝。席間聞某客談其事甚詳，獨遺其郡縣，惜哉。

沈鮪

夏店人沈鮪者，赴都門訪親，途遇少婦獨行，衣縞素，姿致明冶，鮪悅之，而玩其孤弱，因與接語。婦曰：妾夫婿客死，遠葬煙郊，昨提麥飯一盂，親奠其塚，今欲往京師大歸母家，恐值羣馬奔至，與童子相失，日昃矣，鞋弓不速，懼有遇焉，惟君攜挈之。鮪竊喜曰：幸與同途，敢先步武。婦稱謝，遂與同行。洎暮抵通州，鮪曰：逆旅詰問，何以應之？盍兄我以塞眾口。婦笑曰：即婿君亦復何傷矣，必兄也。鮪喜甚，既就舍，遂同食寢。遲明，鮪寤，則見婦紙衣泥首，乃芻靈耳。驚而呼眾至，詢得其故，發被視之，精穢流濡紙裡間，莫不詭詫。鮪慚極遁去，主人取芻靈焚之。他日鮪返出故道，復遇婦來，笑謂曰：沈郎歸去，不攜我行乎？鮪駭，亟避之，至家尋病卒。

並蒂蓮

某太守致仕歸紹興，一子年十二，甚聰秀。太守女兄者適蕭山某氏，來視太守，留數月。有婢年十四，隨以來，子一見悅之，飲食服起，率須婢為理，非婢輒不樂，婢亦竊樂為之用，不自離也。會清明，女兄欲展墓蕭山，將攜婢俱去，兩人相對殊悒悒，以為童子也，恕其所習，亦恕之。瀕行之前夕，丙夜風起，扉闔闔有聲，家人疑有盜，起視門啟矣，跡至河干，子與履在焉，討而返，驗子卧室則衾在而子亡矣。趨視婢所，婢亦亡。知其溺矣，急拯之，乃得兩人屍，相抱持甚固，鈕相結也，帶相束也。太守哀痛，合葬之。所沉水中，故有蓮花，自是皆並蒂。

河東丐者

有新鬼者，苦餒，往見舊鬼而問術焉。舊鬼怒其無謀，紿之曰：子欲得食易與耳，有樵於終南之旁者，子代為負薪，彼且享子。新鬼信之，附樵者之擔而助其力，數日，樵者不知也。偶憩路旁，新鬼負其擔而趨，樵見薪之自行也，且駭且馳，鬼恐失樵，迅逐之，樵至家而薪亦至，疑薪妖也，焚諸大門之外，終不食鬼。鬼由是飢且憊，復往見舊鬼，咎其無驗，舊鬼笑曰：向亦戲子耳。是固易可得食也。山下某氏將祭，請與子俱。既至，有衣冠而拜於墓者，魚肉在俎，果實在籩，尊有酒，盂有漿，墓中有鬼出，迎其拜，涕泣而不忍嘗，飲新鬼饞甚，徑前掬啖之，忽有猾鬼扼其喉，執而縶之樹，訖於其既以餕餘分啖諸鬼，獨新鬼以攘食故，怒不與，且鞭而後釋之。寃苦無所訴，怒大悟曰：物各有主，固不以幽明異也，吾獨無家乎？乃夢諸其子，語以前事。子泣而祭之，然貧不備物，菜羹盤粥而已，鬼不暇擇，饕餮而去。既飢復走告其子，子漸疑之，曰：父已死矣，而頻頻索食，富不其然，其有偽而託者歟？竟不祭。鬼窘甚，無策，而視他鬼不常食亦不甚苦飢，走謁主者，叩其故。主者曰：此業報也。子生時貪鮮割肥，極口腹之奉，物以殄，家以貧，故身死而腸胃猶生，不圖更也。鬼大覺悟，哀主者而告之悔，請得自比於眾鬼，弗許，乃痛恨閉居墓中，不復出，竟餓死為聻，而飢彌甚，不得已，復祟諸鬼間，得一飽，怨自訟術有窮而飢無已，何為自苦？且既為聻矣，儻再復死，怨益甚。中現一人，如菩薩狀，以指彈之，則身已在墓中，復轉生為鬼，俯仰甚樂，念向者望為鬼不可得，一念之復，幸得至此，得長為餓鬼足矣。於是仍坐墓中不出，亦漸不甚飢，深悔生時之饕餮，欲補過而道無由也。久之，主者召之去，曰：爾能自責，可以為人，但宰殺過多，膏腴之福盡矣，殘羹勝炙，其可飽也。使往生丐者之家，悟因了了，遂持戒不茹葷腥，乞食河東，往來郡縣里黨間，輒自述之。常言鬼多於人，聻又多於鬼。又言人不盡生，鬼亦不盡死。

寶劍

李介夫言：浙江趙君長人，豪邁好俠，所攜劍，寶劍也，以懾鬼怪，往往驗。常佐某公幕，署後有室一堵，葦且廢，而蓬蒿蔽之。以問胥吏，曰：居者輒死，或竟失所在。用是鞠為茂草。趙笑曰：恐有是，以避喧甚便。遂剪草解裝其中，使二僕共卧對室。其夜二僕縱飲他所，趙方燃燭閱官牘，聞屏外啄門聲，呼問無應，少焉門大啟，覺有物入，噴息甚腥，俄焉及寢門，觸簾簾動，趙異之，乃仗劍秉燭挑簾出，則見有口大如牖，其身隱蔽若山，幾與椽楹摩，急以劍擲口中，物竟吞劍，復以燭并錫具擲之，物以負痛，乃轉首急去，屏門盡傾，有頃二僕來，趙呼語之，亟移榻去。次日，見血於門外，淋浪相屬，逮之十餘里，得穴於山旁，有巨蟒死焉，剖腹求劍，不得，燭具乃無恙。

蛟

乾隆癸卯二月，金谿北鄙崇嶺崩，蛟也。大雨雹，風霆怒甚，山下村幾墟，民幾魚，其暴如此。郡中故多蛟，某年小山出九蛟，得九穴，然不為暴。某年夏雨甚，郡里陳坊橋漲及於梁，有田父荷鉏過橋上，見兩巨蛇黃色，隊行水中，隨以鉏擊之，斃其一，致之橋上，聞者皆來觀。已見上流有浮渾如席，大者數丈，盤旋不前。浮渾者，相傳蛟屬，行水中用以自覆者也。於是觀者皆走避。浮渾乃奔下，勢若山裂，浪沸起高丈許，梁不盡積，漲亦頓落，而人無損者。若此皆不為民暴者也。聞古老言，唐太守在郡時，選材官佽飛，教之伐蛟，其法不傳矣。驗蛟之法，於大雪時，四山望之，無雪處，其下乃蛟窟。

平陽生

平陽生，無能舉其姓名者，或曰平陽人，或曰平陽其郡望也。世為清門，多隱德。至生，稍凌夷矣。生有奇表，未齔，言語輒驚人。稍長，出而亡焉。至十五始歸，竟喑啞，不櫛不沐，首不冠，足不屨，腰不束帶，敝衣一襲，常服之，冬不裘，夏不葛。往無常所，亦不常飲食，所行類有道，又類依隱玩世者。有士人陰異之，輒與之遊，欲以觀其私；酌之酒，以觀其真；遺之錢，以觀其節；激之使怒，以觀其度。生或飲或不飲，或醉或不醉，或受或不受，或怒或不怒，卒莫得而測也。他日者，雪雨既霽，士人偶出於野，日垂暮矣，竊見生行泥淖中，不汙不陷，猶猶然奇而尾之，則入古廟中，緘門隙窺之，廟中土偶見生，皆起迓。生與抗禮，坐石上共語，為洸洋恣肆之言，甚隱躍，或可聞或不可聞，或可解或不可解。始知生非真啞者。大訝，趨歸。明日生來，士人為勿知也者，而強留之宿。比夜，再拜而請曰：吾知公仙人也，幸有以教之。生笑曰：我何仙？幻術耳。子既偵而識之，姑勿洩，當有以娛子。因袒而示之，胸有方孔寸許，謂士人曰：盍進之？士人笑未信，試舉踵焉，則超超然已升，繟繟焉而行，蓋入生之胸中矣。其初如駟馬之門，其既如九軌之逵，百雉之城，萬井之邑，蒼然而高者天也，蔚然而疊者山也，渟然而流者江河也。有耕於野者，有負於途者，有往來遊戲者，有呵道隊仗行者，有追逐者，喧笑者。其物有木有草有石，有飛鳥，有雞狗馬羊豕，適於其市，雜然而陳者，無所不有。其人男女猶是也，服飾猶是也，言語猶是也，居處飲食猶是也。士人行焉止焉，息焉食焉，心廓然而舒，神煥然而暢，亦幾忘其身之在生之胸中也。三日至一所，其郊原如繡縟，城郭如雲霞，宮室如珠貝。入焉，見其人皆衣繡而冠玉，餐香而飲雪，翠竹凝其墉，瑤草環其階，蜂花拂其櫳，孔翠鸞鶴舞於庭戶之間，無風而神籟韻於耳者，笙璈琴管之音也。旗旌搖搖，簾幙垂垂，欄楯縱橫，窗扉四開，鼎几

研之屬，陳不一處。於是高談神眩，彷徨焉而莫知所向。俄有童子來，惟出謂之曰：觀止未未也，盍隨以來？士人欣然，武其後，歷數閒，曲折洞達，行其左，奉佛之堂寂以高，煙其右，祀仙之館淨以旋。升其中，度若干閣，光明而遂與，進抵其內，有巨人焉，坐圓臺之上。士人敬且畏，仰而瞻，俯而拜，旁而伺，既而問，巨人若弗見焉，弗聞焉，不言不動，寂然如止水，槁然如枯木。此然若頑石。俄有捧衣進履，陳牛羊具酒漿而進者，巨人如故也。又有齎金幣玉及升宮而入者，巨人如故也。於是皆退步焉。人報曰：寇至矣。乃鬧戈馬洶湧，破門而入，環而攻之者，皆弦弓露刃之夫，復有猾鬼羣魔，跳踉乎其前，雄虺毒蛇，盤踞乎其後，士人股栗噤伏，魂魄幾絕，而巨人亦如故也。頃之，紛紛者散然俱滅。士人欲趨出，乃有女子旖旎而來，花顏而霓衣，霞煙五色，縹緲護之，若隱若見，且前且卻。忽有紅樹生臺下，須臾參天，狀如珊瑚，巨人乃蹙然欲墮。俄空中一劍飛出，斷樹盡然，女子隱去，巨人始定焉。士人觀之，且喜且怵，忽念此固生之胸中也，何為不歸？前童子在側，笑曰：歸哉，道不可復識矣。引之出，自旁門指其途曰：由此其可達也。士人遵而行，行不計程，宿不計處，朝而暮者不計日，朔而晦者不計月，寒而暑者不計歲。向之來也，草木青青而華也，而今殞落矣，未幾則又甲坼矣。水波溶溶也，而今潦降潭清矣，未幾而川復漲矣。風暖而日暄也，而今霜雪飛逐矣，未幾而陰谷之冰澌矣。然則再灘矣，雁則再賓矣，月弦而望者不知其度，時倏然其速也，途杳然其長而無極也。於是感愴悲涕，苦遠不得歸，疑其夢也，而非夢也；疑其死也，而非死也。遂大呼生曰：公戲我，公殆我忘。自生左耳中落，視殘紅猶明，鳥啼外之柝，四聲耳。生則酣寢榻上，推而起之，乃大笑送出門外，自是不復見。士人者，姓鳳，失其名。

雷驢

某翁富而吝，善權子母，責負無虛日。後以年且老，艱於途，遂買一驢代步，酬直皆甚至，非甚困憊，未嘗肯施鞭鐙，出翁胯下者，歲不過數四。值天暑，有所索於遠道，不得已與驢俱，中道翁喘，乃跨驢馳二三里，驢不習騎，亦喘，翁驚，墮下，解其絡驢，以為息已也，驢乃逸，翁急逐呼驢，驢走不顧，追之弗及也，大懼驢亡，又怯於棄鞍，因負鞍趨歸，家亟問驢在否，其子曰：驢在。翁乃復負鞍歸，始覺足腫而背裂也，又傷於暑，病踰月乃痊。

吳生

荊州田舍翁何某，鄉里稱長者。乾隆四年春，有窮衣人來訪之，自云家江右，吳姓，遊幕求助。何謝焉，而視其人，雖敝衣，氣神采特異，乃復問之，曰：君頗識字否？吳曰：我固諸生。何曰：兒輩方求師，誠能以弟先生課之，秋後所入，敢戒行乎可乎？吳曰：諾。遂延館，食卜日使二子埋硯

及從子旋受業焉。既敝且勤，頗盡師職。自夏徂秋，亦殊不言去。歲時脩脯，悉卻不受，曰：但求收飯足矣，以金為？既三年，何有姻婭許某者，夜經何宅後，見一人倮身被髮，拜月於叢樹之間。審之，吳生也。大駭，急去。及返，詣何，偵吳生，吳生方午餐，愈疑之，乃以狀告何，且曰：詭異若此，不得且為患。先是，何以吳衣葛無以禦冬，製縕袍贈之，吳生笑不受，而衣葛如故，亦未見其寒也。心竊疑怪。至是聞許言，深然之，乃謂吳生曰：先生固有歸志，為兒輩留久矣，敢具芻糧為君歲行。即袖中出十金為贐。吳笑而受之，曰：即今日行矣。何請暫留，為杯酒之餞，吳堅辭，從長揖別去。他日，何策衛而出，復遇吳淮悅淺邊，因問曰：先生未歸耶？吳曰：方將徙水村李氏，未有行期。款款數語，別而行。前二三里，復見吳生坐樹下。頗疑訝，吳見而笑，以引避不及，幸恕之。何唯唯，馳去。過李氏之門，卻見吳生與李立門外，乃大詫。李固何舊識，乃前詣吳，曰：頃兩遇先生，遽已在此，何間道之速也。吳不答，李笑曰：先生固未出，公焉得見之，得毋誤否？何默然。既乎於內問吳所自來，且述其異。李曰：適主於我四載矣，計其在李氏時，即其在何氏時也。相與駭絕。趨出視吳，吳已去。後遂不復至。何竣官武清，今皆為人言之。

貓言

某友言：某公夜將寢，聞窗外偶語，潛起窺之。時星月如晝，闃不見人，乃其家貓與鄰貓言耳。

鄰貓曰：西家娶婦，盍往覘乎？家貓曰：其廚娘善藏，不足稅吾駕也。鄰貓又曰：雖然，姑一行，何害？家貓又曰：無益也。鄰貓固邀，家貓固卻。往復久之，鄰貓躍登垣，搖尾呼曰：若來若來。家貓不得已，亦躍從之，曰：聊奉伴耳。某公大駭。次日執貓將殺之，因讓之曰：爾貓也，而人言耶？貓應曰：貓誠能言，然天下之貓皆能言也，庸獨我乎？公既惡之，貓請勿言。某公怒曰：是真妖也。引繩將擊殺之。貓大呼曰：天乎冤哉！吾真無罪也。雖然，願一言而死。某公曰：若復何言？貓曰：使我果妖，公能執我乎？我不為妖，而公殺我，則我且為厲，公能復殺之乎？且我嘗為公捕鼠，是有微勞於公也。有勞而殺之，或者其不祥乎？而鼠子聞之，相呼皆至，據廩以嚙粟，穴簏而毀書，攏無完衣，室無堅器，公不得一夕安枕而臥也。妖孰甚焉，故不如舍我，使得效爪牙之役。今日之患，其庸敢忘？某公笑而釋之，貓竟逸去，亦無他異。東陽夜怪錄記苗介立，卑貓之能言，古有之矣，而此貓滑稽特甚，足為捧腹。

瓜異

某公嘗市一瓜，大可如斗，置案下。夜半地上有聲，嘤嘤喃喃，如雞雛千百，察之自瓜中出也。視瓜，乃洞竅有光，如萬星燦然，射目驚語。左右聞見皆同。使燃燭諦觀，則聲寂而光斂矣。置屋外，旦日剖之，瓤然有聲，然亦常瓜也。或啖之，味仍甘冽，無他驗。

秦某

宋某者，直隸玉田人。嘗舉進士，後以事被罪，配烏魯木齊。日香幼隨其考為從吏，嘗從宋受書。時有秦某者，亦配卒也，山西徐溝人，與宋特相善，每過宋齋，說往事，故日香聞而熟焉。日香告余曰：宋初至配所時，謁閫帥，階下立一人，年將五六十，疏眉而秀目，睇宋而笑，若曾相識者。已而呼宋曰：子吾故人也，而不識乎？宋愕然，唯唯莫對。其人乃能道宋郡縣族里氏名及事狀甚悉，且曰：田國榮來與？然當至田國榮者，宋之家僕也。時果在道矣。於是宋聞之，訝甚，曰：仙乎哉！仙乎哉！何以能然？亟叩其姓氏，則曰：秦某也。秦謂宋曰：吾所以識子，乃以夢故。雖然，言長矣，非立談可訖。邀與歸其所居，述其詳。秦謂宋曰：吾向在京師，某年除夕，忽夢為有司逮去，鞫於刑部。獄成，配於此，與舊相吊而別也。吏卒相擁而行也，山川關塞道里之所經，水陸舟車步馬程宿之所身受，無不盡歷，至烏魯木齊乃驚覺，則獻歲而賀客來也。心疑而惡之。至上元夜，忽又續前夢，則至配所以訖於身終，而皆逆信其有以城三日而事果作矣。得罪以來，事無鉅細，率與夢符，莫能強異。適遇子於廟，亦識夢而行者也，而果遇子。請更言其後，以試吾夢。如子某年某月吉，某年某月當小憊，某事如志，某事當無成，某月且疾病，某月當愈，某月有獲，某月當有所失，某某當來，某某當去，此皆吾夢中事也。夢境渺茫，每不

自信。又恐迹涉詭譎，惑人聽聞，重取罪戾，深祕不敢言。子厚於我，姑言之，以試吾夢。宋於是遂與定交。然疑其或有他術，久而察之，然後知其果夢也，而非術也。識其所言，無弗驗者。夢既久，事以千萬計，秦亦不能盡記，事至輒憶之，則娓娓而竟其後，無弗驗者。秦謂宋曰：無弗驗者，獨一事弗驗。吾夢居此地時，乃三城品列，今獨一城耳，此為不驗。乾隆三十年後，屯田既廣，商賈雲集，更築新城以處之。後又移陝西滿兵駐防於此，復築滿城，三城之說亦驗。宋有母年老，歲時誕節，未嘗不瞻望涕泣。秦慰之曰：無傷也，子行遇釋，且終養。後數年，宋果釋歸，奉母以終。乃卒。秦卒於配所，噫嘻，除夕一夢也，異矣。越十五日，續夢之，其後數十年復而行之，以至周旋瑣雜，語言纖碎，目見而耳聞，無異於己，而不相謀者，莫不如印同符合。比於他人，蓋不啻兩世，亦古今以來僅有之事也。然豈非數哉？日香在烏魯木齊年尚少，不能具悉。比述於余，又忘其四五。余記之，又遺其四五，蓋非其詳矣。日香又言：宋晚歲頗明於卜筮，推占後事，往往與秦夢符也。然耶否耶？

武侯碑

李制軍泚成都日，掘城下，得古碑，勒五大字，旁有武鄉侯款識，因移置武侯祠。是日大蛙見於市，旁有穴焉，或傾以盂水，蛙避入穴，穴亦塞。次日蛙數萬，隊行，詣武侯祠，填塞門巷，很橋

焉已而不見頃之成都火起者五處延燬萬家乃悟所拙者武侯鎮火碑也復埋之遂不復火

姚子英

閩人姚子英丈而後隨父商淮陰父命挾資之京師謀爲小吏渡黃河而北忽得寒疾甚困稅居某廟中久之藥焉而愈出遊廟旁村里間見之者目相環也既還廟夜中忽有麗女子入室姚驚曰汝人耶曰否鬼耶曰否狐耶女子笑不答遂同歡寢旦則倏然去不戶不庭信狐也夜復來則授丹數粒使服之蓋媚藥也益健於人道居無何姚父至蓋聞其疾來視狀見其愈也乃促之就道姚不得已行流連數十里外侍女子女子不至數日姚度父已歸復還廟中女子至喜曰妾知郎情者也必返故至姚戲曰歸狐矣乃不能隨我爲鼓豈非忘我哉女曰無須見責明旦隨郎俱去耳是夕漏三下聞据際雞聲喔喔女急推姚起曰巫宜老父跡至矣即以重衾裹姚挾之破扉出登垣而奔如乘馬躡虛窅然聽之不知身在何所也旋聞女呼曰醒醒姚如夢中覺脫衾啟目曙色蒼涼乃臥野亭中女在旁喘汗睨之而笑姚顧已身尙倮處不禁靦然女指衾下曰忍辱錠固在姚索得衣褌著之始從容問故女曰無須問當圖其亟者裝資盡棄無以具饔飧奈何姚愛君無策女笑曰不嫌纏頭中爲累貲不足憂也姚亦笑曰事在卿不在我女前捫其頰曰幸不至此郎飢第言之乃於衾下出餺飥數枚授姚曰有少餌可啖也自是姚欲食女輒供之行數日女曰此亦非長計姚曰若何女曰妾幼習角觝戲請同遊市廛少展薄技醵金而成遂可乎姚曰甚善同行至一肆女選殿地畫中矩忽於袖中出碧紗步障圍四隅中垂繡幔隔障爲內外一切供具悉取給袖中坐姚於幔下曰但觀之諸無與郎事姚唯唯女亦遂坐於左揚袖一揮則障閫如門者有五楔者蟻集矣忽一小鬟搴幔出年可十三四裙衫楚楚向女拜曰妙妙好又拜姚曰妙夫好姚欲起答之女曰止小鬟復對衆斂衽啟白搊叠扇索錢俄頃刻得數貫獻於姚徐舉扇揮空則萬紫千紅紛紛墜地皆桃杏花也咸訝九秋氣候不宜有此俄有牡丹一朵大如盆飛墮衆花中小鬟跌坐其上凌風而起餘花皆隨之而去觀者莫不歎詫以爲奇絕妙絕也女曰鴉頭無禮竟舍我去乎誰爲我執以來便有老人應而出長尺許荷一挺控小馬傴僂咳嗽惴伏鞍上若欲墜下狀女哂曰汝欲追妮子不顧閃折骨頭耶老人忸怩而退觀者皆大笑女曰鴉頭既去且聽之請爲激楚舞以壯看客遂呼曰良子來則有童子出於東短衣楚髻執戟而舞良久女又呼曰阿延來復有童子出於西裝如前持雙劍女曰鬭二童子乃鬭劍戟迷離終不相觸女曰搏二童子乃棄仗而搏忽一人倒二童子仆應聲曰溪婢子尙不歸

耶女色變而奔其人逐之倏忽已杳諸物皆變爲紙矣姚驚駭急避入眾中遂走至京師慍女甚苦數年落拓歸過故廟風景淒然留宿數日寂如也不得已問廟中道士此地故有狐祟否道士曰客嘗遇之乎姚具告之道士笑曰偽狐也有某僧者無姓名挾左道攝人財物尤善房中術能致婦人魂魄好女子見之輒病臥如喪久之乃復往往言自僧所來蓋非其璞矣僧又能隱形易貌甚詭祕昔嘗居此今復移去矣聞僧有女傳父術亦用以媚男子託名於狐僧雖甚恥之莫能禁也客所遇得毋是乎

奎光

諸生某銳意進取歲當賓興往往夢中躍起走呼出門外曰中矣中矣已又作報喜人索采錢狀往復爭競良久復就牀鼾然睡去次日憶之惘惘然如不第者然又聞人言登科則奎光且見一夜有偷兒從大櫺窗間某正擁衾冥想見之喜曰殆奎光耶果爾當再見偷兒承意復躍之某大喜遂熟睡不疑偷兒盡發其篋笥以去

燕

豫章某節婦家歲有雙燕巢其堂後雌燕獨來益亦媚矣或謂孤燕不祥毀巢而逐之燕旋毀旋葺終不去他日忽有雙燕者徑來奪其巢孤燕露處宇下耳然悲鳴而是夜雙燕竟爲鼠齧以死孤燕乃復閱者快之節婦既貧鬻其宅他徙明年孤燕至訝主人已非徘徊舊巢已復去卒訪得其新居構壘處焉去來者十九年而周厚庵來都下述於余此與姚玉京及衛敬瑜妻事略相類噫嘻今孤燕尚無恙耶可不謂貞且義耶夫鼠黠而竊者也乃亦能快善乎哉

徐翠

某生篤學自少至長無交遊誦讀之外亦無他嗜好泊如也試嘗城中某寺其鄰以宅鬻他姓有叟挈眷來稅居之鄰故有樓俯臨生書室久扃鑰翌日忽施簾幙甚華煥俄有女子自樓出妙齡殊姿生見而好之木立移時女倚欄他顧略不垂盼徐徐搴簾入徑闔其扉生徘徊竊歎天下乃有斯人耶翹首樓上冀女且復出數日杳然生意必叟眷屬即往謁叟欲結比鄰歡爲米鹽計門者謂主人性介不願賓見客置刺不爲通生怏怏而返次日復往則杜其門焉由是益很惘欲絕日對樓凝望冥想而誦讀之聲不輟作矣一日薄暮倚闌樓上步履蹩蹩扉乃啟驚見紅袖生喜注目待之忽微颸颼然一箭出簾間生驚閃避已著地拾視螺鏃耳少焉女挾弓矢出見生似甚怪怒復射之生神奪不復知避又以螺鏃無傷也仰面受之箭發中生頰甚痛楚拔視箭端易以繡針矣流血及頰女乃大笑趨入內生既病劇

數日偃卧不起起終不怨女念女戲而曾已殆非無意者且以投梭故博傾城一笑計亦良得及暖則樓上簾幙無見窩鈴如故矣悽然長嘆謂叟何故竟遷去僕請其門則叟殊未遷卑辭叩門者乃知叟蓋山西富人有二子外商室中止老婦及婢耳始悟女竟非人也熾念頓失然猶時時憶其美不置遂感疾遷延卧榻上家人聞之請醫來問狀生但瞪目直視不復作一語舉室驚惶謂生且死也無何雖然從牀起神色怡然若並無疾者家人愈疑駭環而守之生辭焉弗聽三始相引避出伺諸窗間則聞生語曰退矣退矣卿盍前少間生又曰君太惡作劇乃以人面爲龍耶則聞有吃吃笑者笑已乃答曰聊相試耳君乃不怨既知爲異物乃復不畏且念我且病君良苦矣而情亦至矣是以來家人聽其語知其鬼也急排闥入共促生以歸生悲怛無已奄然復病飲之藥弗效更爲召巫生乃見女來笑曰巫焉能驅我適訪我耳久欲視君苦無間可乘此一遊生欣然從之出略無阻隔倏忽間行入一室繡帷香榻壁有圖瓶有花器書玩好之屬位置殊雅女闢旁閭引生出簾外凭欄而指曰是何處生審視即已書室也始覺身在女樓中益自喜且幸己於門側得斷弓及矢生問此射我者耶女赧然曰然爲其射君罰而折之矣生亦笑生既與女處因問女姓字女曰妾前明張總帥女也小字綠翠遘疾夭逝棲魂於此覺守泉關未敢自泥感君意厚故不避非禮赴情申義不幸形迹未與見防於人遷延至今生曰鬼真畏人乎女曰非也恐濮之事安得醜然不避人目彼雖不見妾實恥之非畏之也生曰吾與君今日殆夙緣耶女曰非緣也情也無緣者神魂不親飛絮因風飄萍逐水偶合偶離耳妾向遇君蓋如此矣若情之所結自有而無亦自無而有由生而滅亦由滅而生山川不能間死生不能隔而天帝明神不能禁也生曰卿埋香已久九原寂寞盍爲再世玉簫乎女曰鬼之不欲生猶人之不欲死也人不能不死鬼則可以不生且人之生也饑寒伺其身職役勞其形嗜好攻其情哭恚怵其慮妾嘗爲人備領之矣而溘化以來舉不復有此何樂如之雖有烯雷神丹還魂靈草不願服也生唯唯居三日女促生歸生恐失女不肯行女曰無傷也君歸請宣言於衆曰聽我我乃生不聽且死孰與聽我衆必聽則使人迎我於樓妾即至矣不然幽遘亦何可長哉然須將幣帛具輿馬如婚娶禮妾乃行非以爲文禮不可廢也生唯唯遽歸忽從榻上起則聞家人驚喜曰生矣問魂亦何之生如女教家人不忍違竟爲娶女以歸居室如夫婦女性貞誠不好冶媟生之外雖三尺童子莫能覩也生有外兄某聞其事欲求見女女不可某堅坐不去語漸褻嫚女掩耳讓生曰閨幃之中安得用溫朋褻語乎速遣之某聞愧而出其嚴凜如此女流相對間亦形見往往相謂言目中閭彥無如新婦妍且慧者居數年帷薄甚修遂有休咎多因女決之生家呼女爲神娥生感女意不復娶父勸生納姬生二子爲父後生卒女亦去女嘗出生時小像使生題識之藏於家

蠟技

時人有善蠟技者園蔬蠟作頗然成之指掌間麟角羊首他物皆然亦絕技也人或求之作萬萬不肯作詣者知其癖故擬黃蠟誘之又故弱匿之彼必索觀再三而後與之乃隨意圓捏酬對如常俄頃而就置之近身意甚珍惜但時撫玩之不該少時便復毀之矣

施建昌

有賣藥者施建昌河南湯陰縣人順治八年秋歸自湖湘日暮失道經花園之側桃李方熟纍纍出牆施正飢求糲弗獲踰而入升樹飽啖即憩息樹上倦而假寐及覺則明月既出亭館蕭然風露滿衣愕然欲下忽東閤門啟諠笑有聲蔽樹葉窺之見三小人高尺餘一虎首者紅衣一馬首者黃衣一羊首者綠衣共攜酒有設亭前石上席地對飲虎首者中坐羊馬左右焉俄而角門再啟復有四人出一鹿首一牛首一狗首一鬼首獨角皆衣繒綵其長不及前三人亦就石上坐相語曰月佳哉施駭甚伏樹屏息虎首者忽問何故有生人氣皆曰良然聳然而起遍索園中不得羊首者謂曰大兄故善疑生人安在衆皆笑遂列坐飲酒良久虎首者又曰我終覺有生人氣群起復大索不得馬首者曰夜良如此姑飲酒無自擾也衆是之乃相與拇戰飛觥豪飲已而虎首者呼曰此時生人氣甚濃須再細搜之時斜月穿樹人影墮地虎首者見之笑曰我豈妄言哉固在此矣衆共嘆其卓識遂趨至樹下仰而呼曰汝速下否則禍汝施抱樹戰栗不復能言衆見其不答則環樹喧呼搖撼攀躋而人小樹高終不能及無何雞亂鳴羣小人乃斂跡去角門亦閉施俟日出始下樹欲窮其異訪主人而告之故主人姓陳氏明季曾官內翰隱居於此聞施言未之信也入告夫人夫人曰其有焉婢媼輩亦言東角門夜嘗有聲盍察之同至角門內諦視地上有蹄跡焉而甚小其旁曲室積新草及敗櫝其中塵埃蔽之獨一櫝浮滑若常有物出入者遂發其櫝中貯數土偶爲虎頭馬頭諸形杯盤之屬亦在焉夫人泫然曰此亡兒戲具吾不忍見始棄於此今二十餘年不虞其爲怪也令碎之有聲有血

湯琇

馮生者蓋河南人與同里湯琇少時同學最相善兩人皆名家子也居相比齒相若才相並顧志趣不甚合馮弱冠生也循循曲謹不臧否人物琇則慷慨激烈殊有俠士腸又多力善射挽兩石弓百步穀命中兩人不相效亦不相非嘗同遊水曲馮載酒琇挾弓矢俱邁徑僻

虎踞坐叢草上相與論志馮因取片石睨椰枝最高者擲之祝曰以中否卜吾進退一擲而中琇撫掌曰義適有鳥拂樹過琇即援弓射之曰吾亦以此卜矣既鳴鳥竟飛去矢落清波中琇折弓投地嘆曰已矣馮驚慰之曰偶戲耳何遽出此琇曰吾他日百發不一失而今失之豈非數也君善為之吾志決於此矣是歲馮果領鄉薦明年成進士琇竟放浪山澤有冥鴻之志馮屢勸之不顧也馮既登仕版遊宦閩粵間作書招隱者三四琇卒不報棄家遊四方於是蹤跡不可得測矣馮思之往往至流涕歲時存問其家康熙十餘年卒無知琇消息者馮嘗買一僮頑劣特甚殆不堪任使食已即臥臥起乃復食或譴責之馮憐其少不忍也且曰買之他人寧能聽之耶一夕盜大至從簷端下皆雕面少年三十餘人露刃束火舉室沸騰僮徐徐從夢中起振臂一叱聲若虎豹吼羣盜讋然伏地不能起僮一一斷其手腕擲垣外令去馮家以全始異僮之能呼而詰之已逸矣未幾馮罷官以妻子先歸獨載一舟溯江訪親舊比歸維舟京口夜中纜忽解颿蕩洪流中行絕駛不知幾千百里舟中號恐謂必葬魚腹及曉忽觸岸而止沙嶼水島之間其僮在焉驚而就之僮笑曰先生候主人久矣馮詫曰先生為誰也僮曰去當識之引馮行里許有呼於斷崖之上者曰故人無恙耶仰而諦之琇也顏貌如舊時衣中翦灑若獨鶴立於松上馮不覺泣下哽不能語顧視峻壁絕莫能登則呼曰奈何俄有雲梯下倚崖而舉其巔僮翼馮以升馮乃持琇而哭徐視崖上茅屋一區旁無鄰侍者二其一僮也屋中一石榻一几一爐一拂壁琴一張無他物也馮問別後事琇曰吾倦遊至此愛其幽曠止焉慮君之不可見也故挽舟以來馮嘆曰君棲煙霞味芝朮齊眉羽流而吾墮塵海中且碌碌以死驢去遠矣琇曰不然君富貴中人濟時潤物世之所賴也如琇者亦何貴哉名教之地樂於三山忠孝之流賢於四海菽粟之味勝於丹藥忘身而利物上也遺世而全己次也吾亦不得已姑出於此君何羨焉且君以厥躬拱綱則飭而躬一而志凝而神邃理而進欲保真而適道奚在其不仙也竟掃白雲椅若使坐區區之意盡於此矣馮唯唯琇遂起導馮出屋後仄徑秋蛇蜒而下俯見波濤風檣滿江指一泊舟曰君登矣言已忽不見馮惘然而登則故舟也舟人乃言君去後舟為疾風驅至此於是鼓棹而西已達淮泗矣遂歸洛中

西波逸叟

西波逸叟渭河條仙也元時隱山中至洪武己巳採藥山陽見黑風起艮方須臾四障天地昏黝熾氣撲鼻天宇冥青紅雲絢晚恍惚有物露爪拏空巨聲雷吼振動林野叟乃悚恐疾走還山回望西方濃雲復布猛雨縱集雷閃電爍冰雹淩厲山谷喧撼復覺磯亂撲鼻如前叟顧

遑遽倥偬斜行不半里許遇一道士手持桃枝問叟何往此時尚採藥乎叟未及對道士即手中擎一小桃枝授叟曰此可當兵方欲問訊道士已杳叟不勝嗟異視桃枝已化鐵矛六又霹剎寒威可栗霹靂再作欻有一蛙大可埒牛血口盆張舉爪向叟叟即揮矛當之蛙被創腦裂血噴迸地叟亦顛僕弛然偃臥乃見前道士騎龍按虎來謂叟曰汝緣真人也今來賀爾已聞異音仙籍矣繞霄漢間遂有綠縭一幅斜被叟體道士又遺一葫蘆內貯神丹曰服此長生於是凌雲攝虛頃刻已逝叟亦覺覺夢中所授宛然在焉又於身畔得黃紙大書助天仙翁四字蓋以旌其殺蛙之功也叟自是服丹勤修遂登仙籙乾隆辛亥四月某貴家扶鸞叟降壇自述顛末如此主人錄其語余為詮次焉

交物

夢生者好與物交嘗謂交物莫妙於雞莫凶於犬嘗嘗交犬其陰如炙大病數月服參耆乃愈其畏雞也由是出天而龍雞其他羽蹄雌牝多充下陳嘗欲汙象見其龐然大逡巡退去象得以貞

癩蝦蟆

癩蝦蟆蛙屬之至陋者也然其為用能吸蜈蚣而去蚊不可以貌廢也張口向蜈蚣蜈蚣伏不動徐徐入其口中而出於尻竅復迴身張口向之又出入如前者三四遂斃其腹矣咀嚼之法未有奇於此者既吸數頭乃強飼以丹砂緘其口而倒懸之以盤承其涎既盡放去取筆濡涎畫圈於紙著壁上室中之蚊咸集圈中去其圈蚊復飛去

范依

童子范依從塾師受書值清明師歸展墓依獨遊郭外遇少女偕一媼共坐小車依睨而尾之車甚疾苦弗能及數里御者憩息山下就近村取飲時微雨新晴女見杜鵑已開睒山紅爛使媼下折之依跡至聞其語適持一束遂以贈女女笑而受之依挑以微詞女不應然時時卻扇流睞頃之媼來見女手中花詰所從來女輒擲之地而依尚立車右低徊不去媼悟叱之曰何物郎子輒敢貽阿姑花耶依惶恐失措長揖媼前媼亦笑憐其韶幼徐問其里居姓名及執業依具以實對女私語之御者至遂推車以去依亦惆悵歸塾竊告其友友漫紿之曰此近村張朝奉女名瑩者也聞尚待字宜求之依以為信欲往訪而師督頗嚴久不得間乃取尺牋書瑩名置諸枕函飲食必祝夜則焚香而禮之會端午節近師徒散歸依即如近村廉得張朝奉果有次女名瑩者潛登其角門適遇媼媼識之曰若非范生耶依應曰是也媼俏語之曰阿姑為汝病久矣宜速以媒來依唯唯求見女媼納諸曲室以告女女不

可使媼貽之。悅，促之去，亦囑曰：宜速以媒來。媼復導依出，是日朝暮訪道，翻未還，僕婢皆遊河上觀競渡，故依得入出，張氏卒無知者。依既歸，不得已，自以意白母，母怒，訶之曰：汝好讀汝書，固將娶也，終不聽汝自求婦。依益窘，無策，亦成疾。母悔之，為媒諸張氏，張氏弗許。依聞之，疾轉篤，女病亦劇，遂同日俱死。已而先後俱甦，張氏喜曰：女甦矣。女張目曰：我依也，非瑩也。依甦亦曰：我瑩也，非依也。音情皆不類，蓋已互易其舍矣。兩家駭極，交驗始信焉，遂婚焉。夫婦男其情者女其身，女其情者男其形，一時以為異。

過期孕婦

近傳賈人某氏婦孕十四月矣，其夫夢人語之曰：若婦是月也必誕男也，且貴，然若必母出。出而婦產，婦產必殺兒，若必母出。其舅之夢亦云。遂信之，於是彌月皆不出，婦亦不產，亦漸疑其妄，父與子易而出焉。又五六月如故也，皆曰夢妄耳，遂同出。既出，婦腹痛，產兒，兒墮地疾趨，視其面黝然黑也。婦駭甚，舉物投之，仆，旋起，又投之，復仆，而婦腹又痛，產兒，面紅色，直前掖黑面者起，婦愈駭，尋刀並斫殺之。腹又痛，產兒，婦體已憊甚，不能運視，兒面則白色，行甚駭，就視前二兒皆已死，嘆曰噫，遂仆而絕。鄰里多見之者，其後亦無他異焉。

三都人

某公性迂拙，偶出所居村外，迷不能歸，遙見其季父耕田間，不識也，從之問途，而建呼之曰農農。季父怒且笑，戲應之曰血血。公即其處歇息，至暮始引歸。有鄰婦冬夜號寒，公意憐之，次日往謂曰：汝無衾苦寒，盍就我宿。婦夫恚詈，公出，述其故於人曰：彼婦殊不知恩。聞者大笑。他日宰某邑，有訟者，三都人也，甫投牒，公怒即杖之。訟者請罪，公曰：吾作秀才時，三都人屢負吾租，又詬辱我，故耳。或告曰：此三都非彼三都。公悟，徐笑曰：我真誤，天下固有兩三都也。

沈利梁儀

湖州沈利，故筆賈也，傲得秘製，遂不復賈，所製筆適用而壽，可數十年。嘗曰：選毫極難，兔鼠諸物豈稀，擇之，擢拔其尤者一二毫，餘悉棄去。曰：毫稚故易損，凡吾所選毫皆需霜服燥已經十年者，柔韌精勁，故卒不敗。累歲積毫始足製一筆。其沈伐束縛之法，亦與他工異，惜不傳矣。沈後不知所終，同時有梁儀者，以製硯聞。

梁儀者，鎮江人，或曰姓名蓋逸矣。善製硯，嚴於選石，若沈利之選毫，雖端石略不佳者輒置弗琢。聚數歲乃成一硯。他日遊某氏園，止花砌旁，指一石曰：是可為硯。某氏取付之，三年不成。一旦成之，命曰井田硯。硯池中刻牛一頭，墨堂為井字文，隱起如線，以歸某氏。某氏睨之，笑曰：奇則奇矣，然分畦畫畛，將無牛而踐田耶？梁使試以水，則井字沒，與石平，牛亦時動如生；水乾則復沒。詰其神，梁曰：吾因其材而琢之，不然則敗井矣。詢竊不得其制，是以久而弗成也。竊嘆精能如二子，所謂技進乎道者歟。李介夫述而稱之，余為之合傳。嗟乎，選之必精，用之必當，獨筆硯乎哉。

蜘蛛

馬耳山瞰海州城，有蜘蛛宅山上，不知幾何年物也。亦往來雲臺、伊蘆、大伊諸山，能神怪。土人往往見之，或如寒月徹霄，倏忽上下，大小不常，蓋其珠也。間遊海中，戲弄海舶，或離水昇空，已復在水，而舶中器具略不搖撼，人亦習之，不為駭異。有吳某嘗出於道，見西林黝黑一障，而光爍可鑑，漸近，覺沙石撲面，急伏地，乃聞颯風怒號，浮身而過。神智迷惑，須臾而定，起視西林，黑光東矣。人曰：此蜘蛛過也。視吳面色如傅靛，洗之乃去，而水不加藍。海州城內常有大風，寒晦，而城外喧旭，草木不搖，或以為亦蜘蛛所為也。

書吏

山西有書吏，自太原假歸，攜二僕，策蹇負裝，路遇少婦，亦騎驢，相先後，從一童子，蓋弟送其姊歸其夫家者也。稍相問訊，遂與目成，童僕行，見道旁樹顛有鵲巢，潛上取鷇，既下而婦遠矣。度婦已至其家，遂不前而返。婦既偕吏行，乃忘分道，亦不知童子未從也。日昃抵一村，吏

之佃舍在焉，止，婦與宿。夜將半，二僕相與謀，攫裝橐逸去，紿佃舍傭者曰：我先歸耳。傭信之。已聞吏所聲甚譁，亟起，索燭往覘，則吏與婦並為盜所殺，浴血中，得其家剉草刀。懼獲罪，即瘞尸郊外。數日，婦夫迎婦於婦家，家以既歸對，詰諸童子，得中途採巢、婦與書吏偕行狀，急蹤跡之，至佃舍，曰歸矣。至吏家，則訝曰未歸。乃共執傭者訟之官，傭吐實，且曰：必二僕殺之，故逃。官以為然，亟捕二僕，訊之，則堅不承，曰：竊裝不敢隱，實未殺人。既往發尸，婦尸已不見，吏與一僧尸耳，而僧尸固無創，莫不駭異，獄遂久不決。先是，傭者女嘗與鄰人之子私，既而絕之，其夜鄰子復往，值婦與吏寢，疑女別遇，怒甚，索得廄中剉草刀殺之，逃去，既而知其誤，復歸調女，女不許，鄰子怨且罵曰：恨爾夜不曾殺女。女詫其語，竊告傭者，白官，執鄰子，一鞫而伏。終以殺僧無驗，又不得婦尸，緩其獄。遣胥挾童子廉諸他邑，有婦浣溪上，童子乃言真其姊也。婦亦驚涕相向，遂告以由。方婦之瘞郊外也，遲明，有二僧過瘞所，覺土中觸觸動，掘視得二尸，婦傷刃未殊，已甦矣。一僧欲取為梵嫂，慮此僧見梗，遂扼殺，并吏掩之，負婦歸寺中，潛蓄頂髮，易衣冠，遁居他邑。至是僧他適，婦出浣衣，獲遇其弟云。於是執僧及鄰子抵罪，餘各論律有差。

耳食錄卷五

臨川樂鈞著

魏翁

魏翁病革呼諸子問曰視吾何如諸子曰固無虞又問諸姬諸姬曰固無虞翁曰脫我死爾曹何為諸子泣曰萬有不諱翁所教盡必遵必赴敬承厥志毋敢貽翁羞諸姬泣曰恩誼深矣有生之年皆公之身也敢有貳志翁乃益悲痛恍惚之間見二人偕請甚急不禁隨之行至一殿廷有衣冠數人相揖就坐其一曰候公許時何遲遲其來其一曰必顧戀弄稚不能遽舍翁唯唯問此是何地諸公何人也其一曰地則陰府吾屬冥判耳翁始悟已死大驚投地哀籲求生其一曰此何負於公公乃不願翁泣曰樂生惡死萬物之情也夫家之所有皆得而有之乃身之所有反不得而有死生之判苦樂懸絕矣故吾所願在彼不在此其一曰公終不死亦良樂然公果終不死則苦乃無盡公固不思耳翁哭且拜曰苦樂所不暇計但使我復生有感無怨其一忻然語衆曰此公亦太俗姑聽其還使嘗而後信可也衆微笑頷之復命前二人引還瞿然而甦由是病全愈家人親串走相慶翁亦私心自幸禱求而得之者也是歲長子舉於鄉明年成進士仲子季子相繼青其衿食餼於庠諸子婦偕孫以男以女門閭寖興翁步履益健諸姬多孕連舉數子雞豚牛馬之畜碩大蕃滋其姻婭連綴皆貴家巨姓鄉邑間號稱鼎盛然翁之季年食不充口衣不周體疾病無藥餌其死也以錙覓覓婦孺不能為喪衾冒棺槨之薄猶句於鄰里七日而後斂行路哀之問其故則長子死於官兵仲子斧之任遇盜殺而尸諸途季子邪而侈者也健訟好博與吏胥相倚為鄉曲害人避而畏之若蜂蠆翁不能禁後卒以得罪伏法因是家亦傾蕩孫長窮從其外舅賈於黔爲客死次孫菌未冠失業游情忽亡去於是魏氏一門丁壯殆盡矣翁既累遭禍敗驚憂愁苦始不樂生而家室怨歎聲不絕耳諸姬以凍餒求去翁不得已竟開閣而子孫婦之寡者亦相率去帷其存者稅馬孩稚及仲子之婦而已翁是時年幾八十追維今昔恍若兩世身經衆故魂傷貌悴乃悟冥司之言有以也每以述於人而悔其向之不達故縊而死

女湘

再生事夥矣莫奇於女湘湘姓金氏能記宿世事嘗為士人子生時有骨橫其腦過道士相之曰此情骨也吾能蛻之不爾將為歷劫累家悉聞其說叱而遣之稍長無他嗜雅善傷心妍花秋月淒風悄雨嘗斷腸時也魂魄縷縷常在珠箔鏡匳間然一往情深初不作登徒之想嘗歎曰吾不幸形骸之累爪季皆兵死見蟣蝨司求生我蛾眉班中苑有海棠一株嗳護甚至花時作紫羅襯幛復施其風雨每戲謂花曰汝若憔悴吾當殉汝花落必泣於樹下且泣且祈泣祈已必疾病歲以為常父疑花之祟也伐其樹湘大慟一踊遂絕湘之始死也呈望無所向覺彩霞滿天溪谷絢映如錦繡有二女使候於途隨至大第中列帷甚邃釵光瑤煥寶數聲衆雜夫人出玉容端麗服飾如古妃主狀降席徐言湘鞠左右嫺盼未之聞也侍者潛曳其衣曰夫人問汝湘張皇失措莫知所對諸家粲然夫人笑曰君侯信自癡俄有侍者執燭導湘度東廊啟月扉達於曲房帷幬衾枕甚雅致仰瞻一女子入坐榻上闃然遂寢湘交袖側身踧踖不移時女推而達之遂解衣入衾湘復移避寢枕女顏霜微怒回身內嚮湘周視徬徨恐風露侵其肌也下帷斂光恐華燈爍其目也欲衣屏息枯坐枕端恐擾其酣眠清夢也東方白女覺而起斂鬢曰君貌如冠玉何無丈夫氣湘對曰得開綺澤於願矣足匡之好色不在牀笫間也女微笑嗟之湘急承以襟須臾成海棠一蒂異而問之女颦曰君未識妾耶君疇昔所愛樹即我也感君同死願生生世世同作多情物言次夫人促召去命侍者飾繡幡招颭之飛花攢空簇湘衣袂間不復脫落旋有飄風一縷起地上頓覺身輕如葉飄飄然惟風所向頃之觸樹而止身乃與樹合而枝葉動搖無異臂指之使蓋轉生為海棠矣其旁有桃樹則女託焉於是相呼樂甚其地朱闌白砌苔徑橫斜繚以短垣垣有闕坏通巨宅蓋某貴紳花園也園中花姊妹咸來問訊歡笑甚歡月明風細輒游戲清池碧草間情致殊悽惋也未幾桃始花紳有女雪燕絕美好偕諸婢來觀各折枝簪鬢開瓶視海棠相謂曰何尚未蕊湘即欲具蕊女止之曰君花期尚在半月後何遽也遲候而花將不壽矣湘不聽明日花蕊雪燕不發其猝開數日竟不至落矣又開以待之三開雪燕來驚曰何遽若此徘徊久之折數枝作膽瓶供湘不勝喜次日紳折間治具召客花侶開之皆弔湘已而乘馬闌倒冠履笑集酒有溺至熏臘如毒霧酒酣賦詩評贊收離湘不能堪日蒜各選條折枝而去於是飛風颭起落片驚飛湘歎息曰封家姨來何暮也是夕遂病日就槁以死女感其情亦從之見夫人夫人慰恤之甚厚復與女同生者數世事不能詳一日夫人謂之曰君嘗欲現女人身今當如志天地綺麗之氣名花美人分而有之此行無異登仙也湘頓首謝女導至一樓以紫香浴之濯訖而訣曰緣深矣可若何然情根糾結何時已乎請從此判不復遊於人間矣言已遂推湘樓下乃如自雲霧中墮形傾縮遂為金氏女湘云及笄父母欲將之湘堅矢不可而憐叡惜粉不異曩時殊自忘其身之既雌也嘗言作海棠時被折甚楚無異劙其肢體雪燕來折則心悅其意不復覺耳年二十餘卒卒之前一日有比邱尼至其家湘見如舊識家人皆莫之識也擁拂對語如參悟尼曰露珠板明沾之立碎霜華至潔覆之

即消。湘曰。究竟何如。尼曰。日晝霞光。非空非色。鏡中花影。是幻是真。湘點首者再。尼遂去。與日湘卒。湘卒。歷叙其風。因命瘞諸海棠之下。

賀福喜

雍正中。有大興縣民賀福喜者。好儇弄。其嫂怏苦畏。賀欲恐之。夜定。以白紙作冠。高如角紙護輿絡兩頰。間面傅粉墨。衔鮨舌。衣羊裘。而被之身。將伏廁間以俟。嫂裝訖。覽鏡。忽心動。既如廁。啟門。一鬼迎面出。與賀形絕肖。合於賀身。賀大呼。倒地。家人舁視。有鬼冠焉。揭之。乃賀也。亟拜之。脈游其面。飲之薑湯。始漸甦。病月餘卒。或曰。廁之鬼。賀之魂也。引鏡心動時。蓋離舍而先往矣。然歟否歟。

狼狽

海州多狼。患莊民。捕得其稚者殺之。或剔目決足。仍縱之去。意以警狼。其後莊民某暮從他鎮返。遭數狼於道。狼以相識。并力而前。某亟走避稻積上。狼不能登。環而守之。夜既深。狼忽散去。某亦不敢下。以待天明。冀行者之助己也。俄而狼大至。有小狼衔大狼尾。行視之。瞎狼也。即某前剔其目者。其來也。將甘心於仇。以快其志。又一狼負一狽。至狽足前短後長。處於狼背。熟視稻積。忽衔稻一束。望後擲之。羣狼亦羣衔稻。稻積將崩。會向晨有荷鋤及梃者數人來。某大呼救。數人操具奔至。狼乃始解去。由此觀之。濟狼之惡者狽也。狽策而狼效。酉陽雜俎所載事類此。

何生

山左何生者。富而好義。嘗客金陵。過揭同舍郎。一少年客居西室。首戴長巾。衣甚襤褸。而珠神玉貌。如好女子。見人輒扃户避去。何心儀之。投三刺。客輒亡。始來答拜。他日。窺其室曲突無煙。客坐繩牀上。擁敗絮而已。退問主人。客何姓。何許人。亦弗之知也。乃謂稅居半載矣。值怫憒不能復館之。何欲息不已。意必避難而窮於途者。乃代為納值。囑勿言。聞館之金錢。困恤之。客不辭亦不謝。無何。欲其顏。則無應。入其室。無人焉。客竟去矣。牀下有青布囊。啟之。所貯錢悉在。深歎其廉。然心竊怪之。未幾。何還山左。里人誣訐其陰事。縣官索賄賂。至鉅萬。始得理。家由是破。遂南遊於楚。稱貸其故舊之官湖湘者。薄有所得。旋治任經洞庭之野。忽林間逸出一巨獸。紅毛鋸齒。當途而立。勢將搏噬。莫可逃匿。倏有女子飛騎來。錦衣弓鞋。腰劍挾弓矢。即馬上舉足勾獸鼻。獸狂吼而奔。女逐之。絕塵而去。何雖幸得脫。而所駕馬驚於獸竄之不肯前。不得已。返轡故道。馬乃行。日已遲暮。不及宿。獨止野廟中。不能成寐。夜深月出。起步廟門外。微颸拂面。隱隱聞笛聲悠揚。纖妙且聽且行。笛聲止而笑聲起。則燈火爛然甲

第大闢。有攝華衣冠者迎門外。揖何而進之。抗賓主之禮。何懷疑不測其由。乃微其氏族。其人曰。君忘金陵西室之人與。即我也。何審視。果是。因問向者何去之密。今何遇之巧。客曰。余窮而避去。投止於此。感君舊誼。故特相俟。何詢其預知。客唯唯。語次聞客腕釧觸几頻有聲。何竊左右顧。而見其冠下微露鬢。稍心愈疑。而不敢詰。客笑曰。君疑我耶。日間馬上驅猛獸為君除道者亦我也。因探去其冠。而雲鬟見。何大驚。亟拜稱謝。呼曰神人。女亦答拜之。曰。吾雌服游戲人間。以貧自晦。遂不為人識。君獨助我。故我亦助君。適以相酬。奚足復齒。旋顧謂侍者。呼了奴出。乃十三四歲女子。頭作雙角髻。短襖窄袖。秀若雲霞。女與之語。殊隱曖。了奴曰。識。遂拂膺而去。頃之。劍聲唉然。了奴已階下。反命曰。畢矣。女乃命治饗。杯盤立具。極海陸之珍。夜向晨。何不勝酒食。起辭告行。女亦不强留。然眷戀之情。溢於顏面。有長鬚奴控騎候門外。即何所乘馬。裝資亦在。何遂別至家。家人乃言里人及縣官。一夕死於盜。而並亡其首。問其時日。適何見女之夕也。始悟即了奴所為。愈感之。及理行裝。則益以厚贈。別一小匣緘甚固。啟之。得小劍長三寸許。淬利如霜雪。試削庭前樹。未至樹。已斷。劃石。石解。意所向。擲劍劍輒往。已復還手中。蓋飛劍也。何喜甚。寶之匣中。閒出而玩之。識餘劍音之環。脱其夜室中如虎嘯。有白光拂牖而出。劍乃亡。何惘惘如喪者累日。時沍寒。密雪忽閑。門外馬嘶聲。出視有駿馬止焉。鞍韉悉具。疑亡而逆者。而鬣間隱繫繡囊。解視。得蓮花一瓣。書曰。騎至。即發。並不署款識。何頗疑怪。而馬數數昂首跑地。若勸駕之狀。試跨之。則東南而馳。絕駛亦不知里數。既至一處。蓮花池相續如帶。及第三池上。馬止而嘶。不復行。乃見高墉夾延。立處當朱户。户內人語曰。至矣。户乃闢。有小鬟招之曰。進。何徐徐步入。遠行至內。則曲室銀釭熒熒發碧。黼帳中有呻而歎者。小鬟前白曰。至矣。則聞鈴聲鏘然。帳徐啟。有麗人擁衾而坐。神韻酸楚。何逡巡審視。女也。女見何。赧然色喜。已而躍然起問。奚以能來。何告以故。女顧侍者曰。此必了奴也。侍者皆點首微笑。頃之。了奴自外入。紅衫翠笠。落花滿身。鵲鬢楚楚。已勝雀䳄矣。女彈其頰曰。妹子召客。何得不告我。了奴笑曰。吾為姊病甚。延召之。故不及關白。女默然俯首。已謂何曰。妾相天下士。每不留眄。雲翔電邁。頗亦自負。不圖為君纏綿至此。於是與何為夫婦。何以失劍告。女責之曰。吾贈君飛劍。為君能用之。乃秘藏為弄具乎。彼乃神物。豈長處匣中。宜其亡耳。顧此物怪變非常。非得了奴。莫能收攝也。何固屬意了奴。乃請與之俱。女初不應。何固請。女笑曰。察君之意。殆非為劍也。何不能隱。以情告。女曰。吾固欲之。然事不可驟。當說之以傾其意。乃謂了奴曰。郎劍適是物不易馴。須妹子一往。使郎佐汝。了奴曰。妹自足了。當何以佐為。女曰。雖然。亦使郎一觀其狀。聊試勇怯耳。了奴許諾。女竊教何曰。君與妹子求

劍。見有物青色如龍者劍也。毋怖毋却。然且倘為怖恐者。而匿就妹子。彼為君畏故將不忍拒也。遂同行。至萬谷之間。風聲蕭蕭。了奴顧何曰。劍在是矣。果有物長五六丈。蜿蜒於層崖之顛。了奴招以手。物即投下入手中。遂已縮小。依然小劍耳。何憶女教。乘其舉手。佯驚呼走抱了奴腰。作戰慄狀。了奴大笑曰。妳亦大憒憒。如此薄膽郎。何必教來。因以劍授何。何故故畏縮不敢受。而抱持益力。了奴兩頰漸發赬。若不自持者。何疑睇送意。迫熱之。遂及於亂。及還。女戲曰。妹子當為吾婿修。吾今報稱焉。於是了奴亦歸何。了奴謂何曰。吾姊妹皆紫蘭宮捧劍侍者。與姊竊戲西圃中。拔劍對舞。誤傷守宮之鶴。故謫墮人間。使主游俠之事。遇鏡而圓。幸託於君。及瓜而代。又將去汝。此後落花明月。萬古相思。殆無相見之期矣。何大悲。二女亦泣。女謂了奴曰。妹子故善笛。今盍為郎奏之。了奴撅笛。為悲涼促迫之音。一時風吼霜飛。肝腸盡裂。乃投笛於地曰。離緒填胸。安有佳響。不如且已。遂大慟而別。何獨還鄉里。亦能通白猿之術。每為人旁雪不平。或有妖憑魅祟。室宅不靖者。何以劍往。立警服。

偷兒

某生夜讀制藝。往復數百過。猶不熟。漏四下。誦聲益喧。意且達旦矣。有胠篋者。伏牀下躁甚。突起捆之曰。國非生鐵。何頑鈍若此。余焉能待。遽趨出門外。鼓掌而去。

柏秀才

鄧州柏生。授館他郡。歲晏歸。其里道逢婦人攜幼子哭於水濱。問其故。曰妾夫博而負其儕索償。將鬻妾以償。妾寧死不願。固將溺也。而不忍其子。是以哭。柏止之。詰其金數。曰五十。柏計囊中金適足。見其夫。使召諸博徒代償而去。生是稽遲不及村店。已曛黑。乃宿野廟中西階之下。恍惚見兩卒坐於其左。其一曰。柏秀才何人也。乃令吾二人守候。為呵禁蛇虺。夜寒衣薄。不得休息。心竊不甘。其一曰。阿六。爾又作醉語。頃者廣侯言。彼乃丈人。又新有盛德事。故將軍敬之而不聞耶。幸勿多言。言將笞爾。於是寂然。心知為鬼役。亦殊不畏。既而門外呵導聲甚譁。云有貴使至。伏而窺之。見一神峩冠盛服。儀衛紛赫。皆古時裝束。一神甲冑迎入內。語少時。使者旋去。則聞鼓角轟豗。士馬奔集。旌旆鎧仗。行列嚴整。略如人世行師狀。俾呼而起。頃刻已遠。復聞前二卒相語。其一曰。失馬安知非福。吾二人守護柏秀才。乃不與此役。豈非厚幸。其一曰。不然。師出而功成。猶可博一頭銜。為儕輩光寵。今則已矣。其一笑曰。沙場危險。還者幾人。爾醉中憒憒。已冥定入凌煙閣。大是異事。其一怒曰。兒縮項如龜。亦太畏死。男子頭顱如許珍重耶。爭讓久之。忽有數騎馳還。遙問曰。柏秀才尚在此否。卒應曰在。一軍官下馬趨入。致禮於柏曰。將軍屬秀才於帝君矣。遣余舉送。柏詫曰。人神異道。何得相干。軍官曰。帝君命不可違也。即請登鞍。從之上馬。俄至一山。殿閣宏峻。前將軍者候於門。引柏進謁。帝君坐於上。豐頤秀髯。顏色和怡。謂柏曰。迷同國犯境。將加撻伐。或曰降之便宜。先檄之帳下。無能秉筆者。敢授簡煩。以勤先生。招攜服叛。惟先生之賜。柏謝曰。宣播威德。最尊辭順。但某生秉執。當此雖褻瀆。佛勝恐辱明詔。帝君曰。幸勿謙讓。柏乃坐於旁。草檄云。吾爾迷同。棲非龍邑。庇在炯隰。僻遠荒陬。遵茅天廚膳。是以遠棄聽守。貢茅不供。惟滄海之容納。崑桑山之巔。旣通閩國。首肆跋戎心。螳斧思攻。蜂芒恃毒。蹂踐我草木。砍戮我戈鋋。將臨虎奮之軍。立掃鼯鼪之穴。關弓尚挂。旗尚先開。果其風鶴知驚。沙蟲自化。仁能大宥。義不窮誅。尚全杵血於降城。毋藉輿尸於京觀。帝君覽之甚嘉。歎檄下。迷同猶弗順。帝君赫怒。命將軍徂征。以柏參其軍政。大進乘徒。決機進勦。摧鋭擣虛。雲飛電掃。不及旬日。迷同破陷。親屬實羽盡俘以還。帝君命將軍磔其長。餘悉斬以徇。其長有女。絕姣好。頻頻顧柏而泣。柏憐之。說將軍曰。太公斬妲己。尚頭誅張麗華。雖曰剛正。亦殊殺風景。況此乃其息女。非禍水之比。罪人不孥。惟將軍憐憫。將軍笑曰。秀才有愛於彼耶。當為秀才留之。乃白帝君。免其女。即以女贈柏。更欲授柏顯秩。柏辭曰。某雖從帷幄寸籌。未献敢冒爵賞。況游鱗散羽。志在池籠。置之樽俎。反不為祥。至於俘女之赦。情良不忍。亦非辭封侯之印。而覓暖卿者。成暮思歸。幸即放還。受賜多矣。帝君躊躇曰。既先生志行恬退。亦未敢強留。命具馬乘送柏歸。及於里門。柏忽墜馬下。乃如夢覺。人物烏有矣。倉皇至家。若忘若遺。妻問之。秘不以告。夜夢女來曰。兒之稟命由君再造。請於帝君。誓從君子。而身形渺茫。不能明奉巾櫛。方自悼痛。帝君仁恩不可思議。使兒附夫人之體。而精移其間。久而俱化。所以酬君之高勳。報君之善行。而慰兒無窮之情也。故特來相就。言已。遂登牀而滅。覺而異之。始縷述於妻。妻弗信也。妻貌故平平。自是乃漸妍麗。不及半歲。則神姿逸態。宛然肖迷同之女。見者皆驚異。往往窺鏡。亦自失也。柏後謁某官。乃絕類廟中將軍。探以前事。茫然弗知。及柏歸。某官厚贈之。皆神明假借。以彰報施云。

龍蝨

有童男女兄妹者。戲於庭。空中墮一物。狀類魚。共烹食之。明日男女皆暴長丈餘。瘦如木。遂廢不能起。或以所食龍蝨也。

華廣

華廣病。夢徐生來謂曰。頃遇趙君某。言近為魚鼈之遊。魚鼈海內勝蹟也。趙君招我。爲我更致君。君盍行乎。華喜。與遇欣然往。至深谷之間。溪水黝黑。鑑人無影。漸行漸廣。有飛橋跨空。蒙延夭嬌。莫知所屆。橋上行人如蟻。累累不絕。乃見趙侯於橋側。相揖數語。徐趙乃登橋。華亦縱之雨樂踵旁一卒叱曰勿過即横梓擱之華怒奮臂與爭卒終不聽其前而徐趙已去遠矣不得已拂袖而返意甚怏怏道遇偉丈夫籠一蒼鳥鳥鳴聲甚哀華惻然止而說之曰羽族志在宵漢何故籠之丈夫曰不籠則飛去華笑曰天傳之翼固當飛也丈夫曰公不知此非鳥也皆罹罪罟之人耳然公意甚仁今為公縱之乃次第開其籠獨留一大鳥不放華曰何故丈夫笑不答攜之而去鳥既出皆化為人其一華故族兄也泣謝曰幸弟援我然弟亦宜亟歸此不可留也見我家人乞為我寄聲華諾之別而行過高臺之下梯而登焉俯見城郭室廬櫛比鱗次村墟煙火相織樹木叢萃不知是何處惘然下臺過一市皆酒肆就酒肆呼酒獨飲興發哦詩曰酒魄詩魂落半天肘生楊柳舌生蓮長松瘦殺千年鶴飛入春城萬灶烟忽見族兄至驚曰汝尚飲酒吟詩耶宜亟亟歸遲則無及矣華笑而起偕保索酒錢無以應則持華袂不得行族兄呵曰安得爾亟為償之送華歸至門推之入霍然而甦已死踰日時數矣病尋愈惟胸間悶然者數日乃以酒故也徐趙皆華舊識時趙死月餘數日徐訃亦至

陳著

陳著富室子也少時皆遭瘦惟著僅存一老僕執炊而已著嘗從塾師受學頗識字僕因勸之讀且曰他日當不可量著深然其言出錢使市書僕至書肆盡買肆中書以歸著乃鍵戶下帷無淺深晝夜挾冊呻吟幾破千卷然茫不解文義雖邱抄公檄與盲辭稗說之類誠誦如經史終歲不出戶庭間出則低頭背誦刺刺不休往往頭觸牆壁覺痛則大叫叫已復誦或竊聽所誦乃顛倒拉雜音讀訛舛至甚訕笑之不顧也年二十餘未嘗與人通酬酢牛馬菽麥不辨一日誦書門外有少婦過之著未之見也且行且誦竟觸其懷婦大駭且怒著惶恐遜謝之為摩沙其兩乳婦愈益羞怒而發亦詬詈而去著謂人曰彼何為者一怒遂不可解乎人憐其騃諭之曰男女有嫌奈何辱之著愕然徐悟曰彼殆書所稱女子者耶人笑頷之著乃狂喜四躍以為得解他日諸毛詩至女子善懷亦各有行點首歎曰書言之矣昔者女子行而我觸其懷宜其怒耳書義深遠不可背如此三復不已由是讀書每冥索其解解多類是又日坐門外遇物輒咨訪於人冀博識其名與狀以佐證其所讀有豕觸藩出視之不識也懼而卻走或告曰豬耳何恐著誤以為珠追而視之恍然曰物不經見固難悉揣始吾以珠小物耳今而知珠之能行也即問曰鬻乎或為賈主人主人故昂其值乃以三十千市之著竊喜以為書言珠價之貴今乃賤若是蓋大利也於是鬻者利其值競以豬來集至則買之無大小率准前價老僕力諫卒不聽朞年得豬數百頭欄柵不能容豬豬縱横滿室

編數人飼之日不暇給家舍狗狗然晝夜與書聲相亂著亦漸不能堪悄然曰昔人實珠殊不可解命悉逐去之計所耗費殆累數百千家以是少傾焉著年齒既壯僕恐其斬嗣勸之娶妻著默然良久曰汝言良是書固有之曰娶妻如之何但不知娶妻如何耳僕曰公讀書豈不聞不孝有三無後為大著曰此與娶妻何與且何以言後耶僕恨其愚甚乃笑曰姑依書為之何害著許諾僕遂乞鄰里為之媒定迫吉昭耕至有贊於堂者曰拜著愕眙木立問何為僕相之曉起乃得成禮著笑曰我知之矣娶妻乃如此洎合卺熟視新婦曰汝亦女子耶心懲前事執禮甚恭夜雖共寢絕不敢復觸其胸久之婦不能忍私教以人道所在著不覺暢言曰此大樂事而書中略不及之讀之何為次日盡焚其書不復讀

張碧雲

有諸生應豫章舉者曰張碧雲稅居觀音寺其鄰父者亦張姓嘗仕末僚罷官居此生以同姓故往投刺焉鄰父喜延之禮數隆異由是遂投分往來甚密已而生報罷遄歸其家鄰父送之曰郎君年少才俊不卹老夫甚昇高義今如此云別何以為懷生曰會待次科重承顏色耳鄰父曰甚幸復執手嘆曰惜哉惜哉生亦殊惘惘別後浪跡吳越間音問遂絕逮生歸重赴鄉舉已越一科矣及豫章之郊見道旁小山一石碣書曰張碧雲之墓心甚詫異已實未死誰葬斯邱者而姓名之符耶低徊尚慕始驅車入城僑寓城西試事既畢忽憶鄰父即訪之至則高柳婆娑萬菜沒逕叩門良久一老婢出應問訊鄰父已下世絕無子息其嫗尚存耳生為悽惻婢猶識之曰子非張郎者乎生曰然婢乃垂泣曰吾家慘苦子尚未知請見主母而說之遂領生進見一老嫗坐南榮績麻傴僂昏瞶婢白客至通姓名者再嫗乃驚起旋復涕涕坐生於破甑之旁婢進茶一甌殆不可飲生强為啜盡嫗哽咽而語不能了了婢為代述之蓋鄰父有女亦名碧雲年始笄矣麗而文父母憐愛恃女為性命相攸數歲卒鮮可妻者方生之謁鄰父也鄰父奇其姓名及見生又欽其器宇女聞其同姓名也亦數數窺生鄰父常借覽生所屬文辭女輒竊觀讀再三未嘗不稱善嫗覺其意告鄰父欲壻生而格於同姓且慮生已昏莫可為計會生亦告歸議遂寢而女自是每不懌微吟短歎漸以流露羅幃翠被之間始多淚痕矣又書已名而觸之書藏袖中夜則置枕下數月遂病廢飲食又數月竟歿家人皆知女之為生而死也而生不知鄰父痛女死未幾亦卒卒後三年餘生始至聞婢言之不禁哭之慟婢又言女平生惟善筆札病中悉火之惟鏡匣中偶遺數紙得不焚翁已死家中無識字者不知是何語又不欲示外人今尚貯故處生乞取觀之得詩草二篇詞半闋及臨寫黃庭經一片而塵湮鼠嚙字句斷缺蓋不可讀矣生感女意再拜於嫗

曰某甫忝瞑子又忝宗系誠不敢妄託非覺厚誣賢女得罪名教然銘心之思不敢忘也請妹視賢女而毋事夫人迎歸敝里終身侍側申萬一之報而已夫人卒無辭焉媪泣而許之生又欲拜隣父墓及女之墓而後行忽憶向所經過乃即女墓也益悲不自勝遂返館舍爲文以告女明日往弔而焚諸其墓其文曰維年月日張碧雲焚香酹酒敢告張碧雲之靈卿即我耶我即卿耶夫陰陽者互結之根株男女者同閈之蔦蘿引組團土既聽媧皇躍冶鑄金寧爲干將而拘拘造物乃限以方隅擾擾生民復分其氏族億萬姓要無二本五百年誰是一家且敬宗收族不少衛仲卿即別嫌明微仍多吳孟子然一源所發百世不通誠大義之所關孰深情之敢越乎若夫事屬憐才分同知己描眉黛筆偷評雖隱之詩繞指紅絲欲繡平原之像閨中感遇尤榮於流水高山夢裏想思絕異乎朝雲暮雨素心如此青眼非常斯則性命之恩不作形骸之論矣況乎畫閣藏春香閨似海衣緘琥珀了不聞聲屏暗琉璃何曾逢影徒以青衫作客蘭若偶卜芳隣黃石論交松門常尋宗叔初不識王孫有女琴瑟相求更誰問小姑無郎煢煢自吊而紅綃聚淚竟少人知紫玉成煙乃由我死尚安得拘牽典禮恪守宗盟反因瓜葛之親致絕蘅蕪之愛哉前者慕鵑啼晚匹馬嘶秋旁瞻墮淚之碑宛是葬身之地笙吹鶴背豈王喬竟已入棺雖處囊中乃毛遂何曾墮井甯知桃僵李代蕙歎芝焚深燈未熱於沈彬金盌先從於崔女蓋連蜷青桂當時未近姮娥零落紅梅別後難逢驛使故飄蓬千里虛擬投金宿草三年未聞葬玉今則謝家月冷燕子重來鄭曲花殘鶯哥不語青鸞如故白鷴無歸愁深南浦之雲瘞損東牆之杏訪陳陶賦詩舊宅始遍啼鵑開吳女寫韻遺軒空悲冷翠鏡奩塵掩印粉留緘研匣雲乾圖香賸字素旗丹旐私招芳草之魂桂酒椒漿重拜小桃之墓碧雲碧雲卿耶我耶如形隨影如響應聲如蕭艾之同香如笙簧之合韻我甯作我卿自憐卿本異苗而同岑亦求凰而得鳳揚加柳姓樹合消魂鳥借花名鵑應叫血翠禽臨水乃錫號於魚師彩蝶穿雲幸蒙稱於鳳子非男非女何死何生兩美二難之合并千秋萬古之聯接彼紹興結江東之雁正倫攀城南之杜相如慕藺元歎名雍但附聲華猶增光寵矧襲名於琬玉遂刻若華真同譜於金蘭長芬茜娘方為我慶甯為卿悲縱復多情將毋不達然而身蒸火寒蛻仍難骨冷泉臺迴腸曷已飛殘蜂窨莫達山奧之師搗盡元霜僅見雲英之媼貫珠侍婢常苦叢雛積玉隣翁甯容撰媺西州長慟徒拜毋而登靈南郭奇貧願移居而共宅且也雌雄既判勿處嫌疑昭穆雖齊敢干名分欲作蒹葭之依倚宜聯棠棣之班行接木無痕連枝有本九原侍父鄧伯道不悲無兒四海皆兄張君瑞何妨有妹青陽主祀於弘宿既殊句旻支流紅拂通譜於虬髯尤勝朱陳嫁娶嗚呼慈媼泣雨行就鵑巢斷雁鳴霜將辭鶯谷蹟前玫瑰詎感行人門外枇杷應思故主卒從親於手足聊銘德於肝腸孤霜之感何窮大雪之書莫寄冬青樹老年年風雨清明光碧堂深日日煙霞伴侶固識三生因果當若同姓名錄中誰將一代容華更入續神仙傳矣是歲生復落解遂與媪與老婢俱歸時人稱其義焉經數年生遊潁陽舟既泊忽一雉拂舵樓過止於沙灘上生上岸欲攫得雉雉且飛且止生從逐之行稍遠雉倏然一聲穿樹而去卻見樹間一老人呼生曰郎君何為尚識老夫否生審之則隣父也驚喜曰公固無恙耶隣父曰幸無他蘇耽江流偶出於此不謀相遇生問其所居隣父曰樹叢林而西敝居斯在便請相過生從之半里許乃至固高柵而深宅也生執子婿禮從容展問隣父曰別後攜弱女卜築於此數年矣感誦厚愛未嘗去懷生詫曰女公子亦無恙耶隣父曰固在使人謂女曰汝兄至矣宜出見勿復為嫌有頃女遲迴而出眉黛凄然無語即退生亦睨視歎惋而已既燈闌呼門曰夫人至門啟而媪入隣父趨生起迎之女聞媪至亦趨出相見各悲敘生愕然詰媪在吾家焉得至此媪乃謂生曰吾不欲使汝為別僕御在門不容稍延怏怏就道今反晤於此實出望外遂述生家中事甚悉且曰老婢尚留備役使未與偕來新婦且病可即歸然終吉無恙將曙隣父促生行各相涕泣送生至故處而別生恍然如夢覺遽返舟回而蹤之野岸空林固無村落有社令祠焉社令之旁新塑夫人像深為嗟異度媪必已死社令乃隣父也亟棹舟還家媪果以是日暴卒生婦亦果病亦尋愈其他家事悉如媪言

鐵丸

聞某公言昔曾遇游客類三齋少年布衫廣袖腰繫夾袋內貯二鐵丸別無長物或問丸所用答曰弄具耳或延拆字者於家問吅紛然客至見之曰此亦拆字耶衆問客能乎曰亦嘗學之然不能若是請各心識一字余乃能測之衆異其言競試之無弗符者次至一人客忽躊躇曰君之所識者天也而字不類乃取筆畫形作　國書阿補喀阿補喀者　國語言天也其人果識阿補喀蓋欲變文以驗其術也遂笑曰良然其神異如此或曰人苟造意予必知之何以待之客曰不知也此特以機相觸耳他日之郊外逢彈鳥者數人適有隼戾空客使彈之彈鳥者謝曰高矣疾矣非弓繳所及客笑曰易耳即袋中出鐵丸拋之隼應手翻隕胸已洞矣丸故在客掌

廬山僧

近有某人裹糧遊匡廬重趼不息至紫霄峰下石室軒然有僧破衲枯坐兩目上瞼覆下寸餘知其異人也再拜而問僧撥開一目視之晃晃如碧玉有光歎曰嗚爾奚以來余爾祖也

某詳曰吾祖歿時某尚未生即於土五十年矣安得在此僧曰向者蛻化爾父不知也乃道其世族事狀悉符合某泣拜曰果吾祖矣聞祖平生好肉食不聞覺證佛果今幸遇祖何以令之僧曰爾非此中人宜便去某涕泣不舍乞留一宿許之訪以後事悉不答比夜千山皆暗獨石室光明如晝僧曰爾畏乎某曰祖在亦何畏僧徐舉指彈石壁壁忽闢一龕使某處其中戒之曰倘有所覩勿恐亦勿語勿出今夜適有事矣某應諾俄聞風獸起林間萬木怒號有鬼魅無數至入石室僧搖首者再乃見小人百十自僧兩耳出如連珠激亂執兵刺魅鬼悉遁小人復還耳中頃之復有元魁修修然參伍以至藍身巨吻類夜叉僧張口噓之則一石陷地分裂盡化為力士繫魁鬼又遍力士亦隨某戒栗僧叩僧曰未已也無恐旋聞崩崖裂壑砰訇不已有二人屹立如山僧大枚兩目二人忽縮小各入一目中目即閉髮亦遂止已而栴檀氤氳仙樂鏘然幡幢隊來金光灼灼僧即下床作禮訖便解衲衣胸乃洞開恍見一人端坐其中僧遂冉冉升空俄頃而沓天亦曙矣某出拾得履一隻歸白其父父見履泣曰爾祖歛時所著也

鼯

某公子畜鵓鴿所居宅五區閣敞深邃東偏有小門達於長廊廊有旁室架木為鴿巢百十

如窗櫺以卵以雛鴿以蕃息一夜忽失鴿數十頭公子疑夜持棒伺諸巢下已見有鼯鼠長數尺徑來取鴿公子突擊之不中鼠人立相向躍登公子頂嚙其衣領俄而羣鼯坌至共圍公子公子大譁僮僕共操兵來鼯乃引去公子怒曰是何可耐旦日偕數僕持兵赴之將入旁室闢門內言曰姑勿來來且不利從者懼皆止公子公子曰鼠輩詐嚇耳排扉徑入則見鼠睛睒然如萬道金星縱橫巢上內慴而退是夜跳踉百端若有大木從屋拋下燭之無有也南壁闢窗廣可迴尺規以玻璃乃有白面映窗大與窗埒而北戶有物嚙扉求入儼鼠大怖共相抱持公子拔劍奮臂曰吾將止於此耶將鼠避之若猶未也妖何能為鼠輩無迫吾與爾并命矣於是二物並隱去後亦不復出

韓五

國初賀總兵捕役韓五者貧不能炊思常捕響馬姑試一效之為計良得乃從人假羸馬挾弓矢而出伏於春隴之幽是時大亂初平流亡未復道路之間尚少人跡亭午始見一騎緩緩來橐甚深衣挂囊於鞍客類商旅韓私計盍一利市引弓呼之曰速解爾橐否且畢爾命矢乃發客從容舉鞭拂之矢旁落又發亦如之五矢不中矢盡韓恐策馬走客笑曰行劫者反避人耶雖然爾馬逃俄聞風聲而驫客追已將及則短衣赤刃叱韓曰毋走韓度不可脫亟投馬下叩首乞命曰良以母老待哺不得已出此今乃初試不圖誤犯壯士幸寬宥之號泣戰慄客諦視之曰爾尚謹朴姑從爾隨余來勿恐韓懼勉從之行十餘里入一山甚邃蘢樹間得穴焉道之甚闊半里許有光既而屋舍忽見客引韓入內則先有數十人在多虬髯彪形衣巾偉岸見客起問十四兄來何暮也客漫指韓語眾曰韓皆大笑已而酒餚堆垛規地而坐序兄弟之次以韓殿席焉飲啖甚壯言論豪猾比暮華燈明炬照燭林野夜中縱橫醉臥手足相枕藉韓愁愁然莫知所為竟夕不成寐明日眾醒客為韓請曰此人尚有母貧不能養殊可矜憫宜少資潤之皆曰諾各探橐出金錢珠貝不等無慮數千金以授韓韓惶恐拜謝客曰視爾馬弱焉能致此歸吾仍送爾行一人曰我曹亦散耳後二年當期於山東皆曰諾遂拱手各去或獨行或侶行或東或西頃刻都盡客乃與韓偕謂韓曰盜豈易易哉諸君皆技勇絕人故馳騁綠林鮮有失敗吾亦有薄技使爾觀之袖中出匕首指前椿樹第三株標枝東接者曰吾截其某杈擲之杈落匕首故在手又別擬之三擲而三中韓咨嗟驚咤客曰爾向者太孟浪幸遇我倘值吾兄弟之暴者爾作此樹杈久矣韓唯唯請客示姓名皆圖報效客笑曰無須爾吾屬雖肝人喋血其實行雲流水耳散遊天下率二歲一期會雖數千里不失約此外無知姓名者爾何問為既至韓門解所贈囊擲地曰吾往矣已縱馬絕塵

而去韓賴其資遂為富人

易內

有甲乙相善者乙妻有姿甲通焉乙知之而弗禁也他日乙偶自外至獲甲於牀佯怒甲叩頭曰若不深責願以荊婦薦枕席易內而處亦猶行古之道也乙許之與之期而縱之甲歸告諸婦婦不可甲無以謝乙固強婦時甲兄客疾於外嫂不節婦因獻策曰請說嫂而代之乃謊言甲賓他往已苦畏挽嫂共宿故為媒語以蕩之伺其已寢託如廁暫出使甲以乙往而已之嫂室宿焉於是嫂覺與乙狎甲亦趨乙家尋其故歡是夜甲兄忽歸叩婦已熟寢其扉闔而弗遂甲兄入徑登床以為妻也啟衾而憑焉既亂乃知為弟婦各秘之其後甲乙隙於末交相扶露以為談事遂彰

非非子曰以婦易姊甲誠巧矣以奴易姊甲妻又巧矣孰知冥冥中更有巧於易者哉天道耶鬼神之戲耶吁可畏也

石先生

葉生者文而绮者也嘗遊滇至粵滇之間資匱不得返不得已為卜者以市閒亦隱中某氏神之遂主於其家主人故服賈不常歸比鄰類業棋收者非閒卜亦率不至葉生既苦其旅

而獨也短撰微吟以思以歎一夕忽有排扉者頎蒼然而無鬚身傑然而短正步端視殊類有道葉生起迓之問其姓曰石其居曰隣且曰吾居此舊矣聞子也才故就子葉生謝爲攝曰石先生先生謝不敢揖之坐再三然後就賓位與之言頗根實葉生竊意以爲道先生晚將暝先生辭去送之出戶則闃寂請其廬而造焉則又辭且曰必若是不復敢見矣葉生曰敬諾先生爲反闔其扉然後去於是夜定輒來來必讙而坐坐必識葉生容或不莊談言或稍稍戲笑輒不悅然後知先生之迂而固也亦漸漸苦之然始終敬之不敢懈一夕對月賦小詞遣意先生來遽索觀之未竟艴然怒抵詞於地曰奈何爲此耶遽起行葉生惶駭問其故不荅追謝之不顧出戶十餘步仆而滅葉生驚旦視其處隣父繫牛石在焉

瘋道人

有瘋道人者敝衆一襲冬夏服之忽哭忽笑人問哭何悲曰無悲笑何樂曰無所樂遇人輒拜亦無所求也語無倫次如風雨之迷離雷電之倏忽往來齊趙間人皆呼爲瘋道人博菊衣嘗赴貴家宴道人在焉飲噉兼數人杯盤俱爲之罄哭頗鄙之而菊衣獨奇其量他日乃招道人飲道人欣然來菊衣爲具豚肩羊腳各十盤雞鳧之屬稱是殺散皆大嚼絡繹竟日至則盡之酒亦無算爵終不醉飽及暮而止菊衣問之曰道人日食幾何不常飢乎道人曰吾食亦不飽不食亦不飢也惟向在東海羅氏姑遺酒二十斛飲而甘之飛觥三日不覺稍醉耳尚有未盡者來日當與君傾之遂別而去次日亭午道人始來笑曰昨歸逢故人邀與共奕竟忘宿約然能始憶之真倉卒主人可便行矣引菊衣至一廢圃坐空亭上几榻之外他無所有菊衣意其誑欲辭焉而未發也頃之見雙鬟在霄道人招之曰速來客不耐矣鬟墮地化爲兩童子一捧壺一執盞道人酌客曰且潤渴吻菊衣異而飲之果佳醞也既而珍饌殊品遞觴而至送觴者行炙者擘脯者進果核者凡湧者皆名姝妙麗供帳之盛人間未有也洎暮菊衣起辭道人挽留曰嘉賓既臨尹當卜夜但無燭奈何乃顧語雙鬟前麗者往請明月來須臾雙鬟反命曰來矣俄見白光起於東南如玉山千仭搖曳空際漸近乃是一仙人周身洞朗躡虛而至仙風道骨軒軒若霞舉而殘醉未醒衣巾尚作酒氣女從數十人皆具殊色於時雲氣幕天萬星滅沒獨圃中花草樹石盡在月明中菊衣趻踏下拜仙者亦抗禮入座速引巨觥數十舌本既花談詞英妙間與道人論說語多元著不可解夜將半道人曰世無此樂千年矣盍歌舞以盡歡乎仙者曰善一妓前席捧玉盤貯紅箋數十刻琴畫書各二字有紫壓裾羽雙拂合蟬陽阿結風虛影海眼橫影諸色目蓋舞名也使菊衣探之得虛影於是舞者數人腾衣拂袂飛翔空際雲中麗影翩躚如鏡水生波輕雲幻彩覺一時

風露蒼涼松竹動搖也仙者曰舞妙矣誰爲歌者一妓應命發聲歌曰春風東來忽相過金樽淥酒生微波落花紛紛稍覺多美人欲醉朱顏酡青軒桃李能幾何流光欺人忽蹉跎五激珠含頓極悠揚纖婉之致一妓繼歌曰白兔搗藥秋復春嫦娥孤棲與誰隣古人不見今時月今月曾經照古人仙者笑曰悞矣悞矣乃今人不見古時月也妓曰今人不見古時月古人亦誰見今時月哉仙者歎息因舉杯屬菊衣曰公聽此語猶不痛飲乎菊衣故不勝酒爲淨一大白仙者技侍女佩劍起舞亭中已而倚劍朗吟顧侍女擘牋書之以示菊衣菊衣讀而識之詩曰海風蕩八表雲氣低漫漫仰首睇飛鴻宇宙何其寬嘅劍蓮花頂芙蓉開紫瀾俠累何足仇壯氣鳴心肝談笑殺兩蛟翻身跨孤鸞道逢赤松子飲我瓊漿寒一醉五百年仍臥三神山當時相識人輪轉沙塵間十萬紫宮女大半非朱顏雙淚不可滴下救溟渤乾知聽雲和笙還求神鼎丹朗然化片月流光照人寰仙者吟竟復引十餘觥大醉辭去夜忽黑道人更爇松節以繼之謂菊衣曰此乎青蓮先生也菊衣訝曰頃言明月者非歟道人曰子未識乎月者才人之化身也月而一代盈虧出沒其氣數然也然古今以來不過數人循環相照今適是青蓮吾與有舊故延之來耳菊衣曰世傳先生爲長庚又言爲東華上清監清逸真人又言掌牋奏於嵩山今又爲明月不亦岐乎道人曰神仙星月初無定位不足疑也言次東方白菊衣乃歸道人自是不復見

惡蠅

昔有惡蠅者日操砧杵擊蠅蠅集父首大怒椎之父腦裂死而蠅飛去有司以弒父論實極典嗚呼彼非不愛其父也惡而妨愛君子愚之

宋先生

江甯蒲鬯徐中山王故第也署後一樓扃鑰甚固莫敢登者乾隆十五年德方伯者在官乘醉登之疑塵尺許而几榻甚淨略無纖埃德懼而退於戶下拾一紙巾箱小方寸內貯一冠類林間幞頭攜下樓置諸案間是夜夢中山王至白皙長髯金冠蟒玉怒之曰賓客過我以汝故解散宋先生遺其冠汝拾之宜亟還之否且禍汝言已即去德遽驚寤明出廳事且謁長史將升輿見一青衣前啟曰奉主君命來取幘德惶急令取巾箱與之青衣忽不見德深駭異意宋先生者必景濂也旋具牲醴祭而謝焉遂扃樓如初莫敢登者亦無他變

金陵樵者

靖安舒四長好拳勇閱數師矣顧自謂弗善去之金陵登某甲之門甲勇聞通國生徒甚衆居數年略盡其技一日師徒遊大市遇樵者負薪疾過悞裂甲衣樵惶恐俯躬謝甲怒摑其

面樵愠曰悞而謝焉亦足矣何遽捆我甲以已素力捆人無不仆者樵乃不仆且抗言愈怒遂拳之手未及樵甲反仆其徒皆駭相顧莫敢近市人無不笑者樵荷擔徐徐負薪去舒哭之潛尾出城數里得荒村茅屋一區樵者入焉舒拜於門外求為弟子樵反顧詰曰子何為者舒曰公適所仆者吾師也知公神勇故舍而從公請卒為弟子樵辭以無能徑入不出舒徘徊門外久之詢諸其鄰樵者何人也鄰人曰是當徙此莫知其姓名有母焉老矣日給於樵甚孝也舒遂歸翌日復往伺樵既出登堂拜其母出百金為壽母亦詫不肯納舒具陳已意欲母語樵使卒為弟子母許之樵歸得母命且感其意謂舒曰苟有游長敢不以相授然詣以我母師我舒從之樵引至屋後有石坡甚峻軌轍如梯下有礅重三四百斤使舒擬之僅能舉樵以足蹴碰輾而上及於坡顛旋蜿蜒而下又蹴之如是十數無困色曰筋力久弛聊以此當運甓耳欲舒以藥使習之久而能焉遂教以鍊形攝氣之法周身如鐵巨梃撲之皆反躍以腹貼牆壁及屋梁能行而不墮積十餘年乃辭歸豫章城遇人謙謹若無能者或言舒蓋無敵矣聞者多不信羣不逞詣之請與角舒謝曰諸公皆壯士余何能余何能請不已乃曰雖嘗學之然甚劣竊欲博觀諸公技勇使習而進焉幸甚衆許之相與之野外各呈其能舒觀而哂曰甚善衆欲試舒舒曰若欲試我者則毆我一少年應聲毆之甫引拳忽反仆少年羞怒出鐵杵悉力擊之舒夾持其杵作色曰太惡劇是欲死我邪乃弛衣服倮而立曰來來共攻我我不畏於是手足器械交至如雨舒屹然受之衆紛紛墮跌黠者乘虛擊其腎如擊石焉衆始懼羅拜請長其曹乞勿揚於人以敗其譽舒笑曰吾以自娛耳豈欲與諸公競短長哉幸無慮此衆益服其量由是舒名噪一城接見賓友或把臂握手當者輒痛器具入手往往破碎其力如此今死矣死時遺紫血數斗甚慘楚蓋故也嘗曰吾能氣行耳樵乃能神行不可及也樵蓋秦人嘗為盜已乃改行變姓名適居金陵奉母以終云

龍某

舉人龍某謁選都下住櫻桃斜街一夕被酒臥若渴求漿起呼僮僮已睡熟及門見一女背階亭亭立月下甚姝之伏窗而數女聞人聲乃四顧徐度西角門而去覺羅袂弓鞋形影俱麗凝想忽忽復就睡覺而疑焉以為醉也殆夢也然懷揣不置者累日殊悵然戲題一絕句焚之曰雨濕蓮花踏影行全身都是可憐生巫陽神女多情甚偷到人家看月明是夜既寢有啄其門者龍起延之女子也曰余為黃氏婢持來召君龍愕然問故婢愠曰小姑前夜偶來此看月初不敢相聞亦素不解吟詩是何生活今大姑拾得一紙讀其前二十八字云是一情詩驗其款識乃君為小姑看月而作白之縣君縣君怒訶詰小姑疑有他涉小姑涕泣訴其誣忿稍霽君既以飛語陷人宜往承之且明月豈君家私物輒云小姑偷看耶龍惶恐謝過婢導其裾曳之曰去去不覺隨之行出一門迴非熟徑歷三四曲巷乃達一第宅始而闃然繼而幽窈處處有燈燭至垂簾之下婢止之先入俄傳縣君見客龍跛踏進謁一婦人上坐年可四五十辭色俱厲曰何物狂且造詞媟冶謗人家閨閣不畏拔舌耶龍震慴流汗長跽對曰某何敢然特醉後戲筆旋焚棄之矣安得塵縣君之目婦人曰汝詩吾所親見奈何遊飾龍曰才人綺語類皆寄託耳聘花媒月何所不有縣君亦惡乎考之乃欲以影嚮談詆文致罪名斯為冤矣婦人怒曰尚敢舌强諸妮子為我撻之龍乃趨出涉內寢蹤跡諸婢媼揉捽挺踵至方恐迫間前婢馳出撣衆曰止止毋得動縣君宥之矣命吾引還命爾曹各去衆諾而退婢導至小閣悄語曰君之免大姑力也龍稱謝婢曰未已大姑言君既好吟詩召此愆尤宜更作數章如佳乃釋疑龍曰幸不深罪此何足辭請給紙筆并將韻本來婢去有頃攜文具至設几上復於袖中出韻本笑曰大姑言此詩翁鼓身符籙故寫不可少姑以此為題試作一詩龍視韻本牙籤繡帕裝潢精麗而脂香粉澤清溢行間知為閨中習覧物意甚得成五言律詩一首婢持稿去旋來曰大姑言君識韻譜韻殊未允當且詩語粘滯不類才人吐屬須更作之龍不得已伏几苦吟婢立於案頭拉雜謾語亦頻頻流睇送情龍思為撓亂不復能搆想因問婢汝宅中幾人曰主翁亡矣獨縣君攜兩女并僕婢輩居此耳龍曰汝侍大姑乎小姑乎曰侍大姑曰大姑何名年齒幾何矣婢笑曰汝亦作詩耳奚用知此此豈詩料耶龍亦笑佯俯首作覃思狀甫離筆婢又催促之龍因投筆長跪曰汝奪吾魂魄雖李杜當此不能更道隻字矣章憐而拯我遂侵之婢面赤亦不甚拒因甚歡好乃竊語龍曰吾視大姑如春風飄蕩其情之隱躍久矣今留君索詩意豈為詩哉君曾心人何不解此龍喜曰奈何婢曰但尾我行保有良會隨入複室中乃見大姑靠坐鏡匳之旁艷頰妖冶脈脈有思婢乃伏龍於案下前語曰彼人詩殊不能就可若何大姑始覺徐答曰姑縱之婢曰中門窗鑰縣君自掌之天且曙矣可若何曰姑留之婢曰婢子不敢獨容已攜至須阿姑處分徑趨出反闔其扉龍出而迫之大姑驚曰賤婢乃陷我龍遂擁之竟合焉潛蓄之室中每夕專對婢欲圖一私覿不可得經數日小姑出於庭龍隙窗窺之光彩妙麗乃無倫比丐大姑欲得一當大姑咋舌搖手曰咄咄此貞而烈者何可犯也且彼以前日之故有憾於我旦夕伺吾短今挑之以隙必為所持此間無側足地矣龍意阻然不能絕念時時稱羨其美大姑不懌曰男子薄心腸得隴復望蜀也君既慕之請自從之乃使婢引出龍傍徨求解於婢婢哂曰推賢讓能風斯遠矣君以古道遇今人宜其齟齬稍嫌既啟雖吾亦不復能謀龍曰彼

誠逐客。君亦不容耶。婢曰。吾雖鄙陋。不能為人容逐客。再三迫之去。龍把其袖。貪賴不肯行。由是復與婢接。婢匿之積麥之囷數日。大姑悔思龍。欲復見。問婢。婢對曰。彼既去。誰能往召。且彼實怨怒阿姑。即召不復來。明日。大姑又言之。婢對如前。大姑乃怨婢。常假他故挫辱婢。婢以是亦怨大姑。乃詣小姑。語前事。陽為大姑謝小姑。實欲挑小姑怒。以傾大姑也。小姑性故和柔。殊不以介意。婢歎曰。姑德患若此。使人不忍復欺。乃竊發大姑之私。而自隱其私。且曰大姑禁我不得言。吾懼獲罪。乃不敢不言。小姑大驚曰。姊表談節義。不意反自越禮為門戶羞。辱脫縣君知之。當奈何。婢請白縣君。小姑勿許曰。吾冰清玉潔。豈樂與聞此事。脅婢請之至再。小姑察其姦。怒曰。大姑。汝主也。何得無情。略不相護耶。且汝實左右大姑。即何事不與謗。盜而保姦。皆汝之由。果白縣君。當先治汝。吾白縣君治汝矣。婢始懼。轉求秘之。小姑曰。欲吾庇汝。須亟絕私人之路。不然不汝隱也。婢恐。以語龍。求策之。龍亦恐。求去。婢不得已。導出門。從牆角繞行數十武。倏至寓室。婢倉皇馳去。次日尋之。不復識路。

沈璧

沈璧者。泰人也。少迫於貧。辭母薄遊。至文登。登臺望海。見波浪滔天。慨然舒嘯。旋有少年至。紫衣絳幘。儀狀光瑰。揖璧而笑曰。君清興不淺。能同遊乎。璧欣然諾之。俄見鳧雁一點。破浪而來。乃大舟也。離岸數尺。忽止不進。少年遂挽璧下。蹴履水登舟。身不沈。履亦不濡。舟中乃無人。亦更無一物。心頗異之。叩其姓名。及所自。少年曰。余玉泉君之子也。璧力欲再問。覺水聲澎湃。耳不可聽。自窗間視之。則銀濤萬丈。璧溺從天。不覺駭失色。問是何處。少年笑曰。適去臺下已萬里矣。璧眷念鄉井。憂形於顏。頃之。濤聲已寂。碧玉湛然。微風一拂。鱗鱗如玻璃萬頃。恍惚有無數麗人。泛漾清漣中。方疑訝間。冰上絲管作矣。舉首凝睇。則綵舟一具。相去數尺。有數女倚棹。翩波頃。所見蓋其影也。少年攜璧過綵舟。珍奇射目。不可具名。須臾席設。玉貌紛羅。奏具行觴。有品絡繹。亦非復人間芬苾。侍者進璧果一枚。大如瓜。紫色。嘆之味絕甘。度必世所傳蟠桃之屬。竊懷其餘。欲歸以奉母。酒酣。璧避席稱謝。因便求歸。少年歎曰。孝子哉。雖然此乃君所以仙也。今姑不強留。終當至此。遂顧諸女曰。何以送客。諸女各摘鬢上花及釵鈿之物。為贐曰。持此驚人間。與著不盡矣。一女俯而笑。解裳下繡舄一鉤。投海中。少年目之曰。妮子獨狡獪。不應隨落耶。女面發赤。退去。璧視舄。已化小舟。少年曰。君登矣。遂辭。浪而發。則前舟已杳。驚濤洶湧。惆然自失。小舟中異香噴溢。神骨俱酥。少焉醒。舟已泊野岸。河水僅涸如衣帶。舍舟登陸。甫數武。小舟已凌風去矣。信步獨行。追想所遇。恍惚若夢。寤而懷中餘果。儼然在也。傳舍旅邸。錫躋皆泰。梁距家中纔一舍耳。璧既歸。出餘果進母。兼

達於宮。數月不餓。以核種庭中。亦不生也。後十餘年。忽中拆。數年成樹。又數年作花。花類蓮。而大數年不謝。久之乃結實。由小而大。又數年。色漸紅紫。如麂舟中所食者。時璧已枯坐一室。不復與人事。一旦忽出至庭中。仰樹大笑曰。果熟矣。即訣妻子去。

余時聽

余時聽。壽窓真。江南常州人也。乾隆四十五年。客大梁。薄暮獨坐。有青衣者持刺入。云主人奉迓。已牽馬門外。遂乘之。行稍遠。有城臨河。進至一官署。青衣入。除傳主人出迎。乃舊交沈某。相見極歡。問此何地。曰。潁州。問其官。曰。司馬也。比以長官命。延君為賓。即具儀從送之。往復抵一署。青衣投刺入。有頃。傳語云。誤矣。本延江西余時惠。非時聽也。請速歸。仍還至沈所。頗咎沈失言。有累遠涉。沈曰。吾已坐此對簿四年矣。請便送君歸汴梁。盡迂道毘陵。一視閭井。余然之。各乘馬行。一炊許。聞城市人語。皆操土音。果常州也。余悉望故居。悽然良久。沈曰。宜行矣。十二年後。復相見耳。遂匆匆別去。余亦恍惚還。舊館甫入門。聞哭聲。遽然而寤。則家人已環經矣。蓋死者二日。心尚溫耳。故未斂。願雲說。

章五

琴師章五。宿邯鄲。漏初下。有美人來就之。章疑為狐。美人曰。妾平原君美人也。以笑躄者。罹慘禍。訴於冥帝。帝怒收躄者。置重典。以讞并逮平原。平原自辨。謂諸客迫勝。勝恐失士心。為趙國憂。不得已出此。帝謂平原。果好士。士果歸平原。豈在乎殺妾。殺妾以媚士。所以待士者可知。殺妾而客來。客亦可知矣。平原啞然。頓首請罪。帝以其素賢。僅從薄譴。憫妾無罪。復其元。使遊人間。妾傷往事。故不願復生人世。君亦平原君客也。當時處門下。聞而傷之。喟然歎曰。公子之禮賓客之盛。何其重躄者之足。而輕美人之頭也。吾聞鬭杜被殺。則松筠不茂。孔翠見彈。則鴻鵠高逝。哲女戕虐。則國士遠引。吾何為於斯。故諸客皆還。君反獨去。及秦圍邯鄲。晉鄙未來。魯鄙不救。諸客束手。莫能展一籌。或請於君。君以身既不預。艱不為設。來平原不知也。故史冊亦闕。書爵君亦始不復憶矣。然君恩求之數千載。今始相值耳。章茫然。歎息不已。乃援琴作歌。美人取瑟以和之。歌曰。碧草油油兮。故國荒邱。房陵遠邈兮。誰遺之樣。賢士如雲兮。惟妾之仇。臨樓一笑兮。身命休。念公子兮。心憂瘠。於是相對欷歔。涕泣不可止。久之。美人乃拭淚揚袖。復歌。歌曰。寂寥兮山阿。灰飛兮綺羅。今夕何夕兮。與子婆娑。既見君子兮。我心則那。寧冷兮。泣復歌。千秋一息兮。哀情多。明月墜西兮。奈子何。歌竟。雜膠膠東方欲白矣。美人逡巡別去。章悵惘至曙。亦登道。

王黃鸝子

王黃鬍子者以劍黃得名自詡劍仙嘗會飲貴家某公宅中誇耀四座遍叩諸客所能莫不不謙讓王意益肆末坐一客作儒雅遜衣冠了鄙王睨輕之乃揶揄曰公殆在斐尾得毋善飯乎抑有他長客笑曰僕誠不能與諸君子比數然聞君論劍頗詡鄙好願各為戲劇博諸君子歡王掀髯作色曰云何客曰劍之為用上倚星漢下披泉壤旁行四極判蛟鱷於不測之淵翦妖魅於幽暗之藪雖脫兔逸林疾隼赴霄縱鍔飛鋒罔有遁逃今第試其易者請伺飛鳥而刺之王心難之適已日暮乃謾曰陽烏匿矣羽族息矣何失有鳥尚來迎吾刃者乎客曰若是且已盍試登高為二頃之舞一決楚漢王又辭曰休矣休矣星月不明燭燎不輝仰不睹山俯不察地登乎可登而角吾技客指主人廳事曰崇墉巍巍飛甍冠之上探雲霞當華可攬矣顧不高耶請灼爾目趨爾足僕雖跛嬖願導先路於是奪袖離席挾王以出如提嬰孺履蟠縱棋如步康衢徑路層牙升於屋脊坐王於鴟吻之上而撫之曰此地平曠聊可棲息君請匡坐僕便求返言已徑下神氣洒然堂下觀者無不色飛口吻嘖嘖稱神客便索酒連罄數觥頹然就寢主人命支梯樹架閣掖躬脅王始得下天明視客已杳隱矣王甚慚主人甚悔海內奇士交臂失之

貓犬

康熙中大興縣某媼家奉佛佛前懸一燈一日薄暮聞佛龕小語隙而窺之見黃犬人立以前兩足承白貓貓亦人立盜飲佛燈油貓吸油轉注犬口中復吸之稍嫌犬促之曰速飲速飲人且至媼視貓犬皆家所畜也媼驚推門入貓犬皆奔出索之杳然越翌日夜中聞庭中有聲竊起察之復見貓乘犬肩犬彳亍而行叱之立隱夜夢一黃衣男子一白衣女子來謂曰寄主人廡下久矣豢養之恩未知所報顧形跡已彰不可留矣乃相向再拜臥地轉身忽成貓犬貓躍登犬背騎之而去

仍吉

越中郭生貧無家去其鄉遊於豫蕩其文無售者困於旅食則為人傭書人劣之薄其值終日運管不供一飽焉念生不百年勞且饑無窮期信窮矣不如死復念以遲死盍速以愛死盍樂乎遂傾囊中錢并質衣裝赴酒家痛飲至大醉以餘錢散諸丐者且歌且笑見之者皆以為狂而樂也而不知其將死也既出走入荒谷中歎曰我其已夫雖然吾頸則陶焉而樂且施於人矣何憂而不死睨其旁有枯樹解束帶挂焉忽樹中人語曰咄已而若亦淺之乎窺世論之乎其自處矣生叱曰魅乎莫余詬余不爾畏余將與若游樹中人笑曰若將以余為鬼耶否否余適丐於爾者也而知爾故如且余丐於人間者今數百年矣而不死而爾曷

以死爾以亟死為達余不以為能生曰子仙乎鬼何窮而欺也且惡乎得余樹中人曰回而志作而氣將告爾有虎於此度其噬已也曰投之孰與走而避之乎溺於水懼不免於溺因自沉孰與方舟而濟其行乎且若今日死其餘之年非若之有也盍悠我聽我而死無加於死也然視今日已後矣睨聽我而遇則大亨孰與聽我生曰諾謹受教瞬間樹已失有立於前者蓬頭而龍眉目無光紫髯逆逆然垢膩滿頰衣鶉結不掩骭雙履不納踵生恚棄於作貌而卻蹁躚而不敢前其人笑曰愚哉若且欲死也而畏乎隨以來生莫定走從之至斷崖之下其泉如瀑高落於長松之杪披懸蘿得石竇廣可容身其人蛇行入生俯匐繼之倏瞬間得方池湛然而深也其人裸而浴俄有送冠服者至其人滌而登衣綺繡冠華冠曳文履視之額豐矣眉修矣目顧盼朗矣髮鬒矣顏白皙而光澤矣生復驚曰何變也其人笑曰然若爾欲變乎生曰幸甚其人使生浴顧來者為生具衣飾生服之既臨池而自鑑訝不類其人笑曰亦變矣既變余可去言已遂不見生甚悸疾行得小澗循而西淵止得巖石危僂甚其上俄有男女數人來見生若甚訝相與指而目之逡巡不遠去生乃行復遇數十人訝如前生亦訝復行得城郭進之其中男女見者莫不環而迫之也於是生所止頃刻成市肆生訝甚問焉皆曰悅子之都也生惡其擾袖其面而趨觀者稍引去然從者猶數十百人有媪救生曰速自毀生乃土其面曾暮眾始解獨一人者留則媪也强曳生行生惴惴焉隨至大第達乎其內而廉啟有女子出曰浴之媪導諸旁室則湯沐具焉已而入與女子抗禮女子乃言曰危乎哉子也是其人皆好色者睨不自毀將裂子今祕子於此乃達於難矣生惶恐謝問此是何地女子曰五方雜處不名一所由是共覩處無聞女子家世隱密獨知其姓郗其字曰仍吉久之媪來告外人頗言郗氏有婿矣仍吉驚且憂謀匿生乃煬而處之奧室竊竊與生對生雖嬖愛仍吉而居如長夜疑苦幽囚亦怏怏不樂無何夜有斬關者直趨奧室狀類崑崙奴挾生越牆而出行甚疾置生於空庭而去旋見燈燭出室中女子隊而前見生皆笑共推挽以入交相援也生憊極而卧則聞女子曰敝矣共舁置門外閉其扉及曙有達官者過見生曰病者也問所苦生諱曰饑耳遂載之後乘歸其居而豐其食葬復故問所業生對曰嘗讀書矣而未免達官悅使傅其二子達官為令文書一切代於生一日達官聽訟久不斷生偵於廳事之側得數事其一某縣城隍病有為不道之獄者貨賂利其鑼受而伸之罰及良善城隍覺自揭其過貸賂罪有差城隍禠俸祿一歲其一富民訟貧民之反貧民寶貨富民兪莫償也富民奪其宅計值為有餘求償宅而益之金富民弗與貨於鄉父老弗能正偽之案富民阻於邀且撻之流血被瞳其友聞而怒俟間殺富民亡命去卒逮於法

故訟之達官曰若富而不仁罪也有召死之道然貧民殺若則怨也以怨殺人不可訓當懺若命矣其友殺若則俠也公也則無罪富氏語塞泣而退其一兩蛟出於山僵山下禾稼百餘畝山神訟之當論斬捕兩蛟於庭乃兩書生各推諉撩掠皆不承遂並坐之生嘆曰善其一女子訟男子為其殺己也男子辨言與女姦相悅不遂女乃病而死非己定殺女達官謂女曰若既悅之矣復怨而誣之邑旋女訴曰我死彼若弗聞者又他娶略不相念其涼而忍焉若是有死我之心非殺我而何達官謂曰深文也竟置不理其一夫訟婦以為不節乞絕之於廟閣婦乃並無外遇其夫曰吾視爾遇鄰人之子必目而送之特阻於勢分其意豈可問也達官終以為羅織斥其夫而直其婦生意不能平書一牘啟達官曰明公聽斷如流吏道精敏下風覩聽傾服何言然前三事允臧矣其後二讞鄙見斯歧詢謂有義伏惟裁察竊謂德無不報怨豈在明國家有原情之律君子有誅心之論將正風俗宜先人情男女之獄古今濫端閨房之內事甚暱眉隱秘瑣曲莫可詳詰而要以治心為本夫妃匹之際雖君父尊親不能得之臣子者不得其心也然丈夫之心所分者博所向亦弗專得不得姑弗深論女子之心惟男是歸其心弗欲雖金張之顯衛霍之貴陶猗之富揚馬之才莫能回也名分

虛耳形骸迹耳苟得其心斯其夫也不得其心雖夫不夫則得其心者宜何如感不得其心怨亦宜今女為男死不能收涕淚之報引致訟庭猶急自煎洗略無悔咎探薄之情於斯為甚宜聽女言以男抵罪至於夫之訟婦情亦非過其夫在側屢盼他人其心逝矣心之既逝雖不妻可也管仲感鮑叔之知倖於生我漢高論丁公之罪以誡不忠事雖不倫其義一也請取以斷斯獄焉達官否之生困爭達官不懌謂人曰彼職為賓師奈何強與吾官事於是禮漸疎生亦不安遂去達官而潛訪仍吉敝衣垢顏用自韜晦久之不得耗游復困鄉思鬱然登高山以望越中茫乎莫知其向也忽見樹中人來謂曰可返矣生驚毳未對遽為所推墮陡若夢覺則身固卧枯樹下帶維經矣帶絕而墮也始悟身已久死所遇皆鬼耳然酒吻覺甚渴乃走近市中乞漿有識之者曰此昨日狂飲生也則又悟死而復活繞經一宿耳生既以求死不得益困不可支走詣故所嘗識者聞得一餐人愈益賤之每為人道死時事多笑而不信既乃為商賈負擔者去晉之京師計力而食足病不能進止於鄭中欲赴漳流以自薨至河干忽一舟焉過倚柁而盼者類仍吉之媪尾而察之果媪也遂呼媪媪不識曰若誰耶生往陳姓名旋於窗間見仍吉生又呼仍吉熟視曰非也不類生窘屬餘曰不記夾室共述雪娘事為卿拭淚耶仍吉乃驚曰信也即止舟於岸呼曰登生登與仍吉相持哭甚悽痛雪娘者仍吉女兒也棄於所歡抱恨死生在夾室時仍吉嘗述之且謂曰子幸無類此遂流涕不能止生以衫袖揾其淚因約曰不幸有破鏡事他日相遇如不識請舉此事為息壤之言故生夠雖變仍吉信而納之也於是仍吉語生曰予向者為鬼余亦隣處於鬼鬼皆陰慝不可近自予之見棄也余亦旋徙去今浮家至此獲遇子永託於子矣幸有薄積可以歸遂與生俱載歸越中仍吉蓋狐云

石孝廉

石孝廉某嘗晝卧覺鼻中奇癢以小指捺之因而大嚏有物銜孔出墮地作聲視之一小人長寸許游行地上駭極欲呼而胸閉如厭不能起有頃門外濱盤鈴佹偪聲收在耳小人皇遽出門去石亦遽去恍如夢覺自是得奇疾聞香物輒掩鼻遇矢溺腥羶之穢嗅之以為吞心好之優鮑魚之肆如入芝蘭之室流連不能去後舉進士官秦中有道士來謁自言能療奇疾異而見之献一丸如李大金光爛然取大碗貯之出囊中藥一刀圭糁其上使熱之須臾鎔為液五色陸離然不堪其臭左右皆欲嘔噦以進石石乃覺芬馨適常立飲之味殊甘餒少頃胸中熱如蒸移時如刀箭環簇心膽急命縛道士則已杳矣當痛之際見道士在前亟呼左右追執乃悄無應者道士笑曰此陰府也何處復覓左右耶石大號道士曰無苦此中不少佳境盍往觀之曳以同行乃至糉纖間見縲絏縱橫刀斧林簇刑戮慘異心甚恐怖

念世傳地獄變相竟有之也末至一處人皆殘體有無耳目口鼻者或僅有口耳餘體不具者或有五官倒置者虎豹狗馬羊豕諸物雜處不相避石問其故道士笑不答乘攜之返曰公欲生乎石困哀祈謂妻妾子女猶在家相候胡遽不欲生道士笑曰亦良易即袖中出一小人長三四寸曰此即公之故物也公曩縱之不知幾何尋丈矣賴吾收而制之僅止於此尚可納也即以小人首向石鼻塞之石大苦而嚏倏然已活伏而泱嘔出青紫痰液數斗病遂失

周英如

昭武之東某市鎮嘗張雜劇士女洽遊竟日連祉舉袂紅霧蔽衣有少年姜某仰見西樓一女子凭窗凝望與樓前矮屋薔薇花綽約爭麗絢成妙彩遂仰睇不移女亦秋眸寄注目成焉而神凝矣比日斜人散兩人猶相對而望有見者嗤之始各避去次日姜復往女已先在樓高而屋隔語不可聞姜以手中紊帨裹約指金環擲諸樓上女報以腕釧一祇遂掩窗而入女蓋周姓名英如依母以居父某為茶商遠出矣姜故悉其根荄伺昏暮無人伏其家寢門之右既而鳥栖人定潛窺英如之閨闥已扃見英如獨坐燈下絮絮與燈語姜以腕釧叩窗櫺以聲致英如英如訝然問曰誰姜曰我也腕釧在此英如復大驚趨至窗下悄語曰速

去逐且敺姜求啟戶至再三英如終不可姜曰君豈閻畫耶何顏如玉而心如石也英如祈
之曰幸相愛何忍陷我乞從後戶出更思遠策今不能納也不聽我乃呼姜懼乃避還家鬱
抑殊甚俄聞叩門啟門則小髻弓鞋滿身香窓者英如至也謂姜曰頃者拒君良非得已
而思君彌迫故特就君姜大喜過望遂締衾席之好將曉英如去夜定輒來如是者數月於
是姜年幾冠矣其父亦服賈於外其母父主家政焉以姜尚未室一夕論婚擇焉而未決姜
甚恐欲白母而憚英如乃先告英如而與之策英如意殊懈諸媒諸其家乃反不歡姜猶怪
其故又疑其晚夜獨行略無所懼亦卒無覺者非弱女子所能必有異且恐英如去後而悶
之出門數武已黯然失去大詫而返潛訪詢其居則英如固已死矣始悟所抱者英如之魂
也爲之悲痛是夕英如至笑曰君謂我死耶姑勿畏吾導君往見一人足祛疑抱而慰君懷
感之情使姜從其後攜之以行若飛燕驚鴻之迅故至一城中巷市曲折殿閣相比及大第
之門雙獸銜環寂然虛掩排而進之蘭芬桂馥若仙居內有鏡堂焉四壁皆鏡冷光逼射
眉髮皆然西南隅懸一響板英如彈以指冷然一聲使有數女子連翩而出影入鏡中花紅
玉白迷離遠近中有一女宛如英如卻顧英如儼然在側也而再視諸女忽復不見方欲致
詰英如曰此上清瓊館不可延佇即曳其裾引之徑出旋至家乃謂曰英如與君空有解佩
之緣合當數面盡於此矣吾非英如狐女也寔有夙分感君之情將尋宜於英如故髣髴其
容見於左右疑實既啟良緣斯盡今亦訣矣姜不及挽留已霞舉而逝治悟所接者并非英
如之魂也卒娶於他姓

廬山怪

奉新宋蕉侶外史嘗以壬子七月之望宿廬山絕頂僧寺中夜將半矣明月滿天徐聞風颯
颯有聲落於高樹之杪中有歌者語者笑且罵者訝而窺之見數武以外地勢平坦衆影紛
然略如人間演劇狀藉草爲茵席因樹爲屏幛金鼓絲竹之聲作於樹上節奏殊妙衣服冠
帶旌旗械仗之屬亦率類梨園念空山靜夜焉得有優伶若此心知其怪姑伺之裝演十餘
齣莫知其色目嘔啞歌唱亦不知其何曲也已而數人相和歌聲甚朗歌曰吸日精蝕月華
諸君妄意凌煙霞煙霞墮地失顏色但見玉水生桃花桃花一萬片飛入陳王家仙人化作
塵與沙秋風吹雨打閒街南樓美人嗟復嗟湖中不見東來槎空山夜半啼樓鴉隨其聲而
記之俄有金光從空下乃一頭陀狀甚怪大聲叱曰何物邪魅敢爾喧擾法當死卓錫一聲
則衆形盡滅其演技者皆獸也而其司器者鳥也轉瞬之間欻然俱滅蕉侶以癸丑三月卒
於京師卒之前數日縷述於余不知其果然否也

戴公

有戴公者少任俠其鄰人貸豪者金無以償豪者迫奪其女戴怒殺豪者亡走五嶺間晚坐
楓林遙見少年從數騎馳來丰儀軒遊見戴即下馬揖曰先生幸過僕僕請執鞭戴愕然曰
何敢少年曰先生幸過僕僕將有白於先生戴問所欲云何少年前跪曰先生不過僕僕亦
不敢言戴怒曰言則言耳何卑屈乃爾余不耐此妹妹者少年叩頭流涕曰老父與彼利君
不協鬬戰於赤谷之野爲飛弋所中傷其左臂瘵殆矣唯得生人肝一寸可以療之求之數
輩人無肯與者苟不肯與強取無益也聞先生之義忘身急人敢以請戴笑曰此孝思也吾
豈惜之即引佩刀自剖股截肝授少年熱血淋漓股及於脆少年歎曰眞天下義士隨出藥
傅創創立復乃殊無所苦少年持肝頓首謝即馳馬而去戴頗異之時豪者子訴之官捕戴
不可得則執鄰人而鞫之務言戴所在拷掠甚慘苦戴聞之歎曰我寔殺人徒累人何生爲
遂歸自訟赴獄中脫其鄰人案乃定刑有日矣有叟來視之曰余昔少年之父也被肝之惠
夙夜弗忘故來免義士於難因出大竹一節解其繫而納竹焉桎梏鈕鐐之具悉之如拉朽
叟攜戴出獄監守之吏見而弗問門壁城垣亦無所障阻徑從吏步出郭外繁星羅天朧坂
微白行不百步入一山林木蔚蔚不復辨途徑初聞履下落葉瑟瑟作聲繼已覺兩足無所
著有類躡虛比曉進止一石屋虛明洞達煙霧滿室出而瞰覽則飛鳥在下碧落可探身在
層峰之頂矣遠見雲中一拳倒影入海叟曰天台也餘無所覩焉叟引戴遍歷山徑花草禽
鳥多非世有屋前一大樹垂莢纍纍其寔如豆乃仰以爲食經數日叟謂戴曰此地孤高不
可不至亦不可久處吾舊有田廬在牛女之墟今欲與義士偕往戴從之盤行曲折而下始
達於人境道路跋涉無異尋常非復向者之飄忽既至則村郭室屋飲食服用亦悉如衆人
亦有廝役供指使鄰里親舊過從問訊者其地乃汀水之南漳水之西也其明日有白雁雙
翔集於庭階羊豕雞魚之屬皆自行而至叟大張供具銀燭金尊輝映簾幌始笑謂戴曰吾
有故人居石鏡山下聞其女端好福相甚宜室家知義士尚鮮妃匹已爲君媒定今乃吉期
行至矣宜易冠服整備作新郎戴驚喜稱謝俄而絲竹聒耳儀從甚盛香車及門外戴俟於
堂者將拜如禮導入青廬則釵光鈿響袖香扇影迷離於脂盝鏡臺之間戴雖偉丈夫鐵心
石腸至此神肯俱靡也於是賀客履相錯宴樂者累日然獨不見少年戴疑之以問叟叟曰
偶出勾當踰月即返耳戴信之而終以越獄遠竄心不自安隱隱偵其消息乃聞人言戴囚
已伏法未聞其逃也大訝其故以問叟叟笑曰亦無他前所繫大竹即吾兒子代公抵罪矣
戴駭絕號慟悲慨曰某罪本不赦又禍郎君余何復偷活遂取刀自刎叟奪其刀作色曰義

士何獨為君子。義士能剖腹，兒子不能斷頭耶。況彼尚可生，義士反趨於死，計亦左甚矣。載乃止，而詰其由。叟曰：新婦當知之。載退問婦，婦出一碧玉如意授載，曰：君去西北七百步，有巨石如盤，以如意繫之，石當闢，中有紫筍長尺許，即袖歸以獻翁，無失。如言果得之。叟植筍庭中，須臾解籜成巨竹。竹忽裂，一人自竹中走出，乃前少年也。相見各大笑，謂載曰：為君故，歷此一劫，大事畢矣。叟曰：吾屬皆神仙中人，以豪氣未除，欲物色人間奇士，登之寶籙。君俠骨非常，是以在此。今姑以此宅讓君，與賢偶暫住人間，異時解脫，會當長晤。吾從老父先去矣。遂與叟俱逝。載年六十餘，無疾而卒。葬之日，其棺輕焉。婦齒亦界五六旬，少好如昔。載卒之翼日，忽失所在。載以避仇匿處，本姓不著，載其變姓也。

癡女子

昔有讀湯臨川牡丹亭死者，近時聞一癡女子，以讀紅樓夢而死。初女子從其兄案頭搜得紅樓夢，廢寢食讀之。讀至佳處，往往輟卷冥想，繼之以淚，復自前讀之，反覆數十百遍，卒未嘗終卷，乃病矣。父母覺之，急取書付火。女子乃呼曰：奈何焚寶玉、黛玉！自是笑啼失常，言語無倫，次夢寐之間，未嘗不呼寶玉也。延巫醫雜治，百弗效。一夕，瞪視牀頭燈，連語曰：寶玉寶玉，在此耶！遂飲泣而瞑。

俠君曰：紅樓夢悟書也，非也，而實情書。其悟也，乃情之窮極而無所復之，至於死而猶不可已，無可奈何，而姑託於悟，而愈見其情之真而至，故其言情，乃妙絕今古。彼其所言之情之人，寶玉、黛玉而已，餘不得與焉。兩人者，情之實也，而他人皆情之虛；兩人者，情之正也，而他人皆情之變。故兩人為情之主，而他人皆為情之賓。蓋兩人之情，未嘗不繫乎男女夫婦房帷牀第之事，何也？譬諸明月有光有魄，月固不能離魄而生其光也；譬諸花有香色有根蒂，花固不能離根蒂而成其香色之妙且麗也。然花月之所以為花月者，乃惟其光也，惟其香色也，而初不在其魄與根蒂。至於凡天下至癡至慧、愛月愛花之人之心，則併月之光、花之香色而忘之，此所謂情也。夫世之男女夫婦，莫不言情，而或不能言情之所以為情，蓋其所謂情，男女夫婦房帷牀第而已矣。今試立男女於此，男之悅女，徒以其女也悅之；女之悅男，亦徒以其男也而悅之，則苟別易一男女，而更出其所悅者品相若，吾知其情之移矣。情也而可以移乎？又苟別易一男女，而更出其所悅者之品之上，吾知其情之奪矣。情也而可以奪乎？又使男女之相悅，終不遂其欲，則亦抱恨守缺，困躓苟且於其後，而情於是乎窮矣。情也而可以窮乎？即使男女之相悅，竟得如其願，則亦安常處順，以老以沒，而情於是乎止矣。情也而可以止乎？故情之所以為情，移之不可，奪之不可，離之不可，合之猶不可，未見其人，固

思其人；既見其人，仍思其人。不知斯人之外更有何人，亦并不知斯人即是斯人，乃至身之所當，心之所觸，時之所值，境之所呈，一春一秋，一朝一暮，一山一水，一亭一池，一花一草，一蟲一鳥，皆有淒然欲絕、悄然難言，如病如狂，如醉如夢，欲生不得，欲死不能之境，莫不由斯人而生，而要反不知為斯人而起也。雖至山崩海涸，金消石爛，曾不足減其毫末，而間其須臾，必且致憾於天地，歸咎於陰陽，何故生彼，并何故生我，以致形枯骨枯，神泯氣化，而情不與之俱盡。是故情之所結，一成而不變，百折而不回，歷千萬劫而不滅。無憾心之日，無釋念之期，而窮而變，變而通，通而久，至有填海崩城，化火成石，一切神奇怪幻，出於尋常思慮之外者，斯即有鐵心妙舌，千筆萬墨，而皆不能寫其難言之故之萬一。此所謂情也。夫情者，大抵有所為而實無所為者也，無所不可而終無所可者也，無所不至而終無所至者也。兩人之情，如是而已。不然者，男女夫婦，天下皆是也，房帷牀第之事，天下皆然也，奚必兩人哉？知此，乃可以言情。言情至此，乃真可以悟。或曰：紅樓夢，幻書也。寶玉，子虛也，非真有也。女子乃為之而死，其癡之甚矣。嗟乎！天下誰非子虛，誰為真有？吾癡者死矣，不癡者其長存乎？況女子之死，為情也，非為寶玉也。且情之所結，無真不幻，亦無幻不真。安知書中之寶玉、夢中之寶玉，不真成眼中之寶玉耶？則雖謂女子真為寶玉死可也。

懸鼠

某懸鼠破家，求良貓。縻以腥膏，眠以氊罽，貓既飽且安，率不捕鼠，甚者與鼠遊戲，鼠以故益暴。某怒，遂不復畜貓，以為天下無良貓也。因設機，鼠弗蹈；餌以毒，弗食。某怒鼠殆無虛日，然無如何也。他日失火，焚廩及寢矣。某趨出門外，大笑不止。鄰人為撲滅，某大恚曰：鼠輩方殲於一炬，諸君救之何也。

俠君曰：余甲午家居，屢厄於社君，室中木器殆無完者，暴鬬之聲，夜作於樓上，雖悲猫每為驚覺。余固弗較也。其後理架上書冊，鼠跡縱橫，於是亦有惡鼠，乃徵貓捕之，而家有一貓，性不嗜鼠，迴與常貓異，捕不獲，未可知也。口誅筆伐，聊快余志，雖一時戲作，追錄於此，良足助此公張目。其檄曰：噫嘻，截鼠也，金柳敗類，火浣餘妖，背良象之光明，屬子辰之陰暗。播糞矢跡，滿腹藏贇，挾五技以偷生，持兩端而避患。異乎君子，不懷德寶之恩；譬諸小人，其猶穿窬之盜。遂乃遁逃有數，封殖多方。恃憑社之難熏，據庭倉而遺穢。戶庭不出，據石常饑，何老饕之無厭，猶小竊之不已。穴居若巢，時磯穿墉之牙；粒食如山，不果飲河之腹。每魚盤盜肉危廚，入棄拊牀，既驚案坐。翻盆窮甑，更攪清眠，庭礎樓棼，憑陵而暴鬭；冠箱衣篋，誡裂而游行。斯已難容，吾猶不問，乃至闌牀屢跳，波及速屋，圖籍高架，書帙資為穢牆，階級丹黃剝蝕

余方苦亥豕之訛。綠碧耗殘。留更助蝌魚之虐。雖百城徒擁。未免可羞。而三篋頻忘。豈能無憾。嗚呼。烏圓不作。白老難求。方覬化之無窮。詎鼷銜之可盡。發機匪易。掘隧仍難。遂以丸而旋。來卻以刀而不畏。寸光盡逞。萬狀皆興。跳梁已過於猴猻。嘗寢還多於蛟蝨。見忘吐腸之悔。終忍不悛。即置剖腹之刑。餘裒莫逃。惟留貓如實。稱鼠將循名核實。非徒封飯鳴之能。積事程功。當盡有銜蟬之表。況乎修魯直之聘。禮數良優。接敖翁之書。職司攸重。且其花陰趁媛。雅好清閒。椒屋翻棋。徒供戲弄。以致室無完器。案有殘膚。聽若罔之公行。如強鄰之偪處。甚或薄荷沈醉。苦竹橫陳。縱奪食而無爭。便同眠而不拒。扼喉真侯於來世。俯耳定卜於何年。難曰慈悲。得毋懶惰。尚即全更難德。大奮虎威。暫開似線之眸。速掉如蛇之尾。譬茲宵小。殲厥渠魁。庇及梔枷。勳存几席。遂原非遠。姑同入籠之行。即味不佳。聊當饗魚之飲。庶幾眠氈藉毯。略用武於爪牙。亦免撤鳳張羅。差解嘲於耳目。嗚嗚喏喏。無計將求。許遠之書符磔鼠。惟文竊比張湯之斷獄。檄下。如律令。

志娛

某夜夢鄰人招飲。旦而詣之曰。公何事召客。主人訝然。某亦徐悟曰。殆夢耶。大慚欲出。主人笑留之。為具食。他日。鄰真召之飲。某疑亦夢也。使者數促至再。始敢赴。又有某公者。嘗自外入。見其妻共男子歡語。大怒。更不審視。遽上堂叱曰。何物狂子。白晝公然調人婦。妻詰曰。妾弟耶。何妄言之甚。某因諦之。妻弟也。惶恐笑謝。後其妻私一少年。值某於寢門。奔去。某愕然。徐憶前事。以為妻弟也。詰妻曰。舅一何匆遽。妻因紿曰。恐復見叱耳。某信之。亦更不憶面目之不似。又李某者。性魁。鄉里中就募家書。郵至諸商於外者。其家各就郵索書。李遽閱之。亦往索郵。問公何人。在客李恍然曰。固無之。一笑而返。又某公者。嘗書寄同儕者。戲首其髯。僅存萌蘖。某醒。亦殊忘之。妻見而大笑。問公髯安在。某始摸頤。記向果有髯。適有薙髮者過其門。遂疑髯為所薙去。徑執而拳之。其人駭問得其故。力辨乃解。或假某公衣數日。送還之。某已不記。但問曰。欲質耶。估耶。或因詭應曰。亦估耳。與往復說價。竟以數千錢買之。某生就傅於外。數歸視其妻。一日者。又將歸矣。其友伺其睡。戲取畫煤畫圈於其腹。生固弗覺也。及生來。友故避而出於外。逡巡而後入。生問曰。公何之。友故不即答。又故作忸怩之色。生詰之。友乃長揖曰。公素長者。又厚遇於我。我不忍復欺公。然公不罪我。我乃敢相告。生曰。諾。云何。友曰。適訪公於家。公已出。偶遇賢夫人。愛其眷。與生睽然。未信。友曰。其腹有下圈。吾所畫也。生大怒。趣歸。見其妻。亦更不他語。趣解衣而驗腹。屬果有圈。始數而詬之。挪袖竟出。偶然溺。見已腹有圈。始悟其卯也。復歸。妻已挂梁間幾死。某氏女將嫁。其母戒之曰。婿家不可深恃。也須自計以防厥後。女曰。諾。既嫁。數盜錢穀餽母家。姑覺而出之。母乃謂女曰。吾固曰不可恃也。縣中代人受杖者曰毛鬼。某乙聞而慕之。乃代某甲杖。與之二金。既受杖。楚甚。急以二金賂行杖之隸。杖乃輕。乙出。謂甲曰。非公金為賂。杖幾死。

陶金鈴

姑蘇小伶陶金鈴。本良家子。少業儒。嘗赴郡應童子試。旅於城南賣酒家。夜夢某觀察宴客。召梨園長樂部佐酒。演玉簪記所謂潘必正陳妙常者也。金鈴故不習優。亦殊自忘之。扮妙常而登場。鳥瞥絃鼓之間。進止合度。而聲情特妙。樂闋。賞賚諸伶皆退。觀察獨召之入內。小酌於媚香之樓。翠鈿紅袖。姬侍如雲。金鈴是時年十有五。雜坐其間。星眸環照。莫敢誰何。一名綠雲者。尤麗。其屬意金鈴也亦尤厚。於是次第度曲。競鬪歌喉。間有誤處。使金鈴正之。後堂絲竹。視當場為勝。已而觀察曰。舊曲習聽。宜各奏新聲。一姬乃唱曰。裊裊腰肢細。是樓外垂楊。教人妬煞。偷學流鶯飛更瓊梳小掠春雲膩。新月纖纖剛描一線。分不過兩彎眉翠。問秋千綿索繫羅衣。直恁蓮勾飛起。為前日雙燕來時。鬭他剪水凌風。戲罷消受不慣香醪滋味。倩郎君將倩桃花替儂家。今夜為郎沈醉。觀察顧金鈴笑曰。汝惟為桃花可也。遂酌以飲之。金鈴亦取大斗引滿奉觀察。一姬繼唱曰。燭花兒分外光。熒酒波兒分外香。醬宮紗扇子襯著神兒。緊背面兒漏出梅花影。閃爍了郎的眼睛。偷覷了幾回。可是不分明。並時惱亂狂蜂兒的性。這一夜是何等恩情。何等光景。到如今隔著紙兒喚。不應。對著帳兒呼不醒。敢則是你儂故意兒薄倖。觀察大笑。為速舉數觥。一姬又唱曰。窗紗密密簾押重重。圍住了一樓春夢。透不出一線兒春風。海棠全是舊時的紅。盼不上黃昏細雨沾花重。有多少風催雨送。倒不教豔色兒成空。不敢惱公。不敢慪儂。恨孤鸞無故飛入儂的命宮。甚因緣把紅言牽動。一姬唱曰。鳳簫兒吹得人魂靈飄緲。鵾絃兒撥得人情絲裊裊。玉笙兒吸得心花搖。檀板兒拍得淚珠兒掉。一聲聲都是斷腸鳥唱得。櫻桃唇焦。蓮花舌翹。意思兒仍是沒分曉。好模糊的相思曲調。準備著銀壺漏盡金雞叫。或風情之靡曼。或哀怨之纏綿。金鈴斯時若近若遠。若危若安。嗒焉生忘。不疑身在人間也。最後繡雲發聲。聲尤掩抑。不可聽。其詞曰。一抹青螺。一寸橫波。甚玉兔化身。渾似嫦娥。皎是聰明。真假難雄。猜不破。一霎時春愁無那。周旋迴避。儘教人兩般都錯。卻待恁般幾可。料不是閒情歌喚。奈何。小黃鸝飛上花梢。坐花枝。忒煞多。怎到得吾儂兩个。此意同鍼鎖。上天日月。下地山河。眼前燈火。只落得儂知他意淇惱我。時觀察已中酒。昏然。故數女歌詞俱不聞也。少頃。遣金鈴出宿於西軒。金鈴甚惆悵。伏枕疑想。恍惚成寐。復夢一侍兒來請。遂引之至一閣中。香氣氤氳。珠翠溢目。卻見繡雲兒然在榻。起迎金鈴。遂相偎倚。金鈴私問觀察亦安在。繡雲曰。此時尚關渠事耶。幸復無慮。請君為潘郎。吾為陳姑。復演竊詞一折耳。金鈴喜甚。方欲搴帷。忽聞簾外鸚鵡連呼相公來。繡雲推之。乃驚寤。則身仍卧西軒中。且悔且憾。而劃然一聲。忽復張眼。則身實卧賣酒家。并非西軒也。朝暾射牖。攬衣遽興。兩雀方鬭於簷間。破瓦在地。因深自咤訝。蓋夢之中。又占其夢矣。夢中情事。記之了了。他日以所演玉簪質之梨園。節目皆合。金鈴由是竟善詞。試度他曲。過耳輒能。既而學使者按試。金鈴不見錄。而聞他郡梨園果有所謂長樂部者。徃游訪之。則部中諸伶。恍然如舊識。益訝向者之夢。良非偶然。殆數也。乃易士而優。隸長樂部。聲伎為一時冠。大江南北。轉徙經年。果又有所謂某觀察者。一日置酒宴客。果召長樂部奏技。至則堂榭猶是也。賓客猶是也。是日果演玉簪記。酒闌客散。果召之入內小飲。觀察諸姬。又皆如舊識。桃源重來。極安真到。事境雖是。而情轉深矣。既而驚聞珠串。歌管皆同。酒盞觥籌。笑言無異。惟繡雲玉肌瘦損。蛾黛慘然。終席無一語。不復歌前日之曲。此其小變也。及小酌既罷。金鈴果出宿西軒。欻然入夢。夢入於繡雲之寢。心戀前事。不暇他語。欲亟遂幽歡。以償夙願。而既見繡雲殊不自由。轉帳之間。竟忘前事。仍問觀察安在。仍作潘郎。仍聞鸚鵡呼相公。仍為繡雲所推而覺。仍卧西軒中。瞿然自驚。爽然自失。復啞然自笑。蓋是夕之夢。疇昔夢中之夢也。數之前定者。卒不或爽。竟有如此。夢中之夢。戲中之戲。變幻於是其極矣。金鈴本名鐸。金鈴其小字也。人以其伶也呼之。

歸田瑣記

梁章鉅 著

上海文明書局印行

歸田瑣記序

仕宦而心泉石者其曼倩之所謂大隱乎蓉石髓擷芝蕤蓬蔂而行鞅掌與使洄跡於春膴樹名於枕流情則邈矣非幹濟之才垂纓紱拖青紫振藻雲路剖符要津巳彭彭其莫齡猶戀戀於華膴伐則洪矣非恬退之操夫唯身居魏闕之上心依衡宇之下如吾中丞師者斯真能兩全之者歟公以十五世之華冑策四十載之茂勳方其珥筆木天通籍金馬啟曲江之讌被宮錦之榮同列者爭躡青雲競擎丹轂而公甫綴鵷鷺即思桑梓榕城有栖隱之志海嶠多傳經之彥枕葄六蓺悠游十春甘使鄧禹之笑人不學顔孫之干祿書以是服公志之澄既而任郡守歷藩牧位官句吳駐節章貢練湖濟而三江稔金帶解而二黼平九邊可期萬石奚讓而公讓官之表雅慕叔子爲霖之禍無媿安石驪駒三唱除書在門鷟鸑一鳴大呂聽律難進易退古人是期書以是服公才之大既而天子南顧桂管思得藎臣畀之封圻領以節鉞於是五稔象郡半載胥臺勤宣道濟之沙績著伏波之米練士于銑献戰衡于艅艎朝知亭晟爲大臣人呼杜詩以慈母而公乃扁舟載石峻峽投香一篇留誓蓁之文三徑種延齡之菊書以是服公之勇於任事而恬於居官今者林泉怡性著述等身晃於暇時撰歸田瑣記八卷郵以見示大約仿唐人之閱書沿宋稗之舊例穿穴百氏剔竊一家闡揚忠貞臚述耆舊小亦足以正汲長之說補華陀之書洵可網維世風利澤羣彙已公之經濟具見一斑垂諸蓺林嘉惠來學書爲韓范之部吏隨籍湜之後塵公諉以校讐付之剞劂所願名山日富春風正長他時撰杖座間親接緒論則是編也爲容齋之初筆浣花之紀年也歟

道光二十五年冬十二月受業仁和許信書謹撰

歸田瑣記目錄

卷一
歸田　歸舟
七十致仕　谷園
文選樓　竹藥
南萬柳堂　兜兜巷
堵江口　謚法
宋研　天下太平四字
丙午丁未　禫服
璵璠　鰣魚
治疝古方　洗目神方
屠蘇酒方　折骨傷方
被毆傷風方　小兒吞鐵物方
治喉鵝方　治痰迷譫語方

積受潮濕四肢不仁方　止血補傷方
屏賊盜咒
卷二
致劉次白撫部書　砲説
家居　請鑄大錢
鯤鮞　飲量
食量　曼雲先兄家傳
壽序
卷三
閩鑾五稱　常成二公
張宜劉升道　陳讓
夏得海　循吏
酷吏　颶風
陳嶠　慶城寺碑
高鳳　玉枕蘭亭
五經中式　督學屢易
荔枝　兒英樹石榴贊
鼓樓刻漏　陳寶百問策
麻沙書板　書磨元善遺集後
武夷山志　建陽二寶
承天寺　小李將軍畫卷
文衡山書赤壁賦冊
卷四
黃忠端公　洪文襄公
李文貞公　李文貞公逸事
陳省齋　蕭藝菴
謝古梅先生　蔡文恭公
張孟詞貢士　鄭蘇年師

福建鼎甲　世進士
兄弟進士　少年科第
世解首　三世巍科
同榜三及第　會元
宰相尚書
卷五
謎拜　噶禮
隆科多　年羹堯
訥親　胡中藻
和珅
卷六
文人奇遇　紀文達師
劉文清師　朱文正師
松文清公　讀書

歸田瑣記

讀儀禮　月令氣候
千字文　上大人
滬濱唱和詩序　高雨農序
已刻未刻書目　疊韻詩
和阜閣老紀恩詩　楹聯賸話
卷七
小說　封神傳
三國演義　金聖歎
神木　釣臺詩
首縣　典史
上衙門　清客
酒令　燈謎
近人雜謎　稟賦不同
少食少睡　品茶
品泉　百歲酒
豆腐　廚子
小炒肉　奴僕
纏人
卷八
北東園日記詩　附和韻
附停葬說　附銅碑說
附厚殮說　附代吉祥說
附復廖尚書魏山長書
歸田瑣記目錄終

歸田瑣記卷一

清　福州梁章鉅撰

歸田

歸田之入詩莫著於蘇文忠公歸田之名書莫著於歐陽文忠公之歸田錄作於致仕居穎之時皆紀朝廷舊事及士大夫諧謔之言自序謂以李肇國史補為法而國史補自序謂言報應敘鬼神述夢卜近帷薄則去之紀事實探物理辨疑惑示勸戒採風俗助談笑則書之蓋二書體例相出入說者又謂李書為續劉餗小說而作大抵古人著述各有所本雖小說家亦然要足資考據備勸懲砭俗情助談劇故雖歷千百年而莫之或廢也余於道光壬辰引疾解組雖歸田而實無田越四年奉

命復出又七年復以疾引退則並不但無田可歸竟至有家而不能歸回首雙塔三山如同天上因僑居浦城養疴無事就近所聞見鋪敘成書質實言之亦竊名為歸田瑣記云爾時道光二十五年元旦書於浦城北東園之池上草堂

歸舟

道光辛丑秋七月由粵西量移蘇撫受篆甫十日即赴上海防堵兼攝督篆未幾奉

命回蘇州辦理糧臺時揚威將軍駐兵蘇州徵發調遣事極繁重余晝理簡書夜出巡城廂內外甫匝月而舊患眩暈之疾復作十月廿八日接見僚屬之頃忽仆地幾不起即於十一月初二日專摺奏明乞假調理一面將撫篆送與程晴峯方伯接護逾月復奏請開缺調理遂於此年正月中旬奉到

諭旨准其開缺調理於正月下旬移居滄浪亭行館二月初旬買舟挈家旋里甫登舟之夜半忽聞浙東英夷猖獗揚威將軍由紹興奔回杭州錢塘江一帶戒嚴土匪乘機刼奪行旅斷絕急報再至遂與逵兒恭兒商定天未明即回舟北上以避其氛二月十七日渡揚子江抵邗上沿途官吏毫無見聞舟泊鈔關半日而楊竹圃方伯簧謝茶石觀察學崇飛輿來接晤談至上燈而去楊係親家謝係同年所謂親者無失其為親故者無失其為故也蓋至此始愈信官場之無味矣

七十致仕

古人四十強仕七十致仕統計人生居官之日前後不過三十年蓋一人之聰明才力用至三十年之久已無不竭之勢倘此三十年中無所表見施為則此後更有何所望若今人未及四十早入仕途則致仕之期即不必以七十為限昔人所譏哭而

舟今已厠銀黃之列死期將至尚留金紫之班而必至日暮途遠夜行不休前賢後顧無所棲泊不亦太可憐乎故余兩次引歸皆未及懸車之歲昔通鑑目錄引韋世康之言曰祿豈須多防滿則退年不待老有疾便辭憶余前居福州時嘗取此十六字鐫一小印程祚庭贊部（祖洛）甚喜之今則距懸車之期只有二年而尚有議余不應遽退者殆亦未就古人行藏之大義及仕止之恒規而一按之也

容園

初到揚州居旅店中湫隘囂塵不可言狀州縣官以六塊鋪墊兩合紗燈了之而已既思故友張建亭觀察家極寬敞雖甫遣八人之庖而餘宅尚多姑令達兒往探之則觀察之子松崖郡丞適來甚有樂為居停之意因挈家移住其中宅中亭館一空主人眷屬移居前院正屋而臨池二十餘間尚在因與主人分前後院而居適儀徵阮雲臺師相先來視余徘徊矚眺間語余曰此名容園為吾揚州園亭第一所此池寬廣亦合郡所無本江皖香中丞之舊宅余初以少賤不得其門而入及為張觀察所得又以素無謀面之雅裹足不前今聞足下寓此樂得藉開眼福雖殘燬之後尚可矚觀且頹垣碎礫之間尚有數十本牡丹盛開足供詩料矣時余尚未摳謁師宅

因問吾師府中之園如何師笑曰我本無買園之力即有資亦斷不買園揚州仕宦人家無不有園者郡人即以其姓名之如張姓則呼張園李姓則呼為李園若我有園則亦必被呼為阮園是誠不可以已乎因一笑而去

文選樓

揚州有文選樓文選巷之名見於王象之輿地紀勝及羅願鄂州集乃隋曹憲以文選學開之唐李善等以注選繼之非梁昭明太子讀書處也儀徵師宅即文選巷舊址嘉慶十年始於阮氏家廟之西建隋文選樓樓上祀隋秘書監曹憲以唐沛王府參軍公孫羅左拾遺魏模模子度支郎景倩崇賢館直學士李善善子北海太守邕句容處士許淹配之吾師撰銘所謂建隋選樓用別於梁者是也余素仰樓名初謁師宅即擬登樓以慰夙願而不知樓實在家廟之西與吾師宅尚隔一街也一日師折柬召余飲且傳諭曰席設文選樓余為之狂喜吾師所藏鐘鼎古器悉度於此是日即飲於樓下縱觀之時無雜客而錢梅溪適至因同入座師甚喜曰似此三老一堂而所摩挲皆三代法物人間此會能有幾回不可無以紀之也時梅溪八十四吾師七十九歲余年最少而獨居首坐甚以為愧乃踰日而朱蘭坡至即留余寓園中

又數日而王子卿亦至子卿亦八十四歲蘭坡七十五歲吾師方欲圖為五老會而唉船警報日迫吾師已往南萬柳堂梅溪蘭坡均各回蘇余不得已亦挈眷匆匆渡江南返同憶文選樓之會竟可一而不可再吾師若預知其然者不禁黯然也

芍藥

揚州黃右原比部家芍藥最盛嘗招余陪阮儀徵師賞之吾師以腳疾不便於行端坐亭中遙望之余與右原則徧歷花叢真如入衆香國矣園丁導余觀新綻之金帶圍蓋千萬朶中一朶而已余自詫眼福並語右原曰吾師與余皆已退居林下此花之祥當惟園主人專之矣故余詩結語云難得主人初日學定教金帶傍奇祥師和余韻云謝公應為蒼生起花主人應亦兆祥蓋為周旋賓主起見而朱蘭坡和詩云試看黃黃金帶色君家姓氏本符祥錢梅溪和詩云料得主人應似客故教金帶早呈祥則亦專歸美於園主人也吾師望予復起頗切故余疊韻詩云生怕山前泉水濁隨緣止止即延祥實答吾師詩意

南萬柳堂

邵伯湖之北數十里有儀徵師別墅在水中央四圍種柳數萬株每歲長夏必於此

避暑自題為南萬柳堂以別於京師之萬柳堂也繪圖作詩者屢矣近復得青湘子畫片作為南萬柳堂第四圖以新卷命予首題余謹次自題韻成七律二首吾師甚稱賞之為附刻於揅經室續詩中詩云天然一幅水村圖眼福欣當寄廡初問字忽逢苦瓜畫（清湘子亦自號苦瓜和尚）臨流便想坐茅漁北來戢戢投林鳥（時避海氛者多卜宅郡上）東望茫茫縱壑魚安得牽船隨杖履太平鄉裏補三餘（太平鄉為柳堂八景之一）若個將身入畫圖每逢佳處警吾愚白鷗敢作誰馴想黃鳥真知所止隅（黃鳥隅亦柳堂八景之一）南北平分萬楊柳主賓晤對幾桑榆鑑湖底似珠湖好卅六陂前卅二湖朱蘭坡謂余曰我適晤閣老極折服此詩謂次韻之作能如無縫天衣自非老手莫辦並命我亦效顰我謂此詩遣辭沉著託興遙深已如崔灝題詩在上頭繼聲者必難見好不如善刀而藏也閣老亦以為知言

兜兜巷

在揚州日聞與錢梅溪談邗江故事梅溪曰余近寓居之西俗呼兜兜巷此名頗雅不知始於何年可入詩否余記得柳南隨筆中有此事一時不能口述歸而檢書始得之王漁洋為揚州司李時見酒肆招牌大書者者館三字遂役喚主肆者詢其命

名之意主肆者曰義取近者悅遠者來之意漁洋笑而遣之又揚州有兜兜巷巷甚
隘而路僅甚多居此巷者婦人多以做肚兜為業而門面又相似故人行多歧悞焉
有作寄江南詞者二十首中一首云揚州好年少記春游醉客幽居名者者婦人小
巷入兜兜曾是十年留次日以此語儀徵師師為之解頤曰我數十年老揚州今日
始聞所未聞也

堵江口

余僑寓邗江無所事事然日聞海上警報怒然憂之當官者惟但雲湖都轉明倫時
從余講求此事余曰夷情如此猖獗難保其不犯長江則瓜洲一帶口門不可不預
為之計都轉問計將安出余曰揚州本富盛之區尚可有為足下所筦度支亦儘可
挹注此地若無以禦之則他處更將束手矣今大江兩岸口裏滿號之漕艘不下千
百隻似可預先調齊橫塞江口以鐵索聯為巨栅每船中預伏數兵安設槍礮火器
從頭艙中穴孔以待之再招集捆鹽人夫一二千名各予器械船隻使之并力堵禦
重賞之下必有勇夫以糧艘為前茅以捆徒為後勁四十里外有此兩層扼隘喫夷
雖猛恐亦不能飛來矣都轉聞之極為動念正在籌畫間而圌山口早望見夷帆矣

兵倏陷鎮江即回指金陵不數日和議已成此事遂止余嘗為都轉題雪舟𦱤海畫
卷第四首之末云時君已晉秩維總度支府軍儲堪挹注煮海本利藪通海得籍手
長袖乃善舞 上紓宵旰勤下壯風聲樹廢艘栅可資捆徒勇足賈仍願備不虞舫
菟幸俯賑阮雲臺師謂此崇論宏議不當僅以詩論也

謚法

在揚州日偶與楊竹圃方伯林屿疇比部 揚祖 談及吾閩耆運之衰因歷考 國朝
吾閩百餘年來文臣得謚者僅五人一為南安洪文襄公一為安溪李文貞公一為
漳浦蔡文勤公及其從子文恭公一為侯官陳忠毅公 丹赤 蓋自嘉慶六年蔡文恭
公之後無一人再膺斯典者若武臣則指不勝屈矣有一家而得謚者如平和海澄
公黃忠恪王 梧 及子忠勇公 芳度 從子忠襄公 芳世 襄毅公 芳泰 孫溫簡公 應纘 巽
數殊榮實古今所罕有此外如晉江靖海侯施襄壯公 琅 及子提督勇果公 世驃 提
督藍襄毅公 廷珍 及族子襄毅公 元枚 總兵朱忠壯公 天貴 而同安提督黃恪慎公
有才 林溫僖公 君陞 胡勤愍公 貴 李忠毅公 長庚 邱剛勇公 良功 總兵胡武壯公 振
聲 數十年中同縣凡六人得謚亦盛事也 按記此後數日接閱邸抄恭悉松江提
督陳化成家 賜謚忠愍亦同安人辛丑秋曾與余在吳淞共事三閱月

宋研

吾閩宋研最多余齋中即有數方所見於友人齋頭者亦不一而足韻石齋筆談云
建炎己酉宋高宗避兵航海凡上方所儲貢研載以自隨斯時風鶴傳警傷僂寰瀛
隨行舳艫往往飄沒研之淪於波臣者不知凡幾厥後漁人蛋戶偶或得之流傳閩
廣奠寶天吳紫鳳嘉靖間福建許姓者常估於蘇過文徵仲玉蘭堂見案上一研文
鏁珍重許曰此研閩廣是處有之文笑曰此宋貢硯也乃端溪舊坑豈易得哉許知
其說通歲即攜宋貢研二十方過姑蘇文見大駭易其四士人爭購之願得當價後
許攜三十方容於金陵士大夫競買之詢其所自皆由古寺中得之或見於鄉村訓
塾蓋宋室將衰遠於南海故閩粵是處有之不但高宗所攜而已近於揚州購得吾
鄉鄭漁仲先生研底鐫夾漈草堂四字左邊有紀文達師銘云惟其書之傳乃傳其
研𦵏陶乎余心匪物之玩右邊有邵闇谷 齋燾 銘云曉嵐受 詔續通志漫士先生
以夾漈舊研贈之闇谷居士為之銘曰墨繡斑斑閩人綫稣積刓缺字不毀夾漈有
靈式憑此六百年復待吾子時乾隆丁亥正月 按此是文達公所遺吾師紀文達公

物余童時似在里中見之未知即此研否又不知何緣轉入江南也

天下太平四字

閩阮雲臺師在相位時每於歲除前用松江花絹方牋篆書天下太平字如秦漢瓦
當體分貽知好潘芝軒閣老以四字所出問翰林諸公皆不能對師曰此五經中句
耳閣老乃分屬軍機章京數人各檢一經始知出仲尼燕居篇云言而履之禮也行
而樂之樂也君子力此二者夫是以天下太平也按四字見經僅此其見於周秦間
書者鄧析子轉辭篇聖人寂然無鞭扑之形莫然無叱咤之聲而家給人足天下太
平呂氏春秋仲夏紀天下太平萬物安寧韓非子忠孝篇天下太平之士不可以賞
勸也天下太平之民不可以刑禁也其見於漢人箋注者詩維天之命序太平告文
王也鄭君云今天下太平矣故承其意而告之公羊傳麟有王者則至何休云上有
聖帝明王天下太平然後乃至其見於史部者史記夏本紀禹告成功於天下天下
於是太平治其見於雜子書者白虎通天下太平符瑞來至又藝文類聚引孫氏瑞
應圖一角獸者天下太平則至又引中興徵祥說天下太平則騶虞見此外專用太
平二字者則悉數難終矣余以壬寅春引疾解組以海氛方惡避居揚州適吾師亦

書此四字見貽記予以心太平齋屬伊墨卿書額翁覃溪師見而討之謂予曰昔陸放翁以心太平自額所居人皆謂取黃庭經語然古本黃庭經是閑暇無事修太平陸改修為心蓋當南渡之餘日切中原之望吾子何取乎爾回憶此語已隔三十年今覃溪師之書此也年已七十有九而余亦六十有八若曰竊願我師弟以餘年長享太平之福而已因裝為横幅而紀其前後情事如右俾覽者有所考焉

丙午丁未

嘆夷滋事之初民間謠言紛起有寅虎之年定干戈語果于壬寅夏杪撤兵余寓揚州時和議尚未成警報踵至有術士昌言揚城只有虛驚必無大變然不免破財余親聆其說惟微言甲辰年有厄吝徵尤在北方然甲辰年自京師洎各直省並無事端惟春初東河大工垂成復決耳又言丙午丁未兩年兵象尤著衆以為時尚遠姑妄聽之而已按陽九百六元二之說自漢以來即有之而丙午丁未為國家厄會則其說實倡自宋人宋淳祐中柴望撰丙丁龜鑑十卷見文獻通考後有元人明人各為續錄一卷則不著姓名按柴望江山人紹熙間由太學上舍除中書因淳祐六年丙午元旦日食上此書僭擬秦莊襄王以後至晉天福十二年凡值丙午丁未者二十有一皆有事變復元人續記宋真宗景德三年至理宗淳祐七年值丙午丁未者五又明人續記元成宗大德十年至順帝至正二十七年值丙午丁未者二亦各舉時事以實之其元人續錄序引陰陽書曰丙午屬火遇午未而盛故陰極必戰亢而有悔也又曰丙祿在巳午為刃然丁祿居午未為刃然則亦不過術數家言余生也晚回數六十年前丙午丁未間余方十二三歲然時已梗阻厦門值林爽文之變留滯年餘始得歸里亦不可謂非一咎徵然國家敬天勤民無時可懈豈待六十年一逢厄會始議修省且史傳所載亂多治少不必盡係丙丁則其說盡可存而不論特不可不使人知此說而以人勝天之理則存乎人而已

禫服

在揚州日有廣西舊屬某州判來謁自言丁本生父憂服甫闋將仍還廣西余順口問曰禫服亦已滿乎某茫然不知所應蓋實不知期服之亦有禫也余曰君殆只知三年之喪有禫而不知期之喪古亦有禫只知二十五月之喪為三年而不知十五月之喪古亦為三年也時客中無書只手錄有孔巽軒先生禮說一條遂檢示之孔云喪服小記稱為父母妻長子禫據禮妻為夫臣為君亦禫記無文者三年之喪必

有禫自不待言此以父母長子與妻並舉則通謂期有禫者也為父母禫蓋為人後者為其父母亦然為長子禫蓋庶子為其長子亦然凡父母妻長子並有三年之義雖持重於大宗者不貳斬庶子不得為長子三年猶當有禫或疑不杖期並無禫非也雜記曰期之喪十一月而練十三月而祥十五月而禫有練有祥有禫故亦通稱三年假令遭喪於甲年之末除禫於丙年前後已涉三年也春秋左傳王一歲而有三年之喪二焉謂后與太子墨子曰君與父母妻後子死三年喪服（後子者為父後之子即長子也）是妻喪禫期兼得三年之稱也蓋有二十五月之三年有十五月之三年亦猶大功有七月九月之異耳

璵璠

璵璠二字見左傳定五年陽虎將以璵璠斂注云璵璠美玉疏云一玉名疏必云此者因二字皆玉旁恐讀者誤為二玉耳既是一玉名則二字自不宜倒用說文璠字注云璵璠魯之寶玉孔子曰美哉璵璠遠而望之奐若也近而視之瑟若也一則理勝一則孚勝璵字注則但云璵璠也余由吳中引疾歸寄居揚州客有以詩贈行者句云濟時今柱石比德古璠璵余面告之曰詩句甚好非所克當惟以璠璵押韻尚宜酌改耳客艴然曰璠璵璵璠惟所用之左傳雖云璵璠而孔子之語則明曰璠璵杜詩高價越璠璵蘇詩清廟陳璠璵古大家皆如此押韻然則皆非與余曰孔子之語本是璵璠明見說文今引孔子語者或誤作璠璵耳不得以誤者為據而以不誤者為非也三國魏志鍾繇傳云昔之垂棘魯之璵璠宋之結綠楚之和璞潘尼贈陸機詩云今子祖東何以贈旃寸晷惟寶豈無璵璠皆尚不誤至唐以後始有誤沿作璠璵者實不可不辨耳

鰣魚

居揚州日偶以江鰣二尾獻阮雲臺師師以手柬報之曰此鰣魚即爾雅之鯦當魱曾考之否余行篋無書以屬黃右原比部右原作鯦魱說甚詳按鰣或作鰣通作時見韻會爾雅鯦當魱注海魚也似鯿而大鱗肥美多鯁或作鯦惟類篇言其出有時故名鰣正韻言似魴肥美江東四月有之然吾閩秋冬間亦有之則其出有時之說不盡然也廣西梧州亦有之名三黎魚又呼三來魚蓋一音之轉其味稍減此本海魚得江水蕩滌之其味愈美故以出揚子江者為佳余守荊州過嚴州皆得食之昔人謂荊州有鰣主起刀兵不宜食余以八月食

湖北次年五月升任去荆竟無他警則前說亦不盡然也此皆右原說中所未及者故附記之

治疝古方

僑寓邗江居停主人有患疝疾者甚苦憶余在清江浦時亦患此證有客教以荔支核煎湯服之遂愈因以此方授之殊未見效一日偶翻舊書中夾有一紙條云辛稼軒初自北方還朝忽得癩疝之疾重墜大如杯有道人教以服葉珠即薏苡仁也法用東方壁土炒黃色然後入水煮爛放沙盆內研成膏每日用無灰酒調服二錢即消沙隨先生亦患此證辛以此方授之亦一服而愈按此一段忘却在何書鈔來因即以此原紙授居停主人如法製服五日而霍愈古方之有用如此因急筆記之

洗眼神方

暗室燈書載一洗眼神方云山西太原守樂景錫失明十九年忽有神人傳一靈方用厚朴五分清水一椀煎至五分洗之即愈復為山東萊州守未洗之先須齋戒沐浴將洗之際須迎日光焚香一日三次其方已傳七代治好者指不勝屈其方簡使易行必有益也日期為正月初三日二月初六日三月初三日四月初五日五月初五日六月初四日七月初二日八月初九日九月初十日十月初三日十一月初四日十二月初四日

屠蘇酒方

或問屠蘇酒之義記得七修類稿中有之屠蘇本古庵名當從广字頭廣雅庵作廜蘇二字孫思邈將書此二字於己庵集韻云廜蘇酒元日飲之可除瘟氣亦作屠蘇今人因思邈庵中出辟疫之藥遂有屠絕鬼氣蘇醒人魂之說可笑也嘗憶得三因方上有此藥酒用大黃配以椒桂蓋孫思邈出庵中之藥與人作酒因遂名為屠蘇酒耳其方為大黃桔梗白朮肉桂各一兩八錢烏頭六錢菝葜一兩二錢各為末用袋盛以十二月晦日日中懸沉井中令至泥正月朔旦出藥置酒中煎數沸於東向戶中飲之先從少起多少任意一方加防風一兩

折骨傷方

紀文達師曰交河黃俊生言折骨傷者以開通元寶錢燒而醋淬研為末以酒服下則銅末自結而為圈周束折處曾以一折足雞試之果接續如故及烹此雞驗其骨銅束宛然此理之不可解者銅末不過入腸胃何以能透膜自到筋骨間也惟倉卒間此錢不易得後見張鷟朝野僉載曰定州人崔務墜馬折足醫令取銅末酒服之遂瘥平後因改葬視其脛骨折處銅末束之然則此本古方但云銅末非定用開通元寶錢也

被毆傷風方

紀文達師又曰凡被毆後以傷風致死者在保辜限內於律不能不擬抵呂太常含暉嘗刊一秘方云以荊芥黃蠟魚鰾三味魚鰾炒黃色各五錢艾葉三片入無灰酒一椀重湯煮一炷香熱飲之汗出立愈惟百日內不得食雞肉耳此一方可活二命須廣布之

小兒吞鐵物方

漳浦蔡文恭公嘗語人曰吾校四庫書坐訛字廢經奪俸惟二事得校書之力吾一幼孫偶誤吞鐵釘醫家以樸硝等藥攻之不下日漸尩瘠後因校蘇沈良方見有小兒吞鐵物方云剝新炭皮研為末調粥與小兒食其鐵自下依方試之果炭屑裹鐵釘而出乃知雜書亦有益也

治喉蛾方

黃霽青曰族兄秋坪室錢氏素患喉蛾喉蛾者喉間起疱腫痛甚者兩兩脹塞名為雙蛾勺水不能下咽治稍稽緩呼吸氣閉往往致斃錢所患類是屢治屢發恆苦之秋坪嘗自粵東歸於江山舟次聞同舟人有談奇症及治喉蛾方者云斷燈草數莖纏指甲就火薰灼俟黃燥將二物研細更用火逼壁虱即臭蟲十個一并搗入為末以銀管向所患處吹之極有神效因關心而默記焉及歸錢恙復發較前尤劇醫者束手憶及舟次所聞之方亟依法製治數吹後則雙疱忽潰嘔吐膿痰盈碗旋即平復嗣是遂不復發秋坪嘆為神效真不啻仙方云按指甲燈草本喉症應用之品至合壁虱為三味則古方所未有不知所述者從何處得來耳　又喉間方覺脹滿起疱者急以食鹽自搓手掌心鹽乾復易新鹽搓之數刻即消此亦極簡便之方而極有效曾屢經試驗者也

治痰迷譫語方

李葛峰太守景峰曰凡譫語者皆心為痰所揺應用鮮猪心一具將辰砂一錢甘遂二錢合研為末藏猪心中外用牛糞煨熟取出藥末和作兩丸再將猪心煮汁和丸吞下即愈時蘇州有人患痰迷病服此方而愈李所目擊故特以告余因記之

治積受潮濕四肢不仁方

歌訣云十大功勞三兩重八稜麻根五錢輕淫羊藿與千年健紅花當歸五加皮陳皮六味俱三錢一共八味煎濃汁配入陳燒四斤足再加無灰酒十斤封壜七月隨量飲一月之後見奇功此方係揚州異人所傳閒葉鈞潭方伯服之有效

止血補傷方

姚伯昂總憲竹葉亭雜記曰余姪塤張子畏太守寅官農部時赴圓明園畫稿車覆與夫為輪所壓傷兩臂子俱出以為無救也余適在朝房以語申鏡汀前輩中亟錄一方見示且言昔親見兩舟子持篙相鬬篙刺額角而穿以此藥敷治之而愈其藥止痛止血且不必避風余急照方配藥令與夫敷之半月而愈復以治刀箭馬踢跌傷無不驗其方用生白附子十二兩白芷天麻生南星防風羌活各一兩各研極細末就破處敷上傷重者用黃酒浸服數錢青腫者水調敷上一切破爛皆可敷之即愈地方官若能於平時預製以治鬬毆傷可活兩命價不昂而藥易得亦莫使之陰功也

屏賊盜咒

伯昂總憲又曰山東李鼎和傳得屏盜賊咒語羈旅路宿頗可預防咒云七七四十九盜賊滿處走伽藍把住門處處不著手童七童七柰若何於清晨日出時向東方默念四十九徧勿令雞犬婦女見之

歸田瑣記卷一終

歸田瑣記卷二

清 福州梁章鉅撰

致劉次白撫部沅書

道光壬寅春初引疾得請於秋仲歸抵浦城有致劉次白撫部一函語頗切直而有關係非同尋常尺素書也因附錄於此云某自引疾得請後應即旋閩因傲裝之頃忽聞浙東嘆夷猖獗大帥奔回杭州錢塘江一帶戒嚴莠民乘機劫掠行旅相戒裹足不得已暫至揚州避之嗣因揚城警報踵至探知夷艘已迫焦山口復踉蹌挈家於六月初渡江時京口草木皆兵一葉扁舟從鋒鏑中奪路而出甫過丹陽即聞鎮江府城已被夷兵攻破道途梗阻幸途遇帶兵大帥齊禮堂參贊慎北來救援某與參贊曾為甘隴同寅承其沿途擁護星夜趲馳得以安抵蘇州復逆夜乘潮至富陽神魂始定六月杪至衢州探聞江南大吏以千萬金錢與嘆夷講和許其於江南浙江福建廣東四省設立馬頭互市業經奏准嗚呼此乃城下之盟不得已權宜之計惟我 皇上如天之德深憫東南百姓久遭荼毒勉從疆吏所請使民氣得以小蘇凡薄海含生負氣之倫無不感頌 皇仁而咨嗟太息於臣工措理之失當也七月初至浦城本擬即日買舟順流歸里忽聞嘆夷復欲在福州添設一馬頭執事已為據情奏請不勝駭愕且聞省垣紳户紛紛各為搬移之計因此觀望不前繼聞此事已奉 中旨再三駁飭仰見 聖明獨斷無私洞鑒於萬里之外俾濱海臣庶均各安耕鑿於 堯天舜日之中為之額手稱慶乃不數日又聞執事以此事須奏求 皇上之順民情以順夷情此經中之權史傳中屢有之今此之請添馬頭乃執事之拂民情以順夷情果何說以處此民為邦本執事於本末之分順逆之理亦曾熟思而審處之乎且此事本末至易明也以省分論福建不能先於江南浙江廣東也以富强論福建不能勝於江南浙江廣東也乃江南浙江廣東每省只准設一馬頭而福建一省獨必添一馬頭以媚之此又何說以處之且江南之上海浙江之寧波福建之廈門廣東之澳門本為番舶交易之區而福州則從開國以來並無此舉今以亘古未聞之事而為恭奉外夷之舉强率吾閩數十萬户商民必與上海寧波澳門一律辦理於國計民生政體均所未安此又何說以處之況中原濱海各省不一而足倘該夷援福州之例於山東索登州馬頭於直隸索天津馬頭於遼東索錦州

馬頭則概將唯命是聽乎。況外番如咦夷者。亦不一而足。倘各外番並援咦夷之例。亦於濱海各省請分設馬頭。則又將唯命是聽乎。且福州省城外。距五虎門大海。尚有百十里之遙。蘇州省城外。距常熟海口。不過百里。浙江省城外。距龕赭海門。亦不過百里。廣州省城則外距澳門不過數十里。若皆以海道可通之故。各援福州之例。並請於各省會分設馬頭。又何詞以拒之。且執事亦知該夷所以必住福州之故乎。該夷所必需者中國之茶葉。而崇安所產。尤該夷所醉心。既得福州。則可以漸達崇安。此間早傳該夷有欲買武夷山之說。誠非無因。若果福州已設馬頭。則延建一帶。必至往來無忌。某記得道光乙未年春夏之交。該夷曾有兩大船停泊臺江。別駕一小船。由洪山橋直上水口。時鄭夢白方伯以乞假卸事回籍。在竹崎江中與之相遇。令所過塘汛各兵開礮擊回。則彼時已有到崇安相度茶山之意。其垂涎於武夷可知。此時該夷氣燄。視十年前更甚。得隴望蜀。人之常情。況犬羊之無厭乎。此局果成。其弊將有不可殫述者。願執事合在城文武各官。及在籍老成紳士。從長計議。極力陳奏。必可上邀　俞旨。下洽輿情。使咦夷知中國不可以非理妄干。自當帖然聽命。甚不願後日以盧龍之責。歸咎於當時之大吏及士大夫也。敢拜下風。伏惟垂鑒。幸甚。

按是時。吾閩怡悅亭督部方巡臺灣。遠在海外。省中事務。統歸次白撫部主持。余在江蘇藩任時。次白為太湖同知。曾以濬河使民歡聚加知府銜。次年復以　計典卓薦。擢守徐州。洊至開府。以余所舉主執弟子禮頗恭。故余不憚傾倒言之。次白雖不以為忤。而迄不能見諸施行。頃聞咦夷竟相挈入省城。與大小官吏相通謁。且佔住烏石山上之積翠寺。設牙旗鼓角。民間驚擾。官吏不知所為。至是始追咎於始謀之不臧。而不幸余言之中也。悔何及矣。

砲說

咦夷之滋擾羊城也。余適在西省梧州。帶兵防堵。前後遞運大砲。自三千斤至八百斤不等。凡四十座。解往廣州協濟。皆經奏明。今事平。仍運還各處。嗣聞或失於賊。或沉於海。無一座還西者。既量移蘇撫。復在上海防堵。嘗與陳蓮峰提戎並騎由吳淞海岸一帶。查演各砲。大小不下百十座。又在上海城中。親督局員開鑄新砲。亦不下數十座。次年咦夷長驅直入。城內外各砲。盡歸烏有。議者遂謂中土之砲。遠不敵咦夷之砲。此非探本之言也。夷船之先聲奪人者。莫如桅頂之飛砲。廈門及寶山之陷。皆由於此。其火光迸射。縱橫一二丈。恃以攻敵則不足。用以驚敵則有餘。故統軍者驚奔而眾無不潰矣。此孟子所謂委而去之者。今日軍中。全坐此病。則又何我砲彼砲之分乎。自軍興以來。各省所鑄大砲。不下二千座。虎門廈門定海鎮海寶山鎮江之陷。每省失砲約四百餘座。其為夷船所得者。約千五六百座。廈門之戰。我軍開砲二百餘。僅一砲中其火藥艙。大艘轟裂。況海夷船進退。是數百砲僅得一砲之力也。定海之戰。葛總兵開砲數日。僅一次擊中其火輪頭桅。即欹側退竄。是亦數百砲僅得一砲之力也。但使砲發能中。則我砲亦足破夷。如發而不中。即夷砲亦成虛器。夷艘及火輪船。多不過數十。大小杉板船。亦不過數十。但使我軍開數百砲。內有數十砲命中。即可傷其數十船。況一船可殲數十人。壞一船可傷數十人。尚何夷砲之足畏。如發而不中。則虎門所購夷砲二百座。其大有至九千觔者。何以一船未傷。一砲未中。是知砲不在大亦不在多。並不在專仿洋式之砲也。或言砲之能中。專在準頭。兼由地勢。余謂此亦非確論。陸戰之砲。須定準頭。而水面之船。則無定勢。昔人所謂以呆砲擊活船。何能必中。地勢之說似矣。然余曾親登寶山砲台。正當大海入港之口。不高不低。既無突出水面之患。又無四面受敵之虞。嘗與蓮峰提戎坐談半晌。深歎昔人相度之善。克成天險之形。似他處砲台。更無如此之得地勢者。而虛砲一轟。全軍皆潰。又何說乎。故曰。兵無常形。地無常勢。果能眾志成城。則又何砲之不可用乎。辭官歸里後。有詢問夷情者。率以畏砲為言。因摭所知告之。

家居

古人家居。每相戒不入州府。當官枉顧者。必閉門不納。此高人退士所尚。若曾任顯職者。則不盡然。居是邦而事賢友仁。就高年而采風問俗。於禮原不禁往來也。惟余前後兩次。皆以引疾假歸。疾雖少間。亦未便輕出酬應。諸大吏有屏騶問訊者。無不款接。而從不敢登門謝步。但走伻以一刺相報而已。戚好中。尋常慶賀。亦一概不行。惟偶有以酒食相召者。則無不往應。人多嗤之。以為既省往來而復赴飲召。何以為守禮。余笑答之曰。禮時為大。稱次之。余本以疾歸。酬應則有勞形之苦。飲燕則收頤養之功。於養疴最宜。亦最稱。如之何其禁之。語所謂暗合道妙者。而反以此相詆譏。抑何其不諒乎。

請鑄大錢

余在廣西巡撫任內。曾有請鑄大錢之奏。為戶部議格不行。嗣由江蘇巡撫任內。引疾得請。於陳謝摺內。復申此說。則留中未發。比年於邸報中。知某御史。亦有以此事陳請者大約亦必被部駁不行韓詩所謂中朝大官老於事詎肯感激徒媕娿者蓋不自今日始也今年回福州廖儀卿觀察鴻藻亦主此議知余已經入告索閱稿因並錄前後二稿示之近日復讀吾鄉許畫山作屏青陽堂文集中亦有請鑄大錢一疏稿畫山官職非可奏事當是為某大僚所擬或僅存其說而未發或已經奏入而未行均不可知其疏後所擬十欵則皆切實可行有補余前稿所未及者急備錄之以待施行者採擇焉　一曰嚴收銅收銅之法不在嚴刑而在重價令各直省州縣軍民人等按東西南北四鄉分春夏秋冬四時交銅除佛像不毀外一切紅銅器具盡行交官官照庫秤設秤二面委就近之吏目巡檢典史等員監督妥書眼同該花户當堂稱准隨即散給領價執照每觔給銀六兩照内將銅觔銀數開載分明期以第三年仍按方按時赴官支領如有不肖官吏抑勒銅觔剋減銀價許該交銅各花户赴就近道府衙門呈控審實按贓依枉法科罪交銅之後各花户倘尚有不實不盡者限一年内許陸續呈繳一年以外州縣官率同所屬吏目巡檢典史等員仍按東西南北四鄉依春夏秋冬四時分路嚴查如有隱匿紅銅一觔以下者罪杖一百一觔以上者罪滿流十觔以上者發近邊充軍有能提銅首報一家藏匿紅銅十觔以上者審實官給首報人賞銀二十兩五觔以上者給首報人賞銀十兩如虚予杖八十銅收盡後由該州縣運送各該省藩庫存貯運費每銅觔在藩庫領脚費銀五分似此既以重價鼓舞之於前復立嚴刑督責之於後天下紅銅自然盡歸於官矣　二曰嚴採銅採銅之法今天下凡採紅銅之山由督撫轉委道府大員監採如有透漏銅觔者本犯按數科罪一觔以下者杖一百一觔以上者滿流五觔以上者發近邊充軍十觔以上者絞監候監採道府訊不知情依失察從重議處如或知情故縱革職或通同舞弊分贓計贓准枉法論罪停採之時嚴行封閉請專設守鑛官一員以正八品佐貳等官主之就近建置衙署以便巡查倘有奸徒私行盜採者准透漏銅觔律論罪守鑛官論罪亦與監採之道府同緣民間紅銅現存較少誠恐不足以供鼓鑄之用故須隨時開採以廣財源也　三曰精選銅選銅之法請專用紅銅我　朝五代之錢惟雍正錢間有用紅銅者然多經私毀改造銅器民間現存者百不得一餘順治康熙乾隆嘉慶並前代偶存古錢皆係白銅與紅銅銅色迥別奸民即欲毀小為大希圖重利而劑色不同無能參亂此專用紅銅所以絕盜鑄之本也　四曰妙給價給價之法每銅觔既定給銀六兩如必關支　國帑則數無慮千

萬一時斷難驟給今定以交銅之第三年正月令各直省藩司將各州縣所解到銅觔開局鼓鑄先鑄當千大錢及當五百大錢當千者作銀一兩當五百者作銀五錢每花户交銅一觔給當千者三枚計作銀三兩又給當五百者六枚計作銀三兩共合銀六兩似此以民之利還之於民民間輸銅一觔即得銀六兩不須損上自然益下此所謂藏富於民者也　五曰撙贏餘贏餘之法每銅一觔可鑄當十大錢八枚作銀八兩除鼓鑄工料之費每銅觔去銀四錢又除州縣運銅脚費每銅觔去銀五分運錢脚費每銅觔去銀五分共去銀五錢實存銀七兩五錢今以六兩給花户作銅價計每銅觔淨餘銀一兩五錢通計各直省共一千三百餘州縣每州縣通算約三萬家輸紅銅約五觔每縣可得銅十五萬觔各直省通算約可得銅一萬九千五百萬觔每銅觔餘銀一兩五錢通算約得銀二萬九千二百五十萬且隨時開採每得銅一觔除鑛費運費鼓鑄各等費總可淨餘銀六兩有零此則不資之富取之無窮不須損下自然益上是又所謂藏富於君者也　六曰精鼓鑄鼓鑄之法當千大錢陽文右曰當千左曰重二兩陰文曰嘉慶通寶當五百大錢陽文右曰當五百左曰重一兩當三百大錢陽文右曰當三百左曰重六錢當二百大錢陽文右曰當二百左曰重四錢當百大錢陽文右曰當百左曰重二錢陰文皆同皆用漢文楷書以便民間別識由户部先精製錢樣頒發各直省省立一局委道員監鑄銅劑首要潔淨鼓鑄必極精緻輪廓必要分明肉好亦要均得倘有雜和鉛錫及鑄不精工等情弊將該監鑄之員嚴審定擬果有侵蝕銅觔照壞亂錢法罪絞監候　七曰審銖兩銖兩之法每銅觔鑄當千大錢三枚枚重二兩計三枚共重六兩鑄當五百大錢四枚枚重一兩計四枚共重四兩鑄當三百大錢四枚枚重六錢計四枚共重二兩四錢鑄當二百大錢六枚枚重四錢計六枚共重二兩四錢鑄當百大錢六枚枚重二錢計六枚共重一兩二錢每銅一觔共鑄五品錢二十三枚共重十六兩似此大小輕重各依其直折半遞減奸民即欲燬小為大竊取厚利而銖兩適合並無贏餘無可為利盜鑄之源不禁又絕矣　八曰禁剪鑿剪鑿之禁依古有之今令如有剪鑿輪郭而損缺者或有盜磨錢背而取鉛者重不如其文皆廢勿用其敢於作奸損壞之人准左右隣及地保族屬人等舉首審實賞舉首人當千大錢五十枚作奸損壞人准盜鑄律論罪　九曰廣流通流通之法今當千大錢作紋銀庫平一兩當五百者作銀五錢當三百者作銀三錢當二百者作銀二錢當百者作銀一錢其奇零

小用仍照現在當一制錢以便行使凡民間交易皆准此定價永遠遵行並曉民完糧商人納課俱准作銀照數輸將其有牙行市儈敢于把持抑阻者一經發覺照違制律從重發近邊充軍　十曰慎示信示信之法於未收銅之先由戶部刊刻頒發各直省告示令民間除佛像不毁外凡一切紅銅器具盡行呈繳按東南西北四鄉分春夏秋冬四季該花戶親自賫銅赴各州縣衙門眼同官胥稱准州縣官每日委吏目典史等官督同當堂上兑兑明隨給各花戶領價印照每銅觔給價紋銀六兩將銅觔銀數開載分明期以交銅之第三年仍按春夏秋冬赴官領價倘該管官吏有抑勒銅觔剋減銀數等情許該花戶赴就近道府衙門喊告該道府即行嚴訊審實按數以枉法贓論罪罪民人等如有呈繳未盡者准一年內續交一年以外該州縣官及所屬之吏目巡檢典史等員分路親赴嚴查倘花戶等敢於隱匿不繳者查出每銅一觔以下者予杖責一觔以上者滿流十觔以上者發近邊充軍有能持銅呈首者酌量銅觔多少官予賞銀此戶部刊刻頒布收銅給價之明示也此示只明告以交銅之利匿銅之罪不必令民間預知將以更鑄大錢以防匿銅不交之弊俟銅觔清收之後於第三年春初再由戶部刊刻頒布各直省改鑄大錢告示凡新收紅銅精選潔淨令各直省巡撫委道員就省開局鼓鑄當千大錢枚重庫平二兩作紋庫銀一兩當五百大錢枚重一兩作銀五錢當三百大錢枚重六錢作銀三錢當二百大錢枚重四錢作銀二錢當百大錢枚重二錢作銀一錢凡民間交易并完糧納課俱准依數作銀作錢兩下行用其奇零小數仍用常行當一制錢以便行使自更鑄之後永遠遵行萬年不易倘有牙行市儈膽敢阻抑者一經發覺照違制律從重發近邊充軍仍將錢樣依式刊示於後注明非真足紅銅及重不如其文者准勿用以防盜鑄雜鉛及剪鑿諸弊此戶部刊刻頒發改鑄錢文永遠遵行之明示也

按余在廣西陳奏此事初奉到　批回交部議奏而部中准駁尚未奉有明文因復私擬一稿以備續陳既奉部行以現在錢法無弊毋庸更張則後稿亦遂束之高閣茲并錄附以示儀卿云伏思錢法為濟時急需而銅政實為錢法根本銅之來路不充而日勤鼓鑄之事銅之去路不禁而徒嚴盜鑄之條猶非拔本塞源之計也夫以甚有用之銅而聽其為民間私家不急之物古人所謂貨惡其棄於地者莫此為甚大約風氣之華靡以漸而開由今追溯四五十年以前銅之為用尚少比年則銅器充斥而東南數省為尤甚如一燒手足之爐雖小戶亦家有數具一閨閣之鏡乃徑寬至一二尺重至一二十觔一盥盆一炭盆一壺一鐙動重數觔又如大小鉦鐃與鼓相配而鳴者為歲首戲樂之具從前雖富戶乃有之近則中小戶亦多有之舉此三數端則其餘可以概見皆由豪家相尚踵事增華所謂作無益害有益也而於是省會之銅器店以百計郡城以數十計縣亦不下數家至究其銅所由來並非經商販運聞有以廢銅易錢者亦千百中之一二耳然則其銅何自而得乎則皆銷燬制錢而為之也近日市中行用不見有順治康熙雍正三朝之錢即乾隆嘉慶錢亦甚寥寥矣非皆燬而為器之故乎然則居今日而議錢法舍禁民間銅器其流不得而塞即其源無由而清然徒禁之而抑令呈繳甚至不繳則從而搜括之則滋擾之弊亦不可不預為之防且常用之物驟為厲禁亦無以服小民之心竊以為宜令牧令設局公堂以漸收買之十里以內限一月十里以外限兩月皆赊繳淨盡每觔議定給以價銀若干如是則民不擾而淨銷亦不起雖然山僻小縣庫中附貯之項皆別有所抵所徵地丁則隨徵隨解安得餘銀以為收銅之資竊又以為宜從權變通准其開常平倉或即照銀價以穀給民或出糶得錢以給之隨時變通民亦可以無擾總在奉行之得人耳收銅既淨遠者或令銷鎔近者或即以原物徑解省城總局然後酌量分別約上等銅若干可鑄當千當五百錢中等銅若干可鑄當百當五十錢下等銅若干可鑄當十當五錢不過數月便可集事但鑄造磨礲必極工緻而米炭工費必照時價給發使鑪匠有以養身家然後行之可久如現在各直省錢局之價尚是照康熙年間舊定者給發其中賠貼太甚則其弊更不可言是亦所當議及者也

鯤鮞

許畫山青陽堂文集中有延師說一首蓋吾鄉近事也說云閩有富室欲延師教子訪之三年矣始得一老宿歲供百金其子業南華者也初授以逍遙遊請曰鯤何魚也師曰小魚也富翁竊聽而笑之越三月業及庚桑楚又請曰鯢何魚也師曰大魚也富翁大笑曰魚之大小尚不能辨也是可與卒業乎辭之去世之知其一而不知其二者如此富翁矣雖老師宿儒當不能以享百金之食也可慨也夫　按畫山之貴富翁誠是矣抑其師亦不能無咎焉爾雅釋魚鯤魚子也國語魯語魚禁鯤鮞此鯤為小魚之說所本也左傳宣十二年取其鯨鯢而封之注鯨鯢大魚名此鯢為大魚之說所本也然逍遙遊之鯤明為大魚庚桑楚之鯢明為小魚彼老師者獨不顧

文而思義乎。則所謂知其一不知其二者。實惟其師當之。於富鈞何責焉。

飲量

蒲城近日風氣。遠不如昔。不但談藝無人。即豪飲者亦少。文字飲更不待言。求如三十年前祖舫齋師之雅懷雅量。杳不可得。舊時門士。落落如晨星。壬寅秋。初寄廡時。有黃懋昭廣文訓者。可稱大户。其時李述堂運副。亦相伯仲。而意寡角勝。終席叶吚。即其內不足之徵。踰年則述堂遠出。懋昭酒力亦驟退。惟李堯文廣文松雲尚堪自張其軍。一時遂無能出其右者。述堂嘗問余服官中外。所值酒侶。果可當大户者有若干人。余曰。里居時。惟見閩邑令海豐張曦亭映斗者。餉客。以茶陪飲。以火酒兩杯對舉並盡。後客來復然。可以終日不倦。通籍後。則惟同年安化陶文毅公。飲量食量並洪。嘗言火酒或可醉人。黃酒自可無量。平生並不知醉鄉為何似。在安徽藩任時。嘗與孫平叔中丞以火酒角量。自長至亥。孫已酩酊。而公仍陽陽如平常也。述堂曰。京中諸巨公先生。自不乏真大户。可能舉其人否。余曰。此則吾師紀文達公詳言之矣。師云。酒有別腸。信然。八九十年來。余之所聞者。以顧俠君前輩稱第一。繆文子前輩次之。余所見者。先師孫端人先生。亦入當時酒社。先生自云。我去二公中間。猶可著十餘人。次則陳句山前輩與相敵。然不以酒名。近時路晉清前輩稱第一。吳雲巖前輩亦駸駸爭勝。晉清曰。雲巖酒後彌溫克。是即不勝酒力。作意矜持也。驗之不誣。同年朱竹君學士。周稚圭觀察。皆以酒自雄。雲巖曰。二公徒豪舉耳。拇陣喧呶。潑酒幾半。使坐而靜酌。則敗矣。驗之亦不誣。後輩則以葛臨溪為第一。不與之酒。從不自呼一杯。與之酒。雖盆盎無難色。長鯨一吸。涓滴不遺。嘗飲余家。與諸桐嶼、吳惠叔等五六人角。至夜漏將闌。眾皆酩酊。或失足顛仆。臨溪一一指揮僮僕。扶掖登榻。然後從容登輿去。神志湛然。如未飲者。其僕曰。吾相隨七八年。從未見其獨酌。亦未見其偶醉也。惟飲不擇酒。使嘗酒亦不甚知美惡。故其同年以登徒好色戲之。然亦罕有矣。惜不及見顧、繆二前輩一決勝負也。端人先生恒病予不能飲。曰。東坡長處學之可也。何併其短處亦刻畫求似。及余典試得臨溪。以書報先生。先生復札曰。吾再傳有此君。聞之起舞。但終恨君是蜂腰耳。前輩風流佳話如此。近今則如廣陵散。渺不可追矣。

食量

相傳 國初徐健菴先生食量最宏。在京師數十年。無能與之對壘者。及解官言歸。

歸田瑣記　卷二　八

歟門生醵錢之請。將供一日醉飽也。安一空腹銅人於座後。凡先生進一觴。則亦倒一觴於銅腹。以互較。殽羹湯皆然。銅腹因滿而倒。換者已再。而先生健啖自若也。乾隆年間。首推新建曹文恪公秀先。次則達香圃大宗伯椿。人言文恪肚皮寬鬆。必摺一二疊。飽則以次放摺。每 賜喫肉。准王公大臣各攜一羊腿出。率以遺文恪。輪箱為之滿。文恪取置扶手上。以刀片而食之。至家則輪箱之肉已盡矣。香圃宗伯家甚貧。每餐或不能肉食。惟買牛肉數斤以供一飽。肉亦不必甚爛。略煮之而已。宗伯人極儒雅。惟見肉至。則喉中有聲。如猫之見鼠者。又加厲焉。與同食者皆不敢下箸。都城風俗。親戚壽日。必以燒鴨燒豚相餽遺。宗伯每生日。餽者頗多。是日但取燒鴨切為方塊。置大盤中。宴坐以手攫啖。為之一快。

曼雲先兄家傳

道光甲辰春。編刻曼雲先兄秋竹齋詩存九卷。既成書。僉謂不可無序。余何敢序兄詩。顧念兄之行誼。惟余知之最悉。不可以無言。因摭拾其事。為家傳一首附焉。傳曰。公姓梁氏。初名雷。成進士後改今名。字春中。一字曼雲。又字曼叔。晚號江田。伯父茂才叶所公之第三子也。叶所公精於星命之學。於其誕之月前數日。語家人曰。若生於某日某時。必非凡格。已果應期。實乾隆之辛卯年辛卯月己卯日丁卯時也。幼慮其弱。不督之學。十齡即可應童試。禁弗使出。而向學益勤。光州吳香亭先生來督閩學。聞其為文章宗匠。銳欲入試。諸季父私縱之出。遂得補弟子員。嗣丁叶所公憂。三季父岱巖公作令黔中。携與俱往。踰年為甲寅。閩有 恩科。遂辭歸。與同懷伯兄虛白公及章鉅同舉於鄉。是科功令。新舉人歸督部覆試。揭重榜於鼓樓上。冠其曹。嘉慶己未成進士。 殿試以十卷頭引 見。入翰林。是年秋開 實錄館。座主大興朱文正公領其事。精擇儒臣二十八人。奏為纂修。公以新庶常獲與茲選。前後所僅見也。在館日。屢被紗葛瓜果之 賜。又內發揩畫扇數十柄。 勅館臣之工揩法者分書之。公亦在選。散館一等。 授編修。是冬乞假省母。座主長沙劉文恪公敦留之不得。文恪嘗與人曰。梁三品學事事稱吾意。惜其不能飲酒。無以傳吾衣鉢耳。雖一時戲語。亦足見其契分之深矣。歸里未數月。值滿洲文遠皋少宰督浙學。招之入幕。時撫浙者為儀徵阮相國。皆座主也。公往來兩節署。請業請益。所學愈進。既又以省母辭歸。旋丁內憂。以二親不葬。又體中多病。遂不復出。公幼穎異。見解多出人意表。六歲學書。即能摹懷仁聖教序。叶所公欲令專意揩書。授以快雪堂本樂毅論。學之經年。

歸田瑣記　卷二　九

一日雅然曰此非右軍書也乃舍去泛濫學篆隸而書益工兼精篆刻又旁通繪事偶作寫生花卉以惲南田設色太濃每以淡遠相勝然不多作零縑片楮人皆寶之中年自以生性卞急欲託琴德以自養其天學之輒有得有以古琴一具來售者背刻光化二年字下有升字押物主轄以相質公審之知為唐昭宗年間所製升字或是雷升押字驗其二三處吟聲極清長非千年物不能因貲空不能購屬之友人以償廉不之責逆為俗流所得公悒惜累日作詩閔之鄉里多詑其事生平篤於友誼然性落落寡合不喜與顯者往來里居時與曾禹門（香春）廖佩香（英）為寶睦之交二君皆詩人時以唱和相劘切佩香早卒公為營墓山中督工四十餘日不倦執紼者皆感激相勸用力事畢題其墓門曰黃壤可憐埋傲骨青山常遣伴吟魂在京師時惟其同年蕭山湯敦甫（金釗）高郵王伯申（引之）涿州盧原山（坤）通州白小山（鎔）桐城吳春麓（賡枚）武威張介侯（澍）為道義文字之交歸里後亦斷絕音問數人中有持節來閩君則亦彼此不通一刺足跡不入州府有過訪者輒拒不納以此得孤傲名閉戶讀書謝絕人事於醫卜堪輿之學靡不宣究自言窮經非力所能雜考據亦性所不近惟論史及論詩似別有會心之處故今所存詩咏史之作居其半二十許歲時

嘗自錄所作古近體一帙屬章鉅轉呈同里鄭蘇年先生先生極賞異之詳加評論勗之以理性情精學問公為之心折自是守先生之指授終身不忘詩亦日進五十歲外始勒成定本意欲託章鉅以傳於世見於自叙中時章鉅方官遊南北公書未及達遽歸道山年僅五十有七越十餘年章鉅再歸田從福州老屋中檢取遺稿其孤兒乃出秋竹齋吟卷兩帙相示則皆公所手錄塗乙之痕滿紙因費旬餘日之力鈔一副本而刪其憤懣率易諸篇次為八卷附以館課試律一卷合成兩帙已足以存公之生平然非篤於情復深於學者未易覘其底蘊惜蘇年先生不及見其成也因屬其門弟子王赤蘭校付梓人以質世之知詩者聞此外雜著尚有陳氏古音考訂讀詩考韻新譜四書偶識史漢眉評說文小箋難經發明兩漢魏晉宋齊詩式全唐詩隨筆唐人風格集杜園說杜韓詩細繇詩鈔以及四書文稿尚不下數十卷藏其壻何肫道孝廉家論曰公性孤介寡交游澹滋味自言臟腑清虛食愈少而身愈快眠愈少而神愈清余常謂公平生有數反家無常物而用財如泥沙不計有無至錙銖之入輒相顧動色不苟取下於己者煦煦相歡暱即窮獨孫寡惴然恐不當其意而不喜與權貴豪富交稍不稱心即怒形於色以故人多望而畏之而有時坦易之處則又不可測以恒情此其所以雖跡清華而終歸窮困也憶余與公同上公車以己未元日過杭州西湖初游淨慈繼至靈隱公挈余坐冷泉亭上徘徊瞻顧恍有所思余欲與公同進寺門促之至再公堅不入余頗訝之歸舟中詰其故公曰昔曾夢游一大寺甫至門寺中鐘鼓並作有僧衆讙迎曰老和尚歸來矣我曰我尚有未了之事此時無暇留此逝三十年可也今日見寺門宛然夢境是以不欲入耳然則公前身其僧矣余又烏從而測之

壽序

甲辰中秋接劉次白撫部來函以余七十壽辰擬欲製一序文為祝既又思壽序非古尤非所宜於大人先生現在重編文集僅存祝女壽者數篇其前所存壽序已盡行刪去今僅成七言律詩二首奉寄云經濟文章兩不磨八閩靈氣拱山河　恩持前後巖疆節惠播東南宮舍歌白首高風疏傅少蒼生霖雨謝公多卅年中外勞經畫道般天數養太和　廿四中書比昔賢關心民瘼食為天救荒最著江南策達變能歸海上船論報自應仁者壽辭榮早占福之全師門此日瞻依近願附耆英拜綺筵按兩律矜鍊名貴固是高手然謂壽序非古則不盡然自前明以來名人文集中

此體並未全刪但須擇其有關係者存之即與傳記文字無異即如今秋福州親友公製一序寄祝係王雁汀太史（慶雲）所撰雖撫部亦極為擊節此等文自可不朽余亦竊冀附傳豈得以壽文非古概斥之乎附錄於後以質讀者序云今　上即位二十四年秋七月吾鄉梁茝林先生七十誕辰先二年先生由江蘇巡撫乞疾歸寓浦城至是鄉之士大夫謀歸先生而不得則共謀以詩文寄祝而授簡於慶雲慶雲固陋何足以述先生顧辱先生知最深不敢以不文辭梁氏出長樂江田自前明以儒世其家至乾隆間始顯先生由詞垣歷樞禁出典封圻敭歷中外四十年懸車之日神明不衰天之篤生老成使享大年受多祉乃出於十五世儒冠之家蓋其所從來者遠矣夫人臣事君大節在進退惟大臣尤難其進也委蛇持重度吾身之可以有為而其退也使臣子知有不可苟之祿而終不以遠賢之讒歸之朝廷是故進亦所以事君退亦所以事君先生自壬戌通籍還家主講席者將十年讀書自娛不汲汲進取履外任不六七年由郡守至方伯　上方嚮用而先生以疾引歸既歸之四年持旨召授甘肅藩司擢撫廣西調江蘇於是再以疾辭可以有為而後進一不可而遂退夫以先生受主知得行其志而猶難進易退如此先生之撫江蘇屬吳夷窺

我東南先生暫節駐上海自吳淞至寶山口一帶堠嚴肅其經畫有方尤在縱商民海舶入港而不拒以資餉時軍事廣揚威將軍先生積憂成疾乃疏請致仕聞先生之將引疾也遇所知益劇談當代人物與否泰消長之理一月之間封章再 上人莫測所繇疑有所搘擊者久之 中旨未下而先生遂以疾行先生積史事所至有善政所拔薦多偉人官東南久屢修水利如泖湖練湖吳淞孟瀆為澤甚溥辛卯江淮大水流民失道先生多方賫送留養凡活六十餘萬人昔富鄭公在青州活饑民五十萬自言勝作二十四考中書先生功德在人於是為大矣生平無他嗜好以著述為性命強識博聞達於國家掌故其居鄉以文獻為己任於經史皆有譔述尤精文選旁及藝文雜記定著若干種文章潤身政事及物惟先生實兼之今大江南北喁喁然望先生復出而先生方以疾解竊謂先生精神強固疾既有瘳且惟 上能保全始終使先生得以疾解則亦惟 上能愈先生之疾而起之先生其俯仰屈伸以利形進退步趨以實下吸新吐故以利臟專志積精以適神頤養天和相時而動此則都人士所以壽先生之意也

歸田瑣記卷二終

歸田瑣記卷三

清　福州梁章鉅撰

閩蠻互稱

福建之為閩自古及今無異而今西北人或並以蠻稱之吾鄉士大夫又或並閩之名而不居而別為稱曰東越曰冶南皆未詳考也莫古於周禮八閩七蠻之分鄭注閩蠻之別也國語曰閩芈蠻矣按此所引鄭語史伯之詞上言荊王熊嚴生子四人伯霜仲雪叔熊季紃叔逃難於濮而蠻季紃自立乃曰蠻芈蠻矣謂叔熊既避難居濮而從蠻俗也彼不作閩者賈疏謂後人轉寫者誤鄭氏以閩為正叔熊居濮如蠻後子孫分為七種故謂之七閩然考史記楚世家熊嚴卒長子伯霜代立是為熊霜熊霜元年周宣王初立熊霜六年卒三弟爭立仲雪死叔堪亡避難於濮而少弟季狥立是叔之居濮在宣王世周禮為周初之書安得先有叔熊之後分七種為七閩之理且牧誓武王伐紂時隨從之國有庸蜀羌髳微盧彭濮八種孔傳云庸濮在江漢之南杜預左傳釋例直云建寧郡南有濮夷建寧郡乃蜀漢時改益州所置其地當屬梁益在今四川雲南間七閩果叔熊居濮之遺裔何地之相隔絕遠耶許氏說文云閩東南越蛇種從虫門聲所指東南較濮之在西南為得其實然蛇種之言實不知所據近人有據說文謬稱閩人為蛇種者先叔父太常公笑駁之云漢書明言遷其人於江淮間則今江淮間民乃真蛇種而今之閩產無與焉最為痛快近人無以難之竊思今之連江羅源及順昌諸邑山谷間有一種村氓男女皆椎髻力作務農數姓自相婚姻謂之畬民字亦作佘意即漢書所云武帝既遷閩越民於江淮間虛其地其逃亡者自立為冶縣此即冶縣之遺民而畬之音與蛇同豈許氏承訛遂以為蛇種耶且蠻之字許氏亦云蛇種安得蛇種之多如此豈蠻與閩名異實同然周禮又何以七八別數與竊謂草昧之初南方閩蠻未通中國其人率皆蛇蠻蟲蠢故其字從虫以象之即如古狄字亦從犬至犬戎則直以犬為名又如獯鬻玁狁之類字皆從犬又豈得盡以犬種稱之耶考山海經謂浙江出三天子都在蠻東在閩西北則浙西為蠻浙東南為閩審矣閩之置郡始與秦之閩中郡然秦之閩中郡地大實兼得漢會稽豫章二郡之半揚雄揚州箴曰閩越北垠夫東越在禹貢揚州域而云閩越北垠則閩越者南越也文選魏都賦吳蜀二子曰僕黨清狂怵迫閩濮是吳即閩也張協雜詩云閩越衣文蛇李善注引蘇武書曰越人衣文蛇是越即閩也

宋之問早發始興口詩候曉踰閩障乘春望越臺是韶州曲江亦閩也李白題元丹邱山居云揭來遊閩荒捫涉窮禹鑿霧綵泛潮海偃蹇陟廬霍此蓋用史記河渠書南登廬山觀禹疏九江之語是廬九之間亦閩也獨孤及邕州馬退山茅亭記云是亭也僻介閩嶺是嶺南西道亦閩也韓文公送惠師詩嘗聞禹穴奇東去窺甌閩又撰胡珦神道碑云至閩南兩越之界夫兩越者東越南越也而在閩之南則會稽豫章皆閩也史記吳太伯奔荊蠻號曰句吳司馬索隱云蠻者閩也南夷之名蠻亦稱越則是古人合蠻閩吳越而一之若今時封畛攸殊各有管轄則不得竟以蠻為閩也則又何必辭閩之名而不居而自謝曰東越曰治南以為古乎

常成二公

韓公作歐陽詹哀辭云閩越地肥衍有山泉禽魚之樂雖有長才秀民通文書吏事與上國齒者未嘗肯出仕今上初故宰相常袞為福建諸州觀察使治其地袞以文辭進有名於時又作大官臨泚其民鄉縣小民有能誦書作文辭者袞親與之為客主之禮觀遊宴饗必召與之未幾皆化翕然詹於時獨秀出袞加敬愛諸生皆推服閩越之人舉進士由詹始後人皆據此謂進士始歐陽詹而聲教實闢自常袞然考閩川名士傳及淳熙三山志則閩人之舉進士有薛令之林藻皆在歐陽前而獨孤及集中載福州新學碑銘云閩中無儒家流成公之始至也未及下車禮先聖先師退而歎堂室湫狹教學荒蕪懼鼓篋之道寢子衿之詩作是以易其地大其制新其棟宇盛其俎豆俎豆既修乃以五經訓民考校必精絃誦必時於是一年人知敬學二年學者功倍三年而生徒祁祁賢不肖競勸家有洙泗戶有鄒魯儒風濟濟被於庶政又曰每歲二月上丁習舞釋菜是日舉學士之版視其藝之上下審問慎思使知不足教之導之講論以勗之八月上丁如初禮歲終博士以離叢之勤惰覃思之精粗告於公斂其才者進其等而貢之於宗伯由是海濱榮之以不學為恥公薨之二年太常議以公尊教勸學德洽荒服乃奏謚曰成此段刪節原文按成公者李椅也大曆七年為福建觀察使十年卒官常袞涖閩在建中元年則蓽路藍縷李實導厥先路不自常始矣今學宮特立常公祠歲時專祀以為興文之報而成公祀典久缺自李蘭卿都轉彥章始為表彰之都轉以望族之裔而亟為此舉雖私而實公矣

張宜劉升道

余喜搜訪鄉里舊事裒有鈞遊叢話之輯因細碎不能成卷置之篋中茲山居多暇復加甄錄存若干條不忍竟以飽蠹魚也憶宋劉敞公是集有寄張宜詩云張君於禮樂先進野人也曩者吾見之大驚彼何者霜眉交蒼白被服必儒雅故喜殷周間不居王鄉下諸士多及門之子獨在野食有脫粟飯出無款段馬鄉閭行雖高時俗知亦寡昨聞修庠序造士繫陶冶斯人宜聘起可以尊樵椽養賢須勸選風教隨周令望君萬里餘誰謂我心寫注云福州人教弟子數百人多成進士者今吾鄉士大夫罕能注其名想此次續修省志必已詳列之矣又記得亡友福清郭韶溪學正曾以劉升道之名詢余據云係其邑中名人余無以答之後偶繙宋劉翌巖山集中有題水雲亭劉升道福唐所居七律云沙合南臺會有期沙邊築屋俯清漪宋香陳紫丹成後渭綠湘斑族盛時長者時懷流水念老兒元愛白雲知一塵不到忘言處雲在青天水在池此明為閩人而作但未詳升道里貫當時言福唐不必專屬今之福清部溪欲引為邑先輩之重故殷殷考訂耳

陳讜

韓侂胄為相時常招致水心葉適已在坐忽門外有投剌求謁者題曰水心葉適候見坐中恍然胄以禮接之歷舉水心進卷中語其客皆曰某少作也後皆改之每誦改本精好逾之遂延入書院飯焉出一楊妃圖令跋其後索筆即書曰開元天寶間有如此姝當時丹青不及麒麟凌烟而及此吁世道判矣水心葉某跋又出米南宮帖即跋云米南宮筆跡盡歸天上猶有此紙散落人間吁欲野無遺賢難矣如此數卷辭簡意足一坐駭然胄大喜密語之曰自有水心在此天下豈有兩子張耶其人笑曰文人才士如水心一等不可車載斗量也今日某不假水心之名未必蒙與進至此耳胄然之為遣就焉其人姓陳名讜建寧人後舉進士此見白珽湛淵靜語按漢長安慶虬之善為賦嘗作清思賦時人不知貴也乃託以相如所作遂大重於世梁張率常日限為一詩年十六已得二千餘篇有虞訥者見而詆之率乃一旦焚毀更為詩示焉託云沈約訥便句句嗟稱無字不善俗人以耳為目自古已然矣

夏得海

泉州洛陽橋畔有夏將軍廟俗傳蔡忠惠守泉時因修橋遣醉隸夏得海入海投文得醋字而返遂於二十一日酉時興工儒者多斥其妄按洛陽橋託始於忠惠醉隸事則係蔡錫見明史本傳後人因蔡姓而誤附於忠惠耳閩書亦以此事屬蔡錫且記橋圮時有石讖云石頭若開蔡公再來而堅瓠集名山記皆以為忠惠事並云

忠惠母先渡此江遇颶舟將覆聞空中有聲呼蔡學士在風遂止時母方有娠心竊喜發誓願如果符神言當造橋以濟行者後公守泉遂奉母命成之而附會者又謂呂洞賓遣劫時避於忠惠處得免乃謝以筆墨公造橋時以之書符檄故能達海神其說愈不經矣今吾鄉人譏誕語無根者謂之夏得海而不知蔡錫事載於正史不必盡虛也

循吏

吾鄉循吏能開風氣之先者人第知唐之李椅常袞而已而不知六朝時已有虞愿及王秀之南齊書載愿字士恭宋明帝時爲晉平太守在郡不治生產前政與民交關質錄其兒婦愿遣人於道奪取將還在郡立學堂教授郡舊出蚺蛇膽可爲藥有餉愿蛇者愿不忍殺放之二十里外山中一夜蛇還床下復送四十里外山中經宿復還故處愿更令遠乃不復歸論者以爲仁心所致也海邊有越王石常隱雲霧相傳云清廉太守乃得見愿往觀試清澈無隱後琅琊王秀之爲郡與朝士書曰此郡承虞公之後善政猶存遺風易遵差得無事以母老解職云云又載王秀之字伯奮爲晉平太守至郡期年謂人曰此郡豐壤祿俸常充吾山資已足豈可久留以妨賢路上表請代時人謂王晉平恐富求歸云云可謂清風亮節後先輝映獨疑淳熙三山志秩官門載王秀之而不及虞愿吾鄉省府志所論列亦寥寥未免語焉不詳無以風動來者矣

酷吏

淳熙三山志秩官門載宋泰始六年以晉平王休祐貪虐不可涖民留之京邑又梁中大通五年郡守臧厥百姓謂之臧獸吾邦酷吏實始於此

颶風

太平御覽九引南越志曰熙安間多颶風颶者具四方之風也一曰懼風言怖懼也常以六七月興未至前三日雞犬爲之不鳴大者或至七日小者一二日外國以爲黑風按此即南方之颱吾閩濱海各郡每年春夏之交必有之至每月間有者俗謂之暴或因以颶爲颱謂即暴之轉聲則鑿矣

陳嶠

吾鄉相傳有彭祖命長八百歲七十猶是小孩兒之語其原甚古考全唐詩載陳嶠暮年僅獲一名還閩近八十以身後無依強取儒家女合巹之夕文士悉賦催妝詩

或有生兒之諷嶠亦自成一章其末云彭祖尚聞年八百陳郎猶是小孩兒是唐時即有此語今小變之耳

慶城寺碑

福州慶城寺有二碑一則琅琊德政碑一則宋開寶七年刺史錢昱重修廟碑皆備載王氏事蹟按歐陽五代史謂審知字信通而碑云字詳卿考審知兄弟三人長潮次審邽審知其季也故軍中呼審知爲白馬三郎新唐書列傳潮字信臣審邽字次都其兄弟既不以信字爲行且信之義通於潮詳之義通於審知當以碑爲是　道光癸卯余回福州祭掃暇日至慶城寺與僧滋亭談禪滋亭頗通內典並喜詢地方故實且覼縷慶城寺源流余告之曰爾聞乾隆二十七年此寺一奇聞乎是年五月七日午時郡城東北慶城寺釋迦大像頭忽斷落墜地拜石爲之碎裂且肩項皆削平儼如刀斫好事者蜂擁聚觀不知其故陳畏民先生(名昌)曾以詩紀之云漫道金剛不壞身空門色相本非真恆河沙內無窮劫得賣頭顱亦渡人寶月圓光笑故吾荼毗原不判禪狐想因未了涅槃債更遇無情廣額屠無有餘乘最上乘心風動處滅傳燈太平早付雲門棒鼻孔於今摸着曾豈真億萬化身多伎倆寧殊墨頂摩思議已教人着落猛回頭亦奈如何

高鳳

閩縣有高鳳者以善卜名遇物輒以意推不專用易前明宏治己酉福州傳用養鼎求占科名鳳曰君第一人也既而果然或問其故曰吾適剖椰子而用養至其象解圓當爲解元又宏治戊午科鎮守內臣書一興字令鳳占解元所在鳳曰尊意得無在興化乎但所書興字從俗省寫其人在中而八府俱下必省垣矣及揭曉榜首乃侯官林克仁(士元)也　按乾隆丁卯孟瓶庵師於榜前請人測字以餘茶書一因字於桌上其人曰此爲國中一人之象君必爲此科解首矣旁一友躍然曰我亦就此因字煩君一測其人曰君此科恐無分或後此有恩科亦必中蓋彼因字係無心君因字係有心以因加心有恩字象也旁又有一友以所執摺扇拍桌曰我亦以此因字煩君一測其人歛眉蹙然曰君之扇適加因字正中有困之象其終於一矜乎後三君皆如其言此人惜不傳其姓名殆亦高鳳之流亞矣

玉枕蘭亭

今人熟聞玉枕蘭亭之名而不知其有三本其一見太清樓帖序云唐文皇使率更

今以楷法歷蘭亭藏狀中名王枕蘭亭其二則宋政和間嘗繕洛陽宮闕內臣見役夫所枕小石有刻畫視之乃蘭亭序只存數十字其三則賈秋壑使廖瑩中以燈影縮小刻之靈壁石者洛陽二本余皆未見惟秋壑石舊存福州舊家按文待詔謂賈氏刻有二石一字畫大小皆同其一有秋壑珍玩印章在單作立象而髮心其一坐而執卷左有賈似道小影即今福州本也石高五寸寬九寸厚四分旁微缺內曾字磨滅厚字石字帶字淤字有損蕭敬庵跋云康熙壬寅秋余在長安得之閩人之手蓋因秋壑死後石落在閩及出閩仍歸於閩之人亦異矣近聞有陳鑑亭廉使覩以重價購去又不知何時復能歸閩否耶

五經中式

鄉會試有五經中式者實吾閩開其端洪武二十三年黃文忠試南畿五經題兼作以違式取旨特置第一免會試授刑部主事此其始也又明史選舉志載崇禎甲戌會試舉人顏茂猷通作五經文帝許送內簾中副榜特賜進士以其名另爲一行刻於試錄第一名之前則亦吾閩人也自是以後丁丑則江西楊重熙癸未則浙江譚貞良禍元飇終明之世不過此五人　國朝則指不勝屈然開其端者以順治丁酉鄉試山東法若真爲首次則康熙丁卯順天鄉試海寧查嗣韓及吾郡林文英此後吾閩乃無繼響者人才今不如古此其一也　陔餘叢考引彙書載宋時鄭俠之父輩同五經出身又大觀二年莆田黃沝以童子賜五經及第則此事自宋時即係閩人擅其長矣

督學屢易

乾隆丁酉吾閩督學使者李公友棠以前臺灣御史任內罣誤被　召入都繼則范公思皇涖任數日即丁艱去莊公培因亦以父憂回籍時錄遺屬巡撫吳公士功攝其事其未經科試者尚餘福州福寧兩府九月後前汪公廷嶼復來成之汪以甲戌督閩丙子夏丁艱回籍蓋自丁丑至己卯三年之內學使者凡四易是時考試章程凌雜有先鄉試而後科考者福州福寧兩府於己卯鄉試後十一月補科考有未鄉試而即歲考者福州福寧二府於己卯場後入泮者即於庚辰夏間歲試有未簪挂而先錄遺者庚辰恩旨開科福州屬七月歲試場期迫促於七月未通考合省遺才八月初二日本府屬新生始行簪挂又有學政以午後入文廟行香提調以初更傳即夜簪挂者汪公牌示六月二十日文廟行香至期以夫人姿恙承命候留道留不能出避乞冒雷四起諸生散者大半汪公始出以為不恭罪率了事而回是年簪挂本示期八月初二郡伯以監臨赴貢院驗工改前往例候遲於初一夜初更傳新進即夜赴府簪挂皆斗待大炬泊門中候率以各學人數參差不克成禮陳畏民雜錄詳紀之

荔枝

僑居浦城日余拼卯乙棲街福州飛寄鮮荔枝兩簍色香味尚未盡變曾作詩謝之云何煩絳雪與元霜滌署仙丸遠寄將絕盡西禪侵曉露融化丙申年侵曉摘下即裝能發食分來南浦滿庭芳似憐吮墨吟喉渴巧助稱觴鞠䐜行時在余七十曉辰前數日偏與輕紅開口笑好添詩話筆花鄉時以偏胎浦中親好欽曰此數十年來口福也有以貢荔枝故事爲問者余雜考各書應之曰後漢書和帝紀載舊南海獻龍眼荔枝十里一置五里一候死者繼路因臨武長唐羌上書言狀乃詔罷之此粵東貢荔枝之始唐書載楊貴妃好荔枝南海歲貢荔枝飛馳以進然方書而熟經宿輒敗亦指南海言之金史世宗紀上謂宰臣曰朕嘗欲得荔枝兵部遂於道路特設鋪遞頃因諫官黃久約言始知之則未言貢自何地惟淳熙三山志云生荔枝紹興初始貢至二十四年因罷貢溫州柑亦令不得供進注云宣和間以小株結實者置瓦器中航海至闕下移置宣和殿此吾閩貢荔枝之故事今道光元年福建巡撫顏惺甫檢始奏罷之

皂莢樹石榴實

家㬢北處士臀記云稽神錄載泉州文宣王廟有皂莢樹每州人登第則先生一莢貞明中忽生一莢半其年陳逖進士及第黃仁穎學究及第海錄碎事載邵武郡庭有石榴一株士人以結實之多少爲登科之信熙寧庚戌有雙實於木末者又有附枝而雙實者是歲葉祖治上官均名在一二何與均兄弟同榜祖洽有句云不負榴花結露枝杏林桂樹陳陳相因從未見使此二事者

鼓樓刻漏

福州城中鼓樓相傳舊有刻漏壺應時升降無爽今則只設十二時木牌需人更換矣聞舊物爲周櫟園先生取去不移時亦沈於海三山志云熙寧二年程大卿師孟爲郡守始作銅壺滴漏設於威武軍門而福寧志又以爲宋末陳石堂先生所製石堂名普字尚德寧德人精律呂璣衡之學以宋遺民不受元聘隱居授徒竟然爲後學師表蓋報者程而修者陳歟

陳實百問策

莆田陳實字吉生負氣奇傑爲諸生日上司某謁文廟屬實贊禮時天大雨某官擬拜階上實高聲唱曰拜下禮也某官遂冒雨下階拜已升明倫堂聽講令實講大誥蓋難之也實高聲唱曰禮請詰律在坐者當立聽衆官俱起實展誥詳繹講之復詳

為解說某官竟不得坐聽畢默默而行實於永樂四年登林環榜進士負才不相下疏言取狀元不公成祖召詰之對曰臣百問百答成祖命解縉發策以七十二賢賢何德二十八將將將何功為問成祖臨軒對試頃刻間條對詳悉文彩可觀而環亦悉對無遺乃罪實發戍三邊其事由曰廷爭狀元云云事載閩書實箎載福建通志實傑撰也

麻沙書板

麻沙書籍前代盛行宣德四年衍聖公孔彥縉欲遣人以鈔往福建市書慮道遠行不敢擅咨禮部尚書胡濙以聞許之並令有司依時值為買紙摹印工力亦官給之即此可見吾閩書板之富有他省所不及者宏治十二年吏科給事中許天錫言今年闕里孔廟災適者福建建陽縣書坊被火古今書板蕩為灰燼上天示戒必於道所從出文所萃聚之地乞禁偽學以崇實用云云下禮部議請勅巡按提學將建陽書板大為釐正又嘉靖五年因建陽書板字多訛謬巡按御史楊瑞提調學校副使邵銳疏請專設官員於翰林春坊中遣一人往較尋遣侍讀汪佃行此皆麻沙書坊故事吾閩志乘罕及之茲從禮部志稿中錄出以備續修者採擇焉

書詹元善遺集後

此浦城朱清如廣文(秉鑑)所編時祝東巖方輯浦城遺書廣文急欲附見所著因尅日成此余門下士詹倬之為元善後裔欲重梓是集屬余校勘則原輯義例實未允愜如卷首第一篇為宋史本傳第二篇為真文忠公所撰行狀是矣而第三篇即次以縣志縣志係現在所修錄縣志不如錄福建通志通志為一省官書曾經進呈既錄通志則不必再錄縣志矣元善初從其舅張氏後乃復姓詹此大關節集中不一見其同時葉水心適為墓志叙復姓事甚悉急應錄於真公行狀之後以補史傳之疏蘇州郡學有紹熙元年同年酬唱詩刻中有浦城張體仁七律一首張體仁即元善作此詩時尚未復姓耳集中所錄數詩皆取自詹氏家譜中他無所見而此詩有石刻可徵轉未採及漏略可知而最可笑者語錄數條中乃採及范紫登四書體注此所當急為刪汰者捧之其應自知之矣　按道光戊子己丑間余藩牧吳中任蘇撫者為安化陶雲汀(澍)蘇郡丞為遵義王香湖(青蓮)掌蘇州松江兩書院者為歙縣朱蘭坡贊善(珔)華陽卓海帆京兆(秉恬)里居者為吳棣華京卿(廷琛)皆以壬戌同年往來無間遂有吳中唱和集之刻香湖徵余序因為搜求故實知蘇郡學有宋紹熙間同年酬唱詩石刻屬香湖搨紙請之按是事在紹熙元年首唱者為袁起巖(說友)和之者為張元善(體仁)時袁以提刑為浙憲張以提舉司倉庾蘇州即浙憲治所故為吳中同官且皆吾閩人餘以次和者為陳仲麟(鈞克)唐致遠(子壽)胡國敏(元功)王文欽(藝)均署晉安趙景安(彥賊)中王彥衡(從簡)(彥真)均署浚儀三人皆宋宗室也又周稀稷(承勋)署桐川陳光宗(德明)署三山章仲瀞(瀞)署浦城考張體仁即詹體仁宋史有詹體仁傳葉水心嘗為體仁誌墓述及改姓而本傳失書史之疎也嘉慶中浦城有輯詹元善遺集者但從詹氏族譜中錄出數詩而不及此殆亦未知詹張之為一人其輯柘浦詩鈔亦然且皆不知有章瀞其人瀞既與袁詹同年當為宋隆興元年本待問榜進士此石刻又明著其為浦城人而徧檢吾閩志乘選舉門前後並無章瀞之名即厲樊榭撰宋詩紀事自謂蒐輯之勤而於詹元善張仲瀞此詩亦未之見記載之難如此近錢竹汀先生作養新錄始於此刻有所論定惟王文欽誤作文卿又言惟子壽不署里居以吳郡志證之亦是吳人則石刻中唐致遠子春顯與成仲麟胡國敏王文欽同係胥臺何竹汀先生亦熟視而無睹耶今備錄石刻中十二人詩以補宋詩紀事之缺而餘年來蒐輯閩中宋詩又藉此補入袁起巖張元善章仲瀞三家然則金石文字之可貴歐陽公所謂集古為益者真不虛也

武夷山志

癸卯夏間楊雪茱光祿(慶琛)致仕歸田小住浦城獨游武夷歸為余述游事並問武夷山志以何部為佳余曰我只閱得董天工一志尚詳悉然有不可盡信者如云控鶴仙人名屬仁嘗駕鶴至武夷時魏王子騫與張湛等禱雨龍潭仙人適至騫等具懇遂獲甘霖湛因獻詩云武夷山上武夷君白馬垂鞭入紫雲空裏只聞三奠酒龍潭波上雨紛紛據蕭子開建安記載湛獻詩乃沈韻唐體當是宋紹聖間禱雨於武夷君道流迎神送神之曲誤為湛詩余編山志初亦刪削忽一夜夢一仙騎鶴懸空而至黃髮束髻而長桑色雨夾輔有髮髻全身鶴羽問余曰聞子修山志湛與我詩載否余應曰載矣仙曰此真詩也前志後志或削去誤矣今載便是但聞鶴羽淅淅從空而去按此事說夢荒唐未可執以為據故余所輯東南嶠外詩鈔不錄此詩而如彙書所引武夷山記云武夷君命宋小娥運居果又真仙通鑑云呂真人鍾離先生會武夷山(武夷山)謝英妃(注紫無長離也)又武夷記武夷君食沙紅鮓(注鮓也)食石蝴臘(注小蟹也)此皆舊說相傳而董記轉遺之

建陽二寶

黃壁庵刺史大墉云建陽虞氏家有二寶其一為連環竹圈二枚大如口杯厚約二分兩圈連環相套欲析為二須藏於衣底得暖氣則分欲合為一亦於衣底連之其年建陽火災虞氏析此圈一執於手一擲於空際頃刻有光一圈漸大如屋遂覆所居四圍隣家皆燬虞宅無恙旋執手中之圈於灰中尋所擲之圈合之如故其一為絹本畫一軸銅盆一具其畫已霉黑雖置極明處亦無所見貯水於盆懸畫於壁俯視盆中水則畫中山水屋宇竹木悉現牧童樵子皆能行動纖毫畢露壁庵館於虞宅曾親見之壁庵篤實人所言當不妄余僑居浦城距建陽百餘里嘗以詢其邑人俱不能詳近壁庵亦已歸里惜卧病不能出無由再質之或疑此語斷不可信余謂天下奇物未可以目所不見決其必無旣謂之寶自有非意計所能測者說部中有載外島意達里亞之羅瑪城中有流觴曲水銅鑄羣鳥遇機一發鼓翼而鳴各具本類之聲又云西齊里亞島有天文師名亞而幾墨得者嘗遇敵駕數百艘臨其島則鑄一巨鏡映日注射敵艘光照火發一時燒盡又其王造一大舶成將下海牛馬騾駝不能運幾墨得用巧法第令王一舉手舟如山嶽轉動須臾下海無阻此自不可信若辛棄疾南燼紀聞載契丹主耶律延禧語二帝曰我祖真宗在日有百穴珠一顆大如雞卵每穴有珠一顆月圓之夕以珠映之其珠自穴中落下以絳紗承之每月可得珠百顆又有通香木一尺沸湯沃之取其汁灑衣服及萬木花卉屋宇間經年不歇人有奇疾服之即愈燒之降天神香聞數百里當契丹為金所滅二物不知所在世間果有此奇物乎然亦無以斷其必無也

承天寺

泉州承天寺異跡甚多寺中有九十九井相傳一僧齋異志欲掘百井以為兆後功虧其一而止井上築石塔數處凡蒼蠅飛集塔上無論多少頭皆向下無有小異者山門口有梅花石石光而平中隱梅影一枝每年梅樹開花時影上亦有花生葉時影上有葉遇結子時影上有子若花葉與子俱落之時則影上惟存枯枝而已寺中又有魁星石近視無物遠望如一幅淡墨魁星圖至天將雨時石上綻出水珠亦儼然結一魁星形也此緣蓮仙塗說所載惜屢晤蘇鰲石皆忘卻一問之

小李將軍畫卷

浦城周儀軒逢同鳳雛家藏舊畫卷首有宣和瘦金書唐李昭道海天旭日圖九字一條下有御押憶余在吳門曾見小李將軍海天落照圖長卷畫法與此卷一同惟其入手去路皆不甚分明跋尾亦有疑義而索值且昂遂置之按各家譜錄只有小李落照圖並無旭日圖之目落照圖亦宋秘府物嘗入賈秋壑家前明藏琴川劉氏歷有源流而此卷無考然卷前宣和字押的是真蹟卷中烟霞縹緲鉤勒精嚴亦純是武衛家法決非宋以後畫手所能彷彿惜不及數尺即戛然而止知尚有後半幅為人割移別作一卷以售欺卷後趙松雪所書海賦及鄧巴西袁清容吳匏庵諸跋並屬僞蹟更不待言矣余於嘉慶癸酉冬攜家北上小住浦城曾從儀軒借觀一過未經諦勘儀軒富於收藏實自以此為甲觀也道光壬辰得請歸田復過浦城時儀軒已逝其二子芑源廣文甘亭孝廉出此求跋亦匆匆未暇以為今年秋復得告歸大有卜居是邦之意客窗多暇乃與芑源等發篋縱觀再四審眎因覼縷書此而歸之自幸前後三十年眼力頗有所進不虛此一段翰墨緣且願芑源昆仲就現存之蹟別去卷後各僞跋重加潢治以無負此唐人妙蹟庶可於無佛處稱尊云爾壬寅十月望後記

文衡山書赤壁賦冊

陳無軒寓賞編載文衡山前後赤壁賦行書冊稱為浦城祖君蕘在藏本蓋即吾師舫齋先生之封翁也余於嘉慶戊辰己巳間掌南浦書院講席日侍舫齋師談讌彼時未讀寓賞編不知吾師家藏此蹟未曾請觀今僑居浦城吾師早歸道山雖知有此蹟而無由過問矣翰墨之緣即一寓目而亦不可強如此　按蘇文忠有自書赤壁賦本今　三希堂已為摹刻朱子云盈虛者如代今多誤作如彼嘗見東坡手寫本作代乃今　三希堂所刻則仍作如彼豈朱子所見又別一本耶然　三希堂本而吾與子之所共適共適作共食又不可解　又按坡公跋龍井題名記云予謫黃州參寥使人示以題名時去中秋十日秋濤方漲水面十里月出房心間風露浩然所居去江無十步獨與兒子邁棹小舟至赤壁望武昌山谷喬木蒼然雲濤際天因錄以寄元豐三年八月記此公第一次游赤壁也元豐三年為庚申越二年為壬戌始再游赤壁今人只知後二游而已

歸田瑣記卷三終

歸田瑣記卷四

清　福州梁章鉅撰

黃忠端公

吾鄉黃石齋先生爲千古偉人，初不知其生前如何風采，余曾得其待漏圖畫像，則恂恂道貌，藹然可親，絕無一毫淩厲氣概。相傳石齋先生就逮時，門人多相隨，石齋一再辭之曰：我爲大臣，義宜死，諸君無爲也。猶不去。石齋乃曰：諸君踐土食毛，義亦可死，但未食祿，亦可以無死，今與諸君訣。甘殉難者止，否則各有父母妻子，毋爲冒不測也。衆乃泣別，惟七人願從：江西四人，福建三人。是時遭逢仁恕，令前代遺臣梗不服者，得請方行刑，毋許專殺，由是石齋師徒皆下獄以待。石齋入獄即絕粒，大帥憂其蚤斃也，百方進食飲，皆不顧，乃募漳人之賈於江寧者至獄，以鄉情相慰藉，猶不食。於是邀與遊於市，入飯肆強之，不可。乃入酒肆共酌以獻，石齋曰：酒以合歡，今鄉井相聚，小飲可乎？但必無過三爵。衆皆喜諾，遂飲三爵，更一肆則又三爵，以此閱數日不至於斃。及就義之晨，二官入謁，拜如儀，曰：爲公送喜。石齋曰：國破君亡，何喜之有？二官曰：已得請，許公就義矣。石齋笑曰：是誠可喜，但汝輩安能解此？因歷舉二公之家世閥閱而呵其罪。二官皆浹背而去。頃之，石齋乘小車出，七人從，中途石齋返顧後車七人者，皆無人色，石齋笑曰：怖乎？忍一刻即千秋矣。七人皆應曰然。比至西華門，石齋忽墜車下，一指揮趨進扶之，且慰曰：毋恐。石齋瞋目叱之曰：是何言歟！天下豈有畏死黃道周哉？此地爲輦路所經，吾不可以乘而過，因絕食足弱，下而致仆，吾何恐哉？指揮愕然易容，因跪曰：此地萬人瞻仰，公又困憊，即就大事可乎？石齋四顧曰：善。遂命布席，南向拜訖，一老僕請以數字貽家，石齋躊躇曰：無可言者。固請，乃裂衣襟，嚙指血曰：綱常萬古，節義千秋，天地知我，家人無憂。七人者亦血書一幅云：師存與存，師亡與亡。石齋體故昂藏，立而受刑，又義風凜凜，行刑者手慄，刃下不殊。行刑者大悸，急跪曰：公坐。石齋頸已中刃，血淋漓，猶頷之曰：可。乃坐而受刑焉。其時大帥亦閩人也，大書碑云：僞閣部黃某首。巡示松江，一兵以他首易，而匣藏之古墓中。後數年，石齋子至江寧求遺骸，有以兵事告者，其子詣之，兵款至浹月，乃與到古墓，取匣開視，面尚如生，遂以歸葬。榕村語錄所載如此。

洪文襄公

相傳洪文襄公承疇，當明崇禎十四年，松山被陷時，京師傳聞公已殉難，崇禎帝輟朝賜祭，其子在京成服受弔，撰行狀送諸公卿矣。方祭第九壇，而公生降之信至，遂罷祭，而行狀已徧傳人間。歸　本朝二十一年乃卒，其家再成服受弔，撰行狀，不復敘前朝事，但自佐命入關起。有好事者嘗得其前後兩行狀，訂爲一本。然公自順治元年入關，爲內院大學士，次年即出駐江南，以次削平逋寇，後再出爲楚粵滇黔諸省經略，西南底定，其功亦偉矣。當順治九年九月，欽天監奏太白星與日爭光，流星入紫微宮者，內大臣等議請　駕往邊外迎達賴喇嘛，公率同大學士陳之遴疏稱：日者人君之象，太白敢與爭光；紫微宮者人君之位，流星敢於突入，上天垂象，誠宜警惕。且今年南方苦旱，北方苦澇，歲饑處處入告，非　聖躬遠幸之時。達賴喇嘛自遠方來，遣一大臣迎接，已見優待之意，亦可服蒙古之心，何勞　聖躬親往？疏入，遂止。此事已載　國史列傳，則公當日立朝之概亦可想見矣。又聞吾閩各郡在京皆有會館，泉漳兩會館本係合一，鄉誼最暱。自國初洪文襄公入相後，公以南安籍專拜泉館，同鄉而漳館人遂不通謁。彼時泉館人無論京官公車，無不所求輒遂，攸往咸宜，而漳館大有集枯之感。一日，館中人五六輩相與私議曰：洪閣老雖不我顧，究竟不是別鄉人，我輩一概不往修賀，毋亦於鄉誼有闕。今泉館人皆欣欣向榮，且有慫恿我輩先施者，姑盡吾禮可乎？衆以爲然，遂於次日率同往謁。閽人傳命曰：既係同鄉，亟應請見，但公事實難擺脫，稍暇即當出城謝步耳。越日，即有軍官來報曰：中堂準於明日出城，到漳館天后神座前拈香。於是五六輩者飭館役潔整神龕，灑掃庭院，具茶以待。屆時，又有軍官飛報曰：中堂已出前門矣。漳館時在冰窖衚衕，距大街不遠，於是五六輩者皆具衣冠，步出大街肅迎，各於輿前一揖，公在輿中一拱，而輿已飛過。人馬喧騰之際，五六輩者蹌蹌步隨，甫入館門，見公拈香已畢，請諸位登堂敘話，則見鋪陳燦爛，燈彩輝煌，地罽堆花，茶香撲鼻，皆耳目所未經。公數語寒暄畢，即起登輿，五六輩者又急出街口肅送。畢，徐步而回，則依然舊日門庭，適所見者全無蹤跡，惟神座前兩行絳蠟一炷藏香而已。於是同人皆惘惘相對曰：頃莫非一夢否？呼館役詢之，亦曰：我隨諸位往復迎送，且茫不知前後之何以改觀也。既各歸房中解衣，則各臥床中皆安設元寶庫銀一个云。按此龍溪李述堂太守威所述。嗚呼！公之幹略，即此可覘其概，蓋寔有古今人所不能及者，宜其自惜其身，以不枉其才也。

李文貞公

安溪李文貞公當耿逆僭號時有蠟丸告變之功吾鄉人至今德之惟陳省齋先生與出因此與公有隙其絕交書中斥之不遺餘力揆之當時情狀恐不盡然文貞學養之粹定不出此語松村語錄自記之語當得其實附錄於此以待論定云人當大驚懼時功不可就處置事此時非本心之正若以事機不可緩因旁言亂聽急忙應之十件十錯某自經鄭寇耿逆之變身嘗試之當鄭寇披猖時欲招某出某不應逆致怒聲言欲禍予家彼時若一言稍靡便貽名節之羞若過抗便可殃及父母某只不動聲色數日後有王友者問某作何計某曰僕不過一窮百姓彼若欲得而甘心者遣一役來牽之而去即與見面矣友曰招之不見牽之而見可乎某曰招之無可見之禮牽之有可見之義何也招之而見不為殿下臣必為座上客牽之而見則為簿下囚矣友曰見面奈何某曰若能以禮待則從容告以實情僕非明之臣子而實我　朝之詞臣也倘為不才便不足用如以為賢未有賢而失節者彼於明家失節之人皆殺之流之則僕之不宜為用明矣如慮僕有別圖生變者請侍老父老母攜妻子傍城而居教童蒙度日可矣若彼赫然而怒發淡水洋亦命也王友為之稱善其後竟得瓦全倘倉卒應之則心氣驚惶思慮未能周到剛柔緩急之間皆足以僨事致禍矣。

歸田瑣記　卷四　三

李文貞公逸事

安溪李文貞公之先代本聚族鄉居　國初時有劇盜亦姓李者欲佔據其鄉已挈黨踞李氏祠堂索供錢米李氏族人惶惶日聚祠門外商議時公方九歲隨其封翁雜立稠人中為盜魁所見呼其進祠撫摩而嘆咻之並假封翁以詞色一日忽謂封翁曰你此孩子讓與我我便挈衆他往誓不相犯封翁不知所答時族衆已共聞此語羣哀懇於封翁曰此事固非人情所堪但為保族起見功德莫大況此子歧嶷他日未必不復歸願熟思之封翁無可奈何私以問公公毅然曰惟父所命衆大懽盜魁亦喜甚乃擇吉日與其妻高坐中堂廣張燈彩令封翁領公行父子禮盜魁本自有一子少公一歲遂令行拜兄禮事畢乃送封翁獨歸而令公以父子相稱公不從盜曰適已從矣何頓改也公曰適遵父命不敢不從今父不在此何從之有於是盜欲困之扃置一室而少與之食翌日入室視之公殊無所苦復閉其窗檻以煙從外薰之一日夜意必悶倒矣啟戶覘之則伏於地蹴之起陽陽如平常盜之妻曰我相此子非凡品固之實所不忍且其福命甚大即欲死之亦勢有所不能不如竟舍之去而以我幼子將託之自古綠林無不敗之局我既與彼同姓將來或藉以延一綫血食亦未可知盜魁以為然明日遂仍封翁父子並鄭重付其幼子使撫養之翼日即統衆盜他去後盜果被獲覆其族而其幼子附封翁遂世其家焉現在李姓族譜中別有一支附於宗圖之後者即幼子所傳也嗚乎盜能相人而其妻更能保族所謂盜亦有道也然非公之福命何以臻此哉此事聞諸泉州張我園觀察楨相

又文貞公之墓在安溪某鄉康熙間有道士李姓者利其風水道士之女方病瘵將危道士告之曰汝為我所生而此病已萬無生理今欲取汝身一物以利吾門可乎女愕然曰惟父所命道士曰我欲分李氏風水謀之久矣必得親生兒女之骨月埋之方能有應但已死者不甚靈現活者不忍殺惟汝將死未死之人正合我用卧女未及答道士遽以刀劃取其指骨置之羊角中私埋於文貞公之墓前自後李氏門中死一科甲則道士族中增一科甲李氏田中減收若干斛則道士田中增收若干斛李之族人有覺者亦不解其故值清明節村中迎張大帝為賽神會綵旗導從甚盛行至文貞公墓前神像忽止數十人舁之不能動中一男子大呼曰速歸廟速歸廟衆不得已從之至廟男子據上坐云我即大帝神也李公墓中有妖須往擒治之命其徒某執鍬某執鋤某執繩索部署已定又大呼曰速至李公墓衆如其言神像疾趨如風至墓令執鍬鋤者掘墓前後久之得一羊角金色中有小赤蛇昂首欲飛其角旁有字則道人合族姓名也乃令持繩索者往縛道士時公家族衆亦至鳴之官訊得其情置道士於法李氏從此復盛而奉張大帝甚虔此事聞之漳州黃清夫侍御照今袁簡齋續齊諧中亦載之。

歸田瑣記　卷四　四

陳省齋

吾鄉相傳　國朝圖書集成一書成於陳省齋之手實未核也恭讀康熙六十一年十一月　諭內閣九卿等陳夢雷原係叛附耿精忠之人　皇考寬仁免戮發往關東後東巡時以其平日稍知學問帶回京師交誠親王處行走累年以來招搖無忌不法甚多京師決不可留着將陳夢雷父子發遣邊外或有陳夢雷之門生平日在外生事者亦即指名陳奏楊文有乃耿逆偽相一時漏網公然潛匿京師著書立說今雖已服冥刑如有子弟在京者亦即奏明驅遣爾等毋得狥私隱蔽陳夢雷處所存古今圖書集成一書皆　皇考指示訓誨欽定條例費數十年　聖心故能貫穿古今彙合經史天文地理皆有圖記下至山川草木百工製造海西秘法靡不

備具洵為典籍之大觀此書工猶未竣着九卿公舉一二學問淵通之人令其編輯竣事原稿內有訛錯未當者即加潤色增刪仰副 皇考稽古博覽至意據此則圖書集成之成帙非省齋所能專其功而省齋之負才跅弛讀此亦可見其概矣

蕭繫庵

雍正六年六月禮部議覆福建總督高其倬疏言原任山西道御史蕭震於康熙十三年遭耿逆之變與原任邵武府知府張瑞午等合謀討賊事洩身殉妻妾媳婢同時死節查張瑞午等俱經予恤蕭震亦應照品級致祭一次入功臣廟其妻林氏妾張氏媳鄭氏俱應准其旌表給銀建坊入祠致祭其婢曾氏限於名分停止入祠疏上從之按此事傳聞異詞尤西堂艮齋雜說云侯官蕭震以順治壬辰進士為大名府司理擢御史後巡鹽兩淮家資鉅富與耿精忠有隙及精忠叛蕭之內子和藥勸其自盡蕭弗從遂污偽命為布政使亡何以事害之腰斬東市籍其財得三十六萬本無常生縛摩訶事可傷多少朱門皆白屋空留燕子話興亡震之愚乃不及一婦人悲哉尤氏所記如此然余又聞亡友謝甸男言蕭繫菴知耿燮將發北行至仙霞嶺耿藩使人遺以錦步幛廣可數畝蕭故豪侈得幛即大徵菊部流連數日逆謀成遂被擒其後死以繯首在烏石山之隣霄臺先是蕭有句云但使桑麻成樂土不妨詩酒上鄰霄至是而鄉人更詩酒二字為屍首則與腰斬東市之說殊矣謝古梅閣學小蘭陔詩集有秋日登鄰霄臺弔蕭繫菴先生四律亦頗著微詞詩云秋風秋草越王城緩步登樓弔古情天為斯文留後死山分片石待先生西臺鷩鷲存遺草南土鯨鯢略盛名魂倘歸來天水黑亂峰風木助悲鳴碑傳百字擅才雄幕府當年紀厥功（原注公與當事修復道山古跡鐫崖勒銘紀年月頌功德文不滿百字名曰百字碑在鄰霄臺之右）能與名山開面目獨無奇計出樊籠荒臺草木千年恨樂土桑麻一夢中（原注臺成之日公倡聯曰但願桑麻成樂土不妨詩酒上鄰霄）惆悵功名成往事可憐文獻泣西風衰草黃沙骨已陳曾聞父老說能真陳書不憚操吾肘（原注時遺山就戕公與余城仲士誤無恨我書皆謝吉論從侃士論壯之）修史猶難賸此身一劍可能酬國士九原安得起斯人山中猿鶴如相憶侍御功名半是塵亭餘故址委蒿萊昔日風雲罷酒杯秦漢文章埋故土曹劉名姓蝕蒼苔峴山羊淚魂應戀塞上陵碑首屢回欲告巫陽招未得寒鴉數點夕陽來蓋當時尚無定論也

謝古梅先生

謝古梅先生道承書學褚河南 國朝閩人善書者當以先生為巨擘俗傳其與狐女倡酬所謂婦蘭仙子者其真偽不可考然先生敦品勵學實為儒宗一時罕有其匹恭讀乾隆五年六月十八日 諭云據大學士趙國麟奏稱謝道承在祭酒任內訓導有方國學諸生因其升任具呈懇留朕思內閣學士尚非繁劇之職成均事務可以兼攝且從前邵基升任之後亦曾行之謝道承著仍兼國子監祭酒當時成均欽式如此亦可謂信而有徵矣

蔡文恭公

漳州蔡文恭公承其世父文勤公之指授髫齡中即以聖賢之學自奮文勤為安溪李文貞公入室弟子公以此得尋安溪軌範我 朝二百年來閩人與吳立者惟安溪與公兩人而公相業較安溪尤粹朱文正師嘗稱蔡公直 上書房四十年其培養啟迪於根本之地最深且久諸 皇子孫曾輩對公之容莫不肅然藹然敬信悅服公亦知無不言而純樸和易能使人意融文正師亦久直三天者故能言之親切如此余最喜公致仕家居時每遇巡檢典史亦執禮甚恭或以為過公曰欲使鄉民知位至宰相亦必敬父母官知父母官之尊雖宰相亦必致敬庶幾常存不敢之心而犯上作亂者或鮮矣故終公之世漳浦民無滋事者聞公歿後數年有某典史往鄉捕人者為公族眾擁至蔡氏宗祠中扃門押跪笞四十而逐之典史憤極訴之漳州守求伸冤守問典史曰此冤必應伸但汝以官為重乎抑以冤為急乎如肯以一官拚之則我必能為汝伸冤倘仍捨不得此一官則請再自斟酌典史不言而罷嗚呼此漳泉之刁風所由日熾也

張孟詞貢士

張孟詞名騰蛟汀州寧化人乾隆辛丑朱文正師試汀州府屬秀才孟詞文為幕客校閱者置劣等師覆閱之大加驚異擢冠其軍翌日覆試愈加賞識召入署中授業而幕客已於前夜襆被去矣逾年舉鄉試第一自是師官跡所至輒與偕愛之如子他弟子莫能及也嘗寄孟詞書云孟詞年兄近想起居日暢 彤廷對颺五色雲箋蓬瀛高步一鳴歸昌可勝頌耶近作漫興試筆中一絕云三千閩士校雌雄第一應推張孟詞萬錦雲霞天上筆雙清梅雪歲寒姿蓋紀實也亦可知老夫之傾倒於足下矣陛請如准可罄積悰諸惟雅裁不一後孟詞於癸丑會試中式磨勘停科乙卯未及補 殿試卒於京中年僅三十有八孟詞為人溫而介才高而苦學嘗欲取宋

章如愚山堂考索王伯厚玉海。刪益之爲書。曰山海精良。未成稿如束筍。有駢體文數十首。沒後爲金蘭畦尚書取去。今不知落何手。獨存詩二十餘篇耳。文正師得孟詞死耗。寄家人書並詩云。孟詞不幸短命死矣。使我心灰氣短。然則汝輩不能望其肩背。尚逐隊會試。妄希進取。真不可不知足也。才如孟詞。文如孟詞。學如孟詞。猶不得一進士出身。然則倘有僥倖成進士者。豈不媿耶。不得者。又何憾耶。此較之蔡廷舉林澍藩而更可悲憾十倍者也。目中所睹。止此一人。而不得大成耶。若阮雲臺之福慧雙全。何修而得此耶。自問我之無能爲役。何叨忝耶。哭之四首。寄來與知孟詞者看之。知而不知者。不必示也。杜牧之作李長吉序云。不獨地上少耶。天上亦不多耶。吾於斯人亦云。然果昌谷爲修文之長。宋玉爲朱衣之職。尚可解吾愁耳。噫或曰。天上絕不以文字爲重。猶之雲霞花草而已。則吾末如之何也已矣。呵呵。子姪孫均此此心有感。故不他及。詩曰。不朽文誰屬。長吁天祝予。玉樓真促李。丹篆莫興徐。蕃暫紛優鉢。材偏恥壽樗。空羣標駿骨。伯樂痛何如。憶昔乘槎日。抽桐出爨焦。九句親拂拭。一響震空寥。（辛丑校士至汀。搜落卷得生作。大賞之。置第一。癸卯招至院中。留校三月。送舉鄉試第一。）視爾真麟角。逢人說鳳條。鍾期猶未死。山海向誰招。心是幽蘭素。人如太王清。五車便炙輠。三篋富遺籯。潤色吾東里。研摩奏兩京。（生爲余草十全頌。進呈御覽。）眼中真國士。一第尚虛名。（生未及補殿試而卒。）友于憐弱弟。鄭重託遺編。魂返幾千里。生離倏五年。誓余登道岸。度汝上層天。蒼昊如求士。呼空首薦賢。慧業題三界。才難賭百身。奇文應泣鬼。苦學亦傷神。玉局來因舊。雲旂去路新。蒼茫司命意。老淚落斯人。紀文達師亦有哭孟詞截句云。奇才不是不遭逢。卻隔蓬山一萬重。記得爲君題繐帳。禹門已上不成龍。自注。余爲君作挽聯。有和璧雖珍終在璞。禹門已上不成龍之句。第二首云。魂遊棠梨一樹花。九泉應悔讀南華。誰知入眼黃金屑。繇我曾遊賣餅家。自注。君卷被斥時。余引公羊傳爭之。反激成其禍。第三首云。秋墳鬼唱莫淒涼。埋骨青山朽不妨。一代文章韓吏部。哀詞原自弔歐陽。自注。謂石君詩也。阮雲臺師哭孟詞云。張孟詞志趣高潔。風儀峻朗。博聞元覽。頡頏遐倫。所爲文沈博絕麗。有相如子雲之目。一時文人。鮮與抗者。既乃甫中進士。未及　廷試而卒。宜石君師慟之深也。墨卿同年。與孟詞少齊名。交最深。今彙其像。並輓石君師詩翰於卷中。以寓悲衺之意。元識孟詞爲題短句云。奇士多文遇每難。玉山頹後玉樓寒。愛才欲望張文蔚。少慰儒魂請一官。自注云。唐宰相張文蔚。奏名儒不第方千等五人。請賜一官。以慰其魂。近年如黃仲則張孟詞等。擬乞吾師請於朝也。

鄭蘇年師

鄭蘇年師諱光策。字瓊河。又字蘇年。閩縣人。與先大夫爲讀書社至交。余之妻父也。少孤力學。古心自敦。家貧不能就外傅。與同懷弟雲軒孝廉自相師友。姿稟岸異。髫齡老成。博縱群書。規模宏遠。登乾隆己亥鄉薦第二。遂爲故太傅朱文正師入室弟子。既聯捷成進士。以不獲館選爲歉。退候吏銓。仍下帷攻苦如下士。甲辰恭遇南巡盛典。趨赴杭州　行在獻賦。與江浙紳士合試於敷文書院。監試者爲故相和珅。獨於　御座下腳几坐收試卷。納卷者必屈膝。先生側目之。情形於色。乃約閩士林樾亭王蘭江等六七人。以長揖退。和珅銜之。遂東閣卷不閱。時江浙士皆竊笑之。先生灑然返里。不以爲意。益肆力於學。尤喜讀經世有用之書。自通鑑通考外。若陸宣公李忠定真文忠以及前明之邱瓊山王陽明呂新吾馮猶龍茅元儀。本朝之顧亭林魏叔子陸桴亭諸公著作。靡不貫串。如數家珍。值林爽文滋擾臺陽。詣軍門條上十二議。爲福文襄師相所采用。及紅旗既報。徐兩松中丞往辦善後事宜。又條上八議。福徐二公。並欲邀同渡海。以母老固辭。中年病足。瀕危而復起。因自號蘇年。絕意仕途。以授徒養母爲事。主講鼇峰。勤於訓迪。嚴憚有法。人才奮興。桐城汪稼門高陽李石渠二中丞。並欽慕之。謂不減蔡文勤風矩也。余以子婿爲受業弟子。熟聞先生誨人宗旨。以立志爲主。謂志定而後教有所施。又不欲人急於著述。言古聖賢之學。大抵先求諸身。既修諸身。即推以濟於世。隨其大小淺深。要必由己以及人。至萬不得已。始獨善其身。思有所存於後。故孔孟著書。皆屬晚年道不行後事。嗚呼。先生之持論如此。故雖窮年矻矻。迄無成書。僅存詩古文十餘帙。亦未編定。自題爲西霞叢稿而已。嘉慶乙丑。余爲輯西霞文鈔上下卷。付友人梓行。其詩鈔及儷體文鈔則已編而未梓。合文鈔讀之。先生之本末已見。近陳恭甫編修撰次東越儒林文苑傳。近人如林鈍村官志齋鄭在謙陳賢闕。罣皆廁名其閒。而先生獨不與。因詳爲論列。以爲措逸捜沉之助。或曰。編修爲孝廉時。曾修後進謁見之禮。先生素仰其文名。而欲進之於道。毅然以鄉先達自居。勉之以修己之學。濟物之功。而戒其母以風流自賞。適中編修之忌。遂銜之不釋。果爾則編修亦褊人耳。所論撰又足據乎哉。

福建鼎甲

有明一代。吾閩登狀元者十一人。閩縣陳郊。（洪武丁丑）陳謹。（嘉靖癸丑）侯官翁正春。（萬曆壬辰）懷安龔用卿(嘉靖丙戌)、長樂馬鐸(永樂壬辰)、李騏(永樂戊戌)、莆田林環(永樂丙戌)、柯潛(景泰辛未)、永春莊際昌(萬曆己未)、長泰林震(宣德庚戌)、建寧丁顯(洪武乙丑)。榜眼十二人。閩縣唐震(洪武戊辰)、林誌(永樂壬辰)、長樂陳全(永樂丙戌)、連江趙恢(宣德癸丑)、晉江黃鳳翔(隆慶戊辰)、李廷機(萬曆癸未)、楊道賓(萬曆丙戌)、史繼偕(萬曆壬辰)、莊奇顯(萬曆癸丑)、南靖李貞(永樂乙未)、建安龔錡(宣德庚戌)、寧化張顯宗(洪武辛未)。探花十人。閩縣陳景著(永樂乙未)、莆田黃陽(永樂辛卯)、林文(宣德庚戌)、李仁傑(成化壬辰)、戴大賓(正德戊辰)、晉江張瑞圖(萬曆丁未)、龍溪謝璉(宣德丁未)、林釬(萬曆壬辰)、漳浦林士章(嘉靖乙未)、邵武吳言信(洪武辛未)。然登政府者，僅李廷機、張瑞圖、林釬而已。餘則不惟少顯宦，亦多夭死。而陳郊、陳謹、龔錡，則又皆死於非命。本朝百有餘年，未有狀元，而屢得榜眼。鄭允庭先生(政元)授編修，即卒。吳劍虹先生(文煥)散館改部，轉御史，遽引疾歸。林青圃先生(枝春)稍陞至通政司副使，亦鐫級去位。而趙秀山先生晉則且以科場事，病死獄中。故林樾亭先生謂科名每與福命相妨也。近則廖鈺夫(鴻荃)由榜眼累官至大司空，而道光丙申狀元爲林勿村(鴻年)，榜眼爲何杰夫(冠英)，皆福州人，殆省運由此轉機歟。

世進士

吾閩在前明有五世相聯成進士者，興化府一家：柯英，中宏治己未科；英子維熊，中正德丁丑科；維騏，中嘉靖癸未科；維熊子本，中嘉靖庚戌科；維騏孫茂竹，中萬曆癸未科；茂竹子昶，中萬曆甲辰科。四世相聯進士者，吾郡亦一家：林元美，中永樂辛丑科；美子瀚，中成化丙戌科；瀚子庭棉，中宏治己未科；庭機，中嘉靖乙未科；庭棉子炫，中正德甲戌科；庭機子爊，中嘉靖丁未科；烴，中嘉靖壬戌科。

兄弟進士

前明吾閩同懷兄弟進士者，福州凡二十二家，而同榜者五家：洪武乙卯，陳仲完、陳洵仁；永樂乙未，劉鳳、劉麒；林文秩、林文秸，成化壬辰；林泮、林濬、林灝，嘉靖丙戌；倪組、倪緝。興化府十六家，而同榜者二家：成化丁未，方良永、方良節；嘉靖癸未，方一桂、方一蘭。泉州府二十一家，而同榜者三家：宏治癸丑，黃鋁、黃鏻；嘉靖癸丑，史朝宣、史朝富；萬曆庚辰，謝吉卿、謝台卿。餘則漳州府五家，邵武府一家而已，而同榜無聞焉。本朝則嘉慶壬戌，葉申萘；乙丑，葉申萬；己巳，葉申薌；及廖鴻藻、鴻荃，皆福州人，惟廖爲同榜云。

少年科第

閩在前代多少年登科者：福州林文秩年十四，中永樂甲午科；林文秸年十三，中永

樂辛未科；興化戴大賓年十三，中宏治辛酉科；鄭一鵬年十五，中正德癸酉科；鄭雲鵬年十五，中嘉靖丙戌科；泉州傅楲年十六，中正德丁卯科；梁懷仁年十六，中嘉靖乙酉科；李春芳年十六，中嘉靖庚午科；王三接年十六，中嘉靖癸卯科；黃日睿年十五，中萬曆丁酉科；楊元錫年十五，中崇禎癸酉科；漳州陳雎年十六，中永樂甲午科；呂昊年十五，中嘉靖丙午科。其十六歲以上者，則指不勝屈矣。然不若三山志所載宋大中祥符八年，連江黃籤以六歲應童子舉出身；又九年，福清蔡伯俙以四歲應童子舉，賜出身，更爲稀有。

世解首

前明福州有父子解元者：長樂林賜，中宏武癸酉科；及子僑，中正統戊午科。興化有三世解元者：黃壽生，中永樂應天戊子科；及孫乾亨，中成化甲午科；乾亨子如金，中宏治甲子科。

三試魁科

前明福建有三試並擢魁科者：福州兩家，林誌以解元會元而登榜眼；李騏以解元會魁而登大魁。興化二家：楊慈以鄉試第一，會試第二，而登二甲傳臚；戴大賓以鄉試第三，會試第二，而登探花。泉州府兩家：李廷機以解元會元而登榜眼；莊際昌以亞魁會元而登大魁。

同榜三及第

通前明一代，吾閩登鼎甲者三十三人，而同科並得，尤爲美談。洪武辛未科，榜眼爲寧化張顯宗，探花爲邵武吳言信。永樂丙戌科狀元爲莆田林環，榜眼爲長樂陳全，壬辰科狀元爲長樂馬鐸，榜眼爲閩縣林誌。乙未科榜眼爲南靖李貞，探花爲閩縣林景著。萬曆壬辰科狀元爲侯官翁正春，榜眼爲晉江史繼偕。至宣德庚戌科，則狀元爲長泰林震，榜眼爲建安龔錡，探花爲莆田林文，一榜三及第，悉萃吾閩，洵爲海濱盛事矣。近惟道光丙申科，則狀元林鴻年，榜眼何冠英，福州人。

會元

前明吾閩登會元者，福州六人：洪武丁丑爲閩縣陳郊，永樂壬辰爲閩縣林誌，乙未爲懷安洪英，嘉靖壬戌爲福清林春，乙未爲侯官許穀，己未爲閩清蔡茂春。興化一人：永樂辛丑爲莆田陳中。泉州四人：嘉靖庚戌爲南安傅夏器，萬曆癸未爲晉江李廷機，辛丑爲同安許獬，己未爲晉江莊際昌。延平府一人：隆慶戊辰爲大田田一儁。

本朝則惟順治辛卯陳常夏一人按陳常夏字長簣又字鐵山龍溪人榜後授朮脂令不赴有江閩集呈黨罕能舉其名者率以為吾閩　本朝無會元失之矣

宰相尚書

吾閩在前明登政府者凡十七人而泉州即有十人建安楊榮沙縣陳山福清葉向高莆田周如磐朱繼祚黄鳴俊漳浦黄道周其餘李廷機史繼偕張瑞圖楊景辰黄景昉蔣德璟林釬楫陳洪謐劉麟長皆晉江人林釬同安人皆泉屬也　本朝及今百餘年惟泉州李文貞公漳州蔡文恭公二人而已若前代福州官至尚書者多至二十一人而閩縣林文安公家則有三代五尚書之盛文安及子㽦輝孫廷㭿俱為尚書　本朝直至嘉慶壬申浦城祖舫齋先生始晉大司寇未踰年即以病去位近則陳望波先生為大司寇廖鈺夫為大司空或後此源源而來歟

歸田瑣記卷四終

歸田瑣記卷五

清　福州梁章鉅撰

鼇拜

山中故人往來每喜詢朝中故實以擴聞見或問何為布庫之戲余謂布庫是國語譯語則謂之撩脚選十餘歲健童徒手相搏而專賭脚力勝敗以仆地為定康熙初用此收鼇拜故至今宮中年節宴必習演之或問鼇拜為何人曰國初勳舊無不知有鼇拜者迨後罪狀昭著而　列聖猶曲加軫念疊沛恩施恭讀乾隆四十五年論曰朕恭閱　實錄見鼇拜以從征屢立戰功歷封公爵　聖祖仁皇帝嗣統與內大臣蘇克薩哈等為輔政大臣並加太師是時　皇祖沖齡踐祚鼇拜安事以後即專權自恣擅作威福因與內大臣費揚古有隙坐伊子倭赫並侍衛西住折克圖覺羅薩爾弼等以擅乘　御馬及取　御用弓矢射鹿罪俱棄市並坐費揚古怨望亦棄市並殺其子尼侃薩哈連籍其家以與其弟穆里瑪又蘇克薩哈係鼇拜姻婭亦以論事齟齬積而成讎因蘇克薩哈籍隸正白旗鼇拜欲以薊州遵化遷安諸屯莊改撥鑲黄旗而別圈民地給正白旗　詔遣大學士管戶部尚書蘇納海與直隸總督朱昌祚巡撫王登聯丈量酌易經朱昌祚等勘明奏請停止圈換鼇拜即坐蘇納海以撥地遲誤昌祚等以紛更妄奏悉違治棄市且以蘇納海族人英俄爾岱為睿親王私黨令部臣盡削世職以洩其忿並以蘇克薩哈疏稱往守　陵寢得以生全之語即誣坐以懷抱奸詐存蓄異心二十四大罪應予磔死　皇祖鑒其誣堅不允所請鼇拜攘臂強奏累日竟予絞決並誅其族屬又入對時輒請申奏言官不得上書陳奏時有竊鼇拜馬者即捕斬之並殺　御馬羣特長　皇祖以鼇拜黨權不法怙惡弗悛用人行政專恣妄為文武百官欲盡出伊門下與穆里瑪等結成黨羽凡事在家定議然後施行倚仗凶惡毀棄國典特降　論旨嚴拿勘審並親加鞫問情罪俱實諸王大臣擬請正法　皇祖念其効力年久不忍加誅從寬革職籍沒同其子那摩佛一並拘禁追伊死後仍念其舊勳追賜一等男　皇考世宗憲皇帝御極後賜鼇拜祭葬復一等公世襲罔替是鼇拜一身之功罪載在冊籍昭然不爽朕惟大臣為國宣勤功銘鐘鼎尤當深自斂抑律己奉公以保全終始況以輔臣躬承顧命翊贊機務更宜小心謹慎不可稍涉縱恣乃鼇拜當日自恃政柄在握輒敢擅權亂法邀結黨羽殘害大臣罪蹟多端雖以枚舉若非　聖祖英明剛斷立予拿究

漸將跋扈難馴，政事亦不可問。至圈地一案，相持不決，百姓環訴失業，幾至釀成大事。皇祖不即加誅，僅予褫奪，仍給男爵，以示格外之仁。至皇考復進公爵，時因念鼇拜舊勞，伊孫達福才具又尚可用，是以仍予施恩，蓋于鼇拜擅權縱恣，固所熟聞，至其不法款蹟，如實錄所載，纍纍若此，未必一一臚悉也。今朕備稽事實，蹟狀顯然，若不發其功罪，明示創懲，在鼇拜一家之僥倖所關猶小，而後之秉鈞執政者，無復知所顧忌，將何以肅綱紀而杜僉邪乎。所有現襲鼇拜公爵之德生，本身既無過犯，且令承襲，俟出缺時，即行停襲公爵，仍照皇祖所降諭旨，給予一等男爵世襲罔替，已足以示國家法外施恩，舊勳之意矣。謹按康熙之元，上甫八齡，鼇拜正當國，恃其勞績，肆行無忌。上早洞悉其奸，在內日選小內監，令之習布庫以為戲。鼇拜或入奏事，並不之避，且以朝廷弱而好弄，心益恬然無所顧忌。一日入內，忽為習布庫者所擒，十數小兒立執鼇拜，付外廷，遂伏誅。以勢燄熏灼之權奸，乃執於十數小兒之手，如此除之，行所無事，非神武天授，其孰能與于斯。

噶禮

舊聞吾閩趙二令太史申喬典試江南，以關節破案，實與總督噶禮朋比為奸。又蘇撫張清恪公（伯行）因此事與噶禮互揭，罪幾不測，惜未詳其顛末。後詢之史館諸公，始筆記之云：噶禮由廕生歷官吏部郎中。康熙三十五年，聖祖仁皇帝親征噶爾丹，至克魯倫河，噶禮隨左都御史于成龍督運第一起兵糧，敘功升盛京戶部理事官。不三年，遂授山西巡撫。噶禮曾以霍州牧李紹祖保題潞安守，及紹祖使酒自刎，匿不以奏，吏議革噶禮職，奉旨留任。御史劉若鼐疏劾噶禮貪婪無厭，虐吏害民，計贓數十萬兩；知府趙鳳詔為噶禮心腹，專用酷刑以濟貪欲。下噶禮回奏，得辨釋。平遙民郭明奇等以噶禮縱庇貪婪知縣王綬，赴巡城御史呈控，事聞，且列款入奏：一通省錢糧每兩索火耗銀二錢，除分補大同諸處虧帑外，入己銀共四十餘萬兩；一捐修祠宇，用印簿分給通省，勒捐入己；一縱令汾州同知馬遴婪贓分潤；一令家人赴平陽、汾州、潞安三府勒取富民餽送銀兩；一因詞訟索臨汾、介休富戶亢時鼎、梁渭銀兩；一納知縣杜連登賄，許調缺，及連登以貪婪被揭，復曲加庇護；一隱匿平定州雹傷不報。請究贓治罪。又下噶禮回奏，亦以無左證獲免。旋內遷戶部左侍郎，復外推江南江西總督。歷疏劾罷江蘇巡撫于準、布政使宜思恭、按察使焦映漢、督糧道賈朴、知府陳鵬年等。及張清恪公撫江蘇，以事蹟忤噶禮。至是公發辛卯科

場不公事。正考官副都御史左必蕃亦檢舉知縣王曰俞、方名所薦之吳泌、程光奎二名，平日不通文理。上命尚書張鵬翮赴揚州會審，張與噶互相疏劾。上復命張鵬翮會同總漕赫壽查審覆奏。噶禮免議，張伯行革職贖徒。上切責張鵬翮等掩飾和解，瞻徇定擬。遣尚書穆和倫前往覆審，仍如所擬定議。得旨：噶禮屢次具摺參張伯行，朕以張伯行操守為天下第一，斷不可參，手批不准之諭旨現在。此所議是非顛倒。下九卿詹事科道會議。復諭九卿等曰：噶禮操守，朕不能信。若無張伯行，則江南地方必受其朘削一半矣。即如陳鵬年稍有聲譽，噶禮久欲害之，曾將其虎邱詩二首奏稱內有悖謬語。朕閱其詩，並無干礙。又曾參中將軍副李麟騎射俱劣。李麟在口內迎駕，朕試彼騎射俱好。朕于是時已心疑噶禮矣。互參一案，初次遣官往審，為噶禮所制，不能審出；及再遣大臣往審，與前無異。爾等諸臣能皆體朕保全清官之意，使正人無所疑懼，則海宇長享昇平之福矣。尋九卿等議，二人並任封疆，互相訐參，有玷大臣之職，均應革任。上命張伯行留任，噶禮革職。於是天下快之。未幾，噶禮之母叩閽，稱噶禮與弟色勒奇、子幹都置毒食物中，謀害伊命。噶禮妻以別戶子幹泰為己子，縱令糾眾毀屋。噶禮攜資財與妻子移居河西務，奸詐凶惡，請正典刑。下刑部鞫訊得實，擬將噶禮凌遲處死，妻論絞，色勒奇、幹都並斬，幹泰發黑龍江，家產入官。得旨：噶禮令自盡，妻亦從死，餘悉如部議。

隆科多

仁廟升遐之日，大臣承顧命者惟隆科多一人，是以憲廟恩遇極隆。親政之初，諭隆科多應稱呼舅舅，嗣後啟奏處皆書寫舅舅隆科多。謹按隆科多為孝懿仁皇后父佟國維之子，襲公爵，官吏部尚書，加太保。後以四十一款重罪應誅，雍正五年獄成，奉旨免其正法，於暢春園外造屋三間禁錮，死於禁所。獄詞載隆科多私鈔玉牒收藏在家，大不敬之罪一；將聖祖仁皇帝御書貼在廂房，視為玩具，大不敬之罪二；妄擬諸葛亮，奏稱白帝城受命之日，即是死期已至之時，大不敬之罪三；盛京兵部主事瑪岱之事，屢奉聖諭，隆科多明知干犯，復行妄奏，大不敬之罪四；皇上賞銀三千兩，令修理公主墳墓，隆科多遲至三年，竟不修理，大不敬之罪五。仁廟升遐之日，隆科多並未在御前，乃詭稱曾帶匕首以防不測，欺罔之罪一；狂言妄奏提督之權甚大，一呼可聚二萬兵，欺罔之罪二；時當太平盛世，臣民戴德，守分安居，而隆科多作有刺客之狀，故將壇廟桌下搜查，欺罔之罪三；妄奏被

劾知縣闞𤘽原係好官狀罔之罪四　皇上謁陵之日妄奏諸王心變紊亂朝政之罪一妄奏調取年羹堯來亦必生事端紊亂朝政之罪二妄奏擧國之人俱不可信紊亂朝政之罪三交結阿靈阿揆敘邀結人心姦黨之罪一保奏大逆之查嗣庭姦黨之罪二狗庇傅鼐沈竹戴鐸巴海不行查參姦黨之罪三比暱伊門下行走之蔡起俊姦黨之罪四徇庇阿錫鼐法敏將倉場所奏浥爛倉米著落歷年監督分賠之案巧為袒護其姦黨之罪五曲庇吾薩保囑托佛格免參姦黨之罪六任吏部尚書時所辦銓選官員皆自稱為佟選不法之罪一縱容家人勒索財物包攬招搖肆行無忌不法之罪二徇庇提督衙門筆帖式詹泰囑託原任吏部侍郎勒什布改換成例不法之罪三發遣安西人犯應給口糧並亦金等處應裁應補兵丁之處故行推諉欲以貽誤公事不法之罪四因係佟姓捏造惟有人冬耐歲寒之語向人誇示以為姓應圖讖不法之罪五自知身犯重罪將私取金銀豫行寄藏吾薩保家不法之罪六挾勢用强恐嚇內外人等不法之罪七索詐安圖銀三十八萬兩貪婪之罪一收受趙世顯銀一萬二千兩貪婪之罪二收受滿保金三百兩貪婪之罪三收受蘇克濟銀三萬六千餘兩貪婪之罪四收受甘國璧金五百兩銀一千兩貪婪之罪

五收受程光珠銀五千兩貪婪之罪六收受六格猫睛映紅寶石貪婪之罪七收受姚讓銀五百兩貪婪之罪八收受張其仁銀一千兩貪婪之罪九收受王廷揚銀二萬兩貪婪之罪十收受吳存禮銀一萬二千兩貪婪之罪十一收受鄂海銀一千五百兩貪婪之罪十二收受佟國勷銀二千四百兩貪婪之罪十三收受佟世祿銀二千兩貪婪之罪十四收受李樹德銀二萬一千四百餘兩貪婪之罪十五收受吾薩保銀五千兩貪婪之罪十六以上罪案昭著隆科多應斬立決妻子入辛者庫財產入官疏入邀　寬典我　朝之恩禮故舊仁至義盡蓋史冊所未聞也

年羹堯

隆科多因議年羹堯罪狀徇庇不協坐削去太保革去尚書按年羹堯父遐齡湖北巡撫羹堯以康熙三十九年翰林出身歷充四川廣東試差不十年擢為四川巡撫西藏軍興請親赴松潘協理軍務以功晉四川總督旋授定西將軍西藏平入　覲賜弓矢授四川陝西總督封三等公加太保青海軍興授撫遠大將軍督奮威將軍岳鍾琪進剿凡百有五日而青海平進一等公加太傅父遐齡如其爵長子斌給子爵入　覲賜雙眼花翎四團補服黃帶紫轡值莊浪番賊滋擾又率岳鍾琪剿平之敘功次子富給男爵時四川巡撫蔡珽被羹堯劾入京得　召見因陳羹堯貪殘諸款又羹堯嘗薦西安布政使胡期恒可大用期恒入　覲以奏對荒謬革職時劾羹堯者紛起　諭曰年羹堯曾妄擧胡期恒妄劾金南瑛等又遣官弁築城南坪不惜番民致驚惶滋事反以降番復叛巧飾具奏又青海蒙古饑饉匿不上聞年羹堯從前不至於此或自恃己功故為怠玩或誅戮太過致此昏瞶豈可仍居總督之任念其尚能操演兵丁可補授杭州將軍嗣山西巡撫劾羹堯私佔鹽窩擅用正課西安巡撫亦劾羹堯藉口捕治鹽梟率兵夜圍郃陽民僅致死多人並下部議罪羹堯行至儀徵逗留不前回奏又多狡飾部臣請逮問又合詞奏羹堯罪狀累累請正典刑並議盡革世職得　旨令將軍督撫提鎮各抒己見入奏旋據各省次第覆奏請速加誅戮章下所司時已逮羹堯來京嚴鞫議政大臣三法司九卿等奏言羹堯罪蹟昭彰彈章交至其大逆之罪五一與靜一道人鄒魯等謀為不軌一奏繳　硃批諭旨故匿原摺詐稱燬破僞爲進呈一見浙人汪景祺西征隨筆詩詞譏訕及所作功臣不可為論語多狂悖不行劾奏一家藏鎖子甲二十八箭鏃四千又私貯鉛子皆軍需禁物一偽造圖讖妖言其欺罔之罪九一擅調兵捕郃陽鹽梟致死良民八百

餘奉　旨查詢始奏並無傷損後乃奏止傷六人一南坪築城官弁騷擾番民不即劾奏一詭劾都統武格等鎮海堡失律一西安解任時私囑咸寧令朱炯賄奸民保留一縱令劉以堂詐冒已故保題武功令趙勳名姓赴任知而不奏一將幕友張泰基等冒入軍功共十八案一家人魏之耀家產數十萬金羹堯妄奏毫無受賄一西寧効力者實止六十二員冊報一百九員一退役王治奇冒軍功得授州判其僭越之罪十六一出門黃土填道官員補服淨街一驗看武官用綠頭牌引見一設座當會府　龍牌正座一穿用四衩衣服鵝黃佩刀荷囊一擅用黃袱一官員餽送曰恭進一縱子穿四團龍補服一與屬員物件令北面叩頭一令總督李維鈞巡撫范時捷跪道迎送一令蒙古扎薩克郡王額駙阿寶下跪一行文督撫書官書名一進京沿途填道疊橋市肆俱令閉戶一館舍牆壁彩畫四爪龍一轅門鼓廳畫龍鼓吹樂人蟒服一私造大將軍令箭將頒發令箭燬壞一賞賚動至千萬提鎮叩頭謝恩其狂悖之罪十三一兩次　恩詔到陝並不宣讀張掛一奏摺不穿公服拜送祇於私室啓發一不許同城巡撫放礮一勒取蒙古貝勒七信之女為妾一以侍衛前引後隨執鞭墜鐙一大將軍印不肯交出一妄稱大將軍行事俱循俗例一縱容家僕魏

之耀等。朝服蟒衣。與司道提鎮官同坐。一違 旨逗留儀徵。一勒令川北總兵王允吉。以老病乞休。一要結邪黨沈竹戴鐸等。懷欺惑衆。一袒庇私人馬德仁。阻回甘撫石文焯參劾奏疏。一本內引用朝乾夕惕。故作夕惕朝乾。其專擅之罪六。一建築邰陽城堡。不行題請。擅發銀兩。一委侍衛李峻等署理守備。奉 旨飭駁。仍不即行調回。一擅用私票行鹽。一 諭停捐俸。仍令照舊公捐。一捕獲私鹽。擅行銷案。一守備何天寵患病。不照例填注軍政。又囑直督李維鈞勒清苑令陸篆。接受前任王久猷虧項。其忌刻之罪六。一凌虐現任職官。縱任私人奪缺。一軍前官兵支糧。實冊不先咨督撫諾岷。欲令遲誤致罪。一尚書綽奇。自軍營商辦糧餉。凊字支文不交新任總督岳鍾琪。欲令遲誤軍需。一揑參夔州知府程如絲販賣私鹽。殺傷多人。一欲令李維鈞為巡撫。屈陷原任巡撫趙之垣。一遏抑中書阿炳安等軍功。其殘忍之罪四。一郃陽鹽梟案內。故勘良民無辜。馮猪頭至死。一鎖禁筆帖式戴蘇。一劾金南瑛等七員。急欲出缺與私人。一不善安輯蒙古台吉濟克濟扎卜等。致困苦失所。其貪黷之罪十八。一收受題補官員銀四十餘萬兩。一勒索捐納人員銀二十四萬兩。一趙之垣罷職。發往軍營。羹堯勒餽金珠等物。價值二十餘萬兩。一受樂戶竇螢銀兩。一收受宋師曾玉器及銀萬兩。一徧置私人。私行鹽茶。一私佔咸寧等鹽窩十八處。一收受鴻臚寺少卿葛繼孔古玩。一索屬員傅澤澐賄。不據實劾虧空。一西安甘肅山西四川四省効力人員。每員勒銀四千兩。一受參革知府欒廷芳賄。奏隨往陝省。一掠各番衣服為己有。一私征新撫各番租糧。一擅取蒲州盤獲私鹽價銀一萬兩。一遣僕販賣馬匹。一私販馬發各鎮勒重價。一遣莊浪縣典史朱尚文赴湖廣江浙販賣四川木植。一令人賣茶得銀九萬九千餘兩。其侵蝕之罪十五。一冒銷四川軍需入己。一冒銷西寧軍需入己。一冒銷軍前運米費入己。一侵用各員弁俸工。凡五年皆入己。一築布隆吉爾城。冒銷工料入己。一隱匿夔關稅銀。又加派糧規入己。一盤獲私茶。取罰贖銀入己。一侵用河東鹽政盈餘入己。一西安米萬石。未運赴西寧。冒銷運費入己。一寧夏各衛貯倉穀及留西寧養馬銀。並收入己。一侵用城工餘銀入己。一抄沒塔兒寺硼砂蒿草諸物。私變價銀入己。一侵用紀連韶等捐解銀入己。一斫桌子山木植入己。共計贓銀三百五十餘萬兩。罪凡九十二款。供狀明白。律應大辟。其父及兄弟子孫伯叔伯叔之子。兄弟之子年十六以上皆斬。十五以下及母女妻妾姊妹並子之妻妾。給功臣家為奴。奏上。 恩予自裁。子富立斬。餘十五歲以上之子。

發極邊。其父遐齡兄廣東巡撫希堯。革職免罪。于是就獄中傳 諭羹堯曰。歷觀史書所載。不法之臣有之。然當未敗露之先。尚皆偽守臣節。如爾之公行不法。全無忌憚。古來曾有幾人乎。朕待爾之恩。如天高地厚。豈以爾實心為國。故盡去嫌疑。一心任用。爾作威作福。植黨營私。辜恩負德。于心忍為乎。即如青海之事。朕命于四月備兵。又命于八月進兵。爾故意遲延。及嚴加督催。然後進剿。孫軍冒險。幾至失機。又如爾令阿剌納之兵。由噶斯前進。涉險惡必不可行之路。豈非欲陷害阿剌納乎。又如爾令富寧安將駱駝三千。從巴里坤送至布隆吉爾。為無用之需。豈非設計欲陷害富寧安乎。又私調岳鍾琪之兵至西安。爾令舍近就遠。紆道數千里。欲使蔡珽運糧不及。豈非欲巧陷蔡珽乎。此皆軍務大事。而爾視為兒戲。藉快私忿。尚得謂之有人心者乎。又如爾所奏善後十三事。于不應造城處議造城。不應屯兵處議屯兵。籌畫兵機。如此草率。是誠何心。青海用兵以來。爾殘殺無辜。顛倒軍政。朕尚未令入于廷議。即就所議九十二款。爾應服極刑及立斬者。共三十餘條。朕覽之不禁墮淚。朕統御萬方。必賞罰公明。方足為治。爾悖逆不臣至此。若枉法曲宥。曷以彰憲典而服人心。今寬爾磔死。令爾自裁。又赦爾父兄子孫伯叔等死罪。皆朕委曲矜全。莫大之恩。爾非草木。雖死亦當感涕也。雍正五年。 上念平青海功。令羹堯子俱赦回京。

訥親

乾隆之初。諸城劉文正公甫任總憲。即疏劾訥親職掌太多。任事過銳。乞加裁抑。時訥親方為吏部尚書軍機大臣上行走。奉 命查閱河南江蘇安徽山東一路營伍。游陞揆席。 恩遇之厚。甲於朝班。因金川之役。張廣泗久無成功。 命馳往經畧軍務。卒至僨事。恭讀乾隆十三年 諭云。朕自御極以來。大臣中第一受恩莫如訥親。金川雖云小醜。而老師糜餉。克捷無期。凡在臣子。皆有同仇敵愾之念。訥親身為大學士。從前在京時。不過于軍機奏到。隨常辦理。從未向朕奏及逆酋猖獗如此。將來作何了局。欲請身往視師。彼時傅恒即曾陳奏。願効前驅。朕以封疆大吏自能辦理。不必特遣大臣。即應派往。傅恒亦不可居訥親之先。未經俞允。及經畧需人。因以付之訥親。朕意以伊平日受朕如許厚恩。自知奮勉。乃起程之時。全不踴躍。彼其意以為軍前調集大兵。指期克捷。勝則引為己功。即不勝亦可奉身而退。至朕用人顏面。所關國家軍旅之重。皆所不計。其隱衷已不可問。及至軍營。張廣泗方觀望不前。而伊復茫無成算。措置乖方。朕待之兩月之久。而所奏到乃請建碉與賊共險。不思以

士卒攻討之力轉使建碉資寇是其第一謀畫既已貽笑衆人矣自是始有申飭之
旨然猶望其成功而乃身圖安逸並未親履戎行竟奏稱軍士晝夜向碉放鎗伊在
營中望見火光經朕督飭始行前進而近所奏阿利山之役我兵屢次退回因伊等
在彼未至大奔及伊等回營我兵數十人即各鳥獸散將領不復相顧觀此情形是
衆未奔而伊等輒已先退又何怪士卒之望風潰散以受恩之滿洲大臣經畧軍務
僨事至此尚何事可以自容乎至前後摺奏於所奉諭旨緊要情節概不明白回奏
惟以浮詞架空了事竟有全未覆奏者即同事之軍前大臣等經朕再三傳諭終不
令其陳奏一字朕因其久無就緒不得已傳諭詢問亦以欲召回京本欲激之使知
愧奮或有奏功之日正以召之者促之乃伊一得此旨如獲更生即置軍務於度外
託言有面奏情形亟欲回京試思有何不能言之情形而必待面奏乎此不過思家
耳以訥親平日之心思智慮且事朕十有三年若謂任其經畧無方輒行退避竟不
重治其罪將視朕為何如主伊非不慮及此而敢於遽請回京者衆人能知其故乎
伊之意中明知不稱任使朕必重治其罪然治罪亦不過如慶復之革職家居轉得
優游自逸為嗣續計向來賞賚豐厚儘足自娛而金川之役傅恒必自請督師朕亦
必以此任相屬而彼地險碉林立攻取維艱即傅恒亦未必遽能奏績不過與伊相
等即能成功亦傅恒之福命所有與伊無所加損如其不成朕又必重治傅恒之罪
而眷念舊臣伊必且復用是治罪之條乃伊所預料即奉到前旨亦無所悔懼惟此
旨洞鑒其肺腑伊當俯首無辭始悔其蓄謀之大謬耳此朕向所謂小聰明是大糊
塗也不如此不足成其為訥親而衆人之不能見及即其遜於訥親之處是朕從前
任用訥親原未為誤也今諸王大臣合詞奏請將訥親交部治罪于法本無可逭但
須俟伊回奏到再行酌奪降旨曾訥親回奏至 諭曰訥親所奏更復浮混無恥且
皆委過于張廣泗訥親以經畧重臣軍中調度皆聽指揮功過無可旁貸豈容一切
推卸在張廣泗如摺內所稱各情節訥親身為經畧果實見其非何難據實參奏即
一面參奏一面提問亦無不可觀其遲回不斷並非伊見不及此蓋以一參張廣泗
則軍中之事皆伊所仔肩其責愈重惟留以為卸過之地將來即或無功而歸亦尚
藉張廣泗為之代任其責居心若此是豈受恩深重實心任事之大臣所為乎況伊
摺內所稱自任舉失事即頓兵二十餘日不敢前進是怯懦委靡全無愧憤激勵之
意咎無可辭至所詢伊並不親身督戰惟在帳中坐觀諸事亦據一一俯認不諱因

奏請將伊交部嚴加議處夫遲誤軍機畏縮觀望設令訥親處分他人罪狀有不問以
斬決者乎而自乃僅請交部議處此豈降革所能了局者耶又 諭曰訥親辦理金
川軍務飛張退縮老師縻餉經諸王文武大臣等參奏朕諭令侍衛富成將伊舉動言
語逐一據實陳奏據富成奏稱訥親云番蠻之事如此難辦從來切不可輕舉妄動但
此言我如何敢上紙筆入奏訥親此語實為巧詐之尤伊受朕深恩一十三年推心置
腹何事不可陳奏如果賊徑十分險峻伊曾身同士卒盡力進取屢冒鋒刃猶不能
克再調勁兵更番前往仍不能深入其阻而供億浩繁徒糜帑項則當以實在情形
奏聞請旨罷兵況金川之事自因其與澤旺構釁涉及邊圍不得不發兵致討朕實
非利其土地人民輕啟兵端前後所降諭旨皆訥親同辦之事迨伊與張廣泗久無
成功朕又屢次傳諭令其詳悉斟酌倘有不能殄滅之故即可明言其所以然直請
班師毋得含糊兩可且於伊奏摺內批示云豈有軍機重務身為經畧而持此兩議
令朕遙度之理如能保明年破賊增兵費餉朕所不惜若終不能成功不妨明云臣
力已竭早圖歸計以全始終訥親以親信重臣膺閫外重寄經朕如此諄切指示亦
當遵旨據實覆奏朕豈有不加以裁酌允其所請之理且伊果肯侃侃直陳則此局
早已可竣何用縻費如許物力是今歲之稽遲皆訥親之貽誤咎更何辭又或慮奏
到時為軍機大臣及辦事司員所知亦宜親筆密緘直達朕覽何得謂之不敢上紙
筆入告此等緊要情節不敢入告豈如伊歷來摺奏摭拾浮言自相矛盾者轉謂敷
陳之道當如是耶夫面從而退有後言乃人臣所當切戒訥親所稱後來不可輕舉
妄動之語軍機大臣等能窺見其隱衷乎伊之意自知身名決裂且無子嗣計無所出
輒思以不必用兵之言博天下迂愚無識者之稱譽而以窮兵黷武之名歸之於朕
此其心懷狡詐實出意想之外朕誠不料十三年以來加以隆恩渥澤而訥親之忍
心害理竟至於此或 上天以此示朕俾知用人之難耶訥親又云上只慮我膽大
我如何當得起訥親退縮偷安不敢衝鋒奪險實乃毫無膽量朕方責其過於畏葸
過於膽小何嘗慮其膽大昔伊祖冒險登陴流矢貫脛著於女牆之上猶能負傷血
戰不以為苦為國家建立大功今其孫委靡至此實朕所不能解又訥親聞雲梯兵
過輒云此皆我罪若我今年辦理得妥何致聖心煩躁又令如許滿洲兵受此苦累
此言尤為可駭滿洲官兵有勇知方一聞調遣無不鼓舞振躍志切同仇皆欲人所
可共見朕方深嘉悅而訥親乃以為受此苦累伊從軍營中來為此浮言搖惑軍心

俾衆人聞之。不知賊境如何險阻艱難。此惟經略大學士傅恆忠勇奮發。金石同堅。不為所惑耳。兵丁一聞此言。勇往之氣。有不容為消沮者耶。明係伊自不能成功。而轉忌他人之成功。故為此語。巧於離間衆心。而不顧國家之大事。此其罪可勝言耶。著將此旨曉諭中外知之。尋命尚書舒赫德逮訥親赴軍營。會同經略傅恆等。一面訊明。一面即將伊祖遏必隆之刀。於營門正法。令軍前將弁士卒共見之。

胡中藻

國初於前明臣工之歸欵者。率仍還以顯職。保其初終。如錢謙益之有才無行。為朝廷所深惡痛絕之人。至今天下銷燬其所著初學集有學集。而明諭中猶稱止欲斥禁其書。並非查究其事。同時之大學士陳名夏。輾轉矯詐。屢次從寬免死。乃猶與同僚寧完我言。若要天下太平。除非依我兩事。寧問何事。名夏推帽摩其首曰。留頭髮。復衣冠。天下即太平矣。寧以其語上聞。而其時但治名夏以抹刪諭旨。作奸犯科諸欵。於前兩語。亦置之不問。蓋定鼎之初。人心未能齊一。故朝廷每以寬大處之。乃不料百餘年後。尚有喪心病狂之胡中藻者。謹按乾隆二十年三月十三日。大學士九卿翰林詹事科道等。面奉上諭。我朝撫有方夏。於今百有餘年。列祖列宗深仁厚澤。漸洽區宇。薄海內外。共享昇平。凡為臣子。自乃祖乃父。食毛踐土。宜其胥識尊親大義。乃尚有出身科目。名列清華。而鬼蜮為心。於語言吟咏之間。肆其悖逆。詆訕怨望。如胡中藻者。實非人類中所應有。其所刻詩題曰堅磨生詩鈔。堅磨出自魯論。孔子所稱磨湼。乃指佛肸而言。胡中藻以此自號。是誠何心。從前查嗣庭汪景祺呂留良等詩文日記。謗訕譸張。大逆不道。蒙皇考申明大義。嚴加懲創。以正倫紀而維世道。數十年來。意謂中外臣民。咸知警惕。而不意尚有此等鴟張狺吠之胡中藻。即檢閱查嗣庭等舊案。其悖逆之詞。亦未有累牘連篇。至於如此之甚者。如其集內所云。一世無日月。又曰。又降一世夏秋冬。三代而下。享國之久。無如漢唐宋明。皆一再傳而多故。本朝定鼎以來。承平熙皞。蓋遠過之。乃曰。又降一世。是尚有人心者乎。又曰。一把心腸論濁清。加濁字於國號之上。是何肺腑。至謁羅池廟詩。則曰。天非開清泰。又曰。斯文欲被蠻。滿洲俗稱漢人曰蠻子。漢人亦俗稱滿洲曰達子。此不過如鄉籍而言。即孟子所謂東夷西夷是也。如以稱蠻為斯文之辱。則漢人之稱滿人曰達子者。亦將有罪乎。又曰。相見請看都盆隸。誰知生色屬裘人。此非謂旃裘之人而何。又曰。南斗送我南。北斗送我北。南北斗中間。不能一黍闊。又曰。再泛

瀟湘朝北海。細看來歷是如何。又曰。雖然北風好。難用可如何。又曰。徵雲揭北斗。怒竅生南風。又曰。暫歇南風競。兩兩以南北分提。重言反覆。意何所指。其語溪照景石詩中。用周時穆天子車馬走不停。及武皇為失傾城色兩典故。此與照景石有何關涉。特欲借題以寫其譏刺訕謗耳。至若老佛如今無病病。朝門聞說不開開之句。尤為奇誕。朕每日聽政。召見臣工。何乃有朝門不開之語。又曰。人間豈是無中氣。此是何等語乎。其和初雪元韻則曰。白雪高難和。單辭贊莫加。單辭出尚書呂刑。於咏雪何涉。進呈南巡詩則曰。三才生後生今日。天地人為三才。生於三才之後。是為何物。其指斥之意。可勝誅乎。又曰。天所照臨皆日月。地無道里計西東。諸公五嶽諸侯瀆。一百年來頫首同。蓋謂岳瀆蒙羞。頫首無奈而已。謗訕顯然。又曰。亦天之子亦萊衣。兩亦字悖慢已極。又曰。不為游觀縱盜驪。八駿人所常用。必用盜驪。義何所取。又曰。一川水已快南巡。下接云。周王渭水因時邁。蓋暗用昭王南征故事。謂朕不之覺耳。又曰。如今亦是塗山會。玉帛相方十倍多。亦是二字。與前兩亦字同意。其頌蠲免則曰。那是偏災今降雨。況如平日佛燃燈。朕一聞災歉。立加賑卹。何乃謂佛燈之難覯耶。至如孝賢皇后之喪。乃有並花已覺單無蒂之語。孝賢皇后係朕藩邸時皇考世宗憲皇帝禮聘賢淑。作配朕躬。正位中宮。母儀天下者一十三年。然朕亦曷嘗令有干預朝政。驕縱外家之事。此誠可對天下後世者。至大事之後。朕恩顧飾終。一切禮儀。並無于會典之外。有所增益。乃胡中藻與鄂昌往復酬咏。自謂殊似晉人。是已為王法所必誅。而其詩曰。其夫我父屬。妻皆母道之。夫君父人之通稱。君應冠乎父上。曰父君。尚不可。而不過謂其父之類而已可乎。又曰。女君君一體。焉得漢然為帝后也。而直斥曰其夫。曰喪。喪心病狂。一至于此。是豈覆載所可容者乎。他如自桂林調回京師。則曰。得免吾冠是出頭。伊由翰林洊擢京堂。督學陝西。復調廣西。屢司文柄。其調取回京。並非遷謫。乃以掛冠為出頭。有是理乎。又有曰。一世撲誰完。吾身甑恐破。又曰。若能自主張。除是脫轂轆。又曰。一世眩如鳥在籠。又曰。蝨官我曾慚。又曰。天方省事應閒我。又曰。直道恐難行。又曰。世事於今怕捉風。無非怨悵之語。述懷詩又曰。瑣沙偷射蜮。饞食狼張箕。賢良祠詩曰。青蠅投昊肯容辭。試問此時于朕前進讒言者誰乎。伊在鄂爾泰門下。依草附木。而詩中乃有記出西林第一門之句。攀援門戶。恬不知恥。朕初見其進呈詩文。語多險僻。知其心術叵測。于命督學政時。曾訓以論文取士。宜崇平正。今見其詩中。即有下眼訓平夷之句。下眼並無典據。

蓋以為普照之意亦可以為識力卑下亦可巧用雙關云耳至其所出試題內考經義有乾三爻不象龍說乾卦六爻皆取象於龍故象傳言時乘六龍以御天如伊所言豈三爻不在六龍之內耶乾為當今年號龍與隆同音其詆毀之意可見又如鳥獸不可與同羣狗彘食人食牝雞無晨等題若謂出題必欲避熟經書不乏閒冷題目乃必檢此等語句意何所指其種種悖逆不可悉數十餘年來在廷諸臣所和韻及進呈詩冊何止千萬首其中字句之間亦偶有不知檢點者朕俱置而不論從未嘗以語言文字責人若胡中藻之詩措詞用意實非語言文字之罪可比夫謗及朕躬猶可謗及本朝則叛逆耳朕見此書已數年意謂必有明於大義之人待其參奏而在廷諸臣及言官中並無一人參奏足見相習成風牢不可破朕更不得不申我國法正爾囂風效　皇考之誅查嗣庭矣且內廷侍從曾列卿貳之張泰開重師門而罔顧大義為之出資刊刻至鄂昌身為滿洲世僕歷任巡撫見此悖逆之作不但不知憤恨且喪心為之唱和引為同調其罪實不容誅此所關於世道人心者甚大俾天下後世共知炯鑒張泰開着革職交刑部胡中藻鄂昌已降旨等解來京俟到日交大學士九卿翰林詹事府道公同逐節嚴審定擬具奏欽此

和珅

和珅之敗余適在京師而尚未登　朝無由悉其罪狀後二十年入軍機乃從檔簿中得其梗概與外間所傳頗無歧異此　本朝一大案不可不覼列之以為負國營私者戒也嘉慶四年正月初四日恭值　純廟升遐和珅方為總理大臣意得甚次日即有御史廣興疏發其罪初八日奉　旨拿問下刑部並下各直省督撫議罪直隸總督胡季堂條陳其罪請依大逆律凌遲處死並列其薊州城外墳塋前有石門樓石門前開隧道正屋五間稱曰饗殿東西廂房各五間稱曰配殿大門稱曰宮門外圍牆二百丈圍牆外設堆撥土人稱曰和陵墻西陽宅房屋二百一十九間定制親王墳塋圍牆不得過百丈和珅倍之籍其家更多人臣不應有之物于是始將其大罪二十宣示中外當　睿廟冊立為皇太子時先期預呈如意洩機密以為擁戴功大罪一　圓明園騎馬直入左門過　正大光明殿至壽山口大罪二肩輿出入神武門坐椅轎直進　大內大罪三取出宮女子為次妻大罪四川楚教匪滋事各路軍營文報任意延擱不遞大罪五　純廟聖躬不豫時毫無憂戚逢人談笑自若大罪六　純廟力疾批章間有未真之字輒口稱不如撕去另擬大罪七管理吏戶刑三部一人把持變更成法不許部臣參議一字大罪八西寧報備賊番聚衆搶劫殺傷將原摺駁回隱匿不遞大罪九　國服曾有　中旨令蒙古王公未出痘者不必來京乃故違　諭旨無論已未出痘俱不令來大罪十大學士蘇陵阿以姻親匿其重聽衰憊之狀侍郎吳省蘭李潢太僕卿李光雲以曾在其家教讀俱保列卿階兼任學政大罪十一軍機處記名人員隨意撤去大罪十二私蓋楠木房屋僭侈踰制其多寶閣槅段仿照寧壽宮式樣大罪十三其墳塋設立享殿開置隧道致居民有和陵之稱大罪十四所藏珍珠手串二百餘串較　大內多至數倍并有大珠較　御用冠頂尤大大罪十五真寶石頂非所應戴乃藏數十餘顆并有整塊大寶石為內府所無者不計其數大罪十六家內銀兩衣飾等物數逾千萬大罪十七夾牆藏赤金二萬六千餘兩私庫赤金六千餘兩地窖埋銀百餘萬大罪十八通薊地方當舖錢舖資本十餘萬與民爭利大罪十九家人劉全資產亦二十餘萬且有大珠及珍珠手串大罪二十其宅中太監呼什圖時稱內劉籍其家亦十餘萬且為其弟劉寶捐納直隸州知州劉寶榆守備銜劉寶杞州同銜則和珅之平日貪縱狂妄除大罪外已難悉數矣時大學士九卿文武大臣翰詹科道公擬罪名奏上如

胡議　上以時當諒陰不忍使大臣棄市乃令和珅自裁尤可怪者籍沒後續查出真珠朝珠一掛訊其家人言往往燈下無人時私自懸挂對鏡徘徊談笑低聲自語人不得聞窺其心又不僅封殖貪黷之可罪矣其金銀庫內帳及大櫃內珠玉等項什物賬簿有好女子四名掌管每年太監羅玉持出查對一次女子四名香蓮蕙芳慶八兒雲香也　籍和珅之家人劉全劉陔劉印胡六家除金銀外當舖八座內監呼什圖（即內劉）家得米麥豇豆雜糧一萬一千六十五石時文安大城兩處被水分給兩縣作為口糧籽種又分和珅之第半為和孝公主府（和之子豐紳殷德尚十公主）半為慶親王府（時尚為郡王）及嘉慶二十五年慶親王薨五月十五日管府事阿克當阿代郡王（綿愍）呈出毘盧帽門口四座太平缸五十有四銅路鐙三十六對此項皆親王所不應有之物而和珅有之且銅路鐙較　大內所陳尤為精緻今分設於　景運隆宗兩門外云

歸田瑣記卷五終

歸田瑣記卷六

清 福州梁章鉅撰

文人奇遇

或問古人致仕以七十為期亦有過七十而尚未致仕者乎余曰此道其常耳世固有未七十而即須致仕者即有已七十而不必致仕者若元魏世祖時侍中羅結年一百七歲除長信卿年一百一十聽歸老年一百二十乃卒則存乎其人之稟賦又豈可測之以常情乎 本朝乾隆初沈歸愚先生以六十六歲中戊午省試六十七歲中己未會試館選七十歲散館授編修七十一歲以大考二等晉侍講學士七十二歲典試湖北七十四歲乞假回里七十五歲還朝直 上書房晉禮部侍郎七十六歲為戊辰會試總裁七十七歲患噎疾奉 命許其歸里享林泉之樂七十九歲迎 駕於清江是冬進京祝 聖母萬壽蒙 撰賜歸愚詩序八十五歲再迎 駕加禮部尚書銜九十歲又同錢陳羣迎 駕常州 賜詩有二老浙江之大老句年至九十八而終諡文慤以一介書生暮年新進備叨異數復享大齡事為近今所稀福亦未免太過身後果以文字之故削銜奪諡古人常言日中則昃月盈則食況以文人當之能無惴惴哉

紀文達師

世傳名人前因皆星精僧此說殆不盡虛相傳紀文達師為火精轉世此精女身也自後五代時即有之每出見則火光中一赤身女子羣擊銅器逐之一日復出則入紀家家人爭逐則見其逕入內室正譁然間內報小公子生矣公生時耳上有穿痕至老猶宛然如曾施鉗環者足甚白而尖又若曾纏帛者故公不能着皂靴公常脫襪示人不之諱也又言公為猴精蓋以公在家几案上必羅列榛栗棃棗之屬隨手攫食時不住口又性喜動在家無事不肯坐片時也又傳公為蟒精以近宅地中有大蟒自公生後蟒即不見說甚不一少時夜坐暗室兩目如電光不燭而能見物比知識漸開光即斂矣或謂光女子即蟒精也以公耳足驗之傳為女精者其事或然惟公平生不穀食麪或偶爾食之米則未嘗上口也飲時只豬肉一盤熬茶一壺耳宴客肴饌亦精潔主人惟舉箸而已英煦齋先生嘗見其僕奉火肉一器約三觔許公旋話旋啖須臾而盡則飯事畢矣 聽松廬詩話云姜西溟不食豕紀文達不食鴨自言雖良庖為之亦覺腥穢不下咽且賦詩云靈均滋芳草乃不及梅樹海棠傾國姿杜陵不一賦以梅花海棠為比雖不食鴨而鴨之幸因已多矣 芝音閣雜記云 圓明園公善吃煙其煙槍甚巨煙鍋又絕大能裝煙三四兩每裝一次可自家至 圓明園吸之不盡也都中人稱為紀大鍋一日失去煙槍公曰無慮但日至東小市覓之自得矣次日果以微值購還蓋此物他人得之無用又京中無第二枝易於物色也

劉文清師

諸城劉文清公亦由精靈轉世其歸道山之歲值十二月封篆之期公坐內閣堂上座後有一白貓體態甚偉當公未至時固無貓也此物自何來人亦不知堂上中書供事等羣見之而未敢言及公退貓亦遂不見二十四日公卒或貓即狐也公將卒而神出見然則此狐為公前身矣

朱文正師

朱文正公觀察吾閩時先資政公及諸伯叔父皆受業焉余入都以門下晚學生禮晉謁公頷之及己未公主會試先兄曼雲出門下余謂兄之師例亦為師欲改稱而公未之許追壬戌 廷試公與讀卷之役擢余卷為第一後以他故抑置第二而心常歎然逢人必述之因余文中能用春秋繁露語也適余進謁告余曰讀卷所得士

例可抗顏為師況受知如足下者乎以後可不必再執小門生之禮太老師尊而不親老師親而不尊我於君家師友淵源之誼不一而足前此所以未許者不欲君以兄弟之私改先人之舊耳時公年已逾七十見客恆閉目隱几以杖支頤杖頭置青絹一方蓋以拭目也與客談亦多不睜目語雜諧謔有東方曼倩之風嘗語余曰頃到孔子廟廷見左右兩人護法一是仲夫子一乃蔣子蒲也時蔣方在 朝為京卿余亦不敢詰其原委甲子 上幸翰林院欲令與宴者皆即席為詩公奏是日諸翰林皆蒙 賜酒觀戲恐心分不能立就 上允之出語諸翰林曰若是日果即席為詩諸君能不鑽狗洞乎翰林衙門土地神舊傳為昌黎韓公公以為代韓公者為吳殿撰鴻一日丁祭畢坐轎過土地祠公自轎中回頭作拱大聲曰老前輩有請矣除夕有門生至家與公談歲事公舉胸前荷囊曰可憐此中空空壓歲錢尚無一文也有頃閽人以饋歲儀呈報曰此門生某爺某爺所送若干封公曰此數人太呆我從不識其面乃以阿堵物付流水耶自以前身為文昌宮之盤陀石因號盤陀老人有請乩者謂公係文昌二世儲君名淵石故字石君奏請 加封號行九拜禮喜為人說因果嘗言某某前生為其婦某某為其妾某某為其子前世有緣故恆結今世緣

也卒之日，臥處一布被、布褥而已。上親賜奠，甫至門，即放聲哭，且賜以詩，有"半生惟獨衍，一世不談錢"之句。公得此亦可以無憾矣。青烏之術，信不可不信者。公之先浙人，曾祖客於京，業鍛，有江西一士善地理而道不行，迍邅已甚，居與朱翁隣，每出入，偏戶即囑朱翁視焉。居數歲，將歸，謂朱翁曰："承翁愛已久，愧無以報德，意中相得佳城二三處，翁能移殯此乎？"翁謝以無力置地。術士言："此地價不昂，我力尚能買以贈翁也。"因以千錢買盧溝橋西鎮岡塔前地一區，為植榆一株，告朱翁曰："他年移殯來，樹下即穴也。後嗣當大貴，然須堅囑後人，若貴切無以土塚不華，別加土山與石坊亭堂等物也。"故公雖入閣，惟土墳一邱，樹二三十株而已。公歿後，公之姪山東方伯錫爵，於墳後培以小土山，中央蓋一紅且，居無何，公子四品卿遂亡，公之孫觀察公年未四十而夭，方伯亦褫職責戍，姪孫澄守常州府，復左遷病廢，累世簪纓，頓嗟零落。近公之曾孫某悟其故，不告家人，竟將土山毀去，乃舉於鄉，由教習得縣尹。公後起乃漸有人云。

松文清公

外省知交於中朝之名公偉人，有識有不識，而無不知有蒙古松中堂筠，多欲從余得其詳者。余與公相聚日淺，公騎箕時，余已外宦，屢馳信京師，索其行狀誌銘，不可得，但知公以嘉慶十五年由兩江總督協辦大學士，十九年授武英殿大學士，二十一年以事降，道光間復起為尚書，十四年休，十五年薨，謚文清而已。間有所聞逸事，曾筆之書，茲錄出以應問者，凡七條云。嘉慶二十五年八月，容駕梓宮自熱河回京，初奉安於乾清宮，繼乃擇日奉移於觀德殿。是日出東華門，進景山東門，上哭泣步送。京中自王公大臣官員以下，皆得俯伏甬道之左哭送，白袍列跪者不下千萬人，余亦在班中遙見。上步行甫半，忽趨至甬道邊，扶一跪伏者之手，大哭失聲，跪伏者亦搶地大哭，衆遠察之，則松公也。時公僅賞一驍騎校，不過兵丁拔補之階，而至尊當哀痛迫切之際，竟能於千萬人中物色見之，非平日魚水之契有異尋常，何克臻此。翌日即有副都御史之命，而公仍得左右贊襄矣。公出為伊犁將軍時，未曾挈眷，一日道役至京，附銀五十兩，以為迎取夫人路費。適役夫未行而銀已他用，因即不寄路費。公家故素儉，長公子少宰熙昌竭力摒擋，始得送其母夫人就道。夫人既至，公亦不撑口，即命入署，僚佐皆不知將軍夫人之已至也。署舊有別院，乃置夫人其中，而日扃其門，供餼之外，每月與錢十千，婢媼傭值俱取給

焉。院內正屋三楹，中為堂，夫人居，堂東西為佛堂。公每日五更入佛堂禮佛，半坐堂中與夫人啜茗閒語，半時而出，仍扃其門，而夫人每日當四更必起，櫛沐以待之。公之禮佛不間寒暑，夫人之夜起亦不間寒暑。同時有策大人者，公事故簡，每於黎明即起，盥面畢，即駕騾車傳食於同城寅好署中，亦無間寒暑。那繹堂師時亦在西域，嘗戲語人曰："我若死入輪迴，必與閻羅相約，或再為男人，或轉為女身，或墮落畜類，惟命之從，但不願作策大人騾及松將軍夫人耳。"公由伊犁將軍除吏部尚書，入京行抵涿州，八喇嘛遣人迎之，公乘一馬，喇嘛之使人乘一騾，易騎而行，自涿州連宵至圓明園，其家人戚友迎於長新店者俱不知也。到園已四更，扣軍機章京直廬之門，司閽者呼葉老爺起，公屬為其指葉老爺者，戶部郎中葉雲素繼雯也。是日葉公非入直期，重公之為人，不敢辭，而公亦不問其姓名，即以葉老爺稱之而已。次日入見，即呈講大學首章，以為治國平天下，當自正心誠意始。出，借勒相國肩輿候客，家人始聞公之已到都也。晚仍宿園中，又次日入城，先赴吏部之任，日晡方歸家，其妾迎於中門，公顧問曰："此誰家戚誼也？"長公子曰："此某姨娘耳。"公乃恍然曰："汝今亦老矣。"公身材僅中人，而體氣壯實，有莊敬日強之功。惟自邊臣內擢後，頭每涔涔動，鎮日不已，即入對亦然。余時以軍機章京詣公宅畫稿，值酷暑，公以燒酒及西瓜餉余。時余方編輯軍機題名，並從公詢樞垣故實，語頗叨絮，公因令解衣縱談，因乘間問公頭動之故，公慨然曰："此非病也。我在西域時，手刃叛回至數百人，未免殺戮過重，至今耿耿於中，不覺震動於外耳。然不如此，恐回疆未必安戢至今也。"公面如羅漢，心極慈祥，自是活佛度世，節鉞所涖，無人不被其澤而飲其和。叛回之戮，辟以止辟，正公鎮邊作用，不知者或以殺降為公咎，豈知公者哉。公奉差往江南查辦事件，得旨引對後，即欲挈值宿行李出城，不回私宅，因隨帶之司員部署不及，願公稍緩時日，公許以晡時出城。時方巳刻，乃枉途至韓桂舲先生家小住，先生尚在刑部署未退，公自索酒肴獨酌，並令韓家人等磨墨供寫大字。偶聞宅門外喧嘩聲，詢之，則賣雞擔與閽人爭價也。公立取擔入，如其價全買之，向內宅借京錢四千交付訖，而以雞屬閽人曰："為我交韓太太，加意喂養肥美，俟我差旋時再來大嚼也。"語畢，遂出城，住長新店，再踰日而隨帶之司員始趕到同行焉。公赴江南總督時，路過袁江，時費筠浦督部淳因防汛駐河上，款留公於行館，午飯賓主皆大戶，飲至燈時，公欲易燒酒，費從之。公謂費曰："兩人飲畢竟寂寞，此地寮屬尚有知酒趣者否？"費曰："即

有之亦不過數十杯即頹然求可以陪我兩人者殊不易得無已惟有河轅中軍某副將者庶幾其可然官卑職小何可以陪中堂公曰副將亦二品官但取能飲何較官職因急召至令侍末坐公與費且飲且談而某副將從旁默飲一杯復一杯不敢留涓滴也至五更公稍倦因辭歸舟且曰黎明如順風當即解纜不復來告辭矣公甫登舟而天已曉費遣官探之則回報南風甚大斷難開船中堂已和衣睡矣無何而費詣公舟謝步並邀公重至行館曰既風大不能行何不再暢飲一日公諾之早飯肴饌已陳公曰昨某副將飲得甚閑雅何不仍召之來費令人促之則云某副將昨夜回署即不能言動今晨已奄逝矣公與費皆大驚草草飯畢即回舟冒風解纜去此事河上人至今能道之　公喜為臂窠書尤喜作大虎字每見大幅紙盡幅為之間以贈人或人以紙求書者無不應樞直同人各得一幅余以未得大紙不敢求公自謂此字可驅邪鎮魅蓋亦不盡然也聞在江南督署中有中軍某副將者軀幹甚雄偉適得大紙一幅磨墨數升求作虎字公披襟直揮而筆尚有餘墨因順勢向某副將臉上一塗擲筆大笑曰此單料張桓侯也某副將不但不以為忤且以為榮公之盛德被人也如此

讀書

聖人以身教人不過曰好古曰好學曰不如學其屢稱顏子亦不過稱其好學今人動以講學為迂闊且以為宋人之惡習不知聖人已以學之不講為憂則講學豈足為世病今世之通患在士大夫不說學而其害遂中於人心國本殊堪隱憂憶嘉慶十餘年間余掌南浦講席其時邑中士大夫尚講究講書院中肄業生亦欣欣向榮日以詩文相質證雖所講亦不過俗學然所汲汲在此則一切放僻邪侈之事究竟無暇兼為之今相隔三十年此調不談已久無怪乎風俗之日偷而可與言者之日鮮也癸卯夏間蘇鰲石廷尉廷玉由蘇州回閩過浦余留在北東園中談讌數日廷尉寓居城外早入晚歸嘗語余曰余日夕往返不下六七次而從無一入耳之書聲何也余告以浦人近不務讀書同與浩歎因憶江行雜錄中載司馬溫公過鳴條山餘慶寺寺中父老五六輩請曰某等聞端明在縣日與諸生講書村人不及聽今幸相遇願得聞其畧公即取孝經庶人章講之既已復前曰自天子章以下各有毛詩二句此獨無何也公默然謝曰生平慮不及此當思所以奉答父老出語人曰吾今日難倒司馬端明矣不知公後日果何以答也似此佳話今日不但無此人亦並無此事矣王漁洋先生云嘗聞敗道見說古本庶人章末有詩二句云晝爾于茅宵爾索綯附記于此以廣異聞

讀儀禮

內外孫中有稍聰穎者自謂五經及周禮爾雅皆已讀徧銳意欲讀儀禮而塾師中不必皆已讀儀禮者遂有擇師而事之意余謂不然也憶余少時與澤卿兄同塾讀先叔父太常公每課澤卿兄讀儀禮竟能背誦如流而先資政公卻不以此相督責謂必須五經爛熟然後再治儀禮否則徒勞而無功昔韓文公以大儒尚苦儀禮難讀況後生小子乎嗣余出從外舅鄭蘇年師學為制義偶以俎豆之事命題時余方閱無錫秦氏五禮通考將俎豆故實分比臚列絮然大為蘇年師所激賞謂皆從儀禮中來實則未嘗肄業及之也未幾應新郡伯觀風題為端章甫制度頗有會心閱觀風卷者為蕭山王南陔先生紹蘭以余卷獨能貫穿儀禮擢冠其軍自是余始恥聲聞之過情而大作讀儀禮之想偶輯成儀禮節本四卷謂稍簡易可備擔徒之資偶以示同年老友王陸亭廣文大經則以為中多疎舛不足以示後學於是又毀其稿而自知其困苦難成也今諸孫中果有能讀儀禮者此正古人所謂難者不避豈肯阻其向往之心而不能不以余之所閱歷者正告之竊自比於識途之老馬云爾

月令氣候

諸孫中有讀月令者執簡而問曰月令一年七十二候之名何以與時憲書所載亦有異同余曰豈但此兩書異同已哉七十二候之名權輿於夏小正此後則汲冢周書管子淮南子呂氏春秋所載字句各有錯出然亦不過小異而大同惟王冰注素問所引呂氏春秋七十二候則與今行呂氏春秋本迥不相同如雷乃發聲下有芍藥榮田鼠化為鴽下有牡丹華王瓜生作赤箭生苦菜秀作吳葵華麥秋至作小暑至半夏生下有木槿榮蟄蟲坏戶下有景天華此皆無關宏旨惟今時憲書十一月麋角解自乾隆間改為麈角解已奉　功令通行不可不知耳

千字文

千字文有三本齊蕭子範之作不傳梁周興嗣所次據梁書南史皆以為王羲之書乃尚書故實云武帝命殷鐵石於鍾王書中搨千字召興嗣韻之一日綴成王溪清話亦云梁武得鍾繇破碑愛其書命興嗣次韻成文所說不同宋史李至傳亦言是

鍾銶破碎而盛百二柚堂筆談云右軍所書即鍾千文也金壇王氏鬱岡齋帖題曰魏太尉鍾繇千字文右軍將軍王羲之奉敕書起四句云二儀日月雲露嚴霜夫貞婦潔君聖臣良結二句與周氏同是周興嗣所次亦有二本不同也余偶為人書千字文律呂調陽作律召調陽觀者或以召字為誤請削易之余曰召字不誤呂字乃誤也宋吳坰五總志云隋智永禪師居長安西明寺自七十至八十歲寫真草千文八百本人爭取之但作律召調陽者皆是按閏餘與律召正是偶對不知何時誤作呂字余齋藏董香光手書冊亦作呂矣

上大人

余流寓浦城次兒三兒五兒及長女三女悉比戶而居內外孫十餘人皆不過十歲上下塾師延至四五人有初學執筆者每寫上大人等字輒詢塾師以出在何書如何講解多不能對余告之曰水東日記載金華宋潛溪學士濂晚年喜寫此必知所自說郛中亦載之大抵取筆畫稀少易於識認耳祝枝山猥談云此孔子上其父書也上大人為一句孔為一句乃孔子自稱名也一己化三千七十士爾為一句言一身所化士有如此也小生八九子佳為一句蓋八九乃七十二言三千人中七十二人更佳也作仁可知禮也為一句作猶為也仁與禮相為用七十子善為仁其於禮可知也此說不知所本要足以廣異聞

滬瀆唱和詩序

道光辛丑秋余駐兵上海防堵英夷適朱蘭坡同年珔黃霽青太守安濤先後來訪皆昔年宣南詩社舊侶蘭坡別不過七年霽青則別二十餘年此番不期而遇於戎馬倥傯之中真喜出望外矣時霜蟹初肥因招集行館中飲酒賦詩乃不數日即為搏沙之散悵良會之大難惜勝游之不再每思作一小文覼縷其事而匆匆未暇以為也今夏養痾浦城忽承霽青以詩文集見寄反覆卒讀如同晤談詩名息耕草堂詩集文名真有益齋文編中有滬瀆行館雅集詩序一篇則正述丑秋之事故人千里適有同心為之狂喜遂急錄之庶幾此文傳而吾輩亦因以俱傳也文云鄙人以辛丑暮秋旅食滬瀆適涇縣朱蘭坡先生因秘呂之契訪崔李之交命駕而來盍簪有喜時長樂梁公方開府吳中壽邀海上為東道主續南皮游折簡而材官馳張筵而衛士屏巨螯入手旨逾八珍落英滿杯香生九醞邀兵達官之高致依然京國之故情聽晚吹於營門方愁送客點風燈於牙帳倘許收歡滬瀆人雜五方地無重險

夙心校誦篇目多艱前此蠹史或隔闕以禁熱或沈船以塞山而民文病怨誹繁興公則東和以輯衆心主靜以寧衆志斟酌於同欲措置於無形以故人才了而公有餘人皇皇而公獨暇否則朝野殊其榮衰身世判其閒忙又安望羽書填委之餘尋文燕從容之娛如此集者哉席既罷公頗謂鄙人良會無多今日可惜時之過也文則永之遠矣雖聯筆於陳於風雲之起適前司馬之吃虜盾於碣礁之旁制限七言人各四首鄭中公謙讓彼七子之多漢上題襟即此一編之續云爾

高雨農序

道光壬辰秋余初次歸田暇輒類次前後所為雜文自知體雜而辭支不足以言載道顧三十年來時有紀事之作不忍棄之如遺姑撫拾叢殘就正於高雨農中翰雨農遂為之序且有溢美之詞噫余文不足存而雨農之序則甚可傳余或附之以存未可知也因先附錄於此他日兒輩或編梓余文則雨農序實啟之不可不記序云韓子論文曰填其實夫其謂實者豈專於文求之哉不於文求之而充其實豈不足於文哉譬置兩人集於此一無實而求工於文一有實而不以文自名如以文論宜求工者勝不以自名者絀矣然彼無實之文於古文冥追而默契之肖其體格焉又肖其聲情焉可謂盡其心於文字之間者要之體格之肖土偶之面目而已聲情之肖優孟之衣冠而已羊質而虎皮但見其可狎不見其可畏君形者亡焉耳而有實者亦既昭晰無疑優游有餘矣即不以文自名其為文者故在也因綜論之自韓子復古後同時之柳李宋之歐陽曾王三蘇元之虞明之歸王固斯文大宗矣其外有實而可貴者區其體有三焉清明和吉德人之文也總覽橫貫學人之文也坐而言者可起而行通人之文也三者不必求似古人韓子以為能自樹立不因循者是也不必不似古人歐陽子以為取其自然者是也其精氣充溢方烜照不泯豈不可自成一家哉長樂梁方伯茝林先生起家詞臣至今職勳勞內外為　國屏翰其著紫藤吟館詩鈔久風行海內既成政歸裒其文若干卷為退庵文存屬澍然論之曰某平生精力半耗於仕宦亦半耗於詩其文但率胸臆言之未能求工也澍然謹對曰文何必求乃工哉求工之工是謂有人之見存未見其能工也已受而卒業見有清明和吉者有總覽橫貫者有坐而言已起而行者歟曰茲豈非實遂而光焜者耶三者得一已足自名況兼有之乎先生之不求工乃先生之深於文也謹述所見請質以報敢云序先生集哉　按雨農此序作於道光甲午次年余即奉　召復出迄茲十

年中間人事牽率文添作雜文數十篇而心計愈粗故步愈失而畏久已物故此後誰復相知定吾文者乎。擲筆為之憮然

已刻未刻書目

余髫齡即恭若書之名與澤卿兄同入家塾每分檢陶九成說郛中所錄各小種刺取他書補之先大夫斥之曰。陶書本係節錄何煩汝補此韓文公所謂無益費精神也先叔父太常公乃從旁解之曰此正古人所謂有斐然述作之意者聽其所為稍勝於他玩弄耳登鄉薦後復稍稍為之先外舅鄭蘇年師又訓之曰古人著書多在遲暮之歲或出窮愁之餘今吾子似尚不宜急急於此余皆謹誌之不敢忘既通籍官京師日與通儒碩士上下其議論又京秩清暇非書籍無以自娛及外宦後案牘餘閒別無聲色之好亦惟儆儆闡幽抱殘守缺是務歲月既積卷帙遂多而衡詁古人著述之原其實毫無心得回憶先大夫及太常公蘇年師之訓言不覺爽然若失今年踰七十筆硯久荒料檢陳編皆數十年心血所存不忍盡棄中有已刻問世者有尚未能付梓者自惜享帚之愚難免覆瓿之誚姑錄存其目付後人知之俾無失散云

論語集注旁證二十卷　自序　未刻

孟子集注旁證十四卷　自序　未刻

夏小正經傳通釋四卷　祝芳齋師序　未刻

倉頡篇校證三卷　就孫淵如觀察原本而校補之　未刻

稱謂拾遺十卷　未刻

古格言十二卷　劉金門侍郎序　湯敦甫閣老序　劉次白中丞序　已刻

國朝臣工言行記十二卷　未刻

三國志旁證二十四卷　未刻

南省公餘錄八卷　謝鄉泉侍御序附虞文肅師戴金溪尚書顧桜甫制府孔荃溪方伯薩湘林都統遺王阮部中各題詞　已刻

樞垣紀畧十六卷　宋詠齋尚書序　自序　已刻

春曹題名錄六卷　未刻

東南嶠外書畫錄二十卷　未刻

文選旁證四十六卷　阮雲臺師序　朱蘭坡侍講序　自序　已刻

玉臺新詠講求十卷　未刻

制藝叢話二十四卷　朱蘭坡侍講序　楊芸士明經序　未刻

試律叢話十卷　吳棣華廉訪序　未刻

楹聯叢話十二卷　陳蓮史方伯序　自序　已刻

楹聯續話四卷　自序　已刻

巧對錄四卷　自序　已刻

長樂詩話八卷　自序　未刻

南浦詩話四卷　祖舫齋師序　已刻

東南嶠外詩文鈔三十卷　陳恭甫編修序皆五代以前作　未刻

閩詩鈔五十卷　皆錄宋以後至國朝各詩　未刻

三管詩鈔五十八卷　輯錄廣西通省古近人遺詩　已刻

三管詩話四卷　自序　已刻

三山唱和詩十卷　壬辰秋至乙未春里居所輯　未刻

東南嶠外詩話二十卷　未刻

江田梁氏詩存九卷　自序　已刻

退庵詩存二十四卷　翁覃溪師序　刑蘇硯堂閣老　劉金門侍郎　陳望波尚書　費省谷中丞　葉雲潭方伯　吳巢松侍講　陳恭甫編修　吳棣華廉訪　郭頻伽　董晉卿　楊芸士　三明經題詞　已刻

退庵詩續存八卷　自序　已刻

退庵隨筆二十四卷　湯敦甫閣老序　賀耦庚制府序　已刻

閩文復古編六卷　未刻

閩文典制鈔四卷　自序　已刻

浪淙亭志四卷　自序　已刻

滄浪題詠二卷　張蘭渚中丞序　林少穆尚書序　楊芸士明經序　已刻

梁祠輯畧二卷　朱蘭坡侍講序　為吳中新建梁伯鸞高士祠作　自序　已刻

江漢贈言二卷　黎湛溪河帥序　王槐午觀察跋　已刻

東南棠蔭圖詠三卷　朱蘭坡侍講序　自跋　已刻

吳中唱和集八卷　自序　王晉湖方伯跋皆錄吳中同年唱和之作　已刻

對江別話四卷　皆錄壬辰年引歸吳中同人送別之作　未刻

北行酬唱集四卷　陳芝楣中丞作序　道光乙未奉召時所輯　已刻

疊韻詩

余作七十自壽詩，沭中人和者寥寥，每藉口於韻腳之難，其實余成此詩時，即已為和作者地，並無險難之韻也。適揚竹圃親家自揚州寄和原韻詩至，余即疊前韻答之。既思竹圃新春亦正七十，復疊前韻寄祝，雖詩格愈低，而運轉自如，並不覺為韻所縛也。因備錄前後兩疊韻詩，以諗觀者，以示家人，使知余雖老衰，而於此事尚復興不淺耳。　揚竹圃親家次韻寄和拙作自壽詩疊前韻賦謝云：俚言一片付鱗鴻，四十餘年過景匆。（君之季父姿亭先生，延先資政公主講其家，余之交君始此，事在嘉慶二年。）變滅雲煙憑海上，逍遙日月自壺中。偶因陶寫詩無債，為遣牢愁酒有功。南北相望二千里，天然兩個信天翁。　歸田何事不真歸，雙塔三山夢裏違。閒閻詎堪參丹服，（峽夫要住白塔寺。）庭階且自看萊衣。豪情君欲凌滄海，（時君將就養哲嗣安豐場官之任，地在鹽城海濱。）小築吾欣倚翠微。（浦城新居，在粵山之麓。）但願故人長健在，桑榆異地共晴暉。　尚憶刊江一櫂移，綠楊深處兩家宜。二分明月空懷悄，萬朵名花春事遲。小合苔岑增感愴，（謂湘泉石。）無端萍水又分離。（時海泉甚思揚人，紛紛欲進退，余初與君相約靜鎮不動，既乃各自食其言。）伯勞飛燕匆匆散，從此天涯繫遠思。　朋好年來聚話難，知君一倒起長歎。卜居有願詩人老，（揚書某光祿有詩來詩新宅之異。）行水無功國典寬。（廖鈺夫尚書。）舊師仍懷忠悃赤，（蘇賡石督部。）逐臣深望詔書丹。（林少穆督部。）春明伴侶晨星似，何日團欒續古歡。　疊前韻寄祝竹圃親家七十壽云：同是乘時遇順鴻，回頭人海各匆匆。自耽儒素非寒乞，為念時艱豈熱中。澤在雲司應有報，風清榆塞不言功。（公由刑部郎出為榆林兵備道。）盛時進退原容易，林下新添矍鑠翁。　連城新道孰當歸，到處安家願不違。（公本籍連城，遷居福州，新道故復寄居揚州，安家包。）籌筆深心消黑劫，丹影纓異數稱斑衣。（公以武闈軍功賞戴花翎。）儀還豈學陶元亮，戒養難留東廣微。（公有晉卿杖乞養歸。）為感　九重宏錫類，白頭猶許戀慈暉。　側聞仙侶晚舟移，無恙歸帆穩更宜。（初以避海氛移家淮上，事定即歸。）詩興多緣朋舊起，手談不厭夜眠遲。偶鐫故紙仍游戲，（掌安定書院講席，旋即辭去。）為晶新硎聽別離。（諸嗣四人，皆從政外出。）安得腰纏再騎鶴，稱觴一醉慰相思。（本擬買游邗上，挽奉壽觴，聞公將就養于安豐，遂不果。）　七十年華古所難，神交何必索居歎。介眉酒值春蓮巧，放眼添籌海屋寬。（公誕辰當正月，安豐地濱海。）藉金丹，松蘿竹柏齊珍重，記取新開八袠歡。（古人以七十一歲為開八袠，容齋隨筆言之甚詳。）

和卓閣老紀　恩詩

余本擬年逾七十，戒詩不作。今年七十有一，新正甫數日，即次韻湯敦甫閣老同年遊龍杖詩，甫脫稿寄去，不旬日，又接卓海帆閣老同年索和真除揆席紀　恩詩，復

連宵於枕上成之，自笑甫說戒詩，旋即破戒，道力之不堅定可知。或笑予閒年但和兩閣老詩，未免勢利，余亦無以自解也。明知此後不復編詩付梓，而又不忍聽其過若飄風，姑付錄之於此。記得嘉慶壬戌傳臚後，恭讀　聖製詩注云：庶異日卓有表見，人稱名榜。今始知公姓於四十年前早兆於　天語之中，宜其為名榜中第一人也。詩云：有喜聯翩近　聖顏，更欣新詔及春頒。　九重早日資霖雨，（嘉慶壬戌傳臚日，聖製詩有若得渠賢望作霖句。）百廿餘年重雪山。（蜀中自遂寧相公以雍正元年狀武英殿大學士，迨今一百廿三年。）表見真符　天語讖，承平但望日思艱。雲龍追逐當時志，愧我衰齡獨閉關。　仰鏡傾風九品銓，（公久掌銓衡，即以家宰晉揆。）酬庸合被　主恩偏。杜房已久參丹地，（近年參知政事者，以公為最久。）環顧由來共木天。（謂同館翰林。）（漢編修）盛可彈冠憐我老，何須搦管忧人先。（元閒于百日後始得捧讀。）寄聲三百霓裳侶，四十年前漫拍肩。

楹聯賸話

余撰楹聯叢話，初刻於桂林，一時頗為紙貴。近聞粵西、湘南兩省皆有翻刻本，後至揚州，書坊亦欲謀翻刻，阮雲臺師為慫恿余竟成之，於是又有揚州翻刻本。返閩僑居浦城，彙檢後得者，又編成六卷付梓，題曰楹聯續話，而乞者愈多矣。尚有同人續錄見寄者，則細碎不能成編，而竟置之，又復可惜，因附入歸田瑣記之後，庶不負錄寄者之盛心云爾。

粵西余小霞州判（應松）所錄寄聯話最多。如姜南蓉塘紀聞一條云：正德中，以江都趙鶴為山東按察司提督學校副使。鶴政尚嚴厲，所至考校生員，多所罷黜，眾議紛然，搢紳亦多厭之，竟以此罷官。鶴去，以貴溪江潮代之。潮亦風裁凜然，生員之傷弓者猶畏之。潮出巡至齊河縣，其分司之壁間有題對句云：趙鶴方剪羽翼，江潮又起風波。潮見之，遂投劾歸，恐招怨也。　又聰訓齋語一條云：圃翁嘗擬一聯懸草堂中云：富貴貧賤，總難稱意，知足即為稱意；山水花竹，無恒主人，得閒便是主人。其語雖俚，卻有至理。　又王笠舫琅嬛集一條云：李東陽壽商文毅（輅）七十對聯云：自古年華稀七秩，本朝才望重三元。按出句用人生七十古來稀語，自是佳典。我　朝乾隆年間，恭逢　高宗純皇帝壽登七十，自稱古稀，刻有古稀天子之寶，則此後普天臣子決不可再有古稀之稱。而近日採稱者流，尚有貿貿不知此事者，所宜正告之也。

程南樵樵餘詩話云：汪瑟庵先生為安徽學政時，備例至金陵試院考錄遺才，撰楹帖云：三年燈火原期此日飛騰，倘存片念偏私，有如江水；五度秋風曾記昔時辛苦，

仍是一囊琴劍。重到鍾山。道光初。有太平廣文某。以送考來金陵。故事。廣文送考者例向學使求所屬遺才二名。是科為沈小湖學使。一概謝絕。某廣文戲改前聯云。三年辛苦。只求兩個遺才。倘蒙片念垂恩。感深江水。百計哀號。不管八棚伺候。拚着一條老命。撞死鍾山。後學使亦微聞之。不罪也。　又余小霞贈汪西芝巡檢楹聯云。萊根滋味知君慣。潭水交情覺我深。皆切其姓。　又壬寅罷官。舟過藤縣。溫心山明府楙村初建訪蘇亭落成。代姚若虛撰聯云。萬里赴瓊儋。夜起江心弄明月。一亭撫笠屐。我從畫裏拜先生。心山以臣林中丞師所遺蘇公笠屐圖勒石。　又自撰一聯云。公是孫臣明月扁舟留句去。我為過客。空江一曲向誰彈。蓋隱括文忠公藤江五古詩意也。　又代鶴松圃年重建陽朔縣書院講堂一聯云。文筆聳層霄。愛此間對萬疊瀧洄。化教由來先黨序。書樓崇講席。願多士做千秋事業。顯揚不僅為科名。文筆書樓。皆陽朔古蹟也。　又代曾幼竹明府挽興靜山太守云。廿年無此深交。最可感老尚依劉。久而彌篤。一病猶勤官事。更堪傷危將易簀。語不及私。　又代幕友黎白仙云。治譜已千秋。是名宦傳人。最堪惜正盼遷鶯。遽悲化鶴。齊民同一哭。況平生知己。更難忘幾番說項。五載依劉。　又應松挽吳荷屋中丞云。為名士作詞臣。任封疆大吏。愛路近家園。小住桂林營綠野。工書畫。考金石。著燕許文章。悵蹤跡壇坫。遽聞兜率迓香山。時中丞僑寓桂林。應松解組後。甫得連文酒之盟。而中丞遽捐館舍。故次聯及之。　又萬乙樓太守集杜句贈應松云。古來才大難為用。老去悲秋強自寬。　又憶得湖南撫部某到任。初入本境。有某來迎謁。次問湖南有新聞乎。某猝不及對。久之乃曰。無新聞。近時有一對甚工。有某縣令。姓續名立人者。一人戲以其姓名演成一對云。尊姓原來貂不足。大名倒轉豕而啼。此語頗膾炙人口。撫部笑而罷。及到任。竟撫以他事劾去。撫部不知何所見。實則令乃一好官也。此道光近年事。

福州學署中。三百三十三士亭。為朱笥河先生所建。亭前有三百三十三石。皆當時諸生所獻。每石鐫一諸生名。今尚林立無恙。笥河先生報政將還朝。適介弟石君師來代。先生撰亭聯云。偶為選地看山計。若魁連床話雨情。運化無痕。自非老手不辦。

徐樹人觀察有泰山孔子崖集句石刻云。仰之彌高。鑽之彌堅。可以語上也。出乎其類。拔乎其萃。宜若登天然。　又高唐州武廟為山西鄉祠。觀察撰聯云。鄉人到處皆祠祝。先帝當年此宦遊。昭烈帝曾令高唐。故云。　又集唐開元泰山銘字為楹帖云。載錫之光。百祿是荷。則篤其慶。萬福攸同。又一聯云。積德承光。子臣弟友。虛心稽古。禮樂文章。　又濟南府江南會館云。表海泱雄風。今樂何如古樂。明湖舊雨。濟南勝似江南。

林峕曙比部在京為其祖母稱觴。余大兒逢辰贈聯云。致歡久協曾全語。介福長酬令伯情。皆切祖母說。重親致歡。用曾全碑語。非素講漢隸者不知也。介福亦用易經受茲介福于其王母語。

有杭人趙京者。因病入陰司。舉頭見柱上一聯云。人鬼只一關。關節一絲不漏。陰陽無二理。理數二字難逃。後署會稽陶望齡題。

廣東省城有武陵會館。在歸德門外晏公街。杭州商賈于此醵金剏建。既落成。其鄉人梁應來給事為撰楹帖云。一閱荔支香。聽玉笛吹來。徧傳南海。雙聲楊柳曲。問金尊把處。憶否西湖。真雅音也。

王菘聞避暑鈔中載侯官連梅稱明經舉柱所作楹聯。多可採。如云。暗室中須問心得過。平地處亦失足堪虞。幼不學。壯無能。傷今老大。過愈多。功又少。請自乘除。始念佳而轉念不佳。見義無勇。一事錯而凡事皆錯。擇術未精。四十二年。碌碌無奇。安得出人頭地。三百六日。孳孳為利。何堪昧我性天。顯揚之謂何。筋力漸衰。歎利名無就。教誨不可已。心思既竭。望子弟能賢。按利名無就四字俗。近有友人代改之曰。行藏無據。似較勝也。

朱竹垞先生嘗為施粥廠作一聯云。同是肚皮。飽者不知饑者苦。一般面目。得時休笑失時人。此較隨園詩話所載題養濟院一聯。稍有含蓄。

貴州省某驛館中。有一聯云。滿眼盡罷黎。莫忍多用一夫。悞他舉家生活。兩頭皆險路。何不緩行幾步。積君無限陰功。仁人之言。亦積無限陰功。便是當頭棒喝矣。袁簡齋先生嘗言神廟聯以用成語為宜。然親切渾成而有味者不可多得。閩張睢陽廟一聯云。鬚髯輒張。凜凜有生氣。顏色不亂。揚揚如平常。此本傳與韓文。本為睢陽寫照。難得天然作對耳。又金陵三聖廟祀劉關張。其聯云。若傅粉。若塗朱。若潑墨。誰言心之不同如其面。為君臣。為兄弟。為朋友。斯誠聖不可知之謂神。此聯膾炙人口。然三若字已覺未妥。而傅粉塗朱潑墨等語。皆不見古籍。兄弟二字。尚本史傳。而朋友二字。又是虛誕矣。

京師浴堂門首聯云。入門兵部體。出戶翰林身。蓋上句借音。下句借音。為汗淋身也。嘉慶乙丑。聶蓉峯銑敏以庶常改兵部主事。至己巳　萬壽。聶復以撰進頌冊，賁緝修，有友人戲柬浴堂聯句贈之，皆以為巧合。

張詩舲方伯知余方續集聯話，自桂林手書一紙寄來云：文遠峯先生以翰林歷掌文衡，官步軍統領，卒於駐藏大臣之任，喪歸京師，曾撰聯奉輓云：內相經文兼緯武，西方成佛即升天。祥符大工未合龍以前，正月初三夜，走埽下南同知王漢沈馬越七日求屍不得，以衣冠斂，亦撰聯弔之云：七日招魂屈子衣冠輕似蛻，九重賜卹王尊名節重於山。又題風洞山云：灕江水綠招涼去，常侍詩清賞雨來。又詠題三堂云：雄藩勝蹟曾開閣，太守風流尚讀書。古人云：一死一生，乃見交情。余有所撰，知好輓聯，必出手製，然但抒哀恨，且冀以存其人，不暇計工拙也。在揚州輓淮揚觀察李石舟國瑞云：吳會領班聯，實政真無慚益友；淮揚瘁心血，虛銜何以慰衰親。余在蘇藩，曾調石舟為首郡，甚資臂助，既擢淮陽道，以河壖出力，加運使銜，歿時其慈親尚在堂也。又輓江寧方伯成蘭生世瑄云：望斷黔陽，可憐萬里雲驂依然將母；魂消白下，共惜半年風鶴了卻孤臣。客冬咦夷之擾，余防堵上海，督部遠駐鎮海，時金陵推蘭生一人支拄風鶴之驚，無日無之，往來書問，間日必至，皆商略夷務軍情，意見頗合。自余引疾後，蘭生勢益孤，遂以憂死，聞靈船由長江回貴州，尚煩太夫人扶櫬

也。在蘇州日，輓吳縣令賀吉人崇禧云：百里舊神君，剗積未酬衆主顧；卅年前進士，蓋棺猶是宰官身。吉人為余十餘年前所薦卓異，至今未進一階。近余重涖吳門，復以同知奏薦，奉部覆准之日，吉人已不及見矣。又寄輓歸安沈香城別駕康云：淮浦最傾襟，脫穎為君欣得地；吳門方掃榻，遺函報我已升天。余延香城於袁江署齋，三年甚相得，香城得官後，改執弟子禮甚恭，近以奪官歸里，余急折簡迎之，甫得報書，旋聞化去，尚未及中壽也。在浦城輓周芑源廣文云：一鄉善人，勖哉一弟分憂，一孤在抱；兩行老淚，痛此兩年盛會，兩世交期。余到浦後，追著消夏之會，頗盛，芑源輒在座，嘗稱之為一鄉善人，同人無異辭也。又寄輓杭州許太淑人云：桂嶺蕪城，隨地齋歌衆母，母慈心蓮性，生天早現法身。太淑人之子，兩淮分司小琴焯詩、粵西太守筠友焯書，皆余門下士，居官並有循聲云。

余解組後，戲作一篆印云：難進易退。學者阮雲臺師見而喜之，為推其意，集古語作楹帖相贈云：難進易退，易事難悅；先勞後祿，後樂先憂。余甚愧其言。謝茶石同年贈聯云：乾隆末舉秀才，嘉慶初歷翰部，道光間掌封圻，回首功名成百順；經史部有旁證，藝文家喜博稽，政事門備掌故，等身著述是千秋。今年為七十誕辰，福州王叔蘭以聯寄祝云：二十舉鄉，三十登第，四十還朝，五十出守，六十開府，七十歸田，須知此後逍遙，一代福人多暇日；簡如格言，詳如隨筆，博如旁證，精如選學，巧如聯話，富如詩集，畧數平生著述，千秋大業擅名山。亦皆就余篆印語而衍之者也。

歸田瑣記卷六終

歸田瑣記卷七

清　福州梁章鉅撰

小說

小說九百，本自虞初，此子部之支流也。而吾鄉村里，輒將故事編成七言，可彈可唱者，通謂之小說。據七修類稿云：起於宋時，宋仁宗朝太平盛久，國家閑暇，日欲進一奇怪之事以娛之，故小說興。如云話說趙宋某年，又云太祖太宗真宗帝四帝仁宗有道君。瞿存齋詩所謂陌頭盲女無愁恨，能撥琵琶說趙家，則其來亦古矣。

封神傳

吾鄉林樾亭先生言：昔有士人，罄家所有，嫁其長女者，次女有怨色，士人慰之曰：無憂貧也，乃因尚書武成篇惟爾有神，尚克相予語，演為封神傳，以稿授女，後其壻梓行之，竟大獲利云云。按史記封禪書云：八神將，太公以來作之。舊唐書禮儀志一引六韜云：武王伐紂，雪深丈餘，有五車二馬，行無轍迹，詣營求謁。武王怪而問焉，太公曰：此必天方之神，來受事耳。遂以其名召入，各以其職命焉。太平御覽十二引陰謀所載，與此畧同，而以祝融、元冥、句芒、蓐收為四海神名，馮修為河伯神名，使謁者各以其名召之。五神皆驚云云。則知太公封神，古有此說，今人於門戶每書姜太公在此，百無禁忌，亦非無所本矣。

三國演義

關西故事，載蒲州解梁關公本不姓關，少時力最猛，不可檢束，父母怒而閉之後園空室。一夕，啟窗越出，聞牆東有女子啼哭甚悲，有老人相向而哭，怪而排牆詢之。老者訴云：我女已受聘，而本縣舅爺聞女有色，欲娶為妾，我訴之尹，反受叱罵，以此相泣。公聞大怒，仗劍徑往縣署，殺尹並其舅而逃。至潼關，聞關門圖形捕之甚急，伏於水旁，掬水洗面，自照其形，顏色變蒼赤，不復認識，挺身至關，關主詰問，隨口指關為姓，後遂不易。東行至涿州，張翼德在州賣肉，其賣止于午，午後即將所存肉下懸井中，舉五百斤大石掩其上，曰：能舉此石者，與之肉。公適至，舉石輕如彈丸，攜肉而行。張追及，與之角力，相敵，莫能解。而劉玄德賣草履亦至，從而禦止，三人共談，意氣相投，遂結桃園之盟云云。語多荒誕不經，殆演義所由出歟。按今時以五月十三日為關帝生日，見明會典。今會典亦循舊致祭。但子平家推算八字為四戊午，則非也。公死於建安二十四年己亥，元胡琦考之，當在六十上下，果戊午，僅四十有二耳。戊午乃光和元年，考通鑑目錄，是年四月庚午朔，五月己卯朔，無戊午日。且古人始生只記年月日，不及時，故唐李虛中推命，猶不以時，見韓昌黎集。按今演義所載，周倉事隱據魯肅傳，貂蟬事隱據呂布傳，雖其名不見正史，而其事未必全虛。余近作三國志旁證，皆附著之。

金聖歎

今人鮮不閱三國演義、西廂記、水滸傳，即無不知有金聖歎其人者，而皆不能道其詳。王東漵柳南隨筆云：金人瑞，字若采，聖歎其法號也。少年以諸生為游戲具，得而旋棄，棄而旋得。性故穎敏絕世，而用心虛明，魔來附之。某宗伯作天台泐法師靈異記，所謂慈月宮陳夫人以天啟丁卯五月降于金氏之卟者，即指聖歎也。聖歎自為卟所憑，下筆益機辯瀾翻，常有神助，然多不軌於正。好評解稗官詞曲，手眼獨出。初批水滸傳，歸元恭莊見之曰：此倡亂之書也。繼又批西廂記，元恭見之又曰：此誨淫之書也。顧一時學者，愛讀聖歎書，幾于家置一編，而聖歎亦自負其才，益肆言無忌，遂陷于難。初，世廟遺詔至蘇，巡撫以下大臨府治，諸生從而訐吳縣令不法事，巡撫朱國治方暱令，于是諸生被繫者五人。翌日，諸生羣哭于文廟，復逮繫十三人，俱劾大不敬，而聖歎與焉。當是時，海寇入犯江南，衣冠陷賊者，坐反叛，興大獄。廷議遣大臣即訊，并治諸生，及獄具，聖歎與十七人俱傅會逆案坐斬。聞聖歎將死，大歎詫曰：斷頭至痛也，而聖歎以無意得之，大奇。于是一笑受刑云。

神木

歸途過杭州，由城外西湖取道小憩淨慈寺中，兒輩以運木井為疑，寺僧云：相傳為宋嘉定時道濟大師因起淨慈殿，需大梁棟，悉由此運出，適殿材已具，故後到之一木即仍存井中。言之鑿鑿，語似不經，然佛力無邊，有不可以常理測者。何燕泉餘東序錄載：永樂四年，肇造帝京宮殿，工部尚書宋禮承命取材于蜀，得大木若干于馬湖。一日，木忽自行，所過聲如雷吼，巨石為開，膚寸不損。事聞，詔封其山為神木山，建祠祭享。此事史雖不載，而時代甚近，諒非子虛，則淨慈之事，何足為怪。記嘉慶辛酉余在京過夏，是年京畿大水，順天府屬三河等縣，水高數丈，有木直立水中而行，端與水平，端上恒有光，夜望若燈，或有鼉魚蹲其上，相傳為龍造宮取木也。邑父老有知其事者，謂木取于平谷縣深山中，或十餘年，或二十餘年，輒一取，其歲必大水。又有老嫗言：幼時，其戚某家北山下，一日，有六七人如木工狀，暮投村中，皆不肯留，固詣戚某家椅而止之，留天明，客尚未起，穴窗以窺，但見魚錢縱橫于地，驚而退，乃逃呼曰：日高矣，煩之客出，啟如昨也，臨行留一物置榻間，爲謝，囑勿移動，及水發，利臟俱淹，此一家獨無恙，云道光癸未夏，淫雨爲災，直隸百餘州縣皆成巨浸，先是三月間，有十三人衣青襖襪褲，皆一色，腰帶鈴，過平谷西門外飯肆，各食素饅頭，告主人以取木歸，與前辛酉過其店者形狀相類，衆皆惶懼，恐從被淹，至是果然，然則龍宮伐木事，有明徵，佛殿運木，理亦可信矣。

釣臺詩

七里灘舟中，偶從蓬窗望見釣臺，高倚天半，回憶四十餘年前，嘗經登眺，此景如在目前，偶以指示兒輩，有躍躍欲登者，船中柁工水手皆不欲，謂登臺者多不利，遂止，余曰：此語不必盡然，然記嘉慶辛酉年，公車過此時，同計偕者五人，壽北瀛船陳酉山國銓吳和庭觀樂皆不欲登，余與陳虛舟龍標賈勇陟其巔，嘗有詩紀之，是科北瀛成進士，酉山和庭皆大挑一等，惟余與虛舟打鋪環而回，則不可謂俗諺之竟屬子虛也，因繙示我周行中詩句示之，謂蓋見先生面二語，固已明明告我耳，恭兒問此詩有可考否，余曰：此詩見元詩選，爲趙蒙齋所作，蒙齋名璧，字寶仁，雲中懷化人，官至平章政事，元詩選亦只存此二十字，惟名利二字作卿相，亦不知其何所據也。

首縣

小住衢州府城，西安令某極言衝途附郭縣之不可爲，因舉俗諺前生不善，今生知縣；前生作惡，知縣附郭；惡貫滿盈，附郭省城云云。按此語熟在人口，宋瀅堂筠廊隨筆已載之云，其先文康公起家陽曲令，常述此語，則其來亦遠矣。近時有作首縣十字令者：一曰紅，二曰圓融，三曰路路通，四曰認識古董，五曰不怕大虧空，六曰圍棋馬釣中中，七曰梨園子弟殷勤奉，八曰衣服齊整言語從容，九曰主恩憲德滿口常稱頌，十曰坐上客常滿樽中酒不空。語語傳神酷肖，或疑認識古董四字爲空泛不知。南中各大省州縣交代，前憑首縣核算，有不能不以重物交抵者，余在江南，嘗於萬廉山郡丞承紀處見英德石山一座，備皺瘦透之美，中有趙甌北先生鐫題數字，云係在丹徒任內交代抵四百金者；又於袁小野郡丞培處見一范寬大幅山水，亦係交代抵五百金者。使非認識古董，設遇此等物，何從判斷乎？若第十字所云，則亦惟南中衝途各缺有之，偏遠苦瘠之區，尚擧蹄不上也。

典史

各縣典史爲流外官，古但稱吏攢而已，然往往亦撰作威福，有爲作十字令者云：一命之榮稱得，兩片竹板拖得，三十俸銀領得，四鄉地保傳得，五下嗤巴打得，六角文書發得，七品堂官靠得，八字衙門開得，九品補服借得，十分高興不得，曲終奏雅，則非但雅謔，而官箴矣。

上衙門

州縣衙參情狀，各省大略相同，桂林有分段編爲戲齣者，尤堪噴飯：一曰烏合，二曰蠅聚，三曰鵠候，四曰鵠立以司道班，五曰鶴警，六曰鳧趨，七曰魚貫，八曰鷺伏，九曰蛙坐，十曰猿獻以詩文，十一曰鴨聽，十二曰狐疑，十三曰蟹行，十四曰鶴飛，十五曰虎威各城大，十六曰狼餐，十七曰牛眠，十八曰蟻夢。此皆余所見所聞者，當時不覺其可笑，歸田後歷歷憶之，真可入啟顏錄也。

清客

都下清客最多，然亦須才品稍兼者，方能自立。有編爲十字令者曰：一筆好字，二等才情，三斤酒量，四季衣服，五子圍棋，六齣崑曲，七字歪詩，八張馬釣，九品頭銜，十分和氣。有續其後者曰：一筆好字不錯，二等才情不露，三斤酒量不吐，四季衣服不當，五子圍棋不悔，六齣崑曲不推，七字歪詩不遜，八張馬釣不查，九品頭銜不選，十分和氣不俗。則更進一解矣。程春廬曰：未能如是，雖近今翰苑諸君，何以加此，然吾見亦罕矣。

酒令

酒令有雅而謔者，宋人即尚之，如孟嘗門下三千客，大有同人。或曰：光武師渡滹沱河，既濟未濟。或曰：劉寬婢羹污朝衣，家人小過。東坡曰：牛僧孺父子犯罪，先斬小畜，後斬大畜。當時蓋指王荊公也。前明陳詢忤權貴被謫，同僚送行，因餞席說令，陳循曰：轟字三個車，余斗字成斜，車車車，遠上寒山石徑斜。高穀曰：品字三個口，水酉字成酒，口口口，勸君更盡一杯酒。詢自言曰：矗字三个直，黑出字成黜，直直直，焉往而不三黜。有張李二人互相謔者，張名更生，李名千里，因席間舉令，李曰：古有劉更生，今有張更生，手中一本金剛經，不知是胎生是化生，是卵生。張曰：古有趙千里，今有李千里，手中一本刑法志，不知是二千里，二千五百里，是三千里。又江南無錫令卜大有，善戲謔，聞新任宜興方令者年少而有口才，與同僚武進令商議，其日有公宴預擬一令，欲以窘新宜興。既入席，卜曰：我有一令，不能從者罰一巨觥。乃曰：兩大爲夾，此非鹽醬之鹽，既非鹽醬之鹽，如何添水便淡。武進令曰：兩日爲昌，此非娼妓之娼，既非娼妓之娼，如何開口便唱。新宜興方令曰：令不難遵，只是冒犯卜老先生。衆曰：但言之。方曰：兩土爲圭，此非烏龜之龜，既非烏龜之龜，如何添卜成卦。衆乃大笑，服其敏捷。或云此前明方大司馬逢時事。

燈謎

韻鶴軒筆談云：燈謎有十八格，曹娥格爲最古，次莫如增損格。增損即離合也。孔北海始作離合體詩，其四言一篇曰：漁父屈節，水潛匿方，與時進止，出寺弛張，呂公飢釣，闔口渭旁，九域有聖，無土不王，好是正直，安固子臧，海外有截，隼逝鷹揚，六翮不奮，羽儀未彰，龍蛇之蟄，比他可忘，玫璇隱曜，美玉韜光，無名無譽，放言深藏，按轡安行，誰謂路長。此詩離合魯國孔融文舉六字。如第一句漁字，第二句水字，漁犯水字而去水，則存者爲魚字；第三句時字，第四句寺字，時犯寺字而去寺，則存者爲日字；離魚與日而合之，則爲魯字。餘皆倣此。此外復有蘇黃、諧聲、皓首、粉底、正冠、正履、分心、素心、重門、垂柳諸格，要不及會心格爲最古。國語秦客爲廋辭於晉之朝，范文子

知其三。此謎之緣始也。在左氏則有河魚庚癸之言，在樂府則有藁砧石闕之句，皆近于謎，特未施諸燈耳。國初毛際可作七絕十六首，每句隱一古人姓名，其在孟子內，遂爲傳作。近時偶閱七嬉，見冰天謎虎中一百二十八謎，頗有思致。如一點胭脂打赤也，爲之小傳語報平安，打言不必信。紅旗報捷，打克告於君。人人盡道看花回，打言遊過矣。恨不作第一人，打氣次焉。官場如戲，打仕而優。昱打下上其音。走馬燈打夜行以燭，無燭則止。吃煙，打食在口，則吐之。亥，打一時半刻。亞元，打又是一个文章魁首。專門名家，打這人一事精。尤爲警策。余友僻耽亦嘗製四書古人謎，俱能別開生面，如郁郁乎文哉，打華周。准飭差，打許行。春風幾度玉門關，打泄柳。建安七子，打曹交。絲衾，打綿駒。三千寵愛在一身，打王讙。莫把豐肌認太真，打瘠環。自許平生不得志，打陳辛。巨鰲無力冠靈山，打戴不勝。古貌，打陳相。三尸守夜，打彭更。超陞按察使，打飛廉。孫，打子產。日躔大梁之次，打離婁。帝高陽之苗裔，帝高辛之苗裔，打龍子。余謂之曰：如日躔大梁之次，未免太典，須得天文家來猜矣。渠曰：誰家沒得時憲書乎。余爲語塞，以是信開卷有益之言爲不謬。

近人雜謎

余養病吳門，居滄浪行館中，時來視余者，爲蘇鼇石、吳棣華、錢梅溪、楊芸士、吳青士諸君子。病間亦不欲聞近事，酒次惟雜舉觴令爲戲。時值上元燈節，或以外間街市燈謎相聞者，率不能愜人意。因憶說部所載燈謎有極渾成大雅及甚可解頤者，如松子，猜四書一句。父爲大夫。分明周易語，卻是楚騷心，猜四書二句。象曰鬱陶思君爾。止子路宿，猜四書一句。季氏旅於泰山。打胎，猜四書一句。既欲其生，又欲其死。怕妻羞下跪，猜四書一句。懦夫有立志。四个頭，八隻眼，四隻手，十二條腿，猜四書一句。牛羊父母。兩个男的，兩个女的，兩个活的，兩个死的，兩个有名姓的，兩个無名姓的，猜四書一句。華周杞梁之妻。遊方和尚廟無人，猜四書一句。所過者化，所存者神。節孝祠祭品，猜四書一句。食之者寡。睢陽城，猜四書一句。巡所守也。國士無雙，猜四書一句。何謂信。朱筆寫詞字，猜四書兩句。未同而言，觀其色赧赧然。千不是萬不是，都是小生的不是，猜四書一句。平旦之氣。佯，猜四書二句。何可廢也，以羊易之。核，猜四書二句不連。果在外，仁在其中矣。才名猶是楊盧駱，勃也何因要在前，猜書經一句。王不敢後。佳文字，猜書經一句。惟斆學半。主器莫如長子，猜詩經一句。籩豆大房。前頭吹笛子，後頭敲破鑼，猜詩經二句。魚麗于罶，鱨鯊。子貢曰：惜乎夫子之說君子也，駟不及舌，文猶質也，質猶文也，虎豹之鞟，猶犬羊之鞟，猜詩經一句。與子成說。朗誦漢書史記，猜左傳一句。有班馬之聲。帶見小門生，猜左傳一

句。老師費財。七月七日長生殿，夜半無人私語時，猜官名一个。玉環同知。晉襄公，猜字一。棄。賦得偃武修文，得閒字，猜字一。敗。春雨連綿妻獨宿，猜字一。一。正月小，二月小，三月小，猜字一。人。從左看到右，此字在口頭，從右看到左，居間卻是我，猜字一。什。夫妻猜拳，猜字一。語。一个大，一个小，一个跑，一个跳，一个吃人，一个吃草，猜字一。騷。左看三十一，右看一十三，合攏來是三百二十三，猜字一。非。眉峯攢翠，猜唐詩一句。山從人面起。幺二三四六，猜宋詩一句。纔有梅花便不同。事父母幾諫，猜鳥名一。子規。浣花草堂，猜鳥名一。杜宇。覓黑車王，猜西廂記一句。全不見半點輕狂。掠，猜西廂記一句。半推半就。禽，猜西廂記一句。會少離多。太史公下蠶室，猜琵琶記一句。畢竟是文章誤我，我誤妻房。用時丟在地下，不用時安在桌上，猜物一。木梭。子龍單身保阿斗，猜藥名三。常山、獨活、使君子。韓文公像，猜四書兩句不連。今日愈，故退之。衛宣姜夢長庚入懷，猜禮記二句。爲伋也妻者，是爲白也母。息上加息，猜孟子一句。以利爲本。戊辰，猜易經二句。天數五，地數五。弔者大悅，猜易經一句。先號咷而後笑。上是馬，下是字，下是馬，上是字，兩頭是馬，中間是字，猜字一。文。

稟賦不同

昔人以夜臥不覆首，爲致壽之原，取其夜氣之不鬱蒸。又有百病從腳起之說，蓋湧

泉穴與心相通風最易入故養生家皆慎之然人之禀賦不同有不可以一律論者相傳曹文恪公秀先臥被僅四尺餘只覆胸腹而已赤兩足置於被外雖嚴寒亦然劉文清相國墉臥被甚長睡時將被摺為筒盤其下半挨入之家人俟其入於被中并將上半反疊如包裹狀雖酷暑亦然是皆罕聞之事然兩公畢生奉然並無傷寒傷熱之證且各登上壽考終則理之不可解也憶余官袁浦時於霜降安瀾後同兩部公觴河上三大憲孫寄圃節相居中左為顏惺甫漕帥檢右為張蓮舫河帥文浩自巳初入席坐至亥正漕帥微露倦容兩目稍閉節相睨之而笑曰三兄睡着了漕帥瞿然曰我正聽曲何曾睡耶節相曰三兄平日在署以何時睡漕帥曰必到亥初節相大笑復左右視曰世上人有亥初即睡者乎語畢復大笑不止且對漕帥曰君言亥初必睡今已亥正又何以不睡乎漕帥正色曰我言署中常日如此今夜有戲可觀有酒可酌又胡為必睡耶滿堂為之歡噱少頃漕帥問節相曰且請教中堂在署以何時睡節相曰我照常辦事時必到子正始睡否則丑初或丑正俱不可知至寅初乃無有不睡者矣漕帥哂曰然則中堂不必言何時睡但當言今日辦事明日睡而已合坐又為大笑二公言此時皆年已踰七十常聞人言亥子之間必須熟寐

一二時否則大傷陰氣二公起居遠不相謀如此而厥後並享大年然則大貴人固不可以常情測度乎

少食少睡

今人以飽食安睡為有生樂事不知多食則氣滯多睡則神昏養生家所忌也昔應璩詩言中叟得壽之由日量腹節所受博物志言所食愈少心愈開年愈益所食愈多心愈塞年愈損孫思邈方書云口中言少心中事少腹裏食少自然睡少依此三少神仙訣了馬總意林引道書云欲得長生腹中清欲得不死腸無屎此皆古人相傳養生之訣而余于今人亦得其證記在京日侍戴可亭師請示却病延年之術師曰我督學四川時得疾似怯證或薦峩嵋山道士治之道士謂與余有緣能治斯疾因與對坐五日教以吐納之方疾頓愈至今數十年乃強健勝昔也時師年已八十餘風采步履只如六十許人自言每日早起但食精粥一大碗晡時食人乳一茶杯或傳師家畜一乳娘每隔帳吸乳噏之乳盡輒易人蓋已廿餘年師諱而不言也余偶問曰即此已飽乎師大聲曰人須喫飽乎又聞黃左田師鉞我直 南齋直樞廷已四十年每夜早起不以為苦惟亥子二時得睡即足耳在樞廷日每於黎明視奏摺

小字不用燈光其目力遠勝少年後師引年歸甫得高臥至日高時始起兩眼驟昏矣

品茶

余僑寓浦城艱于得酒而易于得茶蓋浦城本與武夷接壤即浦產亦未嘗不佳而武夷焙法實甲天下浦茶之佳者往往轉運至武夷加焙而其味較勝其價亦頓增其實古人品茶初不重武夷亦不精焙法也畫墁錄云有唐茶品以陽羡為上供建溪北苑不著也貞元中常袞為建州刺史始蒸焙而研之謂之研膏茶丁晉公為福建轉運使始置為鳳團今考北苑雖隷建州然其名為鳳皇山其旁為壑源沙溪非武夷也東坡作鳳咮硯銘有云帝規武夷作茶囿山為孤鳳翔且嗅又作荔支歎云君不見武夷溪邊粟粒芽前丁後蔡相籠加直以北苑之名鳳皇山者為武夷漁隱叢話辨之甚詳謂北苑自有一溪南流至富沙城下方與西來武夷溪水合流東去劒溪然又稱武夷未嘗有茶則亦非是按武夷雜記云武夷茶賞自蔡君謨始謂其過北苑龍團周右父極抑之蓋緣山中不曉焙製法一味計多狥利之過是宋時武夷已非無茶特焙法不佳而世不甚貴爾元時始于武夷置場官二員茶園百有二

所設焙局于四曲溪今御茶園喊山臺其遺迹並存沿至今日則武夷之茶不脛而走四方且粵東歲運番舶通之外夷而北苑之名遂泯矣武夷九曲之末為星村鬻茶者駢集交易于此多有販他處所產學其焙法以贗充者即武夷山下人亦不能辨也 余嘗再游武夷信宿天游觀中每與靜參羽士夜談茶事靜參謂茶名有四等茶品有四等今城中州府官廨及豪富人家競尚武夷茶最著者曰花香其由花香等而上者曰小種而已山中則以小種為常品其等而上者曰名種此山以下所不可多得即泉州廈門人所講工夫茶號稱名種者實僅得小種也又等而上之曰奇種如雪梅木瓜之類即山中亦不可多得大約茶樹與梅花相近者即引得梅花之味與木瓜相近者即引得木瓜之味他可類推此亦必須山中之水方能發其精英閱時稍久而其味亦即稍退三十六峯中不過數峯有之各寺觀所藏每種不能滿一斤用極小之錫瓶貯之裝在名種大瓶中間遇貴客名流到山始出少許鄭重瀹之其用小瓶裝贈者亦題奇種實皆名種雜以木瓜梅花等物以助其香非真奇種也至茶品之四等一曰香花香小種之類皆有之今之品茶者以此為無上妙諦矣不知等而上之則曰清香而不清猶凡品也再等而上之則曰甘香而不甘則苦

茗也再等而上之則曰活甘而不活亦不過好茶而已活之一字須從舌本辨之微乎微矣然亦必瀹以山中之水方能悟此消息此等語余屢爲人述之則皆聞所未聞者且恐陸鴻漸茶經未曾夢及此矣憶吾鄉林越亭先生武夷雜詩中有句云他時詑朋輩直飲玉漿回非身到山中鮮不以爲欺人語也

品泉

唐宋以還古人多講求茗飲一切湯火之候瓶盞之細無不考索周詳著之爲書然所謂龍團鳳餅皆須碾碎方可入飲非惟煩碎弗便即茶之真味恐亦無存其直取茗芽投以瀹水即飲者不知始自何時沈德符野獲編云國初四方供茶以建寧陽羨爲上時猶仍宋制所進者俱碾而揉之爲大小龍團至洪武二十四年九月上以重勞民力罷造龍團惟採茶芽以進其品有四曰探春曰先春曰次春曰紫筍置茶戶五百充其徭役乃知今法實自明祖創之真可令陸鴻漸蔡君謨心服憶余嘗再游武夷在各山頂寺觀中取上品者以巖中瀑水烹之其芳甘百倍于常時固由茶佳亦由泉勝也 按品泉始于陸鴻漸然不及我 朝之精記在京師恭讀 純廟御製玉泉山天下第一泉記云嘗製銀斗較之京師玉泉之水斗重一兩塞上伊遜之水亦斗重一兩濟南珍珠泉斗重一兩二釐揚子金山泉斗重一兩三釐則較玉泉重二釐或三釐矣至惠山虎跑則各重玉泉四釐平山重六釐清涼山白沙虎邱及西山之碧雲寺各重玉泉一分然則更無輕于玉泉者乎曰有乃雪水也常收積素而烹之較玉泉斗輕三釐雪水不可恒得則凡出山下而有冽者誠無過京師之玉泉故定爲天下第一泉

百歲酒

余在甘肅晤齊禮堂軍門(慎)授一藥酒方謂可治聾明目黑髮駐顏余服之一月目力頗覺勝前其方用蜜炙箭芪二兩當歸一兩二錢茯神二兩紫參一兩麥冬一兩茯苓一兩白朮一兩熟地一兩二錢生地一兩二錢肉桂六錢五味八錢棗皮一兩川芎一兩龜膠一兩羌活八錢防風一兩枸杞一兩廣皮一兩凡十八味外加紅棗二斤冰糖二斤泡高粱燒酒二十斤煮一炷香時或埋土中七日更好隨量飲之軍門云此名周公百歲酒其方得之塞上周翁自言服此方四十年壽已逾百歲翁家三代皆服此酒相承無七十歲以下人余自粵西刊布此方僚寀軍民服者皆有效遂名梁公酒有名醫熟玩此方久而憬然曰水火既濟真是良方其制勝全在羌活

一味此所謂小無不入大無不通非神識神手莫能用此也自是而日三服至今已八年未幾余引疾歸田僑居南浦有患三年瘧者乞此酒一小瓶飲之前後凡兩人皆愈手霍然而浦人不甚以爲然至有訾其方者曰此十八味平平無奇而羌活一味尤不宜輕服與粵西名醫之言正相反余聞之爲啞然而已余同懷弟灌雲廣文素嗜飲中年以後已成酒癆每日啜粥不過一勺顏色憔悴骨立如柴醫家皆望而却走適其長子元辰在余桂林署中錄此方寄之灌雲素不飲燒酒不得已以紹酒代之日飲數杯以次遞加半月後眠食漸進一月後遂復元客秋余回福州相見則清健較勝十年前而豪飲如故據言並未服他藥只常服此酒日約三斤已五年矣夫紹酒之力固不及燒酒之厚然服燒酒者日以兩計服紹酒者日以斤計則其力亦足相敵故其效並同也余五十餘歲時鬢髮早白鬚亦蒼然自服此酒之後白髮竟爲之稍變初亦不覺惟剃頭時自見所落髮針不似從前之白始知黑髮已有可據惟白鬚如舊細思其理酒氣向上故於髮易見功而下垂之鬚酒力未必能到此理甚明也

豆腐

豆腐古謂之菽乳相傳爲淮南王劉安所造亦莫得其詳又相傳朱子不食豆腐以謂初造豆腐時用豆若干水若干雜料若干合秤之共重若干及造成往往溢於原秤之數格其理而不得故不食今四海九州至邊外絕域無不有此凡遠客之不服水土者服此即安家常日用至與菽粟等故虞道園有豆腐三德讚之製惟其烹調之法則精拙懸殊有不可以層次計者宋牧仲西陂類稿中有恭紀蘇撫任內迎鑾盛事云某日有內臣頒 賜食品並傳 諭云宋犖是老臣與衆巡撫不同著照將軍總督一樣頒賜計活羊四隻糟雞八隻糟鹿尾八箇糟鹿舌六箇鹿肉乾二十四束鱘鰉魚乾四束野雞乾一束並傳 旨云朕有日用豆腐一品與尋常不同因巡撫是有年紀的人可令御廚太監傳授與巡撫廚子爲後半世受用等語今人率以豆腐爲家廚最寒儉之品且或專屬之廣文食不足之家以爲笑柄詎知一物之微直上關 萬乘至尊之注意且恐封疆元老不諳烹製之法而鄭重以將之如此惜此法不傳於外記余掌教南浦書院時有廣文劉印潭學師(瑞紫)之門斗作豆腐極佳不但甲於浦城即他處極講烹飪者皆未能出其右余嘗晨至學署坐索早餐即咄嗟立辦然再三詢訪不能得其下手之方聞此人今尚在已篤老矣又念在山

東泉任公暇與龔李思學政(守正)訥近堂藩伯(爾經額)思樸庵運使[illegible]鍾雲亭太守[illegible]同飲于大明湖之薜荔館時侯理亭太守[illegible]為歷城令亦在座供饌即其所辦也食半忽各進一小碟每碟二方塊食之極佳衆皆愕然不辨為何物理亭曰此豆腐耳方擬於飯飣曾次第仿其法而余旋引仕以去忽忽忘之此後此味則遂如廣陵散杳不可追矣因思口腹細故往往過而即忘而偶一觸及則饞涎輒不可耐近年僑居浦城閒過饋客必極力講求此味同人尚疑其有秘傳也

廚子

徐興公榕陰新檢中載吾鄉曹能始先生(學佺)與二友同上公車惟先生攜一僕凡途中飲饌之事皆先生主之僕善烹飪二友食而甘之而微嫌其費頗有煩言一日僕請先生與二友分爨曰我實不能伺候三人先生不肯僕即請去先生曰我實不能以僕故而開罪于友人聽之臨行請曰我即當回閩但乞一信帶呈家中人俾知並非負咎被逐耳與之信時方行到蘇州比先生至京而此僕早已抵閩蓋即蘇州發信之次日也家中人詰其故曰我實天上之天廚星也吾家主人乃天上仙官我應給其任使彼二客者何福以當之語畢遂不知所之閩此二客後亦各享大年蓋

月餘日飽飫天廚之效云按袁簡齋續齊諧中亦載曹能始先生飲饌極精廚人董桃媚者尤善烹調先生宴客非董侍則不歡先生同年某督學蜀中乞作饌者乞董偕行先生許之遣董董不往怒逐之董跪而言曰桃媚天廚星也因公本仙宮故來奉侍督學凡人豈能享天廚之福乎言畢升堂向西去良久不見二書所載各異而皆屬之能始先生且徐興公與先生同時人見聞尤近必非無因矣余家有陳東標者頗能烹調輒以此誇于衆衆因戲呼之為天廚星實則庸手而已余於能始先生無能為役則陳東標之於董桃媚又豈止仙凡之判哉

小炒肉

乾隆乙卯余留京過夏主游彤卣侍御(光繹)家時同居者為葉蓮山太史(大觀)黃星巖(奎光)陳研溪[illegible]二邑侯王虛谷(紹蘭)陳德羽(鴻飛)二孝廉談次各舉所嗜之饌品侍御以小炒肉為最佳衆皆笑之然侍御廚中所出之小炒肉則實可于口無怪其侈為佳味未幾而林樾亭先生至京飲讌間有以此語告者先生曰彤卣尚是講究家若我則所嗜惟肉生平行縢所經無論天涯地角但是有酒可傾有肉可飽處便足陶然酒不論精粗肉亦不論煮法也侍御與先生皆巨人長德故不苟求飲饌如此

余每飯必與廚子磨牙小炒肉一味余但呼之為寸炒錢繩頗不下箸廚子手段固拙而余則有愧鄉先哲未免為飲食之人矣憶在京中聞一故事云年羹堯由大將軍貶為杭州將軍從姬妾皆星散有杭州秀才適得其姬聞係年府專司飲饌者自云但專管小炒肉一味凡將軍每飯必于前一月呈進食單若點到小炒肉則我須忙得半日但數月不過一二次他手所不能辦他事亦不相關也秀才曰何不為我一試之姬哂曰酸秀才談何容易府中一盤肉須一隻肥豬任我擇其最精處一塊用之今君家每市肉率以斤計從何下手秀才為之嗒然一日秀才喜告姬曰此村中每年有賽神會每會例用一豬今年係我值首此一豬應歸我處分卿可以奏技矣姬諾之屆期果抬一全豬回姬詫曰我在府中所用係活豬若已死者則味當大減今無奈何姑試之乃勉強割取一塊自入廚下令秀才先在房中煮酒以待久之捧進一碟屬秀才先嘗之而仍至廚下摒擋雜物少頃入房見秀才委頓于地僅一息奄奄細察之肉已入喉並舌皆吞下矣按吾鄉俗諺有每嘗美味者必先將舌頭用線羈住即此故事所由來也聞者蓋無不發一大噱云

奴僕

子平家推人星命每分十二宮于大局往往不差余八字中奴僕宮最不佳聽之而已官京師十年無一如意者舊聞京官僕資每月京錢一千余月給京錢二千冀稍用命而頑梗如故時余方值軍機在家日少留家之僕率皆高臥有看門周姓者因此被予怒斥口出怨言並背言如此薄資又復苛責只索不幹了余微聞之不與較也是夜仍須入直五鼓即起飯未畢而室中鄭夫人亦披衣起余愕然曰爾尚抱病何事早起則對曰我微聞周僕要辭去言甚決婢媼輩亦述其悻悻情狀今日君須入直不得不早起覘之余因此遂放心出門而是年適奉出守荊州之　命翌日即須遞摺謝　恩因留直不出而飭隨僕回家取衣服鋪蓋以進微詢周僕情狀則云照舊謹慎看門並不提及前話時喜報早到門矣後此僕隨予出京歷荊州淮海兩任司閽亦以他故斥去熟聞京官之僕偶有過失輒不敢大聲呵斥恐其即散蓋工資甚薄而又無他出息無怪其然迨予外官二十年則情形頓改所用僕輩偶有過失只有被逐而從無告辭者或謂所入較豐不無戀戀余則謂奴僕宮雖不佳而有官星照壓之雖狡獪無所施其技倆非僅有所戀也自壬辰初次引歸家居三年只一六十餘歲者應門值奉　召復出　旨到程梓庭督部謹錄出加封送閩余方照

常早睡未起。而此僕遂將此封置之几上。並不促余起視。即此一事。其他可知。壬寅二次引歸。僑寓浦地。則所用者。益離奇百出。每遇客至。或自出門。則可笑可怒之端不一而足。余嘗戲呼之為三分奴。謂一人須三分之。一分人。一分鬼。一分畜生也。既乃靜言思之。則此三分奴者。又非無因而至前。蓋奴僕之服勞于主。因有財以動之。亦有義以臨之。當外官時。我為國家出力。為百姓勞心。此輩既歸我任使。自不能置身事外。今則早眠晏起。毫無所事。我身既于國家無益。於百姓無關。而尚責此輩以為我出力。為我勞心。豈非不恕。夫既無義以臨之。又無財以動之。則此輩之隨感而應者。正是自然之理。大順之情。又何怪乎。因此心平氣和。但以三分奴待之。而無所怨尤。于其際。適讀東巖重梓劉念臺先生人譜中。有禁虐使奴僕一條。後引傳曰。孔子家兒不知怒。曾子家兒不知罵。乃不覺處之泰然也。

縫人

縫人通稱裁縫。以能裁又能縫也。而吾鄉之學操官音者。因縫與房音近。訛而為裁房。衆口同音。余家婦女。多隨宦者。自負為善説官話。亦復呼裁房不絕聲。牢不可破。余嘗笑之。則羣辯曰。司茶者為茶房。司廚者為廚房。則裁房亦同此例耳。然則剃頭者。亦當稱剃房。裱褙者。亦當稱裱房。木匠亦當稱木房。泥水匠亦當稱泥房乎。縫人之拙者。莫過于浦城。其倨傲無禮。亦莫過于浦城。浦人風尚節儉。士大夫率不屑豐食美衣。即素封家亦然。惟長年製衣不倦。余常往來一二知好家廳事。無不有裁衣棚架者。縫人見客過。皆堅坐不起。余偶以語門徒詹捧之。捧之曰。某嘗呼此間縫匠為大王。蓋亦嫉其倨傲。且言家中婦女輩。每奉之如上賓。惟所指揮。此風殆不可化也。余歸為兒女輩述之。無不匿笑。因合家亦呼縫人為大王。而裁房之稱。終不肯改。其偷竊衣料及皮毛之屬。又極巧而實拙。迥不在意計之中。余宅中偶製新衣。使僕輩督之。輒至喧呶不止。適余換製一皮馬褂。用月色綢為裏。甫製成。即擲出。令換鈕扣。且斥之曰。一鈕扣尚且釘錯。似此本領。何喧呶為。渠狠目熟視再四。大作京腔曰。並無釘錯。何以冤我。余指身上一翻穿馬褂斥之曰。若爾所釘不錯。則我之舊衣俱錯矣。此係以月色綢為裏。非以為面也。自應照常左扣右絆。何得右扣左絆。因使僕輩盡出翻穿之長褂及馬褂示之。並厲聲色痛斥一番。渠乃嗒然不敢辯。自是之後。凡縫人之氣少衰。至余家者。始稍謹點。夫一技雖細。而既專司其事。即未可掉以粗心。憶蔣伊臣鑒錄中有一條云。嘉靖中。京師縫人某姓者。擅名一時。所制長短寬窄。

無不合度。常有御史令裁公服。跪請入臺年資。御史曰。你裁衣何用知此。曰。公等初任稚識。意高氣盛。其體微仰。衣當後短前長。任事將半。意氣微平。衣當前後如一。及任久欲遷。內存沖挹。其容微俯。衣當前短後長。不知年資。不能相稱也。此雖謟言。卻有至理。又豈此間大王所與知乎。

歸田瑣記卷七終

歸田瑣記卷八

清 福州梁章鉅撰

北東園日記詩

早年向學，中歲服官，日必有記，用資稽考。自歸田後，無所事事，遂輟筆焉。而山中歲月，閒裏居諸，亦不忍竟付飄風，漫無省紀，間以韻語代之。三年以來，忽忽積成數十首。兒輩喜其語質易曉，而多述事可傳，並乞加注語以暢其旨，則猶之乎日記云爾。因自題為北東園日記詩，附入歸田瑣記之餘，以待繼此隨事增加，仍不以詩論也。

歸田何事不真歸，但說無田抑又非。直是有家歸不得，三山雙塔隔斜暉。事詩第二卷。

小巷深深蘇曆衕，隨方寄廡是家風。遲期自愧無高節，那得人皆眾伯通。吾家伯鸞高士

述斯見役，吉及虜靡。

滄海橫流到處難，老臣何敢即求安。三時屏息蓬門裏，信是屯邅骨相寒。初到浦亂日即值城

中民嬖縣宦被賊民側狙出城，橫加羞辱，成東宗紳某新宅，遣其拆毀，且洶洶即行在余之後，門人皆與余在，不知其由，惟杜門屏息而已。總兵林華同年，蘇州逆行

詩有法在無安土之道，念去且之句，語最沈着為時所稱，乃竟於今日身之見，又疑為今日寫照也。

買宅由來重買鄰，急何能擇且因循。梟鸞不礙分棲穩，燕雀終歸大廈仁。卜宅之初，積逆之來。

至不可理，前來與即歸我，循陵如魚鳥之親人也。

一邱一壑舊花園，新居本宋待制章衡花園舊址，花園衕即因此而名。陋巷重開駟馬門。那有滿籝餘萬卷，護持昕夕祝長恩。新宅未葺，余藥人樓五櫃，藏書萬卷其上。

聳翠高風不可攀，松楸回首千年心。梅亭山轉姚岐，翁墓對西風淚滿襟。癸卯致仕，回福州仟

墓在梅亭山，先嚴墓在北岐，相距不及一里，俗呼為作去聲，族廣韻集韻音盧見切音，論則俗呼正古音也。

蒹葭朋酒太匆匆，歸里翻成踏雪鴻。祇有東園閒草木，頻年應戀主人翁。往福州僅二十餘日。

復初白貫舟殺渭回首東園花木尤有情

江南嶺右苦相隨，今日山鄉事事宜。三十年來離合迹，花間還倚尚無詩。余歷官江南嶺右，長

女蘭省侍余宦，以百花畫卷贈之，每一離合，必題數字卷末，以存鴻爪，但無詩耳。

附蘭省和韻

萬里金城有夢隨，天教移節慰民宜。丈人奉旨出山，敉甘涼萬里長途，無枚隨侍，自閩府移節吳中，則無日不趨承左右也。年來幸得趨庭近，燕寢香中且學詩。

敢說雲龍上下隨，萊衣斑後亦相宜。絳趺朱萼庭階盛，愧讀蘭陔潔養詩。

雨窗春屬一家通，指暖憐寒卌載中。最喜琅琅聽夜讀，畫堂西畔小樓東。三女壽生于歸後，仍

隨余同居，垂三十載，備極孝養。今日內外孫皆能詩書，已就宅中分東西孔整矣。

水複山中去住忙，曉梳脫髮晚橋艤。一年之聚何年再，夢繞君家閣話堂。四女蘭衡別將十年。

因余七十壽辰，開闔到此，僅作一年聚，即復旋歸。

附蘭衡和韻

忘卻扁舟遠涉忙，欣將雁序共稱艤。祇今回首十山外，但覺神馳綠野堂。

莫笑年來山澤儒，天香也與小園宜。置身富貴何須另，用杜句。滿眼雲霞只自怡。仙中牡丹

蘭衡初次歸寧，足招客賞之後，但開門自怡而已。

頻年春色歸金爵，鎮日香風守玉瓶。如此名花相豔對，兩峯定有夢通靈。金爵玉瓶皆名花之

異種者，吳雪庭所贈也。雪庭家福州西峯里。

附達辰和韻

南中無數佳花木，第一難忘是玉瓶。悵望東園歸未得，青春何處醉劉靈。

蔚莊佳處偏閒艤，增綠來青地未荒。更顧主人清興發，鴻泥重踏息陰房。視東巖蓮紹敘子節

莊之偏增綠軒，環池而坐，池之東即來青亭也。惜三十年前下榻之息陰山房未能再至。

好山深處一身藏，當日侁侁弟子行。轉眼風流易消歇，更無人問舊書堂。余掌教南浦書院六年，始

一時人文之盛，今名山如舊，而情事頓殊矣。

屋後青山闢洞天，閒來選勝續前緣。仙坑那及仙樓好，釋我相思五十年。重九日與東巖步遊

仙樓，並尋仙人坑之勝，三十年前所神往也。

紛綸四部足旁搜，有味青燈不外求。豈為聲名勞七尺，漫言志業在千秋。魏書李彪之傳云異

見異聞，心之所願，是以孜孜搜討，欲罷不能，豈為聲名勞七尺也。第三語本此。

第一名區夢筆山，三年勝地未重攀。暗中恐惹山靈笑，鳥自高飛雲自閒。戊西夢筆山為郡北

第一勝蹟，覺已甚屢開矣，修而從未舉行。

千峯百嶂轉芝城，添作山廚尾菜羹。更喜海蟳來突兀，持螯一倒助詩情。實與蟳皆海族，而史

宰府往往有之，自余至南浦，而問者求售者始踵至。

年來老渴頗難支，夢到西瓜又荔枝。果許況瓜還擘荔，惜無高會續南皮。此首為夢中所成，通

兒輩好事，果為購寄西瓜荔枝，因的改夢中句紀之。

酒間忽報枇杷來，白香山詩，枇作入聲。滿座齊傾太白杯。何必貪心更彈鋏，老饕已覺老懷開。

恭兒自京回，過浙中，先寄到鰣魚枇杷。鰣魚雖已變味，而枇杷則鮮美也。

循陔遠道見深情，欣聽門前郭橐聲。莫怪長途徒大嚼，且增詩事到山城。丁兒鳴春北上，過浙

中寄到補璧兩大箴次日開述龍客即用丁兒來詩韻記之

附丁辰寄詩

望雲何以寄遙情。聊伴柴門剝啄聲。正是菊黃橙綠候。北東園裏壯詩城。
餞歲居然甘蔗嚙。銷寒聞亦薦螺香。頻煩子舍殷勤寄。竟把他鄉當故鄉。福州除夕飲家家必設蝴蝶蔗適送兒寄到燕園侑為之美不可言時丁兒亦覓仔香螺數枚送以充銷寒之品。
南宮門巷淨無塵。達生于郡五田儀部之子。舊日臺江俠客貧。史生丈郡曹寫福州而臺。我正大聲勸誡是麥舟應續畫圖新。二生不克葬其親余皆力成厥事憶在蘇州曾助曹艮圃比部塋墓葬親比部給麥舟閩為湘吳中名流題詠者至數十家。

附史生和韻

誤趁歧路悵前塵。舊業依然守素貧。何幸義聲深感激。畫圖慰我表阡新。

附達生和韻

先疇舊德憶京塵。春念清門下士貧。二十餘年霜露感。麥舟重到浦南新。

附停葬說

昔聖門之論孝也。曰生事之以禮。死葬之以禮。祭之以禮。凡以事葬祭三者並重也。今人子于父母。無不知事。其死也。無不知祭。不如是則有不孝之名。而無以自立于人世。而獨于葬之一事。乃若忘之。果何說乎。蓋死者一日未入土。則一日之體魄未安。死者未安。而生者顧安之。則生前之事。如不事也。身後之祭。如不祭也。而猶靦然自立于人世。曰吾已盡子孫之道。其誰信之。今日之淹留不葬。相習成風者。其故有二。一則礙于兄弟之多。各執意見。以為此利彼或不利。即間有破除拘忌者。而一經安葬之後。他房或小有事故。即歸咎于主葬之人。一則惑于風水之說。在己毫無主見。亦絕不細心訪求。或云某向不利。則因之改卜他方。或云某年不利。又因之另擇吉日。不思古人之未葬者。皆不釋服。載在禮經。且 大清律中明有職官三月而葬。若惑于風水。及託故不葬者。杖八十之條。此國法也。稽之于古。則南史載兗州刺史滕恬。烏程令顧昌。皆以未葬親而入仕。為清議所鄙。唐書載顏真卿劾奏鄭延祚。母死不葬。有詔終身不齒。宋史載劉昺與弟煥皆侍從。以親喪未葬。坐奪職。又張商英劾王子韶不葬父母。而冒轉運使判官之任。貶知高郵。又道山清話載。孫莘老入相。不及一年。坐父死不葬罷斥。此仕宦家所當汗下者也。至太微仙君功過格云。久淹覲柩者百過。道經又言。每歲臘日。北帝統率下界神祇。周查人間墳墓。其子孫即時修補者福之。怠慢不修者。禍之。又云。七世祖墓

有一不修。則子孫未能發達。則又凡士民家所宜惕然者也。夫道經所載。猶指墳墓不修者言之。況淹柩不葬。並墳墓而無之者乎。今之宦者。縱不能遵禮經。亦奈何甘犯國法乎。今之士民。縱思倖逃陽律。亦奈何忍受冥誅乎。夫既不畏國法。不顧冥誅。則不得不大聲正告之曰。此不孝之實也。庶有人心者。不肯受此惡名。而幡然變計。力挽前愆。毋論官族士民。一轉念間。昔之有靦面目者。將悉化為孝子順孫。于以消沴而迎祥。豈不媺歟。

齊魯晨星落落稀。借韻。廿年蹤跡費相思。大雲忽作東南蔭。我為蒼生喜不支。徐樹人觀察宗幹令泰安時余曾以循卓薦之近奉今鹽司津海實閩南之長城也過飲園中畫叢余近刻觀之句句留一詩而去數年來過此者不乏名流皆不暇以片語為小園增重此為開山第一章矣。

附徐觀察詩

回首齊山九點煙。功收霖雨兼歸田。竹竿引水龍吟細。銅鼓藏雷鶴夢圓。薜荔翠縈文石上。芙蕖紅到研池邊。飽嘗珍饌兼書味。喜獲珍珠載一船。吾師所贈乙刻書甚富。
長年蔾藿似雲屯。善與人同即福門。羣笑兩家真好事。留香室與北東園。余好刻書而東巖亦同近復輯刊善書十種時吾兒方刻勸戒近錄續錄三錄余亦有龍膏待刻粹集之類只此兩家滿人咸我女以為佳事也。
陋巷年來藏器深。逢言樹蔭繼雙林。項墨林。梁蕉林。高軒過我傾家釀。竟夜紅光燭斗參。自寫浦復過客無有詢及書畫者近讀琴山觀察德琰因畫勸封禁山過此始為發箇擇其兄者娘觀之觀察本鑒賞家復富收藏窮一日之力並几拜賞四年來第一韻事矣。
御屏風上列龔黃。未負江南一紙忙。瀕海忽聞民氣活。薦賢功幸在維桑。王雁之太守月賓丈宦江南循聲卓著余于辛丑秋奏疏保薦近由直牧擢守來閩時撫人勸築方奉辭去而廉之節補守漳州初為漳民悟從為漳民慶也余于辛丑秋在江南疏薦者僅五人值之與鉄笙二人皆由直牧擢守但雲湖即于是冬擢兩淮鄭轉而黃石琴今已開府粵東矣。
真畏出門貪客來。榮靡頻為故人開。如何家家披肝侶。都作紛紛把臂回。年來故人過此者如蘇龍石督部揚雪椒光祿摩鈕夫尚書皆留飲園中連日盤桓不忍舍去。
驚心澆俗太支離。失笑高門半守雌。一紙危詞何足算。三年五度遣楊枝。浦城錮婢之風牢不可破余嘗撰錮婢說一篇以代暮鼓晨鐘乃珠少寧觀察者余到浦甫三年而遣婢至五次皆不此真自情而中兩婢乃從錮婢之家精鑿而嫁之者不可謂但以言感人者矣。

附錮婢說

古禮女子二十而嫁。有故則二十三而嫁。明以二十三為最遲也。孟子曰。女子生而願為之有家。誠以飲食男女。人之大欲存焉。婢女亦女也。天下之最窮而無告

者，莫如鰥寡孤獨。然此四民者，即不幸，猶不必其相兼。而其無妻無夫無父無子，皆至于垂老而後廢。非窮于人，實窮于天也。若今之使婢，則幼而賣身于我，父母不能相顧，非孤而何。值應嫁之年而禁錮之，使不得嫁，非寡而何。至老不嫁，則終身無生子之望，非獨而何。以一人之身，備歷其窮，而又非天之所使，則咎有所歸也。仁人君子，其能熟視而無覩乎。況婢女長大，情竇必開，倘姦淫事發，不但誤其終身，而中冓貽羞，本家亦難以自解，甚至生子，又從而殘害之，忍心害理，其罪益大。獨不思及果報，念及子孫乎。吾願凡有使婢，年將至二十三歲者，必須亟為擇配，否則聽其適人，薄給本主之財。若本主有心禁錮，許婢家自陳于官，而族鄰為之舉首，有隱蔽者，齊坐之以法。其擇嫁者，尤在不論身價，只求得所，使咸得各遂其生，庶不至肆行刻薄，以干神怒，而召天災。其亦中和位育之一助也。惟是果報之說，猶隱也；子孫之念，亦私也。今之有使婢者，大約皆讀書明理、知文識字之家，誠使日持此文，而反覆尋繹之，必默然有所動於中。語云：人之欲善，誰不如我。實有無藉官長之董勸、文字之激發者，否則冥然罔覺，悍然不顧，吾甚恐其不得齒于齊民，不得立于人世，而將不可一朝居也。果報云乎哉，子孫云乎哉。

鄉隅俗尚本無邊。親見充街赤烏曹。今日衰翁偏古異。一雙朱履萬年綦。三十年前，蒲城士夫無不穿朱履者。問其說，皆不能答，亦不知何時而盡改也。近高萬响鄉梓寄贈天台萬年藤杖一枝。

花辰雅集罰筵開。有客形容慘沮來。誰信九泉能避劫。可憐一紙晚聞雷。偶以花朝觴客，有後至者，顏色慘沮，家皆怪而詰之，則日內先墳方被掘，棺內金銀器為之一空。公善以我分遺厚殮說，何以付之不問。客泫然曰：此墳遷于十餘年前，若我得早睹此文，何致有今日之禍。余曰：但願繼此以往，人人皆守吾說，亦可以收之桑榆也。

附厚殮說

有詢于余曰：山縣患盜，而其禍莫烈于斲棺。比來此案疊出，官亦無如之何。巨紳富戶，尤惴惴焉。何以止之？余曰：惟禮可以止之。或迂其言。余曉之曰：死者必殮，禮也。古字殮本作斂，取斂首足形而已。今會典及通禮，並載官員喪禮，越日小殮，三品以上，含用小珠玉五；七品以上，用金玉屑五。又云加殮衣，三品以上五稱，複三禪二；五品以上三稱，複二禪一；六品以下二稱，複一禪一。過此則為踰制而悖禮。夫珠玉而云小，金玉而云屑，但取容口可知。其言殮衣至七品以下，而言含，但稱七品以上，其以下之不得用含可知。含之用，尚有制也。其斂如今之金銀壓首、珠玉周身乎。聞比年破棺者，率係女棺。然則以厚殮而招盜，亦明矣。而凡子孫之殮其親父母之殮，其女家長之殮，其卑幼，猶必曰寧厚而無薄，是名為愛之，而實所以戕之。無益于死者之毫末，而徒貽以身後之災、剝膚之慘。在子孫為不孝，在父母家長為不仁。而推其原，則由于不合禮而已。故吾曰：惟禮可以止之。夫循禮自可消患于無形，不循禮其罪即極于不孝不仁，而無以自解。然則仁人君子，能無思變計哉。

移居贈我石為兄。問字頻來灑酒頻。七十九齡尚清健，老來第一老門生。丈生姓郭，以石宮休酒為壽，今年七十九歲矣。

數百年來一石盆。無端飛入北東園。從來壽世關文字。安得坡公雪浪痕。大方石盆，新購自唐氏者。三面雕鏤頗工，而空其一面，茲為鎸數字為銘，非敢擬定州雪浪盆也。銘云：此數百年物，曾藏福州梁氏北東園中，他年當入浦城金石志也。道光乙巳夏，逍遙老人書。

文翁雅意訪名師。說士渾無棠捷疑。誰料猖猖起羣喙。公門一紙大離奇。鄉少汾已張忽指余日：南浦書院至今尚未得師，實深焦急。鄙意竟在老同年吳侯與達兒為乙酉同年，政云余明告之曰：我若當居，則君足余兒字教，自無不可。今金某家住此，則此席斷乎不宜。因列舉所知以對。侯以為然，乃定議。頃竟有以祿紳須器已候勉從等語列名控訴者，大不可解。

附逢辰和韻

谿工何必子方師。一嚇偏來腐鼠疑。莫怪佩蘭爭舐掌，城中橐橐本無奇。後二句，公用昌谷玉船詩意。

人生由命豈由他，用韓句。人海風雲宦海波。七十懸車聊自慰。且憑兒輩補笙歌。七十壽辰，適五兒子共聚一堂，為廣徵前部以助稱觴，始能之。

偶向閒中作小忙。新知舊學互商量。更信兒輩談因果。散作人間翰墨香。吾兒方輯勸戒錄，余屢以舊聞附益之。

頻年木梅守枯株。諸色諸光照坐隅。百朵花支一月久。始知佛種與凡殊。吳香臣以僊鉢蘭花一盆見贈，守之三年不花，今夏忽抽一箭，百花叢簇，一月始謝，尤為異常。

邂逅城西賞菊筵。蜀將再入大溪沿。烏衣亭榭重重改。觸我相思十四年。東嵐招至大溪沿舊宅看菊，壬辰秋，挈家寓此一月，有懷子憶。

三年皮骨走崢嶸。夢到春明身已輕。變日且增初日學。望雲兼慰看雲情。近兒由浦城挈眷回福州，以余七十壽辰，設筵者北來稱觴，今又為異族所迫，者回福州，卻復挈家來諸北東園中，微隙地同令吳兒分宅而居，頗有聯牀話雨之樂。

附逢辰和韻

烏山頭角太崢嶸。追我三年蹤跡輕。畫地良難遷地苦。側身北望豈恒情。

歆言豪傑事崢嶸，身世鴻毛孰比輕。多少羣魚遊釜底，依然濠上寄閒情。

愛憐少子亦恒情，古訓原須賢父兄。何暇燕山希竇桂，但期本色紹書聲。英兒頗不悦學，近與大兒同居，以怡怡責切偲，漸可轉移氣質矣。吾鄉前以五子登科為美談，然如唐儀鄉堂匠汀家皆五兒弟連登科第，而不入此數者，以皆在其父物故之後，不得稱五子。此俗例也。近惟滑溪蔣家門有此局，現惟益公評以鄉進堂侍御及余家可以當此，余甚愧之。

附英辰和韻

敢負趨庭教誨情，蓬麻扶護望難兄。一經世守談何易，愧說丹山萬里聲。

且盡循陔潔養情，先鞭雲路仗諸兄。他鄉信美仍吾土，贏得連牀聽雨聲。

十餘代衍秀才家，舊德清門世所誇。余家自前明至今以秀才相傳者十五世，河間紀文達師視閣學時曾手製書香世業四字榜于堂。要向叢監尋事業，莫憑京秩詡清華。余大二三兒皆以監生登鄉薦，而四兒獨由秀才進取議叙部曹，因作此勗之。

附映辰和韻

舊是書香世業家，一衿幸獲詎堪誇。顯揚報稱無窮事，但欲聯芳棣萼華。

天倫樂事萃華堂，綠酒紅燈夜未央。如此團欒良宴會，可無詩句壓清狂。初伏宴于韶五堂中伏宴于歸曲山館，末伏宴于思補堂山居。不可無此逭暑之局，不妨竟日酣嬉也。

附逢辰和韻

歸田瑣記　卷八　七

絲鐸丁東響畫堂，風輪四面轉中央。冰桃雪藕涼如許，忽捧紅雲喜欲狂。風輪之製，以圓木為幹，周圍編木扇，各綴以素綢，中縮鐵為柄，而彎其曲手處，下承以架，以一人轉其柄，即四座風生矣。于中伏日，適壽研二妹由福州寄到新荔，大人別有詩紀之。

漫言歲月去堂堂，博得三旬樂未央。轉瞬小池殘暑退，延秋高會續清狂。

附恭辰和韻

人意齊趨畫錦堂，閑門樂事未渠央。納涼正可添詩料，催句何能任醉狂。

附英辰和韻

皆山樓上讀書堂，余受業師住皆山樓上。燈火新涼夜未央。且聽陔南方視膳，敢耽酒趣託詩狂。

附蘭省和韻

人生樂事戀高堂，長日壺中景未央。但惜雁行千里隔，不同繞膝學兒狂。壽研二妹、壽湄四妹時皆在福州。

附三子婦婉蕙和韻

吉金貞石護深堂，欣得長生頌未央。翁大人所藏金石頗富，婉蕙日所用硯，即大人所賜長生無極漢瓦當也。卻憶大椿當赤日，無多羣從次公狂。時家嚴大人遠在海鹽官署，侍余四兄弟只五哥一人侍側也。

福地深慈地脉回，内憂外侮困羣才。此時正合抽身去，且為名園盡一杯。劉次白中丞乞歸過此，留飲園中，極賞水石之美，稱為名園。

老來博奕豈荒耽，飽食終嫌不用心。藉免出門慵接擾，猶勝午枕夢沈沈。余素不善博奕，老境頗賴借奕局抽暇為之，藉消夏晷，聊作午眠也。

池草堂中燈火深，皆山樓下聽琅琅。夜闌人靜渾無事，且把殘碑課數行。兩孫皆能臨歐陽信本皇甫碑，每于夜闌人靜後課之。

文運由來仗起衰，彼都人士困聞知。雨淋日炙余心惻，無作神羞禮亦宜。浦城文昌宮久圮，甚奉神像雨淋日炙，已不忍言，甚至為花會匪徒憑以測夢，兩府至受巨釘無數，余為之惻然，而郡人士莫有過而問者，因就東嶽所購舊地，及遷兒所存新地，獨力創建于頻輔社之西，此舉實僅以救敗，尚不暇言獲福也。

忽聞饑海起狂瀾，碧水丹山盡改觀。坐看憧憧三閱月，消寒雅集亦闌珊。自浴滅艇高檄到後，合邑惶惶，深山中亦時聞刺承聲三閱月始稍靜，消寒集為之不繼，更可笑也。

居士城南心跡清，借書談藝樂將迎。何緣迫促離鄉去，秋室從今有俗聲。門下士祝岐山開門讀書，不干外事，城中知蓄書可談藝者，惟此一人，而發為之機一到，不數日即督促登舟去，為之黯然。揚雄秋室無俗聲，李長吉句也。

歸田瑣記　卷八　八

大府風聞易可當，承流太守亦堂堂。流丸自向甌臾止，但笑蚍蜉撼樹狂。浦城舉商花名目，由制軍訪聞，旋據郡守申報，省府各撫俱有明文，乃稽舉之家，猶加疑謗，竟有集矢于余者，今已涣然冰釋矣。流丸止于甌臾，流言止于智者，語出荀子。

側目驕陽作暢晴，怨咨誰復問輿情。玉清畢竟垂慈憫，一灑甘霖起頌聲。驕陽暴旬，怨咨盡起，若非甘霖驟至，恐民不聊生矣。時乙巳四月二十六日，山中病叟亦為之加一餐也。

半夜渾成喜雨詩，平明唱徧督兒詞。侯門都作沈沈夢，翻笑衰翁局外癡。此作喜雨詩，和者數家而已，餘皆噤不出聲。

久惜蕉林繼墨林，當年惜墨並如金。翁覃溪師嘗言墨林、梁蕉林皆收藏家，惜無著錄可考。南來北至多新得，

書畫禪兼翰墨林，不分瓦注與黃金。零縑片楮闌文獻，亦費蒐羅歲月深。今春在家業整

助我烟雲一室深。近日遷兒從揚州至，恭兒從京師歸，皆有新得書畫，時余方輯退庵題跋，斷脱編矣，因此復有增訂。

附逢辰和韻

去貴數十冊，皆前明及國初時人，吾鄉先輩居其大半，增入題跋者，亦十之二三。

附恭辰和韻

眷卒吾家翰墨林，相逢何敢吝揮金。雲山花草齊收拾，謹報高堂頤海深。時大人方輯金石書畫題跋，以尚少宋人畫蹟為憾，恭辰于北行之便，稍為物色，適遇吳中以重價購得趙幹、米元暉、趙子固各真蹟，以娛大人，喜甚，每拈詩帖為浮一大白焉。

病入膏肓豈易甦。崎嶇虎穴起長吁。他年若谷盧龍會。我亦當時士大夫。（英夷佔居烏石山。大興土木。建祠。生員形家所議忠也。閩當官已共相安。而我民則重民而立矣。）
出塞不辭三萬里。著書須計一千年。（閩洲近人詩句。悲其付之不朽。）可憐粵麓非屏蔽。望斷蒼茫敕勒天。（昨於倚樓少眺已。晚環入閩者。為之素而不寐。言也。余倚州老屋在烏山之麓。與少穆為比鄰者數年。）
巾幗猶分惜字忙。可知此事係天良。靈心慧腕雕鏤出。普作山城妙吉祥。（恭兒初到浦。即倡為惜字之局。其姊婉兒。頗力贊之。近復以浦俗餽遺食物。必加剪紙吉語其上。所致業子述兹事。因以吉事代吉語。作為花樣。種種並自撰代吉祥說。跋通其意。分送所知各家。）

附婉蕙和韻

為襄善舉不嫌忙。意美還應並法良。吉語果能成吉事。人間何處不迎祥。
深閨姑姊助清忙。剪剪輕痕手法良。猶勝雕鏤茶果巧。家門瑣事亦凝祥。（婉如者生婉蕙。）（諸姑姊皆助余剪綵花。俾滿城猶習。蕞尚茶泡雕鏤果品。必以精巧相誇。其實徒費工夫。不如此之有裨于惜字也。）

附代吉祥說

近日浦城有敬惜字紙之會。誠盛舉也。惟各家尚有習而不察。竟等于不敬不惜而不自知其非者。嘗見人家餽送食物。無論大盤小盒。其上每加紅紙一塊。或方

或圓。必嵌空剪雕四字好語。如長命富貴。諸事如意之類。不知此紙本係無用之物。一轉瞬即蹂躪于童婢之手。再轉瞬且淪棄于藩溷之區。其能于收物之頃。即將此紙隨手撿歸惜字簍中。以待焚化者。蓋百家不得一二人焉。一家如此。積家則多。一日如此。積日則多。其婚娶喜慶之家。所用尤繁。則所作踐之字尤多。今欲驟令各家不用此紙。其勢有所不能。不得已思一善法以變易之。竊令各家用此之心。不過意取吉祥。別無他說。兹以吉祥之景。代吉祥之字。有何二致。因雜取吉祥善事。剪作花樣十六紙。分贈各家。務望照此剪雕。以代前此吉祥之字。以親及親。廣為傳布。此事雖小。藉可免作踐字紙之孽。當更為人家吉祥之徵。夫敬惜字紙。盡人所宜為。而士大夫尤應互相勸懲。若閨中更能隨時襄助之。庶內外同心。更無缺憾。惟自求多福者鑒之矣。

一紙遙遙互繼聲。暮年親故倍關情。鹽城更比蕪城遠。安得腰纏駕鶴輕。（楊竹圃素不言詩。近為余所挽。既和余寄壽詩。又成自壽詩十首。想鹽城海濱。舍此亦無可消遣也。余頗有重遊揚州之願。而鹽城濱海。益遠矣。為之奈何。）
鄉邦文獻共關心。早惜虛糜數萬金。今日卻非當務急。壽山福海枉崇深。（按廖鈺夫魏和齋作以本大府瀏今捐刊省志。此誠盛舉。而此日實非其時。憶嘉慶年間有長沙相國者。在烏石山大書壽山福海四字。摩崖與彼時郡城殷賑。恰照氣象相稱。今則名山已鈔異族。擬海正瀕江瀾。當務之急。恐不在此也。）

附復廖鈺夫尚書魏和齋山長書

日來接誦來函。諸明綺注。承以福建通志一書。待刊已久。亟應付之棗梨。以垂久遠。仰見情深文獻。誼篤鄉邦。並傳述劉制軍鈞諭。令某與蘇鰲石先生首捐。為士夫倡。並諭應同薦紳倡始。繼及官僚。令即裁復。以便轉達大府等語。自當瀆遵。惟此事本末。似大府尚未能悉其詳。前此數萬金付之一擲。至今嘖嘖人口。衆怨未消。且通志為合省官書。必應合通省官紳之力以成之。自當由大府主持。通行各外郡縣遵辦。今轉欲薦紳倡始。官僚繼之。于名不正。于言不順。況以日下情形而論。外侮未退。醵務方殷。他處所不敢知。即以某現居浦城而論。舉商之事未息。半載以來。死亡逃匿者。屈指可數。現在追呼日至。紳富尚皆重足而立。惴惴于心。若一波未平。一波復起。斷難冀其望風慕義。踴躍從公。某伏處山邑。有家難歸。閉戶養疴。不預時局。愚昧之見。聊布區區。尚望閣下與在省同人。從長計議。或仰猶大

府風聲。竟能集事。亦未可知。某必竭盡綿力。以步諸君子後塵。斷不肯置身事外也。專此復請道安。順璧侍謙。統祈朗鑒不備。

歸田瑣記卷八終

清代筆記叢刊

三

齊魯書社

退庵隨筆

梁章鉅著

上海文明書局印行

賀序

隨筆者隨時見道而筆之欲其勿忘也道不可須臾離無物不有無時不然故子思子言道極之三百三千至動而不可亂也至賾而不可惡也非好學深思心知其意則道不遠人而人且自遠之烏在其能見也故曰苟不至德至道不凝焉大畜之象曰君子以多識前言往行以畜其德此隨時見道之實功也隨時識即隨時畜隨時畜即隨時凝然而難言之矣必也剛健其力篤實其志又加之日新不已而後其畜也大溫公通鑑自言一生精力盡在是矣成之也艱則其行也遠退庵此書蓋亦日新不已積一生之精力以成之而仕學一貫文武兼資修齊治平無弗備焉則通鑑其經而茲殆其緯也通鑑紀代以資治訖始成然上接春秋茲編分門乘訓用使承學之士斷自唐宋迄於我　朝蓋取近而易徵且事變相類於法戒尤切太史公所稱可施廊廟者不其然歟乃若義正事覈一洗說部雜家之陋得其單辭片語皆可持守終身允有合於大畜利貞之旨是書也出將介斯世斯民而畜之矣退庵其何能退哉館後學善化賀長齡謹序

自序

退庵隨筆者隨所見之書而筆之隨所聞之言而筆之隨所歷之事而筆之而於庭訓師傳尤所服膺藉以檢束身心講求實用而已初無成書義例也日月既積楮墨遂多退居多暇方取而整比之以類聚以卷分則凡可以勸善懲邪訂訛砭惑者咸具焉蓋有古格言之刻以唐五代前為斷茲編則自有宋以迄今茲時代愈近其辭愈質而其旨益暢其境亦益新乙夏春召復出乃以稿自隨去歲過關中適為友人付梓攜至日下同人皆以為有用之書非說部雜家比爰質之儀徵師阮[illegible]為增刪數事題字卷端既抵桂林公餘復有勘補續為十五門二十二卷重付手民因紀其緣起如此道光十七年春退菴居士自記

題詞

隨筆一書較桂林相國五種有其過之真名臣言論也執事以心得之學筆之於書可坐而言起而行於世道人心所裨不淺時賢著作如此可貴耳前贈樞垣紀略掌故所繫是樞是不可少之書至今循讀不倦今復得此編耳目又為之一新所論皆平允通達之至弟之拙著亦有與尊說暗合者中間並無判謬可傳之書也其參酌先儒語錄議論正大和平實有益於身心性命之學願執事蒞治後即以廣示吏民弟讀之起敬起畏想他人讀之亦然成就多少好官成就多少好人此豈尋常著作之比哉謹當日置座右以為晚節之助云道光十六年夏六月愚兄阮元識

昨將大著隨筆研讀一過不禁五體投地先生學問經濟根柢具見於此始知年來揚歷中外所磨難皆極繁劇未嘗一日廢書不觀也書中大指以誘善黜邪訂謬砭惑為主有顧氏日知錄之精博而切近過之有呂氏呻吟語之周摯而明通勝之立言如此可以不朽矣安得學者家置一冊心體力行所裨於世者非淺鮮矣侍生何凌漢謹識

退庵隨筆目錄

卷一　躬行
卷二　交際
卷三　學殖
卷四　官常
卷五　官常
卷六　政事
卷七　政事
卷八　政事
卷九　家禮
卷十　家禮
卷十一　家誡
卷十二　攝生
卷十三　知兵
卷十四　讀經
卷十五　讀經
卷十六　讀史
卷十七　讀子
卷十八　讀子
卷十九　學文
卷二十　學詩
卷二十一　學詩
卷二十二　學字

退庵自訂年譜

退庵居士，系出安定梁氏，名章鉅，字閎中，又字芷林，晚年自號退庵。由泉州宋丞相文靖公派下，分居福州長樂縣南鄉之江田里。國初，遷居福州城中，自前明迄今十五傳，皆為郡縣學諸生不斷。河間紀文達公督學閩中，以書香世業扁旌吾閭。乾隆四十年乙未七月初六日，生於福州淳仁里。時先考賛齋公上公車未回。是年先叔父九山公成進士，入翰林。賛齋公諱贊圖，字斷志，又字賛齋，行二。乾隆戊子與同懷弟九山公同舉於鄉，考補內廷咸安宮教習。門下士雄縣劉鴻翔非填諱。

丙申二歲。

丁酉三歲。長房伯兄虛白公初名功昌，改名際昌入縣庠。

戊戌四歲。虛白伯兄為發蒙。先妣王太夫人自課之。

乙亥五歲。十月，先大母林太淑人棄世。是年賛齋公教習期滿引見，以知縣用，回里，即丁憂。

庚子六歲。在家讀書，先考自課之。

辛丑七歲。先考授徒於經院巷彭宅，隨任讀書。

壬寅八歲。先考授徒於開元頭林宅，隨任讀書。

癸卯九歲。先考授徒於楊橋巷蔣宅，隨任讀書。始學作小詩。是年同懷弟章珀生。

甲辰十歲。先考授徒於鹽法道德清戚公署齋。閏三月，先妣王太夫人棄世。太夫人以孝稱，在室時嘗割臂肉療父篤疾，先考為作傳略紀之。

乙巳十一歲。先祖天池公棄世。公弱冠即為名諸生，以耆儒宿學教授里中，五十餘年，值八十壽，紀文達公有文祝之文載公集。至是考終，年八十二歲。是秋，先考為廈防郡丞漢軍劉公延請課子，隨任讀書。福州距廈門五百里，是冬以臺灣林爽文滋事，軍興孔急，道梗不得歸。

丙午十二歲。仍在廈門廳署。始學作八股文，並隨先考偕同里先達鄭蘇年光策、何賛齋西泰、林子川雨化、張斐邦經邦諸公，徧遊廈島名巖洞，復泛海覽鼓浪嶼之勝。時廈門洋船叢集，商賈殷闐，仙山樓閣甲於南天，聞近日井里蕭條，大有今昔之感矣。是年長房三兄叟雲公初名當，改名運昌入縣庠。

丁未十三歲。冬，隨先考回福州，移住新美里，與九山公同居。從虛白伯兄學舉子業。

戊申十四歲。學使者雲間陸耳山師錫熊甄別生童，余以第九名童生錄送鼇峯書院肄業。山長為孟考功瓶庵先生超然，部請仰虛白伯兄也。

乙酉十五歲。春，隨先考往仙遊金石書院讀書。秋，與四房四兄澤卿公雲倬同赴長樂縣試，受知於漢軍王溯齋師佑邦，錄取第二名。

庚戌十六歲。與三兄叟雲公同在鼇峯書院二賢祠讀書。

辛亥十七歲。受知於丹陽吉渭崖師夢熊，以第一名取入長樂縣庠。是年偕同邑陳茂真師士倬讀書於觀音橋齊氏之漱芳軒。

壬子十八歲。隨外舅鄭蘇年師讀書於洗銀營趙氏之紅玉齋。是秋，鄉試卷備而不薦。

癸丑十九歲。仍隨蘇年師，始學作詩賦雜文。是年四兄澤卿公入縣庠。

甲寅二十歲。隨林暢園師茂春讀書於洗銀營陳氏之鳳池書屋。是秋，鄉試與虛白伯兄、叟雲三兄同舉於鄉。座主為歙縣程蘭翹師昌期、仁和關晉軒師槐，房官為涇縣吳虛谷師渭。

乙卯二十一歲。會試薦而不售，房官為鄱陽胡果泉師克家。遂留京過夏，考取景山官學教習。是年澤卿兄舉於鄉。

嘉慶元年丙辰二十二歲。會試薦而不售，房官為山右李石農師鑾宣。五月由運河回閩。七月患瘧，至重陽始到家，冬至前一夜而止。歲杪鄭夫人來歸，即蘇年師長女也。

丁巳二十三歲。授徒西門街劉宅。

戊午二十四歲。授徒南營姜宅。章珀弟入縣庠。是冬先考以知縣選期將到，呈明不願外任，選得汀州府甯化縣學教諭，挈章珀弟赴任，而命余上公車。

己未二十五歲。會試薦而不售，房官為吳縣吳少甫師樹萱。同房叟雲三兄遂成進士，入翰林。六月回家，仍在蘇年師館中課文。

庚申二十六歲。大兒逢辰生。輯東南嶠外書畫錄二十卷，自為序。

辛酉二十七歲。會試以九山公為內簾同考官回避，未入場。與大挑，又不得，乃就補景山教習。

壬戌二十八歲。會試以二甲第九名成進士。座主為紀文達師、鉛山熊謙山師枚、滿洲玉研農師麟、大庾戴可亭師均元，房官為高陽韓湘帆師崙衡。朝考入選第二名，因受知於大興朱文正師珪、大庾戴文端師衢亨、長沙劉文恪師權之、滿洲英煦齋師和邢畔齋師序成。宋陽初簡閩師彭始浦城祖舫齋師之望。引 見以翰林院庶吉士用教習師爲黄䑕師仙舟先生水漁。見秋闈先考甯化之計，踉蹌南奔，由江西取道汀州，入甯化，計者中視含殮者惟章伯第一人痛哉

癸亥二十九歲。正月始至甯化學署。四月扶櫬回福州。秋，若由中。編輯莫齋公遺詩文兩卷，行狀一卷，又輯家譜四卷。

甲子三十歲。鄭蘇年師終於鰲峰講席。與同門友沙縣陳名世同校刊西溪文鈔兩卷，爲之序。吾師遺文此其一斑也。

乙丑三十一歲。二月服闋進京，散館以二等第五名。引 見改部主事。簽掣禮部，入儀制司行走。是秋因病請假回籍。在部時，輯南省公餘錄四卷，謝鄭泉先生振定爲之序。嗣復拓爲八卷付梓。

丙寅三十二歲。家居，輯長樂詩話八卷，自爲序。

丁卯三十三歲。掌浦城南浦書院講席。秋，與李生庠文遊武彝，有遊記及詩紀之。祖舫齋師陳恭甫編修壽祺，各爲之序。

戊辰三十四歲。仍赴南浦講席。秋，爲本省撫部張蘭渚先生師誠延入幕中，爲撰擬

頌册，及奏御文字，並校勘所進遺書數十種，各加按語，如 四庫書提要之例。

己巳三十五歲。仍赴南浦講席。輯東南嶠外詩文鈔若干卷，陳恭甫爲之序。

庚午三十六歲。仍赴南浦講席。輯夏小正通釋四卷，南浦詩話四卷，皆祖舫齋師爲之序。

辛未三十七歲。復入張撫部幕，與陳恭甫分纂 御製全史詩註六十四卷。是春爲先考妣合塋祖舫齋師爲之誌銘。事畢，仍赴南浦講席。校補倉頡篇三卷，選輯閩文典制鈔四卷。是年次兒丁辰生。

壬申三十八歲。仍赴南浦講席。秋後回家，闢藤花吟館，集里中諸名流觴詠其中，有藤花吟館畫卷。陽湖李申耆邑侯兆洛，歙縣程春海侍郎恩澤並爲之記。

癸酉三十九歲。仍赴南浦講席。與鄭松谷鵬程、林樊懷軒開二親家重游武彝。又與全生徽閣游漁梁萬葉寺。志果所謂天下十大名山之一也。是冬挈眷進京，在浦城祝米巖親家昌泰有送閩中度歲

甲戌四十歲。三兒恭辰生於台莊舟次。八月抵京，進署銷假，仍在儀制司行走。是歲由運河北上，滯居漕艘中百餘日。取昌讀昭明文選筆記之件，編錄而增益之，是爲

文選旁證之權輿。自是每年趣公之暇，輒涉筆焉。

乙亥四十一歲。同劉芙初、吳蘭雪、陳石士、李蘭卿謁翁覃溪師，爲蘇齋詩弟子者三年。是夏聞四叔父九山公之訃。公諱上國，字斯儕，人字九山，乾隆乙未進士，歷官翰詹，引退，游至太常卿，終於廣西學政任所。陳恭甫銘其墓。

丙子四十二歲。兼精膳司、儀制掌印。是秋考選軍機章京，以第一。卷引 見 記名。是冬入直。南詩社胡墨莊侍御承珙、潘功甫舍人曾沂各爲之記，輯存曹題名錄六卷。

丁丑四十三歲。四兒映辰生。秋，與顧南雅純、熊季思守正二同年游西山，有詩紀之。又與陳石士編修用光、陶雲汀給諫澍、王北堂明經萱齡游昌平，有文紀之。

戊寅四十四歲。入直軍機。是秋扈 蹕盛京，來往七十三日，游醫無閭及松杏諸山。以校勘科場條例被議降一級留任，旋以扈從議敘加一級。

己卯四十五歲。三月扈 蹕 東陵 南苑。 倘值公餘，偕同人坐山轎登雲峯寺。又於月夜上古中盤，飲至鷄晨始下。入直各有詩紀之。是冬以 覃恩誥授奉直大夫， 誥贈先考如爵銜官，先妣王氏爲宜人， 封妻鄭氏爲宜人。

庚辰四十六歲。扈 蹕灤陽，加一級。又恭送 睿廟梓宮，加一級。又恭遇 覃恩兩次，各加一級。是役恭送 睿廟升遐，變生倉猝，前無故實可稽。樞廷直務填委，而隨扈隨扈者，堂官僅黄左田大宗伯鉞一人。漢司員僅章鉅一人。奏疏文移，責無旁貸。時樞臣禮臣皆日數 召見，斟酌典禮，體大思艱，余以一小臣往復其間，衷苦之餘，益增滦懼。蓋不敢休息者，徹數晝夜。自禮部堂屬官續到者數人，乃始分任其勞，藉免隕越云。九月回京，兼祠祭司行走。是冬以 覃恩誥授中憲大夫， 貤贈先考爲中憲大夫，先妣王氏爲恭人， 誥封妻鄭氏爲恭人。

道光元年辛巳四十七歲。五兒敬辰生。二月以補授主客司主事，引 見，仍在儀制祠祭兩司行走。禮曹四司，至是乃編歷焉。三月扈 蹕易州，以恭襄 山陵大典議敘加隨帶二級。四月以考試差，引 見。六月，由軍機大臣以行走勤慎，議敘奏准，即升員外郎，先換頂戴。十一月以補授儀制司員外郎，引 見。是年充 大清通禮館纂修，又充內廷方略館纂修，又以與同人分校遼金元三史地名人名官名，余分得金史全部，又分纂西域圖志，未成書。

壬午四十八歲。由禮部堂官以才具練達，克稱厥職，保舉京察一等。二月由吏部引

見奉　硃筆圈出交本部堂官查看後加才識精明辦事老練堪勝外任考語引
見記名以繁缺道府用仍加一級閏三月授湖北荊州府知府次日具摺陳謝
召見於　乾清宮西暖五月挈眷出都六月蒞荊州任是月即奉檄兼攝荊宜施道
兼署荊州鈔關監督先是所屬監利縣與沔陽州民以爭水相仇殺官不能治大府
檄予馳往查辦乃先以詩歌代為文告勸諭之又為親蒞水濱議清界址兩境士民
悉服具悉遂平公餘編輯樞垣紀畧十六卷朱詠齋同年士彥為之序蓋前數年在
樞直時稿本至是始彙次成書云
癸未四十九歲擢授江南淮海河務兵備道五月挈眷由大江順流東行六月至清
江浦蒞任輯江漢贈言二卷皆楚省僚寀士民送行之作黎湛溪河帥世序為之序
九月以霜降安瀾議敘紀錄二次是冬以　覃恩誥授朝議大夫　誥贈先考如章
鉅宮　誥贈先妣王氏為恭人　誥封妻鄭氏為恭人
甲申五十歲以前在方畧館校勘金史書成由軍機處奏准從優議敘加一級紀錄
二次九月調署江蘇按察使駐滄浪亭行館有滄浪亭題詠兩卷張蘭渚先生林少
穆尚書則徐各為之序十月以霜降安瀾議敘紀錄二次十一月回淮海任值高家

堰失事勞勞襄辦者三閱月有上嚴小農河帥烺乞免調任淮揚道書上星使文秋
潭孚汪瑟菴廷珍二尚書請修復堰圩二隄書
乙酉五十一歲春管理盤運漕糧總局五月調署江蘇按察使七月又調回盤運漕
糧總局九月將淨漕二百萬石全數盤運渡黃北上是役請撥銀一百一十萬至是
竣事計節省銀三十二萬奏入自督部河帥以下皆甄敘有差遂擢山東按察使先
是制河二大府銳意治河方議挑闢盂兩灘以取直又議改上流海口以利運又欲
開王營減壩以洩漲悉係淮海所轄地方余皆力陳其不可以去就爭之事遂不果
迨余去任始紛紛興辦矣是年大兒逢辰登鄉薦第二名
丙戌五十二歲進京謝　恩蒙　召見三次　賜克食二次二月抵山東任十一月
調補江西按察使未行兼署山東布政使擢江蘇布政使輯古格言十二卷湯敦甫
協揆金釗劉次白中丞各為之序
丁亥五十三歲抵江蘇任輯東南棠蔭圖詠三卷皆山左僚寀士民送行之作朱蘭
坡同年珔為之序是役順途登泰山蒞任後督同李葛峯太守景嶧修治泖湖一月
而竣事旋請籌款挑濬吳淞江即於是冬興工督同陳芝楣太守鑾往來催查次年

夏竣事
戊子五十四歲以挑濬吳淞江議敘加一級修滄浪亭工竣記而碑之輯滄浪亭志
四卷又建吾宗伯鷟高士祠記而碑之輯梁祠紀畧二卷朱蘭坡為之序是歲以
覃恩誥贈先曾祖袛奉公為通奉大夫如章鉅官先曾祖妣林氏為夫人皆章鉅以
本身妻室應得封典呈請上貤者也誥贈先祖天池公暨先祖妣林氏先考暨先妣
王氏亦如之
己丑五十五歲九月撫部陶雲汀宮保奏請護理江蘇巡撫宮保入　覲之缺也輯
吳中唱和集八卷作者二十一人皆壬戌同年之在吳與過吳者之詩自為之序又
作小滄浪七友畫卷刻石滄浪亭壁朱蘭坡為之記
庚寅五十六歲八月奉　命護理江蘇巡撫陶宮保擢督之缺也十二月復奉　命
護理江蘇巡撫盧厚山宮保坤擢督之缺也是年始徧遊吳下諸山各有詩冊畫卷
紀之
辛卯五十七歲江淮大水成災流民蔽江而來每日以萬計乃率屬捐廉出示募捐
一面給船咨送一面設廠留養計自初秋至冬孟三月餘日資送出境者六十餘萬

人自初冬至次年春季在廠留養者四萬餘人復自捐棉衣萬襲以為廠中禦寒之
具於三月末陸續資送北返沿途頗有頌聲何竹薌郡丞士祁為作目送歸鴻畫卷
高雨農舍人澍然為之記
辛卯五十七歲修復練湖牐壩是冬回空軍船藉以無阻又籌款奏請興挑孟瀆三
河未竣事而去編梓亡友程春廬府丞同文遺詩四卷題曰密齋詩存為之序
壬辰五十八歲二月奉　命護理江蘇巡撫程梓庭中丞祖洛擢督之缺也計余宦
大江南北歷觀察廉訪自官並四權撫篆前後凡八年有餘江省吏才最盛余歷任
所薦舉守令不下數十輩皆執弟子禮甚恭而如陳芝楣蘇鼇石廷玉劉次白趙竹
泉炳言皆不數年開府持節以去此外如顏華農臌伊王香湖青蓮兩方伯俞陶泉
德淵李石舟國瑞兩都轉王槐午鍚蕃李碧山廷錫兩觀察李葛峯景嶧王善舟有
慶陳星垣經三太守或以族或以病去皆實不愧循卓之稱尤往來於余心不釋云
是年四月因病奏請開缺奉　旨俟林則徐到任後再行開缺回籍調理五月鄭夫
人攜家先行六月林少穆抵蘇遂卸撫篆挈映兒登舟因建溪水淺小住浦城輯浦
江別話四卷皆江南僚寀士民送行之作八月回福州進黃巷新宅是歲吾鄉秋禾

為風雨所傷，米價騰貴，而臺灣逆民陳辦滋事，臺米不能內運，民間蓋藏空乏，衆心惶惶。因建議致書大府，力懇奏請借撥江南漕米十萬石，程梓庭督部入 告，准行。於次年青黃不接之時，由海船運到，鄉里便之。是年修葺宅右小樓，榜曰黃樓，與同里諸耆舊以詩酒相往來，輯三山唱和集十卷。

癸巳五十九歲。先室鄭夫人棄世，為撰事略梓行之。劉次白中丞、高雨農舍人各為之傳。林少穆尚書為之墓表。輯江田梁氏詩存九卷，自為之序。是歲修葺宅左小園，榜曰東園，分為十二景，有詩紀之。

甲午六十歲。輯退菴隨筆二十卷，自為之序。此書先為閩中友人所刻，後至桂林，復加增刪，擴為二十四卷，賀耦庚中丞長齡序之。

乙未六十一歲。集詩社諸君子在敝廬設局，勸捐義倉穀價，忙碌者數十日，而後集事。五月奉 召入都，挈遵兒、映兒束裝就道，至揚州病瘧，留滯月餘日，八月由運河北上。舟次輯北行酬唱集四卷，皆同里知好及大江南北僚寀士民贈行之作。陳芝楣中丞為之序。八月杪抵京，遞摺銷假，蒙 召見一次，次日即授甘肅布政使，復蒙 召見二次，並 賜克食。於重陽日挈遵兒、映兒赴甘肅任，順途遊華山。

丙申六十二歲。甘藩庫中前因辦理軍需，有涌虧銀七萬兩，經手者半已離甘，部中屢行查詰，督部不知所為。余殫五日夜之勤，設法補苴完結，上下同官及離甘各官皆德之。正月調授直隸布政使，以留辦 計典，遲至三月杪始成行。途次接奉擢撫廣西之命。五月抵京，遞摺謝 恩，蒙連日 召見六次， 賜克食五次，即陛辭出京，挈丁兒、敬兒赴廣西任，兼署廣西學政三閱月。以參查溫贊勲揭參楊時行一案，據實參覆，奉 旨嘉獎，議叙加一級。輯宣南贈言二卷，皆日下同人話別之作也。進中舟過衡山，在船窗中飽覩一日，有詩紀之。冬奉 賜福字一方。

丁酉六十三歲。輯論語集註旁證二十卷、孟子集註十四卷。秋監臨廣西文武兩闈，並會同丁自菴學政普慶考選拔貢。廣西文闈積弊多端，其最甚者，每科闈中輒派兵六十名，列坐於明遠樓之上下前後，名為稽查彈壓，而鎗替傳遞之弊，即伏其中。甚至有能文之舉人，身穿號褂，於樓上起草，交他兵順遞號舍中，毫不費力者。余既採訪明確，乃排衆議革除之，並附片 奏明立案，士林感之。是科三兒恭辰舉於鄉。修復署東銅鼓樓成，銅鼓聯吟集兩卷。又於獨秀峰下重建五詠堂，為詩紀之，遠近和者百餘家。冬奉 賜福字一方。

戊戌六十四歲。趙南使臣入貢，照例於館堂設宴，作畫冊紀之。校梓文選旁證四十六卷，阮芸臺師、朱蘭坡同年各為之序，蓋二十年精力所萃，至是始成書云。輯 國朝臣工言行記十二卷。冬奉 賜福字一方。

己亥六十五歲。監臨粵西文武兩闈，是歲次兒丁辰與胞姪齊辰同舉於鄉，四兒映辰入縣庠。輯制藝叢話二十四卷，朱蘭坡及楊芸士明經文蓀各為之序。冬奉 賜福字一方。

庚子六十六歲。監臨文武鄉闈，並會同學政考選優貢。輯楹聯叢話十二卷，陳蓮史方伯繼昌為之序。是年始徧游桂林諸山，畫成長卷紀之。冬奉 賜福字一方。

辛丑六十七歲。二月聞廣東噗夷滋事，帶兵至梧州府防堵。梧州界連東粵，匪徒乘機嘯聚，余力行團練之法，境內帖然。奉 旨選將調兵送砲協濟東省，並准楊誠村參贊營咨取鐵梨木排鎗東，兩旬間悉辦運無誤。旋調授江蘇巡撫，即回桂林，往來得飽看陽朔山水，亦忙中勝緣也。五月挈家登舟，由湘江、荊江順流而東，七月蒞江蘇任，即帶兵赴上海縣防堵。時裕魯山督部謙奏准寶山口商船一概不准進港，以防夷匪混入，合縣商民洶洶，幾至罷市，縣令束手罔措，闔道遽欲辭官。余即日據呈批准進港，一面具奏，人心始安，歡聲雷動。又與陳蓮峯提戎化成協力練兵練砲，收撫巨匪，自吳淞江至寶山口數十里刁斗森嚴，軍民安堵。值浙江鎮海失陷，督部訃到，因兼署兩江總督及兩淮鹽政二十餘日。適奉辦理糧臺之 命，遂回蘇州。先是恭奉 明旨，飭各省督撫保舉所屬道府以下各官，余莅蘇雖甫三月，而僚屬半係舊知，即據實以所知奏薦。不及一年，而黃石琴恩彤、游歷方伯、但雲湖明倫生升都轉，王觀庭用賓、練笠人廷璜各擢太守，中外咸稱得人焉。十一月疾作，即專摺陳請開缺調理，送篆交程晴峯中丞裔采接號。是歲遵兒成進士，以兵部員外郎即補。

壬寅六十八歲。正月引疾摺回，奉 旨准其開缺調理，並奉 賜福字一方。二月挈家登舟，本擬回閩，因聞浙東噗夷鴟突，大帥失機，錢塘江口戒嚴，不敢前發，遂回帆北渡揚子江，寓居揚州張氏園者三月有餘，日與阮雲臺師、謝蕉石同年學崇、黃右原比部爽及余婿楊竹圃方伯劇談而已。五月梏聞夷船已進圌山口，復倉卒挈家登舟，渡江而南，徑達蘇州，由浙江回閩。蓋六月初三日，舟過丹陽，初八日夷兵已陷京口矣。六月杪抵浦城，復聞噗夷要在福州設立馬頭，已經疆臣奏准，城中士民惶惑，有紛紛逃避之意，不得已暫住南浦，借宅而居，忙中輯楹聯續話四卷，巧對錄四卷，皆自為之序。
癸卯六十九歲。購花園衕荒地一區，起造新宅，左有方池半畝，遂環池略綴屋宇，榜曰北東園，以別於福州之東園也。四月進新宅。八月回福州省墓，小住二十餘日，仍回浦城。為恭兒點定勸戒近錄六卷，為之序。
甲辰七十歲。自訂年譜，又輯稱謂拾遺十卷，自為之序。

退庵隨筆卷一

清　福州梁章鉅茝林編

躬行

自管子以晏安與酖毒並論，警人最為深切，而世多忽其言。惟呂東萊博議中有管仲言晏安論一則，反覆闡明其義，愈看愈讀之，如聞清夜鐘，不覺汗流浹背也。其言曰：昔管仲告齊威公曰：晏安酖毒，不可懷也。酖入人之口，裂肝腐腸，死不旋踵，晏安雖敗德，其禍豈遽至是？意者仲有警世之心，而不免於駭世之病歟？殆非也。使仲果盡言其實，則世將愈駭矣。世之死於酖者，千萬人而一人耳；死於晏安者，天下皆是也。晏安之毒，至慘至酷，無物可譬，仲殆就世之所畏者為譬也。地之於東，莫仁於羊腸，而莫不仁於康衢；水之於舟，莫仁於瞿塘，而莫不仁於溪澗。蓋戒險則全，玩平則覆。端居之暇，試思使吾志衰氣惰者誰歟？使吾功隳業廢者誰歟？使吾弛備忘患而陷于禍者誰歟？皆晏安之為也。是晏安者，衆惡之門，以賢入者以愚出，以明入者以昏出，以剛入者以懦出，以潔入者以汙出，殺身滅國，項背相望，豈不甚可畏也！雖然，君子之所欲與人無異也，苟晏安果可欲，則君子先據之矣。其所以去彼取此者，實見衆人之放肆偷惰，百殃並集，其心戚然不寧，乃憂患之大者耳。君子外雖憂勤，中有逸樂者，自强不息，心廣體胖，無人非，無鬼責，然則善擇晏安者，誰若君子哉！

王伯厚先生曰：成湯、周公皆坐以待旦。康王晚朝，宣王晏起，則關雎作諷，姜后請愆。況朝而受業，為士之職。書曰夙夜浚明有家，孝經言卿大夫之孝，引詩云夙夜匪懈；言士之孝，引詩云夙興夜寐。讒鼎之銘曰：昧旦丕顯，後世猶怠，叔向所以戒也。三晨晏起，一朝料頭，管幼安所以懼也。在家常早起，杜子美所謂質朴古人風者也。雞鳴咸盥櫛，問訊謹暄涼，朱子之語童蒙也。觀起之蚤晏，知家之興廢，呂子之訓門人也。起不待雞鳴，陸務觀示兒之詩也。雞鳴舉家人同起，不可早晏無常，葉少蘊與子之書也。雞鳴而起，決擇於善利之間而已矣。按此節載困學紀聞，誠為警世之鐸。蓋自古聖賢及志士，無不早起，早起則心體清明，人事尚未牽繞，諸書易於領悟，一切皆事半功倍。故相士之道，相宅之法，但觀其早起晏起，而成敗可決矣。

周興嗣之言曰：知過必改。此四字最結實。必改固難，知過尤難。夫以子夏之賢，有三罪而不自知，必待曾子責之，始投杖而拜；以曾子之賢，又不知不避大杖之過，必待夫子責之而後明。使曾子無夫子，子夏無曾子，直終身不知其非矣。然則知過者鮮矣。能知人之過。而忠言之者亦鮮矣。所以貴乎高明直諒之師友。而勇於聽受也。

黃陶菴淳耀我師錄云。程子嘗見一學者忙迫。問其故。曰。欲了幾處人事。曰。某非不欲周旋人事者。曷嘗似賢急迫。朱子論主一無適云。主一只是心專一。不以他念雜之。無適只是不走作。如讀書時只讀書。著衣時只著衣。了此一件。又做一件。身在這裏。心亦在這裏。此皆先儒直指調心法示人。近周叔夜先生有言。因事之煩冗而動躁火也。治之有二。其一自解云。待我逐頭消來。其一自解云。事完之後。卻有何事。閒亦何用。此躁之在事前者。治法如此。若在事後者。治法亦有二。其一自解云。人生安能無勞。其一自解云。此勞未必無益。此身不必太惜。此治躁之骨髓也。推之榮辱禍福。皆可以此心對治之矣。

朱子嘗言延平先生終日無疾言遽色。常歎何修至此。自分雖終身不能學也。又言李先生初間亦是豪邁底人。後來也是琢磨之功。觀此。則知學之能變化氣質也。

朱子答路德章曰。何見伯恭說少時性氣粗暴。嫌飲食不如意。便敢打破家私。後因久病。只將一冊論語早晚閒看。忽然覺得意思一時平了。遂終身無暴怒。此可為讀書變化氣質之法。

近人有輯成語作楹帖者曰。無事此靜坐。有福方讀書。余每喜書之。近乃知讀書有實功。靜坐尚是誑語也。昔朱子答張元德云。明道教人靜坐。只是收斂此心。莫令走作。蓋為是時諸人相從在學中。無甚外事。故教之如此。今若無事。固是只得靜坐。若特地將靜坐做一件工夫。卻是釋子坐禪矣。但宜著一敬字。通貫動靜。則無可議耳。語錄中又云。人在世間。未有無事時節。若事至前。而自家卻要主靜。頑然不應。便是槁木死灰。無事時敬在裏面。有事時敬在事上。有事無事。吾之敬未嘗間斷也。且如應接賓客。敬便在賓客上。賓客去後。敬又在這裏。若厭苦賓客。而為之心煩。此即是自撓亂。非所謂敬矣。

李二曲容四書反身錄云。儒字從人從需。言為人所需也。式其儀範。則道德為人所需。賴其匡定。則經濟為人所需。二者宇宙之元氣。生人之命脈。乃所必需而一日不可無者也。然道德不見之經濟。則有體無用。迂闊而遠於事情。經濟不本於道德。則有用無體。苟且而雜夫功利。各居一偏。終非全儒也。按此解儒字甚有理致。其實則古人並無此訓。說文儒柔也。術士之稱。從人需聲。段懋堂玉裁曰。儒之言優也。柔也。能安人。能服人。又儒者濡也。以先王之道。能濡其身。此皆古訓講學家之義。已在其

中矣。

真西山先生嘗言。無心而誤。則謂之過。有心而為。則謂之惡。不待別為不善。方謂之惡。只知過不改。便謂之惡。易曰。風雷益。君子以見善則遷。有過則改。天下之至迅疾者。莫如風雷。故聖人以為遷善改過之象。

明儒學案載。南大吉知紹興府時。王文成方倡道東南。一日質於文成曰。大吉臨政多過。先生何無一言。文成曰。何過。大吉歷數其事。文成曰。吾言之矣。大吉曰。無之。文成曰。然則何以知之。曰。良知自知之。文成曰。良知獨非我言乎。大吉笑謝而去。數日數過加密。謂文成曰。與其有過而悔。不若先言之。使其不至於過也。文成曰。人言不如自悔之真。又笑謝而去。居數日。謂文成曰。身過可勉。心過奈何。曰。昔鏡未開。可以藏垢。今鏡明矣。一塵之落。自難住腳。此正入聖之機也。勉之。

吾鄉何元子楷嘗謂易言頻復厲。夫舉動不肯歸思。動輒言誤。誤事豈可屢犯。慎勿恃改過為盛德。而漫無絕私勝己之功也。劉念臺宗周亦曰。吾輩習俗既深。平日所為。皆惡也。學者只有去惡可言。改過工夫。且用不著。此皆鞭辟入裏之論。

前明蔡虛齋先生既登第。不求仕。惟在開元寺教徒。一日為其母畫像。母久不出。虛齋往請。母曰。汝成進士十年。我尚不得一新布衣。不欲出見客也。虛齋大傷之。即赴選。在任心動。告歸。不久而父逝。後又貧不能自給。求得南京部司。以去鄉近也。到任又心動。復告歸。其母亦不久即逝。人以為孝感。虛齋提學江西。寄四金以周其寡表嫂。丁寧告誡。勿為浪費。此等事當時即以為佳話。至今人猶樂道之。李文貞所謂窮得熱鬧者。足以起懦廉頑。今人眼匡愈大。手頭愈鬆。毫無此流風餘韻矣。

陳白沙獻章曰。學者須先理會氣象。氣象好時。百事自當。此言最可玩味。即變化氣質之謂也。言語動靜。便是理會氣象地頭。變急為緩。變激烈為和平。則有大功。亦遠禍之道也。非但氣象好而已。

呂新吾坤曰。周子謂聖可學乎。曰。無欲。愚謂聖人不能無欲。七情中合下有欲字。孔子言己欲立欲達。孟子言廣土眾民君子欲之。天欲不可無。人欲不可有。天欲。公也。人欲。私也。周子云聖無欲。不如云聖無私。此二字即三氏所由分也。

又曰。孔子七十而後從心。六十九歲時尚未敢言從也。眾人一生只是從心。從心安得好。聖學戰戰兢兢。只是降伏一箇從字。不曰戒慎恐懼。則曰憂勤惕厲。若任意可不離道。聖賢性不與人殊。何若如此。

黄陶菴曰：趙清獻公言吾晝之所為，夜必焚香告天，所不可告者則不敢為也。陸九韶隱居山中，晝之所為，夜必書之。元許魯齋亦然。二程遺書載張天祺自約上牀使不得思量事，不思量事，亦須強把這心寄寓在一箇形像。司馬君實言吾得術矣，只管念一箇中字。朱子語錄言趙叔平平生用功，以一器盛黑豆，一器盛白豆，中置一虛器，才一善念動，則取白豆投其中，惡念動，則取黑豆投其中，至夜倒虛器中，觀其黑白以驗善惡念之多寡。初時黑多白少，久之漸平，又久之則白多黑少。國朝張文定公邦奇每日晨興拜天，取易詩書要語如乾元亨利貞勅天之命惟時惟幾我其夙夜畏天之威于時保之云云者，對天默誦數遍。官翰林時，有觀頤錄，每夕考過。此諸公所行，疏密不同，皆攝心法也。若能直下見性，便不須如此捉捺，然人日在是非叢臼中，寸陰未轉，尺波已興，故必有神秀之時時拂拭，而後有惠能之本無拂拭也。

又曰：聖賢千言萬語，說的是我心頭佳話，立的是我身上妙方，不必另竭心思，舉而措之，無往不效。而今把一部四書當作聖賢遺留下富貴的本子，終日誦讀，惓惓只為身家，譬如僧道替人念消災賜福的經懺一般，絕不與己相干，只是賺些經錢食米來養活此身，把聖賢垂世立教之意辜負盡了。仔細思量，能無笑死愧死哉。

或問四書疑義於李二曲，二曲曰：吾子是行至此致疑乎？抑徒誇精闢以資講說已耶？夫大學之要，在格致誠正修，試切己自勘，物果格乎？知果致乎？果意誠心正身修以立本乎？中庸之要，在戒慎恐懼，涵養於未發之前，子臣弟友盡道於日用之際，試切己自勘，果戒慎乎？果於子臣弟友盡道而無歉乎？論語之要，在於時學習，試切己自勘，果明善乎？果復初乎？果視聽言動之復禮乎？果忠信篤敬之交修乎？孟子之要，在知言養氣求放心，試反己自勘，言果知乎？氣果養乎？心果收乎？五霸者三王之罪人也，然則吾曹日讀四書而不惟其言之是踐，雖欲不謂之孔曾思孟之罪人不可也。昔有一士從師千里，師悉出經書，欲盡講授，甫講一語，其士即稽首請退，浹月弗至，問之，則對曰：未盡行初句，弗敢至也。必如此，始可謂實踐，始可謂善讀書哉。

李二曲又曰：顏子之不違如愚，正顏子之聰明絕人，蓋本心既空，則受教有地，入道有機。吾人生二千載之下，不獲親炙顏子，玩如愚二字，恍若覩其遺像，不覺口耳盡喪，心形俱肅，然後知平日之喋喋論辨，孜孜爭明者，特淺夫小慧，道聽塗說，視顏之潛體默會，不言而喻，賢不肖之相去何啻天淵，此不愚正所以為愚也。

黄香石培芳虎坊雜識云：學者當明義利之辨，一部孟子皆是辨明義利。至桃應問瞽瞍殺人一章，則是義利之辨盡頭處矣。在皋陶知有法而不知有天子之父，但有執之而已矣。在舜知有法而不知有天下，但有竊父而逃而已矣。桃應所問似甚難人，而孟子義理熟極，只據當下義理斷之，更無難答。落第二念，即依違周折於其間矣。故自古高世之行，非常之事，其理不離於庸常，學者於當下義理認得真，守得定，更不存一毫利害之見，則天下無難處之事。嘗見陸稼書先生為縣令時，上官欲令其改文書內一字，先生不肯，一字雖微，但百姓情節不是如此，自不可改。觀此一事，先生義利之辨可知矣，其生平所造亦可見矣。一字尚不肯改，況肯諂權貴、狗請託以枉民情乎？若當下怕參官之念起，便無所不至矣。

許藻園浩曰：作文以讀書為主，讀書以立品為主。貪作文而不多讀書，猶之蒔無根之花，雖得一二日妍麗，其萎可立俟。好讀書而不務立品，譬之敝篋敗簏，亦嘗貯典籍其中，而不能保其不淪於糞壤蕪穢矣。

有文無行之人，自昔輕之，使人因其人而議其文，恥也；使人因其文而惜其人，益之恥也。或問於梁曜北玉繩曰：文至不可磨滅，似亦未可一概抹撥。曜北曰：不然，君子之文，以不磨滅為毫；非君子則以不磨滅為不幸，使後人一番瀏覽，一番識明，不如磨滅之乾淨矣。魏叔子有言：士不立品，文雖貴，賤；士不適用，文雖切實，浮。君子雖愛之實之，不過如鸚鵡之能言，孔翠之羽毛耳。文人方自恃其文為撐天地、光日月、流川峙嶽，而君子乃等之於禽鳥之玩，不亦大可哀耶。

魏叔子禧曰：世上無有不宜讀書之人，賢者固益其賢，下愚讀之，縱不能盡決，不至狷戾。或謂人有讀破萬卷不辨一事者，此讀書無用處也。余謂此人脫令不讀書，遂能辦事否？然有兩種人卻不可讀書：一種機巧之人，原有小慧，又參以古人智術，則機械變詐，百出不窮，不至害人殺身不止；一種剛愎之人，既自以為是，加之學問充足，則驕滿之心，漫天塞地，必至一言不受，一非不改，即不殺身，亦成絕物，終身無長進日子矣。按叔子此論固是，然為不善讀書者言之耳，善讀書者，變化氣質之謂何，而患此哉。

沈彥執北窗炙輠錄載姚進道述允之言曰：上士雖不讀書亦佳，下士雖讀天下書亦不佳，惟在我輩正當讀書耳。此語殊有味，然雖上士，亦安可不讀書。

近世名公巨儒，喜談禪理，蓋亦如談書畫談古玩之類，聊以自娛，非真能窺其奧突

也魏叔子嘗言今之學者必闢禪以崇儒其實世無真禪那能害儒欲正人心者但當自謹義利之辨闢禪非今日之急務也

浮屠書中語有可以與吾道相發明者亦不可忽記黃山谷答王秀書曰佛書言無有一善從懶惰懈怠中得無有一法從驕慢自恣中得此佳語也願少留意不加功而談命猶不鑿井而俟泉也既承傾倒相與聊助聰明之萬一

按魏伯子際瑞云積勞可以當病積懼可以當災積勤可以當智謀此三語亦約而可守也

凡人於五更將覺時或悔悟舊事或料理明日某事某事若燭照數計所謂平旦之氣也盥頮之後十忘其五矣所謂旦晝之梏亡也故昔人有糊塗臉水聰明枕之諺人而能使夜氣常存則庶乎近矣謝梅莊濟世曰或問平旦氣何若曰夜氣清晝氣濁平旦氣介清濁之間問求放心曰過去想未來想皆放也求然後能存存然後能養養然後能先覺前知然則與二氏將毋同曰二氏靜中求吾儒鬧中亦求二氏舍學問以求吾儒由學問以求二氏求後無學問吾儒求後儘有工夫何嘗同何可同

既為士大夫則章身各有所宜華固不必奇尤不可惟其稱而已王伯厚先生嘗

曰孝經言卿大夫之孝曰非先王之法服不敢服非先王之德行不敢行孟子謂曹交曰服堯之服誦堯之言行堯之行聖賢之訓皆以服在言行之先蓋服之不衷則言必不忠信行必不篤敬中庸言修身亦先以齊明盛服都人士之狐裘黃黃所以出言有章而行歸於周也

吾鄉蔡文勤公世遠曰村俗秀才守時文一冊止望得第夢夢一生與時循環全不計及異日設施若何結局若何者此鄙陋之尤最所當戒即學古而止以為作文章用講學而不能躬行亦甚可恥凡人家子弟宜常勗以立大規模具大見識不可沾沾焉貪目前安卑近朱子云天下事壞於懶與私最切今之弊懶則學殖荒而志氣亦隳私則自至親間尚分畛域尚望其有器識有所建立哉　又曰當正道顯晦異學爭鳴之日徒得一二拘謹之人不足以追蹤往哲而振拔流俗謝上蔡稱孟子强勇以身任道所至王侯分庭抗禮壁立萬仞由其氣足以勝之也朱子曰曾子大抵剛毅故能獨得斯道之傳子思行事他無所考如孟子所云何等剛毅由是觀之血氣之氣不可有義理之氣不可無豈故為矯異哉不如是則無以仔肩斯道而畏縮囁嚅之態必不足以挽頹風而起末俗也然尚非用心之細見理之明則雖揭躁矜屬不過湖海豪氣矜己傲物又與聖賢道義之氣無涉矣按朱子語錄亦云孔子曰不得中行而與之必也狂狷乎看來這道理須是剛硬立得腳住方有所成若慈善柔弱的終不濟事況當世衰道微之日尤須無所屈撓於世間禍福得喪一不足以動其心方能得然其功夫只在自反常直仰不愧俯不怍自然如此不待他求也

魏伯子曰天下惟四高人極難受益年高位高識高學高年高位高者難受益於常人識高學高者亦難受益於君子蓋地步既高又復自高只思益人豈思人益卑者何人豈敢益我故受益學問不但卑抑心志並當謙退於詞色之間魏叔子亦嘗謂門人曰汝於我言行心中不然處便須直說必有一人受益如汝說得是則汝益了我說得不是則我又益了汝

吾師孟瓶菴先生超然以儒林丈人主鰲峯講席身後崇祀鄉賢著述甚富有焚香錄一卷皆躬行實踐之要外間此書尚未盛行今錄其尤切於身心者數條於左如云孔子屢言知者不惑仁者不憂勇者不懼吾觀世人何嘗知惑知憂知懼連江陳一齋先生曰孟子四十不動心吾四十而始動心吾深有味乎其言　又云北魏賈思伯云衰至便驕程子云不學則老而衰語皆切至　又云閒中偶念凡訴罵古人

識切前輩太過者非得奇禍則往往無後如某某者可屈指數也　又云閒居為不善者小人也不為不善亦無善之能為者雖書說閒話引杯自樂息偃在牀其愈於為不善者幾何　又云星命之說吾頗信之然以為命猶田也其佳者猶之平疇沃壤耕作勤勤則益有收若蕪廢之吾未見其自出嘉禾也其劣者猶之磽确瘠土生殖薄自難為功若墾治之吾亦未見其終為廢地也　又云雷翠庭副憲家居時客至三呼從人捧茶來未應副憲亦怡然或問之曰在家廪給薄此輩自懶於趨承耳不足為怪也　又云每誦薛西原語天地間福祿若不有憂勤惕厲的心聚他不來若不做濟人利物的事消他不去　又云有渾厚而為人所欺者未有深刻而為天所佑者也有孜孜自為而成家者未有勤勤濟人而破家者也　又云眼前至親密戚尚未能安頓停妥論學輒云萬物一體豈非妄語　又云有必不可諉的事為經理整頓則其事自當就緒若悠悠忽忽姑聽自然將來益費手矣　又云多一事不如省一事多事之極至於身家俱困省事之極至於心地光明　又云閒嘗以有過語兒子兒子曰何事為過余曰年來如某事之草率某事之忿嫉皆過也自今以往惟有事事縝密事事和平始得耳　又云少壯時人之詐我者皆謂之有英氣今思

十數年前。使酒任氣。攻人之惡。皆粗氣也。謂之英氣可乎。英氣古人尚以爲害事。況粗氣耶。

呂新吾嘗言隱逸之士。只優於貪榮戀勢之人。畢竟在行道濟時者之下。君子重之。所以羞富貴利達之流也。若高自標榜。塵視朝紳。而自謂清流。傲然獨得。則聖世之罪人而已。大不仕無義。宇宙內皆儒者事。奈之何潔身娛己。棄天下理亂於不聞。而又非笑堯舜稷契之倫哉。使天下而皆我也。且不得有其身。況有此樂乎。紀文達師亦曰。使人人盡爲巢許。則洪水當橫流至今。並掛瓢飲犢之地。亦不可得矣。

古今隱者。分量亦各不同。如荷蕢晨門長沮桀溺。知世道不可爲。自有無道則隱一種道理。若巢許一派。則雖有道亦不肯仕。鄙屑辱變伊呂。自謂曠古高人。而不知不仕無義。吾道之罪人也。世無此等人。不害其爲有道。若無辱變伊呂。則此等人也沒安頓處。誰成就汝作高人乎。

孟子曰。擇術不可不慎。夫擇術而至於講學授徒。亦可謂有利無患矣。然又曰。人之患在好爲人師。何哉。憶周櫟園亮工書影。載鮮于伯之言曰。誘人子弟入飲博之門。其罪小。誘人子弟入詩文邪路者。當服上刑。又阮吾山葵生茶餘客話。載王漁洋於

酒間云。士君子無手刃殺人事。然不操刀而甚於殺者有二焉。一曰授徒。士無恒產。略習句讀。抗顏爲師。名曰餬口。實則喪心。其在老師宿儒。聲價愈高。門徒益盛。謬種流傳。害人三世。其禍尤烈。一曰行醫。稍識藥性。略計湯頭。懸壺立藥。病者危急之際。以性命相託。而動手輒誤。立擠於死。不殊手刃。言之慘然。時座中有失色擲箸而去者。

紀文達師曰。鄞有一生。頗工文。而偃蹇不第。病中夢遇冥吏。乃其故人。因叩以此病得死否。曰。君壽未盡而祿盡。恐不久來。此生言平生以館穀餬口。無過分之暴殄。祿何以先盡。吏太息曰。正謂受人館穀。疏於訓課。冥司謂無功竊祿。即屬虛糜。銷除其應得之祿。補所糜之數。故壽未盡而祿盡也。蓋在三之義。名分本尊。利人脩脯。誤人子弟。譴責亦最重。有官祿者減官祿。無官祿者即減食祿。一錙一銖。計較不爽。世徒見才士通儒。或貧或夭。動言天道之難明。烏知自誤生平。罪多坐此哉。生悵然驚覺。不起。臨沒舉以戒所親。故人得知其事云。

秀才之名最美。自兩漢即重之。然彼時已有舉秀才不知書之誚。今世俗乃有窮秀才之號。不知始於何時何地。吾友謝退谷金鑾最惡此稱。嘗論之曰。秀才至不窮者也。爲聖爲賢。爲卿爲相。皆秀才分內之事。即降而下之。進亦可望一官半職。退尚可以學術名於鄉里。何窮之有。然今之秀才貧有窮者。不悅詩書。不務講求。則其學窮。不飭廉隅。不羞苟得。則其行窮。只一貧字。終日戚戚。則其志窮。百無一能。則其術窮。四者皆備。可謂真窮也已。又何尤焉。

余嘗受業於外舅鄭蘇年先生光策。乾隆庚子科吾鄉名進士也。每聞同人問爲學之方。先生必還叩以所志何事。以爲必志定而後學者有入手之路。教者有下手之方。迄今四十餘年。同門中人才輩出。而回憶當日情事。某某所言何志。先生因材而施。後來所成就。亦各不甚相遠。惟無志可言者。遂竟至無成。思之輒爲汗下。昔朱子有言。書不記。熟讀可記。義不精。細思可精。只有志不立。直是無著力處。先賢先師之言。豈欺我哉。

列子言貧者士之常。後漢孔嵩則言貧者士之宜。余謂常字可絕人妄心。宜字更引人入勝。孫夏峯奇逢曰。一友自敘其貧之苦。予曰。此居心之至寶。而涉世之坦途也。僕五十餘年。敬重此字。雖受他苦累。實受他成就。不敢怨。且不敢忘。其人問故。曰。家貧少送迎。此日閒清福。安眠不怕盜賊。此夜閒清福。卒有緩急。入山入水。聞警即行。

有得攜帶。既無贈願。又免人覬覦。此患難時清福。至寡過於己。遠怨於人。不得罪名教。不得罪鬼神。古來聖賢一流。皆從此一字磨鍊而出。君只當下立清願外之想。便是疏食簞瓢嫡派也。

太上感應篇云。夫心起於善。善雖未爲。而吉神已隨之。或心起於惡。惡雖未爲。而凶神已隨之。故吉人語善視善行善。一日有三善。三年天必降之福。凶人語惡視惡行惡。一日有三惡。三年天必降之禍。抱朴子微言云。按易內戒及赤松子經河圖記命符皆云。天地有司過之神。隨人所犯輕重。以奪其算。算減則人貧耗疾病。屢逢憂患。算盡則人死。諸應奪算者。有數百事。不可具論。又言身中有三尸。鬼神之屬也。每到庚申之日。輒上天白司命。道人所爲過失。又月晦之夜。竈神亦上天白人罪狀。大者奪紀。紀者三百日也。小者奪算。算者三日也。吾未能審此事之有無。然山川草木井竈洿池。猶皆有精氣。況天地爲物之至大者。於理當有神。有神則宜賞善而罰惡。但其體大而網疏。不必機發而響應耳。然覽諸道戒。無不云欲求長生者。必須積善立功。慈心於物。恕己及人。仁逮昆蟲。樂人之吉。愍人之苦。賙人之急。救人之窮。手不傷生。口不勸禍。見人之得。如己之得。見人之失。如己之失。不自貴。不自譽。不嫉妒勝己。

不娱諂陰賊。如此乃為有德。受福於天。若乃憎善好殺。口是心非。背聞異辭。反戾直正。虐害其下。欺罔其上。叛其所事。受恩不感。弄法受賂。縱曲枉直。廢公為私。刑加無辜。破人之家。收人之寶。害人之身。取人之位。侵剋賢者。誅戮降伏。謗訕聖賢。殘傷道士。彈射飛鳥。刳胎破卵。春夏燎獵。詈罵神靈。教人為惡。蔽人之善。危人自安。佻人自功。壞人佳事。奪人所愛。離人骨肉。辱人求勝。取人長錢。還人短陌。決放水火。以術害人。追脅尫弱。以惡易好。強取強求。擄掠致富。不公不平。淫佚傾邪。凌虐孤寡。拾遺取施。欺偽誑詐。好說人私。持人短長。牽天援地。咒詛求直。假借不還。換貸不償。求欲無已。憎拒忠信。不順上命。不敬所師。笑人作善。敗人苗稼。損人器物。以窮人困。以不清潔飲飼他人。輕秤小斗。狹幅短度。以偽雜真。採取姦利。誘人取物。越井跨灶。晦歌朔哭。凡有一事。輒是一罪。司命奪其算紀。算盡則死。但有惡心而無惡迹。奪算。若惡事而損於人者。奪紀。若算紀未盡而自死者。皆殃及子孫。諸橫奪人財物者。或計其妻子家口。當填之以致死喪。但不即至耳。道家言枉煞人者。是以兵刃而更相煞。其取非義之財。不避怨恨。若以漏脯充饑。鴆酒解渴。非不暫飽。而死亦及之。其有曾行諸惡事。後自改悔者。若曾枉煞人。則當思救濟應死之人以解之。若妄取人財物。則當思施與貧乏人以解之。按此皆六朝以前道家之言。可與儒家相表裏。而鄭康成箋詩祇之章有云。士有百行。可以功過相除。孔沖遠正義云。士有大功。則掩小過。故云可以功過相除。則漢唐大儒之言。載在經典。列在學宮矣。

退庵隨筆卷一終

退庵隨筆卷二

清 福州梁章鉅茝林編

交際

呂新吾謂友道極有關係。故與君父並列而為五。人生德業成就。少朋友不得。君以法行。治我者也。父以恩行。不責善者也。兄弟怡怡。不欲以切偲傷愛。婦人主內事。不得相追隨規過。子雖敢爭。終有可避之嫌。至於對嚴師。則矜持而無過可見。在家庭則狎昵而正言不入。惟朋友者。朝夕相與。一德虧則友責之。一業廢則友責之。美則相與獎勸。非則相與匡救。日更月變。互感交摩。駸駸然不覺其勞且難。而入於君子之域矣。是朋友者四倫之所賴也。若言語戲媟。樽俎嫗煦。無論事之善惡。以順我者為厚交。無論人之賢奸。以敬我者為君子。躡足附耳。自謂知心。接膝撫肩。濫許刎頸。大家同陷於小人而不知。可哀也已。

朱子戒子書云。交游之間。最宜審擇。大凡敦厚忠信。能攻吾過者。益友也。諂諛輕薄傲慢褻狎。導人為非者。損友也。以此求之。百不失一。但恐自己偏僻卑污。不能克己從善。則益友不期疏而日遠。損友不期親而日近。此須痛加檢點而切革之。不可徃苒漸習。日趨於小人之域也。

皇甫持正作韓公墓志云。先生與人洞朗軒闢。不施戟級。族姻友舊不自立者。必待我然後衣食。嫁娶喪葬。平生雖寢食未嘗去書。怠以為枕。食以飴口。講評孜孜。以磨諸生。恐不皲美。游以詼笑嘯歌。使皆樂義忘歸。嗚呼。可謂樂易君子巨人者矣。夫以韓公自命之高。幾於壁立千仞。人之望之。至如泰山北斗。而其樂易乃如此。後之君子。非有公之名德。而輒以盛氣凌人。徒見其不知量矣。

李習之問一禪師。如何是黑風吹船飄墮羅剎鬼國。師曰。李翱小子。問此何為。李怒形於色。師笑曰。即此便是黑風飄墮鬼國也。調心之難如此。王巖叟著韓魏公別錄云。凡人語及其所不平。則氣必動。色必變。辭必厲。唯公不然。更說到小人忘恩負義欲傾己處。辭和氣平。如說平常事。蓋幾於犯而不校者矣。

司馬温公曰。親戚故舊。人情厚密之時。不可盡以密私之事語之。恐一旦失歡。則前日所言。皆他日所過以為爭訟之資。至於失歡之時。不可盡以切實之語加之。恐忿氣既平之後。或與之通好結親。則前言可愧。大抵忿怒之際。切不可指其隱諱之事。暴其祖父之非。

周濂門曰朕酬時有一大病病在於事前既於事後檢點檢點後輒悔於閒時惕惕忙時急迫急迫後輒差錯或曰此失先後著耳肯把檢點心放在事前省得檢點又省得悔吝肯把急迫心放在閒時省得差錯又省得牽掛大率我輩不是事累心乃是心累心一謹之不能而謹無益之謹一勤之不能而勤無及之勤於此心信若而於事反不謹恃恍甚矣

黃陶蓀曰漢侯霸欲友王丹霸子昆丹下車拜丹答拜霸子曰大人方願交敬奈何拜小子丹曰君房有是言丹未許也魏張逸與其護軍武周有隙既判史溫恢求交胡質質辭以疾逸遇質問其故質曰古人之交多取知其不貪再敗知其不怯聞流言不信是以可終武伯南身為雅士往者將軍稱之不置而今以睚眦成隙如質才薄豈能終好古人慎交不輕許與如此

又曰魏陳元方在東郡賣小宅家人將就值矣元方曰此宅甚好但無出水處耳買者因辭不買晉庾亮所乘馬的顱殷浩以為不利主勸賣之亮曰安可以己所不安而移於人乎宋司馬溫公居西京日令老兵賣所乘馬云此馬夏來有肺病若售者須先語之老兵笑其拙嘻此即釋氏所謂直心道場也

又曰司馬文正公嘗曰光自結髮以來實不敢錙銖妄取於人以取之也廉則其施之人也必斬亦其理宜也今日士大夫服御華侈交際稠疊既不能繼而取諸非分以益之於是名節掃地矣攻若食淡自是吾輩本色其他則拚人嫌怪可耳

又曰周茂叔為合州判官部使者趙抃惑於譖言臨之甚威茂叔處之超然通判虔州抃守虔熟視其所為乃大悟執其手曰吾幾失君矣韓魏公知揚州王荊公為簽判每讀書達旦略假寐日已高亟上府多不及盥漱魏公意其夜飲放逸一日從容謂曰君年少毋廢書不可自棄荊公不答退而言曰韓公非知我者故熙甯日錄中短魏公為多每曰魏公形相好耳作畫虎圖詩詆之及魏公薨作挽詩猶不忘少年之語夫趙韓皆當世賢者始猶失之二公人固未易知也乃一則臨之以威而猶超然一則勸之以學而遂為憾度量相越如是蓋涵蓄深沉此濂溪之所以自得也剛褊躁露此荊公之所以速敗也

又曰范文正公讀書南都時留守有子居學見公食粥歸告其父以廚食饋公既而悉已敗矣留守子曰大人聞公清苦故遺以食物而不下筯得非以相浼為罪乎公謝曰非不感厚意但食粥安之已久今遽享盛饌後日豈能啗此粥乎石徂徠介讀

書南都時侍郎王濟聞其困窮用俾以盤餐卻而不受曰今日固好明日如何大此二賢者使繼得人餽可以不乏矣食則從之乎士非可受無功之食以口腹累人君子所不居也二賢之意蓋有在矣

又曰趙康靖公口未嘗言人短與歐陽文忠公同知制誥復同秉政及文忠被謗康靖密申辨理至欲納生平誥敕而文忠不知也范景仁與趙閱道同為御史以論公事有隙熙甯中介甫執政恨景仁數毀之於上且曰陛下問趙抃知其為人他日上問閱道對曰忠臣上曰卿何由知其忠對曰嘉祐初仁宗違豫鎮首請立皇嗣以安社稷豈非忠乎既退介甫謂閱道曰公不與景仁有隙乎閱道曰不敢以私害公夫為德於人而必使人知之與必施諸其所嘗受德之人淺淺之乎為丈夫耳古人於君父之前進退榮辱之際而能平心愛惡若此真學道之功也

又曰宋大觀中有爲繁者嘗語人曰予始者日行一利人事嗣後或二或三或數四或十餘積十餘年未嘗少廢問何以為利人事繁指座下兒杌曰此物置之不正則蹶人兒子為正之若人渴時與杯水皆利人事也但隨其事而利之上自卿相下至乞丐皆可以為唯在乎常久而已按此即儒者之仁術釋氏之方便隨時可行隨人可行隨地可行但不宜以此望報耳望報則與世俗無異矣

呂新吾曰與禽獸奚擇於禽獸何難此是孟子大排遣初愛敬人時就安排這念頭再不生氣余因擴充排遣橫逆之法又有十焉一曰與小人處進德之資也彼侮慢甚我忍愈堅於我奚損哉詩曰他山之石可以攻玉二曰不遇小人不足以驗我之量書曰有容德乃大三曰彼橫逆者至於自反而忠猶不得免其人之頑悖甚矣一與之校必起禍端兵法云求而不得者挑也無應四曰始愛敬矣又自反而仁禮且忠矣我理益直我道益尊其卒也乃不怨於一逞以掩舊善而與彼分惡智者不爲太史公曰無棄前修而崇新過五曰是非之心人皆有之彼固自昧其天而責我無已公論自明可付之不辯古人云桃李無言下自成蹊六曰自反無闕彼欲難盈安心以待之緘口以聽之彼計必窮兵志曰不應不動敵將自靜七曰可避則避之如太王之去邠可下則下之如韓信之胯下古人云身愈詘道愈尊又曰終身讓路不失一段八曰付之天天道有知知我者其天乎詩曰投畀有昊九曰委之命人生相與或順或忤或合或離或睽之而親或厚之而疑或偶遭而解或久搆而危當乎公將出而遇臧倉司馬牛為弟子而有桓魋豈非命耶十曰外甯必有內憂小人侵陵

必懼患防危長慮卻顧而不敢侈然有肆心則百禍潛消孟子曰出則無敵國外患者國恒亡三自反後君子之存心猶如此彼愛人不親禮人不答而遽怨與夫不愛人不敬人而望人之愛敬己其去橫逆能幾何哉

又曰伯夷見冠不正望望然去之何不告之使正柳下惠見袒裼裸裎而由由與偕何不告之使衣此孟子所以云君子不由也

又曰君子與小人共事必敗君子與君子共事亦未必無敗何者意見不同也今有仁者義者禮者智者信者五人共一事五相濟則事無不成五有主則事無不敗仁者欲寬義者欲嚴智者欲巧信者欲實禮者欲文事何以成此無他自是之心勝而相持之勢均也歷觀往事每有以意見相爭至亡人國家釀成禍變而不顧君子之罪大矣然則何如曰勢不可均勢均則不相下勢均則無忌憚而行其胸臆三軍之士卒伍獻計偏裨謀議主將定斷何意見之敢爭然則吾天下之事亦在乎通者當權而已

又曰人到無所顧惜時君父之尊不能使之嚴鼎鑊之威不能使之懼千言萬語不能使之喻雖聖賢亦無如之何聖人知其然也每養其體面體其情私而不使至於無所顧惜則所全多矣

又曰聖賢處世離一溫厚不得故曰親民曰泛愛曰愛人曰容衆曰和而不同曰和而不流曰羣而不黨曰周而不比曰豈弟曰樂只若冷落難親便是世上一木物耶使持正守方獨立不苟亦非輔世長民之才也

朱竹垞彝尊與友書云比聞足下授徒某氏主人有音樂之好歌板師食單豐於書塾忍辭之隨弟以為不足介意也易曰君子以類族辨物物各有族在人類而辨之君子惟自審其分斯無不自得矣娶妻而納采儷皮純帛可也至買妾有費百金者若落營妓之籍非千金不可其流愈下其直愈高歌板師食單之豐譬之以魚飼貍以肉餵犬於足下何損焉孟子有言飲食之人則人賤之足下若以此引去不知者將以為飲食之人矣其可哉

顧亭林炎武曰君子將立言以垂後則與平時之接物者不同孔子之於陽貨蓋以大夫之禮待之而其作春秋則書曰盜又嘗過楚見昭王當其問答自必稱之為王而作春秋則書楚子軫卒黜其王削其葬其從衆而稱之也不以為阿其特書而黜之也不以為亢此所以為聖之時也孟子曰庸敬在兄斯須之敬在鄉人今人欲以

一日之周旋而施諸久遠之文字無乃不知春秋之義乎

申鳧盟涵光荊園小語云士君子所至務使人人因我而樂勿使人人因我而不樂因我而樂則視我如景星慶雲因我而不樂則視我如疾風苦雨黃香石曰此邵堯夫所以可愛非澳涊隨俗之謂也

吉人道集中應物一門最多格言名論如云自家猶不能快自家意如何要他人盡快我意　又云以件事為明使駁駁入於逆詐億不信此念是刻薄關　又云凡事必看其理如何不要看其人是誰　又云凡遇不得意事試取其更甚者譬之心次自然和平　又云言人過於君子之前何益言人過於小人之前有禍　又云以耐事了天下之多事以無心消天下之有心　又云待富貴人不難有禮而難有體待貧賤人不難有恩而難有禮　又云富貴人宜學寬聰明人宜學厚　又云凡稠人中不可議人短長必有親厚者　又云盛喜中勿許人物盛怒中勿答人簡　又云士大夫不可無憂國之心不可有憂國之言言發於外人以為謗矣不可無濟物之志不可有濟物之名名彰於外求之者衆矣　又云士人處世當使人討其不來毋使人厭其不去　又云人之病在好談其所長此等語皆至為簡切足以動人所謂吉人之詞也

魏叔子日錄裏言中所論待人諸條有極警醒者如云事後論人局外論人是學者大病事後論人每將知人說得極愚局外論人每將難事說得極易二者皆從不忠不恕中出蓋事後則其人之首尾盡露局外則其人之四面皆見但須從他設身從事裏局中想耳　又云嘲戲人自是惡事尤不可入一二莊語莊語則戲者皆真每令人恨若規人過失不可入一二戲語戲語則真者皆戲每令人玩失規人之旨矣　又云施恩之道有二一曰使己可繼常人喜於見恩盡情施去不計後日不給恩裏成怨者有之然不可執可繼一語做成出內之吝如果大處急處不求可繼可也一曰使人可勸常人輕於用恩或多寡不中節或緩急不中時或輕重不中人故財竭而人不蒙利賞數而人不見榮然不可因可勸一語做成好行小惠或抑人以揚己或巧施以望報則人心不平天道亦忌之矣　又云最不可輕易疑人今如誤打罵人人可回手回口若誤疑人則此人一舉一動我有十分揣摩彼無一毫覺寬誣那得申時此逆億所以為薄道也　又云處財一分定要十釐便是刻與人一事一語定要相報便是刻治罪應十杖定一杖不饒便是刻處親屬道理上定要論曲

直使是刻。刻者不留有餘之謂。過此則慈矣。或疑親屬中如何使不論曲直。曰若必論曲直。豈不與路人等乎。

鄭半人珠曰。孟子言儉者不奪人。非謂儉而後可以不奪人。亦非謂不奪人故不得不儉也。先儒以禮下為賢君之恭。以取於民有制。為賢君之儉。則直是不奪人名儉而已矣。今天下之言儉者曰。吾甘清苦。省交際。然後可以無求於人。否則當今民窮財匱。求人實難。非節嗇慳鄙。則恐無以為生。若此者。人皆許之曰儉。由吾思之。此其意直欲奪人。其不奪也。直無待於奪而後不奪。或奪之終不能奪而後不奪耳。夫古之人。必以其廉於取者言儉。今之人第以其吝於與者言儉。則是使人好利之念。而關天下以刻薄寡恩。莫儉若也。豈孟子之所謂儉哉。

謙固受益。然謙不中禮。則所損亦多。在上者有不中禮之謙。必至於亂名分。紊紀綱。在下者有不中禮之謙。必至於取賤辱。喪氣節。故聖人明告人以恭而無禮則勞。又曰。巧言令色足恭。某亦恥之。

紀文達師曰。門人桐城耿守愚。狷介自好。而喜與人爭禮數。余嘗與論此事曰。儒者每盛氣凌轢。以邀人敬。謂之自重。不知重與不重。視所自為。苟道德無愧於聖賢。雖王侯擁篲不能榮。雖胥靡版築不能辱。可貴者在我。則在外者不足計耳。如必以在外為重輕。是待人敬我。我乃榮。人不敬我。我即辱。輿臺僕妾。皆可操我之榮辱。毋乃自視太輕歟。守愚曰。公生長富貴。故持論如斯。寒士不貧賤驕人。則崖岸不立。益為人所賤矣。余曰。此田子方之言。朱子已駁之。其為客氣不待辨。即就其說而論。亦謂道德本重。不以貧賤而自屈。非毫無道德。但貧賤即可驕人也。信如君言。則乞丐較君為更貧。奴隸較君為更賤。群起而驕君。君亦謂之能立品乎。先師陳白崖先生手書一聯於書室曰。事能知足心常愜。人到無求品自高。斯真探本之論矣。

海甯陳文勤公言。昔在人家遇扶乩降壇者。安溪李文貞公也。公拜問涉世之道。文貞判曰。得意時毋太快意。失意時毋太快口。則永保終吉。公終身誦之。嘗誨門人曰。得意時毋太快意。稍知利害者能之。失意時毋太快口。則賢者或未能。夫快口豈特怨尤哉。失然不覺。故作曠達之語。其招禍甚於怨尤也。

楊忠愍繼盛訓子云。凡與人相處。第一要謙恭誠實。同人作事。勿辭勞苦偷安。同人飲食。勿貪多不讓。同人行路。勿棄伴不顧。同人寢臥。勿佔好床席。寧讓人。勿使人讓我。寧容人。勿使人容我。寧喫人虧。勿使人喫我虧。寧受人氣。勿使人受我氣。人有恩於我。則終身不忘。人有仇於我。則終身不記。見人之善。則稱揚不已。聞人之惡。則絕口不言。覺人之詐。防之而不宣諸口。有人向汝說某人感汝之恩。則曰他有恩於我。我無恩於他。則感者聞之。其感益深。有人向汝說某人訕謗汝。則曰他與我最相好。則恨者聞之。其怨自解。汝不如人。則恭敬而求教。不可掩飾護短。人不如汝。則謙和而遜讓。不可鄙薄逞長。則無怨尤矣。按公忠義之氣。直薄雲霄。而體會人情。乃復如此。蓋真君子。未有不躬自厚而薄責於人者也。

凡論人。當於有過中求無過。不當於無過中求有過。昔邵伯溫讀文中子。至諸葛武侯無死。禮樂其可興乎。因著論駁之。以為孔明雖不死。未必能興禮樂。康節見之怒曰。使汝如武侯。尚不可妄論。何況萬萬不及乎古人。立心忠厚。雖論古亦不輕易。如此。其於同時人可知矣。猶憶余十五六歲時。輒詆林西仲之古文析義。方伯海之文選集成。浦二田之讀杜心解。為兔園冊。先大夫痛斥之曰。待汝將古文析義中文字篇篇熟在胸中。又將文選杜詩皆全部熟讀。尚未可輕議前人。何況汝萬萬不能。而先學此輕薄言訣。何濟於事。余為惕然汗下。至今思之。猶有餘慙也。

所貴乎友者。固在乎過惡。而亦在乎揚善。昔子路問於孔子曰。今有人躬耕竭力以養其父母。甘旨未嘗有缺。而孝名不彰者。何也。子曰。或者其心之不誠歟。辭之不順歟。色之不悅歟。若三者不關。而名不彰者。則友不為宣之也。夫人雖有烏獲之力。不能自舉其身。非力之少。勢不能也。故內行不修。則身之罪也。內行已修而名不彰者。則友之罪也。友也者。所以過惡揚善而成其名者也。按古今之論友道者。皆主切偲。然必兼此說而義乃備。故太史公亦云。懷才抱奇之士。非附青雲之友。烏能施聲名於後世哉。

里諺有仁義莫交財。交財仁義絕之語。雖是為下等人說法。實痛切乎其言之也。凡交際不能免交財。但總以分明為要義。昔管仲分財多自與。而鮑叔不以為貪。人多援此藉口。然必有管仲之才。而適逢鮑叔之識。方克全交。否則鮮有不招嫌隙矣。劉向說苑云。上士可以託色。中士可以託辭。下士可以託財。可託財者。僅屬下士。然則不可託財者。是下士之不若矣。豈非恥哉。

魏叔子曰。人以涉世為涉世。故委曲周旋。輒生厭苦。不知涉世處即是自己做學問處。如涉世要周詳。學問中原不可疏略。要謹慎。學問中原不可放肆。要謙和。學問中原不可疏傲。若能體認此理。自不見世情可厭惡處。即日在委曲周旋中。亦不見煩勞矣。余自外官所歷，皆極煩劇衝要之區，過客如織，每以應接為苦。嘗見任城節相孫寄圃公玉庭，終日款客不疲，心竊疑之。公曰：我辦事只在朝夕，常極紛煩之極，其中間款客，正藉以為將息之地，故轉不覺其苦。後謁襄平節相蔣礪堂公攸銛，亦曰：坐披案牘，靜象也，而必受之以動，否則昏沈欲睡矣。日勤接物，動象也，而必受之以靜，否則內外交疲矣。此皆閱歷有得之言，然尚不如魏叔子之歸於學問，為有味也。

梁憺宵士宏曰：人有一點之怨於我，我必欲報，而曾不思人欲報我之怨者，不知其幾也。我有一點之恩於人，便欲人報我，而豈不思我未報人之恩，不知其幾也。按人能常體會此言，自可以收懲忿窒慾之益。凡可以招人之怨者，皆不肯為；凡可以受人之恩者，益知所慎矣。

方靈皋苞曰：古無奴婢，事父兄者子弟也，事舅姑者子婦也，事長官者屬吏也。惟盜賊之子女，乃為罪隸而役於官，如後世官賜奴婢，亦以罪役耳。戰國秦漢以後，平民始得相買為奴，然寒素儒生，必父母篤老，子婦多事，然後購僕賃媼以助奉養。金陵之俗，中家以上，婦不主中饋，事舅姑而飲食必精，然遊惰使縫紉補綴，皆取辦於工，仍坐役僕婦及婢女數人，少者亦一二人，婦安焉，子順焉，蓋以母之道奉其妻，而有

過矣。余幼見農家婦耕耘樵蘇，佐男子力作，時雨降，脫履就功，形骸若鳥獸，然遭亂離焚剽，則常泰然無虞，蓋其色不足貪也。家無積貨可羨也，而刦辱紛虜，斬刈無遺者，則皆通都大邑縉紳富室之子女也。人事之感召，天道之乘除，蓋有確然不可易者矣。吾家寒素，澣衣粗食，頗能內外共之，而婦人必求婢女，猶染金陵積習，吾甚懼焉，恐不幸而言之中也。

邱秀瑞嘉穗曰：天下之窮而無告者，莫如鰥寡孤獨，然此四民者，即不幸猶不必其相兼，而其無妻無夫無子者，亦皆至於垂老而後廢，非窮於人，實窮於天也。若如今人以奴若婢而制之終身，使不得配偶，則是始而孤，繼而鰥且寡，而終以為獨，以一人之身，備歷其窮，而又非天之所為使也，悲夫悲夫！竊謂今日居民上者，宜設為厲禁，令奴婢年二十以上，皆為配偶，然後得役，否則奴聽其自去之，毋得責以贖身；婢聽其適人，薄給本主之財禮。如是而不之聽，許奴婢自陳於官，而約長為之舉首，則有常刑；有隱蔽者，亦坐之以法。然後內無怨女，外無曠夫，咸得以自遂其生於天地之間，而為本主者，亦不至肆為刻薄賊人之子以干神怒，召天災，其亦中和位育之一助也已。

陶南村宗儀輟耕錄云：許魯齋先生在中書日，命牙儈僱一僕，選一能應對嫻禮節者進。御之曰：特欲老實耳。復須一蓬首垢面愚騃之人來，遂用之。儈請其故，先生曰：諺云：馬騎上等馬，牛用中等牛，人使下等人。馬上等能致遠，牛中等良善，人下等易馴，若其聰明過我，則我反為所使矣。即如司馬溫公家一僕，三十年止稱君實秀才，蘇子瞻來謁，聞而教之，明日改稱大參相公。公驚問，以實告。公曰：好一僕，被蘇東坡教壞了。蔣礪堂節相每語人曰：京官不必擇僕，若外官則才勝於我者，斷不可用，亦此意也。

凡驟遇非常之人，必須有定識定力。昔蘇文忠公官某地，晦夜夢為虎所抵，傍一僧揮袖障之而去。及旦，即遇此僧，揖曰：夜來驚未定乎？公遽令收之，即遁去。此見公之定識定力矣。紀文達師亦言：姚安公在苑家口，遇一僧合掌作禮，曰：相別七十三年矣，相見不一齋乎？適旅舍所賣皆素食，因與共飯，問其年，解囊出一度牒，乃前明成化二年所給，問師傳此幾代矣，遽納之囊中，曰：公疑我，我不必再言。食未畢而去。公嘗曰：士大夫好奇，往往為此輩所誤，即真仙真佛，吾寧交臂失之。此亦蘇文忠識力也。

孟瓶菴師曰：一人朝夕饘粥，月得一金，直錢一千，可以不饑，省一僕之食并工資，計之，歲可育二人。省一美衣之費，歲可育一人。省年節慶賀之費五六次，歲可育一人。省宴會之費五六次，歲可育一人。即此可以類推。然此乃僕窮措大打算耳，若有力者，省得一事，便可周給數十人也。　又曰：我輩力不能濟人，却須為人所倚賴，斗粟尺布，皆可以自盡其心。　又曰：以喜慶事來求助者，不妨從省；喪葬事必須從厚。孔子脫驂，非力有餘者也。　又曰：先君子一生嚴毅，而僕婢亦能知恩，不肯煩事周旋，而戚友猶多未諒。此葉福清所謂自順生平，不如祖父遠甚者也。

魏叔子師友行業議云：師者師其德，友者友其義，以德義為名分，故兄弟子孫行業，非如族姓姻戚之有一定可遞推也。古者師友無服，義無一定，故不可以制服，知服之不可制，則知行輩之不可遞推，為合禮義矣。請言其例：德業之師，以父道事之，師之父尊其稱曰祖，師之妻尊其稱曰母，此名之不可殺者也。至所以事之之禮，則不盡如祖與母也。其父有名德，而妻賢篤且長，以祖與母事之可也，不然，則奉以名焉可已。師之至親伯叔兄弟，儼然為子弟，吾不可以雁行也，非名德宜自居於後。退師之弟，學與齒可雁行則雁行之矣。曰：師伯叔者，俗人之稱也，何也？師之弟有可以為

吾弟子者則分非一定也師之子以兄弟禮之常也然師有以門人為其子師者故學與齒相去也遠而師視其門人如至友則師之子可事以父執有初友而後為師弟者有本為師弟而情義實如膠友者師之子服生隨行拜跪當如通家子禮但以伯叔姪稱呼則不可以先後輩可也漢昭烈謂後主汝事丞相從事當如事父是君臣且然矣同立一師之門有先輩焉有後輩焉其禮不可班也父與子師與門人可共進而師一人門人之子於師之子為後進常也學與齒可雁行則雁行之矣故曰師也者師其德友也者友其義非德非義苟非名分之必不可移則不可以遽推吾友之子以吾為父執不可移者也故友之孫視吾子為前輩常也而齒與學相等則雁行可也友之子與吾子不徒以通家為兄弟而自為兄弟其孫與吾子雖齒學等而雁行不可也友之中有可以兄視其父而弟視其子者父友之子亦友之古人所謂羣紀之間也交親如兄弟者則不可必視其始交或父其子或子其子不可移也此其大較也父之友或視為兄弟或同齒同學出入同友善則皆可以伯叔禮之今夫伯叔之服自期至緦以下其親疎固有殺也故父之友有事之如親伯叔父者有如從再從以下者有僅奉之以其名者余少於前輩甚重伯叔之名或不得已始與禮焉而心慚則過也

古人見通家尊長有八拜之禮北窗炙輠錄載張安道年德俱高有孫廷嗣為鄆郡倅一日往拜公公曰某已受君家拜四世矣且可六拜廷嗣既拜而起乃撫之如子姪然前輩受拜各自不同呂原明言歐公有故人子來拜者但平受初不辭讓荊公溫公始答拜至與其人通寒溫敘父兄交契訖再拜始不答如此則受半禮矣關子開于東兄弟見米元章元章曰吾家先長官不棄不敢答拜遂平受八拜前輩受拜之禮不同如此以予意觀之荊公溫公最為中制云云按此禮不可行於今久矣然分居卑幼者正不可不知此理也

凡朋友契濶之餘必藉尺書以通情款嘗見有深交密契一分手而音問缺如者非必其忍也語長心鄭重勢必艱於下筆乃至因循愆久則愈難發付以迄於無者昔歐陽公有一書與富文忠公責其久不寄書云彥國自西歸於今已逾月無由一致書蓋相別後患一大疽為苦久不暇求西人行者然亦時時有客自西來獨怪彥國了無一書又疑其人不的於段氏僕夫來致幾道書此人最的宜有書又無然後果可怪也始與足下別時庶幾望俞語雖書者於朋友間不以疏數為厚薄然既不得羣居相笑語盡心有此猶足以通相思知動靜是不可忽苟不能具寸紙數行亦可易致則可頻致猶將都不致也當時相顧切切安約如此謂今別後宜馬朝西而書夕東也不意足下自執牛耳登壇先插降壇而吐之何耶生平與足下語豈欲力行者事何限此尺寸紙為俗累牽之尚不能勉強向所云云使僕何望哉洛陽去京為僻遠孰與絳之去京師也今尚爾至絳又可知矣自相別後非見聖俞無可語者豈得足下一書不翅饑渴故不得不切切也此書非特曲盡情事而當時朋友真切之意亦可風矣

名束稱謂京官有舊式可循外官有憲綱可守不容率意為之凡仕籍進士舉貢生監謁太守以上官俱應手板直書進士某舉人某惟五品以上之封翁及各衙門幕友可用名束稱晚生余官吳中時有部下士以後進小生名束進謁者余嘗面斥之冬夜箋記載明人往來名刺親戚則寫眷世交則寫通家年誼則寫年家後則無論有無科第俱寫年家矣分甘餘話又載順治中社事盛行京師往來投刺無不稱社稱盟者楊雍建疏言之部議飭禁遂止不行近則無不用年家眷三字矣有人戲為詞曰也不論醫官道官也不論兩廣四川但通名一概年家眷按今惟翰林前後輩交拜通用年家眷字外省則大府拜知府以下屬員間用年家眷弟字此外則多從簡從諒若率意為之鮮不貽笑柄者矣明人小說載正德中一大臣謁劉瑾刺稱門下小廝嘉靖中一儀部謁翊國公刺稱渺渺小學生又有自稱將進僕神交小子木面門生者

翰林名束例用大字而過大則有倨侮之譏湧幢小品云翰林字大幾與亞卿等余在姚畫溪公家見公座主王槐野單名帖稱友生字僅蠅頭是科甲辰會元瞿文懿亦有單帖稱年侍生與槐野字略相等可見前輩謹樸據此則嘉靖以前尚不用大字也按前明言字大不過云幾等亞卿而今則有過於正卿上公者近有新庶常來謁名片每字將方寸半余篋中適存曾偶笙太傅及英煦齋師舊名片較新庶常字尚縮小十分之三因憶湧幢小品中又載臧方王偉明一御史名片云諸葛大名垂宇宙今人名大欲如何後王偉晉兵部侍郎有客賀曰大名今屬公矣又自嘲諸葛大名非用墨清高二字薦千秋如今一紙糊塗帳滿面松烟不識羞後二語正堪為今人寫照也詞林典故載事書來大學士自簡端書起事院以下以次遞降遂及庶常大約於束之中半高數指寫起然自余入京都所見大學士來並無自簡端書起者大約皆就中半高一二指

茶餘客話云舊時翰詹編檢以上於中堂吏部尚書兩處投刺稱晚生於五部尚書左都總督稱侍生侍郎巡撫以下則否以余所見庚午辛未以前猶守此規嗣是則

於侍郎巡撫稱侍矣，殺於尚書總督稱晩矣，近者又有於三品京卿稱侍者矣。虎坊雜識云，翰林拜前輩用白柬，或謂自明張江陵掌院始，時方奔情起用也。此不知出於何書。又嘗聞謝薌泉前輩振定言，凡編檢拜庶常前輩，因散館改官者，即改用紅柬，惟後官至內閣學士及布政使者，則仍用白柬，謂之還魂。此語亦不知何所本，俟更考之。

今人與人往來書函，以署名爲敬，稱字爲簡是也。然在古人卻不甚拘，古人凡相與言，及書帖詩文中，多自稱其字，不定稱名。顧亭林日知錄歷舉十餘事爲證，而不止乎此也。伊尹名摯而自稱尹躬，見禮緇衣。衛將軍文子名木而自稱彌牟，見禮檀弓。祭公自稱謀父，韋昭以謀父爲祭公字。見周書。項籍自稱羽，見史記項本紀。狐偃自稱犯，見史記晉世家。閔貢自稱仲叔，見後漢書八十三。此自古人之脫略，今人不宜效之。詩李伯瑤君父之前自名，朋友之接自字。滿洲書名，多不繫姓，今公私稱謂書札往來，皆但取首一字，此固有所本也。白香山代朱忠亮答吐蕃東道節度使論結都離稱論公麾下，虞道園正心堂記稱忙哥帖木耳爲忙溪，近接竹汀金石文跋尾續載至正二十二年嘉定州重建儒學記稱鐵穆爾普華爲鐵侯，蓋截取首一字以代姓，而其本姓自在，乃今人竟以首字爲姓，而以其下數字爲名，仿漢人單稱名之例，如論結都離稱結都離，忙哥帖木耳稱哥帖木耳，則於文理不可通矣。此滿洲人所了然於心，而漢人多不解其故，所當正告之也。

今人動言老人有十反，初以爲流俗之論，而不知其起於宋人。周子充必大二老堂詩話云，郭功父嘗言老人有十拗，謂不記近事，記得遠事，不能近視，能遠視，哭無淚，笑有淚，夜不睡，日睡，不肯坐，多好行，不肯食軟，要食硬，兒子不惜，惜孫子，大事不事，碎事絮，少飲酒，多飲茶，暖不出，寒即出也。憶孟瓶菴師瓜棚避暑錄中，亦載有數事，如魏志王肅傳評云，王肅亮直多聞，劉寔以爲肅方於事上，而好下佞己，一反也；性嗜榮貴，而不求苟合，二反也；吝惜財物，而治身不穢，三反也。世說郗超有三反，方於事上，而好下佞己，一也；治身清貞，大修計較，二也；自好讀書，憎人學問，三也。唐詩紀事云，李嶠有三戾，性好榮遷，憎人陞遷，好文章，憎人才華，性貪濁，憎人受賂，此皆性有所偏，瑕瑜不掩者也。若東坡論徐仲車云，仲車之獨行，於陵仲子不能過，然其詩文則怪而放，此一反也；耳聵甚，畫地爲字始通，終日面壁，不與人接，而四方事無不周知，此二反也。明楊文懿語徐唐事云，平昔才無半斗，而喜作文，飲不數合，而樂與客談，行不能里許，而好遊。近見龔進士景瀚爲其考序齋先生作行狀，述雲南驛鹽道沈公榮昌之言曰，汝父一生有三反，慷慨喜功名，而恥干謁，下於己者煦煦相歡暱，而不喜事權貴人，用財如泥沙，不計有無，而錙銖之入，動色相戒，如是之反，又何礙其爲正人君子哉。

退庵隨筆卷二終

退庵隨筆卷三

清　福州梁章鉅茝林編

勸學

士大夫不說學賢關繫家國之盛衰昔人言不殖將落原氏所以先亡數典忘祖籍父所以無後董昭謂當今年少不復以學問爲本專以交遊爲業曹魏所以不永也史洪肇數但事長槍大劍安用毛錐乾祐所以失國也蔡京禁人讀史以通鑑爲元祐學術宣和所以速禍也學不學之分顧不重哉

聖人以身教人不過曰好古曰好學曰不如學其屢稱顔子亦不過稱其好學而顔子之好學不謂其能讀三墳五典亦祇稱其不遷怒不貳過而已可知聖人之教莫切於好學而好學之要莫重於變化氣質也

呂氏春秋尊師云子張魯之鄙家也顔涿聚梁父之大盜也學於孔子段干木晉國之大駔也學於子夏高何縣子石齊國之暴者也指於鄉曲學於子墨子索盧參東方之巨狡也學於禽滑釐此六人者刑戮死辱之人也今非徒免於刑戮死辱由此爲天下名士顯人以終其壽王公大人從而禮之此得之學者也

荀子解蔽云人心譬如槃水正錯而勿動則湛濁在下而清明在上則足以見鬚眉而察理矣微風過之湛濁動乎下清明亂於上則不可以得大形之正也心亦如是矣故導之以理養之以清物莫之傾則足以定是非決嫌疑矣小物引之則其正外易其心内傾則不足以決庶理矣故好書者衆矣而蒼頡獨傳者壹也好稼者多矣而后稷獨傳者壹也好樂者衆矣而夔獨傳者壹也好義者衆矣而舜獨傳者壹也倕作弓浮游作矢而羿精於射奚仲作車乘杜作乘馬而造父精於御自古及今未有兩而能精者也按荀子之言見道之言也不第爲治經之士言之治經者能守此言六經不憂通矣而況能進於是乎

夫子十五志學便是志到從心不踰矩地步二程子十四五歲時便脫然欲學聖人便是要學到後來二程地步立志成德一以貫之然必下學方能上達又須步步踏着階梯得尺則尺得寸則寸若朱子言陸子靜門徒仰視霄漢此則後學所當戒矣

黃眘石曰諸葛武侯生漢末與盧鄭同世正當攷據盛行之時而讀書獨觀大意此所以爲王佐才攷據之學雖足名家而致遠恐泥故君子不爲也唐鄴軒寅亮曰考據之學最後者勝則有鑒於脉葛者而以諸語斷之耳

學問之道惟虛受益虛則益明明則益虛益虛則好義便可到明明則眞知自然服善泰州王心齋二十餘歲時王陽明已爲督撫心齋見之抗賓主禮談三日而心齋服四拜爲師後數日心齋又不服陽明於是還之四拜仍爲賓主後心齋又大服乃復拜爲師昔王荊公見司馬君實爲人作墓志語多譏切新法人謂司馬禍且不測荊公乃以粘於屏風歎美不已曰此西漢之文也荊公與陽明皆有性氣的人而其虛公之心尚如此後之學者其可拒人以自封乎

讀書必以細心爲主蘇子容聞人語故事必檢出處蘇文忠每有撰著雖目前事率令少章叔黨諸人檢視而後出明代人讀書多不細便大害事王陽明爲王守溪作傳最表章他的性說性說中引孔子語云心之神明謂之性以爲吾止以孔子爲斷不知原文乃謂之聖非謂之性也記不確又不去查落筆便成笑話明道因濂溪教他尋孔顔樂處晚年欲作樂書朱子嘗笑云不知樂如何作書謂樂在心作不得書耳性理中載此語恐人讀作禮樂之樂乃於樂字下旁注洛字書生不看小注於問樂處往往答云明道嘗欲作書是讀爲禮樂之樂矣常州錢啟辛又錯以旁注洛字爲正文因費許多心力著一部洛書皆畫作龜文繫之以詞以竟明道未竟之志豈非說夢此殊有關係非止文義少差而已

程伊川先生曰今農夫祁寒暑雨深耕易耨播種五穀吾得而食之百工技藝作爲器物吾得而用之介胄之士披堅執銳以守土宇吾得而安之無功德及人而浪度歲月晏然爲天地間一蠹惟綴緝聖人遺書庶有補耳

李二曲曰今人初學之日便是志穀之日揣摩帖括刻意雕繪疲精竭神窮年累月無非爲穀而然此外無志故此外無學夫惟此外無志是以修己務實之儒世不多見以致修己務實之業無人講求士習日卑士風日壞病正坐此可勝嘆哉

嘉興王惺齋家訓云一日之内必有當務之業聚談者頃刻而可以周乎四海之遠其端又相引而不窮若非執業之確有其方其惱心逸志爲害於學問之實功者非淺也蘇齋師謂今之學者詳於六合之外而略于耳目之前讀惺齋之言庶幾日奉程朱之正學講韓歐之文字或如游子之識其家乎

荊園小語云學問以先入爲主故立志欲高如文必秦漢字必鍾王詩必盛唐之類骨氣已成然後順流而下自能成家若入手便學近代欲逆流而上難矣

黃陶菴曰朱子誨門人聖賢言語只在仔細看別無術又云書只貴熟讀別無法又

云。法在讀了一遍。又思量一遍。思量一遍。又讀一遍。先儒讀法如此。向見一書載張安道問蘇明允與子瞻方讀何書。答云。方溫漢書。安道驚曰。書要讀第二遍耶。初以爲安道自矜敏捷耳。今思之。殊不然。蓋古人讀第一遍時。必須精熟。此書未熟。更不讀他書。不待他日又溫也。他日坡公有云。故書不厭百回讀。熟讀深思子自知。則豈止讀第二遍耶。司馬溫公嘗言。學者讀書。少能自卷首讀至卷尾。往往從中。或從末隨意讀起。又多不能終篇。光性最專。猶患如此。從來唯見何涉學士案上唯置一書。讀之自首至尾。正錯較字。以至終篇。未終。誓不他讀。此學者所難。溫公所言。正安道所謂一遍。

吾鄉李文貞公光地曰。天下繁星。萬有一千五百二十。若湊起來。比月還大。只因月是團圞一物。所以月光比星大別。又如百十燈火因散開了。反不如一火把之光。昔有人力格數人。問之。渠云。力兼二人。便敵得十人。兼三四人。則三四十人不足道也。讀書之法亦是如此。能將所讀之書湊成一堆。自能得力。此即孟子將博反約之旨。荀子云。合三十五人之智。智於堯禹。只平常人合湊起來。便比得堯禹。而堯禹不多見者。以其散爲二十五人也。

又曰。看書須逐條想過一徧。不但爲書。且將此心磨得可用。不然。遇大事。此心用不入。便做不來。凡看書但經用過心。不獨悟過好。即疑過亦好。不但記得好。就不記得亦好。中有箇根子。便有時會發動。

又曰。某向作學而時習之文。有友爲塗乙數次。某皆即時改定。每改一次。畢竟覺得好些。最後復問之。曰。尚有宜改處否。曰。似宜拈出性字。蓋時習說朋來樂。凡學皆是如此。從出性字。乃是吾儒之學。故注曰。人性皆善。又曰。復其初。拈出此字。則次節以善及人。三節成德之名。皆有着落。如此議論。實爲精透。然非再四講切。不聞此義矣。

又曰。讀書千徧。其義自見。某初讀參同契了無入處。用此法試之。熟後遂見得其中自有條理。初讀大司樂亦然。用此法又有入處。乃知魏伯陽所謂千週萬遍。真丹訣也。今有師表之責者。只糾合有志讀經之人。且不要管他別樣。但教他將一部經一面讀。一面想。用功到千遍。再問他所得便好。

閻百詩若璩。遊邵劉記云。曩在東海公邸夜飲。公云。今晨直起居注。上詢古人言使功不如使過。此語自有出處。當時不能答。予舉宋陳良時使功不如使過論。而中有秦伯用孟明事。但不知此語出何書。越十五年。讀唐書李靖傳。高祖以靖逗留。詔斬之。許紹爲請而免。後率兵破開州蠻。俘擒五千。帝謂左右曰。使功不如使過。果然。謂即出此。又越五年。讀後漢書獨行傳索盧放諫更始使者勿斬太守曰。夫使功者不如使過。章懷注。若秦穆公赦孟明而用之。霸西戎。乃知全出於此。甚矣學問之無窮。而尤不可以無年也。

陸朗夫州曰。科舉之業。自古有之。然伊川嘗曰。人謂某不教人習舉業。某何嘗有是。不習舉業而望及第。是責天而不修人事。但可以得之即已。不必盡力也。一月之中。十日爲舉業。餘日足可爲學。此猶謂宋時舉業。非四書文也。至于近世。則如陸清獻公訓子有云。方作舉業。不能不看時文。然不必十分全力盡用於此。湯文正公訓子云。時文只做七八分便已。不必做到十二分。張清恪公與陳宮詹書曰。今日役役於舉業者。未必中。讀先儒之書者。未必不中。三公皆　本朝大儒。而其言亦無不與程子合矣。

虎坊雜識云。人有全神赴於舉業。終身以之者。必自命爲發憤有志者也。然自有識者觀之。則仍謂之自暴自棄。按此種人亦自可憐。所憐者其舉業亦無成耳。若科第到手之後。導之發憤大業。亦未必終於暴棄也。

乾隆十四年。　命大司馬梁詩正捧　御製詩十二本。交沈德潛。令其逐日校閱。嗣閱過四本。先繳進。是日　召見。上云。汝所改幾處。俱依汝。惟覺生寺大鐘歌中。道衍偃被榮將命。汝改榮將爲榮國。自因道衍曾封榮國公也。榮將本黃帝時鑄鐘人。汝偶然誤會耳。然古書讀不盡。有我知而汝不知者。亦有汝知而我不知者。餘八本且盡心校勘。不必依回。仰見　聖學高深。而復沖然善下。實從古帝王所未有。又以見珥筆者流。不容率易。顏之推所謂觀天下書未遍。不得妄下雌黃者。真有味乎言之也。

讀書要有記性。記性難强。要練記性。須用精熟一部書之法。不拘大書小書。能將這部爛熟。字字解得道理透明。諸家記俱能辨其是非高下。此一部便是根。可以觸悟他書。如領兵十萬。一樣看待。便不得一兵之力。如交朋友。全無親疏厚薄。便不得一友之助。領兵必有幾百親丁死士。交友必有一二意氣肝胆。便此外皆可得用。何也。我所親者又有所親。因類相感。無不通徹。只是這部書。卻要實是純粹無疵。有體有用之書。方可。倘熟一部沒要緊的書。便沒用。如領兵卻親待一夥沒用的兵。交友卻親待一夥沒用的友。如何聯屬得他人。若親待得一班作姦犯科及無賴之徒。則更不

可悶矣

文文肅（震孟）曰今世之人心不在軀殼裡如何讀得聖賢之書昔陳烈先生苦無記性一日讀孟子學問之道無他求其放心而已矣忽悟曰我心不曾收得如何記得乃閉門靜坐百餘日以收放心遂一覽無遺

張稷若（爾岐）曰歷城葉奕繩嘗言強記之法云某性甚鈍每讀一書遇意所喜好即劄錄之錄訖乃朗誦十餘遍粘之壁間每日必三十餘段少亦六七段掩卷即就壁間觀所粘錄日三五次以為常務期精熟一字不遺粘壁既滿乃取第一日所粘者收笥中俟再讀有所錄補粘其處隨收隨補歲無曠日一年之中約得千餘段數年之後腹笥漸富每見務為泛覽者略得影響而止稍隔時日便成枵腹不如余之約取而實得云云此真可為困學要法

姜西溟（宸英）曰讀書不須務多但嚴立課程勿使作輟則日累月積所蓄自富歐陽公言孝經論語孟子易尚書詩禮周禮春秋左傳準以中人之資日讀三百字不過四年半可畢稍鈍者減中人之半亦九年可畢東方朔上書自稱十二學書十五學擊劍十六學詩書誦二十二萬言十九學孫吳兵法亦誦二十二萬言凡臣朔固已誦四十四萬言此時朔年二十二自十六學詩書至十八而畢又自十九學兵法至二十一而畢皆作三年課程三年誦二十二萬言每年正得七萬三千三百餘言以一年三百六十日計之則一日纔得二百零三言耳蓋中人稍下之課也夏侯氏作東方先生像贊云經目而誦於口過耳而諳於心其敏給如此今其所自誇大不過中人稍下之課可見古人讀書不苟讀一書必思得此一書之用至於終身守之不失如此雖欲多不得也（一澗復申曰儀禮公羊穀梁傳日讀三百字一年三四月可畢即減半亦不過二年半）

伊顒行先生（元復）吾鄉甯化縣諸生有學行康熙間儀封張清恪公撫閩慕其名將以博學薦令汀州守造廬徵之辭疾不赴所作有蕉桐集余至汀訪之不得僅得其所為讀書說一篇固今日俗學之鍼砭而訓家之矩臬也說曰夫學莫大於經史矣凡鄒魯濂洛之道德帝師王佐之經濟班馬韓歐李杜之文章皆從此出或得其一節而遺其全粹者有之矣曰舍是而別有得焉者未之聞也合九經計之周易程傳本義四百七十五葉尚書蔡傳一百七十四葉詩集注三百三十四葉春秋左氏公羊穀梁胡傳八百一十五葉禮記纂注五百一十五葉論語孟子集注大學中庸章句四百三十四葉共二千八百四十七葉史以資治通鑑為折衷溫公原本胡三省注九

千五百八十六葉仁山前編一千六十六葉續宋元通鑑一千五百四十七葉合國語韋注二百九十七葉戰國策正文三百八十葉史記小司馬注一千九百四十九葉漢書顏師古注二千六百六十九葉甲子會記三百四葉共一萬七千七百九十六葉以一歲日力計之除吉凶慶弔祭祀伏臘外可得三百日每一半治經限三葉以半治史限二十葉閱三年經史俱可訖工此在上智者已自能兼綜條理全貲而王振之上可以登四科之堂下可以奉石渠之對矣即不然降而為中智如是者又三年又不然降而為下智如是者又三年積至九年之勤而謂經史猶不能淹貫者世無是也此功既成本末兼舉使世應世無施不可所謂長袖善舞多錢善賈沛乎莫之能禦矣竊見世之急求聞達者鹵莽滅裂為不終日之計謂青紫可旦夕取而窮達有命利鈍不齊隱忍羈縻終覬一當倏忽數十年如隙過影所求者未必遂而少壯一去不可復還平生精力虛擲於無用之地內顧枵然而一無藉手長為庸人以沒世矣悲嘆窮蹙悔復何及良可痛也僕既傷於此亦欲鑒此覆車語不云乎往者不可諫來者猶可追今天下才俊不少方其少年果銳亦有不安流俗之心而載籍浩汗靈海茫然不識從何下手又恐取道遼遠坐失逢年捷徑猶豫經營東西馳騖迨衡困既深非是漸晰乃悟升高行遠古人軌轍昭然而時已暮矣精已消矣千鈞之弩無能復發矣僕過人自揆竊比於識途之馬有志之士能從吾言者以中人之資準之三年小成九年大成不啻探囊可必蓋記誦之取益有限神智之濬發無窮今之號為好學者不過多誦時賢場屋之文及八家秦漢而已此如轉販求贏匄貸作活終不得富若研練經史六合內外精義微言數千百年之治亂得失醞釀蓄積於胸中識見奚患其不開擴才力奚患其不盛大德業奚患其不高明譬則河來星宿錢鑄銅山取不窮而用不竭故孔孟教人必曰多聞多見又曰博學而詳說之非虛也人自十七八畢此九年之功猶未及三十從此有事四方殊未恨晚即時過然後發憤為甯越荀卿蘇明允亦無不可者願舍百金必得之舉而徼倖於一跌不可復振之為以自為謀則不智為子弟謀則弗善熟慮及此又豈所稱賢父兄耶

吉人遺鐸云陶謙年十四尚騎竹馬兒戲後舉茂才位至牧伯陳子昂年十八從博徒游後精經史為唐名人蘇洵三十始讀書為歐公所許姚元崇少以射獵為娛四十始讀書卒為賢相歐公學書在半百外王右軍書至五十三乃成凡少時中隋而不終始成名及暮年不學而以頹老自廢者當服此劑　又云范文正公讀書帳頂

如當邑夫人特以示子孫曰此翁勤學燈烟迹也張楷諸教人夜間自不合睡他做正業時或衹默坐微曉直徑地身方得又言中夜有得亦須起寫了方睡不然放不下無安着處凡未及丙夜而倦于篝燈者當服此劑　又云柳公綽自舉進士至方面嘗鈔書不輟九經三史一鈔南北史再鈔司馬溫公手鈔諸子自國語以下六書其目三百一十有三端楷無一筆不謹東坡遷海外再鈔漢書埭君璵云吳文定手鈔五經李于鱗五鈔文選三錄兩漢凡惘于手錄而惟付記室者當服此劑

顧亭林曰人之為學不日進則日退不幸而在窮僻之域無朋友之資猶當古人與稽以求其是非之所在若既不出戶又不讀書則是面牆之士雖子羔原憲之賢終無濟于天下子曰十室之邑必有忠信如某者焉不如某之好學也夫以孔子之聖猶須好學今人可不勉乎

鄭蘇年師答謝鳴南書云來書大意欲著書成一家言以傳世耳愚觀古之聖賢未嘗即欲著書也其所學務先求諸身既修諸身即推以濟於世隨其大小淺深要必由己以及人至萬不得已始獨善其身思有所傳於後故孔孟著書大抵皆屬晚年道既不行而後事此當其初固皆以行道濟時為亟亟也吾子年未及壯不應即為

遲暮之言即立意欲著書亦當先定其志向古之子書各倚所見於世亦不無所益然非道之大全且門徑已盡恐非吾子所能及即及亦無由出其範圍故子書可不學也然則居今日而言著書大約衹有數端經學也史學也詩賦古文詞之學也其中又分兩類經學史學有專求義理者有專主考訂者詩古文之學有專摹數家者有泛濫以博贍見長者此必須定所趨向如從事經學當以何經為先此一經何者為根本何者為附當如何講求以為折衷又此一經作者林立今尚缺何等義類我當如何研求以補前人所未及夫有所從事則志不紛將來成就始有所裨於世若泛泛然如水中之萍或抱殘守缺拾人殘瀋自以為獨見又何緣能垂世而傳遠乎更以古文言之唐宋諸家如歐蘇王皆深于經學者有成書曾亦有史學韓柳書雖未成觀其文中所言具於經史百家所用功者可見且皆夙負經濟如韓之論淮西事宜及論黃家賊狀歐公王荊公之奏疏蘇之奏疏及策論此豈可以摹仿剽竊為之者即論斷古事及議定典禮亦皆學識為之吾子當推求古人原本之所在必使措之於辭實有質幹非時花候鳥徒悅耳目過時則為飄風乃為可貴抑又聞之學於師者必資於友師尊而難繫友近而易入故學古文亦須博覽元明及近代各家

代近則事迹相通題目相習聞之又易入手蓋能博覽然後義類詳明得所準引心思亦有所注至於歸宿仍在唐宋諸大家此亦泛如巨海者當先學操舵於舵師欲獵平原者當先學健兒之騎射耳雖然猶有進焉言心聲也令伯陳情之表武侯出師之詞膾炙千古此其人豈沾沾以文為事哉忠孝之誠蓄積於中故懇款之詞溢於筆墨然則修身敦行自理性情尤為大本大源之地則劉彥和所謂心生而言立言立而文明自然之道也否則貌竊唾拾無本之言必不相稱古文如是詩賦可知所以治經學如是所以治史學者亦可推矣

粵東宋臣灣觀察湘學人也亦頗負詩名一日在蘇齋談藝師曰可惜臣灣一好人不讀書臣灣愕然師曰汝讀書是一緒就過算不得讀書又曰汝詩才卻好何不作詩臣灣又愕然師曰汝詩是三杯酒後隨筆一揮如何算得作詩臣灣為之悚然嘗謂余曰老輩法眼可畏如此阮芸臺先生亦云世人每矜一目十行之才余哂之夫必十目一行始是真能讀書也此皆可為後學頂門針

今人著述引書必注明某卷此法最善可以杜稗販之弊前人所不及也余仲林蕭客嘗言引書注某卷向謂始於遼僧行均之龍龕手鑑宋程大昌演繁露二書然亦不

過二三條如是後讀江少虞事實類苑竟體注卷則在程大昌之前頃閱道藏見唐人王懸河三洞珠囊每卷稱某書某卷則又在江少虞之前矣四庫提要謂李匡乂資暇集引通典多注出某卷匡乂亦唐人也　又顧亭林嘗言萬歷以前八股之文可傳於世者不過二三百篇其間都無一字無來處偶為門人講吳化事君數一節文中有蹇諤二字蹇字出離騷諤字出史記商君傳蹇諤二字又出陸機辨亡論今意欲集門墻多士十數人委之將先正文字注解一二十篇以示後學讀書作文之式除事出四書不注外其五經子史古文句法一一注之如李善之注文選方為合式此法亦甚善也

費補之衮梁溪漫志云曹孟德嘗言老而好學惟吾與袁伯業東坡云此事不獨今人不能古人亦自少也東坡以論語解寄文潞公書云就使無取亦足見其窮不忘道老而能學也予竊謂年齒浸高而能留意於學此固非易事然於其中亦自有味蓋老者更事既熟見理亦明開卷之際迎刃而解如行舊路而見故人所謂溫故知新也

阮芸臺先生曰數為六藝之一而廣其用則天地之綱紀人倫之統系也天與星辰之高遠非數無以效其靈地域之廣輪非數無以步其極世事之糾紛繁賾非數無以提其要通天地人之道曰儒孰謂儒者而可不知數乎自漢以來如許商劉歆鄭

康成賈逵何休韋昭杜預虞喜劉焯劉炫之徒凡在儒林類能為算惟後之學者空談而無實算數事而不為其學始衰耳自我 聖祖仁皇帝御製數理精蘊 高宗純皇帝欽定歷象攷成諸書既行而海內之精數學者亦從先輩出專門名家則有若吴江之王錫闡淄川之薛鳳祚宣城之梅文鼎偁者兼長則如吴縣之惠士奇婺源之江永休甯之戴震鍾祥之李潢元和之李銳皆有撰述流布人間我 朝算學之盛蓋從古所未有矣。

六藝之數居末一字有人欲以二三年工夫通了算學再來理料經義其意以算學有盡而經義無窮也不知經義雖包裹淵深都是從根本說起歷數之學則頭緒繁雜難以遽營譬如一株樹還是根本多還是枝葉多況要精六藝尤須以經書道理為根則用力雖勤而以本貫末即未見本自有從容悅心之樂否則勉強先從繁雜處入恐致心病前人有讀黃石齋先生三易洞璣極意殫精必求其解遂至失心者所當引以為戒也

顧亭林嘗言吾於經史雖略能記誦其實都是零碎工夫至律歷禮樂之類整片楷攷便不耐心此是大病今悔之而已老矣此是真讀書人方能自知其分量今之學者能如此自知者已少自知而復肯自言之者更少也

今三家村塾小兒讀書率多大聲狂叫聒耳不堪秀才家讀時文亦往往如此每不惜氣竭聲嘶而不知其有損無益也余最愛誦彭忠肅鵬年讀書吟示子鉉云吾聞讀書人惜氣勝惜金累累如貫珠其聲和且平忽然低復昂似絕反可聽有時靜以默想見紬繹深心潛與理會不覺詠歎淫昨夕汝讀書嚴響驚四隣方其氣盛時聲能亂狂霖倏忽氣已竭口亦遂絕吟神疲神自昏思慮那得清安能更雋永溫故而知新求歆思有味三復意轉精勉汝諷誦餘且學思深湛又唐盧仝寄男抱孫詩亦云尋義低作聲便可養年壽莫學村學生麤氣強叫吼又元楊元誠瑀讀書訣云生則慢讀明經句熟則緊讀貪遍數未熟莫要背念既倦不如且住此皆可為後生小子讀書之法

退庵隨筆卷三終

退庵隨筆卷四

清 福州梁章鉅茝林編

官常一

昔人言變民風易變士風難變士風易變仕風難仕風變則天下自治然仕風與士風卻是一貫士習果正則仕風未有不清者此正本清源之說也

士君子到一處便思盡一處職業方為素位而行故當官者無論久暫崇卑一入門即當心安志定為地方籌久遠之計呂新吾嘗言學者窮經傅古涉事籌今只見日之不足惟恐一登薦擢不能有所建樹仕者修政立事淑世安民只見日之不足惟恐一旦陞遷不獲竟其施為此方是確實心腸真正學術為學為政之得真味者

古人以四十為強仕之始以五十為服官政之年以七十為致仕之期統計人生居官之日前後不過三十年之久耳顧亭林嘗言漢順帝陽嘉元年用左雄之言令孝廉年不滿四十不得察舉皆先詣公府諸生試家法文吏課牋奏宋文帝元嘉中限年三十而仕梁武帝天監四年令九流常選年未三十不通一經不得解褐今則突而弁兮已廁銀黃之列死期將至尚留金紫之班何補官常徒累士習洪熙元年俞

廷輔言近年賓興之士率記誦虛文求其實才十無二三或有年纔二十者未嘗學問一旦挂名科目而使之臨政治民職事廢弛民受其弊自今各處鄉試宜令有司先行審訪務得博古通今行止端重年過二十五者許令入試帝雖嘉納而未果行積習相沿二三百載青雲之路跬步可階五尺之童便思奔競欲以成人材而厚風俗不亦難乎

陳見復祖范曰人生不出仕學兩途古者年二十博學不教內而不出過三十而後博學無方故學記有七年小成九年大成之分此古為學之節候也四十曰強而仕五十命為大夫服官政則四十以前皆為學之日未四十無望仕也未五十無望為大夫也古者仕於私家仕於庶人在官仕為閭胥黨正之屬皆謂之仕漢三老嗇夫掾屬之職亦然不遽服政也雖然小官亦得自行其志而無所牽制方物出謀發慮道合則服從不可則去其不可而去想亦不俟五十而慨然自廢矣若五十命為大夫則必道合者也服政二十年已之底蘊無所不展國家既已盡其才竭其力曰吾不忍更勞子大夫子大夫其少安於是去位以讓後來者此古從官之節候也後代則不然自六年就傅父兄即望以仕十餘歲子弟之聰俊者亦惟曰余仕從事科目

爲學其所學而實非學不以科目出身者益不識所謂學問有自命博學者無不好爲人師而自炫自矯詎有不敗不出者乎仕則人人期于躐蹟顯要惟智盡能索中路蹉跌斯已耳安所謂道合不合乎又官無大小一入仕即去留皆不由己官卑不肯言去官高又不敢言去統計一生其未仕也若渴若飢若騄若馳其既仕也若沈若浮若寤若迷前瞻後顧而無所泊棲亦可悲矣

唐風蟋蟀之詩凡三言思眞切要之官箴也其云職思其居者自大僚以至微員各有其職即各有其居各思其居即各盡其職職未盡而他謀是舍己田而芸人之田也職思其外者職無不盡而上下四旁遠近親疏又必計之周慮之到即如地方官以撫字懲奸爲職或民人流亡於吾地豈得以爲他方之民而不卹乎盜賊逋竄於吾境豈得以爲他方之盜而不緝乎以此推之思其外正所以善其居也若職思其憂則不但己身之害爲憂凡事之流弊後禍皆憂也出一令有在此爲利而在彼則爲害行一政有目前若可喜而實釀後來無窮之禍者思之不審鮮有不蹈偏見而悔作俑者矣

王隱晉書載司馬昭之語云爲官長者當清當慎當勤修此三者何患不治（三國志李通傳注所引）此不可以人廢言者也宋呂舍人本中官箴亦有此語今人遂以此三字爲出於呂非也呂於三字外復添一忍字謂耐瑣屑習煩勞不易怒不輕喜不激不隨皆忍字之妙用書曰必有忍其乃有濟若能清慎勤之外更行一忍字何事不辦乎按忍字固好然若呂所言則慎字足以該之矣吾鄉李文節九我嘗言李若谷侍郎曰其守官每持四字曰勤謹和緩一後生曰勤謹和既聞命矣緩之一字某所未聞侍郎正色曰何嘗教賢緩不及事且道世間甚事不因忙後錯了愚謂緩字亦好然謹字亦足以該之似皆不必節外生枝也

周官六計以廉爲本孔疏廉者潔不濫濁也皋陶謨簡而廉孔傳則直以廉隅釋之故朱子釋廉爲有分辨不苟取義最精確今人但以不要錢爲廉於是一節自矜動成笑矣夫清乃居官分內之事猶婦女之守貞婦女無淫行遂可淩翁姑壓夫子詈妯娌而虐子孫乎且廉而不能理民事廉而不能合人情則雖不要錢而終不得謂之好官今郡邑各有城隍神像終日峩冠端坐不要一錢足矣又何必設官分職哉

順治十七年御史李振宜有請飭宰相調燮弭灾疏云臣聞三公得人則逸不得人則勞陰陽不調宰相之責也故古有因水旱策免有不待策免而自引退者夫用人

行政其將用未用將行未行之際差之毫釐失之千里天顏咫尺呼吸可通惟有內閣諸臣而已身居密勿之地苟懷緘默之風則宰相亦何常之有一切凡人皆可爲之又何藉乎夢卜以求也哉臣讀　上諭云十二三年時有過舉夫自　親政以來憂勤惕厲百度維新原未見有過舉也　上諭既以爲有過舉是必有過舉矣試問其舉之之時亦曾有言其過者否宰相之不言非其驗歟總之天時之不齊不過目前之患可以藉朝廷之修省而感格宰相不言且爲萬世之憂夫既寄以心膂股肱而猶然畏首畏尾徒以擬票四五字了宰相事業生則食一品二品之俸死荷三壇六壇之祭生死皆荷殊恩曾不若懦夫之自立清夜捫心其自能慰乎

黃靜山永年曰韓魏公在政府嘗與范文正論事不合范拂衣起忿形於色公徐把其袂云希文不容更商量乎和氣滿容范亦釋然歐陽文忠不信河圖公與共輔政未嘗一言及易哉又謂公相業無愧古人獨文學不逮公曰吾爲相永叔爲學士天下文章莫大於是斯言可以覘其所存矣賢者與賢者處時多異同其流遂至於分門別戶如公者眞相臣之則也夫

陳文恭曰當明目達聰廣開言路之時爲臣子者惟有知無不言言無不盡庶爲盡職不必問之部議准行與否也司馬溫公云當志其大舍其細先其急後其緩而汲汲於名者深戒焉此爲臺諫樹之鵠矣臺中言事自以事在可行方不虛建白之意然果有關於國計民生雖一時格於時議不盡施行而言爲人人心中所欲言事爲近今所共見存此一議安知異日不施行耶此又不在乎一時之從違而在乎情理之不易也若有事在必行而行之無益且不如其不行者則又不如其已矣

王從之滹南詩話云柳公權殿閣生微涼之句東坡罪其有美無箴乃爲續成之其意固佳然責人亦已甚矣呂希哲曰公權之詩已含規諷蓋謂文宗居廣廈之下而不知路有暍死人也或又謂五絃之薰所以解慍阜財則是陳善閉邪責難之意此亦勉強而無謂以是爲諷其誰能悟乎規諷雖美事然燕閒無事從容談笑之暇何必定以此繩之事君之法有所寬乃能有所恭略其細故於平素乃辨其大利害於一朝若夫煩碎迫切毫髮不恕使聞之者厭苦而不堪彼將以正人爲仇矣亦豈得爲善諫乎此雖是論詩之語而實可爲廷臣進諫之程也

姚姬傳鼐翰林論云爲天子侍從之臣拾遺補缺其常任也天子雖明聖不能無失

與其有失備諸天下，不若侍諸朝廷而改之之善也。侍諸朝廷，不若初見聞諸左右而改之之善也。翰林居天子左右，為近臣，則諫其失也宜先於衆人。見君之失而智不及辨，辨之而諱言，斯則不明；智及辨之而諱言，斯則不忠。侍從者得其忠且明者而居之者也。唐之初設翰林，百工皆入焉，猥下之職也。其後乃益親益尊，而責之宜益重。今有人焉，受其親與尊而辭其責之重，將不為世譏乎。自唐及宋及元明，官制因革六七百年，其不革者，御史有彈劾之責而兼諫爭，翰林有制造文章之事而兼諫爭彈劾。制造文章所別也，諫爭所同也。今獨謂御史為言官，而翰林不當有諫書，是知其一而失其一也。今之翰林固不可云皆親近居左右，然固有親近居左右者，且翰詹立班於科道上，謂其近臣也。居近臣之班，不知近臣之職，可乎。明之翰林皆知其職，諫爭之人接踵，諫爭之辭連篋。今之人不以為其職也，或取其忠而議其言為出位。夫以盡職為出位也，孰肯為盡職者哉。

湯文正試答沈荃岸書云：足下簡授中秘，從此積學樹品，大用可期。長安名利之場，聞見繁雜，最易搖惑。三門急湍，砥柱良難。李文節云：翰林官能壞人，衙門冷，易苟體面；好易做，無政事，易懶；無風波，易放。道丈識力堅定，宜靜重養望，勿逐時好。署中堂聯云：人重官，非官重人；德勝才，毋才勝德。真座右銘也。

今翰苑儒臣以侍直 三天為榮遇，必品學兼優者方與斯選。蓋學不勝其品，則無以擴格物致知之功；品不勝其學，則無以端誠意正心之準。不知格致誠正，更何論修齊治平。此非可以訓詁詞章了厥事也。恭讀康熙年間 諭曰：明季所行，多迂闊可笑。建極殿後堦石，厚數丈，方整一塊，其費不貲。採買搬運至京，不能舁入午門，運石太監參奏，此石不肯入午門，乃命將石綑打六十御棍。崇禎嘗學乘馬，兩人執轡，兩人捧鐙，兩人扶鞦，甫乘輒已墜馬，乃責馬四十，發苦驛當差。馬猶有知識，石何所知，如此舉動，豈不發噱。總由生於深宮，長於阿保之手，不知人情物理故也。謹按崇禎踐祚，並非沖齡，當日青宮非無保傅，豈真教諭之不早，良由倚任之非人。然則膺此選者，慎勿第矜為榮遇哉。

今之國子監，即古之太學。王制曰：太學，天子曰辟雍。又曰成均。鄭康成釋辟為明，廱為和，所以明和天下也。宋陳祥道謂明之以法，和之以道，曰辟廱；成其虧，均其過不及，曰成均。蓋學校為造士之地，而國學尤為首善之區。我 朝自順治初即設立太學，官司大備，條教周詳。既厚其歲需，復廣其學舍。乾隆初 命監臣仿宋儒胡瑗經義治事齋法，分課諸生，不但四方之士裹糧而景從者不遠數千里，至於蕃戎域壁僻外臣，亦莫不航海梯山，請備經而受業。古來辟雍成均之盛，何以加之。乾隆初復欽頒切諭云：士為四民之首，而太學者教化所先，四方於是乎觀型焉。比者聚生徒而教育之，董以師儒，舉古人之成法規條，亦既詳備矣。獨是科名聲利之習，深入人心，積重難返。士子所為汲汲皇皇者，惟是之求，而未嘗有志於聖賢之道。不知國家以經義取士，使多士由聖賢之言，體聖賢之心，正欲使之為聖賢之徒，而豈沾沾然文藝之末哉。朱子同安縣諭學者云：學以為己。今之世，父所以詔其子，兄所以勉其弟，師所以教其弟子，弟子之所以學，舍科舉之學則無為也。使古人之學止於如此，則凡可以得志於科舉斯已耳，所以孜孜焉愛日不倦，以至於死而後已者，果何為而然哉。今之士惟不知此，以為苟足以應有司之求矣，則無事乎汲汲為也。是以至於游惰而不知反，終身不能有志於學，而君子以為非士之罪也。使教素明於上，而學素講於下，則士者固將有以用其力，而豈有不勉之患哉。諸君果能致思於科舉之外，而知古人之所以為學，則將有欲罷不能者矣。觀朱子此言，洵古今通患矣。夫為己二字，乃入聖之門。知為己，則所講之書，一一有益於身心，而日用事物之閒，存養省察，闇然自修，世俗之紛華靡麗，無足動念，何患詞章聲譽之能奪志哉。況即為科舉，亦無礙於聖賢之學。朱子云：非是科舉累人，人累科舉。若高見遠識之士，讀聖賢之書，據吾所見，為文以應之，得失置之度外，雖日日應舉，亦無累也。處今之世，雖孔子復生，亦不免應舉，然豈能累孔子耶。朱子此言，即是科舉中為己之學。誠能為己，則四書五經皆聖賢之精蘊，體而行之，為聖賢而有餘；不能為己，則雖舉經義治事而督課之，亦糟粕陳言，無補實用，浮偽與時文等耳。故學者莫先於辨志，志於為己者，聖賢之徒也；志於科名者，世俗之陋也。國家養育人才，將用以致君澤民、治國平天下，而囿於積習，不能奮然求至於聖賢，豈不謬哉。適讀朱子書，見其言切中士習流弊，故親切為諸生言之，俾司教者知所以教，而為學者知所以學。聖謨洋洋，自古人君之訓士，無有切實詳盡如此者。然則為祭酒司業等官者，苟不思所以稱其官，又烏足以副 聖人之情而塞天下之望哉。

掌文柄者，以學政為最難。各項試官，不過端坐校閱而已，而學政則兼有舟車奔走之瘁，夙興點名之苦，內外防弊之勞，且所閱之卷較多，而揭曉之期尤迫。專恃一人之精力，必不能周。若再見少惜費，不肯多延幕友，或脩脯微薄，所延之友不佳，潦草應付賓主同之斷難免不明之識而不公者更無論矣前太傅朱文正師督學吾閩時張孟詞騰蛟忝已爲幕賓抹置劣等師覆閱之乃拔置第一而幕賓遂於是夜襆被去使非吾師之明則孟詞之衿早褫矣恭讀乾隆三十七年 諭云國家所給學政養廉本屬豐厚原以資其辦公之用若於延置幕友尚思靳惜廉金不肯多延名幕致以人少誤公已昧人臣敬事之義且任學政者不思校士首木而斤斤惟養廉是惜其鄙陋尚可問乎嗣後各省學政務須通曉大體多擇工於閱文之幕友即極小省分亦不得不及五六人並着各督撫留心稽查如有不肯多延幕友辦理周章者即隨時據實奏聞毋得稍涉徇隱將此通行飭諭知之

呂新吾曰今有督學於此文學甚優澡身甚潔持法甚公校士甚精閱卷甚敏賢矣乎曰賢矣而職未盡也天下之治亂係人才人才之邪正關學校譬之器物學校其造作處廟堂其發用處譬之衣衆布帛學校其耕織處海宇其衣食處也是學校美惡士習善敗三公九卿百司庶府皆不任其咎舍督學責將誰歸哉夫入學甚濫進也甯興甚巨典也朝廷懸此以勵天下士天下士竭蹶趨之豈以學校乏人待督學以足數貢舉缺額待督學以取盈乎即使朝督莫責人人盡一等士士可三元止作養成許多文章之士富貴之人何益於國家理亂之數哉

施愚山閏章嘗言學使一席近代已成金穴即以伯夷處之必目爲盜跖向來不幸涉足至今爲累公私屬目交責環向歸田八載掃地赤立云云余師孟瓶菴先生謂愚山先生在山東最稱廉吏時未有養廉公私交責皆以鉅待夷耳一窮書生蒙恩年受三百萬條錢歸田云無囊橐誰其信之但自期問心無愧耳對人言飾意欲何求對人言廉可恥孰甚先儒固有是言也

凌學堂芸曰今之主鄉會試者徒索之冥冥之中其人之邪正並其素所儲蓄皆不可得知其可得知者惟督學使者而已魏敏果公嘗言文運不昌病在有情面而無文章有文章而無德行抑天下大公之望抑孔子首重之科請託公行廉恥道喪俾人才所從出之地既無真秀才安得有真舉人真進士耶夫各直省非乏材也經傳子史根柢之學又非功令所禁也其由縣州達府由府達院不得謂之濫入也其覆校至再至三及儒師之月課而歲計者又非止於場屋課試之藝也且優者必有賞劣者必有罰孝弟節烈之可表者必有旌將育於 朝廷之上太學之中者必先自學臣拔之將付索於冥冥不可得知之所者必先自學臣決之然則先王觀風設教之權實於學政乎寄而近人顧但相艷以爲美差也豈非傎哉

紀文達師曰李又聃先生言昔有寒士下第者焚其遺卷牒訴於文昌祠夜夢神語曰爾讀書半生尚不知窮達有命耶嘗侍先姚安公偶述是事先姚安公咈然曰又聃應舉之士傳此語則可汝輩手掌文衡者傳此語則不可聚奎堂柱有熊孝感相國題聯曰赫赫科條袖裏常存惟白簡明明案牘簾前何處有朱衣汝未之見乎

徐原一刑部題名記云天下人命係於刑部一官自古皋陶爲士終身不遷其官若漢之于定國陳寵何比干皆家世治律明習法比故吏不得因緣爲姦今部掾吏長子孫其中輕重之例惟意所擬居官者對案茫然但僥幸無事速去而已夫一案之誤動累多人一例之差貽害數世不惟其時之久暫也渠繞以重刑一疏而禍洪門殃路溫舒求尚德緩刑而子孫顯宦殃慶之積不待久也凡身有去留名姓不滅百世而下悠悠之口誰復相借乎

田綸霞雯白雲司引議云明刑弼教之衰而刑至於不勝用司刑者又復以私意行之內設成心則執此規彼概操一切之法外狃故牘則使褻慢吏莫開一面之網或矜智巧以爲聰明或持姑息以惠奸宄上則視堂官之趨向而輕重其手下則惑胥吏之浮言而二三其見甚且分牒便了而不察事情之曲折立判稱快而不知訟端之原委出入顛倒與吏爲奸飢寒疾病沈滯不問犯者既已服辜必令妄及平民以爲誅求之計罪人不即流決必令廣牽富户以爲賄賂之媒囹圄桁楊之間白日暗而無光長夜漫而弗旦豈不大可歎哉

臨晉有疑獄久未決後某令鞫實爲弟毆兄死獄牘甫定夜寢忽聞床上帳鉤鳴帳旋啟有白髮老人跪床前叩頭叱之不見而几上紙翻動有聲急起視則所擬獄牘也反覆詳審罪實無枉惟其家四世單傳至其父始生二子一死非命一又伏辜則五世之祀斬矣因毀稿存疑蓋以存疑爲是也紀文達師曰以王法論滅倫者必誅以人情論絕嗣者亦可憫生與殺皆礙仁與義竟兩妨矣如必委曲以求通則謂殺人者抵以申死者之冤也申己之冤以絕祖父之祀其兄有知必不願使竟願是無人心矣雖不抵不爲枉是一說也或又謂情者一人之事法者天下之事使凡僅兄弟二人者弟殺其兄哀其絕嗣皆不抵則奪產殺兄者多矣何法以正倫紀乎是又未嘗非一說也此獄非皋陶不能斷矣

今世司刑之官多爲救生不救死之說不知起於何時佐刑幕者尤持此論牢不可

破集奉　聖明飭訓猶未盡轉移也憶紀文達師筆記中有一條云余某者司刑幕四十餘年後臥病燈前月下恍惚似有鬼爲厲者余某曰余存心忠厚誓不妄殺一人此鬼胡爲乎來耶夜夢數人浴血立曰君知刻薄之能積怨不知忠厚亦能積怨也夫煢煢孱弱慘被人戕就死之時楚毒萬狀孤魂飲泣銜恨九泉惟望强暴就誅一申積憤而君但見生者之可憫不見死者之可悲刀筆舞文曲相開脫遂使兇殘漏網白骨沈冤君試設身處地如君無罪無辜受人屠割營魄有知旁觀讞是獄者改重傷爲輕改多傷爲少改理曲爲理直改有心爲無心使君切齒之讐從容脫械仍縱横於人世君感乎怨乎不是之思而詡詡以縱惡爲陰功彼枉死者不讐君而誰讐耶余某惶怖而寤以所夢告其子乃自悔曰吾所見左矣就枕未安而逝

阿文勤公方燕居文成公侍立公仰而若有思忽顧文成曰　朝廷一旦用汝爲刑官治獄宜何如文成謝未習公曰固也姑言其意文成曰行法必當其罪罪一分與一分法罪十分與十分法無使輕重公大怒罵曰是子將敗我家是當死遂索杖文成皇恐叩頭謝曰惟大人教戒之不敢忘公曰噫如汝言天下無全人矣罪十分治之五六已不能堪而可盡耶且一分之罪尚足問耶其後文成長刑部屢爲諸曹郎述之

官中以夾棍爲大刑不可輕用更不可誤用余在樞直屢派秋審處讞獄外任府道三究臬藩皆極刑名繁重之區未嘗一用此刑亦無不結之案也嘗讀陳慶門仕學一貫錄有云夾棍一物原有不得不用之時不過欲取確供耳初審狡展不妨屢呼要夾而其難其慎不肯即夾三木之下動關人命堂上一聲催刑衆役奮力受之者魂飛魄散氣閉血壅即有供吐昏迷之中隨口强應亦難確鑿惟平日於行刑之人明白指示如不得已必須用夾不得遽收先就情理反覆窮詰此時問者之狠狠着急較受刑之人爲更甚如不從實供吐姑催收刑但一收止三四分又再反覆窮詰此時官府審問本犯呼號行刑者又須暗暗鬆放如仍狡展再收亦不過二三分一放一收痛則有之而不至傷人且使神魂清白語言不至混亂此時供吐方爲確切可以定讞耳不獨大刑爲然即行杖亦不可忽罪當杖者亦視其人氣體壯健足以當之而無傷性命者然後如法杖責凡行杖時官須停閱審卷亦不可別有問答惟注目凝神以觀受杖之人一則視其人能受與否倘不能受量減數杖杖雖減而法已盡一則防行杖有任意重責要害毒打一處之弊也如專用板頭專打腿彎

趙甌北簷曝雜記云往時軍機大臣罕與督撫外吏相接者前輩嘗言張文和公最承　寵眷然門無竿牘餽禮值百金者輒卻之訥親人雖苛刻而門庭峻絕無有能干以私者至傅文忠爲首揆頗和易近人矣然外吏莫能登其門督撫皆平交不恃爲奥援也余在汪文端第見湖撫陳文恭伴函不過穜錦二端閩撫潘敏惠公同年也餽節亦不過葛紗至軍機司員非特不與外吏接即在京部院官亦少往還余初入時見前輩馬少京兆璟嘗正襟危坐有部院官立階前輒拒之曰此機密地非公等所宜至同直中有與部院官交語者而斥不少假被斥者不敢置一詞云按今之軍機即唐宋之機密義取慎密所不待言然珥筆其間者非實有通敏强毅之才則不足以言稱職若才望遠遜前修但以華資捷徑相矜尚如王暘甫已脩所云其人而自軍機來者處士大夫間往往衣冠笑語望而可識則官不足以重人而人更不足以重官矣

余初選庶常日侍先叔父太常公適有同鄉新孝廉謁公稱爲老前輩者公面斥之曰京朝官之老前輩各有專屬非爾所得混稱也時余亦偶誤稱某公爲先輩公亦斥之曰唐人稱應試舉子爲先輩今無此稱何得信口混說因云汝亦知前後輩之稱不特翰林爲然乎凡內閣都察院吏部禮部國子監及軍機章京皆有此稱若他衙門則不爾也余問其故公曰前後輩之稱僅次於師弟子一間故稱人爲前輩者自稱曰晚生學生見於文字者亦稱後進稱後學猶之稱弟子稱門人也所以然者館閣職專文字以製作編纂爲能臺諫意在建言有敷陳啟沃之責吏部則澄叙官方必銓衡之允協禮部則典司三禮綜貢舉之大權國學則陶成士類官而兼師軍機則潤色王言清而且要此七衙門未學新進非奉老輩爲楷模得前修之指授不能悉其肯綮觀其會通若此外各衙門則刑名錢穀戎政攷工皆有例案可循吏胥並能言其故毋需乎請業問難之煩故功令凡各部院官遇有捐輸新例悉許納貲而惟此七處非由正途出身及引　見除授者不能入然則爲後輩者誠宜執弟子禮甚恭而爲前輩者亦必求所以無忝爲前輩也

呂新吾曰行中書省與中書省相表裏秩皆二品至崇重也爲朝政橐籥爲外僚領袖矣持風會通達民情至樞要也名其司曰承宣布政蓋政者天子之威惠使承其流而宣布於一方督撫之所監臨監臨此政按察之所廉訪廉訪此政守巡之所分理分理此政府州縣之所推行推行此政故元人艷之名曰外政府凡關係軍民利

病地方安危風教盛衰政治得失無不由之而今也止知為錢糧衙門且經年以催解為職終日以收放為事以此畀承宣布政之職不小之乎其為藩司哉

又曰古者御史大夫掌西臺蓋鄉憲之司也以中臺不便於察外吏乃設按察司為外臺彈壓百僚震懾羣吏藩司以下皆得覺舉實與御史大夫表裏均權厥後和同溺職而事權俱歸兩院矣司曰按察司官曰按察使按察之謂何但以刑名為職掌人亦以刑名吏目之棄其尤重而獨任兼銜可謂之提刑司提刑使耳今內外詳谳轉都察院人未嘗以都察院為刑曹何按察司獨專為刑名乎夫宋人謂之天垣執法人代閻羅若但從長學百無聽聞賢否取正於府官依樣署狀重輕定擬於院道代之轉詳則法司之權非人我侵實我自失之矣

世傳傅元鼎巡方三則皆切實可行一云因人屬吏有謁見必有談吐有文移必有議論就中細細察之有據理勢明白直截者有不吞不吐騎墻兩顧者有一問即對條暢無隱者有再問不答沈吟含糊者有實見得是雖違衆而必爭者有中實無主一經駁而遂靡者以此察吏可得十之五六二云因地所過地方變服游覽遇漁樵耕牧藹色與言問年歲次及催科問保甲次及訟獄及差役官司佐領俱可詢問未有好官而百姓不稱頌者未有不肖而百姓不怨恨者以此察吏可得十之七八三云因事入境之時略一流覽橋梁道路亦王政所關置郵見其精神城池見其保障學宮見其文教器械見其武備倉庫見其綜理養濟見其慈惠實心者自然檢點不同見任去任憲無遁隱合上二法察而記之百不失一矣按此為巡方言之然各省大僚之察庶吏亦豈能外是哉

阮吾山嘗言人生太閒則別念竊生太忙則性真不見士君子不可不抱虛生之憂亦不可不知有生之樂山谷與洪氏甥書曰尺璧之陰以三分之一以治公事一以讀書一以為棋酒則公私皆辦為京官者宜味此語按山谷之語余在京時嘗仿行之自外官十餘年棋酒二字竟束之高閣非不為也實不暇也竊謂外官過日須以五分之三以治公事一以讀書一以將息其於棋酒實不相宜蓋余所任皆極繁劇衝要之區故無暇旁及或僻簡之地竟可不廢棋酒者亦未可知乃有謂外官即讀書亦不相宜者則俗吏之談可置之弗論昔李文貞謂各省大吏多以優伶為性命無怪其然即吾輩之幾本書也不廢政事之暇如何度日可謂知己知彼之言

退庵隨筆卷四終

退庵隨筆卷五

清　福州梁章鉅茝林纂

官常二

陳文恭曰官場陋習上下衙門終日忙迫究竟皆在及民者甚少官有事於民而民反不之知民所切望於官官又不之知且有名雖奉行實未曾行者總由上司以轉行為了事州縣以發房為了事即出告示亦祇在城門通衢遠僻士民何能徧覩盡識出示之後官又全不照應及至士民或有違犯不曰事不可行則曰民不肯行而不知其先實未曾行也大凡有益於世之事其始也不能不有所難迨其後又不能一無所累畏其難憚其累必至視天下事皆可以已不但己不為且勸人之不為且忌人之或為見有為之者則又即其小疵以譏其大醇使牟無以自解此所以驅天下之人皆趨於苟安自便之一途而鮮有人焉出而任天下之事也

今天下治亂之故惟州縣與百姓一關至為緊要不獨貪廉為小民身家所繫即勤惰明昧之間緩急寬嚴之別亦為小民休戚所關余友謝退谷嘗言天下最要之官惟有兩員在內則宰相在外則州縣而已學者果有修己治人之術恫瘝在抱則不為宰相必為州縣蓋宰相所措置者在天下州縣所措置者在一方也至於目擊生民之疾苦實能為之興利而除害則宰相有不及州縣者矣

一州一邑之中可與州縣相助為理者惟教官而已今天下府教授一百八十餘員州學正二百一十餘員縣教諭訓導共二千六百餘員顧名思義則教化之源應由此起明初每選上舍為郡邑師仟取為編修檢討御史給事中馴至九列當時以起家教官為第一榮進其初則不過稱職而已今則不覈其才望不責其訓課以學校為耶老情貧之地以司鐸為投閒置散之官甚至懷費見勒節規而不復問教學何義訓何事為州縣者遂從而外之此庸惡陋劣之職所由來也謝退谷教諭云有問於余曰今之教官苟營衣食不以秀才為魚肉已可謂賢而予獨以學術自任終亦無有能知子者若何余曰安能以彼之不知而易吾之志又安能以人之不知而棄吾之職乎嗚呼今之為教官者其亦有聞斯語而油然興起者哉

牛階平運宸曰墨卷家偏摩之訣有典顯淺三字僕為縣官亦隸效之有三字拙謀曰儉簡檢而已儉者薄於自奉量入為出所謂以約失之者鮮此不虧空不黷貨之本也簡者令繁則民難遵體亢則下難近一切反之毋苛碎毋拘執毋聽陋例毋信俗諱

儀從可減減之案牘可省省之當無日不與百姓相見差與之齋而訊其苦樂惟求一切便民雖駭世笑我以黃老不顧也儉者天有理人有情史部有處分上司有攷課安強在兩將吾何奸吏在衙將吾欺八一錢乙諸簡得無納賄施一杖榜諸冊得無濫刑今日去官吾倉庫不恐後任明日還鄉吾心迹可白友朋此則所謂樹耳

謝退谷以司鐸終其身未嘗一日膺民社之責然所論服官利弊則直如過來人語如云做一日官即當為百姓壽百年之計不得稍存不久之心存不久之心則諸事苟且不成為官矣至於錢穀帳目冊檔文卷則宜處處斬截時時日日皆可交代蓋所存者百年之心難保者一日之事賢者居官今日要去便去明日要行即行豈可有為藤餘累哉　又云為官以理財為急初到任即須詳察此缺每年中錢糧出息若干廉俸若干為入數又細察每年各項酬應若干差使坐派若干幕賓束脩若干家計食用若干為出數以入數抵出數僅敷支給更無盈餘則須於出數中力為裁減硬立鐵定章程必使有餘而後可

袁簡齋由詞垣出為邑宰有循吏之目所言皆本閱歷非同泛泛官箴也嘗言治民不自民始胥吏者官民交接之樞紐家丁戚友又胥吏交接之

樞紐也不治胥吏不能治民不治家丁戚友亦不能治胥吏惟官與吏終日見而無勞安人之弊過官與民又終日見而不許胥吏之壅遏則若輩者不過供奔走佐使之職而已何弊之能為且夫用戚友不如用家丁用家丁不如用胥吏用胥吏不如用百姓戚友不肖法難遽加若家丁則利在前法在後矣然家丁之來去無常胥吏之曹缺永在其畏法媚官又較家丁為可用也胥吏之賊大都拘人集衆若受訟時朱書牒尾即令某甲喚某乙豈不省需索而免稽遲是百姓尤可用也吾不解今之為政者動曰嚴胥吏夫胥吏即百姓也非鬼蜮禽獸也使果皆鬼蜮禽獸宜早誅之絕之而又何必用之而嚴之彼嚴之者豈不曰胥吏舞文乎病百姓乎然試問所舞之文判行者誰乎加印者誰乎彼舞而我亦隨而舞之不自責而責人何也胥之權在行檄吏之權在奉檄今之縣令檄行若干不知檄書云何不知某當理不知某當銷不知如是而欲除弊雖日殺百胥吏無益也夫欲大權在我莫如手記而手銷之訟牒雖多每日所進能過百紙乎百紙中其待理者能過十事乎每日記十事未為難也次日再收百紙大半擾詞訴詞其應記者又減十而五矣受牒十日書所記而名之訊訊吏何以不行檄則吏窮訊役何以不集犯則役窮檄行犯集隨判而隨銷之任胥役之需索奸匪之倚張而不出十日之期則所費有限枝節不多初情未跐訊斷亦易彼百姓者知十日之必結也又何畏乎吏役而賄之此胥役之所大懼也然民不告贓上不訪吏有提吾胥吏者官自當之不許胥吏索百姓之錢亦不許上官胥吏索吾胥吏之錢彼胥吏者有不懼於始而感於終乎夫可以採喜怒轉關鍵者胥梟也有減增有株引者檄稿也有移換有竄入者供詞也有暗阻有明催忽早忽遲者訊期也吾一切目覽而親裁之許一檄不許重檄檄中人數及差某役皆空之而待親裁彼胥吏何權焉於胥吏又何誅焉　又云孟子曰省刑罰言省察之不使其繁也蓋刑以戒惡也刑繁則轉不足以懲惡以為吾既已受刑而無所損矣又何懼哉要知刑具而必部頒之亦無庸也彼衣冠存民加細荆而呼號不勝何事於部頒之具積蠹大猾其筋骨皆鍊習之餘當巨梏而含笑囊三木而無傑何畏乎部頒之具吾以為其畏刑者雖應笞亦宜寬省以洒其恥其玩刑者法止杖四十而吾以二十當之其酷則更甚於四十使彼知二十之妥頓如此也況四十耶庶懼心生而惡念除矣　又云凡判尾必親書藉非炫才也以便日後展卷而了然也判事必坐堂皇非矜衆也以觀國人之顏色而是非使共見也勿輕置人於獄所以清狴犴

而妨雜處之不虞也勿輕申詳所以免捉搦而成難結之案也勿問坐獄者之貧富恐有成見而誤大公也勿故反聽請者之句求恐事未可知而枉矯過正也勿勸捐以安富恐抑勒者多勿罰鍰以遠嫌恐徇財者惑勿交鎖鍊於胥役當用者加朱墨圍使不得開不當用者不著鎖字使不得混勿委監獄於典史必躬臨之審其輕重辨木索之有無觀其氣色知衣糧之匱乏對薄之人宜分為六而臨事料量之重者獄其次繫其次管守其次保釋其次待喚其次聽其所之和息非不可允但須書明曲直以妨日後之終凶狎邪非不當嚴但須戚屬投明不許匪徒之恫喝律設大法而通融者存乎人否則傀儡而已案無確據而闕疑者法乎吏否則武斷而已觀漢江充之巫蠱而知賊之可栽也觀南史傅琰之斷獄而知凶器之難據也神而明之化而裁之則存乎人矣

陳慶門曰州縣親民之官非特貪酷足為民害即拘謹之流未嘗不潔清自好而暗昧不明優柔不斷識不足以剔弊力不足以懲奸彼雖不貪有代之而吸民膏者有代之而戕民命者其與貪酷害民無異且百為叢脞諸務廢弛反不若貪酷者猶能理繁而治劇所謂廉而無能不若貪而有幹古之人誠有慨乎其言之也

王倬川士俊曰紳士耳目也無耳目何以納蓋容心腹也無心腹何以諭思佐史股肱也無股肱何以集事然不先之以知人則招權取賄官為孤注矣不歸之於獨斷則坐嘯畫諾官同木偶矣有用人之識與才而後可以用人不然非用人也用於人也至於肘腋之間隱然為奸莫如家僮莊以涖之慈以畜之尤當明以燭之嚴以防之易曰機事不密則害成其御僕之謂也乎

唐人縣令箴有云不恕而明不如不明不通而清不如不清雖為有激之談實則確中情理蓋操守平常之劣官衆所伺察其貽累於地方者尚輕而潔己沽譽之巧員不復誠求其貽誤於地方者更甚恭讀雍正四年 諭曰居官立身之道自以操守清廉為本但封疆大吏職任甚鉅洪範所稱有猷有為有守三者並重則是操守者不過居官之一節耳安民察吏興利除弊其道多端倘但恃其操守博取名譽而悠悠忽忽於地方事務不能整飭經理苟且塞責養奸貽害甚大蓋此等清官無所取於民而善良者感之不能禁民之為非而豪强者頌之故百姓之賢不肖皆稱之無所取於屬員亦不能禁屬員之不法故屬員之不肖者皆安之大臣之子弟親戚犯法則姑容而不行參革地方之强紳强衿生事則寬待而不加約束故大臣紳衿皆言其和

平而望其久留甚至胥吏作奸而不能懲盜賊肆行而不能察故自胥吏至於盜賊皆樂其安靜而不欲其去任及至事務廢弛朝廷訪聞加以譴責罷斥而地方官民人等羣然歎息以為去一清廉有司為之稱屈此則平日模棱悦衆違道干譽之所致也審哲所周於仕官情弊洞若觀火世有自矜為廉吏者其能無惕然於心哉

今之為州縣官者輒以賭博鬭毆娼妓為小事至於盜案則知為大事矣而又相率趨避情節遷延歲時仍欲化大事為小事此等積習牢不可破又安望其能除莠安良乎恭讀乾隆元年 諭曰奸宄不除不可以安良善風俗不正不可以興教化閭閻之大惡有四一曰盜三代聖王不待教而誅者也二曰賭博干犯功令貽害父兄以視周官之罷民未麗於法而繫諸嘉石收之圜土者罪有甚矣三曰打架即周官所謂亂民孟子所謂賊民也四曰娼妓則自周以前人類中未嘗有此此四惡者剗人之財戕人之命傷人之肢體破人之家敗人之德為良善之害者莫大於此是以我 皇考愛民之深憂民之切嚴申糾禁積歲月之久然後道路少響馬及老瓜賊而商旅以甯賭博及造賭具者漸次改業而家室以安聚衆打架者斂迹而城市鄉鎮鮮鬭毆娼妓遠藏不敢淹留客店此 皇考十有三年政教精神所注而海內匪民顯見其功效實享其樂利者也朕嗣位以來增廣赦條惠保良民使得從容休息而無識諸臣誤謂朕一切寬容不事摘察民間訛言諸禁已開直省四惡皆微露其端倪是守土之官貽悮 世宗憲皇帝之明旨墮十三年之成功而戕害善良傷敗風俗也自後州縣有政令廢弛使諸惡復行於境內者該督撫即行嚴參督撫司道郡守有不能董率州縣殫心輔治者必以溺職治罪與通苞苴受賄賂者等決不輕貸 聖諭嚴切如此而州縣官乃若罔聞知何哉

雍正年閒有 欽頒諭飭州縣規條一冊恭讀簡端 諭旨云地方事務皆發端於州縣頭緒紛繁情僞百出而膺斯任者類皆初登仕籍之人未習練於平時而欲措施於一旦無怪乎傍徨瞻顧心志茫然即採訪咨詢而告之者未必其盡言無隱此古人所以有學製美錦之歎也向以大學士朱軾左都御史沈近思外任多年周知地方利弊曾令二臣商若規則以為州縣之南車乃書未就緒而沈近思物故邇年以來朱軾復時多病此事遂致遷延去年始降旨委諸總督田文鏡李衛令二臣各抒所見繕錄諸條以進朕親加披覽見其條理詳明言詞愷切民情吏習罔不兼該大綱細目莫不備舉誠新進之津梁庶官之模範也在二臣各就其所閱歷者而言繁簡異同之閒不必一致而慎

守官方勤恤民隱興利除弊易俗移風則一而已矣謹按當時此書曾經刷頒行迄今已將百年州縣官未能人有其書所當重加刊布一行作吏者皆日置几閒朝夕印證未必于政事無裨矣

州縣官必應讀之書如宋呂舍人本中之官箴元張師孟養浩之牧民忠告明呂新吾之實政錄又呻吟語治道篇又刑戒顏光衷茂猷之官鑑高憲宗攀龍之責成州縣約袁了凡黃之當官功過格白一清如珍之刑名一得 本朝于清端成龍之親民官六戒熊勉菴宏備之居官格言陳文恭之從政遺規又在官法戒錄汪龍莊輝祖之學治臆說又佐治藥言蔣心餘士銓之官戒近人如祁竹軒中丞墳之快樂說刻於桂林鍾雲亭制府祥之緝捕聽斷章程刻於濟南者皆當時時省覽奉為楷模若某制府之居官指要刻於蘭州者率以臆為之則祇堪噴飯而已如三下鄉為清慎勤五下鄉為恭寬信敏惠之類

道光二年余以荊州守兼護荊宜施道並榷荊關監督時將礪堂節相自蜀中移書云荊關連年缺額榷務又非我輩所長計惟以寬從事庶收招徠之效耳余奉教惟謹計荊關所轄凡十一口相距八百里而遙稽查頗不易余兼筦七閱月而瓜代者至不但於額無缺且有盈餘方悟寬之一字誠榷關要訣也 恭讀康熙十五年 諭大學

士等曰各關監督所欠錢糧甚多未派之先俱預前往乃到任之後額稅必欠此皆多帶人役征收過刻之故昔南新關有一監督問巡撫王度昭錢糧如何不致缺額王度昭告以從寬征收斷不欠缺後果如其所言乃知礪堂節相之言亦有所本矣

憶少時侍先資政公讀論語公曰仕而優則學謂仕雖優不可廢學也學而優則仕謂學必優而後可入仕也總見學之不可以已也余因舉昔人一行作吏此事便廢之言公云此語似是而非今文人於通籍後往往以此藉口甚不可也無論官翰林者以文章為職志當終身精益求精即六部曹司每日有應定之稿案或時有應擬之奏議既係出身科目豈得諉曰不能若翰林而供奉　內廷部曹而入直樞地則尤不能不與文字為緣倘皆手鈍如椎如何應付得去推之外省各衙門似乎抗塵走俗矣然使詳稟不足以聳動上臺示諭不足以彈壓百姓函札不足以感孚僚屬一一皆假手書吏指重幕賓而本官不能建一議改一字詎不形同木偶所尤可慮者身居臺諫不抗疏不可抗疏而不密尤不可勢必自竭心力而為之乃文筆繭弱識見闒茸一登邸抄萬目難掩平生底蘊盡軒豁呈露於字裡行間而本人方自以為洋洋大篇煌煌奏議可笑可嘆莫此為甚然則不學而仕仕而不學則斃將至於一步不可行敗曰此事遂廢哉

謝退谷亦嘗言文字為居官緊要之用有不可全賴幕賓書吏者假使文字不得力雖有良法美意不能自達於上下四家而奸宄亂政之徒得以施其毀害之術矣按退谷之言是矣而猶未盡也當官文字有應詳而失之略者往往一二語之漏一二字之疏雖事後百計彌縫補苴終覺費手亦有應簡而失之繁者或因反復而招鈍或因絮聒而生厭或自悔其指歸所在或轉開指摘之端凡此皆於政體有礙而幕賓書吏轉可乘間而舞文者是尤不可以不慎耳

陸桴亭世儀曰人非聖人不能無過故君有過臣諫之父有過子諫之獨為長吏令一邑未聞闢一言路令舉下得言其過失近為民父母而矯亢反過於至尊無拒諫之名而有弭謗之實誠所不解今後吾黨有得第為縣令者必尊禮有道祈聞得失月朔必置一櫃令士民投紙櫃中言我一月中過差庶無冒昧妄行之虧耳

劉橫詩職事煩填委文墨紛消散沈迷簿領間回回自昏亂陸機詩終朝理文案薄暮不妨眠文人性畏簿書古今同病但既入其中便當平心靜氣不可治絲而棼朱子嘗言一日立乎其位則一日業乎其官一日不得乎其官則不敢一日立乎其位是也

孟瓶庵師曰世之俗吏有承委而不必盡心者然猶不敢明言也元微之遊三寺詩自敘云適出當陽奉命錄視縣囚牽於遊行不暇詳究詩云曾緣句首他方佛無暇精心滿縣囚噫國家安賴有此人哉此則小人明目張膽自許顛狂者吾輩讀書人斷不可如此鄉前輩黃莘田先生詩人也在粵東歲暮慮囚詩云情有可原惟勿喜生求不得豈含冤我來敢學疎狂吏舉板看山出寺門

今之巧宦有所謂不踹泥者最為可鄙無論事之大小總當先以是非為衡而後計利害又當先公家之利害而後計及身若全不為百姓受過為同官分過為上司擔過則一事不能行矣故范文正公嘗言凡為官者私罪不可有公罪不可無真洞見癥結之言

北窗炙輠云有官君子最忌二事在己則貪在公家則聚斂他罪猶可免犯此二者終身不可齒士大夫之列今人或有處身最廉然掊克百姓上以媚朝廷下以詔權貴幡得美官雖不入己其入己莫甚焉暗中伸手此小偷也公然聚斂以期貴顯此劫盜也

漢相朱博為人廉儉不好酒色遊宴自微賤至富貴食不兼味案上不過三杯夜寢早起妻罕見其面古今自有此一等官情深重之人除非官之外一無所好反似淡然無欲者然博後卒自殺人其易知乎哉

茶餘客話云今官府出行列肅靜迴避二牌亦倂人之義王陽明開府時易其字曰求通民情願聞己過劉忠宣大夏為督撫凡行司道府縣不用官封硃點當堂開拆字樣但夾單帖具名另用副啟開陳事宜末後親筆填大夏頓首四字是皆前人懿稱為美談者其實此等舉動全是客氣非立異即沽名非素位之義也

李文貞曰立朝柄政苟非大賢與之交好比附未有不為所累者故仕宦以孤立為安身的是名言

吉人遺鐸云屠赤水先生嘗言終綱目一書凡一千三百六十二年內請致仕者惟唐仕佑一人請老者惟漢疏廣疏受二人甚矣見幾之難也

龐非敏爲知定州請老召還請不已或謂公精力少年不逮主上注意方厚何遽引去之堅公曰必待筋力不支明主厭棄是不得已豈止足之謂耶按古人進退自有恰好之時李文貞嘗言士大夫老自當退天地亦有休息時寒冬至物都凋枯此不

是無用卻於生物有功。古者憲老而不乞言。但觀法他的模樣。並不敢勞其言語。原有此種道理。如老臣致政之後。天下仰其德望。何嘗無裨乎。此則又進一解矣。

朱子發策。袚名問出處之宜於胡文定。文定曰。子發學易二十年。此事當素定矣。世間惟講學論政。不可不詢究。至於行己大致。去就語默之幾。如人飲食飢飽寒溫。必自斟酌。不可決諸人。亦非人所能決也。

方靈皋曰。衆人之於仕宦。常逐逐而不休者。上不求所以自效於君。下不思所以塞望於人。而惟其身之利焉。故操之則慄。舍之則悲。君子難進而易退。非以為名也。所見者大。故其進也。常覺其志之難稱。而其退也。如釋重負然。昔歐陽公生北宋之隆。遭時行志。功見而名立。自世人觀之。不可謂非仕宦之滿志者。及讀公思潁詩。然後知公之胸中。固有歉然不自足者也。

今民間作事。多以初五十四二十三日為月忌。其說不知始於何時。或謂此三日即河圖中宮之數。為君象。故庶民避之。而居官者又有正五九月不到任之忌。按正五九釋氏謂之三長月。學佛者不葷食。唐武德中下詔禁屠宰。自是方鎮饗士多避之。緣方鎮到官。必大饗將校。以此三月禁屠宰。故不用。今外任無饗士之禮。此三月又

無屠宰之禁。又何忌焉。況今京官除授。即日履任。即外省督撫兩司陛謁。有奉　旨不必進京者。亦須即日履任。又豈能遲延至旬月之久。乃京官不忌。而獨外官忌之。外之大官不忌。而獨庶官忌之。又何說乎。

呂新吾嘗言。參政東落日。與年友張督糧臨碧在座。余以朱判封筆濃字大。臨碧曰。可惜可惜。余擧筆擧手曰。年兄此一念。天下受其福矣。判筆一字。所費絲毫硃耳。積日積歲。省費不知幾萬倍。充用硃之心。萬事皆然。天下各衙門。積日積歲。省費又不知幾萬倍。且心不侈然自放。足以養德。財不侈然浪費。足以養福。不但天物不宜暴殄。民膏不宜慢棄而已。夫事有重於費者。過費不為吝。省有不廢事者。過省不為吝。余在撫院日。不儉於紙。而戒示書吏。片紙皆使有用。比見富貴家子弟。用財貨如泥沙。長餘之惠。既不及人。有用之物。皆棄於地。胸中無不忍一念。口中無可惜兩字。人或勸之。則曰所值幾何。余嘗號為溝壑之鬼。而彼方侈然自快。以為大手段不小家勢。痛哉。

李敏果衛未達時。嘗同一道士渡江。適有與舟子爭詬者。道士太息曰。命在須臾。尚較計數文錢耶。俄其人為帆腳所掃。墮江死。李心異之。中流風作。舟欲覆。道士禹步誦咒。風止得濟。李再拜謝更生。道士曰。適墮江者命也。吾不能救。君貴人也。遇阨得濟。亦命也。吾不能不救。何謝焉。李又拜曰。願師此訓。吾終身安命矣。道士曰。是不盡然。一身之窮達。當安命。不安命則奔競排軋。無所不至。不知李林甫秦檜。即不傾陷善類。亦作宰相。徒自增罪案耳。至國計生民之利害。則不可言命。天地之生才。朝廷之設官。所以補救氣數也。身握事權。束手而委命。天地何必生此才。朝廷何必設此官乎。晨門曰。是知其不可而為之。諸葛武侯曰。鞠躬盡瘁。死而後已。成敗利鈍。非所逆睹。此聖賢立命之學。君其識之。後李每述此語以戒人。

黃陶菴曰。張乖崖帥蜀時。仕蜀者不攜家。止帶給澣濯紉縫兩人。乖崖說一姬。中夜心動。而起繞屋而行。但云張詠小人。張詠小人。後稍令自近。及將歸。出帖子議親云。某家室女。房奩五百千。以禮遣之。衆未嘗有犯也。趙清獻帥蜀日。悅一妓。謂直宿老兵曰。汝識某妓所居乎。曰識之。曰為我呼來。已二鼓。不至。令人速之。旋又令人止之。老兵忽自幕後出。公怪問之。兵曰。某度相公不過一箇時辰。此念息矣。雖承命。實未嘗往。夫以乖崖之勇。閱道之清。而皆未免強制。人欲洵可畏哉。然能強制。此正二公之賢於人也。故曰忍過事堪喜。

官府衙門。不能不用吏役。外官衙門。不能不兼用幕賓。得其人可收臂指之功。非其人遂成切身之害。蓋為吏役者。不可不使之讀陳文恭之在官法戒錄。為幕賓者。不可不勸之讀汪龍莊之佐治藥言。諺有云。公門中好修行。二書所言盡之矣。

紀文達師曰。汪龍莊佐治藥言中。所載近事數條。頗足以資法戒。其一曰。孫景溪先生幕中有葉某。一夕方飲酒。僵仆於地。歷二時而蘇。自言前在山東館陶幕。有士人告惡少調其婦。本擬請主人專懲惡少。不必婦對簿。而同事謝某欲窺婦姿色。慫恿傳訊。致婦投環。惡少亦抵法。今惡少控于冥府。謂婦不死則渠無死法。而婦死由內幕之傳訊。館陶城隍神移牒來拘。昨具疏申辯。謂婦本應對簿。且造意者為謝某。頃又移牒。謂意在窺其色。非理其冤。念雖起于謝。筆實操于葉。謝已攝至。葉不容寬。余必不免矣。越夕遂殞。其一曰。浙臬同公言。乾隆乙亥秋審時。偶一夜潛出察諸吏治事狀。衆皆已酣寢。惟一室燈獨明。穴窗窺之。見一吏方理案牘。几前立一老翁。一少婦。吏初草一籤。旋毀稿更書。少婦斂衽退。又抽一卷。沉思良久。書一籤。老翁亦揖而退。傳詰此吏。則先理者為因姦致死一案。初擬緩決。旋以身列青衿。敗檢釀命。改情實。後抽之卷。為鬬毆致命之案。初擬情實。後以索逋理直。死由還毆。改緩決。知少婦為捐

生之烈魄。老翁為祟。因之先露矣。其一曰。秀水縣署中。有幕胡某。因盛夏。不欲見人。獨處一樓。一日聞樓上慘號聲。從者急梯而上。則胡裸體浴血。自刺其腹。并碎劃周身如刻畫。自云曩在湖南幕。有姦夫殺本夫者。姦婦首於官。吾恐主人有失察咎。以坊拿挑婦遂生供。頃見一神引婦來。剸刃於吾腹。他不知也。號呼越夕而死。其一曰。吳興某。以善治錢穀有聲。偶為當事者所憾。因密訐其侵盜陰事於官。竟成大獄。後自齧其舌而死。又張某在袁會青幕。有姦夫殺本夫者。姦以婦不同謀。欲出之。張大言曰。趙盾不討賊為弑君。許止不嘗藥為弑父。春秋有誅意之法。是不可縱也。婦竟論死。後夢一女子披髮持劍至曰。我無死法。汝何助之急也。以刃刺其胸。夜夜為厲。以至於死。其一曰。蕭山韓其相先生。少工刀筆。久困場屋。且無子。已絕意進取矣。忽在公安幕中。夢神語曰。汝因筆孽多。盡削祿嗣。今治獄仁恕。賞汝科名及子。其速歸。初未以為信。次夕復夢。時已七月初旬。答以試期不及。神曰。吾能送汝也。寤而急理歸裝。江行風利。八月初二日。竟抵杭州。以遺才入闈中式。次年果舉一子。龍莊篤此。所言當不妄也。

陳文恭曰。人有在四民之外。勢所不能無。而又關係民生之利害。吏治之清濁。不可以無化誨者。則官府之胥吏是也。古者三百六十之屬。皆有府史胥徒。府。掌庫藏者。即今之庫吏也。史。掌文案者。即今之吏典也。胥。即今之都吏。為徒之什長。徒。即今之隸卒也。是為庶人在官。其祿同於下士。其田在遠郊之地。先人掌之。春秋月吉讀法書其孝友睦婣。儕與於鄉舉里選之列。故當時僚隸輿臺之守法循分。豈惟風俗之醇。抑上之人教養成就之有其具也。秦燔詩書。以吏為師。漢制能諷書九千字以上。乃許為吏。當時刺史守相自辟其屬。悉求其賢者以為吏。而進達之。而吏亦皆束身自好。以蘄不負上之知。故一時名公鉅卿。起家掾吏者。不可勝紀。兩漢吏治。最為近古。魏晉而後。流品遂分。上品無寒門。下品無世族。吏始不得與清流之班。隋唐以降。科貢之勢重。而吏之選益輕矣。然國家設官置吏。官暫而吏久也。官少而吏衆也。官之去鄉國常數千里。簿書錢穀。或非專長。風土好尚。或多未習。而吏則習熟而諳練者也。他如通行之案例。與夫繕發文移。稽查勾攝之務。有非官所能為。而不能不資於吏者。則凡國計民生。繫于官即繫于吏。而為吏胥者。類皆有機變之才智。不能安于畎畝耕鑿之樸。以求役于官。因盤據其間。子孫親戚。轉相承受。作奸犯科。相習熟為固然。而不知禮義之可貴。為官者亦多方防閑之。摧鋤之。幾若猛獸搏噬之不可馴擾。夫防之愈嚴。作弊亦愈巧。摧之愈甚。自愛之意愈微。將甚然棄其廉恥之心。以益肆其奸猾狡黠之毒。官吏相蒙。國計民生。于焉交困矣。昔劉晏以吏人不可用。謂吏無榮進。則利重于名。我國家立賢無方。吏員一途。咸有進身之階。惟其才之所宜。未嘗限其所至。則固有榮進之可期矣。即或不盡榮進。而其愛一時之小利。必不如其愛身家子孫之大利。更不如其畏身家子孫之奇禍。今試語人以于公治獄之陰德。而子孫駟馬高車。充溢門閭。未有不欣然慕效者也。語以王溫舒舞文巧詆。奸利受財。而毒至于五族。未有不悚然易慮者也。特無提醒之者。遂善遠罪之良心。無緣而動耳。上以君子長者之道待人。而人不以君子長者之道自待者。非人情也。矧吏胥多讀書識字。粗知義理。習與故明。利害視田野之愚氓。閭門之婦孺。其化誨當更易易。為官者方日資其心思才力。以成其政治。而顧視為化外之人。不一思所以化誨之。聽其日習于匪僻。于心何安。而于事又寧有濟乎。

退庵隨筆卷五終

退庵隨筆卷六

清　福州梁章鉅茝林編

政事一

先儒言道學政治不可使出於二蓋治天下國家而不先自治其心則必不能無私而愛憎取舍必不能大公而至正然亦有自恃其心之無私而吏治臧否民情苦樂不能洞澈無壅蔽而措注不能以悉當者故又須學以濟之恭讀雍正十三年上諭云朕聞督撫參奏屬員及題請改教本章每有書生不能勝任及書氣未除等語夫讀書所以致用凡修己治人之道事君居官之理備載於書故傅說之告其君曰學於古訓乃有獲又曰念終始典於學成王訓其臣曰學古入官議事以制政乃不迷又曰不學牆面蒞事惟煩人不知書則偏陂宅衷操切處事生心害政有不可救藥者若州縣官果足以當書生二字則以易直子諒之心寬懷惠愛之政任一邑則一邑受其福蒞一郡則一郡蒙其庥朕惟恐人不足當書生之稱而安得以書生相戒乎朕自幼讀書宮中講誦二十年未嘗少輟實一書生也王大臣為朕所倚賴朝夕左右亦皆書生也若指屬員之迂謬疎庸者為書生以相詬病則正伊不知書所致而書豈任其咎哉至于書氣二字尤可寶貴果能讀書沈浸醞釀而有書氣更集義以充之便是浩然之氣人無書氣即為粗俗氣市井氣而不可列于士大夫之林矣是書氣正宜從容涵養以善培之安可勸之使除而反以未除者為病乎　聖訓煌煌道學政治一以貫之矣

蘇文忠作田表聖奏議敘云古之君子必憂治世而危明主明主有絕人之資而治世無可畏之防夫有絕人之資必輕其臣無可畏之防必易其民此君子之所甚懼也此數語酷似董江都賈長沙魏鄭公陸宣公口氣為近臣者宜三復斯言

大臣之職莫大於以人事君故薦賢宜受上賞司馬溫公有薦士錄自至和迄建寧凡百有六人皆公手錄其外題曰舉賢能亦公所作隸古也見牟獻陵陽居士集呂正獻公嘗薦常秩後稍改節呂對程伯淳有悔薦之意伯淳曰願侍郎寧可受人欺不可使好賢之心少替見吳曾能改齋漫錄古人為國求賢之心誠篤懇切如此後人身家之念重而忠愛之意薄有大臣終身不薦一人而輒博公正之譽者夫仲弓問政夫子告以舉賢才子游宰武城夫子但問其得人聖門之教如此邑宰且然況大臣哉

尚書言學古入官學論言學優則仕子路以子羔為宰孔子以為賊夫人之子鄭罕虎欲官尹何子產以為必有所害賊害之存乎人者不足惜而傷於政者將不可挽矣吾友程春廬同文嘗言民之難治甚矣而皆根于無教誠不以民之愚賤而忽置之教民勤儉則可以足衣食教民禮義則可以省獄訟教民孝弟忠信則可以使之尊君親上固結而不可解然則天下有不教之民豈有不可治之民哉夫官者以教民為責者也而民之有不教者何以故亦不學之咎耳故學而仕則可以治民而不學者反是此自然之致也夫正其本萬事理人才者政之本也學者人才之本也若夫道德為先文藝次之此又學之本也哉

李二曲曰宰一邑與宰天下同特患無求治之心如果有心求治不妨從容料理若求治太急興利除害為之不以其漸不是忙中多錯便是操切太過自古成大事者眼界自闊規模自別當慱大成務不取便目前亦猶學者當學聖人而未至不欲以一善成名也

又曰教化為政之首務然言教不如身教之易以感人昔清河太守房景伯力行教化務以身先有婦人告其子不孝景伯召婦人侍其母食使其子侍立堂下觀己供食每上食親捧案拜母食畢然後退食未旬日其子悔過求還景伯以為此雖面慙其心未也不聽凡二十日其子叩頭流血婦人亦涕泣求還然後許之卒以孝聞

黃香石培芳曰古來政之弊也不徒弊於疎略抑且弊於繁密處分重則人思規避而巧宦生矣條例多則法可游移而舞文作矣蓋法律之權不可在吏與幕法密文繁條例日增求其權不歸吏與幕也得乎故善治獄者任律不任例律有定而例無定也夫制律之初亦既簡且明矣簡明則仕宦者皆可習而知彼吏與幕安得從而弄之其有事出非常則隨時聞于上以下廷議定之可也若例與時增積重難究非吏不能習知非幕不能援引於是專事比照徒工組織有一例以入之即有一例以出之有一例以生之即有一例以死之于是仕宦之精明康幹者或往往不免罹于法而詐偽平庸者時可以僥幸而得福所職此之由所謂一法立一弊生也

魏叔子曰考覈人才經以六曹之職如學兵者考其韜略學刑者考其律例最為切實不濟然天下之才有未必能專精一曹而獨能明于國家興除之大故強弱之大勢斷非常之事定卒然之變其精強于六曹者至此或束手而無措若必以專才繩之則此等人皆遺棄矣故循名責實之術反有時而失人司用人之柄者不可不知

也
中公謂爲治不在多言顧力行如何此語雖結寗理尚未曉多言自專指條教號令
之繁苛若夫一政之原委一事之得失倘不經講求辨論反覆詳明如何行得去郎
如堯舜禹湯之道文武時已極明備乃周公猶須仰而思之夜以繼日以此知力行
二字猶是從半截工夫也

昔人謂決疑案除外惡第一善法莫如私訪政簡則親行政繁則託人昔子賤宰單
父父事兄事數人使彈琴而理尹翁歸任東海太守巡行屬縣奸猾强横無有脫者
皆此法也然此事亦只可偶一行之屢試則必滋弊紀文達師嘗言明公恕齋官太
平府時有疑獄易服自察訪之偶憩小庵僧年八十餘矣見公合掌呼其徒具茶徒
遥應曰太守且至可速來戲公大駭曰何以知
我來曰公一郡之主也一舉一動通國皆知之何獨老僧又問何以識我曰太守不
能識一郡之人一郡之人則孰不識太守問爾知我何事出曰某案之事兩造之黨
布散道路間彼皆陽不識公耳公憮然自失問爾何獨不陽不識僧投地膜拜曰死
罪死罪欲得公此問也公爲郡不減龔黄然微不慊於衆心者曰好訪此不特神姦

巨蠹能預爲蠱惑計也即鄉里小民孰無親黨孰無恩怨訪甲之黨則甲直而乙曲
訪乙之黨則甲曲而乙直訪其有讐者則有讐者曲訪其有恩者則有恩者直至于
婦人孺子聞見不真病媪衰翁語言昏憒又可據爲信讞乎公親訪猶如此再寄耳
目於他人庸有幸乎且訪之爲害非僅聽訟爲然也閭閻利病訪亦爲害而河渠堤
堰爲尤甚小民各私其身家水有利則遏以自肥水有患則鄰可爲壑孰肯舍此勝
算而揆地形之大局爲永遠安瀾之計哉公沈思其語竟不訪而歸姚安公曰凡獄
情虚心研察情僞乃明信人信己皆非也信人之弊僧言是也信己之弊亦有不可
勝言者安得再一老僧爲說法乎

仁言不如仁心仁聞夫人而知之然當官而不事條教號令其勢亦有所不行凡告
諭之文必先設身處地而出之纏綿愷惻然後足以動人今人于此等文字不論理
而論勢非曰言出法隨即曰決不寬恕滿紙張皇全無真意官以挂示爲了事而民
亦徒視爲貼壁之空文矣余最愛王陽明先生當官告諭之文直如教誡家人子弟
其諭浰頭巢賊一篇尤爲警至其詞曰茲任之始即聞爾等積年流刦鄉村殺害良
善本欲即調大兵剿除爾等因念爾等巢穴之内豈無脅從之人況聞爾等亦多大
家子弟必有識達事勢頗知義理者自吾至此未嘗遣一人撫諭爾等輒師剪滅是
亦近于不教而殺今特遣人告諭爾等勿自謂兵力之强更有兵力强者勿自謂巢
穴之險更有巢穴險者皆已誅滅無存爾等豈不聞見夫人情之所共恥者莫過於
身被盜賊之名人心之所共憤者莫甚于身遭刦掠之苦今使有人駡爾等爲盜爾
必怫然而怒豈可心惡其名而身蹈其實又使有人焚爾室盧刦爾財貨掠爾妻女
爾必憤恨切骨誓死必報爾等以是加人人其有不怨者乎人同此心乃必欲爲此
想亦有不得已者或爲官府所迫或爲大户所侵一時錯起念頭誤入其中此等苦
情亦甚可憫然亦皆由爾等悔悟不切爾等當初去從賊時乃是生人尋死路尚且
要去便去今欲改行從善乃是死人求生路乃反不敢何也若爾等肯如當初去從
賊時拚死出來求要改行從善我官府豈有必要殺爾之理我每爲爾等思念及此輒
至終夜不能安寢亦無非欲爾等尋一生路爾等冥頑不化然後不得已而興兵此則
非我殺之乃天殺之也今謂我全無殺爾之心亦是誑爾若謂我必欲殺爾又非本
心爾等今雖從惡其始同是朝廷赤子譬如一父母所生十子八子爲善二子背逆
要害八人父母之心須除去二人然後八子得以安身均之爲子何故必欲偏殺二子

不得已也若此二子者一旦悔惡遷善號泣投誠爲父母者亦必哀憫而收之何者
不忍殺其子乃父母之本心也吾于爾等亦正如此聞爾等辛苦爲賊所得亦不多
其間尚有衣食不充者何不以爲賊之勤苦精力而用之于耕農運之于商賈可以
坐致富饒遊觀城市之中優遊田野之内豈如今日擔驚受怕出則畏官避讐入則
防誅懼剿潛形遁迹憂苦終身卒之身殺家破妻子戮辱亦有何好爾能改行從善
吾即視爾爲良民撫爾如赤子更不追咎爾等既往之罪若習性已成更難改動亦
由爾等爲之吾親率大軍圍爾巢穴爾之財力有限吾之兵糧無窮縱皆爲有翼之
虎諒亦不能逃于天地之外爾等若必欲害吾良民使吾民寒無衣飢無食居無廬耕
無牛父母死亡妻子離散吾欲使良民避爾則田業被爾等侵奪亦無可避之地欲
使吾民賄爾則家資爲爾等擄掠已無可賄之財就使爾等今爲我謀亦必須盡殺
爾等而後可爾等好自爲謀吾言已無不盡吾心已無不盡如此而不聽非我負爾
乃爾負我矣嗚呼爾等皆吾赤子吾終不能撫恤爾等而至于殺爾嗚呼痛哉

呂新吾曰太和之氣雖貫澈于四時然炎徼以南常熱朔方以北常寒姑無論只以
中土言之純然暄燠而無一毫寒涼之氣者惟是五月半後八月半前九十日耳中

閒亦有夜用袷綿時至七月而暑已處八月而白露零九月寒露霜降亥子丑寅月其寒無俟言矣二三月後猶未脫綿穀雨以後始得斷霜四月已夏猶謂清和大都嚴肅之氣歲常十八而草木二月萌芽十月猶有生意乃生育長養不專在于暄燠而嚴肅之中正所以操縱沖和之機者也聖人之為政也法天當寬則用春夏當嚴則用秋冬而常持之體則于嚴威之中施長養之惠何者嚴不匱惠易窮威中之惠鼓舞人群惠中之惠驕弛衆志子產相鄭鑄刑書誅強宗伍田疇褚衣冠及語子太叔猶有莫如猛之訓可不謂嚴乎乃孔子之評子產則曰惠人也他日又曰子產衆人之母孔子之為政可考矣彼沾沾煦煦尚姑息以養民之惡卒至廢弛玩愒令不行禁不止小人縱恣善良吞泣則孔子之罪人也故曰居上以寬為本未嘗以寬為政嚴也者所以成其寬也故懷寬心不宜任寬政

又曰做天下好事既度德量力又須審事擇人專欲難成衆怒難犯此八字者不獨妄動邪為者宜慎雖以至公無私之心行正大光明之事亦須調劑人情發明事理俾大家信從然後動有成事可久盤庚遷殷武王伐紂三令五申猶恐弗從蓋恆情多暗于遠識小人不便于己私群起而壞之雖有良法胡成胡久

又曰簿書所以防奸也簿書愈多而奸愈黠何也千冊萬簿何官經眼不過為左右開打點之門廣刀筆之計為下屬增紙筆之費為百姓添需索之名舉世昏迷了不經意以為當然一細思之可為大笑有識者但裁簿書十分之九而上下相安弊端自清矣

李文貞曰書吏貴少好人然欲天下太平必先此輩孟子說班爵祿卻自庶人在官者始漢家史治曹掾得自辟用最妙此輩都用讀書人從下面好起不相欺事便易辦否則上雖嚴明終有覺察不到處

顧亭林曰天子所恃以平治天下者百官也今奪百官之權而一切歸之吏胥是所為百官者虛名而柄國者吏胥而已郭隗之告燕昭王曰亡國與役處吁可畏也大抵吏胥之權所以日重而不可拔者任法之弊使之然也誠能開誠布公以任大臣疎節闊目以理庶事則文法省而徑竇清人材登而狐鼠退矣

又曰科場之法欲其難不欲其易更其法而予之以難則覬倖之人必少一覬倖之人則少一營求患得之人而士類可漸以清矣抑士子知其難也而攻苦之日多多一攻苦之人則少一群居終日言不及義之人而士習可漸以正矣鄉會試雖分三場實止一場士子所誦習主司所鑒別不過四書文行之四百餘年場屋可出之題士子早已預擬每一榜出抄錄舊作幸而得雋者不少矣今欲革其弊易以詩賦策論則議者必譁然以為聖賢之言不可不尊士子所習難以驟改其說必不行其弊終難革也竊謂宜以五經文為第一場四書文為第二場五經卷帙既富題目難以預擬均為八股之文不得委為未習如此則研經者漸多而剿襲雷同之弊庶其消息乎

古人良法美意惟其實不惟其名今人有終日奉行而習焉不察者甚可笑也即如論取士者輒以為當復鄉舉里選之法不知今日士子應試紳宦赴官無不須鄰里保結者非即古之鄉舉里選乎保者事發連坐結者要以終身立法至嚴也畫一名畫一押用印而坿之卷于繫甚重也其責保人曰如虛甘罪責所保之人曰身家並無違礙夫士紳而無身家違礙之事保結惟取身家無違礙之人鄉舉里選何以異是苟就此一端而核實行之如有違礙雖班馬曹劉亦難進取而聰明才辯之士將亟亟于富貴利達之途雖欲不免為善而強寡過得乎

王荊公上宋仁宗書云今士之所宜學者天下國家之用也今悉使置之不教而教之以課試之文章使其耗精疲神窮日之力以從事於此及其任之以官也則又悉使置之而責之以天下國家之事夫古之人以朝夕專其業於天下國家之事而猶有能有不能今乃移其精神奪其日力以朝夕從事於無補之學及其任之以事然後卒然責之以為天下國家之用宜其才之足以有為者少矣宋治壞於荊公而此言則不可以人廢矣

虎坊雜識云人皆言鄉舉里選之風斷難行于今日恐其矯飾詐偽請託也然以空文取人其矯飾詐偽請託不益甚乎何法無弊在乎行之善耳且就二者衡之文之失大行之失小行所得者多文所得者少以文進人人猶修行況以行取人乎故曰民之秉彝好是懿德

龔海峯曰後世鄉舉里選之法不行而浮華聲氣之弊接踵而起崎嶇莫夜乞憐於公卿輾轉名場借逢於關節相習成風恬不知怪夫今日之為士皆後日之為官也廉恥本相因士不知恥則官安能廉科名小事耳可以得之者無所不為君親大倫也可以欺之者無所不至一旦居官毋怪其病民而負國也士習不正而官方不肅官方不肅而民氣益以不醇彼見夫服儒衣冠儒誦讀聖賢之書者之猶見利必爭

見害必避也。而閭閻何貴焉。好剌譏，善可否，議論當世之人，有之猶終違其始，行背其言也。而稚魯何貴焉。老師宿學，凋零殆盡，後生小子，無所效法，而公卿大夫不知正身率士，借口收羅人才，引掖後進，以濟其私心，其風愈熾，其波愈靡，不急挽之以杜其源，將恐吏治民風，俱不可問矣。

自前代以四書文取士，其極至于空虛剿襲，陳陳相因。我朝欲矯其弊，康熙二年，遂停止八股文體，鄉會試以策論表判取士，分為二場，第一場試策五道，第二場四書論、經論各一篇，表一道，判五道。直省學政亦專以策論考試生童。三年，更定鄉會試頭場文五篇，二場用四書本經題作論各一篇，三場表一道，判五道。四年，禮部侍郎黃機疏言，制科往事，先用經書，使士子闡發聖賢之微旨，以觀其心術，次用策論，使士子通達古今之事變，以察其才猷。若重策論而輕經書，恐人將置聖賢之學于不講，非朝廷設科取士之深意，請復舊制，仍于頭場用四書文。從之，至今遵行，未之有改。阮吾臺先生曰：唐以詩賦取士，何嘗少正人；明以四書文取士，何嘗無邪黨。惟是人有三等，上等之人，無論為何藝，所恥皆歸于正；下等之人，無論為何藝，所恥亦歸于邪；中等之人最多，若以四書文囿之，則其聰明不暇旁涉，才力限于功令，平日所

誦習惟程朱之說，少壯所揣摩皆道理之文，所以篤謹自守，潛移默化，有補于世道人心者甚多，勝于他藝遠矣。

殿試以制策取士，為士子拜獻先資。乾隆二十五年，諭曰：廷試士子，為掄才大典，向來讀卷諸臣，率多偏重書法，而于策文則唯取中無疵纇，不礙充選而已。就文與字較，則對策自重于書法。如文義醇茂，字畫端楷，自屬文字兼優，固為入格之選；若其人繕錄不能甚工，字在丙而文在甲者，以視文字均屬一等，可以調停入彀之人，自當使之出一頭地。況此日字學稍疎，將來如與館選，何難臨池學習。倘專以此為進退，兼恐讀卷官有素識貢士筆迹者，轉以滋弊，非射策決科本義也。謹按近來讀卷大臣，抑文重字，此風猶未盡改。王士禎分甘餘話云：本朝狀元，必選書法之優者。順治中，上喜歐陽詢書，而壬辰狀元鄒中倚、戊戌狀元孫承恩，皆法歐書者。康熙以來，上喜二王書，而乙未狀元歸允肅、壬戌狀元蔡升元、庚辰狀元汪繹，皆法黃庭經、樂毅論，揣摩風氣，遂末忘本。蓋自國初已然。且策文必詳細研求，而字迹則一望而得，是亦避難就易之一端歟。繹聖謨，能無審所持擇哉。

舊例廷試策冒十四行，卷尾空白十四行；新例策冒八行，卷尾空白十行。所欽惟于冒四字，必在行末中間，不得塗乙一字，則新舊例並同。謝梅莊曰：此例未知起于何時。意當時秉鈞大臣，私作威福，恐新進有劉蕡、蘇轍其人，故多方以鈐束之，而且品題高下，先字後文，不取其文之剴切，而第取其字之精工，賈、董、鍾、王同時應制，賈、董下第，鍾、王登科，恐非古帝王敷奏明試、詢廣訪其之意矣。

康熙二十八年，始定考試滿洲生員、舉人、進士，皆兼試騎射。按禮記：古者天子以射選諸侯卿大夫士，諸侯歲獻貢士于天子，天子試之于射宮，其容體比于禮，其節比于樂，而中多者得與于祭；其諸侯有慶，則益地以示賞，反是者讓之，削地以示罰。射之於選舉，其重如此。孔子射于矍相之圃，觀者如堵牆，古之儒者，未有不能射者也。自後世溺于章句，而文武判為兩途，懷鉛握槧之儒，幾不知弓矢為何事，寬衣博帶，以號于人曰士也，抑知六藝均為士人所有事，習書廢射，則得一藝而失一藝，人才之偏而不全，宜其遠遜於三代也。國家功令所在，八旗有不與試之士，而無不能射之人，入則含毫挾冊，出則躍馬彎弧，要皆為有用之學，有事則公卿即為將帥，贖牧出于禁廷，行師一二萬里之外，指揮坐定，無事登壇選將，如往代委曲繁重之所為矣。竊謂漢人似亦可仿斯制，行之以漸，未必于人才無裨。夫學習騎射，豈能妨

礙讀書？予同年友果益亭將軍，以十五善射冠其曹，而行楷書之精，一時旗人亦無出其右者，足見此事可以並行不悖矣。

掌書院講習者，謂之山長。南唐昇元中，白鹿洞建學館，以本道為洞主，掌其教授。賓退錄載，將維東隱居衡嶽，從而受業者，號山長。蓋山長以衡山名，猶之洞主以鹿洞名。宋大中祥符間，嶽麓書院山長以行義著，此則書院之山長也。山長亦稱院長，嵩陽書院王曾奏置院長是也，亦稱山主，台州守王華甫建上蔡書院，楊棟為山主是也。近時山長有以本學教官兼管者，亦自古有之，宋史理宗景定四年，何基為婺州教授，兼麗澤書院山長；徐幾為建寧府教授，兼建安書院山長是也。然未有如今日之舉貢生監，以在家遙領為故常者；更未有如近日江南以書院為市惠應酬之具，每縣薦至十餘人，小縣至少者亦三五人，皆不必赴館，其名謂之食乾俸，此則無益于士子，有損于縣官，受者傷廉，施者傷惠，誠不可不革之頹俗矣。

明宏治九年，遼東王雲鳳為禮部祠祭郎中，請天下府州縣學校悉立名宦鄉賢祠，遂為定制。見明史藁。至續通考載直隸提學御史陳子貞請郡邑學宮名宦鄉賢之秩祠，皆當屬之提學官，別衙門不得越俎。明會典載萬歷二年，令各撫按釐正名宦

鄉賢祠有不應入祠者即行革黜之法之初嚴慎如此近日未免冒濫余在禮部每歲稟題疏稿無不畫諾竊見長貳及同人皆以委善從長為主多准少駁亦一時風氣使然按野獲編及堅瓠集各載成化中給事王徽將卒屬戒其子欽佩曰鄉賢祠甚雜鄙吾恥居其中切不可入又宏治中劉建為相時河南有司欲以其封翁入鄉賢劉謝之曰吾郡鄉賢祠有二程夫子在吾父何敢並焉卓哉二公可以風世矣

災異之來除卻恐懼修省並無別法無事推測更無事禱祈居國如此居家亦如此後漢書楊賜疏引周書云天子見怪則修德諸侯見怪則修政卿大夫見怪則修職士庶人見怪則修身唐書五行志云所謂災者被于物而可知者也水旱螟蝗之類是已異者不可知其所以然者也日食星孛五石六鷁之類是已孔子于春秋紀災異而不著其事應蓋慎之也以為天道遠非諄諄以諭人而君子見其變則知天之所以譴告恐懼修省而已若推其事應則有合有不合有同有不同至于不合不同則將使君子怠焉以為偶然而不懼此其深意也此段議論足破京房諸人穿鑿附會之病

李文貞曰西人歷算比中國細密但不知天人相通之理如古人說日變修德月變修刑西人便說日月交食五星淩犯乃躔行定數無關災異不知天于人君猶父母也父母或有病飲食不進豈不是風寒燥濕所感自然有的但為子孫者自應憂苦求所以然之故必先自反于身或是觸怒致然否則調理不周所致因而傍徨求醫斷無有說疾病人所時有不須管他之理無論天子即督撫於一省知府于一郡知縣于一邑皆有社稷民人之責皆當修省即士庶以至卑賤似不足以召天變然據理亦當修省如父母怒別個兒子時凡為兒子者俱當畏懼父母斷不因其畏懼而謂我本怒他于爾無與而反增其怒者通天地人之謂儒揚雄謂知天而不知人則技西人此等說話直是陰助人無忌憚天變不足畏之說耳

中天之世以堯舜為君皋陶為士而尚有疑輕之罪無刑之期則後世治刑吏談何容易舜典言刑實在正當至夏殷則有孥戮之語惟文王一以堯舜為法說曰罪人不孥若無孥者何消說不孥乎

新唐書刑法志載太宗嘗覽明堂針灸圖見人之五臟皆近背銘罪人無得鞭背按漢書刑法志孝景中六年定箠令當笞者笞髀如淳曰然則先時笞背也殆漢以後復笞背至唐太宗又改為笞臀耳

今法於五刑之外又有淩遲之刑其名始見于宋史刑法志嘗讀陸放翁奏狀云伏覩律文罪雖甚重不過處斬五季多故以常法為不足于是始于法外特置淩遲一條肌肉已盡而氣息未絕肝心聯絡而視聽猶存感傷至和虧損仁政實非聖世所宜遵也議者謂如支解人者非淩遲無以報之臣謂不然若支人者必報以淩遲則盜賊有滅人族掘人之冢墓者亦將滅其族掘其冢墓以報之乎若謂斬首不足禁姦則臣亦有以折之昔三代用肉刑而隋唐之法杖背當時必謂非肉刑杖背不足以禁姦矣及漢文帝唐太宗一日除之而犯法者乃益稀仁之為效如此其昭昭也欲望聖慈特命有司除淩遲之刑以增國家之福乃知此刑昉於五代非古人意也

程春廬曰重典之說見于周禮先儒有以為周秦間晚出之書非周公所手定者有以此語為劉歆所竄入者皆不可知孔子曰不教而殺謂之虐曾子語士師亦以道失民散宜於哀矜春秋之時禍變已極誠可謂之亂國而孔曾之言如此則重典之無所施於世亦審矣

牛階平曰當官治民要通盤打算與其輕刑十人而不足懲不如重處一人而九人畏是懲一而恕九也

顧亭林曰周禮士師掌邦之八成七曰為邦朋太公對武王民有十大而曰民有百里之譽千里之交六大也又曰一家害一里一里害諸侯諸侯害天子嗟乎此太公之所以誅華士也世衰道微王綱弛于上而私黨植于下故箕子之陳洪範必皇建其有極而後人無有淫朋比德文王之作易必曰渙其羣元吉也

王爾緝必敬曰前代議選法者曲生防範設為本省人不得官本省之例其意專為防弊爾究之所防之弊有出于所防之外而中間隱伏弊端為國計民生吏治之害者匪淺其弊云何以極南之人選極北之缺以極東之人選極西之缺仕途來往費已不貲濟累滿身雖欲以廉蒞官而本心不能自遂其弊一也吏為士民師表宜敦崇孝道以為風化之倡今如兩親已老更無昆弟一選遠地即平日至性天成之士不能不違其初心而離親長往當亦非　國家教孝之道其弊二也一選遠方語言不通情形不熟雖至明者初至必難洞悉是官與民俱受害其弊三也南北風氣迥殊一選遠地往往飲食起居不宜本官長途跋涉勞而無益有去以十餘口而歸僅四五口甚且有本官不免者則害在本官之身家其弊四也路途既遠行程必淹即不免曠時廢事則害在公家之職業其弊五也一選遠地新舊相接斷不能一一交手

中間添一署事之員，即不免隨滋弊端，則害在地方，其弊六也。本衙胥役有識接應札之費，則害在胥役，其弊七也。若屬在大吏，夫馬驛擾，更不可言，則害在驛遞，其弊八也。今若依三單之法，而善行之，諸弊可以立去。何謂三單？如天下原分十五省，即以十五省分為南北中三單。北單 盛京山東山西河南陝西五省，中單江南浙江江西四川湖廣五省，南單雲南貴州福建廣東廣西五省。除督撫特差邊將重任司道府尹大僚，但論才識不分南北外，其餘文自五品以下，武自四品以下，三單各自論俸，不得以極南人任極北缺，極北人任極南缺，惟中單儘可通融。然通融者亦只一千五百里至二千里為度，庶幾公私盡便，中間暗收無窮之利。試觀 本朝滿人皆仕 盛京，各省武科與行伍大小武員，本省皆可試用，亦未聞盡屬扶同徇私情法拘礙，而鄉試迴避之員，亦未必盡免扶同拘礙之弊，則即 盛京而天下可推矣。即武員而文員可推矣。即前事而後事可推矣。又如教官除本邑外，隣邑便可除授，至遠止宜以五百里為度，蓋教官許任本省，已為切近情理之良法，然作教官之人往往年逾少壯，而如陝西之境，自潼關至肅州五十程，中間又無水程舟楫之便，以徒老寒儒鞍馬馳驅，路費浩大，亦覺難乎為情，即陝西而各省可推矣。

郵蘇年師同今 朝廷所設官司廉俸，一切銀兩非扣俸即公捐，有名無實，百不一存。然而官之室家賴之，親友賴之，僕從賴之，而且以延幕賓，以恤丁役，以奉上司，以送迎賓客僚友，而又有歲時不可知之費，計其所需，豈止一端？昔東坡有云：士大夫從官于四方，宦力之餘，亦欲取樂，此人之至情也。今即不敢言為樂，然使一切費用艱難，節縮困苦，拘囚已非治景，況勢有迫于無可逃，而其用實無所從出，官箴自俸廉而外，一思展拓，何一非侵漁刻削之端？事出于不可奈何，而復欲以法繩之，是何異于坐之鮑臭之肆，而譏其薰染之不馨，登之部色之場，而責其嚬笑之已苟乎？竊思古者卿大夫皆有采地，士庶以下皆有授田，其所授者，必使足供其所需，而後責其盡心宣力以事國家。魏晉以下，此風未廢，正史所載，猶有官品第一至第九職田之名。晉書陶潛以官田種秫，宋書阮長之以芒種前一日去官，此皆公田之證。唐宋以下，間存其制。元史至元元年八月，詔定官吏員數，分品從官職，給俸祿，頒公田。明太祖實錄洪武十年，制賜百官公田，以其租入充俸祿之數，其後不知何時始收職田以歸之于上，而但折俸鈔，其數復視前代為輕，始無以責吏之廉矣。今若能復古制，隨地捐發，行之，略如教職之學租、書院之生息，庶亦清吏之本務，而廉養之良規歟？

論語言謹權量，審法度，成周開國之政，莫先于此。其于天下，則有五歲一察之典，虞書所謂同律度量衡是也。其於國中，則有每歲再察之政，月令所謂日夜分則同度量，鈞衡石，角斗甬，正權概是也。降至後世，權量丈尺隨地而歧，一權也，既以十六兩為斤矣，乃民間又有十二兩稱、十八兩稱及斤半稱之殊，既以庫平為準矣，乃民間又有京平、市平、曹平、廣平之別。一量也，既有部頒之官斛矣，乃又有倉斛、舖斛、大斗、小斗之異。一尺也，既有部定之尺矣，乃又有京尺、家尺、裁尺、工尺之分，名目愈紛，詐偽愈出。甚至田畝之數，有以五尺為步者，有以六尺七尺八尺為步者，有以二百四十步為畝者，有以三百六十步為畝者，有以七百二十步為畝者，有以一千二百步為畝者，都在下者奚所適從？在上者憑何稽察乎？顧亭林嘗言：隋張煚為冀州刺史，作銅斗鐵尺，置之于肆，百姓稱便。不知我朝開國之初，盛京即有金石金斗之製。康熙四年，諭大學士九卿等曰：各省民間所用斗斛大小各別，此皆牙儈平價之人牟利所致，又升斗面寬底窄，若少尖量即致浮多，稍平量即致虧少，弊端易生，職此之由。嗣後直省斗斤大小應作何畫一，其升斗式樣應否底面一律平準，一併議奏。旋據會議，查順治五年，戶部將供用庫舊存紅斛與通州鐵斛較，紅斛大，鐵斛小，將紅斛減

改，永為斛式。十二年，又鑄鐵斛二十具，一存戶部，一貯倉場，直隸各省皆發一具，今應再將鐵斛照鑄七具分發。盛京順天府五城，其升斗俱改底面一律平準，各造三十具，分發直隸各省，永遠遵行。至康熙四十三年，復諭大學士及戶部尚書等曰：戶部呈樣之斛與升斗，朕俱注水詳加測量，其樣升上下四角寬窄不均，算積數見方得三萬一千三百八十二分有零，其樣斗上下四角寬窄亦不均，算積數見方得三十一萬六千七百六十四分有零，其樣鐵斛算積數見方得一百六十萬分，其數不相符。查性理大全嘉量篇，每斛積一百六十二萬分，與今之鐵斛較多二萬分，因鐵斛用之已久，不可輕改，是以依今之鐵斛五斗為準，造新樣斗一具，方徑四寸，深二寸，積數見方得三萬三千分，若依此樣，十升一斗，五斗一斛，毫釐不差，因出新樣銅斗升，付戶部，令照式以鐵為之。仰見 天縱生知，精力測量，尤足垂定式而息爭端。惜臣工等不能實力奉行，隨時審較，以至吏胥高下其手，市儈又從而生心，弊竇叢生，遂至不可究詰也。

同律度量衡，自是三代以上之政，今再三思之，權量尚不難定制，而度尺實未易更張。人家日用之丈尺，猶可設法均齊，而履勘田畝之弓尺，則更難于畫一。查乾隆十五

年。戶部議奏。自順治十二年。部鑄方尺頒行天下。康熙年間。復行嚴禁。如有盈縮。定以處分。迨後各省方尺多有不齊。乾隆五年。行令直省。各將該地方現行方尺式樣報部。其時惟直隸奉天江西湖南甘肅四川雲南貴州並兩淮河東二鹽場。俱遵部頒方尺。此外或以三尺二三寸。或以四尺五寸。或以六尺五寸。或以七尺五寸為一方。或二百六十方。或三百六十方。或六百九十方為一畝。今若令各省均以部頒五尺之方二百四十方為一畝。倘部頒方尺。大于各省舊用之方。勢必田多缺額。正賦有虧。若小於舊用之方。又須履畝加徵。于民生未便。且事經久遠。一時驟難更張。已據各督撫開明不齊緣由報部存案。毋庸再議。惟自十五年以後。新漲新墾陞科之田。務遵部頒方尺。不得私自增減。然迨茲又八十餘年。豈能保無盈縮。以此見立法之不易。自古至今。未有一勞永逸之方也。

退庵隨筆卷六終

退庵隨筆卷七

清　福州梁章鉅茝林編

政事

康熙二十九年。大內發出前明宮殿樓亭門名揭子。又宮中所用銀兩及金花鋪墊。並各宮老媼數目揭子。令王大臣等察閱。諸臣等覆奏。查得故明宮中每年用金花銀共九十六萬九千四百餘兩。今悉已充餉。又故明光祿寺每年送內所用各項錢糧二十四萬餘兩。今每年只用三萬餘兩。每年木柴二千六百八十六萬餘觔。今止用六七八萬觔。每年用紅螺等炭共一千二百八萬餘觔。今止用百萬餘觔。各宮床帳輿轎花毯等項。每年共用銀二萬八千二百餘兩。今俱不用。又查故明宮殿樓亭門名共七百八十六座。今以本朝宮殿數目較之。不及前明十分之三。至故明各宮殿九層基址。牆垣俱用臨清磚。木料俱用楠木。今禁中修造房屋。出於斷不可已。凡一切基址牆垣。俱用尋常磚料。木植皆用松木而已。四十九年。諭大學士等曰。明季事蹟。卿等所知。往往皆紙上陳言。萬歷以後。所用太監。有在御前服役者。故朕知之獨詳。明朝費用甚奢。興作亦廣。一日之費。可抵今一年之用。其宮中脂粉錢四十萬兩。供應銀數百萬兩。至世祖皇帝登極。始悉除之。紫禁城內一切工作。俱派民間。今皆現錢僱覓。明季宮女至九千人。內監至十萬人。飯食不能徧及。日有餓死者。今則宮中不過四五百人而已。又諭戶部曰。國家錢糧理當節省。否則必致經費不敷。每年有正額蠲免。有河工費用。必能大加節省。方有裨益。前光祿寺一年用銀一百萬兩。今止用十萬兩。工部一年用二百萬兩。今止用二三十萬兩。必如此然後可謂之節省也哉。國家黜奢崇儉。世所共知。而開國之初。即以撙節減省至於無可復加。則非恭讀典謨。而何由得其詳悉哉。

雍正元年。勅諭各省鹽政官員曰。國家欲安黎庶。莫先於厚風俗。厚風俗莫要於崇節儉。周禮一書。上下有等。財用有度。所以防僭越。抑驕奢也。孟子亦曰。食時用禮。菽粟足而民無不仁。朕臨御以來。躬行節儉。欲使海內之民。皆敦本尚實。庶康阜而風俗醇。夫節儉之風。貴行於閭里。而奢靡之習。莫甚於商人。朕聞各省鹽商內實空虛。而外事奢侈。衣物屋宇。窮極華靡。飲食器具。備求工巧。俳優妓樂。恆舞酣歌。宴會嬉遊。殆無虛日。金錢珠貝。視為泥沙。甚至悍僕豪奴。服食起居。同於仕宦。越禮犯分。罔知自檢。驕奢淫佚。相習成風。各處皆然。而淮揚為尤甚。使愚民尤而效之。其弊可勝言哉爾等既司鹽政宜約束商人嚴行禁止出示曉諭諄諄勸戒使其痛自改悔庶循禮安分不致踰僭越之愆若仍前習不知悛改商人必當從重究治爾等亦不能辭徇縱之咎欽此謹按商人戀習百十年前即已如斯今則商力憊敝而侈風愈甚非重申 聖諭而以重法隨其後又烏由挽此頹風哉

乾隆八年 諭曰朕惟養民之典莫要於務農州縣考成固應用是為殿最而向來功令不專以此課吏者因其事甚樸無可炫長其迹似迂緩難見效又或上司之察勘難周有司之條教易飾不似催科聽斷捕盜等事之顯而有據也督撫察吏每於此等本計轉視為老生常談漠然不甚加意以致州縣之吏愈承風旨專以簿書期會為先而農事反居其後不知為治之道本舉而末自隨之如果南畝西疇人無餘力手胼足胝日無暇晷則心志自多淳樸風俗自鮮囂凌人知急公而閭閻無待追呼矣人知畏法而盜賊因以寢息矣本計既端末事亦次第就理如此則州縣之考成似疎而實密即督撫之察核可簡而不繁若夫朝令夕申意非不美束縛馳驟適以擾民為督撫者當善體朕意毋視為具文毋事於塗飾誠實心化導其屬俾屬吏亦實心勸課其民庶幾野無游惰之風家有蓋藏之樂欽此謹按歷代勸農之詔無有似此之深切著明者此大僚庶職所當心體力行即蔀屋窮簷亦宜家喻戶曉也

昔漢詔言一夫不耕或受之饑一女不織或受之寒此雖似虛揣之詞而其理則至當而不易今天下戶口日繁而土田止有此數以今之民耕今之地即使竭力耕耘兼收倍穫猶虞不足若再民多逐末地多拋荒一歲不登即資賑濟將何以善其後昔虞廷咨牧食哉惟時而水土既平即命棄以播時百穀禮樂兵農皆在所後周禮為治平之書其時巡稼之官不一而足又有保介田畯日在田間皆為課農設也今課農雖無專官然自督撫以下孰是不兼此任者乃今之大僚庶官知農者已鮮夫不知將何以課考漢志農九家百一十四篇今悉無傳蓋古無不學之農阿衡耕莘周公明農降及漢晉南陽之躬耕栗里之荷鋤猶其遺意後世農勤耒耜而士習章句判若兩途故農習其業而不能筆之於書士鄙其事而末由詳究其理即今世所傳齊民要術農桑輯要諸書亦不過供文人之流覽賢於服田力穡者毫無所裨近吳齋峯中丞邦慶在直北輯澤農要錄李蘭卿都轉彥章在江南輯催耕課稻編而潘功甫舍人曾沂日以區田之法勸導其鄉並詳筆之於書以貽遠近居官者果就此悉心講貫見諸施行使天下之民皆盡力於南畝未必於斯世無裨也

勞民勸相之事不但農田而已即如舍旁田畔以及荒山不可耕種之處度量土宜種植樹木桑柘可以飼蠶棗栗可以佐食柏桐可以資用即榛楛雜木亦足以供炊爨若能為督率指畫嚴禁非時之斧斤奸徒之盜竊皆於小民生計有裨而北方之羊南方之魚收養如法孳字以時其利亦不淺是在良司牧之視民事如家事而已

地方倉儲缺額自以買補為先然當視年歲之豐歉以為緩急之準倘遇歉歲而必急買未有不病民者乾隆年間戶部侍郎英廉因連年截漕平糶以致京倉缺額請於江浙捐納貢監儘收本色另行收貯如遇截漕之年即於次年照所截之數補運京倉其時安徽巡撫託庸亦奏請將安省存穀一百六十餘萬石儘可碾米分年附於漕船搭運進京以補倉貯兩疏同時並入 上嘉其餉濟倉儲頗見勇往而其事並未准行因又通 諭中外曰陳編所載餘三餘一之文固為足食本計第在當時原屬地曠人稀又列國各守其封域持籌者可以隨宜措置耳以今幅幀之廣生齒之繁歲即屢豐而三農九穀祇有此數採購於官庾捐輸於紳士條款雖殊其為地方所產則一與其輾轉挹注名異名同又何如即以此留之民間俾饔飧倍為饒給乎朕御極以來曾議直省倉儲寬裕買補旋聞市價增長即令停罷蓋以小民未獲將來糶貸之利而先受目前食貴之艱譬諸日食四鬴者先奪其一二而語之曰吾將為爾他日待哺計也彼不生感而生怨矣況朕念切民依偶值偏災即截漕動以億萬計向年來糧艘正供自足太倉之粟可預備二三年而贏此亦足矣計臣即鰓鰓較量朕皆不以為然國家昇平富庶內府外府均為一體凡官廩兵糈之數豈關於供若以補漕糧而議捐穀又因議捐穀而先運常平不獨徒費輸輓之勞且他省聞風踵事地方因緣壟斷必致米價踴騰閭閻轉滋擾累即云不動聲色似此多立規條轉相仿效其為聲色更何待言矣經常不易之道惟為民食留其有餘國用自無不足居今承平日久戶口增而產米祇有此數倘民間或遇必資通融協濟之處亦不過臨時善為補偏救弊耳無他一勞永逸之計也至執三十年制國用之說拘文牽義更制而事不可行譬之封建井田之舊法又豈可復議於今日哉大哉聖謨高出常情萬萬所謂百姓足君孰與不足也臣工之一知半解烏足以仰企高深哉

聖人言均無貧今天下之不均甚矣焉得而不貧於是有倡為限田之論者然漢唐

皆嘗議行而實欲遍行之浙西後大抵蓋其名雖正而其實難行乾隆初年漕運總督顧琮嘗奏請舉行限田每戶以三十頃為限　諭曰爾以三十頃為限則未至三十頃者原可置買即已至三十頃者分之兄弟子孫名下不過數頃未嘗不可置買何損於富民何益於貧民況一立限田之法若不查問仍屬有名無實必須戶戶查對人人審問其為滋擾不可勝言夫果滋擾於一時而可收功於日後亦豈可畏難中止今輾轉思維即使限田之法地方官勉強奉行究於貧民無補是不但無益而且有累也而顧琮猶以為可行請率領地方官先於淮安一府試行之朕令其與尹繼善熟商今據尹繼善陳奏難行之處與朕語不約而同則此事之斷不可行斷不能行實出人人之所同然又豈可以嘗試特降旨曉諭顧琮此事著停止　聖明洞察於此先彼好從事者又何所容其置喙哉

撫字心勞催科政拙在今人不免下考在古人則以為美談然此猶分撫字催科為二事也余以為欲催科必先撫字撫字盡其心則催科即撫字之一端事不可勞而舉余官東南時每持此論以訓飭牧令等蓋信者半不信者半嗣讀趙清獻廷臣康熙初奏疏則已先我而言之矣其詞曰夫征糧之法至不一矣苟能寓撫字於催科即百姓受其福是故加意百姓之有司必於催科致其殷勤加意有司之督撫必於催科試其賢能蓋催科不擾其餘可知也抑催科不擾其餘皆可不問也今誠欲得其人與法而行之戴星而作秉燭而息事事精察戶戶詳細此以勤補拙之法可行也流水紅簿必用親手甲乙完欠毫忽經心此不假手之法可行也里有總欠戶有散欠臨比分別洞若觀火此澄清完欠之法可行也臨比之時按簿而稽如欠多者赴比自無受賄之私欠少者應卯必有賣放之弊此絕禁大戶避匿之法可行也民無多力數太多則交納不及限太勤則交納不及宜減卯而寬比勿濫比而增卯此留餘力與民之法可行也民無多積分限而比先見征後帶征此用一緩二之法可行也本省軍需鄰省協餉解院項下約數先征俾薪工食可緩且緩大凡存留可緩且緩此分別先後之法可行也禁絕差擾城有歇保則除之鄉有坐催則撤之一酒一飯無不為閭閻節省人未有不交納恐後者遇殷戶大戶盡數先交者量給獎勵有相率而傚惟恐趨納不勇者矣遇窮民小戶有穀帛而無售有雞豚而待價或代為設法或曲示變交有感激流涕因之相勸全完者矣此又催科而兼撫字之法可行也夫急公好義人情皆然若止以箠楚為能使民間重利借債減價賣產錢糧雖

完而地方則壞矣

程春廬曰今日國計民生之困其故全在幣輕自前明以至我　朝皆以錢與銀二品為幣相權而行伏覩康熙雍正以及乾隆之初民間百物之估按之於今大率一益而三是今之幣輕甚矣而官之俸兵之餉所得者幣耳民間如富商巨賈皆操幣以逐利者也紳士吏胥僧道役夫奴僕皆以幣為衣食者也惟百工與農需幣略少而闕之則勢亦有所不行幣輕而用愈繁天下無三倍於昔之幣有三倍於昔之用而取民之制如賦稅之入不能以其幣輕而益之至於　國帑歲下雖循常則而有司蝸蠟則必他有侵冒以為取償即如河工料價軍需口糧之屬已不能不溢於例矣然則幣輕而不足於用其病於國又必然之勢也夫幣者上之所制以馭天下之富然而其輕其重常轉移於下而上不能與之爭蓋古有以幣輕而更之者龜貝鹿皮大錢五十當百之屬是也古有以幣不足於用而益之者鈔是也數更幣則民不信不信則不行驟益幣則百物騰貴而幣愈不重然則欲其幣重而足於用是當求之民矣蓋民多務本則幣日重民多逐末則幣日輕夫菽粟布帛生齊民衣食之所資也民貧而至於凍餒皆貧於菽粟布帛而不貧於他然而賤菽粟而貴珍錯賤布帛而貴文繡於是百人致之以給一人之食百人作之以供一人之衣而此百人者即其舍本而逐末者也故奢儉者貧富之大源也誠使工無作淫巧商無致罕異驅游惰之民而返之南畝今菽粟布帛之積所在充牣如是久之則百物之估當無不平者而幣重矣歷觀前史當一代盛時其幣必重繼則日患其輕則盈虛消息之理可見矣

白太傅長慶集策云賦斂之本量桑地以出租計夫家以出庸租庸者穀帛而已今則穀帛之外又責之以錢錢者桑地不生銅私家不敢鑄業於農者何從得之至乃吏胥追徵官限迫蹙則易其所有以赴公程當豐歲則賤糶半價不足以充緡錢遇凶年則息利倍稱不足以償補債是以商賈大族乘時射利者日以富豪田壟罷人望歲勤力者日以窮困勞逸既懸利病相誘則農夫之心盡思釋耒而倚市織婦之手皆欲投杼而刺文至使田卒污萊室如懸磬人力罕施而地利多鬱天時虛運而歲功不成臣嘗反覆思之實由穀帛輕而錢力重也夫糴甚貴錢甚輕則傷人糴甚賤錢甚重則傷農農傷則生業不專人傷則財用不足故王者平均其貴賤調節其輕重使百貨流通四人交利然後上無乏用而下亦阜安今天下之錢日以減耗或積於

國用取源於私家若復日月徵取歲時輸納臣恐穀帛之價輕賤農桑之業轉衰令若單夫家之赤地計穀帛為租庸以石斗登降為差以匹丈多少為等但書估價並免稅錢則任土之利載興易貨之弊自革弊革則務本者致力利興則趨末者回心所謂下令如流水之源繫人於苞桑之本者矣

解大紳縉太平十策言及今豐歲宜於天下要害之處每歲積糧若干民樂近輸而國受長久之利顧亭林云愚以為天下稅糧當一切盡徵本色除漕運京倉之外其餘則儲之於通都大邑而使司計之臣略倣劉晏之遺意量其歲之豐凶稽其價之高下糶銀解京以資國用一年計之不足十年計之有餘小民免稱貸之苦官府省敲撲之煩郡國有凶荒之備一舉而三善隨之矣按前明正統十一年巡撫直隸周文襄忱言各處被災恐預備倉儲賑濟不敷請以折銀糧稅悉徵本色於各倉收貯俟青黃不接之際出糶於民以所得銀上納京庫則官既不損民亦得濟從之蓋解大紳籌之於豐歲周文襄行之於歉歲顧亭林則直以為常行之法留心民瘼者慎勿失其時哉

顧亭林曰華陰王宏撰嘗著議以為邊郡之民既不知耕又不知織生計日蹙國稅日逋非盡其民之惰以無教之者耳今當每州縣發紡織之具一副令有司依式造成散給里下募外郡能織者為師即以民之勤惰工拙為有司之殿最一二年間民享其利將自為之不煩程督矣又吳華覈嘗上書欲禁綾綺錦繡以一生民之原豐穀帛之業謂今吏士之家少無子女多者三四少者一二通令戶有一女十萬家則十萬人人人織績一歲一束則十萬束矣使四疆之內同心協力數年之間布帛必積恣民五色惟所服用但禁綺繡無益之飾而府藏自充矣按此救之之上務富國之本業使管晏復生無以易此方今纂組日新侈薄彌甚斲雕為樸意亦可行之會乎

生財之道不外開其源與節其流今日財源之竭甚矣雲南之銅年年缺產何況金銀則惟有節其流而已而今日之耗金銀且愈甚即如豪家器皿無不用銀者矣然猶有銀存也乃至以中國之銀易外洋之物而一去不復返矣然猶有物存也乃至以中國之銀易外洋之錢而暗中之耗不可問矣（相傳將洋錢銷復為銀其銀色水必低一二成）乃至以中國之銀易外洋之鴉片而耗中之毒愈不可問矣且不但銀也婦人之首飾無不用金者矣然亦猶有金存也乃至佛像之塗飾寺觀之裝修日費一日矣甚至店面之

招牌用之門樓用之人家之門扁用之廳聯用之古事之所幃用之內事之聯軸又用之畫家之設色用之書家之箋絹聯箋又用之一銀器也有貼金又有鍍金一漆器也有描金又有堆金一蟒袍也有處金又有織金蓋今日民間之耗金較之耗銀為尤甚也昔宋太宗問學士杜鎬曰兩漢賜予多用黃金不若後代遂為難得之貨何也對曰當時佛事未興故金價甚賤耳日知錄歷考古來用金之費如吳志劉繇傳管融大起浮屠祠以銅為人黃金塗身衣以錦采何姬傳注引江表傳孫皓使尚方以金作華燧步搖假髻以千數令宮人著以相撲朝成夕敗輒出更作魏書釋老志興光元年於五級大寺內鑄釋迦立像五各長一丈六尺都用赤金二萬千斤天安中於天宮寺造釋迦像高四十三尺用赤金十萬斤黃金六百斤齊書東昏侯本紀後宮服御極選珍奇京邑酒租皆折使輸金以為金塗猶不能足唐書敬宗紀詔度支進銅三千斤金薄（即箔字）十萬翻修法忠院新殿及昇陽殿圖幛五代史閩世家王昶起三清臺三層以黃金數千斤鑄寶皇及元始天尊太上老君像宋史真宗作玉清昭應宮貲棋繼楹全以金飾所費巨億萬金史海陵本紀宮殿之飾徧傅黃金而後間以五采金屑飛空如落雪元史世祖本紀建大聖壽萬安寺佛像及窗壁皆金飾之又繕寫金字藏經凡糜金二千二百四十兩此皆耗金之事然猶不過宮殿寺觀之用未至如今日民間之踵事增華也今欲逐事逐物而禁之則不勝其擾竊謂但嚴金箔金泥之禁則其弊亦當以漸而輕金一為箔即不可以復為金泥由箔而成無箔則泥無所出考南齊書武帝紀禁不得以金銀為箔宋史真宗紀大中祥符元年亦曾申明此禁仁宗紀康定元年禁以金箔飾佛像哲宗紀元祐二年禁私造金箔劉庠傳仁宗外家犯銷金法庠奏言法行當自貴近始從之金史世宗紀大定七年七月禁服用金絲其織賣者皆抵罪元史仁宗紀至大四年禁民間製金箔銷金織金此皆載在史冊倘仿而行之則亦節流之一端且未必無裨於風化也

陳仲魚鱣曰古言國奢示之以儉今日風俗之弊非徒禁其奢已也必先去其邪夫居處之雕鏤服御之文繡器用之華美古之所謂奢也今則視為平庸無奇而以外洋之物是尚如房室舟輿無不用玻璃衣服帷幔無不用呢羽甚至食物器具曰洋銅曰洋磁曰洋漆曰洋錦曰洋布曰洋青曰洋紅曰洋貂曰洋獺曰洋紙曰洋畫曰洋扇遞數之不能終其物而南方諸省則通行洋錢大都自日本流求紅毛英吉利諸國來者內地出其布帛菽粟民間至不可少之物與之交易有識者方惜其為遠

方所服無如世風見異思遷一人非之不敵眾人慕之其始達官貴人尚之浸假而至於僕隸輿儓浸假而至於倡優婢𡡉外洋奇巧之物日多民間布帛菽粟日少以致積儲空虛民窮財盡可勝歎哉且也遠隔重洋舟楫往來多遭飄泊適遇盜船每被其劫奪是內地之布帛菽粟反齎糧外洋之珍奇貨物徒充盜用內地之商賈舟師每爲戕害內地之舟楫橈檣盡付東流而愍不畏死之徒冒險以往蓋俗之所尚利之所在故也夫民間誠不足責竊怪夫達官貴人競相誇靡曾不慮其大爲風俗之害吾不知其何心昔袁紹去濮陽令歸曰吾輿服豈可使許子將見之高平劉整語人曰紗縠吾服其常耳過蔡子尼在坐經日不自安魏毛玠典選以儉率人雖貴寵之臣輿服不敢過度彼仁人君子以身率物雖尋常車服猶使人不敢過侈況奇邪是尚奢之又奢耶王制曰作淫聲異服奇技奇器以疑眾殺又曰關執禁以譏禁異服月令曰毋或作爲淫巧蓋大爲之防如此有教民之責者必立法令以禁之制刑罰以齊之使內地有用之物不得易外洋無用之物日月既久去邪反正倘見有用外洋服物者必駭爲怪異之人則天下孰肯費己之財干國之禁而招怪異之目哉

古之放債取息皆有限制漢書王子表旁光侯劉殷坐貸子錢不占租取息過律免陵鄉侯坐貸穀息過律免則知古取息有律而重息之罪甚嚴也今赴銓守候者所假京債之息以九扣三分爲常甚有對扣四扣三扣者得缺蒞任之初債主已相隨而至剝下不足遂借庫藏以償之欲求其爲良吏循吏其勢甚難則京債之爲害大矣舊唐書武宗紀會昌二年中書奏赴選官多京債到任填還致其貪求罔不由此今年三銓得官者許連狀相保戶部各備兩月加給料錢至支時折下所冀初官到任不帶息債衣食稍足可責清廉從之我　朝功令凡外吏出京者分別道途遠近許如戶部借支養廉亦是此意此非惟勸廉之意恤下之仁兼可以杜重息剝削之風乃猶有爲債主所窘而不克保其官者重可歎也

乾隆四十八年廣西永安州葉道和與岑照科場舞弊治罪籍沒江西省並其兄撫州照磨葉道中查封　諭曰從來緣事獲罪之人兄弟本不相及如因一人獲罪將其兄弟貲產概行查抄辦理未免過當若以未經分析盡免入官則應行查封者皆得託言財產未分任意隱匿使貪吏子孫仍復坐擁厚貲亦何以示警嗣後有獲罪查抄而兄弟未經分產者將所有產業按其兄弟人數分股計算如家產值銀十萬兄弟十人每股應得一萬祇將本犯名下應得一股入官其餘兄弟名下應得者概行給予以昭平允葉道和一案即照此辦理著爲令蓋因道中兄弟未曾分產之故至嘉慶七年八月重申爲令仰見　聖明之世大公至正無纖毫波及無辜也

古者體國經野因民役事凡鄉黨州里之間皆以官治之考之周禮其法良備大抵以士大夫治其鄉之事爲職以民供事於官爲役此馬端臨通考所以立職役一門也漢治近古亭長嗇夫之屬其職匪一於民之任役者則從而後先之唐宋以降士大夫多不屑爲自是凡治其鄉之事皆以役槩之其名屢變而弊滋多至我　朝開國之初規模宏遠重民之力俾得專南畝之勤百餘年來天下幾不知職役爲生民之常分恭考天聰八年有漢官以差役重科之事陳訴於管戶部貝勒之前者太宗文皇帝命傳集眾官諭之曰爾眾官在明國時所有人丁若干今有若干孰多孰寡何不細思之朕思我國雖貧爾等如此亦足矣欲令爾等與滿洲一例當差尚恐致累令爾等反言苦累過於滿洲滿漢官民雖有新舊皆我臣庶豈有厚薄之分乎滿洲出兵三丁抽一今令爾等亦與滿洲一例三丁抽一爾等以爲何如乎且滿洲之偏苦於漢人者不但三丁抽一也如每牛彔下守臺淘鐵及一切工匠牧馬人旗下聽事人役等所出不下三十人當差凡十有四家又每年耕種以給新附之人每牛彔又出婦人三口又耀州燒鹽獵取禽獸供應朝鮮使臣驛馬修築邊境四城出征行獵後巡視邊墻守貝勒門及派兵防守巨流河在在需人皆爲牛彔是問又每牛彔設哨馬二匹遇有倒斃則均攤買補遇征瓦爾喀時人各餧馬二三匹從征又每牛彔復派護軍十名兵丁二三名往來驅使差回又令餧養所乘馬匹遍各國投誠人至撥給滿洲現住房屋令滿洲展界移居又分給糧穀令其舂米釀酒解納每年獵取獸肉分給新附之人又發帑金於朝鮮貿易布疋仍令滿洲負載運送邊城又有窖冰之役每年迎接新附之虎兒哈於教場看守皮張運送新水朝鮮蒙古使至駐瀋陽護軍甲喇額真各出一人運給水草若夏月至更有採給青草之役又每年採參並負往朝鮮貿易每旗以一戶駐英格地方巡緝蹤跡又以一戶駐瀋陽渡口看守船隻此皆滿洲偏苦之處若不向爾等詳切言之爾等亦未必深信今滿漢均屬一國民人爾等何竟不知差徭之少倍減於滿洲而滿洲差徭之多實踰爾等三十餘項也諭畢眾漢官乃謝罪謹按　國初規制未備徭役之畧比其推輿啟後政平事簡與民休息不獨公家營造一瓦一木不肯徒勞其民甚至城工河防及

一切興築凡所以為民衛者亦莫不按日計工人給之直實未役一民也即至陳師鞠旅又率用滿洲索倫之兵而近地之民目覩出車耳聞唱凱身皆不與其役古稱從征席上遇師者今始見之且所過之區蠲租賜復殆無虛歲民生其間狃於樂利所謂裘狐貉之厚者不知至寒之悽愴享昇平之樂者不知憚人之況瘁蚩蚩者泯沐休養生息之　恩竟若分所應得者學士大夫烏得不深思其所由然哉

吾閩外郡率多大姓聚族而居族人率以千計必有族長以總其事查雍正四年嘗有設立族正之例特因苗疆村堡聚族滿百人以上者保甲或不能偏查乃選族中人品端方者立為族長以稽查匪類因地制宜本非通行之制今吾閩之族長不必皆剛方之品本在可有可無之數乾隆年間吾閩有御史奏請設立大姓族長者奉諭云民間戶族繁甚其中不逞之徒每因自恃人眾滋生事端向來聚眾械鬬各案大半起於大姓惟在地方官實力彈壓有犯必懲以靖囂陵之習政體不過如是若於各戶專立族長名目無論同宗桀驁子弟未必遽能受其約束甚者所主非人必至藉端把持倚強鋤弱多為鄉曲之累正所謂杜弊轉以滋弊也謹按此正吾閩漳泉及臺灣之情形　睿慮精詳真明察萬里之外矣

退庵隨筆卷七終

退庵隨筆卷八

清　福州梁章鉅茝林編

政事三

王愓甫曰方今民困於浮收官困於幫費議者莫不欲去浮收以救民去幫費以救官然去浮收必先去幫費去幫費必先改漕法今之漕艘所謂直達綱漕之善者也顧　國家承平百六十年法久弊生老奸宿蠹窟穴其中通倉之需索大累於幫丁幫丁之需索大累於州縣督撫以浮收暫紓州縣而州縣卒未嘗紓也漕臣以幫費暫恤疲丁而疲丁卒未嘗恤也通倉諸臣奮然欲去經紀花戶之需索而需索卒未嘗去也經紀花戶之盤踞於通倉者不得去則労丁之蠶食於州縣者不能除浮收歲甚幫費歲增幫費愈增浮收愈甚於是有書役之挾制有紳士之包攬昔之浮收利於官今之浮收又害於官岌岌乎勢且不終日而道窮矣窮則變變則通漢唐以來自轉般而之直達今何不可自直達而之轉般變之所極其機自至近歲剝般之設始為偶行繼成常例不得已隨地置倉由是而天津有倉矣臨清又有倉矣是轉般之法雖未顯立其名實已用之於北也今渠決黃墉恐誤江廣回空即就清江增船剝運是轉般之法又已用之於南也日者　敕下諸臣別籌河漕兩利之策是專為河工未就而言竊以河工天事也患之偶也幫費人事也患之常也天事無往不復人事有加靡已就使河流順軌漕艘暢行而幫費日增漕弊日出是上以百萬金錢治河而下又以百萬金錢治漕也治河河平而費止治漕漕在而費無終窮何不酌古之制權今所宜取唐宋轉般倉成法損益之不泥其跡而師其意古稱利不百不變法轉般之在今日豈徒利百已哉按愓甫有轉般倉私議此其自序之文也前備考漢晉以後興廢成蹟後分列十大端曰除衛籍曰裁衛官曰易漕艘曰省漕督曰建倉曰造船曰判職掌曰優俸糈曰備災賑曰兼懋遷審勢度時旁皇周浹洵可見諸施行蓋轉般之法實托始於禹貢百里賦納總二百里納銍三百里納秸服四百里粟五百里米說者以服為納秸而服輸將之事蓋賈者百里不販樵千里不販糴聖王賦民必不使之四百里而負粟五百里而負米故制賦止於百里二百里其四百里五百里不復言納者蓋不遠納於帝都但行百里或二百里而使三百里之民轉而輸之於都夫三百里之民為遠郊轉輸粟米力固勞而賦則省亦足見古者賦役不兩重之意然則轉般之法其來古矣

國家歲漕東南漕米四百萬石而蘇松常鎮太四府一州之額幾及其半余嘗藩牧吳中略知其數其每歲例給旗丁之運費為銀三十六萬九千餘兩為米四十一萬一千餘石計米折價值銀九十三萬六千七百餘兩共計給丁銀米二項需銀百二十九萬五千餘兩上之出於　國帑者如此而下之所以津貼幫船者又不啻再倍過之官非樂為給也民非樂為出也丁亦非盡飽厚利也以數千里之河而過淺過閘有費賠運催儹有費淮安通壩驗米又有費官民俱困名實不符日甚一日伊於胡底物窮則變變則通而海運之說興焉以道光六年成案計之但動漕項正帑已足辦公舉百餘年丁費之重累一旦釋然如沉痾之去體誠當世為定制乃踰年而即罷不行此可為太息者也蓋海運之利非河運比　本朝之海運又非前代比江蘇之海運又非他省比而蘇松等屬之海運又非他府比乃議者每執河運費財海運費人二語試覩道光六年一役海運果費人否耶而駮海運者猶曰盜賊曰潮濕曰侵蝕自道光六年一役諸無此弊而巧為論難者又刻以通倉之掯勒難以屯丁之安置恍以南兌易而北卸難貽以漕政便而河防弛此則存乎其人而非可因噎而廢食者也且六年之海運其優於元明者有三因焉曰因海用海曰因商用商曰因舟用舟蓋承二百年海禁大開水程之險易風汛之遲速駕駛之趨避愈講愈熟行所無事知北洋不患深而患淺故用平底沙船以適之知海船不畏浪而畏礁故直放大洋以避之以商運決海運則風飈不足疑盜賊不足虞黴濕不足患以商運代海運則舟楫不待造丁舵不須募價值不更籌因利乘便事半功百此元代所未有也其優於河運者又有四利焉曰利　國曰利民曰利官曰利商蓋河運之費如前所陳上既出百餘萬津貼以治其公下復須百餘萬津貼以治其私海運之費則用公而私可大裁用私而公可全省實用實銷三省其二此又河運所不能也成效彰彰如是而猶有百計阻撓多方恫喝必使此途萬不再開而後快果何心哉今必不得已而為變通之計則將蘇松太二府一州之漕歲由海運以為常而改小江廣之重艘以利漕變通目前之河道以利黃或亦補偏救弊之一道乎否則官與民為難丁與官為難而人心習俗氣於下黃與淮為難漕與河為難而財力　國計耗於上吾不知其所屆矣

江南賦額之重甲於天下其始也賈似道倡買官田之說而增其額其繼也明太祖怒吳民之為張士誠守城而重其賦其後也楊憲改一畝為二畝趙瀛均官田於民

退庵隨筆　卷八　二

田而民困益深遷延至今日積月累即以蘇松二府計之較宋時原額增至七倍有餘較元時原額亦二倍有餘約計蘇松之田居天下八十五分之一而所出之賦居天下一十三分之二其不均甚矣余藩吳五年日思此事嘗密與潘功甫舍人曾沂籌議功甫為言明宣宗時周文襄撫吳與知府況鍾曾奏減官田之稅因田制之多寡酌量裁減蘇州減至八十餘萬松江減至三十餘萬時戶部責其變亂成法而宣宗不加之罪民困遂因以稍蘇今　國家愛民豈但前明之比果能體察情勢力陳於　朝未必不有變通之術余謂蘇松減賦在　國初已經屢行近來蠲緩頻施國用不足若復議減誠有所難惟前人有均賦之議但就各直省賦輕之地稍增之以抵蘇松所減之數要在他處不形其重在蘇松已利其輕而於　國家之正額仍無所絀此議在今日似尚可行時功甫之尊人芝軒先生方為大司農余亦適行赴撫事已屬功甫馳稟至京查開各直省賦額輕重細數以憑折衷乃京信未回而代者已至逾年而余遂謝病去矣此事與功甫往復商榷者月餘日至今猶耿耿於懷不能釋也

鄭蘇年師云煮海之利國賦為最多而濱海之民資此為養者亦最多乃近代之制蓋屬於商貧民不得與焉所市者此疆彼界各有分地分毫不能相借民情所便而地勢限之民力所任而官制束之富者擁利百萬侈侔公卿貧者欲負擔以求升斗之資渺不可得鋌而走險則嘯聚如盜官兵捕之刑獄滋多然議者謂不如是則無以盈歲賦之額夫國賦不可減而課法非不可通也竊謂鹽出於海猶米出於田米一稅之後即聽其所之奈何於鹽必限之以人限之以地乎昔唐劉晏之治鹽也但於出鹽之鄉置鹽官收鹽戶所煮之鹽轉鬻於商人聽其所之其餘州縣不復置官官獲其利而民不乏鹽史稱江淮鹽利始不過四十萬緡季年乃六百萬緡由是國用充足而民不困斂誠仿此意而行之將使民之貧者富者遠者近者無人不可以為商即無人不可以自食其力上無損於國用下有濟於民生是亦變通之一策也否則太平日久生齒日繁濱海之民無所得食必出於販私販私則課引必滯引滯則商疲商疲而歸官則病官商疲而請帑則病國商疲而舉富民為商則又病民近日舉商之害亦已烈矣夫富人者貧人之母也不殖而落之豈治計之得也哉日知錄載松江李雯論鹽之產於場猶五穀之生於地宜就場定額一稅之後不問其所之則國與民兩利又曰天下皆私鹽則天下皆官鹽此論鑿鑿可行邱仲深大

退庵隨筆　卷八　三

學衍義補言復海運而引杜子美詩雲帆轉遼海粳稻來東吳爲證余於鹽法亦引杜詩蜀麻吳鹽自古通又風煙渺吳蜀舟楫通鹽麻又蜀麻久不來吳鹽擁荊門若如今日之法行鹽各有地界吳鹽安得至蜀哉人人誦杜詩而不知此故事所云誦詩三百授之以政不達者也

行鹽地界有遠近之不同遠於官而近於私則民有不得不買私鹽之勢余嘗守荊州其地應食淮鹽亦嘗奉行巡捕之格而民間之販川私如故也細察其由乃知淮鹽從不能到荊州而川私順流而下其勢甚便其來甚多若必令民間不食川鹽則惟有茹淡而已蓋淮鹽聚於漢口由漢口逆江而至荊州千里而遙而有風浪之險由漢口逆漢而至荊州千里而近而水道紆迴又惟值夏漲可行春秋冬皆須盤運則淮鹽之不能到荊州實地勢使然而分界之始謀亦不臧甚矣

近人因鹺政之敝又有將鹽課澈歸地丁之議西北諸邊地間有行之者而其弊亦不可勝言吾鄉龔海峯先生官甘肅時論之詳矣其言曰鹽課歸於地丁足救目前之急乃一時權宜而非經遠之計也何則出課之名不必皆販鹽之民肩挑背負藉以餬口惟近地之民可耳其遠而數站或十餘站車載騾馱轉運取利則非有力者

不能有力之家精於心計必不肯多置田產以避差徭廣畜牛馬賤積貴售小販皆領其資本四出營運有利同分彼於國課分毫無出而坐享厚利乃令力田務本之農民代之納課非重本輕末之道其弊一也利權不可以假人官不配鹽則無人爲之經理游手無賴之徒群集其中趨利如鶩是縱之使爭積久生玩必釀事變其弊二也地瘠民貧之區勢不能免於拖欠其名雖不累官而其實官仍不免於賠墊豐稔之年尚可勉強催科一遇水旱死亡轉徙正項錢糧可以　奏聞豁免而鹽課必不能減斯時將仍取之民乎民必不堪將不取之民乎課從何出其弊三也當日各州縣分引之多寡並未嘗按照地畝之多寡通都大邑則多山僻小邑則寡非通都大邑之民食鹽獨多於山僻小邑也行鹽雖有地界而四達之衢可以闌入他界銷鹽多故配引多山僻之邑無可通融銷鹽少故配引少今若歸之地丁則永爲定額一成而不可變多寡不一苦樂不均其弊四也此法若行不過數年其弊立見再思變法其勢愈難則何如慎之於始乎

我　朝初年錢法屢經更定始以滿漢文分鑄天命通寶及天聰通寶錢幕皆無字迨鑄順治通寶則專用漢文嗣於錢幕之左鑄漢文一釐二字（按古半兩五銖等錢皆紀銅之輕重此一釐字錢則紀銀之數）其右係戶部者鑄戶字係工部者鑄工字後又改定京局錢幕分鑄寶泉寶源二字皆滿文其各省鎮局亦分鑄各地名江南江寧府局鑄寧字安徽局又鑄安字蘇州府局鑄蘇字江西南昌府局鑄江字後又鑄昌字浙江杭州府局鑄浙字福建福州府局鑄福字漳州府局鑄漳字臺灣府局鑄臺字湖廣武昌府局鑄昌字後又鑄武字長沙府局鑄南字河南開封府局鑄河字山東濟南府局鑄東字後又鑄濟字山西太原府局鑄原字後又鑄晉字陝西西安府局鑄陝字甘肅鞏州府局鑄鞏字（後移蘭州亦仍用鞏字）密雲鎮局鑄密字薊鎮局鑄薊字宣府鎮局鑄宣字大同鎮局鑄同字臨清鎮局鑄臨字四川成都府局鑄川字廣東廣州府局鑄廣字廣西桂林府局鑄桂字雲南雲南府局及臨安府大理府祿豐縣蒙自縣各局俱鑄雲字貴州貴陽府局鑄貴字畢節縣局鑄黔字皆滿漢文各一滿文居左漢文居右至雍正初年又定各省錢幕亦照京局之例以寶字爲首次鑄本地方一字皆用滿文至今遵行蓋於錢面鑄年號以昭　王制於錢幕鑄　國書以示同文折衷盡善洵爲萬世不刊之制乃近年所鑄之新錢遠不及舊錢之精好過此以往更不知何如則偷減工料者居其半私鑄攙和者居其半竊以爲私鑄之例綦嚴地方官失察處分亦

重而數十年來引用此例者甚少恐由立法過峻故官民皆相遁於法之外而轉至於無所創懲若能酌於寬減期於有案必破有犯必懲庶乎可截其流或亦維持錢法之一道耳（私鑄舊例爲首者斬決私銷者罪同後改斬候失察之該管官知情者與私鑄爲首同不知情者革職降調有差）

嘉慶年閒蔡生甫學士之定以奏請通行鈔法左遷日下士大夫無不笑其迂者亦未考　本朝故實也順治初曾仿明制造爲鈔貫與錢並行八年所造鈔一十八萬八千一百七十二貫有奇自後歲以爲額至十八年始行停止然其時所造鈔甚少其上下流通仍以銅錢故暫行而無弊金元以來鈔法之弊在於錢不勝鈔鈔既日多錢行日少於是鈔輕物重終至壅格而法遂以窮邱瓊山所謂鈔法不可行以用之者無權也蓋鈔虛而銀實鈔易敝而銀可久鈔難零析而銀可分用其得失固自判然特銀匱而錢窮有不得不用鈔之勢則亦救時之急務哉而前代恐鈔法之阻滯並銀與錢而禁之甚至用銀用錢者皆以奸惡論則亦不揣其本末矣

邵國賢寶云禹之治水地平天成六府三事允治其功可謂盛矣以今觀之所空之地甚廣所處之勢甚易所求之效甚小今之治水所空之地乃狹於禹所處之勢乃難於禹所求之功乃大於禹禹之導水自大伾以下分播合同隨其所之而疏之不

與爭利，故水得其性而無衝決之患。今河南、山東郡縣碁布星列，官亭民舍相比而居，凡禹所空以與水者，今皆為吾有，蓋吾無容水之地，而非水據吾之地，其有衝決之患宜也。故曰所空之地狹於禹。禹之治水，隨地施功，無所拘礙。今北有臨清，中有濟甯，南有徐州，皆通漕要路，左顧右盼，動則掣肘，使水有知，尚不能使之必隨吾意，況水無情物也，其能委蛇曲折以濟吾之事哉？故曰所處之勢難於禹。況禹之治水，去其墊溺之害而已，此外無求焉。今則賴之以漕，不及汴矣，又恐壞臨清，不及臨清矣，又恐壞濟甯，不及濟甯矣，又恐壞徐州，使皆無壞也，又恐漕渠不足於運，了是數者而後謂之治。故曰所求之功大於禹。然則居今日而言治河，賈讓上中二策既未易施行，則舍多穿漕渠分殺水怒，別無善策。昔平當使領河隄，奏按經義治水有決河深川，而無隄防壅塞之文。宋開寶詔亦曰：夏后但言導河至海，隨山濬川，未聞力制湍流，廣營高岸。乃今之治水者，舍賈讓救敗之術，以為迂而專從事於隄塞，勞費無已，妨運病民，伊於胡底哉。

古人只言治河，後世始言防河。賈讓之上策，在漢已不能行，則在今人又豈有一勞永逸之策。今日南河之難治，甚於東河，人皆知海口之淤墊，為全河之害，人亦知之。余官河上三年，細加體察，如果海口初淤，河身未墊，則當專治海口。今受病之河，實不在尾閭而在中膈，則當兼治河身。時有議由灌河改移海口者，又有議由射陽湖改移運口者，皆經親加履勘，而知其斷不可行者也。至於泥江龍、鐵掃帚諸器具，本靳文襄輔疏淤之成法，當時用之於未淤之先，自可使沙隨水去，日起有功，今用之於既淤之後，欲專恃此以蕩滌深通，殊難見效。又如對頭築壩以逼溜，在運河易於節制，若黃河則難以施功。逢灣取直以掣溜，遇沙底可以挑成，若膠底則難以刷透。此亦曾經躬親試行，而知其實無把握者也。此外惟有束水攻沙之法，可以永遠遵循，即潘印川季馴所謂以水治水者也。或議增培隄身，惟仗歲請金錢，將黃河擡於至高之處，而城郭居民悉在河底之下，其勢何所底止。然河隄不加，汛水即難容納，此又明知其非釜底抽薪之計，而不能不日從事於其間者也。竊謂急則治標，惟有預籌分泄減流之路。南河舊設分水閘壩最多，往往不能暢消，求其洩水最暢而復能助清刷黃者，惟徐州蕭南廳屬之毛城鋪。係靳文襄所建，當時分洩黃流，最為得力。其下注之水，紆迴數百里，澄清而達於洪澤湖，湖水既高，則堅守山盱各河壩，使專從清口滔滔外注，徐城以下之漲水既可分消，而山安海防一帶積淤亦得全

賁刷滌。惟壩座久湮，迥非靳文襄舊制，力加鈐束，恐分洩仍屬不靈，若必收暢消之功，則湮沒近處田廬，實所不免。然較之王營減壩，則害少而利多，轉移之機，宜實無便於此者。唯在預先堅修閘門，廣籌去路而已。道光五年秋，黃河盛漲，余曾有請開毛城鋪之議，眾皆難之，以地非所轄，不能力爭。憶吾鄉莊復齋觀察亨陽，當乾隆初曾請開上流水道，有自壅毛城鋪而徐州壞，壅天然減水壩而鳳潁泗各州壞，壅車邏昭關等壩而淮揚上下河皆壞之論。又有詩云：賈讓非無策，其如未見廬。南流不一道，北口亦徒封。亦可謂瞻言百里者矣。

今官北方者，以開水利為興利；官南方者，以開水利為除弊。其實北方水利興則水得其用，自不至泛濫為災；南方水利修則水有所制，並可收灌溉之益，興利與除弊常相因也。昔歐陽公作唐書地理志，實兼志河渠，凡一渠之開，一堰之立，無不記之其縣之下。蓋唐時為令者，猶得以一方之財，興期月之役，而志之所書，大抵在天寶以前者十之七，豈非太平之世，吏治修而民隱達，故嘗以百里之官，創千年之利，至於河朔用兵而後，則以催科為急，而農功水道，有不遑講求者矣。然自大歷以至咸通，猶不絕書於冊。今則北方之利，鮮不以此事為迂，水日乾而土日積，山澤之氣不通；南方之吏，又日困於徵比之務、簿書之苦，而不暇以為，無怪乎夏旱秋澇，年年告病矣。

許力臣承宣謂天下無無水之地，即無不可溉田之水。古者眾建諸侯，各食其地之所入，不聞其仰食東南也。蓋水之流盛於東南，而其源皆在西北，用其流者利害常相兼，用其源者有利而無害。其或有害，則不善用之過耳。按今人言水利者，無慮百十家，而通徹南北源流利弊，則此數語盡之。竊謂西北之興水利，惟當使由而不使知，全在一州一縣、一村一里，各自董勸，枝枝節節為之，且不必達之　九重，且不必督以大吏，聽其得尺則尺，得寸則寸，愈推愈廣，自有會通之時，即終不會通，而各受各利，亦有何不可乎？今之病根，即在昌言興西北水利，可減東南漕賦二語。　議論愈明暢，愈格不行，而舉世不悟，豈不可笑。

李文貞曰：凡州縣各因其山川高下之宜，近山者導泉，近河者引流釃渠，無山無河之處，則勸民鑿井，亦可資灌溉。一縣開一萬井，則可溉十萬畝，約計畝穫米一石，十縣之入，已當全省之倉儲矣。若夫一溝之水，可當百井，一渠之水，可當十溝，以此推之，水利之興，其與積穀備荒之利，不止於倍蓰而什佰也。王爾緝有井利說兩篇，見切問齋文鈔。

水為地之險，酒為人之險。易爻之言酒者無非坎卦，而萍氏掌國之水禁，水與酒同官。故先王之於酒也，禮以先之，刑以後之。周書酒誥曰：羣飲，汝勿佚，盡執拘以歸於周，予其殺。周禮地官胥師司虣禁屬游飲食於市，若不可禁，則搏而戮之。古者羣飲之罪至重如此。漢書文帝紀注曰：漢律三人以上無故羣飲酒，罰金四兩。則禁稍弛矣。後世惟魏大安四年，設酒禁，釀酤飲皆斬。金海陵正隆五年，禁朝官飲酒，犯者死。元至元二十年，禁造酒者本身配役，財產子女沒官，皆可謂用重典。然立法太過，故亦不久而弛。予嘗閱黎襄勤世序言：今者生齒日繁，財用不足，但當嚴釀酒栽煙之禁，或加重其稅，於民間生計無損，而於利源不無少裨，蓋亦救時不得已之一策也。方靈皋曰：周官凡酒皆公造，民得飲酒，獨黨正族師歲月蜡酺耳。漢制三人無故共飲，罰金一鍰。三國時家有酒具，行罪不宥，誠知耗嘉穀於無形，而衆忽不察者，惟酒為甚也。今天下自通都大邑以及窮鄉小聚，皆有酤者，沃饒人聚之區，飲酒者常十人而五，與瘠土貧民相較，約六人而飲者居其一。中人之飲，必耗二日所食之穀，若能堅明酒禁，是三年所積，可通給天下一年之食也。凡民間用酒，莫宜於祭祀婚姻，然周公制法，不耕者無盛，不績者不衰，祭無盛猶可，況以歲儉而去酒乎。

乾隆初年，北五省大吏議燒鍋踩麴之禁，言人人殊。直隸疏內以燒酒之禁宜嚴於歉收之歲，而稍寬於豐裕之年，本地釀造零星者毋庸禁止，惟不許麥麴燒酒出境，而嚴禁肆行踩麴興販者。河南疏內以行法宜因乎地，而立禁先清其源，豫省酒多自造，比戶皆然，請免零星製麴之科，而嚴廣收多踩販賣之禁。甘撫疏內以甘省並非產酒之區，毋庸查禁。晉撫疏內以晉省燒鍋可寬於豐年，應禁於歉歲。陝撫疏內以陝省俗儉，民間祭祀慶弔不得已而用酒，若禁燒酒而用黃酒，則專用米穀細糧，轉於民生未便，況臨邊地冷，兵民藉以禦寒，勢難概禁。惟踩麴開行遠販，宜嚴加禁止。陝督疏內則以為燒鍋當禁而不可以必禁，禁之所以節流，寬之所以去擾，惟歉年自宜禁令加嚴。其踩麴開行遠販者，宜嚴行禁止。至山東巡撫因二麥歉收，嚴禁燒鍋踩麴，竟有毀棄釀具畏法改業者，有自行出首者，則行之已著有明驗者也。按燒鍋一事，各省情形不同，故辦理亦不能畫一，自可齊其政不易其宜。踩麴一項，係燒酒盛行之源，踩麴多則私燒必廣，有損蓋藏，且富商巨賈肆行踩麴，廣收販運，易於查察，不致滋擾平民，禁之以清其源，裨益甚大，故各省同奏，衆論僉同也。

郭復齋起元曰：閩地二千餘里，原隰饒沃，山田有泉，力耕之原足給全閩之食，無如始之闢地者，多植茶、蠟、麻、苧、藍、靛、糖、蔗、荔枝、龍眼、柑、橘、橄欖之屬，已耗地三之一，然其物猶足供食用也。今則煙草之植耗地十之六七。原煙出自西北，謂可驅寒耳，今則偏於東南，飲煙者無間暑寒，為用與食鹽等，而又勝之。閩中更甚，其煙葉之雨露入地則地苦，而穀蔬不生，無益於人，而害於嘉種如此，可不知所變計哉。按復齋吾閩人，宜其為桑梓遠慮如此。而余嘗蒞甘肅，廉訪申蘭州水煙之禁，詢之紳士，皆以為斷不能禁，而徒以擾民。蓋今日之喫水煙者，徧天下，其利甚厚，利愈厚則逐末者愈多。甘肅地土磽瘠甚於吾閩，循此而不知返，則本計益絀，農利益微，甚可慮也。

吾鄉顏光衷愚齋所著官鑑，言救荒之事最備，有先先策者、謹末然也，有先策者，備將然也，有正策者，有權策者，籌已然也。湘陰王朗川之鈇言行彙纂所載林希元救荒叢言亦好，如言救荒有二難，曰得人難、審戶難；有三便，曰極貧民便賑米、次貧民便賑錢、稍貧民便賑貸；有六急，曰垂死貧民急饘粥、疾病貧民急醫藥、病起貧民急湯米、既死貧民急墓瘞、遺棄小兒急收養、輕重繫囚急寬恤；有三權，借官錢以糴糶、興工作以助賑、貸牛種以通變；有六禁，曰禁侵漁、禁攘盜、禁遏糴、禁抑價、禁宰牛、禁度僧；有三戒，曰戒遲緩、戒拘文、戒遣使。按救荒事極繁重，而其綱領不過此數端，求可以一言蔽之者，則盡心二字而已。憶道光辛卯秋，余藩吳中，值江淮大水，流民溯江而來者日以萬計，吳民惶惶。余與守令等盡心籌畫，出示募捐，一面給船資送，一面設廠留養，親與城內外巨紳富戶約，不必踵立局勸捐故套，亦不必設專管款項之人，惟在富而好禮者各量力而行，稱心而出，或獨任一廠，或分襄一事，或繼衆捐所不及，或補官辦所未周，彈壓仍歸有司，出納自為經理，諸辦之事既定，即榜示災民口數，並大標捐助姓名，使受者知食所自來，施者知錢所自往，合計自秋至冬三月餘日，資送出境者六十餘萬人，自冬至春五月餘日，蘇州城外設廠留養者四萬餘人凡三十七廠，外郡州縣視此有差。其在蘇廠者，余復倡捐棉衣褲萬領，閭風好義者又從而附益之，故竟一冬數萬人無啼饑號寒疾病死喪之事。迨壬辰三月，始陸續厚資回里，時潘功甫舍人復以籽種贈之，沿途頗有頌聲，以為吾蘇歸不少一人，且增新產兒數十百輩。余曾繪成目送飛鴻長卷，屬同人作詩紀其事，倘亦他日采風者所不廢歟。

唐德宗朝，東川節度使李叔明上言曰：佛空寂無為者也，道清虛寡欲者也，今迷其內而飾其外，使農夫工女墮業以避役，故農桑不勸，兵賦日屈，臣請定寺為三等，觀為二等上寺留僧二十一上觀道士十四每等降殺以七餘還為民德宗善之都官員外郎彭偃曰僧道不耕而食不織而衣一僧衣食歲無慮三萬五夫所不能致舉一僧以計天下所費不貲臣請僧道年未滿五十可令歲輸絹四疋尼及女冠輸絹二疋雜役與民同之過五十者免刑部員外郎裴伯言曰二教不耕不織且絕繼嗣國家著令又從而助之是以夷狄不經之法反制中夏禮義之俗也傳曰女子十四有為人母之道四十九絕生育之理男子十六有為人父之道六十四絕陽化之理臣請僧道士一切限年六十四以上尼女冠四十九以上者許在寺觀餘悉還為編民收寺觀以為廬舍議上皆不行孟瓶菴師曰此三議俱可行定寺觀之等則興造不得行立征輸之制則僧尼有所畏酌年齒之數則少壯無所容備是為之僧道不出十年將漸廢矣舍此不為至會昌時乃欲一槩剗除之封刀關上毋亦近於不教而殺耶

景州申學坤信道學甚篤見僧眾以福田誘財物供酒肉資因著一論戒勿施捨夜夢一神似彼教所謂伽藍者侃侃而爭曰以佛法論廣大慈悲萬物平等彼僧尼非萬物之一耶施食及於烏鳶愛惜及於蟲鼠欲其生也此輩借施捨以生君必使之

餓而死曾視之不若烏鳶蟲鼠耶其閒破壞戒律自墮泥犁者誠比比是然因有梟鳥而盡戕羽族因有破獍而盡戕獸類有是理耶以世法論田不足授不能不使百姓自謀食彼僧尼亦百姓之一種募化亦謀食之一道耳必以其不耕不織為蠹國耗民彼不耕不織而蠹國耗民者獨僧尼耶君何不一一著論禁之也且天下之大此輩豈止數十萬一旦絕其衣食之源羸弱者轉乎溝壑姑勿具論桀黠者鋌而走險將何以善其後耶昌黎闢佛尚曰鰥寡孤獨廢疾者有養君無策以養而徒沒其生豈但非佛意恐亦非孔孟意也南城鄧葵鄉曰二帝三王周公孔子之道如日月經天江河行地二氏則譬猶爝火也陂池也纖日月之光分江河之派亦能有益於人無害於日月江河者也然古人闢之不遺餘力者何也曰彼所值之時有不得已焉者也我　國家崇儒講學三尺之童皆尊孔子雖有二氏奚足誣民且存其因果感應之說未嘗不可警中人以下俾了然於殃慶之不爽是不惟不惑於二氏而轉使二氏亦樂效靈於　盛世矣士生今日猶欲拾古唾餘嚚嚚焉憂佛老不息周孔之道不著夫何異日月照臨而冀嗇夫庶人之馳走江河順軌而議疏瀹排決之策施豈不謬哉恭讀乾隆年間　御製詩序曰御史有以沙汰僧道為請者朕謂沙汰何難即盡去之不過一紙之頒天下有不奉行者乎但今之僧道實不比昔之橫恣有賴於儒氏闢而闢之蓋彼教已式微矣且藉以養流民分田授井之制既不可行將以此數千百萬無衣無食游手好閒之人置之何處故為詩以見意云頹波日下豈能迴二氏於今亦可哀何必闢邪猶泥古留資畫景與詩材大哉　王言非尋常儒生所能見及矣

西番帕克巴為元時高僧傳至宗喀巴為黃教之祖有二大弟子曰達賴喇嘛曰班禪喇嘛達賴喇嘛位居首其名曰根敦珠巴次即班禪喇嘛其名曰凱珠布格呼克巴勒藏與達賴喇嘛遞相為師以化身世掌黃教者也喇嘛二字即如漢語稱僧為上人喇嘛示寂後轉生為呼必勒罕如漢語稱轉世化生人當呼必勒罕未出之前彼教於佛前誦經祈禱廣為訪覓各指近似之幼孩於佛前納穆吹忠擇一聰慧有福相者定為呼必勒罕幼而習之長成乃稱呼土克圖以掌彼教蓋蒙古最尊奉彼教興黃教即所以安眾蒙古行之既久亦遂有影射牟利任意妄指或至出於一族竟與世襲無異乾隆時朝廷洞鑒其私製金奔巴瓶送往西藏凡藏中有轉世之大呼必勒罕命眾舉數人各書其名置瓶中公掣以定其弊乃絕所謂修其教不易

其俗齊其政不易其宜者也

西洋人入中國自利瑪竇始其教法之傳中國自利瑪竇二十五言一書始大旨暗資釋氏而復明攻釋氏又明知儒教之不可攻故所著天主實義並附會六經中上帝之說其實亞尼瑪之學（亞尼瑪者華言靈性）即釋氏覺性之說天堂地獄之論與釋氏之輪回相去無幾同時龐迪我又撰七克一書述天主所禁罪宗凡七一驕傲二嫉妒三慳吝四忿怒五迷飲食六迷色七懈惰於善迪我復發明其義一曰伏傲二曰平妒三曰解貪四曰熄忿五曰塞饕六曰坊淫七曰策怠則與儒書又何異惟以尊崇天主太過不免於迂怪夸誕其論保守童身一條或難以人俱守貞不婚人類將滅乃答以儻人俱守貞人類將滅天主必有以處之何煩過慮其詞已遁又謂生人之類有生必有滅亦始終成毀之常若得以此終以此斃幸甚大願則更理屈詞窮為釋氏所不屑道矣又有高一志撰空際格致一書以火氣水土為四大元行而以中土五行兼用金木為非然彼國所最擅長者在天文而推算量測仍不能廢五星則於彼說亦自相矛盾矣此其所以為異端歟

前朝歷法大約遵守元代授時歷明萬歷中西洋人利瑪竇與其徒湯若望羅雅谷

年。奉天主教狀逆中國，極言授時曆之訛，當時未之信也。至國朝順治二年仲秋朔日食，若望先期進時刻分杪起復方位呈閱。令廷臣公同測驗，諸法俱舛，而新法獨合。於是令若望用新法修時憲曆。時天下初定，海禁尚弛，西洋人來者愈多，散居中國，於濟南淮安揚州鎮江江寧蘇州常熟上海杭州金華蘭谿福州建寧延平汀州南昌建昌贛州廣州桂林重慶保寧武昌西安太原絳州開封等處，共建天主堂三十餘所，入其教者，厚與金錢，無籍之徒，羣相依附。其欽天監有歙民楊光先者，著闢邪論，又著孽鏡中星說選擇議摘謬十論，備詈新法之非，總名其書為不得已。又以若望等邪黨惑衆，包藏禍心，具請誅邪教疏，於康熙三年赴部投遞，下吏部會審，若望得罪革職。四年以光先為監副，光先五上疏辭職，不准，尋陞監正，西法中廢。後西洋人南懷仁復具疏訟冤，又革光先職，用南懷仁，而西法復行。至雍正年間，嚴海上之禁，折毀各處天主堂，止留京師一處，便西人修曆者居之。其他有潛來內地妄稱傳教者，皆嚴緝，以法懲。法既稱得人，而邪說亦無自生矣。

退庵隨筆卷八終

退庵隨筆卷九

清　福州梁章鉅茝林編

家禮一

古昏禮有六禮。今朱子家禮略去問名納吉請期，止用納采納幣親迎。蓋以問名併入納采，而以納吉請期併入納幣，已屬簡省之至，然於禮並無所增減也。而吾鄉親迎之禮猶缺焉，毋乃太簡乎。

孔子言嫁女之家三夜不息燭，思相離也；取婦之家三日不舉樂，思嗣親也。按禮記亦云昏禮不樂，幽陰之義也。夫以禮言，則幽陰之義不宜用樂；以情言，則相離之悲、代親之感，不忍用樂。而今舉世用之，不以為怪，何哉。

謝梅莊曰：或問詩詠琴瑟鐘鼓，昏禮又云幽陰不用樂，何居？曰：此孫子當室之禮也，故曰思嗣親。又曰擇日祭於禰。曰：然則廟見亦孫子禮歟？曰：廟祭所同也，禰祭所獨也。曰：然則不賀亦孫子禮歟？曰：昏以著代，人皆有之，雖具慶何賀焉。

朱子曰：司馬溫公與伊川定昏禮，都依儀禮，只畧改一處，便不是古人意。溫公云親迎奠雁見主昏者，即出。伊川却教拜了，又入堂拜大男小女。伊川非是。伊川云婦至次日見舅姑，三月廟見。溫公却說婦入門即拜影堂。溫公非是。蓋親迎不見妻父母者，婦未見舅姑也；入門不見舅姑者，未成婦也。今親迎用溫公，入門以後用伊川，三月廟見改為三日云。

自周禮有奔者不禁之文，鄭氏以重天時權許之為注，遂貽千古詬病。禮文奔者不禁，與下句若無故而不用令者罰之，若字與今律文之言若者同，若之為言及也，謂不禁男女之奔，及無故不用命者，俱有罰耳。熊氏經說云：仲春會男女之時，有不以禮合，至淫奔而不能禁，固父母之罪；及有愆期不嫁，別無喪故，而不遵昏令者，亦父母之罪。似此二者皆罰之，則必無過笄無嫁之女矣。吾鄉林氏之奇則謂古人聘則為妻，奔則為妾，六禮不用謂之奔。國有凶荒，家有喪禍，必待備禮，男女失時矣。此之謂故。若無故而不備禮，則罰之。案大司徒以荒政十有二聚萬民，七曰眚禮，十曰多昏。蓋國有凶荒，則殺禮而多昏，會男女之無夫家者。是故女有聘而嫁者，有奔而嫁者。奔者非必淫泆而奔者，始謂之淫奔，若奔則為妾者，皆不備禮之謂。邵二泉曰：先王制禮，豈不欲六禮皆備而後歸哉。禮不下庶人，勢也。故仲春奔者不禁，恐失時也；荒年殺禮多昏，欲繁育也。則此義尤精矣。

男子生而願為之有室女子生而願為之有家此言情也男子三十而娶女子二十而嫁此言禮也情與禮相制而亦可相通情欲之感愈遲則筋骸之束愈固乃亦有時事所迫不得不行則有不待三十而娶二十而嫁者古禮有為夫之姊妹服長殤年十九至十六如此則男不必三十而娶女不必二十而嫁明矣范甯注穀梁傳引譙周之言曰三十而娶二十而嫁蓋嫁娶之限不得復過此云爾故舜三十無室書已稱鰥女子二十未嫁周官即許其仲春奔不為止孔子曰夫禮言其極矣豈必定以是期哉是以孔子亦十九而娶亓官氏也古禮五十始得為大夫而亦有不盡然者以喪服傳大夫為昆弟姑姊之長殤小功果五十始為大夫又安得有兄若姊之尚在十九以下者

禮部則例載民公以下百官未受職之子父為納婦者禮視其父已受職者各從其品此酌古準今之制也朱子曰昏禮用命服乃是古禮如士乘墨車而執雁皆大夫之禮士昏禮謂之攝盛今宦族娶妻之日率用其父冠服尋常人家亦借用頂戴不得謂之僭矣

李文貞曰昏禮三月廟見朱子改定三日今便可從或問三日連本日算抑離本日算曰連與離皆可古人亦是大畧說如武成丁未越三日庚戌是離根算召誥丙午越三日戊申又越三日庚戌越五日甲寅皆是連根算可見不拘也

古最重冠禮周東遷以後禮樂廢壞然魯襄公可冠而未冠晉悼公告之曰君為冠具春秋時尚如此則盛時可知也古冠禮之存者惟儀禮中之士冠禮一篇而已漢晉以來帝王家有行者皆由士禮而推之而士大夫家則轉不行唐柳子厚答韋中立書云冠禮數百年人不復行近有孫昌引者獨發憤行之既成禮明日造朝薦笏言於卿士曰某子冠畢京兆尹鄭叔則拂然曳笏卻立曰何預我耶廷中皆大笑天下不以非鄭尹而快孫子也然則此禮之廢久矣今應童子試者尚有已冠未冠之稱則安得不顧名思義哉

男子為冠女子則為笄大約自十五至二十皆可行今吾鄉男子至十六其父母必衣以盛服設酒醴使徧拜祖宗尊長謂之出幼女子至十四則擇日為蓄髮謂之上頭亦徧拜父母尊長似於禮意適合也

司馬溫公曰冠者成人之道也成人者將責為人子為人弟為人臣為人少者之行也將責四者之行於人其禮可不重歟近世以來人情尤輕薄生子猶飲乳已加巾帽有官者或為製公服而弄之過十歲猶總角者蓋鮮矣彼責以四者之行豈能知之故往往自幼至長愚騃如一由不知成人之道故也古通二十而冠今世俗之弊不可猝變若敦厚好古之君子俟其子年十五以上通孝經論語粗知禮義之方然後冠之斯其美矣

伊川程子嘗言凡人服至高祖祭亦應至高祖既得祭豈可不詳制度而今仕宦之家鮮有為四親立廟者止於忌日設祭夫祭為吉禮古人無忌日之祭惟朱子不敢廢然變服用淺墨色巾蓋猶哀之餘也豈可當吉禮乎

朱子四親廟之法可仿而行只在宅內立四龕每龕隔開便不嫌於並坐南向蓋古時天子諸侯大夫各有祖廟其合食也則太祖正東向之位今既無各廟之制又無東向之禮則同堂異室自然並坐南向只是妣本祔祖合饗時人家都設一筵都大不安母子同席猶可婦可同席乎惟程子說得確四親應分四席若再為通融則祖與祖為一處妣與妣為一處不過一筵分為兩筵意厚而禮明不惟其物也今按大清會典所列品官及庶士庶人家祭之禮各有等差可以遵守而今人鮮有仿行之者謹錄於此云凡品官得於居室之東立家廟一品至三品廟五間中三間為堂左右各一間隔以墻北為夾室南為房堂南檐三門房南檐各一門階五級庭東西

廡各三間庭繚以垣南為中門又南為外門左右各設側門四品至七品官廟三間中為堂左右為夾室為房階三級東西廡各一間餘制與三品以上同八九品廟三間中廣左右狹階一級堂及垣皆一門庭無廡餘與七品以上同堂後楹北設四室奉高曾祖禰四世妣以適配南向歲以春夏秋冬仲月擇吉致祭一品至三品官羊一豕一四品至七品特豕八品以下豚肩不特殺三品以上每案俎二鉶二敦二籩六豆六七品以上籩四豆四八品以下籩二豆二皆俎一鉶敦數同三品以上時祭徧舉四品至七品春秋二舉八品九品春一舉至庶士則於寢堂之北為龕以版別為四室奉高曾祖禰神位歲以春夏秋冬節日出主而薦庶人則於正寢之北為龕亦奉高曾祖禰神位歲逢節序一薦今小戶不必論大戶力能建立宗祠者又以意為之則何如恪遵會典之為得乎

李文貞曰朱子家禮要存古法故段段有宗子行禮到庶人不能行如今須考定人人眼前可行方妥卿大夫家古有世祿故子孫雖無位行事尚得與大夫同今卿大夫既無世祿設數傳之後支子顯達而宗子卻無祿則宗子分止於薦而支子不得祭是使有祿者身享鼎烹而祖宗僅受菲薄於心安乎寒家宗祠在山中先世士大

夫多居鼎俎時不躬不親，惟使直祭者經理滌草獻享而已。及先君定議，以為宗子有祿自當主祭，即宗子舉人，而支子非士，宗子侍郎，而支子尚書，爵位相仿，亦仍當宗子主祭。若宗子無祿，而庶子顯貴，則貴者以其祿主祭，居中；宗子居左；直祭者居右。一同與獻。如此斟酌，既不背古意，而於今可行，方不為空言耳。小宗有及身貴者，恐當立四親廟，大宗不當有二，小宗亦難其說。

喪服小記云：妾祔於妾祖姑，亡則中一以上而祔。疏謂祔於妾祖姑者，祔夫祖之妾也。亡，無也。中，間也。若夫祖無妾，則又間曾祖而祔於高祖之妾也。凡祔必昭穆相同，故間曾祖而上之。小記又云：妾無妾祖姑者，易牲而祔於女君可也。注謂妾當祔於妾祖姑，上章言無則祔於高祖妾。今又無高祖妾，則當易妾之牲，而祔於嫡祖姑。妾當下女君一等，今祔於女君，故易女君牲，猶上祔於大夫而易大夫牲也。按：後人拘於廟祭者，謂大夫不得祭高祖，觀此則高祖有廟祭明矣。又泥於妾母不世祭者，穀梁傳謂於子祭於孫止。觀此則高祖之妾，曾孫猶得祔祭矣。

顧亭林日知錄云：父不祭子，夫不祭妻，不但名分有所不當，而以尊臨卑，則死者之神亦必不安，故當祭則有代之者。按此說非也。朱子語錄謂曲禮父不祭子，夫不祭妻，此承上而餕餘不祭說，蓋謂餕餘之物，雖父不可將去祭子，夫不可將去祭妻，且

如孔子君賜食必正席先嘗之，君賜腥必熟而薦之，君賜腥則非餕餘矣。雖熟之以薦祖考可也。賜食則或為餕餘，但可正席先嘗而已，固是不可祭先祖，雖妻子至卑亦不可祭也。秦味經蕙田曰：父之於子，夫之於妻，分雖有尊卑，然喪服父為長子三年，夫於妻齊衰期，父之斬，偉重也；夫之期，齊體也。服猶如是，而況祭乎？小記曰：婦之喪虞卒哭，其夫若子主之。注在寢祭婦也，的是確證。顧氏之說，不如朱子之精矣。

古人祭用尸，今無此禮，然禮意則不可不知。吾師大興朱文正公慟母氏早沒，事庶母謝淑如母，語子翬曰：古人祭必有尸，倣之以申吾慕，非過禮也。

林樾亭喬蔭曰：朱子語錄答用之祭用尸之意，有云：嘗見崇安余宰邵武人，說他之鄉里有村名密溪，去邵武數十里，此村中有數十家，事所謂中王之神，甚謹，所謂中王者，每歲以序輪一家一長一人為中王，周而復始。凡祭祀祈禱，必請中王坐而祈之。歲終則一鄉之父老合樂置酒，請新舊中王講交代之禮。此人既為中王，則一歲家居寡出，恭謹畏慎，略不敢為非，以副一鄉祈向之意。若此村或有水旱災沴，則人皆歸咎於中王，以不善為中王之所致。此等意思，皆古之遺聞。近數年此禮已廢矣。看來古人用尸，自有深意，非樸陋也。愚按此等風俗，正是古時樸陋之處。今邵汀各郡山鄉祭賽，雖無復此舉，然極重師巫之降神者，有事祈禱，輒潔其酒殽而為師巫者即假神像跳舞飲啖，傳神語以告。蓋尸廢而像設興，像設立而師巫重，亦時代遞流之故也。

紀文達師曰：古者世祿世官，故宗子必立後；支子不祭，則禮無必立後之文。孟皮無後，亦不聞孔子為立後，非嫡故也。支子之立後，其為嫠婦守志，不忍節婦之無祀乎？譬諸士本無諡，而臨責父始諡死職，故也。童子本應殤，而汪踦不殤，衛社稷故也。禮以義起，遂不可廢。凡支子之無後者，亦遂沿為例，不可廢，而家庭從此多事矣。

今時喪禮既不能復古，即不必泥古。子曰：喪與其易也寧戚。又曰：稱家之有亡。子思子曰：凡附於身者必誠必信，勿之有悔焉耳矣；凡附於棺者必誠必信，勿之有悔焉耳矣。此數語已盡喪禮之要，最為平易近情，人人能守此訓，則雖有失者，亦鮮矣。若其他繁文末節，則以士喪禮、戴記為主，而參以朱子家禮、司馬溫公書儀，及我　朝徐氏讀禮通考斟酌損益而行之，人豈有非之者哉。

上古初喪有升屋而號之禮，後恐驚眾，因制為復禮，蓋盡愛之道，望反諸幽也。司馬溫公曰：士喪禮皋某復三，注皋長聲也。男子稱名，女子稱字，或稱官封，或依常時所

稱。今復禮亦久不行，而世俗於屬纊後，即延僧誦經，請之藥師懺，或為報亡懺，不經甚矣。孟瓶菴師云：當合室哀痛急遽之時，而緇流黃冠，儼然列坐堂上，喃喃諷誦，糜酒食，費金錢，不知於死者何裨，亟宜除之。

禮有訃告，惟施於君，後世始於族姻朋友，一一徧訃，已非古禮，則其訃書隨地為式，原可不拘，然於稱父母曰顯考顯妣，則不可。按祭法，顯考廟在祖考廟之上，則今之曾祖也，名實乖舛，莫此為甚。又稱父必曰某府君，亦非。府君當專屬之有位者。漢魏以來，門生故吏稱其長官，率曰府君，即府主也。古碑刻具在可證。此二事雖家禮有之，實皆亟當改正耳。

司馬溫公曰：世俗信浮屠言，於始死及七七日、百日、期年、再期、除喪，皆飯僧設道場，作水陸大會，寫經造像，修建塔廟，云為死者滅彌天罪惡，必生天堂，不為者必入地獄。唐盧州刺史李舟與妹書云：天堂無則已，有則君子登；地獄無則已，有則小人入。世人親死而禱浮屠，是不以其親為君子，而為積惡有罪之小人也，何待其親之不厚哉？就使其親實積惡有罪，豈賂浮屠所能免？甚至有傾家破產，然後已者，則曷若早賣田營墓而葬之乎？

古有含襚賵賻之禮，珠玉曰含，衣服曰襚，所以送死；車馬曰賵，貨財曰賻，所以佐生，皆所以矜恤喪家，助其斂葬也。司馬溫公謂今人但送錢紙，焚為灰燼，何益喪家？不若復賻襚之禮。既不用珠玉，亦無以車馬助喪者，則含賵可不必行，金帛錢穀之類，視其家之有無貧富，親之遠近，情之厚薄，自片衣尺帛百錢斗粟以上，皆可行之，勝於無也。孟瓶菴師云：古人愍死恤孤，故襚賻並行，而有喪者費省。閩俗相沿以不受錢帛為榮，始不過商賈家以財自豪耳，近士紳亦然。夫以受賻為恥，而不知人道之宜然；以靡費為榮，而不卹財力之不繼。甚則鼓樂喧闐於喪次，族戚醉飽於殯宮，主人煢然在疚中，稍有不周，反加責備，此澆風之亟宜返者也。

汪韓門師韓曰：佛教興而人死有七七之期，俗謂天干至七則尅，地支至七則衝，以其衝尅為之禳解，其事蓋始元魏時。魏書外戚胡國珍薨，詔自始薨至七七，皆為設千僧齋，百日設萬人齋。北齊書孫靈暉為南陽王綽師，從綽死後，每至七日及百日，恆為請僧設齋，傳經行道。按路史發揮云：人生四十九日而七魄全，其死四十九日而七魄散。七七之說固亦有義，因而齋僧，遂為後世飯僧之濫觴耳。今吾鄉相沿已久，但當七七設祭，而不齋僧，即無可議。近有於訃書中注明不用釋教七七期，以為通儒家法，如此亦可謂少見多怪者矣。

吾鄉訃書之式，凡父在而母死者，其末首或用其夫語氣，如寒門不幸寔及元配云云；或用其子語氣，如不孝某等罪孽深重云云，並與家禮所載書式不合，此皆於古無考，可隨人用之。仍有執禮經凡喪父在父為主一言，謂訃書必出自其夫者，亦泥古也。古禮父在為母期，故一切儀文皆父主之；今母服亦斬衰三年，一切哭奠謝賓上食之儀，自以服重者為主，惟父在則凡事稟命而行，即父為主之實矣，又何必徒詢其名，以致步步窒礙哉？按朱子家禮有喪主，注謂死者長子，無則長孫承重者，專奉饋奠；有護喪，注以子弟知禮能幹者一人為之；有主賓，注用同居之尊且親者一人為之，如無同居，擇族屬之親賢者，又無族屬，則用戚友主與賓客為禮；有相禮，注謂親友或鄉黨中之素習禮者一人為相禮，凡喪事皆聽之處分，而以護喪司書司貨，注以子弟知書者為之。據言子孫為喪主者，其名也；言奉饋奠者，其實也，皆與父為主之義兩不相妨。檀弓有父兄命赴之文，士喪禮有孝子自命赴之文，說者謂大夫以上父兄代命之，士則自命。蓋見父在母死者，訃書之首，不必定出諸其夫矣。

呂新吾曰：訃告遠近，不能偏，或使者誤不及，或情有厚薄可不及，或訃及而不至，廝轉生嫌隙。蓋休戚相關者，疾則問，病則守，無待於訃，迨病且死而猶不知，又安用訃哉？北俗或書卒葬於屏間，或揭紙旗於戶外，情義相關，聽其自至，遠不至者，俾彼得以有辭，所不訃於禮何害？按今吾鄉貧家亦有揭訃於門首者，若以初喪孝男匍匐

道途自行分訃，則甚不宜矣。

吾鄉喪禮，自成服後，黎明具湯沐，主人以下皆哭，食時奠，夕奠亦然，皆與禮意合。惟朔望奠多移於月晦及十四日，蓋以朔望為吉日而避之耳，殊為無據。然時俗相沿已久，於禮並無所殺，聽之可也。

服制定於聖人，各有精意。記曰：始死三日不怠，三月不解，期悲哀，三年憂，恩之殺也。聖人因殺以制節，俾賢者不得過，不肖者不得不及，使人勿倍，示民有終而已。公羊傳言魯文公欲服喪三十六月，何休以為亂聖人之制。後代增改服制，則莫甚於唐。如嫂叔本無服，太宗令服小功；曾祖父母舊服三月，增為五月；嫡子婦大功，增為期；眾子婦小功，增為大功；舅服緦，增為小功；父在為母服期，高宗增為三年；婦為夫之姨舅本無服，元宗令從夫服，又增舅母緦麻，堂姨舅袒免。王元感遂欲增三年之喪為三十六月。見舊唐書張東之傳。此皆務飾其文，欲求過於聖人之制，而人心彌澆，風化彌薄，亦未見其名之有過於三王也。

明洪武初，孫貴妃薨，敕禮官定喪服之制。尚書牛諒等奏曰：周禮父在為母服期年，若庶母則無服。太祖曰：父母之恩一也，而喪服低昂若是。乃敕學士宋濂等考定喪禮。於是濂等考上古人論母喪者凡四十二人，願服三年者二十八人，服期者十四人。太祖曰：三年之喪，天下通喪，觀願服三年視願服期年者倍，豈非天理人情之所安乎？乃立為定制，子為父母，庶子為其母，並斬衰三年；嫡子眾子為庶母，皆齊衰杖期。此母服改為斬衰之緣起也。

古禮婦為舅姑皆齊衰不杖期，後世易為舅斬衰三年，為姑齊衰三年，從夫服也。自明以來，婦為舅姑皆斬衰三年矣。方靈皋曰：古禮婦為舅姑期，稱情以立文，適至是而止也。婦之痛其舅姑，信及其子之半，可以稱婦順矣，其義比於孫之喪其祖，不可謂非隆矣。後世易以斬衰三年，將責其誠乎？抑任其偽乎？信乎禮非聖人不能作也。

古有承重之稱，謂其承大宗之重，非專指喪服也。昔吾鄉蘇子容頌對宋神宗言：古者貴賤不同，諸侯大夫世有爵祿，故有大宗小宗主祭承重之義，則喪服從而異制宜也。匹夫庶人亦何與焉？近代不世爵，長子孫與眾子孫無以異，生而情禮則一，死而喪服獨異，非先王制禮本意云云，語最簡當。按古之承重者，承父之重，不係其母，故喪服小記云：祖父卒而後為祖母後者三年，但言三年服，而不言承重。今人於祖母亦稱承重，且並施於本生之庶祖母，則尤無謂矣。嘉慶四年奏准官員生祖母係祖庶室病故時，其父先故，則無

宿玄隨從母不飲酒食肉十餘年親族迭勸之然後從吉蓋釋服之謂也唐律不孝條居父母喪釋服從吉徒三年今律亦載於十惡之條即期喪從吉猶杖六十乃世俗之行三年服者輒於名簡中書從吉二字不亦傎乎

顧亭林曰喪服自期以下諸侯絕大夫降說者以為期以下之喪皆其臣屬故不服然制禮之意不但為此古人有喪不祭諸侯有山川社稷宗廟之事不可以曠故惟服三年而不服期大夫於其君亦有駿奔在廟之事但人數多不至於曠故但降之而已此古人重祭之義後人不知但以為貴貴而已按亭林之言亦尚未盡不如隋劉炫所說為精隋尚書牛宏建議欲諸侯絕旁期大夫降一等今之上柱國雖不同古諸侯比大夫可也宜降旁親一等議者以為然炫駮之曰古之仕者宗子一人而已庶子不得進由是先王重嫡其宗子有分祿之義族人與宗子雖疏遠猶服齊三月良由受其恩也今之仕者位以才升不限嫡庶與古既異何降之有今之貴者或多近親若降之人道自此疏矣事乃寢

今人服制有過於古人者子為母婦為舅姑及兄弟之妻皆是此皆後儒所不敢輕議者然古人制禮之精意未可以淺識窺也顧亭林日知錄所引吳幼清服制詳考序之言最為明暢今節錄於此云凡喪禮制為斬衰功緦之服者其文也不飲酒不食肉不處內者其實也中有其實而外飾之以文是為情文之稱徒服其服而無其實則與不服等爾雖不服其服而有其實者謂之心喪心喪之實有隆而無殺服制之文有殺而無隆古之道也愚嘗謂服制當一以周公之禮為正後世有所增改者皆溺乎其文昧乎其實而不究古人制禮之意者也為母齊衰三年而父在則為母杖期豈薄於其母哉蓋以夫為妻之服既除則子為母之服亦除家無二尊也子服雖除而三者居喪之實如故則所殺者三年之文而已實固未嘗殺也女子子在室為父斬既嫁則為夫斬而為父母期蓋曰子之所天者父妻之所天者夫嫁而移所天於夫則降其父婦人不貳斬者不貳天也降已之父母而期為夫之父母亦期之後夫服未除婦服已除而居喪之實如其夫是舅姑之服期而實三年也豈必從夫服所而後為三年哉喪服有以恩服者有以義服者有以名服者恩者子為父母之類是也義者婦為舅姑之類是也名者為從父從子之妻之類是也從父之妻名以母之黨而服從子之妻名以婦之黨而服兄弟之妻不可名以妻之黨其無服者推而遠之也然兄弟有妻之服己之妻有娣姒之服一家老幼俱有服己獨無服不能華靡於其躬宴樂於其室如無服之人也夫實之無所不隆者仁之至文之有所或殺者義之精古人制禮之意蓋如此後世父在為母三年婦為舅姑從夫斬衰並三年為嫂有服為弟婦亦有服意欲加厚於古而不知古者子之為母婦之為舅姑未嘗薄也

阮芸臺先生曰有丁父喪而繼母在堂欲稱奉繼母命稱哀訃聞來問者并疑孫放淚頓首為輕來問者余曰此皆俗例也父沒稱孤母沒稱哀為三年喪也唐氏通王宏泰為其母書墓誌自稱哀子周禮孫子制其父死於王事者三年　國制也豈有　國制當稱三年而必須奉繼母命者設繼母無此命即不三年耶無已於孤哀子之上叟行加繼母侍下四字為明白耳若庶子之先丁生母憂者由此例之亦可加嫡母侍下四字其曰奉嫡母命稱哀者亦似禮而非禮矣庶子之先丁嫡母憂者亦可加生母侍下四字於何也同是三年無可厭壓據事直書也抆淚亦輕也若改須改為哭頓首為安夫有聲曰哭無聲曰泣人所共知也今俗例孤哀子稱泣血稽顙實為大謬古人言泣血者無聲出淚而已非甚哀也血非赤血即目汁也詩鼠思泣血無言不疾毛傳曰無聲曰泣血禮

記曰高子皐執親之喪也泣血三年未嘗見齒鄭注曰無聲而血出孔穎達曰注無聲出淚也則無聲謂之泣矣連言血者以淚出於目猶血出於體故以淚比血據此是血即是淚並非赤色之血鼠思之人無聲而泣何嘗是目中出赤血子皐至大祥之後猶無聲而垂淚而不笑以見其哀思之長亦豈是目出赤血文選李陵答蘇武書戰士為陵飲血注曰血即淚也別賦泣下霑衿古本作血下霑衿然則今俗所謂泣血者直是初喪之時子不哭號擗踊但憂思垂淚而已欲重反輕不讀詩禮注疏之過也然則當如何答曰稱孤哀子哭踊稽顙期服孫哭頓首尚近是又按孔穎達所云以淚比血此語猶未確試問五經內有淚字乎淚字始於漢時古人稱目哀出涕但直名涕直名血無稱淚者非以血字比淚字也書此以示家塾今人於龍長家長書祖兄祖兄者祖喪承主人之服亦為杜撰

閻百詩曰古者喪期無數孔穎達謂哀除則止無日月限數其說頗非孔氏疏三年問引此句謂無葬練祥之數其喪父母之哀猶三年也故堯崩云如喪考妣三載則知堯以前已三年余謂豈惟堯以前蓋自有天地即有人類有人類即有恩愛而喪紀緣之而興善乎荀卿言三年之喪人道之至文者也是百王之所同古今之所壹也未有知其所由來者也此九字見前小戴緝於此小戴緝入經又言殺人者死傷人者刑是百

王之所同未有知其所由來者也班固採入史而未有知其所由來者也語致精
又曰期之喪有禫者二父在為母為妻是也或問父在為母期期之喪莫有重焉為妻服與此同得毋甚歟曰非也段成式酉陽雜俎解得致精一切傳注未及曰令之士大夫喪妻往往杖者據禮彼以父服我我以母服報之杖同削杖也使子見後生聞之亦當首肯為母期雖除猶中心喪三年為妻禫已踰夫必三年然後娶以達子之志種種皆同豈凡旁親之期所得並歟

為人後者為其所生父母服期古禮如此今制亦如此然有願終三年喪者則聽之余目中所見戚友中惟林研樵虞卓為其本生父樾亭先生持三年服畢然後赴官此與幼清所謂情文之稱也古人蓋有行之者特未見紀載耳竊謂古人父在為母期者必皆如此漢巴郡太守樊敏碑有遭離母憂五五斷仁之語五五謂二十五月即三年之喪也（孝經援神契曰喪不過三年以期增倍五五二十五月義斷仁示民有終）傳曰父必三年然後娶達子之志也正義曰左氏昭公十五年傳王一歲而有三年之喪二焉據太子與穆后天子為后亦期而言三年喪者據達子之志而言故並謂之三年此所謂其文則期其實則三年也推之舅姑之服期亦應如此故曰與更三年喪不去

謝梅莊曰晉武帝欲終苴絰之禮裴秀止之使其遇張九齡必不止也張九齡辭平章而乞終喪唐明皇不許使其遇晉武帝必許之也雖然使九齡能如富鄭公之五起五辭劉忠肅之六起六辭明皇亦必許之惜其遽止也

今服制亦有不及於古人者宋會要載仁宗寶元中王恪言父母相繼亡歿已通持服五十四月詔許之宋史孫衛傳亦曰嘗併喪父母去官有司循五代故事必六年乃聽調是前代父母相繼沒服皆通持今無通持服之制月日準後計算不知改自何時也

為人後者當以所後為父母而以所生為伯叔父母此後儒之說如此雖於經未有所考而以尊無二上之義推之自是不易之稱乃宋濮安懿王之事廷臣皆以為宜稱皇伯惟歐陽公以為不然引儀禮及五服勑云為人後者為其父母謂是雖出繼而於本生猶稱父母之證時未有能難之者司馬溫公獨疏言為人後而言父母此因服立文舍父母則無以為稱非謂其得稱父母也語意已為簡當然猶不若趙瞻辭窮直書之論尤為深切著明其言曰（見宋史趙瞻傳）仁宗既下明詔子陛下議者猶援禮律所生所養之名妄相訾難彼明知禮無兩父貳斬之義敢裂一字之辭以亂厥真且文有去婦出母者去已非婦出不為母辭窮直書豈足以斷大義哉臣謹與廷辨以定邪正按歐陽公有集濮議四卷又設為或問以發明之滔滔數萬言持之愈力爭者愈多竟以此被陰私之謗而不悟賢者之過不能曲為之解矣

汪堯峯曰先王之制禮也在父黨則父之昆弟重而於父之姊妹恩殺矣故服諸父期服姑姊妹大功在母黨則母之姊妹重而於母之昆弟恩殺矣故服從母小功服舅緦此先王所以嚴內外別男女而遠嫌疑也唐太宗欲加舅服使與姨母同太宗知禮孰不知禮

又曰凡父黨之尊者由父推之皆父之屬也世父從祖之父是也至父之姊妹則不可謂之父不可謂之父其可謂之母乎二者皆不可以名故聖人更名曰姑爾雅謂我姑者吾謂之姪蓋姑亦不敢以昆弟之子為子也凡母黨之尊者由母推之則皆母之屬也從母是也至母之昆弟則不可謂之母不可謂之母其可謂之父乎二者皆不可以名聖人更名曰舅爾雅謂我舅者吾謂之甥蓋舅亦不敢以姊妹之子為子也按此闡明先王制名之意陳義極精惟爾雅僅有謂我舅者吾謂之甥一語其謂我姑者吾謂之姪一語出于夏傳文汪氏隨筆未檢耳

又曰母之兄弟曰舅父之姊妹曰姑舅母之次也姑父之次也婦人謂夫之父曰舅謂夫之母曰姑舅父之次也姑母之次也故白虎通云尊如父而非父者舅也親如母而非母者姑也至男子謂妻之父曰外舅母曰外姑蓋彼以我之父為舅我亦從而舅之惟其同於母黨也故別曰外舅彼以我之母為姑我從而姑之惟其同於父黨也故別曰外姑

龔海峯景瀚曰婦人以夫為天者也天不可以二故必尊其所性之親使之一其心志以專於所事夫父母兄弟以天合者也人情所不能已也夫之父母夫之伯叔父母夫之兄弟妯娌其初皆不知誰何之人也乃自既嫁之後親者從而疏焉疏者從而親焉夫使人棄己之父母兄弟而親他人之父母兄弟聖人豈若是不近人情哉以為不若是不足以分內外而定一尊也婦人之於夫家也情常患其不及其於父母家也常患其太過節其太過乃所以引其不及故於父母在而制為歸寧之禮所以畧順其情然較之事舅姑昏定晨省固已大相徑庭矣至於兄弟則絕不為通皆所以外之也夫豈獨婦之外之即其父母兄弟亦自外之矣姑姊妹女子在室之服皆期年出嫁則降有故大歸反與在室者同先王制禮之意可見矣不特此也父母

之恩一也父族母族自常情觀之亦復何殊而聖人之制外祖父母無服舅與從母有服而與伯叔父母相去亦且天淵何歟尊有所壓而情不可以分也使漢唐而知此意則必無外戚之禍使呂武而知此意則產祿必不封而唐必不易為周矣

服制中有同居繼父不同居繼父之服今人多不解其義惟顧亭林言之最為簡明以為雖三王之世不能使天下無孤寡之人亦不能使天下無再適人之婦假令婦年尚少夫死而有三五歲之子則本族大功之親自當為收恤若無大功之親而又不許之從其嫁母則轉於溝壑而已於是其母所嫁之夫視之如子而撫之以至於成人此子之於若人也名之為何不得不稱之為繼父矣長而同居則為服齊衰期先同居而後別居則為之服齊衰三月以其撫育之恩次於生我也為此制者所以寓恤孤之仁而勸天下之不獨子其子也

玉堂叢話云諸大綬修撰滿考是時生母陳與後母金並在邸而制不得兼封本生則疏請貤封肅宗許之當庚申春已毀奉兩淑人歸陳淑人卒於途制又不得服本生而公衰絰疏水竟三年而後赴闕則踰假限兩歲矣當事者矜其情為請於上凡為人後者皆得服其本生著為令嗣是廷臣得貤封及服本生者咸推公錫類云

今訃書有泣血之稱原本朱子家禮阮芸臺先生嘗論之吾閩陰靜夫承方亦曰泣血之説身可得而行泣血之名口不可引而稱之也檀弓稱高子臯執親之喪泣血三年疏曰凡人涕淚必因悲聲而出血出則不由聲也今子臯悲無聲其涕亦出如血之出故云泣血夫禮親始死哭不絕聲三日之內晝夜哭無時亦烏得此無聲出涕為子臯之事當在卒哭以後蓋其至性過人俯就禮制亦但哭於朝夕而平時則無聲而出涕以至三年不變吳草廬所謂默思其親目亦有淚如血之出是也易有泣血漣如詩有鼠思泣血皆於喪事無與且訃書之稱原所以對弔客試思受弔之時而果如是則無哭無踊於喪禮又何據乎况泣血則必抆淚乃相須之事孤子唫而抆淚楚辭悲回風篇已有成文今乃槩稱於輕喪而泣血獨施於重服所以實相準而名相懸者果何説以判之耶

陰靜夫曰荀子平衡曰拜下衡曰稽首至地曰稽顙喪服小記為父母長子稽顙正義謂重服先稽顙而後拜者也其餘期以下先拜而後稽顙者也周禮有九拜之儀有稽首又有吉拜凶拜雜記三年之喪以其喪拜稽顙而後拜所謂吉拜也非三年之喪以吉拜拜而後稽顙所謂凶拜也是稽顙與稽首判然不同後人謂稽顙即稽

首特易名以別於吉誤矣首者髮以上之名顙者髮以下眉以上之名字書以眉目之間為衡稽首謂以髮上向地有冠籍之首未至地而衡則倒垂於下荀子所謂下衡者是稽顙則以髮下眉上觸地荀子所謂至地説最明確

孟瓶菴師曰古者賓弔必於朝夕奠之時少儀喪俟事不犆弔是也今京師士大夫皆擇日開喪不過三日至期則賓入弔獨閩俗以七為期數十年前皆受弔至七七四十九日前輩某公始易為三七二十一日然日久而費繁人子哀戚之時往往以無財為歉不若北方之以三日為期為省費也

呂新吾曰凡臨喪無不發聲無所稱總曰嗚呼多極於十七舉少亦不減五舉傷則涕泗交頤盡哀無數凡有舉數者不必皆涕泗即哀容悼意亦無不可今人嫌於不傷遂不舉哀殊非臨喪之禮

梁曜北曰士喪禮喪大記周禮夏官挈壺氏皆有代哭之文此古禮之最可疑者昔王秀之禁子孫代哭以為喪主不能淳至故欲多聲相亂魂如有靈吾當笑之豈先王制禮教人以偽所見反不如一王秀之耶

大清通禮載凡喪三年者百日薙髮期之喪二月薙髮九月五月者踰月薙髮三月者踰旬薙髮八旗官在京者百日後薙髮供職為祖父母兩月後薙髮供職為人後者為本生父母為曾祖父母為撫養庶母為伯叔父母為兄弟為妻為已授室之子一月後薙髮供職為高祖父母為庶母為伯叔祖為從伯叔為從兄弟為兄弟已授室之子為兄之妻為子婦為已授室之孫既殯七日後薙髮供職為伯叔祖母為從伯叔母為再從兄弟為弟之妻為從兄弟之妻為兄弟子之妻為孫婦殯後薙髮供職是漢制雖稍異而自期以下各限以薙髮之日則同今滿洲猶恪守此制而漢人則服期以降鮮有講及薙髮者吾鄉惟孫為祖父母六旬薙髮與通禮合此外期功以下服若不知有此事者故不得不正告之

近世有新喪而娶婦者吾鄉謂之乘凶於百日內行之浙中謂之荒親見郎仁寶七修類藁又謂之忽親亦謂之拜材頭按晉書載記石勒禁國人在喪嫁娶舊唐書張茂宗傳諫官蔣乂曰人家有不知禮教者或女居父母服借吉就親男子借吉婚娶從古未聞金史章宗紀承安五年定居祖父母喪婚娶聽離法元史王都中傳茶陵富民單乙死無子惟一小妻及其贅壻妻誣其壻拜屍成婚明會典宏治二年令有訃告服內成婚者如親病已危從尊長主婚招壻納婦罪止坐主婚免離異若親死

未成服輒婚配，仍斷離異。可見此事前代皆干禁令。恭讀雍正年間　上諭：朕聞吉凶異道，不得相干。故娶在三年之外，而聘在三年之內者，春秋猶以為非。三年之喪，創鉅痛深，苟有人心者，宜於此焉變矣。乃愚民不知禮教，起於皁隸編氓之家，有處服喪之後，不得嫁娶，乘父母疾篤及殯殮未終而成婚者。其後商賈中家多有之，士大夫亦間為之。而八旗效之。朕實憫焉。自今伊始，自當朝之士，下逮門內有監生者，三年之喪終喪，不得嫁娶。違者奪爵褫服。其極貧皁隸編氓，父母卧疾呻吟床褥，必賴子婦以躬親水治饔飧者，聽其迎娶盥饋，俟疾愈喪畢而後成婚。古者禮不下庶人，此之謂歟。其商賈中家，不必以士大夫之禮繩之。然人性皆善，朕知其必有觀感興起，而不忍自同於氓隸者矣。

退庵隨筆卷九終

退庵隨筆卷十

清　福州梁章鉅茝林編

家禮二

古人未葬不釋服。今　大清律禮律喪葬條云：職官庶民三月而葬。若惑於風水，及託故不葬者，杖八十。其從尊長遺言，將屍燒化，及棄置水中者，杖一百。按此律文雖明，而引用者甚少。晉書慕容儁載記：魏晉之制，祖父未殯葬，不聽服官。五代史周太祖廣順二年，詔內外文武臣寮幕職州縣官舉選人等，有父母祖父母未葬，其主家之長，不得仕進，所由司亦不得申舉解送。今或援斯例，疏請於　朝，著為令甲。凡服除而未經封葬者，生童不准應試，仕宦不准補官，則人自當速葬，或可稍挽頹風歟。趙甌北曰：南史兗州刺史滕恬，烏程令顧昌，皆以不葬親而入仕，為清議所鄙。唐書顏真卿劾奏鄭延祚母死不葬三十年，有詔終身不齒。宋史吳充奏士大夫親沒或棄擲數十年，宜限期使葬，著為令。劉昺傳：昺與弟煥皆侍從，而親喪未葬，坐奪職。王子韶傳：御史張商英劾子韶不葬父母，而冒轉運使判官之任，乃貶知高郵縣。又道山清話：孫莘老入相，不及一年，坐父死不葬罷。可見前代此禁甚嚴，不知何時乃變成寬典耳。

伊川程子曰：卜其宅兆，卜其地之美惡也。地之美，則其神靈安，其子孫盛，若培壅其根而枝葉茂，理固然矣。曷謂地之美，土色之光潤，草木之茂盛，乃其驗也。父子祖孫同氣，彼安則此安，彼危則此危，亦其理也。惟五患不得不謹，須使他日不為道路，不為城郭，不為溝池，不為貴勢所奪，不為耕犁所及而已。司馬溫公曰：孝子之心，慮患深遠，恐淺則為人所搰，深則溼潤速朽，故必求土厚水深之地而葬之，所以不可不擇也。

孟瓶菴師云：卜日之說，自古有之。然拘忌過多，啟攢無日，停柩於家，火災釁警，權厝郊外，風雨飄搖。凡為子孫，何必求福，且星卜之家，吉神百有二十，凶神倍之，動輒窒礙。不知古者葬期，三月五月，皆有定時，曾有定時於數年之外者乎。即如俗云，子午向十年方利，則是死者葬期，必俟十年，有是理乎。

孟瓶菴師著有勸葬書，名曰誠是錄，自序云：余病夫不葬其親者，惑於堪輿家言，然猶未知其禍之烈也。嘗葬西郊，見停柩者纍纍相望，為若佃者利也。夫墓非田，安得佃。佃其最無良者也。甲午戊戌二年，冬城南災，親識家楦多毀者。近聞遠鄉又皆火葬矣。夫一親柩也，而天災之，人禍之，其子若孫又從而殘毀之，於是乎不暇與言葬禮而但冀其掩之也孟子曰掩之誠是也錄自唐以來諸家言以怵惕之庶無疑乎其掩之也按此錄祇一卷而語盡痛切足以動人余嘗為梓行以希家喻而戶曉也

司馬温公曰昔者吾諸祖之葬也金銀珠玉之物未嘗以錙銖入壙中將葬大尉公族人皆曰葬者家之大事奈何不詢陰陽此必不可吾兄伯康無如之何乃曰安得良葬師而詢之族人曰近村有張生者良師也數縣皆用之兄乃召生許以錢二萬張生野夫也世為葬師為野人葬所得不過千錢聞之大喜兄曰汝能用吾言吾畀爾錢不用吾言吾將求他師張生曰唯命是聽於是兄以己意處歲月日時及壙之深淺廣狹道路之所從出皆取便是者使張生以葬書緣飾之曰大吉以示族人皆大悅無違異者今吾兄年七十九以列卿致仕吾年六十六參備侍從宗族之從仕者二十有三人視他人之謹用葬書未必勝吾家也後之子孫葬必以時欲知葬具之不必厚視吾祖欲知葬書之不足信視吾家

錢文敏維城曰天之禍福不猶君之賞罰乎鬼神之鑒察不猶官吏之詳議乎今使有一彈章曰某立身無玷居官有績然門徑向凶方營建犯凶日罪當謫罰所司允乎駁乎又使有一薦牘曰某立身多瑕居官無狀然門徑得吉方營建值吉日功當

遷擢所司又允乎駁乎官吏所必駁而謂鬼神允之乎故陽宅之説余終不謂然也此譬至明以詰形家亦無可置辯劉文正公統勳曰卜地見書卜日見禮苟無吉凶聖人何卜但恐非今術士所知耳斯則持平之論耳

吾鄉卜葬擇日者以山向為準有一年利東西一年利南北之説漳泉合葬之日尤難有遲至數年始一遇者惟奇門之術以時憲書與協紀辨方參合用之隨時隨月皆有吉日余於嘉慶辛未為先考資政公及先妣王太夫人合葬越二十四年又為亡室鄭夫人祔葬卜日皆用奇門術與山向不合族人頗以為疑然兩次皆值苦雨兼旬道路泥濘之後屆日天忽放晴回虞之際風日晴美塗潦悉乾襄事者大悅則不得謂非吉日良時也

檀弓卒哭曰成事謂居喪至葬事乃成耳古者卒哭在既葬三虞之後無有未葬而先行卒哭者政和禮乃以百日為卒哭之期蓋緣後世葬無定期故遷就為之夫親之體魄未有所歸人子之心豈能一日稍釋即此變禮當益怵然於葬之不可遲耳

朱子答程正思曰葬地之説想已得直凡百更宜審處與其得直於有司不如兩平於鄉曲之為愈也又云遷葬重事似不宜容易舉動凡百審細為佳若得已不如且已也今人動云為先人事有不得不然不得不遂之勢曷亦三復斯語哉

元無極子洞天秘錄云凡擇地葬親者既得吉地當乘初喪急葬接續生氣以人之懷胎十月成胎故人之告殂亦十月髓竭死者陽元已升於天葬得吉地承天氣以入地中如入爐冶魂魄復聚須及其骨液未竭乃可與地脈通流如接木須剪新枝若經宿氣泄豈能活耶葬法七日内最佳七七猶可斷不可過十月若更遲一年三載雖有吉壤從何接氣必待葬下久遠枯者漸滋而後徐徐陰應耳若曾於凶地葬過改遷吉穴前之敗泄精魄散盡矣直俟惡氣全消吉氣乃入庸以歲月計哉今人緩葬亦有數端其賢者不忍其親難於急葬不賢者又置葬親於度外或停棺在堂權厝別地暴露多年真同棄屍又庸師瞽術拘忌山向一家百口年命衝刑此吉彼凶終無葬日試觀古禮天子七月大夫三月士庶踰月豈能忍其親者亦何嘗有山命年月之紛紛如後世者耶

喪服小記云久而不葬者唯主喪者不除其餘以麻終月數者除喪則已此聖人制禮責人主喪者當急於送往不容停殯也曰主喪者不自其為何人凡為主喪者皆是既主其喪則必為之亟於營葬曰其餘則自主喪而外有服者皆是曰以麻終月

數者謂未葬無卒哭受服之節也曰除喪則已者謂屆除喪之期則除之及葬仍服其服也此禮廢而後世之停柩不葬者乃多矣

古人既葬有反哭之禮今人不講久矣今人葬畢賓易服拜於次主人亦易墨衣禮畢奉主而歸賓迎於郊入門升堂主人俯伏不哭賓皆以吉衣拜主前夫古人以反哭之弔為哀之至而今人乃以為賀此其於禮也何居然按其故則古今稍有不同者孟瓶菴師云古者士踰月而葬是未及今之七七也大夫三月而葬是未及今之百日也葬期近故衰麻不脱於身哭泣不絶於口今鄉俗之葬斷無在三月五月之内遲或數十年或數年近亦三年或期年朱子云今人卒哭之後遂墨其衰則在宋時已不能行古禮習俗相沿奉主到家之日遂不復以衰麻從事矣又古必三虞成事始以吉祭易喪祭此禮亦久廢不行今惟存虞祭之禮在親友以成墳為喪事之終在主人當以反亡為哀痛之至存其實而稍變其文可也若欲使世人盡行反哭之弔恐習俗一時難以驟更耳

朱子家禮載劉氏璋之論云初喪之日求木為棺恐倉卒未得其木灰漆亦未能堅完或值暑月尸難久留古者國君即位而為椑歲一漆之今人亦有生時自為壽器

者此猶行古之道非豫凶事也其木油杉及柏為上毋使高大以為觀美棺內外皆用布裹漆務令堅實余嘗見前人葬墓掩壙之後即以松脂鎔化灌於棺外其厚尺餘後為人侵掘松脂歲久凝結愈堅斧斤不能加遂免大患此法似亦可用也

古有居喪廢業之說業即簨業之業謂樂器也即三年不為禮樂而已若訓為恒業之業則士大夫之有恒産者或不必與聞外事而農工商賈八口之家資以為活或居父喪而母在或居母喪而父在或居父母喪而祖父母在一廢業而仰事俯育何所資乎君子居喪惟不與燕會不作詩歌足矣昔孟子在齊喪母歸葬於魯即反於齊且不改其欲行道之志廢業云乎哉

今人居喪三年不吟詩是矣乃或以填詞代之又或以四六文代之引宮刻商儷紅妃綠與吟詩何別乎

禮有斬衰唯而不對齊衰對而不言之文此古語不必拘也果爾家庭之際日用之儀但閉口而相示以意乎家庭不如是而對客作此態不相率而為僞乎

曾子問載孔子之言曰三年之喪而弔哭不亦虛乎解者謂哀彼則忘吾親哀在親則弔為矯僞似也然曾子執母喪而哭子游又何說焉若謂哭他人即為忘己之親

不知親在殯而值妻子之喪哭乎不哭乎談理至此去天理人情遠矣故呂新吾疑為非孔子之言也

喪燕非禮也然亦有不可已者殺於常燕之席可矣今有主儉者以素饌易之謂託始於前明邱文莊則轉失之素食喪家事也小功緦麻之親既殯飲酒食肉況無服之賓為設素食可乎

今稱人居喪為讀禮蓋古者未葬讀喪禮既葬讀祭禮良由二禮繁重苟非平日從師講肄復又習於臨時必不能按其節而合乎度汪鈍翁嘗譏閻百詩謂有親在堂不宜用喪禮相往復疑於左氏所云豫凶事者徐健菴亦無以折之還以詰閻閻曰果如汪言則孔子命伯魚學禮凶禮次居第二未聞舉其二而輟不學也且嘗徵諸經傳如雜記曾申問於曾子曰哭父母有常聲乎申即曾子次子也又檀弓子張死曾子有母之喪齊衰而往哭之子張沒於孔子後不待言而是時曾子方有母喪則孔子在時曾子母在堂可知也既在堂胡忍以喪禮相往復如曾子問所云者乎果如汪言則曾氏父子乃聖門逆子而世俗以為不祥人矣健菴首肯而去按鄭氏釋未葬讀喪禮以為禮各以其時則似臨時方習之者恐非張子謂禮在平日豈不當學蓋因切於用故至其時又復講求又因居喪者觀他書恐似忘哀惟喪祭禮可讀此說最是如鄭說必以喪禮至居喪始讀豈祭禮亦必至既葬始讀非居喪時竟無須講求乎至汪之譏閻則前人已有之司馬溫公之喪伊川程子董其事蘇東坡周視無闕禮乃曰正叔喪禮何其熟也又曰大中康安何為讀喪禮乎正叔不答鄒志完聞之曰正叔之母先亡獨不可治喪禮乎洛蜀之相攻與汪閻之不合情正相等不可以為典要林樾亭云禮有時制月制日制之文因未嘗講若臨時始學人子當悲哀摧割之際且無暇於讀而謂能悉依於禮乎信如其言毋怪乎顏慶之禮不存國恤而今之士子治禮記者四十七篇刪其大半無有能通者矣

晉書禮志云喪服無弟子為師服之制新禮弟子為師齊衰三月摯虞以為自古無師服之制故仲尼之喪門人心喪三年此則懷三年之哀而無齊衰之制也先聖為禮必易從而可傳師徒義誠重而服制不著歷代相襲不以為缺且尋師者以彌高為得故屢遷而不嫌修業者以日新為益故舍舊而不疑淺教之師暫學之徒不可皆為之服義有輕重服有廢興則臧否由之而起是非因之而爭宜定新禮無服如舊詔從之據此知晉時新禮有弟子為師齊衰三月之服此實準情當理可與心喪

三年內外並行於師友一倫所裨匪淺夫師之所成者大無論矣如淺教之師暫學之徒受業滿一年者為之服齊衰三月斯亦寓厚毋薄之旨也摯虞所議雖至今行吾以為過矣程子曰師不立服當以情之厚薄事之大小處之按儀禮有朋友麻三字朋友且然況師乎

今人欲為祖父撰碑誌或其時適無顯達有道者足副其所求又或其力不足以致之則莫如自為之為便東漢魯峻碑為其子所述見隸釋蔡中郎為其祖攜碑見後漢書注張燕公自為父碑見唐書顏魯公為父顏君廟碑見本集張仲方為父抗神道碑見白香山集柳子厚自為父神道表柳開為父監察御史墓誌銘均見本集穆員陳子昂孫遜蘇子美皆自為父志銘見金石要例田敏自作父墓碑見宋史儒林傳劉曾自撰高曾以還之誌見宋元憲集今人所熟知者歐陽公瀧岡阡表而已

古人文字有不宜學者如李習之述其大父事狀題曰皇祖實錄當時不以為怪若施之近代則犯大不韙矣唐宋人碑誌每稱其父曰皇考歐陽公瀧岡阡表亦然南宋以後始禁止之

錢竹汀大昕曰顧亭林以今人述先人行狀而使他人填諱為非古按徐季海墓碑其子峴書末題表姪前河南府參軍張平叔題諱又周益公跋初寮王左丞贈曾祖

詩末題迪直郎田椽填諱則唐宋時已有之又元至正間溫州路總管陳所學壙誌其子姓所述末題楊維楨填諱則今人彷而行之未為不合亭林亦所見未廣耳

古人為人作誌狀不必求備如胡文定作楊龜山誌不載高麗王問龜山先生在何處之言黃勉齋為朱文公作行狀不載金人問朱先生安在之語豈外夷之尊敬不足為重輕哉又伊川作明道行狀不言受學於濂溪豈以乃兄不當在弟子之列耶

楊君謙循吉曰後世之文壞於銘墓豈唯壞文復壞史也人死凡有力者便得銘皆謂之忠臣孝子慈母烈婦夫賢者固不若是之多則文安得不壞而天下誠忠孝慈烈者無怪乎人之不信真偽相亂史何所徵故曰偽銘之究能壞史也今人東一帛以詣人乞銘無辭者不知人有當銘有不當銘當代之鉅公當銘鄉先生當銘有行誼文章經術當銘與親戚朋友及其父母當銘如是而已矣有其事則書無則書歲月世系而止如是而後銘可徵也文可信也否則文章家之劫竊蠹害也

黃梨洲宗羲曰今之為碑版者其語多不可信而不可信先自其子孫始子孫之不可信先自其官爵贈諡始聊舉一事以例其餘如某主江西試以試策犯時忌削籍有無賴子高守謙結黨十餘人恐喝索賂某不應遂掠其資以去某鼻死崇禎初昭

雪死事者竄名其中得贈侍讀學士今其子孫乃言逆閹竊柄某抗疏糾參幾至不測閹臣為之救解已而理刑指揮高守謙等緹騎逮訊某辯論侃侃被拷掠而斃崇禎初贈侍讀學士謚文忠脫空無一事竄不知文忠之謚誰則為之且併無賴之高守謙援以偽官真可笑也潘汝禎建逆閹祠於西湖某已臥病不能起閹敗遂有言某入祠不拜為守祠閹人所梃致死以之入奏者今無不信之矣近見修志有無名之子孫以其祖父入於文苑勃然不悅必欲入之儒林而止嗚乎人心如是文章一道所宜亟廢矣

金石萃編載賀蘭氏墓誌銘賀蘭為唐協律郎裴某之姑女即嫁於裴年四十有四卒誌云洎大漸移寢於濟法寺之方丈蓋攘衰也又云遷殯於鴉鳴塠實陪信行禪師之塔禮也攘衰二字不知何所取義夫以中年宦婦其夫尚存而病則移寢於寺卒則附殯於塔恬不為怪碑猶謂之禮也風化之漓如此而王蘭泉先生第斤斤譏其喪禮之廢何哉

凡京中大臣之卒於外者有奉　特旨准入城治喪之典係准其入京門歸殯本宅此異數也而內外大小官員亦有推　恩之例　大清會典載康熙二十六年定凡官員卒於官與官員之父母及妻之喪皆許歸殯於家城門人役不得阻抑按今京官由禮部給勘合外官由藩司給護牌俾沿途得穿城行走本籍得入城治喪此係照例之事不須題奏乃近人有並非高官輒於訃柬及高腳牌中大書奉　旨入城治喪者甚可笑也

古人重家諱太史公父名談故改談為同取其聲相近也司馬溫公父諱池每與韓持國書改持為秉取其義相近也然禮不諱嫌名池直離切持直之切又非同部雖不避無妨也眉山蘇氏諱序故明允文改序為引東坡不為人作序或改用敘字聞百詩曰古人敘人家世皆自曾祖起無及高祖者間及高祖必其人其事足書若空名諱則斷未之及歷覽韓歐王介甫以及宋濳溪皆然或曰此本之元人柳文肅集中亦自曾祖敘起則元人亦不失此規矩矣

古人數世次有連身離身二法連身數之者如後漢書蔡邕傳稱邕高祖之父勳為六世祖是也離身數之者如顏魯公作郭揆神道碑稱五代祖昶高祖澄韓文公作薛戎墓志銘稱戎高祖德儒為四世祖柳子厚自作其父神道表稱高祖之父旦為五代祖是也黃梨洲以數世離身為是然史書中二法並用可不拘矣

古人為合葬誌銘者篆額只書某官某公不書暨配某氏蓋以陽統陰之義然金石文字中有唐垂拱四年澤王府主簿梁府君並夫人唐氏墓志銘又有大中十二年滎陽鄭府君夫人博陵崔氏合祔墓志銘而前明王遵巖作陳東莊墓表本　朝魏叔子作陽一水墓表亦俱書暨配某氏則是亦可通也

孟瓶菴師曰司馬溫公謂令式墳碑石獸大小多寡雖各有品數然後世見此等物安知其中不多藏金玉是皆無益於亡者而反有害故令式又有貴得同賤賤不得同貴之文按碑碣之制五品以上得用碑龜趺螭首六品以下用碣方趺圓首勒文於墓前為神道碑或只書某封某官神道一品二品得用石人石虎羊馬望柱三品四品無石人五品無石虎六品以下無羊馬望柱今士大夫之葬無以金玉寶器殉者人皆知之遵用令式亦不至無益而反有害但貴得同賤者以可示儉而訓廉賤不得同貴則體制所繫鄉俗於墳塋務為華美並非縉紳而妄書封贈以至石獸等物有品官所不得用者而援例虛銜亦用之相率效尤此則所當禁止耳

李文貞曰畫像之說程子以為少一根髯便是他人其言似太固胡邦衡經筵玉音跋云司馬溫公不喜後人寶其祖宗之畫像但喜後人寶其祖宗之字蹟按此義亦

偏倘無字跡之先人又能舍畫像而不寶乎近韓文懿菼作長洲劉龍光家奉叙先生鼻觀石涂事中一段云先生父無懷公避亂倉卒僅藏其先世畫像篋中自隨先生將到石涂時其母管夫人聞篋中颯颯有聲啟視無有閉則復然一日管夫人見緋衣神一一從篋中出而先生至觀此則祖宗一氣所感畫像其可忽乎哉

梁曜北曰喪大記大夫士既葬公政入於家既卒哭弁絰帶金革之事無避禮運三年之喪期不使此後世奪情所藉口也東漢遂有斷大臣行三年喪者吳孫權立制奔親喪者罪大辟更屬道濟於當年風頹於百代矣

朱子曰喪三年不祭但古人居喪衰麻之衣不釋於身哭泣之聲不絕於口其出入居處言語飲食皆與平日絕異故宗廟之祭雖廢而幽明之間兩無憾焉今人居喪與古人異卒哭之後遂墨其衰凡出入居處言語飲食與平日之所為皆不廢也而獨廢此一事恐亦有所未安竊謂欲處此義者但當自省所以居喪之禮果能始卒一一合於典禮即廢無可疑若他時不免墨衰出入或其他有所未合者尚多即卒哭之前不得已準禮且廢卒哭之後可以畧倣左傳杜注之說遇四時祭日以衰服特祀於几筵用墨衰尚祀於家廟可也

呂新吾曰祭為吉禮故居喪不祭士大夫之家有同堂期功者代之無可代即易墨衰行事可也若必廢三年之祭設父母相繼而沒繼之承重而祖沒廟門可九歲閉而四世不血食矣故君子權之

又曰漢以來儒者一件大病痛只是是古非今今人見識作為大都不如古人至於風會所宜勢極所變禮義所起亦自有精於古人處二帝者夏之古也夏者殷之古也殷者周之古也其實制度文為三代不相祖述而達者皆以為是宋儒泥古更不考古昔真偽今世是非只如祭祀一節古人席地不便於飲食故尚簠簋籩豆其器皆高今祭古人用之從其時也子孫祭祖考只宜用祖考常用所宜而簠簋籩豆是設可乎古者墓而不墳不可識也故不墓祭後世父母體魄所藏巍然邱壟今欲舍人子所覩記者而敬數寸之木可乎則墓祭似不可已也諸如此類甚多皆古人所笑者也使古人生於今舉動必不如此

墓祭以寒食始見於開元之詔其文曰寒食上墓禮經無文近代相傳寖以成俗故萬季野疑其起於陳隋之間今吾鄉歲必兩祭春以清明秋以重陽似更周悉

今之考古者輒云古不墓祭憶閱微草堂筆記載益都李文淵述一事云博山有書生夜行林莽間見貴官坐松下呼與共語乃其已故去丈某公也生因問古稱體魄藏於野而神依於廟主丈人有家祠何為在此某公曰子亦泥於古不墓祭之文乎夫廟祭地也主祭位也神之來格以是為依歸焉耳如神常居於廟常附於主是人神雜處也且有廟有主為有爵祿者言之耳今一邑中能建廟者萬家不一二能立祠者千家不一二能設主者百家不一二如神依主而不依墓是百千億萬貧賤人家其祖妣皆無依之鬼也知鬼神之情狀者莫若聖人明器之禮起於夏后氏使神在主而不在墓則明器當設於廟乃皆瘞之於墓中是以器供神而置於神所不至之地也衛人之附離之殷禮也魯人之祔合之周禮也孔子善周使神不在墓則墓之分合了無所異有何善不善耶禮曰父沒而不忍讀父之書手澤存焉爾母沒而不忍用其桮棬口澤存焉爾一物之微尚且如此顧以先人體魄視如無物而別植數寸之木曰此吾父吾母之神也毋乃不知類耶按此論墓祭之義極精或即出李生潤色歟

紀文達師曰有能視鬼者言人家繼子凡異姓者雖女之子妻之姪祭時皆所生來享所後者不來也凡同族者雖五服以外祭時皆所後來享所生者雖亦來而配食於側弗敢先也惟於某抱養張某子祭時乃所後來享久而知其數世前本于氏婦懷孕嫁張生是子之祖也此何義歟余曰銅山西崩洛鐘東應不以遠而阻也琥珀拾芥不引鍼磁石引鍼不拾芥不以近而合也一本者氣相屬二本者氣不屬耳觀此使人睦族之心油然而生追遠之心亦油然而生一身歧為四肢四肢各歧為五指是別為二十歧矣然二十歧之痛癢吾皆能覺一身故也莫昵近於妻妾妻妾之痛癢苟不自言吾終不覺兩身而已矣

朱子謂人稟天地之氣而生死則散還於天地無如祭祀之禮制於聖人遂不得不云子孫一氣相感復聚而受祭受祭既畢仍散入虛無不識此氣散還以後與元氣渾合為一歟抑參雜於元氣之內歟如混合為一則如眾水歸海共為一水不能使江淮河漢復各聚一處也又安能於中分出某某之氣使各與子孫相通耶如參雜於元氣之內則如飛塵四散不知析為幾萬億處如游絲亂飛不知相去幾萬億里過子孫享薦乃星星點點條條縷縷復合為一於事理毋乃不近耶即以能聚而論此氣如無知又安能感格安能歆享此氣如有知知於何起當必有心心於何附當必有身既已有身則仍一鬼矣不過釋氏之鬼地下潛藏儒者之鬼空中旋轉耳又

何以相勝耶

漢書張湯傳有人盜發孝文園瘞錢如淳注埋錢於園陵以送死也故困學紀聞謂漢以來有瘞錢後里俗皆以紙寓錢而不言起自何代法苑珠林謂起於殷長史洪慶善杜詩辨證謂起於齊東昏好鬼神之術剪紙為錢以代束帛故封演聞見記謂紙錢魏晉以來已有今自王公至士庶無不用之通鑑載唐王璵為祠祭使乃以紙錢用之於祠祭習禮者羞之唐書范傳正言顏魯公張司業家祭不用紙錢至宋錢邵公猶不燒楮錢其實倂以檀弓明器之義則紙錢固未嘗不可邵子春秋祭祀亦焚楮錢伊川程子怪問之曰脫有益非孝子順孫之用心乎宋忠陵神輿就道諫官以為不宜用紙錢孝宗抵其疏於地曰邵堯夫何如人祭先亦用紙錢豈生人處世能不用一錢乎清異錄載周世宗發引日金銀錢寶皆寓以形楮泉大若盆口其印文黃曰泉臺上寶白曰冥遊亞寶此又後世黃白紙錢之始至說部載冥間用紙錢事甚多大抵生人精神所聚鬼神亦即向之相沿已久深有合於塗車芻靈之義不可以其類於巫覡祈禱而生疑遂至不誠無物也

隨園詩話云京師故事凡搢紳陪弔於喪家者前輩至則易吉服相見然有易有不

易者以來客未必皆前輩陪客未必皆後輩耳余陪弔於座主杜大司馬家聞徐蝶園相公來則滿堂皆吉服蓋滿朝公卿皆其後輩也按京中此儀至今未改先大夫之喪余在京邸受弔紀文達師至衆皆易服此余所親見也外省則陪弔於搢紳家者值大吏至亦然吾鄉葉穀菴先生孟瓶菴師家開弔余亦親見之近日則並無易服之儀亦無人知此故事矣乃從前弔喪者冠皆摘纓近日惟夏月用羽纓笠以代緯帽冬月則不易冠此儀良是蓋喪惟有服者摘纓搢紳無故摘纓本非所宜但易服而不易冠足矣

吾鄉家塾率多供奉文昌竊以為奉文昌不如奉孔子乃有大書大成至聖文宣王神位粘於廳事正中者此則未考也按順治二年祭酒李若琳請易至聖先師孔子神位為大成至聖文宣先師孔子至十四年給事中張文光奏言聖至孔子贊美難以形容考之古典魯哀公誄文曰尼父未嘗加一字之褒漢平帝元始元年始加謚曰宣尼父後魏太和十六年乃改謚文唐太宗貞觀十一年尊為宣聖尼父明皇開元二十一年始進謚文宣王明初因之嘉靖九年尊改為至聖先師孔子以孔子生不為王沒而王之於理未安且以文宣之號未足以盡孔子曰至聖則無所不該曰先師則名正而實稱我　朝初定為大成至聖文宣先師孔子不過因舊謚而不稱王追王固屬誣聖即大成文宣四字亦豈足以盡孔子仍請改書為至聖先師孔子神位從之據此則前朝之舊謚不可稱於今日而廟中之神位亦不宜用於私家謹考乾隆二十三年因　致祭闕里特書萬世師表四字懸額廟中今人有敬書此四字懸於家塾以當供奉神牌者則庶乎其宜耳

今吾鄉街巷皆有關帝祠有但呼為老爺者皆未免近褻即士大夫無不知敬關帝者而尚以當時之舊謚為稱亦斷不可恭讀乾隆四十一年七月上諭關帝在當時力扶炎漢志節凜烈乃史書所謚並非嘉名陳壽於蜀漢有嫌所撰三國志多存私見遂不為之論定豈得謂公從前世祖章皇帝曾降旨封為忠義神武大帝以褒揚威烈朕復於三十二年降旨加靈佑二字用示尊崇夫以神之義烈忠誠海內咸知敬祀而正史猶存舊謚隱寓譏評非所以傳信萬古也今當鈔錄四庫全書不可相沿陋習所有志內關帝之謚應改為忠義著交武英殿將此旨刊載傳末其官板並內府陳設書籍並著改刊欽此

今海內皆知尊奉文昌文人學士尤親敬之吾鄉家塾中無不奉香火者而問以神

之源流則多昧昧不可不分別言之今道流所傳文昌化書以梓潼神當文昌帝君謂為周張仲之後身所謂十七世為士大夫身者謬也明史禮志禮部尚書周洪謨等議云梓童顯靈於蜀廟食其地為宜文昌六星與之無涉京師舊廟歲以二月三日生辰遣祭宜勑罷免其祠在天下學校者俱宜拆毀議上未行按梓潼神諱亞子生於越雋姚萇至蜀憩梓潼嶺神語萇曰秦人物無主康濟其在君乎宜亟還請其氏曰吾張惡子也萇既稱帝長安遂立廟梓潼嶺上李義山詩亦載神以鐵如意贈萇事唐僖宗幸蜀神自廟出白霧中彷彿見列仗狀僖宗脫佩劍賜之王鐸蕭遘咸賦詩刊石故蜀人至今俎豆不絕若今所崇祀之文昌則星象也古祠僅蜀之天神祠廟徧天下而列在祀典則自我　朝嘉慶六年始是年五月初十日奉　上諭京城地安門外舊有明成化年間所建文昌帝君廟宇久經傾圮碑記尚存特命敬謹重修現已落成規模聿煥朕本日虔申展謁行九叩禮敬思文昌帝君主持文運福國佑民崇正教闢邪說靈跡最著海內崇奉與關帝君相同允宜列入祀典用光文治著禮部太常寺將每歲春秋致祭之典及一切儀文做照關帝廟定制欽此

今祀文昌者必兼祀魁星家塾中亦然錢竹汀云北斗以魁為首故有九魁之稱斗

魁戴筐六星曰文昌魁下六星兩兩相比曰三台杜詩君家最近魁三象是也惟顧氏日知錄謂奎爲文章之府故立廟祀之似屬傅會天官書奎爲封豕爲溝瀆不云文章之府也

古者大夫祭五祀今人家惟祭竈神紀文達師嘗疑天下一竈神歟一城一鄉一竈神歟抑一家一竈神歟如天下一竈神如火神之類必在祀典今無此祀典也如一城一鄉一竈神如城隍社公之類必有專祠今未見何地有專祠也然則一家一竈神耳又不識天下人家如恒河沙數天下竈神亦當如恒河沙數此恒河沙數之竈神何人爲之何人命之神不太多耶人家遷徙不常興廢亦不常竈神之閒曠者何所歸竈神之新增者何自來日日銓除移改神不又太煩耶此誠不可以理解也然三代時即有媚竈之語而世所傳竈神每月晦將人家所行善惡錄奏天曹凡人有過大則奪紀小則奪算此語見感應篇不可不信故人家於五祀不必偏祭而惟祀竈爲最虔我　朝至順治八年定制每歲正月祭司戶之神於　宮門外道左南向四月祭司竈之神於　大內大庖前中道南向六月祭中霤之神於　文樓前西向七月祭司門之神於　午門前西角樓東向十月祭司井之神於　大內大庖井前

南向中霤門二祀太常寺掌之戶竈井三祀內務府掌之而每歲十二月二十三日　上又自於宮中祀竈以爲常是此禮實達於天下蓋自古相傳皆以是日爲醉司命之辰而或有行於二十四日者則不典矣

敬竈篇列竈上所忌數事如鼓鍋及焚化字紙擣切薑椒蔥蒜以雞毛獸骨入竈爇柴作食以鞋履衣服烘炙足踏竈門以刀斧置竈上箒把向竈及對竈歌哭咒罵赤身露體等語皆相傳自古易於遵守敬神之道齊家之宜不但趨吉避凶而已

吾鄉多淫祀凡人家疾病災殃四出祈禱率多荒誕不經惟本里社神及城隍廟神尚爲近理朱文正師云城隍廟祀始見於吳赤烏二年及北齊慕容儼傳唐則有張說之祭文張九齡之於洪州李德裕之於成都以及李白杜牧韓退之李商隱麴信陵諸篇班班可考春明夢餘錄引禮記大蜡之水庸水則隍也庸則城也春秋傳鄭災祈於四鄘宋災用馬於四鄘鄘庸古字通此城隍之祭肇於伊耆矣又案宋史蘇緘傳緘知邕州蠻入寇城陷其家三十六人自焚後交人謀寇桂州行數舍見大兵從北來呼曰蘇城隍領兵來報怨懼而引歸邕人爲緘立祠此則以人爲城隍神之據也今各直省城隍皆有新舊替代間係以龍虎山張真人文移爲準凡水旱祈福輒有響應此自係聰明正直保障一方之正神不可不奉敬者也

吾鄉水旱必就城中九仙山觀音殿祈禱甚則必出城三十里詣鼓山請觀音下山猶杭州之詣天竺皆其應如響吾鄉人家堂室中亦無不奉觀音者女流持齋諷經尤爲敬信然或塑或畫率用女像而不知此爲觀音之變相也歐陽通書道因法師碑中述師將詣洛中感觀音之靈異云杖錫出山了焉孤邁恐懼刑憲（時禁僧遊涉）靜念觀音少選之間有僧歘至皓然白首請與俱行迨至銅街暨於金地俯仰之際莫知所在則非女身可知王蘭泉（昶）跋云夢泉供小山觀音是男像亦白首老人與碑所紀合六朝唐宋名手寫像亦無作婦人者但閨閣崇祀則於女像爲宜既有變相隨人所奉可耳

古夙沙氏初煮海爲鹽遂爲鹽之神安邑縣舊有鹽宗廟即祀是神夙又作宿又作質神農時諸侯大庭氏之末世也見呂氏春秋淮南子說苑水經注說文乃今之業鹽者不聞祀鹽神何耶吾鄉業鹽之家必祀天后而夙沙氏更在其先竊謂當增祀夙沙氏而以管子配饗可矣

天后廟祀詳見元史祭祀志蓋自宋宣和間官爲致祭廟號順濟紹興乾道淳熙慶元開禧景定間累加封號第稱夫人至元中以護海運有奇應始封天妃　本朝康熙間以澎湖之役始　敕建祠湄州　加封天后聖母暨乾隆二年二十二年五十三年嘉慶五年道光六年累　加封號積至三十二字祀事徧海內而神之靈益著其緣起見宋潛說友臨安志以宋人言宋事其言必有所承嗣是何喬遠閩書張燮東西洋考吳任臣十國春秋皆因之雖文有詳略而以爲莆田林氏女則無異同惟近人全祖望趙翼疑之趙氏以爲水陰類其象維女天妃之名即水神之本號非實有林氏女其人全氏則立三怪之論肆口詆諆皆似是而非之說余別有文辨之

今閨閣中所供張仙打彈軸相傳爲後蜀孟昶像花蕊夫人攜入宋宮念其故主常懸於壁一日太祖詰之詭云此蜀中張仙神祀之能令人有子於是傳之人間遂爲祈子之常祀趙甌北獨闢之以爲昶之入汴宋祖親見之花蕊果攜其像宋祖豈不能識別而敢以詭辭對乎按高青邱有謝海雪道人贈張仙像詩云余未有子海雪以此像見贈蓋蘇老泉嘗禱之而得二子者因賦詩以謝云道人念我書無傳畫軸捲贈成都仙云昔蘇夫子建之玉局禱甚虔乃生五色兩鳳雛和鳴上下相聯翩然

則此像本起蜀中閩閩祈子久已成俗是以花蕊攜以入宮後人以其來自蜀中轉疑為孟昶像耳按蘇老泉集謂張仙名遠霄眉山人五代時遊青城山成道陸放翁答宇文使君問張仙事自注云張四郎常挾彈視人家有災者輒以鐵丸擊散之又贈宋道人詩云我來欲訪鐵彈仙嗟哉一失五百年續通攷云張遠霄一日見老人持竹弓一鐵彈三來質錢三百千張無靳色老人曰吾彈能辟疫當寶用之後老人再來遂授以度世法是蜀中本有是仙今所畫張弓挾彈正其生平事實特未知何以為祈子之祀或緣禮記高禖弓韣之語展轉附會而實以姓名乎

吾鄉婦女必崇祀臨水陳氏夫人所傳靈異事蹟非盡無因嘗閱十國春秋乃知為陳守元女弟守元閩人即以左道事閩王璘復勸王昶作三清殿於禁中者也有女弟名靖姑常餉守元於山中遇餒嫗發箪飯飯之遂受祕籙符篆役使鬼物永福有白蛇為孽數害郡縣或隱跡宮禁幻為人形王璘召靖姑僵驅之斬蛇為三蛇化三女子潰圍而出飛入古田井中靖姑圍井三匝乃就擒惠宗（即王璘）詔曰蛇魅行妖術逆天理隱淪後宮斑害百姓靖姑親率神兵服其餘孽以安元元功莫大焉其封靖姑為順懿夫人食古田三百戶以一子為舍人靖姑辭食邑不受乃賜宮女三十六人為弟子後遁居海上不知所終云云今廟中有舍人塑像又有三十六宮位號蓋本於此又建寧府志載浦城徐清叟子婦懷孕十七月舉家憂危一婦人踵門自言姓陳專醫生產令徐別治有樓之居樓心鑿一穴置產婦於樓上僕持杖伺樓下既而產一蛇長丈餘自穴下遂撲殺之舉家相慶酬以物俱不受但需手帕一方令徐親書徐清叟贈救產陳氏數字且曰某居福州古田縣某地出門不見後清叟知福州遣人尋訪所居鄉人云此間只有陳夫人廟嘗化身救產細視之則所題手帕懸於像前乃為請於朝加贈封號焉即靖姑也

說文卜部卟卜以問疑也讀與稽同徐鍇謂即書之稽疑今人變作乩字其實今之扶乩當作扶箕因事亦問卜故借用乩以附於古之卟卜耳陸放翁集中有箕卜詩云孟春百草靈古俗迎紫姑廚中取竹箕冒以婦裙襦豎子夾扶持插筆祝其書俄若有物憑對答不須臾豈必考中否一笑聊相娛詩書亦間作酒食隨所須興闌忽辭去誰能執其袪持箕畀竈婢棄筆臥牆隅几席亦已徹狼藉果與蔬紛紛竟何益人鬼均一愚此與今時扶乩情狀酷肖而人鬼同一愚五字可以發人深省不但人愚鬼亦愚也而今人往往以此引鬼入屋亦不智甚矣

退庵隨筆卷十終

退庵隨筆卷十一

清　福州梁章鉅茝林編

家誡

管子中有弟子職一篇朱子特為之注此小學之大略稚齡足以補曲禮少儀之闕不可不讀朱子云弟子職一篇若不在管子中亦亡矣此或是存得古人底亦未可知或是自作亦未可知竊疑是作內政時士之子常為士因作此以教之又云弟子職所受是極謂受業去後須窮究道理到盡處也毋驕恃力如恃氣力欲胡亂打人之類蓋自少便教之尚德不尚力之事矣

陶淵明責子詩云白髮被兩鬢肌膚不復實雖有五男兒總不好紙筆阿舒已二八懶惰故無匹阿宣行志學而不愛文術雍端年十三不識六與七通子垂九齡但覓梨與栗天運苟如此且進杯中物黃山谷謂淵明此詩想見其人慈祥戲謔可觀也俗人便謂淵明諸子皆不肖而淵明愁歎見於詩所謂癡人前不得說夢按知子莫若父古名人但有譽兒之癖必無毀子之言不好紙筆四字即可概其生平淵明諸子此後別無表見則此詩所述非盡無因山谷之言聊資談柄未足以示誡後人也

王僧虔誡子一書最足為聰明子弟針砭因節錄之書云知汝以吾不見誚欲自悔厲且慨且慰但亟聞此語未覩其實聽言觀行冀不復虛耳吾自少至今手不釋卷尚未敢輕言汝開老子卷頭數行許未知輔嗣何所道平叔何所說而便盛辦麈尾自呼談士此最險事設使不令命汝言易謝中書挑汝言莊張吳興叩汝言老端復可言未嘗看耶論註百氏皆言家口實如客至之有設也汝未經拂耳瞥目豈有庖廚不脩而欲延大賓者哉昔張衡思侔造化郭象言類懸河不自勞苦何由至此汝曹未窺其題目未辨其指歸而終日欺人人不受汝欺也由吾不學無以為訓然重華無嚴父放勳無令子亦由己耳吾在世雖乏德業要復推排人間數十許年故是一舊物人或以此數汝等耳若句無調度誰復知汝等者政應各自努力耳或有身經三公蔑爾無聞布衣寒素卿相屈體或父子貴賤殊兄弟聲名異何也以讀數百卷書耳吾今悔已無所及欲以前車戒後乘也汝年入立境方應從宦兼有室累何處復得下帷如王郎時耶爾身切己豈復關吾鬼惟愛深松柏豈知子弟毀譽事因汝有感略敘胸懷

柳玭家訓云凡門第高可畏而不可恃也立身行己一事有失則得罪重於他人門

高則驕心易生族盛則為人所妬懿行實才人未之信少有疵隙衆皆指之故齊梁子弟學宜加勤行宜加勵僅得比他人爾

昔周公一沐三握髮一飯三吐哺以接白屋之士一日所見七十餘人太公金匱載武王門銘曰敬遇賓客貴賤無二史記鄭當時戒門下客至無貴賤無留門者顔之推謂失教之家閽寺無禮或以主君寢食嗔怒拒客未通江南深以為恥黄門侍郎裴之禮號善待士有如此輩對賓杖之其門生僮僕接於他人折旋俯仰辭色應對莫不肅敬與主無別嗚呼此風甚古今人不講久矣要當大書特書使甲第豪門家喻而戶曉也

蕭伯玉曰世家子弟須以數百卷書浸灌於胸中雖悠悠忽忽土木形骸而遠神自出今率嘗沐妍皮牢裹癡骨何異陶公所云舉體自貨迎送恬然者也按此數語形容刻摯紈袴子弟稍識字者閱此能無汗顔

余五十八歲以養疴歸田日與翰墨為緣絕不問營產之事底友或以為言但笑謝之偶讀梁徐勉戒子崧書則適如吾意所欲云也書曰吾家世清廉故常居貧素至於產業之事所未嘗言非直不經營而已薄躬遭逢遂至今日尊官厚禄可謂備矣

退庵隨筆　卷十一　二

每念叨竊若斯豈由才致仰藉先代福慶臻此古人所謂以清白遺子孫不亦厚乎吾雖不敏遵奉斯義不敢墮失所以顯貴以來將三十載門人故舊亟薦便宜或使創闢田園或勸興立邸店又令舳艫運致亦令貨殖聚斂若此等事皆拒不納非謂拔葵去織且欲省息紛紜耳

顔氏家訓所述連篇累牘皆切中情事可作座右銘余曩輯古格言但節錄簡要之語而未暢其旨也今復詳述之以貽觀者如云人或交天下之士皆有歡愛而失敬於兄者何其能多而不能少也人或將數萬之師得其死力而失恩於弟者何其能疎而不能親也兄弟之際異於他人望深則易怨地親則易弭譬如居室一穴則塞之一隙則塗之則無頹毀之患如鼠雀之不卹風雨之不防壁陷楹淪無可救矣僕妾之為鼠雀妻子之為風雨甚哉　又云兄弟不睦則子姪不愛子姪不愛則群從疎薄群從疎薄則僮僕為讐敵矣如此則行路者皆得踏其面而蹈其心誰救之哉又云全盛之時貴游子弟多無學術鮮不薰衣剃面傅粉施朱駕長簷車躡高齒屐坐棊子方褥憑斑絲隱囊列器玩於左右從容出入望若神仙明經求第則僱人答策三九公讌則假手賦詩當爾之時亦快士也離亂之後朝市遷革銓衡選舉非復曩者之親當路秉權不見昔時之黨求諸身而無所得施之世而無所用被褐而喪珠失皮而露質兀若枯木泊若窮流當此之時誠駑材也有學藝者觸地而安自荒亂以來諸見俘虜雖百世小人知讀論語孝經者尚為人師雖千載冠冕不曉書記者莫不耕田養馬以此觀之安可不自勉耶諺曰積財百萬不如薄技在身技之易習而可貴者無過讀書也　又云王子晉言佐饔得嘗佐鬭則傷此言為善則預為惡則去不欲黨人非義之事也親友之迫危難也家財己力當無所吝若橫生謀計無理請謁非吾教也墨翟之徒世謂熱腸楊朱之侶世謂冷腹腹不可冷腸不可熱當以仁義為節文爾　又云常以二十口家奴婢盛多不可出二十人良田十頃堂室纔蔽風雨車馬僅代杖策蓄財數萬以擬吉凶急速不啻此者以義散之不至此者勿非道求之　又曰解陰陽者為鬼所嫉坎壈貧窮多不通泰吾觀近古以來尤精妙者惟京房管輅郭璞耳皆無官位或多罹災此言令人益信儻值世網嚴密強負此名便有詿誤亦禍源也　又云近世嫁娶有賣女納財買婦輸絹比量父祖計較錙銖責多還少市井無異或猥壻在門傲婦擅室貪榮求利反招羞恥可不慎歟

王濟之震澤長語古人多務厚葬今人自棺槨衣衾之外雖富貴之家一物不以

退庵隨筆　卷十一　三

殉此其過古人也

說部中載前代貴狀元宏與同年弈棋角勝批其頰同年不憹事聞於封君即寫書一封並封竹板一塊命其踵門領責謝罪公持父書與竹板登同年之堂同年不出公自仆三次同年詢知其故急趨出相抱大哭公曰罪在我兄何哭為同年曰君尚有父督責我求責我之父何可得也復大慟相好如初云憶幼聞先大父之言凡屬孤子聞此語而不下淚者其人必無心肝

楊文公億曰童稚之學不止課其記誦必先養其良知良能當以先入之言為主即日記故事不拘今古必先之以孝弟忠信禮義廉恥等事如子路負米叔敖陰德黄香扇枕陸績懷橘之類只如俗說便曉此理久久成熟庶德性若自然耳

東漢陳氏太邱長實子鴻臚紀紀子司空群群子泰於漢魏二朝並有重名而其德漸漸小減時人為之語曰公慚卿卿慚長北史斛律金命子孫會射歎曰光羨二子用弓不如我諸孫又不及光羨世衰矣吾鄉葉文忠公向高嘗言吾先世為農夫本無心貴顯今貴顯矣而自顧生平不及父祖遠甚今子孫又不逮吾悠悠來世蓋不可知每誦此等語為之惕然也

河閒民何大金者白日遇鬼曰汝勿怖我汝之曾祖也細詢家事忽喜忽悲臨行囑之曰鬼自伺救焰口求食外別無他事惟子孫念念不能忘然久愈切但苦幽明阻隔不得音問或偶聞子孫熾盛輒踴躍然以喜者數日聞子孫零替亦情然以悲者數日群鬼皆來唁較生人之望子孫殆切十倍也紀文達師曰先姚安公嘗言大金蠢然一物必不能偽造斯語聞之使人追遠之心油然而動余謂閱斯語者亦能使人顯揚之志勃然而生似此等說部之書實可有益於人凡教子弟者類以此等事蹟為言人未有不樂聞者久而灌注於心胸之閒則受益豈淺鮮哉

陳白沙曰人家成立子弟亦不可無才里中有以彈絲為業者琴瑟雅樂也彼以之教人而獲利既可鄙矣傳於其子託琴而衣食由是琴益微而家益困展轉歲月幾不能生理人賤之恥與為伍遂亡士夫之名此豈當為元惡大憝而喪其家乎才不足也既無高爵厚業以取重於時其所挾者率時所不售而又自賤焉何得諉之於命哉

呂新吾曰兩澤過潤萬物之災也恩寵過禮臣妾之災也情愛過義子孫之災也又云家長一家之君也上焉者使人歡愛而敬重之次則使人有所嚴憚故曰嚴君下則使人慢又下則使人陵最下則使人恨使人慢未有不亂者使人陵未有不敗者使人恨未有不亡者嗚呼齊家豈小故哉

又曰家法所係最重也假人以俳優雖僕隸乞丐之人未有不艴然怒者斯天下之辱名也而俳優之家世世業之而不知恥其子孫豈無羞惡之心亦相安而不知變斯家法之所囿哉是故欲子孫善莫如正家法家法正而子孫染於氣習不待教而似之矣

又曰格親之功惟和為妙非至性純孝者不能其次莫如敬慎而今人以深薄之色惰慢之身驕蹇之性及犯父母之怒既不能挽回又倨傲以甚之此其人在孝弟之外固不足論即有平日溫愉之子當父母不悅而不免愠見或有生疑避怒而不避嫌者或不善避嫌愈避而愈留嫌者積隙成釁遂至不祥豈得謂父母之不慈哉

王淑士曰佛家以人生現前產業為五家所共五家者一曰王二曰水三曰火四曰盜賊五曰不肖子凡人辛苦作家自謂可以長守不知不覺常為此五家負之而趨故曰共也夫尋常家業猶不免有共之者況得之橫求者哉暴富起家者可以深長思矣

胡文定曰人家最不要事事足意嘗有些不足便是好人家纔事事足意便有不好事出來亦消長之理然也

吉人遺鐸云治家最忌者奢人皆知之最忌者鄙嗇人多不知也鄙嗇之極必生奢男愚謂奢嗇不妨各隨其性而興衰則專視承家之人尸子發蒙云本書治要所引家人子姓和臣妾力則家富丈人雖厚衣食無傷也子姓不和臣妾不力則家貧丈人雖薄衣食無益也和與力二字甚有味即諺所云兄弟同心土變金也

昔賢嘗言凡置買田宅者有三不虧有七不買何為三不虧寧虧富不虧貧寧虧明不虧暗寧虧人於無事之時不虧人於急難何謂七不買老年之父孀居之母有不才子不能管教或少孤子或蠢愚子不識好歹而聽信教人撥置所當之值十不償一者不買已絕之產未有著落相持之產未經倒斷者不買宦家子弟覆敗之業任他人買惟為宦家者不買業師與友之遺產不買墳塋中房屋木石先賢祠廟不買與勢相爭自知不敵以來投獻者不買累世之鄰非十分輸心欲售萬不得已者不買而就中惟欺人孤兒寡婦與侵及泉下者為尤甚凡買產為子孫長久計者宜致審於斯

許魯齋衡言為學者治生最先苟生理不足則於為學之道有所妨彼旁求妄進及作官嗜利者殆亦窘於生理之故諸葛孔明身都將相死之日廩無餘粟庫無餘財其廉至於如此者以成都樂土子孫衣食自有餘饒耳錢竹汀大昕亦云與其不治生產而乞不義之財毋寧求田問舍而卻非禮之饋此亦時流之藥石也

陳履祥光庭曰學者漫以治生小事畧過予以為此處不理非經濟實學也貨殖傳吾愛其二言曰本富為上末富次之不自料理而望人周恤非計也嘗為說曰富貴人如老蠶作繭貧賤人如乳燕待哺均為豪傑所恥

梁谿漫錄載何道夫明之語曰官不必高但願衣冠不絕而常為士類家不必富但願衣食粗足而可以及人粗足衣食使思及人此等想頭便是聖賢根器

至正直記述沈教授圭之言曰婦人以不嫁為節不若嫁之以全其節兄弟以不分為義不若分之以全其義沈云聞諸侍郎雖為下等人說法然卻是救時名論

吳康齋與弼曰韓魏公嘗言小人不可求遠三家村中亦有一家當求處之之理知其為小人以小人處之更不可校如校之則自小矣然宋稗類鈔載呂文懿公初辭相位歸故里有鄉人醉而恚之呂公不動語其僕曰醉者勿與較也閉門謝之逾年其人犯死刑入獄呂始悔之曰使當時稍有計較送公家責治可以小懲而大誡吾當

時只欲存心於厚，不謂養成其惡，陷人於大辟也。按韓公所言，自可遵。宋呂公所言，則更深遠一層，即聖人以直報怨之義，而用意更精，然而知此者鮮矣。

孟瓶菴師曰：荀子云，人賢而不能，則是禽獸也；人不肖而不敬，則是狎虎也。漢書張霸云：人生一世，當畏敬於人，若不善加己，直爲受之。此語俱可爲保身遠害之準。

高忠憲公家訓云：人家有體面崖岸之說，大害事。家人惹事，直者置之，曲者治之而已。往往爲體面立崖岸，曲護其短，力直其事，此乃自傷體面，自毀崖岸也。長小人之志，生不測之變，多由於此。　又云：捉人打人，最是險事，未必便至於死，但一捉一打，或其人不幸遇病死，或因別事死，便不能脫然無累。保身保家，戒此爲要。極不堪者，自有官法，自有公論，何苦自臨危險乎。家人違犯，必令人扑責，決不可拳打脚踢，暴怒之下，有失戒之戒之。

顧涇陽曰：吳康齋每言君子常常吃虧，方做得。覺之惕然有省。於是思之曰：夫子之道，忠恕而已矣；忠恕之道，喫虧而已矣。顏子之道，不校而已矣；不校之道，喫虧而已矣。孟子之道，自反而已矣；自反之道，喫虧而已矣。

沈龍江嘗言：仕宦居家，被人侵侮，固亦常有之事，然畢竟是我好處。若使人望影遠避，無敢拾田中一穗者，雖足快意，爲人可知矣。

余嚴愛晚唐詩僧寒山句云：我見瞞人漢，如籃盛水走，一氣將歸家，籃裏何曾有。我見被人瞞，一似園中韭，日日被刀傷，天生還自有。此即喫虧之說也。吾鄉林文安公瀚臨終時，子孫請遺令，公曰：學喫虧而已。三代五尚書，家門鼎盛，有以哉。

呂榮公嘗言：恩怨分明，此非有道者之言。是也。恩固不可分明，怨上亦不必分明。如人有恩於我，分數到那裏，我報他亦止到那裏，便是無情。如我有恩於人，亦論分數責報，豈不大差。且使有恩於我者，卻非好人，我必說出要報他，倘我有權勢，他竟倚以作威虐，將若之何。此皆分明二字之弊也。

薛文清瑄曰：鄭端簡家法甚嚴，遺訓倡優不許入門，違者以不孝論，屏諸家譜之外。孫簡肅家誡亦嚴，諸子析箸後，每夕各出盤蔬樽酒，共飲之。飲罷，必分題賦詩，以爲兄弟日親，則妻妾之言不得而間。蓋各具苦心者矣。

韓澗泉淲日記云：晁子止言：常者處家之道，惟至誠者能之；嚴者治家之法，不溺於愛者能之。若己媢嫉賢能，而欲妻不妒；持祿嗜進，而欲子不爭，難矣。司馬防諸子雖冠，不命坐不敢坐，不問不敢言，庶幾乎威如也。曾子不欺其子，惟教之不信，庶幾乎有孚也。

今世所傳家訓，自黎明即起，至庶乎近焉，凡五百一十字，語皆質實可守。末段讀書志在聖賢，爲官心存君國二語，尤爲簡要。此　國初朱用純所作，或誤以爲朱文公，且混入本集者也。用純字致一，崑山人。父集璜，前明貢生，殉節死。用純痛之，取王裒攀柏事，自號柏廬。其學以主敬爲程，著有愧訥集。臨終顧其徒曰：學問在性命，事業在忠孝，勉之。語亦精諦。

居家抄訣，無過一忍字，所謂百忍堂中有太和也。古人格言，如杜牧之詩：忍過事堪喜。呂居仁官箴引誤作杜詩。司空表聖詩：忍事敵災星。皆是渡世慈航。陳白沙有忍字贊云：七情之發，惟怒爲遽；衆逆之加，惟忍爲是。絕情實難，處逆非易。當怒火炎，以忍水制。忍之又忍，愈忍愈勵。過一百忍，爲張公藝。不亂大謀，其乃有濟。如其不忍，傾敗立至。

鶴林玉露云：居家勤有三益。蓋民生在勤，勤則不匱。一夫不耕，必受其饑；一婦不織，必受其寒。是勤可以免饑寒也。農夫晝則力作，夜則頹然甘寢，故非心淫念，無從而生。文伯之母曰：瘠土之民，莫不向義，勞也。是勤可以遠淫僻也。戶樞不蠹，流水不腐，是勤可以致壽考也。

袁君載采世範云：一家中父子兄弟賢否相半，若頑狠刻薄、不惜家業之人先死，則其家興盛未易量也；若慈善長厚、勤謹之人先死，則其家不可救矣。諺云：莫言家未成，成家子未生；莫言家未破，破家子未大。亦此意也。

侯朝宗方域曰：有言萬孝子割股愈其母之疾也，或曰是宜旌，或曰否。著在會典。按全州孝子唐儼割其右臂肉啖父，事與此相類。姚太史淶論曰：昔鄭人之對，謂毀傷滅絕，蠹政妨義，不可以訓後世。夫身體髮膚，不敢毀傷，聖人之訓也。但用非其所，雖拔一毛，猶懼其毀且傷也。如出於至誠，發以忠孝，則肝腦可塗，腰領可斷，而況於一股哉。昔者周公以身祈武王也，兄弟君臣之間，苟可以延武王之命，死且爲之，而況其餘乎。信如周公之願而死也，則滅絕其身，不特毀傷之慘而已，將以滅絕之罪加之乎。推此義也，如唐生者，固君子所許也。嗚呼，姚氏之論至矣。

乾隆四十六年十一月，大理寺少卿劉天成上言請嚴禁淫費，其中一段云：臣每見民間冠昏喪祭，爭相誇闘，不惜帳轎稱貸，至營造華屋，綺耀衣冠，以及歲時伏臘，醵酒豆肉，並一切器具，務求豐美。更有好爲淫祀，求神賽願，祈福禳災，兼以携客婦女入寺燒香，設齋拜會，至於大小生日，動輒延賓，三朝彌月，競相趨賀，茶坊酒肆，引類沈醐古寺荒祠。呼羣聚賭。不經之費。難以枚舉。至京師為萬國衣冠之會。屬在搢紳。自應章身有度。乃至優人隸卒。僭肆豪華。胥吏工商。妄誇錦繡。園館茶樓。一日動耗數日之需。浪子酒徒。一人每兼數人之用。甚至齊民婦女。珠翠盈頭。奴婢綾羅徧體。綴履朝韡。僅供奔走之物。狐裘貂帽。亦隸愚賤之身。此其種種奢侈。迥出常經。試思造物生財。祇有此數。既不能食時用禮。量入為出。勢必漸消漸竭。或流入匪徒。作奸犯科。伊於胡底。云云。所言皆切中時弊。竊謂轉移風化。必自士大夫始矣。

董文恪(邦達)曰。天道凡事忌太甚。故過奢過儉。皆足以致不祥。然歷歷驗之。過奢之罰。則富者輕而貴者重。過儉之罰。則貴者輕而富者重。蓋富而過奢。耗己財而已。貴而過奢。其勢必至於貪婪。權力重則取求易也。貴而過儉。守己財而已。富而過儉。其勢必至於刻薄。計較明而機械多也。士大夫時時深念。知益己者必損人。凡事皆留其有餘。則召福之道矣。

史記貨殖傳。博戲惡業也。而桓發用之富。今人之嗜博者。豈為此言所誤乎。若但以為行樂之事。則讀抱樸子之書。亦可以廢然返也。抱樸子自敘云。此輩末伎。亂意思而妨日月。在位有損政事。儒者則廢講誦。凡民則忘稼穡。商人則失貨財。至於勝負未分。交爭都市。心熱於中。顏愁於外。名之為樂。而實煎悴。喪廉恥之操。興爭競之端。此言博之流弊。可謂深切。東坡集記相國寺道人戲語云。都下有道人坐相國寺賣諸禁方。緘題其一云。賭錢不輸方。有博徒以千金得之。歸發視其方。曰但止乞頭。道人蓋語本朝典故者。按宋史太宗紀。淳化二年。詔犯蒲博者斬。元史世祖紀。至元十二年。禁民間賭博。犯者流之北地。顧亭林謂刑亂國用重典。固當如此也。

清波雜志載唐杜暹家藏書每卷後自題云。清俸買來手自校。子孫讀之知聖道。鬻及借人為不孝。按以鬻為不孝可也。以借為不孝。則褊矣。蜀志載許慈與胡潛並為博士。更相克伐。謗讟忿爭。書籍有無。不相通借。遂以矜己妒彼見譏於世。南史載崔慰祖聚書至萬卷。鄰里年少好事。來從假借。日數十袠。慰祖親自取與。未嘗為辭。又載劉峻苦所見不博。聞有異書。必往祈借。北史載裴漢借異書。躬自錄本。蘇東坡與秦太虛書稱岐亭監酒胡定之載書萬卷隨行。喜借人看。蓋推己之有餘。益人之不足。則借書亦斷不可已之事。而其功似更大於通財。惟在擇其人而借之。不令有汙損遺失斯可矣。近吾鄉有藏書家。臨沒之前。親封書櫥。各題杜暹語於上。以戒其後人。而其行狀中亦遂臧述此事。若轉以為美談者。豈非褊乎。顏氏家訓曰。借人典籍皆

須愛護。先有缺壞。就為補治。亦士大夫百行之一。濟陽江祿讀書未竟。雖有急速。必待卷束整齊。然後得起。故無損敗。人不厭其求假焉。或有狼籍几案。分散部帙。多為幼童婢妾之所點汙。風雨蟲鼠之所毀傷。實為累德。此則借書者所宜知也。

錢竹汀曰。魏華父言。藏書之厄。鮮有久而弗厄者。孫長慶自唐僖宗時。為樓書樓二字。國朝之藏書者莫先焉。三百年間。再燬於火。江元叔合江南吳越之藏凡數萬卷為藏僕竊去。市人裂之以籍物。其入於安陸張氏者。傳之未幾。一簏之富。僅供一炊。王文康李文正廬山劉壯輿南陽井氏皆以藏書名。未久而失之。宋宣獻兼有畢文簡楊文莊二家之書。不減中秘。而元符中蕩為煙埃。晁文元累世所藏。自中原無事時。已有火厄。至政和甲午之災。尺素不存。(尤氏遂初堂書實燮初亦厄於大)梁曜北云。宇文虛中為人媒孽。指家藏圖書為反具。罪至族。高士談圖書尤多。亦見殺。士大夫家多藏圖籍固是美事。然聚書之禍。不可不知。此等故實。凡藏書家皆不可不正告之。庶巧偷豪奪貪多不已之心。亦藉以少戢乎。

北史后妃傳。齊文宣段昭儀韶妹也。婚夕。韶妻元氏為俗弄女壻法戲文宣。崇馬氏意林載風俗通汝南張妙會杜士家娶婦。酒後相戲。張妙縛杜氏。捶二十。又懸足指。遂致死。酉陽雜俎亦云。北朝婚禮。以杖打壻為戲樂。至有大委頓者。然此猶戲壻也。抱樸子疾謬云。俗間有戲婦之法。於稠眾之中。親屬之前。問以醜言。責以慢對。其為鄙黷。不可忍論。又云。無賴之子。白醉耳熱之後。結黨合羣。攜手連袂。以遨以集。入他堂室。觀人婦女。指玷修短。評論美醜。或有不通主人。便共突前。嚴飾未辦。不復竄聽。犯門折關。踰垝穿隙。有似抄劫。其或妾媵藏避不及。至搜索隱僻。就而引曳。夫君子居室。猶不掩家人之不備。故入門則揚聲。升堂則下視。而唐突他家。將何理乎。民間行之日久。莫知其非。或清談所不能禁。非峻刑不能止也。

梁曜北曰。僧尼喫素。宜然也。婦女喫素。無識也。乃士大夫效之。欲作顧歡周彥倫一流人。真不可解。按佛所居地。蔬菜不生。故經言菩薩元制食三淨肉。謂不見為我殺不聞為我殺不疑為我殺。復益之以二。自死鳥殘。號五淨肉。又言淨肉除人蛇象馬驢駒獅子狐豬獼猴十種。是佛亦未嘗喫素也。昔東魏檄蕭梁文有曰。毒螫滿懷。妄敦戒業。躁競盈胸。謬治清淨。正中今人喫素之病。吾輩惟不恣殺生。隨時撙節可矣。憶亡友鄭六亭(兼才)言。戒殺放生。惟出家無父母宗廟者行之。吾儒則有遠庖廚無故不殺七字可守。可謂切實至當之言。

謝在杭肇淛曰：人平日能不殺生，亦是佳事。一切果報，姑置勿論，但生動游戲，一旦斃之鼎俎，自所不忍。今人愛惜花草者，偶被摧折，猶懊惱竟日，況血氣之倫乎？但處世許多交際，力未能斷，且食肉已久，性有不堪，惟當禁其大者，如牛所不必言，羊豕鷄鴨之屬，因祭祀宴饗，市之可也。自奉則疾病之外，不復特殺，亦惜福之一端耳。紀文達師嘗言：戴遂堂見一巨公，四月八日在佛寺禮懺放生，遇一遊僧合掌曰：公至此何事？曰：作好事。問：何為今日作好事？曰：佛誕日也。問：佛誕日乃作好事，餘三百五十九日皆不作好事乎？公今日放生，是眼見功德，不知歲歲庖廚之所殺，足當此數乎？巨公猝不知對。知客僧叱之曰：貴人護法，三寶增光，窮和尚何敢妄語。遊僧且行且笑曰：紫衣和尚不語，故窮和尚不得不語也。掉臂竟出。一老僧竊嘆曰：此闍黎大不曉事，然在我法中，自是突聞獅子吼矣。昔五臺僧明玉曰：心心念佛，則惡意不生，非日念數聲即為功德也；日日持齋，則殺業永除，非月持數日即為功德也。燔炙肥甘，晨昏饜飫，而月限某日某日某日不食肉，謂之善人。然則苞苴公行，簠簋不飭，而月限某日某日不受錢，謂之廉吏乎？與此遊僧之言若相印合。李杏浦總憲則曰：此為彼教言之耳。士大夫終身茹素，勢必不行，得數日持齋，則此數日可減殺得數人

持齋，則此數人可減殺，不愈於全不持乎？是則見智見仁，各明一義矣。家訓比不得講學，若日以董子正誼不謀利、明道不計功之說喧聒不休，未有不格格難入者。且須與之提醒格言，且須與之暢談因果。紀文達師嘗言：潁州有老儒林生，偶與客談因果事，林生曰：聖賢之為善，皆無所為而為者也；有所為而為，其事雖合天理，其心已純乎人欲矣。故佛氏福田之說，君子弗道也。客曰：先生之言，粹然儒者之言也。然用以律己則可，用以律人則不可；用以律君子猶可，用以律天下人則斷不可。聖人之立教，欲人為善而已。其不能為者，則誘掖以成之；不肯為者，則驅策以迫之。於是乎刑賞生焉。能因慕賞而為善，聖人但與其善，必不責其求賞而然也；能因畏刑而為善，聖人亦與其善，必不責其為避刑而然也。苟以刑賞使之循天理，而又責慕賞畏刑之為人欲，是不激勸於刑賞，謂之不善，激勸於刑賞，又謂之不善，人且無所措手足矣。況慕賞避刑，既謂之人欲，而又為激勸以刑賞，人且謂聖人實以人欲導民矣。蓋天下上智少而凡民多，故聖人之刑賞，為中人以下設教。佛氏之因果，亦為中人以下說法。儒釋之宗旨雖殊，至其教人為善，則意歸一轍。先生執董子謀利計功之說，以駁佛氏之因果，將併聖人之刑賞而駁之乎？先生徒見緇流誘

人布施，謂之行善，謂可得福；見愚民持齋燒香，謂之行善，謂可得福，不如是者，謂之不行善，謂必獲罪，遂謂佛氏因果適以惑衆，而不知佛氏所謂善惡，與儒無異；所謂善惡之報，亦與儒無異也。林生意不謂然，而無以折之。又曰：族祖雷陽公言，有遇冥吏者，問曰：命皆前定乎？曰：然。然特窮通壽夭之數，若唐小說所稱預知食料，乃術士射覆法耳。如人人瑣記此等事，雖大地為架，不能度此簿籍矣。又問：定數可移乎？曰：可。大善則移，大惡則移。問：孰定之？孰移之？曰：其人自定自移，鬼神無權也。問：果報何有驗有不驗？曰：人世善惡論一生，禍福亦論一生；冥司則善惡兼前生，禍福兼後生，故若或爽也。問：果報何以不同？曰：此皆各因其本命，以人事譬之，同一遷官，尚書遷一級則宰相，典史遷一級不過主簿耳；同一鐫秩，有加級者抵，無加級則竟鐫矣。故事同而報或異。問：何不使人先知？曰：勢不可也。先知之，則人事息，諸葛武侯為多事，唐六臣為知命矣。問：何以又使人偶知？曰：不偶示之，則恃無鬼神，而人心肆；暧昧難知之處，將無不為矣。先姚安公嘗曰：此或雷陽所論，託諸冥吏也。然揆之以理，不過如斯。周櫟園《書影》中載其先代坦然先生觀宅吉祥相四十則，防嫌於微，杜禍於漸，外施家政，內端女範，長幼式訓，上下咸宜，自謂有益於世道人心，不虛也。今備錄於左云：

案頭無淫書（昔人謂黃魯直作艷詞，以邪言蕩人心，其罪非止墮惡道。近日作小說者，人豈止艷詞作常態，人人觀見之，案頭即有淫說，豈寔害無數姓郎）。壞心術甚，行止皆此等書引誘。人家兒女豈無識字者，暑一回想，豈不可懼。架上無齋盤書（本本精良，一一完善，手且未錄，目於何有，但觀架上便知）。顧中座上有二三十年前老友，堂中有七八十年前古桌椅，門下有祖父遺留龐眉皓首老僕（如此方稱得世家，如此方免得淺氣）。婦女不垂簾觀劇（粉氣髮香，依依簾中，睢機弓鞋，隱隱下甚，至品評坐客，嫠飾歌聲，無所不至，優人之目直透其中，坐客之心迴光其後，可恥孰甚）。婦女不識字（列女閨範諸書，近日罕見，淫詞艷語，觸目而是，故寔可使人稱其無才，不可使人稱其無德。至世家大族，一二詩章不幸流傳，出列於釋子之後，攝於扶乩之前，豈不可恥）。老妾孀婦不變作尼姑（其醜於改適）。不呼優人同坐（宴客用優人，但當呼之別院登場，賜坐或尚在通融，呼之同坐角飲，則褻甚矣。今人敬優兒如師友，殊令人詫，即不與之坐，不過同不在行而已，天下事誠在行二字誤郡多少）。不在席上接優人曲，不以觔斗代為擊板（擊板技曲，去優人能者）。外無狡童，內無老婢（無故童不惟有已防閑，抑且免人疑謗。至禁個老婢二十以外尚不為之擇配，尤傷陰騭）。不教婢子演劇（此亦好人家兒女也，安忍其出醜裝膀，捲防閑尤難，作奸殊易）。紙牌不入手中（近日馬弔盛行，士大夫偏然為之不恥，子曰宜與僕，宜革除，宜不識字人，宜田道衙中，凡宴上即令此中有千變萬化，神妙不測，眩一懸手持者何物，豈不愧殺，趨之人不耐獨坐，不肯習靜，弄巷變為為兵，凡日下矣，與其馬弔寧為）。不解新令，不為酒糾（士人相聚，頗可有談，何至鼓青布商儒，分收器皿，窮受百罰，毋論惡趣，予眼見以此嫌疑者不少）。肯習醫卜（但能究心，心自入細，其子弟能留心於此，使知他日不治於下流饑寒）。席上不勸人第二日補齋（即此一事，使是與人為善，持齋總是戒殺，我不持齋，被人信心，何苦必破其戒，甚覺昔持齋先祖祈福亦與）。僕從不與主人同坐者并坐（即貧友孫親，亦與主人同列，何多與奴僕為伍，此風偶陋，凡主人得意時，承奉奴僕）

惟恐少失其意追火發之後欲恨報復無所不至或家受禍往往由此淩晨容至僕從已拱立候命主人已盥沐相迎來例每則不夜飲可知不夜飲則奴僕無夜盜詐偽可知甚矣夜飲之害事也僕從各隨其姓即自幼僕子亦當令各從其姓使人不昧其宗祖即從亦不致亂吾支派防微杜漸古人有深意存其間門前僕從見士人過毋論識與不識皆起身直立遇諸塗皆側立讓行此雖細事然主人忠厚奴僕生事不生事皆由此而定不奴隸疎族窮親疎族窮親無所歸代為贍養亦盛德事視同奴隸令供奔走大傷元氣不學蘇意蘇人輕薄古不雅茶燒香總屬狡猾耳口角無閑門事言之鑿鑿如曾目覩鬼神在旁何不說得谷活動皆子口中無刻薄尖酸議論先輩云一語而傷天地之和言而折終身之福切須念之一先輩格言常在壁上口頭存之於心則能體而行之矣中口頭已有二三分受用處凡夢俱可告人夢中所做所為常有不能告人者充至於凡夢皆可以告人去道不遠矣古人驗心於夢又云晝觀之妻子夜驗諸夢寐有以哉十二歲以上小童不入內戶女童不出內戶以小不可而總之也肯為人寬轉寄家信不浮沈已屬盛德更能寬持以期必達尤能傳寄以此類推凡事肯為人方便可知矣能明佛理卻不為邪說所誘白蓮無為等教其初皆信心從佛者先能云精者不越吾儒此指可以若從者吾不信則確不可易矣不明佛理與老嫗瞎嗑頭育坑香者何與肯周濟貧親戚或助人婚嫁或代完官賦卻不做佛事不修建菴觀總此一佛寺宇已多何必更建近日私建私度甚多將來必有一難存是皆啟之意留心佛法者不可不知僧肯為人說眼前報應肯聽人說報應諸事眼前事報應頗明易見不必說法閻王過陰人諸事反增人不信心即不能奉行感應篇功過格每日能體認所行善惡肯看感應篇肯容墨體認功過格不必數黃豆黑豆其人已有幾分好處書館中小學生有讀四書小註解前輩無不

讀小註近日反目讀者為迂矣子弟到老不明書旨皆由不明小註始讀小註子弟到後來上者無離經叛道之處次亦免場中出破束閣西閣不以病試醫肯將已驗醫方或鈔或刻施人不告醫者以得病之由令其暗中摸索此之道也施方周贍施藥然能製數種藥常常施人尤善躬送破衣親友出門外在坐者問有躬送門外則以為恥矣待失意人不難有恩而雖有讀此語須體驗此等事最傷人心亦令人容易勘破你勢利心腸受人賀分即一箋一絲無微不富當貴受貧賤人禮以為當然此大折福處亦大啟怨處須知其從當貴而來不磨祖父圖章刻作己名以此類推凡事無改可知有贈祖父詩文者能舉其姓字習其篇章亦孝子亦韻人如此則能為祖父報德可知不戲謔父執貧友既知其為父執又輕之為貧人且有戲謔之不如己友者孝子慈孫必不如是內聲不聞於外言幼論矣坐定不問新聞首卻無限萬端司閽人回卑幼貧賤親串惟恐傷其意司閽人能如此不如費主人知許苦心矣

退庵隨筆卷十一終

退庵隨筆卷十二

清　福州梁章鉅茝林編

攝生

昔邢和叔嘗言吾曹須愛養精力精力稍不足則倦所臨事皆勉強而無誠意接賓客語言尚不可況臨大事乎然則以修己治人為務者不可不先講尊生矣

養生家言以素問上古養真篇為最古所論上古之知道者法於陰陽和於術數食飲有節起居有常不妄作勞故能形與神俱而終其天年度百年乃去今人以酒為漿以妄為常醉以入房以欲竭其精以耗散其真不知持滿不時御神務快其心逆其生樂起居無節故半百而衰云云可見縱欲戕生古今同慨蓋稟氣之厚薄命數之延促造物者主之雖父子不能相假也而疾疢之或消或長體氣之或榮或衰則存乎其人譬之樹藝鹵莽滅裂與辛苦灌溉者各自食其報耳於造物何與焉

養生自以絕欲為第一義然少壯之年誠難言之且不求嗣續即講閉房亦不可為訓吾儒平實之方在節欲而已昔董子言治身者以積精為寶身以心為本精積於其本則血氣相承受而形體無所苦故君子甚愛氣而謹遊於房新壯者十日而一遊於房中年者倍新壯始衰者倍中年中衰者倍始衰大衰者之月當新壯之日而上與天地同節矣

王充論衡所言養生之事甚詳如云唾不及遠行不疾步耳不極聽目不久視坐不至久臥不及疲先寒而衣先熱而解不欲極饑而食食不過飽不欲極渴而飲飲不過多凡食過則成積聚飲過則成痰癖不欲甚勞甚逸不欲起晚不欲汗流不欲多睡不欲奔車走馬不欲極目遠望不欲多啖生冷不欲飲酒當風不欲數數沐浴不欲廣志遠願不欲規造意巧冬不欲極寒夏不欲窮涼不露臥星下不眠中見肩大寒大熱大風大霧皆不欲冒之又云欲得長生腹中當清欲得不死腹中無滓此雜應篇道書之言意林引作欲得長生腹中清欲得不死腹中無屎皆平易切實之談

人但知過怒過哀足以害性而不知過喜過樂亦足以傷生淮南子原道訓曰大怒破陰大喜墜陽漢書東方朔傳曰樂太甚則陽溢哀太甚則陰損陰陽變則心氣動心氣動則精神散而邪氣及故論衡教人忍怒以全陰氣抑喜以養陽氣顏氏家訓亦云大喜蕩心微抑則定甚怒煩性稍忍即歇語尤切實可守也

呂氏春秋盡數云流水不腐戶樞不螻意林引螻作蠹動也形氣亦然關尹子四符亦云人

勤於體者，神不外馳，可以集神；勤於智者，精不外移，可以攝精。其義尤粹，而莊子在宥引廣成子語云：無勞汝形，無搖汝精，乃可以長生。似與呂覽之言相左，不知戶樞之動也不移，流水之動也不雜，皆以專為功者。無勞無搖，正所謂其靜也專，無異理也。若借戶樞為他楔，入流水於汙潦，鮮有不螻不腐者矣。呂新吾言：在匣香韞，在几香損，在爐香燼，則可與莊子之旨互相發明矣。

素問四氣調神大論云：春三月，夜臥早起，廣步於庭；夏三月，夜臥早起，無厭於日；秋三月，早臥早起，與雞俱興；冬三月，早臥晚起，必待日光。按此即天真篇所謂居起有常也。無厭於日，舊說謂無厭於長日，氣不宜惰也。愚謂厭字似當讀入聲，言不當在日出之後，以冬三月必待日光之語證之，其義自明矣。

唐柳公度年八十九，有強力。人問其術，曰：吾平生未嘗以脾胃熟生物，煖冷物，以元氣佐喜怒。按第一語所謂養其外也，第二語則並養其中，其義益精矣。

劉元成（安世）自言：尋常未嘗服藥。昔年遷謫時，年四十有七，先妣必欲與俱，百端懇避不許。安世念不幸使老親入於炎瘴之地，已是不孝；若非義固不敢為，父母惟其疾之憂，如何得無疾？祇有絕欲一事，遂舉意絕之，自是逮今未嘗有一日之疾，亦無胃寐之變。

列仙傳載彭籛之言曰：上士別牀，中士異被，服藥百裹，不如獨臥。按俗以素女術出於籛，可據此語以闢其妄。籛以存真保衛為先務，所謂四十九妻、五十四子者，特形容八百歲之久耳，非紀實之言也。

鄭處誨明皇雜錄云：開元中，名醫紀明者，吳人，觀人顏色談笑，便知疾淺深，不待診候。劉貢父贈潘昶秀才序云：潘君相有病於未病，治已病於無病，色喻於目，脈喻於指，聲喻於耳，三者參用。按今之醫者，焉能有此術，然養生家則不可不知此理，素問所謂治未病也。

抱朴子雜應云：余撰五函方百卷，分別病名，以類相屬，約而易檢，離陌之間，顧眄皆藥，眾急之病，無不畢備，家有此方，可不用醫，惜今不傳。

有病不治，常得中醫，此古諺也，見漢書藝文志。今人言不服藥為中醫，即本此。謝梅莊（濟世）曰：醫良則相，庸則匠，不窺二經之奧，旨合四家之異同，徹五運六氣之理，審七表八裏九道之形，徒令毒於硝磺，刀圭利於斧鉞，是故學醫者須秉上智，患病者常得中醫。

養生家言，散見於諸書中，有愈淺而愈適於用者。如素問云：聖人不治已病治未病。又云：虛邪賊風，避之有時，恬淡虛無，真氣從之，精神內守，病安從來。呂氏春秋云：雖富貴不以養傷身，雖貧賤不以利累形。列仙傳引封衡語云：體欲常勞，食欲常少，勞勿過極，少勿過虛。博物志云：所食愈少，心愈開，年愈益；所食愈多，心愈塞，年愈損。應璩詩云：上叟前致辭，室內嫗貌醜；中叟前致辭，量腹節所受；下叟前致辭，夜臥不覆首。清異錄云：梳頭洗腳長生事，臨臥之時小太平。千金方云：口中言少，心中事少，腹中食少，自然睡少，依此四少，神仙訣了。又云：寢臥不得多言笑，譬五臟如鐘磬，不懸則不可發聲。達生錄云：怒後不可便食，食後不可發怒。黃庭內經云：髮宜多櫛，齒宜多叩，液宜常嚥，氣宜常鍊，手宜在面。此五者所謂子欲不死修崑崙也。

史記倉公傳云：趙章病，倉公診其脈，曰法五日死，而後十日乃死，所以過期者，其人嗜粥，故中藏實，中藏實故過期。按實補之[illegible]梁溪漫志載張文潛粥記贈潘邠老云：張安道每晨起食粥一大盌，空腹胃虛，穀氣便作，所補不細，又極柔膩，與臟腑相得，最為飲食之良。妙齊和尚說山中僧每將旦一粥甚繫利害，如或不食，則終日覺臟腑燥渴，蓋能暢胃氣，生津液也。今勸人每日食粥，以為養生之要，必大笑。大抵養性命，求安樂亦無深遠難知之事，正在寢食之間耳。後又見東坡一帖云：夜坐饑甚，吳子野勸食白粥，云能推陳致新，利膈養胃，僧家五更食粥，良有以也。粥既快美，粥後一覺，尤不可說，尤不可說。乃今人有以不食粥為高者，甚可笑也。

魏志王朗傳云：少小常苦被褥泰溫，泰溫則不能便柔膚弱體，是以難可防護而易用感慨。若常令少小之緼袍不至於甚厚，則必咸保金石而比壽南山矣。按今諺有若要小兒安，常帶三分饑與寒，即此意也。

黃陶菴曰：伊川先生謂張繹曰：吾受氣甚薄，三十而浸盛，四十五十而後完，今生七十二年矣，較其筋骨於盛年無損也。又曰：人待老而後保生，是猶貧而後蓄積，雖勤亦無補矣。繹曰：先生豈以受氣之薄而後為保生耶？先生默然曰：吾以忘身徇欲為深恥。他日歸自涪州，氣貌容色鬚髮皆勝平昔，門人問何以得此，先生曰：學之力也。大凡學者學處患難貧賤，若富貴榮達即以不須學也。觀先生語則知學道養生本是一串事，但學道者雖養生亦為學道，養生者雖學道亦為養生耳。余嘗十日九疾，生產作業之事既不能自力，而擔簦作文亦皆苦不能精思，祇坐氣薄耳，自今於喜怒哀樂上理會，即病即藥，不須外求也。

又曰宋李畋九河公語錄載畋苦病既瘳請謁公曰子於病中曾得移心法否畋曰未也公曰人能於病中移其心如對君父慎之靜之自愈金史楊雲翼常患風痹得稍愈哀宗問愈之之方對曰但治心耳心和則邪氣不干治國亦然余謂此真刀圭之最良者也未病時得此可以不病已病時得此可以愈病余昔在雲間大病四體如炙此心煩覺忙亂因而自問曰如果此病不起只索委順忙亂無益也遂一念不動至晚汗下如雨病竟痊

張文端英曰五六年來得一法一身五官百骸聽其與憂喜煩惱相纏獨守方寸靈府之地製為一城堅閉四門不許憂喜榮辱進退升沈勞苦生死得失一切之念闌入其中或稍疎虞打入片刻即忙驅逐仍前堅守此外之聲音笑貌惟有聽其波委雲屬與憂喜相浮沈而已更有安心一法非理事決不做費力挽回事決不做敗壞生平不可告人事決不做倚門中事一切因物付物一事當前只往穩處想不將迎於事前不留滯於事後所以每卧輒酣每食輒飽視斗室如千巖萬壑燭下濁酒一杯以解饑劬消琴一曲以調心氣此則一二年來又進一境較之昔時急於求退以致形神交困者則差勝也

張文貞玉書性淡泊從不肉食日粗糲一盂或山蔬少許為明史總裁時其父湘曉先生九澂貽書戒之曰此非養身之道食不厭精汝未讀鄉黨耶退直後宜靜坐片刻養身即勞勿以膏自焚也古樂府殺君馬者路旁兒謂弱馬之力以娛道旁耳目吾慮汝之馬力竭矣文貞聞命悚然加一餐焉憶北窗炙輠載姚進道在學中每夜必市兩蒸餅未嘗食明日輒以飼齋僕同舍怪問之進道曰某來時老母戒某曰學中夜間饑則無所得食宜以蒸餅為備某雖未嘗饑然不敢違老母之戒也市之如初按合此古今二事觀之令人慈孝之心油然而生而尊生之方亦即此可以充其類矣

韓桂舲尚書封家居時年逾七十矣每消寒會食必以四字為準曰早曰爛曰熱曰少曾屬余與吳桌華康訪賦詩紀之憶郎仁寶七修類稿云食爛則易於咀嚼熱則不失香味深則動其食興少則不致厭飫老年人飲食尤應講此乃知韓語亦有所本也

朱子釋鄉黨謂食精則能養人膾粗則能害人蓋日食不須珍品只能精則自然有益於人余所見近人之精於飲食者如孫寄圃節相黄左田尚書鉞皆年登上壽神明不衰左田尚書工治饌然素食尤精嘗謂人曰晚年調攝之宜不能盡禁常物使不入而必當堅守寶物使不出寄圃節相最喜其幕客獻壽句云日午清齋忘客共夜深半臂倩誰披以為不言壽而壽之理已具則皆探本之論也

孟瓶菴師曰近世顯宦多服硫黄或晚而無子冀叶熊徵或內寵既多思顧燭毒甚至聽明蓋世之人亦為之覆轍相尋可為永鑒諸暨余尚書常服硫黄為閩臬日吾友鄭孝廉洛英誤從之下體潰爛乞死不得余座主故尚書無錫秦公自服硫黄後治事著書可通夕不睡朝士大夫以為龍馬精神嘗於酒間語余曰吾五十以前苦臂痛自服食後精神百倍此庚辰年事也後於壬午疾發痛楚不減昌黎所言歸工部苦趣者猶憶八月初旬為公壽座中皆門生是日演長生殿劇公素精音律別設一席坐僮奴摩手足者五六人云少歇則痛不可忍日惟飲白馬乳數碗洎疾亟假歸至天津遂以殞命近聞陳繩菴鴻臚亦服此藥燥急異常予於前年見之已面非人色矣己丑年予按試敘州郡守楊君天文以仙茅二斤見貽余不敢服楊君亦以二斤遺王君日杏王君喜甚取以浸酒初服甚有效洎辛卯予來成都王君參定邊副將軍幕來則腦鼻及手足心俱發惡瘡矣昔之服食者冀得長生而乃速死今之服食者冀得取樂而乃受苦噫可以返矣

今人氣體遠不及古人陰常有餘陽常不足亦消長之運然也故養生家必以補陽為先務即使陰陽俱虧亦必以補陽為急蓋陽能生陰陰不能生陽其理亦復如是宋太醫竇材扁鵲心書云道家以消盡陰翳鍊就純陽方得轉凡成聖霞舉飛升故云陽精若壯千年壽陰氣如強必斃傷為醫者要知保扶陽氣為本今人動云我有火病難服熱藥所延之醫半皆趨承附和不言上焦有火即云中下積熱有畏啟扶陽之論者不覺彼此搖頭左右顧盼不待書方而已有不服之意矣夫四百八病大約熱者居多人身之火多亦是自然之理天之六氣火居其二今之庸醫執壯火食氣之說溺於滋陰苦寒之劑不知邪之中人元氣盛則能當之乃以涼藥冰脫反泄元氣是助賊害主也凡人飲熱湯及炙焫之物從齠至髦斷無損人之理故燧人立法食必用火熱之養人時刻不可闕俗醫多用涼劑譬之飲人冷水陰害黎民良可慨矣

石藏用嘗言今人稟賦怯薄故按古方用藥多不能愈病非獨人也金石草木之藥其力亦薄於古非倍用之不能取效其說甚有理今人亦有有真方無真藥之論即

如人參肉桂兩種人人俱倚為救命之金丹而不知真參真桂渺不可得余嘗慮從逃瀧宣撫粵西皆親至其地求一中等合用之參與桂不可得無論他處矣或問既無真參何以參價轉貴余曰食之者衆其價焉得不貴價愈貴則作偽者愈多其力焉得不薄乎憶讀趙甌北詩鈔自序云聞 國史國初以參貿高麗定價一兩一觔麗人詭稱明朝不售以九折給價而我國捕獲偷挖參者皆明人以是知麗人之詐起兵征服之迨 定鼎中原內傳者多其價稍貴然考查悔餘壬辰甲午兩歲俱有謝揆愷功惠參詩一云一兩黃參直五十一云十金直一兩皆康熙五十年後事也乾隆十五年應京兆試恐精力不支以白金一兩六錢易參一錢二十八年因病服參高者三十二換次亦僅二十五換時已苦難買今更增十餘倍矣詩中所云中人十家產不滿一杯味又云乃因價不訾翻若天勢利但許活富人貧者莫可冀豈不重可嘆哉

閱微草堂筆記云有扶乩乞種子方者判云種子有方併能神效然有方與無方同神效亦與不效同夫精血化生中含慾火尚毒發為痘十中必損其一二況助以熱藥摶結成胎其蘊毒必加數倍故每逢生痘百不一全人徒於夭折之時惜其不壽而不知未生之日已先伏必死之機生如不生何貴乎種此理甚明世多不悟山人志存濟物不忍以此術欺人也又嘗與劉季箴先生論補劑曰君補虛好用參夫虛證種種不同而參之性則專有所主以藏府而論參惟至上焦中焦而下焦不至焉以榮衛而論參惟至氣分而血分不至焉腎肝虛與陰虛而補以參庸有濟乎豈但無濟亢陽不更煎爍乎且古方有生參熟參之分今採參者得即蒸之何處得有生參乎古者參出於上黨秉中央土氣故其性溫厚先入中宮今上黨氣竭惟用遼參秉東方春氣故其性發生上升即以藥論亦各有運用之權君其審之季箴不以為然余不知醫錄之待精此事者論定焉

余撫粵西知好多以慎避瘴為言桂林僚屬亦皆以晚起待日光為勸然省會人烟稠密有瘴亦輕白香山詩所謂桂林無瘴氣杜少陵詩所謂宜人獨桂林是也聞粵中舊有急脫急著勝於服藥之諺憶鄺湛若露赤雅載袪瘴之訣云避色如避難冷暖隨時換少飲卯時酒莫喫申時飯近阮芸臺先生過遠江瘴鄉詩亦云非霧非烟山氣半晴半雨雲光風勢或凝或散天時乍暖乍涼行過沙路石路間有草香藥香莫少莫多茶飯勿單勿厚衣裳蓋避瘴之法不過如此大約早行以略飲火酒為宜阮先生不能飲故獨未及此事耳按臨桂龍隱巖之風洞有宋時梅公儀摯五瘴說石刻云仕有五瘴急征暴斂剝下奉上此租賦之瘴也深文以逞良惡不白此刑獄之瘴也昏晨醉宴弛廢王事此飲食之瘴也侵牟民利以實私儲此貨財之瘴也盛揀姬妾以娛聲色此帷薄之瘴也有一於此神怒民怨安者必病病者必殞雖在轂下亦不可免何但南方而已仕者或不自知乃歸咎於土瘴不亦繆乎此覺世之真言視養生家又進一解矣

蘇文忠仇池筆記云余病目昏以熱水洗之張文潛謂目忌點洗目有病當存之齒有病當勞之不可同也治目當如治民治齒當如治兵治民當如曹參之治齊治齒當如商鞅之治秦言頗有理按文潛謂目忌點洗者就目眶以內言之也目固不可點若不洗其內而洗其外又何傷坡公之用熱水洗正是古法可於每日晨起行之平時則左右轉睛最好凡轉睛畢須大開眼眶以散其火凡洗眼後須避風片刻以待其乾至治齒亦惟有叩齒之法最便即所謂勞之也但叩齒畢亦須張口以出火氣耳

蘇沈良方中有治諸目疾法云盛熱湯滿器銅器尤佳以手掬熨眼眼緊閉勿開亦勿以手揉眼但掬湯沃湯冷即已若有疾一日可三四為之此法最治赤眼及瞼皆赤予自十八歲因夜書小字病目楚痛凡三十年用此法遂永瘥樞密邵興宗苦目昏用此法踰年後遂能燈下觀細字大約血得溫則榮目全要血養若衝風冒冷歸即沃之極有益也

王漁洋叢書中有清貽齋心賞編一種載擦兩腧穴及摩湧穴兩條簡易可行其一條云陳書林謂余司藥市倉部輪差諸軍請米受籌鄉人張成之為司農丞監史同坐余一二刻間兩起便溺張問曰何頻數若此余答曰天寒自應如是張云某不問冬夏早晚兩次余慾之曰有術乎曰然余曰旦夕當北面因暇叩請何其口授曰某先為李文定公家婿妻弟少年遇人有所得遂教小訣臨臥時坐於牀垂足解衣閉氣舌拄上腭目視頂提縮穀道手摩兩腎腧穴各一百二十次以多為妙畢即臥如是三十年極得力歸稟老人老人行之旬日云真是奇妙亦與親舊中篤信者言之皆得效又一條云湧泉穴在足心之上濕氣皆從此入日夕間常將兩足更番摩擦一手握指一手摩數百徧覺足心熱即將腳指略略動轉倦則少歇或令人擦亦得終不若自擦為佳陳書林云先公每夜嘗自擦至數千是以晚年步履輕便僕性懶

每卧時，只令人揉至睡熟即止，亦覺得力。鄭彥和為江東倉曹，足弱不能陞降，朏究黃繼道教以此法，踰月即能拜跪。丁邵州致遠病足半年不能下牀，一道人授此法而愈。

又云：蘇文忠公言，揚州武官侍真官二廣十餘年，終不染瘴，面色紅膩，腰足輕快。初不服藥，惟每日五更起坐，兩足相向，熱摩涌泉穴無數，以汗出為度。又歐陽文忠公平生不信仙佛，笑人行氣，晚年足瘡一點，痛不可忍。有人傳一法，垂足坐，閉目握固，縮穀道，搖颭兩足，如氣毬狀，氣極即休，氣平復搖，日七八度，行之三日，足疾失去。

沈明遠（作喆）寓簡云：養生家言人晨興索衣，侍者誤反衣以進，慎勿出聲，便接收服之，必有大喜。讀此者往往信之，而不知其旨矣。清晨榮衛流行，法當省節言語，惜和氣。人多急性，方著衣欲起，而顛倒反覆，必將躁怒叱罵，則所傷多矣，故為有喜之說以誘之。人心幸其有喜，必隱忍而息怒，則所全多矣，非實有喜也。

高濂遵生八牋中所載逐月調攝之法，語多瑣碎，惟云秋月宜凍足凍腦，冬月宜溫足凍腦。此二語必有所授，養生家不可不知也。

陳啟見字文明，祖籍排山，以醫起家。順治初， 王師征兩粵，貝勒某自衡陽得痢疾，過祁陽，屬縣令訪名醫，令舉文明，投劑立愈，遂偕赴粵，月餘，贈五百金以歸。文明遇異人傳瘧痢二方，療治如神，每歲製藥盈斗，隨症施與，今其後嗣猶承之。其瘧方用蜜陀僧一塊，炭火煅紅，浸童便中，凡七次，研末細篩，壯年人八分，六十以上十五以下六七分，嬰兒二三分，以陳倉米煮稀粥調藥，於瘧將發先半時服之，立愈。其痢方用黃丹六兩，飛過晒乾，黃蠟六兩，煮過去渣，杏仁二十枚，巴豆二十枚，去油搗爛，入鍋內同煮，和攪，取出為丸，梧子大，每服用三丸（紅痢薑湯下，白痢甘草湯下，紅白痢薑甘草湯下，噤口痢烏梅湯下）。婦女皆可服，但不得自拈，須男子手哺入口。其修合此藥，宜於僻靜處焚香息慮，以五月五日製之更佳。按此方乃方書所不載，本草所未及，陳氏傳之已數世矣。余偶閱祁陽縣志得之，亟為錄出，以詒知醫者。

退庵隨筆卷十二終

退庵隨筆卷十三

清　福州梁章鉅茝林編

知兵

昔杜樊川之言曰：大儒在位，未有不知兵者。顧兵家者流，大抵以權謀相尚，儒家者流又往往持論迂闊，諱言軍旅，不知軍禮為五禮之一，古人學禮不聞舍其一不學也。兵家成書具在，師心自用者非，泥古不化者亦非，惟在讀者知所取舍，而神明於其間而已。

古陣法惟諸葛武侯八陣、李衛公五花陣為有根。五花原於鄉遂之兵，八陣原於都鄙之兵。鄉遂之兵以十為數，起於五；都鄙之兵以八為數，起於井田之八家。世所傳握奇經，即因武侯八陣之法推演為圖，託之風后。唐獨孤及有八陣圖記曰：黃帝順煞氣以作兵法，文昌以命將，風后握機制勝，作為陣圖。故八其陣，所以定位也；衡抗於外，軸布於內，風雲附其四維，所以備物也；虎張翼以進，蛇向敵而蟠，飛龍翔鳥上下其旁，所以致用也；至若疑兵以固其餘地，游軍以案其後列，門具將發，然後合戰，弛張則二廣迭舉，犄角則四奇皆出。云云。所說皆與握奇經合，疑後人即因獨孤及此記衍為此經。高似孫子畧曰：馬隆本作幄機，序曰：幄者，帳也，大將所居，言其事不可妄示人，故云幄機。蓋因握幄字近而附會其文。今本題曰握奇，則又因經中有四為正、四為奇、餘奇為握奇之語，改易其號，其實漢志兵家並無此名也。

今所傳六韜六卷，亦偽書。六韜以文武龍虎豹犬為次，與莊子經典釋文所云文武虎豹龍犬之次不合。其龍韜陰符篇所言陰符克敵之符長一尺，破軍之符長九寸，失利之符長三寸，云云。蓋不知陰符之義，而誤以為符節之符，尤為鄙陋。胡應麟謂其文代陰書等篇為孫吳尉繚所不屑道，不知宋代何以與孫吳諸書同頒之武學也。

宋元豐時，以六韜、孫子、吳子、司馬法及黃石公三畧、尉繚子、李衛公問對為武經七書，列在學官。然今所傳六韜，因莊子金版六弢之語附會成書；今所載三畧，文義不古，斷非圯橋授受之舊；李衛公問對，則前人以為阮逸所偽撰；尉繚子言雖近正，然漢志列之兵家者實三十一篇，今所傳本止二十四篇，似亦非完書。我 朝康熙年間，太原總兵馬見伯疏言：武經七書注解互異，請選定一部頒行。經部議駁。李文貞又奏請令習武者專讀左傳。 上云：左傳浮夸，昔人曾議之。四十八年， 諭大學士等曰武經七書朕具閱過其書甚雜未必皆合於正所言火攻水戰皆是虛文若依其言行之斷無勝理且有符咒占驗風雲等說適足啟小人邪心昔平三逆取臺灣定蒙古朕料理軍務甚多亦曾親身征討深知用兵之道七書之言豈可全用孟子云仁者無敵又云天時不如地利地利不如人和此是王道與其用權謀詐僞無稽之言不若行王道則不戰而敵兵自敗矣王道二字即是極妙兵法從古窮兵黷武皆非美事善戰者皆時至事迫不得已而後用兵也若吳三桂反時江南徽州府屬叛去一縣將軍額楚往征之有人獻策於賊云滿洲兵不能步戰若令人誘至稻田中即可勝之矣豈知滿洲兵強勇爭先未及稻田已將誘者盡殺之此獻策之人亦為我兵所殺用武經七書之人皆是此類今於武經七書作何分別出題及論語孟子一併出題之處著九卿定議尋議七書惟孫子吳子司馬法議論近正嗣後每考試用論二篇一出論語孟子一出孫子吳子司馬法從之

孫子一書為百代談兵之祖葉水心以其人不見於左傳疑其書為戰國初山林處士之所為然史記載闔閭謂孫武曰子之十三篇吾盡觀之矣是十三篇確為武所自著其杜牧所稱孫武書數十萬言者皆出於後人附益也此書注本極夥以魏武

注為最古若應武舉者所誦習之講章則鄙俚淺陋一無足取魏武本知兵其注謀攻篇十則圍之謂操所以倍兵圍下邳而生擒呂布注九變篇城有所不攻謂操所以置華費而深入徐州得十四縣云云皆不覺自露所得亦可見其深於是書矣

吳氏六篇與晁氏讀書志合漢志言四十八篇者殆亦如孫子之八十二篇出於後人附益也吳起殺妻求將嚙臂盟母為人殊不足取然嘗受學於曾子持論頗不詭於正如對魏武侯言在德不在險論制國治軍曰教之以禮勵之以義論為將之道一曰理二曰備三曰果四曰戒五曰約皆尚有先王節制之遺故終不能廢其書焉

司馬法一卷舊題齊司馬穰苴撰蓋以史記齊威王諸臣追論古者司馬兵法附穰苴於其中實非穰苴作也漢志序兵權謀十三家形勢十一家陰陽十六家技巧十三家獨以此書入禮類蓋其時去古未遠所言多與周官相出入足當五禮之一與一切權謀術數自別矣

漢志兵形勢家內有尉繚子三十一篇與今所傳五卷二十四篇者數不相合然實一書後來又有所亡佚也其大指在於分本末別賓主明賞罰所言尚為近正如所云兵不攻無過之城不殺無罪之人又云兵者所以誅暴亂禁不義也兵之所加者農不離其田業賈不離其田宅士大夫不離其官府故兵不血刃而天下親余嘗笑今之統兵者先馳示諭凡兵所過之地居民務皆閉門不出云云使尉公有知當於空中大笑晁氏讀書志有張載注尉繚子一卷是講學家亦取其書紀文達師云兵令一篇於誅逃之法言之極詳則又非漫無節制高談仁義者矣

紀文達師曰黃石公事見史記三略之名見隋志云下邳神人撰相傳出於太公即圯上老人以授張良者自漢以來言兵法者多以黃石公為名史志所載有黃石公記三卷黃石公注三卷黃石公陰謀乘斗魁剛行軍秘一卷黃石公神光輔星秘訣一卷又兵法一卷三鑑圖一卷兵書統要一卷大抵皆附會黃老之旨務在沈幾觀變先立於不敗以求敵之可勝操術頗巧惟鄭瑗井觀瑣言稱其剽竊老氏遺意不適於用其知足戒貪等語蓋因子房之明哲而為之辭非子房受自圯橋之書明甚然光武詔書引黃石公柔能制剛剛能制柔之語實出書中所載軍讖之文其為漢詔援據此書或為此書剽竊漢詔則無可考至世又傳黃石公素書一卷則的為作注之張商英所偽撰其後序稱盜發子房塚於玉枕中得之始傳人間又稱上有秘戒云云皆道家鄙誕之談不足與辨矣

世所傳李衛公問對三卷或以為阮逸偽撰蘇老泉曾見其草本或以為唐末宋初村儒俚學所掇拾按衛公所著兵法世無完書惟通典中略見大概此或遂因杜氏所有者而附益之於兵家微意時有所得井觀瑣言謂必出於有學識謀略者之手是也

太白陰經見唐書宋史二志神仙感遇傳言唐李筌有將略作太白陰符十卷即此書惟今本止有八卷筌官終一郡其術亦未有所試不比孫吳穰苴李衛公諸人能有所表見於後世然杜氏通典取通論二家一為李衛公兵法一即此書宜為談兵家所寶貴也

宋一代朝廷修講武備之書今惟存武經總要四十卷晁氏讀書後志稱康定中朝廷恐群帥昧古今之學命曾公亮丁度等採古兵法及本朝計謀方略凡五年書成奏御然仁宗為守成令主武事非其所長公亮等亦但襄佐太平未嫻將略存此一書姑與史志相參云爾

明代知兵者頗不乏人唐荆川順之之武編前集雜陳指要自將士行陣至器用火藥軍需雜術凡五十四門後集徵述古事自料敵撫士至堅壁推標凡九十七門史

稱荆川於學無所不窺凡兵法弧矢壬奇禽乙皆能究極原委故言之俱有本末何惟聖（良臣）之陣紀第一卷曰募選束伍教練致用賞罰節制第二卷曰奇正虛實衆寡卒伍技用第三卷曰陣宜戰令戰機第四卷曰摧陷因勢車戰騎戰步戰水戰夜戰山林谷澤之戰風雨雪霧之戰凡二十三類在明代兵家中亦為切實近理者此外則以戚元敬（繼光）之練兵實紀及紀效新書為最善至今談兵者遵用之練兵實紀作於薊鎮史稱薊鎮十七年中易大將十八率以罪去獨南塘在鎮十六年邊備修整薊門晏然繼之者踵其成法又數十年得無事今以練兵實紀所言證其所行無不符合知非泛摭韜略常談者比至紀效新書則作於浙東亦皆閱歷有得之言其詞率如口語不復潤飾南塘嘗曰教兵之法美觀則不實用實用則不美觀又曰開大陣對大敵比塲中較藝擒捕小賊不同千百人列陣而前勇者不得先怯者不得後只是一齊擁進轉手皆難焉能容得左右動跳一人回頭大衆同疑焉能容得或進或退可謂深明形勢非僅帷幄陳言至其論兵之語曰若犯軍令便是親子姪也要依法施行厥後竟以臨陣回顧斬其長子不食其言宜其所向有功矣

戚元敬曰智者師古賢師其意而不泥跡如霍去病張巡岳武穆不用古法然霍所將常選敢深入正兵法所謂霆擊也張使兵識將意將識士心正兵法所謂上下同欲者勝也武穆仁智勇嚴於孫子始計若合符而用兵在先定謀一語可括百八十二家三君如九方甄相馬得其精而忘其粗在其內而忘其外進於法矣豈真不習法哉　又曰與敵夾水而陣或使人堰水上流佯退誘敵半渡決水淹之唐王破黑闥以此　又曰戰乘順風避逆風然或賊謂我不能逆風以戰便當出其不意擊之魏王破赫連昌張彥澤破契丹皆逆風也　又曰索貌類賊帥者縛而匿之戰酣牽過陣前噪呼已獲賊帥賊必驚亂宋屠人濮以此敗華登王世充以此敗李密亦一奇也　又曰賊騎持久必饑令軍士以竹筩藏煮豆入陣劉棄竹筩狼藉其豆賊馬必低頭戀食為竹筩所滾立脚不得劉錡畢再遇俱以此破敵　又曰賊喜糧草可詐為糧車誘之內伏壯士以羸兵挽之伏精兵於後賊來掠車壯士突出精兵繼至可以盡殲此法亦可用於舟師賀若敦偽裝餉船以誘侯瑱是也　又曰賊喜劫寨可示瑕以誘之積金帛糧米寨內守以老弱伏精兵於旁交戰佯北賊入寨掠貨其衆必亂伏兵殲之昔魏濟陰王多為毒酒棄營以誘庫莫奚皆妙於用餌也　又曰我軍過賊葭葦中賊上風縱火我令軍中亦縱火自救蓋自燒營旁草則賊火自不能以李陵鏖虜大澤中用此法　又曰兵以鼓進以鉦止臨敵令軍中聞鉦聲則戢陣而陽却聲止即前馳突乘敵不戒可以得志狄青破儂張宏範誤宋師皆用此法

戚元敬又曰凡兩軍交戰之際前軍得勝止許尾追奔逐隨敵掩殺其有賊棄輜重牲畜以及洞寨之中倉庫米料財貨子女之類一概不許貪顧一恐縱敵遠颺收拾散卒仍成勍敵尤恐彼此錯亂隊伍賊或反戈但只管追殺另差餘兵沿途檢獲俟營立定後分上中下功分賞得物隱匿者按軍法重處有出首者其物即賞此人

呂新吾曰兵以死使人者也用衆怒用義怒用恩怒衆怒者讐在萬姓也湯武之師是已義怒者以直攻曲也三軍縞素是已恩怒者感激思奮也李牧犒三軍吳起同甘苦是已此三者用人之心可以死人之身非是皆強驅之也猛虎在前利刃在後以死驅死不戰安之然而取勝者幸也敗與潰者蓋十九矣

又曰寓兵於農三代聖王行之甚妙家家知耕人人知戰無論即戎亦可弭盜且說用兵亦纔用農十分之一耳天下所以享兵農未分之利春秋以後諸侯日尋干戈農胥變而為兵舍穡不事則吾國貧因糧於敵則他國貧與其農胥變而為兵也則又不如兵農分矣

古今著名幾部兵書將兵者尚不能盡讀何況其餘然兵書之外亦有片語單詞實可括韜鈐之要者則儒將所宜知也如逸周書大明武解云我師之窮靡人不剛（此所謂背水陣所由始也）又文傳解云土廣無守可襲伐土狹無食可圍竭又武稱解云窮寇不格老子元用篇云禍莫大於輕敵故抗兵相加哀者勝矣又配天篇云善戰者不怒善勝敵者不爭善用人者為之下又云兵者不祥之器不得已而用之恬憺為上（謂不貪土地利人財寶）呂氏春秋論威篇亦云兵天下之凶器也勇天下之凶德也舉凶器行凶德猶不得已也舉凶器必殺殺所以生之也行凶德必威威所以懾之也又云凡兵欲急疾捷威欲急疾捷威之道在於知緩徐遲後國語周語云先王耀德不觀兵夫兵戢而時動動則威觀則玩玩則無震戰國策楚策云兵不如者勿與挑戰粟不如者勿與持久管子七法篇云勝一而服百則天下畏之立少而觀多則天下懷之（謂興亡國少天下共親之齊桓救邢衛是也）又云數戰則士罷數勝則君驕以驕君使罷民則國安得無危故至善不戰其次一之（謂難勝不勝）又制分篇云兵不呼傲不苟聚不妄行不強進呼傲則敵人戒苟聚則衆不用（謂若周幽之偽烽）妄行則羣卒困強進則銳士挫韓非子難篇云兵陣之間不厭詐偽（此與孫子始計篇所云兵者詭道也意同）荀子議兵篇云凡慮事欲熟而用財欲泰又

云戰如守，行如戰，有功如幸。淮南子兵畧訓云：用兵之道，示之以弱而乘之以強，為之以歙而應之以張，將欲西而示之以東，先忤而後合，前冥而後明，若鬼之無迹，若水之無創。故所鄉非所云也，所見非所謀也。史記項羽紀云：先即制人，後即為人所制。三國志夏侯惇傳云：為將當有怯弱時，不可但恃勇也。又辛毗傳云：軍旅之間，可以濟者，其惟仁恕乎。唐書狄仁傑傳云：堅壁清野，寇無所得，自然深入則有顛躓之患，淺入無虜獲之益。員半千傳云：師以義出，沛若時雨，得天之時，為天陣；足食約費，且耕且戰，得地之宜，為地陣；樂三軍士，如子弟從父兄，得人之和，為人陣。唐高宗問兵家有三陣，何謂耶？員半千曰：臣聞古者星宿孤虛，天陣也；山川向背，地陣也；偏伍彌縫，人陣也。臣不謂然云云。韓愈與柳中丞書云：招募土人，必得豪勇與賊相熟，無望風之驚，愛護鄉里，勇於自戰，徵兵滿萬，不如招募數千。

新安程元初嘗言：諸葛武侯以一隅抗衡曹魏，曾築讀書臺，招多士之力，致華陽國志木牛流馬亦一女人所獻，武侯採而用之。余嘗聞楊時齋宮保遇春言：軍營中無人不可用，即如聾者宜給左右使喚，可免洩漏軍情；啞者宜令送遞密信，可免添造詞語；跛者宜令守放礮座，可免輕率卻走；瞽者宜令伏地聽遠，瞽於目者必聰於耳。然則廢人尚宜用之矣，況士人乎。昔岳忠武河北之捷，兀朮將北走，聽一士人馬首之言而止，使此士人早為岳將軍所收用，則痛飲黃龍府，眞不難矣。

王伯厚曰：李光弼與葉涉論戰守曰：辨朝廷之禮，我不如公；若夫軍旅，則君不如我。涉無以應。然古者治軍有軍禮，楚得臣以無禮敗，晉文公以有禮勝，禮莫大於君臣之分。光弼命召不至，愧恨以沒，蓋以禮與軍旅為二物矣。

郭汾陽純忠無私，然才具畧短，不得臨淮相助，恐不能成功。郭李素不相睦，及郭為帥，李乃自縛請罪，郭謝之曰：王室多難，豈修私怨？遂兩相交契。此等處實高人數等，所以能立大功也。

紀文達師嘗言：明陳禹謨撰左氏兵畧，取左氏之兵事以次排纂，又雜引子史證明之，謂之捫蝨談，蓋借左傳以談兵而已。考五代史敬翔傳曰：梁太祖問翔曰：聞子讀春秋，春秋所紀何事？翔曰：諸侯戰爭之事。梁祖曰：其用兵之法可為吾用乎？翔曰：兵者應變出奇以取勝，春秋古法不可用於今。云云。是左氏兵法至五代已不可用，而陳禹謨疏進其書，乃請敕下該部將副本梓行，俾九邊將領人手一編，是與北向誦孝經何異乎？按古來名將實多精通左氏傳者，江表傳稱關公好左氏傳，諷誦畧能上口；權德輿作渾瑊神道碑，謂雅好左氏春秋；宋史狄青傳云：范仲淹以左氏春秋授之曰：將不知古今，匹夫勇耳。范傳云：然此可以斷大事。青折節讀書，通秦漢以來將帥兵法。儒林何涉傳：涉在軍中，亦常為諸將講左氏春秋，狄青之徒皆橫經以聽。岳忠武傳云：家貧力學，尤好左氏春秋。然則左傳誠可通於兵法，特須平時講習，而後能神明其意耳。

吾鄉李文貞為我朝太平宰相，而語錄中所載論軍旅事亦能深切而著明，蓋少經兵燹中更患難，得之閱歷，佐以學問，非徒紙上談兵者比也。如云：孫武子書總是說詐，如虛者實之、實者虛之之類，終以火攻，實大不仁之事，火攻無一存者。吾儒兵法，入以事其父兄，出以事其長上，可使制梃以撻秦楚之堅甲利兵矣。故善戰者服上刑。至於人算計我，卻不可以無備，須要事事周到。漢將自當以趙充國為第一，看他幾篇奏疏，無一句不靠實，立於不敗之地。魏相論驕兵、貪兵、忿兵，幾句亦得兵要。內有魏相，外有充國，所以相濟成功也。又云：韓文公論招募鄉兵大妙，客兵便一戰而潰。施將軍平海，若不用福建人，如何能成事？王輔臣反，亦是西兵平之。此卻是用兵既要處鄉兵之妙，孟子所謂出入相友、守望相助，管子所謂夜戰聲相聞、晝戰目相識也。又云：用兵如下棋，然低棋貪殺，又要多殺，國手只要自己不敗，到贏人一著亦是贏，何須多？管仲用兵，何曾殺一人，而天下畏之。武侯節制之師，不曾多殺人，司馬懿畏之如虎。趙充國金城之役，何曾與賊打仗，都是國手。又云：凡用兵敗後再進，鮮不勝者。王姚江初遇伏而敗，夜復整兵而往，便破贛州，用此者多勝。又云：王陽明才氣好事，起倉卒，驅市人而戰，若使當風塵時，正未可測。只是殺逆仲容降賊三百人於宴席，卻是忍心害理，降賊即慮反覆，殲卻渠魁足矣。某嘗問施靖海以處置降兵之法，渠謂有老板成法，任他多少，編入吾軍伍中可也。又云：後世用兵，都不能出孫吳之外，惟武侯脫去此窠臼。管仲伐楚，不問僭王之罪，而舉摘至小不可考校之事，朱子謂是不忍殘民之意。樂毅威力本可下齊，其不遽或亦有此意，故文中子許夏侯泰初善發其蘊。武侯自比管樂，必當有見。武侯節制之師，法令嚴明，其兵與渭濱之民雜處而居，不知是何等調度。

王陽明撫贛命下，李明德聞之，知其必立功業。人問之曰：某觀之不動。孫北海承澤極惡陽明學術，嘗對李文貞舉陽明與學徒講論，其夫人忽闖出，撾其几案，拋其書帙曰：諸君毋信此老廝誑。因枚舉其平居奸私事。門人竊窺陽明顏色，和霽如不聞者。久之，夫人入，陽明徐整書案，復理前論，若無中間一段事者，以為非人情。李文貞

曰恐即此已足以犒宸濠矣北海為失矣

魏叔子曰軍政擅殺之罪重於焚予謂焚之害重於殺殺一人則止一人焚一屋則連千百屋人可走從以避殺不能載屋而避焚有屋則流亡之民一招可集若輕毀焚毀民非數歲不得復土矣故焚殺之罪處斬則均而焚尤當行連坐之法

選將之法與選士不同智勇固在所先而漢伏亦須兼顧恭讀雍正十一年　諭曰從來將備之選務須精幹之材雖目不識丁而膽畧豈關文采縱貌非出衆而義勇無礙粗踈蠢蠢部伍委寄干城矢奔走於疆場甘勤勞於行列類非猶具聰明小有材幹者之所能為而勁健渾樸氣盛力充之裨弁所當畧短取長加意造就以儲將才以重武備者也近見各省保舉引見之大小弁員除軍功勞績外大率以明白勤敏才堪辦事注考朕親加簡閱並逐一詢問奏對便給者有之才具明晰者有之而人才雄偉技勇超軼者曾不數見豈明白勤敏即可為將才而才堪辦事即可為武備耶嗣後督撫等凡保舉將弁務重弓馬兼選漢伏全材難得寧效須收如仍有以軟弱而謬稱熟練以機巧而謬稱通達濫行保題者是重違朕訓膜視封疆矣恭繹　聖謨知古人選將必擇奇龐福艾者非無因矣

古人以田獵習武雖一派軍容依然是耀德不觀兵氣象車攻之詩曰蕭蕭馬鳴悠悠旆旌又曰之子於征有聞無聲盡之矣有聞無聲四字最說得肅靜聞遠而聲近聞次第而聲勢張聞小而聲大聞安和而聲疾急凡法令之整齊人心之歸向無不曲曲傳出行兵得此意方為王者之師其實有聞無聲萬事皆宜如是矣

今世所傳洴澼百金方十四卷皆兵家言作者自隱其名曰惠麓酒民或曰是無錫袁宮桂所著宮桂以老諸生終隱於酒故自號酒民其凡例自言得明人書二種刪併成之凡分十有四門曰預備曰積貯曰選練曰制器曰清野曰阨要曰方畧曰號令曰禁約曰設防曰拒禦曰營陣曰水戰曰制勝每門之中又各列其次第條目甚詳王揚甫謂此書平實簡要坐而言可起而行余獨愛其訓兵六章字字激切動人有用之文亟別錄於左　訓忠愛云諭爾衆兵第一要忠愛如何叫做忠愛忠是忠君愛是愛國凡大小人家供奉必曰天地君親可見君與天地覆載一般父母生身一般若不忠君與不敬天地不孝父母何異蜂蟻尚知君臣何況人類就是天地生人多有啼饑號寒的父母生身亦多有賣男鬻女的你們日食月糧安享豢養比天地父母恩更大你再看世間人耕田的完糧做工商的納稅就是游手游食的也當丁差都是那忠愛的道理朝廷將百姓點點膏血都破費在汝們身上這是為何就髮膚盡捐尚不能圖報萬一奈何口食糧餉只做自己買喫貪懶偷閒全無報効念頭說起操練便道辛苦一旦有事又只顧身子不顧國家若此忘恩背義的人鬼神也不容況國家有事連你身子置在何處試清夜捫心渾身汗下你們都是有血性漢子只是不提不醒誠時刻提醒一副忠愛心腸精神自然振發筋骨自然抖擻遇有警報就是切身痛癢便赴湯蹈火怎肯退縮你看從來忠臣義士烈烈千古誰人不景慕亦誰人做不來岳忠武王從軍士起家背刺精忠報國四字你們須切切記着○訓敢戰云諭爾衆兵你們既發了忠愛念頭切實要敢戰如何叫做敢戰只是不怕他便是敢這一敢字若去做不好事便是亂臣賊子若是殺賊便是忠臣義士如何不怕賊只要拼得性命今日汝們安安穩穩受享口糧原說我是拚命殺賊的好漢及至上陣卻便畏縮究其病根只是一個保性命的念頭不覺手忙脚亂被他一刀砍來反斷送了性命豈但斷送了一人性命衆人見了不覺慌張連衆人性命被汝斷送了就走得脫時軍法臨陣退縮者斬那個饒得汝過豈不是要性命反失了性命況性命是閻王注定的若是命該死一場傷寒便死了人自古真正好漢從

百萬軍中揮戈策馬只是一點不怕死的心腸奮激出來班超三十六人橫行鄯善諸國謝元八千破苻堅八十萬這是何等氣魄切須聽着○訓守法云諭爾衆兵你們既要敢戰又要不敢犯法這部律例係朝廷苦心要保全人性命身家做出來的假如沒有這法殺死人的不償命你這性命留得麼搶奪人的不問罪你這衣服留得麼況在軍中衆軍士性命所關如一人退縮不斬人人效尤被賊趕上豈不送了全軍性命如一人犯令不斬人人效尤一遇交鋒豈不把全軍性命交付與敵人古大將有軍士取民一菜立斬以狥者這菜值得多少正怕人人效尤既取得菜復取得別樣物件搶奪成風地方不怕賊而怕他反思順賊做賊細作豈不害了全軍性命昔呂蒙麾下士取民一箬笠泣而斬之這麾下士是呂蒙同鄉蒙為軍法便沒奈何且莫說同鄉齊有穰苴請莊賈監軍賈失期苴立斬之這莊賈是齊君幸臣苴為軍法便沒奈何且莫說幸臣漢蕭何薦韓信築壇拜將蕭何闖轅門韓信立斬其馬這蕭何是韓信恩主只為軍法便沒奈何且莫說恩主漢文帝夜至周亞夫營守門者曰只聞將軍令不聞天子詔及天明入營文帝要馳馬主令者曰軍中不馳文帝只得按轡徐行可見這軍令憑他甚人犯不得的我今日與汝們便是父子一般到

犯法時節便是親兒子也顧不得了只為上陣時節單有這法來保全汝們性命思之慎之切須記着○訓勤習云諭爾衆兵前教你們敢戰只是不怕須有實實落落不怕人的手段這手段那有天生成的須是要勤習古人云習慣成自然如何不習又云三日不彈手生荆棘殺得賊時有無限好處古人如岳王原從小卒做起可見這武藝不是答應官府的公事是保性命立功名取富貴的勾當須是着實勤習又須勤習那臨陣時實實落落殺賊的武藝不要習那花法欺瞞官府臨陣却用不着如射箭須學大架射搭箭要快眼專視賊前手立定後手加力前手把弓如月出箭穩疾如馬銃手須要眼看兩照星銃去賊不動手不轉頭總會中圓牌又要遮得身過低頭前進只斫馬脚人脚步步防槍牌向槍遮刀向人砍方妙又如長槍用短法短刀用長法諸如此類總要認定這是保性命立功名取富貴的勾當決然虛應故事不得官府操演猶有限期須時時刻刻如敵在前眼思夢想定要一日高似一日憑他恁賊怕不殺盡他從來兵法有目習耳習心習手習足習韓蘄王真背嵬軍五百人朝夕操練一可當百順昌之捷金兀朮望見旗幟便走岳王每休舍即令軍士穿重甲學跳濠法所向無敵你們聽着○訓敦睦云諭爾衆兵如今你衆人相聚在此最是要敦睦如何叫做敦睦敦是敦厚睦是和睦世間有等刻薄的人談人之短利人之災凡事只知有己不知有人人人怨他恨他又有一等乖戾的人動輒使性一言不合怒氣相加如此天空地闊世界沒一處安頓得他人生在世何苦如此你們今日聚在一處便是前世緣分主將就是父親一般你們長者為兄幼者為弟要如親生一般汝不見那中舉中進士的東西南北各處人一時同榜便叫年兄年弟你們同做營兵與他總是一樣今日各行各坐各衣各食你不顧我我不靠你便不敦睦似覺無妨到那上陣厮殺時節性命只爭呼吸那時得個人來一臂相助不但保全性命更可殺賊立功如此關係甚大不是平日相好安得有此所以勸你們敦厚和睦有無相通患難相救衣食相照顧疾病相扶持小便宜莫討小口舌莫爭有酒同飲有肉同食手段高以我的敬他學他莫妒忌他手段不如我的愛他教他莫非笑他口口相約心心相念只是回顧那上陣時一着我性命須索汝救汝性命須索我救安得不如膠似漆況這良心何人不有汝敬他他還敬汝汝愛他他還愛汝這狠心亦何人不有汝罵他他還罵汝汝打他他還打汝所以做好人只好了自家做惡人只害了自家平日一團和氣上陣時自然我救汝汝救我守則同固戰則同

禦試看劉關張以異姓三人桃園結義便做出許多事業至今關帝英靈人人敬仰你們聽着○訓信義云諭爾衆兵你們與人既要敦睦自己做人又要信義天地間只有信義二字是立身根本如何叫做信心裏念的如此口裏說的如此今日說出這句話終身守着這句話不指東說西不將無作有不一見利害便改頭換面使人人都信得汝過這纔是信如何叫作義守自己道理盡自己職業視君上如父母視同輩如兄弟視國家的事如自己的事一切負心忘恩的事斷不肯為一切犯名分壞剛常的事斷不肯做這纔是義這樣人平日人都敬服他上官也愛重他遇有事時心腹可相託緩急可相依朝廷也仗賴他自然名成功立人若無信變詐欺罔就是父母妻子也把做個騙子看待人若不義轉眼負心就是至親骨肉也把做個沒行止的看待試看古人如晉解揚晉君使傳命於宋楚人拿住他賂以重賞決不改口何等有信又如靈輒感趙盾一飯之德遇難竭力捍禦得免其死何等有義至今名揚千古你們聽着

李小有金湯十二籌中所言皆切實可守其論軍中以和衆志為第一義云吐谷渾阿柴有子二十人命諸子獻箭取一而折之取十九不能折諭之曰孤則易折衆則難摧戮力同心可以安家保國至敵強寇逼同舟遇風誰為局外者乎凡同城之人願相和如兄弟相諭如臂指若有暴横奸私執拗敗羣之人衆共罰之然後申明必行之法設處必需之材料理必用之器言期必行行必神速事苟有益不必功自己出也言苟可用不必議自我發也首事之人公虛敏斷盡之矣○又論擇賢能云有十人之能者統十人有百人之能者統百人有千萬人之能者統千萬人先要擇十人百人千萬人之所服者而推之是得一人即得十百千萬人失一人即失十百千萬人也柔懦者不為長昏愚者不為長暴横者不為長執拗者不為長奸私者不為長志不奮發力不強健不為長蓋一面稍疎三面雖嚴何救於一面之失一城數萬人之命係於守城之人守城數千人之命付之十餘守者何等關係可不擇人○又論選鋒彈壓云軍無選鋒曰北主將宜簡驍勇絕倫之士數千一一皆力阨虎射命中者以為腹心以防他賊乘機竊發從來一方有急必借援兵人止知援兵之益更不知援兵之害如唐郭晞守邠州軍士白晝横行有不嗛輒擊傷市人莫敢誰何此援兵之害中於百姓者也淖齒將楚兵數萬救齊擢湣王之筋懸之梁上竟弑齊閔此援兵之害中於主帥者也所以然者客過強主過弱故生死利害反為客操縱耳

强主之道莫先於選鋒凡智可定國力足超羣者簡而別之禮而重之聯為腹心張為羽翼主將親自統領內以鎮撫地方外以剿滅盜寇明以震主帥之威潛以杜援兵之害不至客兵勝於主兵若尫而胄乓而甲者譬如羶羊見豕而悅見豺而慄雖有百萬何濟於用哉〇又論屯兵外拒云凡遇敵警須於各城外要害處只相去十數里屯兵分營拒守截殺與城中相為犄角與城下牛馬墻內遊兵相應救要知此兵之屯在於牽緞賊勢使其左顧右慮不敢併力攻城而勝算在我矣故堅守為上策輕出為下策畏避不敢出為無策

李小有曰令者令民知所遵而易從也必上無疑令斯下無二事從木之威賢於反汗多矣故信之一字與智仁勇嚴並為軍中之要務所開緊要七款如左與呂新吾救命書語相出入皆守城者所不可不知也〇一守城要心齊一城四面防守之人無分上下貴賤均以性命為急各為自家守非為他人效力也要齊心一體勿恨慳心我飽而人饑勿懷懶心人勞而我逸勿爭利而趨勿懼害而避勿因小嫌而彼此睹氣勿懷小忿而彼此相爭違者細打一百至於一垜有急一伍協力一賊上城五夫下手敢有觀望退縮躲避不前者一伍之人俱斬示衆〇一守城要膽壯賊之性

命與我一般彼不必皆勇我不必皆怯彼不必皆巧我不必皆拙彼以舍命成功我以貪生取敗耳彼在城下仰攻有十倍之難我在城上下打有十倍之易人見賊扒城便滿膽顫見賊上城便欲驚逃不思一人驚走千人皆散一散之間賊俱入城父母妻子個個被殺若放開膽力站住不動與賊敵鬬賊安得上是站住者滿城得活走散者大家同死但有見賊退走一步者登時斬首示衆〇一守城要氣定凡百餘步外賊吶喊衝城或先鋒前哨聲言要攻者必不可動切忌妄發矢石火器既不中敗又損費用嘗曰守里不如守丈守丈不如守尺愈遠徒勞愈近得力若氣不先定便自慌忙亂放鎗礮矢石器械已盡氣力已乏心膽已亂待賊近城何以敵之此守城第一大戒也賊離城數十步方齊力攻打賊退後各人急須嚴守自己垜口聽上人頒賞均分不許爭功爭賞致失守誤事違者以軍法重處〇一守城要腳定每垜各有信地東西南北不得過五尺假如賊欲攻西先在東面熱混撒哄人護東門則西面必鬆他卻一枝兵乘機一擁自西登城謂之聲東擊西聲南擊北聲晝擊夜聲暗擊明總是出其不意攻其不備八個字耳兵法擅離信地一步者斬如賊攻東雖十分緊要三面之人安定不移自有遊兵火速向緊急之方齊力防護惟許垜長巡視往來若過他人一垜斬首示衆〇一守城要目專目力不精則緩急失候守垜之人遠望近視頭不敢回顧眼不敢轉睛放銃發箭則端相賊身下石投木則端相賊腦下鈎刺鎗則端相賊心使鎚斧大棒則端相賊頸見手則斷其手見頭則斷其頭手眼萬分留心不可遲緩一刻毫髮之間生死所係任他千聲萬亂吶喊搖旗只要眼力覷着不可一毫動心凡垜長城長雉長巡視困倦者輪流歇息但有現班打盹息惰者穿耳示衆〇一守城要聲靜城上喧譁則號令不聞心志不一警戒不嚴日力不專此敗道也故城上招呼各以手勢說話各以唉聲夜間尤要安靜無聲聽賊消息四城門俱有更鼓每交點放礮一聲高聲人大叫一聲云大家小心城上衆人齊喊一聲餘時俱不許有一些聲息使賊不得掩彼形聲探我消息也城上白日屏去鈴柝不豎旗號不許一人喧嚷城上不講城外有警方可傳報以便策應如攻打被傷亦不得大言震喊高叫驚走但有隔垜閒話者割耳示衆〇一守城要志堅兵貴如山千搖不動百震不驚庶乎賊志自窮我守可固昔曹成攻賀州日久不下忽有一人登城大呼曰賊登城矣守城之人都滾下城賊遂登城此曹成之計一人訛言萬人驚走以後守城首嚴此令但有一人謠言惑亂人心者守城之人寸步休移

抵死莫動將謠言之人與先動之人當即斬首懸高竿示衆

乾隆四十九年　諭軍機大臣會同兵部頒發行軍簡明紀律載在　皇朝通典中凡十條實能簡切明白可使兵丁人人知曉者謹錄如左凡有領兵之責者皆當念茲在茲也〇一兵丁隨征剿賊俱應奮勇直前其見賊退走者不過各惜身命心懷畏怯試思臨陣退走律應斬首示衆若能殺賊立功必蒙陞賞即或陣亡　國家自有恤典子孫俱得邀恩兵丁等與其臨陣畏葸難逃　國法何如爭先殺賊奮不顧身況勇往向前未必即死一經退後斷不得生此理甚明該管將備等平時將此諄切告誡務令兵丁等咸知大義臨陣時自必勇氣百倍可期殺賊立功〇一鳥鎗弓箭最為行軍利器若兵丁等臨陣時尚未見賊遠將鎗箭施放及至交戰火藥箭枝俱已用完無以禦敵即同束手待斃關係甚重凡領兵將備平日務須時加講習令兵丁於臨陣遇賊鎗箭可及之處不先不後一齊施放庶鎗箭隨聲應手皆獲實用〇一行軍攜帶軍裝火藥俱應在眼房收貯毋令潮濕即或途中遇雨亦須嚴密遮護庶遇賊緩急可用凡帶兵將備等須嚴加曉諭毋致潮濕或須烘烤以致臨時貽誤至弓箭槍刀等項平時尤須修整堅利不得廢弛〇一臨陣對敵倘遇將領受傷

隨從兵丁。更當奮勇直前。竭力救護。若兵丁不顧將。各惜身命。觀望退阻。最為惡習。亟應申明軍紀。俾衆知悉。凡有將領受傷。兵丁不即時救護。竟至潰散脫逃者。立即查明。按名處斬。其能奮勇保護者。立即議功優賞。以示鼓勵。該將備等平日尤當愛恤士卒。臨時賞罰公平。庶兵將同心合力。所向無敵。〇一兵丁對敵乘勝追趕。刻不容遲。若兵丁等有貪搶賊人遺棄財物。以致賊衆逃逸。貽誤不小。該將備等。於領兵臨陣時務須通行曉諭。違者立即依律治罪。庶兵丁等各知儆畏。〇一營卡最關緊要。凡領兵將備等。務須嚴飭坐卡兵丁。輪班防守。留心偵探。毋得怠惰偷安。即探察有警。只須選派明幹一二人。密行飛稟。餘仍嚴整坐守。毋許輕動。無事時不許高聲叫喊。致亂營規。違者俱照軍法處治。〇一兵丁遇有調撥。自當恪守軍令。即時遄行。如敢騷擾地方。欺壓良民。踩躪田禾。搶掠財物等事。即應按律從重治罪。該管將備等平日教誡。臨時又當嚴行約束。無許違犯。〇一兵丁奮勇殺賊。應予獎賞。但恐兵丁等希圖冒功。任意朦混。不可不預為防範。凡軍法將他人戰功冒為已功。及謊稱實在効力。將無作有。以輕報重者。斬。該管將備等應隨時曉諭。親自稽查。俾立功者得賞。冒功者治罪。以期核實。〇一行軍馬駝最宜愛惜。凡兵丁等。牧防須揀擇水草

弔膘。須按照時候。遇有疲乏。加意調養。夜間尤宜小心看守。偶有遺失。須立時尋獲。至所扎井泉。不許污穢。飲馬各挨次序。毋許爭先。以致壅塞。如有違犯。立即重懲不貸。〇一劄營後巡邏防守。毋得疎懈。夜間不許無故行走。帳房內更要小心火燭。遇有警報。靜聽將令。不得輕舉妄動。若奉有密令。須各自遵守。毋得私相漏洩。該領兵將備等。尤宜申明號令。隨時曉諭。不得疎懈。

退庵隨筆卷十三終

退庵隨筆卷十四

清　福州梁章鉅茝林編

讀經一

治經者不拘漢學宋學。總以有益身心。有裨實用為主。否則無論漢學無益。即宋學亦屬空談。說經者亦期於古聖賢立言之旨。愈闡而愈明。方於學者有益。乃今之墨守漢學者。往往愈引而愈晦。抱殘守闕。遠證冥搜。每一編成。幾於秦延君之釋堯典二字。二十萬言。漢博士之書驢券。三紙尚未見驢字。吾友謝退谷所謂誦記雖得探討雖勤。而一遇事全無識見。一舉念只想要錢。不亦重可歎哉。

紀文達師曰。漢儒說經。以訓詁專門。宋儒說經。以義理相尚。似漢學粗而宋學精。然不明訓詁。義理何自而知。概用詆排。視猶土苴。未免既成太輅。追斥椎輪。得濟迷川。遽焚寶筏。於是攻宋儒者又紛紛而起。故余撰　四庫全書詩部總叙有曰。宋儒之攻漢儒。非為說經起見也。特求勝於漢儒而已。後人之攻宋儒。亦非為說經起見也。特不平宋儒之詆漢儒而已。韋蘇州詩曰。水性自云靜。石中亦無聲。如何兩相激。雷轉空山驚。此之謂矣。平心而論。王弼始變舊說。為宋學之萌芽。宋儒不攻孝經詞義

明顯。宋儒所争。祇今文古文字句。亦無關宏旨。均姑置弗議。至尚書三禮三傳毛詩爾雅諸註疏。皆根據古義。斷非宋儒所能。論語孟子。宋儒積一生精力。字斟句酌。亦斷非漢儒所及。蓋漢儒重師傳。淵源有自。宋儒尚心悟。研索易深。漢儒過於信傳。宋儒勇於改經。計其得失。亦復相當。惟漢儒之學。非讀書稽古。不能下一語。宋儒之學。則人人皆可以空談。誠有不盡饜人心者。是嗤點之所自來也。

鄭康成之說經也。曰易詩書禮樂春秋。策皆四尺四寸。孝經謙半之。論語八寸。策者三分居一。又謙焉。班孟堅之志藝文也。曰酒誥脫簡一。召誥脫簡二。率簡二十五字者。脫亦二十五字。簡二十二字者。脫亦二十二字。古人於簡編之式。不憚詳識如此。讀經者可以鹵莽從事哉。

程伊川先生教人學易。先看王弼注。今人先横高談理數。祖尚虛無。八字於胸中。遂翻為王輔嗣以老莊注易之說。不知輔嗣注易。又注老子。義不相蒙。未嘗以老莊解易也。横渠張子之易說開卷詮乾四德。即引近之不見其首。隨之不見其後二語。中間如谷神芻狗。三十輻為一轂。高以下為基。皆老子之言也。宋大儒且如此矣。而范甯乃獨詆輔嗣為罪深桀紂。豈不過哉。

易有鄭康成注梁陳間本與王輔嗣注同列於國學至隋代王注盛行而鄭學始微然新唐書著錄尚有十卷故李資州鼎祚集解多引之至崇文總目惟載一卷則散佚於南北宋之間矣鄭氏初從第五元受京氏易又從馬融受費氏易其學出入於兩家而費義居多實為傳易之正脈齊陸澄與王儉書曰王弼注易元學之所宗今若崇儒鄭注不可廢可謂篤論平心而斷漢易之弊在於推測機祥至其象數之學則去古未遠授受具有端緒故王輔嗣不取漢易而解七日來復不能不仍用六日七分之說朱子亦不取漢易而解羝羊觸藩亦不能不仍用互兌之義自王伯厚搜輯成書近時惠定宇棟又加考訂而漢易之一綫藉以僅存不可謂無功於經學矣今之讀易者但先就程朱傳義上字字用心體會再參以李資州集解足矣蘇齋師嘗云予於治易頗不勸人言漢學更不喜人專治荀虞之學而獨以李氏集解為足資者李氏所集三十餘家自孟喜以下大抵多漢學即荀虞亦在其中也然有並存而無偏阿足資後學之詳擇而已紀文達師亦云李氏集解自序謂刊輔嗣之野文補康成之逸象蓋王學既盛漢學遂亡千百年後學者得考見畫卦之本旨者惟賴此書之存而已

易是為百姓日用而作非為一二上智密傳微妙也是為明是非決疑惑而作非為讖緯機祥欲使民前知也一一皆切於事即一一皆可推以理果能順性命之理即可通神明之德故朱子本義象數宗邵道理遵程不復自立說惟斷為占筮而作提出此意覺一部易經字字活動此朱子所以亦自得意以為天牖其衷也

程子易傳用王輔嗣本而本義則用呂東萊所定古本自宋董楷作周易傳義附錄始合程朱傳義為一書而采二子之遺說附錄其下意在理數兼通惟以程子在前遂割裂朱子之書散附程傳之後明永樂中纂周易大全亦仍其誤鄉塾之士至不復知有古經故 御纂周易折中經傳分編一從古本

紀文達師云易之大旨在即陰陽往來剛柔進退明治亂之倚伏君子小人之消長以示人事之宜非但占驗機祥漸失其本即推奇偶者言天而不言人闡義理者言心而不言事聖人豈為是無用之空言乎自說易者門戶交爭務求相勝主數者使魏伯陽陳摶之說竄而相雜而易入於道家主理者使王宗傳楊簡之說溢而旁出而易入於釋氏且易道廣大無所不包旁及爐火導引樂律星歷以及六壬奇遁風角之屬皆可援易以為說即皆可援之以入易故易說愈繁夫六十四卦大象皆有

君子字而三百八十四爻亦皆以吉凶悔吝為言聖人之情見乎詞矣其餘皆易之一端易之別傳而非易之本旨也

周易經文不多而孔子至於韋編三絕後人多不得其解惟李文貞以為改削十翼最為近理蓋古人用刀筆須改者則以刀削之孔子蓋有所見而筆之於策矣移時而削之筆削既多歲月如此則韋帶侵削磨損故至三絕今人著書一筆寫成更無改訂不知於聖人何如也

宋晁以道嘗令子弟門人學易先治李鼎祚集解或以語楊中立楊問其故其人曰以其集眾說楊笑曰是集眾說不好者按此二說皆有偏要以先看王氏注及朱子本義為正則李氏集解亦未嘗不好也

紀文達師曰世傳河圖洛書出於北宋唐以前所未見也河圖作黑白圈五十五洛書作黑白圈四十五考孔安國論語注何晏集解所引稱河圖即八卦是孔氏之門本無此五十五點之圖矣陳摶何自而得之至洛書既謂之書當有文字乃亦四十五圈與河圖相同是宜稱洛圖不得稱書又何以別之曰書乎劉向劉歆班固並稱洛書有文孔穎達尚書正義並詳載其字數足見由漢至唐並無黑白點之偽圖今術家所用洛書乃太乙行九宮法出於易緯乾鑿度即漢志所謂太乙家當時亦不稱為洛書也

虎坊雜記云邵子方圓諸圖易外別傳以之詁易非也其方圓自太極兩儀遞加至六十四卦按之易文不合繫傳曰是故易有太極是生兩儀兩儀生四象四象生八卦而止不言生六十四卦也蓋聖人畫卦之初有會乎渾然一氣者太極也然一氣之運仍二氣之分於是畫為奇偶是太極生兩儀也夫天地間不過一奇一偶而已由此生之皆奇偶之積耳於是以奇偶互加而生四象再加而成八卦矣不言六十四卦者此是因而重之非由遞加也然則此節言聖人畫八卦之次序如此非以太極兩儀泛指天地也若泛指天地是天地生天地陰陽生陰陽矣且如方圓遞加遞加至六十四是又大奇偶生小奇偶矣卦畫有奇偶而無大小何至如是之破碎乎又曰嘗與崔菘樓論易謂先天後天之說可刪也既以先天屬伏羲後天屬文王若斯大義孔子胡不一言之崔大悟或疑天地定位帝出乎震二節作何解曰此言八卦相錯八卦之方位耳非言先後天也然則邵子之圖皆非乎曰其源出於易離之則兩美合之則兩傷也以上易

說尚書者如劉子政記酒誥召誥脫簡僅三而後儒乃動稱數十班孟堅系洪範於洛書而後儒乃併及河圖已爲轇轕支離然尚未有敢於刪定經文者自今古文之辨興後儒之言愈繁其氣亦愈悍惟朱竹垞謂古文尚書久頒於學宮雖多綴辨逮經成文而大義無乖遂言足取似可以無攻李文貞謂古文道理精確處聖人不能易若漢儒能爲此即謂之經可也近人將摭一二可疑之端輒肆詆諆至廣廷十六字亦闢之所謂信道不篤也紀文達師亦曰古文行世已久其旨不悖於聖人斷無可廢之理近蘇齋師又曰古文諸篇皆聖賢之言有裨於國家有資於學者且如大戴記之有漢昭冠辭小戴記之言魯未弑君不聞有力攻戴記之非經者況如六府三事九功九叙之政要危微精一之心傳此而敢妄議之即其人自外於生成也必矣自列於小人之尤也審矣阮芸臺先生曰古文尚書東晉後漸爲世所誦習故宇文周主視太學太傅于謹爲三老帝北面訪道謹曰木受繩則正后從諫則聖帝再拜受言唐太宗見太子息於木下誨之曰木受繩則正后從諫則聖今書作從繩此兩引皆作受繩當是別本陸氏釋文本然唐太宗自謂兼將相之事給事中張行成上書以爲禹不矜伐而天下莫與之爭上甚善之唐總章元年太子上表曰書曰與其殺不辜寧失不經伏願逃亡之家免其配役從之凡此君臣父子之間皆得陳善納言之益唐宋以後引經言事得挽回之力受講筵之益者更不可枚舉矣合數先生之言斷之世之必刪去古文而專用今文者果心安而理得乎

大禹謨之文最賅洽者無如六府三事一節最精深者無如危微精一一節而疑古文者必謂其襲用春秋文七年傳引夏書語及荀子解蔽篇者此即前人所謂以枝葉爲根本者也蔡傳釋危微精一語皆本朱子中庸序朱子固疑古文者而於此十六字獨闡發深至不但朱子也蘇氏書傳於此節推衍至三百餘言皆與朱子同則在北宋時矣又不但蘇氏也楊倞注荀子解蔽篇云今虞書有此語而云道經蓋有道之經也則唐人之語矣夫荀子周人也豈知後世有以道教之經目爲道經者哉

古文尚書自晉後諸儒以迄北宋皆無異說自吳才老作書裨傳始稍加掎摭朱子語錄亦疑其僞然言性言心言學宋人據以立教者其端皆發自古文故亦無肯輕議者其考定今文古文自陳振孫尚書說始其分編今文古文自趙孟頫書古文今文集注始其專釋今文則自吳澄書纂言始雖其自序謂晉世晚出之書別見於後其實全書四卷以外並無釋古文一字朱竹垞以爲權詞者是也此後則陸釴之

今文尚書說王心敬之尚書質疑以逮近人如王西莊鳴盛孫淵如星衍等亦復陳陳相因究似繼尼山刪定而起者則吳草廬實階之厲耳

尚書蔡傳自序稱朱子屬作書傳又稱經朱子點定是其淵源本正惟書出未久而張葆舒黃景昌程直方余芑舒等已紛紛究攻其誤陳櫟董鼎金履祥皆篤信朱子之學者而陳氏之書傳折衷董氏之書傳纂注金氏之尚書表注又斷斷有辭明洪武中至特修書傳會選以刊正之則其書實不無可議惟其疏通證明之處較爲簡易大體自醇故元代與古注疏並立學官而人舍注疏肄此書明初與夏僎解並立學官而人亦置夏解肄此書自胡廣修書傳大全遂專主蔡傳著之功令我朝康熙間欽定書經傳說彙纂仍以蔡傳居前而以衆說參稽其得失至爲平允矣

尚書一經漢以來所聚訟者洪範之五行宋以來所聚訟者禹貢之山川洪範以五事配庶徵本經文所有伏生大傳以下逮京房劉向諸人遂以陰陽災異附合其文至宋儒又流爲象數之學嘵嘵然圖書同異之是辨而經義愈不能明惟北宋胡瑗洪範口義所發明最爲篤實至我朝胡朏明渭之洪範正論大旨以禹之治水本於九疇洪範爲體禹貢爲用互相推闡其義益彰而於漢儒附會之談宋儒變亂之論實能一掃而廓清之若吾鄉黃忠端道周之洪範明義以八政配卦爻以圖書配歷數徒沿皇極經世之餘波曼衍而不可究詰非解經之正軌也

宋以來注禹貢者言人人殊大抵禹跡在中原而論者率在南渡之後宜多牴牾不合毛晃之禹貢指南程大昌之禹貢論傅寅之禹貢說斷原書皆已久佚今從永樂大典中僅得綴輯成編至本朝朱長孺鶴齡撰禹貢長箋會萃古說而以己意折衷之實遠勝宋元諸家注本而精核典贍尚不及胡朏明之禹貢錐指蓋說禹貢者紛如亂絲胡書出而摧陷廓除始有條理可案厥後徐位山文靖又撰禹貢會箋蓋位山生朏明之後因朏明所已言而更推尋所未至故較錐指益爲精密亦繼事者易爲功耳

魏叔子云禹貢記治水而治水本爲敷土故首句曰禹敷土言治水之本意次句隨山刊木言治水之功用三句奠高山大川言治水之成效一節只三句包絡通篇而語簡意明又並不出一水字中段忽著祗台德先二句是禹克勤克儉不矜不伐之德爲能治水而有成之本此後成賦制貢錫土建官安內攘外皆天子之事至於聲教訖四海此時竟不覺上有舜在乃終之曰告厥成功可見以前大事一一皆稟命

於舜舜知人之明任人之專禹無成代終不敢專制之義蓋見於此矣

朱竹垞云謂書序作於孔子者劉歆班固馬融鄭康成王肅魏徵及程明道諸儒也謂歷代史官轉相受授者林光朝馬廷鸞也謂齊魯諸儒次第附會而作者金履祥也至朱子謂決非夫子之言孔門之舊禁傳因從而去之按古者書序自為一篇列於全書之後故陸德明稱馬鄭之徒百篇之序總為一卷至孔安國之傳出始以小序分冠各篇之首後人遂謂伏生今文無序序與孔氏傳並出不知漢孝武時即有之故司馬公據以作殷周本紀而馬氏於書小序有注見於陸氏釋文又鄭氏注周官引書序以證保傅故許謙云鄭氏不見古文而見百篇之序是孔傳未上之時百篇之序先著於漢代初不與安國之書同時而出也殆即周官外史之職所謂達書名於四方者歟

尚書大傳舊題漢伏勝撰鄭康成注據鄭序文則為伏生之遺說而張生歐陽生等錄成之者其文或說尚書或不說尚書大抵如易乾鑿度春秋繁露與尚書本義在離合之間而因經屬旨其文辭爾雅深厚最近大小戴記七十子之徒所說古訓舊典往往而在則亦讀經者所當研究之書矣直齋書錄解題言此書印板刓闕是在

宋世已無完本近人編輯有孫晴川之騄孔叢伯廣林盧雅雨見曾孫盧二本皆多舛誤孔本稍善近陳恭甫壽祺始撰成定本八卷較之孫盧孔三本獨為完備（以上書）

詩有四家毛氏獨傳漢書藝文志毛詩二十九卷毛詩故訓傳三十卷但稱毛公而不著其名後漢書儒林傳始云趙人毛長傳詩是為毛詩（長字不氏矣）隋書經籍志始稱毛萇傳然鄭康成詩譜魯人大毛公為訓詁傳於其家河間獻王得而獻之以小毛公為博士陸璣毛詩草木蟲魚疏亦云魯國毛亨作訓詁傳以授趙國毛萇時人以亨為大毛公萇為小毛公然則作傳者乃毛亨非毛萇鄭氏後漢人陸氏三國吳人淵源既近所言自可據依隋志殊誤而流俗沿襲莫之能更朱竹垞經義考乃以毛詩二十九卷題毛亨撰注曰佚毛詩訓故傳三十卷題毛萇撰注曰存意主調停尤為於古無據矣

十三經注疏以詩毛傳鄭箋孔疏為冠包羅古義融貫羣言他部莫能及也鄭氏發明毛義自命曰箋六藝論云（此論久佚今據正義所引）注詩宗毛為主毛義若隱略則更表明如有不同即下己意使可識別蓋如今人之箋記積而成帙故謂之箋自鄭箋行齊魯韓三家遂廢然毛鄭義亦時有異同當時王肅王基孫毓陳統之徒或申毛以難鄭或又申鄭以駁毛袒分左右垂數十百年唐貞觀中因鄭箋為正義乃論歸一定終唐之世無復歧趨至宋鄭漁仲恃其才辨始發難端南渡諸儒遂以掊擊毛鄭為能事明胡廣等竊劉瑾之書作詩經大全著之令典於是專宗朱傳漢學遂亡然朱子從鄭漁仲之說不過不用小序耳至於詩中訓詁用毛鄭者居多後儒不考古書不知小序自小序傳箋自傳箋紛然佐鬭遂併毛鄭而棄之則非惟不知毛鄭為何語殆併朱子之傳亦不辨為何語矣

朱子作詩集傳曾兩易稿凡呂東萊讀詩記所稱朱氏曰皆其初稿其說全宗小序後乃改從鄭漁仲說今本卷首自序作於淳熙四年中者尚無一語斥小序其注孟子以柏舟為仁人不遇作白鹿洞賦以子衿為刺學校之廢皆仍用小序後因東萊太尊小序遂激而盡變其說自是以後說詩者攻序宗序遂兩家角立而不能偏廢自 欽定詩經傳說彙纂以朱傳居先而仍附錄序說允為持千古之平使朱子復生亦當心折也

詩序之作自元明以至今日為說經家第一爭詬之端以大序為子夏作小序子夏毛公合作者鄭康成詩譜也以子夏所序詩即今毛詩序者王肅家語注也以為衛

宏受學謝曼卿作詩序者後漢書儒林傳也以為子夏所創毛公及衛宏又加潤益者隋書經籍志也以為子夏惟裁初句以下出於毛公者唐成伯璵之毛詩指說也以為毛傳初行尚未有序其後門人互相傳授各記其師說者曹粹中之放齋詩說也以為詩人所自製者王安石也以小序為國史舊文大序為孔子作者明道程子也以首句即為孔子所題者王得臣也以為村野妄人所作昌言排擊而不顧者則倡之者鄭樵王質和之者朱子也然鄭樵所作詩辨妄出周孚即摘其四十二事攻之質所作詩總聞亦不甚行於世朱子同時如呂祖謙陳傅良葉適皆以同志之交各持異議黃震篤信朱子而所作日鈔亦申序說馬端臨作經籍考於他書無所考辨惟於詩序反覆攻詰至數千言平心而論必以為作自子夏則所引高子孟仲子乃戰國時人不應預入子夏口中以為作自毛公則鄭風出其東門（說本邢光庭）召南羔羊曹風鳲鳩衛風君子偕老傳意序意皆不相符不應毛公自相違戾其說以為作自衛宏則毛詩出於西漢詩必有序而後可授受韓魯二家皆有序毛詩豈宜無序而必俟至東漢之世出之衛宏之手乎陳啟源毛詩稽古篇謂司馬相如難蜀父老始於憂勤終於逸樂用魚麗序班固東都賦德廣所及用漢廣序此尚是漢人文字

若孟子答咸丘蒙語。全用北山序。勞於從事而不得養其父母云云。似可爲詩序在孟子前之確證。然又安知非作詩序者。採用孟子之語乎。故惟語爲毛萇以前經師所傳。以下續申之詞。爲毛萇以後弟子所附錄。最爲精當也。四庫提要定首二

孔子刪詩之說。起於司馬子長。斷不足信。孔穎達謂經傳所引諸詩。見在者多。亡失者少。不容孔子十去其九。朱子亦謂當時史官編次散失。故孔子重新整理一番。未見得刪與不刪。葉適亦謂論語稱詩三百。本謂古人已具之詩。不應指其自刪者言之。近朱竹垞之論尤詳。如謂行以肆夏。趨以采齊。同爲樂師所教之樂儀。何以必刪之。使堂上有儀。而門外無儀。射以騶虞貍首采蘩采蘋爲節。何以必刪貍首。使大夫士有節。諸侯無節。燕禮升歌鹿鳴。下管新宮。大射儀亦歌鹿鳴。管新宮。何以必刪新宮。使歌有詩而管無詩。商頌十二篇。爲先世所校。以祀其先祖者。何以必刪其七而止存其五。祈招之詩。以止王心。詩之合禮義者。莫過於此。何以既善其意。而復刪其詞。且謂歐陽子篇刪其章。章刪其句。句刪其字之言。亦不足信。蓋詩之逸也。非孔子刪之。一則秦火之後。竹帛無存。口誦者偶有遺忘也。一則作者章句長短不一。而後之爲章句之學者。或比而齊之也。一則樂師瞍瞍。只記其音節。而亡其辭。如竇公之

於樂。惟記周官大司樂。而其餘不知。制氏則僅記其鏗鏘鼓舞。而不能言其義也。王制變禮易樂者爲不從。今以太師之所陳。大司樂之所掌。輒取其篇章字句而刪去之。非變禮易樂而何。衰周之際。禮壞樂亡。孔子方考求之不遑。而甘自取不從之罪哉。

近代注毛詩者。以乾隆間常熟顧鎮之虞東學詩十二卷爲最善。大抵以講學諸家尊朱傳而抑小序。博古諸家。又申小序而疑朱傳。故調停兩家之說。以解其紛。所徵引凡數十家。而歐陽公及蘇子由呂東萊嚴坦叔四家之說爲多。其某義本之某人。必於句下注其所出。又朱傳多闡明義理。而是編於名物訓詁聲音之學。亦一一考證詳明。蓋能持漢學宋學之平。書雖晚出。於讀詩者不爲無裨。惜坊間未見刻本。所當急謀重梓。以廣其傳者也。

吾鄉何元子_楷撰毛詩世本古義。依時代爲次。始於夏少康之世。以公劉七月大田甫田諸篇爲首。終於周敬王之世。以曹風下泉之詩殿焉。四庫提要。譏其大惑不解。又稱其典據精確。非宋以來諸儒所可及。譬諸蒐羅七寶。造一不中規矩之巨器。雖百無所用。而毀以取材。則火齊木難。片片皆爲珍物。故百餘年來。人人嗤點其書。而究不能廢其書。同時永福黃文煥作詩經考八卷。分爲六門。一世系。二職官。三人物。四天時。五兵農禮樂。六動植。仍以經文篇第爲序。包孕繁富。旁涉曼衍。其意欲與何元子抗衡一時。而分量未之逮也。何書原刻板久燬。藏書家以爲奇貨。近則吾鄉及浙中。皆有重刊本。不難家有其書矣。

韓詩外傳。雜引古事古語。而證以詩句。實後世詩話之權輿。惟與經義不相比附。故曰外傳。別有內傳四卷。見漢志則其亡久矣。書中所采。多與周秦諸子相出入。班孟堅稱三家之詩。或取春秋。采雜說。咸非其本義。殆即指此。然觽觿卵雛之喻。董江都取之爲繁露。君羣王往之訓。班孟堅取之爲白虎通。精理名言。未始非六經之羽翼。惟今本非唐宋之舊。書中未引詩詞者。凡二十八處。又文選注所引孔子升泰山觀易姓而王者七十餘家。及漢皋二女事。漢書王吉傳注。引曾子喪妻事。又曾慥類說卷三十八。引東郭先生知宋將亡事。又閔子騫母在一子寒母去三子單語。又顏回望見一疋練事。又孔子謂君子有三憂語。又出則爲宗族患。入則爲鄉里憂。小人之行也云云。凡五條。皆今本所無。則闕文脫簡。均所不免。汲古閣本尤多所竄改。近新安周霽原_{廷寀}有校注本。多所訂正。可讀也。_{以上詩}

三禮之書。浩如煙海。承學者未必一一皆能儲藏。更未必一一皆能涉獵。而欲求擇精語詳之一書。則當恭讀欽定三禮義疏。義疏采掇羣言。分爲七例。一曰正義。直詁經義。確然無疑者也。二曰辨正。後儒駁正。至當不易者也。三曰通論。以本節本句參證他篇。比類以測義。或引他經互相發明者也。四曰餘論。雖非正解。而依附經義。於事物之理有所推闡者也。五曰存疑。各持一說。義亦可通。或已經駁論。而持此者多。未敢偏廢者也。六曰存義。名物象數。久遠無傳。難得其真。或創立一說。雖未即愜人心。而不得不存之以資考辨者也。七曰總論。本節之義已經訓解。又合數節而論之者也。三禮皆同此例。包羅繁富。遴擇精嚴。千百年來禮學悉貫其中矣。

朱子因王安石廢罷儀禮。獨存禮記以爲棄經任傳。遺本宗末。特撰儀禮經傳通解。以存先聖之遺制。其書未完而沒。喪祭二門。黃勉齋_榦及楊信齋_復續成之。編纂不出一手。分合移易之處。尚未能一一貫通。至我朝江慎修_永仿其例撰禮經綱目一書。參考羣經。洞悉條理。實足終朱子未竟之緒。視胡文炳輩但博篤信朱子之名。不問其已定未定之說。無不曲爲袒護者。其識趣相去遠矣。

金匱蔡文莊公因崑山徐氏讀禮通考惟詳喪葬一門周官大宗伯所列五禮之目古經散亡鮮能尋端竟委乃仿徐氏體例網羅衆說成五禮通考一書元元本本歷朝之制皆備焉亦學禮者所不可少之書矣

吾鄉林樾亭先生撰三禮陳數求義三十卷曰天時曰地域曰田賦曰財用曰職官曰學校曰明堂曰廟祧曰祭序曰祭儀曰郊社曰羣祀曰逸祭曰師田曰朝覲曰饗燕曰飲射曰冠昏曰宗法曰喪服凡四卷曰喪紀凡四卷曰宮室曰冕服自序謂專取三禮本文反復尋繹以彼此前後相參證其三禮所無乃取證於諸經諸經所無乃取證於秦漢間人言之近古者於是疑者釋而窒者通輒抒所見著爲論辨雖於儒先舊訓多所違異不敢避也按是書初脫稿時余已粗讀一過融會諸說歸於以經解經實有渙然冰釋怡然理解之趣今梓行已久而世鮮稱之者同里陳恭甫乃深不滿是書阮芸臺先生輯刻 皇清經解遂置之不錄殆因其多駁馬鄭與漢學不相入亦門戶之見耳平心而論此書實有心得非陳恭甫輩所能爲也

紀文達師曰古稱議禮如聚訟然儀禮難讀儒者罕通雖欲聚訟而不能禮記則輯自漢儒某增某減具有主名亦無所庸其聚訟所辨論求勝者周禮一書而已周禮

上自河間獻王於諸經之中其出最晚故真僞之辨紛如惟張横渠語錄云周禮是的當之書然其間必有末世增入者鄭漁仲通志引周處之言曰周公之周禮亦猶唐之顯慶開元禮預爲之以待他日之用其實未嘗行也惟其未經行故僅述大畧俟其臨事而損益之故建都之制不與召誥洛誥合封國之制不與武成孟子合設官之制不與周官合九畿之制不與禹貢合其說義近而未盡也夫周事之可考者不過春秋以後其東遷以前三百餘年沿革損益不知凡幾其人不必皆周公也於是以後世之法竄入之其書遂雜此亦如後世律令條格率數年而一修修則必有所附益特世近者可考年遠者無徵其增刪之迹無可稽尋遂統以爲周公之舊耳使以爲劉歆僞作則何必附其一官以待千金之賕且歆宗左傳而左傳所云禮經皆不見於周禮儀禮本七畧所收禮記亦劉向所錄而儀禮聘禮所載與掌客之文不同大射禮侯數侯制與司射之文不同禮記雜記子男執圭與典瑞之文不同禮器天子諸侯席數與司几筵之文不同使周禮果出歆手又何難竄合其文使相證驗乎

河間獻王以考工記補冬官葉秀發時遂以爲周禮之累且謂漢武不信周禮由此一端按考工記稱鄭之刀人稱蔡無廬鄭封於宣王時其非周公之舊典已無疑義然南齊書載雍州盜發楚王冢得竹簡書考工記則其爲秦以前書亦灼然可知百工爲九經之一共工爲九官之一先王原以制器爲大事存之亦可窺見古制自鄭賈以外唐之杜牧之宋之王荊公陳用之祥道林網山亦之林鬳齋希逸皆有注解惟我 朝江慎修所釋核蓋融會鄭注參以新說實有神解能傳古人制度之精非僅供初學之省覽而已

自臨川俞庭椿作周禮復古編謂冬官實不曾亡五官所屬皆六十不應有羨其羨者皆取以補冬官未免鑿空臆斷厥後葉秀發邱鈞權葵王次點與之吳草廬澄陳君復友仁柯喬可尚遷皆沿其說至庭椿謂天官世婦與春官世婦夏官環人與秋官環人爲一官複出當省并之其謬尤甚二世婦二環人職掌各殊天官世婦爲王之後宮故與九嬪八十一御女皆無官屬至於春官世婦爲王之宮官故每宮卿一人下大夫四人中士八人女府二人女史二人奚十六人鄭注以大長秋詹事中少府太僕爲證庭椿乃合而一之是誤以春官之世婦爲婦人也司馬之環人與秋官之環人所屬之中下士及史胥徒爲數亦迥殊庭椿束書不觀而漫爲此說欺人乎抑自欺乎

說周禮者以鄭注賈疏爲專門有宋周張程朱諸儒自度微貫之學必不能出漢唐上故雖盛稱周禮而皆無箋注之專書明王平仲志長作周禮注疏刪翼於鄭賈之繁文多所刊削故謂之刪又雜引諸家之說以明其義故謂之翼可爲鄉塾之讀本然多采宋以後說浮文妨要蓋所不免故惠定宇有村師之譏吾鄉李耜卿光坡之周禮述注頗與相仿若方靈皋之周官集注惠半農士奇之禮說皆簡而能該詳而有要尤爲有裨初學也

漢武帝謂周禮是戰國瀆亂不經之書其後尊信周禮數人皆敗事所以人益不信唐太宗欲行周禮魏鄭公云非君不能行顧臣無素業耳此自是實話此書實可治天下然非講求有素如何施行非魏鄭公不肯爲此語若王安石則未免勇於自信矣安石之意本以宋當積弱之後欲濟之以富强又懼富强之說必爲儒者所排擊於是附會經義以鉗人口迨其後用之不得其人行之不得其道百弊叢生而宋以大壞則非真緣周禮之誤宋羅大經詠安石拔魚詩云錯認蒼姬六典書中原從此變萊蕪是猶爲安石所紿而未究其假借六藝之本懷也

今塾師教人讀周禮，每不讀敘官。不知敘官乃經文綱領，其繁簡皆精義所關，何得刪去。宋王昭禹作周禮詳解，五官皆不載敘官。厥後朱申作周禮句解，亦沿其例，因陋就簡，不可為訓。乃坊間又有周禮節要之刻，不盈一帙，更所謂壞種流傳，當付之一炬者也。以上周禮。

退庵隨筆卷十四終

退庵隨筆卷十五

清　福州梁章鉅茝林編

讀經二

儀禮出殘闕之餘，漢代所傳凡有三本。一曰戴德本，以冠禮第一，婚禮第二，相見第三，士喪第四，既夕第五，士虞第六，特牲第七，少牢第八，有司徹第九，鄉飲酒第十，鄉射第十一，燕禮第十二，大射第十三，聘禮第十四，公食第十五，覲禮第十六，喪服第十七。一曰戴聖本，亦以冠禮第一，婚禮第二，相見第三，其下則鄉飲第四，鄉射第五，燕禮第六，大射第七，士虞第八，喪服第九，特牲第十，少牢第十一，有司徹第十二，士喪第十三，既夕第十四，聘禮第十五，公食第十六，覲禮第十七。一曰劉向別錄本，即鄭氏所注。賈公彥謂別錄尊卑吉凶次第倫序，故鄭用之。二戴尊卑吉凶雜亂，故鄭不從之也。

敖繼公儀禮集說序云：周公此書，乃為侯國作，王朝之禮不與焉。何以知其然也？書中十七篇，冠、婚、相見、鄉飲、鄉射、士喪、既夕、士虞、特牲饋食凡九篇，皆言侯國之士禮；少牢饋食上下二篇，皆言侯國之大夫禮；聘、食、燕、大射四篇，皆言諸侯之禮；惟覲禮一篇，則言諸侯朝天子之禮，然主於諸侯而言也。喪服篇中言諸侯及公子大夫士之服，其間雖有諸侯與諸侯之大夫為天子之服，然亦皆主諸侯與其大夫而言。閻百詩云：此書決為侯國之書，但恐其本數不止於此。經之言士禮特詳，其於大夫則但見其祭禮，而婚禮喪禮無聞焉；公食大夫禮云：設洗如饗。謂如其公饗大夫之禮也，而今之經乃無是禮焉。又諸侯之有覲禮，但用之於王朝耳，若其邦交，亦當有相朝相饗相食之禮；又諸侯亦當有喪禮祭禮，而今皆無聞焉。知此外之亡逸者多，而是經之篇數本不止於十七，亦可見矣。

三禮之學，至宋而微，至明殆絕。儀禮文古義奧，傳習尤少，注釋者亦代不數人。鄭氏以前，絕無注本，其後有王肅注，見於隋志。唐初已佚，為之義疏者，有沈重，見於北史。又有無名氏二家，見於隋志，亦皆不傳。故賈公彥僅據齊黃慶、隋李孟悊二家之疏定為今本。朱子語錄謂儀禮人所罕讀，難得善本，鄭注之外，先儒舊說多不復見，陸氏釋文亦甚疎略。近世永嘉張淳忠甫校定印本，號為精審，較他本為勝，亦不能無舛謬云云。朱氏經義考以為已佚。今惟　四庫館所輯永樂大典本三卷，僅存大旨，株守釋文，往往以俗字轉改六書正體，殆即朱子所譏舛謬者。然古經漢注之譌文

脫句藉以考識傳寫諸本之不傳於今者亦藉以得見崖略非有功於儀禮非淺小矣

昔顧亭林以唐石經校明監本惟儀禮譌脫尤甚經文且然況注疏乎賈疏冗蔓轇轕不及孔氏五經正義之條暢傳寫者不得其意脫文誤句往往有之宋代注疏各為一書疏自咸平校勘以後更無別本誤謬相沿今已無從一一釐正朱子作通解於疏之文義未安者多為刪潤在朱子自成一家之書則可而明人刻注疏者一切惟通解之從遂盡失賈氏之舊矣今惟阮芸臺先生校勘本猶存唐宋舊觀也

李如圭儀禮集釋朱氏經義考亦以為未見今從永樂大典排纂成書者尚得其十之九宋自熙甯中廢罷儀禮學者鮮治是經如圭乃全錄鄭注而旁徵博引以為之釋多能發賈疏所未備又以讀儀禮者必先明古人宮室之制別為儀禮釋宮一卷條分臚序參考證明尤足為治儀禮者之圭臬惟朱子大全集中亦載其文大畧相同考宋中興藝文志（文獻通考所引）稱朱子嘗與李如圭校定禮書疑朱子嘗錄如圭是篇而集朱子之文者遂誤取以入集概儀禮經傳通解於鄉飲酒篇出自左房聘禮賈右房皆但存賈疏與是篇所言不同是亦不出朱子之一證矣

儀禮不特經難讀即注疏亦難讀鄭注簡約又多古語賈疏繁縟而傷於蕪蔓端緒亦不易尋朱子語錄且苦其不甚分明何況餘子蓋周禮猶可談王談霸禮記猶可言敬言誠儀禮則全為度數節文非空辭所可敷演故講學者避而不道淺學者又欲言而不能今欲杷梳剔抉使條理秩然不復以辭義轇轕為病方於後學有功則宋魏了翁之儀禮要義元敖繼公之儀禮集說我　朝張爾岐之儀禮鄭注句讀吳廷華之儀禮章句皆可稱善本

劉次白（鴻翱）曰周官之為人口實者論者謂新室之所增益也若儀禮乃周公之遺孔子所嘆為郁郁者在聖人當時未嘗不起以義而在後世亦未必盡順乎情善哉鄒敬之之言曰儀禮有不宜於今日者如士冠禮不論有爵無爵概用命服今可乎士婚禮女子既許嫁笄矣出教於宗室三月今可乎士相見賓五請始得主人一出又不升堂止於大門外一拜今可乎臣侍食於君不待君命先飯徧嘗飲食今可乎古人無紙筆故書必刀文必篆冊必竹簡木板古人無棹椅席地而坐故食必用俎用豆用鼎祭祀之孫為祖尸父拜其子也喪紀之父在母喪與妻同服也庶子後父為其母緦也此皆禮之難用者也夫堯舜禹湯文武之盛固非後世所及然即聖人復生古禮之宜於今者聖人復之其為衆之所不安者聖人亦必不盡復也今禮之為有道君子所病者聖人去之其乖於人情而或大害於義者聖人去之其適於人情而無大害於義者聖人亦必不去也

歷代喪服之書大抵以儀禮為根柢而以徐健菴尚書之讀禮通考為完備其大端有八一曰喪期二曰喪服三曰喪儀節四曰葬考五曰喪具六曰變禮七曰喪制八曰廟制於歷代喪期異同則有表喪服暨儀節喪具則有圖縷晰條分至為詳備蓋歷十餘年三易稿而後成也

朱子已修三禮劄子云周官一書固為禮之綱領至於儀法度數則儀禮乃其本經而禮記郊特牲冠義等篇乃其義說耳前此猶有三禮通禮學究諸科禮雖不行士猶得以誦習其說熙甯以來王安石變亂舊制廢罷儀禮棄經任傳遺本宗末其失已甚又作謝監獄文集序云謝綽中建之政和人先君子尉政和行田間聞讀書聲入而視之儀禮也以時方專治王氏學而獨能爾異之然則為儀禮者在宋已成空谷之足音矣（以上儀禮）

禮記疏引鄭氏六藝論云戴德傳記八十五篇則大戴禮是也戴聖傳禮四十九篇則此禮記是也則今四十九篇實戴聖之原書而隋書經籍志乃謂戴聖刪大戴之書為四十六篇謂之小戴記馬融又益月令一篇明堂位一篇樂記一篇合四十九篇此說不知所本證以後漢書橋元傳所云七世祖仁著禮記章句四十九篇號曰橋君學仁即班固所謂小戴授梁人橋季卿者其時已稱四十九篇無四十六篇之說則隋志所言誤也

元延祐中行科舉法定禮記用鄭注故元儒說禮率有根據自明永樂中敕修禮記大全始廢鄭注改用陳澔集說禮學遂荒為之疏義者唐初僅存皇侃熊安生二家孔沖遠修正義即以二家為本其書務伸鄭注亦未免有附會之處然采摭舊文詞富理博說禮之家鑽研莫盡即衛湜之集說自言日編月削閱三十餘載而後成書尚不能窺其涯涘陳澔之流益自鄶無譏矣

衛湜禮記集說一百六十卷採摭最為賅博去取復能精審自鄭注以下所取凡一百四十四家其他書之涉於禮記者不在此數今自鄭注孔疏外原書無一存者朱氏經義考蒐輯繁富而不知其書與不知其人者凡四十九家皆賴此書以傳亦可云禮家之淵海矣其後序自云他人著書惟恐不出於己予此編惟恐不出於人可

想見其用心之微近吾友林鈍村一桂手纂周禮長編百册陳恭甫以為衛書之比恐未易言也

陳澔之雲莊禮記集説胡廣修五經大全始專用之蓋説禮記者漢唐莫善於鄭孔而注疏奧博不似澔注之淺明宋代莫善於衛湜而卷帙繁重亦不似澔注之簡便又澔之父大猷師饒魯魯師黄榦榦為朱子之壻遂藉考亭之餘蔭其書得獨列學宫其實澔書在當時即不為儒者所稱朱竹垞至以兎園册子譏之李文貞亦以前忘後後忘前短之特其疏解簡明門徑顯淺於初學不為無益是以我　朝定制亦姑仍舊貫以便童蒙而　欽定禮記義疏乃退澔説於諸家之中與易詩書三經異例承學之徒亦可以知所取舍矣

禮記一書為大小戴所遺删本與易詩書春秋經聖人手定者有異故劉向别録有以内則屬子法文王世子屬世子法曲禮少儀王制禮器玉藻深衣屬制度之説今孔疏篇目猶備載之其後孫炎亦有改易唐魏徵又因孫炎所修更加整比書皆不行惟元吳澄禮記纂言分為三十六篇其次第亦以類相從至今尚存近又有任釣臺啟運禮記章句十卷定為四十二篇則以大學中庸冠首明倫敬身立政次之五禮又次之樂又次之通論又次之又有王心敬之禮記彙編八卷分為三編上編載孔子論禮之言次以大學中庸及曾子諸子之遺言中編括記中禮之大體下編列記中瑣節末事與吳澄之書又有不同而其為移掇經文則一數書中惟任氏章句鎔鑄剪裁能一一薈其精要足為後學之津梁餘則粗知其大概可也

大戴禮記宋時列為十四經見史繩祖學齋佔畢然其書古不立博士今不列學官故肄業之者鮮其實二戴同源皆先聖人微言舊制不可不讀如夏小正為夏時書所言天象與堯典合公冠諸侯遷廟釁廟朝事等篇足補儀禮之遺盛德明堂之制為考工記所未備孔子三朝記可與論語相輔而行曾子十篇儒言純粹在孟子之上投壺儀節較小戴為詳哀公問字句亦較小戴為確惟自漢至今祇有北周盧僕射一注未能精備遂至章句混淆文字多舛今坊本實不便讀者慮以　四庫所校為讀本而以孔巽軒廣森所解補注參互考訂之（以上禮記）

李文貞嘗言春秋最是難講全無一點文采不過幾个字抉來抉去周得的破徹而顯顯而微便使為世之大經大法槩然具備而為人生不可須臾離之書説春秋者但當説此意闡發若必説到夫子竟操二百四十年南面之權是非褒貶怎生峻厲則全是隔膜語夫子不過就現成魯史為之筆削該稱君該稱臣還他个本分不肯一毫苟且假借則魯論必也正名一言蔽之矣

紀文達師云説經家之有門户自春秋三傳始其間諸儒之論中唐以前則左氏勝啖助趙匡以逮北宋則公羊穀梁勝孫復劉敞之流名為棄傳從經所棄者特左氏事蹟公穀日月例耳其推闡譏貶少可多否實陰本公穀之法夫删除事蹟何由知其是非無案而斷是春秋為藏鈎射覆矣聖人禁人為非亦予人為善經典所述不乏褒詞而操筆臨文乃無人不加誅絶是春秋為吉網羅鉗矣至於用夏時則改正朔削尊號則貶天王春秋又何僭以亂也沿波不返歧派愈多要之左氏親見國史古人之始末具存故據事而言即其識有不逮者亦不至大有所出入公羊穀梁則前後經師遞相附益推尋於字句之間故徇其意見所偏每多憑心而斷然則徵實迹者其失小騁虛論者其失大後來諸家之是非均持此斷之可矣

言左傳者孔奇孔嘉之説久佚賈逵服虔之説亦僅偶見他書今世所傳惟杜注孔疏為最古杜注多强經以就傳孔疏亦多左杜而右劉（劉炫作規過以攻杜孔疏皆以為非）是皆篤信專門之過然有注疏而後左氏之義明二百四十年善惡之跡一一有徵後儒妄作

聰明以私臆談褒貶者猶得據傳文以知其謬則漢晉以來藉左氏以知經義宋以後更藉左氏以杜臆説傳與注疏均謂大有功於春秋可矣

左氏身為國史旁羅百二十國寶書博見洽聞實同倚相之能讀墳典邱索故蔡墨説乾始同人子服惠伯説黄裳元吉可以證易史克言十六相四凶魏絳言有窮后羿伍員言少康可以補尚書楚莊言武有七德成鱄言文有九德可以説詩北宮文子太叔之辨禮季札之觀樂可以考禮訂樂則不但有功春秋直謂之有功六經可矣

朱子語録深駁胡安國夏時冠周月之説張文憲（洽）作春秋集注遂以春為建子之月與左傳王周正月義合足破支離轇轕之陋明初此書與胡傳並立學官迨胡廣等剿襲汪克寬纂疏為大全專主胡傳而洽書遂不行其實不可廢也昔朱子自謂此生不敢問春秋開頭一句春王正月便不明白近李文貞亦言春秋明白得春王正月便都明白了梁曜北云左氏開卷便明著之曰元年春王周正月有何不可據朱竹垞謂魯史王正月羣疑積至今即明一周字直可抵千金豈先儒皆未見及此耶

杜元凱春秋釋例本書久佚今　四庫館從永樂大典錄出尚有十五卷其大旨以經之條貫必出於傳傳之義例歸總於凡左傳稱凡者五十皆史書之舊章經孔子之筆削遂成精義杜氏因比事以求屬詞之旨更以己意申之與公穀之例迥異其世族譜土地名長歷尤為精核論者謂春秋以左傳為根本左傳以杜注為門逕杜注又以是書為羽翼信不虛也

自唐陸淳述其師啖助其友趙匡之說作春秋集傳纂例及春秋微旨春秋集傳辨疑掊擊三傳者自此發源然大旨陰主公穀故稱左氏序事雖多釋經殊寡猶不如公穀之於經為密其論皆未免一偏歐陽公及晁公武諸人皆不滿之惟程子則稱其絶出諸家有攘異端開正途之功蓋宋人舍傳求經之派實唐三家導之矣

公羊之學據注疏引戴宏序為子夏傳與公羊高高傳其子平平傳其子地地傳其子敢敢傳其子壽壽乃與胡毋子都著於竹帛則今之公羊傳為壽所撰舊本題為公羊高者誤也其初與經別行故何氏解詁但釋傳而不釋經今本以傳附經蓋徐彥作疏時所合壽距子夏凡六傳皆口相授受經師附益失聖人之意者有之而大義相傳終有所授何氏遂於陰陽五行之學多以讖緯釋傳惟黜周王魯傳無明文晉王接以為乖硋大體不為過矣

公羊自宋以後益少專門之學近孔巽軒以為孔氏馳騁於文辨穀梁圍囿於詞例於聖人制作之精意未有言焉知春秋者其惟公羊乎於是殫精研思作為公羊通義自序謂因原注存其精粹刪其文辭破其拘牽增其隱漏皆非虛言誠千百年來之絶業也

穀梁傳為穀梁俶（一名赤）所述俶親受經於子夏據鄭氏起廢疾以穀梁為近孔子公羊為六國時人又云傳有先後則穀梁實先於公羊惟據公羊疏則傳亦是傳其學者所作非出俶手且非僅出一人之手如隱五年桓六年並引尸子說者謂即尸佼則時世在後何得預為徵引至其傳義之精公羊或弗能及范氏集解矜慎亦勝於何氏之解詁楊士勛疏與徐彥相埒雖不及孔穎達書之該洽然自唐以後言左傳者多言公穀者少既乏憑藉之資復鮮佐助之力詳略殊觀固其宜矣

宋孫明復復春秋尊王發微其說亦陰主公穀而加以深刻上祖陸淳下開胡安國有貶無褒之說二百四十年中幾無一善類矣蓋以申韓之學說春秋者自是人始同時劉原父敞所著春秋權衡多評論三傳之得失蓋原父深於禮學故進退諸說往往依經立義不盡從傳亦不盡廢傳較孫明復之意為斷制者實遠勝之

胡氏傳初出時張南軒代已有異議朱子編南軒集存而不刪蓋亦以張說為然元延祐中復科舉法始懸為功令而有明一代因之故元吳草廬作俞臯春秋集傳序稱兼列胡氏以從時尚明馮夢龍作春秋大全凡例稱諸儒議論儘有勝胡傳者然業以胡傳為宗自難並收以亂耳目豈非限於科律明知其誤而從之者歟

乾隆五十七年十一月紀文達師奏言向來試春秋者用胡安國傳而胡傳中多有經無傳可以出題之處不過數十節如本年鄉試竟有一題而五省同出者且安國作是書以諷高宗而斥秦檜與孔子之意不相比附恭請　欽定春秋傳說彙纂中駁胡傳者數百條　御製文亦屢闢其說而科場所用以重複相同之題習偏謬失當之論殊覺無謂請嗣後春秋題俱以左傳本事為主參用公羊穀梁之說庶足以勸經學而裨文風得　旨允行經學昌明之會復得大儒如吾師者主持其間當為春秋幸並為天下萬世讀春秋者幸也

余曾問一齋師塾中所授春秋為何本應曰杜林問以何為杜林則曰殆謂杜注所嘗萃耳憶余曾聞一人自詡其幼學曰我曾讀過左繡杜林與左繡正可為對按宋

竹垞經義考載宋林堯叟春秋左傳句解四十卷崇禎中杭州書坊取其書合杜注行之又左傳杜林合注五十卷天啟中杭州王道焜趙如源同編即今村塾通行之本惟又削去道焜如源之名凡例中竟題為林堯叟所述而中引永樂春秋大全殆可噴飯杜注精密林實非其匹特因林之明顯以求杜之深奧於初學亦不為無裨

至近人所最稱者為顧復初（棟高）之春秋大事表條理詳明考證典核其辨論諸篇多發前人所未發尤足為科舉文字所取資故其書盛行于世惟事事立表未免繁碎至參以七言歌括亦乖著書之體且宋程公說之春秋分紀其體例往往與此書互相出入復初亦未免為屋下之屋矣

春秋繁露發揮春秋之旨多主公羊而往往及陰陽五行崇文總目頗疑其偽程大昌攻之尤力然中多根極理要之言非後人所能依託也是書宋代已有四本多寡不同今坊本尤訛脫不可枚舉幸　四庫以永樂大典所載詳為勘訂凡補一千一百二十一字刪一百二十一字改定一千八百二十字勒為十七卷漸復舊觀蓋雖習見之書實則絶無僅有之本也（以上春秋三傳）

孝經其來已古蔡邕明堂論引魏文侯孝經傳呂氏春秋審微篇引孝經諸侯章（此所

引乃今文七閩人所見如是何從來更有古文乎則其為三代之書無疑惟授受無緒故後儒多疑其僞自孔鄭兩本互相勝負古文今文門户迭分唐開元御注用今文遵制者固應從鄭朱子刊誤用古文講學者又轉而從孔其實所爭者不過字句之間惟宋黃氏震日鈔有云孝經一爾古文今文特所傳微有不同如首章今文云仲尼居曾子侍古文則云仲尼閒居曾子侍坐今文云子曰先王有至德要道古文則曰子曰參先王有至德要道今文云夫孝德之本也教之所由生也古文則曰夫孝德之本教之所由生文之或增或減不過如此於大義固無不同至於分章之多寡今文三才章其政不嚴而治與先王見教之可以化民通為一章古文則分為二章今文聖治章第九其所因者本也與父子之道天性通為一章古文則分為二章不愛其親而愛他人者古人又分為一章章句之分合不過如此於大義亦無不同古文又云閨門之內具禮矣乎嚴父嚴兄妻子臣妾猶百姓徒役也此二十二字今文全無之古文自為一章與前之分章者三共增為二十二所異者又不過如此非今文與古文各為一書也其言至為明晰六百年來彼此相持要皆逐末遺本雖朱子亦不免賢者之過矣日本國有古文孝經孔氏傳山井鼎編入七經孟子攷文中知不足齋曾刻之其傳

文證以論衡經典釋文唐會要所引亦頗相符然淺陋冗漫不類漢儒釋經之體並不類唐宋以前人語彼國山井鼎已疑其僞今　四庫錄冠孝經部之首不過以海外秘文人所樂覩使不齎見其書轉為好古者之所惜故特錄而存之使人知所謂古文孝經孔傳者不過如此而真僞自分矣（以上孝經）

自明史藝文志始立四書一門前史無是例也論語孟子舊各為書大學中庸則禮記中之二篇其合編為四書自宋淳熙始其懸之功令自元延祐復科舉始古來亦無是名也然論語孟子漢時皆立博士中庸説見漢書藝文志中庸傳中庸講疏見隋書經籍志惟大學自唐以前無別行之本而書錄解題載司馬溫公有大學中庸廣義各一卷則表章之功不自洛閩諸儒始特論説之詳肇自二程四書之名著自朱子耳

朱子四書原本首大學次論語次孟子次中庸書肆刊本以大學中庸篇頁無多併為一冊遂移中庸於論語之前明代科舉命題又以作者先後移中庸於孟子前然非宏旨所關此不必定復其舊者也大學古本為一篇朱子則分別經傳顛倒其舊次補綴其闕文中庸亦不從鄭注分節故均謂之章句論語孟子融會諸家之說故謂之集注猶何晏注論語裒八家之說稱集解也大學章句諸儒頗有異議然所謂誠其意者以下並用舊文所特創者不過補傳一章要非增於八條目之外於理無害此亦不必紛紛攻辨者也中庸不從鄭注而實較鄭注為精況鄭注之善者如戒慎乎其所不睹四句未嘗不採用其意雖有其位一節又未嘗不全襲其文觀其去取具有鑒裁此尤不必執古義以相爭者也論孟亦頗取古注如論語瑚璉注與明堂位不合孟子曹交注與春秋傳不合論者或以為疑不知瑚璉用包咸注曹交用趙岐注非朱子杜撰也又如夫子之墻數仞注七尺曰仞掘井九仞注八尺曰仞論者尤以為矛盾不知七尺亦包咸注八尺亦趙岐注也是知鎔鑄群言固未可概以師心目之大抵朱子平生精力殫于四書其剖晰疑似辨別毫釐遠在易本義詩集傳上後來攻朱子者務摭其名物度數之疏尊朱子者又併此末節而回護之烏識朱子著書之義乎

朱子别有四書或問三十九卷其說與章句集注頗有抵牾蓋章句集注朱子畢生修改未已或問則成書在先年譜稱或問一書未嘗出以示人書肆有竊刊行者亟請于縣官追索其版又晦菴集中有與潘端叔書曰論語或問此書久無工夫修得

只集中屢更不定却與或問前後不相應云云可見異同之迹朱子已不諱言矣

自朱子之四書行而諸注疏者漸少趙岐何晏所撰究是古籍朱子皆嘗採用惟論孟之疏皆不如注皇侃疏久佚而復出即邢疏之藍本而韓文公之論語筆解亦寥寥僅存唐以前說四書之書不過此數部而已

宋以後釋四書與朱子合者惟真西山之四書集編皆採朱子文集語錄之說以與章句集注相發明趙順孫之四書纂疏又採朱子門人所記錄之微言奥旨以為章句集注之羽翼若金仁山之論語集注考證孟子集注考證則於朱子之旨已不無異同鄭汝諧之論語意原張南軒之論語解陳天祥之四書辨疑髙拱之問辨錄皆顯與朱子牴牾至我　朝毛西河之論語稽求篇而極不知朱子之學皆明聖道之正傳區區訓詁徵引之出入固不必為之諱元張存中作四書通證詹道傳作四書纂箋皆於章句集注引經數典者悉一一注其所本纂箋則並所引之成語亦各證其原顯然通證考核未精纂箋亦多疏漏余久欲博稽載籍仿為此書以章句集注為本先採古義以箋之次採同於朱子之說以證之次錄異於朱子之說而辨之以人事鮮暇藏書無多不知何日始酬此願也

應舉家看四書多卉治王巳山（步青）之滙參然吾爲學者惜日力計則與其治滙參不如博覽任釣臺之四書約旨張惕菴（甄陶）之四書翼注論文翟晴江之四書考異程是菴（大中）之四書逸箋閻百詩之四書釋地江慎修之鄉黨圖考於研經應舉均有所裨也

朱子之章句集注積平生之力爲之垂沒之日猶改定大學誠意章注凡以明聖學也元延祐中用以取士而闡明理道之書遂漸爲弋取功名之路至大全出而捷徑開八比盛而俗學熾馴至高頭講章行非惟孔曾思孟之本旨亡併朱子之四書亦亡矣謝退谷云國家以制藝取士必於四書命題蓋以人通是書則其人必賢其才必可用也然則讀四書者當思其所以讀之故爲制藝者當思其所以爲之故四書之旨非身體力行則其說必不能精此又文行一本之道耳

謝梅莊曰論語一書實可以治天下而如宋趙普者則薛敬軒譏其好爲大言詢不誣也趙普所行往往與論語相反其誑宋太宗曰臣有論語一部以半部佐太祖定天下以半部佐陛下定太平當時太宗若詰之曰卿佐太祖定天下之半部與佐朕致太平之半部可得析言之詳言之歟恐普必無詞以對也若李文靖言吾備位

宰相論語中敬事而信兩句尚未能行也斯可與讀論語也已

孟子舊注存於今者惟趙岐一家趙岐之學稍遜於馬鄭許服諸儒而此注指事類情實能闡發七篇之微言大義且章别爲指令學者可分章尋求於漢儒傳注別開一例功亦勤矣唐之張鎰丁公著始爲之音宋孫奭采二家之說補其闕遺成音義二卷本未嘗作正義也今本乃擬他經衍爲正義十四卷署曰孫奭疏朱子謂邵武一士人爲之自此本行疏固悠謬而經注之舛訛闕逸亦莫可校舉楨吳寬毛扆何焯余蕭客戴震等先後校勘孔繼涵韓岱雲爲之鋟板以行而孟子注疏始有善本矣（以上四書）

大戴禮孔子三朝記稱孔子教魯哀公學爾雅則爾雅之由來遠矣或以爲周公所作或以爲孔子所增或以爲子夏所益或以爲叔孫通所補或以爲沛郡梁文所考（並見張揖上廣雅表）要之爲秦漢以前之書後人間有附益則無可疑鄭康成駁五經異義有云爾雅者孔子門人所作以釋六藝之言康成大儒所言蓋尤爲可據耳

爾雅雖不盡釋經而釋經者爲多故得與十三經之數後人欲讀古書先求古義舍此無由入也郭注去漢未遠詞約而義博事覈而旨遠蓋猶時諸注未能或勝後來補正亦終不出其範圍其自序謂所見之注有十餘家今考陸氏經典序錄所載犍爲文學及劉歆樊光李巡孫炎之外益以鄭康成爲六家其餘未之詳今六家之注亦並闕佚不可考此後則梁有沈旋唐有裴瑜其書亦皆無傳鄭漁仲注雖存而偏僻疎畧均所不免近惟邵二雲（晉涵）作爾雅正義二十卷仍以郭注爲主而博採諸書分疏之此書出而邢疏可廢讀爾雅者可不必别問津涂矣

讀爾雅者不可不兼讀廣雅段懋堂（玉裁）云小學有形有音有義形書以說文爲首玉篇以下次之音書以廣韻爲首集韻以下次之義書以爾雅爲首方言釋名廣雅以下次之按魏張稚讓（揖）因爾雅舊目博採漢儒箋注及三蒼說文諸書以增廣之明人取其書與爾雅小爾雅廣雅埤雅合刻名曰五雅近得王懷祖（念孫）殫精極慮撰成廣雅疏證二十卷蓋雅訓之淵海小學之鈐鍵空前絶後之書又不但爲讀廣雅者之善本而已（以上爾雅）

唐陸元朗（德明）經典釋文三十卷闡經訓之蓄奧導後人以涂徑洗專己守殘之陋滙博學詳說之資先儒之精蘊賴以留俗本之訛文賴以正實讀經者不可無之書惟列老子莊子於爾雅之前而不列孟子未免乖舛蓋宋熙寧以前孟子本不列爲

經老子莊子則六朝之所競尚唐天寶間皆賜號真經元朗亦沿積習耳此書雕板行於海內者止徐氏通志堂經解中有之藏書家間有影鈔宋本而譌脫之處反不如徐本校勘之精近盧抱經始有重雕本又各卷附以考證遂爲陸氏書之最善本

朱竹垞撰經義考三百卷統考歷代經義之目以諸經分類每書各先注其或存或闕或佚或未見次載原序跋及諸家論斷及己所考證而附以按語擬經承師刊石書壁鏤板著錄通說八門網羅宏富綜覈賅貫誠經訓之淵藪讀經者所當家有其書也自　四庫開羣籍續出者愈多此書間有漏畧訛舛之處要無傷其大體近蘇齋師與丁小疋（杰）王實齋（聘珍）作經義考補正十二卷拾遺辨誤無義不搜然于是書之補苴則不過百一矣

許氏說文推究六書之義分部類從至爲精密而訓詁簡質猝不易通又音韻改移古今異讀諧聲諸字亦每難明故傳本往往譌異宋雍熙三年詔徐鉉葛湍王惟恭句中正等重加刊定凡字爲說文注義序例所載而諸部不見者悉爲補錄又有經典相承時俗要用而說文不載者亦皆增加别題之曰新附字其本有正體而俗書譌變者則辨於注中其違戾六書者則别列卷末或注義未備更爲補釋亦題臣鉉

等案以別之音切則以孫愐唐韻為定以篇帙繁重每卷各分上下即今所行汲古閣本是也近本則以金壇段懋堂玉裁為最精所撰說文解字注三十卷王懷祖以為千七百年來無此作

說文所引五經文字與今本多不相同乃有同引一經而自相違異者如易以往吝又作以往遴為的顙又作為馰顙重門擊柝又作重門擊㯓書鳥獸毨毛又作鳥獸毴毛方鳩僝功又作旁逑孱功濬く巜距川又作睿畎澮距川若顛木之有甹㽕又作若顛木之有曳枿詩桃之夭夭又作桃之枖枖江之永矣又作江之羕矣江有汜又作江有洍靜女其姝又作靜女其娖擊鼓其鏜又作擊鼓其鼞是褻袢也又作是泄袢也衣錦褧衣又作衣錦檾衣薈兮蔚兮又作嬒兮蔚兮赤舄己己又作赤舄己己驒驒駱馬又作痑痑駱馬不敢不蹐又作不敢不趚瓶之罄矣又作缾之窒矣無然泄泄又作無然呭呭憬彼淮夷又作獷彼淮夷春秋傳忨歲而濊日又作翫歲而愒日論語色孛如也又作色艴如也蓋說文序自稱易孟氏書孔氏詩毛氏春秋左氏然一家之學而支派既別文字亦不無異同好奇者或據以改經則謬矣又如引易地可觀者莫可觀於木引虞書仁閔覆下謂之旻天又引怨匹曰逑皆漢儒傳授經說非經正文嗜博者或據以補經則益謬矣

徐鍇作說文繫傳在徐鉉校刊說文之前故鉉書多引其說而殘缺之餘又多用鉉書竄入之如舊缺之二十五卷三十卷及各部闕文今皆完具者皆是至其編末文亦似未完則以無可採補而竟闕之矣然鉉書禜字下引禮記禂字下引詩之類此作臣鍇案禮記曰臣鍇案詩曰知鍇書所引而鉉書濫入許氏者甚多又如巤字下云闕此作家本無注臣鍇案疑許慎子許沖所言也知鉉書直刪去家本無注四字改作一闕字其憑臆刪改使非鍇書尚存何以證之則雖不完之書亦可寶矣

錢竹汀云許氏說文唐以前本不傳今所見者惟二徐本而大徐本宋槧猶存凡五百四十部部首一字解義即承正文之下但以篆隸別之蓋古本如此大徐存以見例小徐本并部首解義亦改為分注非其舊矣許君因文解義或當叠正文者即承上篆文連讀如昧爽旦明也肸蠁布也湫隘下也膮嘉善肉也媞媞候表也詁訓故言也顡癡聰不明也參商星也離黃倉庚也巂周燕也諸山水名云山在某郡水出某郡皆當連上篆讀艸部蔽莨茵蘇諸字但云草也亦承上為句謂蔽即蔽草莨即莨草耳非艸之通稱也芺葵薮蘱雚諸字但云菜也亦承上讀謂芺即芺菜葵即葵菜也今本莧字下云莧菜也此校書者所添非許意按此讀說文之法乃錢氏之瓶解古人未有見及者以顧亭林之精博猶譏許氏參商星以為昧於天象則猶不知以此法讀說文也

五經緯著錄隋志者八十一篇今所存者惟乾鑿度乾坤鑿度二書　四庫就永樂大典中復搜得易緯稽覽圖通卦驗坤靈圖是類謀辨終備乾元序制記六書為數百年通儒所未見朱竹垞經義考有毖緯五卷所載諸緯遺文不及十之一二唐瞿曇悉達開元占經中所引如河圖聖洽符雒書兵鈐勢詩推度覽春秋周天七衡八間又有赫連圖不知何緯之緯朱氏並缺其目近亡友趙文叔在翰仿前明孫子雙瑴古微書輯七緯視孫朱二家所錄不啻倍蓰然尚未見開元占經夫近人束經不觀何況於緯然如王輔嗣注易七日來復用六日七分之說朱子本義仍之實易稽覽圖之文邵子之洛書四十五點其法乃出於太乙九宮實易乾鑿度之文蔡傳之周天三百六十五度四分度之一實尚書考靈曜洛書甄耀度之文黑道二去黃道北赤道二去黃道南白道二去黃道西青道二去黃道東實河圖帝覽嬉之文朱子注楚詞崑崙者地之中也地下有八柱互相牽制名山大川孔穴相通實河圖括地象之文三足烏陽精也實春秋元命包之文是唐宋諸儒皆未能盡廢其言說經者所應研究矣

退庵隨筆卷十五終

退庵隨筆卷十六

讀史

清　福州梁章鉅茝林編

讀書須循序漸進四部宜以次相及昔朱子語呂東萊聰明看文理却不仔細緣他先讀史所以看粗了眼耳愚謂讀史亦須各循其序如欲考典章祭人物則應先讀史記漢書由古以逮今如欲知世變究時務則須先讀宋明各史由近以溯遠其實史記兩漢書為史學根柢不可不急讀也

史記凡一百三十篇缺其十篇為褚少孫所補然漢志不云有缺蓋當時已與少孫書合而為一矣裴駰司馬貞張守節三家注本其初各自為部帙至北宋始合為一編前明兩監本雖有刊除黜竄頗失舊觀然彙合羣說檢尋較易其析疑辨訛則梁曜北所撰史記志疑盡之矣

史記於各紀傳後有太史公論斷一段班書仿之亦於各紀傳後變為詩體號之曰述即史公之論也乃范書於論後又有讚亦用韻語自謂體大思精無一字虛設以示獨闢實則仍倣史記漢書末卷之敘述而分散於各紀傳之下以掩其沿襲之迹

耳不知史漢之敘述每篇各有引詞所以自明作某紀某傳之本意班書因之又謙而改為述皆系之於卷末不嫌複也若范書之讚則但於既論之後又將論詞排比作韻語耳劉子元史通譏之以為固之總述合在一篇使其條貫有序蔚宗後書乃各附本事書於卷末篇目相離斷絕失序夫每卷立論其煩已多而嗣論以讚為黷彌甚云云蓋深中其失也

史之有表經緯相牽或連或斷可以考證而不可以誦讀學者往往不觀故劉知幾史通有廢表之論其實表之為用與紀傳相為表裏凡王侯將相公卿其功名表著者既為立傳此外無積勞又無顯過傳之不可勝書而姓名爵里存沒盛衰之跡要不容以遽泯則於表乎載之又其功罪事實傳中有未能悉備者亦於表乎載之年經月緯一覽了然作史體裁莫大於是史記創為十表班書年表則加詳惟范書闕如使二百年用人行政之節目無由考鏡其失始於陳氏三國志而范書踵之厥後姚思廉梁陳二書李百藥北齊書令狐德棻周書李延壽南北史亦皆無表不知作史不立表則列傳不得不多傳愈多文愈繁而事蹟或反遺漏惟歐陽公唐書有宰相表有方鎮表有宗室世系表宰相世系表始復馬班之舊云

漢書創於班叔皮成於其子孟堅至八表天文志未竟而卒其妹班昭續成之是書初出有徵賄鬻筆之譏文心雕龍辨之又有竊據父書之誚顏師古注亦辨之其原書次第備見於敘傳之中而南史劉之遴傳別有漢唐真本之說顛倒其篇目紊亂其字句實為謬妄

宋許觀東齋記事云劉歆顏游秦二人皆有功於漢書葛洪云洪家世有劉子駿漢書百卷歆欲撰漢書編錄漢事未得締構而亡故書無宗本止雜記而已試以此考校班固所作殆是全取劉書有小異同耳固所不取者不過二萬許言也顏游秦師古之叔也嘗撰漢書決疑二十卷時稱為大顏後師古為太子承乾注班書多資取其義是二公實有功於漢書今人但知孟堅師古而已游秦又有唐史畧載於師古傳末其詳則見於顏魯公集中

後漢書本紀十卷列傳八十卷其志三十卷則晉司馬彪續漢書之文梁劉昭注之唐以前猶各自為書至宋乾興中國子監校刊乃取以補范書之亡自是諸家徵引多稱後漢書某志皆誤也范書無表最為後人所譏宋熊方補後漢書年表十卷經緯周密當與范書相輔而行

程晴江曰陳壽三國志紀魏而傳蜀習鑿齒漢晉春秋繼漢而越魏非其識有高下也時也陳撰志於晉武受禪之初晉受魏禪魏之見廢蜀已破亡安得不尊魏習著春秋於元帝中興之後蜀以宗室而存漢緒猶元帝以藩臣而復晉統安得不尊蜀司馬公通鑑作於北宋受周禪時安得不以魏為正統朱子綱目作於南渡偏安之後安得不以蜀為正統陳與習司馬與朱子易地則皆然

裴松之注三國志綱羅繁富凡六朝舊籍今所不傳者尚可見其厓畧又所引多首尾完具不似酈道元水經注李善文選注皆翦裁割裂之文故考證之家取材不竭轉相引據者反多於承祚之本書焉

貞觀中詔前後晉史十八家未能盡善敕史官更加纂撰自是言晉史者皆棄舊本而從新編然唐人如李善注文選徐堅編初學記白居易編六帖於王隱虞預朱鳳何法盛謝靈運臧榮緒沈約之書與夫徐廣干寶鄧粲王韶曹嘉之劉謙之之紀孫盛之晉陽秋習鑿齒之漢晉陽秋檀道鸞之續晉陽秋並見徵引是舊本實未嘗廢毋乃書成之日即有不愜於衆論者乎紀文達師云晉書中惟陸機王羲之兩傳論為太宗御撰夫典午一朝政事之得失人材之良楛不知凡幾而宜王言以彰特筆

者僅一工文之陸一工書之缶則全書宗旨大概可知正史之中惟此書及宋忠後人紛紛改撰其亦有由矣

沈約進宋書表稱紀傳合表志為七十卷今本一百卷有紀志傳而無表考史通所述與今本同則表之佚已久志序稱損益前史諸志為八門曰律歷曰禮曰樂曰天文曰五行曰符瑞曰州郡曰百官今則律歷分為二門蓋卷帙編目又經後人分割矣八志之中以符瑞為最發州郡於併省分析多不詳其年月亦失之疏至於禮志合郊祀祭祀朝會輿服總為一門以省支節樂志詳述八音眾器及鼓吹鐃歌諸樂章以存義訓則皆勝於他史惟各傳文實有過繁之處趙歐北陔餘叢考已詳列之

蕭子顯南齊書本六十卷今存五十九卷蓋唐時已佚其敘傳至宋人併其表佚之文學傳無敘殆亦宋以後所殘闕州郡志及桂陽王傳中均有闕文皆無從考正蓋自南北史行而八書俱微誦習者尠故愈久而闕佚愈甚紀文達師云是書雖多冗雜然如紀建元創業諸事載沈攸之書於張敬兒傳述顏靈寶語於王敬則傳直書無隱尚不失是非之公篇十二王傳引陳思之表曹冏之論感懷宗國有史家言外之意焉未嘗無可節取也

姚思廉因其父察遺稿成梁書五十六卷　四庫提要摘其簡文紀載太寶二年四月丙子侯景殺郢州執刺史蕭方諸元帝紀作閏四月丙子為兩卷之內月日參差侯景傳上云張彪起義下云彪寇錢唐為數行之間書法乖舛趙與時賓退錄議其於江革傳中稱何敬容掌選序用多非其人於敬容傳中稱其銓序明審號為稱職尤為是非矛盾惟詩論尚多平允排整次第猶具漢晉以來相傳之史法要乎取成眾手編次失倫者矣

陳書亦因父稿而成然姚察所撰僅二卷餘皆出思廉手故列傳體例秩然畫一不似梁書之參差史通謂貞觀初思廉奉詔撰二史彌歷九載方始畢功而曾鞏校上序謂姚察錄梁陳之事其書未就屬子思廉繼其業武德五年思廉受詔為陳書貞觀三年論撰於秘書內省十年正月壬子始上然則思廉編輯之功固不止於九載也

魏收魏書經劉恕等校定稱其亡佚不完者二十九篇陳振孫稱太宗紀補以魏澹書天文志補以張太素書今本又缺卷十二孝靜帝紀卷十三皇后傳不知以何書補亡也紀文達師云收恃才輕薄有驚蛺蝶之稱是書尤為世所詬厲號稱穢史其實不然如云收受爾朱榮子金故減其惡然榮之凶悖實未嘗不書於冊論中所謂若修德義之風則韓彭伊霍夫何足數反言見意正史家之微詞又云楊愔高德正勢傾朝野收遂為其家作傳其預修國史得陽休之助因為休之父固作佳傳案惜先世如楊椿楊津皆孝友見稱德正先世如高允之名德高祐之好學皆魏代聞人詎能以其門作方昌引嫌不錄北史陽固傳稱固以讜切聚斂為王顯所嫉免官從征硤石李平奇固勇敢軍中大事悉與之謀李延壽書作於唐代豈亦媚陽休之乎又云盧同位至儀同功業顯著不為立傳崔綽位止功曹本無事蹟乃為首傳夫盧同希元乂之旨多所誅戮後以乂黨罷官不得云功業顯著綽以卑秩見重於高允稱其道德固當為傳獨行者所不遺觀盧文訢辭徒以父位儀同綽僅功曹較量官秩之崇卑爭專傳附傳之榮辱是亦未足服收也蓋收才望本不足以服眾又魏齊世近著名史籍者並有子孫孰不欲顯榮其祖父既不能一一如志遂譁然羣起而攻至李延壽修北史每以收書為據其為收傳論云勒成魏籍婉而有章繁而不蕪志存實錄其必有所見矣今魏澹等之書俱佚而收書終列於正史殆亦恩怨併盡而後是非乃明歟

李百藥承其父德林之業纂成北齊書五十卷亦猶姚思廉之繼姚察耳其書自北宋以來已就散佚故晁氏讀書志稱其殘闕不完今所行本蓋後人取北史以補亡列傳中無論贊者十九卷有贊無論者一卷有論無贊者五卷傳文中補綴形跡亦顯然可指然世無別本不能不存之聊備一朝之紀載而已

唐貞觀中修梁陳周齊隋五書其議自令狐德棻發之而德棻專領周書與岑文本崔仁師陳叔達唐儉同修據晁氏讀書志北宋以前尚不云有所散佚今考其書則殘缺殊甚取北史以補亡又多所竄亂而不著所移撰者何卷所削改者何篇令狐之原本遂不可辨大抵二十五卷二十六卷三十二卷三十三卷割取正史痕跡顯然其他遺文脫簡不可枚舉然德棻旁徵簡牘意在摭實元偉傳後於元氏戚屬事迹湮沒者猶考其名位連綴附書固不可概斥為珠累庾信傳論仿宋書謝靈運傳之體推論六藝源流於信獨致微辭良以當時儷偶相高故有意矯時之弊亦可見其不專尚虛辭矣

紀文達師曰隋書成於眾手其十志最為後人所推而或疑其失於限斷考史通古今正史篇稱太宗以梁陳及齊周隋氏並未有書乃命學士分修仍以秘書監魏徵

總之其務始於貞觀三年至十八年方就合為五代紀傳并目錄凡二百五十二卷書成下於史閣惟有十志斷為三十卷尋擬續奏未有其文列勒始成其篇第編入隋書五代史別行俗呼為五代史志云云是當時梁陳齊周隋五代史本連為一書十志即為五史而作故亦通括五代其編入隋書特以隋於五史居末非專屬隋也後來五史各行十志遂專稱隋志實非其舊乃議其兼載前代是全不核始末矣惟經籍志編次無法述經學源流每多舛誤如以尚書二十八篇為伏生口傳而不知伏生自有書散齊魯間以詩序為衛宏所潤益而不知傳自毛亨以小戴記有月令明堂位樂記三篇為馬融所增益而不知劉向別錄禮記已載此三篇在十志中為最下然漢以後之藝文惟藉是以考見源流辨別真偽亦不以小疵為病矣

李延壽撰南北史南史先成就正於令狐德棻宋人稱為近世佳史然延壽當日專致力於北史南史不過因舊史之文稍為刪潤補缺者少削繁者多惟自宋畧齊春秋梁典諸書盡亡其備宋齊梁陳四史之參校者獨賴此書之存則亦未可盡廢也

李延壽與修隋書十志又世居北土見聞較近參覈同異於北史用力獨深如周則補文苑傳齊則補列女傳皆不似南史之缺畧出酈道元於酷吏附陸法和於藝術亦不似南史之因仍所可議者南北史雖曰二書實出一手故於裴蘊傳云祖之平父忌南史有傳王頒傳云父僧辯南史有傳可見其互相貫通乃南史既有昔熙王昶傳北史復有劉昶傳南史既有鄱陽王寶寅傳北史復有蕭寶寅傳南史既有豫章王綜樂良王大圓傳北史復有蕭綜蕭大圓傳此殆專意北史無暇追刪南史致有此誤惟自宋以後魏書北齊書周書皆殘闕不全徵北朝之故實者終以是書為依據故雖八書具列而二史仍並行焉

文獻通考載陳正敏之言曰南北史粗得作史之體故唐書本傳亦謂其刪畧穢詞過本書遠甚然好述妖異兆祥謠讖特為繁猥又引司馬溫公之言亦譏其於禨祥詼嘲小事無所不載蓋自沈約宋書以下競標藻采務摭異同詞每涉乎俳諧事或取諸小說南北史因仍舊習卷中字句鮮華事跡新異者尤屢見疊出前明周詩雅有南北史鈔吾師林暢園先生茂春有南北史碎金皆摘錄新奇纖佻之事以為談助惟沈名蓀朱昆田之南北史識小錄著錄　四庫實仿兩漢博聞之例雖與史體無關而賦手取材詩人隸事樵蘇漁獵据拾靡窮矣

劉昫等所撰舊唐書實承吳兢之舊崇文總目載吳兢撰唐史自剏業訖於開元凡一百一十卷韋述更加筆削為紀志列傳一百十二卷至德乾元以後史官于休烈又增肅宗紀二卷史官令狐峘等復於諸篇增輯而不加卷帙為唐書一百三十卷是唐書舊稿本出吳兢雖衆手續增規模未改昫等用為藍本具有典型觀順宗紀論題史臣韓愈憲宗紀論題史臣蔣係此因仍前史之明證也至長慶以後史失其官無復善本昫等乃自採雜說傳記成之動乖體例職此之由歐宋新書出而此書遂廢然其本流傳不絕取昫等之長以攻歐宋之短者亦不絕仰承　睿鑒使二書並列正史相輔而行則至公之論矣

歐陽修宋祁同撰新唐書本以補正劉書之舛漏惟自稱事增於前文省於舊則正是新書之失紀文達師云史官紀錄具載舊書今必欲廣所未備勢必蒐及小說而至於猥雜唐代詞章體皆詳贍今必欲減其文句勢必變為澀體而至於詰屈至於呂夏卿私撰兵志宋祁又別撰紀志則同局且私心不滿故書甫出而吳縝糾謬即踵之而來惟有唐詔令率多駢體長篇本紀勢難書載新書一例刊除事非得已以此過相訾議則非矣

薛居正等所撰舊五代史多據累朝實錄及范質五代通錄為稿本自歐公新五代史出是書遂微傳本亦漸就湮沒幸　四庫從永樂大典中甄錄排纂竟得依原本卷數勒成一編考宋時論二史即互有所主司馬公作通鑑胡三省作注皆專據薛史而不取歐史沈存中洪容齋王伯厚輩為一代博洽之士其所著述皆兼採歐薛二史而未嘗有所軒輊蓋二書繁簡各有體裁不容偏廢也

歐陽公新五代史本名五代史記世傳五代史者省其文也唐以後所修諸史惟是書為私撰故當時未上於朝公沒之後始詔取其書開雕至今列為正史歐公文章冠冕有宋此書筆削尤具深心譬之三傳薛史近左氏而歐史近公穀不必執此廢彼亦不必執彼廢此惟八書十志遷固相因作者沿波遞相撰述使政刑禮樂沿革分明所謂國之大紀也歐公是書僅司天職方二考餘概從刪雖曰世衰世短文獻無徵然王溥五代會要蒐輯遺編尚得三十卷何以此書全付闕如殆由信史通廢表志之謬誤成茲偏見此書之失此為最大實不能為之諱也

舊唐書尚有傳本外間已不可多得舊五代史則惟有　武英殿刊本合二十四史為一部購獲尤難近沈東甫炳震有新舊唐書合刻本劉金門鳳誥有新舊五代史合刻本使於尋覽可寶也

托克托宋史大旨在於表章道學，其餘姑以備數，故疎舛蕪冗，僂數難窮。柯維騏以下屢有改修，然才謝三長，亦終無以相勝。其後沈世泊撰宋史就正編，所攻駮皆切中其失。其實前後複沓牴牾處尚多，世泊亦不能悉舉也。

阮芸臺先生先由封圻改官，重入東觀，儒林重望，都人士翕然宗之。時史館方議立八傳，先生擬撰儒林傳序云：昔周公制禮，太宰九兩繫邦國，三曰師，四曰儒，復於司徒本俗聯以師儒。師以德行教民，儒以六藝教民，分合同異，周初已然。司馬班范皆以儒林立傳，敘述經師家法，而於周禮師教未盡克兼。宋初名臣皆敦道誼，濂洛以後，遂啟紫陽，闡發心性，分晰道理。故宋史以道學儒林分爲二傳，此即周禮師儒之異。後人創分而暗合周道也。自明以後，學案百出，經訓家法，寂然無聞。揆之周禮，有師無儒。然臺閣風厲，持正扶危，學士名流，知能激發，衛以正道，實拯世心。是故兩漢名教，得儒經之功；宋明講學，得師道之益。皆於周孔之道得其分合，未可偏譏而互誚耳。按宋史道學儒林之分，近儒皆有違言，惟此論最爲平允。吾閩舊有志中，仿立理學一傳，陳恭甫誠斥不遺餘力。近因續修省志，欲遂刪之，都人士皆不謂然。余謂故他史可不傳道學，而宋史則應有。他省通志可不傳道學，而閩志不可無。恭甫墨守漢學，其排擠宋儒，是其故智，而不知門戶之見，非可施諸官書。阮先生亦主漢學者，其言如此，恭甫爲先生高弟，乃背其師說，又何心哉。

錢竹汀曰：宋史述南渡七朝事，叢冗無法，不如前九朝之完善。寧宗以後四朝，又不如高孝三朝之詳明。蓋由史臣迫於期限，草草收局，未及討論潤色之故。如錢端禮傳末云：孫象祖自有傳。王安節傳云：節度使堅之子。呂文信傳云：文德之弟。是錢象祖、王堅、呂文德三人本擬立傳，而今皆無之。史彌遠威權甚於京檜，且有廢立大罪，而不預姦臣之列。鄭清之亦預廢立之謀，又首議出師汴洛，妄啟邊釁，遂失西蜀，宋之亡實肇於此，本傳中畧不一言。至於趙范襄陽僨事，趙葵洛京覆師，傳亦諱而不書。王堅守合州，蒙古傾國來攻，圍數月不能克，宋季武臣無出其右者，而史家又不爲立傳。至於程師孟已見列傳第九十卷，而循吏傳又有程師孟，兩篇無一字之異。又李光傳末附其子孟傳，第百十五言，而又別爲孟傳立傳。李熙靜已見列傳第百十六，而第二百忠義附傳又有李熙靖傳，實即一人。然此猶不過偶爾重複。若夫鄭穀、仇念、高登、婁寅亮、宋汝爲皆高宗時人，而次於光寧朝臣之後；梁汝嘉亦高宗時人，而與胡紘、何澹諸人同傳，且殿之卷末。權邦彥、綦崈禮，紹興初執政也，而與趙雄、程松同卷。林勳、劉才邵，高孝時人也，而與梁成大、陳仲微、李知孝諸人同卷。皆任意編次，全無義例，不惟年代不同，抑亦賢否莫辨矣。

趙甌北曰：前輩言湯若士有宋史改本，朱墨塗乙，某傳當削，某傳當補，某人宜合某傳，某人宜附某傳，皆注目錄之下，分廿餘帖，謂此舊本在吳興潘昭度家，恨無從睹之。許周生宗彥曰：潘中丞昭度曾欲重修宋史，先爲宋史抉，採摭極富，楊鳳苞曾見其殘稿十餘冊，今亦不可見矣。

遼制書禁甚嚴，凡國人著述，惟聽刊行於境內，有傳於鄰境者罪至死，蓋國之虛實不以示敵，用意至深。然亦緣此不能流傳，及遼之五京兵燹，遂蕩然無存。並吾鄉蘇魏公頌之華戎魯衛信錄二百五十卷見宋史本傳，亦渺不可攷。托克托修史之時，僅據耶律儼、陳大任二家之書，又蕆功於一載之內，宜其潦草疎略也。近厲樊榭鶚作遼史拾遺，採摭羣書至三百餘種，自比於裴注三國志，殆不誣矣。

金源一代典制修明，文獻亦備，又有元好問、劉祁諸人私相綴輯，故金史有所依據，較遼史爲詳贍。又托克托進書表稱張柔歸金史於其前，王鶚輯金事於其後，是以纂修之命，見諸敷遺之謀，延祐申舉而未遑，天歷推行而弗竟，是元人於此書經營已久，與宋遼二史取辦倉卒者不同，宜其首尾完密，條例整齊，在三史之中爲最善也。

趙甌北曰：金史文筆甚潔，然有過於簡畧者。衛紹王本紀贊云：衛紹王被弒，後記注亡失。元中統三年，王鶚采當時詔令，又金有令史竇祥，年九十餘，詢之得二十餘條。又禮部尚書楊雲翼日錄四十餘條，陳老日錄二十餘條，又有金女官所紀資明夫人授璽事，因此數種編成。是衛紹王紀本屬事後追述，宜其疎畧。其他則各有原本，可詳備，乃本紀天會二年宋徽宗內禪，欽宗即位，七年宋高宗爲苗劉所廢，傳立太子，改元明受，此皆鄰國大事，而金史竟不書。十年，劉豫徙居于汴京，此又本國之大事。十一月，宋潘致堯南還，言金欲遣重臣以取信，宋乃令韓肖胄等使金，此爲兩國議和之始，亦皆不書。天會十二年，金齊合兵入宋，韓世忠擊敗之於大儀鎮，此舉爲宋中興武功第一，金史亦不書。十五年，王倫還，宋言金許還梓宮及太后。天眷四年，王倫受地於金，得東西南三京及陝西京西之地，此亦金國大事，徒以不逾時即倍前議，拘執王倫，遂并此事亦不書，則王倫又何爲被執，爭歸地之後復興兵取故地命兀朮趙沂擒葛喝抱陝掠宋史則有劉錡順昌之捷岳飛郾城蔡州潁昌朱仙鎮之捷韓世忠淮陽軍之捷王德宿州之捷吳玠李師顏等扶風之捷王德青谿之捷而金史皆不書但云秋七月宗弼遣使奏河南陝西捷其明年兀朮復興兵則有楊沂中劉錡等柘皋之捷王德昭關之捷李顯忠舒城之捷金史亦皆不書但云兀朮遣使奏捷秋和議成兀朮以便宜畫淮為界其時所定歲奉銀絹之數亦國中大事而皆不書慶山奴即承立乃傳中忽云慶山奴忽云承立竟似兩人張覺既列於逆臣傳其子張僅言在世宗朝終始一節恩禮兼至何妨別傳乃次於覺傳之後竟似逆黨附入者韓慶民盡節於遼其妻又盡節於慶民則應編入遼史乃反載入金史此編次之失檢者也又按宋史岳飛劉錡吳玠等傳兀朮用兵皆與韓常俱富平之敗韓常拔兀朮於重圍中仙人關之戰兀朮陳於東韓常陳於西順昌之敗韓常以大將亦被枷責柘皋之戰王德先敗韓常軍於昭關則韓常固金朝一大將自應專立一傳乃金史並無其人此又編輯之疏漏也惟於敘金元交涉事尚有直筆則猶存古法耳

宋景濂等撰元史二月開局八月書成而順帝一朝史猶未備至明年二月重開局閱六月書成急於成書故多舛駁解縉集中有與吏部董倫書稱元史舛誤承命改修云云其事在洪武末年豈非太祖亦覺其未善故有是命然改修事竟未成故今仍以是書列為正史耳

趙甌北曰元史成書迅促疎誤最多列傳中第八卷速不台即第九卷之雪不台第十八卷完者都即第二十卷之完者拔都三十七卷石抹也先即三十九卷之石抹阿辛顧亭林已詳言之然不特此也直脫兒傳既詳載其從子忽剌出乃復又有忽剌出傳杭忽思傳既詳敘其子阿塔赤乃復又有阿塔赤傳又如木華黎博爾木博爾忽赤老溫四人當時號為掇里班曲律華言四傑也其後子孫為四怯薛世領宿衛則四人之勳勤相等可知乃木華黎等三人皆有傳而赤老溫獨無孟洪蒙達備錄謂先有蒙古斯國雄於北邊後絕衰滅成吉思起事慕蒙古斯為雄國乃改稱大蒙古國此可見建國號之由而本紀不載至如太陽可汗又作太數可汗博爾忽又作博爾術班珠尼河又作班术居河篤列河作禿剌河亦何其不畫一也詔令有用蒙古字者當時譯以漢字固不免近俗然既以入史自宜稍加改訂乃泰定帝登極一詔竟為村俗獨不可稍加潤色乎抑有意存之以見當時鄙俚乎

四庫提要云遼金元三史國語解乾隆四十六年奉　勅撰譯語對音自古已然公羊傳所稱他物從中國邑人名從主人是也譯語兼釋其名義亦自古已然左傳所稱楚人謂乳穀謂虎於菟穀梁傳所稱吳謂善伊為稻緩號從中國名從主人是也間有音同字異者如天竺之為捐毒身毒印度烏桓之為烏丸正如中國文字偶然假借如歐陽漢碑作歐羊包胥戰國策作勃蘇耳初非以字之美惡分別愛憎也自魏書改柔然為蠕蠕比諸蠕動已為不經唐書謂回紇改稱回鶻取輕健如鶻之意更為附會至宋人武備不修鄰敵交侵力不能報乃區區修隙於文字之間又不通譯語竟以中國之言求外邦之義如趙元昊自稱兀卒轉為吾祖遂謂吾祖為我翁蕭鷓巴本屬蕃名乃以與曾淳甫作對以鷓巴鵓脯為惡謔積習相沿不一而足元托克托等宋遼金三史多案舊文不加刊正宋濂等修元史譯語更非所諳我
皇上特命館臣詳加釐定以索倫語正遼史以滿洲語正金史以蒙古語正元史一一著其名義詳其字音自此書出而他書之人名地名官名涉於三朝者均得援以改正使音訓皆得其真矣嘉慶二十三年有　旨令方略館諸臣將遼金元三史中人名地名官名悉遵　欽定國語解改正仍於所改名下註明原作某以存其舊第此皆埤筆其間至道光三年書始成

康熙間王鴻緒撰明史稿三百十卷惟帝紀未成餘皆排比粗就較諸家為詳瞻後張廷玉等奉　勅修明史即因其本而增損成書　四庫提要云明史諸志一從舊例而稍變其例者二歷志增以圖以歷生於數數生算算法之勾股面線今密於古非圖則分抄不明藝文志惟載明人著述而前史著錄者不載其例始於宋孝王關中風俗傳劉知幾史通又反覆申明於義為允唐以來弗能用今用之也表從舊例者四曰諸王曰功臣曰外戚曰宰輔創新例者一曰七卿蓋明廢左右丞相分其政於六部而都察院糾核百司為任亦重故合而七也列傳從舊例者十三創新例者三曰閹黨曰流賊曰土司蓋貂璫之禍雖漢唐以下皆有而士大夫趨勢附羶則惟明人為最夥其流毒天下亦至酷別為一傳所以著亂亡之源不但示斧鉞之誅闖獻二寇至於亡明剿撫之失足為炯鑒非他小醜之比亦非割據群雄之比故別立之至於土司古所謂羈縻州也大抵多建置於元而滋蔓於明控馭之道與牧民殊與禦敵國又殊故自為一類焉

趙甌北曰明史事多而文省最為簡潔其法之尤善者莫如附書之例如忠義文苑等傳一傳之內牽連書者輒數十人蓋人各一傳則不勝立而傳此舍彼又嫌掛漏

故各從其類，一一附書，既不没其人，又不傷於冗，此史家剪裁法也。如陳友定傳後附以元末死事諸臣，凡元史所不載者皆具焉。而明初南昌死事之十四人，康郎山死事之三十五人，則類敘於趙普勝傳後。正統中死土木之難者，惟張輔等另有專傳，外其他則類敘於曹鼐等傳後。正德中諫南巡被杖者百餘人，則類敘於舒芬、夏良勝、何遵等傳後。嘉靖中議大禮被杖之數百人，則類敘於何孟春等傳後。李福達之獄坐罪者四十餘人，則類敘於馬録傳後。皆此法也。又建文從亡諸臣，如台州樵夫、樂清樵夫、河西傭、補鍋匠、馬二子、雲門僧、若耶僧、玉山樵、雲菴和尚之類，皆據從亡録、致身録（史仲彬撰）、革除録（宋端儀撰）、忠賢奇秘録（王詡撰）諸書採入。此等野史，其真偽不可知，然皆附於殉節諸賢傳後，亦所謂與過而去之，甯過而存之意云爾。

史家紀事仿尚書，編年仿春秋，有歷代之編年，竹書紀年之類是也；有一代之編年，荀悦漢紀之類是也。自司馬温公通鑑、朱子綱目二書出，遂集編年之大成。惟二書自為起訖，宗旨亦不無異同。前明李文正（東陽）合修為通鑑纂要，此後遂有綱鑑之名。外涵抵牾訛舛，無善本。乾隆中，御批通鑑輯覽成，凡書法褒貶，一稟　聖裁。其向來聚訟不決者，並詳加論定，微言大義，炳若日星。不特金履祥、陳桱、王宗沐、薛應旂之書可盡束之高閣，即紫陽涑水亦當俯就權衡。誠如　聖訓，此非一時之書，而萬世之書也。

司馬温公資治通鑑二百九十四卷，世稱絶作。不知其費十九年之工力，先採合事迹粘為長編，所採正史之外，雜史至三百二十二種，復參校異同，為考異三十卷，又恐全書浩博，端緒難尋，撮録書中要語，為目録三十卷。高似孫緯畧載其與宋敏求書，稱到洛八年始了，晉、宋、梁、齊、陳、隋六代草卷，以四丈為一卷，計不減六七百卷。李巽巖燾亦稱洛陽有資治通鑑草稿盈兩屋。又助其事者，史記、前漢書屬劉攽，三國、南北朝屬劉道原，唐、五代屬范淳父，皆通儒碩學，非空談性命之流，故其書網羅宏富，體大思精。朱子欲修綱目以掩之，迄不能掩。胡三省之注，亦宏通博洽。後人偶拾其外漏，要無傷其大體也。

通鑑目録、考異之外，又有歷年圖及百官表。歷年圖仍起三晉，終顯德。百官表止著宋代，乃復删繁就簡，上溯伏羲，下訖英宗治平之末，約為稽古録二十卷。而諸論則仍歷年圖之舊。朱子語録嘗言：稽古録一書，可備講筵宮僚進讀。小兒讀六經了，令讀之，亦可。末後一表，其言如蓍龜，一一皆驗。今觀其諸論於歷代興衰治亂之故，反復開陳，靡不洞中得失，洵有國有家之炯鑒也。

昔人謂孔子作春秋，録毫末之善；温公作通鑑，掩日月之光。譏其不録屈原也。李因篤問顧亭林：通鑑何以不載文人？並與日月爭光之屈子，亦不得書。顧答之云：此書本以資治，何暇録及文人。昔唐文宗面授丁居晦御史中丞，謂宰臣曰：朕曾以時諺謂杜甫、李白輩為四絶問居晦，居晦曰：此非君上要知之事。嘗以此記得居晦。如子言，其識見出唐文宗下矣。按通鑑中此等識不可解。若説文人，則何以獨載杜子美？若論資治，又何以不載隆中對乎。

李巽巖續資治通鑑長編五百二十卷，原本殘缺。四庫從永樂大典校補，僅佚徽、欽兩朝。今江南常熟縣有活字板本，亦巨觀也。巽巖不敢自居為續通鑑，故以所採北宋一祖八宗事迹，編年條載，仿司馬公草本之名，謂之長編。每條之下，亦仿司馬公考異之例，參校諸説，定其真妄。考北宋遺聞者，當以此書為淵海矣。

朱子約司馬公資治通鑑以作綱目，筆削上擬春秋。然惟凡例一卷出於手定，其綱皆門人依凡例而修，其目則全以付趙師淵。後疏通其義旨者，有尹起莘之發明、劉友益之書法；箋釋其名物者，有王幼學之集覽、徐昭文之考證、陳濟之集覽正誤、馮智舒之質實；辨正其傳寫差互者，有汪克寬之考異。黄仲昭取諸家之書散入各條之下，是為今本。大抵循文敷衍，莫敢異同。明末張自勳作綱目續麟，始以春秋舊法糾義例之謬；芮長恤作綱目拾遺，又以通鑑原文辨删節之失，各執所見，屹立相爭。自康熙中　御批通鑑綱目出，蓋因陳仁錫刊本加之評定，權衡至當，衮鉞斯昭，乃至金履祥、商輅之著述，並與別裁，使讀紫陽書者，得所折衷，足以定千古是非之準矣。

李文貞曰：近看續綱目，令人悶絶。續綱目三字就不妥，何不云續春秋？綱目之有發明，後人為之。商素菴輩自作而自發明之。又譏曰：續綱目作而亂臣賊子懼，豈不令人破口？況其議論刺謬，尤不可言。陳洪進獻漳泉二州地，正與錢鏐同，而尤之曰：春秋重死守社稷，故貶之。春秋諸國受之天子，傳之先君，洪進之地，誰予之，誰傳之耶？此例一開，是必欲使為賊者，雖已四海清平，尚負固拒命，殺人盈城盈野，力窮勢盡而後就縛，始為合春秋之義耶。

紀事編年二體之外，又有所謂紀事本末者，實亦仿於尚書之每事為編。自袁樞作通鑑紀事本末，同時又有章冲之春秋左氏傳事類始末，二人孰先孰後，孰叛孰因不可考矣。此後如陳邦瞻之宋史紀事本末、元史紀事本末，谷應泰之明史紀事本末，高士奇之左傳紀事本末，踵事日增，遂成不可廢之一體。蓋紀傳或一事而複見數篇，宗主莫辨；編年或一事而隔越數卷，首尾難稽。此體出，乃使經緯明晰，節目詳具，前後始末，一覽了然，誠史家之大觀，實有裨於學者也。

讀史者不可不讀三通。雲間陳卧子嘗言：人而不讀三通，安得謂之通史也。自唐杜佑因劉秩政典而廣之，為通典二百卷，分食貨、選舉、職官、禮、樂、兵、刑、州郡、邊防八門，採經史及漢魏六朝人文集奏疏之有裨得失者，每事以類相從，凡歷代沿革悉為紀載，元元本本，皆為有用之實學，非徒資記問者可比。馬貴與端臨又從而析之為文獻通考三百四十八卷，以通典八門析為一十有九，而增以經籍、帝系、封建、象緯、物異五門，共為二十四門。自序謂引古經史謂之文，參以唐宋以來諸臣之奏疏、諸儒之議論謂之獻。雖稍遜通典之簡嚴，而詳贍實過之。若鄭漁仲樵之通志，則仿通史之例，自為一書。凡紀傳一百四十五卷，譜四卷，略五十一卷，紀傳及譜皆勦襲舊史，稍為刪潤，殊無可觀，其精華惟在二十略。其氏族、六書、七音、都邑、草木昆蟲五略，為舊史之所無，以紛奇炫博，遂蓋及之故也。有通志略單行之本，各各中案

堅排遍均所不免，實未能與通典、通考鼎立為三。特其網羅繁富，才辨縱橫，遂與杜馬兩家鼎峙並見，今亦莫得而廢之爾。

通典上溯黃虞，下迄唐之天寶；通考則上承通典，下迄南宋寧宗。至乾隆年間，欽定續三通書成，而上下千餘年之事迹始備。續通典自唐天寶以後，取材於通志、通考；宋嘉定以後，取材於　欽定續通考。惟通典以兵附刑，今續通典析為二，而為第則仍相沿。宋白之續通典二百卷，久已散佚，今其書而此書刪繁補闕，中葉以後更為詳矣。續通考則續宋遼金元明五朝事迹，初議於馬氏二十四門之外，增群祀、河渠、六書、氏族四門，後因修續通志，以氏族、六書複見，遂裁此四門，仍從馬氏之原目。群祀、河渠不可以盡廢，乃析於王祈之禮之續通志，則門目體裁亦一仍鄭氏之舊，惟紀傳析表沿革有異名而歸一者，有未備而增修者，較鄭氏之因襲舊文，特為纂輯二十略，亦兼覽詳博，考證精核，迥非鄭氏書所能及也。

知古必兼知今，讀三通而不知續三通、　皇朝三通，則虛生於明備之朝矣。乾隆中敕撰　皇朝通典一百卷，八門錄事，一如杜氏之舊，惟食貨典之榷酤算緡，禮典之封禪，前朝秕法，一例從刪；地理典以　大清一統志為斷，亦不更以禹貢州

域。蓋　昭代之典章制度，因時損益，而典章詳備，非前代所能相提並論，亦非前朝所可等量齊觀。又　皇朝文獻通考二百五十二卷，初亦用二十四門目，以　宗廟考中附載諸祀，於義未安，詔增立群廟考一門，共二十五門。其中子目，如田賦增八旗田制，錢幣增銀色及回部普兒，戶口增八旗壯丁，土貢增外藩，學校增八旗官學，　宗廟增崇奉　聖容，封建增蒙古王公，皆以今制所有而加。市糴刪均輸、和買、和糴，選舉刪童子科，兵考刪車戰，皆以今制所無而省，此其小殊者也。　皇朝通志二百卷，則刪去鄭氏紀傳，而仍原書二十略之目，惟六書則備西域，七音增三合，天文採歐邏巴之說，地理括伊犁河之外，禮本乎宮繪之圖，樂本乎　御定之律，藝文圖譜，　中禁之秘藏，草木蟲魚，羅遐方之珍，廣前古鄭氏所未及聞也。至三通原書各述其本朝事，故與歷代共為一書，分類纂輯，故文多簡是。今　皇朝三通則專紀一朝，式昭　國朝典章法制，修明之代，文獻甚盛，史不勝書，故卷目比原書有增無減，且三通原書不過提綱挈領，合成一帙，而　皇朝則詳稽明備，悉臻詳明。禮有　大清通禮、　皇朝禮器圖式，樂有　御製律呂正義，兵有中樞政考，刑有　大清律例，地理有　皇輿表、　大清一統志、　滿洲源流考、西域圖志，

又有會典及則例總其綱，八旗及六部則例具其條目，故編輯者事半功倍，勒成一代之巨觀也。

退庵隨筆卷十六終

退庵隨筆卷十七

清　福州梁章鉅茝林編

諸子一

于書真僞相雜醇疵互見然凡能自名一家者必有一節之足以自立即有出入於聖人者存之亦可為鑒誡大抵周秦諸家近古之書毋論真僞醇疵均當博收而慎取之兩漢以還皆未免屋下之屋分別瀏覽可矣

唐皮日休上書云今有司除茂才明經外有熟莊列子者亦登於科請去莊列以孟子為主事不果行宋史哲宗紀元祐二年詔舉人程試毋得於老莊列子書命題金史選舉志又載章宗時老子荀揚與經史並出題考試知宋以前諸子皆與經史並重明以後始漸微耳

梁庾仲容取周秦以來諸家雜記摘其要語為書名曰子鈔所錄一百七家惜其書宋後失傳唐馬總就庾書之例增損之名曰意林凡七十一家今觀所採諸子多今人所未見惟賴此書之存容齋隨筆載總所引書尚有蔣子譙子鍾子張儼默記裴氏新書袁淮正書袁子正論蘇子張顯析言于子顧子諸葛子陳子要言符子諸書今本皆不載則亦非馬氏原書也

鄭蘇年師曰著述以解經為要次則論史此皆有軌轍可尋淺者見淺深者見深可隨其詣力歲時之所至而止若近人恃其心思筆力勦竊自成一子絕迹飛行則談何容易郝蘭皋懿行亦曰子於古又別為流儒者子思孟子荀子道者鬻熊老聃關尹莊周陰陽者子韋鄒衍桑邱南父名者宋鈃尹文惠施公孫捷法者慎到李悝韓非商鞅墨者尹佚墨翟禽滑胡非縱横者闕子龐煖蘇秦張儀雜者孔甲尉繚尸佼淮南農者神農野老宰氏氾勝各得旨趣遞相傳述惟儒與道獨隆然隋唐以後為之者失其本矣是豈僅時代為之限歟古之子書皆竭一生之精力為之而其傳也不過數卷秦漢以前之書具在可覆按也今人聰明才力可用不過二三十年顧此介而馳之使不得踰尺寸而遽欲憑一生之精力成數卷飛行絕迹之書以期必傳於後傳不傳未可知吾謂其成書之先不易歟

韓公屢以孟荀並舉其推尊揚雄亦過其實司馬温公及邵子又謂揚雄過於孟子曾南豐王荊公至推之為巽子從來一被程子點落人遂翕然信之然韓公二十餘歲時數傳道多一揚雄三十餘歲送文暢敍所述又少一孟子蓋彼時識見尚未定到四十歲作原道便斬釘截鐵云孟之死不得其傳至晚年與孟尚書書復尊提出孟子以為功不在禹下而於荀揚遂半字不提起蓋學識與年俱進如此然亦不待程子而荀揚早有定論矣

今所傳孔子家語十卷題王肅注者即王肅所僞撰也孫頤谷志祖作疏證抉摘殆無餘蘊惟所引顏子之言未盡獲出處案韓子顯學云自孔子之死也有顏氏之儒則顏子固有書矣宋石經後有書目一碑中列顏子豈史志所不載而世間別有傳本乎胡應麟甲乙剩言載明初朝鮮國曾以顏子廞朝議以僞書卻之惜無由考其所以僞而此書在彼國亦不再見耳

孔叢子亦僞書其言頗雜並有猥褻之語如子魚諫陳王以陽由近事為喻鄙俗之至斷非孔氏遺言朱子亦以文氣軟弱疑之後附連叢子亦依託惟自隋志著錄其來已久所綴合者究多聖門緒論故相沿莫之廢焉

諸子之書多與孟子語相出入蓋當時有此成言輩相引用非孟子採諸子亦非諸子襲孟子也管子法法篇曰規矩方圜之正也何者不能廢規矩而正方圜又內言

戒篇曰先生之遊也春出原農事之不本者謂之遊秋出補人之不足者謂之夕夫師行而糧食其民者謂之亡從樂而不反者謂之荒先王有遊夕之業於民無荒亡之行於身老子下篇曰鄰國相望雞犬之聲相聞文子精誠篇曰憂民之憂者民亦憂其憂樂民之樂者民亦樂其樂故樂以天下憂以天下然而不王者未之有也又上德篇曰水之勢勝火一酌不能救一車之薪墨子兼愛下篇曰挈泰山以超江河自古之及今生民以來未嘗有也非攻中篇曰攻三里之城七里之郭又非命上篇曰文王封於岐周絕長繼短方地百里荀子議兵篇曰仁人之兵所存者神所過者化又法行篇曰夫子之門欲來者不拒欲去者不止尉繚子武議篇曰天時不如地利地利不如人和鶡冠子能天篇曰詖辭知其所離淫辭知其所合詐辭知其所飾遁辭知其所極

曾子一書著錄漢志者十八篇隋志則稱二卷連目錄為三卷其篇數異同不可考惟晁氏讀書志所錄二卷十篇與大戴禮合然其書不知亡於何時自宋王晫後各有採輯之本實非曾子原文　四庫所錄即王晫本分篇標目皆未免自我作古近阮芸臺先生以為從事孔氏之學者當自曾子始據大戴記十篇為定本並以盧辨

舊注為宗而傳考羣書史說為之注釋不但遠勝晫書實子部儒家之冠也王晫又有編輯子思子一卷亦著錄　四庫蓋亦未見晁氏讀書志七卷之本故別作是書其剖裂古經強立篇名與所輯曾子相等子思子古無注本其說皆已分見各經籍中實不賴晫本以傳耳

諸子書以鬻子為最古然其書有二漢書藝文志道家鬻子說二十二篇又小說家鬻子說十九篇列子所引鬻子凡三條皆黃老清靜之說與今本不類疑即道家二十二篇之文賈誼新書所引凡六條與今本所載文格略同疑即小說家之鬻子說也然今本雖著錄　四庫而提要直疑其偽姑以流傳既久存備一家耳

管子之文厚重典峭在諸子中別自一格然多後人竄入者如小稱篇毛嬙西施天下之美人小問篇百里徯秦國之飯牛者穆公舉而相之輕重甲篇稱梁趙戊篇稱代趙皆非其真然諸子率多寓言往往時代隔越不相應莊列為尤甚如仲尼與孫叔敖市南宜僚言孔子與柳下季為友晏平仲問養生於管夷吾楊朱遇老子湯臣夏革稱師曠師襄稱鄒衍管子尚不至此南宋韓無咎疑管子為戰國游士所述者近之

禮義廉恥謂之四維管子之言也賈生亟稱之獨柳子厚著四維論謂廉恥即義不當列為四此非知道之言也詩言人有土田汝反有之是不廉也巧言如簧顏之厚矣是無恥也與管子之言不謀而合矣

鐵圍山叢談載蘇子瞻與子由同入省試有一題子瞻不得其出處子由以筆一卓而以口吹之子瞻因悟出管子則宋時管子亦命題試士矣

惲子居敬曰晏子春秋七畧錄之儒家柳子厚以為墨子之徒為之宜入墨家　四庫提要著錄史部崇文總目曰晏子春秋八篇今無其書今書後人所采掇其言是也如梁邱據高子孔子皆識晏子三心路寢之葬一以為進子何一以為盆成适蓋由采掇所就故書中歧誤重複若此而最陋者孔子之齊而晏子識其窮於陳蔡是也魯昭公二十九年孔子之齊至定公三年孔子過宋桓魋欲殺之明年阨於陳蔡絕糧皆在定公十年晏子卒之後今乃於之齊時逆以識孔子豈理也哉

唐元宗御注道德經分老子道經卷上德經卷下陸放翁題跋云晁以道謂王輔嗣本老子曰道德經不析乎道德而上下之猶近於古今此本已久離析然則在宋時已失輔嗣定本矣按賈公彥周禮師氏疏引老子道經云道可道非常道邢昺論語疏引老子德經云天網恢恢疏而不失顏師古漢書注魏豹傳引老子道經云國家昏亂有忠臣田橫傳引老子德經云貴以賤為本高以下為基是以王侯自謂孤寡不穀楚元王傳引老子德經云知足不辱西域傳注引老子德經云天下有道卻走馬以糞又嚴助傳老子所謂師之所處荊棘生之者也酷吏傳老氏稱上德不德是以有德下德不失德是以無德法令滋章盜賊多有又云下士聞道大笑之師古注皆以為老子道經之言章懷太子後漢書注程酺傳引老子道經云魚不可以脫於淵是古人引老子皆以道德分篇蓋晉宋舊本如是元宗分題不為無據耳

老子一書著錄漢志而不言其有注隋志以下注者乃繁焦弱侯老子翼作於明萬歷中所採尚六十四家而弱侯所未見者不知凡幾以後注者又不知凡幾紀文達師謂儒書如培補榮衛之藥其性中和可以常餌老子如清解煩熱之劑其性偏勝當其對證亦復有功與他子書之偏駁悠謬者迥殊故論述者不絕大約以王輔嗣注為最古輔嗣說易論者互有異同至於解老子則正用其所長故詞義簡遠妙得微契次則焦氏之書亦具有別裁若他家各以私見揣摩或參以神怪之談或傅以虛無之理或歧而解以丹法或引而參諸兵謀皆可置之不論也

老子之書有最不可為訓者如云古之善為道者非以明民將以愚之民之難治以其智多故以智治國國之賊不以智治國國之福自此論興而商鞅遂教秦燔詩書而明法令韓非亦以誦書為亂當世之治其五蠹篇云明主之國無書簡之文以法為教無先王之語以吏為師迄于李斯竟緣此以亡秦則老子實階之厲也

莊子天地篇引記曰釋文記書名也老子所作史索於封禪書據樂彥引老子戒經韓子喻老解老二篇及文子書所述老子語皆今老子所無唐志又有老子西昇入室神策等經十種然則老子之書不止道德五千言矣

關尹子九篇舊本題周尹喜撰著錄漢志而隋唐志皆不載知原書久佚今本蓋唐以後人所偽託然頗有理致有文采猶解文章之方士所為也

荀子生孟子之後最為戰國時老師故太史公作傳論次諸子獨以孟荀相提並論其書大旨在崇禮而勸學惟其中有尤為後人詬厲者莫過於非十二子及性惡兩篇王伯厚謂韓詩外傳所引止云十子而無子思孟子以今本為其徒韓非李斯之流托其師說以毀聖賢者其實子思孟子後來論定為聖賢耳在當時固與荀為曹偶是猶朱陸之相非不足訝也性惡之說宋儒尤交口攻之不知孟子言性善蓋勉

人以為善。荀子言性惡，蓋疾人之為惡，特恐人恃性善之說，任自然而廢學，故力言性之不可恃，當勉力於先王之教。則其大旨，仍不謬於聖人。其實謂性惡則無上智，謂性善則無下愚，總以孔子相近之說，則皆為偏至之論。特孟子偏於善，據其上游，荀子偏於惡，趨乎下風。由憤時疾俗之甚，不覺其言之也偏耳。

紀文達師曰：荀子言凡性者，天之所就也，不可學，不可事。禮義者，聖人之所生也，人之所學而能，所事而成者也。不可學不可事而在人者，謂之性；可學而能、可事而成之在人者，謂之偽。是性偽之分也。其別白偽字甚明。楊倞注亦曰：偽，為也。凡非天性而人作為之者，皆謂之偽。故偽字人旁加為。後人昧於訓詁，誤以為真偽之偽，遂譁然掊擊，謂荀卿滅視禮義，如老莊之所言。是非惟未覩其全書，即性惡一篇，自篇首二句以外，亦未竟讀矣。

謝東墅墉曰：荀子議兵篇對李斯之問，其言仁義與孔孟同符，而責李斯以不探其本而索其末，切中暴秦之弊。乃蘇氏譏之，以為其父殺人，其子必且行劫。然則陳相之從許行，亦陳良之咎歟？此所謂欲加之罪也。荀子在戰國時，恥為游說縱橫之習，故國策載諫春申事，大旨勸其擇賢而立長，若早見及於李園棘門之禍，而為厲人憐王之詞，則先幾之哲，固異於朱英策士之所為，故不見用於春申，而以蘭陵令終，則其人品之高，又豈在孟子下哉！

楊倞注荀子序，稱其立言指事，根極理要，敷陳往古，掎挈當世，撥亂興治，易於反掌，真名世之士，王者之師。又其書亦所以羽翼六經，增光孔氏，非徒諸子之言云云。今考荀子所著，載在二戴記者尚多，而本書或反多缺佚。如小戴所傳三年問，全出禮論篇；樂記、鄉飲酒義所引，俱出樂論篇；聘義貴玉賤珉語，亦與德行篇大同。大戴所傳禮三本篇，亦出禮論篇；勸學篇即荀子首篇，而以宥坐篇末見大水一則附之；哀公問五義出哀公篇之首。則楊氏所謂羽翼六經者，非虛語矣。楊注多存古義，而舛誤亦所不免。舊有元刻纂圖互注本，未能是正。近謝東墅盧抱經合為輯校刊本以行，則荀書之最善本也。

墨子舊題宋墨翟撰，漢志、隋志皆同。今考書中多稱子墨子，則門人之言，非所自著也。紀文達師曰：佛氏之教，其清淨取諸老，其慈悲則取諸墨。韓公送文暢序，稱儒名墨行、墨名儒行，以佛為墨，蓋得其真。而讀墨子一篇，乃稱墨必用孔，孔必用墨，開後人三教歸一之說，未為篤論。特在彼法之中，能自尊其教，而時時利濟於物，亦有足

以自立者，故其教得列於九流，而其書亦至今不泯耳。

偶閱近人雜著中（丹徒法氏），有極詆墨荀二子者，雖刻深而其理則正。讀墨荀二書者亦不可不知也。其言曰：墨子薄葬一篇，雖足以矯當時之弊，而獨謂愛無差等，施由親始，則是視父母如陌路，汨倫沒序，莫此為甚。迨此立教流害，何窮！荀子性惡一篇，亦大悖於理，即謂所論者氣質之性，原與孟子所論天命之性不同，而其篇中並未剖論明白，且儼然與孟子為敵，則是其於源流處本未通徹，守此偏僻，流弊將不可勝言。亦何必待李斯之敗而後定其學術之不正哉？吾人今日讀此二書，或取其詞義之精，或取其制用之備（如墨子城守等篇是），其次采擷英華，詮釋古與同莊列穆天子傳等書存之，以資博覽，正如彝鼎圭璧，瑕瑜原不必相掩，剝蝕案翠，彼此亦無足相妨也。乃先達之士，必欲曲為之說，言荀子所論氣質之性，雖謂性惡無礙（謝金圃學使刻荀子，有此說），言墨子所用者夏制，其道得之於禹，實為賢於後儒（孫淵如太史校墨子，有此說），不知荀子根本未清，墨子汨沒天秩，此皆不可翻之案，誠恐當世鄙生，後世瞽儒，震而驚之，推而廣之，以為某氏曾有此說，其教將復充塞，涓涓不絕，遂成江河，故不可以不辨也。

梁曜北曰：楊朱之書，不著漢錄。案列子有楊朱篇，此必宋所作，誤合於列子，劉向言此篇惟貴放逸，與力命篇乖背，不似一家之書。斯正誤合之驗，而其書恐不止此。淮南氾論云：兼愛尚賢右鬼非命，墨子之所立也，而楊子非之；全性保真，不以物累形，楊子之所立也，而孟子非之。以墨書兼愛尚賢諸篇例之，疑全性保真，是楊朱篇名。且疑楊有非墨之篇，猶墨之有非儒矣。莊子天下篇稱墨子為經，楊子無是稱也。呂不韋載墨家授受特詳，則當時墨尤橫於楊，故其書特傳耳。

呂氏春秋，舊本題秦呂不韋撰。考史記文信侯列傳，實其賓客之所集也。不韋人不足道，而是書裒合羣言，據儒書者十之八九，參以道家墨家之近理者十之一二，故較諸子為近醇。其書或稱呂覽者，史記十二諸侯年表言呂不韋上觀尚古，刪拾春秋，集六國時事，以為八覽六論十二紀，為呂氏春秋，故太史公自序云不韋遷蜀，世傳呂覽，蓋舉其居首者名之。然今本實以十二紀八覽六論為序，十二紀各以月令為首篇，此春秋之所由名。故漢志但稱呂氏春秋二十六篇，不稱呂覽。鄭康成注禮記禮運篇，亦云呂氏說月令而謂之春秋，事類相近焉。據此則漢以來皆以呂氏春秋為正名。至於行文之偶，則容有不拘耳。高誘注訓詁簡質，於本書亦多所糾正。但如共伯得乎共首，及張毅單豹事，均出莊子，乃於共伯事則曰不知出於何書，於張

敎革豹鞹則引班孟堅幽通賦岦竟未見漆園之書耶近畢秋帆尚書有校正本蓋晉笵虛抱經錢竹汀孫詒穀段懋堂孫淵如洪穉存梁曜北諸家之説而參訂審正之呂氏春秋爲學者所必讀之書畢氏此書尤爲讀呂氏書之善本舉從前各舊本皆可聽其覆瓿矣

畢秋帆曰六經以後九流競興雖醇疵有間要皆有爲而作其著一書非覘世名又不成於一人不能名一家者實始於呂不韋而淮南内外篇次之然淮南王後不韋幾二百年其采用諸書能詳所自出者十尚四五不韋書在秦火以前故其采綴原書類亡不能悉尋其所本如至味一篇皆述伊尹之言今藝文志道家伊尹五十一篇不韋所本當在是又上農任地辯土等篇述后稷之言與亢倉子所載畧同則亦周秦農家者流相傳爲后稷之説無疑他如采老子文子之説亦不一而足是以其書沈博絶麗彙名法之旨合儒墨之源古今帝王天地名物之故悉萃篇中後人所由探索而靡盡歟

淮南子漢志列之雜家作淮南内二十一篇外三十三篇顔注云内篇論道外篇雜説今所存者二十一篇則内篇也西京雜記謂淮南王安著鴻烈二十一篇鴻大也

烈明也言大明禮敎鴻烈之義一見於本書要畧訓而高誘叙中亦言講論道德總統仁義而著此書號曰鴻烈故内篇亦有稱淮南鴻烈解者誘又曰光祿大夫劉向校定撰具名之淮南藝文志亦向歆所述是當時品題淮南不必稱子直至隋志始題淮南子也本有許愼高誘二家注今許注散佚高注僅存又多爲後人所妄改此書舊無善本近武進莊逵吉始從道藏本校刋自叙謂與錢別駕坫程文學敦搜編修是本參互考訂而成世頗稱之然王懷祖別有校本則謂莊氏所刋藏本實非其舊有藏本是而各本非者多改從各本其藏本與各本同誤者一概不能釐正更有未曉文義而輒行刪改及妄生異説者竊恐學者誤以爲藏本而從之則新刻行而舊本愈微故不得不辨云云今當取王氏校本與莊本互勘則莊本罅漏自出而王本研究之精亦自見耳

淮南一書以天文訓爲最與傳後世陰陽五行之説多祖述於此高誘未諳術數故於此篇注尤簡畧近嘉定錢溉亭塘有補注其世父竹汀謂可上窺渾蓋宣夜之原旁究堪輿叢辰之慝蓋亦讀淮南書者之一助矣

莊子繕性篇云繕性於俗學以求復其初滑欲於俗思以求致其明謂之蔽蒙之民莊子所謂俗學即孔門之博學所謂俗思即孔門之愼思然則所謂復初其非吾儒之復初審矣故又曰附之以文益之以博文滅質博溺心然後民始惑亂無以反其性情而復其初此説行於是禪家有面壁之功儒者亦衍爲良知之派内莊而外孔又由莊而入禪徒取便於後世才力淺弱不能文不能博之人而孔門之旨愈晦矣

莊子之書雖道似遠而實近朱子言莊子才高如老子其天下篇言詩以道志書以道事禮以道行樂以道和易以道陰陽春秋以道名分若見不分明焉敢如此道胡五峯宏謂莊子之書世人狹隘執泥者讀之不爲無益若篤行君子句句而求字字而論則其中無眞實妙義不可推而行也此論最爲平允亦可謂讀莊子之法若如王坦之著廢莊論而其論即多用莊語豈不自相剌謬乎

列子先於莊子而書獨後出書中有列禦寇以後事故柳子厚列子辨謂其經後人增竄高似孫子畧遂以爲莊子寓言並無其人據爾雅疏引尸子廣澤篇知當日實有列子其人特其書爲門人所追記耳此書又名沖虛至德眞經者天寶初詔號莊子爲南華眞經列子爲沖虛眞經文子爲通元眞經亢倉子爲洞靈眞經見唐書藝文志宋景德中加至德二字見晁氏讀書志故後人合以爲號耳

列子天瑞篇林類曰死之與生一往一反故死於是者安知不生於彼輪迴之説蓋出於此又仲尼篇言西方有聖者又言西極之國有化人尊佛之言蓋始於此

文子漢志亦列之道家注云老子弟子或以爲計然者誤也柳子厚稱其多竊取他書爲之要是唐以前古本故唐代與老莊列並重今　四庫有林道堅所撰文子纘義實通疑滯勝舊本多矣

愼子之學近乎釋氏而漢志列之法家今考其書大旨欲因物理之當然各定一法以守之不求於法之外亦不寬於法之中則上下相安可以清淨爲治然法有不行勢不能不以刑齊之黄老之爲申韓此其轉關乎

公孫龍子漢志列之名家原書十四篇今只存六篇大旨欲綜覈名實而務恢詭其説堅白異同之辨實足以聳動一時故莊子謂惠子曰儒墨楊秉四與夫子爲五秉即龍也孔叢子謂其詞勝於理誠有之而陳振孫以淺陋迂僻譏之則非矣

鬼谷子漢志不著録隋志列之縱横家舊本皆題周鬼谷子撰唐志則以爲蘇秦撰按道藏目録鬼谷子姓王名詡晉平公時人而史記蘇秦列傳言蘇秦師事鬼谷先生又有簡練以爲揣摩期年揣摩成二語而鬼谷子適有揣摩一篇遂附會其説實

無所據也原書十四篇今只存十篇高似孫子畧稱其一闔一闢為易之神一翕一張為老氏之幾出於戰國諸人之表誠為過與宋潛溪則詆為蛇鼠之智且謂其文淺近不類戰國時人又抑之太甚惟柳子厚以為言益奇則道益陿差得其真近秦敦夫恩復謂蘇秦得其緒餘即掉舌為從約長亦縱橫家之祖蓋術既奇變文復詭僻要非後人所能託秦敦夫曾從道藏中錄出陶宏景注本梓行之其書益顯矣

尸子原書二十篇漢志列之雜家所謂十九篇陳道德仁義之紀一篇言九州險阻水泉所起也今書久佚孫淵如有輯本二卷謂可與經傳相發明

鶡冠子漢志注云楚人居深山以鶡為冠瞿晴江涉獵隨筆云後漢書續輿服志鶡者勇雉為武冠處士山林談道無端而敢武夫之服且即以為名亦何義哉此鶡字恐鷸字之誤漢書五行志注引逸周書云知天文者冠鷸冠以鷸鳥能知天晴雨也稷家謂之術士冠鄭子臧好聚鷸冠見殺必以其聚術士恐謀不軌也今鶡冠子書皆述三才變通其篇目有天則天權能天以及環流王鈇泰鴻泰錄等篇率多談天之語則以鷸為字形相似而譌者近之其書見稱於劉彥和以為鶡冠綿綿亟發深言又見稱於韓文公謂其言施於國家功德豈少獨柳子厚詆為鄙淺然自六朝至唐劉彥和最號知文韓文公最號知道二子稱之則他家之論不足為典要矣

亢倉子即莊周所謂庚桑楚其書九篇則唐宜城人王士元所撰（七修類稿作士源誤）士元作孟浩然集序嘗自言之舊本竟題周庚桑楚撰者妄也書凡九篇蓋亦雜綴古書為之故中多奇字惟稱荊君熊圉欲拜亢倉子為臣尹楚宮之臣尹有無不可考而自春秋至戰國楚君實無名熊圉者不知其何所據而云然也

子華子不見前錄馬氏通考引朱子及晁氏周氏陳氏皆極論其偽按呂氏春秋貴生先己誣徒明理知度各篇俱有引子華子語今分見於各篇中知秦以前原有其人著書久佚此本乃後來偽託耳其書雖稍涉黃術而理致文采尚有可觀故 四庫提要謂辨其贗則可以其贗而廢之則不可至子華子之名高誘注但以為古體道人或云魏人而作偽者乃嫁名於程本則不知所據矣

尹文子一卷漢志列諸名家其大旨在指陳治道欲自處於虛靜而萬事萬物則一一綜核其實故立說在黃老申韓之間

鄧析子一卷凡無厚轉辭二篇與漢志所載合列子言子產作竹刑鄧析數難之子產執而誅之而劉歆奏上其書則曰昭公二十年子產卒子太叔嗣為政定公八年

太叔卒駟歂嗣為政明年乃殺鄧析而用其竹刑則列子誤矣其書大旨亦在黃老申韓之間而以勢統於尊事覈於實為主於法家為近故竹刑為鄭所用也

商子本二十九篇今有錄無書者又二篇其開卷第一篇即稱秦孝公之謚則顯非鞅所手著殆法家者流掇拾鞅之緒論以成是編耳

韓非子二十卷五十五篇與漢志及阮孝緒七錄相合據史記本傳則韓非著書當在未入秦之前而史記自敘乃有韓非囚秦說難孤憤之語未免兩歧史家駁文不足為據其詞峻厲刻深與商子相埒遂為法家之祖

近人多以文中子為偽書遂並疑為無其人蓋因隋唐史不為立傳且稱述之者鮮也案唐書王勣傳云勣尤喜著書初祖通隋末居白牛溪教授門人甚衆嘗起漢魏盡晉作書百二十篇以續古尚書後亡其序有錄無書者十篇勣補完缺逸定著二十五篇又王績傳云績字無功絳州龍門人性簡傲不喜拜揖兄通隋末大儒也聚徒河汾間倣古作六經又為中說以擬論語不為諸儒稱道故書不顯惟中說獨傳通知績誕縱不嬰以家事唐書所言如是豈非一大證據又李習之集有讀文中子及皮襲之司空表聖皆有文中子碑惟韓文公推尊荀揚偶不及仲淹耳又焉得以為全無稱述之者乎宋子於文中子推許甚至謂不特荀揚不足比即韓公尚不如他懇惻有條理今世人將他與揚雄並斥為其擬經耳

紀文達師曰中說非王通撰蓋其子福郊福畤所依託其中字字句句刻畫論語師弟亦互相標榜自比孔顏蓋後來聚徒講學之風亦自是始也

謝梅莊曰或問先儒疑文中子謂隋殿無太極之名通與關子明李德林薛道衡無相見之理房杜李魏諸公非及門之人然乎曰已不足而借重於人其咎小學不正而貽禍於世其咎大孔攻異端孟距楊墨中說則袒護二氏合三教而一之是孔孟之罪人也其他又何辨焉

予書雜家最多而有數部不可磨滅之書必須專讀者如班固之白虎通義顏之推之家訓王應麟之困學紀聞顧炎武之日知錄皆當家有其書白虎通義本考訂經義之書而其說不免兼涉讖緯顏氏家訓實為世道人心起見而歸心等篇深明佛法非專以儒理立言故 四庫皆不列之儒家而入之雜家困學紀聞包羅宏富諸據精博宋以來說部莫之或先閻百詩何義門皆有評本近刻愈多而以翁方伯元圻之集注為最詳備日知錄則積三十年之功始定三十二卷之稿於經史之疑義

政事之得失皆能擇精而語詳鄭蘇年師最服膺此書謂坐而言可起而行誠非過譽今人以閻百詩之潛邱劄記相提並論然閻書精博有餘而條理不足似是未成之稿本潛邱劄記有二本閻之孫學林所刊者最無端緒山陽吳玉搢所編次者眉目稍清較之顧書瞠乎後矣

王充論衡四庫亦列之雜家紀文達師謂充生當漢季憤世嫉俗作此書以勸善懲邪訂譌砭惑大旨不為不正然激而過當至於問孔刺孟無所畏忌轉至於不可以訓瑕瑜不掩當分別觀之按昔人以論衡為枕中秘名流頗重其書惟其議論文辭文筆冗漫實不類漢人所為故余每竊疑其贋作近閱杭大宗世駿集中有論王充一篇直指其自譽而毀祖父為不孝又引陳際泰誡子書至以村學究刻畫所生其端實自王充發之云云則所論尤為嚴正又不在區區文字之間矣

古時無類書故研京鍊都必多歷年所而後成而一出遂至於紙貴今人有大製作皆有類書可憑惟作者轉相稗販陳陳相因不可不擇善本而用之類書亦子部之一門今以唐歐陽詢之藝文類聚虞世南之北堂書鈔徐堅之初學記三書為最古惟虞書多摘錄字句而不載注所出然所引究多古書歐徐二家則援據既博體例復精均可為類書之祖本繼此作者則以宋李昉等之太平御覽王欽若等之冊府元龜祝穆之事文類聚王應麟之玉海為巨觀今村塾通行之本惟知有事類賦廣事類賦兩書然徐淑之書隱括簡要尚為近古華希閔之書雖曰廣淑所未備而精博則遠遜之至我朝康熙間御定淵鑑類函分類字錦子史精華佩文韻府駢字類編五書出而一切類書悉已包括無遺矣

退庵隨筆卷十七終

退庵隨筆　卷十七　十二

退庵隨筆卷十八

清　福州梁章鉅茝林編

讀子二

四庫書於子部分門別派最為謹嚴平心自周秦諸部以下至北宋司馬溫公之家範范淳父祖禹之帝範王景山開祖之儒志編凡二十一種皆在濂洛未出之前其學在於修己治人無所謂理氣心性之微妙也其說不過誦法聖人未嘗別尊一先生號召天下也中惟文中子有師弟標榜之習而尚無門戶攻擊之風自是以後乃有道學之名而嘖嘖多故矣

李文貞曰今人讀宋諸子書於其道理精純處毫不理會至於地名人名制度偶有疎舛便當作天來大事狂呼大叫累幅不休雖說得是亦令人厭按此言最切中時弊今之名下士大半如此

易上繫云易有太極是生兩儀是有易而後有太極非太極在天地之先也韓康伯謂有必生於无故太極生兩儀有生於无語出老子康伯之意蓋即以无釋太極其義已簡而明乃周子忽言無極而太極又言太極本無極益用康伯之意而又過一層其義紛而轉晦不知无極二字亦非周子創出逸周書命訓解云正人莫如有極道天莫如無極老子反樸篇亦云復歸於無極列子湯問篇亦云無則無極又云無極之外復無無極凡此皆宋儒之嚆矢而不知其為六經所無也故陸子靜疑太極圖說非濂溪作又謂極訓中不訓至合于漢儒古義矣

紀文達師曰聖人立教使天下知所持循而已未有辨也孟子始辨性善亦闡明四端而已未爭諸性以前也至宋儒因性而言理氣因理氣而言天因天而言及天之先輾轉相推而太極無極之辨生焉夫性善性惡關乎民彝天理此不得不辨者也若夫言太極不言無極於陽變陰合之妙修吉悖凶之理未有害也言太極兼言無極於陽變陰合之妙修吉悖凶之理亦未有害也顧舍人事而爭天又舍共睹共聞之天而爭耳目不及之天其所爭者毫無與人事之得失而曰吾以衛道學問之醇疵心術人品之邪正天下國家之治亂果繫於此二字乎惟朱子作為有理無形以解之然附和朱子者其說亦不可究詰譬如醫家之論三焦也或曰有名而無形或曰上焦如霧中焦如漚下焦如瀆實有名而有形務相詰難動盈卷帙及問其虛實之診則有形與無形一也問其補瀉之方則有形與無形亦一也然則非爭病之生

退庵隨筆　卷十八　一

死特爭說之勝負耳太極無極之辨何以異於是哉

李文貞教人以周子太極圖說張子西銘明道程子定性書伊川程子好學論四篇相連看去太極圖最下兩圈與太極一樣圓滿此理未嘗暢發却得西銘一滚說出西銘說事天功夫實際即是定性書大公順應二義然必細分知行始密又得好學論發之四篇相足聖學備矣

邵子之先天圖朱子亦重之云此自是有傳授至所說易邵是教外別傳晁以道嘗以書問邵子之學於伊川伊川答云某與堯夫同里巷居三十餘年世間事無所不問惟未嘗一字及數明道爲堯夫志墓稱其闊步長趨凌高厲空探幽索隱曲暢旁通又云先生之道就所至而論之可謂安且成矣蓋未肯以聖賢許之也至稱其傳述所自則云先生得之李挺之挺之得之穆伯長絕不及陳希夷亦絕不及先天圖一字朱子亦以皇極經世爲推步之書有問擊壤集於朱子者云比他皇極經世好些王湜作易學自序又謂皇極經世一書不盡出於邵子惟李文貞謂邵子生平不敢有外道語儒者到底不能推他出去紀文達師亦云邵子言學以人事爲大又言治生於亂亂生於治聖人貴未然之防是謂易之大綱則固粹然儒者之言非術數家所能及斯所以得列於周程張朱閒歟

張子之書見於宋志者有易說三卷正蒙十卷經學理窟十卷文集十卷今所傳張子全書則止有西銘一卷正蒙二卷經學理窟五卷易說三卷語錄鈔文集鈔及拾遺附錄各一卷而正蒙爲張子精心結構之書義博詞奧讀者多不得其涯涘又章句既繁不免稍有出入或與程朱之說相牴牾後學多不敢置議惟李文貞注解二卷疏通證明多所闡發於先儒異同之處尤能一一别白是非實遠出高攀龍徐必達李文炤諸家之上

二程子著述存於今者二程遺書二十五卷二程外書十二卷皆經朱子手定此外又有高攀龍之二程節錄陳龍正之程子詳本張伯行之二程語錄程湛之程書皆不免刪取失宜異同互見朱子嘗謂明道之言發明極致善開發人伊川之言即事明理尤耐咀嚼然當時記錄既多卷帙浩繁讀者不能驟窺其要又記者意爲增損尤不免牴牾龐雜朱子嘗欲刪訂爲節本而未就世傳張南軒所編伊川粹言二卷又出依託惟吾閩楊龜山先生所輯二程粹言二卷最爲善本龜山始以師禮見明道於潁昌相得甚歡明道沒又見伊川於洛陽南渡以後朱子及張南軒等皆謂

說程氏屹然自開一門戶其原委脉絡實出於龜山是書採擬編次具有體裁程氏一家之學觀是書而思過半矣

李文貞曰明道程子生平無著作專在日用言行閒著力以單讀書爲玩物喪志孔子却刪定讚修事事不放過後來朱子恰是孔子家法生平亦事事不見他放過即如做古文官爵地名必書現在詩用故事於古名號講究甚悉即字法亦有數年工夫而孔孟周程之書皆賴之以明其居官凡大小事亦不厭煩都有區處雖幾句文稿亦覺得理足周程張邵不得他恐不能如此烜赫也

又曰朱子生於尤溪故小字沈郎其字從水從尤讀如由或作沈者誤也早年學仙又師謙開善後記韋齋嘗稱李延平乃往事之始暫將儒學擱起虛心請教延平只引他向低處去久之漸見得那邊疎漏又久之大見其破敗遂改師延平從前韋齋本託孤於劉屏山子翬劉草堂勉之胡籍溪憲三人其後草堂以女妻朱子屏山卷朱子以至登第後來朱子淵源却單認李延平滄洲精舍祀七人周張邵二程司馬而終之以延平意可見矣延平受學於羅仲素從彥仲素受學於楊龜山朱子於楊羅皆有微辭獨延平無閒然也

又曰明道廿二歲作定性書伊川十八歲作好學論已到至處其天授也孔子朱子又不如此孔子自志學至不踰矩逐旋精進朱子少時遍參佛老廿餘歲始見延平三十外已爲人師尚無卓見至四十外始通達五十外始議論不錯六十歲自嘆所學始透至六十五六歲又復自云不徹可見其疑而悟悟後復疑黑一陣復明一陣明一陣又黑一陣乃是自強不息日進無疆

又曰宋初有一等猖狂議論如李泰伯之毀孟子東坡之訾武王就是周程議論亦似有過高處張子尤高邵子竟落數學惟朱子出將過當者一概駁落其高遠精微者一裁之以平實又氣象生得好某少時只見得朱子好處在零星處却不知其大處之妙如今見得他大處之妙轉見得他小處有錯可見知其小處便不能知其大知道大處便小處都識得

朱子與呂東萊語周子二程子張子之書歎其廣大宏博若無津涯而懼夫初學者不知所入也因共掇取其關於大體而切於日用者成近思錄十四卷今人但知爲朱子近思錄非其實也是書實爲後來性理諸書之祖朱子題詞云窮鄉晚進有志於學誠得此而玩心焉亦足以得其門而入然後求諸四君子之全書以致其博而

反諸約庶乎其有以盡得之若憚煩勞安簡便以為取足於此而止則非纂集此書之意東萊題詞論首列陰陽性命之故曰後出晚進於義理之本原雖未容驟語苟茫然不識其梗概則亦何所底列之篇端特使知其名義有所向往而已至餘卷所載講學之方日用躬行之實自有科級循是而進自卑升高自近及遠庶不失纂集之旨若乃厭卑近而騖高遠躐等凌節流於空虛無所依據則豈所謂近思者耶是書大旨已具於此當時有葉仲圭采建安人集解自序謂聞三十年而後成然詞義淺率有解所不必解者而稍費擬議者則又闕如我　朝茅星來集注始為參校諸本多所訂正又雜采諸說疏通其義於名物訓詁頗詳其後序云自宋史分道學儒林為二而言程朱之學但求之身心性命之間不復以通經學古為事竊謂馬鄭賈孔之說譬如百貨所聚周程張朱之學如權度然微權度則百貨之輕重長短不見而非百貨所聚則雖有權度亦無所用之故欲求程朱之學者必自馬鄭諸傳疏始愚於是編備著漢唐諸家之說以見程朱諸先生學之有本俾空疏寡學者無得以藉口云云則至公之論也

今所傳小學六篇證以朱子文集與劉子澄書曾子澄之所類次今人但題為朱子

亦未考也內篇四曰立教曰明倫曰敬身曰稽古外篇二曰嘉言曰善行蔡文勤所謂內篇萃十三經之精華外篇採十七史之領要也其初有文章一門後乃定為六篇是書義取啟蒙功歸養正陳選集注隨文衍義已足以裨初學我　朝黃庭閒澄莆田人集解又為旁推交通於是書益無遺義矣

雷翠庭曰小學者大學之基也其大綱不外明倫敬身內而心術之微外而威儀之著衣服飲食之節是即誠正修之地也五倫之親義序別信則齊治平之道已在是矣格此謂之格物知此謂之致知入大學之門豈能舍此而他求哉顧空談心性者既視為粗迹獵取才華者又視為拘迂朱子嘗嘆異端虛無寂滅之教其高過於大學而無實俗儒記誦詞章之學其功倍於小學而無用學術之支離決裂兩言盡之欣逢我　朝興學造士將小學者之令甲以試童子承學者幸無視為小試之具文忽幾小子有造成人有德取諸此而已足哉

周程諸子外伊當數到上蔡謝文肅良佐文肅嘗受業於程子惟其學頗雜禪故曾恬胡安國所輯上蔡語錄朱子復嚴為刪薙然為文肅作祠記稱其以生意論仁以實理論誠以常惺惺論敬以求是論窮理命意皆精當又稱其以窮理居敬為入德之門得明道教人綱領伊川嘗問以所造對曰天下何思何慮公曰固有此理但發得太早於是文肅孜孜於省克甚力伊川終以切問近思許之蓋其早年所醇疵參半晚乃一軌於正也

今人但知讀真西山之大學衍義而不知邱瓊山之大學衍義補更有實際其書首以為治之要為學之本分為二篇次分四大綱曰格致曰誠正曰修身曰齊家又分四十四子目雖云為治之要而大旨在正本清源於治平之道實未暇及必得邱書補之其體用始備邱書分十二目亦博採羣言而附以己見其人雖快其書則有用也

永樂中之性理大全据摭成書非能於道學源流具有鑒別也　康熙間李文貞等奉　敕纂性理精義卷數僅及性理大全七分之一而刪繁舉要條理精密考宋學者得此階梯真事半功倍矣

林艾軒光朝云日用是根株文字是注腳此為無實而好著書者言之其語本無病也陸子靜九淵云六經皆我注腳又云六經注我我注六經則誕而妄矣仲尼大聖猶云好古敏求子靜何人乃云六經注我乎尊心而廢學其弊必至於此

雷翠庭曰世目陸象山為禪學以象山教人閉目靜坐不讀書者非也象山語錄多近禪然未嘗言不讀書惟詹阜民所記象山云學者能常閉目亦佳然其文集中并靜坐二字無之其與劉深甫書云開卷讀書時整冠肅容平心定氣訓詁章句苟能從容不迫而諷詠之其理當自有彰彰者與傳聖謨云已知者力行以終之未知者學問思辨以求之此與朱子教人何以異乎

世說新語載愍度道人欲過江與一傖道人為侶謀曰用舊義往江東恐不辦得食便共立心無義既而此道人不成渡愍度果講義積年後有傖人來先道人寄語云為我致意愍度心無義那可立治此權救饑爾按明儒多用此術陽明之致良知其一也大抵各立一義以動天下其才力不及者亦必於師說少變焉夫言致則不得為良言良則不得為致孟子兼良能言之愛敬即能也陽明去良能言之則並良知之義亦不可立矣是孟子之言本無弊而改孟子以自立其義者其滋弊遂不可究詰也

嘉定錢民字子仁嘗從陸清獻公講學語多不合公怪問其所由曰公從朱子入民從孔子入耳其與友人書曰先聖之學貫乎本末兼盡始終有序即物窮理其病在

於無本六經注我其誤在於無末此破的之論辨朱陸之異同者何嘗見及此哉

袁簡齋答雷翠庭書云來書言由周公而上道統在上由孔孟以至程朱道統在下是說也蒙不謂然夫道若大路然無所謂統也後儒必沾沾於道外增一統字交付若有形收藏若有物道甚公而忽私之道甚廣而忽狹之陋矣昔者秦焚詩書漢談黃老非有伏生申公瑕邱之徒負經而藏則經不傳非有鄭元趙岐杜子春之屬瑣瑣箋釋則經雖傳不甚明千百年後雖有程朱奚能爲程朱生宋代賴諸儒說經都有成迹方能參己見成集解安得一切抹摋而謂程朱直接孔孟也夫以孔子視天下才如登泰山祭邱陵耳然於子產晏嬰甯武子等無不稱許至孟子於管晏則薄之已甚此孟子之不如孔子也孟子雖學孔子然於伯夷伊尹柳下惠均稱爲聖至朱子則詆三代下無完人此朱子之不如孟子也王通稱孔明能興禮樂邵伯溫作論駮之康節怒曰爾烏知孔明之不能興禮樂乎此伯溫之不如邵子也夫堯舜禹湯文武周孔之道所以可貴者以易知易行不可須臾離也必如修真煉藥之說以爲丹不易得訣不易傳鍾離而後惟有呂祖愈珍秘愈矜嚴而道愈病矣來書又作陸王爲異端亦似太過周易言仁者見仁智者見智孔子言仁者樂山智者樂水夫

道一而已何以因所見而異因所樂而異哉然仁者之樂山固不掯智者之樂水爲異端也顏淵問仁曰克復仲弓問仁曰敬恕樊遲問仁曰愛人隨其人各爲導引使生後世則仲弓必以顏淵爲異端樊遲又必以仲弓爲異端矣大抵古之人以行勝後之人以言勝聖人知其如此故諄諄戒之曰先行其言曰訥於言敏於行曰君子無所爭宋儒之語錄皆言也所駮辨皆爭也非聖人意也士幸生宋儒爭定之後宜集長戒短各抒心得不必助一家攻一家今有赴長安者或曰舟行或曰騎行其主人之心不過皆欲至長安耳蒼頭僕夫各尊其主遂至戟手嘵嘵及問其路之曲折而皆不知也今之排陸王者亦此類也

漢志所錄道家三十七部神仙家十部本截然兩途黃冠者流惡清靜之不足聳聽而以丹方符籙炫其神怪則名爲道家實皆神仙家此亦如黃老之學漢代並稱後世言道德者稱老子言黃老者稱黃帝名爲述說老子實皆依託黃帝也其怳惚怪誕處爲儒者所不屑道而歷代史志皆著於錄則梗概亦不可不知竊謂道家之源委白雲霽之道藏目錄詳注盡之道藏之菁英張君房之雲笈七籤盡之特以詢之世俗道流恐皆茫然無聽也

紀文達師曰後世神怪之迹多附於道家道家亦自矜其異如神仙傳道家靈驗記是也要其本旨則主於清淨無爲而濟以堅忍之力以柔制剛以退爲進故申子韓子流爲刑名之學而陰符經可通於兵其後長生之說與神仙家合爲一而服餌導引入之房中一家近於神仙者亦入之鴻寶有書燒煉入之張魯立教符籙入之北魏寇謙之等又以齋醮章呪入之世所傳述大抵多後附之文非其本旨即彼教亦自不能別也

李文貞謂道家從漢便分兩路魏伯陽修心性張道陵講符法佛教亦兼此二種大約釋道二教其初亦是隱居修道之人因他枯槁清苦巖居穴處恐招異物之害故學些法術以禦之及其苗裔欲爲衣食遂說元說怪張皇附會無所不有却失了他本來面目矣

歐陽公刪定黃庭經序自稱爲無仙子曰自號爲無仙子者以警世人之學仙者也自古有道無仙而後世之人知有道而不得其道不知無仙而妄求仙此我之所哀也朱子感興詩云飄飄學仙侶遺世在雲山盜啟元命秘竊當生死關金鼎蟠龍虎三年養神丹刀圭一入口白日生羽翰我欲往從之脫屣非所難但恐逆天道偷生

詎能安此亦闢仙之詩但歐公直以爲無朱子猶以爲有耳

范文正公嘗言士不愛名則聖人之權去矣近儒顧亭林亦云昔人之言曰名教曰名節曰功名不能使天下之人以義爲利而使之以名爲利雖非純王之風亦可以救積污之俗惟道家以無爲宗故曰聖人無名又曰無智名無勇功又以伯夷死名與盜跖死利並論此悖道傷義之言儒者所弗道也荀子乃儒家而亦云盜名不如盜貨田仲史鰌不如盜也儒而未醇即流爲老莊之徒矣

王元美世貞劄記內篇云今之談道者吾惑焉有鮮於學而逃者有拙於辭而逃者有敗於政而逃者有窮於名而趨者有慕於爵而趨者是陋儒之粉飾而貪夫之淵藪也此切中情事之論

今世所傳太上感應篇乃道藏之書即抱朴子所述漢世道戒皆君子持己立身之學證諸經傳無不契合勸善之書此爲最古故惠定宇爲之箋注博引舊聞疏通證明極爲簡粹其可與古笈並傳也

陰符經舊題黃帝所撰自黃山谷始定爲僞書朱子語錄亦以爲然而以其時有精語非深於道者不能作故爲之考定其文語錄載閩邱次孟論陰符經自然之道靜

數語雖六經之言無以加近李文貞以為陰符之書妙在虛詭隨人所用用他修道亦可用他行兵亦可用他治國亦可其大旨以陰為符倂陰則可以招呼牽有指揮如意即陽亦為用矣殺機正其所取猶吾儒之言克己今人解作殺機不好大失作者之旨矣　文貞又曰陰符說絕利一源用師十倍絕利是將諸般利慾都斷絕了只在源頭上專一用工便如用師十倍三反晝夜用師萬倍是說工夫不斷刻刻相續使如用師萬倍絕利一源吾儒之持敬也三反晝夜吾儒之集義也

參同契唐書藝文志列於五行類固是失當朱竹垞經義考列之易類則又不倫惟葛稚川謂其說似周易其實假借文象以論作丹之意儒者不知神丹之事多作陰陽注之殊失其旨云云蓋丹經以此書為最古詞韻多古奧難通故朱子有考異之作其自署空同道士鄒訢者鄒本邾國其後去邑而為朱故以屬姓禮記鄭注訢與熹通故以寓名殆以究心丹訣非儒者之本務歟

李文貞曰參同契所言其要發於吾身心者甚切大約先黑方白方黃而終於紅是之謂丹日之出也先紅而白而黃而黑人與草木之生亦然而道家工夫反之所謂順則為人逆則成仙也他的黑是收視反聽不說話將耳目口三寶閉塞了使形如槁木心如死灰久之黑中生明便是白所謂空虛生白到得魂守魄魄拘魂魂不游而魄不昧便是黃從來一團純陽真火陰邪之氣都燒化了所謂童顏是也這便是紅紅則丹成矣吾儒工夫亦然戒懼黑也慎獨白也致中和黃也天地位萬物育紅也明儒說三教源頭本同但工夫各別却反說了工夫却同只是源頭不同蓋吾儒是大公的從天地萬物道理上起見道家只為一己只要神氣常存即佛家只要此心光明照徹乾坤亦是為一己蓋源頭不同以後便一齊差却耳

唐初傅奕有詆浮屠疏云五帝三王未有佛法君明臣忠年祚長久至漢明帝始立胡祠然惟西域桑門自傳其教西晉以上不許中國髡髮事胡至石苻亂華乃弛厥禁主庸臣佞政虐祚短事佛致然梁武齊襄尤足為戒按此即韓公論佛骨表之藍本然傅奕偏信老子至戒其子孫猶以道教當從與聖人之書當讀並舉不如佛教即脫胎於道教故韓公原道及新唐書李蔚傳贊皆從老子說起凡古今闢佛數篇名文如范蔚宗西域傳贊傅奕疏韓公表及原道與孟簡書宋景文李蔚傳贊朱子釋氏論當作一處讀之佛教無所逃匿矣

阮芸臺先生曰世言佛教始於後漢而不知西漢即有其事其初有休屠之稱後始

稱曰浮屠或稱佛圖佛陀皆一音之轉而二字必相連成文在華音為疊韻未嘗但割上一字單稱為佛也說文佛字訓為見不審毛詩論語曲禮學記荀子之佛字皆絕無西域神人之說漢書霍去病傳曰收休屠祭天金人顏注今佛像是也漢武故事曰昆邪王殺休屠王以其衆來降得其金人之神置之甘泉宮金人皆長丈餘其祭不用牛羊惟燒香禮拜上使依其國俗祀之魚豢魏略西夷傳曰哀帝元壽元年博士弟子景盧受大月氏王使伊存口傳休屠經即今之佛經也後漢書楚王英傳曰喜黃老學為浮屠齋戒桓帝紀曰設華蓋以祠浮屠老子皆稱浮屠不稱佛至後漢書西域傳始云明帝夢見金人羣臣或曰西方神名曰佛然此一節未可深據魏收魏書以此為傅毅所對而傅毅傳無此事蔚宗為宋人蓋宋時始有佛之稱蔚宗以後來之恒言改漢之舊語耳魏書釋老志亦云張騫還始聞天竺有浮屠之教哀帝時博士弟子口授浮屠經明帝為浮屠道祀又云襄楷言佛陀黃老以諫魏明帝又云浮屠正號曰佛陀皆西方言其來本為二音華言譯之則為淨覺也何字為淨何字為覺或必相連或可倒轉皆未可知今乃但割其上一字單稱為佛訓為覺是浮屠為殺本兼二義而今但傳一義豈其本來宗旨哉魏書中沙門即桑門桑門二字切音為僧僧字亦非古也

李文貞曰唐時佛教盛行不得韓公大聲疾呼再過幾年竟將篡於正教矣韓公膽氣最大當時老子是朝廷祖宗和尚是國師韓公一無顧忌嘷罵無所不至其氣竟壓得他下歐陽公亦闢佛氣便弱韓公闢佛雖不若程朱之精然是先鋒驍將到程朱便據有城池矣

紀文達師曰嘗聞五臺僧明玉之言云闢佛之說宋儒深而昌黎淺宋儒精而昌黎粗然披緇之徒畏昌黎不畏宋儒銜昌黎不銜宋儒也蓋昌黎所闢檀施供養之佛為愚夫婦言之也宋儒所闢明心見性之佛為士大夫言之也天下士大夫少而愚夫婦多僧徒所取給亦資於士大夫者少資於愚夫婦者多使昌黎之說勝則香積無煙祇園無地雖有大善知識能率恒河沙衆枵腹露宿而說法哉此如用兵者先斷糧道不攻而自潰也故畏昌黎甚銜昌黎亦甚使宋儒之說勝不過爾儒理如是儒法如是爾亦不必從我我佛理如是佛法如是我亦不必從爾各尊所聞各行所知兩相枝拄未有害也故不畏宋儒亦不甚銜宋儒然則唐以前之儒語語有實用宋以後之儒事事皆空談講學家之闢佛於釋氏毫無加損徒喧鬧耳

錢竹汀云佛書初入中國曰經曰律曰論無所謂語錄也釋子之語錄始於唐儒家

之語錄始於宋儒其行而釋其言非所以垂教也君子之出辭氣必遠鄙倍語錄行而儒家有鄙倍之詞矣有德者必有言語錄行則有有德而不必有言者矣

佛書最善譬喻然以明鏡譬心性便不是鏡能物來畢照又能隨物成形然其中空空一無所有其質冷冰冰全無生意心之體豈如此惟程子心如穀種之喻最妙蓋穀種內根荄枝葉花實無所不全而其中一點生理則仁也心屬火仁屬木是滾熱發生與金之寒冷迥乎不同佛家以鏡喻心性宜其斷絕身累趨向空滅矣

李文貞嘗言釋氏之發大願力是吾儒之立志要常惺惺是吾儒之主敬偏參歷扣是吾儒之致知戒律精嚴是吾儒之力行而其實與吾儒絕不相似凡吾儒之所宜有事者他都以為戒如不認父母是斷愛根是揀極難處一刀兩斷他以為人之愛都是生於習染即愛父母亦是私心不過貪其乳哺鞠養之惠而已假如自幼無知時養於他姓愛其鞠育亦便愛他可見都是有緣之愛不若從無我中發大慈悲普度人天方是無根之愛吾儒卻說世上豈有無根的人即應從根上愛起吾儒與釋氏不同處本易見不知前輩何以都說不透見得不分明佛家以佛為轉輪王蓋以心轉宇宙實有此理猶孟子言塞乎天地之間能塞即能轉矣其言輪迴亦即循環

退庵隨筆　卷十八　十

始終之理生死如晝夜晝夜如轉輪心之起滅無時其起者即其滅者如春夏之發生即是冬閒閉藏之氣非有二物二事也至謂人有惡變為禽獸禽獸有善又變為人亦是有此理便有此事但看人一日之間念慮起伏幾番為人幾番為禽獸矣輪迴之說即可以此理參之

有人問李文貞云雜駁言叩帝閽之類想古時使有與神鬼相通之術文貞曰觀尚書乃命重黎絕地天通可見堯舜之前地天相通至堯舜絕之乃不相通佛家說許多荒唐話亦怪他不得他那裡原相通非全捏謊也

朱子深詆佛法之非有人曰信有之朱子曰君見否其人曰曾聞有鬼為祟但聞寺鐘一叩則鬼一伏朱子曰大抵鬼亦公輩所為生時如此信向死後焉得不爾此雖戲言實有名理今使有一異僧便傾城往觀施舍駢雜若這些人死了魂魄不散自然還是如此高一邊人說世並無鬼低一邊人說到處皆鬼者皆失之昔韓文懿公菼病困時李文貞往候之公曰正有一事欲仗大筆傳信病中見得幽冥之故灼然不爽吾初疾原非大症止因家祟遘禍徹夜叫譟連旬不能合眼以致病勢日臻其日諸鬼忽相約於西河沿赴席首晡相率而去吾竟得安寢及旦使人訪問則西河沿人果於是夜普度施食自是後諸鬼復還吾亦遂不寐以至於困李曰今者諸鬼在何處曰見君在坐退處榻後矣此事向不以為信今將紀錄示後病不能執筆故以相囑後文貞將此事載之語錄大抵僧家之普度即先王祭厲之義於理所有者即不當斷以為無但亦不宜如僧家說得全是鬼物為政耳

宋儒教人學聖賢先自不妄語始此是切實法門昔人有云佛言平等而乘獅坐象乎何有焉道言戒殺而烹麟炮鳳殺更甚焉此儒教之所以無弊也居易錄云阿含經言人壽八萬歲時毘婆尸佛出世人壽七萬歲時尸棄佛出世下至賢劫第三尊迦葉佛出世人壽亦二萬歲其次第四尊即釋迦牟尼佛當周昭王時年三十成道住世四十九年年止七十九耳去第三尊世尚未遠何以壽遽不滿百乎內經素問載岐伯對黃帝云上古之人法於陰陽和於術數故能形與神俱而盡其天年度百歲乃去今人不然故半百而衰則五帝之前年壽與末世無異以此證阿含經敘七佛誕妄較然乃小司馬補三皇本紀又云天皇兄弟十二人立各一萬八千歲地皇十一人亦各一萬八千歲其誕妄與阿含經又何異哉

乾隆庚子歲二藏活佛來朝供帳極一時之盛所過境內有司奔走恐後儲偫惟恐

退庵隨筆　卷十八　十一

不周老弱男婦擐擁蹴趨而頂禮者如恒河沙數佛軀幹豐偉方口重頤兩耳及肩笑容可掬儼世所塑布袋和尚狀時方盛夏所乘輿上有片雲覆之而行每風來塵土漲天眾咸叩頭請而譯者代白嗽見其一手豎訣口喃喃作咒倏爾雲色油油雨絲飄颺旋即晴霽灑塵而已不能久也或億兆環繞道過不行忽如大笑聲如洪濤飲欲大眾不覺一時頓首伏地道乃劃然中分與去如飛悍婦子旋即飛行追尾俄復圍合不能禁也至京居　雍和宮來謁者日以千計跪而捧前自摘其帽佛俯身摩其頂有摩而笑者有摩而閉目掩口者有摩而側首旁睨者各示區別受者無不歡喜作禮而去京城內外僧眾無遠近無老幼咸來參謁五體投地佛乃高坐跏趺無少動也有淮陽僧號達天者飲酒食肉如常人獨不往或怪之曰彼夷僧我　天朝法侶也若且伏我我豈為若屈哉或不信於是偏袒杖錫往及門語門者云可傳語大師某來速出迎語入佛竟出僧曰若識我乎譯者轉告曰識得曰既識何弗拜也佛遽拜之僧乃以錫卓地大言曰若本不合來而竟來吾恐其及歸時未必肉身而西也譯者具以告佛竟投地不起僧乃杖錫出未幾佛竟以出痘死有好事撰一對云沓沓三魂活佛竟成死鬼迢迢萬里東來不見西歸時傳為笑柄按宋元祐間

高麗王棄家爲僧，號義天，航海至，上疏乞偏歷叢林，詔朝奉郎楊傑爲館伴，使至吳中諸刹皆飲餞如王臣禮。獨金山僧了元尚坐禪床受其展拜。楊傑問了元，曰：若亦異國僧耳，叢林規矩如此，不可易，如違天者。古今人何必不相及哉。

退庵隨筆卷十八終

退庵隨筆卷十九

清 福州梁章鉅茝林編

學文

古言儒行，必曰近文章。今之自命爲儒者，乃不以無文爲恥，甚可怪也。魏文帝典論云：文章經國之大業，不朽之盛事。年壽有時而盡，榮樂止於其身，二者必至之常期，未若文章之無窮。而今人多不強力，貧賤則懾於饑寒，富貴則流於逸樂，遂營目前之務，而遺千載之功。日月逝於上，體貌衰於下，忽然與萬物遷化，斯志士之大痛也。此段文字至爲沈痛，足以動人，後學當書之座右，以資警省。

選文但宜以秦漢爲斷，近選輒把檀弓、考工記、左國、屈、宋，皆乖體裁。而論文則必溯源於經傳，以端其本。古之善論文者，莫如柳子厚，然所云本之詩以求其恆，本之禮以求其宜，本之易以求其動，參之穀梁以厲其氣，參之孟荀以暢其支，參之國語以博其趣，此數語分貼處實未能深切著明。今欲指引初學，祇須淺淺言之，如要典重則學書，要婉麗則學詩，要古質則學易，要謹嚴則學春秋，要通達則學戴記，要博辨則學左國，各就其性之所近，期于略得其意，徵會其通，自然不同於世俗之爲文矣。

作文之法，有已標舉於經傳之中者，如易言修辭立誠，書言辭尚體要，詩言穆如清風，戴禮言達而勿多，左氏言辭之無文，行之不遠，合而觀之，作文之本末備舉。後人千言萬語，恐不能出其範圍。閻百詩云：論語爲命一章，具示人以作文之法；并小子一章，其示人以作詩之法也。

作文自然以道理經書爲主，而取材不可不富，辨體不可不精。史記、漢書兩家，乃文章不祧之祖，不可不熟讀。其次則莫如蕭選，熟此三部，然後再讀徐庾各集，及唐初四傑、燕許諸公，而以韓柳作歸宿。彭文勤公元瑞嘗言：蕭選行而無奇不偶，韓集出而有橫皆縱。蓋古今文體，此兩語足以該之，亦陰陽對待之理，不能偏廢也。今之耳食者，鄙薄蕭選，而復不敢輕議史漢，不知蕭選中半皆史漢之文，且有史漢以前之文，隨聲附和，不值與辨。昔唐李德裕家不置文選，謂其不根藝實，蓋自古有此耳食之徒矣。

吾友謝退谷嘗與余論文，多篤實心得之語。一日謂余曰：文有三理，善言德行者，道理足也；達於時務者，事理足也；筆墨變化者，文理足也。三者俱無，則昭明文選之文而已。余初聞之，即覺其言之過。已而退谷筆之書矣，此則不可不辨者也。姑無論諸葛武侯之出師表、李令伯之陳情表、束廣微之補南陔白華詩，爲千古言忠孝者之職志。卜子夏之毛詩序。杜元凱之左氏傳序。劉子駿之移太常博士書。開後來論經學者之津涂。即陸士衡之文賦。古今之言文章者。亦豈能外之。凡如屈子之離騷。李少卿司馬子長之書。可謂之文理不足而筆墨不變化乎。司馬長卿之諫獵。難蜀父老。枚叔之諫吳王。班叔皮之王命論。可謂之事理不足而不達於時務乎。崔子玉之座右銘。葛宏嗣之博奕論。張茂先之勵志詩女史箴。可謂之道理不足而不善言德行者乎。大抵退谷喜講心性之學。所最服膺者真文忠公之文章正宗。其於文選竝未嘗全部細讀。故不自覺其失言。退谷所撰教諭語。余最喜以指示後學。若此條議論。則所當首删者也。

阮芸臺先生曰。昭明所選。名曰文選。蓋必文而後選。非文則不選也。凡以言語著之簡策。不必以文為本者。皆經也。子也。史也。皆不可專名之為文。專名曰文者。自孔子易文言始。實為萬世文章之祖。此篇奇偶相生。音韻相和。如青白之成文。如咸韶之合節。非清言質說者比也。非振筆縱書者比也。非佶屈澀語者比也。是故昭明以為經也。子也。史也。非可專名之為文也。專名為文。必沈思翰藻而後可也。自齊梁以後溺於聲律。彥和雕龍。漸開四六之體。至唐而四六更卑。然文體不可謂之不卑。而文統不得謂之不正。自唐宋韓蘇諸大家。以奇偶相生之文。為八代之衰而矯之。於是昭明所不選者。反皆為諸家所取。故其所著者。非經即子。非子即史。求其合於昭明文選序所謂文者。鮮矣。合於班孟堅兩都賦序所謂文章者。更鮮矣。其不合之處。蓋分於奇偶之間。經史子多奇而少偶。故唐宋八家不尚偶。文選多偶而少奇。故昭明不尚奇。如必以比偶非古而卑之。則孔子自名其言曰文者。一篇之中。偶句凡四十有八。韻語凡三十有五。豈可以為非文之正體而卑之乎。況班孟堅兩都賦序。及諸漢文。其體皆奇偶相生者乎。兩都賦序白麟神雀二比。言語公卿二比。即開明人八比之先路。明人號唐宋八家為古文者。為其別於四書文也。為其別於駢偶文也。然四書之體。皆以比偶成文。（明史選舉志曰。四子書命題。代古人語氣為之。體用排偶。謂之八股。）不比不行。是明人終日在偶中而不自覺也。是四書排偶之文。真乃上接唐宋四六為一脈。為文之正統也。然則今人所作之古文。當名之為何。曰。凡說經講學。皆經派也。傳志記事。皆史派也。立意為宗。皆子派也。惟沈思翰藻。乃可名之為文。非文者。尚不可名為文。況名之曰古文乎。

又曰。古人無筆硯紙墨之便。往往鑄金刻石。以期傳之久遠。其著之簡策。亦有漆書

刀削之勞。非如今人下筆千言。言事甚易也。許氏說文。直言曰言。論難曰語。左傳曰。言之無文。行之不遠。此何也。古人以簡策傳事者少。以口舌傳事者多。以目治事者少。以口耳治事者多。故同為一言也。轉相告語。必有愆誤。（說文。言从口从䇂。䇂愆也。）是必寡其詞。協其音。使人易於記誦。無能增改。且無方言俗語。雜於其間。始能達意而行遠。此孔子於易。所以著文言。此千古文章之祖也。爾雅釋訓。主於訓蒙。子子孫孫以下。用韻者三十二條。亦此道也。為文章者。不務協音以成韻。修詞以達遠。使人易誦易記。而惟以單行之語。縱橫恣肆。動輒千言萬字。不以為煩。不知此乃古人所謂直言之言。論難之語。非言之有文者也。非孔子之所謂文也。文言數百字。幾於句句用韻。孔子於此發明乾坤之蘊。詮釋四德之名。幾費修詞之意。冀達意外之言。（說文曰。詞。意內言外也。蓋詞亦言也。非文也。文言曰。修辭立其誠。說文曰。修。飾也。詞之飾者。乃得為文。不得以詞即文也。）要使遠近易誦。古今易傳。公卿學士皆能記誦。以通天地萬物。以警國家身心。不但多用韻。抑且多用偶。即如樂行憂違偶也。長人合禮偶也。和義幹事偶也。庸言庸行偶也。閑邪善世偶也。進德修業偶也。知至知終偶也。上位下位偶也。同聲同氣偶也。水濕火燥偶也。雲龍風虎偶也。本天本地偶也。无位无民偶也。勿用在田偶也。潛藏文明偶也。道革位德偶也。偶極天則偶也。隱見行成偶也。學聚問辨偶也。寬居仁行偶也。合德合明合序合吉凶偶也。先天後天偶也。存亡得喪偶也。餘慶餘殃偶也。直內方外偶也。通理居體偶也。凡偶皆文也。於物兩色相偶而交錯之。乃得名曰文。文即象其形也。（考工記曰。青與白謂之文。赤與白謂之章。說文曰。文。錯畫也。象交文也。）然則千古之文。莫大於孔子之言易。孔子方以用韻比偶之法。錯綜其言。而自名曰文。何後人熟視而無覩乎。

王厝堂之嶲曰。余與同年張荷驥良御關上進淩雲談藝。關於時藝極工。可接先輩。張詰之曰。君文誠佳。但多排句。如點題用散亦可。關良久曰。吾見四書多排句耳。余因服誦學庸語孟。洵然。且悟不但排句。亦多疊句也。

古文選本。以前明茅鹿門坤所列八家為最著。明史文苑傳稱坤善古文。最心折唐順之。順之所著文編。自韓柳歐三蘇曾王外無取焉。故坤選為八家文鈔。其實明初朱右已採錄韓柳歐陽曾王三蘇之作。為八先生文集。實遠在坤前。特右書不傳耳。本朝儲同人欣。益以李習之孫可之。椎合為十家。其書皆頗行於世。至乾隆初。純廟以茅儲二家去取尚未盡協。評論亦未盡允。乃　指授儒臣。定為唐宋文醇五十八卷。其書先以　列聖御評恭列篇首。後人評跋有發明考證者。分綴篇末。品題

考據疏通證明。無不抉擿精微。研窮奧窔。學者但熟讀此本。則其他選本及各專集俱在可緩之列矣。

四庫提要云。唐之文體。變於韓愈。而柳宗元以下和之。宋之文體。變於歐陽修。而蘇洵以下和之。愈與崔立之書。深病場屋之作。修知貢舉。亦黜劉幾等。以挽回風氣。則八家之所論著。其不為程試計可知也。茅坤所錄。大抵以八比法說之。儲欣雖以便於舉業譏坤。而核其所論。亦相去不能分寸。夫能為八比者。其源必出於古文。自明以來。歷歷可數。坤與欣即古文以講八比。未始非探本之論。然論八比而沿溯古文。為八比之正脈。論古文而專為八比設。則非古文之正脈。此如場屋策論。以能根柢經史者為上。操文柄者。亦必以能根柢經史與否。定其甲乙。至講經評史而專備策論之用。則其經不足為經學。其史不足為史學。茅坤儲欣之評諸家。適類於是。自御選唐宋文醇出。去取謹嚴。考證典核。其精者足以明理載道。經世致用。其次者亦有關法戒。不為空言。其上者矩矱六籍。其次者波瀾意度。亦出入於周秦兩漢諸家。茅坤等管蠡之見。烏足以語此哉。

繼文選而作者。為文苑英華。然文選自周秦以迄梁初。不過三十卷。而文苑英華自

梁末以迄唐季。乃至一千卷。其富而不精宜也。後經姚鉉詮擇。約為唐文粹一百卷。而其中尚有文苑英華所未收者。所錄詩文。祇收古體。蓋於歐梅未出以前。能毅然矯五代之弊。而與穆修柳開相應者。實自鉉此書始。讀唐文者。舍此無善本矣。

呂東萊之宋文鑑。在當時頗為人所訾議。惟朱子謂此書編次。篇篇有意。其所載奏議。亦係當時政治大節。祖宗二百年規模。與後來中變之意。盡在其間云云。自是定論。東萊又有古文關鍵二卷。取韓柳歐曾二蘇及張耒之文。凡六十餘篇。各標其命意布局之處。卷首又冠以總論看文作文之法。二書當相輔而行。皆後學所當從事也。

王遵巖慎中曰。或言總是學人。與其學歐曾。不如學馬遷班固。此言非也。學馬遷莫如歐。學班固莫如曾。今人何曾學馬班。只是每篇抄得三五句史漢其餘文字。皆舉子對策與寫柬寒溫之套。如是而謂之學馬班。亦可笑也。

真西山文章正宗。大意主於論理。而不論文。遂與古來選本宗旨迥異。雖所持之理甚正。而其說終不可行。故自宋以來。罕有誦習之者。後人宗其意而成編者。惟吾鄉蔡文勤公之古文雅正。然以理為根柢。而體雜語錄者不登。以詞為羽翼。而語傷浮豔者不錄。其意主於文質相輔。而不廢修詞之工。故謂之雅正。又與真氏之書各別。

南渡以後文字自以朱子為一大宗。李文貞公嘗言。記得某人說學古文須從朱子起。此言却好。朱子之文。何能上比馬班韓柳。但理足便頗樸不破。朱子初學曾南豐到後來却不似。其少作有古文氣調。朱子正不欲其似古文也。又是一句有一句事理。即豈下數語。皆有豈下數語著落。一字不肯落空。入手作文。須得如此。

金人詩文並工者。祇一元遺山。古文繩尺嚴密。根柢盤深。雖未能與歐曾蘇黃並峙使與尤楊范陸旗鼓中原。正未知勝負所在。毋論王拙軒趙滏水金源南諸人也。

蘇天爵所編元文類七十卷。自元初迄延祐。正元文極盛之日。而天爵又妙解文章。精於鑒別。故所選具有體要。論者謂可與唐文粹宋文鑑鼎立而三。厥後程敏政之明文衡。雖極力追之。終莫能及也。

勝國古文家。初年祇一宋文憲濂。蓋元代文章。以吳萊柳貫黃溍為一朝後勁。文憲初學於吳。後學於柳與黃。其文醇深演迤。不動聲色。而二百餘年之中。殫力翻新者。終莫能與之方駕。論者以劉誠意可與文憲並為一代宗匠。而方正學可稱文憲入室弟子。然平心而論。終當讓金華出一頭地。蓋劉講經世之略。所學不及宋之醇。方

自命太高。意氣太盛。所養不及宋之粹也。中葉則李文正東陽。末季則唐荊川順之。歸震川有光。王遵巖慎中。此數家必須讀其全集。餘則就選本中觀之可矣。

明文自宣德正統以後。盛行臺閣體。始於楊文貞士奇楊文敏榮。主持風氣者數十年。其末流至於膚廓冗沓。萬口一音。遂為藝林口實。中間導源唐宋。具有典型者。惟一李文正。自李空同夢陽何大復景明倡為復古之說。而明之文體一變。厥後摹擬剽賊。日就窠臼。風會遞轉。門戶愈分。追原本始。惟李何實職其咎。程敏政明文衡所錄在成化以前。終有典型。尚無七子偽體。黃宗羲明文海。則兼及嘉隆以後。何李盛行之餘。意在掃除摹擬。空所倚傍。以情至為宗。又欲使一代典章人物。俱藉以考見大凡。故採擇頗嚴。篇雖極富。二書亦當相輔而行也。

明文之衰。肩濫於七子。纖佻於三袁。至啟禎而極敝。我　朝風氣還淳。學者始復講唐宋以來之矩矱。當時以汪鈍翁魏叔子侯朝宗三家為最工。宋牧仲嘗合為三家文鈔梓行於世。然叔子才雜縱橫。未歸於純粹。朝宗體兼華藻。稍涉於浮夸。惟鈍翁學術既深。軌轍復正。所言大抵原本六經。與二家迥別。其氣體浩瀚。疏通暢達。頗近南宋諸家。歐曾未易言。以之接跡唐歸。殆無愧色。此外如朱竹垞之淵雅。毛西河之

縱橫方寵舉之嚴潔。皆當涉獵及之。

李文貞曰。學古文須先學作論。蓋判斷事理。如審官司。必四面八方都折倒他。方可定案。如此則周周折折。都要想到。有一處不到。便成罅漏。久之不知不覺。意思層疊。不求深厚。自然深厚。今做古文者。多從傳誌學起。都不是。 又曰。文字扯長。起於宋人。長便薄。太公丹書。行幾多大禮。說出來纔只四句。箕子洪範。三才俱備。纔一千四十三字。老子道德經。不知講出他的多少道理。纔只五千言。宋人一篇策。便要萬言。是何意思。

百工治器。必幾經轉換。而後器成。我輩作文。亦必幾經刪潤。而後文成。其理一也。聞歐陽文忠作晝錦堂記。原稿首兩句。是仕宦至將相。富貴歸故鄉。再四改訂。最後乃添兩而字。作醉翁亭記。原稿起處有數十字。黏之卧內。到後來只得環滁皆山也五字。其平生為文。都是如此。甚至有不存原稿一字者。近聞吾鄉朱梅崖先生每一文成。必黏稿于壁。逐日熟視。輒去十餘字。旬日以後。至萬無可去。而後脫稿示人。此皆後學所當取法也。

文字有難於自信者。必資良友刪削。昔曹子建之言曰。世人著述。不能無病。僕嘗好人譏彈其文。有不善者。應時改削。白樂天之言曰。凡人為文。私於自是。不忍於割截。或失於繁多。其間妍媸。抑又自惑。必待交友有公鑒無姑息者。討論而削奪之。然後繁簡當否。得其中矣。二公皆雄於文者。而其言如此。學者可不深長思乎。

今考據家作文字。率喜繁徵博引。以長篇炫人。然氣不足以舉之。每令閱者不終篇而倦。其意自謂源於史漢。然史公文字精采。雖長不厭。漢書則冗沓處實多。馬班之高下。即在於此。史記中長短亦不一律。如項羽本紀長八千八百餘字。趙世家長一萬一千一百餘字。而顏淵列傳僅二百四十字。仲弓列傳僅六十三字。何嘗必以長為貴乎。朱子嘗言。凡人做文字。不可太長。多照管不到。寧可說不盡。韓歐文皆不欲說盡。東坡雖是一往滾將去。他裡面自有法度。今人不理會他裏面法度。只管學他一滾做將去。故無結構。按坡公嘗自言作文之法。意盡而言止者。天下之至言也。然而言止而意不盡。尤為極至。坡公又云。孔子言辭達而已矣。夫辭止於達。意宜若不文。是大不然。言理能使是理了然於心者。蓋千萬人而不一遇也。而況能使了然於口與手者乎。是之謂辭達。辭而至於達。則文不可勝用矣。合此二說觀之。蘇文豈漫無節制者哉。

讀書以熟為貴。作文亦然。昔有問歐陽公作文之法者。公曰。吾於賢豈有吝惜。只是要熟耳。變化姿態。皆從熟出也。毛稚黃云。或疑文亦有生而佳者。此必熟後之生也。熟後之生必佳。若未熟之生。則生疏而已。焉得佳乎。

朱子嘗言。文須錯綜見意。曲折生姿。李習之嘗教人看韓公穀辭解。一二句一轉可悟作文之法。而不教人看原道。以其稍直也。近魏叔子言。古文之妙。只是說而不說。說而又說。是以極吞吐往復參差離合之致。袁簡齋亦言。天上有文曲星。無文直星。雖是戲言。亦自有致。

黃唐堂曰。吾友宋介山善古文。每喜以不結為結。言後人文字之不及秦漢者。所爭在結處。凡結處須爽勢結之。譬之游客。往往不能歸者。以時過勢盡也。又言文之結。如果之結。花過即果。過後即不果。又言結之難。譬狂風中重舟重載落帆。又如盲人騎馬。皆非深於文者不能道。凡作墓志文字。只要不說謊。祭統云。銘之義。稱美而不稱惡。又云。其先祖無美而稱之。是誣也。故聖賢雖於父母。亦不虛加一語。加以虛譽。人必指而笑之。是轉貽父母羞辱矣。韋齋人品學問。迥出人群。朱子作行述。只平平敘次。伊川為大中作文。亦無一語揄揚。惟其如此。是以可信。且稱人亦何必全備。如孝。德之本也。孔子未嘗以稱顏子。豈顏子未孝耶。舜稱大孝。他聖不聞。豈他聖都未孝耶。

蘇齋師云。凡作傳誌。不宜用四六駢體。蓋敘一事。而必借古事述之。何如直敘其事之為明白乎。陸放翁詠王簡棲頭陀寺碑云。文浮未可敵江山。此語所見獨超。好用駢儷者。尚亦知所持擇乎。

白香山策林有云。凡今秉筆之徒。歌詠詩賦碑碣讚誄之製。往往有虛美有愧辭。行於時則誣善惡而惑當代。傳之後則混真偽而疑將來。大非先王文理化成之教也。按此風自昔已然。今又甚焉。世有自命為雄文健筆。攫取諛墓金者。亦當稍知返也。

閻百詩云。顏氏家訓謂學問有利鈍。文章有巧拙。鈍學累功。不妨精熟。拙文研思。終歸蚩鄙。但成學士。自足為人。必乏天才。勿強操筆。此十言者。可以救天下萬世。不獨為吾徒之藥石而已。

今人自編其所著之集。大概分詩與文兩目而已。古人則不然。六朝以前。多以文筆對舉。或以詩筆對舉。詩即有韻之文。可以文統之。故昭明文選。奄有詩歌。筆則專指紀載之作。故陸機文賦。所列詩賦十體。不及傳志也。南史顏延之傳。竣得臣筆。測得臣究劉勰文心雕龍云。無韻者筆。有韻者文。此以文與筆分言之也。梁書劉潛傳。三筆六詩。又庾肩吾傳。詩既若此。筆又如之。杜少陵詩稱賈筆論詩。趙璘因話錄稱孟詩韓筆。此以詩與筆分言之也。宋書傅亮傳。高祖登庸之始。文筆皆是記室參軍滕演。魏書溫子昇傳。堂中文筆。皆子昇為之。北齊書李廣傳。集其文筆十卷。魏收為之序。陳書陸炎傳。其所製文筆。多不存本。劉師知傳。博涉書傳。工文筆。徐伯陽傳。年十五以文筆稱。北史魏高祖紀。好為文章詩賦銘頌。有大文筆。馬上口授。南齊書晉安王子懋傳。文章詩筆。乃是佳事。北史蕭圓肅傳。撰時人詩筆為文海四十卷。此以合文筆詩筆而為言者也。至梁元帝金樓子立言篇。以楊榷前言。抵掌多識者謂之筆。咏嘆風謠。流連哀思者謂之文。又云。至如文者。惟須綺縠紛披。宮徵靡曼。脣吻遒會。情靈搖蕩云云。語尤分晰。今人於文筆二字之分。不講久矣。

或疑文必有韻之語。為不盡然。不知此劉彥和之說也。文心雕龍總術篇云。今之常言。有文有筆。無韻者筆。有韻者文。彥和精於文理者。豈欺人哉。近人中知此理者頗鮮。阮芸臺先生曾詳言之曰。所謂韻者。乃章句中之音韻。非但句末之韻腳也。六朝不押韻之文。其中奇偶相生。頓挫抑揚。皆有合乎宮羽。故沈休文作謝靈運傳論曰。五色相宣。八音協暢。由乎元黃律呂。各適物宜。欲使宮羽相變。低昂舛節。若前有浮聲。則後須切響。一簡之內。音韻盡殊。兩句之中。輕重悉異。妙達此旨。始可言文。言之最為曉暢。昭明所選。亦不盡有韻腳之文。而奇偶相生。宮羽悉協。溯其原本。乃出於經。孔子自名其言易者曰文。此千古文章之祖。文言固有韻矣。而亦有平仄聲音焉。即如濕燥龍虎觀八句。上下何等聲音。無論龍虎二句。不可顛倒。若改作龍虎燥濕覩。即無聲音矣。無論其德其名其序其吉凶四者。不可錯亂。若倒不知退於不知亡不知喪之後。即無聲音矣。文言以後。以時代相次。則及於卜子夏之詩大序。序曰。性發於聲。聲成文謂之音。又曰。主文而譎諫。又曰。長言之不足。則嗟嘆之。鄭康成釋聲成文為宮商上下相應。釋主文為與樂之宮商相應。此子夏直指詩之聲音為文。不指翰藻也。凡文在聲為宮商。在色為翰藻。即如文言雲龍風虎一節。乃千古宮商奇偶之祖。非一朝一夕之故一節。乃千古嗟嘆成文之祖。子夏詩序性發聲成一節。乃千古聲韻性情之祖。故曰韻者。即聲音也。聲音即文也。然則今人所便單行之文。極其奧衍奔放者。乃古之筆。非古之文也。沈休文之說。或可橫指為八代之衰。孔子子夏之文體。豈亦衰哉。

韻字不見於說文。故近儒謂即古均字。其說近是。然王氏復齋鐘鼎款識載晉公鍾篆文內實有韻字。从音从匀。則此字遠在沈休文四聲之前矣。今人之韻腳。不足以該韻字。然但謂章句中之聲韻。恐淺人仍不能驟解。余則謂古人之韻。直是今人之平仄而已。今之四六。非有韻之文。而不能無平仄。即今之四書文。亦斷不可不講平仄。試取前明及　本朝各名家文讀之。無不音調鏗鏘者。即所謂平仄也。即所謂韻也。然則謝靈運傳論所言。不但抉千古文章之秘。即今之作四書文者。亦莫能外之矣。

蘇文忠答李端叔書云。軾少年讀書作文。專為應舉而已。既得及進士第。貪得不已。又舉制策。其實何所有。而其科號為直言極諫。故每紛然誦說古今。考論是非。以應其名耳。人苦不自知。既以此得。因以為實能之。故曉曉至今。坐此得罪幾死。所謂齊虜以口舌得官。真可笑也。然世人遂以軾為欲立異同。則過矣。妄論利害。攙說得失。此正制科人習氣。譬之候蟲時鳥。自鳴自已。何足為損益。軾每怪時人待軾過重。而足下又復稱說如此。愈非其實云云。此書字字樸誠。近人所不肯道也。

蘇文忠南行唱和詩序云。昔人之文。非能為之為工。乃不能不為之為工也。山川之有雲。草木之有華實。充滿勃鬱而見於外。雖欲無有。其可得耶。故予為文至多。而未嘗有作文之意。時公年始冠耳。所見已如此。所論雖高。而理則平實。可以誨人。若後來語云。論畫以形似。見與兒童鄰。賦詩必此詩。定非知詩人。則是掉弄筆鋒。不足為典要。今之畫山水者。未能正作一木一石。而託於雲煙杳靄。謂之氣象。賦詩者無真實意境。而徒為汗昧僻遠之語。謂之格律。則亦自欺而已。豈坡公誨人之意哉。

董曲江元度曰。相傳顧俠君刻元詩選成。家有五六歲童子。忽舉手外指曰。有衣冠者數百人。望門跪拜。嗟乎。鬼尚好名哉。紀文達師曰。抉剔幽沉。蒐羅放佚。以表章之力。發冥漠之光。其銜感九泉。固理所宜有。至於交通聲氣。號召生徒。偶聚災梨。遞相神聖。不但有明末造。標榜多誣。即月泉吟社諸人。亦病未離乎客氣也。昭明文選以何遜現存。遂不登一字。古人之所見遠矣。

錢竹汀曰。太史公報任安書。不敢言漢侍功臣之濫。而李少卿答蘇武書。於韓彭周魏李廣諸人之枉。剴切言之。足以示戒後世。梁世崇尚浮屠。一時名流詩文大半佞佛之作。昭明一概不取。惟錄王簡棲頭陀寺一篇。以備體。簡棲名位素卑。不為當時所重。明非勝流所措意也。即此兩篇之登載。足見昭明識見遠出後世詞人之上矣。

今人於散體文。輒名為古文。眾口一同。其實未考也。芸臺先生嘗辨之曰。古人於籀史奇字始稱古文至於屬辭成篇則曰文章故班孟堅曰武宣之世崇禮官考文章又曰雍容揄揚著于後嗣大漢之文章炳焉與三代同風是故兩漢文章著於班范體制和正氣息淵雅不為激音不為客氣若六朝以後之文則有能娍于兩漢者雖愚者亦知其不然矣近代古文名家徒為科名時藝之累於古人之文有益時藝者始競趨之余嘗取以置之兩漢書中誦之擬之淄澠不能同其味宮徵不能宣其聲體氣各殊弗可強已若謂前人拙樸不及後人反覆思之亦未敢以為然也夫勢窮者必變情弊者務新文家矯偶儷每求相勝其間轉變實在昌黎昌黎之文矯文選之流弊而已昭明選序體例甚明後人讀之若不加意選序之法于經子史三家不加甄錄為其以立意紀事為本非沈思翰藻之比也今之為古文者以彼所棄為我所取立意之外惟有紀事是乃子史正流終與文章有別此千年墜緒無人敢言者也或曰子之所言偏執己見謬託古籍此篇亦自居何等乎余曰言之無文則子派雜家而已

凡詩文中於古人稱呼必經古人用過者方可用之如樂毅稱樂生賈誼稱賈生李膺稱李君阮籍稱阮公嵇康稱嵇生山濤稱山公王導稱王公謝安石康樂元暉皆可稱謝公庾亮稱庾公杲之稱庾郎王凝之稱王郎袁粲稱袁公江淹稱江郎徐陵稱徐君杜甫稱杜公杜子稱杜老李白稱李侯李生孟浩然稱孟公韓愈稱韓公韓子韋應物稱韋公白居易稱白公白傅元稹稱元相劉禹錫稱劉郎之類各有所本不可假借假令稱少陵曰杜生太白曰李公知復為誰耶又如古人有二字三字之謚而止稱其一字者如衛之叡聖武公止稱武公貞惠文子止稱公叔文子楚頃襄王止稱襄王秦昭襄王止稱昭王漢諸葛忠武侯止稱武侯倘非前人用過又可以意為之耶

吳立夫萊論文有云作文如用兵法有正有奇正是法度要部伍分明奇是不為法度所縛千變萬化坐作進退擊刺一時俱起及其欲止什伍各還其隊原不曾亂可謂善言文章者也

王夢樓文治嘗言詞章之學見之易盡搜之無窮今聰明才學之士往往薄視詩文道而窮經注史不知彼所能者皆詞章之皮面耳未吸神髓故易於決捨如果深造有得必愁日短心長孜孜不及焉有餘功旁求考據乎袁簡齋亦云人才力各有所宜要在一縱一横而已鄭馬主縱崔蔡主横斷難兼得余嘗考古官制檢搜羣書不過兩月之久偶作一詩覺神思滯塞亦欲於古紙堆中求之方悟著作與考訂兩家鴻溝界限非親歷不知或問兩家孰優曰天下先有著作而後有書有書而後有考據著述始於三代六經考據始於漢唐注疏考其先後知所優劣矣著作如水自為江海考據如火必附柴薪作者之謂聖詞章是也述者之謂明考據是也

袁簡齋云天欲成就一文人一儒者都非偶然試觀古文人如歐蘇韓柳儒者如周程張朱誰非少年科甲哉蓋使之先出身以捐棄其俗學而後有全力以攻實學試觀諸公應試之文都不甚佳晚年得力於學方始不凡不然彼方終日用心於五言八韻對策三條豈足以傳世哉就中晚登科第者只歸熙甫一人然古文雖工終未脫時文氣息而且終身不能為詩亦累於俗學之一證

黃梨洲謂作文不可倒却架子為二氏之文須如堂上人分別堂下臧否韓歐曾王皆然東坡稍稍放寬至宋景濂為大浮屠塔銘和身倒入便非儒者氣象矣按作文架子至韓公始立所謂起衰也唐初稱燕許大手筆然張燕公作鄎國長公主神道碑云長公主者睿宗第七女也嬪於薛氏有男子四女子五其後君子晨歌夫人晝哭未亡為稱生意盡矣朔制斬恩改降鄭氏陵谷可移脂和之德不昧寒暑有遷松

筠之性如一均養七子麻陰二宗汾陰之家忘亡滎陽之黨相慶嗚呼此文尚可為訓哉

賦者古詩之流然自屈宋以來即與詩別體揚雄有言能讀千賦則能賦蓋源流正變之不講則操筆汗如鄭夾漈經籍志所載范傳正賦訣紇干俞賦格張仲素賦樞浩虛舟賦門今皆不傳元祝堯作古賦辨體言之頗詳而於歷代鴻篇未能備載惟康熙間 御定歷代賦彙上起周末下迄明季以有關經濟學問者為正集其勞人思婦哀怨窮愁畸士幽人放言任達者為外集而以佚句補遺附焉學者沿流溯源因變求正悉具是書矣

王惕甫有讀賦卮言一卷自導源至總指凡分十六段自序謂上下源流考鏡得失畧仿東莞雕龍之例蓋近人之善言賦無有過於是書者

文章家每薄駢體而不論然單行之變為排偶猶古詩之變為律詩風會既開遂難偏廢自庾子山出始集六朝駢體之大成而導唐初四傑之先路所作皆華實相扶情文兼至於抽黃儷白之中仍能頹氣舒卷變化自如當時雖並稱徐庾孝穆實瞠乎後塵矣

四六文雖不必專家，然奏御所需、應試所尚，有非此不可者。然用六朝體格，亦恐非宜。惟有分唐四六、宋四六兩派，各就性之所近而學之。唐四六又當分為兩派，有初唐之四六，王子安為之首，以雄博為宗，本朝之陳維崧似之；有中唐以後之四六，李義山為之首，以流麗為勝，本朝之吳綺似之。宋四六無專家，各以新巧為工。近南昌彭文勤公所輯宋四六選，已具崖略，本朝之章藻功似之。今欲為四六專家，則當求讀蕭選及徐庾二集，而參以初唐四傑集、李義山樊南甲乙集、彭文勤公宋四六選，以及陳檢討四六、林蓮裳集、邵荀慈集，則源流正變，自可了然於胸。若皆學之，則雅正宗要派之人，欲為四六，雖為時流所推，而所選體格未純，但資以描畫可也。

近人四六體格，以孔巽軒檢討為最正。檢討嘗言：駢體文以達意明事為主，不尚詞用之繁，不可用之書札，用之銘誄，不可用之論辨。其為用之妙，六朝文無非駢體，但縱橫開闔，與散體文同也。又云：徐庾集必須熟讀，此外四傑，即當擇取，須避其平實之弊，非一段高韻近古。陳文洛花與之蓋衡藕楊柳花杏旗一色，為王子安所襲用，若刺舉其二字，便成俗體，如陳其年四國皆王母之鑒，全一片苦心，竟為此

謂殊乖往古人當以兩之字易豐實二字也。又兼揚樹少陵句，五排豚二水所漾之軌跡，可尋彼岸二淝湘水之波瀾，未肯以為未設二字，而人抗詩令人必不能到。至云不可用經典何之詞，及制舉文字消之句，則不足於宋四六一派矣。此所論駢體文甚精，其所作亦能副其所言，惜佚與當世稿所存無幾耳。

制藝文雖止用於科舉，然代聖賢立言，則與學古文初無二道，惟有其源流正變，不可不知其命脈也。之百二十名家，備矣哉。朝乾隆初年奉 敕令方苞編選明文凡四集，曰化治文，曰正嘉文，曰隆萬文，曰啟禎文，而 國朝文別為一集，每篇皆抉其精要，評隲於後，凡四十一卷，名為 欽定四書文，所錄皆理醇詞達，以清真雅正為宗。求學之士，於前明諸家專集、風格之得失，於 國朝諸作、流派之指歸，一切汗牛充棟之選本，盡可屏諸勿觀之矣。

作制藝先能讀書明理，以學古文之精力材料為之，未有不工者，但體格不必過於求高，大既隨衆服從，自然去往求佳，而反以不入時眼為詞，則何如舍此不務。今自 欽定四書文之外，有近時名家專集，不可不涉獵者，如方盛年、王耘渠之屬。至括帖之文，格律細賦，文極分明，雖楊序此後批，皆其所自為，附之可當明師口授。

集中議論可聞，力量則有根柢，又有詞華，讀之可以開拓心胸，增長筆力，蓋專經術本深，又於周秦諸子宋儒語錄，無不貫通，故言皆有物，蓋補者謂其古文亦有時文氣，其時文則純以古文之法行之，故集中篇篇可讀。

應舉之文，固宜合時，然亦不必竭力趨迎，蓋風氣既移，人人相宗相尚，欲求勝人，未有不一往過物，極則反，後思變，學心試發，必進退失據，勞而罔功。陸桴亭言作文要從心苗中出，初時雖費力，久之自易，蓋熟極自能生巧也。為應舉文者果能由此入手，何患不高人一等乎。

少年作文，以發揚暢滿為貴，不宜即求高簡古淡。昔歐陽公令徐秘書云：所寄近著甚佳，議論正宜如此，然著撰苟多，他日更自精擇，少去其繁，則峻潔矣，此時且不必勉強勉強，但須節之，則不流，然須待自然而至也。又蘇文忠公答李方叔書云：惠示古賦近詩，詞氣卓越，意趣不凡，甚可喜也。但微傷冗，後當稍收斂之，今則未可也。又與姪論書云：凡文字少小時須令氣象崢嶸，采色絢爛，漸老漸熟，乃造平淡，其實不是平淡，乃絢爛之極也。汝只見爺伯今日文章平淡，便只學此樣，何不取舊日應舉時文字看之，有其高下抑揚，如龍蛇捉不住，且須學此。斯言也，則待之矣。然宋時所謂應舉時文，非今

之時文也，而歐蘇以教人已如此。

唐彪讀書作文譜所陳諸多，根據不雜，村學究習氣，然亦有切實可行之法，有將舉業不妨合其短而取其長也。如云：閑諸指抑先生用功進取有一法，於大比之年正月始，每日作文一篇，至臨場而止；於大比前一年之八月始，每三六九作文二篇，限定其時刻，不令少遲。二者一取其純熟，一取其速成，然速而至於久，未有不熟者；熟而至於久，未有不速者。又云：人生作文，須有數月讀積功夫，而後文章始得大進，蓋平常作文，非不用力，然未用戰過工夫，從心打透，其效自淺，必專一致功，連作文一二月，然後心竅開通，靈明煥發，文機增長，有不可以常理論者矣。又云：佛晚有道者言：文章有筆力，有筆路，筆力到二十歲後便定了，後來雖進，亦相去不遠；筆路常改，使開拓不放，便充廣。此言於應舉文尤切。又云：學者讀文，不可專趨一體，必清濃淡雅，長短奇正並取，則雖風氣尚此，讀文有與之合者，風氣尚彼，讀文亦有與之合者。取其合者摘學之，其不合者姑停之，此即趨風氣之一法。若專讀一家，焉能時時合乎？且人亦知讀聊試之精古文大家，至唐歸金之精制藝名家者，何謂也？以其集中清濃淡雅，長短奇正，無所不有故也。若止向一體中討數十篇，了無

所異則陋之至。是以必俟稱大家名家者。彼世之以文出於一律一體為到家者。真庸妄之言耳。又云凡以所作之文。請教於人。未嘗無益。然其為益無多也。一則閱者未必直言。一則我之所學果淺。彼即直言。吾亦不能因一二篇之指點。而即變拙為巧。惟以吾已讀之文。與欲讀之文。求其去取。更問其嘗讀者何文。或得其指點。則受益無盡。何也。所作之文之工拙。必本於所讀之文之工拙。譬如蜂以採花。故能釀蜜。蠶以食桑。故能成絲。倘蜂蠶之所採食者。非花與桑。則其成就必與凡物無異。乃知士人所讀之文精。庶幾所作之文美。亦用不離乎體耳。又云吾師姜景白先生文章超邁。其制藝讀本即門下亦不得見之。余再請其故。始曰。吾所讀者皆係名文。每有改竄。汝曹年少。不能謹言。傳於外人。謂吾多改名文。人必非笑。故不令汝曹見也。然吾所以為此者。亦自有故。以學人熟讀之文。作文時其氣機每來筆下。而不自覺。佳處來。疵處亦至。如歸金之文。其美處非人可及。故雖有疵而人不以為病。如吾之文。佳處既不及彼。苟又多得其疵。不甚無益乎。故吾於其疵處可改則改之。所以防其來筆下而不自覺也。

退庵隨筆卷十九終

退庵隨筆卷二十

清　福州梁章鉅茝林編

學詩一

古人言詩。必推本於三百篇。或以此言為迂者。淺人之見也。古人言語之妙。固非今人所能數。無論今人。即漢魏。以迄三唐。所謂直接三百篇之作者。亦差之尚遠。此時代限之也。然三百篇之宗旨。思無邪三字盡之。則人人所可學也。三百篇之門徑。興觀羣怨四字盡之。則人人所同具也。三百篇之性情。溫柔敦厚四字盡之。則人人所當勉也。此不可以時代限之也。但就此三層上用心。源頭既通。把握自定。然後再學其詞華格調。則前人言之詳矣。

漢魏之詩。無意於學三百篇。而神理自合。時代本近也。六朝而後。刻意學之者。以杜韓為最。杜之言曰。雅麗理訓誥。韓之言曰。詩正而葩。三百篇之詞華格調。盡此二語矣。竊謂今之學詩者。只須將毛詩句句字字。盡得其解。再將白文涵泳嫻熟於詩請而不能精進者。吾不信也。

古人立言。以能感人為貴。而詩之入人尤深。故聖人言詩可以興觀羣怨。而今人作詩。但以應酬世故為能。則不如不作。試觀三百篇中。如彼何人斯云。作此好歌。以極反側。節南山云。家父作誦。以究王訩。正月云。雖號斯言。有倫有脊。而四月云。君子作歌。維以告哀。則自稱為君子。崧高烝民。一則云吉甫作誦。其詩孔碩。一則云吉甫作頌。穆如清風。則並不嫌於自譽。蓋欲人知其言之善而聽之。非必若後人作詩。多自謙之辭也。故巷伯直云寺人孟子。作為此詩。凡百君子。敬而聽之。

書金縢。公乃為詩以貽王。名之曰鴟鴞。是先作詩後為名之證。故顧亭林曰。古人先有詩而後有題。今人先有題而後有詩。觸心勿成志曰。古人詩無所謂題。曰篇名而已。大都取本詩中句字。或全取首句。或摘取數字。或摘取中間及篇末之字。並無義例。其合篇中句字而別立一名者。小雅雨無正。巷伯。大雅常武。頌酌。賚。般而已。雨無正。據韓詩有雨無其極。傷我稼穡八字。則亦取篇首也。巷伯。他人所名。酌賚般取樂節而名。皆無深意。惟常武一篇。特立篇名。應自有義。蓋三百篇中所僅見也。統計三百篇中。篇名少纔一字。至多不過五字。則惟昊天有成命一篇。今人製題有多至十餘句者。蓋古人所謂序也。古人篇名自篇名。序自序。三百篇序。皆他人所為。後來如張衡四愁詩序。為焦仲卿妻詩序。亦他人所作。今人詩則皆自序。並或於題下加序而與興序混矣三百篇序不必盡出當時而辭皆簡質今人序大無繁而詩遂減味矣風詩與雅詩其體不同雅詩皆鋪叙處多風詩處處緼藉處多然風詩亦有盡情發露者如蝃蝀卒章及相鼠之屬雅詩亦有含蓄不露者如鶴鳴鼓鐘之屬皆變體也

蘇齋師教人作詩結語有用共筆者有用閩筆者隨勢用之此亦從三百篇出來三百篇中有就本事近結者頍弁角關之類有離本事遠結者斯干無羊之類亦隨勢為之若甘棠小星章俱單句結後人作古體詩亦常用之

曹子建贈白馬王彪詩顏延之秋胡行皆以次章首句蟬連上章之尾此本大雅文王下武既醉三篇章法也而蔡中郎飲馬長城窟晉西洲曲復施其法於一章之中嬿綿委折而節拍更緊遂極情文之妙

唐宋以來詩家多有倒用之句謝疊山謂語倒則峭其法亦起於三百篇如谷風之不遠伊邇薄送我畿簡兮之赫如渥赭公言錫爵小明之至於艽野二月初吉閟宮之秋而載嘗夏而楅衡殷武之勿予禍適稼穡匪解是也有倒用之字倒一字者如有敦瓜苦菀彼桑柔以我齊明矧敢多又倒二三字者如婉如清揚終其永懷匪言不能式飲庶幾何事今之人是也他若中谷中逵中林中路中田家室裳衣衡從稷黍瑟琴鼓鐘斯盆下上羊牛甥舅孫子女士京周罹罪息偃之類不勝枚舉然在古人却非有意為之亦大抵趁韻之故遂開後人法門耳

三百篇中對偶之句層見疊出已開後代律體之端如覯閔既多受侮不少發彼小豝殪此大兕升彼大阜從其群醜念子懆懆視我邁邁誨爾諄諄聽我藐藐又有扇對如昔我往矣四句有當句對如螓首蛾眉檜楫松舟有聞無聲唱予和汝匪我伊寓彼疏斯粺有以對句起者喓喓草蟲趯趯阜螽青青子衿悠悠我心有以對句結者厭厭良人秩秩德音允矣君子展也大成

李杜韓蘇詩中亦不免有疵詞累句不但無損其為名家且並有與古人暗合者即如三百篇中有數演句如無已太康亦已太甚太即已也此與書之不遑暇食左傳之尚猶有臭相同有湊泊句如既伯既禱匪載匪來爰始爰謀如沸如羹第三字皆湊成有複疊句其相連者如不我以不我以人涉卬否人涉卬否相間者如君子于役二章各複一君子于役采苓三章各複一人之為言雲漢卒章複下瞻卬昊天其複二字者在句首如言告師氏言告言歸在句中如以望楚矣望楚與堂在句末如奉時辰牡辰牡孔碩胡不相畏不畏于天戎車嘽嘽嘽嘽焞焞其德克明克明克類皆取成句調別無深義也

魏道輔泰曰詩者述事以寄情事貴詳情貴隱故能入人之深如賦氣直述更無餘味則感人也淺烏能使其不知手舞足蹈又況能厚人倫美教化動天地感鬼神乎桑之落矣其黃而隕瞻烏爰止于誰之屋其言止於桑與烏爾及緣事以審情則不知涕之何從也後人採薜荔兮江中搴芙蓉兮木末沅有芷兮澧有蘭思公子兮未敢言我所思兮在桂林欲往從之湘水深之類皆同此意唐人樂府述情敘怨雖委曲周詳而言盡意盡矣

古人不朽之作類多率爾造極不可攀躋鍾仲偉有吟詠性情何貴用事之語嚴滄浪亦言詩有別才非關學詩有別趣非關理此專為三百篇及漢魏言之則可若我輩生古人之後古人既有格有律其敢曰不學而能乎且詩兼賦比興必熟通於往古來今之故上下四方之跡而多識於鳥獸草木之名既不能無所取材又敢曰何貴用事乎余在樞直每公暇輒與程春廬談藝春廬為余述其友方長青之言曰詩必以造語為工而造語必以多讀書善用事為妙試取三百篇讀之沔彼流水朝宗于海用禹貢也燎之方揚寧或滅之用盤庚也國雖靡止或聖或否民雖靡膴或哲或謀或肅或乂用洪範也罔敷求先王克共明刑用康誥也虞史臣之序曰禹敷下土方商頌用之夏小正曰有鳴倉庚豳風用之塗山之歌曰有狐綏綏衛風齊風兩用之箕子之歌曰彼狡童兮不與我好兮鄭風用之夫商周所有之書其見於今者亦僅矣而其可得而言者如此則令其書具存將三百篇無一字無來歷可知也蓋鍾嶸所言專以性靈說詩未為過也乃言性靈而必以不用事不關學為說則非矣桓野王撫箏而歌其詩曰為君既不易為臣良獨難安石為之泣欲謝康樂之詩曰韓亡子房奮秦帝魯連恥本是江海人忠義動君子孝靜為之流涕彼詩之感人至於如此亦可謂有性靈語矣而皆出於用事本於學古然則以學古用事為詩則性靈自具以不關學不用事為詩雖有性靈蓋亦罕矣

李文貞教人學詩先將十九首之類句句擬做先教像了到後來自己做出自無一點不似古人卻又指不出是像那一首云云此最是初學一妙訣從來名手作詩作文大抵皆從此入門但不肯自說破耳王漁洋最喜吳淵穎詩初時句摹字做到後來自成片段便全不似他今集中尚存和淵穎兩詩以原詩對勘幾如硬黃響搨書此即其少年用功之迹學者當善領之

汪韓門曰魏文帝典論曰詩賦欲麗陸士衡文賦曰詩緣情而綺靡夫以綺麗說詩後之君子所斥為不知理義之歸也嘗讀東山之詩矣周公但言慆慆不歸及勿士行枚數言已足矣彼夫蠋在桑野瓜在栗薪伊威在室蠨蛸在戶町畽近廬舍而鹿以為場熠燿乃倉庚而螢以為號皆贅言也又嘗讀離騷矣屈子但言國無人莫我知及指九天以為正亦數言可畢矣彼夫駟玉虬戒鸞皇飲咸池登閬風索宓妃而求簡狄占靈氛而要巫咸皆空談也是則少陵之傑句無如老夫清晨梳白頭昌黎之佳作莫若老翁真箇似童兒一二三四五六七固唐賢人日之著題枇杷橘栗桃李梅且漢代大官之本色古樂府之魚戲（魚戲蓮葉東魚戲蓮葉西魚戲蓮葉南魚戲蓮葉北）浣花集之杜鵑（西川有杜鵑東川無杜鵑涪萬無杜鵑雲安有杜鵑）東山之蕨萁（東山有蕨萁南山有蕨萁西山有蕨萁北山有蕨萁）明袁中郎之西湖（一日湖上行一日湖上坐一日湖上住一日湖上臥）同一排比也晉之懊儂（江陵去揚州三千三百里已行一千三所有二千在）蘇之靜坐（無事此靜坐一日似兩日若活七十年便是百四十）同一真率也循此不已不幾於風雅掃地乎典論文賦之言豈可盡非哉

惺宗吉（祐）曰老杜詩識君臣上下如云萬方頻送喜無乃聖躬勞至今勞聖主何以報皇天周宣漢武今王是孝子忠臣後代看神靈漢代中興主功業汾陽異姓王其上哥舒開府及韋丞相長篇雖極稱譽翰與見素然必曰若王自神武駕馭必英雄霖雨思賢佐丹青憶老臣可謂知大體矣至太白之上皇西巡歌永王東巡歌略無上下之分二公雖齊名而見趣不同如此

王從之若虛曰山谷論詩有奪胎換骨點鐵成金之喻世以為名言以余觀之特剽竊之黠者耳山谷好勝而恥其出於前人故為此強辭而私立名字夫既已出於前人縱加工要不足貴雖然物有同然之理人有同然之見語意之間豈容全不相犯哉昔之作者初不較此同者不以為嫌異者不以為夸皆不害其名家而各傳於後也

王漁洋曰律詩貴工於發端承接二句尤貴得勢如懶殘履衡嶽之石旋轉而下此非有伯昏瞀人之氣者不能也如萬壑樹參天千山響杜鵑下云山中一夜雨樹杪百重泉昔聞洞庭水今上岳陽樓下云吳楚東南坼乾坤日夜浮古戍落黃葉浩然離故關下云高風漢陽渡初日郢門山錦瑟怨遙夜繞絃風雨哀下云孤燈聞楚角殘月下章臺此皆轉石萬仞手也

毛西河曰古詩人之意有故為偎語而實重故為薄語而實厚者衣留周公辭甚偎而情則重麥秀傷故都語雖薄而思則深蓋風人之旨意在言外必考時論事而後知之此青青子衿之篇朱子以為刺淫奔不如小序以為刺學校也朱子之意亦不過以為詞意偎薄施之於學校不相似耳閻百詩嘗曰唐人朱慶餘作閨情一篇獻水部郎中張籍云洞房昨夜停紅燭待曉堂前拜舅姑妝罷低聲問夫婿畫眉深淺入時無向使無獻水部一題則偎偎數言特閨閣語耳有能解其以生平就正賢達之意乎又嘗謂梁賓以才淺見賞於進士盧東表適東表及第梁賓喜而為詩曰曉妝初罷眼初瞤小玉驚人踏破裙手把紅箋書一紙上頭名字有郎君若掩其題則靡麗輕薄與婦喜夫第何異蓋風人寓言往往不可猝辨如此

孟瓶菴師曰古人不輕作裙釵之詞懼其褻也少陵陪李梓州泛江有女樂在諸舫題曰戲為艷曲二詩可謂艷矣然汎清歌扇底野曠舞衣前何其蘊藉立馬千山暮迴舟一水香何其豪爽篇終乃正言之曰使君自有婦莫學野鴛鴦是正所謂止乎禮義者大家身分如此

李義山籌筆驛一律膾炙人口而其章法之妙則罕有能言之者自紀文達師一批而精神畢見真學詩者之寶筏也批云魚鳥猶疑畏簡書風雲長為護儲胥此二句陡然擡起徒令上將揮神筆終見降王走傳車此二句又陡然抹撇然後以管樂有才真不忝句解首聯以關張無命欲何如句解次聯此殺活在手之本領筆筆有龍跳虎臥之勢他年錦里經祠廟梁甫吟成恨有餘他年乃當年之謂言他時經其祠廟恨尚有餘況今日親見行兵之地乎亦加一倍法通篇無一鈍置語此等傑作非吾師之慧眼靈心豈能如此披郤導窾使人心開目明若如方虛谷之瞎批真不值一笑矣（方批云起十四字壯五六痛恨至矣）

李義山詩開卷錦瑟一篇言人人殊東坡清和適怨云云亦未見的確本朝朱長孺注以為令狐青衣更無所據惟朱竹垞謂是悼亡之作者近之方文輈則以為傷元宗而作元宗之移入南內也高力士令李輔國控馬謂此五十年太平天子杜樊川詩亦有五十年天子之句故發首曰錦瑟無端五十絃一絃一柱思華年也曉夢蝴蝶所謂一場春夢望帝杜鵑明指幸蜀藍田生玉則反以諷肅宗也其旨甚明味之可見亦可謂善說詩者矣然猶不若汪韓門所釋為得神理汪云按舊唐書義山仕宦不進終身坎壈故開卷錦瑟一首乃是假物以自傷漢書郊祀志泰帝使素女鼓五十絃瑟而悲帝禁不止破其瑟為二十五絃今世所用者皆二十五絃之瑟而此

乃五十絃之古製不為時尚成此才學有此文章即已亦不解其故故曰無端猶言無謂也自顧頭顱老大一絃一柱蓋已半百之年矣曉夢喻少年時事義山早負才名登第入仕都如一夢春心者壯心也壯志消歇如望帝之化杜鵑已成隔世珠玉皆寶貨珠在滄海則有遺珠之嘆惟見月照而淚生煙者玉之精氣玉雖不為人採而日中之精氣自在藍田追憶謂後世之人追憶也可待者猶云必待於後無疑也當時指現在言惘然無所適從也言後世之傳雖可自信而即今淪落已極可嘆耳如此讀法詩中雖虛字亦無一泛設王溪歷卷之作似非如此讀法亦不相稱也

汪師韓解劉夢得西塞山懷古詩云金陵之盛至晉始著王濬樓船而西藩既摧北軍飛渡興亡之感始盛假使懷古者取三國六代事衍為長律使一句一事包舉無遺豈成體製夢得之專詠晉事蓋尊題也人世幾回傷往事若有上下千年縱橫萬里在其筆底者山形枕水之情景不涉其地不悉其妙至于蘆荻蕭蕭頹唐清時而依故壘含蘊正靡窮矣白香山謂其已探驪珠其在斯乎按紀文達師評此詩云第四句一片降幡出石頭但說得吳第五句人世幾回傷往事括過六朝是為簡練第六句山形依舊枕寒流折到西塞山是為圓熟似較汪評更為顯豁

劉起潛塘隱居通議云丹瑕先生張誠子自明嘗有一絕句云西風颯颯雨蕭蕭小小人家短短橋獨倚闌干數鵝匹一聲孤雁在雲霄前題曰觀邸報見者輒不解曰觀邸報而其詩若此何也有一士獨太息曰此詩興致高遠真得作詩之法彼以觀邸報為題而其旨如此甚不難知風雨蕭颯興國事風壓也小小人家興建都錢唐僅得一隅也短短橋興朝廷無長策濟時也獨數鵝匹興所屬意者皆汙之人也雁在雲霄興賢者高舉遠引也當時必有君子去國故為是語試以此意吟詠則得矣不然則詩與題奚涉哉此善於評詩者即可為作詩法也

袁簡齋隨園詩話所錄非達官即閨媛大意在標榜風流頗無足觀而中間論詩數條則實足以導引後學因節鈔如左云有客以詩見示題皆雁字夾竹桃之類余謂之曰尊作體物非不工然享宴者必先有三牲五鼎而後有葵菹蜹醢之供造房者必先有高堂廣廈而後有曲室密廬之備似此種題大家集中非不可存終不可開卷便見昌黎與東野聯句古奧可喜而李漢編集都置之卷尾此是文章局面不可不知　又云詩貴淡雅亦不可有鄙野氣古之應劉鮑謝李杜韓蘇皆非鄙野之人蓋士君子讀破萬卷又必須登廟堂覽山川結交海內名流然後氣局見解自然闊大良友琢磨自然精進否則鳥語蟲音沾沾自喜雖有佳處而邊幅狹矣人有鄉黨自好之士詩亦有鄉黨自好之詩桓寬鹽鐵論曰鄙儒不如都士信哉　又云懷古詩乃一時興會所觸不如山經地志以詳核為佳近見某太史洛陽懷古四首將洛陽故事搜括無遺竟有一首中使事至七八者編湊拖沓茫然不知作者意在何處古人懷古只就一人一事而言如少陵之詠懷古跡一首武侯一首昭君兩不相羼也劉夢得金陵懷古只詠王濬樓船一事而後四句全是空描當時白太傅謂其已探驪珠所餘鱗甲無用真知言哉不然金陵興廢豈止王濬一事而夢得胸中豈止曉此一典乎　又云今人論詩動言貴厚而賤薄此亦耳食之言不知宜厚宜薄惟在相題為之以妙為主耳以兩物而論狐貉貴厚鮫綃貴薄以一物而論刀背貴厚刀鋒貴薄安見厚者定貴薄者定賤乎古人之詩少陵似厚太白似薄義山似厚飛卿似薄皆名家也　又云欲作佳詩先選好韻凡其音涉啞滯者晦僻者皆宜棄捨葩即花也而葩字近俗芳即香也而芳字不響以此類推不一而足宋唐之分亦從此起李杜大家不用僻韻非不能用不屑用也昌黎鬭險摭唐韻而拉雜砌之不過一時游戲然亦止於古體聯句為之今人效尤務博竟有用之於近體者是猶奏雅樂而雜侏儒坐華堂而宴乞丐也不已慎乎　又云唐人近體詩不用生典稱公卿不過皋夔蕭曹稱隱士不過梅福君平敘風景不過月露風雲用字而不過夕陽芳草一經調度便意境軒新猶之易牙治味不過雞豚魚肉華陀治藥不過青枯漆葉其勝人處不求之海外異國也余過馬嵬弔楊妃詩曰金鳥錦袍何處去只留羅襪與人看用新唐書李石傳中語非僻書也而讀者人人問出處余遂厭而刪之故此詩不存集中　又云時文之學有害於詩而暗中消息又有一貫之理余案頭有某公詩一冊其人負重名郭運青侍講適來讀之引手橫截於五七字之間曰詩雖工氣脈不貫其人殆不能時文者耶余曰是也後與程魚門論及之程亦韙其言余曰古韓柳歐蘇俱非為時文何以詩皆流貫程曰韓柳歐蘇所為策論應試之文皆今之時文也不曾從事於此則心不細而脈不清余曰然則今之工於時文而不能詩者何故程曰莊子有言仁義者先王之蘧廬也可以一宿而不可久處也今之時文之謂也

蘇齋師論詩最嚴有口授之二語曰謂手腕必須靈活喉嚨必要寬鬆蓋喉嚨寬乃眾妙之門百味皆可茹入王漁洋喉嚨最寬所以一發聲即奄有諸家之長又云作

詩言大章法固是要義然學者多熟作八股都羨慕大章法之布置而不知五字七字之句法至要至難句法要整齊又要變化全在字之虛實單斷無處處整齊之理能知變化方能整齊也

古詩多展轉相襲如胡馬依北風越鳥巢南枝語本用韓詩外傳代馬依北風飛鳥棲故巢而文選赭白馬賦注引曹顏遠感舊賦又有胡馬仰朔雲越鳥巢南樹之句又如古樂府雞鳴桑樹顛狗吠深宮中陶公亦云犬吠深巷中雞鳴桑樹顛何遜詩薄雲巖際出初月波中上老杜亦云薄雲巖際宿孤月浪中翻沈佺期詩船如天上坐人似鏡中行老杜亦云春水船如天上坐老年花似霧中看杜詩夜足霑沙雨春多逆水風白香山亦云巫山夜足霑沙雨隴水春多逆浪風此類甚衆不可枚舉亦有全篇襲之者徐孝穆鴛鴦詩山雞映水那相得孤鸞照鏡不成雙天下真成長會合無勝比翼兩鴛鴦黃山谷題畫睡鴨云山雞照影空自愛孤鸞舞鏡不成雙天下真成長會合兩鳧相倚睡秋江白香山寄竹間詩相去六千里地絶天邈然十書九不達何以開憂顏渴人多夢飲飢人多夢飧如何春來夢合眼到東川黃山谷截為兩首一云相望六千里天地隔江山十書九不到何用一開顏一云病人多夢醫囚人多夢赦如何春來夢合眼在鄉社又黔南十絶亦全用香山花下對酒渭川舊居諸作此在古人或居然暗合或偶爾戲為今人無庸相訾學者亦未可藉口也

魏叔子嘗言古樂府有語不倫而意屬者如複岡斷嶺望之各成一山察之皆有脊脉相屬有意不屬而節屬者如一林斷石原無脉絡而高下疏密天然位置可入畫圖此論固妙而謂古樂府之體必如此則不然也古樂府亾於東漢（曹操平劉表獲漢雅樂郎杜夔能識舊樂惟得鹿鳴騶虞伐檀文王四篇）漢魏之樂府亾於東晉（賀循云自漢氏以來依做此樂自造新詩而已今既散亾音韻曲折又無識者難以意言）今之作樂府者皆長短句之古詩耳不知古詩有樂府律詩亦有樂府舊唐書音樂志尋龍池十章皆七言律沈佺期之盧家少婦即樂府之獨不見而謝偃新曲崔融從軍行蔡孚打球篇又俱七言長律今人既不知音何從辨體今之編詩集者必以擬樂府數篇弁其卷首讀者或嫌其不似或嫌其太似雖以王漁洋之通才而自定之精華錄亦不免落此窠臼竊謂今人作詩不妨借古樂府之題寫我胸臆而體格字句則且以不知為不知置之若必鉤深索隱刻意仿摹正如查初白所譏然上不見有一字亦何益之有哉

詹去矜云樂府可無作也詩三百篇原本性情體兼美刺深微窈眇之思溫厚和平之意其諧金石而感鬼神大抵皆樂府也漢人始有樂府之作然已不能為三百篇矣而當其情與境會自然合節亦未始非樂府也詩家惟唐律最嚴如太白清平調君平寒食詩二王涼州詞閨怨既已優伶習之絃索和之何必非樂府乎少陵雄視百代集中如兵車出塞無家垂老新安吏石壕村諸作尤為樂府勝場何必更摹古作者之名哉自李于鱗擬議變化之言出耳食者沿轉相蹈襲不能出入風雅惟關雎誇多每詩集一帙標題樂府者大半夫以一人之心思欲使諸好皆備忽擬美人忽擬壯士忽為袞衣端冕之帝者忽學驂鸞駕鶴之神仙大似百戲排場子弟擊笑俱假趨向由人即如大風垓下易水秋風古人已臻極至無容更贅一詞乃尚刺刺不休用心無用之地又如陌上桑秋胡行君馬黃戰城南種種名目古人緣情寫照原自不可無一不必有二而或割裂全篇換易字句依稀影響遂稱己作工者不免優孟抵掌之誚拙者至有葫蘆依樣之譏言詩至此勞而少功故曰樂府可毋作也王雪山質曰詩有三揚之水有三羔裘有兩黃鳥有兩谷風非相祖述也有此曲名故相傳為之如樂府一種名而多種辭辭雖不同而譜則同也然則不但樂府之體原本三百篇即樂府之題三百篇早具其概矣

退庵隨筆卷二十終

退庵隨筆卷二十一

清　福州梁章鉅茝林編

學詩二

古詩純乎天籟雖不拘平仄而音節未有不諧者至律詩則不能不講平仄矣乃不知何時何人創為一三五不論之說以疑誤後學村師里儒靡然從之律詩且如此則更何論古詩乎不知律詩平仄固嚴即古詩不拘平仄而實別有一定之平仄不可移易即拗體之律詩而其中亦有必應拗之字及必應相救之字唐宋大家之詩具在覆按自得皆非可以意為之者也自明以來雖詞壇老宿間有不盡合者不知此即自然之天籟自有詩學以來不約而同若稍歧出即為落調雖詞華極美格意極高終不得謂之合作吾閩人尤多不講此者執裾而談尚疑信參半毋怪其不能旗鼓中原也

禮記王制同律鄭注云同陰律也疏云所以先言陰律者以同為平聲平為發語之本今古悉然夫古無四聲而孔疏已於王制發之然則作古詩者其可不講平仄乎古詩平仄古無專著為書今欲講求其理則不可不看王漁洋古詩平仄論及趙秋谷聲調譜相傳秋谷問古詩聲調於漁洋漁洋秘不以告秋谷乃就唐人諸集排比勾稽自得其法因筆之於書以發漁洋之覆其實從前及同時諸名家皆知之而不屑言其不知者不能言又不屑問遂終身墮五里霧中自漁洋秋谷之書行此說幾於家喻戶曉矣乃近人作古體詩仍有不講聲調者其不屑言乎抑不能言乎此余所以不能默然無言矣惟聲調譜後列李賀十二月樂府所標平仄不甚可解姑置之可矣

七古以平韻到底者為正格不可雜以律句其要在出句第五字多用仄落句第五字必用平出句之第五字既用仄則第二字必用平落句之第五字必用平則第四字必用仄出句如平平仄仄平仄或平平平仄平仄或仄平仄平仄平仄間有不如是者亦須與律句有別落句如平平仄仄平平平或仄仄仄平平平或平平仄仄平仄平間有不如是者亦須與律句有別大抵出句聲律尚寬落句則以三平押韻為正調其有四平切脚者如少陵之何為見羈虞羅中義山之詠神聖功書之碑則為落調唐大家中所僅見不必效之若五平切脚則直是不入調唐宋元明諸大家所無前明何李邊徐王李輩尚不犯此病袁中郎之流多不能了了矣（一句一韻之柏梁體不在此限）

七古有仄韻到底者則不妨以律句參錯其間以用仄韻已別於近體故間用律句不至落調如昌黎寒食日出遊詩凡二十韻而律句十四見東坡石鼓詩凡三十韻而律句十五見其篇中換韻者亦可用律句如少陵之丹青引東坡之往富陽新城皆是而王右丞之桃源行凡三十二句律句至二十三見此皆唐宋大家可據為典要者（四句轉韻之初唐體不在此限）

仄韻到底之七古出句住脚必須平仄間用且必須上去入相間用之如以入聲為韻第三句或用平聲第五句或用上聲第七句或用去聲大約多用平聲而以仄聲錯綜之但不可於入聲韻出句之住脚再用入聲字耳若平韻到底之七古則出句住脚但須上去入相間而忌用平聲王漁洋已詳言之今人於仄韻之出句往往不知間用平仄而於平韻之出句住脚反多用平聲殊不可解殆以古人詩中間有不拘者如韓公石鼓歌之孔子西行不到秦及憶昔初蒙博士徵坡公游徑山之雪眉老人朝叩門歐陽公啼鳥之獨有花上提壺盧然合唐宋兩朝數大家之詩其出句用平者不過此數處則非後人所可藉口也（詩中轉韻疊韻者不在此限）

五古出句住脚亦當平仄間用與七古同惟平韻之出句住脚不忌用平聲則與大古異漢魏以至唐宋諸大家詩可覆按也至近體之出句住脚人惟知唐賢有忌用上尾之說不知杜詩中凡一三五七句住脚字上去入三聲亦必隔別用之莫有疊出者昔朱竹垞寄查德尹書謂富平李天生之論如此以為少陵自詡晚節漸於詩律細此可徵其細處為他家所不能予初聞是言尚未深信退而攷之惟八首與天生所言不符其一鄭駙馬宅宴洞中云春酒杯濃琥珀薄又云誤疑茅堂過江麓又云自是秦樓壓鄭谷疊用三入聲字其一江村云老妻畫紙為棋局又云多病所須惟藥物疊用二入聲字其一秋興云織女機絲虛夜月又云波漂菰米沉雲黑疊用二入聲字其一江上值水云為人性僻耽佳句又云老去詩篇渾漫興又云新添水檻供垂釣疊用三去聲字其一題鄭縣亭子云雲斷岳蓮臨大路又云巢邊野雀群欺燕疊用二去聲字其一至日遣興云欲知趨走傷心地又云無路從容陪笑語疊用二去聲字其一卜居云已知出郭少塵事又云無數蜻蜓隨上下又云東來萬里堪乘興疊用三去聲字其一秋盡云籬邊老却陶潛菊又云雪嶺獨看西日落又云不辭萬里長為客疊用三入聲字既而以宋元舊雕本暨文苑英華證之則江麓作江底多

病句作賴有故人分祿米，夜月作月夜，漫興作漫與，大路作大道，語笑作笑語，上下作下上，西日落作西日下，合之天生所云，八詩無一犯者。由是推之，七月六日苦炎熱下第三句不應用蠍字，作苦炎蒸者是也；謝安不倦登臨費下第七句不應用府字，作登臨費者是也。循此說以勘雜長律百韻諸本字義之異，可審擇而證之，此義蓋前人所未發也。

七古以第五字為關捩，五古以第三字為關捩，其理一也。五古出句聲律稍寬，對句則亦以三平為正調，如仄仄平平平是也，或亦用平平平仄平，或仄仄平仄平，間有不如是者，但不入律即可。或謂六朝以前五古皆不避律句，此似是而非之說也。古詩之興在律詩之前，豈能預知後世有律句而避之？若後來律體既行，則自命為作古詩者，又豈可不講避忌之法？此如古時未有韻學之名，出口成詩，罔非天籟；若後世韻書既行，則自應有犯韻出韻之禁，又豈得藉口古人之天籟而盡棄韻書不觀乎？朱子贈人詩：知君亦念我，相望兩咨嗟（自注云望平聲）。夫望字作去聲讀自可，而必注平聲者，豈非力避律句乎？

宋元詩人於古體平仄多有未諧，近體平仄尚無走作，明人則不能，大抵皆為一三五不論之俗說所誤耳。一三五不論，並不可施於古體，何況近體？其依附此說者，皆由不知有單拗雙拗之法也。近體詩以本句平仄相救為單拗，出句如少陵之清新庾開府，對句如右丞之暮禽相與還是也；兩句平仄相救為雙拗，如許渾之溪雲初起日沉閣，山雨欲來風滿樓是也。聲調譜所講此例頗精，其餘變例皆本此而推之，而一三五不論之謬不攻自破矣。

作近體詩自有 佩文齋詩韻可以遵守，若古體詩則宜參用古韻，且依邵青門長衡古今韻畧用之。蘇齋師嘗云，邵青門所著書，惟韻畧可取，其論古詩用韻恪遵杜韓可法。今坊本韻書所注古韻相通之處，當分別觀之，平韻尚無大出入，仄韻則多不可據，如四質與十三職、十二錫、十四緝斷不可通，十二錫與十四緝亦不可通。在昔蘇黃及近人吳梅村皆如此混用，我輩則斷不可耳。

作古詩但用通韻，不必用轉韻，叶韻則尤不必。雖古人有之，今人又何必悉效之？往往見人於詩賦句末旁注叶字，而讀之實不能叶，豈非徒勞而罔功乎？

古體詩用韻之寬莫如昌黎，如此日足可惜一首，通用東冬江陽庚青六韻，元和聖德詩通用語麌馬有哿五韻，則後學似不宜效之。六一詩話謂其得韻寬則泛入旁韻，乍還乍離，出入回合，不可拘以常格，如此日足可惜之類；得韻窄則不復旁出，而因難見巧，愈險愈奇，如病中贈張十八之類。此譬如善馭馬者，通衢廣陌，縱橫馳騁，惟意所之，至於蟻封水曲，不少蹉跌，此天下之至工也。然韓集中窄韻古詩亦不止病中贈張十八一首，如陪杜侍御遊湘西兩寺一首，又會合聯句三十韻，洪容齋謂除蠓蠛二字韻畧未收，餘皆不出二腫之內。今按蠓蠛二字唐韻本收在二腫，則皆本韻也。

七律有全首不入律者，謂之吳體，與拗體詩不同。方虛谷瀛奎律髓合之拗字類中，非也。如杜少陵之題省中院壁、愁、書夢、莽歸諸詩皆是，其訣在每對句第五字以平聲救轉，故雖拗而音節仍諧。宋人黃山谷以下多效為之。

吳體與拗體，方虛谷言之多不了了，必須看紀文達師所批，方能分晰，與聲調譜亦合。今吳中有瀛奎律髓刊誤，乃吾鄉李光垣將紀本校梓，講律詩者不可不家置一編。聞此板已就漫漶，吳門亦少刷印者，則須覓一舊本之瀛奎律髓，將紀批逐條抄附於上方，以為讀本可耳（紀文達師督學吾閩時，有自行删定之兩冊，在鏡烟堂十種中，今亦罕見刷印者，且所删太多，必須覓全本讀之）。

趙松雪嘗言，作律詩用虛字殊不佳，中兩聯須填滿方好。此語雖力矯時弊，幼學者正不可不知。唐人如賈至早朝大明宮等作實開其端，此外則少陵之五更鼓角聲悲壯，三峽星河影動搖，錦江春色來天地，玉壘浮雲變古今；杜樊川之深秋簾幕千家雨，落日樓臺一笛風；陸放翁之樓船夜雪瓜州渡，鐵馬秋風大散關，皆是。 本朝惟吳梅村最為擅長，趙甌北十家詩話所摘凡數十聯。劉公㦷謂七律如強弓硬弩，古來能開到十分滿者殆無幾人，每以此意讀前人七律詩，庶動筆時自不至有滑調耳。

作近體詩前後複字須避，即古體詩亦不宜重疊用之。劉夢得贈白樂天詩：雪裏高山頭早白。又于公必有高門慶。自注云：高山本高，高門使之高，二字為義不同。觀唐人之忌複字如此，我輩又焉得不檢點乎？

今人讀離騷者，但以為憂惶瞀亂，所以一句說向天，一句說到地，其實不然。李文貞謂離騷須注得一過，看出此人學問條理，讀的書既多，又一字不亂下，都合義理云云。蓋必如此，方得讀騷之益。近龔海峯先生有離騷注一卷，精博而復能貫串，允足為學騷之者一助。余嘗錄得副本，並勸其家亟付梓以廣其傳。

王荊公嘗謂太白人品甚卑，十句九句說婦人，或駁之曰：荊公學識太高，故嘗笑春秋爲斷烟朝報夫風騷之旨豈有他哉五倫正變之際蓋難言之愛成仇而忠見譖古人所遇往往有同世不知後賢不諒之隱亦遂不能已於言然而直言近訐比興多風故往往寄託於美人香草此正其用心之厚也試思七子賦詩亦何取蔓草零露豈有各誦其國人淫奔之什以贈答其鄰封者風人之旨概可窺矣至若屈子見放厥有楚辭竟體香豔幸已見諒於後之賢者尊之爲經假使當日身不沉湘史不立傳又焉知好議之口不疑其人品之卑哉今有人動筆啟口輒稱忠孝而處心制行都不外妻子利祿之間則亦可目爲高品人乎且風人托物起興不貴遠引亦不須泛作莊語試思周南之首美開國聖母之德亦止以小鳥起興而竟目之爲窈窕淑女至文王求女不得則又直書其輾轉反側若以字面訾之雖直坐之以大不敬可也雎鳩則曰關關矣荇菜則曰參差矣采之則曰左右矣求之則曰寤寐矣重重複複只此數句又全無節義高品之言微乎妙哉正所謂風也聲也如絲桐之泛音也意篤而語重言近而旨遠夫近莫近於兒女之情遠莫遠周南之化皆婦人也故吾謂風騷之旨不出閨房亦不貴遠引莊論假使冬烘作此詩則必曰關關鳳凰聖女端莊求之不得寤寐無反側豈不令人腸痛哉

讀漢魏六朝詩者以昭明文選爲主而參看王漁洋之古詩選足矣其各家梗概具見漁洋古詩選凡例中蓋五言古詩之源流正變悉具於此今人但知學文選詩者爲選體特專指參山范水諸作當之豈足以該蕭選乎

既讀蕭選不可不參讀徐孝穆之玉臺新詠大唐新語云梁簡文爲太子好作豔詩境內化之晚年欲改作追之不及乃令徐陵爲玉臺集以大其體即此書也雖所錄皆綺羅脂粉之辭而去古未遠猶有講於溫柔敦厚之遺未可概以綺靡斥之余有玉臺新詠讀本十卷每詩後各附批語皆本紀文達師之緒論尚擬付梓以行也

漢魏而降惟陶靖節詩須全讀其立言之旨息息與周孔相關故韓昌黎惜其不遇孔子世人但笑其出口每溜到酒上彼何等時尚敢以行坊言表自居乎李文貞最喜但恨多謬誤君當恕醉人二語謙得有意思吾謂之行事謬誤於詩書禮樂者翻藥之托而昏冥之逃非得已也謝靈運鮑明遠之徒稍見才華無一免者可以觀矣

唐詩前無好選本高廷禮之唐詩品彙可謂用心而實啟後來無撫之端膚廓之弊故雖終明之世館閣以此爲宗而迄不能行遠王漁洋不得謂非明眼人其古詩選最傳於世然五言不錄少陵昌黎香山東坡放翁七言不錄香山唐賢三昧集則非惟昌黎香山不載即李杜亦一字不登皆令人莫測其旨無已而但求一平正通達之選以爲初學金針則沈歸愚之唐詩別裁尚堪充數此書規模粗備繩尺亦極分明先熟復此書而後博觀　御定全唐詩以求初盛中晚之分合正變可矣

自王漁洋倡神韻之說於唐人盛推王孟韋柳諸家今之學者翕然從之其實不過喜其易於成篇便於不學耳詩三百篇孔子所刪定其論詩一則云溫柔敦厚一則云可以興觀羣怨原非但品題泉石摹繪烟霞洎乎畸士逸客各標幽賞乃別爲山水清音此不過詩之一體不足以盡詩之全也竊謂王孟韋柳之詩只許就選本讀之只須遇相稱之題學之此外初盛中晚各有名家皆須研究蘇齋師石洲詩話言之詳矣若專守一家之言而盡束諸名家不觀其能免固陋之誚乎

唐詩自以李杜韓白爲四大家李詩不可不讀而不可遽學有人問太白詩於李文貞公公曰他天才妙一般用事用字都飄飄在雲霄之上此人學不得無其才斷不能到竊謂太白之神采必有迥異乎常人者司馬子微一見即謂其有仙風道骨可與神遊八極之表賀知章一見即呼爲謫仙人甚至唐元宗一見即若自失其萬乘之尊者其人如此其詩可知故斷非學力所能到惟古風五十九首語多着實不徒

爲神仙縹緲之談則後學所當熟復之第一首開口便說大雅不作騷人斯起然詞多哀怨已非正聲至揚馬之流宕建安之綺麗亦不足爲法迨有唐文運肇興而已適當其時即思以刪述繼獲麟之後此與少陵文章千古事同一抱負蓋自信其才分之高趨向之正足以起八代之衰而以身任之非徒大言欺人也

太白本是仙靈降生其視成仙得道如其性所自有然未嘗不以立功爲不朽所仰慕之人率多見諸吟詠如魯仲連侯嬴酈食其張良韓信輩皆功名中人也其贈裴仲堪云明主倘見收烟霄路非遐時命若不會歸應鍊丹砂贈楊山人云待吾盡節報明主然後相攜臥白雲贈衛尉張卿云功成拂衣去搖曳滄州傍贈韋秘書云終與安社稷功成去五湖登謝安墩云功成拂衣去歸入武陵源其意總欲先有所樹立於時然後拂衣還山登真度世此與少陵之一飯不忘何異以此齊名萬古良非無因李義山云李杜操持事略齊蓋知李杜者固莫如義山也

杜詩無體不佳論者謂惟絕句稍遜太白然後學却不必如此分別但須學其字字有來歷即其蕪詞累句讀之亦皆有益猶憶少時聞先資政公言讀杜詩須當一部小經讀之此語似未經人道過顧亭林亦謂經書後有幾部書可以治天下前漢書

其一杜詩其一也

劉起潛隱居通議云家藏小冊一本字畫甚古題曰東坡老杜詩史事實略舉杜句有曰賤子請具陳引毛遂云公子試聽吳越之事容賤子一一具陳杜句曰下筆如有神引仲舒荅策下筆疑有神助杜句曰青冥却垂翅引李斯丈夫如提筆鼓吻取富貴易如舉梧何青冥之翮與鵾共垂翅乎杜句曰崆峒小麥熟且願休王師引武帝欲討西羌耿遴諫曰今崆峒小麥方熟陛下宜休王師如此者凡十卷乃知杜句皆有根本非自作語言也山谷云杜詩韓文無一字無來處今人讀書少故謂韓杜自作此語予初未以此說為然今觀此集則此言信矣

杜詩注本以郭知達之九家集注為善此外如唐元竑之杜詩攟佚兆鼇之杜詩詳注皆未免有附會不經之處近浦起龍之讀杜心解雖索摘文句强分段落不免為通人所嗤然如送遠九日崔氏莊諸葛大名等篇所解誠有意趣可作後學讀本其寓編年於分體亦頗便檢尋

編注韓詩者多出吾鄉人之手最前者為莆田方崧卿之韓集舉正自朱子考異出而其書遂微其以朱子考異於本集之外別為卷帙不便尋覽重為離析散入本句之下者為福州之王伯大而安溪李文貞公又以王伯大為譌脫寖失頗失本來復以朱子門人張洽所校舊本重刊而其版亦旋佚厥後有編輯五百家音之魏仲舉亦建安人與所刊五百家注柳集同一炫博不出書坊習氣前明又有不著名氏東雅堂集註相傳為鹿堂中舊本故世不甚重其書且仍是采輯朱子及仲舉之書毫無新意今欲求一初學讀本惟近人方扶南所輯編年箋注十二卷簡而能賅尚有條理再求吾師紀文達公所批點之本合而讀之亦可得其大凡矣

周元公言白香山詩似平易間觀所存遺稿塗改甚多甚有終篇不留一字者按公詩有云舊句時時改無妨悅性情則元公之言信矣

王漁洋力戒人看長慶集此漁洋一家之論後學再不必理會他白氏長慶集凡七十一卷詩文各半宋祁謂白香山長於詩他文未能稱是故　本朝汪立名別刊其詩為四十卷名曰香山詩集考證編排堪稱善本香山自記所撰詩文分寫五本一送廬山東林寺經藏堂一送蘇州南禪寺經藏內一送東都聖壽寺鉢塔院律庫樓一付姪龜郎一付外孫談閣童及名之甚與杜元凱沈碑同一過計今考李杜集多散落所存不過十之二三而香山詩獨全部傳流至今不缺則未必非廣為藏貯之

功耳

唐詩自李杜韓白四大家外尚有李義山杜樊川兩集亦須熟看當時亦以李杜並稱近義山集有馮孟亭（浩）注本樊川集有孟亭之子鷺庭（集梧）注本皆極精極博不可不看若李長吉集則祇許選擇觀之知其門徑可矣長吉驚才絕艷比太白更不可摸捉後學且不必遽效之今人但知學其奇句險語何益於事如石破天驚逗秋雨句雖奇險而無意義趙歐北所以譏其無理取鬧也

唐以李杜韓白為四大家宋以蘇陸為兩大家自　御選唐宋詩醇其論始定　四庫提要闡繹之其義益明提要云詩至唐而極其盛至宋而極其變盛極或伏其衰變極或失其正通評甲乙要當以此六家為大宗蓋李白源出離騷而才華超妙為唐人第一杜甫源出國風二雅而性情真摯亦為唐人第一自是而外平易而最近乎情者無過白居易奇崛而不詭乎理者無過韓愈錄此四集已足包括眾長至於北宋之詩蘇黃並駕南宋之詩范陸齊名然江西宗派實變化於杜韓之間既錄杜韓無庸複見山谷石湖篇什無多才力識解亦均不能出劍南集上既舉白以概元當存陸而刪范可謂千古定評竊謂有志學詩此六家缺一不可其聰明才力能全讀本集者固佳否則專就　詩醇所選讀之已無偏倚陋略之虞其後繼之評語擇精語詳尤足為學詩者之圭臬提要所謂當為詩教旁不僅為六家幸豈虛語哉

注蘇詩者宋代已有王梅溪施元之二家王本分門別類不免割裂顛倒然其書流傳最久施本則隨年之先後編訂成書元明以來久已淹沒　本朝宋漫堂始得之又多殘缺屬邵青門為之補訂而後出處老少之跡粲然可觀施本既出王注遂微故讀蘇詩者無人不知有施注繼此查初白（慎行）有補注馮星實（應榴）有合注翁蘇齋師亦有補注而紀文達師評點本尤為度人金針也近涿州盧厚山督部（坤）已於粵東付梓可以嘉惠後學矣

李文貞不喜蘇詩謂東坡詩殊少風韻音節逐句俱填典故亦不是古法此非篤論也蘇詩清空如話者集中觸處皆有如和陶云丈夫貴出世功名豈人傑哭刁景純云讀書想前輩每恨生不早紛紛少年場猶得見此老題楊惠之塑維摩像云世人非不碩且好身雖未病中已瘵此臾神完中有恃談笑可却千熊羆至今凡坐眛不語與昔未死無增虧泗州僧伽塔云耕田欲雨刈欲晴去得順風來者怨若使人人禱輒遂造物應須日千變與宋同年飲云黃雞催曉不須愁老盡世人非我獨趙閱

道高齋詩云長松千尺不自覺企而羨者蓬與蒿登玲瓏山云脚力盡時山更好莫將有限趁無窮此豈得以少風韻塡典故概之文貞意在講學於詩詣力未深其於唐詩只取張曲江及燕許李杜韓柳數家宋詩只取歐陽文忠王荆公朱子三家講學與論詩自是兩事學者不必為所惑也

放翁詩初編為四十卷再編通前為八十五卷合計之已九千二百餘首當時羅椅選十卷為前集劉辰翁選八卷為後集雖本有圈點而無評論劉本則句下及篇末間有附批去取皆頗不苟放翁詩派初境本宗少陵雖窮極工巧而仍歸雅正自從戎巴蜀而後始臻宏肆迨及晚年又力歸平淡所謂詩到無人愛處工者蓋自道其詣力之所至也劉後村詩話僅摘其對句之工已為皮相後人又專取其流連光景可以剽竊移掇者轉相販鬻而劍南一派遂為論者口實不知其全集中感激豪宕沈鬱深婉之作指不勝屈豈可以讀者之誤並集矢於作者哉

放翁與朱子有道義之契集中屢見往復之詩其祭朱子文云某有捐百身起九原之心傾長河決東海之淚其傾倒如此當時偽學之禁方嚴而能不立標榜不緊徒衆故不為羣小所嫉是故放翁學養勝於東坡集中詩如冬夜讀書云六經萬世眼

守此可以老多聞竟何為綺語期一掃又云雖嘆吾何適猶當尊所聞從今尚未死一日亦當勤書懷云平生學六經白首頗自信所覬未死間猶有分寸進示兒云易經獨不遺秦火字字皆如見聖人汝始弱齡吾已耄要當致力各終身皆老學有得之言

放翁詩有云愈老愈知生有涯此時一念不容差又云皎皎初心質天地兢兢晚節踏冰淵此老心中必有把握而史傳輒謂其不能全晚節晚年再出見譏清議楊萬里寄詩亦有不應李杜翻鯨海更羨夔龍集鳳池之句皆未免失之過刻按放翁自嚴州任滿辭歸里居十餘年時年已七十七八祠祿秩滿不敢復請其絕意於仕進可知嘉泰二年韓侂胄以其名高起修光孝兩朝實錄然職在文字不及他務且藉以報孝宗知遇原不必以不出為高甫及一年史事告成即力辭還山並無留戀則其進退之際有何可議而世人所藉為口實者徒以其為侂胄作南園記閱古泉記然一則勉以先忠獻之遺一則諷其早退毫無依草附木干澤向榮之意何損於放翁小人好議論者一唱百和不樂成人之美如是亦可歎也

蘇陸二大家之外宋詩之源流派別亦不可不知其初為西崑派以楊大年為眉目次則江西派以黃山谷為升庵南渡以後有道學派以朱子為領袖再降而為四靈江湖兩派而宋詩遂衰其中名家專集自宜全讀此外則泛覽吳之振之宋詩鈔曹廷棟之宋詩存厲鶚之宋詩紀事足矣惟宋詩鈔不錄西崑體是其師心自用處今當取西崑酬唱集補之以存其概此書外間鮮傳本余曾刊入浦城遺書中擬為之注釋以行亦匆匆不暇及也

劉起潛曰唐宋人詩雖格致卑淺然謂其非時不可今人作詩雖句語軒昂而其理則不可究此陵陽韓子蒼語深中宋詩之病近世劉後邨亦謂宋三百年中人各有集詩各有體皆經義策論之有韻者爾非詩也二三巨儒十數大作家俱未免此病皆至論也其後劉須溪則又云後邨所短適在此可發一笑　又曰古詩一變騷再變選三變為唐人之詩至宋則騷選唐錯出山谷負修能倡古律事寧核毋疏意寧苦毋俗句寧拙毋弱時號江西派此猶佛氏之禪醫家之單方劑也近年永嘉復祖唐律貴精不求多得意不戀事可艷可淡可巧可拙衆復趨之而唐與江西相抵軋矣

金詩只一元遺山為大宗遺山集四十卷詩凡十四卷所作興象深邃風格遒上無南渡江湖諸人之習亦無江西流派生拗粗獷之失古體構思窅渺十步九折竟欲駕蘇陸而上之七言律沈摯悲涼自成格調直接少陵非王滹南趙閒閒諸家所能企及惟所撰中州集意在以詩存史去取既不能精甄錄亦尚未盡我　朝康熙閒御定全金詩因郭元釪之舊本薈萃排纂重稟　睿裁而金源一代之歌詩乃彬彬乎賅備云

元詩大家世稱虞楊范揭其實祇當以虞道園為大家或以篇幅稍狹為嫌則皮相之見也嘗聞之蘇齋師云遺山言詩到蘇黃盡此五字不知出自何時真詩家大結局也過此更無可展之才更無可施之巧矣放翁遺山二家又恰當斯際此後更當如何惟一虞道園上而經術之腴儒先之緒下而樂府之韻書畫之神以及丹經道藏之旨靡不該焉則奚必其排比鋪陳春容乎大篇之羨矣又云周文公之雅頌惟少陵能執筆為之然杜公具此能事而未嘗有此篇章厥後千百年亦更無能具此手腕者或者虞道園足以當之此兩條議論前無所承可為道園千載下知己讀虞詩者當以此意求之

王漁洋古詩選至虞道園吳淵穎止蘇齋師志言正集亦至遺山道園止於明詩皆

一概舍旃惟趙甌北十家詩話獨以高青邱接放翁遺山之後青邱詩固足爲明人弁冕然祇可稱名家而不足當大家余但愛誦其七律如重臣分陝出臺端一首真足方駕古人然在集中已不可多得而論者每盛稱其樂府及擬古詠古諸作以爲只叙題面不著議論神似青蓮則非余之所知矣

元詩以顧俠君元詩選爲善本明詩以朱竹垞明經綜爲善本顧本前具小傳朱本前綴詩話網羅繁富議論平正兩代之詩以此兩本爲巨觀他本可束之高閣矣

沈歸愚之明詩別裁不如唐詩別裁之正派中有英雄欺人之語當分別觀之袁簡齋嘗譏其評劉禹錫行路難一首云雪漫漫兮白日寒天荆地棘行路難此數字抵人千百按上句直襲荆軻傳之唾餘下句行路難三字即題也永錫苦湊得天荆地棘四字耳此三尺童子皆能爲之而登諸上選真不可解

國朝詩以王漁洋朱竹垞並稱自係公論百餘年來未之有改也而趙甌北十家詩話獨遺之蓋甌北詩離神韻稍遠與漁洋之宗旨本不相謀而其學又不如竹垞之該博故以吳梅村查初白代之有意爲此軒輊其實吳查亦只可稱名家非可以凌轢王朱也自趙秋谷有朱貪多王愛好之說後人多資爲口實蘇齋師嘗書汝自腹儉耳朱何嘗貪多汝自不要好耳王何嘗愛好實爲棒喝竊謂今之學詩者正當以愛好學王以貪多學朱則方將講求聲律博綜故實之不暇則此兩言轉可爲學詩者之階梯又何所容其排擊哉至近又有抹殺王朱而以蔣心餘爲我　朝詩人冠冕者狂生一偏之見還其雌黃付之不辨可矣

王漁洋談藝四言曰典曰遠曰諧曰則而獨未拈出一真字漁洋所欠者真耳余有讀漁洋詩隨筆兩卷其說較詳中間多述紀文達師及翁蘇齋之緒論近已付梓人或可爲讀精華錄者之一助乎

朱竹垞詩通集中格調未能一律趙甌北謂其初學盛唐格律堅勁不可動搖中年以後恃其博奧盡棄格律欲自成一家如玉帶生歌諸篇固足推倒一世其他則多頹唐自恣不加修飾之處錢蘀石謂竹垞早年尚沿西泠雲間之調暮年則涉入江湖小集惟中年騰笑諸篇同漁洋正調抑若在漁洋籠罩中者蘇齋詩則謂詩至竹垞性情與學問合此論尤精

本朝經學世家以元和惠氏爲第一至定宇徵君而益精所著書凡十餘種皆著錄四庫中徵君祖父瓣香漁洋兼精吟詠而徵君則不復作詩其撰精華錄訓纂亦以箋疏之學行之極爲賅博然爲吳企晉舍人研山堂序謂詩之道有根柢有興會根柢原於學問興會發於性情二者兼之始足稱大家則亦深於六義者矣

三百篇之必有韻夫人而知之然前人於周頌首章多方求叶余終未敢以爲信也惟近人有解清廟之瑟一唱而三嘆者是清廟一詩每句皆必一人唱而三人和之如此則合四人之尾聲自然成韻所謂有遺音者也此說似最明通可知古人之韻即是天籟必以唐宋之韻繩三代下之詩宜其窒礙而鮮通矣

汪韓門曰七言古詩轉韻漢張平子思元賦系詞其肇端矣轉韻之首句古無不用韻者惟江總持詩有雲聚懷清四望臺（[illegible]）來時向月別姮娥（新入姬人應令）二句無韻此在唐以前者唐七古以少陵爲宗少陵集中惟先生有道出羲皇（醉時歌）或從十五北防河（兵車行）君不見東吳顧文學（醉歌行）先帝侍女八千人（舞劍器行）杖兮杖兮爾之生也甚正直（桃竹杖行）憶昔霓旌下南苑（哀江頭）此六處轉句無韻其他名人集中偶一有之如太白之匈奴以殺戮爲耕作（戰城南）喬知之之南山羃羃兔絲花（古意和李侍郎）東坡之不羨白衣作三公（賀朱壽昌得母）虞伯生之丹邱越人不到蜀（題墨竹）圖中風景偶相似（何博士畫）等是也然一篇中只偶一句耳今人有至連轉皆不用韻者竟與四言五言一例音節乖舛甚矣

又曰律詩亦有通韻自唐已然惟東冬魚虞爲多如明皇餞王晙巡邊長律乃魚韻而用符字數字蘇頲出塞五律乃微韻而用麾字杜詩寄賈嚴兩閣老乃先韻而用騫字又崔氏玉山草堂乃真韻而用芹字劉長卿登思禪寺五律乃東韻而用松字戴叔倫江鄉故人集客舍五律乃冬韻而用蟲字閻邱曉夜度淮五律乃覃韻而用帆字魏兼恕送張兵曹五律乃東韻而用農字宋若昭麟德殿長律乃東韻而用農字宗字耽章紫芝觀五律乃冬韻而用風字釋澹父望樊川五律乃冬韻而用中字至於李賀追賦畫江潭苑五律雜用紅龍空鐘四字此則開後人轆轤進退之格詩中另爲一體矣其東韻之有宗字魚韻之有胥字或唐韻原是如此如耿湋詣順公問道五律之末聯王維和晉公扈從長律之第八聯楊巨源聖壽無疆詞長律之第八首末聯司空曙和常舍人集賢殿長律之第三聯皆以東韻而用宗字李白鸚鵡洲乃庚韻而用青字此詩唐文粹編入七古後人又編入七律其體亦可古可今要皆出韻也元以後律詩尤多通韻如元遺山虞伯生薩天錫楊廉夫諸名家集中皆有之非可概論唐律第一句多用通韻字蓋此句原不在四韻之數謂之孤雁入羣

然不可通者亦不用也進退格乃是兩韻相間而成亦必韻本相通非可任意也凡此皆於古有據讀者不可不知作者正不必遽效之

袁簡齋曰顧亭林言三百篇無不轉韻者唐詩亦然惟韓昌黎七古始一韻到底余按文心雕龍云賈誼枚乘四韻輒易劉歆桓譚百韻不遷亦各從其志也則不轉韻詩漢代已然矣

閻百詩曰百里不同音千里不同韻毛詩中凡韻作某音者乃其字之正聲非強為押也焦氏筆乘載古人下皆音虎衛風于林之下上韻為爰居爰處凱風在浚之下上韻為母氏勞苦大雅致於岐下上韻為率西水滸服皆音迫關雎寤寐思服下韻為輾轉反側候人不稱其服上韻為不濡其翼離騷非時俗之所服下韻為依彭咸之遺則降皆音攻草蟲我心則降下韻為憂心忡忡旱麓福祿攸降上韻為黃流在中英皆音央清人二矛重英下韻為河上乎翱翔有女同車顏如舜英下韻為佩玉鏘鏘楚詞華采衣兮若英下韻為爛昭昭兮未央風皆讀分綠衣淒其以風下韻為實獲我心晨風鴥彼晨風下韻為鬱彼北林烝民穆如清風下韻為以慰其心憂皆讀噯黍離為我心憂上韻為中心搖搖載馳我心則憂上韻為言至于漕楚詞思公子兮徒離憂上韻為風颯颯兮木蕭蕭其他則好之為呪雄之為形南之為能儀之為何宅之為托澤之為鐸皆玩其上下文及他篇之相同者而自見袁簡齋亦云風字毛詩中凡六見皆在侵韻他可類推後人不解此義乃欲以後來詩韻強協三百篇誤矣

古人之音隨時遞變後人亦止能尋其迹而實無由聞其聲則以今人言古韻亦祇以意而已沈約以吳音為人口實吾閩之音又有甚焉而言古韻者實莫善於閩人則亦惟古書之是據而已講古韻者自吾閩之吳才老(棫)始惟韻補一書頗多謬誤連江陳季立(第)因之作毛詩古音考屈宋古音義則條例貫通考證精明顧亭林之音學五書實從此出亭林之學又傳之安溪李文貞公康熙間　御定音韻闡微即出文貞之手昔劉賢父(攽)中山詩話載明士試清明象天賦破題云天道如何仰之彌高會考官亦同里遂中選宋人以此事為閩人笑柄然蘇子由蜀人也其集第一卷嚴碑長韻磨訛高豪何曹齊戈亦相間而用則知宋人用韻多似此又豈得獨誚閩音乎

毛稚黃聲韻叢說云韓文公蝌蚪書記云作為文辭宜畧識字然韓公識字頗不深

如韓辨云漢之時有杜度不知杜上聲又平聲昔有杜蒯劉昌宗讀作唐無讀作去入二聲者度去聲又入聲詩周炎洛度無讀作平上二聲者則杜度二字非同音矣云諱呂后名雉為野雞不聞又諱治天下之治為某字也不知治天下治字平聲非去聲也子產不毀鄉校頌以監叶言徐偃王廟碑詞以禎叶耽古音既無此通法考之唐韻益謬韓公蓋讀監為肩讀耽為丹故也是故於常用之字尚識之不盡何論蝌蚪書乎蓋聲韻之難明自古已然矣

毛西河曰韻者均也鶡冠子曰五均不同聲謂宮商角徵羽聲本不同且即一均之中亦必取聲之不同者而彙為一宮蓋以不均為均而韻名焉故古人為詩即二句三句無同聲者如元首明哉股肱良哉日出而作日入而息之類而其宮則同如明良為陽庚之通作息為藥職之通皆同宮音也至魏時李登始取其聲之同者而分聚之名曰聲類如東中通同為一類支忌脂之為一類但取聲之相類者而聚於一處故曰聲類然而猶無四聲也及齊中書郎周顒始著四聲切韻而梁沈約效之又有四聲類譜之作夫然後就一類之中而又分四等(即平上去入)然當時雖存其書而其說不著雖梁武猶疑之(梁武問何為四聲周捨曰天子聖哲)至隋皇間有陸詞者(即陸法言)偶與同時劉臻等私相議擬謂既名切韻則必細加剖析而音始親切于是又將聲類之中支脂魚虞先仙尤侯諸類前此從未分列者而又加分之總其名曰四聲切韻類譜析為五卷此則合周顒李登之說而統為一書今其書不傳顧當時詩文自魏晉迄於六季其拘聲類者十之七拘四聲者十之八而拘切韻者則十不得一(六朝詩文無分東冬支微者若冬又分鍾支又分脂之類則自六朝至唐並無遵之者)蓋其說雖自以為音韻微眇宜有分劃實未嘗強世間之押之者限以是也至唐以律詩律賦取士欲剏為拘限之說以難之遂取切韻之書為取士之法實則除應制詩賦之外仍用古韻且謂律韻雖嚴亦不宜太瑣即又取冬鍾之分支脂之判者而合之亦何嘗謂一東二冬本金科玉律六脂七之皆精微幻眇而上以之繩六經下以之檢百代哉乃自是以後遞延六代數百年或稱切韻或稱官韻或稱唐韻(俗傳吳彩鸞所書唐韻者近人偽作也)即宋初取士猶仍舊本真宗大中間遂改切韻為廣韻删唐韻習用之字而增以他字仁宗景祐中又更造為切韻然當時試士則又置廣韻切韻二書不用而別為禮部韻南渡後又有毛晃增修禮部韻畧至理宗朝乃有平水劉淵者實始併冬鍾支脂二百六部為一百七部且盡删去三鍾六脂數目而易以今目是為平水部自元明迄今皆遵用之則是今所行韻實創於楊

隋一人之作偭而迄於南渡後一人之更定而舉世夢夢稱為沈韻且疑為古韻是
何千古長夜至此也至平水韻當時又名試韻蓋以單為試士而設而他無所用今
人率稱詩韻者殆亦試韻之訛乎

詩話莫盛於宋今　四庫所錄自六一詩話以下二十餘家求其實係教人作詩之
言則不可多得　國朝吳景旭撰歷代詩話至八十卷嗜奇愛博而尚非度人金針
余嘗欲就宋人各種中精擇其可為詩學階梯者益以明人及我　朝名流所著都
為一編庶幾為有益之書未知此願何日酬耳

方虛谷瀛奎律髓一書行世已久學詩者頗奉為典型吳孟舉至懸諸家塾以為的
海虞馮氏嘗有批本方氏左袒江西馮氏又左袒晚唐負氣詬爭矯枉過正亦未免
轉惑後人若非得紀氏批本則謬種蔓延何所底止紀本有序別白是非大旨已具
讀方書者不可不先讀此書也序云虛谷選詩之大弊有三一曰矯語古淡一曰標
題句眼一曰好尚生新夫古質無如漢氏沖淡莫過陶公然而抒寫性情取裁風雅
樸而實綺清而實腴下逮王孟諸家典型具在虛谷乃以生硬為高格以枯槁為老
境以鄙俚粗率為雅音名為遵奉工部而工部之精神面目迥相左也是可以為古

淡乎朱華冒綠池始見子建悠然見南山亦曰淵明響字之說古人不廢暨乎唐代
煆煉彌工然其興象之深微寄託之高遠固別有在也虛谷置其本原而拈其末節
每篇標舉一聯每句標舉一字將舉天下之人而致之於是所謂溫柔敦厚之旨蔑
如也所謂文外曲致思表纖旨亦茫如也後人纖巧之學非虛谷階之厲耶贊皇論
文謂譬如日月終古常見其光景常新人生境遇不同寄託各異心靈濬發其變無
窮初不必刻鏤瑣事以為巧捃摭僻字以為異也虛谷以長江武功一派標為寫景
之宗一蟲一魚一花一木規規然摹其性情寫其形狀騷雅之本意果若是耶是皆
江西一派先入為主而變本加厲不知所返也至其論詩之弊一曰黨援堅持一祖
三宗之說一字一句莫敢異議雖茶山之粗野居仁之淺滑誠齋之頹唐宗派苟同
無不袒庇而晚唐崑體江湖四靈之屬則吹索不遺餘力是門戶之見非是非之公
也一曰攀附元祐之正人洛閩之道學不論詩之工拙一概引之以自重本為詩品
置而論人是依附名譽之私非別裁偽體之道也一曰矯激鐘鼎山林各隨所遇亦
各行所安論人且爾況於論詩乃詞涉富貴則排斥立加語類幽棲則吹噓備至不
問其人之賢否並不計其語之真偽是直跳託清高以自掩其穢行耳文人無行至方虛谷而

周草窗所記不忍卒讀也又豈論詩之道耶凡此數端皆足以疑誤後生貽亂詩學故不可不亟
加刊正也

今之學詩者但知以偷語為戒而以偷勢偷意為尚即可謂高手矣而不知其尚有
進也紀文達師曰詩之為道非惟語不可偷即偷勢偷意亦歸窠臼夫悟生於相引
有觸則通力迫於相持勢窮則奮善為詩者當先取古人佳處涵泳之使意境活潑
如在目前擬議之中自生變化如蕭蕭馬鳴悠悠旆旌王籍化為蟬噪林逾靜光風轉
蕙汎崇蘭王荊公化為扶輿度陽焰窈窕一川花皆得其句外意也水部詠梅有橫
枝卻月觀句和靖化為水邊籬落忽橫枝疏影橫斜水清淺東坡化為竹外一枝斜
更好皆得其句中味也春水滿泗澤變為野水多於地夏雲多奇峰變為山雜夏雲
多就一句點化也千峰共夕陽變為夕陽山外山日華川上動變為夕陽明滅亂流
中就一字引伸也到江吳地盡隔岸越山多變為吳越到江分縮之而妙也曲徑通
幽處禪房花木深變為微雨晴復滴小窗幽且妍盆山不見日草木自蒼然衍之而
妙也如是有得乃立古人於前竭吾力而與之角如雙鵰並翔各極所至如兩鼠鬬
穴不勝不止思路斷絕之處必有精神坌涌忽然遇之者正不必得撦王溪隨人作

計也

司空表聖詩品但以雋詞標舉興象而於詩家之利病實無所發明於作詩者之心
思亦無所觸發近袁簡齋作續詩品三十二首乃真學詩之準繩不可不讀自序謂
陸士龍言隨手之妙雖難以詞諭要所能言者盡於是蓋非深於詩者不能為也今
悉錄如左崇意云虞舜教夔曰詩言志何今之人多辭寡意意如主人辭如奴婢主
弱奴強呼之不至穿貫無繩散錢委地開千枝花一本所繫精思云疾行善步兩不
能全暴長之物其亡忽焉文不加點興到語耳孔明天才思十反矣惟思之精屈曲
超邁人居屋中我來天外博習云萬卷山積一篇吟成詩之與書有情無情鐘鼓非
樂捨之何鳴易牙善烹先羞百牲不從糟粕安得精英曰不關學終非正聲相題云
古人詩易門戶獨開今人詩難群題紛來專習一家硜硜小哉宜善相之多師為佳
地殊景光人各身分天女量衣不差尺寸選材云用一僻典如請生客如何選材而
可不擇古香時豔各有攸宜所宜之中且爭毫釐錦非不佳不可為帽金貂滿堂狗
來必笑用筆云思苦而晦絲不成繩書多而壅膏乃滅燈焚香再拜筆一枝呈月
驅使華嶽奔馳能剛能柔忽斂忽縱筆豈能然惟吾所用理器云吹氣不同油然浩

然要其盤旋總在筆先湯湯來潮縷縷騰烟有餘於物物自浮焉如其客氣所猛必顛無萬里風莫乘海船布格云造屋先畫點其先派詩雖百家各有疆界我用何格如盤走丸横斜超縱不出於盤消息機關按之甚細一律未調八風掃地擇韻云聲盡百二愁帝豈盡甘韶八千字人何亂採次韻自繫亮韻無味斷險貪多儒然游戲勿凡筵擾而銅山鳴食雞去距烹魚去丁尚識云學如弓弩才如箭鏃識以領之方能中鵠善學即蹶莫失故步善學仙方不為藥惱我有神燈獨照獨知不取亦取雖師勿師張采云明珠非白精金非黃美人當前爛如朝陽雖抱仙骨亦由嚴粧匪沐胡潔非薰胡香西施蓬髮終竟不臧若非華羽曷別鳳凰結響云余先於石餘響苦載多竹不如肉惟其音和詩本樂章按節當歌將斷必續如往復過簫來天霜琴生海波三日繞梁我思韓娥取逕云揉直使曲叠單使複山愛武夷為猶不足擾擾闤闠紛紛行人一覽而竟倦心齊生幽逕叢是誰開創千秋過者猶祀其象知難云趙括小兒兵乃易用宛國晩年適加遲重問所由然知與不知知味難食知脉難醫如此千秋萬手齊抗談何容易着墨紙上篠真云貌有不足敷粉施朱才有不足徵典求書古人文章俱非得已偽笑佯哀吾其優矣畫美無寵繪蘭無香揆厥所由君形者亡安雅云雖真不雅庸奴叱咤悖矣曾規野哉孔罵君子不然芳花當齒言必先王左圖右史沈誇徵栗劉怯題糕想見古人射古為招空行云鐘厚必啞耳塞必聾萬古不壞其惟虛空詩人之筆列子之風離之愈遠即之彌工儀神黜貌借西摇東不階尺木斯名應龍固存云酒薄易酸棟橈易動固而存之胥欲其重視民不佻沉沉為王八十萬人九鼎始扛重而能行乘百斛舟重而不行猴騎土牛辨微云是新非纖是淡非枯是朴非拙是健非粗急宜判分毫釐千里勿混淄澠勿眩朱紫戒之戒之賢智之過老手頹唐才人膽大滄浪云描詩者多作詩者少其故云何渣滓不掃糟去酒清肉去泊饋寧可不吟不可附會大官筵饌何必横陳老生常談嚼蠟難聞齋心云詩如鼓琴聲聲見心心為人籟誠中形外我心安妥語無烟火我心縹緲讀者泣然禪偈非佛理障非儒心之孔嘉其言藹如矜嚴云貴人舉止咳唾生風優曇花開半刻而終我欽仙露何必千鐘寸鐵殺人寧非英雄博極而約淡蘊於濃若徒槃獿非浮即翁藏拙云畫藏宵縮天不雨隆如何弱手好彎强弓因寒徐言因跛緩步善藏其拙巧乃益露右師取敗敵必當王霍王無短是以無長神悟云鳥啼花落皆與神通人不能悟付之飄風惟我詩人眾妙扶智但見性情不着文字宣尼偶過童

歌滄浪聞之欣然示我周行即景云混元運物流而不住迎之未來攬之已去詩如畫工即景成趣逝者如斯有新無故因物賦形隨影換步彼膠柱者將朝認暮勇改云千招不來倉猝忽至十年於寵一朝捐棄人貴知足惟學不然人工不竭天巧不傳知一重非進一重境亦有生金一鑄而定著我云不學古人法無一可竟似古人何處著我字字古有言言古無吐故吸新其庶幾乎孟學孔子孔學周公三人文章頗不相同戒偏云抱杜尊韓托足權門苦守陶韋貧賤驕人偏則成魔分唐界宋霹靂一聲鄒魯不關江海雖大豈無瀟湘突夏自幽亦須廟堂割忍云葉多花蔽詞多語費割之為佳非忍不濟驪龍選珠顆顆明麗深夜九淵一取萬棄知熟必避知生必避入人意中出人頭地求友云游山先問祭神責印閉門自高吾斯未信聖求童蒙而況於我低棋偶然一着頗可臨池正領倚鏡裝花笑倩旁人是耶非耶拔萃云同鏘玉佩獨姣宋朝同歌苕花獨美孟姚拔乎其萃神理超超布帛菽粟終遜瓊瑤折楊黃華敢望鈞韶請披采衣飛入丹霄滅跡云織錦有跡豈曰蕙娘修月無痕乃號吳剛白傳改詩不留一字今讀其詩平平無異意深詞淺思苦言甘寥寥千年此妙誰探

凡作詩不可有時文氣惟試帖詩當以時文法為之先讀紀文達師之唐人試律說以定格局其花樣則所選庚辰集盡之晚年又有我法集之刻其苦心指引處尤為深切著明時賢所作驚才絶艷儘有前人所不及者而扶質立幹不能出吾師三部書之範圍也

鄭蘇年師曰排律為詩之一體而其法實異於古近體諸詩其義主於詁題其體主於用法其前後起止鋪衍詮寫皆有一定之規格淺深之體勢而且題中有一字即須照應不遺題意有數重又須迴環鉤繞尺寸一失雖詞壇宗匠亦不入程式焉蓋其道與八股制義相出入八股之原固亦出於古文然竟以古文為八股則必有所隔閡而不行蓋題體纖離神理非出於一塗鋪寫有定語言不可以旁出也　又云八股與古文雖判為兩途然不能古文者其八股必凡近纖靡不足以自立排律亦然排律雖以用法詁題為主然無性情學問風格以緯於其閒則亦俗作而已深於風雅者當自得之

紀文達師曰試帖結語更要緊於起語起語可平鋪結語斷不可不用意錢起湘靈鼓瑟詩自以結語擅場西河毛氏曰往在揚州與王于一論詩王謂錢詩固佳而起

尚模倣相此題意。當有縹緲之致。靈時而起。不當纏繞題字。時余不置辯。但口誦陳李前句神女汎搖瑟。莊若納首句帝子鳴金瑟。謂此題多如是。王便默然。蓋詩法不傳久矣。

又曰。陳李湘靈鼓瑟詩。一彈新月白。數曲暮山青。語略同錢作。然錢置於篇末。故有遠神。此置於聯中。不過尋常好句。西河調度之說。誠至論也。此如大江流日夜。客心悲未央。悵矣秋風時。余臨石頭瀨。作發端則超妙。設在篇中則凡語。客髩行如此。滄波坐渺然。問我今何適。天台訪石橋。作頷聯則挺拔。設在結句則索然。此意當參。

又曰。作詩最可藏拙者。莫過於險韻。唐人詩律中。限險韻者至少。蓋主者深知甘苦。不使人巧於售欺。且如柳詩限青字。鷺詩限明字。皆非難押。而惠崇五易其稿。始得樓烟一點明句。萊公四押青字不倒。竟至閣筆。難易之故。了然可悟矣。

昔僧秀關西與黃山谷云。作詩無害。惟豔歌小說可罷之。山谷笑曰。殆空中語耳。終墮此惡道耶。師曰。若是以邪言蕩人淫心。使彼由汝犯法。恐不止墮惡道而已。黃自此不作豔詞。此語見七修類藁。甚為有理。鄭蘇年師嘗言塡詞語多佻達。可不必學。故及門中亦無一工此者。

退庵隨筆卷二十一終

退庵隨筆卷二十二

清　福州梁章鉅茝林編

學字

朱子謂歐陽公字如其人。外若優柔。中實剛勁。又跋邵康節檢束二大字云。先生自言大筆快意。而其書法謹嚴如此。豈所謂從心不踰矩耶。又跋韓魏公與歐陽公書云。張敬夫嘗言。平生所見王荆公書。皆如大忙中寫。不知公安得如許忙事。余作書多潦草。讀此語輒如芒刺背。柳誠懸云。心正則筆正。程明道先生云。某學書時甚敬。非是要字好。即此是學。常以此等語自箴。而故態迄不能改。每觀張二水瑞圖及王覺斯鐸字。輒賞其神駿。而未嘗不心非其恣肆。漳浦黃忠端行書極飛舞。而楷書乃甚謹嚴。嘗購得公在白雲庫楷書孝經全冊。無一筆懈。知張王輩不能望其項背矣。

唐太宗曰。吾少時觀陣。即知強弱。今臨古人書。不學其形勢。惟求其骨力。及得其骨力。而形勢自生耳。

張安國曰。字學至唐最盛。雖經生亦可觀。其傳者以人不以書也。褚虞歐薛皆太宗之名臣。魯公之忠義。柳公之筆諫。雖不能書。若人如何哉。

歐陽文忠公曰。余始得李邕書。不甚好之。然疑邕以書自名。必有深趣。及看之久。遂為他書少及者。得之最晚。好之尤篤。譬猶結交。其始也難。則其合也必久。余雖因邕書得筆法。然為字絕不相類。豈得其意而忘其形者耶。按其始也難。其合也必久。真洞悉學書之法。

宣和書譜言學右軍書者。必自懷仁集聖教序始。黃長睿伯思曰。聖教序集右軍行書勒石。累年方就。逸少劇蹟咸萃其中。今觀碑中字與右軍遺帖所有者。纖毫克肖。近世侍書輩多學此碑。學弗能至。了無高韻。因目其書為院體。故士大夫玩此者少。然學弗至者自俗耳。碑中字未嘗俗也。按唐時甚重此碑。至宋代黃米諸巨手。皆弗道。及自宣和書譜及東觀餘論始為吐氣耳。

董文敏公曰。晉人書取韻。唐人書取法。宋人書取意。或曰。意不勝於法乎。曰不然。宋人自以其意為書。非能有古人之意也。此論亦精。

蘇文忠公曰。王會稽父子書存於世者。蓋一二數。唐人褚薛之流。硬黃臨倣。亦足為貴。按蔡絛鐵圍山叢談稱所見內府書目。唐人硬黃臨二王至三千八百餘幅。大凡虞褚薛及唐名臣等書字不可勝記。獨兩晉人則有數。至二王破羌洛神諸帖真蹟殆絶。蓋亦僞多焉。然則今人又安所得晉蹟以供臨摹。但得唐臨祖本即希世珍耳。

王虛舟澍曰。顏魯公爭坐帖。當與蘭亭並峙。然蘭亭清和醇粹。氣韻宜人。學之爲易。及既入手。卻不許人容易寫得。非整束精神。皎然如日初出。卻無一筆是處。爭坐帖奇古豪宕。學之爲難。一旦得手。即隨意所之。無往不是。此亦兩公骨格之所由分也。

吳匏菴寬嘗言朱文公論當時名書。獨推君謨書有典型。而謂黃米書有欹傾狂怪之勢。故世俗甲乙曰蘇黃米蔡者。非公論也。沈啟南得此四書。定曰蘇蔡米黃。深合文公之旨。按相傳當時所推之蔡。惟蔡元長。後因薄其人品。遂以公謨易之。元長以瘦金體擅長。然其書險僻而無醞藉之氣。非公謨敵手。即置之蘇米黃之間。亦瞠乎後塵。不但以其人而已。　匏菴又云。書家例能文辭。不能則望而知其筆墨之俗。特一書工而已。且世之學書者。如未能詩。吾亦未見其能書也。

姜堯章言楷書以平正爲善。此世俗之論。鍾王之書。皆瀟灑縱橫。何拘平正。此論固是。然不可以示後學。不若黃山谷之言爲無弊也。山谷云。凡作書之害。姿媚是其小疵。輕佻是其大病。直須落筆一一端正。至於放筆。自成行草。最忌用意粧綴。便不成書矣。

米海嶽曰。凡大字要如小字。小字要如大字。褚遂良小字如大字。其後經生祖述。間有造妙者。若大字如小字。未之見也。　又曰。字之大小。自有相稱。不在展促也。且如寫太一之殿。作四窠分。豈可將一字肥滿一窠。以對殿字乎。余嘗書天慶之觀。天之字皆四筆。慶觀字皆多畫。各隨其相稱寫之。挂起氣勢自帶過。皆如大小一般。　又云。吾書壯歲未能立家。家人謂吾書爲集古字。蓋取諸長處總而成之。既老始是成家。見者不知以何爲祖也。

王元美曰。正鋒偏鋒之說。古本無之。近專攻祝京兆。故借此爲談耳。蘇黃全是偏鋒。旭素時有一二筆。即右軍行草中。亦不能廢。蓋正以立骨。偏以取態。自不容已也。文待詔小楷時出偏鋒。不特京兆。何損法書。解大紳豐人翁馬應圖縱盡出正鋒。寧救惡札乎。

董文敏深於書法。能言其意。嘗謂書家雖貴藏鋒。然不得以模糊爲藏鋒。蓋以勁利取勢。以虛和取韻。顏魯公所謂如印印泥。如錐畫沙是也。又嘗自評其書。謂與趙文敏各有短長。趙書因熟得俗態。吾書因生得秀色。趙書無弗作意。吾書往往率意。當吾作意。趙書似輸一籌。第作意者少耳。按今人評董書者。皆喜其熟。且賞其率意。抑知董之自負者。固在生而在用意乎。

孫虔禮過庭書譜云。一時而書。有乖有合。合則流媚。乖則彫疏。神怡務閒。一合也。感惠徇知。二合也。時和氣潤。三合也。紙墨相發。四合也。偶然欲書。五合也。心遽體留。一乖也。意違勢屈。二乖也。風燥日炎。三乖也。紙墨不稱。四乖也。情怠手闌。五乖也。乖合之際。優劣互差。得時不如得器。得器不如得志。若五乖同萃。思遏手蒙。五合交臻。神融筆暢。　又云。初學先求平正。進功須求險絶。成功之後。仍歸平正。皆深造有得之言也。

張士行紳法書通釋云。凡寫字先看文字宜用何法。如經學文字必當真書。詩賦之類。行草不妨。又有紙筆卷冊合用。字體大小。務使相稱。　又云。寫字正如作文。有字法。有章法。有篇法。終篇結構。首尾相應。故云一點成一字之規。一字乃終篇之主。褉序自永字至文字。筆意顧盼。陰陽起伏。筆筆不斷。人不能也。書評稱褚河南字裏金生。行間玉潤。以爲行欵中間所空素地。亦有法度。疏不至遠。密不至近。相間須要得宜耳。

張敬元曰。字體各有管束。一字管兩字。兩字管三字。如此管一行。一行管兩行。兩行管三行。如此管一紙。

李西涯嘗言子昂臨右軍十七帖。非此老不能爲此書。然觀者掩卷知其爲吳興筆也。大抵效古人書。在意不在形。子敬嘗竊效右軍醉筆。右軍觀之。嘆其過醉。始愧服以爲不可及。此其形體嘗極肖。而中不可亂者如此。按西涯此言。爲上等人說法耳。夫子敬效右軍書。亦必先能極肖。而後成爲子敬之書。今人臨古。往往藉口神似。不必形似。其鑒別古蹟。亦往往以離形得意爲高。此等議論。最能疑誤後學。古人硬黃響搨。總總於分杪之間。豈故作是無益。蓋斷未有不先形似而輒能神似者。今人詣力未深。不能形似。每以此自文其短。亦有但取寫意而姑爲是英雄欺人之言者。又豈可爲典要哉。

李長蘅流芳曰。學書固不專以臨摹形似爲工。然不臨摹則與古人不親。終不能去其本色。多摹古帖。然後知古人難到。尺尺寸寸而規之。求其肖而愈不可得。故學者患其難。然以爲某書某書則不肖。視自書則遠矣。

唐翼修曰。臨摹法帖。相似之後。再加工臨摹百餘遍。則反不肖。且不能自辨其工拙。

過時寫出，竟相似矣。若臨摹相肖之後，不加工多寫，後日再書，便不甚相似。

古人有九宮之法，亦傳授下學之苦心。陳伯敷繹曾曰：隨字點畫多少疏密，各有停分，作九九八十一分界畫，均布之。先於鍾王虞顏法帖上，以朱界畫印印訖，視帖中字畫分數，一一臨擬，仍欲察其屈伸變換本意，秋毫勿使差失。法帖字大，以小印分數蹙之；法帖字小，以大印分數展之。雖以黃庭樂毅，展為方丈可也。

蘇文忠公論書詩，有苟能通其意，常謂不學可之句。此在坡公之天才，實能如此，而斷非後學所可藉口。坡公自謂常懸帖壁間觀之，又常言筆成冢，墨成池，不及羲之即獻之；筆禿千管，墨磨萬錠，不作張芝作索靖。則坡公豈以不學誤後人者乎。

古人以撥鐙為秘法，其說又各不同。林韞以為推拖撚拽四字；陸希聲以為擫押鉤抵格五字；李後主以為擫壓鉤揭抵拒導送八字。蓋自唐以來，所傳即互異如此。舊以鐙為馬鐙，謂執筆如足踏馬鐙，淺則易於轉運。或又以鐙為燈，即撥燈草之小棍，亦取其輕便之意。昔人謂李後主書最工此訣，余購得李後主真蹟一冊，再三審玩，了不悟所謂撥鐙者。嘗聞陳香泉奕禧與一巨公論撥鐙法不合，至於絕交，竊謂論書之語，亦悉數難終，但取其切實可遵守者耳。撥鐙之法，即不得其解，何害。所謂不食馬肝，未為不知味也。

蘇齋師曰：今人但知作書須用腕力，而不知右腕之力須從左腕出。此論甚微，前人所未發也。

先資政公曰：凡書未成家者，宜日與古帖為緣，無論何帖，皆足以範我筆力，否則日有走作，謬所謂自來腔也。米襄陽嘗言一日不書，便覺思澀，想古人未嘗一日廢書，米老猶爾，況後學乎。

宋高宗曰：士人作字，往往篆隸各成一家，真行草自成一家者，以筆意本不同，每拘於點畫無放意自得之蹟，故別為戶牖。若通其變，則五者皆在筆端，了無閡塞，非風神頓悟，力學不倦，至有筆冢研山者，未易語此也。

有志學書，而年力有餘者，竟當從小篆入手。先覓一舊本說文汲古閣本舊搨者即可，字字摹仿，到掩卷悉能自運，後再覓舊本石鼓文及李斯各磨崖篆字、李陽冰各石刻，精心學之，腕力自然堅定，結構自然謹嚴。記得有人言學篆者，首學畫棋盤，次學畫圈子，必須懸腕為之，到得縱橫大小無不如意，思過半矣。

篆字必須正鋒，須用飽筆濃墨為之。近人率用禿筆，或竟剪去筆尖，不可為訓。王虛舟篆體結構甚佳，惟用剪筆枯毫，不足以見腕力。今人中前惟趙謙士侍郎秉沖、近惟程春海侍郎恩澤得其法，而春海筆力尤壯。昔人言篆之善者，就日中視之，必有一線濃墨在每畫之中間，毫無偏倚，此豈剪筆枯毫之所能為哉。

吾士行曰：篆字必須博古，能識古器，則其款識中古字神氣敦樸，可以助人。又可知古人篆形指事會意等未變之筆，皆有妙理。　又曰：篆書中多有字中包一二畫，如日字目字之類，若初一字內畫不與兩邊相黏，後皆如之，則為首尾一法。若或接或離，各異為，不守法度，不可如此。　又曰：篆法扁者最好，謂之蝌扁，石鼓文是也。徐鉉自謂吾晚年始得蝌扁法。凡小篆多瘦而長，蝌扁法非老筆不能到。　又曰：小篆俗皆喜長，然不可太長，但以方楷一字半為度，一字為正體，半字為垂腳。腳不可過長，當以正腳為主，餘略收短。其有下無垂腳，如山白等字，以上枝為出，如草木正生，則上出枝，倒懸則下出枝耳。

王虛舟謂篆法有三，一曰圓，二曰瘦，三曰參差。圓乃勁，瘦乃腴，參差乃整齊。按篆法要圓，自是不易之論。其要瘦要參差，皆非是。瘦與腴，參差與整齊，皆正相反，當改作一曰圓，二曰腴，三曰整齊。虛舟作篆之弊，正在不能腴，不整齊，蓋以剪筆枯毫為之，求瘦非難，而去腴則遠。腕不定，指不熟，動即參差，欲求整齊，又何可得哉。

隸書必須溯源漢碑，不可從唐隸入手。漢隸則曲阜任城數碑，已足就中字數分明最可摹仿者，無如史晨韓勑乙瑛三碑。此外則東平州之張遷碑、汶上縣之衡方碑、郃陽縣之曹全碑，及魏黃初三碑，亦須熟摹。至華山碑與熹平石經，皆中郎遺蹟，惜舊本難得，與其臨此碑之翻刻本，不如臨前數本之原石本。夏承碑今亦無善本，而體貌瑰麗，神采飛揚，在漢碑中為別派，亦可學也。

伊墨卿秉綬言學漢碑每種須兩副，一懸壁諦觀，一剪褾臨仿。愚謂唐人如韓擇木、蔡有鄰各大碑，亦瑰麗可喜，但懸壁觀之可矣。宋元明三代隸學幾絕，率多以意為之，不特漢隸無傳，即學唐隸者亦渺不可得。至我　朝朱竹垞始復講漢隸，然如墊角巾，聊復爾爾，已為前人所譏。同時之鄭谷口簠隸書最著，則未免習氣太重。聞其時有戲於黑漆方几上加白粉四點，謂為鄭谷口隸書田字者，其惡趣可知。不知當日何以浪得名。此外如林佶人、王虛舟，腕力皆弱。直至伊墨卿、桂未谷出，始遙接漢隸真傳。墨卿能拓漢隸而大之，愈大愈壯；未谷能縮漢隸而小之，愈小愈精，斯翁之後，直至小生，二語真堪移贈耳。

唐隸無可學者惟唐元宗之泰山銘得漢人遺意石臺孝經肉重骨柔遠弗及也蓋漢以來碑碣之雄壯未有及此若漢隸無大字欲作大隸者捨此銘奚所取法哉

吾士行曰隸書人謂宜扁殊不知妙在不扁挑拔平硬如折刀頭方為漢隸所謂方勁古拙斬釘截鐵備矣

王虛舟曰世之為隸書者多以扁闊為漢方整為唐其實漢隸何嘗不方整但於精神今古之間分優劣耳　又曰書到熟來自然生變韓勑碑無字不變晉字留字不知多少莫有同者此豈有意於變只是熟故若未熟便有意求變所以數變輒窮

蘇文忠公曰書法備於正書溢而為行草未能正書而事行草猶未能莊語而輒放言無是道也

姜堯章曰真書以平正為善此世俗之論唐人之失也古今真書之神妙無出鍾元常次則王逸少今觀二家書皆瀟灑縱橫何拘平正良由唐人以書判取士而士大夫字類有科舉習氣顏魯公之千祿字書是其證也

王虛舟謂多寶塔為魯公少時書魯公書碑徧天下權輿於此此碑以前無魯公書也王元美謂此碑少遠大雅不無佐史之恨誠然惟近世學顏書者非廓落即枯朽求其不大不小骨肉停勻惟此一碑可為家塾通行之本近搨過於肥濃但得中間鑿字不甚模糊末後空王可託等字不破者即為稍舊之本可供臨摹余嘗見一宋搨本瘦勁迥殊近搨凡三點水皆有牽絲連之每字之方格痕亦隱隱可見也

顏魯公千祿字書序云字書源流起於上古自改篆行隸漸失本真若總據說文便下筆多礙當去其太甚使輕重合宜近人嘉興王惺齋亦云今之學者於經史韓歐所用之字概置不用獨好用許氏說文字此韓子所謂勤勝於人非勤至於古之立言者也此言尤中今人之病惟破體俗字斷不可從但看舊搨之千祿字書最好既可辨體又可師其筆法大小皆可摹仿近則遵守　四庫館所訂通俗文字足矣

說文字不可以通行而作行楷者則不可不通篆隸之意唐人顏柳從篆出歐褚從隸出即宋人米蔡亦從篆出蘇黃亦從隸出也吳匏菴嘗言作真行書者能寫篆籀則高古今此亦探原之論也

初學書先須大書不得從小此語出自衛夫人至今學書者皆知遵守但不知彼時所學何帖耳今人學書且須從唐人入手如歐陽之醴泉銘皇甫碑溫虞公碑顏之多寶塔碑柳之元祕塔碑皆可為初學門徑逐日臨摹若歐陽之化度寺碑今無善本翻刻本皆失真顏之家廟碑宋廣平碑字體過大不便初學此外如虞永興之廟堂碑結體渾樸未易摹擬且西安城武二本亦皆非原石褚河南之雁塔聖教序房梁公碑虛和圓健非可以形迹求此數種皆極好之楷則然必須將醴泉銘等種立定腳根再進而學此數種方有把握惟鄉僻寒儒豈能盡得佳帖黃山谷謂唐彥猷得率更真跡數行精思學之遂以名世趙松雪蘭亭十三跋中所云昔人即指此此意不可不知也

近人作小楷者率稱學樂毅論不知所學者皆快雪堂本乃宋人王著所臨非右軍書也樂毅論真本有二種一為越州學舍本從元祐祕閣重摹今停雲館所摹前一全本是也一為海字本即宋高紳學士所藏石末後至一短行僅存一海字止一刻於越州石氏帖再刻於博古堂今停雲館所摹後一不全本是也然停雲館是從博古堂帖摹出字勢改就方整又脫失其後三半短行頗無人知為海字本惟張氏墨池堂所摹是從越州石氏本出徐壇長所稱筆鋒纖毫畢肖者實勝停雲館不全本為元祐祕閣真影尚可想見開合縱橫之意今人眼光全為快雪堂本所罩雖人人意中口中皆有樂毅論三字而於樂毅論之源流正變實則茫然故不得不詳論之

樂毅論之外最著者為十三行趙松雪謂王獻之所書洛神賦是晉時麻牋紹興間思陵訪得九行一百七十六字米友仁定為真蹟宋末賈似道復得四行七十四字合成十三行二百五十字然寶刻叢編及宣和書譜皆在賈似道之前已有十三行之目而汝帖所收乃從之郁字起可見宋人傳本已自多寡不同矣今人所臨亦是快雪堂本後有柳公權跋兩行者松雪以為是唐人用硬黃紙所臨非真本也松雪所跋本今不可見近來評此帖者皆云唐荊州本第一孫文介本第二今唐本又不可多見孫本即從唐本重摹是為元晏齋本文介以不當意中間鑱損九字其未損者是初上石後初搨本耳十三行九字損本正與蘭亭五字損本為對此外又有賈似道用碧玉所刻本俗稱玉版十三行厥後又有玉工重鐫之一本今墨池堂所摹是也總謂之杭州本而鋒稜太露遠不及元晏齋本又有一種偏於側媚者則王雅宜臨本愈不足辨矣

黃山谷言大字無過瘞鶴銘小字莫學癡凍蠅隨人作計終後人自成一家始逼真按此數語真學書之祕鑰而莫學癡凍蠅語尤為痛切今人作小楷鮮不如癡凍蠅者即古帖小楷之不佳者如樂毅論黃庭經諸劣刻皆癡凍蠅也能提筆即避此三字足矣然談何容易哉

學行草書須熟摹淳化閣帖及懷仁聖教序孫虔禮書譜則晉唐人之筆意已備蘭

亭不易學並不易言今世所傳唐絹本褚臨也定武本歐臨也二派已迥不相入似於山陰風矩離之已遠何況後人米襄陽趙吳興所臨蘭亭本具在仍自成為米趙之書何況餘子無已則惟顏魯公之爭坐帖合晉唐為一家學之者為腳踏實地耳

宋四家蘇黃米皆可學惟蔡不必學蓋蔡書尚未盡變唐人面貌學蔡則不如逕學唐人此後趙董兩家惟真跡可學墨刻亦不必學最可笑者吾鄉學行書多從陝刻天冠山帖入手操觚家案頭輒有一本不知此帖是僞本罅漏顯然字體側峭神味淺薄何足以供臨摹余嘗從蘇齋見松雪天冠山詩真蹟卷深厚精腴迥殊陝刻諸款皆有參差則安得呼抱殘守缺之徒而徧告之乎

黃長睿曰凡草書分波磔者名章草非此者但謂之草猶古隸之生今正書故章草當作草書先本無章名因漢建初中杜操伯度善此書帝稱之故後世目焉今便以為章帝書誤矣

宋高宗曰昔人論草書謂應指宣事如矢發機霆不暇擊電不及飛此造極之言創始之義也後世或云忙不及草者豈草之本旨哉正須翰動若馳落紙雲烟方佳耳

蘇文忠公草書雖是積學乃成要是出於欲速古人匆匆不及草書此語非是

李之儀曰家貧不辦素食事忙不及草書此特一時之語耳正不暇則行行不暇則草理之常也間有敝於不及之語而特於草字行筆故為遲緩久之雖欲稍急不可復得矣今法帖二王部中多告哀問疾家私往還之書亦可謂迫矣胡不正而反草耶

學草書者但一部書譜已足王虛舟嘗言右軍以後無草書雖大令親炙趨庭之訓亦已非復乃翁堂奧顛素以降則奔逸大過所謂驚蛇走虺勢入戶驟雨旋風聲滿堂者不免永墮異趣矣余論草書須心平氣和斂入規矩使一波一磔無不堅正乃為不失右軍尺度少一縱逸即恐道岔出米老幾顛素謂但可懸之酒肆非過論也隋唐以降惟永書千文及書譜為得草書之正竇泉述書賦譏書譜千紙一類一字萬同非篤論也

宋射陵曹書法約言云初作字不必多費楮墨取古搨書本細翫而熟觀之既復背帖而索之學而思思而學心中若有成局然後舉筆而追之似乎了了於心不能了了於手再學再思再思再校始得其二三既得其四五自此縱書以擴其量總在執筆有法運筆得宜真書握法近筆頭一寸行書寬縱執宜稍遠可離二寸草書流逸執宜更遠可離三寸筆在指端掌虛容卵掌實則不能動轉自由務求筆力從腕下轉來筆鋒從畫中見腕豎則鋒正鋒正則四面鋒全而左右逢源靜躁俱稱矣

魏伯子曰古人作字於楷細秀婉中忽作一重大奇險者蓋其精神機勢所發無能自遏不覺縱筆覽者亦遂怵然改觀後人見此學為怪異而所書不足動人本無情興徒欲作怪故也人有呵欠噴嚏必舒肆震動而洩之苟無是而學為張口伸腰豈得快哉

鍾伯敬惺曰古法帖無論妍拙放斂其下筆無不厚者厚故不易入所以能傳試取古帖中數字極樸而無態者一臨之纔覺有一二分似處即佳矣而彼之樸而無態者自如人反以為不佳此即所謂厚也伯敬書不佳而此言乃有妙理可為學古帖者開一法門然此是專指晉唐以前名蹟言之若今人學行書只知天冠山詩帖學楷書只知閑邪公家傳則又何必以此語告之

凡臨古人書須平心耐性為之久久自有功效不可淺嘗輒止見異即遷師宜官之帳張芝之池水其故可思徐季海學書論云俗言書無百日工悠悠之談也宜白首工之豈可百日乎今人亦有書無一月工之誚蓋本於此試觀歐陽詢初見索靖碑

唾之復見悟其妙臥其下者十日閻立本嘗至荊州視僧繇畫忽之次見略許三見坐臥宿其下者十日書畫之妙以歐陽與閻之真識尚不能以造次得之況下其幾等者乎

周櫟園曰書有四種曰臨曰摹曰嚮搨曰硬黃臨者置紙法書之旁睥睨纖濃點畫而倣為之摹者籠紙法書之上映照而筆取之嚮搨者坐暗室中穴牖如盎大懸紙於法書映而取之欲其透射畢見以法書故縑色沈暗非此不徹也硬黃者縑紙性終帶暗澀置之熱熨斗上以黃蠟塗勻紙雖稍硬而瑩徹透明如世所謂魚魫明角之類以蒙物無不纖毫畢見者昔人解嚮搨硬黃者皆若此今人不用熨斗塗蠟但以油脂入少許蠟揩薄側理既明徹又不透滲或用薄明角作板映而書之硬黃似矣惟嚮搨尚未分明予在北海見膠西張用之為人集右軍帖中字作碑先用硬黃法摹帖中字於紙嚮燈取影以遠近為大小度其式合就而雙鉤然後填實亦一法也

姜堯章曰筆欲鋒長勁而圓長則含墨可以取運動勁則剛而有力圓則妍美余嘗評世有三物用不同而理相似良弓引之則緩來舍之則急往世俗謂之揭箭好刀

按之則曲舍之則勁直如初世俗謂之圓健筆鋒亦欲如此如一引之後已曲不復又安能如人意耶故長而不勁不如不長勁而不圓不如不勁

黃長睿曰流俗言作書皆欲懸腕而聚指管端真草必用此法乃善予謂不然逸少書法有真一行二草三以言執筆去筆跗遠近耳今筆長不過五寸雖作草書必在其三真行彌近若不問正草必欲聚指管端乃妄論也觀晉唐人畫執筆者未嘗如此可破俗之鄙說耳

趙子固孟堅嘗言行草宜用棗心筆者以其揖裊婉媚然用之須捺筆鋒向左只用筆鋒不用筆尖乃可如真書直豎用尖則施之行草無能態度此要緊處人多未知按棗心筆大約如今之純羊毫故可以捺鋒向左近人惟劉文清公墉善用純羊毫蓋於子固之言有默契也

記明人說部中載一條云京師某巨公頗富書名適門下士有出守湖州者囑寄致佳湖穎數枝某守莅任日即訪一名筆工製筆工言上等筆不能速就守刻期一月工竭力為之僅得十枝守馳書專介至京某公試之不佳復書有微詞守怒召筆工欲責之工請曰貴師字體可得觀乎守以復函示之工驟然曰早知貴師筆力止此則一日即可得十枝因更製數十枝以寄某公乃大稱意復書致謝守詰其故工曰我之上等筆非歐虞顏柳不能用後所製者便於時手耳按盧言雜記亦有一條云宣州陸氏世能作筆右軍嘗與其祖求筆後子孫猶能作筆柳公權嘗就求筆先與二管謂其子曰柳學士能書當留此筆如退還即可以常筆與之未幾柳以為不入用遂與常筆陸云先與者非右軍不能用柳信與之遠矣此與前事相類而更在其前今人有工書而不能用純羊毫者即是此理近阮芸臺先生跋余宋拓醴泉銘云魏周齊隋書派至歐陽而集其成嘗細玩此等書法是何等毛穎今湖州筆祇便寫宋元字耳必如此舊搨本方見得古人毫柱蹤跡要得良工為之此非王著輩所及知也

蘇文忠公曰獻之少時學書逸少從後取其筆不可知其長必能名世僕以為知書不在於筆牢浩然聽筆之所之而不失法度乃為得之逸少所以重其不可取者以小兒子用意精至猝然掩之而意未始不在筆不然則是天下有力者莫不能書也

陳伯敬嘗言初學須用佳紙令後不怯紙須用惡筆令後不擇筆余謂初學者亦宜今不擇紙筆法稍成然後以佳紙縱其手否則安得如許佳紙以供塗抹乎

趙希鵠言古人晨起必濃磨墨汁滿研池以供一日之用用不盡則棄去來早再作故研池必大而深陳繹曾言磨墨不得用研池水令墨滯筆須以水注汲新水隨時斟酌之皆是至謂凡書不得自磨墨令手顫筋骨強是為大忌云云則寒儒作字豈皆有磨墨之人昔人言磨墨如病又言磨墨須養手得其理矣

王虛舟曰東坡用墨如糊云須湛湛如小兒目睛乃佳古人作書未有不濃用墨者晨興即磨墨升許以供一日之用及其用也則但取墨華而棄其渣穢故墨彩豔發氣韻深厚至數百年猶黑如漆至董文敏以畫家用墨之法作書於是始尚淡墨雖一時韻味沖勝及其久也則黯黮無色矣要其矜意之書亦未有不濃用墨者也

今人臨摹古人書者統曰臨帖不知帖之名起於晉而盛於宋秦漢以前之鐘鼎款識及石鼓等皆當謂之金石文字李斯各篆刻但當謂之磨崖至兩漢以後樹石書丹者則謂之碑碣而皆不可以帖名帖者始於卷帛之署書凡後世一縑半紙珍藏墨蹟者皆歸之帖宋以後閣帖如鍾王郗謝諸書皆帖非碑阮芸臺先生嘗著北碑南帖論於書家源流正變所辨極精其言曰前後漢隸碑盛興書家輩出山川廟墓無不刻石勒銘最有矩法降及西晉北朝中原漢碑林立學者慕之轉相摹習唐人

修晉書南北史傳於名家書法或曰善隸書或曰善隸草或曰善正書善楷書善行草而皆以善隸書為尊當年風尚若曰不善隸是不成書家矣故唐太宗心折王羲之尤在蘭亭叙等帖而御撰羲之傳惟曰善隸書為古今之冠而已絕無一語及於正書行草蓋太宗亦不能不沿史家書法以為品題晉書具在可以覆案而羲之隸書世間未見也隸字書丹於石最難北魏周齊隋唐變隸為真漸失其本而其書碑也必有波磔雜以隸意古人遺法猶多存者重隸故也隋唐人碑書未出鋒猶存隸體者指不勝屈褚遂良唐初人宜多正書乃今所存褚蹟則隸體為多閒習南朝體書聖教序即嫌飄逸蓋登善深知古法非隸書不足以被豐碑而鑿貞石也宮殿之榜亦宜篆隸是以北朝書家史傳稱之每曰長於碑榜今榜不可見而瓦當碑額及天發神讖碑可以類推惟晉室南渡以宣示表諸蹟為江東書法之祖然衣帶所攜者帖也帖者始於卷帛之署書見上文今閣帖如鍾王郗謝諸書皆帖也非碑也且以南朝敕禁刻碑之事是以碑碣絕少見昭明文選惟帖是尚真行草書無復隸古遺意矣閣帖所載皆人尺牘非釋文不識苟非世族相習成風當時啟事彼此何以能識東晉民間墓甎多出陶匠之手而字跡尚與篆體相近與蘭亭迥殊則非持風流者所

能變也。王獻之特精行楷，不習篆隸。謝安欲獻之書太極殿榜，而獻之斥韋仲將事以拒之。此自藏其短也。夫魏之君臣失禮者，在橙懸仲將耳。若使殿榜未懸之廣廈細旃之上，敕文臣大書之，何不中禮之有？豈君上殿廷不及竹扇籠鵝耶？北朝碑字破體太多，特因字雜分隸，兵戈之際，無人講習，遂致六書混淆，鄉壁虛造。然江東俗字亦復不少。二王帖如稧、賀、體、棄等字，非破體耶？唐初破體未盡，如虞、歐碑中，㣲、形（虞廟堂碑）、淮（歐虞恭公碑）、然（歐皇甫君碑）等字，非破體耶？唐太宗幼習王帖，於碑板本非所長，是以御書晉祠銘，筆意縱橫自如，以帖意施之巨碑者，自此等始。此後李邕碑板名重一時，然所書雲麾諸碑，雖字法半出北朝，而以行書書碑，終非古法。故開元間修孔子廟諸碑，為李邕撰文者，邕必請張廷珪以八分書書之。邕亦謂非隸不足以敬碑也。唐之殷氏（仲容）、顏氏（真卿）並以碑版隸楷世傳家學。王行滿、韓擇木、徐浩、柳公權等，亦各名家，皆由沿習北法，始能自立。是故短箋長卷，意態揮灑，則帖擅其長；界格方嚴，法書深刻，則碑據其勝。若其商榷古今，步趨流派，擬議金石，名家復起，其誰與歸？阮先生又有南北書派論，以東晉、宋、齊、梁、陳為南派，趙、燕、魏、齊、周、隋為北派。北派是中原古法，拘謹拙陋，長於碑牓。由鍾繇、衛瓘、索靖及崔悅、盧諶、高遵、沈馥、姚元標、丁道護等，以至歐陽詢、褚遂良。南派是江左風流，疏放妍妙，長於啟牘，減筆至不可識。亦由鍾繇、衛瓘及王羲之、獻之、僧虔等，以至智永、虞世南。兩派判若江河，直至趙宋閣帖盛行，不重中原碑版，而北派始微。宋帖展轉摹勒，不可究詰。漢帝秦臣之蹟，並由虛造，鍾王郗謝，豈能如今所存北朝諸碑，皆是書丹原石哉？此論亦前人所未發。本朝書家林立，亦似有南北派之分。前人如勵文恪（杜訥）、張文敏（照）、蔣拙存（衡）、王虛舟（澍）以及近時之劉文清公、翁蘇齋師，皆當為北派。查聲山（昇）、陳香泉（奕禧）、何義門（焯）、姜西溟（宸英）、林吉人（佶）以及近時之王夢樓、梁山舟（同書）、陳玉方（希祖），皆當為南派。若余知交中，郭蘭石（尚先）、張瀣山（岳崧）二人，無家不學，無體不工，其意似欲奄有南北之長，而其實則尚未成派耳。

退庵隨筆卷二十二終

跋

前年張南山司馬自桂林歸，嘗言中丞梁公之賢，且善著書。去年同年温伊初孝廉至自吳門，又言練立人明府嘗稱退庵隨筆，心亟慕之，以未見為恨。今年二月，廉使喬公出一書命（釗）校刻，閱其籤則退庵隨筆也。大喜，捧歸，終日夜讀之。其議論平正通達，切實有用，（釗）竊歎不刊。南山、立人二君亟稱之，固宜。抑隨筆初刻二十卷，此廣為二十二卷，蓋續有增益，並為吾師儀徵相國所刪定者，於此見公之學與時進，又能虛心從人。而惜南山、立人二君當時所見尚未得其全也。雖然，南山、立人二君嘗接公言論風采，而（釗）株守冷官，方將送試廉州，道蒼梧，溯鬱水，翹首桂林，不得謁見，為自恨耳。顧公不鄙愚陋，郵書囑喬公索序，（釗）何敢以不文弁諸篇首？爰綴校刻緣起於後，以志向慕之私云。南海曾釗謹識

跋

先大夫著書最多，其已刻行世者已逾五十種，其待刻者尚有二十餘種。以疊經兵燹，家業彫零，一官甫復，需次之餘，無力及之耳。即如已刻而燬失者，有退庵隨筆一種，則世所共稱而欲家置一冊者也。凡二十二卷，卷自為類，本前賢嘉言懿行而以己意申之，大而經國持家，細而論文談藝，凡修齊治平之道，下至一名一物，無所不該，確乎可以遵守，必傳之業也。賀序謂通鑑為經，此書為緯，洵然。書初刻於陝西，再刻於粵西，自更寇亂，兩板均散失。今將現存板片補其殘缺，合而為一，以復舊觀，所以推　先大夫嘉惠來者之意，亦使梁氏子孫聰聽彝訓焉。同治十一年春，需次武陵，時預提調書局之役，故蔵事能速爾。男恭宸謹識

履園叢話

錢泳著

上海文明書局印行

履園叢話序

履園主人於泄園之暇，就耳目所睹聞者叢話二十四卷，間以示予曰：吾以是遺慈索笑也。孫子讀而歎之曰：此非遺慈索笑之為也。先生豈予哉？主人改容起曰：噫，子知我者。試為我序之。其曰舊聞，識國初軼事，備野乘也。曰閱古，釋所見三代秦漢以來法物，而資小學也。曰考索，雜取古書事物疑義，以證心得也。曰水學，論三吳水利之不可緩也。曰景賢，勸孝弟，暨矯薄俗也。曰耆舊，思老成，奉模楷也。曰臆論，警頹風也。曰譚詩，正雅音也。曰碑帖，從所好也。曰收藏，慨煙雲之過眼也。曰書畫，示正法眼藏也。曰藝能，即形下以見道也。曰科第，紀人材之盛也。曰祥異，明天地之大也。曰鬼神，曰精怪，窮陰陽之變也。曰報應，昭天人之合也。曰古蹟，曰陵墓，曰園林，記雪泥之鴻爪也。曰笑柄，寓莊於諧也。曰夢幻，示實於虛也。而以雜記終焉。舉凡人情物理，宇宙間可喜可愕之事，無不備也。此溫伯雪子目擊道存之意也。序既畢，以復於主人曰：履園之義何昉乎？履之言禮也，將以辨上下、定民志也。顧履而園，則賁於邱園之象也。其殆將託於芻蕘者以諷世與？抑話者，言之善也，不話於朝而話於野，坤之初六曰履霜堅冰至，履之九二曰履道坦坦，幽人貞吉。履園有焉。然則是話也，即以為遺慈索笑可也。道光五年冬十月前翰林院庶吉士昭文孫原湘序

履園叢話二十四卷總目

舊聞　叢話一
閱古　叢話二
攷索　叢話三
水學　救荒附　叢話四
景賢　叢話五
耆舊　叢話六
臆論　叢話七
譚詩　叢話八
碑帖　叢話九
收藏　叢話十
書畫　叢話十一
藝能　叢話十二
科第　叢話十三
祥異　叢話十四
鬼神　叢話十五
精怪　叢話十六
報應　叢話十七
古蹟　叢話十八
陵墓　叢話十九
園林　叢話二十
笑柄　惡俗附　叢話二十一
夢幻　叢話二十二
雜記上　叢話二十三
雜記下　叢話二十四

右履園叢話爲　先君子手輯計得二十四卷合成八集前經流傳海內嗣因庚申歲遭兵燹後原板稍有遺漏今壽等集貲補刊藉以問世并誌先澤之幸有存焉爾　同治九年歲在庚午春二月朔男曰壽重修謹識

履園叢話　總目　一

履園叢話目錄

卷一
舊聞
有福　天道好還
沈百五　血袍
席氏多賢　吳留村
王永康　毆異
小韓都堂　火糧
善知識　康熙六次巡江浙
闕富　南州逸事
測字　題壁
騏驥詩　人心刁詐
鐵面御史　明哲保身
陸清獻公　御舟即事詩
重遊虎邱詩　燒坯
水鑑　爲政不相師友
獨力捐辦御道　失一知己
安頓窮人　田價
米價　銀價
卷二
閱古
周召鼎　周邢叔鐘
周太簇鐘　周散邑銅盤
秦權　漢量
漢陶陵鼎　漢銅洗
建昭雁足鐙　漢長安銅尺
古泉　錢範
秦漢銅印　秦漢瓦當

履園叢話　目錄　一

古磚　銅跋
銅帶鉤　玉昭文帶
古鏡　唐鏡
鐵券　金塗塔
宋宣和銅器　宋磁器
岳氏銅爵　秦檜鐵鍋
元石硯

卷三
考索
勤　錯簡
出母　苟
仁　三歸
瓮　舊周
寡公　度詞

元堂　並為傍
草書　老先生
名士　古今人表
親家　大長公主
闕侯世家　打跧
海市蜃樓　請雨
水車　土地之神
潤筆　鄉勇自古有之
泉之為錢　札樸
北音無入聲　古韻
駝鳥
補天射日　顏淑冉子
繖　扇
轉蓬　宗譜

墓碑　四金剛
盂蘭盆會　宋儒
時藝　題目
紙錢　七七
卷四
水學
總論　太湖
三江　來源
枝河　水利
水害　建閘
圍田　濬池
專官　協濟
附救荒 附粟帖稿
公督私藏法　附粟帖稿

圖賑法
卷五
景賢
鄉賢一　鄉賢二
嘉定錢氏兩先生傳　書曾冢令李君守城事
書南園先生事　書周孝子事
卷六
耆舊
安安先生　隨園先生
抱經學士　覃溪閣學
山舟侍講　響泉觀察
西莊光祿　竹汀宮詹
蘭泉司寇　二林居士
秋帆尚書　夢樓太守

竹嶼中丞　稼堂侍御
蘇潭中丞　耘松觀察
筠心學士　秋室學士
杜鄉宮保　榕皋先生
二雲學士　斵堂少宰
芝巖太史　魚山比部
杜邨觀察　秋史侍御
平階中丞　淵如觀察
蘭士太守　宜泉太史
仲子教授　香杜舍人
鶴侶比部　十蘭判官
蓉莊都轉　香洲先生
艮庭徵君　懋堂明府
端虔刺史　子居明府

春墟叔訥兩明府　大紳先生
青湖先生　謙士侍郎
味辛司馬　滌飲先生
晉齋文學　曼生司馬
枚庵先生　二陸先生
雪樵總戎　秦參將

卷七

臆論

五福　三教同源
天道人道　君子小人
寬容密察　富貴貧賤
五穀蔬菜　鳥獸草木
逃墨入儒　忠厚之道
覆育之恩　烘開牡丹
恩怨分明　貧亦告借
為善為惡　不多不少
不貧不富　官久必富
收藏為旺　治家
早起　種田
水利　產業
子弟　立志
吃虧　無學
謹言　所業
利己　習氣
拒客　山器
驕奢　醉鄉
收成　名利
神仙　貪巧

雅俗　培養
夤緣　順逆
寬逆　貧富
刻薄　同此心
不足畏　關學問
不會做　大才智
回頭看　人身一小天地
凡事做到八分　厚道勢利之別
得氣長短厚薄　過
儉　苦
慳　累
醒

卷八

譚詩

總論　以詩成人
以人存詩　紀存
摘句

卷九

碑帖
周石鼓文　秦泰山石刻
秦琅邪臺石刻　新莽天鳳石刻
漢燕然山銘　漢西嶽華山廟碑 延熹八年
漢元儒先生婁壽碑 熹平三年　漢熹平石經 熹平四年
漢涼州刺史魏元丕碑 光和四年　漢幽州刺史朱龜碑 中平二年
漢郭有道陳仲弓碑　漢淳于長夏承碑 建寧三年
漢成陽靈臺碑 建寧五年　漢小黃門譙敏碑 中平四年
漢圉令趙君碑 初平三年　漢巴郡太守樊敏碑 建安十年
漢酸棗令劉雄碑　漢楊氏四碑

兩晉六朝碑　唐觀音寺碣
唐化度寺碑　唐孔子廟堂碑
唐九成宮醴泉銘　唐磚塔銘
唐郎官石記序　唐雲麾將軍李秀碑
唐麻姑仙壇記　唐滑臺新驛記
唐開成石刻十二經　四唐碑
唐石幢　後梁征東軍牆隍廟碑記
後晉吳越文穆王神道碑　吳越僧統慧因普光大師塔銘
蜀石經　馬楚銅柱銘
宋高宗御書石經　宋表忠觀碑
墨妙亭詩刻　宋刻
明刻　本朝帖
偽法帖　論刻帖
家刻

卷十

收藏
總論　唐
五代　宋
元

卷十一上

書學
鐘鼎文　小篆
隸書　書法分南北宗
六朝人書　唐人書
宋四家書　趙松雪
總論

卷十一下

畫學

總論　畫中人

卷十二

藝能
書　數
射　投壺
彈琴　琵琶
著棋　摹印
刻碑　選毫
製墨　硾紙
琢硯　銅匠
玉工　周製
刻書　裝潢
成衣　雕工
竹刻　營造

治疱　堆假山
製砂壺　度曲
十番　演戲
雜戲
卷十三
科第
種德　立品
孝感　求讖
夢　鼎甲
元　異事
武科
卷十四
祥異
日月合璧五星連珠　彩雲
水牛　聚寶珠
道士驁　卯三近
烏賊　銀變蝦蟆
一產四子　珠光
小蛇　搏虎
魚鬪　牛腹中人
魚吐珠　塔裂
天然大士像　錫杖禦盜
驚棗雞　鼻中人
見祥為禍　梆中出血
扶日魚　貓作人言
失金釧　食龍食龜
食橘化蛇　背生
雞作人言　大石

蟲荒　牛背書
紅雞蛋　失印
潮來　螢火城
醃蛋有光　古樹自焚
異僧　陰兵
黑土　風龍
小牛　貓異
雪中人蹟　雙面人
一乳六男　神龍攫珠
老母雞　二龍
大龜　鐵人
龍皮　海獸
元旦雷雨　棺影
異事　錦江巨龜
白虹　星異
地中犬　蛤中珠
迎涼　搶米
墨線　板櫈自行
龍帶石牌坊　漢口鎮
天不可測　山鳴地動
妖言惑眾　村牛搏虎
八月十五晡　龍鬪
風暴　大木
老鸛　蛟與龍鬪
塵霾　黑雲
龍見　蟾蜍
火毬　羣鼠渡江
暢春園虎　六月雪

雜興　南方丙丁北方壬癸
巨蟒　瓊雲
卷十五
鬼神
張撫軍退鬼　鄭二癡
緋衣神　鬼戲
鐵蓮仙　乩仙
打青神　送涼
閻角庵相士　董庶常
誦大悲咒　春杏
馬公宋相　城隍
鬼迷　滕縣遇鬼
神人呵護　瞽目見鬼
鬼皁隸　彭半壺

鬼婚　淨眼
關聖顯靈　鬼差救人
鬼嘵天　陣亡鬼
大娘娘　喚鴛鴦
婐鬼　無常鬼
買乳　神州廟
還我頭顱　鬼說話
逆子冥殛　討債鬼
鬼物憑臨　王大王二
三善　祭品用熱
兩指　倒划船
陳三姑娘　王老相公桑三姐
人而鬼
卷十六
精怪
亂食仙草　張氏怪
朱方旦　石妖
小三娘　石虎
奇案致富　飽祟
蛇妻　妖人
黃相公　蜒蚰精
桃妖　狐老先生
天狗　男女二怪
有聲如牛　管庫狐仙
鼈精　猪首人身
祓井　狐報仇
高柏林　樹神現形
蜘蛛網龍　借寓

放火　採蓮朱桂
獼鬼　賴壻
醫狐　火怪
佛雲夫人　老段
卷十七
報應
德報　冤報
孽報　忤逆報
刻薄　殘忍
折福
卷十八
古蹟
萬歲山　豊臺
樓桑村　董江都讀書處

直沽　九河故道
岱廟　泉林
趵突泉　南池
艮嶽　吹臺
相國寺　梁王城
汴故宮　夷門
梅花堂拱奎堂　黃鶴樓
赤壁　廬山
馬當山　石鐘山
潯陽江　[illegible]磯
太白樓　識舟亭
滴翠軒　烏江
天門山　濡須
孔子臺　芍陂
淮水　潁水
錢塘江　煙雨樓
檇李城　魏塘
石尊　墨妙亭
王右軍別業　東府
清白堂　越王臺
柯亭　蓬萊閣
雷門　窆石
蘭亭　智永禪師書閣
江文通宅　天台山
桃源洞　桐柏宮
李太白書堂　石橋
白雲山　嚴子陵釣臺
九仙山烏石山　延平津

卷十九
陵墓
夏禹陵　商吳泰伯墓
商仲雍墓　商大夫彭祖墓
周延陵季子墓　周先賢言子墓
周先賢曾點澹臺滅明二墓　周先賢閔子墓
周要離冢　漢高密太守錢咸墓
漢富春公錢讓墓　漢太子洗馬錢京墓
漢孝女曹娥墓　漢東海孝婦墓
三國吳王夫人墓　吳大將軍丁奉墓
晉謝太傅墓　晉永安侯錢廣墓
梁臨川王錢伯仁墓　梁妙嚴公主墓
陳黃門侍郎顧野王墓　唐褚中令遂良墓
唐工部郎杜甫墓　唐魯郡開國公顏真卿墓
唐遯𤩽先生墓　唐贈尚書右僕射長城令公墓
唐贈尚書左僕射檢校司空常州刺史公墓　唐宣州旌德縣令贈尚書禮部郎右諫議大夫洪勝王墓
唐贈尚書僕射加太尉同中書門下平章事建初王墓　水部太夫人墓
英顯王墓　武肅王墓
廣陵郡王墓　文穆王墓
忠獻王墓　忠遜王墓
忠懿王墓　會稽郡王墓
宋六陵
卷二十
園林
澄懷園 京師　惠園 京師
萬柳堂 以上京師　隨園 江南
張侯府園 以上江南　樂圃
獅子林　拙政園

歸田園　息園
綉谷　懷雲亭
耦園　涉園
逸園　靈巖山館
寒碧山莊　水木明瑟園 以上蘇州
東皋草堂 常熟　壺隱園
燕谷 以上常熟　康山 揚州
小瑯環山館　雙桐書屋
片石山房　江園
靜修俭養之軒　樗園
平山堂　九峰園 以上揚州
錦春園 瓜州　樸園 儀徵
珠媚園 通州　文園 如皋
塔射園 松江　嘯園

右倪園　豫園 上海
日涉園　吾園
從溪園　三泖漁莊 青浦
南園 太倉　平蕪館 嘉定
澹園 清河　長春園 蕪湖
玉玲瓏館 杭州　皋園
潛園　長豐山館
倦圃 嘉興　曝書亭
南園　二十五峯園 嘉善
青藤書屋 紹興　寓園
造園

卷二十一

笑柄

太無裝　閙玻樓

五兩輕　打生員
雌雄　似箇娥娥
性畏蟢子　蝎子太守
王老虎　侮聖人之言
溺於聲色　糊塗人
牡丹亭脚色　喜對
什麽東西　交相拍手
臣恐不敢妄對　平上去入
雁行　小字
打兔子　何須畏
勢利　此亦妄人也已矣
情癡　讀時文
又何加焉　陳見仙
識字　出題

小姐班頭　張都轉詩
館　醬
打油詩　兩槐夾井
畫豬　文王課
賦得詩　戲言
三百銅錢　陋吏銘
園文章　不准
木蘭詩　鑲邊酒
二婢　狗醫
長隨　孝經通四書熟
緋仙　面貌冊
和相　宋玉
素不相能　馬上得之馬上失之
繡閣英才　官妓

陞官圖　王良善馭
兩耳太聰　耆者居
男恭貞潔女效才良　先為關羅王定業
惡俗附
出會　賭
卷二十二
夢幻
汲古閣　楊貴妃
許昌　傳聞之甚
鬼胎　自矜埋葬
改名　夢中判囚
文敏公逸事　水和銀杏
陳太守　夢斷龍獄
損陰騭除名　寫婚書

鯉魚求救　賀氏第
先伯桂山公索嗣　沈肯松
夢董思翁　司馬達甫
曹方廣　擊蛇
十神人　枯骨託夢
詩人黃達　鬼神弄人
秦檜鐵像　四十一
三十三　南遊夢
紅面金甲神　注蘇詩
冥獄　西華山神
王太守　東平王馬夫詐人
自挽詩　松雪翁入夢
夢神狻猊　和神國
卷二十三
雜記上
三教　兄弟和家之肥
天人異論　情
可知　戒殺放生
徒陽運河　不可少
讀萬卷書行萬里路　廿一經
蔣都督　父子大拜
席宗玉　率由舊章
峨嵋老僧　修志
八體　性恭謹
袁簡齋　蘇東坡生日會
改嫁　金石文字
算盡錙銖　布衣可貴
南北氣候　水倉

大歸四事詩　吳書鼓
朱文正公逸事　易于傳論
福慧菴　紅白盛事
詁經精舍　畢
茂林　蓮香校書
楊妃春　植梅卿
定數　岑巴雞
機神廟　鳥槍打雨
五雲　換棉花
刺史新聞　刑罰不中
奇案　富賤貴賤
經訓堂帖　悟情
裹足
卷二十四

雜記下
阿文成公　示子
得隆虎失隆虎　知音犬
蘇小妹　劉王氏
秀才　小棺材
大蛇　前世事
難得糊塗　東澗老人墓
豪侈　四字
紅裙　凡
貧官　一品夫人
孫春陽　形家言
陳狀元犯土禁　命中缺水
樟柳神　治賊
琴心曲　唐竹莊
牛次原　喪子
言過其實　滄江虹
陳尼吾　浮簽
黏雪山房業　題壁詩
釋道詩　閨秀詩
做詩阿娘　穆庶能為駢體文
優伶能解韻語

履園叢話卷一

清、勾吳錢泳梅溪輯

舊聞

有福

皇朝定鼎，大難悉平。爾時有明諸藩，僭號自立。江南則有福王，浙西則有潞王，浙東則有魯王，江西則有益王，福建則有唐王，兩廣則有桂王。旋竄入楚，入黔，入滇。是時滇黔大亂，始而土司普吾沙繼而張獻忠養子孫可望、李定國日尋干戈，摧殘男楚，而海寇鄭成功乘機竊發，肆擾江南。其他揭竿持梃者，所在多有。王師征討，歷十有八年，剪除殆盡。乃越十年，而耿精忠叛于閩，尚之信叛于粤東，孫延齡叛於粤西，吳三桂叛於滇黔、陝甘楚蜀，流毒尤甚，雖曰劫數，其中玉石俱焚，正復不少。今幸遇承平之世，聖聖相傳，且又生於蘇杭福地，自當立心行善，各執其業，以答天庥。諺有云：有福不可享盡。願人人深省焉。

天道好還

雲南五華山故宮，桂王所建。順治丁亥，洪公承疇督師，由貴筑大路取滇，李定國拒戰於曲靖，吳三桂由廣西四川，旁搗其虛，至黃草壩入城，桂王遁至阿瓦，三桂以重賞購得之，縊於桂陽府，遂以功封平西王，鎮守雲貴，因據五華山故宮，增修十有餘年，備極壯麗。康熙癸丑，三桂反，出攻長沙、潮州，鎮劉進忠首叛，遙為聲援，平藩尚可喜發兵討之，以次子尚之孝督師，屢出無功。乙卯歲，三桂僭尊號，丁巳病死。戊午，諸王貝勒討賊，駐軍曲靖，賴將軍平耿精忠，自福建進征粤西，亦由四川黃草壩直薄省城，俘三桂孫偽洪化，斬之，滇南大定。金陵邵為章有詩云：擒人即是人擒處，誰道天公不好還。

洪百五

明末崇明有洪百五者，名廷揚，號五梅，家甚富。曾遇洪承疇於客舍，是時洪年十三，相貌不凡，洪以為非常人，見其窮困，延之至家，并延其父為西席，即課承疇。故承疇感德，嘗呼洪為伯父。後承疇已貴，適山東河南流賊橫行，淮河糧運輒阻，當事者咸束手。於是洪薦百五，百五乃盡散家財，不請帑藏，運米數千艘，由海道送京師。思陵召見，授戶部山東清吏司郎中，加光祿寺卿。不數年，承疇已歸順本朝，百五獨不肯，脫身走海，尚圖結攬，為大兵所獲。洪往諭降，百五故作不識，認曰：吾眼已瞎，汝為誰？洪曰：小姪承疇也。伯父豈忘之耶？百五大呼曰：洪公受國厚恩，殉節久矣，爾何人斯，欲陷我於不義乎乃笑洪衣襟大批其頰洪笑曰鐘鼎山林各有天性不可強也遂被執至於江甯戮淮清橋下妾張氏收其屍斂衣裝葬之虎邱來鶴巖墓二十年而死初百五結援時手下有死士五百人沈死後哭聲震天一時同殉殆有慘於齊之田横云

血袍

蘇州楊忠文公廷樞以順治元年殉節於里第事載府志有血袍一件忠文之子易亭先生名无咎者謹藏於家珍同球璧易亭生文叔先生繩武文叔生石埭教諭慶孫教諭十二三歲時嘗受業於先外祖華嶰山先生其時易亭尚在年八十餘矣外祖既設帳於其家擬請忠文公血袍一見久之而未允也一日忽命家人入書房請外祖遂衣冠而進見易亭服斬衰上香三奠酒三奠畢俯伏大哭命啟箱取袍出復大哭然後呈示外祖亦拜而觀之是紅紬綿補俱變黃色刀痕血跡宛然外祖亦不覺失聲趨而出蓋外祖之祖曙生公故為忠文弟子也後外祖謂人曰易亭真孝子吾早知如此何忍觀之以傷孝子之心耶教諭之子名一鴻號梅溪中乾隆癸卯鄉榜余曾見之聞此袍至今猶在

席氏多賢

蘇州東洞庭山有席康侯者名本楨吳縣諸生其父右源為山中巨富攖勢豪之網牙角十年家遂中落至康侯成人遂解其紛排其難勢豪怯退舍避然不使其父之知也選危尋勝杖履追隨日娛親於絲歌山水之間色養以終其身迨父歿未幾適當明季蝗旱不登餓莩載道而齊魯幽燕之區為尤甚康侯以為畿輔重地也不可飢饉乃日夜焦心思所以賑濟之法時司農告匱百姓洶洶地方大吏亦惟有束手而已康侯遂散家財走襄樊挽粟數十萬石晉為賑穀當事者以上聞帝嘉授中書舍人晉太僕少卿以風勵天下不數年大兵下江南天下大定而吳中少年乘機竊發倡言起義實縱剽劫康侯乃糾結鄉勇數千人助當事破平之中丞土公國寶恨洞庭兩山不靖將大索湖中康侯聞之急牢牛載酒厚款求解湖民以安當流寇之再出鄭襄也朝廷發兵防禦以兵糧不繼戍卒譁然康侯聞之亟以十萬金為犒菜費戢亂兵而安帖之本朝蠲政既行計畝起科瀆山咸擾將為民累矣康侯力爭於王侍中止革之閩兖東被災暴露骸骨數十萬募人而悉掩之知親舊通者不能償契券數千紙一旦而悉焚之至於逢窮計畫之策則呼而周之命懸絲縷之人則助而救之迷津難渡則具舟楫以濟之峻嶺難行則甃道路以坦之有郡邑黌宮傾頹朽壞壁茨而丹雘之孔道舊跡門樓表坊有輕棄而賤售者倍其價而存之墓以封也樹以表也有伐樹而削墓者厚其遺而使人守之凡此忠君卹民利人利物之事指不勝屈說者謂比之陶朱公輸財覩黨卜大夫毀家助邊康侯實有過之吾友欽賜舉人世臣其六世孫翰林編修煜其七世孫也

順治戊子年吾鄉膠宛兩山之間有賊匪萬人嘯聚擊掠村民其頭目曰吳鼇山華七陸四俱自稱大王或操舟數百出沒於鶴湖茭葭葦蕩旗鼓相應當是時城門晝閉官兵斂迹莫有聲言殺賊者常熟羊尖鎮東有席華甫瑛席宗玉琮席荊生珩兄弟家素封其先本東洞庭山遷居於此與康侯為兄弟行三人者皆名諸生而多智畧乃相議曰民之蠹賊也深矣擄其資淫其婦火其廬恨無人為之率先耳祖臂一呼人必響應此摧枯之勢也荊生曰欲為民除害當散財而養士然不可以輕試且擅兵興衆即為罪階或請命於上官又恐掣肘雖然必假手於官而後可也於是荊生入城見邑侯瞿公（名四知，河內人）語之曰鄉賊多乞速請鎮兵不然蔓延難治矣邑侯曰鎮兵暴徒擾民荊生曰然則起一城之衆父臺自將之某凡弟率鄉人之勇者從旁

相助必剋賊矣邑侯曰城無守奈何荊生默然良久曰賊所耳而目之者鎮兵縣兵也兵來賊去兵去賊來民無噍類矣夫鎮兵縣兵之不可遠誠如公慮今賊跨城邑掠貲重淫凶焚殺而官兵莫之攖驕甚矣彼不虞鄉兵之猝至也今能得父臺妾片札使愚兄弟得長一鄉率衆出不意所謂批亢擣虛是父臺不費糧不折矢可一戰而滅矣邑侯大喜即給旗委札出庫兵悉荊生所取荊生歸而華甫已先集三千人為防守計兄弟三人又各以千金為助日給錢米為諸鄉勇安家禦賊之日則倍是更班巡警直宿外悉守家肆農業有不從者罰從賊者殺之以首解縣約束既定推山明為隊長山明故烈士勇力絕人而爽直和易無不敬愛之五月望日宰牛享士部伍始定廿五日賊知之哭聲羊尖鎮勢甚張建大旗曰大明中興有數人來約戰荊生諫慨慢罵曰汝等豈不知聖主賢臣之俱出乎尚猖獗如是不日而殄滅矣宗玉乃集衆議言人人殊荊生銳然欲出謂宗玉曰此先來者零賊也避堅而擊瑕莫逾於今日如賊衆群集則彼勢盛我怯矣乃貫甲提刀出勸衆衆唯唯廿七日平明賊索戰列陣天台寺日方午華甫率勇敢者數十人先出衝其鋒賊皆陷荊生與諸弟姪繼進砲銃齊發呼聲動天賊大潰追至宜橋賊縱火焚燒烟焰迷目宗玉越火

而前與賊相攻斃役七人華甫大呼曰前進死山皆賊巢不可進彼衆我寡難敵矣不若收兵固守爲萬全計宗玉聽之乃三軍旗衆皆退退至鎮鎮民之老弱婦女逃避者已盡歸感望塵而拜六月六日賊復熾札營李家埭營廣二里許華甫宗玉荆生以三千人繼進因與山明上馬而馳賊惶急散走以百艘越茭蕩南去大衆集無以渡遙望賊旗飄飄然惟歎恨而已七月朔薄暮適大霧荆生曰剪此賊在今夕矣因與宗玉聚百舟將啟行而邑侯手札至且遣捕役官兵以相助勢愈壯因穿入蘆葦縱砲鳴鑼賊聞聲而遁遺舟八百餘艘被獲者二十餘賊并器械糧食等次日荆生縛解縣民皆歡呼騈肩塞路而胥吏衙役輩鼓唇咋舌欲以罔利且言賊非眞器械自所制也荆生怒立公庭下斥言曰我輩奉縣官親札請一方之害乃汝等翻欲陷我耶甯死賊毋媚役也縣官出爲周旋之罵而散然諸邑民聞席氏起義相效之成結鄉兵擒殺百里內賊屍塡港舟不得行而諸邑之流亡者亦稍稍歸保妻子復故業矣是時蘇州鎮總兵有楊大宗常州鎮副總兵有曹虎本縣有徐參將詎吳勉山華七陸四輩及諸賊匪多黨於三營之兵兵無賊餉貪甚銜恨刺骨悄悄然思一陷以中席也入楊營者誣荆生爲盜入曹營者誣華甫宗玉謀叛入徐營者誣席氏

一門擅殺凡控六大案一日忽有常州副總兵曹虎提兵來將滅席氏荆生有族姪號長康者喜然諾能辭辯偕友徐敬賓挺身見曹呈之以邑侯之榜與札言起鄉兵者本出自邑侯無他意曹總兵不識字惟左右是聽用極刑令招叛謀逼之甚長康不屈死而敬賓兩足斷十指折亦不屈遂以席氏弟兄名中文按道而拘捉甚急華甫荆生旣被執下之獄將一網無遺矣邑侯知其事急具文詳六案以鳴其冤卒弗解席氏家破身刑況冤莫愬窮詰連引親朋避逃惟宗玉一人奔走蘇常哀籲於權勢之門而已有紀綱陳賢者任俠而好施廣交而多智爲傾身設持賄通折獄者得輕比然而人懷賄賂需索萬端荆生曰必見撫軍方直供也撫軍者土公國寶也素重常熟令劉賊功而不知出諸華甫宗玉荆生也公旣閱中文按荆生甚和照荆生因供曰大人提雄兵下江左軍民人等所以望馬首而懾服者以戢奸禁暴得保斯民於故業也今暴者縱之安者撓之而衆執事兵弁等又奉行無當毋乃非大人之初意乎某居常熟之半尖地士絃歌民稼穡俗剛風厚無過此者然三湖逼其前四蕩列其後大海嵌其後長江注其肩固煙波蘆葦奸雄藏伏之藪也治之爲甚難亂之則甚易況鋌而走險人之本性也大人涖茲土處深而謀密外則江海內則湖蕩設官置兵分守要害眞犬牙錯制詰奸禦盜之良法也不意官兵肺腸更甚於盜賊兵來盜去縱使刦焚兵去盜來盡行抄蕩甚而至於賄脫眞盜誣指善良行者斷路居者喪家民自知死於盜死於兵等死也遂譁然爲盜三府之民不謀同起械船飛幟徧布洪濤建幟立國絡繹村鎮白骨枕於野赤血流於河斯豈厄數之未盡耶抑民心之好亂耶夫不亂於招撫之初而亂於安撫之後茲其故可知也本縣罹父母萬目時艱熟籌本計以爲請鎮兵庫竭而粮耗出縣兵城虛而勢危是以委札鄉儒冢無疑忌者以生世儒家誠謹可倚也受任以來剿賊是務捐貲竭產臥甲枕戈凡數月不寢處得以平剿盜役耕作輸賦稅是非爲身謀而爲國謀也生並不敢干當路望厚賞與彼弁爭尺寸而彼弁者喪心病狂誣縱殺誣叛謀誣窩盜又誣造僞札置僞官果是者一死不足以塞責而滅族有餘矣瀝肝碎首無以鳴冤誓日指天莫能伸曲伏願大人提貪弁與生質是非鞫情實得一言之見雪者死亦瞑目也今生已被虜人被殺兒孤婦寡飢寒交迫形槁心灰雖生亦猶死也生死不足惜而大人保釐江左嘉惠萬民竊憂諸執事武弁之未可信任也荆生言旣切淚下交頤土公見之愴然色變顧左右而嘻曰不意官兵之至此也華甫荆生之獄已涉期年至是

始雪即棠集文書發本縣一獄而還旋將華七杖斃其吳勉山陸四已爲鄉人所殺磔其尸時猶有薦紳先生得盜賄爲之出結保護於當事者土公乃飭江南分巡諸鎮將一時收營旋上聞非奉檄毋許出兵武官不得受民詞控詰斷擬歸有司自此民不苦賊而江南大治

吳留村

吳留村名興祚字伯成其先本浙之山陰人中順治五年進士時年十七其明年即選江西萍鄉縣知縣遷山西大寧縣知縣陞山東沂州府知府以事鐫級左補江南無錫縣知縣者十三年政通人和士民感戴忽有奸人持制府札立取庫金三千兩吳疑之詰以數語其人伏罪乃告之曰爾等是極聰明人故能作此伎倆若落他人手立斬矣雖然看汝狀貌尚有出息乃畀以百金縱之去後數年閩寇日熾吳解餉由海道至廈門忽進盜刦已而盡還之盜過船叩頭謝罪曰公大恩人也詢之即向所持札取庫金者由是其人獻密計爲內應將以報吳時閩浙總督爲姚公啟聖與吳同鄉商所以滅寇之法康熙十五年冬八閩旣復姚上聞持擢福建按察使旋陞兩廣總督留村在無錫旣膺殊遇夙駕將行錫之父老士庶被澤素厚者自縣治以

至河干直達於省城之金閶門八九十里號泣攀留行趾相接不下數萬人其搢紳及受知之士則操舟祖道肆筵設席鼓吹喧闐或有執卮酒以獻於道路者亦連檣數十里依依不舍使君爲之泫然士民之感德如此

王永康

蘇州王永康者逆臣吳三桂壻也初三桂與永康父同爲將校曾許以女妻永康時尚在繈褓未幾父死家無擔石寄養鄰家比長飄流無依至三十餘猶未娶也一日有相者謂永康云君富貴立至矣永康自疑曰相者言我富貴立至從何處來耶有親戚老年者知其事始告永康時三桂已封平西王聲威赫奕永康偶檢得遺篋果得三桂締姻帖始發奇想遂求乞至雲南無以自達書子壻帖詣府門越三宿乃得傳進三桂沉吟良久曰有之命備一公館授爲三品官供應器具立時而辦擇日成婚粧奩甚盛一面移檄江蘇撫臣爲其買田三千畝大宅一區在今郡城齊門內拙政園相傳爲張士誠壻僞駙馬潘元紹故宅也永康在雲南不過數月即攜新婦回吳終未接三桂一面永康既回窮奢極欲與當道往來居然列於公卿之間後三桂敗事永康先死家產入官眞似邯鄲一夢吳中故老有傳其事者

礮異

明季亡將王蛟結水寨於太湖沉一大礮於吳塘門值水涸里人秦字明獲之利其銕夜靜時袖椎搪擊礮作大聲吼聲聞數里懼而埋之田十餘年邑武弁張姓者鎮守吳塘門居人有與秦相仇指稱田中藏礮秦因此破家移礮置無錫縣南城門上以朱紅虎頭牌覆戴之歷二十年耿精忠反於閩檄四方礮赴南取而去

小韓都堂

順治十六年海寇作亂蘇郡有駐防兵來守將軍祖大壽圈封民居以爲駐防之所號大營兵自婁門至桃花塢寶城橋而止獨不及後板廠一隅緣後板廠有李灘璞曾任前明兵備時祖公爲微員有事當刑幕友勸李解救李適擲色曰此人有福當得全色一擲而得六紅遂救之得免祖故以此報之也康熙三年撫軍韓公心康奏請以駐防兵移至京口去之日恐兵有變預與將軍謀先備船於城外令兵一時盡行出城不得停留一刻違者斬首蓋當時民間有借兵銀者償之無已名曰滿債韓公深知其意預令欠戶遠逃貼撫軍封條於門兵來索債見之舍去民賴以安吳人感其德忠立祠於虎邱半塘春秋祀之今韓公祠是也公撫吳時年未三十故俗呼爲小韓都堂

欠糧

順治十八年春巡撫朱國治奏銷十七年分條銀計江南紳士以逋欠除名者一萬四千餘人常熟一縣計七百餘人宮牆爲之一空

善知識

吾鄉華公亦祥中順治十六年進士第二人聖眷甚優康熙初嘗隨車駕幸香山有某禪師者德望素著聖祖見之如禮佛然而此僧箕踞自若也亦祥含怒未發頃之車駕出門亦祥遂取所持錫杖痛毆之慢罵曰爾何人敢受天子拜耶僧曰不拜我拜佛華亦曰我不打你打佛僧乃合掌曰阿彌陀佛善知識

康熙六次巡江浙

聖祖仁皇帝南巡始於康熙二十三年甲子十月二十六日御舟抵滸墅關先於廿四日過揚州將由儀徵幸江寧府忽遇順風可以速達京口遂乘沙船順流而下次早上金山晚而登舟揚帆過丹陽常州無錫俱未及泊一晝夜行三百六十餘里時湯文正公斌正爲巡撫務儉約戒紛華御舟已入邑境縣令猶坐堂呈決事也上騎馬進閶門士庶夾道至閶塞不得前上輙緩轡命勿跪訪求民間疾苦藹然若家人父子至接駕橋南行幸瑞光寺巡撫前導由盤門登城窮簷蔀屋極目無際上爲瞻念者久之遂從齊門而下幸拙政園晚達葑門駐蹕織造府

第二次　南巡是二十八年己巳二月初三日御舟抵滸墅關蘇州在籍諸臣汪琬韓菼歸允肅繆彤等接駕日晡時上入城衢巷始結燈綵次日幸虎邱登萬歲樓時樓前有玉蝶梅一株盛開芳香襲人上注目良久以手撫之出至二山門有蘇州士民劉廷棟松江士民張三才等伏地進疏請減蘇松浮糧上命侍衛收進諭九卿科道會議至十九日車駕自浙江回蘇合郡士庶進萬民宴上領之命近侍取米一撮曰願百姓有飯喫士民復請上又取福橘一枚擲下曰願爾等有福也

第三次　南巡是三十八年己卯奉慈聖太后以行三月十四日駕抵蘇州在籍紳士耆老接駕俱有黃綢旛旙上標明都貫姓名恭迓聖駕字樣自姑蘇驛前虎邱山麓凡爲駐蹕之所皆建綵亭聯以畫廊架以燈綵結以綺羅備極壯麗視甲子己巳逾十倍矣十八日恭逢萬壽聖誕凡百士庶獻康衢謠若干帙頌聖詩若干帙萬壽詩若干帙分天地人和四冊以祝萬年之觴又於諸山及在城名剎廣列祝聖道場

百姓歡呼塗路十九日召蘇州在籍官員翁叔元繆曰藻顧汧王原祁慕琛徐樹穀徐升入見賜賞各有差又賜彭孫遹尤侗盛符升御書匾額二十日辰刻御駕出封門登舟幸浙江時兩江總督爲遂甯張鵬翮江蘇巡撫爲商邱宋犖也上問云聞吳人每日必五餐得毋以口腹累人乎臣鵬翮奏云此習俗使然上笑云此事恐爾等亦未能勸化也四月朔日駕由浙江回蘇初二日傳旨明日欲往洞庭東山初三日卓出胥口行十餘里漁人獻鯿魚銀魚兩筐乃命漁人撒網又親自下網獲大鯉二尾上色喜命賞漁人元寶時巡撫已先到山上少頃有獨木船二撥槳前行御舟到岸而隨從者未至巡撫備大竹山轎一頂伺候上升輿笑曰到也輕巧有山中耆老百姓等三百餘人執香跪接又有比邱尼盛妝跪而奏樂上云可惜太后沒有來其時翠峰寺僧超揆步行先驅引路者倪巡檢陳千總也在山寺民老少婦女觀者雲集上分付衆百姓你們不要踹壞了田中麥子是時菜花已經結實成角上命取一枝細看問巡撫何用奏云打油上曰凡事必親見也是日有水東民人告菱湖坍田賠糧收紙付巡撫上問扈駕守備牛斗云太湖廣狹若干奏云八百里上云何以具區志止稱五百里奏云積年風浪衝坍隄岸故今有八百里上云去了許多地方何不奏聞開除糧稅乎奏云非但水東一處即如烏程之湖漊長興之白茅嘴宜興之東塘武進之新村無錫之沙墩口長洲之貢湖吳江之七里港處處有之上云朕不到江南民間疾苦利弊焉得而知耶初四日即由蘇起鑾北發

第四次　南巡是四十二年癸未二月十一日駕抵蘇州時巡撫宋犖尚在任一切行宮彩亭俱照舊例犖扈從時見上勤於筆墨每遇名勝必有御製詩或寫唐人詩句犖從容奏云臣家有別業在西陂乞御筆兩字不令宋臣范成大石湖獨有千古上笑曰此二字頗不易書犖再奏云臣曾求善書者書此二字多不能工倘蒙出自天恩乃爲不朽盛事上即書二字頒賜頃之又命侍臣取入重書賜之上勤於筆墨如此

第五次　南巡是四十四年乙酉三月十八日駕抵蘇州是日爲萬壽聖誕奉上諭江南上下兩江舉監生員人等有書法精熟願赴內廷供奉抄寫者着報名齊集江甯蘇州兩處俟朕回鑾日親加考試四月十四日命掌院學士揆敘赴府學考進呈冊頁取中汪泰來等五十一人同前考過郭元釪等十人俱赴行宮引見各蒙賜御書石刻孝經一部是年駕又幸崑山縣登馬鞍山旋往松江閱提標兵水操

第六次　南巡是四十六年丁亥二月二十六日上幸虎邱山三十日幸鄧尉山聖恩寺僧際志恭迎聖駕午後傳旨宮門伺候御賜人參二觔哈蜜瓜松子榛子頻婆果蒟蒻等十二盤上云吾見和尚年老也六次南巡中天恩溫諭莫可殫述江南父老至今猶能言之初無錫惠山寄暢園有樟樹一株其大數抱枝葉皆香千年物也聖祖每幸園嘗撫玩不置回鑾後猶憶及之問無恙否查慎行詩云合抱凌雲勢不孤名材得並豫章無平安上報天顏喜此樹江南只一株迨聖祖賓天此樹遂枯亦可異也

鬬富

康熙初有陽山朱鳴虞者富甲三吳遷居申衙前即文定公舊宅其左鄰有吳三桂侍衛趙姓者混名趙蝦豪橫無比常與朱門富凡優伶之遊朱門者趙必羅致之時屆端陽若輩先赴趙賀節飲酒皆留量趙以銀杯自小至大羅列於前曰諸君將往朱氏吾不強留請各自取杯一飲而去何如諸人各取小者立飲趙令人暗記笑曰此酒是連杯借送者其播弄人如此朱曾於元宵掛珠燈數十盞於門趙見之愧無以匹命家人碎之朱不敢與較商於雅園顧吏部予咸顧唯唯乃以重幣招吳三桂

婿王永康來讌飲席散遊園置碎燈於側王問曰可惜好珠燈何碎不修朱曰此左鄰趙蝦所爲因平西之人未敢較也王會意耳語家人連夜逐趙出城另還一時大快人心鳴虞之子後入翰林常與王往來王居北街拙政園俱先三桂死今申衙前尚有陽山朱衙之名問所謂朱鳴虞趙蝦之號竟無有知者

南州逸事

玉峯徐大司寇乾學善飲啖每早入朝食實心饅頭五十黃雀五十雞子五十酒十壺可以竟日不飢同朝京江張相國玉書古貌清臞每一朝止食山藥兩片清水一盃亦竟日不飢二公之不類如此徐公解組後常寓蘇州雅園顧氏凡人有一面者終身不忘無材藝者不入門下有執贄者先繕帙以進公十行俱下頃刻終篇其有不善處則折角志之其人進見公面命指示一字不爽故凡人有奇材者必有異相也

測字

閶門外上津橋朱某家貧欲入山尋死遇仙解救授測字一書其驗如神求之者必須預定日期每日只測一字取貲一兩懸牌門首某日測某人字時吳三桂將反有

文書來向蘇藩庫借餉十萬兩方伯慕公天顏踧踖莫決乃延朱測字且告以故朱曰請命一字適几上有殘米慕公隨手翻轉指正字為枚朱曰不可借正似王字王心已亂且東正面合几上正而反矣即反之兆也慕即拒之未幾果應其言其子亦習父業占驗不減於父但非一日測一字也有人以武字問有子否朱曰絕矣一代無人自此而止其人果無後朱子死其書偏尋不得或以為仙人收去遂失其傳朱之孫號心傳曾孫號孔学俱習其業亦頗有名

題壁

康熙十八年三藩為亂調兵四出有卒過横涇宿關帝廟題二絕句云昔為輿兵使今反在兵列十載從軍行太阿混凡鐵四海男兒志沙場得得行深閨今夜月同此照凄清此人亦奇士也

騏驥詩

吾鄉有錢一飛者嘗賦騏驥詩七古一首言馬至騏驥之良尚為人駕馭覊絆其身故結句云何如猛虎深山裏一嘯風生百獸寒其父見之愀然曰此子將來必為盜賊欲殺之一飛遂逃去後為逆臣吳三桂將領參謀康熙十九年正月勇畧將軍趙良棟領兵追勦一飛始逃歸老而無子竟以壽終

人心刀詐

康熙二十三年兩江總督于清端公成龍喜微服潛行察疑獄求民隱然奸人造言散布以傾怨家或反央賄屬吏雖灼知而不敢言也有布衣程姓者進見直言且指目擊一二事為徵公悚然曰微子言吾幾不知人心刀詐若此耶陳恪勤公鵬年守吳亦喜微行有金獅巷富室汪姓兩子以曖昧事殺其師賄通上下衙門以疑案結局惟公不可以利誘汪遂重賄左近茶坊酒肆脚夫渡船諸人囑其咸稱冤枉公察之衆口如一遂不深究又劉家浜富家乳媪攜一小孩看稍攤忽不見殺死城下剝去金珠衣服緝凶無着公夜出查訪遇醉漢曰此沈某殺也次日拿沈審問沈極口稱冤其實並無此事畧加刑即肆焉孔子曰衆好之必察焉衆惡之必察焉善夫

鐵面御史

湯文正公斌蒞任江蘇聞吳江令即墨郭公琇有墨吏聲公面責之郭曰向來上官要錢卑職無措只得取之於民今大人如能一清如水卑職何敢貪耶公曰姑試汝郭回任呼役汲水洗其堂由是大改前轍公喜特保舉卓異而前任督撫江蘇者余

公國柱也方掌綸扉微賄巨萬聞之御恨刺骨嗾人劾奏虞山翁鐵庵司寇叔元和之翁聖祖皇帝英明稔知郭無他故得以保全時長洲貢生何義門焯在京考選為司寇門生遂登翁之門後罵不已索還門生帖否則改稱不認為師義門由是知名二十六年郭公內陞御史于半年中參罷三宰相兩尚書一閣學直聲振天下稱為鐵面御史旋以吳江張令虧空舉發舊案株連落職擬遣戍幸蒙聖明洞鑒以郭琇居官尚有風力免其治罪二十八年擢兩湖總督

明哲保身

湯潛庵先生撫蘇時嘗詣東林講學有邑紳某曾委蛇閹逆而脫歸者于座請明哲保身之義纏纏不絕潛庵厲聲云比干諫而死亦是明哲保身邑紳面發赤無地可入然先生實不知其舊事也

陸清獻公

陸稼書先生宰嘉定日坐堂上課子讀書夫人在後堂紡績民有事控縣者即出票交原告喚被告如抗出差其聽訟也以理喻以情恕如家人父子調停家事漸成無訟之風有兄弟爭訟不休公謂之曰兄弟不睦倫常大變予為斯民父母皆予教訓無方之過也遂自跪烈日中訟者感泣自此式好無尤嗚呼若先生者誠聖人所謂道之以德齊之以禮有恥且格者也公生辰貧不能備壽筵夫人笑之公曰汝且出堂視之較壽筵何如但見堂上下香燭如林斯民敬之若神明焉相傳稼書先生殁後為嘉定縣城隍縣民數百人直至平湖接公上任時先生夫人尚在謂縣人曰公在縣時不肯費民一錢今遠道見迎恐非公意耳

御舟即事詩

吳南村廷楨博學多才書法少師趙董館於巡撫慕公天顏署中南村故吳人因冒陝西籍中式北闈行查斥革康熙三十八年三月恭逢聖祖南巡廷楨獻詩四月朔日上自浙江回鑾伏謁平望河干上召見命作御舟即事詩限三江一絕吳援筆立就云金波溶漾照旌幢共慶回鑾自越邦正在攜思聞自鳴鐘響宋中丞犖奏曰將到吳江矣吳遂得續句云御製詩行催報計程應已到吳江上得詩甚喜稱賞次日引見命廷楨寫擘窠大字詢問廷楨曰蘇州民既庶矣看來是庶而未富對曰非不富只因皇上視民如傷之心太切了覺得如此天顏甚豫遂命禮部注冊復還舉人其明年會試中進士入翰林官至宮諭

重遊虎邱詩

滄州陳公鵬年康熙辛未進士以大學士張鵬翮薦出知江寧府四十二年聖祖南巡總督阿山借供帳名欲加賦稅公力爭曰官可罷賦不可增阿銜之公嘗逐群娼建亭其上月朔宣讀聖諭阿乃劾公大不敬以此落職下之獄絕其食獄卒憐之私哺以餅餌為守者李丞偵知杖卒四十曰與一勺水如之公自問命絕矣適浙撫趙公申喬過之叱獄官得以生聖祖赦其罪命入武英殿修書尋起知蘇州府重遊虎邱詩云雪艇松龕閱歲時廿年蹤跡鳥魚知春風再掃生公石落照仍銜短簿祠雨後萬松全逕匝雲中雙塔半迷離夕佳亭上憑闌處紅葉空山繞夢思麼鞅公餘半晌閒青鞋布襪也看山離宮露出雲霄上法駕春留紫翠間代謝已憐金氣盡再來偏笑石頭頑棟花風後遊人歇一任鷗盟數往還時總督噶禮以為誹謗句句旁注而劾奏之摘印下獄中聖祖詔曰詩人諷詠各有寄托豈可有意羅織以入人命復其官尋擢霸昌道旋陞江甯布政使

燒坯

康熙末年總督噶禮由晉撫陞任兩江辦事勤敏喜著聲威嘗以南闈號舍逼窄請旨增建即令平江府各字號是也而貪婪不法無敢言者辛卯歲江南科場事發噶禮護之得銀數十萬兩又大縱估客糶米出洋米價一時騰躍以至軍民交怨時儀封張清恪公伯行為江蘇巡撫密飭查拿果得總督令箭並訪獲張元隆等交通海賊情狀以實參奏聖祖震怒正欲差張鵬翮出京審辦科場兼訊噶禮而噶禮權勢甚盛遂以反誣革張伯行職事聞聖祖曰朕素所知張伯行為天下第一清官若加恩免議旋調倉場侍郎而罰噶禮修熱河城工以贖前愆五十一年九月上知城工未完辦於督辦遂將噶禮拿交刑部適噶禮之母詣都察院訟禮忤逆令家人進毒弒母等事奉旨廷訊果然發部議以凌遲處死上命先將噶禮眼珠打出又割其兩耳籍沒其家妻子同誅法旨斬首其母恨禮甚又詣刑部請照陶和氣例凌遲後焚尸揚灰有旨賜帛而噶禮又賄囑帛繫未絕時即行棺殮監絞官候至夜分忽聞棺中語云人去矣我可出也聞者大駭劈其棺噶禮遽起坐因耳目俱無不知所之監絞官懼事洩一斧劈倒連棺焚化始行覆命聖祖笑曰這奴才真燒坯也此案見康熙五十一年邸抄

水鑑

雍正初年田公文鏡撫豫十有二年威不可犯大法小廉查逐坐省長隨禁止府州縣官毋許逗留省城往來宴會隨到隨見見後即去如有言未盡只許留宿城外次日稟見遄行自此怨聲載道清則清矣而郡中商民之生計絕矣古語云水至清則無魚人至清則無徒是知為人上者毋為民鑑當以水鑑也

為政不相師友

雍正間朱文端公軾以醇儒巡撫浙江按古制婚喪祭燕之儀以教士民又禁燈棚水嬉婦女入寺燒香遊山聽戲諸事是以小民肩背資生如賣漿市餅之流弛担閉門默默不得意迨文端公去後李敏達公衛蒞杭不禁妓女不擒摴蒱不廢茶坊酒肆曰此盜線也絕之則盜難蹤跡矣公雖受知於文端而為政不相師友一切聽從民便歌舞太平細民謳頌禱焉人謂文端是儒者學問所謂齊之以禮敏達是英雄作為所謂敏則有功也

獨力捐辦御道

乾隆十六年辛未高宗第一次南巡江南總督黃廷桂馭下嚴催督急州縣奉行不善因科派地方紳富各人承辦人心惶惶蘇州紳士畏廷桂勢唯諾不辦在籍翰林蔣恭棐負重望暨其兄戶部郎中蔣曰梅弟刑部員外蔣楫姪內閣中書蔣應焻力持不可見廷桂侃侃議論不稍貶損適御史錢琦風聞其事參劾廷桂一摺奉旨嚴行申飭時蔣氏官監司郡守州牧邑令者三十餘人相約助捐惟楫力拒之曰吾承先人餘業衣食稍給理宜報効朝廷於萬一弟姪輩居官在外一郡有一郡之政一邑有一邑之政學校農桑有關國計民生者事事可取之家財以利地方果能盡家為國百姓受福吾榮多矣乃獨力捐辦御蹕臨幸大路計費白金三十餘萬兩親自督工晝夜不倦楫字濟川諸蔣中家最饒性慷慨仗義疎財官刑部十年明慎練達囹圄有頌聲焉

失一知己

胡中藻之文見賞于鄂西林相國曰為昌黎再世後相國薨左遷為光祿寺卿乃鬱鬱不樂發言多犯卒干大戮失一知己便爾喪身可畏哉

安頓窮人

治國之道第一要務在安頓窮人昔陳文恭公宏謀撫吳禁婦女入寺燒香三春遊屐寥寥輿夫舟子肩挑之輩無以謀生物議譁然由是弛禁胡公文伯為蘇藩禁開

戲館怨聲載道金閶商賈雲集宴會無時戲館酒館凡數十處每日演劇養活小民不下數萬人此原非犯法事禁之何益於治昔蘇子瞻治杭以工代賑今則以風俗之所甚便而阻之不得行其害有不可言者由此推之蘇郡五方雜處如寺院戲館遊船青樓蟋蟀鵪鶉等局皆窮人之大養濟院一旦令其改業則必至流為遊棍為乞丐為盜賊害無底止不如聽之潘榕皋農部遊虎邱治坊浜詩云人言蕩子銷金窩我道貧民覓食鄉真仁者之言也

田價

前明中葉田價甚昂每畝值五十餘兩至百兩然亦視其田之肥瘠崇禎末年盜賊四起年穀屢荒咸以無田為幸每畝祇值一二兩或田之稍下送人亦無有受諾者至本朝順治初良田不過二三兩康熙年間長至四五兩不等雍正間仍復順治初價值至乾隆初年田價漸長然余五六歲時亦不過七八兩上者十餘兩今閱五十年竟亦長至五十餘兩矣

米價

康熙四十六年蘇松常鎮四府大旱是時米價每升七文竟長至二十四文次年大水四十八年復大水米價雖較前稍落而每升亦不過十六七文雍正乾隆初米價每升十餘文二十年蟲荒四府相同長至三十五六文餓死者無算後連歲豐稔價漸復舊然每升亦祇十四五文為常價也至五十年大旱則每升至五十六七文自此以後不論荒熟總在廿七八至三十四五文之間為常價矣

銀價

顧亭林日知錄記明洪武八年造大明寶鈔每鈔一貫折銀一兩四貫易黃金一兩十八年後金一兩當銀五兩永樂十一年則當銀七兩五錢萬曆中猶只七八換崇禎中已至十換矣國朝康熙初年亦不過十餘換乾隆中年則貴至二十餘換近來則總在十八九二十換之間至於銀價乾隆初年每白銀一兩換大錢七百文後漸增至七二七四七六至八十八十四文余少時每白銀一兩亦不過換到大錢八九百文嘉慶元年銀價頓貴每兩可換錢一千三四百文後又漸減近歲洋錢盛行則銀錢俱賤矣

履園叢話卷一終

履園叢話卷二

閱古

清 句吳錢泳梅溪輯

周曶鼎

鎮洋畢秋帆先生巡撫陝西時得此鼎高漢尺二尺四寸周四尺八寸兩耳三足中有銘文二十四行共計四百又三字銘分三節第一節恭冄王錫曶赤環赤金等而用金作牛鼎以祀文考究伯也第二節則小子㪤訟于井叔以金百寽贖五夫曶受五夫而為誓詞也第三節匡眾寇曶禾十秭曶告東宮因與匡季為誓詞也案說文曰部曶出氣詞也象氣出形籀文從口今無此字皆作忽余謂象人言時口中出氣易於散也春秋傳曰其亡也忽焉楚詞忽而來兮洛神賦飄忽若神漢樊敏碑奄曶藏形皆言易散之義古人命名自有意思不必定取吉祥語如論語之仲忽春秋之鄭太子忽皆名忽也先生既得此鼎久置經訓堂之東樓余嘗請于先生盍送曲阜孔廟供奉殿庭垂之千古乎卒未果惜哉

周邢叔鐘

秋帆先生家又有邢叔鐘一具高漢尺五尺二寸前後面俱十二乳滿身青綠間有硃砂斑真寶物也銘文四行剝蝕過半惟有邢叔毋曰䶅叔文祖皇考對揚乃德得屯乍魯永終于吉毋不敢弗帥用文祖皇考三十二字尚可辨因名之曰邢叔鐘此器曾聞貢單奏進以斤兩太重難於搬運入乾清門而侍衛內監又不敢遽以進宮遂發還先生歿後家產入官不知此鐘猶在人間否也

周太簇鐘

金陵司馬舍人曹有周鐘一具高一尺五寸銘文中有[illegible]字不可識遂將攜本質之歙縣程瑶田先生以周尺度之曰此太簇鐘也瑶田深於小學當必有據

周散邑銅盤

散邑盤舊藏揚州徐氏今歸洪氏華秋嶽嘗繪圖其形如盤盤中有文十九行末一行蝕其半共計三百五十七字山陽吳山夫紹興俞楚江嘉定錢辛楣儀徵江秋史曲阜孔光生蘇州江鄭堂皆有釋文阮雲臺先生為浙江巡撫時收入積古齋鐘鼎款識嘗命工仿造一個可以亂真

案商周之器西漢時已有出土者得之以為祥瑞因而改元立祀作歌至張敞鄭衆皆能辨識其來尚矣魏晉六朝隋唐之間無有明其學而為考訂者自宋劉原父刻

先秦古器記。遂有歐陽永叔、葉少蘊、李公麟、趙明誠、董彥遠、黃伯思、薛尚功、王子弁、程者年亦有著錄。自此好古之士。每得一器。必將諸集錄證之。而本朝之西清古鑑。尤備千古未有之奇。近時阮雲臺宮保。又刻積古齋鐘鼎彝器款識。洋洋大觀。愈精愈博。不特可補經傳之所未備。且可益許氏之所未及者。豈僅足資考訂而助翰墨哉。余生平所見商周之物。如鼎鐘彝卣尊罍盤匜觶敦簠簋。以及戈劍弩機之屬甚多。以有款識者為上品。無款識者次之。亦如看書畫作雲烟過眼可也。

秦權

余於嘉慶甲子。在邗上見一秦權。上有文云。廿六年皇帝盡并兼天下諸侯。黔首大安立號為皇帝。乃詔丞相狀綰法度量。則不壹歉疑者皆明壹之。元年制詔丞相斯去疾。法度量盡始皇帝為之。皆有刻辭焉。今襲號而刻辭不稱始皇帝。其於久遠也。如後嗣為之者。不稱成功盛德。刻此詔故刻左使毋疑。共一百字。雖青綠遍體並不剝蝕一字。心竊疑之。自後又見兩枚。與甲子所見者無異。乃知皆仿造也。

漢量

漢銅量一。重今曹平三斤十二兩。其文云。律石衡蘭奉。籥字蝕二。容六斗。始建國元年正月癸酉朔日制。共二十二字。向藏桐鄉汪硯畦家。今不知所歸。又見長白斌少僕家亦有銅量一具。容米四斗。許。亦是漢物。說文斛字。許氏注云。米一斛舂為八斗。又云米一斛舂為九斗。據此則量有大小不同。非若今之定以五斗為一斛也。

漢陶陵鼎

是鼎為揚州阮雲臺宮保所藏。蓋上有文云重十一斤。器上有文云容一斗。重八斤一兩。又云重十斤。今除蓋以庫平法馬秤之。重四斤十三兩三錢二分。所云容一斗者。以今官斗較之。得一升八合。何古今權量之不同也。宋陳無擇云。二十四銖為兩。每兩古文五銖錢四箇。開元錢三箇。至趙宋廣料。以開元錢十箇為兩。今之三兩當漢唐十兩。故今之升斗尺寸斤兩皆後大於前也。宮保云器與銘辭不相應者。恐當時共鼎正多。不知何時互錯耳。鼎今藏焦山方丈。嘉慶十九年冬。余從高郵回吳。道過王南陔中丞同遊焦山。撫摩一過。

漢銅洗

漢銅洗。余所見者不下十數具。即古盤匜之屬也。有陽嘉洗。有大吉羊洗。有富貴昌宜侯王洗。有章和中平永建洗。有宜子孫大富貴洗。大約皆本朝出土者居多。

建昭雁足鐙

青浦王蘭泉司寇家有雁足鐙。其鐙槃似雁一足立起。上燃以燈燭油並用。製作甚精。上有建昭三年考工輔為內者造銅雁足重三斤八兩云云五十九字。阮雲臺宮保考為大將軍王鳳之物。鳳於永光二年。嗣封陽平侯。陽朔元年。成帝所賜也。嘉慶廿五年春。余嘗仿造四具。贈斌笠耕觀察。觀察自為製銘。每當夜宴。四鐙爛然。頗令人發懷古之幽情也。

漢長安銅尺

銅尺一。今藏嘉定瞿木夫通守家。銅質堅貞。青綠可愛。上有文云。長安銅尺卅枚第廿。元延二年八月十八日造。計十有八字。篆法精煉。的是漢人。與曲阜孔氏所藏慮傂銅尺相等。惟此尺作陽文疊起。較之慮傂尺短六分。按慮傂尺造於後漢章帝建初六年。距前漢成帝元延二年。不過九十二年。已長短之不同如此。漢書地理志。長安縣。高帝五年置。屬京兆尹。為領縣第一。今文云長安銅尺卅枚。當是在長安鑄者三十枚。此為第二十。未必鑄三十枚以頒郡縣也。晉書律歷志載漢章帝時。零陵文學史奚景於泠道舜祠下得玉律。度以為尺。相傳謂之漢官尺。未聞有鑄銅為尺者。今慮傂尺既流傳人間。或又疑此尺為劉歆所造。然案宋嘉祐鐘鼎款識搨本中。有晉尺。上有文云周尺漢志鎦歆銅尺後漢建武銅尺晉前尺並同十九字。今將此尺與晉尺較之。又短八分。則知非歆造矣。案今之裁尺。大於工部營造尺。猶之宋三司布帛尺。大於晉尺。晉尺大于漢建初尺。建初尺大於元延尺。元延尺大於周尺是也。時代既殊。尺有贏羨。難以定論云。

古泉

古者金貨布幣刀。俱謂之泉。其名始見於史記平準書及食貨志。梁顧烜有泉譜。宋陶岳有貨泉錄。杜鎬有鑄泉故事。羅泌路史有泉幣考。金光襲有泉寶錄。李孝美董逌俱有泉譜。洪遵徐象梅俱有泉志。近方氏萬年有錢譜十卷。朱氏近漪又有古金待問錄。華氏師道有錢幣考。翁氏宜泉有古錢考異。所載貨布幣刀大備。案管子言燧人氏以來。未嘗不以輕重為天下也。蓋謂制貨以權輕重。此即用幣之始。而其制則未聞。或謂太昊氏以前。已有錢矣。高陽氏謂之金。有熊氏謂之貨。陶唐氏謂之泉。夏尚謂之幣。亦謂之布。齊人謂之刀。曰泉曰布者。取流通之義也。故太公作九府圜法。周景王鑄寶貨。秦鑄半兩。漢興亦有半兩。又三銖四銖五銖八銖。而王莽又鑄貨泉小泉直一。幺泉一十。幼泉二十。壯泉三十。大泉五十。及貨布契刀五百一刀平五千大布黃千之類。又東漢正品。亦有五銖。蜀漢正品。有直百直百五銖。又有曰大泉五百大泉當千者。皆古泉也。

晉初用魏五銖。吳興沈充又鑄小錢。輕三分。名沈郎錢。又有趙石勒鑄豐貨。成李壽鑄漢興之類。宋有四銖五銖二銖孝建孝建四銖景和永光之類。年號入錢文自此始。齊梁有五銖。五朱大通五銖大富五銖大吉五銖。拓跋魏有太和五銖永安五銖之類。陳有大貨六銖。宇文周有五行大布永通萬國布泉。隋亦有五銖錢。至唐初始有開元通寶。乾封錢寶乾元重寶大歷元寶建中通寶咸通元寶之類。而開元通寶最爲繁多。其幕有字。乃武宗時所鑄。如京洛兗福興平昌潤襄藍鄂丹梓洪梁越潭宣廣荆桂藍之字。猶如本朝順治通寶幕文有同福臨東江宣原西薊昌南河荆雲浙陽寧陝延襄是也。即如五代十國所載鑄錢之事。如後唐後晉後漢後周。以及南唐前蜀後蜀南漢楚閩吳諸國。流傳之錢亦日漸日少矣。

嘉慶三年。海州秘家溝鄉民濬池得巨甕二。發之中實大泉五十大布黃千。皆滿土花剝蝕蒼翠可愛。

嘉慶戊寅春。紹興西郭門外西彝山下。土人掘得一墓。皆大磚砌成狀如墜道。其中空洞無物。外有砂缸二具。不甚古。中貯五銖錢數萬枚。並無青綠。郡人陳圭堂親見之。攜以示余。余謂漢蜀兩晉時無窯器。唐宋無五銖錢。皆事之不可解者。

吳江翁海村言廸化州有屯兵墾地得坎窞深不逾丈。下見墻屋積米盈倉青蚨一堆。大徑寸。文曰永安一千。皆是鐵鑄。此又前人之所未及者也。

乾隆己酉歲。荆州築隄取土。得古錢無數。余時在武昌節署。偶渡江至漢口。見肆中有古錢三千枚。皆購得之。其錢文曰。宋通元寶太平通寶淳化元寶至道元寶咸平元寶景德元寶祥符元寶天禧通寶天聖元寶明道元寶景祐元寶皇宋通寶康定元寶慶歷重寶皇祐元寶至和元寶嘉祐通寶治平元寶熙寧重寶元豐通寶元祐通寶紹聖元寶元符通寶聖宋元寶崇寧通寶崇寧重寶大觀通寶政和通寶重和通寶宣和通寶宣和元寶靖康元寶建炎通寶紹興通寶隆興元寶乾道元寶淳熙元寶紹熙元寶慶元通寶嘉泰元寶開禧通寶嘉定元寶嘉定之寶大宋元寶紹定通寶端平元寶嘉熙重寶淳祐元寶皇宋元寶開慶通寶景定元寶咸淳元寶德祐元寶。皆有宋一代之錢。余爲分次甲乙。計五十三種。幕中友洪稚存徐朗齋方子雲孫香泉輩見之。半被分去。案高宗南渡建都改杭州曰臨安府。鑄銅牌行用。其文曰臨安府行用五字。其陰面曰準叁伯文省。亦有準伍伯文省者。是當時國貧補救變通之法。其牌最少。

嘉慶十八年三月。高郵州城北擡車樓後爲加築河工隄岸。民夫掘土得鐵錢數萬枚。並古鏡刀劍之屬。又有銅盌磁椀甚多。其錢文曰。祥符天聖熙寧元豐元祐紹聖崇寧政和宣和乾道背有同元等字淳熙同十五春十六　春十四紹熙春元春五春三同二春四同五慶元春二漢三漢四同六嘉泰春元同三開禧春元春二漢二漢三嘉定春四漢二春十一漢十三春十三漢十四漢元紹定春三春五淳祐景定皇宋大宋。計二十餘種。余皆見之。其中亦有銅者。按宋史食貨志兩宋錢幣。本有銅鐵二等。而折二折三當五折十。則隨時立制。太祖初鑄錢俱用銅。凡諸州輕小惡錢及鐵鑞錢悉禁之。蜀平後仍用鐵錢。其所謂小平錢夾錫錢最後出。然亦不能通行郡縣。大觀二年。蔡京復相。江南東西福建兩浙始許鑄使鍮錢。至紹興末年。淮楚屯兵。月費五十萬。南北貿易緡錢之入境者。不知其幾。於是沿邊皆用鐵錢。乾道初。詔兩淮京西亦用鐵錢。司農許子中。以舒蘄黃皆產鐵。請各置監鼓鑄。舒州有同安監。蘄州有新春監。廣州有鄰安監。江西有廣寧監。興國有富民監。大冶監。臨江有豐餘監。撫州有裕國監。湖北有漢陽監。是以大小鐵錢通行於兩淮。今諸錢之背。有文曰同曰春曰漢者。即同安新春漢陽諸監之所鑄也。

錢笵

翁宜泉太守有錢母說。即朱竹垞所謂泉笵。以銅爲之。所以鼓鑄也。今官局鼓鑄皆用翻沙。所云板板六十四者。余嘗親至錢局看鼓鑄。有一板成二三十。有一板成四五十不等。未必定是六十四也。今錢笵亦不等。有五銖泉一板成八枚者。有大泉五十一板成六枚者。亦有四枚兩枚者。笵必兩塊合成。中有二小筍。作牝牡形。所以符合。取不移動也。惟古來博古家總未及此。余所見有四五種。近亦漸少矣。

秦漢銅印

集秦漢印者。莫備於顧從義之集古印譜。雖宋宣和印譜。趙子昂印史。王俅嘯堂集古錄。皆所不及也。余少時最嗜漢印。所見官印私印。不下千萬枚。皆能鑒別。尤留心於官印。以爲漢人繆篆紛紜。參雜隸法。不足以引證說文。而職官之因革廢置。古今不同。實可以表裏史傳也。嘗欲專摹秦漢魏晉六朝職官及蠻夷諸印爲一集。有志而未逮云。

秦漢瓦當

瓦當者，宋李好文長安圖志謂之瓦頭，蓋屋瓦皆仰，當覆仰瓦之際，為半規之瓦以覆之，俗謂筒瓦是也。云當者，以瓦文中有蘭池宮當、宗正官當、宜富貴當、八風壽存當，是秦漢時本名。說文解字云：當，田相值也。韓非子外儲說：玉卮無當。史記司馬相如傳：華榱璧璫。司馬彪曰：以璧為瓦之當也。西都賦：裁金璧以飾璫。注家謂當即底也，故謂之瓦當。按瓦當之文，歐、趙、洪氏俱不載，蓋當時人猶未之見。逮元祐六年，寶雞縣民權氏濬池得古瓦，文曰羽陽千歲，其事載王闢之澠水燕談錄。又黃伯思東觀餘論亦載有益延壽三字瓦。自是而後，闃無聞焉。國朝康熙間，侯官林佶人得有長生未央瓦一，時名士俱有詩，見於王阮亭、朱竹垞集中。乾隆初年，浙人有朱楓者，以其子官關中，又得瓦當之有文者三十餘種，因作秦漢瓦圖記。至四十八九年間，鎮洋畢秋帆先生為陝西巡撫，嘗著關中金石記，採瓦當文字十餘種入記中。幕府諸客，如張舍人塤、宋孝廉保、錢別駕坫、俞太學肇脩，所獲瓦當最多。後青浦王蘭泉先生為陝西廉訪，亦獲廿餘種。而海內通博之士，依兩公以遊者，歲不乏人，亦往往獲瓦以去。時陽曲申大令兆定，正候補長安，亦深好古篆籀之文，見諸君所得有異文奇字者，皆為雙鉤，用舊瓶摹仿，較之原本，豪髮無遺，故特備于諸君。而歙縣程彝齋欵為作秦漢瓦當文字一卷。逮畢、王二公相繼遷擢，諸君亦皆星散，近亦不可多得。蓋物之顯晦有時，誠有莫知其然而然者。今就程彝齋、申大令兩家所捐本錄之，較畢公之關中金石記、王公之金石萃編為尤備焉。

（十二字瓦）　文曰：維天降靈，延元萬年，天下康寧。十二字。此宋芝山、趙晉齋得於長安市中者，諸君斷為秦瓦。

（蘭池宮當）　此瓦晉齋得之咸陽。攷漢書地理志，渭城有蘭池宮。又史記始皇本紀：始皇微行咸陽，與武士夜出，逢盜蘭池。正義引括地志：蘭池陂即古之蘭池，在咸陽縣界。據此則始皇因池以為宮，又即以名宮也。

（衛）　此瓦晉齋、獻之皆有之，俱得自漢城。長安志云，又有作㫋字者。秦作六國宮室，用其國號以別之也。舞齋謂漢百官表有衛尉，掌宮門衛屯兵，當為衛尉寺并宮內周垣下區廬瓦也。

（長樂未央）　張、宋、趙、錢諸君俱有之，皆得自漢城。漢書高帝紀：五年後九月，關中治長樂宮。史記高祖本紀：七年，長樂宮成。八年，蕭丞相作未央宮。九年，未央宮成。據此

則長樂、未央本兩宮，此瓦文合而一之，亦取吉祥語意配合成文耳，未必某宮即用某字瓦也。

（長生未央）　此瓦最多，諸君俱有之，皆出於漢城，蓋亦未央宮瓦。亦取長生二字配合成文也。

（長生無極）　此瓦亦出漢城，當是未央、長樂宮瓦也。

（與天無極）　此瓦當與長生無極同意，頌禱之辭也。

（億年無疆）　此俞太學得於長安市上，不知所施。或謂王莽妻陵瓦，非也。攷秦漢宮殿以年壽命名者甚多，率取頌禱之辭耳。

（延年益壽）　此瓦趙、錢、俞、申諸君俱有之，亦得於長安市上，當是甘泉宮益壽觀瓦。

（延壽萬歲）　此瓦俞太學所得，當亦萬歲殿或延壽觀瓦也。

（千秋萬歲）　此瓦亦諸君所有，出於漢城者。長安志引三輔黃圖謂未央宮有萬歲殿，此即其殿瓦歟。

（長毋相忘）　此張舍人所得，亦出自漢城，不知何宮所施。案長安志引漢宮殿名有相思殿者，不知所在，此疑為後宮所用也。

（永受嘉福）　此瓦四字俱是蟲篆，蓋漢人有此篆法也。俞太學得於長安肆中。引董賢傳為椒風嘉祥，或又引揚雄傳為迎風嘉祥，細審之，實是永受嘉福四字耳。

（永奉無疆）　此瓦錢、俞、申三君俱有之，皆得於漢城。錢別駕定為漢太廟上所施。

（便）　此瓦惟一便字，作陰文。申大令得於長安市。引漢書武帝紀：六年四月，高園便殿火。小顏曰：凡言便殿、便室、便坐者，皆非正大之處，所以就便安也。據此則為便殿所施。

（飛廉）　此瓦作飛廉形，俞太學得於漢城。攷史記孝武本紀：公孫卿曰，仙人好樓居。於是上令長安作飛廉觀。當是飛廉觀瓦也。

（朱鳥）　此瓦作朱鳥形，錢別駕得於漢城。案張平子西京賦李善注引漢宮闕名有朱鳥殿。又長安志：未央宮有朱雀殿，一名朱鳥殿。此其所施也。

（元武）　此瓦作元武形，上蟠一蛇。趙文學得於漢城。引史記高祖本紀：八年，蕭丞相營作未央宮，立東闕、北闕。注云：東有蒼龍闕，北有元武闕。即元武闕瓦也。

（鳳）　此瓦作鳳形，俞太學從漢城仙女樓下得之。攷漢書武帝紀及郊祀志：建章宮有鳳闕。此其瓦也。

（萬物咸成）此瓦申大令得於長安市肆。攷三輔黃圖云，右宮在西，秋之象也。秋主信，故以長秋長信為名。今云萬物咸成者，當是長秋殿瓦

（上林）此瓦錢申俞三君皆有之。案史記始皇本紀、漢書楊雄傳及東方朔傳俱有上林苑，此上林門署衛垣之瓦也。

（鹿甲天下）此瓦上有二鹿形，下甲天下三字，左行書，乃俞太學於淳化友人處索得者，不知其所由來。或謂天鹿閣瓦，非也。案長安志引關中記，上林苑中有二十二觀，有衆鹿觀。甲天下者，言其多也，豈即衆鹿觀瓦耶。

（三鳥）此瓦有三鳥形，俞太學得於長安道上。長安志二十二觀中有三雀觀，此其觀瓦也。

（黃山）此瓦惟黃山二字，俞太學得自興平。漢書地理志槐里有黃山宮，孝惠二年起。長安志云，漢黃山宮在興平縣西南十里，其為黃山宮瓦無疑

（宗正官當）此瓦申大令得於漢城。案漢書高帝紀七年二月，置宗正官以序九族。百官表云，宗正，秦官，掌親屬。史記文帝紀注正義曰，漢置九卿，七曰宗正。此瓦當是宗正官瓦也。

（都司空瓦）此瓦趙文學得於漢城。案漢書百官表宗正屬官有都司空，如淳曰，律司空主水及罪人。

（右空）此趙文學得之長安市中。案漢書百官表，少府，秦官，掌山海地澤之稅，以給供養，屬官有左右司空。據此當是右司空瓦

（上林農官）此瓦錢別駕得於長安市中。據史記平準書，水衡、少府、大農、太僕各置農官，則上林之有農官，當自此始，此即農官治事處之瓦也。

（宜富貴當）此瓦亦取吉祥語意，中有二小字，或訛金旁作刃為劉字，非也。余嘗見古鏡上有小印曰千金，細審之，實是千金二字。

（高安萬世）此錢別駕得自漢城。別駕據漢書佞幸傳，董賢封高安侯，上為起大第北闕下，重殿洞門，窮極技巧，此即其殿瓦耶。

（大）此瓦俞太學得之漢城，不知所施。

（有萬憙）錢別駕於漢城得一殘瓦，惟萬憙二字。後申大令在長安市亦獲瓦半片，惟一有字，合而觀之，上下文藻相合，實有萬憙三字耳。漢碑憙、喜二字通用。

（八風壽存當）此瓦程彝齋得之漢城長樂鐘室舊址南百步埃塵之間。因攷漢書郊祀志，王莽二年興神仙事，以方士蘇樂言，起八風臺於宮中，臺成萬金，作樂其上，此當是八風臺瓦也。

（隸）此瓦嘉定錢既勤所得，上下左右作四神形，甚奇古，阮雲臺先生定為豐字瓦

（仁義自成）此瓦程彝齋所得，不知所施。

（虎）此瓦作虎形，虎口前有一申字，不知何義，或曰此真白虎觀瓦也。

右秦漢瓦當三十六種，其中有重文者、異文者、殘闕者，共記所見一百二十餘塊，較諸家著錄為多。

古磚

按古磚題字亦不載於歐趙著錄，惟洪氏隸續有永平及汝伯寧諸磚，自後無有見者。近來好古之士漸次搜羅，日出日多。老友海鹽張芑堂徵君作金石契，山陰陳雲樵騎尉有古磚題字攷，又吳興陳抱之太學作金石圖，俱載有漢魏兩晉六朝諸磚，又借搨他人所得者，計三十種，傳之藝林，亦可備嗜古之一助云。

（漢萬歲磚）此磚乾隆辛卯吳興華芹圃得之桐城胡雒君，又於長興得一磚，亦有萬歲二字。隸續載汝伯寧磚曰萬歲舍，曹叔文磚曰千萬歲，署舍邮君冢磚曰萬秋宅觀，此則知漢人尚吉語，如瓦當文曰千秋萬歲、萬年無疆之類，必是漢磚無疑也。

（漢五鳳磚）此磚揚州阮雲臺先生案頭見之，文曰五鳳三年四字，海鹽張芑堂所貽也。

（漢竟寧磚）文曰竟寧元年歲五字，下缺，上端作大獸面形，模古異，吳興陳抱之太學所得。按元帝紀第四改元曰竟寧，歲字下當是在戊子三字無疑

（漢建平磚）文僅建平二字，下缺。按哀帝紀元曰建平，磚右側有一宜字，上有廷尉書三字。文獻通攷，廷尉，秦官，漢因之，景帝中元六年更名大理，武帝建元四年復為廷尉，哀帝元壽元年復改為大理，知建平時猶未改也。

（漢永建磚）文僅永建二字，下缺。按後漢順帝紀，順帝在位十九年，紀元五，初紀曰永建，凡六年。

（漢本初磚）文曰本初元年歲在丙戌，下端日造作助十四字。按後漢質帝紀，元本初，祇一年。此亦抱之所得。

（漢中平磚）文曰中平五年七月下缺計六字。其左側有萬歲富貴四字。按後漢靈帝紀。帝在位廿二年。紀元四。末改元曰中平。凡六年。

（漢亭長磚）揚州羅兩峯有一磚。畫像車騎外貌一人。方面豐頤。髯鬣有須。兩手執旗竿而立。上有八分書亭長二字。宛如漢石室畫像。按漢官儀。民年二十三為正。一歲以為衛士。一歲為材官。五十六乃得免為民就田。合選為亭長。亦漢磚也。

（吳寶鼎磚）康熙四年。吳之村民於小雁嶺掘地得之。文曰大吳寶鼎二年歲在丁亥作。計十一字。書法在篆隸之間。一面有蟠文。筆勢勁挺。朱竹垞曝書亭集亦載此磚。以為宮殿上所用。引孫皓起昭明宮為證。然姚晉以前。磚上大率皆有文。不獨此磚也。

（吳潘冢磚）文曰嘉興象西潘儒南父母墳塋磚十二字。又兩頭有曰潘塚曰潘墓。皆篆書。共十六字。浙江嘉興海鹽諸處委巷頹垣中。往往有之。其書法非隸非篆。絕似國山碑。張芑堂金石契定為孫吳時磚。引亦烏五年。避太子和諱。名改嘉禾為嘉興。亦一證。

（晉太康磚）太康磚。余所見者甚多。其文亦不一。乾隆五十年。吳中大旱。居民於太湖中掘井。得數百塊。皆太康磚也。其文曰太康七年七月十七日吳寶申作。十三字。又吳興陳抱之亦得有太康八年臨安□弼制萬年十一字磚。磚右側有萬歲不敗四字。又一塊曰太康□年五月十三日九字。此吳門陸默齋舍人所藏也。

（晉蜀師磚）蜀師磚。嘉興之海鹽。揚州之平山堂。皆掘有蜀師磚。或以為蜀都城磚。非也。然蜀師二字。義終未詳。嘉慶六年冬。浙中陳南叔得一磚。文曰太康三年七月廿日蜀師所作。計十二字。則知蜀師為陶人也。

（晉永平磚）嘉慶丁巳歲。南康謝蘊山先生為浙江布政使。闢東園屋。得永平磚八塊。先生大喜。定為晉惠帝時物。遂名之曰八磚書舫。賦詩紀之。一時和者至數十家。或以為明永平廠所造。非晉磚也。先生怒曰。爾輩嗜古。家每以穿鑿附會為長。區區瓦礫。何足深究耶。

（晉元康磚）文曰元康八年八月廿六日宣作。十一字。按晉書惠帝第三改元。歲在戊午。

（晉永寧磚）文曰永寧元年六月十九日淳下缺計十字。近嘉興張叔未解元得有一磚。文與前同。下曰淳于氏作奉在立共十有六字。載芑堂金石契。又一磚文曰永寧元年歲在辛酉蔡作。上下兩端作蕉葉文。亦惠帝改元也。

（晉永興磚）文曰永興二年八月下缺計六字。亦惠帝改元。當在乙丑歲也。山陰陳雪樵所得。

（晉永嘉磚）文曰永嘉二年歲在下缺計六字。按晉書永嘉懷帝紀元。此云二年。當是戊辰歲也。此亦抱之所藏。

（晉建興磚）文曰傳世富貴。左側有建興三三字。當是建興三年也。按晉書愍帝改元曰建興。玆三年是乙亥。即蜀漢建元元年也。

（漢劉建元磚）文曰建元二年七月八日故氏王有張中明仲和馬十八字。按建元是蜀漢年號也。亦雪樵所得。又東晉康帝秦苻堅亦曰建元。

（晉泰元磚）晉泰元磚有數種。其一曰泰元元年八五字。一曰晉泰元九年十月。又一曰晉太元十六年。又一曰卜氏瑯太元廿一年。皆陳抱之所藏。阮雲臺尚書有跋語。又嘉慶四年。山陰蘭渚山土人掘地得一穴。大逾丈。有好事者縋入。昏黑不可辨。地寬廣約一間屋許。以火照之。輒滅。以手捫壁。得古磚五。每塊長一尺六寸。厚二寸。博一尺許。上有晉太元廿二年建墓凡八字。作陽文凸起。四磚皆同。其

一磚尺寸相仿。文已磨滅。惟存君諱堅字君宗。會稽山陰人也。長子玩。次子玫。凡廿二字。則陰文。五磚皆楷書。今藏吳比部蘭馥家。

（晉咸康磚）此磚搨本在吳門陸謹庭孝廉家見之。文曰咸康四年。按咸康是東晉成帝年號也。

（晉永和磚）余見者有兩磚。一曰永和四年陸謹庭所藏車氏搨本也。一曰永和九年七月十下缺。張芑堂曾刻入金石契者也。梁山舟侍講嘗題一詩云。頑物千年遂不磨。不知蕩滌幾滄波。昭陵玉匣今安在。斷甓猶傳晉永和。

（宋元嘉磚）文曰宋元嘉六年太歲己巳俱反文。按宋文帝元嘉元年是甲子。六年乃己巳也。此亦陳抱之所藏。

（宋泰始磚）此宋明帝年號也。文曰泰始二年四月六字。下缺。陳雪樵得於山陰。

（梁天監磚）文曰天監八年五月六字。杭州萬氏營葬於西溪。掘土得之。磚藏丁龍泓先生家。載金石契。

（梁臺城磚）本朝康熙中。江寧民人於臺城舊址掘得一磚。計有文四行。曰南康府提調官下缺都昌縣提調官下缺總甲曹才。下缺窑匠鄧下缺共十九字。車氏

搨本也

（隋大業磚）乾隆五十八年紹興府城蕺山下居民商姓於住屋清暉軒下掘土得之磚旁有隋大業九年太歲癸酉哀凡十字磚頂上又有進栫二字疑匋人名也

（唐大和磚）文曰太和六年四字按唐文宗有大和年號後人誤作太和耳

（唐大中磚）文曰大中四年四字按唐宣宗年號也此二磚俱陳抱之所藏余曩在吳門又見有柳磚二字筆法頗魯公想亦唐時磚也

右漢魏晉唐磚合重文異文及殘缺者計四十餘塊又有無年月可攷者如功曹史磚左將磚柳磚崔氏造磚李氏磚王宥磚東遷磚潘氏磚孫氏磚大泉五十磚五銖磚可久長磚長樂磚壽考磚安富貴磚大吉祥磚之類不能盡記皆漢唐物也

銅鼓

銅鼓形如坐墩中空無底扣之有聲面圓而多花紋其上隱起有四耳作蛙黽之狀無鑄造年月字樣有徑二尺餘者有徑尺許者亦大小不等余生平所見不下三四十枚惟晉陵趙甌北先生家所藏一枚為最大今雲南四川廣東西俱有之國初趙秋谷有銅鼓歌朱竹垞有銅鼓考謂皆出自諸葛孔明所鑄其實非也後漢書馬援傳於交阯得駱越銅鼓援取其鼓以鑄銅馬是在孔明之前晉書食貨志廣州夷人寶貴銅鼓又載記云赫連勃勃鑄銅為大鼓以黃金飾之又在孔明之後惟嶺表錄異云蠻夷之樂有銅鼓焉新唐書云蠻人讌驟則擊銅鼓則銅鼓者實苗蠻之所造非孔明也

銅帶鉤

古銅帶鉤余見者有二十餘種形如螳螂要皆是漢魏之物其下有文皆吉語如位至公侯長宜君官大吉祥富貴昌之類考者謂革帶所施隋書禮儀志革帶案禮博二寸今博三寸半加金縷鰈螳螂鉤以相拘是也金縷者即今之嵌金銀絲也

玉昭文帶

昭文帶本名瑑說文瑑劍鼻玉也所以鼻劍者也今人謂之昭文帶古玉者固多後人倣造者亦復不少余見有漢玉者十餘條其色有紅者白者黑者白質黑章者白質紅章者恐皆是古人殉葬之物

古鏡

余三十年來所見古鏡極多而各有不同一曰黃帝治鏡於西方青龍白虎辟不羊朱鳥元武調陰陽子孫備具居中央為保長生富貴昌一曰鍊冶銅錫清而明以之為鏡宜文章光照天下達四方長保二親世世昌一曰十言之紀從竟始湅鍊同華去惡滓刻竟均好置孫子長保二親樂毋已壽同金石天王母富如江海東西市一云青蓋作鏡四夷服多賀國家人民息胡虜殄滅天下服風雨時節五穀熟長保二親得天力又云人鑑以形我鑑以心暗室屋漏上帝汝臨又云得月之光長毋相忘按洪氏隸續所載鏡銘與此亦大同小異余謂諸鏡恐是唐宋人翻沙未必盡漢鏡也

唐鏡

嘉慶己卯三月錢塘趙晉齋來吳門攜有一鐵鏡徑六寸許背有嵌金飛龍兩條中有字曰武德壬午年造辟邪菲鑌鐵鏡十二字其銘文云三朮鑌鐵作鏡辟大旱清泉虔祈甘霖感魅孽當前驚破膽服之瘦癘莫能犯卯又龍唯畧垂長領回錄睢盻感早斂共四十四字金色煌然真奇物也

鐵券

唐昭宗乾寧四年賜先武肅王鐵券當為吾家至寶泳拜觀者凡兩次第一次乾隆五十六年在紹興府與修郡志李曉園太守專札台府克公借觀第二次則道光三年三月泳省先世墳廟至浙親往台州觀之券藏東門外五十里白石山下一小村莊皆錢姓地名裡外錢其守券者曰錢永興兄弟三人皆務農輪流值管有小樓三間專為藏券而造并有五王遺像及忠懿王草書真蹟並宋元明人題跋極多惜鄉城遠隔未得裝池為可惜耳謹案鐵券之制其形如瓦高今裁尺九寸闊一尺四寸六分厚一分五釐重一百三十二兩嵌鎔鐵而成鏤金其上者文二十四行行十四字惟忠以衛社稷一行社稷二字平擡連後官銜一行中書侍郎云云合三百四十二字然剝蝕者已十之三四矣鐵色如墨並無銹澀而金書爛然光彩射目尚如新鑿按自忠懿王納土後至太宗之淳化元年杭州守臣以前券及竹冊玉冊各三副詔誥百餘函進呈詔賜忠懿王嗣子惟濬藏之汴京賜第仁宗登極霸州防禦使晦侍左右帝問券欲見之晦遂進呈帝覽訖賜還券藏於昭化坊賜第神宗元豐四年特令錢氏孫朝奉大夫藻進呈仍降付本家永傳後裔至駙馬都尉景臻尚主宗器

屬馬恭遂安於都尉之第靖康元年金人入寇詔公主子榮國公忱奉母出居江南以券行因避地湘湖間紹興元年遷台高宗遂即台城崇和門內賜公主第由是券世藏於台之美德坊德祐二年丙子元兵南下破台時有家人竊負以逃莫知所在迨至順二年辛未漁者偶網得之乃在黃巖州南地名澤庫深水內一村學究與漁郎頡頏閱賜券之說皆以鐵偽然二人皆不悟其字乃金也有報於宗子叔璪之凡世珪用十斛穀易得之失水五十六年青氈復還誠為異事明太祖洪武二年秋八月燕都西北州郡次第皆平郊祀天地大告武成又念開國大臣勞烈將錫之以鐵券前一月下禮官議立制度翰林學士危素奏言唐和陵時嘗賜錢武肅王其十五世孫尚德字允一號存齋天台人元末官青田教諭賫寶藏之遣使者訪焉尚德即世珪子也奉詔賫券及五王遺像以進上御外朝與丞相定國公李善長禮部尚書牛亮主事王肅觀之鏤木為式敕省臣宴于儀曹恩意有加陛辭日命還券像劉基宋濂王禕等咸贈以詩尚德併其祖王手跡各裝演為卷歷代名賢俱有題跋二十一年正月十六世孫克邦以大臣薦赴闕吏部引見上以錢氏納土至今子孫尚存尋授克邦建昌知府二十三年都察院引見奉天殿諭孺子前當五代時天下大亂各據偏方爾祖能保兩浙之民不識兵革到宋朝來知太祖太宗是真主便將土地歸附爾之祖先忠孝好處可延賞也券像須與爾歸守永樂五年正月禮部奉旨差行人曹閏馳驛至台十七世孫廣西參政汝性同行人奉券進呈覽畢以禮敦遣藏於宗子鳳泉家世守不墜至本朝乾隆二十七年高宗皇帝南巡三月初五日予告刑部尚書裔孫錢陳羣率台之族孫武進士錢選等進呈乙覽當奉到御製七古詩一首臣陳羣進表稱謝一時隨駕諸大臣及守土大吏在籍搢紳如莊有恭范清供齊召南沈德潛蔣士銓沈初貴淳等皆有恭和御製詩原韻為一時之盛案是券凡七登天子之庭非若世之商彝周鼎徒以世遠得名者所可比並也

金塗塔

先忠懿王造金塗塔事不載於吳越備史故自宋元明以來人無有知之者雖嘉泰會稽志周文璞方泉集台州府志輿地紀勝及程孟陽破山寺志俱載有吳越金塗塔而未見其物故亦未詳其制至本朝朱竹垞曝書亭集竟視為塔之瓦誤矣乾隆壬子三月余遊蕪湖忽見於吾友陳雪樵案上塔高今工部尺四寸三分中有一頂已缺塔四版合成上有四角鏤金剛八位下層每面有佛三位其中一層即沙門德

清所謂釋迦往因本行示相也腹內有吳越國王錢弘俶敬造八萬四千寶塔乙卯歲記十九字下又有一保字想是造塔時所編記目耳余始為之作考皆經供奉紫頭者累月一時士大夫賦詩傳為佳話後聞是塔為朱文正公所得陛見時作而貢矣嘉慶己卯歲常熟劉君在市中亦得二枚云自石門縣田野中掘土出之與前所見者無異孫子瀟庶常為作七古一首甚妙古人云傳聞不如親見信哉

宋宣和銅器

宣和年所鑄銅器甚多據所見者則有銅瓶銅香鑪銅爵銅鼎銅如意之屬雖製作精妙大約總不如周秦兩漢之樸而華也

宋磁器

陶九成輟耕錄謂磁器始於五代非也嘗讀杜少陵乞韋少府大邑磁盌詩云大邑燒磁輕且堅則唐時已有之至五代兩宋而始盛耳明永樂宣德以及成宏正嘉諸朝皆稱極盛而本朝康熙雍正乾隆嘉慶四朝製作尤精實超出乎前古惟質地頗鬆而脆不比宋明之堅且結可以垂久

岳氏銅爵

乾隆甲寅歲七月余偶西湖監修表忠觀桐鄉金雲莊比部示余銅爵一高裁尺五寸六分深二寸七分中鐫精忠報國四篆字爵右邊有小印曰岳珂建造按珂為武穆王孫孝宗初政始雪武穆之冤訪求裔孫賜葬建祠此爵之造必其時也比部云擬將此爵歸之岳廟中以垂永久武進趙味辛為作賦紀之

秦檜鐵鍋

浙江藩署南宋秘書省也著作郎石待問嘗書蓬巒額于省中謝蘊山先生為方伯時命余亦書此二字以名其軒軒前有大鐵鍋一具可煮五石米飯相傳為秦檜之家中舊物也

元石礎

吳郡齊女門內有潘氏巷及拙政園任蔣橋一帶皆元時張士誠女夫潘元紹舊宅故今尚有駙馬府及七姬廟之稱俱為元紹遺蹟嘉慶二十年春三月偶同潘榕臯畏堂兩先生及其令子理齋戶部樹庭中翰遊拙政園園西有粉墻露出桃花幾枝因問兩先生為何家所居曰程氏也遂通知主人並往遊焉見後園有石礎八枚製作奇古每一礎上蟠螭六面下列三獸穿於螭首之下高二尺許圍圓四五尺心竅

喜之主人曰，此元時潘元紹家中物也。隔三四年，聞此宅已爲他人所有，遂從程氏購歸，置之履園報春亭下。余所得者僅四礎，其餘四礎爲榕臯先生取去，亦置之須靜齋中。余嘗有詩云：七姬塚上亂鴉翻，駙馬堂上秋草蕃，留得蒼苔蟠柱礎，任人移置別家園。按明史，至正十六年，張士誠陷平江，改名曰隆平府，開宏文館，設官屬，自立爲吳王，妻劉氏爲后，以女夫潘元紹爲駙馬都尉，視同腹心。元紹好治園囿，聚斂金玉及法書名畫，日夜歌舞自娛，凡摴蒱蹴鞠遊談之士，無不羅至。及元紹敗，士誠俱置不問。世所謂七姬者，皆元紹妾也。余得礎後，友人賦詩者甚衆，吳門陸君眔泉又爲賦石礎歌，用韓昌黎石鼓歌韵，元妙，附記於此。錢君新得元石礎，命我試作石礎歌。元季僞周潘駙馬，誅畫自謂同蕭何（事見明史張士誠傳），出兵邀請美田宅，摴蒱蹴鞠爞提戈（元紹皆元事）。大興土木斵馬府，石工朝夕相礱磨。結客少年曳珠履，藏嬌金屋皆綺羅。回廊曲榭何深邃，雕甍畫棟眞巍峩。豫章楩楠遠採取，武康文石搜巖阿。石破天驚金鼓震，擻飛八罪空譏呵。皂林一敗勢漸孤，西風黃葉謡非訛。摧坊倒碣作飛[illegible]羅，雀掘鼠搜池蝌（平江被圍九月，兵食俱盡，至取坊碣石取水取食之，一鼠直百錢）。府中礎石偏完固，堅比金鐵蟠蚊黿。書畫收爈更充滿，豈藉鑒定丹邱柯。三獸刻鏤猛如虎，六龍圍繞飛如梭。風雲際會思航海，熟知海運路委蛇。趙家舊例受周禪，後房妝飾同宮娥（士誠改至正十四年爲天祐元年，僭號曰大周，皆元紹謀也。元紹本爲趙宋子孫，姓潘氏，其國號曰大周，皆思繼周也。後降元，去僞號，由海運漕粟十一萬石于大都。蘇城被圍，元紹等又勸士誠即用海運船載取日本自立，如虬髯故事。蓋元時安南亦以將突殲）。誰知一朝心膽碎，七姬涕淚流滂沱。銘留墨寶稱三絕（七姬墓志，張羽撰文，宋克書丹，盧熊篆蓋，世稱三絕），盤薦紅顏調六和（元紹從房妾有蘇氏者，才色俱絕，元紹醉後殺以饗客，楊鐵崖作金盤美人行歌）。殺妾何辜饗士卒，加祖有額私隍科（明太祖平定平江，籍沒元紹及周仁、徐義等田產，取私租濟以定田賦）。郎君投洇攢眉動，夫人摩笄流血多（士誠既死，太祖復處元紹叛而投諸湘中，其妻張氏城破後摩笄自縊）。亭館淒涼存石礎，何異荆棘悲銅駝。回想當年全盛日，朝歌暮舞常經過。周仁徐義同筵燕，宋克盧熊相切磋。或倚雲根斜點筆，或乘畫舫浮清波。勒石銘勳誇衛霍，投戈立馬輕翦頗。石人無眼已如此，石城有國難如他（元末有童謡云：石人一隻眼。明太祖以金陵石頭城爲都）。堂呼都尉尊塐像，廟傍峯髻鄰嬪妍（駙馬府舊址潘元紹夫婦像在盤門麗娃鄉，是郡人相傳爲吳伯嚭舊宅）。至今尚有潘氏巷，碣求弔古三摩挱。玉冊流星蟠影散，太平新曲令誰哦（士誠盛時，嘗于元夜張鐙，有玉冊、流星、萬燭、金百花圃諸名目，與其母曹氏、其妻劉氏登觀風樓，召元紹等閱賞鐙，賦望太平諸曲）。齊雲樓廢啼烏鵲，金女墳沈來鴨鵝（士誠既厚葬其妾金姬，復用其父李素爲隆平府丞，立廟建碑，命饒介撰文，周伯琦書丹。其墳墓陷爲湖，今俗稱金姬湖）。滄海桑田五百載，石火電光一刹那。礎底尚鐫天祐歲，痕疑銅柱七中軻。君因訪碑得四礎，如閲漢碣來東河（今年河決山東，閒有新出漢碑）。珍藏不殊鐘與鼎，我欲求看常蹉跎。

履園叢話卷二終

履園叢話卷三

考索　　清　句吳錢泳梅溪輯

勤

易曰吉凶悔吝生乎動者也宋儒解之曰同一動也吉居其一而凶悔吝居其三故君子愼動推其意將必有以枯禪入定始謂之吉矣余以為天行健君子以自强不息凡事皆從動而生動而成者未有不動而生不動而成者也所以仕宦要勤儉種田要勤儉工作要勤儉商賈要勤儉凡事勤則成嬾則敗故君子之動也以禮自吉多而凶少小人之動不以禮自吉少而凶多陸象先云天下本無事庸人自擾之所謂擾之者庸人也非君子也無禮而擾之小人之道也有禮以當之君子之道也

錯簡

舜典舜讓于德弗嗣之下緊接正月上日受終于文祖中間似有錯簡或曰論語堯曰咨爾舜數語當在此又孟子萬章今有禦人於國門之外者一節注中有殷受夏至為烈十四字語意不倫李氏以為斷簡或闕文者吾鄉秦元宮先生謂當在滕文公彭更章非其道之下孟子曰非其道則一簞食不可受於人如其道則舜受堯之天下殷受夏周受殷所不辭也於今為烈不以為泰子以為泰乎皆屬有理

出母

世傳孔氏三世出妻此蓋誤會檀弓孔氏不喪出母自子思始之說按其文曰伯魚之母死期而猶哭夫子聞之曰誰與哭者門人曰鯉也夫子曰嘻其甚也伯魚聞之遂除之又曰子上之母死而不喪門人問諸子思曰昔者子之先君子喪出母乎曰然子之不使白也喪之何也子思曰昔者吾先君子無所失道道隆則從而隆道污則從而污伋則安能為伋也妻者是為白也母不為伋也妻者是不為白也母故孔氏之不喪出母自子思始也此則後人謂孔子子思出妻之證也按左傳康公我之所自出出之為言生也謂生母也其曰子之不使白也喪之何也蓋嫡母在堂不得為三年喪且其曰為伋也妻是為白也母者正其妾之謂也必曰為妾所出而子思不令其終喪故也考之年譜孔子六十六歲夫人亓官氏卒六十七歲有伯魚母死期年猶哭子曰誰與之問六十八歲孔子歸魯又考之古禮父在為母服期合諸夫子六十六歲而亓官夫人卒六十七歲正伯魚期年喪畢之時而伯魚猶哭者蓋賢者過之也夫子之言殆謂父在而哭母之禮不可過非謂母出而為子之服又當降也乃迂執者拘於出字之義謂出母無禫期可無哭必以實孔子出妻之說如謂孔子所出者即亓官夫人則後人何不記夫人之出而反記已出之夫人之卒如謂伯魚之期而猶哭者又一夫人則孔子有二夫人而伯魚為生母之喪矣然則子上之不喪出母生母也非見出於父之母也更無待辨何疑乎子思有出妻之事而兼疑乎伯魚為出妻亦弗思之甚謂伯魚出妻者蓋亦據檀弓曰子思之母死於衛柳若謂子思曰子聖人之後也四方於子乎觀禮子蓋愼諸子思曰吾何愼哉吾聞之有其禮無其財君子弗行也有其禮無其時君子弗行也吾何愼哉又據檀弓曰子思之母死於衛赴於子思子思哭於廟門人至曰庶氏之母死何為哭於孔氏之廟乎子思曰吾過矣吾過矣遂哭於他室即以此說論之既曰庶氏之母則固明指為庶母矣何曲為之解者反曰伯魚卒而其妻嫁於衛之庶氏也子思又嘗居於衛則母之從子於衛亦尋常事而何言乎嫁於衛也禮諸侯一娶九女惟嫡夫人祔廟嘗隱考仲子之宮為春秋所譏則妾之不可祭於嫡室自古而然是子思之哭生母於他室而不於廟固其宜也孟子曰是欲終之而不可得也非不能申喪於生母之謂也

然則夫子為政三月而魯國大治商賈信於市男女別於途豈室家之內朝夕薰陶及於積世猶不能如有虞之化率二女以執婦道耶學者偏信彼而疑此亦惑之甚矣此說始於周櫟園南国張友白亦極論之可以破千古之疑

苟

說文部首有茍字居力切讀曰急恭敬之敬字從此許祭酒曰茍自急敕也從羊省從勹口勹口者猶愼言也與義善美同意段懋堂大令說文注謂此字不見經典惟爾雅釋詁寁駿肅亟遄速也釋文亟字又作茍同觀此則與苟字絶然相反若言苟艸也從艸句聲古厚切苟且之苟字從此按燕禮賓為苟敬鄭注云苟且也假也又聘禮賓為苟敬鄭注云苟敬者主人所以小敬也又毛詩無曰苟矣鄭亦遂並解為苟且之苟誤矣余以為論語苟志於仁矣大學苟日新朱子章句並解為苟誠也亦誤

仁

論語學而篇孝弟也者其為仁之本與即上文其為人也孝弟之人非仁義之仁也案篆文人作人或變作亻隸書亦作亻漢禮器碑士人作士仁則人仁二字古益通

用猶之井有人焉作仁也。若作仁義字解。便投入荆棘。其義反晦。近刻十三經校勘記論語古訓俱未言及。

三歸

論語八佾篇管氏有三歸。集說據說苑云。三歸。臺名。考韓非外儲說管仲相齊曰。臣貴矣。然而臣貧。桓公曰。使子有三歸之家。晏子春秋內篇雜下。景公曰。昔吾先君桓公有管仲。恤勞齊國。身老。賞之以三歸。國策齊桓公宮中。女市女閭七百。國人非之。管仲故為三歸之家。史記禮書。周衰。禮廢樂壞。大小相踰。管仲之家。兼備三歸。包咸注。三歸娶三姓女也。婦人謂嫁曰歸。王伯厚亦曰。惟正己可以格君。故管仲有三歸。不能諫六嬖之惑。合觀諸說。則非臺明矣。劉向因國策宋君築臺。齊桓女閭。賴子罕扶民。管仲三歸。以掩君過。遂以三歸繫於築臺之下。誤為臺名。紫陽襲其誤耳。

亳

顧亭林日知錄論說文云。亳為京兆杜陵亭。此地理之不合者。案史記集解徐廣曰。京兆杜縣有亳亭。索隱秦寧公與亳王戰。亳王奔戎。遂滅湯社。皇甫謐云。周桓王時自有亳王號湯。非殷也。此亳在陝西長安縣南。若殷湯所封。是河南偃師之亳。書傳及本書序作薄。如逸周書殷祝解云。湯放桀而歸薄。郊特牲薄社北牖。管子地數篇云。湯有七十里之薄。墨子非攻篇云。湯奉桀衆以克有屬諸侯於薄。荀子議兵篇云。古者湯以薄。呂覽具備篇云。湯嘗約於郼薄矣。高誘注薄或作亳。惟孟子作湯居亳。蓋借音字。則說文所指京兆杜陵亭者。未嘗誤也。桐城孫炎之教授嘗著雅經齋劄記考之甚詳。

巂周

爾雅釋鳥巂周。注子巂鳥出蜀中。下云燕燕鳦。案巂字音規。巂周即子規也。說文誤其句讀。解巂字曰周燕。陸德明經典釋文亦承許氏之誤。

寡公

左傳齊崔杼生成及彊而寡。是丈夫喪耦。亦可稱寡。俗語有寡公寡婦之說。非無本也。

廋詞

晉語范文子莫退於朝。武子曰。何莫也。對曰。有秦客廋詞於朝。注廋。隱也。謂以隱伏譎詭之言。聞於朝也。案隱語如左傳庚癸鞠藭。及鄒衍淳于髡東方朔之微言。皆是

也。故曰廋詞。東坡詩云。巧語屢曾遭薏苡。廋詞聊復託芎藭。或作庾詞者誤。

元堂

呂覽天子居青陽。高誘注東出謂之青陽。南出謂之明堂。西出謂之總章。北出謂之元堂。今吳語呼客堂曰員堂。殊無意義。恐是元之誤。以人家朝南上元堂俱北出耳。

並為傍

史記始皇本紀並海上。北至琅琊。遂並海至平原津。並海南至會稽。封禪書。並海上北至碣石。大宛傳。還並南山。欲從羌中歸。漢郊祀志。遂登會稽。並海上。東巡碣石。並海。皆在齊北並渤海。溝洫志。並北山東至洛。薛宣傳。酷吏並緣為奸。以上並字。索隱師古注皆步浪反。讀曰傍。今吳語所云靠並依並是也。

草書

昔人謂草書在篆隸之前。趙壹曰。草書起秦之末。衛恆曰。漢興有草書。不知作者姓名。至章帝時。齊相杜度作草書。元帝時。史游作急就章。解散隸體粗書之。謂章草之始。余以為皆非也。草書之名。實起於草稾。史記屈原傳。屈原屬草稾未定。是古篆隸皆有草稾書。非今之草書也。熟觀二王草書。字字從真行而生。豈草書反在篆隸之前乎。雖淳化閣帖有漢章帝草書。實是王著妄作。不可遂為典據。

老先生

老先生之稱。始見於史記賈誼傳。明時稱翰林曰老先生。雖年少。總稱老先生。國初稱相國曰老先生。兩司稱撫臺亦曰老先生。近時並不以稱老先生為尊。而以為賤。何也。

名士

漢書閻張耳陳餘兩人。乃魏之名士。名士二字。始見月令云。聘名士。又史記律書亦云。自是之後。名士迭興。謂名家法家之士。非有名德有詞章之謂也。今人往往誤用。

古今人表

班孟堅列古今人表於漢書中。顏師古以為但次古人而不表今人者。其書未畢故也。於是後人有譏之。有駁之。訖無定論。余獨謂不然。蓋上古之世。聖帝明王接踵而生。故聖人仁人智人居多。中古之世。則漸生中下之人。至戰國時。則下愚之人接踵而生。上上之人少矣。故自周公孔子而後。無有一人列於上上者。班氏意蓋本孔子唯上知與下愚不移。中人以上可以語上也二語。是借古人以鑑今人。此立表之深意也。若必欲以有漢一代之人盡列表中。試問將高祖以下諸帝。置于聖人之列耶。

仁人之列耶抑孟堅是漢人能雌黄本朝人物耶且序中立意原歸乎顯善懲惡戒後人故博採焉後人讀書每每誤會前人意見如此暇時擬著兩漢人表以補班范兩家之書亦一快事

親家

今人呼姻親為親家始見於後漢書禮儀志親家公三字又見於隋書李穆弟李渾傳皆作平聲讀今吳人呼親家為親家又作去聲讀左傳師服曰庶人工商各有分親是親家之親本讀去聲也按說文親至也初僅切秦刻石文親巡遠方親巡天下猶言親之至也唐盧綸王駙馬花燭詩云人主人臣是親家可見呼親家為親家者其來久矣

大長公主

先六世祖曾循郡王諱景臻尚宋神宗第十女賢穆大長公主事見宋史外戚傳心竊疑之以為行次第十何以加大長二字按漢書天子女稱公主姊妹稱長公主姑稱大長公主至高宗朝益賢穆已長三四輩矣

關侯世家

關侯神廟始於唐貞元十八年為玉泉伽藍有董侹為記宋元明以來皆有封號至本朝顯崇尤盛尊為武廟祀以太牢與孔子並重今且尊之為帝矣余嘗晤江都校官鄭君名環者為作關侯世家以三國志本傳為主而注之以歷代祀典雜說直至本朝加封徽號及恩錫致祭典禮為一卷頗為詳備惟稱周將軍為貫有其人見本傳中不知何據

打跧

本朝禮制幼輩見長者下屬見上司僕人見主人以一足略屈欲作拜勢謂之打跧此上古已有之史記滑稽傳索隱鞠跽徐廣曰跽與跽同謂小跪也說文曰跧跽也一曰卑也秦也莊緣切又後漢書高句驪在遼之東跪拜曳一足即鄭注周禮奇拜之義為屈一膝是也

海市蜃樓

王仲瞿常言始皇使徐福入海求神仙終無有驗而漢武亦蹈前轍真不可解此二君者皆聰明絕世之人胡乃為此捕風捉影疑鬼疑神之事耶後遊山東萊州見海市始恍然曰秦皇漢武俱為所惑者乃此耳其言甚確

高郵州西門外嘗有湖市見者甚多按高郵湖本宋承州城陷而為湖者即如泗州舊城亦為洪澤湖矣近湖人亦見有城郭樓臺人馬往來之狀因悟蓬萊之海市又安知非上古之樓臺城郭乎則所現者蓋其精氣云

請雨

請雨祈晴之說自古有之如檀弓呂氏春秋荀子春秋繁露皆有載者如董江都之閉陽門則雨欲止則反是之謂也余謂晴雨是天地自然之理雖帝王之尊人心之靈安能挽回造化哉即有道術如畫符遣將呼風喚雨諸法亦不過盡人事以待天耳杭人請雨祈晴則全仗觀音力尤為可笑究竟觀音果能祈雨耶不能祈雨耶吾不知之也阮雲臺宮保巡撫浙江適逢大旱未往天竺進香而人心遂大不服嘖有繁言世俗之惑一至於此

水車

大江以南灌田之法俱用水車其來已久又名曰桔槔莊子天運篇桔槔者引之則俯舍之則仰故水車為桔槔也太平御覽引魏略曰馬鈞居京都有地可為園患無水以灌之乃作翻車令兒童轉之而灌水自覆更出更入其巧百倍水車之制始此

東坡無錫道中賦水車詩云翻翻聯聯銜尾鴉犖犖确确脫骨蛇分畦翠浪走雲陣刺水綠鍼抽稻芽可謂形容盡致近吳門沈狎鷗孝廉按之古法製龍尾車不須人力令車盤旋自行一日一人可灌田三四十畝豈不大善然祇可用之北地不可施之江南且一車需費百餘金一壞即不能用余謂農家貧者居多分毫計算豈能辦此猶之風車非不善在大江邊可行若是日無風便不得水總之不如水車之妙

土地之神

今墳墓上有土地之神每年祭掃必設酒脯祀之其來已久見檀弓以几筵舍奠於墓左注疏翻云舍奠墓左為父母形體在此禮其神也正義云置於墓左禮地神也

潤筆

潤筆之說昉於晉宋而尤盛於唐之元和長慶間如韓昌黎為文必索潤筆故劉禹錫祭退之文云一字之價輦金如山李邕受魄遺鉅萬皇甫湜索練九千白樂天為元微之作墓銘酬以輿馬綾帛銀鞍玉帶之類不可枚舉

鄉勇自古有之

古人寓兵於農言兵即可以為農農即可以為兵也後世分兵農為兩途言兵不可

以爲農。農不可以爲兵也。今之所謂鄉勇者。非兵非農。與之言兵。素不知干戈之輕重。與之言農。又不知稼穡之艱難。然則何以用之哉。韓非子有言曰。今者所養非所用。所用非所養。乃知鄉勇自古有之。

泉之爲錢

余年二十七八。館於吳門徐復堂家。正錄先世大宗譜。譜中載錢鏗第二十六子孚。爲周文王師。拜官錢府上士。因去錢之竹而爲錢氏。此定姓之祖。時內閣學士[illegible]。年纔十四五。見之笑曰。周禮泉府字皆作泉。說文曰。錢。銚也。古田器。不可以錢作泉也。余答曰。子不見鄭司農注云。泉故書作錢耶。蓋泉之爲錢。其來久矣。近嘉定獻之別駕。凡爲人書碑版楹帖條幅。名款竟書泉坫。亦尚古好奇之甚。蓋泉別有一姓。後周書有泉企。上洛豐陽人。新唐書諸夷蕃將傳有泉男生。獻之畢竟以錢爲泉。亦覺無謂。

札樸

老友桂未谷大令嘗作札樸二十卷。考訂精確。發前人所未有。畧記數條於此。

或問今學宮之樂舞生本於何書。桂未谷曰。周禮籥師掌教國子舞羽龡籥。鄭注所謂籥舞也。今人稱樂舞者誤也。

或問青黑異色。今北地人輒呼黑爲青者何也。桂未谷曰。史記秦二世時趙高欲作亂。或以青爲黑。黑爲黃。民言從之。至今猶存其語耳。

或問今之善訟者謂之刀風。南北通行。何義也。桂未谷曰。此字循習不察久矣。史記貨殖傳。而民雕捍。索隱注云。言如雕性之捷捍也。吏胥尚趨省筆。以代雕耳。猶福州書吏書潘臺爲潘台是也。

或問四月八日爲浴佛日。有典乎。桂未谷曰。宋書劉敬宣傳。敬宣八歲喪母。四月八日見衆人灌佛。乃下頭上金鏡爲母灌佛。即鑄金像佛也。文選七命。乃鍊乃鑠。萬辟千灌。王粲刀銘。灌辟以數。皆鑄之義也。今人以爲浴佛誤矣。

或問今之履歷有典乎。桂未谷曰。今之履歷。猶古之腳色也。通鑑隋虞世基掌選曹。受納賄賂。多者超越等倫。無者注腳色而已。注云。注其入仕所歷之色也。宋末參選者具腳色狀。即根腳之謂也。

或問棺有前和後和之稱何也。桂未谷曰。案呂氏春秋。昔王季歷葬陽山之尾。欒水齧其墓。見棺之前和。謝惠連祭古塚文云。兩頭無和是也。

北音無入聲

顧亭林曰。入爲閏聲。李子德編入聲俱轉去聲。蓋北音無入聲。以五經左國盡出北人也。如北貝無極之極字。史記吳越春秋俱讀作忌。猶如酈食其。審食其。食字俱音異也。易未濟初六象曰。濡其尾。亦不知極也。朱子注曰。極字未詳。考上下韻亦不協。若讀如忌聲。則上下韻俱叶矣。或解作無忌憚義。亦通。或曰。如子言。古無入聲。與中原韻何別。余曰。五經左國。上世之北音。中原韻。後世之北音也。

古韻

今所用韻與唐韻不同。以今音叶唐詩者誤矣。而昧於學者。以唐韻叶三百篇。尤誤。要知古今言語各殊。聲音遞變。漢魏以還。已不同於詩騷。況唐宋乎。且一方有一方之音。豈能以今韻叶古韻乎。近金壇段懋堂大令有六書音均表。高郵夏澹人孝廉有三百篇原聲。吾鄉安棠占孝廉有說文韻徵。皆可補顧氏音學五書之闕。

鯤鵬

余幼時讀莊子北溟有魚。其名爲鯤數語。爲之大駭。以爲斷無此理。問之長者。云此莊生寓言也。嘉慶丙子十月。安東縣知縣詳報。沿海有大魚一頭。兩目已剜去。計長三十六丈。自背鬛至腹。高七丈有餘。又袁叔埜刺史言。山東蓬萊縣與海最近。一日有大物從空而來。兩翼垂天。日爲之晦。滿城人大懼。羅拜焚香。逾時而去。日光復明。又南滙縣志載。國初有大魚過海中。其鬛如山。蠕蠕而行。過七日七夜。豈即莊子所謂鯤鵬者非耶。

梅梁

禹廟梅梁。爲詞林典故。由來久矣。余甚疑之。意以爲梅樹屈曲。豈能爲棟梁乎。即如金陵隱仙庵之六朝梅。西川崇慶州署之唐梅。滁州醉翁亭有歐陽公手植梅。浙江嘉興王店鎮有宋梅。太倉州東園亦有王文肅手種一株。曰瘦鶴。皆無有成拱抱而直者。偶閱說文。梅字注曰。楠也。莫杯切。乃知此梁是楠木也。

補天射日

太平御覽載女媧氏煉石補天。后羿射畢十日。豈可信乎。余釋之曰。煉石補天者。言燒石成灰。可補屋漏也。射畢十日者。言射的如日之圓。十日並中也。山堂肆考又謂羿善射。河伯溺殺人。則射其左臂。風伯壞人屋舍。則射中其膝。有功於天下。皆不經之言。

顏叔冉子

漢石室畫像題字云顏叔獨處飄風暴雨婦人乞宿升堂入戶燃蒸自燭惟見意疑未明蒸盡縮芒續之顏叔字叔子事詳詩巷伯疏與魯男子閉戶事異又紹興府學中有一唐碑刻十哲贊稱冉子字子我按史記仲尼弟子列傳云宰予字子我裴駰引鄭康成注曰魯人淮南子人間訓亦稱宰予未聞其姓冉也然自必有據

繖

古有簦無繖說文簦字注蓋也笠字注簦無柄也然則簦即今之繖也晉書王雅傳雅遇雨請以繖入此為繖字初見又史記五帝本紀舜以兩笠自扞而下皇甫謐注云繖也崔豹古今注太公伐紂遇雨乃為曲蓋亦即繖也故今吳人呼繖為持笠蓋本此又三國志忘具行軺疑亦是繖今俗作傘然唐碑吳嶽祠堂記已用之

扇

或謂古人皆用團扇今之摺扇是朝鮮日本之制有明中葉始行於中國也案通鑑褚淵入朝以腰扇障日胡三省注云腰扇佩之於腰今謂之摺疊扇則隋唐時先有之矣

轉蓬

漢書賈山傳使其後世曾不得蓬顆蔽冢而託葬焉師古注云蓬顆謂土塊張華博物志徐人謂塵土曰蓬塊今吳人方言謂之蓬塵即灰塵也杭人方言又謂之蓬坺兒坺亦塵也如曹植詩轉蓬離本根飄颻隨長風何意回飆舉吹我入雲中蕪城賦孤蓬自振驚砂坐飛即莊子蓬之心管子飛蓬之問皆言塵土之義未必是蓬草也然古人亦有認作蓬草者如司馬彪詩百草應節生含氣有深淺秋蓬獨何辜飄搖隨風轉又唐人將防轉蓬賦凌寒後雕雖有愧於松柏近秋俱敗亦無愧於蘭蓀觀此則知古人錯認之處不少試思蓬草何物豈能吹入雲中而隨風轉耶此理之易明者也

宗譜

唐尚氏族貞觀初有詔令天下貢氏族譜奉敕旨第其甲乙勒為成書有譜者為望族後世謂之譜學此讀書人別是一種學問又在詞章考據舉業之外者也如吾族錢氏有大宗譜武肅王自敘云蓋聞古賢垂訓先哲修身莫大於上承祖禰之澤下廣子孫之傳是故堯舜之理天下其先則曰敦睦九族然後平章百姓協和萬邦詩不云乎無念爾祖聿修厥德是知為人子人臣之道莫過於尊祖敬宗揚名立身者也云云其所謂大宗譜者以少典氏為第一世黃帝為第二世其畧曰錢氏之先出於少典初少典氏為諸侯八傳而生黃帝譜宗黃帝而追帝之所自出故以少典為一世黃帝為二世黃帝生昌意昌意生顓頊顓頊生偁偁生老童老童生重黎重黎生吳回吳回生陸終陸終生六子曰樊曰惠連曰籛鏗曰永言曰安曰季連樊為昆吾氏惠連為參胡氏永言為鄶人安為曹姓季連為羋姓而籛鏗即彭祖是也商時為彭城伯仕夏及商周三代為國師年七百九十七歲四十九妻五十四子其第二十六子孚承其後為周文王師拜官錢府上士因去籛之竹而為錢氏此定姓之祖也自此以下第七十一世而至武肅王原原本本一絲不亂泳謂此譜斷非武肅所作尚是沿襲貞觀初所貢之氏族舊本即他姓之譜如此類者甚多皆渺茫之言不足信也故顏師古極論之謂私譜之文出於閭巷家自為說事非經典苟引先賢妄相假託無所取信寧足據乎如歐陽氏譜祇序世系自詢以下僅五世已閱三百年自琮以下才百四十年而業已十八世據三十年為一世之說何長短之不齊也又蘇氏族譜引云唐神堯初長史味道刺眉州卒於官一子留於眉眉之有蘇氏自此始案神堯者高祖謚也而味道並非高祖時人又載譔釿者為始祖注云不仕娶黃氏享年若干七月二十六日卒既不詳世次又不著紀年究竟在何年之七月二十六日皆可笑其自敘云蘇氏族譜小宗之法也凡天下之人皆得而用之而未及大宗也其疏畧如此而亦謂之譜至今人尚有歐譜蘇譜之稱皆以為典據謬矣宋狄青不認梁公為同族世爭重其言吳穀父駁之謂其武臣少讀書昧於譜牒而昧於原本若梁公之在唐望雲思親何其孝也反周為唐何其忠也既忠且孝青豈不能克肖前人耶何云一時遺際安敢自附前人耶況狄之先由周成王封少子於狄因以為氏青與梁公實係一派惟世遠人亡徙遷靡定譜牒莫稽舉原一本者而途人視之又何怪焉至今人家無譜牒可考者輒以狄青之言為證亦不足以為典據也惟吾錢氏一族家家有譜或此詳彼畧或彼詳此畧要其指歸大約相同自武肅王以下至泳凡三十世獨忠懿王後一支最為煩多以納土於宋無有兵革未嘗破家故合族三千餘人俱入汴京至高宗南渡仍回臨安自此散居江浙故浙江之錢氏視他省為尤衆所以譜牒之傳亦較別家為可信無有渺茫之言及歐蘇狄青之病也然每見讀書人俱不留心如與沙方伯之先出常熟千一公後名應龍者字吟溪係

鹿剛支至方伯爲三十一世，誤認吳浦支應隆公爲祖，則忽長五世，爲武肅王二十六世孫矣。又黼堂少宰爲文僖公第十子景察公後，實三十世，而行狀以爲武肅三十三世孫，亦失攷之甚。更有奇者，竹汀宮詹博雅嗜古，著作如山，爲當代𢌿通儒，而不及譜牒一字。余嘗親問之，曰無稽矣。後見虞山世譜，知宮詹亦出自常熟千一公後，有諱浦者，遷嘉定，是即宮詹之所祖也。

墓碑

墓之有碑，始自秦漢。碑上有穿，蓋下葬具，並無字也。其後有以墓中人姓名官爵及功德行事刻石者，西京雜記載杜子夏葬長安，臨終作文，命刻石埋墓，此墓志之所由始也。至東漢漸多，有碑，有誄，有表，有銘，有頌。然惟重所葬之人，欲其不朽，刻之金石，死有令名也。故凡撰文書碑，姓名俱不着，所列者如門生故吏，皆刻於碑陰，或別碑。漢碑中如此例者不一而足。自此以後，諛墓之文日起，至隋唐間乃大盛，則不重所葬之人，而重撰文之人矣。宋元以來，并不重撰文之人，而重書碑之人矣。如墓碑之文，曰君諱某，字某，其先爲某之苗裔，並將其生平政事文章畧著於碑，然後以某年月日葬某，最後係之以銘文云云。此墓碑之定體也。唐人撰文，皆如此。至韓昌黎碑誌之文，猶不失古法。惟考功員外盧君墓銘、襄陽盧丞墓志、貞曜先生墓志三篇稍異舊例，先將交情家世敘述，或代他人口氣求銘，然後敘到本人，是昌黎作文時偶然變體。而宋元明人不察，遂仿之以爲例，竟有敘述生平交情之深，往來酬酢之密，娓娓千餘言，而未及本人姓名家世一字者。甚至有但述己之困苦顛連、勞騷抑鬱，而借題爲發揮者，豈可謂之墓文耶？吾見此等文，屬辭雖妙，實乖體例。大凡孝子慈孫，欲彰其先世名德，故卑禮厚幣，以求名公鉅卿之作，乃得此種文，何必求耶？更可笑者，昌黎文集中每有以某年月日葬某鄉某原字様，此是門人輩編輯時據稿本鈔錄，未暇詳考耳。而後之人習焉不察，以爲昌黎曾有此例，刻之文集中，而其子孫竟即以原稿上石者，實是癡兒說夢矣。

四金剛

今寺院門首必設四金剛，即佛家所謂四大天王也。溯其所由，乃唐代宗時，西蕃寇西涼，詔不空和尚入誦仁王密語，神兵見於殿庭。西涼界奏：東北雲霧中見神兵鼓噪，蕃部有金色鼠，皆咋絶弓弦，而城樓忽幻光明，有四天王怒眦，蕃帥大奔。由是敕諸寺院皆置四天王像，此其始也。

盂蘭盆會

舊唐書王縉傳：載代宗奉佛，縉爲宰相，嘗七月望日於內道場造盂蘭盆，飾以金翠，所費百萬。又設高祖以下七聖神座，備幡節、龍傘、衣裳之制，各書尊號于幡上以識之，舁出內陳於寺觀。是日排儀仗，百寮序立於光順門以俟之，幡花鼓舞，迎呼道路，歲以爲常。今盂蘭盆會之始也。

宋儒

六經孔孟之言，以暨四子書注，皆不合。其言心，言理，言性，言道，皆與六經孔孟之言大異。六經言理在於物，而宋儒謂理具於心，謂性即理。六經言道即陰陽，而宋儒言陰陽非道，有理以生陰陽，乃謂之道。戴東原先生作原善三篇及孟子字義疏證諸書，專辯宋儒之失，亦不得已也。蕭山毛西河善詆宋儒，人所共知。同時常熟又有劉光被者，亦最喜議論宋儒，嘗曰：朱晦菴性不近詩，而强注詩，此毛詩集傳所以無用也。又曰：一部春秋本明白顯暢，爲胡安國弄得七曲八曲。其言類如此。西河同鄉有韓太青者，著有說經二十卷，爲西河作解紛，皆平允之論。

時藝

袁簡齋先生嘗言：虞夏商周以來，即有詩文。詩當始於三百篇，一變而爲騷賦，再變而爲五七言古，三變而爲五七言律。詩之餘變爲詞，詞之餘又變爲曲，詩至曲不復能再變矣。文當始於尚書，一變而爲左國，再變而爲秦漢，三變而爲六朝駢體，以至唐宋八家。八家之文，又變而爲時藝。文至時藝，亦不復能再變矣。嘗見梨園子弟目不識丁，一上戲場，便能知宮商節奏，爲忠爲孝，爲奸爲佞，宛對古人，爲一時之名伶也。其論時藝，雖刻薄，然却是有理。余嘗有言：虛無之道一出，不知收束天下多少英雄；時藝之法一行，不知敗壞天下多少士習。董思白云：凡作時文，原是虛架子，如棚中傀儡，抽牽由人，無一定也。余在汴梁，識海州凌仲子進士。仲子自言嘗從江都黄文暘學爲時藝，乃盡閱有明之文，洞徹底蘊，每語人曰：時藝如詞曲，無一定資格，今人輒刺刺言時文者，終于此道未深，與思翁之言相合。

題目

余嘗論考試寫題目，紙兩格寫文，則頂格，皆習焉不察。題目是聖賢經傳，時文乃發

明聖賢精義者何以反高兩格試看十三經注疏豈有注高于經疏高于注耶即廿一史本紀列傳志表題目亦無有低兩格者不知當時何人定此式樣

紙錢

紙錢之名始見於新唐書王璵傳蓋漢以來葬者皆有瘞錢後里俗稍以紙剪錢爲鬼事開元二十六年璵爲祠祭使始用之以禳祓祭祀然古人有用有不用者范傳正謂顏魯公張司業家祭不用紙錢宋錢若水不燒楮鏹邵康節祭祀必用紙錢有明以來又易紙錠大小元寶黃白參半與紙錢並用近人又作紙洋錢鄉城俱有之眞可笑也

七七

喪家七七之期見於北史魏書北齊書及韓琦君臣相遇傳又顧亭林日知錄徐復祚村老委談郎瑛七修類稿皆載之要皆佛氏之說無足深考惟臨淮新語謂始死七日冀其一陽來復也祭於來復之期即古者招魂之義以生者之精神召死者之靈爽至七七四十九日不復則不復矣生者亦無可如何也此說最通

履園叢話卷三終

履園叢話卷四

水學

清　　　　勾吳錢泳梅溪撰

總論

嘗論天下之水自淮而北由九河入海書所謂同爲逆河入于海者是也自淮而南由三江入海書所謂三江既入震澤厎定是也今九河既塞故燕趙之間多潦三江既塞故三吳之間多水患

江南治江淮北治河同一治也而迥然不侔黃河之水遷徙不常順逆乍殊其患在決雖竭人功而天司其命江南之水紆迴百折趨納有准其患在塞雖仰天貺而人職其功

大都論水于江北其利在漕論水于江南其利在田江北擢水黃河之徙江南病水太湖之溢以治河之法治江恐未必有濟以治河之費治江則事半而功倍矣

三吳澤國也萬水所歸東環滄海西臨具區南抵錢塘北枕揚子其中瀦蓄者則有震山陽城沙河昆城諸水宣洩者則有吳淞劉河白茅七浦諸水縱橫聯絡如人之一身血脈流通經絡貫串蓋血脈不和則病經絡不舒則困然一人得病無傷于天地之和一方得病實有關于萬民之命

昔人于溧陽之上書爲堰壩以遏其衝于常州則芽港瀆以分其勢于蘇州則闢江湖以導其流並疏塘浦以通其脈又備規制以善其後惟是上源之來者不能下流之去者日滯潮汐往來易于淤塞故唐末五代有撩淺夫開江卒以時濬治水不爲害而民常豐足

治水之大要惟二道曰蓄曰洩而已蓄以備旱洩以防潦旱則資蓄以灌溉水則資洩以疏通

宋政和間趙霖體究治水之法有三一曰開治港浦二曰置閘啟閉三曰築圩裹田隆興間李結又獻治田之法一曰敦本二曰協力三曰因時故郟亶言水利專于治田單鍔言水利專于治水要之治水即所以治田治田即所以治水總而言之似瀚漫而難行析而治之則簡約而易辦高田之民自治高田低田之民自治低田高田則開濬池塘以蓄水低田則挑築隄防以避水池塘既深隄防既成而水利興矣

范文正公曰今之世有所興作橫議先至至哉言乎故水利之不興有六秘焉大都爲工費浩繁庫無儲積一時難于籌劃則當事爲之掣肘其利者而欲避其事恐科

淤其肯腴之田而爲累也則官宦家與富豪者爲之梗或有惑于風水之說某處不宜開某處不宜塞爲文選之攸關則科第家與諸生監爲之梗小民習懶性成難與圖始則刁頑爲之梗責決者多程功者少則吏胥爲之梗甘苦之相畸勞逸之相懸張弛之相左則怨咨者爲之梗此六梗者水利之所以不興而人心之所以未定也

宋有天下三百年命官修治三吳水利者三十餘次明有天下三百年命官修治三吳水利者亦三十餘次蓋開江治水未免擾民然正恐其擾民故開江治水夫天下事最誤于因循而亦忌速成如治水大事也豈能限時日而奏功乎大約一年二年而圍岸可成三年四年而溝洫可深五年六年而浦瀆可通七年八年而三江可入至于九年十年則無不告厥成功矣

太湖

太湖之爲震澤具區笠澤五湖前人載之甚詳可不具論惟是襟帶三州衆水所宅東南之利害繫焉其西北則自建康等處入溧陽迤邐至長塘河并鎮江丹陽金壇茅山諸水會于宜興荆溪以入其西南則自宣歙天目諸山由臨安餘杭以及湖州之安吉武康長興烏程合苕霅兩溪之水以入滙爲巨浸分布諸河一由吳江出長橋入吳淞一由長洲出崑山入劉河一由無錫出常熟入白茆皆入于海其底定也則灌溉三吳之民田而享其利其汎濫也則汨淫三吳之民田而被其害是以古人之治水也疏其源導其流皆爲民興利除害而已

徐貫曰太湖之水上流不濬無以開其源下流不濬無以導其歸洵至言也今五堰既塞廣通又廢而吳江長橋一帶亦淤墊幾成平陸然上築圍行以通行旅下開堰洞以洩湍流似可以爲萬世之利矣而不知湍流不暢則不達于枝河枝河之水不達于三江三江之水不達于大海故遇旱則赤地千里遇水則一望汪洋而農田爲之害農田日害而下民窮下民窮而賦無所出皆聽命于天時而實非也

或有問于余曰太湖之水爲長橋所塞致三吳有漂沒之虞何不去之以復古之舊蹟乎曰不可也從來治水治田兩者相兼舟行陸行不能偏廢且病積日久難以施功豈去一長橋而遂能爲三吳之利耶只求斬其葭蘆濬其淤積相其地宜順其水性修其堰洞通其湍流而已矣

說者謂吳江未築長隄以前吳中自來無水患既築長隄以後橫截湖流不能宣洩水患始于此矣余曰不然吳地襟江帶海淤潮易積雖不築隄亦難治也試看五代

宋元以來有營田軍屯田使農田水利使都水營田使以及都水監諸官又有所謂撩淺夫開江卒若年治月修故得豐稔夫修治而不得其法即爲水患況不修治耶由此言之太湖諸口自宜常通不宜略塞水利之官自宜特設不宜兼領耳

三江

三江之說自昔互異或以班固韋昭桑欽諸家爲是或以孔安國郭璞張守節程大昌爲是余以爲俱可弗論總之以導江入海爲第一義以有蓄洩以溉三吳之民田爲第二義蓋古之治治水也今之治治田也時代既移沿革各異雖考訂精詳尋其故道豈再能復禹之舊蹟乎但以目前而論震澤之下可通入海者惟吳淞劉河白茅爲最利即今日之三江也

王同祖曰三江通則太湖諸水不爲害蘇松常鎮杭嘉湖七府皆安而民被其利三江不通則太湖東注汎濫爲災三吳先受其害矣故東南治水三吳爲急

自禹導三江之後歷周秦漢魏晉唐不言三吳有水患而水患之來卻有故焉一塞于東江再塞于長橋水已失其宅矣後之人但知開濬三江之爲利而不知屢開屢塞之爲害也今之治水者若因其勢之便而導之如近三泖者使入黃浦近沙河者使入婁江近昆城者使入白茅是也

大凡治事必需通觀全局不可執一而論昔人有專濬吳淞而舍劉河白茅者亦有專治劉河而舍吳淞白茅者是未察三吳水勢也蓋浙西諸州惟三吳爲卑下數州之水惟太湖能瀦蓄三吳與太湖相聯絡一經霖潦有不先成巨浸乎且太湖自西南而趨東北故必使吳淞入海以分東南之勢又必使劉河白茆皆入揚子江以分東北之勢使三江可并爲一則大禹先并之矣何曰三江既入震澤底定也後之人有能翻大禹之舊案乎

昔人有以錢塘揚子吳淞爲三江者謂杭州築長林堰而太湖東南之水不得入于錢塘自常州築五堰而太湖西北之水不得入于揚子獨吳淞一江當太湖下流洩三州之水以注海此又一說也

治三江者自當以吳淞爲急劉河白茆爲次三吳諸水衆流所歸總滙于太湖而吳淞當太湖之衝使先洩上流其勢然也假使嘉慶二十四年不開吳淞則癸未年之水汛淹于三吳之間民皆魚鱉矣可不危哉

東原

三吳水源，天目為大，其水東出臨安汛溜而為苕霅，入于具區；又自天目東南出杭州天竺諸山，滙而為西湖，一由昭慶寺前流入松木場為下河，一由湧金水門入城為瀦，分布諸河，至得勝諸壩為上河，以滙海寧之田。如西湖水溢，則由諸壩流入下河，合于餘杭塘河，一遇霖潦，則從石門、桐鄉、嘉興、松江以入吳淞、黃浦諸港，則下流先為泛溢，太湖之水相與抗衡，反無歸縮之路矣。

溧陽之上有五堰，古來治水者所以節宣歙、金陵、九陽江諸水，由分水、銀林二堰直趨太平之蕪湖，以入大江。其後以商人由宣歙販運木簰，東入兩浙，以五堰為艱阻，因紿官司，廢去五堰，則諸水皆入于荊溪而滙于震澤。

廣通壩者，實與五堰相表裏，所以障宣歙、廣德、金陵諸水使之不入太湖也。明永樂元年，成祖遷都于燕京，蘇州民吳相伍以水為下流患，引宋單鍔書上奏，改築土壩，設官吏僉同溧陽、溧水兩縣民夫四十名守壩，使宣歙諸水不入震澤。正統二年，固文襄又為重修，增高土埝，奉有欽降版榜，如有漏洩水利，淹沒蘇松田禾者，壩官吏皆斬，夫鄰充軍。如此其重也。今之議論三江，輒從下流開濬，而無有言及五堰、廣通壩者，是東坡所謂知其一不知其二也。

太湖諸水，於上流既有五堰，又有宜興、荊溪、陽湖之百瀆為程，長興之七十二漊矣，下流則又有無錫之二十一港，而獨山門、吳塘門為之大；長洲之六港，而沙墩、金市為之大；吳縣之九港，而銅坑、胥口為之大；吳江震澤之七十二港，而長橋為之大。皆所以通經遞脈，以殺其奔衝之勢，而為太湖分洩者也。今太半湮塞，雖千復舊，而民之利其業者又憚于疏濬，以積其弊，日復日深。故郟亶曰：譬諸一人之身，五堰為首，荊溪為咽喉，百瀆為心，震澤為腹，旁通震澤枝河則為脈絡衆竅，而吳江為足。今廢五堰，使宣歙諸水不入于蕪湖，反東注震澤，而長橋又阻之，使太湖之水積而不洩，是猶桎其手，縛其足，塞其衆竅，以水沃其口，沃之而不已，必腹滿而氣絕矣。

近世言東南水利者，輒引尚書三江既入，震澤底定二語，以開濬三江為首務。然既知太湖之水有去處，而不知太湖之水從何處來耶？上古地廣人稀，以治水為急；今則賦繁財重，以治田為急。若不量其遠近，視其高下，察其淺深，與夫水源之來歷，而欲興水利，亦難矣哉。

枝河

三江為幹河，諸浦為枝河。幹河則用孟子之水利，濬河導海是也；枝河則用孔子之水利，盡力溝洫是也。

既知太湖之來源矣，則太湖諸水從何處去乎？曰枝河也。既知三江之入海矣，則三江諸水從何處來乎？曰枝河也。故治水者幹河既深，而枝河亦自要緊。凡民田落在官塘者，不過百分中之一分，其田多在腹內，其利多在枝河。譬如花果樹，百千枝幹皆附一本而生，開花結實者則從枝幹而發。若僅治幹河，不治枝河，徒費財力無益也。

大凡濬治水利者，往往于大工告成之後，力疲心懈，不復議及善後經久之計。每置枝河于不問，輒曰且俟異日，而不知前功盡棄矣。必使各枝河得利，業戶照田畝工先後並舉，各治己田水道，路遠一時尚難周遍，況漠然置之哉！濬幹河時，凡餘河諸水悉決諸枝河，而後大工可就；濬枝河時，凡枝河之水悉歸諸幹河，而後小工易成。此不易之論也。

水利

郟亶有言：天下之利，莫重于三吳；三吳之利，莫重于水田。蓋江南之田，古為下下，今為上上者，何也？有太湖之蓄洩，江海之利便也。故大江南北財賦所出，全資乎水利。

三吳地勢，湖高于田，田又高于江海。水少則引湖水以溉田，水多則洩田水繇江以入海。瀦水洩水，兩得其宜，故鮮水旱之患，皆膏腴之地。今以蘇、松、常、鎮、杭、嘉、湖、太倉推之，約其土地無有一省之多，而計其賦稅，實當天下之半，是以七郡一州之賦稅為國家之根本也。

凌雲翼曰：東南水利，猶人身之血脈也；東南財賦，猶人身之脂膏也。善養生者必使百節不滯，而後肢體豐腴，元氣自足。蓋財賦俱出農田，農田資乎水利，故水利不修，則田疇不治；田疇不治，則五穀不登；五穀不登，而國用不足矣。

欲求水利，先除水害。蓋水之害在泛溢，此水年之所以不淺而為田害也；水之利在渟滀，此旱年之所資灌溉而為田利也。以治田之法治水，則水利興；以治水之法治田，則田自稔。故曰善治農田者必資乎水利，善治水利者必遡其源流。

天下事有利于民者，則當厚其本，深其源；有害于民者，則當拔其本，塞其源。況水之利，尤當深探其本而窮究其源者也。

古聖人盡力溝洫，非止為治田之計，正欲就其順下之性，引而導之入于江，入于海，俾無阻滯，旱潦皆宜。國計民生即賴于是。國計者何？賦稅是也；民生者何？力田是也。

王叔杲曰國家之視江南猶富室之視腴產不可使農田一日不加勤恤也使患至而賑撫之一出一入其費增倍與其修治于已患不若預防于未來與其賑興于一時以多兩倍之費不若施工于平日以成十倍之功

吳中水利固惟濬枝河為要務築圩岸為急需究其本源則枝河淤塞者由圩岸坍塌圩岸坍塌者由人力怠惰余以為開渠者土無堆積而即為圩岸築堤者無從取土而即以開渠二者相兼其功百倍蓋開得河深灌溉自利築得堤高泛溢無虞也故鄭亶曰取塘浦之土以為隄岸使塘浦闊深而隄岸高厚塘浦闊深則水通流而不能為田之害隄岸高厚則田自固而不至使水衝決勢必趨于江與海也如此則高低皆利而無水旱之憂矣

五代錢氏不廢漢唐治水之法自今之嘉興松江沿海而東至于太倉常熟江陰武進凡一河一浦皆有堰閘使蓄洩以時旱潦無患而田自利其時歲豐人樂每米一石錢五十文范文正守三吳大興水利斗米十錢至南宋農政不修水利不舉三吳之田日漸蕪壞則石米一貫矣以此推之興水利則如此不興水利則如彼

郟道元曰東南地界萬流所湊而常熟之地在三吳尤為卑下何也上流則太湖東

洩之水由吳江經郡城合元和塘諸流會于常熟下流則太湖北洩之水由無錫而東合宛山蕩湖華蕩諸流亦會于常熟在漢唐時本有三十二浦以洩諸水旱則資潮汐以灌田澇則分諸浦以入海田常豐熟而民力有餘故謂之常熟每年賦稅甲于三吳今則不然白茆七鴉諸浦已廢矣而獨留福山港一線之道亦淤塞僅通舟楫欲其常熟得乎此所謂知其末不知其本矣

國家修治黃河費無所惜修治運河費無所惜者為轉漕故也漕從何來乎江浙之賦為重也江浙之賦何憂乎曰水利之道不興也

許光凝曰開一江有一江之利濬一浦有一浦之利考之前古有置閘之啟閉有圍田之屬禁有濬川之舟楫有水課之殿最所以為三吳之利者甚備濟旱如救焚防潦如拯溺故曰欲享其利不得不除其害也

水害

王政所重莫先民食而食出于農農資于水水得其用可以挽凶而為豐化瘠以為沃利莫大焉水不得其用可以反豐而致凶化沃以為瘠害莫甚焉

三吳水利固在太湖三吳水患亦在太湖所謂有大利必有大害也昔錢公輔守全陵常究五堰之利而不知五堰以東之害所謂知其利不知其害也人謂三江通則三吳均受其利三江不通則三吳均受其害今地方縣令但知奉檄追徵痛恨小民之逋負而不知逋負之所由大吏監司但知謹守前規痛惜東南之凋弊而不知凋弊之所至禾生于水溺之則死禾資于水養之則熟三吳之間低田多而高田少故水平則為利水溢則為害

古人治水之道必視其源溯其委上築五堰以節其流而使發源之水西出于蕪湖下疏三江以殺其勢而使諸瀆之水東入于滄海後世五堰既開則來者愈迅湖隄既障則去者復緩由是三江之水上不受湖流之衝而下有潮汐之湧其不為三吳之害者幾希矣

或謂自海塘南障三江北折而太湖之尾閭已失其勢矣或又謂太湖洩水第一要處全在吳江之長橋自宋時築隄為橋元時人易以石雖留堰洞以洩水勢而咽喉已塞積淤漸高使上流阻遏下流散緩而吳淞日壞者石隄之害也

昔人論吳江東通青龍江由青龍入海之處因臨司相視恐走漏商稅遂塞此江夫商稅利國無幾而湮塞海流其害莫大

農人之利于湖也始則張捕魚蝦決破隄岸而取魚蝦之利繼則遍放茭蘆以引沙土而享茭蘆之利既而沙土漸積乃挑築成田而享稼穡之利既而衣食豐足造為房屋而享安居之利既而築土為墳植以松楸而享風水之利湖之淤塞浦之不通皆由于此一旦治水而欲正本清源復其故道怨者必多未為民便也或曰興衆水利正所以便民也譬諸惡人不懲治病者無醫藥恐歲月寖久日漸填塞使水無所洩旱無所溉農民艱困賦稅無由為三吳之大害當何如耶余則曰方將興利以惠民何忍擾民以増害然單鍔有言上流峻急則下水泥沙自然嚙去今能以太湖之水通洩三江之口不淤則向之豪民占而為田為屋為墳墓者可十坍其五六此不待懲而自治不待醫而自藥矣

三吳之民但知水旱之為害而不知人事之不修遂謂湖之淺深江之通塞無關緊要而一經水旱事窮勢迫抱地呼天而莫之應是誰之過歟今太湖百瀆七十二漊皆湮沒矣枝河港半成茭蘆矣白茆劉河七浦皆為平陸矣吳淞雖開水流不暢以沿海無涯之水決他何處去耶嗚呼旱年則水無自蓄水年則水無自洩三吳水旱之憂恐自此始矣

水之爲利甚廣，而害亦甚廣，蓋治之則爲利，不治則爲害也。所謂害者，害民田也。民田一害，則民食何由而生，賦稅何由而出，餓死者有之，鬻兒女者有之，迫而爲盜賊者有之。至如去年之水，田禾既湮沒矣，民舍亦漂流矣，而城郭之坍塌，墳墓之衝決，桑麻之枯萎，花豆之不登，至于流離載道，民不聊生，反勞　聖朝之籌畫，不惜數十萬帑藏以加惠元元。水之爲害至于此耶。故曰治之則爲利，不治則爲害。

建閘

范文正公曰：三吳水利，修圍、濬河、置閘，三者缺一不可。余以爲三江既濬，建閘爲急。何也？蓋水利之盈虛，全在乎節宣。今諸江入海之處，固身既高，而又有潮汐往來，一日夜凡兩至。前人謂兩潮積淤，厚如一錢，則一年已厚一二尺矣，十年而一二丈矣。故沿海通潮港浦，歷代設官置閘，使江無淤澱，湖無汎溢，前人咸謂便利。惟元至順中有廢閘之議。閘者，押也，視水之盈縮，所以押之以節宣也。潮來則閉閘以澄江潮，去則開閘以洩水。其潮汐不及之水，又築隄岸而界爲斗門，蓄洩啟閉，法亦如之，安有不便乎。

古人治閘，自嘉興、松江而東，至于海，遵海而北，至于揚子，沿江而西，至于潤州，一江一浦，大者閘，小者堰，所以外控海潮，而內防旱潦也。今惟于初開之時，務深而不務闊，且有石閘以衛之。既閘之後，務通而不務塞，再設撩淺以導之，然後可圖永利。或謂設閘之道有數善焉：如平時潮來則扃之，以禦其泥沙；潮去則開之，以刷其淤積；若歲旱則閉而不啟，以蓄其流，以資灌溉；歲澇則啟而不閉，以導其水，以免停泓。且沿江設險，私販難以度越；因閘設官，盜賊易于斂蹤。嚴啟閉之規，添疏導之案，庶幾乎可也。

前人常議及潮汐易淤海口，於治河時閉至盡頭處，留一壩不開，以斷海口，既無迎潮留泥之患，又省防鹽防盜之虞。若逢水災洶湧，請牌開壩，衆鍤如雲，半日可通，水洩復塞，此亦一法也。

圍田

古人治低田之法，必先治塘浦，即取塘浦之土以爲隄岸。塘浦既深，則水流易暢；隄岸既高，則低田不湮。雖大水之年，水流激湍，無虞矣。若但知治水而不知治田，則所開之地不過積土于兩岸之側，一經霖雨，蕩漾復入塘浦，不二三年，淤塞如舊，全功皆棄。今徒陽運河可鑒也。

范文正公嘗言江南圍田，每方數里，內有河渠，外有門閘，旱則啟之，潦則閉之，旱潦不及爲農之利。故治水必先治田，治田必先治岸。蓋水道爲農田之命脈，低田以圍岸爲存亡。今門閘不可復矣，而修築隄岸、堰壩之築，獨不可行耶。

高田之浦港，常通則無旱暵之虞；低田之隄防，常固則無水潦之患。夫人而知之矣。其所以不力者，亦有故焉：或因田主但知收租而不修隄岸；或因佃戶利于易田而致湮塞；或因一圩雖完全，而同圩有貧富之不等，有公私之相吝，而一人爲之阻隔，以致因循誤事。夫愚民豈知後日之利益哉，但厭目前之畚臿耳。人心之不齊，皆以此也。

三吳之田最低下，衆水所歸，爲民利亦爲民害。大約畏澇者十之七八，畏旱者十之二三。不築隄岸不可也。既築隄岸矣，而無楊柳以植之，茭蘆以衛之，風雨之衝，牛羊之踐，不及數年，又復如故，而欲田之稔，歲之豐，豈可得乎。

老農有云：種田先做岸，種地先做溝。蓋高鄉不稔，無溝故也；低鄉不稔，無岸故也。是池塘爲高鄉之急務，大約有田百畝，必闢十畝之塘，以蓄水而防旱；隄岸爲低鄉之急務，大約有田百畝，必築三尺之圩，以洩水而防潦。夫圩者，圍也，內以圍田，外以圍水也。

增築隄岸亦有法焉：必今年築若干高，取葭莫以蔽之；明年增若干高，插水楊以護之；後年增若干高，取葑泥以益之。三年之後，草木根深，隄岸堅固矣。

或謂每歲農隙，令民各出其力，以治圩岸。圩岸高則田自固，雖有霖潦不足畏也。或于田旁近地取其圩塞河道之土以築之，或取河底之泥以益之。如最低之田無從取土，則在田中開一塘，挑泥增岸，蓋農人每以糞壤爲肥禾之用，一年高一年，仍取田土以實之，並無妨于田也。

宋轉運使王純臣常建議，請蘇、湖、常、秀卑下之田，修作田塍，位位相接，以防水旱，以禦風濤。水漲則專增其裏，水涸則兼築其外，遇旱年則車水以入，遇水年則車水以出，高低之田皆熟矣。

濬池

昔人治高田之法，凡陂塘池堰，可以瀦蓄以備旱暵，可以宣洩以防霖潦者，皆所以治田者也。蓋高田去河遼遠，無水可溉者，則必有陂塘池堰，土人謂之藏浜，所以藏水也。又謂之上浜，言高于通河也。其年雨暘時若，則無資于上浜；或雨水霖潦，亦無妨于田土。一遇乾旱之年，涓不立，槁人必呈，呈則涸水如珠，全藉接濟，使轉山而為豐者，上浜之力也。

三吳之田，雖有荒熟貴賤之不同，大都低鄉病澇，高鄉病旱。然自古言水利者，往往詳于治水而略于治旱。蓋低鄉田圩不修，水固不能自瀉；高鄉池塘不濬，水亦安能逆上哉？故梁寅鑿池論曰：嘗觀畝畝之間，有田十畝而鑿一畝以為池，則九畝可以資灌溉，常豐稔矣。民非不知此也，蓋以膏腴之壤，人人所惜，孰能以一畝之田為九畝之利乎？今高區皆有陂，有塘，有池，有堰，而民不知濬深以蓄水，一遇亢旱，束手無策，坐看苗槁。有哭于野者，有歎于路者，有流離四方者，皆惜小費而失大利，亦愚矣哉！

上浜一濬，為利無窮。旱年蓄水以資灌溉，水年藏水以備不虞。深者養魚為利，淺者種荷為利。其地瘠者，每年以罱泥取污，即為肥田之利。其與通河較遠者，每日汲水浣紗，兼為飲食之利。今常鎮各州縣大半高區，農民不但不濬，而反皆填塞，或築為道路，或廓其田疇，有誰禁之哉？棄天之時，失地之利，罪莫大焉，無怪乎低田常熟，而高田常荒也。

專官

王叔杲曰：水利有專官，至急之務也。以田疇之廣衍，民力之勤惰，不可無專官以督率之也。夫州縣之長，既苦于政務之繁，而遑計其農政之瑣，身坐堂皇，目周四境，雖神禹不能也。若非有專官之治，帶同丞貳，巡行阡陌，浮泛江湖，問農民之疾苦，察田疇之利弊，董河渠之大小，定土方之深闊，料灘岸之遠近，為夫役之多寡，時當農忙，則勉民以勤儉；時當農隙，則督民以疏濬。不特此也，窮鄉僻壤，去城遼遠，民有善惡，事有輕重，豈無冤抑，豈無控訴者？使有專官以協理之，則訟自鮮，水自治，利自益，而民自安矣。

治三吳之水有六策焉：一曰開洩水之川，二曰浚容水之湖，三曰殺上流之勢，四曰決下流之壅，五曰排潮漲之沙，六曰立治田之規，而又請專官以督之，庶幾乎可也。若以三吳之利而責于三吳之民，譬諸一國之事，責辦于一家，以百人之負而責荷于一人，勢有所不能也。

張內蘊曰：治水者，天下之大事也，而足國裕民，天下之大功也。任天下之大事以成天下之大功，非有天下之大智，秉匡時之大忠者，其孰能與于此？

或曰：小民力田為生，固所自盡。添設專官，徒以增擾。或又曰：今各府州縣，未嘗不設水利之官，而卒未見有裨于農事也。如低鄉苦潦，則急于築圩；高鄉苦旱，則急于濬池。某處病于淤塞，某處應挑泥土，至近湖之灘，灘漲不一，坍則速為開除糧稅，俾小民免虛賠之累；漲則速為照丈陞科，俾奸豪銷專利之謀。今官水利者，有知之乎？

吳韶曰：今府州縣水利官，皆四海九州之人，縣官臨蒞，莫識水土之性，種植之宜，不數年間，即陞調去，有秩滿而不知湖浦之通塞，不分五穀之貴賤者，比比是也。不若分隸于近衛之官軍，則土著之人，功緒易施，而水易治。

徐桓曰：專官非難，得人為難；修舉非難，經費為難。蓋專官之要，雖在于得人，而修舉之宜，惟先于足用。人不得，所設皆具官也；用不足，所議皆空談也。故治水之道，得人最難。即得人矣，亦需通達古今，熟識時務，凡地形高下之宜，水勢通塞之便，疏瀹決排之方，大小緩急之序，夫田力役之規，官帑出納之要，經營度量之法，催督考驗之術，了然胸中，方能任以大事，非僅精明強幹、清廉自持者所能施功也。

或議治水之道，當以豐穰之年為始，俾人民樂輸工料，易辦備預，不失策之上者。此言是也。然余以為譬如治病，今人尚有無力就醫而聽之呻唫者，豈有病未至而先服藥者乎？病既至矣，初則擇醫甚難，繼則服藥無效，或調理之不得其宜，反至增重，

吾見病未去而人已憊矣，故曰得人最難。

治水之法，既不可執一，泥于掌故，亦不可妄意輕信人言。蓋地有高低，流有緩急，港有淺深，勢有曲直，非相度不得其情，非咨詢不窮其致。是以必得躬歷山川，親勞胼胝。昔海忠介治河，布袍緩帶，冒雨衝風，往來於荒村野水之間，親給錢糧，不扣一釐，而隨官人役亦未嘗橫索一錢。必如是而後事可舉也。如好逸而惡勞，計利而忘義，遠嫌而避怨，則事不舉而水利不興矣。

金藻曰：治三吳之水有六事焉：曰探本源也，順形勢也，正綱領也，循次序也，均財力也，勤省視也。五者既行而不省視，則不及十年，又復廢弛，故專官尤為所急。

又曰：欲水患消除，必專任大臣，而輔之以所屬，責成于守令，而催辦于糧里，不宜他官分督，而有失厚利。某處係上流水滙，某處係下流支港，應分某水以殺其勢，應闊某岸以緩其衝，應濬某河以會其流，某處坍闕宜修，某處塘堰宜築，應復舊，應新開，非專官而能之乎？

所謂勤省視者，官廉能矣，或惰于省視，與無廉能同；既省視矣，而無賞罰，與不省視同；既賞罰矣，而不能繼，與不賞罰同也。

一國之省視責在里長一區之省視責在縣丞一縣之省視責在邑令一府之省視責在太守提七郡之綱領而以水功分數為殿最者大臣也參贊于上綱紀乎下者大臣之佐也如能行之而水利不興農田不熟者吾未之信也

協濟

東南水利為　國家至切至急至重之務工繁費鉅而必資帑藏以行之非下民之所能辦然為民者亦當思所以協濟　國家之要務而後可以告厥成功如帑藏之外或動支衙門之閒款或量罰有罪之豪右或激勸仗義之巨室或衆賢才或起廢員或收投效計工籌費相為表裏蓋費足則工舉工舉而水利興焉

小民難于慮始可與樂成如官帑先行則協濟自至若徒以空文催督彼亦以空文詭應雖有興修之虛名終鮮興修之實效故設處錢糧為第一着　國賦之盈絀系焉協濟之功尤不容已

大凡運河官瀆通江大湖以及閘壩陂堰蓄洩利民者其施工自在有司凡府州縣城內外濠河浜港可通舟楫者其施工則在本城富家鋪戶凡府州縣地方與官河

相近處有通河支港及蓄水圍圩可資農田者其施工則在近處居民凡江南江北有通海道以運鹽者其施工又在鹽商矣此協濟之一法也

國家承平將二百年生齒日繁太倉無三年之蓄所藉七省漕運是以設官分職從事淮黃惟河身日高河岸日加設有衝決運船阻塞此最危之事往者封疆大吏當議及海運一事卒不果行何也　朝廷不忍使民以蹈海有司不敢保漕以無事即運官運丁水手人等生平未嘗出海亦何能挺而走險以濟事耶此斷斷不能行也今查上海乍浦各口有善走關東山東海船五千餘隻每船可載二三千石不等其船戶俱土著之人身家殷實有數十萬之富者每年載豆往來若履平地常時放空北去而必以泥土磚石以壓之及裝豆回南亦無貨不帶一年之中有往回四五次者夫海船去空而回重較運船去重而回空正相反也盍請有司上　奏先以減一存造之糧米其放空北去之時試行有效逐年增加送往天津交卸以江浙江西湖廣全漕受載雇募每船運以千石處之豫如也其法只求地方官先選殷實船戶花名注冊取其連環保結方許出運如果踴躍從事運載功多則賞之以幣帛加之以銜名船戶無不樂從者況近年海道清平百無一失因風乘便不勞人力而所費無

多既省　朝廷治河治漕之帑又省州縣陋規帑費之煩自此太倉日積　國課日盈亦協濟之一法也

水陸官兵原所以衛民者也每年坐食銀糧以億萬計可派在城在鄉以佐開濬之用古人有寓兵于農者今則寓兵于治水亦協濟之一法也

相傳宋時修治東南水利輒下空名度牒二千道給與承德郎將仕郎等官告身或仿其法而行之亦協濟之一法也

謹查康熙十七年戊午有　旨令該各直省童生每名捐銀一百兩准于入泮一科一歲後不為例其歲科兩試之原額仍照舊辦理其法良善蓋秀才無□□□□途一也隨處捐納　國帑豐盈二也所取甚廉不傷百姓三也不開倖進多造人才四也亦協濟之一法也

水利之興莫急于財力而財力亦出于民間非照田科派之謂也蓋高田無變更而湖田有坍漲亦有挑土塞河以寬廣其田者今三吳之間不下數十萬頃其利倍于常田大約仕宦富豪所得者十之七八平民所得者十之二三雖有陞科不及其半以姑息之小恩忘浩博之大利苟能排定字圩挨邱編號通行丈量照數徵收其賦

必倍亦協濟之一法也

積荒田土在在有之江南四郡一州惟常鎮兩府為尤甚或以官道為界或以水道不通或以古墓相連或以瓦礫難種遂欲區處農民必其開墾而成熟之事亦難矣然亦有說焉一以賦負民逃而不墾一以小民窮困舍本逐末而不墾一以糧重租多而不墾一以其地窵遠難于照應而不墾是以荒蕪之地日多而懶惰之民日積使膏腴成棄地糧稅為積逋所以府庫日虧而農民日困也惟有專官而治時時省察就近招徠輕其租賦勸其開墾勉其勤惰使民無棄地家有餘糧而庫無積欠矣亦協濟之一法也

三吳圩田亦在在皆有農民習懶性成惟知種苗禾種豆麥蔬菜而已其有水者則棄之何也余以為水深三四尺者種菱芡一二尺者種芰荷水不成尺者則種茭白茨菇荸薺芹菜之屬人能加之以勤儉雖陂湖亦田也試看杭嘉湖三府桑麻遍野菱芡縱橫有棄地如蘇松常鎮四府者乎如此則民不偷惰而賦常足民不告勞而食不匱也亦協濟之一法也

俗語云百年田地轉三家言百年之內興廢無常必有轉售其田至于三家也今則

不然農民日惰而田地日荒十年之間已易數主蓋賦有售額田無一定或築墳墓或造房屋或此開彼塞或東漲西坍至于田疇交錯鱗冊無徵有有田無糧者有有糧無田者不知凡幾故小民交忿訟獄頻仍富者益富貧者益貧必得官為量丈重畫圖冊田段一準而田自多田既多而賦自盈然後除其坍角荒瘠之地抵其不足而均其有餘計畝均收似與小民有益而無損即以治田之利為治水之利不必一一仰資乎公帑而亦無待加派於窮民孔子曰因民之所利而利之擇可勞而勞之又誰怨乎倘能職之以專官輔之以協濟因天之時盡地之利呈呈曉諭奮激必多奮激多而水利興水利興而田自治則豈特活東南數百萬生靈之命抑亦培朝廷億萬年富庶之基也

救荒附

公督私藏法

公督私藏之法可以行之一里一鄉一鎮無不善者然必以豐年為始思患豫防其法公舉里中長者一人遍告有田之家凡有糧田若干捐米若干鋪戶典押則捐錢文如一里中有田千畝鋪戶數家則有米十餘石錢數千聽里長者開明數目立一

簿存於公家其所捐之錢米仍聽各家自為藏積如歲豐人樂並不支動一粒支用一錢一遇水旱凶荒之年凡里中有寒不能衣饑不能食病不能藥死不能葬者則請里長者查明將簿上所捐錢米酌量濟之或有他縣饑民流入境內者一集村莊不能不仰望於富戶男男女女扶老攜幼纍然而來驅之不去則里長者同地保籌與流民通語每人給米幾合錢幾文幼孩者半之倘有流民百人不過分數斗之粟數百之錢可以令其欣喜感激不須刻而他往矣在此一鄉一里一鎮之家既能濟鄰近之困貧又能杜流民之擾累而家無所耗費之委然真積德行善弭盜安民之第一法也謹陳條例如左

一公舉之人不過稍通文理而略能識字者一二人同地保到有田之家查明糧田自田租田分為三等糧田一畝約捐米一升自種自糧田一畝約捐米一升五合租田一畝約捐米五合其所捐多寡不同各隨其田地之肥瘠力量之大小不必拘於一格也

一鋪戶典當本錢多少不一約鋪戶有本一百兩以上者捐錢五百文典當小押有本一千兩以上者捐錢五千文以此類推如能多捐聽其自便

一小戶人家種田不滿十畝開鋪不滿四五十金者不必過強其捐如能慨然上捐亦不可沒其美意

一有田有鋪之家既經起捐登簿簿上須注明總結米若干石總結錢若干千其總簿存於公家收存

一公捐錢米仍係各家自藏並不交於他人然既已捐出即視同公家之物似宜另貯一處不可妄取己用致臨時短少呼應不靈

一里中極次貧民惟本處人知之最悉須預先查明注簿令本人自來給領以杜存私虛報

一貧民有缺少棉衣入典當者即取其典票贖回給發本人有當在寒冷無衣者則買舊棉衣一件與之其價約三四百文為率新者恐其當去

一捐施諸貧人必要斟酌盡善方能行之不可執一而論亦不可太多太多則恐難繼也

一貧民每日每人約給米六合錢十二文幼孩者半之或其鄉富戶捐多則詢益之各隨其便

一病者醫藥艱難遍及查明實在有病毋一病者約給百文以為買藥之費十日一領

一死者施棺一時未能猝辦需須為做就以待不虞

一有他縣流民來集村莊索錢索米者每口定以給米五合錢六文幼孩者半之如流民不遵理法強索硬討者則里長邀同地保將流民為頭強橫之人送官究治

一里中所有饑寒疾病之人既蒙有田有鋪之家公捐周濟自當感激不追不可再生覬覦或有結通外來衰強之輩搶擄偷盜者許本人指名報官從重治罪

一里長地保諸人亦有貧富不等年終當在公簿內酌量分出米若干錢若干謝之以作勞神之費

一公捐錢米分派貧民倘或不繼則里長再向各家續捐賑給以下年麥熟為止或所捐錢米尚有盈餘則各家仍收為己用可也

一公捐錢米倘其鄉富戶眾多而年歲屢豐各家堆積毋須取用則將此項動支辦理地方上至公至要之事如河道橋梁渡船道路義塚施藥施衣茶亭之類俱

可獨不可將此項用盡則一遇荒年難為繼也亦不可以此項作迎神賽會燈棚煙火演戲斂神說書彈唱諸事以博一日之歡則俾晝作夜婦女雜遝聚賭窩賊由此而起尤為貧家留客之累及地方之害也

一此舉專為富家而設必富家踴躍從事切莫視為虛文若富家一吝貧人怨生便不可問慎之慎之

稟帖稿附

為歲荒人困謹呈管見叩恩給示各鄉令民遵辦事竊某居鄉並不多事本年五六月內（或雨過多田地淹沒 或雨澤愆期河水乾涸）遂至不能插種現當青黃不接之時各鄉各鎮人情洶洶以搶奪為能豪強者得米而伏懦弱者忍饑而卧今冬明春尤為可慮某目擊心傷不忍坐視今有公贅私藏之法可令每鄉每鎮有田有舖之家各捐錢米注明公簿仍聽各家自為藏積責令里長地保查看本鄉極次貧民開單注簿即將所捐錢米分出周濟令貧民自來給領或流民乞食亦可依此而推仰體老父臺大人愛民如子之心出示境內被災各處將此法行之在有田有舖之户並無傷耗而里巷貧民均沾實惠豈但積德行善實可弭盜安民伏乞憲慈俯准及早設施實為德便上稟

圖賑法

嘉慶甲戌歲江南北大旱赤地千里時督撫大吏命各州縣勸捐賑恤而無錫金匱兩邑侯韓公履寵齊公彥槐亦下鄉勸災順便勸捐無錫計捐十三萬餘緡金匱計捐十二萬四千餘緡活人無算其圖賑之法前人未有已載齊公微信錄中茲特再錄一通無論水荒旱荒勸捐放賑者當以此為法

嘉慶十有九年江南大旱金匱分無錫地地勢視無錫為高被災尤劇八九月間槐書以事赴鄉竊見赤地數十里民間炊無米爨無薪汲無水惻然憂之夫官發常平倉穀平糶於民便矣然遠在數十里之外者不能為升斗之米來也故官平糶但能惠近民不能惠遠民殷富之家以其餘米平糶於其鄉遠近咸便矣然無升斗之資者不能糴也故民平糶但能惠次貧不能惠極貧天恩浩蕩極次貧户悉予之賑而賑不徧德矣然賑者賑災也於例但及有業之貧民而不及無業之貧民故欲推廣　皇仁不使一物不獲其所惟邑之殷富捐貲接濟乃救荒之大者夫惻隱之心人皆有之殷富之家幸足於衣食目擊鄰里鄉黨之人饑且寒以死孰不欲解衣衣之推食食之者顧上勸捐而下或不應何也則經理之不得其道不能使人無所疑惑無所瞻顧也且人情之所甚不忍而急欲救之者亦第於其親者近者耳其目所不及見耳所不及聞者固非情之所甚迫者也向之捐者大抵設立公局令一邑之錢悉入局中彼殷富者以為吾既捐矣不知是錢也官將發之於何人之鄉董事者將散之於誰氏之里而我鄉我里之貧乏無賴者猶不免於我乎擾也而吝不捐者遂妄生議論曰是特以飽官之囊橐供董事者之侵漁而已以故願捐者少而不願者多今也定為圖賑之法以各圖所捐之錢各賑本圖圖有貧富以富圖之有餘協濟貧圖之不足令圖自舉一人焉以經理之其錢即存於捐者之家而不必入於公局官與公局之董事者第紀其數為之調撥而已某圖饑口若干數捐若干數協濟若干數各書一榜於其圖內使貧富見之曉然明白施者知其財之所由往食者知其食之所自來則捐者無所疑而不捐者無可藉口且以富稽貧其户口必清以貧核富其捐數必實於卹貧之中寓保富之意則事易集而官不勞也是說也槐書謀之鄉先生言之上游皆以為可自十月初旬捐廉以倡至今歲三月計捐錢十有二萬四千餘緡矣而殷富之家好

行其德復於其間為粥以賑城鄉設廠十餘處計所捐又不下萬數千緡饑民賴以全活者無算嗚呼孰謂人心之澆風俗之厚今不古若哉賑既畢尚有餘錢六千餘緡而無錫之賑亦有錢餘於是復謀之鄉先生言之上游以所餘錢留為修建南北二橋之費亦以工代賑也邑之人樂其事之集刊為成書用垂永久而歸美於槐嗟乎槐何功槐既不能善政及民使歲不饑又不能使民儉且勤皆有蓋藏雖饑而不至於困其起死人而肉白骨者鄉先生之謀邑人殷富之力也槐則何功雖然人各有樂善好施之心而能不阻之使其無所疑惑無所瞻顧者則圖賑之法良也用是書之以告後之官斯土者

履園叢話卷四終

履園叢話卷五

清　勾吳錢泳梅溪輯

景賢

鄉賢一

華景輝，字暘生，吾邑之南塘人。裔出南齊孝子寶。後祖楷，父禮卿，俱以貲雄於鄉。年十七，從吳門楊忠文公廷樞遊，研窮性命之學。明鼎革時，禮卿為逆騎劫掠，驚悸死。景輝椎心泣血，衰葬盡禮，事母以孝聞。常建祖祠，置墓田，修宗譜，慎終追遠，務本為急。兩弟早世，撫其孤至成立。從弟允誠為邑諸生，無子，亦雄于貲，允誠死，有遺腹子。而族中洶洶，利其家產者甚衆，景輝為掌護之，歷二十年，既授室，景輝乃為文祭弟，而盡以家產還之。凡母黨親屬、鄉里故舊，有貧乏失怙恃及婚嫁喪葬者，景輝必力為經紀，委曲矜全，各慰其欲以去。屢遇歲荒，米穀騰貴，必減價平糶，捐粟賑濟。還豐年則必出所餘以周貧困，而尤以孝弟為行仁之本，故自家而族而鄉而邑，莫不德之者。順治元年，忠文公被難，景輝奔赴慟哭，哭止而起，賀其子元柴曰：吾夫子道德文章，負海內重望，今又就義成仁，若此千載而後，莫不知有維斗先生矣。士論偉之。後遯跡蘧瀨，閉關獨處，擁書萬卷，晨夕嘯歌，尤精研經義，雖風雪祁寒，必衣冠點勘，至老無倦容。所著有存心養性編三卷、家訓必遵錄一卷。年八十卒，里中學者私謚為端肅先生云。

吾邑有老儒鮑虞西者，事母孝，二子亦孝謹，而仲子尤篤摯。得一病甚劇，伯子侍于城隍廟，夜宿廟中，夢神謂曰：汝弟篤孝，上帝已命為淮陰侯，期在三月，弗能久矣。伯子寤，識其語，不使父及弟知。虞西有弟館于淮安者，忽返，家人詢之，曰：吾夢淮南郡門有多人掃除行道，問之，云淮陰侯將到任矣。問淮陰侯為誰，曰：汝仲姪也。吾恐姪病，故急返耳。仲子果於三月卒。卒之夜，里中人皆言有儀仗燈燭入鮑家云。康熙中事。

華世栐，字爾任，南塘人。生母黃早卒，事後母秦，或無過鞭扑，世栐略無慍色，惟引咎順受而已。從弟世楨被誣，力為營救，代白撫軍，事得雪。嘗置墓田，廣祠宇，臨事果決，鄉黨稱之。卒年七十九。子琦，字景樵，少聰穎，好讀書，年三十餘始補博士弟子員，為文雄放，有先輩風，而困於場屋，乃設家塾，引掖後進，師範諸生，言規行矩，至數十百人，皆拾青紫以去。年七十七卒。

華世楨，字元臣，世栐從弟。年十四喪父，哀毀如成人。母郭，守節年九十餘，世楨每食必躬親視膳，先意承歡，不少懈。有弟已嗣出矣，而仍將父產兩析之。族人有以屋售於世楨者，將遷矣，其家有兩寡婦哭甚哀，不肯去。世楨為之惻然，焚其券，仍令安居，而不責其值。後復念其兩寡勵志守節，并為之請旌。年七十餘，公舉世楨為鄉飲賓，辭不受。卒年七十六。

王榮祖，字齊雲，磚橋人。狀貌奇偉，博學能文，不為章句之學，而孝謹聞於鄉里。嘗以古事預擬成敗，學者服其智識。國朝順治初，天下初定，榮祖嘗自躬耕，與二三知己如吳郡林梅孟皋輩對酒賦詩以為樂也。年八十八而卒。著有耕隱集八卷。

王之芳，字伯聖，邑諸生。嚴毅方正，學博識精，膠庠中推為眉目。詩文力追漢魏，而尤敦于本行，每以孝友齦齦為後生家言，鄉里多化之，咸以為彥方復見云。卒年八十七。著有古文評、家訓十則。

張元義，字心才，邑諸生。苦心力學，友愛天至，與其弟東美同居五十餘年，無間言。家甚貧，以館穀為生。伯嘗少子仲心才，乃言曰：余兄弟垂老同居，安保子姪之久合而無分爨也？仲媳惲氏聞之，即出見二翁，斂衽曰：家不可析也。憶媳于歸時，父嘗戒曰：張氏家庭最雍睦，同居已三世矣，若汝去而析居，是汝之故也。言畢而泣。二翁笑曰：有此賢婦，吾無憂矣。乃同爨終身。

王雨來，磚橋人。少貧，未讀書，而持身恭儉，孝友性成。有弟四人俱幼，雨來能開拓田園，給與諸弟。有逋負人者，雨來出己財償之，終身如是，毫無怨色。雨來嘗以事入官，應受杖，諸弟號泣願代。令曰：爾何人也？諸弟對曰：身受胞兄覆育之恩，故願代也。令乃嘆曰：爾等手足之情如此，其為人可知矣。命免杖。一時嘖嘖人口。雨來年七十餘卒。子應魁，字裕臣，亦以孝稱。

吾鄉有蔡翁者，板村人，家甚貧，為人傭工，家中僅種田一二畝，以此為食。父母死後，盡築為墓，負土成封，植以松楸，且編籬以衛之，見者莫不竊笑其貧如故也。隔二三年，松楸漸長，松下時出鮮菌，鄉人謂之松花菌，日出不窮，每朝拾一二筐入市，上責得數百文。如是者十餘年，積資千金，以之買田得屋，近且為小富翁，有田數百畝矣。史記淮陰侯傳贊，謂韓信雖為布衣時，其志與衆異，其母死，貧無以葬，然乃行營高敞地，令其旁可置萬家，亦此意也。

鄉賢二

顧大任，字永肩，號竹仔，長洲庠生，官廣東按察司司獄，陞知事，或薦補邑宰。大任固辭曰我才豈能為百里長耶當明崇禎間世路日非乞歸力行義舉十四年蘇州大疫饑饉載道顧傾囊賑濟賴活甚多家竟中落僅存一屋貴若滿壁甲申之變呼天大慟曰我雖微秩豈可偷生乎遂縊於庭家人救之公厲聲曰汝輩欲污我耶又赴水不死遂成瘋疾跛左足不能起或歌或哭鬚髮皆截終日慟號閱日而食順治三年十二月二十四日嘔血數升連呼皇帝臣來也而歿年六十一子頊字君儀由鄉薦官學博甲申後閉戶不言數日一起南都再建阮大鋮屢聘屢卻與同里韓馨鄭敷教結社闡學丙戌父喪哀毀成疾築廬於墓梅花繞室自矢清操以終其身

毛爾張字宅卿長洲庠生忠愍公維張弟兄官在都公奉養其母甲申之變縊于庭不死旋至西跨塘祖祠中自經死此二人殉節錄失載故補之

長洲蔣宇均字理平父廷宣名煇由庠生官貴州巡檢借補龍里縣典史氏心頗洽緣事罣誤謫戍新疆宇均萬里相隨寸步不離同抵戍所未幾得家信知母彭氏患病即子身回蘇侍疾母歿守喪甫踰百日又至戍所省父居數月又回蘇葬母葬畢仍往戍所居半載父遇　恩赦乃侍奉回南前後五六載中四次跋涉繭足累茧備嘗艱險途中懸崖峭壑豺虎洪水大盜賊之處無所不歷瀕於死者屢矣從姪大

鎔撽黃向堅萬里尋親傳奇製曲播其事宇均聞之怒曰天下豈有無父之人哉為拉雜摧燒之宇均為時蓉少司馬姪之庭大司馬外孫自幼見賞于二公謂其至性有過人者

孝子楊士選字有見吳縣人父公瑞業賈走中州營什一之利屢竭其貲鬱而成疾欲歸不得父之客徐生者來蘇言其狀士選時年十三聞之矍然驚起向母曰父病危隔二千里煢煢無倚有子不得侍何以立天地間兒今日行矣遂束裝出門舟經黃河顧視東南雲氣昏黑未幾風雨大作鄰舟覆者無算舟人相顧失色士選禱祈曰某數困厄死但願一見父死無恨矣有頃風止舟竟無恙抵懷慶人呼為孝子舟先是其父病漸殆久家閒不適自度無生理夢神人語之曰爾子當來比士選至父驚喜病少愈遂奉父歸方公瑞業賈時家已中落至是益窘迫二載娶婦唐氏值歲荒米價騰貴士選與其妻忍餓惟屑糠粃閒屑豆食之而於父母曲盡甘旨父病思食枇杷時移居下堡村僻不可得下堡近洞庭東山因渡太湖覓之中流遇風波浪衝激同舟數人皆溺獨士選以漁船救免漁人前夕夢神呼曰明日楊孝子有厄吾從中保護煩爾一手之力必有重賞及救至船詰之則楊姓也而身無一錢不解所謂厚賞也一夕夜月明泊舟湖濱得白金一定始信神言之不爽楊妻唐氏庠生姜蘊女亦有孝行姑病疽醫言不治氏含泣吮之出毒血數椀而愈而己亦病疽者三載不令姑知後遇村嫗授之藥疽以痊李客山作傳紀其事

長洲蔣宗吉名仲光居葑門編竹為履環以珠縧與至吟詠以此自給尤精岐黃術若有醫宗說約八卷望色啟微三卷詩文十卷卒於康熙癸巳年九十其父君輔先生名元允前明諸生鼎革後鍵戶著述不復有人間事所著四書注解山居閑集為世傳誦韓慕廬宗伯未遇時嘗袖文求正君輔曰子異日名臣也屬其加墨不可曰我為世外人尚欲品題天下士耶

蔣逢源字深甫長洲諸生事親至孝年十二母病夜半走神祠呼籲願以身代歸而迷其路遇鄰嫗攜歸父殁三年不入內寢鄰里罕見其面家中偶失火適祭祖塋歸遂冒烈燄負母出復冒火搶先世栗主鬚髮盡焦死而復甦大樊後母居堂兄家晨夕省母往來十餘里一夕衝雨過橋失足墮河傷一股人救之終身不令母知葬父母親自穿壙即廬居墓側每一哭鳥鳥俱下家有一僕母病欲歸未決逢源怒逐之曰天下豈有無父母之人哉僕感泣而去乾隆初　詔舉孝廉方正當事者將以逢源

名上　聞逢源不可大哭曰周官不孝之刑猶恐蹈之安敢邀曠典乎無其實而有其名吾不願也其伯兄學海以五經領鄉薦選績溪教諭遞至適父諱日大哭不赴任仲兄文河以五經食餼於庠亦有孝行鄉黨稱為蔣氏三孝子云

顧培源字立忠號笠舫元和人祖兆榮早卒祖母繆甘貧守節常至絕糧有碩鼠投錢之異咸稱苦節所感培源天姿穎悟切志於學因父遠幕不歸業市以養事祖母恪代子職飲食起臥必躬自扶持未敢稍怠及壽終哀毀成禮尋父歸僦居胥直白日必往一省自擕時物欣然餉之遇風雨亦匍匐數十里不顧也迨父病數月不解帶蛾蝨滿身生母陳患癰親吮其瘡病目亦舐其目並得瘥如故及卒毀容泣血絕而復蘇者四父止之雖聽命日必數慟終年不復見齒孝養其父十有三年雖處寒微必極奉甘旨父沒居喪形枯骨立廬墓三年種松芟草常致悲號逢諱日祭祀至老猶孺子泣與兄同炊三十餘年如一日二嫂早故撫其女厚嫁之三兄遠幕依衣兄中饋皇嫂養二十餘年必恭敬此晚年家漸饒裕擴宅構園以娛眾兄倡修祖塋不吝千金蔚然成林族中代嫁者四娶者五殯葬者九凡有所求必傾囊以助之及老力行善舉家道旋落宅屬他人亦無難色也嘉慶十八年九月卒年八十近重修

郡志尚未採入。

毛金墉字韓望，裔門內華陽橋人，性至孝。事母咸，枕盡扶持甘旨之奉，母享期頤。金墉亦耆耄，嘗作老萊之戲。其平生孝行尤可採，至今閭里猶有傳述者。

嘉定錢民雨先生傳

錢民字子辰，嘉定人。年十三而孤，家奇貧，不得已廢書學賈。久之，乃嘆曰：世多妄人，求其不妄者，聖賢而已。初名樞，嘗夢人教以名民，覺而思之，曰：聖人與民亦類也。遂易名，慨然有希聖之志。聞青浦有孔子衣冠墓，擇日齋戒，擬往謁。是夜又夢有告者曰：汝能諧絕漢以來諸儒論說，乃可為學也。自是始讀六經，正其題所居之室曰存養，屢端坐其中，學日益進。時陸稼書先生知嘉定縣，民謁之，議論多不合，人怪而詢之，則曰：陸公從朱文公入，某從孔子入耳。嘗與友人書謂：先聖之學，貴乎本末兼盡，始終有序。大學所謂知本者，知所作聖之基也；誠正者，為其作聖之功也。中庸所謂尊德性，先也，本也；道問學，後也，末也。即物窮理，其誤在於無本；六經為我註腳，其誤在于無末。論語曰：君子務本，本立而道生。文公以為學者不可厭末求本，教人但學其末，是所謂其本亂矣。本亂而求末之治，豈可得乎？此未合于大學也。孟子曰：堯舜之知不偏物。中庸曰：雖聖人亦有所不知焉。文公教初學者即責以知既盡而後意可誠。語類又云：格物者，窮事事物物之理；致知者，知事事物物之理。如此則意之誠亂殊甚，又何可誠？且使堯舜復生，亦恐知不偏物，況初學乎？此未合于孟子也。程子曰：不必盡格天下之物。又云：存心一草木器用之間，如此而望有得，如炊沙而欲其成飯也。文公則曰：上而無極，下而一草一木一昆蟲之微，亦各有理。一書未讀即闕了一書道理，一事不窮即闕了一事道理，一物不格即闕了一物道理，須著逐件與他理會過。愚意無極太極是天人合一之學，學至有成，亦可自得，初學者學之，雖非先務，無傷也。草木昆蟲事物之衆，人無百歲壽，算何能一一盡之？孟子以為治天下不可耕且為，文公亦以為大臣不當親細務，奈何志在學聖而反務盡一草一木一昆蟲之微哉？此未合於程子也。又言：今之學者不知追求孔孟之實，而只辨朱陸之所以異，非聖學本務，去道甚遠。所以近世學文公者，止得念菴之學而已矣；學象山者，止得陽明之學而已矣。在朱陸當日雖有不同，亦不至相闘如明儒之甚也。學聖而相闘是務，故聖學日亡也。其議論類如此。民後以貧死，稼書先生嘗作錢子辰字說以勉之。

錢王炯字青文，嘉定縣學生。少博學經籍，事父母以孝聞。其兄早歿，撫其孤成立。幼從太倉李聾初課誦，李歿無子，迎其妻黃氏，敬養三十餘年。及其歿也，為制喪服，葬而除之。嘗謂：讀書必先識字，於四聲清濁辨別無少譌。涸經史之外，旁及天文地學以及卜筮祿命之書，亦無不窮究也。惟不喜二氏之學，嘗云：仙言長生，佛言不滅，二者皆未可信。夫神依形以立，未有形去而神存者。今二氏之徒遍天下，卒無一人能見古仙古佛者，則長生非生，不滅乃滅也。孔子言疾沒世而名不稱，立德立功立言，吾儒之不朽，即吾儒之長生不滅也。乾隆二十三年，有司舉鄉飲禮，延為大賓。知縣介玉濤問何以致壽，答曰：某生平不知導引服餌之術，但文字外無他嗜好，未嘗輕易喜怒耳。卒年九十二。以孫大昕貴，誥贈奉政大夫、翰林院侍讀，晉贈中憲大夫、詹事府少詹事。

書會寧令李君守城事

李君名堡，號石濤，元和人。少讀書，刻厲為學。中乾隆三十六年辛卯科二甲進士，四十五年選授陝西會寧縣知縣。堡到任之明年，適歲歉，視民疾苦，乃捐廉賑飢，男婦老幼就食者以數萬計，度不能繼，日夜焦心，查有前任詳請修署之官帑，得千金，遂詳報上官，以工代賑。自此城郭、儒學、衙署俱煥然一新，為士民所悅。會寧為關中衝要，其東北三百里接平涼府隆德縣之小山，正北為靖遠縣境，其自小山至靖遠界所經村落，則有打喇赤、劉家井、狼山、黑虎岔、黃家坳等處，皆隸縣之北境。西北二百里外則有鐵木山，山以西為安定縣之馬家堡、官川里，山以東為黑莊、郭城驛、金壇堡、乾溝，皆會寧境內地也。縣西南接通渭縣之牛營堡，正西則接安定縣之西鞏驛，距會寧城六十里。正南為通渭、隴西、伏羌三縣，東南為通渭之石峯堡，直接一岡川，皆與會寧接壤僻路也。四十九年四月十五日，忽有逆回田五倡亂，初在平涼府鹽茶廳之小山中結眾起事，不過三百餘人，先焚西安州土堡，肆行劫掠。時陝甘總督李公侍堯、按察使陳公步瀛、固原提督剛公塔聞之，咸統兵先赴賊營。十七日辰刻，已過會寧境。賊聞官兵至，紛紛四竄。田五中烏鎗自刎死，而賊黨會集山中，猶稱未死，煽惑諸回，遂入靖遠，縱火燒木廠，煙焰蔽天，蘭州省城亦震動矣。官兵復追擊之，賊遂從黃河以北繞至靖遠山後，奪舟而渡，又嘯聚於安定縣之馬家堡，因入官川里，勢甚猖獗。五月初六日，西鞏驛焚劫一空，賊遂於初七八兩日直抵通渭縣之牛營堡，徑奔馬營。馬營為通渭衝衢，距城九十里，商賈雲集，乃鞏昌府之一大都會也。

居民數千家及寺廟十餘所俱為煨燼。惟存禮拜寺。初九日賊直抵渭城。縣官王棨。四川進士也。懦弱而寡謀。初聞賊來。邑紳前咸遠令李仲梅者。原請王動將練兵抵禦。王故遷延。因循不聽。適有密告王胥役中與賊通者。王遂收之獄。賊聞之。圍愈急。王乃逸去。不三日而城陷矣。仲梅父子亦遇害。積屍如山。填塞道路。凡倉庫衙署寺廟民居盡付烈炬。雖有孑遺。反不如馬營之民尚有逃亡也。當是時。會寧為彈丸小邑。而四面受敵。無井泉。去河甚遠。李堡初聞賊警。遂戒嚴。即令四關廂居民拆毀房屋。移居城內。給之口糧。親率諸軍民登城鼓噪。以示其衆。未幾賊果來。幸城外無民居。無從焚劫。去而復來者數次。李堡守益堅。下令軍民有獲殺一賊者。懸重賞。賊竟不敢至。郭城驛距城僅百里。有鄉倉可貯粟萬石。堡懼為賊所擊。率兵役營護之。行至五十里舖。大雷雨。不得前。從泥淖中又行數里。時夜將半。昏黑莫辨。聞有舊吏王朝宰居此。遂於雨中扣門歇馬。且欲問訊。其家不敢留。亦不知有王朝宰者。但云賊已至馬家堡。聞安定尉已死於賊。賊將至金墐坊。去此不過二里許。恐陷不測。請速行。堡曰。若果爾。命也。如冒雨而進。則前路高山深箐。路更崎嶇。人馬一墮。當奈何。乃集隨從者各持器械以備賊來。堡獨坐土室中。衣帽淋漓。滅燈待旦。天既明。雨亦止。鄉民知邑宰來。咸荷鋤捍衛。又前行十餘里。遇有司馬荊公道乾奉檄運糧草牛羊馳至軍營者。謂之曰。城池倉庫。縣令事也。不宜前往矣。堡乃還。時賊氛愈熾。蟻聚蜂屯。銃炮之聲。晝夜不絕。賊往來於邑境。蹂躪於村莊者。以千萬計。各村民鬧驚逃。呼號者亦以千萬計。一見煙起。則訛傳賊至。而各鄰邑難民聞會寧賊少。皆絡繹趨赴而來。而會寧之民出逃者遇之。以為賊至矣。亦呼號奔竄。自相踐踏而死者亦以千萬計。通渭既陷。遠近驚駭。惟恐官軍之不至也。先是晉撫巴公延三奉使出口。於四月二十五日過會寧。見李堡初任。未諳軍務。為指示機宜。堡隨送啟行。而忽聞報至。賊即至會寧。兵適逢巴公前騎先驅。賊驚而散。蓋不寔巴公之驛至也。於是西安將軍傅公玉帶兵一千名。巴里坤副都統永公安自山西進京。前來協勦。即傅公塔也。陝西巡撫畢公沅調西安同州各營兵暨西安滿標撫標兩營兵五千名。又調四川毛練降番兵二千名。寧夏兵一千二百名。又川北兵二千名。山西兵二千名。至西安候檄。又河洲韓土司兵一千名。又瓦寺土司桑朗雍中等自願效力。挑選精兵四百名。而興安鎮總兵官三公德亦帶兵一千名。由秦州一路堵截。延綏鎮總兵官梁公卜坦又帶兵一千名。由靜寧州一路堵截。不數日而　欽差大臣福公康安偕領侍

衛內大臣海公蘭察暨巴圖魯侍衛章京等相繼而至。大學士阿公桂又挑選火器健銳兩營京兵一千名。次第會集。賊見官兵勢甚。遂退踞隴西之狼山。出攻隴西伏羌二縣。復攻靜寧州隆德縣城。俱堅守不動。賊乃至底店。予底店子者在靜寧州界。回民聚俗而居。不下千餘家。沿途脅從者又數千人。以至踞逃不適者數日。至六月初三日。賊聞　王師北來。遂退入石峯堡。石峯在萬山中。其高插天。石路甚險。惟北面一線可上。賊踞為巢穴。築垣開濠。為負隅計。實絕地也。福公既至。為相度地勢。斷其樵汲。立柵設卡。時當三伏。七日無雨。賊下視四面重圍。勺水不得。遂大困。七月四日夜半。賊有伏圍而出奪路奔逃者。官兵四面截殺。賊投崖墮井無算。生擒萬餘賊。無一脫者。賊既平。乃班師。而通渭王令忽從民間出。猶懷印綬。似尚欲復任者。遂伏法。李堡時年五十餘。貧而倔剛。而直兩月之間。鬚眉盡白。實有守城功。而祿弗及也。其明年。遂改教皖江。時按察使陳公步瀛已推安徽布政使。司馬荊公道乾亦陞調池州太守。而前任秦州刺史王公宽適為敬敷書院山長。邊城僚屬重聚一方。酒酣耳熱。每譚往事。輒欷歔欲泣而不能自已也。陳公贈詩云。隴上鴻泥不可尋。偶來皖水共題襟。循陔早誦歸田賦。啗蔗猶懷禦寇心。且喜放懷歌蹊宿。豈因失馬怨崎嶔。眼前此會知難得。且把松醪仔細斟。荊公贈詩云。分襟何意復登堂。回首皋蘭雁幾行。三月烽煙金甲赤。五年冰雪鬢毛蒼。心驚往事同孤壘。天遣離人聚一方。老我馳驅筋力憊。輸君報國有文章。王公贈詩云。河陽脫憤如蕃鹽。回首邊城飲水廉。計拙真同浙漁躐。譚高欲捲雪霜髯。冬烘病愈頭風檄。春酌燈沉細雨簷。家近百花洲畔住。歸求訪我九峯尖。隴坂長驅昔並鞍。險如蜀道豈辭難。石峯紀事心逾壯。講院談兵膽尚寒。帆逐雁聲催欲別。歲如客意送將闌。高人新木期無毀。曾聽蕉窗夜雨殘。蓋惜之也。

書南園先生事

先生姓錢氏。諱灃。字東注。號南園。雲南昆明人。其先有名鑄者。本籍浙江。為錢武肅王後。明成化間以避幕至滇南。會司理監太監錢能出鎮雲南。以其同姓。欲引附。鑄恥之。避居迤西。後能去。仍還昆明。八傳而至灃史公。公生五子。先生其長也。少穎異。刻勵為學。中乾隆三十七年進士。授庶吉士。散館為翰林檢討。能讀中秘書。文名籍甚。充　國史館纂修官。四十五年充廣西副主考。其明年冬擢江南道御史。稽查通倉事務。適是年二月。逆回犯蘭州。而甘肅冒賑事發。獄已成矣。誅竄者數百人。而獨不

及陝西巡撫畢沅先生奏言冒賑折捐固皆由王亶望亂法營私但查亶望為藩司
時畢沅曾兩署陝甘總督近在同城豈竟毫無聞見誠使早發其奸則播惡不至如
此之甚即陷於刑辟者亦不至如此之多也臣雖不敢必其利令智昏甘受所餌惟
是瞻狗回護不便舉發甚非大臣居心之道奏入　上是之奪沅爵三級先是臺
諫衙門自李漱芳左遷後無人敢言事者居無何復劾山東巡撫國泰吏事廢弛偕
納貢名貪婪無厭官民苦之所屬州縣虧空累累奏請按問且言嗣後願　皇上
勿受貢物俾天下督撫無以藉口　上覽奏即命軍機處傳諭澧對曰御史例得
封聞言事臣有見聞不敢不告也已而有　旨隨同軍機大臣和珅劉墉諾穆清等
前往查訊當是時和珅柄國而國泰素奔走其門下衆人皆為先生危及抵山東境
而和已早授意於國泰彌縫輒以危言動先生先生曰且到山東再看惟劉墉深知
其弊常與先生密商比到省盤庫則和珅先言不用全數彈兌第抽盤數十封無短
絀可也和遽起回館舍先生請封庫次日徹底拆封則多係圓絲雜色銀是借諸商
鋪戶以充數者因詰問庫吏得其實遂出示召諸商來領大呼曰遲來即封貯入官
矣於是商賈皆紛紛具領庫藏為之一空復改道易馬往盤他處亦然案遂定而和
亦無可如何也於是國泰與藩司于易簡俱拏交刑部治以罪　上嘉之以澧敢
言擢通政司參議三十八年四月晉太常寺少卿轉通政司副使　上常召對便殿
其言秘外人無有知者惟總管國子監事務尚書劉墉知之遂宣言於諸生曰錢南
園已將科場舞弊事面奏矣諸君慎自愛也是年八月以本官出為湖南學政到任
後絕干謁不受陋規衡文取士一秉至公士子莫不感服迨歲科期滿有　旨留任
適丁母憂星夜出城宿於旅舍即委員賫印交巡撫而於次早啓行各官有追送賻
儀者俱拒不受未幾又丁拙叟公憂先生在籍閉戶讀禮絕蹟公門每日惟自課子
弟讀書而已五十八年服闋北上先是督學湖南時適荊州水災城地而孝感有活
埋人命之案又有匿喪應試並出首違礙書籍諸事者先生適在丁憂急歸之際遂
將諸事移交巡撫浦霖查辦而浦霖捏辭參奏以為諸事皆已所發也　上責以
錢澧近在鄰省不行查奏奉部議革職留任　上曰澧為官尚知持正著加恩以
主事用選戶部江南司主事引　見奉　旨以員外補用即補戶部河南司員外郎
復奉　旨授湖廣道御史時軍機大臣和珅與阿文成公桂議論不和辦事不同一
處慮開朋黨之禍先生上疏曰軍機大臣應同在公所辦事互商可否此定制也近

惟阿桂在軍機處或在　內右門或在　南書房或在造辦處一切各事書稿司員
皆趨走多歧將來必生事端況　內右門近接　禁庭向來有　養心殿帶領引見
之例所以　皇上加恩大臣不令與百官露立是以設處許得暫止每日清早於
未辦色之先一大臣入各司官亦隨入一大臣出各司官亦隨出為日既久不能不
與內監稍熟萬一有如從前高雲從之事雖立正刑辟而所維已多杜漸防微理宜
改正請　皇上飭諸大臣悉照舊章同止軍機處其　圓明園辦事亦同一體以
昭畫一之規　上覽奏遂切責諸大臣謂錢澧所奏甚是即命在軍機章京上行
走當時阿文成桂以下咸稱為南園先生不以名也惟和珅頗加詰究欲窮以難處
之事卒不能屈轉資商確耳六十年乙卯扈　蹕灤陽九月還京偶感風寒遂病卒
年五十六是年冬浦霖以福建巡撫任內事伏法京師越四年己未正月和珅亦
賜死刑部獄中惜先生之不及見也初先生提學湖南時巡撫為吳江陸燿居官
清正每事必商稱為知己適燿卒殁無以治喪先生亟典質二百金為賻而率諸生
俱白衣冠步行往弔遂俯伏慟哭曰公生平不名一錢願公受之毋卻也其風義如
此

書周孝子事

周孝子名芳容字鐵巖華亭人其父文榮弱冠遊楚自楚歸娶時年二十有八其明
年生芳容又明年復往楚越五載以省親旋里不數月即去芳容纔六歲稍能記其
聲音笑貌後八年楚中移文至華亭則客死歸州官舍矣實乾隆五十八年九月十
七日也時芳容已十四歲祖父母猶在堂家無毫末之產賴其母汪勤事紡織仰事
俯畜又以門祚衰薄親戚皆聞訃而嘆豈能往楚迎柩乃招魂設奠喪不成禮既而
祖父母相繼死臨終撫芳容歎曰安得汝為我親孝子使我瞑目九泉乎芳容泣而
志之由是始有負骨歸葬之念而連遭喪病家亦貧覓筆耕所出不能謀半菽之養
欲行復止者數載春秋家祭聞其母哭聲甚哀而芳容自顧年已及壯可跋涉險阻
乃自奮曰天下豈有無父之人哉遂屏棄葷血茹齋衣素節日用為母氏餘糧焚香
告家廟曰此去不得父骨誓不歸矣又思途長費重孤貧下士豈能徒手遠征必至
京隨官者以往事或稍易因於嘉慶十七年二月附漕艘傭書入都先是芳容嘗為
王子師見人畫蘭竹鷄效其法又於書肆中得曹全碑殘本亦時時臨仿既登舟以
其餘暇學書作畫又取官條中啟事人牘展書夕寫以為數者兼習之庶可藉以進

楚也六月抵京師萬兩河沿之泰來店徧謁同郡官輦下者泣告之故皆惻然歎息許為覓楚館初意江漢為天下通達吳中往仕者指不勝屈業籤幕遊意不計重值當無所難乃進之又久竟不可得芳容自思曰必待遊幕往楚則就道無時吾為尋親而出無論依人抄寫握算下至傭保傔從苟可因以到楚者皆所願也又以此意告同郡諸公亦皆哀憐其志而楚館仍不可得遂擬行乞道路訪求蹤跡而寓京半年典衣度日積逋甚多寓主人督促旅費又甚急時當十二月同里耿君者修方以寓次在京甚篤交誼乃往告其事求其資以薄少為出都計耿以歲將逼除期於正月初商之至時復往適有朝士在坐閽者導入傍舍則故鄉數客在焉坐有戴貴德者年逾六旬曾與文榮同客歸州芳容向之號泣叩頭求示以旅程處耿適至為詳述其故貴德挾芳容起曰汝即周文榮之子今已成立將入楚尋親耶孝哉孝哉雖然自京師至歸州水陸數千里觀汝形容傫然一寒士勢不能枵腹往返其難一也歸州於戊午己未間遭白蓮教之亂城垣房舍盡已焚燬今廬而處此者皆流移雁戶汝父渴葬亂塚中兵火之餘安能尋覓其難二也孫子當室家有內顧之憂自宜昌以上江波絕險舟行稍一失勢即下飽魚鼈汝縱孝不顧身其如母夫人倚閭

之望何其難三也為今之計莫如暫且歸里盡潔白之養我宦江夏日久賓客多有從歸州來者當代汝訪之倘有影響即以相告然後往尋未晚也芳容哭不止耿復告以將行乞往尋之事貴德歎曰愚哉愚哉雖然其愚不可及也汝既有此孝思當為汝圖之今歸州吏目江寧鍾君光範我友也作書付汝齎以往見鍾君乃好義之士不汝棄也是日耿首倡醵袁方伯秉直趙侍郎秉沖輩俱有所賙足以稍資旅餱明日戴持書至復出路程日一紙曰自漢口西上記載極詳不要速道戴因親老乞改近地歸時當相見里門也乃款勉而去芳容走別耿君將束裝向漢口有同寓張某者金陵人曾為某郡司閽熟遊齊魯各官署適流落在京乃曰予善書畫而無門可投吾多交遊而無物為贄盍偕遊南行彼此各有所濟且南京楚船甚多屈指可達也遂於十八年正月二十四日相伴出京一路取筆墨所給僅足餬口抵臨淮關張以訪友他去芳容獨坐旅舍愁思凄然忽念同郡史君本泉方為潁上教諭盍往訪之兼問入楚道路乃與張分手自出都後芳容日行風霜雨露中寒燠失度飢飽無時精神日憊由臨淮至正陽關舟行四日始投止旅店頭目暈眩徧身焦灼如火飲井水數升神思稍定次日病不能起時夏令初屆淮泗間癘疫流行多朝發夕

死者主人見芳容病狀懼不敢留欲徙置郊外廟中故推捐無主旅病者移置其中無不即斃芳容乃曰吾本孤客主人慮之固當然吾病雖劇心實了然藥之可以即愈且吾有大事未了為吾招里正當告以故未幾里正至語以將入楚尋親迂道往潁上訪史君事又出戴君書及囊中銀二鋌曰吾命懸此書恐病中失去故以相託因指銀曰盡此醫病病如不起即以畀殮過松江人過此以書視之必有反吾柩者里正閱書色動遍邀醫至醫乃壽州諸生受業於史君者見書甚駭叩得其詳曰此吾師之戚大孝子也病必無虞汝輩勿草草時觀者甚多皆慫恿主人相留不復議徙醫者以史君故盡力診治日或二三至七日熱稍退漸能餔糜又七日病愈因急欲登途當風櫛髮病復大作自此之後或因食復病或因勞復病直至六月初旬始能步履已留滯正陽關兩月資斧衣裝又復罄盡乃步至潁上謁史君於學舍見芳容病容柴瘠體無完衣固止其行言其次子熙文將就試江寧若同舟以往則旋松江甚便以免父而缺生母之養孝者不為也芳容志不可轉史惻然憐之乃命作書畫數十幅以己名刺遣齋夫徧投門下諸生諸生有答者餽銀或三四錢或五六錢聚之得二十餘兩因具衣履別史君而行自潁上至漢口道經商雒黃麻間一路人烟

稀少崇巖巨嶺綿亘千餘里為車馬所不通行者惟恃竹轎轎日費千錢非有力者不能也加以秋暑未退草木正盛瘴烟毒霧終日不一開齋又滑縣邪教將亂奸人乘間伏莽道多梗塞芳容則麻鞋短服日行三四十里遇無旅舍處輒據石倚樹露宿草間或風雨驟至往往淋漓達旦嘗宿山家檐下夢中為物所驚覺則有長蛇一條黑質白章從領穿袖而出芳容悸不敢動又夜行古石嶺下山半望燈炯然以為人也呼之燈忽不見聽猛虎一聲逼道而立因竄身荒塹間以免又山谿遇雨水勢洶洶赤腳行石齒中忽踵決膚裂流血不已時有戴草帽者數人同行有地名往流集者芳容至此不能復前數人先去未幾有兩人倉皇而反曰適此八九里峯迴路轉處突出十餘人挺刃交下劫所有以去已斃一人餘各他竄吾所以逃歸者欲懇之官也芳容駭甚明日俟多人為伴始敢前行山中所經危險之地不可勝數及抵漢口則已清風戒寒矣前在京時戴君以路程日相贈凡江途夷險城市蹤迹及停帆易艇旅行水宿之事無不詳備遂依目中所載附估客船以行適公安水發不能前進枉道由洞庭湖折而西上舟中側席而坐臨食而歎時時以淚洗面或竟夜不眠咄咄自語同舟者怪而問之不以實告也至宜昌空囊如洗飲食俱缺擬隨身物

凡值一錢半錢者悉付質庫得錢一千餘文易舟就道是夕芳容夢其父形貌如昔誡曰明日上灘汝宜留意明日過青灘水勢狂悍石角參錯波濤鬨觸舟舟漏幾沉沒江中既出險各賀重生乃於九月初一日抵歸州城下自宜昌浮江上溯灘灘梯接勢若建瓴歸州城瀕江設險雞鳴犬吠恍在霄漢明初崇禎屺立後為張獻忠所夷乃柵要害守之近復燬於寇亂重事版築官府方招集流亡蹤跡渺茫與民生聚由是閭閻閬閬悵舊制更嚴且整芳容就寓州署之側乃持戴君書謁吏目鍾君鍾見書驍然一再閱之蹙然曰此鄉自被寇後城郭人民皆非疇昔即十年前事知者甚鮮况二十年耶土著之民墓田丙舍皆已為谷為陵羇旅櫬耶汝既來此且少弛擔簦當行尋郊外叢草根片土招魂歸葬於孝子之心亦可無憾如欲求真骨以歸正恐徒勞無益耳芳容固求公訪之因徧詢州役及城內外琳宮佛宇訖無知者州有老役徐某避亂居巴巫間常回州應役一日至署芳容適在座鍾問曰前二十年浙有黃公鍾岱官此汝知之乎曰知之曰黃有幕客周病歿於署汝知之乎曰知之其年某為役總董率各役黃本宜係六月到任携幕客三人一戴一許一周周到署已病一童子侍湯藥一日童子喚某入則已氣絕牀上藥甌猶在手也時黃本官與戴姓者在省未歸惟許姓為具棺殮雖事越二十餘年猶能記其髣髴芳容聞之感泣不能止急詢瘞埋之所曰似在東關外骨墳坵依稀偏左自遭教匪蹂躪恐迷其處矣鍾謂芳容曰今略得影響子宜移寓就近東關外有太平庵者可往居之明當遣徐某為導求其葬所芳容乃移寓庵中次日乞徐為導至骨墳塘塘去城一二里荒山亂草四周立石為界為商旅叢葬之所芳容傴僂草際求之不可得次日復往尋覓日將趖仍不可得芳容自念曰此間四五里白骨如莽陳陳相因擬盡半月之功窮索瘞所吾萬里遠來不得父骨當投江而死耳正然疑間忽見十餘步外片石半沒土中亟掊土視之石上字凡三行中一行云清故周文榮係江蘇松江府華亭縣人左行云歿於癸丑年九月十七日卯時右行云某年月日同人公立芳容心喜極而悲號慟不能起欲露宿塚上徐某謂地多豺虎常白晝齧人因挾芳容歸寓明日趨告鍾鍾欣然曰親骸既獲大志已慰若迎歸故里則江路迢遠約略計之非二百金不可且掩土已久不如無動南宋大儒多有父母異葬者可法也芳容決意負骨歸鍾不能止曰此事宜告本州次日乃告州牧劉公清祥劉憫芳容志命里正與伍伯為助鍾亦遣人來預具水甕二黃布囊一油紙數幅綿紙八番綵綿一束綵一

約及筆墨硃布小刀之屬擇於重九日登山收骨是日天朗氣清僱土工二人持祭物偕往至則里正州役咸在乃陳祭掘塚下啟土見棺則前和已朽觸處糜潰棺破而骸見芳容擗踊哀號以口銜左臂肉右手持刀割之用力過猛皮裂及肘人割之以肉抵父顱齧咽輒腭合如漆左臂血沾漬骨上亦深入不流乃掬淚掩泣哀以疏布拭割拾骨伍伯展油紙陳之土工次第加纊裹以綿紙芳容乃以血和墨寸剖件記凡若干股裝為一囊護以綿被又以餘墨拓石上字數紙為歸日徵信然後掩石入土歸州江山雄奇東郭尤勝時登高者數十百人聞有此事至骨墳塘環而視之無不淚下稱歎乃負骨至太平庵異龕書畫作歸計而窮途踞蹐無所出有湖州商人某亦來遊叩及里居因曰今遊擊張將軍廷國亦松江人也子如未相識當為之介紹乃謁將軍於江上各敘故舊并告以不能歸骨之故將軍惻然許為謀之次日鍾嶽笑而至曰大好遭際昨有宴會文武官皆集張將軍以汝事告劉公公謂孝行如某而困不能歸官斯土者之咎也首賻白銀五兩餘官皆三兩幕客三人各二兩已二十餘兩矣張將軍賻錢十緡遣旗牌撥江船送至漢口刻期於三日後起程豈非大好遭際哉芳容惘然不知所對因遣僕導芳容謝劉公劉延至書室命以隸寫孝經數幅曰藏此孝子手跡可為吾子孫勸也又徧謝文武諸官芳容臨行鍾君持劉公官封書一通俾歸投華亭縣互相咨照遂白衣冠負骨登舟居人出郭爭視塗為之塞時嘉慶十八年九月二十日事也及解纜風順水急不數日即達漢口作書託旗牌謝張將軍乃由漢口易舟而東舟人於柁樓祀金龍神甚虔芳容亦早晚焚香稽首禱求默助半月餘竟達里門急省其母雖望眼將穿猶幸康健如昔因寄骨城東佛舍懸所拓石刻字於前扶老母哭而祭之聞者皆為酸鼻既而卜兆於祖墓之旁營治井槨即於十一月初九日安葬時戴君賢德改官金華尉乞假省親適芳容負骸骨歸亦來送葬則又相顧詫為奇絕也歸時以劉公官封書投華亭周公烽葬既舉周招至署中獎歎不置以為至性至情非尋常庸行所及將聞其事於　朝旌門如制是役也芳容在京師時幾凍餓死正陽關幾病死商雒萬山中幾中蛇虎盜賊死宜昌灘險幾破舟死蓋及於死者數矣非耿君不能出京非戴君書即往歸州與不任等非史君濟以資斧不能至漢口非鍾君遣老役指迷力任其事無由覓塚得棺非劉州牧與張將軍倡賻贈舟不能浮江歸里乃瀕死更生負骨還鄉得報其祖父母遺命於地下者皆其父文榮之靈其母汪氏之節鄉邦親故賑窮救患之

德而尤敬芳谷之至孝為不可及也。其事與蘇州黃向堅萬里尋親相類，記之以傳其人焉。道光三年三月勾吳錢泳書。

履園叢話卷五終

履園叢話卷六

耆舊

清　勾吳錢泳梅溪輯

安安先生

先生姓金氏，諱祖靜，字嵩川，一號定濤，吳縣人。雍正七年乙酉，以國子生薦舉引見，授戶部雲南司主事，除廣西司員外，遷雲南司郎中，從大學士忠勇公傅經略金川，佐理軍務。奏凱，知四川敘州府事，以親老改近省，補山東濟南府知府，擢濟東泰武道，調運河兵備道，又調浙江金衢嚴道，陞貴州按察使，年七十五致仕歸。所居授經堂在金閶門內之皋橋里，築安安室以自居，盧簾棐几，瓦枕藤牀，宴如也。先生好讀書，老而彌篤，案頭嘗置五色筆，見載籍中有人地事蹟年月先後可疑者，必釐而點乙之。時作蠅頭小楷，撮記大要，以便繙閱。書法自幼摹虞永興，繼從外舅楊大瓢先生遊，專攻晉帖，四十後由二王稍降趙集賢，而尤近文待詔，羣從子弟以時相見，問字必博徵古今緣起根末，終日無倦。平居多禮而好儉，常語人曰：惟儉可以惜福，惟儉可以養廉。起居飲食澹泊寡營，澹若祁寒不爐，不扇，每日早起晚罷，向夜硯火熒熒，為若志明經所不逮也。所著有定濤詩文集十二卷，趙秋谷、沈歸愚兩先生為之序，藏於家，年八十一卒。泳年十七，曾受業於先生之門，與吳中賢士大夫遊，自此始也。

隨園先生

錢塘袁簡齋先生名枚，字子才，少聰穎，年十二能為文，嘗作高帝、郭巨二論，莫不異之。乾隆元年，先生遊廣西，省其叔父於巡撫金公幕，金公奇其狀貌，命為銅鼓賦，下筆千言，遂大為賞歎。適是年有詔旨舉博學鴻詞科，金公專摺奏聞，云有袁枚者，年未弱冠，經史通明，足應是選。乃送入京師。當是時海內老師宿儒賢達之士計九十有八人，而先生最少，天下皆翕然無不想望其丰采也。居無何，報罷，旋中戊午科順天鄉試，其明年成進士，入翰林散館，以知縣用，分發江南，年二十五耳。越十年，乃致仕，築隨園于石頭城下，擁書萬卷，種竹澆花，享清福者四十餘年，著作如山，名聞四裔，年八十二而卒，學者稱隨園先生云。

抱經學士

盧抱經先生名文弨，餘姚人，乾隆壬申恩科進士，以第三人及第，官至翰林學士，邃于經學，所著有儀禮新校、羣經拾補、鍾山劄記諸書，平生最喜校正古籍，為鍾山書院山長其所得館穀大半皆以刻書如春秋繁露賈子新書白虎通方言西京雜記釋名顏氏家訓獨斷經典釋文孟子音義封氏見聞錄三水小牘韵子韓詩外傳之類學者皆稱善本

覃溪閣學

大興翁覃溪先生名方綱字正三乾隆壬申　恩科進士歷官至內閣學士降鴻臚少卿先生之學無所不通而尤邃於金石文字著有兩漢金石記粵東金石攷諸書所居京師前門外保安寺街圖書文籍插架琳琅登其堂者如入萬花谷中令人心搖目眩而無暇譚論者也嘗得宋板施注蘇詩海內無第二本每至十二月十九日必為文忠作生日會即請會中人各為題名以及詩文歌詠盡海內賢豪垂三十年如一日也嘉慶十六年重赴鹿鳴其明年又重赴瓊林卒年八十六凡世之言金石者必推先生為歐趙焉

山舟侍講

錢塘梁山舟先生名同書字叔穎乾隆壬申　恩科進士官翰林侍講引疾歸以重宴鹿鳴加四品銜家居六十年博學多文而尤工於書日得數十紙求者接踵至於日本琉球朝鮮諸國皆欲得其片縑以為快余少時遊幕杭州嘗修士相見禮謁先生於竹竿巷里第必縱譚古今書法源流以啟迪後生有董思翁老年風度年九十餘尚為人書碑文墓志終日無倦容蓋先生以書法見道者也

響泉觀察

吾邑顧響泉先生名光旭乾隆壬申　恩科進士以監察御史出為寧夏府知府旋調平涼府知府推華泰道俱有惠政總督文公綬知其賢奏請署四川按察使以失出罷官歸田後為東林書院山長善誘恂恂培養後進能詩工書著有響泉詩鈔十二卷求書必索潤筆亦甚廉即取以市大布製棉衣以施寒者凡邑中同仁堂施藥施粥施棺諸善事先生必力為調度以得宜而後已鄉里稱善人焉

西莊光祿

王西莊先生名鳴盛字鳳喈嘉定人乾隆甲戌進士第二人以內閣學士降光祿卿尋丁艱歸遂不出遷居蘇州閶門外之閶德橋余年十六七時始識于金安安先生坐上先生勤于著述嘗與元和惠棟吳江沈彤研精經學有尚書後案周禮軍賦說十七史商榷蛾術編諸書選生平交遊之能詩者十二家為苔岑集自刻所為詩文曰西沚始存稿年六十餘僱文集遂十年雙目又明嘉慶二年卒於吳門世之言學者以先生為圭臬云

竹汀宮詹

錢竹汀先生名大昕字曉徵嘉定人乾隆甲戌進士官至詹事府少詹自廣東學政銜卹歸里掌教蘇州紫陽書院者十餘年其學無所不通所著有廿二史攷異金石文跋尾十駕齋養新錄潛研堂詩文全集三統術述諸書精深純粹實綜百家是合惠戴兩家之學而集為大成者也余嘗謁先生于書院中聽其言論娓娓不倦大江南北學者莫不推尊先生為第一人其弟可廬先生名大昭為太學生嘉慶元年舉孝廉方正著有廣雅疏義詩古訓兩漢書辨疑後漢書補表說文統釋諸書

蘭泉司寇

青浦王蘭泉先生名昶字琴德與王西莊吳竹嶼錢竹汀趙損之曹習菴黃芳亭為吳中七子中乾隆甲戌進士官至刑部侍郎自佩佐　內廷參與戎幕以至秉臬開藩歸秩卿貳遍歷中外者三十餘年兼著懋績與　千叟宴　予告歸田年八十三而卒先生嘗東至　興京西南至滇蜀所至訪求金石延覽人材從征緬甸有功貴戴花翎而謙恭下士著作等身聞人有一才一藝即錄其姓名楷貫細書小摺藏以錦囊各分門類與人坐談一閱佳士輒從錦囊中取出補之自古憐才愛士之誠未有如先生者也著有述菴文鈔二十卷金石萃編一百六十卷又類集所知識之詩與文為湖海詩傳湖海文傳若干卷

二林居士

吳門彭尺木先生名紹升自號二林居士前兵部尚書啟豐第四子乾隆丁丑科與其兄紹觀同中進士未　殿試迨尚書公歿後遂閉關城東文星閣精心禪理闡揚淨業不復與人間事著書甚多如居士傳善女人傳諸作大半皆釋氏勸世普濟眾生之言古文宗法歸震川有二林居集二十四卷內有　國朝名臣小傳二十卷曾以上諸史館余嘗謁先生於文星閣必從門外叩磬三聲而後延入揮麈譚文終日不倦嘉慶元年七月忽作辭世偈一病而歿

秋帆尚書

鎮洋畢秋帆先生負海內重望文章政績自具　國史乾隆五十二年先生為河南巡撫六月廿四日夜湖北荊州府江水暴漲淹潰城決海沒田廬人民死者以數十

萬計。七月朔日。得襄陽飛信。先生即於是日先發藩庫銀四十萬兩。星夜解楚賑濟。一面奏 聞。 高宗皇帝大加獎賞。以為有幹濟才。不數日即擢授兩湖總督兼理巡撫事務。泳時在幕中。親見其事。先生為人仁而厚。博而雅。見人有一善。必咨嗟稱道之不置。好施與。重然諾。篤於朋友。如務華畬、程魚門、曹習菴諸公身後事。皆為料理得宜。雖千金不顧也。家蓄梨園一部。公餘之暇。便令演唱。余少負戇直。一日同坐觀劇。謂先生曰。公得毋耆乎。先生笑曰。吾嘗題文文山遺像有云。自有文章留正氣。何曾聲妓累忠忱。所謂大德不踰閑。小德出入可也。余始服其言。時和公相聲威赫奕。欲令天下皆撫。皆欲奔走其門以為快。而先生澹然置之。五十四年夏。和相年四十。自宰相而下。皆有幣帛賀之。惟先生獨賦詩十首。並檢書畫銅瓷數物為公相壽。余又曰。公將以此詩入冰山錄中耶。先生默然。乃大悟。終其身不交和相。六十年二月。貴州苗民石柳鄧、湖南苗民石三保等聚眾劫掠。人民震恐。先生聞之。即馳赴常德。籌辦滅賊之計。事既平。尚駐辰州。以積勞成疾。卒于常陽旅館。年六十七。後二年。和相果伏法。先生著作甚多。一時不能盡記。尤好法書名畫。嘗命余集刻經訓堂帖十二卷。海內風行。至今子孫尚食其利云。

夢樓太守

丹徒王夢樓太守。名文治。字禹卿。乾隆二十五年進士第三人。以翰林侍講出知臨安府。其未第時。嘗為侍讀全公魁幕客。冊封琉球。有海天遊草。太守既工書法。詩亦深細精粹。遒逸時流。有夢樓詩集二十四卷。袁簡齋太史謂其細筋入骨。高唱凌雲。非虛語也。其書亦天然秀發。得松雪、華亭用筆。至老年則全學張即之。未免流入輕挑一路。然較劉文清、梁侍講兩公。似有過之無不及耳。

竹嶼中舍

長洲吳竹嶼先生。名泰來。字企晉。為吳中七子之一。中乾隆庚辰進士。與秋帆尚書同年。二十七年。 召試。進內閣中書。先生意致蕭閒。才情明秀。作詩一本漁洋。著有硯山堂集十卷。五十二年。尚書為河南巡撫。延先生為大梁書院山長。余時亦在幕中。與洪稚存、方子雲、徐朗齋輩飲酒賦詩。殆無虛日。未幾卒。

穆堂侍御

許穆堂先生。名寶善。青浦人。乾隆庚辰進士。歷官浙江道監察御史。丁艱歸。遂不出。常寓吳門。以詩文自娛。尤工於詞曲。善戲謔。舉座莫不傾倒。著南北宋填詞譜。吳中諸樂部莫不宗仰之者。

蘇潭中丞

南康謝蘊山先生。名啟昆。乾隆庚辰進士。通于史學。嘗補西魏書。以正魏收之陋。先生官浙江布政使時。余時在轉運使幕中。裘先生亟盼往來。甚密。著有補史亭詩、浙東小草、遂樹軒草諸刻。所交皆一時名士。如胡豢君、沈碧谷皆在幕下。唱和甚多。後擢廣西巡撫。又著粵西金石記十二卷。卒于任。

耘松觀察

陽湖趙耘松觀察。名翼。幼聰穎。年十二。學為文。一日成七藝。莫不異之。以直隸商籍入學。乾隆庚午中順天舉人。辛巳成進士。以第三人及第。由編修出守廣西。民淳訟簡。人民悅服。適緬甸用兵。奉 命赴滇。贊畫軍事。調廣州。監司未幾。擢貴州貴西兵備道。而以廣州讞事鐫級。遂乞養歸田。十年。母既終。不復出。五十二年。臺灣林爽文作亂。李公侍堯奉 命赴閩。過常時。邀先生為參贊。事既平。李公欲入 奏起用。先生固辭之。遂由建寧、分道遊武彝九曲。過常玉山。遍歷浙東山水之勝。與 當世賢士大夫相唱酬。以為樂。年八十八而卒。所著有廿二史劄記三十六卷。陔餘叢考四十三卷。簷曝雜記六卷。 皇朝武功紀略四卷。甌北詩抄。甌北詩話。甌北集。共若干卷。學者稱甌北先生。

筠心學士

吳門儲筠心先生。名廷璋。字左莪。為先外祖華嶄山先生受業弟子。始以明經教授太和。旋入為中書舍人。登癸未進士。入翰林。至侍讀學士。嘗奉 敕纂修西域圖志暨西域同文志、回部山川風土。最為熟悉。三典省試。四校禮闈。舟車所及。山水之勝、人物之奇。莫不發之於詩。王蘭泉司寇謂過於宋之范文穆公云。著有筠心詩鈔十二卷。

秋室學士

仁和余秋室先生。名集。乾隆丙戌進士。官至翰林學士。先生為人端雅修潔。工書畫。尤精于人物。歷典鄉會試。以病告歸。為大梁書院山長。既又為貴東書院山長。年八十餘。尚能作蠅頭小楷。沒於吳門。

杜鄉宮保

元和姜杜鄉宮保。名晟。字光宇。為前明給事中埰四世孫。家亦貧。忍饑勵學。中乾隆丙戌進士除刑部主事歷官刑部尚書湖廣總督兩廣總督加太子少保於中科第官刑部而洞悉刑名者首推宮保與韓桂舲兩尚書云宮保官湖南巡撫時偶見余筆墨遂大稱賞屢囑蔣吏馳書來聘時余以母老辭不赴也前後二十年中南北往來雖未一面而有知己之感云

榕皋先生

吳縣潘榕皋先生名奕雋字守愚少聰穎年十六以商籍補仁和縣學生中乾隆壬午鄉榜己丑成進士及　殿試名列第七以引　見不到降附三甲末迨　御試保和殿　欽定第十名以內閣中書用補官十餘年除戶部主事遂拂衣歸自此林居四十餘年讀書評詩遊心物外怡然樂也道光壬午歲重赴鹿鳴己丑歲又將重赴瓊林時年已九十矣以兩江總督大學士蔣公攸銛奏陳奉　旨加四品卿銜著加恩免其進京以示體恤耆儒之至意是年適遇　覃恩貤姪世恩以所得一品封典　貤封光祿大夫先生生一子名世璜中乙卯探花亦授戶部主事兩孫俱補博士弟子員嘗賦紀　恩詩十首海內名公鄉和者甚眾莫不榮之所著有三松堂詩文集若干卷行於世泳自束髮遊吳門與先生為忘年交往還最密相知亦最深嗚

呼若先生者可謂五福兼備者矣

二雲學士

邵二雲先生名晉涵餘姚人乾隆辛卯科會元五十七年余初入京師謁見先生于橫街寓廬時官翰林侍講為人樸野愨行恂恂今之召伯春也而經學之修明文章之通達實鮮其匹是時蕭山王南陔中丞尚為秀才常在先生坐中遇之劇談古今每至竟日所著爾雅正義可補邢昺之陋略又有公羊傳孟子義疏諸書未傳于世

黼堂少宰

嘉善謝黼堂少宰名墉中乾隆壬辰進士歷官至吏部左侍郎少工書法歷踐清華年七十餘自營生壙一切飾終之具皆自經理一日早起命家人將書籍筆硯字畫什物及生平玩好之具盡行點檢關鎖封固若將有遠行者遂坐從容儀然而逝余見少宰為翰林時其貌絕似趙榮祿畫像過五十後兩耳下忽添長鬚至七十餘鬚髮俱白惟兩耳下鬚黑亦罕見者少宰殁後二十年其令子照屬余刻神道碑立於墓左裴回兩舍者三日而去時道光壬辰四月也

芝巖太史

吳縣范芝巖太史名來宗字翰尊為宋文正公後中乾隆乙未進士入翰林告歸時年五十餘矣范氏故有義莊積逋累累不能資族中咸推先生為主奉清釐整頓一秉至公不三十年增置良田一千八百餘畝市屋百餘所每歲可息萬金文正公墓故在河南洛陽縣之萬安山文正祖墓在蘇州之天平山俱煥然一新而子孫之窮困者例給錢米一切喪葬助恤考試之費俱倍加自此義莊又復振興皆先生力也年八十一卒著有洽園詩稿十八卷

魚山比部

馮魚山先生名敏昌廣東欽州人中乾隆戊戌進士入翰林改戶部主事丁外艱回籍為南海書院山長卒于羊城先生之學經經緯史而詩歌古文金石書畫亦靡不貫綜欽州在中華極南地接交阯有明至今從無科第得之自先生始也京師士大夫咸稱為南方之學云

杜邨觀察

吳杜邨先生名紹浣安徽歙縣人世以鹺筴為業寓揚州已百餘年家道殷富乾隆乙未戊戌兩科先生與其兄紹燦同中進士入翰林先生精于賞鑒所藏法書名畫

甚多當時如彭南昀董富陽王韓城劉長沙諸相國所貢圖籍書畫必經先生品題而後奏進家有顏魯公竹山聯句徐季海朱巨川告懷素小草千文王摩詰輞川圖貫休十八應真象皆世間希有之寶至宋元明人其次焉者也嘉慶初年余每到邗上輒主其家而先生喜余之至亦必掃榻以待之後家事中落不得已報捐觀察補河南南汝光道卒於官

秋史侍御

揚州江秋史侍御前安慶太守恂子中乾隆庚子　恩科進士第二人博雅能詩尤嗜古碑帖自周秦兩漢魏晉六朝唐宋元明金石文字搜羅殆遍余于乾隆壬子年在京師始識之時秋史丁太守公艱賦閒無事時相過從語必終日不知誰為賓主也忽以青田石一塊高二三寸許琢為漢碑式極古雅上刻云君諱德量字量殊江都人太守君之元子也舉進士官御史世精古文金石竹素靡不甄綜乃于乾隆五十七年霜月之望刊琢嘉石以傳億載其明年將服闋卒于京師咸以為碑讖云

平階中丞

清平階中丞名安泰滿州鑲黃旗人中乾隆辛丑進士為人謙雅能詩歌清新有法

嘉慕書亦各勤入古而政事修明雖猾吏莫能欺其心也中丞殁後公子尚幼其青衣李某為刻其詩為漢相國序之

淵如觀察

孫淵如觀察名星衍陽湖人父勳舉人為山西河曲令觀察生之夕祖母許嘗夢室見于使因以名之幼聰穎年十餘略能背誦昭明文選不遺一字比長肄業金陵鍾山書院袁簡齋太史屢稱之曰天下清才多奇才少今淵如乃天下奇才也一時名士如楊西禾洪稚存顧立方錢獻之汪容甫趙味辛呂叔訥楊蓉裳黃仲則何南園方子雲儲玉琴汪劍潭輩皆為傾倒觀察尤好山水之遊金石之學錯綜經義泛覽百家以及釋道諸書莫不賅貫原始要終先達中如王西莊朱竹君錢辛楣王蘭泉姚姬傳趙雲松諸先生亦莫不嘗異之也乾隆五十一年始舉於鄉明年成進士對策稱旨以第二人及第授編修充三通館校理散館以刑部主事用旋陞員外除郎中總辦秋審處每有疑獄平反核讞全活甚多出為山東兗沂曹濟道權臬使治行廉平活死罪誣服者十餘輩亦不以之罪縣官曰縣官貴不盡明刑律皆係幕誤之也是以山左吏治為之一變丁母艱後不復出買屋金陵築五松園將為終老計當道延為主講如揚州之安定紹興之蕺山西湖之詁經精舍造就後學聞字者千餘人一時推為學者嘉慶八年為貧起官補授山東督糧道請開東省水利宣泄衛河以滋漕運增給兵米以恤滿營又以先儒伏生鄭康成有功聖學宜在唐宋諸儒之上請立博士俾膺承襲上之撫部其後劉學使鳳誥又以邱氏為左邱明後與伏鄭並置博士俱奉部駁未得行公事之餘惟與二三同志稽古論文著書刻書為事他如伏犧陵陽陵柳下惠閔子曾點澹臺滅明諸墓以及季桓子井皆搜求遺迹立石表之俾不失墜又創建吳將孫子祠於虎邱重建烈愍祠于金陵於金壇九里鎮捐得孔子延陵十字碑於句容得三國吳葛府君碑及梁天監井欄文於德州得北魏高湛碑插架盈箱神與古會十六年辛未引疾歸金陵奉侍河曲公又五年而卒年六十有六公生平最喜刊刻古書籍有平津館叢書若干卷

蘭士太守

壽石何蘭士太守名道生與其弟元烺俱中乾隆丁未進士其為人也溫純縝密其行事也質樸爽朗其為詩文也磅礴渾灝不名一格要能鎔鑄古今以自抒其性靈嘉慶五年嘗為山東巡漕御史適余由水路入都歡聚於南池行館者凡四五日飲

酒賦詩為一時佳話後出知九江丁外艱服滿遷知寧夏卒于官著有方雪齋詩集十二卷

宜泉太史

大興翁宜泉太史名樹培覃溪先生子乾隆丁未進士入翰林博雅好古能傳家學尤明于錢法凡古之刀幣貨布皆能辨識所著有泉幣考較洪遵泉志精博殆過之聞某處有一古錢雖遠道必躬自往訪以為快其天性然也後記名以繁缺知府用未至官而卒

仲子教授

凌仲子名廷堪海州板浦人其父係海上竈戶也仲子年十餘歲未嘗上學至十三四偶逢讀書人輒喜切三問四遂以水滸傳熟讀通部不移一字廿餘歲遊京師始見知于翁覃溪先生自此海貫百家遂于三禮天文律算之學所作詩歌沉博絕麗古文經解亦皆有根據而尤長于詞曲雖老宿見之亦為俯首都人士知其才咸佽助之捐監應順天鄉試不中乾隆戊申歲余住汴梁遇于畢秋帆中丞幕中兩眼若漆奇談怪論咸視為異物無一人與言者嘗與余同居一室聽其言論之刻覈其文章之妙遂謂仲子曰以君之才必中進士然少福澤當自勉之耳至壬子癸丑果連捷中會榜第四後補寧國府教授丁母艱窮甚竟無子

香杜舍人

長洲梅香杜舍人名廷思初名棠字芬輝乾隆四十年余年十七始見舍人于吳門井儀坊胡悅靖公家舍人長余七歲當時已為吳中名士與顧雨金張消臣吳玉松石竹堂韓聽湫王鐵夫沈芷生輩齊名追諸公相繼登第鐵夫亦應召試舉人而舍人仍困場屋不得已走京師館貲郡王府至嘉慶庚申始中順天鄉榜旋充正黃旗覺羅官學教習屢試禮部不第乃竊自念曰今潘芝軒世恩吳棣華廷琛兩殿撰皆見其為兒童嬉戲時今且為上八條矣擬取廷思兩字改名或有得也乃己卯恩科果中進士朝考列第二授內閣中書時年已六十八矣舍人少聰穎十一歲嘗謁沈文愨公于里第公以近作詩命和舍人援筆立成有馬依古道嘶殘月蟬咽高枝噪晚風之句遂大加稱賞舍人之學無所不精所著有晚晴軒筆述二十卷愛日堂文稿二卷又晚晴軒詩集並駢體文集各數十卷俱未刻道光壬午十一月舍人薄遊淮甸猶與余相遇于揚州歸而卒于家年七十一

鶴侶比部

長洲張鶴侶先生名宗亮，字拾升。乾隆十六年召試舉人，官刑部員外郎。得惠氏之學，一以注疏爲歸，指于三禮兼通公羊春秋，蓋何休之學久無治之者，惟先生獨武進莊侍郎存與能合其說。年六十餘乞假回吳，爲龍城書院山長。著書甚富，俱未刻。子鳴岡，號觀亭，以孝廉爲湖北通山縣知縣，能傳家學。

十蘭判官

嘉定家十蘭先生名坫，字獻之，兄塘中乾隆庚子進士。先生以國子監生中式乾隆甲午順天副車，就職州判，巡撫畢公奇其才，奏留陝西，補乾州直隸州州判。先生自幼通于小學，及長博極群書，於漢唐先儒之學無不洞悉底蘊，六訓詁斷以謹嚴，皆作宏富，無一字苟率，非深信確據者不著于篇也。尤精篆籀之書，頗自負，嘗刻一小印曰「斯冰之後，直至小生」。晚年病風痺罷官，以左手作書，饒有古趣。所藏金石文字三千餘種，既老且貧，皆以易米。其初任關中時，嘗貽余書云：「奉七十五歲之老親，作三千餘里之羈客，官二十年始歸，而母夫人康健如故也。」初先生在關中兼理武功縣印，值白蓮教匪滋事，溢出郿縣斜谷口，直蹦盩厔，距武功不過六十里，中外消息，河喃驟往來焚燒殺掠，邑之民大恐。先生亦縣人武進士楊右紳鄉勇萬餘人分據要害，賊觀望不敢渡。時嘉慶三年正月二十日也。至廿六日二更，忽有騎馬賊二十餘突至縣之北門，先生急啟門縱兵殲之，生擒其三人，旋訊伏於赤盛猶置寨，寨有奸濟以毒藥置遞夜半，凡十二日未嘗解衣，賊始去，邑城以全。州人宋某者有留名有地當衝衢，州民爭之者前後數百人，訟起于乾隆七年，其家已易兩世，屢次斷控不已，案牘山積。先生至，獨不以利動，曲折諭之，案乃悅服，竟捐地爲衢，訟以息。此皆卓然可紀者，未可以文章而掩其功績云。

蔡莊都轉

吾邑秦蔡莊先生名震鈞，以貢生以國子生充謄錄，得議敘，授山東臨清州判。值賊匪王倫作亂，陷壽張、陽穀，逼近州城。時先生權州事，戒備堅守，不爲動，凡十七晝夜。會欽差大學士舒公赫德統大兵繼至，是夜大霧，炎聲震野，城中執火視之，見數千人奔城下，環呼乞命，官軍疑爲賊，將發鎗炮，先生曰：「不可，來城下者皆難民也。」開門納之，尚有不測，吾任其咎。然猶懼奸人之溷入也，乃使勁兵數百人排列城門左右，兵刃如雪，祇許老弱及婦女先進城，其餘留在城外，天明再盤查而後入，分置各

廟，任宿給以食，全活者無算。城既平，以守城功擢州刺史，擢調高唐，乎度陞陝西平涼府知府，旋擢督糧道，至兩浙都轉運使。嘗仿范文正義莊之例，置田千畝以贍族人。秦氏自有明以來科甲而富有者無算，未嘗有此舉也。先生能書，得張天瓶司寇法，嘗聚古今名蹟，刻寄暢園法帖十卷。

香洲先生

吳縣蔣香洲先生名耀宗，字忠彥，前光祿少卿文灝孫，刑部員外曰標子。以國子生遵豫工例，報捐知縣，歷任廣東、湖南知縣，陞廣州府同知，又陞澧州，皆以事去職。先生任石城時，有監生曹某以殺人繫獄。曹故鄉居，比鄰張某素無行，縣役詣張催糧，張不能應，時已薄暮，偕役出，貸於曹，推戶入，則張之父死門內，血蹟淋漓，張遂大呼曹殺其父，急告縣。中先生聞案牘，宣言曰：「死於門內，曹殺何疑，當就鄉親勘。」忽命與大搜張室，得木杵於牀下，血痕殷然，尺寸與格傷合，遂定以凌遲，詳報。蓋子致父死，潛納戶門中，役適蹤至，謊言告貸，意欲其作證人，雖疑獄莫之直也。曹感再生恩，且悔過，乃輸金修其村中之觀音閣，旦夕焚香曰：「我非自求福願，祝我蔣父母子子孫孫富貴壽考也。」後令邵陽若祁陽，俱有惠政，民德之。子厚培，官廣西桂林府通判；元復，乾隆丁酉舉人，官山西榆次縣知縣；萬弟，嘉慶辛酉進士，官河南封邱縣知縣。先生有堂弟名曾熙，字德昭，亦積學碩行，有醇儒風。余總角時尚見其在學舍中誦讀也。後兩子俱成進士，長泰階，由中書歷官監察御史；次度，均由庶吉士歷知河南杞縣，陞補知州，年八十三而卒。

艮庭徵君

余於乾隆甲辰、乙巳之間，教授吳門，始識江艮庭先生。先生爲惠松崖徵君入室弟子，時年七十餘，古心古貌，崇尚經學。余嘗雪中過訪，見先生著破帽戴風巾，正錄尚書集注音疏，筆筆皆用篆書，雖尋常筆札箋記，亦無不以篆，讀者輒口噤不能卒也。嘗言許氏說文爲千古第一部書，除九千三百五十三字之外無字，除說文之外亦無學問也，其篤信如此。畢秋帆尚書聞其名，延至家，校刻釋名，亦用篆書刻之。生平不作詩賦時文，而好填詞，有詠春山、櫻桃、綠絲、金蓮諸闋，柔情旖旎，人絕似宋元人筆墨。潘榕皋農部云：「觀艮庭所學，決非兩漢以後人，不謂其老樹尚能著花也。」嘉慶元年舉孝廉方正，年八十餘而卒。

懋堂明府

金壇段懋堂先生，余於乾隆五十年三月始識之，後先生卜居吳門，時相過從。其學無不貫綜，初受業於戴東原，以徽亭林、江慎修兩家之學，考證音韻，定古音為十七部，條分縷析，成為一書，曰《六書音均表》，甚能明文字之源流，辨聲音之正變。復以許叔重《說文解字》十五篇為之注疏，且以發明二徐為說文解字注，從諸家之說，去後學之訛，孜孜矻矻，垂三十年始得成書，自有說文以來，莫有備于此者。先生名玉裁，字若膺，以孝廉官貴州玉屏縣知縣，有政聲。

端卿判史

元和顧端卿先生名元揆，中順天鄉試，為米觀王賓客，除浙江龍泉令，擢紹興府南塘通判，顏其堂曰吏隱，自謂其寸日坐堂皇，據案著書，儼如學舍。陞羅千州知州，未赴任，遭丁繼母艱，服闋，起補黔西州知州。端卿居官不名一錢，而消俸無多，猶時時分給寒苦，雖盎無儲粟，弗顧也。老年益自刻勵，終日賦詩作畫，猶不輟云。

子居明府

武進惲子居明府名敬，乾隆癸卯舉人。其先為漢平通侯楊惲，因名為氏，惲之子梁相遜，毗陵自漢至今，未嘗他徙，南田翁其族也。子居以官學教習出為浙江富陽知

縣，其為官也，剛方正直，清廉自守，而訟斷如流，雖老吏莫能窺其奧，一時有神君之目。與同邑張皋聞為莫逆交，兩人俱以古文自命，而子居之文尤為傑出，以韓歐為宗，以理氣為主，如長江大河，浩乎其不可測也。丁艱起服後，歷官江西瑞金、新喻知縣，卒以剛方為上官所忌，註誤，後隨一僕遨遊山水間，數年而卒。余嘗有書寄之，云昔司馬子長有言：如方枘欲納圜鑿，其能入乎？良可歎也。

春噓叔訥兩明府

陳春噓名昶，陽湖人，入籍大興，中式順天鄉試，出為浙江知縣，歷署桐鄉、秀水、餘姚諸縣事，皆有惠政。在餘姚時，有仙壇一所，相傳陽明先生嘗降此壇，春噓素不信，為駁詰數事，此中俱能辨雪，乃大服，請受業為弟子。一日早起，忽見陽明先生現形，修髯偉貌，高冠玉立，而面如削瓜，遂下拜，已不見矣，因手摹一像，凜凜然有生氣，余嘗見之，雖老畫師不及也。春噓學問海博，不特明於政事，凡古文詩賦詞章及書畫藝術諸家，無不通曉，而尤邃于地理及兵家言，真經濟才也。後補奉天錦縣，縣中俱習武，俱不讀書，春噓為立書院，涵濡教育，不二三年，中式者數人。嘉慶十一年，　仁宗巡幸關東，獻賦者十六人，文教從此大興。任錦縣七八年，圖治益精，士民感德，為立生祠，卒於官，年未五十。

呂叔訥名星垣，為毗陵七子之一，　國初呂殿撰宮之後也。以明經官海州學正，得保舉為直隸邯鄲縣知縣。余戲寄一詩云：白髮書生骨相寒，出門何處是邯鄲，不知富貴原如夢，誰肯將來作夢看。愁緒苦長鬚髮短，功名容易別離難，君家老祖如還在，為我先求換骨丹。叔訥著書甚富，尤長於詞曲。嘉慶己卯，　萬壽，恭頌康衢新樂府，傳頌為世所稱。

大紳先生

吳郡汪大紳先生名縉，其先休寧人，入籍為吳縣學生。好為古文，覃思與曠遊，乃有家，積滿而流，沛然無阻，嘗為建陽書院山長，以正學道諸生。生平志趣殆不可測，自作無名先生傳，與瑞金羅臺山、長洲彭尺木為莫逆交，三人皆通禪理，大約以釋氏為指歸者也。

青湖先生

杭州朱青湖先生名彭，工詩，著有抱山堂詩集十卷，武林名士半出其門。先生又有南宋古蹟記若干卷，搜羅頗富，寄託遙深，一生心力盡萃於此。嘉慶丙辰冬，不戒於

火，惜哉。

謙士侍郎

侍郎為上海趙光祿文哲少子，名秉沖，字硯懷，號謙士，由國子生　召入懋勤殿行走，以勤慎著，　欽賜舉人，授內閣中書，　南書房供奉，久歷部科卿寺，累官戶部右侍郎，加翰林銜，亦異數也。侍郎博雅嗜古，工篆隸，能撰印，尤好金石書畫之學。嘉慶十三年七月，余在英相國所寓之近光樓，時侍郎亦在澄懷園，朝夕往還，以金石相切磋，怡然樂也。十九年，卒於京師，有　卹典。

味辛司馬

趙懷玉，字億生，江南陽湖人，為恭毅公申喬曾孫，少讀書，刻厲為學，家本素封。以乾隆四十五年　高宗皇帝南巡獻賦，　賜內閣中書，擢侍讀，出為山東青州府同知，以母憂去官，家漸貧，益自刻勵，發為文章，粹然而純，淵然而雅，一以韓歐為宗，所著有亦有生齋文集二十四卷、詩詞集若干卷。

滌欽先生

鮑廷博，字以文，安徽歙縣人，少習會計，流寓浙中，因家焉，以冶坊為世業，而喜讀書

戴籍極博。乾隆三十八年，詔求天下遺書，廷博獨得三百餘種，貴浙江學政王杰上進。奉旨以內府所刻圖書集成一部賜廷博，鄉里榮之。廷博嘗校刻知不足齋叢書二十四集。嘉慶二十年，流傳禁中。仁宗見之，傳諭撫臣曰：朕近日讀鮑氏叢書，亦名知不足齋，爲語鮑氏，勿改。朕帝王家之知不足，鮑氏乃讀書人知不足也。迨廿五至廿八集進呈，有旨欽賜舉人，傳爲盛事。年八十四卒於家。

晉齋文學

趙魏，字晉齋，浙江錢塘人。諸生。精於金石文字，今之趙明誠也。家貧無以爲食，嘗手抄秘書數千百卷，以之換米，困苦終身。

旻生司馬

陳鴻壽，字旻生，浙江錢塘人。以明經朝考得知縣，揀發廣東，兩江總督鐵公保奏留南河，効力久之，補溧陽縣知縣，多惠政，擢河工海防同知，卒於任。旻生幼聰穎，能詩工畫，精篆刻，得丁敬身之法，雅好賓客，傾襟聯識，所在成集，適然樂也。年五十餘卒。

枚菴先生

吳枚菴先生名翌鳳，長洲人。少爲諸生，工詩，家甚貧，以館穀自給。嘗手抄秘書至數十百卷，無倦色。乾隆五十年，吳中大饑，乃攜其母夫人暨妻子出遊，歷湖北、湖南、廣東、江西諸省，凡二十餘年，無所遇。母已百歲，枚菴亦七十餘矣。余嘗書楹帖贈之云：賣賦卅年惟奉母，浪遊千里爲尋詩。晚年家居，仿漁洋感舊集之例，選平生交遊之詩，曰懷舊集十八卷，又印須集十八卷，吳梅村詩集箋注二十卷。

二陸先生

吳門陸兩屏先生名超曾，幼通文史，補長洲學生。家本素封，能詩，嗜古，所藏法書名畫甚多。與其弟白齋先生更唱迭和，殆無虛日。所居曰臨無半舫，每得一書一畫，必相對終日，怡然樂也。後以子姪輩不克家，各移居，處園籍亦星散無餘矣。

陸白齋先生名紹曾，字貫夫，工篆隸書，精於賞鑒。余幼時喜八分，嘗師事之。先生平生所見碑帖字畫，皆爲抄錄成編，凡二十四函，曰續鐵網珊瑚，曰吉光片羽。又有不戴編名扇錄、遊杭書畫錄、刻碑姓名錄及擇雲龍烟記之類，皆作小楷書，其精勤於翰墨如此。畢秋帆尚書以千金購得之。

雪樵總戎

陳廣寧，字靖侯，號默齋，浙江山陰人。少讀書，能詩。乾隆五十二年，傳其從父聖傳難蔭，世襲雲騎尉，咨部引見，著回標學習。期滿，擢紹興都司。時制府伍公閱兵至浙東，廣寧執弓矢五發俱中，以是知名。五十八年四月，又擢象山左營守備。象山在東海中，忽有大樓船三，停泊錢倉，疑海寇也，合城驚駭。廣寧乃携二卒，駕小舟出洋查詢，乃西洋暎咭唎夷船，來貢獻者也。遂上船呼其譯者，夷人皆窄衣羽帽，兵刃如雪。廣寧從容語譯者，先宣我中華大皇帝威德，故特遣官護視汝國來朝之意。宣畢，就賓席，賜兩貢使點頭纍腕，頻行以金盤奉寶貨數種，一無所受。嘉慶元年，有詔舉孝廉方正，鄉先生同爲保薦，廣寧力辭不就，曰：盛名非所宜當。今供職軍門，報恩有路，豈敢與腐儒競進耶。是歲溫台所屬屢遭海寇剽掠商民，巡撫吉公親赴督剿，廣寧隨往，一切軍書奏摺，皆出其手。蔵功，旋有補海昌海防守備，其地濱海，風雨潮汐出入尖山、塌山、范公塘等處，每歲修築動費鉅萬，撫軍諭廣寧分任其事。八年，奉援工賑例捐陞階級，選福建督標右營參將，旋以大府保舉，擢本標中軍副將。時海盜蔡牽正弄兵海嶠，劫掠民船，廣寧從七軍需局，旋奉大府檄，出五虎門巡視洋面，颶風大作，波濤山湧，不避險阻，徧歷島嶼，隨壯烈伯李公長庚剿滅賊計，日營指畫，咸中款要。李大悅，稱廣寧有文武才。十二年冬，署汀州鎮總兵官，又繼署建寧、漳州兩鎮總兵官，皆能整飭兵弁，巡邏海島，聲威肅然。十八年，有旨擢安徽壽春鎮總兵，入覲，仁宗召對，詢廣寧出身履歷，傾賜克什，抵任未幾，又調山東兗州鎮總兵。其明年，兗屬濟飢，廣寧與郡守捐廉施粥，又預貸府庫，著加賑給，活者甚眾。九月十日，忽得直隸長垣教匪倡亂之信，即挑選精兵，起行前往，行至鉅野，又聞定陶、曹縣有戕官陷城之事，而金鄉又復告急，當即分兵派守，一面飛調各營兵齊赴曹州，聽候守禦。時曹人惶惑，一日數驚，廣寧親督諸將，搜查奸宄，復撥附近各州縣團練鄉勇，嚴加防衛，以待大軍，旋獲賊匪王朝棟等二十餘名，梟首賊閭之少卻，而金鄉之圍亦解。當是時山東巡撫童公興提兵亦至曹州，來廷寄，現在大軍未集，總兵陳廣寧毋得輕自赴敵等語，廣寧聞之，益加奮勉。時各路賊匪方窺東明、據滑縣，圍濬城，勢甚猖，兒連三省，廣寧以本標將士可用，請先擊賊防其蔓延，合一以入東境，遂率兵分三路兜剿，自琴山至安陵集，且殺且追，殲賊無算，及全軍告捷，而東省以安。時有嫉之者，評于經略某公，遂參劾之。仁宗知其賢，置不問，調任雲南騰越鎮總兵。廣寧奏言，今開州未平，滑縣未破，請暫留軍營，俟大

功告成再赴新任奏 旨依議適筝獲偽知府王興禮偽總兵朱文斌等一百七十八名亦附片奏 聞十二月淵縣平撤兵回兗交印信星夜進京 上召見詢山左戰功勞緒奏對稱 旨又 賜克什等物 諭云滇江重寄毋得稍延屢案即日出都兼程巡發行至潛江卒年五十。屢寧孝悌性成篤於朋友而文章詞翰金石圖書無不精心研究著有尋雪山房集。一時朝貴如韓城大興諸城三相國韓桂舲黃左田兩尚書以及袁簡齋梁山舟王夢樓三太史皆稱之

秦參將

有秦滌者盱眙人少為縣中吏嘉慶初年同房科某以賑濟侵蝕事下獄罪應軍向秦大哭曰吾上有老母妻年少且無子如我行若為我周急之雖死他鄉亦所感激也秦慨然曰吾惟一身無所累願代子行遂白於官改供自認乃發遣秦中適教匪滋事川楚延陝西一路荊棘秦充鄉勇以協官兵屢得功議敘為守備越三年教匪平而平年亦滿遂回鄉初補千夫長屢擢至海州鎮家坎都司旋陞儀徵參將秦通文墨有將略能通詩古文詞畫山水花卉亦頗得生趣余在淮陰都轉府識其人暢談若久之儼然一書生真奇人也

履園叢話卷六終

履園叢話卷七

清　句吳錢泳梅溪輯

臆論

五福

洪範五福以壽為先有富貴而壽者有貧賤而壽者有深山僻壤祓子道流修養而壽者未必盡以為福何也今有人壽至八九十過百歲者人視之則羨為神仙為人瑞已視之則為銘繫為贅疣至於親戚故舊十無一存舉目皆後生小子不知誰可言者且世事如棋新樣百出並無快樂但增感慨或耳聾眼瞎或齒豁頭童或老病叢生而沉吟於牀褥或每食哽噎而手足有不仁雖子孫滿前同堂五代不過存其名而已豈可謂之福耶

洪範五福富居第二余以為富者極苦之事怨之府也有貴而富者有賤而富者有力田而富者有商賈而富者其富不一其苦萬狀宜曰福乎蓋做一富人譬何容易必至殫心極慮者數十年捐去三綱五常絕去七情六欲費其半哉如失全珠拔其一毛有關痛癢是以越慳越富越富越慳始能積至巨萬稱富翁若慷慨尚義隨手揮霍銀錢易散不能富也或駁之曰力田商賈之富或致如此若今之吏役長隨包漕興訟之輩有一事而富者有一言而富者亦何必數十年殫心極慮耶余答之曰子不見吏役長隨等人中有犯一事而窮者矣或一死而窮者矣總之如溝澮之盈氷雪之積其來易其去亦易若力田商賈之富譬如圍河作壩聚水成池然不可太滿一旦風雨壩開亦可立時而涸要知來甚難而去甚易也

洪範五福其三曰康寧蓋五福之中康寧最難一家數十口長短不齊豈無疾病豈無事故今人既壽矣既富矣而不康寧以致子孫零落訟獄頻仍或水火為災或盜賊時發則亦何取乎壽富哉

或問云壽富非福何者為福余則曰壽非福也康寧為福富非福也攸好德為福人生數十年中不論窮達苟能事行樂知止足亦何必耄耋期頤之壽耶苟能足衣食知禮節亦何必盈千累萬之富耶

人生全福最難雖聖賢不能自主惟攸好德卻在自己所謂故大德必得其位必得其祿必得其名必得其壽也然人生脩短窮達豈有一定等攸德而待之毋喪德而敗之可也

有生前之福有死後之福生前之福者壽福康寧是也死後之福者留名千載是也

生前之福何短死後之福何長然短者却有實在長者都是空虛故張船有言使我有身後名不如即時一盃酒其言甚妙

三教同源

儒家以仁義為宗釋家以虛無為宗道家以清靜為宗今秀才何嘗講仁義和尚何嘗說虛無道士何嘗愛清靜惟利之一字實是三教同源秀才以時文而騙科第僧道以經懺而騙衣食皆利也科第一得則千態萬狀無所不為衣食一豐則窮奢極欲亦無所不為矣而究問其所謂仁義虛無清靜者皆茫然不知也從此秀才罵僧道僧道亦罵秀才畢竟誰是誰非要皆俱無是處然其中亦有稍知理法而能以聖賢仙佛為心者不過億千萬人中之一兩人耳

天道人道

自古言天道者皆以吉凶禍福喻之余以為天道即人道人道即天道天道不可強也人道不可挽也何以言之以堯舜之仁而其子皆不肖以禹湯之仁而不能不生子孫如桀紂者以文武之德既生周公復生管蔡以孔子之聖而幼喪父老喪子棲棲皇皇終其身無所遇以顏子之賢年三十二而卒皆不可強也不可挽也天地生

物者也而有水旱疾疫兵戈之慘人心至靈者也而有貧賤夭殤殺戮之虞故曰天道即人道人道即天道也

君子小人

君子小人皆天所生將使天下盡為君子乎天不能也將使天下盡為小人乎天亦不能也易曰君子道長小人道消然則小人道長君子道消此天地之盈虛亦陰陽之運會也

行仁義者為君子不行仁義者為小人此統而言之也而不知君子中有千百等級小人中亦有千百等級君子而行小人之道者有之小人而行君子之道者有之外君子而內小人者有之外小人而內君子者有之不可以一概論也

寬容密察

天地之道尚寬容故君子小人並生鬼神之道尚密察故為善為惡必報帝王者即天地也天地不寬容則人民擾亂人臣者即鬼神也鬼神不密察則姦宄縱橫

富貴貧賤

富貴如花不朝夕而便謝貧賤如草歷冬夏而常青然而霜雪交加花草俱萎春風駘至花草敷榮富貴貧賤生滅與起天地之理也

大處判小處算此富人之通病也小事暗大事玩此貴人之通病也而皆不得其中道所以富貴之不久長耳余嘗論好花如富貴祇可看三日富貴如好花亦不過三十年能於三十年後再發一株遞謝遞開方稱長久然而世豈有不謝之花不敗之富貴哉

富者持籌握算心結身勞是富而仍貧貴者昏夜乞憐奴顏婢膝是貴而仍賤如此而為富貴者吾不願也

五穀蔬菜

五穀蔬菜之屬見於經史子集者不少或古有而今無或古無而今有余每為留心又將爾雅及明人之農圃六書彼此詳校乃知古今名色各有不同蓋五穀蔬菜必順土之性因地之宜始能蕃植然亦隨時更換總無一定猶之禹貢所載厥田惟上上者今為下下厥田惟下下者今為上上也

鳥獸草木

余五六歲時先君子教以爾雅所見之鳥獸草木皆能辯識及長奔走四方所見之

鳥獸草木又各各不同至五十以後偶返故鄉忽園中集一鳥紅頭白尾長足短翼又有草花幾莖蒼翠纓藤黃白可愛俱是少時未經見者乃知天地生物遞更遞換不可以一律拘也人自不留心耳以此觀之唐虞三代之鳥獸草木與今時之鳥獸草木不知其幾經變改但以古書圖畫證之聚訟紛紛實隔千里

援墨入儒

業師金安安先生有句云一官騙得頭全白推此而言人生富貴功名聲色貨利以至翻雲覆雨之事何莫非騙局耶甚而騙到身後之名可悲也故佛家有五蘊皆空六根清淨之說為之一筆鈎消甚屬暢快然余以為畢竟六根清淨始可立聖賢之基果能五蘊皆空方與言仁義之道若一入騙局便至死而不悟矣斯言也亦非援儒入墨直是援墨入儒

忠厚之道

人之誠實者吾當以誠實待之人之巧詐者吾尤當以誠實待之乃為忠厚之道莫謂我之心思人不知之也覺人之詐不形於言此中有無限意味

覆有之恩

錫山北門外冶坊有名王仙人者愛畜珍禽奇獸嘗呼之曰仙人乾隆己酉六月余與仙人遇於漢口見其寓中養一小鹿甚馴架上有白鸚鵡能言天子萬年吉祥如意等語自言嘗得一獼猴高不過六七寸與老母雞同宿猴索食雞啄庭中蟲蟻哺之猴不得食猴亦將所食果栗與雞久之竟成母子猴每夜宿雞必以兩翼覆護以為常也又蕪湖繆八判官亦愛畜禽獸蟲魚之屬官揚鎮驛鄧伯鎮余過訪之錦雞鳴於座白鶴行於庭有孔雀生卵兩枚取以與母雞哺之半月餘果出二雛一雄一雌繆大喜兩雛漸長身高二三尺猶視雞為母飛鳴宿食刻刻相隨殊不自知其羽毛之多彩而母雞行動居止喔喔相呼亦不自知其族類之不同也大凡覆育之恩雖禽獸亦知之似較人尤為真切嗚呼可以人而不如鳥乎

烘開牡丹

吾嘗謂今人既富矣又何加焉曰捐官有捐官而十倍於富者有捐官而立見其窮者總之如烘開牡丹其萎易至雖有雨露之功豈復能再開耶所謂倘不烘開落或遲者其言甚確

商賈作宦固有捐班借道做官須謀方丈然而亦要有進退有做法做得好自可以谿谷極欲做得不好終不免托缽沿門

恩怨分明

史記信陵君列傳或者之言曰人有德於公子公子不可忘也公子有德於人願公子忘之也此言最妙然總不如以直報怨以德報德二語之正大光明今見有人畢竟在恩怨上分明者吾以為終非君子

貧乏告借

凡親友有以貧乏來告借者亦不得已也不若隨我力量少資助之為是蓋借則甚易還則甚難取索頻頻怨由是起若少有以與之則人可忘情於我我亦可忘情於人人我兩忘是為善道

為善為惡

大凡人為善者其後必興為惡者其後必敗此理之常也余謂為善如積錢財積之既久自然致富為惡如弄刀兵弄之既久安得不傷哉此亦理之常也

不多不少

銀錢一物原不可少亦不可多多則難於運用少則難於進取蓋運用要禁心進取亦要禁心從此一生勞碌日夜不安而人亦隨之衰憊須要不多不少又能知足撙節以經理之則綽綽然有餘裕矣余年六十尚無二毛無不稱羨以為必有養生之訣一日余與一富翁一寒士坐談兩人年紀皆未過五十俱鬚髮蒼然精神衰矣因問余修養之法余笑而不答別後謂人曰銀錢怪物令人髮白言其一太多一太少也

不貧不富

商賈宜於富富則利息益生僧道宜於貧貧則淫惡少至儒者宜不貧不富不富則無以汩沒性靈不貧則可以專心學問

官久必富

語云官久必富既富矣必不長何也或者曰今日之足衣足食者皆昔日之民脂民膏也焉足恃乎一旦敗露家產籍沒而為官吏差役剖分偷竊人情洶洶要時俱盡可歎也余嘗誦某公抄家詩云人事有同筵席散杯盤狼籍聽群奴

收藏為旺

廣山江蘊明嘗問閒處士銘曰術家言水旺於冬何以至冬反落處士曰意以收藏

為旺耳此言最有味今大富極貴之家如能事事收斂謙退而行自可大可久即收藏為旺之義也

治家

易曰家人嗃嗃悔厲吉婦子嘻嘻終吝然吾見家人嗃嗃而操切太過者不但不吉凶悔隨之吾見婦子嘻嘻而和易近人者豈皆不吉家道興焉總之治家以和平兩字為主即治國亦何獨不然權歸於上者但願賢子孫多良其家乃昌權歸於下者不可聽奴僕奴僕執柄其家將隤

早起

古人有言日出而作日入而息故凡蚤起者其人必勤富之基也晏起者其人必惰窮之基也令人有俾晝作夜者自以為適意而不知奸盜邪淫之事由此而生士農工賈之業由此而敗矣

種田

古人有云耕當問奴織當問婢乃腐儒語斯人也真所謂四體不勤五穀不分不知

稼穡之艱難者也如余者雖不自耕而食而農工之事瞭如指掌蓋生在田間自幼熟聞又能留心察聽故知之獨詳有奴婢之所不盡知者耕讀二事明是二途而實則一理大凡種田者必需親自力作方能有濟若僱工種田不如不種即主人明察指使得宜亦不可也蓋農之一事算盡錙銖每田一畝豐收年歲不過收米一二石不等試思僱人工食用度而加之以錢漕差徭諸費計每畝所值已去其大半餘者無幾或遇荒歲偏災則全功盡棄然漕銀豈可欠耶差徭豈可免耶總而計之虧本折利不數年間家資蕩盡是種田者求富而反貧矣吾故曰必需親自力作方能有濟也

秀水王仲瞿孝廉與余論區種之法大罵今之種田者余笑云田地古今不同不可執一而論區種雖始於伊尹而古法不傳嵇叔夜養生論亦言區種之法一畝可得百斛然自晉至今鮮有行者猶之王荊公行青苗錢不能治國適足害民總之種田以勤儉得時督率有法為主便勝於區種矣

水利

南北風土異宜種植亦不同如江以南穀熟為有秋江以北豆麥熟為有秋也然歲之豐熟全在乎雨暘時若設有雨暘非其時則成偏災矣余年纔六十已遇兩次大旱一乾隆五十年丁未一嘉慶十九年甲戌雖江南烟水之區皆成赤地在處乾涸禾苗盡枯見之傷心夫苗之得水猶小兒之食乳乳已涸矣兒豈能生故凡地方公事最重水利今有田富戶全不關心一到旱年束手無策為之父母者將何以為情耶

大江南各府州縣皆種稻而田有高低大約低田患水高田患旱吾鄉高田多低田少每遇旱年枝河乾涸則苗立槁一鄉之人言之保長將水車數十百具移至大河有水處車進枝河以灌苗田謂之踏塘車塘車一踏則租米全欠租米全欠則官糧無所辦故有田之家每至百孔千創先糴米以納糧後糴米以為食饑民之困苦未甦而公家之徵催已急是有田而反為田累矣推其本源總在不講水利之故蓋官河運河是有司之事枝河池蕩是居民之責不知河道一年淤塞一年則居民一年窮田一年人自不覺耳

余嘗在王南陔中丞座上見兩邑宰晉謁中丞問兩宰云貴縣城周圍幾里有幾門兩宰枝梧茫然不能對余在旁不覺竊笑夫城郭之大小為邑宰者尚不知又安知

水利之通塞耶故凡官於東南而留心民瘼者必先明水利再講田賦是致治之本

產業

凡置產業自當以田地為上市廛次之典與鋪又次之然田地有水旱之憂市廛典鋪有風火之虞俱要看主人家運家運好則隆隆日起家運壞則漸漸消磨而亦要看主人調度調度得宜自能發大財享大利調度不善雖朝夕經營越做越窮而已

子弟

素所讀書作官清苦人家忽出一子弟精於會計善於營謀其人必富素所力田守分殷實人家忽出一子弟喜談風雅篤好琴書其人必窮

立志

大凡英雄豪傑其立志必與人有異司馬子長謂韓信雖為布衣時其志與眾異是也然余見敗家子弟其志亦與人有異有某公子最愛度曲每登場必妝束小旦驚豔絕人觀者讚服有某富翁子最慕長隨嘖嘖稱道不數年間家資蕩盡而竟當長隨得遂其志可見賢愚之分只一反掌耳

吃虧

吃虧二字能終身行之可以受用不盡大凡人要占些小便宜必至大吃虧能吃些小虧必有大便宜也

無學

功名富貴未到手時望之如在天上一得手後亦不過爾爾然從此便生出無數波折無數覬覦既得患失勞碌一生而終不悟者無學故也故諸葛武侯戒子書曰學須靜也才須學也非學無以廣才非靜無以成學也

謹言

遇富貴人切勿論聲色貨利遇庸俗人切勿談語言文字寧緘默而不言毋馳舌以取戾此余業時識兒輩之言也可以為座右銘

所業

人莫不有所業有所業便可生財以為一歲之用又必堅忍操持則一歲如是明歲又如是積之既久自有盈餘即無盈餘亦不至於凍餒矣凡子孫眾多者必欲使之各執一業業成而知節儉又何患焉今見世家子弟既不讀書又無一業自給終日嬉笑坐食山空忽降而為游惰之民自此遂不可問臧獲皂隸為盜為娼者豈有種

耻

利己

令人既富貴驕奢矣而又喪盡天良但思利己不思利人總不想一死後雖家貲巨萬金玉滿堂尚是汝物耶就其中略有良心者不過付與兒孫享用幾年否則四分五裂立時散去先君子嘗云人有多積以遺於子孫者不如少積以培養其子孫也

習氣

子不克家雖是家運而亦習氣使然是中人以下之人不可以語上者也嘗見某相國家子弟開賭博場某相國家子弟開蟋蟀場某殿撰某侍郎子喜為優伶某孝廉乞食於市某進士困於旅舍死無以殮皆事之有者唐權文公不自棄文謂房杜子孫倚其富貴驕奢淫佚惟知宴樂當時號為酒囊飯袋及世變運移餓死溝壑不可數計知自古而然焉

拒客

士相見禮自古有之未聞有拒客為禮者大凡王公大人越富貴則賓客越多賓客越多則越拒客其勢然也王夢樓侍講出為雲南太守參見督撫始到官廳至於腹飢口渴欠伸倦坐終不得一見者嘗有詩云平生跋扈飛揚氣消盡官廳一坐中誦之令人齒冷昔蘇子瞻為鳳翔判官陳希亮為府帥以屬禮待之入謁或不得見子瞻客位假寐詩云同僚不解事愠色見髯鬚雖無性命憂且復忍須臾亦此意也相傳裘文達公為尚書時最喜提獎後進體卹寒酸是以賓朋日多車馬日盛無有不見之客者每日朝回請賓朋聚於一堂而自居末座一一問語或有未飯者輒留飯使賓朋鼓腹歡欣而去而私謁之輩從此杜絕愛士賢聲亦從此益著矣家恬齋為翰林時嘗謁一大吏而為所拒心甚惡之及官太守擢至方伯客來必見以清廉為政務以禮貌當幣帛客亦歡欣而去無有怨者皆不拒而拒之法也或曰陽貨欲見孔子孔子不見孺悲欲見孔子孔子辭以疾則孔子亦嘗拒客矣子以為非禮乎余答之曰孔子之拒陽貨是抑權勢拒孺悲是明教誨與尋常拒客不同然孔子周流列國僕僕皇皇卒至無所遇者又安知非陽貨孺悲之流為之阻抑乎是可歎也

拒客二字不知衰慢多少人物或有必不得已之事者或有進益良言者或有剖白冤誣者或有以詩文就正有道者或有舟車跋涉越千里而至者或有並無所事以一見為榮者未必盡是有求而來若槩行拒之恐非處世之道余見有某比部富而狂嘗拒客即為客賈至於破家存身可不警懼乎

釋道寺院有客堂有主客師使四方遊人善男信女咸可小憩有來禮佛者有來布施者從無拒客之禮今富貴家亦有賓館有客座原所以待客者也或主人他出或實在無暇或適有公事或偶攖疾病亦可使主賓之友相陪問因何事而來有所言否若拒之必生衆怨衆怨一生便多浮言殊非處世保家之道豈富貴家反不如釋道耶

凶器

兵者是凶器人人知所避矣而不知財者亦是凶器人人知所趨何也財之為物如水火多不得少不得用之得當則為善用之不得當則為惡非特為惡也可以殺其身殺其子孫至於瓦解冰消而不自知者故曰亦凶器也

驕奢

新城王阮亭先生家法凡遇春秋祭祀以及吉凶喜慶等事各服其應得之服然後行禮如子弟已入泮者始易藍衫其妻亦銀笄練裙否則終身著布余五六歲時吾鄉風俗尚樸素與王氏頗同不論官宦貧富人家子弟通稱某官有功名乃稱相公中過鄉榜者亦稱相公許著綢緞衣服今隔五十餘年則不論富貴貧賤在鄉在城男人俱是輕裘女人俱是錦繡貨物愈貴而服飾者愈多不知其故也

今富貴場中及市井暴發之家有奢移儉難以一餞而論其暴殄之最甚者莫過於吳門之戲館當開席時譁然雜遝上下千百人一時齊集真所謂酒池肉林飲食如流者也尤在五六七月內天氣蒸熱之時雖山珍海錯頃刻變味隨即棄之至於狗彘不能食嗚呼暴殄如此而猶不知惜耶

新序謂昌邑王以冠賜奴龔遂曰今以冠冠奴是以奴虜畜臣也按古者奴婢皆有罪之人為之故無冠帶所以分貴賤別上下也墨子曰君子服美則益敬小人服美則益驕旨哉言乎

醉鄉

時際昇平四方安樂故士大夫俱尚豪華而尤喜狎邪之遊在江寧則秦淮河上在蘇州則虎邱山塘在揚州則天寧門外之平山堂畫船簫鼓殆無虛日妓之工於一

藝者如琵琶鼓板崑曲小調莫不童而習之間亦有能詩畫者能琴棋者亦不一其人流連竟日傳播一時才子佳人芳聲共著然而以此喪身破家者有之以此敗名誤事者有之而人不知醒悟諸飲酒常在醉鄉是誠何心哉

收成

大凡苗木豆麥花果蔬菜及一切種作總須勤健培植自然暢茂然而亦要看後來收成如何於人亦然任憑富貴功名享盡人間之福祿者亦要看老年來結局如何如結局不好不可盡推之命運而亦由自己之不知止足不識分量不會收束故也

名利

易曰善不積不足以成名孝經曰立身行道揚名於後世論語曰君子去仁惡乎成名可見仁之與名原是相輔而行見利思義以義為利孟子曰何必曰利亦有仁義而已矣可見義之與利又是相輔而行後世既區名利與仁義為兩途已失聖人本旨而又分名與利為兩途則愈況愈遠矣

名利兩字原人生不可少之物但視其公私之間而已夫好名而忘利者君子之道也好利而忘名者小人之道也求名而計利計利而求名者常人之道也吾見名不

成利不就者有之矣未有不求名不求利者也若果不求名不求利不為仙佛定似禽獸

神仙

自昔秦王漢武皆慕神仙求長生之術余以為生而死死而生如草木之花開開謝謝總有理趣列子云死之與生一往一反若生而不死僅留此身有何意味哉丁令歸來人民已非劉阮出山親舊零落至於邑屋變更無復一人相識者當此之時方將傷心悼痛之不暇而尚復能逍遙極樂耶豈寡情少義忍心害理者方能為神仙耶

貪巧

貪吏歌於春秋巧宦目於晉宋自古已然不足論也夫貪巧而明於民事者尚有人心者也貪巧而惰於民事者則禽獸之不若何也虎狼噬人吾知其為虎狼也避之可也鸚鵡能言吾知其為鸚鵡也畜之可也人而至於不能避不能畜害及萬民害及天下將何以制之哉使為堯舜之臣宜將流放殺殛而已

雅俗

富貴近俗貧賤近雅富貴而俗者比比皆是也貧賤而雅者則難其人焉須於俗中帶雅方能處世雅中帶俗可以資生

培養

大凡一花一木雖得雨露自然之功而欲其本根之暢茂花葉之鮮新非培養不能也先君子偶種鳳仙花數十盆置於庭砌朝夕灌溉頗費精神及花開時千枝萬蕊五色陸離竟有生平未經見之奇者次年灌溉稍懈仍是單葉常花平平無奇矣乃知培養人材亦猶是耳或曰每見叢莽中時露好花一枝則誰為之培養耶余曰本根有花雖不培養亦能開放然狂風擲其枝嚴霜凌其葉吾見其有花亦不舒暢矣子弟如花果原要培植如所種者牡丹自然開花所種者桃李自然結實若種叢竹蔓藤安能強其開花結實乎雖培植終年徒生厭惡

孽緣

每見官宦中有一種孽緣鑽刺之輩至老不衰一旦下臺恍然若夢門有追呼之迫家無擔石之儲在此人固自甘心而其妻子者將何以為情耶余嘗有遊山詩云路逼高山復大林不知回首夕陽沉下山即是來時路枉費孽緣一片心蓋為此等人

說法耳

順逆

人生順逆之境亦難言之譬如行舟遇逆風則舍艤上縴遲遲我行或長江大河不能施縴者惟有守風默坐而已見順風船過去輒妒之羨之未幾風轉則張帆箭行逍遙乎中流呼嘯於蓬底而人亦有妒我羨我者余嘗有詩云順逆總憑旗腳轉人生須早得風雲然既遇順風張帆不可太滿滿則易於覆舟一旦白浪翻天號救不應斯時也雖欲冀逆風之船而不可得矣

寬急

或問富者所樂在何處曰不過一箇寬字而已貧者所苦在何處曰不過一箇急字而已然而處富者常亟亟天下皆是處貧者常欣欣實少其人故孔子曰貧而樂富而好禮皆為人所難若顏子簞瓢陋巷不改其樂非有聖賢工夫未易言也

貧富

貧者是天下最妙字但守之則高言之則賤每見人動輒言貧或見人詐富最為賤相余則謂動輒言貧其人必不貧見人詐富其人必不富乃知處富者不言富乃是

真富處貧者不言貧，方是安貧。

刻薄

吾鄉有富翁，最喜作刻薄語。嘗謂人曰：錢財吾使役也，百工技藝吾子孫也，官吏搢紳亦吾子孫也。人有詰之者，富翁答曰：吾以錢財役諸子孫，焉有不順命者乎。語雖刻薄，而切中人情。

余嘗謂發財人必刻薄，惟其刻薄，所以發財；倒運人必忠厚，惟其忠厚，所以倒運。

同此心

同此心也，而所用各有不同，用之於善則善矣，用之於惡則惡矣。故曰：人能以待己之心待其君，便是忠臣；以愛子之心愛其親，即為孝子。

童蒙初入學舍，即有功名科第之心；官宦初歷仕途，先存山林逸樂之想，故讀書鮮有成，而仕宦鮮有廉也。

安心於行樂者，雖朝市亦似山林；醉心於富貴者，雖山林亦同朝市。

不足畏

王安石以新法致宰相，專以理財用刑惑亂其君，且謂天變不足畏，此其所以為小人也。余謂譬如父母教子，繼之以怒，將鞭撻之，亦可云不足畏乎。是必當遷善改過，方可以為人子。

關學問

水火、盜賊、兵刑、凶荒、傜役，及一切人世艱難之事，無不可以老我之才，增我之智，勿謂無關學問也。

不會做

後生家每臨事，輒曰吾不會做，此大謬也。凡事做則會，不做則安能會耶。又做一事，輒曰且待明日，此亦大謬也。凡事要做則做，若一味因循，大誤終身。家鶴灘先生有明日歌最妙，附記於此：明日復明日，明日何其多。我生待明日，萬事成蹉跎。世人苦被明日累，春去秋來老將至。朝看水東流，暮看日西墜。百年明日能幾何，請君聽我明日歌。

大才智

有才而急欲見其才，小才也；有智而急欲見其智，小智也。惟默觀事會之來，不動聲色而先機，調處思患預防，斯可謂大才智。

回頭看

余見市中賣畫者有一幅，前一人跨馬，後一人騎驢，最後一人推車而行，上有題云：別人騎馬我騎驢，後邊還有推車漢。此醒世語，所謂將有餘比不足也。有題張果老像曰：舉世千萬人，誰比這老漢，不是倒騎驢，凡事回頭看。此亦妙語。

人身一小天地

人稟天地之氣以為生，故人身似一小天地，陰陽五行，四時八節，一身之中，皆能運會。始生至十五六，春也；十五六至三十餘，夏也；三十至四十餘，秋也；五十六七，則全是冬景矣。故二十歲以前病一番長成一番，若四十歲以後病一番則衰老一番，猶之春時雨一番暖一番，秋時雨一番涼一番也。

凡事做到八分

風雨不可無也，過則為狂風淫雨。故凡人處事，不使過之，只需做到八分，若十分便過矣。如必要做到恰好處，非真有學問者不能。

厚道勢利之別

凡遇忠臣孝子及行誼可師、文章傳世者之子弟，必竦然敬禮焉，此厚道之人也。凡遇大臣貴戚及豪強富商、有錢有勢者之子弟，必竦然敬禮焉，此勢利之徒也。

得氣長短厚薄

人得天地之氣，有長短厚薄之不同，萬物皆然，而況人乎。試看花草之屬，有春而槁者，有夏而槁者，有秋而槁者，有冬而槁者，雖松柏經霜未嘗凋謝，然至明年春氣一動，亦要榮葉。故知人有夭殤者，有盛年死者，有壽至七八九十至百歲者，不過得氣之長短厚薄耳。

過

人非聖賢，誰能無過，只要勿憚改而已。改過遷善而已，天下但有有過之君子，斷無無過之小人。吾輩與人交接，舍短而取長可也，但要辨明君子小人之界限。蘇文忠公云：我眼中所見無一個不是好人。是真君子之存心也，所以一生喫虧，然亦一生墮小人術中而終免於禍。

儉

晏子春秋云：嗇於己，不嗇於人，謂之儉。譚子化書云：奢者心常貧，儉者心常富。故吾人立品當自儉始。凡事一儉，則謀生易足，謀生易足則於人無爭，亦於人無求，無求無窮。則閉門靜坐，讀書談道，品焉得而不高哉。

苦

鄉曲農民，入城見官長出入，儀仗爾然，便羨慕之，視有仙凡之隔，而不知官長簿書之積，訟獄之繁，其苦十倍於農民也。而做官者於公事掣肘，送往迎來之候，輒曰何時得遂歸田之樂，或樵於山，或釣於水乎。而不知漁樵耕種之事，其苦又十倍於官長也。

慳

或問有致富之術乎，曰：有。譬如爲山，將土一簣一簣堆積上去，自然富矣。然有三大關焉：自十金積到百金最難，是進第一關；自百金積到千金更難，是進第二關；自千金積到萬金尤難，是進第三關。過此三關，日積日富矣。亦尚有秘訣焉，問何訣，曰慳。

累

古人有云：多男多累。余謂凡天下有一事必有一累，有一物必有一累，富貴功名，情欲嗜好，何莫非累，豈獨多男哉。故君子知其累也，而必行之以仁義，則其累漸輕；小人不知其累也，而反滋之以私欲，則其累愈重。是以道家無累，尚清靜也；佛家無累，悟空虛也；聖人無累，行仁義也。

田爲利之源，亦爲累之首。何也？蓋天下治則爲利，天下不治則爲累。以田爲利，大富將至；以田爲累，大患將至。

醒

人生一切功名富貴得意之事，只要一死，即成子虛，夢中一切功名富貴得意之事，只要一醒，亦歸烏有。當其生時，豈復計死；當其夢時，豈復計醒耶。是以人生一世，變化萬端，若能凡事看空，即謂之仙佛可也；若能凡事循理，即謂之聖賢可也。

履園叢話卷七終

履園叢話卷八

譚詩

清　勾吳錢泳梅溪輯

總論

白香山使老嫗解詩，爲千古佳話，余亦謂詩非惟淺之言，何人不可與譚哉。然不可與譚者，卻有幾等：工於時藝者，不可與譚詩；鄉黨自好者，不可與譚詩；市井小人，營營於勢利者，亦不可與譚詩。若與此等人譚詩，毋寧與老嫗譚詩也。

詩文家俱有三足：言理足，意足，氣足也。蓋理足則精神，意足則蘊藉，氣足則生動。理與意皆輔氣而行，故尤必以氣爲主，有氣即生，無氣則死。但氣有大小，不能一致，有若看春空之雲，舒卷無迹者；有若聽幽澗之泉，曲折便利者；有若削泰華之峯，蒼然而起者；有若勒奔踶之馬，截然而止者。倏忽萬變，難以形容，總在作者自得之。

沈歸愚宗伯與袁簡齋太史論詩，判若水火。宗伯專講格律，太史專取性靈。自宗伯三種別裁集出，詩人日漸日少；自太史隨園詩話出，詩人日漸日多。然格律太嚴固不可，性靈太露亦是病也。

余嘗論詩無格律，視古人詩即爲格。詩之中節者即爲律，詩言志也，志人人殊，詩亦

人人殊，各有天分，各有出筆，如雲之行，水之流，未可以格律拘也。故韓杜不能強其作王孟溫李，不能強其作韋柳。如松柏之性，傲雪凌霜，桃李之姿，開華結實，豈能強松柏之開花，逼桃李之傲雪哉。尚書曰：聲依永，律和聲。即謂之格律可也。

古人以詩觀風化，後人以詩寫性情。性情有中正和平、姦惡邪散之不同，詩亦有溫柔敦厚、噍殺浮僻之互異。性靈者，即性情也，沿流討源，要歸於正，詩之本教也。如全取性靈，則將以樵歌牧唱盡爲詩人乎。須知笙鏞笛笛，俱不可廢，國風雅頌，夫子並收，總視其性情之偏正而已。

唐人五古凡數變，約而舉之，奪魏晉之風骨，換梁陳之俳優，譬諸書法，歐虞褚薛，俱步兩晉六朝後塵，而整齊之耳。若李杜兩家，又當別論，然李之古風五十九首，儼然阮公詠懷，杜之前後出塞、無家別、垂老別諸篇，亦曾孟德之苦寒行、王仲宣之七哀等作也。

七古以氣格爲主，非有天姿之高妙，筆力之雄健，音節之鏗鏘，未易言也。尤須沈鬱頓挫以出之，細讀杜韓詩便見。若無天姿筆力音節三者，而強爲七古，是猶秦庭之舉鼎而絕其臏矣。余每勸子弟勿輕易動筆作七古，正爲此。如以張王元白爲宗，梅

村為齷齪著作盈尺終是旁門

詩之為道如草木之花逢時而開全是天工並非人力溯所由來萌芽於三百篇生枝布葉於漢魏結蕊含香於六朝而盛開於有唐一代至宋元則花謝香消殘紅委地矣間亦有一枝兩枝晚發之花率精神薄弱葉影離披無復盛時光景若明之前後七子則又為刮絨通草諸花欲奪天工頗由人力迨本朝而枝條再發萬花競放開到高仁兩朝其花尤盛實能發洩陶謝鮑庾王孟韋柳李杜韓白諸家之英華而自出機杼者然而亦斷無有竟作陶謝鮑庾王孟韋柳李杜韓白諸家之集詩者花之開謝實由於時雖爛漫盈園無關世事則人亦何苦作詩亦何必刻集哉獨惜殺醜良有以也

每見選詩家總例以蓋棺論定一語橫亙胸中祇錄已過者余獨謂不然古人之詩有一首而傳有一句而傳毋論其人之死生惟取其可傳者而選之可也不可以修史之例而律之也然而亦有以人存詩以詩存人者以詩存人此選詩也以人存詩非選詩也

詩人之出總要名公卿提倡不提倡則不出也如王文簡之與宋檢討國初之提倡也沈文慤之與袁太史乾隆中葉之提倡也曾中丞之與阮宮保又近時之提倡也然亦如園花之開江月之明何也中丞官兩淮運使刻印上題襟集東南之士靡然嚮風惟恐不及迨總理鹽政時又是一番境界矣宮保為浙江學政刻兩浙輶軒錄東南之士亦靡然嚮風惟恐不及迨總制粵東時又是一番境界矣故知瓊花吐豔惟爛漫於芳春璧月含暉只團欒於三五其義一也

蒙古法時帆先生工詩尤長五律為世傳誦余一日謁先生於京邸索余書一小額曰四十賢人之室是時吳蘭雪舍人亦在座因問所典先生曰昔人論五言律詩如四十賢人其中著一屠沽而不得而四十人中又須人人知己心心相印方臻絕詣余謂觀此則凡古今體五七言皆然如人之身微有一點痛癢則滿身不適也先生與蘭雪俱以余為知言

有某孝廉作詩善用僻典尤通釋氏之書故所作甚多無一篇曉暢者一日示余二詩余口噤不能讀遂謂人曰記得少時誦李杜詩似乎首首明白聞者大笑始悟詩文一道用意要深切立辭要淺顯不可取僻書釋典夾雜其中但看古人詩文不過將眼面前數千字搬來搬去便成絕大文章乃知聖賢學問亦不過將倫常日用之

事終身行之便為希賢希聖非有六臂三首牛鬼蛇神之異也

口頭言語俱可入詩用得合拍便成佳句如歸真子之無可奈何仍話別不曾真個已魂銷然溪弟之未免有情終覥覥明知無益卻思量皆妙

元中峯和尚詠雪詩云凍雲四合雪漫漫誰解當機作水看近人詠牡丹詩云漫道此花真富貴有誰來看未開時此詩家先後一層法也

作詩易於造作難於自然坡公嘗言能道得眼前真景便是佳句余嘗在燈下誦前人詩每有佳句輒拍案叫絕一妾在旁問何妙若此試請解之余為之講釋乃曰此自然景象何足取耶余笑曰吾所取者正為自然也

唐賓於論書入微不聞其書法過於歐虞司空圖論詩入微不聞其詩學過於李杜乃知善醫者不識藥善將者不言兵也

以詩存人

唐璘字仙珮一字獨含常熟之寺溪人為明諸生工歌詩甲申乙酉後遂棄去教授於沙溪直塘之間以終其身與長洲汪鈍翁友善鈍翁序其詩以為使陸務觀范致能而在與先生角逐於文酒之會雖善論者未易優劣之也其推重如此今遺集不傳余偶得數首錄於左破山寺云松光澹陰陰數里度林樾精藍隱深翠恍與前山絕峯回壑自幽地破泉廻合神物無端倪踏天有邊越摩挲古檜庭挑蘚讀殘碣如聞老龍吟叫篠風瀟雜山僧寡威儀客至懶酬接晚鐘戛然鳴投暝命廻轍桃源澗云羣溜爭有托一逕入深杳清響散高林暗流出淺草石脈互起復安所窮杳渺潛羽靜不飛幽花寂相照久立神智生返澱濕茫恍不見桃花紅彌俚翳松蔦閑心泱忘歸避世苦不早武陵何必傀肯與外人道江樓云江樓望不極颯颯亂帆廻落日千家郭秋風萬里臺但聞南雁至不見北書來孤客正愁絕那堪畫角哀擬出塞云將軍猿臂志成灰馬上琵琶去不廻偏向沙場留勝蹟明妃青塚李陵臺古戰場邊蟋蟀吟月寒沙白夜陰陰悲笳嗚咽三更動喚起封侯萬里心仙珮又自號雪井老人

吳裔又名癸字修齡崑山人高才博學尤工於詩王阮亭嘗稱之曰善學西崑陳其年贈詩亦有嚴癸玉峯禪老子力追䖍髓闢西崑之句然觀其語必沈雄情多感激正不僅以妝金抹粉步趨楊劉諸公而已所著詩名舒拂集余僅見其七律一卷寒食虎邱云王澤潛消帝座傾黃腰白幟遍神京金甌不閉千重險麥飯誰澆十二陵

一半山光埋朔雪五分花氣落春冰香藕寶殺相娛賞肯信江淮只兩府金北固山云渺渺川原坐榻前村村暝色亂吹烟江邊鐵甕城三里雲外金焦石二卷今夜且呼京口酒明朝重泛渡頭船生平不志中流楫每到登臨便愴然雪夜感懷云酒盡燈殘夜二更打窗風雪映空明馳來北馬多驕氣歌到南風盡死聲海外更無奇事報國中惟有旅獒生不知冰洹何時了一見梅花眼便清

康熙末年有葉先生者名景高號菊圯太倉諸生篤學好古能文章尤刻意於詩春遊覽偏歷滇黔閩廣老年倦遊買田於張涇之上築學耕草堂因自號學耕老人今無有知其人者其詩和平淵雅可以直接盛唐明月山次韻云窈窕如螺髻青青倚遠天虹飛深澗曲寺聳小山巔秋雨浮嵐濕晴波落澗圓吟懷堪寄托待照我歸船清平道中云細雨迷征騎涼颸動客衣午晴雲氣薄秋老樹聲微參錯山邱積青葱石徑微前頭沽酒店買醉興先飛懷俞心在符又曾兼寄柴青山二首云俞子真同氣符生實妙才如何一別後不見尺書來異地仍留滯伊人切溯洄窮愁應似我時命豈須哀踪跡千山隔心期萬里通剪燈同聽雨揮翰各臨風夢別江城近思深雲樹窮西冷富篇什早晚遺詩筒華蓋洞云徑通雲外寺春鎖洞中天白石炊香飯紅

漿醉老禪烏隨趺石下人趁夕陽還仙杏初經眼一枝紅欲燃客舍對雨感懷云春光三月暮儔侶負花期好約尋芳侶來吟對雨詩園林紅醉莫鬢髮白添絲堪笑支離態衰羸祇自知過洞庭湖同青崖弟作云連天一色碧玻璃帆影湖光望眼迷銅柱山高人跡少洞庭水濶雁行低芳洲蘭杜秋風老遠岸蒹葭綠樹齊騷雅吾宗推令弟題詩直到夜郎西早春感興云萬里江天客未還小樓搔首對蠻山吟邀春色千峯冷寺度鐘聲半榻閒細雨緣萌愁外草殘杯紅駐醉中顏茫茫歸思情應劇鬢落還城幾點斑便水驛早發云曉烏啼向驛門前便水茫茫早放船仰面人家看不見午雞聲出亂山巔漫興云細數殘花到夕陽獨傾村酒問春光可能借得東風力吹落儂頭兩鬢霜鈔錄數首以存其人

余十三歲遊虎邱於肆中見舊扇一柄以百文購得之上有七律二首云長夏成詩未附書今來把讀是冬初琴中雅調惟孤澹筆下陳言早破除寒雨平添津岸潤衰楊遠映水亭疎相思一見爲經歲又待梅開訪佛廬自恨摧頽過暮年況兼多病少安眠幾枝晚菊經霜後百種秋悲在雁先匿影不成鍵戶訖取識真待買山錢何妨旨酒看君飲但對清淮易惘然後題先著藁爲大瓠先生正因問先著爲何如人皆不知也比長讀國朝別裁集始知著字遷夫四川瀘州人流寓金陵有之溪老生集或云是明季遺老也

華氏爲吾邑望族至今猶盛幼時在表兄華性馬家見華碩宣詩一卷寫作俱妙求問其族中無有知之者己卯春日偶於友人破書中得一册始知碩宣字養聖鵝湖人康熙間諸生年七十餘卒自號東籬居士讀其詩五律最工題友人園亭云小築深林裏幽懷獨往還亂雲封竹徑野鶴護花關松老鱗方密梅敧蘚自斑南華初讀罷蘿月照人間聞笛云橫笛秋江上江空夜更清韻隨風暗度愁向月明生楊柳離亭淚梅花故國情無端添別恨迸作斷腸聲登塔云孤塔倚霄漢登臨象外幽亂山排檻入遠水接雲流日月簷前過樓臺天際浮遙看霞五色極目是神洲和友云雨過江皋淨移舟落照間興同孤鶴曠心與野雲閒古澗聞寒水疏林見遠山欣然載尊酒訪菊扣花關湖上云何處堪棲隱湖濱烟柳莊溪聲常到枕花影半侵牀拂石眠蒼蘚敲詩倚夕陽忽驚鷗鷺起漁笛響滄浪貞女云秦樓引鳳曲幻作斷腸音未識生前面難移死後心惟知因義重非是爲情深空負絲蘿約蘭閨淚滿襟僧舍梨花云擬入羅浮窟疎香一徑通澹煙疑遠近明月悟真空雲影坐窗外詩情晚夢中

朝來輕帶雨寂寞淚東風歸鴉云遠水殘村外爭飛噪晚晴梁園朝見影楚幕夜聞聲落葉愁霜冷驚樓妒月明孤琴幽韻遠猶似隔林鳴喜晴云夢回禽語碎知是報新晴雲散春衣薄花迎曉日明紅橋烟柳色紫陌管絃聲好聽香風曲芳郊踏草行春遊云紅杏依江岸青山到郭門舟橫春水渡人醉落花村嬌鳥酬歌韻香風散霧痕勝遊應不倦歸晚欲黃昏

徐爲村有歲暮寄內詩云雙手空空歲又闌西風心與鼻俱酸依人自笑馮驩老作客誰憐范叔寒寫到家書千點淚算來歸計十分難此身只當從軍死累爾青鸞鏡影單時爲村方客如皋吾鄉陶學博國果正爲校官其夫人顧氏偶見此詩讀之淚下謂學博曰邑有斯人可令其流落不歸耶盍爲謀焉於是夫人自典釵珥爲倡同學諸生聞之亦醵金以贈俾其早歸事傳遠近又閨秀宋衛鼎名之淑字輪霞室也輪霞久客未歸寄以秋夕感懷云銀鴨燒殘啟碧窗閒庭風起露華涼梧桐影裡秋如水蟋蟀聲中夜漸長千里關山添別夢十年羈旅憶他鄉低頭怕見團欒月只恐天涯也斷腸嗚呼安得有顧夫人之賢者爲厚贈之團聚其天倫樂事也

人從絕巘如魚貫馬入寒林列雁行此和致齋公相隨園詩也案庚子山遊獵詩有

石闆魚貫上山，狀雁翅行，似即本此。然余以為和相未必有此詩在胸中而用其典，故亦偶爾相同耳。和相有嘉樂堂集，其子駙馬公豐紳殷德所刻，聞駙馬亦工詩古文，惟不自收拾，樊學齋主人嘗為余言。

余於癸酉秋日，以事往雲間，道出崑山，風阻泊舟，遂登岸散步草堂寺，見壁間所挂扇面有沈師濂七律四首，中一聯云：丈壇恥說為偏將，酒國甘居是附庸。可想見其抱負。偏訪斯人，無有知者。

有人詠雁來紅詩云：漢使傳書託便鴻，上林一箭墮西風。至今血染階前草，一度秋來一度紅。此詩甚妙，不知誰作。近友人張映山亦有詩云：寒鴻嘹唳菊離披，庭際幽叢故出奇。是草獨無遲暮感，不花能放豔陽時。纔枝大葉風流佮，綠意紅情夕照知。欲寫秋容傳晚節，畫圖猶覺不如詩。又蔣伯寅之狀深忘歲晚，葉老代花開一聯，亦妙。

邑侯鄒公名嫺，山陰人，以中書舍人出宰吾邑，去官後改名無恙，字夢餘。陳雲伯少時嘗從學詩，其詩秀骨天成，非時輩所能跂及。登徐州城樓云：霜引邊聲來朔塞，日搖河色上城樓。北固山看雪云：雲痕四合沈諸島，雪色中開見大江。棲霞放舟云：青山入夢成知己，明月同舟當故人。秋夜云：鶴影倦依涼月立，雁聲寒帶夜霜飛。皆名句也。鄒歿後，雲伯為刻其詩。

徐湘浦司馬公子德泉，名珠，性沖澹，詩情幽逸，如花開絕塞，雁唳清秋，七古尤雄健。有讀友人侯貞友焦山詩題後一首云：文章擺變幻，造化多雄奇。陰陽無軌範，山川有殊姿。長江西來一萬里，發源岷蜀東注此。奔衝直下少歸束，金焦兩山相對峙。海門扼鎖氣不洩，萬古中流作砥柱。金山如貴人，焦山如隱士。蒼巖翠壁晚欲無，青螺點點浮春水。山靈奇氣自鍾秀，侯生蘊蓄天所授。憑軒句挾海濤飛，拾級語侵山骨瘦。焦先不可作，江月投山坳。眼前名士獨醉倒，狂歌喚起春江潮。情於此放，詩於此豪。幻想欲跨雲中橋，橫空萬丈連金焦。安得爾我相招要，看君落筆青天高。

古者奴婢皆有罪者為之，謂之臧獲。然婢之中亦有等級，有素敏慧，通音律，或善炊爨，能持家，即漁童樵青，亦不過供驅使，盡執役而已，未聞有以美麗而得名者。近來士大夫家喜畜美婢，而青樓尤多，題以雅號，如惜花、釆香、待月、繡春之類。然而甘蔗旁生，弱支側出，似掃眉人不可無此陪襯。馬樂庵有贈婢改子詩四首云：何毋傍呼兩字新，新題錦瑟改么絃。曾聞了角依蘭姊，不信蟠根是李仙。綽約二分龍麝淺，玲

瓏六寸稱身圓。多情也似雕梁燕，相傍烏衣已十年。緜眠嬌姿絕代誇，管城分陰託琅邪。儉妝未肯依時世，清韻真堪擬大家。綠綺窗前金可鑄，白團扇底玉無瑕。阿誰空學夫人樣，那比芳名豔楞花。丁枝仙侶有方干，（埔子山）聯袂尋春扣綺關。時復中之音嗯嗯，翩何遜也步珊珊。周旋翻累當筵立，平視驚從隔座看。多謝小紅真解事，全憑簡王悅許頻餐。一飲瓊漿百感生，藍橋夢影尚分明。平添杜牧重來恨，久負羅敷已嫁盟。未免有情空復爾，似曾相識轉憐卿。欲將細語從頭問，怕聽鸚哥喚客聲。四詩可稱絕倒。

以人存詩

于宗堯字二巍，遼東廣寧衛人。康熙七年，年十八，由蔭生出令常熟，精敏慈惠，一時有神君之頌。病中詠懷云：三年花縣鎖江烟，南國風流事渺然。雲外錦峯餐秀色，瓿中琴水拂廉泉。流亡滿目愁填壑，水旱焦心欲問天。草野不肥吾貌瘦，強將憔悴弄冰絃。按公卒時年纔二十一，詳縣志。此詩蓋公當日為醫士陸顯甫書扇頭者，陸氏子孫至今寶藏焉。

南城曾賓谷中丞，以名翰林出為兩淮轉運使者十三年。揚州當東南之衝，其時川楚未平，羽書狎至，冠蓋交馳，日不暇給，而中丞則旦接賓客，晝理簿牘，夜誦文史，自若也。署中闢題襟館，與一時賢士大夫相唱和，如袁簡齋、王夢樓、王蘭泉、吳穀人、張警堂、陳東浦、謝薌泉、王葑町、錢裴山、周載軒、陳桂堂、李嚳生、楊西禾、吳山尊、伊耐園及公子述之、蒲快亭、黃賓生、王惕甫、宋芝山、吳蘭雪、胡香海、胡黃海、吳退庵、吳白庵、詹石琴、儲玉琴、陳理堂、郭厚庵、蔣伯生、蔣藕船、何宜伯、錢五魚、樂蓮裳、劉霞裳諸君，時相往來，較之西崑酬倡，殆有過之。中丞嘗於九峯園作秋禊之會，賦詩云：昨得蘭亭春禊硯，便思招客蘭亭遊。蘭亭去此一千里，春禊故事知誰修。揚州虹橋亦名勝，治春詞句令傳誦。漁洋遺韻繼者少，百有餘歲空悠悠。今年三月動佳興，頗乏知己相賡酬。竭來名士稍長集，江天雨霽開涼秋。安江門外水新漲，浩蕩宜可輸閑鷗。棹歌聲發古渡頭，蒹葭深處清而幽。濃春桃李反嫌俗，秋禊之樂前無儔。南園水木況明瑟，九點烟嵐出庭側。硯池一曲含風漪，倒影奇峯獻蓮碧。我攜禊硯適來此，一洗寒泉翠欲滴。此池為我禊硯開，此峯為余硯山石。異哉此會非偶然，蘭亭之人幾曾得。座中名士咸歎息，復有丹青潤州客，（顧澹晚鶴）明朝寫出秋禊圖，洗硯之人宜可識。一時和者甚多，吾鄉徐閬齋孝廉一詩尤妙，附記於此：春秋二七逢秋禊，故事千年人

不記曾都賦手，尾安才。臨河敘錄蘭亭字，繭紙昭陵收此文。未入文選樓一時詩句總寂寞。細瓊碑打蛟龍愁，秋禊主人有秋旨。白面繡衣持玉節，錦帶紅迎吉慶花金樽綠，寫銀河月，直教江水作流觴。江月照容江花香，園中九峯欲飛去，得吐雲氣天蒼涼。羣賢少長列坐次，知公今年三十四，右軍修禊三十三，公長一歲應兄弟。前日公攜春禊硯，新詩揚州忽傳偏。今朝又作秋禊會，觀者人人盡稱羨。殘醉江皋寄來幾，風流不讓永和年。相思一夜秋蘭發，花裏新吟秋禊篇。

憶自乾隆戊申歲，余嘗與闇齋同谷秋帆尚書河南幕府。其年七月，尚書攝兩湖總督，余回江東，闇齋以與修衛輝府志，獨留汴梁。送詩云：我留黃河邊，送君黃河口。黃河八月浪連天，白日蛟龍扶船走。因君寄信報平安，家有高堂可健餐。春來更望長安去，愁絕天涯行路難。嗚呼！以闇齋之才之美，不得中進士入詞館，卒以從軍功試為縣令，鬱鬱以歿，可悲也。

阮雲臺宮保以嘉慶元年提督浙江學政，諸生中有長於一藝者，必置高等賞歎不已，是以人材蔚起，小學嘗興，為一時之盛。宮保嘗試湖州，賦秋柔詩，和者數十家，有諸生胡名𨰿者，和云：微黃比似菊衣痕，幾樹蕭疏蔭華門。材美早需當世用，價高留待異時論。禦寒祇為蒼生計，歷久空餘直幹存。多少綺羅叢裏客，何曾根本與酬恩。西郊昨夜有霜侵，滅卻茅簷一片陰。但使陽和調脫卸，幾曾經緯負初心。春闌自昔相須急，寒士於今得庇深。菊秀蘭芳休把玩，直垂青眼到疏林。使爾吐屬不凡，頗有霖雨蒼生之志。不數年，果中鄉榜，成進士，今官翰林侍讀學士。

長白斌少僕良，為前任兩江總督玉公德第八公子，嘉慶己卯辛巳之間，官蘇松糧道，駐劄常熟。署後即虞山也，有小樓可以望遠，題曰辛峯一角樓，與吳中諸名士讀畫論詩，殆無虛日。自題一聯云：羣彥集東南，有溫李詩才荃熙繪事；高樓占西北，把石梅香月，辛嶺晴雲。年未四十，著書盈尺矣。過拂水山莊二首云：江總歸來白髮新，劫灰餘燼戀無因。風騷壇坫三朝重，金粉河山半壁陳。貂珥苦思推輔座，蛾眉甘讓作完人。孝陵銅狄苔花冷，詞館空吟舊院春。海天閑話感滄桑，猶有交情憶孟陽。淚化絳雲紅躑躅，詩題拂水綠荒涼。彥回有壽寧為福，庾信多才亦不祥。禪悅簡栖聊自慰，東風愁殺柳枝娘。

吳杜村觀察名紹浣，其祖父俱業鹺，至杜村與其兄蘇泉俱中進士，入翰林。杜村詩不多作，亦無專集，而筆甚遒峭。嘗記其舟中感懷二首云：楓葉兼葭秋紛紛，滿客舟

履園畫話　卷八　八

水雲千里白，風露一天秋。獨宿同孤雁，愁懷寄遠鷗。披衣人不寐，剪燭數更籌。江湖天地濶，感慨別離多。壯歲猶如此，衰年更奈何。懷人看落日，倚枕發高歌。長嘯驚龍蟄，寒風起碧波。七言如鄉思暗隨燈影動，客愁齊逐雨聲來。亂山鐘磬催歸寺，古渡燈昏月滿船。詠梅花云：山間月黯雖橫笛，江上春寒獨掩門。又寒夜云：衆星皆淡漠，孤月自精神。十字亦妙。

輔國公裕瑞，為豫親王弟，自號思元主人，所居曰樊學齋，有亭臺花木之勝，一時名士如楊蓉裳、吳蘭雪輩皆與之遊。所著有萋香軒吟草一卷，十額駙豐紳殷德稱其詩清華幽豔，是能鎔鑄長吉、飛卿而自成一家者。記其溧陽道中云：一馬長驅挂玉鞭，清秋風景倍蕭然。野蛾亂落荒林雪，山鳥斜銜古寺煙。雀舌宜烹疏雨夜，豆棚欲話晚涼天。無眠靜對寒檠影，起視雲邊月正圓。殊清新可喜。主人嘗贈余七古一首，又和京師冬日八詠及春遊八詠諸作，詩甚長，未錄也。

婺源齊梅麓庶常彥槐，散館後出宰吾邑，未及數載即賦歸田，遂卜居陽羨，為侍養計，於其行也，余為刻坡公種橘帖贈之。其留別梁溪詩四首云：撫字催科兩弗堪，八年竽濫大江南。政難言美差無惡，吏豈能廉只不貪。苗長但須除一莠，馬蕃焉用禁原蠶。此生足傲東坡處，腹貯山泉百甕甘。年年消興在春深，扃戶重將舊業尋。校士可能持玉尺，論文誰與度金針。佇看騏驥騰雲路，莫遣鴟鴞集泮林。畢竟詞章總餘事，讀書須得聖賢心。可憐秋旱稻苗枯，火急符書尚索逋。拙吏甘同道州考，流民終賴鄭公圖。聖恩浩蕩如天大，鄉俗敦龐自古無。推解不緣諸父老，哀鴻安得命全蘇。自注云：甲戌大旱，自思賑外，已之殷富捐貲捐濟，不下十四萬，皆全活飢民無算。一檣一蓋五年修，點綴青山與碧流。俗變荊蠻思泰伯，自注云：泰伯墓在鴻山，歲久傾圮，予募貲修葺。名題豐樂憶滁州。自注云：望亭驛舊名龍潤，久圮，予以贏餘之錢興修改名豐平。川日落漁樵渡，寒食花開士女遊。俯仰之間已陳迹，他時還念故侯不。

袁簡齋先生通、遲兩公子，雖不以科第起家，而皆能詩。遲子名壽芝，年未弱冠，紫已蜀東記其遊棲霞寺一聯云：清靜尚嫌禽作語，玲瓏誰與石爭能。頗有乃祖家法。

又鉛山蔣心餘先生曾孫名志伊者，號小謝，能詩。道光壬午九月，余偶至邗江，相晤於王古靈席上，有題小紅雪樓詩卷後一律云：續書香海記前回，曾見山陽舊雨來。小草每依庭際長，寒花獨向畫闌開。春風自掃元卿俱，尊酒雖傾杜叟醅。贏得詞人題妙筆，欲招黃鶴醉江梅。俱可謂善承家學者。

東卿吳蘭雪舍人有姬人綠春，本蘇州人，生長盛京，性修潔，愛貞靜，善畫蘭，法陳古

履園畫話　卷八　九

白又能詩舍人甚愛寵死時年二十二耳舍人悼痛不已賦詩云冷暖相依僅五年不應草草賦遊仙早知一病無醫法何苦三生種夙緣嫁日歡娛如夢裡殮時明麗倍生前定情詩扇教隨殉誰誦新詞徧九泉深春妍暖似秋涼池館蕭閑接洞房瓶水浸閒紅芍藥鬢花簪過白丁香蛩聲嗚咽吟幽砌樹影玲瓏畫粉墻卽用姝佳句而今零落盡但思清景亦沾裳縞衣一換淚先傾奉母艱難百事并望遠魂消歸櫂影追逋夢怯打門聲費文辛苦憐何補投紱蹉跎悔未成孤負同心謀養急勸拋微祿歸耕津門迢遞隔江關旅泊經春苦未還廿四花風蝴蝶夢一雙人影[illegible]閒衣香小立飄隋苑泉味同嘗愛惠山榆與洑溪唐孝女白頭賡畫尚人間孝女以貞養親五十餘年帶圍寬盡舊湘裙支枕哀吟未忍聞雙頰斷紅疑中酒一梳濃綠怕消雲翻書風過微嫌冷沈水香多重怯熏為愛梅花猶強坐寒香禁受兩三分夜半天風沸海潮仙舟綠伴似相邀歿前一日夢中買舟與神偕行貫山只道成僊隱臨水何堪誦大招心力無多愁易盡聰明太過福難消他生合作癡兒女莫憶前身是翠翹其餘妙句甚多不能盡錄

漁家曬網每於古戍沙灘斜日西風之下鱗次櫛比而青山每為所掩亡友蔣敬齋有漁家樂詩云莫教曬網如城堞留得青山一面看此言未經人道敬齋名溶

長洲諸生年二十許輒喜講道學言語坐立不苟嘗自製寢衣長六尺餘本論語所謂長一身有半也余笑謂之曰古之寢衣似卽今之衾被恐泥古太甚敬齋愕然曰吾過矣吾過矣至於下拜其風趣如此

鍾祥彭毓圖名志傑以孝廉作宰浙江任烏程十年有惠政嘗捐俸刻陳無軒湖州詩錄三十六卷為一時所稱毓圖能詩而尤工於五字道場山云斷山雲為補淺澗月能添梅雨云竹翠搖新影溪流沒舊橋送友人云雙鶴去不返孤雲還幾時晚晴云古樹含雲潤新花借月明皆名句也其子慶長字五雲亦能詩余為書題泰室三字贈之

揚州阮梅叔明經為雲臺宮保之弟年未弱冠卽能詩歌為藝林傳誦所刻有珠湖草堂詩四卷余最愛其萬樹紅連斜照外一峯青插白雲中之句此吳澹川南野堂筆記楊芸士述鄭齋詩話所未採也

鄒君春帆與余同庚同月先後一日而生自幼相愛工於帖括屢困小試偶過其書齋有詠落花詩尚未脫稿起句云花落客心驚小園鳥亂鳴春光原是夢流水本同行讀未畢愀然曰子正在盛年何作此種語耶春帆笑而不答卽於是年十月死不意竟成詩讖

顧西軒名銑同鄉東湖鄉人余十七八歲時嘗與同寓吳門之石梅亭有鮑子知我之感記其櫻桃花詩云頻年作客緣何事每到春來不在家暗中用典令人不覺

張鐵琴彭長洲人年十五六貌如美人世所希見余長其一二歲每與談論古今輒以張良自命一日同往城南看菜花鐵琴有詩云嫣紅姹紫彌天下關係蒼生只此花其抱負如此不數年而死惜哉

余姊夫楊廷錫吳縣光福人少工詩語能動人句必有味月下獨酌云盃中有影人成耦天上無雲月不孤春閨云春來心事憑誰問惟有簾前雙燕知初夏云新篁未慣經風雨卻傍疏籬護落花皆妙死時年三十惜無存稿

紀存

先曾祖奉麓公當明鼎革時年僅十三隨先高祖避難陽山白龍廟至本朝順治三年始回故里嘗築歸耕庵以自寄卽今西莊橋西岸之觀音庵也庵門正對陽山蘇州府志云陽山一名四飛山又名秦餘杭山實一山也公有詩云一巢重結古荊蠻真似蘇耽化鶴還忍棄先人棲隱處故教門對四飛山其二云烽火驚心事已非翻身雲外作孤飛故園猶有前朝樹留得清陰待我歸令刻石庵中留示子孫

余有一扇畫折枝杏花秋帆先生書一絕於上云上林佳處午橋邊半染紅霞半著煙記得曲江春日裡一枝曾占百花先一日過京口王夢樓太守見之又書桃花詩於後云桃花一樹豔猩唇獨占名藍似海春誤入溪流原有路重來門巷竟無人迷離夕照紅如夢悵望天涯綠少鄰我願大千花世界有花開處盡詮真隨園詩話載嚴海珊詠桃花云怪他去後花如許記得來時路也無謂其暗中用典絕世聰明余以為不如太守之誤入溪流一聯更妙

古英雄不得志輒以醇酒婦人為結局者不一其人隨園先生入翰林時年纔弱冠散館後改為知縣簡發江蘇歷知沭陽江寧諸縣事有政聲三十五而致仕享清福者五十年著作如山名滿天下而於好色兩字不免少累其德余有弔先生詩云英雄事業知難立花月因緣有自來實為先生補過也

團扇之名甚古漢時已有之有明中葉乃行摺扇至本朝為尤盛遂不復知有古制矣阮雲臺先生於嘉慶丙辰提學浙江嘗得一古團扇有馬和之畫楊妹子題因依式仿製以賞諸生之高等者時錢塘陳雲伯大令尚為秀才嘗賦此題有云江南

三月春風歇，櫻桃花底鶯聲濃。合歡團扇剪輕綃，分明裁得天邊月。南渡丹青侍詔多，傳聞傳譜出宣和。入懷休說班姬怨，羞見曾憐晉女歌。班姬晉女今何有，攜來合付纖纖手。閑前撲蝶影香遲，花間障面徘徊久。樓臺花鳥院中春，馬畫楊題竟逼真。歌得合歡詞一曲，不知誰是合歡人。先生閱此卷，大為稱賞，拔置第一，刻入浙江詩課及定香亭筆談。不二十年，團扇之制遂行滿天下。余亦有團扇詩贈先生云：用舍行藏要及時，製成團扇寄相思。時來畢竟如公少，明月清風一手持。

余年十七，嘗受業於金安安先生之門。先生時年八十，精神尚健，日以賦詩作書自課。偶命諸公子分賦瓶菊詩，余亦分得堂字韻，有云：寄人籬下非長策，喜帶新霜入畫堂。先生為之擊節歎賞，謂諸公子曰：此生出筆頗有作意，將來必能自立者。嗚呼！余一生坎坷不遇，豈能自立耶？追憶師言，輒呼負負。

黃野鴻貧，書祀母忌辰一首云：母沒悲今日，兒貧過昔時。人間鮮樂歲，地下共長饑。白水當花薦，黃泥對雨炊。莫言無長物，亦足慰哀思。所謂窮而益工，其信然耶。程山溪者，名兆閎，秀張文娛子也，有春日感懷云：一年佳日是春光，底事逢春更感傷。雨際孤花難著力，風前歸雁不成行。緼袍已敝還思典，土竈生塵久絕糧。多少閒愁何處寫，滿庭芳草易斜陽。又王坦庵春感云：韶華如繡豔陽天，春到貧家亦枉然。破屋正愁連日雨，荒廚已斷昨宵煙。鷗圍窮海剛三載，燕返空巢又幾年。滿地蓬蒿人過少，臨風獨立聳吟肩。嗚呼！安得廣廈千萬間，留此輩人煖衣飽食，飲酒賦詩，快樂以終其身耶。

一官飽繫，垂老離家，此人間最苦之境，顧甘心受之者不一其人，或者此人之心思反以為樂，亦未可知也。陳石橋大令官富平，著雁宕山人稿，閩中別兒一首云：十載離家音信稀，間關執手見還疑。風塵到老境非昔，兒女來前名不知。舊里半凋閭欲淚，餘生相見語多悲。饑驅明日又將別，立馬斜陽塗路岐。真令人不堪回首。

途中遇沽酒者或賣花者，其香撲鼻可愛，擬將此意採入詩中而未得也。偶見市中掛一招帖，有沽酒客來風亦醉，賣花人去路還香，不知何人所作，真先得我心矣。詩有無心譏刺而拈來恰合者。余中年常出門，每於四五月夜獨宿舟中，聽蛙聲喧雜，終夜不寐，偶書絕句云：信宿扁舟夜未央，蛙聲閣閣最淒涼。荒江月落天將曉，不辨官私閣一場。一日在長安，有某冢宰見之，笑曰：此詩當為江南吏治而作也。余大驚，遂謂草茅下賤，何敢妄譏時事，偶然得句，實出無心。此所謂仁者見之謂之仁，智者見之謂之智也。

唐子之嘗題漁翁失網圖云：一網復一網，終有一網得。笑殺無網人，臨淵空歎息。然余嘗見人有營營於名利場中者，數十年至白首無成，依然故我，則不如固守固窮之為得也。故有詩云：前舟網網張空水，後有漁翁獨坐看。程魚門太史亦有句云：寄人來手休相怪，空網由來撒最多。與守之之詩正相反。

詠物詩最難工，太切題則黏皮帶骨，不切題則捕風捉影，須在不即不離之間。汪春亭詠燈花云：影搖素壁夢初回，一朵花從靜夜開。想到春光終易謝，攪殘心事欲成灰。青生孤館愁同結，紅到三更喜亂猜。頗覺窗前風露冷，斯時那有蝶飛來。吳野渡詠紅蓼花云：如此紅顏爭奈秋，年年風雨歷滄州。一生辛苦誰相問，只共蘆花到白頭。吳信辰詠虞美人花云：怨粉愁香繞砌多，大風一起奈卿何。高桐村詠牽牛花云：莫向西風怨零落，穿針人在小紅樓。皆妙。客中夜宿，秋蚊來晴，雖懸幛子倚如長城，而一蚊闖入，則不寐通宵。其時新涼退暑，殘月窺人，四壁蟲聲，百端交集，實難為懷耳。余嘗有詩云：十年落魄未成歸，心事如雲蕩不飛。一箇秋蚊纏客夢，半窗殘月冷宵衣。擬留詩卷才難副，欲薄功名計亦非。惟有一封憑去雁，為傳親故莫相譏。因誦宜興儲長源之燈搖旅思風盤帳，蟲語秋心月半牆之句，令人心骨俱冷。

余嘗論人生如行舟，忽前忽後，忽左忽右，無有一定。張帆者自然在前，搖櫓者自然在後，然而亦看風水之順逆，江湖之險夷。居先者固可羨，落後者亦未為失也。偶賦前舟歎二首云：前舟後舟一時發，搖搖其指天邊月。須臾月墮生長風，前舟張帆如執弓。霎時前行三百里，白浪翻天黑雲起。欲卸長檣勢未能，載得百人同日死。後舟聞變退前舟，無那滄江水急流。看他傾覆不得救，吞聲躑躅心煩憂。前舟張滿帆，後舟滯沙灘。前舟忽破山腳石，後舟反過前舟前。人間風浪何浩浩，為吉為凶未能保。總看收帆到岸時，區區前後何足道。

摘句

隋書載煬帝以薛道衡空梁落燕泥句至於殺身，此古人忌才過甚也。即如謝靈運之池塘生春草，園柳變鳴禽；庾信之琴從綠珠借，酒就文君取，亦平常語耳。近日詩家愈出愈奇，命意鮮新，立辭典雅，皆古人之所未有。如翁朗夫之煙波雙鬢老，風雨一身秋；彭念堂之日還停水上，山已墮雲中；方南塘之月出江花落，詩成海月圓；楊谷簾之柳搖春雨暗，江漲水雲流；張瑤英女史之短垣廷月早，病葉得秋先；范嚴淵之梧聲搖夜月帆影落晴波商賓意之蜂巢當午鬧蚓壤趁涼歌俞楚江之紅樹花別堞綠愛柳當初劉企山之缺月依橋斷孤雲背郭流趙仁叔之蝶來風有致人去月無聊童二樹之晴瀧鳴斷壑山影卧空田黃星巖之竹銳穿泥壁蠅酣落酒樽許子遜之鐘聲涼引月江氣夕沈山李維銳之峽雨無朝暮春風有別離吳杜村之落葉疑珠雨秋雲學遠山倪五琴之伴佛燈雙穗窺人月半環汪澤舟之木落山無障江流月有聲吳師石之斷崖殘雪補清磬夕陽浮周東標之疎雨下黃葉秋風翦綠莢湯述庭之行共孤雲懶歸喻獨鳥閑趙味辛之水清魚入定山古樹無花吳象起之白雲留晚磬黃葉捲歸樵恭大樽之風梳平野樹雲湧一樓山儲長源之雪晴春有態山活翠難名莊印三之寒烏依夕照落葉碎秋聲張仲子之門臨流水岸犬吠隔花人沈栗風之夜雨洗村墨曉風開稻花何秋山之白頭增舊感黃葉落新愁石竹船之帆隨春樹遠水帶夕陽流繆牧人之江連三楚白山接九華青李少白之一鳥翻雲外千峯落馬前夏瀨江之病因看月減情到惜花深于秋渚之綠餘三逕草紅露半牆花盤素山之夜從花影轉秋帶樹聲聽孫漣水之江光搖佛面石色上僧衣使阿暖見之又當何如嫉妒也

本朝七律金聲玉振不特勝於有明一代直可超出宋元而亦有高出唐人者可謂極一時之盛國初諸公無論矣就余所見聞者如王少林大梁懷古云三花樹色開神嶽萬里河聲下孟門黃浩浩秋柳云小驛孤城風一笛斷橋流水路三叉何南園感懷云身非無用貧偏暇事到難圖念轉平黃野鴻清明云村角鳥呼紅杏雨陌頭人拜白楊烟浦翔春野望云舊塔未傾流水抱孤峯欲倒亂雲扶魯星村郊外云春田牛背鳩爭落野店牆頭花亂開汪澤周賜書樓眺雨云亭遠忽從烟際出樓高先覺雨聲來史位存汴梁道中云雲垂平野星初上馬走春沙夜有聲有感云撲蝶會過春似夢湔裙人去水如煙潘汝庭春日云草不世情隨意綠花知客意入簾紅石遠梅山海關云萬頃日華浮海動九邊風色捲沙來湯述庭閑居即事云得句偶逢花照眼舉杯喜見月當頭郭頻迦即事云月與梧桐尋舊約秋將蟋蟀作先聲春感云三月落花如夢短一湖新漲比愁多高爽泉春草云新愁舊恨紫三月細雨斜陽送六朝林遠峯靈隱寺云靈泉百道飛涼雨古磴千盤入亂雲曾姚又如曹棟亭之三秋月色臨邊早萬馬風聲出塞多張崑南之松間細路通僧寺花裏微風颭酒旗朱子穎之一水漲喧人語外萬山青到馬蹄前石曉堂之窺魚淺渚翹僊鷺侍渡斜陽立一僧邱學敏之山迎帆留青難了樹入淮徐綠漸多李嘯村之春服未成翻愛冷家書空寄不嫌遲惠椿亭之宿酒大都隨夢醒殘燈多半爲詩留劉春池之道在己時惟自適事求人處總難鴻濛香坪之春風久負青山約舊雨難尋白鷺盟吳尊萊之英雲抱郭霜紅樹寒雨連江凍白鷗儲長源之春衣乍暖飛蝴蝶綠酒初香薦蛤蜊劉元贊之三春鄉思先花發萬里征人後雁歸秋水懷人楓葉落蓬窗卧病雨聲多莊印三之青溪渡口餘三戶黃葉聲中有六朝倪稼咸之夜柳共憐殘鬢短閑雲應笑客程忙吳退庵之樹碧雨行臨曲水天青一角見高山方升矣之小艇仍維前度樹斜陽已挂右邊樓湯衎之之社雨不知春事判東風已覺落花多毛洋溟之夜永驂鸞歸碧落風清有鶴響空山林漢閣之窺客挑燈來點鼠移秋入戶有寒蛩王曉九之兩岸白蘋秋水漲一林紅葉夕陽村吳梅原之愁消白下鵝兒酒人在青山燕子磯黃滕山之人間萬事成秋草我輩前身是落花仲松嵐之吳楚帆檣隨樹沒金焦山色上衣來鄭芸書之絕壑凍雲棲古塔枯僧破衲補斜陽宗蕙亭之酒不能攻愁有陳曲爲自度唱無腔魏野塘之有客抱琴停午至呼僮沽酒趁花開顧蘭厓之蒼苔滿逕客稀過涼雨到門僧未知冒巢原之廢苑春來花自發空庭月落鳥

相呼汪可堂之三徑春歸花似雪一齋人靜日如年汪周士之徑仄秋花迎客座夜深涼月戀人衣石晚晴之瘦馬踏乾黃葉路寒鐘敲碎白雲峯吳玉田之山色和煙沈遠浦潮聲挾雨吼滄江顧蘭嶂之萬種羈愁當夜集一年鄉夢入秋多曹劒泓之別浦帆歸千樹碧隔籬人語一燈紅王籽園之報喜燈花紅一夜相思春水綠三年阮梅叔之腳底白雲雙屐滑擔頭紅葉一肩春吳雲坡之煙迷古塞晴疑雨雲擁深山晝亦昏朱天飲之娛人可愛當窗樹留客還看雨後山常蓉齋之秋從夜雨窗前聽月伴美人樓上圓吳蒼厓之清夜思公惟有淚白頭知己更無人徐春園之鍊句每存千載想看花不放一春過徐德泉之家無儋蓄期鄰富邑有流亡望歲豐黃少瀾之芳草池塘尋舊夢落花庭院算殘棊如此類者甚多摘之不盡又趙甌北先生集中有擬老杜諸將之作張船山太守集中有寶雞縣題壁詩長歌當哭俱不可不讀也

履園叢話卷八終

履園叢話卷九

碑帖

清 勾吳錢泳梅溪輯

周石鼓文

周石鼓文在京師太學儀門内為石刻中最古高二尺廣徑尺餘形似鼓而頂微圓其一如臼相傳為周宣王獵鼓也初棄陳倉野中（按續漢郡國志右扶風陳倉注引辛氏三秦記云陳倉有石鼓山鳴則有兵並非上有石鼓舊文也今金石家概曰陳倉石鼓者恐誤）唐鄭餘慶徙鳳翔縣學而亡其一宋皇祐四年向傳師得之民間大觀二年徙汴京國學以金嵌其字靖康二年金人輦至燕剔其金置大興學元大德十一年大都教授虞集始移國學其篆凡六百五十言至元中存三百八十六字今僅存者二百八十餘字而已謂為周宣王鼓者韓愈張懷瓘竇泉也謂為文王鼓至宣王刻詩者韋應物也謂為秦氏之文者鄭樵也謂宣王而疑之者歐陽修也謂宣王而信之者趙明誠也謂為成王鼓者程琳董逌也謂為宇文周物者馬定國也故王伯厚皆駁正之至楊用修云得李賓之家唐人搨本全文恐是升庵偽造今陽湖孫淵如觀察竟取楊本刻諸虎邱孫子祠亦好奇之甚矣高宗純皇帝以乾隆庚戌親臨辟雍見石鼓漫泐為立重欄以蔽風雨即以原文集為十詩再刻十石並御製石鼓文序仍從韓愈定為宣王時刻聖訓煌煌垂示萬古真藝林盛事云

秦泰山石刻

秦泰山石刻唐時已亡今所傳者二十九字二世之文也據宋人劉跂模搨尚有二百廿三字可讀者一百四十有六字據集古金石二錄猶存四十字本朝乾隆初碧霞元君廟災則并二十九字亦亡之矣嘉慶乙亥歲前泰安令蔣君伯生賦閒無事獨遊岱頂聞之故老云玉女池中有古刻遂車水尋覓果得殘石兩小塊審之僅十字即二十九字中文也遂搨數十紙以貽海内博雅君子則有翁覃溪閣學阮雲臺宮保梁茝林方伯孫淵如觀察俱賦詩作跋為一時佳話按二世元年是壬辰至今道光壬辰已三十五甲子矣

秦琅琊臺刻石

琅琊臺刻石十二行計八十有六字亦是二世之文今在山東諸城縣東南百六十里三面臨海即琅琊臺也案始皇刻石之文具載史記凡七處嶧山泰山琅琊之罘東觀碣石會稽是也惟嶧山之文獨闕故宋時鄭文寶補刻之元至正間魯人申屠

駟又以曾摺刻石模於紹興府學余又嘗得徐鉉所模碣石門墨本刻之焦山方丈實可補史記闕文而學者有信之有疑之皆尚古之過也

新莽天鳳刻石

山東鄒縣野田間新出王莽時天鳳二年刻石七行俱有界道其後有後子孫毋壞敗六字似是墓間石也今五經博士孟公（繼烺）移置孟廟嘉慶庚午春山東金鄉縣馬進士又於鉅野縣之昌邑聚田間得殘碑一段僅存銘文上下亦不相連續有云宣仁播威賞恭糾慢又云奮旅揚旌殄滅醜類勳烈煥爾聿用作詩云云似此人以武功而顯者惜無紀年可攷惟存七月六日甲子造七字而已

漢燕然山銘

吳江翁海村徵君惠余雙鈎燕然山銘云得之曲阜桂大令未谷未谷得之玉虹樓所藏宋搨本真如景星慶雲世未易見余細審之謂必是後人重模如西之作卤足之作氐祋之作寇鑠之作爍𤯝之作奠皆非漢人字體又脫去乘燕然三字然未谷深於漢隸必有精鑒即是重模亦非近時人所能為之案此銘集古金石二錄及隸釋隸續漢隸字原俱不載惟劉球隸韻引模數十字于奕正天下金石志孫克宏金石志皆謂原石在今宣化府而絕無傳搨之本何耶余恐宣府之本亦是重模耳

漢西嶽華山廟碑 延熹八年

是碑舊在陝西華陰縣西嶽廟中明嘉靖三十四年地震碑毀片石無存海内所傳惟有兩本一為商邱宋氏漫堂所藏一為華陰王無異所藏然宋本缺十字王氏本缺百五字可以辨搨本之先後近阮雲臺宮保又得一本云是寧波天一閣藏本亦有缺字是又在王本後矣宮保嘗自刻一石於雷塘祖塋并將歐陽集古錄跋語真蹟附刻其上可謂嗜古者矣

漢元儒先生婁壽碑 熹平三年

是碑舊藏吳門蔣韻濤學博家前闕四十八字後有豐道生題跋知明時與夏承碑同藏於吾鄉華東沙氏即真賞齋主人名夏者也乾隆六十年余從韻濤姪春皋明經雙鈎得之以寄翁覃溪先生曲阜桂未谷遂以刻之京師此顧南原作隸辨時所未見

漢熹平石經 熹平四年

熹平石經見於後漢書靈帝紀熹平四年議郎蔡邕與堂谿典馬日磾張馴韓說單

曰筆奏求正定諸經而刻，至光和中尋遺。董卓之亂，焚燒洛陽宮府，官碑已殘闕。後魏武定四年，由洛陽移至鄴城；周大象元年，又從鄴城移至洛陽；隋開皇六年，又從洛陽徙至長安，轉移遷徙，碑益湮滅，故唐初已有十不存一之歎。洪氏隸釋所載不過九百七十又一字而已。余於乾隆五十年七月，偶於書肆中購得舊本管子一部，中夾雙鉤五六紙，率皆殘闕不全。細心尋繹，得尚書洪範篇七十八字，君奭篇十三字，魯詩魏風七十三字，唐風三十一字，儀禮大射儀三十七字，聘禮廿八字，公羊隱公四年傳十八字，論語微子篇百七十字，堯曰篇三十九字，又益毛包周有無不同之說及博士左立姓名十八字，合五百餘字，不詳何人所鉤。惟視管子第一本上有國初徐樹丕印記，則知為楊東老人所鉤無疑矣。故翁覃溪閣學有詩云：熹平石經紙摹十，錢子得自徐楊東。蓋紀實也。自余模勒之後，南昌學宮有重模本，紹興學宮有重模本，如皋姜氏有重模本，而王司寇金石萃編亦載之。五十七年，余北行，過淮陰，錢塘黃小松時為運河司馬，又藏有舊搨尚書盤庚五行，論語為政八行，堯曰四行，小松屬余并刻之，均為藝林罕見之寶。

漢涼州刺史魏元丕碑 光和四年

魏元丕碑，秦安趙氏所藏，世無第二本。洪氏碑圖云：碑十六行，石已斷裂，所存者行三十一字，題名四行，行四人。然則洪不言有陰者，是題名即在正面也。翁覃溪、張瘦銅、孔莊谷、孫淵如諸先生俱為考證，實存四百九十九字，較隸釋少二十五字，此本卻多出七字。審其用筆之妙，較張遷、結體相似，而蒼勁過之，漢隸中能品也。

漢幽州刺史朱龜碑 中平二年

是碑係舊紙舊搨，亦是人間希有之物。據隸釋云有四百十三字，今本只有一百六十四字，尚是三分之一，惟碑中書惠兩字，洪氏所無也。

漢郭有道陳仲弓碑 建寧二年

郭有道、陳仲弓二碑皆蔡中郎撰文，所謂無愧辭者，惟兩碑久亡，歐趙亦未之見也。今山西介休驛路旁有郭有道碑，是國初傅青主重書；後鄭谷口又書一碑，與傅書並峙。故顧南原有以五十步笑百步之譏。陳仲弓碑世亦無有，洪氏所載惟有太邱長陳寔壇碑。嘉慶元年，余偶書一本，贈山陰陳雪樵騎尉。騎尉遂以刻石，因摧搨數百紙，傳播坊間。不知何時流入海外，日本人視為原刻，戊辰己巳之間，寄信中華海舶，一時要五百本，市者仍以余書翻刻以應之。海外人以耳為目，不知真偽如此。

漢淳于長夏承碑 建寧三年

吳門陸謹庭孝廉家有夏承碑，中闕化行以下三十字，後有豐人叔揚景西二跋，即吳山夫雙鉤之所自出也。王虛舟所見亦即此本，明嘉靖間是碑與婁壽碑俱吾鄉華東沙氏故物，今重刻本甚多，不堪入目矣。

漢成陽靈臺碑 建寧五年

此碑是黃小松司馬所藏，翁覃溪先生定為重刻本，近亦不可多得矣。碑中字數與隸釋相符，惟筆畫間稍有訛處。江秋史侍御審釋出數字，可補洪氏之闕。

漢小黃門譙敏碑 中平四年

是碑前有額曰漢故小黃門譙君之碑九篆字，亦小松所藏。審其結體用筆，其為重刻無疑。洪氏亦載此碑，優游下似是氏字，蓋借作京師之師也；喪亡上似是乃字；又七月廿八日癸卯，今驗此本是十八日，俱可證隸釋之誤。

漢園令趙君碑 初平三年

往時見海鹽張芑堂徵君案頭有此碑，是全張未裝者。既復見家竹汀先生家亦有全碑一張。洪氏云碑在南陽，即今河南之南陽府。數年之內，凡兩見，似此碑猶在人間，或隱於荒山窮谷間，難以尋覓耳。

漢巴郡太守樊敏碑 建安十年

乾隆四十九年，余寓吳門，吾暉堂陸氏友人王晉康示余樊敏碑，視其搨本，的是原刻，為臨一過而還之。以為坊間尚有也，後數年欲購不得，當面錯過，至今猶悔。是碑在四川雅州府蘆山縣。後山陰李松雲先生知雅州，屢有書託其尋訪，終不可得。道光辛卯四月，余在袁浦節署，晤武威張介侯大令，知此碑尚在蘆山，完好如舊。又知高頤碑在綿州之德陽縣城外大路旁，則諸漢碑之存於人間者自亦不少，特無好古之士為之傳搨耳。

漢酸棗令劉熊碑

酈道元水經載酸棗城有縣令劉孟陽碑，即是碑也。曩時見歙縣巴雋堂氏有雙鉤本，既又見揚州汪容甫家有宋搨原本，雖經殘蝕，其字較多於巴氏，且有出於洪釋之外者。後江秋史又為雙鉤，以巴汪兩家合參之，然總缺上半截。後見明州天一閣舊搨本，有君諱熊字孟陽（下缺廿字，始拔大常丞，精拔咸為生，聖明）等字，則知江秋史所鉤是下半截也。

漢楊氏四碑

太尉楊震沛相楊統繁陽令楊君高陽令楊著四碑，歐、趙、洪氏俱有之，惟罕見拓本。嘉慶元年春，青浦王蘭泉司寇遊西湖，携於行篋。時余在兩浙轉運使幕中，司寇出以見示，觀其刻畫顯著，神氣不佳，且字多別體，與隸釋不合，當是宋人翻本。

兩晉六朝碑

兩晉六朝之間，最重書法，見於晉書南北諸史，而碑刻無多。今所傳者，惟刁遵、司馬紹、高植、高貞、高湛、元太僕，以及孔廟、乾明、賈使君、鄭昭道、啟法寺、龍藏寺諸碑，最爲烜赫。其時已重佛法，造像尤多，要而論之，大半爲俗工刻壞，故後人皆宗唐法，而輕視六朝，殊不知唐初諸大家之皆出六朝也。余則叩譬諸交朋，但擇貞賢可交而已，遑問其乃祖乃父乎。

唐觀音寺碣

陸德明爲秦王世民撰觀音寺碣，在武德五年，謂秦王平王世充、竇建德，班師凱旋，駐驛廣武，值夜雨作，東南雲際光燄射天，見觀音菩薩全身畢露，王頓首拜瞻，乃建此寺。觀此，已開有唐一代奉佛之端矣。余謂德明著經典釋文，世稱儒者，何乃作此語爲後世口舌乎。後儒入墨，當自德明始。

唐化度寺碑

歐陽率更化度寺碑，李百藥撰文，世無全本。案解大紳春雨集載河南范諤跋語云：慶歷初，其高王父開府公諱雍舉使關右，歷南山佛寺，見砌下有石，視之，乃此碑也。歎爲至寶，既而寺僧誤會石中有寶，破而求之，不得，棄之寺後。公他日再至，失石所在，急問之，僧以實對。石已分三段，乃取數十縑易之，以歸，置於里第賜書閣下。遭靖康之亂，范氏諸子取而藏之井中。兵罷後，好事者始搨之，已而碎其石，又分爲數片。今世所傳宋搨本，皆是也。宋潛溪集謂當時南北俱有翻刻，南本失於肥，殊乏率更精絕之氣，則今世所傳宋搨者，恐未必盡是原石耳。

唐孔子廟堂碑

虞永興孔子廟堂碑有兩本，一在西安府學，一在武城縣學，皆非原刻。在西安者，五代王彥超所刻也。至元明時，已剝蝕不全矣。往時見商邱陳伯恭學士家一本，尚有全文，余嘗縮臨刻入小唐碑中。

唐九成宮醴泉銘

歐陽書醴泉銘，自宋元明以來爲藝林所重，幾至家絃戶誦，人人家有一本，惟椎搨日多，佳本日少，故字多殘闕，又經俗工洗鑿，滿紙模糊，率更面貌十不存一矣。少時

聞吳門蔣氏有佳本，據唐搨刻之，一字無損，然未見原搨，不敢信也。惟吾鄉秦氏有舊本千金不易，有秦仲堅者，遂取翻刻以售於人，謂之秦板，今坊家錦裝櫃匣轉相售易，所稱宋搨者，大半皆秦板也。

唐磚塔銘

磚塔銘明末時始出土，石已分爲三塊，近則愈搨愈壞，又亡去百二十餘字，無全本矣。然得片紙隻字，猶珍藏之不置者，因其秀勁有法，在歐、褚之間，故學者紛紛，遂爲名碑，可見古人用筆，一挑一趯，皆有法度可尋也。撰者爲上官靈芝，其下惟有敬客書三字，學者謂敬客當姓王氏，或又以敬客爲方外者。余獨不謂然，撰文爲上官氏，則敬客亦姓上官無疑，與李輔光碑巨雅書同一例。今吳門重刻有十餘本，皆以西紙搨之，以充原刻，可發一笑。

唐郎官石記序

張長史以草書得名，世謂之草聖，惟郎官石記是真書。太倉王敬美家有一本，爲天下所無，董思翁嘗模入戲鴻堂帖者是也。嘉慶乙丑歲，余在京師，南海葉雲谷農部以此見示，後有王濟之、元美、敬美諸跋，余爲雙鈎一本藏之。近日吳門顧舟湘上舍又取雙鈎重模一碑，立於蘇州府學尊經閣下，以存長史舊蹟云。

唐雲麾將軍李秀碑

李北海書雲麾將軍碑有二，一爲李思訓，一爲李秀，其官同，其姓同也。李秀碑本有六礎，明萬歷初宛平令李蔭於署中掘地得之，後爲王京兆惟儉取去，今所存惟二礎。康熙中有宛平令吳涵者，移置順天府文丞相祠中，前人載之詳矣。其有全文者，一藏吳門蔣春皋氏，一藏歙人羅養芝家，相傳俱是唐搨，余猶疑其翻本，殆宋元物也。嘉慶元年六月，余嘗雙鈎蔣本，寄翁覃溪先生，先生報以詩云：「稱著吳閶蔣選聞，手模唐搨李碑還。心馳六礎苔岑合，袖有千年翠墨斑。想對湖山盟北海，肯隨董莫跋張裘。此碑吳兄梓得自張裘各有手跡石經重暝中郎後，扁二逸齋侍我顏。此梅溪書手模蔡中郎石經，今又模北海北碑跋，余以二覓題其後燕山名蹟幾人知，郭逸鈎模復許誰。借問犀鴻戲海意，董文敏摸曾入戲鴻堂帖何如衣帶過江時。華渊飛跋稱得南田舊一舊本，嘗縫入衣中，以防失墜云云貞珉元氣憑君得，落筆精微不我欺。」今日錢君新拓出，重開仙鶴伏靈芝。越四年，余至京師，毘陵胡蔗麓爲宛平令，即以余所雙鈎者刻石署壁，仍書李蔭舊題曰古墨齋。蔗麓聞余至，乃置酒招同先生與法梧門祭酒共覩新刻，兩公又賦詩見贈，爲一時佳話云。

唐滑臺新驛記

李少溫滑臺新驛記不載於諸家著錄似碑亡久矣吳門貝簡香氏得一舊本有元人吾衍跋語遂摹之磚板可以亂真又縉雲縣城隍廟記有重刻本在今常熟縣城隍廟戲樓下南向明嘉靖壬戌年刑曹杞山鄭公刻邑人徐栻有記

唐麻姑仙壇記

南城縣有麻姑仙壇記大小二本今人但知有小字本而不知大字本為魯公原刻其小字者則趙明誠所云慶歷中一僧所書黃魯直猶能道其姓名也自歐陽集古錄稱之咸以為魯公親手書至陸放翁比之羊叔子峴山故事亦過矣試觀魯公書碑如多寶塔東方朔畫贊郭敬之家廟臧懷恪中興頌宋廣平元次山元靖先生顏氏家廟諸碑有書大小兩本者乎則永叔所謂愈看愈妙者不過一時興會語不可遂為典據也今曾賓谷中丞家有一大字本尚是舊搨

唐開成石刻十二經

余家有開成石經舊本其用筆絕類歐陽率更可備書家一格舊唐書譏其字體乖師法言其與經文相淆雜非議其書法也故顧寧人尤詆之而不知原刻殘闕為

後人修改補綴以至魯魚莫辨顧氏未見原刻但憑修改之本而駁詰之誤矣乾隆壬辰歲畢秋帆先生為陝西巡撫見諸碑率棄榛莽瞻顧歎惜始議興修賴以不墜第卷帙浩繁椎搨之難裝池之費不能家置一部也茲記其目錄於此周易九卷計九石尚書十三卷計十石毛詩廿卷計十六石周禮十一卷計十七石儀禮十七卷計二十石禮記廿卷計三十三石春秋左傳三十卷計六十七石春秋公羊傳十二卷計十七石春秋穀梁傳十三卷計十六石孝經一卷計一石論語十卷計七石爾雅三卷計五石又五經文字九經字樣共十石每石高七八尺廣三四尺不等都計六十五萬二千五十二字乾隆國學石經即仿開成舊式也

四唐碑

畢秋帆先生巡撫陝西時得唐碑四種其一為中大夫守內侍上柱國渤海高福墓志（開元十二年）其二為京兆府美原縣尉張昕墓志（開元廿四年）其三為內侍省內常侍孫志廉墓志（天寶十三載）其四為游擊將軍守左衛馬邑郡尚德府折衝都尉左龍武軍宿衛上柱國張希古墓志（天寶十五載）乾隆戊申八月余在先生河南幕府由黑岡口登舟來黃河南下曾將四碑帶回安置樂圃之賜閒堂至嘉慶四年九月有旨查抄為錢塘馮鷺亭編修購去道光六年又為嘉興張叔未解元所得今在新篁里

唐石幢

吳門碑刻遭建炎兵火十不存一故漢唐之碑絕少今所存者惟石幢耳其一在西洞庭山包山寺會昌二年九月僧契元書又一幢無年月與前幢東西對峙又一幢亦無年月座上有宋開禧乙丑閏中秋續刻題名又一幢座上有明僧呆菴道人法住偶語按朱長文墨池編載有咸通五年于僧翰書在洞庭山者似即此中之一也其二在光福寺前大中五年五月立又一幢大中六年十二月立俱正書亦東西對峙其三在甪直鎮今元和縣所轄大中八年秋崔渙書有宋皇祐五年重立字樣其四在常熟北山興福寺即唐時破山寺也寺前有二幢一平原陸展行書年月剝蝕不可辨後有女弟子徐十四娘及樹幢僧智峯等名一京兆全貞書亦無年月按錢叔寶續吳都文粹云破山寺石幢唐大中間建造宋建炎三年己酉八月重立偶閱縣志竟以為宋時所建是前人未之考耳其五在常熟梅李鎮胭脂墩巷中上刻乾符五年歲次戊戌七月乙未十四日戊申建又一座同勾當弟子許亮李帖代替各捨三千丈云云計五處余皆椎搨之又一幢在虎邱劍池顯德五年嵩陽許氏建則

五代周時物矣

後梁鎮東軍牆隍廟碑記

乾隆辛亥歲余在紹興與修府志於卧龍山上城隍廟搨得此碑前載表奏次列敕旨最後作記時在梁開平二年先武肅王撰文有官階甚長碑以城隍為牆隍以戊辰為武辰俱避全忠祖父名也

後晉吳越文穆王神道碑

先文穆王神道碑在今杭州城外玉皇山之陽墓前三百餘步地名頭城門玉皇山即龍山也東坡表忠觀碑龍山之陽歸馬新宮是也碑甚豐大約高二丈許龜趺螭首上有一穿額題大晉故天下兵馬都元帥守尚書令吳越國文穆王神道之碑二十四字篆書本文五十行行九十字剝蝕過半今存者尚有一千八百餘字取家刻全文校之皆無悞撰文者為丞相和凝書丹篆額者則司農卿權令詢也余嘗命石工搜之作搜碑圖碑西南三百餘步名玉屏峯峯下吳氏墓茶園之內尚有王子忠獻王神道碑一座亦螭首碑略小據十國春秋太常卿張昭撰文則剝蝕無一字矣相傳為明時太常吳鐵尚書江瀾先後佔葬時所毀乾隆五十八年九月余始訪得

之

吳越僧統慧因普光大師塔銘

是碑在臨安功臣山下淨度寺菜園中。碑載普光號令因，爲武肅王第十九子，幼通禪理。梁乾化三年出家，住安國羅漢寺，時年十三。梁授法相大師，封安國羅漢寺主，加兩浙僧統。龍德三年，改授吳越僧統，賜號慧因普光大師。寶大元年八月十三日。夜集衆諷經，乃爲遺章申辭王父，圓寂於真身寶塔寺，時年二十有四。王命歸窆於錦里功臣山南，營建塔院。是碑撰書系銜皆磨滅難辨，惟有鎮東軍節度使六字及文內業職參詞林五字。十國春秋載皮光業以文字受知武肅，特賜進士第，秘書郎，右補闕，遷兩浙觀察使，文穆王嗣位，拜丞相。此碑雖殘闕，而詞句清麗，其爲光業無疑。光業即日休子也。

蜀石經

福州梁茝林先生爲江蘇方伯，得孟蜀石經春秋殘本，正文三百九十五字，注二百六十七字，計三頁，共三十五行，皆昭二年傳左氏之第二十卷也。後有翁覃溪閣學、家竹汀宮詹跋語，考之甚詳，定爲孟知祥廣政中據蜀時所刻。曾宏父石刻鋪敘謂爲皇祐元年樞密直學士田況刻，非也。先生既賦詩於後，復以示余，真古刻中之秘寶云。

馬楚銅柱銘

嘉慶四年，楚南苗民既平，有好事者搨得五代時楚王馬殷銅柱銘至京師者。銘文爲李宏皋所撰，吳任臣十國春秋、朱竹坨五代史記注皆引之。南昌相國爲裝池巨冊，以爲至寶。余題其後云：楚王樹國建功多，銅柱鐫書繼伏波。欲識五溪平復事，磨文豈捐好摩挲。八百年來煙雨零，行人指點一痕青。吾家鐵券今還守，敢勝溪州柱上銘。相國見之笑曰：此的真錢生詩，不可移易他人。

宋高宗御書石經

高宗御書石經，在今杭州府學櫺星門內左右兩廡，計周易、尚書、毛詩、中庸、論語、孟子、左傳七種，僅存八十七石。余於嘉慶初年，嘗館於兩浙轉運使署，府學即在其西南隅，每當春秋佳日，輒同二三知己步入學宮，徧觀石經，及李伯時所畫七十二賢像贊。曩余倣熹平石經體書孝經、論語、大學、中庸刻石，即於是時始也。案元史載申屠致遠爲杭州路推官時，有西僧楊璉真伽欲取高宗所書諸經石刻築浮屠，賴致遠力拒之，則今之僅存者，實致遠力也。

宋表忠觀碑

蘇文忠表忠觀碑有四，一刻有趙清獻官階九十餘字，即宣和書譜所稱有張有篆額者，今不存矣；一刻紹興二十九年歲次己卯三月丙辰朔，曾孫圻左朝散大夫權尚書工部侍郎楊倓重刊；一刻行書本，字如大指，今在杭州府學，惟二小石亦不全；一刻明嘉靖三十九年杭州府知府陳柯重摸，今立在湧金門外重建表忠觀御書堂前右廡兩面刻者是也。其紹興間所刻者，本在龍山表忠觀舊址，宋末兵興，觀廢，遂露立於草莽中，至明正德十二年，巡按御史宋廷佐始將此碑移入郡庠，復復遺失。本朝乾隆四年，諸暨余懋棅爲府學教授，其同年友趙石函者來視余，忽於齋旁隙地得之，計二石，又缺其下半截，因置名宦祠中，一時名士如傅玉笥、桑弢甫、厲樊榭諸公俱賦詩以紀其事。至五十九年八月，余監修表忠觀落成，始請周穆門、丁龍泓諸公……

諸兩浙轉運使秦公震鈞、杭嘉湖道秦公瀛、浙江督糧道張公映璣、暨錢塘知縣蔣公重耀，從郡庠名宦祠移至觀中，立於御書堂之左廡，而以三石柱副之。於時翁覃溪閣學、梁山舟侍講、阮雲臺中丞亦各有詩文以紀其事，俱刻於三石柱之側，真藝林佳話也。楊文襄一清記云：表忠觀諸碑十有四，徙於櫺星門北之兩偏，疑此兩石之外，尚有十餘石，不知淪沒何所矣。案紹興舊刻所云曾孫圻，楊倓者即楊和王沂中子，代州崞縣人，見宋史楊沂中傳，惟稱曾孫圻殊不可解。據榮國公忱墓志，倓娶榮國第三女，其系銜尚是右中大夫充敷文閣待制提舉佑神觀，榮國爲武肅七世孫，實是第八代孫壻，何云曾孫壻耶？考古亦無此稱呼也。

墨妙亭詩刻

宋孫莘老嘗知湖州，蒐集漢唐諸賢名蹟石刻於郡齋，署曰墨妙亭，東坡爲作記，並賦詩刻石中，有云：吳興太守真好古，購買斷缺揮縑繒。龜趺入座螭隱壁，空齋晝靜聞登登。蓋記實也。吳興志云：元人守湖州，粗砂大石，皆磨去，是以漢唐諸刻無有存者，惟存東坡詩一石而已。後此石亦斷缺不全，其一片，嘉靖中王陽明守仁謫龍場驛丞時得之，嘗琢爲硯，存十二字，見裘文達公曰修記。一時朝貴俱有詩，蔣心餘七古一首，尤爲絕妙。其一片，天啟初黃石齋道周得之，亦琢爲硯，存十七字，爲吳興姚玉裁所藏，後歸桐鄉汪氏。當時如厲樊榭、丁龍泓、蔣心餘諸公，亦各有詩紀之。戱吾友張芑堂徵君金石契中，余幼時猶見搨本。今戲鴻堂帖所刻全篇，是思翁取舊刻

重摹非真蹟入石也

宋刻

古有碑無帖隋開皇時嘗以王右軍蘭亭模于石版其墨本猶在人間唐太宗既得蘭亭真蹟命供奉趙模韓道政馮承素諸葛貞四人各鉤搨數本分賜皇太子諸王近臣而一時能書者如歐褚諸公皆臨搨相尚又樂毅論相傳爲右軍親手書刻者其餘皆紙素所傳太宗哀集二王墨蹟惟樂毅論爲石本當爲刻帖之始昔賀李真手模右軍書十卷爲澄清堂帖以開其端至南唐昇元二年李先生又出秘府所藏右軍真蹟刻爲四卷爲昇元帖則刻帖成部者實南唐始也宋太宗削平諸鎮四方圖籍悉輸內府江南文物素盛藏蓄前代遺墨尤多至太宗淳化三年壬辰有詔命翰林侍書學士王著鉤模三代秦漢魏晉六朝唐人諸名蹟彙刻爲淳化閣帖又有秘閣前帖然大半皆仿書或唐人雙鉤隨意集成未必盡是真蹟也米元章黃長睿辨之甚悉自此之後法帖盛行仁宗慶曆五年乙酉僧慧超與希白臨模諸帖刻石長沙謂之長沙帖皇祐中廬陵蕭太傅汝器與其弟汝智相繼守和州之含山得劉楚公丞相被賜閣帖重模載以歸廬陵謂之廬陵帖哲宗元祐五年秘書省鄧洵武

孫諤等請旨乞以淳化閣所未備取前代遺墨刻之至建中靖國元年畢工歷十二年而成凡費緡錢一百十五萬是爲秘閣帖十卷元祐七年壬申劉次莊得呂和卿閣本臨模爲戲魚堂帖有釋文十卷因刻於清江又名之曰清江帖是年又有詔旨以淳化秘閣二帖未有之蹟入石爲秘閣續帖十卷實居長沙廬陵清江三刻之後大觀初徽宗以淳化閣帖漫漶且王著標題率多舛錯有詔出內府所藏真蹟命龍大淵等更定次序又命丞相蔡京重題名大觀帖又增八十七帖書跋並他帖總二十卷因刻石於太清樓下爲大觀太清樓帖三年己丑汝州守鮑陽王寀又採集晉唐五代名人書刻石置於郡齋之坐嘯堂每段皆刻汝州印記謂之汝州帖會稽有翻本黃長睿深譏其謬又駙馬都尉潘師旦所刻之絳州帖劉楚公丞相所刻之潭州帖令人謂之絳帖潭帖是也又黃山谷所刻之臨江帖山谷自有釋文刻於後紹興初有國子帖又米帖紹興十一年辛酉郡守張斛集秘閣潭汝臨江諸帖參校而成爲武陵帖又鼎帖亦張斛所摹紹興十四年甲子六月九江郡守林師說爲鐫薛尚功鐘鼎款識帖後郡守譙令憲又別鐫王右軍之十七帖置於庾樓淳熙十二年修內史奉旨又翻刻淳化秘閣帖謂之前帖又集王右軍樂毅論不全本與黃庭經起及唐明皇歐陽詢褚庭誨孫思邈狄仁傑張旭顏真卿李陽冰李德裕畢誠李商隱李白胡英李邕白居易等書共爲六卷每一卷後俱有淳熙十二年三月十九日奉聖旨摸勒上石字樣謂之秘閣續帖紹熙慶元之間太師平原郡王韓侂胄刻閱古堂帖開禧二年以罪死籍沒其家石入內府改名羣玉堂帖計十卷他如吳雲壑之玉麟堂帖岳倦翁之寶真齋法書蔡子明之黔江帖武岡軍重模之武岡帖前後總二十卷湖州張氏之烏鎮帖福州所刻之福清帖澧陽所刻之澧陽帖上蔡所模之蔡州帖彭州所刻之彭州帖山陰陸放翁之荔枝樓帖新昌石熙明又模漢熹平石經殘字以及黃庭樂毅曹娥像贊并歐虞褚顏小楷謂之越州石氏本嘉熙淳祐之間曾宏父所刻之鳳墅帖及續帖前後共四十冊置吉州鳳山書院七年乃成云鳳墅者刻於廬陵郡之鳳山別墅故名也曾又刻有畫帖時賢題詠帖宋宣獻之賜書堂帖廬江李氏之甲秀堂帖曹尚書彥約之星鳳樓帖王晏慶之百一帖曹之格之寶晉齋帖賈似道之世綵堂帖太平府學之姑孰帖嘉定間劉元剛集顏魯公諸書爲忠孝堂帖又留忠宣與曾無玷三帖又宋人集諸家法書刻石爲博古堂帖又英光堂帖大半皆以淳化大觀爲祖本而遞增遞改者亦有采集諸名家法書在諸

帖之外者亦有專刻一家者凡此之類皆謂之宋刻其中優劣之各殊椎搨之先後真僞之混淆無序帋墨之濃淡不同未可同日而語也

明刻

有元八十餘年中無刻帖者雖知趙松雪之工書亦惟究心二王於有唐一代除褚中令李北海外似無當於意臨模亦鮮即虞伯生鮮于伯機鄧善之柯丹邱張伯雨輩善於賞鑒亦未聞刻帖成大部者明洪武初有泉州府知府常性始以閣帖祖本重刻之爲泉州帖周憲王爲世子時又以閣帖爲主而參之以秘閣帖又增入宋元人書爲東書堂帖晉靖王爲世子時又以閣帖大觀寶晉爲主而益以所藏刻爲寶賢堂帖肅王又翻刻淳化閣帖舊本謂之肅府本成化間長洲文徵仲父子刻停雲館帖章簡甫再模之今謂之章板校原刻略瘦嘉靖中錫山華東沙刻真賞齋帖章簡甫又刻墨池堂帖歙縣吳用卿刻餘清齋帖天崇間華亭董思翁刻戲鴻堂帖金壇王太史肯堂刻鬱岡齋帖宜興蔣一先刻淨雲枝帖雲間陳眉公聚集蘇文忠書刻晚香堂帖又集米元章書刻來儀堂帖莆陽宋比玉集臨蔡君謨書爲古香齋帖漢陽太守孫克宏刻東皋草堂帖崇禎庚辰陸起龍又刻片玉堂詞翰十二冊皆陸

深書吳方伯如忠及其子雲卿刻崇蘭館帖，雲間顧從義曾翻刻淳化閣帖十卷，上海潘氏亦曾翻刻淳化閣帖十卷，明末潘允端又刻蘭亭松雪十八跋，後閣東山又翻刻之。又曾見有國朝名人書十二卷，皆有明一代之人，不記何人所刻也。海寧陳氏刻玉煙堂帖二十四卷，又渤海藏真帖八卷，又取思翁最得意書為小玉煙堂帖四卷、蓮華經七卷。他如銅龍館帖、大來堂帖、來仲樓帖、鷦鷯館帖以及汲古堂帖、董氏家藏帖、寶鼎齋帖、清畔閣帖，皆始翁一手書也。

本朝帖

本朝康熙中，有旨將內府所藏舊人墨跡，遠自晉唐以迄本朝，編次摹刻，題曰懋勤殿法帖二十八卷。雍正中，刻有御書法帖四卷。乾隆中，奉旨刻三希堂法帖二十八卷，又墨妙軒法帖二十卷，又八柱蘭亭帖四卷。嘉慶九年，諭內閣命成親王刻詒晉齋石刻四卷。十年，又命戶部侍郎劉鐶之刻其叔父相國劉墉書，名曰清愛堂石刻四卷。又成親王自刻所藏晉唐宋元舊蹟，為詒晉齋摹古帖十卷。按本朝刻帖，尤多於前代。涿州馮相國之快雪堂帖，刻始於崇禎末年，至本朝順治初尚未刻完，遂以行世，故僅有五卷，而題頭亦未全也。自是以後，真定梁蕉林相國刻有秋碧堂帖八卷，王孟津相國有擬山園帖，華亭沈氏有落紙雲煙帖，又賜金堂帖，陳香泉太守有予寧堂帖，廣山蔣相國子名洲為山東巡撫時，刻有敬一堂帖二十四卷，丹徒笪解元重光刻有東書堂帖四卷，江西曾觀察恆德刻有滋蕙堂帖十卷，揚州江氏有滋墨齋帖，唐氏有秀餐軒帖，曲阜孔氏有寶鼎齋帖，孔舍人繼涑刻有玉虹樓鑒真帖十六卷，又取張文敏照平生所為書，曰玉虹樓帖十六卷，舍人孫貽榖刻舍人手書為隱墨齋帖十卷，長白鄂公西林為陝西巡撫時，刻有環香堂帖，嘉興唐作梅大令刻有綠蔭山莊帖，大興李味莊觀察刻有平遠山房帖，雲南周侍郎於禮刻有春雨樓帖，陽湖孫淵如觀察刻有平津館帖，吾鄉秦蓉莊都轉刻有寄暢園帖，嘉善謝若農編修刻有望雲樓帖，吳縣謝氏刻有契蘭堂帖，錢塘金氏刻有清嘯閣帖，南海葉氏刻有自怡園帖，揚州鮑氏刻有安素軒帖，近崑山孫少迂刻壽石齋帖，蜀中卓海帆刻快雨堂帖。余與盛松雲員外先刻有詒晉齋帖四集十六卷，皆詒晉齋主人書也。

一　偽法帖

吳中既有偽書畫，又造偽法帖，謂之充頭貨。舊有含翠亭偽帖，以宣城梅鼎祚真娘墓詩為米南宮詩，後有元豐壬辰米芾書字樣，考元豐紀元始戊午，終乙丑，而無壬

辰，其為偽跡可知矣。更有奇者，買得翻板絳帖一部，將每卷頭尾兩張重刻年月，以新紙染色，捐之，充作宋刻，凡五部：一曰絳帖，即原刻也；二曰星鳳樓帖；三曰戲魚堂帖；四曰鼎帖；五曰潭帖。各省碑客買者紛紛，其價甚賤，不過每部十文而已。遂取舊錦裝池，外加檀匣，取收藏家圖章如項墨林、高江村之類，印於帖上，以為真宋搨，而官場豪富之家不知真偽，竟以厚價購之，其價不一，有數十金者，有百餘金者，有至三五百金者。總視裝潢之華美，以分帖之高下，其實皆偽本也。嘉慶初年，有碰德姚東樵者，目不識丁，而開清華齋法帖店，輒摘取舊碑帖，假作宋元明人題跋，半石半木，彙集而成，其名曰因宜堂法帖八卷、唐宋八大家帖八卷、晚香堂十卷、白雲居米帖十卷，皆偽造年月姓名，拆來拆去，充舊法帖，遍行海內，且有行日本、琉球者，尤可嗤鄙。

論刻帖

張懷瓘書斷云：楷者，法也，式也。後世以為楷法者也。余亦曰：楷者，法也，式也，後世以為法帖者也。近世刻帖者不明此意，但以古人墨蹟，無論可法不可法，輒刻之帖中以為備，則非法帖矣。如岳忠武、文信國，以功顯，以忠著，非書家也；王荊公、陸放翁，以文傳，以詩名，非書家也。藏其墨蹟可也，刻諸法帖不可也。近有某君刻國朝名人尺牘成大部者，費至數千金，殊覺無謂。大凡前人手札，皆率意為之，非如二王真蹟之字字可法也。其中有大家書、有名家書、有託名書、有同名書，又有並不善書而隨手屬筆者，亦有他人代書者，未必字字可法，而刻諸石，其可乎哉？是不知書斷之所謂法帖者也。

家刻

余生平無所嗜好，最喜閱古法帖，而又喜看古人墨蹟，見有佳札，輒為雙鉤入石，以存古人面目，亦如戲安道總角刻碑，似有來因也。乾隆五十三四年間，始出門負米，初為畢秋帆尚書刻經訓堂帖十二卷，又自臨漢碑數種，刻攀雲閣帖二冊，便為海內風行。嘉慶四年己未，遊京師，鈎刻成親王法書為詒晉齋帖四卷。十年乙丑，復至京師，又增益二集、三集、四集共十六卷，又得成王書一鱗片爪，集成小冊，為詒晉齋巾箱帖四卷。是年七月，仁宗皇帝有旨命吏部右侍郎劉鐶之刻其叔父文清公墉平生所為書，余時在京師為之鈎勒，名曰清愛堂石刻四卷。十一年夏五月刻成，進上。十三年戊辰，為長白鐵冶亭宮保刻惟清齋帖四卷。是年余始命兒子曰奇、曰祥

刻余歷年所臨漢碑五十餘種摹刻名曰攀雲閣帖十四年己巳秋七月爲相國英煦齋先生鈎刻松雪齋帖六卷十五年庚午五月成十六年辛未自取唐宋元三代墨蹟或得拓本擇其尤者輒爲摹刻命曰小清祕閣帖十二卷十七年壬申七月成十八年癸酉爲雲間沈綺雲司馬刻小楷集珍帖八卷十九年甲戌冬山居多暇偶取蔡君謨諸書帖刻爲四卷曰福州帖以寄汪稼門制府及王南陔中丞時二公俱鎮閩中爲督撫也二十年乙亥自刻寫經堂帖起於鍾王終於松雪凡八卷是年秋八月爲韓城師禹門太守刻秦郵帖四卷皆取蘇東坡黃山谷米元章秦少游諸公書而殿以松雪華亭二家時太守正攝篆秦郵是年蕭山施秋水少府曾以余所臨漢魏碑帖大小數十種刻成四卷曰問經堂帖二十一年丙子南城黃南峯崝爲臨文令介余選集山谷大小行書六冊曰黃文節公帖蓋蔡蘇米三家各有專刻而文節無之耳二十二年丁丑婺源齊梅麓太守彥槐令吾邑偶見前英相國所刻松雪齋帖而愛之視相國所未備者又續刻松雪齋帖六卷是年冬鍾祥彭觀闌志傑爲烏程令余爲刻吳興帖六卷贈之二十三年戊寅又自刻述德堂帖自唐人臨本黃庭顏魯公竹山連句及宋四家趙榮祿俞紫芝張伯雨吳仲圭郭天錫倪雲林等書合而爲一計八卷以續寫經堂帖之後是年九月攀雲閣帖刻成計十六卷二十四年己卯孟冬爲長白斌笠耕觀察取趙董兩文敏墨蹟刻爲抱沖齋帖十二卷其明年三月告成道光元年辛巳二年壬午兩年之內爲歙縣鮑讓齋觀察刻余向所縮臨唐代諸碑三十二冊至四年而始成是時儀徵巴樸園宿崖昆仲索視余所刻諸帖余因檢得六十四石贈之藏之樸園壁間命曰樸園藏帖八卷次兒曰祥所刻枕中帖四卷亦以是時成焉七年丁亥爲嘉善周又山觀察刻其尊甫山茨先生遺墨大小楷行草書六冊爲仁本堂墨刻八年戊子爲肩施張河帥芥航先生刻文與可蘇東坡畫竹題跋計兩大冊分裝四卷曰澄鑑堂石刻是年又自刻學古有獲之齋帖四卷自鐘鼎款識並周秦兩漢魏晉六朝以及有唐一代諸書各摹數字畧備體格本爲課孫而刻亦以便初學觀覽爲書法之源流也其餘所模刻者尚多有古碣有今碑有墓志傳狀有詩刻題名如秦會稽刻石與碣石門刻石泰山琅邪之眾東觀諸刻石漢熹平石經殘字郭有道陳仲弓楊伯起曹娥諸碑及縮本漢碑定武蘭亭諸模關中舊本樂毅論九成宮醴泉銘磚塔銘孫過庭書譜之類不可枚舉俱別載寫經樓金石刻目錄中

履園叢話卷九終

履園叢話卷十

清　勾吳錢泳梅溪輯

收藏

總論

收藏書畫與文章經濟全不相關原是可有可無之物然而有爲好爲性命者似覺玩物喪志有視爲土苴者亦未免俗不可醫余嘗論之其爲人也多文雖不知書畫可也其爲人也無文雖知書畫不可也大約千人之中難得一人愛之即愛之而不得其愛之之道雖金題玉躞插架盈箱亦何異於市中之骨董鋪耶

考訂之與揣摩固是兩途賞鑒之與考訂亦截然相反有賞鑒而不知考訂者有考訂而不明賞鑒者宋元人皆不講考訂故所見書畫題跋殊空疎不切至明之文衡山都元敬王弇州諸人始兼考訂若　本朝宋竹垞何義門王虛舟輩則專精考訂矣然物之真偽恐未免疎略

收藏書畫有三等一曰賞鑒二曰好事三曰謀利米海嶽趙松雪文衡山董思翁等爲賞鑒秦會之賈秋壑嚴分宜項墨林等爲好事若以此爲謀利計則臨摹百出作偽萬端以取他人財物不過市井之小人而已矣何足與論書畫耶

看書畫亦有三等至真至妙者爲上等妙而不真爲中等真而不妙爲下等上等爲隋珠和璧中等爲優孟衣冠下等是千里馬骨矣然而亦要天分亦要工夫又須見聞又須博雅四者缺一不可詩文有一日之短長書畫有一時之興會雖真而不佳趣吾無取也

清河書畫舫謂看字畫須具金剛眼力鞫盜心思乃能看得真切余以爲不然看字畫如對可人韻士一望而知爲名才尚雅可與終日坐而不厭不倦者並不比作文論古必用全力赴之只要心平氣和至公無私毋惑人言便爲妙訣看得真則氣聚畢生見得多自百不失一然而亦有天分存乎其間並不在學問之深長詩書之廣博也

晉唐名蹟品題甚少即有品題不過觀款題名而已至宋元人始尚題詠題得好益增名貴題得不好益增厭惡至明之項墨林則專用收藏鑒賞名號圖章見之直是書畫遭劫不可謂之品題也余見某翰林題思翁山水卷以文衡山用筆比擬之是隔雲山一萬重矣

國初北平孫退谷蓄萬卷樓藏書甚富而賞鑒書畫尤精著有庚子銷夏記八卷退

谷殁後其物大半歸黃崑圃家所散於海內者亦復不少如記中所載之唐僧懷素小草千文歐陽文忠集古錄跋尾黃山谷松風閣詩朱晦翁城南二十詠貫休羅漢易元吉猴猫圖宣和御題十八學士圖張擇端清明上河圖趙榮祿書陶詩小楷及枯樹賦余皆親見之

高江邨嘗言世人之好法書名畫而必欲竭貲力以事收蓄與決性命以饕富貴者何異其言甚確然觀其有小印一枚曰江邨三十年精力所聚可見其好之篤嗜之深未必能作雲煙過眼觀也銷夏錄中之物亦有真有僞如蘇文忠送安國教授詩有陳石磵跋者今藏家𧹞堂侍郎家的是𨻶鈎廓填而江邨亦收蓄之視為至寶何也

收藏書畫是雅事原似雲煙過眼可以過而不留若一貪戀便生覬覦之心變雅而為俗矣試觀古來收藏家從無有傳之數百年子孫尚能守者

有明一代書家前有三宋二沈後有文祝董思翁諸公此其最著者其餘如吳匏庵李西伯陸子傳王雅宜張東海婁孟堅陳魯南王百穀周公瑕之流亦稱善書可為案頭珍玩大約明之士大夫不以直聲廷杖則以書畫名家此亦一時習氣也

有明一代畫家盛推文沈唐仇為諸家之冠然而可傳者尚多如王孟端戴文進杜東原姚公綬陶雲湖呂廷振周東村陳道復王仲山袁叔明陸包山宋石門王酉室錢叔寶謝樗仙趙文度張君度孫雪居丁南羽莫秋水董思白楊龍友陳仲醇李長衡輩亦卓然成家近時收藏書畫者輒曰宋元宋元豈易言哉即有一二卷冊條幅又為海內士大夫家珍祕反不如降格相從收取明人之易為力耳

唐

元宗鶺鴒頌紙本高七寸八分長五尺八寸紙凡四接歧縫內俱有開元二字小印結構精嚴筆法飛動迥非唐以後人所能為之有蔡京蔡卞二跋前後俱有宣和政和小璽蓋宋時曾入內府者相傳尚有黃山谷一跋已亡之矣謹案　御刻三希堂法帖第二十七冊有明洪武初人林佑跋語云唐元宗鶺鴒頌宋時藏於祕府徽宗朝有鶺鴒千數集於艮嶽龍翔池遂出此卷示蔡京蔡卞因題於後宋亡卷遂流落民間為指揮方明謙得之佑謂元宗有一李林甫徽宗有一蔡京正鴟梟敵日鳳皇遠避之時雖有鶺鴒數萬何益於治亂存亡哉據此則知卷後不止失去山谷一跋也今刻經訓堂帖者即此本

歐陽率更夢奠帖真蹟計七十八字宋時曾入御府有悅生圖書則知又是賈秋壑家中物也後有趙子昂郭天錫二題乾隆戊申歲太倉畢竹癡員外曾購得呈其兄秋帆先生先生以夢奠二字非吉語旋復還之余時在先生河南節署一見後不知所歸

虞祕監書汝南公主墓志起草凡十八行有李東陽莫是龍王世貞毛澄王鴻儒陳繼儒文嘉嚴澂諸題又錢穀張鳳翼獻翼觀款相傳是王敬美奉常家故物也敬美謂其蕭散虛和風流姿態種種有筆外意高可以入蘭亭頭腦方之室卑亦在枯樹賦上其稱重如此張氏清河書畫舫則定為米元章臨本余亦未敢視其必真然董思翁曾刻入戲鴻堂帖金壇王肯堂太史又摹入鬱岡齋帖經諸賞鑒家品題自足寶貴耳

顏魯公竹山書堂聯句詩真蹟書於絹素雄古渾厚用墨如漆迥非後人所能模倣國初藏真定梁相國家刻入秋碧堂帖者是也乾隆辛亥歲為畢秋帆先生所得先生歿後圖籍星散又為揚州吳杜邨觀察所有嘉慶丁卯歲粵東李載園太守來吳門攜有杜少陵贈衛八處士詩墨蹟卷其書皆狂草如張長史筆意而杜邨觀察

適至顏冊亦在篋中余因邀二君各持墨蹟同觀於虎邱懷杜閣下余笑曰顏杜生於同時而未及一面今千百年後使兩公真蹟聚於一堂實吾三人作介紹也按新唐書天寶十二載安祿山反魯公守平原少陵避走三川後魯公以元載譖貶湖州在大歷初年正少陵出瞿塘下江陵泝沅湘時也

靈飛經四十三行墨蹟在上清瓊宮陰陽通真祕符之前即海昌陳氏藏真帖祖本其最後十二行是藏真之所闕也按靈飛經為唐開元廿六年玉真長公主奉敕寫元袁清容始定為鍾紹京書其說蓋本思陵於經生書不收入內府一語然亦未能斷定為鍾書也明萬歷三十五年冬董思翁得之吳用卿家後思翁寫蓮華經必展閱一過珍如球璧庚戌歲思翁出所寫蓮華七卷質於太常卿陳公搢城所每卷議值百金而歲太常有難色乃以靈飛一冊輔之越十六年思翁遣其子持金來索蓮華甚急而陳氏正在勒石不便遽反往復不已太常之子湖廣參政名之仲者遂將靈飛抵蓮華以塞其意參政私將靈飛割留四十三行藏於家意作雷煥留劍公案而思翁竟未檢及也至戊辰歲參政過思翁於西湖昭慶寺問靈飛無恙否則已作王謝家燕矣自此四十三行藏於陳氏傳至[illegible]齋中丞名用敷者亦能世守吾鄉秦

味經司寇素聞飛名從中丞借觀數四中丞跋為司寇門生不得已乃贈之司寇既得祕不示人歿後其子郁軒太史稍稍詒於人聞中丞任安徽布政時偶過錫山以計購歸仍為陳氏所有真藝林佳話也余老友陳無軒學博曾載入寓賞編與余備述甚詳是細麻紙本甚完好都四十三行計六百八十五字較諸全本雖僅吉光片羽而與石本對勘則結體用筆豪髮不爽至於精神奕奕自在遊行又非石本所能幾及也余年來奔走衣食以不獲一見為恨後見曾氏滋蕙堂帖乃知即從藏真翻刻故亦缺此十二行並作趙松雪偽跋於後則較藏真有霄壤之隔矣余前年冬在邗上知為吳餘山文學所購令中書舍人謝君若農借以上石嘉慶辛未十月廿日過楓涇鎮始觀於若農齋中摩挲石刻幾三十年一朝得見真蹟喜不自勝他日尚擬從餘山再乞一觀僅挾此十二行以補陳曾兩家之闕不亦大快事耶

徐季海書朱巨川告白麻紙本高八寸五分長五尺八寸六分計三十二行前後有尚書吏部告身之印四十三方又宣政小璽蓋宋時嘗入內府者其鮮于樞張可與張晏三題之後并書新唐書本傳二十行又董思翁一跋即戲鴻快雪祖本也余在畢秋帆先生家見之後為豪貴所索遂入京師

范隋告身絹本高八寸長三尺六寸係宗咸通二年六月告上粘云將仕郎權知幽州良鄉縣主簿范隋十四字即文正公五世祖也後有宋人跋語二十一人元人跋語二人今藏吳門范氏義莊有石刻

懷素小草千文卷黃素絹本高九寸長八尺七寸六分筆法嚴密字字用意脫去平時劍拔弩張之習而一趨於自然後題貞元十五年六月十七日於零陵書時年六十有三字勢略偏側正其晚年作也後有宣政三璽即宣和書譜所載四卷之一卷用黃素八方每交接處用軍司馬印印之相傳素師居永州龍興寺即吳呂蒙故宅寺後浚井得軍司馬印故素師每作書必用是印後有文休承一題具載始末嚴分宜冰山錄中物也　本朝康熙中為商邱宋中丞所得不知何時歸入明府乾隆丙午歲吳杜村太史購於京師以贈畢秋帆先生余嘗摹入經訓堂帖較停雲所刻有過之無不及處

有唐一代墨蹟告身而外惟佛經尚有一二大半皆出於衲子道流昔人謂之經生書其書有瘦勁者近歐褚有豐腴者近顏徐筆筆端嚴筆筆敷暢自頭至尾無一懈筆此宋元人所斷斷不能跋及者唐代至今千餘年雖是經生書亦足寶貴往時雲間沈屺雲司馬記余集刻晉唐小楷為其聚唐經七八種一曰心經（即屺雲所藏）一曰鬱單越經（歙縣鮑席芬家所藏）一曰轉輪王經（紫昌嚴東有所藏）一曰金剛經（吳門陸謹庭所藏）一曰長壽王品迦絺那經（吳江沈孫眺所藏）一曰大般若經（吳門黃蕘圃所藏）一曰蓮華經（揚州徐芝亭所藏）一曰漢陽塔中殘經（張芑堂所藏）他如兜沙經（吳門集氏所藏）律藏經（王夢樓所藏）之類生平所見者不一而足乃悟靈飛經之非鍾紹京書不辯而自明矣

羅昭諫嘗為先武肅王鎮海軍掌書記昭宗賜王鐵券時羅正在幕府則謝表必其手筆也余年十九在吳門清嘉坊書肆中見昭諫手書謝鐵券表稿字如中指大後書乾寧四年月日臣羅隱代脫十二字代脫者代為脫稿之義也後有劉青田一題考之甚詳　國初藏勵宗萬家不知何時流落吳門當時索價五百金無有售者後為粵東一客所得屈指四十餘年至今猶在心目

張僧繇沒骨山水一幅絹本上列兩峯青綠相間其下蒼松三株白雲一道掩映於紫翠之間落筆雄奇出人意表舊為宛平王相國家所藏畫之上方有禹鴻臚之鼎題記

尉遲乙僧天王像絹本著色真唐人筆法也本立軸作袖卷裝池橫看自宋時已然後有宣和紹興小璽及內府圖書之印並明道元年十月十日奉聖旨審定及

內侍盧道隆等官銜又元張金界奴上進題名一行項墨林家物也畢秋帆尚書以五百金得之乾隆五十六年七月進呈今藏　內府

五代

先武肅王賜崇吳院長老僧嗣匡墨牒一道前一行有天下都元帥五大字後題龍德二年十二月牒最後又大書都元帥吳越王六字下有押猶今之畫帶也文作駢體字徑六分絕似蘇靈芝憫忠寺碑蓋晚唐書法皆如此是物自元明以來世藏台州本家與鐵券並守憶於乾隆辛亥歲余在會稽同修郡志嘗借觀為雙鉤一通刻小清祕閣帖中至道光癸未歲余再至會稽則知為家新溪族祖所得矣按姑蘇志崇吳寺在今吳江縣充浦前臨太湖兩洞庭山在望惟地僻鄉隅鮮有至者他日擬再刻一通付之寺僧猶見五代時牒封寺院之文也

先忠懿王工於草書見之史冊今藏台州白石山本家者乃手狀七行後具押字余前已雙鉤刻石其米元章危太樸諸跋皆為人竊去惟存熙寧元豐元祐題名而已中有賈平章觀歎書法極工癸未春三月余往台州因觀鐵券又復摹搨者累日

楊凝式神仙起居法真蹟凡八行後有米友仁商挺留夢炎諸題阮雲臺宮保嘗以

亦余余所疑之未為便鈎其後卒以刻石有跋記於後

王齊翰挑耳圖卷前有徽宗御題勘書圖三字又王齊翰妙筆五字畫一貴人自挑其耳坐於屏幛之前衣紋精細設色甚工儼然吳道子法也後有蘇東坡潁濱兄弟及王晉卿題跋舊為吾鄉安氏之物嘉慶壬戌十月在揚州吳杜邨太史家見之

世稱唐小李將軍之畫今所傳者絕少余嘗在吳盤齋大令眼城署中觀五代時衛賢所畫廣寒宮圖樓臺殿閣細逾毛髮中有一宮門上書廣寒清虛之府六字離宮別館用筆若綠刻劃精整纖無剩意其款兩字在一石隙之間懸小李將軍亦不能過之也鑲邊絹上有梁焦林鑒賞印記其上又有一小璽模糊不辨想是南宋故府之物

董北苑瀟湘圖思翁舊物也藏畢秋帆尚書家卷長丈許神采煥然具有遠山蒼翠江水瀠洄景象中流有一舟坐朱衣烏帽一人旁有二姝及鼓瑟吹笙者又岸上漁人布網漉魚者蓋取謝宣城詩洞庭張樂地瀟湘帝子遊二語為境耳思翁一生畫學得力於此前後有三跋隨筆中亦載之後為豪貴奪去今不知所歸

宋

高宗賜岳忠武墨敕草書十四行在硃色雲龍箋上有皇帝上用書詔之寶兩璽此敕舊藏西湖岳廟為奉祀孫世守乾隆六十年汪稼門先生為浙江布政使始為裝池題一詩一跋刻諸石上嵌於廟壁時余在轉運使署因將搨本寄翁覃溪先生先生欣然賦詩見寄余乃請方伯并刻之自此海內之士題詠遂遍迄已滿卷如斗勝矣

高孝二陵墨蹟一高宗草書在團扇上書芳草西池路柴荊三四家憶曾騎款段隨意入桃花一首後用德壽硃文璽當為高宗晚年筆一孝宗書春雲初起拂青林冉冉因風度碧岑既解從龍作霖雨油然出岫豈無心廿八字合裝一冊為仁和趙晉齋文學所藏近時士大夫題詠甚多余亦題二絕云石經剝落長苔痕遺恨冬青不足論留得二陵真蹟在蓬門猶識趙王孫又香再拜啓題封想見揮毫德壽宮龍鳳昇天陵谷改尚餘文翰扇清風

陳簡齋詩卷紙本凡一百零一行計詩二十三首舊有張宣公標題今不存後宋賸卷劉西臺危太樸諸跋具在案宋史簡齋名去非仁宗時為資政殿大學士太樸跋語具詳始末

蔡忠惠謝賜御書詩表字如指大結構精嚴後有文與可米元章二跋按緒書斷載仁宗深愛君謨書嘗以御筆書君謨兩大字并詩以寵異之君謨乃作詩表謝即此卷也往時見雲間陶氏刻入春雨樓帖後見墨蹟在五柳居陶蘊輝家索價五百金無有售者

又忠惠自書詩稿計八頁每頁十行共七十三行第一行書詩之三下書皇祐五年二月正忠惠自福州入京一路紀行之作也其第二頁題龍紀僧居室之下有此一篇極有古人風格凡字則歐陽永叔親筆也是冊南宋時曾入賈似道家前後俱有悅生葫蘆及長字印記又有楊廉山張正民蔣璨張天雨張楓胡粹中諸跋其書雖草草不經意實君謨妙墨也

蘇文忠書余所見者不下十餘種真偽參半按崇寧大觀間蔡京用事以黨籍禁蘇黃文詞并墨蹟而毀之至政和間始弛其禁故後世傳者少也曩在京師見翁覃溪先生家有大書偃松屏贊乃其謫惠州時為書示其子過者第絹本毀滅不全余集其數句刻入小清祕閣帖又有九歌六段是從家怡齋方伯處得雙鈎上石未見真蹟

又文忠書四十二章經真蹟余於乾隆六十年二月在福州觀於汪簡莊明府齋中書在絹素織成朱絲闌高九寸許長七尺二寸小楷微帶行筆共一百廿八行前有十數行破裂者而後幅完好無闕有宋僧悟静元王原吉哼存素石羊山樵四跋吾友陳無軒載入寓賞編茲不復贅後為簡莊于元度攜於行篋在晉陵舟中遇賊竊去越二十餘年京口楊子堅忽於友人家見之今不知所在惜哉

又文忠楠硎卷有趙松雪題跋向藏洞庭山席氏乾隆丙午有沈某凡弟二人善作偽書以售於人遂借以雙鈎與原蹟無二以示畢秋帆先生時先生為河南巡撫竟以千金得之實偽蹟也

黃文節松風閣詩卷高九寸餘紙本三接長六尺二寸無款印元至治間為皇姊大長公主收藏不擇人而題者十四人大半皆有官銜乾隆己酉春三月觀於鎮洋畢澗飛家

又文節書劉禹錫伏波神祠詩卷明時為嚴分宜舊物有張於湖范石湖兩題今藏諸城劉文清公家信芳尚書嘗以示余生平所見山谷墨蹟此為第一

宋禮部書宗室崇國公墓志銘鄭居中撰文幾二千字余所見者有大小兩本絕似褚河南哀冊後有袁桷鄧文原黃溍柳貫揭傒斯危素吳寬七跋其一今藏婁涼齋梅

麓員外家共一藏揚州𨚍氏按米襄陽志林當時臨摸米書船有可以亂真者有二人馬一吳安叔名琚一陳伯修之子陳寺丞禮部俱授以作字提筆之法或兩人所臨也

又禮部虹縣舊題真蹟卷無款有碩齋秘玩圖書是華亭王氏之物後有金大定間劉仲游元好問兩跋雲南周氏曲阜孔氏皆鈎模入帖

又禮部書杜詩壬寅山水歌墨蹟卷絹本後有徐守和兩跋雲南周氏曾刻春雨樓帖今藏吳門汪省存茂材家

朱文公註經草稿真蹟余見者有二種一為嘉善謝若農中翰所藏易繫辭自允發首善補過也起至凡三百有六十句止計六十一行一為吳門陸謹庭孝廉所藏論語顏淵問仁至司馬牛問仁計五頁近日又有人刻集注稿行款尺寸大約相同當是文公一手書者

朱文公和張敬夫城南二十詠北平孫退谷侍郎所藏前有李賓之篆書晦翁手澤四字後有千文傳黃溍于淵李東陽吳寬周木陸簡何喬新董越李士實張元禎常宏十二人題跋楊鐵崖和詩後又有陳白沙謝肇淛徐渤三題其黃溍書城南齋記稱常熟錢君伯廣早從其鄉先達尚書千先生遊先生守婺源時得朱子手書城南詩二十詠而寶愛之卒乃歸諸伯廣遂即所居東偏構一齋扁曰城南且以城南自號焉按虞山譜伯廣諱廣千一公七世孫柳溪先生寬之胞兄也

庚辰十月廿六日偶晤趙季由太守於吳門寓齋出示吳雲壑書歸去來辭真蹟筆華飛舞全用米法後有董思翁一題傾倒殊甚惜其物已經落水有斑痕墨光亦退矣

文信國書慈幼堂三字為吳中顏頤醫陳仲和所得即以名其堂後有陳繼王鏊劉吉卿濬費誾吳寬楊士奇胡濙楊榮金幼孜李東陽楊翥馬紹榮王恕耿裕白昂倪岳陳鎰朱仲陽張昇靳貴劉忠毛澄楊守阯吳儼李傑楊廷和陸簡宋敘二十九人題跋此吳門陸謹庭孝廉所藏嘗倩同邑陶君名廣者諸人名號爵里甚詳有小記附於後

馬遠松陰高士圖吾鄉李芥軒先生所藏閱百年矣嘉慶庚申從子有穀持以示余按遠畫本師李唐用焦墨作樹石筆力蟜蟜千古獨絕矣小仙所從出也

李營邱秋山行旅吳門繆武子家藏凡宋人大幅畫絹素黝俱是雙拼此僅存半幅

矣乾隆戊申歲畢秋帆先生為河南巡撫聞其名為物色之有客攜至汴梁者余時在節署因獲觀焉

米元暉雲山圖卷紙本款題紹興十一年九月五日懶拙米元暉戲作十六字後有元人韓性王逢楊遵顧祿宇文公諒朱文瑛陶九成諸跋道光乙酉四月偶於汪氏見之

元

趙榮祿書壽春堂記大楷書是絹本屏幅剪裝巨冊者嘉慶元年余客兩浙轉運使幕中雲間陳古華太守攜以見示同海鹽張穆菴都轉烏程陳無軒學博披覽一過後阮雲臺先生嘗刻石武林

元妙觀重修三門記烏絲方格字大逾寸前有篆書八大字作四行本文計六十三行每行八字有董思白李日華兩跋錢塘梁文莊公家藏物也嘉慶元年二月余謁山舟先生始觀此卷曲阜孔氏既刻鑒真帖而長白穆齋相國見而愛之因介余往錢塘傳鈎又收入松雪齋帖

二贊二圖詩卷凡二百三十二字後有卞華伯王弇州董思白陳眉公文湛持五跋思翁謂是卷學顏魯公送蔡明遠叙兼米海嶽用筆迥異平日之作洵至論也向藏畢秋帆尚書家余嘗鈎刻入經訓堂帖嘉慶己巳偶遊京師知為劉文清得之今又為煦齋相國所有矣

汲黯傳小楷用歐筆爛漫千餘言當為松雪平生傑作惟余近年所見者已三本俱有文衡山補書絹紙相雜真贋莫辨甚矣哉作偽之人也

天冠山詩本廿八首今陝刻祇廿四首乾隆戊申己酉間北平翁覃溪先生督學江西得一本紙墨完好後松雪自題云道士祝丹陽示余天冠山圖求賦詩為作此廿八首按其時是延祐二年松雪在京師官集賢學士未嘗至此山也陝刻跋云予昨遊天冠山且謂山在丹陽郡不知是山在江西貴溪丹陽乃道士號足證陝刻之不真然用筆自佳非近世人所能為之或曰文待詔少年作也

小楷過秦論三篇刻於戲鴻堂帖者惟一篇耳嘉慶乙亥婺源齊梅麓員外宰吾邑偶談此卷云真蹟在其同鄉董小枝編修處越數年果得之既而董又取去且云五年後當惠贈也梅麓賦詩云鷗波妙墨世原稀況復香光跋入微趙璧竟從千里去吳鈎今許五年歸米顛豪奪真無賴李布盟言豈有違寄語山靈好呵護莫教化作

朵雲飛他日此卷竟來余當爲員外一弁上石以與戲鴻滋蕙兩刻抗衡亦快事也

洛神賦松雪平生臨本最多相傳松雪曾見過王子敬墨蹟者余曩在京師見司馬達甫中翰家一本紙墨如新今爲孫制府平叔氏所藏粤東吳荷屋方伯亦有一本惜前缺數行乞詒晉主人補書之其餘如梁蕉林所藏刻入秋碧堂者尚是真蹟至經訓堂帖所刻楷書本則僞矣而學者甚多有翻刻盛行於世異哉

頭陀寺碑文吳門蔣氏所藏余於己卯三月在斌笠耕觀察舟中見之用筆在洛神枯樹之間可寶也

神仙篇五首一張正見二盧思道三王融四陳思王五郭景純後書大德改元三月廿六日水精宮道人書字如中指大蜜和峭拔當似松雪中年得意之筆然觀其卷中如億之作憶娥之作蛾阿誰作何誰進趨作進趣恐松雪未必至此其爲僞本無疑今在英相國家

舊聞當湖家夢廬處有松雪臨黃庭經卷思之十年不得一見道光丙戌春日偶於梅麓員外寓齋閱之後無年月可考當其結體用筆實松雪早年書殊乏英俊之氣有鄧善之楊載等十六人題跋皆真

臨褚河南枯樹賦卷白宋箋本長洲宋小巖編修所藏後歸畢秋帆先生有趙孟淥白瑛陳深龔璛周天球黃姬水彭年文嘉王世貞文伯仁黎氏表諸題最後有太僕寺印及撫治鄖陽等處關防是明時王敬美家舊物

快雪時晴四大字乃是題張伯雨臨右軍帖前者後有徐幼文山水一幅今藏查小山比部家

仇府君墓碑字與壽春堂記相等前篆額六行計廿四字內兩行爲後人重補此卷今藏笠耕少僕家惜文中闕數行失去仇公諱字後有倪鉦一跋云仇字彥中又見虞道園書仇公墓志始知仇名鍔也

嘉慶乙未春余在京師過質郡王府見松雪畫陶靖節像淵袖幅巾手携一杖翩翩欲仙上書歸去來詞小楷十二行真妙筆也郡王薨後世子尚幼惜不能再見矣孫平叔制府家有松雪小楷歸去來詞是畢氏廣堪齋舊物余嘗模入集珍帖中當其用筆當爲中年之作

松雪所題蘭亭十三跋墨蹟並定武蘭亭余嘗於吳杜邨太史家見之所謂獨孤長老本是也尚有吳傅朋錢舜舉及柯九思二跋爲商邱陳望之中丞所藏後德清談谿華觀察得之談沒後被火圖籍俱失惟此卷尚存數字今在英相國家

吳門陸謹庭嘗得松雪畫李太白廬山觀瀑圖青綠山水一紙皆滿無空隙處而一種幽深元遠之趣溢於尺寸間非松雪妙筆不能傳之也後有元明人題識甚多其姚公綬一跋最長惜爲後人妄加趙氏子昂四字朱文印真爲蛇足

庚戌三月余往婁東在畢澗飛員外家見魏公自繪小像紙本長尺許闊七寸作一鏡像居其中僅畫半身頭戴一笠身著月白氅衣兩圓而後偉丰神爽爽微鬚其元世祖所稱神仙中人也上惟有仲穆書贊兩行又在友人處見一像有自題七律云致君澤物已無由夢想田園雲水頭老子難同韓子傳齊人終困楚人咻濯纓久判從漁父束帶寧堪見督郵準擬新年棄官去百無拘繫似沙鷗後題大德二年正月人日趙孟頫自題又一行云至治二年八月男雍拜裝觀魏公此詩其出山服官非素所願然亦何苦作此白珪之玷也

趙松雪嘗拜中峯和尚爲師爲畫一小像甚妙盤椅一張師横臥其上朱履一雙脫在椅前此種畫法古所未見後有偈云身如天目山寂然不動尊慈雲灑法雨徧滿十方界化身千百億非幻亦非真見贊不可得爲師作贊竟至大二年正月人日弟

子吳興趙孟頫焚香謹贊此幅往在吳門陸白齋先生家見之曾倩南潯陸梅圃臨過一幅後爲友人攫去觀此兩像皆畫於正月人日或命意有在也世所傳管仲姬墨竹最多而真者絕少憶於甲寅三月余在錢塘晤鮑綠飲先生於西湖寓中見一卷當是夫人生平傑作後有夫人之姊名道杲者嫁於姚居南潯一詩一跋寫作俱妙題云綠窗無長物樹蕙與滋蘭光風布淑氣揚揚畹畝間窗外何所有修竹千萬竿密葉數下陰勁節當歲寒方欣同臭味且以報平安吾妹忽來過綠紗生薄寒結賂佩緩重之青琅玕寫真一揮灑新墨猶未乾古意鎮長在高風渺難攀况有楚媛德懿名垂不刊後跋云至大二年四月二日吾妹魏國夫人仲姬見訪於南潯里第燕坐君子軒夫人笑曰君子名軒何以無竹爰使女奴磨墨寫此幅於軒中夫婦人之事箕帚中饋刺繡之外無餘事矣而吾妹則無所不能得非所謂女丈夫乎爲吾子孫者可不寶諸俟他日妹丈松雪來看當又乞題詠也姚管道杲識

趙仲穆書畫皆人稱其克紹家風然用筆太重重則近俗無復有乃翁秀色固知筆墨一道各有天分存乎其間雖父子不能傳也余弱冠時在吳門見仲穆手書長卷所錄古今體樂府小詞共計三十五首後題延祐六年春正月寄吳德璉妹丈一觀

云云後有文衡山詩初丙題皆精衡山跋謂德璉者即王國器號公長孫也德璉長於新樂府當時為楊鐵崖所稱故此卷所書樂府為多宜亦投其所好耶

虞文靖公書其先世宋丞相雍國忠肅公允文所撰誅蚊賦桂花紋白綾本共計七十二行前後十七行參錯書在紙上蓋虞其方外交閑上人所請也後有魯成柯九思虞大年王敬方鄭元祐楊彬并元祐書刻石疏共七題此卷明時藏沈石田家後歸岳鄉華東沙氏至 本朝又為梁蕉林所得畢氏經訓堂帖始刻之

倪介之號醉翁本籍江西以元末亂隱居姑蘇跌宕自喜與雲林生往來工草書宗懷素余嘗見其蕉池積雪詩卷董香光侍郎所藏也後有金問魏瀚呂崇吳昂王淮朱應祥蔣宗誼姚公綬鮑浩馬時正十人題跋並下合之安鹿邨書畫印記惜為後人塡墨殊失真面目矣

張伯雨書賛出自松雪翁而又有一種逸韻與柯丹邱異曲同工曩從王夢樓太守案頭見所書台僊閣記殊妙竟似松雪矣其片縑短幅平生所見甚多一時難以悉記

趙大年江邨秋晚圖絹本無款前後有元初人圖書印三方後有龔璛吳訥趙孟頫陳敬宗四題真蹟也

高房山山水簡澹超逸可與二米相伯仲余嘗見其墨竹一幅亦可與吳仲圭頡頏之相伯仲矣有趙松雪一詩題其下云高侯落筆有生意特立兩竿煙雨中天下幾人能解此蕭蕭寒碧起秋風

黃子久與王叔明倪雲林吳仲圭俱為有元一代名家惟子久清真秀拔煩簡得中不特為三公之冠實可越房山松雪而上之余曩時所見畫幅甚多惟在京師 內務府胡某家見浮嵐暖翠一幅為最妙

王叔明為松雪外孫畫宗李昇而皴法少異其品在松雪大癡之間萬壑千巖長松修竹又是一種谿逕余嘗見叔明畫紫雲山圖真蹟出筆奇古與平時所作迥異固知名家一邱一壑無不臻妙境也

叔明嘗為陶九成作南邨真逸圖余在秋帆先生家見之高八寸長三尺許紙本不著名款惟用黃鶴山樵印一方後附孫作撰傳王彝撰序胡儼撰記金聲跋語皆一時名手張丑題云萬歷戊午春獲於長洲吳氏是原博太史故物也又云叔明與九成為中表兄弟每過南邨輒流連不忍去興酣落筆樸郁深至可一埽丹青故習非松風閣聽雨樓琴鶴軒諸卷所可比倫也舊時尚有叔明自題篆書五字今失去

倪高士懶遊窩圖卷紙本高六寸五分長一尺四寸後有記二十行書法類右軍東方先生畫像贊題款曰壬寅九日句吳倪瓚為安素先生寫前後有彭敬叔徐來二詩按雲林集載此文文中所謂金君安素者實先世承謙公也至正末年人洪武初累薦辟以人材科將授官以疾引退改姓金氏字曰安素耕讀堰山之陽以終其身距雲林所居甚近家譜所載是卷昔嘗見於陸白齋先生家既又見一幅有記無圖畢秋帆尚書所藏曾刻入經訓堂帖者實僞本也

又嘗見雲林溪亭山色一幅款題丁未五月東海倪瓚畫後有吳匏菴卞華伯二詩吳云聽松庵裏試茶還第二泉邊更看山獨有去年詩與倪雲林清閟墨斑斑卞和云倪迂仙去幾時還留得溪亭對遠山老我今為亭上客啜茶閒試鷓鴣斑俱是真蹟

梅花道人書畫俱妙余所見不下一二十種畫竹尤多於山水嘉善家穎堂少宰有大幅竹最妙次則試笠耕少僕所藏之絹本雨竹皆仲圭生平傑作也又道人有草書心經一卷為詒晉齋主人所藏後贈少宰以少宰是嘉善人與道人同里也少宰遂屬余刻石梅花菴有跋記之

顧安字定之善畫墨竹與吳仲圭以蒼老勝定之以秀色勝也揚州吳杜邨觀察有小幅立軸余曾雙鉤刻石贈江元卿員外又吳門王月軒所藏長卷中有折竹一枝殊妙又在錢塘趙氏見一幅後有屈生題云海內人傳顧定之生平畫竹發清奇披圖記得湘江夜翠影參差月下時

僧大祐書七寶泉開山順菴主行實並道衍書順菴主塔銘合卷有錢仁夫李應禎戴冠三題吳縣光福寺中舊物也按道衍即姚恭靖書時在洪武十三年是未見成祖之前

元僧善繼三世血書華嚴經八十一卷在今虎邱半塘橋龍壽山房相傳金華宋景濂是善繼後身今有景濂一跋在第二卷後明人題跋觀款散題於諸卷上者凡數十處不能盡記也

有元一代書法大約俱由松雪門逕如柯丹邱白湛淵郭天錫張伯雨仇山村俞紫芝是也亦有獨自成家者如虞伯生鮮于困學康里子山鄧善之周公瑾楊鐵崖陸宅之是也

有元一代畫家全講氣韻不名一格實能超出唐宋人刻畫之習黄王倪吳無論矣生平所見者山水則朱澤民高房山盛子昭方方壺曹雲西諸家花卉人物則王若水王元章錢玉潭孟玉澗諸家蘭竹則鄭所南李仲芳蘇昌齡顧定之李息齋及其子遵道諸家如過眼雲烟不能悉記皆所謂以氣韻勝人者也

履園叢話卷十終

履園叢話卷十一上

清　勾吳錢泳梅溪輯

書學

鍾鼎文

三代已有文字而今不傳所傳者惟大禹岣嶁山碑比干銅槃銘周宣王石鼓文穆王壇山刻石孔子延陵十字碑及詛楚文之類前人有信之有疑之即如薛尚功鐘鼎款識刻本載有夏琱戈鉤帶銘及商器各種款識余亦未敢信也惟周鐘周鼎及尊彝壺爵卣甗簠簋觶觚敦盤匜盦盤匜之文尚有可據雖後世亦有依式仿造者而其銘文之古與字畫之精確決非後人所能僞作故讀書者當先讀六經爲文章之源流講篆隸者當先考鐘鼎文爲書法之源流也

小篆

學篆書者當以秦相李斯爲正宗所謂小篆是也惜所傳石刻惟有泰山二十九字及琅邪臺刻石十二行而已自程邈一變小篆而爲隸書篆學漸廢蓋篆體圓有轉無折隸體方有折無轉絶然相反令人有認漢器款識印章及五鳳題字三公山碑爲篆書者誤矣觀徐鼎臣所摹繹山會稽碣石諸刻尚得秦相三昧而唐之李少溫宋之夢瑛張有元之周伯琦明之趙宦光愈寫愈遠矣本朝王虚舟吏部頗負篆書之名既非秦非漢亦非唐非宋且既寫篆書而不用説文學者譏之近時錢獻之别駕亦通是學其書本宗少溫實可突過吏部老年病廢以左手作書難於宛轉遂將鐘鼎文石鼓文及秦漢銅器款識漢碑題額各體參雜其中忽圓忽方似篆似隸亦如鄭板橋將篆隸行草鑄成一鑪不可以爲訓也惟孫淵如觀察守定舊法當爲善學者微嫌取則不高爲夢瑛所囿耳獻之之後若洪稚存編修萬廉山司馬嚴鐵橋孝廉及鄧石如吳山子俱稱善手然不能過觀察别駕兩公中年書矣

隸書

隸書之名見前後漢書又曰八分見晉書衛恆傳八分者即隸書也蓋隸從篆生程邈所作秦時已有亦謂之佐書起於官獄事繁用隸人以佐書之故曰隸書取簡易也篆用圓筆隸用方筆破圓爲方而爲隸書故兩漢金石器物俱用秦隸至東京漢安以後漸有戈法波勢各立面目陳遵蔡邕自成一體又謂之漢隸其中有減篆者有添篆者有篆隸同文者有全違篆體者魯魚之惑迥渭難分真書祖源實基於此迨鍾傳一出又將漢隸變爲轉折畫平竪直間用鉤趯漸成楷法謂之真書隸篆之

迺紛沒盡矣。自此兩晉六朝從事眞書，一行隨有行楷行草，紛雜隸學。自梅唐人習者雖多，實與漢法愈遠，何也？唐人用楷法作隸，吾非如漢人用篆法作隸書也。五代宋元而下，全以眞行爲宗，隸書之學，亦漸泯沒，雖有歐、趙、洪氏諸家著錄以發揚之，而學者殊少。至元之郝經、吾衍、趙子昂、虞伯生輩，亦未嘗不講論隸書，然郝經有云：漢之隸法，蔡中郎已不可得而見矣，存者惟鍾太傅。又吾衍云：挑拔平硬，如折刀頭。又云：方勁古拙，斬釘截鐵，方稱能事。則所論者皆鍾法耳，非漢隸也。至文待詔祖孫父子及王百穀、趙凡夫之流，猶勦襲元人之言，而爲鍾法，似生平未見漢隸者，是猶執曾元而問其高曾以上之言，自茫然不知本末矣，曷足怪哉。 國初有鄭谷口，始學漢碑，再從朱竹垞討論之，而漢隸之學復興。然谷口學漢碑之剝蝕，而妄自挑趯；竹垞學漢碑之神韻，亦擅自增損，識者病之。惟長洲顧南原隸辨一作，能以諸碑參究其法，已開，又有吳江陸虔實贈公、吳縣徐友竹處士，爲昌其學，而終未純耳。蓋古碑雖在，用筆不傳，無有授受淵源，親承指實，如花之初蕊，色香未備，栽培既久，穠艷爭芳，其勢然也。今北平有翁覃溪閣學，山左有桂未谷大令，吳門有錢竹汀宮詹，揚州有江秋史侍御，閩中有伊墨卿太守，天都有巴雋堂中翰，浙江有黃小松司馬及江秬香孝廉，皆能以漢法自命者，而學者自此日益盛云。

隸書生於篆書，而實是篆之不肖子，何也？篆書一畫一直、一鉤一點，皆有義理，所謂指事、象形、諧聲、會意、轉注、假借是也，故謂之六書。隸既變圓爲方，改弦易轍，全違父法，是六書之道由隸而絕，至隸復生眞行，眞行又生草書，其不肖更甚於乃祖乃父，遂至破體雜出，各立支派，不特不知其身之所自來，而祖宗一點血脈亦忘之矣。老友江艮庭徵君常言隸書者，六書之蟊賊；余亦曰眞行草書，又隸書之蟊賊也。蓋生民之初，本無文字，文字一出，篆隸生焉。余以爲自漢至今，人人胸中原有篆隸，第爲眞行汩沒，而人自不知耳。何以言之？試以四五歲童子，令之握管，則筆筆是史籀遺文，或似商周款識，或似兩漢八分，是其天眞本具古法，則篆隸固未嘗絕也。惟一習眞行，便違篆隸，眞行之學日深，篆隸之道日遠，欲求古法，豈可得乎？故世之學者雖多，鮮有得其要領，至視爲絕學，有以也夫。

唐人隸書，昔人謂皆出諸漢碑，非也。漢人各種碑碣，一碑有一碑之面貌，無有同者，即瓦當、印章以至銅器款識皆然，所謂俯拾即是，都歸自然。若唐人則反是，無論元宗、徐浩、張廷珪、史惟則、韓擇木、蔡有鄰、梁昇卿、李權、陸郢諸人書，同是一種戈法，一

種面貌，既不通說文，則別體雜出，而有意布置，用挑踢，與漢人迥殊，吾故曰唐人以楷法作隸，皆固不如漢人以篆法作隸書也。

或問漢人隸書碑碣具在，何唐宋元明人若未見者？余答曰：猶之說經，宋儒既立，漢學不行。至 本朝顧亭林、江慎修、毛西河輩出，始通漢學，至今而大盛也。

顧南原作隸辨，實有功於隸書，近人所學，賴爲圭臬。惟所引漢碑不用字原，隸韻或無原碑可攷，其中亦有沿誤，而翁覃溪先生排擊之，幾至身無完膚，未免過當。

許叔重云：秦燒經書，滌除舊典，官獄務繁，初有隸書，以趨約易，而古文由此絕矣。余亦曰：三國既分，圖籍無徵，鍾法一變，遂有眞書，流爲行草，而隸書由此絕矣。

書法分南北宗

畫家有南北宗，人盡知之；書家亦有南北宗，人不知也。嘉慶甲戌春三月，余至淮陰謁阮雲臺先生，時先生爲七省漕務總督，款留者竟日，論及書法一道，先生出示南北書派論一篇，其略曰：書法變遷，流派混淆，非溯其源，曷返於古。蓋由篆變爲隸，隸變爲眞書、行書、草書，其轉移皆在漢末魏晉之間，而眞書行草之分爲南北兩派者，則東晉宋齊梁陳爲南派，趙燕魏齊周隋爲北派也。南派由鍾繇、衛瓘及王羲之、獻之、僧虔等，以至智永、虞世南；北派由鍾繇、衛瓘、索靖及崔悅、盧諶、高遵、沈馥、姚元標、趙文深、丁道護等，以至歐陽詢、顏眞卿、柳公權。南派不顯於齊隋，至貞觀初乃大顯，太宗獨善羲獻之書，至歐陽虞褚皆習蘭亭，始合王氏一家，兼掩南北，然此時王派雖顯，縑楮無多，世間所習，猶爲北派。及趙宋閣帖一行，不重碑版，北派愈微，故竇臮述書賦自周至唐二百七人之中，列晉宋齊梁陳一百四十五人，於北朝不列一人，其風遷派別可想見矣。不知南北兩派判若江湖，不相通習，南派乃江左風流，疏放妍妙，宜於啓牘；北派則中原古法，厚重端嚴，宜於碑榜。宋以後學者，昧於書有南北兩派之分，而以唐初書家舉而盡屬羲獻，豈知歐褚生長齊隋，近接魏周，中原文物，具有淵源，不可合而一之也。眞爲確論。余以爲如蔡蘇黃米及趙松雪、董思翁輩，亦昧於此，皆以啓牘之書作碑榜者，已歷千年，則近人有以碑榜之書作啓牘者，亦毋足怪也。

六朝人書

晉宋南北齊梁陳隋之間，工書者林立，而晉稱二王之妙，南北重崔盧之書，又羊欣、阮研、徐淮南、陶隱居、姚元標、丁道護等，皆其選也。據金石萃編所載六朝碑刻，有一

百四十餘種，近阮宮保、孫淵如、黃小松、趙晉齋諸家所藏，又益二三十種。其間如刁遵、高湛、鄭昭道、元太僕、啟法寺、龍藏寺諸碑，實歐、虞、褚、薛所祖。惟時值亂離，未遑講論文翰，甚至破體雜出，錯落不檢，而刻工之惡劣，若生平未嘗識字者，諸碑中竟有十之七八，可笑也。

唐人書

有唐一代之書，今所傳者惟碑刻耳。歐、虞、褚、薛各自成家，顏、柳、李、徐不相沿襲，如詩有初、盛、中、晚之分，而不可謂唐人諸碑盡可宗法也。大都大歷以前宗歐、褚者多，大歷以後宗顏、李者多。至大中、咸通之間，則皆習徐浩、蘇靈芝及集王聖教一派，而流為院體，去歐、虞漸遠矣。然亦有刻手之優劣，一時之好尚，氣息之相通，支分派別，難以一槩而論。即如經生書中有近虞、褚者，有近顏、徐者，觀其用筆用墨，迥非宋人所能跂及，亦時代使然耳。今之學書者，自當以唐碑為宗。唐人門類多，短長肥瘦，各臻妙境；宋人門類少，蔡、蘇、黃、米俱有毛病，學者不可不知也。

有唐一代崇尚釋氏，觀其奉佛念經，俱承梁、隋舊習，非高祖、太宗輩始為作俑也。有唐一代崇尚法書，觀其結體用筆，亦承六朝舊習，非率更、永興輩自為創格也。今六朝、唐碑具在，可以尋繹。

宋四家書

董思翁嘗論宋四家書皆學顏魯公，余謂不然。宋四家皆學唐人耳，思翁之言誤也。如東坡學李北海，而參之以參寥；山谷學柳誠懸，而直開畫蘭畫竹之法；元章學褚河南，又兼得馳驟縱橫之勢。學魯公者，惟君謨一人而已。蓋君謨人品醇正，字畫端方，今所傳萬安橋碑直是魯公中興頌，相州晝錦堂記直是魯公家廟碑，獨行草書又宗王大令，不宗爭坐帖一派，乃知古人所學，人各異途，變化莫測，不可以臆見論定。總之宋四家皆不可學，學之輒有病。蘇、黃、米三家尤不可學，學之不可醫也。坡公書，昔人比之飛鴻戲海，而豐腴悅澤，殊有禪機。余謂坡公天分絕高，隨手寫去，修短合度，並無意為書家，是其不可及處。其論書詩曰：「我雖不善書，曉書莫如我。苟能通其意，自謂不學可。」又曰：「端莊雜流麗，剛健含阿娜。」真能得書家元妙者。然其戈法殊偏，不用中鋒。如書表忠觀碑、醉翁亭記、柳州羅池廟碑之類，雖天趣橫溢，終不是碑版之書。今類帖中所收及陳眉公集刻晚香堂帖，有真蹟，有偽蹟，夾雜其中。若秋碧堂所刻之洞庭春色、中山松醪二賦，孔氏玉虹樓所刻之小字表忠觀碑，全是惡札，何嘗是坡公真蹟耶？故友蔣礪堂中進士後，酷喜蘇書，余勸之不可學，礪堂不以為然。余問之曰：「君自學蘇書後，每書一幅，心中可得意否？」曰：「實自得意。」余告之曰：「此即受病處也。」礪堂深服余言。余年過五十，自分無有進境，亦不能成家，擬以蘇書終其身，孰知寫未三四年，毛病百出，旋復去之，廼知坡公之書未易學也。

余弱冠時輒喜學山谷書，雖老學究亦為稱賞，不竊心甚疑焉。因求教於林蘇樣先生。先生一見詠書，便云：「子錯走路頭矣。」因問曰：「將奈何？」先生曰：「必學松雪翁書，方能退轉也。」後見馮定遠論山谷詩，以為江西粗俗槎枒之病，一入筆端，便九牛拔不出，必以義山、西崑諸體退之，乃悟先生之言之妙。由此觀之，山谷之詩與書皆不可沾染一點。余謂文衡翁老年書亦染山谷之病，終遜於思翁，沈石田無論矣。米書不可學者，過於縱；蔡書不可學者，過於拘。米書筆筆飛翥，筆筆跳躍，秀骨天然，不善學者不失之放，即失之俗。如　國朝書家盛推姜西溟、汪退谷、何義門、張得天諸公，皆一時之選。余謂西溟拘謹少變化，退谷書能大而不能小，義門書能小而不能大，惟得天能大能小，然學之殊令人俗，何也？以學米之功太深也。至老年則全用米法，至不成字。即如查二瞻本學思翁，老年亦用米法，終不能成家也。

趙松雪

或問余：「宋四家書既不可學，當學何書為得？」余曰：「其惟松雪乎。」松雪書用筆圓轉，直接二王，施之翰牘，無出其右。前明如祝京兆、文衡山，俱出自松雪翁；本朝如姜西溟、汪退谷，亦從松雪出來，學之而無弊也。惟碑版之書則不然，碑版之書必學唐人，如歐、褚、顏、柳諸家，俱是碑版正宗，其中着一點松雪，便不是碑版體裁矣。譬如清廟明堂、林居野館，截然兩途，豈可渾而一之哉？或曰：「然則何不徑學唐人，而必學松雪，何也？」余曰：「吾儕既要學書，碑版、翰牘須得兼備。碑版之書其用少，翰牘之書其用多，猶之讀三百篇，國風、雅、頌不可偏廢，書道何獨不然。」

總論

余嘗論工畫者不善山水，不能稱畫家；工書者不精小楷，不能稱書家。書雖小道，其理則一。昔人謂右軍樂毅論為千古楷法之祖，其言確有理據。蓋黃庭、曹娥、像讚非不妙，然各立面目，惟樂毅沖融大雅，方圓適中，實開後世館閣試策之端，斯為上乘。如唐之虞、褚，元之趙，明之文、祝，皆得其三昧者也。碑榜之書與翰牘之書，是兩條路，本不相參也。董思翁云：余以黃庭、樂毅真書，放大為人作榜署書每懸看輒不佳思翁不知碑帖是兩條路而以劄牘為碑榜者郍得佳乎古來書碑者在漢魏必以隸書在晉宋六朝必以真書以行書而書碑者始於唐太宗之晉祠銘李北海繼之北宋之碑尚真行參半迨米南宮父子一開風氣至南朝告敕碑碣則全用行書矣總之長箋短幅揮灑自如非行書草書不足以盡其妙大書深刻端莊得體非隸書真書不足以擅其長也

思翁於宋四家中獨推服米元章一人謂自唐以後未有過之此所謂僧讚僧也蓋思翁天分高絕遊戲興尚不在眼底況文徵仲祝希哲輩耶元章出筆實在蘇黃之上惟思翁堪與作敵然二公者皆能縱而不能伏能大而不能小能行而不能楷者何也余謂皆坐天分過高之病天分高則易於輕視古人筆筆皆自運而出故所書如天馬行空不受羈束全以天分用事者也

米元章董思翁皆天資清妙自少至老筆未嘗停嘗立論臨古人書不必形似此貽明人欺世語不可以為訓也吾人學力既淺見聞不多而資性又復平常求其形似尚不能況不形似乎譬如臨蘭亭序全用自己戈法亦不用原本行款則是抄錄其文耳豈遂謂之臨古乎

凡應制詩文牋奏章疏等書祇求文詞之妙不求書法之精只要勻稱端正而已與書家絕然相反元章自敘云古人書筆筆不同各立面目若一一相似排如算子則奴書也

或有問余云凡學書畢竟以何碑何帖為佳余曰不知也昔米元章初學顏書嫌其寬乃學柳結字始緊知柳出於歐又學歐久之類印板文字棄而學褚而學之最久又喜李北海書始能轉折肥美八面皆圓再入魏晉之室而兼乎篆隸夫以元章之天資尚力學如此豈一碑一帖所能盡

虞道園云坡谷出而魏晉之法盡米元章黃長睿乃知古法雖過高之論然其言甚確

張丑云子昂書法溫潤閒雅遠接右軍第過為妍媚纖柔殊乏大節不奪之氣非正論也褚中令書昔人比之美女嬋娟不勝羅綺而其忠言讜論直為有唐一代名臣豈在區區筆墨間以定其人品乎

一人之身情致蘊於內姿媚見乎外不可無也作書亦然古人之書原無所謂姿媚者自右軍一開風氣遂至姿媚橫生為後世行草祖法今人有謂姿媚為大病者非也

思翁書畫俱是大作手其書宗北苑而兼得大小米之長尚在第二乘惟書法無古無今不名一格而能卓然成家蓋天資高妙直在古人上也余嘗見思翁一書卷用筆沈潤秀絕人寰後有跋云時年八十有一又見一書卷臨鍾王虞褚顏柳及蘇黃諸家後有跋云此數帖余臨仿一生纔得十之三四可脫去拘束之習書時亦年八十一夫以思翁之天資學力尚作書作畫老而不衰自成大家也

近日所稱海內書家者有三人焉一為諸城劉文清公一為錢塘梁山舟侍講一為丹徒王夢樓太守也或論文清書如枯禪入定侍講書如布帛菽粟太守書如倚門賣俏余謂此論太苛文清本從松雪入手靈峭異常而誤於淳化閣帖遂至模棱終老如商鼎周彝非不古而不適於用侍講早年亦宗趙董惟自壯至老筆筆自運不屑依傍古人故所書全無帖意如舊家子弟不過循規蹈矩飽暖終身而已至太守則天資清妙本學思翁而稍沾笪江上習氣中年得張樗寮真蹟臨模遂入輕佻一路而姿態自佳如秋娘傅粉骨格清纖終不莊重耳三公者余俱嘗親炙本為圭臬何敢妄生議論然見文清笑侍講為館下老婢侍講亦笑文清為滕公佳城太守笑而公爾公亦笑太守雖文人相輕自古而然而謂三公必傳可與松雪思翁爭席者則吾未敢信也

履園叢話卷十一下

畫學

總論

清　句吳錢泳梅溪輯

唐張彥遠名畫記云，畫者成教化，助人倫，窮神變，測幽微，與六籍同功，四時並運，發於天然，非由述作。又曰，象物必在於形似，形似須全其骨氣，骨氣形似皆本於立意而歸於用筆。此千古不易之論也。故凡古人書畫，俱各寫其本來面目，方入神妙。董思翁嘗言董源寫江南山，米元暉寫南徐山，李唐寫中州山，馬遠、夏珪寫錢塘山，趙吳興寫苕霅山，黃子久寫海虞山，是也。余謂畫美人者亦然，浙人像浙臉，蘇人像蘇粧。或各省畫人物者，亦總是家鄉面貌，雖用意臨寫，神采不殊，蓋習見熟聞，易入筆端耳。猶之倪雲林是無錫人，所居祇陀里，無有高山大林、曠逸絕巘之觀，惟平遠荒山，枯木竹石而已，然品格超絕，全以簡淡勝人，是即所謂本來面目也。若說病討藥，限韻賦詩，死法矣，安能妙乎。

畫當以山水為上，人物次之，花卉翎毛又次之。唐宋之法以刻畫為工，元明之法以氣韻為工，本朝惲南田則又以姿媚為工矣，然三者皆所難能也。

畫家有南北宗之分，工南派者每輕北宗，工北派者亦笑南宗，余以為皆非也。無論南北，只要有筆有墨，便是名家。有筆而無墨，非法也；有墨而無筆，亦非法也。

國初王秋山、高其佩皆工於指頭畫，自此開端，遂偏天下，然當鑒家所不取也。又有以指頭書者，又有以箸削尖作字者，謂之借箸書。余謂凡此之類，皆不可以為訓。書畫二事，以筆寫尚難於工，況以指以箸耶。又如左手書、足寫書，或以口啣筆作書，俱不足為奇，吾所不取。猶之以鼻吹笙笛，以足打十番，是皆求乞計耳，豈可謂絕技乎。

作偽書畫者，自古有之，如唐之程修己偽王右軍，宋之米元章偽褚河南，不過以此游戲，未必以此射利也。國初蘇州專諸巷有欽姓者，父子兄弟俱善作偽書畫，近來所傳之宋元人，如宋徽宗、周文矩、李公麟、郭忠恕、董元、李成、郭熙、徐崇嗣、趙令穰、范寬、燕文貴、趙伯駒、趙孟堅、馬和之、蘇漢臣、劉松年、馬遠、夏珪、趙孟頫、錢選、蘇大年、王冕、高克恭、黃公望、王蒙、倪瓚、吳鎮諸家，小條短幅，巨冊長卷，大半皆出其手，世謂之欽家貨。余少時尚見一欽姓者，在虎邱賣書畫，貧苦異常，此其苗裔也。從此遂開風氣，作偽日多，就余所見，若沈氏雙生子老宏、老啟，吳廷立、鄭老會之流，有真蹟一經其眼，數日後必有一幅，字則雙鈎廓填，畫則摹仿酷肖，雖專門書畫者一時難辨，以此獲鉅利，而愚弄人不三十年，人既絕沒，家資蕩盡，至今子孫不知流落何處，可嘆也。尚書曰：作德心逸日休，作偽心勞日拙，此之謂歟。

余生平遊歷不過六七省，凡有一才一藝者，無不欵識其人，而於書畫一道尤為留心。工書者固多，工畫者亦復不少。嘗與友人論及書畫兩事，較時文似易而實難。時文易於中式，書畫難於入彀。試看中舉人進士者，通天下計之，三年內必有二千餘人；工書工畫者，通天下計之，三年內數不出一兩人也。因就平生所見工書畫者，彙而記之，各為小傳云。

畫中人

錢載，號籜石，秀水人，乾隆壬申進士，官至禮部侍郎。能詩，工寫生，不甚設色，崩竹尤妙，書卷之氣溢於紙墨間，直在前明陳道復之上。余少時尚見之。

王元勳，字湘洲，山陰人。少未讀書，而喜於畫，人物尤其所長，嘗為余臨宋本先武肅王像，出筆如篆，自在遊行，恐吳道子亦不能過之也。年八十餘卒。

王三錫，字懷邦，自號竹嶺，太倉人，王日初弟子也。山水宗大癡而加之以秀潤，當時與張墨岑齋名，遊歷名山，幾遍天下，得其片紙，如獲球璧。余與竹嶺為忘年交，有膝上鳴秋圖，其所繪也。年八十餘，尚喜遨遊山水。

王宸，號蓬心，為麓臺司農曾孫，以舉人官內閣中書，出知湖南永州府知府。畫宗家法，多用渴筆，蒼勁中有氣韻，為海內所稱。太守在京時，有小僕陳桂者，窮甚，夜惟一被，而桂甚孝，嘗以被覆母，而已則和衣以睡。太守憐之，為作山水小幅，上題云：刮毛龜背不成氈，破被將來老母眠，戲語山僮休悵望，為伊十指換青錢。復題云：此畫懸之市肆，當有好事者以布衾易之也。其風趣如此。畢秋帆先生云：太原子弟俱能動筆作畫，太守其尤著者也。

羅聘，號兩峯，江都人。畫受業於金冬心先生，山水人物俱工，頗有逸趣。其畫梅宗華光長老，畫鬼有鬼趣圖，傳誦當代，王公大人、騷人墨客題詩幾遍。余初至京師，識其人，往來最密。其子允紹、允纘，俱傳其學。

徐堅，字孝先，號友竹，又字綬園，吳縣光福人。少貧苦而好學，凡詩文書畫摹印皆能，自闢門徑，追蹤古人。嘗臨董北苑夏山煙靄、江貫道秋山雨霽諸卷，海內名公鉅卿俱有題贈。余十餘歲時即識之。年八十八而卒。

余集，號秋室，仁和人，乾隆丙戌進士，官至翰林侍讀學士。工書而喜畫，人物宗陳老

蓮貴美人尤妙京師人稱之曰余美人年八十餘尚能作蠅頭小楷

陸㙔號星三長洲人工人物花卉長於寫眞乾隆庚子奉旨召寫御容其弟子尤伯宣亦吳中傳眞妙手也

姚仔號笠山為鄒小山宗伯書畫弟子工於人物乾隆三十二年　高宗南巡嘗獻畫冊　賞荷包等物至今錫山工人物者猶傳其派

張敔號雪鴻江寧人中山東商籍舉人任湖北竹山知縣以眉籍事去官遂徧遊海內工於寫生可以突過陳白陽能左右手書畫尤奇便歌推絳樹二牘有黃華眞近時罕見者年七十餘卒

陶鼎號笠亭江都人工山水花卉臨摹宋元明各家略備惟少書卷氣余初至邗上識之又有戴蟾字步青者亦工山水其學相似

華冠號吉崖無錫人傳眞妙手山水樹石亦工嘗為曾府賓客官四川司馬　仁宗在潛邸識其人　召寫御容　賞賚甚厚

史鳴鶴字松喬江都人畫梅宗王元章一派千枝萬蕊若手成春大小幅俱臻絕妙與山陰童二如截然兩途童以蒼老勝史以韻致勝亦各人出筆也余嘗有詩贈之云仲練寫得一枝春玉立冰姿越有神酒醒夢回明月夜欲呼小宋是前身宋若之有梅花喜神譜自稱曰小宋嘗介余刻梅譜一卷旋為祖龍取去

張賜寧號桂巖直隸滄州人為南通州判官山水宗石田翁或似文待詔粗豪之筆花卉人物雖不甚工而落筆有奇氣乾隆壬子歲余入都見憫忠寺方丈畫濟顛一幅頗得吳道子法因識其人遂成莫逆其子百祿傳父學亦官江南稍勝乃翁矣

草聞號芹圃烏程人與同邑陸楳圃學畫於沈芥舟山水人物花卉俱妙芹圃沒後其夫人徐氏號湘生亦能畫尤善傳眞然僅畫婦人至今猶在年近八十矣

陸楷號楳圃其學與芹圃略相似與余同館吳門春暉堂陸氏者三年後楳圃無所遇坎坷以終

秦儀號梧園無錫人工山水宗逌大年入王石谷一派畫楊柳尤工人稱曰秦楊柳

黃裳號竹嶼鎮洋人山水宗太原尤工人物畫古聖賢像翎毛花卉亦其所長與余同寓畢秋帆尚書家

金鎔字亦山本太湖廳人流寓於蕪湖者四十餘年山水在石田衡山之間亦工花卉

方薰號蘭坻石門人能詩工山水淹洲如南田翁又工花卉近白陽山人與奚鐵生齊名嘗寓桐鄉金比部德輿家最久余嘗訪之為余作前舟細細張空水從有蒹翁獨坐看詩意

奚岡號鐵生錢塘人工山水筆墨蒼秀得思翁南田兩家法老年入李檀園一派為浙中畫家巨擘近日杭人言書法者必宗山舟言畫學者必宗鐵生此亦一時好尚鐵生嘗為余作蒼竹山房圖又似雲林生蓋其天分極高無一點塵俗也

王學浩號椒畦崑山人乾隆丙午舉人工山水亂頭粗服殊有理趣晚年入沈石田之室近吳中畫學咸推椒畦為第一云

朱本號素人江都人工山水筆端頗橫不受羈束北遊京師與陽湖朱昂之青笠泰州朱鶴年野雲齊名號為三朱

黃易號小松錢塘人松石先生子官山東濟寧運河同知工漢隸書尤邃於金石文字偶畫山水入李檀園查梅壑一派可稱逸品

周左號漁石鄞縣人工人物為余臨上官周鹿門偕隱圖見者無不稱賞

汪炳文號星齋江寧人工山水人物秀韻莫比中舉人後會試十次不第余在京師

識之官桃源教諭

宋葆醇號芝山山西安邑人舉人不甚畫山水畫則必宗北宋精於賞鑒流寓揚州為廣陵書院山長沒時年近八十矣

周瓚號采巖吳縣橫塘人工山水人物細逾毛髮用唐宋人法識者謂自仇十洲後無此種筆墨矣阮雲臺宮保為浙江巡撫時常在幕府然吳門士大夫鮮有知其人者

古煌號鏡水鄞縣人工人物界劃妙絕一世今之仇實父也嘗贈余試茶圖一幅見者莫不歎賞

張應均號東畬長洲人以明經官四川知縣山水宗北苑嘗為富陽相國代筆與董耕雲梧同在相府後來者為太倉李大令祥麟也

馬履泰號秋藥錢塘人乾隆丁未進士官至太常寺卿能詩工畫筆下頗有奇氣近金壽門

胡鍾號蘭川江西人乾隆丁酉舉人官雲南澂江府知府工山水書法亦精篆隸正草各體俱備

孫銓號少迂崑山舉人以南匯教諭保舉官山東惠民知縣工於山水蒼秀有法書

宗遊董為諸王記室最久
李棠號散木錢塘人少未讀書好學不倦能詩工書尤愛六法俱臻妙境山水初宗石谷後入思翁南田一派又工蘭竹花卉嘗為諸幕府書記有名公卿間歿於粵東可惜也

張莘號秋穀工山水花卉能詩與余同寓虎邱秋穀嘗作畫百幅乘海舶散布海東諸國夷人有得之者珍為至寶亦以海物為潤筆余贈其楹帖云筆底煙花傳海國袖中詩句落吳船

吳文徵號南鄉歙縣人流寓山左能詩尤工書畫凡篆隸真草山水人物花卉翎毛以及刻碑摸印諸事莫不通而習之嘉慶十八年以布衣詣 闕上書奉 旨回籍不加罪也晚年嘗寓吳門行醫自食可稱奇士

潘恭壽字慎夫自號蓮巢丹徒人山水人物花卉翎毛無所不工又能摸印當時與王夢樓太守常到吳門人有得其片紙者如獲至寶余嘗乞其畫佛像一幅絕似丁南羽近時鮮有其比

錢埴字鹿泉其先本山陰籍遊幕蜀中遂為成都人自號梅花和尚不剃髮不披緇

狀貌雄傑修髯過腹為人豁達不羈而豪於飲喜吟咏善顛草畫梅尤入妙品醉後落筆逸趣橫生自謂醒時不及也嘗愛虎邱之勝築生壙於後山左右俱植梅花自題其墓柱曰槐夢醒時成大覺梅花香裏證無生以嘉慶戊寅年卒於吳門其故人周勗齋太守葬之成其志也

侯雲松號青甫江寧舉人工花卉淹雅可愛書法亦精嘗畫松竹圖壽余六十較張雪鴻大令別出機杼

汪梅鼎號瀞雲休寧人中乾隆癸丑進士山水花卉皆臻絕妙其出筆之雅似不食人間煙火者咸謂之南田後身嘗與王鐵夫同寓揚州廣儲門之棲園余過訪之相得甚歡

錢楷號裴山嘉興人中乾隆己酉會試第一入翰林官至安徽巡撫魏科碩望政事明能為海內稱重而不知其詩之精畫之妙也余嘗得中丞山水小幅其法在思翁煙客之間上題小詩云萬壑千巖要午回還教鈞翰寫苍苔填嫌下筆多凝滯瘴海寒雲撥不開此幀蓋在粵西提督學政時所作也

錢維喬號竹初陽湖舉人稼軒司寇之弟官鄞縣知縣山水用家法稍遜於司寇嘗為余作寫經樓圖氣韻頗似元人

黃鉞號左田蕪湖人乾隆己卯進士今官戶部尚書山水甚宗北苑而為余畫秋林曳杖一幅又似倪黃合作尤太安人九十壽誕尚書為作金萱圖直是白陽山人矣隨筆點染變化莫測皆成絕妙所著有畫品二十四則仿司空表聖例也其弟子王子卿太守澤中嘉慶辛酉進士亦工山水嘗畫梅花溪上圖為贈知其有淵源

萬承紀號廉山江西南昌人以明經補授江蘇知縣三仕三已擢海防司馬山水宗吳仲圭亦工蘭竹篆書尤其所長在江南二十年名聲藉甚

袁世琇號守齋儀徵人以資為郎歷任浙江知縣捐陞道員署江西驛鹽道能詩工花卉宗麐山蔣相國一派

程壽齡號漱泉甘泉人中嘉慶壬戌進士入翰林擢右春坊庶子工篆隸真草山水人物花卉白描俱備為人孤峭寡言語不輕與人交接而聰明絕世至於詞曲及笛簫管之屬咸能通習與同邑諸生王古靈應祥齊名

姚元之字伯昂桐城人中嘉慶乙丑進士授翰林編修陞侍講工於花果翎毛落筆蒼秀如石田翁亦畫山水近華秋岳寥寥數筆精妙入神

改琦號七薌其祖本北直隸人官松江遊幕遂占籍華亭工山水人物有名蘇松間小楷亦精天然丰致

王霖號春波江寧人官福建鹽場大使工山水人物為余作尺幅年年壓金綫為他人作嫁衣裳詩意一幅殊妙

盛惇大號甫山陽湖人官內閣侍讀工山水近黃大癡

屠倬字琴隖錢塘人嘉慶丁卯進士入翰林出知儀徵縣有政聲工畫山水宗北苑而喜用側筆又近雲林

顧洛號西楳錢塘人工花卉人物而尤以美人得名筆下有書卷氣嘗見其為阮雲臺宮保畫花影吹笙圖又有晚粧圖扇頭俱妙絕一時恐六如十洲無此韻致

徐鈜號西澗錢塘人諸生能詩工山水嘗乞奚鐵生指授中年頗近大癡

陳鴻壽號曼生錢塘人以選拔得縣令官至海防司馬引疾歸花卉宗王酉室山水近李檀園嘗官宜興用時大彬法自製砂壺百枚各題銘款人稱之曰曼壺於是競相效法幾徧海內余謂曼生詩文書畫印章無所不精不意竟傳於曼壺亦奇事也

丁以誠號義門丹陽人工於傳真中年補山水花卉皆成絕妙

陸鼎，號鐵簫，吳縣人。工山水、人物，兩耳俱聾，終身不娶，以筆墨自給，若有所甚適焉。嘗有句云「買山無計憑人笑，卻寫青山賣與人」，為一時傳誦。

馬閎，陜西乾州人，能傳神，工於界劃。適畢秋帆先生為陜西巡撫，撰刻關中勝蹟圖志，延閎十八著繪圖，時董耕雲、黃竹廬諸君皆在幕府，為指示之，又命臨摹宋元明名家畫，學自此大進。為畢公作行樂圖二十四幅，無不稱賞焉。

金鶴泉，吳縣香雪海人，少為木工，喜於畫，嘗寓吳門繆松心進士家。松心精於賞鑒，家藏書畫，皆命臨摹，咄咄逼人，亦奇士也。

胡桂，號月香，吳人，少時為梨園子弟，在景山最久，而工於山水，酷似南田。 高宗愛其筆墨，召入內府，呼之曰桂花。嘉慶四年三月，仍 命供奉 內廷，年已五十餘矣。凡 內府所有 賞賜諸王公貴人畫扇，皆其筆也。余於戊午冬入京，識其人，謹飭誠樸，澹於榮祿，外人鮮有知者。其子凡思，號默軒，亦工畫山水，無有乃翁之秀色矣。

僧主雲，吳興人，為西湖淨慈方丈，工山水，能書，俱宗華亭尚書，今之巨然也。余每至湖上，主雲必挈留坐談，終日不倦，年七十餘，尚能作書畫。

僧鐵舟，湖北武昌人，工蘭竹，能詩，天姿清妙，有名江淮間，畫當勝於鄭板橋，亦胥休齋已下流人也。殁葬虎邱，後山余為題其墓。

僧懶庵，俗姓沈，長洲人，為畫禪寺方丈，工山水，能詩，今退院住善慶庵，築精舍數間，種竹澆花，有蕭然自得之致。

履園叢話卷十一終

履園叢話卷十二

清　句吳錢泳梅溪輯

藝能

書

揚子曰：書，心畫也，傳千里之忞忞者莫如書。釋名曰：書，庶也，紀庶物也。無論士農商賈，俱所當習，惟書之為道甚廣，有心手之妙用，有美醜之攸分，不可忽也。近日書家稍知執筆，便好為人師，謂之字館。鄉村市井之徒，亦紛然雜遝，即有一二好天分、好筆資，皆為其師汨沒，何也？蓋先知覺後知，原未嘗不可，惟不知因材而篤，但令其臨摹己書，合己意而後為善者，此書法之所以日壞而無傑出者也。余以為教人學書當分三等：第一等有絕頂天資，可以比擬松雪、華亭之用筆者，則令其讀經史，學碑帖，遊名山大川，看古人墨蹟，為傳世之學；第二等志切功名，弱年几几，豈能盡力於斯，只要真行兼備，不失規矩，繩墨寫成殿試策子，批判公文，式樣便可，為科第之學；第三等則但取近時書法臨仿，其有奏摺書啟稟帖手段，可以為人傭書而賺衣食者，為酬應之學也。然而亦要天分工夫，如無天分，少工夫，雖盡日臨碑學帖，終至白首無成。

數

數學通於天文、律歷，雖為六藝之一，其法廣大精微，非淺學所能盡也。自周髀算經開其前，儀象法要系其後，至元明乃大備，而 國朝尤精，實超出於前古。 聖祖仁皇帝有 御撰歷象考成四十二卷，又數理精蘊五十三卷。 高宗純皇帝又有 御定儀象考成三十二卷，於圖歷儀象璣衡七政之術，無不洞悉其中，可以無餘蘊矣。其餘明是學者，前則有薛鳳祚、梅定九、江慎修、戴東原諸公，近時則有錢辛楣、屈悔翁、焦里堂、凌仲子、張古愚、李四香、蔣蘅山諸公，稱一時之盛云。

射

射為六藝之一，古有鄉射禮，載於禮經，故令天下儒學俱有射圃，原所以教諸生之射者。 國朝之制，凡八旗子弟十六歲以上，俱令習弓矢，是行古之道也。今蒙師教子弟，於小學大義尚未通曉，又安知弧矢之為用乎？大射者，但求執弓堅心平，體正自然中的，亦以養性情，備國用。故孔子曰：射有似乎君子，失諸正鵠，反求諸其身也。余嘗論之，今文學諸生有歲科考、書院考、院課、月課，甄別諸名目，而武生以弓矢而進者何獨令其荒廢，反爲詐人、式斷、包漕、訛訟之事。

投壺

今士大夫家子弟，年五六歲即令從師識字，隔三五年，知識漸開，使多嬉戲之事，如博弈、飲酒、唱曲，皆可以賊子弟之性情，廢讀書之事業，雖父師教訓不嚴，亦父師之少學問也。至如投壺之禮，今雖不行，亦可使子弟習之，以收束其身心。其法以十二籌，史相爲用，有倚竿、帶劍、狼壺、豹尾、龍首之名，使身如鵲起，籌如燕飛，能十投九中，自心曠神怡，則賢於博弈飲酒遠矣。

彈琴

余年未弱冠，不甚喜笙笛簫管及絃索琵琶之音，深有慕乎彈琴，而未得其人也。遂購一琴，朝夕撫弄，始從學於鹿裘道士黃忠夫，習者有七八曲，如良宵引、靜觀吟、秋江夜泊、塞上鴻、梧葉舞秋風、梅花三弄、普安咒之類，乃知世之能琴者，蓋星羅棋置焉。其時有俞宗灝號梅華、滕璧號古明、潘奕正號月池、孔繼洛號沛霖、田英號靜遠，又有見嵒巖、計松年、華禹玉、嚴卓雲、邵象洲諸人，審其音節，大略相同。一旦恍然有悟曰：琴制雖古，音則非古，實在今之樂，而非古之樂也。遂廢棄不復彈。蓋音之起由人心生，人心不古，音豈能古耶？殆與笙笛簫管絃索琵琶之音相類似也。

琵琶

琵琶本胡樂，馬上所鼓，大約起於晉宋齊隋之間，至有唐而極盛，若賀懷智、康崑崙、王芬、曹保，及其子善才，皆有傳授。自此歷五代宋元明，俱不廢，其音急而清，繁而瑣，白香山詩所謂大絃嘈嘈如急雨，小絃切切如私語者也。近時能者甚多，工者絕少。吾鄉有楊文學廷果，精於此技，然所彈者皆古曲，非新腔小調之謂也。其曲有鬱輪袍、秋江雁語、梁州漫、月兒高諸名色。楊沒後，無有傳其學者，近惟有吳門之姚香江、松江之俞秋圃可稱善手，以此技遨遊公卿間，亦今之賀老也。

著棋

余少時每喜看人著棋，娓娓不倦，比長偶讀韋曜博弈論，遂深惡之，以爲飽食終日，無所用心之事，何必深究耶。人生數十年，光陰迅速，則又何必做此廢事棄業、忘寢與食之勾當耶。世傳范西屏、施本菴諸人爲一時國手，所刻桃花泉棋譜、弈理指歸諸書，真可付之一炬。相傳范西屏與施本菴寓揚州，偶於村塾中夜宿，施戲與館中童子著棋，不能勝，范更之，又不能勝，兩人悵然若失。又西屏遊歷社湖，寓僧舍，有擔草者求范與奕數局，皆不能勝，問其姓名，不答，忽笑曰：近時盛稱范西屏、施本菴爲天下國手，實吾兒孫輩耳。弈小數也，何必問出身，與兒孫輩爭虛譽乎。荷擔而去。

摹印

摹印始於秦，盛於漢，晉以後其學漸微，每見唐宋人墨蹟上所用印章，皆以意配合，竟無有用秦漢法者。至元明人則各自成家，與秦漢更遠矣。國初蘇州有顧雲美，徽州有程穆倩，杭州有丁龍泓，故吳門人輒宗雲美，天都人輒宗穆倩，武林人輒宗龍泓，至今不改。乃知雕蟲小技，亦有風氣運會存乎其間。近來宗秦漢者甚多，直可超唐宋元明而上之。天都人尤擅其妙，如歙之巴儁堂、胡城東、巴煜亭、鮑梁侶，績溪之周宗杭，皆能浸淫乎秦漢者，然奏刀稍懈，又成穆倩矣。習見熟聞，易於沾染，其勢然也。

山陰董小池通守名洵，素精篆印，罷官後寓京師三十年，無所遇，以鐵筆遊公卿間。余觀其奏刀，却無時習，輒以秦漢爲宗，然必須依傍古人，如刻名印，必先將漢印譜翻閱數四，而後落墨，譬諸畫家無胸中邱壑，以稿本臨摹，終是下乘。同時公卿大夫之好摹印者，如仁和余秋室學士、蕪湖黃左田尚書、上海趙謙士侍郎、揚州江秋史侍御、江寧司馬達甫舍人，又有紅蘭主人與英夢禪、董元鏡、趙佩德諸公，俱有秦漢印癖者也。

江繡峰啓淑，歙之綿潭人，家本素封，以貲爲戶部員外郎，喜藏古今文籍字畫，尤酷嗜印章，搜羅漢魏晉唐宋元明人印極多，凡金、銀、玉、石、瑪瑙、珊瑚、水晶、青金、蜜蠟、青田、昌化、壽山，及銅磁、象牙、黃楊、檀香、竹根諸印，一見輒收，至數萬枚，集有訒菴集古印存二十四卷，又刻飛鴻堂印譜三集，皆延近時諸名家摹集而成，海內傳爲至寶。余在秋帆尚書家與繡峰時相過從，見余篆頭有一銅印，鼻鈕刻楊惲二字，的是漢人，繡峰欲索焉，余不許，遂長跪不起，不得已笑而贈之。其風趣如此。惟少鑒別，不論精粗美惡，皆爲珍重，亦見其好之篤也，自稱印癖先生。

余頗嗜篆刻，十五六時，始見吳江張雨槐，是專學顧雲美、陳陽山者，比長，聞光福鎮有徐翁友竹，亦擅此技，乃投刺謁之，一見傾倒，因得見所刻西京職官印錄八卷，是按前漢書百官公卿表爲之者，止如淮陰侯韓信、酇侯蕭何，依次刻之，吳中篆刻自雲美後又一變矣。

近時摹印者輒效法陳曼生司馬，余以為不然。司馬篆法未嘗不精，實是丁龍泓一派，偶一為之可也，若以為可法者，其在天都諸君乎。蓋天都人俱從程穆倩入手，而上追秦漢，無有元明人惡習，所謂刻鵠不成尚類鶩者也。他如江寧之張止原、蔡伯海，錫山之嵇道崑、吳鏡江，揚州之程邈泉、王古霞，長洲之吳介祉、張容庭，海鹽之張文魚，涇縣之胡海漁，仁和之陳秋堂，虞山之屈元安，華亭之徐漁村，武進之鄒牧村，皆有可觀，亦何必一定法曼生耶。

刻碑

自漢魏六朝唐宋元明以來，碑版不下千萬種，其書丹之人有大家書、有名家書，亦有並不以書名而隨手屬筆者，總視刻人之優劣，以分書之高下。雖姿態如虞、褚，嚴勁如歐、顏，若刻手平常，遂成惡札。至如唐騎都尉李文墓志，其結體用筆全與碑塔銘相似，王虛舟云必是敬客一手書，而刻手惡劣，較碑塔銘竟有天壤之隔。又西平王李晟碑是裴晉公撰文，在柳誠懸當日書碑時自然極力用意之作，乃如市儈村夫之筆，與玄秘塔截然兩途，真不可解也。唐人碑版如此類者甚多，其實皆刻手優劣之故。

大凡刻手優劣，如作書作畫，全仗天分，天分高則姿態橫溢，如劉雨若之刻快雪堂帖，管一虬之刻洛神十三行是也。文氏停雲館帖，章簡甫所刻也，然惟刻晉唐小楷一卷最為得筆，其餘皆俗工所為，了無意趣。

書法一道，一代有一代之名人，而刻碑者亦一時有一時之能手，需其人與書碑者日相往來，看其用筆，如為人寫照，必親見其人，而後能肖其面目精神，方稱能事。所謂下真蹟一等也。世所傳兩晉六朝唐宋碑刻，其面目尚有存者，至於各種法帖，大率皆由搨本贗本轉轉摹勒，不特對照寫照，且不知其所寫何人，又烏能辨其面目精神耶。吾故曰藏帖不如看碑，與其臨帖之假精神，不如看碑之真面目。

刻手不可不知書法，又不可工於書法。假如其人能書，自然胸有成見，則恐其將他人之筆法改成自己之面貌；如其人不能書，胸無成見，則又恐其依樣胡盧，形同木偶，是與石工木匠雕刻花紋何異哉。

刻行楷書似難而實易，刻篆隸書似易而實難。蓋刻人自幼先從行楷入手，未有先刻篆隸者，猶童蒙學書，自然先習行楷，行楷工深，再進篆隸，令人刻行楷尚不精，況篆隸乎。

選毫

筆以吳興人製者為佳，其所謂狼毫、兔毫、羊毫、兼毫者，各極其妙。然毫之中有剛柔利鈍之不同，南北中山之互異，每一枝筆只要選其最健者二三根入其中，則用之經年不敗，謂之選毫。相傳趙松雪能自製筆，取千百枝筆試之，其中必有健者數十枝，則取數十枝拆開，選最健之毫，並為一枝，如此則得心應手，一枝筆可用五六年，此其所以妙也。諺云能書不擇筆，實妄言耳。

大凡書家以小筆書大字必薄，以大筆書小字必厚，其勢然也。功夫淺則薄，功夫深則厚，其理然也。余幼時聞老輩作書，有取香火燒其筆尖，然後用之者，故其書無有鋒穎，以此為厚，不亦謬乎。

製墨

昔人有云，筆陳如草，墨陳如寶。所謂陳者，欲其多隔幾年，稍脫火性耳，未必指唐宋之墨始為陳也。今人言古墨者，輒曰李廷珪、潘谷，否則程君房、方于魯，甚至有每一笏直數十百金者，其實皆無所用。余嘗見詒晉齋主人及劉文清公書，凡用古墨者，

不論卷冊大小幅，皆模糊滿紙，如滲如污，蓋墨古則膠脫，膠脫則不可用，任其煙之細，製之精，實無所取，不過置案頭飾觀而已。

說文，墨者黑也，松煙所成，只要煙細，東坡所謂要使其光清而不浮，湛湛如小兒目睛，乃為佳也。近時曹素功、詹子雲、方密菴、汪節菴輩所製者俱可用，如取煙不細，終成棄物。

礬紙

紙類不一，各隨所製。近時常用者，不過竹料、綿料兩種。竹料用之印書，綿料用之寫字。然紙質雖細，總有灰性存乎其間，落筆輒滲，若欲去其灰性，必用糯米漿或白芨水或清膠水拖之，然後卷在木桿上，以椎千碓萬碓，則灰性去而紙質堅。米南宮製紙亦用是法。若欲灰性自退，非百餘年不可，然其質仍鬆，不可用也。

箋紙近以杭州製者為佳，礬箋、粉箋、蠟箋俱可用。蓋杭粉細，水色峭，制度精，松江、蘇州俱所不及也。有虛白齋製者，海內盛傳，以梁山舟侍講稱之得名。余終嫌其膠礬太重，不能垂久。

書箋花樣多端，大約起於唐宋，所謂衍波箋、浣花箋，今皆不傳。每見元明人書札中

有印花刻花精妙絕倫者，亦有粗俗不堪者。其紙雖舊，花樣絕不如近今。自乾隆四十年間蘇、杭、嘉興人始為之，愈出愈奇，爭相角勝。然總視畫工之優劣，以定錢之高下。花樣雖妙，紙質粗鬆，舍本逐末，可發一笑。

琢硯

石之出於端州者，概而名之曰端。端非一種，種非一類，只要質理細，發墨，便是佳硯。其他名色甚多，如鸜鵒眼、黃龍紋、蕉葉白之類，而石質粗，不發墨，則亦安用其名色耶？（近日所賣宣德條，在粵東又得憑平黔阬石，甚佳，黑、五色俱有，較端州新阬為優，此前人之所未見。）石之細而發墨者，亦不必端州，即如歙之龍尾、蘇之𡽱村、漢宮之瓦當、魏晉之宮殿磚、松花江之砥石，俱可為硯。近又以日本國石為硯者，皆出於通州福山一帶，人家擋壁內時時有之，相傳為明時倭寇入江南，壓船帶來者，其質堅而細，甚發墨，有黃、紫、黑三種，莫名其為何石，近亦漸少矣。

余嘗論琢硯之工，全在乎取材，不必問做手。如硯材不佳，雖妙手亦何能為耶？曩時在小倉山房識江寧衛邑溪，手段頗好，惟所琢之硯，皆是棄材，不過陳設案頭，與假古銅、磁飾觀而已。

銅匠

鑄銅之法，三代已備，鼎鐘彝器，制度各殊。漢魏而下，鐵木並用，至唐宋始有磁器，磁器行而銅器廢矣。鮑照詩云：「洛陽名工鑄為金博山，千斲復萬鏤，上刻秦女攜手仙。」則知古人之精於此技者，代不乏人。如梁之間、皇唐之開元，鑄有造像；宋之宣和、明之宣德，鑄有爐瓶，則去古法漸遠矣。近吳門有甘、王兩姓，能仿造三代彝器，可以亂真。又嘉定有錢大田者，能仿造鼎彝，與古無異，其子東田亦傳其法，嘗為吳盤齋大令鑄祭器十種，為余鑄金塗塔、鐵券。又有江寧人馮錫與者，為余鑄如意、百柄蟾蜍鐙一具，及帶鉤、銅爐、靈鐘、漢磬、鐃、簫、鈸、笛、書鎮之屬，亦能仿商周之嵌金銀，此又甘、王、錢三家所不及也。

自鳴鐘表皆出於西洋。本朝康熙間始進中國，今士大夫家皆用之。案張鷟《朝野僉載》言：武后如意中，海州進一匠，能造十二辰車，回轅正南，則午門開，有一人騎馬出，手持一牌，上書「午時」二字，如旋機玉衡，十二時循環不爽，則唐時已有之矣。近廣州、江寧、蘇州工匠亦能造，然較西法究隔一層。

測十二時者，古來惟有漏壺，而後世又作日晷、月晷，日晷用於日中，月晷用於夜中，然是日有風雨，則不可用矣。嘗見京師天主堂又有寒暑表、陰晴表，其法不傳於中國。惟自鳴鐘表不論日夜風雨皆可用，推此法而行之，故測天象又作渾天儀，以南北定極，象星旋轉，玩二十八宿於股掌之間，法妙矣。而近時婺源齊梅麓員外又倩工作中星儀，外盤分天度為二十四氣，每一氣分十五日，內盤分十二時，為三百六十刻，無論日夜，能知某時某刻某星在某處，毫髮不爽，合天星旋轉時刻運行，一望而知，是開千古以來未有之能事，誠精微之極至矣。其法日間開鐘，對定時刻，然後移星盤之節氣線與時針切（如立春第一日，則將時針切立春第一線），則得真正中星；如夜間開鐘，對定中星，然後移時針與星盤之節氣線切，則得真正時刻。

玉工

攻玉之工，古尚質樸，今尚工細，故古玉器中以宋做為最精，而本朝製作較宋尤精，此亦商質周文之義也。近三十年來，玉工漸漸改業，則賤金玉而貴泉鼓矣。

周製

周製之法，惟揚州有之。明末有周姓者始創此法，故名周製。其法以金、銀、寶石、真珠、珊瑚、碧玉、翡翠、水晶、瑪瑙、玳瑁、硨磲、青金、綠松、螺甸、象牙、蜜蠟、沉香為之，雕成山水、人物、樹木、樓臺、花卉、翎毛，嵌於檀梨漆器之上，大而屏風、桌椅、窗槅、書架，小則筆牀、茶具、硯匣、書箱，五色陸離，難以形容，真古來未有之奇玩也。乾隆中有王國琛、盧映之輩，精於此技，今映之孫葵生亦能之。

嘉慶十九年，圓明園新構竹園一所，　上夏日納涼處。其年八月，有　旨命兩淮鹽政承辦紫檀裝修大小二百餘件，其花樣曰榴開百子，曰萬代長春，曰芝仙祝壽。二十二年十二月，圓明園接秀山房落成，又有　旨命兩淮鹽政承辦紫檀窗槅二百餘扇，鴿工一千餘人，其窗皆高九尺二寸，又多寶架三座，高一丈二尺，地罩三座，高一丈二尺，俱用周製。其花樣又有曰萬壽長春，曰九秋同慶，曰福增貴子，曰壽獻蘭孫諸名色，皆　上所親頒。

刻書

刻書以宋刻為上，至元時翻宋，尚有佳者。有明中葉寫書匠改為方筆，非顏非歐，已不成字。近時則愈惡劣，無筆畫可尋矣。然康熙、雍正、乾隆　三朝所刻之書，如《佩文齋書畫譜》、《駢字類編》、《淵鑒類函》及《五禮通考》諸書，尚有好手。今則寫刻愈劣，而價愈貴矣，豈亦有運會使然耶？

裝潢

裝潢以本朝為第一，各省之中，以蘇工為第一。然而雖有好手，亦要取料淨、運帚勻、用漿宿、工夫深，方稱善也。乾隆中，高宗深於賞鑒，凡海內得宋元明人書畫者，必使蘇工裝潢。其時海內收藏家有畢秋帆尚書、陳望之中丞、吳杜村觀察為之提奬，故秦長年、徐名揚、張子元、戴禀昌諸工，皆名噪一時。今書畫久不行，不過好事士大夫家略有所藏，亦不措究裝法，故工於此者日漸日少矣。

成衣

成衣匠各省俱有，而寧波尤多，今京城內外成衣者皆寧波人也。昔有人持匹帛命成衣者裁剪，遂詢主人之性情、年紀、狀貌，並何年得科第，而獨不言尺寸。其人怪之，成衣者曰：少年科第者，其性傲，胸必挺，需前長而後短；老年科第者，其心慵，背必傴，需前短而後長；肥者其腰寬，瘦者其身仄；性之急者宜衣短，性之緩者宜衣長；至於尺寸，成法也，何必問耶？余謂斯匠可與言成衣矣。今之成衣者，輒以舊衣定尺寸，以新樣為時尚，不知短長之理，先蓄覦覦之心，不論男女衣裳，要如杜少陵詩所謂「穩稱身」者，實難其人焉。

雕工

雕工隨處有之，寧國、徽州、蘇州最盛，亦最巧。乾隆中，高宗皇帝六次南巡，江浙各處名勝俱造行宮，俱列陳設，所雕象牙、紫檀、花梨屏座，並銅、磁、玉器架墊，有龍鳳、水雲、漢紋、雷紋、洋花、洋蓮之奇，至每件有費千百工者，自此雕工日益盛云。

乾隆初年，吳郡有杜士元，號為鬼工，能將橄欖核或桃核雕刻成舟，作東坡遊赤壁一方篷快船，兩面窗槅，桅干，兩櫓，頭梢篷及柁篙帆檣畢具，俱能移動。舟中坐三人，其中袍而髯者為東坡先生，著禪衣冠坐而若對談者為佛印，旁有手持洞簫啟窗外望者，則相從之客也。船頭上有童子持扇烹茶，旁置一小盤，盤中安茶杯三盞。舟師三人，兩坐一卧，細逾毛髮。每成一舟，好事者爭相購得，值白金五十兩。然士元好酒，終年遊宕，不肯輕易出手，惟貧困極時始能鏤刻，如暖衣飽食，雖以千金不能致也。高宗聞其名，召至啟祥宮，賞賜金帛甚厚，輒以換酒。士元在禁垣中，終日悶悶，欲出不可，忽詐癡逸入圓明園，將園中紫竹伐一枝，去頭尾而為洞簫，吹於一大松頂上，守衛者大驚，具以狀奏。高宗曰：想此人瘋矣。命出之，自此回吳，好飲如故。余幼時識一段翁者，猶及見之，為余詳述如此。余嘗見士元製一象牙臂擱，刻十八羅漢渡海圖，數寸間有山海、樹木、島嶼、波濤掀動翻天之勢，真鬼工也。

竹刻

竹刻，嘉定人最精，其法始於朱鶴祖孫父子，與古銅玉、宋磁諸器並重，亦以入貢內府。近時工此技者雖多，較前人所製，有霄壤之分矣。

營造

凡造屋，必先看方向之利不利，擇吉既定，然後運土平基。基既平，當酌量該造屋幾間、堂幾進、衖幾條、廊廡幾處，然後定石腳，以夯石深、石腳平為主。基址既平，方知丈尺方圓，而始畫屋樣，要使尺幅中繪出闊狹淺深、高低尺寸，貼籤註明，謂之圖說。然圖說者，僅居一面，難於領略，而又必以紙骨按畫仿製屋幾間、堂幾進、衖幾條、廊廡幾處，謂之燙樣，蘇杭揚人皆能為之。或燙樣不合意，再為商改，然後令工依樣放線，該用若干丈尺，若干高低，一目了然，始能斷木料、動工作，則省許多經營、許多心力、許多錢財。余每見鄉村富戶，胸無成竹，不知造屋次序，但擇日起工，一憑工匠隨意建造，非高即低，非闊即狹，或主人之意不適，而又重拆，或工匠之見不定，而又添改，為主人者竟無一定主見，種種周章，比比皆是。至屋未成而囊錢已罄，或屋既造而木料尚多，此皆不畫圖、不燙樣之過也。

屋既成矣，必用裝修，而門窗槅扇最忌雕花。古者在牆為牖，在屋為窗，不過渾邊淨素而已，如此做法最為堅固。試看宋元人圖畫宮室，並無有人物、龍鳳、花卉、翎毛諸花樣者。又吾鄉造屋，大廳前必有門樓，磚上雕刻人馬戲文，玲瓏剔透，尤為可笑。此皆主人無成見，聽憑工匠所為，而受其愚耳。

造屋之工，當以揚州為第一，如作文之有變換，無雷同，雖數間小築，必使門窗軒豁，曲折得宜，此蘇杭工匠斷斷不能也。蓋廳堂要整齊，如臺閣氣象；書房密室要參錯，如園亭布置，兼而有之，方稱妙手。今蘇杭庸工皆不知此義，惟將磚瓦木料搭成空架子，千篇一律，既不明相題立局，亦不知隨方逐圓，但以塗汰作生涯，雕花為能事，雖經主人指示，日日叫呼，而工匠自有一種老筆主意，總不能得心應手者也。

裝修非難，位置為難，各有才情，各有天分，其中款奧，雖無定法，總要看主人之心思，工匠之巧妙，不必拘於一格也。修改舊屋，如改學生課藝，要將自己之心思，而貫入彼之詞句，俾得完善成篇，略無痕蹟，較造新屋者似易而實難。然亦要看學生之筆下如何，有改得出、改不出，如僅節屋三間，梁朽棟折，雖有善手，吾末如之何也已。

矣。汪春田觀察有重葺文園詩云：換却花籬補石闌，改園更比改詩難。果能字字吟來穩，小有亭臺亦耐看。

治庖

凡治菜以烹庖得宜為第一義，不在山珍海錯之多，雞豬魚鴨之富也。庖人善則化臭腐為神奇，庖人不善則變神奇為臭腐。曹斎谷中丞嘗言京師善治菜者，獨推茅耕亭侍郎家為第一。然每桌所費不過二千錢，成稱美矣。至矣，可知取材原不在多寡，只要烹調得宜，便為美饌。

古人著作汗牛充棟，善於讀書者只得其要領，不善讀書者但取其糟粕。庖人之治庖亦然。

欲作文必需先讀書，欲治庖必需先買辦。未有不讀書而作文、不買辦而治庖者也。譬諸魚鴨雞豬為十三經，山珍海錯為廿二史，葱菜薑蒜酒醋油鹽一切香料為諸子百家，缺一不可。治庖時需不可不用，不可不備，用之得當，不特有味可以咀嚼，用之不得當，不特無味，惟有嘔吐而已。

同一菜也，而口味各有不同。如北方人嗜濃厚，南方人嗜清淡；北方人以肴饌豐點食多為美，南方人以肴饌潔果品鮮為美。雖清奇濃淡各有妙處，然濃厚者未免有傷腸胃，清淡者頗能自得精華。

隨園先生謂治菜如作詩文，各有天分。天分高則隨手煎炒便是嘉肴，天分不高，雖極意烹庖，不堪下箸。

易曰：尊酒簋二。詩曰：每食四簋。可知古人飲食儉約，不比今時之八簋十簋，始為敬客也。

僕人上菜亦有法焉，要使濃淡相間，時候得宜。譬如鹽菜至賤之物也，上之於酒有之前，有何意味；上之於酒有之後，便是美品。此是文章關鍵，不可不知。

孟子曰：魚，我所欲也；熊掌，亦我所欲也。熊掌之味，尚足於今之南腿，不過存其名而已。惟魚之一物，美不勝收。北地以黃河鯉為佳，江南以螺螄青為佳，其餘如刀魚、鰣魚、鯽魚、時魚、連魚、鯿魚，必各隨其時，愈鮮愈妙。若陽城湖之壯鰻，太湖之黿與鱉，終嫌味太濃滯，比之鄉會墨卷，不宜常置案頭者也。

王輔嗣易經頤卦大象注云：禍從口出，病從口入。蓋古來已有此語，食者不可不慎。如河豚有毒而味甚美，當烹庖時必以蘆芽同煮則可解。坡公詩云：蔞蒿滿地蘆芽

短，正是河豚欲上時。蓋謂此也。蝦味甚鮮，其物是化生，蚂蚱蝗蟲之子，一落水皆可變。煮熟時有不曲身者，不可食。鮰魚背脊有十二刺，應一年十二月，有閏則多一刺。如正月之毒在第一刺，二月之毒在第二刺，以此類推，有中之者能殺人，惟橄欖汁可解。雞味最鮮，不論雄雌，養五六年者不可食。又如蟹者深秋美品，與柿同食即死。刀魚本名鮆，開春第一鮮美之肴，而腹中腸尤為美味，不可去之，此為善食刀魚者。或以腸為穢污之物，輒棄去，余則曰：是未讀說文者也。案說文魚部，鮆，飲而不食，刀魚也。此魚既不食穢，從何來耶。故曰：人莫不飲食也，鮮能知味也。

飲食一道如方言，各處不同，只要對口味。口味不對，又如人之情性不合者，不可以一日居也。

近人有以果子為菜者，其法始於僧尼家，頗有風味。如炒蘋果、炒荸薺、炒藕絲、山藥、栗片，以至油煎白果、醬炒核桃、鹽水熬花生之類，不可枚舉。又花葉亦可以為菜者，如胭脂葉、金雀花、韭菜花、菊花葉、玉蘭瓣、荷花瓣、玫瑰花之類，愈出愈奇。

喜慶家宴客與平時宴客絕不相同。喜慶之肴饌，如作應制詩文，只要華贍出色而已；若平時宴飲，則烹調隨意，多寡咸宜，但期適口，即是嘉肴。

或有問余曰：今人有文章、有經濟，又能立功名、立事業，而無科第者，人必鄙薄之曰：是根基淺薄也。又曰：出身微賤也。何耶？余笑曰：人之科第，如盛席中之一嚮肉，本不可少者，然僅有此一嚮肉而無珍饌嘉肴以佐之，不可謂之盛席矣。故曰：經濟文章自較科第為重，雖出之捐職，亦可以治民；珍饌嘉肴自較嚮肉更鮮，雖出之家廚，亦足以供客。

堆假山

堆假山者，國初以張南垣為最。康熙中則有石濤和尚，其後則仇好石、董道士、王天于、張國泰皆為妙手。近時有戈裕良者，常州人，其堆法尤勝於諸家。如儀徵之樸園、如臯之文園、江寧之五松園、虎邱之一榭園，又孫古雲家書廳前山子一座，皆其手筆。嘗論獅子林石洞皆界以條石，不算名手。余詰之曰：不用條石，易於傾頹奈何？戈曰：只將大小石鈎帶聯絡，如造環橋法，可以千年不壞，要如真山洞壑一般，然後方稱能事。余始服其言。至造亭臺池館，一切位置裝修，亦其所長。

製砂壺

宜興砂壺以時大彬製者為佳，其餘如陳仲美、李仲芳、徐友泉、沈君用、陳用卿、蔣志

吳諸人亦皆藉人口者近則以陳曼生司馬所製為佳咸呼之曰曼壺

度曲

儀徵李艾塘精於音律謂元人唱曲元氣淋漓直與唐詩宋詞相頡頏近時則以蘇州葉廣平翁一派為最著聽其悠揚跌蕩直可步武元人當為崑曲第一曾刻納書楹曲譜為海內唱曲者所宗

近士大夫皆能唱崑曲即三絃笙笛鼓板亦嫻熟異常余在京師時見盛甫山舍人之三絃程香谷禮部之鼓板席子遠陳石士兩編修能唱大小喉嚨俱妙亦其聰明過人之一端

十番

十番用緊膜雙笛其聲最高吹入雲際而佐以簫管三絃緩急與雲鑼相應又佐以提琴鼉鼓其緩急又與檀板相應再佐之以湯鑼眾樂既齊乃用羯鼓聲如裂竹所謂頭似青山峰手如白雨點方稱能事其中又間以木魚檀板以成節奏有花信風雙鴛鴦風擺荷葉雨打梧桐諸名色憶於嘉慶己巳年七月余偶在京師寓近光樓其地與圓明園相近景山諸樂部嘗演習十番笛每於月下聽之如雲璈疊奏令人神往余有詩云一雙玉笛韻悠揚檀板輕敲徹建章太液池邊花外路有人背手聽宮牆

演戲

梨園演戲高宗南巡時為最盛而兩淮鹽務中尤為絕出例蓄花雅兩部以備演唱雅部即崑腔花部為京腔秦腔弋陽腔梆子腔羅羅腔二簧調統謂之亂彈班余七八歲時蘇州有集秀合秀擷芳諸班為崑腔中第一部今絕響久矣

演戲如作時文無一定格局只須酷肖古聖賢人口氣假如項水心之何必讀書要象子路口氣蔣辰生之覲子路於季孫要象公伯寮口氣形容得象寫得出便為絕構便是名班近則不然視金釵琵琶諸本為老戲以亂彈灘王小調為新腔多搭小旦雜以插科多置行頭再添面具方稱新奇而觀者益眾如老戲一上場人人星散矣豈風氣使然耶

雜戲

按文獻通攷雜戲起於秦漢門類甚多不可枚舉然則今世之測變器物及弄缸弄椀諸劇愈出愈奇皆古所無也道光初年以國喪不演戲大家酒館輒以戲法弄椀雜以詼諧為佑觴之具自此風行一時同鄉言心香通守嘗為余戲書二絕云空空妙手能容物隱覺清言欲笑人謾道世間人作假要知凡事總非真蹴毬弄椀真無匹舞劍緣竿未足多觀者滿堂皆動色一時里巷廢絃歌惟攷元吳淵穎有椀珠詩云椀珠閒自宮掖來長竿寶椀手中迴似即今之弄椀也可補古雜戲之缺

雜戲之技層出不窮如立竿吞劍走索壁上取火席上反燈弄刀舞盤風車簸球飛水頂燭摘豆抽籤打球鉛彈攢梯弄缸弄甕大變金錢仙人吹笙之類一時難以盡記又有一老人年八十餘能以大竹一竿長四五丈豎起獨立竹竿頭上更奇不知操何術也他如抽牌算命蓄猴唱戲弄鼠攢圈蝦蟆教學螞蟻鬥陣等戲則又以禽獸蟲蟻而為衣食者也

履園叢話卷十二終

履園叢話卷十三

科第

清　勺吳錢泳梅溪輯

種德

吾鄉鄒子度忠倚前身相傳為金山寺老僧明末有新狀元舟過金山者觀者咸歎羨之老僧曰狀元亦人為之耳有何難哉崇禎庚午科子度之父名兌金者挾重貲赴金陵鄉試泊舟京口忽起大風行舟多覆鄒君啟其篋指謂人曰吾財不吝有救得一人者予十金於是人爭赴救溺者皆活而金亦盡矣老僧於山上見之曰此人有德吾可去矣遂入定坐化是科鄒君中式歸見老僧入室而子度生　本朝順治九年壬辰子度果狀元及第

陳理山陰人字厚菴康熙初官廣西平樂府司獄因入籍孔兵之亂嘗救釋被掠婦女千餘人恐不得脫遂自燒其廬事平回籍幸獲無恙後長子允恭登康熙三十三年甲戌進士官都察院左僉都御史次子廷綸登三十九年庚辰進士官安徽廬州府知府孫齊甚應雍正七年保舉賢良方正科歷官至江西廣饒九南道次齊觀江南鎮江府通判次齊賢陜西鄜州知州次齊旁湖北監利縣知縣次齊廣刑部直隸司員外四人皆雍正元年同榜舉人次齊鈠　恩蔭生次齊紳中乾隆十七年壬申進士授翰林院編修至其曾孫聖瑞官刑部陜西司郎中聖時官山東道監察御史聖傳官福建臺灣縣縣丞殉賊匪林爽文之難世襲雲騎尉聖修官雲南府通判皆舉人玄孫廣策以龍雲騎尉世職歷官壽春兗州騰越三鎮總兵官與余為總角交故能知其家世如此

崑山徐健菴司寇之祖贈公某於明時嘗為常熟嚴文靖公記室時三吳大水贈公代具疏草請賑文靖猶豫未決贈公因囑卜者第曰吉乃請於朝全活無算生子開法於鼎革時有鎮將某冦掠婦女數百人鎖閉徐氏空宅大樓嚴命開法監守開法悉縱之逃還其家遂將空宅焚燒及某來索賊曰不戒於火俱焚死矣某默然而去開法連舉三子元文中順治己亥狀元乾學中康熙庚戌探花秉義中康熙癸丑探花

吳縣東洞庭山嚴氏明季以貲雄於鄉順治乙酉以賑濟難民傾其家至嚴皖山家業又裕乾隆乙亥歲大祲皖山倡捐穀米同諸善士放賑四鼓即起始終理其事不假手僕從夢神告曰汝家乙年種德當於乙年受報至乙未歲皖山子福中會元入翰林乙卯歲福子榮亦入翰林官至杭州府知府道光乙酉歲榮子良表又中舉人良表胞弟良訓辛卯壬辰鄉會聯捷又入翰林

吳門蔣惠副公政葬自山堪輿云大不利於長房公家媳盛夫人謂其子榮祿公之遠曰予姓至多若僕不利於我無妨也榮祿素恭閒母命即以言達於各房為惠副公改葬馬時盛夫人弟御史存升曰此一言已種陰德堪輿之說且將不驗請時日生剋當於丁年發長房後榮祿公子元祿少卿文淵舉康熙丁巳禮部主政文淳舉康熙丁卯自此孫曾逢丁年成名者相接踵乾隆丁酉順天三世同榜時少司馬元益自江西學政任滿還　朝朝士賀之公曰此吾高祖母一言種德之餘澤也

繆鮮書名慧隆吳縣諸生父國維由進士歷官貴州右參政嘗平蠻冦之亂民德之鮮書乃叙次歷官政績走數千里請祀於閩於浙於黔吳人稱公孝行子彤自幼穎悟中康熙丁未狀元孫曰藻乙未榜眼曰芭戊戌進士曾孫敦仁遵義俱中甲科

錢塘王文莊公際華之父名雲廷陰德甚多嘗於除夕有販者索償所負賬因償已更他索告之故販遽肆咆哮公即代償之又一日家人市帛費帶者既去復來云失其一公償以錢責帛者睨視謂曰使汝不匿帛背與我錢耶人咸請公公怡然也其忠厚類如此封公登雍正丙午鄉試文莊中乾隆乙丑探花官至禮部尚書

張映葵字筠亭長庠生好學能文敦行不怠稍硯田盡心教誨貧無修脯者無畀視也從學五百餘人成進士者濟濟後以拔貢任天長教諭旬課月試寒暑不倦成就甚衆嘗攝縣篆有廉幹以賑荒積勞成疾卒於官祀鄉賢子允焯孫鳳翼相繼科甲

石琢堂殿撰為諸生時家置一紙庫名曰孽海凡淫詞豔曲壞人心術與夫得罪名教之書悉納其中而燒之一日閱四朝聞見錄內有劾朱文公一疏痛詆文公逆毋欺君竊權樹黨升及閨閫中穢事有小人所斷不為者竟敢形諸奏牘以污蔑之此編書者亦逆知後人之必不信也且偽託文公謝罪一表以實其過閱竟不勝髮指拍案大呼思欲盡購此書以付諸火而苦無資也夫人蔣氏時恭侍郎姪孫女頗明大義欣然出篋中金釧助之遂遍搜坊肆得三百四十七部悉墟於孽海中是年登賢書至庚戌歲遂大魁天下後官至山東按察使

太倉季學字仁山父維德以節儉起家力行善事里有父風見人緩急必周濟之而推誠相與益以積德行善為事延師課子必敬必恭生五子長錫恭中嘉慶丙辰進士官翰林次錫信乾隆癸卯舉人錫瓚己酉舉人錫恩錫賁嘉慶辛酉同登鄉榜

姚秋農總憲中嘉慶己未狀元臚唱之前一夕京師人有夢迎天榜者見金牌二道上書人心易昧天理難欺八大字蓋姚高祖陳県江南曾以事活萬人知其有陰德之所致云

立品

科名以人重人不以科名重旨哉是言吾邑錫金兩學儀門前明時有一榜九進士六科三解元兩匾志一邑科名之盛也　本朝順治丁亥己丑兩科皆中十一人自壬辰至甲辰六科中有四鼎甲（壬辰狀元鄒忠倚乙未探花秦鉽乙亥榜眼華亦祥甲辰探花周弘）三元備焉（解元龍會元）余謂前明未有此盛康熙中修學有欲易此二匾者一士人爭之曰匾不可去也九進士中有高忠憲三解元中有顧端文皆一代名賢豈可去乎至今尚仍舊額

康熙初有人見趙恭毅公申喬應童子試儀容肅穆言語安詳寓一樓終日兀坐不聞有步履聲欬之聲後中進士官至尚書立朝蹇諤一代名臣

科第之得不得在衡文之中不中與其人之人品學問原不相涉不是中鼎甲擬巍科者就有學問也梁溪雜事載明初開科時諸生大比文在高等者必得縉紳三老保狀生平無過方准入試其結狀分款至十餘條永樂初邑中有徐紹德者以曾共倡女飲酒為鄰人所訐降廩不與試其遴選人材如此其重云

狀元會元解元雖三年內必有一人然其名甚美婦人女子皆所健羨一隔數年便茫然不復能記其名矣須其人有功業文章膾炙人口者方能流傳即如三元翁草溪先生嘗考過自唐至今計有十三人所傳者惟宋之王曾明之商輅而已

馮鈍吟先生嘗言子孫有一才人不如有一長者與其出一喪元氣的進士不若出一能明理的秀才昔江陰有某進士者少無賴不齒於人中式後鄉人不禮焉有一士人曰公等誤矣凡人中過進士原該稱呼老先生譬如呼牛為牛呼馬為馬勢不能稱其為牛馬也故讀書人必先立品

孝感

彭一菴名瓏字雲客長洲人方言矩行士林推重舉京兆試謁選留都忽心動急南還父病正篤閱五晝夜而歿人謂誠孝所感服闋補長甯令潔己愛民以不善事上官受誣被揭其子定求聞難赴與焚香籲天事得白公回籍殯葬父母舉懸親遺像於畫室中寢興出入必拜告終其身如此後定求中會元狀元曾孫啟豐亦會元狀元官至兵部尚書啟豐子紹觀紹升孫希濂希洛希鄭曾孫蘊輝俱中進士科甲不

絕

吳編修廷珍字叔琦吳縣人幼孤奉母極孝十八歲游庠後夢神謂曰汝壽止二十汝知之乎吳夢中驚泣曰修短固定數但無以報老母奈何神曰既有此念自可延生但須努力行善耳驚而悟即奉母命功過格實力奉行閱六年戊辰登鄉薦忽夢遊神廟殿閣巍峩旁有人謂曰汝得鄉舉乃力行功過格之報也從此益自惕勉奉行愈力并將功過格諸善本參酌採輯刊刻行世嘉慶辛未以第三人及第

求籤

康熙己未編修徐逸少先生公東北上禱其鄉大乘菴土神得一籤後二語云今日杏園沉醉後聲聲報道狀元歸徐大喜以為必發大魁是科一甲一名乃常熟歸允肅也而先生亦捷南宮授庶吉士云

吾鄉王殿撰雲錦康熙庚午舉南闈至丙戌年年五十矣擬不與禮部試求籤於關帝廟有五十功名志已灰誰知富貴逼人來之句乃赴京遂捷南宮大魁天下

關聖帝君籤有前三三與後三三之句鄞小山教授雲倬為諸生時祈得之乾隆癸卯鄉試中三名閱十年癸丑會試中九名毛養梧主政繡虎嘉慶己卯鄉試亦祈得之是科中三十三名道光壬午會試中式亦三十三名未幾歿于京邸年三十三歲又一士子祈得是籤中六十六名

蘇城蔣勵越公配黃淑人懷孕時遣嫗禱於韋馱神得一籤云懷孕生男已有期後來金榜掛名時旋生長子曾圻越十年復懷孕又得是籤生四子曾煌後兄弟俱中甲乙科曾圻為長沙知府曾煌為郴州知州又是籤旁註有綿長寶貴字曾圻於長沙任題陛長寶道尤驗

嘉慶甲子科江南鄉試長洲蔣屐文景曾於關帝廟祈得一籤有云自南自北自西東及入場首題為謹權量至四方之政行焉文後比即用此句下股對無黨無偏無反無側主考戴可亭先生以經語現成密圈批中

夢

朱竹垞檢討於康熙辛酉主試江南拔胡任輿領解初胡夢有人投以詩有手弄嬰九小天下之句而久困公車至甲戌會試題為孔子登東山而小魯登泰山而小天下章試後謁其房師趙恒夫於寓閣恒夫曰子必大魁也廷對果第一

吾邑趙舜儀寄居婁族，康熙乙酉春，夢有人告曰：今科解元散場卷趙姓也。趙訪之苍中，並無趙姓應試者。舜儀乃重價得苍內數椽，遷居以應所夢。及榜發，解元為黄音果，居苍內犀姓趙也。鬼神之弄人，殆不可曉。

康熙戊子科闈豁，鄭孝廉集累有弱疵，入闈復發，偃極朦朧，夢人語云：子中式須待一千五百年。醒而大恚。明早得孟子題，乃由堯舜至於湯三節也，甚喜，揮毫如意，遂與鄉薦。

雍正癸卯以　登極逋開鄉會　恩科，范浣浦咸先一歲夢泥金報捷，有齊第五三字。及鄉試題乃子華使於齊一節，會試乃道之以德齊之以禮一節，皆齊字在第五。范遂聯捷入翰林。

甯河崔解元旭集，乾隆庚辰赴試祈夢，有功名祇在草橋頭之句，醒而不解。行至草橋，正演紅梨記趙解元事，是科果掄元。

吾鄉有顧東田者，名與沐，曾宿關帝廟，夢一人屠狗而去其心，又一人殺牛而去其首，皆置東田前。醒而惡其不祥。後中式戊午科舉人，始悟戌去心為戊，牛去首為午也。

蘇州蔣古愚學博秉鐸潁上，督課諸子甚嚴。時潁上人有兒童都識孔夫子，祖父當如蔣老師之句。古愚子閬華，乾隆庚午舉人，丁丑進士，官至永平守；園荃，庚辰辛巳聯捷，官中翰；惟長子學文富於學，屢躓南北闈，古愚憂之。甲申元旦，夢家中廳聯更換，上聯長子克家居易俟命，下聯二人同心頌詩讀書，落款鍾離子彭鐵書。古愚醒後以告學文，學文愈加發憤，每日三文一詩，寒暑不輟。明年乙酉，舉京兆試，書經房南元，次題君子居易以俟命一節。從弟禹邁同榜，以詩經房中式。主考同鄉彭芝庭大司馬為正，滿洲鍾公名音為副也。

吳香亭玉綸登乾隆辛巳　恩科進士，先於戊寅年除夕夢竈神引至一處，列坐十神，而九神起立，開鐵櫃示以金牌，有古篆二十餘字可辨。送公登舟，岸旁鳴金伐鼓，見洪濤中一蛇緣楫而上，一蛇從空而降。寤以告觀察公玉衡，公之兄也，謂公必中。蛇者巳也，金屬辛，其歲適　聖壽開科，乃取金牌中字改名玉綸，至是果中會榜。時公年纔三十耳。見湘舲閣學所撰年譜。

李石渠先生名殿圖，官福建按察使，少時祈夢卜科第，夢神語之曰：遇孚而通。不解所謂。乾隆乙酉中式北榜，出劉侍讀亨地房；丙戌會試，盧學士文弨薦中，撥入紀

太僕復亨房，夢始驗。

蘇州何一山中翰桂馨入泮前，夢中得詩云：第一才名第一仙，聲華好並李青蓮。世人莫笑詩腸澀，匹馬秋風落照前。後中甲科，授庶吉士，散館　欽定一等第一，授編修。及翰詹大考，以詩中錯字列下等，改授中書。何下名即李重輪也，則秋風落照前五字悉應矣。

涇陽怡廷相鄰居有村學究，夜夢城隍廟前有大紅緞金書云庚子科解元柳邁祖八大字，遂以夢告之廷相。廷相即於是科中式，其榜首果柳邁祖也。

鼎甲

順治十年，江南學政石公申歲試案遲遲不發，既而謂諸生曰：余苦心力索，得三狀元，是以遲滯。一崑山徐元文，一吳縣繆彤，一長洲韓菼。石公召韓謂之曰：子文元氣渾涵，如玉在璞中，其先必發，然光燄太藏，不在其身，將在其子孫乎。後徐、繆兩人俱中狀元，韓以青衿終其身，其子菼果中癸丑狀元，始知石公巨眼，文有定評如此。

順治乙未會試，題詩可以興七句，會元秦鉽卷本房以為平而棄之。會　世祖作此題，典試官採知破題為詩教有七，急欲索七股格者以定元，遍索不得，再翻落卷，得秦文正七股，遂置第一。及進呈，　世祖大稱賞，硃筆濃圈，擊節不置。臚唱日，一甲至二名不及秦，　世祖色變；至第三名為秦鉽，　世祖乃大悅，拍案曰：吾意此人必鼎甲也。　賜袍服，特比狀元，一時稱之以為異數。

順治戊戌狀元為常熟孫公承恩，　世祖甚器重之。時公生子，入朝，　世祖問曰：爾子曾取名乎？公對曰：未也。　世祖曰：爾是狀元，盍名為元。既而曰：狀元是爾已做過，將來必為宰相，當名曰相。後公隨　駕，冒風寒，未幾卒。其子相坎軻終身。

蘇城吳氏始祖塋，明時葬在胥門外桐涇，與七子山相對。有術者過其地曰：此吉壤也，逢壬戌當發，惟先旺女家耳。及嘉靖壬戌，申文定公時行中狀元，申為吳壻；天啟壬戌，陳文莊公仁錫中探花，陳為吳甥；康熙壬戌，彭太史寧求中探花，彭為吳壻；乾隆壬戌，陸明府桂森中進士，陸為吳甥；嘉慶壬戌，吳裔孫棣華殿撰廷琛始中會狀；道光壬辰，廷琛堂姪鍾駿又中狀元。

韓文懿公菼，字元少，家故貧，能力學，性嗜酒，有李太白風。其為文也，原本六經，出以典雅，不蹈天崇決裂之習。補博士弟子員，以欠糧三升為奏銷案黜革，旋冒籍嘉定，拔取後又以攻訐除名。應吳邑童子試，題係狂者進取一句（或云其在宗廟朝廷一句），邑宰見其

文以為不通貼文於照牆不敢時海寇作亂蘇郡中有駐防兵來宗韓公家居婁門其屋盡被圈封為屯兵之所其裝摺尚欲著房主辦理公既無居益落魄不偶迨崑山徐大司冠乾學來蘇方夜縱有門生候於門者爭誦公之文以為笑柄徐聞之急問公姓氏曰此文開風氣之先真盛世元音也次早即命延見收為門生遂引入都中援例中北闈鄉榜康熙癸丑會狀連捷官至大宗伯噫韓非徐不足以為師徐非韓不可以為弟誠千古知己也

常州莊本淳學士培因少時頗自負才華不作第二人想乾隆乙丑其兄方耕少宗伯存與榜眼及第時學士猶未捷南宮也賦詩調之云他年小宋魁天下始信人間有弟兄後果中甲戌狀元潘芝軒尚書未第時與其兄樹庭中翰咸為名諸生有聲黌序其封翁雲浦參軍索余書楹帖一聯云老蘇文學能傳子小宋才名不讓兄後芝軒中癸丑狀元樹庭頗惡此聯為易去之皆讖也

乾隆辛巳殿試時兆將軍惠方奏凱歸 高宗隆其遇亦派入閱卷兆自陳不習漢文 上諭以諸臣各有圈點圈多者即佳也將軍撿得趙翼卷獨九圈遂以進呈先是歷科進呈卷皆彌封俟 上親定甲乙然後拆封是科因御史奏改先拆封傳集引見 上是日閱卷遍時見第一卷係趙翼江南人第二卷胡高望浙江人且皆中書而第三卷王杰則陝西人也因 特召讀卷大臣問本朝陝西曾有狀元否對曰未有 上即以三卷互易趙為第三人及第傳臚之日三人者例出班跪而趙獨帶數珠 上陞殿還見以問傅恒恒以軍機中書對且言昔汪由敦應奉文字皆其所擬也 上心識之其明日 諭諸臣謂趙翼文自佳然江浙多狀元無足異陝西則本朝尚未有即與一狀元亦不為過耳於是趙翼之名益著

吳中有諺云潮過唯亭出狀元唯亭鎮名也去郡東四十餘里乾隆庚子六月十八日夜東北風大作海潮洶湧直至婁關明年辛丑長洲錢湘舲解元棨果中會元臚唱第一道光辛卯八月潮水又過唯亭其明年壬辰吳縣吳鍾駿狀元及第是科會元馬學易亦在同城

本朝鼎甲之盛莫盛於蘇州一府而狀元尤多於榜探順治戊戌科則常熟孫承恩順治己亥科則崑山徐元文康熙丁未科則吳縣繆彤康熙癸丑科則長洲韓菼康熙丙辰科則長洲彭定求康熙己未科則常熟歸允肅康熙乙丑科則長洲陸肯堂康熙庚辰科則常熟汪繹康熙壬辰科則長洲王世琛康熙乙未科則崑山徐陶璋

康熙戊戌科則常熟汪應銓雍正丁未科則長洲彭啟豐乾隆丙戌科則吳縣張書勳乾隆己丑科則元和陳初哲乾隆辛丑科則長洲錢棨乾隆庚戌科則吳縣石韞玉乾隆癸丑科則吳縣潘世恩嘉慶壬戌科則元和吳廷琛嘉慶戊辰科則吳縣吳信中道光壬辰科則吳縣吳鍾駿也

康熙丁丑科榜眼為常熟嚴虞惇康熙乙未科榜眼為吳縣繆曰藻嘉慶乙丑科榜眼為長洲徐頲嘉慶辛未科榜眼為吳縣王紘吳

順治乙未探花長洲秦鉽也順治己亥探花崑山葉方藹也康熙庚戌探花崑山徐乾學也康熙癸丑探花崑山徐秉義也康熙丙辰探花常熟翁叔元也康熙壬戌探花長洲彭寧求也康熙壬辰探花吳江徐葆光也乾隆乙卯探花吳縣潘世璜也嘉慶辛未探花吳縣吳廷珍也

元

自有科第以來中式三元者十有一人唐張又新崔元翰宋孫何王曾宋庠楊寘王巖叟馮京金孟宗獻元王宗哲明商輅 本朝則錢棨陳繼昌二人而已

吳中會狀連元者凡六人韓菼彭定求陸肯堂彭啟豐錢棨吳廷琛也惟彭氏一家祖孫會狀其餘則寶應王式丹儀徵陳倓仁和金甡嘉善蔡以臺秀水汪如洋及近時陳繼昌六人也

相傳蘇州解元自明宏治戊午科唐寅以科場事斥革後總不利長洲范龍吳縣申繼施震銓崑山王喆生吳縣張兆鵬長洲惠士奇施陛錦薛觀光元和梅鐵常熟仲嘉德崑山孫登標昭文李景訢惟錢棨中會狀顧元熙官翰林侍講其沈清瑞張祖勳陸仁虎俱不甚顯達亦異事也

吳門蔣時菴侍郎元益字希元中乾隆乙丑會元圓妙觀道士有李仙隱者戲謂侍郎曰君本三元惜名與字已占兩元耳初侍郎會試原擬第七名進呈 高宗御筆親改第一殿試卷以重寫策字不得進呈 高宗每拆一卷必問會元在那裏問至三阿文端公在家對以不在內自六卷以下遂不復拆甲午典試浙江陛辭請訓 高宗謂元益曰你是狀元否元益對曰臣是會元 高宗曰你很可做狀元可知凡人命名之與遭際竟有暗合者後錢湘舲閣學棨為侍郎門生且館於侍郎家最久竟得三元

乾隆乙酉科吳門顧梅坡為龍泉令入闈分校至九月初四日各房薦卷俱已中定

將出榜矣諸房考相聚飲惟一令尚在房閱卷共邀之某令持一卷出謂此卷可中魁惜首場第一藝已用藍筆抹矣何諸人取閱咸稱甚善第已抹無復薦理顧公曰如果欲薦吾能洗之其法將白紙襯用淨筆洗去有微痕加密點焉隨呈薦主司擊節嘆賞即發刻因魁卷已定置廿餘名外揭榜乃杭州潘庭筠也赴鹿鳴宴見房師甚某指梅坡謂潘曰此汝恩師也因告之故潘泥首謝稱門生焉至辛卯會試潘首場遇同鄉友抱病擬曳白潘勸之且示以己作囑其運化其人喜直鈔之餘仍自作病乃愈完二三場闈中兩卷俱薦此人定魁而會元即潘也後以雷同並黜潘大恚遂成心疾後仍捷禮闈入詞林官至御史其孫恭壽中道光辛卯　恩科解元　嘉慶戊午科江南鄉試揚州出文武兩解元黃承吉江都人張金彪甘泉人其明年會試會元又江都史致儼也

道光壬辰元旦黎明蘇州正誼書院講堂前有喜鵲數十飛鳴往來山長涇縣朱蘭坡先生覩見之以為祥是年會元為馬學易狀元為吳鍾駿俱肄業於正誼者

康熙乙酉科長洲蔣學海以五經中式是科進　呈題名錄將列於解元之前稱五經解元前此無有也

異事

吾邑中父子同榜者前明惟崇禎己卯科秦欽異及子淵也　國朝康熙乙酉則秦道然與子芝田然父北而子南雍正壬子則周永禧之與子日萬皆南榜也日萬與弟某同入泮與父同舉鄉試與李弟日璘乾隆辛未同捷南宮亦科名異事

有寧波秀才金法者素有心疾發狂鎖禁者已數年矣乾隆乙酉年秋試時忽愈遂進場及揭榜中魁選赴鹿鳴宴憶及策內脫寫第三問心恐磨勘罰停會試仍發狂復鎖禁數年而死

康熙中有長洲周某年纔舞勺應院試遇一癡道人謂周曰功名有路消寒會喜氣全憑一字中不解何義及十八歲入泮則九九也應鄉試改科始中刑部開報日值重陽亦九九也八十一歲以老生　欽賜舉人亦九九也歿後以子貴贈官適九十九歲亦九九也消寒之數無不相符亦奇矣哉

吳門蔣西原中康熙癸巳科鄉榜第四至乙未科又中會榜第四虞山孫子瀟中乾隆乙卯科鄉榜第二至嘉慶乙丑科又中會榜第二又有楊沂秀者貴州定遠人嘉慶甲戌進士幼時為童子試縣府案院考俱列第五後鄉會榜亦俱中第五挑選陝西鄠縣知縣擊籤亦第五名人稱為楊第五尤奇

嘉定秦蓉園殿撰為秀才時曾入省蘇州祠祈夢終夜目不交睫天明而起覺頭上似有一物以手摸之乃大蜈蚣為其一咬痛不可忍隔十年後中狀元始悟頭上一甲耳夢神之巧如此

吾鄉有蔡瓊枝者曾遇日者言子當得科第然必為僧乃中其後入泮學官索贄儀蔡奇貧無所餽學官乃拘而閉之一室瓊枝讀書不輟時場期已逼邑中大半赴金陵會學官他出其夫人偶步外庭聞讀書聲問何人曰生員也夫人曰今試期已迫奈何拘此放之出乃步行赴試將入城門已閉寄宿僧寮是夜衣冠盡被偷兒竊去不得已借僧衣帽服之入城訪友寓始易去是科遂中式果應日者言此康熙初年事

餘姚邵二雲先生名晉涵中乾隆辛卯科會元是科首題為若臧武仲之知四句是日忽文思澀滯至夜半而首藝尚未成心甚慌惚憶前己丑科落卷內有子在陳曰至狂簡後二比似可移置不暇修改而竟直抄之聊以塞責完篇並不妄思捷獲而主試者閱至此二比遂句句歎賞以為空中議論通場所無竟置榜首先生學問素充經經緯史下筆千言何至有枯索之時而為帖括題所束縛耶即或文思偶澀亦何至抄錄絕不相關之題文耶乃竟以此得元亦奇矣哉可見時藝一道原可通融是在慧心人能自得之耳

汲縣林午橋司馬濤乾隆丙午鄉試詩題山呼萬歲因書帝謂為三擡詩經帝謂文王乃天帝也遂貼出時畢公沅為監臨偶見林卷曰　帝謂原該三擡豈可貼耶遂送彌封是科竟中式至乙酉會試捷南宮覆試詩中出句有從心應矣踰又為閱卷大臣所貼批云踰字入七虞從無仄用適和相來見此卷遂將批條揭去仍以進呈莫解其故或以為此人必有囑託而林茫如也隔數年後讀　高宗御製詩有從心不踰矩斯貞之句已作仄聲用矣始知和相記此詩以為證耳

本朝同邑人而一榜及第者康熙壬辰科狀元長洲王世琛探花徐葆光也康熙乙未科狀元蘇州徐陶璋榜眼繆曰藻傳臚李錦也雍正庚戌科狀元錢塘周澍探花梁詩正也乾隆壬戌科榜眼武進楊述曾探花湯大紳也乾隆乙丑科狀元武進錢維城榜眼莊存與也嘉慶辛未科榜眼吳縣王毓吳（復姓吳改名英）探花吳廷琛傳臚毛鼎亨也

祖孫父子兄弟同科者江西奉新縣有甘汝來與其父萬逵弟汝逢子禾雍正丙午同舉於鄉惟汝來官至尚書

國史有傳父子同登進士者乾隆乙未科烏程費瀛子蘭先甲戌科嘉善周冀洙子升楨辛巳科大興邵自鎮子庚曾嘉慶甲戌科仁和陸堯春子以烜也三世同榜者乾隆丁酉科順天榜吳□蔣曾煌與其弟秉謙姪元復姪孫榮也嘉慶甲子科蔣榮之子景曾與其叔祖元封同登江南榜叔瑛順天榜又三世同科

本朝同胞兄弟同登進士者順治三年丙戌科膠州法若真法若貞六年己丑科烏程姚延啟姚延著康熙六十年辛丑科宜興儲大文會元弟儲郁文儲雄文俱同榜雍正五年丁未科宜興儲方慶儲善慶八年庚戌科福山鹿廷瑛鹿廷瑄乾隆元年丙辰科歸安沈涵沈三曾且聯名入翰林二年丁巳科歸安潘汝誠潘汝龍十三年戊辰科涿州劉湘劉洵三十四年己丑科長洲張學庠張學賢大興黃叔琬黃叔璥山陰沈詩李沈詩杜二人本孿生乾隆二十二年丁丑科長洲彭紹觀彭紹升三十七年壬辰科咸甯賈策安賈策治四十三年戊戌科大興邵自昌邵自悅五十二年丁未科蠡石何元烺何道生六十年乙卯科烏程王以鋙中會元胞兄王以銜即中第二 廷對狀元嘉慶四年己未科大興俞恒澤俞恒潤滿洲廣善廣能同登鄉榜同中進士十六年辛未科固始祝慶蕃祝慶揚

同胞兄弟俱中甲科者崑山徐乾學之子樹穀樹敏樹屏駿兄弟五人俱中進士長洲張孟球之子學庠紹賢應造企齡景祁兄弟五人俱中鄉榜學庠紹賢同榜進士應造亦中進士大興金澍金溶金潢金洪金瀛又邵自昌邵自華邵自悅邵自本邵自和邵自巽邵自彭則六正榜一副榜代州馮履咸馮履豫馮履泰馮履豐馮履謙亦同中甲科又鄒平李鵬九兄弟五人俱中鄉榜內中兩進士太倉李錫恭兄弟五人亦俱中鄉榜惟錫恭中進士

弱冠登第者順治丁亥王熙年二十一乙未伊桑阿年十六戊戌陳廷敬年二十辛丑□□年二十康熙乙未李孚青年十六辛未黃叔琳年二十庚辰史貽直年十九壬辰舒大成年十八辛丑勵宗萬年十七雍正庚戌嵇璜年二十乾隆丁巳德保年十九蔣麟昌年十九乙丑夢麟年十八戊辰朱珪年十八壬申熊恩紱年二十甲戌戈源年十九丁丑彭紹升年十八辛巳秦承恩年二十丙戌祥霦年二十甲辰蔣攸銛文□年十九嘉慶辛未侯官李彥章年十六長洲一邑中蔣埴彭紹升二人而已

道光乙酉科廣東鄉試有陸雲從者年一百二歲 欽賜舉人陸赴鹿鳴宴房師戲謂之曰三場辛苦還能耐耶陸對曰百歲蹉跎竊自榯耳詢其何年入泮陸曰鄉先達莊有恭中狀元之年門生已應童子試第二次去年歲試始入泮也其明年丙戌會試又 欽賜國子監司業銜實年一百又三歲京師哄然咸往觀之貌如六十許人耳聰目明步履甚疾

吳門周仿喜孜生嘗作放鯉詩末句云儼若乘龍去還施潤物功後入試題為白雲向空盡詩成苦結句不佳忽憶放鯉詩因以二語作結主司嘉賞遂中式

陽湖趙甌北先生中乾隆庚午鄉榜其外孫湯文卿錫光又中嘉慶庚午鄉榜先生賦詩云我方重赴鹿鳴筵且喜東床有後賢一代賓興傳異事外孫外祖聚同年文卿亦賦詩呈先生云騷壇一代主齊盟少小相依識性情難得母家成宅相竟於甥館繼科名翹才也算登黃閣執拂曾經侍碧城但願王筠同外祖再看春榜問前程

武科

馬全初名瑔乾隆壬申武探花官福建遊擊與同官某狎語失歡嘗拳相角某敗走全騎追之及城濠橋上相搏俱墮濠水中觀者解紛至督轅全復大譁事聞制府俱為參劾時年未三十耳遂罷官流落京師相國傅公惜其材勇留京營教習己卯科改名全又中式武舉其明年聯捷廷試技勇冠多士又中狀元前後兩榜鼎甲亦所未聞

歸安胡某恂恂為善人極風雅勉子弟讀書不許馳射所生四子長元龍次躍龍三虬龍四見龍俱中武進士元龍官廣西左江鎮總兵官躍龍官江蘇揚州營遊擊虬龍官陝西新安鎮總兵官見龍官山東濟寧衛守備元龍次子開曉以武舉官廣東龍門協副將躍龍二子亦中武舉胡某四授 誥封年八十餘而卒以同懷四人而俱中武進士大江以南所罕見者也

泰州劉榮慶劉國慶同胞兄弟為武狀元古今未聞亦可為 熙朝盛事

履園叢話卷十三終

履園叢話卷十四

祥異　　清　勾吳錢泳梅溪輯

日月合璧五星連珠

乾隆二十五年八月欽天監奏稱明年元日午時日月合璧五星連珠并繪圖進呈御覽宣付史館案漢書高祖元年五星聚東井宋史開寶元年五星聚奎始千有餘年始一遇也　本朝雍正三年二月初二日乾隆二十六年正月初一日嘉慶四年四月初一日道光元年二月十六日三月廿八日俱有日月合璧五星連珠之瑞距宋時又已七八百年今雍正三年乙巳至道光辛巳甫九十六年而瑞應已五見實我　朝億萬年無疆之祥瑞也

彩雲

嘉慶庚辰七月初九日申刻東月將升忽見西南方彩雲滿天縣亙西北五色陸離不可名狀十三十四五更時俱有白雲如龍從天河而下若煙非煙凌空夭矯日出始散

水牛

國初安東縣長樂北鄉名圍墟鄉民張姓者畜水牛百頭入水輒失其一一夕張夢牛云我已成龍與桑墟河龍鬬不勝君可於吾角上繫二刀以助之乎張旦起視羣牛中誰可繫刀者有一牛最大腹下起鱗如龍然遂以雙刀繫之次日大風雨桑墟河龍傷一日遁去此牛遂入大河化為龍今過大河諱牛字過桑墟諱瞎字否則風濤立至矣丁丑秋日余遊海州雲臺山聞之舟人所述如此亦載海州志

聚寶珠

順治間福建漳州平和縣范某妻夜起見地上有紅光從暗中取所帶冠子罩住以火燭之得一大珠藏妝匣中匣惟一簪明日啟視得簪無數珠在其底始知為聚寶珠也因試以金銀無不然者其妻常以佩身家日殷富後改葬其親與妻同在墓上及啟壙有無眼白蛇一條見風化水是日取視珠遂無光試之亦不驗矣

道士鶴

嘉興紫虛觀　國初有道士薛存素者為含山盜所刼索金不與盜殺之視其首乃鶴也存素仍無恙盜異而釋之王濬人有化鶴堂記

邱三近

邱三近者吳縣園道老削髮為僧名正詣學問淹博工書法何義門先生總角時業師也年八十一盥漱而逝有白蛾從鼻孔中飛出

烏城

順治十六年嘉定縣東南鄉有烏數千營一巨巢四周戶牖儼如城堞土人毀之計柴三百餘擔明日復營謂之烏城

銀變蝦蟆

常熟桂村有何太素者作麵店生理適有人還銀十兩即置於麥囤中一傭工人見而竊之隨逃出行不半里許覺身畔蠕蠕而動乃走至荒塚取銀解視則盡變蝦蟆躍入草中於是仍歸供作迨後太素尋覓此銀其人直言所以乃與共跡之則銀固儼然在也此康熙初年事

一產四子

康熙二年山陰縣寶盆陳姓婦一產四子腹上微見鱗甲十年五月單湛民家有豬生十二隻皆四耳載縣志表簡齋詩話載直隸完縣亦有一產四男者又金陵伍少西之妻十六乳而產三十二男不雜一女又有王殿臣者紹興瀉家莊人其婦六胎而得十二男此乾隆中年事

珠光

康熙五年寶山縣民見海中一蚌長約四五丈許中銜一珠如小兒拳時吐納白光亙天俄有五龍盤旋其上霎時間風雨晦冥一白龍奮爪攫珠為蚌所啣嘶良久始脫忽沉入海餘四龍悉散須臾天霽蚌仍浮海面珠光照耀如雪聞此蚌至今尚在上海崇明之間海上珠光一現數日內必有風雨其光紫赤上燭霄漢忽開忽闔難以言狀或謂珠光現兩三年內其地必有漲沙屢試屢驗友人陳雲伯嘗為崇明令親見之作神珠引以紀其事

小蛇

康熙中嘉興王店鎮西偏有關帝廟僧偶焚香殿上見小蛇長尺許蟠伏神座前驅之不去諦視之首有二角僧知其異以果餅飼之輒食葷腥則不食也夏夜每就河中飲水人有見之者約長十餘丈居人逐之則歸廟中而不知即此小蛇也一二年後有估舶過此舟人見有小蛇蟠伏柁上驅之又來如是者數次舟人遂載以行行至雙板橋忽天黑作雨雨急泊舟俄見一龍自船尾上昇水隨之湧而估舶竟無恙

自此以後廟中小蛇不復見矣

搏虎

康熙丁卯吾邑揚名開化兩鄉之間有虎患夜行晝伏報之縣官飭獵戶捕捉絶無音響至癸酉三月忽於石鳴見之虎卧草中莫敢攖者少年沈二業販柴適見之以堅木幹直前擊其頭虎大吼跳起嚙其左臂少年以右手托虎腮旋以膝踢其咽喉臂得出呼獵人前放鳥鎗斃之少年以藥敷其臂不十日而痊矣又己巳歲虎入董鳴民居傷一行路人有朱伯卿者持鳥鎗偕衆逐虎利獨擒得之揮衆人退挺身而追虎迫撲朱鎗不能發被傷面顙朱即以鎗直入虎口兩手相持鎗為之屈虎亦斃痛而遁朱猶蹀步回家云

魚鬭

康熙三十四年有巨魚鬭於海中其聲如雷一魚死流入嘉定縣地方之小練祈港龍首人身長五六丈腥聞數里

牛腹中人

康熙四十四年嘉定縣大場民家有一牛病且死破其腹有一兒不啼亦不動稱之重二十七斤

句容某鄉有夫婦二人喜於為善老而無子家有一牛忽孕及彌月生出一兒甚肥白能啼哭遂撫育之如己子後知為牧童與牛頑耍而成胎者也異哉亦為善之報

魚吐珠

康熙中　恩免田賦例業主得七佃戶得三時吳門蔣慎民吏部家居次子手槐甫十齡謂公曰窮佃無告盍盡與之公從其言佃甚感德相率至蔣門叩謝中有佃網得一魚重十餘觔以獻蔣受之給錢二千文忽見魚口中吐出一珠蔣謂佃曰此汝物也汝其持歸佃喜甚歸舟至太湖珠漸大從掌中躍入河忽起祥光湧出一塔塔頂現樓臺閃爍絢爛五色氤氲頃刻而滅蔣即以此魚贈其内兄韓東籬太史孝基畜之池三日化小魚數百頭亦異事也

塔裂

西安府城南十里有雁塔嘉靖乙卯地震塔裂為二癸卯復震塔合無痕康熙辛未塔又裂辛丑復合不知其理

天然大士像

嘉善武塘地方有劉姓世業醫其祖墓上古柏一株偶為暴風雨所摧遂伐去柏幹中空其脂膏凝結成普門大士像長五寸許妙相端嚴纖悉畢具因送招提供奉焉

錫杖禦盜

康熙中諦輝和尚駐錫靈隱寺一夕忽呼侍者曰取吾錫杖横山門間今夜有山人來當慎之三更後果有大盜數十人各持器械號呼而來僧衆皆驚但見錫杖空中自舞盜皆退避少頃又來復如之凡三次而天明矣自後寺中儲粟富有而盜終不敢犯也

鶯粟雞

吾邑龍尾陂潘姓者以訓蒙為業而喜植花卉所種鶯粟結一瓶其大如拳既老而採之中有三卵若鵓鴿子潘藏之書篋未一月開篋中啾啾有聲啟視之出三雛試與家雞領之不十日而大逾於雌觀者如市未幾俱生子每月伏百卵碩如鵝卵人來購者十倍其價潘姓不十年家饒裕矣吾鄉張介軒翁所目擊作文記之甚詳

鼻中人

有唐興鳴者東鄉人偶晝卧椅上鼾齁睡熟忽鼻中出兩小人可二寸許行地上疾如飛家人驚異將攫之仍躍入鼻中而寤詢之具述夢狀始知短人者即唐之元神也

見祥為禍

吾鄉蕩口鎮華某同其子赴江陰科試舟過錫山泊黄埠墩忽水中有鯉魚躍起正落其舟華大喜以為祥遂將此鯉烹而食之舟將發忽起大風舟為之覆華溺死餘人皆無恙此所謂見祥而不為祥反為禍者也

樑中出血

吳門徐太守忠亮於雍正初任雲南昭通府知府一日其吳門舊居樑上忽有鮮血自空而下家人異之遂將屋脊折開並無他異不數月忠亮以任内虧缺銅斤遂落職監追而死

抉目魚

海州通潮之港每歲逢閏必有一巨魚或黿鼉之屬隨潮而上遂膠於灘若有人抉其目者大者或至數丈海渚人候之屢驗大凡東海有巨魚流入内地者必無目無

目故隨潮而進也相傳此魚在海中作風浪翻船至傷人者必有海神挾其目使其自殉或為人所殺亦如人間殺人案罪之例亦奇矣哉案崔豹古今注鯨魚眼睛為明月珠異物志鯨魚死沙中得之者皆無目任昉述異記南海有珠即鯨目瞳夜可以鑒謂之夜光珠桂未谷云鯨為陰精神明在目其目將死而神明早已銷亡矣歷參眾說以未谷為長

猫作人言

新城王阮亭先生家子孫至今繁盛舊第猶在有一猫能作人言一日猫眠榻上有問其能言否猫對云我能言何關汝事遂不見又江西某總戎署亦有兩猫對談總戎偶見欲擒之一猫躍上屋去獨擒其一曰我活十二年恐人驚怪不敢言公能恕我即大德也遂放去亦無他異

失金釧

吳江城外地名盛莊者有某家開油酒鋪一日友來假貸不能應手因將其女金釧付之暫質庫閱兩月其友來將金釧送還某隨手放店櫃中是夜寐未熟聞櫃中有聲似鬼嘯舉火燭之見一紙人手持剪刀觸手即仆取夾賬簿中乃查櫃內銀錢俱無所失惟金釧無有也明晨取紙人出視胸前有鮮血一點焚之啾啾作聲不知其何怪也擬託人到龍虎山控告友笑曰控亦多費是又失一金釧矣遂止究未明其故

食鼈食黿

吾鄉葛友匡為里中富翁一生好食鼈常買數十頭養於甕中以備不時一日獨坐中堂聞甕中作人語云友匡汝欲滅盡我族耶汝月內當死還欲害如許性命友匡駭之遂大怒曰見怪不怪其怪自滅盡烹而大啖之不十日死蘇州有某富翁者致貲鉅萬其子某好食異味一日宴客市得巨黿庖人將殺之見黿垂淚以白某請放之河某怒遂持刀自斷其首首墮地忽躍至梁上咸異之遂烹而食味極美以半饋其姻家以半宴客某坐席僅嘗數臠即目眩神迷但見屋梁上皆黿首扶至寢室則牀帳皆滿矣某自言曰有數百黿來嚙我足痛不可忍叫號三日而死諸人食黿者皆無恙

食橘化蛇

廣西太平府城東十餘里有大橘樹一株廣蔭數畝浙江縉雲縣有某明經者宦遊過此時值九秋紅黃實滿方停輿渴甚採擇其巨而紅者一枚啖之忽兩目發赤徧體腫痛先脫兩臂復墮兩股化巨蛇入橘林中亦奇事也

背生

歙縣槐塘地方有程姓者產二男背脊相聯啼聲甚響乃將琴絃作弓鋸之分而為兩以藥敷之不數日平復生肌矣後兩弟兄皆壽至九十餘此乾隆初年事

雞作人言

乾隆十年東鄉黃渡地方有勞姓家畜一雄雞忽作人言云大家要活命其家以為妖而殺之未幾以訟獄破家後見三岡志畧載明嘉靖間有高橋鎮民家一雞作人言云燒香望和尚一事兩勾當後倭冦至適值婦女燒香大肆焚掠而去其事相同

大石

五臺山清涼寺有大石一相傳為文殊菩薩遺跡其石方廣四丈上可容數百人而一人挽之即動不解其理　高宗庚午西巡駕臨試之果然上為霽顏

蟲荒

乾隆二十年江以南蟲荒四府不登其冬蘇州葑門盤門外紅燈四集有人馬之聲其次年春瘟疫大作死者枕藉

牛背書

朱明經雲翔有佃戶蔡鳴皋者家畜黃牛忽生黑毛排八大字左曰主皮字三字可辨又一字模糊右則天下太平四字一時觀者甚眾汛兵率入城報城守禁用醋噴濕其毛不落撫軍某亦見之擬奏　聞不果仍發還是歲田禾大熟並無他異殆豐年佳兆也此乾隆辛巳六月事見明經自撰年譜

紅雞蛋

乾隆廿五年余時纔周歲有雞生蛋甚紅如胭脂新染連生八九子皆然一兩年間合家康安並無祥瑞亦無災異

失印

諸城劉文正公為東閣大學士時閣中有銀印一顆忽失去徧索無蹤已三日矣公謂中書舍人某曰綸扉重地豈有穿窬耶宜仔細再尋三日後如不見　奏請交部議處至第三日蔡舍人某如廁於路上似有物礙足審視之乃銀印柄也取之竟如鐵鑄不可拔急稟劉公用畚鍤掘地始出不知何緣入地也此乾隆辛卯年事

潮來

上海縣城內化龍橋為喬氏世居廳事前有小池一夕潮忽至直通堂上高一二尺許潮退荇藻浮萍淋漓滿壁莫不驚異未幾喬公光烈為湖南巡撫其弟照為浙江提督後三十年陸氏竹素堂上小池亦通潮陸耳山先生錫熊為工部侍郎著四庫全書提要海內聞名

螢火城

乾隆癸巳夏六月嘉定南翔鎮西郊忽一夕螢火團聚至數十萬周圍三四里望如大城其光燭天觀者如市五日後方滅

醃蛋有光

乾隆乙亥年千將坊黃天禽家夏日切醃蛋一盤暗中有光如螢火移燈視之則無有也忍而棄之未幾天禽夫婦寡媳兩孫相繼死家道亦落余謂天禽家本應敗壞未必此為祟也案沈括夢溪筆談載鹽鴨卵通明如玉屋中盡明前古已有之

古樹自焚

乾隆庚子六月偶閱邸抄見太常寺奏社稷壇外圍街墻內有年久老槐樹一株於

五月十四日巳時忽於樹節內生烟即率領步軍衙門人等立時上樹以水潑滅事甚奇憶余乙未歲八月同吳鏡江母舅遊虎邱見鐵華巖上大楓樹亦如之并有火星爆出遊人聚觀寺僧亦以水潑滅之歸而問家君家君曰木能生火此理之常何異為并言曰雍正年間礄橋之東楊巷蕩中一夕有火光甚盛里人王氏素富疑為盜舟也遂令家人備器械鼓噪而前並無一舟但見火浮水面而已觀此則知水亦能生火也

異僧

吳門東禪寺有林酒仙像即宋異僧遇賢也好酒喜食鴿每食後鴿仍從喉吐出飛集梁間至今塑之以示靈異乾隆四十九年春一僧至漁舟以十文買蝦視其錢皆太平通寶喫後悉吐於河蝦皆紅色跳躍而去

陰兵

乾隆乙巳歲大旱是年十一月初中石湖中每夜聞人聲喧噪如數萬人臨陣響沸數里左近居民驚起聚觀則寂無所有第見紅光數點隱見湖心而已自鎮江常州以至松江嘉湖之間每夜俱有燈光照徹遠近村人鼓譟其光漸息俄又起於前村矣

黑土

乾隆五十年江南旱其次年三月米至石五千文饑民载道吾鄉斗山田中忽生一種黑土其色微黃而帶白星可以做餅煮粥頗清香食之亦飽一時哄動近鄉居民來取土者日以萬計同時安徽太和宿松兩縣地方亦有掘蕨得米者其色純黑至數萬石活人無算當事奏聞有御製詩

風龍陣

乾隆丙午四月初八日未刻起風龍陣吾鄉石家橋至沈瀆官塘一帶拔木發屋者不計其數最奇者有夫婦二人在田中種豆俱隨風飛去至數里而墮卻無恙青石一塊重二百餘斤亦隨風而去不知所之曹家墳前荒田中有湖廣划子船一隻自空而下中無一人惟有青錢四百千一家卧房內忽發大響墜一包裹內有錢七千文銀二錠又有二人自運河塘上同行皆飛上天一墮吳江一墮常熟各傷折一手一脚更有奇者即於是月十四日晚馬橋板村鴻山一路發水頃刻二三丈居人逃避倉皇凡草屋土室盡為漂沒至吾家西莊橋水勢略緩然亦至門檻而止此故老所未聞也

小牛

乾隆戊申年四月有江西客二人持小牛一頭來吳門寓於東華嚴寺來觀者每人索錢七文日以千萬計其牛八足二尾四足在腹四足倒植於背反覆皆可行是年五月徽嚴二府俱大水田廬俱沒餘無他異

猫異

乾隆庚戌年閔峙庭中丞鶚元撫吳已數年矣時有內陞之望署中蓄一猫潔白如雪為中丞所愛公餘之暇每置之膝上而撫摩之一日見猫尾上漸有硃斑三四日間則純赤矣中丞大喜抱視諸幕客咸以為祥且曰此得花翎之兆也未匝月為高郵巡檢陳倚道叩　閽入　奏遂被逮時馮墨香外翰在幕中親見其事

雪中人蹟

乾隆辛亥正月大雪一晝夜堆積盈尺雪中有男女履蹟各一兩兩相並屋上尤多蘇松嘉湖一帶皆然不知其理也

雙面人

乾隆辛亥秋餘姚儀家橋謝姓産一兒兩面五官皆備作直聲啼成為不祥棄置野田中聚觀如市嘉慶丙子七月常熟西南鄉羊尖鎮北塘岸上朱姓家生一女有兩頭眉目鼻口皆具遠近觀者數千人案述異記漢平帝元始二年六月長安女子生兒兩頭異頸頭面相向四臂共胸即此類也

一乳六男

乾隆五十七年嘉定縣策區南四圖地方有周姓者一胞生六男此亦僅見者知縣吳盤齋謂余言載入縣志

神龍攫珠

河南蘭陽城東有王家林離城四里許乾隆五十八年六月廿一日大雷雨雨止後但見紅光燭天人以為火戚往趨救並無影響惟見大楊樹上有爪痕深寸許寬四寸從根直上樹瘤中出烟蓋白楊自焚也先是有兩人避雨立林旁小屋中見有圓光一團從窗孔中入大寸許其光四繞不定頃之又有一物如水獺從樑隙中入四足方頭長尺許盤旋梁棟間忽向東壁伸爪一攫圓光瀉地又漸縮小而上仍從窗孔中出其物亦隨而出忽聞霹靂一聲但見此物身長數丈已飛上天大雨又至始知所謂如獺者神龍也圓光者珠也此蕭縣劉君竹一為余言之甚詳

老母雞

楓橋市浜髙家橋顧姓為兒期歲使庖人殺老母雞方執刀劃然自斷人皆詫之及烹熟和麵食之受毒者四十餘人三人立斃蓋此雞已畜七年矣此乾隆五十八年事

二龍

乾隆癸丑夏予友周竹珊寓於蜀之犍為一夕旋飈突起屋瓦皆飛天地晦冥霹靂山傾雨雹齊發耳目神眩食頃始定平地水深尺許有巨舟為風所掣架大樹上者有持傘行人飄去數十里之外者庭中搭蓬門窗俱吹出城外之翠屏山前者惟文廟未損一椽完好如故是夕風雷時有鄉人見二龍空中追逐向東南而去

大龜

乾隆甲寅六月太倉瀏河口有沈姓者以叅貨為業於海中網一大龜長一丈二尺載至梁姓行數十人曳之上岸沈臆念此龜必有明珠索價二千兩久之無有售者越二十三日不飲不食觀者填門梁厭其喧擾說言有司查訊幸即持去無累我也

沈懼仍曳上船放入於海始含之囫圇焉不動船乃還約離三里許見龜頭一伸放白光三丈餘悠然而去觸浪排空左旋右轉海水為之沸騰乃知前此之任人捕之曳之視之載之放之而巍然不動者恐傷人耳真靈物也

鐵人

杭州城隍山東嶽廟有鐵人髙四五尺俗謂之鐵哥哥屬樊榭有詩翟晴川湖山便覽亦載之言江上浮來也或傳李宮保衛築錢塘挑土出之杭人云此鐵甚靈顯凡有人盜竊銀錢物件者失主禱之十日内必有應驗余監修表忠觀時暫寓湧金門外王氏祠堂一日失去銀十兩心疑是燒飯人張姓者問之不認余以危言嚇之其人計無所出乃到東嶽廟叩禱曰十日不報應則投爾於西湖其事僅隔七日祠丁之妻忽發狂脹半日而死此銀尚未用也後張姓告余如此事亦奇

龍皮

乾隆五十九年五月吳郡有龍闘於空中風雨驟至吹坍洞庭山湖濱民居無算壓死若干人至六月二十九日昧爽吳江埀虹橋畔忽墮龍皮一張約長三四丈鱗大於茶盌

海獸

乾隆甲寅六月朔日海鹽八團地方大雨雹海潮退後有一獸涸轍沙灘長八尺餘色純黑毛如海虎尾尺許無毛四足如魚刺頭如駱駝眼口若塗硃以挺擊之不動以刀示之則垂淚土人觀者數百人咸以為不可殺擡至海口遂躍起入海中不知何物也誌之以俟博物者

元旦雷雨

乾隆六十年元旦余在福建按察司署中先一日天氣甚熱僅能著單夾衣至晚更甚如四五月下走廚夫皆赤身用扇黄昏時雷聲殷殷不絶元旦辰刻霹靂數聲大雨如注平地水深二三尺至午後始止其年四月敏闍將軍魁公倫入　奏閩省虧帑六百萬自總督巡撫藩臬道府州縣皆伏法

棺影

陝西臬司某山東人其誕日前一日於署中廳事陳設燈綵壽聯鋪墊之類時有西安太守同幕中客髙晴江俱在座晴江忽見玻璃屏影中有黑漆棺木一具太守亦見之兩人失色僵立臬司某者來問亦見之某遂不樂憮然去棺影頓滅其次日某

以白蓮教被逮入京乾隆六十年事

異事

西藏及苗匪邪教未起事先川中所種包穀根下苑如人首眉目畢具李樹忽生刀豆一日早起成都北門忽緊閉不得開視之有大蜈蚣百萬填塞日高始散皆異事也

錦江巨龜

隴蜀餘聞載成都東門江岸有巨龜不輕易出出則小龜千百隨之康熙癸丑滇藩謀逆時曾一見之嘉慶丙辰三月巨龜見於城東之九眼橋後隨小龜無數游漾水面者三日是歲即有黔苗石三保之亂逆苗未靖而達東教匪接踵起事蹂躪七載人民死傷至億萬計此龜豈預知之耶按物類相感志載秦惠王破蜀之後張儀掘土築城隨時頹圮後有大龜從淵而出周旋行走儀命依龜行處築之城始成又云龜嘗處其中出則境內有賊觀此則是龜由來久矣

白虮

余自幼居鄉鄉間有白虮之患每當白露秋分節間稻禾初熟於四更時忽起大霧漫空遍野霧中有白氣一條或兩三條隱隱如白龍而無頭尾其行甚疾人呼之曰白虮此物一過秋收頓減轉熟為災農民苦之告荒不准而州縣官亦不能據實具詳最為民害此物總在蘇常嘉湖之間別處無有也案字書無虮字猶言白虹也然此究竟何物殊不可解大約明季始有之

星異

嘉慶戊午十月廿八九日夜衆星交流如織人人共覩庚辰七月十八日夜亦有星移之異廿五日初更有大流星隕於南方光如白晝先是五六月內太陽旁有一點小星與日同行八月十五日夜太陰旁亦有一點小星與月同行甲申十一月初十夜西北方星隕如雨乙酉十月廿四五兩夜星移如織俱由西北而至東南廿六日夜東南方星隕颯颯有聲最後有大星墮於地其聲如雷

地中犬

嘉慶八年嘐城顧浦地方東岸民家掘地得二犬雌雄各一置之甕中旋失所在按晉書元康中吳縣入懷瑤家聞地中有犬聲掘之得犬子大於常犬哺之能食還置穴中覆以磨石越宿失所在與此事相同尸子曰地中有犬名地狼夏鼎志曰掘地得狗名賈蓋前古已有之矣

蛤中珠

嘉慶甲子長洲徐少鶴學士題巳中鄉榜除夕與其夫人夜飯食白蛤中出一珠如桐子大以為祥其明年乙丑中進士一甲第二

迎涼

有陳某者居近婁門家道素封房屋深邃夏日閒坐苦於煩熱因將水龍噴水以迎其涼忽空際墮一磚有朱篆是夜暴卒

搶米

嘉慶甲子年五月吳郡大雨者幾二十日田俱不能插蒔忽於六月初一日鄉民結黨成羣搶奪富家倉粟及衣箱物件之類九邑同日而起搶至初六日不知其故共計一千七百五十七案真異事也其時撫軍汪公稼門僅殺余長春一人草草完結

墨線

嘉慶十年三月家小癡客四川之中垻巡司署初五日早哄傳街上彈有墨線痕親自出署觀之自大堂暖閣至頭門百餘步甬道上貫墨線一條詢之居民咸稱本鎮各街巷暨鄉僻處皆然成都龍安嘉定皆同日彈有墨線不知何異也至立夏後民間疫病大作四五月尤甚成都省城各門每日計出棺木八百四五十具亦有千餘具者先是三月初簡州刺史徐公鼎奉檄赴嘉定催銅夜夢五人從東來自稱行疫使者將赴成都問其何時可回答云過年看龍燈方回也徐旋省後適見瘟疫流行憶及夢中語即告制軍議以五月朔為元旦曉諭民間大張燈火延僧道誦經禮懺紮龍燈放花爆民間亦助結燈綵每夜火光燭天金鼓之聲不絕自錦江門直至暨市口男女雜沓歌曲滿街即每歲元宵亦無此盛也如此半月疫果止

板櫈自行

嘉慶十二年冬十月長山袁叔埜刺史出京過其焦家橋舊第巳下行李叔埜起如廁廁上有板櫈一條無端自動初不甚怪遂步至後園距廁上已遠忽見板櫈亍亍而來其老僕亦見之叱之而止殊不可解

龍帶石牌坊

嘉慶十三年五月歙縣槐塘地方忽起風龍陣有一龍從石牌坊下穿過兩牌坊俱為龍帶去去數十步外始落地石為齏粉並未傷人廿三年三月離槐塘四五里地

名潭渡村亦起風龍陣有兩三抱大樹一株從地拔起落於三里之外樹旁居民甚密亦無所損也

漢口鎮火

漢口鎮為湖北衝要之地商賈畢集帆檣滿江南方一大都會也畢秋帆尚書鎮楚時嘗失火燒糧船一百餘號客商船三四千隻火兩日不息嘉慶十五年四月十日鎮上又失火延燒三日三夜約計商民店戶八萬餘家不能撲滅凡老幼婦女躲避大屋如會館寺廟亦皆蕩然無餘死者枕藉

天不可測

嘉慶十九年正月十三十四十五三夜有月華人人共見五月初一二日余往高郵途中聞蟋蟀聲六月初一日蝕七分中伏日寒冷異常俱著皮衣地生白毛江南安徽浙江三省皆然七月初一日夜太白經天十四日熒惑入斗牛度十六日狂風拔木十七日夜雨雹河南尤甚十八日夜天雨血凡有白羅衫白手巾在露天者皆為之紅自五月至八月水望西流種種奇異然是年僅旱災米價每石至五千六七百文秋收不登而已二十一年冬月華更甚皆以為明年必又旱詎於正月起至十一月零雨間作天無十日晴稻穀俱腐柴薪大貴真天之不可測也

山鳴地動

二十年九月十九日山西解州各屬及蒲州同州一帶地方皆地震河南之陝州閿鄉靈寶亦皆震動惟解州為尤甚民房城垣祠廟倒塌無算死者至三十餘萬人惟關帝廟大殿五間屹然不動自九月起或三四日一動或數日一動直到次年丙子春夏之交至七月十四夜解州運城諸處復大動如前後遂寂然其動時如聞地中有波濤洶湧之聲人民男婦老幼俱露坐富者用布帳遮風而已更可異者是年之十月十二日中條山大鳴縣至黃河八百餘里十二月甘肅省又有山移之異

妖言惑衆

嘉慶二十年八月十八日妖人方榮升就擒自稱蓬萊無終老祖朱雀星實霞佛下降有四□□宿九十甲子十八地支之說編造萬年時憲書以四□□□為一月十八月為一年金木水火土之外增慧動二者為七行並指通行正字為五行字私以二三四字併為一字稱曰七行字編造字母一書所佈逆詞及所造破邪顯正明心錄並所用印記皆從七行字體又襲舊教有五等執儀名目復增為九等以花紀官一品紅梅二品白梅三品牡丹四品芍藥五六七八九品均以雜花卉為等威有九品蓮臺名目以分習教等差又定官制有三宮六院大將軍大學士丞相王侯公伯下至大夫六部諸等級又稱能出神上天親見天宮殿庭路逕捏畫十圖並造腳冊記載宮室名目謬稱成事後規仿營建又以黃冊捏寫星宿名凡十萬八千七百三十有一每於私造□□成帙向同教人自誇神奇天縱妄自尊大同教諸人因其幼本村童忽能書畫竟認為天授深信不疑也前□年江南北大旱民人饑饉方榮升竊謂災黎易動起意倡亂八月間潛引其黨刻九龍捧珠印記一顆名為九蓮□□云俟三年後坐朝問道時啟用實則逆詞逆書先已印就也十月十五日潛糾徒衆於李裔林家會合拜印遂將偽造諸星名目諸書焚化謂能使諸星宿降附人身而徒衆咸深信之有三鰥婦李玉蓮者本有氣臌病腹便便然自稱懷孕者乃彌勒佛信者甚衆玉蓮又自稱曾神遊天上知其福大應與同舉大事而方榮升亦稱玉蓮為□創聖母訂期起事云云其語長不能備錄時節相百公制府兩江遂奏上其事於九月十一日將逆首方榮升處以極刑其巨魁朱上信朱上忠等廿四人俱凌遲其與知逆情之周智榮趙順等十人斬首其言遂息方榮升濃眉大目兩顴高峰臨刑時猶顧謂其妻曰我等本在天上原不肯下降今仍回天上此後斷斷不可再下降矣其謬妄如此

村牛搏虎

陝西漢中府西鄉縣出一猛虎傷人無算獵戶與官兵莫能制之有善搏虎某者年老不能下車矣衆獵戶官兵稟縣固請其人始出遂入山手握鐵鞭拾級而上卒遇此虎竟為所殺時村家養牛數十頭正在山上見此虎至羣牛皆退縮惟一牛獨前與虎鬭視者久之忽奮力一角正穿虎喉虎立斃報之縣官遂將此虎賞畜牛之家并以銀五十兩獎之一縣稱快未一年畜牛之家偶將虎皮出曬於石磨上牛臥其旁醒而見之以為真虎也又奮力一角力盡而死

八月十五晡

嘉慶乙亥八月初福建省城南門外地名南臺人烟輻輳泊舟甚多大半妓船也衢巷間忽有兩童子衣朱衣連臂而歌曰八月十五晡八月十五晡洲邊大燒宅珠娘啼一路閩語謂夜為晡屋為宅妓女為珠娘以方言歌之頗中音節連歌三日不知其為誰氏子也居人以其語不詳遂告鄰近於中秋夜比戶嚴防小心火燭至期絶

無音響至次年丙子四月廿九日夜半洲還起火延燒千餘家毘連奴舟皆為煨燼至五月初一日晡時始熄計上年八月十五夜再數至八月又十五日適符八月十五晡之謠也吾友王子若茂才在福州親見其事

龍鬭

丙子七月廿五日蘇州胥門外嬰橋茶亭頭有兩龍相鬭風雨大作覆舟者無算染坊架上布皆飛上天

風暴

嘉慶丁丑六月十三漢口鎮大江中忽起風暴颷蕩大小船一千餘隻死者無算戊寅二月十六日即於大江原處漂沒大鹽船十七隻其月二十二日垂晚湖南岳州府東三十里城陵磯陡起大風暴一時人力難施沉溺糧艘十七隻並淹斃運丁水手男女數百人巡撫巴公奏聞奉旨豁免一月之內兩遇風暴且同是十七隻亦奇

大木

嘉慶丁丑六月十七蘇州元妙觀雷擊三清殿西北隅大柱碎裂無餘有葑門外道

士遊觀其下同時擊死未幾地方官吏及紳士輩欲於東西兩濵購大木而重葺之竟無此料其年十一月常熟福山港口有兩漁船入海捕魚見水面浮一大木頭尾甚長因言狼山有觀音寺正在興修如帶往江北可得善價即繫纜向北行堅不可動漁人又言曰豈有神靈護持耶吾今帶往江南可乎言未畢木即向南頃刻抵岸矣其木長八丈九尺四寸圍圓二丈有餘地方紳士備價購之始得興修此木之所來亦奇歸湘帆少府曰噫天豈以此木將出因而震其柱欺抑殿之不宜毀特遺此木以成之歟不先不後適當其時然則需材之世不患無材而抱材者亦不患不見用於世也

老鶴

吳門有潘姓者居胥門內之來遠橋家有老鶴巢於庭樹聞其聲頗類人言似言某處有藏金乃於後園掘地果得之自此致富道光壬午六月潘姓失火老鶴庭樹亦俱燒死

蛟與龍鬭

嘉慶戊寅五月廿七日蘇州婁門外有地名龍墩者元和縣所轄忽出一蛟與龍鬭

冰雹大作狂風拔木雨下如注者一兩時拖壞民房廬舍五十餘家失去男女數人有一人隨風而飛為龍所攫背上爪痕顯然從空落下卻不死有一家失去米五十石亦隨風飛去數十里內並無一粒墮者又一家船四隻牛一頭與船坊牛棚一齊上天不知所往先是龍墩地方有地一塊不積霜雪不生草木有以青草𫁡其地次日必焦枯如焚所謂蛟者即起於此處蛟之形似狗而大初起時有黑龍自東飛來與蛟鬬良久旋有白龍從北來如佐黑龍者踰時而去其近處居民俱所親見也

塵霾

嘉慶廿三年四月八日酉初刻京城忽有暴風自東南來俄頃之間塵霾四塞室中燃燭始能識辨其象甚異　聖心震懾因降旨近京之馬蘭峪古北口天津府等處徧行查訪據馬蘭關總兵官慶惠奏是日酉初南風不過塵霾暐翳旋有迅雷陣雨傾盆而已據古北口總兵官徐錕奏是日酉初西南風其色黑黃間有雷聲風氣即散小有陣雨未能及寸據天津長蘆鹽政嵩年奏是日酉初並無塵霾室中明亮北風大作雨勢滂霈自宵達旦亦無雷聲又據山東巡撫陳預奏是日酉初無風雨至初九日卯寅時大雨竟日極為深透合觀各處奏報情節不同古人所謂千里不

同風是其明驗也

黑雲

嘉慶己卯三月十八日山東臨清州城東有黑雲三四團自東南而至西北白晝晦冥有一二時次年七月某日臨清城外三四里許有一井井中出黑氣一條其長徑天上沖雲際一晝夜而滅

龍見

是年五月初八日有龍見於洞庭東山翁角畢露凡十三條觀者如堵須臾油雲四塞大雨如注龍亦不復見矣是日一雨至六月七月八月皆無雨高田乾涸農民苦之八月初大府尚為祈雨

蟾蜍

嘉慶己卯八月河決開封蘭陽一帶皆成巨浸先是十日前有大蟾蜍數千百頭隨小蟾蜍幾十萬自北而南若遷徙狀人莫知其故蟾蜍大者至四五六尺不等亦是奇事

大毬

庚辰四月初江蘇織造府旗千斗上忽有火毬兩個升上落下更餘便起四更時息如是者五六夜撫軍知之差巡捕官往視果然先一月前滸墅關雷擊旗干並擊漏稅房庭柱觸壁與火毬之異不過相距二十餘日耳

羣鼠渡江

崇明史葉神宗四十五年江南鼠異自五月下旬起千萬成羣啣尾渡江而南嘉慶庚辰五月瓜州儀徵一帶亦羣鼠渡江上年四五月間河南開封府黑岡口一帶先有羣鼠渡黃河或言鼠屬子水位此水沴也又六月廿六日許州東北鄉地震倒塌瓦房九千一百餘間草房一萬六千九百四十餘間壓死男婦四百三十餘口被壓受傷者五百九十餘名見邸報時州刺史為膚施張芥航先生其公子杜園為余言之甚悉

暢春園虎

嘉慶庚辰五月廿七日京師雷雨夜作暢春園虎圈之虎忽逃其一次早有中貴人三在前湖看荷花卒遇之虎食其一兩人躍入水中獲免越五日奉　旨命三額駙殺虎翰林編修吳慈鶴紀以詩云太液逆聞白於雪三人曉起看花入凉風吹鬢巾袖香池邊駭見於菟出兩人急躍清池裏一人已為虎所餌　至尊頻蹙催賜金（有旨賞銀五十兩與死者）一半殘骸付妻子黑河猛將行如風長槍大朝何豪雄虎知當死伏不動翻身一箭穿其胸萬夫擒舌軍吏賀此勇真能不膚撻吁嗟乎期門羽林畫如此太白欃槍安敢起

六月雪

辛巳八月余往邗上得偏報云採得晉憲差官從北回南於六月十六日路過山東西大道陰平地方是日天氣奇冷異常下雪五六寸不等兗州府濟寧一帶皆然

雞異

辛巳秋蘇松一帶有雞異者甚多一雞兩翅上俱生爪對距皆然前人謂之雞距有五爪者皆飛上天又常熟東河下有雞生子中有小蛇一條如蚯蚓而動又余居之南顧家灣有雌雞變雄作高聲啼又徐市農家有雄雞變雌生子不已更可異者江陰有一家雌雞一隻重五六斤忽不鳴不食若有病者其家殺之以佐盤飧剖腹中有小人一個長二三寸許頭面手足皆具

南方丙丁北方壬癸

道光二年九月十八日廣東省太平門外大災焚燒一萬五千餘戶洋行十一家以及各洋夷館與夷人貨物約計值銀四千餘萬兩俱為煨燼先是四五月間蘇州有謠言不用洋錢銷毀至數百萬枚此或其先聲耶是年直隸山東發水被災者八十餘州縣北方壬癸南方丙丁似有定數云

巨蟒

道光壬午五月十七日午刻上海縣城內忽狂風拔木白晝晦冥大雨霹靂轟然而來滿城人無不驚駭是時學宮左右風雨尤甚有魁星閣最高屋梁瓦石皆飛上天見火龍一條從閣下蜿蜒而起斗入雲中拖坍民房樓觀寺廟數千餘間直至城外向東南入海而去是日黃浦客商漁戶等船四百餘號漂沒者三十餘隻亦見有黑龍四條追逐火龍逾時而沒後聞學中老門斗言魁星閣下向有大蟒一頭其長數丈每於春夏之交蟠據閣之絕頂仰天吸露已有年矣此火龍者或即其化身耶

環雲

丁亥九月初六日天日晴和交未刻忽見日傍有暈一重須臾暈左右又加兩重如連環然須臾連環上又加一小重日在三環之中而外又加一大環環之其光如火焰有五色正貫於日之正中千百條白氣俱向東北未起酉止是年正月十三午刻亦如之日光之外又生兩暈亦如連環然日之正中大環貫之直圍於兩連環之外其向亦在東北其大環四角有耳如小月狀兩明兩暗至酉而散不知是何祥也

履園叢話卷十四終

履園叢話卷十五

清　勾吳錢泳梅溪輯

鬼神

張撫軍退鬼

張清恪公伯行撫蘇時，值江寧鄉試，公為監臨。故例將點名，先召恩仇二鬼進。公大怒，正色而言曰：進場考試者，皆沐浴聖化，束身珪璧之士。爾輩平日何以不報，乃正當國家取士大典，一切關防嚴肅時，豈許紛紛鬼祟進場訬擾耶？是科南闈無一病者。

鄒二癡

鄒公履名德基，工於書法，出入平原、北海之間，而性情孤峭，如醉如癡，至今吾邑中人尚稱鄒二癡為名筆也。其父廸光，中萬歷甲戌進士，為湖廣提學副使，積資鉅萬，俱為公履造園。園有錬石閣，公履所居也。忽一夕，為羣盜所殺，官捕數年不得。至國朝康熙初，有捕役高姓者，婪賄無數，豐衣足食。常夏月避暑，設一榻，張紗幬，臥於閣上，怡然適也。時月色甚明，似有人緣梯而上，帶烏紗巾，著紅道袍，徘徊大步。高惧，心知為鄒公子，乃下牀叩首不止。公子曰：汝何等人，敢據吾閣耶？以足蹴之，遂墮樓下。從人驚起，高自言如此。天未明，遂氣絕。人傳而快之。初公履死，索盜無蹤。有女巫能召亡者，焚符畢，巫忽起行，如鄒公子狀，喚家奴取梃痛責之，曰：巫者至賤，安得令彼召我？家奴言因主人被害，實為不平，求主人明示。巫言以人殺人事甚平常，安問盜？言訖，巫仆而醒。

緋衣神

康熙十一年八月廿六日夜，太倉、嘉定、寶山一帶大雷電，空中有二燈前導，中有一緋衣者，乘白龍，甲士數十，亦持鐙隨其後。遠近鄉民盡見之。其燈忽高忽低，明晨視燈光低處，花木悉壞。

鬼戲

康熙中，常熟有包振玉者，係梨園中吹笛手。一日忽有人來定戲，云在北門王姓，以銀十錠，期於某日。至期而往，則巍然大第，堂中設宴，主人出，謂振玉曰：今日係周歲，不可大鬧，以官人幼，不任驚嚇也。遂點西廂記，減去惠明寄書及殺退孫飛虎兩齣。乃定席開場，衆方演唱，振玉獨執笛旁坐，暗窺坐中賓客，凡飲酒俱呷入鼻中，其往來男女侍從人等，俱足不帖地而行，心甚異之。以私語其衆，衆曰：彼不欲鬧，豈所畏在此乎？於是忽將大鑼鼓一響，倏無所覩，乃在昏黑中，則一古墓，惟聽松風謖謖而已。通班大驚，振玉遂得疾，不數日死。

錢蓮仙

康熙甲子，嘉定陳涵源授徒於龍江里。一夕月下，忽有女子來，自道其姓名曰錢蓮仙，係元季錢鶴皋之女。（按太倉州志：鶴皋，上海人，元季吳元年，太倉知州張某以城降張士誠，而鶴皋不從，結諸邑弟子數千人為兜入嘉定，與送松江獄，會以兵刃。當時有祭仙宮道士楊仁實救之，即其人也。）言與陳有文墨緣，晨夕相聚，錢才調儁絕，命題無不立就。已而漸聞於人，陳亦不以為諱。至丁卯歲，形蹟漸疎，一去杳然。陳著仙姝傳述其事，并録其送別詩云：盤頭髻環泣送君，依依難向小橋分，他年不斷情緣處，把酒還澆隴上雲。而陳故無恙也。

乩仙

秦對巖宮諭家有乩仙，適吳令君伯成至，知其召仙，必欲觀之。宮諭延之入。時所請者云是李太白，令君曰：請賜一詩。乩判云：吳興祚何不拜？令君言詩工固當拜。又判云：題來。時有一猫蹲於案，吳指之，即詠此。又判云：韻來。吳因限九韭酒三韻以難之。乩即書云：猫形似虎十八九，喫盡魚蝦不喫韭，只因捕鼠太猖狂，翻倒牀頭一壺酒。吳乃拜服。

打青神

太倉西門水關橋有龐天壽者，素好拳勇，年七十餘，忽丧其子。眚回之夕，其徒數十人聚集豪飲，聞總帷中窸窣有聲，秉燭照之，但見一大鳥，人面而立。龐急將鈎連鎗扎住其背，此鳥欲飛不得，兩翼撲人，宛如疾風，室燈盡滅，其徒亦皆仆地，喊不能出聲，如夢魘者，獨天壽盡力捌住，死不放手。天將曙，力乏臉瘦，鳥竟逸去。次日，龐滿面皆青，數十人仆地者，面上亦俱有青印。龐後猶活十餘年，每見人述其事，猶言當時恨無人助我一臂之力也。

送涼

崇明李明經杜詩，年七十餘，率其徒數人應科試。自崇抵毘，已薄暮矣，徧覓寓所，已無下榻處，惟東南門柏家廳有樓五楹。李遂偕其徒居之。時方六月下旬，盛暑鬱蒸，諸徒舟車勞頓，已就榻酣睡矣。李獨卧不成寐，見殘月漸明，樓下如有人聲，竊竊私語。聞一人曰：如此炎天，樓上諸公得毋太熱乎？我輩夜涼無事，胡不上樓代為驅暑？於是漸聞梯上有聲，如連步而上者。李素稱膽壯，亦不畏之。少頃，漸至榻前，各執蕉扇一柄有無頭者則以扇插頸答答若搖狀無臂者以扇插肩盤旋於幛前見數十鬼中肢體無一全者或馳而東或趨而西一人曰廂間進士公下榻我輩盍先送涼既而曰某某雖秀才爾輩何薄待之我為之拂暑而獨不至李逌諸徒榻前搖扇幾遍將作下樓狀忽齊聲曰揚仁風而不及老貢生非情也遂各舉扇一揮呼嘯而去李徐呼其徒曰今夜得毋太涼乎皆答曰涼甚李曰汝不知其故乎因徐為道之諸徒愕然驚起不敢復卧次早詢之土人有老者曰明季被兵時有民人百餘皆潛伏此樓下既而兵入悉被屠戮無一存者今百餘年此樓尚多祟也是日亟遷寓而去

聞角菴相士

揚州聞角菴有相士寓其中好酒同寓有王叟者亦好酒相與友善每夕共入市中飲以為樂也一日叟謂相士曰我鬼也能知人死期吾語子自此相者日盛能定人生死咸以為神仙久之王叟忽不樂顧相士而泣曰某日將與君別去欲借尊嫂腹為我寓也不解所言未幾叟不見是夜相士妻腹中有聲絶似叟語其言死生如故而相益神積金甚多妻死後遂不知其所終

董庶常

海寧董東亭庶常名潮在京師偶步近郊暫見一施有異人彈琵琶甚哀潛識其地次日與同人訪之惟古塚荒煙荆棘刺衣而已為之駭然未幾卒其同年友湯緯堂弔之云紅袖琵琶摧玉樹青山煙雨葬瓊華蓋紀實也

誦大悲呪

長洲吳西橋業醫其父名元祐字天自年六旬餘甚康健每晨起茹素誦大悲呪十餘徧寒暑無間偶感微疴從昏瞀中見二鬼攝去覺天黯慘如黄昏至元妙觀東嶽殿仰見有一人正坐者色甚和問汝平日作何事對曰誦大悲呪旁一吏曰心不畫誠雖多不算遂之出雨足無九天又陰雨沿途喚肩輿過其妹壻家停輿直入見其家方晚餐不起延接因詰問之皆驚竄吳怒而拍案有煮蝦一碟墜滿地乃出門仍乘輿歸覺己身卧牀上大駭急命子往詢妹家云鬼嘯案傾不知何故也吳病痊後改號曰補餘

春杏

吳門沈某其弟早卒所聘某孝廉女過門守貞有年矣忽發狂疾孝廉往問之忽訶詈不識其父也乃默禱於乩仙判曰汝女前生係湖州沈姓子少年時私其婢春杏有孕為沈子父母逐之投繯死後欲向沈子索命而沈子又夭歿今其魂尚來作祟欲以捉沈子也須延高僧禮大悲懺三日呼春杏名祭之斯可矣如其言狂疾乃瘳

馬公宋相

吾鄉凡完願酧神俱有馬公宋相別設下筵必先祀之忽忽送出然後張樂薦登上筵實不知其為何神也後見土風錄相傳馬公是蘇州葑門人名福以貴菱為業每晨擔出閶門過宋相公廟必敬禮之後與人爭角不勝投水死適宋相公神舟至因收作帳前驅使巫祝家信之私相尊奉或云馬公宋相俱是五通神部下傷官湯文正公滅燬淫祀時五通神俱用鐵鏈鎖杻加以手靠脚鐐如重犯者先命縣官拿下其像屹然不動公正色大罵曰汝還倔強耶遂覩自動乎五像俱倒杖四十投之石湖惟馬公宋相兩像終不能動問是何神廟祝詭以財神對乃釋之至今鄉人猶存其祀

城隍

賓退錄極言城隍神之靈顯且各立名字如漢之紀信彭越蕭何灌嬰張睿之類不

一而足即祀典所云凡禦災捍患有功德於民則祀之之意也據蘇州府城隍而言向聞神是湯文正公斌繼又改陳榕門先生宏謀既又改巡撫吳公壇繼又改觀察顧公光旭今聞又改陳稽亭主政鶴矣三四十年中屢易其神豈陰陽亦一體耶嘉慶元年十一月余在兩浙都轉運使幕中十五日夜月食七分二更餘俱已寢矣忽聞人聲沸天急報城隍山上火起通天皆紅延燒四五千家所有杭州府仁和錢塘兩縣及布政司糧道學院街門前一帶民居皆成白地是夜有原任嘉興府方公雲亭在運司前一小樓作寓見火光中有紅燈數百圍護一宅火至輒息意此宅必是積善人家當記之及天明往看乃城隍廟也

錢桂芳者通州秀才為人慷慨正直古之君子也年四十餘忽與妻子泣別將為陝西寢城縣城隍言明日本州城隍神來拜會相約吾當去矣妻子大哭桂芳曰死生定數哭之無益乃灑掃一室供設香案衣冠而待次日城隍神果來儀從甚盛妻子無所見也桂芳哀求曰我有七旬老母可稍遲數年否城隍神首肯曰當代為轉詳東嶽神其準不準吾不能主也忽不見越三年其母卒未幾桂芳亦死其門弟子李西園為余言

惠山黃埠墩對岸有漢紀信廟，里人謂之都城隍廟，每年三月廿八日為城隍生日，是日鼓樂喧天，遊人無數。惟後樓三間寂靜無人登之，可以眺遠。有男女兩人私約至此，將解褻衣，忽見金甲人叱之，投兩人於樓外，適墮河中，一生一死，甚矣哉神明之靈也。（按都城隍生日係四月十五日，此言三月廿八日，恐係傳聞之誤）

長洲蔣時菴少馬尊甫篁亭先生生而聰穎，四歲入塾，祖俠園公授以忠臣孝子四字，即記憶不忘。俠園公知其為大器，且訓之曰：汝高祖參議公於明鼎革時，杜門養母，母畏哭泣以致雙瞽，此吾家之孝子也。汝高叔祖都督公甲申之變，一門十五人殉節，此吾家之忠臣也。篁亭八歲即為二公作忠孝傳。伯父光祿少卿紫峯先生奇之。十一入長庠，康熙辛卯、癸巳登鄉會榜，官戶部郎中。特簡廣東廉州府知府，時廉吏世治官澆，散天喜地之謠。及蔣公罷官歸，兩浙制府李敏達公薦督浙江海神廟工。仲子元泰隨行，公一日清晨忽謂元泰曰：吾廿三四間當死。人咸不信。廿三日果病，二十四日早復呼元泰曰：我平生不言鬼神事，但奇兆有徵，今夕當去，第我守廉郡，實有愧於朱仲卿之嘗夫桐鄉也。公從叔瞿園公亦在海寧，詳詢奇兆，公曰：參議公遺訓二篇，忠孝兩全，此時已證佛果矣。餘不言。至戌刻端坐逝。未病前，家人夢中恍惚聞呼殿聲，儀從甚盛，云是廉州來接新官者。此雍正九年事。乾隆中，公姪芝岡公名衡，官江西糧道，署藩臬篆，有藩署書吏部某云：伊父向在粵東高廉道轅，屢至廉州城隍廟瞻拜，廟祝常言神蘇州人，最重忠孝節義，有節婦族人欲奪其產，將謀害之，節婦知其事，避於廟。族人尋蹤至，甫入廟，突見皁役數人持棍擊其背，不勝痛苦，遂逃歸，節婦自此安居無恙。

揚州有倪晴子者孑然一身，寓舊城府城隍廟起課，每日得數十文以此度日。有風雨無人來，則枵腹過夜。一日有商家小夥發財，偶攜妻妾入廟燒香，輿從甚盛。倪知之，竊於神前默祝曰：彼為下賤，榮耀如此；我本故家，飢寒如此，何天之無眼，神之不靈也。是夕忽夢城隍神拘審，神曰：爾何以告狀？彼命應享福，爾命應受苦，俱有定數，敢怨天尤人耶？殊冒昧，著發儀徵縣杖責二十。一驚而醒。其明年冬，倪有姊嫁儀徵，病死，往送之，至三更時，忽肚痛不可忍，遂開門欲出恭，適遇巡夜官，問之不答，遂褫其衣，責二十板，其甥聞之，立出辯明，已杖畢矣。神之靈顯如此。

鬼迷

杭州張仲雅先生名雲璈，自言幼時隨其尊人任安慶太守，年才七歲，有婢某者嘗伺之。一日婢閉門浴，忽不見。過虎尋覓，見地板隙似露衣襟，遂發開，婢已昏迷，久之始醒，自言近日獨坐房中，有好女子年可十七八，嘗往來於窗外，每曝衣履，此女告以將雨宜早收，又言明日應有某夫人來，應辦何事，可預為之，無不驗也。今日我方就浴，見此女來約到其臥房，初至一小逕甚窄，遂側身入，見所居甚華麗，正臥其榻也。太守疑為鬼物所憑，遂將是室關鎖。署中老吏云：數十年前有某太守妾為夫人所妒，死於署，此其鬼耶。然婢並無恙，今年七十餘矣。

滕縣遇鬼

蘇州有盛雲川、金藻庭者，為吳茂生店夥，進京貿易，共僱一車。過滕縣，天忽曛黑，不復辨路，見一大宅，擬投宿，請其閽人曰：不意迷塗至此，欲求一席之地，但不知主人為何大官。閽人曰：是都統徐大人之居。都統歿後，惟夫人在，須稟命乃可。遂入白之，少頃延客入高堂峻屋，明燭盈前，已羅列杯盤。一公子出，冠服華盛，便與同宴，侍兒歌舞之妙，目所未覩，金踞蹐不安，盛以貿易而有措大風，謂公子曰：尊大人官至極品，公子得恩廕否？公子不答。盛又曰：子所雅言，詩書執禮，俱瀾翻否？乘此良宵相欽，且有此美酒佳餚，盍行一令，以見公子才學。公子又不答，金視之，似有怒容，離席去。侍兒隨之入內。一蒼頭出謂二人曰：汝等觸怒我公子，將罹禍，念汝等俱蘇州人，與我有同鄉誼，速隨我行。二人即呼車隨之行，計走三里許，至茅舍，蒼頭推門入曰：汝等請進，吾有職司，不能奉陪。二人秉燭四照，見斗室中止有一榻，揭帳視之，一人閉目而睡，寂然無聲，鬚髮皓然，身衹尺許，正驚疑間，忽有狂風自帳中起，燭光遂滅，二人竄伏暗室，怖不敢喘，假寐於地，久之東方既白，人屋俱亡，實卧於棘叢古冢間耳。狼狽而起，車夫亦如惛迷者，逢耕人始得官道，又行數里，乃見滕文公問井田處。

神人呵護

蘇城史家巷，當雍正、乾隆間，蔣、沈兩家各有四第，蔣氏助教坦菴公在堂，父子會魁，兄弟館閣；沈氏穀齋、礪齋、溶溪三太史同時貴顯。里人夜見兩紅燈往來東西照耀，先後通徵。凡二十餘年，迨助教歿後，沈亦中落，自此紅燈不復見矣。

瞽目見鬼

乾隆戊子歲，蘇州沈廑綠學博霈卒於婺源任，其太翁蘭谷明府正宰四川郫縣，已七旬，家人隱其事，莫之告，及蘭谷以雙瞽告病歸，一日忽謂家人曰：頃間吾目忽明，

見彌兒袍服對我叩首殆已死耶家人乃以實告

鬼皁隸

錫山北門外有泉安土地廟鄰女年十七頗有姿色一日女入廟燒香見泥塑皁隸
而笑之是夕似有人來求歡似夢非夢雞鳴而去自是無夕不來女知其鬼也乃告
父母問其貌女曰似類某廟中右邊皁隸者遂授以計候鬼來時以罨墨塗其面次
早瞯之果然其父乃持梃擊碎之鬼不復至余聞其事笑曰皁隸如此淫惡為土地
神者何在耶

彭半壺

彭半壺江西人忘其名游蒲蜀中善勅勒術未弱冠已入泮食廩餼有文名既長即
棄舉子業在龍虎山學法三年遂遊天下歷幕願要飲酒食肉如常人彭不自言術
人亦不知其術也有某官者官蜀中太夫人年老常卧病見鬼物一鬼以扇扇之即
背冷如冰一鬼以火熨之即身熱如火百醫不效彭適在幕聞其事曰此病既有鬼
吾能治之某甚喜至晚於篋中取木劍一小羊角筥二披青布道袍盥漱畢焚香朝
北據案而坐執筆書符甫一點疾呼天君名焚符後取羊角小筥三擲三立觀者驚
駭彭在外方召將而太夫人已親見鬼物被神擒去矣旋聞庭中如數千鴨足聲逃
避後園彭一路追逐至後園黙運片時曰吾已放大罰三枝恐鬼物復來也次日見
後園枯桑樹上有三焦眼高低不差累黍太夫人病自此愈後半壺忽道裝芒鞋竹
杖辭別故人曰從此入山不復與諸君相聚矣問何往笑不答或留與飲仍茹葷酒
不知所終

鬼婚

有洞庭漁人蔣姓者其妻死所遺一子年四五齡無人照應時適有漁船吳氏新喪
其夫生女亦四五齡於是媒人為之說合竟再醮於蔣姓蔣婚未一月病甚忽見吳
氏故夫鬼來索命甚急且大哭曰吾與汝無仇何得占我妻又占我女決不汝貸也
蓋兩家子女長成又欲為婚姻已有成說矣蔣大懼乃答鬼曰吾故妻某氏與君妻
年相若亦與君為妻可乎鬼大喜跳躍而去乃寫婚書一紙與楮鏹同焚之不數日
而愈以後寂然按張華博物志任昉述異記俱載有鬼神婚嫁之事即近代五勝郎
君又其最可異者也

淨眼

揚州羅兩峯自言淨眼能見鬼物不獨夜間每日惟午時絕跡餘時皆有鬼或隱躍
於街市之中或雜處於叢人之內千態萬狀不可枚舉畫有鬼趣圖卷中朝士大夫
皆有題詠真奇筆也乾隆壬子歲余遊京師晤兩峯輒喜聽其說鬼言在玉河橋翰
林院衙門前見一鬼長三四丈徧身綠色眼中
出血口中吐火或曰此江魈也一日有友人留夜宴推窗出溺一鬼倉卒難避影隨
溺牢狀殊可憐又松江胡中丞寶瑔亦淨眼嘗清晨見屬員有兩鬼在前橫坐於窗
檻中丞呼止之以告此員聞者莫不驚駭而中丞怡笑自若
吳蔗薌名鳴捷安徽歙縣人嘉慶辛酉科進士出為陝西咸陽令能白日見鬼每日
所見者以數萬計似鬼多於人一日見有兩鬼爭道適一醉漢踉蹌而來一鬼避不
及身為粉碎一鬼拍手大笑傾之又有一人來碰笑者碎裂如前碎鬼亦拍手大笑
看此兩鬼情狀最妙蔗薌親自言之

關聖顯靈

嘉慶元年白蓮教匪據楚北之當陽我軍急攻其利用礮總督畢公正標軍中立時
督鏟有一人詣營門言荊州右衛署後廢地中有之難以時鼓鑄所不及也其人忽
不見如言掘之果得大礮十三位過山鳥二十七小礮九位大小鐵彈子無數咸以
為關聖顯靈云

鬼差救人

蘇州王府基相傳為明初張士誠故宮今橋道廢址猶在有泉河一條天雨積水天
晴則涸一夕有醉人從此經過被鬼迷惑下水水甚淺不得死忽見持燈者從南來
大聲曰爾被鬼迷耶隨吾燈走醉人隨之但見燈上有長洲縣正堂五字意此人是
衙門中人也行至元妙觀前宮巷見持燈者從一家門隙中隱然而入時醉人方醒
叩之門開甚固少頃有人開門哭曰吾兒死矣乃知持燈者為鬼差耳

鬼燒天

余寓居釣渚者十二年釣渚之水東接華滙西連家蕩宛山諸蕩水中蘆荻甚多每
於春初黑夜西風颯然見水灘上燈光閃爍須臾數千百燈又並為一燈天為之紅
士人見之者號曰鬼燒天聞之故老云順治間天下初定此地賊盜甚多草寇有席
宗玉者鍊鄉兵拒之焚燒盜艘數千隻於家蕩白米諸蕩民將以安此燈之異或尚
有陰魂未散耶

陣亡鬼

乾隆五十三年臺灣既平所有杭州京口江南各處駐防兵丁出師陣亡者例將辮髮解回原籍照例撫恤其解官是閩縣五虎門巡檢韓興祖也行至同安投宿適客店窄小巡檢官另住一店其夜便有無數鬼物作鬧有一解差膽甚壯大呼曰吾奉憲牌解汝等遺歸因何抄鬧耶有一鬼答曰韓老爺不在此吾等便說說話何妨次日韓知之不論水陸總在一處住宿安靜之至先是軍需局設在廈門之天后宮前臨大海每至深更聽海中鬼哭似有百萬軍鼓之聲夜夜如此撤兵後遂寂然

大娘娘

余姪媳楊氏于歸後生一子一女忽發狂登牆上屋如履平地一夕作吳興口音云大娘娘我尋你三十年乃在此地耶婢嫗駭之因問尊神從何處來有冤孽否答曰我本某家妾主人死我方懷孕而大娘娘必欲以內姪為後及分娩是男也大娘佯喜不意於三朝洗浴時竟將繡花針插入小兒腦中啼哭死我亦自縊已告之城隍神不日來捉汝矣言訖乃大笑不數日狂益甚伏地號呼若用刑者然未幾死論者云如此案情極應早報乃隔三十餘年耶於以知冥司亦廢弛公事也

唤鴛鴦

錫山有司馬問渠者喜吟詠館蘇城華陽橋顧氏最久死後降乩適顧氏有人在乩前問家中休咎乩云兄弟睽違同燕雁君臣遇合唤鴛鴦不解其語是年顧氏侍護名翔雲者北闈中式首題君君臣臣四字從弟秋湄得信即遣婢至侍護夫人處報喜婢名鴛鴦斯已奇矣後侍護兄春甫常客河南不得聚首如燕雁之代飛更奇

嫖鬼

福建南臺閩安口多妓船妓名珠娘又名踝蹄婆以其赤脚不裹足也每與嫖客宴飲正嬉笑間忽有一妓欠伸者便神色如迷不省人事即入卧榻自解褻衣若有人來淫之者客知之必遠避移時而醒問其故曰此水魈弄人也或曰是善嫖之鬼也

無常鬼

烏程江某以翰林改官任直隸青縣知縣適發賑從中節省得七八萬金恐上官督過之乃告病歸初至家即見一巨鬼長數丈青面高鼻紅眼著白衣手持鐵鏈若欲鎖之者江大懼急呼家人忽不見既而有話言抄其家江愈恐遂將所有盡埋之人無知者未幾忽中風疾不能言語兩手足皆踡終日卧榻上如醉如癡而已自此家中鬼日益多厥狀猙獰五色俱備作鬧無虛日江既死家中亦顛倒祇剩一孫由是遷居屋售他姓嗚呼財之作祟固如是耶

還我鬍鬚

崑山歸氏有小婢名金杏者隨主母往祖師廟上長旛見前殿有塑像鬍甚長金杏戲挽其鬚隨手脫去歸而病忽發狂作囈語云還我鬍鬚不絕於口莫解其言適輿夫衆知其事主母許以重裝病乃愈

鬼說話

齊梅麓先生名彥槐中嘉慶十四年進士以翰林改官出宰吾邑自言少時同兩三友人遊後園看梅花有表叔某者没數年矣忽於梅樹下見之遂執手痛哭談論家事移時而去同遊者絕不知也時日將暮友人相呼欲返遍尋不見及點燈招之先生從梅樹下應聲而出並無他異不一年其表叔家事大變蓋冥中亦逆料之也

買乳

瀆川有周某五十無子因娶妾越數年始得男喜甚惟妾體弱竟乏乳因僱乳嫗哺之一日妾忽作囈語云我在冥司費多少錢買一孫汝產薄乃不自乳而僱他人耶某審知其為故父語也因以妾乏乳對復言曰此易事我仍向冥中買乳來明日可速遣乳嫗去且命多焚楮錢次日妾醒兩乳湧出遂自乳之遣嫗去

神洲廟

崑山有神洲廟不知始於何時其神為女像端嚴美麗凡婦人求子者輒禱焉嘉慶己卯歲有諸生錢雲驤者偕二友人讀書其中錢素狂適夏月暑甚謀移神像而置卧榻於殿上一友領之一友止之閒於廟僧僧亦曰神最靈不可也錢笑曰吾視神美若果靈當現形與我同宿遂上殿抱之出而移其榻是夕錢驟病家人知之迎以歸病益劇不數日遂死其一友領之者亦染外症幾半年而止之者則無恙也

逆子冥殛

吳門沈某居葑溪家本小康其叔擁厚貲無子死遂立某為嗣某素無賴不善事嗣母又日事嫖賭不顧家及母卒草草殯殮停棺不葬者至十餘年幷歲時祭祀亦忘之矣一夕鬼嘯某秉燭出忽見其叔父母以梃擊之某大呼逃避復來擊立時死家貲蕩然

吾邑諸生有鄭宗臣者生一子年纔十五六習為不善宗臣怒之子亦苦父之拘束

也乃取墨匣為小棺貍泥像置棺中題曰清故邑庠生鄭宗臣之柩埋於庭前其僕見而詠之不聽埋甫畢兩足忽腫甚痛哭不已一彈指間亂遂絕天之誅逆未有若是之速者也

討債鬼

常州某學究者以蒙館為生有子纔三歲婦忽死家無他人乃攜其子於館舍中哺之至四五歲即教以識字讀書年十五六四書五經俱熟亦可為蒙師矣每年父子館穀合四五十金稍有蓄積乃為子聯姻正欲行聘忽大病垂死乃呼其父之名父駭然曰某在斯汝欲何為病者曰爾前生與我合夥負我二百餘金某事除若干某事除若干今尚應找五千三百文急急還我我即去矣言訖而死余每見人家有將祖父之業嫖賭喫着不數年而蕩然者豈亦討債鬼耶

鬼物憑臨

大凡人之生死或有恩德或由冤孽皆有鬼物憑臨其間不憑臨不死也如水火刀繩闘毆跌撲以及虎傷蛇噬墮馬坍牆之類雖是定數亦由其人之冤孽使然人不能主也揚州鈔關對河有何姓者開豆腐店頗積資財年二十五六忽喪其偶有鄰

婦新寡年相若遂與通約為夫婦婦將所蓄五六百金盡以畀何未幾何聽媒妁言別娶他姓女婦聞之憂鬱成疾然不敢告人也及病將死始呻吟語其所親曰吾昨控城隍神與何質訊彼已定腰斬矣言訖而絕是年冬江南北苦寒風雪時作黃淮俱凍不解者至二十餘日何偶欲入城過渡失腳落水適有尋丈大冰隨流而下觸其腰斬為兩截觀者如雲莫不駭異嘉慶十四年事也又廿三年四月蘇州承天寺前有老嫗年五十許忽思遊虎邱日日自念曰吾能一到虎邱死無恨矣其夫笑曰虎邱不在天上行即至耳遂命一童隨之出閶門未逾時已到千人石上仰見樓閣巍峩喜形於色遂拾級登五十三參至天王殿下癡立不動忽聞梁上訇然一聲殿傾矣此嫗壓為齏粉而童子無恙也觀此二事豈非有鬼物憑臨者耶

王大王二

江陰有殷某者中乾隆癸丑進士官湖南同知嘉慶初年教匪滋事殷同在軍營佐理有兵卒王大王二者為教匪所掠害殷未分曲直竟殺之以為功後丁艱服闋補順天府治中忽發痰疾嘗持刀欲殺王大王二日日作鬧家人輩恐傷人以錫刀換去鐵者殷忽將窗櫺亂斫皆為之斷卒狂死

三善

吳門顧杏川太史元熙於嘉慶十八年秋從金陵鄉試歸過京口偶感冒寒熱大作忽作囈語云有北固山神偕鎮江府城隍丹徒縣城隍俱來迎且賀曰君今科必魁榜君祖父有三善上帝皆紀錄之矣顧不信遂同往文昌宮查訪云云及歸家病旋愈是科果中式

祭品用熟

邵北崖桃渚隨筆載松江某氏請乩仙有近鄰陸成衣亦降乩曰我為某家土地受其香火甚安但祭品皆生冷不可饗乞寄言某家為我具熟者如其言以告鄰某越數日乩復降曰前日我一言累其家多費幸為我再告之以後祀我不拘葷素但求熟者可也大凡祭祀之品需用熟者余亦嘗持此論考古之鼎彝皆有蓋俱祭器也其法先將犧牲粢盛貯其中而以蓋覆之取火熱熱上祭時始揭蓋若今之煖鍋然所謂歆此馨香也若祭品各色俱冷安謂之馨香耶余家凡冬日祭祀必用煖鍋即古鼎彝之意以此法用之掃墓尤宜敢告世人共知之此理之易明者

兩指

太倉王氏一樓素有鬼人不敢居諸生陸某館於其家獨不信竟移榻中夜見二鬼徙倚漸近一鬼曰樓有貴人一鬼曰什麼貴人伸其兩指曰不過此耳陸心喜以為必登兩榜及年六十餘以歲貢鄉試中副榜蓋兩貢生云

倒划船

虞山風俗以三月二十日興龍舟余見有划船老爺者一缺口船載一木像以觔倒行紗帽袍笏鬚鬢有鬚邑中無賴子弟以儀仗擁護若神明旌旗滿船雜以鼓吹其船有南划船北划船之目南划船相傳是前明錢御史繡峯家園中採蓮船也不知何人取以出城奉張睢陽手下將官南霽雲像以實之故牌額上稱南府後北城無賴羨慕之亦照樣打一船稱曰北府俚鄙可笑一至於此然其所謂南府北府者皆無廟祀借民房為居言神愛其家居住其家必發大財每家居一月亦有居十日者又遷別家輪流旋轎香燭盈庭宛如祠廟謂之落社雖邑中士大夫亦不以為怪也龍舟一出兩船隨之民船皆譟男女老少雖坐舟中咸起立屏息無譁極其誠敬道光五年萍鄉劉君元齡字彥伯（卯金門 仲卿五）來署昭文縣事以其在　聖宮前落社竟敢乘轎放炮以為大不敬遂燒其船碎其像一方稱快焉

陳三姑娘

青浦金澤鎮有淫祠曰陳三姑娘者，有塑像附東嶽行宮，每年逢三月廿八、九月初九，遠近數百里內男女雜遝，絡繹而至者以數萬計，燈花香燭，晝夜不絕。鄉中婦女皆裝束陪侍女神，以祈福祐。或有疾病者，巫輒言觸犯三姑，必須虔禱，於是愚夫愚婦亟具三牲到廟求免，廟僧拒門不納，索費無已，亦看其家之貧富，富者至少三十緡然後延入，以為利藪。地方上有庠生楊姓者為廟中護法，與僧朋比剖分。相傳禱祝時必揀擇美少年入廟哀求，尤為響應，真可笑也。三姑娘者，云是吳江之蘆墟人，居三白蕩邊，年十六七，美麗自命，有桑間濮上之行，其父覺之，遂沉諸湖，後為祟，由來已久。道光六年十一月，余友徐君既若為青浦少府，先有孝廉倪皋者稟於吳憲奉文禁止，又有徐某與楊姓爭利互控松江府，歷年未審，既若抵任後聞此言之鑿鑿，乃奮然親往廟中，果有其事，遂鎖拿三姑娘下船，其像盛粧纖足，體態宛然，觀者數千人，咸以為不可褻瀆神明，叩求寬免，恐觸禍也。乃載歸置縣堂下，縱火焚之。其訟遂結，民之愚惑如此。其後聞東嶽廟左近有鄉婦半夜忽然譫語，自言為三姑神，欲求一舟，送其渡河遠徙，其夫少遲，則三姑神大哭曰：天既明，恐不及矣。此亦氣數也，言訖寂然，即徐少府鎖拿之日也。

王老相公桑三姐

又常熟鄉民每有疾病，輒禱王老相公及桑三姐。相傳老相公者係本地人，一生好酒，乘醉投河，一靈未泯，因而為祟。禱者先備餚饌醇酒，置病人榻前，使兩鄉愚作陪酒，三行漸移席出門外，且至近水河濱，預僱一舟，又移席置舟上，即解纜搖到大河空闊處，陪者忽詭相怒，大罵擗擊，遂將席上所有餘酒殘餚盡棄河中，以為送老相公去矣。桑三姐者，亦本地人，生時頗美，偶與和尚一笑，彼此直出無心，其父疑之，遂將三姐捆束投諸水中，和尚聞有此事，亦投河以明心迹。一靈未泯，亦為祟。鄉間至刻畫像，俗稱為佛馬是也，病者亦禱之。此三事相類，皆狄梁公之所謂淫祠當禁也。

人而鬼

有傭工李姓者，自言在嘉定東鄉為人挑棉花入市，其時有四更餘，霜風颯然，聞荒塚中隱隱哭聲，迤邐漸近，見一女鬼紅衣白裙，披髮垢面，李挺立不懼，遂將所挑之杖毆之，鬼隨墮地號呼，視之則人也。蓋慣以此法奪人財物者。李罵曰：汝欲嚇人耶，吾破汝法矣。嗚呼，人而鬼，獨是人也哉。

履園叢話卷十五終

履園叢話卷十六

清　勾吳錢泳梅溪輯

精怪

鼠食仙草

吾鄉九里橋華氏家有樓扃鑰已久，除夕之夜忽聞樓上有鼓吹聲，異之。家人于牖隙中偷窺，有小人數百，長不盈尺，若嫁娶狀，儀從前導，奩具俱備，旁有觀者曰：明日嘉禮，當更盛也。主人頗不信，至次日夜乃親視之，聽鼓吹復作，花光鐙綵照耀滿樓，有數十人擁一鸞輿，而新人在輿中哭作嗚嗚聲，後有老人坐兜轎掩涕而送之，女從如雲，俱出壁間去，主人大駭。自是每夜于隙間探之，不半月聞呱呱聲，生子矣。又數日，所生子就塾矣，其師纖長鳥喙，白鬚飄然，向坐兜轎老人手携童子出拜師，授以中庸章句，歷歷如人間。里中有聞之者，疑信參半。一日有道人過其門曰：君家有妖氣，當為驅除之，但須以犧牲殺食酬神，始能去也。主人強諾之。道人仗劍作法，噓氣成雲，旋繞空際，即有金甲朱冠者視前領道人，指示梁柱而退。少頃空中擲小人數十，道人飛劍叱之，須臾皆死，盛以竹筐幾盈石許。道人曰：我遠來不敢言勞，惟驚擾諸神，酬之宜速也。言訖而去。主人自念曰：除妖正也，因妖而索食，是亦妖也。遂不酬神。忽聞梁間疾呼曰：汝輩強項若此，吾為施神術而求一飽不可得，吾曹日繁，將奈我何。乃知所謂道人者，即掩涕送女之老人；金甲神者，亦即鳥喙白鬚之蒙師也。而竹筐所盛之小人一石許，亦無有矣。因此穿堂穴壁，齧橐嚙絨，箱無完衣，遺矢淋漓，作鬧無虛日，主人不得已急往江西訴張真人。真人禱之壇，乃曰：此羣鼠誤食仙草，變幻為祟也。乃書符數紙，主人歸懸諸樓上，復以小符用桃木鍼鍼其穴，遂寂然。越數日，穢氣大作，啟樓視之，見腐鼠千餘頭，中有二白毛長尺許者，似即向之作法者也。此前明萬曆末年事。按今邑中風俗，歲朝之夜皆早臥，不上燈，謂小兒曰：聽老鼠做親，即以此也。

張氏怪

吾邑有諸生張熙伯，喜談術數，多讀志怪之書，忽聞梁間有呼相公者，始聞其聲，繼見其形，形無常，或作偉丈夫，或作十一二歲童子，或作女鬟，舉家見之。一日熙伯子晨起讀書，怪挾書亦爭誦，讀如一，熙伯莫能辨。子衣肩有綻處，驗之亦同，無何，怪笑簷隙間。熙伯子仰窺其巢，几榻悉具，怪僅長寸許，踞几朗誦，乃金正希稿也。適客至，熙伯方咨嗟，無以為餼，怪云：吾當為相公致之。旋有酒一壺，佳餚四五品，置於桌上。

寶主啖之極歡。熙伯故貧士。無錢糴米。忽有錢數百置案頭。怪亦談人禍福無不中者。有客來熙伯家。作歇後語云。君家索隱行尚在耶。怪應聲云。子不語固在也。如是者年餘。適張真人過邑境。邑令吳濬元為言於真人。真人遣法官至。怪寂然。法官出旋又至。熙伯浼令公再懇真人。曰。怪自外來者易去。自心發者難除。然吾終當有以治之。可移檄城隍。怪當自去。比暮。怪言于熙伯曰。吾即去。但須遣我三日。即收拾篋箱器皿衣履什物。至於醯鹽食具。莫不捆載而去。越數日復還。曰。大江以北。烽煙甚熾。吾未有備。將鳩工而飭材焉。惟重驚動相公起居。有足愧耳。即召函人矢人。造作干戈器械。鍛鍊刮磨。錚錚有聲。數日而畢。乃集數百人。甲冑而馳。耀武庭中。庭不甚廣。而縱橫馳驟。五花八門。宛如教場演習兵弁也。一呼擁而去。此明季事。

朱方旦

湖廣人朱方旦。鰥居好道。偶于收舊店買得銅佛一尊。衣冠如內官妝。朱虔奉之。朝夕禮拜者三年。忽有一道人化緣。其形宛如佛像。朱心異之。延之坐。因問此佛何名。道人曰。此斗姥宮尊者。談論投機。道人問朱曾娶否。曰未也。道人曰。其有一女年已及笄。願與君結絲蘿可乎。朱大喜。請同行。俄至一處。門庭清雅。竹石瀟灑。迴非凡境。少頃。有女出見。芳姿豔雅。奕奕動人。道人曰。老夫將倚以終身。君無辭焉。朱曰諾。遂涓吉合巹。伉儷情篤。日用薪水。不求而自至。居無何。女曰。此間荒野。不足棲遲。聞京師為天下大都會。與君居之。始可稍伸驥足。道人力阻不從。嘆曰。此數也。遂別而行。朱與女既入都。賃居大慶廠。收生徒傳法修道。出其門者。以千百計。時京師久旱。天師祈雨無有效也。女慫朱出。教以法咒。暗中助力。朱甫登壇。而黑雲起于東南。須臾甘霖大沛。有司上聞。聖祖因召見。賞賜甚厚。儼然與天師抗衡。天師不得已心妬之。乃佯與之親昵。以探其為何如人。而女不知也。如是者一年。女忽謂朱曰。妾有一衣。懇天師用印。諒無不允。朱如命。遂求之。天師心疑。與法官商此衣必有他故。不可驟印。姑以火炙之。竟化一狐皮。女已早知。遂向朱大哭曰。妾與君緣盡矣。妾非人。乃狐也。將衣求印。原冀升天。詎意被其一火。原形已露。骨肉僅存。死期將至。即君亦禍不旋踵矣。彼此大慟。遂不見。其日天師已奏進。下　旨將朱方旦正法。先是雲間王侍御鴻緒劾朱妖言惑衆。至是上嘉之。擢官至大司寇。

石妖

華子旦者。吾邑人。居嚴家池北。暑月。每偕友乘涼于學宮前石闌上。一夕月色甚明。

黃昏人靜。欲喫煙。思覓火不得。獨步入學宮。見小門半啟。有女郎露半身。絕色也。見華凝盼。與之火。良久。掩扉入。華心蕩。歸臥書館。思之不置。忽聞叩門聲。啟視之。即所見女郎也。自言是學官家人女。見君留情。故脫身至此。幸無漏洩。華喜甚。遂同枕席。繾綣甚篤。至天明而去。自是無夕不至。家人或窺見之。親友亦知其事者。咸謂學官家人並無此女。恐為妖所魅。華以詰女。女曰。吾實仙也。與子有緣。幸勿疑。嘗偕華詣其所居。幽房曲徑。覺異人間。又挾華遍遊天下諸名勝。悉記其聯額筆之書。然華體日羸困不能支。心亦疑為妖。而遠之無計。一友教以銀硃塗其額。如其言。女不覺也。試蹤蹟。于學宮見碑趺石龜首有硃焉。乃具呈於官。集衆碎其首。中有小圓石堅如鐵。斧不能傷。火不能焚也。乃舉而投諸湖。絕蹟者旬餘。一夕女復至。衣袂皆濕。曰。吾固無恙。但來路稍遠。今住此不復返矣。自是常居其家。日中亦不避。女工精絕。華妻怒甚。及見之。反轉怒為喜。不知其所以然。至明年春二月。惠山神誕。賽會甚盛。且聞張真人將過境。華匍匐行至南郭。憊甚。憩驛前石上。見一道人丰神特異。謂華曰。子訪真人無為也。華曰。子能治妖乎。道人曰。易耳。華遂跪求。道人出二符。曰。一粘于房門。一粘于臥榻。吾今有事。期中秋為子除之。華曰。吾憊甚。不能歸。奈何。道人偕至道旁酒肆中。取酒一盃。書符其中。令華飲之。華故能飲。持盃覺重甚。飲不能盡。道人取盃盡之。曰。子緣淺。可惜也。道人徑去。而華覺足有力。歸如誡粘符。女至門不能入。越窗而進。至臥榻不能上。惟抱牀足痛哭而已。歷數往日恩情。曰。奈何遽絕我。華寂不為動。自後女雖居其家。不能近矣。至中秋夕。華方夜飲。耳中忽聞呼華子旦名。知道人至。舁聲至後園。見道人背劍。繫胡蘆立月下。出一符。令華偕其妻縛妖。問妖曰。吾至此復何言。但祈置我于暗處。乃出擲于牆邊。見道人杖劍指妖。有氣一條。如白練遶劍而上。插于胡蘆內。遂不見。後張真人過錫山。索其符觀之。曰。此呂祖親筆篆也。後子旦年至八十餘而歿。康熙初年事。

憶余于嘉慶二十年秋。偶拜無錫校官郭晴川先生於明倫堂後。見一美婢。年可十六七。手抱嬰孩。衣服亦華麗絕俗。意謂是門斗之女。余時正欲買妾。使人訪之。僉云並無其人。異哉。此怪尚在學舍中耶。

小三娘

湖廣麻陽縣方壽山中。有女妖。白晝現形。空中行語。自稱小三娘。為民厲。民懼。多遷徙避之。縣令設醮禳之不去。時蘇州蔣敬夫名嘉官辰州知府。手草檄文。率役數十人。操一豚蹄一盃酒。親履其地。詢妖所在。土人曰。山陰有一洞。時聞異聲。窺者輒暴死人莫敢近蔣曰居官不避難遇難而死無所悔也況吾為聖天子命吏為忠臣孝子之裔雖有妖足以制之吏胥相顧驚懼紳士再三勸阻蔣曰諸君豈不知韓昌黎之驅鱷魚乎諸君視吾為何如人而虞吾不能步昌黎後塵乎即至其處吏胥勉强相從洞口極狹投以豚酒焚檄呪之俄頃洞中黑風旋起草木皆鳴蔣曰妖能作祟現形我前我坐此待之良久無所見率衆歸路旁見繡鞋一隻皆曰是矣妖所化也蔣曰妖已遁民可無恐矣此康熙六十一年事

石虎

蔣光祿公塋在婁門外璜基橋康熙四十年間有墳之鄰近一養媳買麵過蔣墳稍佇立倏失去覓之不得歸而告其姑姑怒疑其狂也罵之養媳哭泣至蔣墳向天拜禱回視兩旁石獸有石虎口吐麵一縷因拉姑觀之怒始息是夕有人見塋前神燈照耀逾時滅明日視之虎已缺其口後不復怪矣

寄橐致富

吳門有某行賈虧本抑鬱無聊一日有老翁來寄橐甚重一去年餘並無蹤蹟因發之盡黃白物也暫取運用致貲鉅萬越數年翁忽至詢知其故如數還之翁笑曰我

欲此物何為我實仙也汝命應富但須祀我一室每晨以火酒一盃雞子十枚供我座前便足矣如其言如此者數十年後其子孫不甚信祀奉稍怠遂屢患火災不十年而大敗

黿祟

嘉定外岡鎮錢又任途遇人攜一小黿背穹窿如塔挽而市之畜諸甕中或取置之地黿亦時行時止不背人亦不行他處鄰人吳鼎之妻頗有姿色嘗坐檐下績以口擘麻亂者即吐棄之黿時至食其吐餘未匝月吳妻忽見一客衣黑衣軒然而來方趨避間客突入抱吳妻宛如夢寐遂為淫褻自是無夜不來婦日就尫羸詰其由乃知黿之為祟也遂殺黿婦忽大呼曰是不可饒也氣頓絶矣無何而鼎亦亡

蛇妻

湖州歸安縣菱湖鎮某姓者以賣碗為業納一妻甚美而持家勤儉異於常人一日謂其夫曰我見子作此生涯飢寒如舊非計也子如信吾言自有利益其夫聽之遂棄舊業買賣負販一如妻言不及十年遂至大富生二子俱聰慧延師上學惟每年端午輒病而拒人入房其夫不覺也長子方九歲偶至母所見大青蛇蟠結于牀遂

驚呼反走回視則母也因告於師師故村學究以禍福之説聳動其夫夫已知之遂謾罵曰吾家家事何與先生是夕忽不見乾隆初年事

妖人

吳門有秦封某以貲為郎人亦恂恂儒雅居城東偶于井中見黑氣召巫視之曰此冤孽也須令道士牒往酆都如其言而黑氣滅後三年氣又從井中出繚繞屋宇巫曰孽已深須再牒又從之而滅復三年氣再見巫曰孽不可逭矣須以某道士來收治之某道士者善符水精勒勒術重幣延請始至云法事須百金三日可滅但需先付其半從之第一夕道士誦咒持燈黑影繞燈密第二夕黑影入燈內道士云明日須付清百金妖始滅不從僅付二十金曰且俟妖滅始清付道士怒碎燈而去但見黑影滿帳鬼聲啾啾而病者卒矣或曰道士善隱形術能召鬼妖皆由道士所遣也

狸真妖人也

黃相公

余舊居金匱泰伯鄉之西莊橋東北半里許有村名新宅者鄒氏世居其旁舍有倪姓為木匠娶一妻頗有姿一日忽微笑曰黃相公來了遂入卧房自此每一月輒來五六次其夫無如何也有一夕其夫忽見有白面書生從內出急將大斧刃之人隨墮地視之一大黃鼠也自後寂然

蜒蚰精

閶門葉廣翁精于崑曲有納書楹曲譜行世其族子某年少能文頗好狹邪一日獨坐書室中有女來奔頭挽雙髻曰西鄰某家女也遂與同寢膚柔滑如凝脂生竊自喜惟此女每來茵褥上必有白光一圍如泥銀者莫解其故越數月生得瘵以殞死或謂此蜒蚰精也

桃妖

嘉定外岡鎮徐朝元家舊有桃花一株其妹方笄甚美常晾袙衣於樹上一日忽見美男子立於旁調笑者久之遂通袵席女益嬌豔而神氣恍惚家人密覘之疑桃為妖鋸之血蹟淋漓妖遂滅而女亦尋斃

狐老先生

山東兗州府城樓上相傳有狐仙好事者欲見之必先書一札焚化并小備餚饌至

期而侍夜半必至稱之曰狐老先生其人着布衣冠言貌動作絶似村學究問其年曰三百歲矣于天地古今一切語言文字無所不曉獨未來之事不言人有見者因詰之曰貴族甚夥傳聞異詞每見有以淫穢害人者何耶先生嘆曰是何言歟世間有君子小人之分吾族亦然其所以淫穢害人者不過如人間娼妓之流以誘人財帛作謀生計耳安得謂之人乎又詰之曰然則君子所作何事曰一修身二拜月如是而已聞者為之竦然

天狗

蘇州宋文恪公墓在沙河口乾隆中有墳旁老嫗陸姓月下見一物如狗者從空而下躍水中攫魚食之如是者旬餘不解其故一日守墓者遥見華表上少一天狗過數日天狗如舊或疑此物為怪擊碎之

男女二怪

膠山鄉上舍里之東南地名煐焦洞有村民夫婦俱年少婦微有姿色乾隆戊午三月婦倚于門首佇立見一美男子俊服麗容過其居彼此流盼至夜適夫他出月甚明忽有人排闥入即日間所見之美男子也擁婦同寢極歡自是每夜必至夫不之

覺也未幾其夫亦見一女子至其門美甚疑近村無此女迨夜將掩扉而女在室矣即與之登榻而妻亦不知厥後夫婦男女四人共則彼此各有所私似若無見聞者然夫婦日漸羸瘦心知為怪而莫由窮其源里中父老聞之乃言村南數百步有古墓墓有老獾或日久為妖耳探之墓果有大穴集衆掘之迫以火繼灌以石灰水訖無所見而怪終不去有道士葉某習驅妖術乃延之設醮三日遂不復至

有聲如牛

先君十餘歲時常侍先祖母顧太孺人寢于貽燕堂之北廂一夕聞堂中有聲如牛猛厲欲絶急召家人持燈燭之一無所見惟半窗殘月而已其明年春先祖紹美公忽發疾疾越五年而終不識何怪

管庫狐仙

乾隆丙午四月杭州錢塘門外有狐仙二女作祟借寓人家言語似北直隸人其長者年貌不過十七八少者垂髫僅十一二惟十餘歲童子能見之每日索清水一盂茶二盞置几上日午後倩童子借書看手不釋卷看畢即令童子還之有人以金瓶梅與看者女略一翻閱微笑曰此宣淫之書不足觀即擲地下有老諸生王姓者博學善考據携一童子欲謁之女適他往王悵然返及出門童子隨指空云女回矣於是從入女指座云先生請坐王望空而言曰吾聞汝等有三十六種汝何座也女曰西山派王曰然則汝何不居燕趙之間女曰自乾隆二十七年二月 聖駕南巡吾等攜 蹕而來王曰何不復 蹕而返女曰上帝使吾等看守藩庫王曰既如此不居藩庫何也女曰本居藩庫今已滿期將欲歸故鄉耳王又曰聞汝喜於看書所看何書女笑曰老書獃凡世上所有之書皆可觀也王曰何書最妙女曰易經王曰自漢至今注易者不一其人如漢之施孟梁邱京氏費氏焦氏全注汝能盡見之乎且何者為優何者為劣乎女又笑曰此不過講名物象數讖緯之説而已精義不在是也坐話移時滔滔不窮然女所答問諸言皆因童子傳話王無所聞也越數日忽去酬房主人以庫銀五兩

鼈精

世傳盲詞中有白蛇傳雖婦人女子皆知之能津津樂道者而不知此種事世間竟有之乾隆戊申七月有幕友某君者吳郡人其女嫁同城某氏吳門俗例新嫁娘每過端陽節輒歸寧銷夏與從而歸其女忽在輿中大呌一聲急急至家氣已絶矣舉

家驚惶不知其故一日夜方醒問之女云昨在輿中見黑衣人揭轎簾遂為持去至石湖中旋有數十人來似搶奪者黑衣人亦率其從者數十人拒之大戰良久忽聞空中語云光天化日中汝等敢如此播弄人耶不知是何神也但見兩造人皆變原形俯伏請命而已黑衣者乃鼈精從者則蝦蟹魚蚌之屬而與之奪者則為猴為蝴蝶為蝦蟆水難也又聞空中語云速送還居有頃但聞水聲風聲雨耳轟然已抵家中矣實似一夢也女既醒無他疾苦醫者來視亦不服藥以為無事矣越三日黑衣者復至自此作鬧無虚日言其夫家在石湖中悞食其子報仇而來欲娶為婦有蝦精者亦佐鼈精為祟鼈精至女則縮頸而行蝦精至女則曲躬而坐許其食則食量兼人不許其食則滴水不能飲因延圓妙觀道士結壇設醮事或將易經扎其額或持寶刀覆其頸百計千方總無有效一日諸精怪私相語曰吾等在此無所畏不過難過京口耳女聞告其父某忽生一計買大舟攜其女將至揚州過年一面遣人詣江西張真人告狀拒舟至丹陽鼈精怒搨其女曰汝輩欲我過江耶今日便殺汝言未訖女忽瞑不得已仍還家時已十二月廿八日矣至次年二月十日張真人遣法官至先一夕諸精怪告黑衣者曰聞明日有江西道士來吾等先去矣黑衣人笑曰

江西道士奈我何耶。至次日，黑衣人亦去，怪遂絶。

猪首人身

甘肅張佩青先生，乾隆辛丑進士，官至翰林學士。未第時，同其友人王元堂擕二僕俱在蘭州皋蘭書院肄業。路經猪嘴鎮，是日適有大官過境，大小店住宿俱滿，惟西口一小鋪尚有空房三間，云素有怪，不敢招人。張、王兩公不得已，將就借宿。至三更時，四人俱熟睡，忽訇然一聲，元堂先驚醒，見有一物，高七八尺許，猪首人身，藍毛垢面，彳亍而來。一見大駭，恍如夢魘。佩青亦驚覺，大聲呼僕，皆不應。店主人聞之，亦驚起視之，一僕死矣，不知何怪也。後元堂僅舉於鄉，得大挑，為校官耳。此膚施張芥航河帥為余言之。

投井

吳門陶汝嵆，曾受業於族兄嘯樓明經。嘉慶元年，年三十許，為鬼怪所惑，自投於井，賴家人救撈，得不死。問其故，據說是日垂晚，有素不識認之藍衣婦人領至一處，洞門喬開，燈彩炫目，甫入門，遂覺身在甃井，無他異也。自此如醉如癡者累年。遂狀其事於張真人，適真人有事來蘇，命其法官鄒姓者結壇行符，咒一日夜，至次日之寅刻，乃獲之。藏其怪於甕中。是早余自杭州回蘇，晤汝嵆，言語如常時，家人咸喜曰：愈矣。其甕上有天雷火三字符，四條貼於四邊。兒童不知，欲看其怪作何狀，乃揭開，未半時，癡如故。越年餘，遂死。其家道亦蕭索矣。

狐報仇

嘉慶乙丑年，陝西甘泉縣有高中秋者，素無賴，而美鬚髯，身長八尺。嘗入山打獵，有狐數十頭，盡為所殺，剝其皮而食之。是年十二月，忽有二女子從天而降，嬌美絶倫，自言瑤宮侍者，謂中秋曰：上帝使我侍君，君有九五之尊，顧自愛也。中秋竊喜，而無相佐之人，即以是言告之同邑武生王三槐及本營祭將旗牌官高珠，皆大喜，高遂以其女許中秋為正宮，而以二女為妃嬪。二女者能撒豆成兵，點石為金之法，試之果然，遂起意謀為不軌。中秋有傭工史滿匱者，欲脇之以為將，史不允。一日，聞二高與王將割滿匱頭祭旗起事，約有日矣。滿匱急星夜入城擊鼓，縣令知其事，一面飛稟上司，而以滿匱為眼目，盡獲之。是時金陵方寶巖先生為陝西巡撫，狀其事於朝，中秋等皆凌遲，惟兩女子杳無蹤跡，蓋狐報仇也。

高柏林

江陰高柏林者，少無賴，貌韶秀，住廣福寺。嘗偶于佛前求終身，得吉筊，心竊喜，私計他日得志，當新是寺。及長，有某邑宰召為長隨，頗寵任之，呼曰小高。宰治故衝繁，差使絡繹。一日有欽差過，召小高付以千金，令辦供應。小高至驛中，前站已到，倉皇迎接，忽失金，憤極，擬投水死。忽有一老人救之，曰：汝命應發大財，此非汝死所也。自此供應鋪設一無所備，欽差故廉吏，一見大悅，以為此人是幹僕，即令跟隨，嗣後勢益大，凡關差鹽政，皆任為紀綱。不十年，號稱數十萬，至郡守、監司皆與通蘭譜，出入衙門，延為上客。後果重建廣福寺。地方官仰體小高意，亦為科派民間，未免太過，百姓譁然，有作碑記一篇，假官封直達撫軍者。撫軍察其事，乃據實奏聞，有欽差訊辦。先是小高感老人恩，得不死，乃塑像于家，每晨必禮拜。至是而泣跪像前，尚求救我。其夕家中聞馬嘶聲，明晨視塑像汗出，如是者三夜。忽聞事得輕辦矣。或曰即此老人往託其公為緩頰，小高實不知。後聞老人乃狐也。

樹神現形

陽湖洪大令飴孫，為翰林編修洪稚存子，中嘉慶戊午舉人，選授湖南某縣知縣，署中廳事舊有園池，古木參天，洪嫌其黑暗，遂命伐之。吏役不敢，曰：千年大樹，素有神，不可伐也。洪不信，怒曰：亟先伐樹枝，明日再斷其根。是夜洪夢緋袍者數十人，皆折臂流血，訴洪曰：汝家福祿盡矣，尚敢肆毒耶？洪驚覺，起至廳事，但見池水盡變成血，樹皆人立而啼。洪大駭，因得疾，越日死。

蜘蛛網龍

海州大伊山中，有千年蜘蛛，能噓氣為黑風，居民每望見其風如黑煙，遂避，人皆嚴閉戶牖，行路者則面牆伏壁，不敢觸，恐其毒也。或幻作老人形，如村學究，喜與嬰兒嬉戲，人盡見之，習以為常，並無他害。嘉慶十三年七月十八日，忽大雷雨，有兩龍來擊之。蜘蛛吐絲布網，縛住兩龍，兩龍奮格鬬半時，濱海皆漫，又突出大龍兩條，焚其網，兩龍始遁去，須臾雨收雲散，龍與蜘蛛皆不見。居民於數十里外拾得蛛絲，大如人臂，其色灰黑，其質堅韌，或長丈餘，或數尺，兩頭皆有焦痕，真奇事也。大興舒鐵雲孝廉為作蜘蛛網龍篇七古一首，刻集中。案大伊山在海州城東南四十里，秦漢時謂之伊闕。史記淮陰侯列傳，項王亡將鍾離眛家在伊闕是也。

借寓

嘉慶辛未歲，諸城劉信芳尚書為江蘇學政，將考揚州府屬，其試院故在泰州，院東有富家某者主人偶坐堂中忽見一老人來謁白鬚飄然約年七十餘矣老人曰劉學使將到此間鄙人有家眷十餘口可否暫借尊府後園寓一月乎主人怪之頗聞試院中有狐仙之說慨然允諾老人忽不見遂將後園關鎖不許家人闌入隔數日有小婢抱官人到園門見關鎖旋回內宅忽空中似有人將所抱官人奪去者其婢惶遽哭告主母主母亦會意戒勿言頃刻間見小官人在房中臥榻上嬉笑如常手上添金鐲一雙

放火

淮城王姓者素封開質庫因擴鄰屋見有小狐三頭遂斃其二其一逃去自此家中作鬧無虛日嘉慶乙亥冬日質庫大燒深受賠累以此控告張真人給牒而歸安靜數月復鬧如故王不堪其擾將燼餘當包陳本四萬餘金賣與程姓忽聞空中人語云吾與王姓有仇爾可不買其妻聞之甚明程不信仍買其包丁丑三月包樓復起火燒盡無餘

採蓮朱桂

清江浦有採蓮者本倡家女風騷絕世一夕有美丈夫來宿並無纏頭每夜輒來驅之不去知其為狐仙也鴇母哀求之曰仙來此間已八十餘日無一客上門者豈仙必欲餓死我母女二人耶仙始慙而去又有朱桂者為茶坊傭工每夜有好女子來奔桂窮甚其女稍稍周濟之後桂母欲為娶妻其女不許桂與爭之遂批其頰如此者二三年一日忽不見此二事清江人傳為奇談

獺鬼

長洲有徐某者富而慳親友借貸拒弗見也其子年弱冠頗思幹蠱每為延接或私自周給之父大怒以為不肖俟其見客時持杖撻之欲以絕其將來未幾其子病醫藥雜治或云獺肝可療也乃重值尋覓得一小獺取其肝未及服而獺鬼索命云殺吾子以療爾子豈天理之所能容乎徐百計禳禱卒無效頗瘉以死而家道貧矣

賴壻

有鄉人周姓者生一女年及笄矣臨河浣衣忽見水中躍出一少年大驚疑為鬼物次日有客來議姻事周未許客既去而案頭留紅紙一張乃賴氏求親帖也正怪鄉村無此姓擬待客來還之隔月餘忽一少年趨庭盛服自稱子壻周大怒逐之少年笑曰壻實姓賴翁何得賴婚耶遂據房屋設茵榻饒儀物并謁親鄰方擇吉期忽一人來告曰老安人死矣亟亟歸去少年大慟不止入水而滅或謂此少年是獺精也云老安人死遂不敢娶亦奇已哉

醫狐

虞拖張子涵茂才閱余所輯履園叢話精怪一門因言其先世東白公善岐黃性嗜酒居家在古坊州之西原曰古路村每至市中輒醉載月而回率以為常一夕忽遇美少年若素相識者欲請診視云所居甚近遂同行約二里許入深谷中及入門見童僕如雲往來不絕問所診者何人少年曰內子臨盆三日矣診其脈帶弦而手微熱似受涼者視其面則雪白如玉絕色也因開一方囑之曰市上惟王姓藥鋪為道地遂辭歸次日至藥鋪果見所開方於案上不知從何來而藥已空中撮去矣其異之其地故多狐好事者循途而往唯見山色空濛蒼苔滿徑血蹟淋漓而已

火怪

長洲縣北鄉屋家漾諸處忽於嘉慶乙亥年冬有火怪從荒墳中出如煙一團滾于地上凡腐草枯葉無不拉雜摧燒之居民駕懼伏地哀求恐其上屋也怪在空中自言吾愛看戲地方上倘能唱戲敬我我即去矣于是鄉人咸醵錢演戲三日其怪寂然

佛雲夫人

錢唐王疎雨觀察第四女名积生號佛雲年十七德容兼備尚未出閣偶遊西湖花神廟似見花神回眸而盼之者正訝詑間忽有白雀飛入袖中覓之不得歸而夢與花神相見自此得病如醉如癡自言自語觀察患甚遂牒于城隍神病少減隔一二年嫁於介休馬方伯書欣之公子名鑑者婚之夕拜起似有神人擊其背公子驚而病二載而沒佛雲柏舟自誓至今嘉慶庚辰已十餘年矣並無恙也佛雲能詩工書畫彈琴弈棋無不通曉而尤明于音律初佛雲年六七歲其母夫人鍾愛之送尼院拜為弟子有老尼酬以銀鎖歸而變金問老尼尼曰實銀也殊不可解

老段

陝西太白山中有樵者四十餘人夜宿山下取胡琴鼓板作秦腔以為樂時殘月初升見一人長數丈頭大如栲栳口闊二三尺卓卓然來樵者恃人多不畏也唱畢長人大笑曰唱得好再唱一曲老段聽聽樵者復唱長人復笑如前每一笑時山鳴谷應樹木颯颯生風中有一惡少年以樵斧燒紅投之長人口中大叫一聲而去明日

椎者四處，只見惟見枯樹一大株，節除處椎斧猶存耳。此乾州馬岡千言之。其事與石濤和尚相同。相傳石濤在黃山夜坐，見一藍髮紫面長人，張口哭入。石濤適圍爐火，遂將鐵箸夾一紅炭置其口中，其人負痛疾走。閱三日，石濤偶出山，忽見路旁核桃樹一本，杈枒如人狀，鐵箸與炭俱在焉。此皆山魈木魅之屬也。

山魈木魅之屬，在處都有，總出于深山中。婺源齊梅麓太守為秀才時，嘗與同學讀書大障山古寺。一夕，聞窗外窸窣有聲，須臾漸入室，喧擾殊甚，不知何物。幸臥房緊閉，未能入也。及天明，看室中所有書籍筆硯字畫以及桌椅器具，無不為之顛倒。寺僧曰：此山魈也。又吳門張淥卿隨其父官閩中，聞某縣官署後有鬼物，人不敢近。淥卿素膽壯，夜宿其處，從梁間偷看。至三更時，果有數物，非人非獸，往來於庭砌之間。又有龐然而大者一頭，長七八尺，亦無首無尾。私念曰：必山魈也。其次夕，戲將鞭爆五六串，以藥線相聯，復以火藥三四斤布置周遭，仍從梁間以待，看所謂鬼物者復來。淥卿炷以火，鞭爆齊發，火藥亦飛，熾滿地，但見數物從火中跳躍大叫，移時而去。及天明，並無蹤蹟，後遂寂然。

履園叢話卷十六終

履園叢話卷十七

清　勾吳錢泳梅溪輯

報應

德報

元末明初，有張某，江西人，積德累世，人無知者。嘗卜一地，葬其父母。葬畢，歎曰：吾子孫如不墜先業，必當為三公。張生子五人，長曰振，次曰賢，次曰昭，次曰簡，次曰祿，分居五處。其一居湖廣，後為江陵相國居正，諡文襄，最先發。其一居四川，入　本朝為遂寧相國鵬翮，諡文端。其一居江南，為京江相國玉書，諡文貞。其一居安慶，為桐城相國英，諡文端，文端子廷玉，諡文和。其一居長白山，入漢軍，即菊溪相國百齡，諡文敏也。一支五房，而出六宰相，且科甲蟬聯，數世不絕，古今所無。而文和弟廷璐為禮部侍郎，廷瑑為工部侍郎，文和子若靄、若澄，俱內閣學士兼禮部侍郎，若渟為刑部侍郎，尤為一門之盛。

長洲韓宗伯世能，與清流令蔣有馨同登隆慶丁卯榜。宗伯之祖永椿，居陸墓，家貧，早起侍佛，掃兩岸螺螄盡入水中，四十年不倦。蔣祖京義，居婁門外，敦倫慕義，家稍有蓄，必助族人讀書膏火，送弟士修入城應郡邑試，徒步往來，雨雪饑寒不顧也。後永椿以孫貴贈一品，京義以曾孫若來貴贈一品。韓、蔣兩家，三百年來為吳中望族。

蔣皆我公，名育馨，長洲人。年十八，領隆慶丁卯鄉薦，萬曆中，官福建清流令，多惠政。錄其陰德尤大者二端：清流山民多畜蠱毒人，至輒死。公親自按捕，殲其渠魁，且以治蠱良方刊示通衢，人賴以生者甚眾。又清流民俗，女婢鬻於人者，日椎髻赤腳，負汲道中，過時弗嫁，健兒多納鍊自處，終身不得娶。公下令年二十外弗婚嫁者有重罰，能遵令者各贈以銀，一夕而畢婚者數千人。民感其德，為立生祠。迨公去任，老幼攀轅，以豆一石置公車前，曰：願祝好官子子孫孫發科發甲也。公之子燦，即中崇禎元年進士；孫德埈，中順治十五年進士；垓，中順治十六年進士；埴，中順治十八年進士，俱以文學官績著名東南。自此曾元以下，登甲第躋顯秩者，至今不絕。

李明發，字山顏，號黎園，明末補嘉興縣學生。順治元年，與鄉試，授福建古田縣學教諭，受知於巡撫佟公國鼐。時閩有流民數千，或疑為寇，將殺之，黎園力白其冤，得免。嘗上佟大中丞詩云：閩嶠從行閱歷歷，高歌慷慨談世事，興酣寧海拂海上，揚風波押中出虎兕，書生佐軍威，毋乃失所倚。妖人布流言，閩左縮魚寃城南數千人，如肉登諸几多公重一言豪民類遷徙一時反側徒渙然釋疑似余力何有焉公患可知矣相知貴知心如公寧有幾平生一片心士為知己死長吟以報公詩人歌樂只蓋紀實也是年山寇四出榕城被圍累月及事平則檄按士子之脇從者人情洶懼公謂中丞曰此邦初定猶新國也宜用輕典惟亟請廣招徠以消反側於是諸學生畢出復業他邑效法全閩以安後葺園引疾歸生子五人長琇官處州教諭次我郊官廣西鹽驛道次陳常中康熙癸未進士歷官兩淮運使陝西道監察御史次在莘中康熙丙子副車次維鈞附貢生初授江西都昌縣歷官至直隸總督門第之盛一時無兩皆積德所致也見嘉興李金瀾明經所記之天香錄

韓誦先公名馨長洲人至性過人父治由舉人知黃巖縣事有政績卒於官公奔喪千餘里遂病咯血伯兄以役事被累公盡竭所有以濟兄家雖破絕無幾微憾也待女兄弟尤有恩意一適張氏夫婦相繼歿撫其孫成立其篤於倫誼類如此子菼康熙癸丑會狀仕至禮部尚書謚文懿孫曾俱占甲科

沈韓倬公名世奕長洲人先世自玄谷公以下積德累仁世奕登順治乙未進士官翰林請假歸杜門讀書培植寒畯賞識韓文懿公於未遇時人咸服其精鑒子旭初

康熙丙辰進士官編修朝初康熙己未進士官侍讀朝初子曾純康熙庚辰進士官義烏縣俱以文學政績稱後裔入館選者相接焉

宋文恪公德宜明御史學洙子性孝友年十七以父殉節事未彰乃叙巡按山東狀伏闕上書得贈卹弟歿撫孤女踰己出凡宗族貧者必竭力周之無難色中順治十二年進士官至大學士子駿業大業俱顯貴孫曾科甲至刑部侍郎銘七世顯貴

蘇城蔣公表名維城由歲貢　廷試第一授學正生平敦學好施康熙癸卯歲大饑偕弟公遴設粥廠於南翔甫里日計粟五十石蠲家賑濟又仿京師舊制與許香谷張循齋張晉侯諸先生設堂元妙觀以收棄嬰各捐田百畝其餘善行不能殫述年六十隱居洞庭尚未得子往來太湖買生物放湖中三日為期其夫人袁氏為先生置選室二人五年之中連舉五子先生歿時其弟公遴先生已卒甫里人請于當事為先生昆季建祠春秋俎豆至今不替

廣東欽州營遊擊阮公名玉堂為今雲貴總督阮雲臺宮保之祖少善馳射中康熙十四年武進士授藍翎侍衛出放湖北撫標中軍遊擊改署苗疆九溪營遊擊乾隆五年五月湖南城步綏寧兩縣苗民為亂時雲貴總督張廣泗為經略總制全軍阮隨各營官兵進勦殺獲甚多苗民糧盡不能支乃乞降近營跪哭阮察其誠為請于經略經略云設賊詐汝當此咎耶阮以死自任次日率衆賊乞降經略云發三礮不畔去乃真降耳即對衆發三大礮斃數十人餘衆股慄莫敢仰視于是受降當是時各山賊寨亦並破老幼退保入橫坡山梁險隘正路不能攻而各營官兵由左路奮登突殺賊之精銳殆盡生擒男婦子女三千五百餘人解赴大營經略欲盡誅其生口阮為再四諫阻不從不得已乃請曰壯夫能執兵抗殺者當誅之其婦女及男子十六歲以下者必宜赦免經略始可其請阮既出營為分別男女年歲苗民環跪哭聲震于山谷先擇壯年強項者斬之其餘全活給以口糧阮之德也至宮保中乾隆己酉科進士入翰林現官雲貴總督晉宮保銜　賞戴花翎以文章經濟稱于時咸以為積德之報云

吳縣潘大冢宰世恩其先世歙人上祖某居鄉有盛德嘗以除夜人定後秉炬至廁事見一人蒲伏黑暗中迫視之鄰子也呼而詢之良久始言曰某不肖好摴蒱家盡落且負人纍纍今除夜索逋者甚亟不得已欲為胠篋之行素習公家門戶甚熟故乘夜至此今猝遇公有死而已翁曰汝得若干可了諸負曰須十金翁曰十金事不

難何不早告命之坐出二十金予之曰十金償負者十金權子母作小經紀勿再蹈故智我亦誓不以向者之事告人也其人感泣叩頭去隔十餘年翁入山卜地得一吉壤而未知主其地者為誰因就一村店飲有男女兩少年見翁至羅拜於前諦視之即除夜贈金之鄰子也蓋其人得金後為旗亭業居數年頗獲利娶婦且生子矣翁大喜其人款洽倍至殺雞炊黍留翁宿其家翁詢以向所卜地其人曰此我所買欲以葬先人者今大恩人以為佳兆請獻之翁不可其人再三懇始立券仍厚給其直遠近地師相度之皆以為此鼎元地也數世後遷吳冢宰伯父農部奕雋比部奕藻先後成進士冢宰暨其從兄編修世璜俱得鼎甲古語云吉地非遙根於心地良不誣也

吾鄉孫春臺中丞名永清未第時嘗佐廣西方伯胡公文伯幕中為友偵土司以爭陰襲相告訐驗其文皆明時印璽總督某公將擬以私造符信律當斬株連者甚衆春臺先私具一稿懷袖中見方伯曰土酋志在承襲無反狀豈宜以叛逆坐之方伯曰是上官意且限迫奈何春臺出稿示之方伯讀竟大喜陳于督撫從之得活千人後中丞以中書舍人起家官至廣西巡撫第三子爾準中嘉慶乙丑進士入翰林歷

官至浙閩總督

常州費敬餘觀察濬之父故府中書吏也為人肝膽有智略狀貌奇偉乾隆三十三年大旱有江陰饑民千餘人結黨滋事大吏某欲坐以叛案將入奏矣費翁直其事私將文書名籍詐稱失火盡行燒燬而自首于府中太守知其賢置不問從輕發落事隔二十餘年至觀察遂中乾隆丙午副榜今官陝西督糧道其公子開緒中嘉慶庚辰進士授庶常年總弱冠耳

蘭州有秦某者自幼出門謀生為督撫堂官日積月累家頗饒裕年過四十尚無子忽自省曰吾以家貲數萬將欲與誰耶遂攜萬金入京將報捐道員又自念曰官場如戲場一朝下臺皆非我有不若不官之為美也盡以橐中金購買書籍捆載而回一到家先立義學以教鄉里之不能習業者每當朔望親詣學舍輒以筆墨紙硯給賞諸生以鼓勵之并立行仁堂以濟貧乏凡施衣施棺施藥之事靡不周至未幾連生兩子長維嶽號曉峯中乾隆庚戌進士入翰林少子某亦中鄉榜官山西知縣後秦某年九十餘享福二十年而卒

乾隆五十年間天津人有徐北山者以鹺務起家後漸中落嘗以除夕避債委巷聽黑暗中有哭聲甚慘以火燭之則一寒士以負人無償將欲自經者北山告之曰余亦負人無償者爾亦何必尋此短見耶問其所負若干曰二百金探懷中銀適符其數盡以與之其人叩謝去隔十餘年北山之貧如故而長子瀾次子淮中文武兩進士第三子漢中嘉慶戊午舉人其孫文煐又中道光戊子舉人

夏源泰在齊門西匯開木行家道甚殷其先本成衣匠開一鋪與茅廁相近一日在廁上得遺金約三百兩待其人而還之乃木商夥計也其人歸吾而告其主主奇夏之為人乃招之家中令其成衣數年後亦為夥計遂發財傳其子傳其孫至今猶盛

無錫東門亢寶橋有某姓者偶入茶館拾得一包裹開示之皆金珠也某素有膈症竊自念曰吾死期將至安用此為坐有頃見一老嫗踉蹌而來且哭且尋問其故乃還之感謝而去是日某回家忽目眩惡心吐出硬痰一塊堅如牛皮以刀斷之旋合為一咸驚異之自此膈症遂愈其人至今尚存家道小康矣

吳江縣皂隸石魯瞻居心甚慈清閑無事輒取竹板磨極細或浸糞缸使人不痛不傷有私託打重板者石嗚咽不應曰吾不忍為也如是者五十年聞至今尚在年九十五矣四代同堂兒孫繞膝

冤報

康熙時吳中有顧某者官於河南商邱縣有富室寡婦族人謀其產誣以姦情且云腹中有娠州縣官得賄寡婦上控而顧某案其事既不能為之平反而又得賄以覆州縣官寡婦知冤不能白竟於上堂時藏匕首於膝褲中自剖其腹立時殞命顧某以此削職歸田數年安居而已有婿門外楊姓貿易蘭陽路過其地即寡婦之宅也其宅已售他人作飯店有大樓三間素多鬼不能居住是時天已晚楊急於投宿主人曰今夜客多惟大樓有鬼不能留也楊自恃膽壯遂投宿未二更果有鬼是一婦人亻亍而來問客是蘇州人耶吾有冤欲報非禍君也楊曰我非官安能雪汝冤婦曰倘能帶我去必有以報大德楊曰惟命是聽其如何能帶之法幸示我也婦曰但於君啟行時呼賤妹一聲及上船過橋俱低聲呼我至蘇日以傘一柄我藏於中到顧某家一擲其門中斯可矣婦又曰我所以不離此樓者有金珠一篋值千金藏於某處即以報君也言畢而去遂寂然至天明楊如其言果獲之遂回吳顧某是日方演劇請客楊從眾人雜遝中持傘進門人不覺也顧方與客燕飲歡笑忽見一女鬼手持匕首鮮血淋漓立於堂下遂大呼曰冤家到矣眾客驚愕無所見是夜顧自縊死吳門人至今傳其事

余鄉張塘橋有某甲種田為業家道小康鄰家有傭者娶一妻甚美某甲見之嘗竊自念云若得此婦為妾死無恨矣遂召傭者置之家每俟其飽食後令之負重如是者年餘遂得疾死其妻旋嫁之以為得所願矣越一二年當八九月間新雨乍晴稻禾初熟某甲往田畔遊行見蔓草中傭棺欲朽忽生善念意以為此人吾所致死今年冬底必將此棺入土以慰其幽魂也忽聞棺中有聲突出一蛇嚙其足甲大驚負痛疾行蛇尚在足蟠數匝鉤之不去而甲已僵矣因將前謀告人一村老幼咸來且觀且駭甲死而復甦者數次忽謂其妾曰我腹癢不可忍急取刀破吾腹看其中有何物也遂抱持其妾而死須臾妾亦死

山陰沈西園遊幕河南為光州陳刺史所聘州民有老貢生某一子遠遊數年不歸媳少艾有姿色育一女僅五齡翁媳相依紡績度日其子出門時曾貸鄰某錢若干久未償窺其媳美書一偽券以妻作抵與權州吏目朱景軾賄囑具詞控告西園判以媳歸鄰某貢生不從發學夏楚憤甚自經其媳痛翁之被辱身亡也知必不免先將幼女勒斃亦自經越一年陳刺史擢開封守朱景軾瓜代而西園亦改就杞

縣周公慕又為朱景軾謀幹勒令杞縣尉戴師雄告病以景軾補其缺乾隆丙午正月七日西園夜見一戴頂若楫一少婦幼女登其牀漱之咳嗽旋吐粉紅痰自此三鬼晝夜纏擾遍身搯捏作青紫色或獨坐喃喃自為問答時有知其事者而未敢言也至十四日黃昏西園有大小兩僕貺粥進瞥見窗下立一長人身出簷上以巨掌掌大僕面其小者亦見之同時驚仆口吐白涎不省人事灌救始醒被掌之僕面黑如鍋煤莫不駭異十五日署中正演戲西園在臥房大叫一聲而絕其尸橫撲椅上口張鼻掀鬚皆矗立兩目如鈴見者反走朱景軾為買棺殯殮寄於西門外之觀音堂不一年景軾二子一妻俱死又以風癱去官杞縣尉仍以戴師雄坐補昧良之報應如此汲縣林午橋司馬為周公薦卷門生時在杞署目覩其事云

丹徒富翁有左姓者同其友往蘇買妾看一女甚美詢其父為某營守備以事謫戍女願賣身以贖父罪索價千金左既看中矣其友謂左曰外貌雖美而不知其肌膚何如或有暗病瑕疵否必覩之方成交也左亦以為然商於媒女泣曰吾為父死尚不顧何惜為人一看耶乃於密室中去其衣裙呼左進其友亦隔窗偷看見腰下有黑疵又謂左曰此未為全璧也事遂寢女大哭曰吾為父罪至於自賣其身而羞辱至此尚得為人乎自經死未一年其友見此女來索命亦自經左後得一子美丰姿而有潔癖酷嗜書畫珠玉玩好之物見有微瑕立棄之如土苴嘗造一園工匠皆易以新衣然後得進樓臺池館曲闌花榭間稍沾一點塵土則必改作衣履一日一換恐其汚體每日肴饌非親自撿點則不食也以此破其家丹徒人無不知之者

余同鄉鄒劍南媳顧氏娶三年矣有娠生子不數日顧氏病下體潰爛日夜號哭忽自言云姑娘恭喜首產麟兒今日特來索命毋見懼也聞者驚詫強問之顧曰余病不起矣余未出閣時與嫂本無嫌隙只因藏過其金方一隻以致嫂咒罵不止後吞毋許其賠還嫂故必求原物適因嫂小產服藥遂將鹽水攙入血暈而死今事隔數年嫂亦乘我產後來索且日夜坐我牀中餅餌皆被其吹噓豈能愈乎及將絕復醒如是者數次自云已到陰司審問拶兩手夾兩足痛極難忍家人啟視之手足青紫如用刑然此乾隆癸丑五月事也

孽報

國初蘇州大猾有施商餘袁槐客沈繼賢吳縣光福鎮則有徐掌明俱攬據要津與巡撫兩司一府二縣聲息相通魚肉鄉里人人側目太傅金之俊歸田後屢受施商餘之侮至患腦疽而殁施下鄉遇雨停舟某船坊內主人延之登岸盛餞款留施見其家有兵器遂挾他人以私藏軍器報縣拘查施佯為之解救事得釋曰以此報德而其人不知也再三稱謝饋之銀不受適鯽魚新出覓一擔送施以為奇餉施即命其人自挑至廚下但見鯽魚已滿廚矣又見一銀匠妻貌美曰此婦眼最俏匠聞之以石灰瞎妻眼恐其計算也其勢焰如此後金太傅門生某者來官江蘇臬使聞其名百般羅織杖斃之沉其尸於胥江沈繼賢嘗與人鬬牌被人捉一張曰我之牌誰敢捉其人曰捉爾何害沈喚家人耳語少頃縣差捉其人去其人恚曰犯何法而捉我沈笑曰捉爾何害又一勢家款客沈上坐有一少年至向沈一拱滿堂駭然責少年少年曰我不認得沈繼賢何妨乎未幾少年被盜攀害下縣獄其父兄以五百金求沈解救得脫踵門叩謝沈曰此事乃余討情以五百金還之少年懇受不從感激無地叩首不已沈笑曰如今是認得我了少年始悟吳俗語云得罪了你又不能得罪沈繼賢怕什麼亦可想見其為人矣後被巡撫湯文正公杖斃元妙觀三清殿下滿城人稱快徐掌明與崑山之徐聯譜勢可炙人諺云長吳兩縣印不及掌明一封信嘗與至戚黃振生有隙令人毆死村農擡屍至黃門如張員外殺王德保正詐周羽故事訐訟十三年至康熙二十二年制臺王公新命斷結辦徐掌明發遣尋以逃歸論死其子遜如糾盜入孫氏室強姦婦女以洩舊忿一婦被姦時摸盜手六指知為掌明子案破立斬掌明之父亦被湖寇赤腳張三餘黨斫死三代不得其死殆所謂積不善之家必有餘殃耶袁槐客死後其子為盜問立斬亦天報也

康熙乙巳嘉善有朱君達妻顧氏頗美縣役某催料至其家瞷君達遠出突入內室舉手摸其頸顧大驚旋入房自泣曰此頸為人加手豈可洗乎遂縊死越兩月役偶乘舟往郡中忽見顧氏上其舟役作魅語云吾知之矣遂投水適遇來船撞斷其頸不能解立時流血死報應亦奇

崑山徐健菴司寇有幼子冠卿名駿少聰慧延孝廉周雲陵教授冠卿中式後與其師同入京試禮部師管束太嚴冠卿以巴豆食之卒於逆旅其年冠卿即捷南宮入詞館京師人有知其事者題其混名曰藥師佛藥師佛恃才狂放怨者頗多雍正初年以其詩中有明月有情還顧我清風無意不留人之句怨家遂以出首當刑部審訊時有與司寇瓜葛者欲寬其罪預告之曰貴出無心及訊冠卿仰見堂上有司員松江胡宗琳侍立於旁與其師周貌無異乃大驚供有心誹謗者胡亦力爭遂置

稿定叛將正法時所親覩者。冠卿曰：吾命也。餘無一言。余舅祖葛聖修先生嘗館於冠卿家，與其子孔知之最詳。

昔程伊川謂餓死事小，失節事大，是以忠臣孝子節烈之婦，國家有旌表之例。覺羅雅公巡撫江蘇，奏准不許濫請，遂使陋巷窮簷向隅飲泣。雖然，忠孝二事，固人子之所當為，而婦人女子素未讀書，而能守志不移，始終一轍，是不可泯滅者。雅公素稱循吏，此舉未免過當。恭逢　聖明御宇，凡有水旱偏災，不惜數百萬帑金以嘉惠元元，雅公豈不知之，而獨為此省區區小費耶？後公以征庫車城失機正法，安知不以此一事之報也。

康熙四年六月十四日，嘉定西門外有一徐氏婦荷鋤往田，忽為暴雷震死，其子甫垂髫，亦為雷火所焚而未死，挈其履粉碎，人爭拾視，則以字紙置其子之履也。此慢褻字紙之報。

桐鄉一士好閱淫書，搜羅不下數十百種。有子少聰俊，每伺父出，輒向篋中取淫書觀之，從此纏綿思想，琢鑿真元，患癆瘵夭死，其父悲慟不已，相繼卒。又某邑一書賈刻淫詞及春宮圖像，易於銷售，積貲四五千金，不數年被盜席捲，兩目旋盲，所刻諸板一火盡燼，及死，棺殮無措，妻子離散。此編造淫書之報。

湖州某姓為人陰險，有刀筆才，凡非理之事，經其飾說，便足聳人之聽，平生所害不一人。後得一奇疾，發時輒自咬其指，必鮮血淋漓方得少愈，十指俱破，傷風而死。此刀筆害人之報也。

有某翰林簡放學政，取士頗不公，盈箱累篋，滿載而歸，遂為富翁，不復出矣。營造大宅兩區，一在故鄉，一在京師，二十年後同夕火起，燒盡無餘。

吾邑有黃君美者，好結交胥吏捕役，靡惡不為，被其害者不可數計。一日忽發狂，赤體持刀出門外，裁人中自割其肌肉，每割一處，自言此某事報。割其陰曰：此淫人妻女報。割其舌曰：此誣人閨閫報。人問之曰：汝舌已割去，何尚能言耶？黃曰：鬼代吾語耳。又曰：今到剝皮亭矣。指亭上有一聯云：冤孽而今重對對，人心到此再惺惺。如是者一兩日，復以刀自剖其腹，至心而死。此康熙年間事。

乾隆初年，吳門有土豪某者，作威作福，人人痛恨而莫可如何也。某一日遊山，見一婦美艷異常，遂與門下客謀取之，訪知為鄉鎮某家，乃姻戚也，廢然返，後復思之，至忘寢食。門客獻計云：可立致也。某大喜，問其故，客耳語而去。越數日，鄉鎮某家有巨盜明火執仗，戴面具，劫其婦而淫之，財物一無所取，眾怪之。有潛尾其後者，見盜悉下船去面具，即土豪某也。遂鳴官緝捕，得其實，問立斬，無不快之。

業師金安安先生外孫中銑、中鈺，俱家文敏公稼軒司寇之公子。乾隆甲午歲，余年十六，在安安先生家見之。時中銑已得內閣中書，中鈺亦議敘中書科中書，兩公子俱年二十外，狀貌魁梧，聰明絕世，能詩，工六法，直欲承家學者。不數年後，俱無疾而死，中銑死於舟中，中鈺死於車中，云皆遇鬼祟活捉，其事甚確。後余在揚州晤趙甌北先生，譚及此事，云文敏公因奉　旨差辦貴州威寧州劉標虧空一案，訊得原臬司高積曾辦公表姪蔣牧論絞，竟挾私加意苛求，遂斬高以報復之，事隔十年，兩子俱為所祟，甚矣哉鬼神之靈也。先是，公出差貴州時，道經衡陽，知回雁峯有老僧名通慧者善相人，公往求相，僧云：觀公之相，必登台輔，兩子瞥然眉宇間稍露殺氣，公能種德，相可改也，公其勉之。及返衡陽，復見其僧，僧大驚曰：可惜。餘無一語。公有兩孫，余亦曾見之，一中副車早死，一有痰疾，不言不語，家道亦凌替矣。

常熟黃草塘有須姓者，以屠牛為業，每殺一牛，必割其舌食之，以為美味。一日將牛刀安置門上方，忽聞二鼠相爭，仰面看之，刀落其口，斷舌死。

又魚行橋有一獵戶，打鳥無算，後患病，醫藥無效，忽得一夢，夢神告之云：汝要病愈，須將稻柴扎一人，用汝平日所着衣冠披之，中藏生年月日，挂在樹上，將鳥銃打之，便可愈也。及醒，乃以夢告其子，命如法行之，詎鳥銃一發，大叫而絕。

余近鄰有薛慶官者，以屠羊為業，家頗饒，年四十餘，忽病，病愈後面成羊狀。以三百金往安徽宗陽糴米，死於江中，不得其尸，以空棺歸葬。一兩月後，有人見薛背一包，持一傘，從后宅周打鼓橋自行自哭，蓋鬼復還家云。

楓涇鎮有沈二者，好食狗肉，生平殺狗無算。乾隆丙子歲，沈抱病甚篤，昏迷中見羣犬繞床爭嚙其體，號呼求救，臨死時自投床下，兩手據地作犬吠數聲。

婁東有無賴楊姓者，以攘雞為食，其術甚祕，人莫知也。其後楊背上忽生雄雞毛一簇，乞人拔之，痛不可忍，因自言曰：此吾偷雞之報也。

湖州荻港某姓者娶一妻，頗有姿色，而冶容放誕，不異青樓，其夫憤之，未得間也。一夕聞妻房中有人聲，即持刀入，但殺其妻，而脫逃其姦者。其夫懼罪，即時商於地棍某，某曰：此事不難，必送吾三十金，方可救汝。無可奈何，即書借票與之。棍乃為之計曰：爾急急回家，勿動聲色，點燈室中，而半掩其門，俟有人來，即殺之，是已。果如其言，

天明辨之即此棍之子也辛亥六月間事

蘇門徐生某者少聰穎能文年十七其父遠宦依外祖以居延師課讀一日晨起泣謂其師曰昨夜夢先母告余云汝三世前罪案發矣明日冥司當提訊聞鐵索聲即去第囑家人勿哭毋移尸尚可還陽否則不能轉也師聞之叱曰是囈語耳至次日晚生自謂聞鐵索聲師無聞也一霎時生已死舉家大驚師亦駭因述所夢並囑勿哭之語閱兩三時始甦生自言暈絕時被二役拘出胥門外見一廟引入跪階下與一女鬼質對知三世前係諸生有同學婦新寡與之奸並詛其財物致鬱死訴冥司削其籍轉身為乞丐其鄰有某舉人者恒周給之於是諸惡丐亦求索於舉人不遂欲相約焚掠其家生陽許之而陰告其事及期諸丐譁然至其家已有備咸為拘縛投諸火而生亦與焉入冥冥中謂已償夙孽矣冥司以生有報恩善念即將舉人枉殺事奪其祿籍與生判今生可登科官五品而前世所私婦不服屢控東嶽神不已東嶽神遂判曰且察其今生倘再有罪孽不妨提訊定奪可也近因偶萌惡念故被拘執耳生與婦力辨是和非強渠先來奔而婦執以誘奸兩造爭不能決冥司怒乃命一鬼取孽鏡來與婦照果得淫奔狀是雍正十三年八月廿四日事也婦與生仍譁辨冥司遂判婦入犬胎生仍作丐有號哭跪求於側者乃生亡母也冥司曰汝子應削籍不許識字急命一鬼持湯來將灌生口其母又哭傾其半僅三嚥口甚腥而腸欲裂矣乃放出皁兒爭索賄其母又為生支持之其母曰汝回陽速行善事三百條尚可逭孽耳推而醒生遂病月餘始平復後此生力行善事不數年果入學其師王君壽祺言之甚悉

蜀中有一無賴子夏日大醉裸體仰臥文昌殿前道士勸之反被辱詈道士畏而避之無賴猶訕謗不已且對神像遺溺忽風雷大作霹靂一聲削柱木一片鋒銳如刃適破其腹劃然中開腸流滿地更有奇者神前布幡器具柱木皆為雷火所燒惟兩柱上所挂金字長聯雷火燒處遂字跳過無一筆燒壞者時吳門周昉齋太守適官敘永廳親自往驗目擊其事

余見有某太守者家蓄美麗甚多選其精於一藝者號十二金釵慕金瓶梅葡萄架之名以金絲作籐穿碧玉翡翠為葉取紫晶綠晶琢為葡萄搭成一架其下鋪設宋錦為裀褥上置大紅呢繡花坐墊旁列古銅尊彝白玉鴛鴦洗官哥定窯瓶椀及圖書玩好之屬與諸美人彈琴弈棋賦詩飲酒或並觀唐六如仇十洲所畫春冊調笑

百端以此為樂不數年太守死而美人星散宦橐蕭然又有某顯宦者好優童豔婦不惜重貲入其室者兩行侍立朗如玉山唯有垂涎不敢平視怦怦心動而已後宦敗出戍死於黑龍江家事亦顛倒不可問嗚呼天道福善禍淫如此其速耶

常熟南門外有七圖張姓者兄弟四人無惡不作皆力田頗饒裕新造廳堂一所費至數千金尚未進屋也道光元年五月忽染時疫兄弟叔姪以及老少婦女接踵而死者至十八人僅存兩歲幼孩而已聞者為之吐舌

有某生者籍潤州自其祖貿易吳門遂為吳人年少美丰姿見鄰有好女兩小無猜目成心許求姻不諧生已別聘女將嫁矣生又誘與為亂復設計破其婚姻擬納為妾而復不果女遂抑鬱死未幾時見此女為祟生遂患羊頭風每發即暈成婚後延親朋演劇讌會生忽仆地口稱潤州城隍同吳郡城隍欲會審須往聽訊遂瞑忽聞號泣聲又聞杖責聲醒曰女先告本郡神因原籍文書未到不能出關潛伏貢布船至本籍告准始會審定罪也遂死

道光元年閶門崇真宮橋左右失火時有鄉人搶刼一箱未至家適其弟自賭博場見之遂奪去計值百金一夕而盡鄉人恚憤致病醫藥半年賣田去屋始得就痊枉費勞心轉破其產

東臺姜又白言其鄰有翟姓者以胥吏起家造孽不少而其子甚樸誠娶一妻美而賢事翁姑惟謹初生一子頭頂尖出數寸如牛角然每一哭則更高以為怪而斃之繼又生一子鼻止一孔甚小人中間缺寸許可望其喉亦以為怪而斃之後生二女皆嬌美如其母嗚呼豈天將斬翟姓嗣故隱其惡而[illegible]其報耶

道光庚寅五月十九日大雷雨高郵新工汛震死三人在太平船上行人聚觀詢之乃分發廣東候補知府卓齡阿與其妻關氏並本船舵工一人其僕言主人在京伉儷甚篤獨不孝於其母分院而居有黃泉相見之誓母知子將出宦使人謂卓曰吾母子不見久矣譬如與汝為鄰今日遠遊亦當來一面而卓與關竟駕車早行矣一事如此其他可知天網恢恢疏而不漏惟舵工同時震死不知其故或言卓在京時負人七萬餘金債主十三人皆山陝放賬者跟隨坐索卓不得已即與其妻同謀差舵工郭元良買砒霜欲鴆之也時州刺史某為驗其尸下棺交其僕從回旗而以放賬者提解回籍云

忤逆報

吳門蔣榮祿公塋在陽抱山，乾隆四十八年六月十八日，大風，湖墓前華表倒地，中一逆子腦，即時殞命。公之曾孫古愚封公曰：先榮祿生平純孝，見重于湯文正公，歿後猶不容此不孝之人偷息人世也。

乾隆己酉十一月，常熟東南任陽鄉有不孝婦欲殺其姑，置毒藥於餅中，而自往他所避之。其姑將食，忽有一乞人來求其餅，姑不肯，乞人袖中出一紅綾衫與之，換婦歸家。姑喜，示其婦，婦又奪之。初著身，忽然墮地。姑急扶之，不能起，忽變成豬。鄰人咸集。不孝婦猶語曰：我本應天誅，以今生無他罪過，故變豬以示人耳。言訖，而竟成豬叫矣。獨其前腳猶似人手。太倉毛稼夫親見其事，為余言之甚詳。

嘉慶己卯五月十日，有蘇州營兵遣擔夫挑火藥百斤往教場，偶過都亭橋周啞子巷打鐵鋪門首。鋪中正在打鐵，有火星爆入藥內，忽轟然一聲，滿街如焚，死者五六人。中有不孝子，乳名和尚者，鬚髮俱燒去，尚未死。其人係遊手捉他日，以賭博為事，家有老母，年七十餘，和尚既不能養，亦從未一呼其母，至是而母憐其創，焚豬百計醫治之。和尚乃痛哭，大呼其母者一日夜而死。

陝西城固縣鄉有不孝婦，平時待其姑如虐奴婢，非一日矣。嘉慶庚辰正月初一日早起，不孝婦忽向姑詈罵，喃喃不絕於口，姑竟不理，而往別家拜年。有頃，不孝婦入房關門而臥，久之不開，但聞房中有聲如牛馬走。姑聞之，欲入房視，不得也，急呼他人打門，惟見不孝婦臥于地，一腿變成驢，越數月死。

山東定陶縣一農家婦素虐其姑，姑雙瞽，欲飲糖湯，婦詈不絕口，乃以雞矢置湯中與之，姑弗知也。忽雷電大作，霹靂一聲，婦變為豬，入廁上食糞，一時觀者日數千人。其後是豬終日在污穢中游行，見人糞則食之，歲餘猶未死。案南部新書有河南酸棗縣下里婦事姑不孝，忽雷震，若有人截婦人首，而以犬頭續之，其事相類。

刻薄

有某公子最刻薄，在河南節署，胸無墨水，而善於罵人。偶將閫署賓客出具考語，每人定以八字，無不形容絕倒。嘗謂人曰：吾見世之所謂經濟文章，遊山玩水，吟詩作賦，徵歌度曲，掃地焚香，以及書畫琴棋、風流儒雅之輩，一應著即處斬，其議論類如此。其治家也，事事親裁，不經奴婢，而一錢如命，恐人侵蝕，不利於己也。自此家道日富，積有良田萬畝、大屋一區，計每日進門可得百金，而猶以為未足。後以好事為人告發，自詣縣中，覿面行賄，縣官怒，立坐堂皇，取贓置庫，一面通稟上司，關提收禁，自

此花消二十餘萬兩，事始平。又有一孝廉，才調有餘，而言語尖刻，必欲勝人以為快。後官縣令，積資數萬金，惟有一子，亦聰明絕世，遂將所有宦囊揮揮殆盡，至於客死他鄉，一孫癡呆，不識丁字矣。可畏哉！故凡人出一言、行一事，必存忠厚，毋刻薄。刻薄之至者，必有奇禍云。

殘忍

有某公平生好食鵝掌，以鵝置鐵楞上，其下漫火烤炙，鵝跳號不已，遂以醬油旨酒飲之，少焉鵝斃，僅存皮骨，掌大如扇，味美無倫。康熙二十八年，賊匪夏包子起兵謀反，以鐵楞炙死，慘酷異常。

山西省城外有晉祠地方，人煙輻輳，商賈雲集，其地有酒館，所烹驢肉最香美，遠近聞名，來飲者日以千計，羣呼曰驢香館。蓋借驢為驢也。其法以草驢一頭，養得極肥，先醉以酒，滿身排打，欲割其肉，先釘四樁，將足捆住，而以木一根橫于背，繫其頭尾，使不得動。初以百滾湯沃其身，將毛刮盡，再以快刀零割。要食前後腿，或肚當，或背脊，或頭尾肉，各隨客便。當客下箸時，其驢尚未死絕也。此館相沿已十餘年。至乾隆辛丑歲，長白巴公延三為山西方伯，聞其事，遂命地方官查拏，始知業是者十餘人，

送按司治其獄，引謀財害命例，將為首者論斬，其餘俱邊遠充軍，勒石永禁。張味石大令為余言。

浙中有搢紳寓吳門，御下最殘忍，性好淫，家中婢媪無不污狎之者，然稍有不遂，則褫其下衣，使露雙股，仰天而臥，一笞數十，有號呼者則再笞如數，或以烙鐵燙其胸，或以繡針刺其背，或以剪刀剪其舌，或以木枷枷其頸。其有强悍者，則以青石一大塊，鑿一竅，將鐵鏈鎖其足于石上，又使之掃地，一步一攜，千態萬狀，難以盡述。後有傳其事於鄰近者，咸為憤憤，率衆嘗其門，主人大怒，皆縛之，自此人益衆，打毀殆盡，因成訟。大吏知其事，下太守究治之，乃下獄，卒以無證據，僅辦提解回籍，而案始結。然其家已破矣。有僕人某深知其事，言之甚確，將來又不知作何報應也。

折福

戴兗垣昏水居筆記載杭州余秋室學士廁上看書，折去狀元一事甚詳。乾隆壬子七月，余初次入京，見學士，即問此事，學士曰：有之。可見兗垣之言非妄。大凡人有以廁上看書最為可笑。

雲間蔡禮齋者，為侍郎鴻業之孫，左都御史馮公光熊外孫，通才也。最喜在廁桶上

看書鄉試十餘料不第以援例作江西縣丞候補南昌窮苦殊甚有長子甚聰慧未婚而死禮爵亦旋殁余嘗勸之不聽其一生困頓者又安知不如余學士之折福耶

廣陵有鹺商女甚美嘗遊平山堂遇江都令令已醉認此女爲娼也不由分辨遂笞之女號泣即回家其父兄怒欲白太守是夜夢神語之曰汝平日將舊書册夾繡線且看小説曲文隨手置牀褥間坐卧其上陰司以汝福厚特假醉令手以示薄懲否則當促壽也事遂止後痛自悔改以夫貴受封雍正初年事

履園叢話卷十七終

履園叢話卷十八

清　勾吴錢泳梅溪著

古蹟

余生懶惰憚于行役紀游之處不過直隸山東河南湖北江西安徽浙江福建諸省而已足跡所到略志鴻泥以備遺忘不可謂之閱歷也江蘇爲父母之邦習見熟聞則從其簡

萬歲山

萬歲山在　皇城西北隅其南爲太液池中以金鰲玉蝀之橋橋之北爲北海橋之南爲南海樓臺掩映金碧交輝松檜連雲秀出天表嘉慶十年七月曾隨前國子祭酒法時帆先生與文穎館提調官孫平叔徐心伯諸公由西苑門至萬善殿查道藏諸經紅蓮綠水瑞日祥雲恍在蓬千里仙山樓閣中也京師

豐臺

豐臺在京城西便門外爲京師看花之所鑿池開沼連畛接畦無花不備而芍藥尤勝于揚州相傳即金時之拜郊臺當時有豐宜門遠風臺諸名故曰豐臺也京師

樓桑村

余出入京師者數次每過涿州求所謂劉先主之樓桑村渺不可得惟黄沙撲面而已按蜀志先主涿郡人少孤與其母販履織席爲業舍東南角籬上有桑樹高五丈餘童童如車蓋皆謂當出貴人因號曰樓桑村即今之涿州也涿州

董江都讀書處

董家里在景州城西南廣川鎮相傳爲仲舒讀書處成親王有詩云何人自有春秋對下馬應尋董學村即此景州

直沽

直沽在静海縣東北丁字沽小直沽俱大禹治水時疏導之處天津

九河故道

余嘗過南皮訪之土人云九河故道渠岸形蹟猶有存者徒駭在西北太史在古皮城南馬頰在城西南覆鬴在東南胡蘇在西城下簡潔俱在城西鉤盤在西北惟鬲津即今之天津皆爲當時注海之處南皮

岱廟

岱廟余凡三至在山東泰安府城中南向進泰安門半里許至遥參亭即岱廟前門

廟五門三闕東西角樓瓦脊如天子宮室之制進廟門則老樹參天古刻林立東西兩傍有穹碑二座一為宋宣和間立一為大中祥符間立迤北而行上丹陛九級登峻極殿殿壁皆畫東嶽帝君出巡回鑾儀仗奕奕有神回出殿門東有漢柏五株皆枯朽無葉西有巨石如石浮圖而無一字相傳為漢武帝時所立殿正中甬道上有名扶桑石者不知何時置此出二門轉西進延禧門有唐槐枝葉凌霄蒼翠可愛槐之南為右闕門攬衣而上北望三峯所謂南天門日觀峯者俱在指顧間矣 泰安

泉林

泉林在山東泗水縣泗水出焉高宗南巡常幸於此其地並無高山大林水由平地流出勢甚洶湧真是奇觀諺語予在川上相傳即此地也 泗水

趵突泉

趵突泉在山東濟南府西門外呂祖廟前三座突起聲如殷雷相傳此泉自王屋山來為濼水之源也乾隆壬子六月余入京為進第一次自後每過濟南必往觀焉 歷城

南池

山東濟寧州城下有南池因杜少陵集有與任城許主簿遊南池詩而得名也故令東偏小室中塑一工部像而以許主簿配之城上有太白酒樓前工部尚書和公為巡漕御史時重建嘉慶庚申四月余由水路入京泊南池是時靈石何蘭士亦為巡漕御史錢塘黃小松為運河司馬同在南池會飲者三日小松出示所藏金石圖書與州人李鐵橋山西劉鏡古吳江陸古愚同觀為一時佳會云 濟寧

艮嶽

艮嶽舊址在河南開封府城東北隅約畧計之在今鐵塔上方寺左右初宋徽宗未有子嗣聽方士劉混康言京城東北形勢增高當有多福多男之祥政和七年遂命戶部侍郎孟揆於上清寶籙宮之東築為山林象餘杭之鳳凰山曰萬歲山周十餘里命宦者梁師成專董其事時有朱勔者搆求天下奇花異木太湖靈璧以及珍禽異獸佳果大竹之類以進號曰花石綱專置應奉局于平江每歲所費以億萬計調民夫發運皆越海泝江至于鑿城穿山而至時東南監司郡守亦有應奉又有不待詔旨但行進物王黼通宦官以獻者後上亦知其擾稍加禁戢獨許朱勔及蔡攸入貢竭府庫之積聚萃天下之技藝凡六載而成飛樓傑閣瑤島瓊臺雄瓌偉麗於斯極矣宣和四年上自為記以此山在國之艮方故名艮嶽至靖康中金人犯闕城門不開大雪盈尺凍餓以死者無算詔令民任便斫伐為薪以炊飯先是日百姓入艮嶽者以數萬計臺榭宮室為之一空則當日之所謂芳林園玉津園同樂園宜春苑凝碧池者更無從蹤跡矣今相國寺尚存湖石數峯相傳為當時舊物畢秋帆尚書巡撫河南嘗築嵩陽吟館于內署之西偏亦有數石峙于窗前每逢宴會必在此間余親到也 祥符

吹臺

吹臺漢梁孝王築在開封城東南二里許即師曠繁臺梁孝王增築之一曰平臺坏然高峙蔚然深秀阮嗣宗詩所謂駕言發魏都南向望吹臺簫管有遺音梁王安在哉是也乾隆五十三年三月余在畢秋帆尚書幕下嘗偕方子雲洪稚存徐朗齋凌仲子翠登此臺惟一望平疇黃沙撲面而已上有禹王廟故土人又謂之禹王臺又有三賢祠祀李白杜甫高適三人今又增李崆峒何大復為五賢矣 祥符

相國寺

在開封府城內齊天保六年始建名建國寺唐睿宗時改為相國寺明成化間更名崇法寺崇禎十五年賊李劃以黃水灌城遂湮沒本朝順治十六年巡撫賈公漢復捐俸重建今仍曰相國寺百物充盈游人畢集為汴梁城勝地

梁王城

在今開封府城西北二里即戰國時梁惠王故城唐高常侍詩所謂古城蒼莽餘荊棘駐馬淒涼悲殺人是也

汴故宮

在開封府城內正北本宋之大內金人廣之明洪武十二年即故址建周王府今之貢院是也當時之所謂太乙宮景靈宮玉清昭應宮者皆不可問矣

夷門

在府城安遠門內亦曰夷山即汴城東門也為魏侯嬴故蹟乾隆五十三年八月十日南歸有出夷門詩二首刻集中

梅花堂拱璧堂

梅花拱璧二堂俱在開封府治內先世翰林侍讀學士蓀及文肅公麒先後知開封時所築今廢 以上皆祥符

黃鶴樓

黃鶴樓在湖北武昌府城外臨江，以唐崔顥詩得名。其樓高七丈，飛簷畫棟，八面瓏瓏，登樓一望，帆檣千株，烟火萬家，真大觀也。乾隆己酉八月十日，余在畢秋帆尚書武昌節署，將回江南，方子雲、洪稚存、徐朗齋諸君設餞于樓上，吹笛賦詩，月出而罷。余亦書兩絶云：倚樓橫笛未成音，雲影飛來似有心。黃鶴不歸雲不去，一詩傳誦到如今。晴川閣上月初環，鸚鵡洲邊對別顏。惟有大江流日夜，不知何處是鄉關。武昌

赤壁

赤壁在黃州府城西門外。乾隆五十四年四月十七日，夜過此，是時月色甚明，因泊舟城下，賦詩云：東山初上月，江水自中流。赤壁固無恙，雪堂猶在否。孤舟留枕席，人世總浮游。兩賦傳千古，光芒射斗牛。志所稱東坡竹樓、橫江館、寒碧堂、快哉臨皋亭諸勝，俱付之引領而已。黃州

廬山

余自幼夢遊廬山，未得一至。道書所謂第十八洞天者，有香爐峯、五老峯、康王谷、白鹿洞、石梁瀑布之勝。余過九江，舟中望之，若隔天表。嘗有詩云：朝發潯陽江，遙望香爐峯。百里連青黛，千巖勢龍嵸。境幽罕人蹤，雲迷訝天遠。奇悅未能往，亦足開我胸。

其二云：嘗讀石門詩，渺若登靈闕。想見諸道人，拂衣步空碧。此事千餘年，應與仙雲絶。惟有鮑參軍，凌風幾採閱。南康

馬當山

彭澤縣東北有馬當山，橫枕大江。唐王子安舟過其下，遇神人助以順風，一夕而至洪都者，即此。彭澤

石鐘山

石鐘山在湖口縣城外臨江。乾隆己酉八月十六日，余從楚北回吳，偶泊舟北門外楊港，遂由西門乘一小舟遊石鐘，土人謂之上鐘崖、下鐘崖者也。初見巨石無數，如樓閣然，汩沒中流，而又有如牛馬、如虎豹者，盤踞於樓閣之下。又有一石人，高三丈許，作彎弓引箭之勢，上題英雄石三字。時東北風甚急，仰見石壁一削千仞，而怒濤搏擊石罅，其聲果如洪鐘。正駭愕間，忽見紅墻古廟，隱隱有人，舟師指曰：此觀音崖也。乃攝衣而上，登一小閣，閣之左崖有凌波仙掌四大字，旁有石穴，深不可測，曰黃龍洞。憑闌而眺，但見風帆亂飛，半入九江，半入鄱陽湖也。余急登舟，更欲遊所謂下鐘崖者。舟人且櫂且唱，其歌云：荒城正對白沙洲，但聽江聲日夜流。人家富貴無三代，每有清官不到頭。其聲宛轉，亦可以見風土人情之一班耳。頃之，回過城西門，繫舟普陀巷下，循巖而上，登懷蘇亭，亭中有碑刻東坡石鐘山記。亭右即為大江，升虛林立，嵌空瓏瓏，俯聽鐘聲，究在足底。亭左右皆石壁，莫能名狀，石上題名甚多。其王文成一題在白雲洞之上，文云：正德庚辰三月丁未，都御史陽明王守仁獻俘自南都還，登此，參政徐連同行。凡四行。其旁又有五言詩一首，不復記憶，似即記擒宸濠以後事也。讀畢而下，復乘舟循石壁行，其洞壑之奇，不亞上鐘崖，而兩壁如剪，夾一小閣，則奇險更甚于觀音崖也。是時日色已晚，風亦稍定，始命舟回，已上燈矣。余生平所歷佳山水，若江寧之燕子磯，鎮江之金焦兩山，和州之天門，彭澤之小姑，黃州之道士洑，嚴州之釣臺，紹興之繞門山與吼山，皆不足奇，得此而嘆觀止矣。湖口

潯陽江

九江府治後城上有庾樓，庾亮刺江州時所建。樓下即潯陽江也。城西半里許有琵琶亭，以白香山詩得名，前榷使姜公開陽所建。乾隆五十四年四月十四日垂晚，余嘗停棹亭下，時江波漾月，柳影翻風，南望廬山，青蒼不斷，江上時有小舟載婦人彈琵琶，真江行絶景也。友人周竹珊詩云：琵琶一樣聽來慣，聽到潯陽便有情。德化

蟂磯

蟂磯在安徽蕪湖縣西七里大江中，高十餘丈，周圍十畝有奇，上有靈澤夫人廟，相傳為三國吳大帝妹孫夫人殉蜀主，以黃武三年薨于此。余友王仲瞿孝廉嘗作蟂磯孫夫人廟碑，典雅可傳，余為刻石廟中，可補裴松之注三國志之闕。蕪湖

太白樓

太白樓在太平府城西南釆石山，亦名謫仙樓。樓上下墻壁間題詩幾徧，有蕭尺木畫壁甚妙，咸以為畫勝于詩，近亦刷去不存。當塗

識舟亭

亭在蕪湖鶴兒山頂，俯瞰大江，帆檣四列，相傳為謝宣城天際識歸舟處也。壁間有前明方達時、王思任題詩石刻。蕪湖

滴翠軒

滴翠軒在蕪湖赭山廣濟院塔旁，宋黃山谷讀書處，舊名檜軒，為鳩江名勝。蕪湖

烏江

烏江在和州東南，距江口三里許，有土山甚峻，叢木鬱然，山下有項王廟，遺像在焉。

兩側以亞父范增司馬龍且配享後殿塑夫人像是為虞姬也又有項王墓在廟後據史記葬項王穀城安得復有墓在此乎想前人附會耳讀汪佃碑記知舊時有唐李少溫篆額今不存矣又一碑刻王畫像半身石光瑩然若鏡余有詩云不渡江東忍自亡天心人事本難量英雄已足稱千古香火還留祭一方叢木秋風餘殺氣鬼燐墓雨落星光我來憑弔寒塘晚惟聽江流悲未央和州

天門山

天門山在和州東南與太平府之博望山東西對峙中隔一江今人謂之東梁山西梁山乾隆五十四年三月廿九日余泊舟山下因登岸攜一僕造其絕頂山形秀削石路盤紆俯瞰大江聲喧足底即李青蓮詩所謂天門中斷楚江開是也山下設遊擊一員以備守禦距蕪湖關不過四十里耳和州

濡須

濡須山在巢縣東南濡須水所經也方輿勝覽云濡須山謂之東關七寶山謂之西關胡三省通鑑注東關即濡須口亦謂之柵江口當三面之險相傳為夏禹所鑿按東關之名見于三國志魏書陳書及水經注唐書地理志云巢縣東南四十里有故東關是也其地高峻險狹實守阨之所余於乾隆五十二年十月六日扁舟過此又行數里過踟躕山春秋昭五年楚子觀兵坻箕山即此乃披衣而起回望濡須龍洞諸山已在微茫烟靄之間秋林隕葉半紅半黃落日暮雲忽青忽紫宛如一幅徐崇嗣沒骨法也巢縣

孔子臺

孔子臺在巢縣西北五十里土名柘皋名勝志云孔子南遊至橐皋與弟子憩臺而反即此按巢縣即夏商時南巢也周為巢伯國後屬楚秦置居巢縣史記項羽本紀居巢人范增是也其云橐皋者春秋時為吳邑哀十二年公會吳于橐皋漢置橐皋縣屬九江郡三國吳志朱桓傳及杜預左傳注括地志俱有橐皋之名不知何時訛為柘皋想橐拓音相近後人又因拓字類柘而再訛也巢縣

芍陂

芍陂在壽州南八十里春秋時為楚相孫叔敖所造陂周三百二十四里橫徑百里陂有五門上承淠水吐納川流西北為香門陂水北流經孫叔敖廟下謂之芍陂瀆又北分為二水一水東注為黎漿一水曰茝澗又北流入壽春城中又北逕相國城

東又北出城注肥水壽州志云西自六安州龍穴山東自濠州橫石東南自龍池山其水脊會于此按後漢書建初八年王景為廬江太守郡界有故芍陂稻田景率吏民修起蕪廢灌田可萬頃境內豐贍魏書志建安五年劉馥修芍陂堰宋書高祖遣毛修之復芍陂灌田數千頃又長沙王義欣鎮壽陽使參軍殷肅因舊溝引淠水入芍陂溉田萬餘頃自唐宋元明以來或濬或廢本朝順治十二年壽州知州李大升又修之真萬世之利也壽州

淮水

淮水出桐柏山胎簪峯下有禹廟廟前有三井是為淮源自漢以來治淮者皆禱之余至正陽關必渡淮水是年淮水大決淹沒民田以數十萬計為歎息者久之乃作詩云淮瀆滔滔控數州東馳千里未能休幾看禱廟尋三井安得探源溯上流秋潦漲時成竄[illegible]阪田沒處有浮鷗我來問渡斜陽晚白草黃沙漫野愁壽州

潁水

潁水出潁州府城北余自乾隆丁未十月將之汴梁道出潁川由太和至周家口舟行者數日遇如皋林鐵簫有詩云潁水流不息楓林落日黃扁舟獨西去羣雁向南翔兄弟經年別關河去路長蓬窗無限意還見野鴛鴦水邊鴛鴦甚多暮寒泊郵店沽酒認青旗犬吠開門早樵歸生月遲喜聞鄉國信況有故人期相對挑燈坐舉杯聊酌之阜陽

錢塘江

余以乾隆乙巳歲春三月始遊錢塘嗣後往來于浙東西者幾三十餘年其山則有南高峯北高峯之峻險其水則有西湖玉泉之清冽其寺宇則有淨慈靈隱之雄壯其洞壑則有飛來金鼓之幽深古蹟之多名勝之雅林木之秀花鳥之繁當為海內第一惟八月之潮最為奇觀其來如三座雪峯其聲如百萬軍鼓心搖目眩頃刻而至則天下所無矣按錢塘之號先于周秦見史記始皇本紀至先武肅王築塘捍海而名益著耳錢塘

煙雨樓

嘉興府東南有煙雨樓五代時武肅王第六子元璙為中吳軍節度使築煙雨樓于滮湖之上即此又名鴛鴦湖嘉興

檇李城

按史記吳泰伯世家吳伐越句踐迎擊之敗于檇李據府志云在桐鄉濮院之西濮院即檇李城也其地有范蠡隝秀水

魏塘

嘉善東門外有河一道通清風涇曰魏塘亦名武塘相傳魏武帝經此故名嘉善

石尊

石尊在湖州府城南二里峴山上是大石一塊中窪可以貯酒故又名窪尊唐開元中李適之為湖州別駕每挈所親登山酣飲後顏魯公為湖州刺史偕賓客門生弟姪輩作窪尊聯句詩即此今石尊上有一亭未圯而所謂逸老堂者已片瓦無存矣烏程

墨妙亭

墨妙亭在湖州府署後嘉慶癸酉初冬余始至吳興時陽湖趙李由為吳興太守遂與尋覓漢唐諸刻竟無有存者遂賦二詩云落花正浮雪橘林新著霜謝公到郡久令始來斯堂握手招殘碑一笑傾壺觴墨妙已無亭寒花尚餘香蕭獻不可作顏徐亦難量術仰感古今緬焉暗神傷坡公來吳興留晤孫莘老酬贈詩最多當時和者少屈指七百年此事誰復詰青山依然在古刻蹤如掃乃悟金石質年壽猶不保何如飲美酒令我顏色好烏程

王右軍別業

按嘉泰會稽志即山陰縣東北戢山下之戒珠寺寺門有右軍塑像青巾道服坐于正中王梅溪有詩云欲弔右軍千載魂祠堂荊棘斷碑存老僧相見話遺事問我蘭亭幾世孫山陰

東府

吳越備史云唐乾寧三年先武肅王平董昌改威勝軍為鎮東軍以王為鎮海鎮東軍節度使遂有越州之地梁開平二年陞為大都督府謂之東府周廣順元年大元帥吳越國忠懿王即越州東府又築宮治國即今之紹興府治也山陰

清白堂

紹興府治中有清白堂宋康定中范文正公仲淹知越州時所建并自作記乾隆五十七年余與修郡志太守李公屬余隸書刻諸堂上山陰

越王臺

名勝志云蕭山縣西九里有越王臺李太白詩西陵拱越臺是也祥符圖經云種山東北亦有越王臺種山即今之臥龍山在紹興府城內其山盤旋回繞形如臥龍相傳越大夫文種葬此故名府志云嘉定十五年郡守汪綱于臥龍山西南又築一臺有曾耆年篆書三大字刻諸石今不存山陰

柯亭

柯亭在山陰縣西南四十里今亭已廢即為柯橋寺按郡志千秋亭一名柯亭又名高遷亭漢末蔡中郎避難會稽宿于柯亭仰觀椽竹因取為笛今詞家所謂柯亭辦笛是也乾隆十六年高宗皇帝南巡有柯亭詩山陰

蓬萊閣

閣在紹興府署後名勝志云錢武肅王建即五代鎮東軍節度使官廨今府門前有鎮東閣尚其遺址其名蓬萊者取元微之詩我是玉皇香案吏謫居猶得住蓬萊也宋淳熙元年武肅八世孫端禮知越州重修自元祐戊辰郡守章楶修之又四十八年汪綱復修由來久矣乾隆辛亥壬子之間余嘗盤桓于此啟窗一望千巖萬壑畢呈案前幽鳥閒雲時覩坐上又在趙千里仙山樓閣中也山陰

雷門

雷門即今紹興府城之五雲門元和郡國志云句踐所立以吳有蛇門俾雷而鼓衰事吳之意會稽記云雷門上有大鼓圍二丈八尺每一鼓聲聞洛陽孫恩之亂鼓為軍人斫破有雙白鶴飛出後遂不鳴會稽

窆石

會稽禹廟後坐鏡湖前對宛委山地甚宏敞而無唐宋舊碑惟窆石為最古石在廟之左偏狀如稱錘上有孔隱之圖經云禹葬會稽取此石為窆上有古篆不可讀王順伯金石錄以為漢刻或以為三國吳告祭文有宋元人題名可辨者惟會稽令趙與陛及元人吳嶠其逸李倜兩題而已會稽

蘭亭

蘭亭在山陰縣西南二十七里其地相傳為越王句踐種蘭處因名晉王右軍曲水詩序即于此作也由婁公埠舍舟而途約行五六里許即天章寺亭在寺東右軍書序所謂崇山峻嶺茂林修竹清流激湍映帶左右者至此始信國朝康熙三十四年聖祖仁皇帝臨幸于此有御書大字蘭亭二字碑一座上覆以亭乾隆十六年恭逢高宗

純皇帝南巡又有御製蘭亭即事詩一首即刻其陰癸丑三月三日郡守李曉園亨特嘗邀袁簡齋太史平寬夫宮詹輩二十一人作修禊之會余亦與焉今五十餘年矣歲月易遷感慨難再可為太息者也會中有桐城姚秋農觀察仿西園雅集圖作記一篇刻于郡志　會稽

智永禪師書閣

書閣在會稽縣之雲門寺後即王右軍七代孫智永禪師臨池之所也隋唐間禊帖真本即藏此閣閣凡七間甚高敞閣後皆植竹直接山頂世所傳退筆塚即在竹中今無其蹟矣乾隆壬子三月余嘗與袁簡齋太史平寬夫詹事徐朗齋孝廉陳斗泉文學一宿其中　會稽

江文通宅

江文通宅在蕭山縣城今為覺苑寺寺前有夢筆橋相沿已久寺中古刻甚多　蕭山

天台山

天台山在浙東三百里自古來遊天台者要皆得之耳食或蹈前人紀載未必皆親歷其境也惟本朝王太初王李重潘稼堂齊巨山四公為得其詳然此山周圍數百里一丘一壑一溪一澗風雲之出沒花木之興衰古今不同隨時變幻移步換形即四公者亦不過領略其大概豈能窮幽歷險一一筆之于書余遊天台凡兩次所到之地百不得一如讀史漢選本不可謂之讀過史漢也即如石橋之瀑險怪百出桃源之山壁立萬仞豈語言筆墨之所能盡然古人記載往往言過其實適于所見孔靈符會稽記曰懸溜千仞謂之瀑布臨海記曰飛泉懸流千丈如布啟蒙記注謂天台去天不遠有石橋濶不盈尺長數十丈下臨絕冥之澗者皆傳聞之誤即如李太白詩所謂天台四萬八千丈又誰為之量丈耶　天台

桃源洞

桃源洞在天台縣北二十里十四都護國寺之東相傳漢永平中劉晨阮肇遇仙于此攢峯疊嶂左右回環中有一澗隨山曲折水窮道盡則有一洞潛通山足仰頭一望但見諸峯插天殆非人境道光五年九月余以重修先世會稽郡王墓時過桃源真奇境也　天台

桐柏宮

桐柏宮在天台縣西二十五里道家所謂七十二福地之一由清溪迤北而入其路

曲折清幽至宮門則一望如平疇四山蒼然九峯迴抱别有天地縣志云唐景雲二年為司馬承禎建然梁沈約有桐柏山金庭觀碑記則唐以前先有之矣至太和咸通之間道士徐靈府葉藏質新之元微之劉處靜為記五代開平中先武肅王重建名桐柏宮至宋大中祥符元年又改名崇道觀觀中有上清閣閣藏宋太宗真宗御書及高宗所臨晉唐法帖共五十三卷又吳越國王所捨銅像天尊十位連金銀銅所鑄大設案座檀香三清像一龕計二百六十區五花八棱銅三清像金銀字經二百函睦親宅昭成太子宮聖蹟四十軸歷代珍襲供奉至明吳元年遺火化為丘墟惟存檀香像一區而已洪武間重建永樂中又加新之其時尚有唐人碑刻如崔尚碑頌韓擇木八分書本朝雍正間又火一椽無存大吏奏請重建乾隆初年始訖工今觀基雖宏壯不過十之二三矣　天台

李太白書堂

唐李白書堂在華頂峯最高處相傳太白嘗遊天台讀書于此今為拜經臺高僧修道結茅其上四圍累以石城護之防風雪也其下有積水為王右軍墨池　天台

石橋

石橋在天台縣北五十里橋之上下有上方廣下方廣兩寺其橋在曇華亭之下如一龍橫卧於兩崖之間其上則雙澗合流俱由橋下衝激遂成飛瀑一落數丈狀如殷雷真奇觀也　天台

白雲山

台州府城東北隅有白雲山宋紹興初有先世賜第賢穆大長公主所居也道光三年三月余往臺州拜觀唐賜鐵券曾一至焉惟有祠堂三間左右皆菜圃而已　臨海

嚴子陵釣臺

七里瀧在嚴州府東北二十里乾隆甲寅乙卯之間余往來者凡數次其所謂釣臺者甚高臺上有嚴公祠兩側配享者為唐之賀知章宋之謝皐羽也臺下急流洶湧怪石嵯峨綠樹青山四圍環繞祠旁有嚴氏子孫數家以奉祀事多以漁樵為業余有詩云直鉤釣國曲鉤名富貴原無足重輕我亦久忘名利者合來祠下拜先生祠堂傾側草蕭蕭奉祀雲礽亦寂寥猶有先人家法在多因避客混漁樵　建德

九仙山烏石山

福建省城藩署前南行里許曰獅子樓即五代王審知還珠門也又里許過保泰橋

其東爲九仙山有定光塔其西爲烏石山有堅牢塔九仙山大石縱橫登如樓閣磨崖題名甚多其可辨者小華峯之側有熙寧元年光祿卿直昭文館知軍州事程師孟及沈紳劉彝等七人題名又廓然臺後有紹興壬子程晉道題名乎遠臺左方有淳熙丙申陳休齋分書兩題又紹興二年鄭滋德篆書其郡志所載野意亭丹井醉石杏壇諸勝俱無從蹤蹟矣烏石山上有李少温篆書般若臺三字摩崖其旁亦有宋人題名不暇細讀堅牢塔凡七級其第五級有林同頔造塔記有永隆紀年今俱鑿去尚露筆尖第七級又有僞閩王延曦宫嬪官屬題名此朱竹垞吳志伊輩所未搜求者余嘗賦詩云瑯琊建國太怱怱兩世兵戈一霎中負海自居天子座因山猶築梵王宫至今殘石留名姓細辨題年記永隆極目孤城思往事塔鈴無語怨東風

閩縣

延平津

延平津在福建延平府延福門外相傳爲雷華沉劍處山上有明翠閣景雲樓鳳冠巖諸勝余以乾隆六十年二月十六日過此是日東北風甚急松杉怒號桃李無色與山僧坐話者久之有建河歸櫂詩云建河天下險説起便生愁衆水趨崩豁羣山

夾亂流身居烟霧國家在木蘭舟最怕前灘急停橈更綰留落日張湖坂奔流勢漸平急鳴巫峽雨又激海濤聲對飯難能食推篷暗自驚仙霞望不見惟有暮雲征液泊延平驛津頭月一彎悲風號獨樹野火燒空山千莫何時出斗牛不可攀我來憑弔古歎息水潺潺 南平

履園叢話卷十八終

履園叢話卷十九

清 句吳錢泳梅溪輯

陵墓

夏禹陵

禹陵在紹興府城南十五里見吳越春秋越絶書史記漢書正義皇覽諸書甚爲會稽志云禹巡狩江南死而葬焉猶舜之陟方而死遂葬蒼梧古聖人所以送終事最簡易非若漢世人主之豫自起陵也案自先秦古書帝王皆不稱陵陵之名實自漢始今名禹陵者是後人尊之之辭也陵有禹廟甚巍煥背湖南向自唐宋元明以來春秋祭祀不絶明嘉靖中閩人鄭善夫定禹陵在廟南數十步時知府南大吉因立石刻大禹陵三字覆以亭攷古者不封不樹後之人何能定其故處恐附會耳今廟旁有姒氏者數家守衛之相傳即禹之苗裔廟中無古碑皆有明以來所立惟窆石一塊甚古上有篆書隱隱可辨説者謂當是三國吳告祭之文也乾隆五十七年春余曾與修郡志偕平寬夫侍郎徐朗齋孝廉親往拜之

商吳泰伯墓

吳泰伯墓在吾邑之鴻山舊名皇山南徐記泰伯宅東九里有皇山泰伯所葬地按

史記世家正義注云泰伯居梅里平墟在無錫東南三十里是也漢桓帝永興二年詔吳郡太守糜豹修之周以垣牆給五十戶守衛其墓晉肅宗太寧元年詔祀泰伯用王者禮樂具王者冕服建廟於墓城南三十步命晉陵太守殷師領焉宋武帝永初元年勅泰伯以太牢祀唐太宗貞觀十三年詔重廣泰伯門殿遣禮部尚書韓太沖祀以太牢賜金銅香爐一具十五年賜泰伯六十四世孫駙馬都尉吳世偉苗田千頃永充廟祀宋太平興國三年勅朝散大夫梁周翰賜墓旁田二百二十三畝令歲收供泰灑掃仁宗天聖元年勅賜繞墓田一百畝耕種併入墓倉貯用哲宗元祐七年有詔吳泰伯以至德廟爲額遣官致祭元符間制封至德侯崇寧初進封王號元仁宗元貞元年命祭三讓王吳泰伯於姑蘇至德廟英宗至治二年詔遣御史中丞察罕帖木耳致祭明洪武二年改封吳泰伯之神春秋祀之宏治間邑人楊文建亭表墓 本朝康熙中巡撫吳存禮邑令吳興祚先後興修後爲山民侵削樹木殆盡雍正四年邑令王喬林勒石永禁乾隆二年又給帑修葺邑令王允謙增建享堂墓門至嘉慶初年墓之前後皆爲近民開墾墓門亦頹圯無餘僅存一小碣有高忠憲公題字向側有泰伯廟道士東西兩房輪流值管而終年未嘗一至蓋荒廢久矣

十六年婺源齊公彥槐來宰吾邑先余嘗擬一圖請翁閣學方綱曾中丞燠吳祭酒錫麒吳學士鼒范編修來宗輩作為詩文而呈齊侯且請修墓以發其端至十九年邑中大旱侯勸賑鄉間始謁墓所其明年歲大熟尚有羨餘即取造豐樂橋且以修墓凡費白金三十兩有奇自此垣牆復整墓門復立植以松柏栽以梅花添置守墓道士一人田八畝時加防護侯之力也後侯以忽忽去縣未立碑文他日當為書刻之以傳諸後來云

商仲雍墓

按史記索隱注仲雍冢在常熟縣西虞山上與言偃冢並列太平寰宇記云虞山有仲雍并女墓即簡文帝招真治碑所云遠望仲雍而高墳蕭瑟者臨齊女則哀壟蒼茫蓋齊梁時猶不廢也唐宋元明以來無有為之表者　國初始修葺之乾隆二十五年裔孫有周姓者相傳為仲雍之後又立墓門於北門大街由山麓登路直達墓所五十四年裔孫等又建石坊學使曹秀先題曰南國友恭四字近來邑之士大夫輒有訟官謂周氏侵占言子墓者可發一笑

商大夫彭祖墓

浙江通志云彭祖墓在臨安縣東南十里嘉靖臨安志云因彭祖壽年八百故號其山曰八百山里曰八百里昔武肅王禦黃巢臨安兵屯八百里是即此東坡詩集有彭祖廟詩云跨歷商周看盛衰欲將齒髮鬬蛇龜空餐雲母連山盡（公自注山有雲母彭祖所採服）也不見蟠桃著子時（注老彭善補導之術并服水桂雲母麋角常有少容）子由亦有詩曰猖狂戰國古神仙曳尾泥塗老更安厭世乘雲人不見空墳聊復葬衣冠而朱文公雪心賦亦引用之云天柱高而壽彭祖名山勝概云八百山踰橫碓次彭安有孤冢如堂或曰是商大夫老彭墓也旁有一碑仆且泐不可讀據諸說則彭祖實有墓在臨安矣案水經注彭城有彭祖冢又續漢郡國志武陽彭亡聚引益州記注云亦有彭祖冢二蘇之詩恐是彭城或武陽兩地之墓未必在臨安八百里也

周延陵季子墓

吳季札墓在江陰縣北七十里地名申港墓前有石碑古篆曰嗚呼有吳延陵君子之墓十字字大徑尺相傳為孔子手書體勢奇偉舊志載唐開元中元宗命殷仲容摹搨其書然則唐以前已刻之大歷十四年潤州刺史蕭定重模勒石今廟中所存者是宋崇寧二年常州太守朱彥立益廢次重刻矣今丹陽驛前及金壇之九里鎮俱有一碑未知孰是

周先賢言子墓

言子墓在虞山北麓乾元宮下史記索隱及吳地記皆載之宋元以來不廢明宏治中知縣楊子器為表其墓崇禎初巡按御史路振飛再修　國朝康熙間參議王偘重修墓道雍正間方伯鄂爾泰又建石坊題曰南方夫子而蘇松糧道王澄慧又築墻垣衛之乾隆三十三年裔孫襄陽太守言如泗五經博士言如洙等復為修建規模宏敞松楸鬱然為吳中古墓云

周先賢曾點澹臺滅明二墓

山東費縣舊有曾點澹臺滅明二墓碑志久闕矣嘉慶十三年九月余入京曾偕孫淵如觀察同過費縣訪得之遂以隸古書丹付縣令郭志青刻二碣一立於曾點墓前一立於澹臺滅明墓前以垂永久

周先賢閔子墓

閔子墓據太平寰宇記在范縣東今所傳在歷城者誤也嘉慶癸亥冬陽湖孫淵如觀察為山東兗沂曹濟道以查賬按行范縣知墓所在時以河決不能詣謁及官糧

儲道忽夢從井出古丈夫布衣泥塗狀自稱閔子騫覺而異之因出俸錢屬縣令譚文謨訪視曆墓申禁樵採嗣以縣令屢更事未施行至華亭唐晟宰是邑始捐廉重修栽種樹木乞觀察為文紀之並訪義士左伯桃羊角哀墓於縣之義城寺東并致其原委以存志乘焉

周要離冢

余少時在閶門內十廟前沿城腳下見水潭邊有石碣上刻古要離冢四字橫臥荒草中據後漢書注梁伯鸞墓在要離冢北卻無碑碣可考道光七年福州梁茝林方伯為訪古蹟僅於潭水中得一碣即是刻也後有成化十年渤海高出題字樣而伯鸞墓終無蹤跡

漢高密太守錢咸墓

成化湖州府志云在長興縣西五里浙江通志云咸為彭祖四十七代孫墓在長興縣西五里其山名纖益山西吳里語云墓柱上題漢故旗門將軍高密太守錢府君之神道

漢富春公錢讓墓

萬曆湖州府志云富春公墓在長興縣西五里按公諱讓字德高高密太守咸之曾孫順帝永和元年舉孝廉除歷陽章安二縣長後從太尉趙峻辟為西曹掾遷黃門選部侍郎九江冠盜周生范容作亂詔授廣陵太守征東大將軍討平之桓帝建和元年拜廣陵相征東大將軍使持節都督江東諸軍事徐兗二州刺史封富春公食邑五千戶實封一百五十戶夫人徐氏合葬長城縣平望鄉西北梓山乃江東錢氏第一代祖也（長城即今之長興縣）

漢太子洗馬錢京墓

案先世大宗譜公諱京字仲恭富春公第二子仕後漢歷東宮舍人太子洗馬葬長城縣吳概山

漢孝女曹娥墓

按嘉泰會稽志云在縣東七十二里後漢書元嘉初度尚設祭之誄之改葬娥於江南道旁即此余於乾隆嘉慶間嘗三過其廟廟之東偏有雙檜亭宋張即之書亭後有大小兩塚其大為娥之父母其小者即娥墓也余為補書一碑刻石墓上

漢東海孝婦墓

余曩嘗入京過郯城縣路旁有東海孝婦祠香火甚盛嘉慶廿三年夏偶遊海州之雲臺山過新縣北二里亦有孝婦祠祠後有二塚相傳孝婦死祔於姑墓土人為立祠焉然案沈括夢溪筆譚今東海縣即漢之贛榆屬琅邪非古之東海也廣輿記謂孝婦是郯人一統志云冢在郯城東十里又似以郯城為真墓云

三國吳王夫人墓

華亭南二里許有屋基廢地一塊近處居民有劉叟者每見有紅裳女子徘徊其間人有見者旋入地中而滅甚怪之疑土中有異發之不數尺獲一磚甚古下有巨槨如屋旁有穴以火燭之有石榻上臥髑髏一具前植短碑有吳陸公遜第三女王夫人之墓十二字非篆非隸左列石几供一瓦盆其色如玉乃取出貯水甚清經年不竭後見紅裳者復來或隱或見其人隨感疾死盆為好事者取去並無他異此乾隆初年事

吳大將軍丁奉墓

華亭新橋鎮東市有丁奉墓嘉慶八年農人墾田見一石攜歸石上有大將軍丁奉墓六字餘俱漫滅今墓尚存高三尺許案三國吳志丁奉安豐人以斬孫綝遷大將軍迎立孫皓擢大司馬左軍師

晉謝太傅墓

謝太傅安墓在長興縣西南六十里地名三鵶岡今尚有子孫守墓者按晉書文靖卒本葬於建康之梅嶺至陳始興王叔陵淫暴好發古冢晉世王公貴人多葬其地叔陵乃發謝墓以葬其生母彭氏時文靖裔孫名夷吾者適為長城令徙葬於此立廟祀焉有大觀三年墓田碑可攷嘉慶三年吾友邢佺山太守來宰是邑重修其墓并賦詩云謝公原上夕陽斜華表歸然樹半遮雷雨元功高百辟風雲荒塚護三鵶古陂已沕唐人石野草猶開晉代花賴有烏衣賢裔在頻繁重薦不須嗟錢竹汀宮詹秦小峴少冠既雲臺宮保俱有詩紀之為一時盛事云

晉永安侯錢廣墓

宏治湖州府志云在長興縣西二里按先世大宗譜公諱廣字敬仲西晉舉孝廉除上將軍平賊石冰封雲等有功徵補軍諮祭酒揚威將軍領江州刺史使持節征虜將軍都督江洪二州諸軍事封永安侯謚忠壯夫人周氏合葬長城縣胡陵山按晉書永安侯廣名見周玘傳

梁臨川王錢伯仁墓

按臨川王伯仁字仲方宋明帝泰始中舉孝廉除王府兵曹參軍員外散騎常侍蕭梁革命義不再仕遂挂冠歸天監二年詔舉世家勳德之士郡守柳渾表薦之拜揚州刺史卒葬高密太守墓西二里夫人吳郡張氏子五人肅之樂之邕之敬之和之有女名寶娥歸文瓚陳公生子霸先即陳武帝也永定初追贈臨川王見陳書外戚傳又按顏魯公湖州石柱記云錢氏長城人父仲方高祖微時先娶之早卒及即位追尊為昭皇后墓曰嘉陵在縣北五里

梁妙嚴公主墓

蘇城閶邱坊巷有息園今為錢氏家廟族弟棨溪司馬購顧氏依園地增築之園中有高阜曰妙嚴臺者即梁時妙嚴公主墓府志已載之案徐柯妙嚴臺詩序云考梁時公主之見於史書者有玉姚玉婉玉嬛今嬛含貞又長城吉安皆有封號不知妙嚴主何封也簡文王皇后生長山公主名妙碧則妙嚴為簡文女無疑矣舊志以為梁武帝女誤也公主之墓西去數百步今為蒲林巷巷之西口有石馬一匹故老相傳尚是墓前物今俗稱石馬弄者是也墓上建一亭登亭南望有傑閣即禪興寺閣

上有公主像戴毘羅帽兩手合十作跏趺狀有宮女十人侍其兩旁相傳公主曾下降郡人孫瑒瑒死梁亦旋滅陳高祖以先朝公主賜十宮人以殯禮之年八十餘而卒嘉慶十八年槩溪濬池得宋時舊刻似是界石有東至王從事地云云則此墓唐宋時猶存也

陳黃門侍郎顧野王墓

棠吳地記顧野王墓在横山東平陵横山今在吳郡西南十八里隋書十道志云山四面皆横故名横山顧炎武詩序亦以為在今蘇州府吳縣横山之東趙來溪上今三吳顧氏皆其後也

唐褚中令遂良墓

唐褚中令墓據河南府志在偃師者誤也棠新唐書本傳遂良貶死愛州卽窆於彼二男彥甫彥冲一孫俱袝咸通九年詔訪其喪歸葬陽翟唐人有詩紀其事安有葬在偃師之說且宰相世系表云褚氏出自漢褚少孫後裔孫重始居陽翟又褚亮傳云亮父玠玠祖濬皆錢塘人是其先並無居緱氏之說自史載遂良自愛州貶所歸葬陽翟亦應在今禹州不得云偃師也乾隆戊申正月余在開封偶閱河南府志與洪稚存論及此故記之

唐工部郎杜甫墓

棠河南通志云唐工部郎杜甫墓在河南府偃師縣之土婁村元和八年元微之志其墓劉昫舊唐書載宗武子嗣業遷甫之柩歸葬於偃師縣西首陽山之前墓志亦云啓子美之柩襄祔事於偃師祔者祔當陽侯墓也是墓在偃師土婁無疑矣自河南府志有鞏人輿事之譌遂沿司馬温公詩話誤載入鞏縣反駁元微之祔葬偃師為江陵遠次懸擬之詞豈舊唐書亦不可據耶以嗣業數千里乞丐焦勞遷柩歸葬豈不知其祖平日不忘本不忘仁之言祔葬當陽以慰泉壤禮也乃去土婁咫尺遠就葬鞏既違祖遺志而又悖元公襄祔之言斷無是理乾隆初年為村民所侵耕為麥地邑令朱公訪出造營碑記以復舊制閱四十餘年又復侵削舊時墓前本有杜公祠為鄉民改祀土穀神欲復其舊不可乃於城西五里堡專建焉前臨通衢過者易識後洛水暴漲棟宇摧頹五十二年邑令南皮湯公毓倬又為清理廣其兆域崇其塚封環以牆垣前闢墓道樹碣大道遂至今不廢湯公又於城西五里堡以舊茶庵改建其地軒敞足以棲靈卽以舊祠僧奉香火五十三年余遊河南深悉其事

唐魯郡開國公顏真卿墓

顏魯公墓在偃師縣東北之邙山明嘉靖中先世祖樂閑公曾仕偃師嘗為清理墓前有宋肯書碑云公之使賊也謂餞者曰吾昔在江南遇道士陶八八授以刀圭碧霞服之可以不死且云七十後有大阨當會我於羅浮山後公葬偃師縣北山有賈人至南海見道士寄託書寄至偃師顏家及造訪乃塋也守墓蒼頭識公書大驚乃卜日開墳視之棺已空矣其事甚奇附錄於此

唐遯璞先生墓

按先世大宗譜先生諱師寶字道圭隱居不仕武肅王六世祖始卜居臨安卒葬臨安縣石鏡鄉大錢邨世稱遯璞先生

唐贈尚書右僕射長城令公墓

慶系譜云公諱仁昉字德紘遯璞先生子武肅王五世祖也卒葬大錢邨父塋

唐贈尚書左僕射檢校司空常州刺史公墓

慶系譜云公諱碩字丈甫武肅王四世祖也高隱不仕晦蹟邱園夫人陳氏合葬於臨安縣石鏡鄉

唐宣州旌德縣令贈尚書禮部郎右諫議大夫洪勝王墓

慶系譜云公諱沛字仁澤武肅王高祖梁開平中追贈吏部尚書左僕射建廟於臨安春秋致饗追封洪勝王配童氏追封齊國太夫人改封趙國太夫人合葬於臨安縣錦南鄉石鏡溪祖塋

唐贈尚書左僕射加太尉同中書門下平章事建初王墓

慶系譜云公諱宇字道古武肅王祖也幼承庭訓精習詩書而性尤至孝唐贈尚書左僕射加太尉同中書門下平章事梁贈檢校司空彭城侯追封建初王墳廟記云建初王墳在天目鄉官田橋中沙里去縣五里計十三畝二角墳客宋德東至戚自福桑園西至衆戶行路井水田南至大官路北至墳後直上大隴分水為界

水邱太夫人墳

墳廟記云在錦南鄉上錢王堡計一十四畝一角四面有高石塘墳客李承禮東至官路西至錢熙田是錢壽田為主南至宋仁佑田是俞宗貴為主北至戴熙田是錢長兒為主康熙舊志云水邱夫人墓在縣南水邱隖旁有定安院慶系譜云水邱太夫人為武肅王祖母建初王之原配也景福二年勅自河南郡太君加封河南郡太

夫人歷封楚魏梁陳四國太夫人累贈晉國許國太夫人九華太夫人年九十餘而薨準勅祔廟配享生子一諱寬即英顯王也

英顯王墓

吳越備史云皇考諱寬字宏道僖宗文德元年以子吳越王功高勅授威勝軍節度推官檢校尚書禮部員外郎兼侍御史加檢校尚書職方郎中兼御史中丞進太府少卿朝散大夫檢校禮部尚書乾寧二年夏四月乙巳薨贈尚書左僕射累贈特進檢校司徒開府儀同三司檢校太保太尉太傅太師中書令追封英顯王至光化三年庚申十一月己酉始葬皇考太師於安國縣錦北鄉清風里之原初太師薨王因受制討董昌而淮帥楊行密遣將臺濛等圍我姑蘇嘉禾等處以應昌又遣安仁義田頵等攻我鎮戍昌復搆湖州刺史李師悅率兵四十人侵我封境王命顧全武許再思自西陵趨石城討昌進圍越城遂拔之昌既死至四年四月我師復從海道以救嘉禾破賊寨十有八所擒賊將魏約張宣等及士卒三十餘人嘉禾平秋八月王再命顧全武等復姑蘇而昭宗賜鐵券適至其明年我師救蘇州生擒淮將李近思斬首一千餘級再戰又斬其將梁琮張庸等而楊行密復遣將李簡率兵屯無錫我師復攻之獲其偏將陳益等餘皆散走冬十月乃克姑蘇淮將臺濛等皆宵遁蘇州平其年閏十月婺州王壇抗命而衢州刺史陳岌復貳於我光化二年春我師復大敗陳岌黨於龍邱而命副指揮使方密羅聚等濟師於婺州其次年正月淮將康儒徐從皋等復攻婺州王命從弟銶率師討之遂大敗賊徒于軒渚并絕其糧道王壇急奔宣城陳岌降王以岌為浙東安撫使是年冬十月勅遣中使取王形圖於淩煙閣五年之中王未嘗有一日之安是以緩也英顯王配水邱氏即太夫人姪女勅封越國秦國太夫人天復元年九月壬子薨累贈太元太夫人與英顯王合葬焉墳廟記云墓在錦北鄉去縣五里計三頃六十六畝二角四十步有管羅青東至官路見有石云云泳謹案縣志錦北鄉即今之縣治也宋時始建則今縣治二堂之後有錢王墓者其為英顯王墓無疑矣國朝乾隆十年滇南李公名元來宰臨安見縣治二堂時有異鳥翔集且循歷巷道空洞有聲因令一人持炬就空穴處入丈許則石屋寬敞行數十步磚甃堅固見有一碑模糊不辨疑為武肅隧道既出遂蓋淨土就堂改祠以奉香火其後絳州趙公民洽涖任謂神人不並治墓可存疑而堂不可為祠也因移建於舊墓前工垂成調去嶺南嚴公天召繼之立石存焉今土人俱誤視

為武肅王墓而實非也（以上先世七墓臨安縣志俱失載）

武肅王墓

先武肅王墓在今臨安縣城內安國山下備史云長興三年壬辰春二月唐主遣吏部侍郎盧詹刑部郎中楊敻賜王國信湯藥等三月己酉夜大雪至庚戌（三月二十八日）王薨於正寢年八十有一在位四十一年朝廷聞訃廢朝七日哀悼不已詔謚曰武肅命將作監臣李鍇光祿少卿臣張褒宣命夏四月庚午奉靈輀殯於衣錦軍即今之臨安也應順元年甲午春正月壬午勅葬王於安國縣衣錦鄉茅山之原命工部侍郎楊凝式為碑文墳廟記云武肅王墳山并祠堂在縣城內計二頃四十五畝二角五十步看管羅青四至東至縣子城西至縣牆南至官街火星池北至大溪廟基計一十一畝祠堂基計九畝二角三十步廟後墳山地計一百四十畝二角又云裏城東桑園地計七十畝祠堂西桑園地計一十四畝二角二十步墓南向後坐安國山即茅山也前對功臣山山上有一塔為功臣塔甚聳秀墓營左右有龍虎沙兩條回抱前神道碑已倒一字無存華表一對石馬石羊石虎俱全石翁仲兩對石將軍一對享堂五楹其中供奉武肅王木主以文穆忠獻忠遜忠懿四王配享享堂之東數武有關帝廟即吳越之太廟也今居民尚稱之曰太廟山廟後有石室即所謂五祖祏也墓門之前即是大街泳謹案武肅王墓載於浙江通志杭州府志臨安縣志及吳越備史十國春秋五代史記諸書宋時墓基并祠堂據碑記載有二頃四十五畝二角五十步其四至餘地皆歷歷可考元明以來如舊宏治間邑令王公翔偕毛公忠相繼知縣事嘗為置立屋舍柵門令人看守禁止作踐春秋設祭後被土人將墓上東西龍印二山及甬道左右各築牆垣佔為園圃鋤犁耕種放牧牛羊正德十二年五月經臨安縣省祭官陳天顯高綸等十三人稟呈於浙江按察僉事許公讓批發臨安縣查勘申詳得侵佔人杞鋮金等三十四人即會同署印知事王儁及儒學掌印官丈量清理追出山田地蕩共四十四畝五分零不許佔種立石為界即將杞鋮金等分別治罪其各地上原造小房令其拆卸仍將丈量細數并招情繪圖備行儒學收掌飭本縣知縣廖瑜支給官銀於冢前臨街建立大門三間周圍築衛牆垣又造享堂三間拜臺一所著本縣城隍廟護印道士梁元崇看守給帖付照嘉靖十八年二月裔孫刑部郎德洪等又請于巡按浙江監察御史傅公即批本縣查勘清理又命會稽裔孫生員琎守墓以舊時祭費不敷於本縣祠典內每年增設祭儀春秋

二仲致祭每祭照鄉賢名宦品物外加帛四端共計銀四兩㨿將種地山民編為坐戶專管護其荒穢不治坐之以罪墓域地形周圍五百一十步并令多植松柏以壯觀瞻至隆慶二年間又被土民吳阿五等三十人佔據并毀壞石器私削溼祠復經裔孫彪題呈於巡按浙江監察御史李公批准清查遂限侵佔之人立書退狀將所佔之地還官著守祠人照址管業其久住房屋并山田魚池等俱令納租以為祭費崇禎初又被土民趙應元王七等盜斫松樹裔孫簡討國本受益等又呈於欽差督撫軍門張公勒石禁約以懲侵盜又批准下縣　國朝以來墳廟無恙子孫雖散處四方未能年時祭掃而春秋享祀不絕泳於嘉慶元年在兩浙轉運使幕中往臨安瞻拜第一次道光三年由吳門至杭州瞻拜第二次十一年又偕族弟懋溪瞻拜第三次則知於七年七月為住祠人唐阿七勾結縣書張德銓等盜伐墓上大松五株本邑裔孫振禮錫昌等具呈縣主鉅德銓朦混謂以此為變賣充公之用反將振禮等七人管押勒結於是裔孫生員丹陛大聚等又上控經杭州府知府成公親提嚴訊追價在案時泳以惠山家祠未曾竣工因循至十二年冬始與族人松坡陰軒懋溪俶之硯茶輩酬費興修而太倉宗人伯瑜觀察名寶環者正為浙江糧儲道將除雲南按察使亦有所捐共得三百餘兩重建照牆石庫門上署錢武肅王神道六字而再立墓前大碑題曰唐故天下兵馬都元帥尚父守尚書令兼中書令吳越國王諡武肅錢王之墓三十字又於東會錦門口立一碑曰錢武肅王故里六大字時以經費不敷僅將祠堂添瓦小修神牌更正而甬道上之蒼苔瓦礫神宮前之積水潦洄未能挑濬一律擴清此十四年四月事也至十五年春泳偕諸宗人祭掃則知伯瑜廉訪又擢浙江布政使矣是時地方大吏正入　奏大修海塘其　欽差大臣為歙縣吳退旃都憲與泳本舊好遂面瀆一呈請修先墓至次年海塘工竣奉　旨欽頒朝宗致祉四字額恭懸祠內而都憲還　朝先捐白金百兩為倡自是撫藩臬運以及兩浙諸觀察各有所捐合一千七百餘兩正欲興修而為伯瑜方伯借撥先修會稽祠墓至十六年方伯始飭臨安縣知縣馮雲祥再修清出胡姓所佔東南角竹園一所於東邊照牆上再建一石庫門稍肅觀瞻而已

廣陵郡王墓

廣陵郡王諱元璙武肅王第六子石晉時為中吳軍節度使加檢校太師兼中書令天福七年五月薨以王禮葬於吳縣南宮鄉楞伽山之原即今之南橫山玉濟之姑蘇志及蘇州府志俱以為忠獻王者誤也墓久湮沒并無碑志惟存翁仲石將軍麒麟數事而已嘉慶初年為廣東嘉應州軍犯張樂真盜葬至十五年春余與族弟槃溪不忍坐視首發其事控諸縣府自此涉訟二年卒為清復至今祭之而廣陵嫡支子孫居浙江之象山縣者最盛而未之知也余嘗賦詩云薦福山前落日遲我來祭掃又何辭蝸頭有石眠荒草馬鬣無封記斷碑小子尚能清譜牒（時泳正修廣陵王一支之譜及廣陵王墓志）諸孫早為建崇祠（槃溪新建五王祠堂以廣陵王武肅公為配饗）王靈赫赫今如在為祝山神好護持

文穆王墓

先文穆王墓在錢塘縣龍山之原（今名玉皇山）後晉天福七年二月十九日勅葬舊時墓基有三百餘畝前案登雲山外案浙江會稽諸山歷歷可數墓前二百步外有神道碑一座龜趺螭首地名頭城門蓋當時尚有墓城也宋熙寧十年郡守趙清獻公抃以錢氏墳廟蕪廢奏改廢刹妙因院為表忠觀即在墓左蘇文忠公軾為作碑文終宋之世墳廟無恙元時燬於兵火則觀廢而墓存明正德十二年浙江按察使許公讚始為清理已被土豪江氏佔葬圖骸所侵謬指他向十餘年不決至嘉靖十年裔孫德洪大經應揚邦祥楞等復呈監司請掘壙志以為驗於時御史王公繼禮僉憲王公臣移文杭州守婁公至德發土夫百餘人而郡佐敖公文瑞劉公望之躬執畚鍤以從事十日而志見乃命七日不掩築縱民來觀以示徵信遠近相聞扶老攜幼焚香羅拜觀者塞途其明年德洪請諸高陵呂柟大書吳越國文穆錢王墓八字而浙江提學僉事林雲同豎錢塘知縣王釴為之刻石即今墓前所立者是也　國朝康熙三年奉文清丈而舊時墓基所有三百餘畝者惟存十之一矣雍正六年間為土民先後盜賣至九年又有土豪孫蘭臺之故父貪涎風水盜葬其親并將墓前石人石獸及華表并天下兵馬都元帥牌坊石柱等盡皆毀埋以圖滅蹟爰有二十六世孫志成者於乾隆三年四月控縣為吏胥得賄蒙蔽遲延不結志成憤而成疾鬱鬱以死旋有二十七世孫時號心湖者體志成之志刈力擴清又為弓算經承與管墳人王君瑞父子及族逆錢在中等通同作弊訟延至二十六年心湖抱憤無告忽奮然起曰明春車駕南巡吾當叩　閽與孫氏權輕重耳孫故富家聞之大懼而當事亦恐負廢弛之咎俾通省理事同知納公興安治其事即鎖押王君瑞父子及錢在中孫蘭臺等一訊而明立限孫氏及盜葬者三十餘家統於十日內起遷清出墳山二十八畝九分有零另請歸額其業始定今之得以春秋祭掃者心湖力也嘉慶

初年泳遊兩浙都轉運使幕中，歲時往拜。至十三年春，又捐錢三十千文，而興任杭諸宗人勸資增築石冢，計周圍十六丈，高八尺餘，上覆以土，亦四尺許，而請巡撫阮公元書碑立石，冀垂永久。道光十七年，宗人寶琛為浙江布政使，瞻拜墓下，命族人廷烺、廷爊治增等又修之。

忠獻王墓

忠獻王墓在文穆王墓西，兩墓並列，僅隔一山。其神道碑一座，在今玉屏峯下。明成化間，先為太常吳誠佔葬，由吳墓北行數十步，為江氏墳堂，墳堂之後有一澗，水甚清澈，再上數十步，有平坡，即忠獻墓域也。松楸鬱然，並無封冢。又上數十級，為嘉靖中宮保尚書江瀾之墓，相傳江氏佔葬時，既將神道碑文燬滅，而墓之左右前後皆為江氏所有。其時子孫亦有控縣者，而江氏勢焰甚盛，既不能復，又生誣告，流戍金陵。土人至今尚目為江半朝。舊有墓基三畝，國初猶為錢氏辦糧，雍正八年，江氏一併盜賣，無從識認矣。乾隆五十九年三月，錫山裔孫天球、文炳、俊選等同來祭掃，見平坡上有洞穴，疑為隧道，即呈之杭州太守李公亨特，立碑表志，諭錢塘知縣鄧公雲龍親勘立界，有案存焉。自神道碑至墓基，計二百四十步。

忠遜王墓

忠遜王墓在會稽縣南秦望山北，地名昌源今訛為桑園。嘉泰會稽志亦云在昌源坂，流光譜云在石纖峯大石屏之下。今土人謂之田螺石是也。案元至元中，有西僧楊璉真伽將發宋諸陵，浙東西騷動，大家之墓各將石器埋藏，伐松平塚，恐罹此厄，墓之荒廢當在是時。宋末林景熙詩云：牛頭一星化為石，千仞嶐增垂鐵蘚。隆隆隱隱佳氣藏，列峰環拱效圭璧。又裔孫養廉詩云：零落寫碑春雨裏，埋藏卧馬夕陽邊。細味二詩，其墓在田螺石下無疑矣。國初為邑人屠氏所得，造為墳墓，松楸已高，幸正域尚存，惟存兩石柱。道光三年三月初六日，泳遊天台回，路過會稽，嘗同宗人雲亭刺之輩，放舟入山，至昌源坂拜墓下，紀以詩云：扁舟出城南，雙槳如輕翮。乍過棋風逕，悠然入深碧。揭我綠玉杖，着我遊春屐。來看射的峰，更上田螺石。峭壁何崢嶸，飛泉亂噴激。祏室已無踪，墓門亦殘闕。憶昔先讓王，踐祚方六月。禍起碧波亭，一朝棄舊籍。猶幸骨肉恩，愛護同毛髮。遷徙鎮東軍，竟入神仙窟。詩酒樂餘年，子孫滿朝籍。至今越州民，思念猶未歇。以上諸事俱見吳越備史。遙遙七百載，幾見滄海易。何况古墓田，松楸異今昔。翁仲既無語，桑精豈能白。亦有父老言，此中是真域。清酒誰薦芬，烏啼白朝夕。四山落蒼翠，滿路生荆棘。一顧三回頭，行者咸歎息。我來昌源坂，悲人問遺蹟。徑窄滑蒼苔，馬鬣終難識。古寺留斜陽，鐘聲送行客。泳謂款款信歸橈，鏡湖水流急。至十六年冬，有宗人寶琛為浙江布政使，泳遂告之，始知是墓所以荒廢之故，旋命紹興太守及山陰、會稽兩邑宰勘明清丈，表志立碑。

忠懿王墓

先忠懿王墓，據宋史在河南洛陽縣邙山賢相里之陶公原，而河南通志、河南府志俱失載，何也？案靖康之亂，吾錢氏合族俱隨高宗南渡，居於江浙兩省者十之八九。紹興元年，榮國公忱奉母賢穆大長公主定居台州，時金人盤踞汴梁，不能往祭，故又立忠懿王衣冠墓於天台，以便春秋奉祀。惟舊時譜牒無一言及之者。乾隆五十九年春，錢塘袁簡齋先生遊天台，見有一碑，大書宋秦國忠懿錢王墓八字，卧於路旁。亦明嘉靖中裔孫德洪立。先生有詩云：天台路旁古墓缺，大書忠懿錢王碑。更書南京尚寶呂為十七世德洪題其壙。旁隆中窪陷頹，似發掘，遭赤眉，在昔錢王覲逝後，宋王恩禮無少衰。賜葬洛陽賢相里，不聞此地曾興機。或者子孫衣冠葬，七百載事難參稽。從來正史與碑碣，往往傳聞多異詞。崇韜枉哭子儀墓，安生誤受熊光欺。我非成精老桑樹，難呼翁仲說是非。且題數行書所見，郢書燕說存其疑。道光三年，泳遊天台，遍求不得，問山僧亦無知者，他日當再為尋訪，扶其碑而樹之。

會稽郡王墓

先六世祖宋駙馬都尉會稽郡王暨賢穆大長公主合葬之墓，在天台縣西北三十里護國寺東五百步鳳凰山之陽。泳謹案：郡王以靖康元年十月六日薨於汴京，賜第。年七十二。未幾，金人入汴，二帝北巡，高宗即位於南都，建炎二年五月，王長子榮國公忱等奉母賢穆與郡王靈輀奔江南，權厝於丹徒縣之南山，以一弟守之，即奉賢穆避浙東，旋遷台州。高宗既定鼎杭州，即台城賜公主營第。紹興十二年冬，皇太后鑾輿北歸，賢穆歡呼大喜，乃求入覲。或謂主年高，恐攖寒暑。主曰：吾蒙上恩至深，自恨老矣，不獲春秋時見，今國有大慶，可即安，不一賀天子乎。遂行。既至臨安，見上并見太后，相為涕泣。上與太后遣使勞問，相望於道，居數日，主寢疾，上趣國醫診視，疾少間。十一月壬寅，忽索衣冠，命湯沐，端坐而薨，年八十有四。其明年九月十三日，先有旨遷郡王靈輀與賢穆合葬焉，事具家傳。道光三年二月，泳遊天台，親拜墓下，荒涼不堪，墓前石坊已圮，僅存兩石柱，中間甬道有巨碑，上刻會稽郡錢王墓五字。

明嘉靖間餘姚裔孫刑部郎德洪立而郡王塚封已窪陷如坎窞似久無人祭掃矣為感歎者久之歸而告諸宗人適是年江南水災莫有應者至五年九月始往重修凡費白金三百兩有奇半皆出自宗人捐助亦以十三日築成並訪得郡王長子少保瀘州軍節度使榮國公忱墓在護國寺東北山之麓及三子德慶軍節度使贈咸寧郡王愐墓在護國寺西半里許大嶺山之陽即泳本房祖也又榮國第三子觀文殿大學士忠肅公端禮墓在護國寺前山其子越州安撫使篙墓在桃源山與其孫左丞相贈太師魏國忠靖公象祖墓在忠肅墓東偏凡五所俱高其塚封立碑表志祭奠而歸嗚呼先世自武肅王以布衣提三尺劍領十四州保民立國傳子及孫至忠懿王順天納土澤及雲礽功德著於史冊自古莫有倫比故　國家有祀祭之典官吏有防護之冊而為之子孫者豈忍聽其荒廢不治而漠然置之耶且武肅王後惟忠懿一支子孫最盛忠懿之後惟會稽一支子孫最盛今江浙郡縣奚啻數百萬家皆郡王嫡支也竟無一人為道之而祭之者亦奇矣哉

宋六陵

宋六陵者高宗孝宗光宗寧宗理宗度宗也俱在會稽縣寶山今名為攢宮山乾隆五十七年三月余隨紹興太守李公往拜之按六陵元順帝至元中有西僧楊璉真伽者恃恩橫肆為江南總統與會稽天衣寺僧福聞及剡之演福寺僧允澤帶同西僧及部領無賴人等詐稱朝廷有旨以楊侍郎汪安撫侵占寺地為名羣擁陵上時有陵使中官羅銑者拒之兩相爭執羣夫擁而毆之羅大哭而逃遂先發寧宗理宗度宗楊后四陵劫取寶玉極多而理宗之陵所藏尤厚啟棺之初有白光竟天蓋寶氣也復發徽欽高孝光五帝及孟韋吳謝四后之陵浙東之民莫敢言者時有唐林兩義士於暗中醵金以收真骨一一表識葬於天章寺旁以冬青樹識之後真伽事敗其貲皆籍沒入官理宗頭顱亦入宣政院以賜所謂帝師者危素在翰林時偶然見備言始末帝太息者久之至明太祖洪武二年詔下北平返理宗頭顱葬舊陵而天章寺之真骨亦得歸葬仍名六陵其明年即有旨遣官訪歷代帝王陵寢令各行省臣同詣所在審視陵廟并圖以進於是浙江行省繪圖奏上始行建復終明之世禁人樵採　本朝雍正七年三月欽奉　上諭飭令該地方官於宋高宗以下六陵加意防護故春秋祭祀至今猶不廢云

履園叢話卷十九終

履園叢話卷二十

園林　　　清　勾吳錢泳梅溪輯

澄懷園 京師

澄懷園在圓明園東南隅每年夏月車駕幸園尚書房暨南書房諸臣侍直之所芳塘若鏡紅藕如船傑閣參差綠槐夾道真仙境也余嘗於嘉慶十四年七月相國英公有筆墨事見囑小寓於此時公為戶部侍郎兼副提督適姚伯昂庶子遠兩編修新入南書房同在近光樓盤桓者四十餘日而上海趙謙士少農亦在園中讀畫評書徵歌度曲殊不知有春明門外十丈紅塵也余時將回江南因賦七律四首云樓前車馬響如雷人在青山紫禁隈百頃池臺因地起千年雲木傍天開久欽二妙同民部恰見雙星列上台惟我清閒無一事獨隨野鶴步蒼苔（有臨風仙館常來棲止飛翔樓下）蓬萊十日小句留喜共羣仙會一樓太液蓮華猶自發薊門山色最宜秋仲宣不免思鄉淚鄭袞偏多為國憂別院笙歌聽未慣雞人傳唱月如鉤一番秋雨一番涼立馬重門夜未央（謂英公也）玉露珠圓雙闕曉宮槐花落四蹄香明朝綠仗應無事昨夕銀河倍有光我亦相思千里遠欲憑行止賞商量從今歸去聽秋聲恰與飛鴻結

伴行雲水偶然留雪爪江天何處覓鷗盟回思舊事千腸結乍覺新涼百感生卻羨昆明池上柳世間離別不關情

惠園 京師

惠園在京師宣武門內西單牌樓鄭親王府引池疊石饒有幽致相傳是園為　國初李笠翁手筆園後為雛鳳樓樓前有一池水甚清冽碧梧垂柳掩映於新花老樹之間其後即內宮門也嘉慶己未三月主人嘗招法時帆祭酒王鐵夫國博與余同遊樓後有瀑布一條高丈餘其聲琅然尤妙

萬柳堂

萬柳堂在京師廣渠門外今為拈花寺余嘗往遊數次　國初為馮益都相公別業仿元時廉希憲遺制亦名萬柳堂當時如毛西河喬石林陳其年朱竹垞輩皆有詩文紀之然昔之所謂蓮塘花嶼者即今日之瓦礫蒼苔也成親王有詩云十日春陰五日雨崇文門外無塵土寒草回青趁馬蹄越陌度阡成漫興居人猶自說馮家指點荒亭帶殘堵野春無門關不住鎖綠惟憑萬煙縷老僧灑掃　御書樓滿壁雲龍照牖戶　國初筆蹟此間多竹色牆邊無片楮不知秋井幾回填莓苔掩抑雙趺礎

故老風流杳可思。詞林句律能從古。賦詩飲酒樂承平。攬迴臨深慰羇旅。豈無胡盧嘲學士。亦有蓮華敵相府。敝車羸馬江南客。眼明到此思洲渚。鳧鷖剩有後樓嗁。雙燕如看舊時舞。希憲崇情且莫論。淡對悽如別南浦。落花紛紛已覺多。回首東風真

蒔園以上京師

隨園 江南

隨園在江寧城北。依小倉山麓。池臺雖小。頗有幽趣。乾隆辛亥春二月初。余始遊焉。時簡齋先生尚健。同生尉藍天看小香雪海梅花盛開。讀畫論詩者竟日。至道光二年九月。偶以事赴金陵。則樓閣傾隤。秋風落葉。又是一番境界矣。其舊僕某尚識余姓名。真所謂猶有白頭園叟在。斜陽影裏話當年也。近年聞先生長君蘭桂又葺而新之。遊人雜遝矣。

張侯府園

張侯府園在江寧府城東。國初為靖逆侯張勇所建。今為劉觀察承書得之。園不甚廣。大廳東偏有賜書樓一座。最高。可以望遠。萬家烟火。俱在目前。亦勝地也。其他如邢氏園。孫淵如觀察所構之五松園。皆有可觀。邢氏園以水勝。孫氏園以石勝也。

以上江南

履園叢話 卷二十 二

樂圃 蘇州

畢秋帆尚書為陝西巡撫時。嘗買得宋朱伯原樂圃舊地。引泉壘石。種竹栽花。擬為老年退息之所。余為輯樂圃小志二卷贈之。尚書歿後。家產入官。無托足之地。一家眷屬盡住園中。可慨也。已案樂圃五代時為吾家廣陵郡王金谷園遺址。伯原增築之。元時為張適所居。明成化間又為杜東原所有。申文定公致仕後。又購得之。有賜閒堂。鑑曲亭。招隱榭諸勝。嘗賦詩云。棲遲舊業理荒蕪。徙倚蔽篁據槁梧。為圃自安吾計拙。歸田早荷聖恩殊。山移小島成愚谷。水引清流學鑑湖。敢向明時稱逸老。北窗高枕一愁無。又有園居詩云。樂圃十年蹤。蕭齋五畝宮。蓬蒿常謝客。花竹總宜人。清曠懷長統。風流屬季真。臨溪時獨釣。吾自老絲綸。其二云。投老身猶健。探幽興未闌。花神催爛漫。竹使報平安。茂樹禽聲合。高樓蝶夢殘。不知人世上。何處有風湍。嗚呼。文定之與尚書。同是狀元。同是一品官。何福命之不相及也。

獅子林

獅子林在吳郡齊女門內潘樹巷。今畫禪寺法堂後牆外。元至正間。僧天如惟則延朱德潤。趙善長。倪元鎮。徐幼文共商壘成。而元鎮為之圖。取佛書獅子座而名之。近人誤以為倪雲林所築。非也。明時尚屬寺中。國初鞠為民居。荒廢已久。乾隆廿七年。純皇帝南巡。始開闢雖草萊。衛墻垣。其中有獅子峰。含暉峰。吐月峰。立雪堂。臥雲室。問梅閣。指柏軒。玉鑑池。冰壺井。修竹谷。小飛虹。大石屋諸勝。湖石玲瓏。洞壑宛轉。上有合抱大松五株。又名五松園。後為黃小華殿撰府第。其北數百步。有王氏之蘭雪堂。蔣氏之拙政園。皆為郡中名勝。每當春二三月。桃花齊放。菜花又開。合城士女出遊。宛如張擇端清明上河圖也。余二十許時。嘗往遊焉。作獅林竹枝詞云。蘭雪堂前青草蕪。蔣家三徑亦荒園。尋春鬧說獅林好。借問誰家黃狀元。虬髯圉子倚門邊。分得秋娘買粉錢。入門疑到天台路。且避前頭兩少年。蒼苔新雨滑弓鞋。斜倚闌干問小娃。曾把飛虹橋畔立。不知誰拾鳳頭釵。一雙繡襪污泥濺。日暮歸來空自憐。不是貪遊生小慣。明朝還上虎邱船。

拙政園

拙政園在齊門內北街。明嘉靖中御史王獻臣築。文待詔有記。御史歿後。其子好摴蒱。一夕失之。歸於徐氏。國初為海寧陳相國之遴所得。未幾以駐防兵圍封為將軍府。園內有連理寶珠山茶一樹。吳梅村祭酒有詩紀之。迨撤去駐防。又改為兵備道行館。既而為吳三桂婿王永康所居。三桂敗事。乃籍入官。康熙十八年。改蘇松常道新署。旋復裁缺。散為民居。後歸蔣太守棨。改名復園。春秋佳日。名流觴詠。有復園嘉會圖。太守歿後。非復舊時景象。嘉慶中為海昌查憺餘孝廉所得。修葺年餘。頓還舊觀。今又歸富湖吳菘圃相國家為質庫矣。

履園叢話 卷二十 三

歸田園

歸田園在拙政園東。僅隔一牆。明季侍郎王心一所構。中有蘭雪堂。泛紅軒。竹香廊諸景。今王氏子孫尚居其中。相傳王氏欲售於人屢矣。輒見紅袍紗帽者隱約其間。或呼嘯達旦。似不能割愛者。人亦莫敢得也。余少時常見侍郎與蔣伯玉手札。其時在崇禎十六年之十二月廿四日。書中言小園一花一木皆自培植。乞分付園丁時加防護云云。其明年。侍郎即歸道山。宜一靈之不泯耳。

息園

息園即顧氏依園舊址。族弟梁溪購而葺之。中有妙嚴臺。相傳為梁簡文帝女妙嚴公主葬此。嘉慶十三年濬池。得古碣。是四至界限。知唐宋時尚有防護也。十六年又

添建先武肅以下五王家廟於前，北向。有江蘇方伯慶公碑記。按府志，宋信安郡王孟忠厚府在閶邱坊巷，有藏春園，或即其地也。其東為秀野園，康熙中翰林顧嗣立所居，有秀野草堂額，一時名士如朱竹垞、韓慕廬輩俱有詩紀之。

繡谷

繡谷在閶門內後板廠。國初朔州刺史蔣深繡初刺史之祖垓成進士後隱居讀書，偶課園丁雜蒔，土中得一石，有繡谷二字，作八分書，遂以名其園。園中亭榭無多，而位置頗有法，相傳為王石谷手筆也。康熙三十八年己卯，刺史嘗集郡中諸名宿作送春會，坐中年最長者為尤西堂、朱竹垞兩太史，張匠門、惠天牧、徐澂齋諸先生尚為諸生，畫師則王石谷、楊子鶴，方外則目存上人。是時沈歸愚尚書年纔二十七，居末座，賦詩作畫，為一時之盛。刺史之子仙根亦好風雅，乾隆二十四年又作後己卯送春會，則以尚書為首座矣。世傳張憶娘簪花圖，即於是園作也。嘉慶中，為葉河帥觀潮所得。道光初，又歸南康謝椒石觀察，作板輿之奉。今又為婺源王氏所有矣。先是，蔣氏欲將是宅出售他姓，猶豫未決，為問於乩仙，仙判一聯云：無可奈何花落去，似曾相識燕歸來。是宋人晏殊句也，而不解其義。迨歸葉氏，則上句應矣。後葉氏轉售於謝，謝又售於王，則下句應矣。異哉！

懷雲亭

懷雲亭在東白塔子巷。乾隆間，郡人沈觀察某估買大乘菴舊基而造為園宅，未及三十年而售於周晶齋太守。太守復拓而廣之，頗有幽趣，改名樸園。有一峯名歸雲，甚峭；其東為蔣氏種梅亭，春時百花齊發，羣豔爭芳，係樂安全盛時四十八第之一。今歸潘氏，為古香亭。

瞿園

瞿園即宋氏網師園故址，嘉定瞿遠村氏增築之。其西數十步即前大宗伯沈歸愚先生舊宅也。嘉慶戊寅四月，余嘗同范芝巖、潘榕皋、吳槐江諸先生看園中芍藥，其花之盛，可與揚州尺五樓相埒。范有詩云：看花車馬聲如沸，誰問尚書舊第來。今又歸天都吳氏矣。

涉園

涉園在新橋巷，粵郡人陸閬亭太守所築，園不甚廣，東近城垣，有小鬱林、觀魚檻、吾愛亭、藤花舫、浮紅漾碧諸勝。近為崇明祝氏別墅。

逸園

逸園在吳縣西碛山之麓，康熙中孝子程文煥廬墓之所。右臨太湖，左有茶山、石壁諸勝，每當梅花盛開，探幽尋詩者必到逸園。其主人程在山先生，名鍾，即孝子孫也。少工詩，同邑顧退山太史擇為佳婿。太史之女曰蘊玉者，自號生香居士，亦能詩，與在山更唱迭和，較趙凡夫之與陸卿子殆有過之。在山嘗有詩云：空齋盡日無人到，惟有山妻問字來。可想見其高致也。當時如沈歸愚大宗伯、彭芝庭大司馬、金安安廉訪諸老，入山探梅，輒留宿園中。余年十二三時，嘗隨先君子遊逸園，並見先生及生香居士。其所居曰生香閣，閣下為在山小隱、琴尊橫几圖、藉滿牀。前有釣雪槎，其西曰九峯草廬、白沙翠竹山房、騰嘯臺，下臨具區，波濤萬頃，可望縹緲、莫釐諸峯。雖員嶠方壺，不是過也。嗣生香沒後，在山亦旋卒。一子尚幼，為地方官買得而造行宮，則向之亭臺池館皆化為方丈瀛洲矣。乾隆四十五年，高宗純皇帝南巡駐蹕於此，有 御製詩五古一首，其結句云：園應歸故主，吾弗更去矣。回鑾後，此園遂廢，今隔四十年，已成瓦礫場，無有知其處者。

靈巖山館

靈巖山館在靈巖山之陽西施洞下，乾隆四十八九年間畢秋帆先生所築菟裘也。營造之工，亭臺之勝，凡四五載而始成。至五十四年三月，始將扁額懸挂。其門曰靈巖山館，先生自書。下有一聯云：花草舊香溪，卜兆千年如待；我湖山新畫障，卧游終古定何年。二門曰鍾秀靈峯，乃阿文成公書，又一聯云：蓮嶂千重，此日已成雲出岫；松風十里，他年應待鶴歸巢。自此蜿曲而上，至 御書樓，皆長松夾道，有一門甚宏敞，上題麗燭層霄四大字，是嵇文恭公書。樓上有楠木櫥一具，中奉 御筆扁額福字及所 賜書籍字畫法帖諸件，樓下刻紀 恩詩及謝表，凡八石。由樓後折而東，有九曲廊，過廊為張太夫人祠，由祠而上，有小亭曰澄懷觀，道左有三楹曰畫船雲壑，三面石壁，一削千仞，其上即西施洞也。前有一池，水甚清冽，游魚出沒可數。其中一聯云：香水濯雲根，奇石慣延采硯客；畫廊垂月地，幽花曾照浣紗人。池上有精舍曰硯石山房，則劉文清公書也。其明年庚戌二月十四日，余與張君止原嘗邀王夢樓太守、潘榕皐農部暨其弟雲浦參軍及陸謹庭孝廉輩載酒攜琴，信宿其中者三日，極文酒之歡。至嘉慶四年九月，忽有 旨查抄，以營兆地例不入官，此園尚無恙也。自是日漸頹圮，蒼苔滿徑。至丙子年間，為虞山蔣相國孫繼煥所得，而先生自出鎮陝西河南山東兩湖，計二十餘載，平泉草木，終未一見，可慨也。道光甲申八月，余偶過是園，回思庚戌之遊，屈指已三十四年矣。為題四絕云：賣去靈巖一角山，園門已付老僧關，林泉也自遭磨折，笑我重來鬢亦斑。憶昔春遊花正紅，曾隨杖履殷諸公，坐中最羨三松樹，依舊撩髯倚碧空。謂搭峯先生。雲堅瑟然絕世奇，當年亭榭半參差，此中感慨誰能悉，試問牆間沒字碑。舊時石刻俱已磨去。眼前富貴總堪哀，世事無如酒一盃，郤喜今朝風日好，山靈應為故人來。

寒碧山莊

寒碧山莊在閶門外花步，洞庭劉蓉峯觀察所築，園中有十二峯，皆太湖之選。道光三年始開園門，來遊者無虛日，傾動一時。

水木明瑟園

明瑟園在上沙，初吳江高士徐介白隱居於此，後郡人陸上舍稹增拓之，遂稱勝地。秀水朱竹垞檢討為作明瑟園賦，後復荒蕪。乾隆五十二年，其族孫萬仞嘗得王石谷所繪園圖見示，余為補書朱賦於後。忽忽三十年，又為畢秋帆尚書營兆地，今且松籟如怒濤聲矣。以上蘇州

東皋草堂 常熟

東皋草堂在常熟大東門外，明左少參瞿汝說所築，子稼軒先生式耜增拓之，有浣溪草堂、貫清堂、鏡中來諸景。稼軒官戶科給事中。本朝順治三年，以議立永明王事，留粵東西數年，此園遂廢。其子伯申守之。吳梅村祭酒有後東皋草堂歌七古一首，為伯申作也。近為趙叔才文學所購，亭臺樹石，猶有存者。道光癸未四月，余偕搵山弟往遊，烹茶坐話，有滄桑之感焉。

壺隱園

壺隱園在常熟縣西門內致道觀西南，明左都御史陳察舊第。嘉慶十年，吳竹橋禮部長君曼堂得之，築為亭臺，頗有旨趣。其後即虞山也。越數年，復得彭家場空地，亦明時邑人錢允輝南皋別業舊址，造為小築，田園種竹，養魚，亦清幽可憩。

燕谷

燕谷在常熟北門內令公殿右，前臺灣知府蔣元樞所築。後五十年，其族子泰安令因培購得之，倩晉陵戈裕良疊石一堆，名曰燕谷，園甚小而曲折得宜，結構有法。余每入城，亦時寓焉。以上常熟

康山 揚州

康山在揚州徐寧、闕口兩門之間，相傳為明狀元康對山讀書處，故名。余每至邗上，必偕友遊康山，作半日清談。其主人為江鶴亭名春，初為儀徵諸生，能詩，工於制藝，當時與天台齊次風齊名，風格高邁，一時名士皆從之遊。余於嘉慶二年始到康山，鶴亭已沒，見其子吉雲，今閱三十年，復見其孫守齋矣。

小玲瓏山館

揚州馬主政名曰琯，字秋玉，住東關街，好古博雅，考校文藝，評騭史傳，旁及金石書畫、鼎彝、古玉、玩器諸物，與其弟曰璐，俱能詩，好客，為東南壇坫，所居曰小玲瓏山館，有看山樓、紅藥階、七峯草堂、清響閣、藤花書屋、叢書樓、覓句廊、澆藥井、梅寮諸勝。今亭榭依然，惜非舊主人矣。

雙桐書屋

雙桐書屋即王氏舊園，闕中張氏增築之，在左衛街，園門北向，進門轉右，有竹徑一條，由竹徑而入，小亭翼然，亭中四望，則修桐百尺，清水一池，曲徑長廊，奇花異卉，真城市中山林也。余於嘉慶初始至揚州，園主人張丈琴溪輒來相招，極一時文酒之樂。今垂三十餘年，則亭臺蕭瑟，草木荒蕪矣。豈園之興廢亦有數歟。

片石山房

揚州新城花園巷，又有片石山房者，二廳之後，湫以方池，池上有太湖石山子一座，高五六丈，甚奇峭，相傳為石濤和尚手筆。其地係吳氏舊宅，後為一媒婆所得，以開麵館，兼為賣戲之所，改造大廳房，仿佛京師前門外戲園式樣，俗不可耐矣。

江園

揚州江畹香侍郎家有一園，在闕口門大街，回廊曲榭，花柳池臺，直可與康山爭勝。中有黃鸝數箇，生長其間，每三春時，宛轉一聲，莫不為之神往。余嘗與中丞之姪元卿員外把酒聽之。未三十年，侍郎員外叔姪相繼殂謝，此園遂屬之他人。余每過其門，不勝惘惘。

靜修儉養之軒

靜修儉養之軒在徐寧門內，鮑肯園贈公所築，四圍樓閣，通以廊廡，階前湖石數峯，盡栽叢桂、繡毬、丁香、白皮松之屬。余於壬午、癸未兩年寓其中最久，每逢花晨月夕，坐臥窗前，致足樂也。

檮園

檮園在廣儲門內嘉慶甲子乙丑間吳門王鐵夫學博爲儀徵書院山長寓此最久同時汪浣雲華吉崖亦嘗寓焉

平山堂

揚州之平山堂余於乾隆五十二年秋始到其時九峰園倚虹園篠園西園曲水小金山尺五樓諸處自天寧門外起直到淮南第一觀樓臺掩映朱碧鮮新宛入趙千里仙山樓閣中今隔三十餘年幾成瓦礫場非復舊時光景矣有人題壁云樓臺也似佳人老剩粉殘脂倍可憐余亦有句云畫舫錄中人半死倚虹園外柳如煙撫今追昔恍如一夢

九峯園

揚州九峯園奇石玲瓏其最高者有九故以名園相傳皆海嶽菴舊物也　高宗南巡見之選二石入　御苑止存七峯近又頹廢不過四五石而已高東井有詩云名園九箇丈人尊兩叟蒼顏獨受　恩也似山王通籍去竹林惟有五君存以上揚州

錦春園 瓜州

錦春園在瓜州城北前臨運河余往來南北五十餘年必由是園經過園甚寬廣中有一池水甚清淺皆種荷花登樓一望雲樹蒼茫帆檣滿目真絕景也　高宗純皇帝六次南巡俱　駐蹕於此成親王有詩云錦春園裏萬花榮媚景熙陽照眼明百里蜀岡遙挹翠一渠邗水近涵清獨憐歷劫橫今古頗見幽篁記姓名來日江船須早放倚闌愁絕莫風生

樸園 儀徵

樸園在儀徵東南三十里巴君樸園宿崖昆仲以其墓旁餘池添築亭臺爲一家子弟讀書之所凡費白金二十餘萬兩五年始成園甚寬廣梅花千株幽花滿砌其牡丹廳最軒敞吳山尊學士書楹帖一聯云花候過丁香喜我至剛逢穀雨仙根依丙舍祝君家看到仍雲有黃石山一座可以望遠隔江諸山歷歷可數掩映於松楸野戍之間而湖石數峯洞壑宛轉較吳閶之獅子林尤有過之實淮南第一名園也道光癸未秋九月余自邗上往遊與童君石林張君石樵輩信宿其中得十六景有梅花嶺芳草垞含暉洞飲鶴澗魚樂溪尋詩徑紅藥闌菡萏軒宛轉橋竹深處識秋亭積書巖仙棋石斜陽坂望雲峰小漁梁諸名目各系一詩刻石園中

珠媚園 通州

珠媚園在通州城東北隅有州人王景㦸者嘗爲廣州太守得前明顧大司馬爲增築之極池臺花木之勝其正中爲花對堂前大紫薇二株海內罕見明時植也壬午三月余由福山渡海到杭城時泗州陳雨峰爲狼山總鎮嘉興馮椒園爲州刺史置酒園中讌會竟日因書四絕句云辟疆舊有小峰巒築就平泉滯一官斯事原來千古恨空留花木讓人看萬箇竹同文太守一拳石肖李將軍探幽莫訝淮東少如此名園自不羣一灣春水曲通池池上桃花紅幾枝爲語園丁好培植再栽垂柳萬千絲朱廊寒落莫雲多滿徑蒼苔絆薜蘿置酒怱怱人欲去紫薇花發再來過

文園 如皋

如皋汪春田觀察少孤承母夫人之訓年十六以貲爲戶部郎隨　高宗出圍以較射得花翎累官廣西山東觀察使告養在籍者二十餘年所居文園有溪南溪北兩所一橋可通飲酒賦詩殆無虛日惟求子之心甚急居常於邑不樂道光壬午三月余渡海遊狼山將至揚州繞道訪文園時觀察年正六十鬚髮皓然矣余有詩贈之云問訊如皋縣來遊豐利場兩園分鶴徑一水跨虹梁地僻樓臺靜春深草木香

桃花潭上坐留我醉壺觴曲閣飛紅雨閑門漾碧流使君無量福樂此復何求濶別成清夢相思竟白頭掛帆吾欲去海上月如鉤

塔射園 松江

松江張氏有塔射園在東塔街後售爲許氏別業郡人張孝廉維煦購得其半葺爲小園以近西林寺塔故名園中有紫藤花開時爛漫可觀舊聞崑山徐健菴司寇家有憺園園西池內有小浮圖影又蘇州虎邱有塔影園此皆近於城市與塔相近理或有之吾鄉小馬橋有寶泉堂族曾叔祖蓉峰先生所建堂前一井水甚清冽井中亦有塔影馬橋距錫山五十里距蘇亦五十里塔影從何而來此理之不可解者

嘯園

嘯園在婁縣治東明太僕卿范惟一所築內有振文堂天游閣諸勝乾隆間沈氏虞揚得之再爲修造清池峭石窈若深山不知在城市間也

右倪園

右倪園在松江府城北門外沈綺雲司馬恕所居今謂之北倉即姚平山搆倪氏舊園而重葺者也相傳元末倪雲林避亂嘗寓於此恐亦附會園中湖石甚多清水一

泖莊桂百本當為雲間園林第一以上松江

豫園上海

豫園在上海城內明潘恭定公恩之子方伯允端所築方伯自有記其地甚寬廣園中有樂壽堂董思翁為作樂壽堂歌書於屏障字徑三四寸許其墨蹟至今存焉余於張芥航先生案頭見之堂前為十人坐有池臺之勝池邊有湖石甚奇峭名五老峯有玉玲瓏飛駿玉華之名相傳為宣和遺物也今造城隍廟於其中為市估所佔作會集公所遊人雜遝婦女如雲醫卜星相之流亦無不畢集雖東京大相國寺不能過之

日涉園

日涉園在上海縣治南明太僕卿陳所蘊別業後歸陸氏起鳳至其元孫耳山先生錫熊貴尤增築之園中舊有竹素堂為吳門周天球題三面臨流最為宏敞　高宗朝先生以總纂四庫書成蒙賜楊基黃松南小隱圖即以園中傳經書屋改為松南小隱以敬奉之紀恩也此園垂二百餘年陸氏至今世守

吾園

吾園在上海城西邑人李氏別業得露香園水蜜桃種植數百樹桃花開時遊人如蟻園中有帶鋤山館紅雨樓諸勝桃林中築一亭亭二鶴居之每歲生雛甚可愛

從溪園

從溪園在法華鎮亦邑人李氏別業法華故多牡丹為東吳之冠而園中所植者尤蕃茂花開時園主人必設筵宴請當道搢紳輩為雅集焉以上上海

三泖漁莊青浦

三泖漁莊在青浦縣之朱家角刑部侍郎王蘭泉先生所居也有經訓堂鄭學齋蒲褐山房諸額先生博雅好古尤精金石之學著有金石萃編一百六十餘卷又湖海文傳湖海詩傳共百餘卷皆收羅天下賢豪長者及騷人墨客之作為東南壇坫

南園太倉

太倉州城南有南園前明王文肅公所築中有繡雪堂潭影軒香濤閣諸勝皆種梅花至今尚存老梅一株曰瘦鶴亦文肅手植也余於乾隆庚戌早春曾同畢澗飛員外過之已荒蕪不堪矣繡雪堂壁間有話雨二字是董華亭尚書書左方書天啟丁卯同陳眉公訪遜之山館聽雨題四月七日其昌計二十二字墨瀋猶存道光庚寅

冬日偶見程芳墅所畫南園瘦鶴圖不勝今昔之感因書二絕句於後云昔年踏雪過南園古寺斜陽草木繁惟有老梅名瘦鶴一枝花影倚頹垣相國門庭感舊知滿頭冰雪最相思偶然留得和羹種曾聽前朝話雨時王文肅董文敏陳眉公三人者最相善俱年踰大耋

平蕪館嘉定

嘉定有張丈山者以貿遷為業產不踰中人而雅好園圃鄰家有小園欲借以宴客主人不許張恚甚乃重價買城南隙地築為園費至萬餘金署曰平蕪館知縣吳盤齋為作記遂大開園門聽人來遊日以千計張謂人曰吾治此園將與邦人共之不若鄰家某之小量也識見亦超

澹園清河

澹園在清江浦江南河道總督節院西偏園甚軒敞花竹翳如中有方塘十餘畝皆植千葉蓮華四圍環繞垂楊間以桃李春時爛漫可觀而尤宜於夏日道光己丑歲余應河帥張芥航先生之招寓園中者凡四載余有澹園二十四詠為先生作也

長春園蕪湖

長春園在蕪湖北門外即宋張孝祥于湖舊址本邑人陳氏廢園山陰陳岍亭先生聖修宰蕪湖時購為別業園中有鴻雪堂鏡湖軒紫藤閣剩蕉亭魚樂淵卓筆峯抑鷺隄拜石廊八景藉山當牖瀠水潔洄塔影鐘聲不暇應接絕似西湖勝概曩余楚北往回屢寓於此時長君恆齋次君默齋皆與余訂兄弟之好極文酒之歡迨先生擢任雲南此園遂廢矣惜哉後三十年而為邑中王子卿太守所購故名希右園有歸去來堂賜書樓吳波亭溪山好處亭觀一精廬小羅浮仙館諸勝時黃左田尚書亦予告歸來日相過從飲酒賦詩為鳩江之名園焉

玉玲瓏館杭州

玉玲瓏館在城南橫河橋前大宗伯姚公立德所居以館前有湖石號玉玲瓏故名按此石相傳為宋宣和花石綱之遺本包氏靈隱山莊舊物也後歸沈氏庾園又歸龔侍御翔麟已屢易主矣其石高丈許頗有皺瘦之趣道光癸巳冬日余偶訪順德張雲巢都轉曾一至焉

皋園

皋園在清泰門北俗名金衙莊以金中丞曾居於此故名國初為餘姚嚴少司農沆所購中有梧月樓小滄浪墨琴堂綠雪軒芙蓉城怡雲亭諸勝余以嘉慶元年自半

山肴桃花回同海豐張拜薇都轉訪之，園主人託故不納，悵然而返。至道光壬辰歲，又為嚴河帥烺卜築於此。　國初嚴公官少農，今河帥嚴公號小農，俱住此園，斯已奇矣。其明年冬，余偶至杭州，又偕范吾山觀察訪之，甫入門，見叢桂編籬，枯槐抱竹，正顧盼間，園丁出報云：有官眷遊園，不便入也。乃知一遊一豫，俱有小數存乎其間。

潛園

潛園在張御史巷，其門北向，前僕假今屠琴隖得餘姚楊孝廉別業，增築之。園中湖石甚多，清池中立一峯，尤靈峭，名曰鶩君。道光壬辰歲，嘉興范吾山觀察得之，自徐州遺居於此，賦詩云：舊前有石何亭亭，頻伽銘之曰鶩君。當時得者潛園叟，太息主容傷人琴。此石之高高丈五，四面玲瓏洞藏府。峭然獨立波中央，但見羣峯皆伏俯。瘦骨稜嶒莫儗人，羽毛為累失秋林。何日出山飛到此，不辭萬里同歸雲。石乎石乎，何不油然作雲沛霖雨，空老荒山吾與汝。安心且作信天翁，莫羨窮鵠銜腐鼠。以上杭州

長豐山館

長豐山館在鴛金門外，郡人朱顏甫舍人得王氏別業而擴充之。蓋其先世居休寧之長豐里，故名。園中有峯雲樓、六橋烟柳，盡在目前，可稱絕勝。舍人豪邁好客，每於春秋佳日，與郡中諸名宿載酒題襟，致足樂也。戊戌六月，余借寓樓上，有詩贈之云：峯雲樓外水如天，樓上團團月正圓。清酒一壺詩百首，全家同汎採蓮船。以上杭州

倦圃　嘉興

嘉興府城西門內有倦圃，即宋岳鄂王孫倦翁珂故宅，園甚寬廣，儼若山林。嘉慶甲子三月，嘗同家恬齋過園中，荒廢久矣。近為陳氏所購，葺而新之。據朱竹垞曝書亭集所載，有叢菊徑、積翠池、浮嵐、范湖草堂、靜春軒、圓谷、采山樓、狷溪、金陀別館、聽雨齋、橘田、芳樹亭、漢山、真意軒、容與橋、漱研泉、潛山、錦淙洞、留真館、澄懷閣、春水宅諸勝，俱仍舊題，為嘉禾勝地。

曝書亭

曝書亭在嘉興之梅會里，朱檢討彝尊築，僅有一亭。吾鄉嚴秋水先生書額，汪蛟門為集杜詩一聯以贈曰：會須上番看成竹，何處老翁來賦詩。嘉慶初，揚州阮雲臺先生督學浙江，嘗過訪此，為修葺，又刻集杜一聯於石柱，并賦詩紀之。道光七年，東萊呂公延慶知縣事，又捐俸重脩。

南園

李元孚名辰，嘉興王店人，通申韓之學，所居南園，即王復旦梅墅舊蹟，在曝書亭後。園中有延青閣、聽月廊、蕅溪草堂、涼舫、玉蘭逕、見山亭、梅花徑、桂屏、片雲軒、虛舟、息機處、鏡香檢、知樂亭，凡十三景。元孚俱有詩，命曰南園雜詠，諸前輩亦多和作，為一時之盛。元孚殁後，竟成棄地，近復種為桑園。事隔五十年，而元孚尚未葬，停柩園中，可歎也。以上嘉興

二十五峯園　嘉善

二十五峯園在嘉善縣城內環甃坊，科甲棣本海昌查氏舊園，有春風第一軒、八方亭、清夢軒、平遠樓諸勝，園多湖石，洞壑玲瓏。今歸蘇州汪厚齋氏，終年關鎖，命僕守之。三十年來，園主人未嘗一至也。

青藤書屋　紹興

青藤書屋在紹興府治東南一里許，明徐文長故宅地，名觀巷。青藤者，木連藤也，相傳為文長手植，因以自號。藤旁有水一泓，曰天池，池上有自在巖、孕山樓、渾如舟、酬字堂、櫻桃館、柿葉居諸景。　國初陳老蓮亦嘗居此，皆所題也。後屢易其主。乾隆癸丑歲，郡人陳永年翁購得之。翁之子姪如小巖、九巖、十峯、士巖輩皆名諸生，好風雅，始將天池修濬而重闢之，復求文長手書舊額懸諸堂上，即老蓮所題諸景亦仍其舊。并請阮雲臺先生作記。一時遊者接踵，飲酒賦詩，殆無虛日。嘉慶戊申，余重遊會稽，曾寓於此，為作青藤書屋歌云：昔我來遊書屋裏，青藤蟠蟠老將死。滿地落葉秋風喧，似歎所居託無主。今我來時花正芳，青藤生孫如許長。天池之水梳洗出，天矯作勢如雲張。花開花落三百載，山人之名尚如在。發狂豈肯讓禰衡，醉來直欲吞東海。頴川兄弟甸家龍，買得山人五畝宮。引泉疊石作詩料，三楊七薛將無同。吁嗟乎，石簣石公呼不起，門前走狗何足齒。能令遺蹟不湮淪，便是青藤舊知己。況復披榛木柵鄉，年年寒食拜斜陽。墳荒迭唱歸舟晚，春水桃花何處香。蓋文長無後，有墓在木柵鄉，將湮沒矣，而陳氏昆仲復為修葺而祭掃之，又文長身後之遇也。

寓園

寓園在山陰縣西南二十里寓山之麓，明末御史祁彪佳所築，有芙蓉渡、玉女臺、回波嶼、梅坡、試鶯館、即花舍、歸雲軒、遠山堂八景。崇禎乙酉閏月六日，彪佳衣冠投池殉節於此，其子理孫等遂葬公園旁，今為祠，塑公像，子孫至今守之。以上紹興

遂園

造園如作詩文必使曲折有法前後呼應最忌堆砌最忌錯雜方稱佳構園既成矣而又要主人之相配位置之得宜不可使庸夫俗子駐足其中方稱名園今常熟吳江崑山嘉定上海無錫各縣城隍廟俱有園亭亦頗不俗每當春秋令節鄉傭村婦估客往生雜遝歡呼說書彈唱而亦可謂之名園乎

吾鄉有浣香園者在嘯傲涇江陰李氏世居康熙末年布衣李芥軒先生所搆僅有堂三楹曰恕堂堂下惟植桂樹兩三株而已其前小室即芥軒也沈歸愚尚書未第時嘗與吳門韓補瓢李客山輩往來賦詩於此有浣香園唱和集乃知園亭不在寬廣不在華麗總視主人以傳

有友人購一園經營構造日夜不遑余忽發議論曰園亭不必自造凡人之園亭有一花一石者吾來嘯歌其中即吾之園亭矣不亦便哉友人曰不然譬如積貲巨萬買妾數人吾自用之豈可與他人同樂耶余駁之曰大凡人作事往往但顧眼前儻有不測一切功名富貴狗馬玩好之具皆非吾之所有況園亭耶又安知不與他人同樂也

吳石林癖好園亭而家奇貧未能搆築因撰無是園記有桃花源記小園賦風格江片石題其後云萬想何難幻作真區區卯飲宜堪論那知心亦為形役憐爾饑軀畫餅心寫盡蒼江半壁天烟雲幾疊上鸞牋子孫翻得長相守賣向人間不值錢余見前人有所謂烏有園心園意園者皆石林之流亞也

履園叢話卷二十終

履園叢話卷二十一

清　勾吳錢泳梅溪輯

笑柄

太無竅

吳梅邨祭酒既仕　本朝有張南垣者以善壘假山遊於公卿間人頗禮遇之一日到婁東太原王氏設宴招祭酒張亦在坐因演劇祭酒點爛柯山蓋此一齣中有張石匠欲以相戲耳梨園人以張故每唱至張石匠輒諱張為李祭酒笑曰此伶甚有竅後演至張必果寄書有云姓朱的有甚虧負你南垣拍案大呼曰此伶太無竅矣祭酒為之逃席

闌玻樓

太倉東門有王某者以皮工起家至巨富搆一樓求吳祭酒梅邨榜額梅邨題曰闌玻樓人咸不喻其意以為必有出典或以詢梅邨梅邨曰此無他意不過道其實東門王皮匠耳聞者皆大笑乾隆中鉛山蔣心餘題一醫者之堂曰明遠堂人問其典心餘曰子不聞不行焉可謂明也已矣不行焉可謂遠也已矣尤妙

五兩輕

國初有某監察御史總一優兒連袂接枕者五六夕賞以五金其人不懌一客聞之笑曰此唐時王右丞有詩已說其輕矣問何詩曰忍說南風五兩輕

打生員

康熙間蘇州太守盧某試童子有一秀才混入為吏指出守曰汝秀才欲為人代作文耶其人倉皇急遽曰生員並不是秀才太守笑之責以數板逐出曰我不打你秀才打你生員

雌雉

顧三公中翰梁汾子也少穎異讀論語山梁雌雉忽謂先生曰前讀衛風雄雉之詩此其配乎先生笑之莫不驚其敏悟

但願姨姨

吾邑吳承濂黃蛟起皆名諸生黃繼娶即前妻之妹而不睦於昆季一日兩君各送子院試同一寓既出場詢知試題為兄弟怡怡黃講題義作法吳曰子毋但顧怡怡忘卻兄弟也黃面赤不言者半日

性畏蟢子

王司農茂京性畏蝗子，毋見必驚懼失色。西田相國其叔也。一日，令輿夫密置數枚於肩輿中，囑勿使知之。明日，司農升輿，忽見蝗子，惶懼仆地，將責輿夫，從者具以實告。然司農之憤猶未釋也，計思有以報之。越日，命工修足，呼僮聚其皮，將酒醋庶糖共貯於瓶，以遺相國。明旦遇於朝，謂司農曰：「昨日見惠之品，大嚼之而無味，究係何物耶？」司農莞爾答曰：「老叔以蝗子見嚇，小姪不得不以老腳皮奉敬也。」

蝎子太守

雍正初，有一同知引見，不意帽中藏有蝎子，欲出不得，鉤其首，甚痛，涕淚交并。世宗望見駭異，詢其故，乃免冠叩首，謹云：「臣感念　聖祖仁皇帝六十一年深仁厚德，臣家兩世受恩，遂不自知涕淚之横集也。」　世宗曰：「此人尚有良心。」遂記名以知府用。後人稱曰蝎子太守。

王老虎

雍正間，太倉知州有王某者，秉性嚴厲，人稱為老虎，治賊尤不肯一毫假易。其時有口號曰：「三擊升堂鼓，跳出王老虎，不是一夾棍，定責三十五。」又嘗以試事責死嘉定縣假冒童生，嘉定人羣起鼓譟。時亦有集四書句以成文者，其破題云：「有衆逐虎，自取之也。」

侮聖人之言

吳門有某秀才者，狂放不羈，每以經文斷章取義，或涉穢褻語，作四書文，如孺子之妻與子路之妻則兩少艾，男女居室為題，令人不能卒讀，較西廂制義、春郊演劇尤有甚焉。曾在某督學幕中，閱文忽折其臂，痛苦萬狀，作歇後語詩云：「拋卻刑于寡妻來，看未喪斯文。止因四海困窮，博得七年之病。既折援之以手，全容請問其目。且過子游子夏，棄甲曳兵而走。」多以虛字押韻，匪夷所思，可以緊見。後是人竟偃蹇終身，未及中年喪身，絶嗣。哀哉！大凡喜於侮聖人之言者，其人必遭大劫。

溺於聲色

乾隆中，有某太守告老歸田，溺於聲色，慕西湖之勝，借居曲院荷風，日與黎園子弟、青樓妓女徵歌度曲，為長夜之飲，遂收黎園為義子，青樓為義女，無分上下，合為一家。有輕薄少年書東坡和文與可洋州園池詩二首云：「煙紅霞綠曉風香，燕舞鶯啼春日長。誰道使君貧且老，繡屏錦幛咽笙簧。」其二云：「日日移牀趁下風，清香不斷思何窮。若為化作龜千載，巢向田田亂葉中。」太守聞之，即移寓去。

糊塗人

人貴曉事，不貴辦事。能辦事者，亦能僨事；能曉事者，決不敗事也。尹望山相國總督兩江時，戲謂屬員云：「諸公平日最怕何物？」或言蛇蝎，或言虎狼。公曰：「都不怕，只怕糊塗人。」滿生畫笑明將軍亮亦嘗言：「吾出軍打仗者數十年，從無所怕，生平最怕者糊塗人耳。」兩公之言相同。

牡丹亭腳色

乾隆庚辰一科，進士大半英年，京師好事者以其年貌各派牡丹亭全本腳色，真堪發笑。如狀元畢秋帆為花神，榜眼諸重光為陳最良，探花王夢樓為冥判，侍郎童梧岡為柳夢梅，編修宋小巖為杜麗娘，尚書曹竹墟為春香。同年中每呼宋為小姐，曹為春香，兩公竟應聲以為常也。更有奇者，派南康胡中丞啟昆為石道姑，漢陽蕭侍御芝為農夫，見二公者無不失笑。

喜對

獻縣紀相國善諧謔，人人共知。有天津牛太守名稔文者，其子坤娶婦，相國與太守本為中表兄弟，送喜對一聯云：「繡閣團圞同望月，香閨靜好對彈琴。」初尚不覺也，次日相國來賀，指此聯曰：「我用尊府典故，何如？」

什麼東西

乾隆戊申年，京師工部衙門失火，　上命大司空金簡鳩工新之。時京師有一聯云：「水部火災，金司空大興土木。」久之無有對者。中書君某，河間人也，語於人曰：「此非吾鄉曉嵐先生不能。」因詣紀求之。紀曰：「是亦不甚難對。」躊躇有頃，先生忽笑曰：「但有妨足下，奈何？」中書曰：「有對固無傷也。」先生曰：「北人南相，中書君什麼東西。」其人赧而退，都中人哄傳。

交相拍手

吾鄉嵇瀠圃先生承志，嘗為河東河道總督，父子兩世奇遇。其封翁某，少無賴，置身賭博場，貧益甚，乃就食於叔父文敏公曾筠河東官署。文敏甚惡之，恐其滋事，訓誡綦嚴，不許出署。公抑鬱無聊，遂逃出，充作河標兵，拔百夫長。後文敏薨，文恭公璜又邀　聖眷最隆。乾隆三十四年，文恭奉　命勘南河工程，時封翁正在標下，捧茶一杯，打跧以進。文恭為之起立，諸大吏皆見之，疑而不敢問也。至公事畢，有某公從容竊問，文恭答曰：「此余族兄也。」乃大驚。自此屢次拔擢，至瓜州守備，而瀠圃亦中鄉榜歷官至長蘆都轉運使遂引疾歸一日偶與如夫人戲曰吾不欲做烏官耳若出山珊瑚項孔雀翎有何難哉如夫人曰妾不敢信主公若得赤項翠翎妾願作綠珠紅拂以事主公交相拍手自此出山已而果然

臣愚不敢妄對

蘇州汪芝香元亮博聞强記為吳中名宿中乾隆壬午經魁朱文正公深器重之每有不得意事則風病時發有一科會試頭二場已入彀矣至三場策問皆元元本本通場無及然只對四問有一問僅六字云臣愚不敢妄對房官閱之大笑遂落孫山

平上去入

平寬夫侍郎官翰林日新置一妾同僚賀之李松雲先生以詩韻含英一部為賀平納之而不解其意且怪其儀之輕也明日李來平詰其故笑曰此非四聲韻乎以尊姓第一字略作一讀踏下三字一氣連讀則得之矣平大慚先生大笑

雁行

李安公名鎮吳郡名諸生中某科副車為人甚迂事毋與兄動必以禮而其兄之迂亦不讓安公也一日兄弟兩人往金陵鄉試將登舟矣其兄謂安公曰弟有科舉兄尚錄遺今日之行弟當先登安公逡巡不敢曰豈有以弟而先兄耶遜讓不已遂作雁行船頭窄狹兩人俱墮水中同伴者大笑

小字

崇明張南溪品身長八尺同時有王鐵夫芑孫沈芷生清瑞俱短小不過南溪之半三人最為莫逆往來相隨每到玉峰考試鐵夫在前南溪在中芷生在後諸少年見三人目為小字癸卯鄉試芷生中解元以志則又目曰卜字嗣鐵夫入京召試欽賜舉人竟成字矣余謂曰今諸生中尚以此為笑柄者嘉慶元年南溪始舉孝廉方正小字則全不見矣

打兔子

畢秋帆先生為陝西巡撫幕中賓客大半有斷袖之癖入其室者美麗盈前笙歌既叶歡情亦暢一日先生忽語云快傳中軍參將要鳥鎗兵弓箭手各五百名進署伺候或問何為曰將署中所有兔子俱打出去滿座有笑者有不敢笑者時嘉定曹習菴學士以丁內艱為關中書院山長與先生為親戚常居署中先生偶於清晨詣其室學士正酣臥尚未開門也見門上貼一聯云仁虎新居地祥麟舊戰場先生笑曰

此必錢獻之所為也後先生移鎮河南幕客之好如故先生又作此語余適在座中正色謂先生曰不可打也問何故曰此處本是梁孝王兎園先生復大笑

何須畏

乾隆五十八年百菊溪相國為浙江按察使李曉園河帥為杭州太守兩公皆漢軍甚相得也忽以事阻唔李大愠同在一城至一月不稟見遂欲告病文書已具矣時方酷暑相國遺以扇并書一詩有句云我非夏日何須畏君似清風不肯來李讀詩不覺失笑相得如初

勢利

人情勢利自古有之左傳則晉文公重耳之及於難也國策則蘇秦始將連橫史記則司馬相如傳漢書則朱買臣傳言語形容可發一笑余謂天下之勢利莫過於揚州揚州之勢利莫過於商人商人之勢利尤萃於奴僕似能以牋戩權人輕重者尚為古今獨絕

此亦妄人也已矣

松江張公星為諸生有才名嗜酒而狂嘗以夏日浴於泮池門斗禁之弗聽也後漸聞於正副兩學師乃出而呵責之張則以汚泥浮藻覆面赤身立水中兩手擎水拒之學師怒因命門斗拘之尊經閣令作文以此亦妄人也已矣句命題張援筆立就其後二比出股云此其人不可以教諭者也對股云此其人不可以訓導者也此亦妄人也已矣兩學師愈怒欲斥除之然愛其才竟釋焉

情癡

有紫珊居士者喜步平康一日遊秦淮河上與妓者魁雲相愛甚篤頻行魁雲嚙舌上血染素帕為贈以訂終身兒女情癡一至於此紫珊為賦青玉盃一闋云生綃誰倩佳人織織就相思難織同心結私願欲教郎解識為郎忍痛嚙破蓮花舌點點猩紅親染出不是胭脂不是鵑啼血一片情天容易缺幾時雙槳迎來桃葉煉取媧皇石衣蘭村賦沁園春詞一首尤為絕妙亦附於後是胭脂痕是吐絨歟何其豔耶怪斑斑染出似靈芸淚輕輕點就異守宮砂眉作煙含齒剛犀露忽見蓮開舌上花明燈下累檀郎細認一口紅霞　華清汗漬休誇試比並香痕總覺差想櫻唇欲啟故教欵欵丁香强退愁送些些色較情濃心如絲潔廣袖何須闞石華生綃好得親承鄉澤偎郁輸他

讀時文

余少見烏湖華思愚先生。為人質直好學。不佞。或有謂先生曰。烏湖真讀書里也。先生曰。此處並無讀書人。子何以見。或驚訝曰。若某某者。皆諸生有名於場屋。何謂無之。先生笑曰。子言謬也。此讀時文者耳。烏得謂之讀書人耶。

又何加焉

乾隆某科禮部會試。有某舉人甚富。以夾帶枷號。有同年友嘲之曰。既富矣。又何加焉。

陳見山

陳見山。蘇州人。嘗賣藥邗上。以此起家。開有青芝堂藥材。為揚城第一鋪。得鄭侍御休園為別業。捐同知銜。居然列於諸搢紳商人之間。每有喜慶宴會。輒著天青褂五品補服。一日在席上。有刻薄少年云。我有一聯曰。五品天青褂。諸公能對否。傍一少年應聲云。六味地黃丸。

識字

昔蒲城王孝齋進士。名綡。入京謁選。唱名者讀如梁。王不應。曰。此讀京字也。吾鄉周定齋進士。名掞。入京謁選。唱名者讀如扇。周不應。曰。此讀炎字也。京師人笑之。咸謂進士不識字之故。小學太淺。余見嘉定李許齋方伯賡芸。中進士後。刻同登錄。李酷嗜說文。因書許齋為鄦齋。寫書匠不識鄦字。竟書作無邑齋三字。京師人亦笑之。又謂李公識字之故。小學太深也。

出題

南昌相國彭文勤公。嘗以周興嗣千文顛倒另成一本。一字不易。進呈祝嘏。高宗稱其敏慧。其督學江蘇時。考乙未選。出題俱有巧思。如考兩學。則出率西水滸。踰東家牆。有衆逐虎。其父攘羊之類。考三學。則出王之不王。朝將視朝。行堯之行之類。不可枚舉。其時適值萬壽。考八學。則出臣彭恭祝天子萬年。嵌在八題之第一字。如臣事君以忠。彭更問曰。恭則不侮。祝鮀治宗廟。天子一位。子服堯之服。萬乘之國。年已七十矣之類。有提調官王姓。雅號王二麻子。適考四學。遂出王二麻子四題。（王何必曰利　二吾猶不足　麻縷絲絮　子男同一位）考六學。則出李陵答蘇武書。嵌在六題之末一字。如井上有李。必因丘陵。夫子不答。后來其蘇。又盡善也。謂武子所雅言詩書之類。一日考四學。出洋洋乎。（注鬼神之為德）又洋洋乎。（注大哉聖人之道）又洋洋乎。（注師摯之始）即欲退堂早膳。學

官稟曰。尚少一題。相國沉吟曰。少則洋洋焉。堂下諸生莫不掩口而笑。

李滄雲先生為河南學政。鄉試前考遺。林士子恐不取。輒欲賄緣以期必得。謂之買科舉。先生知之。再錄一場。出題云。焉有君子而可以貨取乎。宜桂舫中丞為江蘇巡撫。考內簾官。稽查甚嚴。諸明府大窘。竟有不能完卷者。題云。其中非爾力也。凡屬此種出題。皆文勤開其端云。

小姐班頭

吳門稱妓女曰小姐。形之筆墨。或稱校書。或稱錄事。有吳興書客錢景開者。嘗在虎邱半塘開書舖。能詩。尤好狹邪。花街柳巷。莫不經其品題。甲乙多有贈句。三十年來。編為一集。名夢雲小稿。嘗曰。尚有餘貲。必為付刻。可以紀吳中風俗之盛衰也。袁簡齋先生每至虎邱。輒邀景開為密友。命之曰小姐班頭。一日余在先生席上遇之。贈以詩云。把酒挑情日又斜。酒酣就臥美人家。年年只學梁間燕。飛去飛來護落花。先生見之。抵掌大笑曰。此真小姐班頭詩也。

張都轉詩

海豐張穆菴（映璣）為兩浙都轉鹽運使時。余為幕中掌書記。每聽都轉閒話。必以諧謔出之。丙辰三月。與閣學阮公元、方伯謝公啟昆、觀察秦公瀛同遊西湖。三公皆即席賦詩。惟都轉一人默坐他席。笑曰。公等皆科目出身。吟詩作賦。余捐班人。亦有句可請教否。曰。春來老腿酸於醋。雨後新苔滑似油。合座稱善。方伯謂都轉曰。君肯作詩。便是名家矣。一日呼騶出署。有老婦認為地方官。號哭叫冤。都轉停輿訊問者久之。供稱其夫某又置別室。停妻再娶。有干法紀等語。都轉忽正色向此婦曰。我是賣鹽官。不管你吃醋。遂呼騶而行。合市大笑。

館

歙縣諸生曹某者。家貧苦。惟蒙館自給。年四十餘。以優貢入京朝考。列二等。仍寓京蒙館。為作一詩云。本為求官去。反從間舍來。何時官與舍。兩字得分開。亦可發一笑也。

醬

今南方烹庖魚肉皆用醬。故不論大小門戶。當三伏時。每家必自製之。取其便也。其製醬時。必書姜太公在此五字為壓勝。處處皆然。有問於袁簡齋曰。何義也。袁笑曰。此太公不善將兵而善將醬。蓋戲語耳。後閱顏師古急就章云。醬者百味之將帥。醬

領百味而行，乃知雖一時戲語，卻暗合古人意義。見《隨園隨筆》。

打油詩

按打油詩始見於南部新書，其無關於人之名節者，原未嘗不可以為游戲，若借此報怨，或發人隱私，或誣人狹褻，此陰律之所甚重，不可不慎也。友人陳斗泉云：金腿蒙君賜，舉家大笑歡。柴燒三擔盡，水至一缸乾。肉似枯荷葉，皮同破馬鞍。牙關三十六，個個不平安。此種詩雖諧謔，而鍊字鍊句，音節鏗鏘，非老手不能。又金陵有一僧，嘗作打油詩四十首，命其集曰牛山四十屁。中有一首云：春叫貓兒貓叫春，聽他越叫越精神。老僧亦有貓兒意，不敢人前叫一聲。莫謂是打油詩，其筆甚峭，不可及也。

又王講泉明經言其友郎蘇門底常留館後，乞假回里，由糧船挈眷入京，有七律三首云：自中前年丁丑科，底常館裏兩年過。半歐半趙書雖好，非宋非唐賦若何。要做駱駝留種少，但求老虎壓班多。（當時習俗諺語）三錢卷子三錢筆，四寶青雲帳亂拖。幾人雅俊魚魚，能賦能詩又善書。那怕朝珠無翡翠，只愁帽頂有砗磲。先生體統原來老，吉士頭銜到底虛。試問衙門各前輩，此中風味近何如。糧船一搭到長安，告示封條亦可觀。有屋三間開宅子，無車兩腳走京官。功名老大騰身易，煤米全家度日難。怪底門工頻報道，今朝又到幾知單。

兩槐夾井

舊傳有一秀才，於歲試前一日偕友閒步，見道旁有兩槐樹，中界一井，戲謂其友曰：明日入場，即用此典故也。一時笑其妄言。試後出場，驗其文，果有自兩槐夾井以來一段云云。及案發，列高等，得補廩餼。蘇州有徐孝廉者，肄業紫陽書院，課題是九人而已至三分天下有其二，後二比有九貂九騶，對三薰三栗，發案亦前列。同人叩問用何書，徐曰：吾昨見市中有乞兒搶黃肉三塊，物主毆以栗子拳三下，至九貂九騷，俗語所謂十個鬍子九個騷，十個癩痢九個刁，此其典耳。滿座大笑。近時風氣，衡文者大率類此，彼既空疏，而喜用典故，明知獺祭，而視為妙文，所以受人欺妄，而諸生之以聰明自用者，亦以此欺人。時文變遷，皆由此輩，可歎也已。

畫猪

或謂文中之時藝，猶畫中之猪。余駭然問故，曰：牛羊犬馬，各有專家，曾見有以畫猪為點染者乎？今所流傳字幅詩文詞賦以及雜言小說，無不可書之屏幛，曾見有錄荊川、鹿門、歸、胡、陶、董之制義者乎？

文王課

今人占文王課，多用錢以定奇耦，因名曰金錢課，是筮法之變，非京房易傳之錢卜也。人有以問余者，答曰：錢可通神，自然靈驗耳。

賦得詩

今大小試俱有賦得詩，命題多不注出處，偶有知者，其人未必淹博，偶有不知者，其人亦未必空疏也。況歲科兩試，並不在詩題之知與不知，而必欲使人暗中摸索耶？或誤認題旨，轉為所累。彭文勤公為江蘇學政，考長元吳三學，出詩題平仲君遷四字，諸童生未讀庚子山枯樹賦，惟賦晏子搬家，為一時笑柄。

戲言

吾鄉華雨棠先生通申韓之學，有名公卿間，常曰：吾長子才庸而糊塗，故使其出仕；次子才敏而練達，故使其治家。聞者莫不笑之。雖是戲言，實抒懷抱。

三百銅錢

余友揚州王古靈能畫人物，無古無今，用筆如篆，今之吳道子也。嘗畫兩仙對酌圖贈余，余題其上云：三百銅錢沽十斤，兩人對酌恰平分。頹然醉倒白石上，仰看千峰

推白雲。有一商翁見之，啞然失笑曰：三百銅錢可以入詩，則三百紋銀、三百洋錢皆可以為詩矣。殊不知余用少陵語也，故俗子難與言詩。

陋吏銘

近日捐官者，輒喜捐鹽場大使，以其職與知縣相等，而無刑名錢穀之煩也。有揚州輕薄少年，用劉禹錫陋室銘而為陋吏銘者，其辭云：官不在高，有場則名；才不在深，有鹽則靈。斯雖陋吏，惟利是馨。絲圓堆案白，色減入枰青。談笑有場商，往來皆竈丁。無須調鶴琴，不離經。無刑錢之聒耳，有酒色之勞形。或借遠公廬（署印官有借佛寺為公館者），或醉竹西亭（候補人員每晝遊平山堂，每日命酒宴樂而已）。孔子云：何陋之有。

圓文章

吾鄉有王榮世者，其父乃販牛佔也，一字不識，而榮世少聰穎，喜讀書，既開筆作時文，每至文期，父必索其文而閱之，數其圈多者則喜形於色，圈少則撻之。未數年，榮世果入泮。昔趙青藜先生館選後，掌教徽州紫陽書院，娶兩妾，各生一子，俱同庚。後皆長成，能作文矣，趙自為批閱，二妾亦各閱其子之文，較相比對，以圈多者為偏愛，必詬罵終日，至於不食。趙不得已，每閱文時，必置算盤於案頭，總以圈點同其數以

平兩妾之詈後二子皆中式

不准

爲官者必用讀書人以其有體有用也然斷不可用書獃子凡人一獃而萬事皆然有名進士某者選得知縣到任未幾有報竊案刀傷事主者刑席擬批總嫌不當乃親書狀尾云賊凶人也兵凶器也以凶人而持凶器備必攖其鋒而試之其被殺也宜哉不准昔傳歸震川先生作令視民如子每坐堂皇觀者如雲不禁也一日訊奸情觀者益衆先生曰汝等若不退吾灑墨水矣滿堂大笑

木蘭詩

有某公子述於兩伶人一日演佳期間兩人誰爲優余笑曰我有定評只不敢說耳某固問答曰木蘭詩結末二語座中皆大笑

鑲邊酒

近時俗尚驕奢挾妓飲酒殆無虛日其座旁陪客或有寒士不能具纏頭揮霍於筵前者謂之鑲邊酒余笑曰昔杜少陵嘗陪諸貴公子丈八溝攜妓納涼詩所謂公子調冰水佳人雪藕絲者豈非鑲邊酒耶

二婢

有某搢紳致仕歸一日之內連納兩妾人笑其非余獨謂此公當深於經學者何以言之易曰枯楊生稊禮記曰行役以婦人皆老年娶妾之證余如有錢必欲效之亦買二婢人問曰二婢何爲余曰與其夾我於死後寧若夾我於生前之爲樂也

狗醫

吳郡新郭里有藥材鋪鋪主人姜姓者浙江慈溪人姜素知醫理里中有疾病輒請其調治頗有驗家畜一狗甚馴姜每出診狗必隨之搖尾侍坐以爲常一日主人偶他出有鄉人患濕氣一腿甚紅腫不知其所由來以示姜此狗忽向其腿上咬一口血流滿地作紫黑色主人歸痛打其狗而以末藥敷之一宿而愈有患膈症者姜誤以爲虛弱開補中之劑狗又號其旁乃改爲飲數服即痊有孕婦腹便便飲食漸減姜認其水腫狗侍其側作小兒聲乃悟其旨而以安胎藥治之越月而學生產母無恙也姜以此狗知醫每出診必呼其同行一時哄傳有狗醫之目後狗忽亡去不知所之姜歎曰吾道其衰乎未幾亦病死余聞之笑曰江南之人最信醫藥而吳門尤甚是狗既知內外科而又兼婦人科以匡主人之不逮歷數諸醫中豈可多得哉以

視今之舟輿出入勒索請封若有定價而卒無效驗或致殺人者真狗彘之不若也

長隨

長隨之多莫甚於乾嘉兩朝長隨之橫亦莫甚於乾嘉兩朝捐官出仕者有之窮奢極欲者有之傲慢敗事者有之嫖賭治盡者有之一朝落魄至於凍餓以死者有之或人亡家破男盜女娼者有之據所見聞已不一其人皆由平生所得多不義之財民脂民膏也而間亦有喜於語言文字者雖無甚要緊而實可惡昔阿文成公出使湖北忽聞畢秋帆制府曰聞某翰林爲尊紀書聯竟稱某凡大人何無恥也制府默然後察其實遂召此僕逐出之有周良者蘇州伶人亦取號蓮塘百文敏公之長隨也嘗畫蓮塘圖求海內名公卿及騷人墨客之藻題詠幾偏而諸公亦若惟恐後者後爲曾賓谷中丞司閽知其事逐之落莫以死一家星散又劉松庵者陶雲汀宮保之長隨也嘗畫夢遊佛境圖求大人先生題詩卷中有五狀元兩尚書皆稱其先生或稱某兄某丈者余初不知其爲何如人也詎託官親或曰幕友遂爲僞幕後知之懊悔無已故爲人書題卷冊不可不慎近復有以秀才而當簽押門上者真斯文掃地矣

武進劉煦堂剌史官直隸昌平州時有司閽王誠者順天人自言其曾祖已當長隨積貲鉅萬家有質庫八所其爲人也老成練達既無嗜好亦不捐官公事之暇惟靜坐一室而已余聞而異之遂謂人曰夫執鞭之事原所以求富也既富矣而仍爲執鞭何也意此人以長隨爲樂者耶

孝經通四書熟

江鉄君明經爲一業師與某富翁家其徒賦質甚鈍每日讀論語兩三行掩卷即不復記憶主人嫌其師之不善課嘖有繁言鉄君曰此甚易事當令先講孝經富翁喜因令師以孝經訓其子朝夕講誦越月餘而其鈍如故也翁疑其紿己復造江而詢其故鉄君曰翁其未讀三字經耶孝經通四書熟也

緋仙

有女校書號緋仙者揚州人善譚笑愛文墨修短合度秀絕人寰一時士大夫爲之哄動欲求一見而不可得年未二十而積蓄數萬金尚未許人也一日在謝君琅林席上談及緋仙余曰此人前生必是大商曾將金銀揮霍於衆人者故今生衆人亦將金銀作纏頭實是收債耳此余偶然戲言琅林目余拍案大笑始知爲某商翁孫

女也。為歎息若久之。

面貌冊

凡歲科試諸生面貌冊，向為備例，虛應故事而已。胡希呂先生視學江蘇，甚細殊甚，恐有頂冒也。常熟生員沈廷輝年三十餘，冊填微鬚，詎先生以微訓無，凡有鬚而填微鬚者，俱不准入場。廷輝聞之曰：吾必被逐矣。進場之前一日，擬囑學書改正，適學書他往，尋至三更不得，已往剃頭鋪將鬚刮去。旋聞鼓吹聲，急赴轅門聽點。及唱沈名，先生熟視廷輝曰：此人又一項替者，冊上填明有鬚，何以無鬚？蓋此學書素與沈善，因學使有斥逐之信，特為沈改微為有，而沈則未見學書，不意反變有為無也。無可置辯，廢然而出。從有一生素狡黠，亦以微鬚被斥，生故與學使強項，先生大怒曰：汝讀書尚不知朱註微無也解耶？生笑稟曰：若然，則孔子微服而過宋，脫得赤膊精光，成何體制也。先生默然，後無被逐者。

和相

嘉慶己未正月初八日辰刻，儀親王傳旨，命乾清門侍衛立拿和相，交刑部審問，一面抄其家產，至十八日早賜死獄中。余時在京師，聞見較詳。偶閱冰山錄，知嚴分宜家產不過二千餘萬，比之和相，百中之一分耳。嘗記元人弔脫脫丞相詩云：百千萬貫猶嫌少，堆積黃金北斗邊。可惜太師無腳費，不能搬運到黃泉。吾於和相亦云。

朱玉

秦淮女校書朱玉，頗敏慧，能識人。蓬雲孝廉未第時，玉最欽重，以才子目之。後蓬雲中式，玉自誇鑑賞之真。嘉慶庚午，趙甌北先生重赴鹿鳴，嘗主其家，是時玉有徵蘭之信，先生書楹帖一聯贈之云：慚卿新種宜男草，愧我重看及第花。一時傳為佳話。

素不相能

吾鄉鄒曉屏相國與秦小峴司寇素不相能，每有言論，輒彼此咀唔。後司寇以目疾告歸，而相國亦以教匪林清謀叛，不能先事預防，有旨著回原籍，閉門思過。因此同在林居。一日兩公於惠山卒然相遇，司寇曰：公何以入山？相國曰：君能見我耶？從者皆竊笑。

馬上得之馬上失之

上海趙謙士少農由監生入懋勤殿行走，歷官至戶部侍郎。上每巡幸熱河，侍郎輒隨駕，以較射得孔雀翎。嘉慶十六年，恭繕御製詩，誤書駐為注字，業已刻石進呈矣。

侍郎急入奏，自行檢舉。上以趙素醇謹，不加之罪，僅拔去花翎。京師人有謔之者曰：如侍郎之翎，可謂馬上得之，馬上失之矣。

繡閣英才

本朝文運天開，文章日盛，而間及於女子，亦著作如林，惜無人為之選錄成大部者。近時某君雖有擷芳集，何足數也。余嘗戲語孫子瀟庶常云：君詩才絕妙，刻集盈尺，而多閒暇，何不精選繡閣英才之詩，都為一集，俾掃眉人吐氣乎？昔顧俠君選元詩畢，夢中有古衣冠若數十人來謝。他日君夢中，自亦必有無數紅裙翠袖，深深拜謝於君前者，豈非一大快事耶。

官妓

唐宋時俱有官妓，如白香山之與元微之，歐陽永叔之與蘇東坡，皆所不免。近時無官妓，而竟有太守監司俱宿娼者。余笑曰：此無他，亦行古之道也。趙甌北先生有題白香山集後云：風流太守愛魂消，到處春遊有翠翹。想見當時疏禁網，尚無官吏宿娼條。

陞官圖

韓城師禹門太守，兩次落職，余作書慰之曰：一官何足介意耶，亦如擲陞官圖，其得失不係乎賢不肖，但卜其遇不遇耳。太守閱之，為之解頤。

王良善馭

余弟子徐季雅，名穎，長洲人，內閣學士頤之胞弟也。年未弱冠，能為古文，筆端頗橫。因促其受業於王鐵夫。越一年，余偶在友人席上，問鐵夫云：季雅近為文有進境否？鐵夫曰：如小駒亂走，尚未馴也。余曰：是在王良之善馭耳。

兩耳太聰

族叔印川少府，少與前兩廣總督吳槐江先生同入泮宮，最為莫逆。先生年八十，少府年八十五，俱強健如少年。一日兩公相晤，各言近狀，少府曰：余所恨者，兩耳太聰也。先生愕然問故，答云：近日後生家專以詐人、搭橋、包漕、說訟等事，似為一業者，余不欲聞之耳。

者者居

余遊歷之地不過七八省，每見古碑石刻及匾額楹帖之類，其最佳者，輒為手記，而最可笑者，亦不能忘也。如酒店匾額曰二兩居，楹帖曰：劉伶問道誰家好，李白回言此處高在處皆有河南永城睢州一帶又有酒店一聯云入座三巡醉者也出門一拱歪之乎已足供噴飯矣而南陽夏鎮各處家家門上有一聯云五湖天馬將四海地龍軍竟不知作何語尤可笑者湖北武昌府城隍廟大殿上有金書大匾四字曰不其然而又山東濟南府省城有酒店曰者者居余不解一日在孫淵如觀察席上談及此條有一士人在座答曰此出之論語余問曰論語何章曰近者悅遠者來也一時為之絕倒

男暴貞潔女效才良

閩西洋人以婦人當家其夫則反處深閨播花傅粉若為其妻妾者今廣東嘉應州亦有此風然較西洋為優男人在家讀書女人支持家務或開張店鋪或出門營生以養其夫一切米鹽瑣屑之事俱不使其夫壻知之恐曠功也故粵中通省以嘉應一州文風為最盛科第亦甲於他州縣一日余在袁浦張河帥席中有北平楊桂山都轉自粵東來偶談及此事者河帥笑曰此欲翻周興嗣千文二句當云男暴貞潔女效才良者也滿座大笑

先為閻羅王定案

昔毛西河有女弟子徐昭華為西河佳話乾隆末年袁簡齋太史效之刻十三女弟子詩當時有議其非然簡齋年已八旬尚不妨受老樹著花之誚近有士子自負才華先後收得五十三女弟子詩都為一集其中有貴有賤雜出不倫或本人不能詩為代作一二首以實之以誇其桃李門牆之盛此雖從事風流而實有關名教曩余在三松堂客有豔稱其事者滄浴皋先生歎曰此人死後必轉輪女身自亦工畫能詩千嬌百媚而長安游俠公子王孫為其所惑者當十倍之必得相於到五百三十人方能抵其罪過余笑曰公竟先為閻羅王定案耶

惡俗附

出會

大江南北迎神賽會之戲向來有之而近時為尤盛其所謂會首者在城則府州縣署之書吏衙役在鄉則地方保長及遊手好閒之徒大約稍知禮法而有身家者不與焉每當三春無事疑鬼疑神名曰出會咸謂可以驅邪降福消難除瘟一時哄動舉邑若狂鄉城士女觀者數萬人雖有地方官不時示禁而一年盛於一年其前導者為清道旗金鼓肅靜迴避兩牌與地方官吏無異有開花面而持鎗執棍者有扮為兵卒挂刀負弓箭或作鳥鎗藤牌者有偽為六房書吏持簽押簿案者有帶腳鐐手銬而為重犯者有兩紅衣劊子持一人亦赤背插招旗又云斬犯者種種惡狀習慣自然恬不知恥而反以為樂實可笑也近江陰李明經見田亦極論之有賽會十弊以為鬼神非其族類不歆其祀而通乎上下唯社為然然自古方社祈年不過燒紙錢挐聲鼓扮榆壇下酒奠春風桑柘林邊人嬉夕照樂太平之有象式禮法於不愆未有侮弄神明叫囂鄉里妄遺禮法敗壞風俗若此之甚者也其言確切深中時弊略記於後

一曰瀆鬼神論語曰未能事神焉能事鬼未聞有敬鬼神而近之者也不過借眾人之錢財供會首之醉飽愚民不知其故遂從而和之一時成俗百弊叢生其宜禁者一也

一曰亂法度凡一府一邑俱有山川社稷壇文武城隍廟以及鄉賢名宦諸祠此皆列於祀典官民之所宜春秋祭祀者至若某土地神之為某王某侯某將某相則不列於祀典名爵既別尊卑無序古今倒置儀仗各殊即所謂淫祠也而僭道借以弄錢婦女因而遊玩其宜禁者二也

一曰耗財用一方賽會萬戶供張竟有勉強支持百端借貸而入會者亦有典衣糶米百孔千創而入會者以有限之錢財為無益之費用至於債不得償租不得還凍餒窮愁而不自知者雖斯民之自貽伊慼亦由土俗之有此厲階其宜禁者三也

一曰誤本業城市之民俱有其業鄉曲之民各有其事民以勤儉為本安有空閒時耶且賽會皆在三春既失其時又失其業吾實不知其肺腑且試問此等事為名利乎為衣食乎小人之愚一至於此其宜禁者四也

一曰混男女凡鄉城有盛會觀者如山婦女焉得不出婦女既多則輕薄少年逐隊隨行焉得不看趁遊人之如蟻擠芳澤於咫尺看回頭一笑便錯認有情聽嬌語數聲則神魂若失甚至同船喚渡舟覆人亡挨踏翻輿釁遺斂墮傷風敗俗莫此為甚其宜禁者五也

一曰煽火燭無論在城在鄉迎神之日燈燭輝煌香烟繚繞茶坊酒肆柴火薰天更有扎綵燈出夜會者亦有歛民錢放烟火者設有不虞難於撲救奸民亦乘機搶奪遂不可問其宜禁者六也

一曰興賭博賽會人雜易於聚賭搖攤押寶紛紛而來或輸錢已竭尚求亡手於無何有之鄉或借貸無門陷此身於不可知之地剝衣而去攘臂而來貽禍地方不知所止其宜禁者七也

一曰聚打降鄉曲狂徒市中匪類平時聚飲三三兩兩尚多相打相罵之事況賽會人衆千百為羣遇店行沽逢場入局一攖忿怒便逞橫凶或莫與解紛即釀成命案因而禍延保甲訟累村坊其宜禁者八也

一曰招盜賊異方匪類混蹟人叢稽察綦難穿窬甚便日間以熱閙晝徹夜靜而熟眠失竊富者金帛一時俱罄貧人米粟一掃而空至於覓賊追贓計已晚矣其宜禁者九也

一曰壞風俗人本質樸因出會而多置衣裳家本貧窮因出會而多生費用甚至在城在鄉俱崇華美小街小巷迎接親朋使斯民咸入奢侈而風俗因之敗壞其宜禁者十也

賭

家語哀公問於孔子曰吾聞君子不博有諸孔子曰有之為其兼行惡道也司馬子

長謂博貴衆言便則食不便則止貪之至也近時俗尚葉子戲名曰馬吊碰和又有骰子之戲曰趕洋跳猴擲狀元牙牌之戲曰打天九鬬鵪虎以及壓寶搖攤諸名色皆賭也上自公卿大夫下至編氓徒隸以及繡房閨閣之人莫不好賭者按諸律例凡賭博不分軍民俱枷號兩個月杖一百偶然會聚開場窩賭及存留之人抽頭無多者各枷號三個月杖一百官員有犯者革職枷責不准收贖若是其嚴也余嘗論女子小人未嘗讀書識義理犯之有也若公卿大夫受國重寄食祿千鍾不以致君澤民為心而以草竊狗偷為事亦終日屹屹彼此較量而斯民號呼門外拘候堂皇愁怨難伸饑寒交迫者不知凡幾而皆不之省斯人也大約另具一種心肝者耶記戊辰十月余遊濟南時菊溪相國尚為方伯有太守監司俱為此戲方伯聞而責之監司曰此不過消遣而已方伯怒曰君等非無事者盍以公案譜書消遣乎監司莫能對也

履園叢話卷二十一終

履園叢話卷二十二

夢幻

清　勾吳錢泳梅溪輯

汲古閣

虞山毛子晉生明季天崇間時流賊橫行兵興無定子晉本有田數千畝質庫若干所一時盡售去即以為買書刻書之用創汲古閣於隱湖又招延海內名士校書十三人任經部十七人任史部更有欲益四人并合二十一部者因此大為營造凡三所汲古閣在湖南七星橋載德堂西以延文士又有雙蓮閣在問漁庄以延緇流又一閣在曹溪口以延道流汲古閣後有樓九間多藏書板樓下兩廊及前後俱為刻書匠所居閣外有綠君亭亭前後皆種竹枝葉凌霄入者宛如深山又二如亭左右則植以花木日與諸名士宴會其中商榷古今殆無虛日又有所謂一滴菴者為子晉焚修處中揭一聯云三千餘年上下古八十一家文字奇為王新城尚書筆也當崇禎末年殺虜薙人民擾亂凡吳郡鄉城諸富家莫不力盡筋疲而子晉處之自若其用意良深矣子晉沒後其子名扆字斧季者於諸子中最為知名又補刻書數十種以承父志實為海內藏書第一家也初子晉自祈一夢夢登明遠樓樓中蟠一龍

口吐雙珠項光中有一山字仰見兩楹懸金書二牌左曰十三經右曰十七史自後時時夢見至崇禎改元戊辰忽大悟曰龍即辰也珠頂露山即崇字也遂於是年誓願開雕每年訂正經史各一部其餘各種書籍亦由此而成焉

楊貴妃

順治乙未陝西興平令賀文龍嘗夜夢一女子明璫靚妝由儀門直升堂皈訴人侵地而去後一日賀出門經楊貴妃墓乃悟所夢為之清界而封樹焉

許昌

嘉定有老儒名朱綱為人方正不苟頗信佛老之說一日忽夢二冥使來召便隨之行至冥府心甚怖之少頃閻君打鼓陞殿司門者報云東昌府知府到綱聽稱其知府遂不甚驚綱上階閻君下座相揖分賓主禮閻君問曰公在任時判許昌弑母一案得無過當耶綱一聞此言前世事忽然現前對曰許昌實不曾弑母妻殺其母者乃惡妻也昌從外歸一知消息即當縶妻首官正罪乃以情愛難割含糊隱忍猶向枕席尚得為人子乎綱擬以春秋許世子不嘗藥趙盾不討賊之例斷之曰弑母誰曰不宜閻君點頭曰公言是乃長揖送下階仍命二冥使導之歸遂醒未綱自此益

信鬼神之事。長齋繡佛，杜絕世故，以終其身焉。此康熙初年事。

傳聞之甚

錢塘吳志伊檢討著十國春秋，最詳雅可傳。嘗作吳越世家，讀至歐陽五代史，致錢氏之始終，非有德澤施於一方，百年之際，虐用其人云云。乃嘆曰：錢氏據有兩浙，幾及百年，武肅以來，善事中國，保障偏方，厥功甚鉅。至竭十三州之物力，以事中朝，國以是漸貧，民以是漸安，何云非有德澤，虐用其人歟？豈仁者之言耶？乃盡削五代史、江表志、歸田錄之識，謂傳聞之甚。是夜，檢討夢數百騎皆鐵兜鍪，有金甲繡衣者擁一神人，方巾豐下，雙瞳如電，朱衣赤舄，揖吳而言曰：我唐吳越國王錢某也。崎嶇山海間，斬蛟刈鱷，保民立國，不為無功，而為歐陽氏濫貶，幸公為我雪千載冤。再拜去。吳驚悸而悟，戈鋋劍槊，猶擊耳輪間也。吳畏祥，就正業，輒其事。

鬼胎

國初，羊尖席氏有老奴朱雲者，嘗以其女為主人妾。主人逝，女輒夢侍寢，懷孕四五月而墮，則一物如敗荷葉，紫色。醫者曰：鬼胎也。三年凡三孕，後其女遣嫁，夢遂絕。

自矜埋葬

劉秀才名大佑，字約齋，長洲人，累舉鄉薦不售。其所居在察院巷城守署之西。署南有高墩，明季兵燹後，瘞骨纍纍。雍正初，城守某將盡徙其遺骸而築照牆，秀才聞其議，為之惻然，而窘於力，因告貸於友朋，得數金，就其骸之藏於瓶者，倩人善埋之，計埋一百十一具，而金盡矣。秀才雖心憐之，而無如何也。是年秋，應省試，仍薦而不售，益鬱鬱不樂。臘月廿四之夕，秀才因於灶神前具疏，自道其平生雖無大陰德，然掩骼一事，當亦可挽回造化，何神聽之不聰也，辭色憤憤。越夕，夢至城隍廟中，神陞座呼大佑謂之曰：汝讀書人，豈不知功名遲速有定，何得自矜埋葬一事，冒瀆神聽？若再不悛，當褫汝衿矣。汝苟作善不怠，何患不登科第耶？秀才唯唯而覺。越三載，中雍正己酉科鄉榜第一百十一名，後官中書舍人。

改名

王奎，字致乾，吾邑磚橋人，博學能文。記其春怨云：楊柳依依綠，春風拂拂吹。封侯君自覓，日暮妾心悲。頗得古意。少時夢家門口貼進學報單，認其名曰余奎，遂易姓名赴試。是年江南學院為余公正健，果入泮。相傳余公本無錫人，三四歲時有遠客冒去為子，猶不忘其舊云。

夢中判囚

乾隆廿一年，蘇州府前石碑忽倒，觀者如堵，緣兩童抱戲，誤落碑後，一童爬取，碑倒壓死，一童折左腿，有老婦負回。是時府尊薩公載適回署，詢知其事，乃謂書吏曰：昨夜本府夢上官委余判兩囚罪，一囚判斬，字再判一囚，有老婦再四哀求，乃判減等。茲聞老婦負回，真符所夢也。此童係滕州樂之子孫，及其壯也，無惡不作，混名海鬼，以母控忤逆發遣，正合減等之言。

文敏公逸事

家文敏公維城，以少司寇丁艱回籍，夢見一大碑，上書哀哀哀三字，心甚惡之，語其弟竹初明府。竹初曰：三口為品，兄將來當著一品衣耳。未幾卒，詔贈尚書銜，賜葬立碑，乃悟其夢。

永和銀杏

揚州鈔關官署東隅有銀杏樹一株，其大數圍，直幹凌霄，春花秋實。乾隆四十八年冬月，有某觀察夜夢一人，長身玉立，手持一紙，上書甲寅、戊辰、甲子、癸酉八字，曰：吾樹神也，居此一千五百餘年，興亡屢見，公知我乎？寤而恍然，乃命精於推算者算得晉穆帝永和十年甲寅三月三十日也。後厄於火，凡一晝夜乃息，既而復青。

陳太守

吳門陳太守基德，為諸生時，祈夢見一所似堂皇者，屏門上惟有「皇恩雨露深」五字，遂醒。後入京鄉試，以在科場中為人代作文字事發，拿交刑部。會大旱得雨，有旨赦獄犯減等，遂得出。後卒中式舉人，充教習館，期滿挑知縣，不數年擢河間府知府。接印時入公館，見有新黏楹帖，適當德乾坤大一門，搖轉僅見下聯，恍記夢中事。到任未幾，旋告病卒於家。

夢斷龍獄

金蘭畦司寇官部曹時，有同僚夢至一所，燈燭煇煌，侍衛森列，堂上正坐者為蘭畦，旁坐更有二人。外聞數千百人呼冤聲，擁一龍至階前，俱訴曰：孽龍行雨，漂沒居民無算。一吏趨進曰：據天條當斬。金不應。旁坐者曰：依例。金拍案叱吏曰：行雨因公，漂沒過出無心，法當流徙。吏以例爭，金怒曰：汝等舞文，宜斬。命即釋龍，龍忽躍上天去。呼冤者羣譁，金推案起，遂寤。

損陰騭除名

乾隆丁酉科龔太史大萬姚主政某同典廣西試首題為斯民也二句某房官得一卷欲薦之忽夢見一人曰此人三破人婚姻損陰騭不可薦某以夢不足信遂薦之夜復夢曰此卷係抄襲陳勾山舊作窗稿中有其文可查薦而不售衣巾尚在薦而或售據新例必除名汝雖無大處分何苦害人耶某以夢告主司謂我輩識勾山文足徵眼力若置前列恐遭磨勘附榜末或無害也主司以為然及到部磨勘官復夢如前遂以抄襲除名

寫婚書

蘇州有韓生某能文章其嫡母有所愛僕婦新寡與僕某通欲嫁之而嫡母主其事無人為作婚書命生作生恐傷陰騭辭之母固強之不得已為作一稿令他人代書時值秋闈生有婦歸寧母家未幾婦父夢神告曰汝壻今科本當鄉薦以為人寫婚書除名矣醒以詢女女曰無之後歸家與姑言其夢姑告以前事婦曰休矣是科貼出不得終場後數應試竟不第

鯉魚求救

蘇州婁門金命之之姪媳郭氏夜夢紅衣人伏地叩頭曰我東海縣人也明日有大難乞夫人救之郭氏不解其言因謂之曰汝住何處得來救汝紅衣人曰現住吊橋堍下某家魚桶內郭應之及天明召老僕告其故至吊橋堍下某家果有一赤鯉不過四五斤重耳遂送至婁江搖尾而去

賀氏第

如皋高雲廬有妹名蘭生而穎異通五經工書法為人持重寡言笑年十九隨其叔父漣漪公之衡陽官署適中元日晝寢夢有一老嫗謂曰迓太夫人回故第促之登輿隨風飄飄然至一宅院扁曰賀氏第廻廊複道恍如舊遊惟空曠荒凉類久無人居者檻外老梧一枝風過蕭蕭有聲堂中設筵席席上燃香燭而遂居首坐老嫗旁侍階下有蒼頭祝曰主人遠宦在外今屆太夫人二十周期老奴具酒饌冥資望來受享祝畢焚楮帛金銀傾出老嫗急取納諸袖中餘散滿地復令登輿送之歸遂寤以告家人且曰各品吾俱未食惟食西瓜少許覺胸中作惡吐出瓜瓤猶未化也是年秋卒署內久無此物矣逾年而卒雲廬悼之云魂遠可能歸故土夢殘曾記話前因蓋紀其事云

先伯桂山公索嗣

先伯父桂山公幼聰穎十二歲能文先祖甚愛之至十六尚未婚娶以暴疾卒卒後七十餘年先君在夢中屢見一少年並不識認謂先君曰吾汝長兄也吾既無子又無祭享奈何醒而異之遂以第二孫庭蘭為公後且命泳增修其墓立石存焉陰陽一理之說斯可見矣然隔七十餘年始為示夢何其遲也

沈肯松

蘇州沈念亭孝廉璐為諸生時居京師最久一夕夢侍上側捧盤進御盤中有紙卷數十件上從盤中掣一卷以與璐手曰就是他璐啟視之乃肯松二字醒而異之偶歸家適其弟赴童子試更名璐以夢告父父曰用此二字可也是年肯松果入泮乾隆癸卯科登順天鄉榜其明年甲辰中會試第二歷官河南祥符知縣陞歸德通判余遊畢秋帆先生幕中正沈君官祥符時也

夢董思翁

潘榕皋先生書法董思翁且慕思翁之為人嘗臥病半歲一夕夢傍徨水濱一巨舸自遠來泊中有一叟攢眉皓然潘摳衣入謁問其姓名叟曰予董其昌也潘心喜下拜起而言曰久欲見公不識公近在何所叟云欲識吾居頗憶我所書經否青色青

光黃色黃光赤色赤光白色白光彼有人焉子其無意乎潘初不記是何經語因言夙昔愛公墨妙如渴思飲亦能少酬鄙願否叟起立就几醮墨疾書儼成巨幅精靈變幻不可名狀潘喜甚復請曰能再書一幅否叟仰天而笑化成白鶴望空飛去潘急起追之了無所見惟見蓮影搖曳香風四布潘手搴蓮子嚼而咽之甘美無倫遂然而覺病遂愈彭二林先生嘗記其事

司馬達甫

司馬達甫豐江寧人河東河道總督騊之公子中乾隆癸卯副車以甲辰召試欽賜中書坦白無疵汲古不倦常收藏漢銅印譜最多用顧從義集古印譜之例分為藏官私印而私印又分為四聲凡十六冊余遊京師嘗寓其家為定甲乙後一年中翰忽病殁年纔三十二也時上海趙謙士侍郎尚為御史亦有同好遂將印譜借去閱一二年侍郎忽夢達甫來索印譜甚急且曰吾生平所好豈肯割愛讓他人耶侍郎異之遂將十六冊檢出還其子名淳者後遂不夢云

曹方廣

先君故友曹方廣鎮讀書自娛淹貫古今嘗取前人注釋諸書輒為駁正人笑其迂

惟一生不遇，坎軻終身。嘉慶壬戌十月，族兄嘯樓忽夢方廣來，補服頂帽，招要同往。嘯樓辭以足疾。曹曰：此非虛也，至此復何顧耶？吾先來致意，緩日再相請耳。嘯樓曰：信如君言，則吾將死矣。吾死並無所怖，第不知增何疾苦。曹曰：無他疾，亦無所苦也。遂去。隔數日，嘯樓果歿，年八十一。

擊蛇

吳縣鄉民有往穹窿山進香者，見舟子擊一小蛇，某在旁戲語曰：蛇能索命，擊之者往往不祥。亟避去，亦不救也。是夜夢有一蛇人立而言曰：見死不救，何忍心也！遂以尾擊其腮。而醒，覺而齒痛異常，忽出黑血數升。延醫視之，曰：此蛇毒也。醫治半載始痊。而其人之家資已蕩然矣。

十神人

乾隆五十年丙午，江南大旱，自三月不雨至於七月。時先君子年六十四，偶觸暑，腹疾大作，醫藥罔效，飲食不進者至四十日。先君子亦自分不起，乃謂泳曰：吾嘗自占年可逾七十，今病至此，豈數之不驗耶？一夕漏四下，忽聞異香滿室，庭樹肅然，先君子忽張目曰：頃吾夢見十神人來邀余行，余辭之，已首肯去，吾病其痊乎！自是漸思飲食，腹疾亦止，月餘始平復。至六十年七月，先君子並無病，夜夢十神人復至，遂謂泳曰：吾將殆矣。竟以八月廿七日子時歿。計延壽者十年，亦奇矣哉。

枯骨託夢

吳縣木瀆鎮有一富家買地作生壙，某孝廉者為經紀其事。孝廉夜夢古衣冠者數人，長揖而言曰：公貴人也，將來福祿無涯，惟我輩枯骨，全仗公成全，幸勿拋棄，當有以報大德也。覺而異之。至期開土，果獲枯骸。孝廉素不信鬼，乃棄擲太湖中。未幾，孝廉竟發狂疾，月餘而死。

詩人黃逵

乾隆辛亥九月，余應紹興太守李晚園之聘，與修府志，同徐朗齋孝廉寓卧龍山下之慎餘堂，即通判衙署也。一夕夢有人布衣藍縷，揖余而言曰：某玉壺山人也，聞君等修志，來助抄寫之役可乎？余唯唯。醒後猶能記憶。次日早起，偶展蘇州府志塚墓門，見有山陰詩人黃逵者，客死於蘇，葬虎邱半塘寺，號玉壺山人，墓因補入文苑傳。

鬼神弄人

嘉慶癸酉科，江南首場，有吳江某姓者，夢一老人告曰：汝文須用稻粱初熟、嗛糧戀彭蠡之濱、橘柚方濃、撑木念衡陽之浦四句，方可入彀。醒而思之，竟無可用之處，因置之。至次場，禮經題係鴻雁來一句，遂用夢中語。及榜發，竟未售。後領落卷，知文已呈薦，被主司抹此數語，故擯之。因歎鬼神之弄人，亦甚無謂也。

秦檜鐵像

千古奸邪無踰秦檜，墮冢胎而雷殛，掘狗葬而焚灰，人心猶未快也。今岳墳鐵像，明正德八年浙江都指揮使李隆始鑄銅為之，僅秦檜、王氏、万俟卨三人，反接跪墓前。久之，被遊人擊碎。萬曆中，按察副使范淶更鑄以鐵，而又添張俊一像。本朝乾隆中，熊公學鵬為浙江巡撫，四鐵像又已擊壞，縣官稟聞，擬請重鑄。熊未批准，竊念岳王靈爽在天，逆檜沉淪地獄久矣，頑鐵無知，何煩重鑄耶？是夜熊夢四鐵像來叩謝階下，醒而異之，仍飭縣官重鑄，至今存焉。

四十一

蘇州蔣以暄於韋蘇州廟祈夢，夢至一巨第，門首牆上有真草隸篆四行，每行三字相同，乃四十一也。真書一行下旁註一悲字，草書一行下旁註一去字，隸書一行下旁註一存字，篆書一行下旁註一喜字。醒後不解何義。未幾，其尊甫贈公容齋先生歿，時為乾隆四十一年，真書一行乃驗。服甫闋，以暄亦歿，年四十一歲，草書一行又驗。以暄生前耽吟咏，多散佚，歿後友人檢其遺稿，僅存四十一首，隸書一行又驗。嘉慶庚辰，以暄胞姪泰增官起居注主事，加三級，恭遇覃恩，貤贈以暄朝議大夫，距以暄歿已四十一載，篆書一行又驗。

三十三

元和徐孝廉名孝華，初次鄉試在省寓，夢途中猝有一貴人肩輿至，僕從如雲，徐避至道旁，輿中人忽招手，諦視之，即其故父也，言語甚多，醒後都不記憶，惟臨別曰：汝三十三。徐記在心，然亦不明其義。及嘉慶癸酉鄉闈報捷，析條乃三十三名，始悟所夢。

南遊夢

康茂園先生名基田，山西興縣人，乾隆癸酉鄉薦，後曾作南遊夢，數十年升沉顯晦，了不記憶，惟記舟至太倉州城下，聽岸上人語曰：此太倉西門也。欣然登岸，進西門流覽，逾時出北門而去。丁丑成進士，簡發江蘇知縣，似太倉或有緣矣。凡水陸所經，如夢中所遊。補新陽縣，東去太倉西門三十里，調昭文，出太倉北門七十里，以為夢兆已驗於此。或以陞太倉爲言，終無驗。嗣任嶺南，調中州，再至江蘇，官職日顯，擢任河道總督，年已六十有七矣。因部工大壩被焚，降太倉州知州。至西門入城，如舊遊，旋署松江府知府。州人遮道送別，公避之，由北門登舟，然後知夢徵之乃如此也。因作南遊夢記。

紅面金甲神

乾隆戊申年六月廿四日夜，荆州大水灌城，人民死者以千萬計。半月前，荆州府署中有幕友某蒲圻人，夜夢有紅面金甲神持長鞭驅之甚急，次夜復夢如前，遂欲辭館。太守問其故，笑不言，固叩之，乃以實告。太守驚曰：署中恐有火災耶？因備水缸數十百具，置之大堂前。此友竟飄然歸矣。及水至，滿城盡爲衢決。四更初，又有紅面金甲神隨燈數百盞，由西北至東南，城門自開，水爲之洩，活人無算。制府畢秋帆先生有七律十章以紀其事。

注蘇詩

桐鄉馮星實先生應榴，中乾隆辛巳恩科進士，歷官至四川布政使，告養回籍，從事蘇詩，羅百氏之說，以證王、施、查三家之訛，勤心博考，朝夕不輟者至七年。先是己酉十二月，忽夢文忠公來，高冠長髯，相視而笑，自此益力成之，凡五十卷。大約精誠所至，便形夢寐，其理然也。

冥獄

僧允中，俗姓張，號蘊輝，長洲人，其兄芝岡先生鳳翼中乾隆辛丑進士，余舊交也。蘊輝少讀書不成，遂出門習錢穀，遊幕湖南。有辰州府瀘溪縣知縣黃炳奎者，延爲錢席。嘉慶元年，苗匪滋事，地方官競欲立功，每得苗人，不辨其是非曲直，輒殺之。黃適獲得張有一案七八人，正欲辦理，刑席他出，遂交蘊輝屬稿。蘊輝力勸不從，卒詳上論斬。後一年，苗匪平，黃死，年未三十耳。至十九年秋八月，蘊輝偶至揚州，寓一飯店，夜夢有兩人持去，至一處，高門大户，若今之督撫衙門，見一少年上坐於堂皇，兩旁吏役肅然，如訊獄者。蘊輝竊自念：豈有人訟我耶？何爲至此？回頭忽見黃，黃亦視蘊輝，若不相識者。蘊輝意以爲必是斷空案，故累我也。頃之，召蘊輝名，上坐者曰：苗人張有一案，汝所辦耶？蘊輝始豁然，記其事，供曰：大凡刑錢兩席辦案，總聽東家做主，如此案當時原勸過，東家不聽，非我罪也。上坐者曰：汝屬稿詳上，官豈能逃避？相持者久之，上坐者遂目一吏曰：暫令還陽，若能出家行善，念金剛經三千遍，懺悔罪過，便赦汝。蘊輝不敢再辨，但見黃痛哭，已上刑具矣。前兩人復赦之出，忽暗黑不辨道路，且雨雪交下，滿地泥濘，一跌而醒。遂于次日收拾行李，買舟過高旻寺，削髮爲僧。余親聞蘊輝自述如此。

西華山神

秀水王仲瞿曇，乾隆甲寅科舉人，載籍極博，落拓不羈。嘉慶丙子七月，與余同遊雲臺山，看其病重，因促之歸杭州寓館。丁丑八月初一日果死。死月餘，有錢唐馮鼎田者，仲瞿弟子也，忽夢仲瞿著古衣冠，自稱西華山神，生前原欲在世間大興佛法，因聲色之孽太重，降爲岷山山神，過五十年始可復位。惟欲報一仇，必致荼毒生靈，則終古墮落，然此仇必報也。醒時猶能記憶，此夢亦奇。

王太守

江陰王儕嶠名蘇，以翰林出爲衢輝太守者數年。丁艱後服闋北行，歿于京邸。適有嚴方伯名烺者，與太守舊好，遂遣一介携其柩送回江南。隔一二年，太守有愛妾某忽夢其主人來，召且命烹庖，醒後猶能記憶。自此不時夢去。一日儕嶠諭之曰：今日有嚴大人在此，急作一兩樣好菜。嗣後每夢嚴大人常在座中，心甚疑之，後詢之他人曰：嚴方伯早卒矣。又聞太守柩南還時，路遇他舟觸其船者，其水夫立斃，而復蘇，曰：王大老爺命跟隨諸鬼笞之甚痛。余在京時與儕嶠往來，人甚謙雅，不謂其死後靈爽如此。

東平王馬夫詐人

江陰諸生有陳春臺者，家甚貧，以家館自給。一日出門，忽遇旋風一陣，覺心胃俱冷，歸而病作。叩之巫者，說有東平王爲祟。家中人競請祈禱，春臺素不信，亦無力也。有鄰媪代爲張羅，借得五千錢，一禱而愈。後春臺知其事，大怒，乃寫一紙告諸東嶽，謂東平王是正神，何得向人索祭，穢累寒士耶？忽一夕夢東嶽神拘審，春臺到案下，聞堂上傳呼東平王至矣。回顧有着黑袍者來謁案前，神問曰：今有人告狀，爾知之乎？東平不認，又召本境城隍神查訪。城隍神上曰：卑縣已查明，是東平公馬夫假稱東平，實不知。今馬夫亦帶在此也。東嶽神遂命斬之。春臺跪案下，見馬夫已綁出，遂訴曰：馬夫雖冢正法，生員所費之五千錢是挪借者，尚求追還。東嶽神不答，作遲疑狀，忽語曰：汝于兩月後到靖江取之可也。遂醒，滿身大汗。隔一兩月，有至交在靖江以事札致春臺，渡江去，偶在路旁檢得小紙一張，乃錢票，適五千也。忽思所夢，因向舖

戶取之而歸此嘉慶廿四年五月事

自挽詩

虞山趙子浚同鈺能詩才名洋溢庚辰九月十五日夜夢若有人謂之曰爾百日內當死尚懵懵耶醒而怪之乃仿隨園老人作自挽詩四首云本來原是夢中身詎曾無端記得真就使百年仍倏忽可堪餘日再因循安排林貴須防病商酌衣衾要顧貧一事在心怎瞑目未刊詩卷託何人細想吾生亦快然即今五十四流年縱雖兩斷難回首丁巳雙添是踏肩薄有才名傳世上差餘識見出人前便教真箇形銷化也算逍遙極樂天多謝閻浮不遠收寬期猶得十旬休已忘書替來生讀未看花增幾處游幽與薄田倘容買半特寶硯囑妻留直須一點無塵垩纔把文章地下修呼來好藥是將離畢竟搖棺降幾時學淺忍抛詩弟子歸遲端誤女孩兒事經逆料雖無定夢出乎空卻可疑萬一不材冥主棄豈風還有引回期越三月餘竟無恙真夢之不足徵也

松雪翁入夢

余自束髮即學松雪翁書至十八九歲最喜臨摹山谷業師林蘇樣先生謂泳受病已深仍以松雪為退轉之法後每見松雪墨蹟輒留神披覽如黃庭經樂毅論汲黯傳過秦論及洛神枯樹雪賦頭陀寺碑歸去來辭之類不一而足中年為英煦齋相國家鉤勒松雪齋帖六卷既又為齊梅麓太守鉤勒松雪齋帖六卷則余與松雪雖不同時若有深契焉者嘉慶十八年九月余始遊吳興求所謂水晶宮蓮花莊紅蓼灘諸勝皆草煙木瘁矣惟一品石尚在高氏一老寡婦家鷗波亭則僅存基址在蘆葦中松雪舊宅惟有一門甚低元時舊制也余徘徊于門外者久之遂告之太守趙公學轍歸安陳公三立烏程彭公志傑刻一碣曰元趙文敏公故里七大字立于舊宅之前一時觀者雲集歸至南潯舟中夜夢松雪翁來謝面圓而白鬑鬑有鬚身著藍衫一如畫時在畢澗飛員外家所見松雪自繪小像者醒而異之乃作詩曰北海追魂迹已陳公來入夢又何因燕臺一官原如寄（公與中峯札云一官如寄）鴻蹟千年自有真爭說畫禪成獨絕但言書法亦誰倫雌黃郤惟華亭老不肯從公步後塵蓋董華亭一生評論松雪至老年則漸漸服膺乃知松雪之書未易言也

夢神彼檜

大凡人心地不寧則多夢語又云日之所思夜之所夢余生平無妄想心而所夢者皆非所思也豈夢神故作狡獪以揶揄弁人耶一夕夢至一處宛如舊遊高門大戶樓閣巍然一童子出驚喜曰主公回矣忽見僕從如雲左右環列入堂內則姬妾滿前擁夫人出見謂余曰兩子入京考試尚未歸家自君之出所喜得三孫闔家康安豈非幸事遂入內室見金銀如山若比今之藩庫尤為充裕有五六大櫃啓視之皆珠玉寶器無瑕賞玩又一櫃皆貯古錢如齊吉貨太公九府錢以至兩漢六朝錢幣不下數千百種既而又見唐宋各監所鑄之錢中有年號從未經見者正欲翻閱洪遵泉志及宋史食貨志為之考訂源流忽聞外堂人聲甚沸一老僕飛報曰兩郎君皆中鼎甲矣銅鉦數聲夢為之醒悵然於枕上者久之○又一夕夢與中貴人坐坐上皆列寶器及唐宋名人書畫圖籍有玉鸞盃一對高二尺許瑩白如雪中貴人謂余曰此連城璧也余取視之失手落地分為數片中貴人聲色俱厲余亦跼蹐不安跪謝曰願賠還乃取家產及所愛書帖悉賣之不足又乞舊好張羅借貸莫有應者自此大困飢寒交迫妻子亦鳩形鵠面不堪觸目也乃竊自念曰人生至此尚何足言吾聞世上事有真有夢若真也願速死若夢也願速醒頃之果夢也余嘗有詩云人生如夢幻一死夢始醒何苦患得失擾擾勞其形李青蓮云處世若大夢為千古達人語特未言夢之醒耳

和神國

幽怪記載李元之嘗夢往和神之國如死者數日而復生見其國人壽皆一百二十歲皆生二男二女與鄰里為婚姻地產大瓠瓠中有五穀不煩人栽種而實水泉皆如美酒氣候常如深春樹木葉皆絲縩可為衣襟云云余每有此論吾輩若能在此國作百姓則何有於功名富貴謀衣謀食事耶雖羲皇上人不是過也乃作詩云欲買青山願未成心頭萬緒任縱橫何時夢到和神國無事縈心過一生

履園叢話卷二十二終

履園叢話卷二十三

雜記上　　清　勾吳錢泳梅溪輯

三教

或問儒釋道何以謂之三教，余答之曰：天地能生人而不能教人，因生聖人以教之。聖人之所不能教者，又生釋道以教之。故儒釋道三教並行而不悖，無非教人同歸於善而已。孔子曰：中人以上，可以語上也；中人以下，不可以語上也。蓋聖人之教，但能教中人以上之人，釋道不能教也。釋道之教，但能教中人以下之人，聖人亦不能教也。紀曉嵐相國有云：帝王以刑賞勸人善，聖人以褒貶勸人善，刑賞有所不及，褒貶有所弗恤者，則佛以因果勸人善。頗與余言相符。今為儒者不知仁義，為釋者不知慈悲，為道者不知清靜，惟與利是圖，則天地亦無如之何矣。

先君子養竹公有言曰：以雪為白，以墨為黑，常人之見也。雪可化黑，墨可化白，聖人之見也。雪即是黑，墨亦是白，道家之見也。白者非雪，黑者非墨，佛家之見也。常人之見實，聖人之見大，道家之見與佛家之見空。此三教之分也。

兄弟和家之肥

天地閉闢，即有九州，九州之君，皆天所生，天之視君，猶諸子也。諸子和則天下治，諸子不和則天下亂。伊古以來，事莫妙於堯舜之遞傳，尚有嫌乎湯武之革命，雖曰順應，實起爭端。爭端一生，天下反覆。兄弟不和，一家反覆，故致中和則萬物育，兄弟和則家之肥也。

天人異論

金正希先生云：聖賢所自信者天命，而人事則未敢忽也。將雍園先生云：有不可知之天道，無不可知之人事。家竹汀宮詹曰：兩先生皆通儒也，其言異，其旨一。夫子曰：不尤人，人事可必乎？又曰：不怨天，天道可知乎？

情

天地不可以無情，四時萬物皆以情而生；人生不可以無情，三綱五常皆以情而成。推而廣之，風雲月露因人而情，山川草木因人而情，聲色可以移情，詩酒可以陶情。情之所感，寢食忘焉；情之所鍾，死生繫焉，然則情也者，實天地之鎖鑰，人生之樞紐也。然情有公私之別，有邪正之分，情而公，情而正，則聖賢也；情而私，情而邪，則禽獸矣，可不警懼乎。

可知

兄弟不和，婦女作主，几席生塵，飲食無度，一家之事可知矣。官吏相蒙，奴僕執柄，是非倒置，惟利是圖，一國之事可知矣。仁義不施，廉恥道喪，神人交怨，災異並生，天下之事可知矣。

戒殺放生

孟子曰：惻隱之心，人皆有之。戒殺放生，亦惻隱之至者也。然而天下皆戒殺，則禽獸將為人害矣；天下皆放生，則人將為禽獸役矣。要之扶危濟困，是君子之存心，而救蟻埋蛇，亦仁人所並用，則亦何必戒殺，何必放生哉？究為釋子之慈悲，而非聖人之仁義也。

徒陽運河

今丹徒、丹陽百里之間，為江潮淤墊，舟楫難行，每到漕船回空之後，輒兩頭打壩，僱夫開濬，每年所費不貲，而一經水淺，不特不通漕運，而商船亦以阻塞，至於物價騰貴，行路咨嗟，而莫可如何也。盍請當事抽分開濬之費，為造船百餘隻，計口授食，以備不虞；水淺則藉以撥糧，糧過則取以載土，過江棄於瓜步之下，不久成田，招民耕種，而徒陽兩縣之間，以時啟閉，不使長閉，行之五年，必有大效。

不可少

鹽米為斯民之食用，不可少也；鹽無稅則私販絕跡，米無徵則市價自平。官吏為斯民之父母，不可少也；官能清則寃抑漸消，吏能廉則風俗自厚。

讀萬卷書行萬里路

語有云：讀萬卷書，行萬里路。二者不可偏廢，然二者亦不能兼。每見老書生矻矻紙堆中數十年，而一出書房門，便不知東西南北者，比比皆是；然紹興老幕，白髮長隨，走徧十八省，而問其山川之形勢，道里之遠近，風俗之厚薄，物產之生植，而茫然如瞽者，亦比比皆是也。國初魏叔子嘗言：人生一世間，享上壽者不過百歲，中壽者亦不過七八十歲，除老少二十年，而即此五六十年中，必讀書二十載，出遊二十載，著書二十載，方不愧讀萬卷書行萬里路者也。

廿一經

昔人以六經而廣為九經，又廣為十三經，其意善矣。近金壇段懋堂先生又言當廣為廿一經，取禮益以大戴，春秋益以國語、史記、漢書、資治通鑑，又謂周禮六藝之書御雅未足以當之當取說文解字九章算經周髀算經三種以爲之庶學者誦習佩服既久于訓詁名物制度之昭顯民情物理之隱微無不瞭如指掌無道學之名有讀書之實其說甚新

蔣都督

長洲蔣龍江都督守皖江時王師已下金陵不日將至痛哭曰天乎不可爲矣乃召妾妾子女於廳事前諭之曰吾以匹夫受天子厚恩國亡與亡死復何憾若輩盡爲俘矣妻王夫人進曰臣既死君妻亦死夫理之當然者妾七人言亦如之次子傑三十祖跪曰父爲忠臣兒敢不學孝子耶二女與未婚媳趙氏曰願吾門全忠孝節義也乃積薪縱火闔門焚死都督顧視灰燼提刀而出巷戰經日猶殺四十餘人旋自刎是時公胞姪珍官蘇州遊擊亦遇敵亡事與周將軍遇吉一門盡節事相類爲千古不可磨滅者國朝乾隆四十一年詔旌勝朝殉節諸臣都督巳予謚忠烈詳明史矣而其隨從殉節者共十四人俱邀旨入祀忠義節孝二祠而志乘闕焉特記於此

父子大拜

本朝父子大拜者有四家桐城張文端公英次子文和公廷玉常熟蔣文肅公廷錫子文恪公溥無錫嵇文敏公曾筠子文恭公璜諸城劉文正公統勳子文清公墉也其父子俱爲一品者海寧陳清恪公詵爲禮部尚書子文勤公世倌大拜錢塘徐文敬公潮爲吏部尚書子文穆公本大拜富陽董文恪公邦達爲禮部尚書子文恭公誥大拜

席宗玉

國初吾鄉千尖鎮有席宗玉慷慨尚義遠近稱爲長者崇禎十六年冬忽有如皋李元旦攜其母許其妻姚並子女僮僕輩悉投奔於宗玉元旦係大冢宰大生之子官詹事府少詹許係大學士許穀女姚係癸未探花永言女也元旦贈宗玉詩云君豈蓬蒿侶龍蛇偶蟄藏霜搖三尺劍月冷數聲簫疏竹成幽僻荒廬接小橋家貧還甚狹車蓋敢相招疇昔悲雄歌前宵來渡河那堪芳草路只送馬蹄過烽燧殊方滿星霜客鬢多願期春色裏同剪北窗蘿已駕寒江楫還爲卒歲留老慈峯雙柍稚子曳君裘候雁常虛帛呼天欲寄愁即今空汗漫不復似依劉每成別後夢即檢隔年書天地情難老江湖淚有餘寒雲生舊榻落日憶空廬滿目交遊盡思君總不如其明年三月聞思陵崩逝大哭辭去回如皋闔門殉難時有義士柏仲祥者一日能行三百里負元旦子祥官而逃不知置何處仲祥後被獲死南京嗚呼自古聖帝明王皆以民爲邦本而至於此極耶故民貴而官賤則天下治官貴而民賤則天下亂官貴而民貴則天地開官賤而民賤則天地閉矣

率由舊章

大凡處事不可執一而論必當隨時變通斟酌盡善乃爲妙用余嘗論率由舊章一語不知壞盡古今多少世事有舊章之不可改者有舊章之不可不改者至如吾鄉之北望亭橋今改爲壩　南境爲無錫所轄北境爲金匱所轄嘉慶二十年將重建時諸鄉民原請造締橋以便往來舟楫錫令韓君循寵因問諸鄉民向來有否曰無之韓曰然則率由舊章可也而監造之紳衿華鳳儀輩因人牒牒亦不與韓君辯將陋就簡數月而成每遇西北風其流直衝無有約束覆舟殞命者一歲中總有數次此率由舊章之誤事也可畏哉

峨嵋老僧

江陰朱中丞勳以佐貳起家官至陝西延撫賞戴花翎先是中丞誕生時適有老僧在門首化齋告其家曰聞即刻公喜生一相公此兒將來當大貴六十年後或可於長安相遇也道光初年朱正在陝西偶有差役以事入峨嵋遇此僧僧曰有一書煩爲我寄朱大人我尚知其誕生時也差回省城不敢投稟之長安令啟其書無他語今爲轉呈但言今年某月某日當束裝北上果於是日得旨召入京師以四品京堂用

修志

郡縣之有志猶國之有史家之有譜也書固華之變掌故之樞發幽潛之光垂久遠之鑑非志之不可然志之有二難焉非邑人則見聞不親採訪不實必至漏略如邑人而志邑事則又親戚依倚好惡紛岐必至濫收沒其所有則不備飾其所未有則不實此其所以難也

凡重修府州縣志無論文章鉅公縉紳三老總不可以涉手以其易生叢謗也蓋修志與修史同一杼柚作文難評文易吹毛求疵文人惡習試觀諸史如史記漢書雖出馬班之手尚不能無遺議況他人耶

嘉慶十九年余與修高郵州志將刻成署曰嘉慶高郵州志州中諸縉紳見之譁然以爲不遑仍去嘉慶二字余笑謂州判史馮椒園曰吾見元和郡縣志元豐九域志

乾道臨安志乾道毘陵志淳熙三山志紹熙雲間志嘉泰會稽志嘉定赤城志寶慶四明志景定建康志咸淳臨安志至元嘉禾志大德昌國州圖志延祐四明志之類不可枚舉豈諸縉紳亦以為不通耶少所見多所怪也

吾邑無錫之名始見於史記東越列傳無錫名縣見於漢書地理志無錫有志始於元人王仁輔一修於景泰馮擇賢再修於宏治吳鳳翔李舜明三修於萬曆秦子威本朝康熙二十九年鄉先生秦對巖嚴灝濟兩先生修之乾隆十六年浦二田華劍光兩先生又修之嘉慶十七年少司寇秦小峴先生又修之頗將舊志删改且懶於採訪凡鄉間所有人物節孝槩行疏略頗不滿於邑中余因請之司寇開新志所未載者為採錄一編名曰梁溪補志存稿以俟後來云

道光五六年間余擬修虎邱志有一縉紳曰錢某並非本地人何勞涉筆耶余聞之而止夫虎邱一區無關要緊而尚遺人譏其他可知案虎邱志始於明洪武初王仲寬久已失傳重修者為松陵周安期再修於婁東顧湄元和令周岐鳳又修之震澤任兆麟又修之皆非本地人也

八體

秦書有八體一曰大篆二曰小篆三曰刻符四曰蟲書五曰摹印六曰署書七曰殳書八曰隸書今世所傳亦有八體一曰鐘鼎文辭尚功鐘鼎款識是也二曰秦篆秦山琅邪臺刻石是也三曰秦隸兩漢金石器物款識是也四曰漢隸東京漢安以後諸碑是也五曰鍾隸上尊號奏受禪孔羨碑是也六曰真書六朝隋唐諸碑是也七曰行書蘭亭與集王聖教序是也八曰草書二王帖書譜是也

性恭謹

余有老友徐翁長出門曾見山陰何恭惠公煟為河南巡撫時性恭謹每得各省同寅親友公文書啟命僕開函時必起而拱立兩手捧誦誦畢然後坐及答書亦必拜而後發其誠如此公子裕成亦任河南巡撫然不及乃翁矣

袁簡齋

袁簡齋先生一生不信釋氏每遊寺中僧人輒請拜佛先生以為可厭乃自書五言四句於扇頭云逢僧必作禮見佛我不拜拜佛佛無知禮僧僧見在似深通佛法者又先生一生不講說文一日宴會家人上羊肉客有不食者先生曰此物是味中最美諸公何以不食耶試看古人造字之由美字從羊鮮字從羊善字從羊羨字從羊

即吉祥字亦從羊羊即祥也滿座大笑似又深通說文者皆可以開發人之心思

蘇東坡生日會

畢秋帆先生自陝西巡撫移鎮河南署中葺嵩陽吟館以為燕客之所先生於古人中最服蘇文忠每到十二月十九日輒為文忠作生日會懸明人陳洪綬所畫文忠小像於堂上命伶人吹玉簫鐵笛自製迎神送神之曲率領幕中諸名士及屬吏門生衣冠趨拜為文忠公壽拜罷張宴設樂即席賦詩者至數百家當時稱為盛事迨總督兩湖之後荆州水災既罷苗疆兵事又來遂不復能作此會矣嗚呼以公之風雅愛客今無其繼而沒後未幾家產籍沒子孫式微可慨也已

改嫁

改嫁之說袁簡齋先生極論之歷舉古人中改嫁之人若漢蔡中郎女文姬改嫁陳留董祀新唐書諸公主傳其改嫁者二十有六人又權文公之女改嫁獨孤郁其實癡也韓昌黎之女先適李漢後適樊宗懿范文正公之子婦先嫁純禮後適王陶文正母謝氏亦改適朱氏陸放翁夫人為其母太夫人之姪女太夫人出之改嫁趙氏居正妻柴氏亦攜資改嫁而程伊川云婦人寧餓死不可失節乃其兄明道之子婦亦改嫁不一而足余謂宋以前不以改嫁為非宋以後則以改嫁為恥皆講道學者誤之總看門戶之大小家之貧富推情揆理度德量力而行之可也何有一定耶沈圭有云兄弟以不分家為義不若分之以全其義婦人以不再嫁為節不若嫁之以全其節也

金石文字

金石文字雖小學之一門而有裨於文獻者不少如山川城郭宮室陵墓學校寺觀祠廟以及古蹟名勝第宅園林與圖考索全賴以傳為功甚鉅而每見修志者往往視為土苴而棄之真不可解也王蘭泉司寇為金石粹編一書有與諸史互異輒以證之此深於金石者也孫淵如觀察嘗言吾如官御史擬請旨著地方官吏保護天下碑刻此癖於金石者也

算盡錙銖

每日費用雖小不苟所以惜物力謹財用也蘇州人奢華靡麗一年費數萬錢為一日之歡而與肩挑貿易之輩必斤斤較量算盡錙銖至於面紅聲厲而後已然所便宜者不過一二文之間耳真不可解也相傳沈歸愚尚書貧困時鮮於僮僕每早必提

一篋自向市中買物說一是一從不與人爭論諸市人知其厚道亦不敢欺彼時尚有古風

布衣可貴

嘉慶己巳歲七月余在京師英煦齋相國家有筆墨事嘗招余住澄懷園之近光樓時公為戶部侍郎兼副提督同寓者為席君子遠姚君伯昂兩編修也一日五鼓天未明大雨如注閽雞人傳唱聲知公已早到宮門矣兩編修聞之亦急具衣冠冒雨入朝不逾刻余時正高卧枕上朦朧謂兩編修曰吾今日始知布衣之可貴也

南北氣候

故老嘗言大江以北麥花晝開大江以南麥花夜開總未留神祭看嘉慶七八年間偶見麥花皆晝開殊不信一老農曰麥花自國初以來俱如舊說其晝開者始於嘉慶初年蓋由南北氣候日轉循之北方產梨棗瓶果之屬今南方亦有之南方產並蓮藕菰芋薺之屬今北方亦有之余於乾隆壬子始入京師夏間蚊蟲絕少至嘉慶十三四年六七月內每到垂晚則蚊聲如雷矣

水倉

揚州有余觀德者人頗豪俠乾隆五十九年四月新城多子街一帶不戒於火延燒逵旦觀德率眾撲救甚力因創為水倉起名甚新其法在閙市中距河較遠處買地一區前設小門後為大院置水缸數十百隻貯以清水設有不虞水可立至此良法也余友孫春洲嘗作門聯云事有備而無患門雖設而常關自余觀德創後揚州城內隨處皆置水倉惜其法不行於蘇杭之間耳

大歸四事詩

蓮池大師臨終時有詩云病樂兩非何足辨死生變幻不須悔真達者之言也余嘗見雲間張文敏公照有小冊蠅頭細書上題曰大歸四事詩殊妙四事者衣衾棺槨也今錄於此兒女千行淚點污著來寒暖不關膚誰能立地明三事從說升天更六銖翠鈿明珠長已矣繡裳命卷更何如早知一向為黃土虛費區分紫與朱衣越紵吳綾細剪裁千條百結裹枯骸閻中繡滿梵王字原上飛成鬼伯灰不許蔦烏棲並翼任他蝴蝶夢千回恰如旅客和衣睡歎枕鰥鰥子夜來衾誰信千年水不開徒教骨肉隔黃埃收回天上三春豔盡人間一石木水土幾番灰卻了山林又復釜斯來還愁仙骨埋難盡碧落殷勤選玉林棺與手卷然辣沐餘竭來小有洞天居渾如

誤惜加節稍異此院防川臨來螺蛾一生忙不定千年他日此相於漆園再向枯髏語為問王孫意底如鄉

吳書歎

吳江吳苣堂先生名燮乾隆丙辰嘗舉博學鴻詞科不遇浮沈諸生中年七十餘無家室宿食紫陽書院後輩輕薄腸肥腦滿視苣堂如怪物無與言者一日書院課期蘇州太守孔公名傳炯點名及苣堂趨而前與太守執手問好太守怒曰汝一老諸生大無禮節敢與我抗禮耶苣堂遂挺立慢罵曰汝父與我同舉鴻博科汝尚在子姪行豈有孔門子孫而輕視長者乎太守大駭詢之他人知其實蹈踖謝罪人稱為吳書歎

朱文正公逸事

朱文正公相業巍巍莫不稱為正人君子待人接物必恭必敬晚年益自刻厲宏獎人材後輩門生仰之如泰山北斗一日有通家子某某欲晉謁閽人辭以請客問請何人閽人曰昨日請老師父執及前輩今日請同年同寅皆已故者某駭然問其禮每一席設五六位不等椅坐上書某名某公以尊卑分次序而自居末座衣冠肅然坐定命僕行酒上菜上飯上茶一如生禮祭畢則送諸門外如是者三日莫知其故也越月而薨

易于傳播

畢秋帆先生為陝西巡撫重修馬嵬驛伊墨卿太守在惠州重修朝雲墓陳雲伯太令在常熟重修河東君墓皆民事之不甚急者而易于傳播人人樂道之何耶如阮雲臺宮保提學山東重修鄭康成祠於浙江重修曝書亭巡撫江西重修玉茗堂唐陶山方伯令吳時重修桃花庵林少穆中丞為杭嘉湖道重修放鶴亭陶雲汀制府梁茝林方伯在蘇州重修滄浪亭并肇建五百名賢祠及梁伯鸞祠孫淵如觀察在山東重修閔子騫並訪義士左伯桃羊角哀墓於范縣之義城寺東則又在畢秋帆諸公上矣

福慧庵

余舊居之東有福慧庵者地頗幽閒又謂之靜室有蓮華域憩雲窩文昌閣諸勝國初有呆道人來卓錫於此道人名圖通相傳為崇禎某科進士文章書畫無所不長至於彫文刻鏤皆親自製作良工見之縮手嘗手寫蓮華經七卷楞嚴經十卷而蔔

筍一幅尤為絕作隱然以漚日觀白命余少時讀書席中嘗披閱之辛巳秋日偶過圓公塔院題壁二首云艱難心事總成灰師自紅羊劫裏來收束儒書歸佛剎獨持禪悅老巖隈空門安用彫龍手舉世誰憐吐鳳才留得筍蔬遺墨在焚香展讀不勝哀廿年不到憩雲窩殿屋蒼涼粹辟蘿拂面紅塵成底事滿頭白雪又來過窮通有命憑誰問福慧難兼奈老何禮罷遠公舊時塔數聲清梵莫雲多

紅白盛事

蘇杭之間每呼婚喪喜慶為紅白事其來久矣乾隆六十年冬阮雲臺先生以詹事府正詹提督浙江學政旋有旨擢內閣學士兼禮部侍郎其明年正月締配夫人孔氏為衍聖公胞姊公館在錢塘門外先生乘八座行親迎禮鹵簿鼓吹填塞道路杭城內外士民婦女觀者以數萬計是年秋孫補山先生靈柩由廣西賜葬錢塘奉旨入城輿馬之盛執事之多從宋未有其上一年富陽董相國丁邴太夫人憂從京師扶柩歸里自鎮浙將軍都統巡撫鹽政司道以下暨合郡縉紳皆素衣跪送而滿城兵甲侍從旌旆飛揚自江頭至六和塔直接秋濤宮分列皆滿蕭公福祿其先本回部人為狼山鎮總兵官年已七十二忽然喪耦尚欲續絃久之無有應者嘉興馬姓亦是教門有閨女年三十八尚未字人早擬守貞以終其身矣至是蕭來求親女私念曰婿年雖老究屬二品官一嫁便作夫人較守貞不字老苦於空房自為優也欣然願嫁擇日成婚未期月蕭公陞浙江提督與夫人赴任道出嘉興行歸寧之禮旌旗輿馬笳鼓喧闐自參將以下與標兵三千餘人皆披甲掛刀排列成行跪迎於西城門外觀者萬人咸為欽羨吳門韓旭亭公與潘榕皋農部及其弟雲浦公皆八十稱觴旭翁以子對貴封光祿大夫刑部尚書雲翁以子世恩貴亦封光祿大夫戶部尚書俱蒙欽賜壽杖福字荷包等物榮耀鄉閭而榕皋嗣君世璜亦鼎甲稱觴之日數郡畢至胞姪殿撰公世恩中翰公世禁俱侍左右晉接賓朋此皆紅白事之最盛者也

詁經精舍

嘉慶初年揚州阮雲臺先生一為浙江學政兩為浙江巡撫於西湖聖因寺旁設詁經精舍選諸生中經學修明通於一藝者習業其中有東京馬融氏之遺風余每遊湖上必至精舍盤桓一兩日聽諸君議論風生有不相能者輒訬擾而吾家竹汀宮詹聞之笑曰此真所謂洙泗之間齗齗如也其精舍中肄業諸生則有洪頤煊洪震煊徐養源徐養浩陳鴻壽陳文杰胡敬徐熊飛吳東發汪家禧孫同元趙春沂趙坦范景福何蘭汀徐鯤丁子復李遇孫金廷棟陶定山張鑑沈濤周聯奎顧廷綸邵保初蔣炯李方湛吳文健陸堯春朱壬湯錫蕃王仁朱為弼何起瀛錢林張立本葉凡三十餘人為一時之盛及先生還朝諸生皆散去或仕或不仕近且彫落作古人者又不一其人矣

畢

唐杜牧之曾改名畢而卒宋鄒忠公夢道君賜筆而卒蓋畢字古人已有忌之者畢秋帆尚書名沅為兩湖總督八年忽以事降調山東巡撫心竊喜之未幾仍復兩湖之任遂默然不樂謂人曰吾將終老於斯矣已而苗匪起事領兵堵禦沒於當陽乃知姓名亦有忌諱焉

茂林

族弟槃溪家有一青衣名茂林者滕姓湖南長州府滕家堡人係武世家族中有十三武舉兩進士自言嘉慶元年苗匪滋事福大將軍督師一夕有苗千餘人來撲官軍官軍急號救於滕氏立率父兄子弟持器械出佐官軍殺苗數百人苗遁去將軍以為功題陞十餘輩不數日苗知為滕氏兵遂約數千人直殲滕氏滕氏亦號救官軍官軍皆不應無一人出者此堡遂成瓦礫場茂林其遺孤也余時寓息園聞其語為欷息者久之

莖香校書

莖香校書者本舊家子長洲人能畫工詞曲其父某曾為府司馬父沒後與母獨居遂落籍余嘗有詩云鸞飄鳳泊尋常事一墮迷樓最可憐又云見卿惟念南無佛安得開籠放雪衣蓋惜之也後為鴇母凌虐憂鬱成疾不知其所終

楊婉春

庚申六月十二日余出都從路河歸櫂有楊氏女婉春者蘇州人年十五善言笑在某王府度曲將附余舟余以同鄉諾弗卻也行至泇河適逢七夕婉春乃言曰今夕當唱唐明皇拜月一曲其聰慧如此遂命僕人吹笛和之歌聲嘹亮聽者莫不淒然因書三絕句為贈云泇河水碧鸞飛人到良期心事違賴有盈盈年十五能令秋客坐忘機客裏年華去若馳撫今追昔不勝悲聽卿一曲長生殿想見開元全盛時銀河有影度窗紗烏鵲無心渚彩霞同是孤舟淪落客不知好夢屬誰家

趙梅卿

白壁千雙珠作鬬，金釵十二玉為樓。人間多少繁華夢，比到梅花總不如。此王惕甫學博詩也。道光乙酉年，蘇州閶門外有妓趙梅卿，素未著名，吳江周蓉裳見之，大為賞識，戲書此詩於梅卿扇上，自是聲價十倍，車馬盈門。

定數

乾隆十二年秋，東北風起，海水大上，南人謂之海嘯，漂沒人民屋舍無算。有一人既溺於水矣，忽有一紅面者挽之曰：此吾家人也。不一二年，大起寢室，其人燒死，始知紅面者是火神也。又壬寅六月立秋日，沿海崇明、寶山、福山一帶亦海嘯，死者無算。有老婦年八十二歲亦死，此厄生時自言海嘯已經七次，俱得救援，至此而仍溺於水。又蘇州葉某者，性迂拙，一無所能，其父死，既無產業，且有逋負，葉終日不樂，屢欲尋死，或獨宿於枯廟，或時走於荒墳，欲投井則有人救之，欲自經則有人解之，遂投入太湖，忽見朱衣人持梃驅之，得達彼岸，適遇其戚，送以歸。葉自述如此，而人亦謂歷經諸難不死，將來必有後福，居無何，竟竊及自戕。昔晉惠公死於高梁，卜者先知；周亞夫餓紋入口，卒死於獄。乃知人之死於水火，命之短長，俱有定數。

參巴雞

吾邑應孺賓西巖之父少時在金陵，以千錢買蜀西參巴子三升，已用其半，曝於庭，為家畜白雞啄食之，雞日漸高大，金胸翠頸，雪羽朱冠，鮮妍五彩，巨過於鵝，而高倍之，人不識為雞也。人來觀者如市，賞樂遂大售，日進千錢，子孫温裕者三世。

機神廟

機杼之盛，莫過於蘇杭，皆有機神廟。蘇州之機神奉張平子，不知其由，廟在祥符寺巷。杭州之機神奉褚河南，廟在張御史巷，相傳河南子某者，還居錢唐，始教民織染，至今父子並祀，奉為機神，并有褚姓者為奉祀生，即居廟右。余於戊辰歲為阮雲臺中丞書褚公廟碑記，因悉其事。按唐時以七月七日祭機杼，想又以織女星為機神也。

烏槍打雨

嘉慶元年，苗人滋事，上遣福公康安提兵征討，時值四五月，霖雨間作，無一日晴者。福公憂之，命道士祈晴，不應，乃遣烏槍兵向天而開，始放日光，隔數日雖開槍亦不應也。此余弟子楊生補帆在軍中親見其事。聞甘肅省每遇陰霾致損田禾，須開烏槍打散，亦此意也。

五雲

五雲者，丹徒王夢樓太守所蓄家伶寶雲、輕雲、綠雲、鮮雲也，年俱十二三，垂髫纖足，善歌舞。余時年二十五六，猶及見之。越數年，五雲漸長成矣，太守惟以輕雲、綠雲、鮮雲遣嫁，攜素雲、寶雲至湖北，送畢秋帆制府。密視之，則男子也。制府大笑，乃謂兩雲曰：吾為汝開釋之。乃薙其頭，放其足，為僮僕云。

換棉花

余族人有名焜者，住居無錫城北門外，以數百金開棉花莊，換布以為生理。鄰居有女，年可十三四，嬌艷絕人，常以布來換棉花，焜常多與之，並無他志也。不二三年，焜本利虧折，遂歇閑，慨然出門，流落京師者十餘載，貧病相連，狀如乞丐。一日行西直門外，忽見車馬儀從甚盛，有一綠幃朱輪大車，坐一女，珠翠盈頭，焜遙望不敢近。其女見焜，亦注目良久，遂呼僕從召至車前，曰：君何至此也？焜已不識認，渾如夢中，唯唯而已。遂命從者牽一馬隨之入城，至一朱門大宅，見其女進內宮門去，蓋某王府副福晉也。頃之，召焜進，謂之曰：余即鄰女某人，向與君換棉花，感君厚德，故召君。因認為中表兄妹，出入王府三四年間，焜得數千金，上館充謄錄生，以議敘得縣尉，旋陞內黃縣，擢直隸河間府同知，署太守印。案此乾隆初年事。

刺史新聞

有某州刺史者，故賊也。先是壬子、癸丑間，有雲南劉某入京謁選，隨一僕住騾馬市，簏中頗裕，有同寓客知之，故與僕善，殷勤異常，僕偶出，客必為其主左右之，較僕尤為周慎，劉甚感。未一年，掣籤得縣丞，分發河南，客大喜，詭曰：小人有胞弟在河南藩署當門上，擬隨老爺同行，可乎？劉亦喜，乃束裝，雖僮僕之親，無以過也。行至邯鄲，劉忽病疫，一日死，僕與客俱大哭，抱持殯殮，寄棺古寺中。客忽向僕曰：吾兩人所恃者主人耳，今主人死，尚復何言？雖然，有計焉，幸簏中憑文在，吾為官，爾為官親，誰復知之耶？遂與僕行，未渡河，僕又死，客抵省，中祇一人耳，乃繳憑，未匝月，委署某縣丞，獲巨盜有功，題陞知縣，乃改名，不數月，屢獲巨盜，連破七案，又陞某州刺史，以良能稱。一日有探差來報云：探得州境百里外某鋪有夫人自雲南來，隨一弟，曰舅爺，早晚將抵署矣。刺史佯喜，即遣兩妾前迎，詢其所來，妾還報曰：太太衣履甚破，行囊亦罄竭矣。刺史急取衣飾滿一箱，白金百餘兩，仍遣兩妾前為開發路費，且曰某日最良，可以進署復以白金二百兩與舅爺辭以署務甚冗斷不能款留請即回滇命一差送之越四五日刺史命僕從執事鼓吹人等接太太入署而刺史託故他往謂家人曰今夜回衙恐遲爾等勿伺候宜早息僅留一嫗守內宅門可也至三更時始回署而直入夫人之室諸妾婢僕皆早睡但聞主人進房切切私語而已後二年正月有老僧踵轅門適刺史回署遇拱手曰僧與大老爺別二十年今為大官矣刺史懼不與言使家人許其三千金僧不允謾罵曰汝今逃遁何處去耶蓋此僧是名捕也刺史急吞金死而劉夫人亦為殯殮寄柩某寺中而與兩妾收拾行李積蓄萬餘金同歸雲南車輛甚多

刑罰不中

自古來官家辦命案莫不舍重就輕輒引尚書罪宜惟輕一語或者曰實刑罰不中耳

奇案

余友陳春嘘大令嘗官盛京錦縣知縣凡八九年有一案甚奇有民家迎娶新娘已登輿矣行至數里忽大風雪不能行由小路入一枯廟中暫避誰知風雪更甚計五日夜不止至雪晴後則已二十餘日矣兩家始通音問杳無蹤蹟大為駭異尋至數日方得之計兩家隨從男女七十餘人皆凍餓死

富賊貴賊

吾邑有富翁某開質庫每到庫中必於無人處竊小物以為得意其夥皆知之以此閉鋪而向主母索還以為常也又虎邱杜開圃翁言有某觀察者每日必竊他人物一兩件一日嘗門家人有皮馬褂置在籤押房觀察竊之家人不敢問乃推杜翁索之翁以是問觀察觀察曰不知也翁固問始笑曰吾早知爾夜亦不取矣此二人一富一貴皆犯竊疾何也

經訓堂帖

乾隆庚戌歲三月三日余寓畢秋帆尚書樂圃之賜閒堂時正為尚書刻經訓堂帖遂取松雪齋所藏蘭亭五字未損本及唐懷素小草千文徐季海朱巨川告祭君謨自書詩藁蘇東坡橘頌陳簡齋詩卷朱晦庵城南詩虞伯生誅蚊賦趙松雪枯樹賦諸墨蹟置諸案頭同觀者為彭尺木進士潘榕皐農部張東畬大令郭匏雅陸謹庭兩孝廉彈琴賦詩歡叙竟日為一時佳話尚書歿後家產蕩然家人輩搨之為餬口

計可憐也忽忽三十年諸公半皆凋謝卷冊亦已散亡惟經訓堂帖巋然獨存金石之可貴如此

悟情

悟情女士姓翁氏揚州人其姊雲巒為和希齋大司空側室和歿後雲卿殉節時悟情年十五六同在京師親見其事忽悟曰人生富貴功名一死便了又何必作葵藿之傾心楊花之飄蕩耶乃慨然出京相依京口駱佩香夫人以守貞自誓嘉慶甲子十月余偶過丹徒見之悟情狀如男子意氣豪放善吹簫能填詞尤嫻騎射上馬如飛一時名公卿皆敬其為人真奇女子也後出家為比丘尼趙甌北先生有詩贈之

裹足

婦女裹足之說不載於經史經史所載者惟曰窈窕曰美而豔或言領言齒言眉目從未有言及足者案太平御覽云昔製履男子方頭婦人圓頭見宋書五行志唐六典內官尚服注謂皇后太子妃青襪舄加金飾開元時或著丈夫衣靴則唐時尚未裹足也雜事秘辛載漢保林吳姁足長八寸脛跗豐妍底平趾斂杜牧詩鈿尺裁量減四分鈿尺長八寸減四分為七寸六分韓渥詩六寸膚圓光緻緻李白詩履上足如霜不著鴉頭襪杜甫詩羅襪紅蕖豔乃青履紅襪非金蓮之謂也即大唐新語並國史補亦祇云馬嵬店媼收得楊妃錦靿一隻並不言足之大小也又唐詩紀事段成式光風亭夜宴伎有醉毆者詩云擲履仙鳧起撦衣蝴蝶飄羃毆時其履可以擲人者其不小可知然則裹足之事始於何時道山新聞云李後主窈娘以帛繞足令纖小屈足新月狀唐縞有詩云蓮中花更好雲裏月常新因窈娘而作也或言起於東昏侯使潘妃以帛纏足金蓮帖地謂之步步生蓮花張邦基墨莊漫錄亦謂弓足起於南唐李後主是為裹足之始至宋時有裹有不裹湛淵靜語云程伊川先生家婦女俱不裹足不貫耳陶九成輟耕錄謂扎腳始於五代以來方為之熙寧元豐之間為之者尚少此二說皆在宋元之間去五代未遠必有所見非臆說也大約此風至金元時始盛自此相沿而成俗矣其足小而銳者考之於古亦有所出出於古之舞服史記云臨淄女子彈絃縱足又云揄修袖躡利屣集解徐廣注云利屣舞屣也舞則見屣舞屣赤色花紋薄底頭利銳綴以珠似即今女人之鞋式也他如張衡西京賦振朱屣於盤樽許昌賦振華足而卻蹈又文選舞賦庾信舞賦顧野王舞賦以及曹植妾薄命詩簡文帝昭明太子舞詩俱有言及足者蓋古者女衣長而拖地不

見必惟舞見足故言履言綎也因知窅娘裹足乃舞服也

說文尸部屨履中薦也吳中古蹟記有西施響屧廊似即今女人鞋中之高屧故行步有聲足之稍大者欲令使小則用高屧言高薦也今人謂之高底者非也要之亦舞服也古樂府有雙行纏曲或疑為裹足之證曲云朱絲繫腕繩真如白雪凝非但我言好衆情共所稱又云新羅繡行纏足趺如春妍他人不言好我獨知可憐謝靈運詩可憐誰家婦緣流洗素足陶淵明閑情賦願在絲而為履同素足以周旋又唐人詩兩足白如霜夫賦足而言其白言其素言其妍其不纏也可知矣所謂雙行纏者乃纏其兩股非纏其足也總之婦女之足勿論大小有高屧無高屧貴乎起步小徐徐而行即焦仲卿詩所謂纖纖作細步精妙世無雙也若行步蹣跚醜態畢露雖小亦奚以為

大凡女人之德自以性情柔和為第一義容貌端莊為第二義至足之大小本無足重輕然元明以來士大夫家以至編氓小戶莫不裹足似足之不能不裹而為容貌之一助也其足之小者莫如燕趙齊魯秦晉之間推其能小之道蓋亦有法焉凡女子兩三歲便能行走四五歲之間即將兩足以布條闊伍不使長不使大至六七歲已成片段不纏而自小矣而兩廣兩湖雲貴諸省雖大家亦有不纏者今以江浙兩省而言足之大莫如蘇松杭嘉四府為其母者先憐其女纏足之苦必至七八歲方裹是時兩足已長豈不知之而不推其故往往緊纏使小女則痛楚號哭因而鞭撻之至鄰里之所不忍聞者此蘇杭人習焉不察之故也然則蘇杭皆大足耶曰否得其法則小不得其法則大

天下事貴自然不貴造作人之情行其易不行其難惟裹足則反是並無益於民生實有關於世教且稽之三代考之經史無有一言美之者而舉世之人皆沿習成風家家裹足似足不小不可以為人不可以為婦女者真所謂戕賊人以為仁義亦惑之甚矣國朝八旗婦女皆不裹足古道猶存其風足尚莊子云天子之侍御不爪揃不穿耳耳尚不穿豈可裹足耶盍請地方大吏出示禁約凡屬貴臣望族以及詩禮之大家俱遵王制其倡優隸卒及目不識丁之小戶聽其自便如以此法行之十年則積習漸消天下萬民皆行古之道矣

本朝崇德三年七月奉諭旨有效他國裹足者重治其罪順治二年禁裹足康熙三年又禁裹足七年七月禮部題為恭請酌復舊章以昭政典事都察院左都御史王熙疏內開順治十八年以前民間之女未禁裹足康熙三年遵奉上諭下議政王貝勒大臣九卿科道官員會議元年以後所生之女禁止裹足其禁止之法該部議覆等因於本年正月內臣部題定元年以後所生之女若有違法裹足者其父有官者交吏兵二部議處兵民則交付刑部責四十板流徙十家長不行稽查枷一箇月責四十板該管督撫以下文職官員有疏忽失於覺察者聽吏兵二部議處在案查立法太嚴或混將元年以前所生者捏為元年以後誣妄出首牽連無辜亦未可知相應兒其禁止可也裹足自此弛禁事見蚓庵瑣語及池北偶談

考古者有丁男丁女惟裹足則失之試看南唐裹足宋不裹足得之宋金間人裹足元不裹足得之元後復裹足明太祖江北人不裹足得之明季后妃宮人皆裹足本朝不裹足得之從此永垂萬世由是觀之裹足為不祥之兆明矣而舉世猶效之何也蓋婦女裹足則兩儀不完兩儀不完則所生男女必柔弱男女一柔弱而萬事隳矣且裹足為賤者之服豈可以行之天下而且行之公卿大夫之眷屬耶予所以喋喋言之者實有係於天下蒼生非僅考訂其源流而已

履園叢話卷二十三終

履園叢話卷二十四

雜記下

清　勾吳錢泳梅溪輯

阿文成公

阿文成功業巍巍，富貴福壽，近世無比。高宗純皇帝賜其七十壽聯云：耆筵錫慶高千叟，雲閣銘勳贊上台。八十壽聯云：純嘏懋勳延帶礪，耆齡碩望重絲綸。嘉慶元年九月以疾乞假，其明年八月薨，年八十有一。圖像紫光閣者四次，兩子四孫俱登顯秩，真所謂出將入相，全壽全歸者也。乾隆五十四年四月，文成奉命勘荊州隄工，余時在畢秋帆尚書幕下見之，乃身裁短小，弱不勝衣，並無龍威燕頷之相也，亦奇矣哉。

示子

欲子弟為好人，必令勤讀書，識義理，方為家門之幸。否則根本拔矣。今人既不能讀書，豈能通義理，而欲為好人得乎。天下豈有不讀書、不通義理之好人乎。語云：忤逆非天報，一代還一代。其言雖俗，甚是有理。余則曰：欲知祖宗功德，今日所受者是也；欲知子孫賢愚，今日所行者是也。

勿以小善為無益，小善積得多，便成大善；勿以小惡為無傷，小惡積得多，便是大惡。君子小人之分，在乎公私之間而已。存心於公，公則正，正則便是君子；存心於私，私則邪，邪則便為小人。

婦言是聽，兄弟必成寇仇，惟利是圖，父子將同陌路，而不知兄弟者手足也，不可偏廢；父子者根本也，豈可離心。

凶人為不善，善人自必笑其非；而善人為善，凶人亦必笑其非也。故賢者視己似己非，而人是；愚者視己必己是，而人非。

得隆慶失隆慶

嘉慶元年，吾鄉泰蓉莊都轉購得族中舊第，曰寶仁堂，土中掘得一小碣，上有六字，曰：得隆慶，失隆慶。詢此屋蓋建於明隆慶初年，至乾隆六十年冬，始行立議，嘉慶元年交價，故曰失隆慶也。亦奇矣哉。

知音犬

吾鄉孫方伯潘家有一犬，聞曲聲便至，坐於笙笛者之前，唶唶然似遂相和，揮驅之不去，聞之又來，共呼之曰知音犬。此犬前世必是優伶，聞紀曉嵐相國之祖姚安公

有里人負其金不還，反出怨言，其人死後，姚安公忽夢此人來，適園中生一青騾，疑其託生，以其名呼之，輒昂首作怒狀。此人平生好彈三弦，唱邊關調，辛彤甫先生有詩云：六道誰言事杳冥，人羊轉轂迅無停。三弦彈出邊關調，親見青騾側耳聽。即紀其事也。

蘇小妹

或有問於余曰：俗傳蘇小妹嫁秦少游事，有之乎？余謝曰：不知也。時余適修高郵州志，翻閱淮海集，乃知少游之夫人姓徐氏，為里中富人徐天德之女，天德字慶之，號元孚，有義行，少游為作事狀，載集中。而舊志竟未及，案墨莊漫錄、菊坡叢話俱載東坡止有兩妹，一適柳子玉，一適程瑨之子之才也。

劉王氏

陽湖有劉王氏者，甚美麗，嫁某氏子，十七而寡，再嫁劉氏，不一年，劉又沒，其族人又欲嫁之。王大哭曰：吾再嫁已無面目，安能三醮耶。遂自經死。時無為吳盤齋為縣令，驗其尸，得實，遂將所逼人置之法。惟王氏雖烈，是已醮婦，於例不能請旌，乃賦一詩刻諸墓上云：分釵劈鳳已聯年，就義何妨晚蓋愆。鳩以換巢難擇木，鶴經別調任更弦。也同豫讓傳千古，莫恨蘇章有二天。究勝世間長樂老，幾回生敬又生憐。

秀才

乾隆乙巳歲，余春秋二十有七，始識袁簡齋先生於吳門，偶與先生大論時文，一時傾倒，因呈所作西湖詩就正，遂載於隨園詩話中。及刻成後，先生稱余為秀才，余嘗寄書求改，先生答曰：秀才二字，昉於漢，在可改不可改之間。昔楊素稱孔子為秀才，非今之生員也。強辭奪理，可發一噱。

小棺材

蘇州府城隍廟住持有袁守中者，所居月渚山房，因以自號。余嘗借寓其齋，見案頭有紫檀木小棺材一具，長三寸許，有一蓋，可闔可開。笑曰：君製此物何用耶？袁曰：人生必有死，死則便入此中。吾怪世之人但知富貴功名，利欲嗜好，忙碌一生而不知有死者，比比是也。故吾每有不如意事，輒取視之，可使一心頓釋，萬事皆空，即以當嚴師之訓誡，座右之箴銘可耳。余聞之悚然，守中其有道之士歟。

前世事

每見士大夫家忽出一子弟，淡於榮祿，繡佛長齋，與釋子往來，常誦經禮拜，此人前

世必是高僧。每見平等人家忽出一女子，喜於筆墨，能粉調朱，寫趙昌之花，吟徐淑之句，此人前世必是名士。

大蛇

吾鄉長郎頭有大蛇，其穴在於水車棚之下。有早起耕田者見之，身長數丈，仰頭吸露於高阜之上，其人驚而逃去，近民受其毒者不一，其人皆浮腫死。居民患之，非一日矣。有一年十二月，居民聚數十人欲捕之。其先一日，設香燭酒醴祭土神，告以旋忽起東南風，黑氣一條，迤邐向西北去。其次日發之，惟有古甃磚大如箕，杳無蹤跡。蓋龍蛇之靈，事誠有之。今京師都察院有蟒蛇，其圍如大柱，而能出入窗櫺。內務府西十庫內亦有蟒二條，皆首矗一角，鱗甲作黃金色，將啟鑰必先鳴鉦，恐見之也。京中士大夫莫不知之。

難得糊塗

鄭板橋嘗書四字於座右曰：難得糊塗。此極聰明人語也。余謂糊塗人難得聰明，聰明人又難得糊塗，須要於聰明中帶一點糊塗，方為處世守身之道。若一味聰明，便生荊棘，必招怨尤，反不如糊塗之為妙用也。

東澗老人墓

虞山錢受翁才名滿天下，而所欠惟一死，遂至罵名千載，乃不及柳夫人削髮投繯，忠於受翁也。嘉慶二十年間，錢塘陳雲伯為常熟令，訪得柳夫人墓在拂水巖下，為清理立石，而受翁之塚即在其西偏，竟無有人為之表者，第聞受翁之後已絕，墓亦荒蕪。余為集刻蘇文忠書曰東澗老人墓五字碣，立於墓前，觀者莫不笑之。記查初白有詩云：生不並時憐我晚，死無他恨惜公遲。君子之澤，五世而斬，信哉。

豪侈

朱鳴虞素豪侈，一日忽有僧踵門請見，朱出迎，僧貌甚古，延之坐，問其何來，僧曰：吾與君同住空山修行數十年，竟忘本來面目耶？特來點化耳。命取三盆清水來，曰：請君看前生。視水中，一老僧也；次看今生，即已形容也；再看來生，一瘋丐也。朱大詫，僧曰：君如再不悟，暴殄天物，雖瘋丐亦不可得矣。遂出門去，朱急遣人尾之，忽不見。

四字

嫖賭喫著四字，人得其一，即可破家，有兼之者，其破更速。吳門有二紳，俱官縣令，一好嫖，一好賭。好喫者有一姬善烹調，一僕善買辦，其蒸炙之法，肴饌之美，迥非時輩庖人所能夢見，每一日餐費至十餘金，猶嫌無下箸處。其後家事日落，姬僕亦相繼死，至不能食粥粃，卧死牛衣中。其賭者家中無上無下俱好之，遊手之徒亦由此入門，凡田地產業、書籍器用，盡付樗蒱，不及十年，一家蕩然。其人死後至兩女尚未適人，亦遂鬻兒賭博，不知其所終云。

紅裙

婦人無貴賤，毋以子貴，妻以夫貴，古之定禮也。至於服色，無有一定，今作妾者不許著紅裙，此妬婦之立論，不可遂為典據。杜少陵納涼遇雨詩：越女紅裙濕。白香山琵琶行：血色羅裙翻酒污。東坡詩云：史將文字惱紅裙。則紅裙者，唐宋時妓女所用，無所為貴賤也。今大小百家皆服之，青樓之假冒良家者亦服之，又誰為之分辨耶？按大清會典，婦女之服飾，惟八旗有定制，然今亦不用，況民間耶。

尺

尺寸古今不同。余嘗仿製一尺，準以工部營造尺為則，將周制銅劍莖較於今尺，則五寸一分半；以曲阜顏氏所藏周尺較於今尺，則六寸七分；以漢元延尺較今尺，則七寸二分；以漢建初尺較今尺，則七寸三分半；以晉尺較今尺，則七寸六分半；以宋三司布帛尺較今尺，則八寸九分半。可知尺寸之長短，一代長於一代，若以今之裁衣尺較工部尺，則又盈一寸許矣。

貧官

金陵瑣事載南坦劉公罷嘉興太守，訓蒙自給；遠庵李公罷江西副使，殊無生計，授徒於高淳；又顧橫涇先生罷河南副使歸家，環堵蕭然，客來從鄰家乞火煮茗。當時傳為佳話。近日長洲蔣少司馬元益歷官主試學政，致仕家居，惟以硯田糊口，典質度日。吾鄉鄒晚屏相國歸田時，年已七十又四，一裘三十年，僅存其鞹，賴門生贈遺以為薪水。其子光駿官徽州司馬，署府篆，有巨商某嘗捐郎中，在刑部行走，其家出喪，以三千金為壽，乞太守一至為榮，往返再三，終不應，笑曰：吾能以阿堵物污吾家風耶？其廉如此。

一品夫人

吳門韓旭亭封公初聘蔣氏，蔣石司馬女也。始生日，其伯父西原太史命門下士某為女推算，曰：異哉，據命當為一品夫人，然日上衝剋太甚，而必殀折，何也？至八歲果殤。韓又娶顧氏，賢淑知大義，力勸封公迎初聘蔣遺像歸，而自居繼配，後以仲子封

貴歷官至刑部尚書遇覃恩贈一品夫人

孫春陽

蘇州皋橋西偏有孫春陽南貨鋪天下聞名鋪中之物亦貢上用案春陽寧波人明萬曆中年甫弱冠應童子試不售遂棄舉子業為貿遷之術始來吳門開一小鋪在今吳趨坊北口其地為唐六如讀書處有梓樹一株其大合抱僅存皮骨尚舊物也其為鋪也如州縣署亦有六房曰南北貨房海貨房醃臘房醬貨房蜜餞房蠟燭房售者由櫃上給錢取一票自往各房發貨而管總者掌其綱一日一小結一年一大結自明至今已二百三四十年子孫尚食其利無他姓頂代者吳中五方雜處為東南一大都會羣貨聚集何啻數十萬家惟孫春陽為前明舊業其店規之嚴選製之精合郡無有也國初趙吉士載入寄園寄所寄余澹心板橋雜記亦載之近時袁簡齋食單亦有其名但未詳耳

形家言

堪輿家每視地輒曰某形某像以定吉凶雖渺茫不足信然亦有其事者吳門汪康訪圻少孤露年二十餘以蒙館自給在陽山聚徒數年因父母未葬以二金買一地在瓜山絕頂峻險異常葬後便出門遊京師冒宛平籍入泮連捷中進士不二十年官至雲南按察使因思父母墓葬山頂難於祭掃託所親就山下築石路一條蟠曲而上費至二千金甚堅固也一日有形家過其墓曰此穴如燕巢棲於梁間惜築甬道如長蛇注穴中禍不旋踵矣未幾果以虧空事謫戍家產入官此乾隆四十五年事

陳狀元犯土禁

術家有太歲大將軍之說凡動土遷移者必避其方犯者輒不利其說皆出之陰陽家前史所未聞也吳門陳永齋觀察卜築於因果巷之時家術不信陰陽選擇之言乃自擇一日啟工開土至尺許忽見有物如豬頭滿頭生眼睛為張閉觀察心甚懼又竊自解曰吾狀元是文曲星可以壓之少頃忽不見餘無他異說者以為即太歲也築至後堂見骷髏甚多急命工人同瓦礫堆於後園堂後又有一巨棺硃漆尚堅十餘人擡之不動不得已仍覆土而築牆半棺在牆內半棺在牆外也工始畢其長子在京謁選忽生腰疽而沒訃至其媳大慟吞金鐶死不一二年觀察卒未幾將夫人亦卒咸以為犯土禁所致云

命中缺水

歸安王勿菴侍郎以衕初生時星家推算八字中缺水或謂其太夫人曰必令小兒在漁舟上乳養百日以補之乃召一漁人婦畀其錢米寄養百日及中狀元歸侍郎忽念此婦養育之恩使人蹤蹟之其婦尚在年七十餘矣招致家中向婦四拜不數日此婦病乃送回即死咸以為折福所致云

樟柳神

星命之學自古傳之而絕不可解者年用夏正而月首寅日用周朔而時起子也宋儲泳祛疑說曾辨之究未明晰且年月日時相同者而富貴貧賤各異又何說焉於是看五星辨分野說愈歧而術愈謬矣然而巫蠱厭勝皆用本人生命今吳越間有所謂沿街算命者每用幼孩八字咒而斃之名曰樟柳神星卜家爭相售買得之者為人推算靈應異常然不過推已往之事未來者則不驗也乾隆甲辰七月有鄰人行荒野中聞有小兒聲似言奈何傾聽之又言奈何乃在草間拾得一小木人即星卜家之所謂樟柳神也先兄柏溪見之持歸戲玩留家兩三日諸小兒皆不安或作寒熱或啼哭不止先君子曰此不祥物也速還之安然如故

治賊

盜賊橫行捕役庇縱最為里閭之害而殺人放火奸宄百出亦因此而生焉是皆地方官平日不能留心視為無甚要緊以至釀成大案比比是也余友陳春噓名昶以舉班大挑得知縣分發浙江其令桐鄉時獨坐二堂飲酒捕偶獲一小賊來問之無有實供令笑自若謂賊曰汝能飲酒乎曰能遂賜以酒數盃賊醉矣復問之近石門縣有棉花案半年未破汝知之乎賊曰非小的地界春噓詭曰然則汝地界在何所賊分說甚明又曰汝窩有若干人賊不肯說令大怒示以刑賊惶遽遂招三處即乘夜親率捕役民壯四十餘人以此賊為眼目一夜中獲數窩得三十餘賊起贓無算訊之連破十三案棉花案亦與焉春噓令桐鄉二年境內肅清可以開門過夜近有周太守名壽者為通州知州時每獲一賊即斷其腳脛有一賊甚強項謂刺史曰小的做賊多年亦頗知讀大清律倒割腳脛在何條例周笑曰汝言甚是惟吾亦問汝三百六十行行行喫飯著衣裳汝在那一行賊口噤遂割其腳脛眾賊聞之皆逃散士民感德

琴心曲

嘉慶丙辰八月，余在兩浙轉運使幕中。十五日夜，與許君春山、孫君復初攜古琴茶具，出湧金門，泛舟西湖，小泊聖因寺前。於時已一更餘，萬籟寂然，月明如晝，因命篙師烹茶，余撫琴作數弄。忽有兩女子，著碧羅衫，挽墮馬髻，容儀不凡，翩翩從柳影中來，竊聽者久之。余與春山、復初皆肅然，不敢問訊，究不知是仙是鬼也。其明年春，偶過陳雪樵寓齋，晤陳雲伯，挑燈夜話，為述其事。雲伯賦琴心曲云：「珠簾窣地春燈紅，主人醉客邀春風。團圞明月夜三五，一庭花霧香濛濛。座中憔悴江南客，攜琴獨坐花間凡。自譜新聲信手彈，細將舊事從頭說。蘭橈雙槳去年秋，曾向西湖載月遊。紅豆低吟波渺渺，白蘋閒採水悠悠。高城夜靜沈魚鑰，桂花流影鸞飛鶴。佳客相逢得許衡，詞人更復招孫綽。片片流雲送畫橈，高樓何處夜吹簫。迴環梵宇排三塔，指點蘇隄認六橋。銀浦無聲沈萬籟，賓朋連襼邀情話。風月無邊明遠詩，湖山如此華源畫。午夜無聲月滿天，一聲柔櫓破孤煙。秋江三疊臨風弄，欲託琴心問水仙。紅牆隱隱離宮近，樓臺金碧琉璃映。秋花深鎖六宮閒，夜烏驚穩雙隄靜。玉宇高寒底畫圖，此身渥魄到冰壺。夜山如影人聲寂，瑟瑟西風瘦綠蕪。忽聞笑語花間出，兩美雙雙隄上立。顧影低徊若有情，月華如水秋衣濕。對此蒼茫百感生，憑將幽意託瑤琴。冰絃掩抑蕉桐語，寫盡相如曲曲心。最憐此際情難識，半是躊躇半憐惜。人影遙隨花影流，芳心暗與琴心合。羅帶風飄雲鬢鬟，分明咫尺隔天涯。空教綠綺憐君意，何處紅樓是妾家。苦向篙師詳姓氏，曲中暮雨依稀是。衣香人影最魂消，一葉扁舟歸去矣。此時珠斗影闌干，畫住龍腰不再彈。獨對銀蟾愁不語，夜潮聲急海門寒。歸舟載取新愁重，玉釵惆悵牆東宋。天風環珮蕩餘音，殘燈紅暈芙蓉夢。夢魂彷彿向瑤臺，依舊明妝約步來。涼月影中情縹緲，萬花深處意徘徊。花前月下還相見，分將團扇遮嬌面。自言天上謫仙人，謝君深意空留戀。雞聲喔喔動晨光，一枕遊仙未許長。自寫新詞憐蛺蝶，空將錦字託鴛鴦。從此段家橋畔路，愁過當時鼓琴處。滿地苔錢燕子飛，桃花門巷迷崔護。屈指相思秋復春，鏡中眉黛畫中身。祇應一片西泠月，曾照微波解佩人。我聞此言重太息，世間萬事空陳跡。花月姻緣事有無，情禪參破成鴻雪。我亦人間有半生，花前曾解唱傷行。月中人去琴聲悄，一曲長歌萬古情。」此詩刻入碧城仙館集中。

唐竹莊

吳門唐竹莊，名景煌，本富家子，因家事中落，為人販買人蔘，往返瀋陽者凡數次，而好為詩。若有出關詩，其出塞云：「驅車出塞天，地何茫茫。四顧不見人，千里塵沙黃。橫視一氣中，山海交青蒼。北風裂地來，沙礫皆飛揚。嚴陽盛寒氣，白日無晶光。堅冰不可渡，驚馬停彷徨。區區衣食事，驅我適遠方。白雲自南來，浩然思故鄉。」燕臺懷古云：「駿馬出遼郊，落日天蒼皇。經過碣石館，不見燕昭王。市駿得國士，報齊闢土疆。迨後六國衰，全秦獨橫強。丹雖客謀識，激烈志慨慷。脫不披逆鱗，燕亦終淪亡。至今易水上，風色猶悲涼。遙遙建國始，布政流風長。召伯有餘烈，吾其思甘棠。」筆力沈雄，直接漢魏，非袖黃對白家所能道也。登澄海樓云：「到此長城盡，洪波入杳冥。百蠻分島嶼，一氣混空青。故土思南國，高樓俯北溟。何當趁風色，萬里獨揚舲。」度悽惶嶺至山海關望長城云：「策馬嶺雲高，關門倚石牢。千峰蟠朔漠，一綫走臨洮。樓角侵邊色，城根撼海濤。每懷今古事，不盡水滔滔。」宵征云：「肅肅戍征鞍，蒼蒼夜色闌。草枯風力勁，林靜月光寒。邊柝宵爭發，霜鐘曉未殘。關心長路客，予役敢求安。」途中寒食云：「寒食青山下，鶯花客路稀。雲陰低古戍，柳色上征衣。墟落新煙起，溪橋夕照微。那堪逢令節，遊子未忘歸。」登泰山云：「靈鎮東邦望秩崇，巖巖岱岳荷神功。陰陽混合三元上，齊魯青蒼一氣中。碣石煙橫霄漢紫，扶桑日曜海濤紅。蓬萊宮闕分明近，抗手舉仙欲御風。」山海關云：「雄關特立勢巑岏，東北封疆此鬱蟠。匝地海聲騰朔漠，極天山勢控長韓。龍沙積雪三邊白，雁蹟風高萬里寒。半落長征豪氣在，重來躍馬問登壇。」吉林感懷云：「朝朝靜對吉林峰，迢遞音書意萬重。知己向誰尋鮑叔，小人有母愧茅容。心依羌笛三邊月，夢繞江楓夜半鐘。鄉土不同時物換，一樽濁酒度嚴冬。」皆慷慨激裂之音。

牛次原

天津牛次原，名坤，中嘉慶己未進士。乾隆壬子，余初入京師，即識之。貌不甚揚，而聰明絕世，廣於交遊。偶作詩，亦清新可喜。嘗記其臨清即事一首云：「幾樹垂楊官道斜，不成村落野人家。偶從三尺竹籬裏，時露一枝山杏花。晝永人稀初吃飯，櫳深夾淺不藏鴉。仲春天氣寒猶峭，想得江南摘早茶。」

裘子

嶺南雅學士，視學雲南，忽喪其子，至於痛哭不輟，廢寢忘餐。余作詩慰之云：「亡羊當補牢，喪馬勿輕逐。君是南國才，豈效西河哭。不見東家翁，有子俱碌碌。不見西家子，雖多何足蓄。酒囊飯袋奚以為，臧獲與之亦如此。人生擾擾無彭殤，直是一夢炊黃梁百斗長作牛馬走促促總為兒孫忙吁嗟乎多男多累何時了有子不如無子好東門不哭墻雖覆伯道無兒少煩惱我聞昔郎言君應傳其語惡兒亦何須願得一子賢無災無悔到卿相昂然直上青雲巔

言過其實

贊美之辭往往言過其實東坡與米元章書云獨念吾元章邁往凌雲之氣清雄絕世之文超妙入神之字余觀元章露筋碑相論及五七言詩與其平時筆札殊無過人處令人祇重其書法之神妙不暇計其詩文之工拙也元暉尤遜乃翁其奉勅審定晉唐名人墨蹟不過但書右某人書臣某鑑定恭跋數字從無一字論斷亦無一字考訂者乃知古人贊美不可盡信東坡贊人尚如此何況他人耶

滄江虹

滄江虹揚州阮雲臺宫保坐船也壬午六月陛見出京道出邗上乘滄江虹直達洪都時宫保為兩廣總督舟中賦詩云可是江天夜夜虹蒲帆一路月明中開窗遠接滄浪水擬把初回舶艣風銀漢微明低入海匡廬深碧上連空米家書畫尋常事莫與雷家劍氣同是年九月余于役金陵亦乘此船宫保是詩尚在蓬板上也又書四絕句于後云推篷滄江正好風舉頭西望水連空柁樓喜讀新詩句知是米家貫月虹兩岸夜楊水一灣蒼蒼都是六朝山古來無數興亡事盡入寒濤暮靄閒蕭蕭蘆荻已深秋我比蘆花亦白頭三十餘年如一夢也將舊事付東流指點金陵話昔時白雲紅樹最相思故人猶有何戡在書寄羊城開府知

陳戺吾

陳戺吾名格前工部尚書文和公五世孫少工詩稿多散失祇記其感懷云桂花香冷露華新小院秋風伴客身料得今宵明月下一家團坐說征人留別云莫向臨岐折柳枝柳枝原不管相思人生雖得惟知己天下傷心是別離皆妙

浮簽

蔣礪堂相國以乾隆四十三年入泮時方十齡後中鄉榜成進士入翰林至道光五年大拜偶於舊簏中檢得童子試卷上浮簽一紙云蔣攸銛年十歲廂藍旗金文淵佐領下身小面白無鬚習易經坐東文場餘字第二號三十三字按此號在聚奎堂從舍經堂席舍中也次年丙戌適典試禮闈復得至會經堂此紙之出若為之先兆者相國因囑順天府學官將是年滿洲蒙古漢軍同進諸生名注明旗籍彙為一冊

裝池而什襲之而請曹廬英諸相國題詩一時和者甚衆其明年丁亥相國出為兩江總督是時延州張芥航先生為南河河帥亦賦七律四章云童子掄科鬱有庥光無故實隸青緗詞林此日添佳話名紙多年閱古香身小已凝公輔器文成知鼎鳳鸞翔十齡集泮何勞羨不朽勲猷紀太常綸閣平章贊太清春風桃李又持衡檢來故紙呈符識抱得初心答聖明舊地會經身再到昔齡譜易客皆驚蟫鄉科第看鵬鳳早注餘慶作瑞徵卅八春秋迹已陳當時片楮亦堪珍弃持可但同觚牒呵護端疑有鬼神淡墨填將年貫備錦縹裝就色香新朱文記錄留名籍鄭重留題老從臣更憑若個話前游九十人中第一流苦憶主司衡鑑好也教同學姓名留秀才本色基台鼎元老深情記倡酬誰續摭言須記取宗臣韻事足千秋

鹽雪山房藁

小湘公子名文煒内府正黃旗人以玉牒館議叙得知縣未補缺道光乙丑歲始出京師省其尊甫監督公於淮上時余在袁浦節署遇之嘗以所著鹽雪山房藁見示從戎曲云玉門關下飲葡萄霜氣稜稜逼戰袍醉後渾忘家萬里枕戈笑看月如刀沙場白骨積成山二十從戎老未還夜半驚聞傳羽檄將軍即刻破完顏深得唐人樂府遺意能暗用狄青故事尤妙又紀夢二絕云春來心事等飛鷗夢到青溪舊酒樓滿樹桃花人不見斜陽紅映碧波流夾岸垂楊風動搖醒時蝶側尚魂消分明記得溪頭路杖策聽鶯過板橋亦復清新有味可補熙朝雅頌之遺

題壁詩

嘉慶庚午秋偶過燕子磯山亭荒苔侵階頹垣欲倒見粉墻上有七絕一首云垂垂楊柳碧山嵌風捲楊花上客帆燕子無家飛不起半江絲雨濕春衫後無姓名不知誰作隔三四年復過其處則修葺一新此詩尚未抹去豈巧者亦知詩耶

有人過邯鄲見題壁云生死世間原草草功名夢裏太忽忽不如歸去滄江上醉倒花香鳥語中又京口題壁云滿蓬飛雪覺春寒怪底停舟縮頸看似此風波公莫渡不如歸去老江干兩詩皆用不如歸去可見出門者有何意味而必欲朝秦暮楚何耶清江浦已近東省凡小民廬舍大半皆以蘆荻為之道光辛卯歲四五月大雨平地水深三尺民房半皆漂沒有旅客題壁云盲風怪雨日縱橫紙閣蘆簾攪水行堪笑主人同客窘一時攜手入愁城旅寓之苦如此尤不堪以一日居也高季迪詩云富老不如貧少美遊不如惡歸可為久客者誦之

題壁詩鮮有佳者有不寐詩云夜永寒偏覺迢迢送遠更朔風何凜冽殘月轉淒清失學羞言祿無田莫問耕曉來翻欲臥曙色半窗明讀其詩全是天籟後題秋舫山人不知誰氏

釋道詩

釋道詩最易工何也以其所居境界清閒力學甚易也亦最難工何也自幼披剃即誦經懺誰能以經史子集貫於胸中哉若讀書人半路出家自有不得已之事即有一二詩篇亦必寫其牢騷抑鬱而終非釋道之詩也記目存和尚題張憶娘簪花圖云他年得入維摩室不許簪花許散花乃為得體若祥上人之水藻半浮苔半濕浣紗人去不多時佛裔之魚亦憐儂水中影慎他爭唼鬢邊花句雖新乃色鬼語尚得為釋道耶

有青螺庵容僧名量周者貌甚惡俗惟念佛而已一日有諸名士集庵中作詩社賦梅花詩輕視此僧不之顧量周忽技癢求分韻得音字云幾被霜侵與雪侵孤根留得到而今誰於冷處垂青眼只合空山抱素心蓽屋風高門正掩板橋凍折路難尋棱棱莫謂無相識曾有何郎為賞音諸名士皆垂頭喪氣為之擱筆

余偶見禪鑑僧詠四皓云因秦生白髮為漢出青山一聯甚妙又墨禪師盤山詩云一鳥墜寒翠千峰明夕陽隆光師即景云水繞柴門碧花欹釣檻紅又雨後云返照一條溪畔路晴雲數疊畫中山皆僧道中不可得之句也

閨秀詩

沈佩玉夫人葉中丞世倬孫媳充昌孝廉室也有月下睡起云蛩唫深夜月人臥一庭花十字頗為士林傳誦又云四壁蟲聲秋已老半窗月色夜如年清明有懷云走馬路迷紅杏雨啼鶯聲斷綠楊煙

虞山女史邵秋士名廣仁五六歲時祖母蘇太恭人授以詩即能吟誦後歸仁和家小謝廷烺為謝庵吏部之媳卒年二十六有詠白秋海棠云閑房寂寂掩重門相伴冰肌玉一盆涼月西風成獨對花光人影共消魂頗多憐綠淒清態絕去嫣紅點染痕雖閣不須銀燭照斜陽亭院未黃昏題黃仲則悔存齋詩稿後云纔去愁魔又病魔詩人心力漸消磨才如李賀天還忌哭比唐衢淚更多入世無言惟懶慢挑燈有得費吟哦吾家衣鉢相傳後（自注仲則先生曾受業於先伯祖叔宀公）彩筆從今嘆逝波著有吟秋閣遺稿吳山尊學士為之序

吳筠字湘屏號畹芬上虞學博吳竹溪季女適嘉興李杏村孝廉貽德杏村好學善詩歌畹芬相與唱酬常欲出杏村上有句贈杏村云柳絮因風傳謝女梅花何福作林妻其風致可想見也

余以癸酉年春卜居翁家莊相傳為翁司寇叔元舊宅也嘗作七律四首自寫胸臆一時和者至數十家字字珠璣不能盡錄周蔚齋太守柳門字韻云虞山拱笏青延屋春水如油綠到門袁茂才治柳仙字云不求聞達寧非福得聚妻孥便是仙席上舍世楠柳肩字云莫將清福看如水好去紅塵息此肩陳上舍柘葱炌云載酒定多人問字司花應遣鶴看門又云已逢叔度思投轄乍見洪厓笑拍肩皆名句也惟第一首悲字最難押如王艾軒之得完太璞非容易一鎖名韁便可悲袁茂才之郎塈從心容我嬾煙花過眼替人悲俱妙陳柘葱為伯恭學士之長君其夫人王氏名崑藻號綺思華亭人所和四首尤為絕妙附錄於此其一云軟紅撲面復何為收拾歸心上釣絲已卜鶯遷酬燕喜何勞鶴怨與猿悲高情陶令營三徑妙喻莊生戀一枝看盡稻花香十里耦耕生計未嫌遲其二云振衣千仞恥徒論占得臨溪郭外村豈為逃名辭越水偶因長嘯寄蘇門縱歌漫弔前朝蹟風雅能歸異代孫定有新詩吟

白紵清樽檀板付桃根其三云小住吳中隔一塵儻居何幸近華堂花開綺陌青春短燕蹴晶簾白日長落紙乍驚詩筆健當歌不厭酒杯忙請看袞袞登臺者可有閒情把玉觴其四云才名夙昔動幽燕雙眼星霜歷廿年筆陣鍾王無敵手譚鋒荀陸本齊肩早趨朱邸稱詞客晚臥滄江作散仙最是撐腸五千卷一甌茶熟正高眠

沈采石夫人名毅嘉興人父山漁明經諱光春故未中宿學著有醉墨齋詩集母許氏諱英號梅村著有清芬閣吟稿采石少學詩於明經旋學畫於母氏而又與其弟西雅太守相切磋一時有左太沖貴嬪之目著有白雲洞天詩一卷出塞曲云漢王昏身當三軍首大破強胡膽執馘獻我后功繪麒麟閣名垂千載後中興四將歌云中興有四將韓岳乃可稱張劉何為者而亦居其名張驕劉惰不足道握兵乃比韓岳早韓岳自是生死臣金牌痛哭騎驢老圖其像者劉松年笑他亦廁韓岳間此圖傳之萬萬古論功論罪俱昭然吁嗟乎張劉地下如有知請看靈巖西湖兩墓定國元勳碑題劉阮入天台圖云做到神仙便有情會仙石上訂三生重遊未必來時路幾樹桃花照眼明春遊云知我春遊天乍晴鳥啼花落踏春行雲山佳處真如畫一

幅生綃寫不成，閩鄰曲云：歌聲宛轉是誰家，自啟珠簾月半斜，聽到四絃淒絕處，一庭銀海浸梨花，皆妙。

李璠字瑶圃，嘉興人，明經李金瀾妣也。適同里太學生張芝淑，芝淑貧，不能治生，終年館於外，瑶圃親操井臼，奉姑教子之外，輒喜吟詠，著有倚閣吟百餘首。嘉慶戊辰正月，忽有別外子詩云：卅載齋鹽甘淡泊，一宵風雪了因緣，是夕死。

虞山王雲上名岱，能詩，家素貧，常出門自給，其夫人席氏亦工吟咏，有愁連傲骨貧覺一身多之句，傳誦藝林。

合肥女史趙景淑，字筠湄，少有風慧，喜讀書，嘗集古今名媛四百餘人，各為小傳，題曰壺史，又著香匳雜考一卷，徵引詳博，至於韻語，特其餘事耳。其論本朝詩，則取王阮亭、李丹壑一派，而不喜明七子，輒效李長吉，蓋天性然也。記其舟中聞雁一首云：枕樓不寐寒燈挑，愁聽征雁聲嗷嗷，西風穿林霜月小，北斗插地秋天高，羈臣海上魂應斷，獨客天涯渺河漢，祇有漁舟自在眠，空江影落寒星亂。又湖上弔韓蘄王云：君相籌邊只議和，北來鼙鼓震關河，小朝已定紅羊劫，大將空悲白雁歌，三字獄成同調少，兩宮鑾在痛心多，江山滿眼都殘雪，忍向西湖策蹇過。慷慨沈雄，能寫出蘄

王一生心事，則又絕去阮亭蹊徑矣。沒時纔廿四，尚未字人，惜哉。

蒙城張麗坡將軍，好風雅，嘗為江蘇撫標中軍參將，有女公子名襄，號雲裳者，年十餘齡即能詩，不三四年，著書盈尺矣，有錦槎軒詩集十卷，各體俱備。擬古別離云：漠漢塞上雲渺渺，榆林樹青山幾萬重，一別從茲去，前程尚模糊，安問歸時路，風雲滿征衣，今宵宿何處。遊山云：指點青山郭，真堪作畫圖，心隨流水逝，目送片雲孤，樹色分朝暮，山光乍有無，歸來忘遠近，喜不藉人扶。岳大將軍鍾琪奉詔起征金川留別故人之作二首云：未許身閒水石間，九重恩詔起衰頹，將侯已擬長閒徑，李廣無端又出山，老別那能期後會，壯行原不計生還，卻憐舊雨紛紛集，亂樹寒雲擁劍關。作拋釣艇脫羊裘，共唱陽關賦遠遊，憐我已成強弩末，感君還望大刀頭，牙旗影落邊城月，鞞鼓聲高絕塞秋，此去百蠻應見笑，邯鄲夢裡又封侯。公常有句云只因未了塵寰事又作封侯夢一墻。春日閒居云：深閨夢短思悠悠，為怯春寒懶下樓，自笑年來嬌養慣，滿簾紅日未梳頭。七言如穿雲慣舞雙龍劍，踏月能開十石弓，捲起湘簾看寶劍，烘殘銀燭讀陰符，俱有穿雲裂石之聲，真將家子也。

自古婦人工詩畫者甚多，而能評論古今作詩話者絕少。如皋有熊澹仙夫人者，名

璉，苦節一生，老而好學，嘗著詩話四卷，其略云：詩本性情，如松間之風，石上之泉，觸之成聲，自然天籟，古人用筆，各有妙處，不可別執一見，棄此尚彼。又云：詩境即畫境也，畫宜峭，詩亦宜峭，詩宜曲，畫亦宜曲，詩宜遠，畫亦宜遠，風神氣骨，都從興到，故昔人謂畫中有詩，詩中有畫也。澹仙詩詞俱妙，出於性靈，題黃月溪乞食圖云：田園蕩盡故交稀，舞榭歌筵一夢非，未必相逢皆白眼，憑他黃犬吠鶉衣，借題發揮，罵盡世人。澹仙又有感悼詞數十首，集曰長恨編，類皆為閨中薄命者作也，未能全錄，茲僅記其題辭金縷曲一闋云：薄命千般苦，極堪哀生生死死，情癡何補，多少幽貞人未識，蘭蕙香消荒圃，埋不了茫茫黃土，花落鵑啼悽欲絕，剪輕綃，那是招魂處，靜裏把芳名數。　同聲一哭三生誤，恁無端聰明磨折，無分今古，憐色憐才憑弔遍，望斷天風海霧，未全入江郎恨賦，我為紅顏頻吐氣，拂霜毫，填盡淒涼譜，闡中怨，從誰訴。

吳藻，字蘋香，仁和人，著有蘋香詞，長短調俱絕妙，實今之李易安也。記其有虞美人二闋云：風漪八尺玲瓏展，午睡何曾慣，自煎湯藥倦攤書，長日如年，強半病消除，綠沈瓜是清涼飲，熱惱須臾盡，斜陽偏到小窗紅，爭得階前添種碧梧桐。曉窗睡起簾初卷，十指寒如剪，昨宵疏雨昨宵風，無數海棠搖得可憐紅，分明人也因花病，幾度

憐看鏡，日高猶是不梳頭，只聽喃喃燕子話春愁。清平樂二首云：一庭苦雨，送了秋歸去，只有詩情無著處，散入碧雲紅樹，黃昏月冷煙愁，湘簾不下銀鉤，今夜螢隨風度，忍寒飛上瓊樓。彎彎月子，偏照深閨裏，病骨闌珊扶不起，祇把紗窗深閉，幾家銀燭金荷，幾人檀板笙歌，一樣黃昏院落，傷心誰似儂多，可想見其心事矣。蘋香尤多頹悟，心境甚遠，記其金縷曲後半首云：心情漸覺今非昨，看庭前殘紅滿地，又添離索，狼藉胭脂香粉散，多半隔宵風惡，因悟到人生榮落，回首繁華原若夢，兩休提，我命如花薄，與淘偶然錯，讀之令人下淚。

任蘊暇，字夢楹，嘉興人，生數月而孤，六歲復失恃，育于祖母姚，幼聰慧，耽書史，倚兩姑習女紅，分題拈韻，調笑為樂，年十九，嫁同邑諸生陸少枚，頤高，其于歸時，有別兩姑詩云：分手各無言，惟有淚如雨，寄語世間人，生男莫生女，生男離別少，生女離別多，鼓吹喧滿堂，行矣將如何，頗有古樂府音節，少枚遊學廣陵，夢楹食貧自甘，不數年而沒，年二十七。

畢秋帆先生購得朱長文樂圃，不過千金，沒後未幾，有旨抄其家，產園已造為家廟，例不入官，一家眷屬盡居圃中，近亦荒廢不治，無有過之者。有女史胡智珠題壁一

紀云。清池峭石古亭臺。深鎖園扉甚不開。此日恰逢搖落後。花時悔我未曾來。智珠又有詠蝶豆云。花開低傍麥畦邊。兩兩勻圓結實鮮。比喜嘗新共櫻筍。正當四月養蠶天。燈謎詞云。胸中不必多書卷。只要聰明悟得來。不即不離。清新有味。其女淑慧。號定生。亦能詩。

國初王文簡公。嘗為揚州推官。提唱風雅。極一時之盛。後盧雅雨先生為兩淮轉運使。在平山堂篠園築三賢祠。以歐蘇兩文忠配以文簡。四方遊客每來謁祠。輒有議論。以文簡尚不稱與歐蘇同祀也。近復移三賢祠於桃花菴。又以汀州伊墨卿太守附入為四賢者。嘉慶己卯六月。有蓮因女史過祠下。題壁云。誰人于此祀三賢。風雅騷壇有後先。堪笑揚州花月地。不知水部與樊川。語中帶刺。頗見心思。

做詩阿娘

長洲蔣竹浦封翁尊慈陳太淑人。用一婢。素不識字。而喜吟詩。時贈公容齋暨其兄辛齋兩先生。塤篪唱和。殆無虛日。此婢每從門屏竊聽。有明白易解者。輒記不忘。久之。亦能自為詩。中秋無月云。最怕中秋風雨來。人家佇月尚徘徊。七齡小姐癡憨甚。拜祝天門兩扇開。用唐人七歲女子賦詩事。尤典切。後辛齋以病廢。長臥牀褥。知婢能詩。召而詢之。適榻前有佛手柑二枚。置于几上。指以為題。婢應聲云。十指拳拳不肯開。掌中定捧寸珠來。何緣得近詩人榻。香氣還宜問蠟梅。時有婢名蠟梅者。亦侍于旁。蓋戲之也。辛齋為之歎賞。給以吳綾一端。笑謂容齋曰。此婢可匹鄭婢。初宅中婢僕素輕婢。以為癡。及見主人優禮。咸呼之曰做詩阿娘。阿娘又有句云。讀書盼望為官早。畢竟為官遜讀書。亦妙。

穆慶能為駢體文

嘉慶初。吳門蔣氏玉照堂有小僕穆慶者。喜為駢體文。許穆堂侍御偶過其家。聞鸚鵡能言。春日晴和。新鶯百囀。秋風蕭瑟。病蝶孤飛。詢之。乃穆慶所撰也。

優伶能解韻語

近日優伶中。亦有能解韻語者。陸畹卿云。吟詩忘月出。弄酒喜更長。潞映蓮云。愁至聞歌解。花開晤別難。顧蓉卿云。日暮揚鞭疲馬倦。更深敲柝素娥來。有沈文振者。曾搭集秀班。能書。仿松雪。天冠山詩尤奇。

履園叢話卷二十四終

初月樓聞見錄

吴德旋著

上海文明書局印行

序

余屏居鄉里喜述故事遇有聞見輒隨手録之義例不能深也取足快意而已余吴人也聞見不逮於遠所録皆吴越江淮間事耳異時將廣録而續理之故不以時代之先後爲次又是編意在闡揚幽隱顯達之士不録焉即間有牽涉亦不及政事在野言野禮固宜然若以爲前哲著書則吾豈敢宜興吴德旋撰

初月樓聞見錄卷一

清　宜興吳德旋仲倫甫著

武進惲南田畫工寫生書學褚登善酷似之詩其餘事也然爲之輒工南田居甌香館每作畫畢輒自題詩其上其自署或稱南田或稱白雲外史或稱草衣生或稱東園客壽然最著者南田故世稱南田云南田名格字壽平後以字行更字正叔南田與同里胡芋莊陳道永楊起文董數五唐仲元爲詩相唱和所謂毗陵六逸者也南田遊太倉太倉王氏多善畫然雅推南田而南田所畏者虞山王石谷石谷畫自以爲不如石谷乃改爲寫生以避之然南田寫生遂爲天下第一手方南田時畫每幀可得可直數十金矣杭州金耐田刻甌香館法帖眞贗錯雜然寶之者以爲勝於董元宰敏王學愚酷嗜南田畫藏其眞蹟甚夥遇之得尤精者數十紙勒石爲學愚名曰直一金書因畫並稱不獨重也今寫生家大率皆冒南田南田畫眞者百不得一焉且其爲人內行甚修生平急朋友難奮不顧身亦奇士也

武進董以寧字文友少工塡詞爲閨襜之作喜結賓客時時被酒嘗遊荆溪荆溪之

士賜文友於南山之麓者二十二人徧起道姓名畢黃珍百奉巵酒言曰僕山中之鄙人也今聞董生賢竊願交董生顧董生以少年未易求日從美人賓客遊彈棋射雉徒豪舉耳無益奉董生厚自愛也文友避席謝之已而毘陵郡文學之士結國儀社以盛德推黃珍百爲長珍百舉觴言曰毋失末路毋忘今日毋自多其才以招人怨皆曰如約會每春秋一舉行而遂致各邑同學其啟札皆文友爲之文友天資明敏著古文詩歌數十萬言聲名蔚起稱譽滿天下與同邑鄒訏士齊名時稱鄒董今所傳國儀集皆文友少年之作也宜興陳其年爲之序曰文友爲人豪邁感慨不可一時然當其鄉交遊急然諾輒復纏綿婉篤比於膠漆也又從其尊人宦遊江湘上泝陽泛洞庭登仲宣樓尋昔人作賦處江山雄秀士女明媚發爲撰述蓋吞若雲夢者十八九曾不芥蔕也近者歸自襄陽與二三兄弟闡明藝苑切磨經術聞又悼同類之蕭索慕昔年之賡酧當筵流涕對客悲來益知其繫心朋友睠懷倫物者矣又何怪其鋒刃橫溢情思愷惻感動飛沈也耶然文友即又棄去詩歌古文詞而專致力於六藝至其晚節身列儒林與宜興任王谷相埒矣任王谷名元祥學以良知爲宗持身嚴肅言動不苟建宗祠定宗法族人世世遵之著有鳴鶴堂集董文友嘗論荆溪人文極推陳其年任王谷以爲不朽之業終必歸之也

吳席文與名啟圖居洞庭之東山明太僕少卿本楨子文與少喪其生母諱荆於嫡母吳事吳有至性吳疾病晝夜不離左右自草青詞禱於神願以身代一死先後凡四十九章文與爲人恬靜寡欲好行其德於鄉里先時山中婦女無他業每空手坐食以爲恒文與募郡邑女工教之織作給以絮本及紡車織牀諸具由是山中婦女皆習於勤苦文與收其宗族親故及山中細民之貧者皆卹之歲所費率逾數千金文與好讀書貯書累萬卷於是編輯先賢嘉言懿行條晰部居共若干卷名曰畜德錄晚歲病風痺者數年益鍵戶著此書嘗題於書尾曰吾病瀕死惟以書未成爲恨今幸少痊有不强力成書而敢自惰偷者殁無以見先賢地下病不能轉側至置書床簀上俛眈之其勤於學問如此康熙十九年七月文與病益篤則謝遣醫藥語諸子曰吾之生也太歲在寅今歲申也月又如之寅申相戰吾殆將不免既而果然卒之日合一山大小疏眤無不爲之流涕者文與族人多以善封殖起家而好學輕財惟仲遠與文與並仲遠名本久少爲青浦諸生所至偕諸名士日夜以學問相鍼礪工爲應舉之文然數不利於場屋中歲即棄去獨所爲應舉業而數延故舊賦詩飲酒

爲樂仲遠雅性儉樸自奉無兼綺重肉惟用以施予不倦憫族女之嫠而貧者買田若干畝歲計所入贍給之曰吾以勸貞節也其他所爲率類是仲遠手繕寫諸大家語錄至數十卷又嘗訓釋孝經而尤研精覃思於易其論乾坤之九三曰乾乾卦之體惕若卦之用潛躍見亢莫不須惕故九三不言龍以其爲人中之龍也怠心萌則龍德喪矣知進退存亡而不失其正者將在惕若乎乃自號爲惕庵云仲遠之生也先文與文與卒後二年仲遠乃卒自明萬曆以來以貲雄山中者推許氏翁氏兩姓爲甲其人率以文雅相高喜結賓客四方賢士大夫爭集其家如華亭董尚書元宰陳徵士仲醇嘉定李進士長蘅太倉張內翰天如儀部受先之屬類推翁許爲湖山主人一切管絃歌舞之娛牲牢酒醴供張之盛所費殆將不貲雖古諸侯所謂賓至如歸者弗是過也翁許衰而席氏遂興仲遠文與尤能以德行文學見推當世知名士其風流至今猶未沫云

嘉興吳道與名沼著周禮彙斷五卷其自序以爲班固藝文志周官六篇則河間獻王所上五官而附以考工記也可知五官爲全經非有闕也自晚宋俞廷椿作復古編謂冬官錯簡五官之內於是取其近似者補入冬官又於五官之內剔其不類者

各從其類而五官大亂以古本校之大非周公之舊矣其後王次點邱葵吳澄最後何喬新相繼損益之以補俞氏之未備此五家者人各持所見各異其指於是有臨川之書有水嘉之書崇仁之書椒邱之書嗚呼世遠文湮即有懸疑闕焉可耳形名不相中者作私論以駁辨之可耳顧乃視爲草藁人肆其筆舞智而紛裂之何哉孟子曰惟助爲有公田雖周亦助也孟子周末人也公田私田說已不詳乃引詩而想像言之曰此其大略蓋慎之也況今去周二千五百餘年豈能有以信其必然哉吾是以見古本之不可不存也君子以爲篤論然而平湖錢稚農作冬官補亡謂冬官之亡者散見於大小戴記春秋內外傳中凡二十有一曰司空曰后稷曰農正曰農師曰師尉曰甸人曰火師曰水師曰舌人曰工人曰舟虞曰匠師此見於國語者也曰寄曰象曰狄鞮曰譯此見於王制者也曰野虞曰工師曰舟牧此見於月令者也曰工正曰圬人此見於左氏傳者也其持論亦前人所未發云初稚農遊金陵昵一妓欲挾之歸妓曰以君之才妾侍箕帚宜也但觀君談論間恨讀書尚少耳他日請相從也稚農恥之即日還里門假東湖僧舍以居夜讀昭明文選一沙彌前曰秀才年不爲少矣乃尚讀此兔園冊耶稚農益以爲恥發憤肆力於經史之學遂爲通儒稚農名士馨一名熙貢生

長洲楊古農名補字無補工詩善畫與楊龍友邢孟貞顧與治相師友楊龍友令永嘉時古農遊經其地後憶寫所見作小幅大不盈掌自題云永嘉郭外山川點點皆倪黃粉本也古農爲人隱不違親貞不絕俗口出氣惟恐傷人薰猶冰炭即之意消其中有所不可介如也邢孟貞者名昉高淳人少負遠志年十九爲諸生試輒高等一日爲衡文者詈其卷曰太狂閱末藝曰更狂不之錄也孟貞曰士爲文得以狂名足矣何問其他遂謝去一意於詩歌古文出遊四方與海內名流相角逐詩愈工歸而築室石臼湖濱家貧取石臼水爲淳酒治之以給食湖水清酒美高淳酒由此名所著有石臼前後兩集顧與治者名孟遊江寧人性嚴介任俠恤死友與莆田宋比玉善宋歿與治走入閩哭之伐石表其墓南洲蘇武子工古文早死與治梓其文行世爲北平于司直好結客遊秦淮死無恤者與治視含斂爲經紀其喪晚歲益貧善行草書閒逸自喜所至餽遺委積無少長貴賤皆應之將歿前一日猶爲人作大書從容如平時

吳門王勤中名武明太傅文恪公六世孫以諸生入太學少時風流儇奧不屑意舉子業自讀書賦詩外若投壺蹴踘彈碁馬射技擊之術與夫藝花種樹養魚籠鳥之方無不通究而尤工於寫生甫壯乃屏絕諸好獨時時寓意於畫而已評者謂勤中畫雖陳道復陸叔平不能過也王煙客尤亟稱之曰近代寫生家多畫院氣獨吾勤中所作神韻生動當在妙品中於是四方士大夫咸知有勤中矣京師貴人爭慕勤中名出兼金訪求其畫不能得也內閣宋文恪公勤中姊婿也方貴顯於朝移書招勤中入京師勤中笑而不應嘗語人曰古之善畫者莫一非高人傑士以文行著者也有如吾祖文恪公諸客沈徵君唐解元文待詔之屬其人皆能爲畫重不則畫豈能重人乎勤中爲人愷悌與人交不設城府所遇無貴賤少長率委曲相款洽居恆善病其末歲病屢發不復能多作畫故人有貧乏者輒強之使作勤中欣然執筆曰願以佐吾子晨夕需族父年老有孫女不能嫁勤中力爲作數幅俾鬻以治奩具客有以病諫者勤中曰吾財不足而力有餘敢自愛耶先是積藏諸名蹟甚夥中歲斥以易薪粟幾盡矣疾既革又命諸子盡出篋衍中所餘贈遺諸親故無復存者勤中卒汪苕文聞之出涕曰此吾吳之老成典型也自今以往吳中豈復有斯人比乎

黃孝子端木名向堅先世常熟人後徙家蘇州之西郊父含美舉人以明崇禎癸未

選知雲南大姚縣挈其室及弟之孤上事留端木於家已而明亡閩浙不守西南復立國江楚西粵連年戰爭行旅斷絕滇南遠在荒徼書問不通端木思念父母日夜西南望慟哭目盡腫一日拜祖墓別妻子將入滇親舊以途中兵阻不得達止之其妻亦哭而送之曰君以親故遠行豈復以妻子爲念然兒齒稚脫君更不歸則誰復能如君者然端木終已不顧徑行時順治辛卯十二月朔日也壬辰五月望日至姚安府是時含美已棄官六年矣居白鹽井山舍中端木至登堂拜父母賀無恙謝起居晚父母驚喜亦拜相勞苦起而相抱號泣含美前所攜弟之子時從外負薪歸驚見相拜泣問昔日僮僕無復存矣居數月端木啟父母作歸計念無以爲行資而先是含美以乙酉秋試分校得士八人冀其資助端木持父書詣諸門生家所遇三人皆有贈贐往返復三千餘里端木具籃輿與二親乘己與弟步從以十一月四日發白鹽井歸吳之日癸巳六月十八也自始出門至是越三年計五百三十餘日凡歷京城七府三十有三州縣衛司關驛鎮寨不可勝紀計行二萬五千里有奇乃次其山川道途所經自爲圖十二自記之

長洲文點字與也明大學士諱震孟孫幼能詩從長者泛石湖出語驚其座客年十

二閭李自成陷京師泣曰國破矣奚以家爲既而仲父東授命産果破乃依墓田以
居年四十涉江淮溯河洛薄遊京師京師貴人或告之曰子先世多以薦授官子何
不仕當以國子博士薦君矣謝曰士各有志行止亦有時公何忍强點以不可遂引
去與也善畫嘗舍蓮涇慧慶僧寺賣畫自給有富人子具兼金求畫期以三日走取
與也面斥之曰僕非畫工何得以此促我擲金於地其人再請不顧巡撫湯公斌屏
車騎入寺訪以時政嘗閒語之曰先生何以爲饘粥計對曰貧者士之幸也菜羹蔬
食足以安人性情堅人操行少或有餘將移所守湯公稱善一亭戶擁厚資請以千
金爲壽願得通姓名於湯公與也曰湯公以道義交我我豈可以利干公縱我有請
公不應也若無故以貨餽人傷惠我無故受貨傷廉二者交失毋敗吾名亭戶慚而
退其介潔如此康熙四十三年夏四月卒逾月次子赤以毁卒

宣城蔡蓁春字大美善屬文喜交遊常自釀酒待客醸兼數種其後家益貧釀不能
給客至則質衣具酒大美兄弟三人相友愛少弟李廌溺江死大美與仲玉立客姑
孰徒跣江滸日夜哭募漁舟求李屍盡解其裝不給至齧指書要重購之又灑血顙
江神極哀明日乃得屍歸葬鬻屋以償負焉大美所作有來谿居集續究雅遊潛水

有潛水雜著陳臥子雅推重之晚與同邑施愚山相善卒後見夢愚山索酒愚山爲
詩哭之遣力齎酒漬墓上同人見者皆嗟悼云

劉龍光字夢齋吳縣人父曰廷謁明末以宜黄縣丞遷益王府長史遭亂挈家人避
兵白石嶺下依其友姚肅甫以居龍光初以省試還里兵後不知父母存殁日夜涕
泣成疾疾少閒徒步至盱江禱張令公祠宿廡下夢聞神語云往石漈當得之覺而
詢之土人皆不知石漈何所也龍光持零丁帖彷徨道左一比丘尼告之曰是在閩
粵之交今官路方構兵道梗塞由僻徑以往七日可達矣如其言所過皆險絶無人
跡最後至白石嶺嶺萬仞蟻旋而上下臨絶壑又萬仞得微徑荆棘敝之血漬足踝
力盡乃得登俯見山下村村頭板屋三楹流泉决决石上龍光心動以爲石漈也叩
其戶則有人焉啓之龍光母管氏也驚喜母子相持而哭龍光問母曰父無恙乎今
安在母曰殁踰年矣殯旁屋中耳龍光拜且哭母亦哭村民聞哭群皆來觀曰吾鄉
宋時有孝子王龍山者於此見其母故堡名見母今子復見母此地是又一孝子矣
龍光乃謀歸父喪肅甫首出白金助之村民皆喜曰願爲孝子盡力於是以藤束其
棺百夫舁之踰嶺而下遂浮江以達於里龍光好古學精爾雅蟲魚之義旁及方書

卜筮風角地辰截壬遁甲之說皆能通之康熙十一年正月朔日筮得大過之塞歎
曰過涉滅頂吾其不免乎其年十一月果卒

唐祁歙人以善治生致多貲其父嘗貸某甲金後甲偽以失券告祁曰券雖無事則
有也償之既而他人以前券來責償祁曰事雖偽券則真也又償之人傳爲笑祁曰
彼初能急吾難詎不足感耶

婺源汪光翰字文卿明崇禎末客川南道景陵胡恒幕恒駐印州張獻忠陷成都分
兵徇印恒命光翰出調兵未至城已陷恒與子士驊戰死闔門百口皆遇害惟士驊
妻朱氏挈其幼子峨生匿民間得脱賊武大定聞朱有殊色刦致之朱剺面毁容以
免光翰間關夷猓中得朱氏母子所在事之甚謹值歲大饑斗米十金光翰多方保
護或以經教授爲童子師或操奇贏坐市肆中得錢以供朱氏母子饘粥二十餘年
不倦朱氏教子嚴峨生亦讀書知自奮能文章矣蜀平峽路通光翰乃躬送朱氏母
子歸景陵楚蜀之人莫不高朱氏之節而益誦光翰之義不衰云

施氏女名寅其先浦子口人父益政避寇家金陵女年十七許字金陵黄氏子會婿
病甚舅姑急欲得婦以事之女遂歸黄氏未成婦也居數日而婿死女悲號求殉不

得恐舅家奪其志乃歸父母家織紝自給居無何益政領順治某年橫海運轉輸
以不及額下獄女聞之謀改裝走京師救父會朝命漕輓積逋下所在省會追補益
政逮下江寧府獄女乃髡髮易男子服攜幼弟詣獄省父父倉皇中不識也女泣自
陳父熟視大慟獄吏及諸繫囚皆爲泣下稱曰孝女孝女云自是女間數日一偕其
弟入視出則坐斗室中刺繡易米以供父食有貴人慕其行持千金聘之曰歸我我
力能出爾父女曰救父誠所願如辱身何謝之去已而益政病且革女懷牒詣漕司
庭長跪而號請以身代繫出父獄就醫漕司覽牒心動釋其父歸踰一月死死之日
家無一錢鄉里感其義醵貲以斂女朝夕上食叩棺擗踊悲號竟以成疾垂革猶呼
父者三而卒年三十有四諸生黄虞稷吳漢葬之分山口鄭家莊

王烈婦江寧人夫汪姓賃舂爲生以嗜酒廢業僦居江東門之積善橋破屋一間以
箬蓬分内外婦日塞戶坐門扇上績麻自給雨漏濕持蓋績不休夫與博徒李姓遊
李見婦悦其色美謀亂之夫被酒歸以狂言餂婦婦奔母家避之夫逼令返室而夜
持酒脯與李俱至夫引婦同坐婦駭走夫以威挾之婦堅拒被榜笞無數明日婦度
不能免夜攜幼女坐河干慟哭徑投水死比曉女尚熟寢草間不知其母之死也吳

德旋曰。人無知賢愚不肖。莫不欲得賢婦。乃以烈婦之賢。而其夫以無道驅之死。獨何心哉。獨何心哉。烈婦將死。而以幼女自隨。其意欲與女俱溺耳。然卒不忍也。嗚呼。遇人之不淑。固自古歎之歟。

初月樓聞見錄卷一終

初月樓聞見錄卷二

清 宜興吳德旋仲倫甫著

溧陽潘鐵廬先生。名天成。字錫疇。黃墟里人。年十二。遭家難。父母弟妹竄跡他郡。鐵廬幾斃於仇。得脫。日夜號泣。走訪其父。行遊徽甯萬山中。越二年。始得遇於徽之某里。時康熙七年也。其明年。客遊滇南。又明年。游陝西。又明年。返徽郡。又明年。迎親歸溧陽。家貧。無以為養。業賣筆。往來荊溪溧陽間。又明年。前進士溧陽黃九煙先生周星。隱姓往吳門。訪徐昭法。道經荊溪。鐵廬遇之荊南山下。黃先生老矣。攜杖獨行。買磁笠二器。鐵廬攜筆囊。為黃先生負擔。至吳門。叩昭法草廬。昭法餓不能出門戶。强起揖客。黃先生抱持大哭。解囊市米數升。鹽少許。具粥。不能具燈。兩人語多不可曉。中夜。鐵廬獨臥。二人對語達旦。天既明。黃先生令鐵廬持一扇。詣之市。戒勿道姓名。鐵廬持扇入市。顧者輒棄去。鐵廬念昭法廚空久矣。售扇可作數日糧。乃言曰。此黃九煙詩畫也。一富人即持白金數錢購之。鐵廬歸。以實告黃先生。黃先生暨昭法大怒曰。孺子殆不足教。速持去索扇來。還我。鐵廬惴惴入市。覓之。持扇還黃先生。黃先生笑曰。孺子固當如是。當是時。鐵廬從宜興湯默齋講心性之學。默齋固已交之矣。其後鐵廬學夫

官於宜興吳青可。學歷算於宣城梅勿菴。學史於桐城方有懷。論兵於江西揭子宣。論道於白鹿洞湯惕菴。著有潘鐵菴文集。而所擬治河策最善。其辭曰。今夫固高堰。使全淮之水。從清口灌注於河。共趨於海。所以利漕也。於淮揚高寶以下諸州邑尤有利焉。使高堰不固。淮水潰決。淮揚以下諸州邑。不將為魚乎。不必潰決。或霖雨連朝。淮水暴漲。從高堰六壩漫入射陽諸湖。下流不通。不能奔放於海。即天長邵伯橋墅諸處。亦將泛溢為患。而況泰興興化泰州之當下流者乎。高堰之築。始於漢末之陳登。修治於明初之陳瑄。而復修於潘季馴。季馴築堰長八十里。起自武家墩。歷阜陵湖周家橋翟壩。以捍淮之東侵。又淮之北岸。有王澗張福二口。淮水每從此洩入黃河。致淮水力分。而清口淤淺。且黃水亦從此灌入於淮。於是併力築堤。使淮無所出。黃無所入。使全淮畢趨清口。會於大河以入海。而河與漕俱治矣。然黃河地脉本高。泥沙停滯清口。淤塞淮水。不能直入於河。阜陵洪澤泛溢。而高堰不能不潰矣。此不可不有以疏之濬之也。又翟壩在周家橋南二十餘里。為山陽盱眙接界。長老云。周家翟壩。長二十五里。與高郵南北金門兩閘西堤四十里相對。周家橋翟壩決。而高郵南北衝溢無甯時矣。愚故曰。固高堰。高寶以下諸州邑尤利也。然高寶以下諸

州邑不多疏支河以分殺其勢又安能無害乎古語云防民之口甚於防川當決之使流高寶以下州邑之地當如江南圩田法或方數里數十里四圍開濬取土築堤濬之深廣即堤之高闊堤旁植桑柘蠶子樹以固堤使水不能衝嚙又有林木絲繭之利焉濬中種菱芡蓮蒲茭葦使水波不揚又有魚蝦食物之利焉外有入海之處倣范文正所築之海塘捍門自為啓閉內水暴漲衝開捍門奔放於海潮水泛流衝閉捍門使不入於內河潮退泥沙積於堤外以成高阜海濱之人謂之海龍今范公堤外或沙漲數十里數百里初植茭蘆積久堅實以為村落田疇家備舟楫或河海泛溢居民乘之而避不至淹沒且平日取魚蝦或裝載貿易間有賊寇生發居民欲保身家自為戰官兵助之無不勝焉此誠永遠之利而終無害者也鐵廬以雍正五年丁未春正月歿於江寧葬聚寶門外惠應寺側及門荆溪諸生許重炎立碑識之湯黙齋者名之錡字世調鐵廬之稱其師也幾於聖人而長老亦往往傳稱黙齋之學其於濂洛諸儒不啻登其堂而已入其室矣其言平天下在理財理財之道在屯田與水利此非拘鄙小儒所能道也或問未晚與同之說於黙齋黙齋曰顧吾力行何如耳多辯論何益嗚呼倘所謂知言之要知德之奧者耶黃九煙其後以博

學宏詞徵不就投潯陽江死黙齋為詩以哭之

常熟顧德基字孔昭資器英異家貧好讀書狂簡不偶於俗年十三應縣試見儕輩雜處堂下縣吏抱牘呼名序進便卻走疾出自此不復為舉子業至如經傳子史之文鍾律星翔之旨不由師授而咸能強記昔宋祖平孟昶詞臣獻夷蜀頌其文不傳孔昭擬而補之凡三千餘言其友錢塘謝晉超持示太倉毛御史時毛為虞山書院堂長一見其文深異之諷以習經義應科舉孔昭聞之听然笑曰吾束髮至今耽玩縹緗蓋欲因遺文以見道庶先哲之立言豈與曲學之士較利鈍於毫末競長短於一日哉乃與謝晉超書明其趣焉嘗期所親飲酒會其人將之池州禮肉佛因自疏非以書謝焉孔昭答書亦辨其感鑒幻說之誑利誚瞽俗之貪庇斥若空之乖典證禘祭之無稽識高旨遠非凡所能及也乾隆二十一年八月疾卒年三十有四所著有春秋辨旨天文占驗律呂探微易圖說荀子評及論頌書序等數十篇詩千餘首多散佚歿後十年其父裒集遺詩百餘首為兩卷刻之

錢補履先生崑山人名近仁補履賤業也吳人以先生學博深高尊之故相與稱之為補履先生也先生居吳市中為人補履得直以給衣食有餘貲則多買書讀之自經史百家之說旁及釋典道藏無不通常過某講寺聽學佛者講經察其涵義辨正之學佛者自謂弗如也吳中素以博洽負時名者聞先生讀書多初或不信與辨論輒詘人有疑義就質問先生應口答無滯然先生於書非徒以資論辨而已其論學一以宋五子近思錄為準可謂特立獨行之君子也先生晚歲益困忍寒餓讀書不輟終不肯妄受人一錢吳有好學之士曰王繩林素習於先生見先生老且病延至家受學焉先生卒王繩林斂之具棺既葬方大章言於許侍御穆堂改葬先生於虎阜山麓表其碣曰處士錢補履先生之墓

方睎原名根矩歙諸生其學宗婺源江慎修其文宗桐城劉海峯劉海峯以古文名其文有學莊周史記為之者希若也學永叔介甫為之時至焉學歸熙甫為之輒至焉其為時文即以其為古文者為之也故能蔚然而出其類睎原可謂能擇所從矣睎原居歙西靈金山中有林泉之勝四方賢者至歙無不樂交睎原睎原亦延致其家惟恐其去名聞甚廣乾隆丙午科大興朱文正公以侍郎主江南試自決必能以第一人取睎原而睎原是時已不應試後又四年睎原卒年六十有一睎原為人意氣和易寡怨怒雖終身諸生世為之不平而睎原未嘗以為感歎初戴東原稱新安有三

士鄭用牧金蕊中及睎原也蕊中後以進士第一人官翰林院修撰而用牧亦終諸生

婺源查灌字淵若工為文性狷潔足跡不履都聚遁跡高湖山造其廬者不得見輒歎息而去

秀水俞汝言字右吉研精經史之學尤熟於明代典故撰成一書僅先就宰輔列卿年表而已晚專治春秋著春秋平義十二卷春秋四傳糾正一卷其自序曰六經之不明諸儒亂之也自王輔嗣以老莊言易而六經有道家矣鄭康成以讖緯言禮而六經有數術家矣公穀胡氏以名稱褒貶言春秋而六經有名家法家矣然其初未始不欲探聖人之精蘊而智識弇淺強求深遠習見郡國之府寺而以為宮閫之龐哉不過如是不知輔相之道而以行師折獄之才習經邦國也淺求之而失其度深求之而愈失其大體迨至有宋大儒程朱輩出而後正其紕繆易傳本義成而輔嗣卷舌儀禮經傳通解定而康成束手退矣若夫春秋左氏親見聖人公穀傳諸高弟子而偏駁者半焉康侯品高學博文章能暢所欲言方以為程氏之正傳而疵纇不少新安朱子心知之而不收端言其過其說時時見於弟子講論之餘而後人又不能推明其義徒使附會穿鑿刑名法術之言出於一代大儒而不斷是可異也汝言

不揣裒集諸家自為一書先之四傳糾正為六端以該之一曰尊聖而忘其僭二曰執理而近於迂三曰尚辭而鄙於褻四曰億測而涉於誣五曰稱美而失情實六曰摘瑕而傷鍥刻六者之弊去而後可以讀春秋矣顧愚陋荒落何敢效鍼石於前賢聊以志願學之自略見其大指而已右吉晚歲兩目失明猶令人日誦書其側而自口授所見使筆記之其勤於著述如此所為詩古文有漸川集

吳陳均聿為人沈靜澹雅自少不汲汲於名利年未壯即棄諸生隱居東郊外婁江上教授自給尤好著書輯成吳逸民傳始仲雍訖金孝章共如干人以自寓其志汪苕文序之

荆溪謝方運字皆人少工時文與任釣臺齊名有吟臺二子稿行世皆人為詩嘗以詩謁王尚書阮亭阮亭亟稱之其詩專工五七言絕句體於山林閒為宜乾隆初皆人游京師為慎郡王容名所甚公卿閒猶以阮亭故也皆人故與同里蕭掞三相唱和掞三刻意苦吟尤欲凙之於古惜不永年詩篇亦多散落矣

荆溪儲國鈞字長源水榭先生子儲氏多以時文顯名而長源獨好為詩詩出有聞於時兩淮鹽運使德州盧雅雨最為賢之招致之門下雅雨故好士賓客皆一時英

俊諸儒然咸推長源長源名由此日起居無何雅雨以事去官長源歸而杜門屏跡絕不與豪貴人通家貧無以為炊至并日而食怡然不以介懷惟日與其徒陸致遠者講說古詩人遺法相吟嘯為娛樂然竟以貧卒陸致遠字以寗乾隆癸卯科舉人初學詩於儲長源後至京師見知於程翰林魚門頗為延譽由是知名於時以寗通方書及形家言為人溫雅縝精士大夫多樂與之遊著有米山堂詩藁

長洲布衣曹峨亭名炳家貧失學年二十餘猶為人傭保以給食後乃自知讀書遂以經教授鄉里學不為舉子業博覽強記祇用以資為詩峨亭性樸野足跡不接於貴人之門故世無有知之者惟仁和宋左彝見而奇之為之延譽吳人乃稍稍知峨亭能詩石遠梅采其詩入同音集峨亭詩學陶靖節謝康樂不能至也雜之孟襄陽韋左司集中幾似矣錢唐袁子才以才力奔走一世或勸峨亭扶所業往可借以起名峨亭笑而不荅或又以為言峨亭曰吾詩五百年後自有定論袁公豈足以知我哉其高自期許如此卒年八十餘宋左彝者名大楷嘗為國子監助教以母老引疾歸治天文占驗及形家言然非其好也所好者獨於詩嘗自編其詩都為一集以示其友宜興吳仲倫曰詩之興肇於上古陶唐氏前書闕不可信虞歌夏謠乃時時見於紀傳中其為古質甚於周詩漢氏以後莫之或為今欲追而復之難矣予故為其難者沈古歌謠作雜言一卷五言出於漢時無名氏之十九首蘇李之贈荅逮乎建哉自是濫泆於東京迤迆及於魏晉宋齊梁陳隋雖作者所涉之淺深不同然皆有風人之遺意存焉沈漢魏六朝作五言古詩一卷自三百篇變而為楚詞又變而為漢人之樂府變而未失其正也又變而為唐人之七言古詩蓋其靡矣然樂府遺音惟太白為能近之法太白作七言古詩一卷齊梁五言體雜儷偶唐人諧聲而以律名而摩詰襄陽太白猶時以古法行之沈宋諸人瞠乎後矣法王孟李三家作五言今體詩一卷凡余之所得如是予盍為我序之於是吳仲倫為其序略以為近世能言之士其識力大都不及唐以上君獨闚意旨由唐人而上溯之極於古歌謠而止其識固不可及而才力之雄獨又自足以相儷其傳於後也無疑矣然左彝詩大率與曹峨亭相上下蓋學魏晉而幾至唐人者也左彝著詩論一卷大旨謂學詩之道不第於詩焉求之要在多讀書遊名山水然後能充其識以養其性情而不同於流俗故左彝自其母夫人卒後居家之日恒少於東南諸名勝若天台雁宕黃山之巖凡其荒遐幽阻人跡罕至之區無不窮探深入所遇往往多異人逸士與之縱談莊

列虛無之說而發其荒遠不可致詰之思然其意欲精其詩以成名以傳之後世而已人謂左彝好佞佛好言長生皆非其實也嘉慶九年某月卒於西湖僧舍所著詩曰學古集石遠梅者名鈞吳人隱於市能詩以沈文慤為宗王光祿西莊王侍郎述菴皆稱之中歲習為古文嘗與吳仲倫相遇於宋左彝所仲倫為言古文正變源流頗與世士異處遠梅聞之喜遠梅好交遊所知皆一時有名之士持仲倫說與相質證或然之或不然之遠梅亦疑不能決也然察其意終以仲倫之言為然所著有清素堂詩文集

陽湖毛燧傳字陽明一字洋溟少治古文康熙初毘陵人言古文者推邵子湘董文友自邵子湘董文友卒後毘陵人為古文者絕少洋溟獨能為之於是士大夫翕然稱之矣張編修皋文後出名稱駕其上然皋文稱洋溟之為人跌宕有奇氣其於文也亦然洋溟嘗以文謁袁子才子才稱其文似戰國策洋溟喜洋溟好飲酒舉止真率遇富貴人不能作寒暄語然當其酒酣耳熱論說古今事窮日夜不能休時或陳述平生舉故舊瑣屑為諧謔嬉笑有魏晉人風武昌守張君得洋溟所刻味蓼初稿驚喜延為子師已聘主勾庭書院楚中自大府以下爭欲得洋溟文為重藩伯祖君

既以萬懷琴史編纂洋溟為論定而復有屬排纂嘉慶改元以來兵事者洋溟自以少治先秦太史公書常恨不得奇節偉行書之以為歉亦欲藉以自見草創未幾而卒年五十有六

荆溪周佚菴名芬字宗少嘗刲股療母疾姊媪竊窺之以聞於人人於是知佚菴之為孝子也然佚菴終不自言佚菴少習舉子業不售於有司遂棄去而專肆力於經世之務先是佚菴之大父樸菴喜治形家言考敏齋良於醫佚菴述樸菴之學著堪輿約旨略謂氣之附土而行者有支隴可辨其伏行而仰出者則不可得而見也又曰地之理以形著而為支干喜忌之説者此非地之所自有也治醫多雜述未成書治樂論聲氣所以始終之故著律呂析疑治兵家言以為機括相觸自成法度不可執也而治器必豫為見知録若干篇晚治輿地圖未竟而卒

嘉慶丙寅丁卯間予亟遊淮陰淮陰數被水患貧者至室家不保然古名郡也予族弟德安客淮陰久予嘗就詢淮俗因得聞周貞女事云周貞女者山陽縣板閘人周氏之女許字同里徐良才良才家貧甚不能備婚禮故貞女年雖大猶未行也無何良才病瘵一夕貞女得噩夢心固知其不祥旦則訃者在門矣貞女請於父母欲奔其夫喪父母怒不許貞女泣請曰大人幸聽兒則兒生否即死耳父母度女志終不可奪遂歸之徐氏至則斂其衣服簪珥為夫營殯斂具既葬治女紅以所得供舅姑食孝敬不衰初貞女之歸也時適盛暑母家送帷帳至貞女以奉於舅姑舅姑辭焉曰吾家素不具此已安之新婦恐不慣也貞女聞言即返之其孝謹皆此類德安既已語予予書而藏之篋衍時丁卯四月也後一月如臯黄滋來為山陽縣學教諭述其弟孝廉若沅女守貞事甚具予復為書而存之黄貞女名玉紅世居如臯幼聰慧喜讀孝經列女傳及五經大義皆略能通解許字同邑廩貢生叢傑次子未行而叢氏子以疾卒時貞女年十八矣貞女故樓居聞訃至投地絶復甦然自誓必死諸父勸慰之曰若無以死為也守貞不更難於死乎若將以愧夫世之悖義而偷欲者也曷不為其難者乎貞女乃不復言死然其姑氏已前卒故不獲歸其夫家之黨而從母氏以居雖家人罕或見其面云

仁和蔣山堂名仁初名泰性迂僻寡言笑家貧而負節益甚所居在仁和之東鄉老屋數椽不能蔽風雨夏冬月著葛裙朝夕食恒不給然山堂夫婦終不以貧故敗志操山堂以善書名浙中書初學米元章繼以淳化閣二王帖晚宗孫過庭及顏平原又往往兼楊少師風格每作書如以墨瀋傾紙上至不能辨間架然人益重之有某中丞乞書堅不與後中丞以賄敗時論服其高識間作小詩旁及篆刻皆古雅有致卒年五十三山堂與淳居一彬交最善一彬後見予稱予為人似山堂而予友仁和湯點山以為微不類也然如山堂者予思友其人而已不可得矣

初月樓聞見録卷二終

初月樓聞見錄卷三

清　宜興吳德旋仲倫甫著

王烈女名淑姑臨海人王昌熙女幼敏慧好讀書有至性稍長能為詩江寧李莊為象山都司與昌熙善知昌熙有賢女為其仲子文煒聘焉無何莊之弟樵自江甯以書來云為文煒聘同里吉氏女矣莊得書愕然然事以無可奈何則為書達於王與吉曰非敢背約然事固有經權互用者矣孰肯舍經從權而以女別字者某將聽命焉王復書以為君子之聘吾女父命也吉氏叔命也且吾女年長於吉納采問名月日吾女皆先於吉吉氏之約可進也而吾女固不可吉亦復書以為吾女之字存乎也鄉之人無不知今一旦中變是吾女為人所棄將不齒於鄉人矣必不可莊乃不得已為兩娶之議擬以齒序而為姊妹行使人告於王與吉皆報曰可兩家女聞之口噤不言而志各無他也烈女之母獨忿然曰二女同居其志必不相能必欲兩娶吾女寧別字耳女隱以欲歸李氏志告李母為之請於母者數四母執不從由是文煒娶於吉而王以李氏原聘物歸之缺其金約指二已而母欲為女議婚他氏女聞賦詩見志家人慮其有變密防之女乃强進飲食如平時家人察女顏色和意其悔志防稍懈女遂乘間投井死比家人覺奔救之已無及矣挽而上則指上金鐶宛然乾隆二十四年五月某日也女時年十九莊聞烈女之死也惻然曰女志欲為吾家婦吾安可以不成其志乎命文煒詣臨海具禮迎烈女神主及小像一幀以歸歲時祭祀之

王烈婦黃氏江都人王華京妻華京歿遺二子族人强烈婦改適且謀於上豪訂日娶之烈婦聞哭拜夫靈自經死

黃烈婦李氏高郵趙姓僕黃立功妻龐慧元者其主趙氏客也慧元隨其主假寓於趙窺烈婦少艾乘立功遠出夜穴烈婦臥室入欲因其睡熟污之烈婦驚寤執不從因大呼慧元扼其吭烈婦右手撫胸左手持底衣至死不釋事聞奉　旨旌表慧元論死

居烈婦向氏高郵人居士驥妻士驥父死託遺孤於族人居軒軒窺烈婦色美百計誘之拒不從遂被害烈婦之父訟於官得當軒棄市烈婦奉　旨旌表

程烈婦何氏江都人程晉生妻晉生多病久不愈烈婦刲股療之及晉生卒無子烈婦哀毀誓以身殉其弟起泰憐之請以己子嗣烈婦曰以何繼程非禮也葬畢遂不

食死年二十四

朱貞女名旭寶應人許字劉豐未行而豐殁貞女欲往視斂家人止之自是涕泣廢食目失明未幾卒其舅姑聞貞女志為立嗣迎其柩與豐合葬焉

賀烈婦林氏儀徵人林鳳女壻賀美明美明死烈婦悲泣三日不食母防其死且曲慰之已而輟哭食粥會母將出汲女輒起曰此固我事挽甕出久不歸母跡之則女在井中急挽而上已不救矣

陸烈婦朱氏興化陸貢妻貢死百日舅姑議改適烈婦聞之携幼女登樓為之盥櫛撫之曰今日有母為兒梳頭不知明日兒尚有母否尋令女下樓自經死年二十二

卞烈婦喻氏興化卞潔士妻嫁未一年潔士死有遺腹數月父母舅姑將强之嫁烈婦度勢不能已乃歎曰忍死不相從地下者徒以有遺腹耳既不獲遂吾志何生為遂自經死

虞烈婦朱氏甘泉虞大義妻大義死大義之兄欲烈婦改適烈婦不從引刀自穿其喉而死年二十二

烈女池氏江都貧女也幼喪母及笄父許字吳廷望廷望死於粵廷望之父母欲以女改配其次子女聞自縊死未幾而甘泉有霍九女事霍九女者甘泉民家子生十九年矣事父母以孝稱許字李正榮甫十日正榮死女號慟自盡里人悲之以其喪與池烈女同葬平山堂右學使楊中口為之銘曰蜀岡之巔平山之側鬱乎蒼蒼登高西望而歎息曰有同邑二烈女此其幽宅其後有烈婦裔氏程氏周氏死皆葬平山堂側雍正十一年縣令龔鑑與邑紳汪應庚建祠並祀五烈焉孫烈婦裔氏者甘泉人年二十四適孫大成其姑與二女皆有淫行烈婦誓死不辱一日烈婦自母家返姑及二女方與其所歡飲故為笑謔聲聞烈婦烈婦乃扃户自經死烈婦程氏江都人項起鵠妻起鵠賈粵西死焉訃至烈婦號慟辭舅姑屬小叔以善事堂上遂自縊死烈婦周氏江甯人適陳國材僑居江都國材死烈婦年二十六慟視含殮畢檢嫁時衣裝授國材從子一煒曰未亡人無出他日吾夫一盂麥飯惟子自稍此區區者留以志也見者咸知烈婦有從死意矣其父多方勸譬之烈婦慷慨語曰父弗惧我死無舅姑一宜死無子二宜死儌居無依必歸江甯衣食無給則嫁嫁非所忍言三宜死然兒不敢毀傷身體將正命而斃焉父無以難遂絕食二十日而死龔令既建五烈祠乃砰而文之其略曰嗚呼此五烈者少長窮巷編户之中未有從姆教稱

詩書而服乎女箴之宏訓也又非有心則乎前載烈義截耳斷髮磨笄之行而傚而行之也且生者情所鍾而死者生人之大惡雖以大雅所最見危而懍或未能強勉以庶幾又況乃女德斯在陰儀不剛曩使回易其心抑亦寒鄉凡裔內則所不求而五烈生非清門鑒非圖史並慷慨決志自裁當其據節銳情一往不改金石同其精堅鬼神泣其幽渺所為竟裁於義而死無愧於地而生者何其廩廩歟則是無異故貞良動於性本志氣精專誠一之至也或謂寄氏遣逢不淑預戒垢污至於殞身而不悔周氏以俯仰靡依早自引決遂從容以就義並卓哉志行有然矣至如程氏上有舅姑使其侍養二人畢節以老奚必不如陳孝婦之為者而池霍二女則又問名方始固未成婦按以前經非有明文責其夫亡與亡也而今皆之死靡他相從為愈意無乃行過乎禮正而非中者歟不知天下惟其理之至是以獲乎心之可安蓋聖人之所為設中而制節者以進中人非以域上智也而果其篤乎至性而優人情之所難雖聖人卒亦未嘗不貴之也然則五烈之所處雖殊而推揚餘烈其不亘日月而薄雲霄者豈非其大義之攸存也哉

劉言潔名齋無錫人康熙丙寅以進貢入太學當是時崑山徐健庵尚書方以收召後進為己任而為祭酒司業者多出其門海內之士有為尚書所可者其名輒重於太學有為太學所推者則舉京兆進於禮部猶歷階而升鮮有不至者惟潔言與其友三數人閉門修業孤立行己意躓而不悔其後石門吳公涵為司業重其學延致於家聲譽赫然公卿間太學嘗取高第教習官學生言潔與焉期滿例錄敘於吏部授縣令者十之八為正途授州佐者十之二為冗雜且底滯無選期自徐尚書罷歸公卿多欲以收召後進為名者而某為少宰自謂起荒陬主大僚尤欲擅風雅之譽使人禮於言潔曰吾久知君可來見必為遴首言潔謝不往某啣之係籍州佐某由是叢詬詘而言潔望益高然自是言潔遂歸歸未幾而卒卒後數年江東十郡之士上言督學使者士有無爵與年而學行可為儀表者二人宜祀於鄉其一言潔其一桐城方百川也始徐尚書執權籍以收召天下士士爭湊之惟言潔與其友數人執節不移久之此數人為清議所從出士之蹇拙自矜而務立名義者皆宗之雖布衣其重若與公卿相埒自言潔歸其友亦次第歸太學生雖有潔己自好者而聲猷不足動人清議遂由此消委云桐城方苞靈臯嘗作四君子傳言潔四君子之一也方百川者名舟貢生百川與其二弟靈臯椒塗最相友愛百川早卒故自制義之外其他撰述無聞而靈臯文集中嘗記百川遺言蓋靈臯之學出於百川也椒塗名林亦早卒卒先百川十年年僅二十有一而靈臯仕至禮部侍郎世皆誦習其書焉

李平子名沛興化人幼負才尚志以忠義自許久困諸生鬱鬱不得志遂棄舉子業專治古文詞與從弟艾山鏡月並以能詩名平子意氣高伉不詭隨流俗動與物忤盡以其不得於中者發之歌詠故嬉笑詬讓怨懟悲憤無聊不平之氣具於詩見之著有平庵詩集艾山名沂幼孤事母孝補邑諸生及壯不求仕進為人和平坦易遇物無所凝滯而獨於名義不少假晚好神仙聞芒碭山中有道士千里從之歸語人曰沂非以老母故不返矣著有鶯嘯堂詩集鏡月名瀠順治乙酉舉人亦不仕而遍遊天下名山大川足跡所至多為詩文以發其意著敦好堂詩文集三十卷經濟考八卷廬山志十五卷又博采古聖君賢臣懿士淑媛之事附以論斷為懿行編八卷

沈山子名進嘉興人少與秀水朱錫鬯同治詩日相唱和鄉人目曰朱沈後結同里周青士賦古今詩合成一帙鄉人復以周沈目之青士好周人急獨山子一介弗取惟招之飲不拒平居不憂貧見青士貧則憂之語人曰谷風之詩忘我大德思我小怨夫人受恩於人本無可怨思之思之而怨生焉祇見其小而已晚歲自號知退叟

所居藍村力圃屋三楹主人毀其一力不能補因目曰半巢居教子翼讀書其中閒然自樂也所著有文言會粹行國錄東園詩藍村藁半巢居藁退叟行吟力圃蕭閒詞哀湊文稿共三十餘卷卒年六十四翼居喪盡哀甘露降於塋廬藤蔓者二人稱其孝周青士者名篔幼治時文年十九喪父居憂讀喪祭禮以孝聞於鄉黨遭亂乃棄時文不治而就市廛賣米然益好讀書為詩歌喜結客有請必應家日貧往來嘉善桐鄉以詩格授人每出少年子弟三五執詩卷隨之行援止者或數日留留或不辭去青士故儻蕩不羈嘗獨行魏塘見赤馬船縛布為帆問焉往船人以入泖對青士思就九峯訪故人請附載比及泖則已暝船人促登岸望見僧廬閉入小沙彌見之駭彊其出青士步琉璃燈下覩壁間所鈔詩牘有己作指示沙彌曰吾詩人耳非賊也沙彌以語主僧煮白飯止青士宿詰朝自泖達九峯訪高士吳騏王光承之居兼旬乃返又嘗偕客游金陵攝山道見石辟邪立草中高碑二丈餘將仆人不敢近青士獨騎驢徑詣其下讀之乃劉孝綽所製梁安成康王秀碑也是日投山寺客皆候青士登絕頂賦詩於是上元鄭簠以分書題名於碑常熟王翬為繪作圖太僕卿包公聞青士名具書幣屬有司延之敦促就道青士固欲訪其友朱錫鬯於京師遂

徐青士既至京師朝士之識文者甚衆然終未嘗投貴人一刺也崑山徐尚書健菴好延攬海內士徐秀才時主其家青士寓就吾同卧起徐公欲見終不見青士留京師二年而歸歸山給事中恭以尺牘三緘贈行曰挾此可得百金答曰貧不耐持竿牘伺候人卻不受行抵宿遷卒年六十有五所撰有采山堂集二十四卷詞綜三十卷今詞綜十卷析津日記三卷投壺譜一卷青士從弟篁宇林於亦工詩者有鷗塘詩集青士友蔣東彩亦嘉興人少補諸生兵後棄去躬耕於郊野自食其力口不言貧漢魏塘之交有寺曰白蓮其東偏曰橘鶴樓暇則鼓柂而至曳杖登焉青士恒與期於此而方外大燈亦能詩三人相與往來羸聞大燈年老而韮則相對畫紙詩成撫掌或留連信宿而後去青士既客死東彩愴怳不自釋未幾以疾卒又數年大燈亦死東彩名處楫大燈字同岑

朱朗詣名士稚山陰人明大學士賡之孫雷州知府某之子少好游俠蓄聲伎食客百數所最善者一人曰張宗觀字朗屋亦山陰人善樂府歌詩以王伯之略自許時號山陰二朗朗詣遭亂散千金結客坐繫獄論死宗觀號呼於所知斂重貲賄獄吏得不死既而論釋宗觀聞之大喜踊躍夜渡江飲見朗詣未至為盜所殺朗詣既兇繫放蕩江湖間與長洲陳三島以詩古文相高往來吳越吳越之士翕然稱之已而三島以憂憤卒朗詣歎息悲思亦病膈而卒門人私諡貞毅先生

李武曾名良年嘉興梅會里人少與劣水朱錫鬯稱詩郡中武曾於詩初學盛唐諸家持格律嚴甚嘗抄撮詩中禁字一卷授學詩者繼乃取中晚唐及宋元諸集別出機杼辭洋淡沲極唱歎之致而錫鬯之論則一以唐人為歸康熙中兩人同客京師嘗偕游西山題詩於壁傳抄者不絕一時朝士爭欲識此兩人每召客客輒詢坐中有朱李否合肥龔尚書芝麓為文酒之會延知名士三十餘人武曾以墮馬後至獨見跋矣然尚書必待以來觴宛平孫侍郎退谷謝客者書武曾至必延入與商榷今古長洲汪編修苕文為文高自矜許見武曾獨傾心下之武曾持論和婉多可少怪善言作者之心思故人皆樂就武曾論說而於錫鬯則心憚焉歲戊午兩人皆應博學鴻詞薦己未　召試體仁閣下時被選入翰林者五十人錫鬯其一也而武曾不與罵歸築秋錦山房於漾葭灣弟子著録者日衆其後丙王福州暫起撫軍事崑山徐尚書健菴開書局於洞庭山武曾應其招助修一統志自是歸不復出武曾卒朱錫鬯為其行狀謂後之傳文苑者不宜遺武曾

倪郡客名我端嘉興人康熙中以歲貢生入國子監諸城李侍讀澄中試其廷試卷亟薦之榜發以儒學訓導待銓授經宣武門內弟子著録者日衆乃避跡西山郡客精於易卜人吉形家言儒為主人相度閒者造請日繁郡客曰吾術期避禍耳諸公欲以化者要福不可得也故事選人入覲者得先除郡客念親老思為祿養訴東僚之入悉輸之官名當注除目矣或奪其籍歷數歲名久居後遂引歸歸逾年病其弟夭無子遂成痼疾歲在丙子六月自筮得乾之同人曰此六月之卦也吾其以是月終乎壬辰朔果卒年六十一郡客為學以正心術為本博通經史尤邃於詩謂孔子說詩敝以一言曰思無邪淫奔者豈暇作詩而孔子取之當依小序為是嘗取韓嬰鄭康成以下詩說五十家折衷而抄撮之為書未就然世之言詩者莫能過也郡客臨財廉口不言利婦翁念其貧贈以負郭田六十畝固辭翁歿亟還外家券人有所負不責償其人內媿久而獨完其逋閒與浮屠道士還往然臨終識其子不得作佛事云

潘東暘名開甲烏程人歲貢生其為學一主乎敬躬行實踐不為虛談嘗論學於敦其子問朱陸異同優劣東暘不悅誨之曰學者宜收拾身心慎勿道聽塗說業日修得失自見先儒優劣辨之不差毫釐與我何涉耶所著有易解春秋傳考家禮小學外篇天文星野辨方輿歷法錢法備荒法律呂志河渠考花月田家歷東齋隨筆藏於家

懷寧鄧晚訥名某始居縣北荻坂廬舍為寇所焚乃徙桐城樅川之梅渚晚結茅舍花村筮之得坤之萃曰括囊无咎无譽因自號晚訥書其壁曰飽吾嬉焉困卧吾留焉爾醉吾陶陶焉爾又曰惟慎無憂惟忍無辱惟靜長安惟儉長足晚訥初以明季補諸生名籍甚貴池吳次尾宣城沈眉生無疑交譽之延入復社晚訥辭不可謂鈞黨之禍將起已而果然福王稱帝於南京馬士英阮大鋮柄用濫以名器假人江東諺曰職方賤如狗都督滿街走而大鋮母晚訥之姑也一日往省焉大鋮留之郎謂曰弟欲官乎不應曰道非遠也池州太平需同知府事暫飭數月可遷耳晚訥以不習吏事辭遂亟引去初晚訥方六歲時繼母王撻之幾絕娣夯告其父父大慼晚訥曰母撻兒教兒也家人聞之皆流涕晚訥博綜經史旁及醫藥卜算之書老而究釋典恒語其子曰吾前身恍忽在深山草閒中積雪千丈有尨眉叟行送別執手不能舍吾來自大雪中吾死亦必以雪夜及卧疾將革天果雪擁被起曰吾其逝乎遂卒

徐大文名林鴻海甯人大學士益都馮公容佳山堂六子之一也康熙戊午應博學鴻詞薦後歷游南北為大府主章奏客貴州時勸超撫困民之俗立瞿公式耜張公同敞祠為作神絃迎送至曲主人歔欷華冠綉衣擊銅鼓鳴鐵笛歌焉曲終苗童犵女皆感慨泣下大文善鑒賞别書畫禮器偽真兼善飲嘗過顧御史豹文别業御史出宮尊貯酒可容一斗酌大文大文連舉者三御史曰此何年製也大文笑曰北齊文宣帝天保六年避暑晉陽宮所作也驗其下欵識果然大文善為詩婉麗近齊梁卒時年六十有九其葬也朱錫鬯銘之

華亭張北山名恒壯歲好游至蘇門求孫徵君夏峯遺書謁耿詹事逸菴於嵩陽訪李中孚王無異二徵君于關内質疑辨惑久之著道傳錄若干卷始伏羲畫卦以及堯舜禹湯文武周公孔孟於微言將絶之際特書七十二子名暨孟氏弟子下逮漢唐然後繼以濂洛關閩諸儒迄於元明人各錄其遺訓采其醇而去其疵錄周子舍太極圖說錄邵氏不過信皇極經世書云

山陽張力臣名弨性好古精書法嘗為顧甯人寫廣韻及音學五書焦山瘞鶴銘石裂而為四又失其腹由是釋文不符覽古者以為憾力臣乘江水退入山麓糈落葉而仰讀之聚四石繪為圖聯以宋人補刻字倫序不紊且證為唐顧逋翁書謂逋翁故宅雖在海鹽之横山而學道句曲遂移居於此集中有謝王郎中見贈琴鶴詩鶴殆出於性所好故瘞之而作銘也力臣家藏古鼎彝甚富然不營生產沒後盡散失矣

陳伯璣名允衡南城人家南昌東湖後流寓鵝蕺徙金陵晚歸東湖葬蘇雲卿蔬圃故址居之伯璣善為五言詩王貽上稱之謂非韋蘇州倪元鎮之徒不能道也

錢唐陸麗京名圻明亡後賣藥海甯之長安市會湖州有私撰明書者為人告訐辭連麗京既而論釋遊嶺南時前進士知臨清州事金堡遁跡浮屠南雄陸太守世楷為闢丹崖精舍維鐵鎖以上麗京依焉一夕夢至琳宮丹梯碧瓦中有神建龜蛇之旐寤對寺僧言狀僧楚人謂曰此太和山也麗京乃易道士服往訪久之不返其子寅舉進士既釋褐擬微服往求麗京之友朱錫鬯倣東漢戴良體代作零丁一篇授寅持以入楚其辭曰寅也敬白零丁尺半紙敢告行路諸君子有父有父一去故鄉不知幾千里日月迺邁二十五年矣請說軀體頎面皮軒眉廣顙豐兩頤口輔鬑鬑微有顏去時壯齒尚未落肩胛頗亦肥平生不怒多笑嬉目無邪視頭無傾周尺一尋長過之請說裳衣少新製大布寬袍淚長漬帶斷續繩衫裹臂孫孫子子蟣蝨萃有時捫之擲在地兩襠敝袴雙足能寒肌生粟暑生疿姿留鄉語聽易分問以經術辭紛綸王若說易猶專門方州部家味義根囊中口誦可等金匱文方不自私恒活人不昧財不逆禍緇衣黃冠無不可患而能以消息聞為德者君報者我然麗京竟不知所終

宋邵臣名曹鹽城人好讀書不樂仕進康熙中大吏欲以博學鴻詞薦邵臣辭焉隱居射陽湖濱治圃自給名其圃曰蔬枰而闢之邵臣工書法至今淮陰人家往往珍藏其書

初月樓聞見錄卷三終

初月樓聞見錄卷四

清 宜興吳德旋仲倫甫著

余友張介軒名起字米五少補宜興縣學生年幾四十始留意作詩嘉慶丙辰命畫史繪己為脩褉圖而自題詩其上後遂篤志詩學故名其所著詩曰初褉草介軒詩以杜牧之李義山為宗而南朝鮑謝陰何諸家亦所深嗜故歡愉悱惻之致異乎恒情也介軒論詩不貶宋元於明七子中善何大復徐昌穀而以李獻吉之學杜為麤余從兄覺庵與介軒故姻好而論詩每相持不下蓋覺庵學杜意欲左袒獻吉而夙所慕尚則兼及於吳駿公朱錫鬯焉余於近人之詩篤嗜姚刑部姬傳惜抱軒集嘗以語介軒謂詩雖小技然必學道之君子為之始克有當於興觀羣怨之旨介軒深以余言為然然介軒於詩未能造達其所見也蓋學之既遲雖能言之而精力有不逮矣庚辰六月卒年六十有六歲覺菴名鼎宜興增貢生所著有鶴園詩草六卷鶴園隨筆若干卷善寫生設色得惲壽平法

王武徵名方岐江都人父玉藻明兵科給事中明亡後歸隱以窮死武徵承父志不求仕為詩文自娛著有家齋文集十六卷詩八卷袪塵錄哀挽若干卷 弟大名名方魏大名與兄武徵皆隱揚之北湖然武徵猶出遊諸名士間而大名則閉戶著書四十年不入郡城精研易理著周易廣義十卷纂周易解一卷廣義燬於火纂解分太極兩儀四象圖書卦義爻義凡六篇其說太極云太者大之義即大哉乾元極者至之義即至哉坤元又云卵中包含黃白內黃為陽外白為陰草木之實核以藏仁人物之胞胎血以裹氣是時陽在內生機業已亭毒陰在外意象猶然杳冥太極之象也周之太極圖中分黑白而又黑交於白白交於黑此則太極已剖非復陰含陽之象太極以陽為主故其體圜其數一凡爻近陽者利遠陽者窮向陽者榮背陽者辱承陽輔陽者吉乘陽蹈陽者凶卒葬北湖誦芬莊之右大名子俊士名祖脩康熙乙未歲貢生俊士傳其父學以易教授其外孫同里焦佩士祖述之佩士少治時文以咯血廢業然佩士既得聞王氏易說並熟焦氏易林郭璞葬法論學於家一以躬行實踐為主嘗謂曾子述顏子之行曰以能問於不能以多問於寡有若無實若虛孟子述顏子之言曰舜何人也予何人也有為者亦若是而孔子言處以下人顏子之行本此言當仁不讓於師顏子之語本此學顏子者貴學其虛心又貴學其立志佩士好周人之急性和易不與人忤客至雖卑幼必加禮語不及義則正色謝之嘗遇相者謂兩目如蠶眠法無子久之復遇相者曰蠶化為紅色此陰德之徵當得子已而果然自筮將終取貧人債券焚之負人者盡償之曰不可俾吾子孫失忠厚意也佩士名懋園子監生

海甯朱人遠名湮遇明敘州府推官岷左之子年十六補會稽諸生岷左奈無宦情人遠入蜀即迎之而歸人遠嘗佐其父取漢魏至唐之樂府詩集分為賦比興自漢至明選其詔令奏疏為經世書草思於六藝之文百家之言視科舉時文不屑屑也人遠好遊好為詩所至輒與諸名人相唱和必有詩成集於蜀曰西膴曰東將於京師曰乘南曰岫雲曰嫁衣曰北征南懷曰後北征曰西苑曰西山曰南選唱和曰燕遊曰重遊西山於金陵曰江行曰南國於東浙曰春航於家曰谷水曰發春曰銷夏康熙癸酉人遠卒年六十二其友黃宗羲梨洲取其詩而論之其略曰人生天地之間天道之顯晦人事之治亂世變之汙隆物理之盛衰吾與之推盪磨勵於其中必有不得其平者故退之言物不得其平則鳴此詩之原本也幽人離婦羇臣孤客私為一人之怨憤深一情以拒眾情其詞亦能造於微至於學道之君子其淒楚蘊結往往出於窮餓愁思一身之外則其不平愈甚詩直寄焉而已吾於吾友人遠見之蓋人遠之所以為詩者似有難寫之情不欲以快心出之其所歷之江山必低徊於折戟沈沙之處其所詢之故老必比昵於吞聲失職之人詩中憂愁怨抑之氣如聽連昌宮側老人津陽門俚叟語不自覺其隕涕也嗟乎人遠悲天憫人之懷豈為一己之不遇乎

鄒元子名鉉錢塘人明崇禎中與同郡張秀初江道闇虞大赤仲皓馮儼公聞子將嚴印持結讀書社乙酉明亡時子將印持二虞已前死秀初改名濟義道闇改名濟月逃於釋氏元子有子曰淵字元澄年十五補諸生有名元子謂元澄曰漢室之亂梅福變姓於吳門崖山之亡謝翺不返於汐社梅謝皆有子而相棄如斷梗各行其志吾欲為梅謝之事汝獨不能為梅謝之子乎遂去不知所之或傳其在上柏山中元澄迹之而不可得也元澄有內弟張某棄家為僧元澄謂某曰慧命與軀命孰優劣乎子毀服童髮以全慧命余終日視息人寰為所不欲為言所不欲言見所不欲見慧命將絕安用軀命為某曰子不見漁父之告屈原乎眾人皆醉何不餔其糟而歠其醨元澄笑曰然遂終日縱飲極醉未幾而元澄死時仁和高敬可名克臨聞元子變姓名去亦與其友孫武書浪迹山水之間以自放時乘小舟莫測所往永興寺有古

梅數樹一日大雪敬可獨往坐其下語刺刺不能休不知所語云何聞者為詩名曰小窗筆屑卒年八十

萬充宗名斯大鄞人早歲棄科舉業專治經尤精於三禮其讀書大指以為非通諸經不能通一經非悟傳註之失則不能通經非以經釋經則無由悟傳註之失於春秋則有專傳論世屬辭比事原情定罪諸義例專傳者經無事實待傳而明公穀左氏互有異同左氏親承所見事多詳敘當以為主論世者春秋二百四十二年世皆無道孔子但據事直書是非自別初未嘗以後起之匹夫責已往之天子屬辭比事者春秋一事必有本末異事亦有同形如衛人殺州吁衛人立晉此屬辭而見其為一人也立晉則書衛人立王子朝則書尹氏此比事而見其有公私也原情定罪者如魯桓見殺於齊時莊公尚幼法無可施故書薨書喪至書葬一似賊之已討者及莊公既長則書如齊書如莒莊於是不得辭其忘讎之責矣於三禮則有論郊社論禘論祖宗論明堂泰壇論喪服諸發明論郊曰郊惟日至一禮祈穀不名郊論社曰太社在北郊主月王社在國中論禘曰禘與祫一事魯禘不追所自出論祖宗曰東周祖文而宗武論泰壇明堂曰儀禮方明壇即泰壇即圜丘萬宮方三百步上有明堂日至郊天即於方明壇謂之方退郊天主日也季秋大享於明堂明堂圜丘同在三百步內非有兩地論喪服曰承重之喪皆從夫服又曰庶子為其生母之黨服與適子為其母黨服同春秋初已成書燬於火復輯爲絕筆於昭公臨歿時猶惓惓李武子立後一事其精且專如是卒年五十一弟季野名斯同從黃梨洲講劉蕺山之學以聖賢自期非禮弗動治經亞於充宗而於史事尤精熟康熙十八年開明史館應監修崑山相國徐公肅聘欲薦官之力辭乃以布衣從事其在史館每諸公會講聽者常數十百人或詢以史事則曰某事在某書某卷第幾頁第幾行如其言閱之無一爽性不喜仕進不樂榮利見人輒以讀書勵名節相劇切好汲引後進惟恐不及焉所著書凡三十種

慈谿姚亦方名紀治古文與同里姜宸英馮宗伋齊名性矜豪喜談兵嘗著南北邊兵論卒時年僅三十有七亦方故與邑人劉純熙馮象楨皆學為詩皆貧而早死其友馮愷愈為作三友傳愷愈亦旋卒

桂天士名嵩慈谿人貢生性篤於孝友嘗授經外郡挾父母像與俱饌至必祭而後食有受業師九人執友一人於其卒後每遇飲食則督子孫負壺盒徧祭諸師友墓為之封土女兄適魏氏而貧寡天士往省即親取姊廁牏滌之從代之任舂焉魏氏居魏家橋距天士所居二十里姊年九十天士年亦八十餘矣魏家橋人無月不見其再三至也渐水畢十臣明季令慈谿以童子試首拔天士天士德之甚康熙某年十臣年九十矣天士自家治餅餌果蔬之屬負擔往為十臣壽行至江西遇寇亂邏者怪其貌執詣軍門方伯姚啓盛問知其故義之即釋其縛資之行至則然燭列果餌祭上坐十臣南面而自拜於堂下十臣命舉家皆出拜之留月餘始歸天士年九十餘以無疾卒

陳爾長名昌緒鎮海人指揮棨子性孝友兄襲職漕粟京師以虧額繫獄爾長盡鬻其產贖之邑令張琦知其貧周之固辭晚以貢當選不赴挈家隱靈巖山中自誌其墓以所為詩文置槨中年八十餘卒

潘用微名平格慈谿人幼端重不與凡兒伍事大母至孝年十七有必為聖賢之志銳意研窮義理其論為學之要必須立明明德於天下之欲大學以格物為人道之始物者身家國天下也格者格通人我也孟子曰強恕而行求仁莫近焉又曰行有不得者皆反求諸己此格物之說也於是篤志力行者有年乃筆之書以授其徒自謂剖晰精微與堯舜禹湯文武周孔顏曾思孟之道若合符節其深信不疑如此用微卒後其門人在崑山者尚多守其師說云

紀衣文名五昌鄞人性倜儻不羈所與遊多奇才劍客嘗受業錢肅樂之門肅樂航海死於閩家人忽不知衣文所往月餘衣文返乃知為哭錢入閩也卜居太白山麓自言年六十二當終已而果然

慈谿鄭溱字平子父啓邑諸生有盛名明天啓中逆奄亂政浙主司聞入奄姓命題啓對策中歷引仇士良曹節等專政之害以譏切之主司驚不敢發榜崇禎庚午中副榜貢生溱亦中己卯副榜時思陵心厭科目思復祖制儲材太學中詔副榜貢生悉入國子監以六曹諸務及騎射試之溱入國子監一年祭酒擇十八人上薦溱與焉思陵將異等擢用為要人所持不果隨約同列拜疏歸甲申之變聞報就縊迫於父命而止自此終身不復言仕讀書教授以奉其親故人來為郡守縣令者求一見溱悉拒不納然閉遐愈深名愈重晚以著述自娛年八十有六而卒時同邑諸生馮元仲字次牧亦負奇節好直言以檢討汪文毅偉疏薦至京下吏部問弭蝗策元仲歷數撫安守令閫帥大臣中貴賄賂養寇干政之弊皆比之蝗而以孽蟲災害非根

本不足問郎臣賊其狂直黜投縣丞辱之元仲不就歸而隱居東郊之湯山改名天益鑿山為洞通往來取前人未刻書及米趙諸家墨蹟雕鏤精好又取古名墨按法製之一時東南諸名士欽其高行皆慕與之交而天益山書墨遂名天下明亡後好與人談黃漳浦倪文正諸公遺事輒語不得了人多厭苦之

鄭調甫名端明鎮海人明季補諸生壯時婦死不再娶族人有寄百金而客死者調甫舉金還其家封識宛然甲申聞變與同志文達時仲可謝泰臻時禋詣學宮慟哭再拜焚公服而去仲可縫掖幅巾不問時事時禋祝髮僧服調甫黃冠時往來山寺中人以三教目之時禋嘗負一囊藏書其中或跣足走百里登深林絕壑朗誦之後遊海寇挾之去不屈投海死調甫晚築室於雲峰山因營生壙自誌其墓與仲可俱卒於家

俞立齋名學禮奉化諸生性端謹有鄉人貸立齋穀數十石立齋持券往取償苦無以應其婦邀入室具酒食詰其夫他出矣立齋作色曰焉有若夫不在而我對婦人自食乎取券火之而歸

范子謙名大捷鄞諸生性仁孝世父無子以子謙為後而所後母性嚴生母又恐以子故傷娣姒意子謙兩事之俱得其歡心子謙好周人之急惟恐不及兼精於醫常遊維揚見一富商子疽已落痂獨足上一痂未脫曰此兒百日必死死當以腹痛商不信一日急呼腹痛遂死逆數之正百日也一婦人患黴疾子謙切脈曰土敗而木將絕不及夏矣已而果然後遂以醫名郡中其出療人疾常先往鄰族及貧家而後及舟車之迎者里中有貧婦將娩忽患痘甚危子謙自攜藥日六七往曰此婦若危是損二命也後得母子俱生居常訓子弟以修德行善不可有所覬而為之譬如農夫甯以水旱而廢蕪蓘人以為名言

陳函昌名玉綸鄞諸生家貧好學以經教授自給雍邱有世家侯氏者延二師函昌其一也侯氏庭設女樂摊甚麗命侑觴席上極歡而罷夜半就枕忽戶外聞剝啄聲啟視則女子也峻拒不納明晨主人入拜曰真吾師也昨同席者已束裝行矣

錢美恭鄞人父士驌明季令雲南陽宗縣子三美恭其季也美恭年甫八歲而仲兄隨父之官美恭與伯兄侍母留故鄉既而雲南道梗伯兄以疾卒於家順治戊戌已亥聞雲南內附美恭欲往尋父請於母母不許康熙癸卯泣請之母許諾遂依同邑人至江西歷廣東病幾殆隨依大賈至南甯又至廣南力疾行山徑中十步九頓抵

家自縣宿土城逆旅中呻吟聲達戶外有滇人楊姓者詢知其情告之曰若故錢州守兒耶守以考最擢知嵩明州乙未歲卒官葬臨安府通海縣南山滇中連歲被兵官民家盡於剽掠君家人不知散失何所美恭聞言惶急立至通海遍詢之無知者因哭於路有老人闞姓者闞應乾之弟應乾乙酉科士驌所取士也聞美恭言告以舊僕童姓居址美恭如其言訪之僕已不復識久之乃相抱慟哭叩以始末與楊姓言無異僕遣子報美恭仲兄美恭與僕謁墓南山仲兄至亦不相識矣相與哭拜墓下已而流寓嵩明之宛兒聞訃轉丐貸卒得歸其父櫬焉

沈烈婦謝氏鄞人幼端慧知書年十六從母避亂之天台道遇土賊盡掠其貲賊見其手金鐲欲得之亟取而投之溪曰吾物甯付清流豈為賊手污乎年二十二歸同里沈光倚烈婦故美姿容而光倚貌極醜人謂其必不相能也然烈婦與其夫情好甚篤未幾光倚病卒烈婦日夜號慟其母溫言慰解之則曰兒既失所天矣何樂乎有生無何有某孝廉慕其色遣媒妁來議婚烈婦號泣呼天即日冒風雨奔哭光倚殯所比歸大吁心痛嘔血死

烈婦屠印姑鄞人陸耿章妻耿章淫酗無行與羣小狎蕩其産盡且負酒家博徒債以印姑為質日夜說以姦事印姑執不從耿章怒搒匡挺痛擊之印姑扃戶絕粒時懷娠四月餓日久胎死腹中積十四日而絕

王孝女盧姐慈谿人王玟女性純孝一日夜將半其家火起時母死柩在堂家人倉皇走孝女伏柩前哭呼救舁無應者火漸近乃自以身覆蔽柩已而火及終哭不去玟聞烈燄中哭母聲急往偵之突火掖之出身已焦爛翼日死時年十七

葉節婦柯氏慈谿獨里山人年十八適石步葉某甫半載而夫死節婦之弟海狨以姊少寡且貧無後恐不終其節節婦嚙一指血淋漓示海狨曰所不終於葉者有如此指海狨慚謝願迎養以成姊志許之有貴官者柯戚也新喪偶聞節婦美欲娶之託鄰媼為致意節婦怒曰媼不知吾嚙指來耶吾不難一死以明志比媼出則闔戶投繯死矣家人救之得甦聞者莫不高其節而詈貴官也節婦年七十七而卒葉氏之族迎節婦喪與其夫合葬建祠祀之海狨復割田供墓祭焉

沈烈婦周氏奉化人流寓儀人沈三壽妻烈婦年十八三壽聘之而未娶也三壽病迎烈婦歸歸兩月而三壽卒三壽病亟時謂烈婦曰我病必死子將若何烈婦曰相從耳及三壽卒烈婦之父母與三壽之母咸欲烈婦改適烈婦不可其兄强之且約

婦氏至烈婦聞之哭於夫墓歸著嫁時衣遍紉之小姑問故曰服之死耳不欲視尸者見吾體也扃户自經媒入門而氣已絶矣鄰里聞之官時方酷暑閲三月縣令往視尸不變杖兄及媒而奬之

姚休那名康桐城人明季補諸生有儁才高識里中何文端延之入都文端為吳江周忠愍墓誌為世所稱其文史家令據以為傳出休那手也文端告歸後數年被召又邀休那同行休那知世不可為書題卧猿詩以諷之文端遂稱病而反休那後入史忠正幕中故史公檄文多為世稱然休那旋歸里得免揚州之難明亡後屏居田野鬱邑悲傷作忍死錄以記其家自曾祖以下四世事其言最悲痛平生文字為人作與自為者相半凡十餘卷藏於家惟評貨殖傳黄巢傳刻傳於世

朱二亭名箕江都人善為詩乾隆中遼東朱子穎都轉兩淮與二亭修布衣之好及桐城姚姬傳先生主梅花書院二人者恒相得也二亭卒後姬傳先生為序其詩集其詞曰余之聞朱二亭也自朱子穎其後余至揚州遂獲與二亭時見盡讀其詩間嘗取二人之詩論之子穎才雄氣駿多感激豪蕩之音其佳多在七言二亭氣清神逸多沈澹空遠之趣其佳多在五言皆數十年詩人之英一亡而不可再遇者也夫詩之於道固末矣然必由其人胸臆所蓄行復所至率然達之翰墨揚其菁華不可僞飾故讀其詩者如見其人二亭居揚州城北陋巷狹室而其胸次超然塵埃之外其可追媲陶淵明韋蘇州者非第詩也而詩乃發之嗟乎余年二十始見子穎子穎承先世用武之餘烈嘗思舍章句之業奮迹戎馬建立功名使後世知其豪俊而其詩亦時及此旨及暮年乃仕為轉運使俛仰冠蓋商賈之間忽忽時有所不樂而二亭以布衣放情山水見俗人輒避去高吟自適以至老死子穎雖富貴而志終不伸二亭雖貧賤而可謂自行其志卒無餘恨者也往時子穎之子刻其詩集余為論訂於七言十取七八五言十取三四而已若以訂二亭集則當反是今二亭子以其家殘本值余有脾胃之疾不能細讀而精擇之又二亭詩余素見者尚多今收之未備故姑為序其首俾其子更搜集至備請他人取余意訂之成集茲可以傳後世而為一代布衣詩人之絶出矣

汪梅湖名之順字禹行懷甯人明季補諸生明亡後自匿以老死為人多技能而尤長於詩梅湖卒後百餘年其族子鋭齋鉞得梅湖詩愛而刻之姚姬傳先生稱其詩清韻悠逸如輕霞薄雲依空映日不必廣博而塵埃濁穢無纖毫可入又言當梅湖時皖人名工詩者錢田間與梅湖並二人之才各有優絀較之正相埒然田間交游較廣為世盛稱而梅湖伏處草澤僅南昌陳伯璣知之而復不盡其後遂聲華寂寞凡諸家選詩者裒錄勝國遺老甚備而梅湖之作終不與焉非徒生前身之顯晦有數即死後之名亦若有厄之使不揚者而孰知其有不可没者存哉今得鋭齋刻而傳之自是世將多有知梅湖者矣

初月樓聞見錄卷四終

初月樓聞見錄卷五

清　宜興吳德旋仲倫甫著

程綿莊名廷祚字啟生江寧人年十四作松賦七千餘言驚其長老弱冠補諸生乾
隆元年應博學鴻詞徵十五年舉經學皆不錄用著有易詩書三禮尊論的其言曰
墨守宋學已非墨守漢學者為尤非孟子不云君子深造之以道欲其自得之乎又曰
宋人毁孫復疏經多背先儒夫不救先儒之非何以為孫復其大旨如此年七十
七卒錢塘袁子才為誌其墓盛推綿莊者述比於咸池之音而桐城姚姬傳先生主
鍾山書院見綿莊所著書乃究論之其詞曰孔子之道一而已孔子沒而門弟子各
以性之所近為師傳之真有外與交爭者矣況後世不及孔子之門而求遺言以自
奮於聖緒隆絕之後者歟其互相是非固亦其理然而天下之學必有所宗論繼孔
孟之統後世君子必歸於程朱者非謂朝廷之功令不敢違也以程朱生平行己立
身固無愧於聖門而其論說所闡發上當於聖人之旨下合乎天下之公心者為大
且多使後賢果能篤信遵而守之為無病也若其他欲與程朱立異者縱于學有得
焉而亦不免賢智者之過其下則肆焉為邪說以自飾其不肖而已今觀綿莊之立
言可謂好學深思博聞強識者矣而頗惜其好非議程朱蓋其始厭惡科舉之學
而疑世之尊程朱者皆束於功令未必果當於道及其久意見益偏不復能深思熟
玩於程朱之言而其詞遂流於蔽陷之過而不自知近世如休寧戴東原其才本超
越乎流俗而及其為論之僻則過有甚於流俗者綿莊所見大抵有似東原東原晚
以脩四庫書得官禁林其書亦皆刻行於世而綿莊再應徵車卒不用而歸老死其
所撰著僅有留本不傳於世將憂泯沒斯則其所遭或幸或不幸也已

吳殿麟名定歙人家本貧至老貧甚然廉正有守為諸生屢應鄉試不獲舉嘉慶初
有司以孝廉方正舉之桐城劉海峯之官於歙州也殿麟從學為詩文海峯歸桐城
又從之桐城其論詩文最嚴於法晚歲乃專力治經歙中學者言經自江慎脩戴東
原輩大抵主攷証事物訓詁而已而殿麟獨銳意深求義理註易中庸各一編

程樸亭名尚友婺源人少篤好學既補縣學生而不喜為科舉之文一朝棄去取
宋五子書朝夕讀之言動必出於莊敬雖獨居不敢惰其論學必本之躬行謂尋求
章句未足以為學也所著有近思錄輯要六卷

武進臧孝子和貴名禮堂家貧無僕役躬執薪水之事以事父母能盡歡養父病瘧
畏寒惡火和貴每夕身溫其被父喪三日不食三年不入內如禮母疾割股療之而
愈其初娶也帷婦不能孝其親作七言詞以教婦婦至使人抗聲誦帷立聽畢而後
合巹焉和貴嘗從余族父晉望先生治經義晉望先生亟稱之後益博覽強識尤精
小學善讐校名聞四方卒時年僅三十

李寶樹名仙枝桐城人劉海峯先生之弟子也為詩學海峯而似之性孤介自喜為
縣諸生早棄去科舉學在家為園池植竹樹自娛稍稍積錢即出遊覽山水一月偶
思洞庭及錢塘西湖因遊川餘遊閒未嘗與人談話其所居在抱犢山下因自號為
抱犢山人云

屠繼序字淇望號晃園鄞人年十七補諸生刻意治進士業既屢試不獲售則棄去
思以讀書自娛然家貧不能多得書則設書肆市中因藉以蒐羅古今典籍左右所
得輒蠅頭細書置箱篋歲久積數巨麗為困學紀聞補註若干卷世稱其淹博卒年
年七十四

江都范石湖名荃本名恆美字德一石湖其自號也博學多文不應有司試慕宋范
文穆公詩詞故號其號年七十自撰盟鷗野老傳盟鷗亦文穆軒名也卒年七十三
自書墓石曰今之石湖所著有讀史小識二卷竹隱居隨筆二卷范氏家乘作宦津
梁若干卷文集四卷詩集五卷梅花詩一卷其詩餘有春雨詞一卷秋吟一卷秋花
雜詠一卷柳塘寤語一卷今之石湖詞一卷石湖生北湖之濱隱居教授弟子著錄
者甚眾而同里郭引年謝鋐玉最知名引年名嗣齡康熙中以進士授松江府學教
授罷官歸而卒著有古文偶存集玉山詩集印山堂經義稿鋐玉名九成初名鼎後
更今名著有鶴墅詩鈔二卷樂府學步吟二卷湖上謝氏譜一卷以諸生終湖中學
者治時文率宗王文恪而輔以歸震川胡思泉號為有師法大抵皆郭謝二人之教
而石湖實啟之石湖殁後百餘年湖中焦孝廉禮堂求其遺書不可得已而知在城
南陳素村家乃訪之素村慨然以石湖遺書畀禮堂則皆石湖手跡尚完好也蓋其
始石湖之女壻蘇節臣藏之以授子謙蘇氏微藏於蘇之戚簡氏家其後簡氏又微
陳與簡氏有連故書歸陳陳又藏石湖遺像白鬚方面布巾繭袍坐竹床床上其書
卷一几置花尊插秋花數枝一童子捧杖右一童子進杯茗左石湖詩集中稱張際
五畫張際五者名志雲其先鄞人也父以才武得官防禦多善續獲罪免官僑家揚
州之北湖而浮海貴鬻以舟溺蕭然無一物存恥見妻子不肯歸際五少長棄家出

尋父過中吳渡錢塘江歷天台雁蕩閩所攜止筆墨素紙到處見山水花樹鳥獸皆從筆摹其似漸即所見人貌之稍異者收之紙上自覺此技可通於神既求得父所在父曰吾老矣歸何以食除五曰兒筆可代耕也父疑之與偏訪吳越間老畫師示以所作畫幅輒太息稱爲絶倫父乃許從除五歸除五後竟以畫名家亦能詩

李梅舟名潛昭明季補揚州府學生甲申後棄去隱居黃子湖之野牛灘足跡不入城市素有潔癖善音律長於篆刻著半畝樓史要論歷代世系紀泡菴樂府印譜其若干種焦禮堂曰舊相傳有湖中三高士曰阮玉鉉曰葉爾廣曰强惟良余過七里瀧謁嚴子陵祠堂見玉鉉所書天子故人扁於衆中最矯矯獨出而郡城諸石碑碣往往爲其手書彌廣字博之明侍郎相族孫家没於兵獨身隱湖上惟良字貞長嘗於鄭氏影園集中見其所爲詩今湖中多强姓務農放鴨不知孰惟良何如求三子之居不可得也梅舟本末見海門李氏識而惜其説之不詳禮堂揚州北湖小志云爾余謂古之高人往往不欲人知其姓名字況可得而詳其行事之蹟即嚴君平鄭子眞苟非得揚子雲稱之則遂不傳矣古今來若此者何可勝道梅舟蓋未爲不幸也

江都徐坦菴名石麒字又陵其先鄞人後徙揚州父心鏐字純之從新安陳九龍受王心齋之學二年以父疾告歸居喪哀毀閭里爲之罷宴徹樂者累月九龍弔而善之與論檀弓二篇而去先是純之學既成九龍問曰子何所得對曰有之不忘不欺而已既歸每日書此四字於時憲書凡書三十餘本不倦坦菴承父學精研名理沈識寡言終日默坐不應有司之試而好著書雜著及詩詞凡二百餘卷尤精度曲入白仁甫關漢卿之室始與羅然倩劉子祉陳聖茹吳蘭次宗鶴問交劉陳死於兵坦菴與然倩把酒話舊淒然淚生歌唱多今以解之然倩名煌其先歙人隱居揚之北湖與坦菴俱以詞名坦菴兄子獻公名元美生五歲不能言一日忽謂母曰蒲州八十三張姓翁兒前身也母徵訪之蒲人果有此翁舉家以爲奇少長從叔父坦菴學爲詞遂工有徐氏一家詞之刻以貢士授淮安府教授丁母艱歸遂不復仕坦菴女廷香名元端幼即能詩性慧通音律坦菴每度曲對女歌之有不合廷香爲之正拍著有詩餘繡閒集一卷王阮亭池北偶談云廣陵徐氏女子工填詞有入李易安之室者謂廷香也

奚貞女揚州北湖黃玨橋人父治臣業醫貞女性端正不苟言笑幼字許學海學海幼失父依外家病瘵治臣時爲之診視貞女躬治藥餌使家人饋遺之學海病劇

初月樓聞見錄　卷五　三

遂借舍弔貞女臨棺成服葬學海許氏祖塋時貞女年甫十七有爲重議婚者即絶食求死誓曰生不同室死必同穴父母喻其志不復議嫁守貞十九年病死復甦謂父母曰許郎死兒即欲從以父母衰熒兒兒不忍重傷父母心今死晚矣同穴之誓乞母我違遂瞑年三十六時雍正十三年九月也葬在黃玨橋西壋礄頭道旁莫之里中文士數十人爲詩歌以美之甘泉令龔公鑑表其墓曰玉潔冰堅

江都孫滋九名蘭一名樂寇明季補諸生後棄去於書無所不窺尤精九章六書之學順治初西洋人湯若望以太常少卿爲欽天監監正滋九從之受歷法遂盡通泰西推步之術著書八卷曰理氣象數辨疑紏繆又以中國土地在大圜中才八十一分之一不推極之則狃於習聞習見而無以盡其變於是作格理推事外方考證四論以窮極夫天地之所以始終山川之所以流峙人所以生國所以建古今所以遞沿革人物所以治亂成古今凡三十二篇爲四卷又推三光之變謂象懸於天無與人事而其字盈縮出見皆有常度水旱地震亦有常經同時席帽山人史炤作論以破之曰日月之蝕自有常度雖禹湯文武之世有不能免故有伐鼓於朔退而自責之文不聞紀慧孛於其時也昔者周成王開金縢之册而致反風子產脩禳災之政而消再火至於拱桑死星退舍堯水而奏平成之績湯旱而有桑林之應皆遇災恐懼脩明政令責諸己而應自天如滋九言則火不能止風不能反桑不可死水旱必終爲患災感必守其凌犯之度而山崩地裂不免於堯舜之朝也孔子曰君子終日言不遺己憂終日行不遺己患惟智者能之夫恐懼所以除患也敬謹所以越難也滋九是言非獨遺已之憂患將遺於天下後世也漢文帝日食詔曰令至悉思朕之過失及思見知之所不及匄以告朕而求賢良直言極諫之士光武時南陽地動下詔恤死者之家免其田租未始不以不明無德天降之災自引咎也夫堯舜禹湯其躬盛德而救災害固非後世可幾成王孝文明德亦未易及而子產以小國之卿能挽之於天苟以無爲關於人事而异之挽者皆有愧於子產者也滋九不能難滋九又作山河大地圖説一以赤道爲心一以北京大頂爲心明地圜之旨謂東西無定南北亦無定北極南極之下皆寒而無熱同爲冰海幽都中國地界寒熱和平之交故出聖人賢人五印度西洋諸地亦然天地之内動極而如靜者北極也進退而循環者日光也動靜不定游移而遠近者人跡也由天之度準地之里以天之三百六十度知地之九萬里圍三徑一知地之厚三萬里折半知地心之一萬五千里人目高卑

初月樓聞見錄　卷五　四

在地之面以面準心知日高於地心一萬五千里以地之二百五十里準天之一度知北極在天移一度人移在地二百五十里日南一度知地寒氣進二百五十里日北一度知地熱氣進二百五十里遞進遞退至熱極寒極知地面寒熱進退之里以餘寒餘熱相較知地面中和之里以兩極皆寒知地面寒極偏勝之里以日出日入知地面東西遠近之里以天文水法交成而總不出於算禹治洪水乃句股所由生郭守敬精算數測量地平分殷河勢開惡通通患二河至今賴之其解孟子禹排淮泗注江云淮水發源胎簪山桐柏流百里而伏溢為二瀆又見流千里會泗至清江浦入海揚州地勢散漫不能約束淮流禹則開清江一派堰其下流入揚之處一自清江浦入海其餘波之流散不盡者又導之自廬州巢湖胭脂河以入江又導之由盱眙天長六合以入江所謂排淮泗者也後清江浦口久而益闊淮泗盡由之入海而入江之口遂淤今故河蹟猶存也或曰高堰之築始於陳登是則不然使禹開清江浦若不築堰以導淮入之則下流散漫何以入海蓋高堰創自神禹脩補或登耳自有清江之河而淮泗清宴數十年無患故周宣王伐淮北之夷曰率彼淮浦王師之所幽王鼓鐘淮水之上曰淮有三洲然則淮浦可以駐師未聞有水患也惟黃河入淮而淮始病以今計之惟黃淮分流則害去而利全其策有二一故淮入江由古入江之口以洩淮勢廬州盱眙皆有古河水道之蹟各開濬設閘水大則開以洩之水小則閉以濟運而刷沙盡堵滚壩不使涓滴入高寶湖壞堤以壞民田一改運道不經清水潭邵伯露筋開河由瓜埠口而入以逆於淮考古河蹟自瓜埠以入六合至洪澤口以入淮有曹家閘張家岡王家壩胡家壩並東陽城觀音集曹家街冶鋪橋亦不甚遠不過三百餘里由此行運東路可不用也康熙三十年河臣王緜陳其議時主議者以淮水外洩不能刷沙恐運道阻塞議遂格不行滋九工詩歌兼善畫畫梅竹松菊蘭水仙皆有古人法度詩以唐人為宗辛年九十餘

李士翔名瀞興化人貢生喜讀書談名理於釋典道藏及陰陽醫卜家靡不該覽與人論文藝娓娓不倦遇俗士則睥睨不屑意泊如也著有嚴菴集子國宋字大村康熙甲子舉人弱冠即以詩文著名江淮間新城王貽上為揚州府推官一時名士皆從之遊貽上尤推服大村嘗舉不置口著有螺隱居詩集論者謂自宋陸務觀後詩之多而工者無踰大村時同邑宗鶴問及鶴問之從弟定九及寶應朱秋崖並以能詩為貽上所賞愛鶴問名觀副榜貢生初為貴池校官後遷常熟定九名元鼎別號

小香居士少補諸生既居揚州之東原手藝草花數十種晨摘花至紅梅開之行錢以沽酒嘗自著賣花老人傳定九所居東原草堂秋日燕去巢空巢泥時時落汀几席乃命童子採巢汲水洗之倣同人為洗燕泥詩性酷嗜梅堂有古梅一株時人謂之宗郎梅定九所著有芙蓉齋新柳堂等集朱秋崖名克生好游歷北適燕南之閩所至多交人學士之交嘗作武夷山賦工麗雅贍名聞一時所著有秋崖集長洲汪苕文序之秋崖少時過錢蒙叟投書數千言與論詩中頗推重列朝詩選錢置不答直語容曰他時指摘吾著述者必此郎然其後著正錢錄者吳修齡也修齡名喬常熟人趙秋谷談龍錄曰吳修齡論詩甚精所著圍爐詩話余三客吳門徧求之不可得獨見其與友人論詩書中有云詩之中須有人在余服膺以為名言而王貽上詩話謂今日善學西崑者無如常熟吳修齡

文命時名二訓以字行康熙中居揚州北湖種柳千樹一時高人逸士多從之遊命時善畫蘭時謂之文蘭其後湖上有趙南平者能以指頭畫徑丈山水性簡傲不與富貴人往來晚歲力田自給自號曰鋤夫竟窮死南平名嗣夔雍正己酉科武舉人吳野人名嘉紀居泰州之東淘其先世竈户也有兄世其業苫草塌累日窮窘野人授經里門時時以所得金濟其兄自食恒不給而恬然安之為歌詩刻意苦吟不求聲譽王貽上為揚州推官重其詩延致之於是一時知名之士無不願交野人而恐不得矣既死友人裒其遺稿刊之名陋軒集其後百餘年有吳二安者為詩亦苦吟而成嘗以示其友李申耆申耆曰子詩甚似吳野人然二安實未嘗見野人詩因求得陋軒集觀之曰果然果然二安名一謬陽湖人兼工篆刻有印譜若干卷申耆為序而行之

紀伯紫名映鍾上元人明季補諸生甲申後棄去工書善詩知名海內為人清慎望之岸峭嚴立即之殊藹然伯紫有女弟名映淮小字阿男幼從伯紫學為詩有秋柳詩句甚工後適莒州杜氏早寡以苦節聞王貽上為揚州推官時以事至金陵館丁繼之秦淮水榭作秦淮雜詩十四首多用六朝古蹟及明末南曲中遺事末章兼映淮詩句並其小字入焉伯紫與貽上書云公詩即史乃以青燈白髮之嫠婦與莫愁桃葉同列後人其謂之何貽上謝之後貽上入為禮部郎力主御史題疏旌其閭伯紫晚歲厭白門之喧避地居儀徵卒

金烈婦許氏揚州北湖公道橋營卒金長齡妻家貧為郡城富室主槃事得值以佐

夫食嘉慶甲子乙丑間湖中頻年水溢米昂貴列婦所得值不足以濟丙寅八月長齡以餓死列婦聞大哭不食曰吾飽而令夫死於餓尚何以為人遂自縊死

張淨因甘泉公道橋人張堅女幼讀書能詩兼善畫年二十五歸於黃事舅姑以孝聞家貧或以畫易米有長官慕其名求見其詩淨因謝曰本不識字也嘉慶丁卯卒年六十有七所著有綠秋書屋詩集五卷

焦頤安名舉祖世居揚州北湖兄維堂名繹祖維堂工騎射能文章倜儻多才智康熙中從京師為馬公齊所知薦於康慶王府中王愛其才甚器使之數十年不得歸雍正初乞歸省墓王使四人隨之訖即從行明年卒於京師王召頤安往迎喪頤安臨喪即位而哭極哀不謁王王使人導之來頤安叩頭謝曰王之恩沒世不敢忘但舉祖今日為兄求見王則不敬兄持兄喪而見王為不敬王請以異日王聞而歎曰南人善詞其才乃若是耶甚重之賜以金扇扇上有王像諭曰有子弟入京持此扇來頤安再拜受卒不見王而歸後以歲貢生選授望江縣訓導頤安卒於官

雷伯繼名士俊居江都之艾陵湖幼補諸生後棄去專力經史百家熟悉古今治亂得失之故辨別君子小人消長進退之機著有艾陵文集二十卷卒祀郡學鄉賢祠

興化陸懸圃亦篤志史學以能文知名與寶應王築夫往復辨難於邪正是非之際尤斷斷懸圃名廷掄著有配商堂文集築夫名巖初為諸生名天祐及更今名遂絕意科舉學專治古文為人端嚴動止進退語默皆中程度事母以孝聞所著有白田詩文四卷異香集二卷築夫于人少許可而獨盛推興化宗子發謂子發高節自持庶幾有古人之風子發著史論數十篇識解獨出雜文數十卷別有識小錄紀二十一史中瑣事凡若干卷子發名元豫湖州府通判萬化子也萬化卒於湖行萬里扶櫬歸貧不克葬乃疏食不除服餘十年始得買地以葬自是遂不復應進士舉

胡夢弓年二十二歲隨父歸越省墓父過市遇山賊劫民財嗔其不與賊怒將刃之夢弓從後奔至擊賊仆之市民羣起毆殺賊賊眾大至欲屠其里夢弓曰不可以我故危一鄉也入賊窟獨承之遂被殺

方立禮先世歙人遷江都父曰伊生母魏氏伊之妾也立禮八歲魏氏卒嫡母汪氏有二子曰立化立乾愛之惡立禮汪性嚴酷鞭怒輒與大杖立禮受杖惟謹一日杖立禮幾絕及蘇無變容立禮年十八父卒汪益逞志遂逐立禮立禮時時候門外問母起居欲入不敢俯首竊淚下汪疾則憂懼不飲日夜奔走戶外少安乃已妻洪氏亦孝謹日受鞭撻無難色不使立禮知汪後稍悔懸淅已及汪死立禮哀毀骨立立化立乾皆早死所遺子女立禮視如己子女焉

程貞孝名顧學字與若儀徵人其大父死於法父戍寧古塔顧學以幼免既長思其父日夜泣為諸生不交一人屏除酒肉每食未嘗飽粗糲充飢而已冬月恐寒不衣綿纊終身以衣禮自處里人稱為苦行先生年六十而卒貞孝其私議也

熊湖生名敏慈江都瓜洲人順治乙酉舉人工古文詩歌旁及書畫晚歲愛宜興山水卜居張渚終焉著有汲冷堂集子惟熊字偉男歲貢生以文學知名閔烈婦之殉夫者節僅而事或未顯乃搜采前聞著瓜渚貞烈志其後同邑諸生黃伊人亦性喜闡揚潛德凡里中忠臣孝子義夫節婦必訪其遺事作為傳贊以彰之伊人名湄以孝友稱於鄉黨母亡哀毀致疾卒

長洲過穆君名元昕幼時即有志知人論世之學中歲棄科舉業日取前史中嘉言善行抄錄之凡為類二十有二曰立身曰居家曰事祖曰事父母曰正室曰教子孫曰友兄弟曰睦親族曰侍師曰交友曰處眾曰筮仕曰隱居曰盡職曰輔國曰居位曰事上官曰處同僚曰接下屬曰治民曰治軍曰愛物凡為卷四十有二曰二十二史言行略穆君卒後其友人謝安山為刊行之

阮戴陽名承春儀徵縣學生世居公道橋讀書好博覽性厚重共推長者嘗輯子史類書中凡顏子之言及行事編為內外篇

初月樓聞見錄卷五終

初月樓聞見錄卷六

清 宜興吳德旋仲倫甫著

陳烈婦吳人去郡治五十里而居其地曰塘村夫以圬為業時出外烈婦常閉門績麻鄰某甲者嗜酒而兇窺烈婦美思犯之一日倚酒徑過烈婦家問某郎在否則又曰某郎又出矣他日復來問如初已乃調烈婦曰某郎數出奈若獨處何烈婦怒詈甲甲笑而去夫歸烈婦哭而告之故謀徙避之夫以刄授烈婦曰彼來汝殺之烈婦受而藏諸袵於是其夫適以圬詣郡甲知之夜被酒偽為烈婦夫叩門烈婦方抱三歲兒乳未寢聞聲驚疑置其兒兒啼掩兒口以聽甲遂排戶直入犯烈婦烈婦以刄殺之不中甲怒取刄刄烈婦洞胸死兒猶以為母寢也索乳號不已至旦鄰婦異之入視則赫然死人反走出告人一村盡集獨無甲摹擬甲殺諱焉方甲之殺烈婦而逸也路軏窮盡夜不能過一里鄰村人執以來夫歸白縣鞫得其實甲伏誅里有塾師曹叔蠡盡出所蓄金建烈婦祠圖像以祀並祀傍近地節婦九人

呂哉之名章成餘姚人明大學士本曾孫也嘗改輯梁周興嗣千字文紀有明一代事詞該而義嚴早歲與天台陳函輝友善函輝死義哉之為文以哀之見者多為感泣

金壇諸生蔣度臣名進虎臣先生之弟性孝友喜交遊重然諾尤愛高節義烈魁奇之士游京師數年上自公卿下逮布衣任俠待之如一嘗將知交姓名手錄一冊題曰第五倫行人劉子端因事謫戍瀋陽度臣竭力維護之與王漢臣各撫其一幼子聞者無不高度臣之義而爭為之助桐城姚君山之父卒於京師時君山方困甚殮殯歸葬之費悉出度臣後度臣卒京師逆旅君山亦為經紀其喪焉度臣所著有聲人草一卷此山中詩餘一卷五七言近體詩數卷手輯經史百家事類盈尺名曰墨農藏於家焉子衡字湘帆善書法有名雍正中以歲貢生選授英山縣教諭不赴乾隆初制府趙公檄試鴻博上書懇辭嘗以歐陽信本書體書十三經凡十二年而成總河高公為裝池奏 御奉 旨命武英殿照淳化閣帖式用棗木版使鉤鐫榻頒發各省 特受國子監學正職銜後遂以其書立石太學湘帆長子麟生而穎異甫能言其母王夫人口授以杜少陵秋興八首及李長吉義山諸詩能朗誦之音韻鏗鏘可喜八歲讀尚書即喜辯難一日忽發議曰堯之臣不如舜堯典多吁舜典多俞都又曰萬章言至於禹而德衰信然但非如傳賢傳子之謂夫舜匹夫也瞽瞍至頑加以母嚚弟傲舜能格之鯀四岳所推服者有聖子終至殛于羽山然則鯀之死非禹德之衰乎湘帆心異其說然恐長無忌憚將涉於詖僻叱之退十歲而殤疾亟時母王夫人泣謂之曰兒死吾與兒偕麟改容對曰母烏得有是言兒稚子且毋佐吾父一家興廢所倚賴焉得有是言然麟死後十日其母王夫人亦死王夫人順天大興人好讀書能詩為其大父中齋所鍾愛年二十五歸湘帆先生卒年四十二將卒之夕湘帆問以鬼神事曰無之雖愛我如中齋公我愛者如阿麟皆不見也言訖而逝

潘孝子稼先名穊無錫人大父嗣莪以好善稱於鄉里父讓材官永順同知困事下獄稼先從其父在獄中發憤力學尤潛心於宋儒程朱之書為文日益工父遣歸應試且娶婦稼先涕泣固辭曰安有父在獄中而子歸娶婦得為人乎且人患不勤學一名遲速何足計此日非兒問名時也未幾而病卒既殯家人撿其篋得自銘二曰學經術通時事慎而行追古人又曰人而不孝何異猩猩昔聖有言立身揚名余小子穊敢弗力行力行非難孝本吾良力行非易終始維常不念我祖父志其傷其紙尾署庚戌春三月二十一日書以自警又一小盒封固乃其父所落齒也卒時年僅二十有一云

朱用霖名謨霖南昌人父統鑽明崇禎丁丑進士知江夏縣用霖性豪邁敢大言見天下將亂專意結客招致方外異人父命師事段太僕段太僕有異表鬚長委地數寸詐以好道術飭神怒失明與用霖語大愛之更令讀大學衍義諸書求實用江夏諸生張若仲負奇才精擊刺用霖與為兄弟交得其技用霖年二十一父卒江夏遭居南昌與僧辨文道士張還初深相結而辨文往為邊帥技勇絕倫肌膚如削玉甲申用霖病湖上冠迫不能行辨文縛椅為筍輿同一鄉人舁之人見辨文狀貌奇偉咸怪異而鄉無賴子有妄擬用霖橐中裝者辨文微覺之日將夕挾弓矢為嬉游取木楗插百步外射之十發矢盡中諸無賴子大驚皆羅拜去其明年左良玉謀破九江悉師數十萬南下用霖因九江毛珏帥師任濟世集其地雄武士將用柯陳兵遏左師柯陳相傳為陳友諒後所居峭壁廣袤地跨二省會明三百年兵征不服稱悍旅者也以當事議不合散去九江亦隨破六月金聲桓入南昌彭士望者亦南昌人少倜儻立義聲有大名於時及是用霖士望兩人相與謀曰大亂至矣坐須此守田宅為乎立契妻子走建昌士望三至寧都見魏冰叔立談定交遂同用霖往依焉已

而相與結廬金精之翠微峰講易讀史為易堂凡八九人初用霖與士望為親戚各負才不相能用霖訪士於樂平王綱綱曰子同里彭士望方今俊傑也而外求士乎用霖曰吾固知之遂傾身交士望士望亦故奇用霖相定交兩人者交友遂第一及還寧都士望常出游用霖以病跛恆家居率妻子徙冠石種茶更姓字曰林確齋所製茶特精妙遠近名之曰林茶而危習生者故與士望為兄弟習生聞士望居金精山中乃挈弟靜生來就相與傭耕人田或剝樹穀皮為紙種茶芋食其家人而資士望遊四方求用霖既家居益務摧剛為柔檢樸遜讓蹈子弟行以橫非相干者勿為較也戊午八月病嘔血死是歲士望游於楚阻兵不得歸或以高官達爵餌之士望去而逃之山中士望嘗言百數十年間天下之病小人中於僞君子中於虛君子虛美相高無實學以撥天下之亂小人益務於僞不可救止故其學以經世為務然終無所施用焉初用霖嘗謂士望及魏冰叔及冰叔弟和公曰吾衰病無所用於世君輩好為之耳

邱邦士名維屏寧都河東人妻魏氏魏冰叔姊邦士性不事生產內外皆倚辦魏氏家貧嘗絕炊其妻屬邦士借米鄰家久不至使人瞷之則袖手立塘塍上看往來行人其妻別借米炊之炊既熟使人請邦士食邦士食竟亦終無一言也為人高簡率穉讀書多元悟尤精泰西算易數歷法皆不假師授冥思力索而得之桐城方密之歎為神人藥地大師謂邦士高悟不從人間得青州翟君以翰林院出知韓城儆俯奇瑰獨禮迎邦士講易數邦士著易數書偶乏紙即用牌票紙背書之翟君悉以錦軸裝潢其草稿敬事如師禮而暴亦為少齋所著易勦說易數歷書皆垂成未竟他時文穉古文各百數十篇邦士為文深思窮力一字不輕下嘗數月數日不成篇既脫稿隨手散漫或為鼠嚙去或人傳覽相失亦不自惜也初邦士年二十三補弟子員第一督學侯公峒曾奇賞其文再試皆第一而邦士生平亦最得意自所作時文後棄諸生服同易堂諸子隱翠微山中時人高之邦士居常不毀一人然尤未嘗輕服人獨私語其妻曰吾所服冰叔耳嘗館同邑謝氏謝問曰君於儕輩人何所服曰吾生平服魏冰叔一人顧嘗貽冰叔書曰拒諫飾非者大惡也不拒諫而嘗自拒諫不飾非而嘗自飾非尤惡之惡也足下不幸以敢於自信自處有故而持之益堅拒諫飾非蓋有如此者易堂諸子見之大駭異謂此邦士生平所未有而冰叔乃益自喜以為他人所不能得之邦士者也己未九月病噎不食垂死書示子成鍅曰食有菜飯著可補衣無識庚行堪句讀師書音擲筆而逝先是淮海閻氏以倨論一足將書求為其妻銘墓未作也死之先一日邦士命家人取繭出曰以付冰叔還淮安閻氏時冰叔方就醫蔡和未歸家也廣東陳恭君元孝為彭士望言吾游羅浮經絕壁人力所不到處仰視有邦士二字橫勒丹壁蓋不得其解云

休寧吳傳鼎字禹存一字雨岑隱吳門楓江之市雨岑幼失怙廢學長而自力於學問好延納文士於賢人隱君子尤尊敬之吳門高士徐昭法不輕受人贈遺雨岑饋之輒受不辭也雨岑年六十家人將觴客焉雨岑曰吾將歸故鄉以是費為祖宗祠墓費吾六十善病不於此時一拜先隴更何待耶乃歸而倡建始祖祠修五世以上墓拜故舊之隴而酹之不令其子孫知事竣力疾游黃山而後返焉初雨岑之父曰銘素嘗刲股療親病雨岑少時銘素病亦刲股以療焉雨岑之妹死有遺子女並婚嫁之如己出也雨岑嘗出游僦小舟問舟子曰幾何錢曰數若干耳雨岑曰米貴甚如是汝安得活乃增其直以是得長者稱云

歙陳仲熙名丈傳明象山縣知縣宗哲孫中書舍人道中子少孤貧獨與母居從父知州某無子欲養仲熙為子令母子得存活其母將許之仲熙不可曰吾祖父世德不幸中落吾一身責甚重遑敢後他人乎從父大奇之年十三請於母曰兒願棄書學商賈毋守此坐饑寒死也母以幼不許既冠適吳越北走大梁西游汾晉出燕冀間貧困如故歸經河西務仲熙世家子讀書不習賈事上稅不中約吏持短長白之官官召訊驚下座執其手曰吾而祖象山公所得士也君竟貧至是因厚贈以歸已而之揚州業鹽筴致貲巨萬母年老善病仲熙侍藥半歲不怠至刲股以愈卒不起久之歎曰吾所以遠服賈者為養母也母既卒家人飽衣食吾復何求遂家居不出專行利濟人事為人聘婚嫁治橋梁道路歲饑出粟千斛賑之饑民有誤就盜食者有司擒獲仲熙憐而白之全活甚眾葬族人十有七喪蠲千緡脫友人於獄初仲熙行賈時益好學往還數千里必束書百卷自隨其刲股療母親嘗欲聞諸官仲熙力止之曰刲股非經也且吾愛吾母豈以為名乎哉初仲熙同里任翁為女擇婿難其人一日會飲里中見少年短後衣末坐者數目之曰誰家兒耶主人曰是程中書子任翁明日遣媒妁通意字以女納采之日任氏姻族來觀禮日午使者奉筐升堂啟視則舊束帶破琴各一姻族皆掩口笑任翁喜曰吾聞程氏家無長物獨其先斂事公帶都御史破琴為宗器不輕與人今以聘吾女足矣任氏勤操作善事姑稱賢婦

云。

嘉興黃復仲名子錫號麓農年十五補縣學生工制舉藝張公溥陳公子龍咸器之後棄諸生服賈松山百畝構屋其中所謂杼山玉蕊莊是也復仲與兄清伯相友愛以玉蕊莊推清伯居之而歲操舟入山候視清伯卒復仲意怏怏不自聊乃挈家入杼山課子沆及童僕墾地種瓜瓜實大如斗又味甘遂以為業而人因名之曰麓農瓜又以餘暇作畫嘗行阡陌蔭長松下臨清溪興到輒寫以自娛久漸名於遠近遠近人爭購之寶而藏焉晚客越中卒遺命沆曰歸我喪於杼山與伯兄同葬沆從之。

蔡惟明名德馨吳人天貲靜素不慕富貴長就學厭為時文乃從劉原起學畫是時吳中畫家原起最稱有師法蓋原起師錢榖榖師文待詔徵明凡一木一石皆極有程度時從原起游者數十人而原起所稱許獨惟明及欽貢士揖兩人而已原起時稱惟明於鄰長者朱化凡化凡因妻以女化凡目失明精日者術常屬惟明視卜惟明遂研精易學與陸高士坦數相講論為忘形之交久之貧甚或勸惟明向婦翁求分財惟明笑曰奈何為人子壻而爭其財乎吾不願聞矣然惟明畫既有名於時人求輒應之不能持聲價為市故終其身貧困以死欽揖蓳峙多奇好讀儀禮離騷莊子管商諸書放言自得不可一世人然獨心折惟明事之於師友之間

新城徐允恒名大訒明吏部尚書國賍之孫允恒早慧尚書絕愛憐之年十五試童子第一尚書每之官戒子孫毋得闌外事允恒日鍵戶讀書為文文日益有名矣國朝順治二年尚書既殉節允恒棄諸生服居村落中依竹結亭屋藝圃種菜賦詩自遣時習古法書行楷得米元章筆意晚益好讀書而少著述取少時所作詩古文盡焚之嘗戒其友魏永叔曰名者禍之階不可令太盛獨刪輯函史上下編元明史要補諜子時務諸策藏於家

常熟顧剛中名柔謙年二十補學官弟子督學倪公元珙御史祁公彪佳皆器識之剛中不妄交游以父執事馬文忠公世奇師事舅氏華鳳超先生允誠而江陰黃介子先生毓祺嘉定黃蘊生先生淳耀皆一見定交與同邑徐瞻淇先生澳尤相友善諸君子既先後死難剛中皆設位以祭為詩文弔之哭盡哀既而剛中子祖禹見剛中常閉門默坐或竟日不食則叩頭覓譬剛中剛中乃曰汝能終身窮餓不思富貴乎祖禹應曰能汝能以身為人几上肉不思報復乎祖禹應曰能剛中乃大喜曰吾

與汝偕隱耳遂自名曰隱字曰耕石署其室曰佚樓所著有補韻略六書矜式十餘卷和巠草山中吟潮東雜咏釣游集平山稿耕石草皆藏於家祖禹性沉毅有大略善著書撰方輿紀要一百二十卷其書言山川險易古今用兵戰守攻取之宜興亡成敗得失之迹所可見而景物游覽之勝不錄焉歷代州域形勢凡七卷南北直隸十三省凡七卷川瀆異同凡六卷天文分野一卷

徐孝先杭州人好飲酒工詩有先世所遺田宅棄之而寄食寢於友人之家衣敝衣著麻布幘於富貴人即言論不肯一及惟與同州施贊伯交最善孝先疾惡嚴易見人短常面斥人人以此畏之而贊伯氣守和平人以比之光風霽月焉贊伯居錢塘之河渚河渚地多流泉人務稼穡贊伯以為有幽風之遺故名其所著詩曰幽居詩草述河渚景物土俗林泉村落四時之態與人所作業器備其詞氣充悅讀者悠然見有道之容而孝先則憤懣激痛之言十居八九矣

洪亭玉歙人僑居無錫之鴻山鴻山相傳漢梁鴻隱居處亭玉慕焉而築草堂其下亭玉世家子好交游於朋友重氣誼治經術而不求榮達時人歸高焉

錢塘汪魏美名渢明崇禎己卯舉人自為諸生與人落落難合不喜結納聲勢為名高時人以汪冷目之錢太守妻之以女盛飾入門魏美從容謂其妻曰吾本寒儒得連姻貴室所望知禮義孝事姑嫜和先後足矣修脣珥綺繡之飾無庸也錢氏於是去服飾屏侍婢以疏布親操作乙酉魏美執友陸陪自經死私為文祭之一慟幾絕內嫡欲強魏美試禮部出千金視魏美妻曰能勸夫子偕則畀汝對曰吾夫子不可勸吾亦不愛此金也當事或剗俸金為魏美壽不得卻坎而埋之里貴人請銘墓百金拒勿許自是嘗出游所遇多異人高士晚好道能數日不食飲有授黃白術者試之驗尋棄去教以驅役鬼神亦驗而棄之魏美病痰咳五月餘一日晨起視日曰可矣命子蓮具紙筆書五言詩十句投筆就寢而逝詩曰大化無停軌道術久殊轍往世守頑形閒途猶未徹至人本神通可會不可說冰泮水還清雲開月方潔一旦破樊籠逍遙從此別魏美卒時年四十有八初魏美奉母陳氏與其孝廉同僑居嵊縣孝廉故負重望日嶄嶄言名義魏美欲依以終隱母竊聞長議論窺其人召魏美謂之曰客貌恭而心多嗜欲汝不決去恐終相牽引為患矣遂從天台之石拱其後某孝廉果不終魏美之死母哀痛甚不能出聲已而大呼曰兒無憾矣稍稍起居如平時先是鄰有觿子以償官逋者其妻號而沉於水或救之母延至舍悉出簪珥贖之

明日端午節母編蒲葉為髻帶之村婦見而效焉呼曰壽姑髻其後益傳相放效遂成風俗

曾青藜名燦原名傳燦寧都人明太常卿應遴子方明季多故青藜思以功名自見折節下士士論翕然歸之崇禎甲申明亡其明年清江文正公楊廷麟起兵保吉贛又明年為青藜監四營軍四營兵潰走寧都青藜率胥役二十餘人屯江上一晝夜會追兵至不及三里而返文正公以軍令檄之歸手書相勞曰此古大臣風烈不謂門下年少輒如是贛破青藜雜髮為僧遊逝閩越間父同年生龔芝麓以書勸青藜就功名勿應大母陳母溫念之成疾始歸謁省以大母命受室築六松草堂躬耕不出者數年青藜幼有能詩名選海內名家詩二十卷號過日集僑居吳下二十餘年著西崦草堂詩復客游燕市以卒云初青藜與魏冰叔謝君求為友三人者深相結也青藜有妓誓以老冰叔排絕之不能得君求謂冰叔曰曾子於子言無不悅今感矣夫感於情者非理所能奪吾請以身與之君求日夜從青藜游偕其妓飲酒燕狎而青藜之感稍及青藜監四營軍將出湖東君求私謂冰叔曰四營虎狼也曾子徒忠誠亦懼其才之不勝任也且曾子既為人上則難以得下之情子不可不往時君求已病甚後三日死君求皆革時不知人惟大呼曰殺賊殺賊君求名廷詔亦寧都人

黃修娟字媚清貞甫先生季女七歲能彈琴八歲能詩貞甫先生嘗撫之曰此男也吾門其大矣十五適西陵沈羽文羽文習業之暇輒就媚清論書史室後有小竹林為羽文讀書處媚清亦時相就鼓琴自娛崇禎甲申後勸羽文棄舉子業與羽文及諸從子月課為詩然少不當意即棄去今所傳娛墨軒詩存者絕少也卒時年五十

吳岩子卞楚玉妻能詩家於青山既轉徙江淮無常居有西湖梁溪虎邱廣陵諸集工書晚更好道得奇疾疾作則右手自運動日夜作字不休或濡筆書紙上悉成元理疾止不復記憶凡二年而愈長女元文工詩詞次德基善畫先後事劉貢士岐度夫弟朗思朗思妻錢如玉亦能詩岐度以豪達稱於揚州佳士也

寧都三魏長祥字善伯後改名際瑞次禧字冰叔次禮字和公兄弟三人並有才名於時故天下稱寧都三魏三魏皆故明諸生崇禎甲申明亡　國朝順治丙戌丁亥間寧都亂冰叔和公並謝諸生奉父母居翠微山戚友依而家者甚眾而善伯為保全門戶計應有司之求以才名為當路所推重皆撫大帥皆禮下之康熙甲寅粵藩遣使來聘強之行禮以上賓卒不合竊出嶺至信豐界為邏者所得上於摃印官摃印官問曰汝與寧都三魏親屬乎答曰身魏善伯也摃印官乃悉燒其同行者雜文字具檄書遞至贛贛大帥見善伯名大喜躡履出握手相與入遂留為客時丁巳二月也四月吉安韓大任潰圍走凡兩竄寧都之上鄉兵冠十萬還至跡躪甚邑鎮餉不支當事議招撫久未就而大任自言非魏善伯吾不信也當事以屬善伯善伯既痛桑梓禍無窮期又所聞大任頗為當世豪亦欲有以全之遂慨然行八月甫至江西大兵遽從東路逼大任營大任疑善伯賣己辭不見會有奸人欲牽率大任降閩軍以自成功名者遂日夜構於大任大任既敗十月十四日拔營走降閩善伯遂遇害年五十有八時冰叔方客維揚和公同善伯子世傑夜走上鄉奉善伯遺體歸殮於翠微山下世傑痛父死非命大踊呼拔小刀自刎人強持之者再遂奮摩椎其胸死血入小腹腹痛僵不能立呼號二十日而死先是善伯客潮州總兵劉伯祿所時主者忿潮民不下克必盡屠殺之善伯力言於劉劉叩頭白主者三乃免有仕宦竊潮者法將戕戮善伯力生全之後其人為大吏江西善伯值鄉誠不往見或歎其高善伯曰高則吾豈敢彼不索我而我索之得毋以慙而怒乎吾但於人情嫻熟耳初善伯以貢生試國子監諸貴人多雅就善伯名動京師間以事出關抵永平關鼓吹聲人言朝鮮使者來矣善伯趨客館望之立叢人中使者忽下馬於叢人中把善伯衣入館曰我兵曹佐郎鄭嵩也君非此間人殆中國奇士因蹲居以炭畫地為問答已而引入內室更以墨筆書紙上相酬對至天明使者取善伯文集一冊去曰我當版行敝國使知中國有才子也善伯所著有文集十卷五離組五卷行於世焉冰叔既棄諸生服則專治古文講求古今治亂成敗得失之故辨是與非以為坐而言必起而可行立德立功立言三而一也然而此亦一是非彼亦一是非是非之難乎也久矣乃為平論以見其意其辭曰今曰某某然必有起而不然之吾不然其不然彼將亦不然吾然今曰某某不然必有起而然之吾然吾不然彼遂亦然其然是故天下之是非常相半則吾之是非有時窮然則奈何曰必衷之聖人之說聖人之說如權衡物有大小輕重以權衡之各如其數而止來吾之昆若弟謂之曰吾父以某某為是某某為非也必曰唯揖伯叔於庭而詰之曰唯否出而詢於鄉人必曰否吾之父未嘗如此是非也聖人之說不足以厭非聖人之徒則聖人之是非亦窮然則

奈何曰莫如達其說而攻之毋務勝之以吾說凡說之偏必有所蔽見於遁者蔽於庭見於奧者蔽於壼循其端而披其疵則其首尾必有所不通吾格其所不通則彼之是非屈言理者猶拔天然一人以為天之外有天吾烏乎辨之一人以為天之外無天吾亦烏乎辨之故辨理如搏虛然則奈何曰是必有以實之實之如何曰古之人不朽者三曰立德曰立功曰立言且夫古之人不言而功德立未有無德與功而徒言者功德不立言雖美而弗是也吾以是乎之冰叔論文主有用於世故其言如此冰叔所著書甚具而其尤著者曰左氏經世曰日錄日錄三編曰裘言曰雜說曰史論冰叔既以古文教授弟子著錄者恒數十人而其弟和公為之冠和公性好游學既成則益事遠遊往往衝危難冒險阻不顧嘗渡海達瓊州北抵燕過豫適楚入秦上太華山遊龍門足跡幾徧天下所至必交其賢豪尋訪窮岩遺逸之士粵中陳元孝嘗謂人曰天下人客粵者衆矣未有若和公者也和公急然諾喜任事南康義士陷大刑事屬某司理司理故寧化李元仲門人也往時和公病就醫瑞金司理嘗候視之寒作低帷而見於是和公輒衝風雪走元仲所索書詭云有販布客傳此事今附書布客來當活義士和公留一夜走會城至則無人肯名布客見司理者又恐

初月樓聞見錄　卷六　九

司理詢元仲家事不應得大罪而事頗急不得待和公乃易名為販布客執手本叩頭見之司理問客與魏和公親屬耶對曰三從兄弟也司理揖之起賜坐客讓不敢司理曰和公兄弟行何爾為强坐之詢元仲起居出明日再見叩頭受報書司理引之起他日司理聞之大笑且自恨曰吾開眼乃為魏和公所賣和公以布衣遊公卿間公卿皆折節交之無所辭讓亦間受其饋然平生未嘗事干請性慷慨好施得金輒隨手散盡其後東南亂起贛郡文武大吏皆引重和公與和公斷大事車蓋嘗塡寓門和公亦因是為地方興除大利害而羣豪起爭虛左席以待和公和公皆勿應和公既倦游則築室於翠微峰最高處名曰吾廬冰叔為作吾廬記稱和公渡海時颶風發舟中人眩怖不敢起和公獨起視海中月作乘月渡海歌一首兵變閩門而出作海南道中詩三十首其膽略過人如此所著有魏季子詩文集冰叔康熙中以博學鴻詞徵不就與和公及邱邦士彭士望等講易山中稱易堂諸子

彭中叔名任寧都諸生少與同縣温應搏友應搏為亂民所害時寇盜縱橫人不敢晝行中叔獨往購應搏屍哭殮之連遭內外艱疑大小戴記喪服諸篇多雜亂無序乃分類次輯之曰禮記類編結廬蟋山名所居曰一草亭足不履城市嘗訪其友謝大游約齋甘京健齋於南豐之程山未嘗再適他所卒年八十有四程山故約齋與邵先生講易處也約齋志聖賢之道遠近學者多師宗之約齋著書甚富其行世者曰日錄曰大學中庸切己錄曰程山問答先生名睿明南豐人諸生少穎慧長以文名邑中邑中人爭延為子弟師先後受業百許人先生有兄為邑吏及禍破產不能自贍先生傾私產脫之先生性虛受樂規諫以執德不宏為己病因自號曰宏齋甘健齋者亦南豐諸生師事謝約齋復與易堂魏冰叔諸人講求經濟之學閩中令某聞其名欲歲奉白金五十斤為壽致之幕中勿應後遂棄諸生隱居為童子師自給焉彭中叔故易堂九子之一時易堂九子與程山諸子議論常相應和云

初月樓聞見錄　卷六　十

初月樓聞見錄卷六終

初月樓聞見錄卷七

清　宜興吳德旋仲倫甫著

金誦清名芬杭州人家饒于貲然刻苦力學父恐其勞且憊也入貲當以員外郎用然非其所好好金石篆隸文字見古人遺跡輒辨其真贋真者裝潢而題識之尤好倪雲林惲南田書畫以其書摹勒上石跋尾至數十通為清嘯閣法帖作詩倣晚唐及宋之姜白石范石湖諸人見者莫不賞其清絕卒年三十有四

胡采齊名愼儀山陰人會稽諸生駱烜妻著有石蘭集采齊父世繹占籍大興官元城敎諭遂家于北采齊同夫客嶺南夫死攜家累及五櫬歸北撫妹卧雲女思慧為女卧雲名愼容適會稽馮坦坦歿後以貧困隨姊采齊游嶺南鬱鬱死著有紅鶴山莊集卧雲無子一女即思慧亦能詩

顏參原名知夫亳州人好學強記博極羣書明季補諸生江西章大力見其文奇賞之曰此我大士也天性至孝崇禎甲申奉父母避亂村堡遇盜盜知其孝子也釋之入

國朝屢應試不獲舉乃刻意為詩亳之郡壤商邱有賈靜子徐恭士宋牧仲夏邑則有陳簡菴並與之往還論詩法牧仲以參原詩擬之高達夫焉為其晚成而傑出也卒年七十

李潛夫名天植乍浦人崇禎癸丑貢士甲申後杜門晦迹者二十七年潛夫故工書常應人索書寧都魏冰叔訪之見其案頭僅有筆二枝墨寸餘皆苦惡不堪用撿篋中得二枝筆已磨墨一片貽之又作書與周清士沈進之周雲球欲共相存濟潛夫堅謝之未幾卒

武進邵子湘名長蘅號青門嘗著青門老圃傳以自見子湘與宜興陳其年為友兩人皆美鬚髯因各賦兩髯行新城王貽上見而和之當是時兩髯之名聞天下子湘治古文有名商邱宋牧仲巡撫吳中最稱賢之子湘名由此益重所著有青門麓稿若干卷行于世

閔世璋字象南歙西嚴鎮人少孤九歲廢書長而自求識字旋曉文義讀史記蔡澤傳喟然思欲有見于世遂走揚州赤手為鄉人掌計簿以忠信見倚任久之自致千金行鹽筴累貲巨萬自是遂不復賈歲入自家食外餘盡以行善事故凭財利數十年而産不更饒象南為德多自韜或假名他人或辭多居少事恒不彰然士君子里巷行旅之人指其事而口誦之者不勝既象南晚歲好觀書每夜漏下三二十箸

搖手不釋卷嘗謂人曰吾生平不博弈不美食炫服不游倡優無他嗜好也居室卑狹無園亭之娛所坐卧小室人每勸撤材新之家南曰視吾不蔽風雨時何如且久與之習如故人不忍棄也其時同縣長林里人吳自充幼符亦業鹽筴而慷慨好施與年三十三病卒方病亟時取負劵悉焚之訓妻子曰吾留遺足給饘粥無求多於人且當見貸時吾已心贈之矣初幼符游楚中時疏宗妹因亂為人所掠賣幼符聞而贖之具粧奩擇壻以嫁未嘗告人其後妹具幣物遣人來謝家人咸怪之使者具道本末而幼符歿已數年矣

泰州黃仙裳名雲少以詩文名家為人慷慨尚義晚年益貧困屢辭聘召益肆力於詩東南之言風雅者宗焉子陽生字屺懷生三歲失母育于祖母事祖母至孝祖母卒後遇祖母忌日輒痛哭輟食州府以聞於督學使者使者下教褒之屺懷亦能詩寧都魏冰叔為之序

張道岸字懸渡湖州人性嗜酒少飲輒醉善畫蘭陸子黃嘗得懸渡畫張之素壁忽發香滿室因顏其處曰蘭室

宜興儲在陸先生名欣字同人晚歲始舉鄉試而評選古文詞為世所宗尚家有其書焉在陸善為制舉文有唐宋大家法度傳其學者數十人而同邑張朱銓閻賓為最在陸嘗稱閻賓國士無雙然閻賓終困於諸生以卒

黃人閻名修吳縣諸生少好學篋中置四子書及毛詩每出入必與偕焉為文長於尺牘婚友問遺之言皆有意致嘗於病中取老莊等書與子仲堅講說曰吾因病覩書頗悟元理吾儒言定而後能靜老子言常清淨而釋氏亦言禪定三教之旨往往而合又言趙清獻守己四箴言約而義博皆持身處世之道又言楊忠愍致命時所言思深慮遠當奉以為家法讀書有得即筆記之編曰碎錦藏於家

泰和童楚白精學好文以經敎授四方著禹貢圖說楚白卒時子方幼已而從雜地老人學佛名興賢興賢得禹貢圖說於盱江梅氏屬寧都魏冰叔為之序興賢好為詩其友同邑蕭孟昉每不欲興賢為詩曰公實地中人無效世人作文字禪也故興賢所為詩恒藏弆不令孟昉見之已而興賢死適孟昉自臨江歸哭之慟曰惜哉然吾聞其竊為詩不知為詩何如或乃出興賢所為游餘草使孟昉觀之孟昉大喜曰吾不敢沒吾友使無傳也于是取其尤者刻之孟昉讀書處曰研都故其所著集曰研都偶存而同時平湖趙天來著禹貢新書嘉興嚴質人著禹貢輯要與楚白皆專

門名家之學彭澤既陶南名廷詠為人端慎能文章執於鄉先輩五家四書文之法前後應十五舉不得解乾隆戊申 恩科已得而復失中副榜貢生嘉慶某年陽湖惲敬子居令江西充同考官得陶南文奇賞之呈主考三呈三見屏子居情甚無何陶南卒子居為志其墓請當時主試者不能知陶南之文語極刻酷陶南雖終窮蹇無所遇然自是天下知有既陶南矣

閻修齡其先太原人後徙淮安為淮安人 國初棄諸生以詩名江淮間子若璩字百詩好學能文章喪母蔬食三年服既闋哀其母不忍其父之獨處也不入內而卧起於父者又一年父諭之十反不肯去由是以孝行聞百詩治經精密初致證四書地理得五十七條為四書釋地一卷復補所未盡者牽連及於人名凡八十條續為一卷復因地理人名及於物類訓詁典故得一百六十三條為又續二卷其他解釋經義者得一百二十六條為三續二卷初名總題之曰釋地前後共六卷

烏程朱行恕字化凡幼失明天資敏慧學卜筮及李虛中術明萬歷中浙士張星元最有名化凡從學一年盡得其術推占多奇中都郡縣大姓嘗越境來問家以大饒顧常常被盜乃徙居蘇州日來決疑者盈門每晨起至日昃不得食自是朱化凡之名聞天下化凡好學問精神強固日酬答來問者夜則精思易理有所疑必窮夜思索得其解乃已天明屬人書之所著有天機會集星學刪正及參訂星元所撰易林補遺行於世

錢孝則桐城人田間先生子明福藩稱帝於南京阮大鋮為兵部尚書以鉤黨逮田間甚急田間變姓名出亡孝則從自金陵抵震澤而吳中兵起孝則之母及弟妹皆赴震澤死孝則脫身走匿稻田中賊去收其母弟妹屍權厝之而從父入閩其秋閩之延平破孝則奔汀州汀州亦破父子遂相失孝則乃間關入粵出入五嶺間數年復入閩寄居邵武之寶蓮寺前後凡十三年始得與父俱歸歸九年而孝則死於盜先自田間自閩還取徐氏以書室為寢而居焉亡何田間復外出孝則以徐氏母不可獨居乃侍宿書室門側小室中室有夾牕臨野族人或疑徐氏厚積與盜謀毀牕入縛孝則使俱入內室以叔徐氏孝則不許盜以斧劈其頭死孝則婦方氏守節凡三十九年而卒

婺源江先生名永字慎修先生始就外傅見邱氏大學衍義補其中徵引周禮即取

周禮全文誦之自是盡通十三經而於禮經尤深其平生所為書於禮則有禮經綱目周禮義疑舉要深衣考誤訓義擇言於春秋則有地理考實又精於天官星歷其書則有律呂新論律呂闡微於音韻則有音學辨微古韻標準四聲切韻於步算則有推步法解中西合法擬草其外又有論語埴言鄉黨圖考近思錄集注讀書隨筆凡數百卷先生嘗一至京師 朝廷方開三禮之館鄉士預修三禮者就質所疑先生為置邦皆暢然滿意稱善其後有欲以先生之書薦於 朝者先生自顧年老無可復用而京師舊遊皆凋謝乃感愴辭避歸而卒年八十二

武進湯賓鷺名修業約岡先生子少好學博覽強記尤悉故家遺事有毘陵文獻之目乾隆己酉庚戌間常州議修府志賓鷺撰人物藁本垂就志書不果成而賓鷺性嚴毅執節守道雖困於饑寒勿恤也嘗除夕斷炊所親錢魯斯過之與論經義娓娓不倦謂孟子桃應章問答思之累日畢竟未安其胞次高曠如此錢魯斯者名伯坰陽湖人國子監生魯斯幼穎悟弱冠以能書名從叔父文敏公器之令從游學京師因得盡與一時賢豪長者相結受詩古文法於桐城劉海峯謹守其說不更名他師書以李北海為宗亦時似蘇子瞻黃魯直董元宰所至牋素填委嗜飲酒酣作書往往至數十幅不倦其接人無貴賤一視之遇所當意雖田夫村老市井負販與談論竟日夕無厭斁心意有不可雖士大夫亦面斥之魯斯少受經於同郡張步青而步青子皋文治古文有名魯斯自以嘗從劉海峯受古文法知其利病而世所稱能文章家破壞古人法度肆其詖淫無忌憚之詞以為奇絕唱一和百莫言其非魯斯意弗善也及見皋文所為古文悉與劉氏法合乃大喜因取嘗所有得於學書之旨通之所受於其師劉氏為古文之道與皋文論之其言曰吾嘗於古人之書見其法而已今吾見拓於石者則如見其未刻時見其書也則如見其未書時夫意在筆先者非作意而臨筆也筆之所以入墨之所以出魏晉唐宋諸家之所以得失執之於中而會之於心當其執筆也緜乎其若存彷彷乎其若行冥冥乎成乎忽然遇之而不知其所以然故曰意意者非法也而未始離乎法其養之也有源其出之也有物故法有盡而意無窮吾於為詩亦見其若是焉豈惟詩與書夫古文亦若是則已耳其持論如此而於世所推古文巨手者雖亦不廢游從至於論議終不為其所移也嘉慶十七年魯斯年七十五六月某日得病卒其內弟莊宇逵達甫為

之狀或推魯斯之為人比之陳仲弓黄叔度或以為當或以為過焉其年十二月達甫亦卒達甫武進縣學生嘉慶元年　詔徵孝廉方正之士武進以達甫應達甫辭之不獲自是不復應進士舉以經教授一時名下士多出其門著有春覺軒詩文等集

張步青者名蟾賓常州府學生性沉摯寡欲少言與湯賓鷺交最善賓鷺好面折人過雖貴介無所避步青色溫而恭平生未嘗與人迕人亦未嘗迕之或問之曰天壤間何處可使性氣步青有異表中夜目光閃閃或一二尺許嘗自言秋夜偶玩月見河漢間雲鱗鱗士女數十人雲裳霞佩執諸樂器飄飄過太虛膚髮纖悉可辨云

歐陽惡萬名斌元新建人幼奇慧讀書目十行下終身不忘明季補邑諸生清江楊公廷麟見而奇之曰惡萬奇才博學王景略之流也嘗為呂侍郎大器草疏特糾馬士英二十四大罪又嘗佐督師史公可法幕府史公特疏薦推官贊畫軍事士英知呂疏出惡萬手不用惡萬遂拂衣歸隱　國朝順治中卒年四十四

徐巨源名世溥新建人能文章明季補邑諸生時東鄉艾南英千子以宿學負重望聞巨源名與約為兄弟甲申後山居晦迹不復應進士舉　國朝順治壬辰溧陽陳百史柄政欲修徵辟故事直指使者親式其閭又作手書遣司理持禮幣往山中致

之巨源堅拒不受司理去後盜乘夜入室索幣巨源實告之不信以火炙之至死巨源所著有易繫若干卷榆法集若干卷

瑞金謝南岡名枝崙縣學生貧甚不能治生而性獨善詩南岡喜與人忤人亦避去常非笑之所居老屋數間土垣皆頹倚時閉門過者聞苦吟聲而已督學使者按部斥南岡詩置四等非笑者益大譁南岡意鬱鬱不自得目遂盲盲三十餘年而卒陽湖惲子居令瑞金見南岡詩絕愛之詢其居近在城南欲造訪之而南岡已於前一日死矣惲子居曰南岡遇之窮不待言顧以余之好事為卑官于南岡所籍已二年南岡不能自通以死必死後而始知之何以責居廟堂擁麾節者不知天下士耶古之人居下則自修而不求有聞居上則切切然恐士之失所有以也夫

彭息菴名志求長洲人大父貽令以善書名吳中息菴幼時以磨墨侍大父書學作然畫精勁大父奇之授以法息菴嗜書人有好書輒借得之飾小齋獨居几上一爐香一瓶水晨暮鈔書然息菴耻不得及時有為每秋風起則驚撲筆起立徘徊焉復鈔書竟老於家雍正四年卒子景騤孫績績字其凝一字秋士少端直如偶人長而耿介不蹈非禮意所不可雖千金弗屑也與人落落或竟日不發一語然其所敬愛寤寐淼思無少怨詈嘗一應縣試喧沓中視日景投卷出自是不復治舉子業專攻詩歌古文其為文長於紀述簡質似陳承祚時復類班孟堅氏吳縣汪大紳瑞金羅臺山最所賞嘆而族子允初以為絕倫其他知之者蓋鮮焉秋士早歲喪父壯益窮母妻相繼殁賣屋以葬附木主僧舍家具蕩盡獨携先世遺書二簏轉徙無常居性好山水館洞庭得痁疾還吳門復創足不良于行顧影悲咤無何病卒年四十四秋士之卒也客外生張豹文家豹文為治斂族人立其再從子以成為之後以遺書二簏畀之

唐魯巖名邦基吳人父與賢以善奕聞鄉里雍正中卒魯巖年十四五時為富家監貨舂衣服穿敝而莫敢陵之者暇則從師問學讀書勤苦至二十餘學易通論語善講說嘗教里中兒書兒或逋蕩不來學魯巖不加笞怒兒先來者與一錢誘勸之兒因錢則爭先來學無逋蕩者已而出外行賈致千金然不廢學治淨屠言及老莊諸子為人靜穆可喜親朋傳客之十日五日不計歸有兩兄不事事魯巖飲食之衣帽履襪共之其後分與百金令治生盡再分與百金比死為斂葬妻父死貧甚買棺衣墓地恤其家竟以是致窮空無何思復為賈從人斂貸人以其前致千金也爭出金

貸息之魯巖復出游交易不利期年大困得疾死同鄉黄叔元者為圖像作詩悼惜焉

徐漢光名炯元和人居郭外之陳湖東漢光年十三侍父疾疾甚日仰天祝禱泣涕不欲生及父殁欲死者數矣母已前没事繼母能盡力繼母常語人曰有子若此孰謂非我出耶兄弟三人漢光其季也父在日三分其產及漢光年既長曰區區者析而三愈不足兩分之其可盡以讓兄而已脫身為賈兩兄有缺乏復分己私財與之其妻亦時時脫簪珥為助及漢光疾將死屬其子曰善事伯父通有無無忘吾志其行事類如此漢光卒後長洲彭紹升為作徐孝子傳云

汪大紳名縉吳人少不善記誦年十六試為文數百言立就學經義於趙維寧吳漢滌名聞邑里中年三十一補吳縣學生遂一意治古文嘉定王光祿見而奇之曰績大紳文十洲三島悉在煙霞間矣然其生平相與講學論文往復不厭者長洲彭允初瑞金羅臺山而已大紳學兼儒釋縱橫貫穿通其隔閡然落落無所偶晚而為書與彭允初言孤往之趣曰天之高也不附於天地之厚也不附於地古今之寥闊也不附於古今孤往而已矣人物孤往也交遊孤往也著述孤往也名海中人老死不

相往來矣。乾隆五十七年卒。年六十有八。羅臺山名有高。少而倜儻。年十六。補諸生。視其明年。寓雩都蕭氏別業。徧讀所藏書。因慨然慕古劍俠者流。習技勇。治兵家言。視諸同學生。蔑如也。久之。人有道雩都宋道原之為人者。治先儒書。謹繩尺。躬孝弟之行。君子人也。臺山聞。心動。欲一見道原。會督學使者按贛州。臺山偕同舍生以行試雩都。因度道原必在。往訪。果得之。自陳所學。道原不許。臺山盛氣力辯。道原曰。幸少安。為子剖其理。昔橫渠先生見范文正公言兵事。公弗善也。授以中庸。足下之學。視橫渠若何。吾弗敢知。使如橫渠。固非儒者所尚也。況未必如也。天生烝民。有物有則。視聽貌言思。物也。明聰恭從睿。則也。能全是理。而後能有其身。能有其身。而後閨門順敘而家齊。達而行之。若有原之水。有根之木。滂沛條達。無湮塞夭折之患。及其成也。身亨而道泰。故足樂也。今察足下。氣浮而言疾。神明攪擾。常若有營。以此游於世。得免刑戮。無累父母兄弟足矣。尚求有濟於天下乎。臺山面赤汗沾背。四支局縮不自容。請曰。何以教我。道原曰。子反而求之宋五子。其師也。嗣後過從甚密。一日道原屏人。肅衣冠跪而泣曰。子敝錮深矣。誠不忍子以相愛之誠。聽子淪墜也。臺山亦跪而泣曰。何以教我。道原乃出其所作持敬主一二銘。曰。勉為之。已而道。臺山見贛州

鄒自軒先生。鄒先生篤於儒。道原所師事者也。臺山于是幡然棄所學。徧讀先儒書。尤喜明道。象山。陽明。念庵諸先生之論學也。乾隆二十七年。充優貢生。三十年。舉順天鄉試。游長洲彭允初。吳縣汪大紳間。論學尤相得也。臺山故好讀楞嚴經。後遂徧讀諸大乘經。及諸經義疏。信解甚利。然能以名義持之。膠州法鏡野致書。及所著文論春秋大旨。且謂南宋諸儒不識時宜。持方枘而內圜鑿乎。臺山復之。以為承示春秋取義。測見事春秋二敘。破經師之陋。發先聖賢之蘊。使學者即事為之著。求性命之歸。顯微一致。內外同條。誠不必外民生日用。空談名理。雖然本末先後之序。亦有不可强合者。聖人作春秋。東規西矩。南衡北權。中繩五則。不爽萬物。就裁其本。在于學易。學易之要。在于謹彝倫。慎言行。約之於禮。人之彝倫言行。一於禮。則性復仁全。措之正。施之行。變化生。而經緯天地之事起。此聖人所自盡。而願天下萬世同歸而無歧者也。南宋諸大儒所為。必固持堯舜孔孟之道。於國事倥傯之會者。此春秋之義也。謂別無說以易之也。道不可以二故也。孟子曰。不以舜之所以事堯者事君。不敬其君者也。不以堯之所以治民者治民。賊其民者也。建三才。橫六合。一道而已。二之則惑。反之則亂。禮大傳所云不可變革者也。亦即先生所云滄海橫流。經常大義。確乎可知者也。南宋之君不能勉強。信用不專。諸大儒之說。未嘗一日得施于事。是以卒成為南宋也。孟子述唐虞三代于戰國擾攘之時。朱陸陳誠正義利之辨于南北交訌之日。其揆一也。夫所謂時宜者。立權度。攷文章。改正朔。易服色。異器械。殊徽號。得與民變革者也。聖人鼓舞盡神。化裁盡利。既竭聰明焉。至於天之經。地之義。人之行。則無所謂時宜也。南宋諸大儒之所諍論。天經也。地義也。人行也。烏得而不斤斤也。先生幸熟之。臺山天性孝友。家庭間每有拂逆。處之退然。與人交。無貲懸。必欵欵盡言。引之於道。居常治古文。最精密。其言曰。文也者。道之迹也。修之於身。措之於事業者。為道。修之於身。而次第其功候。節目之詳明。其甘苦得失之故。措之於事業。而條布其治術。敷悉其德度。精微之極致。章往察來。相協倫類。出於憂患。同民不得已之誠。其言奇正不同。其氣之行止節奏之長短高下。抗隊疾徐。一順法象之自然。而不與以私智。以其爍著炬照。心目物察倫章。則文命焉。故君子誠慎乎其文。孟子論不動心。推本知言與養氣並。而繫辭傳備舉數等之文為法戒。誠學者所宜盡心也。又以訓詁不明。則文字根柢不立。支離杜撰。規矩蕩然。故於爾雅說文治之加詳。一字之義。往往引端竟委。反覆數千言。乾隆四十四年卒。年四十有六。彭允初名

紹升。自號尺木居士。乾隆中。成進士。不仕。而以著述為務。尤喜治浮屠氏之言。所著有二林居文集行世。

王越珊名瑚。伯吳人。明文恪公鏊九世孫也。家貧。父令入市中。佐人為賈。意忽忽不樂。挾一冊書。暇輒誦習之。已而依其舅宋子遷。主會計。日誦所挾書如故。外凡振翼情其志。為致童子數人。俾授句讀。越珊喜曰。是吾心也。遂習舉子業。從何虎占游。虎占資之。使卒學。補縣學生。越珊修內行。束脩之入。輒以奉親。親疾。脫衣質錢供湯藥。遲不使親知。年三十。始娶。娶一年而卒。

朱致一。名用純。崑山人。父集璜。明季。以諸生貢太學。大兵下江東。城陷。不屈死。致一恫焉。慕王裒攀柏之義。自號曰柏廬。其學確守程朱。言動必以禮。弟子從游者日盛。長洲徐昭法與致一為通家友。廬以書問學。答之曰。竊覩足下酬應人倫。徽音諧語。諧語雖無損大德。要非君子所宜為。何者。書云。德盛不狎侮。身狎侮。其職不修。心狎侮。其體不立。孔子曰。修己以敬。己非外人物。而為孫子之己。修亦非外人物。而為偏寂之修。故一修己。而人安。百姓安矣。聖賢實見人之與我。此心同。此理同。吾無可驕於彼。彼無可為吾所忽者。夫婦之愚不肖。可以與知與能。及其至也。雖聖人亦有

所不知不能。夫又何可忽乎哉。狎侮之心。起于忽人。忽人之心。起于不自修。未見自修之至。而猶肯忽人者也。此允恭克讓。所以爲堯之德。溫恭允塞。所以爲舜之德也。慎之哉。致一。居恒。動止有常。晨起謁家祠。退即莊誦孝經。數手書其文。教學者。每歲孟春。率諸弟子行釋奠先師禮。講四書一章。進止肅恭誠悫。激發興起者甚衆。其論學。未嘗爭持同異。曰。知所當知。爲所當爲。可矣。他非所暇也。康熙十八年。或欲以博學鴻儒薦。固辭。乃免。其後有司欲舉爲鄉飲賓。亦弗應。二十七年卒。年七十二。前沒之三日。設先人位。強起拜於堂曰。吾可告無罪於先人矣。顧弟子曰。學問在性命。事業在忠孝。勉之。所著有愧訥集大學中庸講義。行于世焉。

徐昭法名枋。父汧。明少詹事。明亡。沉水死。昭法少舉於鄉。既遭變。遁跡山中。居靈巖之上沙。布衣草履。終身不入城市。時上靈巖謁繼起禪師。問出世法。家貧。往往絕糧。繼起饋之粟。受之。非繼起勿受也。湯文正公巡撫吳中。屏騶從訪之。不得見。徘徊歎息而去。宣城沈麟生貽之書。誦其志節之美。復書曰。縕袍不恥。是道何臧。學問之幾。不舍一息。區區陳迹。猶然見嗣。吾滋懼矣。昭法殁。孤孫方幼。不克葬。故人戴冠自山陰來。賣字吳門。每紙得百錢。積二年。始克葬昭法於青芝山下。

初月樓聞見錄卷七終

初月樓聞見錄卷八

清　宜興吳德旋仲倫甫著

黃仲則。名景仁。武進人。性頴悟。弱冠。補縣學生。與同里洪稚存相切磋。爲詩歌擬漢魏樂府。日成數篇。時常熟邵叔度編修。主常州書院。從之游。學益大進。已而游京師。師大興朱竹君學士。乾隆辛卯。竹君視學安徽。延仲則佐校文。三月上巳。爲會于當塗太白樓。授簡賦詩者數十人。仲則年最少。著白袷。立樓前。頃刻數百言。徧視坐客。坐客皆驚。爲之輟筆。居半歲。與同事者不合。徑出使院。質衣買舟去。其後謁畢秋帆尚書於陝西。而山西運使沈公業富招往解州。未幾卒。仲則所爲詩。上自漢魏。下逮唐宋。無不放效。論者以爲可方明高季迪云。

陽湖錢素園名履坦。善畫梅。工詩。精篆刻。尤善鑒別古書畫器物僞真。與從兄魯斯並有名公卿間。手創小園。鑿池壘石。植花木自娛。魯斯家居時。賓客恒滿座。爲魯斯客者。無不樂交素園。嘉慶丙寅。素園客死吳門。後數年。魯斯卒。魯斯子山甿貧不能自存。以庚辰五月投水死。距魯斯卒時。未及十年。而魯斯所園。所珍古法書名畫散佚無存矣。

畢雨稼名大生。青浦人。少以詩詞名於時。與秀水朱竹垞華亭高查客爲友。工書。得顏魯公李北海真行法。

沈朗思初名蘭先。更名昀。仁和人。嘗從劉念臺先生講學。明亡。棄諸生。教授里中。貧甚。往往累日絕糧。采階前馬蘭草食之。客或饋米數斗。不受。其人固請。固辭。朗思餓而憊。方推讓間。頓於地。其人皇駭遁去。既而蘇。徐起笑曰。其意可感。然適以困老人耳。念臺先生卒後。傳其學者。互有爭辨。朗思曰。道在躬行。但騰口説。非先生所望於吾曹也。朗思以喪禮久廢。輯士喪禮説授弟子。朗思卒。應嗣寅爲經紀其喪。無以斂。涕泣不食。或聞之。曰。吾不敢輕受賻禭以辱先生。嗣寅之徒姚敬恒趨而前曰。如敬恒者。可以斂先生乎。嗣寅曰。子之篤行。乃沈先生所許也。其可也。於是敬恒斂朗思葬之西湖之滸。應嗣寅名撝謙。亦仁和人。早歲厲志節。與其友虞畯民張伏生。將與恒諸人爲猿社。康熙十七年。以博學宏儒徵。嗣寅稱疾。輿牀詣有司以請。得毋行。海寧知縣許酉山。請主書院。造廬者再。不見。既而自念曰。得毋已甚。乃汎舟往謁之。許大喜曰。應先生其許我乎。嗣寅逡巡對曰。令君學道。但從事於愛人足矣。彼口説者。徒長客氣耳。許默然不怡。既出。嗣寅解襆疾行。其弟子曰。令君已戒車騎。行且至。何

亟也嗣寅笑曰今君好書必有求常之將拒之則益其慍受之則非心所安行矣奚
遲遲也同里姜園南以御史巡鹺歸再致饋於嗣寅弗受一日遇嗣寅於途方戚若
見嗣寅衣木棉衣歸以葛二端遺之且曰此非盜跖物也幸勿拒嗣寅曰吾昨偶中
寒篋中絺衣敝在不需此也竟還之居常攷索遺經所著甚夥多宗朱子亦間出新
義弟子吳嘉郎沈士則姚宏任傳其學

薛家三名起鳳吳人少孤依其舅比邱廣巖福公福公傳磐山宗既退揚州法雲寺
居吳門隱於卜得錢資家三從師學問家三天性愷悌雖窮能急人之困其師闇虎
原老無依家三資之入支硎山卒為歛葬焉其姊家負人百金將歿前數日出金為
盡償之家三好為詩嘗與彭允初論詩其言曰詩志之所之也未有不端其志而能
為詩者求端其志莫先於知道矣孔子讀詩三百篇獨贊鴟鴞烝民為知道然則為
詩者亦求為周公尹吉甫其人而可也又言古聖賢人尚矣次焉者其惟志士乎志
士之詩吾於近世得二人焉曰謝翱曰杜濬其志潔其思苦其音哀故其為詩也非
復人人之詩而必二子者之詩也君其擇焉家三卒允初錄其詩刻之

陳和叔名黃中吳縣諸生自少通敏學長於史深究前代治亂往復所由以達於當
世之務乾隆初應博學鴻詞科廷試被絀乃客遊南臨洞庭登衡山東浮錢唐入閩
北馳驅燕齊河岱間和叔雅為大學士海寧陳公所知其在京師陳公以禮先之和
叔乃上書陳公論用人理財治兵三大事其條用人之目有十曰分科取人曰慎擇
舉主曰重名節曰辨邪正曰加奉曰汰冗員曰寬法網曰覈名實曰懲貪曰酌道里
以銓選條理財之目有六曰定旂制曰權錢幣曰興西北水利曰輕徵榷曰減漕粟
曰定鹽政條治兵之目有六曰謹邊防曰嚴海禁曰鍊士兵曰修軍器曰簡帥臣曰
加月餉陳公得書韙其言頌之　詔求骨鯁質樸之士如古馬周陽城者陳公欲舉
和叔應　詔旨時和叔已去京師屬其友沈椒園招以書和叔辭焉先是湖南巡撫
馮公聞和叔名辟置于府土苗有小警欲興師勦之屬和叔奏草和叔曰此召亂也
撫而輯之其可弗聽和叔遂行亡何苗叛用兵期年乃靖已而漕督顧公湖督孫公
閩撫王公先後聘和叔主章奏和叔所草奏援古證今剴切詳盡期于尊　主庇民
不肯趨避形勢揣摩風氣為巧言而諸公亦委心任用不疑阻也自諸公先後謝事
和叔落落無所合遂杜門不出以著述為事和叔初至京師時善山陰貢士胡天游
天游故奇士負才氣蔑陳同甫之為人傲睨當世士及見和叔服其才傾心相引重

天游豪宕自喜不肯循尺度為勢要所排斥竟窮死和叔介然有節概審去就嚴取
舍之辨而其晚歲窮與天游等年五十九卒居常恨宋史蕪雜是非或失平發奮删
其繁繆搜討先正舊聞折其中成宋史稿一百七十卷又著新唐書刊誤　國朝搢
法彙殿閣部院平叛督撫年表十餘卷詩文集四卷和叔之卒也貧不能治喪其姻
黨戚以金賻者妻張氏固却之曰奈何以貧故傷夫子義貲居以葬焉胡天游字稚
威治古文自云學韓愈氏艱澀時似樊宗師

于竹初名震先世金壇人祖某由金壇徙居宜興遂為宜興人竹初少孤貧能自力
於學問年二十餘徒步入京師以經教授為童子師自給久之入貲為國子監生應
鄉試竹初攻四書文效徐思曠羅文止儕輩咸非笑之屢應舉不獲解遂棄去而治
毛詩積十年其意以為漢初言詩有齊魯韓毛四家今所存惟毛氏故訓傳二十卷
而已詩序不知何人之作然其說往往與左氏春秋國語合其傳之必有據依今欲
廢序以言詩而詩之義荒矣於是乃因序說以求詩人言外之旨而博稽漢唐以來
諸儒之言之涉於詩者參互攷證擇其長說為詩經酌註三十卷既成恆閟不示人
竹初因婦家錢塘遂僑居錢塘嘉慶戊辰十月某日其友吳仲倫過訪之則竹初適
於是日還自吳見仲倫狂喜曰惟子知我我望子久矣乃出其所著詩經酌注示之
曰子歸而閱之為我削其不合者序而存之於是仲倫歸而為其序後三年竹初客
死杭州且聞其子已習賈不能讀父書而仲倫家貧甚不能表章亡友著述三十卷
之書雖僅存其能有聞於後乎可慨也已

鄒自軒名元昌贛人為諸生有文名年二十五得宋五子書讀之喟然曰吾乃今日
知為人之道也遂屏棄制舉業專治經其學宗于朱子其言守前明薛文清公　本
朝陸清獻公如積矩然自軒門人著于世者有瑞金羅有高臺山新城魯士驥絜非
雩都宋華國雨宜臺山遇家難遁而攻浮屠氏之書絜非成進士奔走令長非其好
棄去雨宜以拔貢生官彭澤縣教諭卒三人者皆有著述行世臺山之文恢奇奧衍
多俶詭之詞絜非端雅自惜邊幅雨宜沖夷如不欲為文蓋與其為人各相肖雨宜
之塋也陽湖惲敬子居志其墓其言以為攷江西道學之傳于朱子之後一傳為劉
子澄黃直卿子澄臨江人直卿久官江西皆不愧其師說再傳為向語饒魯已離其
宗三傳則多為詭僻之士所託有絕可歎詫者自軒先生奮乎百世之下追于朱子
而從之君與羅君魯君同師自軒先生乃各有其所就蓋志氣之強弱性情之緩急

天時人事之推移皆於學有進退消長異同之故其始甚微而其積甚巨大賢以下皆然不可不察也余族父士模晉望論學主高忠憲亦以子居之言為然

邵椒堤名湘宜興永定里人善畫山水人物花鳥論者比之陳道復陸叔平然椒堤未嘗求知於人故名不越州邑子陳賓字汝珩縣學生事親能盡力甫冠即授經嫺咸家閒月歸省輒取親中帬廁牏自洗滌之汝珩為人質直論事無所阿徇族黨咸服其公學長於經治周禮精熟先後鄭氏說皆能通之初隨俗為應舉之文非能有加於人也後讀方百川文好之業稍進最後讀實東皋省吾齋稿喟然曰吾鄉者未始知為文知為文自今日始學之數年蔚成矣而遂卒年五十二弟申寶字汝琮一字奕少與兄汝珩最相友愛年二十五補縣學生三十一至京師入貲為國子監生應順天鄉試不獲舉以所業文教授其徒乃多登科成名汝琮好為詩其詩初似元人學晚唐作後以陸務觀為宗工書法專以蘇子瞻與吳匏菴相上下嘉慶甲戌其門人有官楚中者汝琮以貧故往謀之歸而道遇病卒年亦五十二

潘觀尚名長雅荊溪湖莊里人幼穎敏讀書日數百行好治兵家言於權謀之書無不究既長從宜興史屺銘論學以錫山高忠憲公為宗已而攻老莊及浮屠氏之書

益好之觀尚善同邑路同申蒙山蒙山欲以師禮事觀尚觀尚不許然與蒙山言無不盡嘗謂蒙山曰儒者復性老氏治氣釋氏攝心而一本於無欲無欲不可幾在寡之而已又曰吾儕一言一動何者能及古人而欲儼然自命為儒儒之名其可冒耶時同邑周濟保緒武進李兆洛申耆並以才名為當世所畏見觀尚與之論議皆推而服焉觀尚年十六喪父事母能盡孝母卒三年不飲酒食肉不入內既喪獨身出遊為書與其妻訣曰以弟之子御魁後我後有人見觀尚於天台山國清寺者歸而言之御魁御魁贏糧往天台省之未至寺半里許見道旁碑書荊溪處士潘公長雅之墓大駭急抵寺詢寺僧寺僧曰其信壬申六月某日卒之年月日也御魁哭祭于墓前而迎蒙山聞之設位於城南顯親寺為文以祭知觀尚者咸來哭弔云

宜興史南湖名周沅字芬遠年十三讀韓歐陽子之文即興感於學其後讀二程朱子遺書益有志於道又其後讀諸葛武侯書而思達於用嘗以為自周孔而後能成其德行其教者莫若洛閩能達其材行其道者莫若諸葛忠武能文其言以明聖人之道者莫若韓吏部歐陽少師故其為文一以達意為主而磨礲錯期可見之施行然卒困於諸生以老荊溪許少來溧陽潘鐵廬先生弟子也鐵廬歿後欲以所事鐵廬者事南湖南湖不肯受然與之往復辨論恒切深少來德之終身執弟子禮惟謚南湖所著有留與集十卷易說書說并制義藏於家

荊溪顧馳宣名芳遠諸生好讀書為鄭康成氏學以經教授生徒恒數十百人顧氏多老儒治經生家業所居湖洋諸村舊有酒壚馳宣每歲時輒邀諸老為酒壚之會相與講論經史其後生少年有意向者隨往輒得美酒食鄉人以為榮以故後生輩爭自力於學馳宣晚歲絕意科舉治刑家言及醫藥卜筮諸書無不通貫卒時年七十有二顧學健名恒馳宣之族治周易有名以歲貢生授海州學正卒

武進薛梧岡名某少家貧以治賈起富至巨萬方梧岡貧時有閩客某留千金梧岡所與期而歸道卒越期其子來不知父有存金也梧岡以告而歸之中歲妻徐氏卒或勸再娶梧岡辭曰吾妻與余同茹苦今幸獲饒裕而忍忘之乎家田佃戶某負金不能償願納女為妾梧岡力拒之免其負乾隆乙未歲大祲時梧岡別置業溧陽溧陽巨族爭以田產就梧岡質錢賴全活者甚眾然梧岡所置產歲收息不及常額十二三梧岡慈置勿校曰方歲祲時人無所得食吾故急之非利其產也然不受產將置溧陽士大夫何地君子以是多梧岡之善避名也

旅園主人姓蔣氏宜興人不蓄妻子與之游者莫或知其名問之亦不以告其所居曰旅園則相與稱之為旅園主人云善畫人物家貧賣畫自給好飲酒得錢即輸酒家未嘗有一夕儲然雅不欲負人一錢與人交無所不可而獨遇富貴人輒多忤喜讀史書論事有高識以學仙者為誕妄不足信而常悠然有世外之思愛晉陶徵士桃花源記屬余書而為之圖以見志焉曰此固靖節先生寓言也吾神游其間矣嘉慶十七年十二月卒年七十

王大荊溪白泥場人少失母而父以盲廢家貧無產業刈薪樵賣以給父食人或謂大宜娶妻冀生子續父後大曰吾力僅可給吾父食畜妻子非吾力也卒不娶已而其父死斂葬畢大告所親欲死父所親止之大曰吾父生時不能一日離大大即不死孰為事吾父地下者卒縊而死

汪次陸名坤齡宜興人善書畫然不肯輕為人作惟從子廷鋐傳其寫生法有名次陸卒從其所作書畫稍稍出而其甥程子香嘗從聞書法得手簡數紙皆精言次陸以嘉慶二十一年三月卒年四十八

吳慶百名纍祥錢塘諸生康熙中以應博學宏詞徵至京師大學士馮文勤公溶之

既報罷而歸一以著述為事時馮容有佳山堂六子六子者陳維崧毛奇齡吳任臣王嗣槐徐林鴻及慶百也維崧奇齡任臣既入史官嗣槐試不及格而用 天子後命留官中書舍人獨林鴻與慶百不就云慶百性狷介不以私干人人亦無敢干以私者族兄某守蘇州六年賓客闐咽慶百一以書問無恙而已訖不至他日邂逅于可中亭欲載與俱歸不可則以緣置慶百船中慶百遽捨船去其介如是獨嘗一應李文襄公之芳聘當是時文襄以蕩寇功督兩浙建牙於三衢以撫閩徼羽旅榮戟吏從帶弓鞬夾陛立上謁者或不敢仰視慶百至則長揖之明日宴于射堂軍中以鳴鏑射戟枝侑酒酒半文襄離席起酌金巨羅為壽慶百前請草露布慶百且飲且口占授書吏一坐盡傾久之辭去為畫便宜數事文襄再拜曰戢君良箴吾曩者知君不盡乃以為文士也慶百內行甚修遇三黨有恩紀其于朋好性命也鄞縣周容太倉王昊客死京師質衣為具含殮晚與陸嘗毛奇齡徐林鴻為飲酒難老之會會輒稚文史一日偶及明興獻禮並牽連宋濮安懿王事奇齡以司馬光楊廷和謬非是詈詞很藉口角流沫墮餐飯中慶百伺其間為一難以送之奇齡亦未有以應也康熙戊子七月十六日卒年七十有七初慶百之生也母張夫人夢偉衣冠者七人抱一兒授之曰以為而子請其年曰二七及是果驗所著古文體詩一百三十四卷古文一百四十卷駢儷文四十卷詩餘二十四卷他雜著又一百六十八卷藏于家

應孔昭名融吉別字游園淳安人少補諸生晚以歲貢當次得博士官方授天台司訓而孔昭已前卒矣孔昭為人平居默默如處女遇公正則義形於色康熙戊子歲旱甚田中禾成宿草而令長諱言災民鬨而集者數千人各持一束秆投縣門很積如山阜令計無所出而有無賴子將倚令以修怨于江某及應生謂此兩人者實為之倡倡變腦官為詞慫與大獄應生者孔昭族兄也孔昭前已津遺之走會城遁以邑災顧監司矣監司檄縣勒以何故匿災縣方自辯數至再四前計困得泥不行而並江某亦免邑西湖亭游觀之佳麗者也黎旦則士女皆集焉有營卒為女子裝輩涸以游意且叵測孔昭聞之怒曰是何敢然乃直入人叢中捽出之批其頰而縛以與營弁俾拷如軍法乃去其尺籍使不得歸卒伍人咸快之孔昭晚歲好為詩宗趣在白香山著有游園集

寧都溫直公名應捻生明季喜散金置圖書字畫多至萬餘卷家產盡破直公初不解文字年十八九有俗師作為制舉文法式比偶承接皆具而以題目分類書值取人金直公得即能為之即又取時所尚抄割襞績性字句不可為讀者一以其法分解為訛轉以與人亦取其值與同縣劉泰非為文友欲共推廓一切俗情而縱觀古人所為馳騁之直公為人天資機穎負氣其議論務挈其大且正者以艱齷當世士士寒微及後進務獎引之負貲勢名聲在前則必逆折之以此致怨恐於人卒亦由此遭害直公文札翩翩有佳氣然每用自恥務剗落任質素至或粗塞不能句為人所笑則喜遊諸公間雖一言詞拂意不肯苟自同辭投刺先進不肯署晚生曰吾從進屬少年乃乘朝氣何晚也獨自署後學某遇吳中項翰林閽人視所投刺還之曰我公職當典試君江西士主試亦當得翰林君即自署門生何負君因目直公直公亦目閽收其刺去在曾堯臣坐上與南昌鄧左之語不合直公變色曰左之無謂復社足任行見復社斬截矣堯臣笑而解之語後亦果中南昌萬公元吉與直公論佛直公以為非萬公不然兩人辨皆失色直公歸復作二氏論三篇貽萬公萬公亦不答乙酉南都既下直公走贛州督入諸言事會吉安劉督事同升亦至督事與直公布衣時通名督事及第後未嘗通於是直公授督事刺署如故督事子大怒而督府欲為直公分守湖西直公亦遂辭去縣少年相聚為亂直公欲以講學弭之為書招其友友皆散不至直公獨與新城涂子朋至學宮設講焉戊子冬縣豪首為子娶婦直公致賀物豪受之直公謂人曰吾物復見受恥豪聞之乃發怒曰是果難與處矣不欲受即勿送我送而我受復以誚讓我縣人士無不向我言若難處今果然矣明年會禁從出城者豪得之以持直公直公遂遇害直公子萬字引年為人尤有氣岸自持不肯下而言動迂謹恂恂然特如處子矣引年少從邱邦士學為文又習為詩歌其詩古拙不諧而寧化李元仲獨稱之邦士元仲皆直公友也先是引年訪元仲於寧化至泉上投宿逆旅問李元仲居止逆旅主人不肯與通曰子來何為見李君李君方率其族築土室避亂李君不肯出土室門幾年矣引年即持刺投元仲元仲延入土室中因留引年使其族子弟與引年為師友後二年雩都易去浮延引年教其諸子乃去之居無何而病死初引年在元仲席元仲置酒延賓客召優伶度曲四十餘日引年坐席中無所避然於諸優伶輩未嘗一側目焉諸優中一人心怪之後以語南昌彭口躬菴曰此異人也

盧行幾名滇寧都諸生嘗從艾千子學為制舉文千子亟稱之謂其文頗歸熙甫行

兼爲人。然諾必信。卽有所迫。不得踐。則悵略無以自解。喜攷古。所有貲多購古書籍。時時置酒與其友痛飲。或持其貲去。無所惜。遂致大困。然恨終無以自解。竟死。死時年四十六。

曾麗天名傳眎。寧都人。明兵部侍郎應遴季子。九歲而孤。時寧都兵亂。麗天走避。爲賊所得。紿其賊曰。某所地有金。賊信之。往取金。而麗天遂自脫去。稍長。從易堂諸子游。治詩古文。日有名。十七歲。補縣學生。麗天尚氣誼。不肯自鄙俗。與曾尚士爲文字交。尚士死。痛哭不能止。居數月。若有所失。擇師使尚士二子與己子同學。擇配配之。麗天詩古文益遠出。郡司理周公見而愛之。與之友。爲延譽焉。然麗天志在成進士。既不得。抑鬱悲慨。往往見之詩篇。亦用以豪達自放。周司理爲太原守。遺書招致麗天。麗天亦欲改而就國子監試。行及徐州。病作。遂死。年三十八。

葉烈婦謝氏。寧都諸生葉芊妻。順治己丑十月。揭重熙兵駐寧都大掠。烈婦從芊避兵某村。將浴。兵驟至。亟揮手。指芊負幼兒間道遠去。烈婦爲重熙部將某甲所掠。悅其色。將妻焉。詢其家世及夫之姓名。烈婦對惟謹。因斂手致辭曰。今日從將軍無疑。俟吾入室浴。浴畢惟命。甲喜。聽之。久之不出。趨室中視之。則引剃刀自剄死矣。甲大慼慟。嘆曰。此真烈婦也。特植木表屍旁。大書其夫姓。趙令收葬。三日後。兵退。色如生。衣私澤無一亂者。芊葬之西郊淨樂園僧舍後翠微峯。易堂諸子爲詩傳誄而祭之。易堂魏冰叔妻。與烈婦從兄弟也。冰叔客死儀真。冰叔妻聞訃。勺水不入口者十餘日。誓以餓殉。戚友內外勸阻之。皆不得。曰。我實不欲見人。惟欲見吾夫子於地下耳。竟以餓殉夫而死。

楊震伯名無咎。吳人。父廷樞。明末授命蘆墟。門人私謚忠文者也。震伯痛父罹難。杜門隱居。與徐昭法朱致一。稱吳中三高士。所著有諱經錄。三易卦位圖說。詩文稿曰楊仲子三百篇。曰小宛集。年八十九卒。震伯繼妻張羽仙。工詩詞。十歲作採蓮賦。爲通人所稱。與震伯窮居偕隱。日手經史。教二子繼光繩武。皆成名。所著有花樵集十餘卷。同母姊妹七人。各有集。第五妹凌仙。與羽仙學生。詩名亦相埒。集曰研隱。中歲而寡。貧不能自存。羽仙分宅居之。

常熟陳少章名景雲。吳江縣學生。少章生而穎異。初就塾時。同塾諸兒所課。皆能背誦。年十九。從同郡何義門遊。講求通儒之學。而於地理制度。攷據尤詳。所著有讀書記聞十二卷。綱目辨誤四卷。兩漢訂誤五卷。三國志校誤三卷。韓文校誤三卷。柳文校誤三卷。文選校正三卷。通鑑胡註正誤二卷。紀元攷略二卷。文集四卷。卒年七十有八。

常熟趙暨俊博學多能。琴棋醫術。無不精曉。而尤工於詩。壯歲遊京師。與給諫吳西齋。王西亭。諸公相倡和。譚州陳相國有當今第一人之目。其爲巨公推許如此。然終無所遇。遂歸。杜門不出者數十年而卒。所著詩曰雲海集。

白明弼名朝宗。廣昌人。明季補諸生。甲申後。棄去。以經教授石城大苓村。及門數百人。皆視之如子。而教法特嚴。明弼善事父。嘗身自爲酒脩養父。及教授石城館中。得時物佳果。必遠貽其父。未得父還信。不敢入口。每歸省。必持被隨父卧。父有疾。則日夜哀楚不欲生。既復。加一飯。乃適館所。順治庚寅辛卯間。避兵舉家離竄。炊常絕。歲寒無全衣。夜卧覆藁中。時從叔死。雄於貲。無後。叔母既分諸子財。謂明弼貧且鯁。素介特。不可衣食。以十二金託饋貽之。明弼父不肯受。叔母召明弼語以情。將強納。明弼泣曰。叔死。母尚在。朝宁不能養。敢因以爲利乎。堅謝之。常善吉水戴文蔚。文蔚病疫。明弼晨夕爲調藥不去。比亡。殯之而撫其孤。家固節。然好施與。每歲教授所得金貲。衣食供旨甘外。有贏餘。輒以周族人之急。一日行鄉市。聞婦人哭甚哀。訊之。云夫爲賊誣獄急。將鬻女。惻然出袖中金與之。問姓名。不答。竟去。明弼卒。忽一人攜妻女至柩前哭。仆地叩頭流血曰。我邱安宇也。受公厚恩。不能報。奈何死乎。爲言故。家人始知明弼有鬻金事。明弼才敏博。嘗著史論數十卷。不以示人。子昰能文章。有名。

長洲顧開林名韡。明季補諸生。甲申後。謝去。躬耕養世。子六人。有爲諸生者。聽其游泳。不以科名敦迫之。弟芳菁舉於鄉。諸子姪成進士。開報日。諸事紛挐。開林一過爲之經理。而酒食燕會一不與。子弟知其意。勿強也。開林於世事無所好。而性獨好書。聞人有善書。必多方購得之。其未板行而隱秘者。求之益力。或書表至非力所能得。則手自鈔錄。窮日夜可盡百十紙。夜嘗不寐。寐亦止盡數刻。張燈披衣。往往達旦。手不釋卷。不停鈔。自以爲愉快極。雖老至不知也。尤嗜古金石文。蠹嚙殘餘。亦所珍惜。與人交。當其意。雖一日十返。踐雨雪。獨身數十里丐貸。行束脩羊不辭勞。苟非其意。所欲見。雖絕世名貴人。求一顧不可得。其所居鄉曰黃埭河濆橋。因自稱河濆漁人。子孫家焉。

初月樓聞見錄卷八終

清　宜興吳德旋仲倫甫著

山陰童二樹。名鈺。生而炯介篤誠。潛心古初。不喜治舉子業。專攻詩。家隣女史徐昭華。七歲時。徐抱置膝上。為梳髻。課詩。及長。與同邑劉鳳岡茅少蘭並以能詩善畫稱。二樹畫蘭竹水石皆工。而尤長於梅。劉鳳岡嘗言明畫梅者二樹。題曰二樹小照。而二樹客武林時。作孤山詩。亦有梅樹是前身之句。鳳岡名鳴玉。邑諸生。早卒。著有梅芝館詩集。茅少蘭名遜。布衣客死中州。葬汴城曹門外。朱主事調元為題墓碣。并梓其稿。並集行世。鳳岡少蘭二樹。皆善畫梅。然二樹名最著。諸暨郭又春作童二樹畫梅歌。從予酒肆中見。茅少蘭畫梅。感劉鳳岡畫梅寄二樹事。更賦長歌贈焉。又春名毓。諸生。著有笪山詩鈔。當二樹時。天下知名之士。為童二樹畫梅歌者。以千百數。故二樹所畫梅。海內爭購以為珍玩。有高氏九喪未葬。二樹揮十紙助之。須臾售盡。晚歲修甘泉縣志。客死揚州。初二樹少時。嘗疾。夢一道士相招。却之乃去。及病甘泉志館。夢其人又來。為著五銖衣。牽白鶴。使騎之。自知病不可愈。然猶強起畫梅。未就卒。

商長白名可。會稽人。賢萱太守女。幼聰慧。能詩。未嫁卒。太守痛惜之。輯其遺詩。為曇花一現集。

黃復一名裒。盱源人。幼慧。性端慤。好讀書。而家貧甚。年十四。父母欲其從業。勿從。益肆力於學。既補諸生。試輒高等。有名。臨川陳大士亟稱之。閩人朱仲生講學於其鄉。復一從之游。學益進。嘗竟日正襟端坐。容色充然。明崇禎己卯。舉于鄉。座主馬公世奇深器之。庚辰下第。復一上書馬公。惟以闡理未精。養氣未充。自視欿然。未責誦絕無窮悲抑憐語。馬公得書欣嘆。報復數百言。謂性命經濟。都無了局。門下能作此語。驟昌繇上第相書百倍矣。甲申之變。復一致書縣令徐公曰。聞都門不守。五內俱裂。吾輩所讀何書。所立何品。尋甘為保全妻子計哉。某雖登賢書。尚未離書生之局。勤王既非所主。倡義亦無其資。願經綸巨手。明以教誨。我一切身家。非所敢問也。俄總督楊公重熙。御史朱公統鍘。俱特疏薦。復一知時不可為。謝勿就。然自是不復應進士舉。而復一己卯同榜安福劉渤。豐城鄢鄃。分宜何山星子。宋之盛新建何一泗。高安劉日采。清江蕭宏紹。此七人亦終隱不出云。

南豐李深齋名莘林。少不羈。好讀異書。師臨川陳大士為文。輒試高等。善聲色。常腰洞簫。俗美少年。月夜坐南門橋上。倚歌和之。聽者麕集。每漱曙以為常。已而與同邑謝秋水為陽明之學。言動必秉法程。如老師宿儒狀。然博覽好任事。為人急難解紛。不避風雨。南豐民苦運軍。使需索破產自贍。深齋殫力攬行額。頓則大告當路。按日夜奔馳郡邑間。轉丐所司。得俞行。一時民歡呼更生。而深齋竟以是病滯下不起。卒時年五十二。

彭若柯名寶。寧都人。不治進士業。然好讀書。家無書。常從人借書讀。或食之可終年閉一室不窺戶。其狀頎高背。目背然背負鍾。推然顥然深山古道士。對客不問訊。終日不交一言。為童子師。童子面告求嬉笑之。不可。卒不能與一揖。徐引去。聞者為詩橫約寒瘦如其人。

海寧吳槎客。名騫。國子監生。家富於書。槎客盡力蒐討。惟恐日之不足也。先世故有別業在荊溪。槎客每間歲來荊溪。荊溪士人皆推服槎客。比槎客於延陵季子。槎客來往荊溪之日久。采訪舊聞著有桃溪客語。及陽羨茗壺錄。所作詩文曰拜經樓集。錫山秦小峴先生為監司於浙西。與槎客深相契合。為序其集而行之。嘉慶己未。余客游杭州。槎客與余相遇於華秋槎所。邀余同汎舟西湖。謁蘇文忠公祠。留連竟日。其明年。槎客訪余於歸美橋之歸來塾。清談不倦時而別。遂不復相聞。然吾邑中耆舊無不喜言槎客之為人也。槎客以嘉慶某年卒。年八十歲。華秋槎名瑞璜。無錫人。嘗官縣令浙中。罷官後僑居西湖德生菴。四方名士至者。無不樂交秋槎。秋槎游諸名士間。結殷勤相得歡甚。余兩至湖上所寓浮屠之宮。距秋槎居。率不過一二里許。每昕夕相過從。秋槎待余有加禮。余所識當世士大夫。未有若秋槎之知我也。秋槎卒後。余追思二十年前舊事。恍如昨日。而同時游從諸友強半已化為異物。不禁身世無窮之感焉。

婺源汪雙池先生名紱。一名烜。字燦人。雙池其自號也。父士極貧而善游。雙池少從母江氏受四子書及諸經。數年皆成誦。年八歲時。戲折竹枝排八卦。江見之曰。卦畫有斷有連。汝所排皆連誤也。對曰。兒以仰體為陽。俯體為陰。其穎悟如此。母卒。從往省父於金陵。遣之歸。無以自給。之景德鎮為陶家傭。以居喪不御酒肉。群傭交笑侮之。尋入閩之浦城。有陳總兵者。延為子師。執禮甚恭。學者爭受業焉。已而奔父喪。旅葬閩臺門外。從之浦城。益肆力問學著書。以斯文為己任。治經博綜疏義而折衷於朱子。其學無所不窺。自星歷地志樂律兵制陰陽醫卜以至彈琴篆刻書畫諸藝事皆能通。晚年五十後。始就試補縣學生。以高介違俗。且久客於外。時人鮮或知之者。獨邑子余秀書師事之。得聞為學要領。無何。雙池病歿。十縣學生思讓。以毀卒。秀書任收雙池遺書。藏弆之。乾隆壬辰。　詔徵天下羣書。明年。大興朱竹君先生皆安徽學政。秀書抱其師書十餘帙。以獻竹君先生。嘉賞之。命學官繕寫上之四庫館。檄有司立木主。附祀紫陽書院。而為文以表其墓焉。所著有易書詩四書詮義。春秋集傳。禮記章句。或問。六禮或問。樂經律呂通解。樂經或問。孝經章句。理學逢源。讀近思錄。讀讀書錄。讀困知記。讀問學錄。恭讀禮志疑。讀陰符經。讀參同契。先儒暗語。山海經存。琴譜。詩韻析。物詮。文集。詩集。共若干卷云。余秀書名元遴。年二十餘。補諸生。試輒冠其曹。偶文名藉甚。既受業汪雙池之門。益潛心於經義。及宋五子書。身體力行。自倫常日用。以及辭受取與。閒隨分自盡。介然不苟。雙池歿後。婺源學者。方倚為人師。竟未及中壽而卒。所著有庸言。詩經蒙說。畫脂集。諸書。秀書弟子知名者。同邑余伯雄。伯雄幼穎異。日誦千餘言。學於秀書而博勝之。雙池遺書。時有脫誤。賴伯雄刊補為多。所著有易學恭要。書經春秋提要。禮經撮要。讀書隨錄。孚吉堂文集。詩集。伯雄名宗英。乾隆丙午科舉人。

程天思。名賜榮。號歌巖。婺源縣學生。數歲即工詩。長而善屬文。天性傲岸。不脂韋諂俗。杜門著書。時貴非以詩文請益者。不得見。其論文以為寧曲無直。寧新無腐。寧受怪于俗目。無苟悅于庸耳。故所作詩文。務以險奧為主。郡司馬曹公過婺源。見所刻歌巖文集。悅之。謂似徐文長。遂與定交。賦詩贈別而去。別有歌巖詩集。藏于家。曹將為剞劂行世。會天思病卒。遂不果。先是同邑江梅臣。為詩善李長吉體。時論亦以徐文長比之。梅臣名寧懋。幼通五經。過目成誦。弱冠補諸生。縣令聞其博學。聘撰嘉禾表。深器之。待以國士。然梅臣性狷僻。不可一世人。既老。無所遇。人則笑侮之。梅臣文學秦漢。時復似南朝江鮑。所著有意構閣集。蠅客軒集。五經解義。凡數十卷。

黃啟興。字石香。婺源縣學生。家貧。好讀書。於儕輩少許可。人目之為狂生。石香益遠自負。嘗著毛詩集古箋註四十卷。時值歲終。餘殷武一篇未就。竟日夜卒成之。不知為除夕也。石香他所著。復有吟窗小草。南州草。蟬鳴集。觀雲集。十餘卷。

婺源程錦榮。字我仁。國子監生。四歲喪父。見其母朝夕慟哭。則亦隨之慟哭。比就塾師為講解論語。至父母在不遠遊章。忽哭失聲。蓋痛其父之早亡也。母嘗患腹痛。醫奏藥不效。有老人語以方。服人牙末可以止痛。我仁潛其齒。研末進。獲痊。一日。母登樓頭旋昏。將墜。我仁急奔救。失足墮樓。若或翼之起。眾以為奇。次日。舉一子。因命名奇。

母歿。終身不衣帛。先是我仁父文贊事親以孝聞。至我仁亦孝如其父云。

婺源曹珏。字世美。博學隱居。性寬簡有德度。嘗為方時成。幼失母。其繼氏嘗之出亡貧甚。將赴水死。世美資而活之。後其父至婺源。徧訪時成。知世美之活孺子也。泣拜去。鄰人某嘗負世美錢。異日某醉。遇世美於途。疑世美將責償。亂擲梓之泥中。世美逆謂其家人曰。偶失足耳。無何歲大歉。某挈資求糴。不可得。世美復往遇之。邀與歸。某惶懼甚。謂世美必修怨。已而授以酒食。出白粲五斗。笑謂某曰。爾得毋介介泥中事耶。而自醉耳。有乏不妨見告。隨取舊券還之。某亦感泣。鄉人誦義焉。

何烈女。名蓮弟。婺源人。何寶符女。許字同邑黃昌國。未婚而昌國死。女矢志不嫁。是歲康熙壬申年也。其冬。民間有訛言。深山窮谷。嫁娶紛紜。閭閻為之一空。父母恐女以此之累。微挑以言。女佯若不知。反從容為二妹治嫁事。父母疑其志可奪。謀為擇壻家。無何。女入室自經死。

婺源王烈婦。名京娥。順治辛丑。烈婦奉姑出避寇。道遇烈風甚雨。喧傳寇且至。各駭竄。失姑所在。烈婦追迹姑。至渡口。水暴漲。橋壞不可渡。村止之宿。不聽。而強渡焉。半渡。橋動欲墜。有男子踵救之。倉卒援以手。烈婦不顧。橋裂。烈婦據木浮水上。救者復以兩手引烈婦。烈婦搖手止之。遂溺死。

汪拱乾。婺源人。幼服賈。精會計。其於物也。人棄我取。往往獲利數倍。廣置田宅。而自奉菲惡。戒諸子不得鮮衣美食。然人以緩急告。悉應。不限時責償。拱乾年近六十。諸子私相謂曰。凡物盈虧有時。昔陶朱公屢積屢散。其中或猶不免禍。況聚而不散者乎。拱乾聞諸子言。大悅曰。吾有斯願久矣。悉出篋中積券。計八千兩。令其人來合券歸之。

吳棻。字香林。一字柏岑。宜興人。以國子監生。舉乾隆戊申恩科順天鄉試。性肫摯。然諾必信。京江張某。乘相國之從也。僑居京師。延柏岑教其子弟。已而某索舊逋避中。託妻子於柏岑而去。去久不返。其家所有皆既罄矣。柏岑多方丐貸以存活之。凡數年。絕無怨色。累應進士舉不第。卒京師逆旅中。柏岑與同邑于竹初及予相友善。予交朋中。信其可託死生不相背負者。無踰柏岑。竹初。柏岑竹初相繼卒。予每念之。輒涕下不自禁云。

汪玉飛。名兆虹。上元縣學生。行忠信。立志甚高。從桐城姚姬傳先生講求儒程朱之學。謂士舍程朱之所道以為學。舉不足云學也。晝動而暮休。必攷一日所為得失離合而志書於一冊。以自為戒勸。年二十許。得咯血疾。而為學研思不懈。疾遂大甚。妻楊

氏割股療之不愈卒時僅二十六歲

方侍廬桐城人名澤字芋川侍廬其自號也少有異才高識游江寧與諸名士遊一時才儁之士言行多險怪侍廬獸獸獨守中行其後同遊者多及禍而侍廬勿與然頗經紀其喪有終始之誼長白覲尚書以學士督安徽學政於諸生中最賢侍廬舉優貢入都為八旗生教習歲滿以知縣用侍廬不樂就歷游湖南河南山西學政幕內偏覽山水之勝作為詩歌以自娛最後主洪洞玉峯書院得疾歸歸未幾卒年七十一侍廬論學宗朱子論文宗艾千子悉世俗所奉講章及鄉會試墨卷禁學者不得寓目其所為文高言深韻遠出塵埃之外場屋主文俗士不能鑒也然侍廬弟子以其說獲雋於鄉會試者十餘人而姚刑部姬傳尤以學行知名當世焉刑部之友胡受穀者歙人少孤受學淳安方文輈先生中乾隆己卯科鄉試屢應進士舉不第迨母喪終遂絕志求進吏部符取為知縣亦不就惟日與諸生講誦文藝以為樂歙城南越溪陟山有古寺十多頹毀而空靜幽邃多古松栢受穀攜徒稍葺治讀書寺中其意蕭然受穀多藏書喜借人閱歙士多歸之者性仁厚與物無畦畛其歿也非其徒亦皆思之

汪源杜石坤紫宜興附貢生精許慎說文之學又善為應舉之文然其在眾人中若無所能者其于人見有一言一行之善者慕而友之惟恐其不吾與也事親孝待弟友愛約己而隆于施戚黨有急苟以告必為盡力非獨於所親厚者然雖與之有一日之雅者無不然篤信釋氏書謂與吾儒之學不異異焉者其迹耳故多方外之遊而其所尤善者浮屠一彬也余交一彬由原杜原杜卒余與一彬會哭於吳門之湧蓮佛寺凡知原杜者無不為之流涕焉時嘉慶十四年己巳十二月也原杜好書得晉王右軍定武蘭亭石刻時時摹之嘗集蘭亭字為記記游閩之瑞巖文辭古雅似魏晉間人作其詞曰長樂興化之間萬山向若清氣會集流為異觀向覽故實及文人之作若或遇之每以未得一至為慨歲癸丑既至其地亦未得游次年春以事含陳信老者因得暢遊古人以不期之會為遇今於此山信夫其以不期遇之也山之足有蘭若其外為亭一水曲引左右映帶昔為流觴所由是仰觀錄錄者林列類峨外盛內品目萬殊不可既極初未得聞不知所由既同人引至靜氣隨之情不得蹤足不得騁其間曲者若抱合者若契朗者若亭幽者若宇虛生其陰風引其會人之至此也坐若相隨遊若相引言若相酬詠若相和形隨地遷情以迹化由由然與之終古不知世事之有欣悲人生之有修短也至若託地崇峻騁懷放目群山齊列萬室相次人迹不至之所咸於俯仰得之斯為快矣況當春和日朗風浪不生大化永清一攬無外此固古人之所為大觀也因之俯仰陳迹臨風感懷慨作者之殊時悟人生之若寄老大之悲古今一致能無嗟悼哉時日已暮遊興亦倦向山後之蘭若託宿一昔是日所未及者以次日盡之於是游事斯畢嗟夫宇宙之大九有之間山水之異若日觀云亭大室少室會稽天目萬年九老與夫大一齊雲九曲之流大和之室所在不一類有殊觀夫豈一人流攬所能盡然不可盡者有遇有不遇也遇之不游斯無得遊之日矣況年陰不舍時會不齊事後興感嗟將無及故每至一地嘗放浪諸興以自娛不自知形骸之樂託也今於此遊亦若是也已時同遊者為林長老曰當隆禊因集蘭亭敘文雖不能盡亦以文其固云原杜他所著尚夥然不能悉采錄也原杜子廷鑑字君治縣學生幼學於其父好讀先儒書性肫摯有過人之行母疾刲股療之而愈終不令母知弟廷錫善病君治謹視之躬為煮藥以此見稱士友間咨曰原杜有子矣原杜卒後四年嘉慶十八年某月日君治卒原杜友素與君治遊者皆哭之如原杜卒時

吳漢槎名兆騫吳江人少工樂府詩歌與無錫顧梁汾舍人齊名漢槎耽書然短於視每鼻端有墨則是日讀書必數寸矣同學以此驗其勤否性簡貴不諧俗嘗與長州汪茗文及同輩數人出吳江東門意氣岸然不屑中路忽卒爾顧茗文述袁淑語曰江東無我卿當獨秀旁人為之側目順治丁酉舉於鄉尋以科場事謫寧古塔太傅明珠子侍御成容若夙知漢槎之才而與顧梁汾善梁汾為漢槎求援於侍御未即許乃作金縷曲二闋寄漢槎侍御見之泣曰山陽思舊之作都尉河梁之什並此而三矣此事三千六百日中弟當以身任之梁汾曰人壽幾何請以五載為期侍御告之大傅漢槎遂以康熙辛酉入關所著有秋笳集漢槎同邑計甫草名東亦順治丁酉舉人為文學歐曾與汪茗文相上下論者以為吳中古文家自歸震川後茗文甫草可以繼之甫草嘗至順德府追懷震川佐郡時有歷記二篇即策蹇往求遺址不可得乃入署旁廢圃中西向炷香再拜流涕見者以為狂僕夫亦匿笑甫草了無怍色甫草負經世才常自比王猛馬周宛平王文貞公父子尤器重甫草嘗欲薦之會舉博學鴻詞科天下才藝之士皆徵詣　闕而甫草先一年歿矣甫草號改庭著有改庭集宋中丞犖敘之

宣城舉人梅淵公名清別字瞿山以詩名江左畫山水入妙品畫松入神品著有天延閣集又嘗集梅士詩畧十二卷王貽上敘之宣城梅氏自聖俞以來代有詩人其在近時則淵公與耦長杓司名尤著耦長名庚一字子長亦善畫著有天逸閣集玉筍游草吳市吟杓司名磊淵公從子著響山齋詩稿

吳公三號梅查江都人家舊有酒器曰梅查形似枯查其質梅根也公三因以爲號而作梅查之歌梅查好爲詩長于敘述鄉曲中節孝之行頗賴其詩以傳著有青棠館詩集集中練孝子江貞女諸篇長洲沈文慤公所歎賞以爲不愧學人之詩者也時通州孫虞朝亦好采州里中節烈事爲詩歌以明其尚義之志里有烈婦曰彭娥其夫貧不能自存屬娥鬻乳以活娥不從自縊井旁門側虞朝於是作彭娥行湯烈婦王氏有殊色與夫僦居單店十載食貧無怨言夫出賈有惡少犯之大呼隣嫗赴救乃免夫尋歸告之故然終恐汚强暴爲夫羞卒自經死湯業賣香人呼爲香娘子虞朝於是作香娘行顧烈婦夏氏顧琢玉妾琢玉亡嫡以夏年少遣媒引去嫁之夏潛飲鹵水陽拜別夫靈遂仆地死虞朝於是作鹵水行用意與梅查畧相類然梅查凡所爲詩於今昔存沒之感尤致意焉洪進士達夫有所藏琴琴背金字銘爲朝陽閣宋乾道八年孝宗賜謝安道物達夫卒後嗣子賣供饘粥梅查感而作賣琴歌以傷之亦廣絕交之意也梅查名均公三其字虞朝名世儀

王石袍名大經字倫表石袍其自號也一號待莓居士又號脩水子原籍江西南康其父始遷揚之東臺即家焉幼習舉子業稍長以家貧習爲賈至年幾二十始復肆力於學通六經子史百家言爲古文辭有奇氣昭陽李中丞映碧吳陵宮太史紫陽皆器重之石袍生當明季以布衣談天下事多奇中入國朝屢徵不起講學以濂洛爲宗康熙辛亥靖江令鄭山公聘脩縣志十八卷明年泰州分運汪芾斯聘脩中十場志十卷書成自號廬阜逸史晚歲築室淘水之東顏曰獨善著書作文學者多歸之所著有周易釋箋毛詩備考三禮折衷四書逢源錄史論字書正譌醫學集要椰城塾課諸書後皆散佚惟文集八卷藏於家卒年七十二門人私謚文介先生石袍卒後百餘年錢塘周右保之爲東臺令得石袍遺文於其元孫家福爲梓而行之石袍文議論獨出己見不蹈襲前人而所作許由巢父論爲最善其辭曰天下何事而亂也王子曰亂生於求求生於欲多所欲則多所求强者求之以兵戈弱者求之以色笑而爭以智力詐僞相高於是有敗倫壞紀寡廉鮮恥傷類圮族剝膚橫噬伏屍流血之事而天下乃馴至於大亂堯舜治亂之聖人也其爲道從於身己飢己溺誠恐天下後世有急功利務聲華者必藉口堯舜以陰濟其欲而明號其於天於是生許由巢父使與堯舜並世而處有堯舜而養人之欲給人之求使天下安然各得其所欲各遂其所求而天下之亂以治有許由巢父而一無所欲一無所求使天下之貪者廉躁者靜競者謙澹然各懷一無欲無求之意以去泰去甚而天下之亂亦以治然則堯舜巢許者皆治亂之聖人也孔子之贊堯舜也曰巍巍乎蕩蕩無名彼堯舜者絕不以天下介其中而不翦不斵監門臣虜堯舜之心曠然一巢許之心也其所異者特用耳雖然堯舜以有用爲用而許由巢父以無用爲用終不可謂堯舜有巢許之心而巢許遂無堯舜之用也是故堯舜巢許者皆治亂之聖人也嗟乎大廷陸栗之世其民汾汾穆穆老死不相往來人人皆許由巢父也自世道漸降大樸漸漓而嗜欲日開營求日甚膺時遘會者乘便邀利而無真事功授徒講學者希榮稽古而無真學術砥飭高行者世味實深而無真名節則皆巢許之罪人也不覩南陽之卧龍氏乎澹泊明志寧靜致遠方其躬耕隴畝若將終身及應聘而出卒能輔昭烈定漢室稱王佐才繼而託孤寄命鞠躬盡瘁推古今臣節第一嗚呼孔明天下奇才吾不難其才而難其用才之心然則孔明者有巢許之心而出爲堯舜之用者也使無其心縱有才亦不可用國家尚何賴有才臣哉故吾謂堯舜者必先自學巢許始此較王介甫三聖人論文雖不及而理則過之石袍之友沈亦李亦以布衣立名節於書無所不讀而祇用以資爲詩每一歲除則檢一年所爲詩畢陳於前酌酒餞之仍贈之以詩其詩有云坐待知己來奉汝出邱壑蓋自石袍而外當世之知其亦李者無幾也亦李嘗自編其詩爲一集而石袍序之其辭曰古今之論文者必曰才學識至於詩則歸併於性情之一言夫詩之貴乎性情尚矣然靈心獨運而非取之以才輔之以學參之以識其究至於馳騖汗漫乎杳冥浩渺不可知之域而弗軌於大道若夫才逸矣學裕矣識瑩矣性情深厚矣而不從世故人情天地事物之數纖悉皆歷試而適嘗之則又不足以窮其變而盡其化甚矣性情之未易言也乃今天下之言詩者弗深考於此而區區於文字之間強從而分別之曰若者爲漢魏若者爲六朝若者爲唐而於唐之一代又從而區別之曰若者爲初若者爲盛若者爲中晚夫古人之性情今人之性情也古人之事變今人之事變也舍吾身之性情與當前之事變而上從漢魏六朝唐人則亦猶然文字之見耳吾友沈子亦李

天資卓越其所讀書自六籍子史濂洛關閩百家衆說陰陽兵律山經地志旁及醫藥卜筮種植之類無不窺而意見所到輒能解人之所不能解乃天嗇其遇使之困頓抑鬱於考槃衡泌之間舉凡耳之所觸目之所遇身之所經歷一切悲愁拂抑歡欣愉樂患難險阻平陂反仄境遇之不齊人事之莫測天地鬼神事物之變遷雁寂日星風露煙霞竹石花鳥魚蟲山谷草樹榮枯消息可歌可舞可駭可愕一一皆親嘗徧閱故其發之爲詩莊之而爲律諧之而爲諧渾之而爲古放之而爲歌截之而爲絕側之而爲拗工之而爲排散之而爲長短約之而數語無餘暢之而連篇累牘馳騁乎六合而非汚也軀役乎古今而非迂也洞達乎幽深元遠而非鉤棘也而總出之以和平以發抒其所嘗試其於才也豐矣其於學也該矣其於識也達矣其於性情也深矣厚矣其於閱歷也多矣其於文字之見也除矣則其於道也幾矣亦李名瑛閩泰州人

汪德元徽州人僑於荆溪張渚橋錢氏張渚橋至錢家村山路一里餘極險滑德元爲人傭作度歲所入爲衣食費而務節縮之積二十年得百餘金盡出之以脩路使行者而不自見德云邑東南梅林村山下一徑東南鄉人入城者必道焉左臨深澗其右皆水田每陰雨泥濘險甚幾不可置足一丐者往來其地十餘年積所丐錢十餘緡買石甃之甃畢即引去不知所終惜不傳其姓字亦莫審爲何許人

初月樓聞見錄卷九終

初月樓聞見錄卷十

清　宜興吳德旋仲倫甫著

祁殷英名德淵山陰人祁忠敏公長女適同邑姜桐音既歿殷英三年後仍縞素子芝貽芝貽啟請易服不許曰俟若輩有成名者則易之芝貽以康熙癸酉舉于鄉復請乃易之毛西河有祁夫人易服記殷英與妹脩嫣湘君並有詩集而忠敏長子弈慶配張楚纕仲子弈禧配朱趙璧亦能詩諸祁集中多有與嘉興女子黃皆令唱和之作皆令名介工詩善畫作小賦似魏晉間人語皆令少時太倉張西銘聞其名往求之皆令時已許字楊氏楊久客不歸父兄屢勸之改字不可聞張言即約某日會某所設屏以觀之既罷語父兄曰吾以張公名士欲一見之今覩其人有才無命可惜也時張方入翰林有重名不踰年竟卒皆令卒歸楊氏皆令游會稽愛其山水多題詠而當時山陰女子胡李貞蕭山女子鄭子敬咸有送皆令歸鴛湖詩

張陶菴名岱山陰人諸生陶菴世家子豪放自喜家畜優伶數部日聚海內知名士徵歌行酒有兆文衆之歷晚歲家日落蹭蹬不自聊年九十三卒著有西湖夢尋快園道古吳囊十集諸書時蕭山來成夫性喜淡寂不妄交一士陶菴成夫各因性之所好行其志君子皆無譏焉

陳章侯名洪綬諸暨人以善畫名名與北平崔青蚓並號南陳北崔中年縱酒狎妓自放客有求畫者罄折至恭勿與及酒邊召妓輒自索筆墨雖小夫稚子徵索無弗應朱錫鬯云余每觀章侯真蹟所畫美女妖冶絕倫今贋本紛紜多係其徒嚴水子山子司馬子若輩所做耳章侯有妾顧淨鬟寫花草亦工

陸勅先名貽典常熟人與同邑馮定遠爲詩友著有元要齋稾定遠爲之敘其畧曰勅先今之端士於書多所窺其於詩律極深詠情欲以喻禮義時時有之或比之朝華非也而勅先亦稱定遠詩敦厚溫柔穠麗深穩美刺有體比興不淆秀水朱錫鬯曰近代詩人善言風懷者莫若金沙王次回定遠稍後出分鑣並驅次回以律勝定遠以絕句見長次回全學溫李而定遠多師其源出於才調集也長洲詩人鈕序三自許甚高與人論詩輒云必得如杜子美定遠戲之曰當今人才冠絕千古或問其說定遠曰千古惟一陳思王謝康樂所不敢當至子美始云詩看子建親是千古亦惟一杜子美也今序三論詩但不及子美便云不足觀天下詩人多矣如何生得許多杜子美耶其持論之平如此定遠名班著有鈍吟集

周子敘名學太倉人與同里許九日顧伊人王巽公諸人結吟社所著有東岡集九日名旭天才峻拔著有秋水集伊人名湄父曰麟士海內所稱織簾先生也伊人少承家學復受業吳駿公之門詩尤為同輩所推賞得宋刻蘇子瞻所書淵明集轍弆之因名其所居曰陶廬事母陳以孝聞著有水鄉集巽公名撰砥礪學行以古人自期生平不妄交遊交必終身以之著有三餘集

李蒼雷名震高郵諸生性喜結納工詩歌古文詞著有芝園初續集樗巢集駢體文集扶餘詞集凡若干卷子必恒字北嶽一字百藥廩膳生品端學富於詩古文詞無不工而詩尤精詣著有三十六湖草堂詩集商邱宋牧仲最稱賞之曰吾子當代文章家也選其詩刻江左十五子集中北嶽卒後長洲沈歸愚尚書讀其詩而有感也以為宋中丞選江左十五子集後皆名位通顯而李丈獨以諸生終且耳聾多病年止中壽何其厄也然詩格之高才力之大可久者應讓此人矣子基闓字雍南年五十三舉於鄉復遘偏枯疾為人敦篤蹇言詞善屬文著有璽室集子貢字格非號荊門諸生積學工詩李氏自蒼雷至荊門有四世詩人之目家貧母老擬曾子梁父吟四章感傳於時所著有荊門存稾

寶應朱止泉名澤澐字湘陶邑諸生刻意讀書講求經世之術始學天文於泰州陳厚耀能得其意既乃篤志義理之學專以朱子為宗一時學者多從之游雍正六年詔書各舉所知直隸總督何世璂劉師恕交章薦之堅不起年六十七卒於家所著有文集八卷朱子聖學考略十卷朱子諍人編三學辨先儒闢佛老陽明晚年定論辨史治集覽師表集覽凡若干卷子光進字宗洛能傳父學居母喪哀毀卒甥王希伊輯其所作為文集一卷詩集一卷又有過庭紀聞梁谿紀聞讀禮偶鈔若干卷

陶季深名澂後以字行曰陶季寶應人幼負異才以詩文名世平居無一事干人然喜游覽足跡半天下所至必與其賢豪長者交康熙己未知季者將以博學鴻詞薦堅辭免以逸民終高淳有鬻妻治母喪者其妻任誓死不食因訟於令令為出俸錢使歸之季聞嘉其事為作三不朽詩載舟車集中凡季所撰著多得之舟車故以舟車名其集子蔚字文虎亦能詩著有爨桐餘響

喬書酉名椿齡甘泉諸生性穎悟勤學通諸經義涉獵子史尤深於易善屬文以漢魏為法為人剛直跬步必以禮交游必擇正士家甚貧然不苟取非其義雖周之不受也體羸多病不婚娶儀徵阮芸臺尚書幼從受業尚書貴書酉未嘗通一問及尚書以內閣學士視學山東延書酉佐校文乃以乾隆癸丑十月往明年三月以疾卒青州試院年四十有三

曹雲容名鑑徵嘉善布衣頹寢而偏盹家有瘠田數畦無以給饘粥然不屑與富貴人游所交必奇士門有椽樹中庭有杏一株每徙倚吟咏其側偶移石傷二指由是病狂不幘不履行於市數年死著有紅藥園白石樓等集

蔣象鴻名琢一名玉章嘉善人順治辛卯副貢生少負儁才九歲即能詩與兄玉立齊名論者謂武塘二蔣風流冠絕一時然皆不遇而卒象鴻所著有蜜感集三徑草

葉英多江都人本名永福少補諸生後棄去易名英號霜林性愛閒曠不拘禮節好歐陽通書得宋拓片紙每日臨摹不輟善談古人遺事欣戚若身親之能使聞者感動然富商貴人慕而延之必被呵怍衣破靴或贈新衣不數日即以易酒不家宿者二十年常往來朋友家遠近久暫人不能測也嘉慶二年六月卒英多阮芸臺尚書友英多卒後尚書選其詩入淮海英靈集

通州布衣邵潛夫名潛自號五岳外臣性孤僻不諧俗工為詩歌自以七葉為儒行敦樸澂而其詩和平婉麗無嘲哳噍殺之音晚歲無妻子僑居如皐王貽上為揚州推官按部至縣潛夫苦徭役以書告焉其明日貽上晨往訪之所居陋室隘巷貽上肩輿從徒步入潛夫曰適有斗酒能飲乎貽上欣然為引滿流連移晷始別辭令閻之立除其役時潛夫年已八十餘筋骨如鐵白髮鬖鬖被領貽上復偕與修禊冒氏洗缽池尚能與畢韋賦詩陳其年曰古今文人多窮未有如邵先生者聽其言愴然如劉孝標所自敘也潛夫所著有循吏傳友誼錄眉如草州東資郡山人詩集

張虞山名養重山陽人能詩王阮亭為揚州推官時虞山與同邑邱季貞將游浙東過揚州謁阮亭揖甫罷阮亭誦其春日渡江留別詩曰平生如此好句復有幾虞山退而謂季貞曰夙昔快意之作不意阮亭一見便能道出季貞康熙中舉博學鴻詞官太子洗馬與兄大理寺副丞曙戒並有才名而與虞山為詩友虞山卒後曙戒於病中校其詩集刻之慨然曰乃今可報亡友于地下矣虞山別自號椰冠道人

節婦梁素涵名蘭漪儀徵汪生之配早寡課子端光讀書清節自守親族有憐其貧議醵金以周之者堅卻不受族子容夫以百錢為壽作返錢歌還之著有畹香樓詩稾二卷阮芸臺尚書稱為國風柏舟之正聲端光乾隆辛卯舉人官國子監學正

華亭董蒼水名俞號樗亭別號尊鄉釣客順治庚子舉人與兄進士闇石並以才名

顧江南通賦之獄起。紳士同日除名者萬餘人。蒼水亦坐是不用於世。卜築南塘。灌園鋤土。歌嘯自如。嘗泛洞庭。至鹿角山。風大作。上流遺舟蔽湖而下。僮僕憯無人色。蒼水坦然危坐。賦二詩。投湖中。竟得無恙。數時輒行三百餘里。見者疑有神助。所著有浮湘度嶺樗亭等稿。宋犖爲序敘之。

蕪湖蕭尺木名雲從。貢生。以畫名江左。胡季瀛守太平日。慕尺木畫。三訪之。俱辭不見。季瀛怒。時新修采石磯太白樓成。遂於案牘中入尺木名。攝之。比至。送至樓中。令曰。圖成即釋。若尺木時年已七十餘。且新病未愈。不得已畫匡廬峨眉泰岱衡岳四大名山。七日而就。遂絕筆。尺木嘗作杜律細一卷。以爲杜律無柳體。披据甚博。

潘孟升名高。金壇人。與宜興陳其年善。其年與王貽上書云。有潘高者。貧而工詩。久别無可言者。止此一物奉獻。孟升五言學韋柳。貽上絕愛之。謂可與邢孟貞王言遠頡頏。

來成夫名蕃。蕭山人。精六書。能作古篆隸。好立名節。或以東漢人物擬之。則喜。來本蕭山甲族。而成夫獨窮空。敝衣縷裂。所儲圖史外。瓶盎十餘。每出行。書衣筆袠恒手自抱持。嘗於大雪中登香鑪峯。四顧蒼茫。吟所製八君詠詩。慟哭乃歸。著有北沙集。

崔不雕名華。太倉舉人。王貽上爲江南同考官時。所得士也。工詩。以黃葉聲多酒不辭句得名。人目爲崔黃葉。不雕居太倉之直塘。性孤僻寡合。吳駿公稱爲直塘一崔。著有櫻桃軒集。

戴務旃名本孝。和州人。明湖州府推官敬夫之子。敬夫崇禎甲申後遯跡河村。嘗絕粒不死。臨終。賦絕命詩數首。語極沉痛。務旃老於布衣。詩畫皆超絕。嘗在京師與友人談華山之勝。晨起即襆被往遊。其高曠如此。弟無忝名務孝。四十不娶。亦有詩名。

無錫錢礎日名肅潤。别號十峯主人。明季補諸生。甲申後棄去。縣令以事夾其足脛至折。礎日笑曰。夔一足。庸何傷。遂爲跛足生。復自號東林遺老。卒年八十三。

無錫秦樂天名寅保。家饒于貲。藏書萬卷。與同邑嚴蓀友蔣路然諸人結詩社。優游山水。以終其身。蓀友後舉博學鴻詞。官至中允。而路然以諸生老焉。路然名遵路。晚歲教授自給。不求於外。鄉里高之。蓀友子湲曾字人宏。一字青梧。幼有肺疾。體常僂行。而詩才尤絕。論者謂如秋水芙容。蜕出風露。畫工平遠山水。尤善人物。每自言得南華三昧。所著有青梧集。

胡彥遠名介。錢塘布衣。順治中遊京師。太倉吳駿公被徵入都。彥遠投詩四章。有感

慨悲歌之意。所著曰旅堂集。妻翁少君名楨。亦能詩。

金天石名是瀛。華亭人。爲文簡淨有法。尤長於詩。與上海王玠右同邑。吳日千倡東皋詩社。引掖後進甚廣。玠右名光承。明季補諸生。崇禎甲申後棄去。善草書。王貽上齋中三卧詠。倣昭法金孝章畫。及玠右草書。三人皆吳中高士。故貽上珍其蹟焉。日千名騏。著有願頡集。朱錫鬯稱之。

吳六益名懋謙。别自號華苹山人。華亭布衣。好游歷。工詩。魏楚白云。六益五言。未盡本於建安。而筋力出諸作者之上。汪苕文云。六益嘗訪予邸舍。每被酒。自誦其所作游五岳詩。音響琅琅。若出金石。覺爾時意致遒上。不可復及。所著有苧蓉集。

魏交讓名允楨。嘉善人。忠節公之孫。忠節當明天啟中被逮。過吳門。周忠介公慰之舟中。以女許字其孫。即交讓也。明亡後。交讓高蹈不出。閉戶讀書。慎於取友。所交皆東林後人。家甚貧。非義不取。著有詩毅詩玉諸書。交讓從父弟卜臣名允枚。順治戊子舉人。授西安教諭。未及上事而卒。有楚游集。其自序云。五福無徵。漫擬傷心之賦。百年將半。長謠病肺之篇。遂使夜狖晨鶯。徒工涕淚。春花秋月。祇解傷神。蹤跡難明。命途多舛。悉其襟抱。不無噍殺之音。託諸篇章。惟以悲哀爲主云爾。卜臣弟州來名允札。才充學贍。不急榮進。晚歲好衣道士服。其孫預爲製棺。會有故人卒。貧無以斂。即舉贈之。著有東齋詩文集。

吳後莊名周。欽人。家貧。甚工詩。嘗賦杜鵑行。郃陽王幼華見而善之。與定交焉。幼華爲潛江令時。聞後莊死。徵其遺詩。刻而傳之。

桐城方田伯名中德。密之先生子。敦行孝友。隱居不仕。卒年八十餘。有遂上居集。又著古事比一百卷。弟素伯名中履。有雋才。幼隨密之先生於方外。時人擬蘇過之於子瞻。晚築稻花齋以居。殫力著述。有古今釋疑十八卷。理學正訓。學道編。汗青閣集等書。

王于一名猷定。别號軫石子。南昌人。貢生。明太僕卿止敬之子。遭亂居廣陵。窮愁著書。時寧都魏冰叔兄弟名猶未顯。而于一以古文名。與商邱侯朝宗相埒。客死杭州明聖湖上。宣城施尚白葬之。大梁周櫟園刻其遺集行世。

方爾止名文。號嵞山。桐城布衣。居金陵。少有才華。晚歲爲詩。學白樂天。以己壬子生。命畫史作四壬子圖。中爲陶淵明。次杜子美。次白樂天。皆高坐。而己傴僂於前。望其詩卷焉。性坦率。每見人誦詩者。輒爲賞歎。以是輒忤人意。然退未嘗不稱其長而掩

賞其短人亦以此多之所著有盤山集西江游草宣城施愚山曰世之論詩者惟尚聲調噌吰氣象軒朗取官制典故經國勝蹟綴輯為工稍涉情語訾以降格於是前可移後甲可贈乙邾郭雖雄中實弊陋爾止為詩雖民謠里諺塗巷瑣事皆可引用興會所屬肆口成篇故其詩款曲如話真至渾融自肺腑中流出絕無補綴之迹也

時山陰徐伯調名緘亦以能詩為愚山所賞著有歲星堂集伯調喜出遊所至飭廚饌爭相為歡然性簡傲未能委曲隨世俯仰往往見之詩文以寄慨焉萊陽宋荔裳為其集序曰余少讀山陰徐渭文而好之輒慷然想慕其為人余友施愚山寓書於余曰今山陰有徐伯調者渭之亞也余遣人招之竟不至比余罷官客湖上徐生顧時時來相與抵掌抗言今昔所著歲星堂集若干卷縱橫捭闔矩矱森整雖破除崖岸而無險怪舜兀之態使其與渭同時白鹿表何足道哉

毛馳黃名先舒一名駿仁和人工詩精裁鑒以古學振起西陵天下士翕然稱之沈去矜名謙亦仁和人少穎慧六歲能辨四聲長而篤學尤好為詩著有東江集毛馳黃云去矜上溯漢渚下泛唐波拶律比韻特見精妙矣而時論推石門舉人虞景明五言獨步比於馳黃七絕妙得天縱然馳黃故以錢塘張祖望為絕羣祖望儀觀偉然鬚髯長尺餘手足胸背皆有毫寸許夏月好坦腹卧大樹下其視富貴絕不足介意喜游山水深溪邃谷往往不避險阻必窮其勝所著有從野堂集景明名黃昊祖望名綱孫一名丹

奚鐵生名岡錢塘人工詩善書畫然性介僻其所作書畫必視其人可與乃與之邑有貴官慕其名延請數四不得已而往至則貴官猶高卧未起鐵生已心鄙之及見命家人持絹素出索畫且刻期鐵生大怒嫚罵之貴官亦怒以鐵生愬於令令謂鐵生宜稍貶往謝過鐵生堅不肯令亦素聞鐵生名曰吾豈以貴人故辱高士哉釋之鐵生晚歲益窮益使酒難近然獨心善仁和湯點山結為死友湯點山者名禮祥邑諸生以能詩為錫山秦小峴侍郎所賞與同邑宋助教左彝齊名左彝詩兼綜漢魏齊梁與太白為近而點山師元道州視世之以夭冶為溫柔者猶涇渭也嘉慶己未予游杭州識點山於明聖湖上是時予方學南朝宮體詩與點山所為絕不類然點山見予詩大喜稱善謂其與時豔迥殊也嘗以予所作詩文示奚鐵生鐵生謂點山曰不意陽羨乃有此等異人予感其言然終未嘗與鐵生相見而心愈不能忘點山點山從以入貲為從九品分發江蘇時汪稼門尚書巡撫吳中汪公子均之見點山

詩大奇之言於尚書甚見器重點山常以事至揚州揚州守伊墨卿尤善其詩並為延譽名日起溧陽令陳勇生其姻家也以白金二斤餽之曰以歲之不易薪米得毋有缺乎點山卻不受曰吾資用未嘗之絕也勇生改辭曰敬以為太夫人壽乃受之其介如此己卯夏予思點山不得見賦五言詩一章懷之而點山則既死矣

李孝子名娟字月蓮宜興人父用楫明崇禎癸未進士任肇慶推官永明王時任至瓊雷巡撫殉難粵中家人未之知也娟自宜興往肇慶訪其父生死於故吏王之仰之仰為言順德鄉蛋山勞貞觀公門人也訪之宜得實從其言徒步行七日夜抵順德見鄉翁翁與偕至貞觀所貞觀指其家園池告娟曰此先生成仁處也棺瘞後山亂石間因導至其地指示之娟泣拜謝遂以喪歸宜興娟以康熙六年夏五月赴粵其歸也以八年冬十月往返萬九千里屢瀕于死然卒遂其志者惟不重奔走之難以求其心之安也

謝荊南名軟遠宜興人善篆刻尤精治硯與鎮江王秀君齊名時論推秀君為治硯第一手次即荊南荊南與先君子為友嘗偕客京師荊南病逆旅中幾殆先君子為延醫治藥護痊荊南德先君子終身而先後數十年間有董華星李秋岑儲仲一唐虎臣貴欽三皆先君子之友也董華星名達存武進人乾隆壬申進士授國子監學正以母謝夫人年老遂請終養母卒亦不復仕家傳有青囊書華星精其術決休咎輒奇驗凡有所遺輒以贍族貧不能葬者葬之不能娶者為之娶建宗祠置田百畝以供祠事所居僅蔽風雨冬一裘夏一葛泊如也年八十一卒李秋岑名萼宜興人與其兄蘇塘檢討並以能書名蘇塘書宗歐陽率更而秋岑師顏平原先是秋岑之外舅謝次山先生善治經義有盛名秋岑傳其法亦善為之先君子嘗為作經義稿序秋岑晚以歲貢生選授山陽訓導未及上事而卒先是蘇塘卒無子秋岑以長子慶來後之慶來字鹿耕占籍陽湖為附貢生鹿耕幼承家學既長以同州錢魯斯為師友學宋四家書名出二父上辛年五十儲仲一名人瓏宜興人亦能書先是邑人尹帝錫曙吉善歐陽率更書而名不甚顯其後儲廷椿季千以能為率更書擅名然較之曙吉殊不逮仲一書大率與季千相上下而稍近顏平原格云唐虎臣名為坤武進人乾隆辛卯舉於鄉應禮部試有貴人憐其才授以關節虎臣辭曰應試求名耳獲第而適以玷名非計也且得失有命豈可強哉英夢堂相國慕其名往候之僕其出始答拜再至亦如之人曰英公欲與先生交奈何不一見曰為坤布衣耳僕僕

公卿之門。甚無謂也。同門生某。爲浙江布政使。命商人集金五百贈之。辭曰。無功而受餽。於義不可。盡反之。晚歲家居教授。所入不足以贍朝夕之費。而自守益堅。正虎臣不以書名。然其書脱然町畦之外。先君子所作經義稿中。往往有虎臣評跋語。皆具手蹟。絶可愛。世之以書專門名家者。或不逮也。費欽三名瓊。武進人。其爲學務躬行。而以德施於人爲行之實。家產僅及中人。然三黨中。待以舉火者甚衆。隣某負人金。立劵書欽三名。欽三不知也。其人控之縣。將予杖。欽三爲代償焉。日持數百錢游行街巷。遇困乏輒施之。錢隨手盡。如是者以爲常。年七十三卒。卒之日。踵門而泣者數百人。先君子諱某。字學載。一字蓮溪。陽湖縣學生。先世居宜興北渠里。後遷郡城。至先君子時。復居宜興歸美橋者三世矣。先君子性剛毅。不妄交。所交皆一時善士也。子二人。長德基。字映宸。常州府學生。爲詩古文。皆有法度。卒時年僅三十有三。次德旋。字仲倫。陽湖廩貢生。嘗受古文法於武進張惠言皋文。受經義法於族父士模晉望。受詩法於仁和宋大樽左彝。受書法於陽湖錢伯坰魯斯。後皆以桐城姚姬傳先生爲宗。然終無所成就。蓋其志欲希古人。而才與學並不足以副所志也。

初月樓聞見錄卷十終

初月樓續聞見錄卷一

清　宜興吳德旋仲倫甫著

馬江香。名荃。常熟人。馬扶曦畫師女。江香亦善畫。晚歲名益高。四方以縑素重金求畫者益衆。常蓄婢數人。悉令調鉛殺粉。而琴川多貴游士女。皆來求授指法。時武進惲冰畫。以沒骨名。而江香以勾染名。江南人謂之雙絶。冰字清於。南田先生族曾孫女也。適同邑毛鴻調。鴻調不應舉。築小樓。夫婦吟詩作畫以老焉。

陸桴亭先生。名世儀。字道威。太倉人。論學以程朱爲宗。著書甚具。桴亭卒後。平湖陸稼書先生求其遺書。得所著思辨錄。爲之敘曰。士生斯世而欲言學。豈不難哉。功利之習。浸淫於人心。根深蒂固而不可拔。幸而能自溥於功利矣。則或溺於記誦詞章。終身竭蹶。而適長其浮薄驕吝之氣。幸而又不溺於是而有志於道矣。則佛老之徒又從而惑之。舍三代以來聖賢相傳之道。而欲求所謂虛無寂滅者。求之愈力。去道愈遠。幸而不惑於佛老而歸於儒矣。而儒者之道復分途各馳。宋之洛閩金溪。明之河津餘干新會姚江。同師孔孟。同講仁義。其辨在毫釐之間。而其流至於相去懸絶。若方圓冰炭之不同。學者未嘗辨其同異。晰其疑似。浮慕乎學之名而用力焉。其不舍坦途而趨荒徑者幾希矣。於此有人焉。以身示之。且别白而告之。其有功於世何如也。余家居時。聞太倉陸桴亭先生之學。而未獲親炙之。及承乏嘉定。去先生之鄉咫尺。而先生已殁。乃訪其遺書。得所謂思辨錄者。其辨同異。晰疑似。一準於程朱。其於金溪新會姚江。雖未嘗力排深拒。而深知其流弊之禍世。其教人先小學而後大學。以立志居敬爲本。而以聖經之八條目爲程。然後漸進於天人之微。旁及於百家之言。其先後次序。悉洛閩之遺法也。余雖未熟識先生生平。然考其發於言而著於書者。可謂有道之士矣。蓋先生自言二十七歲即志於斯學。心體躬行。未嘗敢懈。則其所以能成就如此者。已非一日之故也。嗚呼。處功利浸淫之日。而能自振拔。又不溺於記誦詞章。又不惑於佛老。又不惑於儒之近佛老者。而卓然自立。豈不難哉。蓋自明季講學諸家。率以陽明爲宗。而我　朝康熙間。安溪平湖諸先生。立論一本程朱。於是陽明之燄始息。然至嘉慶乾隆之際。天下學者。競事考據。名爲漢學。而上詆程朱。甚者訾及孟子。且以朱子陽明之學爲不足辨云。

沈冠雲。名彤。吳江人。其學長於言禮。而儀禮喪服傳。治之尤詳。居恒講求經世之務。雖未及施用。而論議卓然。其所著保甲論最善。與安溪李光型義卿保甲説。並能析其利病義鄉保甲說曰記曰觀於鄉而知王道之易易也苟一鄉之事不治何論一縣保甲者分之極其細而不紊合之盡其大而不遺故必知地方之險易村居之疎密而後聯比分甲可行出入守望之政知墪臺驛遞之遠近橋梁舟楫之所屬而後期會修建可行奉公利濟之政知水土剛柔之性山澤原隰之宜而後區種別戢可行因地利民之政知人民生聚之多寡地利物產之盈絀而後勞民勸相可行農末相資之政知閭里疆域之息耗居民世業之貧富而後誘勸畜積可行斂散賙卹之政知姻婭族姓之相聯比閭同里之相屬而後讀法講論可行孝友睦婣之政知田園家室之有賴四民藝術之有託而後分別勤惰可行課督獎懲之政知剛柔智愚之異質奢儉貞淫之殊習而後旌淑別慝可行勸賞刑威之政是故一行保甲而政具舉矣人徒見胥吏約保之奔馳門牌冊籍之更番出役應差之勞什伍連坐之患而曾不思衛養教利之政以此民志不安交相逃避吏胥約保緣以為奸宜共指為擾民耳要在為州縣者周覽封域明辨水土詢問風俗體察人情簡節而疎目得其大意之所在以次漸興而絕無強民之迹斯可以行之久而相安也冠雲保甲論曰保甲之設所以使天下之州縣復分其治也州縣之地廣廣則吏之耳目有不及其

民眾眾則行之善惡有未詳保長甲長之所統地近而人寡其耳目無不照善惡無所匿從而聞於州縣平其是非則里黨得其治而州縣亦無不得其治今之州縣官奉大吏之命舉行保甲而卒無效非保甲之法之不善為保長甲長之人之未善也夫今之保甲即周官之鄉之州黨族閭比遂之縣鄙酇鄰里也保長甲長即鄉大夫之州長黨正族師閭胥比長遂大夫之縣正鄙師酇長里宰鄰長之屬也周之時自鄰長而外皆為士大夫士大夫皆有德行道藝之賢者能者也故分民而使之治而遂各道之以親親長長慈幼之恩勸之以相保相受相葬相救相賙之誼教之以祭祀喪紀昏冠飲酒之禮耕耨也則趣之行役也則作之財賦也則斂之讀法也則從而勸戒媺者賞惡者誅而無或不共其職故成康之世天下無有一家一人之不治焉今之長保甲者雖不使之治其里黨與周之里宰黨正不同而里黨之不法者罹患害者皆得以達之州縣是亦周時分里黨之治之一端也為之者其人大率庸民之顧利無恥不自好者槩且百出安有其效故舉行保甲必先擇其長保甲之人而後可保長長十甲甲長長百戶分百戶而十人長之謂之牌頭牌頭則庸民之樸直者為之保長甲長則必擇士之賢者能者而為之賢者能者其陳說事之始終必有有序而不敢論列情之曲直必以寔而無偽抑其平日必有以表率之教導之使其心不終汩於邪僻又必有以區畫之安處之使其食與衣不必由於凶惡漸久悉馴而里黨之風自歸於正使處士之賢者能者為今之保長甲長而有所不屑則惟為州縣者重其事慎其人求之以誠聘之以禮幣告之以欲分治之故與任分治之義而使之整其所屬糾其邪僻凶惡達之州縣亦得展其心思才力自無不屑之患統乎保者為鄉鄉則就縉紳聘焉其遇之隆任之專較之保長甲長而更倍焉可也及功過已著則權其大小輕重而誅賞進退以為勸懲必且感德畏威而職無不盡也已雖然欲如是非州縣之所得擅為也責在大吏而大吏亦不得而自專必也奏其事於　朝廷得額定其員次第其祿位立考績黜陟之法而後可行也夫州官鄉遂之制自兩漢從魏以迄唐之盛明之初畧放而行之皆得以善治而宜民而大儒若朱子名臣若蘇綽近世名儒若魏子才顧寧人輩又莫不稱為治教之基則非迂遠而濶於事情可知也在更化之初必有議其不便者行之久而利則相與安之且歌誦之矣乾隆元年冠雲以諸生應博學鴻詞舉至京師嵗為方侍郎靈皋所推薦修一統志書成授九品官不就阿文成公嘗師事之所著有羣經小疏果堂集

會稽女子商婉人能詩工楷法嘗效吳彩鸞寫唐韻作廿三先廿四仙婉人兼善刺舉文字武林沈硐芳師事之

查淑英名惜自號揷花道人海寧州人馬思贊妻思贊居龍山家有道古樓藏書甚富日與淑英坐樓中縱觀唐宋以來詩文丹黃校讐有趙明誠李易安之風焉淑英所著有南樓吟香集六卷

沈子蕃名無咎長興人失愛於後母譖之父將加罪焉子蕃避而至宜興之澮莊所居一畝之宮流水周於屋外隙地皆種梅又善藝菊多佳種子蕃自痛虞天屬之變無用世意其幽噫悲憤嵚寄居落之志悉發之詩年五十不娶金壇有貧女湯蕉雲亦能詩奉母依宜興呂氏兩人故相慕呂因為作媒而蕉雲遂適子蕃時蕉雲年四十矣其後十年蕉雲卒子蕃為築埋詩亭於墓側又其後十四年子蕃卒返葬長興長興令鮑鈖重其詩為立碣曰故詩人沈無咎之墓子蕃所著詩曰夢華集與其婦蕉雲合刻詩曰笙磬同音

張瓊娘武進人適同邑段玉函玉函自號懷芳子善詩詞與婦瓊娘相倡和家窶貧丈給食瓊娘勤女紅佐之玉函每出游數月不歸歸輒持空橐相向然瓊娘未嘗言

有無玉函先居城中後以避喧徙於鄉所居庳宇湫隘瓊娘自題其軒曰憐影齋有憐影軒詩集瓊娘每謂玉函曰君遊幸無忘我但見人詩詞及自題咏者必寫之以蹤搖囊中得佳句勝黄金也玉函之友金壇史震林著西清散記采玉函與瓊娘詩甚夥而所載雙卿事尤悽惋雙卿者綃山女子也不詳其姓世農家雙卿貌妍治生有夙慧聞書聲即喜笑十餘歲習女紅巽巧其舅氏為童子師塾鄰雙卿卧室諸童子所誦書聽之悉能暗記又以女紅易詩詞誦習之學作小楷書點畫端好能於桂一葉寫心經有鄰女嫁書生者笑其生農家不能識書生面持此將安用之雍正十年雙卿年十八嫁鄰村周姓其夫農家子長雙卿十餘歲但能看時憲書記月大小字耳其明年夏四月史震林避暑綃山耦耕堂與玉函至與之望晚山雙卿方執畚戶外已復攜竹籃種瓜匏橋西岸聞震林玉函相與語知為才士矣明日玉函得其詞以芍藥葉粉書浣溪沙一首又以玉簪葉粉書望江南一首詞意若嘲玉函者玉函慫雙卿聞之曰妾生長山家自分此生無福見書生幸於散記中識才子每晨夕持香望空稽首若籠鳥之企翔鳳也於是向隅而嘆曰田舍郎自足相守此生不願識書生面矣玉函聞之甚悔填詞十數首索和不答玉函屬畫史張石鄰寫其容為雙卿種瓜圖石鄰至綃山欲見雙卿不可得日將暮雙卿出浣椰樹下側窺之過其前平視之曰得之矣雖然淒隱之意在有無間非可摹而似也圖成示雙卿乞自題之雙卿題玉京秋一詞於上既而悔之不肯還論者以為發乎情止乎禮義得詩人之意焉雙卿雖病瘁舅姑不加恤勞苦之然雙卿未嘗不承順意雖不懌然見夫未嘗無愉色也

貞烈女凌存巽上海人字嘉定金惟驪未婚而惟驪卒女聞訃心悲時時暗泣目盡腫父母問之以病目對自是長齋奉佛衣悉縞素母嘗以榴花簪之稱疾卧拔花置几上乾隆十三年七月十五日父之所親有為議婚者父欲許之女晨起禮佛遍內堂微聞其語心益悲然無戚容飲食如平常家人莫之疑也俗於是日賽邑神夜經其門或勸女出觀不應二女婢侍側以計遣之閨樓門自經死時年十九

王玉映名端淑山陰王季重先生次女也適錢塘貢士丁肇聖偕隱徐天池之青藤書屋少時夢隨羽容陟廣寒有園曰青蕪因作青蕪園記又夢坐宋安妃畫舫有玉真閣二詩善書畫長於花草蹤落蒼秀順治中欲援曹大家故事延入　禁中教諸妃主玉映力辭乃止卒年八十餘著有吟紅集

嘉定陸奠王名元輔黄陶菴先生門人也在直言社中陶庵稱其學行從畬諸生博覽載籍尤所精於經術康熙十七年舉博學鴻詞至京師夢見陶庵與語入試不終卷而罷購宋元明人經學數十種為泝其淵源剖其得失朱錫鬯作經義考多取其言為据云

王鶴谿名鳴韶新陽縣學生光祿卿西莊之弟工詩畫治古文以清簡為工西莊奇其才責以制舉業鶴溪謂人曰兄固愛我然人性各有所好不可強也鶴谿顏其所居堂曰逸野旁闢一室懸蓑笠以見志嘗自作蓑笠軒記少詹事錢辛楣視學廣東邀與俱往途中遇名勝必往遊有記程詩若干卷歸而授徒講業終焉著文集十卷春秋三傳攷十三經異義祖德述聞竹窗瑣碎共若干卷西莊次鶴谿詩江左十二子中論者不以為私

異西林名顯芳居仁和臨江鄉因以臨江鄉人自號而稱於釋氏曰樹虛西林性端重沉默寡言笑少時一赴童子試為隸所訶曰是求榮而先辱也自是不復應試然益好讀書嘗怪鄭樵通志務與先儒為難欲窮其說於是取六書七音樂略治之用力自樂始謂律管音調諸儒能致其說而不能習其器俗工能習其器而不能得其說遂以為不可究詰業典籍鑿眾器成吹幽錄五十卷次及六書尊許氏之說謂今本說文取一字為篆書而細書為注其實許氏原文上下相連皆當作大書如鸍黃為倉庚名後人不知誤讀為黃倉庚也又許氏所列文字兼有未備每於說中見之如某字从某則所从之字可以補正文成說文理董四十卷因六書而及音韻謂字讀有古音有正音經傳反切皆經先儒審定不可執後人口音以取諧成音韻討論四卷又因說文而攷制字之原分類六曰觀象於天曰觀法於地曰近取諸身曰遠取諸物曰視鳥獸之文曰與地之宜各溯其所從始而沿其孳生成六字源流六卷又取鐘鼎文字有成篇可讀者釋其文箋其義詳論其前後互倒之例成金石文釋六卷少與厲徵士太鴻為詩友每成一詩必數改而後定晚自編為臨江鄉人集四卷西林通釋典著唯識論文釋二卷又即論中條例指授學者謂之五要須知更有觀所緣緣論釋音明入正理論後記因明入正理門論各一卷東城餘庵僧蓮欲西城慧安寺僧超虛各受其書而傳之撰昭慶律寺志十卷又同寺僧輯律儀法數三十二卷又次釋藏中精語名曰大藏摘髓又為辦利院撰志四卷院中有觀世音像五十三軸西林蒐採數十年足一百八軸作藏畫記一卷乾隆四十六年卒年八

十。戴南枝名冠，山陰人，即賚字與門，葬徐昭法者也。生明季，明亡後，以逸民終。南枝書浮七里瀨，登嚴子陵釣臺賦詩，且歌且泣。南枝有六子，去之，不受其養，獨撫一子一聾瞶及殘書百卷自隨，或竟日不得食，採野蔬充腸，掾黔貯水，坐長松古石間飲之。南枝節義士，以葬徐昭法，故為世稱；其有節義如南枝而不為世所稱者，豈可勝道哉！青浦王述庵侍郎曰：余於同里陸秀才范鎌破麗中得近體詩一冊，計六十餘紙，紙敝墨渝，蟲鼠嚙食者過半，無撰人姓氏，及按其詩，乃知華亭唐鎔冶父撰。冶父始家上海，繼居於吾里，殆前明之遺老伏而不出者歟。其紀年則庚寅、辛卯、壬辰、癸巳，凡四載。其同姓則有叔九諧、兄士長、元成、弟去非、狀友。其朋好則有張姚侯、沈友聖、許霞城、王玠右、金天石、董得仲、施及甫、陸子元、吳六益、吳名世、宋轅文、宋子建諸人。其詩則沈雄蒼健，悽愴激楚，蓋根觸於社稷滄桑之故，而故國舊君，借乎其有餘痛者也。余嘗觀宋之末造，如謝翱、林景熙諸人，其詩未必盡工，而白石樵唱、晞髮集等之書，當時珍之，後世愛且讀之，無他，勞人志士，宇宙間之正氣，正氣所盤礴，不必論其詞之工不工，而皆可傳於後。況以詞之工若此，又安能久閟其光芒而不出乎。雖然，林謝之徒，既已詳於史冊，載於志乘，散見於叢書稗說，而冶父乃僅以其遺章逸簡，單行側出於蠹牙鼠穴之餘，雖以同郡邑如余，亦不能稽其生平，考其故實，以行於世，斯身遺之不幸。抑尤有可悲者已，然冶父幸而存此一冊詩，為述庵所稱述，故其姓氏尚在若存若亡間耳。其有志節如冶父而世竟無一人知之者，又可勝道哉。唐嵩少名士恂，青浦人，少負軼才，以其家子畏自比，為詩擧太白，間出入於少陵。生平師徐尚書健菴，友陳其年、潘稼堂、陶類儒諸人，而與同郡葉忠節公映榴尤善。忠節殉難湖北，柩歸，將僦屋棧喪，嵩少以書抵陸侍御祖修云：竊聞南陽發喪，將僦屋於城中，中道而受弔，恂竊惑之，以為非禮，是墮而市也，胡為行於卿大夫之喪也。恂聞之，喪與其哀不足而禮有餘也，孰若禮不足而哀有餘也。夫易其禮者之稱，非本也，況其非禮者乎。是故顧乎其至，非敬喪於賓也，數乎哀而已。君子聞人之喪未弔，則哭之，哭之於廟也，哭之於寢也，或以室，或以野，親疏而殺也。夫既臨其喪矣，殯則撫尸柩而弔於殯宮，未聞成事於人之室也。夫日月有時，故擧號哀慟，切忍離殯，曾是纍然僕僕以伎客乎。若夫為位而哭，弔伯高於賜氏，哭莊子於縣氏，有之矣，未聞行於三年之喪也。若重耳之於秦氏也，變也。抑又聞之，禮不下庶人，公卿大夫，禮之

初月樓續聞見錄　卷一　六

紀也。昔者魯哀公弔蕢尚，盡宮而受弔焉，君子譏之曰：蕢尚不如杞梁之妻之知禮也。杞梁之死，迎柩於路，莊公弔之，其妻辭焉，曰：君之臣得免於罪，則有先人之敝廬在，君無所辱命。嗚呼，公之忠也，而忍其不有家乎。古者卿大夫之喪，必有相，司徒敬子之喪，孔子相之；國昭子之母死，子張相之。國昭子曰：噫，毋曰我喪也斯，沾爾專之矣。張也相之，然且慎之，懼其駭瞻爾也，矧夫至於斯也，執事正色立朝，天下聞而展之。今公之家而有此相者之賢而有此，四方畢至，於是乎觀人，其謂相者何也。恂也賤，公卿大夫之事未嘗習焉，我其敢與聞乎。乃有聞而不以告，公之與我二人，其舊也，人將謂公之昧於知某也。雖然，以賤而告是言，益以告而賤也。其恐人之終弗察也，其禮歟，其非禮也。曩者其孫嘗述公之行事以示某矣，某固嘗筆削之，疑其弗之有改也，是役也，又多乎哉。昔縣氏之譏言游也，曰：汰哉叔氏，專以禮許人。夫以禮許人，賢者不可。南陽之喪，君其許之否也。其於友朋間知必盡言類如此。嵩少晚益窮且病，然為詩不輟，多淒厲之音。嵩少卒後六十年，同邑王昶述菴錄其詩尤工者五十篇傳之。

初月樓續聞見錄　卷一　七

初月樓續聞見錄卷一終

初月樓續聞見錄卷二

清　宜興吳德旋仲倫甫著

元和惠定宇先生名棟生而凝靜敦樸好學不倦以孝友忠信為坊表年二十補縣學生乾隆九年應鄉試以用漢書為考官所黜由是不復應舉十六年詔舉經明行修之士兩江總督黃公陝甘總督尹公咸以先生名上會大學士九卿索所著書未及進罷歸先生嘗以顧亭林左傳補註義有未盡因發明公羊何氏之說附以蔡經作補註四卷於尚書採摭史記漢書及羣經註疏以辨後出古文之偽定鄭康成之二十四篇非張霸偽造為真古文作古文尚書攷又嘗以范蔚宗後漢書因華嶠而成書古人嫌其缺畧遺誤而東觀漢記謝承之書不存乃取初學記藝文類聚北堂書鈔太平御覽諸書作後漢書補註十五卷又以漢儒通經有家法故五經師訓詁之學皆由口授古文古義非經師不能辨也先生家世傳經恐日久失其句讀成九經古義二十卷而於易禮尤精著易漢學七卷周易述二十卷易微言二卷易例二卷凡鄭君之爻辰虞翻之納甲荀諝之升降京房之世應飛伏暨六日七分世軌之說悉為疏通證明之又因學易而悟明堂之法作明堂大道錄八卷禘說二卷謂古之明堂治朝太廟靈臺辟雍咸在其閒攷之堯典春秋月令王制無不合也少嗜新城王尚書精華錄為訓纂二十四卷搜採博洽貫串掌故亦為世所傳卒年六十二其葬也青浦王侍郎昶為誌其墓其言以為自唐孔賈奉敕作正義而漢魏六朝老師宿儒專門名家之說並廢又近時吳中何氏焯汪氏份以時文倡導學者而經術益衰先生生數千載後躭思旁訓探古訓不傳之秘以求聖賢之微言大義於是吳江沈君彤長洲余君蕭客朱君楷江君聲等先後羽翼之流風所煽海內人士無不重通經通經無不知信古而其端自先生發之可謂豪傑之士矣其後吾郡張編修惠言著周易虞氏義天下學者靡然從之其源亦自先生也

江聖言名立先世歙人聖言隨其父僑居揚州揚州習尚侈靡佚樂而聖言好讀書從厲太鴻徵君游學為詩詞中歲游杭州愛西湖山水偕一妾居水磨頭地將家焉水磨頭蓋姜白石道人故址而馬塍者白石所葬聖言時時攜酒往酹其下居數年有挽之歸者遂歸揚州以卒年四十九所著有夜船吹笛詞二卷餘皆佚

蔡文舟名熊昆山菖墩里人菖墩東距嘉定之安亭四十里稍北與亭林相接安亭故明歸太僕震川所居而亭林者顧處士寧人生於此而公流風遺行菖墩人往往

能傳之故文舟之學私淑於兩公為多文舟少補府學生以經教授鄉里為人寡嗜慾以誠恕自勵即以是教於人其從游弟子有涉輕儇巧黠者雖悔悟必繩之晚以歲貢生為含山縣訓導聚諸生而講學焉嘗與諸生讀後漢書范式傳迴環循誦聲哀厲至泣下有魏某在坐忽起揖曰某與某生夙相好也以田故將訟諸縣官今聞古人行誼如此愧死無地矣因出訟牒於懷壞之其至誠感發人多此類在含山五年以年老告歸歸六年而卒年八十一

朱上莪名簡長洲縣學生為人志趣踈遠平居不問當世之務而義有不可人皆拱手結舌上莪獨攘臂爭之必達其意乃已及人有少善則推讓如師賓焉與人交落落如不相親然未嘗不相勉以義久之益密上莪有友孫聲源死每言及輒流涕已登江陰之少山見其故里慟哭而反作詩告哀其詩沉痛幽悽人不能卒讀上莪踈眉朗目長身而癯好吟詠擬古樂府尤工卒時年僅二十上莪卒後其友蘇獻之輯其賦一篇詩四十二篇為一卷蘇獻之者名去疾常熟人性簡貴不樂與俗伍然獨心善上莪上莪之死獻之哭之慟屬青浦王述菴為志其墓云獻之乾隆中以進士官貴州為直隸州知州署都勻府八寨同知獻之以古人道持身術於世知不行年四十四去官自號曰園公處場圃作文章觀山水自娛尤工為詩獻之故桐城姚姬傳先生同年友也獻之晚以所著詩六卷質之姬傳先生姬傳先生答之以書其畧以為尊作高格清韻自出胸臆而遠追古人不可到之境於空濛曠邈之區會古人不易識之情於幽邃杳曲之路使人初對或淡然無足賞再三往復則為之欣忭惻愴不能自已此是詩家第一種懷抱蓄無窮之義味者也以言才力雄富則或不如古以言神理精到真與古作者並驅以存詩家正統譬如司馬氏立國江東縱不能克復中原然必不與石虎通聘者也獻之以嘉慶十年卒年七十有八

王元遴名掄春崑山人明季補諸生未幾棄去人討之元遴笑曰是非公等所知也元遴有母弟二人其季早卒仲弟出後叔父元遴自父歿後悉推產與弟弟善病瞽其屋又以所居宅讓與之及弟卒人莫肯為之後者元遴嘆曰家貧眾所棄吾弟其不嗣乎令仲子之埋後之作嗣議一篇以明重宗祀不計置而存名之意元遴卒徐健菴尚書為誌其墓其言以為古者立後之法惟重大宗蓋以奉宗廟之祭也其他旁支庶姓絕續無所繫死則祔祭於昭穆亦未嘗乏祀自世以遺產為意幾於人人有後至有爭立並建者是則貧而莫肯為後亦君子之所憮然心傷矣元遴讓產於

出後之弟。文推其子以後之。敦本厚施。是不足以風世而砥俗乎。

閔貞。南昌人。幼失父母。長以能畫名。尤善寫真。然為他人寫即似。追寫其父母。輒不似。執藝三十年。常以自恨。一日薄暮。就肆浴。有浴者傴僂聲欬。酷似其父。匆匆未暇訊姓名。忽不見。時時就浴肆迹之。閱年餘。遇諸道。一農丈人也。强與歸而飯。極憊。貌以示素識其父者。皆太息以為絕肖。貞憶為兒時搏泥。被母呵而走。反擲所搏泥。泥跳塗母面。貞驚跽。奉母面亟拭之。母面目宛然可記憶也。偶一媼來乞貌。貞詑曰。是矣。致之樓而寫之。與父像並懸室中。朝夕饋食以為常。因自為奉饌圖。一時士大夫知貞者。多為詩若文記其事云。

羅習齋名羽豈。上虞人。諸生。少穎悟。五歲誦小經。輒曉其大意。六歲能賦詩。長益肆力於詩。名藉甚。習齋方七歲時。隨其父及羣從上塚。經破岡。眡風雨驟至。舟將覆。羣從爭跳上岸。挈習齋。習齋以父病癱。號泣持父踵。願與俱溺。水灌舷。濺冠纓。不為動。須臾風止。十七歲而孤。貧。教授養母。晚主福山書院十餘年。與從學諸子淬厲文行。嘗曰。利達有命。惟讀書當為好秀才。力田當為上農夫而已。其讀書多有特見。論大小雅。皆以其辭為區別。小雅不可為大雅。大雅不可為小雅。猶之風不可為雅。雅不可為頌。論孔子誅少正卯事。雖不見經傳。為後儒附會。而有口誅筆伐之義。論崔寔政論為管商之流。此論出而鈎黨禍烈。漢隨以亡。所著有鷹峯集。

湯文起名愈。常熟人。乾隆中成進士。座主秦文恭公著五禮通攷。欲延為纂纂。以親老辭歸。歸二年而卒。文起生具慧相。舌端有川字文。好學深思。於經傳古書皆有論說。而其論夏正為最善。以為夏小正文雖古雅。而雕琢過甚。不類三代以上之書。且孟子夏后氏五十而貢。無公田。而經曰正月初服於公田。其疑一。月令孟春昏參中。而經亦曰昏參中。以歲差法推之。中星安得相同。其疑二。月令二月桃始華。五月木堇榮。而經五月桃華。二月槿榮。時物遺異。其疑三。虞書仲夏火中。則六月而流。七月而伏矣。經五月大火中。與虞書合。而又曰九月內火。大戴禮以火為大火。則火豈至是始伏。其疑四。疑月令而信小正。吾未見彼失而此得也。文起卒時。年四十有六。

丁叔安名履豫。婁人。少孤。事母至孝。有兄二人。弟一人。各以歲所入歸叔安。奉母甘旨。嘉慶二年十二月。母卒。將殮。畫師貌母像絕肖。叔安歸寢。良久長慟仆地而絕。年僅三十。

何鶴年名在田。廣昌人。性高簡。厭馳逐。寄居南昌精舍。鉛山蔣心餘見其詩壁間。與

初月樓續聞見錄　卷二　三

訂交。始知名。時武寧汪輦雲、南昌楊子載並與心餘為詩友。而鶴年尤秀出。鶴年以乾隆丙子舉於鄉。應禮部試不第。客天津卒。年三十有二。著有玉耕堂詩集。汪輦雲名軔。少孤貧。刻苦向學。性戇直。尤重氣誼。意有不愜。往往使酒罵座。然人益親愛之。年五十。以優貢生選吉水訓導。卒於官。著有魚亭集。楊子載名垕。系出漢赤泉侯。喜世為雅州土官。天全宣慰使。雍正戊申。始隨父大業、叔振業受田宅南昌。大業、振業皆能詩。子載充乾隆癸酉選拔貢生。未幾卒。年三十二。著有耻夫詩鈔、茗悅錄。

徐仲山名咸清。上虞人。康熙己未以諸生應博學鴻詞科。放歸。遂不復出。與其妻商嗣音為詩相倡和以老焉。嗣音名景徽。會稽人。著有詠雛堂詩集。女昭華亦能詩。幼時曾受業於毛河西。西河亟稱之曰。予門工詩者。推盛唐王錫。然俱不及昭華。以稍解唐人法外意也。昭華作塞上曲數首。風格絕近王龍標。陳其年嘗手錄其詩語人曰。閨中人作雄詞。墮小說家女俠習氣。獨昭華塞上曲。沈情超筆。漢世樂章。忘其為唐山作也。昭華所著有花間集。又徐都講詩一卷。附刻西河集中。

先著。江寧人。先世居蜀之瀘州。遷江寧者十世矣。受詩法於同郡嚴克宏。克宏深許之。其自序。以為幼而孱弱。飲酒不知節。四十以外。為病所苦。因自廢焉。性卞急。耻隨人寡所諧合。又務分黑白。不能諱人之失。以是人多嫉而毀之。字曰蠲齋。欲自潔也。又字染庵。欲其容垢能自廣也。晚更號曰盍旦子。又稱之溪老生。其詩曰嚴許集者二卷。曰藥裹集者二卷。曰藥裹後集者二卷。曰藥裹續集者二卷。復喜填詞。有勸影堂詞三卷。合之為之溪老生集。

吳驥調名可馴。仁和副貢生。嘗客宣化。為宣化守輯府志。凡塞外之土風山川草木之狀類。蒐漢以還之事蹟。盡抉其奇閟以成詩。論者為北方圖經所僅覯也。已而依沈椒園觀察於萊州。得疾卒。遺南澗詩鈔三卷。椒園為序而梓之。

劉戒謀名正誼。山陰人。貢生。早歲即負詩名。朱竹垞、毛西河、梁藥亭諸公皆推許之。嘗與同郡諸子結詩巢宛委山。祀鄉先生唐賀季真、方雄飛、宋陸務觀、元楊廉夫、明徐文長五人。而日相與倡和其間。戒謀詩從西崑入。而後更出入蘇子瞻、陸務觀之間。常熟女子張佩蓀手鈔戒謀詩。定為課程。日必吟誦數十首焉。詩巢諸子裘商安世名和。嵊縣人。康熙庚午舉於鄉。官中書舍人。王風遐名鶴齡。會稽人。貢生。官永嘉訓導。著有竹中巢詩草。錢蒼波名為蘋。會稽人。康熙丁卯舉人。著有石渠詩鈔。祝衡次名劭。會稽人。康熙己卯舉人。著有蓮溪詩鈔。嚴思晦名煌。會稽人。康熙癸巳進士。

初月樓續聞見錄　卷二　四

宦翰林院編修田易堂名易山陰人諸生著有快秋齋稿齊思亭名士會稽人貢生官訓導著有鏡湖集徐西求名之熾餘姚人諸生著有竹溪集諸子或仕或不仕皆一時越中才士也而名以戒謀為最著戒謀所著有宛委山人詩集學者稱宛委先生戒謀弟三子文蔚字伊重更字豹君初與商寶意太守稱詩越中後充優貢生入國子監聲譽滿都下以親病南返教授里中又嘗主講睢陽文正書院數年歸不復出著有石臞山人詩集寶意太守稱其詩能通古作家風旨而自出性靈一時罕有其儷云

言述子名然山陰人先賢言子後也言子後大宗在山陰康熙辛卯江南學臣疏請賢裔宜與世襲俻叙齒及然然投狀謂先世以守越留居久離墳墓請如前明衢州孔洙讓公爵與在曲阜者例時論高之然有學行工詩子世永字孝思能世其學

楊大瓢名賓山陰人工詩善書父安成為友人事牽連戍寧古塔大瓢赴 闕訟冤得 旨之柳條邊迎父歸塞外人稱楊夫子亦稱楊孝子著有柳邊紀畧

揚州羅遯夫名聘號兩峯喜為小詩師事杭州金冬心學畫有名兩峯好游足跡半天下所至輒與其賢豪長者相結好釋氏書通禪理嘗夢入一寺榜曰花之寺警寤前生即其主僧後遂號花之寺僧鐫印識之所著有香葉草堂詩一卷錢塘吳穀人祭酒為序而傳之兩峯以嘉慶四年七月卒年六十有七妻方氏名婉儀號白蓮安徽歙縣人亦能詩著有白蓮半格詩行世

錢湘靈名陸燦別自號圓沙常熟舉人生明季為諸生已有名於時湘靈治經長於言易每月筮一卦以六日主一爻占動靜休咎徵輒有驗為詩古文時文皆工以其學教授出游揚州金陵常州晚而歸里弟子著錄者數百人率一時知名之士先曾祖百度府君嘗從受業焉湘靈牧齋族孫也方牧齋存時絶不依附牧齋卒後湘靈咨許青嶼侍御書論其父正錢録非是論者不以為私先是湘靈友劉芳與妓顧橫波約為夫婦橫波後背約而芳以情死湘靈為經紀其喪蓋尚氣誼好立名節固其天性云所著有調運齋集錢木庵名良擇湘靈族孫弱冠游京師即負詩名為諸公貴人所賞時有大吏出使海外請木庵與偕往又同朝貴使塞外絶域足跡幾遍天下然訖無所遇合木庵無幾微不自得讀書痛飲酒以昌其詩先是木庵之大父嗣隆嘗偕湘靈問詩法於顧仲恭仲恭曰詩從讀經史中出者上也從讀賦中出者次也從讀詩中出斯下矣吾不能詩尤不能時人之詩詩有作之旨經所謂溫柔敦厚者是已若時人之詩今在君家牧齋宮保之門當是時游牧齋之門依以揚聲者以夭冶為溫柔以堆砌為敦厚木庵少年才士不能無染於習尚後思顧仲恭語悟而求之韓杜更進而求之左國馬班涵泳漢魏陶謝更進而求之濂洛關閩之學尤好南華楞嚴而悉以供其詩詩多至萬餘首每所見進輒取而焚之其存者僅百之一二曰撫雲集凡十卷湘靈為序而行之

江伯鱗名世魯歙人其先本蕭氏自梁昭明太子統十世已下始改江姓居於歙伯鱗年十二歲隨其父遷常州又遷無錫之泰伯又遷常熟之夏市最後遷江陰之北涸鎮家焉伯鱗少美姿容初讀書常州賀氏其業冠童子科父曰所以東游者為貧耳不如從而貿城東城東有少女悅其貌分贄上花孩道之幾為所惑度久且不能自持跪告父一夕徙去其在泰伯泰伯人安氏通同行客麻餅直如千金請償其子償客伯鱗勸客勿受而窺客有沮色遽傾篋代償之安氏子遂得無償及在北涸鎮與其族兄德卿並以積善力行稱於鄉邑德卿名國詔其自歙徙江陰北涸先於伯鱗去北涸東十餘里曰香山有昭明太子手種山茶花樹將地廢矣德卿曰此先澤也將誰委乎亟出錢治新之德卿仁而汎愛北涸人皆樂親之而其尤相敬愛者彼靜庵尚書朱萬青司李趙蔡分孝廉繆喜生京生文學也康熙十年卒蓋德卿先伯鱗十六年居北涸而伯鱗於德卿卒後二十年乃卒兩人合力為善於北涸者凡十二年

華亭姚隱侯名士元明季補諸生性豪逸嗜古工詩文復耽音律家畜優伶燕客殆無虛日族人利之中以奇禍盡傾其貲所著有賴古堂稿其論詩文謂學人師古不在句摹字擬要須領其法脈抉其神髓及其下筆信手疾書令毫端時露古人風骨氣味併作者亦不知其所從來乃為用古而不為古用焉族子世靖字子清亦華亭諸生幼孤事母孝家饒於貲以好狹斜游致貧困著有學機軒詩稿清麗逼溫歧卒年四十子景霍字去病平湖學縣生亦工詩

程心之名尚志婺源人年十八補邑諸生力學不懈於十三經皆成誦而不牖於時文之卑陋嘗讀古史書分類纂記之求經濟之用自厲氣節嘗曰士入世立腳不堅任事不巨則庸人耳兼通算法能推三角八綫以關宣城梅氏之義年二十二赴試金陵卒於途

方染露名賜豪桐城人以諸生中乾隆三十年江南鄉試屢不第以謄錄方畧館年

滿議敘得四川清溪知縣。既至官。視其僚輩洩洩之狀。曰。此豈士人所為耶。吾若何與若輩共處。且吾母老。不宜遠宦。即以病謁告。其蒞官甫四十日而去。歸里。歸則貧。教授供養。日依母側。執政有知之。招使出者。終不往。染露工書。里中少年多效其法。妻張氏亦賢智有學。其居與姚刑部姬傳同里。一日染露在刑部家。共閱王氏萬歲通天帖。疑草書數字不能釋。染露次日走告刑部曰。昨非吾妻為釋之矣。舉其字果當。染露歸。養母凡十年。母以壽終。染露悲傷得疾。次年卒。年五十九。

楊偏誠名志遠。丹陽人。博學工詩。倜儻負氣節。明崇禎甲申。聞變赴水死。為漁者所援。復甦。隱居黃連山。足迹不入城市。著有連山集。

賀大申名巽。丹陽人。幼孤。長喜讀書。不習舉子業。嘗曰。既不獲事吾父母矣。何役役利名為。然大申所交。皆當時知名士。金壇王己山王虛舟皆器重之。勸以習時文規進取。則謝曰。非吾志也。著有孤村集。廣平家樂錄。此光樓集。藏於家。

烈女戴氏。丹陽人。許字同邑蔣景景。家貧。資教授自給。讀書勤苦。成瘵疾。烈女聞而語其母曰。儂不幸。女義不獨生。但恨不能奉事父母耳。及景死。烈女聞訃。即日自經。其後丹陽又有邢烈女者。字同邑江廷柩。廷植以病死。訃聞。烈女服滷以殉。遂合葬焉。

姜節婦徐氏。丹陽人。姜彥初妾也。彥初故詩人。而節婦通書史。亦能詩。與彥初相唱和。彥初卒時。節婦年二十九。遺孤二人。長四歲。次才一歲耳。節婦撫而教之。俾俱得成立。而詩文屏弗寫。曰。此非未亡人事也。至諸孫有就學者。節婦年已七十餘。始檢唐詩舊本。日口授一章。曰。吾近日方得少□□四十年前舊業。以當含飴弄孫也。卒年八十三。

初月樓續聞見錄卷二終

初月樓續聞見錄卷三

清　宜興吳德旋仲倫甫著

餘姚邵念魯先生名廷采。祖曾可。字魯公。魯公與同邑韓孔當俱受業於其鄉先生沈國模求如。而求如則錢德洪緒山之弟子也。先生九歲讀史。即搽轍為徐中山常開平傳。有法。祖一日自外歸。偶舉宋儒語語先生。先生輒曰。其人安在耶。願得而師事之。祖以為有志。即為具衣冠送之姚江書院。姚江書院者。在半霖。崇禎初。縣人設以為講學地也。亂後廢。韓孔當率諸人復之。是時沈求如年八十矣。尚在。歲必一再至。為諸生設講。先生立階下聽。久之。執所業尚書前曰。孩提不學不慮。堯舜不思不勉。求如嘆曰。孺子知良知矣。能敬以恕。吾何加焉。自是從孔當受業。初讀傳習錄。無所得。既而讀劉念臺人譜。曰。善乎。吾知學王氏學者所始事矣。年二十。補縣學生。然不喜治應舉之文。入則讀古書。出則正衣冠行市中。未嘗旁睨。人傳以為笑。久之。書院諸先生相次歿。諸生散去。先生獨抱遺書。守師說不變。然貧無以自存。走嘉興。依故人課童子給食。或有號稱講學。用私憾與王文成為難者。方負重名。其徒陳鏦馬彰數造先生相辨難。不能屈。則嘆曰。吾哀若所學。誠學若鄉人之學而已。先生應曰。

若尚不知毀日月者之喪明。自哀不暇。而暇吾哀耶。居數年。一與施博論學於敘鵬洲先生。曰。天全四言。陽明原本無極之說。儒也。龍溪浸淫無生之旨。釋也。不得以彼病此。博肅拜曰。博老矣。惟吾子崇尚正學自愛。河間李塨貽書論明儒同異。先生答曰。致良知者主誠意。陽明而後。願學蕺山。初吏部侍郎宛平孫公承澤。大學士孝感熊公賜履。先後以闢王氏學為己任。朝野之士譁然從之。相與牽引詆訶。以文成為異端。學者從事四子書。又以能毀王氏學為有功於章句集註。庸俗聲師一詖不破。先生固疾之。以為是不足辨。故在力行耳。從同邑黃宗羲問乾鑿度算法。會稽董瑒受陣圖。保定王正中學西歷。將軍施琅過浙中。遣先生相與縱談沿海要害。琅奇之。請與俱北。謝不行。間游鎮江。與裨化鳳部將講坐作擊刺之法。一月而盡。至淮安。從防河卒問河海離合狀。至河南。訪黃流故道。西走窺潼關。喟然曰。土則古所耕也。而水利亡矣。惜哉。已而入京師。商邱宋至鄞萬經欲招之與修一統志。先生曰。老矣。遂歸。康熙五十年卒。年六十四。所著有思復堂文集二十卷。初先生從黃宗羲問逸事。受海外錄行國錄。作東南紀事。而張五皋從海外芜舍歸。先生就與諮論。合以馮甦見聞隨筆。作西南紀事二書。皆未成。或曰。既成而燬之也。

貞烈張偶姐。亳州歲貢生張慶次女也。許字同州吳維禧。婚有期矣。而維禧病作。手足攣。治之久不瘳。兩家遷延改卜期者數四。而偶姐年已二十有六。乾隆三十七年五月。維禧死。訃於慶。慶以偶姐故好讀烈女傳。慕古貞烈行。固叜之。見於色。顧察偶姐若無事者。比夕。各閉戶寢。越明。慶之弟婦早起。駭呼曰。我牖上見姪日所製新履。又有紙書置其旁曰。以此與我作遺施姪。其死耶。慶聞駭起。排偶姐戶。偶姐正服自經死矣。又得書於几上曰。兒不幸死矣。兒義不得不死。夫貧且死。兒當從之。兒雖短命。獲好名。父老矣。勿以兒為念。若父哭而傷。是使兒死且不孝也。兒不幸少失母。母生姊及兒兩人。父善視姊。與兒生同。天下無百年之人。兒去矣。何不豫耶。何不豫耶。慶讀之而哭。走告州學正宣城王萬年。乙記之。其年十月。學使者大興朱竹君先生試士於穎。萬年手所記謁竹君。列其事。為請旌焉。

貞烈女王氏。穎上人。父名徠。母張氏。貞烈女年四歲。即許字同縣陳士文。士文之世母。貞烈女從姑也。早寡。撫孤子。欲為重姻於母氏之黨以相助。故為士文請納幣。且曰。吾諗吾姪能。他日必能助我。貞烈女長而果賢。士文自少學勤而有文。年十六。試於郡。郡太守合試一郡士。士文名在第七。聲聞犖犖出羣輩。然士文讀苦寢遘疾死。

訃聞。貞烈女即日自經。父母走救之。不得死。然堅欲死。不食。父母迎貞烈女從姊來守之。姊亦未嫁而所受聘者。死越一年矣。故迎以相慰。冀必解之。夜中。貞烈女起姤轉謂姊曰。妹與姊不幸同所遭。姊行寔無闕於禮與制。是也。妹即死於禮與制為過。然亦是也。人各行其是。顧姊勿苦相守。且妹所以不得不死者。有故不死勢且再字。父母以我幼許於陳。陳家故有酒肆。親戚鄉里撫我而戲呼之曰陳薄酒。我小時即耳熟焉。妹之家姓陳。陳姓可得更耶。姊聞言而退。貞烈女即閉戶經死。後陳氏具親迎儀。鼓吹輿馬。迎其柩歸。與士文合葬焉。

吳江布衣吳瘦夫。名中奇。負才而貧。性尤怪僻奇傲。吳門石遠梅客之。瘦夫遠梅與丹徒王豫椰村。以稱詩相契合。一日椰村在遠梅宅論詩。而光祿王西莊適至。瘦夫走匿床下。嘉慶己未。余久客吳門靈鷲寺。遠梅時時謁余論文。余報謁之。遠梅介瘦夫與余相見。旋即避去。其意以余為弄媿之士。不足與有言也。昔張虞匿避王遐少。王元甫不願見蘇子瞻。士各行其志耳。為通為介。豈可強同。我瘦夫所著有瀛爪山房詩鈔。時又有蔣蔣山者。名徵蔚。元和諸生。有詩名。阮尚書曾都轉皆客之。與子友陸祁生甚。祁生嘗謂余曰。子至吳門。不可不一見蔣蔣山。因為書畀余以代介。余固

心豔蔣山才。持書造訪。並以所業文質之。蔣山適他往。留書若文而返。寓焉。閱數日。蔣山造僕歸余文。其評語皆錄在別紙。盛有所稱譽。然竟未來報謁也。

楊時梅名試昕。丹徒人。國子監生。嘗偕吳郡石遠梅與予相遇於明聖湖上。時時庵初學為詩。已能吐棄凡近。後從同邑王椰村相切劘。交遊日廣。詩學亦日進。時庵篤友誼。故詩尤長於言情。所著有清響閣集。

吳澹川名文溥。嘉興人。貢生。善為詩。壯歲游閩中。西諸侯爭延為上客。其詩雅潔似劉文房。而深刻猶嘗過之。近世之能焉者也。所著有南野堂詩集。

錢塘女子徐芷仙。善為四言小詩。法祭酒時帆稱其濃麗如子山小賦。清遠如表聖詩品。與梁溪女子專賦六言者相似。梁溪女子。姓余氏。名碧。其父賈人也。女以苦吟咯血卒。年十八。父痛女之夭折也。舉其篋中賸稿悉焚之。

錢烈女淑賢。丹徒人。性聰警。知書。順治己酉年十六。隨父逃古寨。揚州高傑等四鎮紛爭。委河淮不守。烈女憂之。　大兵破揚州。女哭辭父母。投水。水淺不得死。烈女跪請於父母。必欲死。再縊。乃死焉。死時告父母火之。母不忍。揚人亟其骨葬之史閣部梅花嶺塚旁。

陳西林先生。名鍊。字道采。武進人。世居北郭門外。距城五十里而遙。地名西林。學者因稱西林先生云。娶董氏。中年厄於水卒。遂不復娶。旁無姬侍。先生與先曾祖百度府君同游。常熟錢湘靈之門。最相契合。故先大父秩音府君為先生子婿。德旋先大母幼而失母。常依倚外家董氏也。先生於學無所不窺。而其指歸必宗朱子。自有宋諸儒。下逮元明。其書靡不研究。其持論與朱子異同者。皆參攷以衷於是。康熙辛酉秀水朱錫鬯典江南試。得先生卷。評曰。古音琤然。不可方物。已置領解七日矣。外簾失第三場墨卷。因被放。先生遂不復與試。而益肆力於詩歌古文。晚歲得風疾。遊心釋典。與六七故人為淨土會。卒年七十一。所著詩古文凡若干卷。

楊起文名宗紱。武進人。家貧負奇氣。嘗從同里惲遜庵先生學詩。同志者數人。起文既伍進辯論。常獨持可否。莫能奪也。年四十二以居惡刻苦成疾卒。著有白雲樓詩鈔二卷。起文性介潔。臨財不苟取。其婦嘗病。或饋參餌少許。不受。強之乃可。未幾撿笥中所藏古硯寄置其人案上而去。蔣金式曰。起文婦翁陳善星學。有數女。擇婿輒得貴人。起文故高才生。而其婿於陳。亦以星當貴。然獨無驗。又曰。起文病時夢冥中某司徒之人。其日當車馬迎。屆期忽問其兒曰。今何時。曰日向午矣。曰侍酉戌吾當

行。已而果然。

胡芋莊名香昊。先世本新安人。至其父始遷武進。家貧甚。而好為詩。其居在城之東郊。一椽僅足容膝。旁有隙地數弓。擬築室三楹。顔曰香草堂。然營之二十年。未就。西江羅飯牛。同邑惲南田。為作香草堂圖。其所著詩曰香草集。芋莊論詩喜右山谷。謂平僻無俗。故其詩往往愛使僻事。查夏重曰。嘗讀孟郊詩。謂惡詩傳好官。好詩抱空山。以為此特不平之鳴耳。閱香草集。乃信東野為知名。顧詩能傳後與否。不係乎境遇之通塞顯晦。芋莊既有自到自信處。且有良友共証處。雖抱空山。庶幾其無悶已。芋莊年七十三。猶往來城市中。與諸少年為詩酒之會。一日攜錢市魚。墜其一於地。俯拾。顧漁父一笑而逝。葬於周莊之偏。楊宮諭芝田題其碑曰。詩人胡芋莊先生之墓。

唐靖元名惲宸。武進諸生。工詩。與同邑楊起文。胡芋莊。陳道柔。董叔魚諸人。以詩相酬和。無盧曰。性豪邁。喜飲酒。既醉。歌呼或泣下。有徵其故者。不能得也。初靖元年十四患病。父命以陳承祚三國志自娛。見其帝魏偽蜀。輒怫然忿嘆。思訂正之。後卒成季漢史若干卷。友人惲當門嘗極稱之。謂義例本春秋。文筆類史遷云。書始成。有友議荊州不宜全屬漢疆域內。建安二年。與吳分界。則長沙。江夏。桂陵三郡屬吳。南陽又以屬魏。漢所有者南郡。零陵。武陵耳。靖元咄唶。友夜夢有人語之。屬漢是也。何改為。明日以告靖元。因笑曰。芑野書通神矣。芑野。靖元別字也。

董叔魚名大倫。文友先生次子也。生四歲而孤。又二年。母鄒太夫人令叔魚就塾讀書。必數十過始成誦。塾師以魯目之。然所誦習輒記憶。且能通曉其大義。其外舅莊天覺謂人曰。此子必能讀父書者。及長。偕兄漢求執經於虞山錢湘靈之門者數年。遂工詩。及制舉業。年二十補諸生。以貧故出游山左。已而病歸。盡鬻先人所遺田以供藥物。猶不足。無何。漢求以羸疾死。叔魚哀其兄。益自傷。病愈篤。未幾亦死。時年三十六。所著有梅坪詩三卷。叔魚病時。母禁其苦吟。然叔魚不能遂已。枕函牀第間寄私置筆硯。得句輒蘸墨書之。陳道柔先生曰。叔魚以苦吟嘔心。病且死。余輒禁之不能。亦余不能無罪焉。又云。宋山言讀梅坪集。憮然曰。此子恐不永年。叔魚既死。余序其詩。竊謂詩思新穎。不幸短命。使宋子自知言之。為悲夫。漢求名大儒。又名相。著有柢巢詩一卷。

餘姚黃晦木先生名宗炎。忠端公第二子。嘗偕其伯兄梨洲受業蕺山劉忠正公之

門。明崇禎中貢生。明亡後以賣藥自給。不足則以古篆為人鐫花乳印石。又不足則以李思訓。趙伯駒二家畫法為人作畫。又不足則為人制硯。賈值皆有定。世傳其賣藝文。語多玩世。先生於象緯。律呂。軌革。壬遁之學。皆有寄托。既自放。乃著憂患學易以作道經。著六書會通以正小學。雅不喜先天太極之説。為文辨之甚具。嘗解易離之三曰。人至日昃。任達之士。托情物外。則自謂有觀化之樂。故鼓缶而歌。否則憂生嗟老。戚戚寡懽。世之人不彼即此。皆由道也。君子任重道遠。死而後已。衛武公所以賢也。生平作詩幾萬首。沉寃淒結。令人不能終卷。晚更類唐。似楊誠齋。自故居被火。其所作憂患學易二十二卷。及六書會通。及二晦山棲諸集。皆亡。或曰。先生晚年嘗作一石函。錮其所著述於中。懸之梁上。謂其子曰。有急則埋之。化安山丙舍。先生卒後。果有索之者。其子遂埋之。故其後嗣亦莫知所在也。

朱漢生名金芝。晚自號忍辱道人。鄞人也。生明季。朱氏以好古世其家。而道人更喜講學。漳浦黃公授徒大滌洞天。道人從之游。漳浦之學。兼綜名理象數諸家。其所謂三易洞機者尤邃。故道人於學極博。而亦以易為專門。明亡後。亡命深山。久之。樸被常往。有叩以所知者。則曰。吾將上排閶闔。當先訪三閭耳。自是蹤跡遂絶。或曰道人抵辰沅。寓客中相某幕。或云死事滇中。或云投郎陽山中為道士。終不可得而詳也。所著有竹溪小記。賑荒議。湘帆集。練川倡和集。登樓集。汝南懷古集。玉笙篇。渾鉄篇。許可嵓。素心草。漵溪留別草。八音草。其有關於大節者。曰恤餘吟。曰開變詩。曰哭錫侍郎詩餘。尚有擣衣落葉聞砧等詩。凡共二十餘種。多佚不傳。道人無子。妾某氏以窮死。其從弟曰廷誠。曰欽。並有高節。為道人委衣巾。而以其妾祔焉。

錢東廬名傑。字稚廉。鄞人。明山東提學副使啟忠子。副使以講學名於世。世所稱清溪先生者也。副使卒於崇禎十六年。時東廬甫三歲。其明年。明亡。東廬從母避兵武林。依外家。遂從外家姓為高氏。長始復姓。勵志讀書。思為王霸有用之學。以見於世。故自象數兵法地志無不究。鄞城師相傳公嘗欲薦為中書舍人。不就。厭薄之。亂。和碩康親王提軍至浙。鄞固李公為副府。鄞固副使門下士也。延東廬問策。授以秘傳大攻之法。按壬遁支干行之。師遂有功。王命敘從征功。授官。東廬以母老固辭。鄞固亦欲薦之。中夜遁去。所著有東廬集若干卷。又輯錢氏詩文在茲集若干卷。

山陰周敬可先生名之璿。劉忠正公弟子。公殉節後。敬可負其遺書與公子貞孝先生汋同避兵。中途累為邏者所厄。敬可謂貞孝曰。死則俱死。不負吾師以生。然事急

矣乃詭與貞孝披緇於興福寺事定歸家則田宅盡為人所奪遂無一廛可居或勸歆可訟諸官歆可曰吾不忠不孝投死他鄉何顏復据獄於官府與惡少年共對簿耶遂寄食貞孝家以死先是忠正公在降城中誓以絕食死有餘姚張先生應煜者勸公擁諸藩起兵公謝以事不可為曰然則是降城亦非先生死所也公瞿然曰子言是也遽出城四明全祖望曰予過姚江求所謂張先生後人莫有知者然即此一言不愧為子劉子之徒矣

定海周布衣名西字方人學者稱為勁草先生生明季少喜讀書父母憐其體孱稍節制之方人盜藏火書室俟父母熟睡復篝燈然識又恐燈影外洩以被蒙之往往達旦久而其被如墨鄰有少婦俎僧其夫每方人至必整衣更飾而前或手進茗果方人遠避卻退久之婦挑以微言遽起不復往其婦愠曰真痴兒也順治丙戌方人年二十六嘆曰楊鐵崖稱老寡婦今其時矣遂棄去舉子業而以經教授奉母時往來鄞之寶林鄞人多從之游者已亥海師大掠鄞之東鄙方人奉母逃深山中猝遇盜盜見其母豐碩以為富家姬用火熏之以索金方人抱母大慟願以身代盜揮刃斫其右手將指幾殊旁一卒曰孝子也舍之方人以是得生自是作書甚苦方人於易書詩禮春秋孟子皆有圖解於史記漢書皆有論說於唐宋諸大家皆有鈔所謂勁草亭諸編者也所著詩古文詞曰痛定集卒年六十八

劉繼莊名獻廷字君賢先世本吳人以官太醫遂家順天繼莊年十九復來吳中其後居吳江者三十年晚更游楚復之燕終老於吳而卒崑山徐尚書善下士又多藏書大江南北宿老爭赴之繼莊游其間超然獨得議論不隨人後萬隱君季野於書無所不讀最心折繼莊引參明史館事顧隱君景范黃隱君子鴻長於輿地亦引繼莊參一統志事繼莊謂諸公攷古有餘猶未切於實用及其歸也萬隱君尤惜之繼莊之學主於經世自象緯律歷以及邊塞關要財賦軍器之屬無不究心旁及方書釋道家言皆能通之其生平自謂於聲音之道別有所窺足窮造化之奧嘗作新韻譜其悟自華嚴字母入而參之以天竺陀羅尼泰西蠟頂話小西天梵書暨天方蒙古等音又證之以遼人林益長之說而益自信焉同時吳修齡自謂蒼頡後一人而繼莊則曰是其於天竺以下書皆未能通但略見華嚴之旨者也繼莊之法先立鼻音二以鼻音為韻本有開有合各轉陰陽上去入之五音陰陽即上下二平共十聲而不離喉腭舌齒唇之七位故有橫轉無直送則等韻重疊之失去矣次定喉音四

為諸韻之宗而後知泰西蠟頂話國書梵音尚有未精者以四者為正喉音而從此得半音轉音伏音送音變喉音又以二鼻音分配之一為東北韻宗一為西南韻宗八韻立而四海之音可齊於是以喉音互相合凡得音十七喉音與鼻互相合凡得音十又以有餘不盡者三合之凡得音五共三十二音為韻父而韻歷二十二位為韻母橫轉各有五子而萬有不齊之聲攝於此矣又欲譜四方土音以窮宇宙元音之變乃取新韻譜為主而以四方土音填之逢人即可印證蓋繼莊是書多得之大荒以外者囊括浩博學者驟見而或未能通也其論水利謂西北乃二帝三王之舊都二千餘年未聞仰給於東南何則溝洫通而水利修也自劉石雲擾以迄金元千有餘年人皆草草偷生不暇遠慮相習成風不知水利為何事故西北非無水也有水而不能用也不為民利乃為民害旱則赤地千里潦則漂沒民居無地可瀦無道可行人故無如水何水亦無如人何虞學士始奮然言之郭太史始毅然行之未幾竟廢三百年無而過問者聖人者出經理天下必自西北水利始水利興而後足食教化可施也西北水利莫詳於水經酈注雖時移勢易十猶可得其六七酈氏略於東南人以此少之不知水道之當詳正在西北欲取二十一史關於水利農田戰守者各詳攷其所以附以諸家之說為之疏以為異日施行者之攷證又言綱目非朱子親筆故多迂而不切而關係甚重者反遺之當別作紀年一書又言聖王之治天下自宗法始無宗法天下不可得治宜特為一書以發明之然其書卒皆未就繼莊歿後其弟子黃宗夏輯其遺書為廣陽雜記若干卷

方雪齋名粹然淳安人朴山先生子少日隨朴山居京師從何義門游稱義門高弟弟子其後游黃山寓居歙之河西歙士多從之者已而愛錢唐山水之勝遂久居錢唐江上晚歲復游歙持一木瓢歙時時澤之光可以鑑自言某年游於松嶺雪夜宿僧寺爨下見燒餘異而取之製為瓢途中遇盜發篋攫之去已而於杭州市中復得之其時亦雨雪也因名之雪瓢而自號曰雪瓢老人雪齋取歙石材大者為硯刻小像於其上而自識之曰老人能文好古不事家人產見秦漢器物法書名品斥衣食貲以資其好每過辰不舉火而吟嘯自如遇山水幽異處杖屨必到所交皆一時耆舊晚號雪齋老人閱四百二甲子丁亥長夏書於歙浦旅舍卒年七十餘所著有十一經註疏類鈔一百卷禮服古制二十卷皆為人取去其雪齋有自製銘錢唐吳鐵生以分書刻諸齋之唇殆時殉棺中雪齋文多佚不傳僅存其門下士歙程瑤田所手錄數篇而已

清　宜興吳德旋仲倫甫著

方維儀字仲賢，桐城人，適同邑姚孫棨，年十八而寡，著有楚江吟、歸來嘆、清芬閣稿。嘗與其從妹維則尚論古今女士之作，編為宮閨詩史，分正邪二集。維則亦早寡，能詩。維儀善畫人物，白描大士尤工。與浦江倪仁吉山水並入妙品。仁吉適義烏進士吳之葵，之葵卒時，仁吉年甫二十，嘗種方竹於庭，以見志。東陽高士董枏，康熙初游金華郡，仁吉為其人製方竹杖遺之，所著有凝香閣稿。

計烈婦范氏，秀水人，計駿妻，事舅姑以孝稱。夫亡，舅姑相繼卒，營葬畢，自沉於溪。

吳文璧名永和，元和人，明布政吳暘女孫，適武進董玉蒼，早寡，少能詩，嫠居後屏去翰墨，有請者輒不應，曰此非未亡人事也。其存者曰苔窗拾稿，有所作苔窗賦尤工，其詞曰：敝廬之北，鄰圃之前，縱橫半畝，欹側數椽，蒙翳於芟草，迷漫於荒烟，乃葺小齋，營狹室，逍遙兮容與，偃仰兮棲息，任平行之碍肩，審易安於容膝，爾乃左排棐床，中列棐几，琴拂嶧陽之桐，詩裁浣花之紙，書裝玳瑁之籤，硯浴薔薇之水，則復面以素墉，帶以紅欄，花疏疏兮三五，樹竹娟娟兮數十竿，簾非水晶而不下，屏非琉璃而不寒，當其新葉並抽，繁英齊吐，杏蕊紅兮霞屋，棗花白兮雪戶，紫燕壘於風檐，黃蝶翻於疏圃，飛絮撲人，游絲橫路，及夫高樹蔽日，清風送涼，扇襞素紈，團來小月，衫裁白紵，剪落輕霜，掃逕則籜竹盈砌，拂簟則花瓣半牀，又如涼風欲來，袷衣換早，良斷雁之宵，征蟲號砧之夜，搗響敗葉於空階，泣亂蛩於衰草，至若歲聿云暮，天寒白屋，朔風吼樹，凍雪折竹，戶掩雙環，窗扃六幅，擁竹爐之初紅，試降缸之新綠，若乃朝日晃耀，晴烟霏微，苔痕上階，草色侵衣，鳥送歌來，風抱花飛，時而雨濛濛兮如絲，雲黯黯兮凝墨，樹濕新痕，花蔫故色，倚薰籠以生潤，對紙窗而易黑，至於蹤鐘初動，仄徑無塵，蹤星在天，纖月窺人，宜持燭而書課，亦聚螢而生筆，於是撫流光以怡顏，感造物之無盡，或撫畦上之蔬，或劇林間之筍，或撲秋玉之梨，或採連珠之菌，憂藉萱草能忘，年有昌陽可引，况乎志先淡泊，心非崇侈，撿書課蓮頭之子，瀹茶訓赤腳之婢，地僻則喜其面城，景幽則忘其背市，優哉游哉，兜矣美矣，笑介蟻之浮沉，嘆風燭其奚俟。文璧卒後，潘稼堂為之作傳。

蔣升枚名業鼎，長洲諸生，美儀容，與同邑朱桂泉齊名，時稱雙璧。先是升枚之大父樹存，父盤猗，並以風雅稱於吳中，家居桃花塢東，有倚梧巢、雨時閣、文翠堂、蘇齋諸勝，繢名繡閣。康熙己卯，尤西堂侍講年八十二，樹存約西堂及諸名士為送春之飲，爲目山人王石谷寫長春記之，時沈歸愚尚書年二十七耳。至乾隆己卯，歸愚年八十七歲，升枚佐其父復為前會，名流至者二十餘人，作圖者為林屋山人王存懷，人尤以為佳話。升枚年未三十而夭。朱桂泉者名荏恭，與從兄澤生時霖皆弱冠能詩，居桐溪，其前為蹴雨樓，後為蘋花水閣，時吳企晉、沙斗初、張崑南皆居西郭，相去數百步，而王德甫、張策時、趙損之、蔣升枚諸人相與過從還往，故詩酒之盛著於吳下。桂泉所著有雅材堂初稿。

錢唐布衣金壽門名農，號冬心，性通峭，工詩，有冬心先生集，中歲為汗漫遊，徧走齊魯燕趙秦晉楚粵，卒無所遇而歸，晚寓揚州，賣書畫以自給。其書出入楷隸，本自天發神讖碑，而畫梅尤工。嘗以十六幅贈青浦王侍郎述庵，仁和陳給事寶所，見而賞之，携去累月不歸，述庵索之，寶所笑曰：我以是為性命矣，而可還乎。其為名流所矜惜如此。寶所有弟曰用儀，亦工畫，述菴有三泖漁莊圖，一時海內知名之士咸有題詠，其圖用儀所為也。用儀名鴻，賓錢塘縣學生。

汪紉春名照，嘉定人，貢生，著陶春館吟稿，通金石文字，善八分書，晚歲窮經義，有齊魯韓三家詩義證、大戴禮註，又有所選宋詩畧，論者咸服其精。

秀水朱稻孫字稼翁，竹垞先生之孫，父昆田早卒，著有笛漁小稿。稼翁既少孤，大父撫教之，長能嗣其家學，所至人傾慕之。乾隆元年，以貢生薦舉博學鴻詞，晚歲游揚州，為盧雅雨運使上客，竹垞所撰經義攷，後半未刻，稼翁出以示雅雨，雅雨悉為刻之。稼翁著有六峯閣詩稿。

于烈婦蔡氏，金壇人，許嫁同邑于氏，行有期，而于氏子病革，世俗之說謂夫病而娶婦則有勿藥之喜，故于氏請於蔡，欲先期而娶，母難之，婦曰：兒身已許之矣。歷往則居別室，數日，其夫死，視含殮，脫一釧帶夫臂，抽一如意簪夫首，而緘其半，求死百方，俱救免。舅姑若新婦之甘死無已也，立嗣子以慰之，自此不復求死，一以事舅姑撫嗣子為己任，然閱七年而卒，以死于氏。饒於財，既喪厥子，近屬多生覬覦心，推不喜婦守節立後，以故怨叢於婦，而舅姑年未艾，尚冀自能生子，是無意於嗣於婦，以餌其婦，使勿死耳。女逆知其旨，數乘間為姑道古賢婦逮下多男之美，姑聽買妾，已又禱祀祈子，婦虔助之。姑喜曰：新婦愛我家務，一以委之，外內怨者日益甚，曰：是將專有于氏之產。妾即生男，幼子不敵長孫，讒口百端，舅姑不能無動，婦無以自明，不得已從來時倘其盡納諸姑娣者又曰彼將有他志亦不待一物去也婦聞之大恚潛取平日所閱書及手迹焚之夜沐浴更新衣如常服其上出一釧一如意釵帶之縫結牢甚厥明侍姑早飯如平時食訖入房自經死年二十五婦適于氏凡七年未嘗歸寧母遣婢邀之謝曰兒以寡媳侍翁姑日愼一日猶恐不終敢無故歸家滋外人口舌乎其秉禮如是然婦不得于七年前以殉夫死乃于七年後以謠口死不死則終無以自明蓋其行烈而其心益苦矣

桐城方南堂名貞觀有異才少即工詩與同里馬相如友善並以詩擅名壯歲以鄉人南山堂案牽連隷入旗籍居十年得放歸田里其詩出之若不經意而深至沈痛凡以感人所著有南堂詩集馬相如名樸臣年五十始舉鄉試屢應禮部試不第推薦為中書舍人乾隆元年應博學鴻詞試復不遇未幾卒著有春巖詩鈔

石貞石名文上虞人自其先世徙於杭遂占杭籍補諸生好為詩無所承受獨以己意求之古人悽戾幽怨自成一家言與里人厲太鴻金壽門丁敬身陳授衣諸人相唱和暇輒徘徊叢祠破塚間至日暮乃返里中兒咸怪目之年三十五侘傺幽憂以死諸故人輯其遺詩得十一二而陳授衣敘之以傳

沈台臣名受宏太倉人所居在白漊水上因以白漊自號少好學能文尤工於詩自弱冠時同里吳梅村先生見其詩即大稱賞寫書於合肥龔尚書芝麓深引重之吳門繆念齋侍讀婁東王顓菴相國皆延致之廣館已而南游至閩粵北至兗豫又一再至京師客王相國邸第與諸名士刻燭分韻賦詩名籍甚顧性愛閒澹未幾遂歸不復出著有白漊詩集

徐靈胎名大業吳江人性通敏喜豪辯初學時文薄其道遂覃思周易道德陰符家言久之有契乃旁搜天文地利音律技擊之術精意鍊習得其要領而於醫理尤邃以諸生貢太學尋棄去專以醫活人數應人請往來吳淞震澤間因以曉知諸水源流順逆淺深通塞之故其後縣有興作靈胎輒正論鑿鑿持是非有司不能奪常委曲從之乾隆二十七年巡撫莊公欲興水利將開震澤縣七十二港以洩太湖下流水靈胎白言其五十餘港非太湖下流閒且無益又將壞室廬墳墓不可算數惟附城十餘港為湖下流瀉之便因導有司相視卒從其言靈胎故與同邑沈徵士冠雲友善冠雲學優於攷古而靈胎務知今兩人者交相資也靈胎著書甚具多自得之言嘗創新樂府曰洄溪道情警動剴切士林誦之卒年七十九

厲樊榭名鶚字太鴻錢塘人性孤峭義不苟合讀書搜奇愛博鈎新摘異尤熟於宋元以來叢書稗說以貢士需次縣令將入都道經天津查蓮坡留之水西莊觴詠數月同撰周密絕妙好詞箋遂不就選而歸與陳授衣同為維揚馬秋玉上客馬氏小玲瓏山館多藏舊書善本樊榭肆力搜討撰宋詩紀事遼史拾遺最稱詳洽乾隆元年應舉博學鴻詞有樊榭山房集其所著幽新雋妙刻琢研鍊擷宋詩之精詣而去其疏蕪沈歸愚尚書方以漢魏盛唐倡於吳下莫能相掩也陳楞山者名撰鄞縣人布衣乾隆元年薦舉博學鴻詞未就楞山工寫生以墨筆之若不經意者而蕭疏簡遠格高甚時人寶之性好為詩有玉几山房吟卷續鈔集陳授衣名章錢塘人乾隆元年薦舉博學鴻詞著有孟晉齋集

方蘭坻名薰石門人布衣能詩善畫尤工畫蘭著有山靜居稿

蘇維晉名如玉號發處太倉人家貧好為詩諸生同里汪衡玉侍郎視學安徽江西河南俱偕之以行性喜游覽凡遇名山勝蹟必登臨吟嘯而去晚歲家居貧益甚年六十餘猶為人作童子師敗氊破席歌詠自若雖朝夕食不給弗顧也所著有蓼蟲吟稿

畢韜文名著歙人崑山王聖開妻韜文隨父官游薊邱父死於流賊不得其屍衆議請兵復仇韜文以為請兵則曠日賊且知備即於是夜率精銳劫賊營手刃其渠賊衆駭甚遂奔潰追之多自相踐踏死乃與父屍而歸時韜文年甫二十韜文能詩嘗自為五言詩一章紀其事

貞烈女葉氏黟縣人幼喪父其母教之讀書能為詩字同邑盧生生弱冠得羸疾卒請於母女聞訃欲歸盧氏服喪守節母曰汝何不祥若是耶此於禮無之亦義所不出也女曰女何知禮然禮依乎分者也分從乎名者也母既以女字之矣以為何名名正而義立義立而分定母所謂不祥者乃大祥也母曰即如汝言其於事甚難女曰難在志不難在事視事所當為而為之何難之有母不得已歸之盧氏至則登堂拜姑畢即往盧生墓所再拜成禮而返三年服闋迎母相見絕食七日死死之日有靈鵲數百飛噪室中驅之不去異香滿室經宿猶不散云

沈關關字宮音吳江人沈寶威女母楊氏名卯君工繡佛用髮代線號為墨繡關關傳其技兼繡山水人物益工廖景文養痾閒記云吳江顧茂倫自號雪灘釣叟同邑女史沈關關刺繡雪灘濯足圖題者姜如須尤展成諸公皆一時名宿今藏郡中好

事家。

余少雲名鵬翀。懷寧人。國子監生。少有逸材。工水墨畫。朱竹君先生視學安徽。見少雲所作詩畫。賞之。由是名譽日起。往來燕晉間。輒以詩寫其風物。未幾卒。詩稿藏朱氏。其兄鵬年。錄得三卷。名息六齋遺稿。

汪容夫名中。江都人。貢生。多聞強記。研究經史。尤嗜金石文字。性亢傲。妄慢時人。然名公卿皆愛其才而禮下之。尤為王述庵侍郎所識拔。述菴嘗與畢秋帆尚書。致書兩淮鹽政全公。俾掌大觀堂所　頒四庫全書。及全公移任杭州。又屬其兼掌西湖　賜書。同人釀錢飲之。大醉。比晚而卒。生平所著有廣陵通典三十卷。春秋後傳二十卷。述學四卷。又選屈宋以下哀艷之文。為傷心集若干卷。惟述學有刊本行於世。

柴季嫺名靜儀。錢塘人。沈漢嘉妻。著有凝香室詩鈔。沈歸愚尚書稱其詩。本乎性情之貞。軼乎學術之正。時帶箴銘。不可於風雲月露中求也。子用濟。字方舟。少學於母。以能詩名。後至廣南。與屈翁山。梁藥亭。交詩益進。游邊塞。留右北平久。詩皆燕趙聲。見重於紅蘭主人。名大著。其妻朱柔則。道珠。畫故鄉山水圖。寄之。紅蘭主人為作詩以諷。方舟旋歸。當時傳為佳話。方舟廬母墓。道珠感賦一絕。辭意悽惋真摯。論者以為不愧其姑云。

張永夫名錫祚。吳人。初居南園。後徙木瀆之下沙。家貧甚。經年卧病。而好為詩。其友長洲徐龍友。嘗作移居詩贈之曰。吾友永夫古狷者。不義與之弗受也。十年卧病時掩關。戶外紛紛看野馬。此足以見其為人矣。永夫詩。初以生新為宗。後一歸於平淡。在韋左司柳柳州間。年五十餘。以窮餓死。葬靈巖山麓。碣曰。詩人張永夫墓。長洲張鳳舉過其墓。而弔之以詩曰。天意篤之子。使之長賤貧。賤貧滿人間。若個稱詩人。其後好事者。每持酒至永夫墓。酹之。徐龍友名蘧。諸生。負才高傲。讀書一二遍。終身不忘。其少時為詩。專學昌黎。後乃篤好義山。謂以男女會合喻君臣事。使得風騷宗旨。註義山詩。與朱長孺註時有異同焉。所著有西堂集。張鳳舉名一鳴。雍正乙卯舉人。嘗受知於儀封張清恪公。清恪被誣。幾蹈不測。鳳舉躡險尾行。士林重之。著有藥圃詩鈔。及箋註杜樊川集若干卷。

張槎雲名昊。錢塘人。張壇女。適同邑胡大潔。夫婦們相唱和。著琴樓合稿。施愚山為其序曰。錢塘胡子文漪。與其婦張氏槎雲。並能詩。槎雲年二十五死。胡子神傷。追刻

其詩。儷己以作。是為琴樓合稿。論者皆悲槎雲以才夭。余觀近代吳越閨女士稱詩者。不乏新聲麗製。律之內則所垂。班姬所誡。或無取焉。且夫男女之際難言。盤中詩妙不聞。伯玉和歌。織錦詞工。未見連波作答。女之才多不能必其夫。至如夫婦皆才。而卓氏有白頭之吟。徐淑有人遐之嘆。蓋兩美難合。薄命寡儔。自古恨之。若胡子與槎雲。可謂美之合而相得無恨者矣。槎雲乃遂早死。余既惜其才。又多其能修婦德。聞父病京邸。刺血書禱詞。已而訃至。哀慟得疾。逾年卒。今讀其思歸哭父墓諸作。盡然有足傷者。昔歐陽公與謝進士景山交。因為其女弟希孟序詩。今槎雲故步青之女。祖望之女弟也。予嘗交二君湖上。而胡子又從吾友毛君稚黃游。以是不能辭。然吾聞胡子繼室陸氏星浮。亦善詩工刺繡文。未幾復夭。何胡子之連有才配。而皆溘以盡也。槎雲所著。尚有趣庭集。乃未嫁時作云。

余文圻名京。丹徒人。布衣。沈歸愚尚書。於焦山石壁見文圻詩。善之。詢之寺僧。僧曰。此市人也。有輕之之意焉。然歸愚卒造訪之。與定交而去。時柏鄉魏念庭觀察愛其詩。欲令往見。文圻曰。往役義也。以詩為羔雁。豈禮哉。卒不往。尤在京名怡。長洲人。布衣。隱於醫以給食。昔皮襲美寓臨頓里。陸魯望自甫里至。與之定交。倡和其地。為皮市。在京所居也。周迂村亦至自甫里。相與賦詩。時人以為皮陸之比云。

長洲鄭季雅名鉞。少時即以詩名。朱竹垞極推賞之。謂吳人狃。鄭生獨狷。吳人詩靡。鄭生獨剛。蔣文肅公亦奇其才。然不因此以求進。時人推其有品焉。

徐傳南名洪鈞。宜興人。諸生。喜鈔書。經史子集。苟有會於心者。必手錄焉。出游則載箱簏以行。年六十。右體病攣。仍以左手書。勿輟。為詩辭必己出。異乎剿竊為工者。

梅烈婦鄧氏。南城人。舉人梅國棟妻。雍正甲辰。國棟赴禮部試。道卒。婦聞訃。呼搶不欲生。念夫喪未歸。不可即死。甦起食。拮据迎夫柩。營葬畢。作絕命辭。暨遺囑累千言。家人不及覺。登樓自縊殉焉。

吳烈婦施氏名婉貞。吳縣東洞庭山人。年十九。適金灣吳翰章。逮事祖姑。孝敬無間言。未幾。祖姑及舅相繼歿。繼姑張氏愛其子。因釁視前子婦。烈婦曲意承順。宗黨稱之。張性鷙毒。陰為魘魅。意為翰章祟也。而其子忽一日暴疾卒。越旬日。翰章亦卒。烈婦晝夜痛哭。誓一死。既而念曰。夫死不葬。非義也。三喪未舉。非仁也。繼嗣未立。非孝也。乃忍死為夫立後。又拮据葬其三世之喪。繼勿姑邮謀奪其志。烈婦知終不免。辭絕

命嗣，四百於壁自經死。

吳君諱名嘉訓，無為州人。父病膈噎，臨卒，君諱泣呼天，嘗其所嘔之飯。方父病劇時，思食江魚，求弗得，父卒後，每見魚必泣，不忍食魚。君諱論學，崇朱子，以主敬為本，小有過則痛自刻責。家貧，或累日不舉火，而怡然自得也。里有火災，升而視之，須臾火自熄滅。有邪魅憑人為祟，巫者百計驅之不去，君諱至即絕，人皆歸功於君。諱君說正色答之曰：「此實異數耳。昔子産不禳火災，不禁龍鬭，謂其不相及也，子乃為我功也。毋侈談滋惑耳。」兩舉鄉飲介賓，不就。病將卒，神定不亂。人有績美材者，舉手却之曰：「吾家貧，不稱此也。」卒時年七十有三。

合肥諸生蔡洛賢，名姝英，七歲喪父，事母能盡子職。洛賢長而葬父，既定期，疾作，瀕於危，家人代營葬事。前期一日，夢中泣而寤曰：「及葬期乎？」家人諱之。洛賢泫然曰：「此何事，忍逭親弗顧耶！雖死，吾必往也。」不得已，舁之床以行，視下窆封土而後返。嘗手錄《蔡禮擇要》，歲時享祀，奉而行之。性嗜學，雖疾病，未嘗一日廢書。

吳秋崖名元桂，無為州人，少孤貧，好為詩，豪於游，不樂仕進。歷三巴，溯兩湖，入都門，足迹半天下，而詩益富。著有《振華齋集》，裒輯《昭代詩鈔》，暨《滿須詩志》行世。

黃武鍾名培，廬江人。少穎悟，既冠，益覃思經典，不樂仕進，成進士後，歸里教授生徒，孜孜不倦。性和易，無圭角，而義利之辨甚嚴。所著有《斗南閣古今文集》、《香巖續集》。

汪啟謨名有典，無為州人，諸生，博通經史，嘗攷有明一代忠義事蹟，為立傳，著作甚富，兩舉鄉飲賓，年七十一卒。

周朝鼐，合肥諸生，乾隆時人也。與兄朝鼎共相友愛。先生遺産二千金，盡以讓朝鼎。朝鼎不肯受，朝鼐曰：「兄有五子，食指繁，不能贍給；弟授徒足贍生，無需此也。」然朝鼎家猶苦食不給，朝鼐復以教授所得束脩資之。先是康熙中，其邑人有周愛池者，性孝友，兄弟析居有年，而弟以貧故，鬻其屋，愛池買之。越數年，弟嘖有言，愛池曰：「吾存此，將以與弟之子耳，豈真利弟産耶？」亟歸之，不復計值。又舒城郭仲符者，有兄一人，父早歿，兄弟勤苦操作，生業漸裕。兄貿易江湖間，析閱其資歸，而仲符復分與所有與之，曰：「我差幼，能任事，財産易致也。」時人皆高其義云。

方正榮，無為人，與汪文照為友，至老無異財，兩家子孫亦互相戒不可以爭利違二父意。州守史應選給額獎之，標其名於旌善亭中。

吳又人名爾康，無為州人。父點，明季貢生，以罵賊死。又人痛甚，不復求仕，明亡後隱居城南裏溪上。為人沖淡閒逸，脩然塵壒之外，意有所適，則發為詩。性嗜酒，喜與野僧田父泥飲。篤於恩義，每拯人之急，自忘其斂。既歿，友人共梓其集行世，曰《萸溪詩選》。又人之友，以詩名者，朱子固為尤著。子固名智，亦無為人，性嗜學，少治舉子業，明亡後棄去，日與又人輩放情巖壑間，著有《北撫集》。

蔡鴻招名梅，無為人，家貧好學，常著白布衫，自稱衣白者，著《風滿樓草》、《峰山桐語集》。

初月樓續聞見錄卷四終

初月樓續聞見錄卷五

清　宜興吳德旋仲倫甫著

婺源詹古愚名淳善治墨搡業以游能辨別士大夫賢否子應甲舉人方應甲生之夕古愚夢一客冠蓋登堂以紅箋置几上若曰唐進士溫岐怪之以詭其妻余氏余故不知溫岐何如人也古愚為舉稱唐書中所載庭筠軼事余不樂曰審如是則有文無行者耳故應甲生而皆教之尤嚴應甲能文章頗工為唐人小樂府

華亭布衣吳陶寧名鈞自號曰玉田生好讀書通天文勾股金石篆隸刻印之術而尤自力於詩歌古文辭於文好深沈之思於詩不苟作務自矯厲不同俗家貧為童子師以給食所居梅花書屋在城東委巷中頹垣塌井處之浩然性介潔寡語獨與其同縣翁澹生交相善也卒時年五十四陶寧既以窮死縣人掇拾其所為獨樹園詩鼠璞詞各一卷梓之翁澹生者名春別自號石邨小時與母沈居北郭外菜花涇挑菜以自活偶過里塾門外里塾兒負誦澹生為竊誦之塾師怪問則曰顧常往來聞師教讀習之耳指其字初不識即從塾師乞問大意歸而以意推測句讀無幾何遂自能讀書又別丐市肆棄筆從墻壁間畫字人是以詫說之聞於縣貢生姚培謙

培謙家多藏書畀以所宜讀書且周給之使卒學已而里人沈大成致之門下讓以所聞遂能詩於詩好元人於作字好孫過庭為人謹飭寡言笑有招之飲輒往然無酒失大學士諸城劉公以侍郎督江蘇學政行縣至華亭聞澹生名欲見之不可公乃手書為卷以贈之性篤孝善事其母母年八十餘卒澹生以嘉慶二年十二月中寒疾驟卒年六十二澹生無妻子有同産弟不知書於是其故人門弟子相與夜校其所為賞雨茅屋詩四卷與吳陶寧詩並行於世長洲王芑孫惕甫為作華亭二布衣傳而論之曰漢世有所謂故老悸論者彼其遺澤蓋亦有繫於當時矣余故聞沈大成有學行身不遂而施教於其鄉鈞與春及聞其緒論猶獲以布衣自表見況乎或出而居民上者哉青浦胡生家珊為余言生家菜花涇嘗以門右傍街一小樓居春母子二十年不常見春家竈突中有烟起而其母猶督春讀書勿悔日諄諄然余來華亭鈞已前歿而春猶在三往僅一見之然勿余報謁也烏乎士大夫以仕宦為賢而節概多存於窮巷掘門槁死之士此余所為拳拳於二布衣也

鳳德隆名韶江陰歲貢生所居濱江郡巷僻陋聚生徒課稍以為食治經精審而城邑中無知者嘉慶十六年卒年七十餘卒後九年武進李兆洛申耆刻其經說三卷於粵東而為之序曰　國朝治經之家獨盛於前代而於三禮尤為粹深如長洲惠氏四明萬氏婺源江氏桐城方氏休寧戴氏歙金氏類能鉤稽古訓探索隱誤辨明當物往往有疑辭與古前人說之而愈晦一經解駁即犁然當於人心者先生生窮僻之壤既與諸先生淵絕諸先生所著書亦不能遍見而窮思獨造所得殆不相讓以是知志致卓越者固無所待而道術之明自有時也然而諸先生盛時聲望翕然　當宁與嘆公卿側席承學之士莫不就而請業焉而先生之居去予居不十里而未嘗相聞比予友王君瑤舟為予言思欲一見先生而先生已歿歿而其子不能世其業及門之士亦無有能傳之者可慨也瑤舟又言先生經學盈篋皆隨手條記屏雜無次第釐訂逾月始成此編其缺落差訛不能辨識者尚十倍於此精力疲薾未能周稽約予歸而盡以畀予更當綜比而續刊之以成一家之學也先是有四書補攷其門人輯先生之說涉四書者刻之松江吳氏刻於藝海珠塵中者曰讀書瑣記僅有數條其名皆非先生所自定今所編凡已見於四書補攷者畧之而瑣記則併入焉夫鳳氏沈究遺經期於自得而非以為名也然遂有人焉輯錄而表章之雖豪末無加於身而作者其嘉惠後學之心亦可以少慰矣

蔡烈婦金氏合肥縣學生蔡機之妻機死無子烈婦誓以身殉烈婦故工書畫及是盡以平日所作書畫火之絕食十餘日家人潛以糜湯飲之不得死更延數日乘懈矣又潛飲之終不變其初志積二十八日死時年二十八

高烈婦陸氏合肥人高繼國妻繼國死烈婦年二十二事姑至孝父風之嫁不從與媒計將刦之烈婦覺紿曰俟歸別姑拜夫墓父許之及歸裝紉姑衣夕侍姑寢泣告之故姑耳聾寔不知烈婦何語也漫唯應之夜半姑睡熟烈婦起着歛衣跪而自縊鄉人哀之請於邑令勒石墓上焉

方烈婦任氏舒城人方肇祥妻肇祥以喪子哀感成疾疾篤烈婦潛自製殮具復吞針數枚以示必死及肇祥死既斂遂絕食衰絰皆重製曰吾為姑百年後服也邑令聞之親往勸之食不應凡絕食十二日而死時年二十三又汪烈婦關氏者合肥人汪曾三妻姑病烈婦嘗刲股療之及曾三病而刲股弗效曾三死既葬遂絕食邑令親往勸之卒不食氣將盡姆為之浴復甦積十五日死

嘉定周芷巖名顥好讀書不應科舉工畫倣古賢山水人物皆精妙嘉定自朱松鄰父子以畫法刻竹其後有沈兼吳之璠周乃始諸人咸精其藝芷巖更出新意作山

水樹石叢竹用刀如用筆其皴法濃淡均宛生動渾成當時以為絕品芷巖多鬚而善飲自號髯癡富人慕其畫或致金幣不能得偶然欲畫畫成隨手乞人無矜色人有延致之者留或半年或數月亦有時到即辭去嘗游蘇閶與畢朱翁相得朱將任江南芷巖附其舟歸朱之凡方令嘉定芷巖不知也抵吳門始知之不告而歸朱令異而訪之遇不見其介特多類此少時嘗病瘧一夕飲友人家醉歸遇老叟衣冠甚異出一丸藥啖之五臟皆煖忽失叟所在經夕猶有異香自是宿疾盡去終身無纖介之疾卒年八十九族子笠字牧山傳芷巖畫法晚歲游淮揚間諸公爭出重價購其畫云

錢塘黄松石名樹穀其父游保定歿焉松石自里門衰絰泝江渡河至栗林遇大水泛溢行李斷絕跣足行泥淖中沙石所觸血常濡踝至河間覓舟不可得附蟹舟行遭大風幾覆溺者再始達保定訪瘞骨所在水嚙露前和起之已朽乃號泣函骨歸冒雨買三尺竹自扶跣行七晝夜抵德州始得附舟南還因繪涉水負骸圖以志痛焉少耽經史於六書尤有神悟篆隸用筆渾古婁縣張司寇推為第一手松石故以詩文名公卿間有欲以經明行修薦者辭不應母喪過時猶哭竟以得疾卒年五十有一松石晚歲謁孔林得楷木之癭歸名其齋亦以自號所著有格物致河防私議百衲琴清華錄楷癭齋集

楊鐵齋名顧基字履德金山人優貢生論學私淑陸清獻公而又嘗從陸衆線編修游與上下其議論編修之歿為文祭之謂朱子後大儒無如南吳北許兩公有魯齋以干城朱子然後異說不得逞有草廬以推廣朱子之學然後儒家不局於專門訓詁之陋蓋以清獻方魯齋而以草廬擬編修也鐵齋事親孝居喪自大小斂至祥禫一遵家禮儀節嘗與友人論喪禮謂記云居喪未葬讀喪禮既葬讀祭禮此為平日未讀禮者言也儀禮十七篇素所誦習何待苫凷中始佔畢哉張子言居喪它書不可觀者謂非聖之書也讀聖賢書未必越於禮外聖賢之學事以居喪忘之其議論通達如此性耽著述於易書詩四子書小學皆有劄記於春秋有四傳存疑於三禮有臆說又有觀禮編律呂指掌圖鐵齋偶筆詩文雜著合若干卷

范莪亭名永祺字鳳頡鄞人年六十始以歲貢生中式浙江鄉試主司方以得名宿相慶而莪亭引疾不赴禮部試遂以舉人終焉莪亭博覽強記好收藏明代及 國朝名公尺牘自碩輔名儒忠臣孝子丈人逸士以及閨閣方外靡不收錄考其時代

爵里行誼別為序錄以寓論世尚友之旨其仕宦顯達而為清議所斥者斬黜雖工棄弗錄也工於漢唐篆隸尤精摹刻其所居曰覲天室室之初成集蘭亭字為七律二首求南名士屬和者數十家一時傳為佳話卒年六十有九

張蔚園名大谷一字可之字若受先世自無錫遷常熟其所居瞿文懿公故第也蔚園始生之夕父夢文懿授以筆曰以畀而子六歲就傅穎悟絕倫十二即能詩十三丁母憂日跪木主前誦金剛經三年無間五經博士言先生德堅教授里中蔚園與陶太常正靖嚴觀察有禧俱稱入室弟子益都趙贊善執信來吳中蔚園以詩文請質許為國士並賦詩書扇贈之十九補太倉州學附生明年試高等補廩膳生時沈編修淑方為諸生兩人約入山讀書學成乃出未幾蔚園丁父憂沈聯登鄉會榜不果前約以貢入國子監與番禺莊相國有恭同邑孫主事夢逵褉被蕭寺以道義相勵勉未嘗持一刺謁貴人門先鄉達蔣文恪公欲延為子弟師乘小車往訪屏避不見累應順天鄉試不獲解復歸里門以授教自給乾隆三十四年八月卒年七十有一生平所撰述甚富中年燬於火後其孫蘂搜輯遺文為四卷

凌文衡名嘉印錢塘人年四十猶充府推官書吏性好讀書同輩皆非笑之嘗匿書直舍案下無人時私誦之夜俟衆熟睡焚膏默誦不休已而決計棄為吏受業於應嗣寅先生盡得其所傳窮年矻矻學著書年六十餘猶手一編抄錄不輟冬月嚴寒呵凍註禮書日幾葉膳寫日幾葉皆有課程嘗謂學者曰學問必到造次顛沛必於是方有得力康熙戊寅某月無疾卒年六十有七卒之日猶手註禮書一葉云沈志可名士則仁和縣學生師應嗣寅先生學禮初疑禮為難行應先生曰爾自不行禮禮豈難行哉志可聞言汗浹背自是毅然以力行古禮為己任居家教授端坐終日雖盛暑不去冠襪出則徐行緩步接人貌溫氣和無疾言遽色人有過正言規誡之遇於途次或冠有不正履有不整亦必偲偲告之居喪不用浮屠悉遵古禮功緦之喪必服其服與志可往來者常見志可冠素冠也志可於禮書無不講明而力行之而尤詳於古斂禮塟禮嘗云惟送死可以當大事每諄諄為人道焉後學或以性理大中之說相質志可曰知師學者有凌文衡予惟說禮而已志可卒於康熙辛巳後文衡之卒三年

山陽周白民名振采拔貢生白民善為制舉文擅盛名大江南北於時主江南試者每以不得白民為愧焉

朱以載名厚章崑山縣學生寓居嘉定有高才著多師集晚徵博學鴻詞病卒門人金昂午為刻其遺集行心喪禮鄉邦並重之

沈曉庭名茝玉吳江人貢生倪弁江妻嘗作慎獨謹言勤勞和敬四箴論者以為可補班氏女誡其慎獨箴曰天生烝民有覺其性陰陽肇判含元達順琴瑟詠蘋蘩攸司夙夜用敬猶懼或虧無曰深閨莫予云覿淑愿在躬指示暗室惟椒與蘭植於中田我思君子淑慎塞淵謹言箴曰先民有言言不出閫牝雞之晨厥家用損節以應佩琴以和神辭苟或費寧默而存勿尚爾舌寸心是弛既悔而追不脛千里嗟嗟愚盲慎其德音鸎鴆多言祇名文禽勤勞箴曰紡績在筐煥乎有爛凄其以風滋我永嘆惟織與紝為坊厥心舍業而嬉滛愚相尋野有絡緯振迅其翼爾安用媮微羽所疾雖有孔翠不如春蠶之子纂組不如布縷和敬箴曰冀妻如賓孟光舉案夫豈矯情媮墮斯遠嘯眉折腰邦國之殄彼皆罔知近以用驕出閒貞靜堪配君子載色載笑若佐之史敬而能和穆如清風修身準此維以令孫曉亭所著有聊一軒詩存若干卷

蕭來巢名鳳儀會昌人諸生為人貌清癯善面折人過與有道處則婉退若不足以故賢人君子樂與之游亦有嫉而思中之者友人為仇所搆疑來巢與謀因羅織成大獄後燐㦌無所驗得脫而其人亦卒自悔鄰人有素凶暴者以小故毆其妻因以誣來巢上官廉得寃反坐重罪來巢陰為解免且與之貲以瞻鄰人德來巢甚每歲時伏臘具雞酒叩頭謝罪焉來巢教授三十年遠近著弟子錄者百數皆隨其才造就之彬彬多名儁凡邑中有當作述之文多出來巢手人欲光顯其親者俱向來巢乞言而來巢欣然不自滿假也初劉君某與來巢家故有連來巢十歲時常過之令屬對來巢隨聲答甚工切劉驚異遂妻以女來巢少善詼諧語出令人絕倒晚節甚悔之循循有儒者風度嘗謂其二子師誇師議曰聖賢之道不專以文藝功名重吾少牽舉子業復以謀食故恒依人於儒先粹言未暇深討究也病革作遺囑書勉子孫以守身立德毋得作佛事古人斂手足形還甚皆吾志也勿違又密作書别故舊字畫猶遒勁所著有畬經堂詩文集十卷易經蹤意一卷

鮑子韶名燮生歙人父叔齋以鄉進士知廣東[illegible]興縣當明崇禎之季遭亂去官避地江西贛縣因留家焉子韶年十二喪父獨與寡母居煢煢客寄日以窘窮無力就外傅問學然其聰穎天授於諸書章句聞而誦誦而解贛之宿儒雖名為淹雅莫不

嗟異之稍長竊學撰為詩詞出語時能驚人於是稍稍出交贛之賢達三十一歲遭母喪哀毀骨立後出游吳會燕齊間一時吳會燕齊知名士無不願交子韶者遇寧都魏永叔於揚州相與談論累日出語人曰魏先生真吾師遂執贄請為弟子東南亂起子韶歸保妻子於贛贛偏將軍李公延致之幕下從征贛諸縣負嵎之寇康熙丁巳從蔡都督攻吉安戊午容宣義將軍幕從破江西崖石寨又從破浙閩間諸賊壘先後以儒服運籌策軍門十餘年所至能相與有成功救被難民婦全活者甚衆雩都人士為刻石紀德而將軍亦次其功將請於朝而官之子韶辭焉其後名日益盛志日益廣辛酉歸自京師朝之近臣達官咸為詩歌道其行戊辰客佟將軍幕辛未游東粵以疾卒年五十二所著有江上集紅螺詞江樓合選旗桐引凡若干卷

劉若木名日暘宣城人早孤依母氏體羸貌瘦鄉人皆易之若木亦不往千人獨族弟祖琨善之常借書讀午夜不輟已習為詩所居臨溪窮處無事獨吟修渚大澤間不知者以為狂然若木為人寔恪謹甚家貧為童子授句讀間與郡中諸詞人往來施尚白稱其詩清新瀏爽誦之洒然也順治辛丑冬娶某氏貌麻醜夕將婚俄中疾若斷股劇臂者不能交禮移宿召醫醫皆愕然就醫於郡疾革載還及門而卒年二十有五貧不能殮祖琨為經紀其喪若木奉母謹既死母日夜哭已夢來告曰兒夙世戒僧也以心動墮此法不當婚若不婚猶可數年活云

石鹿山人李希喬字遷于歙人以善書客四方人無貴賤智愚彊其書悉應無忤色其賢者物色而尊禮之則退然謝不敏其不知者傲遇之不以為病少時苦貧嘗學賈不利遂專學書通六書大意用浮屠戒不食肉有不能供伊蒲者即他饌中擇蔬而食食已則盥漱誦諸大乘經往往坐至中夜為人貌愿朴然沈靜多藝能畫石竹篆勒人物工篆刻雙鉤法帖又斵竹為臂閣及界尺鏤刻爍然如寫生捫之無亳髮迹時比之金陵濮仲謙

朱行初名素履蕪湖人少穎異過目成誦經子史集靡不淹貫讀書神山麓羅漢寺中願宗伯錫疇嘗指而異之曰此子學業如此得不令前賢畏後生耶晚歲尤耽於易雖祁寒溽暑未嘗輟業也所居村左有大楓樹行初每持書卷坐其下夜或影燈帳中勤學過少年子弟康熙丙子貢國子監卒年七十有六著有易解續枕香亭詩集藏於家

繁昌徐堯民名克范博文強識淹通古學有盛名性介特不肯依人學使者古田余

正徙強致之幕中。未半載。以母老告歸。設教城西邑中。知名士多出其門下。母年九十一卒。時方溽暑。免民服苦枕塊。一遵古禮。家人數請設簟帳。不許。晚歲郡守李棹延為子弟師。以疾歸而卒。著有易經演義、讀史記十表、自好堂詩古文行於世。

當塗張鳳暘官圩沙滯人。順治初。官圩土冦蜂起。沙滯險狹。濵湖。肘近賊穴。鳳暘散家財給鄉里壯健者。率之捍禦。數十里內。賊不敢入。已而副總兵梁化鳳師師過沙滯。民皆震恐。鳳暘椎牛犒師。泣陳良民遭冦之苦。梁義之。授以旂。全活無算。至今里人德之。

陶太古。名維熊。當塗人。寄情高曠。居草舍三五間。環以短垣。取靖節語。顏其齋曰容膝。所著詩草。即以命名焉。奚公石。名自。亦當塗人。早歲補邑諸生。淡於名利。慕陶靖節之為人也。其所以居栁村。老屋數椽無長物。惟儲書萬卷而已。時或臨溪獨步。朐次悠然。所作詩。晚年多自删削。序其篇曰栁邨存稿。

平湖女子鮑金暉。名詩。姊妹四人。皆喜讀書。能詩。新安老人程立巖善山水花草。來游東湖。金暉姊妹四人。皆從之學花草。傳陳白陽法。金暉筆尤長。適張徵士雲錦。著有鵝舞堂小稾一卷。吾亦愛吾廬詩鈔二卷。

梁梅君名瑛。錢塘人。適黄樹穀松石。梅君善詩。尤工集古。松石館揚州吳軼容家。梅君寄梅花集句一帙曰宇宇香。林亞清夫人所題也。亞清名以寧。亦錢塘人。錢石臣室。著有墨莊詩鈔、鳳簫樓集。林西仲之序。

嘉定鄭烈婦朱氏。事姑孝謹。繼因小姑搆讒。同夫出居於外。未幾夫死。撫其子逾又殤。遂不食而死。長洲女子朱德音。作烈婦行以哀之。其詞曰。妾命薄兮奈何。托君子兮然蘿。洗手作羹兮事姑。姑色不喜兮婦心獨苦。回問小姑兮姑意云何。哀哀逐子兮中心孔歷。惟妾之故。罹此讒尤。嗟哉。徒有子婦。欲侍堂上靡由。庭前樹。一朝枯。秋風急。啼栖烏。君一去兮妾身孤。忍死兮為此呱呱。天降禍兮孰知其端。巢既覆兮卵不完。静言思之。摧心肝。妾不能事姑。又不能撫子。偷生何為。餓死相從地下耳。白雲悠悠。清泉沘沘。妾心苦兮誰知。妾命薄兮如此。德音名宗淑。號翠娟。著有修竹廬吟稿、德音近草。

陽湖孔啟墦先生名璞。聖裔也。屋遂寨橋。讀書過目成誦。少補諸生。尋即棄去。治兵權謀書。及形家言。兼好神仙黄白變化之術。自稱東南奇士。先生為予從姑之夫。其晚歲。或兼數年一至歸美橋。輒與予作竟夕談。嘗謂予曰。子有慧業。可與論道。然勢

不能無嬰世務。要不可使此心汨沒於流俗耳。先生於書無所不讀。然絶不著書為文。或問其故。先生曰。三教聖人之書。昔人闡發已盡。王文成能融貫其旨。而傳習錄一書。未免多事。其持論大率如此。家故貧甚。晚為人相墓以給食云。先生有甥曰將經元。嘗刲肝療母疾。武進鄭夢陽先生。為書其事表章之。

初月樓續聞見錄卷五終

初月樓續聞見録卷六

清　宜興吳德旋仲倫甫著

趙怡當塗人幼有至性六歲就傅讀朱子論語集註中善事父母為孝二語即起問
師曰事父母若何為善師大奇之年二十六婺前三日母病十旬不入私室日叩大
士前願以身代授學內衣人撫其背曰汝母病當即痊已而果愈是歲補邑諸生益
勤學工為詩丈夫三十以羸疾卒臨卒時謂其弟懷曰與子永訣矣勉之哉善事父
母無一言及他事焉

蕪湖鄒光遠康熙丙子舉人事親至孝母項氏性嚴弟光達光連方幼光遠年已及
壯猶令躬滌溷事鄉舉後小不悅即加捶撻光遠長跪引愆無幾微怨懟意父應魁
歿遺田四百餘畝母慈念兩幼子悉與之光遠無後言有陳姓負光遠金累百貧不
能償遂置而不問已復焚其券戊子歲祲光遠偶過城北見有鬻妻者妻哀啼不忍
舍光遠聞之惻然問其價止十二金急歸家措與之光遠以尚義稱於時人有緩急
告之無不應後力或不繼作嘅之詩以見志焉陽城張中丞重其學行為刊所著詩
曰補心集

當塗朱兆安官圩横埂人家貧衣食於傭事母至孝母死兆安結草廬墓側日間為
人傭工夜宿草廬中夏蚋冬雪不避久之多異徵知縣李永芳親臨墓所嗟嘆之給
以額曰孝行可風

徐珠村名錦秀水人工詩適同邑諸生朱辰應辰應家貧甚珠村辛勤操作然不廢
吟事中歲好讀易嘗手書卷尾云宇宙間吉凶消長常相倚伏故夫需血何莫非出
地滅頂爭遂為咎占䟫䠇有悔動乃引吉習坎心亨行亦有尚是以君子順受其正
又嘗黏壁書曰人未能樂貧且須安貧未能安貧且須耐貧能耐貧須常念死生有
命富貴在天二語反復思維理不可易也珠村體羸多疾又以操井臼勞苦精氣益
耗病骨不能支已而疾篤竊自歎曰造物勞我以生逸我以死十七年辛勤於今已
矣辰應泣謂曰猶有言乎少間還語曰君夙以古文自許能為我識數語幸無飾言
斂衾而逝後其族弟某之婦嚴脊拒霜刊其所著紅餘小草為之序曰先夫子有族
姊為朱氏婦生時未嘗相識歿後始得其胥山八咏讀之愛其風骨遒峻不類閨閣
中語亟招其子索全稿讀之遺意數詞超然獨邁迥出尋常畦町之外而其夫君所
著行述一篇尤悲痛不忍卒讀益其歷境困瘁如此而高情朗韻曾不因之少挫其

中所自得者遠矣因為摘取若干首付之剞劂附誌數語用申予向往之志云

吕又張名九齡蕪湖人父昇少為流賊所掠從乘間亡賊追之急投江水中流數十
里獲登岸潛歸生四男又張其季也磊落負奇好立名義不計貲之贏縮仲兄死鬻
家又張割田百四十畝賣之養敢死士為兄復讐有姊貧而老節衣縮食給之乾隆
十年以歲貢生授高淳訓導不就尋以疾卒

陳三薌繁昌人十二歲母死朝夕上食哭極哀母柩殯荒野三薌晨夕往依其側父
以威挾之歸乘間復往乃聽之里人為結廬以處三年然後歸縣令將表其廬

貞烈女解氏當塗丹陽鎮人解則榮女幼字王廷勲嫁有日矣而廷勲死女聞赴私
謂其妹曰女子從一義固然然生時未覿面恐幽魂相對不相識耳妹年尚幼弗省
其語女歸臥室移兩時許母叩門不應從牖窺之几上鑪煙未盡女已投繯氣絕矣

鍾烈婦梅氏當塗薛鎮人鍾宏遠妻宣城貢生梅素女素家黄池河南距薛鎮百餘
里烈婦歸寧而宏遠以暴疾卒烈婦聞星夜奔歸號哭十指迸裂嘔血數升死已而
復甦然嗣是水漿絶不入口家人勸慰之百方堅不聽數日竟死

沈佩之名持玉長洲人著有停雲閣詩稿寄湘女史尤澹仙為之序曰論詩者輒曰

效法三唐夫豈然哉為此説者蓋不知詩之本也凡人蘊其所有而欲因言以宣之
大抵抗懷今古俯察品類而形諸歌詠弗能自已益根於心發於辭周詩三百篇具
在果何所效法耶沈君持玉吳中女士也性静淑好讀書與余為姻婭姊妹常得相
聚論詩頗有同見或分題吟咏或尚論古昔即有聞而笑之者余二人卒莫之顧也
君事親至孝定省視膳婉容愉色以承親之志且素無兄弟能令親顧之而色喜曰
有女如此何必子也是非嬰兒子後之一人乎余讀其詩重其人益自有足以不朽
者在而詩特寄焉而已雖然即其舒寫性情體物比類彼規規焉效法前人者亦孰
能至於此澹仙字素蘭亦長洲人著有曉春閣詩集任兆麟序之稱澹仙性尤超曠
常有出塵之想平生癖在書史操觚之暇焚香默坐而已

徐若冰名暎玉崑山人生時母夢寒梅一枝墮於庭長適孔青崖從青崖僑居泖久
之還吳從香溪上若冰喜讀書稱詩巧鍼縷儷服櫛珥必修潔性愛梅每花時風雨
至則顧而泣若有傷於心者家人竊怪之華亭沈大成見若冰梅花詩偶為更訂數
字若冰見之喜曰真吾師也遂問業於大成稱弟子大成往來吳中恒主其家嘗閔
惠徵君定宇飲若冰入廚治具或以為勩曰吾重惠先生之經學也他日戚有為縣

令者。俛且舍。或又以為俛曰。若徒知取科名耳。安得儕惠先生哉。若冰自從學大成後。於楚辭漢書文選古樂府歌辭皆成誦。能通其義。每見大成行篋善本書。必借得挑鐙校勘。然其生平多愁善怨。俯仰太息中鬱鬱不自得。用是多疾。卒年二十五。著有南樓吟□若干卷。若冰故喜學佛。臨歿神識不亂。起坐說偈云。來從梅花來。去向蓮花去。去來本無心。無相亦無住。時有嘉興女子陳如璋者。與若冰同受詩於沈大成。若冰卒。如璋為詩以哭之。如璋所著有西溪集。

錢凝香名蕙。吳江人。別駕珍南之女。適同邑徐爔。珍南家有眺湖閣。凝香十二歲時作眺湖閣詩。有佳句。珍南異之。遂延名師教以詩。其生平有古近體詩四卷。性尤愛蘭。故自名其詩曰蘭餘小草。凝香工繡人物。以髮代絲。繡古佛像儼如圖畫。年三十九歲得疾。疾革。猶手執蘭題詩二句。并令以蘭煮水漱口拭體而逝。

宣城梅傻子。水東梅村人。少讀書為文。試有司不利。退而息業。業遂振。泊然無所嗜好。而與人言孝弟農桑。則娓娓不倦。其俗急利好訟。傻子以和厚御之。多所存䘏。有稱貸而逋者。或火其券。嘗鬻麻賈客立談而許之。客歸取其金。踰數日至。而價增一倍。或勸之請益。可鼐中人產。傻子曰。使吾舌而可追也。則當易之。吾豈市儈者流耶。傻子年至八十而卒。

毛太素名之儼。遂安人。生明季。年十八補諸生。然不喜治進士業。聚書數千卷。丹墨淋漓。幾漫不可辨。與人恂恂。而為文奇肆。日有聞。先是汪中丞喬年未仕時。太素從之受業。汪奇其才。數抑以繩尺。始折節揣摩。更獻所為文數十首。汪大喜稱善。徧示生客。太素退語人曰。聊以見吾非不能耳。是豈足名吾文哉。卒為奇肆如故。崇禎庚午鄉試。文已中選矣。卒以過奇置彀外。是時主試者。為漳浦黃公。固以奇文名世者也。而太素卒以奇失之。然益喜自負曰。吾老矣。姑以貽吾子。後其子際可。入　國朝。果成進士。太素卒時年七十六。

陸烈婦焦氏。宣城人。諸生陸某之妻。陸溺於博。貧甚。將賣婦於富豪黃姓。婦知之。作絕命詩十章。自經死。有司題旌。兼罰黃姓金。為烈婦建祠。而令陸生守之。

貞烈女錢氏。桐鄉人。許字嘉興某氏子。未婚而某氏子卒。女以父年老無子。誓終身不嫁以奉甝。除簪珥。去華飾。已一年所矣。突有委禽者。至女知父命不可回。題絕命詞一首。即以某氏原聘紅絲自經。

貞烈女顧季繁。桐鄉人。府學生顧溪女。許字烏城縣學生張廷芝子九彰。九彰善病。兩姓媒始或議婚嫁。輒以病阻已。而九彰卒。赴聞。女哽咽幾絕。其保母強慰之曰。幸未至張門。女起立作色曰。我生平用一器一席。尚不欲妄更。況此身乎。無何。女有大母之喪。廷芝遣人與溪訂期來設奠。女是日飭裝若有所待。廷芝至。女即用好語紿保母出。礮而自經於卧室。家人檢其遺篋。得所著薄命賦絕命詞。哀惋不可卒讀。女時年二十一。

李咸齋名勝蛟。寧都人。明季補縣學生。崇禎甲申。竄去諸生名籍。隱金精山之翠微峯。與邱邦士彭躬菴魏冰叔諸子。講易易堂中。咸齋年最長。諸子兄事之。後徙居三巘。教授生徒。來學者皆褒衣韝冠。朝夕歌詩揖讓折旋。入其室。雍雍見儒者之風。咸齋為人恭愨。務為淳厚。與人交。未嘗隙末。即有杙行。亦優容覆益之。好著書。有周易剩言若干卷。初咸齋甫四歲。父攜就書室中。輒指案上卦圖以問父。父為言畫數卦名覆之。對不失。以為偶然耳。越數日。三四覆之。父乃大驚喜。三巘有門生好論易。咸齋故賞其言。然門生好訾謷古人。與人論不合。更大罵。咸齋因咏邵子識得圖中詩曰。子於易學殆無所得。門生後乃大媿。咸齋病將革。猶與易堂諸子諄諄諈諉命門生歌詩以為娛。遂卒。卒之日。白衣冠來弔者盈於路。哭聲震瓦屋。於是其兄瑄與

遠近友人門生。共跡其行。詢私議。諡曰貞惠先生。初咸齋為諸生時。妻兄陳生族子殺人。石城令楊恭之獄其父。誘縣中十三家劫令出其子。竊署咸齋妻兄名。令大怒。以為名首。上其事巡按御史。當論死。咸齋乃造令。令素聞咸齋名。欲識之不可得。及見。乃大喜。咸齋因微言妻兄事。令笑曰。若陳生名居次。可解矣。咸齋乃極言無罪。即十三家皆為首惡詿誤。令是之。更令十三家醵千金謝咸齋。咸齋卻不受。令固請。咸齋乃竊去。因不謝令。然令卒白陳生事。而御史責令欺蔽。劾去官。論者謂咸齋能使令輕其官。令能以官狥咸齋。皆不易得云。

萬年少名壽祺。徐州人。明末貢士。嘗僧服行淮陰市上。有日者他出。年少即其寓為卜筮。得鏹二十。留之而去。日者歸。茫然不知所以也。年少工詩文。善畫。自琴棋劍術以及百工技藝之事。無不通曉。著有隰西草堂集。宋牧仲齋中三詠。有詠萬道人草書詩。萬道人即年少也。

黃烈婦孔氏。江陰蟛頭村人。黃果妻。果死。烈婦懷妊五月。矣。揮淚祝曰。死者有知。其產一男。以延黃祀乎。逾四月而生女也。烈婦遂自經死。時乾隆五十九年某月日也。後十餘年。而其宗又有烈婦朱氏焉。烈婦朱氏者。黃同觀妻。亦居蟛頭村。同觀年二

十一。患痘症死。時烈婦年十九。歸同觀僅四月耳。其父母往唁慰之。欲攜之以歸。烈婦曰。兒夫初死。兒不可以從父母歸。七日後。兒且暫歸耳。許之。屆期。其弟棹舟候於門。至日中。人言烈婦死於後池中矣。其舅姑急奔救之。扶生於堂。竟死。時嘉慶十年四月某日也。

鄭月莊名斐。字非文。壽州人。廩膳生。幼時以知禮稱。及長。潛心理學。授徒淮潁間。一以禮法為教。雖子弟門生。不衣冠不見也。鄉之暴戾放恣者。常恐為其所知。里中婦稚。皆呼為鄭先生。

貞烈女王氏。壽州人。幼許字王昌祚。女年十八。行有期矣。而昌祚以疾卒。父母秘之不以聞。女竊知之。慟哭不欲生。易素服。絕飲食。謂諸姊妹曰。生不同室。天主之。死則同穴。我自主之。遂投繯而死。舅姑聞之。往弔焉。姑視殮。見女顏色如生。歸其喪。與昌祚合葬。成貞烈女志云。

葛維嶽名之嵩。當塗縣學生。潛心宋五子之書。嘗與同志講學池上之當仁館。以經教授於家。足不入城市。著述甚富。雍正丙午正月朔日。忽語門弟子曰。吾去以月之七日。至期沐浴。作七言絕句一首。端坐而逝。年七十有三。時同邑有陶玉書者。名衡。宜太平府學生。家貧力學。於宋五子書。好之尤篤。其晚歲日惟讀易。易簀時。誦論語冠者五六人數句而逝。所著有學庸粹言。

施河采名天驕。蕪湖人。學生。少負雋才。工詩善書法。性喜賓客。暇輒招朋輩飲酒賦詩。不求仕進。嘗游楚中。三楚知名之士。莫不慕與之交。久之歸里。尋卒。先是江右施偉長客蕪湖。與河采相得歡甚。及河采卒。編其遺稿數種。與偉長從叔求公所著。合而名之曰儼衡集。宛陵施尚白序之。其略曰。昔人撰著詩書。多藏之深巖大穴。扃鑰遺子孫。俟之身後。必有出而傳之者。五代和凝自鏤其集百餘本。宋王雱版其文鬻於市。並遺識識者。近世詞人。髮未燥。裒然成集。而布衣野老。韜光埋照。悱惻侘傺。生不求合於人。各志以歿。其遺書剩稾。委棄篋匿。子孫不以易衣食。飽鼠蠹者鮮矣。故得其人則書存。不得其人則書亡。惟古之有道者。能不介介於文詞。若夫修詞之士。生死以之。生既力竭。死亦縈繫。覩古今才鬼之詩。有題石壁。畫江沙。憑於乩。嘯於戶牖。或酸風苦雨之夜。幽篁皎月之間。躑躅悲鳴。咿嚶淒斷。至聲形俱見。與人倡酬累夕不絕。此人皆意有鬱結。不得見其才。故雖死而鬱恨懷愁。嗚咽而難平也。予嘗於亡友遺文。收纂剞劂。困不自卹。益竊有感而然。吾宗偉長。復以儼衡集屬序。一為其

從叔求公。一為宗人河采。詩賦共若干篇。二子生不同地。而侘傺畧同。又皆咯血死。殆負才鬱結。不平於心者。予未及見二子。不能徵其行事。然讀其詞。則其人可概見矣。河采有弟次騏。名天驌。博學工文。聲譽與河采相埒。時有蕪陰二龍之稱。著柯月堂集。

白啟陽。壽州人。幼習醫。得秘傳。治奇疾無不效。家貧。然於求醫者。止受錢百文。取衣食粗給而已。有餘則以施之戚友之困乏者。著有瘟疫辨論。

朱曙雲名景。長洲人。適同邑李硯芸。十九而寡。無子。時舅姑已前歿。家貧甚。無一畝之田。所居不蔽風雨。曙雲之母憐之。諷以改適。曙雲嚙指自誓。其母猶欲嫁之。遂以利劍斷其吭。鄰嫗救之。得不死。閉門辟纑。饔飧盡取給十指間。為小詩哭其夫。讀者以為如聞午夜鵑聲也。

張麗然。名也。婁縣人。國子監生褚念劬妻。精研易理。善卜筮。適念劬二載而寡。侍姑撫遺腹子。教之成立。著有易道入門二卷。自箴語一卷。與其第三妹昭。第四妹瑾相倡和。為小華萼集二卷。

孫烈婦方氏。桐城人。孫蓋臣妻。好甫數月而蓋臣死。烈婦欲從死。以時方有娠。冀生子續夫後也。已而產一女。未幾亦死。烈婦呼天大慟曰。吾今復何望哉。吾所以遲遲未即從夫子地下者。以孕。孕而女。女復不存。吾已矣。復何望哉。先是烈婦在母家。哭死者屢矣。遇救輒復甦。至是泣語父母。辭訣。勿復救。作絕命詞數章。號哭屏食飲十餘日死。死前一夕。預服斂衣。問夜何其。質明端坐。誦佛號而逝。

雨蟹道人陸觀蓮。字少君。茹善人。其母夢大士授之蓮花而生。故名之曰觀蓮。好讀書。工詩。適桐廬父山人丹生。山人初居吳之專諸塔右。繼遷震澤之西村。草屋蕭蕭。爨烟時絕。惟與道人相唱和為娛樂。每比舍聞歡笑聲。則道人詩成。山人擊節而歎。棲鳥皆驚起。子訥女默。道人恆授書焉。已復移居嘉興。感澤最後以避水患。隱嘉善蔣湖之西園。道人嘗作蔣湖寓園對月詩。後有所著。即名蔣湖寓園草。而自為之序。其詞曰。夫覩于劍者能劍。覩于賦者能賦。服習眾神。豈不然哉。予少依姆師。僅通章句。長隨夫子。遂曉詩篇。杯下棲遲。未見厲禽之容。隆中高卧。誰為友葛之人。以是同梁生之出閭。深慙德曜。異少伯之辭越。不羨夷光。長與蘋蘩為鄰。蕭條三徑。獨向芸編為伴。離別經年。兒既能文。女亦識字。歷冬夏以靡軫。慣饑寒而不嘀。既而游子來歸。不殊師友之對。時有高人造訪。實多贈荅之辭。稍知工拙之分。畧窺正變之則。在

再數載常如不繫之舟留滯他鄉盡是若浮之梗昨因避水來止斯園門掩深村對琅玕之个个人歸遠浦汎雨雪之紛紛盻望故廬不遑衣帶言旋故里終隔山河落花與芳草相依明月與清風自舉顧此幼女夙慕古人如左氏之有芬才華挺茂在荀家則爲瀟志略英雄朱粉不施自是蓬門之質丹鉛能好居然林下之風焉嗟夫篇章耽玩詎爲失意之悲兒女關情不作無家之別況聞郁公築室植松桂以相招陶令卜鄰樂晨夕而不返興言在邇益復牽懷簡彙舊篇頗存新什豈徒誇謝庭咏絮蔡閣聞琴而已哉康熙丁未山人將攜家入九峯道人遽以疾卒年五十有九道人卒後三日女默亦卒年甫十六山人自妻女之亡也時時念之罟無以自解道人見夢於山人而告之曰我母女生時好禮斗持佛號今蒙紫府收錄更名女曰瓊真與諸上真遊無所苦也

休寧吳非熊名兆以布衣稱詩最有名見賞於曹能始石倉謂其古詩學謝靈運沿及盧駱近體學岑嘉州而王貽上稱非熊五言蓋出於謝朓何遜所著有金陵脈陵姑蘇諸稿陳伯璣拔其尤秀者若干首屬施尚白爲之序其詞曰山人詩與搢紳自異蓋其地使然處巖穴而務爲富貴之言謂之不衷若剪削太甚氣寒力薄視一言一字之近於高華若將浼焉此特田夫村老之言目爲山人人之稱山人者豈徒然哉摩詰富貴人下筆輒蕭然物外浩然以布衣齊名觀其詩豈嘗有岑寂寒儉之態哉故夫山人之詩未易言也吳非熊山人之能詩者也好苦吟如峽猿哀嘯而清健欝蒼非一目所能盡其稍近樸拙彷彿少陵之遺意焉此其所以獨勝也夫山人門草篇非其至者而平生獨以此得名於乎詩豈易與人言哉

初月樓續聞見錄卷六終

初月樓續聞見錄卷七

清 宜興吳德旋仲倫甫著

元和陳見三名傳焯生而穎異善讀書父因事爲富人所訟破其家塵時見三年才十五益發憤讀書而以謀食故兼習醫弱冠即能神明其術甚有聲游於揚州揚之人就求治疾者往往獲奇效業遂饒後竟移家於揚嘗謂古人治病皆入山採藥今人取藥於廛肆間故醫者依方治疾或不效非盡醫不良藥亦有惧焉於是即所居之旁列肆市藥親督子弟經理誠信不欺凡求治疾者兼求藥治益神遇貧者與藥不取直揚之人益重之年過八十始謝病者不復診揚鄭氏有廢園園中大樹三株皆合抱主人將斲以爲薪樹神見夢於見三見三遂購金市樹并市其園疏泉疊石種花竹時時嘯咏其間一時賢士大夫多樂從之游見三生四子而其兄弟之子亦四人見三析其產爲八子與兄弟之子均焉論者益以是多之時青浦何元長亦以善醫名尤擅望聞之術有金山人某來求診元長曰爾曾溺於水乎其人曰然與之藥即愈人問何以知其溺曰望其色黑而滑切其脉沉而牢此陰寒內襲是以知其溺也嘉興沈某攜婦求診先醫者皆以爲瘕也元長視之曰娠也勿藥而謂其夫曰爾將大疾不可治其人艴然去歸十日竟死其婦則産子無恙也崇明何氏子病瘵甚來就診焉診之曰脉雖危神色未衰尚可治與一方平平無奇也其人疑之更數醫罔效他日又來仍與前方服之則痊矣凡元長所治病應手輒效類如此元長爲人狀貌修偉赤髭鬑鬑兩目閃閃如電而性和易近人病者自遠方來診其脉即危不治必婉言以慰之俟其出則私告其從者而反其幣曰彼自遠來生死視我一言言之是趣之死也窶人來診輒施藥以助之恐其貧不能自給也元長幼時嘗溺於水若有人援之出者既躍而起其人遂忽不見云王述菴侍郎與里人同志者輯明陳忠裕公詩文集既成無資授梓元長曰此宇宙間至寶詎忍聽其湮沒即即出資庀工刊訂之客有以法書名畫古器求售者苟心賞雖過直弗靳嘗於福泉山側搆屋一區顏其堂曰愛日奉母居之而自號爲福泉山人嘉慶十一年八月某日卒年五十有五所著有觪山草堂集十六卷福泉山房醫案十卷治病要言四卷藏於家

沈烈婦方氏烏湖沈崑銅妻知書通大義無子有妾汪俞鮑三氏順治己亥三月乙巳崑銅死金陵方慟哭絕復甦前諸姬而誓曰臣妾義皆從一夫子既獲死所奚未亡人且殉諸姬奈何皆泣曰主死何生爲謹惟命方遂不食七日後臥不能死時有

司奉檄諸死事家。沒入其孥。於是監以媒嫗。有不虞者坐罪。汪鮑二人佯好語。共媒嫗食飲。示無他意。夜半。闔戶自經死。旦啟視之。汪繫頸於牀。手自曳帛。爪陷入其掌。鮑頸環血痕無組。是時方氏不食十日矣。曰。是可報夫子於地下。吾死無恨矣。遂瞑。屍逾數日。面如生。知太平府遼陽李公芝英。親酹酒弔之。呼為三烈婦。俞故多智能。有口辯。鮑且死。屬以懷中三歲女。俞受而哺之。為三氏經紀棺殮。官籍其家。惟俞氏抱一乳女。吏疑有匿漏。窮訊再四。俞痛哭曰。吾主人實無子。必欲拷索。妾惟并此女畢命以殉耳。由是吏不能難。沈氏之族以免。而俞自髡為尼。卒不辱。

汪覺非。名如江。江都人。其先世以軍功襲錦衣衛千戶。覺非少力學。修行業。為人樂易。好游。多智略。能緩急人。卒得人死力。明崇禎中。南歷楚越。北走燕趙。游於名公卿貴人。是時中原寇擾。北軍無見糧。覺非挾策說執政。請持帑金數千。就糴於楚。苦盜警。乃變其金置酒船以往。得糧數萬斛。募沙船汎海達邊。邊司餉大悅。上其事。不果歸。已而寇犯鳳陽。宣言渡淮。揚人練鄉勇保障。推覺非掌約束。而閭里無賴多藉兵以逞。有河北少年。裘馬弓矢。隨數騎來。衆執為盜。覺非力白其良士。果大學士范公景文子也。巨佑李氏數人。至自河南周藩府。攜金巨萬。豪侈不甚蓋藏。游徼利其貲。將

初月樓續聞見錄　卷七　二

掩捕以大盜論。覺非急誡之曰。盜不可誣。生果藩客也。若屬無噍類矣。吏懼。緩其獄。尋得白。佑感幣拜謝。覺非不受。數人者欲甘心諸游徼。又善解之乃已。劉莊場富民某訟繫於官。出數百金屬援。尋事解。還其金。某愕然。覺非曰。實無須多金也。卒還之。某感泣。其後 王師屠揚城。某先掉小舟。冒白刃。徧索覺非城中。載歸居其里。時時供餽不絕。覺非初不甚貧。笥中多積券不校。少子懋麟舉於鄉。及成進士。南北往還。又告貸於人。及懋麟官內閣中書。以文章名。四方干旌之使。走贄幣於庭。覺非悉藉親交所贈貸。示之俾持金造謝如其數。乃喜曰。孺子差不負人。始揚州被兵時。其妻李氏自投井中。得不死以出。而覺非雖髮匿僧廬。兵至。驅諸偽僧盡殺之。而覺非獨無恙。聽其引去。遂得從某歸劉莊。人僉謂覺非長者之報。康熙十五年十二月某日卒。年九十一。

陸省我。名可宗。宣城人。明季補諸生。束身向學。會國變。士多佯狂憤世。亡竄山岐谷中。或以事扞法。省我笑曰。若將馭羲和游於廣漠之野乎。抑曳尾泥中。猶視息人間世乎。胡為是揭揭者。省我屢應鄉試不獲解。以經教授終其身。先是省我之父嘗疾篤。刲股藥之而愈。有饘粥田數畝。析產之日。悉以讓其兄。郡守金公礪聞其事。上之提學御史。以孝子旌其門。省我卒時年八十有六。

吳雲翀。名瑞鵬。歙人。父以鹽筴起家。而雲翀恥為賈。軼宕不治家事。稍落其業。無以為親歡。於是折節嗣賈筴。然頗慷慨。喜負氣。內收宗黨。外卹閭巷親交。遇其赴人之急。即質劑取母錢應之。亦不自德色。恒歎曰。士不得已而賈寄耳。若齷齪務封殖。即一錢靳不肯出。真賈豎矣。嘗請其兄收債於楚。兄許諾。則敕家人視嫂薪水有無。久之兄返。謂所收歸之。不受。還持為兄壽。曰。兄病矣。敢以收吾債役兄耶。子楚英。早慧。補諸生。雲翀棄賈不復事。日督諸子讀書。雅蓄硯墨。見前人嘉言懿行。輒濡硯吮墨。手自書之。多購書畫金石諸古物。置左右間。一寓目。摩娑自得。康熙丙辰春寒。偶不懌。忽劃所愛。命諸子分遺親舊。曰。寒食前吾將逝矣。諸子愕然。已而果卒。

陳吉表。名祜。宣城人。性畸行介。與世多不可。獨刻厲為文詞。喜與貧賤失志者游。明季補諸生。明亡。遂不就試。隱居教授。與其徒講藝敦行。閒為詩歌。書於村館野寺中題壁。其與人交懽。小有缺失。即切責。或一善可稱。則百其言。康熙庚辰五月。得疾將革。其友施尚白問之。猶為說某人某事某詩可傳。屬尚白記之。惟恐其不聞於後也。卒。葬敬亭山北麓。尚白為志而銘之。

初月樓續聞見錄　卷七　三

傅節婦吳氏。當塗人。傅光箕妻。光箕力學善病。婚未逾月。婦朝夕視藥物。居歲餘。箕股進數四。卒不起。遂矢以死殉。時年甫十八耳。父母愍其少寡且無子也。欲奪其志。紿之歸寧。強留家。使媒妁為言。不聽。則迫脅之。又不聽。乃謀絕其舅姑。以他事搆傅怨。婦歸傅。傅果怒拒之。曰。若父仇我。何婦為。節婦號哭於野。卒不納。不得已仍歸吳。吳又不與食。衆皆曰。是其窮無歸也。不守必矣。節婦泣請其母曰。假我數椽室。獨餓終。不以一溢米累父母。乃於庭隙葺茅屋。日夜操女紅。給饘粥。鄰媼憐餉之弗受。過歲。稍餐齏粗以活。積數歲。買一女奴。晨棲暮汲。拮据凍餓。相守者四十餘年。康熙辛亥十一月某日。病且死。屬其兄士瑜曰。歸妹尸於傅。同穴瞑矣。言訖而卒。年六十。士瑜以壬子三月某日合葬之。如其言。

潛山徐家麟。太學生徐益豫子。生明季。益豫性慷慨。崇禎中。衆避流寇於山寨中乏食。益豫捐粟以濟。全活甚夥。家麟負母避難。遇賊。刃其項過半。將死。母哀懇釋之。旁有一賊憐之。為縫其頸。啖以肉。持送之荒郊。得不死。入 國朝。為名諸生。

宿松張自孔。字石門。資性警敏。明崇禎末。隨父避賊。賊執其父。問此間安所得馬。父未及荅。時自孔年甫十二。即紿曰。吾家有駒。藏山洞中。願釋吾父往取之。賊信之。釋

其父。自孔送之曰。父得生還。兒死無恨矣。賊待久不至。引去。自孔亦脫歸。家貧好學。每得古今異書。手輯不倦。年五十喪母。哀毀成疾卒。

望江檀之爟。少而英異。隨其父游東粵。歸舟經高要之筍峒岡。突遇暴客。之爟以身翼父。奮與賊鬭。父得免。之爟死焉。德慶守紀其事。鐫於碑石。

章西五。桐城人。精星學。言多奇中。士大夫爭延致之。無虛日。蚤歲喪父。事母以孝聞。日禮斗。祈母壽。一夕。夢一白幡自天垂下。書一䊵字。西五喜曰。天賜我母八十八。庚也。後果然。

劉漢熾。太湖縣人。明季貢生。力學守正。母歿。廬墓三年。崇禎甲申。明亡。江南立福世子。馬士英阮大鋮柄用。縈雷公纘祚於獄。漢熾往視。厲聲數馬阮奸狀。入　國朝。學使藍潤奉　命徵聘。漢熾堅辭不出。

阮召樹。名懋棠。懷寧人。性不偶俗。讀書梅渚間二十年。留心史學。著作甚富。好遊。足跡幾半天下。父令關西。徒步往省。未幾卒。所著有史哲史取讀史補論修如堂近稿。抹窮草諸書。

曹琴滑。名天寵。懷寧人。明季補諸生。精象緯之學。巡撫張國維聞其名。訪之。引見與語。大悅。待以賓禮。琴滑以家徙於鄉。謂戚友曰。城內不可居也。乙酉。皖城果潰。於左良玉之師。琴滑所著有春秋三傳纂詁。藏於家。

左學子。名國鼎。桐城諸生。為人吶吶。如不能言。然好學。多深沈之思。讀書論世。常有獨解。聚圖籍千餘卷。坐卧與俱。其於並世人。鮮所推讓。獨心慕同里姚休那。文以為在古無上。故其文與休那相似。年四十卒。有遺集。藏於家。

左子厚。名國材。忠毅公次子。忠毅罹璫禍時。子厚甫六歲。寄養於外家。年十三。補邑諸生。史忠正公奇其才。以大器目之。流寇圍桐城。旦夕且陷。時史公開府安慶。子厚亟請調兵增戍。又設粥給貧民食。全活甚衆。福世子稱帝於南京。馬士英阮大鋮柄用。重修三朝要典。子厚詣闕上書。指斥無所避。人皆稱忠毅有子矣。後隱居龍眠山。方袍幅巾。飄然塵壒之外。貴人造廬求一見。不可得。所著有越巢詩古文集二十卷。易學。詩學。杜詩解頤。並雜著數百卷。藏於家。卒年八十。

張吉如。名佑。桐城人。才華茂美。早歲補諸生。旋即棄去。喜從野人田父游。或寓居僧舍。兼旬不返。家人莫能蹤跡之。好為詩。著有南汀詩集。其從兄相國文端公序之。畧曰。南汀性卓犖不群。每自放於山巔水涯之間。如鴻鵠高舉。不可羅致。故其詩亦澹泊自喜。無噍急促迫之音。

張子容。名載。桐城諸生。相國文端公之仲兄也。少負氣節。多技能。善弩射。明季流寇圍桐城。紳士分陴守。子容發弩。矢斃數賊。賊不敢近。久之。引去。明亡。後隱松山。所居門臨大湖。羣峰環繞。松篁交蔭。子容獨攜書冊。隨意所之。欣然忘返。足跡不入城市者三十餘年。有達官某。泊舟訪之。留數日。終不得見。嘆息而去。善書法。尤工小楷。年七十餘。著地輿圖。尺幅作數千字。細如秬黍。精工絕倫。卒年八十。

錢烈婦方氏。桐城人。錢秉鐙。田間妻。田間家故貧。烈婦勤織紝佐讀。明末避寇亂。流寓金陵。直歲祲。饘粥不繼。烈婦用女紅易米麵食夫而已。與婢僕雜食糠糲。然容過則脫簪珥治具。必精腆。與田間游者。未嘗知其貧也。既而阮大鋮以鉤黨逮田間。甚急。田間變姓名亡吳中。烈婦挈子女追及之。而吳中兵起。烈婦知不免。作兩絕句縫長子法祖腰帶中。有願作吳江一段波語。無何。卒遇賊。烈婦抱女投水死。

錢烈婦朱氏。桐城人。錢燃妻。歸燃二年。燃病。刲股藥之。不效。遂絕粒。及燃卒。撫尸擗號不絕聲。水漿不入口七日。家人閑之謹。因謂姒曰。毋撓我。我殉決矣。顧溺與縊皆不可。又曰。我死慎勿以男子殮我。越一日。閉戶浴。整衣密縫之。引刀自刎死。

戴烈婦方氏。桐城人。戴聖哲妻。聖哲死。烈婦誓以身殉。姑防閑之甚密。烈婦盡釋悲痛。飲食言動如常。若是者三月。衆以為婦不死。而必能終事姑矣。一日。偕小姑往塘邊浣衣。中塗紿小姑歸取木杵。比小姑取木杵至。烈婦已投水中。鄰人爭赴水。起其屍。不能動。姑泣曰。婦性素嚴謹。必不以死紊男女之別。我當親負之。姑足甫至水。屍已傍岸。躍躍動。遂起之。觀者莫不驚異。為立碑塘側。名曰烈婦塘。

龔烈婦蘇氏。潛山龔自成之妻也。小字玉貞。嶺南惠州人。惠濱海。數被寇。烈婦隨其父流寓蒼梧。自成宦洪經畧幕。因娶婦。後攜歸里。無何。自成役遠游。突有暴客潛入烈婦室。欲污之。烈婦力扼其吭。大呼。鄉鄰爭赴救。暴客窘急。嚙烈婦臂。烈婦痛釋手。暴得脫。烈婦仆於地。嘔血不起。鄰母舁之登牀。少甦。整衣冠。拜舅姑。戒家人勿大斂。欲以待夫歸也。絕粒經旬。斂容而逝。

蕪湖鄒孔昭。旅寓吳中。從者他出。夜有少女奔之。拒之不可。去。乃大呼主人。起奔者遂逸。及主人至。以室有狐魅告。相與聚談達旦。從者返。即行。

蕪湖韓治。人年五十。始生一子。偶出游戲。為鄰家兒捶撻幾死。治人第延醫調治。他無所問。人咸怪之。乃曰。彼亦孤子。何必與較。有所親生女棄之野。治人攜歸撫養之。

及長。還其父母。從適里人。富族屢招之。不往。餽以多金。亦不納。

南滙諸生葉詔麐。農名抱崧。苦志力學。乾隆乙酉。南巡召試二等。無何病卒。無子。所著書皆散佚。同邑吳氏刻其說叩一種。於藝海珠塵中。其自序曰。張衡之賦二京也。曰小說九百。本自虞初。蓋古者士之以稗官為學。以秘書閭里小智之所及。亦綴而不忘。誠以芻蕘未必無一得也。漢藝文志惟十五家。隋唐以後。著錄漸繁。宋中興志有二百六十部。明焦氏經籍志有三百有六部。而危言日出矣。且夫文者道之華也。學者讀書涉古。形為著述。上之成學術治道之助。而下之足以資博聞明辨。然後為篤其實而藝者當之。區區比切故事。網羅鉤剔。甚察而不惠。多事而寡功。其能免於虛車之誚哉。予才質鈍劣。好讀書而無所得。庚辰秋。既被放。索居無事。記憶聞見。畧倣宋張淏雲谷雜記、楊伯嵒臆乘例。著為一編。曰說叩。嗟乎。班固有言。小說者流。街談巷議。道聽塗說者之所造。以有用之日月。而耗費於此。甚無謂也。知言之君子。將謂我何如哉。

張眷西。名在鎬。蕪湖人。幼孤。事寡母孝。篤志於學。博通經史。旁及書畫。以國子生屢應順天鄉試不獲解。晚歲境益困。惟日摹九成宮、聖教序帖、暨蕭尺木山水圖。供饘粥。時人爭購之。藏弆以為寶。有纂輯四書腋成若干卷。藏於家。

陶廷佐。名顯卿。蕪湖人。年十五。補縣學生。以經教授。門下受業士數百人。率多成名去。治經尤長於易。著有周易精義一編。廷佐卒。會徵遺書。當事采陳之。

孫烈婦張氏。太湖縣人。孫天祐妻。天祐病革。烈婦誓以死殉。及天祐卒。剪髮納於棺。隨引剪自刺其喉。姑奪之。自是勺水不入口。家人防之謹。乃強言笑。且謂姑曰。新婦依尊嫜命。不復死矣。已而從容入室自經。時年二十。

張烈婦吳氏。宿松諸生張沛妻。沛死無子。烈婦為夫治喪畢。語其小姑曰。烈女不更二夫。我義當死。小姑未之信也。越一日。烈婦以夫之佩巾自縊。其父聞而奔視之。則凡附身附棺物。皆先自具焉。既而沛之女弟適劉氏。不數月夫死。泣曰。我嫂氏有言。婦人不可事二夫。今我又無子。何生為。亦自縊。

貞烈女周氏。桐城人。周先經女。字同里陶氏子。康熙四十八年。貞烈女年十六矣。陶氏將以九月二十六日。為子娶婦。適子得異疾卒。女聞之。亦自經而死。

初月樓續聞見錄卷七終

初月樓續聞見錄卷八

清　宜興吳德旋仲倫甫著

陳烈婦金氏。靈璧人。陳朝相妻。雍正八年十二月二十日寅時。朝相卒。家人環哭。烈婦陽若不哀。且曰。死者不可復生。徒哭何益。棺衾之屬。宜早整備。其衆聞言。止哀治斂具。烈婦乘間即於是日卯時自縊。

靈璧王氏雙烈者。如朱氏、娣楊氏。皆王濬叟子婦也。濬叟之仲子曰琯印。年十九。聘同邑楊師震之女。曰成。未幾琯印病。其母欲令子見其婦。師震不可。女請隨母往視疾。既往而琯印病劇。女願留奉湯藥。二日而琯印卒。女勺飲不入口。家人疑其死也。防之。女陽為寢食如常。伺防者懈。夜起服衰絰。焚香柩前。坐而自經。比家人覺。趨救。則死矣。事在康熙三年春三月丁亥。距琯印之卒五日。女時年甫十六。是歲朱氏年十九。歸於琯印之兄璟印。璟印兄弟並早慧。能文章。而璟印尤多材。善鼓琴。工畫。亦璟印少病瘵。適比歲更劇。朱氏扶侍之惟謹。琯印卒後六年。而璟印卒。將斂。朱氏早起。趣家人造食。及家人起。朱氏已經柩側死矣。初楊氏死。靈璧宰晉淑召與邑中士大夫共賻之。鄉飲賓田培中買地城西。為營葬。學博汪之章題其墓。及朱氏死。宰靈璧者

為馬驌。率邑中賻贈有加。乾隆十一年。並奉旨旌表。濬叟少子理印之子。曰朝元。嘗請之也。朝元母馬氏。生朝元才四歲而夫卒。馬氏守節撫孤。事舅姑盡孝。年逾八十乃終。

靈璧諸生吳志培。性康懿。父承芳。為興化訓導。致仕歸。志培奉養盡孝。承芳卒。既葬。志培負土築墓。墓側廬其上而居之。踰三年不歸。遂以疾卒於墓廬。鄉人稱其臺曰孝子臺。

尹國泰。靈璧人。四十無子。妻宣氏為買妾。詢知其夫在官。避亂出揚州。為兵掠賣。國泰驚。遣訪得其夫所在。資而歸之。縣令苑芝詳旌其門。時同邑有陳懷禮者。饑民王氏以妻作妹鬻於懷禮為妾。既入門。懷禮詢得實。即日遣歸。苑令亦詳旌其門。

王家臣。靈璧人。豪爽尚義。國初流寇掠境。家臣糾衆保團山。賊義之。招以書。不答。越三日。食盡。衆懼甚。家臣賂賊以牲畜。全活二千餘人。

陳杲。東流人。康熙二十一年。與弟昌過獨興山。虎攫昌入林中。杲奮力搏虎。死。昌得生。

祝宗旺。東流人。幼孤。刈薪樵。供母食。母病。嘗藥。祈神。願以身代。及母死。無以為斂。葬具。乃質身為僕。以其資備棺營葬焉。

萬卽婦李氏。靈璧貢生李鐸女。年二十一。歸雎寧萬宗歸。貧三年。而貲卒。婦自經。家人救免。刎頸又不殊。家人防之密。乃奮身墮樓。已而復蘇。其父往諭之。曰。爾三死不遂。能為夫立後。事舅姑。他日亦可見爾夫於地下也。節婦遂悉如父言。

無錫史一峯。名峻。副貢生。資稟絕人。博通律呂句股之學。為詩能兼衆體。同時作者皆推之。嘗偕宰遂守秦鐄入蜀。詩益奇。其友鮑汀。輒取其句圖之。汀字若洲。諸生。亦無錫人。工詩。善書畫。

華師道。名玉淳。無錫諸生。博通經史。顧復初撰春秋大事表。資師道討論之力為多。浦二田讀杜心解成。師道致書二田。多所辨駁。二田無以難也。弟育濂。字師茂。從顧復初治經義。從弟嶽蓮。字師賢。與邑人黃中。並以詩名。中字包山。

無錫高紫超。名愈。忠憲公從孫。性孝友。家貧。資教授以養。居母喪三年。不飲酒食肉。不處於內。父年八十九終。紫超年已五十餘矣。執禮如初。先是太常卿高公裔。從學江南。延山西姜公橚佐校文。姜公亟賞紫超文。每謂人曰。江南宿學之士。惟無錫高愈。桐城方苞二人而已。洎康熙己卯。姜公來主江南試。方以第一領鄉薦。而紫超是時已不與試。紫超為學。不尚論說。惟從事於謹言慎行。飭躬踐履。間嘗舉孟子志士不忘在溝壑為訓。謂貧士自立。必從此始。生平治經精密。而尤長於禮。著有周禮集解二十四卷。於春秋不著書。友人華天沐以所著日抄相質。紫超為言春秋第據事直書。其一以隱公不書卽位。胡文定謂首絀隱公。以明大法。是以臣子而貶君父。其一謂公羊賊不討不書葬。論雖精而於春秋全旨不合。皆非據事直書之義也。華天沐名學泉。世居無錫之鵝湖。鍵戶讀書。窮日夜不倦。所著儀禮喪服或問。高紫超極稱之。儀封張伯行巡撫吳中。屬無錫校官某延天沐主東林講會。謝不赴。後數年卒。年七十六。

金曠明。名𪷌。武進人。少負氣節。有經濟才。後與顧畇滋。顧篤生。章我任。同師事宜興湯默齋先生。默齋傳高忠憲公之學。以靜為本。而以九容九思為入道之要。默齋卒後。曠明與顧畇滋築室錫山之麓。曰共學山居。以招四方學者。每春秋兩會。遵行忠憲復七規。遠方至者。常不下百餘人。及曠明卒。而畇滋最為老師。畇滋名培。無錫人。家故饒。後日益貧。至晚歲日關無儲。而接引後學。諄諄不倦。卒年七十九。顧篤生名鋆。畇滋族弟。性嚴毅。常面刺人過。人初若不能堪。久之無不心服。章我任名大士。曠明同邑人。

陳朝爵。名瑞。無錫人。工詩。居與嚴蓀友鄰。每論詩。輒斷斷而爭。然又互相推服也。少時豪宕自喜。中年失志無聊。其不平之氣。一寓於詩。秦對巖太史從軍荊襄。招之同往。所至登臨弔古。詩益悲壯可誦。

黃夏孫。名翃。無錫人。為文以北宋為宗。少時名著雲門社。康熙中。錫山多好古之士。而以文名家者。無如夏孫。晏東吳祭酒。嘗延之至家。崑山葉文敏尤重之。會舉博學鴻儒。文敏將以夏孫名上。而夏孫已前歿。年僅三十有四。

張擔伯。名錫爵。嘉定人。少補諸生。與其宗人南華。同夫。及朱樂庭。為詩相酬唱。中年後絕意仕進。長洲沈文慤公見其詩。歎賞不置。欲以代興。屬之擔伯。曰。吾詩但適吾性耳。標榜非吾事也。年六十。得腳氣疾。杜門不出。參究釋典。得遺世觀我之旨。年踰七十。取平生所作詩。手自刪定。為吾友于齋詩鈔二十卷。因自號鈍翁詩老云。

太倉布衣陳宏猷。名鋐。幼穎敏。年二十餘。慨然有求道志。或勸應童子試。不答。家貧。教授生徒。手四書一編。晨夕研討。雖燕居。衣冠必正。數十年如一日。寧化雷公鋐視學江蘇。宏猷攜所著四書晰疑往謁。雷公延以賓禮。留署中講論無虛日。以為相見晚也。晚年復作四書就正錄。其言平易。悉本先儒。間出一二新意。或疑其與註異。則曰。明經當以理為主。與其屈經從註。何如舍註從經耶。乾隆二十八年十月卒。年七十有三。

錢處士名民。字子仁。嘉定外岡里人。早孤。年十三。棄書學賈。數為鄉里所侮。乃歎曰。世多妄人。求其不妄者。聖賢而已。遂慨然有學聖之志。聞青浦有孔子衣冠墓。擇日齋戒往謁。願為聖人之徒。是夜夢有告己者曰。謝絕漢以來諸儒論說。乃可為學。自是始讀四子書。而務求之於心得。年已三十矣。題其所居之室曰存養。屢日靜坐。其中所學日進。平湖陸清獻公宰嘉定。以正學倡導後進。處士嘗與之論學焉。又五年。自謂所學有成。復往平湖。質之陸公。公與之言。多不合。怪而詢之。則曰。公從朱子入。某從孔孟入耳。嘗謂今之學者。不知追求孔孟之實。而徒知辨朱陸之所以異。非聖人本務也。夫然。故近世學文公者。止得整菴之學而已矣。學象山者。止得陽明之學而已矣。在朱陸當日。雖有不同。亦不至相鬭。如明儒之甚也。學聖而相鬭。是務聖學幾何其不亡矣。處士歿後七十餘年。族子大昕。讀其遺書而論之曰。處士之學。得於靜坐。謂後儒多未合先聖之旨。故直追孔孟。自闢門戶。又以意更定四書次序。其言洸洋恣肆。不免果於自信之失。雖然。以處士之志。而得聖人以為之師。亦幾於學。

之狂士矣。成覸曰：彼丈夫也，我丈夫也，吾何畏彼哉。孟子取其言，以勉人之立志也。若處士者，勇過成覸遠矣。

錢青文名玉炯，嘉定人。少穎敏，好讀書。年三十有三，始補學官弟子。家貧，以教授自給。親舊家有藏書，輙借讀之。其教子弟，五經句讀、字之偏傍、音之平仄，無少譌漏。士大夫有難字疑義，從青文取決，皆得其意去。嘗游浙東，避雨入村塾，有童子問大學孔氏之遺書，明道語耶？伊川語耶？其師不能答。青文笑曰：此伊川先生語也，諸君未讀小學書乎？或問王勃滕王閣序「蘭亭已矣，梓澤邱墟」二句屬對未穩，青文曰：已矣，疊韻也；邱墟，雙聲也。疊韻雙聲，自相為對。古人排偶之文，精嚴如此。庾子山哀江南賦「陸士衡聞而撫掌，是所甘心；張子平見而陋之，固其宜矣」，以甘心對撫掌，以宜矣對陋之，亦一聯虛實自相為對也。青文於百家之書，無不研究，傍及卜筮祿命之術，輙有奇驗。惟不喜二氏學，嘗云：仙言長生，佛言不滅，二者皆未可信。夫神依形以在，未有形去而神存者。今學仙學佛之徒遍天下，卒無一人能見古仙古佛者，則長生非生，不滅乃滅也。若謂覺性常在，則吾儒何獨不然？匪獨孔孟程朱，即李杜韓蘇，其精神亦至今在也。晚歲，邑令舉為鄉飲賓，因問何以致壽，答曰：某生平不知導引服餌之術，但文字外別無他嗜好，未嘗輕易喜怒，中年以後，從不露處耳。卒年九十有二。所著有字學海珠三卷、星命瑣言一卷。

周訒齋名靖，吳縣人，忠介公之孫，端孝先生茂蘭之子。少補諸生，事親能盡力。端孝即世，處殯堂哭泣，不飲酒食肉，不脫衰絰，歷三年不怠也。方小祥而疾，或勸之食肉，訒齋不可。曰：有疾則飲酒食肉，非禮歟？訒齋曰：吾疾不至死也。卒不食。訒齋素工篆書，時汪苕文以題額來請，辭曰：吾衰絰在身，敢為人作書耶？訒齋卒於康熙四十九年三月十五日，年六十六。後二十餘年，吳江沈徵士彤為表其墓，而論之曰：嗚呼，喪禮之不講於吳中久矣。親喪尤人所至痛，而當自盡。古人之所以觀其喪、觀其禮、觀其志者，皆在此也。而或衣食起居，忍而干吉，其何以為人子？幸尚德先生其人維持之，而鄉里之子，時復有聞風感激，致哀敦禮，以善居其喪者，然則使人心之不亡，而子道之不滅息者，先生其庶幾乎。

茅鈍叟名星來，歸安諸生，好讀宋五子書，為近思錄集註，歷二十餘年而書始成。金壇王耘渠、桐城方靈皋、吳江沈冠雲，皆重其文行。卒年七十，無子，遺書歸其友人桐鄉程尚賢云。

吳士聲名秉鍾，吳縣人，游於賈，有士君子之行。居闤闠間，進止不踰尺寸。接人和厚，未嘗厲聲叱童僕。有來學賈者，自五尺以上，對之欽欽。與人書，無急就者。鄰家失火，士聲方把筆作書，從容如平時，書竟，火亦熄。居常操物奇贏，未嘗鬬智巧，或為人所欺，既覺弗與校也。每戒子弟曰：寧人負我，無我負人。復曰：弟言人負我，我已負人矣。其所自反者如此。晚喜太上感應篇，晨起必誦之。子大夏，好泛覽內外經教。士聲曰：汝曹遊思高遠，能行得尺寸否？如我老人所誦，持一文一義，皆可見諸行事也。在鄉黨間，遇利濟事，必輸金成之，而常不欲人知，曰：陰為善，斯成德矣；陽為善，斯務名而已。士聲先世以科名顯，自曾祖以下，則為賈，然皆好施，稱善人。

婺源董蓮其，名世源，性寬厚，於物無所忤。順治四年，大祲，里中無賴子使其父先飲鴆而造蓮其家，利其死，可索重賄。及入門，延之上坐，忽自慚曰：吾兒悞我，我不忍死善人之門。疾趨出，踣於道旁。又有村嫗驚犬於屠人，犬逸入蓮其家，嫗尾至，百呼不出，償其直而遣之。自是犬恒不離蓮其側。及蓮其歿，卧柩旁，不食數日死，人尤異之。先是康熙二年，巡撫張公榜其名於旌善亭。七年，邑令劉公舉充鄉飲大賓，是時蓮其年七十矣，後八年卒。

無錫王礎臣名國楨，工詩文，好講求經世大畧，通天文地理奇門兵陣之學。吳三桂嘗辟置幕府，察知三桂縱恣多不法，辭去。後三桂叛，礎臣以策干總制蔡毓榮，謂賊不足平。毓榮善之，然不能盡用其策也。而僧鐵川者，故與礎臣有隙，搆蜚語陷之，辭連毓榮。後礎臣得釋，而毓榮竟坐貶死。礎臣薄游梁宋間，不得志，亦死。當三桂跋扈時，礎臣嘗言：彼耽逸樂，無遠志，嗣子懦，朝廷不召之，必不敢動。俟其死，西南永可無患。設激之反，亦不能踰洞庭而北。後果如其言。

蔣非磷名堅，先世浙江長興人。父榮，遭明季之亂，避居江西之鉛山，為鉛山人。生三子，非磷其季也。七歲，出為叔父後。年十三，父兄皆遠游，而家貧甚，非磷念母煢然無依，會其叔父已有子，乃泣涕請歸養，許之。遂質衣冠得錢八百，販米於市，以其贏具甘旨養母。稍長，益慷慨，樂赴人之急。嘗出為叔父收責，得金一鎰，歸過其友黃某，某方負人金，索者至，出惡語。非磷為解之。索者怒曰：我索金於黃，何預汝？汝誠庇黃，何不以金與我？非磷笑曰：若以吾吝此金耶？即盡出金與之，索者慙謝去。非磷向所主朱某者，將謁吏部選，欲與偕，未發，聞其以金代黃償責，而黃卒無以償之也，乃曰：黃故吾友，君誠與吾偕，吾當任其金。非磷既失金，慮無以報叔父，乃許諾，從朱行。舟出大江朱倉猝墮水非磷故善泅相楊躍入江中浮里許捉朱髮提其首出江面異而行遇浮艇憑馬遂得脫居京師久之有故人出為定襄令要之至官司會計出入必嚴有吏袖金私之叱使去吏皆受約束期年又去之前嵐前嵐令嚴公善法家言見非磷為前攝令判獄語奇非磷才招之往盡以其學授之由是非磷所至決斷如流發奸摘伏衆以為神康熙五十二年主於澤州守佟國瓏時臨汾令貪暴民不能堪群聚大譟執毆之城中民洶洶各徙於郊以觀變巡撫檄守往令以兵從非磷曰若然是速之變也乃與佟疾馳以七人從自日中至晡行二百里及郊見四山人皆蟻聚揭竿樹幟且作亂非磷白佟取巡撫令前先往視之而號於衆曰巡撫憐汝民為吏所苦令太守來治罪不在民汝勿恐衆乃解散黜令而臨汾遂寧佟尋乞休非磷亦歸里已而聞佟以屬官虧帑被逮責償數千金獄急遂走天津省其家至樂城為佟索逋千金從至澤州澤州民故德佟願代之輸州守勿聽及非磷至守有疑獄欲委非磷決之非磷責以必脫佟君守遂下令有願代佟太守輸金者聽令下三日得五千金出佟於獄復質其衣裘贖之歸非磷卒於乾隆十三年年七十一非磷治法家言二十年間語其子曰刑法所以救世也能念念求人之生斯善用刑法矣其子

心餘先生士銓也

江陰翁朗夫名照號霽堂乾隆元年薦舉博學鴻詞十六年以經學徵皆不遇著有賜書堂集霽堂少時嘗受詩法毛西河檢討西河序其詩盛為推挹後與長洲沈歸愚宗伯最相友善其學亦略相似而仁和沈椒園按察尤禮重之

吳小山名孟堅貴池人次尾先生子次尾殉節時孟堅尚幼既稍長訪諸父執搜遺文刊之行世徒步入京師上書史館請為父立傳歸而屏跡著述有讀史漫筆若干卷

姜又久名可久貴池人工詩善屬文家貧教授自給令過行禮致之謝曰吾不欲以猪肝累賢令也所著有斐園集四書折衷人物輯略通鑑輯略聞風錄斐園筆記

長洲龐佑字申甫早喪母與父同寢父憐申甫甚以是不再娶其後父歿申甫兄弟相友愛不析產弟卒撫其孤孤亡又撫其嫠稚四人教養成立償兄逋負以千計性嚴介不苟取與有賣珠嫗過申甫家遺金珠一篋嫗歸暴病死物主向嫗家索金珠不得訟之官責鬻產以償申甫跡知之還其篋封識宛然訟得解謝以金不受里中人嘖嘖稱道之彭芝庭尚書為作傳其後吳縣有趙霞門還珠事尤奇趙霞門者名彤少業儒長而去為賈嘗泛海遇大風覆其舟同輩五百人其四百九十五人皆死霞門與四人者得不死因復為儒聚門徒授經義教之作字以謀稽歲之所入省嗇而用之積少贏焉積若干年餘七百金為某甲所負不能償霞門置勿校也久之甲以明珠二顆進曰是價值千金可以償所負矣霞門諾受之居無何遇婦人泣於道者問其故曰所知某夫人者故孀居食貧家有先世所遺珠二顆直千金將貨以嫁女今失之矣無可為計者適往問焉感其泣而助之悲耳霞門聞其言因念甲所償珠得毋是耶遂至失珠者家而謂其人曰余趙某也家某所明日若主夫人宜自來而家所亡珠可得也已而失珠之婦人果至先以他珠示之不承後以甲所償珠示之而泣曰吾家故物也乃與之嘉慶五年十一月某日霞門卒而吳中賢行諸儒追其遺事皆自以為勿及也霞門書學董元宰自霞門以善董元宰書名吳中而吳中學書者皆師董氏韓梅坡名亞於霞門霞門卒而梅坡獨以書擅名梅坡名敏其他行不能詳也故附錄之

初月樓續聞見錄卷八終

初月樓續聞見錄卷九

清　宜興吴德旋仲倫甫著

汝列婦朱氏。吴江諸生汝殿邦妻。年二十六歸殿邦。治家能。姑及伯姒皆愛之。生一子。殿邦遘疾。婦禱於天。願以身代。及疾革。殿邦目視婦。婦泣。亦目視殿邦曰。君如不諱。有從君地下耳。是夕。殿邦卒。婦長號躃踊。白姑曰。姑善自愛。有姒在。新婦可死。顧視幼子。謂姒曰。兒以累姒。姑泣。姒亦泣。斂之日。列婦首觸棺。幾絕。姑與姒救之。得不死。命婢密防之。不復言死。防者懈。將匝月。詭云兒乏乳。偶伯姒乳哺之。入室。遣婢於外。偏戶縊。家人覺之。急壞戶入救之。則已絕矣。時年二十九。事在乾隆十年。其後十年。而元和有施列婦事。施列婦張氏者。施文灼妻。吴縣諸生張步青女。年二十一歸文灼。歸三年而文灼病。逾年卒。無子。列婦為夫治斂具。詳謹。既而好謂夫弟振聲曰。夫不祿。棄決兩代尊人去。我年少。未有所出。且見無應為嗣者。叔善事兩世姑。我死不恨。遂上堂拜姑與庶祖姑曰。新婦罪莫逭。終不得事大人。舉家驚駭慟哭。防護不稍弛。列婦顧稍稍示從容。若無志死者。家人亦漸安之矣。已而親朋會弔。事畢。內外倥偬。忽失婦所在。視柩側。麻衣纍然。則縣帨在梁死矣。

朱列婦曹氏。無錫人。朱承宇妻。家極貧。承宇病。婦刲股療之。不起。承宇既死。婦自穿穴負土。以甓指盡腫。族人逼嫁之。乃託孤於其姊。走夫墓哀號自經。

計孝女。無錫人。居近市。謹自隱。比鄰罕識其面。夜有火延及之。女踉蹌曳嫂出。不見母。復入負母出。母尚裸體。蹈火入取衣衣母。死焉。

無錫顧修遠。名宸。明崇禎中舉人。少以文受知於鄭崟陽文千子。繼與錢湘靈唐采臣諸人結聽社。名日益高。好博覽。務著述。蒐輯宋元明人遺文。凡金石秘本。靡不鈔纂。藏書之富。與虞山絳雲樓埒。又性喜引進後學。凡經識拔者。率取顯譽。著有辟疆園文集。歸德侯朝宗崑山葉子吉叙之。子彩。字天石。七歲能詩。年十二。則已裒然成集矣。後充拔貢生。至京師。諸公貴人莫不稱歎。徐立齋以進士可得之說招致之。欲令天石出門下。天石曰。噫。彼不師我而欲弟我。以弟博第。吾寔耻之。且徐氏安得以爵利輕天下士耶。絕不往。既而主一貴人家。小不適。辭去。貴人懟曰。吾誠不能客先生。然度諸貴人中。無能禮先生者。乃致書衍聖公。走幣聘。延至曲阜。深相得。其所著往深齋等集。衍聖公為梓之。天石弟名珍。字天聘。美風儀。性樂易坦厚。不疑人。與佃人喻租。偽為饑寒狀。即惻然遣去矣。大司馬興祚招游粵中。以所得橐中裝悉市名香端硯而歸。所著有粵游草石香詞。天石子名忠。字友京。諸生。著有往深齋附京秋閣詩鈔。然皆散佚不存。僅存朱欄香布衣手錄一卷。欄香名克敏。字若愚。所居無錫城南小閣。曰欄香。因以為號。家貧。不事生産。工為詩。宗賈浪仙孟東野。秦太守岵齋嘗贈之以詩曰。我初髮未燥。問詩檻林師。師言今作者。惟有欄香詩。檻林者。劉鷺裕也。字于根。又字南崇。諸生。蚤歲即工於詩。與華丕光邵振飛諸人齊名。丕光名龍翔。振飛名焜光。以諸生終。丕光所著有南凡集。振飛所著詩曰移山盦。以愚叟自託也。別選毛詩句。楚辭彙解。檻林子執玉。字復燕。一字思名。能傳其父之學。以詩教授於鄉里。常日課數家。夜分乃返。更夫擊柝相謂曰。詩人歸耶。由是劉詩人之名遂大著。錫山詩人劉檻林以父子相繼。比於顧修遠天石。而自檻林以後。朱欄香尤有名。然欄香於同時諸子。咸推服樂亭。嘗有詩云。我誦樂亭草。擬之絕無倫。樂亭名顧宗泰夫。詩學杜子美。

華列婦劉氏。無錫人。華鳴皋妻。家貧甚。鳴皋歿。遺二女。族人餽之錢米。不受。一日。見屍浮水面。則劉及二女也。共出之。衣上下聯級。不可解。二女者。長賽英。八歲。次賽珍。六歲。鳴皋之族景崧具狀白之有司。得旌。秦小峴侍郎為作傳立石。

孫如姐。無錫人。本須氏女。幼育於孫。事母李以孝聞。母死。自縊以殉。鄰婦救之甦。夜有里中無賴子李某潛入其室。欲污之。不從。即自刎。有司廉得實。當李某罪如律。孫以貞烈旌。

列婦蔣眉仙。崑山蔣墅人。美姿容。父行賈於外。母為擇壻。家恒不得當。俄有媒嫗來議婚。致詞於母曰。城中某達官第三郎。慕夫人女。夫人女幸嫁。千金之聘不惜也。母告眉仙。眉仙請待父母以復於媒嫗。嫗驚曰。夫人疑不信耶。某達官第三郎。才藝無比。城中人莫不知。夫人可遍詢之。母許諾。遂為締姻。縣吏家也。眉仙既歸縣吏家。其夫狂且暴。時糾合惡少年。呼盧縱酒。而令眉仙供應對行酒。眉仙不可。撻之。眉仙度終不能脫。潛引刀自刎死。縣吏驚懼。焚其室以滅跡。而別僦屋居焉。無何。縣吏得惡疾。若有人搒之者。遍體潰爛。無完膚而死。

徐玉川。名流芳。無錫人。少治進士業。以病棄去。少長。長身玉立。多識前言往行。於書無所不窺。學古文於同邑顧復初。祭酒出應漕運總督顧公琮之聘。修漕運通志成。會顧公入覲。偕之京師。師方靈皐侍郎。得其史記義法。正訛以歸。玉川習聞前輩緒言。及讀書有得。輯為一書。名曰咫聞。又著有不自棄齋詩稿。

無錫張布仲。名家鳳。工為文。金壇王虛舟高足弟子。年二十。游京師。屢試不遇。性好古法書。善鑒別。見漢唐名帖。能審定真贋。及時代先後。家貧。為歸安令裘魯青客。歸安有民婦與人私。而所私殺其父者。獄具。裘以非同謀。欲出之。時布仲在座。大言曰。趙盾不討賊。為弒君。許世子不嘗藥。為弒父。是不可縱也。遂論死。後布仲夢一女子。披髮持劍捫脇而至。曰。我無死法。君何助之急也。以刃刺之。旦日。其刺處痛甚。遂歸。歸數日。鬼復至。愈厲。使巫視之。如夢。竟死。

朱貞婦支氏。無錫人。朱燦聘妻。年二十四。燦死。歸朱守貞。燦從子應垓。後之。有田二十餘畝。已而應垓夭。議他嗣。應垓本身父文耀。利其產。與族人材任謀曰。立嗣以姑。無母何子。脅之嫁。不從。屏之百方。支取剪刀自戕。鄰里救之。復欲投水死。遇弟錫昌。告之故。訴於邑令。文耀私交府通判某。詣令言。支有別情。令鞫之。支解衣求刀。剖胸自明。令遣嫗驗之。果室女也。更鞫材任文耀。皆吐實。乃重懲之。而為支定嗣。并作傳表之。

王節婦華氏。無錫人。王元楨妻。家貧。蚤寡。無子。有二女。或以言微動之。華嚙指斷寸許。言者駭而去。二女嫁時。以斷指示之曰。婦道當如是。

張烈婦冉氏。無錫張屬枝妾。屬枝知南寵府。先有二姬。後納冉。冉之父母累搆事。屬枝怒。遣之去。誓不他適。居貴陽者數年。守益堅。屬枝以事被逮入獄。二姬去。惟冉留。求一見。作死訣。屬枝以理諭之。乃居漁陽以待。屬枝戍伊犁。寄言於冉。有姻黨為儀睢分守。往依之。既至。署有挑之者。冉正色避。懼不免。縊於寢。年二十七。

楊紫淵名維寧。無錫人。少負奇才。性剛耿。善劍槊。後更潛心儒者之學。高蹈管社山。足不踐城市。間為詩歌自娛。隨手散棄。其子裒其遺。曰潛樂堂藏槁。妻趙氏。善鼓琴。長女秋漪。並工詩。

李芥軒名菘。字靜山。無錫人。築室鴻山鷲水間。嘯歌自得。著有夕陽村詩鈔。沈歸愚尚書為其敘。其略以為芥軒向刻浣花園詩。藝林無遠近皆稱之。五十以後成夕陽村稿。不煩繩削。不事繡繪。排比鋪張。一歸心得。而當世雕鏤藻繪之家。俱未之逮。惟其真也。妻吳溫卿。名如玉。能詩。性尤嗜奕。踈簾虛閣。子聲丁丁然。常竟日不倦。卒年二十三。繼妻薛素儀。名瓊。亦能詩。與芥軒偕隱。相唱和為樂。著有綠牕小草。

顧青湄名瑩。長洲人。無錫諸生華永錫室。著有青湄詩草。青湄年五十六。重九之夕。忽夢青華府主召赴詩會。至則樓宇非人間。且曰。侍子掌箋奏。越日無疾卒。卒時猶口誦李青蓮上元夫人詩。

顧景行。名景文。無錫人。諸生。與弟廷颺。梁汾並以詩名。景行早歲好為汗漫游。嘗游楚中。歸父責之。將受杖。袖中忽遺一冊書。取視之。楚游詩草也。父為霽顏焉。晚年杜門養痾。案上惟少陵渭南二集而已。著有匏園詩稿。廷颺名廷文。好飲。時時病酒。竟以夭卒。著有綺繡樓詩。梁汾名貞觀。官內閣典籍。尤有盛名。景行妹名文婉。梁汾詩所云有妹有姊號能文者也。著有栖香閣集。

吳頌筠名明玿。無錫人。生明季。少治進士業。已而棄之。家貧。不事生產。嘗日晏未炊。家人相顧有饑色。頌筠方讀書。笑曰。汝輩愠見耶。因為講論語孟子中富而可求求則得之數章。家人恐其迂。次第避去。頌筠遭世變。每獨行山巔。仰天長號。風慘慘。木葉搖落。四顧蒼莽。悲不可止。執竹枝擊石而歌。歌闋復長號。不自禁。頌筠博綜群書。著有典林四十卷。

無錫過鎮岳名鳴岡。家饒於貲。喜賓客。初游京師。以文謁任香谷尚書。或戲之曰。長袖固善舞。鎮岳怒。掉頭歸。終身不復謁顯者。嘗偕友人。倣高忠憲公。復七規於共學山居。復移家管社山。故楊紫淵所居也。食客常滿坐。且往往有資之以為生者。家道中落。復歸故居。八字橋築浩水草堂。布衣蔬食終焉。著有洗心草。

楊令貽名廷果。無錫人。少有逸志。不治進士業。工書。喜臨宋元明名人墨蹟。所著有閒意草。善吹簫鼓琴。尤工琵琶。自製一曲。曰潺湲引。嘗於中秋月下。獨游虎邱。抱琵琶據生公座上。轉軸撥絃。即彈所謂潺湲引者。萬衆環而聽之。曲終徑去。令貽將死之夕。命家人取所藏米元章帖。及蘇子瞻墨竹。納懷中。因以殉焉。

無錫華子山名峻。號天全子。工詩善畫。隱居坊前之鄒莊。茅屋孤杉。流水周於舍下。興至吟小詩。或解衣盤礴作畫。終歲閒甚。除夜獨子矛有事。或問之曰。古人祭詩。吾兼祭畫耳。取一歲中所作詩畫。享以乾脯醇酒。聚而焚之。著詩集十二卷。華氏文獻集五卷。

顧菼軒名起伍。無錫人。杭州太守止菴子。性剛易怒。有拂其意者。雖貴顯人。輒面刺其失不少避。人皆目為狂生。受業宜興湯默齋先生之門。默齋獨許之曰。此質美而未學者也。菼軒幼從父宦四方。足跡幾半天下。晚歲忽思啖粤中荔支。命駕往游。以詩紀之。下筆輒擬古人。然不以自名。嘗有規之者曰。先生當勒成一書。垂不朽。答曰。文以載道。道不充而為文。余實懼之。

陸鐵莊名楣。無錫人。幼孤露。讀書雖栖豚柵旁。雖饑凍顛踣不輟業。邑中遺獻黃守申顧寃溪亟稱之。閭巷屢中，稍稍持斗粟百錢乞其文。張辟閒宋孝廉旅見而驚歎，訪之，與定交，延譽於秦對巖太史，因得縱觀秦氏藏書。自是北走燕趙，南踰閩嶠，所作詩古文益多。而工六經，皆有撰述。垂老作古今官制考，未成而歿。

郭烈婦李氏，仁和里仁坊人。郭某妻。其娶婦數年，病卒。已而郭氏盡族避兵西溪塢。又之還里，烈婦亦隨族人還里。車過錢塘門，時守門邏卒甚，凡男子車過必下，婦人車過必卷幰。烈婦時小病，貌黃瘦，門卒遙見之，嫚呼曰：我憐汝，何病乃瘦至是。烈婦坐車中，微聞之，掩面而泣。歸乃大慟曰：吾身不幸為門卒舌所辱，吾不可以生矣。日夕涕泣不食，家人勸慰之，強之食，乃稍食。已仍不食。人聚而勸之，不得已則食稍為解，則仍不食也。愈涕泣不已，困臥二十餘日死。錢塘毛先舒為之傳而贊之曰：嗚呼，婦人之義，不辱身，並不辱言。若李氏之死，人或以為過，雖然，死人之至難，而言者事之易，忽不忍於所易，忽而捐其所至難，其潔可謂至矣，抑可謂之壯烈者也。

毛叔成，名應鎬，錢塘人。年十三而孤。其母張挈叔成併携五百金依宗長，若學為賈。宗長者待叔成嚴，訶怒扑責隨所加，受之無怨。數年，學成，將去。母欲言向所携者，叔成曰：宗長者供我母子衣食，又婚我，訓我，使知賈方，是終身業我者也。遺金可復道

耶？即拜謝宗長者而去。然貧甚，家復遭火，轉徙無常居。與其妻謝勤儉操作，後得稍紓。然終不習杭侈俗，嘗造居宅，工琢梁稍華美，叔成怒以為僭也，必令削去，任其細勿惜。兄歿於粵，供養寡嫂五十餘年。歲時肅衣冠致詞，皆如古禮。人有負叔成金錢而貧不能償者，輒焚其券。先後凡數千金。嘗過一債家，會日暮，主人留叔成飲，因出沽酒不來。婦披帷出與叔成語，叔成不荅，疾去，遂棄債不更往。親交有顯者，絕不依藉干請，而閒通禮意，必將以恭，曰：傲，凶德也。我其敢以貧賤驕人，而狎士大夫之喜怒乎？叔成始好讀四子性理書，勇於闢佛，少見喜愠，而獨與人辨佛則怒，嘗與友人論釋氏數，以十罪其書至三十餘言，詞義嚴確。而其晚歲好閒靜，恒閉門不預世事。乃更喜閱梵典，自謂有得。卒年八十一。

歙縣吳梅顛，名能紡，不知書，中年得杜詩箋註、蘭亭石揭，遂工古近體詩，兼學作書，皆工。桐城劉海峰先生嘗稱之。家貧無以自給，隱於醫。性嗜酒，豪放不羈，非其意所欲，見雖顯者，造門弗顧也。著有冷香吟、折芳吟、黃山紀游諸集。梅顛年六十，豫生壙，種梅百株，自題其碣曰：梅顛醉臥處。且云：來年當死。及期果卒。

毛安芳，名媞，錢塘人，毛先舒女，適同郡徐鄴。安芳有至性，母病，割股者三。鄴疾危，又割臂和藥療之。年過三十，未有子，嘗自持其所為詩言曰：是我之神明所鍾，即我子也。命刻若為詩。卒年四十，竟無子。鄴亦能詩，為刻安芳所著靜好集行世。

曹貢山，名必進，無錫人。諸生。負志節，有經世略。幼學於從叔思義。思義官甘肅伏羌縣，需其助理，趣之再三，始就道。時　王師征準噶爾，客有言貢山之才於王師者，王師令入見，至則長揖而已。然王師素貴倨，兀坐不為荅。貢山曰：大人行相見禮。師曰：迎上官進見皆如此。貢山曰：處士非已登仕版者比，吾不願見矣。拂衣徑出，登車去。後許中丞以上客禮之。所著有貢山詩稾。

姚柏南，名夢熊，無錫人。諸生。父怡真，貢生，邃於經學，兼精醫理，著有周易象訓、春秋義、南陽經解及本草經解要、瘟科指掌諸書。柏南少負雋才，工詩詞。雍正乙卯夏五月，隨父泛舟蓉湖，獲金色鯉長尺許，瞬目掉尾若乞憐狀，卒烹之。歸舟至其處，風雷雨雹驟至，舟覆焉。柏南已登岸，見父沒水中，躍入水救父，相抱死。其友吳工部韞為毒龍行弔之。柏南著有萑胸雜咏。

強烈婦劉氏，無錫人。年十九，歸同里強烈。後二年，烈卒，無子。一女未周晬，舅鬻其屋。烈婦攜女侍姑，母貧，藉紡織餬口。值歲旱，累日不得食，鄰嫗勸其改適，不應。夜分以

女置母榻上，潛出，溺弦河死。水南行，屍逆流而北里許，植立水中，面如生。邑人義之，為請　旌，祀惠山貞節祠。

趙布衣止齋，名繼光，無錫人。著有漱雪草詩六卷。自序云：作詩之要有四：曰養性，曰窮理，曰博古，曰正格。必也沈潛乎顏孟，講辨於程朱，取材班馬，而效法杜韓，余志於是蓋數十年而不逮也。止齋生平好飲，好吟，嘗游燕齊楚越間，所遇轗軻，歸隱城南。邑人多忽之者，而惟黃正衡深愛重焉。正衡名世則，國子生，好為詩，亦自序其詩曰：予之文，得所師而不成藝；余之琴，得所師而不成操；余之書，得所師而不成體。至於詩，則未有師也，人皆余師。積年酒泳而稍有自得也。先是朱栩香嘗欲於九峯置石碣，刊邑中詩人姓氏，號曰詩塚，慮有遺逸而未果。至正衡則尤以表章前人為己事，嘗手集梁溪詩匯，竭數年之力，山陬水澨，敗笥敝簏中，靡不窮搜博采。後顧晴沙觀察輯梁溪詩鈔，正衡悉以所集歸之。卒年四十二。

無錫諸生安孟公璿，著有寒畫樓集。吳本泰稱其詩如九疑瀟湘，泓崢秀絕。家藏王子敬十三行墨蹟，所作書畫，皆工。邑人以其畫配華商原詩，又以其詩配鄒黎眉畫。商原，名長發，號滄江，諸生，工詩詞，善行草，所著有滄江百一詩。黎眉名迪吉，號思廬。

晚號城南老圃。少補諸生。以能文章名於時。後學詩於太倉吳駿公。與秦對巖、嚴藕漁諸名流為詩文友。是時常潤間舉慎交社。黎眉日往來贈答無虛。尤精畫理。武進惲正叔嘗謂其徒曰。我死後。汝等宜師錫山鄒黎眉。黎眉亦以此自負。所著有北游集三卷。湖北草堂詩五卷。山居詩一卷。

秦書隱名士鏞。原名德滙。無錫人。占籍吳縣。為諸生。馬君常先生弟子也。家貧。垂簾賣卜。日得百錢。養繼母。人稱其孝。著有書隱集。

周迂村名準。長洲人。諸生。陳恪勤頌繫京江。迂村往從受業。及至京師。不交權貴。志節皎然。沈文慤以詩教授吳中。得其傳者。推迂村及盛青嶁、顧祿百、陳經邦四人為最。而王西莊、述菴、錢辛楣諸公稍後出焉。盛青嶁名錦。吳縣人。諸生。顧祿百名詒祿。長洲人。貢生。陳經邦名魁。亦長洲人。諸生。

長洲布衣李碩夫名果。號客山。艱苦力學。忍飢誦經。巡撫宗室雅公嘗過王次山侍御邸。以吳中隱君子。侍御舉客山及惠定宇對。雅公遂造訪。客山避不見。時人兩賢之。客山所居湫隘。良友至。輒呼小童取一錢。就茶肆瀹茗。共啜之。樵蘇不繼。怡然自得。著有吟歸亭詩鈔。時又有趙飲谷者。名虹。嘉定人。以布衣著才名。無子。依其從子

初月樓續聞見錄　卷九　七

於吳市中葺一室。為小吳舡。有聞其名而訪之者。啜茗清談而已。然其所與往還唱和。如厲樊榭、翁朗夫、查蓮坡諸君。皆一時有名之士也。

過湘雲名春山。吳縣諸生。家居近市。性愛郎與。與沙斗初、張崑南諸人為友。博通經史。尤精於新舊唐書。嘗為補遺糾謬。未及成而卒。惠徵君定宇極稱之。卒時年甫二十有九。詩宗劉眘虛、王昌齡。自出清襟。不由蹊取。著有湘雲遺稾。沙斗初名維杓。長洲人。與張崑南同居下津橋。自號兩布衣。斗初長髯巨顙。時作悲歌。如酒豪劍客。崑南豐頤紅頰。神情怡曠。好彈琴。隱於醫。兩人性情好尚不同。然深相得也。斗初著有耕道堂集。崑南著鸛健堂詩鈔。

武進邵芳原名棠。好讀書。不治進士業。隱於賣漿家。嗜飲酒。工詩。尤精音律。室中無長物。過其居者。惟見有舊書數卷。古琴一張而已。芳原詩早歲規撫唐人。晚入陸務觀之室。然未嘗求知於人。故無人能知之。知之者惟李鹿籽。鹿籽多贒士大夫之游。一時與鹿仔往來者。後亦稍稍知芳原矣。芳原年五十五。病酒卒。病中以詩稾二帙分存於所知唐樂野、管印軒。蓋不能無望於後之或有知而好之者。芳原卒後二十年。李申耆選刻其詩舊言集中。

初月樓續聞見錄卷九終

初月樓續聞見錄卷十

清　宜興吳德旋仲倫甫著

顧和知名若璞。仁和人。明上林苑丞顧友白女。適同邑江西叅議黃汝亨子副榜貢生茂梧。茂梧工古文詞。蚤卒。時叅議方宦游。遺孤皆未毀齒。每從外傅入。輒為陳說四子書大義已。又與讀易、詩、莊、騷、秦漢百家言。為之講解。及叅議致政歸。和知日候中堂。叅議將出。則手持一編。書屏立待。問有所閣。輒先意具。海內賓客滿座。治酒食立備。叅議歎曰。今日正猶兒在也。天啟末。叅議疾。和知手調湯藥。目不交睫者浹六旬。竟不起。方叅議未病時。嘗過逆璫魏忠賢祠。慨然而歎。守祠小豎隨而詬之。歸憤憤形於顏色。會疾作。遂有傳其遭毆憤斃死者。崇禎改元。錄忠臣子孫。前語流聞京師。至形章奏。親黨謀以此乞廕。和知愕然曰。奈何誣吾翁冒廕以官其子。為書數千百言。署子燦名。遍質薦紳先生。事得寢。和知為子造船。泊斷橋孤嶼幽絕處。使吟誦其中。名曰讀書船。後其二子皆得成就。彬彬有文焉。和知晚歲手自排纂黃氏宗譜。置祭田以永祀事。生平慕范文正義莊而力不逮。曰。後𡻈為之。居常與子婦宴坐。則講究河漕屯田馬政邊防諸大計。所著卧月軒文集。多經濟大篇。有西京氣格。子燦

初月樓續聞見錄　卷十　一

妻丁玉如。字連璧。好讀書。工書法。早卒。孫女埈兒。生而端麗。能詩歌。性喜學佛。故又名智生。年十九夭。和知曾孫式序妻錢鳳綸。字雲儀。錢塘人。為詩無纖媚氣。而所作女史箴尤高。其自序云。古者后宮女史二人。朝夕彤管。隨王左右。掌后妃宮室之事。將以懲淫慝。儆宮邪也。揚雄作二十五官箴。而不及女史。向疑其必有闕焉。余幼習姆訓。長淹經傳。竊知婦道一二。遂欲仰宣聖化。內淑閨門。女紅之暇。綴詞補之。若謂與子雲茂先齊驅先後。則吾豈敢。其箴云。煌煌憲章。昭茲來服。崇勳攸載。青史咸錄。昔在周王。動言斯謹。左右史臣。既疏既引。肅雝令德。王假有家。嬪御惟賢。女史無譁。亦詳而法。亦正而飭。始於宮闈。浸及江漢。惇俗婉行。聖時幽贊。迨其後嗣。淫荒以逞。皦皦為沃。而昏昏為酗。主志既移。女德乃衰。人之齊聖。已或眂之。碩人放廢。顛倒以嬉。人之僉壬。已或比之。褕狄再加。婦功用隳。善善無寧。遐疾惡不可長。疾惡之甚。是為妒媢。取默以容。乃婦之期。二儀既建。動靜泰分。碩碩者詘。猶猶者尊。獨不見夫思媚之姒。思齊之任。蓺事用諫。肆在尚書。史臣司箴。敢告偪東。雲儀所著詩曰古香樓集。黑列婦楊氏。臨淮諸生黑崑妻。崑病篤。與婦訣曰。汝將若何。婦曰。脫有不諱。妾隨君地下耳。已而崑愈。逾年病復發。危甚。又與婦訣。婦曰。君不記去年約乎。妾終不負君

也。乃陰令幼婢往市毒藥。藏之。見死烈婦。飲藥。藥發。家人百計解救。則無及矣。時方歛。見烈婦衣袂一一縫而綴。

郭烈女。臨淮人。順治十一年十月某日。鄰家火。延及女家。時夜分。女方寢樓上。其父急呼起。火已逼帷。女披衣下樓。將出戶。見救火者如堵。女即反走入火。焚死。明日覓女屍。女肢體不化。具棺葬之。知縣魏宗衡題其墓曰。郭烈女碑。女時年甫十四。

貞女蘇氏。鳳陽人蘇越千女。幼許字何大夏。未婚而大夏病卒。女聞。勺水不入口。數自縊。父母數解救之。女因告父母曰。兒既不獲死。徒增父母憂戚。何如拜夫家守女貞乎。父乃往告其舅。擇日。母攜女至大夏墓。哭盡哀。至夫家。拜見曾祖姑。年已百歲矣。次拜見舅姑。執子婦禮。居數月。仍隨母歸。後母卒。女遂歸何。鄰里罕識其面。以壽終。

楊烈婦王氏。鳳陽人王軒妻。軒困苦學。遘疾。婦刲股以進。不愈。軒卒。無子。軒有弟已娶。尚未生子。婦向舅姑泣請。異日叔姒生子。先為夫立嗣。舅許之。婦叩謝。次日乘間自縊死。康熙六十一年事也。

全椒諸生吳鄉雲玉。隨侍讀子也。生而岐嶷。積學治行。為侍讀所鍾愛。嘗省父京師。道經徐州。夜見老嫗臨河哭甚哀。詢知為逋急鬻子。將捐生焉。遂傾囊與之。侍讀故工書有名。鄉雲承家學。書亦工。論者謂侍讀之有鄉雲。猶右軍之有大令。卒年四十。著有月潭集行世。

貞烈女姚氏。來安人。幼許字同邑韓鈞。康熙二十年六月某日。鈞卒。女聞訃。泣謂其姊曰。妹欲守貞不字。恐父母終奪妹志。若祝髮為尼。又非女子之正也。妹志決矣。是夕潛入空室中。自縊死。

孝子李三宜。興白家圩人也。眇一目。一足微跛。無名。鄉人稱為李三孝子。孝子二兄皆壯。有室。孝子未娶而父死。有田六畝。屋四椽。舟一。其舅為孝子兄弟析產。因謂孝子曰。汝兄成人。分之田以養母。汝以舟自為衣食資。孝子則大哭曰。我獨非父母子耶。我齒稚。父母豈故薄待我耶。有母不養。我則非人。孝子則受舟操之。而與其二兄迭養母。每至孝子養。母食必精。必置肉。母至二兄家。不能具肥腯。孝子則私致甘旨焉。居無何。二兄相繼死。一嫂亦前死。一寡嫂議再適。而其子尚幼。欲與偕。孝子因前謂嫂曰。此李氏兒。嫂欲行。則獨行。兒宜留承李氏宗。嫂不能奪。孝子遂獨奉母與其兄子以居。每晨起。作爨奉母。然後出客。顧孝子舟或遠在五十里外。度不能盡日反。雖與以重價。不之許。終孝子之事母三十年。母疾病。頗厭藥味。孝子為百計市珍餌。

母死。盡哀。鄰里皆感泣。初。孝子慈其兄子。而待之甚嚴。及母將死。呼孫立牀下。執手泣曰。兒慎無不學好。累汝叔怒也。自是逮孝子死。凡七年。於其兄子不加一疾言遽色云。乾隆癸丑。予客都門。予友徐棻露培為予言李孝子及錢天潤事。予既書孝子事。藏篋中。後露培復謂予曰。錢天潤事亦不宜令湮沒。乃列而書之。錢天潤者。宜興元橋人。少孤。事母甚孝。家貧。為人傭耕。得錢以奉母。母死。以奉其兄。天潤有女弟。嫁邰氏。早寡。子二人。方幼。天潤往視其女弟。女弟泣謂天潤曰。夫死子幼。不知所以為牙計。天潤曰。於汝意而何。寶告我。女弟泣應曰。守節撫孤。是吾志也。然家無成人。我母子將誰依倚乎。天潤慨然曰。第無憂。吾助汝。於是天潤為其女弟力耕以給食。三年而女弟死。天潤卒撫其二甥。使成立。畢婚娶云。桐城王灼悔生曰。錢天潤事。常事耳。然世之士大夫或不能為也。書以傳之宜矣。

程賫孝子。名榮春。字芳園。父承家。縣學增廣生。母馮氏。孝子生七歲。而父以貧故出遊。久不歸。孝子年十二。即能授徒鄉里。為句讀師。其明年。欲出探父耗。請於母。母憐其幼。未即許也。然孝子請治行益力。母許之。則以授徒所入錢二緡。分其半遺母。遂行。既行。念鄉人多客蜀者。疑其父亦在蜀。乃規至蜀。溯大江上達漢陽。有同舟王俊。詢邦族及所事。歎詫久之。既而曰。吾嚮客沅辰間。聞辰士大夫稱有書院山長某。得無若翁耶。孝子聞俊言。即渡洞庭。抵長沙。解衣付質庫。市鋪飢餽之。從陸行轉側叢篁密箐間。凡十餘日。至辰之鳳凰廳。鳳凰廳同知。孝子鄉人也。遣人導之至鎮筸書院。見其父。遂奉父歸。孝子後以明經出佐治。所得錢率費於奉養父母。歿。孝子嘗業市。以市券購甎甓陶家。陶家不以時取。越期則市業已敗。不能償券。陶家以券歸孝子責償。人或謂孝子。陶家不以時持券取錢。非我之咎。可無償也。孝子曰。然。然不可以甚吾親故累人。卒償之。孝子卒時年六十有六。

鄭芷畦。名元慶。湖州府學生。著湖錄一百二十卷。凡七易稿而後成。毛西河。朱竹垞。潘稼堂咸稱賞之。晚更研窮經學。其著書處名魚計亭。亭前蒔花壘石。圖書盈架。上亭後方池一泓。大旱不涸。諸友過從者。相與徵文考獻。永日忘疲。生平慕鄭子真之為人。自號曰小谷口。

烈婦周氏之球女。洞庭山人。嫁里中蔡氏。其夫瓊藻有心疾。烈婦斷斷不自得。夫凡瓊藻兄某人也。往調之。烈婦走訴諸姑。姑反恚曰。若嫌若夫不慧。今得慧者。顧猶不快耶。瓊藻益無忌。復走調之。烈婦知不可訴也。詈不絕口。急翦奩中金服之。不死。縊於牀乃死。里人洶洶，將控諸官。會之球遠客湖廣，而蔡氏復賄里人止其事。明年，之球歸，始塟女山南，而自銘之。康熙十五年，列婦死久矣，瓊滋忽夜發狂，提戶手刃其妻與所生女子一人，乃自刎死。明日，戶闔不開，家人穴而視之，見三尸相枕藉，大駭。有小婢匿牀下，呼詢其故，具言中夜窺見一紅衣女子往來室中，若導之使殺者。衆始悟為列婦也。紅衣蓋列婦大殮時所服云。列婦死時年十有九。

宋既庭名實穎，長洲舉人，官興化縣教諭，著有讀書堂、老易軒、玉磬山房等集。為人醇靜寡欲，動止皆有常則。與吳江計東甫草交最善。甫草有子曰孺子準，字念祖，少而娟娟美秀，數從甫草往來既庭家。既庭愛之，許以其女配焉。宗黨私謚孝貞女也。孝貞女性和順，幼受論語、孝經，俱曉大義。而計孺子年十五補吳江附學生，高才好學，聲譽方大起，纔及期而殤於痘。赴至，女竊慟哭，且自誓曰：吾死生計氏婦也。即日屏櫛沐，布衣蔬食，以見志焉。既庭奇女志，將以歸之計氏，而甫草慮其少也，猶與未決。久之，有求婚於既庭者，女微聞之，遂不食，數日死。甫草始大悔恨，流涕太息曰：此真吾子婦也，吾負若多矣。引舟載其棺以歸，與孺子合塟。孝貞女死時年二十有三。

岳西來名廣，山陽人。明季補諸生，知天下之將亡也，酒酣耳熱，輙噫嗚歔欷，能去人

皆笑以為狂。獨與劉禹慶善。家苦貧，食常稞糠覈然，奉事父母惟謹。其父性闊達，喜為豪舉，西來求娛其意，百端，恒恐不得當也。父母相繼歿，每哭踊，氣息不屬者數矣。素壯健無疾，至是以毀故病羸，終其身。有庶弟甫生，而其生母暴死。會西來亦生女，令婦棄女而乳其弟。弟又患痘，日夜啼呼不止，夫婦更抱撫之，遂俱染癘毒，膿血淋漓被體，怡然不少怨恨。國朝康熙六年，劉禹慶授官岑谿，西來無子，顧嘗為歌詩自娛。門弟子欲藏弃其稿，不許，曰：人顧力行何如耳，安用區區小技為哉。又嘗為文章，發明經史之蘊，既成，旋亦毀之，終莫能闚其際也。

嘉興鍾廣漢名淵映，年二十餘，所為詩文已能度越流輩。其居恒遇人勝己者，執禮法甚恭；至不如己者，或相對終日不與語，以是鄉曲之士嫉之如讐。嘗與其友宋錫鬯期共注五代史記，既而錫鬯游大同，轉客太原，廣漢遺其書數百言，謂五代之主其三皆起晉陽，最後劉旻三世固守其地，思覽其廢墟，考其遺跡。未幾游京師，出居庸關，暴病卒。錫鬯與譚舟石集廣漢古今詩二卷刻之。廣漢之至京師也，囊所著書數千言，謁長洲汪苕文，因相與辨論六經諸史之原流、詩歌古文詞之利病，夜漏逾四十刻猶不止。苕文深嘉許之，故於其卒也，為詞以哀之。詞曰：文木雖美，遇匠則斲。

櫨梨果蓏，實盛則剝。是而所是，非而所非。氣壯且銳，持此安歸。故曰：毋以物傷身，毋以身殉名。已乎廣漢，其亦知之與。使其有知，又將誰尤。

施虹玉名璜，休寧人。少好學，既長，則四方有名賢，輙徒步千里往從之游，相與考論同異。過梁溪，訪高彙旃于東林講席；過宛溪，與施尚白諸對累日夜；應聘金陵，與孝感熊文端公論學，尤相契。文端再相，虹玉貽之書曰：國家歲漕東南粟輸京師，常費巨萬，如使畿甸及中州齊晉之地相水利以興稻田，則數百萬之粟可取之如反掌也。居恒以接引後學為己任，著有誠齋問答、性理發明、易書詩四書太極圖西銘釋註、五經臆說、訂學庸或問、辨學棠言、四禮要規、新安塾講錄、紫陽通志續錄、五子近思錄發明、小學發明。歿，祀東林書院。

陳孔塘名昌泗，鄞人。少即有志洛閩之學，奮然思承其緒，與宗人裕齋互相討論，時時以正議扶末俗。家貧甚，教授所入泉粟不足以給家人之衣食，乃以京房易傳賣卜。巧發神中，其持論如蜀莊，必依於孝弟忠信，不徒以休咎禍福動人。兼通方書，時亦應人之求，不謀利。鶉衣藿食，終其身。陳裕齋者，名士良，亦鄞人也。少時侍親側，皆按禮經所言以為程度而出之以至誠。其居喪也，顏色之戚，哭泣之哀，變除之節，無

一不中乎禮。講求宗法，即毅然欲取而行之，定為大宗小宗，改易世俗之所稱宗長者以行祭禮，其族人大譁而止。居嘗治古文，以孟韓之徒自任，欲貫道與文而一之，而天厄其年，年甫三十有七而卒。初，裕齋讀書桃源書院，院中有佛像，其手墮地，跳躍不止，見者皆失魄。裕齋取而碎之，投茶竈中。於是村落中傳語以為陳秀才大物也。然裕齋既蚤卒，身後遺文草草僅數十首而已。

高尚友，宿遷人。父曰特驄，明季補諸生。崇禎甲申棄家去，其兄求之數年不得。久之，聞海上賣卜奇中，兄往卜之，云當即相見。察其情狀，即特驄也。強之歸，生尚友。一日，特驄短衣持雨蓋出，不知所之。尚友既長，築望親樓於鍾吾山中，每遇過客，輙詢訪其父蹤跡，聲淚並下。鹽城宋恭貽經其地，異之，紀其事，繪高孝子望親廬圖，為偏徵詩以褒之。

葉元習名敷，歙人。有志節。少補諸生，言行一以朱子為法。督學使者仁和趙宮副佑侍諸生嚴甚，小不稱意，輙詬罵。一日按視徽州，坐明倫堂，命諸生說四子書。元習挺然直上，督學厲色以辨難，至五六，不屈。督學怒，及試，故欲求其文之疵而不得也。先是休寧戴庶常震倡復古學。朝廷開四庫書館，海內績學之士萃於京師，皆翕然以庶常為宗。適庶常纂修館中，以勞卒，喪歸，同郡先達議以其主配享朱子。元習以諸

生力持不可。且謂庶常說經盡與朱子反，生則背之，死不宜配食。衆不能奪其議，遂寢。後元和徐學士頲視學安徽，親送庶常主入朱子廟，廷時元習卒已若干年矣。

宜興潘樹型，名凝性，端重少，補諸生，即喜讀宋儒書，慨然有志於學。宜興自湯默齋先生以講學名重東南，為其學者率宗王文成致良知之說。樹型獨以朱子為宗，然於默齋無異議。默齋之學出於高忠憲，而樹型謂忠憲臨沒遺疏中有願畢來生之語，非儒者所宜道。其持論之嚴如此。卒年五十餘，所著有惕齋劄記若干卷。

陽湖莊傳永，名曾儀，善為詩文，琢硯刻小印，皆絕工，篆書學碧落碑，真行書學趙文敏。傳永之友張編修皋文，以學行為當世所推，而皋文嘗為人言：儕輩中可與適道者，首推傳永。傳永於流俗驚喜歆羨之事，泊然無所動於中，故其氣常充然有餘，其胸懷浩然，常有以自樂也。傳永卒於嘉慶十二年正月，年止三十有九。其友李申耆刻其遺詩於舊言集中。

陽湖彭柳西，名澤，善畫人物山水，書以李北海為宗，性介潔，不妄干一人，人高其行，爭慕與之交。柳西亦削廉隅，相得歡然無厭也。先是邑人畢焦麓名涵，以工書畫擅名。論者謂柳西書畫雖稍不逮焦麓，然與焦麓並稱高士，蓋無愧云。

武進蘇謹人先生，名淳，幼學於世父沈思，經義言動以禮法自程。年十九補府學附生。時尹公會一視學江蘇，凡應試者皆令背誦小學，先生獨能成誦，遂拔冠諸生云。家貧，為童子師，每食必舍肉。或問之，對曰：吾母居恒食惟菜蔬，食吾不能具甘旨奉母，而忍自下咽耶。先生誦習諸先儒書，尤篤信朱子。平居敝衣藿食，泊然無求。每製一衣，數十年不易。嘗以告其同里莊達甫徵君曰：吾聞餘姚韓仁父先生家貧，未嘗向人稱貸，每言立身須自節用始。此言真吾輩藥石也。又曰：吾每歲教授所入不欲過百金，過則自覺不安矣。嘉慶某年卒，年七十有九。余族父晉望稱先生德行醇備，無奇節偉行為世所名，其品概在漢之黃叔度、徐孺子間。而莊達甫亦云先生立心制行，當求之古人中耳。

薛顛樓先生，名稻孫，先世居蜀之倉溪，大父之佐知廬州府，罷官後僑居金陵，父景瑶遷無錫，故為無錫人。乾隆庚辰舉於鄉。先生性肫摯，篤於故舊。其友人有客死於外者，先生獨身致其喪歸之。以此為質行，諸儒所推重。善為詩，清新婉麗，有中晚唐人之風。其叔子玉堂字畫水，於道光元年編先生詩為六卷，曰釣雲軒詩鈔，刻之。時畫水權守廬州屬，其友合肥訓導陽湖陸繼輅祁孫為序。序中述畫水之言曰：玉堂

生十年而孤，乾隆丙申之歲，先兄聯元有古北口之行，別時分先君子詩二之，各藏其一，而玉堂適得甲乙二冊，其從先兄歿於古北口外，所攜先君子詩遂亡去云。蓋今所刻，非先生之詩之全，皆三十五歲以前作也。先生又有詠梅集，明人句六十首。德旋見其手稿，曾為跋之。書法娟秀，似趙松雪佳書，其源蓋出於褚登善。

元和江布衣，名聲，字叔澐，號艮庭，幼聰慧絕倫，長師事惠徵君棟，為尚書之學。病唐貞觀時為諸經正義者，自詩禮公羊外，皆取晉人後出之經，而漢儒專家師說反不傳。徵君既作周易述，搜討古學。艮庭亦撰尚書集註音疏，以存今文二十九篇，以別梅氏所上二十八篇之偽造。取書傳所引湯征泰誓諸篇逸文，集書序入錄。又採說文經子所引書古文本字，更正秦人隸書。及開元中改易古字之謬，輯鄭康成註及漢儒逸說，附以己見為之疏。凡四易稿，積十餘年而後成書，凡十二卷。時王光祿鳴盛撰尚書後案，延艮庭於家商訂疑義焉。嘉慶元年，應孝廉方正徵。四年九月卒，年七十有九。

荊溪潘曾泉，名會和，學長於經，殫心治易。武進李兆洛申耆見曾泉所作論易諸篇，與其書曰：讀大著，振動欽喜。天一論探賾索隱，膾天潛淵雜記諸條，則尤正蒙之文。兆洛往來荊溪十七年，不聞先生之聲迹，此恨豈有極哉。曾泉自矜為申耆所知，每向人言之。然終亦未嘗與申耆相見也。曾泉年七十餘卒，無子，一女許字同邑朱氏，未嫁而朱氏子死，女守貞不再字，事父以孝聞。

馮山公，名景，錢塘人，諸生，行高學博，工詩古文。康熙戊午游京師，授詩項侍郎景襄。時有司營宮室，難枏木梁，有請易國學彝倫堂梁者，山公上書魏尚書象樞諫寢。名震京師。相國索公求見，山公遁。授經淮陰，邱洗馬象隨里第。時太原閻徵君若璩為尚書古文疏證，攻偽古文尚書之失，山公助之，成淮南子洪保二卷。其自序曰：洪保者何？馮子讀閻子尚書古文疏證而作也。儒者之學莫大乎正經而黜偽，今之尚書，為晚出古文淆亂其間，莫之或正，儒者之恥也。閻子唱之，馮子和之，其義大彀，故曰洪保。閻子，晉產也。馮子，吳產也。一西一南，地之相去幾千里，而作合於淮南，以卒其業，豈非天哉。故亦號淮南子云。山公復以癸酉入都應試，有顯者投以關節，固不受，遂不復舉。出都而考官竟以事敗。己卯，江蘇巡撫宋公犖以禮三聘，就幕府，典文章，甚相得。既宋公拜吏部尚書，固請偕北上，山公以母老固辭歸里。未幾卒。學者私謚文介先生。年六十有四。山公卒後八十年，其外孫盧學士文弨梓其所著解舂

集十二卷又補遺二卷行世江安甫名承之歙人年十四從武進張皐文學治時文十五讀婺源江慎修鄉黨圖考當然請治經皐文授之鄭氏禮記日夜誦習旁及他鄭氏書先漢諸儒說孜校推究往往通大義時皐文方次虞氏易每一卷成安甫輒請而手寫講解比皐文書成安甫悉能指說益爲皐文校其書之不合者數十事十七從皐文至京師更受儀禮讀未竟以嘉慶五年正月一日病卒年十八安甫於世事無所嗜好獨好治經其治經惟好鄭氏嘗寫後漢書鄭康成傳而次其年譜繫之以傳慭然有千載之思著鄭氏詩譜虞氏易變表若干卷安甫卒後十日夢於皐文曰請讀書禮乎易乎皐文呼之如平生曰二汝乃今爲鬼安所事禮順陰陽時消息幾以奠汝游魂安甫諾而去自是不與皐文夢相接云其後二年嘉慶七年某月日皐文亦卒

費魯堂名湘初名華武進人其父歙三先生修長者行魯堂承父志益務讀書爲善弱冠後補諸生歲科試輒高等然屢應鄉舉不獲解既而游京師應嘉慶戊辰　恩科順天鄉試中式時年已五十餘其從子庚吉以戊寅己卯聯捷成進士僉以爲歙三先生積善之報矣然魯堂竟艱於一第以道光癸未四月得疾卒京師而其二子皆已前卒又可哀也余始識魯堂於童子試時後與相遇京師逆旅中魯堂留京師而余遂歸自是不復相見迄今二十八年故友凋落過半聞魯堂之赴益悵然於聚散離合之感而歲月之速真如電激風逝可慨也夫

初月樓續聞見錄卷十終

上海文明書局印行

清嘉録

顧祿著

序

時序之書昉於夏小正及呂氏月令至李唐時承興嬴氏北堂書鈔渤海歐陽氏類文類聚爲類書嚆矢雖頗及時令而猶未大備迨世董氏類飾出而終歲典故始集其成然未有專指一方風土者也吾吳古稱荆蠻自泰伯虞仲以來變其舊俗爲名文物之邦陸士衡所云土風清且嘉者迨於今文采風流爲天下冠然江湖雄闊川澤沃饒雜處五方商賈輻輳世運遷流風會不無少雜吾家鐵卿哲華纂書什元日至於歲除凡吳中掌故之可陳風謡之可采者莫不按節候而臚列之名之曰清嘉録洵吾吳未有之書也夫千里不同風百里不同俗雖時序之在天下薄海皆同而一方有一方之風土人情不可得而強也吳趨風氣日變益新如五音之繁會五色之陸離其可無紀乎此書出而行之海内吾知其不脛而走也予於是竊有感焉昔言子子游游聖人之門列文學之科流風漸被數千百年天下皆以吾吳爲文章淵藪然文勝則質漓騖於外而遺其内非聖人忠信之教也吳中今日文亦少勝矣鐵卿之訂是書也其亦有微意也歟是爲叙道光十年六月朔日宛山老人承書

序

禮君子入境而問禁。入國而問俗。又曰。禮從宜。使從俗。古之人欲周知風俗也如此。三代以上。其書不可得而考已。後世輿地之書。大都詳及沿革選舉人物山川。而間涉於風俗。嗟夫。人各偏處一方。其欲周知之也。不亦難乎。雖間。其能詳乎。小阮鐵卿明經。以超雋之才。耆著述之事。讀書之暇。纂列吳中歲時瑣事。凡十二卷。訪諸父老。證以前聞。糾繆摘訛。秩然有體。莊子謂道在螻蟻。道在屎溺。夫螻蟻屎溺。至微且濁矣。而不嫌每下而愈況。蓋天地之至道。貫於日用人事。其傳之於世者。皆其可筆之於書者也。昔張勃作吳錄。陸廣微作吳地記。范成大作吳郡志。王鏊作姑蘇志。皆以吳人記吳事。今其書雖或佚或存。而其名終不可泯滅。然則鐵卿之爲此書。其繼古人而傳之也可必矣。僕居吳。而猶且欣然流覽焉。況其爲遼絕闊遠之人。足跡曾未嘗一至者乎。劍峰老人日新序。

例言

一余年二十有五。丁母氏憂。閉門卻軌。日與父老談吳趨風土。目之所見。耳之所聞。梱寄諸子墨。以資歌詠。以助劇談。閱數年。積若干帙。都爲十二卷。節取陸士衡吳趨行語以名之。覽者循名思義可也。

一吾鄉歲時節物之所陳。市肆好尚之所趨。街談巷議。稗說山謠。吳不有所祖。特人習焉不察。往往以譌沿譌。斥爲齊東野人之說。余搜羅羣書數百種。援以爲証。鑿而不斷。間有涉疑似之處。則參以管見。特識見未充。援據未確。索瘢指垢。徵俟博雅。

一采風問俗。紀錄宜詳。是書凡郡邑志所已載。與夫所不及載。所不能載者。雖瑣必登。至于鄉風之昔盛今衰。今廢昔傳。皆在刪增之例。若止行於一隅。未能徧曉者。概從闕如。

一是書止載郡城三邑歲時土風。與王元美蘇志備遺。統紀一府之例不同。而六邑之志。仍與郡志三邑志。互資考証。丈尾則采錄九邑人之詩詞。皆隱寓陳善閉邪之意。以冀世道人心。有所裨益。若無關於土俗時趨。偶諸懷古之作。俱不采錄。其間偶有一二題缺之者。亦偶有一二溢數首者。既關於見聞。又隘於篇幅。擬另輯清嘉錄詩詞補遺若干卷。以補此書未備。脫稿悉謄以續刊。

一吳越本屬一家。而風土大畧相同。故書中雜引浙俗爲最繁。次及楚下。若他省。別存偶一援之。以証異同而已。

一歲時無殊。而風土各異。如昔人夢華遺事諸書所載。各不相同。大抵皆在鄉言鄉也。顧閉門操觚。終虞竹滿。不賢識小。未免見哂高明。

茶磨山人顧祿鐵卿甫識

題辭

吳趨自古説清嘉。士物真堪紀歲華。一種生涯天下絕。虎邱不斷四時花。
歲時風土有成書。地紀陳編富五車。今日殺青應更別。風謠絕勝太康初。 一山何桂馨
壞叟帳資寫性情。風謠也許頌承平。從今暮雨瀟瀟曲。不是吳歌第一聲。
唱徧楊枝又柘枝。何須萬里採風詩。秋菘春韭尋常品。生在家鄉便繫思。 蒙谷陸伯焜

四時好景從頭記。已省識繁華如此。蘇臺春色總無邊。誰題徧。月名十二。 童謠悟徹風人旨。方共羨文情斐亹。他年試與采輶軒。佇見貴洛陽名紙。 右調步蟾宮 米泉陸準

算天堂福地。蘇臺稱最。有無邊良長美景。賞心樂事難窮。誰編成歲華紀麗。把清嘉舊俗賅載。換到桃符。喧來臘鼓。年光好處供摹繪。繞開卷。詩情畫本。到眼盡來會。吳地記。別開金屑海錄同碎。 羨鴻才黃門後裔。著述都超羣輩。取荊楚歲時餘例。更彷東京夢華類。吮墨晨書。然脂瞑寫。擷芳尋勝儲補綴。待他日輶軒劾采。郡志説家外。流傳徧擬賦吳都。洛下牋貴。 右調多麗 鉛人陸偉堂

梧宮花草半蕪苔。住蘇臺。憶蘇臺。偶把一年好景為安排。生面特開吳地誌。供摹繪。正連篇。風訊催。信催。訊催。時漫推。剛雁來。又燕回。記著記著。記不了開杏探梅。已覺金迷紙醉賞心諳。不數夢華同紀麗。披覽處。賦新詞。待取栽。 右調江城梅花引 柘花陸習傳

遮眼羣書在。誰堪著作林。窗燈沈短焰。檐雨滴愁心。歲月閒中得。光陰卷裏尋。須返朴。望古意何深。

直抵姑蘇詠。先知風俗通。千枝花翦綵。五色綫翻絨。臘尾年頭轉。方言謠語工。黃東如見采。搜封寓深衷。 小泉蔣如洵

婆心能究轉。風世使還淳。巷議街談古。山謠農諺真。吳趨傳舊俗。要術補齊民。別志姑蘇體。斑斕節物新。 蠡源林琛

風土推吳下。嘉名溯憶之。繁華餘綺習。懲創采風詞。諺語多沿俗。歌謠盡入時。關心天四月。齊唱煖寒詩。 秋枝姪辰

事紀春三臘。風吹暮九寒。吉詞占歲入。美識到年殘。節物從頭數。繁華扶眼看。閒編轉悵觸。新様又多端。 竹庵姪傳烈

思入才人筆。翻新舊亦妍。胸懷除俗韻。提引富陳編。卷帙留三寸。工夫閱十年。太平真有象。歌舞頌堯天。 秋巖姪震濤

瀟灑風流不染塵。聰明冰雪手生春。網羅俗事都歸雅。穿穴陳言盡出新。錄較歲華成集麗。記同荊楚得情真。一編持贈黃華客。免使輶軒下問津。

吳趨一曲起閶門。楚歎齊謳已莫論。況復成書遺典博。足徵合郡古風敦。袖中藏得添撝粹。窗下編來將墨痕。倘亦有人持赴洛。應知舊業至今存。 羊峯朱崑玉

零星舊事記吳儂。住近橋南皋伯通。浩浩金閶塵撲面。可曾物色到梁鴻。
吳娘解唱晚涼天。此日何勞畫舫編。低髻雲鬟脂粉淨。風光畧異十年前。
端午龍船集虎邱。秋來又泛石湖舟。苦心不厭從頭記。是處湖山耐冶遊。 辛父楊秉桂

彩毫閒繪闔閭城。風土年時幾變更。南國鶯花描舊稿。東山絲竹譜新聲。繁華自昔難歸撲。文采如今倍有名。都是聖朝陶育事。滿歌巷舞見昇平。

難得閒身賞網羅。一年情緒靜中過。此書大可輶軒采。餘事尋沿志乘訛。從俗禮偏根據確。翻新詩出美才多。竹枝唱罷楊枝續。絕勝吳娘水調歌。

閒亭一志近重修。史筆紛綸紀載周。好與舊聞傳日下。還增軼事為蘇州。荒唐豈有齊諧怪。瑣細全憑博物收。攜去豆花棚下坐。漫將閒話付吳謳。 君續韋光黻

孰譜吳趨曲。吾家有阿宜。鄉風羅舊典。歲月話新詞。妙筆翻花様。奇才壓竹枝。輶軒他日采。不數二南詩。 柴緋叔達傳

清嘉錄卷一目錄　正月

行春　打春
拜春　拜牌
歲朝　挂喜神
上年墳　拜年
飛帖　開門爆仗
歡喜團　黃連頭叫雞
看風雲　秤水
新年　燒十廟香
山川壇迎喜　狀元籌
陞官圖　年節酒
小年朝　接路頭
開市　七人八穀九天十地
看參星　齋天
祭猛將　點竈燈
爆孛婁　春餅
圓子油䭔　燈市
走三橋　放烟火
鬧元宵　打燈謎
三官素　接坑三姑娘
百草靈　驗水表
鐙節

清嘉錄卷一

清　顧鐵卿譔

正月

行春

行春之儀，附郭縣官督委坊甲，裝扮社戲，如觀音朝山、昭君出塞、學士登瀛、張仙打彈、西施采蓮之類，名色種種。國初猶以優伶官伎為之，今皆乞兒祇應故事。先立春一日，郡守率僚屬迎春婁門外柳仙堂，鳴騶清路，盛設羽儀，前列社戲，殿以春牛。觀者如市，男婦爭以手摸春牛，謂占新歲造化。諺云：摸摸春牛腳，賺錢賺得着。蔡雲吳歈云：去去婁關有古坊，爭看太守迓句芒。歌童毛女風流歇，端為迎春特地忙。

按漢書，太守有行春之文。唐高承事物紀原：周公始制立春土牛。蓋出土牛以示農耕之早晚。褚人穫堅瓠集：古者迎春與出土牛原是二事，迎春以迎陽氣，出土牛以送陰氣。迎春在立春，出土牛在季冬，與儺同時，合而為一，不知起于何時。又云：吳中立春前一日迎芒神出土牛，郡人競觀，以鋪張美麗為時和年豐之兆，而留心民事者亦號召伎女樂工，褺園百戲，賽歌雜遝，結束鮮明，歲以為常。長元吳志皆云：立春日迎春東郊，競看土牛。吳縣志并云：大戶皆垂簾門外，婦女盛飾。前明袁宏道有迎春歌，併錄於此，以見今昔之殊。歌云：東風吹暖婁江樹，三衢九陌凝烟霧。白馬如龍破雪飛，犢車碾水穿香度。鐃吹拍拍走烟塵，炫服靚妝十萬人。羅額鮮明紛綵勝，社歌繚繞簇芒神。緋衣金帶印如斗，前列長官後太守。烏紗新縷漢宮花，青奴跪進屠蘇酒。采蓮舟上玉作幢，歌童毛女白雙雙。梨園舊樂三千部，蘇州新譜十三腔。假面胡頭跳如虎，窄衫繡袴搥大鼓。金蟒纏身神鬼妝，白衣合掌觀音舞。觀者如山錦相屬，雜沓誰分絲與肉。一路香風吹笑聲，千里紅紗遮醉玉。青蓮衫子藕荷裳，透額垂髫淡淡妝。拾得春條誇姊妹，袖來瓜子擲兒郎。急管繁絃又一時，千門楊柳破青枝。獨有閉門袁大令，塵攤書牀生網絲。

打春

立春日，太守集府堂，鞭牛碎之，謂之打春。農民競以麻麥米豆拋打春牛。里胥以春毬相饋貽，預兆豐稔。百姓買芒神春牛亭子，置堂中，云宜田事。蔡雲吳歈云：春恰輪當六九頭，新花巧樣贈春毬。芒神腳色牢牢記，共詣黃堂看打牛。

按隋書禮儀志，始有綵仗擊牛之文，即後世之打春也。漢晉以前無打春之事。

元老東京夢華錄立春日絶早府僚打春府前百姓賣小春牛吳自牧夢粱錄立春日侵晨郡守率僚佐以綵仗鞭春街市以花裝欄坐象小春牛及春幡春勝各相饋遺於貴家宅舍示豐稔之兆張冲之詩自慚白髮嘲吾老不上譙樓看打春是事雖始於隋而儀文實備於宋迄今沿之

拜春

立春日為春朝士庶交相慶賀謂之拜春撚粉為丸祀神供先其儀亞於歲朝埒於冬至

案孟元老東京夢華錄云立春日宰執親王近臣入賀吳自牧夢粱錄云立春日宰臣以下入朝稱賀蓋立春賀節本為下之行禮於上無答拜之理范新合志云立春日紳士亦賀節餘則否

拜牌

紳士詣關妙觀三清殿望　闕遥賀一如祝釐之儀謂之拜牌禮畢咸服往來衙門交慶

案明洪文科語窺古今載王官十儀一曰習儀拜牌　通典謂元旦慶賀始於高祖　徐崧張大純百城烟水關妙觀三清大殿為郡人習儀祝釐之所

歲朝 忌諱附

元旦為歲朝比戶懸神軸於堂中陳設几案具香蠟以祈一歲之安俗忌掃地乞火汲水并針剪又禁傾穢潑糞諱啖粥及湯茶淘飯天明未起戒促喚男子出門必迎喜神方位而行婦女簪松虎綵勝男女必更新衣潔服相見則舉百果相授受各道吉利語謂之開口果子

案尚書大傳正旦為歲之朝月之朝日之朝謂之三朝　歲時通考元旦不掃地不汲水不乞火范新合志是日禁掃地乞火汲水及針剪汪上湖守歲詩俗掃防年地

挂喜神

比戶懸挂祖先畫像具香蠟茶果粉丸糍糕衣冠率妻孥以次拜或三日五日十日上元夜始祭而收者至戚相賀或有展拜尊親遺像者謂之拜喜神

案錢樹可庵遺像記古者人子之于親亡也至漢代以來乃有畫像雖非古制實寓生存遂相沿不能廢宋之先儒有恐似他人之譏則畫手不可不工也朱鹿田詩歲儲應添有面人月令事宜除夕祭祀神像於堂中供奉以拜節江震志亦以除夕懸祖先畫像至新正初三日或初五日收者全介山云杭俗謂之神子落燈夜收神子詩云若非除夜何能見纔過元宵不可留又云其三五世合繪一幅者則曰代圖亦曰三代圖五代圖

上年墳

攜楮帛茶果盒展墓謂之上年墳

案錢塘范書屋上年墳詩云松柏春深茂家家上冢行紙灰飛蛺蝶作節似清明此祭寧非古空山亦賀正食嬰分餕後一塔夕陽輕蔡杭俗上年墳多以肴饌楮錠吳俗則祗茶果盒而已

拜年

男女以次拜家長畢主者率卑幼出謁鄰族戚友或止遣子弟代賀謂之拜年至有終歲不相接者此時亦互相往拜于門門首設籍書姓氏號為門簿鮮衣炫路飛轎生風靜巷幽坊動成闤闠薄暮至人家者謂之拜夜節初十日外謂之拜燈節故俗有有心拜節寒食未遲之謔琳宮梵宇亦交相賀歲或粘紅紙袋于門以接帖署曰接福或曰代僮范來宗拜年詩云走賀紛閙歲衔更紊非識面也關情添丁誇列幘中刺過午飛留簿上名羽士禪師同逐逐東家西舍盡盈盈春明舊夢還能記馳徧輪蹄內外城

案艮齋雜記拜年無論識與不識望門投帖賓主不相見登簿而已然長元志皆載俗尚拜年有從未識面互相投帖以多為榮者此風不行于守禮清門

飛帖

有遣僕投紅單刺至戚若友家者多不親往答拜者亦如之謂之飛帖

案艮齋雜記云拜年之風有帖到而人不到者宋時已然見周密癸辛雜識沈公子遣僕送刺至吳四丈家取視之類皆親故因醉僕以酒陰以己帖易之其僕不知至各家偏投之而主人之帖竟不達又周煇清波雜志至正交賀多不親往有一士人令人持馬銜每至一門撼數聲而留刺字以表到有知其謔者出視之僕云適已脫籠矣脫籠為京都虛詐閃賺之諺語呂滎陽公言送門狀習以成風既勞於作偽且疏拙露見司馬溫公在虛閣時不送門狀曰不誠之事不可為也　褚人穫堅瓠集云拜年帖　國初用古簡有稱呼康熙中則易紅單書某人

拜賀。素無往還道路不揖者。而卑亦及之。丈侍詔集有拜年詩云。不求見面惟通謁。名紙朝來滿敝廬。我亦隨人投數紙。世情嫌簡不嫌虛。

開門爆仗

歲朝。開門放爆仗三聲。云辟疫癘。謂之開門爆仗。

案。唐高承事物紀原云。馬鈞始製爆仗。吳俗紙裹硫磺曰爆仗。是其名已見元魏。然范石湖村田樂府云。截筩五尺煨以薪。當階擊地雷霆吼。則是時又以竹爆也。今紙者亦謂之竹。如九縣志。皆載元旦爆竹三聲。然後啟戶是也。又云。相傳以驅疫癘。次爆竹辟鬼。其說始於東方朔神異經。西方深山中有人。長尺餘。犯人則病寒熱。名曰山㺐。人以竹著火中。熚烞有聲。而山㺐驚憚。六朝時已用之。歲朝見宗懍荊楚歲時記。正月一日。雞鳴而起。先於庭前爆竹。以避山㺐惡鬼。俗有兼用之除夕者。謂之封門爆仗。張說守歲詩。桃枝堪辟惡。竹爆好驚眠。辟能除夜作。竹爆和諸鄰。王安石詩。爆竹聲中一歲除。皆是也。予嘗有句云。鄉俗相傳惟爆竹。城居那得有山㺐。可謂此風解嘲。

歡喜團

圍爐中。燒巨煤墼。曰歡喜團。凡歲朝屆元宵而止。

案。厲靜香事物異名錄。引范成大雪中送炭與龔養正詩。煩君笑領姿歡喜。採借新年五日春。謂今俗以巨煤墼為歡喜團也。吳縠人祭酒新年雜詠小序云。歡喜團杵炭屑而范之。上下合成圓。而有匾勢。炭墼之巨族也。除夕。取以埋爐。置廳室中。謂之歡喜過年。詩云。開爐重得彩。餘喜復餘歡。火色明通夕。春光聚一團。幾人先附熱。舉室不知寒。笑指青紅意。還將兒女看。注。俗指小兒女之稱意者。亦曰歡喜團。吳人亦有此口號。

黃連頭叫雞

歲朝。鄉農沿門吟賣黃連頭叫雞。絡繹不絕。

案。長元志。皆載黃連樹。村落間俱有。極高大。其苗可食。今鄉農於四五月間。摘取其頭。以甘草汁醃之。謂小兒食之。可解內熱。　吳縠人祭酒新年雜詠小序云。吹雞。揭竿縛草。以處雞雛。口銜翦管。巡街吹賣。其音曰哺哺哺。故名哺哺雞。詩云。曉日一雞唱。春風正滿閭。居然生羽翼。大要借吹噓。功豈養成僞。群疑伏卵餘。兒童能起舞。壯志定何如。

看風雲

農人歲朝晨起。看風雲。以卜田事。諺云。歲朝東北。五禾大熟。歲朝西北。風大水害農功。

案。九縣志。皆載元旦風自東南來。則歲大稔。東次之。東北又次之。西則歉。西北有紅黃雲則稔。白黑則歉。并云是日宜陰。有歲朝烏六兎高低田稻一齊熟之諺。

秤水

自歲朝至十二日。以瓶汲水。秤其輕重。以卜歲中水旱。

案。王得臣麈史。江湖間人常于歲除汲江水秤。與元日又秤。重則大水。又研北雜志。浙西人以正月三日為田本命。秤水。以重為有年。虞志云。自元旦至十二日。當一歲之月。以瓶汲水。準其輕重。重則其月多水。輕則旱。

新年

諸叢林各建歲醮。士女游玩琳宮梵宇。或燒香答願。自此嬉嬉遨遨。無論遠近。隨意所之。城中圓妙觀尤為游人所爭集。賣畫張者。聚市于三清殿。鄉人爭買芒神春牛圖。觀內無市鬻之舍。支布幕為廬。晨集暮散。所鬻多糖果小吃。瑣碎玩具。間及什物而已。而雜技尤為聚處。雜耍諸戲。來自四方。各獻所長。以娛游客之目。如立竿百仞。建幟於顛。一人盤空拔幟。如猱之升木。謂之高竿。索上長繩。繫兩頭於梁。舉其中央。兩人各從一頭上。交相度。謂之走索。小兒緣長竿。倒立。尋復去手。久之。垂手翻身而下。謂之穿跟斗。長劍直插入喉嚨。謂之吞劍。取所佩刀。令人盡力刺其腹。刀摧腹皤。謂之弄刀。置磁盤於拳。以手空中撥之。令盤旋膝腹及兩腋兩股。皆起倏落。謂之弄盤。或以磁盆置竿首。兩手交換。有時飛盆空際。仍落原竿之上。謂之舞盆。置丈許木於足下。可以超乘。謂之踹高蹺。以毯覆地。變化什物。謂之撮戲法。以大盆水覆毯。令隱去。謂之飛水。置五紅豆於掌上。令其自去。謂之摘豆。以錢十枚。呼之成五色。謂之大變金錢。兩人裸體相撲。謂之攊架子。鳳陽人蓄猴。令其自為冠帶。并教犬為猴之乘。能為磨房三戰諸齣。俗呼猢猻把戲。圍布作房。丈以一木。五指運三寸傀儡。金鼓喧填。詞白則用叫顙子。均一人為之。俗呼木人頭戲。牽絲戲。彷彿傀儡。手足皆以絲牽運動。故名穿窬。模於壁。一人在幙中。作數人問答語。謂之隔壁戲。以扇拱桌。狀鳥之鼓翅。雀作百鳥之聲。皆出自口中。謂之百鳥像聲。江寧人造方圓木匣。中綴花樹禽魚神怪秘戲之類。外開圓孔。蒙以五色玻瓈。一目窺之。障小為大。謂之西洋鏡。又有洋畫者，以顯微鏡倒影窺之，障泼為淵，以畫本法西洋故也。江陰人摶五色粉，狀諸人物，曰粉人。截紫白竹尺餘，上開六孔，吹之謂之太平簫。以竹簧夾其置舌間，可吹小曲。竹筒二三寸許，貫以麻綫，以線裹之，就地盤旋，引風入竅，作汪汪聲，謂之地鈴。蘸絲糊紙為蝴蝶人物之形，風中飛揚，謂之絲鷂。皆男盲女瞽，擊木魚銅鈸，唱前朝故事，謂之說因果。攤簧乃弋腔之變，以琵琶絃索胡琴檀板合動而歌。餘如測字、起課、算命、相面，大率江西人賃居宇下，藉以覓食，男女之問災福者，到處闐殖，蜂駢茶坊酒肆。及小食店門市如雲。窶人裝水烟為生者，逢人祇應，以些少錢會贈之。托盤供買食品者，亦所在成市。至城外西園，則擲傚首於放生池，引黿浮水而食以為樂。婦女暗數羅漢，卜年庚之順逆。至十六日，然後學子攻書，工人返肆，農人各執其業，謂之新年。范來宗游觀詩云：仙都元妙六門中，迤邐爭趨老少同。大地廣場遊戲市，諸天法相若籠宮。種桃道士重門香，賣果兒郎百戲空。何事千人齊引領，香與帽露石榴紅。又蔡雲吳歈云：城外西園城內觀，趁閒趁鬧儘嬉遊。可憐佛宇仙宮好，混卻茶鎗酒肆間。又云：綱罷閣陰花爆稀，長生殿邊絲鷂飛。冶容少婦入人海，輕薄兒郎慣打圍。

案：馮應京月令廣義：元時元日，于長春宮建醮，歲以為例。范志：歲首即會於佛寺，謂之歲懺，士女闐咽，殆無行路。長元志皆載元旦佛寺燒香禮年懺。徐崧、張大純百城烟水載：元妙觀在宮巷北，昉自晉咸寧二年，名真慶道院，至元元貞元年改賜今額。時左轄朱文清大施捨，觀遂甲吳中，基周廣五百畝。又栽：西園即戒幢律院，在治坊浜東，徐太僕子工部溶捨為寺，中有放生池，又五百羅漢殿。沈朝初憶江南詞云：蘇州好，到處慶新年。北寺笙歌格似沸，元都士女擁如烟，衣服盡鮮妍。注：北寺、元妙觀為新歲游觀地，今北寺游人已衰，而閶門外鬧德橋內朱家莊僅一廣場耳，新年游者層至，百戲競陳，貨郎蟻集，茶坊酒肆，雜點一新，且四時無衰落之日。蔡鐵翁吳歈百絕注云：新年游玩元妙觀，婦人之容飾妖邪者，游人環集，謂之打圍，圍由自取，然亦無人禁止之也。

燒十廟香

郡縣城隍廟及本里土地諸神祠，男婦修行者，年初皆往燒香，必經歷十廟而止，謂之燒十廟香。歸必焚香于家堂司命諸神之前，曰回頭香。

案：厲樊榭武林踏鐙詞云：鬧蛾茸茸門新挂，去點吳山十廟香。蓋燒年香之俗，不獨於吳為然。然吳中所謂十廟者，為蘇州衛劉猛河神之所，非僧尼道流修行之地。見錢思元吳門補乘。且十廟雖有其處，非若世俗之所謂十廟也。城東北隅利四閣張香橋一草庵，即俗稱一廟是也。今所存者三耳，六廟在北園，十廟在回龍閣，餘俱廢。

山川壇迎喜

大府擇立春後丁日或壬日，迎喜神正南方，率標下弁卒，各陳隊伍，張列兵器，迎迓至山川壇，迎祀喜神，謂之迎喜。俗例趨觀不迭，主一歲之不祥，故男女紛集，爭先恐後。東方欲白，平安街南已于于而來，小小茶坊亦拂拭桌機，專待觀者憩息，土人置食物供買，過午便散，謂之迎喜市。蔡雲吳歈云：南來喜氣遠迎將，夾道游人若堵墻。一陣香風笑聲起，畫樓何處不新粧。

案：雅志云：風雲雷雨境內山川城隍神壇，在盤門外一都地，隸吳縣，為府治之正南也。迎祀喜神於壇，必揚兵演陣，猶唐制烟炬為平安火耳。

狀元籌

取科目名色製籌，歲夕聚博，以六骰擲之，得狀元者為勝，取及第爭先之讖，謂之狀元籌。

有無名氏狀元籌樂府云：陞官圖裏誇捷徑，科甲叢中更爭勝。歲歲燃燭笑口開，果然奪得狀元回。舉人進士唾手俟，何物秀才不出色。博取功名只如此，安用六經廿一史。一籌莫展者誰子，那不呼盧喝為雉。又郭麐有詩云：屠蘇飲後明燈爍，夜永宵寒人意倦。長筵試徒紅氍毹，男女分曹卜如願。牙籌一握長短排，上有細字書官階。玲瓏骰子擲用六，紛紛五色迷人目。就中狀元貴無比，入手爭看色為喜。無心一擲竟全紅，失意終朝或三歎。其餘瑣細但中程，千佛亦足稱名經。只有秀才眾所易，丁無龍脫關重輕。平生不識樗蒲齒，作戲時時亦聊爾。繞牀脫帽或狂呼，當日童心正如此。人間貴賤會適時，柳州序裏言可思。一朝得失與悲喜，朝士未遑皆輩兒。而今二情俄眼睫，回首年光真電抹。酒醒窗日已曈曨，笑語兒曹莫爭奪。

案：陸放翁詩：呼盧院落爭新歲。注：鄉俗歲夕聚博，謂之試年庚。吳穀人祭酒新年雜詠小序云：狀元籌，緋綠兼行，瘋輸計籌，閨閣中為消閒之戲。南宋有狀元局，見盧浦筆記。又消與錄有彩局全金門詩云：出身須是狀頭為，非為功名上竹枝。六子紛投當令節，一烏先兆快昔癡。梟盧繞席呼劉裕，仙桂芳年詠牧之。十指淋漓渾與事，笑他矮屋費清思。

陞官圖

又以官階升降為圖亦六骰擲之取入闈之讖謂之升官圖有無名氏升官圖樂府云一朝官辦一張紙可行則行止則止論才論德更論功特進超陞在不同只有贓私大干律再犯三犯局中出紛紛爭欲做忠臣揚左孫周有幾人當日忠臣不惜命今日陞官有捷徑

案談書錄陞官圖今謂之百官圖相傳此圖乃明倪鴻寶所造其實官名雖從時而鬬戲則自唐已有房千里骰子選格序云開成三年春予自海上北徙舟行次洞庭之陽繫船野浦下遇二三子號進士者以穴骼雙雙為戲更投局上以數多少為進身職官之差筆叢有彩選格久不傳據房序則今之陞官圖即古之彩選也王阮亭謂彩選始唐李郃宋尹師魯踵而為之劉貢父又取西漢官秩為之取本傳所以陞黜之語注其下其兄原父喜而序之蔣春雨選官圖詩近來那便名心淡眼亂官階黜陟書又屬樊榭詞選官圖外論贏輸蓋圖以么為贓緋為德六為才二三五為功也吳穀人詩云小繪衣冠隊升階文武同周遭成宦跡呼喝任兒童捷徑三遷裏官清一紙中清江有題句讖取畫圖工

年節酒

元旦後戚若友遞相邀飲至十五日而止俗稱年節酒范來宗留客詩云登門即去偶登堂或是知心或遠方柏酒初開排日飲辛盤速出隔年藏老饕饜飫情忘倦大戶流連態怕狂沿習鄉風最真率五侯鯖避一鍋香又蔡雲吳歈云大年朝過小年朝春酒春盤互見招近日款賓儀數簡點茶無復衆花挑

案宋僧道世法苑珠林唐長安風俗每至元旦已後遞飲酒相邀迎號傳坐酒又危致明岳陽風土記岳州自元日獻歲鄰里宴飲相慶至十二日始罷號曰傳坐酒常昭合志元旦後親朋交黨謂沿襲屠蘇之義郡中新年舊俗點茶饗客有用諸色果及攢衆為花者名挑攤茶今廢吳穀人祭酒新年雜詠小序云新年家設酒餚延客三五行即辭出亦有盡醉而歸者傾清琖茗椀酒杯皆可意好將新歲作傳生

小年朝

初三日為小年朝不掃地不乞火不汲水與歲朝同

案歲時瑣事正月三日為小年朝仍燒松柮於園爐中 遂平志正月三日人多掃積塵於其並加散帛委諸歧路以送窮然各方風俗不同吾鄉凡除夕正月二日夜冬至夜掃地掃則蔵帛不出戶恐如願在其中也

接路頭

五日為路頭神誕辰金鑼爆竹牲醴畢陳以爭先為利市必早起迎之謂之接路頭蔡雲吳歈云五日財源五日求一年心願一時酬提防別處迎神早隔夜匆匆搶路頭

案無錫縣志五路神姓何名五路元末禦倭寇死因祀之今俗所祀財神曰五路似與此五路無涉或曰即陳黃門侍郎先希馮公之五子當黃門建祠翠微之陽并祀五侯見元初石函小識及崇禎間武陵小史明初號五顯靈順廟曰顯聰顯明顯正顯直顯德姑蘇上方山香火尤盛號為五聖崑山家瑞屏公錫疇撰黃門祠碑記云公墓在楞伽山側子五侯從祀于山之陽家行人公陳攽無益之言云嘗度仙霞嶺後經一嶺名五顯嶺嶺有五顯廟極整麗黃門子孫世居光福吳郡乃五侯父母之邦而楞伽俗名上方尤五侯正首之邱也妖由人興遂淫昏相憑奸愚互惑云云康熙間湯文正斌巡撫江蘇毀上方祠不復正五顯為五通之所

誣而祀者皆有禁矣因更其名曰路頭亦曰財神予謂今之路頭是五祀中之行神所謂五路當是東西南北中耳蔡里汝秋士亦為是行神嘗有詩云人為利所昏所見無非利路頭古行神今作財神例門戶與中霤我鄉已廢祀祀竈并祀行五祀猶存二柜枚堆滿盤婿竈值廿四雖等燔柴愚尚不失祭義云何年初五相傳路頭至神或臨其室獲利億萬計拜跪肅衣冠饋獻羅酒食所禱非所司明神慰吐歠誹歔矯其失正俗重為祭供雖異皺羊愛禮情何勢有功當報享尚及貓虎類況此路頭神司行職攸繫丈夫志四方馳驅所有事要皆邀神庥明禋敢或替去其謬悠論引之合禮意行神非財神慎勿妄祈禱

開市

是日市估祀神懸旌返肆謂之開市

案歲時瑣事正月五日俗呼破五日欲有所作為必過此五日始行之 長元吳志皆云五日祀五路神始開市以祈利達毘新合志云俗呼為燒利市

七人八穀九天十地

俗以七日為人日八日為穀日九日為天日十日為地日人視此四日之陰晴占終

歲之災祥。

案漢東方朔占書歲後八日一日雞二日犬三日豕四日羊五日牛六日馬七日人八日穀其日晴所主之物育陰則災晉議郎董勛答問稱俗云正月一日為雞二日為狗三日為豬四日為羊五日為牛六日為馬七日為人八日為穀樓金以相遺或取從新之意也今人因占書有七人八穀之說遂以九天十地附會之。

看參星

八日昏時看參星占歲中之水旱諺云參星參在月背上鯉魚跳在鑊檻上參星參在月口裏種田種在石臼裏人又以是日參星之隱見卜上元日晴雨諺云上八不見參星月半不見華燈。

案盧志吳俗以正月八日為上八以參星卜一歲之水旱建夜則老稱驗觀過月西則旱否則多水崑新合志并云初八日夜參星在月西北角上則主大稔歲時通考正月八日為上八謂是日雨應元宵亦雨。

齋天

九日為玉皇誕辰元妙觀道侶設道場於彌羅寶閣名曰齋天酬願者駢集或有赴

穹窿上真觀燒香者蔡雲吳歈云七日為人八日穀誰祈人壽穀豐登慣聞九日朝天去香市穹窿第一峰。

案崑新合志初九日為天誕清真觀道侶架閣於庭設醮祀玉帝俗名齋天觀者如堵昭文縣志九日為天日興福寺僧齋天邑人多早起往觀致夾自妝夢梁錄正月初九日為玉皇上帝誕杭城中行香諸富室咸就承天觀閣上建會又道經正月九日為玉皇誕然廣月令以十月朔為天誕節未知孰是 徐崧張大純百城烟水云穹窿山以山深而峻故名相傳漢初平中建上真觀祀三茅真君歲久觀廢 國朝順治七年施法師道淵興建殿堂臺閣遂成巨構十五年張真人洪任題請 賜今額有太傅金之俊記

祭猛將

十三日官府致祭劉猛將軍之辰游人駢集于吉祥庵庵中燃鋼燭二大如栝棬半月始滅俗呼大蠟燭相傳神能驅蝗天旱禱雨輒應為福畝畝故鄉人酬答尤為心愫前後數日各鄉村民擊牲獻醴擡象游街以賽猛將之神謂之待猛將穹窿山一帶農人昇猛將奔走如飛傾跌為樂不為慢褻名曰迎猛將余嘗作神弦曲云揚旌旐陳雨旛焚擶擾伐鼉鼓三農賜胙帝不惜脫布袴但願明神來出恐明神結借問此何神爾農獨畏怖農云劉猛將所司非細故神怒蝗蟲飛神喜甘雨澍斯神實有功田祖同呵護報賽亦人情胡為乎中路災祥在一心爾農寧不悟

案嘉定縣志劉猛將作劉猛將軍舊府志云相傳神能驅蝗吳縣志崇禎間因旱堵而創初名揚威侯加封吉祥王故廟名吉祥庵怡菴雜錄以為宋名將劉武穆錡王鏊姑蘇志及常熟縣志亦皆以為劉武穆錡俗稱節使永定公劉真君廟而姑蘇志又云猛將名銳乃錡之弟嘗為先鋒陷敵前及致宋史劉錡傳有侄曰汜無弟銳之名朱長孺謂古名將往往闕門扶及子弟之功歸之父兄姓名因淹沒多有之不得以宋史不載遂謂必無其人且紹興之年帝駐平江錡以江東路副總管提舉宿衛親軍并將解潛王奇兩軍為六軍每軍千人為十二將扈從赴金陵安知其弟不以是時立功茲土沒而歆其廟食耶為班題揚威侯廟詩注云廟祀宋將劉信叔信叔似是其字又宋史自有劉銳端平三年知文州死元兵難諡立廟賜諡疑即此神然文州今陝西文縣則又與吳地無涉今俗作劉猛將字仲偃宋欽宗時以資政殿學士使金營不屈死為神周宜但人不宜祀於吾地則以

劉武穆錡或其弟銳為近是江震志元旦坊巷鄉邨各為天曹神會以賽猛將之神謂神能驅蝗故奉之會各雜集老少為隸卒鳴金擊鼓列隊張蓋徧走城市富家施以錢米至二十日或十五日罷吳人事之甚嚴崇著靈異 國朝雍正十二年 詔有司歲冬至後第三戊日及正月十三日致祭府志載劉猛將軍廟有五一在閶門外江邨橋西一在盤門營內一在橫塘一在洞庭山楊灣其在中街路宋仙洲巷者俗稱大猛將堂即吉祥庵也吳縣舊志十三日詣吉祥庵謁劉猛將燃巨燭如栝棬至半月始滅 類篇趣趣走急貌丁度集韻趣作𧻓切音市吳語謂急走曰𧻓讀如血音。

點竈燈

十三夜燃點竈燈於廚下凡五夜至十八夜止。

案崑新合志上元挂點竈燈凡三夜郡城始於十三夜曰試燈止於十八夜曰收燈徐崧張大純百城烟水云吳俗十三日為試燈日十八日為收燈日

爆孛婁

鄉農以糯穀入焦釜老幼各占一粒曰爆孛婁謂卜流年之休咎。

案范成大吳郡志王鏊姑蘇志張司直太倉州志皆云吳俗以糯穀爆花曰孛婁府志亦云姑蘇志又云糯穀投焦釜曰卜流謂卜流年也然不詳何日江震志載十三日以糯穀投焦釜作米花謂之爆孛婁老幼各占一粒以卜終歲之休咎崑新合志載十四日以糯穀爆釜中名孛婁謂卜流年休咎也常昭合志載上元日以糯穀投焦釜曰卜流互有不同李戒庵孛婁詩云東入吳城十萬家家家爆穀卜年華就鍋抛下黄金粟轉手翻成白玉花紅粉佳人占喜事白頭老叟問生涯曉來妝飾諸兒女數點梅花插鬢斜

春餅

春前一月市上已插標供買春餅居人相餽貺賣者自署其標曰應時春餅蔣雉宗范來宗詠春餅聯句云十字瓊肌貴蔣吳儂志不同易教廚婢習范難語餅師功蔣典堪徵數蔣新嘗豈畫充匀平霜雪白范熨貼火爐紅薄本裁圓月蔣柔還捲細筒紛藏絲纏縷范饞嚼味融融今節傳柑候蔣明燈促席中登盤爭覺美范下箸輒能空觸手書防涴蔣抽毫賦孰工酒停捫腹物范茗佐渴喉通風物家閑好蔣春筵歲事豐紅綾懷昔賜范牙齒已成翁蔣

案孫國敉燕都游覽志立春日于午門賜百官春餅陳迦陵詞爭兒取金盤啖注立春日啖春餅謂之咬春四時寶鏡立春日春餅生菜號春盤府志亦以迎春日啖春餅又江震志宴集以春餅為上供謂即古五辛盤遺意吳穀人祭酒詠春餅詩云薦新聲愛樣團欒複疊如堆月一盤次第咬春宜酒配縱橫映字趁燈看記逢人日煎曾約莫信吾家說不刊回首紅綾飄昨夢茅檐無恙且加餐

團子油䭔

上元市人簸米粉為丸曰團子用粉下酵裹餡製如餅式油煎曰油䭔為居民祀神享先節物

案江震志元夕會飲以米粉作丸子油䭔之屬食之蓋始於永樂十年元夕以糖圓油餅為節食歲以為常見皇明通紀　厲靜香事物異名錄引表異錄載宋文謨置每糖䭔謂今之元宵子周必大有元宵浮圓子詩時節三吳重圓勻萬里同又范成大上元記吳下節物撚粉團欒意即今之圓子也吳鮑應粉丸詩既飽有人頻咳唾席間往往落珠璣杭人謂之上鐙圓子　正字通呼蒸餅為䭔俗以油煎為䭔亦通

鐙市

臘後春前吳趨坊申衙里皋橋中市一帶貨郎出售各色花鐙精奇百出如像生人物則有老跎少月明度妓西施采蓮張生跳牆劉海戲蟾招財進寶之屬花果則有荷花梔子葡萄瓜藕之屬百族則有鶴鳳鵝鴉猴鹿馬兔魚蝦螃蟹之屬其奇巧則有琉璃球萬眼羅走馬燈梅里燈夾紗燈畫舫龍舟品目殊難枚舉至十八日始歇謂之燈市

案周密乾淳歲時記元夕張燈以蘇燈為最圈片大者徑三四尺皆五色琉璃所成山水人物花竹翎毛種種奇妙儼然著色便面也王鏊姑蘇志吳燈往時故多范成大詩註有琉璃球萬眼羅二燈尤為奇絕或生綃糊方燈圖畫史冊故事他如荷花梔子葡萄鹿犬走馬之狀擲空小球燈滾地大球燈又有魚魫鐵絲麥桿為之者一種名柵子燈在魚行橋盛氏造今不傳或懸剪紙人馬於傍以火運動曰走馬鐙舊府志彩牋鏤細巧人物出梅里名梅里鐙刻紙刻花竹禽魚輕綃夾之名夾紗鐙石湖樂府序云吳中風俗尤競上元前一月已賣鐙謂之鐙市價貴者數人聚博勝則得之喧鬨不減鐙夕詩云吳臺今古繁華地偏愛元宵影鐙戲春前臘後天好晴已向街頭作鐙市疊玉千絲似鬼工剪羅萬眼人力窮兩品爭新最先出不待三五迎東風兒郎種麥荷鋤倦偷閑也向城中看酒壚博塞雜歌呼夜夜長如正月半災傷不及什之三歲寒民氣如春酣儂家亦幸荒田少始覺城中鐙市好今俗市上所賣諸鐙未改古制而鄉鎮別邑又皆買自郡中以是元宵前後燈盛猶昔開最先元夕前後各采松枝竹葉結棚于通衢晝則懸綵雜引流蘇夜則燃鐙輝煌火樹朱門宴賞衍魚龍列膏燭金鼓達旦名曰鐙市凡閶門以內大街通路鐙綵遍張不見天日自吾生以來此風久已歇絕則民力之盛衰于斯可見矣

走三橋

元夕婦女相率宵行以却疾病必歷三橋而止謂之走三橋

案長元志皆載上元婦女走歷三橋謂可免百病明陸伸走三橋詞細娘分付後庭雞不到天明莫浪啼走偏三橋燈已落却嫌羅襪污春泥劉侗帝京景物略謂之走百病　吳郡此風昔廢今傳故乾隆吳縣志刪去

放烟火

各鄉社廟或放烟火有集數十架於庭次第傳爇媚神以為樂者范來宗金衙周觀

烟火詩云金街是何圍其地曠非奥久成荒礫場旁建社公廟居民思媚神立竿尤
照耀空中掣金蛇耳畔轟火炮爭趣忘近遠聚觀雜老少有客遠方來日笑頭屢掉
傈直記 禁園戲會元宵閙漫天黑夜陳遍地白日照雉堞打襄陽畬樓現海嶠垂
老返江湖百思不能到偉哉天上觀豈易人間肖即此娛社公聊乞豐年台
案唐高承事物紀原云火藥雜戲始於隋煬帝孟襄陽謂即火樹也瞿宗吉烟火
戲詩天花無數月中開五色祥雲繞絳臺沈榜宛署雜記云燕城烟火有響炮起
火三級浪地老鼠沙鍋兒花筒花盆諸製有為花草人物等形者花兒名百餘種
統名曰烟火趙甌北有西巖觀烟火詩云晚直郊原月未銜昇平樂事覽繁縟九
逵鹿靜平安火上苑春催頃刻花跋浪魚龍烟似海劈空雷電火為車歸途尚有
餘光照一路林巒映紫霞吾鄉承平氣象無異輦下也

閙元宵

元宵前後比戶以鑼鼓鐃鈸敲擊成文謂之閙元宵有跑馬雨夾雪七五三跳財神
下西風諸名或三五成羣各執一器兒童圍繞以行且行且擊滿街鼎沸俗呼走馬
鑼鼓范來宗鑼鼓詩云轟連爆竹近還遙到處喧闐破寂寥聽去有聲兼有節閙來
元旦過元宵太平響像家家樂閙道聲稀巷轉蕭取次春風催劈柳賣餳時近又吹
簫又有無名氏閙元宵樂府云童兒放學店未開家家鑼鼓喧如雷新年風物幸無
事貫得元宵燈未試夾雨夾雪七五三更將走馬為添騎迎春既過復迎喜爆竹燒
殘閙方已更縛風箏一尺長街頭又看東風起
案崑新合志上元節鳴金達旦曰閙元宵江震志元旦羣呼聚類鳴鉦擊鼓以相
娛樂或二旬或彌月竹垞鴛湖櫂歌有十棒元宵鼓陳迎陵春夜聽鄰閨擊鼓詞
落燈風幾陣催人拖袂琅然響釵飀斜吳穀人年鼓詩云急鼓遮鄰牆兒童共拍
張一番金奏合千點柘枝忙巷曲喧如此春風記那廂催花花未醒又聽打漁陽

打燈謎

好事者巧作隱語拈諸燈燈一面覆壁三面貼題任人商揣謂之打燈謎謎頭皆經
傳詩文諸子百家傳奇小說及諺語什物羽鱗蟲介花草蔬藥隨意出之中者以隨
庚所攜不作端溪巾扇香囊果品食物為贈謂之謎贈城中有謎之處遠近輻輳連
肩接背夜夜汗漫入夏乃已家賓濤打燈謎詩云一燈如豆挂門傍草野能隨藝苑
忙欲問還疑終縮手有何名利費思量

案國語秦客為庾辭於晉之朝范文子知其三此謎之緣始也左氏有河魚庚癸
之言樂府有石闕藁砧之句皆近於謎特未施之燈耳朱存理古今鈎元云古所
謂庾辭即今之隱語而俗謂之謎吳人元夕多以此為猜燈正字通云曹娥碑陰
大明寺壁東坡研蕉之類皆俗之謎也攷燈謎有二十四格曹娥格為最次吳如
增損格增損格即離合格也孔北海始作離合體詩其四言一篇合魯國孔融文
舉六字餘外復有蘇黃謎粹別字拆字皓首雪帽圍棋玉帶粉底正冠正履分心
捲簾登樓素心重門閉珠垂柳錦屏風滑頭禪無底寶諸格要不及會心格為最
古錢塘山癸亥元夕詩猜殘燈謎無人解又錢世昭私誌載王荊公字謎甚多蓋
即燈謎之祖周密武林舊事以絹燈翦寫詩詞及舊京諢語戲弄行人又吳自牧
夢粱錄商謎者先以鼓兒賀之然後聚人猜謎又都城紀勝來客念隱語說謎名
打謎陳迎陵元夜詞更央路香謎遇人猜又沈香巖燈詞打不破村學究燈詞啞
王鏊姑蘇志云上元燈市藏謎者曰彈壁燈江震志云好事者或為藏頭詩句任
人商揣謂之燈謎亦曰彈壁蔡鉉翁吳歈注謂謎以西廂曲為主餘弗尚焉頗有
不盡然者

三官素

上元中元下元日為三官誕辰俗以正七十月朔至望日嗜素者謂之三官素或以
月之一七十日持齋謂之花三官遇三元日士庶拈香駢集于院觀之有神象者郡
西七子山有三官行宮釋氏奉香火至日輿舫絡繹香湖尤盛歸持燈籠上街三官
大帝四字紅黑相間懸于門首云可解厄或有以小机插香供燭一步一拜至山者
曰拜香
案宋史方伎傳苗守信上言三元日上元天官中元地官下元人官各主錄人善
惡蓋三元之名已見魏書舊唐書然不言三官主凡攷郎悅三國典略載張角為
太平道張修為五斗米道使人為姦令祭酒主以老子五千文使都習號姦令請
禱之法書病人姓名說服罪之意作三通其一上之天著山上其一埋之地其一
沈之水謂之三官手書使病者家出米五斗以為常號五斗米師詳後漢劉焉傳
注傳以張修為張衡張陵之子明宋景濂跋曲阿三官祠記亦取典略之說又宣
和畫譜有周昉三官像陶道書正月十五日上元九炁天官主錄百司上詣天闕
進呈世人罪福之籍上元十天靈官神仙兵馬與上聖高真妙行真人下降人間

考定罪福，中元九地靈官，下元水府靈官，上元中元下元，皆大慶之月也。長齋誦度人經，則福及上世，身得與神仙並，此吳俗所以多誦經持齋者爾。

接坑三姑娘

望夕迎紫姑，俗稱接坑三姑娘，問終歲之休咎。

案，劉敬叔異苑，紫姑姓何，名媚，字麗娘，萊陽人，壽陽李景之妾，不容於嫡，常役以穢事，於正月十五日，感激而死，故世人以是日作其形，夜於廁間或豬欄邊迎之，祝曰：子胥不在，曹姑歸去，小姑可出戲，捉豬覺重者，則是神來，可占衆事。李商隱詩：羞逐鄉人賽紫姑。此風唐時已然。又朱鹿田元夕看燈詞：紅裙私拜紫姑前。又熊儒登正月十五夜詩：深夜行歌聲絕後，紫姑神下月蒼蒼。又孔清江上元詩：羣兒嬉戲尚未寢，更看紫姑花滿頭。又范石湖上元紀吳下節物詩，其詩落筆驚宗懍，荊楚歲時記：正月望夕，迎紫神以卜。沈存中夢溪筆談：正月望夜，迎廁神。崑新合志亦以十五日迎紫姑，問休咎。范志則以十二月十六日祭廁姑，男子不得至。今俗已非。

百草靈

婦女又有名帚姑、針姑、葦姑，卜問一歲吉凶者，一名百草靈，鄉間則有祈蠶之祭。

案，范石湖上元紀吳下節物詩：箕筳箕巫志怪，香火婢輸誠。句下，俗傳正月百草靈，故掃帚箕鍼之屬，皆卜焉，多婢子輩為之，弊帚繫裙以卜。名掃帚姑、針姑，以針卜，伺其尾相屬，為兆，俗名針姑，葦莖分合為卜，名葦姑，至白粥以祭蠶神，則本歲時記所載王成遇蠶神故事也。

驗水表

十五夜月明時，立一尺五寸之表於地，至夜子正一刻，候之以卜旱潦。

案，韓鄂四時纂要，楚俗立春日，立八尺表，占候日景，景短則為旱，景長則為水。吳占則于正月望夜，負暄野錄云，大約據表之長而中分之，為七寸半者二，若景適及七寸半，為中正，則是歲雨暘時若。又以兩七寸半各十分，影在七寸半以下，為不及，主旱，影在七寸半以上，為有餘，主水。極有準的。九縣志皆載正月望夜月中建表候雨暘。

鐙節

是夜俗又呼為鐙節。比戶燃雙巨蠟於中堂，或安排筵席，互相宴賞，神祠會館，鼓樂以酬，華燈萬盞，謂之鐙宴。游人以看鐙為名，逐隊往來，或雜遝於茶坊酒肆之間，達旦不絕。橋梁植木桅，置竹架，如塔形，逐層張鐙，其上沿河神廟，亦植竿引索懸鐙，云造橋鐙。皆以祓祓。

案，蔡雲吳歈云：看殘大燭鬧元宵，划出旱船忙打招，不放月華偷下照，煙竿火塔又星橋。

案，范石湖上元紀吳下節物詩：擒炬疑龍見，星橋訝鵲成。注：舟人接竹桅擒之表，置鐙於上，望之如星。又云：星橋乃橋鐙也。又有句云：旱船遙似泛，蓋借俗夾道陸行，為競渡之樂，謂之划旱船，今俗已廢。崑新合志亦云，上元各鄉社廟設橋鐙、塔鐙。

清嘉錄卷一終

清嘉錄卷二目錄　二月

元墓看梅花
土地公公生日
文昌會
百花生日
觀音生日
木梳桊
神鬼天
解天餉
驚蟄聞雷米似泥
脊腰糕
凍狗肉
二月十二
觀音山香市
老和尚過江
春臺戲

清嘉錄卷二

清　顧鐵卿撰

二月

元墓看梅花

暖風入林，元墓梅花吐蕊，迤邐至香雪海，紅英綠萼，相間萬重，郡人艤舟虎山橋畔，襆被遨遊，夜以繼日。李福元墓探梅歌云：雪花如掌重雲障，一綫春向寒中釀。春信微茫何處尋，昨宵吹到梅梢上。太湖之濱小鄧林，千株空作横斜狀。銅坑寥寂悄無蹤，石壁嵯峨冷相向。踏殘明月鎖香痕，翠羽啾啾共惆悵。報道前邨消息真，衝寒那顧攀僧嶂。玉貌驚看試半妝，霜華自見裁新樣。醉酒臨風各有情，小別經年道無恙。此花與我宿緣多，冰雪滿衿抱徹尚。相逢差慰一春心，空山不負騎驢訪。

案：徐崧、張大純百城烟水：鄧尉在光福里，去城七十里，因後晉青州刺史郁泰元葬此，又名元墓。又引吳縣志：圓墓在鄧尉西南六里，然相連實一山，故一統志及山志合為一山，今俗通稱元墓，間呼鄧尉。山人以圃為業，尤多樹梅。府志：元墓之西為彈山，彈山西北為西磧，銅坑與西磧並峙，西磧之南為孫堰，東為馬駕，向未有名。山不甚高，四面皆樹梅。康熙中，巡撫宋犖題香雪海三字於崖壁，其名遂著。乾隆吳縣志云：梅花以驚蟄為候，最盛者以元墓、銅坑為極，馬家山、費家河頭、蟠螭山、石壁、彈山、石樓，皆游賞處也。而鄧尉山前，香花橋上，坐而玩之，日暖風來，梅花萬樹，真香國也。　梅花最深處在銅坑中，有吟香閣，宋高士先朝儀鳳所建，閣已久亡。嘉慶初，鄉先生范芝巖、吳蓋蘇諸公，皆有倡和詩，家文源集刻行世。先世有元墓探梅路徑一則：由光福至三官堂前，至費家河頭，抵澗裏馬山頭銅坑，弔吟香閣遺址，過嶤山頭及草庵金魚澗，登官山嶺，取董份墓，至元墓山，從蔡家塢一直至柴莊嶺老虎洞、姚家河頭宿。越日，從姚家河頭經光福鳳鳴崗，上峙崦嶺司徒廟，看清奇古怪四大樹，上香雪海，由倪家巷銅井山下至潭東，上彈山，登石樓轄天井上，看紅梅綠萼之和豐庵，登六浮閣，看太湖，至潭西，訪五侯公墓，過蟠螭山，上大石壁，歸繡毬山，由潭東上長圻嶺，過錢家坳，一直仍上柴莊嶺歸舟。梅花數十里，歷歷在目，若歧趨他塗，往往有不能徧歷者。汪琬詩云：新柳條垂著水齊，畫橋行傍虎山隄。卷簾漸覺香風入，一路梅花到崦西。又沈朝初憶江南詞云：蘇州好，鼓棹去探梅。公子清歌山頂處，佳人油壁樹間來。元墓正花開。

驚蟄聞雷米似泥

土俗以驚蟄節日聞雷主歲有秋諺云驚蟄聞雷米似泥若雷動於未交驚蟄之前則主歲歉諺云未蟄先蟄人喫狗食

案孝經緯雨水十五日斗指甲為驚蟄二月節蟄者蟄蟲震驚起而出也

土地公公生日

二日為土地神誕俗稱土地公公大小官廨皆有其祠官府謁祭吏胥奉香火者各牲樂以酬村農亦家户壺漿以祝神釐俗稱田公田婆

案周禮春官大示而外有土示地示此後代土地神所由名也土示五土之示即社也地示地之百示今祀典自有社稷壇而民間復立土地廟者社壇古之國社後代謂之官社民間土地祠記所謂大夫以下成羣立社曰置社即後代之里社也古二十五家為社明史里社每里一百户立壇一所祀五土五穀之神左氏傳昭公二十九年社稷之神為上公又杜氏注用幣於社謂請救於上公後漢方術傳有社公之名是天下之社神宜通謂之公後譌為土地公公且爾袍烏帽裝扮白髮翁矣俗又各立名字更非古制如陳確庵尉進土地廟序云社以祀山林川澤原隰之神謂之地祇廟以祀先代之有功德者謂之人鬼今土地廟乃有陸宣公子胥武侯衛公之稱則合地祇人鬼而一也蓋自世之以人實之于是二月二日之祀或有移祀於所配食者之降生日矣抑知今之二月二日猶古之社也月令二月擇元日命民社鄭注謂祀社稷之神元日謂近春分前後戊日元吉也稱田公田婆者即提要錄所云社翁社母也田事將興故祀之以祈農祥

撐腰糕

是日以隔年糕油煎食之謂之撐腰糕蔡雲吳歈云二月二日春正饒撐腰相勸啖花糕支持柴米憑身健莫惜終年筋骨勞又徐士鋐吳中竹枝詞云片切年糕作短條碧油煎出嫩黃嬌年年撐得風難擺怪道吳孃少細腰

案劉若愚燕史燕俗二月二日用黍麪棗糕以油熬之曰薰蟲吳曼雲江鄉節物詞小序云杭俗二日煎餻爆豆以祀土地謂即春祭社之禮有餻花凝白豆其紅之句 方以智通雅牚即踆一作撐雌爭反集韻支柱也崑新合志二月二日食撐腰餻撐字書無此字俗呼雌鎗反去聲

文昌會

三日為文昌帝君誕大吏致祭於竹堂寺畔之廟廟屬長洲境故長邑宰亦祭於此他邑有其廟者各邑宰為之主祀餘如道宮法院會館善堂供奉帝君之像者俱修崇醮錄謂帝君掌文昌府事主人間祿籍士大夫酬答尤虔雖貧者亦備分燒香紛集殿庭謂之文昌會

案祀典二月三日為文昌誕辰官為致祭本道書二月三日為文帝誕辰之說文昌祠俗亦稱梓潼帝君廟孫光憲北夢瑣言神姓張名惡子居梓潼縣之七曲山仕晉戰沒人立廟祀之馬貴與通考云唐元宗僖宗入蜀皆有封號宋咸平中封英顯王道家又元世追號帝君特設廟祀於是天下學校皆有祠明史禮志宏治中禮部尚書周洪謨議罷此祀并毀祠之在學校者謂梓潼顯靈於蜀廟食其地為宜嘉靖中倪文毅請正祀典疏亦本周說葉石林巖下放言載蜀有二舉人行至劍門張惡子廟夜各夢神預作來歲狀元賦甚靈異高文虎蓼花洲閒錄亦載此事後人以其於科目有靈感且元代嘗封為文昌君道家遂取陰隲文十七世為士大夫之說以實之但考史記天官書斗魁戴匡六星為文昌宮四曰司命五曰司中六曰司祿其三曰上將次將貴相屈原九歌分大司命少司命為二朱竹垞謂少司命即星經所云司命二星在虛北司祿二星在司命北大司命則文昌之第四星也古之祀文昌者司中司命今之號為帝君者蓋司祿也楚詞後文昌使掌行兮顧命中宮勅百官王逸註天有三宮謂紫微太微文昌也孝經援神契云文者精所聚昌者揚天紀輔拂並居以承天象故曰文昌宮然則梓潼神之與文昌六星無涉信矣崔鴻後秦錄姚萇立張相公廟於梓潼嶺李義山詩稱張惡子廟則知唐時無文昌之稱虞文靖相如院文昌萬壽宮記云元初但稱七曲神君王宗沐續通考景泰五年始勅賜梓潼為文昌宮是梓潼張神之為文昌帝君或自此相沿與

凍狗肉

八日為祠山張大帝誕相傳大帝有風山女雪山女歸省前後數日必有風雨號請客風送客雨雖天氣甚溫又必驟寒俗有大帝吃凍狗肉之諺

案張司直太倉州志云二月八日為張大帝生日必有風雨釀寒常昭志亦云又云大帝吃凍狗肉進辰日上天有接客風送客雨政晉詹仁澤祠山家世編宋程棨三柳軒雜識俱引祠山事要有化身為豨驅陰兵浚河為夫人李氏所覘工遂

擬是以祀之遊姉用犬劉繼庵重修廟記每春陰多寒祈但用凍脯此殆俗所傳
凍狗肉之說歟

百花生日

十二日爲百花生日閨中女郎剪五色綵繒黏花枝上謂之賞紅虎邱花神廟擊牲
獻樂以祝仙誕謂之花朝蔡雲吳歈云百花生日是良辰未到花朝一半春紅紫萬
千披錦繡尚勞點綴賀花神

案田汝成西湖游覽志云花朝月夕世俗恒言二八兩月爲春秋之中故以二月
半爲花朝八月半爲月夕周處風土記及提要錄皆以二月十五日爲花朝然翰
墨記以二月十二日爲花朝誠齋詩話東京亦以二月十二日爲花朝宣府志花
朝節城中婦女剪綵爲花插之鬢髻以爲應節崑新合志云二月十二日爲花朝
花神生日各花卉俱賞紅鎮洋志以十二日爲崔元微護百花避封姨之辰故剪
綵條繫花樹爲旙然鄭還古博異記載元微事只云春夜不言月日

二月十二

土俗以十二日天氣清朗則百物成熟諺云有利無利但看二月十二

案賈思勰齊民要術作有利無利但看四月十四郡人又作有利無利但看三箇
十二謂二月十二三月十二四月十二也 吳縣志謂花生日晴則百果熟

觀音生日

十九日爲觀音誕辰士女駢集殿庭炷香或施佛前長明燈油以保安康或供長旙
云求子得子既生小兒則於觀音座下皈依寄名可保長壽僧尼建觀音會莊嚴道
場香花供養婦女自二月朔持齋自是日止俗呼觀音素六月九月朔至十九日皆
如之

案張讀宣室志載唐敬宗時尉史修抑膳京兆閣鼎中呼觀音菩薩甚悽咽因
罷斥緇徒之詔詔郡國各於精舍塑觀音菩薩象然未明言男女今皆作女人象
法相端嚴雍指爲妙莊嚴公主得道成佛并相傳十九日爲觀音誕六月十九日
爲觀音成道之辰見吳縣舊志

觀音山香市

觀音誕日有至支硎山朝拜者望前後已聯級於塗馬鋪橋迤西乃到山路也人多
賃坐竹輿貰以代步不帷不蓋兩人肩之以行俗呼觀音山蕎子

案府志云府西二十五里有支硎山以山之東趾有觀音寺故又名觀音山長元
吳志皆云二月十九日爲觀音誕支硎山士女連袂進香徐崧張大純百城烟水
云支硎山俗稱觀音山三春香市最盛黃省曾吳風錄云二三月郡中士女渾聚
至支硎觀音殿供香不絕沈朝初憶江南詞云蘇州好二月到支硎大士焚香開
寶座小姑聯袂闘芳妍放鶴半山亭

木杮柴

觀音山人以果木諸木作盂盤葫蘆之屬或以寸木作雉堞上覆如笠下懸如鈴旋
轉爲戲俗呼轉盤兒又以柳木片膠粘作小船爲小兒玩物頗不耐弄俗有乖乖乖
觀音山買木杮柴之謠

按晉書王濬爲益州刺史造船木杮蔽江而下又魏書太祖營梓宮木杮盡生成
林五代周顯德四年修永福殿役徒有削杮爲匕以瓦啜飯者 集韻韻會杮芳
廢切音肺說文削木札樸也从木朿聲陳楚謂櫝爲杮徐鍇曰即木櫝也又削下
木片也後漢楊由傳風吹削杮又顏氏家訓削杮削札櫝之杮古者書誤則削之
左傳云削而投之是也吳語謂削木片曰木杮

老和尚過江

二十八日爲老和尚過江必有風報若吹南風主旱

案范成大吳船錄云丁巳泊長蘆稧被宿寺中此爲菩薩達摩一葦浮渡處然未
嘗指定此日也 崑新合志謂二十七日二十八日南風主旱諺云念七念八吹
得廟門開蜘蛛蟛蜆哭哀哀

神鬼天

清明前後陰雨無定俗呼神鬼天或大風陡起黃沙蔽日又謂之落沙天蔡雲吳歈
云傍柳吹花風作顛黃沙疾捲路三千寄聲莫把冬衣當耐過一旬神鬼天

案劉侗帝京景物畧燕俗謂陰雨爲酒色天

春臺戲

二三月間里豪市俠搭臺曠野醵錢演劇男婦聚觀謂之春臺戲以祈農祥蔡雲吳
歈云賓柜千家風不寒香塵十里雨還乾落鐙便演春臺戲又引閒人野外看

案湯文正公撫吳告諭中有云地方無賴棍徒借祈年報賽爲名每至春時出頭
斂財排門科派于田間空曠之地高搭戲臺哄動遠近男婦羣聚往觀舉國若狂

解天餉

春中，各鄉土地神廟有解天餉之舉，司香火者董其事，廟中設櫃收納阡張、元寶，俗呼錢糧。凡屬境內居民，每戶獻納一副、十副、數十副不等。每完一副，必輸納費制錢若干文，名曰解費。獻納稍遲，則遣人于沿街鳴鑼使聞，謂之催錢糧。有頭限、二限、三限之目。限滿之日，盛設儀從，鼓樂載甲馬，拜神至穹窿山上真觀，以錢糧焚化五帝殿庭，爲境內居民祈福，名曰解天餉。

案：沈榜《宛署雜記》云：阡張，鑿紙爲條，與冥錢同類。又吳雲岫《吳中百一謠》云：天亦何所欲，而徵人間餉？年年解穹窿，愚俗甘受誑。

清嘉錄卷二終

清嘉錄卷三目錄　三月

田雞報　野菜花
插楊柳　戴楊柳球
過節　青糰焐熟藕
上墳　紙錠
山塘看會　犯人香
放斷鷂　野火米飯
游春玩景　茶貢
穀雨三朝看牡丹　齋元壇
白龍生日　東嶽生日

清嘉錄卷三

清　顧鐵卿譔

三月

田雞報

三日農民聽蛙聲於午前後以卜豐稔謂之田雞報諺云田雞叫拉午時前(徒先切)大(詩作皮)年在高田田雞叫拉午時後低田弗要愁俗又以是月晴宜麥諺云三月溝底白沙草變成麥

案范大成詩薄暮蛙聲連曉鬧今年田稻十分秋褚人穫堅瓠集云吳中以上巳蛙鳴則無水患諺云三月三箇蝦蟆集口難開又九縣志皆載占諺云午前鳴高田熟午後鳴低田熟并載唐人詩云田家無五行水旱卜蛙聲　沈嘉轍南宋雜事詩云家鄉風物嗜鳴蛙葉紹翁四朝聞見錄云杭人嗜田雞如炙即蛙也今吾鄉亦名蛙為田雞多喜嗜之　長元吳志又皆載三月溝底白之諺崑新合志并云是日晴三青賤俗云雨打石頭徧葉子三錢片

野菜花

薺菜花俗呼野菜花因諺有三月三螞蟻上竈山之語三日人家皆以野菜花置竈陘上以厭蟲蟻侵晨村童叫賣不絕或婦女簪髻上以祈清目俗號眼亮花或以隔年糍油煎食之云能明目謂之眼亮糍

按蘇東坡物類相感志總論三月三日收薺菜花置燈檠上則飛蛾蚊蟲不投吳曼雲江鄉節物詞小序云杭俗上巳日置薺菜花於竈上可驅蟲蟻詩云一枝春向竈觚探田汝成西湖游覽志三月三日男女皆戴薺菜花諺云三春戴薺花桃李羞繁華江震志亦並載此俗又崑新合志云三月三日各鄉村昇神報賽帝曰野菜會北鄉更盛兒女皆簪野菜花或以野菜花抹竈可驅蟲蟻　吳自牧夢梁錄謂清明以柳條插門名曰明眼與吾鄉三日戴薺花之俗取意略同

插楊柳

清明日滿街叫賣楊柳人家買之插於門上農人以插柳日晴雨占水旱若雨主水諺云檐前插青柳農夫休望晴

案五代後周序江淮間寒食日家家楊柳插門吳自牧夢梁錄云清明日家家以柳條插門上又周密乾淳歲時記清明前三日家家插柳大家則加棗錮於柳上

又喻正己詩話僞永貴秋壑詩云寒食家家插柳枝又史梅溪歎綠齋詞有柳戶清明之句九縣志亦皆載清明日插柳於檐崑新合志又云寒食日插麥葉於門戶并云是日宜雨諺云雨打墓頭田高低好種田

戴楊柳球

婦女結楊柳球戴鬢畔云紅顏不老楊韞華山塘櫂歌云清明一宴又今朝聽得沿街賣柳條相約比鄰諸姊妹一枝斜插綠雲翹

案段成式酉陽雜俎唐中宗三月三日賜侍臣細柳圈帶之可免蠆毒唐書李適傳謂細柳圈辟癘又劉若愚蕪史云清明日戴柳枝於鬢又吳曼雲江鄉節物詞小序云杭人清明多有采柳枝插鬢者詩云新火纔從竹座分綠烟吹作雨紛紛楊枝最是無情物也逐春風上鬢雲吳縣志亦載清明日人帶柳圈又江震志清明男女咸戴楊柳諺云清明不戴楊柳紅顏成皓首崑新合志則云寒食日男女須佩戴麥葉此又一說

過節

人無貧富皆祭其先俗呼過節凡節皆然蓋土俗家祭以清明七月半十月朔為鬼節端午冬至年夜為人節逢鬼節則祭用麥麵燒紙楮錠亦鬼節為盛新喪終七而未逾年者多招釋氏羽流諷經禮懺以資冥福至親往拜靈座謂之新清明

案杜甫詩注秦人呼寒食為熟食謂不動煙火預辦熟食之物過節也吳人過節二字本此程氏遺書寒食常禮祭先稱家有無　崑新合志云十月朔名鬼節又云清明前二日為寒食新喪終七而未逾年者皆設長筵以祭新葬者亦然江震志皆云人有新亡者其家必倍悲痛名新寒食至戚則往祭於几筵俗呼排座吳俗清明七月半十月朔家祭用麥麪猶鄞中寒食祭先用麥飯也

青糰焐熟藕

市上賣青糰焐熟藕為居人清明祀先之品徐達源吳門竹枝詞云相傳百五禁廚煙紅藕青糰各薦先熟食安能通氣臭家家燒筍又烹鮮

案爐志寒食祭先以稠餳冷粉糰并引呂希哲歲時雜記謂兩浙民俗以餐大麥粥故於此日禁火今俗用青糰紅藕皆可冷食猶循禁火遺風然與鬼神享氣之義不合故仍復有燒筍烹魚以享者蔡鐵翁詩燒筍烹魚例薦先然江震志又皆云寒食祭先用角黍青糰青糰鄉人搗麥汁溲粉為之　集韻類篇焐(烏卧切)

音涗猶言煖也吳語謂煮食物得煖氣而易爛曰炣

上墳

士庶並出祭祖先墳墓謂之上墳間有婿拜外父母墓者以清明前一日至立夏日止道遠則泛舟具饌以往近則提壺擔盒而出挑新土燒楮錢祭山神奠墳鄰皆向來之舊俗也凡新娶婦必挈以同行謂之上花墳新葬者又皆在社前祭掃諺云新墳不過社周宗泰姑蘇竹枝詞云衣冠稽首祖塋前盤供山神化楮錢欲覓斷魂何處去祟梨花落雨餘天又蔡雲吳歈云杉尾飄飄挂紙錢出城都是上墳船荒原落葉何曾埽勝地名花別有緣

案禮記宗子在他國庶子無廟孔子許望墓為壇以時祭祀此墓祭之本也但未必在寒食而五代史周世宗紀論云五代禮壞寒食野祭而焚紙錢似野祭始於五代矣然蔡中郎謂古不墓祭魏文帝黃初三年詔用此語自作終制亦云禮不墓祭則漢魏時固有墓祭者漢元帝追念蕭望之每遣使祭其冢光武令諸功臣皆過家上冢又遣使祭竇融父冢且孟子書有墦間之祭韓詩外傳有椎牛祭墓之文史周本紀云武王上祭於畢畢文王墓地也吳越春秋夏少康封禹庶子於越春秋祠墓於會稽則夏時已有墓祭周官小宗伯成葬而祭墓為位冢人凡祭墓為尸檀弓記有司以几筵舍奠於墓左注疏皆謂祭后土之神朱子云周禮上已有墓祭則以為祭先矣竊意後人因后土之祭而并祀祖先爾漢書光武紀建武十八年八月有事於十一陵則期又在八月又朱買臣傳云故妻夫家上冢亦未詳何時舊唐書載開元二十年敕云寒食上墓禮經無文近代相沿浸以成俗士庶之家宜許上墓編入五禮永為常式又柳子厚與許京兆書近世禮重拜埽每遇寒食皁隸傭丐皆得上父母邱墓則寒食之期始於隋唐間也徐凝詩云嘉興縣裏逢寒食落日家家拜埽回此更可証程氏遺書謂拜墳十月一日拜之感霜露也寒食則從常禮祭之東坡有海南人不作寒食而以上巳上冢詩云鹿門山下德公回或據此以為寒食上墓漢已有之然章懷注龐公傳引襄陽記止云司馬德操來候值德公渡沔上先人墓云云初不言時日東坡傳但以上冢借龐公為言耳俞正己詩話偶永賈秋壑於德祐元年寒食上母墳周密武林舊事清明前三日為寒食人家上冢而野祭尤多婦人淡妝素服提攜游女分餕游息又吳自牧夢粱錄清明日諸宮妃王子墳堂行享祀禮官員士庶俱出郊省墳以盡

思時之敬今崑新合志寒食往祭先壠謂之埽墓又常昭合志清明祭墓謂之上塚又江震志皆載清明士女並出祭墓俗呼上墳又云今婦人並出祭墓惟新寒食及新娶婦之家為然餘則否府志及長元吳志皆云寒食清明埽墓又褚人穫堅瓠集云吳中於清明前子女長幼持牲醴楮錢祭埽墳墓雖至貧乏亦備壺觴豆豕間有族人祭無祀孤冢先祭外父母者紙灰滿谷哭聲夜戚有古淳樸之風洞庭山又以餕餘燕諸族人親友互相尼具案觴騰湧歡呼鼓腹祭先睦族之誠又他鄉之所不及

紙錠

土俗家祭墓祭皆焚化紙錠紙以白阡切而為陌俗呼白紙錠有滿金直黽之分以金銀紙箔糊成其有挂於墓者則彩箋翦長縷俗呼挂錢亦曰挂墓家日新紙錢詩云紙錢紙錢誰所作人不能用鬼行樂一絲穿絡挂荒墳梨花風起悲寒雲寒雲滿天風刮地片片紙錢吹忽至紙錢雖多人不拾寒難易衣饑換食勸君莫把紙錢嗔不比鑄銅為錢能殺人朝為達官暮入獄只為銅山一片綠

案唐書王嶼傳云漢以來葬者皆有瘞錢後里俗稍以紙翦錢為鬼事開元二十六年嶼為祠祭使始用之禳祓祭祀范傳正謂惟顏魯公真卿張司業參家祭不用紙錢王建寒食行云三日無火燒紙錢紙錢那得到黃泉又徐凝詩云惟有綠前蘇小墓無人送與紙錢灰是則唐時已盛行乃歐陽修謂始於五代又都元敬聽雨記談亦謂金銀楮錠及錢始於五代又引清異錄載周世宗發引之日金銀錢寶皆寓以形而楮泉大若蓋口其印文黃曰泉臺上寶白曰冥游亞寶宋僧道世法苑珠謂（謂當作林）又謂紙錢起於殷長史吏不知何本宋錢若水不燒楮鏹呂南公為文頌之邵康節祭祀焚楮錢伊川見而怪問之曰亦明器之義周益公雜志辨楮幣謂俗人劃二字通上下皆用猶紙錢也則宋時紙錢真作錢樣吳縣志清明前後埽墓挂紙錢於塚又崑新合志云楮錠有翦長縷者名挂錢俗云挂墓錢唐姚春漪詩注黽音環去聲杭州土音也吳人亦謂背負物曰黽

小塘看會

清明日官府至虎邱郡厲壇致祭無祀游人駢集山塘號為看會會中之人皆各署胥吏平日奉侍香火者至日各昇神象至壇儁侑除郡縣城隍及十鄉土穀諸神之外如巡撫都土地諸神有祭事之責者皆得入壇謂之督祭凡土穀神又或以手版

謁城隍神娛蕭祠道流以王珣為地主祀笏端莊降階迎接每會至堰蕭鼓悠揚旌旗璀璨南濠臺閣鬬麗爭妍民之病愈而許願服役者亦多與執事或男女縲絏裝重囚隨神至壇繳枷去杻以為神赦遣小兒女之端好者結束鮮華赤腳跕立人肩或置馬背號為迎風會過門之家香燭以迎薄暮反神於廟俗呼轉壇會祭壇吳歙云紛紛神役與神囚多事昇神到虎邱邵爱迎風小兒女繡衣花帽騁驊騮又郭麐山塘竹枝詞云靈旗社鼓說迎神長吏同班露冕春一例折腰手版肉那知張翰與王珣又楊韞華山塘棹歌云三騶排立厲壇旬縣長朝來監祭神一樣陰司重地主階前袍笏立王珣

案易城復於隍此城隍之名所由昉也左傳祝宗用馬於四鄘又祈於四鄘杜預注鄘城也錢竹汀以為城隍之祀之濫觴趙與旹賓退錄謂蕪湖城隍祠建於吳赤烏二年是三國時已有之北史慕容儼鎮郢城城中先有神祠一所號城隍神南史梁邵陵王綸祭城隍神隋書五行志梁武陵王紀祭城隍神將烹牛有赤蛇繞牛口綸與紀皆與儼同時祀城隍神見諸此至唐遂盛張說韓愈杜牧之𧠐信陵皆有祭城隍之文杜甫羊士諤有賽城隍詩李曰鄂州刺史皋公德政碑云大

水臧郭公抗詞正色言於城隍其應如響李陽冰縉雲縣城隍廟記云城隍神祀典無之吳越有爾李昉等太平廣記吳俗畏鬼每州縣必有城隍神歐陽公跋云城隍廟今天下皆有而縣則少賓退錄又云負城之邑亦有與郡縣兩立者陸放翁鎮江府城隍廟記云唐以來郡縣皆祭城隍今世尤謹守令謁見儀在他神祠上社稷雖尊猶以令式從事至祈禳報賽獨城隍神而已陸鳳藻小知錄載洪武二年上在朝陽殿夢東莞城隍及抹盃山土地云每歲致祭無祀一次不敷乞飭有司歲祭三次庶幽魂得以均沾上覺而異之召禮部議詔天下無祀者歲凡清明中元十月朔郡邑官致祭著為令我 朝因之 府志郡厲壇在虎邱山前附郭三邑統祭於此沈朝初憶江南詞云蘇州好節序届清明郡廟旌旗壇裏盛十鄉臺閣半塘迎看會徧蘇城注虎邱厲壇清明賽會最盛十鄉城內外土穀神也聞古者像不土繪以神主洪武三年詔天下城隍止立神主上稱某府某州某縣城隍之神今吳中土穀之神分配古賢名姓塑像奉祀如任彥昇將子文張翰王珣之類皆是且昔之尊以神牌者今皆舁像矣嘗閱曝書齋集有山塘即事詩云寒食山塘路游人隊隊偕衎揚充皋隸簫鼓導神牌紅粉齊當䌫銀花有墮釵股

勸娘主蔣端笏立阼階神夫官道擁初祭厲壇仍活脫青袍引縱傲[illegible]來乘風書具訓者俗禮宜懲手版紛紛集吾儕張孝廉鶚雲居士吳門竹枝詞云吳中賽以清明中元十月朔三節賽神祀孤於虎邱郡厲壇舟子藉諸戲品以吊其價遊舫鱗集山塘觀競渡尤盛競渡止經旬之約賽會盡一日之歡西舫來船伊其相謔直無遮大會云

犯人香

府城隍廟俗稱大廟郡中市肆懸旌八行以及聚娛罰規皆在廟臺擊牲演劇香火之盛仆伯於他神祠而士庶答賽尤為心愫大堂二堂皆有其象三節入壇則舁二堂之象俗呼出會城隍寢宮裝塑夫人謂之後宮人病其戚若友聯名具疏於廟以祈神佑謂之保福告痊謂之拔狀或許願於神病既愈富家仍僱伶演劇供獻冠袍雜服貧窶之子亦必倩祝史獻牲謂之還願無日無之女子為後宮侍從男子為廟下隸卒署名腰牌上注服役月日年紀其人死即肖象於廟或病者暗充罪人有畢生為神犯者有歷五年三年為滿者謂之暗犯遇清明節殿前燒香焚化批文名曰犯人香七月半十月朔節亦如之三五日前已紛紛投到既死恐真為犯鬼又必焚

疏求釋廟左右紙馬鋪棩街投賣香燭錢糧不絕廟祀司香收神前殘蠟復售於燭肆俗呼回殘蠟燭

案府志云府城隍廟在武狀元坊即雍熙寺基地隸吳縣舊在子城西南隅明洪武三年改建今所又云吳縣城隍廟明初附象於府城隍西廡萬歷二十三年知縣袁宏道創建於廟（於廟疑衍）儀門之右其儀門之左長洲縣城隍廟在馬元和縣城隍廟則在鈕家巷雍正四年即土穀神張明廟改建 舊唐書王毛仲傳管閑廐芻粟之類每歲回殘常至萬斛又新唐書食貨志太和九年以天下回殘錢置常平倉本錢吳人謂買物用過仍賣店中曰回殘二字本此

放斷鷂

紙鳶俗呼鷂子春晴競放川原遠近搖曳百絲晚或繫燈於線之腰連三接五曰鷂燈又以竹蘆黏簧縛鷂子之背因風播響曰鷂鞭清明後東風謝令乃止謂之放斷鷂楊韞華山塘棹歌云春衣稱體近清明風急鷂鞭處處鳴忽聽兒童齊拍手松梢吹落美人箏

案唐高承事物紀原紙鳶其製不一上可懸燈又以竹為絃吹之有聲如箏故又

曰風箏。明徐充暖姝由筆謂紙鳶鷂子也。一曰風箏，褚人穫堅瓠集云：吳中小兒好弄之。然當其搏風而上，蓋亦得時，則駕者與張元長筆談載梁伯龍戲以綵繒作鳳凰吹入雲端，有異鳥百十拱之，觀者大駭。近作女人形，粉面黑鬢，紅衣白帬，入於雲霄，嫋娜莫狀。聯縹鞭於上，輒作悅耳之音。春日放之，以春之風自下而上，紙鳶因之而起，故有清明放斷鷂之諺。常昭合志：兒童放紙鳶，以清明日止，曰放斷鷂。今俗札作人物故事蟲介諸式，皆加以鷂之名。且作鷹隼鴻鴈之形，呼曰老鷹，鵓鴿鶯鷂，真昧鷂之義矣。吳穀人新年雜詠小序云：杭俗春初競放鐙鷂，清明後乃止。諺云：正月鷂，二月鷂，三月放个斷線鷂。陳迦陵春城望紙鳶詞：急景難淹，又天半夜燈初上，見火蛾旋繞飛下，雪梨十丈。注：風箏入夜必緪燈火并於其上，高放梨花雪爆。今吾鄉亦不乏此好事者。

野火米飯

是日，兒童對鵲巢支竈，敲火煑飯，名曰野火米飯。

案：輦下歲時記：清明尚食內園官小兒於殿前鑽火，先得火者進上，賜絹三疋，金椀一口。吾鄉野火米飯，猶循鑽火遺風。錢思元吳門補乘亦載野火米飯之俗。

游春玩景

春暖園林，百花競放，閽人索埽花錢少許，縱人流覽。士女雜遝，羅綺如雲。園中畜養珍禽異卉，靜院明軒，挂名賢書畫，陳設彝鼎圖書，又或添種名花，布幕蘆簾，隄防雨淋日炙，亭觀臺榭，妝點一新，尋芳討勝之子，極意留連。隨處皆有買賣趕趁，香餳果餅，皆可人口，瑣碎玩具，以誘悅兒曹者，所在成市。游玩天平、靈巖諸山者，探古蹟，訪名勝，兒輿駿馬，絡繹於塗。虎邱山下，白隄七里，綵舟畫楫，銜尾以游。南園、北園，菜花徧放，而北園為尤盛。暖風爛漫，一望黃金，到處皆絞縛蘆棚，安排酒爐茶桌，以迎游冶。青衫白袷，錯雜其中，夕陽在山，猶聞笑語。蓋春事半在綠陰芳草之間，故招邀伴侶，及時行樂，俗謂之游春玩景。蔡雲吳歈云：鄧尉山下梅花香，十三橋下數輕舫。雪海一番風信過，武邱再訪玉蘭房。又云：慈雲稽首古支硎，針線非關社日停。別業師林推第一，帬衫穿透碧瓏玲。又云：北園看了菜花回，又早春殘設餞盃。此日無錢看買酒，半壺豔色倒玫瑰。又楊韞華山塘棹歌云：觀音山畔最輕盈，柳側花間好並行。儼是牡丹郎蛺蝶，相隨一路到天平。又云：尋春剛遇落花時，好遣小蠻唱柳枝。癡絕烏蓬帬屐客，新詩題滿白公祠。又云：茶寮高隱綠楊枝，玉几堆盤位置宜。一椀香茗數家食品，前無比覓貧兒。又云：北園春盡菜花香，野蝶飛來都變黃。歸棹齊門看落照，紅燈一道出山塘。

案：莫旦蘇州賦有樓船鼓吹兮尋春嬉之語，注：吳俗好遨游，當春和景明，鶯花爛漫之際，用樓船簫鼓，具酒肴，以游上方、石湖諸處。上巳日為最盛，紈川子弟傾城而出，茶寮俳戲，無貧富早集。盧志亦云：上巳日，士女皆於池亭流觴曲水，致修禊故事。然今皆不傳，惟長元吳志並載二月始和，即命樓船簫鼓，游山覽勝。又范志春時用六柱船，紅幕青蓋，載簫鼓以游，虎邱、靈巖為最甚。又徐崧張大純百城煙水云：二月始和，虎邱、天平、觀音、上方諸山，游人最盛，竹輿輕窄，上下如飛。又邵長蘅冶游詩云：二月春始半，踏青邀女伴。小桃虎邱紅，新柳山塘短。今蓋猶不異於昔云。吳縣志又謂吳人好游，以有游地，有游具，有游伴也。游地則山水園亭，多於他郡；游具則旨酒嘉肴，畫船簫鼓，咄嗟而辦；游伴則選伎聲歌，盡態極妍，富室朱門，相引而入，花晨月夕，競為勝會，見者移情。吾鄉園林第宅，為近日游人所爭集者，如潘儒巷之獅子林，元至正間天如則禪師倡道之地，中多奇石，陰洞典奧，倪高士瓚愛其景，為之繪圖，舊在寺中。本朝康熙間，黃小華殿撰軒之父贈為涉園。聖祖、高宗南巡，屢幸其地。園中有古松五株，皆生石上，俗又名五松園。舒鐵雲游獅子林作云：百棹百邱壑，一步一階級，縮地無近謀，渺天有餘濶。雲林老畫師，筆筆不相襲。凝神慘經營，彈指妙結習。載瓶水齋集。中北街拙政園，明王獻臣別墅，後歸徐氏，再易主，為海昌陳相國之遠別業，既籍官為解署，署廢為民居，乃東偏歸蔣棨，名復園；西偏歸葉士寬，名書園，今為吳松園協揆瑚宅。百城煙水稱其地林木絕勝，內有寶珠山茶三四株，交柯合理，花時鉅麗鮮妍，紛披照矚，為江南所僅見。滄浪街頭巷網師園，本為清河道宋宗元構以養母，有網師小築十二詠，今歸太倉瞿氏，俗稱瞿園。閶門外下塘花埠街劉蓉峰觀察恕寒碧莊，俗稱劉園，本為明徐冏卿泰時東園故址。園之東北，今尚有東園街。恕愛石，園中聚奇石為十二峯，載府志。虎邱山浜白公祠，嘉慶二年，太守任公兆炯即蔣氏塔影園改。北蓋園本程氏故居，蔣氏有之，襲塔影之名，實非家云美先生故第也。中有仰蘇樓、懷杜閣，又有思白堂、流泉、叠石，花木鬱然，為往來嘉客讌集之所。道光五年，邑侯萬公壹重修，即思白堂改為蓀亭軒，并增葺臨流小閣，顏曰塔影山光。又一榭園，本為薛六郎墳巷，孫淵如觀察於衔所葺，即其左為滄浪侯祠，一名憩歇園中有授書堂寶順齋壺天小閣齋壁嵌置薛氏舊摹石鼓全文凡七石閶門坊巷錢武肅王分祠一名息園吾家依園故址也乾隆時蔣曰梠楊大琛先後居之嘉慶十六年錢參軍鈴改築中有一邱相傳為梁妙嚴公主墓築臺其上曰妙嚴臺靈巖山君玲瓏館向為畢秋帆制府沅別業今為虞山蔣氏祠又盤門內之樂圃為陸氏宅故又名陸園他如鍾吾山之上真觀西山之無隱吾與來鶴何亭德雲普賢稱花總持林寒山法螺諸靜室及南城之結草庵流水禪居諸禪房又南濠之人參會館關東會館泉州會館洞涇內之同仁堂培德堂虎邱之同善堂南濠之體善堂亦皆小有花圃帶飯斯集如古蹟則有支硎山之碧琳泉宮窿山下之朱買臣讀書臺城南之蘇子美滄浪亭桃花塢之唐六如祠後板廠之蔣深繡谷園中有繡水蘇齋交翠堂諸勝又包家墩之小雲棲為周忠介公順昌讀書處又虎邱後山之玉蘭房相傳為宋南渡時朱勔自閩移置將進御而汴梁已失遂棄植於此明天啟初為大風所拔今孫枝復高三尋花時爛漫如雪又楓橋西沿塘小停雲館本為　國朝王庭魁宅後歸袁廷檮葺為漁隱小圃後查氏改為綉雲別墅門對郊原有樓翼然菜花放可

清嘉錄　卷三　九

以遠眺俗又名菜花樓至若靈巖山之館娃宮響屧廊采香涇琴臺石室俗稱西施洞相傳為吳王因范蠡處吳王井二圖者象天八角者象地為吳王避暑處池四為澣花上方洗硯澣月石之奇巧者十有八為石鼓二石射堋醉僧石石髻磬星石佛日巖披雲望月二臺石樓袈裟石髻石城靈芝石石馬搓頭石獻花石織經石幢貓兒石俗稱靈巖十八景名勝則有吾家山之石壁天平山南址之白雲寺唐寶歷二年建今改為范文正公功德院并其祖墓在焉故俗稱范墳其後羣石林立者曰萬笏朝天萬歷末范參議公允臨構為別業亭觀臺榭璀璨一時遠望如畫圖中蓬萊三島引泉為沼帶以修廊通以石梁有寤言室咒鉢菴來燕榭聽鶯閣宛轉橋諸勝其室聯有門前綠水飛奔下屋裏青山跳出來之句山半有白雲泉甚白而甘發乳泉也別有一泉如線注出石罅者曰一線泉龔明之中吳紀聞云此龍湫也雖大旱不竭嶊山在陽山百城煙水云東北峯之最高者舊名來鶴望之如狻猊土人指雀寺為雌嶊為雄相傳始皇時有管仙人隱於此故又名管山山上諸神祠皆依山為榭曲池修廊可供游人眺賞好事者結蘭花社會奇花異瓣互相鬭勝韋建懷游嶊山詩云何人鑿山劃雲窟排空怨架金銀臺田郎

曲檻路窮飛棡橫跨長松堆香蘭生上競奇馥水仙生上先春梅細車寶馬滿香陌蝴蝶上髻流鶯猜笑儂好事媚神邀冶游不惜千璣瑰蓋實錄也山塘自大津橋下塘至虎邱延亘七里古名白堤其水為唐刺史白居易所鑿下塘野芳浜為畫船爭集之處舊名新涇明時已稱野芳浜見毛堤記攬雲居士詩云覓得百花深處泊銷魂只在野芳浜元和縣志云虎邱山塘游賞者春秋為盛當花晨月夕仙侶同舟佳人拾翠四方宦游之輩靡不畢集花市則紅紫繽紛古玩則金玉燦爛孩童弄具竹器用物魚龍雜戲羅布星列令人目不給賞至於紅闌水閣點綴畫橋疎欞闌茶贈酒肴饌倍於常價而人願之者樂其便也南園祥符圖經云在子城西南今府學後也本為廣陵王舊圃大觀末為蔡京賜第北園即蘇家園御史蘇懷愚所築在閶門內後板廠後為御史李模園今皆蕪為場圃為郡中采花最盛處諺云天上天堂地下蘇杭夫杭為東南都會南宋駐蹕之所而猶後於蘇則蘇之繁盛可知矣沈朝初憶江南詞云蘇州好勝景聚靈巖響屧風流遺石上琴臺古調落高山宮館好躋攀蘇州好積翠列天平萬笏含煙浮碧玉層巖晴日晝丹青古洞白雲清蘇州好城裏半園亭幾片太湖堆崒嵂一篙新漲接沙汀

清嘉錄　卷三　十

山水自清靈蘇州好城北菜花黃齊女門邊脂粉膩桃花塢口酒卮香處處弄笙簧蘇州好最好送春時白傅隄邊看嫩綠真娘墓上唱新詞昨夜斷腸詩蘇州好載酒捲艄船几上博山香篆細筵前冰盌五侯鮮穩坐到山前蘇州好茶社最清幽陽羨時壺烹綠雪松江眉餅炙雞油花草滿街頭蘇州好酒肆半朱樓遲日芳樽開檻畔月明鐙火照街頭雅坐列珍羞

茶貢

穀雨節前邑侯采辦東山洞庭碧螺春茶入貢謂之茶貢

案府志茶出吳縣西山以穀雨前為貴王應奎柳南隨筆云洞庭東山碧螺峯石壁產野茶數株每歲土人持竹筐採歸以供日用歷數十年如是未見其異也康熙某年按候采者如故而其葉較多筐不勝貯因置懷間茶得熱氣異香忽發采茶者爭呼嚇煞人香嚇殺人者吳中方言也因遂以名是茶云自是以後每值采茶土人男女長幼務必沐浴更衣盡室而往貯不用筐悉置懷間而土人朱正元獨精製法出自其家尤稱妙品康熙己卯　車駕南巡幸太湖巡撫宋犖購此茶以進　上以其名不雅馴題之曰碧螺春自是地方大吏歲必採辦而售者往往

以僞亂真正元沒製法不傳即眞者亦不及曩時矣

穀雨三朝看牡丹

牡丹花俗呼穀雨花以其在穀雨節開也諺云穀雨三朝看牡丹無論豪家名族法院琳宮神祠別觀會館義局植之無間即小小書齋亦必栽種一二墩以為玩賞俗多尙玉樓春價廉而又易於培植也然五色佳本亦不下十餘種蓺花者率皆洞庭山及光福鄉人花時載至山塘花肆求售郡城有花之處士女游觀遠近踵至或有入夜穹幕懸鐙壺觴勸酬迭為賓主者號為花會蔡雲吳歈云神祠別館築商人穀雨看花局一新不信相逢無國色錦棚只護玉樓春

案歐陽修牡丹記洛陽以穀雨為牡丹開候司馬光集注洛陽人謂穀雨為牡丹厄僧仲休越中牡丹花品敘云越之所好尚惟牡丹其絕麗者三十二種始乎郡齋豪家名族梵宇道宮池臺水榭植之無間賞花者不問親疏謂之看花局范石湖吳郡志牡丹出洛陽頃時朱勔家圃在閶門內植牡丹數萬本以繒采為幙每花身飾金為牌記其名勔敗皆拔為薪自中興以來洛陽花種至吳中者肉紅則觀音崇甯壽安王希疊羅等淡紅則風嬌一捻紅深紅則朝霞紅鞓紅雲葉及茜金球紫中貴牛家黃等不過十數種舊志云今諸種皆不傳近時有玫瑰紫茶雲紅玉樓春傅家白新紅嬌豔西瓜瓤綠牡丹等名今復有錦帳小桃紅紫袍金帶墨紫御黃碧月諸名長洲縣志云開封歐思稷所居萬華堂在資壽寺後植牡丹至三千株多於洛中名品沈石田賞玉樓春牡丹詩春粉賦霞微暈著露紅漸玉淡生痕

齋元壇

十五日為元壇神誕辰謂神司財能致人富故居人多塑像供奉又謂神回族不食豬每祀以燒酒牛肉俗稱齋元壇

案北周庾信黑帝雲門舞歌北辰為政元壇北方色黑元壇即鄭康成周禮注所云北郊之壇也稱曰元壇蓋以所祭之地名之姑蘇志云神姓趙名朗字公明趙子龍之從兄弟不知何本

白龍生日

十八日為白龍生日前後旬日陰晴不常鄉民以是日雨卜白龍之歸謂龍歸省母則農有秋

案歲時瑣事三月十八日龍湫山與吳之陽山多雲霧雷雨俗傳為白龍生日相傳宋晉陵安中有繆氏女產白龍事甚神異土人建龍母廟於山之巔熙甯九年始遷於澄照寺宋胡偉白龍廟碑云每歲三月十八日龍歸省母前期旬日天氣痛寒四山煙雨乍晴復合正誕之辰龍必見形或長身尋丈隱顯於衆山之上或小如蜥蜴依於廟貌恭風雷雨澍溝澮米則六驗也常昭合志以五月十三日為白龍生日謂白龍瞟娘必主雷雨危致明岳陽風土記亦以五月十三日為白龍生日謂是日雨則歲豐

東嶽生日

二十八日為東嶽天齊仁聖帝誕辰城中元妙觀有東嶽帝殿俗謂神權天下人民死生故酬答尤虔或子為父母病危而焚疏假年謂之借壽或病中語言顛倒令人殿前關魂謂之請喜祈恩還願終歲絡繹至誕日為尤盛雖郡隅鄉坊多有其祠宇在婁門外者龍墩各郡人賽會於廟張燈演劇百戲競陳游觀若狂郡西嵳山亦有行宮廟內外吏胥奉香尤好事者安排社會設醮酬神俗以誕日前進香者鄉人居多呼為草鞋香

案陸啟浤北京歲華記云三月二十八日賽東嶽廟又沈榜宛署雜記云三月二十八日燕京祭岳廟民間集衆為香會有為首者掌之盛設鼓樂旗幡前中馬舉迎神以往男婦有跪拜而行者名曰拜香　徐崧張大純百城煙水云嵳山道院有東嶽行宮三月二十八日誕辰進香者多鄉人呼為草鞋香崑新合志云二十八日東嶽聖帝誕各鄉賽會石牌趙堂東塘吏棲橋各鄉民舁神進香男婦游觀若狂又吳江縣志常昭合志皆云三月二十八日東嶽天齊聖帝生辰震澤縣志又云在震澤鎮者最盛前後十餘日士女拈香闐塞塘路樓船野舫充滿溪河又有買賣提趁茶餅果瓜裝塑傀儡走獸飛禽筋笙簫鼓瑣碎戲具以誘悅兒曹所在成市汝秋士有東嶽誕辰詩云三月二十有八日相傳東嶽之生辰誰與上溯洪濛始山川奠位畀高陳實之以人自稗史街談巷議何足論廣張羅福有巫祝云神統攝亡者魂兩廡冥王分十殿刀山劍樹羅紛紜遂令覩投祝聖壽鼎然鮮動鄉鄰民黃煙之香絳蠟燭街蓮手挈肩擔奔接踵摩肩衢路塞何況殿場與山門其中蒲團趺坐者來自隔宿心尤虔更或肉身燈一盞以身供養酬親恩任他毀步迷惘誠求饒百匝呼其傑孝哉某氏子與女自有善人交稱歎吁嗟陋俗相

沿久渺論尸説挽回難男女混雜不可訓三諭曾傳湯撫爾草上之風欣勢便令
行禁止甯非賢儔耆叢集蝟毛似此事難期今長官實貧况值三春暮稅未開征
欑已完

清嘉錄卷三終

清嘉錄卷四目錄　四月

立夏見三新　秤人
注夏　立夏三朝開蠶簾
小滿動三車　賣新絲
麥秀寒　賣時新
浴佛　阿彌飯
七日八夜　蛇王生日
神仙生日　軋神仙
煎千年蒀　神仙花
四月十六　藥王生日

清嘉錄卷四

清　顧鐵卿譔

四月

立夏見三新

立夏日，家設櫻桃、青梅、穭麥，供神享先，名曰立夏見三新。宴飲則有燒酒、酒釀、海螄、饅頭、麪筋、芥菜、白笋、鹹鴨蛋等品爲佐，蠶豆亦於是日嘗新。酒肆餽遺于主顧以酒釀、燒酒，謂之餽節。蔡雲吳歈云：消梅鬆脆櫻桃熟，穭麥甘香蠶豆鮮。翦子調鹽剝紅玉，海螄入饌數青錢。

案崑新合志：立夏日，家設櫻桃、青梅、麥蠶、寄䊦等物，飲燒酒，名曰立夏見三新，與郡俗略異。

秤人

家戶以大秤權人輕重，至立秋日又秤之，以驗夏中之肥瘠。蔡雲吳歈云：風開繡閣颺羅衣，認是秋千戲却非。爲挂量才上官秤，評量燕瘦與環肥。

案錢思元吳門補乘云：立夏日，家家以大秤權人輕重。吳曼雲江鄉節物詞小序云：杭俗立夏日懸大秤，男婦皆秤之，以試一年之肥瘠。詩云：懸衡一一判低昂，輕重休誇蠏鮑強。莫是菜人須論價，就中愁絕是猪王。

注夏

俗以入夏眠食不服曰注夏。凡以鑒注夏之疾者，則于立夏日取隔歲撐門炭烹茶以飲，茶葉則索諸左右鄰舍，謂之七家茶。或小兒嗜貓狗食餘，俗名貓狗飯，是日雖寒，必著紗衣一襲，并戒坐戶檻，俱令人夏中壯健。

案田汝成西湖遊覽志：立夏之日，人家各烹新茶，配以諸色細果，餽送親戚比鄰，謂之七家茶。與郡俗不同。錢思元吳門補乘：立夏飲七家茶，免疰夏。盧志：夏至食李，以解注夏之疾。王鏊姑蘇志作端午日。王志：夏至以束稜之草繫手足而祝之，名曰健稜，以解注夏之疾。張寅太倉州志：立夏日煮麥豆和糖食之，曰不注夏。南鄉州志則云：夏至用蠶豆小麥煮飯，名夏至飯，戒坐戶檻，云犯得注夏之疾。江震舊志：立夏男女各試葛衣，云解蛀夏之疾。常昭合志：立夏日煮麥豆和糖食之，曰不疰夏。蓋疰夏之說，已見元池說林。立夏日，俗尚啖李，則不蛀夏。家治齋云：疰與注當作蛀，入夏不健，如樹木之爲蟲蛀也。西溪叢話（話當作語）：南人不善乘船，曰苦船，北人曰苦車，苦音庫。吳下人語音如注，又謂所厭惡之人亦曰注，皆苦之訛也。今謂入夏眠食不服曰注夏，猶是意爾。

立夏三朝開蠶黨

環太湖諸山鄉人比戶蠶桑爲務，三四月爲蠶月，紅紙粘門，不相往來，多所禁忌。治其事者，自陌上桑柔，提籠采摘，至郵中繭煮，分箔繅絲，歷一月而後弛諸禁。俗目育蠶者曰蠶黨。或有畏護種出火辛苦，往往於立夏後買現成三眠蠶於湖以南之諸鄉村。諺云：立夏三朝開蠶黨。（開讀若綱也）

案具區志：湖中諸山以蠶桑爲務，女未及笄，即習育蠶。三四月謂之蠶月，家家閉戶，不相往來。郭頻伽樗園消夏錄：三吳蠶月風景殊佳，紅帖粘門，家多禁忌。婦治其事者，往往獨宿。許志進蠶詞云：五夜留燈照獨眠，蠶房齋禁太常偏。軒渠借問秦淮海，蠶出蠶書第幾篇。

小滿動三車

小滿乍來，蠶婦煮繭，治車繅絲，晝夜操作。郊外菜花至是亦皆結實，取其子至車坊磨油，以俟估客販賣。插秧之人又各帶土分科。設遇梅雨泛溢，則集桔槹以救之；旱則用連車遞引溪河之水，傳戽入田，謂之踏水車。號曰小滿動三車，謂絲車、油車、田車也。蔣士瑛南田戽水謠云：日脚米呆蜨半地，東家插秧西家蒔，蒼苗蓄水水易乾，農夫踏車聲如沸。車軸欲折心搖搖，脚跟皺裂皮膚焦。踐水如汗汗如雨，雨中田依舊成槁土。農夫爾弗憂，天心或憐汝，爾不見南門已閉鐵冶閒，即看好雨西疇至。

案徐炬事物原始有云：昔西陵氏制繅車以繅絲。震澤志：黃繭緒粗，不中織染，另繅以爲綿紬；惟細長而瑩白者，留種繭外，乃繅細絲。又云：歲既穫，即播菜麥，至夏初則摘菜薹以爲蔬，舂菜子以爲油，斬菜萁以爲薪，磨麥穗以爲麪，雜以蠶豆，名曰春熟。郡人又謂之小滿見三新。長元志皆云：油坊以菜子磨油，在婁葑兩門。吳縣志云：在新郭、橫塘、仙人塘。并云：吳農治田，男女皆致力，春耕鋤，夏耘耔，老幼俱施。人力少者傭單丁以襄其事，或長傭，或短傭，總名曰長工，又曰忙工，厚其酒肉以飼之，即詩所云侯彊侯以之意也。

賣新絲

繭絲既出，各負至城，賣與郡城隍廟前之收絲客。每歲四月始聚市，至晚蠶成而散，謂之賣新絲。蔡雲吳歈云：蠶家多半太湖濱，浮店收絲只趁新。城裏那知蠶婦苦戴錢收熟賣絲人。

案新絲綿絲也吳縣志近湖諸山家畜蠶取之每歲四月始出市

麥秀寒

夏初天氣清和人衣單袷忽陰雨經旬重御棉衣人以其時之寒在麥秀之際謂之麥秀寒王鳴鳳初夏村居雜詠云鵓鴣催晨曉月殘數聲布穀報春闌棉衣欲換情偏懶見說江南麥秀寒

案范石湖詩五月吳江麥秀寒楊誠齋詩云麥黃秧碧百家衣已熟猶寒四月時陸泳吳下田家志亦云四月麥秀寒五月溫和暖　鄉人以麥宜寒蠶宜溫惟同在四月之際雨者必有一偏嘗有歌云做天難做四月天蠶要溫和麥要寒種菜哥兒要落雨採桑孃子要晴乾

賣時新

蔬果鮮魚諸品應候迭出市人擔賣四時不絕于市而夏初尤盛號為賣時新趙筠吳門竹枝詞云山中鮮果海中鱗落索瓜茄次第陳佳品盡為吳地有一年四季賣時新

案王鏊姑蘇志三四月賣時新率五日而更一品如王瓜茄諸色豆諸海鮮枇杷楊梅迭出後時者價下二三倍　沈朝初憶江南詞有詠四時食物摘錄數闋於此詞云蘇州好香筍出陽山纖手剝來渾似玉銀刀劈處氣如蘭鮮嫩砌磁盤蘭花筍　蘇州好光福紫陽梅色比火珠還徑寸味同甘露降瑤臺小嚼沁桃腮楊梅　蘇州好沙上枇杷黃龍罩青絲堆蜜蠟皮含紫核結丁香甘液勝瓊漿枇杷　蘇州好洞庭種雞頭瑩潤每疑珠十斛柔香偏愛乳盈甌細剝小庭幽雞頭　蘇州好朱橘洞庭香滿樹紅霜甘液冷一園絳雪玉津涼酒後倍思量橘　蘇州好玉盤結梅酸夢起細含消病渴觸餘低嗅沁心寒青脆小如丸青梅　蘇州好新夏食櫻桃異種舊傳崖蜜勝淺紅新樣口脂嬌小核味偏饒櫻桃　蘇州好豆莢換新鐺花底摘來和筍嫩僧房煮後伴茶鮮圍坐牡丹前蠶豆　蘇州好湖面半菱窠綠蒂戈蛋長蕩美中秋沙角虎邱多滋味賽蘋婆菱　蘇州好魚味愛三春刀鱭去鱗光錯落河豚剖乳腹膨脝新韭帶葷烹江鱭河豚　蘇州好夏月食冰鮮石首帶黃荷葉裹鰣魚似雪柳條穿到處接鮮船石首魚鰣魚　蘇州好萊艙憶秋風巨口細鱸和酒嫩雙螯紫蟹帶糟紅菘菜粥蓴羹鱸魚紫蟹　蘇州好冬日五侯鯖蜜蠟拖油鮮骨鮓水晶雲片鯽魚羹糟熟截毛鱉鯽魚

浴佛

八日為釋迦文佛生日僧尼香花盤燭置銅佛於水盆婦女爭捨錢財曰浴佛居人持齋禮懺結眾為放生會或小舟買龜魚螺蚌口誦往生咒放之竟日不絕

案手善注王少頭陀寺碑魯莊七年夜明佛生之日也瑞應經四月八日夜明星出時佛從右脅墮地即行七步蓋春秋莊公七年夏四月辛卯夜恒星不見孔氏正義云于時周之四月則夏之仲春杜氏以長歷校之辛卯是四月五日然則如來生辰當為今之二月五日宗懍荊楚歲時記二月八日釋氏下生之日迦文成道之辰遼史禮志二月八日為悉達太子生辰京府及諸州雕木為像云云又金史海陵紀有禁二月八日迎佛之文則是時以二月八日為佛節亦不知是初五也而四時寶鏡四月八日為佛生日京師各有浴佛齋會禹僧傳釋元嵩小名蜜育母寇氏夢胡僧持傘香花滿座即懷胎四月八日生有異香靈寶經周密武林舊事張遠隩志韓鄂歲華記麗皆云四月八日為佛誕日諸寺各有浴佛會宋書劉敬宣傳四月八日為灌佛之辰佛運統志亦云四月八日為浴佛節惟孟元老東京夢華錄以十二月八日浴佛恐譌東坡詩輕寒浴佛天若十二月八日安

得謂輕寒乎九邑志皆謂四月八日為釋伽誕作傳經浴佛會范志亦云四月八日浮屠浴佛徧走閭里猪人稚蝨紙集四月八日俗傳為釋迦生辰各建龍華會以小盆坐銅佛浸以香水而復以花亭鐃鼓迎往富家以小杓澆佛提唱誦偈布捨錢財有高峯和尚偈曰吸盡木絕便稱尊攪得三千海岳昏惡水一年澆一度知他雪屈是酬恩

阿彌飯

市肆煮青精飯為糕式居人買以供佛名曰阿彌飯亦名烏米糕周宗泰姑蘇竹枝詞云阿彌陀佛起何時經典相傳或有之予意但知喫飯好底須拜佛誦阿彌

案採蘭秋燕都游覽志四月八日梵寺食烏飯謝去咨事類合璧云道家採楊桐葉細冬青染飯色青有光名曰青精飯吳縣志謂僧家以烏葉染米作黑飯贈人龍佩芳脈藥聯珠謂取天南燭葉煮汁漬炊之名黑飯故俗又名烏米飯又攷神隱西域有神名曰佛佛生日以黑黍飯不落角祀之中國奉教者率相傚做今之烏米飯疑即黑黍飯吳曼雲江鄉節物詞小序云杭人呼為烏飯有製以為糕者於立夏食之此又一說也

七日八夜

農人以初八夜雨主傷小麥諺云小麥不怕神共鬼只怕七日八夜雨

案長元吳志皆載四月八日夜雨則傷小麥并載是諺

蛇王生日

十二日為蛇王生日進香者駢集於婁門內之廟焚香乞符歸粘戶牖能遠毒蛇人又以是日雨主壞麥謂巳日屬蛇麥收忌雨有此說也蔡雲吳歈云日交蛇位麥登場日紀蛇生驗雨暘更怪妖氛干正氣叢祠香火拜蛇王

案錢希言獪園蛇王廟在婁門外葑門捕蛙者祭獻其中廟旋廢不知何年重建於婁門內祭賽者不獨捕蛙船矣錢思元吳門補乘蛇王廟在婁門內負城臨水傑閣巍然與毘陵艤舟亭相似前殿塑蛇將軍特假蛇耳或相傳蛇王為方正學正堪噴飯

神仙生日

十四日為呂仙誕俗稱神仙生日食米粉五色糕名神仙糕帽鋪製垂鬚鈸帽以售名神仙帽醫士或招樂部伶人集廳事擊牲以酬或酌水獻花以慶仙誕

案史纂云神仙姓呂名巖字洞賓曾祖延之浙東節度使祖渭禮部侍郎父讓海州刺史唐貞元十四年四月十四日巳時生舉進士不第遇正陽真人鍾離子得道施肩吾有鍾呂傳道記

軋神仙

仙誕日官為致祭於福濟觀觀中修崇醮會香客駢集相傳仙人化為襤褸乞丐混迹觀中而居人之有奇疾者至日燒香往往獲瘳謂仙人憐其誠而救度也謂之軋神仙觀中舊有迎仙閣是日眾仙聚飲閣中後建玉皇閣呂仙恐朝參遂不復至蔡雲吳歈云洞庭飛盡到姑蘇笑逐游人倚酒壚今日玉皇高閣下猶聞醉後朗吟無

案徐崧張大純百城煙水云福濟觀俗稱神仙廟在阜橋東宋為吳王祠胎山王省幹大猷來吳淳熙某年四月十四日從巖中道院陸道堅設雲水齋感純陽呂仙授神方以療風疾至今賴之元至大辛亥葉竹居重建奏今額吳縣志十四日福濟觀謁呂純陽 玉篇軋軋也軋音札吳人謂人眾不得出而力附之曰軋亦作軋

翦千年蒀

仙誕前夕居人艾翦千年蒀舊葉棄擲門首祝曰惡運去好運來或又於廟中別買新葉植之謂之交好運

案陶朱公書四月十四日俗傳神仙生日艾翦千年蒀舊葉擲之通衢令人踐踏則新葉易生吳人植之以其美占盛衰造房者連根葉置梁上以為吉讖結姻時幣者鉸縷絹肖其形與吉祥草及慈松四色並列盆中蒀新合志亦云神仙生日家戶翦蒀葉散布街坊蓋俗運與蒀同音也

神仙花

游人集福濟觀爭買龍爪菊歸種則易滋長賣者皆虎阜花儂前後數日又必競擔小盆草木本鮮花入觀求售號為神仙花

案疏譜有樓菊俗以其形似龍爪故名曰龍爪菊 又沈朝初憶江南詞云蘇州好生日慶純陽玉洞神仙天上度青樓脂粉廟中香花市繞回廊注四月十四日為純陽生日滿城妓女俱至廟中兩廊市花謂之神仙花

四月十六日

土俗於十六日望晴雨以候歲晴則水雨則旱惟陰雲為佳諺云有穀無穀但看四月十六

案江震志皆載此占又諺云四月十六天上有雲地上有穀

藥王生日

二十八日為藥王生日醫士備分燒香駢集於洙泗巷之三皇廟即醫學也郡縣醫學官司香火盧家巷亦有藥王廟誕日市中人擊牲設醴以祝嘏或集眾為會有為首者掌之醵金演劇謂之藥王會

案沈汾續神仙傳藥王姓韋名古道號歸藏西域天竺人開元二十五年入京師紗巾氁袍杖履而行腰繫葫蘆數十廣施藥餌療人多效帝召入宮圖其形賜號藥王又韓凡咎桐陰舊話引列仙傳唐武后朝韋善俊京兆人長齋奉道常攜黑犬名烏龍世俗謂之藥王又高士奇扈從西巡日錄云藥王廟專祀扁鵲四月二十八日賀藥王生日又一統志藥王廟在邱任縣鄭州城東北祀扁鵲吳梅村過鄭州詩有香火年年賽藥王之句府志云洙泗巷清真觀醫學有醫王廟舊稱三皇廟在流化坊祀伏羲神農黃帝康熙二十八年改建今所並祀夏禹三十年知府盧騰龍請以岐伯伯高鬼臾區少俞少師雷公配改名醫王廟是止稱醫王不

稱藥王。又攷徐崧張大純百城煙水云：藥王廟在盧家巷，康熙庚申藥市中醵金建，并載程瑞郁洛詩，詩中皆專指神農而言。今廟中亦塑神農象，更不應有藥王之稱。則知俗傳二十八日之說，乃是扁鵲誕降之日，吳人不察，相沿爲三皇生辰，不亦謬耶。

清嘉錄卷四終

清嘉錄卷五目錄　五月

修善月齋　貼天師符
挂鍾馗圖　端五
稱鎚鮫　雄黃酒
蒲劍蓬鞭　采百草
健人　雄黃荷包裹絨銅錢
老虎頭老虎肚兜　獨囊綢絲
長壽線　五毒符
辟瘟丹　划龍船
關帝生日　黃梅天
梅水　三時
分龍雨　拔草風

清嘉錄卷五

清　顧鐵卿撰

五月

修善月齋

釋氏羽流先期印送文疏於檀越填注姓字至朔日焚化殿庭謂之修善月齋是月俗又稱為毒月百事多禁忌

案荆楚歲時記五月俗稱惡月多禁忌曝牀薦席及蓋屋潘榮陛帝京歲時紀略京俗五月不遷居不糊窗槅名曰惡五月（吳俗稱善月蓋諱惡為善也蔡鐵翁詩俗忌三旬呼毒月）

貼天師符

朔日人家以道院所貽天師符貼廳事以鎮惡肅拜燒香至六月朔始焚而送之有貽自梵氏者亦多以紅黃白紙用朱墨畫韋陀鎮凶則非天師符矣而小戶又多粘五色桃印綵符每描畫姜太公財神及聚寶盆搖錢樹之類受符者必至院觀拈香答以錢文謂之符金

案郎悅三國典略張道陵一作張陵漢順帝時人入蜀居鶴鳴山造符書為人治病子衡衡子魯以其法相授施宿東坡詩注引張真人傳云真人名道陵良八世孫漢章帝和帝累召不起胡應麟筆叢王宗沐續通考皆本此說然並未有天師之稱世說注郗愔與弟曇奉天師道北史魏嵩山道士寇謙之自言嘗遇老子命繼張陵為天師崔浩勸明帝起天師道場酈道元水經注白馬戍有張天師堂庾仲雍謂堂為張魯治是天師之名始於六朝也李昉等太平廣記亦云梁武帝因陶貞白詣張天師道裕乃為立元壇三百所東坡過安樂山聞張道陵所寓詩天師化去知何在玉印相傳世共珍馬貴與通考云唐天寶後漢天師子孫嗣真教冊贈天師為太師然亦私相稱謂未嘗以之賜號也宋祥符二年賜信州道士張正隨號真靜先生自是凡嗣世者皆賜號如崇寧二年賜繼先號虛靜先生迨至元十三年乃賜張宗演靈應沖和真人之號又賜張正常號天師明太祖去其舊稱改授正一嗣教真人曰元人不知義理天豈有師也哉蓋封號雖曰真人世俗尚沿舊稱吳曼雲江鄉節物詞小序云杭俗道家於端五送符必署天師二字以見其神受者皆答以錢米詩云研將朱墨任鴉塗春蚓秋蛇認得無但乞人施五斗米全家飽食仗靈符而江震志亦云五日道士折紅黃色紙畫天師像為辟惡靈符分送檀越續漢禮志云五月五日朱索五色桃符為門戶飾以止惡氣韓鄂歲華紀麗角黍之秋浴蘭之月朱索赤符長元吳志亦皆云五日戶貼朱符蔡鐵翁詩仙符一道貼清晨又云拜送靈符盛暑交

掛鍾馗圖

堂中掛鍾馗畫圖一月以祛邪魅李福鍾馗圖詩云面目猙獰胆氣粗榴紅蒲碧座懸圖伏君掃蕩幺麼技免使人間鬼畫符又盧毓嵩有詩云榴花吐燄菖蒲碧畫圖一幅生虛白綠袍烏帽吉莫靴知是終南山裡客眼如點漆髮如虯唇如腥紅髯如戟看徹人間索索徒不食煙霞食鬼伯何年留影在人間處處端陽驅癘疫嗚呼世上罔兩不勝計靈光一睹難逃匿仗君百千億萬身卻鬼直教魑鬼魄

案唐逸史明皇因疾晝（畫下疑脫寢字天中記引唐逸史云明皇因店疾晝卧夢一小鬼云云）夢藍袍鬼從一小鬼擘而啖之自稱終南山進士誓除天下虛耗之業乃詔吳道子如夢圖之批其後曰靈祇應夢厥疾全瘳烈士除妖實須稱獎因圖異狀頒顯有司歲暮驅除可宜徧識以祛邪魅兼靖妖氛又孫逖張說文集有謝賜鍾馗畫表又劉禹錫有代杜相公及李中丞謝賜鍾馗曆日表又五代史吳越世家歲除畫工獻鍾馗擊鬼圖沈存中補筆談熙寧五年上令畫工摹搨吳道子鍾馗象鐫板除夜遺內供奉官梁楷就東西府給賜但考劉宋征西將軍宗慤有妹名鍾葵見其母鄭夫人墓誌夢溪筆談載之家雪亭云今俗有鍾馗嫁妹圖以此而譌又後魏有李鍾馗北史堯暄本名鍾葵字辟邪又恩倖傳有宮鍾馗又楊慎外集云鍾馗即終葵古人多以終葵為名其後誤為鍾馗俗畫一神象帖於門手執椎以擊鬼好怪者遂相傳鍾馗能啖鬼又作鍾馗圖言鍾馗為開元進士尤為無稽是鍾馗之名由來已久特開元始有畫耳胡浩然除夕詩云靈馗掛戶則知古人以除夕今人以端五其用亦自不同俗又稱水墨畫者曰水墨鍾馗蔡鐵翁詩擬將墨象聊驚鬼又吳曼雲江鄉節物詞小序云杭俗鍾進士畫像端午懸之以逐疫詩云進士頭銜亦儻公姱髯皤腹畫難工終南捷徑誰先到按劍輸君作鬼雄江震志云五日堂中懸鍾馗畫象謂舊俗所未有

端五

五日俗稱端五瓶供蜀葵石榴蒲蓬等物婦女簪以艾葉榴花號為端午景人家各有宴會慶賞端陽藥市酒肆饋遺主顧則各以其所有雄黃芷朮酒糟等品百工亦各

蚿所業率入酒肆間飲名曰白賞節。

案荆楚歲時記京師以五月一日爲端一，二日爲端二，三日爲端三，四日爲端四，五日爲端五。張表臣珊瑚鉤詩話謂端五之號同於重九，世以五爲午誤。長元吳志皆載端午簪榴花艾葉以辟邪。崑新合志云：五月五日端陽節，瓶供蜀葵石榴蒲蓬等物，曰端陽景。簪艾葉榴花於頭以辟邪。而江震志皆云：兒女輩之長者則簪艾葉榴花。又云：醫家亦以雄黃衣香送於常所往來之家，家買葵榴蒲艾，貯之堂中。常昭合志亦載是俗。　江震志謂端午日晴，主年豐。諺云：端午晴乾，農人喜歡。

稱錘粽

市肆以菰葉裹黍米爲粽，象稱錘之形，謂之稱錘粽。居人買以相餽貺，并以祀先。

案杜臺卿玉燭寶典云：五月五日，以菰葉裹粘米者，以象陰陽相包裹未分散也。宋祝穆事文類聚：端午粽子名品甚多，形製不一，有角粽、錐粽、茭粽、筒粽、稱錘粽、九子粽等名。劉敬叔異苑謂粽子屈原姊始作。吾鄉以之祀先，蓋本吳均續齊諧記：五日以竹筒貯米投水祭屈原之意。而吳曼雲江鄉節物詞小序云：杭俗端午尚角黍，亦有依古作筒粽者。詩云：裹就連筒米宿舂，周遭綵縷繫重重。青菰褪盡雲膚白，笑説廚娘鵠髮鬆。長元吳志及江震常昭志皆云：五日食角黍。崑新合志：五日相餉以角黍，俗名粽子。范志亦云：以角黍、水糰、綵索、艾花、畫扇相餉。

雄黃酒

研雄黃末，屑蒲根，和酒以飲，謂之雄黃酒。又以餘酒染小兒額及手足心，隨洒牆壁間，以祛毒蟲。蔡雲吳歈云：稱錘粽子滿盤堆，好侑雄黃入酒杯。餘瀝尚堪祛五毒，亂塗兒額噀牆隈。

案孫思邈千金月令：端五以菖蒲或縷或屑以泛酒。而馮慕岡月令廣義則云：五日用朱砂酒辟邪解毒，餘酒染額胸手足心，無虺蛇之患。又以洒牆壁門窗，以避毒蟲。實丹砂也。吳曼雲江鄉節物詞小序云：杭俗五日，剉蒲根入火酒，和雄黃飲之，或以塗小兒額上。詩云：細切蒲菹勸舉觴，不須九節認靈菖。嬌兒怯試燒春味，一抹妝成半額黃。九縣志皆載五日飲雄黃菖蒲酒，而崑新合志并云：隨洒牆壁間。

蒲劍蓬鞭

戟蒲爲劍，割蓬作鞭，副以桃梗蒜頭，懸於牀戶，皆以卻鬼。

案本草綱目：菖蒲一名水劍。王阮亭帖子：旋刻菖蒲要辟邪。吳曼雲江鄉節物詞小序云：蒲劍截蒲爲之，利以殺鬼，醉舞婆娑，老魅亦當退避。詩云：破他鬼膽試新硎，三尺先瑩石上青。醉裏偶然歌斫地，只憐蒲柳易先零。崑新合志云：五日，戶懸蒲蓮桃蒜等物以辟邪。

采百草

土人采百草之可療疾者，留以供藥餌，俗稱草頭方。藥市收癩蝦蟆，刺取其沫，謂之蟾酥，爲修合丹丸之用，率以萬計。人家小兒女之未痘者，以水畜養癩蝦蟆五箇或七箇，俟其吐沫，過午取水煎湯浴之，令痘稀。

案吳自牧夢粱錄：五日采百草，修製藥品，爲辟瘟疾等用，藏之良驗。江震志：五日采百草，留以供藥品，覓蝦蟆，收蜈蚣，斬蛇頭，皆以製藥。崑新合志：五日采百草之可療疾者，合諸丸藥。

健人

市人以金銀絲製爲繁纓鐘鈴諸狀，騎人於虎，極精細，緻小釵，貫爲串，或有用銅絲金箔爲之者，供婦女插鬢，又互相獻賚，名曰健人。

案唐宋遺紀：江淮南北，五日釵頭綵勝之製，備極奇巧，凡以繒綃翦製艾葉，或攢繡仙佛禽鳥蟲魚百獸之形，八寶群花之類，縝紋如蛛綺縠，鳳麟龍虎、絨蛇、排草、蜥蜴，又螳螂蟬蝎，又葫蘆瓜果，色色逼真，加以幡幢寶蓋，繡球繁纓，鐘鈴百狀，或貫爲串，名曰豆娘，不可勝紀。蓋即吾鄉之健人也。吳曼雲江鄉節物詞小序亦云：杭俗健人，即艾人而易之以帛，作騎虎狀，婦女皆戴之。詩云：畫將眉目施裙褶，翦帛先知艾氣除。何物么麼呼健者，勢成騎虎復何如。而長元志皆載五日翦綵爲人，以坐虎背，或併用金絲加以蒜粽之類，名曰健人。吳縣志又謂以金銀絲爲蒜形虎形，騎人於虎，名曰健人，極細小，懸髻上，貧家則以銅絲金箔爲之。蔡鐵翁吳歈注謂即古步搖，詩云：插鬢金絲亦健人。江震志亦載五日以綵絨雜金纏結符袋，戴之釵頭，互相餽遺。

雄黃荷包裹絨銅錢

製繡囊，絕小，類荷包之形，中盛雄黃，謂之雄黃荷包。綵絨裹銅錢，爲五色符，謂之裹絨銅錢。皆繫襟帶間，以辟邪。

案吳曼雲江鄉節物詞小序云杭俗婦女製繡袋絕小貯雄黃繫之衣上可辟邪織詩云石榴花底繡工忙艾袋功收藥石良贈我定知囊可括從來口不說雌黃

老虎頭老虎肚兜

編錢為虎頭形繫小兒胸前以示服猛謂之老虎頭又小兒繫赤色帽幗亦彩繡為虎形謂之老虎肚兜

案吳曼雲江鄉節物詞小序云杭人午日製老虎頭繫小兒襟帶間示服猛也詩云乙威曾不露全身一例牙鬚巧製新喚作虎頭癡亦好管中窺豹又何人

獨囊網蒜

擇蒜本之不分瓣者結線網繫之以為飾謂之獨囊網蒜

案吳曼雲江鄉節物詞亦有詠網蒜詩不隨葱韭付蘭錡網結千絲壓線遲絕似簾波垂影處誤他銀蒜入呆思

長壽線

結五色絲為索繫小兒之臂男左女右謂之長壽線譚大中長壽線詩云從來造物最多情修短還憑玉指衡五采同心延百壽一絲纏臂訂三生黃金不買前身壽青史難逃再世名兒女自癡儂作達升沉無用訪君平

案吳曼雲江鄉節物詞小序云杭俗結五采索繫小兒臂上即古之長命縷也詩曰編成雜組貫功深絡索輕於纏臂金笑語五郎還憶否年時五采結同心崑新合志亦云五日以紅絲線綑小兒臂男左女右以驗日後肥瘠

五毒符

尼菴剪五色綵箋狀蟾蜍蜥蜴蜘蛛蛇蚿之形分貽檀越貼門楣寢次能魘毒蟲謂之五毒符郭麐五毒符詩云跂跂脈脈善緣壁蜿蜿蚰蜒鬭風疾周身百足彊扶持密網千絲巧羅織龐然獨踞中央坐四蟲公臂一蟲大可憐乙骨走牽妖留向午時作奇貨五行志傳何人作制是歲時多寄託千秋那得孟嘗君六代誰如王鎮惡函泰須盛五采當蛟龍波底泣孤忠六丁六甲符安用且避人間萬與謀

案青齊風俗記穀雨日畫五毒符圖蝎子蜈蚣虺蛇蜂蜮之狀各畫一針刺之刊布家戶以禳蟲毒吳俗則在端五蔡鐵翁吳歈注云五毒蠍蜈蜥蜴蜘蛛蛇蚿也吳曼雲江鄉詞小序亦云杭俗午日扇上畫蛇虎之屬數必以五小兒用之

辟瘟丹

男女佩帶辟瘟丹或焚於室中並以蒼朮白芷大黃芸香之屬皆以辟疫祛毒又謂五日午時燒蚊烟能令夏夜無蚊蚋之擾蔡雲吳歈云蒲蓬卯蒜挂牀前芷朮香芸地下燃還怕夜來眠不穩碧紗帳外點蚊烟

案月令事宜載五月五日收藏浮萍乾為末和雄黃作紙纏香焚之能避蚊然江震志則云五日采百草焚之以避蚊蚋又崑新合志云五日燒蒼朮白芷辟瘟丹并蚊烟以祛毒蟲

划龍船

龍船閶胥兩門南北兩濠及楓橋西路水濱皆有之各占一色四角枋柱揚旌拽旗中艙伏鼓吹手兩旁划槳十六俗呼其人為划手篙師執長鉤立船頭者曰擋頭篙頭亭之上選端好小兒裝扮臺閣故事俗呼龍頭太子尾高丈許牽綵繩令小兒水嬉有獨占鰲頭童子拜觀音指日高陞楊妃春睡諸戲謂之綵（玉篇綵切音鉤）了梢舵為刀式執之者謂之擋舵畫舫（諸游作舫）游客爭買土罐擲諸河視龍舟中人執戈競鬭入水相奪以為娛樂謂之罐頭多者受上賞號為做勝會勝會之時先有舊袍纓帽之人鞠躬聲喏於前艙手執五色小旗插畫舫之楣而後諸龍各認旗色回朝盤旋謂之打招一招一招水如濺珠金鼓之聲與水聲相激出龍之前數日祀神演試曰下水上岸送神謂之拔龍頭當頭之人率皆里巷游手隔歲先以帶葉竹竿豎橋上為來年出龍認色其名曰鑽五月朔互相往來名曰拜客餘則曰駐塘河次午曼衍綵如織鄉男女者稚傾城出游高樓邃閣羅綺如雲山塘七里幾無駐足之地河中畫楫櫛比如魚鱗亦無行舟之路歡呼笑語之聲遐邇振動土人供買婁貨食品所在成市凡十日而罷俗呼划龍船市入夜燃燈萬盞燭星吐丹波月搖白尤為奇觀俗稱燈划龍船郡中踏布坊人操小舟亦鳴金伐鼓划槳如飛俗呼煙囪洞有無名氏划龍船樂府云汨羅已死三千年招魂野祭端陽前蘇州龍船誇絕勝百萬金錢水中迸冶坊浜口斟酌橋樓頭水面爭妖嬈小龍船划疾如駛大龍船划亂紅紫勝會爭誇十日游青簾畫舫結鐙毬四更隄外笙歌散博得人稱假虎邱又蔡雲吳歈云勝會山塘看水嬉大船幾處插紅旗挈瓶人向波心跳苦憶汨羅懷石時

案丁度集韻划胡瓜切音華舟進竿謂之划歐陽修五代史蕭結令祈陽方暮春時有州符下取競渡船結怒批其符曰秧開五葉蠶長三眠人皆忙迫划甚閒船守惰而止又舊唐書杜亞傳江南風俗有競渡之戲方舟並進以急趨疾進者為

勝亞乃令以漆塗船底貴其速進又爲綺羅之服塗之以油令舟子衣之入水而不濡然皆在春中不在端陽或曰五日競渡相傳爲三閭大夫而作本荆楚歲時記之説但於吳地無涉趙曄吳越春秋以爲起於勾踐蓋憫子胥之忠而作周櫟園因樹屋書影以爲習水報吳托於嬉戲宗懍引邯鄲淳曹娥碑云五月五日迎伍君逆濤而上爲水所淹謂是東吳之俗事在子胥不關屈氏然則荆楚自爲靈均吳越自爲子胥耳高濂遵生八箋云南方競渡者治其舟使輕利謂之飛鳧又曰水車又曰水馬蓋越人以舟爲車以檝爲馬也今俗烟囱洞殆其遺製吳縣志端午爲龍舟競渡游船聚集男女諠譁管絃雜沓投鴨於河龍舟之人爭入水相奪以爲娛樂舊在胥門塘河故邵長蘅冶游詩有五月胥江怒水嬉歡競渡團扇薄不遮故教冶容露之句又族高伯祖俠君先生有競渡詞十首今錄其三詞云鑼挾鳴濤鼓駭雷紅旗斜插剪波來錦標奪到軒騰處風卷龍髯雪作堆 香撥琵琶內府調紫檀截管玉裝簫絕憐天上霓裳曲吹徧紅闌四百橋 鼓翻旗颭躍鳧鷖黃幔推開粉頸齊貪看河心龍影亂忘人偷眼柁樓西 崑新合志亦云五日有龍舟競渡之戲康熙間城內外有舟五六後已絕響近復如舊

關帝生日

十三日爲關帝生日官爲致祭於周太保橋之廟吳城五方雜處人烟稠密貿易之盛甲於天下他省商賈各建關帝祠於城西爲主客公議規條之所棟宇壯麗號爲會館十三日前已割牲演劇華鐙萬盞拜禱維謹行市則又家爲祭獻鼓聲爆響街巷相聞又相傳九月十三日爲成神之辰其儀一如五月十三日俗以此二日雨爲關王磨刀雨主人口平安蔡雲吳歈云神誕猶傳漢壽亭神臺弦管散諸伶竹君自醉龍生日一陣磨刀雨恰醒

案元至正間將仕郎昔賴花謨關王廟碑云荆楚之人相傳王於六月二十三日生子平於五月十三日生是日朝拜祭賽遠近輻輳錢塘馮水渠關公祖系記云侯以桓帝延熹三年庚子六月二十四日生則今之以五月十三日生者非也惟考永樂北征時每見神前驅凱旋乃勅崇祀以五月十三日祭祀典歲以春秋二仲月吉日及五月十三日致祭 崑新合志云是日俗傳爲關神武誕士夫家宰白雄雞以祭之近亦漸少

黃梅天

芒種後遇壬爲入黴俗有芒種逢壬便入黴之語而人即以入黴日數度黴頭之高下如芒種一日遇壬則黴高一尺至第十日遇壬則黴高一丈度物過夜便生黴點謂之黃梅天又以其時忽晴忽雨諺有云黃梅天十八變又謂天寒主旱諺云黃梅寒井底乾夏至後逢庚爲出黴小暑日爲斷黴過此則無蒸濕之患俗又忌小暑日雷鳴主潦俗呼倒黃梅諺云小暑一聲雷依舊倒黃梅農人又以入霉日雨主旱諺云高田只怕迎霉雨又以入霉日雨主陰出霉日雨主旱諺云雨打黃梅頭四十五日無日頭雨打黃梅腳四十五日赤晧晧又以入霉日雨主水諺云迎梅一寸送梅一尺

案施眞卿叢話謂淮浙以芒種節氣後爲梅雨周處風土記云夏至前名黃梅雨庚溪詩話江南五月梅熟時霖雨連旬謂之黃梅雨陸佃埤雅云湘浙四五月間梅黃欲落蒸鬱成雨謂之黃梅雨沾衣多腐爛崔實農家諺黃梅雨未過冬青花未破冬青花已開黃梅雨不來項甌東謂江南以三月爲迎梅雨五月爲送梅雨過雷電爲斷霉或言古語黃梅時節家家雨張叢溪謂梅當作霉雨中暑氣也霉雨善汙衣服故又云霉涴言其爲梅所壞也字典霉義與黴通許愼説文黴物中久雨青黑也玉篇謂面垢也淮南子修務訓舜黴黑又劉向九歎顏黴黧以沮敗兮桂木谷札樸謂物傷濕曰黴音黴義同府志一説梅作黣黣黴也楚詞九懷蘊[illegible]兮黣黣黴也義異 長元吳志皆載處暑一聲雷依舊倒黃梅之諺但考芒種距處暑凡七十五日既云夏至後遇庚出梅豈歷三月之久再復黃梅之理舊占處暑日忌雷鳴當是小暑日忌雷鳴耳蔡鐵翁詩怕聞小暑一聲雷吳縣志亦載度黴之法

梅水

居人於梅雨時備缸甕收蓄雨水以供烹茶之需名曰梅水徐士鋐吳中竹枝詞云陰晴不定是黃梅暑氣薰蒸潤綠苔試甕甏裝天雨水烹茶時候客初來

案長元吳志皆載梅天多雨雨水極佳蓄之甕中水味經年不變又崑新合志云人於初交霉時備缸甕貯雨以其甘滑勝山泉嗜茶者所珍也

三時

夏至日爲交時曰頭時二時末時謂之三時居人愼起居禁詛咒戒雜頭多所忌諱農人又以每時之末忌雨諺云三時三送低田白弄中時雨雷謂之腰鼓報主大水諺云中時腰報沒低田又以時中多雨及時盡而雷皆主潦諺云時裏寒沒竹竿又

云低田只怕送時雷

案施真蘄叢話謂淮浙以夏至中氣後為時雨農圃六書謂夏至後半月為三時上時七日中時五日末時三日盧志又以芒種後十五日為入時而長元吳志又皆以夏至日為起時分三節共十五日頭時三日中時五日末時七日江震志并云時中忌雷主雨諺云時裏一聲雷低田拆舍歸中時尤甚崑新台志云時之為言農時也時有三曰頭時中時末時交時後人胥慎起居禁詛咒戒剃頭多所忌畏長元志又皆云時雨田所必資也故曰時周處風土記云初雨為迎時雨末雨為送時雨蔡鐵翁詩驚聽入時三送雨郡人時又呼作黴丁度集韻黴深黑色殆因呼梅蒸為黴黷有濕氣著衣物生斑沫之義連類及之遂以時為黴黷

分龍雨

二十日為分龍俗以分龍之次日雨謂之分龍雨主雨暘調順歲必有秋有二十分龍廿一雨水車擱拉街堂裏之諺又云二十分龍廿一雨石頭縫裏都是米自是以後分方行雨俗謂之夏雨隔牛背[illegible]田蔡雲吳歈云南阡朗日帶長虹北陌頑雲鬬疾風偶湊分龍得新雨山村水蕩說年豐

案陸放翁避暑錄吳俗以五月二十日為分龍日前此夏雨時行所及必徧自分龍以後或及或不及若有命而分之者故五六月間每雷起雲簇而不移時謂之過雲雨雖二三里亦有不同　長元吳志皆作夏雨隔田晴又云四月二十日為小分龍五月二十日為大分龍分龍次日雨主豐稔

拔草風

梅雨既過颯然清風彌旬不歇謂之拔草風俗又以小暑日東南風主旱諺云小暑吹了東南風四十五日拔草風

案高德基平江紀事梅雨之際必有大風連晝夜謂之舶趠風盧志云此風從海外來舶上禱於海神而得之東坡詩序云是風起天不雨約十日纔止詩云三旬已過黃梅雨萬里初來舶趠風幾處縈回度山曲一時清駛滿江東驚飄簌簌先秋葉喚醒昏昏嗜睡翁欲作蘭臺快哉賦卻嫌分別問雌雄又長元吳志皆載小暑日若東南風及成片白雲起則有舶趠風主退水兼主旱雅賓農家諺云舶趠風雲起旱魃深歡喜吳縣志舶趠[illegible]又作白棹兮更訛為拔草蔡鐵翁詩拔草風從何處來

清嘉錄卷五終

清嘉錄卷六目錄　六月

黃昏陣　六月不熱五穀弗結
山糊海熳　龍挂
謝竈　狗䐁浴
曬書　翻經
三伏天　涼水
珠蘭茉莉花市　乘風涼
虎邱燈船　合醬
火神素　雷齋
封齋開葷　二郎神生日
荷花蕩　消夏灣看荷花
辛齋

清嘉錄卷六

清 顧鐵卿 譔

六月

黃昏陣

俗以初三日晴，主旱。若是夜黃昏有雨，則日日有之，謂之黃昏陣。諺云：六月初三打箇黃昏陣，上晝耘稻下晝困。又云：初一落雨井泉枯，初二落雨井泉浭（讀若普胡切，作溢字解也），初三落雨夜夜陣，初四落雨通太湖。蓋此時農民望澤孔殷，如久晴，則立竿梨紙旗以禱雨，街坊小兒出松花會，呼曰：小兒求雨天歡喜。蔡雲吳歈云：六月不逢夜夜陣，滿城扯徧七星旗。草鞵人散松花會，正是湖鄉雨透時。

案：崔實四民月令：六月初三起箇黃昏陣，七十二箇隔夜陣。長元吳志皆載六月初一不宜雨。諺云：初一井泉枯，初二井泉浮，初三連太湖。江震志謂初三日晴主旱。諺云：六月初三晴，山篠盡枯零。錢思元吳門補乘亦載松花會之俗，會中之人皆曳草鞋，并云：久雨則翦紙為女形，持苕帚，懸簷際，名掃晴娘。

六月不熱五穀弗結

俗又以三伏日宜熱，諺云：六月不熱，五穀弗結。

案：崔實農家諺云：六月不熱，五穀不結。又長元吳志皆載是占。而崑新合志并云：六月宜大，諺云：六月大，瓜茄落蘇羅來生。（大，俗讀作度字音）

山糊海幔

俗又以夏中日出時雲霧遮閉，主熱，謂之山糊海幔。諺云：山糊海幔，曬殺老鸛。

案：丁度集韻：鸛，水鳥，好水，將雨則鳴。禽經：鸛仰鳴則晴，俯鳴則雨。 褚人穫堅瓠集載吳諺云：日出晏，晒殺雁。

龍挂

濃雲中見若修尾下垂，蜿蜒屈伸者，謂之龍挂。

案：府志載龍挂之說，謂雨止于一方。仁和錢謝盦有太湖看龍挂詩云：羲和拋丸走流汞，銀刀劃空雲腳斷。水盤驚起洞庭君，六丁老龍飛出雲。蒼鱗細如蛇蚓結，白波四面作人立。吸乾具區三萬頃，雨氣斜翻半天濕。蜻蜓陣散風色涼，吳娘纔船炊飯香。珠宮捲綃伺龍睡，西峯日輪紅未墜。

謝竈

初四、十四、念四日，比戶祀司竈，謂之謝竈。諺云：三番謝竈，勝做一壇清醮。祀時以米粉作糰，素羞四簋，俗稱謝竈素菜。

案：漢應劭風俗通引周禮說：顓頊氏有子曰黎，為祝融，祀以為竈神。後漢書陰就傳：竈神姓張，名祥，字子郭，一作郭禪。又五經異義云：竈神蘇吉利，夫人王搏頰。段成式酉陽雜俎云：竈神名隗，狀如美女，夫人予（子段字作酉陽雜俎作字）卿忌，有六女皆名察洽（洽，雜俎作治）。常以月晦日上天白人罪狀。一曰竈神名壤子，今不詳何指。月令：夏祀竈。孔氏正義云：竈神常祀在夏，俗祀於夏閏，合於禮。然閱班固白虎通：祭竈以雞。及干寶搜神記：漢陰子方以黃羊祭竈神。東坡縱筆云：明日東家應祭竈，隻雞斗酒定燔吾。荊楚歲時記：以豚酒祭竈。范石湖祭竈詩：豬頭爛熟雙魚鮮。又陳造平江臘月二十五日是（是，疑當作詩，或句字）云：昨夜牟豬家祭竈。又明嘉定王楓祀竈詞云：陌邊爛煮黃毛雉。又五行書：五月辰日豬頭祭竈，治生萬倍。又圖經：十二月二十四日，民間用白雞黑豉糖果祀竈神。又俗道行書：正月己丑日，白雞祭竈宜蠶。又江震舊志：臘月二十四日，祀竈用葷品。是古者皆以魚牲祀竈，今俗相沿用素，直以佛待神矣。 崑新合志：六月初四、十四、念四日，皆祀竈，與郡俗同。

狗靧浴

諺云：六月六，狗靧浴。謂六月六日牽貓犬浴於河，可避虱蛀。郭麐浴貓犬詞云：六月六，家家貓犬水中浴。不知此語從何來，展轉流傳竟成俗。流傳不實為丹青，孰知物始觀厥形。孰居莊嚴成壞住，劫前八萬四千橫豎飛走一一知其名。而況白老烏龍不同族，何以降日為同生。一笑姑置之，聽我為媒詞。司馬高才號犬子，拓跋英雄稱佛貍。烏員錦帶紛綺麗，韓盧宋鵲尤魁奇。世上紛紛每生者，李義府與景升兒。金錢犀果洗若屬，但有癡骨無妍皮。貓乎犬乎好自愛，洞裏雲中久相待。伐毛洗髓三千年，會見爬沙登上界。

案：孫（孫，舊作沈）德符野獲編：六月六日，本非令節，貓犬之屬，俾浴於河。田汝成西湖游覽志：郡人於六月六日昇貓狗浴於河，致有汩沒淤泥，踉蹌就斃者，其義不可曉。徐禎堯山堂外紀載明毛栗菴埋往謁楊南峯，適浴，閽人以告，不得見。後南峯答拜，栗庵亦以浴辭。南峯即題所投刺曰：君來拜我，我沐浴；我來拜君，君沐浴。君拜我時四月八，我拜君時六月六。謂俗有六月六浴貓犬之謠也。錢思元吳門補乘云：六月六日浴貓狗，吳郡他邑咸有是說。 丁度集韻：靧，音悔，洗也，同頮，義同。玉藻沐稷而酧梁。吳人悔作入聲。為忽音之轉耳。

曬書

六日故事。人家曝書籍圖畫於庭。云蠹魚不生。潘奕雋六月六日曬書詩云。三伏乘朝爽。閒庭散舊編。如游千載上。與結半生緣。讀喜年非耄。題驚歲又遷。呼兒勤檢點。家世只青氊。

案孫作沈當德符野獲編。六月六日。內府皇史宬曝列聖實錄御製文集諸大函。為每歲故事。錢思元吳門補乘亦云。六月六日曝書畫。崔寔四民月令。則以七月七日暴經書及衣裳不蠹。

翻經

是日諸叢林各以藏經曝烈日中。僧人集村嫗為翻經會。謂翻經十次。他生可轉男身。

案陳文恭公宏謀撫吳時風俗條約。有禁六月六日翻經之文。

三伏天

舊俗有夏九九。今已不傳。但從夏至日起。第三庚為初伏。第四庚為中伏。立秋後初庚為末伏。謂之三伏。天好施者。於門首普送藥餌。廣結茶緣。街坊叫賣涼粉鮮果瓜藕芥辣索粉。皆爽口之物。什物則有蕉扇苧巾麻布蒲鞋草席竹席竹夫人藤枕之類。沿門擔供不絕。土人翦紙為方圓六八角鐙。及畫舫寶塔舟車傘扇諸式。或以鴨卵空其中。粘五色楮。彩畫成魚。火孔納螢。謂之螢火蟲鐙。供小兒嬉玩。浴堂亦暫停爨。大茶坊以金銀花菊花點湯。謂之雙花。麵肆添賣半湯大麵。日未午。已散市。早晚賣者則有臊子麵。以豬肉切成小方塊。為澆頭。又謂之滷子肉麵。配以黃鱔絲。俗呼鱔鴛鴦。沈欽道吳門雜詠詩云。流蘇斗帳不通光。繡枕牙簡放息香。紅日半窗剛睡起。阿娘澆得鱔鴛鴦。

案周遵道豹隱紀談。石湖居士戲用鄉語云。土俗以夏至後九日為炎暵之候。相傳有夏至未來莫道熱之諺。又陸泳吳下田家志。夏至後一說云。一九至二九。扇子弗離手。三九二十七。冰水甜如蜜。四九三十六。拭汗如出浴。五九四十五。樹頭秋葉舞。六九五十四。乘涼弗入寺。七九六十三。牀頭尋被單。八九七十二。思量蓋夾被。九九八十一。家家打炭墼。漢郊祀志。六月伏日周時無。至此乃有之。師古曰。伏者謂陰氣將起。迫於殘陽而未得升。故為藏伏。因名伏日。陰陽書云。夏至後

第三庚為初伏。第四庚為中伏。立秋後初庚為末伏。何遜詩顧以三伏天催促九秋換。

涼冰

土人置窨冰。街坊擔賣。謂之涼冰。或雜以楊梅桃子花紅之屬。俗呼冰楊梅冰桃子。鮮魚肆以之護魚。謂之冰鮮。蔡雲吳歈云。初庚梅斷忽三庚。九九難消暑氣蒸。何事伏天錢好賺。擔夫揮汗賣涼冰。

案王鏊姑蘇志。三伏市上賣涼冰。元和縣志。冰窨在葑門外。設窨二十四座。以按二十四氣。每遇嚴寒。戽水蓄於蕩田。冰既堅。貯之於窨。盛夏需以護魚鮮。并以滌暑。尤侗冰窨歌云。我聞古之凌陰備祭祀。今何為者惟謀利。君不見葑溪門外二十四。年年特為海鮮置。潭深如井屋高山。潴水四面環冰田。孟冬寒至水生骨。一片玻瓈照澄月。窨户重裘氣揚揚。指揮打冰衆如狂。窮人受錢不惜命。赤脚踏冰寒割脛。椎舂撞擊聲殷空。勢欲敲碎馮夷宮。砯砰倏驚倒崖谷。琮琤旋疑響琅玉。千筐萬筥紛周遭。須臾堆作冰山高。堆成冰山心始快。來歲鮮多十倍賣。海鮮不發可奈何。街頭六月涼冰多。

珠蘭茉莉花市 諸色花附

珠蘭茉莉花來自他省。薰風欲拂。已畢集於山塘花肆。茶葉鋪買以為配茶之用者。珠蘭輒取其子。號為撇梗。茉莉花則去蒂。衒值號為打爪花。花蕊之連蒂者。專供婦女簪戴。虎邱花儂或以馬頭籃沿門叫鬻。謂之戴花。零紅碎綠。五色鮮濃。四時照映於市。不獨此二花也。至於春之玫瑰膏子花。夏之白荷花。秋之木犀。米為居人和糖春膏。釀酒釣露。諸般之需。百花之和本貴者。輒擇其器。號為盆景。折枝為瓶洗賞玩者。俗呼供花。蔡雲吳歈云。提筐唱徹晚涼天。暗麝生香魚子圓。簾下有人新出浴。玉尖親數一花錢。又蔣寶齡吳門竹枝詞云。蘋末風微六月涼。畫船衔尾泊山塘。廣南花到江南賣。簾內珠蘭茉莉香。

案王穉登詠茉莉篇云。章江茉莉貢江蘭。夾竹桃花不耐寒。三種盡非吳地有。一年一度買來看。王鏊姑蘇志云。虎邱人善於盆中植奇花異卉。盤松古梅。置之几案。清雅可愛。謂之盆景。春日賣百花。更晨代變。五色鮮濃。照映市中。其和本賣者。舉其器。折枝者。女子於簾下投錢折之。沈朝初憶江南詞云。蘇州好。小樹種山塘。半寸青松虬幹古。一拳文石蘚苔蒼。盆裏畫瀟湘。李翊俗呼小錄云。俗數錢

以五文為一花。

來風涼

納涼謂之來風涼。或泊舟胥門萬年橋洞。或艤棹虎阜十字洋邊。或分集琳宮梵宇水窗冰榭。隨意留連。作牙牌葉格馬吊諸戲。以為酒食東道。謂之鬭牌。習清唱為避暑計者。白隄青舫。爭相鬭曲。夜以繼日。謂之曲局。或招盲女瞽男彈唱新聲綺調。明目男子演說古今小說。謂之說書。置酒屬客。遞為消暑之宴。蓋此時爍石流金。無可消遣。借來涼為行樂也。

案正字通云。牙牌。今戲具也。俗傳宣和二年所設。高宗時詔頒行天下。名曰骨牌。如博塞格五之類。今俗竹者亦曰骨牌。談書錄。天九之戲見明潘之恒續葉子譜。晁氏讀書志云。世傳葉子。晚唐時婦人也。撰此戲。宋賴文筆記謂葉子二字。拆其上半字。乃廿世二字。下木字合子字作李字。為唐有二十帝之讖。陳確菴頑潭詩話。馬吊謂即葉戲。始明萬歷年間。崇禎間尤甚。創於常熟馮猶龍。百老用獻千生用鬭。無何有闖獻二賊之禍。王石隱有低讖譏。李斗揚州畫舫錄云。清唱近時以葉廣明唱口為最著。納書楹曲譜為世所宗。阮吾山茶餘客話。盲女琵琶。元時已有。至今江淮尤甚。瞿存齋過汴梁詩云。陌頭盲女無愁恨。能撥琵琶說趙家。是也。又有瞽男者。見陸放翁詩。夕陽衰柳趙家莊。負鼓盲翁正作場。按茶餘客話夕作斜衰作古趙無莊字紀楊誠齋集有聽盲婦撫琵琶唱鼓子詞。支小白謨小青傳。或呼琵琶唱盲詞。沈朝初憶江南詞云。蘇州好。盲女撥琵琶。蹤火秋波橫翠黛。也多春色照紅霞。一樣髻堆鴉。明姜南洗硯新錄云。演小說謂演說古今小說。以覓衣食也。

虎邱鐙船

豪民富賈。競買鐙舫。至虎邱山浜。各占柳陰深處。浮瓜沈李。賭酒徵歌。駢客逍遙。名妹抉笑。霧縠冰紈。爭妍鬭豔。四窗八拓。放乎中流。往而復回。篙櫓相應。謂之水轡頭。日晡繹繹於冶芳浜中。行則魚貫。泊則雁排。迨暮施燭。烷煌照徹。月輝與波光相激射。舟中酒炙紛陳。管絃競奏。往往通夕而罷。蔡雲吳歈云。避暑天天鬧虎邱。連篷端午後中秋。船過那得涼風到。急放一回水轡頭。又云。鐙船入夜盡張鐙。五色玻瓈列上層。贏得火光人面映。夜涼猶著薄英綾。

案龔明之中吳紀聞云。虎邱舊名海湧山。闔閭既葬之後。金精之氣化為虎踞其墳。故號虎邱。後避唐諱改為武邱。黃省曾吳風錄。虎邱自胡太守纘宗創造臺閣數重。益增眺勝。四時游客無寒落之日。寺如喧市。妓女如雲。諺有假虎邱之稱。言非真山也。盧湛竹枝詞云。儂今住近真孃墓。郎莫傳言假虎邱。沓雷道人南窗雜志。虎邱山塘七里。鶯花一湖。風月士女游觀。畫船簫鼓。舟無大小。裝飾精工。窗有夾層。間以玻瓈。懸設綵鐙。爭奇競巧。紛綸五色。新樣不同。傍暮施燭。與月輝波光相激射。今鐙舫窗欞。競尚大理府石鑲嵌。鐙則習用琉璃明角俗呼設遇風狂。毋虞燹碎也。王岡齡山塘鐙船行云。夕陽明滅逗山迴。湖波淡沱收殘霞。帷螢退避赤烏匿。歘忽談吐金蝦蟆。長空一碧浩無際。晶光爛爛鋪晴沙。良辰美景豈易得。一時勝舉千秋誇。江南風流佳麗地。金閶習尚尤豪奢。山塘七里簫管沸。綺羅鎮日爭諠譁。鶯聲嚦嚦花外轉。竹枝低唱多嬌娃。重三雙七恣遊衍。隔簾鬟影看窊。茲來炎暑更消遣。紅欄綠水環人家。魚鱗一帶屋高下。雁齒兩岸橋橫斜。今夕何夕月正望。清輝萬里窮幽遐。忽聞人語競鼓噪。延隄檣聲咿啞。黃頭之郎蝸角妓。魚衣劃破蘭橈划。清歌嘹喨出雲表。嘈嘈切切鳴箏琶。明鐙一道啣尾過。中流拉沓紛如麻。蟬聯魚貫互分合。蜂屯蟻聚爭盤拏。前船後船相斷續。蜿蜒直似長山蛇。是時鐙光如白晝。平湖曠望無津涯。南油西漆紛照灼。九枝大樹堆銀花。琉璃十重勢閃爍。瓔珞一片形鬖髿。燦如銀河披瑞彩。麗似瑤島開朝霞。珠宮貝闕水晶域。千影萬影相交加。世間那有此奇景。得毋海上來仙槎。又豈巧工類丁緩。創製安帖精無瑕。吳儂鬭勝真好事。擲錢買醉窮繁華。舫齋促坐列珍味。八窗四拓輕縠紗。誰家姹女三五隊。亭亭小髻梳雙丫。長眉彎環畫柳葉。纖手瑩白抽蘆芽。連翩俠少正鬧集。寶馬雜遝隨香車。吾聞君子戒逸樂。屏除麗色兼淫哇。何為終日事遊冶。外飾中乾空頗頤。衎無完衣兒女泣。盎乏粒米妻孥嗟。徒誇逐隊作豪舉。百緡酒券還須賒。何如居家習素業。男耕婦織良非差。白隄花柳縱爛熳。會須處處栽桑麻。

合醬

謂造醬餅曰罨醬。黃餡成之後。擇上下火日合醬。俗忌雷鳴。諺云。雷鳴不合醬。鄭邪學合醬詩云。籩豆周官重。卵魚內則諳。食齊醬用八。饋老尊三。數典和羹得。齊民近製參。重羅麪如雪。錬金豆留泔。波作宰九大。烝成餅餅甘。黃添雲子色。糝用白茅函。曝處分篝藐。先時滌石甑。吳霜飛暑路。斜水汲澄潭。泓溢波初沸。浸淫味已含。三投比

麴蘖茈蕺宿自沈酣醯醢疑無滓宴虛有滓斗杓投木杼閒盍傚筍籃釀郁綠沈淥
清深或澹泛食單元異剖列器各分甘利用羣生偏稱名異物覃椒辛來自北蒟美
遂適南烏鰂登槃鰒黃梅消渴堪胡麻研瑣瑣勺藥和麴醃閒及茄蔬漬能令下箸
貪筍芽紅斂指玉版綠抽篸蔓實餘瓜果豁毛鞹藻藻均分鹽法志足使醃人懸酒
者桓寬議爭先椎酤探高官司榷剌大賈飽酣婪編戶常忘味海泯竊負擔井疆區
晉楚迎逐互戈鋋地本鹽官接人皆淡食妣趁虛聊裹簍覆瓿孰盈壚隸事非徵博
陳風當劇譚酸鹹君辨否有味亦醰醰

案莊蔓農家諺云上火不落下火滴沰俗以歷日中有兩火相連者曰上下火日
本此　風俗通云雷鳴不得作醬今亦有此忌蔡鐵翁詩避火避雷忙作醬　廣
韻罨烏合切音遏吳語謂覆物使不漏風曰罨

火神素

二十三日為火神誕以神司火禱謝者衆至是或有不御葷酒者謂之火神素

案干寶搜神記炳靈公東嶽三郎也宋祥符間改封世傳為火神而道書又以五
月十二日為炳靈公誕或曰此火神為祝融考重黎為高辛氏火正帝嚳命曰祝
融共工氏作亂使重黎誅之不盡乃以庚寅日誅重黎而以其弟吳回為祝融吳
回生祿終故今人稱遭火為回祿左傳鄭禳火於回祿注火神也俗奉為火神未
知孰是

雷齋

二十四日為雷尊誕城中圓妙觀閶門外四圖觀各有神像燭炬山堆香烟霧噴殿
前宇下袂雲而汗雨者不可勝計廟祝點燭之貲何止萬錢有為首者集衆為醵會
俗人舁老郎神像入觀監齋鹵簿儀從皆梨園子弟所充羽流吟咏洞章拜表焚疏
嚴肅整齊不敢褻犯天神謂報應速也自朔至誕日茹素者謂之雷齋郎人幾十之
八九屠門為之罷市或有聞雷茹素者雖當食之頃一聞虺虺之聲亟御素飯謂之
接雷素　蔡雲吳歈云香進雷尊市月齋老郎監醮仗新排美人曾現毬毹相看殺梨
園子弟佳

案景霄琅書所載五雷大法有高上碧霄九天應元雷聲普化天尊即今俗稱雷
尊是也　道經六月初六日為清暑日宜修清暑齋今人六月中多不御葷或亦
清暑之意　俗以延羽流禳祓曰打醮見吳志呂蒙傳蒙病篤權命道士於星辰

下為之請命是也然醮字已見竹書紀年黃帝殺五牲以醮之

封齋開葷

嗜齋之先戚若友必餽餚饌以相煖熱謂之封齋既開齋又如之謂之開葷

案家元慶蓉曙偶訣云里俗久齋其戚若友必先日具有饌以相煖熱當謂之封
葷既嗜葷當謂之開齋　俗以斷魚肉之屬曰齋本梁武帝奉佛戒不食魚肉之
說然考羅願爾雅翼云西方以大蒜小蒜興渠慈葱茖葱為五葷道家以韭蒜芸
薹胡荽薤為五葷今人以朱子注齋必變食有不飲酒不茹葷之文遂以魚肉為
葷而戒之謬也

二郎神生日

是日又為二郎神生日患瘍者拜禱於葑門內之廟祀之必以白雄雞先夕土人於
廟中賣螢燈荷花泥嬰者如市蔡雲吳歈云巧製螢燈賽練囊摩睺羅市見昏黃兒
童消得炎天毒封水灣頭謝二郎

案宋高翥菊磵小集有葉下酒行多祭二郎神及祠山神詩云簫鼓喧天鬧酒行
二郎賽罷賽張王考皇甫汸長洲志及錢湘靈陸燦常熟縣志云趙真君名昱灌
洲人仕隋大業為嘉州太守有蛟患入水斬之卒後嘉州人見霧中乘白馬越流
而過者乃昱也因立廟灌江號灌口二郎神宋真宗時進今封邑中患瘍者禱之
輒應相傳六月廿四日為神生辰男女奔赴以祈靈貺　褚人穫堅瓠集云六月
二十四日為清源妙道真君誕辰吳人祀之必用白雄雞相傳已久不解其故及
閱陳藏器本草拾遺云白雄雞生三年者能為鬼神所役使吳人用祀真君或亦
山川不捨騂角之意

荷花蕩

是日又為荷花生日舊俗畫船簫鼓競於葑門外荷花蕩觀荷納涼今游客皆艤舟
至虎阜山浜以應觀荷節氣或有觀龍舟於荷花蕩者小艇野航依然舉集每多晚
雨游人赤腳而歸故俗有赤腳荷花蕩之謠蔡雲吳歈云荷花蕩裏龍船來船多不
見荷花開殺風景是大雷雨博得游人赤腳回

案徐崧張大純百城烟水云荷花蕩在葑門外二里許其東南接黃天蕩又云六
月二十四日畫船簫鼓競於荷花蕩觀荷納涼舊府志二十四日游荷花蕩又城
南草堂集六月廿四謂之荷誕實無所出惟內觀日疏是日為觀蓮節罷采與其

夫谷。以遂子相餽遺。昔有扶乩者。是日降壇詩云。酒壇花氣滿吟箋。瓜果紛羅續異逗朋說笑譊初度日。不知降種自何年。蓋嘲之也。云云。然相沿既久。類成風俗讀張逵南歌子曲。猶想見當時之盛。詞云。六月今將盡。荷花分外清。說將故事與郎聽。道是荷花生日。要行行。　粉膩烏雲浸。珠勻細葛輕。手遮西日聽彈箏。共得殘花歸去。笑盈盈。邵長蘅冶游詩云。六月荷花蕩。輕橈泛蘭塘。花嬌映紅玉。語笑薫風香。今數十年來。翠蓋紅衣。零落殆盡。烟波浩淼。僅有小艇漁父相為莫逆而已。又沈朝初憶江南詞云。蘇州好。廿四賞荷花。黃石彩橋停畫鷁。水晶冰窨劈西瓜。痛飲對流霞。注。六月廿四日為荷花生日。游人都至葑溪。溪傍置冰窨。盛暑不熱。然今俗亦都非矣。

消夏灣看荷花

洞庭西山之址。消夏灣為荷花最深處。夏末舒華。燦若錦繡。游人放棹納涼。花香雲影。皓月澄波。往往留夢灣中。越宿而歸。

案府志。消夏灣在洞庭西山之址。深入八九里。三面峯環。一門水滙。僅三里耳。舊傳為吳王避暑處。范成大有銷夏灣詩云。蓼磯楓渚故離宮。一曲清漣九里風。縱有暑光無著處。青山環水水浮空。又高啟詩云。涼生白苧水浮空。湖上曾開避暑宮。消瀉珠簾人去後。漁舟占盡柳陰風。府志又云。荷花有紅白黃數種。洞庭東西山人善植荷。夏末秋初。一望數十里不絕。為水鄉勝景。沈朝初憶江南詞云。蘇州好。消夏五湖灣。荷靜水光臨晚鏡。雨餘山翠濕烟鬟。七十二峯閒。

辛齋

二十五日。為辛天君誕長。謂天君為雷部中主籌神。凡奉雷齋者。至日皆茹素。以祈神佑。又月之辛日。及初六日。俗呼三辛一板六。不御葷。謂之辛齋。

案莊子顏回曰。回之家貧。不茹葷不飲酒數日矣。可以為齋乎。孔子曰。是祭祀之齋。非心齋也。云云。據此則俗之辛齋。當是心齋之譌爾。

清嘉錄卷六終

清嘉錄卷七目錄　七月

預先十日作秋天　秋穀碌收秈
朝立秋淘颼颼夜立秋熱吽吽　立秋西瓜
巧果　乞巧
染紅指甲　看天河
燒青苗　青龍戲
七月半　齋田頭
盂蘭盆會　棉花生日
地藏王生日

清嘉錄卷七

清 顧鐵卿譔

七月

預先十日作秋天

立秋前數日羅雲覆蓋細雨廉纖金風欲來炎景將褪似乎有新涼之意思諺云預先十日作秋天李福偶得吳諺成詩云梧桐滿院綠陰遮引得新涼到枕邊細雨斜風幾番過預先十日作秋天

案韓昌黎詩非閣復非船可居兼可過君去問方橋方橋如此作今方音作讀佐俗用做正字通云做俗作字字彙祖去聲又音佐不知作本有去入二音分作做為二非

秋穀碌收秕穀

立秋日雷鳴主稻秀不實諺云秋穀碌收秕穀又以稻秀時濃霧大作中有白虹橫貫者俗呼白鱟亦主穫秕穀謂之天收蔡雲吳歈云雨灑風飄日又晴先秋十日借秋聲雪瓜大酒迎新爽怕聽天邊玉虎鳴

案盧志立秋日忌雷聲諺云秋孛鹿損萬斛范石湖秋雷歎云立秋之雷損萬斛吳儂記此占年穀汝哉豐隆無藉在政用此時鳴孛轆向來夏旱連三月吁嗟上訴聲滿屋訟風未熱復占雷助魃為妖天更酷我雖閒寂忝祠史家請官供尚倉粟屢瓢貧交滿目前卒歲將何救枵腹但願吳儂言不驗共割黃雲炊白玉天人遠近巨戲論碎寵安能尸禍福 范志又云立秋後虹見為天收雖大稔亦減分數 農桑要覽虹俗呼鱟以形如鱟魚背故名也蔡鐵翁詩一秋無鱟慰村農江震志云立秋後丁卯日忌雨諺云雨打秋丁卯田中穫爛稻

朝立秋涼颼颼夜立秋熱吽吽

土俗又以立秋時之朝夜占涼燠諺云朝立秋淘颼颼夜立秋熱吽吽自是以後或有時仍酷熱不可耐者謂之秋老虎

案崔寔四民月令作朝立秋冷颼颼夜立秋熱到頭 世說劉真長見丞相王導時方盛夏導以腹熨彈棋局曰何乃淘劉出曰未見他異惟聞吳語淘丁度集韻音寢吳俗謂冷曰淘轉為於禁切音窨 岑參登嘉州凌雲寺作僧房雲濛濛夏月寒颼颼颼寒意也 前漢東方朔傳狋吽牙者兩犬爭也注吽五侯反吳人謂氣不足而喘者輒笑以為狋（音希）吽（音吼平聲）吽吽熱盛氣促意也

立秋西瓜

立秋前一月街坊已擔賣西瓜至是居人始薦於祖禰並以之相餽貺俗稱立秋西瓜或食瓜飲燒酒以迎新爽有等鄉人小艇載瓜往來於河港叫賣者俗呼叫瀆瓜

案陸容菽園雜記金時王予可詠西瓜云一片冷裁潭底月六灣斜捲隴頭雲是西瓜金已有之五代史四夷附錄胡嶠居契丹七年上自京東去四千里到眞珠寨始食菜明年東行始食西瓜土人云契丹破回紇得此種以牛糞覆棚而種大如中國冬瓜而甘楊升菴引胡嶠陷虜記云于回紇得瓜種結實大如斗味甘名曰西瓜則自嶠始入中國也賀方回秋熱詩西瓜足解渴割裂青瑤膚文信國亦有西瓜吟舊志西瓜出雙鳳鎮者佳名寺前瓜以其在法輪寺左右也盧志白瓜生長洲大姚村蒲瓜出崑山楊莊金子瓜不甚大子小色如金生吳縣姑蘇志出跨塘薦福山者曰薦福瓜味甘裏鬆元和縣志出虎邱者名徐家青其種最佳甫里次之近時以常熟梅前結實者為佳俗呼梅瓜較別邑土產甘鬆可愛崔寔四民月令初伏則薦麥瓜於祖禰是俗則以立秋日薦瓜而崑新常昭志皆云立秋日按時食西瓜蓋本豳風七月食瓜之意也

巧果

七夕前市上已賣巧果有以麵白和糖綰作苧結之形油汆令脆者俗呼為苧結至是或偕花果陳香蠟于庭或露臺之上禮拜雙星以乞巧蔡雲吳歈云幾多女伴拜前庭豔說銀河駕鵲翎巧果堆盤卿負腹年年乞巧靳雙星

案王鏊姑蘇志云七夕市上賣巧果又九縣志皆云七夕以麵和糖油煎令脆食之名曰巧果蓋以喫巧果叶乞巧也沈朝初憶江南詞云蘇州好乞巧望雙星果切雲盤堆玉縷針拋金井汲銀瓶新月挂疏櫺然孟元老東京夢華錄亦云七夕以油麵糖蜜造為笑靨兒謂之果食花樣奇巧又陸啟浤北京歲華記云七夕市上賣巧果又吳曼雲江鄉節物詞小序云杭俗七夕設時果祀雙星謂之巧果或以花備之為閨房韻事詩云乞巧誰從貸聘錢瓜花穀板獻初筵阿儂采得同心果不為雙星證夙緣 吳中舊俗七夕陳瓜果焚香中庭僧尼各聚男女燒香者為會見吳縣志又范志七夕亦有乞巧會今兒女輩悉與謂之女兒節又王志七夕以青竹戴綠荷繫于庭作承露盤男女羅拜月下飣果皆曰巧又以綵剌針孔

辨目力明日視盤中蜘蛛合絲者謂之得巧餘皆舉露飲之令俗皆履　字彙氽
土懇切音吞上聲水推物也字林攛要氽在水上為氽吳語謂以水推物曰氽

丟巧

七日前夕以杯盛鴛鴦水和露中庭天明日出曬之徐俟水膜生面各拈小鍼投之使浮因視水底針影之所似以驗智魯謂之丟巧

案沈傍宛署雜記燕都女子七日以椀水暴日中各投小針浮之水面徐視水底日影或散如花動如雲細如綫粗如椎因以卜女之巧劉侗帝京景物略謂之丟巧針吳曼雲江鄉節物詞小序謂即古穿針遺俗杭人謂之針影詩云穿綫年年約比鄰更將餘巧試針神誰家獨見龍梭影繡出鴛鴦不度人　按廣韻冬毒切集韻都毒切並音篤落石也吳語謂棄擲曰丟其義可通

染紅指甲

搗鳳仙花汁染無名指及小指尖謂之紅指甲相傳留護至明春元旦老年人閱之令目不昏

案周密癸辛雜志鳳仙花紅者搗碎入明礬少許染指甲用片帛纏定過夜如此三四次則其色深紅洗滌不去日久漸退回人多喜之花史李玉英秋日搗鳳仙花染指甲又明瞿佑紅甲詩云金盆和露搗仙葩解使纖纖玉有瑕一點愁凝鸚鵡喙十分春上牡丹芽嬌彈粉淚拋紅豆戲掐花枝鏤絳霞女伴相逢頻借問幾回錯認守宮砂但不定在七夕耳惟崑新合志則云七夕少女搗鳳仙花汁染指尖

看天河

七夕後看天河顯晦卜米價之低昂謂晦則米貴顯則米賤子有七夕看天河詩云未弦月色映前谿靜夜銀灣一望低欲卜秋來新米價天孫遠嫁在河西

案崑新合志云七夕天河去以河來日久速卜米價貴賤大約十日則一兩郭頫伽樗園消夏錄載戴石屏舟中夜坐詩云獨坐觀星斗一襟秋思長天河司米價太乙照時康謂此語流傳已久

燒青苗

是時田夫耕耘甫畢各釀錢以賽猛將之神舁神于場擊牲設醴鼓樂以酬四野徧插五色紙旗謂如是則飛蝗不為災謂之燒青苗

案吳縣志亦載燒青苗之俗謂夾塘木瀆等處尤盛

青龍戲

老郎廟梨園總局也凡隸樂籍者必先著名於老郎廟廟屬織造府所轄以南府供奉需人必由織造府選取故也每歲竹醉日後炎暑逼人宴會漸稀園館暫停炙不復歌演謂之散班散而復聚曰團班團班之人俗稱戲螞蟻中元前後擇日祀神演劇謂之青龍戲迨逾秋深增演鐙戲鐙戲出場先有坐鐙彩畫臺閣人物故事駕山倒海而出鑼鼓敲動魚龍曼衍煇煌鐙燭一片琉璃藍金閶戲園不下十餘處居人有宴會皆入戲園為待客之便擊牲烹鮮賓朋滿座閶外觀者亦累足駢肩俗目之為看鬧戲有無名氏新樂府云金閶市裏戲館開門前車馬雜遝來烹羊擊鯉互主客更命梨園演新劇四圍都設木闌干闌外客人仔細看看殺人間無限戲知否歸場在何地繁華只作如是觀收拾閒身鬧中寄

案錢思元吳門補乘老郎廟在鎮撫司前梨園弟子祀之其神白面少年相傳為明皇因明皇興梨園故也又引郭璞（按吳門補乘無郭璞二字下六字上有之字）山海經云䰠山者童居之其音常如鐘磬音云者童老童也顓頊之子老郎疑即老童為音聲之祖郎與童俱年少稱介休劉潛齋觀察有老郎廟詩亦作唐明皇有句云梨園十部調笙簧路人走看賽老郎老郎之神是何許乃云李氏六葉天子唐明皇王夢樓太守又謂是唐莊宗嘗題老郎畫讚有句云人言天寶我謂同光　沈朝初憶江南詞云蘇州好戲曲協宮商院本愛看新樂譜舞衣不數舊霓裳曲調出吳閶

七月半

中元俗稱七月半官府亦祭郡厲壇游人集山塘看無祀會一如清明人無貧富皆祭其先新亡者之家或倩釋氏羽流誦經超度至親亦往拜靈座謂之新七月半

案宋本顏之推家訓終制篇云有時齋供及七月半盂蘭盆望于汝是稱中元為七月半由來已久　吳自牧夢粱錄中元節祀先用麻穀窠兒為預報秋成之意又云有力者於家設醮薦悼江震志皆載中元日多以五更素食享先新亡者之家尤早

齋田頭

中元農家祀田神各具粉糰雞黍瓜蔬之屬於田間十字路口再拜而祝謂之齋田頭

案韓昌黎詩，共向田頭樂社神。又云，願為同社人，雞豚宴春秋。周禮疏云，社者五土之總神，又為田神之所依。則是令之七月十五日之祀，猶古之秋社耳。

盂蘭盆會

好事之徒，斂錢糾會，集僧衆，設壇禮懺誦經，攝孤判斛，施放焰口。紙糊方相長丈餘，紙錁累數百萬，香亭旛蓋，擊鼓鳴鑼，雜以盂蘭盆冥器之屬，於街頭城隅焚化，名曰盂蘭盆會。或剪紅紙燈狀蓮花，焚於郊原水次者，名曰水旱燈，謂照幽冥之苦，俾盂蘭盆會歌云：城頭鼓角吹逼空，沈沈月色來陰風。陰風淅瀝紙鏹飛，金山銀山光閃紅。道場淨潔大歡喜，撞鐘伐鼓聲隆隆。聲隆隆，燈爛爛，千盞萬盞蓮花散。蓮花散成般若臺，欲泛慈航登彼岸。啾啾衆鬼泣荒邱，棲苔附草招同伴。魂來風月明，竹枝滿地播影橫。魂去風月落，森森夜色轉蕭索。須彌一粟不可量，杯中淨水甘露涼。安得甘露化為酒，孤魂一吸消愁腸。雉犄犄，狗嘷嘷，蟾蜍影滅高樹巔，螢火飛光不成燐。

案陸放翁老學菴筆記，故都殘暑，不過七月中旬。俗以望日具素饌享先，織竹作盆盎狀，貯紙錢，承以一竹焚之。視盆倒所向，以占氣候。向北則冬寒，向南則冬溫，東西則寒溫得中，謂之盂蘭盆。蓋俚俗老嫗輩之言也。又有盂蘭盆倒則寒來之

諺。婁元獻詩，紅白薇英落，朱黃槿豔殘。家人愁溽暑，計日望盂蘭。則盂蘭盆乃以占氣候者。然青泥泊載目蓮救母，具五味百菓，著盆中，供養十方大德，佛得脫餓鬼之苦。釋氏要覽，盂蘭者，天竺語，猶云倒懸救急器也。遂相沿作佛氏之說。顏之推家訓終制篇云，有盂蘭盆望於汝之語，是六朝時已行之。唐代且行之禁中，如六典載中尚署七月十五日進盂蘭盆。舊唐書代宗七月望日於內道場造盂蘭盆，飾以金翠，所費百萬。孫思邈千金月令，七月十五營盆供寺，為盂蘭會。又孟元老東京夢華錄，中元買冥器，以竹斫三腳，如燈窩狀，謂之盂蘭盆，挂冥錢衣服在上焚之。後人且廣為華飾，刻木削竹，飴蠟剪綵，模花葉之形，為盂蘭盆。又吳自牧夢粱錄云，有力者中元夜於家設醮，薦拔孤魂，僧寺建盂蘭盆會。又周密武林舊事，中元節，僧寺作盂蘭盆齋。又陸啟浤北京歲華記，中元節，各寺設盂蘭盆，以長椿寺為盛。則知此風非吳獨有。盛志，七月十五日，僧舍悉預營齋供佛，人薦亡，謂之盂蘭盆會。嘉熙間，郡守王公恠盂蘭盆會之不經，作文禁止，是歲竟不敢作。江震志皆云，中元夜，沿河放燈，謂之照冥。吳曼雲江鄉節物詞小序云，杭俗剪紙作燈如荷，偏地焚之，謂照幽冥之苦，但在七月晦日，不在中元。又陸啟浤北京歲華記云，都城七月晦日，積水河、泡子河各有水燈。

棉花生日

二十日，俗傳棉花生日，忌雨。諺云：雨打七月念，棉花弗上店。

案歲時瑣事，七月二十日，諺謂陳棉花生日，喜晴。

地藏王生日

晦日為地藏王生日，駢集於開元寺之殿，酬願燒香。婦女有脫裙之俗，裙以紅紙為之，謂曾生產一次者，脫裙一次，則他生可免產厄。點肉身燈，為報娘恩。以紙錠凭納寺庫，為他身資，謂之寄庫。寄時比戶點燭庭階，謂之地藏燈。兒童聚磚瓦成塔，燒屑琥珀屑為戲，俗稱狗屎香。蔣元熙地藏燈詩云：金仙轉劫降東瀛，教主偏從晦日生。一點禪燈分寶焰，頓教黑地盡光明。又蔡雲吳歈云：脫裙解襪一重重，村婦紛投地藏宮。磚塔夜來燃珀屑，水燈放後地燈紅。又郭麐七月晦日詩云：萬百千燈并一炬，幽幽鬼火青如雨。人問那識那落迦，但聞中有幽冥主。盂蘭盆會佛所傳，始自弟子目犍連。七月卅日夜燈火，放於彼法無有焉。天龍人鬼趣殊別，未卜他生安所適。紛紛剪紙冥庫來，陰天純作金銀色。四輪持世地何藏，地藏乃亦稱為王。可憐焰摩擅

威福，時復銕汁鎔其腸。我生坐破米汁戒，墮地生天不蔕芥。但願探支張說所鑄之橫財，先為令生償酒債。

案本願經云，地藏王初為長者子，見師子佛相好，因問作何行願而得此相。佛言，欲證此身，當須久遠度脫受苦衆生。因發願言，我今盡未來際，為是罪苦六道衆生，廣設方便，盡令解脫，而我自身方成佛道。以是於彼佛前立斯大願，於今百千萬億那由他劫，尚為菩薩。又云，諸分身地藏菩薩，各復一形，白佛云，我所分身，偏滿百千萬億恒河沙世界，每一世界化百千萬億身，每一身度百千萬億人云云。太白有地藏菩薩讚。陸啟浤北京歲華記，七月晦日，為地藏佛誕，供香燭於地。此風輦下亦行之。崑新合志云，七月杪，相傳為地藏王誕，夜點燭庭階，曰幽明燈，攜楮錠至地藏殿焚之，以遺亡者。常昭合志，三十日為地藏王生日，讚度菴士女進香者極盛。

清嘉錄卷七終

清嘉錄卷八目錄　八月

天灸　竈君生日
八字娘娘生日　八月半
小攤設　齋月宮
燒斗香　走月亮
塔燈　月餅
石湖串月　瓷糰
稻生日　木犀蒸
風潮　秋興
處暑十八盆

清嘉錄卷八

清　顧鐵卿撰

八月

天灸

朔日，蚤起取草頭露磨墨，點小兒額腹，以祛百病，謂之天灸。

案：《盧志》及《長元吳志》皆載天灸之俗。又《風俗通》云：是日為六神日，以露調朱砂蘸小指，點額去百病。

竈君生日

初三日為竈君生日，家戶具香蠟素羞以祀，天王堂及福濟觀之竈君殿進香者絡繹終日。有集男婦嗜齋為會者，謂之竈君素。

案：《道經》：八月三日為東廚司命真君誕辰，故俗稱竈神為竈君。《禮記》：夫奧者，老婦之祭，盛於盆，尊於瓶。故婦女多預之。

八字娘娘生日

八日為八字娘娘生日。北寺中有其像，誕日香火甚盛，進香者多年老婦人，預日編麥草為錠式，實竹籮中，籮以金紙糊之，兩籮對合封固，上書某門某氏姓氏，是日焚化殿庭，名曰金飯籮，謂如是能致他生豐足。

案：八字娘娘像在城中北寺內，一半老婦人插花滿頭，相傳與人生前造命，婦女爇香獻履，再生可轉男身。

八月半

中秋，俗呼八月半，是夕人家各有宴會，以酬佳節。人又以此夜之晴雨，占次年元宵陰晴。諺云：八月十五雲遮月，來歲元宵雨打燈。又云：雨打上元燈，雲罩中秋月。蔡雲吳歈云：悶悶中秋雲罩月，曉曉元夜雨淋燈。誰知籬豆花開日，養稻正需水滿塍。

案：《常昭合志》：邑人以中秋夜晴雨，占次年元宵晴雨，良驗。然此語已見周密《蘋洲集》：但願中秋不見月，博得元宵雨打燈。

小攤設

好事者供小財神，大不逾尺，而臺閣几案，盤匜衣冠，鹵簿樂器，博奕戲具，什物亦縮至徑寸，無不備之，俗呼小攤設。士女縱觀，門閧如市。蔡雲吳歈云：耗財供奉小財神，攤設爭看縮本新。底事淆訛作兒戲，門閧好駐冶容人。

案正韻擺排而振之也馬融廣成頌擺牲班禽吳俗謂陳設爲擺設其義本此

齋月宮

比戶瓶花香蠟望空頂禮小兒女膜拜月下嬉戲鐙前謂之齋月宮

案陸啟浤北京歲華記中秋之夕人家各置月宮符像符上兎如人立陳瓜果於庭餅面繪月中蟾兎男女肅拜燒香旦而焚之吳俗不設月宮符像向空展拜而已

燒斗香

香肆以線香作斗納香屑於中僧俗咸買之焚於月下謂之燒斗香尤崧鎮斗香詩云拈將香線勻兼細長短編成斗樣同祇合靈檀和木屑豈宜旨酒薦瓊宮佳人撤帳腰頻折處士占星柄自空吳俗中秋傳韻事滿庭馥桂正臨風又云愧無麗藻拾山香才思難將此物量燭焰衝來搓貫月檀心陷處膽如甕烟縈尚結科文細灰燼猶留印樣方深夜羣眞倘下界不嫌斗室詠霓裳

案吳曼雲江鄉節物詞小序云杭俗糊紙爲斗炷香其中高者可二尺許中秋夜祀月則設之詩云心字燒殘寸寸灰靈香上請月輪開斗量畢竟人間少桂粟新收萬斛來

走月亮

婦女盛妝出游互相往還或隨喜尼菴雞聲喔喔猶婆娑月下謂之走月亮蔡雲吳歈云木犀球壓鬢絲香兩兩三三姊妹行行冷不嫌羅袖薄路遙翻恨繡裙長

案崑新合志中秋夕游人踏月馬鞍山前吳江志是夕羣集白漾歡飲竹肉並奏往往徹曉而罷震澤舊志中秋夜擕榼勝地聯袂踏歌昭文志八月望游人棹舟集湖橋望月又盧志及長元志皆云中秋傾城士女出游虎邱笙歌徹夜吳縣志又云作腹會各據勝地延名優清客打十番爭勝負十二三日始十五止邵長蘅冶游詩有中秋千人石聽歌細如髮之句又沈朝初憶江南詞云蘇州好海湧玩中秋歌板千羣來石上酒旗一片出樓頭夜半最清幽今虎邱踏月聽歌之俗固不逮昔年而畫舫妖姬傲歌賭酒前後半月殆無虛夕并錄蔡雲吳歈于此詞云七里山塘七里船船船笙笛夜喧天十千那敎一船費月未上弦直到圓

塔鐙

村民於曠野以瓦甓成七級浮屠中供地藏王像四圍燃鐙謂之塔鐙

案崑新風俗是夕亦點塔鐙或用蘆粟及琉璃郡俗并七月晦日或曰此以之照幽冥非徒事游觀也梅窗崖中秋瓦塔詩云不須縮版築峻嶒一柱擎空七級燈銅雀臺灰餘片片靈光殿礫積層層燭龍鱗甲沖霄殿蛤蚌珠璣拔地升士女傾城齊竚望芳辰皓月景彌增

月餅

人家餽貽月餅爲中秋節物十五夜則偕瓜果以供祭月筵前祁啟琴月餅詩云中秋節物未爲低火熯羅羅出釜齊一樣餅師新製得佳名先向月中題

案吳縣志中秋賣餅謂之月餅又常昭合志中秋以月餅相餽貽然馮蔡函月令廣義亦云燕都士庶中秋餽遺月餅西瓜之屬名看月會田汝成西湖游覽志中秋民間以月餅相遺取團圓之義又吳曼雲江鄉節物詞小序杭俗中秋食月餅夜設祭月取人月雙圓意詩云粉膏圓影月分光不是紅綾亦飽嘗只恐團圞空說餅征人多少未還鄉

石湖串月

十八日游石湖昏時看行春橋下串月舊俗多泊舟望湖亭今亭廢而畫舫皆不輕往或借觀串月之名偶有一二往游者金烏未墜便已辭櫂石湖畔泊白隄傲歌賭酒矣蔡雲吳歈云行春橋畔畫橈停十里秋光紅蓼汀夜半潮生看串月幾人醉倚望湖亭又云怒濤影疊餞溪港皓魄光連寶帶橋共說楞伽秋坐好那知春月漾春湖又徐士鋐吳中竹枝詞云秋風十里綠蒲生串月看來虛有名十八橋環半遮沒漁郎一點水邊明

案周密齊東野語石湖在楞伽山下太湖之一派也王鏊姑蘇志云界吳縣吳江之閒有茶磨諸峯映帶頗爲絕勝相傳范蠡從入五湖處徐崧張大純百城烟水八月十八日麇集楞伽山望湖亭看串月爲奇觀盧志十八日昏時登楞伽山望湖亭士女爲看串月之游長元吳志皆載十八日昏時游石湖觀寶帶橋下串月褚人穫堅瓠集云從寶帶橋外出數有七十二此橫說也或云從葑門外饒溪港光影相接望如塔鐙此豎說也然亦如阿閦佛國纔一現耳族高伯祖俠君先生有八月十八夜看串月歌云治平山寺何岧嶢湖光吐納山迤邐烟中明滅寶帶橋金波萬疊風騷騷年年八月十八夜飛廉驅雲落村舍金盆出水粗光芒琉璃迸破銀瓶瀉散作明珠千萬顆老兎寒蟾景相嬉魚婢蟹奴爭獻奇千峯挂旗

吹參差水花雲葉檣心布移來海市秋風時吳儂好事邀新客舳艫銜尾排南陌紅豆新詞出絳侯粉胸繡臆回歌席綠蛾淋漓拕僂倒醒來月在松杉杪又郡長蘅治游詩有十八撈伽山湖亭待串月之句尤西堂詩云常是攜兒看串月行春橋畔聽吹簫蓋是時游客皆泛舟石湖也土人云二月十八夜亦見串月又云郡城眼目司堂前橋中亦可看串月之影沈朝初憶江南詞云蘇州好串月看長橋橋畔重重湖面濶月光片片桂輪高此夜愛吹簫注云行春橋跨石湖之上八月十八日月光初起入橋洞中其影如串或云十八夜串月從上方塔鐵練中看出是夜月之分度適當鐵練之中倒影於地聯絡一串故云

餈糰

二十四日煑糯米和赤豆作糰祀竈謂之餈糰人家小女子皆擇是日裹足謂食糍糰纏脚能令脛軟蔡雲吳歈云白露迷迷稻秀勻糍糰戶戶已嘗新河橋繡閣嬰了女初試弓鞋不染塵

案許愼說文餈稻餅謂炊米爛擣之不為粉也長元吳志及常昭合志皆云二十四日以新秫米為餈糰祀竈餈又作糍見吳自牧夢粱錄懷信坊俗呼糍糰巷是糍糰之名傳已

稻生日

農人以是日為稻生日雨則葉多廒諺云燒乾柴吃白米

案九邑志皆載八月二十四日為稻藁生日忌雨又歲時瑣事稻藁日雨則難得稿亦廒

木犀蒸

俗呼巖桂為木犀有早晚二種在秋分節開者曰早桂寒露節開者曰晚桂將花之時必有數日鬱熱如溽暑謂之木犀蒸言蒸鬱而始花也自是金風催蕊玉露零香男女耆穉極意縱游兼旬始歇號為木犀市

案張邦基墨莊漫錄浙人呼巖桂曰木犀以木之紋理如犀也曾幾詩園圃巖下桂表衣木中犀羅湖野錄晦堂和尚謂黃山谷曰聞木犀香乎又張先桂花詩此木玉之犀更貯萬斛香是古時皆作木犀今人犀字加木傍作木樨非是范成大吳郡志桂本嶺南木吳地不常有之唐時始有植者白樂天守郡日謂蘇之東城古吳都城也今為樵牧之場有桂一株生乎城下惜不得其地賦東城桂詩咭之有子墮本從天竺寺托根今在閶闔城之句今隨在有之莫旦蘇州賦注云周虎家有古桂數千本號凌霜

風潮

七八月間大風陡至先有海沙雲起者謂之風潮蔡雲吳歈云裂殘犬纖作雁紋簫颯聲來退者稀又恐風潮壞棉稻求南莫起海沙雲

案海粟道人莊諧雜誌吳中七八月間大風陡起一二晝夜不息者名為風潮萬竅怒號揚沙走石元人詩有云排空疑有鬼神戰對面不聞人語音

秋興

白露前後馴養蟋蟀以為賭鬬之樂謂之秋興俗名鬬賺績提籠相望結隊成羣呼其蟲為將軍以頭大足長為貴青黃紅黑白正色為優大小相若銖兩適均然後開柵鬬時有執草引敵者曰芡草兩造認色或紅或綠曰標頭臺下觀者即以臺上之勝負為輸贏謂之貼標鬬分籌馬謂之花花假名也以制錢一百二十丈為一花一花至百花千花不等憑兩家議定勝者得彩不勝者輸金無詞費也

案陸璣詩草木蟲魚疏蟋蟀似蝗而小正黑有光澤如漆有角翅善鬬幽州人謂之趣織督促之言也吾鄉謂之賺績其義本通陸佃埤雅蟋蟀善跳其鳴在股吳人取其雄而撟健者馴養以鬭賈秋壑促織經蟲之色白不如黑黑不如赤赤不如黃又陸丹扆小知錄云有紅鈴月額諸名吳人養之以仰頭捲鬚練牙踢腿為四病吳縣志出橫塘楞伽山諸村者健鬬明宣德中有朱鎮撫者進此得寵遂加秩厲樊榭集注遣客泊舟來鬬蟋蟀俗稱客蟲　先希馮公五篇云壁同鼓牽去聲爾雅釋草蔚牡蔚注蔚即蒿之雄無子者家景星作鬬蟋蟀記有云壁一莖六穗或三穗對節生取莖長五寸餘拔其首如筆蒸熟用之以便驅撥又云江北呼為窸窣江南呼為賺績白露後開鬬重陽後止鬬

處暑十八盆　白露身弗露　處暑若還天不雨　縱然結實也難收　白露白迷迷秋分稻秀齊　稻秀只怕風來擺麥秀只怕雨來霖　分後社白米偏天下社後分白米像錦墩　寒露沒青稻霜降一齊倒　霜降見霜米爛陳倉

土俗以處暑後天氣猶暄約再歷十八日而始涼諺有云處暑十八盆謂沐浴十八日也諺云白露身弗露言至是天氣乃爾可以授衣耳又以處暑日宜雨諺云處暑若還天不雨縱然結實也難收又以白露前後霧主稻穗易實諺云白露白迷迷秋

分稻秀齊。又以稻秀時忌風。諺云：稻秀只怕風來擺，麥秀只怕雨來霖。又以秋分在社前，主年豐。秋分在社後，主歲歉。諺云：分後社，白米徧天下。社後分，白米像錦墩。稻田收割，又皆以霜降爲候。蓋寒露乍來，稻穗已齊，至霜降乃刈之。諺云：寒露沒青稻，霜降一齊倒。又以霜降日宜霜，主來歲豐稔。諺云：霜降見霜，米爛陳倉。若未霜而霜，主來歲饑。諺云：未霜見霜，糶米人像霸王。

案：長元吳志皆載：秋分在社前，則田有收而穀賤。分在社後，則無收而穀貴。又歲時廣記載諺云：秋分在社前，斗米換斗錢。秋分在社後，斗米換斗豆。江震志云：冬至日無霜，主來歲荒歉。諺云：冬至無霜，碓杵無糠。

清嘉錄卷八終

清嘉錄卷九目錄　九月

重陽信　登高
重陽糕　祭釘靴
旗纛信爆　菊花山
唤黃雀　養呼哥哥
鬬鵪鶉　陽山觀日出

清嘉錄卷九

清 顧鐵卿撰

九月

重陽信

重陽將至首雨滿城涼風四起辛皐落葉朧首飛雲人以是為立秋後第一寒信謂之重陽信俗又有九月九蚊蟲叮石臼之語又謂重陽日晴則一冬無雨雪諺云夏至有風三伏熱重陽無雨一冬晴李福重陽日風雨詩云重陽七字足千古斷句不勞後人補天公也似可其詩到此年年例風雨昨朝皎月懸清光秋花弄影留餘芳微夜狂飆作勢急半庭冷綠芭蕉濕縱然佳節不宜晴那見登高笠屐行落帽清狂興既阻題糕雅韻詩誰賡破寂聊憑一盃酒喚起東籬吾老友籬邊但聽雨聲喧不見黃花開笑口時序炎涼感遞遷重陽一過將殘年屋角饑鴉飛作陣漫天都是催寒信催來寒信莫使嗔多少寒衣未製人

案荊楚歲時記重陽日常有疏風冷雨吾鄉呼為秋風首雨 長元吳志皆云九月九日晴冬無雨雪 馬大壯天都紀載謂欽天監柱聯作夏至酉逢三伏熱重陽戊遇一冬晴吳人謂有風無雨當是酉逢戊遇之誤

登高

登高舊俗在吳山治平寺中牽羊賭彩為攤錢之戲今吳山頂楞王殿猶有鼓樂酬神喧闐日夕者或借登高之名遨遊虎阜簫鼓畫船更深乃返蔡雲吳歈云文穆祠荒少客過治平古寺暮雲多由山酒海傷心後近日銷金別有窩

案吳均續齊諧記費長房語桓景九日當登高飲菊葉酒因舉家登山孟嘉從桓溫遊龍山亦九日登高之舉後遂相承為故事南齊書禮志宋武帝在彭城時九日上項羽戲馬臺登高齊武帝本紀九日孫陵岡商飈館登高宴羣臣全唐詩話唐中宗臨渭山登高皆是然古人登高不止九日石虎鄴中記及隋文帝本紀有正月十五日登高之會桓溫參軍張望有七日登高詩晉李充有七日登剡山寺詩韓退之有人日城南登高詩元魏東平王翕有人日登安仁山銘蓋即老子所云衆人熙熙如登春臺之意與九日登高祓除之義不同沈朝初憶江南詞云蘇州好冒雨賞重陽別墅登高尋說虎吳山脫帽戲牽羊新釀酒城香注吳山九日登高牽羊戲博俗呼撲羊又邵長蘅治游錄何許更登高吳山黃花節今俗皆非并錄申時行吳山行尤見當時奢靡之習詩云九月九日風色嘉吳山勝事俗相誇闔閭城中十萬戶爭門出郭紛如麻拍手齊歌太平曲滿頭爭插茱萸花橫塘迤邐通茶磨石湖蕩漾逃楞伽蘭橈桂楫千艘集綺席瑤尊百味賒玉勒聯翩過羽騎青簾絡繹度香車彩纓挾彈誰家子跕屣鳴箏何處娃不惜夠衣穿醉筋辭折屐破煙霞萬錢決賭爭肥羜百步超驤逐帝騧落帽遺簪拚酩酊呼盧蹋鞠恣喧嘩只知湖上秋光好誰道風前日易斜隔浦晴沙歸雁鶩沿溪曉市出漁蝦燮煌鐙火闇歸路雜遝笙歌引去槎此日遨遊真放浪此時身世總繁華道旁有吏長太息若狂舉國空豪奢比歲倉箱多匱乏縣官賦斂轉增加閭閻凋瘵誰能卹杼柚空虛更可嗟何事傾都洶邱壑何緣盤案委泥沙白衣送酒東籬下誰問柴桑處士家崑新合志九日邑人胥上馬鞍山登高江震志但云九日登高燕飲者必簪菊泛萸不言登高之處常昭合志虞山登高

重陽糕

居人食米粉五色糕名重陽糕自是以後百工入夜操作謂之做夜作蔡雲吳歈云蒸出棗糕滿店香依然風雨古重陽織工一飲登高酒篝火鳴機夜作忙

案謝肇淛五雜俎引呂公忌云九日天明時以片糕搭兒女頭額更祝曰願兒百事俱高此古人九日作糕之意邵溥聞見後錄劉夢得作九日詩欲用糕字以五經中無之輟不復為宋子京以為不然故子京九日食糕有詠云飈館輕霜拂曙袍糗餈花飲鬭分曹劉郎不敢題糕字空負詩中一世豪呂希哲歲時雜記云二社重陽尚糕食而重陽為盛以棗為之或加以栗亦有用肉者崔正言詩歸去釀錢煩米社賞糕沽酒作重陽孫國敉燕都游覽志重九日敕賜百官花糕宴又劉侗帝京景物略九日父母家必迎女歸寧食花糕皆重陽糕也吳郡志九月九日食重陽糕范志重九以菊花茱萸嘗新酒食栗粉花糕雅志重陽日蒸五色糕相餉謂之重陽糕吳縣志九日賣糕作黃色名重陽糕崑新合志云用麵餅疊糕糁百果於其上江震志云以麵裹肉炊之常昭合志云用麵和脂而蒸之王志又謂之駱駝蹄蓋俗用麵裹肉炊之形如駱駝蹄故名長元志又皆云今以糕代名重陽糕

祭釘靴

十三日俗祭釘靴占一冬晴雨晴則冬無雨雪諺云九月十三晴釘靴挂斷繩

二三九〇

案歲時瑣事九月十三日爲釘靴生日是日宜晴　江震志皆云是日晴主一冬少雨村牧樵諺云九月十三晴不用蓋稻亭

旗纛信爆

霜降日天向明官祭軍牙六纛之神祭神時演放火鎗俗名信爆先期張列軍器金鼓導之赴教場之旗纛廟蓋俗以春之迎喜爲開兵至是爲收兵也蘇龍街南北觀者如雲謂之看旗纛能祓除不祥俗於是夜五更相戒醒睡以聽信爆云免喉痛或剝新栗置枕邊至時食之令人有力蔡雲吳歈云隊伍森嚴號令明鏦錚金鐵抉秋聲馬騰士飽年年樂信爆連珠報太平

案府志旗纛廟在教場演武廳旁舊在蘇州衛治內故吳縣志云每歲霜降日本衛官致祭旗纛　康熙間移置今所

菊花山

畦菊乍放虎阜花儂已千盎百盂擔入城市居人買爲瓶洗供賞者或五器七器爲一臺梗中置熟鐵線偃仰能如人意或於廣庭大廈堆疊千百盆爲玩者綰紙爲山號爲菊花山而茶肆尤盛蔡雲吳歈云堆得菊山高復高銅瓶瓷碗供周遭酒邊鐙下花成阨笑倒柴桑處士陶

清嘉錄　卷九　三

案范成大菊譜略菊所在有之吳下尤盛春苗尺許時掇去其顛數日則歧出兩枝又掇之每掇益歧至秋則一幹所出數百千朶人力勤土膏亦沃花亦爲之屢變成大植於范村得三十六種以黃爲正雜色次之有勝金黃疊金黃太真黃棣棠黃疊羅黃麝香黃千葉小金錢單葉小金錢垂絲菊鴛鴦菊荔枝菊毬子菊小金鈴藤菊十樣錦甘菊五月菊金盃玉盤喜容千葉御衣黃萬鈴菊芙蓉菊蓮花菊茉莉菊木香菊酴醿菊艾葉菊白麝香白荔枝銀杏菊波斯菊佛頂菊桃花菊胭脂菊孩兒菊等名今同里貝三泉善藝菊著有藝菊說種皆來自海洋自養苗至放花備載培植之方韋漣懷爲之跋

喚黃雀

八九月間弋人羅黃雀立鐵竿顛教之銜旗啄鈴爲戲畜養既馴放之能復飛回謂之喚黃雀家紹先喚黃雀詩云頑童忘日短教誨不嫌怕呼叱憑鈴鐸舒徐飽稻粱但成傀儡戲不學鳳凰翔筋汝多機巧銜飛入上方又蔡雲吳歈云場邊韃踢便身操博得渾身汗透衫調雀風檐忙底事銅鈴響處彩旗銜

案府志黃雀出海邊每歲冬初西風急則千百成羣自江外飛至長元志皆云黃雀食稻而肥又呼稻頭雀

養叫哥哥

秋深籠養蟈蟈俗呼爲叫哥哥聽鳴聲爲玩藏懷中或飼以丹砂則過冬不僵籠刻乾葫蘆爲之金鑲玉蓋彫刻精緻叢自北來薰風乍拂已千筐百筥集於吳城矣郭麐詠蟈蟈瑣窗寒詞云絡緯啼殘涼秋已到豆棚瓜架聲聲慢訴似訴夜來寒乍挂筠籠晚風一絲水天兒女同閒話算未應輸與金盆蟋蟀枕函清夜　窗罅見低亞摸幾葉瓜華露亭水榭胡盧樣小若箇探懷堪訝笑蟲蟲自解呼名物微不用添爾雅便蛇醫分與丹砂總露蟬同啞

案瓶花齋集云有一種似蚱蜢而身肥者京師人呼爲蟈蟈兒南人謂之叫哥哥喜捕養之食絲瓜花及瓜練音聲與促織相似而清越過之露下淒聲徹夜酸楚異常俗耳爲之一清韓寶登詠叫哥哥詩云少小憐爲客關山萬里過樊籠甘我素口舌讓人多北望空回首南音孰倚歌世途行不得何苦叫哥哥

鬭鵪鶉

清嘉錄　卷九　四

霜降後鬭鵪鶉角勝標頭一如鬭蟋蟀之制以十枝花爲一盆負則納錢一貫二百若勝則主家什　而取每鬭一次謂之一圈鬭必昏夜至是畜養之徒緣縚作袋馴寒則或有用皮套把於袖中以爲消遣

案爾雅疏鵪鶉爲二無斑者爲鵪有斑者爲鶉但形狀相似俱黑色今人總以鵪鶉名之　陸啟浤北京歲華記云霜降後鬭鵪鶉籠於袖中若捧珍寶　蔡鐵翁詩辛苦霜天把瘦鶉

陽山觀日出

三十夜半登陽山浴日亭有日月同升間亦有雲海之奇蔡雲吳歈云賓日陽山浴日亭秋雲幻態瞰滄溟下方不識高寒境誰博宵來雙眼醒

案張大純采風類記云陽山頂有浴日亭每年九月三十日郡人登此觀日月同升明汪膺詩序云箭缺壁立對峙相去數武夜半日出適當其間爲西山絕勝韋漣懷云天平山頂蓮花洞是夜亦可觀日月並出

清嘉錄卷九終

清嘉錄卷十目錄　十月

十月朝　天平山看楓葉
收租完糧　五風信
冬釀酒　煠蟹
鹽菜

清嘉錄卷十

清　顧鐵卿譔

十月

十月朝

月朔，俗稱十月朝。官府又祭郡厲壇。游人集山塘，看無祀會。閒有墓祭如寒食者。人無貧富，皆祭其先，多燒冥衣之屬，謂之燒衣節。或延僧道作功德，薦拔新亡。至親亦往拜靈座，謂之新十月朝。蔡雲吳歈云：花自偷開木自凋，小春時候景和韶。火爐不擁燒衣節，看會人喧十月朝。

案：崑新合志云：十月朔墓祭，士大夫家有然。江震志皆載十月朔人家祭奠祖考，持齋薦亡，至親亦祭靈座，或有舉掃松澆墓之儀。范志亦云：十月朔再謁墓。盧志并云：十月朔名燒衣節。蓋十月朔為陰祀之日，宜祭祖考掃墓，與清明同，說見神隱。今俗多沿之。周密武林舊事亦云：十月朔，都人出郊拜墓，用綿裘楮衣之類。又吳自牧夢粱錄云：士庶以十月節出郊掃松，祭祀墳塋。又陸啟浤北京歲華記云：十月朔上冢，如中元，祭用豆骨朵。又劉侗帝京景物畧云：十月朔，紙坊剪紙五色，作男女衣，長尺有咫，曰寒衣，奠焚于門，曰送寒衣。而吳曼雲江鄉節物詞小序則云：杭俗剪紙為衣，以施鬼之無衣者，曰冥衣，但行于中元節耳。　潘陸有十月朔山塘看無祀會詩：吳趨人好鬼，風俗自年年。百戲陳通國，羣神冠進賢。氣喧秋雁後，花晚嶺梅先。不斷山塘路，香飄游女船。又徐崧詩云：蕭瑟冬方始，迎神出郭門。蓬橋行愈密，倚棹看何喧。鼓吹還終日，旌旗又幾村。誰當無祀祭，能不感蘋蘩。

天平山看楓葉

郡西天平山，為諸山楓林最勝處。冒霜葉赤，顏色鮮明，夕陽在山，縱目一望，髣髴珊瑚灼海。在三太師墳者，俗呼為九枝紅。游者每僱山轎，以替足力。蔡雲吳歈云：賞菊山塘尚勝游，一年游興盡於秋。天平十月看楓約，只合詩人坐竹兜。

案：徐崧、張大純百城煙水云：常熟吾谷霜後丹楓，望若錦繡，騷人韻士往往觴詠其下。而吳縣志祇載楓似白楊，葉作三脊，霜時色丹，故有楓落吳江冷之句，不言游賞處。　高平范氏墓在天平山，俗稱三太師墳者，葬贈太師徐國公夢齡、贈太師唐國公贊時、贈太師周國公墉。墳前大楓九枝，非花鬭妝，不春爭色，遠近楓林無出其右。李悔廬有天平山看楓葉記，中有云：泛舟從木瀆下沙河，可四里，小溪縈紆至水盡處登岸穿田塍行茅舍雞犬遂帶村落縱目雞籠諸山楓林遠近紅葉雜松際四山皆松栝杉榆此地獨多楓樹冒霜則葉盡赤天氣微暖霜未著樹紅葉參錯顏色明麗可愛也　沈朝初憶江南詞云蘇州好船泛洞庭秋一片楓林園翠嶂幾家樓閣畫丹邱髻鬟到瀛洲似當時洞庭兩山亦有楓林也

收租完糧

有田之家擇日開倉收租有頭限二限三限之目逢限量免米若干或有放舟下鄉收租者官倉完納漕糧竟有先鄉後城之例蔡雲吳歈云城南城北官倉開城戶未完鄉戶來不惜餘糧半狼藉但求早放空船回又家震濤收租完糧行云扁舟之河滸小泊斜陽渡篙停犬忽吠人來鳥飛去深入蔓蔦中乃得前村路爲問某某家指點門前樹解一老農牽犢歸率衆迎田主紛紛呈歲歉秋旱岸水苦幸有處暑雨新苗得少補若欲徵全租憑君訴官府解二吡汝勿多言言多也難免上年收只半今年難再減豐歉難概論高下有分𢳏天庾供應早莫教官驅遣解三東家交未足西家租又欠婦女話嘈嘈鄰父從旁說升合尚艱難斗斛安所設吁嗟輸官糧好米作六折解四

清嘉錄　卷十　二

案沈朝初憶江南詞有倉廩仲冬開似是時開倉多在十一月然崑新合志亦云十月朔有田之家開倉收租始田主立限分頭限二限三限之目逢限量免米若干以勵急公

五風信

檀火斯改飄風欲來使人預備禦寒之具謂之五風信土俗又以月旦之雨晴占一冬寒暖蔡雲吳歈云寒衣未辦費商量月旦占晴也太慌風信五番都過了棉花須定價低昂

案陳晦伯天中記吳俗以十月五日爲五風生日太湖漁者千餘家饗瀨湖諸神祠祈是月有風每五日如期而至終歲皆然可以揚帆捕魚謂之五風信又歲時瑣事及吳縣舊志皆載是說　盧志十月旦晴和則少寒賈人候此知棉絮于售

冬釀酒

鄉田人家以草藥釀酒謂之冬釀酒有秋露白杜茅柴靠壁清竹葉清諸名十月造者名十月白以白麵造麴用泉水浸白米釀成者名三白酒其釀而未煮旋即可飲者名生泔酒蔡雲吳歈云冬釀名高十月白請看柴帚挂當檐一時佐酒論風味不愛團臍只愛尖

案崔實四民月令十月上辛命典饋清麴釀冬酒供臘祀　內則有稻醴黍醴粱醴左傳哀十一年進稻醴釋文云以稻米爲醴酒桂未谷札樸云糯米爲甜酒俗呼白酒即稻醴也　長元吳志皆云以草藥釀成置壁間月餘色清香洌謂之靠壁清亦名竹葉清又名秋露白鄉間人謂之杜茅柴以十月釀成者尤佳謂之十月白沈朝初憶江南詞注云蘇城俱於臘底釀酒四月中窨清色味俱佳又有酒孃新搭杜茅柴之句

煠蟹

湖蟹乘湖上籪漁者捕得之擔入城市居人買以相餽貺或宴客佐酒有九雌十雄之目謂九月團臍佳十月尖臍佳也湯煠而食故謂之煠蟹孫晉灝食蟹詩云荒浦颯颯繞漁舍西風昨夜清霜厲一星遠火照秋水郭索數單行傴僂鯨鯢博帶紛出籪厥名則異實則咸往常但侈魚肉味共圖嗜好殊酸鹹朶頤翠釜蘸醯立老饕口腹真貪饞金膏濃膩一匱足玉脂滑潤雙螯緘分擘肌理析條縷提挈卿卿污衣衫臍防性冷戒勿噬譬如蕭艾終當芟森森坐銷戈戟氣積甲能耳何巉巖而目奇醜固駭眎爾雅有釋宜闕函以貌取物失諸蟹豈知內蘊非同凡九雌十雄語可諳從此樂得深杯銜豪情未減畢吏部酒泉之郡誰爲監

清嘉錄　卷十　三

案府志蟹凡數種出太湖者大而色黃殼軟曰湖蟹冬月益肥美謂之十月雄沈偕蒔肥入江南十月雌又云出吳江汾湖者曰紫鬚蟹莫旦蘇州賦注云特肥大有及斤一枚者陸放翁詩團臍磊落吳江蟹又云出崑山蔚洲村者曰蔚遲蟹出常熟潭塘者曰潭塘蟹軟殼爪拳縮俗呼金爪蟹至江蟹黃蟹皆出諸品下吳中以稻秋蟹食既足腹芒朝江爲樂又云蟹采捕於江浦間承峻流緯蕭而障之名曰蟹斷斷滬也陸龜蒙漁具詩序網罟之流列竹于海澨曰滬注吳人謂之斷博雅煠瀹也湯煠也音牐桂未谷札樸云菜入湯曰煠葉光明納書撮曲譜載無名氏思凡一齣有油鍋裏煠之語

醃菜

比戶鹽藏菘菜於缸甕爲御冬之旨蓄皆去其心呼爲藏菜亦曰鹽菜有綠水滴而淡者名曰水菜或以所去之菜心剉碎爲條兩者各寸斷鹽拌酒漬入瓶倒埋灰窖過冬不壞俗名春不老孫晉灝醃菜詩云寒菘秀晚色油油一畦綠殘年斂菜根

嗜此亦稱酷所少圃官送絕喜野人劇壓肩一擔霜百錢買十束結繩戾屐風攤檐暴晴旭飛白撒晶鹽殺青斷蒼玉但覺雨眼饞那顧雙手瘃酸醬醉中滴醯雞甕中浴每飯飽黃虀鐺焦就廚祿誰信苜蓿盤至味等蔌𮍳旨蓄在室中御冬亦已足又蔡雲吳歈云晶鹽透漬打霜菘瓶甕分裝足禦冬寒溜滴殘成雋味解醒留侍酒闌供。

紫南史江泌傳菜不食心以其有生意也惟食老葉而已。長元吳志皆載藏菜即箭稈菜經霜煮食甚美秋種肥白而長冬日醃藏以備歲需莫旦蘇州賦注吳下比屋鹽虀為御冬之旨蓄吳曼雲江鄉節物詞小序則云杭俗醃菜例以冬至開缸先祀而後食故居節物之一。詩云吳鹽勻灑密加封𤮕底春回菜甲鬆碎翦冰條付殘齒貧家一樣過肥冬。禮記內則屑桂與薑以灑諸上而鹽之吳語謂以鹺醃物曰鹽桂末谷札樸謂鹽藏魚菜曰醃義異。

清嘉錄卷十終

清嘉錄卷十一目錄　十一月

冬至大如年　冬至糰
拜冬　連冬起九
乾淨冬至擸搕年　冬舂米
起蕩鬼　乳酪
餳糖　窖花
三朝迷路發西風　彌陀生日
臘雪

清嘉錄卷十一

清　顧鐵卿譔

十一月

冬至大如年

郡人最重冬至節先日親朋各以食物相餽遺提筐擔盒充斥道路俗呼冬至盤節前一夕俗呼冬至夜是夜人家更速燕飲謂之節酒女嫁而歸寧在室者至是必歸壻家家無大小必市食物以享先間有懸挂祖先遺容者諸凡儀文加于常節故有冬至大如年之諺蔡雲吳歈云有幾人家挂喜神匆匆拜節趁清晨冬肥年瘦生分別尚裝姻家建子春

案周遵道豹隱紀談吳門風俗多重至節謂曰肥冬瘦年又云互送節物顧侍郎度有詩云至節家家講物儀迎來送去費心機腳錢盡處渾閒事原物多時卻再歸　又江震志皆云邑人最重冬至節前夕名節夜又崑新合志云冬至節親朋各相餽遺

冬至糰

比戶磨粉為糰以糖肉菜果豇豆沙蘆菔絲等為餡為祀先祭竈之品并以餽貽名曰冬至糰

案歲時通考載十月初二日吳俗作糯米京糰列酒果祀先以告冬今俗以冬至前一夜江震志則云冬至舂粰糕以祀先祖并以餽貽家家祭竈蓋猶本崔寔四民月令冬至薦黍糕于祖禰之意蔡鐵翁詩大小團圓兩番供殷雷初聽磨聲旋注有餡而大者為粉團冬至夜祭先品也無餡而小者為粉圓冬至朝供神品也此後有年節糕謝竈團春朝年朝粉圓磨聲不絕矣

拜冬

至日為冬至朝士大夫家拜賀尊長又交相出謁細民男女亦必更鮮衣以相揖謂之拜冬徐士鋐吳中竹枝詞云相傳冬至大如年賀節紛紛衣帽鮮畢竟勾吳風俗美家家幼小拜尊前

案宋書禮志魏晉冬至日受萬國百僚稱賀因小會其儀亞于歲旦蔡邕獨斷云冬至陽氣起君道長故賀然則前漢已行賀禮齊書庫狄伏連冬至之日親表稱賀崔寔四民月令云冬至之日進酒肴賀謁君師耆老一如正日蓋至宋元益盛如孟元老東京夢華錄及趙與旹賓退錄吳自牧夢粱錄周密武林舊事趙與可孤樹裒譚諸書皆載一陽賀冬吳中亦沿之徐崧張大純百城煙水及江震志亦皆云冬至馳賀一如元日之儀長元吳志則皆載冬至尊長處賀節崑新合志冬至日士大夫家拜賀尊長如正旦而不及於庶民之家

連冬起九

俗從冬至日數起至九九八十一而寒盡名曰連冬起九亦曰九裏天歌云一九二九相喚不出手三九廿七籬頭吹觱篥四九三十六夜眠如露宿五九四十五窮漢街頭舞不要舞不要舞還有春寒四十五六九五十四蒼蠅垛屋枝七九六十三布衲兩肩攤八九七十二貓狗躺陰地九九八十一窮漢受罪畢剛要伸腳眠蚊蟲獦蚤出又謂頭九暖主寒諺云頭九暖九九寒又謂四九時必多雨雪諺云雨雪連綿四九天又云冬至前宜寒諺云冬前弗結冰冬後凍殺人時則朔風布寒晚景蕭疎名勝旗亭青望都收居人有讌會則皆入戲館為待客之便裁雲鏤月人家奚不暖閣新裝繡帷低拂淺斟低唱團坐圍鑪駱裘之客不惜傾囊買笑至若花飛六出則瑧雪佛雪獅堆雪山蓄雪水間有放舟勝地觀看雪景家宴又各烹羊炮妞遞為消寒

之會故喜捨之人以錢米周濟里閈之困苦無告者或集貲為棉衣食俗稱施棉襖或倩工購乾稻秧織為半臂式俗名秧薦馬夾稞程貧丐賴以禦寒屆歲除而止總目之為做好事蔡雲吳歈云露宿何曾熟夜眠太陽照戶一欣然若教窮漢街頭舞還有春寒卌五天又云連冬起九驗天寒只怕寒消九九難第一莫貪頭九暖連綿雨雪到冬殘

案陸泳吳下田家志冬至後九九歌云一九至二九相喚弗出手三九二十七籬頭吹觱篥四九三十六夜眠如露宿五九四十五太陽開門戶六九五十四貧兒爭意氣七九六十三布衲兩肩攤八九七十二貓兒尋陰地九九八十一犁耙一齊出一日朓腈十日醒醒仙里虡談及褚人穫堅瓠集皆載冬至後九九之說與今歌略異荊楚歲時記謂從冬至次日數起至九九八十一日為寒盡吳俗則從冬至日數起故有春打六九頭之諺然周遵道豹隱紀談載范石湖語謂從冬至後九日為寒來之候有冬至未來莫道寒之諺其說更自不同

乾淨冬至邋遢年

俗以冬至前後遇雨雪主年夜晴若冬至晴則主年夜雨雪道塗泥濘諺云乾淨冬至

擺搖年

案徐鉞翁詩慌將乾濕料殘年注俗有乾冬濕年濕冬乾年之說 廣韻擺搖和雜也家雪亭土風錄云俗以不潔淨為擺搖擺上音臘下慚入聲

冬舂米

入臘計一歲之糧舂白以蓄諸倉名曰冬舂米有四糙發極黃諸名郭麐冬舂米樂府云史家稻堆高並屋西家碧瑒如切玉長腰深白茘枝紅明年之米今年舂前年僅足供官庾夜夜空囷鼠飢鼠去年米貴官徵錢半糴新穀過殘年雄雞膠膠雌粥粥有米冬舂一生足

案范石湖冬舂米樂府云臘中儲蓄百事利第一先舂年米計群呼步碓滿門庭運杵成風雷動地篩勻箕健無粞糠百斛只費三日忙齊頭圓潔箭子長隔籬耀日雪生光土倉瓦龕分蓋藏不蠹不腐嘗新香去年薄收飯不足今年頓頓炊白玉春耕有種夏有糧接到明年秋刈熟鄰叟來觀還歎嗟貧人一飽不可賒官租私債紛如麻有米冬舂能幾家陸容菽園雜記吳中民家計一歲食米若干石冬月舂白以蓄之名冬舂米嘗閑之老農云春氣動則米芽浮起米粒亦不堅是時舂者多碎而為粞折耗頗多冬月米堅折耗少故及冬舂之崑新合志云入臘聚鄉村男婦併力舂米藏之廩名經歲不蛀壞謂之冬舂米江震志亦皆云入臘併力舂一歲之糧謂以此時風氣斂藏米堅不碎故也又云宋元間藏之土瓦龕中明乃多用篆囤並經久不蛀壞今土瓦龕之制久廢篆囤亦惟米少者用之若多藏之家則貯之于倉長元志亦皆云舊藏諸篆囤今用倉廒其米之杵多而好者曰四糙次米冬舂間有七日即黃者此為發極

起蕩魚

畜魚以為販鬻者名池為蕩謂之家蕩有所謂野蕩者蕩面必種菱芡為魚所喜而販也有蕩之家募人看守抽分其利俗稱包蕩每歲寒冬畢集矢魚之具蕩主視其具銜值之低昂而矢魚之多寡若有命而主之者魚價較常頓減俗謂之起蕩魚

案府志云魚秧細如針縷池囿間以時下此三年可食矣東鄉人畜以販鬻 今長洲境北莊基南莊基魚蕩尤多

乳酪

寒冬鄉農畜乳牛取乳汁入瓶日擔於城鬻于主顧之家呼為乳酪

案府志及吳縣志皆載牛乳出光福諸山田家畜乳牛冬月取其乳如數乳法點之名曰乳餅別點其精者為酥或作泡螺酥骨酥花莫旦蘇州賦注吳縣顧搭村出乳餅最佳錢思元吳門補乘云北街安雅堂酡酪為郡城第一

餳糖

土人以麥芽熬米為糖名曰餳糖寒宵擔賣鐘鉦鏗然凄絕街巷蔡雲吳歈云昏昏迷霧已三朝準備西風入夜驕深巷賣餳寒意到敲鉦渾不似吹簫

案楚詞注餳謂之飴即古之餦餭也吳人呼為糖蓋冬時風燥糖脆利人牙齒府志出常熟直塘市者名葱管糖出崑山如三角稜者名麻粑糖蔡鐵翁吳歈注云寒宵多賣餳者夜作人資以療饑嘉善錢竹西詩餳挑夜擔鬧鑼賣

窖花

冬末春初虎邱花肆能發非時之品如牡丹碧桃玉蘭梅花水仙之類供居人新年陳設謂之窖花蔡雲吳歈云牡丹濃豔碧桃鮮畢竟唐花尚值錢野老折梅柴擔賤數枝也彀買春聯

案周密癸辛雜志載唐花之法以紙飾密室鑿地作坎緶竹置花其上糞土以牛溲硫黃盡培溉之功然後置沸湯於坎中候湯氣薰蒸則扇之微風經宿則花放矣陸啟浤北京歲華記云臘月束梅于盎匿地下五尺許更深三尺用馬通燃火使地微溫梅漸放白用紙籠之鬻於市小桃郁李迎春皆然張萱疑燿云京師地窖養花其法傳自漢世大官園冬種葱韭菜茹覆以屋廡晝夜爇蘊火得溫氣諸菜皆生召信臣為少府謂此皆不時之物有傷于人不宜以奉供養奏罷之但此法以養菜蔬未嘗養花木也且在漢止言覆以屋廡今皆掘塹坑以窖之蓋入冬土中氣暖其所養花木借土氣火氣相半也錢塘吳旻雲有是題詩云天將巧伎付花師幻出奇芳日幾枝似此火攻真易易卻嫌風信故遲遲挽回造化司春事點綴冰霜市地時安得小長蘆太史試鐙佳節共裁詩

三朝迷路發西風

土俗以寒冬迷朝久霧不開主西風大作諺云三朝迷路發西風

案陶穀清異錄謂霧曰迷空步障衣異錄作迷天步障吾鄉謂霧曰迷路謂霧氣迷不得路徑也

彌陀生日

十七日相傳為彌陀佛降生東土農人候風占米價若吹東南風主米貴西北風主來歲賤諺云風吹彌陀面有米弗肯賤風吹彌陀背無米弗肯貴案長元吳志皆云十一月十七日為彌陀生日農人候風以占米價之貴賤并載是諺

臘雪

臘月雪謂之臘雪亦曰瑞雪殺蝗蟲子主來歲豐稔諺云臘天一寸雪蝗蟲入地深一尺又以臘中得雪三次宜麥諺云若要麥見三白又云臘雪是箇被春雪是箇鬼案九縣志皆云十二月喜雪殺蝗蟲子主來年豐長元志皆載諺云一寸雪入泥一尺一尺雪入泥一丈又蘇東坡詩遺蝗入地應千尺吳縣志又云冬至後第三戌為臘臘前三番雪名曰三白張鷟朝野僉載云一臘見三白田公笑嚇嚇

清嘉錄卷十一終

清嘉錄卷十二目錄　十二月

跳竈王　跳鍾馗
臘八粥　年餻
冷肉　送歷本
咩火燭　打埃塵
過年　盤龍饅頭
念四夜送竈　鋌挂挂錠
冬青柏枝　口數粥
接玉皇　燒松盆
照田財　送年盤
年物　年市
年夜飯　安樂菜
煖鍋　壓歲盤
辭年　守歲
守歲燭　老虎柏子花
過年鞋　門神
神荼欝壘　歡樂圖
春聯　封井
接竈　祭床神
掌門炭　節節高
富貴弗斷頭　年飯
畫米囤　聽響卜
瓶花　篩帳
小年夜大年夜

清　顧祿鐵卿譔

十二月

跳竈王（跳俗呼如條音 王俗呼作巷平聲）

月朔，乞兒三五人為一隊，扮竈公竈婆，各執竹枝，噪於門庭以乞錢，至二十四日止，謂之跳竈王。周宗泰姑蘇竹枝詞云：又是殘冬急景催，街頭財馬店齊開。竈神人媚將人媚，畢竟錢從囊底來。

案：李廓鏡聽詞：匣中取鏡辭竈王。是稱竈神為竈王，唐時已然。又李綽秦中歲時記：歲除日進儺，皆作鬼神狀，內二老兒為儺公儺母。家雪亭土風錄謂即今之竈公竈婆。蔡鐵翁詩：索錢翁媼總成雙。後漢季冬大儺謂之逐疫，梁書云儺謂之野雲。南史曹景宗傳：嘗於臘月使人在宅中作邪呼逐除，為野雲戲。趙彥衛雲麓漫鈔亦云：歲將除，都人相率為儺，俚語呼為野雲戲。褚人穫堅瓠集云：今吳中以臘月一日行儺，至二十四日止，丐者為之，謂之跳竈王。崑新合志又謂之保平安，戶各捨米升合不等。蓋舊俗於二十四日，是日必祀竈，有若娛竈神然，後以一日不能編改，而先期令遂以月朔始矣。如長元志載：十二月初一日觀儺於市，二十四日止。吳縣志：十二月朔，給孤園中人扮竈王，二十四日止。而范志謂臘月二十五夜觀儺。今非惟江震志並載：二十四日丐者塗抹變形，裝成女鬼判官，跳驅儺，索之利物，俗呼跳竈王。周密武林舊事亦云：二十四日市井迎儺。又吳曼雲江鄉節物詞小序云：杭俗跳竈王，丐者至臘月下旬，塗粉墨于面，跳躍街市，以索錢米。詩云：借名司命作鄉儺，不醉其如屢舞傞。粉墨當場供笑罵，只誇囊底得錢多。

跳鍾馗

丐者衣壞甲冑，裝鍾馗，沿門跳舞以逐鬼，亦月朔始，届除夕而止，謂之跳鍾馗。周宗泰姑蘇竹枝詞云：殘臈破帽舊衣裳，萬兩黃金進士香。寶劍新磨堪逐鬼，居然護國有忠良。

案：吳自牧夢粱錄云：入臘，街市即有丐者三五人為一隊，裝神鬼判官鍾馗小妹等形，敲鑼擊鼓，沿門乞錢，呼為打夜胡。在宋時已始於月朔。又吳縣志：十二月朔，亦有扮鍾馗者，至二十四日止，今俗則否。崑新合志亦云：除夕乃止。家雪亭土風錄云：裝鍾馗判官，即方相氏蒙熊皮、黃金四目、執戈揚盾以索室毆疫之遺意。

臘八粥

八日為臘八，居民以菜果入米煮粥，謂之臘八粥。或有餽自僧尼者，名曰佛粥。李福臘八粥詩云：臘月八日粥，傳自梵王國。七寶美調和，五味香糝入。用以供伊蒲，藉之作功德。僧尼多好事，踵事增華飾。此風未汰除，歡歲尚沿襲。今晨或餽遺，啜之不能食。吾家住城南，饑民雨寺集。（時閒元慈光內寺官設粥賑濟貧民）男女叫號喧，老少街衢塞。失足命須臾，當風膚迸裂。怯者蒙面走，一路吞聲泣。問爾泣何為，答言我無得。此景親見之，令我心悽惻。荒政十有二，蠲賑最下策。慳囊未易破，胥吏弊何極。所以經費艱，安能按戶給。吾佛好施舍，君子貴周急。願言借粟多，蒼生免菜色。此志虛莫償，嗟歎復何益。安得布地金，憑仗大慈力。膽焉對是粥，躑望烝民粒。

案：荊楚歲時記：十二月初八日為臘日。魏臺訪議：漢以戌臘，魏以丑臘，是臘非定以初八日也。又西域諸國志云：天竺國以十二月十六日為臘，而唐書曆志以十二月為臘月，故八日為臘八。吳自牧夢粱錄云：十二月八日，寺院謂之臘八，大剎等寺俱設五味粥，名曰臘八粥。又孟元老東京夢華錄：十二月初八日，諸僧寺送七寶五味粥於門徒，謂之臘八粥，一名佛粥。陸放翁詩：今朝佛粥更相餽，反覺江村節物新。周密武林舊事云：寺院及人家皆有臘八粥，用胡桃、松子、乳蕈、柿、栗之類為之。又孫國敉燕都游覽志云：十二月八日，民間作臘八粥，以米果雜成，多者為勝。又吳曼雲江鄉節物詞小序云：杭俗臘八粥，一名七寶粥，本僧家齋供，今則居室者亦為之矣。詩云：雙弓學得僧廚法，瓦缽分盛和蔗飴。莫笑今年椿栗少，記曾畫粥斷虀來。而九縣志亦皆云：十二月八日以菜果入米煮粥，名曰臘八粥。

年餻

黍粉和糖為餻，曰年餻。有黃白之別。大徑尺，而形方，俗稱方頭餻。為元寶式者，曰元寶餻。黃白磊砢，俱以備年夜祀神、歲朝供先及餽貽親朋之需。其賞賚僕婢者，則形狹而長，俗稱條頭餻。稍闊者曰條半餻。富家或僱餻工至家磨粉自蒸，若就簡之家，皆買諸市。春前一二十日，餻肆門市如雲。蔡雲吳歈云：臘中步碓太喧嘈，小戶米囤大戶廒。施罷僧家七寶粥，又闌年節要題餻。又李福年餻詩云：珍重題餻字，風光又一年。為儲春粢餌，預聽磨盤旋。飾細堆檯案，蒸浮鼻竈烟。吉祥同餽熟，厚按勝粢堅。甘許糖調蔗，香應稻識蓮。尺量圭待琢，寸斷線頻牽。外借瓜仁刺，中容棗實填。狀看持石笏方擬運花磚品佐酬神供盤添壓歲錢饋遺親誼厚番賞大家便回首重陽酒撈股二月天人情還可笑黄白皆形偏。

案周官籩人職曰羞籩之實糗餌粉餈注方言餌謂之餻或謂之餈餻搗黍爲之。楚詞有粔籹注曰環餅吳人謂餻曰膏環亦謂之寒具方言謂之餻楊循吉除夜雜詠云鄰里餽餻通吳穀人有餻元寶詩云世人皆愛寳名字及餻養口腹貪如此金銀餅豈知老饞爭炙熱一飽已傾覺轉笑堆成屋何曾會療飢。

冷肉

鄉人豢豬于欄臘月宰之貴于居人充年饌之需謂之冷肉或鄉人自備以祭山神者祭畢復貴於人俗名祭山豬。

案陸放翁詩釜粥芬香餉鄰父闌豬豐腯祭家神自注蜀人豢豬於闌臘中供祭謂之歲豬。吳穀人新年雜詠小序云杭俗歲終祀神尚豬首至年外猶足充饌定買豬頭在冬至前選皺紋如壽字者謂之壽字豬頭屠人肩送至門曰送元寶來於是醃透風乾以備敬神之用吾鄉祀神偶或用豬頭則多以鮮者。

送曆本

各圖地保以新曆逐戶分送人家必酬以錢文如市價而倍之號爲送曆本。

案周密武林舊事都下自十月以來朝天門內外競售錦裝新曆吾鄉新曆在閶胥一帶書坊懸賣有官板私板之別官板例由理問廳署刊行所謂私板民間依樣梓印印成仍由理問廳署鈐印然後出售。聞諸父老云里正送新曆始行於鄉村後沿於城中。張漁川有詠時憲書慶清朝詞云珠殿頒初書棚懸後行行墨翠朱殷須看數時採節趨避多端縱不識丁也買閒編春早又冬闌隨年換糊窗帖繡故紙拋殘閒兒女多拘泥爲上頭穿耳擇日偷看那得此身重見花甲循環卻笑蠹魚草木刪名月令管暄寒閒郎返檢遺歸忌又蹙眉山。

叫火燭

殘年永夕有擊柝沿街高唱警防火燭小心者名曰叫火燭。

案蔡鐵翁詩云黄昏火燭何人叫乞丐沿門打竹梆今俗即巡更者爲之。

打埃塵

臘將殘擇憲書宜埽舍宇日去庭戶塵穢或有在二十三日二十四日及二十七日者俗呼打埃塵蔡雲吳歈云茅舍春回事事歡屋塵收拾號除殘太平甲子非容易

新曆頒來子細看

案歲時瑣事十二月二十四日埽舍宇凡有所爲不擇憲書多嫁娶謂之亂絲日月令精鈔二十四日爲無忌日九邑志皆於二十四日祓房塵猶本亂絲無忌之說徐崧張大純百城烟水則云二十七日埽屋塵日除殘楊循吉除夜雜詠云除塵潔室攻又吳自牧夢粱錄云士庶家不論貧富俱灑埽門閭去塵穢淨庭戶亦在除夕。

過年

擇日懸神軸供佛馬具牲醴餻果之屬以祭百神神前開爐熾炭鑼鼓敲動街巷相聞送神之時多放爆仗有單響雙響一本萬利等名或有買編成百十小爆竹之連聲不絕者名曰報旺鞭謂之過年云答一歲之安亦名謝年蔡雲吳歈云三牲三果賽神虔不說賽神說過年一樣過年分早晚聲聲聽取霸王鞭又云飲福叨嘗酒滿壺通紅火炭就圍爐年頭年尾空還願到底錢神有也無。

案許慎說文冬至後三戌爲臘臘祭百神漢應劭風俗通云臘者接也新故交接故大祭以報功也。吳自牧夢粱錄云除夜迎神則備香花供物以祈新歲之安

施志除夕祭瘟神又江震志除夕祀衆神云門井圊廁豚柵雞塒皆有祭。長元志皆云爆仗聲多者名霸王鞭杭州府志亦作霸王鞭又吳穀人新年雜詠小序云爆仗有單響雙響徧地錦霸王鞭一本萬利春雷百子名目不同音響斯別或云霸王鞭應作報旺鞭報來歲興旺之意朱鹿田五夜鐙詞云報旺鞭走火長輪

盤龍饅頭

市中貴巨饅爲過年祀神之品以麪粉搏爲龍形蜿蜒於上復加瓶勝方戟明珠寳錠之狀皆取美名以讖吉利俗呼盤龍饅頭。

案華亭縣志載施相公諱鍔宋時諸生山閒拾一小卵後得一蛇漸長遂入篇一日施赴省試蛇私出乘涼衆見金甲神在施寓驚呼有怪持鋒刃來攻無以敵閉於大𠋣命總兵殛之亦不敵施出聞知之曰此吾蛇也毋恐叱之奄然縮小俯而入篇大𠋣驚曰如是則何不可爲奏聞施立斬蛇怒爲施索命傷人數十莫能治不得已請封施爲護國鎮海侯侯嗜饅首造巨饅祀之蛇蜿蜒其上以死至今祀者盤蛇象于饅首稱侯曰相公云云吾鄉謝神筵中必祀施相公饅首特爲施而設蜿蜒於上者乃蛇也而皆作龍形亦日久沿譌耳。

念四夜送竈

俗呼臘月二十四夜為念四夜是夜送竈謂之送竈界比戶以膠牙餳祀之俗稱糖元寶又以米粉裹豆沙餡為餌名曰謝竈糰祭時婦女不得預先期僧尼分貽檀越竈經至是填寫姓氏焚化禳災篝燈載竈馬穿竹筯作槓為竈神之轎舁神上天焚送門外火光如晝撥灰中篝盤未燼者納還竈中謂之接元寶稻草寸斷和青豆為神馬秣具撒屋頂俗呼馬料豆以其餘食之眼亮蔡雲吳歈云媚竈家家治酒筵婦司祭嗣莫教前對柴撒豆餧神馬小小籃輿飛上天又郭麐送竈詞云白米出磨如玉屑餦餭作餅甘入齒青竹篝縶縛輿轎紅牋翦碎糊車輪願侯上天莫追迴祝侯之來福我民勿黠詬詐侯不聞男呻女吟侯不嗔常時突煙有斷絶有時腷膊燒濕薪侯居我家亦云久亮如鮑叔知我貧上天高高帝所遠蟣蝨小臣縱疏嬾平生所事不欺人何況我侯皆在眼今朝再拜前致詞富且不求餘可緩有酒在缾餽在盆故事聊以稽塗門安知司命不一醉我已獨酌餘空樽千家送神爆竹響小兒索飯門東嘯又楊東桂詩云殘臘匆匆一年又門丞貼舊蘖眉皺祀竈人家好語多燭影草堂紅善富記得年時小除夕（江震風俗以二十四日為小除夕）堆盤寒具香粳白相傳是夕侯昇天拜跪都求侯感格今年小民覺善禱東鄰史比西鄰畢謂言春在廿四前準諸臘祭當參先我聞此說心頗樂晨炊猶遲漢時祭鐃吹江鄉黠祀多得一古風足勉厲一室團欒阿榮拜阿熙爆竹驚如協索果哇哇戲阿勲癡獃欲共而翁賽司命一醉底復醒元亭有客愁餅餤

案韻鶴軒筆談謂昔吳主女諱二十故至今吳人猶以二十為念　馮應京月令廣義燕俗鐫竈神於木以紙印之曰竈馬吳俗呼為竈界以紅紙銷金為之一年一換又云以臘月二十四日焚之為送竈上天合家少長羅拜祝曰辛甘臭辣竈君莫言周處風土記臘月二十四日夜祀竈謂竈神翌日上天白一歲事故先一日祀之韓鞾舲臘月二十四日萬安舟中作云十八灘頭一葉身人言司命醉今辰捫心一一從頭數無過無功可告神孟元老東京夢華錄云年夜貼竈馬於竈上以酒糟塗抹竈門謂之醉司命今俗不以糟以餳周密武林舊事已載二十四日祀竈用花餳米餌又吳自牧夢粱錄二十四日不以貧富皆備蔬食餳豆祀竈此日市間及街坊叫賣膠牙餳范成大吳郡志亦云二十四日祀竈用膠牙餳謂膠其口使不得言而荆楚歲時記則云元旦進膠牙餳使其牢固不動吳縣志二十四日祀竈名送竈用糯米粉團糖餅云竈神以是日上天言人過失用此二物粘其口沈朝初憶江南詞云蘇州好臘盡大盆紅玉屑餳糖成錠脆紫花香豆著皮鬆媚竈最精工汪臘月念四日送竈錠糖炒豆奉之極誠又朱竹垞醉司命詞鈌香以燒蕭紙而焚錫餟粉荔雜遝上陳又吳曼雲江鄉節物詞小序云杭俗廿四夜祀竈以糖分染五色皆用素品詩云香餳著色燦如霞清供還斟玉乳茶不用黃羊重媚竈知君一様巴膠牙

鐙挂挂錠

廚下鐙檠鄉人削竹成之俗名鐙挂買必以雙相傳鐙盤底之凹者為雌凸者為雄居人既買新者則以舊鐙糊紅紙供送竈之用謂之善富挂錠錫紙糊成間以綵牌方段玲瓏一串先期買之除夕接竈懸於竈神龕之兩角為來年獲利之兆俗有一事無成先買挂錠之謔周宗泰姑蘇竹枝詞云殘年生計鬧喧嘈挂錠金銀貫竹梢一事無成求利市媵纏十萬意囂囂

案楊年父送竈詞注江震風俗以朱漆竹鐙檠為竈神輿名之曰善富吳穀人新年雜詠小序云杭俗名竹鐙盞曰善富因避鐙盞盞字音錫名燃釜後又為吉號易燃釜為善富臘月送竈則取舊鐙載印馬穿竹筯送之吳曼雲江鄉節物詞詠善富畬云插著燒鐙䥴未殘不須龍蹻躡仙壇天街一路吚啞過列宿還應帶笑看

冬青柏枝（柏枝俗訛作波）

摘松柏之枝副以石楠冬青鄉人殘年扎成小把沿門叫賣供居人插年飯中用或揞地送神馬之需呼為冬青柏枝又名送竈柴或餽自管墳人者必酬以數十錢俗目之為打秋風

案楊循吉除夜雜詠詩云承俗燎柴紅蓋不定用於送竈耳趙士麟浙江通志新歲紫柏枝成鳳形加橘荔諸果懸挂堂中又吳穀人新年雜詠小序云杭俗柏葉帶子縛竹簽上綴以千日紅金鐙花管墳人年前成對分送新歲置家堂中與吾鄉不同　打秋風米元章帖作打抽豐言於豐處抽分之也

口數粥

二十五日以赤豆雜米作粥大小徧餐有出外者亦覆貯待之雖襁褓小兒貓犬之屬亦預名曰口數粥以辟瘟氣或雜豆渣食之能免罪過

案荆楚歲時記云共工氏有不才子以冬至日死為疫鬼畏赤小豆故冬至作粥以禳之雜陰陽書又以正月七日男吞赤豆七粒女吞十四粒令疫病不相染然皆非十二月二十五日惟吳自牧夢粱錄云二十五日士庶家煮赤豆粥祀食神名曰人口粥有貓狗者亦預焉又周密武林舊事則以二十四日作糖豆粥謂之口數江震志云二十五日食口數粥今閒有行之又云或有以餅代者至新正三日乃食及獻異居異姓尊長示一家之意石湖口數粥詞云家家臘月二十五淅米如珠和豆煮大杓轑鐺分口數疫鬼聞香走無處鎪薑屑桂澆蔗糖滑甘無比勝黃粱全家團欒罷晩飯在遠行人亦留分䄙中孩子强教嘗餘波徧霑獲與臧新元協氣調玉燭天行已過來萬福物無疵癘年穀熟長向臘中分豆粥陳藻平江臘月二十五夜詩云今宵洗豆俗為糜韓桂舲萬安舟中臘月二十四日作云不知豆粥家庖下留得行人口分無江震志又皆載辟瘟之俗云二十四夜人家早寢謂疫鬼行瘟故安靜以避之

接玉皇

是日又相傳為玉皇下降之辰祭人善惡各設香案迎之謂之接玉皇

案業齊琅書十二月二十五日玉皇三清廵視諸天定來年禍福又道經是日為三清玉帝司會之日崑新合志二十五日俗謂諸佛下降常昭合志二十五日家戶多持清齋云為玉皇下降日江震志是日夙興持齋誦經燒燭拈香相傳天帝降世察人善惡故以此日迎之謂之接玉皇

燒松盆

是夜鄉農人家各於門首架松柴成井字形齊屋舉火焚之煙焰燭天爛如霞布謂之燒松盆

案王志云二十五夜各燃大爐於門外焰高者喜古謂之杋盆俗云相暖熱長元志云古謂之杋盆今謂之松盆石湖郁田樂府序謂之燒火盆詞云春前五日初更後排門燃火如晴晝大家新乾勝豆萁小家帶葉燒生柴青煙滿城天半白栖烏驚啼飛格磔兒孫圍坐犬雞忙鄰曲歡笑遥相望黃宮氣應纔兩月歲陰猶驕風栗烈將迎陽艷作好春政要火盆生暖熱又郭頻伽淮陰歲除詠火盆云多謝松明力幾忘客子寒

照田財

村農以長竿燃鐙插田間云祈有秋焰高者稔謂之照田財

案吳江縣志云鄉村之人就田中立長竿用藁絭夾爆竹縛其上四旁金鼓聲不絕起自初更至夜半乃舉火焚之名曰燒田財黎里庉村為盛蓋類昔照田蠶之俗云但在正月二十夜而常昭合志則云臘月二十四日夜方鵬崑山志則云歲朝或次日束薪于長竿為高炬視火色赤白以占水旱爭取餘燼置牀頭謂宜蠶名照田蠶長元志亦皆載田家燒長炬名照田蠶石湖村田樂府序則於十二月二十五夜照田蠶詞云鄉村臘月二十五長竿燃炬照南畝近似雲開森列星遠如風起飄流螢今歲雨雹徧絲少秋日雷鳴稻堆小儂家今夜火最明的知新歲田蠶好夜闌風焮復西東此占最吉餘難同不惟桑賤穀芃芃亦學麻無節菜無蟲

送年盤

歲晩親朋互以豚蹄青魚果品之屬相饋問謂之送年盤林璟送年盤詩云歲行養庫動豈藉塵物佐吳趨感文彥為禮糊以貨土宜隨處有貧小而富大蹄豚路常擕啟榼青魚臥亦知事浮文不若酒傾壓阿儂愧獨貧瑟縮依馬磨蝸處來往少頓忘佳節過清儉感神明添鑪燒百和

案周處風土記蜀之風俗晩歲相與饋問謂之饋歲周密武林舊事云入臘以來饋歲盤合酒擔羊腔充斥道路家雪亭土風錄云饋歲即吳俗送年盤也

年物

家戶為宿歲之儲新年以餉戚友謂之年物以元旦至五日不設市也

案周處風土記歲暮家家具殽蔌為宿歲之儲以迎新年相聚酣飲

年市

年夜以來市肆販置南北雜貨備居民歲晩人事之需俗稱六十日頭店熟食鋪豚蹄雞鴨較常貨買有加紙馬香燭鋪預印路頭財馬紙糊元寶緞疋多澆巨蠟束名香街坊吟賣篝鐙草挂錠竈牌竈簾及箄箕帚竹筐磁器缶器鮮魚果蔬諸品不絕鍜磨磨刀殺雞諸色工人亦應時而出喧於城市酒肆藥鋪各以酒糟蒼朮辟瘟丹之屬饋遺于主顧家總謂之年貨祭雲吳歈云送竈柴杖束束齊照廚竹挂雙雙提燀湯礪刀獨何業慘聽連聲叫殺雞

案馮贄雲仙雜記僧園逸記皆載都下寺院每用歲除鍜磨是日作鍜磨齋吳自牧夢粱錄歲且在邇席鋪鋪與主顧更以蒼朮小棗辟瘟丹相遺

年夜飯

除夜，家庭舉宴，長幼咸集，多作吉利語，名曰年夜飯，俗呼合家歡。周宗泰姑蘇竹枝詞云：妻孥一室話團圞，魚肉瓜茄雜果盤。下筯頻教聽讖語，家家家裏合家歡。

案：褚人穫堅瓠集云：除夕，家庭舉宴，長幼咸集，謂之合家歡。沈朝初憶江南詞云：除夕合家歡。府志：除夜長幼聚飲，祝頌而散，謂之分歲。考宋時分歲，猶以脆餳為節物。石湖詞云：就中脆餳專節物，四坐齒頰鏘冰霜。今久不傳。

安樂菜

分歲筵中，有名安樂菜者，以風乾茄蔕雜果蔬為之，下筯必先此品。蔡雲吳歈云：分歲筵開大小除，強將茄蔕入盤蔬。人生莫漫圖安樂，利市偏爭下筯初。

案：陳藏器本草：茄一名落蘇。蓋吳人落樂同音，因以為讖耳。　菜中有以紅蘿蔔切成小方塊者，產自杭城南橋，見吳穀人新年雜詠小序，并云：鏤絲曝乾，可供素饌。有紅蘿蔔絲詩。

煖鍋

年夜祀先分歲筵中，皆用冰盆，或八或十二或十六，中央則置以銅錫之鍋，雜投食物於中，爐而烹之，謂之煖鍋。諱大中煖鍋詩云：范金為器利群生，物理居然寓聖情。持滿能平流不溢，虛中有竅火微明。噓寒變煖鹽梅濟，取坎文離鼎鼐成。泰谷暄回人盡飽，萬方應與頌和羹。又云：紅鉛九轉器初成，十萬錢輸選餜精。炊爛廚邊湯乍沸，肉屏風畔婢初擎。添來爐火寒威解，味入丹田暖氣生。尚有寄居蕭寺客，虀鹽風味耐孤清。

案：賓退錄：煖飲食之具，謂之僕憎。雜投食物於一小釜中，爐而烹之，亦名邊爐，亦名煖鍋。團坐共食，不復置几案，甚便於冬日小集，而甚不便於僕者之竊食，宜僕者之憎也。王穀原煖鍋詩云：牆深莫市沸膳直焰中趨。

壓歲盤

長幼度歲，互以餻果朱提相賚獻，謂之壓歲盤。長者貽小兒以朱繩綴百錢，謂之壓歲錢。置橘荔諸果於枕畔，謂之壓歲果子。元旦睡覺時食之，取讖於吉利，為新年休徵。

案：陳迦陵歲寒詞小序云：且充壓歲之錢。又王茨檐詩：不惜金錢分壓歲。又張軼青壓歲錢詩，有用鎮將除夜及回環朱縷結之句。又郭頻伽淮陰歲除詠壓歲錢詩云：紅索青銅貫。又吳曼雲江鄉節物詞小序云：杭俗兒童度歲，長者與以錢貫，用紅繩貫之，臥所，曰壓歲錢。詩云：百十錢穿綵線長，分來角枕自收藏。商量爆竹餳簫價，添得嬌兒一夜忙。可見此風非吳獨有。蔡鐵翁詩：錚錚排戶投壞響，半擲牀頭壓歲錢。　吳曼雲江鄉節物詞又有詠吉利詩云：閩荔乾紅鄧橘黃，深宵酒醒試偷嘗。聽郎枕畔朦朧語，祈歲還君大吉祥。其小序云：杭人除夜以朱橘荔枝置枕旁，歲朝取食之，呼曰吉利，音相近也。又汪乾谷詠橘荔諸詩自序云：吳興風俗，除夕置果枕畔，為新年休徵。其詠橘云：只恐剖開驚象戲，夜深無處著棊枰。

辭年

卑幼行禮於尊長，以別歲，俗稱辭年。

案：東坡詩序云：蜀中風俗，歲晚酒食相邀，呼曰別歲。陸啟浤北京歲華記云：先除夕一日，人家置酒宴，往來交謁，曰別歲。陳迦陵歲寒詞小序云：姑胥辭年之酒。家雪亭土風錄云：今人但拜辭而已。錢思元吳門補乘亦載除夕辭年之俗。

守歲

家人圍爐團坐，小兒嬉戲，通夕不眠，謂之守歲。席振起守歲詩云：相邀守歲阿戎家，蠟炬傳紅映碧紗。三十六旬都浪過，偏從此夜惜年華。

案：周處風土記：蜀之風俗，至除夕，達旦不眠，謂之守歲。宋袁文甕牖閒評：謂守歲之事，雖近兒戲，然父子團圞，把酒笑歌，相與竟夕不眠，正人家所樂為也。且古人無不守歲者，如少陵杜位宅守歲詩云：守歲阿戎家。蘇東坡詩：欲喚阿咸來守歲。林烏櫪馬鬬喧譁，皆是也。又周密武林舊事：除夕，小兒女終夕博戲不寐，謂之守歲。又吳自牧夢粱錄：除夕圍爐團坐，酌酒唱歌，終夕不眠，謂之守歲。江震志：除夕，小兒女終夜不就寢，曰守歲，能延年。崑新合志：除夕，家人圍爐敘坐，至子夜，曰守歲。長元志：除夕飲守歲酒。范志并云：郡俗有守歲盤。

守歲燭

燃雙椽燭於寢室中，宵永燼長，生花報喜，紅粲四照，直接晨光，謂之守歲燭。

案：孟襄陽詩：續明催畫燭，守歲接長筵。家雪亭土風錄謂即今之守歲燭。張塩手野葉除夕詩云：燭花頻送喜，兒女笑闌堂。又王次回疑雨集殘歲即事詩云：紗籠椽燭焰如幢，火齊星花喜一雙。為惜輕風吹燼落，曉妝成後未開窗。又吳曼雲江鄉節物詞小序云：燭之大者可通夕，杭俗除夕燃之，為守歲計。吳穀人詠守歲燭詩云：煙房人乍醒，爆炬未全銷。閱歲心三寸，流光影一條。誰參無盡意，此是可憐宵。掩映迎神處，春紅隔幌搖。又郭頻伽淮陰歲除詠守歲燭詩云：雙枝爭燦爛。又卜仙翁除夕詩云：燭花猶照徹宵紅。

老虎柏子花

年夜像生花鋪以柏葉點銅綠，並翦絨為虎形，紮成小朵，名曰老虎花。有旁綴小虎者，曰子孫老虎。或翦人物為壽星和合招財進寶麒麟送子之類，多取吉讖，號為柏子花。閨閣中買以相饋貽，并為新年小兒女助妝。

案段成式酉陽雜俎：北朝婦人正月進箕帚長生花。吳穀人新年雜詠小序云：杭俗有柏子花、長春花、元寶花，皆花婆所貨，為閨閣新歲助妝，謂即綵花春勝之遺。董斯張除夕詞云：柏子紫花新，小姑專學人。錢塘姚春漪柏子花詩：葱蒨花如葉，堆鬟綠半含。功夫同點翠，名字愛宜男。蘭夢夜來得，玉顏春太憨。偷將歡鏡照，剛被小姑諳。又舒鐵雲象生花詩云：翦綠作花花欲語，女紅疑是司花女。有時蘭葉蝕青蟲，或愛梅花拔翠羽。花能相對葉相當，宛然春色偷來呈。定知有夢迷蝴蝶，不為無香恨海棠。誰家若個牽衫早，箇鏡相宜倚花塢。水晶簾卷十分妝，翡翠簪斜一枝好。吳儂作事殊等閒，不獨時花棄兩鬢。都將舊曲翻新曲，拋卻真山看假山。那知相率趨為偽，金錯錢刀買憔悴。一叢花當十戶賦，幾朵雲收數鄉稅。可憐名字滿頭花，花開花落委泥沙。若為拈向靈山會，且莫摘來史部家。

過年鞋

新婦度歲，必先日整治潔履，至是以獻於舅姑，謂之過年鞋。

案段成式酉陽雜俎：北朝婦人以冬至日進履襪及靴。又崔浩女儀：冬至上履襪于舅姑，謂古人履長之義。吳俗以除夕。又婦女繡履，年尾必更製一新，以度歲，亦名過年鞋。吳穀人詩云：料理年頭事，花鞋取樣工。雙彎履新吉，一桴試春紅。鏡檻徐行處，鐙簾淺立中。往時呵凍繡，玉指記匆匆。又家景文詞云：占子紅帬鶺兒黃袖，一尖新窄過年鞋。

門神

夜分易門神，俗畫秦叔寶尉遲敬德之象，彩印于紙，小戶貼之。陸偉堂門神詩云：魁偉畫圖像，相逢又一年。懸桃分度索，輔李識凌烟。要指當關壯，能為辟惡先。選瘢鍾進士，重五暫來權。

案道與時寶退錄云：除夕用鎮殿將軍二人，甲冑裝門神，亦曰門丞。今道家謂左曰門丞，右曰戶尉。吳穀人新年雜詠小序云：門為五祀之一，司門之神，昉自桃符，以神荼鬱壘能辟邪也。（袁褧楓窗小牘）靖康以前，汴中門神多番樣，戴虎頭盔，王公之門至以渾金飾之。識者謂虎頭男金飾，便是金人在門。雜志又稱後世多畫將軍朝官，復加爵鹿蝠喜寶馬瓶鞍之狀，皆取美名，以迎嘉祉。家雪亭土風錄云：俗多用秦叔寶尉遲敬德，蓋本唐小說也。陳迦陵賀新郎乙卯元旦詞云：拜擲門丞秦叔寶，貝帶璘瑞光射。又郭頻伽淮陰歲除詠門神詩云：金碧家家爆，迎除歲歲忙。侯封沿漢號，劍佩儼唐裝。又吳曼雲江鄉節物詞小序云：杭俗門神一年一易，搢紳之族多不用之。詩云：盱目掀髯慣辟邪，除書新換記年華。笑君只是春來燕，畫入尋常百姓家。吳縣志謂門神彩畫五色，多寫溫岳二神之象，遠方客多販去。今其市在北寺桃花塢一帶。盧志除夜夜分易門神。又九縣志並載除夕易門神之俗。

神荼鬱壘

或朱紙書神荼鬱壘以代門丞，安于左右扉。或書鍾進士三字，斜貼後戶，以卻鬼。

案漢應劭風俗通云：上古之時，有荼與壘昆弟二人，性能執鬼。度朔山上章桃樹下簡閱百鬼，無道妄為人禍害，荼與壘縛以葦索，執以食虎。於是縣官常於臘除夕飾桃人，垂葦茭，畫虎於門，皆追效前事，冀以衛凶也。桃梗，梗者更也，歲終更始受介祉也。山海經亦本風俗通之說云：度索山桃樹下有二神，曰神荼，曰鬱壘，能咬百鬼。故今俗設桃符以象之。括地圖志曰：度朔山尖桃樹下有二神，一名鬱，一名壘。高誘注戰國策又曰：一名余與，一名鬱雷。陸啟浤北京歲華記：元旦，貴戚家懸神荼鬱壘。玉燭寶典則以正旦造桃板著戶，謂之仙木，像鬱壘山桃之形，鬼畏之也。胡浩然除夕詞云：靈馗挂戶。

歡樂圖

門扉之楣，或貼歡樂圖。圖皆買自杭郡，以五紙為一堂，翦楮堆絹為人物，故事皆取識于歡樂，以迎祥祉。

案馮如龍杭州府志謂之合家歡樂圖。吳穀人詩云：披圖春色好，歡樂兩相兼。自妙青紅意，無煩筆墨添。紫彩仙樂部，翠竹美人簾。隔歲痕猶在，房櫳一例粘。又姚春漪詩自注云：歡樂圖上貼福樂壽喜四字，旁黏小春聯，謂之歡樂對。

春聯

店人更換春帖曰春聯先除夕一二十日塾師與學書兒書寫以貨榜於門曰春聯庭多寫千金百順宜春迪吉一財二喜及家聲世澤等語爲門聯或集葩經吉語唐宋人詩句爲楹帖周宗泰姑蘇竹枝詞云學書兒童弄筆勤春聯幅幅貨斯文人來問價增三倍不使鶯篆龍右軍

案張子容除日詩帖牖作春書又楊循吉除夕雜詠春帖題鄉究春書春帖皆春聯也查上齋詩醉書婈紙貼春聯古時門首貼宜春二字在立春日見韋莊詩殷勤爲作宜春曲題向花箋貼繡楣又王沂公皇帝閤立春帖子云北陸凝陰盡千門淑氣新年年金殿裏寶字貼宜春又胡復齋詩滿寫紅箋字無勞黃絹詞年年煩阿買春色在門楣而陸啟浤北京歲華記則以除夕貼宜春字小兒女寫好字歐陽原功漁家傲詞云換年懶寫宜春帖是也晉傅咸燕賦云淑青書以贊時著宜春之嘉祉宜春二字本此然秦已有宜春宮宜春苑見括地志吳人又以迪吉二字爲宜春對偶蓋本尚書惠迪吉語以識吉祥耳周必大玉堂雜記云除日更春帖柱聯門類于堂軒楣枋貼福祿壽一財二喜等字習二教者於門衡貼阿彌陀佛及九天應元雷聲普化天尊又佛咒悉怛多般怛那等語又明詩選太祖召陶安爲學士御製門貼賜之曰國朝謀略無雙士翰苑文章第一家吾鄉春聯詩句人皆沿用不察實皆有所本如日月光天德山河壯帝居見李延壽北史陳後主入隋上文帝詩也聿修厥德長發其祥集葩經語自爲成對也又用王勃滕王閣序語物華天寶日人傑地靈時各增末一字至天恩春浩蕩文治日光華乃

聖祖賜桐城張文端相國立春帖子阮吾山司寇茶餘客話謂張氏歲歲貼之後縉紳家俱用此聯今則比戶皆然矣吳穀人新年雜詠小序云春聯即古桃符板蜀檮杌載孟昶自題桃符板云新年納餘慶嘉節號長春又黃休復茆亭客話先是蜀至每歲除日諸宮門各給桃符一對俾題元亨利貞四字時僞太子善書札選本宮策勳府桃符親自題曰天垂餘慶地接長春八字以爲詞翰之美又宋史五行志歲除日命翰林爲詞題桃符正旦置寢門左右又元（元當作宋）周密癸辛雜識載黃謙之題桃符板云宜入新年怎生呵百事大吉那般者知督雲樓雜說謂春聯之設防自明孝陵不足爲信吳孟舉詩云兔園本子浙無奇不用冬烘貨巧思除卻宜春方勝樣家家傳寫盛唐詩

封井

置井泉童子馬於竹篩內祀以糕果茶酒庋井欄上揜之謂之封井至新正三日或五日焚送神馬初汲水時指蘸拭目令目不昏

案白澤圖考井之精名觀狀如美女好吹簫韓柳編呼爲吹簫女子吾鄉呼爲井泉童子太常記十月朔祀井長元志皆載除夕封井又崑新合志云新正三日祀以糕果送之褚人穫堅瓠集云除夕人家封井不復汲水至正月三日始開張漁川封井詩云冰鏡沈寒砌銀瓶臥晚階明年試初汲昏眼要先揩

接竈

安竈神馬於竈陘之龕祭以酒果糕餌謂之接竈謂自念四夜上天至是始下降也或有遲至上元夜接者家晨上元夜接竈詩云竈本何心媚工爲飲食謀日親廝養卒祭失爛羊頭亂踏旌旗下交輝鐙月遊因懷膠口恨利市竟難求

案馮應京月令廣義燕俗元旦合家少長羅拜竈神以祝曰迎竈長元吳志皆云接竈多以除夕李仙翁除夕詩云兒知學拜同迎竈江震志除夕接竈則設餜燃爐迎神而祭崑新合志則於上元夜煎油餅烤糊塗接竈常昭合志亦云上元日家和米粉爲丸以接竈吳穀人接竈詩自序云杭俗元旦接竈其神號曰東廚司命有司命將來日神牌婦子迎之句又項霜田黃鶯兒詞首句云接竈使開門吳曼雲江鄉節物詞云迎神新夾正衣冠竈馬紛紛作解鞍來復只須占七日笑他人說上天難厲曆雲詩云七日占來復焚香剡啟迎并云俗傳接得早竈君年紀小接得遲竈君年紀老又云接時供淨水於竈山上

祭牀神

薦茶酒餻果於寢室以祀牀神云祈終歲安寢俗呼牀神爲牀公牀婆

案曾三異同話錄崔大雅在翰院夜直玉堂忽有內降撰文字乃祭牀婆子文恍然不知格式或問於周丞相翰長云但如常式皇帝遣某人致祭於牀婆子之神曰汝典司牀簀云云張軼青詩歲祀牀婆子深宵酒果芬厲樊榭除夕祀牀作沁園春詞以樂神楊循吉除夜雜詠云酌水祀牀公蓋今俗猶以酒祀牀母而以茶祀牀公謂母嗜酒公嗜茶謂之男茶女酒而魏嫄錢塘縣志亦載除夕用茶酒果餅祀牀神以祈安寢又吳曼雲江鄉節物詞小序云杭俗祭牀神以上元後一日品用煎餅詩云祝他安穩度春宵齋供當牀盡燭燒補卻天穿重補夢今年婆餅不曾焦

掌門炭

植炭於門戶之側，名曰掌門炭。

案：崑新合志：除夕，每門必倚長炭，名把門炭，俗稱炭將軍。林謫閩中志云：歲除，宮門植炭，名曰將軍炭。周必大玉堂雜記亦云：除夕，豎炭於砌礎之間。又吳曼雲江鄉節物詞小序云：杭俗除夕封門，束甘蔗樹之門側，謂取漸入佳境之意，則又與他處不同。

節節高

插冬青柏枝芝麻萁於簷端，名曰節節高。

案：劉若愚蕪史：燕俗歲除，簷楹插芝麻稭。陸啟浤北京歲華記：元旦，民間插芝梗柏葉於戶。蓋此風輦下亦傳。長元吳志俱云：除夕，插松柏芝麻稭於簷端。崑新合志及江震志則云：元旦插之，名節節高。

富貴弗斷頭

黃阡斷續一串，引而伸之，鋪家以之與財神馬紙糊金銀元寶同挂招牌上，為貿易獲利之兆，謂之富貴弗斷頭，又名興隆。

案：博古圖唐鐵鑑銘：千秋萬歲，富貴不斷。沈明德細馬送神多著同興紙，即黃阡也，今又名興隆。錢塘黃書屋是題詩云：一串同興紙，都將富貴求，美名兼厚利，萬歲更千秋。巧樣翻花本，和風繞市樓，君看居壟斷，最是出人頭。

年飯

煮飯盛新竹籮中，置紅橘烏菱荸薺諸果及糕元寶，並插松柏枝於上，陳列中堂，至新年蒸食之，取有餘糧之意，名曰年飯。又須淘數日之米，於新年可支許時，亦供案頭，名曰萬年糧米。

案：荊楚歲時記：歲暮，家家留宿歲飯，至新年十二日，棄之街衢，以為去故取新也。又時鏡新書：除夕，留宿飯，俟驚蟄雷鳴，擲之屋上，令雷聲遠。而通志則云：江淮風俗，除夕煮熟飯，兼數日之炊，於新年可支許時，名曰隔年陳。又吳曼雲江鄉節物詞小序：謂除夕貯飯，置果餌於其上，元旦食之，取有餘之意，名曰隔年飯。詩云：紅銀粒飽貯都籃，一洗空廚燎釜慚，飯甑好將如鯽祝，明年耕食要餘三。又閔玉井蒸飯詩云：風俗隔年陳，中堂位置新，但教炊似玉，不使甑生塵。蒼翠標松正，青紅釘果勻，家家欣鼓腹，留此待開春。又郭頻伽淮陰歲除詠年飯詩云：既得殘年吃，仍須隔歲儲，人情重飽暖，吾意惜居諸。皆與吳俗略同。又蔡鐵翁詩：萬年糧米案頭供。

畫米囤

鄉農人家，以石灰畫米囤於場，或象戟矢元寶之形，祈年禳災，謂之畫米囤。

案：崑新合志：除夕，以石灰畫米囤，或戟矢於地，祈年禳災。江震舊志：除夕，更深人靜，畫灰于道，象弓矢，以射祟。常昭合志：除夕，畫灰象弓矢射祟，象囷囤祈年。長元志皆云：今又有畫米囤飛錢之類於室中者。吳縣志則云：象庫角米囤元寶之類。楊循吉除夜雜詠云：門前畫畫弓。

聽響卜

或有禱竈請方，抱鏡出門，聽市人無意之言，以卜來歲休咎者，謂之聽響卜。

案：唐王建有鏡聽詞云：重重摩抄嫁時鏡，夫婿遠行憑鏡聽。賈子說林有鏡聽咒曰：並光類儷，終逢協吉。法以鏡囊盛古鏡，向竈神，勿令人見，雙手捧鏡，誦咒七徧，出聽人言，以定吉凶。又閉目信足走七步，開眼照鏡，隨其所照，以聽人言，無不驗也。褚人穫堅瓠集云：今聽讖者禱於竈神，以杓投釜中，隨杓柄所向，執鏡而往，謂之響卜，即鏡聽也。家元慶簷曝偶談：謂有無所懷，直以耳聽之者，謂之響卜。蓋以有心聽無心耳，往往皆驗。將心餘鏡聽詩云：匿影循牆走，尋聲倚壁聽，何期深夜語，都是十分靈。讖緯原難測，惟求恐不經，菱花常自鑑，何必問冥冥。江震志皆云：此風邑中猶有行之。

叛花

亥子之交，抱未痘小兒臥牀下，以紅帕蒙首，天明始還臥所，謂如是則痘花稀，諺謂之叛花。蓋俗呼痘為花也。或撒黃豆於帳頂，或以紅綠線穿黃豆三粒，置幃間，俱能禳痘。

案：家塾事親（親當作規）：除夕五更，抱小兒於豬槽豬窩內滾過，則痘瘡稀。楊循吉除夜雜詠詩云：撒豆禳兒疾。晉書鄧伯道避石勒難，以車馬負妻子以叛，吳語謂藏匿曰叛。家雪亭土風錄云：叛與畔通。太玄經：一縱一橫，天網罝罘。注：罝罘疏落貌。吳語謂物之稀者曰稀罝，本此。

節帳

土俗貿易場中，以端五中秋除夕為三節。按節索欠，謂之三節帳。除夕一節，自昏達旦雖東方既白。猶絡繹道塗。不嫌籠鐙入索也。蔡雲吳歈云。無地堪容避債臺。一年積欠一宵償。店門關到貿錢庫。還點鐙籠走一回。又徐昔鎔除夕詩云。生計吳中往日虛。到來今夕各踟躕。平時浪費知何益。千載奢風尚未除。索負俗來門外淚。救貧誰識杭中書。阿儂身外無長物。安樂新添一味蔬。

案。前漢武帝紀。明堂朝諸侯受郡國計。計若今之諸州計帳也。韓愈寄崔立之詩當知分合支。注。今時人謂析產符契為分支帳。今俗作賬。古無此字。又周櫟園書影云。北魏書釋老志曰。元象元年秋。詔曰。城中舊寺及宅。皆有定帳。令人出入之籍曰帳。目始此。　黃周星甲寅除夕詩第一過年窮訣法。從來不有索逋人。　蔡鐵翁吳歈注。除夕舖戶皆張鐙為夜市。貿庫贖當者紛集。非天明不得閉門也。吳雲岫吳中百一謠云。除夕達天明。索債路如織。舖戶咸不關。張鐙冷於水。

小年夜大年夜

祀先之禮。相沿用昏。俗呼大年夜。或有用除夕前一夕者。謂之小年夜。又曰小除夕。俗又總呼之為大年小夜。舊俗雞且鳴。持杖擊灰積。致詞以獻利市。名曰打灰堆。又小兒繞街呼嘐云。賣汝癡。賣汝獃。世傳吳人多獃。故兒女輩戲效賣之。今皆不傳。惟是夜。家戶儲水於廚下。埋炭墼於鑪。不使焰熄。置寢室中。謂之種火。焚辟瘟丹蒼朮諸藥。謂之太平兆。街坊爆竹之聲。鏗鍧不絕。俗又以是夜忌犬吠。諺云。年夜狗弗叫。來年疾病少。蔡雲吳歈云。封門小結爲薪社。守歲雙垂紅燭花。多許風光一場夢。醒來又早換年華。

案。韓鄂歲華紀麗云。三十日為大盡。二十九日為小盡。吳人謂之大除小除。除猶盡也。陸游老學庵筆記謂唐人冬至前一日。亦謂之除夜。楊年父紅梨庵集注。江震風俗。以臘月二十四日夜為小除夕。與郡俗小異。猶周密乾淳歲時記禁中以臘月二十四日為小節夜。三十日為大節夜也。又云。是夜明鐙室中。（猶杭郡明鐙床下名照虛耗之俗也。）江震與杭郡接壤。雖地屬於吳。往往沿襲浙俗。無足怪也。　錢思元吳門補乘。歲除夕儲水宿火。見馮贄雲仙雜記。裴度除夜追曉不寐。鑪中商陸火凡數添。可知此風流傳亦久。又范石湖詞。地鑪火暖蒼朮香。又楊循吉除夜雜詠云。辟瘟燒朮爆。又沈朝初憶江南詞注云。除夕。鑪燒蒼朮。諸藥名曰太平丹。有齒鑪頻炙太平丹之句。　褚人穫堅瓠集。載無名氏吳門歌云。吳門人住神仙地。雪月風花分四季。滿城排隊看行春。又見花鐙來坛視。千門掛絲六街紅。笙歌盈耳喧春風。歌臺舞女語南北。王孫公子何西東。觀燈未了興未歇。等閒又話清明節。呼船載酒共游春。蛤蜊市上爭嘗新。吳塘穿繞過橫塘。虎邱靈巖復元墓。菖蒲之酒過端午。龍舟相呼喧競渡。提壺挈盒歸去來。南河又報荷花開。錦雲鄉中漾舟去。美人壓鬢琵琶鈸。玉頰皓齒聲斷續。翠紗汗緣紅映肉。金刀剖破水晶瓜。冰山影裏顏如玉。火雲一天消未已。桐陰忽報秋風起。鵲橋牛女渡銀河。乞巧人排明月裏。南樓雁過足中秋。颯然毛骨冷颼颼。左持螃蟹右持酒。不覺今朝早重九。登高又向天池嶺。桂花萬樹天香浸。一年好景最斯時。橘綠橙黃洞庭有。滿園還剩菊花枝。雪片橫飛大如手。安排暖閣開紅鑪。敲冰洗盞烘牛酥。寸韮瓶分千金果。黑貂裘分紅氍毹。一年四季恣歡娛。那知更有饑寒苦。

清嘉錄卷十二終

兩般秋雨盦隨筆

梁紹壬 著

上海文明書局印行

序

予中表兄晉竹梁君以宰相之華胄曆孝廉之巍科等身讀書僂指數典膏肓癖乎經疾然疑訂為史評凡夫北㝡瑣言西京雜記詩人玉屑藝苑金鍼以及七籤真誥之編五燈珠林之册靡不參同結契考異名鄭陋小說於黃車約條鈔於青簡入張公之室記事拈珠登庾生之堂劇談若錄成秋雨盦隨筆若干卷予受而讀之軋軋乎錦綵之抽機磊磊乎星徽之溢目已綜其全旨約有四端一曰稽古則經典釋文之遺也一曰述今則朝野僉載之體也一曰選勝則模山範水卧游之圖也一曰微辭則砭愚訂頑徇路之鐸也夫田敏白及識物昧其名楊修赤泉論族奪於系或目駮豹文之鼠或口呿同穴之鵪導鮮通津佩無迷轂君則畫疑在掌藏慧以胸辨子尾之銅盤挫比干之墓碣與如羊績不誤於杖枝博如馬遷無識於尸口豈非事求其實而解別於常乎又若見般然而不知問魯壺而莫對人非稷嗣孰究朝儀地限傖荒徒工野錄君則沐浴乎家澤晉接乎祖庭登多寶之船咳唾無非珠玉入衆香之國黃陶盡是旃擴故能擬英拾華吐精棄粕總四朝之聞見通萬國之語言紹失音之遺芬（文莊公集名失音）演贅記之餘緒（諫庵先生有贅記）韓家經緯王氏璠璵吾於此書信其濟美矣今夫龍門之作因閱歷而始奇東坡之文引江山而為助士有心通八極身局一隅者其所撰著不過甃牖之閒評楓窗之小牘已耳君則近游吳市遠適燕郊徘徊善卷之山洄溯羚羊之峽蓋吾舅氏宦轍所至君每從焉借官舍以作書堂采土風而裏辦譜登高克賦遇物能名具升嶽浮海之才為鑿險縋幽之致方音輯去軼事採來賢俊咸接其履綦草木亦助其發逸其情暢其興豪此所以縱吻生濤把金杯而跌宕鋸辭落雪捉塵尾而流連也乎至於五門嘆嘆聞馬舍之緒聲三台峩峩貢康卿之蝦鮓往往請深鄭酤毀甚滕屠矜對鏡之青臚吐燒城之赤舌君則無心玩世有意牖民不删寺人孟子之六討竊比公是先生之記而或譏雕刻世態有干天和摹繪物情微傷厚道是又未知草能指佞角善觸邪者固不能學味道之模稜等蘇公之嫵媚也嗟乎秋無可夢一燈黯淡而搖青雨最能愁萬葉凄涼而墮碧君之書成而君之身老矣又況孿孿鶼鶼翼聽冷月於泉臺（君配蔡卿黃夫人有臨月樓詩二卷）與鈍鈍鳳雛少孫呈於暗後極才子傷心之遇為文人薄命之尤嚶吐餘絲蠹留賸字又曷禁拔劍斫地把筆問天也哉昔先兄為外大父刊左通補釋令予擬為君刻所著述而以是編先之零章斷簡雖難侔武庫之珍選義考辭要無悅雜家之作覽之者受其記醜而博乎吾恐甚口而適適然驚且走也道光十七年太歲在丁酉夏五月朔表弟汪适孫拜序

兩般秋雨盦隨筆卷一目錄

詠物詩　周詩多韻少韻　桑中詩別解　張船山詩
集對　張仙　甌北控詞　詩值五千金
秦良玉詞　二名偏稱　衕堂　汀芷
辨姓詩　西湖竹枝詞　金元七總管　金陵詩僧
武弁能詩　徐寶幢　杜撰　西泠感舊詩
拾沒　不惜　呂叔簡語　伯夷叔齊
繭園館　豬語牛鳴　鬚換銀米　琴娘
楊妃詩　世俗誕妄　陶篁村　錢宗伯對
石異　高小妹　螢子壘　諷刺詩
不白　廿四堆　食酒　方子雲詩
科場對　因詩得贈　張子野　大浣布
蘇州狀元　乳姑圖　寬恕　代筆
銃聽　瓦剌　無題詩　趙蓧珊
和尚太守　五時衣　中秋詩　張晏理骨
于支戲　名士受窘　壽謔　中庸非孔門書
阮王二宮保撰聯　琵琶記　毛　番樣子
南屏僧　學海堂　律中變調　索詩癡
老少年詩　治蹇離　桴炭　姚古芬
藥轉　飛吟亭盧生廟詩　中興文字　春陰詞
山八　禁牢犬豬　羣仙液　鯖膀進士
朱閒泉詩　狼跋鴛鴦　李遜之　新婚詞
劉子明語　謝登山琴　春寒　雷瓊道署堂聯
西樓記　濃墨淡墨　象棋　小照
剝蠶帶　變身韋陀　韭說　都國臨阜
軌對　汪彥章　高鳳卿　蚌佛
四書偶語　異菓　徐文長　貢院對
題畫詩　潞王琴　武廟對聯　宋端宗崖硯

西施詩　黃梅橋　尋常音誤　對聯
過洋樂　孔萬　曲阜孔林　青詞
堯舜禹湯所舉　亂世之臣識大體　借書　攻心語
博士待詔　尼姑　小說傳奇　鉸子
趙普　圖書　滇南不知孔子　貴賤同誕
古人名作　筆端刻薄　三楊　墓樹
牡丹　簪花樓　武王　江河赤水
勤王兵解　聖諱　三蟲

兩般秋雨盦隨筆卷一

錢唐梁紹壬應來甫纂

詠物詩

近時詩家詠物鉤心鬬角有突過前人者揚州張喆士詠胭脂云南朝有井君王辱北地無山婦女愁長洲女士陶慶餘詠鷓鴣云一聲喚回唐社稷千秋留得漢文章皆合兩典成一聯而雄渾獨絕膠州李霞裳進士詠甘草云歷事五朝長樂老未曾獨將漢留侯題外使事尤奇而確仁和周南卿茂才詠錢云眼孔小於窮措大面形圓似富家翁盡相窮形嬉笑怒罵皆有錢唐盧小島布衣詠夾竹桃云佳士性情原爛漫美人消息總平安雋妙之思令人意遠又相傳有詠新月句云映水有鉤魚卻釣銜山無箭鳥驚弓可謂刻畫入神至吳江郭頻伽明經詠詩筒云之子遠行少濾雁美人贈我有琅玕則如羚羊香象微妙不可思議矣

周詩多韻少韻

周頌烈文篇末多一韻天作篇末少一韻仁和范茂才景福云移嗚呼前王不忘六字於子孫保之之下則兩篇皆叶韻矣二詩相連蓋誤簡也說甚精確具見讀書細心

桑中詩別解

鄘風桑中一篇小序集傳皆以為刺淫而作仁和李海颿學博光彝云此戴嬀答莊姜之詩所以報燕燕于飛一什也其曰桑中上宮淇上者皆當日話別送行之地也其曰孟姜者指莊姜而言也下二章曰孟庸孟弋者庸與弋皆姜氏同姓之國因懷莊姜而兼及當時之媵妾也其說甚新海颿五經皆有著作今殁後不知藁尚存否

張船山詩

張船山太守問陶嘗於吳門密畜一妾於其夫人遊虎邱時故使相遇於可中亭畔晤談許久而夫人未之知也太守賦詩云秋菊春蘭不是萍故教相遇可中亭明修雲棧通秦蜀暗畫峨眉鬬尹邢梅子含酸都有意倉庚療妒恐無靈天孫冷被牽牛笑一角銀河露小星韻人韻事足為山塘生色

集對

家大人嘗集一楹聯云大兒孔文舉小兒楊德祖前身陶彭澤後身韋蘇州以東坡詩對禰衡傳天然比偶惜無人能當此語者

張仙

吳縣蔣國源題孟昶像云錦江花草化春烟蜀主風流絕可憐贏得美人懷舊寵趙家宮裏祭張仙按花蕊夫人入宋私繪蜀主孟昶像祀於宮中太宗見而問之詭其詞曰張仙云祀之可以宜男也

甌北控詞

趙雲松觀察戲控袁簡齋太史於巴拙堂太守太守因以一詞為袁趙兩家息訟並設宴郡齋以解之想見前輩風趣其控詞云為妖法太狂誅殛難緩事竊有原任上元縣袁枚者前身是怪括蒼山忽漫脫逃年老成精鬬羅殿失於查點早入清華之選遂膺民社之司既滿腰纏即辭手版園倫宛委佔來好水好山鄉覓溫柔不論是男是女盛名所至軼事斯傳借風雅以售其貪婪假觴詠以恣其饕餮有百金之贈輒登詩話揄揚嘗一臠之甘必購食單仿造婚家花燭使劉郎直入坐筵妓寓笙歌約杭守無端闖席占人間之艷福遊海內之名山人盡稱奇到處總逢迎恐後賊無空過出門必滿載而歸結交要路公卿虎將亦稱詩伯引誘良家子女蛾眉都拜門生凡在臚陳概無虛假雖曰風流班首實乃名教罪人為此列款具呈伏乞按律定罪照妖鏡定無逃影斬邪劍切勿留情重則付之輪迴化蜂蝶以償風孽輕則遞回巢穴逐猢猻仍復原身其羅織之詞雖云遊戲亦實事也

詩值五千金

江南昔有貴公子年少登科乃翁故膴仕家居於其公車北上以五十金遺之公子賦性不羈楚館秦樓一路揮霍比至京師已囊空若洗矣兼以抱病不得入場嗒焉若喪稱貸而歸翁初怒其不肖欲訶責之及還家首搜行篋見詩藁中有二句云比來一病輕於燕扶上雕鞍馬不知翁且憐且喜曰得此二句詩則五十金花得值也公子次科旋中式入詞館此可為花柳諸公作一段佳話今則無此撒漫浪子并無此跌宕詩人矣

秦良玉詞

嘗於友人齋中見憨秦良玉小像一幀上錢謝盦先生枚題金縷曲一闋風流悲壯殆罕其儔其詞云明季西川禍自秦中飛來天狗毒流兵火石砫天生奇女子賊膽聞風先墮早料理蠻巫平安應念軍門無將略念家山只怕荆襄破妾男耳妾之可蠻中遺像誰傳描想沙場弓刀列隊指揮高座一領錦袍殷戰血襯得雲鬟婀娜更飛馬桃花一朵展卷英姿添颯爽論題名媿殺甯南左軍國恨尚眉鎖

二名偏稱

今人二名者往往於箋牘中單稱一字按晉文名重耳而左氏定四年傳祝鮀述踐土之盟其載書云晉重魯申昭二年莒展輿奔吳而傳曰莒展之不立又晉語曹僖負羈稱叔振鐸

為先君奴振則割裂之稱由來已久馬遂剪亮其濫觴耳

衖堂

今堂屋邊小徑俗呼衖堂應是弄唐之訛宮中路曰弄廟中路曰唐字蓋本此

汀茫

顧亭林先生寓於古音嘗宿傅青主家一日起稍晏青主於戶外呼曰汀茫久矣猶酣臥耶先生怪其語青主曰君精古音豈不知天本音汀明本音茫耶相與大笑

辨姓詩

潮州太守黃靄青先生安嘉善人工詩善滑稽有同年某投札誤書黃為王先生作詩答之云江夏瑯琊未結盟廿頭三畫最分明他家自接周吳鄭敝姓曾連顧孟平須向九秋尋鞠有莫從四月問瓜生右軍若把涪翁換辜負籠鵝道士情工整熨貼風趣獨絕

西湖竹枝詞

陶月山先生文枕笠村先生之祖也著有金臺錦城摩雲等集西湖竹枝詞二十首為人傳誦錄其三首云錢唐太守醉西湖隄上花枝也姓蘇郎是東風儂是草將春吹綠到蘼蕪葉東風楊柳青青驄得得傍花行勸郎收卻金丸彈留箇鶯兒叫一聲十景塘邊是妾家小樓斜對木蘭花西鄰阿妹聲相似莫誤敲門去喫茶清麗芊綿情文斐亹鐵厓諸老不得專美于前矣

金元七總管

吾杭清波門外有廟曰金元七總管姚古芬述其友人陳姓者云可對唐宋八大家眾賞其工絕案康熙間徐紫珊所撰碑記謂神元時人七者行次總管其官名也

金陵詩僧

金陵水月庵僧鏡澄能詩然每成輒焚其藁槜李吳澹川文溥錄其數首呈隨園先生先生激賞之甚吳謂鏡澄宜往謁先生鏡澄曰和尚自作詩不求先生知也先生自愛和尚詩非愛和尚也卒不往其留澹川度歲詩云留君且住豈無因比較僧貧君更貧香積尚餘三斛米算來喫得到新春新栽梅樹傍簷斜待到春來便著花老衲不妨陪一醉為君沽酒典袈裟其風致如此

武弁能詩

浦情田守戎嘗誦其寅友某岳王墓句云宰相若逢韓侂胄將軍已作郭汾陽立論新奇得未曾有情田金陵人余向於吳門響山堂陳氏見之出詩文稿若干卷見示多有可觀記其五言絕句一首云前宵初三月彎環恰似鉤郎心鉤不轉鉤起妾心愁情詞婀娜絕非弁員口吻

徐寶帷

仁和徐寶帷茂才恭俗工詩文年四十目瞽倩口授經文課徒家徒四壁亦文士之厄也記其西湖棹歌二首云大船埠頭楊柳青小船埠頭春水深勸君莫惜買船費過卻春光無處尋錢唐江上大潮多遊客登舟喚奈何儂自年年弄潮水生來從不識風波音韻深得竹西之遺

杜撰

青春鸚鵡楊柳樓臺司空表聖詩品句也陳曼生司馬集二句對云綠綺鳳凰梧桐庭院注云張子野詞請曾伯祖山舟學士為書楹帖學士愛其工麗欣然書之後遍查子野詞並無此二句蓋齊東司馬杜撰也才人好事往往如此

西泠感舊詩

姚大陞孝廉江蘇人寓杭有所眷留割臂之盟後隨父宦閩重過武林訪之則香消已逾歲矣因賦西泠感舊詩四章云江南蕩子恨無家錦字坊西問狹邪蘇館秋燈留蝙蝠荒陵春

水沒蝦蟆故人尚指樓頭柳漁父空迷洞口霞尋常沙棠舟上客酒尊詩卷到天涯窈窕文窗啟碧軒美人家近苧蘿村芳蘭佩結鴛鴦縷杏子衫嬌潑酒痕鬬草人歸春綽約賣花聲破夢溫存爭知舊日青驄客哭過枇杷白板門樓頭別語太淒清乍似長生七夕盟絕代可憐人早死十年未見我成名臨流淺土埋蘇小殘月香詞唱柳卿安得兆騶瑤島術蒼烟吹破嶺頭笙西泠曲港漾平沙橋上黃昏噪暮鴉榆柳洲邊新鬼火桃花門裏舊兒家玉魚葬合肌猶暖金蜆魂歸月易斜知否蕭郎重到此短詩和淚泣琵琶哀豔之音令人酸鼻未半年姚亦卒言為心聲固不宜爾也

拾沒

字典不知而問曰拾沒沒毋果切音麼今北人所謂什麼也

不惜

草屨名不借其來已久按齊民要術作不惜黃扶孟云當以不惜為是謂此物極賤雖屐泥溼棄之亦不愛惜也

呂叔簡語

明呂叔簡云今之用人每恨無去處而不知其病根在來處今之理財每恨無來處而不知

其病根在去處二語○可為居官居家者座右銘○

伯夷叔齊

張船山太守在登州府試以伯夷叔齊命題有作八比文者○則伯二比夷二比叔二比齊二比也○先生題俳語於卷上云○孤竹君哭聲悲○叫一聲我的兒子呵○我只道你在首陽山下○做了餓殺鬼○誰知你被一箇混帳的東西○做成了一味喫不得的大煤八塊○可為噴飯○

蘭因館

白香山詩云○錢唐蘇小是鄉親○家在錢唐○而墓不在錢唐○竹垞老人辨之詳矣○然西泠坏土○千古豔稱○官斯土者○一再修葺○借以為湖山點綴○亦何不可○竹垞必欲奪歸秀州○未免已蹈爭墩之習○至小青詩云○杯酒自澆蘇小墓○可知妾是意中人○小青為虎林馮氏家姬○雜見諸家小說○而衣香鬟影○若有若無○人尚憑虛○墓於何有○乃陳雲伯大令（文述）特築其墓於孤山之麓○並附以雲友菊香○且為之誌以徵之○復建所謂蘭因館以實之○可謂極才人之好事矣○詠巫山者不云乎○朝雲暮雨連天暗○神女知來第幾峯○賦洞庭者不云乎○日落長沙秋色遠○不知何處弔湘君○引人入勝○正在縹緲○必欲求其人以實之○不幾梅谿笑人耶○然其題詠之作○有不可磨滅者○茲特錄其佳句○大令原唱云○芳姓偶同楊妹子○小名應喚菊夫人○方梅韋孝廉（想朝）句云○樂府好歌三婦豔○鄉親況有六朝人○吳飛卿女史（規臣）云○桃葉畫船題黃女○梅花禪榻散花人○大令媳汪小韞女史（端）紀事四首最佳○其詩云○鄭家婚婢解吟詩○和靖風流想見之○遺址誤尋高刹碣（崔嫡江以菊香墓為高菊碣也）○前身合是謝芳姿○踏青春訪瓊姬墓（在竹垞也）○（白丙九生曾訪之）飛白甯題玉女碑（諸凡鼎作蓋誌）○更乞茂漪書一過○簪花楷法妙臨池（翁大人乞墨林楷字勒石）○焚餘詩草返魂香○遺集真應號斷腸○齊國淑妃原著姓（小青媽姓）○蔣家小妹是同鄉（小青廣陵人）○鏡湖桃葉鷗盟遠（女弟紫雲適會稽馬髮伯）○畫閣梅花鶴夢涼（山居有梅別業）○最憶橫波摹小影○眉樓一角寫斜陽（顧眉樓有摹小青小影并詠小影）○又見楊娃小印紅○容華才筆麗鴛鴻○叢殘著錄留湖上○輕薄姻緣說意中（李笠翁意中緣傳奇以楊雲友林天素小傳）○謝逸畫圖寒翠晚（湖州有雲友及林天素小像）○汪倫潭水夜□空（吳江汪然明春星堂）○依然智果西頭路○絕勝仙霞萬點楓○碧城壇坫久名家○多少蛾眉禮絳紗○仙子玉簫三澗雪○美人湘管一枝花○隔湖香冢秋飛蝶○映水紅樓晚噪鴉○更訪吳宮雙玉墓○牡丹亭畔竹陰斜（翁大人近為吳門名妓小玉營墓于虎阜塔院牡丹亭下）○四詩典麗風華○洵堪垂遠○倚之後人○遂成湖山掌故矣○

猪語牛鳴

公冶長解豬語○見皇侃論語疏○可與介葛盧聞牛鳴○作的對○

題換銀米

京師四喜班陳僎者○名小生也○年逾四十○將留鬚○掌班者苦止之○每年願加包銀若干○遂不果留○僎鄉曾舉筆寧縣成明家豪富○性酷好劇○一日家演劇○有名旦善教杜麗娘○而已僎扮如戲內○強其離情○乃曰○俗語云猜一筵價米七石○備勿吝○乃可從命○頓撫掌大笑曰○此易事耳○遂令人從旁細數○計所去四十三筵○立取白粲三百石送之○顛之道際○亦奇矣哉○

琴娘

琴娘者○珠江戚氏婦也○雅善鼓琴○偕其夫遊楚南○某中丞耳其名○延請授琴○群姬並從學焉○不二年中丞卒○戚夫婦遂流落○轉輾至浙○往來大姓家○雖略行其道○要非復曩時之尊重○每當酒闌燈炧○縷述舊情○未始不淚涔涔也○余聞而感焉○為賦金縷曲二闋云○雙泛珠江艤○儘風流○秦娘身樣○鶯娘眉嫵○生小自嫻文君技○花底秋桐慣撫○總羞學○尋常部曲○一曲水雲瀟湘調○竟公然○轉入臨淮府○鶴比翼○鳳鸞伍○娶夜靜○單門鼓○好良宵○闌干月轉○花陰停午○半剛添寒尚書醉○屏後金釵楚楚○齊撕背○邯鄲學步○絳帳高談句挑法○把霓裳○譜作鴛鴦譜○飄泊恨○不須訴○劃地鵑啼血○怪無端○房中曲奏○鼓宮絃絕○華屋俄成山邱感○化去朱門剗為有○多少花啼柳泣○何況堂前雙飛燕○更誰容○重向雕梁蹴○飛絮影○化萍葉○漂流卻向明湖側○悠怨無宮移羽換○珠狼翠梢舊日○鞍尖三千拜○今日鶉衣百結○回首望○侯門天闊○人有水雲挂琴意○恭江山○重話梁園雪○春夢事○感而咽○嗟乎○始則王侯笑傲○繼則青谿飄零○比比是也○獨一琴娘也哉○

楊妃詩

美人例為人憐○雖至亡國敗家○猶有起而原之者○袁簡齋先生開脫楊妃○一則曰○唐書新舊分明在○那有金錢洗祿兒○再則曰○如何手把黃金鉞○不管三軍管六宮○趙甌北先生竟獎楊妃○一則曰○馬嵬一死諸軍退○妾為君王拒賊多○再則曰○張均兄弟今何在○只有楊妃死殉君○

世俗誕妄

吾杭清泰門外○有時遷廟○凡行竊者多祭之○濟甯有宋江廟○為盜者嘗私祈焉○汲縣有紂王廟○凡龍陽爭禱于是○稍之衛靈公廟○閩之吳天保廟亦然○湯金門外有張順廟○赤山埠有武松廟○石屋嶺有楊雄石秀廟○閩楚多齊天大聖廟○粵中多楊老令婆廟○此皆淫妄之祀○又有謬誤者○陳州城外厄臺有廟○題曰一字王佛○即孔子也○北方牛王廟○畫百牛於壁○牛王居其中○即冉伯牛也○溫州有土地杜十姨無夫○五髭鬚相公無婦○於是合而為一○則杜拾遺伍子

晉也。雍邱范郎廟塑孟姜女偶坐者，乃蒙將軍恬也。孤山林和靖祠塑女像為偶，題曰梅影夫人之位。或戲之曰，何不兼塑仙鶴郎君。世俗誕妄，真是匪夷所思。又凡廟中司事之人，吾鄉名之曰廟鬼，所作所為，往往戲侮神聖。如關帝手中所執之扇，末署款云，雲長二兄大人屬書，愚弟諸葛亮。真堪發噱。又某年吾郡作保沙會，各廟神像俱迎聚於西湖瑪瑙寺前，於是諸神持帖互拜，最奇者大士名帖云，愚妹觀世音斂衽拜。尤堪捧腹也。

陶望村

會稽陶望村先生元藻，買墅於西湖葛嶺之麓，名曰泊鷗山莊。六十餘，娶一妾為頤老計。家曾伯祖山舟學士調以詩云，病來久不見陶潛，隔著重城似隔天。昨夜中庭看星象，小星正在少微邊。聞說蓉江泛舳枝，已成陰後未涼時。一枝柳果無人管，付與禎青好護持。不是朝雲侍老坡，也如天女伴維摩。對門有箇林和靖，冷抱梅花奈爾何。好將斑管畫眉黛，莫染星星鬢上霜。比似詩人張子野，鶯花還有廿年狂。此四首隨園老人已采入詩話中。復有再調望村二首云，湖光如鏡復如奩，中有飛來比翼鶼。惱煞畫船樓外泊，紅闌添上一重簾。一幅新翻秘戲圖，海棠側畔老梅株。閒年三五盈盈月，不見猶憐況老奴。先生沒後，如君守志不嫁。後四十餘年，余與先生令孫春田學博軒遴詢之，如君尚在，年已六十餘，長齋繡佛，足不出戶。每食則設於先生小像之側，進酒侑食，如事生禮，亦一段風流佳話也。先生工詩古文詞，兼長制義。顧南北十上鄉闈，不得售。在京師有目者，兼精風鑑，謂之曰，君命中金寒水冷，無分功名，雖然骨格清奇，不名世，當壽世也。使相諸郎，則曰皆科第中人也。先生遂絕意進取。二子廷琛、廷琡先後登甲科，出宰劇縣。先生買宅湖山，徜徉詩酒。乾隆甲寅，春田以新補弟子員入場，先生見獵心喜，屬欲重攜鉛槧，諸姪輩止之不可，戚友咸止之亦不可。於是春田來奔告於山舟學士，學士往謂之曰，望村爾求死耶，何其老而無恥也。先生曰，吾文興頗勃勃，故偶作是想耳。學士曰，是不難，俟首場畢後，君為擬程，吾來同作。屆期學士偕先生至青雲街陶氏書坊，探考知首題為夫子之牆一節，兩公共硯凝思，論題畢，筆成文，皆清微淡遠之音。比榜發，則是科中式之文，皆𢭏撦爾雅及廣雅、考工、三禮而成者。學士謂先生曰，此中須用壁垣牆，吾與子黃土頹牆，復從何處討生活耶。相與乾笑而已。

錢宗伯對

嘉興錢蘀石侍郎載，奉命祭堯陵，辨今堯陵之非，既覆命，具摺奏之，摺計二十七扣，舉　旨申飭。又乾隆庚子典江南試，取顧問作解首，三藝皆駢體，經磨勘停三科。京師以二事為對云，三篇四六短章，欲於千萬人中大變時文之體；一摺廿七餘扣，直從五千年後上追古帝之陵。

石異

宋牧仲筠廊偶筆載，有人於歸州香溪得一石，大如斗，剖之得雌鴛鴦石一枚。後復過此溪，又得一石，剖之得雄鴛鴦石一枚，因琢雙杯實用之，已奇絕矣。士幼時嘗聞山舟學士云，有人寶一怪石，上作山樹形，尾有杜詩一句云，石出倒聽楓葉下。其人絕愛，行篋中常以自隨。一日過黔州某溪，偶於篷窗把玩，失手墮水，因停舟僱人撈取，良久得一石，大小無異前石，而花紋迥殊，末亦有詩句，則櫓搖背指菊花開也。再下撈取，復得前石。此等神物，其生之也奇，其合之也尤奇。

高小妹

天啟時御前牌子高永壽，年未弱冠，丹唇鮮眸，姣好若處女，宮中以高小妹呼之。凡宴飲之際，高或不與，合座為之不歡。後端午日，隨帝遊西苑，溺死。見天啟宮詞注。

鱉子亹

乾隆中，有方伯某公蒞浙，見文牘中有鱉子亹三字，投牘於地曰，此明明是亹字，何得誤讀為門耶。一吏從旁從容拾牘，援大雅鳧鷖之說以進曰，舊注亹音門，謂水流峽中，兩峯如門也。某公憮然曰，微子幾誤乃公事，子即吾一字師也。某公之虛懷，此吏之博雅，人兩美之。

諷刺詩

諷刺之詩，意不可不露，亦不可太露，故不宜賦而宜比興也。詠蟬詩云，莫倚高枝縱繁響，也應回首顧螳螂。詠瀑布詩云，流到前溪無一語，在山作得許多聲。詠紙鳶詩云，底事丁冬時作響，在人簷下不平鳴。詠夏雲詩云，無限旱苗枯欲死，悠悠閒處作奇峯。皆急切言之，而仍出之以蘊藉者。惟仁和單斗南先生詠蚊詩云，性命博將血，人間爾最愚，唶膚憑利喙，反掌隕微軀。此則痛詆之不遺餘力，貪饕之吏讀此能無愧乎。

不白

陳太僕句山先生年逾耳順，鬚尚全黑，裘文達公戲之曰，若以年而論，公鬚可謂抱不白之冤矣。

廿四堆

越中厲湖之濱，御山之側，俗名廿四堆，皆南宋宮人墓也。山陰邵蘭畦先生詩云，厲湖湖水明如鏡，照出興亡事可哀。二十四堆春草綠，錢唐風雨翠華來。余曾過其地，賦二絕云，厲湖一水近蘭亭，淺土埋香尚有靈。當日承恩知未徧，翩翩從地下傍冬青。零落花鈿冷翠翹，誰將

遺事尚前朝宮人斜外雷塘路一樣傷心廿四橋

食酒

有嘲開于作日記冊云某日買燒酒四兩食之人遂傳為笑柄而不知亦未可非也于定國傳曰定國食酒數石不亂柳子厚序飲亦云吾病痞不能食酒則酒之言食其來有自

方子雲詩

歙縣方子雲儼屋長千忘情榮利詩愈進近體尤工五言如送夏湘人出關云山勢盤元氣湖聲折大荒舟次云石爭雙派水雲闢兩來風登金山云萬古不知地金山如在舟竹林寺云石亂有樓閣湖光白古今七言如句曲山云雙峽東江通楚蜀萬峯送雨落淮徐潤州懷古云人組北府新生草江走南朝舊夕陽舟次即目云潮初出海如雲白月乍離山抵日紅石湖舟中云風急忽疑星欲墮舟移如與月同行鎮海樓云急水與天爭入海亂雲隨日共沉山清涼山云高閣紅狀臨澗樹小亭青受隔江山絕句如長干寺見陽院玉蘭云粉裝玉琢素衣裳拂面風來特地香不阻遊人阻詞客人間無賴是紅牆新月云雲際纖纖月一鉤清光未夜挂南樓宛如待字閨中女知有團圞在後頭小亭獨坐云小亭三面負雲根坐把清樽酒一尊西下夕陽東上月一般花影有寒溫風韻獨絕

科場對

謝金圃墉與王綸德定圃保沈雲椒初典試頗不滿於眾口作對云謝金圃抽身便討吳王綸倒口就吞德定圃人傍米立沈雲椒衣裏藏刀雙關拆字巧不可階又浙江乾隆丙子鄉試兩主考一姓莊一姓鞠莊公顓頊而鞠公不謹有人集杜句嘲之云莊蒙未知何日醒鞠花從此不須開尤極現成鞠試畢回京語陳句山太僕云杭人真欠通如何鞠可通菊公不答鞠詰之公曰吾適思月令鞠有黃華耳鞠大慚未幾死人以為語讖云近有某公分校禮闈卷中有用毛詩佛時仔肩者則批云佛字係梵語不可入文內復有用周易貞觀二字者則又批云貞觀係漢代年號不可入文內因有為之對者云佛時是西域經文宣聖悲啼彌勒笑貞觀係東京年號唐宗錯愕漢皇驚又姚秋農總裁典順天鄉試有用尚書率循大卞者則批云大卞二字疑天下之誤是科蔣秋吟侍御分校有用尚書不率大戛者則批云大戛二字不典因對云蔣徑荒蕪大戛含冤呼大下姚墟榛莽秋農一笑對秋吟語妙絕倫皆可與左邱明兩目無珠趙子龍一身是膽同是科場話柄也

因詩得贈

三山鄭汝昂工詩貧甚一相知令廣東鄭寄詩云三尺兒童爭禾語饑來強扯我襴衫老妻

牽住輕輕語翁正修書去嶺南其人得詩因厚贈之葉青瑣集載張珠獻詩於呂許公云近日廚中乏短供兒童啼哭飯籮空內人低語向兒道爺有新詩上相公鄭詩蓋本於此

張子野

宋祁呼張子野為雲破月來花弄影郎中此人人知之也歐陽文忠又呼為桃李嫁東風郎中以子野一叢花詞有不如桃李猶得嫁東風之句也見范公偁過庭錄

火浣布

莊芝階舍人仲方自蜀中歸攜火浣布一方偏示同人質厚且麤以手捫之冷冷然冷濕憯膚雖入火不燃而見煤則黑並無愈濯愈潔之說考火浣布有三最上者火鼠之毛所織其次火木之皮所織紋理細膩並出海南諸國最下則蜀中建昌所出名曰石絨生巖隙閒土人采以為布能去諸物之垢不可為衣芝階所攜即此是也

蘇州狀元

本朝殿撰吳下為多有蘇人以此誇於座中忽一人冷語曰蘇州出狀元亦猶河間出太監紹興出惰民江西出剃頭師句容出剔腳匠物以類聚無足怪也案此戲語亦有所本唐王定保摭言載一則云盧肇所舉先達或問所來肇曰袁民也或曰袁州出舉人耶肇曰袁州出舉人亦猶沅江出龜甲九肋者蓋希矣

乳姑圖

山陰某忘其姓名有題乳姑圖詩云兒勿啼婆婆將與汝棗梨兒且去騎竹馬嬉兒前牽娘襞淚漣漣東邊一使兒要留口講指畫向婆語婆婆不小哭乳養婆婆不小哭乳養不鋪張孟孝門面語而描寫妮妮之態自然入情

寬恕

唐唐臨性寬仁多恕欲弔喪令僮歸取白衫僮乃誤持餘衣懼不敢進臨察之謂曰今日氣逆不宜哀泣向取白衫且止又一日令煑藥不精潛覺其故乃曰今日陰晦不宜服藥可棄之宋王旦局量寬厚家人欲試之以少埃投羹中公唯啖飯問何不食肉曰我今日偶不喜肉一日又墨其飯公曰我今日偶不喜飯可具粥二公之度相似凡褊急而苛刻者可以為法

代筆

古書名家皆有代筆蘇子瞻代筆丹陽人高述趙松雪代筆京口人郭天錫董華亭代筆門下士吳楚侯山舟學士書名噪海內而從無代筆湯蓋人庶常錫蕃沈友三明經益栢肖公

書嘗為人作字與學士名實非代筆也

鏡聽

崑山徐大司寇乾學昆季三人未第時除夕相約鏡聽乃翁偵知之先走匿門外俟三子之出拊而前曰恭喜弟兄三鼎甲諸子知翁之戲已也不顧而走則有二醉人連臂而來甲拍乙之背而言曰癡兒子你老子的話是不錯的蓋以俳語相戲也已而果應其言又錢唐黃文僖公機未遇時鏡聽聞二婦人相語云家有二雞明日敬神宰白雞乎宰黃雞乎其一曰宰黃雞可也機雞同音遂以為讖

瓦剌

西海有魚名瓦剌其目入水則暗出水則明凡物皆動下頦此魚獨動上齶見人遠則哭近則噬故西域稱假慈悲者曰瓦剌制之者惟仁魚蓋此物徧身鱗甲刀箭不能入惟腹下寸許是肉仁魚鬐最利故能刲也仁魚性極慈嘗負小兒登岸誤斃之遂觸石死而獨能制彼所謂以至仁伐至不仁也

無題詩

余在京師凡遇諸伶侑座酒闌燈炧往往漠然人或以矯情譏或以木石誚迺然不顧也一日見某部某郎不覺傾倒形輸色授頗難自持然獨繭抽絲無由作合也因賦無題二章云尋到蓬山別有春好將綺筆寫芳因鉤輈格磔渾難語樸朔迷離兩不真願作鴛鴦申後約化為蝴蝶夢前身玦鐶消息全無準腸斷愁紅悶翠人不沾情處惹情魔如此相思可奈何後落梅花酸意透倒垂蓮子苦心多烏因銜恨思填海狐為生疑怕渡河欲託微波通一語生防前面有鸚哥

趙條珊

仁和趙條珊先生（鑅）湖北安陸縣知縣以罣誤歸一琴一鶴頗有祖風擔石無儲不改其樂嘗作小詞自遣記其遊西溪稱天樂云清流澹沱有一鷺飛來白頭似我又臨江仙詠秋海棠葉云斷腸人不見留得綠衣裳皆綽有風趣也

和尚太守

王樹勳者山西人始為京師木蘭院道者後薙髮為憫忠寺僧饒於貲遂潛自蓄髮遵例報捐同知選授湖北某缺旋擢郡守曾調繁入京侍御石公（承藻）首發其奸嚴訊得實遂編管黑龍江先於刑部衙門前荷枷兩月然後發遣大興舒鐵雲孝廉有和尚太守謠一篇紀其事詩長不備錄記其起四句云棄民為僧如禿鶖棄僧為官如沐猴官成黃鶴樓邊住事敗黑龍江上游讀之失笑

五時衣

今江南人嫁娶新婦必有五時衣按齊明帝紀武陵王閱太后遺物命留五時衣各一襲五時者謂春青夏赤季夏黃秋白冬黑也江南沿六朝之遺故猶有此名

中秋詩

王次農明府（辰）在京師集同人賞中秋限秋字賦詩有某君句云十分明月五分秋為時傳誦又吾杭同人小課以月餅命題姚古芬五律起聯云舉頭看明月把酒問青天以蘇對李天造地設黃相圃先生（模）擊節歎賞以為此題絕唱也

張晏埋骨

金玉珠寶無不出土者故古人戒厚葬也然亦有時相反者宋壽州張侍郎撫州晏丞相俱葬陽翟相去數里有盜發張墓得寶器甚多遂完其棺掩閉其穴繼發晏墓棺中惟木胎金裹帶一盜失望大恚以刀斧碎其骨而出一以厚葬完骸一以薄葬碎骨事之不可知者也

干支戲

明王完庵中丞（指）萬曆甲辰進士好詼諧初仕為鄒平知縣與章邱接壤一日與章邱令相見令問公年答云乙亥回問之答云亦乙亥公笑云某是鄒平一害兄便是章邱一害又有人賀新婚回人問新人容貌如何曰未言其貌先言其命辛酉戊辰乙巳癸丑其人不悟則曰新有婦人一似鬼醜也

名士受窘

達官厭棄名士名士遂傲慢達官然亦有時受其窘者吳江郭頻伽麐飲於友人處有某太史在座少年甲第未免意氣淩人頻伽語氣之間多所狎侮太史不堪其謔作而言曰頻伽先生有何開罪卻句句奚落下官頻伽曰公讀書中秘言當雅馴奈何以稗史之談挂諸齒頰太史曰晉書百官志朝士七品以下不得稱臣但稱下官南北史亦然某承乏翰林官止七品稱下官禮也先生獨未之前聞乎頻伽愁不能答

毒謔

明嘉靖間一內璫銜命入浙與司北關南戶曹司南關北工曹飲宴璫欲侮縉紳乘酒酣為對云南管北關北管南關一過手再過手受盡四方八面商賈辛苦東西此璫故梟獍曾司內閣工部君所素識者因答曰我須相報但勿瞋乃可遂云前掌後門後掌前門千磕頭萬磕頭叫了幾聲萬歲爺爺娘娘站立左右璫怒憤攘臂至欲自裁二司力勸而止雖腐

毒謔實侮由自取也

中庸非孔門書

葉書山庶子謂中庸一書非子思所作其說云僞託之書縫隙有無心而發露者孔孟皆山東人論事俱就眼前指點孔曰曾謂太山又曰太山其頽孟子曰挾太山以超北海又曰登太山而小天下就所居之地指所有之山人之情也漢都長安華山在焉中庸引山稱華嶽明明以長安之人指長安之山其爲漢儒僞託無疑

阮王二宮保聯

劉文清公在相位太夫人九十誕辰仁廟賜壽備極恩榮阮芸臺宮保撰聯云夫爲宰相哲嗣爲宰相歷六科之賢孫又將爲宰相八座聲名驚海內帝祝期頤卿士祝期頤合三省之黎庶以共祝期頤九旬福壽慶江南蓋其時文清以兩江總督遙執相權而洵芳先生已階至二品也冠晃堂皇罕有其匹慶蕉園宮保鎮粵王省厓尚書鼎贈聯云恩衍章平祖父子孫三宰相家傳忠孝弟兄叔伯四將軍鉅製鴻題足以稱其家乘又先文莊既相後嵇文恭贈聯云秋圃黃花韓相國春風紅杏宋尚書臺閣頌揚又何其妍麗也

琵琶記

高則誠琵琶記相傳以爲刺王四而作駕部許周生先生宗彥嘗語余云此指蔡卞事也卞棄妻而娶荊公之女故人作此以譏之其曰牛相者謂介甫之性如牛也余曰若然則元人紀宋事斥言之可耳何必影借中郎耶先生曰放翁詩云身後是非誰管得滿村聽唱蔡中郎據此斯劇本起於宋時或東嘉潤色之耳然則宋之琵琶記爲刺蔡卞元之琵琶記爲指王四兩說並存可也

毛

佩觿集云河朔謂無曰毛今粵中及西蜀皆然按東坡請人喫毳飯曰飯也毛菜也毛蘿蔔也毛則古人行文往往用之然猶曰紀載方言敘述遊戲耳後漢書馮衍傳饑者毛食五代史黃旛綽賜緋毛魚袋則典冊高文亦用之矣

番槍子

萬紅友先生詞律一書其辨洞仙歌之雜入醜奴兒揉碎花箋之爲殘缺祝英臺近鶯啼序之別無添字三臺之分兩段爲三段笛家之當移換句讀細心校訂允推詞學功臣他如嘯餘圖譜之複收誤收如金人捧露盤之即上西平蝶戀花之即一籮金念奴嬌之即壽天香六醜之即個儂高陽臺之即慶春澤望梅之即解連環過秦樓之即惜餘春雨中花之即夜行船玉人歌之即探芳信紅情綠意之即暗香疏影莫不醜詆之不遺餘力其辨體辨句可謂精且確矣然亦有時校勘不精者律中第十一卷收韓玉番槍子一調而數闋以後又收李獻能春草碧一調細考字數句法無不相同且韓詞尾句三字是春草碧而李即以爲名亦猶賀新郎之名乳燕飛水龍吟之名小樓連苑臨江仙之名庭院深深偶立新標並非異製然則春草碧之即爲番槍子無疑也惟有數字平仄稍異依先生舊例則當收作又一體或于韓詞旁注可平可仄字樣而以春草碧之名附於番槍子之下則事歸一律矣

南屏僧

淨慈寺主講明中大恆善詩畫筆雅近井西老人詩五言特爲過平和橋云魚蝦爭小市雞犬亂孤村雨中送客云落花成小徑流水悟前因皆不愧高人吐屬示寂時壽五十八辭世偈曰五十八年一報劇謝家活計寥時收拔轉赤腳千峰去不問蘆塘舊釣舟繼之者曰主讓山豪玉工隸字五言句云涼話竟忘久松風不斷吹是真得靜中三昧者又繼之者曰主雲際楚工畫潑墨山水今主席者曰松光了勳善鼓琴飲酒畫山水兼工小詩此外則有萬峯屣之小顛尤能以游戲具神通者得毋南屏倒得詩僧其泉石秀靈有以致之歟

學海堂

阮芸臺宮保到處好提倡風雅道光四年於廣東觀音山建學海堂仿浙江詁經精舍例也其地梅花夾路修竹繞廊中建廳事三楹後有小亭遂室高依翠岫平挹珠江頗極瀟灑之致每月集書院生童於此課詩古文詞爲宮保自撰楹帖云公羊傳經司馬記史白虎德論雕龍文心極古香古豔之致

律中變調

舊人詠梅花句云惟三更月是知己此一瓣香專爲春陳子龢妓館詩云青銅三百一斗酒荔枝十八誰家娘餘姚鄭耕餘贈人句云人皆欲殺今之白我醉須埋昔者伶嘉興吳澹川題周香厓詩稿句云拋五斗米就三徑腹萬卷書手一杯海昌陳無齋句云古松奇似老名士初月媚於新嫁娘會稽胡西垞詠菊花句云何草不黃秋以後伊人宛在水之湄又有人詠十月桃句云劉郎再來歲云暮王母一笑天爲春諸聯倔強盤曲句法新而用意別皆七律中之變調也

索詩癡

盡日覓不得有時還自來貫休覓句詩也人以爲是失貓詩若教解語應傾國任是無情也動人羅隱詠牡丹詩也人以爲是女障子詩樹底有天春寂寂人間無路月茫茫曹唐漢武

宜西王母詩也人以為是鬼詩天末樓臺橫北斗夜深燈火見揚州楊蟠詠金山寺詩也人以為是牙人量四至詩到江吳地盡隔岸越山多吳僧白塔寺詩也人以為是分界堠子詩上窮碧落下黃泉兩處茫茫皆不見白香山詠楊妃詩也人以為目連救母詩泰地關河一百二漢家離宮三十六駱賓王詠古詩也人以為是算博士詩每日更忙須一到夜深還自點將來程師孟詠所居堂詩也人以為是登溷詩王莽弄來仍半破曹公將去定平沈李山甫詠漢史詩也人以為是破船詩雖屬揶揄然亦切中至若和靖先生梅花詩云疏影橫斜水清淺暗香浮動月黃昏陳輔之以為有類於野薔薇詩夫薔薇叢生初無疏影花影散漫烏得橫斜是真無理取鬧不待辨而自明又有人謂坡公曰此二句詠桃詠杏亦何不可坡公曰有何不可只恐桃杏不敢當耳斯言最為冷雋近有人詠梅花句云三尺短牆微有月一彎流水寂無人語極幽靜有輕薄子見而笑曰此一幅絕妙偷兒行樂圖也可謂詼諧入妙矣

老少年詩

趙甌北先生詠老少年句云雖皮三少候鶴頂百年功李散木先生詠老少年句云白髮上陽重被召青衿歧路忽登科一寫其貌一寫其意又有人一絕云一曲琵琶塞外夜落為小草僊宮昔秋風繫足書傳到猶帶關氏血淚來全從雁來紅三字著想巧不可階

治夔離

俗凡小兒女噴嚏呼千歲及大吉考燕北錄戎主太后噴嚏近侍臣僚齊聲呼治夔離猶漢呼萬歲也俗蓋本此

桴炭

老學庵筆記謝景魚家藏陳無己十餘札皆託酒務官買浮炭者浮炭入水即浮蓋即桴炭也按浮桴二字古或通用觀浮思廣雅作桴思可見白香山詩日暮半鑪桴炭火則桴炭之稱唐時已有之矣又蜀人燒竹為炭亦見筆記

姚古芬

姚古芬伊憲仁和諸生工詩賦九試棘闈不得售戊子出場以感疾卒亦可悲已髮秀水朱氏庚垣編修階吉穎從侍御廷吉之胞妹生小工詩貌亦妍雅乃結縭未及一年猝患瘋疾蓬垢獨居時而對影喃喃時而書空咄咄顧睇眯之中猶日誦文選離騷不去口古芬百計延治迄于無功然終身鰥居不易其志嘗賦無題四章云彩鸞六六數雙眠記聘雲英已十年趁園村溪看姊妹漢家樓殿寓神仙紅檐風怯丁冬鐵錦瑟春妥子夜絃指點蓬萊山不遠只教為雨莫為煙豈關懺夢召巫醫（病從夢而起也）一擧竟朦朧誤可知人世因緣來鬼妒女兒心地亦毒癡幻成海蜃空見想洛杯蛇漸漸疑不是飛龍真沒藥當歸情事費猜思手把芙蓉請楚臉一聲樓笛下江皋酒懷禁卒孟郎窺鏡影逐飛鴻伯勞夢來月乾鵲聲淚天邊雲闊遠題覺北征杜子歸來日舊鏞空江圻海濤秋河斗女各西東指柳心靡未敢通杜子卿為且過馬守宮偎亦可憐蟲難消香茗多才福忍種離支側挺叢誰奪玉珮好鬪扇紫櫻花下太思怨讀其詩亦可想其情之不薄矣

藥詩

玉溪生藥轉詩向無明解江都陳午橋太史家注謂廁之米竹垸云是如廁之義本道書然亦只五六一聯用如廁故事耳又有以為男色者亦茫無據近有註義山詩者云此係詠閨人棄私產者次句換骨者謂飲藥墮之三四謂棄之後苑五六借以對襯結則指歸卧養痾也此說奇闢然不知何本

飛吟亭盧生廟詩

世傳呂純陽應舉時過鍾離子于逆旅授以仙訣遂不復之長安今岳陽飛吟亭是其處也有人作一絕云兒官千里赴神京鍾老相逢話便傾未必無心唐事業金丹一粒誤先生鍼砭處意極正大有人過邯鄲盧生廟詩云四十年中公與侯雖然是夢也風流我今落魄邯鄲道要向先生借枕頭詼諧處意極灑脫

中興文字

宋高宗南渡稱位太后詔書云漢家之厄十世宜光武之中興獻公之子九人惟重耳其猶在綦檜在相位建一德格天閣有朝士賀以啟云我聞在昔惟伊尹格于皇天民到于今微管仲吾其左衽雖皆不稱然復偉高華自是中興文字

春陰詞

吳穀人祭酒詞華蓋代然偶以雕琢揜其才氣觧存洪太史評其詩如青綠溪山尚未蒼古是已余謂祭酒著作以倚聲為最余酷愛誦其望湘人春陰詞一闋云慣搖寒弄暝非雨非晴誤拋多少春色半帶閒愁半迷歸夢黯黯離魂空碧闌處雲濃茶餘烟重欲移無力最晚來如霧東闌一樹梨花明白章貽錫簫巷陌已清明時過斷腸游屐只潤過蒼苔約暮故香留得天涯燕子問伊來也可有斜陽信息聽傍人半晌呢喃似怨暮寒簾際（按望湘人上半第五句下半闋第七句舊當有韻自竹比先生誤之遂改至余）細膩財貼玉田白石不得專美於前余向拈此題曾賦金縷曲云春在冥濛處怪東風無端收拾蜂情蝶思淡煞梨花濃煞柳嬌煞海棠一樹更何俟綠章乞

恥庭院深深廢罩地膩黃鎚潤過沈檀炷香篆外遠飛絮佳遊已誤尋芳侶好鶯華樓臺十里鶯花無主剗厚濃雲凝不醒竟把韶光勒住更不放斜陽一縷梁燕呢喃聲不定似猜詳明日風還雨鎮相對說愁緒脫稿頗自愜心請先生作爽然失矣

山人

明季士大夫多重山人如陳眉公王伯穀皆名噪一時有黃白仲者閩人慣遊秣陵傚大宅以居以詩自負好衣鮮衣曳華轎乘大轎往來顯者之門一日拜客歸橐中窘甚與夫索雇錢則曰汝日捫黃先生其肩背且千古矣尚敢索錢耶輿夫曰公貴人也無論昇五體以出即空昇此兩轎亦宜酬我厚值彼此爭言不已一友過而解之曰一緊其肩一高其足兩說俱有理各不受賞可也輿夫掩口而去此事可入笑林

禁宰犬豬

宋徽宗崇甯間范致虛為諫議請上生壬戌于生肖屬犬人間不宜殺犬徽宗允其議命屠狗者有罰禁明武宗南幸揚州兵部左侍郎王抄奉欽差總督軍務威武大將軍總兵官後軍都督太師鎮國公朱鈞帖云照得養豕宰豬固為常通事但當爵本命且姓字異音同況食之隨生瘡疾深為未便為此曉諭地方除牛羊等不禁外將豕牲不許喂養並易賣宰殺如敢故違本犯及當房家小發極邊永遠充軍古今怪事無獨有偶如此

羣仙液

秦聖夫人容氏命美女數輩各持梳具環侍左右偶欲飾鬢遽挹諸人口中津用之自云此方傳自嶺南祁異人名之曰羣仙液服之令人老無白髮見天啟宮詞注

續牓進士

湖州嚴海珊先生遂成雍正二年續榜進士嘗有句云彭衙分拜三年賜蜂市俄傳六日蘇遲與極天成之巧

朱闌泉詩

仁和朱闌泉司訓人鳳青湖先生之子也工詩善畫久困場屋遂改習度支遊粵東為名幕者垂二十年著有祖硯堂詩詞稿余最愛誦其金陵懷古二百云要典重刊馬鳳陽小朝廷上劇拔猫下流把道居靈武偶種人非夏少康一網盡成羅漢獄兩年空似俳優場可憐南部烟花錄斷送留都士一方雖言淮北不須憂警報時聞急上遊蟋蟀相公空富貴蝦蟆天子太風流金牌曲譜桃花恨鐵豐叉沈燕子愁留得繁華舊明月照他歌舞十三樓沈雄頓挫音節蒼涼其他佳句五言如霽雪云日冷難爭色山明不受烟湖上寓樓云波光沈小艇

塔影壓春愁沖泉遊著湖上白雲庵云樓開三面水風亂一池荷七言如將抵邗上舟中遣懷云吟情似水初分派歸夢如雲欲渡江半閒堂云江上生逢汪立信尊前死別廖瑩中臨安懷古云寒外已忘拔父母夢中始信索山河附家信云谷路大都多寂寞旅人強半說平安夕陽云借多寒色翻鴉背大有閒心送馬蹄送何閣士太守出守甯夏云酒泉太守真名士水部郎官舊諫臣出都別友云人從漂泊逢流爪天入清寒健馬蹄落葉云平野盡消無賴綠夕陽都作可憐紅白樓送別云半幅帆開風五兩一枝筆走路三千南城寓齋云樹因驅暑生風颯蟬已知秋怕雨聲塘棲夜泊云雁將來候蘆先白霜到濃時月有烟集湖上第一樓云湖雲貼水欲成雨風葉當窗先借秋警鍊超拔皆卓然可傳之句也

狼跋鴛鴦

幽風狼跋一篇詩人比興以斷奈何以狼比聖周公雖處危疑何至如狼之跋疐蜀人楊少卿民望云狼之過人先旋繞於人之四旁甚疾人為之戰懼自失然後食之詩人蓋以狼之跋疐比四國而周公處其中不懼也又小雅鴛鴦一篇注云鴛鴦于飛則畢之羅之矣君子萬年則福祿宜之矣夫鴛鴦之罹畢羅此豈吉祥善事而以興主人之福祿管東溟曰此刺幽王之詩也二章一反一正以為諷諫于飛則畢之羅之在梁則戢其左翼明靜者之无咎動者之有災也二說最得

李遜之

羊城舊倉巷花林小玉者貌不甚佳而婚小殊甚覺翹之窄目所未覩惠州李遜之頗眷戀之余戲贈四絕云芳草羊綿易夕陽枇杷門巷舊平康分明紫玉釵兒樣合讓風流李十郎百轉歌喉一捻腰媚香扇墜比風騷銷魂最是雙蓮瓣鳳颭蜻蜓主不牢門隔王家對仲家桃源有路認無差怪他多事閒蜂蝶誤叩柴扉去吃茶劉賓客詩有同來何處呂伯酣中話之誤叫門大遭辱罵而退江上滿帆十幅懸酒酣曾否畫圖圖君子瞻有勾花伴柳休猜戒李下從來不整冠

新婚詞

家鳧舫兄敏東眉有斷痕其兄媳也張舫恨茂才玉海作賀新郎詞調之記其後闋起處數語云羊車玉貌真無偶只微瑕眉峰青處斷雲橫岫我有傳家京兆筆先與檀郎補就詼諧入妙可謂排謔矣

劉子明語

宋劉十功字子明隱居不仕賜號高尚先生答王子常書曰常人以嗜欲殺身以貨財殺子孫以政事殺百姓以學術殺天下後世此數語甚奇闢

謝疊山琴

新安吳素江於土中掘得謝文節公琴一張。長三尺四寸。額廣四寸。蛇腹斷紋。琴背看曰號鐘。銘曰。東山之桐。西山之梓。合而為一。垂千萬古。分隸凡二十字。下有疊山款識。吳君偏徵題詠。題者不下數百人。原唱四首。余酷愛其第三首云。南渡官家事事非。抱琴人已變麻衣。催來江上潮無信。彈響冬青葉亂飛。青鳥罷歌皋羽泣。黃冠相送水雲歸。只應一例滄溟外。同調西山賦采薇。音節清逸。和者皆勿及也。

春寒

吳縣周茂才以豊有句云。晚風吹雨百花殘。不典綈袍買醉難。還是去衣還去酒。貴人卧酌是春寒。陳雲伯大令文述攝寶山篆。有吏工詩。大令鐫寶山詩吏印章贈之。吏有句云。晨鑾虛時偏晝永。薇殺興後忽春寒。兩押春寒字。俱有風致。

雷瓊道署堂聯

廣東雷瓊道駐紮瓊山縣。大堂楹聯。暗藏瓊州全府州縣名色。其句云。定安全之策。坐鎮瓊山。開樂會以會同。官統府州縣。羣僚獨臨高位。澄邁往之懷。清揚陵水。佐文昌而昌化。理合萬儋崖諸邑。共感恩波。組織極自然之致。

西樓記

袁籜庵于令以西樓記得名。一日出飲歸。月下肩輿過一大姓家。其家方宴客演霸王夜宴。輿夫曰。如此良宵風月。何不唱繡戶傳嬌語。乃演千金記耶。籜庵狂喜欲絕。幾至墮輿。真賞菜傭奴俱有六朝烟水氣也。

濃墨淡墨

國朝書家劉石庵相公專講魄力。王夢樓太守全取丰神。時有濃墨宰相淡墨探花之目。

象棋

宋玉招魂。箟蔽象碁。有六簙些。所云象棋。乃是以象牙為碁子。非今之所謂象戲也。今象戲不知起于何時。劉向說苑云。雍門周謂孟嘗君曰。足下閒居好象棋。亦戰爭之事。似七國時已有此戲。太平御覽又謂象棋乃周武帝所造。然有日月星辰之象。此復與今之象戲不同。近又有三人象戲。士角添旗二。而在本界直走二步。至敵國始准橫行。然亦止二步。去二兵。添二火。火行小尖角一步。有去無回。棋盤三角中為大海。三角為山為城。兵旗車馬俱行山城。砲火過海。起手大抵兩家合攻一家。然危急之際。亦須互相救援。緣主將一亡。則彼軍盡為所吞。以兩攻一。勢莫當也。故往往有彼用險着制人。而我反從而解之者。夫救彼正所以

固我也。鉤心鬭角。更難于二人對局者。語見昭代叢書。

小照

小照之例。景則春花秋月。事則彈琴詠詩。千篇一印。已成習套。何夢華文元錫曾有小影一幅。不佈景。已則雲披星冠。內家妝束。題曰維摩居士現天女身而說法。像於膠山綃海中。別立一幟。

郭婆帶

郭學顯。乳名郭婆帶。粵洋巨盜也。雖剽掠為生。而性頗好學。舟中書籍纍次。無一不備。船頭牓二句云。道不行。乘桴浮於海。人之患。束帶立於朝。在洋縱騁多年。官兵莫敢捕治。柏莿溪制軍淮任議主招降。郭率眾投誠。予以官爵。力辭不受。於羊城買屋課其諸子。以布衣終。殆盜中之有道者歟。

變身韋陀

雍正中有番僧號活佛。倨受王公禮拜。絕不為動。惟岳襄勤公鍾琪則必先膜手。人問之。答曰。此變身韋陀也。

莛說

青田端木國瑚著莛說二卷。全以周易為經緯。按文獻通考有八五經一卷。八卦五行相尅書也。則古人已先有言之者矣。

都闔顯皁

都闔二字。蓋字音閣。本周禮都鄙之舊。作蓋省文也。廣東顯店皆稱某皁。其實各店大書特書者。悉卑字也。然今日尋常話及蓋作閣音。皁作部音。鮮不以為怪者。而究之原本不可不知也。此與游闔作許鬭同一沿習。

輓對

韓芸舫先生克均為福建巡撫。其夫人以四月八日卒于官署。僚屬公輓多至頌揚。先生俱不愜意。制軍孫平叔先生爾準一聯云。解脫拈花。剛佛日證明因果。在仙霞嶺。公見而歎曰。梁苑名士。吐屬自與人不同也。

汪彥章

韓詩外傳云。君子避三端。避武士之鋒端。避辯士之舌端。避文士之筆端。三端之中。筆端最烈。謂其冰霜一語。斧鉞千秋也。然亦有時不足恐者。宋汪彥章為南陵詞臣外制。入文苑傳。其賀李綱右丞啟云。精忠貫日。正二儀傾側之中。凜氣橫秋。揮萬騎笑談之頃。既名高而衆

猶乃詭託而身危士訟公冤亟舉憮而集闕下帝從民望令免胄以見國人其推崇可謂至矣及李為張浚所誣落職彥章草制云朋姦罔上有虞必去于驩兜欺世盜名孔子先誅夫少正卯豈殷尚威傷列聖好生之德信讒喜佞為一時羣小之宗同一人也前則美詆之如彼後則醜詆之如此尚論者將何所適從乎迄今千載而下李公之名爭光日月而彥章則人人知為有文無行之人此等筆端不足遁而反為助矣

高鳳卿

高鳳卿名殷吳妓寓揚之小秦淮知文辭豪爽有丈夫氣其楹帖云媿他巾幗男司馬飾我盤歌女孟嘗語頗跌宕嘗病中自畫蘭竹帳額題絕句云泉泉湘筠馥馥蘭畫眉筆是返魂丹旁人漫擬圖花譜自寫飄蓬與自看遂卒年未三十也

蚌佛

屠琴隖太守倬遊真州寓居楞伽禪院即東坡先生寫經處也夜夢室中光明現佛像六七旦日得半蚌殼中有七佛像太守作歌紀其事一時和者甚眾

四書偶語

諸葛武侯廟集四子書為對云可託六尺之孤可寄百里之命君子人與君子人也隱居以求其志行義以達其道吾聞其語吾見其人關帝廟對云乃所願則學孔子也知我者其惟春秋爭義家對云捨之誠是也逝者如斯夫當舖對云以其所有易其所無四境之內萬物皆備於我或曰取之或曰勿取三年無改一介不以與人又柱杖銘云用之則行舍之則藏惟我與爾有是夫危而不持顛而不扶則將焉用彼相矣俱確切不移

異菜

鮮于叔明嗜食臭蟲權長孺嗜食人爪劉邕之嗜食瘡痂唐舒州刺史張懷肅左司郎中任正名李秋之好服人精賀蘭進明好啖狗糞遼東丹王好啖人血明駙馬都尉趙輝喜食女人陰津月水南京祭酒劉俊喜食蚯蚓二酉委談載吳江婦人好食死人腸胃皆理之不可解者也

徐文長

會稽徐文定公國治里第在紹興府城東地名曲池明徐文長青藤書屋故址也中有先生塑像與家崇祀甚謹此屋每遇科場之歲嘗有人借寓讀書先生必顯靈異如有人入殺者則紅袍而出否則青衿也又曾于蕭山王氏見所藏文長小像一幅方頤廣額白皙朗秀戴烏巾衣白袍斜坐鹿皮裀上旁侍立一子自題贊語于上云骨法重軀鋏白便便經史一百冊須積風起大翼最晚明歲此時得于能和在陰鳴鶴以雨鶴不作鵬下有大池激仙渭五字又一行萬歷乙亥仲秋繪者沈樵仙也十二字書法蒼逸畫亦簡老

貢院對

杭人觀潮例于八月十八日蓋因宋時以是日教演水軍傾城士女無不往觀非謂江潮獨大于是日也阮芸臺宮保為浙江監臨于行幃中題一對云下筆千言是槐子黃時木犀香候出門一笑正西湖月滿東海潮來何等風流興會又宮保于江西百花洲集一對云楓葉荻花秋瑟瑟閒雲潭影日悠悠既切西江又合風景而成句又在人人意中口中所謂文章本天成妙手偶得之也

題畫詩

題畫之詩全要逸趣橫生國朝以金冬心先生農為最其題畫馬詩云芳信傳來第幾番雙蹄踏徧杏花繁怪他蹀躞春風裏騎過吾家兩狀元蓋一謂金公德瑛一謂金公甡也因馬而思及狀元奇矣因狀元而附入作者更奇又有題老馬詩云玉鞜金韉錦作鞍嘶風嘯月渡桑乾而今衰草斜陽裏只作牛羊一例看言之嗚咽又有李蟬者善畫與冬心先生齊名畫水仙一幀題詩云絕世風姿陳妙常絕無脂粉杜蘭香最天然處難描畫愁煞蘇州陸子綱別有風趣可想其人韻致

潞王琴

吾杭南關榷署為明李潞藩舊邸見張廷談府志○本朝定兩浙潞王首先投誠赦免一城生靈杭人德之呼為潞佛子王平生善音律宮製潞琴數百編列字號余曾藏一張乃第十三號西齋李大有清平樂詞一闋詠之

武廟對聯

關帝廟對聯集句則舊宮當改漢遺恨失吞吳最能道得壯繆心事其次則漢家宮闕來天上武帝旌旗在眼中吳宮花草埋幽徑魏國山河影夕陽俱渾成至撰句最夥而佳者寥寥先武穆而神大漢千古大宋千古衡文宣而聖山東一人山西一人倫儗無慚允當首屈又聖以武成名剛毅近仁於清任時和中又增一席學于古有獲春秋卒業在詩書易禮外別有專經厚重莊矜工力老敵京師前門外侯廟有一對云漢封侯晉封王有明封帝聖天子非無意也內有姦外有虜中原有賊大將軍何以處之聞此一聯為左忠毅劾魏奄時所上然此乃請命之詞非表彰之語也曾在武林門外見一對云此吳地也試問孫郎有廟否今帝號矣何煩曹氏贈侯乎立意甚新嫌其少莊雅氣至所傳侯降乩諸聯同是稗官氣太重

為後人偽託無疑。又許州有地曰辭雪處，有對云：亦知吾故主尚存乎，從今後走遍天涯，再休言萬鍾千駟；嘗許汝立功乃去耳，倘他日相逢歧路，豈敢忘杯酒綈袍。全組織本傳語，別有機杼。

宋端宗眉硯

石徑尺許，裹四外刓，底有四足，如眉形，一足刻端宗押。相傳毘陵唐荊川太史所藏，後其孫孝廉貧甚，欲有購者，請以黃金對價，孝廉摩挲三日夕，而後去之。既見陶齋之眉硯履歷，既歸桐鄉汪季青舍人，舍人屬顧文淵為眉硯齋圖，汪茗文有記，沈山子、周青士各有詩。

西施詩

袁簡齋先生詠西施詩云：妾自承恩人報怨，捧心常覺不分明。立意既新，措詞亦婉，及讀毛馳黃先生句云：別有深恩酬不得，向君歌舞背君啼。覺含蓄蘊藉，較袁更勝。

黃梅橋

黃梅橋先生栩，外舅鐵年先生胞弟也，錢唐諸生，久困林間，四旬外以豎廢。記某年太翁賭江先生卒，山舟學士轉贈，其時倉卒未有謝，柬梅橋先生自以素牋書之，學士見而藏諸篋中。謂壬曰：我生平覩臨松雪書者多矣，未見有如此神似者。汝輩學趙字，以此為金科玉律可也。梅橋先生今將六旬，尚無恙，居武林門外之夾城巷。

尋常音誤

尋常之字，本有尋音，古昔之文，或多假借，而習焉不察，信口訛傳，未免伏獵金根，貽譏大雅。連蜷雌霓，見笑文人，茲特類舉之，以便初學。颶風，海大風也。潢汙，積水也。鰒魚，海魚，即石決明也。崢嶸，山峻也。覆瓿，廢紙覆醬也。滑稽，詼諧也。冁然，大笑也。侯鯖，侯家之饌也。鼎鐺，鼎鑊也。閿鄉，陝州縣名。老嫗，女老之稱也。雋永，言有味而長也。神荼鬱壘，門神也。沆瀣，露也。沴，陰陽氣亂也。盧瀰，兗州二水名也。虒祁，晉宮名也。虞虒，邑名也。祆廟，胡神廟也。泛駕，馬有逸氣不循軌也。種穋，穿食也。土著，土人也。冰蘗，寒苦也。口吃，口不便言也。膃肭，肥也。悃愊，至誠也。猨狖，猴屬也。罷事，蔵事也。酈食其，漢人名也。些，楚些，宋玉招魂助語詞也。睚眦，目相忤也。駔儈，牙人會兩家貿易者也。愧恧，慚也。靚妝，妝飾明媚也。劻勷，急遽也。撥轄，圓也。欃槍，彗星也。鄃州，地名也。朱提，邑名，地出銀，故曰金曰朱提也。屏營，惶恐不安也。酗酒，醉怒也。鵷雛，鳥飛也。季子賤，春秋人名也。金日磾，漢人名也。万俟卨，宋人名也。陽冰，秦人名也。樊於期，燕人名也。谷蠡，匈奴王名也。吐谷渾，夷人名也。可汗，戎酋之稱也。甪里先生，漢人名也。曲逆，邑名也。嫪毐，士無行者之稱，又姓也。冒頓，匈奴也。綿蕝，叔孫通草創習禮處也。格澤，星名，妖氣自地屬天也。諸如此類，不可枚舉，看書細心，不師心，則得之矣。

對聯

太白酒樓對云：我輩此中宜飲酒，先生在上莫題詩。渾脫無對。又黃鶴樓對云：樓未起時原有鶴，筆經擱後更無詩。亦飄忽有致。蜾蠃祠對云：思親淚落吳江冷，望帝魂歸蜀道難。工穩貼切，獨有千古。西湖白雲庵月老對云：願天下有情人都成了眷屬，是前生注定事莫錯過姻緣。以曲對曲，尤極現成。湖州雙忠祠祀張許二公，對云：國士無雙雙國士，忠臣不二二忠臣。本色語，顛撲不破。于忠肅公廟對云：侍社稷之靈，國有君矣；竭股肱之力，死以繼之。古雅切實。史閣部墓對云：心痛鼎湖龍，一寸江山雙血淚；魂歸華表鶴，二分明月萬梅花。淒落有致。送子觀音殿對云：我費盡一片婆心，抱個孩兒付汝；你須做百般好事，留些陰隲與他。佛口聖心，自然入妙。瘟神廟對云：湖從前未判妍媸，到此漓湲開面目；過這關方為兒女，全憑祖父種心苗。亦親切有味。廣東香山書院對云：請君到此何為，豈徒學問文章，擅一藝微長，便算讀書種子；在我所求亦恕，不過子臣弟友，盡五倫本分，共成名教中人。措詞質而不鄙。

過洋樂

李竹隱用字叔大，東莞人，以孝聞。宋末中國喪亂，竹隱使其婿熊飛起兵勤王，自浮海至日本，以詩書教其國人，皆被化，呼為夫子。及卒，以鼓吹一部送柩歸里，人以為榮，至今會城舉殯，必用此樂前導，倭衣倭帽，名曰過洋樂。

孔萬

陳郡官尚書孔範與孔貴嬪結兄妹；明朱相萬安與萬貴妃通族；衰邪行事，千古一轍。又萬文康晚年陽痿，得門生倪姓御史海上方，洗之遂起，世傳洗鳥御史是也。因以其方進帝，帝曰：臣安恭進。後帝崩，大璫出示朝堂，騰誚籍貫，文康唯唯。此等諂媚，雖嚴分宜亦不屑為也。

曲阜孔林

曲阜聖林，相傳周公曾卜葬於此，既而曰：吾無德以當之，五百年後有聖人出而當之。夫周公之邃于易精于數宜其前知若此厥後孔子之葬曾子子貢實主持之雖後來之神靈屢顯坏土歸長固由聖德之自承天眷而二子之相方定穴盡善經營固有百倍於後世青烏之術稅而四方觀葬曾子且謂之曰聖人之葬人與人之葬聖人也子何觀焉其詞之謙退雍容若此可見聖賢無所不學而又不欲以說異之說示人也量頗可及哉

青詞

青詞乃醮壇請禱之詞明世宗朝大臣詞臣悉從事于此以希天眷有極工者曾見一聯云揲靈著之草以成文天數五地數五五五二十五數數生于道道合元始天尊尊無二上截嶰竹之筩以協律陽聲六陰聲六六六三十六聲聲聞于天天生嘉靖皇帝帝統萬年相傳係夏言漢手筆

堯舜禹湯所舉

宋試士策以堯舜禹湯所舉為問則皆以四岳伯益皋陶伊尹為對而不知所問者漢時閤門謁者四人四時各有所舉乃趙堯舉春李舜舉夏張湯舉秋貢禹舉冬也見宋稗類鈔

亂世之臣識大體

三代以下亂世之臣識大體者孔明王猛二人而已亮仕漢而心乎漢猛不仕晉而心乎晉亮臨終不擬伐魏之師猛臨終諫止伐晉之舉其事雖異其意則同也此論震澤任心齋兆麟發之而其說則本于侯朝宗

借書

借人書一瓻還人書一瓻見杜征南與兒書後人作借書一瓻孫愐唐韻瓻字注云瓻酒器也大者容一石小者五斗古借書盛酒器也而黃山谷借書詩云時送一鴟開鎖魚瓻又作鴟當別有所本但瓻之易瓻不知起于何時余意古人于書於重之至不肯輕易假人而陰謀者乃設為賄賂以餌之藏書之人或因良醞可戀偶爾破慳未可知也漁洋池北偶談載歸熙甫與門生王子敬一帖云東坡易書二傳曾求魏八不與此君殊俗惡乞為書求之畏公作科道不敢秘也借書雅人事乃亦夠勢力如此異哉

喪心語

宋吳伯舉守姑蘇蔡京一見大喜入相首薦其才三遷中書舍人後以忤京落職知揚州客或有以為言者京曰既作官又要做好人兩者可得兼耶此真喪心病狂之語

博士待詔

博士待詔皆翰林院官名也而俗以有茶博士酒博士算博士之稱剃頭匠又有待詔之號稍習之沿不知何昉

尼姑

漢劉峻女出家乃尼姑之始而尚未立名東晉婦人阿潘習西域之教始有尼姑之稱何充捨宅安尼乃尼寺之始

小說傳奇

小說起於宋仁宗時太平已久國家閒暇日進一奇怪之事以娛之名曰小說而今之小說則紀載矣傳奇者裴鉶著小說多奇異可以傳示故號傳奇而今之傳奇則曲本矣

鏁子

宋稗類鈔仁宗幸後苑回宮索漿甚急宮人曰大家何不向外面索而致久渴耶帝曰吾屢顧不見鏁子苟問之則所司必有得罪者故不忍也始以鏁子必是盛酒漿之器如今銚子銚子之類下語所司乃是主器之人而楊升庵則曰鏁子庖人之別名也引軍牢牢子為證以為鏁牢音近義頗牽強及閱宋陳隨隱從駕記載茶酒等班有御鏁子之名此則可為確證又閱魏泰東軒筆錄亦載此事帝曰吾屢顧不見傢鄰女子名色又異且鏁字三處不同究不知宜何從也

趙普

宋太宗嘗與趙普議不合上曰宰相安得如桑維翰者與之議乎普曰維翰愛錢陛下恐亦不用上曰借大眼孔小前賜與十萬貫則塞破屋子矣此語分明隱刺瓜子金事

圖書

法苑珠林云造書凡三人長曰梵其書右行次曰佉盧其書左行少曰倉頡其書下行今圖書下行而兼左旋是又一格也

滇南不知孔子

滇南人初不知有孔子祀王右軍為先師元世祖至元十五年始建孔子廟

貴賤同誕

宋稗類鈔文潞公八字洛陽一老人與之符合而窮達不同渙一日者推之是或南北之分水陸之異然明年某月當與公起居飲食同一享用不過止九月耳次年潞公入洛欲覓一舊人談往事或以老人薦者公一見大喜出入必偕凡官府宴會及親友招邀亦攜以往公坐右則拐老人于左坐左則拐于右九月後公去洛而老人之蹤跡疏矣又宋人小說載蔡京八字是丁亥壬寅壬辰辛亥與東京鄭粉兒子支干並同

古人名作

儲中子在文云。陸士衡五等諸侯論。蘇廷碩東封朝覲壇頌。獨孤至之夢遠遊賦。韓退之進學解。毛穎傳。孫可之大明宫紀夢。歐陽永叔王錡傳。王淑妃傳。伶官傳。蘇子瞻十八羅漢像贊。戰國養士論。陳同甫上孝宗書。皆得太史公之神。當與項羽本紀同讀。李安溪先地云。闢佛錢篇名文。宜彙置一處。范蔚宗西域傳贊。傳奕表。韓退之原道佛骨表。與孟簡書。宋景文李蔚傳贊。朱文公釋氏論。合而觀之。彼教無所逃罪矣。

筆端刻薄

趙秋谷始與阮翁相得。後乃齟齬。因作談龍錄一編。句句贊。卻句句刺。至尖極冷。下筆如刀。推其由。不過因不借䑛調譜之故。亦何至忮刻如此。然猶曰文人相輕。積習使然耳。至梅聖俞碧雲騢一書。其于文潞公范文正公。信口詆汙。不遺餘力。夫人知為必無之事。而鑿鑿言之。躍躍書之。究之于二公非有不共深仇。特以懷才不偶。因而歸怨。罕說為此醜詆妄縢婢女之所為。而乃名士為之乎。且迄今千載而下。兩公之名爭光日月。而聖俞反因此而共譏為有文無行之人。則亦何苦以己矛刺己盾耶。又錢世召錢氏私誌于歐陽文忠多有微詞。而箴錢一事尤嘵嘵不休。末乃自露口供。因五代史十國世家痛毀吳越。而歸田錄又未敘文僖美政之故。怨謗之于人。顧不甚哉。總之發人陰私。攻人曖昧。實則喪人德。虛則喪己名。快一時之笑罵。淆千古之是非。文人最易犯。而實宜切戒者也。或曰魏泰所作。嫁名聖俞者。

三陽

明永樂宣德間。楊榮。楊溥。楊士奇。皆秉鈞軸。同在閣中。則參謁者難于稱姓。故以東西南位別之。士奇江西人。故曰西楊。溥荊州人。荊古南郡。故曰南楊。榮閩人。閩在京師之東。故曰東楊。亦猶本朝北劉中堂南劉中堂之稱。

墓樹

西湖岳忠武墓樹枝皆向北。人人知之也。䢖城有蘇屬國墓。樹枝皆向南。可為的對。

牡丹

青城山丈人觀前有牡丹二株。一高十丈。號大將軍。一高五丈。號小將軍。牡丹向比美人。此忽擅閫外之尊。尤為衆香國中生色。

簪花樓

明武宗幸清江浦。駐尚書金濂第。以後樓居劉美人。劉性愛花。當時供頓。必進鮮花朵日凡數次。後人呼其樓曰劉美人簪花樓。

武王

孔子以周德為至德。而謂武盡美矣。未盡善也。立言何等婉約。韓文公伯夷頌。無一詞及武王。末乃云。雖然微二子。亂臣賊子接蹟于後世矣。其罪武也。凜然如刀鋸斧鉞之加。而鋒鋩不露。至東坡武王非聖人也。乃以六字一口道破矣。

江河赤水

江河水赤。名曰泣血道路。見晉張華博物志。四字覺驚心動魄。

勤王兵解

梁武帝紙鳶繫詔。而援卒不來。隋煬帝木鵝繫詔。而救兵不至。此天下諸侯解體已久。視等弁髦。更不可以驪山烽火例也。

聖諱

前代雖未有避聖諱之例。然而日在人心。能無凜凜。唐文宗賜裴度詩。我家柱石衰。憂來學丘禱。以天子而名聖人。且用其語。故無嫌。韓文公詩。柄用儒術崇丘軻。王荊公詩。驅馬臨風想聖丘。猶云出以莊雅也。至杜子美醉時歌。儒術于我何有哉。孔丘盜蹠俱塵埃。以帝王百世之師。呼而儕之于盜蹠。可乎。

三蟲

唐咸通中。荊州書生號唐五經。聚徒五百。東脩自給。有西河濟南之風。嘗謂人曰。不肖子弟有三變。第一變為蝗蟲。謂鬻田莊而食也。第二變為蠹蟲。謂鬻書而食也。第三變為大蟲。謂鬻奴婢而食也。見五代孫光憲北夢瑣言。說甚解頤。

兩般秋雨盦隨筆卷一終

兩般秋雨盦隨筆卷二目錄

周芷卿　京宮苦況　喫醋　焦烈婦
花籠詞　壽聯　秋潭二鄉先生詩　謝表
張月娟原本闕文　典試改充　聖童　圈兒信
鐵鞋嶺　趙秋舲　信　十半軟半
吳臺卿　下第制義　吳公雅謔　竹影詞人
喝火令　條幅扇頭詩　長十八　李後主詞
沈去矜摹字　短錢　姪　達詩
集句　蜘蛛　破題　阮大鋮祭文
頻羅庵挽壽聯　中書詩　供春　御舟
白撞雨　珊瑚樹　岳王詩　三百三十有三士亭
武陵孃子　梅龕詩佛　命　莫如用猛
分茅砭　紅豆　木龍血　王廉訪挽聯
壽星　毛西河　同年嫂　尚絅堂詩

盧贊對　穀城詩　賀知章　落英
嫁　厶字　商燈　任邱邊
賽鵝哥　詠史詩　脆氣　于廟祈夢
門對　單傳句　袁趙蔣　袈裟繡龍
八斗萬斛　一典兩用　赤子　鼻天子陵
僧誦中庸　藩臬　岳王論　乾阿奶
跳行　添註塗改　吳滄川　見過亭
彭文勤試題　食量　作詩不必識字　混稱
彌勒對　戲名對　悼亡詞　軟金杯
二蘇　闖典史　金花夫人　魏環溪語
梁文康　河南村狗　芙蓉　宣德銅盤
文信國綠端硯　品酒　前朝後市　鴉片入策題
陣亡疏語　太誓　二我　王髑髏
猺俗　鬼輕巡檢　麻陽陋俗　天子妃
雪月渡江湖　疊字詩　財色　湯武
識遺論相　彭生鐵杖　薛能　蘇文
至聖封號　中賢亞聖　春秋人物　常平
而已　壽王妃　書詞與史筆迥異　影妻倚妾
畢趙　宗室詩詞　食其　佛
詩禍　仁義　儒作禪語　拘泥

兩般秋雨盦隨筆卷二

錢唐梁紹壬應來甫纂

周芷卿

周芷卿鼐虔，錢唐人。年十六補博士弟子員。工詩及詞，性極風流，有所目成，格不得遂，因賦西泠惆悵詞，而屬余為之序。云：山橫西曲，綠珠未嫁之年；雨過南園，紅豆初生之地。青溪白石，一水通門；碧漢紅牆，半天隔路。采蘼蕪而不見，贈芍藥以無由。此西泠惆悵之詞所以作也。芷卿茂才，以衛玠乘車風貌，當陸機作賦年華。偶遊西子之湖，忽入東家之里。春風省識，相逢一面之緣；秋水通靈，便擬同心之結。而乃東南孔雀，妾是羅敷；西北牽牛，郎非河鼓。擁雙檝於十三灣下，桃葉難迎；恨一枝於五百年前，蓮花未第。然而雨情叩叩，一脈依依，願作鴛鴦繡上雙函之枕，思為蝴蝶飛來百褶之裙。於是雪絳緘愁，雲藍織恨，夢中彩筆，化作烟雲；空際華嚴，彈成樓閣。青玉案聲聲腸斷，梅子黃時；碧紗廚黯黯魂銷，桐花白後。幾家簾閣，偏傳絕妙之詞；何處闌干，不剗相思之字。問柔腸其脈脈，憐弱骨以珊珊。翦來半幅秋江，有誰涉汝；吹皺一池春水，何事干卿。猶復詩託無題，心懷有美。宓妃留枕，陳思設想之詞；神女為雲，宋玉荒唐之賦。信瑯琊之情死，遂湖海之氣消。君竟纏綿，予懷悵觸。吳宮花草，平原十日之留；隋苑笙歌，杜牧三生之夢。偶留鴻爪，遂縛蠶絲。追思椒壁紅時，粟簾綠處，釵頭贈玉，約指留金，圓白傳於屏風，畫放翁於團扇。今者柔情似水，軟夢成烟。尚憐昔日風姿，枇杷樹底；空憶舊時月色，楊柳梢頭。僕本恨人，怕聽淒涼之笛；卿須憐我，莫吹宛轉之簫。芷卿豔思綺想，終以此等事迴腸盪氣，不永其年，惜哉！歿後詩稿零落，記其集玉溪生詩三十二首中有句云：刻意傷春復傷別，可堪無酒又無人。地下若逢陳後主，人間惟有杜司勳。神女生涯原是夢，月娥孀獨好同遊。真是天衣無縫。又同塾時共作帖體，何星槎夫子（烺）以南村諸楊北村盧命題，芷卿句云：太真紅玉色，少婦鬱金香。運典入化，真粲花妙舌也。

京官苦況

余庚戌入都，皆寓京官宅內，親見諸公窘狀，領俸米時，百計請託；出房租日，多方貸質。偶閱宋稗類鈔，章伯鎮學士云：任京職有兩般日月，望月初請料錢，覺日月長；到月終供房錢，覺日月短。可見此風自古已然矣。

哭醋

浙江轉運張（映璣）山東人，性寬和，善滑稽。一日出署，有婦人攔輿投呈，則告其夫之寵妾滅妻者也。公作杭語，從容語之曰：阿奶，我係鹽務官職，並非地方有司，但管人家哭鹽事，不管人家哭醋事也。笑而善遣之。

焦烈婦

乾隆元年，宣城陸某（生員也）娶妻焦氏。陸好呼盧，蕩其家。一日賭負，將售妻以償。焦偵知之，賦詩八章，投繯死。鄰族鳴於官，題請旌表，得旨褫陸衿，斷其八指，一時快之。八詩末首結：鴛衣冷不支，郎歸休在五更時。風酸月苦空閨裏，猶有牀頭四歲兒。言之嗚咽。凡嗜博者可以為戒。

花簾詞

吳蘋香女史，初好讀詞曲，或勸之曰：何不自作？遂援筆賦浪淘沙一闋云：蓮漏正迢迢，涼館燈挑，畫屏秋冷一枝簫。真箇曲終人不見，月轉花梢。何處暮砧敲，黯黯魂銷，斷腸詩句可憐宵。欲向枕根尋舊夢，夢也無聊。輕圓柔脆，脫口如生。一時湖上名流傳誦殆徧，自後遂肆力長短句，不二年著花簾詞一卷，逼真漱玉遺音。祝英臺近詠影云：曲闌低，深院鎖，人晚倚梳裹。恨海茫茫，已覺此身墮。那堪多事青燈，黃昏纔到，又添上影兒一箇。最無那，縱然著意憐卿，卿不解憐我。怎又書窗，依依伴行坐。算來驅去應難，避時尚易，索掩卻繡幃推臥。河傳云：春睡，剛起，自兜鞋立，近東風，費猜。繡簾欲鉤人不來，徘徊海棠開未開。料得晚寒如此重，烟雨凍，一定留春夢。甚繁華，故遮些，瞞他碧桃容易花。南鄉子云：吹到鯉魚風，涼殺秋花一朵紅，怪得黃昏寒又力，濛濛，人在疏簾細雨中。香篆裊房櫳，倦倚熏籠影影多事，青燈挑不盡，重重，偏向釵頭綴玉蟲。柳梢青題無人院落圖云：不索烧茶，一重簾捲，幾摺闌遮。楊柳樓臺，桃花世界，燕子人家。東風幅幅窗紗，望翠袖非耶是耶。鸚鵡前頭，秋千背面，沒處尋他。如夢令燕子云：燕子未隨春去，飛入繡簾深處，軟語話多時，莫是要和儂住。延佇，延佇，含笑回他不許。蘋香父夫俱業賈，兩家無一讀書者，而獨呈翹秀，真風世書仙也。又常作飲酒讀騷長曲一套，因繪為圖，已作文士妝束，蓋寓速變男兒之意。余為題圖有句云：南朝幕府黃崇嘏，北宋詞宗李易安。蓋非虛譽也。

壽聯

錫山鄒小山先生（一桂）有門生某，弟兄皆詞林，二子並登甲科，而其母則以側室正位者也。七十誕辰，求先生撰壽言。先生令諸門生擬之，俱不稱意。蓋不難於頌揚得體，而難於得尊者之口氣也。先生自撰儷句云：有子有孫，都成名進士；多福多壽，是謂太夫人。於是執筆者咸歎服。又張船山太守為吳穀人祭酒太夫人撰壽聯：惟善人現壽者相，有令子為天下師。亦古樸有味。

秋潭二鄉先生詩

家秋潭先生諱文泓。文莊肥叔。錢唐諸生。以文莊貴。遂不鄉試。恥以官卷中故也。詩境冲淡孤冷。漁釣云。一溪新漲失前汀。照見青山處處青。香餌自香魚不餌。釣竿只許立蜻蜓。題采芝圖云。山間石上烟生光。曾受青城道士方。自采自茹還自煮。不來朝市說禎祥。品致之高。可以想見。二鄉先生（文灝）錢唐布衣。好以俗語入詩。工穩貼。人比之楊誠齋。殁後詩稿零落殆盡。僅傳勝句。如天地多情猶許活。江湖何處不容狂。人間冷語能銷骨。夜半清愁直刺心。又雨霽云。浴浴白滿桃花港。鬱鬱青迷松木塲。漫成云。廉如蜩蚻依然瘦。嫻似蜒蚰總不肥。不雨云。雷聲請客空生喜。雨點當官怨散場。感懷云。愁多不了消除悵。老去難懸迴避牌。皆可誦也。

謝表

乾隆中有某鎮李總兵。上忽賜以御製詩全部。李謝表中有云。乍聆天語。真目所未覩之奇。欲贊微詞。凜口不能言之慨。措詞得法。適如其分。

典試改充

大學士無錫嵇文敏公（曾筠）雍正癸卯。以河南巡撫即為河南正考官。交河少司寇王公（蘭生）雍正壬子。以安徽學政即為江南正考官。典試由外改充。前此未之有也。

聖童

鄞縣全（祖謙）謝山太史（祖望）之兄也。四齡入塾。即通諸經章句。蔣蓼厓先生見而奇之曰。此聖童也。一日戲以小翦翦紙傷指。感風而病。遂篤。臨危於几上大書鯉也死三字。而破之曰。聖人不得有子。聖人之不幸也。竟卒。止六歲耳。

圈兒信

有妓致書於所歡。開緘無一字。先畫一圈。次畫一套圈。次連畫數圈。次又畫一圈。次畫兩圈。次畫一圓圈。次畫半圈。末畫無數小圈。有好事者題一詞於其上云。相思欲寄從何寄。畫箇圈兒替。話在圈兒外。心在圈兒裏。我密密加圈。你須密密知儂意。單圈兒是我。雙圈兒是你。整圈兒是團圓。破圈兒是別離。還有那說不盡的相思。把一路圈兒圈到底。無中生有。令人忍俊不禁。

鐵鞋嶺

杭城黃泥潭上曰鐵鞋嶺。亦曰鐵冶。其實則鐵匡也。昔人於此掘得一石。曰楊鐵匡讀書處。故名。其下別有真修庵。舊為海昌查伊璜孝廉別墅。即款留大力將軍處也。鐵匡嶺山麓相

傳有敗吏樓。敗吏不知何意。或云猶言煞吏也。國初毛馳黃先生吳山踏月記。有過敗吏樓叩吳廷彝門云云。則當時尚有此樓。不知廢在何年。又帶湖樓在清波門南。明嘉靖三十四年。督臣胡忠憲設以備倭寇者。今久廢矣。鄉先生陳墨樵（景鐘）詩云。清波門外帶湖樓。閣號巍巍俯碧流。四面峯巒窗外入。兩隄雲物望中收。旌旗五色迷春日。鼓角千聲壯晚秋。今日荒城訪遺跡。斜陽粉堞動深愁。又笙鶴樓在吳山城隍廟。羽士陸天乙作。董思翁為顏之曰笙鶴。今亦久廢矣。

趙秋舲

仁和趙秋舲（慶熺）鐵巖大空（殿最）從孫也。性倜儻。工詞詞。家貧讀書。傲骨風棱。逸情雲上。道光辛巳舉於鄉。壬午連捷南宮。引見歸本班銓選。此才不入詞館。惜哉。弱冠時嘗隨其叔祖篠山太令（敬）官游楚北。賦楚游草一卷。猶記其全卷雜詩十首之二云。璧月姮娥鏡殿光。六宮學士女兒妝。南朝才子都無福。不作詞臣作帝王。出身皇覺忽飛昇。孫祖家傳感孝陵。孫作緇流祖還俗。入山天子出山僧。議論新警。足以奪目。又出楚時。其所聘室卒。作續離騷招魂哭之。詞旨悲豔。末題浣溪沙闋云。檢點青衫有淚痕。十年前事最銷魂。偏他細雨又黃昏。鸚鵡一篇才子淚。桃花三尺女兒墳。不知何處弔湘君。又長相思薄游西湖云。蘇公隄。白公隄。十里亭臺高復低。斷橋流水西。杜鵑啼。鷓鴣啼。樓外夕陽一酒旗。楊花不住飛。蘇幕遮云。玉闌干。金屈戌。簾外長廊。廊響弓弓屧。鬟影春雲衫影雪。如水裙拖。幅幅相思褶。阮弦鬆。笙字澀。心上燒香。香上心先滅。安得追魂枝底葉。便做青蟲。也繞花蝴蝶。生查子云。青溪幾尺長。中有雙枝艣。楊柳小於人。便解留船住。歌聲遏暮雲。酒氣蒸香霧。又落碧桃花。紅了來時路。此種小令。柔脆輕圓。酷肖北宋人手筆。

信

今人寄書通謂之信。其實信非書也。古謂寄書之使曰信。陶隱居云。明旦信還。仍過取反。又虞永興帖云。事已信人口具。又古樂府云。有信數寄書。無信心相憶。莫作瓶墜井。一去無消息。皆可證也。高江村天祿識餘辨之甚詳。

十半軟半

韋昭曰。凡數三分有二曰太半。有一分曰少半。大半亦曰強半。亦曰太半。又枚乘傳。尚得十半。謂十分中可算五分也。白香山詩。家醸唯殘軟半瓶。猶小半也。十半軟半字甚新。

吳臺卿

平湖吳臺卿先生（穎芳）松圃協揆之姪。山舟學士之甥也。幼聰敏。年十六受知於提學大興

相國朱公補博士弟子員。才藻冠時。以為芥拾青紫矣。乃十上鄉闈。未離席帽。鬱鬱不得志。遂遁而學仙。日從事乩鸞。叩長生之術。年未及四十。以病瘵卒。時太夫人壽逾六旬。猶在堂也。學士輓聯云。天道竟何如。不許阿㜷留李賀。神仙今安在。翻教老淚哭羊曇。讀之令人酸鼻。

下第制義

舉子下第。情狀可憐。陳午橋通參洪未第時。戲為制義二比寫之。全套金正希先生德行一節題文句調。其文云。榜大莫能容。所不得者進士。而於舉人無恙也。設諸公非為進士。故挾其文章經義。試帖楷法。以博取人間館與幕。與一切謄錄教習。固自易易。何困阨若斯也。而諸公不顧也。文人無厄地。所自信者學問。而命運則不敢必也。設諸公以不中進士。故當其袍褂鞾帽服飾鋪蓋。以博相公之一笑。且下及夫清唱魚池。豈不甚樂。何憂悶若斯也。而諸公不敢也。沈快之處。令人破涕為笑。憶丙戌下第。寓全浙會館。葉嵋生明經來。為余述之。

吳公雅謔

金棕亭博士兆燕全椒人。好交結。教授揚州時。四方往來凡知名之士。無不投見。推襟送抱。文酒流連。殆無虛日。飲饌極豐。或有誚其過侈。類於鹺商。不似廣文苜蓿者。興化諭吳公曰。師也過。商也不及。坐客為之哄堂。吳名逢聖。桐城人。後知臺灣府。

竹影詞人

海昌陳敉貞工詞。有句云。見他竹影橫窗。疏疏密密。總寫著个人兩字。杭堇浦太史。呼為竹影詞人。

唱火令

汪焜字宜伯。號憶蘭。錢唐人。著憶蘭室詞。有唱火令一闋云。弱葉黏紅豆。名花委綠苔。一奩秋水鏡初揩。開道香泥舊徑。重印鳳頭鞵。欲見無端借。相期有夢來。模糊心事繫春懷。記得盟時。笑指鬢邊釵。記得鬢邊釵上。雙鳳不分開。旖旎獨絕。

條幅扇頭詩

偶見條幅書一絕云。山映簾櫳水映窗。浣紗人在苧蘿江。年年寒食梨花雨。門掩東風燕子雙。極其風致。惜不知為何人所作。又於扇頭見一絕云。一夜東風草萋萋。如絲春雨濕香泥。銷魂細柳營前路。半踏弓鞵半馬蹄。亦愛不忍釋。詢之。知為姑蘇翟某所作。惜忘其名。

長十八

花十八。琵琶曲名。前人詩詞中常用之。長十八。草花名也。元萬遷祿寨上曲云。雙鬟小女玉

娟娟。自捲氈簾出帳前。忽見一枝長十八。折來簪在帽沿邊。名色甚新。究不知何花也。

李後主詞

南唐李後主詞。最是倉皇辭廟日。不堪重聽教坊歌。揮淚對宮娥。譏之者曰。倉皇辭廟。不揮淚於宗社。而揮淚於宮娥。其失業也宜矣。不知以為君之道責後主。則當責之於在位之日。不當責之於亡國之時。若以填詞之法繩後主。則此淚對宮娥揮為有情。對宗社揮為乏味也。此與宋蓉塘譏白香山詩。謂憶妓多於憶民。同一腐論。

沈去矜卷子

丙戌至京。寓土地廟下斜街全浙會館。塘棲姚鏡生孝廉亦寓焉。一日出卷子屬題。則西泠十子沈去矜先生謙手書詩卷也。先生於順治乙酉。泛棹蘇常。時南都新破。百姓流離。目擊情形。淒然有感。取是年所作之詩。寫成長卷。計古今體詩四十餘篇。末綴小跋。字畫蒼勁。詩格渾成。允為名蹟。是卷藏塘棲金氏。姚君部試。託其攜入都中。徧徵題詠。展卷名公鉅卿。山人墨客。詩詞歌賦。無美不臻。余為填南北曲一套云。新水令黍禾荒後蕨薇高。滿乾坤淚痕多少。江山餘戰伐。髮鬢賸刁騷。風泊鸞飄。留下這磨不滅的遺民數行藁。步步嬌落日姑蘇寒山道。小泊傳孤櫂。見流離戰骨拋。歎幾劫紅羊。歌幾回朱鳥。雪涕太無憀。對蓬窗寫出傷心調。折桂令這幾首過明湖清淚頻飄。恨一時鼙鼓聞。卻笙簫。那幾首秀水苕溪。扁舟跌宕。短策逍遙。這幾首哭忠魂岳王墓表。弔殺骨于相祠高。這幾首江左蕭條。海國遊遨。還有那送行感逝。泣青衫死別生交。江兒水嗚咽青陵笛。悲哀赤壁簫。你天涯眼見黃塵擾。你浮生夢醒黃粱覺。你閒身許作黃冠老。幸免白衣宣召。底是神傷。別有這淒涼懷抱。雁兒落想當年酒三杯澆來義膽豪。淚千行流得詩腸燥。觸銅駝枝梧閒戰血。波筆千言寫不盡驚心貌。呀。早玉簫聲斷廣陵潮。眼見那邊上將軍萬寶刀。當不起王孫兒三千攬留不住金甌兒一半牢。波也麼焦。更誰將東節移王導。悲也麼號。贏得箇西臺哭謝翱。僥僥令留幾幅殘箋兼斷稿。儘教人短誦又長謠。心香一瓣虔燒。恨不識先生貌。只認得押角的紅泥把姓氏標。收江南侍提起昔年遺老。呵。笑忠義枉雲高。有幾個西山曾赴辟賢招。有幾個北山又被移文誚。恨貞松自彫。歎芳蘭自熱。只贏得梅邊一集殿南朝。園林好展遺書龍眠虎跳。誦遺詩鸞姿鶴標。有大節千秋照耀。算兵火不能燒。算紙劫不相遭。沽美酒喜裝籤王共瑤。喜裝籤王共瑤。留下這傷心一卷續離騷。看故國河山裂紙條。這些些黑瀋閒幾番零落。幾搜牢零落在蛛絲蟲爪。搜牢在海絹山膠。看待作蘭亭墨妙。何處許茂陵求稿。今日個風淒月寥。茶乾酒銷。許詩人展閱憑弔。清江引寸金尺璧真堪寶。問何人筆尖兒橫掃。這是那十子內的西泠沈氏草。

短錢

唐元和中京師用錢每貫除二十文梁武帝時有東錢西錢長錢之分以七八十爲一百抱朴子云取人長錢還人短陌則當時似已有之即今之所謂八扣九扣也

姪

爾雅釋親篇云女子謂昆弟之子曰姪引左傳姪其從姑爲證今男子稱兄弟之子曰姪失之矣兄弟之子當稱從子謂從子而別也又呼猶子案論語子曰回也視予猶父也予不得視猶子也則猶子二字似又可作師呼弟子之稱兄弟之孫曰猶孫見唐元稹李公建墓誌銘

達詩

會稽陶蔚坡章煥五十初度詩云縱然便死原非夭若竟長生也聽天真是達人之語又有人垂老娶妾詩云我已輕舟將出世得卿來作掛帆人感喟處更寫得蘊藉至唐子畏句云黃泉若遇好朋友只當飄零在異鄉小顛僧句云九京多少相知友道我來遲罰一杯雖同一達觀之語而一覺其傷感一覺其俳優矣

集句

姚古芬嘗集舊句云北方佳人遺世而獨立東鄰處子窺臣者三年對仗天造地設又山舟學士嘗集水經注語云帛什理於是山作金五千觔救百姓小夫人以兩手將乳五百道向千兒其語甚奇

蜘蛛

海州蜘蛛怪不知何代物也能噓氣爲黑風居民每望見風起如黑烟蓬蓬則皆嚴閉戶牖風過乃已一日龍擊之雷雨既作蛛吐絲網龍窘不得出格鬬凡數十須臾而瀕海皆水矣始有火龍者二焚網出龍蜘蛛遁不知所往詰旦於數十里外有物縱横散落圓膩色灰圍如人臂或數寸或一二尺金石無所傷而兩頭皆焦火痕蓋蜘蛛絲也大興舒鐵雲孝廉有蛛絲網龍篇紀其事

破題

商邱安舜庭世焻童子時向郡守求試守指路旁此屋出賣四字令作破題安應聲云曠安宅而弗居求善價而沽諸郡守首拔之又有人作伯夷叔齊四字破題云甲子以後無天首陽之外無地亦覺奇偉可喜

阮大鋮祭文

明沈士柱祭阮大鋮文極狡獪文曰某年月日故降大司馬阮公之喪至自浙東沈某爲文以祭曰古稱知己重於感恩以余觀之豈獨恩爲知己哉孔融傳文臘記操非不知之顔真卿純忠大節盧杞非不知之惟知之深故忌愈切殺愈速天下後世但知操杞妒賢而不知於兩公未始不稱相知也余少賤未識司馬閱公從逆科皆華膴附中常侍勢與士君子爲仇説者遂詆公爲假子遂殺正人余謂不然逆璫嗣子滿天下得公不加益失公不加損況舐痔之行媚衛意擬爵之人具翻江攪海之才行墜石下井之事何求不遂何欲不行而位不過光祿雄狐九尾不得與彪虎雁行於以知公之蹟巧而事拙也列皇手定逆案閱公封事入贊道列終身不齒説者謂公深仇先帝余謂不然使先帝悉公才智復爲采錄則恩怨親讐與衆相忘久矣惟毅然不搖群論使公十七年林壑養鱗甲豐羽毛得甘心快意爲殺人具者伊誰之賜耶於以知公之陽仇而陰德也公詞曲奔走一時説者謂憤時嫉俗科諢皆指正人余謂不然弘光半載公塗面登場自爲玩弄及寓鴆茲公曰我必不學伯嚭走錢唐無論自比宰嚭作讖錢唐一語不出前史作劇者神子胥之靈以褫公等讒邪之魄公目不識史胸中但有梨園藁本以國爲戲於以知公之膽大而才小也公以小怨殺周雷二公復與鈎黨獄説者謂公流毒宗社余謂不然周雷亢直忌者不獨公也公不殺群小必殺之即不然而賢姦並列邪正不分終令大厦莫支狂瀾失砥而後隕命報國論者不責其見幾之不早即譏其反正之無術故死於公猶愈自死也即同難諸君雕蟲小技當與草木同腐天假公手登彈墨以永其名雖公爲國謀不忠爲身謀不祥而爲諸君子謀則善也於以知公之事險而意厚也公聞變倡逃説者以賣君誤國律與馬同罪余謂不然公與馬密謀定策如置弈棋然馬貪夫敗類自公出而勸以戕賊毒螫及悔爲所用而事已去浙東一戰馬尚同方合志不知輸誠納款公又先馬致之矣使公同受戮西市一生惡蹟補過蓋愆何委質後方糜爛以死生與馬同醜行死並不得與馬同禁名夭實爲之也公臨巖一跌身首異處智能保首領於生前不能全軀於身後誰分其尸誰傳其首豈非天哉於以知公之意狡而神愚也此五者人議公險余爲公平之人議公深余爲公淺之人議公毒余爲公厚之人議公巧余爲公拙之人獨高公詞曲予獨畜以俳優謂公以人國僥倖正坐此病九原有知當亦以爲知言也予隔縣諸生不知公何風聞怨毒爲甚友人曰君庚午闈後有人以闈義質公爪牙君見評閱當座叱之其人忿而譖公借君爲質公於是伏欲殺之機矣或又曰君涓陽侍御公未第辱公推分及公爲大行給諫侍御絶不與通又公欲以故人禮遇予予不屑仕也公於是又增欲殺之目矣夫士睥睨王侯莫如禰衡其面辱阿瞞無人禮而操

能容之若以通家子視余昔秦檜胡安國始未嘗非同黨及末路敗壞子胡寅胡宏以和議不合咨書甚厲檜雖心恨未至於殺也公何必欲置予死地耶然公雖欲殺予予即未見殺於公而以稱相知則有竊附古人者憶黨禍初發公庭語坐客二沈倔強必生致二沈眉生與余也夫倔強之名世所諱古所尊公不吝以加之余公不可謂不知我自公降後同人為余動色相戒余笑曰公狡獪人也其於余一發不效有懈志矣且自度向以搏象全力兔尚得脫今游魂餘燼焉能鈎致周内復陷人罪苦哉余知公必不為也余不可謂不知公今有人綢繆款洽而實泛常公操利刃設深阱使我流離瑣尾然猶竊附知己魂如有靈當臨風一笑也（文甚長此節錄之）此文嬉笑甚於怒罵朽骨有知能無汗泚

頻羅庵挽壽聯

山舟學士所撰挽壽極多茲擇其尤者敬錄之四十年生有自來身到蓬瀛天遽召三千里殁而猶視心傷桑梓母何依（挽湯畫人妹丈辛未庶常甲戌未及散館沒於京師年四十生母猶在堂）天北掩台垣見說槐音中夜斷江東失宗袞心傷荊樹一齊摧（挽家大定公時沖泉弟亦沒）朝無諫草家有藏書卌載清聲光簡冊公應騎箕我悲陟岵一時血淚灑殷莩（挽姑丈張漆川侍郎）劉先生之夫人無慚銘誌宣文君之家法具在孫曾（挽丁龍泓夫人）孝思盡宦海家園榮親養親一笑生天證佛果道望齊太山梁木吾仰吾放幾人入座哭春風（挽莊撫師）對青宮授几洛社圖形官府神仙皆慧業備達尊三擅絕詣四儒林文苑並傳人（挽錢蘀石侍郎時以上書房致仕）帝畀以河三策勤勞著淮北臣心似水四知風節媲關西萬里兒啼此日愁攀賢令轍卌年老淚隔江空盼少微星（挽陶篁村時令子宦黔）名在千秋服鄭說經劉杜史神歸一夕仙人骨相宰官身（挽錢竹汀宮詹）畫裡傳衣鳳契偶同永長老山中獻蓋前塵誰證衲禪師（挽明中和尚余畫過去僧像為補衲文師與先君同在詩社）絕筆詩成寫照髯仙明月清風人已遠平生墨妙瓣香水叟虹樓瀛海世爭傳（挽孔谷園前有題新人帳詩明月清風詩中語也天瓶居士谷園婦翁玉虹樓谷園齋名瀛海仙班帖天瓶）竹萎蕉枯此日是師真面目焚香灑水當年惟我舊朋儔（挽沈壽嵋次句指恒公寂時）海邦至竟思賢宰湖社從今感寓公（挽華秋槎）路近西州爭忍重過空灑淚門荒孟氏從教明日罷登高（挽許衣母巢九月八日卒）一品恩還魂魄長依華屋九重念舊馨香宜徹幽泉（挽家春渚二兄）天際綵衣榮右袞手中色綫補垂裳（壽曹司農令堂八十）蝸坳舊齒符天壽雁塔新題冠佛名（壽嵇中堂八十以歲壽年生日重赴瓊林）八座起居令子宮袍慈母綫重闈燕喜南陽仙菊北堂萱（甲寅九月十八吳年伯母八十壽令子開藩河南故用南陽菊事）眉壽弓衣行世文章皆事業屏風團扇還山官府即神仙（壽王述菴八十）甲子從頭開上壽神仙自古有曾孫（壽許小范六十時已有曾孫）東方先生善諧謔南極老人應壽昌（壽趙次乾）

中書詩

有人作嘲中書詩云莫笑區區職分卑小京官裏最便宜也隨翰苑稱前輩且喜中堂是老師四庫書成邀議敘六年俸滿放同知有時溜（平）到軍機處一串朝珠項下垂形容入妙南海孝廉謝莞山（念功）為余言之

供春

宜興沙壺供春為上時大彬次之時壺尚可得供春則絕跡矣供春者陽羨名陶錄以為童子查初白詞注以為吳熒婢也未知孰是

御舟

高宗南巡渡江于文襄（敏中）扈蹕進詩時會稽陶篁村先生在文襄幕中因屬其代作内有句云千帆飛渡江南岸一片黃旗識御舟文襄擊節惟援筆將飛字改擁字先生嘗語人曰易飛為擁便見得從蹕尊嚴此真一字之師也

白撞雨

凡暴雨忽作雨不避日日不避雨雨點大而疏粵人謂之白撞雨土諺曰早禾壯宜白撞見

廣東新語

珊瑚樹

吳淞總兵楊華言澎湖之南海清見底然懸絙百丈不能測也中有珊瑚樹四株大可合抱巨魚數十環之若典守者然

岳王詩

向閱某小說見有詠岳王詩一首云臣飛死臣俊喜臣浚無言世忠靡臣檜夜報四太子臣構稱臣自此始寥寥數語用筆嚴冷之至

三百三十有三士亭

亭在福州學使者院中朱笥河先生所建亭前有石三百三十三峯每一石鐫諸生一人姓名即其人所獻也

武陵孃子

常德蠡山廟祀越相蠡山畔有武陵孃子祠土人云以祀西子也

梅龕詩佛

西江吳蘭雪中翰（嵩梁）工詩高麗使臣得其所著詩稱為詩佛而築一龕以供之種萬樹梅云

命

聖人言知命定命立命俟命而其理究微而莫測也故孔子罕言命乃世之談命者以所生年月日時之干支合為八字遂以為命可推測而知耆爲張南山維屏司馬作原命駁之其說云推年月日始於唐之李虛中推年月日時始於宋之徐子平夫言命以干支為憑亦思干支何自昉乎昉於唐堯之元載通鑑前編本經世曆定為甲辰竹書紀年則以為丙子路史則以為戊寅山堂考索則以為癸未是則今所據之干支其為此干支與否亦尚未可知也而謂人之命在是噫其惑也此說新快足破術士之愚

莫如用猛

天下大小衙署扁額楹聯或意主頌揚或心存儆惕大抵崇尚寬和政體然也獨廣東東莞縣署二門以內高豎綽楔大書四字曰莫如用猛為江南仲柘泉明府振履所題仲公宰是邑頗有政聲蓋東莞之俗好勇鬭狠急則治標刑亂用重亦是權宜之一術然操切之治究非常法此語能吏言之循吏必不肯言也大書特書烏可以示後人哉聞直隸棗強縣署一對云苦心未必天終負辣手須防人不堪不知為何人所作此等居心則得之矣

分茅硅

吾杭學使署前有石硅硅上刻天祿字下有雲雷文名分茅硅蓋學署初為都指揮府今官

廨而硅猶存土人尚以都司衙名其地焉

紅豆

葛秋生姑丈應寶廳中懸一聯云書似青山常亂疊燈如紅豆最相思語極清新青山句秋生自擬紅豆句則許滇生侍郎所對也又姚古芬丈贈秋生句云名士青衫千日酒故人紅豆兩家鐙上句豪宕下句情摯

木龍血

紹興三江閘名應宿閘明郡守湯公所築初築時水大不得合祈於神夢神語曰若要此閘成除非木龍血竊而不解所謂適有皂吏名莫龍者挺身曰以一命而全數十萬人吾何惜焉遂稟郡守自投於水而閘以成至今湯公祠猶以莫龍配祀陶春田廣文軒應宿閘詩云濕流皂吏生前血成就黃堂死後功蓋紀實也

王廉訪輓聯

道光乙酉德清徐倪氏之案自巡撫以至典使一城之官處分殆偏廉使王公惟恂以無術平反此案遂至自裁身為三品大員輕生以殉識者少之而其志則可憫也蔡生甫學士之定挽聯云剛毅木訥近仁生原無忝聰明正直而一歿則為神

壽星

臨海王芝園先生世芳生於順治己亥九月九日寅時康熙丙辰從貝子征耿逆血戰斬寇數十人適貝子遽卒未及奏功議叙年四十九歲始補博士弟子員繼而貢成均官遂昌司訓乾隆辛巳紫恩授國子監司業庚寅加翰林院侍講時已百十二歲矣當七旬時孫曾已盛逮百齡外曾孫復舉曾孫因賦詩云身曆四朝沾浩蕩眼看七代長兒孫蓋紀實也陳太僕句山先生贈詩云華皓何來靈水頭寵加新秩返扁舟酒錢未卜憑誰與壺藥翻叨為我投海宦夢鶯山北散仙行逐海東鷗獨留佳話傳臺閣曾與書英大父游相傳王中年入天台有人授水二勺一熱一冷王飲其熱者人或叩之笑不答但曰吾生平無他過人視聲色貨利淡而已由是人皆以王壽星呼之又杭有鄉民趙振鯨者嘉慶甲戌一百歲蒙○恩賜六品頂帶山舟學士為書坊對云身曆四朝太平黎庶壽登兩甲盛世耆英趙來謝時自江干挐舟入城泊隨儀步行至竹竿巷不持杖拜跪無所苦同來者係其長孫已六十三矣趙君為人短小無鬚髯好觀劇會里社演劇趙挺身挨入人叢有拍其肩者曰老弟莫用力我老年人筋骨不耐揉搓也趙回視之其人鬚髮皓然因問曰翁年幾何曰八十三歲矣趙笑曰然則與我大小兒同年也於是聞者譁然後年百有九歲無疾而逝又家接山叔祖守

廣西慶源有藍祥者年一百四十四歲鄉人耕鑿自安不諳朝典叔祖為詳請旌獎○恩賜六品頂帶并設宴府堂以待之曾元扶掖而來耳目無翳障飲啖過人頗能畫人物因倩其畫壽星一幅并呈山舟學士學士題壽星贊百餘字并畫勒諸石其碑猶存清勤堂中也

毛西河

西河先生凡作詩文必先羅書滿前考核精細始伸紙疾書其夫人陳氏以先生有妾曼殊心嘗妒恨輒詈於諸弟子之前曰君等以毛大可為博學耶渠作七言八句亦須獺祭乃成先生曰凡動筆一次展卷一回則典故終身不忘日積月累自然博洽後生小子幸仿行之婦言勿聽也又嘗僦居矮屋三間左圖右史兼住夫人中為會客之所先生構思詩文手不停綴質問之士環坐於旁隨問隨答井井無誤夫人室中詈罵先生復還詬之蓋五官並用者同時蕭山包秉德沈禹錫蔡用光皆海實博雅故時有包毛沈蔡之稱後三公皆以諸生老而先生獨名滿天下並三人姓名亦罕知者亦有幸有不幸也

同年嫂

江山船婦曰同年嫂女曰同年妹向不解其義詢之舟人曰凡業此者皆桐廬嚴州人故名桐嚴曰同年字之訛也

尚絅堂詩

陽湖劉芙初先生(嗣綰)以名孝廉困頓場屋春官十上始得掄元授職編修十餘年而一階未展歿於京師著尚絅堂詩五十二卷五言如客枕云連天雞唱亂到地雁聲孤溪路云天寒魚減臘月暈蚌涵胎白溝河云地餘南渡恨人數北征才宿龍泉寺簡周到雲云古佛與苔綠病僧如菜黃哭卿墓云三遷齊祭酒一脈魯諸生七言如草堂雜詩云貪灌名花延井近誓刪惡竹讓牆高佛音閣云野花都已得禪意山鳥半能呼佛名中秋後一夕獨步故園云碧天無語又今夕紅樹笑人非少年無題云新樣東風吹玉笛舊家明月在銀鉤散步云籬花有意爭先發野草無名轉後凋病起有懷云好日短於磨牘墨清宵長似篆餘香到庶常館紀○恩詩云人說傳燈須選佛自慚紙鼎便成仙廢堠云車猶記里分雙隻戍不知更誤短長荒墅云賭殘綠野棋都散賣到青山畫亦寒金川門云已見殷湯俘太甲誰知姬旦負成王春暮湖樓云碧檻空時齊放鴨紅樓好處不離鶯皆可誦也

盧費對

周蓮塘大司空(北墀)薨盧南石少宰(陸溥)代之費西疇京兆(錫章)往弔於周一哭而殂京師為之對云一品頭銜讓南石三聲腸斷失西疇屬對工絕

轂城詩

李長衡轂城口號詩云轂城山好青如黛滕縣花開白似銀漁洋山人酷愛此二句後過轂城不見一花因賦詩云薛北滕南屢問津遠看山色黛痕新惟餘一事堪惆悵不見花開白似銀幾疑下句有可議矣先高祖文莊公東阿旅店題壁詩云東阿南望盡糢糊如黛山光黯欲無我比漁洋更惆悵風蓑雨笠轂城圖則上一句又幾乎在可疑可信之間今讀先大父丙午過轂城詩惆悵漁洋句漫猜看江轂下獨徘徊檀園自是詩中畫滕縣花偏為我開自註云余今過轂城見四圍山色徧野白花始信前輩詩不妄作漁洋或非其時耳遂成二十八字證之因思十四字偶然脫口乃經三四人經二百餘年始能坐實可為筆墨中一段佳話也

賀知章

大父冬夜讀諸史提要詩云醉裏神仙有幾人鏡湖未賜敢抽身牆頭喧訴聲如海急殺風流賀季真按唐書賀知章在禮部選郎取舍不公門蔭子弟喧鬧盈門知章不敢出乃昇一梯於後園出頭牆外以決事康熙辛丑科李穆堂先生用通榜法所取皆知名之士下第者糾眾於琑闈外作鬧新進士徘徊門外無由入謁或呈一詩嘲之云門生未必敢升堂道路紛紛正未央我獻一梯兼一策牆頭高立賀知章亦用此典也

落英

離騷夕餐秋菊之落英洪興祖註云秋花無自落者當訓如我落其實而取其材之落或又一說云訪落詩訓落為始意落英為始開之花其說甚新然以上句墜字意合之似從前說為是

嫁

婦人謂嫁曰歸不知男子亦可稱嫁列子云國不足將嫁於衛注嫁往也婦人曰歸寧錢起詩才子欲歸寧棠花已含笑則歸寧二字亦可施之男子蔣子萬機論云主失於國其臣再嫁若是則嫁亦可訓為仕也

么字

今商賈記帳銀每兩換錢若干或每人分錢若干每字俱作么字按穀梁桓二年蔡侯鄭伯會於鄧注鄧么地陸德明釋文云不知其國故云么地么古某字也今借作每字用耳

商燈

今人以隱語黏於燈上曰燈謎亦曰燈虎按帝京景物略云燈市有以詩影物幌於寺觀之壁名之曰商燈則此製由來已久矣

任邱邊

直隸河間府任邱縣邊氏大家也累世科第不絕故北闈有無邊不開榜之謠有孝廉邊君在京師廣座中一人展問鄉里氏族答曰某乃任邱邊蓋自矜其門閥無人不知也俄而回問其人其人逡巡曰某乃曲阜孔於是孝廉大慚

賽鵝哥

杜鵑花盛行南中陽羨土人有染成淺綠色者名之曰賽鵝哥

詠史詩

詠史以組織工穩比擬貼切為上秀水王仲瞿孝廉詠秦始皇云三百童男浮海去八千子弟過江來山陰陳某詠周平王廟云掃除文武千年業成就春秋一部書又詠曹娥碑云傷心少女隨嚴父題背中郎誦外孫歙縣曹儷笙相國詠司馬相如云才子同時欽武帝美人知己有文君揚州閔蓮峰詠孔北海祠云要為魯國奇男子不比楊家最小兒舒鐵雲孝廉詠都總便館云北海已聞蘇屬國西河猶館魯行人昭文屈宛仙女士詠汪水雲云祭文已哭王炎午降表空簽謝道清以上諸聯或運用見長或渾脫制勝皆卓然可傳之句也余有

詠周公廟詩句云一相福延明叔姪六官書誤宋君臣自謂歆許顏以質之大雅

脕氣

人患脕氣俗謂之狐騷臭粵人為尤甚崔令欽教坊記云范漢女大孃子亦是竿木家開元二十一年出內有姿媚而微愠羝謂脕氣也

于廟祈夢

毘陵周容和先生未遇時祈夢于忠肅廟夢神予字一幀錄唐詩云寒雨連江夜入吳平明送客楚山孤洛陽親友如相問一片冰心在玉壺何云玉壺神曰王衡妙玉壺便不妙矣醒而不解所謂後舉博學鴻詞制題為璿璣玉衡賦恍憶前所夢文思沛然遂中選授檢討所謂王衡妙也後曆官清要以宮詹予告謝恩託賜印章一方出朝視之其文云一片冰心在玉壺尋思舊夢忽然驚悸返第而卒所謂玉壺不妙也又韓城相公未遇時祈夢忠肅廟至則先有人在焉問占何事曰求子也遂並鋪而臥其人夢神賜以竹管二枝再叩則曰問汝並臥之人公夢神與語叩請終身則亦曰問並臥之人寤而各述所夢公告其人曰昔孤竹君有二子今夢此是佳兆也其人喜極舉手加額而祝曰願你狀元宰相後皆如其言

門對

董觀橋制府教增金陵人節鉞閩浙愛西湖山水之勝買宅於杭城之三拗營擬解組後作平泉之墅榜其門云〇聖代即今多雨露故鄉無此好湖山妙偶天然人多誦之乃未及予告而先生已歸道山所買之宅轉售於顏諸蒼中翰易其聯句云〇聖代即今多雨露先生有道出羲皇蓋其時中翰甫自戍所歸來丁艱後主講山東曆城書院故也

單傳句

偶集湖舫閩方谷學博熙以古人獨傳名句為令首舉曰滿城風雨近重陽於是有曰池塘生春草有曰楓落吳江冷有曰空梁落燕泥有曰庭草無人隨意綠令官並命飲酒眾問其故方谷曰諸公所舉並有全篇若重陽七字則自催租敗興以後不聞有起而續之者是真千古單傳之句也於是眾乃心服以次受罰

袁趙蔣

簡齋大令雲松觀察苕生太史一時齊名桐鄉程春廬同文心儀三公而蔣以未見而沒因繪拜袁揖趙哭蔣圖以誌景仰昭文孫子瀟太史原湘則專推袁蔣二公其詩云平生服膺止有兩江左袁公江右蔣廬山瀑布鍾山雲一日胸中百來往錢唐張仲雅大令雲璈又辯香袁趙二公頗所居曰簡松草堂後即以名其詩集蓋性情之地各有沆瀣也陽湖洪稚存太史亮吉評三公之詩云袁詩如通天老狐醉則見尾趙詩如東方正諫時雜詼諧蔣詩如劍俠入道猶餘殺機洵稱確論稚存先生詩才奇險好作驚人之句有人仿其體調之云黃狗隨風飛上天白狗一去三千年聞者絕倒洪聚生平所識詩人作為詩評凡數十家或問之曰公詩如何洪自批云僕詩如急湍峻嶺殊少回旋

袈裟繡龍

高廟南巡淨慈寺明中上人迎駕上顧問時偶以手拍其肩因於紫衣肩上繡金龍一團人咸非笑之而不知其有所本宋朱勔所衣錦袍徽宗常以手撫之遂繡御手於肩上又嘗與內宴帝以手親握其臂因以黃帛纏之與人揖此臂竟不動

八斗萬斛

子建之才八斗我得一斗天下共分一斗論斗分才奇矣西堂雜俎載湯卿謀句云古今只有萬斛愁而我獨得九千斛論斛分愁更奇有曹姓人為彭澤令其友人贈一對聯云二分山色三分水五斗功名八斗才運典恰切

一典兩用

劉越石詩宣尼悲獲麟西狩泣孔丘謝惠連詩雖好相如達不同長卿慢一典兩用摘詞錯綜法也然此等究不可為法

赤子

康誥曰如保赤子傳曰赤子未詳何義或曰始生之人其色赤故名虞兆漋天香樓偶得云赤尺古通用引文獻通考深赤者十寸之赤也以為證曰赤子者言始生小兒長僅一尺也其說頗為有據

鼻天子陵

始興縣南十三里有鼻天子陵相傳昔人掘地見銅人數十擁笏列侍俄聞墓中擊鼓大懼而返或曰是槃瓠墳高辛有犬戎患募得犬戎吳將軍頭者賜金千鎰邑萬家妻以少女帝畜犬名槃瓠入山銜一首至果吳也遂妻焉生六男六女為武陵蠻之始杜君卿駁之云黃金古以斤計秦始曰鎰三代分土漢始分人古安有萬家之封將軍周末官吳始周末姓古無是也且槃瓠之說因盤古起今明明曰鼻天子則不得以槃盤同音為此臆說也或曰是象墓象封有庳庳與鼻同音故名然象乃人臣安得曰天子或曰秦以前百粵盜名割據之稱然僭號稱王稱帝無稱天子者且鼻字意又何指淩元駒重訂始興縣志斷以為盤古之墓

曰鼻之為言始也盤古始為天子故追尊之也盤古本粵產兩廣盤姓皆其苗裔雄州鄉落多盤古倉會昌盤古山湘鄉盤古保雩都盤古祠荊南北以十月十六日為盤古壽始興原屬荊州毋亦其顯化之所乎且古皇墓半在南方炎帝鄢邑虞舜九疑皆距不遠至廣陵有盤古冢昔人謂其神假南海蠻洞中有墓亘三百餘步則安知鼻天子陵非盤古真墓虬通志又載銅人播笏等事謂渾沌安得有此其見亦迂昔魯共王壞孔子宅聞金石絲竹聲豈壁中果有此耶銅人之事亦猶是耳據此則為盤古墓無疑余嘗賦鼻天子陵詩云始興之興自何始三氣鍾於鼻天子天子一姓不再興始興牘有天子陵楊髡之所不能竊黃巢之所不敢掘至今龍種遠綿延可有子孫尚隆準滑將野語寄齊東非族紛紛說犬戎絲竹居然聞魯壁金人無恙出秦宮吁嗟乎古來古墓無此古洪荒以前一抔土三皇五帝盡耳孫萬歲千秋此鼻祖

僧誦中庸

木文和尚有戒行無錫顧伊人孝廉素與善孝廉婦疾革諸醫束手延木文至並不攜經卷佛像詢之曰經須用汝家者孝廉曰吾家素無經卷曰聖經足矣何必佛書因與中庸焚香讀之如宣梵唄三復而去中夜婦汗出頓愈

藩臬

藩字始見毛詩臬字始見康誥梁沈約齊安陸昭王碑文曰藩司抑而不許此藩司初見史冊之文元史至元十四年奕赫抵雅爾丁為建康道肅政廉訪司始視事見獄具列庭下愀然曰凡逮至臬司皆命官及有出身之吏得情即服罪無用刑具此臬司初見史冊之文

岳王論

吳穀人祭酒岳忠武論云補已缺之金甌論功行戮返將消之王氣為敵報讎此聯警絕結句云人間之鐵案無私請質東南山行者天半之神旗高卓試看大小眼將軍向特愛其工整及閱有正味齋全集則此聯業已刪去蓋謂其落小家數也前輩之自占文品如此

乾阿奶

俗呼乾娘之母及姑曰乾阿奶按北齊書恩倖傳穆提婆母陸令萱嘗配入掖庭後主襁褓中令其鞠養呼乾阿奶此三字之所本也

跳行

作書出格曰擡頭金石錄稱唐之中嶽嵩山碑書皇帝太后不跳行不空格跳行者擡頭也

添註塗改

鄉會試卷於文後寫添註塗改字數按宋咸通中盧子期著初舉子一卷細大無遺就試三場避國諱宰相諱主文諱士人家小子弟忌用熨斗時把吊慮有史白之嫌燭下寫試無誤筆即題其後云並無揩改塗乙如有即言字數見容齋隨筆此科場中添註塗改之所本也

吳澹川

檇李吳澹川文溥南雅堂集詩宗正始之音五古以沖淡制勝七古以健挺見長錄其近體五言如隔溪訪友云別浦流春水閒門落古花雨霽云凍水逢春活疏梅入夜香春日騎馬過鯽魚潭晚憩竹溪寺云馬蹄遲落日人意緩春風七言如登華山云無邊紫塞秋風起一片黃河落照來有贈云獨行薊北山山雪不見江南樹樹花秋闈後寄徐中丞幕中酒閒紫滄詩句書以志媿云無分秋風吹桂樹浪傳疏雨滴梧桐七絕如山塘春思云酥閒畫閣倚笙歌一樣簾櫳映綺羅底事春風欠公道兒家門巷落花多渡江云東來兩扇布帆輕每遇風波夜轉驚船底江聲篷背雨旅人聽得最分明西湖楊柳詞留人小駐惹人憐傷別傷春不計年只管自家枝上綠那禁吹到鬢邊絲皆性靈瀟落之句也

見過亭

伊黎有見過亭蓋為謫官而設劉金門宮保過之題一對云過也如日月之食焉復其見天

地之心乎運用成語天造地設

彭文勤試題

文勤督學浙江所命試題如王二麻子斬絞徒流杖類俱極巧妙一日至敷文書院課士山長以有事出院因出四題肄業生云至於岐下請考生云放於琅琊肄業童云館於上宮請考童云處於平陸公謂諸生曰汝等知今日出題之意否對曰不知公曰橫看去乃至放館處四字也又試金華九學同場將出題教職中偶稟他事語雜仲四先生公問仲何人曰武義歲貢設帳郡齋者遂連書九題武王是也義然後取歲不我與進不隱賢士志於道仲尼之徒四時行焉先行其言生之者眾合武義歲進士仲四先生九字童生初場題分四仲管仲虞仲微仲牧仲次場教職中耳語云今日恐不能再切仲四先生矣公即書四題大王尊賢西子席也補足設帳郡齋之語覆試總題仲壬四年仲閒之謂太守曰宗師前後試題勝於為我作傳矣又試處州初場府尊不到委同知點名次場來謁公曰太尊今日繞來對曰方從省下來不獲已故命同知來公曰來與不來聽太尊自便尚有童生正場太尊來盍昭慎重對曰敢不如命是日七學出題自一字至七字止來醫來遠者來送往迎來摩往而消來不遠千里而來而未嘗有顯者來經題七日來復鳳皇來儀貽我來牟邾子來朝禮聞來

畢，以問答中多采字故也。又試童生，次場府尊奉委上省，仍委同知點名，公笑謂教職曰：太尊今日真不復已也。題出又其次也，委而去之，同其好惡，知其所止，來者不拒，其斂怨類如此。又聞某方伯試士，命題云伯牛有疾，子路請禱，充虞路問，康子饋藥，鼓瑟，殺人，右師往弔，門人治任，蓋其時督學新亡，方伯攝行試事故也。

食量

諸城劉文正相國食量倍常，蓄一青花巨盌，大容數升。每晨則以半盌白米飯，半盌肉臛攪勻食之，然後入朝辦事，過午而退。同時尹望山相公但食蓮米一小盌，入朝亦過午而退。然兩公同享碩名，並臻耆壽，此如宋張僕射齊賢每食啖肥豬肉數斤，央胡餅黑神丸五七兩，同時晏元獻清瘦如削，止析半葉餅以筯卷之，撦其頭一莖而食，後亦並享遐齡，蓋各人稟賦不同，未可以飲啖論福澤也。

作詩不必識字

宋書沈慶之手不知書，目不識字，世祖逼令作詩，慶之口授顏師伯曰：微命值多幸，得逢時運昌，朽老筋力盡，徒步還南岡，辭榮此聖世，何媿張子房。慶之常言眾人雖見古今，不如下官耳學也。北齊斛律金不解書，乃其作敕勒歌曰：敕勒川，陰山下，天似穹廬，蓋四野，天蒼蒼，野茫茫，風吹草低見牛羊。為一時樂府之冠。又隨園詩話載有樵夫哭母作長相思詞云：叫一聲，哭一聲，兒的聲音娘慣聽，如何娘不應。自然音節，所謂天籟，非耶？

混稱

漢書注：得利曰乾，失利曰沒。今混稱乾沒為贓入己之稱。說文：堪，天道也；輿，地道也。今混稱堪輿為地理。尸子注：婦女曰姑，兒童曰息。今混稱姑息曰溺愛。禮記疏：有才能曰奚，無才能曰奴。今混稱奚奴曰家人。說文：貪財曰饕，貪食曰餮。今混稱饕餮曰饞。爾雅：婦父曰婚，壻父曰姻。今混稱婚姻曰親串。諸如此類，不可勝記。

彌勒對

某寺彌勒佛殿一對云：年年扯空布袋，少米無柴，只勝此大肚寬腸，為告眾檀越，信心時將何物佈施；日日坐冷山門，接張待李，但見他歡天喜地，試問這頭陀得意處有甚麼來由。禪機活潑，不嫌其俗。

戲名對

同人小飲，集戲名對偶為令，茲擇其尤工者錄之：鸞醜（風箏）對嚇癡（八義），盜甲（雁翎甲）對鬧丁，（桃花扇）訪素（紅梨記）對拷紅（西廂記），扶頭（繡襦記）對切膾（望江亭），開眼（荊釵記）對拔眉（雙紅記），折柳（紫釵記）對采蓮（浣紗記），麻地（白兔記）對蘆林（躍鯉記），教歌（繡襦記）對題曲（療妒羹），春店（金雀記）對秋江（玉簪記），哭像（長生殿）對描容（琵琶記），敗金（精忠記）對埋玉（長生殿），三擋（鬧三擋）對七擒（三國志），逼試（琵琶記）對勸妝（占花魁），打虎（義俠記）對罵雞（白兔記），看襪（長生殿）對哭鞵（荊釵記），刺虎（鐵冠圖）對斬貂（三國志），亂箭（鐵冠圖）對單刀（三國志），拜冬（荊釵記）對賣髮（琵琶記），告雁（牧羊記）對嘆髮（八義記），思飯（金鎖記），對借茶（水滸記），斬竇（金鎖記）對刺梁（浣紗記），投井（金印記）對跳牆（西廂記），送米（躍鯉記）對拾柴（綵樓記），相面（金雀記）對窩頭（一捧雪），醒妓（繡襦記）對規奴（琵琶記），盜令（翡翠園）對偷詩（玉簪記），飯店（麒麟閣）對酒樓（翠屏山），北樵（爛柯山）對西諜（鳴鳳記），落院（繡襦記）對借廂（西廂記），小妹子（時劇）對胖姑兒（慈悲願），鬧天宮對遊地府（安天會），醉易（放易記）對相梁（鳳鳴記），刺梁（浣紗記），大宴小宴（連環記）對前親後親（風箏誤）。

悼亡詞

項梅侶學正（名逵）與余為總角交，恂恂溫雅，正如公瑾醇醪。丙戌成進士，以知縣即用，君請於朝，願就學正，末班銓補，舍花封之爛漫，甘槐市之蕭條，亦可想其襟懷之沖淡矣。長於制義，尤精算學，閒作小詞，極細意熨帖，記其悼亡詞云：惱蜂情，懺蝶意，春色又如許，愁立蒼苔，花影亂深隝，如花人已天涯，花開依舊，只恐見翠園紅舞，漫延佇，猶記蝉袖凭闌，冷香上詩句，能幾番遊，風月竟拋去，只除夢裏歸來，夢醒何處，重簾外，斷烟零雨。清思婉轉，逼真白石遺音矣。

軟金杯

金章宗有軟金杯，乃劈鮮黃橙為之，可與碧筩杯作對。

二蘇

元好問題蘇氏寶章集句注：長公忠義似顏平原，次公沖淡似林西湖，此二句未有人稱者。

閻典史

明季南都亡，江陰閻典史孤城死守兩月餘，城破殉難，我○朝賜謚立祠，祠堂對云：七十日帶髮効忠，表太祖十六朝人物；三千人同心赴義，存大明一百里江山。相傳臨難自題。海昌都湘帆同年嶧有七古一篇云：世間有此奇男子，奇男子誰一典史，甘受炮打誓不降，十萬軍民同日死，孤城斗大鯁喉舌，殺氣陰森暑雨雪，百攻百禦歷七旬，倉廩已空雀鼠絕，壞雲壓山山為傾，蹈刃如飴無一生，可憐芙蓉好城郭，白晝鬼火寒宵宵鳴，嗚呼兩京大官懸斗如，公之官何足數，讀史數公同調人，萬梅花下一閣部。湘帆向未知其能詩，南歸同舟，得盡讀之，舟中闊雨不寐，云書無可讀，憐光焰，醉不成鄉酒力微，舟中雜詩云：漁艇歸時成小市，斷霞明處見孤村。又云：已分功名黏上竹，不如歸去

鳥投林道中和曹蘭皋云平沙盡處盤孤鶻遠樹濃邊見一城皆清峭拔俗

金花夫人

廣東金花夫人廟最多其說不一或曰金花者神之諱也本巫女五月觀競渡溺於湖屍旁有香木偶宛肖神像因祀之月泉側名其湖曰仙湖或曰神本處女有巡按夫人方娩數日不下幾殆夢神告曰請金花女至則産矣密訪得之甫至署果誕子由此無敢婚神者神羞之遂投湖死粵人肖像以祀呼金花小娘後以能佑人生子不當在處女之列故改稱夫人云廟碑載神生於洪武七年四月十七日子時其時太史奏昴星不見至洪武二十二年三月初七日午時夫人卒始奏昴星復位蓋感星精而生云或言神係南漢女巫按府城中故有湖一曰西湖一曰仙湖皆南漢高祖所鑿仙湖之名非自神始也且諸書載南漢神女廟祇有譚氏二女及龍母兩廟並無金花神廟則其說未可信也明張參政翊詩云玉顏當日覩金花化作仙湖水面霞霞本無心還片片晚風吹落萬人家寫得極其縹緲廣志言神廟不知始自何時成化五年巡撫陳康重建嘉靖中魏校毀之粵人奉神像於南岸石藍村其後復建故處即今仙湖街廟是也乾隆間翁覃溪學士方綱視學粵東適至仙湖街見男女謁拜肩輿不能過怒命有司毀之於是復奉祀於石藍村四月十七日神誕畫舫笙歌徹夜

極盛云

魏環溪語

魏環溪尚書象樞有庸齋閒話云偶見水與油而得君子小人之情狀焉水君子也其性涼其質白其味沖其為用也可滌不潔者而使潔即沸湯中投以油亦自分別而不相混油小人也其性滑其質濁其味濃其為用也可污潔者而使不潔即沸油中而投以水必至摶擊而不相容誠名論也

梁文康

粵東梁文康儲髫齡時已具公輔之量相傳幼時兩眉俱綠一日自塾中歸誤仆於地父遲庵掖起之曰跌倒小書生公應聲曰扶起大學士遲庵與諸子浴於小沼中出對云晚浴池塘涌動一天星斗公對曰早登臺閣挽回三代乾坤時年纔七歲耳而吐屬不凡如此

河南村狗

廣郡窖頭村人言蒙近野超宇廷倫親迎時婦翁之兄令公口占以河南村狗四字冠於每句之上公遂吟云河漢浮槎到五羊南風吹送桂花香村人多少來爭看狗吠仙姬會阮郎其妻勸公力學以雪四字之恥公發憤遂成名儒嘉靖壬戌進士授翰林官僉都御史卒祀鄉賢祠

芙蓉

嶺南木芙蓉有一日白花次日稍紅又次日深紅名曰三日醉芙蓉

宣德銅盤

曾賓谷方伯藏宣德銅盤方徑三寸五分內刻御製錄宣春詞云映日穠花旖旎紫風細柳輕颺游絲十丈重門靜金鴨午煙清戲蝶深如有意啼鶯還似多情游人來往知多少歌吹散春聲宣德七年正月十五日

文信國綠端蟬腹硯

硯修廣各三寸餘受墨處微凹底圓而凸象蟬腹沿左邊至頂刻謝皋羽銘云文山製贈之明年疊山流寓臨安得遺硯焉憶當日與文山象戲譜玉帶金鼎一局石君同在座右銘曰洮河石碧於血千年不死萇宏骨款識皋羽二字袁簡齋先生貯以檀匣而識原委於匣蓋云乾隆丁未十二月杭州臨平漁父網得此硯於臨平湖王仲瞿居士舟過相值知為文文山故物以番錢廿元得之轉以見贈余仿竹垞詠玉帶生故事為作匣兼招詩流各賦一章甲寅六月望日袁枚記於小倉山房時年七十有九

品酒

嘉慶癸酉余偶憩實林寺次日獨游弢光遇一老僧名致虛善氣迎人與之談頗相得亦略知文墨坐久余欲下山老僧曰居士得毋餓否蔬酌可乎余方謙謝僧已指揮徒衆立具伊蒲泥甕新開酒香滿室蓋僧業知余之好飲也一杯入口甘芳浚冽凡酒之病無不蠲而酒之美無弗備詢之曰此本山泉所釀也陳五年矣老僧蓋少知釀法而又喜鍈米汁禪此蓋自奉之外藏以待客者於是觥斝對酌薄暮始散又乞得一壺攜至山下晚間小酌次日僧又贈一瓶歸而飲於家靡不贊歎欲絕廿年神往何止九日口香此生平所嘗第一次好酒也此外不得不推山西之汾酒潞酒然稟性剛烈弱者惡焉故南人勿尚也於是乎不得不推紹興之女兒酒女兒酒者鄉人於女子初生之年便釀此酒迨出嫁時始開用之此各家秘藏並不售人其花壜大酒悉是膺本且近日人家蕭索釀此者亦復寥寥能得其真耳東浦水作骨而三四年陳者已是無等等咒矣道光甲申余歸自京師汪小米表弟拉飲庚申酒庚申酒者小米令叔眷西先生家所藏者也眷西尊人舊貯二十壜殁後其家亦皆忘之眷西又汴游十餘載遂無人問鼎而藏酒之室又極窔密終日扃杜更無人知而窺之者以故二十年來丸泥如故眷西歸始發之所存止及壜之半正簡齋先生所謂壜高三尺酒一尺

去盡酒魂存酒魄是也色香俱美味則淡如因以好新酒四分攙之則芳香透腦髓韻玻底其濃厚有過於豉尤酒而微苦不洌自其小病此生平所賞第二次好酒也僕逢麴流涎到處不肯輕過聞之人語曰不喫斧牛酒枉在江湖走余過其地沽而試焉嗚呼天下有如此名過其實處處陋劣之名士乎論其品格亦止如蘇州之福貞惠泉之三白宜興之紅友揚州之木瓜鎮江之苦露邵寶之百花苕溪之下若而其甜其膩則又過之此真醉鄉之魔道也而其中矯矯獨出者則有松江之三白色微黃極清香沁肌骨惟稍烈耳又記某年余游蕭山梧里主人周姓名鎮祁情極款洽作平原十日之留一日出一種酒曰梨花春俗名酒做酒曰梨花蓋三登矣余飲一杯後主人即將杯奪去主人曰量止飲二小杯是日余竟沈醉一天因思古人所謂千日九醞者亦即此類特其一年三年之醉則未免神奇其說耳余居廣東始興一年有餘彼處有謂冬酒者味雖薄而喜不甚甜故尚可入口中秋以後方有來年二三月便不可得訪之土人曰此煮酒也今日入甕第三日即可飲半月壞矣一日有曾姓鄉紳邀余山中小酌舉杯相勸余視之淺綠色飲之清而極鮮淡而彌旨香味之妙其來皆有遠致詫以為得未曾有急詢何酒曰冬酒也問那得如許佳曰陳六年矣余又叩以鄉人不能久藏之言曰鄉人貪飲而惜費夫安得有佳者此酒始釀須黑江某山前一里內之水不可雜以他流再選名麴佳糯合而成之何患其不能陳余家釀此五十餘年他族皆惜不肯致為之也余生平所賞第三次好酒也余三十年來沈湎於酒賤腼之地受病已深近日捐之又損以至於無而結習所存不能忘也因歷憶生平飲境而一紀之宋余文豹吹劍錄云易惟四卦言酒而皆在險難需需於酒食坎樽酒簋貳困困於酒食未濟有孚於飲酒可見酒乃人生之至險也可不戒哉

前朝後市

宋神宗當問經筵官周官前朝後市黃侍講以王氏新說為對言朝陽事故在前市陰事故在後意以為據荆公之學必然希旨上曰不獨此也朝君子所集市小人所居有向君子背小人之義焉諸臣悚然大哉王言也

鴉片入策題

今年甲午廣東鄉試策題第四民食一道中一條云沃土之地往往植烟草以為利息甚至取其種之大害於人者而廣播之民不知其敝精力耗財用大半溺於所嗜視其為用與菽粟等而且勝之將何以嚴其禁而革其俗此言內地之烏烟也此物入於高文典冊前此未之有也

陣亡疏語

宋人爲陣亡將士疏略云虎頭食肉彼何人斯馬革裹尸深負公等戰河南戰河北毋忘此日之精忠出山東出山西再作明時之將相造語真摯九原應有感激涕零之懿

太誓

尚書太誓泰言大也或曰伐商乃太王之志太公之謀故曰太誓則穿鑿矣

二我

宋賈魏公為相日有方士姓許對人未嘗稱名無貴賤皆稱我時人謂之許我見宋彭乘墨客揮犀又史延壽嘉興人以善相游京師視貴賤如一輒箕踞袒裼從不稱名稱我時人呼為史我乃知若輩亦無獨有偶

玉髑髏

有人掘唐明皇墳出其尸則髑髏一具皆化為玉急為擠之見太平廣記其事甚怪但小說載明皇假寐西內李輔國欲謀弑之以鐵椎擊其腦不動明皇曰我自服葉法善丹藥骨節寸寸皆化為玉金石不能傷也刺客大怖而退則其說亦有可證

猺俗

猺俗負物男人以肩女人以首謂男首係狗王之頭而女肩則高辛公主金肩故皆貫之俗夫婦不同宿擇晴晝入山僻處盡一日之樂插松枝於路口曰插青人無敢繼入者其交也銜弩裸體遺精草莽嵐蒸瘴結是生短狐

鬼輕巡檢

先君宰始興日清化司巡檢蔡君洗凡此作太湖西洞庭山人也年七十餘而精神矍鑠飲啖過人廣額豐頤耳長過頰見聞極博又健於談懸河一開沛然莫禦但談至興酣則支節往往失脫如天起怪風民間七隻甕缸吹過江面又京師西山開煤穿穴地道現已穿至某處道理分寸不差累黍此等事並非全屬子虛而自彼述之則一若躬立其旁而目睹其事者情狀殊可笑也又喜說鬼自言生平凡遇鬼二十餘次而與之相搏者亦累累然從未有為鬼所敗者方談此時摹形繪色數腳論拳大聲發波險語破石正其掀髯得意時也一日方談余戲之云君為鬼所輕矣待明年升轉一階必來相報慎之慎之叩其故余繙宋無名氏異聞隨錄一則示之云南恩州陽春縣即古春州有異鬼棲於主簿署白晝現形不勝其擾有班直者為巡檢初到任簿招與飲語及此事詞未畢而鬼已立於巡檢身後因引手捽之而鬼仆於地巡檢且捽且毆鬼顧薄哀鳴求救乃得脫其家以為必將遷怒終夕弗寐比

晚寂然啟戶見壁間大書曰巡檢羸人不足較也遂絕聞眾諸人無不狂笑閧堂而蔡君亦捧腹而不能已已

麻陽陋俗

蔡君又談一極可笑之事言湖南麻陽縣其鄉凡紅白事戚友不送禮只送分金始於一錢而極於七錢蓋一洋之數也主人必設宴相待一錢者止准食一菜三錢者三菜五錢者徧殽七錢者加薑故賓客雖一時滿堂少選一菜進則堂隅有人擊小鉦而高唱曰一錢之客請退於是紛然而散者若干人三菜進則又唱曰三錢之客請退於是紛然而散者又若干人五錢以上不擊而客已寥寥矣此事未見虛實而窮荒陋俗容或有之余思此堂隅高唱者或猶是古人白席之遺

天子妃

猫別名也見鶴林玉露蓋以武后殺蕭妃妃臨死曰吾願生生世世為貓武為鼠扼其喉足矣此典罕有見人用者余因思之虎舅龍妃可為的對俗言貓為虎舅古虎事事肖貓也

雪月渡江湖

大月渡太湖大雪渡揚子江此非常奇景也余於丙戌北行旬日間兩遇之因各紀以詩渡湖云廣寒八萬四千戶太湖三萬六千頃姮娥子與洞庭君良夜迢迢闃清冷彎彎月子照當頭剪剪春風不住流如此烟波如此夜居然容我一扁舟渡江云檣烏北向不住啼玉龍滿天鱗甲飛空江浩浩冷逾淨白水不動青山肥此時微醺中卯酒我掛輕帆出京口平視都無鳥鵲飛遠聽全靜蛟龍吼炫眼光明四面開水晶宮闕玉樓臺藏將錦繡江山去換出琉璃世界來千疊波爭萬花白空中仙人藐姑射金焦兩點嬋娟彼也投瓊此獻璧嗟我年來守故山柴門高臥冷袁安豈知放眼江湖外如入瀛洲到廣寒篷窗此景難描繪萬頃空濛一尊對蕉葉拚教醉鶻頭梅花未免辜驢背蕭蕭行李冷羊裘根觸關山萬里愁鶴太襤褸腰太瘦明朝空自上揚州病中追憶舊游不覺神往因紀之

疊字詩

詩有一句疊三字者吳融秋樹詩一聲南雁已先紅槭槭淒淒葉葉同是也有一句連三字者劉駕詩樹樹樹梢啼曉鶯夜夜夜深聞子規是也有兩句連三字者白樂天詩新詩三十軸軸軸金玉聲是也有一句四疊字者古詩行行重行行木蘭詩唧唧復唧唧是也有兩句互疊字者王胄詩年年歲歲花常發歲歲年年人不同是也有三聯疊字者古詩青青河畔草六句是也有七聯疊字者昌黎南山詩延延離又屬十四句是也至李易安詞尋尋覓覓

冷冷清清淒淒慘慘戚戚連下十四疊字則出奇勝格真匪夷所思矣

財色

古人云本富為上末富次之姦富為下本富者農桑也末富者商賈也姦富者盜賊也又云一顧傾城再顧傾國者色也大者傾城小者傾鄉者富也財色之際可不慎哉

湯武

南巢牧野之事後之人執定應天順人四字處處為湯武迴護而不必也夫子序書曰湯勝桀武王勝殷殺受此與春秋許世子止晉趙盾同一筆法也曷嘗有恕詞哉

識遺論相

宋紹興中一紀之中命相十四張燾以為言和戰紛紛必無成功何況明思陵十七年間四十二相安得不亡耶

彭生鐵杖

公子彭生紅縷肉將軍鐵杖白蓮膚宋人句也不過詠豬肉包子耳而造語特奇

薛能

先伯祖諫庵先生云唐之詩人至薛能而庸妄已極嘗舉其文字之乖戾者而摘論之昨偶閱其一絕云山屐經過滿徑蹤隔溪遙見夕陽舂當時諸葛成何事只合荒山作卧龍夫以孔明之出建無藉之業完託孤之責以教萬世之為人臣者烏得云成何事哉能真庸妄矣

蘇文

羅大經云莊子之文以無為有國策之文以曲作直東坡生平熟此二書故其為文橫說豎說無復滯礙也朱文公論蘇文云早拾蘇張之緒餘晚醉佛老之糟粕有貶詞矣

至聖封號

夫子既歿歷秦漢晉宋齊梁陳隋未有封號至唐世始封文宣王宋神宗欲加尊崇禮臣定議為至聖元神帝李邦直曰周室稱王陪臣不當稱帝於是止加元聖二字陳隨隱識之曰異代尊崇何預於周邦直之罪所當筆誅愚謂李論甚正夫子乃萬代師表封帝封王下儕於城社之神本輕褻矣況生而謹守臣節歿而膺此僭稱夫子必不願也故封以至聖先師最為允當

中賢亞聖

元仁宗以孔子為中賢唐姚崇遺令以孔子為亞聖不知上等是何人物

春秋人物

鄭子產皆叔向士鞅魯叔孫婼子家羈吳季札衛蘧瑗晉管夷吾自是春秋上等人物齊晏嬰魏絳叔牙晉趙衰趙武祈奚魏絳秦百里奚楚沈尹戌宋公子目夷鄭子皮魯季友仲孫蔑衛石碏公叔發晉荀罃諸人亦皆先後競秀不可沒也

常平

惠民之法莫善於常平然有法無人啻歸無益宋陳止齋曰周禮以年之上下出斂法蓋年下則出恐貴穀傷民也年上則斂恐賤穀傷農也由此而言三代之時有常平之政而無常平之名周官所言即常平之法也

而已

宋洪愈因論臺諫失職疏中有款所喜請者不過謁景靈宮而已朝廷遂以為而已二字乃大不敬因鐫三官洪有句云不得之乎成一事卻因而已失三官見侯鯖錄及聞穉史載云洪平齋新第後上史衛王書自宰相至州縣無不指摘其大略云昔之宰相端委廟堂進退百官今之宰相招權納賄倚勢作威而已凡及一職必上式末俱用而已二字時相怒短之十年不調洪有桃符云未得之乎一字力只因而已十年閒兩說未知孰是大約此公於此二字用得手滑即奏章亦不檢點以至終身蹭蹬於兩虛字中也

壽王妃

明皇娶楊玉環乃壽王之妃長恨歌連昌宮詞長篇敘事俱未道及蓋為國諱也惟李義山云龍池賜酒敞雲屏羯鼓聲高眾樂停夜半宴歸宮漏永薛王沈醉壽王醒雖微露其意而語極含蓄宋魏鶴山天寶遺事詩云紅錦綳盛河北賊紫金盞酌壽王妃寫得明皇昏庸可笑魏以宋人而詠唐事固不嫌如此刺酷也

書詞與史筆迥異

向常論汪彥章之於李伯紀一啟一制判然如出兩人今讀昌黎上大尹李實書云愈來京師於今十五年所見公卿大臣不可勝數皆能守官奉職無過失而已未見有赤心事上憂國如閣下者今年以來不雨已百餘日種不入土野無青草而盜賊不敢起穀價不敢貴坊百二十司六軍二十四縣之人閣下親臨其家老姦宿贓銷縮摧沮魂亡魄喪影迹滅絕非閣下條理鎮服宣布天子威德其何以及此推崇可謂至矣後作順宗實錄云實諂事李齊運驟遷至京兆尹恃寵強愎不顧邦法是時大旱畿甸乏食實一不以介意方務聚斂徵求以給進奉每奏對輒曰今年雖旱而穀甚好由是租稅皆不免浚鏺公卿勇於殺害人不聊生及謫通州長史市人讙呼皆袖瓦礫遮道伺之與前書抑何相反若是乎或曰書乃過情之

譽史乃紀實之詞然而譽之亦太過情矣三代直道之公可如是耶

影妻倚妾

清波雜志太學生呂榮義為上庠錄投進詩有影妻倚妾之語較梅妻鶴子更奇

畢趙

高宗至臨安問篙工二人姓名曰趙立畢勝高宗大喜以為中興可必宋畢漸及第趙諗居第二人報者飛馬匆匆道旁問何人狀元報者探名紙視之曰畢斬趙諗蓋三點模糊也後趙果謀逆伏誅此二姓者一以示吉兆一以示凶徵諺所謂口頭讖者果有之耶

宗室詩詞

相傳俚詩有蛙翻白出闊蚓死紫之長一首乃宋宗室某公詩也帝在宮方欲灼艾有宮人戲誦此詩於上前者上笑不能止因罷灼艾宗室之盛者酣豢富貴其衰者料量衣食屏棄詩書固然其無足怪貴耳集宋趙介庵名彥端宗室中之秀者西湖詞有波衰夕陽紅濕之句阜陵問誰作左右告之曰我家裏人也會作此等語蓋深喜之也

食其

前漢有酈食其審食其此二字意義不可解何亦相沿取此宋王楙曰大約因慕其為人如

司馬相如慕藺相如之為人故亦名相如且名食其者不獨酈審二人也前有戰國之司馬食其後有西漢之趙食其必酈審慕司馬之為人而趙又慕酈審之為人故陳陳相因也

佛

佛入中國傳奕韓退之以為自後漢明帝始然魏略西戎傳曰昔漢哀元壽元年博士景虛受大月氏王使伊存口傳浮屠經是釋氏之經自前漢已有之又漢武故事元狩三年穿昆明池底得黑灰帝問東方朔朔曰可問西域道人曰此劫餘灰也則佛於武帝時似已入中國至薛正己記仲尼師老聃師竺乾則似三代已有之然誕妄不足信也

詩禍

瀛奎律髓法錢唐書肆陳宗之起工詩凡江湖詩人皆與之善因刊江湖集宗之有句云秋雨梧桐皇子府春風楊柳相公橋哀濟邸而誚彌遠也而鶴林王露則以為此詩係太學生敖器之作句亦小異云梧桐秋雨何王府楊柳春風彼相橋蓋詩係陳作而人嫁名於敖者言者上聞因命毀江湖集版敖與陳俱得罪於是詔禁士大夫作詩如之當韓侂胄柬軸時較趙忠定詩末二句云九京若遇韓忠獻休說渠家沒代孫韓聞之居然不罪而卒不免於詩中得禍筆墨之閒可不慎哉詩禍之興起於楊惲南山種豆之句自後罹其網者不一而

足然總因怨望譏刺有瑕可摘至於空梁落燕泥庭草無人隨意綠年年歲歲花常發等句以好詩而反得奇禍則又出於意料之外者也

仁義

董仲舒曰以仁治人以義治我仁字從人義字從我恰是天然意義較勝荊公字說之穿鑿多矣

儒作禪語

居士聞木犀香否吾無隱乎爾此以彼法家我法故覺其趣妙若吾道中何必亦效此口吻曾挺才講孟子文王以民力爲臺爲沼而民歡樂之曰此正是丈人屋上烏人好烏亦好猶作引說指點語於理無礙或問安定先生胡侍郎何謂克己復禮天下歸仁胡舉邵堯夫先生詩答之云門前路徑無令窄路徑窄時無過客過客無時路徑荒人間滿地生荊棘則竟是參禪矣又陳洪範問林艾軒祭酒聖人之於天道如何答云恰是恁地來悟復問魏聘君國錄答云正如京師人賣脈帖恰用得着語意雖亦平坦然豈非岔入話頭一路耶

拘泥

司馬溫公薨當明堂大享朝臣以致齋不及奠肆赦畢蘇子瞻率同輩往程頤固爭引子於是日哭則不歌爲證子瞻曰明堂乃吉禮非歌之謂也頤諭司馬諸孤不得受弔子瞻戲曰頤可謂鏖糟鄙俚叔孫通見宋孫升孫公談圃迂儒拘墟之見往往如此且論語但云子於是日哭則不歌並未云子於是日歌則不哭也如頤言則是日歡慶即聞父母之喪亦不奔耶多見其窒礙也已

兩般秋雨盦隨筆卷二終

兩般秋雨盦隨筆卷三目錄

黃孝子　屈戌　趙南星硯　李西齋
祭文　池塘生春草　勝朝畬鹿　紈袴
詩傍門戶　在璞堂老人　京師梨園　銀杯
理學偏僻　青躬道人　仔　碧城仙館詩
頻羅庵主　作詩取法　枕代頭　張詡庵
懺嬌　痘疹　侮聖非賢　荊釵記祭文
青芙蓉閣詩　丞相衚衕　漱玉斷腸詞　背蘇州
拍曲几　賓薔薇　補子　病詩輓聯
荔支　端午　顧受生　南梁北孔
盧溝橋　陳眉公　墨派濫調　詩求新異
崔紅葉　老先生　五官並用　閨秀
謝道韞　柳如是　黃子禾　蕉葉
絕唱　乩示闈題　洋錢　恥認祖宗
詆毀東坡　海忠介　老少同榜　黃石齋斷碑記
集虛　酒樹糖樹　瓶水齋詩　梧桐
子同生　閨秀詩　詼諧本色　宋玉
小救駕　蘇芷香　十些　萬秋生
致趙秋舲書　祈夢　麻蛋燒豬　鈔法
哲那環　字音假借　象牙　釣臺詩
絕人太甚　劉裂題　詩學太白　荊軻詩
異物　武成　青州從事　物性
武人口吻　巖糖　騙　諸葛鍋
龜魚佩　感德入人心　曲詞取士　紙月
虛字入詩　胡旦　詩用俗稱呼　斷句單傳
享國之久　蠹腰　校人　下官
辨名非字　易安詞　闕門踦閭　汗青殺青
小縣少古蹟　急語成話柄　短小人詞　名姓在五十筆外
毒藥庫

兩般秋雨盦隨筆卷三

錢唐梁紹壬應來甫纂

黃孝子

仁和黃小松司馬易尊人松石處士樹穀孝子也父歿於保定處士走數千里函骨以歸沙石穿麻鞵血痕縷縷有負骸圖詩云負骸孫走保陽城日日愁霖淚雨傾只有父魂兒命在夜來同宿晝同行其先人官少參者人呼黃佛兒處士詩云爲展松楸到梵村蓋門華表百年存白頭老嫗遥相指黃佛兒家七世孫處士工鐵筆小松司馬繼其學

屈戌

窗門之鈎舊名屈戌程十髮丈曰戌字當作戍字戍有守義屈戍者屈鐵以爲守也趙秋舲同年云尤西堂詞中嘗以戌字押入遇韻則訓戌爲戍前人已有之矣

趙南星硯

余幼時嘗見有人持一硯來上鐫趙忠毅公款識有銘云東方未明太白睒睒雞三號更五點此時拜疏揭太閹事成銘汝功不成同汝貶當時草劾璫疏蓋用此硯也

李西齋

李西齋名堂字允升錢唐布衣爲詞酷摹白石著有梅邊笛譜二卷蓬窗翦燭集二卷久已膾炙人口矣詩不常作然開亦一吟晚年貧無立錐逃於麴櫱道光辛卯以病歿汪小米中翰彙其所作冬榮草堂詩序而刊之五言如秋日園居雜興云苔涼無鳥下水淨見魚行胡眉峰朱閬泉徐西澗登吳山大觀臺遠眺云雲陰含雨過江氣逼人清北郭晚眺云容驚秋信早老愛夕陽遲晚過南湖云岸轉入高榔湖寬無近峯七言如寒食前四日湖上看桃花云梛緣烟岸綠沈樹花擁春山紅過湖懷湯典三客白下云綠漲鴨頭三月浪青橫螺背六朝山呈吳穀人祭酒云廿年宦橐新詩本一領朝衫舊酒痕渡鄱陽湖云殘帆出沒樹中樹沙岸分畫湖外湖張文獻公祠云手錄方呈金鏡去容華已選玉環來皆清麗可誦王蘭泉司寇昶嘗題其詩云吳下沙維杓張四蹟已陳蘭坻方薰石谿翁春亦前塵西泠又見西齋出始信風騷在逸民其爲前輩推許如此

祭文

祭文之簡古者宋李覯祭歐陽太夫人文云孟軻亞聖母之教也夫人有子如軻雖死何憾尚饗陸放翁祭朱文公文云某有捐百身起九原之心傾長河注東海之淚路脩齒髮神往形留公沒不忘庶其歆饗趙介如祭貫似道文云嗚乎履齋死蜑死於宗申吳丞相潛先生死閩死於虎臣哀哉尚饗明武宗祭靳閣老文云朕在東宮先生爲傅朕登大寶先生爲輔朕今渡江聞先生訃哀哉尚饗此數篇記十五歲時隨長老篛翁柏蓥先伯祖諫庵公在湖舫述示且訓之曰聞汝師述汝作文動輒千言少年舉筆固以充沛爲主然不可不知凝鍊之法偶舉數則可以隅反今追思往訓而敬述之如此

池塘生春草

謝康樂池塘生春草園柳變鳴禽之句自謂語有神助李元膺則曰余反覆觀此句未見有過人處而舉之盛者則又以爲妙處不可言傳其實皆門外語也紫陶笄集云此句之根在四句以前其云卧疴對空林衾枕昧節候乃其根也褰幃暫窺明下歷言所見之景至池塘生春草知卧病前所未見者而時節流換可知矣此評自是確論若吟窗雜錄謂靈運因此詩得罪遂託以阿連夢中授之權文公評之云池塘者泉州瀦瀆之地今日生春草是王澤竭也幽風所紀一蟲鳴則一候變今日變鳴禽是候將改也夫鍛鍊周內以入人罪亦復何所不可若以之論詩則入魔道矣

勝朝奢靡

嚴分宜父子擅權賄賂充斥然考天水冰山錄所載籍沒之數僅黃金三萬兩白銀二百餘

萬兩而已考劉瑾之籍也銀七千萬兩朱綵之籍也銀五千萬兩魏忠賢之籍也銀二千萬兩並見徐樹丕識小錄則閹寺之貪婪更百倍於宰執累朝剝削末造之貧兆於此矣恭讀聖祖仁皇帝上諭言明崇禎時後宮花粉之資每歲開支至七百餘萬兩則其他之奢靡可知矣思陵崇尚節儉而積習相沿猶復如此國家安得不民窮財盡耶

紈袴

晉帝見歉歲民飢謂左右曰何不食肉糜邊主見道上餓夫謂左右曰何不食乾腊千古庸闇如出一轍宋蔡京諸孫生長膏粱不知稼穡一日京戲問之曰汝曹日啖米試問米從何出一人曰從臼子裏出京大笑又一人曰不然我見從席子裏出蓋京師運米以席囊盛之故也紈袴不辨菽麥往往如此

詩傍門户

吳脩齡圍鑪詩話云今人作詩動稱盛唐嘗在蘇州見一家舉殯其銘旌云皇明少師文淵閣大學士申公間壁豆腐店王阿奶之靈柩可以移贈諸公此雖虐謔然依人門户者可以戒矣

在璞堂老人

仁和方芷齋夫人（芳佩），勤僖公汪芍坡中丞（新）之繼室也。工詩文，有知人鑒。乃翁相攸時，攜文二首，一為吳頡雲修撰，其一則芍坡中丞也。展轉不能決，以示夫人。時吳方諸生，汪猶布衣也。夫人閱吳作曰：是當早發，然英華太露，誠恐不壽。閱汪作曰：此大器也，然須晚成。翁遂舍吳而議汪。後吳果大魁，官位不顯，且未享遐齡。汪則敭歷中外，階至一品。夫人生一子二女，富貴壽考。今則孫階之蘭玉森森矣。余為夫人之再從彌甥，幼時得侍謦欬，言論揮霍，旁若無人。晚年尤喜作擘窠大字，筆力出入襄陽，一洗脂粉氣。嘉慶丁卯，山舟學士重宴鹿鳴，賦詩四章，和者不下百餘人。夫人時年八十，和詩三章，評者以為諸人皆勿能及。夫人享年八十二歲，有在璞堂稿行世。夫人媳王氏，名德宜，松江人，亦工詩，侍夫人日，屢有唱和。夫人既歿，家政一委之姬妾，日則彈琴詠詩，焚香禮佛而已。著語鳳巢詩稿，記其金陵詩二句云：號烏猶呼奈何帝，今人尚說莫愁湖。跌宕之致，可以想見矣。

京師梨園

京師梨園四大名班，曰四喜，三慶，春臺，和春。其次之，則曰重慶，曰金鈺，曰嵩祝。余壬午年初至京，當遏密八音之際，未得耳聆目賞。次年春，始獲縱觀色藝之精，爭妍奪媚。然余逢場竿木，未能一一搜奇也。丙戌入都，寓近彼處，閒居無事，時復觀之。四班名噪已久，選才自是出人頭地，即三小班中亦各有傑出之人，擅場之技，未可以檜下目之。此外尚有集芳一部，專唱崑曲，以笙璈初集，未及排入各園。其他京腔、弋腔、西腔、秦腔，音節既異，裝束迥殊，無足取焉。表弟蘇蔚生，雅有今樂之好，取自四喜以下七班，某日至某園，一月之中，周而復始，譜為小錄一編，界以烏絲之闌，裝以紅錦之裹，題其簽曰燕臺樂部，為日下梨園錄，而屬余為之序。云：首善繁華之地，太平歌舞之時，綫處旗亭，能謳水調，誰家簫鼓，不按涼州。既紙醉以金迷，復花交而錦錯。樓臺十二，一時捲上珠簾；裙屐三千，幾箇偷來鐵笛。固已猜疑長樂，彷彿廣寒矣。爰有家居浙水，人號斜川，愛當定子之筵，屢顧周郎之曲。衫裳倜儻，襟袖溫存。每當燈酒良宵，春秋佳日，今雨舊雨，無花有花，未嘗不高倚闌干，俯臨珠玉，評量粉黛，環肥燕瘦之間，品藻冠裳，貴佞江忠之列。紅牙拍去，青眼搜來，莫不采菲無遺，存花有萃。爰集都下名班，曰四喜、三慶、春臺、和春、重慶、金鈺、嵩祝，分隸七部，合彙一編。排如春水魚鱗，遞年年之信；序似秋風雁翅，不愆月月之期。其間粉墨登場，丹青變相，銅琶鐵板，大江東高調凌雲；翠繞珠圍，小海唱低歌醉月。選聲選色，取貌取神，宜喜宜嗔，可歌可泣。於是按圖集錦，照譜徵花，看來欲徧長安，佳處爭傳日下。羣仙簇簇，大羅自有因緣；一佛拈花，下界都來供養。亦足徧遨袍漢，同聽霓裳也已。其他彝綠之行，尚有集芳之部，然而此曲只應天上，序班未編人間，不隸梨園，雖歸菊部，愛已同於割玉，情匪類於遺珠。至若趙北新音，秦西變調，仰天撫缶，但唱嗚嗚；市地繁絃，惟聞艾艾。已同檜下，概比鄭聲。凡此旁搜，俱不贅列。願或者恨擲芳玉簪，未識雛鶯乳燕之名；采盤金臺，不書董袖鄂香之事。豈知酒闌燈灺，茶熟香溫，但陳玉笥之新編，不類燕蘭之小譜。然而三年宋玉，好色雖異於登徒；十五王昌，薄倖迥殊乎崔灝。使僅閑凭儀袖，亦知眼過烟雲；倘教釵挂臣冠，未必心同木石。而茲者寄情絲竹，用佐琴樽，聊寄娛耳之資，不敘銷魂之事云爾。

銀杯

孫雨人學博（同元）家藏宮窯雅集酒器，以白金作杯盃，如梅花形，重二十八兩有奇。外界烏絲，內鐫諸公姓氏名號爵里於底，以量之大小分屬焉。首湯潛庵（斌），河南睢州人；次沈繹堂（荃），江南華亭人；次郭快圃（棻），直隸清苑人；次王昊廬（澤宏），湖北黃岡人；次耿逸庵（介），河南登封人；次田子湄（喜霱），山西代州人；次張敦復（英），安徽桐城人；次李山公（鉌予），順天大興人；次朱即山（卑），浙江山陰人；次王阮亭（士禎），山東新城人。共計十事。

理學偏僻

王荊公以春秋為斷爛朝報，不列六經；程伊川以資治通鑑為玩物喪志，禁人勿習。講理學者偏僻，往往如此。

青駒道人

仁和王健庵先生，隨園老人之甥也。家貧，以諸生老。能詩，格不求高，而專事精潔。偶成云：離添老樹衰時葉，雲補青山缺處峰。自遣云：妻兼婢事休嫌懶，女比兒柔不厭多。詠鼠云：怪它兩眼小於漆，長看世人夢未醒。頗得元人風味。晚年自號青駒道人，或問其故，曰：無米無穴，精窮而已。其風趣如此。

仔

粵俗呼泥腿曰濫仔，呼幼稚曰小仔，呼幼女曰柳陰仔，呼使女曰美仔，呼十歲內男女曰頗門仔，呼紈袴曰阿官仔。案仔即崽字，音宰。水經注云：變童丱女，弱年崽子。是其所本。至北人則以為罵詈之詞，與羔子、崽子等矣。

碧城仙館詩

陳雲伯大令碧城仙館詩，是其少作，皆香奩側艷之詞。後刻頤道堂全集，大半刪去，猶記其無題二句云：七十兇央同命鳥，一雙蝴蝶可憐蟲。余幼時酷愛誦之。

頻羅庵主

釋氏呼木瓜曰頻婆。吾家堂前有一株。蓋前代樹也。山舟學士因自號頻羅庵主。公性淡榮利。且自以鯁介不諧於俗。丁艱後遂引疾不出。乾隆二十五年。孝聖憲皇后八旬萬壽。公入都祝。鑾迎駕次。上顧見曰。汝來乎。公奏言臣足疾未痊。祝聖母萬壽後即回籍。時太僕陳句山先生與公同列。退而詫謂公曰。頃上方嚮用。何自退若是。公曰。實有足疾。何敢欺也。時陳以恩重不得乞身。故送公之行有句云。莫怪老羸慚折檻。對君慙汗出如漿。紀實也。五十五年。祝高廟八旬萬壽。有勸公必謁時相者。公毅然不顧。即日出都。家居賦答友二首云。卅年蒲柳早衰蕪。壯不如人況老乎。苦筍硬差良有願。葫蘆依樣已難摹。休言報國文章在。只合投閒草木俱。物不答施天地大。受生慚負是頑軀。北望君門首重回。一門三世荷栽培。臣心不似蒹葭草。天意須憐擁腫材。業已沾泥飛不起。豆和灰冷爆難開。他生願作銜環雀。再上觚稜高處來。公平居儉於自奉。一冠數十年不易。生平不好內。不喜飲宴。故顏園老人贈詩有一飯矜嚴常選客。半生孤冷不宜花之句。不為人祝壽。壬子七十誕辰。設几具於門以謝客。故自述詩有云。老夫自祝飛光酒。一具桐棺萬楮錢。道其實也。嘉慶十六年冬。公患髮疽。危篤中。見有人持楹帖入。其句云。萬里烟雲開海戶。一天風雨護神龕。病遂愈。因自號新吾長翁。九十誕辰。張岐山問峯壽聯云。人近百年猶赤子。天留二老看元孫。人賞其工。公配汪恭人長公一歲。先公二年卒。公輓聯云。一百年彈指光陰。天胡靳此九十載齊眉夫婦。我獨何堪。公以嘉慶乙亥七月十五日卒。年九十三。歿前數日。手書訃稿。遺命不治喪。不刻行狀。同里衆紳士輓聯云。朶殿奉絲綸。四百紙述事記言。史館猶傳大手筆。明湖思俎豆。九十載清風碩德。邦人長想古衣冠。大吏以公品望矜式士民。題請從祀鄉賢。得旨俞允。入祠之日。傾城會送。前此無其盛也。

作詩取法

駕部許周生先生嘗語余云。孔子曰。溫柔敦厚。詩之教也。近人作詩。溫柔者多。敦厚者少。至哉斯言。又聞之先輩云。凡押啞韻而能響者。其人必貴。押險韻而能穩者。其人必壽。亦是名論。

枕代頭

明熊經略廷弼既逮入獄。其卧處有一籐枕。每晚人靜。禮北斗。則取此枕焚香供焉。已而刑有日。神色不變。就刃時。奉傳首九邊之旨。西曹郎俄錄其首。則空無所有。惟見一籐枕。大駭。相戒勿洩。亟報魏閹。大索不得。遂秘其事。而九邊所傳之首。實非經略真顱也。此事甚新。見始甯陳氏秋曹日錄。

張詡庵

張詡庵又姓韓。甘肅人。狀貌修偉。膂力絕人。遨遊江浙間。每來西湖。則必寓余家之葛林園。一肩行李。無傔從。善飲啖。斗酒彘肩。未嘗言飽。蔬菜脫粟。未嘗言飢。所識多兩江知名士。與之談。述宋元明季事甚悉。至本朝掌故。則某年奉某上諭。行某事。某官治某省。益某政。元元本本。纖鉅靡遺。尤好談兵。酒酣。以往言年岳西征事。鬚眉俱張。躍躍也。一日忽來別曰。家有老母。年逾九十。書來趣歸。行有日矣。問何不早歸。曰。實不相隱。某少年亡命。浪迹江湖。今時移勢易。仇家物化。無拔根者。願及未填溝壑。至父母邦而首邱焉。遂徧別所知而去。去年已七十餘。今不知尚存否也。

懲嬌

雍正間學使某公以清厲自矜。一日有業師來求。欲助以清貧辭。師嫐之。某公具以入告。上惡之。傳旨申飭。命藩庫扣學政養廉銀五百兩與其師。天下快之。

痘疹

痘疹。李時珍以為始於馬伏波征武溪蠻。染此疾歸。名曰虜瘡。不名痘也。文苑英華莆田黃滔陳先生集序云。陳黯幼能詩。十三袖詩一通見清源牧。時面痘新愈。牧戲之曰。藻才而花貌。胡不詠之。黯應聲曰。玳瑁應難配。斑犀定不加。天憐未端整。滿面與裝花。此尚詠豆疵。非面麻也。舊有新婚詞云。高捲珠簾明點燭。請教菩薩看麻胡。近又有人句云。不是君容生得好。老天何故亂加圈。則竟詠面麻矣。

侮聖非賢

王莽處處比周公。王安石事事學周禮。王莽曰。天生德於予。漢兵其如予何。王安石曰。天生黑於予。澡豆其如予何。可憐周公孔子。千古為兩箇姓王人懊惱。又宋淳熙中。監察御史陳賈奏理學欺世盜名。乞加擯斥。太學諸生為之語云。周公大聖猶遭謗。伊洛名賢亦被譏。堪笑古今兩陳賈。如何專把聖賢非。從來怪事。無獨有偶如此。

荊釵記祭文

荊釵記傳奇。王十朋祭江。其祭文云。巫山一朶雲。閬苑一團雪。桃源一枝花。瑤臺一輪月。妻阿。如今是雲散雪消。花殘月缺。按此詞亦有所本。孫季昭示兒編云。北朝來祭皇太后文。楊大年捧讀。空紙無一字。因自撰云。惟靈巫山一朶雲。閬苑一堆雪。桃園一枝花。瑤臺一輪月。豈期雲散雪消。花殘月缺。時仁宗深喜其敏速。案此詞浮豔輕佻。施之君后。失體已甚。烏可為訓。錢竹汀宮詹云。大年死於天禧四年。其時仁宗未即位也。章獻之崩。大年死已久矣。則

其為妄甚不經之談無疑

青芙蓉閣

桐鄉陸杉石太守元鋐所著也詠史之作最擅長弔史閣部云父老尚思宗大尹江山空恨孔都官弔蔡中郎云幽囚未肯寬司馬直筆何堪失董狐邯鄲道中云聞道何年歸白璧游仙有客夢黃粱詠汾陽王云世望中興無此速天私奇福到公全長安懷古云一代亂源方鎮表千秋法鑒寺人詩詠狄梁公云淫鬼千年求食少公門一代得人多馬伏波祠云粵國戰功橫海大漢廷家法寡恩多宏詞肅括皆卓然可傳之句也

丞相衚衕

京師繩匠胡同又名丞相胡同嚴分宜之賜第在焉毗連半截胡同中有一宅舊為海昌查小山所居今歸吾鄉大銀臺姚公亮府祖同宅內聽雨樓者東樓賞鑒書畫處也曲檻長廊宏梁巨礎規模軒敞罕有其倫堂之東隅地有巨窖甃以青磚扃以石戶嚴關鐵牡啟之深邃不可測蓋當日藏弃珍異之所也或曰其時京攸東輸賄賂充斥有恭夜黃緣者往往於地中納之理或然歟

漱玉斷腸詞

漱玉斷腸二詞獨有千古而一以桑榆晚景一書致譏一以柳梢月上一詞貽譏後人力辨易安無此事淑真無此詞此不過為才人開脫其實改嫁本非聖賢所禁生查子一闋亦未見定是淫奔之詞此與歐公簸錢一事今古嘵嘵辯論殊可不必不若竹垞翁之直截痛快曰吾寧不食兩廡豚不删風懷二百韻也

背蘇州

杭俗仕女向梳高髻近則低鬟蓋蘇式也時謂之背蘇州頗雅而譏余戲作背蘇州歌云吳鬟且莫唱越髻且莫謳四座靜勿譁我歌背蘇州蘇州肌理嫩如水蘇州顏色烘如蕊相君之背亦風流時樣妝梳鬭嬌美盤蛇新式到杭州日日凝妝上翠樓明月圓時休正面嫩雲堆處莫回頭妝臺軟掠輕梳髢留與南朝周昉畫山眉水眼且休論霧鬟風鬟已無價吁嗟乎粉頸香肩骨肉勻奉來背面果然真只愁一顧傾城處仍是西湖畫裏人

拍曲几

盧代山岱錢唐人住山兒巷抱經學士之族也家藏萄藤小几一張云是洪昉思拍曲几其指痕猶隱隱焉余二十年前曾在外舅黃鐵年先生家見昉思度曲圖毛西河高江村諸巨手俱有題詠山舟學士為跋識數語歸於洪氏今不知尚存否也昉思先生傳奇長生殿

之外尚有天涯淚四嬋娟青衫溼三種今具稿猶存黃氏蓋先生為文僖相國孫壻也

密薔薇

嫁女送親所在皆然廣東順德縣為尤甚凡來者環立門外主不迎送亦不供茶酒名之曰密薔薇其名色甚新

補子

品級補子定於洪武行於嘉靖仍用至今汪韓門綴學言之詳矣劉若愚蕪史稱宮眷內臣臘月廿四日祭竈後穿葫蘆補子上元燈景補子五月艾虎毒補子七夕鵲橋補子重陽菊花補子冬至陽生補子此則在品服之外隨時戲為之者至李闖制補服以雲為品一品一雲九品九雲偽相牛金星所定真槐國衣冠也

病詩輓聯

周生先生病中嘗語余云夜來得句頗切近狀厭聞家事常如客愛看名山悔不僧從削鑑止水齋無此二語蓋得句而未成篇者先生歿前三日自撰挽聯云月白風清其有意斗量車載已無名是能了然於去來者矣

荔支

余向慕嶺南荔支之美戊子二月至廣州三月至潮陽其時荔支尚未實也偶於大令王潛庵先生鼎輔席上談及之先生曰子毋然荔支於北不如葡萄於南不如楊梅徒浪得虛名耳余初聞而未信比還至惠州舟中啖之果然乃知先生之語真定評也因為詩紀其事中有句云滕來西域纔為婢賣到南村合是奴

端午

宋璟八月五日千秋表云月維仲秋日在端午是知凡月五日皆可云端午不必專指五月矣蓋端者始也首也猶言初五也

顧受笙

嘉善程上舍亭治困場屋乾隆辛卯題詩號壁云油幕輕明不障寒未灰蠟炬淚難乾中秋一片團欒月已在風簷九度看讀之憮然然人猶無懟也若我顧受笙表兄均亦復九度秋闈道光辛卯八月十五夜以疾卒於號舍余作輓聯云矮屋痛長眠文戰嘔心竟倘修文歸地下良宵驚惡耗月圓攜手從今賞月怕秋中嗚呼傷已受笙生平專攻制藝詩亦間作沒後二年余歸自粵今弟星符以其遺稿一冊屬余點定畧摘一二以存豹斑勗星符益生兩弟云憶到從前悔浪遊韶華渾似水東流天涯漫怨無青眼門內將何慰白頭萬里獨看遺

月苦十年應念舊臺幽衣單我亦悲秋冷各有傷心莫倚樓蓋受笙與星符同毋時萱堂已去世十年而益生尊人渚茶先生方謫戍烏魯木齊也沈摯之語讀之酸鼻其他斷句如青浦舟中云和風皺野水破網颭斜曛旅感云讀史不多休弔古學詩雖好易傷時即事云薇枝小鳥鬧睭語破浪老漁搖刺鳴方吳梅太守招賞牡丹即席用吳穀人祭酒水繪園看牡丹韻兼懷令兄蓮舫先生宣府云有酒得依金谷例看花翻憶玉關人皆可誦也

南梁北孔

曲阜孔谷園先生繼涑刻玉虹樓鑒真帖數十卷先生之書擬香天瓶居士○高廟東巡臨幸以進上熟視曰好像張照同時梁文山明府巘亦學張書故世有南梁北孔之目今人以南梁為山舟學士誤矣

盧溝橋

闕之為慕自古而然天下之闕以盧溝橋為最凡入都者自鉅公大僚以至商賈百姓莫不傾筐倒篋勒索多方惟鄉會士子例不稽察然見行李稍多亦必索取酒資至三至再丙戌會試余偕黃閬甫明經同行大車二輛早發長新店比至橋剛辰巳之交關上見箱籠稍多任意討賞余以問心無愧聽其嘈雜再三剔數贈以青蚨四百片行進彰義門已交未正矣余戲作七古一首紀其事云東方𣈶𣈶雞既鳴駕車秣馬車前征行行三里復五里大橋已向盧溝橫我遵公車之舊例檢點文憑付書記關吏見我書箱多疑我其中有他意我乃下車陳其情一詞上達君且聽既無胡椒八百斛又無瓜金一十瓶車中本非鄭商人諸中安有骨知盜問我南來何積蓄才如八斗愁萬斛書數十卷詩百幅腳下緇泥三寸足面上黃塵三斗撲其如零星做衣服例所勿征君且莫吏乃向我前置詞索我一斤兩斤之酒資郤笑行裝太蕭索請言其苦君莫嗤我向揚州只一宿不見腰纏並無鶴我向袁江三躑躅未聞餽贐嗟垂橐千山萬水一吟身十日三餐九粥粥今日春明襆被來空餘一缽沿門託郤有二百青銅錢贈君小飲黃壚邊明知未足飽欲壑聊以餘潤分書田吏前睨視久不報欲接不接心口較暗思措大總窮酸買菜添來亦可笑我窺其意無他疑加以一倍任取攜書生已是大破費當作犒師十二之牛皮吏聞我言心悄悄急取文書放關早車聲隱隱過橋來一鞭直指長安街

陳眉公

陳眉公在王荊石家遇一宦問荊石曰此位何人曰山人宦曰既是山人何不到山裏去蓋譏其在貴人門下也俄就席宦出令曰首要鳥名中要四書二句末要曲一句合意宦首舉云十姊妹嫁了八哥兒八口之家可以無飢矣只是二女將誰靠眉公曰畫眉兒嫁了白頭公吾老矣不能用也辜負了青春年少合座稱賞宦逡訂交焉鉛山蔣苕生太史臨川夢院本內有隱奸一齣刻意詆毀眉公出場詩云收點山林大架子附庸風雅小名家終南捷徑無心走處士虛聲儘力誇獺祭詩書充著作蠅營鐘鼎潤烟霞翩然一隻雲間鶴飛去飛來宰相衙亦詆而虐矣

墨派濫調

制義中有所謂墨派者腐懸陋劣無出其右有即以墨卷為題而作二比文嘲之者天地乃宇宙之乾坤吾心實中懷之在抱久矣夫千百年來已非一日矣溯往事以追維曷勿考記載而誦詩書之典籍元后即帝王之天子蒼生乃百姓之黎元庶矣哉億兆民中已非一人矣思入時而用世曷勿瞻黼座而登廊廟之朝廷驀然架座的有此病然其句調圓熟則當日之所謂彀中彪外者也

詩求新異

某作詩力求新異有句云金欲二千酬漂母鞭須六百撻平王語奇而殊無理此與青溪二千仞中有兩道士何異又有句云芍藥花開菩薩面棕櫚葉散夜叉頭風趣差勝

崔紅葉

昔有崔黃葉王桐花之弟子也近崔旻亭觀察次子瘦生如夢令紅葉詞云為愛吳江晚景渡口斜陽相映點水似桃花無數游魚錯認風定風定一樣落紅堆徑洪稚存太史呼為崔紅葉可與陳簾鉤逗處鮑夕陽以文並傳

老先生

新選廣東韶州府仁化縣李某貴州人由進士截取者初謁上官稱老先生朱臬臣中丞桂楨奏請改教回籍按弇州觚不觚錄外省司道稱巡撫曰老先生稱按院曰老先生大人則渠似亦不為無本

五官並用

崑山朱厚章字以載沈歸愚尚書親見其令二人各搦紙筆朱口授一成四六序一改友人長律而手自書孝子傳序與長律皆工所書傳無一脫誤殆五官並用人也以鴻博徵惜未試而卒

閨秀

昔人云女子無才便是福然今之閨秀比比皆是有范公詒云閨秀之詩其尋常者無論即

使卓然可傳而今後之採選政者列其名於娼妓之前傳道之後吾不知其自居何等也此言雖刻酷而亦有理願以告玉臺之治詩者

謝道韞

道韞當孫恩難作神色不變及聞夫與子皆死乃命婢肩輿抽刃出門遇賊手刃數人遂被掠外孫劉濤才數歲賊欲害之道韞曰事在王門何關他族必其如此寧先見殺恩頓改容釋濤及道韞嫠居一室節終其身智勇堅貞巾幗丈夫世但傳雪庭聯句步障解圍失之遠矣

柳如是

柳如是本姓楊見鈕玉樵觚賸又別號影憐見珊瑚網

黃子禾

黃子禾若溎嘉善人潮州太守蘅青先生之胞弟也不求仕進專事謳吟與頻伽郭先生昆季相友善著百藥山房詩稿夏日漫興云新僮馴習如調鶴舊稿安排似補琴秋日遊徐氏池亭云柳如寫影欹池面鶴似閒吟步徑中社日云客都別去花為伴春到濃時草亦香夏夜云桃笙久臥如冰滑紈扇新題有墨香晨起云荷葉兩枝搖水鴨桐花一樹鬧山茶單閣

云溪邊雲隔前村雨樹杪帆飛別浦潮信江書院題壁云雨足一江春水碧風甜十里菜花黃湖樓小飲同宋大作云一塔斜陽猶老宿半隄疏柳盡秋娘皆精鍊可法

蕉葉

廣東東莞呼奴之大者曰蕉葉其說甚新邑某宦好交游客恒滿座一僕俊雅好談議每當揮麈僕必僭言主頻怒以目夷然不顧也一日主誡之曰座中皆士大夫汝毋復爾得置喙倘仍前轍決不汝貸矣僕唯唯又一日座客評花並及葉之大小有謂橘葉至大有謂蓮葉至大僕屢欲辯駁因憚主括囊既一客吟曰偏索羣芳譜翻因葉數蓮誰還能撫取閒雲贈金錢僕聞之張目視主人曰任由夕烹於鼎亦必摘取第一等者以伸奇卉之氣因指叢客前曰草木狀云蕉葉長一二尺或七八尺然則荷葉非大蕉葉之大乃無倫耳羣客譁而起曰是也吾輩何俱不憶及也各厚賜之

絕唱

昨宵疑有雨深院更無人商寶意先生今嬰詠苔詩也流水杳然去亂山相向愁仁和女士孫秀芬詠夕陽詩也可為二題絕唱

乩示閨題

嘉慶丁卯浙江鄉試有人以闈題叩乩仙批云內一大外一大解元文章四百字及出題乃天何言哉三句一大者天也內外者題內題外也四百字則明指四時百物矣

洋錢

粵中所用之銀不一種曰連曰雙鷹曰十字曰雙柱此四種來自外洋曰北流錠曰鏹此二種出自近省皆乾隆初年以前所用其後外洋錢有花邊之名來自米時哥又有鬼頭之名來自紅毛亦謂之公頭夷國法嗣王立則肖其像於銀面史記所謂安息國以銀為錢錢如其王面王死輒效嗣王面是也福公康安節制兩粵時嘉勇公有司以公頭之名犯公爵禁之令民間呼為番面錢以畫像如佛故又號佛番南韶連肇多用番面潮雷嘉瓊多用花邊粵中用錢千鼓百鑿率皆爛板其發江浙者曰出艙光板無一鑿痕每圓以廣平稱之足重七錢二分以尋常通用爛錢易之每圓加二三分四五分不等仁和周南卿茂才詠洋錢句云一種假情留半面十分難事仗圓光寫得不黏不脫

恥認祖宗

文丞相云莆田有二蔡一派出君謨一派出京卞京卞子孫慚其先人多自詭為君謨後猶今無錫秦氏的係會之之後然無不詭為淮海裔孫也姦雄之名雖子孫亦避忌之可畏哉

詆毀東坡

朱子以蜀洛之故甘心蘇氏其與汪尚書書云蘇氏之學害天理亂人心妨道術敗風教不在王氏之下其徒秦觀李廌皆浮誕輕佻士類不齒醜詆如此抑何忍也

海忠介

忠介無子相傳天啟間有秀才作文祭之有句云誰謂公無子天下之忠臣孝子皆公子也誰為公無孫天下之直臣慈孫皆公孫也將焚之有風自天而下撤其文而去按綱鑑輯畧天啟元年蔭名臣海瑞子晏入監則公有子矣鈕玉樵觚賸謂崇禎間公之孫名祖述者造船載貨出洋遂得上天則公有孫矣疑族人為公立嗣未可知也

老少同榜

謝立山啟祚高要諸生年九十四始領乾隆丙午鄉薦賜翰林院檢討秋闈口占云行年九十四出嫁弗勝羞照鏡花生面光梳雪滿頭自知真處子人號老風流寄語青春女休誇早好逑恒以半百子孫圖五字合成一壽字贈人及百二歲相國朱公珪以聞詔加編修賜壽寓昌文隔時人榮之是科番禺劉樸石先生彬華年十五老少一榜同登至今傳為佳話

黃石齋斷碑硯

曾賓谷方伯於廣陵市上得一硯。係坡公題墨妙亭詩斷碑一片。廣三寸七分。長三寸四分。存十六字。凡四行。一行曰吳越勝事。一行曰書來乞詩。一行曰尾書溪藤。一行曰視昔過眼。以背面作硯。右偏之上刻斷碑二隸字。下刻道周二字印篆。左刻竹垞銘曰。身可汙。心不辱。藏三年。化碧玉。為八分書。

集虛

鄉城聚衆貿易之處。北人曰集。從其聚而言之也。南人曰虛。指其散而言之也。宛邱有地名羲神實。雖革路史注。實者對虛之名。天文旗中四星為天市。其中星多則實。虛則耗。神農所在人民常實。非若虛砦朝實而暮虛也。

酒樹糖樹

緬甸有酒樹糖樹。酒樹實如椰子。剖之皆酒。色瑩白而甘。能醉人。糖樹細葉叢榦。以刀刺其本。涓涓不已。色味如餳。食之令人飽。見怡亭雜記。

瓶水齋詩

大興舒鐵雲孝廉名位。字立人。寄居於吳。誕之夕。母沈夢一僧手折桂花從峨嵋山來。故小字犀禪。十歲下筆成章。父翼官廣西河池州知州。南邦入貢。隨父出鎮南關。送使者。賦銅柱詩相贈答。弱冠登賢書。屢遊戎幕。以母老不屑就升斗。九上春官不得志。遂絕意進取。奉母以居。母歿。以哀毀卒。與昭文孫子瀟太史秀水王仲瞿孝廉相友善。法時帆祭酒式善嘗作三君詠以贈之。著瓶水齋詩集。趙雲松先生跋其詩云。開徑如鑿山破。下語如鐵鑄成。無一語不妥。無一意不奇。無一字無來歷。能於長吉玉溪之外。自成一家。龍雨樵先生跋其詩云。他人之詩有六家。鐵雲則兼有三長。他人之詩有四聲。鐵雲則兼有五音。他人之詩有唐宋元明。鐵雲則兼有離騷八代。其為前輩心折如此。諸體中七古為最。如破被篇張公石任城太白酒樓等作。直是前無古人。後無來者。茲錄其七言近體。如落花云。珠玉九天殘咳唾。江湖滿地舊文章。碧憎霍霍偷嚬眼。紅踏荒荒四馬蹄。曲阜拜聖人林下云。劫火紅燒秦月令。史才青削魯春秋。出家仙佛開生面。入彀英雄到白頭。夷門懷古云。六國輸贏歸婦女。一關開閉老英雄。金谷園云。名士十年無賴賊。美人雙淚有情癡。汴梁宋故宮云。湖上春寒天水碧。帳中酒熱帝衣青。臥龍岡云。兩表涕零前出塞。一公安樂老稱藩。劍閣云。一枝草送姜維去。半夜魋拖鄧艾來。皋亭山云。一樹鳳皇收王氣。半堂蟋蟀死秋聲。書仲瞿經解各說後云。壁中絲竹紅羊劫。殿上文章白虎通。書壯悔堂文集云。南部烟花歌伎扇。東林姓氏黨人碑。倉聖祠云。從此兒央多識字。只留蝌篆與驅邪。贈吳穀人祭酒揚州云。殘夢已贏樓海倖。老成猶見殿靈光。屠琹隝大令貽是桂堂詩集云。一宮百里江淮海。三絕千秋書畫詩。題蔣秋浦侍御詩云。三百里中黃歇浦。一千年後白香山。七夕云。豈有牽牛笑妃子。漫云顧兔悔姮娥。諸聯戛戛獨造。真無一語拾人牙後慧者。

梧桐

江西峽江縣有筍山。某姓別業在焉。樹木茂密。中有梧桐一株。尤魁出林表。夏月人每納涼其下。一日為迅雷所拔。根底有錫十餘觔。清泉一窪。澄澈如鏡。解其木。中成雷天大壯卦象。點畫分明。片片無異。亦一奇也。

子同生

偶見有作燈謎者。公與文姜如齊。齊侯通焉。射四書一句。然則有同與心思頗曲折。惜乎有傷忠厚。案桓公六年。經書九月丁卯。子同生。穀梁傳曰。志疑也。朱子駁之曰。聖人一筆一削。堂堂正正。豈有以曖昧之事疑其君父者。其說是也。然愚謂十一公之生。皆不特記。而獨於莊公記之。其中豈無深意。文姜淫亂。越境成姦。恐後之讀史者或有嬴呂之嫌。故特於十八年夫人姜氏如齊之前。大書特書曰。子同生。以明其的係吾君之子。故曰志疑者。非以傳疑也。乃以釋疑也。詩曰。展我甥兮。春秋曰。子同生。皆別嫌明微之要旨也。

閨秀詩

嘉興徐衜字文漪。吳子庭副室也。詩云。沈香亭子玉勾欄。植徧名花次第看。第一莫栽紅芍藥。此花開日已春殘。立意甚新。無人道過。山陰王思任女端淑。字玉映。長於史學。翁嘗撫而語之曰。身有八男。不及一女。著吟紅集。蕭山毛西河選浙江閨秀詩。獨遺之。王寄詩云。王嬙未必無顏色。其奈毛君筆下何。用典恰合。山陰祁忠愍公女德茞。字湘君。臨鏡詩云。一匳秋水寒無影。十樣春山淡有痕。丰神綽約。嫣頰生香。姊德淵德瓊。並能詩。忠愍家子弟美丰儀。故其時有祁門男子盡佳人。婦女皆才子之目。

諢諧本色

諢諧詞語。必須本地風光。方可解頤噴飯。有筆客生一子。豐碩肥滿。或戲之曰。羊毫兔毫。加工選料。此家用貨。非比賣門市者。安得不佳。又有書客舉子。酷似乃翁。一人熟視之曰。原板初印。神氣一絲不走。其非翻刻贗本。蓋可知也。又有一廚司舉一子。形貌甚黑。人曰。此非炭火烟煤之氣。即是油鹽醬醋之精也。聞者絕倒。

宋玉

有客至澧州。見宋氏家牒。言宋玉字子淵。號鹿溪子。可補紀載之缺。

小救駕

廣東始興民俗剽悍尋常出入男帶刀女帶錐無人無之又有鴛鴦小匕首藏於胸次名曰小救駕事雖悖而號則甚新

蘇芷香

蘇芷香校書吳門人貌娟秀而性極孤冷流寓於杭之西湖李小牧茂才（丙）頗眷戀之令弟聽松茂才（寅）為畫梅花便面題一絕云西泠曲港斷橋邊冷抱烟霞不計年指點孤山三百樹此花曾受小青憐語極痛峭

十些

查伊璜孝廉家僮侍婢解音律者十人悉以些呼之時稱十些有雲些月些二僮尤聰俊能記孝廉詩乞書者命二些誦而書之名曰活錦囊

葛秋生

葛秋生履曾仁和諸生人極醖訥溫雅工詩古文詞顧久躓場屋鬱鬱不得志江淮游幕益復無聊終以病瘵卒於家四壁相如遺稿率多散佚猶記其早秋即事二絕云磁缸雨過小盤蝸圓蕊微黃葉半遮道是今年溶湖後漁人都賣水浜花　腸風吹影墮殘釭亂颭檐前鐵馬撩約看牽牛花早起竹陰深處去開窗詩境清絕秋生向設帳於橫河橋治中許小范先生學范宅中簿遊以後感今追昔因繪橫橋吟館圖屬同人題詠余為賦買陂塘詞一闋同年趙子秋舲題南北曲一套最佳其詞云（新水令）莽天涯何處挂詩瓢瘦書生鬢絲吟老江湖尋舊夢風雨感離巢十載橫橋今日个繞畫出停雲稿（步步嬌）記當初載酒元亭問傾倒問字師安道（時受業於九橋先生九橋亦在許氏安硯也）金蘭簿訂交硯北花南一例兒排年少顧影換青袍翠生生都似春來草（折桂令）暢好是嫩年華過眼如潮秋去春來榔又千條百忙中跳上征橈兩處相思紅豆燈挑遠壁廂風塵懊悔那壁廂書札迢遞故人兒幾箇雲霄幾箇蓬蒿一宴時賭酒評花倒做了雨散雲飄（江兒水）吳市空彈瑟秦樓待引簫念家山忽作思親操束琴書鼓迴波櫂返鄉園好比投林鳥一任那雪泥鴻爪虧的杼下流黃博得箇萱花微笑（雁兒落）再休提蹭名場劍氣消說甚麼困寒氈心緒橋你看有的是痛黃壚玉樹凋有的是走京華花插帽但詩成且倚玉笙調但酒來且索金樽倒興來時齋向白雲朝悶來時共對青天嘯花朝放明湖雙槳好寒宵擁紅鑪合座邀（僥僥令）重開新畫閣再整舊書巢喜荷衣叉手諸郎少渾不是感離巢賦寂寥（收江南）呀我也把十年前事話今朝記風簷立雪訂深交不多時桃花三月廣陵湖嘆生成蕙泣蘭號料向瀟湘走遍向瀟湘走遍若熟我一鐙秋雨續離騷（園林好）盼魚書長江路遙憶朋儕離魂暗消依舊的南飛鵲噪重把臂飲醇醪重識面贈瓊瑤（沽美酒）望橫河水一條望橫河水一條認橋邊許丁卯他是裙屐風流甲第高沒些兒塵擾王摩詰更相招把悶愁懷莞端輕掃離別恨畫裏勾消索舊雨題詩須早倩新知補吟亦妙你呵賜名箋烏闌自鈔爇名香銀爐自燒這圖兒須索自收藏好從今不恨知音少拼箇爛醉狂歌也意氣豪你看那一樹藤花開遍了

致趙秋舲書（附來書）

余戊子春至粵是歲冬忽患咯血症幸而無恙次年春間故鄉戚友喧傳余於十月二十四日已死秋舲聞之為位而哭遲之又久始知其訛因以書來示余余報書云秋舲同年足下僕以伯倫嗜酒之身忽得長吉嘔血之疾空江冷署一病經年意將物化蠻邦長與故人生死辭矣乃春蠶未死尚許牽絲而秋雁遙來欣逢剖素注存而外兼述異聞猥以春來王粲之不歸訛傳海外東坡之已死風言影語莫識來因一介飄生何忌何惜夫彭殤等視顏蹠不齊達者觀之詎有欣戚所可喜者良朋愛我痛哭湖山較之生索輓歌壽陳楊具者更饒風趣知交之涕淚榮於流俗之揄揚多矣微之垂死病中得讀香山箋札如投靈藥如賜神鍼大夫七發之筆痼疾全除記室一檄之文頭風頓愈生死骨肉肺腑銘之往歲長安之行僕非游倦顧瞻時勢進取良難欲有數端請陳其略夫玉雕楮葉寸陰不廢其功輪視車輪三載必專其力僕涸迹塵埃之內置身案牘之旁弄史剛經久淪肺腑春章漢律漸入膏肓加以役志錐刀瘁形籌尺而謂挾貨殖之傳可遊瓊苑持名法之學能賁玉堂乎此其尼行之故一也矧夫公車競發之時甫當僕病未能之日雖蒼施未死難忘向日之誠而蒲柳將零敢作搏風之想叫鷓鴣而南飛羨倦望燕鴻而北向心驚勢難握鉛槧以登程截刀圭而就道豈有嘶風病馬能隨良御先驅而喘月胡牛敢望相公垂問者乎此其尼行之故二也且夫遠遊者必飾裘馬挾策者不廢金帛苟宦橐之稍豐庶行囊其克壯而乃官清似水事集如雲開門有爛用之錢扪箇無蓋藏之燼晏子卅年之貍製已付債家孟光百歲之荊釵胥歸質庫雀留羅盡蚨不飛來勢難分老親鶴俸之肥作遊子貂裘之費此其尼行之故三也而況有貲成季子之行無人於繆公之側老父性高簡略雅厭紛紜乘廐內之家駒不知牝牡徙牀頭之阿堵絕口錢刀使左右不有親臣將籌裹重勞長者公私交瘁栽花之鬢易皤服事徒虛寸草之心更歉此其尼行之故四也然而志蔚風雲氣留湖海捫王猛褌間之虱尚愛高談聽劉琨枕上之雞猶思起舞時當○明聖敢高在澗之思倘遇○旁求又見○闢門之典意欲重鞭赭白復踏軟紅跌宕燕南遨遊趙北倘再秋鴻鎩羽病鶴彫翎然後服

來路之塵車。計身後之聲歎。區區者志。茫茫者天。如彼如斯。能耶否耶。若夫花天酒地。追東閣之舊遊。冷雨淒風。記吳閶之往事。某年某月。如夢如雲。今者禰衡文長。悲涼驛館。徐青藤 風流姚合。惆悵蓉城。伊此數子 王喬控鶴於海邊。王子晉 葛洪采藥於江上。葛稚川 秋生聚如萍絮。離若參商。而今兩人者。昔為蛩駏之依。今作燕勞之避。湖邊楊柳。難牽別緒而來。嶺上梅花。執寄離情而去。加以鑾方鳳扇。下邑周旋。勞心極拙之度支。萬目無情之牒牘。俗塵斗擻。雅韻空消。盍陳偏隅椅舞之風。以濟他日賢侯之聽乎。墨江當衝北道。扼要南方。孖水岑山。絕少和平之氣。蠻花犵鳥。全非嫗煦之春。以故林密藏奸。草深聚匪。盟香嘗火。鬧來一縣白蓮。爨帛妖旗。飛出滿城黃鵠。花巾扎額。繡鐵橫腰。每當月黑風高。山深水曲。蟻屯估客。千艘捆載而來。烏合公然。一網撥罕而去。雖復屢懸重法。嚴示明條。而乃朝令懸頭。夕禍旋踵。其民情之剽悍有如此者。今夫吏為社鼠。役是城狐。所在皆然。於斯為甚。陽作官之牙爪。陰與賊為腹心。每當密捕渠魁。細研脅黨。秋毫察處。泥首者未舉其詞。春色藏時。屬耳者早通其信。術偏工於縱虎。師早溺於多魚。然猶故示先機。虛耗在官之費。私開法網。廣搜買命之錢。於是晉未興師。秦先遣諜。青蚨變幻。化為蝴蝶而飛。黃雀深藏。迫被螳螂之誘。其胥役之譸張有如此者。至若鄭居兩大。敢辭玉帛犧牲。齊出一軍。倒獻貨檯扉屨。然而大官一飯。中人十

家。縫紉酒漿。非時之需必備。翟閽炮煇。惠下之澤無虛。大舟軸而小舟艫。十夫推而百夫輓。盤匜載路。曾饋吳師者百牢。委積連雲。晉館楚穀者三日。又況劣舟之會。饕餮無厭。駑已獻而索鬼。豪奴之喜怒難防。狐作威而假虎。或至荂言自口。蜚語成災。其供億之紛繁有如此者。且夫紳士為里黨觀型之地。巨室為國家藏富之區。無如吞噬成風。桀驁積性。鄉鄰一擾竊之細。束縛而趣以強梁。家庭一詬誶之微。風影而攻其帷薄。無故囚人子弟。勒取贖之多金。有時牀及祖宗。發已埋之朽骨。律令之所難逭。神鬼之所不容。而乃比比皆然。時時習見。雖成信讞。孰挽刁風。其澆俗之澆漓有如此者。際此蠻隅。又當瘠壤。似鞘都盡。欲把徒虛。當局者既費運籌。旁觀者亦難借箸。愁城兀坐。樂境全非。刲僕自遘疾以來。從事者苓。小除翹棊。學蘇公之量。不過三焦。登張子之筵。怕嘗九醞。用是逸情頓減。狂興都消。心冷如灰。腸枯若井。鉅復偶拈楮墨。閒事謳吟。而寒暄酬贈者居多。圖繪性靈者絕少。欲如爾日之雨窗選韻。雪舫聯詩。月榭填詞。風簾譜曲。豈可得哉。豈可得哉。此僕所以夢寐追尋。而形神飛越者也。足下以優閒之歲月。樂瀟灑之琴書。遊風雅之襟懷。養循良之體度。語道德則關西夫子。論經濟則江左夷吾。未栽滿縣之花。先負力田之米。德門駿駿。孝友可風。陋室沏銘。書律兼諳。此日宜風宜月。置君於阮咸謝朓之流。他年為雨為霖。期爾以卓茂劉寬之治。勤修令德。勉

之勉之。秋風以淒。行矣自愛。又此信之前。曾有詩二十八首。寄以代札。備錄之以見兩人之交誼。其詩云。我北君在南。我南君又北。君自在故鄉。我翔南北翼。故鄉好湖山。不能與君陟。異鄉好山水。不能共君識。相思復相思。耿耿在胸臆。何當樽酒歡。鄉味試蓴鯽。其一 去年辭帝京。重九黃花發。歸來剛十月。湖上開芙蓉。陸家舊酒罏。一次欣相從。陳家舊酒罏。有約難相逢。中間七八面。未盡傾離悰。君懷似鶴孄。我性如雲慵。加以兩三旬。風雨疏其蹤。去日苦太短。倏忽成殘冬。其二 殘冬十二月。游子將南征。西窗小話別。風雨送我行。我行至江口。行李累不輕。十三停梗待。十四返棹迎。十五蟾兔滿。桑舫離江城。其三 四日嚴州山。六日龍游路。加以五日期。行抵西安渡。一灘復一灘。灘灘逢水怒。一山復一山。山山被雲妒。爲我風雨懷。療我烟霞痼。篷窗了無事。酒渴驟奔赴。復有老坡仙。蕉葉不知數。堉妓文峰子斷太守 醉狂醒亦狂。懷抱各傾吐。其五 平生慣行役。南北車驅之。風饕兼雪虐。未嘗逢雨師。何期常山道。忽遭癡龍癡。自辰以至酉。大雨兼寒颸。沿山八十里。及半日已遲。臥尖以為宿。饑寒苦可知。安得卜子夏。假蓋無吝詞。絕似曹阿瞞。赤壁逃兵時。其六 翼日天乃霽。曉發玉山縣。行行重行行。已屆小除夕。遂為餞歲計。旅店得安宅。人生本如寄。矧乃遠行客。眷屬儼開筵。親朋圖作席。忽憶歲辛巳。與君得同舶。爆竹滿揚州。三更醉飲劇。記否雪泥中。有此鴻爪跡。其七 春王月二日。挂帆發西江。

廣信至河口。河口下弋陽。貴溪三百里。彭蠡環湖壖。湖水清且平。一夕抵南昌。扁舟泊江渚。高閣瞻滕王。帝子不可見。才子不可望。水天混一色。四顧空茫茫。其七 西江文才藪。其人峻且潔。迤邐至廬陵。山水乃秀絕。水紆徐為妍。山卓犖為傑。由其水紆徐。筆乃作委折。由其山卓犖。氣乃奮激烈。永叔得其品。文山得其節。迄今數百年。影事空飄瞥。問山山瘖瘂。問水水嗚咽。臬羽如意殘。處仲唾壺缺。其八 百里復百里。萬安還萬安。萬安縣進灘 莫擊三千水。須防十八灘。下水舟行易。上水舟行難。水小介於石。水大觀其瀾。丁寧衆篙師。過此而朝餐。忽見沈舟破。坎坎置河干。其九 昔過天妃牐。牐上水如駛。今過天柱灘。灘上石如齒。履險貴得夷。入生乃出死。寄語操舟人。風波不足恃。短纜上下牽。長篙左右使。其退已盈尺。其進不及咫。我輩論前程。坎坷亦如是。世人用心機。險巇甚於此。其十 贛州至大庾。計里三百三。看山復看水。如飲能沈酣。其山聳空翠。其水拖軟藍。其花豔桃李。其木紛楩楠。顛闌厥土瘠。縣官苦難堪。始信佳山水。富貴人不諳。其十一 梅嶺一重關。其形若劍闢。一峯銳且高。一峯削而落。兩峯相去間。七扶五扶博。何年六甲開。何時五丁鑿。中間一徑通。人行蟹郭索。馬後飛雪花。馬前綻桃萼。始信南北分。此一大關鑰。其十二 平生看畫圖。厭見大青綠。竊謂山水清。不應如此俗。今日廣州來。麗景親寓目。峯峯瘦且皺。樹樹繡以縟。一水漾玻璃。羣山環碧玉。尚覺所見畫。設色苦不

足。安得仇唐筆，到處寫一幅。其十三 山之至奇者，莫若觀音岩。其山在英德，壁立萬仞，壁臨水一石罅，小艇通其前，沒緣蟻行進。九曲如螺旋，中有兩重屋，石枝相鉤連。須臾透光亮，見水復見天。石壁削而蒯，正出如飛檐。鐘乳一一垂，倒挂珍珠簾。江波流浩浩，泉水鳴濺濺。兩聲相應處，微妙何人詮。此時憑虛立，已若凌雲烟。尚須十倍之，而得躋山尖。注目一仰望，勢若將崩填。猿猱不可上，鷹隼不得巢。但覺平空際，擲下青花蓮。其十四 迤行入峽江，中有飛來寺。較之靈鷲峰，未便遜軒輊。亦有冷泉亭，寒洌不可試。雄奇出天然，幽秀在其次。健哉李小牧，先登快拔幟。余亦從之行，步步懼顛躓。盤旋陟其巔，捫碑剔蘚字。微聞飛鳥聲，罡風刷雲翅。其十五 廣州好荔支，我來猶未熟。青蕉葉成林，紅棉花在木。最妙黃皮橙，其味清且郁。亦有素馨花，其氣幽以馥。檳榔好風味，賓紺葉深綠。枇杷桃李等，一一把盈匊。惟筍則不佳，毋乃出苦竹。其十六 韶華剛二月，此地已溽暑。不見紅杏風，但見黃梅雨。我從極北來，肯相寒幾許。忽而冷水澆，忽而沸湯煮。竊恐外病來，握冰兼負楮。安得內丹成，嬰兒共姹女。其十七 二十倩酒鬟，佳者連城璧。大或鬢龍頭，小亦髮垂額。憑指何纖纖，蓮翹何窄窄。浮蟻頰生潮，囀鶯喉按拍。惟當蘭言吐，鉤輈而格磔。將毋牀笫間，亦須置重譯。一笑謝佳人，無言情脈脈。其十八 始興若差役，其地當繁劇。民氣更剽悍，厥性好鬬毆。周官言理財，儲蓄須充周。孔門貴折獄，兩造必立囚。何圖叢爾邑，在在難應求。所出倍所入，餅恥而罍羞。所殺非所犯，李去而桃留。近聞有嘯聚，行劫與戈矛。督師去勦撫，未得誅其酋。老親聞是事，未往心先憂。晨昏趨侍下，何以寬親愁。其十九 行役復行役，行蹤本無據。甫從廣州來，又向潮州去。（時奉檄至潮）潮陽王大令，哲嗣我姑壻。藉彼海水寬，淵鮒望挹注。迢迢二千里，迅速敢猶豫。未識代箸者，可能借前箸。其二十 韓公貶潮州，蘇公居惠州。我遊所必歷，遺蹟堪遐搜。穀雨後七日，片帆發江頭。上水復上水，日日看羅浮。所恨塵事攖，不能着屐遊。孤篷一何悶，以酒澆其愁。迤行十二日，登陸而艤舟。其二十一 秦嶺家何處，藍關馬不前。當時偶然作，千載訛爲馬。我來雲橫處，十里皆山田。須臾至山頂，輿夫各息肩。峩峩刺史祠，入廟展拜虔。中間塑公像，立馬懸崖巔。傍有二侍者，僮隸狀可憐。壁間貌湘子，鶴氅何翩翩。口橫一枝笛，足下生雲烟。頗如劇所演，度叔桃林邊。公志在闢佛，公心豈慕仙。香火類優戲，毋乃誣前賢。況復藍關地，實在秦西偏。（考公集中此詩作於陝西）胡爲好事者，移而至南天。其二十二 歧嶺下水舟，舟行一何疾。迅速至潮州，爲期止五日。尚須渡重洋，卅里附海舶。（自梅溪流至潮州歷海面四十里）書生一寸光，大地許窺測。屈指到明晚，行事可以畢。嗟余半年來，行程七千七。得詩剛百篇，飲酒過三石。拉雜當報君，愧乏紀遊筆。其二十三 吾兄擁皋比，一卷不釋手。謀食養老親，持家仗健婦。李弟近何如，弱女今安否。去年嫂彌月，璋瓦未分剖。今年

定育麟，舉家開笑口。昔我出京時，進士選丁丑。究須幾鷗蟀，方得印懸肘。倘有雙鯉魚，一緘須報某。其二十四 最憶是姚合，（春木）今年賦閒居。可有問字者，來羊造其廬。詩興定不減，酒懷復何如。中年不得意，冷抱一卷書。秋風使者來，藝海搜璠璵。庶幾協泰占，拔茅連其茹。其二十五 許劭游京國，（吉齋）王喬去天台。（香[illegible]）菊洪容江左，（秋生）項斯走燕臺。（仙槎）落落此數子，昔日俱同儕。一旦盡分袂，各在天之涯。倘有相見者，為我道離懷。並祈述近狀，可以佐酒杯。其二十六 城西黃閬甫，城北朱二泉。（琨溪 坪）二君皆有書，各幐以數篇。劣札走蛇蚓，露封呈君前。請君寓目後，一一加封鈐。並煩穎士奴，分致雙魚箋。歸來酬酒資，三百青銅錢。其二十七 我趁梅開來，我待梅開去。未知能與無，迢迢故鄉樹。鄉樹不可望，於此且小住。豈不思喬飛，沾泥已如絮。揚州鶴不肥，羅浮蝶何趣。區區一第名，得失豈吾慮。其二十八

附別後秋舲來書

晉竹仁弟同年判袂年餘，有記憶而無筆札，非疏也。心所欲言者，筆足以達之；心所欲言而不能言者，筆不足以達之。加以人事變遷，心緒惡劣，以此沈吟吮毫，欲裁輒止，故君致兩緘而僕無一字也。書窗日暇，請詳言之。自吾弟赴粵後，即已歲暮，俗務沓來。入春又不接信，未知何日抵署，抑尚逗留西江，故不能函也。入夏梅雨連綿，炎日如火，從遊者尤可寸計。終日拈管批抹，猶恐不及，故不能函也。七月杪，始奉惠書，並讀好詩，秋風拂拂，紙上生涼。即擬報贈，而詩思為帖括所澀，故不能函也。場事畢，文債究擬將吾弟詩與同人編閱，以知旅況。而古芬於出闈之夕，猝疾長逝，驚魂駭魄，頓覺身如槁木死灰，故又不能函也。自後喀馬傷逝，而猶有私望者，春闈在邇，吾弟當買棹旋杭，庶可秉燭尋歡，一傾積愫。後晤君修，始知不果成行。縮地無術，故欲函而仍不能函也。去年無日不在阻風中、酒中。而最奇者，莫如年下一事。祀竈日過閬甫處，忽傳言吾弟有少微星隕之說，歸家一慟，哽不成聲。事固可疑，然因古芬之死，已信天於才人本不甚惜，此情此理，當或有之。是後無日不痛君，亦無日不夢君。故除夕闔宅歡騰，而我獨神亡質在，梅酸蓮苦，方寸自知。正月初又為人作伐，旋赴剡江，回家接君第二函，喜動眉宇，深恨何處惡才人作此惡語。然無此波折，一年之積悶難消，且無以見他日相逢之樂耳。秋生紫卿去年因考回鄉，相會吳山，約試峨作湖上遊。不料旬日中，四人已亡其一。才奇命薄，莫過古芬。秋闈報罷，彼此星散。近聞秋生客海州，亦復卧牀不起。因思人生中年以往，有哀無樂，頗思十五年前君家詩社、姚家酒社，飛觴選韻，張宴評花，方謂此樂吾輩未艾，不意轉瞬飄零如此。舊遊如萍，恨不登鳳皇山頂，騷首問天。然使當世而有吾兩人在，此樂終有望也。惟願天涯珍重。僕

亦同之吾弟詩絕豔殆才惟稍有襲迹之病近則格律老成卓然一家至江差役煩多吾弟維持左右分所當為惟格庭得能還調吾弟仍宜作長安之行世俗固非所願然有不得不為者如我將來亦出一轍性情同者當不河漢斯言兒景況如常家用日劇丁亥臘月二十七夜內子舉一男現才牙牙學語老母康健弟妹無恙故鄉諸友嘯雲不復見受笙寻圓偶見梅侶彼此欲見而不得見閒甫不時常見附陳近狀不盡言宣此信到日迅賜回音勿以疏嬾而報之也幸甚幸甚慶燽頓首

祈夢

杭城於于忠肅公廟祈夢蘇人於況太守廟祈夢京師於二相公廟祈夢二相公子游子夏也二賢掌夢甚奇又封氏聞見記言雍邱婦人多於孔廟祈子且有露形登夫子之堂者此事更奇

麻蛋燒豬

煎堆一名麻蛋以麵作團炸油鑊中空其內大者如瓜粵中年節及昏嫁以為饋遺德清余半眉欽曾以八律詠之警句云安得規模如此大不堪心腹竟全空四面圓光皆客氣一番投贈半虛花又粵俗最重燒豬娶婦得完璧則婿家以此餽女氏大族有用至百十頭者蓋誇富也如不致送則媒氏隨押妝匳背負其女而歸矣其他賽愿敬神等事率皆用之最足奇者觀音誕辰亦薦此品豈佛門清淨之戒不到南天歟

鈔法

崇禎十六年欲行鈔法以流賊渡河乃止其時建議有九妙十便之說一曰造之之本省二曰行之之途廣三曰齎之也輕四曰藏之也簡五曰無成色之好醜六曰無稱兑之輕重七曰無銀匠之奸偷八曰無盜賊之窺伺九曰不用錢用鈔其銅悉鑄軍器十曰鈔法民間貿賣並不可用銀天下之銀竟可盡入內庫嘲之者曰一二襲取三四實政五六民不取七八世無盜九強十富策更大奇

哲那環

凡僧人偏衫肩下有大環名曰哲那環見鄭元祐遂昌雜錄

字音假借

流連二字可作留聯琴賦作留聯而扶疏絡繹二字可作駱驛後漢郭伋傳駱驛不絕千支二字可作幹枝浩瀚二字可作皓旰谿子歌皓皓旰旰兮閭碑為河邱阜二字可作魁父列子手之力不能損魁父潦草二字可作佬慅文賦佬慅嫺漫浮圖二字可作蘇塗後漢書馬韓諸國各以一人主祭天神又立蘇塗蹢躅二字可作局遬夏侯太初文豈其局遬當時周章二字可作輈張南史桓康傳欲輈張問桓康差池二字可作柴池相如賦柴池茈虒甘肥二字可作甘毳鼂錯傳朝夕得甘毳可以養親逡巡二字可作侵尋史記漢武帝紀始巡郡縣侵尋於太山剝落二字可作暴樂爾雅毗劉暴樂也黽勉二字可作閔免見谷永傳酩酊二字可作茗艼梁簡文曰劉尹茗艼有實理紆迴二字可作迂威六朝詩山徑轉迂威藏弃二字可作臧去陳遵傳與人尺牘皆藏去以為榮慨慷二字可作凱康神女賦心凱康以樂歡逍遙二字可作消搖湘烟錄莊子逍遙古作消搖及鋒二字可作及蚤韓信傳及其蚤東向可以爭天下依稀二字可作𩃀𩆋海賦𩃀𩆋其形率爾二字可作帥介甘泉賦帥介陰閉唐突二字可作搪揬柳宗元晉問搪揬碓几又作碭突馬融長笛賦奔遯碭突又搪揬子建牛闕詩行至土山頭欻起相搪揬儋何二字可作儋何國語負重儋何依回二字可作掎遺孔光傳掎遺者連歲支吾二字可作枝梧杜詩陶謝不枝梧造次二字可作草次春秋隱四年注草次之期寂寞二字可作家漠楚詞遠遊野家漠其無人首鼠二字可作首施漢書鄧訓傳小月氏胡雖首施兩端漢亦時收其用幕府二字可作莫府李廣傳莫府省約文書籍事麾下二字可作戲下史記項羽紀諸侯罷戲下各就國憔悴二字可作蕉萃左傳雖有姬

姜無棄蕉萃眉嫵二字可作眉翮漢書張敞傳京兆眉翮大風可作大颭史記繳大颭於青邱他如倥偬可作控總著雍可作祝犂矯飾可作橋飾甲坼可作甲宅馮夷可作馮遲又可作冰夷胭脂可作燕支扶蘇可作榑疋委蛇可作禕隋蟾蜍可作詹諸吝嗇可作遴嗇含糊可作嗊喁躊躇可作遲佇又可作踟蹰提攜可作隄禠孚尹可作筼筜陸渾可作賁渾盤桓可作畔桓涒灘可作芮漢揖讓可作揖攘蹁躚可作幽歇號咷可作嘑咷龜黽可作鼁繩傴僂可作蠅螻㕓欄可作㕓嫻肺腑可作肺附供張可作共張歸藏可作趉匯鳳皇可作朋皇性情可作牲巻洞庭可作銅庭骨朵可作脈肶齟齬可作鉏鋙蝸牛可作瓜牛亮陰可作諒闇慫慂可作總臾闒冗可作闒茸疆圉可作彊梧渤海可作貢海中允可作中涓盡可作雀鏤曼衍可作曼羨罔兩可作方良惝怳可作敞苑影響可作景嚮坎窞可作歛窞逗遛可作逗遛抑戒可作懿戒照耀可作照耀容貌可作頌皃兆可作游姚嫈笑可作儐笑博浪可作博狼惆悵可作倜倡俎豆可作祖極獮猴可作蒲猴天竺可作身毒躑躅可作趩趨蹢可作趦趄孕育可作媍育亭毒可作亭育彷彿可作仿佛忽可作蟲沒拔拂可作掀蹴開闔可作閶闔凹凸可作窅窔鶯雀可作鷟鴉陌落可作伯格阡陌可作仟佰玄默可作横艾酬酢可作讐柞澹泊可作憺怕糟粕可作酒魄垠堮可作鄞鄂磅礴可作旁魄踴躍可作

踴趨冢落可作牢落恐喝可作恖猲奄忽可作晻忽月窟可作月𡽫窬發可作渾波杪忽可作翲忽饘粥可作鍵鬻箓竹可作綠漪寢深可作溟沐孤竹可作觚竹四瀆可作四竇朏穆可作佋穆鬼谷可作鬼臾又可作鬼容盥漱可作涫溗沖澹可作神禫要妙可作窈眇節操可作節殺近嗜可作迎逗遝窟可作邃竄挽脫可作搖睪簡在可作簡栽瑕眯可作草蔡治媚可作蠱媚逸豫可作佾悇齟齬可作奐廢魑魅可作髙余累贅可作譧譢孤臬可作郭氣泄柳可作世柳尚絅可作尚褧秦丙可作䍐丙陳寶可作陳案獬豸可作鮭䚦答雷可作排瑠梁父可作亢父苯苢可作桴苡許子可作鄦子終南可作終隆䠶踖可作鵖踖騋騮可作華騮裨諶可作卑湛沈潛可作湛漸徜徉可作方羊又可作常翔帆檣可作颿艢卞和可作弁瑪滹沱可作亞駞又可作流池倫倫可作泠綸蕭條可作霄霏啾躂可作緧與寂寥可作淑湫芋餘可作珞琨蹣跚可作槃散烏孫可作戶孫翩翻可作翩幡氛氳可作樊縕嬰孩可作腎拟沈災可作沈蓄荊舒可作荆荼囁嚅可作嵒吺流蘇可作額圜雕菰可作安胡須臾可作須搖揶揄可作歋歈埽除可作騷除黛眉可作須麋樓遲可作遊徙雨師可作宋無料布可作斗戲辛夷可作新雉嗟咨可作蹉資屠維可作徒維四肢可作四胑園公可作閬公黃鐘可作圜鐘并峰可作粤夆烏江可作盜江曲江可作曲紅旃蒙可作端蒙蚊龍可作蚗龍西施可作先施塘陂可作唐波罘罳可作桴思又覆思又罘罳又罦恖又浮思諸如此類不可勝數蓋古者多假借也

象牙

象牙性堅而製器者雕鏤山水人物細入毫髮閩之匠氏云凡牙鋸解之後醋浸經宿則軟如腐雕成再以木賊草水煮之則堅如故矣物理相制有不可解者

釣臺詩

釣臺詩云雲臺爭及釣臺高此七字最渾成翻其意者云不有雲臺諸將在釣臺亦在戰爭中佳則佳矣然此乃駁前詩之詩非詠釣臺詩也范文正詩云子為功名隱我為功名來蓋見先生面黃昏過釣臺不鋪張而景仰之意自見方正學詩云去邪當遠色治國先齊家如何廢郭后寵此陰麗華糟糠之妻尚如此貧賤之交可知矣羊裘老子早見幾却向桐江釣烟水正襟危坐而談自是第一等議論至羅泌詩云一著羊裘便有心虛名浪說到如今當年若著漁蓑去烟水茫茫何處尋雖屬翻陳出新未免吹毛求疵余最愛唐權文公詩云心靈棲瀨元纓冕猶緇塵不樂禁中卧却歸江上村潛驅東漢風日使薄者淳馬用佐天下持此報故人為得溫柔敦厚之旨此題絕唱也

絕人太甚

昌谷之集崔生投溷而勿傳香山之詩李相拖卷而弗視惡其人遂惡其詩趙王收解參見水中之蟹而憤生忠敬惡諸桓見木旁之姓而亦怒惡其人並惡其姓真退人墜淵心地

割裂題

鮑覺生先生（桂星）督學河南出題每多割裂士子遂題作詩嘲之云禮賢全不在胸中紐轉頭來只看鴻一目如何能四顧本來孟子說難通（顧鴻）世間何物最為兇第一傷人是大蟲能使當先驅得去其餘慢慢設牢籠（驅虎）廣大何容一物朦滿場文字亂蓬蓬生童拍手呵呵笑渠是魚包變草包（及其廣大草）屠刀放下可齋休只是當年但見牛莫請龐然成大物看他觳觫覺生慈（見牛）禮云再說亦徒然實在須將實物先匹帛有無何足道算來不值幾文錢（禮云玉）古來慘刻算殷商炮烙非刑事可傷不見周文身一丈也教落去試油湯（湯十尺）沒頭沒腳信難題七十提封一望迷阿伯不知何處去騰將一子獨孫棲（七十里子）秋成到處穀盈堆又見漁人撒網回不是池中無別物恐防現出本身來（魚鼈與）紙上筌蹄亦可求絕經尊紀草春秋一生最怪驚求友伐木都教影不留（伐木）真成一片白茫茫無土水於何處藏欺侮聖人何道理要他跌落海中央（下水）摸取明珠玉任沈依然一半是貪心旁人不曉題何處多向紅樓夢裏尋（瓊瑣）但憑本量自推摩果是真剛肯怕磨任你費將牛力氣姑來一試待如何（磨堅乎）

詩學太白

仁和宋茗香先生詩學太白極有神似者如過仙人拍手崖云天仙大笑來人間可憐天上無青山白榆如錢落我手安得瓊樓亦齊烟看山把酒樂何如不比仙宮禮法多時乎時乎仙亦不可以蹉跎招葉二青游天臺云索君笑贈君言我能使君再少年銅山若肯盡沽酒九萬仙人齊拍手一朝餓死夫何有我今未死君又來相與翠椏游天臺笑口且共桃花開桃花飛落掌中杯照我顏色如紅醅今日少年若長在古之少年安在哉

荊軻詩

金匱徐鏴慶大令詩才卓犖有語不驚人死不休之意有玉山閣稿洪稚存太史評其詩如神女散髮時時弄珠記其易水懷古一篇云秦皇按劍吞諸侯燕丹太子思報讎荊卿慷慨以身殉臨行更請將軍頭將軍斷頭頭不落背有人頭血漉漉倒懸雙眼看荊軻不到咸陽不瞑目咸陽宮闕鬱崔嵬列戟如山九殿開一道白虹穿白日荊軻含笑捧頭來將軍頭對秦皇面督亢圖窮匕首見此時秦皇手無劍十萬貔貅不上殿殿下負劍頻詔王王郤擊軻軻八創匕首不利樂貴利人術雖疏亦天意嗚呼天意帝秦不可回君不見漸離之筑張良

摭奇氣與物請之可下酒一斗

異物

竹米可以救荒榆麵可以入饌此穀粟外之食也冰絲可以成繒火毛可以織布此蠶桑外之衣也雷蛆可以療疾銀蛙可以煎餅此動植物外之用物也

武成

前明番禺龐一菴先生言周書武成篇當以古武成為正蓋書名武成紀功也所以首惟一月至于征伐商略提用武之始厥四月哉生明至大告武成總敘武功之成既生魄以後則因諸侯朝命而示以繼志述事之故以見伐商不違乎先底商以後則因百神祭告而述商逆周順之故以見伐商不違乎神既戊午以前則復說用武之詳以明篇首于征伐商之意乃反商政以後則言功成治定之事以終大告武成之意書有綱領有條目先畧後詳反始要終渾渾全全脈絡通貫不必挨順時日而時日有可考此所以為古人之文也宋儒所更定者如今人做供招但知挨年順月流水說下殊非文法亦昧武成名篇之旨余謂宜從古文不必有所更定也先生之說如此識以俟講求經學者

青州從事

世說桓公有主簿善別酒佳者曰青州從事惡者曰平原督郵青州有齊郡平原有鬲縣言好酒下臍惡酒凝鬲也從事美官督郵賤職故以為比而徐彭年家範云其子問青州從事謂何曰湘江野錄青州從事古善造酒者此一說也

物性

食物中性最固者蜜故蒸玉面貍及黃雀必以蜜塗之雖沸煤而其膏不走也最融者酥故烹熊掌必佐以此以其柔而善入也

武人口吻

宋黨太尉令匠寫真寫成視之怒曰我前畫大蟲猶用金箔眼我便消不得一副金眼睛見江鄰幾雜識安祿山以櫻桃賜臣子作詩曰櫻桃滿筠筐半青一半黃一半與懷王一半與周贄武請易下二句以押韻祿山大怒曰我兒豈可使居周贄之下見鶴林玉露呂文德起土豪為大將至保傅然愚鄙不識字每僕癡好無禮士大夫又不肯拜先師每曰他不曾教我識字見黃氏日鈔張獻忠尊梓潼帝君為始祖命翰林作册文皆不稱意乃自作云你姓張咱嚲子也姓張咱與你今日連了宗罷見綏寇記畧武人口吻可笑如此

蔻貓

陳大所好飲一夕與一同僚席中談及知命者不立於巖牆之下其人曰酒亦巖牆也陳遂斷酒終身可謂立地成佛矣

騙

騙馬宜牛羯羊閹豬鐓雞善狗淨貓皆閹也見醒仙肘後經馬曰騬牛曰犗見說文

諸葛鍋

平谷縣鄉民掘地得一釜以涼水沃之忽自沸遂投以米即熟下有諸葛行鍋四字鄉民以為有寶碎之其釜內底中有水火二字見代醉編

龜魚佩

唐百官佩金魚武后朝佩金龜或曰唐姓李故以鯉魚為瑞后姓武故以元武為瑞也其說甚新

感德入人心

今人道及關壯繆岳忠武之名則自然凜愫感之在人心者遠也論及諸葛孔明司馬君實之死則自然流涕德之入人心者深也

詞曲取士

相傳元人以詞曲取士而考選舉志及典章皆無之或另設一門如今考天文算學一律特以備梨園供奉耳惟試錄中一條云軍民僧尼道客官儒回回醫匠陰陽寫算門廚典雇未完等戶願試者以本戶籍貫赴試僧道廳試已屬可笑尼亦赴考更怪誕矣此不可解

紙月

漢冀州從事郭君碑大荒載紙月戊申紙月甚奇隸書以為不詳所出山舟學士曰貫齋塗說云紙字當即子字猶是之為氏非之為飛皆見漢志漢碑古字音通也

虛字入詩

翁之樂者山林也客亦知夫水月乎並舍者誰青可喜兩家之竹翠交加不可以風霜後葉何傷於月雨餘雲何草不黃秋以後伊人宛在水之湄皆以虛字入詩天然生動又一格也

胡旦

宋胡旦少有俊才嘗曰應舉不作狀元仕宦不至將相虛生也後雖魁天下終以忤物不顯晚年目疾閒居一日史館共議作一貴侯傳其人少賤屠豕以為諱之非實錄書之難措詞問旦旦曰何不云某少常操刀以割以示宰天下之志聞者嘆服

詩用俗稱呼

甲乙賸言載一御史中丞除夕詩中有荆妻太太之句，人以為笑。白樂天詩惟有夫人笑不休，司空圖詩妳妳教人且抱兒，亦嫌過俗。

疊句單傳

趙高相秦，指鹿為馬，指蒲為脯，指牛為犬。今人但知指鹿為馬一句。孔子讀易韋編三絶，鐵撾三折，漆書三滅，今人但用韋編三絶一句。

享國之久

商中宗享國七十五年，三代以來此其最久。春秋杞桓公姑容在位七十年，後此無之。

晝寢

宰予晝寢，侯白論語注及李習之筆解俱作晝眠解。許周生先生云，南史何尚之為侍中，在直，顏延之以醉詣焉，尚之望見，使陽眠，延之發簾熟視曰：朽木難雕。則六朝舊解俱作晝寢無疑。

校人

校人掌馬之官。校人職曰：家四閑馬二種。子產位上卿，宜有掌馬之人。生魚畜池亦不過見校人付校人耳。朱子孟子注又另撰一主池沼小吏之名，恐無所據。

下官

下官二字，向知起於六朝，不知先見於漢書，曰下官不職。

辨名非字

舊以阿衡伊尹，尹非名字也。祭公謀父，謀父非名號也。皆非。太甲篇惟尹躬先見於西邑夏。國語諫征犬戎，祭公自稱其名謀父，於穆王之前，君前臣名，其非字明矣。

易安詞

易安一翦梅詞起句，紅藕香殘玉簟秋七字，便有吞梅嚼雪不食人間烟火氣，其實尋常不經意語也。

閥門踦閭

閥門而興之語，見公羊。踦閭而語，見國語。皆隔門限說話也，若今內外簾官然。

汗青殺青

靑溪暇筆：古者著書以竹，初稿書於汗靑，汗青者竹皮，浮滑如汗，以其易於改抹。既正則殺靑而書於竹素。殺靑音削也。言去青皮而書竹白，不可改易也。此說極明暢近理。而或者曰：以火炙竹，令汗，殺青，（殺音曬）寫書，謂之汗青，說殊扭揑。

小縣少古蹟

廣東肇慶府開平縣，於國初始分置，割新會、恩平、新興三縣而成者，水曲山深，羌無古蹟。城南六十里有地名蘇渡，云坡公貶海南，自惠之瓊，道經新會，值江潦暴漲，乃從山僻小徑取道故開平，有蘇渡，因公所過而名之也。又離城百里馬山，有陸秀夫墓，按新會、潮州俱有陸秀夫墓，通志亦兩存之，而邑志乃力辨張陸殉難之處，皆在崖山，即今崖門，崖門去開平最近，故墓以此為真。夫以遠近爭虛實，其說殊杳渺，總之彈丸小邑，僻陋自慚，蓋不得不為此巧偷豪奪之行也，一笑。

急語成話柄

有人久病，其子多方請醫服藥，罔效，勢迫危殆，聞一名醫自京師至，急自往延之，約以即日過診。醫曰：尊翁久病，恐入膏肓，晚生薄才，未必有挽回之力，奈何。其子曰：大人雖卧牀日久，未遇扁佗，今必須先生一行，死馬當活馬醫可耳。聞者絶倒。

短小人詞

友有詠短小人黃鶯兒一闋云：矮子寸三高，進陰溝，抑堆毛，鵝黃錢鋪烟氈帽，扇纏兒束腰，拐杖兒燈草，梨園權板棺材料，定睛瞧，重陽白菜，錯認做老芭蕉。

名姓在五十筆外

友人有以此為令者，或云習鑿齒，或云謝靈運，或云蘇蕙蘭，余獨舉龐鸞，蓋三字者尚多，而兩字者則竟寥寥也。次又以三字不滿十筆為限者，僅有人舉士子孔子人九二人。

毒藥庫

宋政和初，上始躬攬權綱，御馬新巡大內，至後苑東門，有一庫無名號，乃貯毒藥之所也，前代用以殺不廷之臣者。詔命罷之。見陸放翁避暑漫鈔，內言藥共七等，鴆鳥猶在第三，其上有手觸鼻嗅而立死者，更不知何藥也。

兩般秋雨盦隨筆卷三終

兩般秋雨盦隨筆卷四目錄

邵飛飛　鴉片　四海　竹樓
錐刀硯　范增詩　艮心居士　金鈴小犬圖
對月曲　好名　西廂記　山歌
聽月樓詩　蘇杭遊女　告墓文　馬字
書中絕句　摸秋　橫看　舜凡
古人名字　賈秋壑　四書對　李秋雁
晏元獻詩　江城梅花引　安公子　對聯
梁瀛侯語　讀書　孔子　花押
蘇繡鞵　別號小照　香市　梁秋草
王伯穀　聯譜　烟波釣徒　蔡木龕
程十煞　山現字畫　詩家烘託法　小顛
薛白楊唐　雲起石　蓮笠　餓鄉記
橘紅　菩提葉　麻瘋女　復姓
庸主知人　鼻子　反切　眉子硯
三家居題壁詩　燈謎　天下大師墓　颶信
拂水山莊　韻蘭　重宴鹿鳴紀事　詩忌正論
李衰輕薄　昆明池對聯　滕王閣黃鶴樓對聯　詩宗唐音
魏字改書　地窖　副車詩下第詩　三十六江樓
兒詩　行比伯夷　菸落　村塾詩
會館對　朱侍御奏疏　陳小魯　三蟲
土語入詩　一杯羹　竹杉瓶菊　規矩草
臨終對句　棠姿　量人蛇　果下豹
城隍　白鶴樓　種痘　金闌會
三江賦重　渾不似　迦陵填詞圖　王紫稼
李郎　介甫東坡　明妃詩　因詩得婦
鳶禦　伶俐不如癡　狐仙能畫　長生殿
考差會課

兩般秋雨盦隨筆卷四

錢唐梁紹壬應來甫纂

邵飛飛

邵飛飛，福州人，或云西湖女子也。幼孤，其季父授以詩書，稍長能吟詠，及笄，以才色聞里中。有求之者，其母輒曰：吾女當隨貴人，焉能為牧豬奴配。王師討閩寇，總制幕賓羅某者，道經其居，見飛飛浣衣湖畔，驚為絕色，乃遺母千金以纖室為詞。既歸，大婦悍妒不能容，使閩奴強妻之。弱質久延，香魂旋化，作上下平韻三十絕句以見志，茲錄其數首云：荻簾日影自遲遲，亂綰烏雲拆髻絲。羞殺隔鄰諸氏女，金錢閒擲買臙脂。白雲縹緲望中迷，獨倚窗前掩面啼。萬里漂零親念否，碧梧不是鳳皇棲。啼聲猶語聽多般，翻道他人缺舌蠻。悵望夕陽芳樹外，姑鶯喚咽話家山。挑燈含淚疊雲箋，萬里緘封報可憐。為問生身親阿母，賣兒還勝幾多錢。想後思前恨轉加，誤人都是浣溪紗。既然負却當年意，何必尋春到若耶。柳色青青詠漢南，樹猶如此我何堪。輸得鄰姬無思慮，碗大葵花滿髻簪。北地風高凜冽嚴，漫天風雪壓前檐。炕頭不是金鑪火，馬糞如香細細添。諸篇怨而涉怒，聞者傷之。

鴉片

鴉片產於西番，彼處名為合甫融，見徐伯齡蟫精集，向止行於閩廣，今則各省並皆漸染。其類有三：一曰公班，出明雅剌；一曰白皮，出孟買；一曰紅皮，出曼達喇薩。烏土為上，即公班白皮次之，紅皮又次之。紅皮又有三種：花紅為上，油紅次之，別出嗎喇及盎叱哩者，名鴨屎紅。見楊秋衡海錄。又名阿芙蓉，見李時珍本草綱目。凡內洋載鴉片之船曰躉船，省城包賣之戶曰窯戶，其往來交土之船曰快蟹艇，亦曰扒龍艇，販烟者俱在零丁洋。近年每歲來二萬餘箱，烏土約八千箱，每箱約八百圓；白皮約一萬三千箱，每箱約六百圓；紅皮約二千箱，每箱約四百圓，計歲耗洋銀約一千五百萬圓。嘉應州吳石華學博蘭修弭害文辨之甚詳。且近時內地俱有能種者，在浙者曰台漿，在閩者曰建漿，在蜀者曰葵漿。耗精傷財，廢時失業，莫此為甚。余嘗有鴉片篇一首云：官衾小枕一榻鋪，陰房鬼火紅模糊。中有鳶肩鶴背客，夜深一口青霞呼。非蘭非鮑氣若草，如膠如餲色則烏。或云烏真或花子，運以土化搏泥塗。加以水齋炮製法，文火武火煎為酥。清光大來渣滓去，鍊金而液成醍醐。此品來自西域地，居奇者誰番賈胡。朝廷嚴禁官曉諭，捆載來若牛腰粗。關津吏胥豈不覺，偷而賂者千青蚨。況復此輩盡癖嗜，一見寶若青珊瑚。近聞中國亦能製，其物愈雜毒愈痛。吁嗟黃金買糞土，可為痛哭哀無辜。頗聞此物妙房術，久服亦復成虛無。其氣既窒血盡耗，其精隨失髓亦枯。稍而成引屏不止麥芬雖起膏肓魅可憐世人溺所好甯食無肉此不疏興裘贊被靡不至耶頽屋底炊烟孫噫嘻屋底炊烟孫牀頭猶自聲嗚嗚有江南程某者已成大引既而悔之然不能戒因作洋烟詩十數首內有句云不覺漸成長命債豈知早受一燈傳言之嗚咽又裝烟之管俗名曰槍價有昂至數十金者有人句云此與殺人凶器等不名烟袋故名槍警絶

四海

花有海字者皆從海外來海棠海榴是也又海紅花即山茶花海桐花即七里香吳陸子淵嘗植四花於園建亭其中名四海亭

竹樓

常州府署中有竹樓一所某太守題一對云未知明年在何處不可一日無此君集句天成且的是官齋中語故妙

錐刀硯

家秋潭先生於所親家見一硯石質細潤良材也其家不之貴用以覆瓿且磨刀錐傷痕數處先生乞歸名錐刀硯鐫銘其旁云磨刀則磨磨錐則磨磨墨則磨磨人則磨

范增詩

錢舜臣詠范增詩云梟羽天資本不仁豈堪亞父作謀臣尊前若遂鴻門計又一商君又一秦陳中孚詠范增詩云七十衰翁兩鬢霜西來一笑火咸陽生平奇計無他事只勸鴻門殺漢王二詩痛快可括東坡范增論一篇

艮心居士

艮心居士舅氏華荔生先生別號也先生諱文梳字繡之號荔生又號冬玉行九少余二歲幼與余同學不屑沾沾於帖括因改習名法度支顧亦以繁重厭棄之困小就書記遊江西遊廣東遊浙江雖各有際遇而餬口之外內顧維艱以故鬱鬱不得志辛卯之冬以患發疽卒於象山縣署時年甫三十七無子以兄子為嗣生平好吟詠所存不多沒後為收其遺藁殘賸斷楮多半漫糊感懷云春水自深非藉雨秋雲漸薄不關風冬柳云依依老去風情減絮絮飛來雪色愁梅雨云亂如人意添愁重酸入天心灑淚多美人風箏云紅粉亦能通縹緲青雲何必不裙釵又絶句云潑墨天容杳晚晴冷吟鬬醉木分明年來別有閒愁緒不種芭蕉聽雨聲皆可誦也

金鈴小犬圖

先伯祖諫庵公藏明世宗所畫金鈴小犬圖一幀秀麗明媚想見幾暇宸翰之精下綴七言絶句二首云獵罷西山萬馬屯不教狐兔占秋原金鈴小犬雖無力此際還知報主恩小吠花陰為守宮苔際搏擊志相同君恩已是酬難報況復圖形紀汝功末署曰臣嵩奉勅謹題居中御印篆天河釣叟四字世宗別號也書畫譜載明宣憲孝三宗能畫而世宗無聞得此可補紀載之缺考嘉靖號堯齋萬歷號舜齋天啟號禹齋嘉靖又號雷軒又號天河釣叟俱見萬歷野獲編

對月曲

趙秋舲對月曲內江兒水一支云自古歡須盡從來美必收我初三瞧你眉兒鬬我十三窺你妝兒就我廿三覷你龐兒瘦都在今宵前後何況人生怎不西風敗柳初三三句未經人道

好名

楊鐵厓至嘉禾選同人詩夜已半聞門外剝啄聲啟視則皆禾中能詩者也人人持金繒均乞留其詩楊笑曰生平三尺法尚可假借若詩文則心欲借眼眼不從心未嘗敢欺當世遂運筆批選止取鮑恂張翼顧文奕金烱四首諸人相顧錯愕固乞寬假至有涕泣長跪者遂俱揮出門外閉關藏燭曰風雅掃地盡矣隨園老人選詩丹陽貢生何震角詩一卌踵門求

見曰苦吟半生無一知己今所望者惟先生是以求教若先生亦無所取則某將投江死矣先生大駭為稱許數聯欣然而去已不能傳而求附人以傳好名之心亦良苦矣

西廂記

琵琶記影借中郎荊釵記污蔑十朋夫人知之至雙文之事風流話柄千古豔稱然考曠園雜志載唐鄭太常恒及崔夫人合葬墓在淇水西北五十里即古淇澳地明成化間淇水泛溢土崩石出秦給事貫所撰志銘在焉志中盛稱夫人四德咸備則會真一記特寓言八九耳又兗州陽穀縣西北有西門冢大姓潘吳二氏自言是西門妻吳氏妾潘氏族見沓祖筆記小說所記或亦風影其詞歟

山歌

山歌船唱有極有意義者如南山腳下一缸油姊妹兩箇合梳頭大的梳箇盤龍髻小的梳箇楊蠋頭前人謂其始同終異以比性本善而擇術遂分也吳船山歌云月子彎彎照九州幾家歡樂幾家愁幾家夫婦同羅帳幾箇飄零在外頭音調悲惋聞之令人動羈旅之感台州塘下戴氏將敗童謠云塘下戴好種菜菜開花好種茶茶結子好種柿柿蒂鳥摘了大姑摘小姑音節真如古樂府又兒童扯衣裙相戲唱曰蘆郎郎捉弟弟踏碎瓦兒不著地詠葯

錄曰此祝生男也踏碎瓦褓之以弄璋衣裙褓之以衣裳不著地褓之以寢牀上二句祝多男下一句祝其不生女累累三語賅括斯干後二節詩甚奇吳斧仙名峻杭府人作山歌云吳山腳下唱山歌山色彎環似翠螺天上月兒糖餅樣中間不信有姮娥癡語亦有致

聽月樓詩

亡室黃孺人名巽字順之號蕉卿蕭山訓導黃公超女文僖相國七世孫女也年十九來歸於余醇謹恭儉族戚無間言丁亥之冬余侍家大人入粵孺人以母病不能從次年冬余忽患咯血症孺人聞而心驚間關度嶺乃未及半年猝得風疾沈綿牀第一載有餘竟爾不起余作輓聯云四千里累爾遠來父在家母在殯翁姑在堂屬纊定知難瞑目廿三年棄余永訣拜無兒哭無女繼承無姪蓋棺未免太傷心實事實情不自知其言之悲也孺人受外姑雷夫人教解吟詠著聽月樓稿喜讀元人詩故所作多與之相近偶成云滑笏春箋臨晉草玲瓏小几供唐花寄賴卿妹蕭山云家遠愁看花姊妹病多難配藥君臣不寐云蛩語鬧於牛馬鬭雞聲難若鳳鸞鳴病中偶成云竹徑亂敲風似霰蕉階不住雨如麻丙寅除夕云百年已過六千日一飲真須三百杯詠手鑪云却為摩挲知冷暖偶從反覆見炎涼呈程十然丈云惟絳經言飛白字殺青史筆比紅詩雨後有山絕句云玻瓈水鏡淨於揩螺髻多從雨後開無數青山青不夠簇雲添出一峯來湘湖采菱曲云吳江女兒采蓮花淩波綽約如朝霞越江女兒采菱角隔水輕盈亂芍藥兒家生小湘湖邊只種秋菱不種蓮種蓮蓮子心中苦剝菱菱實心中甜湘湖一夜西風緊三五鴛鴦蕩雙艇戲牽菱葉釣竿絲笑指菱花鏡奩影采菱菱角紅顆顆雙渦濺采菱菱角綠眉痕兩峰蹙菱根叢雜菱刺多纖纖素手臨清波鯉魚風起芙蓉外蟀蟋生寒可奈何春風采蓴蓴欲小秋風采菱菱漸老年年春去又秋來不及兒家顏色好采菱復采菱菱船四面來前汀湖水淨遊碧湖山瘦且清雙槳只在波中停菱歌靜後不知處却向湖頭浣紗去詩二卷未暇付梓也遺稿重繙曷勝於邑

蘇杭遊女

蘇人風俗凡婦女下山與夫每倒撞而行有人句云妾自倒行郎自看省郎一步一回頭杭州風俗凡婦女遊湖每逢上岸觀者如堵有人句云郎自乞晴儂乞雨要他微雨散閒人二語俱極風致

告墓文

先曾祖少司空以乾隆五十八年葬於江干之諸橋家事皆山舟學士經營有告墓文云嗚呼雁行中斷荊樹半摧境有幽明情無睽隔憶昔童年長母吾兩人如形影之相依壯歲登朝吾兩人亦駏蛩之相負自宦分中外合少離多迨病滯鄉閭我南爾北方冀歸田有日白首同依何圖先我云亡黃腸空遮悠悠逝水寂寂荒祠婦歿早殯於前柩歲久未安乎幽室維茲山名百子兆協龜從所奇事隔廿年珠還劍返地師無媒而自至山靈虛席以相迎似有數存豈非天幸○賜塋在望魂依吾父吾母之前上冢所經我先爾子爾孫之列從此幽靈永奠同穴相莊庶慰予心定邀神佑嗚呼阿兄老矣泉臺之相見有期吾弟聞乎華表之來歸何日哀哉尚饗沈痛之語令人酸鼻窀穸之役先大父夬庵公躬親畚挶乃卜葬甫終而大父亦病而長逝矣學士輓聯云蓋髮已如斯泉下相尋知有日丹鉛儼然在篋中忍展未完書次聯所云以大父所著左通未曾卒業也迄今四十餘年左通一書猶表弟汪小米中翰遠孫之力亦已付刊敬繙手澤曷勝泫然

馬字

馬字之為用不一然不外記數象形二義禮投壺請為勝者立馬今俗猜枚之物曰拳馬衡銀之物曰法馬賭博之子曰籌馬又以筆畫一至九數曰打馬子此皆記數之馬也木工以三木相攢而歧其首橫木於上以施斧斤謂之作馬插秧之杌名秧馬周禮掌舍設梐枑再重注行馬也又俗於紙上畫神佛像祭賽後焚之曰甲馬又都會水陸之衝曰馬頭又三絃上承絃之物曰絃馬淨桶曰馬子此皆象形之馬也惟衡鐵曰鐵馬船艙內邊門曰馬門則又不知何所取義

書中絕句

董東亭癸酉闈後從市上買舊書數種內有文中子一本塗乙狼籍於夾葉中得方寸紙蠅頭書二絕云一樹桃花臥綠蕪春陰簾外雨模糊宵來鄉思知多少又聽東風舞鷓鴣垂楊踠地綠絲齊繡閣無人落燕泥閒倚東籬思往事冷香和夢過橫溪款曰淞雲舊閣人之作也

摸秋

鳩茲俗女伴秋夜出遊各於瓜田摘瓜歸為宜男兆名曰摸秋

橫看

古人覽書五行十行並下皆言直看也韓宗伯菼撰崑山徐太司寇行狀云公與姜太史宸英觀古碑碑甚高公令人扶掖升高橫閱之已又橫閱其中間復俯而橫閱其下截遂乃盡其辭姜大驚以為絕才無對

舜凡

舜妹敤手。舜妃癸比。俱有明徵。越絕書。舜兄狂弟傲。又尸子云。舜事親養兄爲天下法。舜兄不可致。二書不知何據。

古人名字

倉頡。帝姓侯名剛。見古篆文。許由。字武仲。見莊子釋文。伯夷。名允。字公信。叔齊。名智。字公達。見皇侃論語疏。仲雍。字孰哉。見史記注。后稷。字度辰。見路史後紀。箕子。名胥餘。見莊子。太宗師比干。名胥餘。見尸子。瞽瞍。名椵。見孫海門稽古名異錄。紂。字受德。見汲冢周書孔晁注。微仲。名泄。字子思。見家語本姓解。商均。名章鷃。見金樓子。巫咸。名袑。見莊子天運。朱張。字子弓。見釋文王弼注荀子。弦高。字隨牛。見淮南說林。祁奚。字黃羊。見呂氏春秋去私注。羊舌大夫姓李。名果。見閻二昭三疏。老聃。名元祿。見路史。又名乾。字元杲。見前涼錄。介之推。姓王。名光。見方氏通雅。易牙。名亞。見孔疏。晉解揚。字子虎。見說苑。孟懿子。字子嗣。林放。字子邱。並見闕中金石記倉頡廟碑。吾黨直躬。姓石名脊。見韓詩外傳。公冶長。名芝。見論語疏。漆雕開。名憑。字子脩。見宋楊簡先聖大訓。白水碑。扁鵲。名少齊。見周禮疾醫釋文。宋仲幾。字子然。見春秋分記通志氏族畧。文種。字少禽。見文選陸機豪士賦序注。孟子。字子居。見禮部韻略。及顏師古急就章注。陳仲子。字子終。見列士傳。告子。名勝。字子勝。見陳琳爲曹洪與魏文書。伯樂。姓

孫。名陽。見莊子疏。荀子名況。見劉向荀子序。

賈秋壑

賈似道初入相。有人賦詩云。收拾乾坤一擔擔。上肩容易下肩難。勸君高著擎天手。多少旁人冷眼看。蓋久知其相業之不終矣。在位時。曾令人販鹽百船至京師。賣之。有人賦詩云。昨夜江頭長碧波。滿船多載相公鹺。雖然要作調羹用。未必調羹用許多。又行推回田畝之令。有人賦詩云。三分天下二分亡。猶把山河寸寸量。縱使一邱添一畝。也應不似舊封疆。又行立士籍之法。有人賦詩云。戎馬掀天動地來。襄陽城下哭聲哀。平章束手全無策。却把科場惱秀才。又荆襄方危之際。汪紫原以三策投似道。一謂抽內兵過江。或百里或二百里。置一屯。皆設都統。七千里江面。總三四十屯。設兩大藩府以總之。緩急上下流相應。二謂久稽使者。不如遣歸。以緩師期。三謂若此二者均不可。莫若準備投拜。賈得書大怒。罷汪歸金陵。不數月。北兵渡江。九江以下皆失守。有人賦詩云。厚我牆垣長彼貪。不然銜璧小邦男。廟堂從諫眞如轉。竟用先生策第三。五詩皆輕情淺易。然的是杭州輕薄口氣。

四書對

某太守。淸苑人。曾令涇縣。頗貪酷。一日辰起。見廳事帖一對云。彼哉彼哉。北方之學者。何足算也。戚之戚之。南人有言曰。其無後乎。

李秋雁

李紉蘭女史。佩金。江蘇長洲人。山陰何公子仙帆之配也。工詞。著生香館集。遍眞叔玉年三十餘卒。楊蓉裳農部芳燦之夫人爲之序。孫古雲觀察韶伯。均次而刊之。李又有秋雁詩四首。中有句云。偶聽弓弦驚落踈。久疏箋字報平安。箏無急柱偏諧鼓。琴有哀音未忍彈。不脫不黏。幽怨之思。溢於言表。眞名作也。江南人呼爲李秋雁。

晏元獻詩

元獻嘗舉其得意句示人。云。梨花院落溶溶月。柳絮池塘淡淡風。樓臺側畔楊花過。簾幕中間燕子飛。謂的是富貴人吐屬。是已。然余尤愛其已定復搖春水色。似紅如白野棠花。樓臺冷落收燈夜。門巷蕭條埽雪天。愈冷淡愈風流。而又絕無衰颯氣。眞有福澤人語也。

江城梅花引

詞中江城梅花引一調。最難措手。長句轉接處易俚。一病也。短句重疊處易滑。二病也。兩段結處易澀。三病也。措語類曲。四病也。康伯可娟娟霜月。千秋絕唱。罕有嗣音。頃得郭頻迦麐一闋云。一重方空一重紗。采蓮花。采菱花。愛住吳船。生小號吳娃。牆內紅樓樓外水。有明月

照。鴛鴦宿。那家那家。家在天涯。雨又斜。雲又遮。聽也聽也聽不到。一曲琵琶。漸漸西風秋柳不藏鴉。欲倩西風吹夢去。還只恐。夢魂中。太遠些。音節和婉。情景迷離。眞合作也。

安公子

家構亭制府。肯堂石幢居士。吟藁二卷。已付刊久矣。此外尚有詩餘十數首。以未成卷帙。不能付梓。內有安公子一闋云。不道春歸也。一春飄泊名花謝。風雨妒花。飛片片。可憐狼藉。愁得我瘦無半把。春難借。腸九曲。獨立迴廊下。更鸚哥懷抱微耳驚嬌姹。待把流鶯罵時休想鶯兒怕。離恨紛來心裏病。畫工難畫他。自過曲臺芳榭閒消息。更不管零落薔薇架。恨宜惱月。者樣痴情。向誰同寫。情致纏綿。故爲錄而存之。

對聯

偶見雉頭鋪一對聯云。到來盡是彈冠客。此去應無搔首人。工雅渾切。又大道邊茶亭一對云。四大皆空。坐片刻無分爾我。兩頭是路。喫一盞各自東西。淺語頗有禪理。又吾杭湧金門外藕香居茶室對云。欲把西湖比西子。從來佳茗似佳人。集坡詩恰切。可入西湖志餘。

梁瀛侯語

瀛侯先生日省錄云。天下無難處之事。要兩如之何。天下無難與之人。要三必自反。一語似

舊而實新似迂而實切

詩書

淵明讀書不求甚解是涵養性情事孔明讀書略觀大義是講求經濟事冥心躁氣者不得

語口

孔子

清淨法行經稱孔子為光淨童子造天地經以孔子為儒童菩薩酉陽雜俎玉格以孔子為玄宮仙真靈位業圖以孔子為太極上真君援儒入墨殊屬可笑然侮聖亦甚矣

花押

安祿山押山字以手指三撮見曾造類說王荊公押石字性急倦悍人以為類反字見石林燕語葦陟五雲體亦是花押陳仲醕云鍾離權花押作一劍形見香祖筆記是神仙亦有花押也

蘇繡鞵

明蘇子平衡詠繡鞵句云南陌踏青春有跡西廂立月夜無聲人以蘇繡鞵呼之古人詩云願得將身化錦鞋此公何其旖旎也然以此得名較之鴛鴦鷓鴣風斯下矣

別號小照

近俗市儈牙人俱有別號後生小子並畫小照舒鐵雲懷王仲瞿詩云文如謝靈運武如郭子儀有名而無字古人亦大奇後世好標榜稱謂日日新走卒號居士逢官署山人相如商傳說將如漢馬援版築非自圖雲臺未嘗見後世重形貌畫像日日增男女競紅絲富貴私丹青我愛王仲瞿其人無他殊既不取別號亦不畫小照

香市

西湖昭慶寺山門前兩廊設市賣木魚花籃耍貨梳具等物皆寺僧作以售利者也每逢香市婦女塡集如雲孫淵如觀察詩云絲帶束腰綿襯額遊廊叉手走東西描寫下路婦人形景如繪

梁秋草

高叔祖午樓公諱鶯善文莊胞弟也年十五舉於鄉六上春官不第出宰直隸蠡縣卒於官著木雁齋詩稿秋草詩最傳誦警句云馬散玉關肥苜蓿月明青冢冷琵琶時呼梁秋草

王伯穀

王山人伯穀詩云山上杜鵑花作鳥墓前翁仲石為人有人戲效其體嘲之云身上楊梅瘡作果眼中蘿蔔翳為花聞者絕倒蓋王時患惡瘡而一目又微障故云

聯譜

狄武襄不祖仁傑郭崇韜哭拜汾陽人之賢否自是不同張獻忠僭號於蜀追尊梓潼帝君為始祖盜賊之行悖謬固不足責若唐有天下以老子為始祖何亦誕妄乃爾耶余家舊遭回祿譜牒無存先胄遙遙已不可攷憶在京時有人以梁鴻梁灝為問者余笑應之曰碩德巍科不敢扳扯惟綠珠紅玉千古風流當認為遠代閨秀耳

烟波釣徒

聖祖幸海昌捕魚○賜羣臣各賦詩謝○恩查初白先生末句云笠簷蓑袂平生事臣本烟波一釣徒詞意稱○旨怨內侍傳語云宣烟波釣徒查翰林蓋同時有聲山學士故以詩別之此可與春城無處不飛花韓翃作的對也

蔡木龕

蔡木龕布衣焜錢塘人也居於武林門之外斜橋河下身為醝務司會計而往來皆文士家貧愛客若性命室無應門五尺之童惟一老嫗給事門懸竹梆一事客至擊之則此嫗啟扃而出內門設題名簿凡訪者先書姓氏焉登其堂修潔無塵茗碗薰鑪位置貼妥酒談茶話

容便是從性不愛花而愛草牆階盆盎悉植之所植之種芊綿娟秀而莫呼其名者不知凡幾即尋常種類一經是翁澆灌培植鮮媚迴異凡恆尤酷愛翠雲草卧榻之院寬可數弓貼地平鋪一碧無隙每當夕陽新雨望之如西洋翠罽蓋取水之篇掃葉之帚去織之紗囊無一時離手也翁不作詩而善談論腹笥極博嫉惡如仇有所白眼者出一語必刺入骨又好遊掞一邱壑之勝必窮其境而後已性又極介不妄取與而待人接物則仍煦煦作春氣殆市隱之流歟木龕有小照一幀諸人題徧尚餘尺幅時余客京師未歸木龕曰當俟留竹歸來屬其補題詎意余於六月十九日歸家而翁已先五日溘逝矣其姪壻何叔明攜圖來為述其遺意余題金縷曲一闋云市隱風流絕展遺圖琳瑯滿紙紙留一隙聞說先生曾有語待我歸來贅筆詎咫尺音容頓隔惱煞石尤風太利竟遲帆五日成長別思往事淚沾臆攢眉毀鑠猶如昔恁匆匆紅塵撒手鶴笙吹徹天上儘多瑤草種絕勝人間春色要一一待公手植識字打鐘原本分說徑山曾託前生缽翁臨歿自言前生為徑山僧泡夢語感而述

程十然

程十然起振仁和布衣居忠清里之雙眼井巷性通脫善諧謔少遊兗沂間出入羣公卿門勸之仕且助之資夷然不屑也有老母歸而課徒奉甘旨好彈琴受教於李玉峰先生盡得

其法尤善制琴座側斤鋸彩髹無不畢具嘗得一舊琴曰春風其聲清越無匹因自製曲曰烈風雷雨頌非至交而知音者勿與彈也好讀春秋著春秋正義一書嘗諸說而折衷之尤精愚算諸學酒量不洪而雅好持杯每酒酣以往議論風生相知中少所許可合意者則又性命以之年七十丁母憂以毀卒無子亦可哀已余嘗欲為程蔡二君作合傳而未果因兼述其梗概如此十然嘗誦其玉峰師絕句一首云十里五里出門去千峰萬峰任所之青漢無言白雲冷落葉滿山秋不知詩境超絕

山現字畫

廣東肇慶府三十里外有山名茶托岡絕壁上現父母二字四面樹木叢雜而字畫中寸草不生又蔥利武口寨石上有花如堆心牡丹枝葉蟠繞雖精於畫者不能及或以物擊碎其花拂拭復見又永州蘇山石以水淋之鋸破其像有觀音彌勒寒山拾得又有天下蘇山四字

詩家烘托法

詠老馬詩云齒長幾何君莫問沙場舊主早封侯不言老而老字自見詠方鏡詩云秋水一泓明見底照來誰有面如田不言方而方字自見此所謂烘雲托月法也又有人詠一丈紅詩云五尺闌干遮不住尚留一半與人看以五尺剔出一丈更妙按一丈紅即蜀葵花也

小顛

西湖詩僧小顛預治榻具署一小扁題曰阿呀又於所居山房牓一聯云老屋將傾只管淹留何日去新居未卜不妨小住幾時來其風趣類多如此詩則沖淡之中時見奇峭有萬峰山房稿

薛白楊唐

康熙中毘陵四書家薛瑨白某楊大鶴唐某時有薛白楊唐之目可與蘇黃米蔡作的對

雲起石

天台齊息園宗伯主講敷文書院時每當山雨欲來雲氣㳫起必識其處及霽隨一童往鋤之輒得一石上有古篆雲字積久至盈篋最後得一石上有天台丈人四字狀若雕刻自此遂不復見而先生亦不久歸道山矣異哉山長馬秋藥先生屜泰課士嘗以雲起石為題詠其事

蓮笠

六硯齋筆記曰蓮初出水為驟雨所霖瓶中天因出新意翦荷葉綫緝之作兜鍪狀名曰蓮笠雨則偏覆之較錦帳籠牡丹尤為韻致

餓鄉記

漳浦藍鹿洲先生鼎元杜門講讀歲饑作餓鄉記云醉鄉睡鄉之境稍進焉有餓鄉王蘇二子所未曾遊也風土與二鄉上下但節尚介行尚清氣尚高又二鄉所未逮也昔伯夷叔齊造是鄉愛不忍去鄉人留奉為主凡過客悉稟命別去留孔子適陳道經是鄉夷郊迎甚恭以主位讓孔子不顧然亦重違其意偕弟子停驂七日其後曾參原憲輩嘗稱往遊與夷齊甚相得於陵仲子矯廉於齊投是鄉三日夷曰辟兄離母者非吾徒也仲子慙而去漢周亞夫棄通侯尊徒步款門夷曰莽夫豈足居此然來者不拒因別築數楹居之未幾而韋臣鄧通覓覓然往夷大怒曰吾鄉乾淨土豎子敢來相辱命撲殺之而延晉處士陶潛高風滌穢然潛性放誕不能安毋越境與王無功遊夷亦不禁梁武迫侯景逃是鄉夷不納固請乃可卒免侯景刃夷懼為天下逋逃藪乃集鄉人更訓典嚴條約凡賤隸鄙夫富貴庸人亡命亞止悉拒不納自是遊者日以衆不得入者亦日以多其敬禮周旋去來任意者若唐韓愈宋呂蒙正代止數人元之初謝枋得至焉夷齊樂其同志也倚為性命交近世士大夫罕有得其門而入者吾友黃越甫嘗遊是鄉歸言佳勝余初未信比偕越甫同往未半途覺道路險巇復勉進忽氣象頓寬別有天地山茫茫水淼淼人渾渾噩噩三光飛彈大塊轉圜俯視王侯卿相持粱齧肥俗孰甚焉夷齊為余言天將有意斯人必先使歷是鄉以增益之余笑不信但樂其鄉之不余拒也輒數日一往往則與夷齊上下千古深以為獨得之秘恨王蘇之不獲從吾遊也鹿洲先生雍正間人以明經宰廣東政有循聲甫署廣府而卒有集二十卷行世

橘紅

世傳化州橘樹乃仙人羅辨種於石龍腹上共九株各相去數武以近龍井略偏一株為最井在州署大堂左廊下龍口相近者次之城內又次之城以外則臭味迥殊矣廣西孝廉江樹玉著橘紅辨謂橘小皮薄柚大皮厚橘熟由青轉黃柚熟透綠轉黃間嘗坐卧樹下細驗其枝葉香味明明柚也而混呼之曰橘且飾其皮曰紅實好奇之過云

菩提葉

嘉慶丁巳六月廣州颶風大作光孝寺菩提樹皆拔起中丞陳公大文命樹工栽之培以豆穀腴泥樹復生年餘復槁寺僧喬庵離相往南華寺分其種仍栽故處今翛然蔥蒨矣按五代僭偽傳乾德五年夏光孝寺菩提樹為大風所拔南漢林衙光孝寺詩云舊煎訶子泉猶

洌新種菩提葉又繁據此則樹已屢易非復達摩手植矣

麻瘋女

粵東有所謂麻瘋者沾染以後不可救藥故隨處俱有麻瘋院其間自爲婚配三世以後例許出院以毒盡故也珠江之東有寮曰瘋墊以聚瘋人有瘋女貌娟好日盪小舟賣果餌以供母娼家鹽之啗母重利迫女落籍有順德某生見女深相契合定情之夕女峻拒不從以生累世遺孤且承嗣族叔故也因告之疾相持而泣生去旬餘再訪之則女於數日前爲生投江死矣生大慟爲封其墓若伉儷然番禺孝廉黃蓉石玉階作歌紀其事云花田一夜吹香雪病葉狂花正愁絕瘋人有女初長成貌似夭桃心似鐵扁舟學汎石城霞錯被旁人豔色詫綺籍恥登南部記麗詞羞唱後庭花人似江流留不住黃金斷送蛾眉去回首哀哀母氏恩晨昏誰復珍饈具杜說佳人是可兒嗁饑消盡舊腰支枇杷花發難通殷楊柳春濃娟畫眉鳳城年少慕傾城聞道珠江有麗卿冀北馬空真少偶花南鳥特況多情阿嬌早把多嬌重綠珠不惜明珠奉知命從教誦小星背人好把衾裯送情根難斷意纏綿妾負君情兩可憐流傳三葉歌茉莒懊恨更番事管絃語入郎心心已槁盈盈淚墮郎懷抱桃葉江心欲渡難蓮香巷內因君惱一從分作兩鴛鴦鎮日懨懨病掩房已拚精衛終填海無復啼鵑哭望鄉香魂泯滅蛟龍守水仙爲伴湘妃友消息驚傳太瘦生斷腸人似絲絲纏綿情影釵光尚宛然招魂翦紙向江天幾時得遂三生約再結韋家後世緣余謂此女不獨於生有情兼且造福無量蓋不欲以病軀貽害他人也真是放下屠刀手段蓉石年逾弱冠工詩古文詞先君壬辰分校秋闈所得士也

復姓

孟昶時翰林學士范禹偁冒姓張天成中登第復姓上郡守啟曰昔年上第偶標張祿之名今日故園復作范睢之裔引用獨切

庸主知人

蔡京立黨碑徽宗允之然宴會強蔡飲酒蔡辭以酒力不勝帝曰就令灌死亦不至失一司馬光是亦知君實之賢也秦檜力主和議言於帝曰方今天下須南人歸南北人歸北帝曰朕北人將安歸檜語塞是亦知檜之姦也乃知之而猶溺之此其所以爲庸主也歟

鼻子

今俗詈人奴曰鼻子不知何據按王伯厚漢制考云始生子曰鼻子又民母嫡母也支妾庶母也見漢服虔注

反切

反切之學近日罕有講求者三家村課徒以兩字顛倒相呼可得本音此欺人之談也不知雙聲不能反切不辨字母不知雙聲辨字母不難只要練得口吻熟耳大興李氏音鑑一書極明白曉暢玩之當自得也

眉子硯

陶綏之曾梧人篁村先生之姪也因其祖爲廣西司馬遂寄籍廣東番禺縣補博士弟子員人極樸訥酷好風雅嘗得紫小鶯眉子硯一方腰圓式面有犀紋形如半彎新月背有跋云舅氏從海上獲硯材三分致予兄弟瓊章得眉子硯綴以二絕云天寶繁華事已陳成都畫手樣能新如今只學初三月怕有詩人說小顰素袖輕籠金鴨烟明窗小几展吳牋開奩一硯櫻桃雨潤到青琴第幾絃下署曰已已寒日題印章小鶯二字按此詩反生香集中失載惟近日陶鳧鄉太守有詠眉子硯詞所記正與之相同綏之得此徧徵歌詠哀然成冊余爲填摸魚兒詞一闋歸之冊中余最愛誦郎蘇門太守葆辰三絕云仙蹟留傳未肯銷摩挲片石也瓊瑤不然銅雀臺前瓦誰更春深憶二喬一握端溪玉不如再休想像畫眉初自傳眺鏡偷窺戒不寫黃庭便紫書塵顧都從佛法拋更無恨上月痕梢先生若爲修眉史竟與心經一例鈔又吳石華學博蘭修疏影詞云三生片石有黛痕隱隱依舊凝碧字瘦如人詩靚於春都是可憐香澤暈花悴後瑤琴冷共一縷玉烟蕭瑟最傷心細雨櫻桃又過幾回寒食猶記疏香舊事小顰初畫了無限憐惜黃婺年華寫韻風神轉盼已成今昔彩鸞未許人間嫁更莫問蓬萊消息算只有眉月嬋娟曾照那時顏色

三家店題壁詩

先大父己丑出京過三家店見壁間題五絕句云十載長安緩淚痕幾將心事託朱門非關老大無車馬自戀三生舊石魂回文織錦苧羅紗底道天津是妾家紅豆落時郎有意爲儂飛雨洗殘花休將顏色共人爭莫問章臺舊日名從此鉛華冰雪淨幸隨司馬老長卿地北天南有盡頭離魂愁望中收縱教塵污花紗繡不數飛英逐水流同雲縹緲溯風高脫盡烟花夢自遙怕說天津橋上月多情惟有廣陵潮下署天津薄命女左手書大父和詩云古牆塵網筆蹤昏無限芳情動旅魂人事左來書亦左留將右手拭啼痕

燈謎

近人作燈謎心思突過前人以余所聞之佳者備錄之朗誦史漢（有班馬之癖）松子（父爲大夫）真把官場作戲場（優出而）紅旗報捷（告捷於君）分明周易語卻是楚騷心（屈原曰吾思君而）止子路宿（於泰山）打臉

(既欲其生又欲其死)一乘轎子兩人擡。跣腳跟班隨後來。(或安而行之或利而行之或勉強而行之)怕妻羞下跪。(仕夫立志)有四箇頭六隻眼睛四隻手十二隻腳。(父母牛羊)前頭吹笛子。後面敲破鑼。([illegible])挑燈閒看牡丹亭。(光照臨川之筆)士曰既且。(言游過矣)第二箇士曰既且。(又先於其所往)鳴金收軍。(伏畢戰)君子從來陋巷居。小人偏得住華麼。若將四角齊聲去。兩處圍亭盡是虛。(懸好)核。(果在外仁在其中矣)鵝。(爵齒)一先生不知何許人也。(師與有無為者)竈妾。(納豬廚子少房)十不是。萬不是。總是小生不是。(半且之氣)七月七日長生殿。夜半無人私語時。(玉環同知)昱。(下上其音)佯。(衍可解也以羊易之)晉襄公。(字雍孫)賦得偃武修文。得閒字。(字敗)春雨連綿妻獨宿。(一字)正月小。二月小。三月小。(人字)十字在口裏。無頭又無尾。若作田字猜。便是呆秀才。(魚字)夫妻猜拳一箇叫五。一箇叫八。馬。(字指)左看三十一。右看一十三。合攏來看。三百二十三。(非字)兩箇男的兩箇女的。兩箇活的。兩箇死的。兩箇有名字的。兩箇沒名字的。(周杞梁之妻)如夫人。(其名也取其小頭大也)一鞭殘照裏。(馬兒向西)連元。(又是一箇文章魁首)龕。(會少多)亥。(一時半刻)太史公下蠶室。(畢竟是文章誤我我誤妻房)掠。(半推半就)公二三四六。(說有梅花便不同)似曾相識燕歸來。(永不忘在王家)主器莫若長子。(遺且大房)遊方和尚廟無人。(所過者化所存者神)顏淵喟然嘆曰。仰之彌高。鑽之彌堅。瞻之在前。忽焉在後。欲罷不能。既竭吾才。如有所立卓爾。雖欲從之。末由也已。(前跡後跡)事父母幾諫。(子規)浣花草堂。(杜字)一箇大。一箇小。一箇跳。一箇跑。一箇哭。一箇笑。(驗字)天上碧桃和露種。日邊紅杏倚雲栽。(淺花)節孝祠祭品。(食之者寡)王不留行。(孟浩然)跪池。(后來蘇其)張別古寄信。(賀郎兒封書)佛骨表。(是愈張也)睢陽城。(所以守也)國士無雙。(何謂信)朱筆寫詞字。(未同)(而言觀其色飄飄然)梁冀飛章白太后。(疏也)或正面見長。或假借示巧。諸法略備。皆卓然可傳之筆也。

天下大師墓

京師西山。天下大師墓。竹垞先生以為是房山僧塔。後人附會之為建文帝墓也。○國初沈方舟先生用濟詩云。曾聞近蹟入禪關。身似浮雲到處閒。解道龍蛇潛草野。何年弓劍傍橋山。緇衣那有中宮識。御馬誰迎老佛還。一自櫻桃無薦地。肯留青樹在人間。曰曾聞。曰解道。曰那有。曰誰迎。曰肯留。皆故作疑詞。以著致身從亡隨筆等書之偽。真詩史之筆也。方舟又有詠思陵句云。一劍割將公主愛。九門報道寺人開。語極悲壯。

颶信

粵中瀕海多風。正二三四月發者為颶。五六七八九月發者為颱。颱甚於颶。而颶急於颱。習海道者設為占候之法。或按節序。或辨雲物。正月初四日為接神颶。初九日為玉皇颶。(此日驗也)(一年皆驗)十三日為關王颶。二十九日為烏狗颶。二月初四日為白鬚颶。三月初三日為元帝颶。十五日為真人颶。二十三日為媽祖颶。(天后誕辰也。凡真人颶多風。媽祖颶多雨。)四月初八日為佛子颶。五月初五日為屈原颶。(作大颱之句)十三日又為關王颶。六月十三日為彭祖颶。十八日為彭祖婆颶。二十四日為洗炊籠颶。(自十二日至二十四日皆大颱旬。)七月十五日為鬼颶。八月初五日為大颱旬。九月曰九降。(自初一日起至十八日止。往往風迅發不常。)十月初一日亦為大颱旬。十八日為彌陀颶。十二月二十四日為送神颶。舟行大洋。颶可支。颱不可支。蓋颶散而颱聚也。

拂水山莊

國初以來詠拂水山莊詩者多矣。總弗如查初白先生生不並時憐我晚。死無他恨惜公遲二句。為得溫柔敦厚之旨。昔虞山之入我朝也。思欲秉鈞衡。尋史席。乃二者皆違其願。故牽多感憤之詞。陳卧子題壁詩云。黑頭已自羞江總。青史何曾借蔡邕。真詩史也。虞山晚年家居。與當軸一張姓者飲宴觀劇。劇演爛柯山悔嫁。劉氏白語中有云。你如何嫁了張石匠。以張公在座。伶人遂改張為王。錢因拍案擊節曰。得緻阿得緻。俄而劉氏復白云。你如何負了朱氏。張亦拍案擊節曰。沒緻阿沒緻。錢大慙。又錢一夕於門外閒步。衣一輕衫。圓領窄袖。蓋燕居之服。就料改為未及全易者也。一秀士趨過之。謂曰。老先生可謂兩朝領袖。譏亦虐矣哉。

韻蘭

韻蘭者。京師春臺部中名旦也。色藝冠絕一時。顧性傲睨。少所青眼。孝廉某君極眷戀之。形相色授。頗見妒於同儕。而捉月盟言。誓同枯菀。蓋不僅被中之鄂。花底之秦焉。年十九。以瘵卒。某君哭之慟。賦惜蘭詞二十章。徵同人哀誄。而屬余為之序。云。桃開千歲。人間為短命之花。曇現刹那。天上乃長生之樹。從來朝露本苦無多。況屬彩雲。尤其易散。然而水蓮泡幻。達觀久付虛空。泥絮沾濡。情種能無抑鬱也乎。如春臺部蘭郎者。泥巢乳燕。花苑靈鸚。家住玉鉤斜。騎鶴下翩翩之影。善歌金縷曲。囀鶯聞嚦嚦之聲。芳名則雅愛蘭香。絕調已盛傳楊叛。固已蜚聲樂籍。馳譽燕臺矣。爰有浙西名士。久棲雕龍。目下寫公。新來鳴鶴。偶顧綠么之曲。頓生紅豆之思。於是衆裏目成。暗中心許。藉白馬城頭。蹀躞公子相逢。金錯刀袖底。鏗鏘美人贈我。每見潘車擲果。攜手相將。倘毋鄂被薰香。銷魂真箇。妒之者以為失身之鳳。愛之者以為比翼之鶼。而乃長樂難期。短緣已促。杏林深處。難探及第之花。芍藥開時。原是難離之草。於是數聲杜宇。一闋陽關。方期玉玦之分。以冀金鐶之合。孰意楊花命薄。桐樹生孫。達的儂心。菖蒲郎面。此也秋雨卧相如之病。彼也春風作王粲之遊。既而長劍歸時。大刀唱後。不惜黃金似土。來作纏頭。豈知紫玉成烟。已傷委骨。用是愴懷珠碧。灑淚瓊瑰。猶思人約黃昏。去年元夜。依舊門臨碧水。今日桃花。早已平量恨海之波。待涸愛河之水矣。然而空誰非色。短豈殊修。使問天果屬有情。得知己死可不恨。向使郎果金屋終老。孰若拓蘭玉籍長留沈浮翦部籽春殘楊柳飄零京兆之眉秋後蓮花憔悴昌宗之面未必賴斯能銷黯黯江魂則與為彌子瑕之色衰翻作衛叔寶之看殺而況櫻桃一曲芳名總在人間霓羽千秋舊譜已歸天上以視桃笙秋老斷袖先涼蕭瑟風悲黃絲誰繡者一則名花似草一則弱絮沾泥如彼如斯孰得孰失乃我友憐香情重破壁神傷緩綿則玉鞦牽絲惆悵而金荃賦什顧或者謂終宵角枕空生秋士之悲一集香奩究損冬郎之德既蜂腰之中斷何雀腦之思深豈知釵挂臣冠宋玉原非好色酒黏郎袖歐公亦自多情而況書劍漂零樓僧知遇豈有生前倚玉曾留春恨之情殁後沈珠不弔秋墳之魄者乎由是敷陳麗藻抒寫哀思乞我弁言題之卷首化筆墨烟雲而如畫請看北苑春山悟迷離撲朔之非真試讀南華秋水

重宴鹿鳴紀事

嘉慶丁卯山舟曾伯祖重遇鹿鳴盛典親知子姪咸以呈請轉奏為言公曰吾以世受國恩之人偷安五十餘年無萬一之報在家即其罪許在家即其恩焉敢復生覬幸耶固請不獲命事幾寢矣祭酒吳穀人先生適自維揚歸以為言於公必不可乃合紳士數十人具呈曰呈為桑梓耆英科名人瑞公籲具題懇請恩准重赴鹿鳴事竊以人惟求舊當思前輩之典型禮重興賢正藉羣倫之冠冕恰支干之周帀秋試應期喜福壽之量延春風到座既振羽儀於先路宜光樽俎於今朝如原任日講官起居注翰林院侍講梁同書載筆承華詩書炳美宰相世系之表具在史官鄭公通德之門推於梓里久膺華選昇歷清班讀中秘之書踰居籠禁領內史之職珥筆螭坳洎乎引疾邱園養痾林藪予羽勿由之徑春草自生晏嬰已敝之裘冬月猶擁猶復文馳玉軑聲欽騷雅之才墨灑金壺人慕晉唐之格信是翁之矍鑠實一代之靈光詠者祥屆丁年花開乙榜滕邵林之一心尚留丹歌鹿鳴之三詩仍肄雅袍如立鶴只添冰樣之頭銜身早登龍合認燒餘之尾綫伏願甄以覺學降禮耆年當德星垂曜之期揚壽世作人之化用光奏牘俾與賓筵庶招蓬苑之神仙來作儒林之領袖一名漫居予先甲請看老桂之榮萬物樂得其由庚預慶斯文之瑞謹呈呈既上巡撫清公奏稿曰浙江巡撫清安泰謹奏為耆紳重遇鹿鳴懇恩預宴以光盛典事竊據藩司榮裕詳據杭州府錢唐縣詳稱查有該縣在籍翰林院侍講梁同書現年八十五歲於乾隆十二年丁卯科中式本省舉人屆本年丁卯浙江鄉試之期已歷周甲應請循例重赴鹿鳴恩宴等情據詳前來奴才查梁同書係木天舊籍林壑高蹤年已近乎期頤科再逢乎丁卯是皆聖朝重熙累洽蘊為休徵皇上雅化作人蒸成異瑞遭佳辰以令宴髦耆增遐分之榮偕碩德以登筵科目複非常之幸奴才不敢壅於上聞為此恭摺具奏仰祈睿鑒

旋於八月二十三日奉上諭據清安泰奏浙江在籍翰林院侍講梁同書係乾隆丁卯科舉人本年又屆丁卯鄉試懇請循例重赴鹿鳴筵宴一摺梁同書係原任大學士梁詩正之子早登鄉薦供職詞垣歸老林泉年臻耄耋茲屆周甲賓興欣逢禮宴洵屬科名人瑞允宜特沛恩施用光盛典梁同書著賞給侍講學士銜重赴鹿鳴筵宴以示朕加惠耆臣至意欽此公拜命後於次日恭詣萬壽宮謝恩訖歸來隨具謝狀云原任日講官起居注翰林院侍講梁同書呈為恭謝天恩懇請據情轉奏事本年丁卯科浙江大比之期距乾隆十二年同書鄉舉之歲花甲一周鹿鳴再賦大中丞以科名盛事破例上聞特蒙我皇上念綸閣舊臣推恩下逮於本月二十三日接奉諭旨梁同書係原任大學士梁詩正之子著賞給翰林院侍講學士銜重赴鹿鳴筵宴以示朕加惠耆臣至意欽此即於次日恭詣萬壽宮叩頭謝恩訖竊念同書世受國恩身叨門蔭清書散館大考遷官在京供職兩充分校入闈以病告歸三度祝釐赴闕無健飛之翮翻怯風摶非中伐之材徒虛匠顧長願為太平歌詠之民豈復有非分恩華之想乃今錫之禮宴寵以清階俾蓬蘿餘生重沾雨露桑榆晚景益被光華里黨傳為美談士林紀為榮遇惟是衰肩筋力不克關訇殿廷遙望九重蟣忱莫達用抒寸牘葵向難名為此具呈伏求代奏不勝感激之至是年九月九日揭曉十三日禮宴是科典試為萬和圃侍郎承風吳荷屋編修榮光先期仁和縣送儀注單云本年鄉試有原任日講官起居注翰林院侍講梁重赴鹿鳴筵宴應送金花臺琖表裏宴席照例備辦外屆期朝服詣撫衙俟主試恭畢侍講梁來輿由中門入堂層降輿各大人出迎簷下行賓主禮相揖畢海泉運三司監試提調各道下俱相揖畢杭州府引新舉人上堂排班侍講梁另設拜單望闕謝恩其筵宴位次設於堂之東北隅是日傾城士女夾道環觀公歸賦紀恩詩四章云姓名何意達天閽白髮重新拜寵光使者並修前輩禮阿婆又入少年行三杯婪尾陪燒尾一番登場等戲場可惜弟兄雙折桂北枝今日不齊芳（舍弟沖泉于是科登順天榜）自分西湖作釣徒帽箱綫笥久模糊公裳點檢煩朋舊藍縷蕭疏笑僕奴流水再經人面改夕陽難好日輪徂怪他市上人如蟻不看郎君看老夫詔許歸來五十年此身早荷主恩偏不圖舊籍蓬山上又領新班閬苑先天上謫仙宮錦貴山中宰相白衣傳臣今耄矣難言報一炷心香祝聖虔前賢十度賦嘉賓（丁卯則天相丙子吳大樽甲午范崇承式癸巳姚宗聖丁酉趙世玉雍正癸卯陳兆麒乙酉吳嗣富乾隆乙卯馮浩戊午顧光花崇焱）我占人間分外榮老婦喜叨加命服哀翁且博上銘旌比選九轉饞初轉若話三生又一生養就百年無用物要將歌嘯答昇平四詩既出一時和者不下數百人先是七十餘歲時至南屏山上家偶見土人

方拙蘅畫一幀，乃裝裱康熙二十六年丁卯科題名錄，距公鄉舉之歲，恰當花甲一周。公因題五古一篇於其上，云：我年二十五，卯歲領鄉薦。上溯六十年，此榜皆前輩。懷予堂為時集，隨諸叔領袖，鶴髮翁歸然，如魯殿（謂林中州十三名周公天相後官人）。風貌既甚古，章服亦不賤。私竊問姓名，覺蓮分一瓣。少年曾筮仕，秩視諸侯半（比部路謂侯補）。歸臥田里間，後生沒由見。恭逢○盛典，樂重預賓宴。今復卅載餘，翁久隨物化。即予同年生，八九已露電。乃於山人廬，忽覩紙半片。上鐫十佛名，一佛曾識面。當時取士嚴，額僅踰大衍。副榜一至十，同考十二縣。衡鑒堂中人，氏號一一繕。不獨腳色詳，次第且鄉貫。字跡頗工整，首尾無漫漶。想見詮齊時，狼籍坊市徧。此紙過百年，獨再優曇現。異哉方山子，拾得常自玩。藏弃等吟牋，裝背作畫卷。某也後進人，彭美在所先。索書五字詩，留下一重案。自康熙丁卯至嘉慶丁卯，距一百二十年，而以鄉人片紙之收藏，隱為之兆，公於無意中而見之，而題之，且敘及周翁重宴一事，若作後來人之左券也，抑何奇歟。

詩忌正論

陸稼書先生南村寨佛寺詩云：亦是聰明奇偉人，能空萬念絕纖塵。當年可惜生西土，未聽尼山講五倫。議論自是絕頂，然未免道學氣太重。又元人牡丹詩云：棗花似小能成實，桑葉雖粗解作絲。惟有牡丹如斗大，不成一事又空枝。此種翻新，殊煞風景。即如姮娥織女，原屬子虛，而妙論奇思，瀾翻不已，必欲力辨其誣，大可哂也。

李笠翁輕薄

李笠翁十二種曲，舉世盛傳，余謂其科諢謔浪，純乎市井，風雅之氣，掃地已盡。偶閱董閬石蒓鄉贅筆，載笠翁之為人，性齷齪，善逢迎，常挾小妓三四人，遇貴游子弟，便令隔簾度曲，捧觴行酒，並縱狹房，衒誘賺重價。蓋其人輕薄原於天性，發為文章，無足怪也。又撰西樓記之袁于令，為人貪污無恥，年逾七旬，猶强作少年態，喜縱談閨閫淫詞穢語，令人掩耳。後寓會稽，暑月忽染奇疾，口中瘙甚，因自嚼其舌，片片而墮，不食不言二十餘日，舌本俱盡而死。綺語之戒，其罰如此。夫洪稗畦長生一曲，卒傷米石之沈。湯玉茗文章鉅公，四夢之成，特其游戲，乃猶以牡丹亭口業，相傳永墮泥犁，況下此者乎。

昆明池對聯

雲南昆明池大觀樓對聯，每聯長至九十字，孫髯翁所題。其句云：五百里昆池奔來眼底，披襟岸幘，喜茫茫空闊無邊。看東驤金馬，西翥碧雞，北走長蛇，南盤縞鶴，騷人韻士，何妨選勝登臨。趁蟹嶼螺洲，梳裹就風鬟霧鬢；更蘋天葦地，點綴些翠羽丹霞。莫辜負四圍香稻，萬頃晴沙，九夏芙蓉，三春楊柳。數千年往事，注到心頭，把酒臨風，歎滾滾英雄誰在。想漢習樓船，唐標鐵柱，宋揮玉斧，元跨革囊，偉烈豐功，費盡移山氣力。儘珠簾畫棟，捲不盡暮雨朝雲；便斷碣殘碑，都付與蒼烟落照。只贏得幾杵霜鐘，半江漁火，兩行秋雁，一葉扁舟。長句硬盤，如僧縛之碁，纍而不墜，真傑筆也。

滕王閣黃鶴樓對聯

滕王閣千古名勝，對聯佳者絕少，惟商邱宋牧仲先生一聯云：依然極浦遙天，想見閣中帝子；安得長風巨浪，送來江上才人。吐屬名雋，且見賢公卿愛才之度。湖北黃鶴樓對云：何時黃鶴重來，且自把金樽，看洲渚千年芳草；今日白雲尚在，問誰吹玉笛，落江城五月梅花。俊逸清新，獨有千古，後有作者，亦如崔灝題詩，諸人擱筆矣。

詩宗唐音

詩宗唐音，固也。然使自唐至今，千篇一律，有何意味？且宋之為宋，元之為元，正以其各具面目，方見天地文運，變化無窮。若必盡法乎古，則何不一一而繩以漢魏六朝，且何不一一而繩以三百篇十九首乎？昔人謂詩盛於唐，壞於宋，劉後村則云：宋詩突過唐人。斯言亦未免偏激。方正學詩云：前宋文章配兩周，盛時詩律亦無儔。今人未識崑崙派，却笑黃河是濁流。大歷諸公製作新，力排舊業祖唐人。粗豪未脫風沙氣，難詆熙豐作後塵。正學瓣香東坡，故有此語，然足以鍼砭墨守盛唐者。

巍字改書

天啟朝魏璫生祠徧天下，山東巡撫李精白祝詞云：堯天巍蕩，帝德難名。巍字山移下書，懷壓上公之首。此等語媚，真是想空心血者。

地窖

蕭山縣內西河下，酒鋪中有一地窖，石門封鎖，曾有人入視之，內有朱漆巨棺一，石桌石牀備具，棺左右有油七缸，殘已過半，燈火尚明，人為添油而復閉之。相傳為宋方侯禺墓，奸邪殘魄，千載猶存，亦理之不可解者也。

副車詩下第詩

有人六赴鄉闈，僅得一副榜，有句云：祁山事業憐諸葛，博浪功名笑子房。進典大方。又仁和繆蓮仙艮下第詩有句云：妻子望他龍虎日，科名於我馬牛風。亦極工趣。

三十六江樓

廣東廣州府三水縣江口，有行臺舊為督臣閱兵駐節之地，後遷於肇慶府，其址遂廢。云臺宮保改為書院規模極其宏壯飛閣臨江題曰三十六江樓蓋謂北江所滙者九湞江始興江墨江錦江翁江麻江滙江政賓江蒼江也西江所匯者二十七北盤江南盤江龍塘江思覽江牂牁江柳江灘江黔江潯江西洋江洛青江馱蒙江黃龍江橋江荔江藤江繡江橫槎江邕江秋風江賀江新江白馬江金城江綠水江蕉花江武陽江也諸江之水合流於此故以為名可與二十四橋十四妝樓同為詩料

鬼詩

流水涓涓芹努牙織烏西飛客還家荒村無人作寒食殯宮空對棠梨花此鬼詩中之最峭者盤塘江上是奴家郎若游時來喫茶黃土覆牆茅蓋屋門前一樹馬櫻花此鬼詩中之最逸者又姚古芬大窰誦其江南楊姓友人鬼春詞句云數點鬼燈移近岸夜深蘇小踏青歸設想幽絕

行比伯夷

橘頌云行比伯夷有以此命題者湯書人庶常錫蕃句云聖真稱大老奴肯附新王土貢猶懷夏山呼詎改商巧不傷雅落落大方

菱落

菱角最易落故諺曰七菱八落前人以對十梧九空工切無比又粵人呼荸薺曰馬蹄以對龍眼亦甚工也

村學詩

海昌郭臣堯好為俳體詩所著名捧腹集有村學詩云一陣烏鴉噪晚風諸徒齊逞好喉嚨趙錢孫李周吳鄭天地元黃宇宙洪千字文完翻鑑略百家姓畢理神童就中有箇超羣者一日三行讀大中也學庸末句趣甚

會館對

廣東武林會館在歸德門外安公街吾杭商賈於此者醵金剏建既落成屬余撰戲臺對云一闋荔支香聽玉笛吹來徧傳南海曉聲楊柳曲問金尊把處憶否西湖書此者李聽松也

朱侍御奏疏

道光癸巳京畿荒旱各官倡義勸捐有滿仕成捐銀一萬二千兩蒙○恩賞給舉人嗣浙江葉元堃江蘇黃宜誠陸綺捐輸亦照例賞給閣臣遂欲永以為法侍御朱公嶟奏云竊惟賞賜者勸善之經科目者求賢之道○國家設科取士三年大比錄其文藝優長者貢於春官名曰舉人誠盛典也上年畿輔荒旱收成歉薄仰荷○皇仁浩蕩賑濟頻施小民已無虞失所嗣以日久用繁各官倡議勸捐本年二月據滿仕成捐銀一萬二千兩蒙○恩賞給舉人一體會試此○皇上逾格之恩施亦一時從權之至計原未嘗著為定例也且滿仕成本係副貢去舉人一間耳○賞給舉人是於破格之中仍寓量才之意斟酌而行豈漫然哉厥後葉元堃黃立誠陸綺報捐經巡視給事中順天府尹○奏請議敘蒙○勅下大學士軍機大臣會議遂乃比照銀數請賞舉人雖曰以昭畫一然於○聖主慎重名器之心因時權衡之道要未能深詳體究也若因此遂成定例臣竊謂適足生富家僥倖之心而阻寒儒進修之志向來捐例京官自郎中外官自道府以下皆准捐至清要衙門非舉人出身者不得與焉官可捐而出身不可捐也今以捐銀捐賑之故而得為舉人則未登仕版者將可報捐中書已列部曹者又得保送御史競趨捷徑濫厠清班欲肅官廉亦難已矣況准其一體會試則得隴望蜀舉人既可倖邀進士何難弋獲於是買通關節僱請槍替種種弊端在所不免臣故曰生富家僥倖之心也至單寒下士既不能鮮衣華服奔走形勢之途又不能遵例納財置身通顯之地其所以鑿磨心思鼓舞才力孜孜以窮經砥行為務而未甚厭棄者良以舉人一途為進身之階耳今若以多士進身之階為一時勸捐之計不論學問之淺深但較銀數之多寡如能累萬不啻升三一經報呈便同登第文章不足為貴科名亦覺其輕識趨

日卑術業日廢臣故曰阻寒儒進修之志也願失士望徒生倖心以為故常未見其可論者但以請賞花翎未便率行議准因而請賞舉人不知花翎舉人均為○聖朝名器而細按之則花翎賞器也舉人虛名也賞器以待有功虛名以彰有德互為表裏未可低昂彼輸財助賑者急公好義固不可不量加鼓勵然在士庶或酌給匾額或議敘職銜在官紳或予以升途或准其加級已足示鼓勵而勸捐輸矣若請賞舉人則所得無幾所傷實多應請○旨飭下順天府五城及各省督撫嗣後地方偶遇水旱偏災如有捐輸應獎之處概不准援引成案肯請○賞給舉人庶經制定而人絕妄心流品分而士多勵志而於勸善賑民之道仍未有礙也疏上奉○旨所奏甚是可嘉之至仰見○聖主明聰名臣風格謹識錄之

陳小魯

陳小魯行仁和布衣負才跅弛嗜酒工長短句家貧訓蒙自給性孤介不諧於俗坐是益困頓日泥飲壚頭有伯倫荷鍤之風道光乙亥竟以病酒卒於友人黃山漁家貧無以斂同人助之殯葬一女瞎後星孤寄居外家予為搜輯遺稿積五六年得如干闋彙而刊之詞出入蘇辛小令酷肖板橋南溪梅令云庭前竹樹報平安不平安一夜雨風吹折兩三竿缺中來遣山古人只道出門難入門難江北江南也作故園看玉門何處關太常引谷陳月

墀云滿帆十幅挂江干來倚我危欄受得一宵寒便説到殘夢殘入門風月出門烟雨無意上吟壇指點與君看楊柳外青青遠山浣溪紗懷董九九云一世楊花二世萍無疑三世化卿卿不然何事也漂零攔水攀條無別意百般憐惜汝前生何人知我此時情太常引水上人家云水天水地水人家水上做生涯一二畝蒹葭七八畝菱花藕花蒹葭活火菱香爇熟湖水可煎茶秋夢有些些只不管朝雲暮鴉詩非其所長然閒亦一作如寄友云我家門外雞楓樹不見君來不肯黃雞詩云寶刀若贈黃衫客定斬無情李十郎亦琅然可誦也又小魯好以俗語俗字入詞余付梓時悉刪汰之有絡裹換酒醉言一闋久膾炙諸友人口以余汰去頗悵悵因亟錄之其詞云覺得魂兒驟夢初醒被他冰冷一鐙紅瘦斗大眼花看不定撲下牀來行走似顛倒風前楊柳渴殺劉伶難忍耐索茶湯笑向妻開口妻不語雨蛾鬬蒼天生我卿知否早安排幾千萬石無愁春酒明日杏花村裏去還要盡情消受待記取歸來時候跌進門來須照管王孅孅扶住勞卿手直睡到百年後

三蟲

道德篇蛩蛩雖愚不害其所愛蛩蛩驚也（又馬亦蹶蟨蟲）抱朴子廣譬篇晉文回車於勇蟲（勇蟲螳螂也）張衡賦剛蟲搏摯（剛蟲鷹也）

土語入詩

古人嫌隅躍清池以蠻語入詩誤我一生踏裏殺常古語入詩今李甯甫太守潮州竹枝詞云銷魂種子阿儂佳開襟千金莫浪誇高抬蓬窗陳午宴爭看老衍貌如花注六蓬船呼妨女曰阿儂佳梳攏曰開襟呼壻曰老衍舒鐵雲黔苗竹枝詞云馬郎房底好姻緣儂指佳期不計年插徧青山黃竹子嘷嘷還索鬼頭錢注俗結婚於鄰建空房曰馬郎房合巹三日女歸母家或半年一返女父母向女索頭錢不與或改嫁有壻女皆死猶向女之子索者則謂之鬼頭錢凡人死其生前所私男女各插竹於墳前祭焉山房縹渺際青天百尺梯頭踏臂眠纔到三更春夢覺淚花一斗聽嘵鵑注克孟牯羊親死不哭跳舞浩歌名曰鬧屍至明年聞杜鵑聲則舉家號慟悲不自勝曰鳥猶歲至親不返矣先大父題汪亦滄日本國神海編云貢院繁華繫客情朝朝應辦幾番更筵前只愛紅裙醉夜盞何緣號撒莫注貢院者彼邦館唐人處也佐酒者號曰撒莫勝青扶紫膩髻妝任花街任往還那管吳兒心木石我邦郤有換心山注妓所居之山曰換心山

一杯羹

有人作太上皇詩云得意斯為天下養失時要作一杯羹劉芙初編修詠陳平云笑問社中分肉手如何處置一杯羹二詩讀之真堪失笑又孫子瀟太史芒碭懷古詩云威加四海誅元功羹分一杯棄而翁君不見蛟龍白日與媼遇龍種何曾屬太公奇論閗空得未曾有

竹衫瓶菊

王香雪州佐乃斌詠竹衫句云六月最宜君子服三秋還查女兒箱周南卿茂才三燮詠瓶菊句云白水訂交真耐久黃金垂盡易生寒各有風致俱李小牧云

規矩草

熱河避暑山莊苑牆之外草皆滋蔓一入苑內則彌望叢茸如鋪綠罽人呼為規矩草

臨終對句

滈安方樸山先生病革時弟子咸在有二人私語曰水如碧玉山如黛以何為對先生枕上聞之曰可對雲想衣裳花想容言畢而逝

黨姦

王莽篡漢劉歆作符命司馬篡魏阮籍作勸進文王世充篡隋孔穎達草禪議大儒名士何不愛其羽毛若是

量人蛇

廣東瓊州有量人蛇長六七尺遇人輒豎起量人長短然後噬之土人言此蛇於量人時鳴聲曰我高人亦應聲曰我高蛇即自墜而死

果下豹

果下馬果下牛人皆知之惠州羅浮山巔有獸小如猻猴名果下豹

城隍

城隍二字始於泰之上六禮天子大蜡八伊耆氏始為蜡注伊耆堯也蜡神八水庸居七水隍也庸城也春秋鄭災祈於四鄘宋災用馬於四鄘鄘墉庸同由此推之祀城隍蓋始於堯時城隍之有廟則始於吳太平府志云城隍廟在府承流坊赤烏二年創建其後祀之者則見於六朝如北齊慕容儼以祀城隍破梁軍是也他如韓昌黎張曲江李義山杜文貞俱有祭城隍詩文五代錢鏐有重修牆隍廟記以城為牆者避朱全忠父名也其封城隍為王者見於後唐廢帝清泰元年封城隍而及其夫人者見於元文宗天歷二年洪武初詔天下府州縣建城隍神廟封京城隍為帝開封臨濠東平和滁為王府為伯縣為侯至以神鬼為城隍者見於蘇鹹傳緘殉節於邕州交州人呼為蘇城隍其後范旺守城死邑人為像城隍以祭本朝查初白先生言今江西城隍為灌嬰杭州城隍為南海周公新其他如粵省以倪文

敕為城隍衢州以陳遇賓為城隍英德以漢紀信為城隍諸如此者不可勝紀按城隍乃主城郭之神而世傳為治陰間之事則又見夷堅志今七月二十四日為都城隍誕辰相傳是日為築城之始云

白鴿標

粤有白鴿標之戲標主以千字文二十句為妨每日於二十句散出二十字令人覆射射中十字者予以數百倍之利其餘以次而降四字以下為負其法以二文八毫錢為一標由此而十而百而千悉從人便其名有一炷香八搭二九撞一大板會小板會河漢百子圖等目謂之鴿者凡鳥雄乘雌鴿則雌乘雄且性喜合以八十字之雌而十字之雄最易合者也戲蓋取此

種痘

種痘始於宋真宗朝王旦其後各相授受以湖廣人為最今西洋夷醫以哈吱善種痘法以極薄小刀微剔兒左右臂以他人痘漿點入不過兩三處越七八日即見點比時行之痘大兩倍兒無所苦嬉戲如常夷言本國雖牛馬亦出恒有斃者因思此法由牛而施之人無不應驗於是其法盛傳然又必須此痘漿方得他痘不能故互相傳染使痘漿不絕名曰牛痘誠善法也又有所謂神黃痘者產滇之南徼西彝中形如槐角子視常痘稍巨用箭瓦火焙去黑殼碾細末白水下之可除小兒痘毒服法以每月初二十六日為期半歲服半粒一歲服一粒遞加至三歲三粒則終身不出矣或曰按二十四氣服之以二十四粒為度

金蘭會

廣州順德村落女子多以拜盟結姊妹名金蘭會女出嫁後歸寧恒不返夫家至有未成夫婦禮必俟同盟姊妹嫁畢然後各返夫家若促之過甚則眾姊妹相約自盡此等弊習雖賢有司弗能禁也李鐵橋廉使澄令順德時素知此風凡女子不返夫家者以硃塗父兄耳鳴金號眾親押女歸以辱之有自盡者悉置不理風稍戢矣

三江賦重

江南之蘇松浙江之嘉湖江西之南昌袁瑞等府賦重於他處人皆曰此明太祖怒張士誠陳友諒因而仇視其民也而實不盡然蓋其害實起於宋之官田迨有明中葉復攤槩官田重賦併於民田遂貽禍至今考官田民田之分二者本不相同官田輸租民田納賦輸租故額重納賦故徵輕宣和元年浙西平江諸州積水新退田多曠業當時在廷計利諸臣獻議募民耕種官自收租謂之官田厥後加以籍沒蔡京王黼韓侂冑等又充踰限三分之一之田盡屬之官而官田於是乎從廣矣治及元世相沿不革元末張氏竊據有吳又並元妃嬪親王之產入焉明祖滅張氏其部下屬官田產偏於蘇松明祖既怒張氏又籍其田並從所籍富民田悉照租額定賦稅正統時巡撫周忱奏請減官田額又奏官田乞同民田起科部議格不行嘉靖中嘉興知府趙瀛請以官田重賦攤槩於民田而均之趙固以官田民田有同一坵而稅額懸殊故創并則之議不知官田自當減賦民田不可增賦同時蘇松亦仿其議奏請允行自是官田之名盡去而民田槩加以重賦我朝平定江南以萬歷時額賦為準時已無復有官民之分但官田雖滅猶未為輕民田既增彌益其重然則江右南昌袁瑞浮糧所以早蒙豁免者由官田名額未除蘇松嘉湖浮糧所以難邀蠲除者以官田名額既去均於民田之賦竟指定為正供不復推求往時攤槩之故韓世琦慕天顏先後披陳卒格不行雍正二年特恩除蘇州額徵銀三十萬兩松江十五萬兩乾隆二年又除蘇州額徵銀二十萬兩民力固可稍舒然積額太重雖屢減仍無益也如有為民請命者誠能縷述其所以然之故知宋不括官田則無此重賦明不攤槩民田則亦無此重賦為今之計莫若均賦一法請即以蘇松鄰壤東接嘉湖西連常鎮相去不出三四百里其間年歲豐歉雨暘溢旱地方物產人工勤惰皆相等也以之較常鎮賦額則每畝浮加幾倍宜查常鎮之額按其最重者定為蘇松嘉湖之賦則用以指陳入告以昔朝廷惠愛東南谻庶之至意則百世蒙其福矣

渾不似

琵琶古名枇杷又名鼙婆昭君常用琵琶壞令胡人改為之而小昭君笑曰渾不似後訛為胡撥四又訛為虎拍思又訛為琥珀思紛紛聚訟其實即琵琶一物也

迦陵填詞圖

陳其年填詞圖一時題者名作如林卷尾有袁文達公日修五絕句其一首云卷中諸伯首漁洋諸子飛騰各擅場一事難忘惆悵處不將餘瀋貌雲郎蓋謂之忌俊不禁不意此老亦風趣乃爾

王紫稼

漁洋山人稱李琳枝為真御史李迦按江南日有優人王紫稼及三遮和尚淫縱不法皆杖斃之王紫稼者即龔芝麓吳梅村錢牧齋陳迦陵諸公所詠王郎者也

李郎

畢秋帆尚書沅李郎之事舉世豔稱之袁大令趙觀察俱有李郎曲而袁勝於趙余最愛其

中一段云果然臚唱半天中人在金鼇第一峰賀客盡携郎手揖泥箋翻向李家紅若從內助論勳伐合使夫人讓誥封寫得有景有色溧陽相公呼李郎為狀元夫人真風流雅謔也

介甫東坡

王荊公極其佩服長公見尖叉雪詩說曰東坡使事乃能如此神妙耶指凍合玉樓寒起粟光搖銀海眩生花二句以示其婿蔡卞卞曰此不過形容雪色耳公曰爾何知玉樓肩名銀海眼名並見道書故佳也又荊公在蔣山有人傳東坡表忠觀碑草稿至公熟讀數過謂座客此文係何體葉致遠曰不知其體要是奇作蔡元度曰直是錄奏狀耳何名奇作荊公笑曰諸公未知此太史公三五世家體也蓋於文字之間流灌如此後因字說漸至齟齬遂爾成隙荊公固執拗坡翁亦多所狎侮坦白人遇忮刻人安得不賈禍耶

明妃詩

明人昭君詩有云君王莫殺毛延壽留畫商巖夢裏賢高李迪以為絕工王阮亭以為村學究語兩朝詩老孰非孰是

因詩得婦

明王子宣白宮詞云南風吹斷采蓮歌夜雨新添太液波水殿雲廊三十六不知何處晚涼多仁和解元俞友仁見而悅曰此其得意句也遂以妹妻之以二十八字得妻甚奇然亦正復不愧

薦書

四岳舉舜數語千古薦書之祖也曰父頑母嚚象傲克諧以孝烝烝乂不格姦帝詢以天下之才岳對以匹夫之行後世奏章如此鮮不以為迂矣妙在堯立時俞允以為父子兄弟二倫確乎可信矣於是妻之以二女復事之以九男以觀其夫婦朋友二倫然後進於君臣由是五倫備矣乃歷試諸艱畀以神器何其慎重也然後知大聖人之知人用人其超越尋常如此

伶俐不如癡

向在友人家見一陽羨砂缽盂用以為水注旁綴一綠菱角一淺紅荔支一淡黃如意底盤一黑螭虎龍即以四爪為足下鐫大彬二字設色古雅制度精巧而四物不倫不類莫知其取義後詢一老骨董客謂余曰此名伶菱俐荔不缽如意癡螭時大彬王元美舊有此製乃知隨處皆學問也

狐仙能畫

北地多狐仙人家往往有之曉嵐紀宗伯在灤陽寓樓頗多聞有善畫者先生應具酒脯而禱焉舉鋪箋紙三十幅於几上並附一詩云仙人自古好樓居文采風流我不如新得吳箋三十幅可能一一畫芙蕖越三日而登樓視之則已設色完好矣遂攜而下復以酒果祀之

長生殿

黃六鴻者康熙中由知縣行取給事中入京以土物並詩稿遍送名士至宮贊趙秋谷執信答以柬云土物拜登大稿壁謝黃遂銜之刺骨乃未幾而有國喪演劇一事黃遂據實彈劾仁廟取長生殿院本閱之以為有心諷刺大怒遂罷趙職而洪昇編管山西京師有詩詠之今人但傳可憐一曲長生殿二句而不知此詩有三首也其云國服雖除未滿期如何便入戲文場自家原有些兒錯莫把彈章怨老黃秋谷才華迥絕儔少年科第儘風流可憐一曲長生殿斷送功名到白頭周王廟祝本輕浮也向長生殿裏遊抖擻杏金求脫網聚和班裏製行頭周王廟祝者徐勝力編修嘉炎是日亦在座對簿時賂聚和班伶人詭稱未與得免徐豐頤修髯有周道士之稱也是獄成而長生殿之曲流傳禁中布滿天下故朱竹垞檢討贈洪稗畦詩有海內詩篇洪玉父禁中樂府柳屯田梧桐夜雨聲淒絕薏苡明珠謗偶然（梧桐夜雨元人雜劇亦詠明皇幸蜀事）之句樊榭老人嘆為字字典雅者也

考差會課

京師考差之年各衙門諸老先生亦有詩文會課之事亦猶士子之鄉會試也道光壬午余寓京師蘇子齋姚文宅一日先生邀同部七人晚飯約以日晡即至各作試帖一首題為左右惟其人追上燭繳卷僅有四人內於公克襄一首記其中四句云輔也還兼弼臣哉即是鄰是誰肩厥辟惟汝翼斯民以肩翼二字貼左右何等渾脫大方

兩般秋雨盦隨筆卷四終

兩般秋雨盦隨筆卷五目錄

在疚記 宗彝 同姓 治中
脫十娘嬪二娘 六女 躲破鼓 上舍
桂花新 軋聯 文莊奏語 孫徵君語
誌哀 竹枝 胸襟 廢紙
父子異趣 兄弟異趣 居官不聽子弟言 溫伊初
柏相詩 喜鵲 魔漿 紈袴傳
馬坡巷 私蓄 帝王言動 難博學
蒙古兒 清勤堂隨筆 黃蓉石 狼巾
樂氏棗 嫁娶 惜陰 操北音
無題詩 下體 張南山 公孫
避諱 行路歌 砅 缺文衍文
返魂梅 贈酒資 喪服 詩與景合
銘 不好玩物 縣令念佛 醋瓶畫匣

識字 四忌銘 段拂 欲富貴
桐花閣詞 緩葬 魏野 吹阜莢
紹興 餛飩湯注硯 王澹音 孟子逸句
秦淮江山 岳忠武硯 異產 楚姑
怙惡 張胡子 侵宅詩 潮州樂府
湖膠 秦檜鎚 重建始興文廟碑記 家教
古瓶 友漁齋詩 漁洋山人詩 同人集姓氏
無題詩 寓楊史 字無對 周槐
碩人 逸書 宋主荒淫 通
詩品 雷異 高懷 講易
聖相師王 任忠勇神道碑 朱註作小講 安南表
麗人行 酒祀典 人心不死 詩人工對
嵩姦之尤 廁詩對 小人 蝦蟆給事
弟姊 糸 齪齪 丁拐兒
笑柄有本 代寫書 治眼齒 炙鐵生
些 路化王 物性之異 陽明
問家鄉詩 糖霜 詩書序次 武后
讀書

兩般秋雨盦隨筆卷五目錄終

兩般秋雨盦隨筆卷五

錢唐梁紹壬應來甫纂

在疚記

明忠莊朱公諱之馮，字德止，號勉齋，京師人，官中丞，殉甲申之難，著在疚記，中多粹語，有云：隱惡揚善者聖人也，好善惡惡者賢人也，分別善惡無當者庸人也，顛倒善惡以快讒諂者小人也。

宗彝

思南石阡一帶山中產獸，曰宗彝，類猓猴，巢于樹，老者直居上，子孫以次居下，老者不多出，子孫居下者出，得果即傳遞至上，上者食，然後傳遞至下。先儒謂先王用以繪於尊者，取其孝也。

同姓

張獻忠亂蜀，焚燬城市祠廟，惟梓潼七曲山張亞子廟截有增飾，且追尊帝君為始祖，遇張桓侯廟亦不敢毀。唐黃巢之亂，屠戮無算，然獨厚同姓，如黃姓之家及黃岡、黃梅等縣，皆以黃字得免盜賊之行，如出一轍。然今人之暴富貴而即忘其族里，殆盜賊之不若矣。

治中

官名治中，中字多讀如字，非。周禮天官凡官府都鄉州及都鄙之制，治中受而藏之，鄭司農曰：中者要也，謂職治簿書之要也。則中字宜與中傷、中酒等字同音。

脫十孃顧二孃

王阮亭先生詩云：樽前白髮談天寶，零落人間脫十孃。（注：金陵舊院有頓脫諸姓，皆元人後，沒入教坊者。江寧脫十孃者，年八十餘，尚在萬歷中，北里之尤也。）陳句山先生詩云：誰將幾滴梨花水，一灑泉臺顧二孃。（注：顧二孃，吳門人，善製硯，住專諸巷。）

六女

廣州順德縣李氏閨姑定、姑介、姑潔、姑貞、姑璇、姑遵，滇寇之亂，誓志同死，連臂投淵，見漁洋山人池北偶談。然廣郡六貞女事不止此。康熙丙辰，逆周入寇，順德有伍某者，知陳村生員李朝宗有同堂女六人，年及笄，皆殊色，因勸其家為當戶派助兵餉，使人謂李曰：以六女歸伍，事必解。六女知不免，一夕同赴水死，六屍浮出，面色如生，遂合葬于龜山之陰。韋閬下伍于獄，瘐死。又增城黃燦陽妻湯氏及其弟一初之女曰慎、曰志、曰愛，及庠生森然之妹曰可，再曰蝦湯嬌崇，與五女共處樓中。崇禎戊辰，賊黃仲積攻樓，湯與五女墜樓死，邑令方大猷有詩記之。順治癸巳，李定國攻新會，英德諸鄉治戰艦應之。定國敗走，潰兵至，偵知李良宰富，挾其適姪使游徼索金，即免。李靳不與，兵圍其居。李有六女，登樓自縊，良宰墜樓被殺。乾

隆丙申三月，賊衆劫新會鄺佳倅家樓。時有女鄺蘭孃、胡鵲孃、胡寅孃、胡鸞孃、鄺賓孃、鄺妹孃，懼辱墜樓。人呼墜樓六貞云。

鼷破鼓

昔人有養二猿牝者甚深。一日失牡，叫號不已。主人偏覓不得，異日乃出自破鼓中，故今號人之避內差者曰鼷破鼓。

上舍

明初一上舍任都掌院，群屬思之，約二三新差巡按者領教。掌院厲聲云：出去不可使人怕，歸來不可使人笑。聞者粲然。

桂花新

蔣苕生太史空谷香傳奇，愍學連移官，齣內桂花新一支云：山平水遠出桐江，柔艣聲中過富陽，塔影認錢唐，何處是故人門巷。歎自嚴州至省城，光景歷歷如在目前。余久羈嶺表，夢繞家山，一再誦之，悠然神往矣。

輓聯

姨丈蘇子齋先生（縡）初入翰林，繼擢御史，鐫級捐復員外，補刑部湖廣司，轉郎中，出為山西朔平府知府，丁母艱，起復，簡山東青州府知府，卒于官。家大人在粵按試，命（壬）為輓聯云：侍直西清，珥筆西臺，又盡職西晉，出治懋勳猷，兩省春風思太守；耗傳東浙，心傷東粵，奈身羈東粵，招魂長歎息，一江秋水哭先生。又同年徐秋厓孝廉廷炳，會試場中得病，十四日而歿於邸舍。余代家叔小楼比部作輓聯云：十四日病莫能興，幸喬梓相依，屬纊尚能親含玉；（[illegible]齋甫同侍試在京）三千里沒而猶視，痛桑榆無恃，倚閭空自盼泥金。（太翁來若先生年八十餘，猶在堂也。）

文莊奏語

先文莊公在政府，一時援引如陳句山太僕（兆崙）、孫虛船通議（灝），皆名宿，或有以公庇護同鄉言於上。一日（上）召公諭曰：人言爾庇護同鄉，自後有則改之，無則加勉。公頓首對曰：臣領皇上無則加勉之訓。時服其有體。

孫徵君語

蘇門孫徵君鍾元先生（奇逢）嘗題壁云：人生最緊戀者過去，最希覬者未來，最悠忽者現在。此三語真世人藥石也。

誌哀

先君疾終開平官舍時，不孝甫會試下第旋里，驚聞凶耗，匍匐而來，含殮未親，罪難擢髮。

湖陸琴臺先生（戊戌）時在幕中掌書記賦臺城路輓詞二闋云春殘忽爾維摩臥林翁正呼歸去（君時有歸山之意緣適漕未果至是卒在作鄉心更切）遲玉樓先赴（謁至不及）已化鶴飛鳧送君魂返古杭渡甘棠歌編嶺嶠看碑題墮淚眞減羊祜甲第箕裘掌官衣鉢況有傳經小杜（君子竹村孝廉）（君當）眞無憾處儘撒手紅塵游神紫府滿目悲涼彌留無半語（君臨歿與家人無一訣別之詞）知君一去無依戀淒涼殯宮誰奉下第劉蕡思親仲子可有夜來山夢（君時仲郎甫試未畢）此關山阻塹只寡鵠孤鸞撫牀啼漏更是傷心左家嬌女雪衣送淚蹤飄散太促想芙蓉幕揺情牽千種寄白堂閒（君滇署廳之額曰寄白堂）拈紅會散六十二旬歡縱余尤誼重感伯也當年楷花當共（禾翁大廉先生與先兄西伯戊申同榜）（君又與星兄同年）兩世科名撫棺增一慟情眞意摯令人哀感謹泣而誌之

竹枝

嶺南竹枝詞多矣余最愛彭羨門先生一首云妾家谿口小迴塘茅屋藤扉蠣粉牆記取松陰最深處閒時來坐喚檳榔風韻獨絕綽有古音

胸襟

陳同甫作忠臣論以武庚為忠臣孝子之首此言必有為而發蓋譏高宗之緩於復仇也又高宗定都臨安同甫醉中眺視之曰決錢江之水城可灌也明祖定都金陵姚少師作詩曰蕭梁事業今何在北固青青眼倦看帝王創建虎踞龍蟠自以為子孫萬世之業而二人者直以草芥視之其胸襟為何等耶

廢紙

蕭山蔡荊山茂才出示冊頁一本其中所潢裱者乃成化時某縣呈狀一紙萬歷時某科題名錄一紙崇禎時某家房契一紙隆慶時某年春牛圖一紙宣德時某典當票一紙宏治時某姓借券一紙天啟時某地弓口圖帳一紙景泰時某歲黃歷太歲方位圖一紙數百年廢物以類聚之亦入賞鑒可謂極文人之好事矣

父子異趣

曹操殺孔北海禁其文其子丕獨愛之令天下有上融文章者輒賞以金帛蔡京立黨碑禁蘇黃文字其子絛論議專以蘇軾黃庭堅為本宣和五年嘗言於上奉旨落職趙明誠趙正夫挺之之子也正夫惡黨人明誠撰金石錄每遇蘇黃片紙隻字必收藏以此失愛於正夫權姦之勢可以傾朝野而不能得之於家庭亦異矣哉

兄弟異趣

曹丕篡漢陳思王植變服而哭司馬炎篡魏君陽亭侯順歎曰事乖唐虞而假為禪名遂悲泣廢黜而卒王荊公行新法弟平甫頗不直之一日荊公見呂惠卿平甫於內吹笛公使人謂曰請學士放鄭聲平甫使人答曰請相公遠佞人宋郊為相儉約自奉弟祁為學士游燕奢豪以十重錦幛覆屋為長夜之飲郊使人謂曰寄語學士記當日讀書某山夜半啖冷粥時否祁答之曰傳語相公試問當日夜半啖冷粥是為甚的同氣之不同志趣如此

居官不聽子弟言

明耿定向先進遺風云楊文定公溥執政時其子自鄉來省公問曰一路守令聞孰賢對曰兒道出江陵其令殊不賢公曰云何曰即待兒苟簡甚矣乃天台范理也文定默識之即薦陞德安府知府甚有惠政夫居位者方以趨奉之勤惰疏密張我威福其子弟即藉父兄之勢以嚇當路而父兄即聽子弟之言以寄耳目文定不私其子反以此重其人所以勵官方者在此所以垂家法者亦在此嗚呼賢矣

温伊初

温伊初訓粵東嘉應州長樂縣人也道光乙酉選拔貢生壬辰舉於其鄉是科先君分校秋闈其房師某公以此卷示先君先君曰此必長樂温某也揭曉果然故伊初於先君有知己之感執弟子之禮甚恭著有登雲山房文稿純學昌黎又梧溪書屋詩四卷不屑屑作宋元以後語有七古一篇純用腐左語頗奇恣其題云余贈鐵孫雪廬詩有武庫森然排甲戈句令鐵孫贈余詩純以兵喻復效其體奉酬詩云徐君治詩如治兵窮兵日日尋戰爭兵連火結無時已坐令兩國荒春耕（余與鐵孫雪廬皆以古體詩相唱酬）然大師役加我畏君之威請行成室如懸罄野無草一任強敵來縱橫焚舟濟河秦師銳閉關塞竇晉國驚悉索敝賦雖已盡有死不甘城下盟華元登牀見子反析骸易子抒其情請君退師三十里哀憐敝邑許之平湖惟首禍始何人實我小國敢自矜（余先有詩贈鐵孫）息侯伐鄭不量力宋公劉伯徒虛名漫云匹夫不可狃豈知大國甯敢輕窒皇蒲胥車劍及組甲被練千百并左廣右廣次第駕上軍下軍進退行萑蒲紡績城可度董父懸布堞再登井湮木刊陳何酷斬祀殺厲吳正勁華泉取飲兩驂絓伏鼻下車一足跛背城一戰吾倘能休兵三駕君已贏果然牛掰豚能僨始信雞鬭雄先鳴嗟我與君匹楚晉城濮報鄢勝更畋更欲致向戌弭兵玉帛相見交於庭止戈為武繹古義散厭馬牧之郊坰卻憶南山射虎將（來詩言射雪廬）力能飲石誰抗衡請君更張十萬弩我從壁上眺雙睛月過上弦利行師試執同律聽軍聲

柏相詩

柏鞠谿節相總制兩江，與河督陳公鳳翔意見不合，遂相傾軋。陳公奉旨革職，并荷校河干，旋以憤卒。一時不免物議沸騰。柏公作感懷詩四首云：淮甸雲沈月上遲，夜寒獨坐夢醒時。霜欺短鬢愁低首，花放長髯笑展眉。碁局定能清黑白，蛙聲那復問公私。路人萬口紛相告，亂穴牛東事亦奇。狂花滿眼悶沈醲，說鬼談禪巽所鬭。鏡裏無形難覓影，峰頭有石易生雲。服轅老馬愁前路，鎩羽秋鴻感舊羣。箕斗插隨天尺五，自扶節杖看星文。膠漆雷陳託舊盟，相逢一笑素心傾。平生自謝汪汪度，宇宙曾垂矯矯名。海市幻成樓有象，并刀翦處水無聲。著書辨謗渾多事，付與千秋月旦評。嫡從飽采問行藏，尺短何能較寸長。只恐身名終碌碌，空令歲月去堂堂。忘家久作離塵想，多病難尋辟穀方。作夢游仙心境朗，五雲樓閣氣蒼茫。事雖不然，而詩則名貴可誦。

喜鵲

明東阿於慎行穀山筆塵云：賈參為相，其族子名申者為給事中，招權受賂。參每遇朝士，常與申譏申，因先報其人。時以喜鵲目之。及參賜死，申亦杖殺。喜鵲亦自不吉如此。今之卿相子弟為喜鵲者，可以戒矣。此語甚新。

魔漿

梁武帝斷酒肉文云：酒是魔漿。可與福水二字的對。蓋一頌一戒也。又諺謂酒曰：其益如毫，其損如刀。旨哉斯言。

紈袴傳

三原孫枝蔚豹人少年行云：少年不讀書，父兄佩金印。子弟乘高車，少年不學稼，朝出烏衣巷，暮飲青樓下。豈知樹上花，委地不如蓬與麻。可憐樓中梯，枯爛誰論高與低。爾父爾兄歸黃土，爾今獨自當門戶。爾亦不辨畝東西，爾亦不能學商賈。時衰運去繁華歇，年年大水傷禾黍。舊時諸青衣，散去知何所。簿吏忽升堂，催租聲徹怒。相傳新使君，憐才頗重文。爾曾不識字，張口無所云。賣田田不售，哭上城東墳。昔日少年今如此，地下貴人聞不聞。雲間孫鋐批曰：此詩可為紈袴子作傳。

馬坡巷

馬坡巷，近東花園，為上馬坡，北抵清泰門，為下馬坡，舊名馬婆巷。元奉化戴帥初戊戌清明杭郎坐雪絕句云：思鄉處處只愁生，正好春游又不晴。雪似棃花雲似柳，馬坡巷口過清明。蓋巷稱南宋時名也。見厲樊榭東城雜記。

私蓄

明程至善無顏錄云：父母富，其子私蓄不可無，無者非敗子即駭人也。父母貧，其子私蓄不可有，有者非逆子即忍人也。先大父夬庵公云：親富而有私蓄，必能儉約自處，省縮贏餘，若假親名以謀非分之財，據為私蓄，或至貽父母惡名，則其罪亦與逆子忍人等矣。

帝王言動

宋藝祖夜半思食羊肝，左右曰：何不言？帝曰：若言之，則大官必日殺一羊矣。宋仁宗游幸上苑，偶患渴，屢顧，鏁子不得遂，隱忍入宮，渴甚，索飲。左右問何不言，帝曰：言之則必有得罪者矣。明武宗在宮中，偶見黃葱，實氣促之作聲，為戲。宦者遂以車載進御，葱價陡貴數月。明穆宗偶思食果餡餅，來日御膳房起麪者、剝果者、製糖者，開支至五千金。帝笑曰：只須銀五錢，便可在東華門口買一大盒矣。蓋帝在潛邸早稔其價也。朝廷之一言一動，其不可忽如此。

難博學

杭堇浦太史世駿記問淵博，鄉人難以俗字，竟無以對，傳為話柄。考江行雜錄載：嗚條山有餘慶寺，司馬溫公一日省墓至寺中，父老五六輩請曰：某等聞端明在縣，日與諸生講，村人不及聽，今幸為略說。公即取孝經庶人章講之。既已，復前曰：自天子章以下，各有毛詩二句，此獨無何也？公默然，謝曰：生平慮不及此，當思所以奉答。父老出，語人曰：吾今日難倒司馬端明矣。王漁洋云：聞耿道見說古本庶人章末有詩二句云：晝爾於茅，宵爾索綯。又孫退谷古本孝經與今本迥別。附記。

蒙古兒

市井以為銀之隱語。按國書蒙古原作銀解。蓋彼時與金國號為對耳。一文錢傳奇羅夢鷗云：蒙古兒覷著他幾多輕重，謂元寶也。

清勤堂隨筆

先文莊公在朝日，蒙賜御書清勤堂額，敬懸里宅，昭示子孫。夫處家以清，則凡屋舍之模、服御之儉、飲食之非燕會、之薄以至錐刀之利、不爭便宜之事不占，皆清也。處家以勤，則凡朝夕之省、祭饗之節、教誨之嚴、誦讀之密，以及交接之禮、必周奔走之事、必任，皆勤也。居位之軌範在此，治家之楷模亦在此。昔高廟作懷舊詩，其先臣一首云：奉職恪且勤，居家儉而省，真知臣莫若君矣。公有隨筆五則，敬錄於左。大司農趙恭毅云：世著清操，衣冠儉素，下體不著寸絲尺紈之飾。江南賢達往往致之，於俗有益。○陶石簣云：世族只為體面二字，凡應酬日用必須華贍，因之日事典賣，使祖業蕩然，逢人乞貸，使親友畏避，居官則竊谿藏賊，閒居鄉則事居閒恣漁獵，身心勞瘁而弗辭，名行墮裂而不惜，己之體面終不能顧，豈非大錯。○從來蓄珍異之物，未有不招尤賈禍者，即藏名人字畫以傳子孫，亦非貽謀之道。門祚少衰，往往世家求索，雖與佳者，輒疑非是，受累不一而足，可勿鑒哉。○粉墨登場，所費不貲，致滋喧雜之傾，殊乏恬適之趣，且招盜賊，誨淫為患不止一端，士大夫所當永戒也。

朱文端相國自奉甚約，撫浙時飭所部凡婚嫁喪葬，貧富各有品式，務崇樸實，勿事華靡。宴會則豆極於五而止，時翕然從之。汪西昆云：吾邑素風古樸，自陸比部多冠蓋交，豪華相炫，遂靡然一變。今冢宰王公率先復古，往時宴客必盛饌，今以公教，雖三簋客不怪也。往婚娶樓船簫鼓，競以奢勝，自公不舉樂，不張紅，遂相率而改其舊習。公見人厚款，則愀然起；見人炫服，則愀然憂。每與人言節儉一端，不但可以裕財惜福，嗇欲清心，且免妄求橫取。人品賢否，每係乎此。諄諄往復，紳士多承其教焉。

黃蓉石

番禺黃蓉石孝廉玉階，弱冠即有聲庠序，四方名士多與之游。道光壬辰舉於鄉，先君分校所得士也。貌溫雅，工詩古文詞，所著蓉石詩鈔僅覯四卷，非全豹也。錄其讀鄺湛若赤雅有懷三十三首之六云：莫將遺俗笑狂奴，妙舞天魔與不孤。懷遠巴人空有淚，日南埜女本無夫。山拗冷笑啼鉤鵒，水面含沙怯短狐。越代髑髏椰釀酒，尚留時節祀盤弧。憐他攻掠苦難休，鼓角頻看埜戰稠。木客好吟新樂府，扶南原是古諸侯。奇兵出沒相思寨，明月笙歌獨腳樓。便上奇雲覃上望，離人多少鬢鄉愁。鷲心齊指亂峯開，十去征夫九不還。黑日暗霾人鮓甕，陰風寒徹鬼門關。髑髏一夜游魂泣，石乳千秋怨血斑。指點蒼鶻啼碎後，蠻烟蛇霧有無間。李白蟲邊急亂流，昔時騷客此勾留。風前單舸銜無怨，天末夫君翡翠愁。坡老舊維藤縣舫，謫仙曾作夜郎游。如今香草悲遲暮，淒斷哀猿咽上頭。絕頂河山舊有緣，閒雲鳥跡邈無邊。衙鼻為浦騷人賦，蓮蕩松杉小有天。香冢上花沈玉笛，蠻溪陰雨暗銅船。時豐共唱昇平樂，競渡鐃歌會五年。流落人間不易才，甘心蛇口事堪哀。無家張儉寒窗去，有恨靈均鵩足來。百粵已從嗚鋏老，諸蠻留取著書才。天南法物飄零盡，不見當年綠綺臺。沈雄頓挫，綺麗芊綿，洵南中之秀也。

狼巾

山舟學士舊藏蟲窠一枚，云太翁葭林編修公以圍棊決賭得之嚴氏者，嚴自何處來未晚也。其色栗赤，狀之大小長短亦絕似，不鏤自雕，如細目之網，緣督為經。又若小口之囊，一面附著樹枝處，痕深陷而直貫徹上下。以是知為蟲所結也。少宗伯金海住先生甡曾有詩詠之，學士和詩云：此蟲真合號雕蟲，化犄紫纖作工，織雀結房嫌緻密，澤蠶成繭欠玲瓏。誰絲越客千絲網，疑墮仙樵一葉風。六十餘年遺蛻在，那堪重問主人翁。學士歿後，是物為攸峻山少尉樹棠乞去，攜入川中矣。許周生駕部宗彥云：是物名狼巾，不知何據。

樂氏棗

羣芳譜：山東新城有樂氏棗，豐肌細核，多膏肥美，舊傳樂毅自燕攜來之種，亦曰毅氏棗，見太平寰宇記，以對哀家梨甚工也。

嫁娶

胡安定公云：娶婦當不如吾家，嫁女當勝於吾家。程子云：世人多謹於擇壻，而忽於擇婦。其實壻易見，而婦難知，所關甚重，豈可忽哉。袁氏世範云：有男雖欲擇婦，有女雖欲擇壻，又須自量我家子女，我子庸癡愚下，若娶美婦，豈但不和，或有他事；我女醜拙狠妒，若嫁佳壻，萬一不和，卒為所棄。凡夫婦因非偶而不和者，皆父母不審之罪也。此可為嫁娶之法。

惜陰

黃山谷與駒父尺牘云：尺璧之陰，當以三分之一治家，以其一讀書，以其一為棊酒，公私皆辦矣。此猶自暇逸之論。明蓮池師竹窗二筆云：古謂大禹聖人惜寸陰，至於衆人當惜分陰。而佛言人命在於呼吸，夫分陰之中，有多少呼吸，則我輩何止當惜分陰，一剎那一彈指之

陰，皆當惜也。又伊庵權禪師每日至晚必流涕曰：今日又只恁地空過，未知來日工夫如何。勵精若此，閱之竦然。

操北音

鍾儀曰：樂操土風，不忘舊也。吳越王作鄉里之音，而長老盡歡，亦是此意。今南人喜操北音，世族之子弟尤甚。隨園老人危言一首云：衛侯效夷言，取笑自彌年。南人操北音，之推代含羞。緣何寠人子，謳語偏咿嚘。好學垤澤呼，不待楚人咻。滿口雜夷夏，唇齒皆王侯。未登轍項橋，先為反舌鳩。終竟神不王，改字難改喉。大言雖炎炎，聞者搔其頭。僕音玄女笑，蠻語參軍愁。何不操土風，高師一楚囚。讀此詩亦當失笑而結舌矣。按抱樸子譏惑篇云：有轉易其聲以效北語，既不能似，可恥可笑。所謂不得邯鄲之步，而有匍匐之嗤者。則此陋習由來已久。

無題詩

有人以無題詩上下平韻三十首示余，閱之對仗工整，設色綺麗，而七寶樓臺，拆無片段，遂朗誦一過，即行繳還。又有人以真孃墓一首示余，其詞云：兒家生小住金閶，卻把金閶作故鄉。馬足殘花憐薄命，牛毛細雨送斜陽。碧苔多處生紅豆，青冢傍邊種白楊。一寸蘇尖一寸草，禁烟時節土猶香。雖誦迴環，擊節靡已。一友見而謂余曰：二君詩，子何軒輊之甚。余答曰：

此梅爲金舊例也。宣城邱華林嘗賦梅花詩百首。示爲金。爲金但爲句讀而已。一日。閩人林初文以一絕句示梅云。不待東風不待潮。度江十里九停橈。不知今夜泰淮水。流到揚州第幾橋。梅擊節歎賞。逐字圈點。邱見之愠曰。林詩二十八字。正得二十八圈。吾詩二千八百字。至少豈不值得二十八圈乎。聞者傳以爲笑。

下體

男子下體曰陽具。曰人道。夫人知之也。亦曰馬藏。見三昧經。亦曰燭營。見淮南子精神訓。亦曰餘覈。見列子仲尼篇。亦曰識穴。見列子仲尼篇注。亦曰勢峯。見瑜珈師地論。亦曰睪丸。見素問經。

張南山

張南山維屛。番禺人。道光壬午進士。湖南知縣。現官司馬。工古文。惲子居稱其文爲嶺南柳仲塗。尤留心於○國朝人物。所撰詩人徵略一書。於尚論中寓闡幽意。又有聽松廬詩草十一卷。其詠史樂府另爲一卷。直登西涯之堂。而入鐵厓之室。其他五言如落葉云。有時兼雨點。無處着烟痕。松滋城外云。江抱孤城曲。天圍大野圓。湘云。霧因衡嶽重。月到洞庭多。漢陽晚眺云。西風吹漢水。秋色滿江城。思歸云。霜濃楓葉醉。水活荻苗肥。七言如獨坐云。縱無

清露蟬終潔。果有名花蝶易癡。感秋云。名心淡似秋雲影。客夢清於古井波。北程紀游云。如何東下錢唐水。不入南條禹貢篇。下第遣懷云。戀岫雲容多黯澹。送春天氣易悲涼。楚中懷古云。臣里夢魂春樹外。君山眉黛夕陽中。西栽晚行云。一村曉霧白成海。萬頃春苗綠到天。閒居雜詩云。但留玉在何愁璞。莫待桐焦始辨琴。柳色云。霧影迷離天遠近。烟痕狼藉水西東。城南野望云。繞籬水暖蘆根活。穿樹風柔麥氣和。百花墳云。鶯花黃土埋香骨。盥敦青樓享盛名。

公孫

震澤任中甫(兆麟)讀經雜說云。幽風公孫碩膚。孫當作如字。公爲季歷。孫周南文王子亦稱公族公姓也。其說不知何本。

避諱

福大將軍威震中外。屬吏有犯其祖父諱及本身名者。必當面申飭。故其時稟啟改康爲泰。改安爲甯。按冠萊公作相。諸司公移諱其名。改爲准。又汴京舊有平準務。因蔡京父名。改爲平貨務。官私公移避京名。如京東京西。改畿左畿右。則此風由來久矣。

行路歌

別人騎馬我騎驢。仔細思量我不如。回頭只一看。又有挑腳漢。言雖俚淺。足以醒世。

砅

杜工部有贈表姪王砅詩。砅音厲。說文引論語曰。深則砅。謂履石而渡也。

缺文衍文

論語堯曰篇曰予小子履。上當有湯字。孟子第五篇下伊尹曰曰字衍。

返魂梅

真州城東十餘里準提庵有古梅一株。大可蔽牛。五幹並出。相傳爲宋時物。康熙中樹忽死。垂四十年復活。枝幹益繁。花時光照一院。阮臺協揆題其名曰。返魂梅。

贈酒資

沈菘町先生名景良。字敬願。北郭高士也。與陳丈二酉(焯)奚丈鐵生(岡)交最密。所居土垣圍荒畦。數椽蓺花蒔菊。瓦屋二楹。蕭然四壁。嘗雨中著書。以繖縛椅後。坐其下。蓋避屋漏也。工詩。老年詩本爲人竊去。殁後其人攘爲己作。刋之。有知之者譁於衆。其人遂并板燬之。故其詩不傳。鮑淥飲詠物詩存。刻其夕陽二律。先生好飲。寄於杖頭。黃小松司馬自濟甯歸。贈以酒資。卽事詩一絕云。故人歸訪故山樓。怪我葫蘆久不提。笑贈青蚨三百片。晚來依舊醉

如泥。其風趣如此。何春渚先生(琪)嘗爲之作傳。

喪服

大祥後爲禫服。或曰三月。或曰一月。又喪服計閏不計閏。向未知確義。震澤任中甫(兆麟)之說云。士虞禮中月而禫。鄭康成據中一以上釋之。謂中間一月。王肅據文王受命惟中身釋之。愚謂中月當如學記中年義。雜記期之喪十五月而禫。注莒文曰。主二十七月者。據閒傳中月而禫之文也。主二十五月者。據三年問二十五月而畢之文也。主三十六月者。據喪服四制三年而祥之文也。惟鄭氏得其中。故歷代因之。且三年問喪服四制二篇。朱子所定儀禮刪之。不可爲典要。朱子答胡伯量曰。中月而禫。鄭注虞禮爲是。穀梁傳謂喪不數閏。公羊傳謂喪數閏。鄭志謂喪以月數者計閏。以年數者不計閏。是三年與期不計閏。大功以下計閏也。何休云閏爲死月數。非死月不數。蓋閏附前月。死之月不可移而下。是父母死於閏月未嘗不數。若閏當除喪之月。則亦不數。此又不可不知也。

詩與景合

余嘗泛游湖上。水色山光。深淺一碧。紅霞如火。岸桃俱作白色。欲寫之苦無好句。偶讀孫子瀟太史詩云。水含山色難爲翠。花近霞光不敢紅。適與景合。眞詩中畫也。又嘗夜登莫山。風

月清皖烟霧空濛頗愜游騁今讀屠修伯大使東吳山夜眺句云江湖兩面共明月樓閣半空横斷烟亦恍如置身其間

銘

銘之為體於詩詞外另具筆墨冬心先生以古勝板橋居士以峭勝頻羅老人以趣勝各臻其妙余未窺涯涘閒亦效顰擇其記憶者備錄之自用硯銘石友石友與爾南北走伴我詩伴我酒畫蚓塗鴉不我醜告汝黑面知共我白頭守葫蘆座銘壺下銳上兩輪相遇是之謂依樣方鏡銘輝光剛健圭棱四見照來誰有如田面獨眼硯銘有文字緣有文字禍爾具隻眼可能觀破象牙算盤銘劈二五偶分上下牀焚身而猶近於賄是真沒齒不忘竹臂擱銘有未乾之墨無停綴之文倚左右手惟此君吾將為爾策汗簡之勳長盆銘知其白守其黑便便於腹了了淵寄硯不若爾能嘿墨銘甜鄉醉鄉温柔鄉三者之夢孰短長仙人與我炊黃粱雅片烟槍銘為雷君少石泡作可以助茗戰可以卻酒兵可以破睡壁可以攻愁城故殺敵致果而以檳為名又為陸琴臺作蒼筤尺八匀而堅可吸瑤草呼秋烟誰其主者餐霞仙鑲足銘距非雞掌非鳧獨立一足秋風孤假之光明玉雪鋪不以為傳書之使而命為守更之奴筆銘飲拜管城封錫湯沐邑給以短假得休息若夫潤澤之無有枯渴筆洗銘林貪墨者眡藏鋒者待中書之君甚矣僨僨之息之將汝賴筆船銘酒

有舟飲防溺也茶有舟水防厄也君子於此有戒心焉匪徒以懼執熱也陽羨壺銘砂上如斗下如卣鑿其足鑴其首可以酌玉川之茶可以斟金谷之酒眼鏡銘讀萬卷書行萬里路有耀自他我得其助為沈吉人作先錫以湯泉後錫以酒泉惟醉翁中和其天砂印色盒銘居圖書府成印信功寵以白沙之築錫以紫泥之封梅花帳鉤銘學林和靖以梅為妻學趙師雄以梅為姬梅兮梅兮吾亦與爾同夢兮又有友人買一竹絲鏡奩製作精雅乞余為銘余曰不若直書漁洋山人句浦裏青荷中婦鏡江干黃竹女兒箱為天然讚語也

不好玩物

呂蒙正為相有以古鑑獻者云能照二百里公曰吾面不過楪子大安用照二百里為又有以古硯求售者云一呵即潤無煩注水也公曰就使一日能呵一擔水亦止直十文錢而已此與東坡駁古墨同一諧謔玩物之戒直令賣骨董者神喪氣沮

縣令念佛

樓功媿集七十九卷前輩有為縣令者公退以貫珠誦佛其叔父見之云汝欲為佛耶曰然叔曰汝既做了知縣尚想做佛耶言造業之多也其人怵然余謂此猶有悔過之意若今之縣令并不肯手捻貫珠閒中懺悔矣

醋瓶畫匣

程子曰貴姓子弟於飲食玩好之物直是一生將身服事不懈如管城之陳醋瓶洛中之史畫匣是也噫今之世家子弟其不為醋瓶畫匣鮮矣然摴蒲六博之好倡樓妓館之遊往往破家蕩產又豈止瓶匣而已哉

識字

讀書必須識字今人口習授受漫不經心說文玉篇等書束之高閣矣朱子云讀書須精韻學要熟反切莫從偏讀半邊字不辨形聲毗呼讀半邊字之訣千百年不失其傳而字學之不講也久矣皇甫湜與李生第二書曰書字未識偏旁高譚稷契讀書未知句度下視服鄭此時之大病所當嫉者又李濟翁師資錄云諺曰學識何如觀點書點書之難不惟句度義理兼須知字之正音借音斯言是矣

四忌銘

江邨中耳目日書四忌銘云著書忌早處事忌擾立朝忌巧居室忌好旨哉斯言

段拂

段拂字去塵米元章之壻也元章有潔癖見其名字喜曰既拂矣又去塵真吾壻也以子妻之拂南渡後仕至參知政事相攸之法甚奇

欲富貴

明釋袾宏直道錄云宣聖儒之宗主所當朝夕禮拜而供養者乃舍之而事文昌六經論孟所當朝夕信受而奉持者乃舍之誦準提咒事文昌持準提非不善也而其心則在富貴夫富貴在天聖有謨訓文昌準提何與哉又梁次公云欲富者貧相也欲貴者賤相也急欲富貴者夭相也見摴齋漫錄此言最砭人

桐花閣詞

嶺南多詩人而詞家絕少嘉應吳石華廣文蘭修著桐花閣詞郭頻伽先生以為跌宕而婉綺麗而不縟有少游之神韻而運以梅溪竹山之清真者也黃金縷云柳絲細膩烟如織病過花朝又是逢寒食多少春懷拋不得都來壓損眉峰窄可憐生抱傷心癖一味多愁只恐非長策蠶龍落花無氣力小闌干外斜陽碧減蘭過秦淮云春衫乍換幾日江頭風力輭眉月三分又聽簫聲過白門紅樓十里柳絮濛濛飛不起莫問南朝燕子桃花舊板橋余酷愛誦之

緩葬

杭人緩葬之弊。昔人以為起于南宋。謂欲返骨汴梁。故設為權厝之計。而實不盡然。緩葬者惑於風水之說也。司馬溫公著葬論。剴切詳明。因節錄之。論曰。葬者藏也。孝子不忍親之暴露。故斂而藏之。齎送不必厚。厚者有損無益。古人論之詳矣。今人葬不厚于古。而拘于陰陽禁忌則甚焉。故人卜宅卜日。蓋謀人事之便耳。今之葬書。相山川岡畎之形勢。考歲月日時之干支。以為子孫貴賤貧富壽夭賢愚。皆係于此。非此地。非此時。不可葬也。舉世信之。久而不葬。問之曰。歲月未利也。曰未有吉地也。曰游宦未歸也。曰貧無以辦具也。夫人所貴於身後有子孫者。為能藏其形骸也。其所為乃如是。曷若無子孫者。死于道路。猶有仁者見而殣之耶。古葬期遠不過七月。今令王公以下三月而葬。禮未葬不變服。食粥居廬。哀親之無所歸也。今人背違禮法。未葬除服。從宦四方。食稻衣錦。于心安乎。人之貴賤貧富壽夭。係於天。賢愚係于人。於葬何預。就使皆如葬師之言。人子當哀窮之際。何忍暴露其親。自營福利耶。昔吾諸祖之葬也。家貧不能具棺槨。自太尉公下始有之。然金銀珠玉之物。未嘗錙銖入壙。將葬太尉公。族人皆曰。葬不詢陰陽。此必不可。吾兄康伯無如之何。乃曰。安得良葬師而詢之。僉曰。近村張生良師也。兄乃招張生。許以錢二萬。曰汝能用吾言。吾畀爾。不則將求他師。張曰。唯命是聽。于是兄以己意處歲月日時。及壙之淺深廣狹。皆取便於事者。使張以葬書緣

飾之曰大吉。以示族人。族人無違議者。今吾兄年七十九。以列卿致仕。吾年六十六。忝備侍從。宗族之從仕者二十三人。視他人之謹用葬書。未必勝吾家也。前年吾妻死。棺成而殮。裝辦而行。壙成而葬。未嘗一言及陰陽。迄今無他故。余嘗疾陰陽家立邪說以惑衆。為世患。為諫官時乞奏禁天下葬書。當時執政莫以為意。今著茲論云云。又俟封張孝先先生親喪不可久停說云。古者三月而葬。謂死者入土為安。非為子孫之福蔭也。近世惑于風水之說。有停至數年數十年者。水火盜賊。皆足為慮。而彼漠然弗恤也。夫求忠臣必于孝子之門。未有不孝而能忠者。今宜酌為定例。童生生員親喪未葬者。不准應試。舉人進士親喪未葬者。不准入官。凡考試銓選。俱令地方官具印結。鄰里具甘結。方為合例。庶停喪之風可少息矣。余嘗作緩葬說云。杭人之死其親。以卜風水者居多。而杭人之世其家。以長富貴者絕少。人亦可憬然悟其所自。而幡然改其所為。乃方且羣有詞曰。某家之嗣。某墓之失穴也。某氏式微。某墳之失向也。於是待地之謀日益堅。緩葬之心日益固。地師浸潤煽惑之術日益多。而不知百族之子孫。方奢望于世間羣姓之祖宗。久環泣于地下也。悲夫。或曰。擇地之說。富家有之。編氓單戶。何亦浮攢淺厝之累累也。曰是亦富家害之也。富家挾重貲以求善地。而地蛇山窟。百出其術以相欺。遂使尺土寸田。槁壤珍如拱璧。彼貧戶者其有買山之資耶。且習見

夫士大夫之矜式鄉里者。猶山積其祖若父弟若兄之柩。比比而不葬也。以為吾儕之詘于力而格于勢者。固無責焉耳也。然則富家者自處於忍人逆子之數。而絕人以仁人孝子之路者也。鄉之善人有集腋以營義冢者。彼富家且色喜而捐貲焉。是亦知死者之以入土為安也。而獨于其父母則異之。彼豈不曰吾將有待耶。人生百年。壽無金石。汝待時。時不待汝。汝子汝孫。幸而賢。幹汝蠱。不幸而不肖。行敗汝家。向之權厝於低垣淺屋中。假而暴露榛莽矣。假而蹂躪狐兔矣。假而受劫水火刀兵矣。人但知慎重之謀長。而不知遷延之禍烈也。吁可畏哉。究之其故何也。曰緩葬之弊。起由族葬之禮廢。族葬之禮廢。由睦族之誼亡也。曷言族葬廢而緩葬興也。古者葬不擇地。周禮墓大夫掌邦墓地域。為之圖。令民族葬。昭穆為左右。晉有九京。漢有北邙。凡國家墓皆萃焉。後世擇地之術起。於是人卜一邱。邱卜一穴。穴卜一兩棺。雖有高陵平原。延袤數畝。而為彼術所棄者。僅立之石樹之木。以觀美焉耳。地愈估則愈盡。人愈亡則愈多。無怪傳地之價日益昂。求地之事日益難也。曷言睦族亡而族葬廢也。假如父母既殁。兄弟數人。或獨斷以主謀。或和衷以共事。準古制踰月三月之條。循聖人稱家有無之訓。奉而祔之祖塋。至不難也。乃今昆季之雍睦者寡矣。其親既死。相視不謀宅穸者。無論有矯矯者出。不徇羣議。獨任鉅艱。亦至善矣。然而既葬之後。或數年或數十年。舉家

平平無恙。尚翕然無異詞。若夫科第之盛衰。判焉。家業之菀枯。分焉。壽數之修短。異焉。則舉而歸咎當年營墓之人。曰職是故也。其更不肖者。至竊疑其弟若兄之自謀福蔭。而移禍他人者也。嗚呼。此等逆臆之心。施之行道。且不忍。而忍施之手足耶。是真可為痛哭。可為流涕者矣。然則堪輿不足憑乎。非也。白鶴之示靈也。青烏之集異也。為在其不足憑也。顧不觀從來之得善地者乎。有得之神靈者焉。有得之夢寐者焉。有得之不得已而遷葬者焉。究之陰德耳。嗚所以致地之由者。在此不在彼也。然則若何。曰生養死葬。人子事也。卜其兆。無石無水焉足矣。啓其穴。無風無蟻焉足矣。營其壙。以堅以固焉足矣。度其地。容拜容奠焉足矣。循分以盡禮。留餘以予人。竭力以安親。修德以俟命。夫人苟夙夜捫心。俯仰無媿。果足以載福致祥。而祖父之魂魄既安。有不陰祐其雲礽者。吾不信也。無希冀之妄念。無侵奪之陰謀。而冥冥之中。有不隱報夫忠厚者。吾更不信也。彼谿刻其心。儇薄其行。罷斷其才力心思。而欲以朽骨卜佳城。為後來者富貴壽考之左券。而造物乃如其意以予之者。吾尤不信也。

魏野

宋山人魏野。隱居陝州。寇萊公訪之。謝以詩云。晝睡方濃向竹齋。柴門日午尚慵開。驚回一覺游仙夢。村裏傳呼宰相來。逸則逸矣。而未高也。故其侍寇公游陝郊寺詩云。願得常加紅

袖拂也。應勝似碧紗籠，則其處烟霞而不忘軒冕可知。申和孟（廷光）隱居廣羊山中，有達官自京師寄書申報以詩云：日日秋陰命駕興，故人天上落雙魚。荷花未老新醪熟，為道無關作報書。閒傲似更出魏上。

吹皁莢

閨中女兒以筆管吸皁莢水吹五色泡為戲，此事未有人詠者。葉雨輔先生（以倌）賦釵頭鳳一闋云：春閨悶，眠難穩，閒來吹箇圓圓暈。虛空界，圓光靄，窗邊繞過，又飛簾外，快，快，快。朱唇吹，香泉潤，笑拈湘管郎肩噴。風前擺，兒曹待，明珠無數，霎時何在，再，再，再。雨輔先生，先君同年友也，著有洗心書屋詩餘。醉春風無題云：偷眼窺人俊，私語從他問，點頭絕不一沉吟，肯，肯，肯。明月懷中，明珠掌上，十分斷穩。來去何憑準，好夢難重省，收燈挨過又清明，等，等，等。燕子誰家，梆花無定，一天春恨。一翦梅盧溝道中云：城角拖雲淡不收，天做新秋，人做新愁。一官了我十年游，來也盧溝，去也盧溝。晚店琵琶撥不休，曲似涼州，淚似江州。長空琵琶思悠悠，月挂眉頭，人挂心頭。

紹興

紹興酒各省通行，吾鄉之呼之者直曰紹興，而不繫酒字，以人而比，則昌黎少陵，以物而比，則喻麋朱提，俱以地名，可謂大矣。

餛飩湯注硯

清異錄：金陵士大夫家餅可映字，餛飩湯可注硯。餅固宜以薄為主，若湯可注硯，則其乏味可知。今京師致美齋清湯餛飩，是其遺製。

王澹音

婁縣楊子技室人王澹音（韞徽），紫宇觀察之女也，著環青閣詩稿，古風極佳，不能備錄。近體如荆州道中懷古云：千古詞臣開屈宋，三分事業創孫劉。秋風云：尊鄉歸興輸張翰，茅屋悲歌感杜陵。秋葉云：寒蟬抱處棲難穩，老蠶書成字半敧。病中述懷云：愁如碧草逢春長，身似黄楊厄閏頻。頗見風骨。

孟子逸句

楊子載孟子云：夫有意而不至者有之矣，未有無意而至者矣。王仲任曰：孟子性善篇云：人性皆善，及其不善，物亂之也。又人之所知，不如人之所不知，信矣。見梁武帝答臣下神滅論。君王無好智，君王無好勇，勇智之過，生平患禍所遭，正當仁義為本。見蕭子良與孔仲丞書。按漢書藝文志曰：孟子十一篇，又應仲遠曰：孟子絕糧于鄒薛，作中外書十一篇，今所存止

七篇，或有散佚，亦未可知，然語氣多不類。

素淚江山

乾隆己卯春，江西豐谿涪村山水暴漲，隄決獲石碑，泥滓模糊，濯解花讀之，有素淚江山四字，筆力遒古，似非吏無題著。先是村多練姓，明副都御史子甯裔也。按明紀，子甯江西新淦人，淦距豐不越境，或練瓜蔓鈔避難而徙于斯，未可知也。此碑必其遺蹟，或云祠額，或云墓碣，莫可考究。許巽谿祖白舫編修諫悟雪樓詩初集，先生詩多五言律。春晚舟望云：斜陽花外市，遠火雨中樓。夜待霞塘渡云：路古石稜瘦，月高人影微。過友山居云：雲親常入閣，鶴傲不迎人。夜雨云：暗泉邀沼合，斜雨逼燈窗。地僻云：雨微蕉獨覺，風遠竹先聲。快心云：深草台溪色，迷風遶雁聲。晚步郭外云：未月水先白，無風松自寒。秋旅云：蟬去有餘響，松高無靜柯。山中夜歸云：風督移水近，月勢趁雲飛。舟行遇風云：風驕驅峽走，龍怒挾江飛。入仙巖寺云：花對佛微笑，雲隨人入來。

岳忠武硯

硯色紫，體方而長，背鐫持堅守白不磷不淄八字，無款。又鐫曰：枋得家藏岳忠武墨蹟，與銘字相若，此蓋忠武故物也。枋得記。又曰：岳忠武端州石硯，向為君直同年所藏，咸淳九年十二月十有三日寄贈天祥，銘之曰：硯雖非鐵磨難穿，心雖非石如其堅，守之弗失道自全。八字行書，謝真書，文草書，皆遒古。嗚呼，三公者後先死南宋，毅然克踐所言矣。復有小方印曰宋氏珍藏，朱竹垞題識曰：康熙壬子二月四日，朱彝尊觀於西陂主人齋中。西陂者，宋牧仲（犖）居也。另一行云：雍正八年夏六月十有九日，良常王澍拜觀。道光元年，東陽令陳海樓（俶）秋于都門市上得之。

異產

產之異者，禽獸妖怪，夜叉肉毬肉帶，種種不一。大抵皆由邪氣所感。最奇者，續太平廣記載萬歷丁未吳縣石湖民陳妻許氏懷妊過期不產，一日請治平僧誦經祈佑，其夕腹痛，忽忽產下一胞，剖而視之，乃一秤銀銅法馬子也。權之重十兩，背有鐫成字樣，為萬歷二十二年置七字。鄰里傳玩之，此物入胎，其理殊不可解。又載徐州吳氏產子五十四日，小兒忽嘔出三角物，洗之得大錢七十二文，輪郭周正，皆有年號，更奇。

楚姑

楚姑，義帝女也，帝為項羽所弒，姑年十四，遂自殺，楚人立祠以祀，在盱眙縣著後山，相傳即姑葬處。見縣志。

怙惡

王處仲誤食廁棗，是小世面；王介甫誤食釣餌，是大畜囿。其怙惡之心，即小可見。

張胡子

頻羅庵集雜言云：涔池之魚，得寸水而不死；江湖之魚，逃不過張胡子。有人以張胡子問者，余無以應。或曰：網也。詢無出處，則亦臆揣之詞。偶閱太平府記，言張胡子者，漁人，一日于江頭網得大魚，腹有朱書云：九登龍門山，三飲太湖水，畢竟不成龍，命盡張胡子。始知其來歷。又小說載楊壽子者，漁人，宋淳熙中於南城縣華山支港網一大魚，重百斤，額有紅字云：三度入潮門，四度當大水，下梢卻逢楊壽子。與此事絕相類。

侵宅詩

宋楊尚書玢致仕歸，舊宅為鄰里侵佔，子弟以狀白公，公批紙尾云：四鄰侵我我從伊，畢竟須思未有時。試上含光殿基望，秋風衰草正離離。子弟不敢復言。又楊尚書為佳宅，有地為人所佔一二尺，或以告公，公作詩云：餘地無多莫較量，一條分作兩家牆。普天之下皆王土，再過些兒也不妨。其人愧服。二楊之度相似，可以風矣。

潮州樂府

粵俗以潮州為最壞，黃蓉青太守作樂府十首。一曰翻金罐，以遷葬也。翻金罐，何其愚，風水不知有與無。爾祖爾父生何事，死後宅兆不得安其居。百鎰延堪輿，千金買山地，抔土猶未乾，掉頭旋復棄。發邱斵棺析骸骨，何異狐埋更狐搰。子孫忍為盜賊行，富貴焉能昇此悖。美哉金罐藏諸幽，夜來鬼哭聲啾啾。牛眠吉壤如可求，又有覬覦人巧偷。二曰螟蛉子，斥亂宗也。螟蛉子，多奚為？曰以保族撑門楣。老無兒，嗣厥後，呼可怪，九子母，傷人抵罪李代桃，平時豢養同豕牢，給貲行商涉洪濤，割宰飼蠅酬其勞，性命繫相託，恩義良已薄，一朝反噬乃交惡，此孽由來君自作。三曰女兒布，傷乖離也。女兒布，產棉陽，采葛漆絲凝雪霜，細如鮫綃薄蟬翼，非烟非霧含風涼。富家嫁女多越奸，貧家嫁女一匹少，為郎製衣穩稱身，服之無斁期偕老。可憐一朝恩義疏，夫棄婦兮婦背夫，猶是箱中一匹布，誰道新人不如故。四曰打怨家，械鬭也。打怨家，有何怨？有怨何不訴官衙？睚眦輒爾兵相加。壯丁在前老弱後，牌牌鳥鎗卒然湊。今日鬭，明日鬭，彼洞胸，此絕脰，一鬭紛紛如怨獸，殺人者誰莫窮究。官來彈壓空寨逃，祠堂屋宇點火燒。出此下策真無聊，亦有調停兩和協，反覆無常旋搆隙。小懲大戒終何益，嗚呼安得十萬貔貅三千兵，制事許以便宜行，三月以往可使蠻村懾伏民無爭。五曰買輸服，哀被誣也。買輸服，鬼頭銀，錙銖積累多艱辛，乃甘跪獻控訴鬭殺之家人。殺人是甲不是乙，甲乃窮子乙富室，擇肥而噬奇貨居，一棺肯益千金櫃。慳囊破出無奈何，強者撒潑弱者賀。岸上餓虎飽，水中饑鯨饞，可憐有冤屈曲不自直，口中石。六曰宰白鴨，憫頂兇也。宰白鴨，鴨羽何褷褷，出生入死鴨不知，鴨不知，竟爾宰，累累死囚又何罪，甘伏籠中延頸俟。殺人者死無所冤，有口不肯波瀾翻，爰書已定如鐵堅，由來只為香燈錢。官避處分圖結案，明知非辜莫區判，街頭血流三尺刀，哀哉性命輕於毛。勸君牘尾慎畫押，就中亦有能畫者。七曰速弔放。速弔放，情詞哀，叩頭向縣官，火急鄉間來，老翁如不來，阿總亦可使。速弔則生，遲則死，時遲者多弔放者少，忍氣復吞聲，屍婪肚飽，窮魚脫網，鷙鳥嬉，不加誅殛官何為，試看被擄人，鳩形鵠面生理摧，虎狼之穴木鵠積成堆。八曰阿官甕，諷游冶也。阿官甕，荒於嬉，趙先生，難為師，擡頭弄姿元宵喜，擲巷穿街來，又花市，千金結交游俠兒，六逞蜜脆婢娟子，香囊窄袴紅襠，金環飾耳搖玲瓏，尾戲呼娘復呼妹。九曰打花會，儆賭博也。打花會，花門三十六，三日又翻覆，空花侍從何處捉，一錢之利十倍三，奸巧設餌愚夫貪，一人偶得眾人慕，坑盡長平那復悟，夜乞夢，朝求神，神肯佑汝，夢若告汝，不知廠中餓死多少人，初一起，三十止，送汝棺材一張紙。十曰罌粟烟，歎鴉片也。罌粟烟，難醫治，黃茅青草瘴避之中，此毒者甘如飴，牀頭熒熒一燈小，竹筩呼吸連昏曉，渴可代飲，飢可飽，塊土價值數萬錢，終歲但供一口烟，久之黧黑聳兩肩，眼垂淚，鼻出涕，一息奄奄死相繼，嗚呼田中罌粟尚可拔，番船來時那得遏，采風者可以觀矣。

湖膠

太湖冰，土人謂之湖膠。其中洪波之凝者，如銀山，如玉柱，名曰冰梗。湖凍之夜，常有紅燈千百聚散冰上，洵奇景也。包山蔡鄉城九齡有詩記其事。

秦檜鑊

吾杭治署之東偏有射堂三楹庭坎古鐵鑊一廣上銳下口徑四尺深可二尺餘向有益今亡傳是秦檜之鑊以烹人者烹人之說不見紀載嗟乎下流歸天下之惡況檜之蛇蝎其心虎狼其性者哉不必為之辯也

重建始興文廟碑記

先君向不喜作詩古文詞凡有乞為者輒命壬代構惟始興文廟碑記是手定之藁無集可歸敬為錄而存之其文云原夫文運出于天文才產于地文學成于人○朝廷崇儒重道胥郡縣而立之學而誕敷之教有盛有衰豈鍾毓之偶偏歟抑師儒之不講歟將所以安神靈而肅廟貌者相度失其宜歟未可知也始興縣學宋嘉定朝創建於白石岡一時人文蔚起譚煥劉藻諸公後先炳美迨元天歷中一遷郭頭再遷縣西前明嘉靖己丑知縣鍾世彥遷於東門街萬歷中知縣蔣時楷復遷于縣西萬歷辛亥知縣楊大順精堪輿學仍遷白石岡宋舊學地立癸山丁向自是而後迨我　國朝登科甲者十有七人至乾隆辛丑知縣衛克堉誤聽形家者言拆毀舊學更立子山午向迄今四十餘年科第之衰巨家之落仕宦之寂寥邑之人惻焉傷之今天子御極之七年桂林陽君粃祖來宰于斯邑人呈請改建因捐廉創修延南海孝廉梁君大選格定之卜地之吉無過舊基惟嫌山向有礙且奎樓之建與龍氣乖方難以鍾靈毓秀於是轉改舊向經始之日浚土尺餘果得舊礎殿基前後一揆不差累黍噫異矣越一年余承乏是邑朔望瞻拜見夫殿楹廡礎以次鼎新傑閣崇祠竝皆革故湖丁亥季冬至今凡二十三閱月而大工以竣卜之天時揆之地理靡不宜矣自今已往有志之士亦修其在人者可耳廟成屬記於余余不能經營其始而乃得聿觀厥成何其幸歟爰次顛末而書之以誌前邑侯惓惓愛士之誠以彰鄉人士殷殷崇學之篤行以卜我○國家騷騷得人之盛也時道光九年歲在己丑仲冬之月知始興縣事錢唐梁祖恩謹記時東鋒鎡土者教諭與甯陳德香訓導杏山趙允菁也例得備書

家教

寄魚封鮓千古艷稱劉球之弟玭令莆田寄球一夏布球即日封還貽書戒之曰守清白以光前人他非所望於弟者又新城耿華平庭柏之母徐氏寄子詩云家內平安報汝知田園歲入有餘資絲毫不用南中物好做清官答聖時家教之正古人不得專美于前矣

古甎

仁和明經趙寬夫先生坦好聚古甎於斷垣敗甃間極意搜討前後共得凡六十有一為孫吳紀元者二為兩晉紀元者二十一始吳主亮太平元年迄晉孝武帝太元四年為吉利語者四曰吉利叶宜曰萬歲不敗曰巽吉曰造曰六月黃吉為題識姓氏者六曰褚語者曰陳叔惟曰賀信曰章氏所作曰章先作記曰嚙壁為古錢文者二十一率多六朝厭勝之品為方勝者二為人形者四為雙魚者一其字有篆有隸悉方整古勁畫亦奇峭有致先生珍此因自號曰保甓居士云

友漁齋詩

嘉善黃退庵先生凱鈞霽青太守尊人也著友漁齋詩詩以清潔為主七律最長花朝自營生壙云鶴歸華表知何日牛上荒郊會有時秋郊云未霜高柳尚多態將雨行雲慣逆風除夕云老僕關門先酩酊羣兒入座便團欒秋熱靜坐云風高卻得雙桐引池小難教一柳增新秋即事云煮將鞭筍饒風味採得絲瓜帶雨香中秋對月寄安濤京師云始信人間有離別不知天上可高寒冬齋云瘦竹偎花相媚嫵凝雲釀雪費商量仲夏小山園遣興云深林聽鳥有新語僻徑敲門惟故知和劍南夏日閒居韻云荷承疏滴圓融走梅長新梢自在橫小山園看菊即事云風吹客鬢何妨短霜逼花頭未肯低初夏園居云服盆蘭舊香猶烈出水荷新葉尚尖消寒雜詠云梅蕊藏春圓似豆霜華殺草利於鐮烟雨樓偶題云水欺沙草全平岸柳嬾春陰欲化烟枕上喜晴云雲可歸山無變態鳥先得氣有歡聲

漁洋山人詩

阮亭先生詩風流絕代而隨園之論之也多微詞蓋一則文深于情一則才餘于學故不能十分流瀣其實靜躁之致迥不侔矣至趙宮贊談龍錄刻意雌黃阮翁則又因私怨無當公評惟朱竹垞多王愛好六字恐二公亦無以辨也

同人集姓氏

如皋冒辟疆同人集自勝朝至○國初名士斯為極盛先君宰開平松柏司巡檢冒芬是其裔孫特假而手鈔姓氏一帙始董其昌終蔡啓僔共四百五十有六人

無題詩

無題詩與香奩詩界若鴻溝李義山之詩無題詩也韓冬郎之詩香奩詩也蓋無題之作不必盡寫情懷而香奩之篇則竟專作賦語至閒情風懷則指實事矣客有以無題詩示余者余曰此香奩體也因作無題十六首和之其詞云十二屏山夢不通自將閒恨訴東風兒無海鳥能銜石但有杯蛇慣誤弓密意迷離猜荳蔻孤心容易怨梧桐金鏤信息全無準腸斷零烟賸雨中一種纏綿百番癡怡提前事惹相思風懷俊似江珧柱情味甘于蜀荔支湘竹

多愁偏忍淚，海棠無語但垂絲。落花總被封姨妒，不許金鈴好護持。徐拍紅牙唱綠腰，來時玉笛去時簫。從教北里迎中婦，肯令東風鎖小喬。楊柳簾櫳無賴月，枇杷門巷可憐宵。何當選夢疏窗下，甲煎名香細細燒。不愁地遠恨情癡，眼底紅牆即絳河。東宿是張西宿角，南山有鳥北山羅。蕊宮環珮依稀聽，桂府樓臺曲折多。手把芙蓉憶芳澤，不知何處託微波。疑雲認雨了無痕，多少廋詞託夢魂。黃絹心思猜石碣，紅綃手語報崑崙。早看玉兔開奩鏡，只恐仙龐吠洞門。為告重來劉阮道，桃花零落易黃昏。飛燕何能遇伯勞，空憐環珮泣江皋。誰歟子夜新團扇，可有并州快翦刀。舊字烏絲藏未滅，新名碧玉記能牢。青溪白石通門路，認取他時泛小舠。秋風吹送玉河槎，重疊紅樓認欲差。願作蟾蜍吞北斗，化為蝴蝶夢南華。九疑山曲渾無路，三折江橫半是沙。空對遙天憶芳草，灘前閒殺白蘋花。莫把無郎問小姑，陌桑曾為唱羅敷。宛央自是頭相責，烏鵲空憐尾畢逋。已冷情腸寒水玉，未灰心字博山鑪。蠻箋百幅都題徧，脈脈愁懷訴得無。天香飄處月娟娟，證到拈花未了禪。洛女神光離後合，嫦娥心事缺中圓。生香蕙葉因蘭誤，出水荷根被藕纏。安得重磨般若慧劍，斬除舊業與新緣。十分將息愛花心，春在冥濛底許尋。出谷鳥新聲瑣碎，聽冰狐小意沈吟。將詞又默三眠起，欲語還羞七縱擒。便使微風吹皺水，已看情比綠波深。半泓清淺即蓬瀛，玉佩明璫未可憑。縱許畫簾飛紫燕，那堪叢棘惹青蠅。六萌車走雷千道，三里花迷霧一層。隔水盈盈誰駕鵲，黃姑欲渡竟無能。話到憐儂倍可憐，定情詩作斷腸篇。一丸冷月狐能拜，十面罡風鳥不前。草草短緣駒易過，漫漫長恨鵲難填。空餘一掬靈均淚，灑向西風黃葉天。已向菩提證懺除，可堪綺障又縈紆。三千芥子藏愁孔，八百牟尼記恨珠。絮早沾泥難捉摸，花因墮溷太黏濡。此身總被牢籠誤，慚對簷前結網蛛。巫雲只在第三峰，從此蓬山一萬重。細雨階前開芍藥，輕雷塘外見芙蓉。惱公裁句詩情幻，歸妹占爻易兆凶。好倩秋鴻傳信息，青箋紅淚一齊封。迢迢兩地已參商，況有中間鴆鳥翔。蓮子倒垂愁愈結，柳枝橫種恨難償。龍飛出骨難成藥，麝死留臍總抱香。一曲琵琶三弄笛，尊前爭不斷人腸。回首桃源路已差，空將餘恨譜紅牙。多情惜別憐芳草，有淚無名哭落花。半闋新詞金縷曲，一條心路玉鉤斜。幽懷欲寫終難寫，惆悵江天日暮霞。

寫榜吏

錢文端公乾隆庚午典試江西，寫榜吏陳巨儒年七十矣，自言手寫文武三十二榜，求公書以為榮。公贈詩云：桂籍憑伊腕力傳，白頭從事地行仙。自言作吏中書省，曾侍朱衣四十年。至十月復寫武榜，解首唱名，則其孫騰蛟也。擲筆一笑，筆墜于地。中丞大喜，索方伯彭公家屏作詩。時蔣苕生先生在幕府，代作一絕云：榜頭題處笑開眉，七十年來鬢若絲。官燭兩行人第一，夜闌回憶抱孫時。真佳話也。

周槐

華山槐相傳為周時樹，附柏而生，俗呼為柏抱周槐。一夕雷擊其半，華竹樓舅氏（文桓）自華陰歸，攜其一片，贈邵東籬姨丈（廣銘），因徧徵同人詠之。此可與龍雨樵太史南山松皮並傳。南山松皮者，北口外物也，太史謫戍攜歸者。

碩人

左傳莊姜美而無子，衛人所為賦碩人也。沈彤果堂集云：美之說詳于次章，至無子之云，以傳義考之，未有所見。竊嘗反覆末章而得其說焉。夫所謂庶姜孽孽者，謂姊娣之生子如木芽之旁出孽孽然也。庶士有朅者，謂眾子中有朅然健以武者也。言眾妾多士，而莊姜之無子自見。其說甚新。

逸書

洪容齋二筆云：說文於逑字下引虞書旁逑孱功，又曰怨匹曰仇，然則出于虞書，今亡矣。案旁逑方鳩或古人通用，今其語明明在也。至下句則竟逸書矣，然亦見于左氏桓二年傳，惟匹偶字異耳。

宋主荒淫

宣和遺事載徽宗幸李師師家。師師，妓名也。又理宗于元夕召妓唐安安入禁中，見東城雜記。孫祖荒淫，後先一轍，欲不亡得乎。

通

服虔曰：旁淫曰通。然牆有茨庶頑通于君母，左傳孔悝之母與其豎渾良夫通，是上淫亦可曰通也。齊莊公通于崔杼之妻，蔡景公為太子般娶於楚，通焉，是下淫亦可曰通也。愚按曾祁勝與鄔臧通室，此通字用得最切。

詩品

司空圖詩品何等超妙，隨園老人仿而作續詩品，然只是論，非品也。郭頻伽先生作詞品，其微至處，獨可步塵表聖。許玉年明府又有畫品。

雷異

嘉慶壬申，廣東新甯某村兄弟二人，有妹已適人。兄四十未娶，弟曰：兄不娶，將絕嗣，盍鬻弟以娶婦。兄曰：得婦而失弟，不可以為人，不如其無婦也。村富戶聞而義之，說其兄曰：吾正需儀今予若三十金若弟為我儀而當其息弟得食若得婦不兩利乎他日有金可贖也從之婦歸竊疑夫故有弟今何在也夫泣語以故婦曰得婦而失弟不可以為人不如其無婦也歸謀諸父伐轉得三十金藏諸篋既而索之亡矣憤而自縊葬日小姑哭送之怒雷震棺開婦活而小姑死金擲于地蓋小姑歸寧知嫂藏金處陰竊之而婦不疑也遂以棺葬小姑而以金贖其弟事見鶴山吳鴻來孝廉應逵雁山文集

高懷

方正學偕葉夷仲業夜登巾山絕頂飲酒望月劇談千古因曰昔蘇子瞻與王定國諸公登桓山吹笛飲酒踏月而歸以為太白死後三百年無此樂矣斯又子瞻死後三百年無此樂也余嘗游金山見洪稚存太史題壁詩云玉帶風流五百年今朝重醉此山巔再從以上追前輩不若磯頭李謫仙其高懷正復相似

講易

易同人曰伏戎於莽升其高陵張邯解曰莽皇帝名升高陵謂高陵侯子翟義也見王莽傳如此解經可以噴飯

聖相師王

秦會之人尊為聖相韓平原人尊之為師王二名可以作對

任忠勇神道碑

袁簡齋先生任忠勇公神道碑起四句云山西出將應運生祁父之才巴蜀從東從古落大星之地一起已將生平揭盡是何等腕力

朱註作小講

曾見明人某省某科題為子在川上曰一節解元文起講云今夫天地之化往者過來者續無一息之停乃道體之本然也然其可指而易見者莫如川流故夫子於此發之全鈔朱註一字不移不知當時未行朱註耶抑主司忘之耶然以此註作講實屬起妙亦可謂文章本天成妙手偶得之矣

安南表

康熙中安南國進貢其表文云外邦之丸泥尺土不過中國飛埃異域之勺水歸浚原屬天家雨露語極恭順得體且措詞嫣潤中國亦無有能過之者莫謂偏隅無才也

麗人行

虞山孫子瀟太史有麗人行一篇不知何指余最愛誦之有酒易醉花下人有金難買花前

春美人十五瓜未破夜夜微酣抱花卧春風學得柳妖嬈鄰家女兒羞舞腰長安貴人初賜第高築金屋藏小喬綠波一朵紅蓮起豔李穠桃盡休矣啼笑俱能博主憐徹夜歡聲朝不止天生尤物不福人用盡黃金貴人死貴人死去美人逃胸前帶得金錯刀和烟和月栖樓住開窗自弄秦時簫美人門前五陵騎衣馬翩翩稱人意使君有婦羅敷夫相逢何必遲相避君不見梁綠珠花飛玉碎何其愚季倫得罪金谷改胡不善保千金軀又不見關盼盼紅褪香消都夢幻尚書劍舄已成塵及早開簾召雙燕貴人之富富不如石崇貴人之官官不如建封生前黃金鑄嬌女死後他人樂歌舞劉伶愛酒酒為生潘岳種花花對語至今花不開潘岳墓前春酒不澆劉伶墳上土

酒祀典

明袁石公宏道觴政八之祭云飲必祭始禮也孔子惟酒無量不及亂酒之聖也祀為飲宗四配曰阮嗣宗陶淵明王無功邵堯夫十哲曰鄭文淵徐景山嵇叔夜劉伯倫向子期阮仲容謝幼輿孟萬年周伯仁阮宣子而山巨源胡母彥國畢茂張季鷹何次道李元忠賀知章李太白以下則祀兩廡至若儀狄杜康劉白墮焦革皆以醞法得名無關飲徒祀之門垣亦猶校宮之有土主梵宇之有伽藍也愚謂以宣尼為飲宗終覺侮聖不若推靖節先生為尊而諸子中再另選一人祀之較為允協

人心不死

唐朱泚逼樊系草詔詔成明日仰藥死明永樂令樓璉草詔草歸遂逃自縊死忠義自在天壤人心不死也長安石工安民不肯鐫司馬君實名字九江石工仲甯不肯鐫東坡山谷名字公道自在天壤人心不死也宋周大理聞岳飛獄下而去職明林祭酒因陸監上書而挂冠名教自在天壤人心不死也司馬孚因弟昭弒君而痛哭朱全昱因弟溫謀逆而大罵名分自在天壤人心不死也

詩人工對

滑稽詼諧也亦吸酒曲器也見清異錄故蘇頌詩曰自知伯起難庸峭不及滈于善滑稽蓋庸峭訓挺拔而又為承梁小木可見古人運典屬對之工宜荊公見銀海玉樓之對而歎絕也

黨姦之尤

李贄極稱武后馮道丁謂以曹操司馬懿為聖人王安石力辨劇秦美新之為谷永作而以楊雄為大賢夏竦贊美李林甫相業漁洋山人稱邱某謂秦檜謀國遠勝岳忠武本朝李穆

堂力爭嚴嵩不當入奸臣傳是皆黨姦之尤者也

廁詩對

姚善伯徵士題范觀公中丞廁上對云文成自古稱三上作賦而今過十年典雅穩切之至

小人

小人之稱自古有之小人有母皆嘗小人之食矣潁考叔稱之于君願以小人之腹爲君子之心闞沒女寬稱之于相後乃爲廝役下賤之稱矣宋錢世召錢氏私誌載宣和中有逆右金吾衛上將軍韓王歸朝授檢校少保節度使對中人以上說話即稱小人中人以下稱我家每日念天童經數十徧忽曰對天童豈可稱我自皇天生我以下悉改云皇天生小人皇地載小人日月照小人北斗輔小人前後二十餘句凡稱我者皆改爲小人亦未免太可笑也

蝦蟆給事

宋紹興中大旱禁屠宰諫議大夫趙霈上言曰自來屠宰但禁猪羊而不及鵝鴨請并禁止時因呼爲鵝鴨諫議明給事沈公亦因天旱上言禁捕蝦蟆湯若士自爲蝦蟆給事人謂湯曰得不傷輕薄乎湯曰吾政欲爲此公埀不朽與鵝鴨諫議作切對耳上見閒燕常談下見

萬歷野獲編

弟婦

弟之妻萬不可稱婦戴記大傳曰謂弟之妻婦者是嫂亦可謂之母乎駁得最痛快今杭人大呼弟婦且爲之諺曰長嫂爲娘顯背禮經可怪也

氽

人在水上曰氽人在水下曰氼此皆土人臆造之字非有典要也有以氽字問人者其人不知沈吟良久曰據字義或是水旁加一去字於理爲合座客皆稱善有頃忽問者欲容起謝曰怪底某前日於某寺中見一經題曰妙氽蓮花經也於是諸人均大悟而撫掌

掇敠

以手量物輕重曰掇敠見莊子註或曰顛篤音義同也今各處口談尚有此語又以一心推事之可否亦用此二字

丁拐兒

衙門向呼官親曰火腿繩子以其高而無民兼有股削脂膏之意也今易其名曰丁拐兒叩義所在曰丁拐依二四則其分爲至且居二四之左大無外也若離二四則么四二三得而

乘之矣刻酷之至

笑柄有本

朱二泉孝廉瀹仁和人性蘊藉而善詼諧一夕京邸小飲座皆杭人以笑話爲令二泉有樹竿曬衣而抽於木礎者衣重風緊屢屢吹倒一人曰須用石礎方可不動一人曰石不動乎何以洪坊元寶石吾見其自朝動至夕也曰彼自有人腳踏故耳曰城隍山紫陽山每日千萬人腳踏何又不見其動也曰彼乃大而實心故難動耳曰然則城河橋梁皆小而空心者何亦日踏而不見其動也按此俳語亦有所本東坡先生艾子雜說曰營邱士造艾子問曰凡大車之下及橐駝之項多綴鈴鐸其故何也艾子曰車駝物大且多夜行狹路相逢難於迴避以聲相聞使得預備耳營邱士曰佛塔之下亦懸鈴鐸豈塔亦夜行而使相避耶艾子曰君不通乃至如此凡鳥鵲多託高以巢糞穢狼藉故塔鈴所以警鳥鵲也營邱士曰鷹鷂之尾亦設小鈴安有鳥鵲巢其尾乎艾子大笑曰怪哉子之不通也夫鷹隼擊物或入林中而絆足絛線偶爲木之所綰則振羽之際鈴聲可尋而索也營邱士曰吾嘗見挽郎秉鐸而歌雖不究其理今乃知恐爲木枝所綰而便於尋索也但不知挽郎之足者用皮乎用綫乎艾子慍而答曰挽郎乃死者之導也爲死人生前好詰難故鼓鐸以樂其尸耳與此戲語政

相類

代寫書

代巾幗寫家書眞虐政也余幼時曾爲一親串寫寄夫書口授云㺯兒們俱利心思俗言事也解新買小了頭倒是箇活腳蟹兒作事且是溜瞅快俗言惟僱工某人係原來頭也劫剗通身儹爬兒風左右不是也余曰可改竄乎曰依我寫于是只好連篇別字信手塗抹近閱呂君仁軒渠載二則極相似錄之以併作一笑陳氏寓嚴州諸子宦遊未歸有族姪大琮過之嬸令作寄子書因口授云孩兒耍劣㛐子又閱閱霍霍地且買一柄小剪子來要翦腳上骨出䏶兒肐胝音胝去大琮不能下筆又京師有營婦其夫出戍以數十錢請一教學秀才寫書寄夫云窟賴兒娘傳語窟賴兒爺自爺去後直是忔憎每日恨轉特特地笑筋𦝫𦝫地跳天色汪去無不要喫溫吞蠖脫底物事秀才沈思久之以錢還云你且別倩人寫去蓋二子不肯寫者生恐落筆別字不若余之無恥也

治眼齒

宋張文潛曰目有病當存之齒有病當勞之治目當如治民治齒當如治軍治民當如曹參之治齊治軍當如商鞅之治秦

奚鐵生

奚鐵生徵君岡號蒙泉外史杭之仁和人也工畫山水花卉兼善大隸精篆刻詩才清絕俱為畫所掩與山舟學士善里中凡有求學士書扇者則一面必徵君畫也於余家為聾紀交先伯叔祖先大父並相結契晰夕過從先生性嗜酒而尤喜劇談半酣以往或多所白眼者故人恒忌之晚年遭回祿三子先公歿遂無嗣以兄子伯玉茂才潤為嗣歿後十餘年其友顧西楳先生洛為之追摹遺像極其神似裝冊徵詩余附七古一篇伯玉曰是詩可以為先子小傳遂錄而存之蒙泉先生老故鄉在昔為我大父行大父之歿歲癸丑又十載後公云亡其時壬也尚童穉未獲杖屨親輝光公之風流及文采我父詔我言之詳先生之貌清且雅寒如秋水和春陽先生之品峻且潔皎如孤鶴雲中翔先生之詩妙天趣冬心樊榭有與香先生之畫擅家美衣鉢徐立山華秋嶽兼陳玉几方環山先生鐵筆思奇古後先丁叟硯林伯仲黃小松先生大隸脫凡近上法漢魏兼宗唐先生酒懷更磊落一飲往往傾百觴泉明歌嘯伯倫哭嗣宗瀟灑元龍狂從來名宿主多壽矧有閒福供徜徉何期反遭造物妬竭來變局成滄桑某年吾郡染喉疾城闉市舍俱罹殃先生三子並蔚起鳳毛麟角森光芒一時玉樹共摧折西河老淚空盈眶繼以嬌女亦蘭萎道書莫授悲中郎逾年又被祝融虐爐化鐵軸兼縹緗

移家方遂卜居願又悲老母終萱堂嗚呼人生匪金石那禁連慟摧肝腸一朝淚盡骨髓竭公亦相繼歸北邙其才何豐遇何嗇此意吾亦疑穹蒼公歿距今廿餘載墓門草宿松杉長虎頭居士老公友追思遺像摹形相公之嗣子竹林彥謹守此冊池新裝攜冊示我索我詠展視佳什紛琳琅瀛壺伯祖旋園叔祖兩老人其上各有留題章六七年來並徂謝對此那不心盡傷請識所聞具如右作歌繼事書其旁歌成我尚有餘感祖庭追憶空徬徨伯玉年逾四十猶困一衿現就幕廣東

些

楚詞此字沈存中以為梵語薩婆訶三合之音夫其時佛教未入中國豈梵音先及荊楚耶且母也天只不諒人只鄘風也椒聊且遠條且唐風也俟我於著乎而充耳以素乎而既曰歸止曷又懷止齊風也各各不同又將何解蓋列國並有方音此是其卒語之詞耳

路化王

許亭史孝廉心垣仁和人官慶元學博性嗜飲而好詼諧一日座中忽舉問曰戲劇中八大王余嘗考之已得其人昨閱五虎平西小說有所謂路化王者稱李國舅云是李太后之弟自民間訪來者其人可有考否一客曰先生亦太好古矣此不過因狄太后有姪封王故設言此人以作陪襯耳何足深究耶余并五虎平西小說亦未之見更不敢置喙後閱宋魏泰東軒筆錄首一條即記云李太后始入掖庭纔十餘歲惟一弟七齡太后臨別手結刻絲鞶囊與之拊背泣曰汝雖淪落顛沛不可失此囊異時我若遭遇必訪汝以此為物色也後其弟傭於鑿紙錢家然常以囊懸胸臆未嘗斯須去身也一日苦下痢勢將不救為紙家棄於道左有入內院子者見而收養之怪其衣服百結而胸帶鞶囊問之具以告院子悚然驚異蓋嘗奉太后旨令物色訪其弟也遂解其囊入示太后具道本末是時太后封宸妃真宗已生仁宗矣聞之悲喜遂以其事白真宗遂官之為右班殿直即李用和也及仁宗立召用即擢以顯官後至殿前都指揮使領節鉞贈隴西郡王世所謂李國舅者是也據此則其人並非杜撰

物性之異

石入水則沈而泗濱有浮水之磬材木入水則浮而南海有沈水之烏木水類出水即死風類入水即死而鵝鳧龜蟹則出入於水而皆不死牛順風而行速馬逆風而行速皆物性之異也

陽明

陽明之學譽之者半毀之者亦半甚有醜詆之比於王安石者此則太過然謂公亦有自取之處公嘗詆朱子以為禍不下於洪水猛獸今天下皆紫陽之徒也無怪千夫之集指矣

問家鄉詩

陶淵明問來使詩云爾從山中來早晚發天目我屋南山下今生幾叢菊王摩詰詩云客從故鄉來應知故鄉事來日綺窗前寒梅著花未王荊公詩云道人北山來問我松東岡舉手指屋脊云今如許長三詩機軸相同而各有意致

糖霜

糖霜之名唐以前無所見古人只有餳乃煎米蘖而成者見三禮註宋玉招魂胹鼈炮羔有蔗漿些是以漿代糖用也後漢書顯宗紀以糖作狻猊曰糖猊此熬糖為齋耳吳志孫皓使中藏吏取交州所獻甘蔗餳則稍鍊矣至唐太宗遣使至摩揭陀國取熬糖法詔揚州取蔗作瀋如其劑色味愈西域遠甚然只是今沙糖擴之技惟坡公過金山寺作詩送遂寧僧圓寶云涪江與中泠共此一味水冰盤薦琥珀何似糖霜美又山谷在戎州作頌答梓州雍熙長老寄糖霜詩云遠寄糖霜知有味勝於崔子水晶鹽正宗掃地從誰說我舌猶能及鼻尖糖霜之見于文字者惟此二詩然蘇所詠者尚紅糖霜而黃所賦者始是白糖霜也宋遂甯

王灼有糖霜譜大歷中有鄒和尚者來小溪之繖山結茅以居跨白驢須鹽米薪菜之屬即書寸紙系錢驢背負之市人知為鄒也取平直挂物于鞍縱驢歸一日驢犯山下黃氏蔗苗黃訴於鄒鄒曰汝未知以蔗糖為霜利可十倍吾語汝以塞責可乎試之果然自是流傳其法鄒末年走通泉縣靈鷲山龕中其徒追及之但見一文殊石像始知菩薩化身而白驢乃獅子也。

詩書次序

變風終以周公變雅終以召公周開王化之始召贊王化之成思之深故望之切也毛詩終商頌尚書終秦誓商以啓周之先秦以繼周之後其旨微故其文顯也

武后

則天朝張鷟承辟陽之寵右補闕朱敬則上書切諫中有陛下內寵已有薛懷義張易之昌宗固應足矣近聞尚食奉御柳模自言子良賓潔白美鬚眉左監門衛長史侯祥自云陽道壯偉過于薛懷義專欲自進堪充宸內供奉無禮無義溢于朝聽云云則天勞之曰非卿直言朕不知此賜綵百段其言雖出忠悃然穢語竟入奏章可乎

讀書

宋裴愔詩有太康字宣宗曰太康失邦何以此謂我宰執奏晉平帝改元太康曰天子須博覽不然幾錯罷愔由是耽味經史中夜不休宮中自上為老博士見宋令狐澄大中遺事太祖嘗謂趙普曰卿苦不讀書今文臣角立雋軌高駕卿得毋愧乎普由是手不釋卷見宋釋文瑩玉壺清話古君臣交相責難真如師友切磋又涑水記聞太祖嘗謂秦王侍講曰帝王之子當務讀經書知治亂之大體不必學作文章無益也至哉斯言隋帝李主是為殷鑒若唐文皇之聖學淵深宏文肅括則天縱之姿又當別論也

兩般秋雨盦隨筆卷五終

兩般秋雨盦隨筆卷六目錄

聖人　分字　端硯　瓜子夢
鼎甲同榜　半邊紅　唐子畏葬詩　陳恪勤詩
河豚腴本　目出　琵琶亭　司成受拜
牡丹鸚鵡　到　兩相對聯　先臣告養
唐公韻事　指爪　舁歌　射潮
媒竹　迷坑　祥酒帘　綠郎紅娘
集詩襲詩　隋鏡　蠅異　小峨嵋
二劉妃圖　沒字碑　集慶寺　十五魁巷
夢中反切　一把雪一把連　軟玉珪　姦雄喜愁
妒女泉　三敬仲　公在乾侯　生壙死軒
古今異俗　鐵槍　詩冢　以宋比周
黎女　廚娘　骨董鬼　蟲達印
高穎樓　相似　加高　問宅詩
鄉試命題　曾點　仆碑　招牌對
西江古蹟　稱壽　姚金孃　書地
女侯　九折臂　少君　丁鶴年
縣郡　老伯　左氏錯簡　左氏創解
梅花詠　詠鹽詩　胎生　秋香
苗夫人王夫人　蔡氏兩狀元　撲龍阿太　人隔天河
洗福祿　嚮翁墳　温銅刀　蝴蝶會
朱錦山　李笠翁墓　燕臺小樂府　管杏花
鐵馬　家書署姓　馬閘子　陽明之學
筆磬同音　活孟子　不倒翁　不能詩
六和塔　姬姜被難　名之顯晦不同　王墳豆
鷓鴣米　諱　經解可噱　封神傳
真字　書卒異詞　徒法無益　孔子删詩
魔蚕　韓公帕蘇公笠　毛詩酒令　孟子始尊伊尹

水晶　市井食單　殿寺新名　念珠鍊片
和尚破筆　任巽聖　武弁臨終詩　膽具
聚珍板　傀儡　鮮魚生蔥　戲記
富貴詩　三十而立　三陣　急急如律令
逼人太甚　燒尾宴　輓聯　硬記
縮骨痨　燒香　王荆公　蔑

兩般秋雨盦隨筆卷六目錄終

兩般秋雨盦隨筆卷六

錢唐梁紹壬應來甫纂

聖人

左傳御叔曰。焉用聖人。杜注云。武仲多知。時人謂之聖。看聖字身分本不高。疏證極其明白。而何休乃曰。春秋之志。非聖人誰能修之。言夫子聖人乃能修之。御叔謂臧武仲為聖人。是非獨孔子。其言殊屬孱嘆。鄭箴膏肓。以為武仲者述聖人之道。魯人稱之曰聖。武仲述聖亦復何據。陸稼書先生三魚堂賸言云。此聖字與周禮知仁聖義忠和。尚書惟狂克念作聖。詩人之齊聖。皇父孔聖。諸聖字一例看。又先大父左通補釋云。抱朴子辨問篇云。善圍碁之無比者曰碁聖。嚴子卿馬綏明有碁聖之名焉。善史書之絕時者曰書聖。衛協張墨有書聖之名焉。善刻削之尤巧者曰木聖。張衡馬忠有木聖之名焉。又鄉飲酒義云。俎豆有數曰聖。足知聖為通稱。可旁證也。似較鄭說於義為長。

字分

曲阜孔谷園先生。以書名家。歿後所存墨蹟。子姪分藏之。其遠族人無所得。乃從本家乞得一巨幅。碎裁而均分其字。焚琴斲杖。情屬可嗤。然考米襄陽志林所載。有人收得虞世南與圓機書一紙。遂開字字賣之。至樊卿二字。得麻一斗。鶴口二字。得銅硯一枚。房郎二字。得羊千頭。則古人已先有為之者矣。

端硯

端硯之辨最難。非生長斯土。悉心窮究者。不能知也。嘉應吳石華學博蘭修。從事於斯。著說硯六則。茲並節錄之。○水巖亦名老坑。明萬歷後所開。內分四洞。曰大西洞。曰小西洞。曰正洞。曰東洞。按趙希鵠洞天青錄。下巖有舊坑無新坑。上中二巖則皆分新舊。此宋所稱舊坑也。陳子升硯書明成宏間端石有老新之名。即宣德朝大諸巖之石。水巖開於近日。此明季所稱老坑也。高兆端溪硯考。正洞東西洞。土人皆名老坑。景日昣硯坑述。老坑有中洞東洞西洞之分。此康熙後所稱老坑也。○周氏硯坑志。治平坑土人又稱巖仔坑。據此則巖仔坑又即宋之下巖也。宋下巖塞自崇觀前。今水巖開自萬歷後。地越四五里。作譜者混而一之矣。○水巖大西洞。猶宋之下巖北壁。皆稱絕品。次小西洞。次正洞。東洞為下。廣語云。東洞尤美。端溪硯考云。正洞為上。東洞次之。西洞又次之。皆不足據。○端石之美五。一青花。欲細不欲麤。欲活不欲枯。欲沈不欲露。欲筆不欲結。如淄塵翳於明鏡。如墨瀋著於澀紙。斯絕品矣。一魚腦。白如晴雲。吹之欲散。鬆如團絮。觸之欲起。者是無上品。亦名魚腦凍。凍者水肪之所凝也。白而嫩者次之。灰而紅下矣。一蕉白。如蕉葉初展。含露欲滴者上也。素潔者次之。黃而焦藍而灰下矣。一天青。如秋雨乍晴。蔚藍無際者上也。陰而晦下矣。青花者石之紫。魚腦蕉白者石之髓。天青者石之肉。榮無質必傅他質而著之。傅於天青者上品。傅於魚腦蕉白者無上上品。惟大西洞有之。一曰冰紋。凍白暈縱橫。有痕無迹。罥如蛛網。輕若耦絲。是謂異品。亦出大西洞。他洞白紋如綫。適損毫墨。雖曰冰紋。非所尚矣。○唐詢硯錄云。眼生墨池外者曰高眼。內曰低眼。高眼尤尚。以不為墨掩。常可睹也。按硯心必不宜有眼。水巖石眼外層有淡墨暈眼嵌石中。其圓如珠。初磨見淡墨圓暈。即眼皮也。愈磨愈大。層亦愈多。睛見而眼適中矣。再磨則眼去。愈磨愈小。層亦愈少。皮見而眼去矣。故宜眼處見睛而止。不宜眼處見皮而止。毋再磨也。○石工治硯成。鍛以火。傅以蠟。飾外而戕其中。甚矣其害也。凡硯積墨之下。其石易泐。正由火攻傷其水質耳。○宋明俱有硯貢。我○朝悉除去之。每歲端午。督撫但以端硯九方。隨葵扇蕉布香珠進之。皆新坑純淨之石。嘉慶中用麻子坑。近用茶坑。其第四則形容石質妙處。不減毛西河觀石二錄。

瓜子夢

無錫鄒子度忠倚。幼祈夢于忠肅祠。夢公倚其身。授瓜子一握。數之得五十四枚。因名忠倚。後閒居其夫人。戲以瓜子排作狀元二字。壬辰會試中式五十四名。殿試一甲第一。遂符夢兆。

鼎甲同榜

順治戊子。順天鄉試第四名張永祺。壬辰榜眼。第五名戴王綸。乙未榜眼。第八名熊伯龍。己丑榜眼。一榜三榜眼。奇矣。後熊典試浙江。一榜得三狀元。乙未史大成。甲辰嚴我斯。庚戌蔡啟傳。更奇。

半邊紅

康熙時吳逆叛。兵逼建城。鎮帥怯欲降。其屬張遊擊者請戰數卻賊。張好著羊絨絳袍。單馬入陣。戰酣輒袒露半袖。軍中因號曰半邊紅。鎮帥忌之。誣陷以死。一軍皆哭。後人弔以詩云。楚歌千古怨闌叢。漢將空餘一騎雄。何事矛麾諸父老。負暄閒說半邊紅。

唐子畏墓詩

商邱宋壯仲先生犖。撫江蘇時。曾為唐六如修墓。韓文懿公題詩云。在昔唐衢嘗慟哭。秖今宋玉興招魂。用典恰切。

陳恪勤詩

陳恪勤公鵬年。文章事業彪炳一代。而詩極瀟灑。絕句云。隔岸幽頭上焦桐。一曲湘靈奏未終。略記年時春雨後。海棠初試小熏籠。抑何綺旎也。

河豚脣本

米元章好摹易他人字畫。楊次翁守丹陽。元章過郡。楊作羹以飯之。曰。今日為君作河豚。元章逡疑而不食。次翁笑曰。其實他魚。公可無疑。此脣本耳。其詼諧特妙。

目出

左傳荀偃癉疽生瘍于頭。及著雍病目出。錢唐汪季懷玢曰。靈樞經寒熱病篇云。足太陽有通項於腦者。正屬目本。名曰眼系。瘍生而傷其脈絡。目無所系而突出矣。

琵琶亭

九江潯陽江琵琶亭。題詠甚多。乾隆中唐蝸寄英權九江。置紙筆於亭上。令過客賦詩。開列姓名。交關吏投進。唐讀其詩。分高下以酬之。投贈無虛日。坐是虧累。嘅塵以償。怡然絕不介意。去官後。過客思之。為建白太傅祠。肖唐像祀其旁。

司成受拜

祭酒受新鼎甲拜。戒不得動。相傳頭動則害狀元。左右手動則傷榜探。嘉慶辛未。天門蔣丹林副憲祥墀為祭酒。一甲一名為蔣陔笙修撰。即祭酒子也。有朝士贈以詩云。回憶趨庭學禮時。國恩家慶喜難支。阿翁不敢掀髯笑。怪底郎君起跪遲。父子行此大典。一時傳為佳話。

牡丹鸚鵡

粵東黎美周容揚州鄭氏影園與詞人即席分賦黃牡丹七律十章。已糊名。殿最。錢虞山拔美周第一。鄭氏以書報曰。君已錄牡丹狀頭矣。以二金罍贄之。後美周過吳下。人皆呼牡丹狀元。其詩有曰。月華蘸露扶仙掌。粉汗更衣染御香。又曰。燕銜落蕊成金屋。鳳蝕殘釵化寶胎。皆麗句也。時鄺湛若亦賦赤鸚鵡七律十章。有句云。舞愛玉環低翠袖。歌憐樊素囀朱櫻。又曰。飛瓊閬苑乘朱霧。小玉瑤宮化紫烟。一時傳誦。有黎牡丹鄺鸚鵡之稱。

到

廣東順德人謂欺曰到。案史記張儀曰。不如出兵以到之。索隱曰。到欺也。猶俗云張到。謂張網得禽獸也。到得也。張儀善欺人。故謂欺人曰張到也。

兩相對聯

桐城張文和公七十壽辰。○高宗賜對聯云。潞國晚年猶矍鑠。呂端大事不糊塗。常州程文恭公莊賜對云執笏無慚真宰相蓋棺還是老書生可謂備極榮哀矣。

先臣告養

乾隆中先文莊公乞假養親○賜萊衣晝永四字扁額又○賜詩云翻祝還朝晚鄉家慶更深○天語肫摯可謂極矣又嵇文恭贈對聯云花宴瓊林溫仲舒由大魁東政堂開晝錦王文獻以宰相養親亦堂皇有體

唐公韻事

吳縣城西北有桃花隖舊志稱為宋章楶別業唐解元寅築居於此有夢墨亭有祠祀六如居士及祝京兆文待詔天啟中楊端孝大濚改為準提庵○國初宋中丞犖重加修葺增建才子亭百年以來隤廢靡遺嘉慶八年善化唐陶山觀察仲冕知吳縣事因拓庵東別室移祀唐祝文三君像顏其室曰桃花仙館且訪得六如居士墓在胥門外橫塘王家村封植而題識焉並賦七律八首云綺羅絃管總成塵一種才華闠世新縱酒地為澆酒地看花人是種花人可憐謝客無遺宅何必逋仙有後身燕麥兔葵收剔盡蜂桃依舊占芳春第一風流自愛名佯狂獨得聖之清奏書不逐嚴夫子撾鼓真同禰正平半偈悟禪空電逝小樓讀畫尚花明餘他文酒求餘韻三百年來識此生吾宗術後數尤奇罕落悲深曠代知司馬青衫同灑淚尚書紅杏舊題詞（謂南郊工部宋中丞）衢碑土近要離冢指翠人歸短溥祠千古英豪齊下馬況傳華胄備官司荒烟蔓草勝寒燈仙館重開問寺借五十步分樵采路三千界埽辟支秦乞花好句留楹帖（近得先生真蹟一聯刻之祠楹）夢墨遺編付剞劂表墓式閭吾豈敢名流好事寫韓陵白玉樓成隔雨塵水村山郭幾番新未知若箇眠雲處想見當年荷鍤人聞若舊藏題復碣誰羞雅稱夢中身橫塘十里秋聲館合與芳園一例春荒郎冥漠不書名訪到山橋澗水濱指點青燐孤月出從尋黃壤亂雲平一坏馬鬣新封大三尺雞碑小記明過客莫歌萬里曲畢臨兜率悟癡生萎芄重重鼎俎奇橫阡設祭募雞知唐風體有毛萇傳楚些留無宋玉詞（紫桐中來）毛子晉嘗封表之置墓田丙舍紀以碑今蕩然無存惟高郎中丞時本曾議及地以滄桑沉斷碣人於伏臘走叢祠秋來雁稅從新占憑仗村翁社媪司文人慧業照元燈（碑仍題明唐解元）烟穗前生記老僧花隝吟樽延客賞石湖釣艇訏吾桑城開更注千年溪松茂長寒百尺藤疑冢郎嬛銅雀妓空教賣履望西陵事既風流詩尤雋雅可謂韻矣。

指爪

唐開元錢以面有半月痕者為貴相傳鑄錢時呈樣貴妃指甲誤觸其模治吏不敢擅易此半月痕即貴妃爪印也又木中楊李有半月痕相傳是西施爪印二美人俱以指爪傳甚奇

粵歌

粵俗好歌凡歌以不露題中一字語多雙關而中有挂折者為善挂折者挂一人名于中字相連而意不相連者也歌辭不必全雅平仄不必全叶以俚言土音襯之唱一句或延半刻曼節長聲自迴自復詞必極豔情必極至使人喜悅悲酸而不能已已乃為極善其者名摸魚歌三絃合之蓋太簇調也其短調踏歌者不用絃索往往引物連類委曲譬喻多如子夜竹枝如曰中間日出四邊雨記得有情人在心曰一樹石榴全著雨誰憐粒粒淚珠紅曰妹相思不作風流到幾時只見風吹花落地那見風吹花上枝曰蜘蛛曲曰天旱蜘蛛結夜網想晴只在暗中絲又曰妹相思蜘蛛結網恨無絲花不年年在樹上娘不年年作女兒蠢醫曲曰素馨棚下梳黃髻只為貪花不上頭十月大禾未入米問娘花浪幾時收梳黃髻者未笄也宜笄不笄是猶不肯在花棚上也十月熟者名大禾歲宴而米不入花浪不收是過時無實也此刺游女亦以諭士之不及時修德流蕩而至老也有曰官人騎馬到林池斬竿笱竹織筲箕筲箕載綠豆綠豆餵相思相思有翼飛開去只賸空籠挂樹枝剌負思也有曰一更雞啼雞拍翼二更雞啼雞拍胸三更雞啼郎去廣雞冠沾得淚花紅有云歲晚天寒郎未回廚下煙冷雪成堆竹篙燒火長長炭炭到天明半作灰有曰柚子批皮瓤有心小時則劇到如今頭髮條條梳到尾死央怎得不相尋有云大頭竹笋作三椏敢好後生無置家敢好早禾無入米敢好攀枝無晾花（敢好言如此好也）諸如此類情深詞豔深得風人之遺又粵西峒女亦喜踏歌其歌皆七言或二三句或十餘句不等如云黃蜂細小螫人痛油麻細小炒仁香又云行路思娘留半路睡也思娘留半牀又云與娘同行江邊路郤滴江水上娘身滴水一身娘未怪要憑江水作媒人布格命意另是一種以此推之則苗人跳月之歌當亦有可觀惜無人譯之者。

射潮

廉州海中常有浪三口連珠而起聲若雷轟名三口浪相傳舊有九口馬伏波射滅其六屈翁山先生有射潮歌云后羿射日落其九伏波射潮滅六口海水至今不敢驕三口連珠若雷吼人知錢王射潮而伏波射潮罕有知者。

媒竹

賭婦潭在廣東龍門縣長溪水口相傳有二童男女戲賭各持竹一片從上流擲下云兩竹相合即成夫婦俄而果合遂成伉儷故名潭曰賭婦潭潭上竹曰媒竹翁山有詩云兩邊生竹合無痕生竹能成夫婦恩潭上至今媒竹美枝枝慈孝更多孫媒竹二字甚新

迷坑

歷東廣甯縣北五十里有圖嶺山多坑凡九十有九坑坑相似失道必三日乃出采筍者一一識其處稱曰迷坑山歌云莫采廣甯圖嶺筍迷人九十九條坑其山横亘十五里

祥酒帘

長白祥樂圃鼐乾隆丙戌進士由工部主事累官至布政使嘗作酒帘詩云送客船停楓葉岸尋春人指杏花樓都下盛傳呼為祥酒帘

綠郎紅娘

廣東女子多有犯綠郎以死男子多有犯紅孃以死者諺曰女忌綠男郎忌紅孃翁山屈氏解之曰咸之象二少憧憧則朋從其思少女之思往則綠郎之朋來少男之思往則紅孃之朋來皆婚姻不及其時情欲之感所致也

集詩襲詩

魯哀公誄孔子曰旻天不弔節南山詩句也不慭遺一老十月之交詩句也嬛嬛在疚閔予小子詩句也説見路史發揮五此當是集詩之祖又毋逝我梁四句谷風小弁凡兩見可見詩人亦相蹈襲則書孟德之呦呦鹿鳴四句其生吞活剝有以藉口矣

隋鏡

友人得隋宮鏡索詩余賦二絶云六代繁華影事徂菱花鮮暈總模糊不知大業深宮裏曾見君王好頸無當年粉黛此泥沙尚指團欒説帝家便使隋隄明月在可能還照玉鉤斜

蠅異

嘉靖間御史三水何維柏按閩疏論嚴嵩被逮閩人哀號攀送有無數小蠅朋飛羗羗如泣如訴止于輿止于桎梏止于校人之衣出郭十餘里乃散抵京入獄蠅集如前見屈翁山廣東新語夫以蠅之可惡詩人譏之而亦異如此可見嵩之讒諂並蠅不若矣

小峨嵋

錢唐楊西明星耀於市購得一石高尺有半徑倍之質白而潤且堅起二十四峯形如束筍邱堅畢良識者曰此蜀產雪精石也蓋峨嵋之積雪凝結而成因名之曰小峨嵋楊君有詩答王淑亭云我欲游五岳欲去不去心忡忡雖無負郭之田石尤婦郡有奇書萬卷詩千篇手植海棠二十載年來作花百萬嬌春紅疏花細草各有態紙窗竹屋交相通往往夢游峨嵋與天姥焉能舍郤布被陟險支枯筇峨嵋之神嘉余願斷散特遺一峯縮入長房之壺中壺中靈氣不可測幻出二十四朵青芙蓉昨在西蜀今吳東欲與蠻嶺爭雌雄山神或恐雨

損失不如及早歸宏農主人得之大喜歡置之廣徑傍古松恍疑來自龍王宮水氣沁入雲濛濛又疑三代以前古積雪雖有扶桑烈日鍊不融徧身苔蘚青三冬獨有一峰不染如充翁其餘衆峯環抱如屏風一峯蜿蜒起伏如游龍一峯微露圭角無尋蹤疑是排衙石羅列埋荒叢又疑吼山觀魚之奇境中央臨水萬頃涵清空此乃峨嵋分支排衙吼山之變態奇妙只可歸天工雲間王子亦好事走馬出郭遠過從相與合掌各拜倒自謂如此奇石真難逢明日寄詩煩奚童磊磊落落興頗濃我豈海嶽君坡公君家飛泉之石我昔寓目殊玲瓏（湖亭有英石名飛泉余昔賦詩）自昔宋人寶燕石只可璧之綠珠歸石崇世俗茫然不顧等萬遂石兮石兮吾將與汝成始終詩頗恣橫

二劉妃圖

宋高宗有二劉妃圖潘悅題詩云秋風落盡故宮槐江上芙蓉並蒂開留得君王不歸去鳳凰山下起樓臺語含諷刺而詩特清婉

沒字碑

謝太傅墓碑無字俾績豐功不勝記也秦太師墓碑無字穢德醜行不屑書也（檜死詔撰神道碑士大夫無一執筆者見俞德鄰佩韋齋集及彭大翼山堂肆考）同一事而相隔天淵若此又秦檜墓地今俗名狗葬村

集慶寺

寺在靈隱寺之東宋理宗閻貴妃香火院也初建時貴妃父良臣欲伐材靈隱以供屋材僧元肇號淮海作詩曰不為栽松種茯苓祇緣山色四時青老僧不許移松去留與西湖作畫屏詩徹于上遂命勿伐寺自宋至本朝香火極盛與雲林相埒相傳二十八諸天首中各有寶珠一粒乾隆中為一海甯人取去自是山門頓衰今惟斷垣四面古佛一龕而已

十五魁巷

十五魁巷宋名石烏龜巷舊有寶奎寺宋相喬行簡故第後捨為寺喬自嘉熙末拜平章軍國重事年已八袠治第作上梁文云有園有沼聊為卒歲之謀無子無孫盡是他人之物見齊東野語

夢中反切

唐張鎰為工部尚書奏事稱旨代宗面許宰相累旬無耗忽夜夢有人云任調拜相寤而尋繹不解外甥李通禮賀曰舅作相矣任調反語是饒甜饒甜無逾甘草獨為珍藥珍藥反語即舅名是也俄而白麻果下見辟用弱集異記此等圓夢真是匪夷所思

一把雪一把蓮

韓世忠在軍中。獨騎馳馬。使一把雪執信字旗。一把雪者。捷善走之人也。見蘄王神道碑。一把連。明宮中近御太監。凡入侍則抹布小刀。一一佩帶以備上用。名一把連。見葉某明宮詞注。

軟玉珪

李鹿苹協揆舊藏軟玉珪一事。可以屈伸。如琺瑯明角者然。協揆開府粵東。一夕。署不戒于火。珍寶悉為煨燼。此珪急促取出。因觸物碰去一角。嘗考杜陽雜編。唐代宗于興慶宮複壁得軟玉鞭。蓋天寶中異國所獻。光可鑑物。屈之則頭尾相就。舒之則勁直如繩。雖以斧鑕斫。終不傷缺。據此則觸而碎者。尚非寶物也。

姦雄喜怒

秦檜子熺。狀元及第。李文肅賀以啟云。一經教子。素欽丞相之賢。累月笞兒。敢起鄰翁之羨。檜大喜。見楊困道雲莊四六餘話。汪彥章賀以啟云。三年而奉詔策。固南宮進士之所同。一舉而首儒科。蓋東閣郎君之未有。檜父子大怒。彥章自此得罪。竄置湖湘。見沈作喆寓簡。同一頌揚。而言對仗則汪尤勝于李也。姦雄喜怒。其不可測如此。

妒女泉

劉氏妒婦津。人人知之。唐張泌妝樓記云。并州有妒女泉。婦人靚妝彩服。至其地必興雲雨。云是介之推妹。則真無稽之談矣。

三敬仲

齊高傒謚敬仲。公子完謚敬仲。管夷吾謚敬仲。三人同謚。蓋皆小心謹慎。不矜才使氣者。然而卒成伯業。九合一匡。諸葛自比管仲。其出師表云。先帝以臣謹慎。故託臣以大事。蓋古來成大事者。未有不本於謹慎者也。

公在乾侯

左氏解經。惟鄭伯克段于鄢數語。如老吏斷獄。字字風霜。其他則長于敘事。而略于詮義。至公在乾侯兩傳。尤屬差謬。昭公由齊而居鄆。鄆潰而適乾侯。鄆。魯地也。於鄆言居者。明不安其居也。此逼君之勢也。乾侯非魯地也。於乾侯言在者。明以為如不在也。此無君之心也。誰尸其位。誰奪其權。一字之誅。嚴於斧鉞。而左氏乃曲為之解。一則曰非公且徵過也。再則曰言不能外內也。三則曰言不能外內又不能用其人也。於魯侯奇三尺之條。為季孫開一面之網。長亂蔑倫。孰大於是。且安見三十二年之公在乾侯為不能外內。三十三年之公在乾侯為不能用其人乎。然則左氏之說。第回護其所作之傳而已。烏足以言解經也哉。

生壙死軒

古今人多有營生壙者。余曰可對死軒。宋畢少董名良史。名所居之室曰死軒。以所服用皆上古壙中之物也。見研北雜志。

古今異俗

成化杭州府志言。杭城餘杭門在北。不得出居人之櫬。今則移而至于候潮門矣。又言居人多于天竺祈夢求功名者尤甚。今則移而至于忠肅廟矣。案餘杭門。即武林門也。

鐵槍

王彥章號王鐵槍。今其蹟猶存。又舊五代史王敬蕘傳。能用鐵槍。重三十斤。是另一王鐵槍也。宋史紀事。李全能運鐵槍。號李鐵槍。嘉慶中阮芸臺協揆撫浙時。海氛不靖。有張永祥者。英勇過人。號張鐵槍。協揆之治盜也。多資其力。後屠琴隖太守倬宰儀徵。協揆以此人薦之。故太守之緝捕有聲于江南。

詩冢

陶篁村先生。自訂詩稿。畢其不入選者。以石匣藏而瘞之。名曰詩冢。索人題詠。山舟學士有句云。未必見投皆苦海。公然藏拙亦名山。

以宋比周

陳孚勿軒集。周東遷而夫子出。宋南渡而文公生。世運升降之會。三綱五常之道所寄也。杳山黃宗大發論學云。前之三代。由夏歷殷而文成于周。後之三代。由漢歷唐而文成于宋。名理醇粹。周宋其齊軌乎。方正學詩云。前宋文章配兩周。以宋比周。三公之見略同。

黎女

黎人婦女面涅花卉蟲蛾之屬。號繡面女。其繡面非以為美。凡黎女將欲字人。各諒己妍媸而擇配。心各悅服。男始為女紋面。一如其祖所刺之式。毫不敢訛。自謂死後恐祖宗不識也。又先受聘則繡手。臨嫁先一夕乃繡面。其花樣皆男家所與。以為記號。使之不得再嫁。古所謂雕題是也。

廚娘

廖瑩中江行雜錄言。京都中下戶。生女長成。隨其姿質。教以技藝。名目不一。有所謂身邊人。本事人。供過人。鍼綫人。堂前人。劇雜人。拆洗人。琴童。棋童。廚娘等級。就中廚娘最為下色。然非極富貴家不可用。蓋以其靡費也。大約此風後來不行於浙江。而行于江南。明李胥辟諡大宴天下名士于水繪園。先期延一有名廚娘至。問所需。曰席有三等。主人將何等之從。問其所以異。曰：席之上者須羊五百隻，中席三百隻，下席一百隻，他物稱是。主人曰：上太甑，下太簡，中可也。如言備物以待，顧觀其如何處分。及期，廚娘至，從者以百十計。已則珠圍翠繞，高座指揮，諸人奔走刀砧，悉仰頤氣。先取三百之羊，每隻割下唇肉一斤備用，餘皆棄置。叩之，曰：羊之美全萃于此，其他腥臊不足用也。聞者錯愕。其奢濫如此。

骨董鬼

凡作骨董之業，吾杭人目之為鬼，以其將贗作真，化賤為貴，而又依權附勢，必憑藉乎貴人，薦以鬼蜮之謀，行其鬼狐之技者也。姑就其大者言之。宋徽宗立花石綱，而以朱勔統之，凡民間之一草一石，悉登歸內府，故江南士庶以家藏異物為不祥（見宋碑類鈔），則朱勔者，道君之鬼也。高宗好搜訪古玩，恨未辨真偽，畢少董（良史）載古器書畫赴行在，帝大悅，月給俸二百千。後權知東明縣，又搜求古書畫，栽赴行在，人呼為畢骨董（見三朝北盟會編），則良史者，思陵之鬼也。賈相當軸，收古銅器、法寶，所鑒畫有悅生堂小印，皆諱玉辨驗（見三朝野史）。其書籍則門客廖瑩中為之刊校（見癸辛雜識及居易錄）。宗衛書者人亦目之為鬼，則諱、廖二公者，秋壑之鬼也。韓侂胄建閱古堂于臨安，其圖書皆向若水所定。若水即以蘭亭殉葬者也（見癸辛雜識北雜志），則若水者，平原之鬼也。嚴世蕃建聽雨樓于京師半截胡同，藏弆珍玩書畫，其門下湯勤實鑒別之，即戲劇所謂湯裱褙者是，則湯勤者，東樓之鬼也。其他比比，指不勝屈。此輩炫人，往往創為不經之論，而言彝器則必商周，言磚瓦則必秦漢，言字畫則必晉唐，喪志耗財，莫此為甚。謂之曰鬼，其實並鬼不若也。或曰：若輩所售，皆前代手筆及邱壠中物，非人器也，鬼器也，故謂之鬼，於義亦通。

蟲達印

昨歲游湖上，汪小米携示小玉印一方，上鐫蟲達二字，云一揚州人藏之，寄索題詠者。案蟲達係漢高功臣，亦封列侯，然漢書一見而外，他無可考。自來名士鉅公，其手澤流傳，或贗或真，業已充棟。因壽此極閒極冷之人，造為古蹟，以誘重價，使人諒其萬萬無作偽之理，而不知其正以作偽也。山鬼伎倆，一何可笑。

高顴樓

憶在塾時，錢清高顴樓先生（策），以自輓詩及告存詩寄徵先君題詠，蓋訪隨園老人例也。業師何星橋夫子（煜）謂余曰：顴樓殆將死矣。余作而對曰：此等風流，本不可有二，刻文人游戲，厥事正多，何必作此印板文字，以唐突先輩耶？若竟以此卜修短，或恐未必然。夫子曰：子未讀禮乎？王制云：八十月告存。簡齋先生年臻耄耋，故用此二字。今顴樓年未盈四十，而亦為此，是趨孟矣，其能久乎？俄而果卒。

相似

曾孟德之橫槊江上，似溫太真之擊楫中流，頗有義勇氣。韓平原之定議伐金，似周公瑾之力排降議，頗有英雄氣。蔡邕附之自操篡奏，似陸宣忠之手繕諸章疏，頗有忠蓋氣。賈秋壑之幅巾鶴氅，似諸葛公之羽扇綸巾，頗有瀟灑氣。桓元子之拄袍石上，似羊太傅之流涕山頭，頗有名貴氣。嚴介溪之讀書山堂，似范文正之斷齏僧舍，頗有苦節氣。王介甫之囚垢詩書，似朱晦翁之寢饋章句，頗有道學氣。馬貴陽之半壁笙歌，似文信國之故鄉聲伎，頗有豪邁氣。然而非其人，則謬以千里矣。

加高

今杭俗飲于酒肆，令當壚換酒，率曰加高。案耐得翁都城紀勝，酒樓名為山一山二山三，牌額寫過山，謂酒力高遠也。

問宅詩

余因先人官事，羈滯嶺南，嬰紈家山，益生惆悵。故鄉人之流寓於此者，酒邊談次，以余住宅為問，因成七絕答之云：花市營邊井字樓，竹竿長巷巷西頭。到門卻請君回首，湖上青山點點秋。當日先臣綠野堂（文莊兆者始卜居于此），而今零落勝荒莊。試從和合橋頭望，望見儂家薜荔牆（宅中四面皆薜荔，近更蔓延出牆外）。木瓜香過木樨生（堂前後有木瓜樹一株，老桂七株，皆百餘年物也），花草平泉舊有名。聞說玉山堂外事，對門有客淚紫荊（玉山草堂，栖瑛揚書處也。余家對門為栖瑛侍御舊宅，今其裔孫遠安先生尚住封門）。酒社詩壇踏已虛，當年裙屐樂何如。瓶花紫竹都無恙，幾箇兒孫讀舊書（余家書屋栖四雨軒、秋水盦，東為山館，祖雅林蝸竹隱、休休僕白山風，先君樊）。花記藏名樹記牌（樹吳尺兔蜂丁龍，珍栽金壽門農、諸先生月課詩社，不則集祇花齋。哉賞竹山居、瓶花齋，久是先生齋名，紫竹山房，句山先生齋名也），雲林片石蘚痕埋（山舟學士桂極愛花，凡蘭菊諸品，並手自栽植，以待年遊所居曰紱山館，其山乃一級，姓名手所作者）。至今門外行人過，猶指襄陽寶晉齋。海棠庭院極清幽，我祖當年著作樓。插架尚餘殘稿在，何人更繼著春秋（□□府君著左通一書，未竟而殁，共分八門，今所刊者補釋一門耳）。青青三徑最情牽，北檄南帆絕可憐。為語故鄉知己道，江湖憔悴十三年。屋後猶餘園一區，有松有竹有枌榆。遣同歸臥柴門去，添種梅花一百株。

鄉試命題

吾浙鄉試例不出大學題，以其不利也。廣東亦然，或有犯者，非貢院被火，則主司有禍，而尤忌聖經一章，其理有不可解者。

曾點

檀弓季武子之喪，曾點倚其門而歌。曾點係聖門高弟，豈無故而發此狂歌？必當時反□無

哀戚之容治喪多借趙之禮故為此諷諭亦主文譎諫之流也王青蘿云孔門多樂道然顏子之樂賞點之樂㦯可謂名言

仆碑

仆韓愈淮西碑而用段文昌韓愈以仆碑得名仆鄭樵南園碑而用陸務觀鄭反以仆碑免禍人之有幸有不幸亦文之有幸有不幸也案南園記韓本以屬楊萬里許以掖垣萬里曰官可棄記不可作韓恚楊遂臥家十五年見餘冬序錄據此則楊之高見勝陸遠矣

招牌對

紀文達公嘗集京師招牌為對甚夥如誠意高香細心堅燭學(經書並設)店(湯道俱全)之類俱極工整案老學菴筆記載臨安扁牓對有乾溼腳氣四斤丸偏正頭風一字散三朝御裒陳忠翊四代儒醫陸大丞東京石朝議女婿樂駐泊藥鋪西蜀費先生弟子寇保義卦肆可謂無獨有偶

西江古蹟

都督閻公壻滕王閣序是其宿構得王子安作遂匿而不出可見古人服善意其文亦佳作也惜稿不傳潯陽江琵琶一曲千古豔稱然此婦姓名莫攷蔣苕生太史四絃秋傳奇以為花退紅想亦寓言十九余過西江作二絕云落霞孤鶩歎奇才紫蓋青旗賭弩胎可惜當年佳壻稿不曾留付後人來夜半琵琶發曼聲青衫有客淚縱橫空江一箇商人婦傳到而今沒姓名

稱壽

世之稱壽者率以十為數至吾杭有以九為數者嶺南及江西甯都則以十之一為數魏禧謂前之十年必加一而成後之十年必從一而生此大易貞元之義也于禮為宜

桃金孃

桃金孃粵中花草也花似梅而微銳色似桃而倍赤中莖純紫絲綴深黃八九月實熟青紺若牛乳狀味甘可養血粵歌曰攜手南山陽采花香滿筐妾愛留求子郎愛桃金孃案留求子即使君子也

書地

今人詩文酬答於名上書地往往好用古稱此大謬也屈翁山廣東新語一則云近人稱廣東為嶺南攷唐分天下為十道其曰嶺南道合粵東西及安南國而言宋則分廣東為廣南東路廣西為廣南西路今概曰嶺南則未知其為東乎為西乎且昭代亦分廣東為嶺南三道矣專言嶺而不及海焉廉雷二州為海北道瓊州為海南道矣專言海而不及嶺焉今徒曰嶺南則一分巡使者所轄已耳且廣東之地天下嘗以嶺海兼稱今言嶺則遺海言海則遺嶺將稱閩唐之南交乎周之南粵乎漢之南越乎吳晉之交廣乎是皆非今日四封之所至也凡為書必明乎書法生乎唐則書嶺南生乎宋則書廣南東路生乎昭代則書廣東此著述之體也尊制正名以合乎國史道端在是此言可以為法

女侯

漢陰安侯高帝伯兄妻邱嫂也臨光侯樊伉母呂嬃也婦人封侯始見於此

九折臂

左傳曰三折肱知為良醫楚詞惜誦章九折臂而成醫兮蓋文異而義則同也

少君

左傳從我而朝少君外祖汪秋御先生紱祖曰少君即小君猶小卿為少卿(昭十三)小寢為少寢(哀六日)之類杜氏世族譜以少君為南子號非也(裳謝時有叔母之心故稱 有拒父之事亦業故也)

丁鶴年

宏治中四川周洪謨泊舟邗江夜夢一人曰吾子前身也姓丁號友鶴山人家維揚役周官

南京翰林以詩寄揚州太守王恕曰生死輪迴事杳冥前身幻出鶴仙靈當年一覺揚州夢華表歸來又姓丁王得詩集耆老問之方知丁鶴年即友鶴山人元末隱居建文時沒于成都王以此復周見友山堂外紀夫從來前身之說或由自悟或由人指點未有以己告己者豈佛家所謂身外身耶

縣郡

漢書地理志始皇變封建而為郡縣顧氏日知錄歷引左傳國策史記以駁之為郡縣不始於始皇不知當時諸侯私立郡縣大國有之小國則否至胥天下而為郡縣何嘗不始於始皇不過其名不自秦始耳不然班氏豈未讀古書者耶(春秋時縣大而郡小上大夫受縣下大夫受郡是也戰國郡大而縣小趙惡王從七年上郡十五縣是也見大事記又逸周書作雒篇千里百縣縣有四郡據此則郡縣之名自周初已然矣)

老伯

今人於父執率稱老伯舅氏華春濤先生容松則必比較年齒長於父者曰老伯少於父者曰老叔截然不可紊也昔米元章與人一帖云承借騰員其人不名自稱曰張大伯是何老物輒欲為人父之兄若為大叔猶之可也記此以博一哂

左氏錯簡

左傳二十五年傳趙衰為原大夫狐溱為溫大夫衛人平莒于我十二月盟于洮脩衛文公之好且及莒平也晉人問原守于寺人勃鞮對曰昔趙衰以壺飧從徑餒而弗食故使處原晉侯以下二十八字當在衛人平莒于我之前其曰故使處原正說趙衰當為原大夫之由也錯簡在下耳見高郵王伯申師經義述聞

左氏創解

桓五年傳王亦能軍杜注雖身敗軍傷猶殿而不奔故言能軍師解曰王已傷矣尚安能殿亦當為不字形相似而誤言王之餘師不復能成軍耳宣十二年傳晉之餘師不能軍正與此同若作亦字於上下文義相隔閡矣　莊十四年傳寡人出伯父無裏言杜注裏言無納我之言師述庭訓曰裏言謂不通內言于外也襄二十六年傳衛獻公使讓太叔文子曰寡人淹恤在外二三子皆使寡人朝夕聞衛國之言吾子獨不在寡人寡人怨矣對曰臣不能貳通外內之言以事君臣之罪也不通內外之言即所謂無裏言　僖九年傳以是藐諸孤杜注曰言其幼稚與諸子縣藐顧甯人杜解補正曰藐小也惠定宇補注曰呂忱字林曰藐小兒笑也師解之曰杜以藐為縣藐諸為諸子以是縣藐諸子孤斯為不詞矣文選寡婦賦孤女藐焉始孩李善注廣雅藐小也孩小兒笑也俗本脫一孩字惠遂以藐為小兒笑其失甚矣顧訓藐為小是也但未解諸字今案諸即者字也諸者古字通郊特牲曰不知神之所在于彼乎于此乎或諸遠人乎或諸即或者爾雅釋魚前弇諸果後弇諸獵諸亦者也藐諸孤猶言藐者陽耳（周語此羸者陽耳）　僖三十二年傳必死是間余收爾骨焉杜注以其深險故師解之曰此非傳意也必死是間余收爾骨者言汝必在此間戰死不可在他處死有定所乃可收爾骨也公羊傳百里子與蹇叔子哭而送其子戒之曰爾即死必于殽之嶔巖吾將尸爾焉呂氏春秋悔過篇蹇叔謂其子曰女死不于南方之岸必于北方之岸為吾尸汝之易皆其證也宣十二年傳達大夫指木謂其二子曰尸汝于是事與相類　宣十一年傳諸侯縣公皆慶寡人杜注楚大夫縣尹皆僭稱公師解之曰縣公猶縣尹與公侯之公不同如謂楚僭稱王其臣僭稱公則楚貴官無如令尹司馬何皆不僭而僭者反在縣大夫乎襄二十五年傳齊棠公之妻杜注棠公齊棠邑大夫齊縣大夫亦稱公則非僭可知也不然則公尊于侯齊君但稱侯而臣乃僭公乎　成三年傳荀罃之在楚也鄭商人有將置諸褚中以出注疏不言褚為何物師解曰褚裝衣也（玉篇）褚衣之橐也（說文）褚囊也（繫傳）襄三十年傳取我衣冠而褚之注曰褚畜也呂氏春秋樂成篇作子產貯之褚可裝衣亦可裝物說文㡓帾也又曰帾載米㡓也繫傳曰㡓囊也莊子至樂篇褚小者不可以懷大賈子春秋篇曰㡓𢂁貯中通俗文曰裝衣曰衽則褚衽皆訓並字異義同褚可裝物亦可裝人故商人欲寘諸褚中以出也哀六年公羊傳陳乞以巨囊載公子陽生事與此類　成十六年傳韓之戰惠公不振旅箕之役先軫不反命邲之師荀伯不復從杜注林父奔走不復故道釋文從作于容反或如字師述庭訓曰杜言不復故道故徐讀為蹤蹟之蹤若讀如字則不復從之下須加故道二字義始明白且林父兵敗而歸未必不由故道也從蓋徒字之誤邲之敗舟中之指可掬則徒衆之不反者多矣故曰不復徒三句相對為文晉語作邲之役三軍不整旅亦指徒衆而言此以上七則並詳經義述聞竊覺其創解謹節錄而恭識之

梅花詩

山谷云歐陽公極賞林和靖梅花詩疏影橫斜水清淺暗香浮動月黃昏而不知和靖別有一聯云雪後園林纔半樹水邊籬落忽橫枝似勝前句不知文忠何以棄此賞彼文章大概亦如女色好惡止繫于人說見苕溪漁隱叢話細玩二聯各有妙處然今人但膾炙前二句而不及後二句何也

詠鹽詩

嘗見詠鹽詩二句云調成天上中和鼎煮出人間富貴家甚新惜不知為何人所作

胎生

世傳鶴胎生其實鶴有卵非胎生也惟鸕鷀是胎生見抱朴子及本草

秋香

唐解元竊婢秋香事小說家多豔稱之案南京舊院妓有秋香後從良有舊相識求見以扇畫柳題詩拒之云昔日章臺舞細腰任君攀折嫩枝條如今寫入丹青裏不許東風再動搖見梅禹金青泥蓮花記祝枝山有題秋香便面詩云晃玉搖銀小扇圖五雲樓閣女仙居行間著過秋香字知是成都薛校書是蓋又一秋香也

苗夫人王夫人

唐張泌妝樓記云苗夫人其父太師其舅張河東其夫張延賞其子宏靖其婿韋皋婦人之貴無如此者然碧鶴郎君延賞不識而夫人獨識之則其卓鑒又有賞絕千古者非尋常巾幗可比也又元載敗事其妻王夫人博聞強記朝廷欲令為宮中女史夫人曰十六年太原節度使女二十年宰相妻誰能更記得長信昭陽之事王司上聞俄亦賜死其氣節亦高出乃夫上矣

蔡氏兩狀元

蔡宗伯升元傳臚詩云。入對彤廷策萬言。句臚高唱帝臨軒。君恩獨被臣家渥。十二年間兩狀元。蓋一謂蔡公啟傳也。一時傳誦焉。

攫龍阿太

仁和姚少宰三辰之祖。幼時嘗采藥𥠖溪。手摸石滑而蠕動。負姚上。兩目如鐙。照見頭角。委姚地上。騰雲去。始知為龍也。手觸涎處。香累月不散。以手攝藥。病立愈。人呼之謂攫龍阿太。

人隔天河

乾隆乙未朝考詩題賦得因風想玉珂。袁簡齋先生句云。聲疑來禁苑。人似隔天河。閱卷者以語涉不莊。將擯之。尹文端公力爭曰。此人肯用心思。必年少有才者。于是衆議始定。先生館選後。乞假歸娶。朝士贈詩絡繹。毘陵程文恭公景伊一絕云。金蓮花下沸笙歌。寶帳流香散綺羅。此日黃姑逢織女。渡云人似隔天河。蓋調之也。

洗福祿

常州風俗。臘月二十六日浴曰洗福祿。二十七日浴曰洗啾唧。啾唧即祓除之意也。

響鈴墳

嘉禾梅里俗傳南宋王妃時雲卿墓。人上其冢。有鈴聲。名響鈴墳。趙味辛司馬懷玉有詩云。紈扇朱櫺一夕捐。松楸今屬野人田。可憐委骨埋香日。已是殘山賸水年。玉鉤一樣怨秋螢。此地猶傳有響鈴。絕勝寒瓊拾幽草。西陵夜夜哭冬青。

温銅刀

漆其鞞以銅飾之。銅其莖以銀鏤之。莖得周尺七寸六分弱。身長三其莖而𢿙不逮焉。冬月握莖不寒。故名温銅。傳為明戎政尚書陸公完學遺物。思陵賜也。汝南許大令元基藏之。

蝴蝶會

今同人攜酒一壺。肴二碟。醵飲。名之曰蝴蝶會。匪僅諧聲。亦以象形也。頗雅。可入吟詠。

朱錦山

錦山烏程人。能陳二十四種樂器于前。以手口及頭足動之。皆中節。又能奏各種曲。間以摻撾等聲。亦臻其妙。自言嘗給事故相邸中。敗後辭去。復還吳中。以素業餬口云。近廣東亦有所謂鑼鼓三者。正謂與之相類。

李笠翁墓

笠翁晚年卜築于杭州雲居山東麓。緣山構屋。名曰層園。卒葬于方家峪九曜山之陽。錢唐令梁允植題其碣曰。湖上笠翁之墓。日久就圮。仁和趙寬夫坦命守冢人沈德昭修築之。復樹故碣。且俾為券藏于家。可謂風雅好事者矣。

燕臺小樂府

京師肴靡甲于天下。而詐偽亦甲于天下。余嘗作燕臺小樂府五首。梨園伶云。軟紅十丈春風酣。不重美女重美男。宛轉歌喉裊金縷。美男妝成如美女。樓臺十二醉春風。過午花梢日影紅。此際香車來陌巷。此時脆管出簾櫳。簾櫳掩映嬌妝束。場屋頻頻滾絃索。須臾花枝照眼明。飛上九天歌一聲。歌聲未罷散聲滿。就中誰得秋波轉。幽態翩然下坐旁。猶留粉暈與脂香。憑將眉語通心語。好把歌場換酒場。酒樓搗得人如玉。自占藏春最高閣。閒泛觴兒弄掌尊。不容鴇母窺簾幙。承顏伺色最聰明。射覆藏鉤靡不精。欲即偏離拋又近。若無情處動人情。情多不及黃金貴。幾束吳綾謀一醉。夢裏溫柔鏡裏人。甘心竟為他憔悴。憔悴青衫興已闌。一鞭又跨別人鞍。試看花底春宮活。誰念車傍范叔寒。賈骨董云。世間何者為古物。尺五青天一明月。世間何者為真靈。日星河嶽賢聖經。彼食肉者何傖父。以假作真新作古。遂使市井售利徒。窮極妝點相欺誑。先秦銅鼎漢玉罕。阿房宮甎未央瓦。李斯古篆右軍書。戴嵩老牛韓幹馬。湘簾棐几清絕塵。一一帖妥而橫陳。若者商周若虞夏。平視羣材高索價。吁嗟乎。我生已後三千年。眼光那及前人前。矧乃寶物出非偶。鬼護神呵妖魅守。書言用器惟

求新。當王者貴物最珍。羲皇以前瓦與石。縱在人間何足惜。君不見貧兒乞食吾解嘲。原憲之杖顏回瓢。又不見奇珍從古無世壽。玉璽而今已非舊。跑熱車云。雷聲轟轟長安街。九逵大路揚塵霾。怒然到眼疾如駛。奇肱之車飛而來。車中之人美如玉。錦帶吳鉤新結束。車傍之僕秀且明。窄襟短袖雙貂纓。執鞭者如齊越石。意氣驕人殊自得。此時可有閨門妻。窺見夫郎好顏色。試問輪蹄為底忙。來從何處去何方。卻離羅綺開筵地。會向氍毹選色場。色圍香陣銷魂劇。鎮日笙歌喧不絕。錦上繁花火裏蛾。此車亦復因人熱。熱場熱客自營營。冷眼看他襜襬行。直為炎官致奔走。非關汗馬博功名。緇塵我亦驅馳客。僦車代步聊棲息。相看肥馬氣揚揚。自笑蹇驢行得得。若風從。若雲從。鶚而先者毛羽豐。真不愧車如流水馬如龍。為雞口。為牛後。跋而及者牛馬走。未免歎車如雞棲馬如狗。花局子云。李桃應候開無差。烘而出之名唐花。先時者珍後時賤。開在當時轉如草。挽回造化信有之。斲削元氣良由斯。同根相煎何太急。阿奴火攻出下策。不須翦綵方隋宮。不須羯鼓撾春風。頃刻千紅兼萬紫。雲羅霞錦開重重。京師女兒美如玉。最妙芳齡十五六。眼波秋水黛春山。灼灼花枝鮮耀日。頗有羅帳夜橫陳。暖炕薰籠慰體頻。人亦如花嬌欲法。蕊珠烘透十分春。容顏轉眼渾非舊。玉骨香肌可憐瘦。自是英華早發舒。面痕容易皺何皺。矧茲弱力植無多。雨妒霜欺可奈何。縱

有十重金步障難留閒歲玉枝柯世人看花惜花少花若有知應亦惱不若移根冷處栽自閑自落年年好豈知好景發年年爭得非時競逞妍若使名花都有壽何人肯費買春錢八角鼓云十棒花奴罷歌舞新聲乃有八角鼓一木一扇一氍毹演說亡是兼子虛虛中生實無生有別是人間一談藪操成北地土風音生就東風滑稽口有時按曲蘇崑生有時說書柳敬亭有時都隆作蠻語有時公治通鳥聲有時嬰盤旋空際公孫大娘舞劍器有時來丸擲空中痀瘻丈人承蜩功須臾座中響絃索引上雛兒一雙玉不習梨園舊譜聲自調菊部新翻曲曲邊人物儘風流燕樣身材鶯樣喉入局先輸錢買笑當筵又費錦纏頭眼波眉語通消息別有溫柔描不得巧謔新諧倍有情襪歌豔舞都無色由來此戲五方同不及京師技最工此輩亦須官樣好馬伶無怪客嚴公

管杏花

史文靖公館課庶常以春日即事命題管水初一清詩中一聯云雨三點雨逢寒食廿四番風到杏花史公擊節人因呼之曰管杏花

鐵馬

簷鐵曰鐵馬向不解馬字之義偶閱唐馮贄南部烟花記臨池觀竹既枯后每思其響帝為作薄玉龍數十片以縷綫懸于簷外夜中因風相擊聽之與竹無異民間效之不敢用龍以什駿代故曰馬

家書署姓

山舟學士嘗見諸城劉文清相國與其父文正公家書末署款云男劉墉百拜趙味辛司馬曾見明王文成與父太宰公書名上亦書姓蓋當時風尚使然今若效之便譁然矣

馬閘子

今人以皮為交牀名馬閘子官長多以自隨以便于取挈也按唐明皇作逍遙座遣行攜之如摺疊椅蓋即此之權輿乎

陽明之學

王文成公功業彪炳卓然為一代之冠惟以良知揭天下稍畀高明而誕者極意詆訶至謂有明之天下不亡于流賊而亡于陽明是何言歟黃黎州云今之敢于罵象山陽明者以晦翁為之主是猶豪奴之慢賓客猘犬之逐行人斯言真刻酷矣

笙磬同音

沈元咎字子蘇烏程人少工詩性疏傲嘗以鬻魚為業所居有漁莊畝許得魚則跣足入市

所需值不二言又善結綵珠為燈挾燈赴廣陵求售一日過某商門商素聞其名還其燈以白金一鎰為贈元咎大怒委金于地曰若較價值吾不怪牧豬奴何知而今我受腥羶物耶毀其燈不顧而去客武進一時士夫多與之交其詩名夢花集女子湯朝武進呂氏侍兒也字蕉雲亦能詩見元咎詩而好之因題四律以示元咎遂聘為妻於是朝詩益進遂以所酬唱者合刻之名曰笙磬同音

活孟子

明陳白沙以學為粵倡其學一宗濂洛姜進士麟者始見白沙曰吾閱人多矣如陳先生者耳目口鼻人也所以視聽言動殆非人也人問之輒曰活孟子活孟子云白沙初應聘至省觀者數千萬人圖其貌者以百數計井市婦孺皆稱為陳道統入京授翰林院檢討以養母還山不仕憲廟升遐哀詔至先生賦詩云三旬白布裹烏紗六載君恩許卧家家居嘗戴玉臺巾（玉臺山名中象之也）扶青玉杖插花帽屣往來山水之間有詩云惟有白頭溪裏影至今猶帶玉臺巾又云拄地撐天吾亦有一莖青玉過眉長又云兩般馨香齊插了賽蘭花間木犀花其風流如此白沙弟子六百餘人以林緝熙光為最白沙歿後湛文簡崇祀之於衡山嶽麓精舍其後文簡卒因以配享焉

不倒翁

趙雲松觀察作不倒翁詩欲用黃胖春游四字而未得其對明日方浴忽憶白題胡舞真絕對也喜而一躍浴盆頓破

不能詩

世傳曾子固不能詩非不能也不過稍遜於文耳唐張道古名睨博學善古文讀書萬卷而不好為詩嘗在張楚黌座上時久旱忽大雨衆賓詠之道古最後方成絕句曰亢陽今已久喜雨自雲傾一點不斜去極多時下成此則真不能詩者矣事見唐張鷟耳目記

六和塔

吾杭江干開化寺塔曰六和塔開寶三年智覺禪師延壽始于錢氏南果園開山建塔後燬宋紹興二十六年僧智曇重建案四朝聞見錄衛涇字清叔自余姚奉召而不入國門艤舟于江上六合塔又宋藝圃集李流有六合塔詩然則和者合之轉音今北人口音呼合如和字俗傳六和塔係元僧楊璉真伽發宋陵骨而成實非也發骨之塔曰鎮南塔俗呼一瓶塔又曰白塔吳僧白塔寺詩所謂到江吳地盡隔岸越山多即此詩也案清江集穆陵行云江頭白塔今不見則鎮南塔自明初已剗去之矣又江月松風集白塔詩宋宮傳自唐朝寺白

塔崔嵬巋然殿前則在大內。是又一白塔也。

姬姜被難

宋共姬待姆不至而死于火。楚貞姜待符不至而死于水。婦人之義。守禮大於避害。二夫人之事相同。皆能人之所難能者也。後之議者。謂其知守經而不知達權。誤矣。

名之顯晦不同

郭冀雲履齋筆記。張俊有愛姬張穠。乃錢唐妓。頗涉書史。拓皋之役。俊發書囑以家事。姬引霍去病趙雲以堅其心。俊以其書繳奏。上親書獎諭。張韓皆中興名將。皆有奇女子。又皆出微賤。亦奇矣。施彥執北窗炙輠錄。唐兩處士。林和靖居孤山。徐沖晦居萬松嶺。夾湖相望。徐之孫仞。猶守故廬。語人曰。先祖有言。子孫世世勿離錢唐。永無兵燹。（先生名典號沖晦）今人但知林和靖而不及沖晦。或稱梁紅玉而不及張穠。亦有幸有不幸也。

王墳豆

九曜山下有隙地。爲相傳是明昌化伯邵林塋域。林爲孝惠太后之父。舊稱邵皇親墳。杭人譌爲邵王墳。其地產蠶豆甚佳。俗呼王墳豆。此可與東陵瓜同作邵氏典故。

鷓鴣米

漁洋山人居易錄。弋陽汪少宰（復）赴一中官請設飯。止半盂而香清異常。問米所從出。云四川以歲例進貢者。米生于鷓鴣尾。尾止二粒。取出放去。來年則更取之。其事甚異。先伯祖諫庵先生有鷓鴣米歌云。鷓鴣鷓鴣吾問爾。爾何不學雄雞自斷尾。胡爲苦哭行不得。猶護尾中二粒米。鷓鴣向我鳴鉤輈。請對以臆知是不。白鷺娘。青鳳表。鶴擘翠翎雄雉頭。徵取羽毛助文采。山林搜捕遭危殆。可憐更有顧網羅。燔炙煎烹調鼎鼐。豈若米自尾中生。不勞播蝕頻催耕。各以二粒充玉食。香淨突過長腰秔。但使年年來去無羈絏。予尾翛翛予亦樂。

諱

書傳之論諱。然亦有不可通者。先伯祖有與盧抱經學士論諱書及書諱辨後二篇。極賅博精核。爰敬錄之。書云。併來專書。是前月十日所發。毗陵至杭僅六百里。奚遲滯如此。承示古人生不辟名。卒哭乃諱。引據精核。先生之論詳矣。然竊有疑焉。即以天子諸侯言之。周衰王名鄭。而不聞鄭國改封。魯僖具敖二山。而有公孫敖。衛襄公名惡。而其後有大夫齊惡。何以不諱。齊有昭公。而其兄孝公名昭。宋有成公。其孫平公名成。樂豫則犯名諱名則廢諡。宜何如諱。且有子孫與其先世同名者。高圉之父名辟方。而孝王名辟方。厲王名胡。而僖王名胡。晉惠公名夷吾。而靈公名夷皋。鄭武公名掘突。而厲公名突。蔡文侯名申。而昭侯名申。杞桓

公名姑容。而文公名益姑。莒渠邱公名朱。而犂比公名買朱鉏。若夫武王一代之宗也。而衛有公叔發。鄭有公子發。伯禽不祧之君也。而有柳下惠展禽。趙與期皆之祖也。而後世有趙平公及展與庚與。季勝趙之祖也。而春秋有趙勝。戰國有公子勝。平原君亦名勝。陳完田齊之始祖也。而陳成子有凡曰完。凡此豈得援舍故諱新之例。以爲詞耶。又有以祖父之名爲氏。如杜氏族譜。鄭氏族畧所載者。則祖宗之名。世世不可復諱。亦不必入門而問矣。是皆愚昧所未解。願先生再誨之。書後云。舊唐書譏退之諱辨紕謬。豈以李賀父名晉肅。賀不舉進士爲是耶。王觀國學林引唐人康駢劇談錄曰。元微之以明經擢第。願結交李賀。執贄造門。賀覽刺不答。微之慙憤而退。後登要路。因指賀祖名進。不合應進士舉。遂致轗軻。乃知毀賀者微之也。惟稱祖諱進與書父晉肅異。然退之頗有謬處。史記天官書氣來卑而循車通。裴氏集解謂車通。避漢武帝。則不諱轍之說恐非。杜上聲。度去聲。杜度二字不同音。（杜度見晉書衛恆傳。非杜操字伯度者也）治天下之治平聲。非去聲。且犯高宗正諱。即憲宗時高廟已祧。不諱而諱辨中似不宜見此字。曾子父名點。不名晳。字文化及逆黨孟秉。隋書煬帝紀。唐書竇建德傳。並非孟景。以秉與昺同音而改之。李林甫上御定月令表。璿璣玉衡。以璣與基同音而改之。則不諱游勢秉機之語。殊未盡然。蓋唐俗重諱。自天子迄士大夫家。雖二名嫌名亦避之。其弊至於父名樂。終身不聽絲竹。不游嵩岳。父名石。平生不用石器。遇石不踐。退之此辨。殆借以諷世歟。至周密齊東野語引諱辨云。桓公名白。博有五皓之稱。厲王名長。琴有修短之目。不聞諱布帛爲布皓。腎腸爲腎修。今文無之。此乃顏氏家訓風操篇語。并陽老人誤以爲韓文也。

解經可噱

羣儒羽翼經傳。而間有極可笑者。桓六年經書寔來。杜注謂承上五年冬州公如曹。故曰寔來。此解原屬牽強。蓋從闕文之說爲是。而家氏鉉翁引子皮寔來。羣伯寔來爲證。以爲天王使人下聘。毋論聖人不作此廋詞隱語。且作經未成。而反引未來之傳以爲註解。有是理乎。襄二年葬小君齊姜。九年葬小君穆姜。左氏以齊姜爲成公夫人。穆姜爲宣公夫人。傳文甚明。公羊獨疑其詞曰。齊姜與穆姜。則未知其爲成夫人歟。宣夫人歟。而何休直以齊姜爲宣夫人。疏申之云。何氏以齊姜先薨。多見爲姑。穆姜後卒。理宜爲婦。夫姑後婦歿。婦先姑逝。亦修短之數。有何定例耶。此二段解經。殊屬可笑。又魯定公母不書。胡安國引仙傳以爲服五加皮致不死。羊古大夫以盜獻羊。埋頭事發。掘舌爲證。因而得姓。可謂不經之談。

封神傳

封神演義一書。可謂誕且妄矣。然亦有所本。舊唐書禮樂志引六韜云。武王伐紂。雪深丈餘。

五車二馬行熱幟迹詣營求謁武王怪而問焉太公對曰此必五方之神來受事耳遂以其名召入各以其職命焉案五車二馬乃四海之神祝融句芒顓頊蓐收河伯風伯雨師也又史記封禪書八神將太公以來作之則俗傳不盡誣矣今凡人家門戶上多貼姜太公在此諸神迴避亦由此也

真字

十三經無真字葢正字即古真字也正鵠正月雨無正皆是今廣東各埶招牌如教識正銀正山水皆不作真字尚有古風又經書諸假字皆可假借解葢真假二字古悉用誠僞也

書卒異詞

凡人死曰卒曰歿曰疾終曰溘逝曰厭世曰棄養曰長逝曰捐館舍此夫人知之也又曰棄堂帳顏魯公徐府君神道碑夫人春秋六十有八棄堂帳于相州之安陽又曰啓手足獨孤及獨孤公夫人韋氏墓誌啓手足之日長幼號咷權德輿杜岐公誌銘十一月朔啓手足京師安仁里梁肅皇甫縣尉誌銘啓手足於嘉興縣私第宋李宗諤石保吉碑啓手足於豐義坊之私第又曰隱化陳子昂爲其父元敬誌銘隱化于私宮又曰遷神柳宗元崔敬誌銘遷神于舟又道士卒曰解駕見唐許長史舊館壇碑曰遁化見顏魯公李元靖先生碑尼卒曰遷神見李志陳唐興聖尼法澄銘曰遷化見唐宣化寺尼見行塔銘曰捨壽見唐濟度寺尼法願誌銘僧卒曰遷形亦曰遷化見禪道安禪師塔記及僧維新等經幢曰示滅見劉禹錫牛頭山融大師新塔記

徒法無益

周書酒誥曰羣飲汝勿佚盡執拘以歸于周予其殺飲酒之禁何至其嚴如此葢其時朝歌化紂之俗酗酒太甚故特設厲禁以止之所謂刑亂國用重法也明洪武初定例及吸烟者殺無赦烟草本出于外域可見當日亦以此爲酖毒故立法如此之峻而今則人易葉而戶杭奇矣鴉謂鴉片之禁近日愈嚴而行愈廣余謂不及十年必至人人吸之如水於旱蘇而後止地日產其戕生之物而天亦不能不傷其好生之心哀哉

孔子刪詩

阮亭司寇池北偶談謂孔子正樂而並未刪詩其論云論語一則曰詩三百再則曰誦詩三百家語對哀公問郊亦曰臣聞誦詩三百不可以一獻知古詩本有三百非孔氏手定也又左氏列國卿大夫燕饗賦詩率皆三百篇中多在孔氏之前其非夫子刪定了然可見然其說亦有未可盡通者如茅鴟河水新宮轡之柔矣等篇獨非賦詩也乎今則全篇逸去其他素以爲絢兮一句唐棣之華四句見於論語兆云詢多二句周道挺挺四句祈招之愔愔六句見於左傳昔吾有先正五句見于小戴記緇衣篇魚在在藻六句見于大戴記用兵篇關有大命三句見于荀子臣道篇至南陔等六篇有笙無詞貍首亦然則謂三百篇外絕無刪動亦未見其允當大約或篇或章均係傳逸而單詞駢句尚錯雜于簡端孔子定詩時削竟刪去以成三百五篇完好之作亦述而不作之意也如謂古詩三千而刪存止于三百則馬遷傳聞之誤前人辨之詳矣其說殊不足信惟墨子公孟篇有云誦詩三百弦詩三百歌詩三百舞詩三百諸子之說固不足盡信然斷斷言之不知即此三百篇耶抑別有所謂三百者耶

麾蚕

禮器不麾蚤舊注訓麾爲快謂祭不以蚤爲快也其說殊屬晦澀杭堇浦太史世駿續禮記集說引歸安鄭氏曰此言臨祭之時極其誠敬不敢指麾不敢搔爬所謂手容恭也蚤與搔古字通耳似較舊說于義爲長

韓公帕蘇公笠

廣東潮州婦女出行則以皁布丈餘蒙頭自首以下雙垂至膝時或兩手翕張其布以視人狀甚可怖名曰文公帕昌黎遺製也惠州嘉應婦女多戴笠笠周圍綴以綢帛以遮風日名曰蘇公笠眉山遺製也二物甚韻

毛詩酒令

向在友人家小飲行一酒令須四言毛詩二句合成一花要並頭並蒂連理如宜爾子孫男子之祥隱宜男此並頭花也駕彼四牡顏如渥丹隱牡丹此並蒂花也不以其長春日遲遲隱長春此連理花也此令甚新

孟子始尊伊尹

孟子稱伊尹之任辨伊尹之志論伊尹之出處明伊尹之見道統七篇之中屢屢言之而孔子口中絕未論及矽野之師桐宮之放事爲其難功罪俱難言之也聖人之意深矣

水晶

古人之言有未可盡信者格古要論及劉貢父俱云水晶爲千年老冰然此物出于廣東潮州潮州烏得有冰且有黃晶紫晶綠晶茶晶墨晶髮晶之別其非冰也明矣考鐵圍山叢談載政和閒伊陽太和山崩裂出水晶則是石中所產無疑又案劉貢父與一弁員同座偶言及水晶係是何物貢父曰不過多年老冰耳冰兵同音葢戲語也本不可以爲據

市井食單

猪耳朶名曰俏冤家，猪大腸名曰佛扒牆，皆蘇人市井食單名色。

殿寺新名

殿名多取堂皇冠冕字樣，而光武洛陽有卻非殿，見七修類槀。寺名多取安禪祈福字樣，而蜀中成都有相思寺，見杳祖筆記。

念珠鐘聲

念珠名牟尼珠，庶物異名疏：梵語鉢塞，此名數珠，乃引接下根牽果修業之具也。瓦釜漫記之言也。念珠凡一百零八枚，蓋取十二月、二十四氣、七十二候，準一歲之義。其曰天罡地煞者，荒唐之言也。鐘聲一百零八下者，亦取此義，而擊之法各處小有不同。杭州歌云：前發三十六，後發三十六，中發三十六，聲急通共一百八聲息。紹興歌云：緊十八，慢十八，六徧湊成一百八。台州歌云：前擊七，後擊八，中間十八徐徐發，更兼臨後擊三聲，三通共成一百八。

和尚破葷

人餽得心大師雞子若干枚，師大吞咽，作偈曰：混沌乾坤一殼包，也無皮骨也無毛。老僧帶爾西天去，免在人間受一刀。是大慈悲大解脫。張獻忠攻渝，見破山和尚，强之食肉，師曰：公不屠城，我便開戒。獻忠允之，師乃食肉，說偈曰：酒肉穿腸過，佛在當中坐。是大功德大作用。若唐僧人某但願鵝生四腳，鼈著兩裙，人以為俊語。又某僧勞伽藍作薪煮狗肉，有句云：狗肉鍋中還未爛，伽藍再取一尊來。人以為灑脫。余謂此不但魔道，直是餓鬼道、畜生道矣。

任翼聖

任翼聖憲副啓運九歲讀孟子終，飲泣不食，乃祖問其故，曰：豈有讀然而無有乎爾二語而不悲者乎？後晚年學易，研思極慮，怨神遊乾坤圖內，身如委蛻，一霎八卦劃然開朗，始甦。甦如臥如死者已旬有七日矣，奇哉！見震澤任心齋兆麟有竹齋集。

武弁臨終詩

明杭吳東昇，武弁也，年八十卒，臨終詩曰：囑咐兒孫送我終，衣衾棺槨莫豐隆。停喪只好經旬外，出殯須行徑路中。念我行藏無大過，請僧超度有何功。搖坑埋了平生事，休信山家吉與凶。杭人奢于喪而緩于葬者，當奉此詩為金圭玉臬。

膽異

諸物之膽，皆附肝不動，蚺蛇之膽，隨日而轉，分上中下三旬。熊膽隨時而轉，分春夏秋冬。豕膽隨月而轉，分十二建，蓋豕具十二肖肉，如正月建寅，胆在其虎肉是也。

聚珍版

沈存中云：慶曆中有畢昇為活字版，用膠泥燒成。武英殿聚珍版自易銅為木之後，近聞亦多散失。頃廣東新製活字版一付，以黃楊堅木為之，現已有二萬餘字，隨時增益，大約至五六萬字可以足用。吳石華蘭修、曾勉士釗兩學博、儀墨農孝廉克中主司其事，將來可成一鉅觀也。

優劇

宋時大內中許優伶以時事入科諢，作為戲笑，蓋兼以廣察輿情也。秦檜當國，和議既成，無迎還二聖意，又檜一日于朝堂假寐，誤墜其巾，都察院吳某立置曲柄荷葉托首安于椅後，遂名曰太師椅。有二優因戲于上前，一人捧太師椅安排坐位，一人盛服緩步而出，耳後帶大金環二，垂至前肩，一人問曰：汝所帶是何物？曰：此名二勝環。一人直前將雙鐶擲諸其背曰：汝但坐太師交椅受用足矣，二勝之鐶丢之腦後可也。韓侂胄當國恃功，妄作諸事，皆矯旨行之。偶值內宴，伶人王公瑾曰：今日之事，政如客人賣傘，不油裹面。史彌遠當國，威福日盛，凡有賞緣者必奔走其門。一日伶人于上前演劇，一人扮顏夫子，喟然而嘆，子貢在旁曰：子何憂之深也？顏子曰：夫子之道，仰彌高，鑽彌堅，未知何日望見，是以嘆耳。子貢曰：子誤矣，今日之事，鑽彌堅何益？只須鑽彌遠足矣。余謂伶人之慧心壯膽，固屬可嘉，而諸帝之側聞譏諫，如聵如聾，何也？

鮮魚生葱

東坡仇池筆記：以徐問真啖鮮魚生葱為異人。古人蓋未知食鮓之說，所謂鮓者，特乾魚片子耳。今則南中以鮮鮓為佳品矣。至生葱之味，美實過于熟葱，北方人人啖之，南人亦十有五六，尤不足奇也。

戴記

讀戴記刪喪服，本無此法，必不得已，檀弓、三年問二篇或可刪也。

富貴詩

作富貴詩而用金玉珠翡字樣，此大忌也。宋李晲方句云：盡書標卷數金泥字，樹記花名玉篆牌，寒乞之相，反令人不可耐。

三十而立

一夕話載三十而立破題云：兩個十五之年，雖有椅杌而不坐焉。又敘劍記傳奇中，亦有此科諢，而不知確有此典也。北夢瑣言：魏博節度使韓簡性麤質，每對文士不曉其說，心甚恥之乃召一孝廉令講論語及講至為政篇明日謂諸從政曰僕近知古人溫樸年至三十方能行立聞者無不絕倒但不知此公善悟別具會心抑孝廉口授時即出此秘解也。

三陣

胥半千本名餘慶師王義方謂之曰五百年一賢足下當之矣遂改名半千初應六科舉授武陟尉又應岳牧舉高宗御武成殿召諸舉人親問曰兵書所云天陣地陣人陣各何謂也半千越次對曰臣覩載籍多矣或謂天陣星宿孤虛也地陣山川向背也人陣偏伍彌縫也以臣見則不然夫師出以義有若時雨得天利此天陣也兵在足食且耕且戰得地利此地陣也卒乘輕利將帥和睦此人陣也去此三者其何以戰高宗深加嗟賞對策上第見唐劉肅大唐新語愚謂此數語不但詞理正大兼有以消其握奇逞譎之謀而動其休養仁愛之念也。

急急如律令

急急如律令道家敕語也解之者曰律令雷部之鬼其行最速故以為比然宣和中陝右人發地得一檄云永初二年六月丁未朔廿日丙寅得車騎將軍幕府文書上郡屬國都尉二千石守丞廷義三水十月丁未到府受印發夫討畔羌急急如律令馬四十匹驢二百頭給

內侍云云此檄瑯師成得之以入石然則急急如律令乃漢之公移常語張天師漢人故沿用五字道家得其祖述耳。

通人太甚

卿宗與崔杼遠近如明公之於陳恒天生此一對篡賊卿宗與蕭何遠近如明公之于曹參天生此同時相國此不過一時相謔之詞耳若陸機入朝盧志問曰陸遜陸抗于君遠近機云如君于盧毓盧珽此則通人太甚矣宜其賈禍也南史王儉傳政府見一選人姓譚戲曰齊侯滅譚那得有卿對曰譚子奔莒所以有僕可謂捷給矣。

燒尾宴

燒尾之義向但知鯉魚將化龍過龍門惟尾不化天火自後燒之乃成龍去又一說云燒尾者虎豹化人惟尾不化必以火燒之乃成人見葉夢得石林燕語二語不同又燒尾宴唐書大臣拜官獻食于天子名曰燒尾宴而小說所載乃云凡士子初登科及在官者遷除朋僚慰賀皆盛置酒饌音樂燕之名曰燒尾宴二說亦不同。

輓聯

輓聯不知起于何時古但有輓詞而已即或有膾炙二句者亦其項腹聯耳石林燕語載蔡康公得解過省殿試皆第三人後為相四遷皆在熙甯中蘇子容輓云三登慶歷三人第四入熙甯四輔中此則的是輓聯之體矣。

硬記

小兒讀書勉强背誦名曰硬記亦可謂之熱記見葉夢得避暑錄話。

縮骨癆

葛秋生姑丈以病瘵卒身首漸小醫者云此名縮骨癆其病罕聞按宋彭乘墨客揮犀載呂縉叔以知制誥知潁州忽得疾但縮小臨終僅如小兒此其是歟。

燒香

尚書至于岱宗柴望秩于山川又柴望大告武成柴雖祭名攷之禮焚柴泰壇周禮升煙燔牲首則是祭前燔柴升烟皆是求神定儀初無所謂燒香之說也宋趙彥衛雲麓漫鈔云近人崇釋氏多好用香蓋西方出香釋氏動輒焚香以示潔淨道家亦然今人祀社稷祭夫子于迎神之後奠幣之前行三上香禮郡邑或有之朝廷則無是宋時猶存古也今則又不然矣。

王荆公

公久居樞要有諫官言公宅枕乾剛貌類藝祖公上疏請罪云宅枕乾剛乃朝廷所賜貌類

藝祖乃父母所生仁廟嘉納此官直是沒得說夫安石弊政何不可劾而乃言及此耶。

蔑

隱元年公及邾儀父盟于蔑愚棣春秋左傳補注云蔑本姑蔑定十二年敗諸姑蔑是也隱公名息姑當時史官為之諱猶定公名宋哀廿四年傳孝惠娶于商不云宋也古人舍故諱新故哀為定諱定不為隱諱汲郡古文云魯隱公及邾莊公盟于姑蔑魏史不為魯諱則此為隱諱明矣愚按此說不然諱有改文而無刪文況為地名尤無筆削之理且歷考春秋莊公名同而十六年書同盟于幽二十七年書同盟于幽傳公名申而五年書晉侯殺其世子申生七年書鄭殺其大夫申侯十六年書戊申隕石于宋五壬申公子季友卒丙申鄫季姬卒二十一年書楚人使宜申來獻捷二十八年書壬申公朝于王所成公名黑肱而十年書魏侯之弟黑背帥師侵鄭襄公名午而六年書壬午杞伯姑容卒十年書甲午遂滅偪陽十七年書庚午邾子牼卒十八年書楚公子午帥師伐鄭二十六年書甲午衛侯衎復歸于衛壬午許男甯卒於楚二十九年書庚午衛侯衎卒三十年書甲午宋災定公名宋而元年書晉人執宋仲幾四年書公會劉子晉侯宋公某某于召陵六年書晉人執宋行人樂祁犂十

年書宋樂大心出奔曹。宋公子地奔陳。宋公之弟辰暨仲佗石彄出奔陳。十一年宋公之弟辰及仲佗石彄公子地自陳入于蕭以叛。樂大心自曹入于蕭。十四年書衛趙陽出奔宋。齊侯宋公會于洮。宋公之弟辰自蕭來奔。十五年書鄭罕達帥師伐宋。俱直書不諱。何獨于隱而異之。若云隱為首公。亦諱始祖之意。則記載之文。宜歸一例。閔元年書公及齊侯盟于落姑。襄六年杞伯姑容卒。昭六年杞伯益姑卒。哀三年齊國夏石曼姑帥師伐我。何又不諱也。杜注云蔑姑蔑一地而二名。何必更為穿鑿耶。

兩般秋雨盦隨筆卷六終

兩般秋雨盦隨筆卷七目錄

古今人比儗　陳三元　思歸詩　土司妻
太白小像　義髻　重拜花燭　振振
祁陽竹枝詞　醋溜魚　徐聞縣　三垂岡
出關詩　黑蝶　桃源詩　下第詩
太太　詩中之時　夫巳氏　大連少連
珠江竹枝詞　替人填詞　羊臂羹　參商
土坑　佘椒雲　閔子弟　青
文字　平山堂　江西　五大夫
獻廟對　武廟對　侍郎林　親戚
餞優詩　撕　賊禿　老
荅　烈皇慘訣　一肚　四壬子圖
名姓之誤　先臣先妾　顏子　大明湖趵突泉
先大父夬庵公傳　雌雄牝牡　點心　朝朝寒食夜夜元宵
序班詩　象膽獺肝　左右　者這
制義擬詩　西域詩　行狀　履歷
阮亭司寇對聯　名字之妄　讖語成讖　相士
相門對　毛西河　僧道　侯元經
賭空　絕命詞　金烏玉兔　爺爺
趙秋谷　十萬卷樓　三字獄　文慕酒
挂冠　詩占身分　藥別名　圓夢
懷蠃　蒟蒟　頭　檳榔
文士淺陋　林撫軍奏疏　東周　斫
破瓜　口采　偷書官兒　明左藏
避諱　公牘　隋唐演義　言可樵
父母稱呼　殺人　函丈方丈　無稽之談
佛誕　紙褥　女媧　敗子
違語不可為訓　銀槎　定風螺螟蛉劍　耳誦

櫻桃青衣　聖穀爲語　楊詡庵　米價
東坡行二　删字　朝鮮詩　鶯燕
睑抵折　詩魔　須臾　悵懷詞
一丁　鬍髭絲忽　大太　題驛詩
稱名　命名與聲叶韻　四書令　晉文公夢
宋孝宗　異才戾氣　大行　汲冢書
酒盧　化鶴　子呼公　酒債酒味
二形二聲　精靈　王介　互用典故
經語詼諧　安吉　卑之無甚高論　望帝

兩般秋雨盦隨筆卷七

錢唐梁紹壬應來甫纂

古今人比擬

明穆文簡孔暉以鯀比王安石其論曰鯀名重安石亦名重鯀圮族安石亦圮族鯀湮汨安石亦湮汨鯀志在平水土而有害無利安石志在謀富庶而亦有害無利袁簡齋大令以劉後主比齊桓公其論曰桓公庸主也禪亦庸主也然桓公雖嬖易牙豎刁等而獨信任管仲後主雖寵中官黃皓等而獨信任武侯卒不使二人爲羣小所撓也先伯祖諫庵公以周宣王比唐元宗論曰宣王之與元宗皆兩截人宣王中興元宗亦中興而末路皆不振宣王車攻以下皆頌揚之詩祈父以下皆諷刺之作元宗開元以前姚宋相而治天寶以後楊李相而亂蓋有英武之才以剏其始而無沈厚之德以持其終也此等比擬俱極貼切

陳三元

桂林相國陳文恭公世居橫山郡築培遠堂嘉慶丙子相第不戒於火五世孫詰臣守叡癸酉解元嘗夢狀元名繼昌遂改名以庚辰領會狀年甫三十前明正德二年有雲南按察司副使包裕遊還珠岩詩刻石云岩中石合狀元出此語分明自昔聞巢鳳山鍾王世則飛鸞嶠毓趙觀文應知全聚開昌運會見臚傳現慶雲天子聖神賢詰出廟廊繼步策華勳後四句則竟相連矣狀元夫人爲李侍郎宗瀚女姪李寄詩云嬌嬌文公五世孫南交科第奪中原三頭掌故今雙絕千佛名經有幾尊獨秀高驚天極柱一枝青出桂林邨相期位業齊王宋培遠貽謀屬相門臚傳大宋已更名世美家聲叶鳳鳴剛道珠岩浮柱合又傳石刻滿城驚七千里外荒真破三百年前讖早成聖代得人方共慶肯教溫飽負生平剗復天心未易量祝融掃蕩亦嘉祥重新上界神仙府依舊平泉宰相莊人羨唐夫年始壯我懷君子澤彌長泥金漫說門楣喜白叟黃童盡若狂先是廣西貢院前大樓久圮形家謂宜改建甫落成而陳遂捷三元制軍阮宮保詩云文運原因天運開一枝真自桂林來○聖朝得士三元盛賢相傳家五世才史奏慶雲合名字人占佳氣說樓臺若從師友論魁鼎門下門生已六回注近科狀元吳信中洪瑩蔣立鏞吳其濬陳沆及陳繼昌皆予門生門下之門生也陳會試卷在第一房王楷堂比部是鉊所薦薦之夜總裁黃左田宗伯鉞夢有人持阮元名帖來拜及定元竟以廣西卷書榜知得兩元大司農盧南石先生謂黃曰夢合矣楷堂札述其備細於阮宮保宮保答詩云第一房中蓉鏡開薦賢我亦夢中來事從天定必成瑞喜入人心真是

才魁首早知掄桂嶺姓名端合借雲臺憑君入格非常事應有朱衣暗裏回真一則王堂佳話也

思歸詩

方坦庵宮詹詩云老妻書至勸歸家爲數鄉園樂事賒彭澤鯉魚興錫酒宣州栗子霍山茶牽蘿已補牀頭漏扁豆猶開屋角花舊布衣裳新米粥爲誰留滯在天涯可想見其性情之恬逸矣

土司妻

廣西雲貴多有土司雖有降罰處分例不革職其廢弛不法者奏革後擇其子襲之故俗謂土司曰鐵紗帽土官娶妻以五色瓔珞盛印爲聘過門時乃懸之項下謂之挂印夫人娶後印即掌于其妻呼爲護印夫人歲時纓以居之曰印樓民間稅契者例價千錢之外另折錢一百五十文名曰印色錢即護印夫人之花粉錢也

太白小像

通州齊春帆進士元發官匡州牧封翁星垣先生迎養在署襟懷坦蕩嘗遊骨董市得竹刻李太白小像以龕供之旁鐫小楷一聯云謝宣城何許人只江上五言詩令先生低首韓荊州差解事放階前盈尺地讓國士揚眉可謂風雅好事者矣

義髻

天寶末童謠云義髻拋河內黃裙逐水流因貴妃以假髻作首飾而好服黃裙故也見太真外傳假髻曰義髻二字甚新

重拜花燭

馮潛齋先生成修廣東人幼牧牛夢有持扇爲障日者扇上有貴州學政四字因發憤讀書年三十四始遊庠逾年登賢書聯捷點庶常改部曹典蜀試又典閩試得監生彩元作解首先是爲王安國尚書典試所賞必欲中元因與正主試不合爭之不得尚書曰姑置之此人不中元吾不信也閱二十年果發解尚書喜極而監老矣先生嗣出貴州學差果符夢兆旋罷歸好論文有馮八股之目年九十餘始卒乾隆壬寅八袠與夫人同庚康健無恙居結褵周甲之期親友門生騈集稱慶重行花燭交拜之禮自署其門云子未必肖孫未必賢屢忝科名只爲老年娛晚景夫豈能剛婦豈能順重燒花燭幸邀天眷錫遐齡至乾隆壬子重赴鹿鳴洵美談也

振振

螽斯振振兮振振多也麟趾振振公子振振仁厚也殷其雷振振君子振振信實也公羊葵邱之會桓公振振然振振矜誇也左傳均服振振振振盛也一字五解

祁陽竹枝詞

方秋崖希文南海布衣也祁陽竹枝詞云鷓鴣塘下水生波郎住塘西妾對河恨殺兩邊行不得斷腸聲裏唤哥哥風致絕佳

醋溜魚

西湖醋溜魚相傳是宋五嫂遺製近則工料簡濇直不見其佳處然名留刀匕四遠皆知番禺方橡坪孝廉恒泰西湖詞云小泊湖邊五柳居當筵舉網得鮮魚味酸最愛銀刀鱠河鯉河魴總不如讀此詩覺此魚頓然生色甚矣文人之筆足以移情也

徐聞縣

雷州徐聞縣其始縣城逼近海壖每潮汎洶湧聞者震恐後徙築縣城居民喜曰海邊潮至庶徐徐聞乎因改名徐聞縣方橡坪曰取對陌上花開可緩緩歸矣可謂巧對

三垂岡

烏程嚴松齡進士遂成著海珊詩鈔三垂岡云英雄立馬起沙陀奈此朱梁跋扈何隻手難

扶唐社稷連城且擁晉山河風雲帳下奇兒在鼓角燈前老淚多蕭瑟三垂岡畔路至今人唱百年歌格高調響逼近唐音集中風通花氣全歸枕月轉樓陰倒入池鵬盤大漠寒無影冰裂黃河夜有聲涼笛生於無月夜曉鶯啼及未花天皆可傳之句也

出關詩

山海關詩不難于雄壯悲涼而難于工穩熨貼長白貴夢蕉侍郎慶句云群山盡作窺邊勢大海能銷出塞聲筆力健舉又某公謫戍出關詩云馬後桃花馬前雪教人那得不回頭淒涼之語出以蘊藉之筆更佳

黑蝶

熱河東砂石坂地產黑蝶大者五六寸土人呼爲黑蛺紫古人呼爲額爾伯克伊

桃源詩

福建莆田黃桐石著戰古堂詩桃源云草木自生無稅地子孫長讀未燒書極新穎

下第詩

下第詩忌牢騷怒罵趙甌北先生壬申下第三首之一云也知得失等鴻毛舍此將何術敢操親老河難人壽俟時清豈做少微高長鳴櫪馬思豆未解庖牛忍善刀回首短檠殘燭

在擨簸自笑鼠徒勞，和平中正，宜其擬鶉科，享盛名臻耆耇也。

太太

漢哀帝尊祖母定陶恭王太后傅氏為帝太太后，後又尊為皇太太后，此婦人稱太太之始也。古者婦人稱太最重，故列侯夫人非子復為列侯，不得稱太夫人，見漢書文帝紀注。今則無貴賤皆稱太太矣。太太二字，未有入詩者，近廣東某洋商黃埔竹枝詞云：丈量看到中艙貨，太太今年稅較多。初不知所謂，後閱粵海關報稅單，開載某船太太一十二名，該稅九十六元之數，始知外夷因中國婦人尊稱太太，故帶來夷婦皆呼太太，以示矜貴也。

詩中之時

美酒飲教微醉後，好花看及半開時，此不可或失之時也。絕頂樓臺人散候，滿場袍笏戲闌時，此無可奈何之時也。

夫已氏

左文十六年傳曰夫已氏，餘杭邵學士（晉涵）解云：桓公內嬖如夫人者六人，懿公母密姬位次在六，故以甲乙之數名之，適當已字。然以傳攷之，密姬第五，非第六也。不若亭林顧氏引彼己之子作證為確。

大連少連

二子見于戴記，少連又見論語，他無考。馮德清嚴九能（元照）曾購日本所刻七經孟子攷文補遺一書，前列物茂卿序，其國記有大連苗裔四字，知賢澤之流傳久而遠矣。

珠江竹枝詞

李璟浦（珠）新會人，著珠江竹枝詞二十首，錄其四云：古墓為田長素馨，素馨斜外草青青，採茶人唱花田曲，舟泊橋邊隔樹聽。鬢回斜日透窗紗，新試盤頭顧渚茶，岸上不如船上樂，青山綠水是兒家。船泊沙頭莫便開，卯潮纔退午潮來，請看魚藻門前水，流到湛洲也卻回。昔木瀝深粉蝶飛，白鵝潭漲錦鱗肥，今朝正好遊花埭，玫瑰花開夾紫微。

聾人填詞

陳孟周，聾人也，聞鄭板橋填詞，問其調，為誦太白菩薩蠻、憶秦娥二闋，不數日即填憶秦娥詞云：光陰瀉，春風記得花開夜，花開夜，明珠雙贈，相逢未嫁。舊時明月如鉤挂，只今提起心還怕，心還怕，漏聲初定，玉樓人下。

羊腎羹

彭文勤跋龍洲道人集云：龍洲常在辛稼軒席上賦羊腎羹云：拔毫已付管城子，爛胃曾封關內侯，死後不知身外物，也隨樽俎伴風流。詩甚風趣。按羊腎羹可對牛心炙。

參商

不睦曰參商。按左傳遷閼伯于商邱，遷實沈于大夏，一主辰星，一主參星。參辰乃星名，夏商乃地名也。故法言曰：吾不睹參辰之相比也。蘇武詩云：昔為鴛與鴦，今為參與辰。後人有用參商者，蓋錯舉之以成文耳。

土炕

北人以土為牀，而空其下以置火，名之曰炕，古無其製。左傳寺人柳熾炭于位，將至則去之。新序宛春諫衛靈公曰：君衣狐裘坐熊席，奥隅有竈。漢書蘇武傳鑿地為坎，置煴火。是皆近之而非也。舊唐書遼東高麗傳冬月皆作長坑，下然煴火以取暖，此則土炕之始，但炕作坑字耳。

余椒雲

余椒雲司馬（瓛）山陰人，官廣東，由縣丞歷知縣，有吏才，好談詩。即事云：平生心力半消磨，無限烟雲眼底過，昨夜月明今夜雨，來宵情事更如何。宦海升沈，人情冷暖，蓋有愧乎其言之。

閔子弟

閔子曰：母在一子寒，母去三子單。二子何人，經傳罕見。有人至山東謁閔子祠，見正像旁立二主，乃閔子兩弟也，一名蒙，一名革，家廟所奉，必有可據，況以卦命名，尤不謬也。

青

青與黑殊色，今北人往往謂黑為青。案戴記郊特牲或素或青，夏造殷因，此蓋青字之所昉。又禹貢厥土青黎，王肅云青黑色。

文字

古人言文不言字。左傳於文止戈為武，故文反正為乏，於文皿蟲為蠱，又有文在其手，及論語史闕文，中庸書同文，並不言字也。周易女子貞不字，十年乃字。詩牛羊腓字之。左傳其僕無子使字敬叔，皆訓為乳。書康誥于父不能字厥子。左傳樂王鮒字而敬，孟子以大字小者，亦取愛養之義。惟儀禮士冠禮賓字之，禮記曲禮冠而字，笄而字，郊特牲冠而字之，敬其名也，與文字之義稍近，然卒不以文為字也。以文為字，始於秦始皇琅琊臺石刻，曰同書文字。說文序云：依類象形謂之文，形聲相益謂之字。文者物象之本，字者孳乳而生。周禮外史掌達書名于四方，注云：古曰名，今曰字。儀禮聘禮注云：名，書文也，今謂之字。則字之名由秦而立，自漢而顯也。三代以上言文不言字，斯逃出文降而為字矣。三代以上言音不言韻，愚約

出音降而為韻矣。李斯校德用呂改均

平山堂

揚州平山堂，余曾兩遊。第一次尚有園亭邱壑之勝，然已大半傾頹；二次則衰草斜陽，愈增寥寂矣。因憶陶篁邨先生有由紅橋至平山堂三絕云：「遙聞天半起笙歌，面面雕窗瞰碧波。若計揚州二分月，紅橋應占一分多。」「亞字牆圍萬柳條，杏花簾北酒旗飄。不教尺地清閒過，更遣長廊接畫橋。」「平山堂接古名藍，太守遺蹤仔細探。山色有無何處領，一簾煙雨望江南。」想見當日文酒笙歌之盛。又平山楹聯「隔江諸山，在此堂下；太守之飲，與衆賓歡」，伯寓卿太守東綬所題也。

江西

江有南北而無東西，況豫省轄地並在江南，西何以稱焉？考六朝以前，其稱江西者並在秦郡、今六合。歷陽、今和州。廬江今廬州。之境，蓋大江自歷陽斜北下京口，故有東西之名。魏武帝紀：進軍屯江西。吳主傳：民轉相驚，自廬江九江蘄春廣陵戶十餘萬皆東渡江。江西遂虛。桓伊傳：進督豫州之十二郡、揚州之江西五郡事。昔之所謂江西，今之所謂江北也。故晉地理志以廬江九江自合淝以北至壽春皆謂之江西。今則以饒洪吉諸州為江西，是因唐貞觀十年分天下為十道，其八曰江南道。開元二十年，又分天下為十五道，而江南為東西二道。江南東道理蘇州，江南西道理洪州，後人省文，但稱江東江西耳。亦猶廣南東路、廣南西路，今但稱廣東廣西也。

五大夫

秦封泰山松為五大夫。桂未谷曰：五大夫，秦爵之第九級。史記曹參由七大夫遷五大夫是也。唐宋人詩云「不羨五株封」，又云「堪笑五株喬岳下，肯將直節事贏秦」，誤以松之封大夫者五株。今泰山種五松，立石曰五大夫，沿而弗察也。

嶽廟對

京師東嶽廟對云：「雲行雨施，不崇朝而徧天下；理大物博，祖陽氣之發東方。」汪文端公由敦所書，句則趙甌北先生所撰也。

武廟對

西湖秋水觀祀武帝，在岳忠武廟之左，門對云：「德必有鄰，把臂呼岳家父子；忠能擇主，鼎足定漢室君臣。」繆昌期手筆也。

侍郎林

曲阜城東有顏氏族葬之域，呼曰侍郎林。桂未谷曰：侍郎者，石楠之轉語也。引任昉述異記云：曲阜古城有顏回墓，墓有石楠二株，可三四十圍，土人云顏子手植之木。孔林植楷千載共云，顏林樹石楠，人罕知者。

親戚

史記宋世家：箕子，紂親戚也。路史謂但言親戚，則非諸父昆弟之稱，而不知非也。古人稱一家之人亦曰親戚。韓詩外傳：曾子曰：親戚既沒，雖欲孝，誰為孝？此以親戚為父母也。左僖二十四年傳：封建親戚，以蕃屏周。此以親戚為伯叔子弟也。昭二十年傳：棠君尚謂其弟員曰：親戚為戮，不可以莫之報也。此以親戚為父兄也。戰國策蘇秦曰：富貴則親戚畏懼。此以親戚為妻嫂也。

錢傻詩

梁石癡栢順德人，工畫而嫺於詩，所識孔生拉往珠江花舫，則與傻人錢傻衡陽人。依孔三載。至是言旋，戲曰：今日之酒不可無詩，無則不許入席。梁曰：詩亦非難，但論工不工耳，余不工故不作。今必欲強就，予不我工，亦不得入席。因援筆立成四句曰：「昔自衡陽來，今返衡陽去。風送衡陽舟，目斷衡陽樹。」於是衆瞪眙而俱擱筆。

賊禿

今人罵僧曰賊禿。按梁荀濟表云：朝夕敬妖怪之胡鬼，曲躬供貪淫之賊禿。則此語六朝已有之。

撕

以手離物，俗謂之撕。撕即斯也。說文：斯，析也。釋詁：斯，離也。詩陳風墓門：有棘，斧以斯之。箋：惟斧可以開析之。然此猶假物以為用者。呂覽報更篇：趙盾見桑下餓人，與之脯一朐，曰斯食之。注：斯，析也。此則以手離物之證。

友

今人友朋相呼，稱其姓而帶以老字者，亦有所本。白香山詩：「每被老元偷格律」，謂微之也。試覓老劉看，謂夢得也。又有人稱字之一字而係以老者，東坡詩曰：「老可能為竹寫真」，謂文與可也。

荅

古無荅字，合即荅也。釋詁：合，對也。左宣二年傳：對曰：非馬也，其人也。既合而來奔。杜注：合猶荅也。叔𣅜言舉證奔會

烈皇慘訣

李自成陷京師，上命傳皇太子二皇子至，猶盛服入。上曰：此何時，而不易服乎？亟命持敝衣來，上爲解其衣換之，且手繫其帶，告之曰：汝今日爲太子，明日爲平人，在亂離中，匿蹟藏名，見年老者呼之以翁，少者呼之以伯叔，萬一得全，報父母仇，毋忘吾今日戒也。見王譽昌崇禎宮詞注。此語出自帝王之口，沈痛極矣。

一壯

醫人用艾一灼曰一壯，向以爲一撞，謂其墳起如撞物然，而不知非也。埤雅：壯者，以壯人爲法，其言若干壯者，爲壯人當以此爲數準也。其餘老弱羸病，量力而減之耳。

四壬子圖

本朝方爾止畫四壬子圖，繪陶淵明、杜子美、白樂天自執詩卷請教，蓋仿後漢趙邠卿也。邠卿圖子產、叔向、晏嬰、季札四人居賓位，而自畫其像居主位，皆模寫鑄鳥之濫觴耳。

名姓之誤

齊將孫臏，以刑爲名，非真名也；漢將黥布，以刑爲姓，非真姓也。乃姓譜收黥爲姓，而今武人有名孫再臏者，可發一笑也。

先臣先妾

人臣對君稱父曰先臣，晏嬰對齊景公更宅曰：君之先臣容焉。稱母可曰先妾，戰國策匡章對齊威王曰：臣非不能更葬先妾也。

顏子

高士傳：顏回有郭外之田六十畝，以供饘粥；有郭內之圃六十畝，以供絲麻。若是，則小康之家矣，何至簞瓢陋巷不堪其憂耶？其說殊不足信。

大明湖趵突泉

二處皆濟南勝境。劉少宜詠湖句云：舟行著色屏風裏，人在迴文錦字中。張崟莊詠泉詩云：平地忽堆三尺雪，四時長吼半空雷。可想見兩地光景。

先大父共庵公傳

盧抱經學士所撰敘錄於此，梁君處素名履繩，余益友也，著讀書脞錄，擷其精，并正其誤，與其兄曜北相龍錯，一時有元方季方之目。余老而衰，澷思考訂群書，有所遺忘及錯誤，君率爲余審定之。兩君皆厚余，其氣象，曜北侃侃然，君則闇闇然，和易近人，人尤樂親之。曜北棄舉子業，專精史記。舉乾隆戊申預行己酉科，君舉浙江鄉試，人咸意其發名成業，正未有涯也。

再試南宮不遇，歸途風日燥烈，塵起漲天，熱毒往往中人，然抵家猶無恙也。會葬其先考侍郎公，在山閱月餘，親程畚築之勞，維謹，坐面富春江。時當秋末，江風射人，作寒。君自以素強壯不爲意，然君之受病已深矣，兩害俱發，臥牀未幾，即失音，越日而客傳其逝。余聞而驚訝，往視之信，爲之失聲長慟。悲夫！廣我見聞者，今少此一益友也。嗚呼！君生宦家，家門鼎盛，祖則大學士文莊公，父則工部侍郎沖泉公，伯祖編修蔎林公，伯父余同年友山舟侍講，設以常人處之，不爲裙屐風流，則爲裘馬清狂，以遊戲徵逐爲事，不復知有文字之樂者，比比然矣。君獨蕭然若寒士，衣不求新，出則徒步，不以所能病人，不以所不知媿人，博學而恪守之，故名不涉於愛憎之口。自其曾大父谿父先生以來，學問文章，照耀海內，代精八法，得其片楮珍同珙璧。君克自奮厲，繼承家學，其於衆經中，尤精左氏傳，著其舅氏元和陳君樹華著有春秋內外傳考證，君復彙輯諸家之說，而折其衷，釐爲六門，先以其成者示余，余讀而善之。其續纂者尚未竟也。遺草具在，撿拾而加以整比，將後之人是賴已。君詩清新越俗，有集若干卷，嘗與其兄及所親合刻梅竹聯吟，亦可見其崖略。書法雖不名家，然端謹不苟，如其人。且通說文，下筆無俗字，使老其材，其成就烏能測其所至。乃年僅四十有六，而竟早世。時乾隆五十八年十一月三日也。在梁氏失一佳子弟，在宇內少一讀書人，則又不獨老人失一益友也。哀哉！君娶於曲阜孔氏，孔氏多學人，余友孔君繼汾爲君之外舅，以君處族黨閒，可以無愧色矣。一子曰祖恩，孫曰紹壬，在長逝者，或可無憾，而未死者烏能免於感也。余頗曆之筆，不足爲君重，但爲之志其略，亦聊以抒余之哀而已。

雌雄牝牡

雌雄屬禽，牝牡屬獸。然而雉鳴求牡，牝雞司晨，禽亦可言牝牡；雄狐綏綏，雌兔迷離，獸亦可言雌雄。至墨子非樂曰：雄不耕稼樹藝，雌不紡績織紝。以男女爲雌雄，奇文也。

點心

今以午前午後小食曰點心。按唐書鄭傪爲江淮留後，家人備夫人晨饌，夫人顧其弟曰：治妝未畢，我未及餐，爾且可點心。此二字見紀載之始。又宋帝謂某臣曰：朕當爲卿設點心。

朝朝寒食夜夜元宵

俗諺豔稱富貴家有此二句，人俱以爲歌舞繁華景象，而不知上句乃極冷淡語也。寒食一節，古無賞心樂事，豪家俾晝作夜，中宵酣戲，比曉高眠，客之至其門者，見突虛寂冷，頗有若寒食禁烟之象，故以是比之也。

序班詩

鴻臚寺序班一官，皆考取大宛生員為之。河間紀象庭二尹，曉嵐宗伯之少子，嘗為此職。有自嘲詩云：「秀才每自歎途窮，一進鴻臚氣便雄。金頂朝珠同太史，蟒袍補褂僭王公。蟠頭告示雙行白，門角封皮二道紅。更有侍官儀注狠，坐看道府打三躬。」

象臍攤肝

諺曰：「人心象臍，世事攤肝。」象臍無定位，十二月分屬徧體，故以比人心，言難見也。攤肝凡十二析，月屬一析，則他一析更新，循環歲更，故以比世事，言刻刻翻新也。

左右

人道尚右，以右為尊，故尊文曰右文，尊武曰右武，莫能尚者曰無出其右，重右也。失諱曰左計，異端曰左道，降秩曰左遷，卑左也。然今之序官及位次，則皆尚左矣。

者這

者回、者番、者般、者時、者邊、者箇，者之為言此也。今改作這字，這乃魚戰切，迎也。郭忠恕《佩觿集》云：以迎這之這為者回之者，其順非有如此者。

制義礙詩

不從制義入手者，詩多不工，前輩多論之者。而工制義者，又往往不工詩。蓋魚熊本難兼美，且一則妙索環中，一則神遊象外，其間固微有區別也。袁簡齋先生曰：老子云「仁義者，道德之蘧廬也，可一蹴而不可久處也」，其制義之謂乎。

西域詩

長洲褚筠心（廷璋）官侍讀學士，賦西域詩八首。序云：「璋備員史局，八載於茲，承修《西域圖志》、《同文志》諸書，考索印證，紀○聖朝之疆索，闡前代之見聞。編次之餘，裒成此什，志天山南北都會城郭之大略，以補史乘所未備，且藉以詠歌○盛烈，竊附於《江漢》、《常武》之義云。」烏魯木齊云：「額魯公孫此建瓴（地為額魯特公族噶爾丹多爾濟之昂吉），天戈萬里下風霆。山圍蒲類分西谷（漢蒲類國地，治天山西疏榆谷），雲擁沙陀拱北庭（唐為北庭大都護府，北接沙陀突厥地）。不斷角聲横月白，無邊草色入天青。轅懷城上舒雄眺（新建城名），盡把耕疇換牧坰。」伊犂云：「人驅風雪獸驅煙，猶見烏孫立國年（為漢烏孫建庭處，烏孫為行國，逐水草）。海氣萬重吞麗水（伊犂河唐時名伊麗河，亦曰伊犂水，西北流入巴爾喀什淖爾，彼海中也），山容三面負祁連（伊犂為計賦里山，即古祁連山，東西南三面分支環抱）。盤雕紅寺朝鳴角（有海努克、固爾札兩廟），散馬青原夜控弦。紀績穹碑衢落日（固爾札廟東建有前後勒銘伊犂碑），英靈班鄂想迴旋（定北將軍班第、參贊大臣鄂容安盡節於此）。」雅爾云：「多邏川外夜吹蘆，雉堞新城接上腴。塞月已寒三葉磧（唐三姓葉護地，在北庭西北金山之西），邊風猶動五單于（漢呼揭、車黎、烏藉、閼郅支五單于地）。名藩甲拔烟消漠（西北拔底延哈薩克，大兵追阿木爾撒納入其地，哈薩克懼，帳數千里，因而內附），健將弓開血灑蕪（布魯特已臣服，侍衛奇徹勦於此）。不是○皇威宣北徼，春光誰遣偏墳壚。」額爾齊斯云：「西州直北勢憑陵，瀚海迢迢過白登。鈴澤風高奔怒馬（今洪郭爾圖淖爾言鈴澤），金山雪暗下饑鷹（今阿勒坦山言金山）。曾傳舊壤開都伯（唐為都播部落，都爾伯特之一也，都爾伯特為成都爾伯特），僅見降王保策凌（都爾伯特有三策凌，皆先歸附，封王貝勒公）。四部蟲沙成底事，女形忠詐化驍騰。」吹云：「梯空勁旅倚孱顏（巴圖塞阿爾泰山六十餘里，登山左北，水悅），運出盤鵰落雁關。波浪遠翻庫水（國斯庫爾忽境即成圖斯庫爾，庫爾淖爾水也），風雲高擁格登山。千屯此日開榆塞（北行五百里，國斯庫爾北岸，伊犂可西），十箭當年阻玉關（唐沙鉢羅咥利失可汗分十部，部一箭，曰十箭，為西突厥所據之所）。碎葉長川流不極（吹河為唐碎葉川），懸邊月照潺湲。」哈喇沙爾云：「風雨猶疑鐵騎屯，至今沙戟有遺痕。焉耆鎮啓龍遊府（為四鎮之一），都護城縣烏壘尊（西域都護治烏壘城，地在城中）。弓挂輪臺飛皎月（西有地名玉古爾，漢輪臺地），劍磨蒲海射晴暾（南有羅卜淖爾，古蒲昌海，河源至此潛行）。戍樓高處分襟帶，山水遺經費討論。」阿爾蘇云：「天邊冰雪嵯峨，木素峰高朔氣多（城北有木素爾嶺，多冰。回語木素爾，冰也）。壕上射生城落雁，軍前饗士帳鳴鼉。東禁姑墨千年磧（阿克蘇東塔里木河北岸為古姑墨國地），南走于闐一綫河（和闐河北流至此入塔里木河）。待把方言垂竹筆（回人用竹筆），阿蘇溫宿護承訛（阿克蘇為古溫宿地）。」和闐云：「四沙府號古于闐（和闐為古于闐，沙都督府西陲息所），蔥嶺十盤積翠連。大乘西來留法顯（水經注釋法顯至于闐，其國有大乘學），重源東下問張騫（漢書河有兩源，一出于闐）。漁人秋採河邊玉（于闐有綠玉河、黑玉河，今玉隴哈什、哈拉哈什諸河也），戰馬春耕隴上田。今日六城歌舞地（六城曰額里齊，曰玉隴哈什，曰哈喇哈什，曰齊爾拉，曰塔克，曰克勒底雅），唐家風雨漢家煙。」○八詩風格高寒，音調瀏響，洵可傳之作也。

行狀

山舟學士遺命不作行狀，極高見也。《通鑑》注云：「行狀者，狀其生平之行實，上之朝廷以請謚。」今既不在謚典，何必作耶？今尋常一命之員，亦立行狀，不識何所用諸。

履歷

今之履歷，古之腳色也。《通鑑》：隋虞世基掌選曹，受納賄賂，多者超越等倫，無者注色而已。注色者，注其入仕所歷之色也。宋末參選者具腳色狀，今謂之根腳。又宋人注狀，其始有「並非元祐黨人親戚」字樣，其後有「並非蔡京、童貫親戚」字樣。

阮亭司寇對聯

般彥來舉慶頌王文簡對聯：「天下文章莫大乎是，一時賢士皆從之遊。」又錢亮功名世游京師，除夕以聯送文簡云：「尚書天北斗，司寇魯東家。」由是知名。

名字之妄

士希聖賢，竊比前人，於名字中寓意，往往有之。然尊如堯舜，聖若宣尼，夫誰敢比跡哉！而梁太常丞有唐堯，漢有臨武長虞舜，北魏有都督曹仲尼，唐武后時有拾遺魚孔丘，何其狂妄。

若是

讓語成讖

陳桂林文恭性謙下尹文端居首揆素所推仰一日文恭病文端往視曰吾輩均老不知誰先作古人文恭拱手曰還讓中堂蓋習於撝謙初不覺也文端默然及文恭予告歸方戒途傳聞文端騎箕之信欲回京一弔家人力阻行至韓莊而薨

相士

先六世祖谿父公少時詣一相士問曰得一第乎答曰不僅是更向上曰翰林乎曰更向上曰京堂卿貳乎答如前公曰然則作相矣對曰真者不能假者可致同人曰蓋協揆耳後以明經學博老而以文莊貴受大學士封此事載阮吾山茶餘客話偶閱唐李固幽閑鼓吹載苗晉卿落第遇一老父能知前事問曰某應舉已久有一第分乎曰大有事但更問苗曰某困於窮變然愛一郡可得乎曰更向上曰廉察乎曰更向上曰將相乎曰更向上苗公怒曰將相更向上作天子乎老父曰真者即不得假者即得苗公以為怪誕後果為將相及德宗昇遐冢宰居攝三日二事古今絕相類

相門對

相傳張文端予告歸里榜門云綠水青山讓老夫逍遙歲月　紫宸黃閣看吾兒燮理陰陽此有所仿明王文成父海晚年偶書門聯云看兒曹整頓乾坤任老子婆娑風月愚謂此皆是謝太傅對客語中化來特不如其蘊藉耳

毛西河

西河先生以騰口之辯才而多師心之議論嘗與閻百詩辨地理多穿鑿百詩太息曰汪堯峰私造典禮李天生杜撰故實毛大可割裂經文貽誤後學不淺

僧道

高宗御製詩御史有以沙汰僧道為請者朕謂沙汰何難即盡去之不過一紙之頒天下有不舉行者乎但今之僧道實不比昔日之橫恣有賴於儒氏辟而闢之蓋彼教已式微矣且藉以養流民分田授井之制既不可行將此數十百萬無衣無食遊手好閒之人置之何處故為詩以見意云頹波日下豈能迴二氏於今亦可哀何必闢邪猶泥古留資畫景與詩材大哉王言足以遏邪說而息迂談矣

侯元經

侯元經嘉繙號夷門台州才士也詞賦敏贍屢困場屋年五十官江左縣丞解餉戶部為庫吏需索不即予批迴侯大窘時先文莊公為侍郎見侯名曰夷門也顧司官曰某尚書祭文諸君謙讓不下筆盍屬之即傳至戶部堂後授筆札不移晷成駢體極壯麗某司官復進曰此堂官祭文諸曹司尚需一首亦以相浼侯磨墨濡筆復成四言韻文一時堂上下稱訝不已彼管庫者已袖批文俟侯出而即付之明日束裝成行矣

賭空

今酒令猜枚輒相謂曰前後手不賭空按此說其來已久元人姚文奐詩曰剩將蓮子猜拳子玉手開不賭空正謂此也

絕命詞

洪武中刑部尚書楊靖字仲甯有才識乃未竟其用以冤死臨難之日作詞云可惜跌破了照世界的軒轅鏡可惜顛折了無私曲的量天秤可惜吹熄了一盞須彌有道燈可惜隕碎了龍鳳冠中白玉簪三時三刻休前世前緣定亦可悲矣

金烏玉兔

張衡靈憲曰日者太陽之精積而成烏象烏陽之類其數奇月陰之精積而成獸象兔陰之類其數偶此分陰陽而言之范甯曰日出於卯卯屬兔而兔之宅乃在月中月出於酉酉屬雞而雞之宅乃在日中此又陰陽之精互藏其宅也總之乃日月之積氣非真有烏兔耳

爺爺

玉篇俗呼父曰爺木蘭詩不聞爺孃喚女聲杜詩見爺背面啼爺孃妻子走相送俱以父為爺也今北人呼祖為爺爺宋燕山府永清縣大佛寺內有石幢係王士宗建末云亡爺爺王安孃孃劉氏是稱其大父大母也則此稱自宋時已有之然則當時北軍有宗爺爺岳爺爺之稱直以祖尊之矣

趙秋谷

趙宮贊本與阮亭有隙罷職後益修憾焉嘗遊吳中與吳修齡為莫逆交一日酒酣語修齡曰爾來論詩惟位尊年高者斯稱巨手耳時宋商邱方巡撫吳門聞是語遂述於阮翁寄詩云尚書北闕霜侵鬢開府江南雪滿頭誰識朱顏兩年少王揚州與宋黃州語極蘊藉

十萬卷樓

蕭山王穀塍先生宗炎釋褐後遂不出山里居數十年閉戶著書搜藏甚富顏其居曰十萬卷樓

三字獄

宰輔編年錄岳鄂王獄具。秦檜言岳雲與張憲書其事必須有。斷王爭曰。必須有三字何以使人甘心。今皆作莫須有。檜以險很。故入人罪。必欲使爰書有據。決不以揣棱語了事也。似宜從必須有為是。

文冪酒

知稼翁集注臨安人以點卷冪酒缸。可與覆醬瓿作的對。

掛冠

掛冠之事。清時則鳴高。衰世則避禍。往往有之。紹興中周大理以不肯勘問岳飛獄掛冠而去。天啟中。林祭酒以陸萬名請魏忠賢從祀孔廟。掛冠而去。此等掛冠。榮於錦旋多矣。

詩占身分

張南華（鵬翀）應制賦湯圓句云。甘白俱能受。升沈總不驚。度量可想。莊滋圃（有恭）朝考春蠶作繭詩。經綸猶有待。吐屬已非凡。抱負可想。

藥別名

唐進士侯甯極撰藥譜一卷。盡出新意。改立別名。凡一百九十品。茲擇其雅而趣者錄之。黃芩曰苦督郵。石南葉曰冷翠金剛。沈香曰遠秀卿。神麯曰化米先生。白芷曰三閭小玉。甘遂曰隨陽給事中。酸棗仁曰調睡參軍。紫蘇曰水狀元。藿香曰玲瓏霍去病。大黃曰無聲虎。蛇牀子曰建陽八座。半夏曰痰宮霹靂。艾曰肚裏屏風。細辛曰綠須姜。寄生曰混沌蟆蛉。知母曰孝椀。甘草曰偷蜜珊瑚。肉荳蔻曰脾家瑞氣。附子曰正坐丹砂。生薑曰百辣雲。枇杷葉曰無憂扇。皂夾曰元房仲長統。薄荷曰冰侯尉。俱有意義。德州田山薑癖好新奇。凡病醫以方進。書俗名者不飲也。則知此書之作。千載後有知音者矣。

圓夢

蘇人於況太守廟祈夢。有二人於秋闈前詣焉。夢神各與象棋卒子一枚。醒而不解所謂。一人曰。隔河有圓夢者。君待此。吾往問焉。至則占之者曰。卒之為言止也。非大吉兆。然象棋之卒。以渡河為貴。君之卒已渡河。今秋售後。將來可得一縣令。所以不大顯達者。以卒雖渡河。亦止准行一步也。彼不渡河之卒。一步不可行。其殆以諸生老乎。已而果然。昔唐沈嶠初求縣宰。夢渡江船覆。水分為二。西則清。東則濁。逆沿東而過。占之友人賀曰。君當授浙江分水縣矣。後旬日果應。見謝於友。友勉之曰。為政宜清。昨夜入濁。非佳。後嶠果以濫致命。事見唐于逖聞奇錄。此等圓夢。極有意趣。

懷叔。

晉文公取懷嬴。於此言之則姪婦也。於彼言之則甥女也。名分之間。紊亂已極。較之乃翁烝齊姜。乃弟烝賈君。未達一間耳。

萵筍

北城萵筍最美。有客問南中何以敵此。汪鈍翁曰。橘柚秋黃。楊梅夏紫。此與千里蓴絲。末下鹽豉。春初早韭。秋末晚菘。同一風致。

頭

牛羊稱若干頭。而食物亦可稱頭。晉元帝謝賜功德淨饌一頭。又謝齋功德食一頭。又劉孝威謝果食一頭。奴亦可以稱頭。梁簡文帝書言安成王餉胡子一頭。並見唐段公路北戶錄。

檳榔

南史劉穆之以金柈盛檳榔。宴妻兄弟。則此品六朝已尚之。本草。檳榔大腹皮子也。陶隱居曰。尖長而有紫紋者曰檳。圓而矮者曰榔。出交州者小而味甘。出廣州者大而味澀。粵人以蠣房灰染紅。包浮留藤葉（俗呼蔞葉）食之。每一包曰一口。按梁陸倕謝安成王賜檳榔一千口。見北戶錄。則口之為稱。其來已久。其食也滿口咀嚼。吐汁鮮紅。邱濬贈五羊太守詩云。階下腥臊堆蜆子。口中膿血吐檳榔。此言其鮮者。乾者本地人不常食。多行於外省。京師人亦嗜此品。雜砂仁荳蔻貯荷包中。竟日細嚼。唇搖齒轉。態狀可憎。漁洋山人調程給事詩云。趨朝問夜未渠央。驗鼓聽官有底忙。行到前門門未啟。轎中端坐嚼檳榔。讀之失笑。然程係南海人。固無足怪。今之士大夫往往耽之。余三滯京師。兩遊嶺海。酒酣以往。手奉難辭。間一效顰。則蹙額攢眉。苦澀難忍。而甘之如飴者。其別有肺腸耶。

文士淺陋

國朝唐勘諸生詩學策內。有稱唐之王阮亭。宋之白樂天。此亦可與問堯舜一人二人者步後塵矣。

林撫軍奏疏

江蘇賦稅甲於天下。自元迄今。未之有改。豐年尚可支持。歉歲即形拮据。比來連年水旱。勸捐議賑。一而再三。閭閻多罄。民財告匱。巡撫林公一摺。剴切敷陳。因全錄之。道光十三年十一月十三日。江蘇巡撫林則徐片奏。再江蘇連年災歉。民情竭蹶異常。望歲之心。人人急切。今歲雨暘時若。滿望得一豐收。稍補從前積歉。乃自六月間江湖盛漲。沿江各縣業已被災。其時蘇松等屬。棉稻青蔥。猶冀以江南之贏。補江北之絀。蓋本省漕賦。在江北僅十之一。而江南居十之九。故蘇松等屬秋成。關係尤重。惟所種俱係晚稻。成熟最遲。秋分後稻始揚花。

偏值風雨陰寒遂多秀而不實然大概猶不失為中稔迨九月後仍復晴少雨多晝則霧氣迷濛夜則霜威寒重雖已結成顆粒僅得半漿鄉農傳說暗荒臣猶不信於立冬前後親坐小舟密往各處察看見一穗所結多屬空稃半漿之禾變成焦黑實先前所不及料然猶盼望晴霽庶可收穫上年不意十月以來滂沱不止迅雷閃電晝夜數番自江甯以至蘇松見聞如一臣率屬虔誠禱懺懍懼滋深雖中間偶爾見晴而陽光熹微不敵連旬盛雨在田未割之稻雖免被淹即已割者欲曬無從亦多發芽霉爛鄉民烘焙勉強試礱而米粒已酥上礱即碎是以業戶至今未得收租臣先因欽奉諭旨新漕提前趕辦當經欽遵嚴飭各屬勸令先具限結將何日開倉何日徵兌何日開行營載結內並聲明如有逾期願甘參辦字樣呈送如不具限即以才力不勝立予參撤不使戀棧貽誤各屬皆具結遵辦然賦從租出租未收納賦自何來當此情形屢變之餘實深焦灼又各屬沙地祇宜種植木棉男婦紡織為生者十居五六連歲棉荒歇業生計維艱今年早花已被風搖而晚綿結鈴尚旺如得晴暄天氣猶可救之桑榆乃以雨霧風霜青苞腐脫計收成僅止一二分小民紡織無資停機坐食且節候已交冬至即趕緊種麥猶恐過時況又雨雪紛乘至今未已田皆積水難種春花接濟無資民情更形窘迫此在臣奏報秋災以後歉象加增日甚一日之情形也地方以秋災不出九月不許妄報原係遵守定例然值連陰苦雨人心難免惶懼外縣城鄉不無搶掠滋鬧之事臣飭委文武大員分投彈壓現已安靜除寶山鄉民補報歉收擁至縣署一案另摺奏明嚴拏提審外其餘情節較輕例不應奏者亦當隨案照例懲辦以戢刁風惟據續報歉收情形勘明屬實不得不照續被災傷之例酌請緩征正在繕摺具奏間承准軍機大臣字寄欽奉○上諭近來江蘇等省幾於無歲不緩無年不賑國家經費有常豈容以展緩曠典年復一年視為相沿成例並奉○諭旨該督撫等不肯為國任怨不以國計為亟是國家徒有加惠之名而百姓無受惠之實無非不肖官吏私充囊橐大吏祇知博取聲譽等因欽此臣跪誦之下兢凜慚惶莫能言狀伏念臣渥蒙○恩遇任重封圻且居此財賦最繁之地乃不能修明政事感召和甘致他方屢有偏災極知經費有常而不得不為賑恤蠲緩之請撫衷循省已無時不汗背醜顏乃蒙○皇上不加嚴譴○訓飭周詳凡有人心皆當如何感愧況臣受○恩深重曷敢自昧天良若避怨沽名不以國計為亟則無以仰對○君父即為○賊之所不容臣雖至愚何忍出此即如上年臣到蘇之後秋成僅六分有餘而蘇松等四府一州於徵兌新漕之外尚帶運十一年留漕二十萬石合計米數將及一百八十萬為歷來所未有之多原因○天庾正宗不敢不竭力籌辦其辛卯年地丁督同藩司陳鑾催

提嚴緊亦於奏銷前掃數全完業經專摺奏蒙　聖鑒在案竊惟盡職之道原以　國計為最先而　國計與民生實相維繫　朝廷之度支積貯無一不出於民故下恤民生正所以上籌　國計所謂民惟邦本也本年江湖盛漲係由黔蜀湖廣江西安徽各省大水併入長江其破圩淹灘等處原不止上元六縣臣所請撫卹第舉其最重者而言仰蒙　皇上天恩准給口糧災黎感淪肌髓嗣經官紳捐資撫卹臣即復行奏請毋庸動項將所發上元江甯句容江浦儀徵五縣銀兩留為辦賑之需其丹徒一縣捐項已有五萬餘兩並足以敷賑濟當將前發之銀提回司庫凡此稍可節省之處均不敢輕費　帑金惟於災分較重又難猝集之區則不得不酌給例賑臣等另摺請撥之十三萬兩僅分給十二縣衛軍民雖地方曆而戶口多亦只得撙節動撥此外無非倡率勸捐以冀隨時接濟惟頻年屢勸捐輸即紳富之家實亦力疲難繼查道光三年大災通省捐至一百九十五萬餘兩至道光十一年災分較前相埒僅能捐至一百四十六萬餘兩其餘各年捐項較絀此時閭閻匱乏勸諭愈難若觀此情形待哺災黎不能不勉籌推廓臣與督臣率同司道等官各先捐廉倡導以冀官紳富戶觀感樂施凡此情形皆人所共覩不肖州縣揑災冒賑地方刁生劣監豈肯不為舉發而紳富之家又安肯聽其勸諭捐貲助賑至再至三且揑災而轉自捐廉似亦無此愚拙之州縣也至展緩之舉祇能緩其目前仍須徵於異日非如蠲免之項慮有侵吞州縣之於錢漕未有不願徵而願緩者至必不得已而請年復一年則地方凋敝情形早已難逃○聖鑒然臣初亦不料其凋敝之一至於此是今漕務瀕於決裂時刻可虞臣不得不將現在實情為我○皇上密陳梗概查蘇松常鎮太倉四府一州之地延袤僅五百餘里歲徵地丁漕項正耗額銀二百數十萬兩漕白正耗米一百五十餘萬石又漕贈行月南屯局恤等米三十餘萬石比較浙省徵糧多至一倍較江西則三倍較湖廣且十餘倍不止在米賤之年一百八九十萬之米即合銀五百數十萬兩若米價昂則暗增一二百萬兩而人不覺況有一石之米即有一石之費逐層推計無非百姓脂膏民間終歲勤勞每畝所收除完納錢漕外豐年亦不過僅餘數斗自道光三年水災以來歲無上稔十一年又經大水民力愈見拮据是以近年漕欠最多州縣買米墊完留串待徵謂之漕尾此則虧空之一端曾經臣縷晰奏聞然其勢已不可禁止矣臣上冬督辦漕務將新舊一併交幫嗣因震澤縣張亨衢辦漕遲誤奏參革審而漕米仍復設法起運不任短少皆因正供緊要辦理不敢從寬也今歲秋禾約收已遜去年茲復節節受傷發芽霉爛詢之老農云現在縱能即晴趕曬糟朽之穀比之上年每畝已少收五六斗就蘇州一府額田六百萬畝計之即已少米三百餘萬石合之四府

一州短少之米有不堪設想者民間積歉已久蓋藏本極空虛當此秋成之時糧價日昂一日實從來所未見米歲青黃不接不知更當何如小民口食無資而欲強其完納即追呼敲扑法令亦有時而窮前此漕船臨開有缺米州縣尚能買補近且累中加累告貸無門今冬情形不但無墊米之銀更恐無可買之米曩時蘇松之繁富由於百貨之流通挹彼注茲尚堪補救近年以來不獨江蘇屢歉即鄰近各省偏災布足絲綢銷售亦少權子母者既無可謀之利任筋力者迄無可趁之工故此次雖係勘不成災其實困苦之情竟與全災無異臣惟有一面多勸捐貲妥為安撫一面督同道府州縣將漕務設法籌辦總不藉口就延但本年已請緩徵之處尚不過十分中之一分有餘此外常鎮等處亦已紛紛續稟臣核其情形略輕者無不先行駁飭但天時如此日後情形如何臣實不能預料晝見陰霾之象自省從尤實聞風雨之聲難安枕席並與督臣陶澍書函往復於捐賑辦漕等事思艱圖易反覆商籌椿思之間聲淚俱下從此即能晴霽歉象尚不至更加如其不然臣惟有再行據實奏聞仰求 訓示遵辦大江南北各省通儲且中外仕宦最多一切實情難瞞眾人之耳目臣如捏飾非無可以告發之人我 聖主子惠黎元 恩施無已正恐一夫不獲是以察核務廣但民間困苦頗連尚非語言所能盡本年漕務自須極力督辦而睠此景象時時恐滋事端至京倉儲蓄情形臣本未能深悉倘通盤籌畫有可暫紓民力之處總求 恩出自天多寬一分追呼即多培一分元氣況 天心與 聖心相應定見祥和善被屢慶綏和長使 國計民生悉臻饒裕臣不勝延頸頌禱之至

東周

吾其為東周乎孫履齋奕示兒編云此是反辭言必興起西周之盛豈肯復為東周之衰乎說本伊川較舊注頗勝

斫

斫之若切今人讀若坎張文潛明道雜志云世傳朱全忠作四鎮時一日偶出遊全忠忽指一方地曰此可建一神祠試召視地工驗之工久不至全忠怒甚左右皆失色良久工至全忠指地示之工再拜賀曰此所謂乾上龍尾地建廟固宜然非大貴人不見此地全忠大喜薄賜而遣之工出賓僚戲之曰爾若非乾上龍尾便當坎下驢頭則知呼斫為坎此音之訛由來久矣

破瓜

樂府碧玉破瓜時即為情顛倒破瓜字為二八指十六歲時也談苑載張洎詩云功成懸在破瓜年後洎以六十四歲卒破瓜字亦二八也則此二字老少男女俱可用之

口采

口采吉語也宋高宗自建康避入浙東至蕭山有拜於道左者上問為誰對曰宗室趙不衰上大喜曰符兆如此吾無憂矣見揮麈後錄趙丞相鼎當國有薦會稽士人錢唐休者趙適聞邊報見其名因不悅曰錢唐遂休乎因竟棄置不用見雞肋編中興君相俱沾沾於讖語之吉凶如此無怪近日杭人動輒須討口采也

偷書官兒

明司禮監大藏經廠貯列朝書籍甚富楊新都東鈞升庵太史挾父勢屢至閣繙書多所攜取其後主事李繼先奉命查對又復盜易宋刻精本至熹廟時已寥寥矣嘗於六月六日奏請曬晾王音卒問曰嘉靖間偷書的楊姓官何處人兒左右莫能對蓋上在青宮時與聞於光廟也

明左藏

有明三百年帑藏頗盈即闖賊出奔猶輦大內金銀數十車以去何至末造之貧如此王露湑譽昌崇禎宮詞注魏閹被譴出都之日自言曰上若此我禍酷矣然彼亦未為福也蓋籍注與厚藏之所甚密闖不以告而思陵憂勤十七載竟未之知也

避諱

葉文敏方藹官翰林學士修四書講義至羔裘元冠不以弔為〇聖諱商於同僚俱未有以對翰林典簿穆維乾進曰大字當仍原字以尊經小注改元字以避諱文敏問何所本對曰中庸慎獨乃原字小注改謹字文敏大悟曰余自幼疑此始知朱子為避諱也深加敬禮

公牘

公牘字義有不可解者查浮木也今云查理查勘有切實義弔傷也愍也今云弔卷弔冊有索取意綽寬也今云巡綽查綽有嚴緊義當有所本未之考也喜應楊滋圖游幕南陽作楹帖云勞形於詳驗關咨移檄牒寓目在欽縈奉准據為承

隋唐演義

隋唐演義小說也敘煬帝明皇宮闈事甚悉而皆有所本其敘土木之功御女之車矮民王義及侯夫人自經詩詞則見於迷樓記其敘楊素密謀西苑十六院名號美人名姓泛舟北海遇陳後主楊梅玉李開花及司馬戡逼帝朱貴兒殉節等事並見於海山記其敘宮中閒廣陵圖麻叔謀開河食小兒冢中見宋襄公狄去邪入地穴皇甫君擊大鼠殿腳女挽龍舟

等事並見於開河記三記皆其叙唐宮事則雜採劉餗隋唐嘉話曹鄴梅妃傳鄭處誨明皇雜錄柳珵常侍言旨鄭棨開天傳信記王仁裕開元天寶遺事無名氏大唐傳載李德裕次柳氏舊聞史官樂史之太真外傳陳鴻之長恨歌傳貫綽之以本紀列傳而成者可謂無一字無來歷矣

言可棋

常熟言可棋尚熙著雨翠山房詩鈔四卷五言云池平魚意靜稻熟鳥聲酣七言云長風動與松楸戰秋氣逼成江海潮

父母稱呼

稱父曰爺曰翁曰爹曰爸而惟閩人之稱郎罷為最奇稱母曰娘曰姥曰嬭曰㜷而惟粵人之稱阿吉為最奇按滇人亦呼阿吉照此則有所謂也宋高宗稱徽宗曰爹爹見四朝聞見錄宋太祖稱杜太后曰娘娘見鐵圍山叢談近日杭人大族之稱大約本此舊唐書王琚傳明皇稱睿宗為四哥明皇子棣王傳棣王稱明皇為三哥四朝聞見錄高宗稱韋太后曰大姊姊此一時習慣不可為訓耳

殺人

嘗聞先輩云士君子無操刀殺人之事然有不手刃而甚於殺者二一曰授徒一曰行醫言之凜然不可不慎也

函丈方丈

曲禮席間函丈函容也謂席間之地可容一丈也孟子食前方丈謂羅列饌品寬至一丈也若僧舍曰方丈則取維摩石室以手板縱橫量之得十笏名方丈室與孟子方丈異

無稽之談

釋文堯殺長子考監明尸子舜兄狂弟傲竹書紀年太甲殺伊尹韓詩外傳柳下惠殺身以成其信淮南人間訓曹共公觀晉文公駢脅使袒而捕魚墨子明鬼鄭穆公見句芒神錫壽十九史通雜說自古刑餘之人惟以彌子瑕為始風俗通秦穆公殺百里奚而非其罪說苑尊賢介之推十五相荆仲尼使人往視墨子非儒下篇晏子對齊景公曰孔丘之荆知白公之謀而奉以石乞論衡問孔篇孔子見陽貨汗流卻走癸辛雜識仲尼本名兵已乃去其下二筆論衡龍虛篇子貢滅鬚為婦人何休公羊注定姜服五加皮不死顏氏家訓勸學篇曾子七十乃學齊宣王見屠羊者哀其無罪以豕易之此見幽求子皆無稽之談也

佛誕

春秋莊七年夏四月辛卯夜恒星不見夜中星隕如雨相傳是日為佛降生之日按辛卯為四月初五日然則初八浴佛乃循世俗三朝洗兒之說也

紙褥

雲南騰越州善製紙褥一牀可用六七年堅滑馴軟無其匹也廣東始興清化山人亦能作之然不如滇製洞庭蔡洗凡廷棟為余言又貴州出紙硯先伯祖諫庵公有一方用之歷年余曾見之可入水滌亦一奇也

女媧

金檜門宗伯奉命祭古帝陵歸奏女媧聖皇乃陵殿塑女像鄙婦咸往祈祀殊駭見聞請有司更正奉旨照所請行後數年中州人至京好事者問之曰像雖議改尚未舉行緣彼處香火之盛皆由女像故可聳動婦女廟祝以為奇貨即地方官吏亦有裨焉若更易男像恐香火頓衰于冰璜云何不另立男像而以原像為帝后其香税不更盛耶事見阮吾山茶餘客話調停之論實足解頤然考女媧氏三墳以為伏羲后虞仝與馬異結交詩以為伏羲婦風俗通以為伏羲妹而路史稱為皇母易繫疏引世紀稱曰女皇外紀稱曰女帝淮南覽冥注稱曰陰帝須彌四域經稱為寶吉祥菩薩列子注云女媧古天子山海經注云女媧古神女而帝者而唐人貢媚武氏遂有吉祥御宇之語又論衡順鼓云董仲舒言久雨不霽則攻社祭女媧俗圖女媧之像作婦人形審是則以女媧為女自漢已然不自近世始也積重難返更之匪易矣

敗子

今人呼不肖子曰敗子或曰敗當作稗稗所以害苗也寶積經說僧之無行者譬如田中生稗子其形不可分別也此說亦通

達語不可為訓

李文饒平泉草木記云以吾平泉一草一木與人者非吾子孫也歐陽公譏其鄙吝唐杜暹家藏書每卷後題云清俸買來手自校子孫讀之知聖道鬻及借人為不孝後人謂其所見不廣然余謂達觀之見止可自攄心胸不可垂訓子孫三代鼎鐘皆聖賢之制款識具在不曰永寶用則曰子子孫孫永用享豈聖人超然遠覽不能忘情於一物耶彼李杜二公亦豈不知身後之保守與否不能逆料而故作是語者以為垂訓之體不得不然也自莊列之說興遂以天地為逆旅形骸為外物創浮雲敝屣之談而不為碩果苞桑之想是烏可以為法哉惟向若水盡納寶器書畫於壙內米海嶽悉焚法書名繪於生前則真不達觀耳

銀槎

道光乙酉，胡書農學士（敬）以朱碧山銀槎飲客，上鐫至正乙酉年造，有碧山款識，計翻花甲第九巡矣。學士首唱詠之，諸杖士明府（嘉樂）、莊芝階舍人（仲芳）、吳子律（衡照）、孫雨人（同元）兩學博、汪小米中翰（遠孫）暨家大人皆有和作。因考王阮亭、朱竹垞皆有碧山銀槎歌，詩序注中言之甚詳，係元至正壬寅年所造，朱以鍛銀出名，所造固不止一槎也。今聞蓀館客話云：見一槎杯，首有獄壽無疆四字，左朱華玉造，右至正乙酉年，底鐫槎杯二字。杯尾詩云：欲造明河隔上闌，時人浪說貫銀灣。如何不覓天孫錦，尺帶支機片石還。圖書碧山二字。此槎本孫北海所藏，後歸宋王叔施愚山、曹實庵各賦長歌。王叔沒，流落至京，高江村復於市上得之，亦賦長歌紀事，所謂二十年中有聚散，宋孫墓木拱可悲，此杯後歸陸費丹叔（墀），是又一銀槎也。按碧山特一尋常銀工，當日與陸子綱治玉、濮仲謙治竹、歸懋德治錫、呂愛山治金、王小溪治瑪瑙、蔣抱雲治銅、時大彬治砂、江千里治嵌漆、屈尚鈞治圖章、顧青娘治硯、李馬勳治扇，齊名而手澤留傳，代有題詠，何其幸歟。

定風螺蜈蚣劍

孫雨人學博家藏右旋定風螺一枚，又舊劍一柄，其鞘係蜈蚣巨殼所為，百足之痕猶隱隱馬。二物皆貯庫中滿出者。

耳誦

凡讀書聰敏者曰過目成誦。唐宋若昭牛應貞傳云：少而聰穎，經耳必誦。耳誦甚新，可與耳學作證。應貞年十三，一夜夢中讀左傳三十卷，醒而成誦，亦一奇也。

櫻桃青衣

湯玉茗邯鄲夢全組織唐李泌枕中記而成，而豈知枕中記又與任蕃夢遊錄中櫻桃青衣一則形影相似。一曰開元，一曰天寶，不知孰相沿襲也。

聖穀篇語

國朝嶺南文鈔張南山聖穀篇語云：果中有核，肉中有骨，言中有物。三語括盡要旨，修辭家宜奉為玉圭金臬。

楊訒庵

其論二蘇文云：東坡得浩然之氣，穎濱得粹然之氣。句山先生以為名論。

米價

愧郯錄：溫公曰：太平興國時米一斗十餘錢，此其至賤者也。明史李標傳：永寧宣撫奢崇明反，攻貴陽，官廩告竭，米升值二十金，此其至貴者也。

東坡行二

世稱東坡為長公，而實則行二也。公字和仲，序次顯然。黃涪翁題李氏園詩云：題詩未有驚人句，會喚謫仙蘇二來。歐陽公蘇明允墓誌云：生三子，曰景，早卒，公又字子平。見文丹淵集。

測字

崇禎末年，流寇信急，上日夜憂勤，一夕遣內臣易服出禁，採聽民間消息，遇一測字者，因舉一友字詢之，問何占，曰國事。曰不佳，反賊早出頭了。急改口曰非此友字，乃有無之有。曰更不佳，大明已去其半矣。又改口曰非也，申酉之酉耳。曰愈不佳，天子為至尊，至尊已斬頭截腳。內臣咋舌而還。又南昌張曼胥，偕大學士張位之弟醫卜堪輿風鑑之術靡不通曉。萬曆間遊遼東，歸語人云：吾觀王氣在遼左，又觀人家葬地，三十年後皆當大富貴，閭巷兒童走卒往往多王侯將相，天下其多事乎。人以為狂，既而果一一皆驗，乃知真龍之興，非偶然也。

朝鮮詩

康熙十七年，命一等侍衛狼瞫頒孝昭皇后尊謚於朝鮮，因令采東國詩歸奏。副行孫致彌遂撰朝鮮采風錄，詩多近體，漁洋山人采之不下數十首，余於其中愛三人焉，因節錄之。金淨江南春思云：江南殘日暮懨懨，愁逐年華日日添。飽燕來時春欲暮，杏花微雨下重簾。鄭知常醉後云：桃花紅雨燕呢喃，繞屋春山間翠嵐。一頂烏紗慵不整，醉眠花塢夢江南。李植泊漢江云：春風急水下輕艘，朝發驪陽暮漢江。篙子熟眠鷗鷺靜，青山無數過船窗。雖中華能為詩者，何以過此。

驚燕

凡畫軸裝裱既成，以紙二條附於上，若垂帶然，名曰驚燕。其紙條古人不粘，因恐燕泥點污，故使因風飛動以恐之也。見高江邨天祿識餘。

賒抵折

無錢取物曰賒，以物質物曰抵，買物減價曰折。周禮地官司市以泉府同貨而斂賒，注云：無貨則賒貰而予之，此賒字之始也。又泉府貰者各從其抵，此抵字之始也。尚書關石和鈞注：關者謂彼此通同而無折閱，此折字之始也。

詩魔

先後筍爭滕薛長，往來鷗背晉秦盟，句纖巧已極，然猶有巧思。偶閱宋人詩有云：嶺松立雪周

官東塢竹藏雲簡易深求新至此真魔道矣

須臾

儀禮聘禮通究辭曰寡君有不腆之酒請吾子與寡君須臾焉注須臾言不敢久古者樂不踰辰燕不移漏其解頗協而丹鉛錄云須待也左傳寡君須矣是也臾者從申從乙乙屈也猶今人言恭候屈降也其說未免牽强

悵懷詞

余中年喪偶不欲再娶因於粵中置一妾張姓順德人貌端雅性亦柔順以故三載以來上下帷闥俱無閒言先君棄世余以官事留逗穗城眷屬先歸因命其侍太夫人啟行亦唯唯無異詞會當改歲乞賦歸甯余以新年而兼將遠離勉從所請孰意杯酒之間密謀起矣太夫人定於上元次日起身屆期僕婢在舟行李在道車馬在門母來送行堅辭不去再三諭之遂剪髮自誓余不得已遣之酒闌燈灺未免有情因賦悵懷詞四章云紅銷翠歇惹愁多悶倚闌干喚奈何月在雨前微有暈風行水上易生波椰兒酒熟迷么妹椒子花開遲孟婆十二金鈴齊墜地曉來飛報有鸚哥　桃花流水碧沈沈知比愁深比恨深齒濺青梅太酸楚手拈紅豆費沈吟剖脾已見蜂腰斷劉骨空將雀腦尋卿是飛鳥儂是角迢迢銀漢兩般心

飛燕生生避伯勞非關撤李又尋桃可憐明月新團扇斷送春風快剪刀銜木鵲巢欹不穩罥花蛛網濕難牢尊前莫唱韋郎柳容易星星感鬢毛　悔將花網一分寬蝙蝠飛來巢合歡强弩未雖穿魯縞空箱秋忍棄齊紈茶丁絲比蓮心苦梅子黃嫌棗樹酸聞說蓬山今不遠教人何處覓青鸞

一丁

談徵云唐書挽兩石弓不如識一丁字按續世說此乃个字蓋丁與个似誤傳寫也其說頗得

釐毫絲忽

釐易緯通卦驗謂馬尾也十馬尾為一分毫孟康注漢書曰兔毫也十毫為釐忽孫子算術曰蠶絲也蠶所吐絲為一忽

大太

此二字歷東始興人呼之互易如稱太陽曰大陽太爺曰大爺大兄大弟反曰太兄太弟若欲稱大人大老爺視其所書則必曰太人太老爺百口諭之終不可破因錄東谷所見一則以資笑柄一主一僕行役忽登一山宮碑大書大行山三字主欣然曰今日得見太行山僕笑曰官人不識字只有大行山安得太行山主叱之僕曰官人試問此間土人若是太行山恭罰一貫若是大行山官人賞一貫主人笑而許之至一郵學老儒出接主具述其事老儒笑曰主當賞僕矣此只是大行山主不得已退而賞之僕即欣然沽飲而主意卒不能平復見老儒曰將謂公土居又有書可證何亦如蠢僕之言耶老儒大笑曰公可謂不曉事一貫錢細事耳好教此輩永不識太行山是老儒之言頗有意味蓋有真是非過無識者正不必與之辨也山海經太行山一名五行山列子作大行山則二字本當如字讀此僕之考覈勝乃主多多矣

題驛詩

帆力劈開千頃浪馬蹄踏破五陵青浮名浮利過於酒醉得人間死不醒此題驛亭詩也讀之使人豪氣頓消

稱名

林稀庵明倫云孔子之語門人亦曰丘韓子之答後進亦曰愈足見聖賢真摯

命名雙聲疊韻

錢竹汀宮詹云古人以二字命名者多取雙聲疊韻與夷華來濟塗彌明彌牟滅明由余餘姚皆雙聲也尨降臺駘鉏吾闔廬丘居髡頑州仇魁壘皆疊韻也

四書令

憶少時集鴛部許周生先生宅為長夜之飲席間舉四子書為令以兩句湊成古人名姓而此二字只許書中一見者曹交問曰植其杖而云植曹爰及姜女曲肱而枕之肱姜孟子自范之齊以追蠡范蠡會計當而已矣反其旄倪倪計昔者公劉好貨晨門曰劉晨井上有李文理密察李密而在蕭牆之內也公孫衍蕭衍諸如此類又集四聲句何以報德康子饋樂天下大悅君子上達兄弟既翕妻子好合兵刃既接能者在職諸人苦思僅得八句耳

晉文公夢

城濮文公之夢子犯解得極巧而潛夫夢列篇云晉文夢楚子伏己而盬其腦是大惡也及戰乃大勝此極反之夢也又說文夢字繫傳王符曰夢寐徵怪所以警人晉文夢伏己盬腦以其有文德之教能自警戒故能敗楚此說極其迂闊

宋孝宗

光堯內禪壽皇竭天下之養以奉經營德壽宮數倍大內巧麗無匹宮內設立小市因不免有私釀者右言正袁孚奏北內私酤光堯大怒帝謂袁曰昨太上怒甚宮中夜宴太上遣賜酒一壺御筆親書德壽私酒四字因寢其奏事見程史又當時征斂無節裝載者必須賞綠

宮掖字樣乃可以免辛稼軒云曾見龔船旗號見宋稗類鈔於此見高宗之庇護而孝宗之體貼入微也乃其後不得於其子婦天寒宮家且飲酒一語怨婦口吻千載猶堪切齒矣

異才戾氣

呂不韋以陽翟大賈而文學如此淵博石季倫以江洋大盜而詩筆如此奇麗同一富貴而卒歸烏有此天生一種異才亦天生一種戾氣也

大行

宮車晏駕曰大行大行者不返之詞也宋理宗之喪湖州教官劉傛請祝行字作去聲以為大行受大名細行受細名者謚法也天子新崩尚未有謚故且稱大行皇帝也其說於義亦通見癸辛雜識

汲冢書

汲冢書出魏安釐王墓中共七十五篇其言大率與經史相反益干啟位啟殺之太甲殺伊尹夏曆多於殷安得此無稽之談至謂文王殺季曆則以大聖人而誣以弒父弒君是誠何心哉此種書惜出秦火之後

酒盧

前漢食貨志作酒一均開盧以賣臣瓚注盧酒甕非也盧者賣酒之處累土所築形如鍛盧所以溫酒者文君當盧黃公酒盧是也且開盧以賣其文甚明即今店家熱折零沽酒耳

化鶴

丁令威化鶴見干寶搜神記此人人知之也又神仙傳蘇仙公桂陽人昇雲而去後有白鶴來止郡城樓人或彈之以爪書曰城郭是人民非三百甲子一來歸我是蘇君彈我何為故黃涪翁次韻蘇翰林出遊詩云人間化鶴三千歲海上看羊十九年並用蘇家典故也

子呼公

晁錯父呼子為公陸賈呼子為公蔡京呼子為公蔡猶帶呼蓋陸則專呼也

酒價酒味

唐人白樂天詩共把十千沽斗酒李白詩金尊斗酒沽十千王維詩新豐美酒斗十千許渾詩十千沽酒留春醉一斗酒賣十千錢價乃昂貴若是惟少陵詩速令相就飲一斗恰有三百青銅錢此則近理按唐食貨志云德宗建中三年禁民酤以佐軍費置肆釀酒斛收值三千又楊松玠談藪載北齊盧思道常云長安酒賤斗價三百此皆可證也漢酒價每斗一千典論曰孝靈帝末年有司沽酒一斗直千文較之唐且三倍有奇矣或曰唐人好飲甜酒引子美詩曰人生幾何春與夏不放醇酒如蜜甜退之詩曰一尊春酒甘若飴丈人此樂無人知為證不知以酒比飴蜜者謂其醇耳非謂甜也白公詩曰甘露太甜非正味醴泉雖潔不芳馨又曰戶大嫌甜酒才高笑小詩又曰甕揭開時香酷烈餅封貯後味甘辛然則不好甜酒之證明矣借曰好之亦非大戶可知古今口味豈有異嗜哉

二形一聲

一身具二形者俗呼陰陽人晉五行志謂之人痾道教經謂之半變佛書謂之博叉年釋迦一人具二聲者古謂之譯今俗呼通事南蕃海舶謂之唐帕西方蠻猺謂之蒲叉

精靈

宋盛大監勵紹興初知襄陽府治有一樓為公退時燕息之所大監常獨居樓上命一老兵守其下卧榻前置大浴斛取漢江水滿注其中日易新水老兵久而疑之隙壁梯而竊視乃一大鯉魚金鱗赬鬣游泳斛中如覺有人注目窺者凝然久之老兵驚懼趨下自是撤斛不復取水見宋郭彖睽車志宋楊戩為節度使署後一樓戩屏左右獨處其上一日有偷兒盜伏其室之梁間見浴盆中有一金色大蝦蟆奮迅而戲轉瞬不見而楊已偃息在牀偷兒驚墜於地楊若預見之者擲一銀毬與之似囑其勿洩自楊公去任後始敢稍稍言之見宋稗

類鈔宋米海岳知無為軍晨興呼譙門鼓吏問夜來三更何以不聞鼓聲對曰中夜有巨白蛇纏繞其鼓故不敢擊米頷之叱吏去不復問人於是皆疑其為蟒精見襄陽志林錢武肅王宮中一日有人見一甚巨蜥蜴金睛閃爍伏於油缸之上吸油大懼而退次日王謂宮人曰吾昨夜三更夢有人請食麻蒸過飽宮中人有洩昨言於上者亦頷之而不責也見鶴林玉露蓋轉輪中有所謂星精僧者並皆有之此其精類也阿嬰大鼠祿山豬龍豈妄紀哉

王介

宋王介性輕率喜怒易形於色與人鮮有合者而獨與荊公友善工詩除湖州知府一日謁荊公荊公口占一絕贈之曰吳興太守美如何太守詩才未足多遙想郡人迎下擔白蘋一夜起蒼波蓋以其性易觸怒亦以規勸之也介得詩悻悻而去和云吳興太守美如何太守從來惡祝鮀生若不為上柱國死時猶合署閻羅明日盛氣而誦於荊公荊公笑曰閻羅現缺請速赴任不意以荊公之剛愎躁率而居然猶有過之者

互用典故

李湜誤東林寺舍利碑云龐統以才高位下遂滯題輿陳蕃以德峻名沈初膺展驥展驥是龐統事題輿是陳蕃事而乃顛倒用之其誤耶抑兩典並用故以為文之錯綜耶

經語詼諧

閒談以經語詼諧，亦是侮聖人之言，然有足以捧腹者。戚友家有喜事，余弔後適坐帳房。司帳者時不在，有姚姓老翁取酒獨飲，誤斟於几，倉猝間取几上謝帖拭之。俗以紙揩水曰拭司帳者來問曰：是誰手閒，糟蹋一張謝帖？旁有一人曰：堯老而舜攝也。又有兄弟二人雙生，其友人某往往誤認，一日遇其兄，遽呼之曰二老。旁有知之者曰：渠大老也。其人曰：總是一般的二老者，天下之大老也。又有一商家子舉殯，車馬引導之盛，窮極侈靡，有述之者曰：今日某家喪事，從未見有如是之闊者。杭俗以盛為闊座中一人曰：此所謂吁嗟闊兮，不我活兮，是也。

安吉

湖州以南宋潘丙之亂，改名安吉。潘安丙吉，仍寓人名。此史相之狡獪也。與子瞻儋州、子由雷州、魯直黃州，同一心智。

卑之無甚高論

卑之無甚高論，今人以為所論甚卑，非也。漢張釋之傳：釋之朝畢，因前言便宜事。文帝曰：卑之，無甚高論，令今可行也。張因陳秦漢間得失。文帝稱善。蓋文帝懼釋之言三皇五帝之事，無益於時，故使卑其語，而勿爲高論。自當分作兩句讀。今人連讀之，故失古人言下之意也。

望帝

杜鵑向以為蜀帝之魂，非也。華陽國志蜀志云：蠶叢魚鳧之後，有王曰杜宇，稱帝曰望帝。更名蒲卑。自以功德高於諸王。會有水災，其相開明決玉壘山以除水害，帝遂委以政事，禪位於開明，乃升西山隱居。時適二月，子規鳴，蜀人悲之。聞杜鵑之聲，則曰望帝也。然則因鳥思帝，非帝之化鳥矣。

兩般秋雨盦隨筆卷七終

兩般秋雨盦隨筆卷八目錄

太字通世　忽親　陰壽　首陽山
左傳對　佘太君　戒殺生　山魈焦僥
願為人婦　蔗蟲　徐中山女　野合
寓錢　步　三蘇祠對　腹葬
鬼畏桃　方夫人詩卷　蛻岩詞　知訓見字
程少山　鬱栗　袍　尖頭靴
蝴蝶庵詩　雲貞寄外書　河東山西　雙聲
黃雀銀魚　土饅頭　罷官詩　饁婦吟詩
百花冢　翰苑吏　西施封神　朝儺
郭汾陽　通文　家弟家孫　李東白
物理　舉皋陶　冥婚　名字通用
十二時　薛蕩　朱儒　對聯
妯娌　妻作夫誌銘　帳　葵扇

柴窯　詩評　詠旗亭畫壁詩　秩
任城太白酒樓詩　硯瓦　太公　行酒之法
鄧會　伏波　壽堂　姬
馬精代蠶　白髮　蘇小小　邱嫂
吳日章　進士不讀史記　口語成讖　虎狼
後身　同氣之異　阿蠻　妒律
史閣部書　萬歲　鋼　修竹楊家
古字　李赤　丹青引　蓴菜
繡帳錦帳　禽獸殉難　帝王別號　成語對
粵僧詩　文人詩　動物出土　公牘
誤出經題　觴字　押木字　太公年
里老答縣官　諱　學生次序　四克
日月燈　拾遺記　尚主　臺閣詩
奇逢　日月如丸如扇　陽朔縣　典故歧出

兩般秋雨盦隨筆卷八

錢唐梁紹壬應來甫纂

太字通世

太世二字大約古人有時而通明堂世室公羊穀梁俱作太室衛大叔儀公羊作世叔齊樂太心作樂世心鄭子太叔論語作世叔天子之子曰太子而春秋傳曰會王世子于首止諸侯之子曰世子而申生子華終生等並稱太子

忽親

今俗乘凶納婦名曰忽親又曰拜材頭古者居父母喪而婚娶見於經傳者惟宣公元年三月遂以夫人婦姜至自齊一事所謂不待貶絕而自見也舊唐書張汶宗傳德宗曰如今人家有借吉為婚嫁者諫官蔣乂曰人家有不甚知禮教者或女居父母服借吉就親男子借吉婚娶從古未聞宋時民庶之家祖父母父母老疾無人侍奉子孫居喪聽尊長自陳驗實方許婚娶未有居然冒喪易吉而婚娶者此俗不可不禁也

陰壽

陰壽者生忌也陰而係之以壽壽而冠之以陰奇文也人以喜喪為對工切無比杭人以福壽借而死者俗書畫呼陰壽之說各省不行而吾杭為甚二十年前不過營齋營奠至親素服展拜而已近則笙歌宴席無異稱觴子若孫者綵衣將事忍乎

首陽山

詩唐風首陽之巔論語餓於首陽之下馬融曰首陽山在蒲阪河曲之中一曰首山左傳宣子田於首山寰宇記云首陽即雷首之南阜或稱首山漢地理志蒲反有首山郊祀志黃帝采首山銅一曰獨頭山水經注闞駰曰首陽山一名獨頭山夷齊所隱也一曰襄山穆天子傳云東巡自河首襄山一名薄山穆天子傳登薄山寘軨之隥一名堯山水經注云雷首山臨大河北去蒲阪三十里俗亦謂之堯山也一名中條山元和志云雷首一名中條在河東縣南十五里永樂縣北三十里一名陑山湯伐桀升自陑注在河曲南寰宇記云堯山即雷首山山有九名亦即陑山一名歷山一名甘棗山一名渠豬山並見括地志總名之曰雷首山禹貢曰壺口雷首是山西起雷首東至吳坂長亘數百里故隨地異名也

左傳對

先大父好讀左傳山舟學士集句手書以賜云行道有福能勤有繼居安思危在約思純

余太君

小說稱楊老令婆曰佘太君不知何本按畢尚書沅關中金石記云楊業妻乃折德扆之女世以為折太君

戒殺生

戒殺亦善事也虔奉之固不必痛闢之亦不可裴晉公曰雞豬魚蒜逢著便喫生老病死時至即行此妙法也又某相國問僧曰戒殺如何曰不殺是慈悲殺是解脫曰然則儘食無害乎曰食是相公的祿不食是相公的福此妙解也經言菩薩元制食三淨肉謂不見為我殺不聞為我殺不疑為我殺復益之以自死鳥殘為五淨肉是佛亦未嘗食素也然必窮極珍異變法烹炮則固不可袁簡齋隨園食單云鉤刀取生雞之肝燒地炙熟鵝之掌至為慘毒物為人用使之死可也使之求死不得不可也至哉言乎

山魈僬僥

張船山太守有二僕一曰劉升甚長名之曰山魈一曰張芳甚矮名之曰僬僥太守作詩合詠之云一僮短小如僬僥一奴長細如山魈奴能抄書僮識字一屋高低有奇致先生或賦詩僬僥磨墨亦若有所思詩成秉其草山魈繕寫倚作牀頭稿先生燕居常閉門僬僥侍立如無人先生出遊行顛連山魈一過市人縮先生醉後山魈扶僬僥趑趄猶提壺先生貧極僬僥瘦山魈搖搖如學究僬僥喜山魈愁笑吮幻作雙獮猴山魈立僬僥坐俯仰雲泥人兩箇山魈一嗽僬僥驚怒如天半聞雷聲僬僥一怒山魈伏左右如葵衛其足吁嗟乎先生無聊只好奇僬僥山魈亦頗落落無威儀無威儀先生怒山魈文僬僥趣詩謔而傳

願為人婦

船山先生詩才超妙性格風流四海騷人靡不傾仰秀水金筠泉孝學怨告其所親願化作絕代麗姝為船山執箕帚又無錫馬雲題燦贈詩云我願來生作君婦只愁清不到梅花以船山夫人有修到人間才子婦不辭清瘦似梅花之句也其傾倒之心愛才而兼鍾情可謂至矣先生戲成二律以謝云飛來綺語太纏綿不獨青娥愛少年人盡願為夫子妾天教多結再生緣累他名士皆求死引我癡情欲放顛為告山妻須料理典衣早蓄買花錢名流爭現女郎身一笑殘冬四座春擊壁此時無妒婦傾城他日盡詩人只愁隔世紅裙小未免先生白髮新宋玉年來傷積毀登牆何事苦窺臣亦詞壇一則雅謔也

蔗蟲

蔗蟲性涼吾杭極貴出痘險者賴以助漿然不可多得也廣東潮州蔗田接壤蔗蟲往往有之形似蠶蛹而小味極甘美居人每炙以佐酒姚秋芷丈永寔嘗賦二律詠之其次首云蘊

隆連日賦蟲蟲渴念寒漿解熱中佳境不須疑有蟲蔗生原可慶斯螽（凡草植之則正生，此蟲出也，甘蔗以斜生）所謂庶出也詔意（御製宋仁宗詩）似誰折節吟腰細笑彼銜花密口空畢竟冰心難共語一樽秋怨絕對螢風

狀物極工

徐中山女

中山第三女名妙秀當靖難時金川門失守宮中火起傳言駕崩女慎痛曰當御正殿以俟之奈何出此高見卓論此與姚少師之姊同為一時奇女

野合

男女私奔名曰野合高江村天祿識餘云女子七七四十九而陰絕男子八八六十四而陽絕過此為婚則為野合此又一說也

寓錢

寓錢紙錢也寓者謂寄形象于紙也見唐唐臨冥報錄

步

周書王朝步自周黄公紹曰步輦也人荷不駕馬也殆即後世轎之權輿

三蘇祠對

閩有三蘇祠其聯云一門父子三詞客千古文章八大家長泰戴方伯（煤）手筆見周櫟園先生閩小紀

腹葬

遐黎生婺嶺以北椰瓢蔽體父母過五十則烹而食之云葬于腹中謂之得所見陸次雲峒谿纖志此較之天葬火葬鳥葬水葬尤為蔑倫絕理真禽獸之不若矣

鬼畏桃

殯除桃茢門設桃符相傳桃可辟鬼按淮南詮言訓羿死于桃棓注棓大杖以桃木為之以擊殺羿由是以來鬼畏桃也

方夫人詩卷

山舟學士嘉慶丁卯重赴鹿鳴賦紀恩詩四章一時和者不下百餘人學士品題以芷齋方夫人為最夫人時年八十手書和章筆力蒼勁出入南宮宜其福與慧兼為吾杭閨秀弁冕是卷學士沒後年餘先君於故紙中檢得之亟莊褾以供珍玩後吾妹右紉適方芑堂明府（燕昭）令郎實夫人之從孫婦也遂以此卷媵之詩云公堂濟濟肅冠裳白髮當筵倍有光慈恰曾占芝草秀宮袍重恭桂枝香但論才望無前輩若在朝班亦首行共道鳳皇將九子

兩般秋雨盦隨筆　卷八　三

晚晴顏色似朝陽前賢也復遇賓興主眷如斯得未曾揮翰玉堂千氣象感恩金闕夢甌棱（公谷齋云化生觸作銜濮生飛上紙後高處來）春風語吉看重聽冬集書存有鳳儀（公有前丁卯題名錄詩）天子知公文福大頭銜仍賜一條冰四詩清越戛瑤瑛才算昇平雅頌聲有識盡能知姓氏重公原不為科名已傳[illegible]世定說龍門與後生最是老懷欣阿貴得隨杖履拜恩榮（猶翳）（今科中式）三篇真不愧作手

蛻岩詞

夏日訪姚丈秋芷於羊城寓舍適逢其啟匱曝書手詩餘一帙示余曰余不工於此而子嗜之篤盍舉以贈余欣然受賜歸而讀之鈔錄未精而校讐甚嚴丹黄點筆意義燦然首顏曰蛻岩詞署曰河東張翥仲舉填亟觀跋尾則樊榭老人手筆也跋云蛻岩河東人幼從父官於杭與貞居子張伯雨俱學於仇山村先生之門故詩文俱有源本而詞筆亦復俊雅不凡足繼白石梅溪草窗玉田之後惜山村伯雨詩集僅存而詞止三數闋使人有零珠斷璧之恨不若蛻岩詞二卷一百二十餘首之完好無恙也是本為余友金君繪卣鈔於龔田居侍御家余從繪卣令子以甯借鈔遂得充几席研玩之娛侍御所藏異書甚多生平清介自處罷官後絕不竿牘當事貧苦至食粥聞其後書籍大半散佚矣為之累歎雍正改元十月二十三日樊榭生厲鶚書後又二行云近得長外史貞居詞一卷又校定蛻岩詞訖字消遣餘春殊不冷落第一卷內水龍吟詠西池敗荷一闋尾亦有二跋詞云水宮仙子歸來為誰獨立西風背淩波夢斷可憐零落一奩環珮雨葉敲寒露房倒影秋聲驚碎問西亭翠袂將愁何處空留得餘香在最愛鴛飛白鷺鎮相依蒹邊蘋外舞衫歌扇有人繡出水情雲態西子湖邊越娘舟上憶曾同采甚人今（以上四十字厲氏原鈔本缺）未老花應依舊約明年再跋云此詞前段妙絕後段不全今人悶恨不已又跋云雍正甲辰在趙谷林小山堂得李西涯南詞本校添為之大快其他佳詞不及備錄此本未知已付梓與否當攜歸以俟好事者之采摭焉

知訓見字

古人於知字往往作見字解左傳晉侯聞之而後喜可知也注云喜見於顏色呂氏春秋文侯不悅知於顏色注知猶見也淮南脩務訓奉一爵酒不知于色亦作見字解

程少山

程少山晉杭之名諸生也連試秋闈不售遂棄筆遨遊始而江西繼而廣東名公鉅卿爭迎倒屣余在家初未識面至粵中始得訂交深相結契雅善作書行楷篆隸靡不精妙尤工鐵筆嘗為余作七十二鴛鴦樓印一方章法勻整筆意遒媚邊跋古雅直造山堂小松之室詩詞

兩般秋雨盦隨筆　卷八　四

多不自收拾曾為余書聚頭扇因錄存數首莫愁湖云春愁鄉思兩模糊怕憶家山好畫圖剛把西湖拋撇了又教儂見莫愁湖幼婦新詞四壁收至今爭說舊風流美人不是無情物未必當時眞莫愁無題云卍字欄杆亞字牕玉梅花下小蘭房金鐶低扣聲先透銀燭輕搖影故藏入坐漸聞香子細隔簾徐聽佩丁當等閒未肯輕相見半是銷磨杜牧狂沈沈良夜解明璫細數閒愁睡不遑情作長吁眉鎖黛時聞小語口生香銀釭焰冷還相對鐵馬聲淒更自傷知道夜深寒氣重褪將半臂卻分郎亦可以見一班矣

觱栗

說文觱羌人吹角也其聲悲栗故名觱栗冬月寒氣驟發其聲似之豳風一之日觱發二之日栗烈注云觱發風寒也栗烈氣寒也吳下田家志引諺云三九二十七籬頭吹觱栗正謂風吹籬落聲似觱栗與詩意合田家之歌詠可以上媲風騷矣

袍

逸雅袍丈夫著下至跗者也事物紀原以為始於宇文護困學紀聞以為始於隋大業皆非也漢輿服志周公抱成王燕居故以袍物原傳說作袍古今注袍者有虞氏即有之則其制由來遠矣

尖頭鞾

釋名鞾本武服趙武靈王所制常短靿以黃皮為之後漸以長靿唐馬周以麻為之殺其靿加以氈開元中裴叔通以羊毛為之鞾跋曰北齊全用長靿靴續事始曰故事皮靴不許著入殿省馬周加飾乃許也周煇北轅錄淳熙中張子政往賀金國生辰其俗無貴賤皆著尖頭鞾又釘鞾見明史禮志百官入廟遇雨皆躡釘鞾聲徹殿陛太祖令為軟底皮鞵冒於鞾外出朝則釋之

斷雁庵詩

山舟學士以書名海內而詩為所揜然一篇之成名流膾炙雋詞獨絕逸趣橫生洪稚存太史評其詩如山半鐘魚響參天籟是也公嘗曰吾已為人役書耶堪更為人役詩因不嘗作公又自言吾詩無所師承而許周生駕部獨謂其觧香丹淵學士亦以為知言也

雲貞寄外書

毛雲貞楚人夫戍伊犁毛以書寄至山東道上有人拆而閱之遂流傳其稿洋洋數千言詞意悽惻神情悽惋真好家書也是書繆蓮仙先生(艮)曾刻入文章游戲中近廣東有人於隨筆詩話中采列點竄塗改全不成文後之讀者宜從繆本為是

河東山西

河東山西一地也唐京師在關中而其東則河故曰河東元京師在薊門而其西則山故曰山西各就嚮向所近言之也

四聲

南史既佳光景當得劇棊一語四聲以今音考之光景二字不協景字須作耿字音方合然考隋避丙字以景字代之則音又不同究未知景字六朝作何音也

黃雀銀魚

明史言桂文襄(萼)在位有素絲之節按文襄當軸其故人自家遣僕入至京道地送黃雀銀魚二壜其實中皆黃白鏹也桂謂僕人曰此地不好傳語而主南京去罷不日除南京大理寺卿故時有句云若非黃雀銀魚力安得南京大理卿蓋是則史言不實矣

土饅頭

古語云縱有千年鐵門檻終須一箇土饅頭謂墳也近有人又有句云城外多少土饅頭城中盡是饅頭餡更警動

罷官詩

王笠舫大令(衍梅)罷官後贈李芸甫水部句云春在花光濃淡裏官如山色有無中讀之失笑嚴少峯太守罷守杭州許周生駕部宴之於孤山蘇公祠贈長律一首句云無端冷暖天難測如此湖山感易生讀之發慨

饁婦吟詩

東坡聞新會有仙訪之至古博里遇村婦肩饁且蓬髮短衣胸露兩乳口占詩曰蓬髮星星兩乳烏朝朝擔飯去尋夫婦應聲曰是非只為多開口記得朝廷貶汝無言訖不見(見考皷)志

百花冢

廣東番禺白雲山有百花冢明季有彭蕚陽者眷一妓曰張喬喬歿後埋香於此諸名士各執一花環植其墓因謂之曰百花冢今已頹圮有鍾君者糾同志重修之

翰苑吏

前明翰林院有孔目吏每學士制草出必據案細讀疑誤輒告劉嗣明嘗作皇子剃胎髮文內用克長克君之語吏持以請嗣明曰此言堪為長堪為君真善頌也吏曰內中讀文書不如是最以語忌為嫌既克長又克君殆不可用也劉乃悚然易之此吏可謂深識體裁者矣

西施封神

蕭山土地祠爲西施閻百詩有詩紀之見潛邱劄記又毛西河九懷詞載宋淳熙中勅封西施爲土穀神曰苧蘿村土地先施娘娘

朝儺

陳士元孟子雜記轉附朝儺朝當讀如朝夕之朝衞有朝歌齊有朝儺皆以俗好嬉遊故名其地其說甚新

郭汾陽

郭子儀封汾陽王而郭淮亦封汾陽子是古今有兩郭汾陽矣然以令公之勳空前絕後則伯濟之蹟不足言也

通文

李太白尋常談論俱成文理此其天才儁逸豈人所能及者今有人信口談吐好爲藻飾而又鉤輈格磔舌本遲蹇使聽者倦而思臥無怪宋義康王云身不讀書毋庸以才語相對也

家弟家孫

今人於尊者言家於卑者不言家晉戴逵呼戴逵曰家弟班固書集稱孫曰家孫則知古人反不拘此又謝安石謂王獻之曰君書何如家尊謂其父右軍也則稱人之父亦可曰家尊

李東白

京山李東白以能詩名黃鶴樓七律最佳後舟過雲夢吟詩拍手一笑躍入水死見漁洋香祖筆記何姓名蹤蹟俱與太白相類耶

物理

物理之精微多有不可解者石脾入水則乾出水則濕獨活有風不動無風則動南倭海蚱淚着色畫隱夜顯沃山石滴水着色夜隱晝顯禾結實於野而粟缺於倉蠶珥絲於室而絃絕於戶狐夜窯蚊蚋而晝不辨山岳龍目眯諸物而力能破金石他如雪至潔也而有蛆銀至堅也而有蟻火至熱也而有鼠冰至寒也而有蠶蚯聽以掌鱉孕以目水母目蝦蠼螋腹蟹以倒行蠅以仰栖羊脊化銅胡桃斷鐵翡翠屑金羚羊破鑽角過甘草而堅牙過木賊而軟水之冷而有溫泉火之炎而有寒燄橘踰淮而爲枳樟過贛而化榕蝍蛆至弱而殺蜈蚣鼯鼠至小而制獅象諸如此類不可枚舉則窮理之功難矣

舉皋陶

呂望舉於釣夫人知之後漢書馮衍顯志賦皋陶釣於雷澤兮得虞舜而後親則亦舉於釣也

冥婚

今俗男女已聘未婚而死者女或抱主成親男或迎柩歸葬此雖俗情亦有禮意宋康譽之昨夢錄云北俗男女年當嫁娶未婚而死者兩家命媒互求之謂之鬼媒人則真奇聞矣然周禮地官媒氏禁嫁殤者則冥婚之說似古已有之

名字通用

甲第貴宅也科目也浦廬蒲葦也蜃也夏小正十月元雉入於淮爲蜃注蜃蒲盧也果贏也禁中大內也囹圄也闌干廊檻也眼眶也夜深也圖書經史也印章也玉版牋也帖也萄也歲粃花也鎮也隔斷也戲物器也河豚也譙門奄人也給事也貂璫貴戚也近侍也典刑老成人也大辟也飛廉人名也獸名也管仲人名也藥名也皋陶人名也古木也考工記梓人爲皋陶鄭司農注古木也閶闔門也國門也擲瀉博具也海螢也苜蓿馬芻也訓士官祿也緇衣僧號也詩禮篇名也王孫芳草也蟋蟀也杜鵑花名也鳥名也龍鍾竹也老態也芙蓉水花也木花也山峰也劍也面也鏡也帳也琅玕美石也竹也舸舟也衣領也三尺劍也刑法也玳瑁美石也龜甲也玉環貴妃名也唐睿宗所御琵琶名也夜光螢火也珠也璧也月也酒杯也玉樓仙人所居也兩肩也胸也肥澗鉅鋸也漢縣名也丹書刑書也誓書也屠蘇庵也酒也五經聖籍也酒器也大有卦名也豐年也玉堂壁峯之舍也翰林也夕陽山西也斜日也郎中官名也醫士也五更養老名也譙鼓也庶子官名也支子也盧崤聳拔也承梁小木也小蠻美人名也酒榼也一流人品也銀數也律令國法也咒語也枇杷果名也農器也金井井欄也梧桐葉上花紋也秋水劍也眼也繡毬獅卵也花名也滿天星花名也爆竹也過山龍吸酒器也山轎也虞美人花名也人名也詞牌名也元宵節名也湯糰也九華山也塔也燈也牙籤刷齒也書簽也參差不齊也笙也消息周易卦氣也花名也詞牌名也魚目假珠也漢武馬名也

十二時

古無十二時之說洪範言歲月日而不言時周禮馮相氏言歲月日辰而不言時古所謂時者三時四時皆指春夏秋冬也後世曆法漸密於是乎日分爲時左傳卜楚邱曰日之數十故有十時杜注則以爲十二時雖不立干支之名目然其曰夜半者即今之所謂子也雞鳴者丑也平旦者寅也日出者卯也食時者辰也禺中者巳也日中者午也日昳者未也晡時者申也日入者酉也黃昏者戌也人定者亥也日分爲時始見於此後世一日分十二時每時又分爲二曰初曰正而選擇家以子初爲壬時丑初爲癸時寅初爲艮時卯初爲甲時辰

初為乙時。巳初為巽時。午初為丙時。未初為丁時。申初為坤時。酉初為庚時。戌初為辛時。亥初為乾時。即今憲書所謂寅申巳亥月宜用甲丙庚壬時。子午卯酉月宜用艮巽坤乾時。辰戌丑未月宜用癸乙丁辛時是也。錢辛楣曰。都門法源寺見遼舍利函。後題甲時。又戒壇寺遼法禪師碑後題乾時。又遼石幢二。一題庚時。一題坤時。蓋金遼石刻多用斯為記也。

薜荔

薜荔蔓生牆垣。俗名巴山虎。山谷間多有之。楚詞山鬼云。被薜荔兮帶女蘿是也。梵書薜荔猶此言餓鬼。出大藏賢字函。漁洋山人香祖筆記載之。因思薜荔所結之果。俗呼鬼蓮蓬。杭人取其子沁作涼粿。名目連荳腐。皆有所本也。

朱儒

人之形貌。由於天賦。晏子不滿七尺。而為齊相。裴公不滿七尺。而為唐相。夫何害焉。然古人往往貴長而賤短。詩曰。頎而長兮。又曰。碩人頎頎。鄒忌八尺而自媿。曹交九尺而自負。至臧武仲則魯人有朱儒之誚。侏儒本訓短柱。廣雅作株欘。即梲也。故以況短人。初學記人部下引占夢書曰。凡夢侏儒事不成。舉事中止。後無名。百姓所笑。人所輕。矮子之為人姍笑如此。可憐也。

對聯

嘗見有人寫對句云。羣石畫眠黃子久。膽瓶花插紫丁香。愛其工巧。不知為何人之句。頻羅老人嘗集蘇句屢書之。竊攜天上小團月。茶也。自撥牀頭一甕書。酒也。

妯娌

娣姒。廣雅始作妯娌。方言作筑娌。郭璞曰。關東兄弟婦相呼曰築里。

妻作夫誌銘

妻作夫誌銘。古今止一見。高文虎蓼花洲閒錄載云。熙甯末。洛中有人耕於鳳皇山下。獲石碣方廣二尺餘。乃婦人撰夫誌銘。其文曰。君姓曹氏。名種。字禮夫。世為洛陽人。三十歲兩舉不第。卒於長安道中。朝廷卿大夫鄉閭故老聞之。莫不哀其孝友睦婣。篤行能文。何其夭之如此。惟余聞之也獨不然。乃慰其母曰。家有南畝。足以養其親。室有遺文。足以教其子。凡累乎陰陽之間者。生死數不可逃。夫何悲喜之有哉。丙子年三月十八日卒。以其年十月十五日葬於鳳皇山之原。余姓周氏。君室也。歸君室八載。生子一人。尚幼。以其恩義之不可忘。故為銘焉。銘曰。其生也天。其死也天。苟達此理。哀哉何言。其生也浮。其死也休。終何為哉。慰母之憂。婦人而能文達理如此。亦所罕見。按此誌洪容齋五筆亦載之。而較此為略。豈傳聞異

詞耶。

帳

今謂簿籍曰帳目。按漢武帝記。明堂朝諸侯受郡國計。注。顏師古曰。計。若今諸州之計帳。則此字之來已古。然韻書只訓幬訓帷。而無以簿籍為義者。俗作賬非。

葵扇

廣東新會縣出葵扇。葵非蕉也。騷人詩詞往往俱賦蕉扇。其實蕉不可以為扇。故並無是物。且古人亦止言蒲葵。不知何以訛為蕉耳。

柴窯

雨過天青雲破處。者般顏色作將來。想見當日出樣之巧。陸魯望詩。九秋風露越窯開。奪得千峰翠色來。此尚在柴窯之先。不知何時所作。漁洋山人言曾見一貴人買一柴窯盌。其色正碧。流光四溢。余昔見何夢華丈為芸臺宮保辦貢。得柴窯一片。鑲作墨牀。色亦蔥蒨可愛。而光采殊晦。或尚是均窯混真。然價二十金矣。

詩評

洪稚存太史作詩評。共一百餘人。每人系以八字。中惟孫淵如先生獨加少日二字。曰孫觀察星衍少日詩。如天仙化人。足不履地。豈以晚年癖耽金石。有傷風雅耶。

詠旗亭畫壁詩

田大令溥句云。地當梅市宜浮白。詩入梨園亦汗青。對仗工切。

秩

王制九十日有秩。故以九十為九秩。據此亦止九十可稱。餘不當通用也。然容齋隨筆云。十年為一秩。白公詩云。已開第七秩。飽食仍安眠。又云。年開第七秩。屈指幾多人。蓋秩有次序之義。故借作十字用也。今人曰七衰八衰。又改秩為袠。袠書衣也。並未有作十字解者。不知何以傳訛也。或曰。唐蕭至忠傳。官秩益輕。杜少陵賦。六宮咸秩。本秩序之秩。誤從衣從失。今之偽亦由此來耳。

任城太白酒樓詩

任城太白酒樓詩多矣。余最愛大興舒鐵雲先生七古一篇云。結客須結賀知章。相士須相郭汾陽。此時當浮三大白。天地中間一酒國。公不必飲酒樓上眠。樓不必因公被酒傳。但道公曾飲此地。至今往往有酒氣。七尺之軀百尺樓。出亦愁。入亦愁。作詩尚有杜工部。上書安得韓荊州。除非天津橋南董糟邱。為公屈注廬山瀑。橫卷滄海流漢江。三百綠鴨頭。黃河之

水天上不再收感公痛飲日惜公狂吟身讀公古樂府知公謫仙人一斗亦醉一石醉萬古長愁無價青海上釣鼇龍無竿江上騎鯨鯨無鞍身不願封萬戶侯但願一脫千金裘飛上鳳皇臺踏翻鸚鵡洲沈香亭花見羞夜郎國鬼與謀須臾湯泉火城谿一邱惟有青蓮花開千秋我欲醉折花枝當酒籌而乃眼前突兀見此樓奇氣鬱勃讀之可下酒一斗。

硯瓦

洪景盧唐以前無石硯多用瓦硯今天下通用石而猶概言硯瓦也一說唐用鳳池硯中凹如瓦故曰硯瓦米元章云唐鳳池硯中凹受墨故用筆一搦墨飽而筆鋒已圓作書無不如志今硯面平正一經蘸墨筆鋒或扁或側此其所以不如古制也是非精於書者不能知之。

太公

孟子曰若太公望是太公名望也史記齊世家云呂尚者東海上人其先祖嘗為四嶽佐禹平水土有功封於呂尚其苗裔本姓姜氏從其封姓故曰呂尚是又名尚也索隱引譙周曰姓姜名牙炎帝之裔伯夷之後是又名牙也路史炎帝紀云呂渭字子牙是又名渭也太平御覽鱗介部七引符子曰太公涓釣於隱溪是又名涓也一人五名將何適之從以臆斷之望是其名子牙是其字尚是其官名所謂師尚父是渭則以得太公於渭陽因以名渭附會涓則又渭字之訛也

行酒之法

行酒以碧筩為最雅鞋盃則俗矣虢國夫人以鹿腸懸於梁間結其兩頭實酒其中欲飲則去其結而以口就吸之雖豪而實不韻金章宗以軟金葉薄如冬瓜片製為酒器令飲者愈吸愈不盡名曰醉如泥但不知其製法若何宋楊某諂事十繪令其妻以兩手捧酒就其口飲之名曰白玉蓮花盃抑何無恥

鄧會

吾杭學使者去任後例於西湖設長生祿位門弟子春秋瓣香名曰某會而其始則權輿於鄧會也聊城鄧東長宗伯鍾岳督學浙江山舟學士於其歲試補博士弟子員去後因糾集同門脚為此舉迄今幾及八十年香火不衰春秋來者皆本人之孫曾輩矣鄧公督學江左時有童生年四十餘視其卷署祖名可法詢之真閣部孫也蓋督師赴揚寄孥白下有孕妾滄桑後生一子延史氏之脈因家焉閱其文疵累百出公曰是不可以文論錄之邑庠而刻石眾壁以記其事。

伏波

今人但知馬援為伏波將軍不知漢武帝時路博德討南越封伏波將軍又三國志魏將夏侯惇亦封伏波將軍。

壽堂

今人於父母誕辰鋪陳慶祝之地名曰壽堂大不可也陸士衡輓歌云壽堂延魑魅注壽堂祭祀之所也又和靖先生壽堂詩曰湖外青山對結廬墳前修竹亦蕭疏茂林他日求遺藁猶喜曾無封禪書讀此可知矣

姬

葉石林燕語曰婦人無名以姓為名如王姬伯姬皆姓也後世不知遂以姬為通稱甚至虞美人亦稱虞姬然按左氏太伯虞仲太王之昭也虞獨非姬姓乎美人虞國之後獨不得稱姬乎惟後人以為姬妾之姬則失其初耳。

馬精化蠶

干寶搜神記謂馬皮卷女而化為蠶其說不經然馬之與蠶兩相感召古者后妃享先蠶天駟也又蠶神曰馬頭娘又周禮禁原蠶者恐傷馬也又僵蠶擦馬齒馬即不食又蠶蛹治馬瘟其理不可解馬精化蠶或者有之而干寶之說則與槃弧屡類項女生男為犬戎一例荒唐也。

白髮

說郛載有人詠鑷鬢云勸君莫鑷鬢毛斑鬢到斑時也自難多少朱門年少客被風吹上北邙山較拔翁白髮詩尤為婉摯又公道世間惟白髮貴人頭上不曾饒別有感慨袁簡齋大令詩云美人自古如名將不許人間見白頭此另是一副議論文人之筆何所不可。

蘇小小

蘇小小有二人皆錢唐名倡一南齊人人人所知也一宋人見武林紀事明郎仁寶七修類藁述其事云蘇小小錢唐名倡也容俊麗工詩詞姊名盼奴與太學生趙不敏款洽二年趙益貧盼奴周之使篤於業遂捷南省得官授襄陽府司戶盼奴未能落籍不能偕行趙赴官三載卒有祿俸餘資囑其弟趙院判分作二分一以與弟一致盼奴且言盼奴妹小小可謀致之佳偶也院判如言至錢唐有宗人為杭倅託召盼奴而盼奴已一月前沒矣小小亦為於潛官絹事繫廳監倅遂呼小小詰之曰於潛官絹汝誘商人百疋何以償之小小曰此亡姊盼奴事乞賜周旋非惟小小感生成之德盼奴泉下亦不忘也倅喜其言婉順因問汝識襄陽趙司戶耶小小曰趙司戶未仕之日盼奴周給後授官去久盼奴想念因是致疾不起

倅曰趙司戶亦謝世矣遣人附一緘及餘物一匣外有伊弟院判寄汝一緘乃拆看惟一詩云昔時名妓鎮東吳不戀黃金只好書試問錢唐蘇小小風流還似大蘇無小小默然倅令和之和云君住襄陽妾住吳無情人寄有情書當年若也來相訪還有於潛絹事無倅乃盡以所寄與之力主命小小歸院判偕老焉元遺山虞美人詞云槐陰別院宜清晝人坐春風秀美人圖子阿誰留都是宣和名筆內家收鶯鶯燕燕分飛後粉淡梨花瘦只除蘇小不風流斜插一枝萱草鳳釵頭此趙氏之蘇小小也春渚紀聞載南齊蘇小小墓在錢唐縣廨舍後縣廨在錢唐門去西泠橋不遠而元人張光弼詩香骨沈埋縣治前西陵魂夢隔風煙好花好月年年在潮落潮生最可憐注墳在嘉興縣前此必宋小小墳耳院判吳人安知不住嘉興耶竹垞老人力辨小小墳在秀州以錢唐之墓爲妝點若知此條則杭嘉各得其一何必踏爭墩之習耶

邱嫂

楚元王傳高祖過邱嫂餐閱其注張晏曰邱者大也長嫂之稱也應邵曰邱者嫂之姓也孟康曰西方呼亡壻曰邱壻邱者空也言兄已亡空有嫂也三說似張爲長

吳日章

七修類藁吳日章成化時澉浦單人恆以詩句斷人禍福有縣佐問之批曰癸巳年喜運連正月十五打秋千至期縊死有書手方六七歲其父以命問之批曰袖中一管羊毫筆寫得杭城神鬼驚後乃擅名書手一舉人問之批曰人間金榜出天上玉樓成後會試放榜之次日病卒陶篁村全浙詩話引某書亦載此人但吳作胡判一人云一雙紫燕落池塘紅粉佳人繞畫梁後二子戲於池邊同時溺死其妻悲憤自縊又判一人云待等明年五月五枯竹叢中苦又苦果以次年端午日山行竹根刺足墜崖而死術亦神矣哉

進士不讀史記

宋荔裳方伯在塾讀書時有岸然而來者則一老甲榜也問小兒讀何書以史記對問何人所作曰太史公問史公是何科進士曰漢太史非今進士也遂取書閱之不數行輒棄去曰亦不見佳讀之何益乃昂然而出此事王新城尚書香祖筆記中載之夫方伯非妄語者也尚書非妄記者也世果有如是之甲榜耶異矣

口語成讖

金主亮制尖靴極長取於便鐙足底處不及指時謂之不到頭又制短鞭時謂之沒下稍宣和間婦人鞵底以二色帛合成之名曰錯到底理宗朝宮人梳髻曰快上馬曰不走落後俱成讖皆服妖也

虎狼

人之剛烈過分者固猝不可近然尚有可解而陰柔者遇之則有死無生夫虎性至剛烈也然歷覽類書所載義虎救人之事不一而足而狼則從無聞焉此虎所以或有比大人君子之時而狼則亘古得小人之目也

後身

輪迴之說釋氏樂道而儒者勿言然古今記載往往有之如周穆王爲丹朱後身韋皋爲諸葛後身王曾爲曾子後身蘇軾爲鄒陽後身王十朋爲嚴伯威後身張方平爲瑯琊寺僧後身岳武穆張睢陽爲張桓侯後身宋高宗爲錢武肅後身趙鼎爲李德裕後身南唐後主爲錢俶後身真西山爲草庵和尚後身史彌遠爲覺闍黎後身胡濙爲天池僧後身常遇春爲關壯繆後身王陽明爲天台僧後身史閣部爲文信國後身則再來之說或亦有之未可以爲盡渺茫也

同氣之異

伍員伍尚之各行其志孔明子瑾之各事其主皆並行而不悖也而文文溪璧則異是信國之忠義照耀天壤爲之弟者不死猶可也從而仕元無恥甚矣當時譏以詩云江南見說好溪山兄也難時弟也難可惜梅花各心事南枝向暖北枝寒其實兄難而弟不難也

阿蠻

楊妃小字外傳及諸書皆曰玉環而唐狄昌詩云馬嵬烟柳正依依又見鑾輿幸蜀歸地下阿蠻應有語這回休更怨楊妃似妃又小字阿蠻然徧考他書未有見者且阿蠻楊妃並用文法亦似重疊若以蠻瞞音近明皇小字阿瞞則本朝天子臣下不應如此輕薄姑存之以待博識者

妒律

嘗見妒律一書題廣野居士述不知何人雖屬遊戲亦頗組織因全錄之以資笑劇○名例

一凡婦梳頭臨鏡窺言從鏡中見夫與婢目挑遂生嗔毒罵併及丈夫者擬坐以斷罪不以律例杖七十徒一年半判曰迷網沈淪聞蟻聲而驚鬭疑團莫解飲弓影而成疴是以披畫圖而含哀詢洛神而赴水摹狐滿臆載鬼一車以莫須有之情比將毋同之律罪由自召人亦何尤

一凡婦伉夫宿妾日間反覆議明及至更深猶促令妾針紉若或忘之者擬坐以公事應行稽程律笞二十遲至三更者加一等判曰春秋盟會成事定於一言戰國縱橫趨向

決於片語。乃兩拘牽薄務。似存退悔之心。演習虛文。無非出納之吝。雖曰健亡。當不至此矣。引律法猶覺從寬。一夫與婢有染。妻乃去婢小衣。以秦椒等辛辣之物納入婢女私處。比照以污穢入人口律。加等發黑龍江給披甲為奴。判曰。萇菀猶含。殊苦鹽梅之味。牡丹初放。何堪薑桂之投。即蛇蝎以為心。無此毒也。本豺狼而成性。豈其然乎。按律無可援引。加等從嚴究擬。○吏部。一凡婦見夫外入。故拈針線。兀坐不語。及再三詢之。一推而起。擬坐以無故不朝參公座律。杖八十。徒二年。判曰。慵拈倦繡。祇念遠人。默坐低頭。為懷遊子。未有室家靜好。琴瑟和諧。見良人而轉嗔。聞溫言而添恨者也。婦德無極。女怨無終。律以朝參。正斯壼範。一凡婦有病在牀。沈沈樂餌。仍令服婢稽查丈夫與妾偶語等情。擬坐以納交近侍官員律。杖一百。流三千里。判曰。珠沈玉碎。肯使鸞鏡塵埋。柳折花殘。不許鶯簧舌輭。即曰關心者亂。奚須壁後置人。若云在家必聞。夫豈沙中偶語。今乃展轉反側。殊多窺探之煩。而述夢沈吟。祇屬他山之意。宮箴有玷。自當屏絕於遐荒。壼範斯傾。勿致悍成於跋扈。一凡婦每見人之內眷。必苦勸不可令夫納妾。娓娓不倦。擬坐以同僚代判文案律。杖八十。徒二年。判曰。書稱秾閨。共談閫內之私。密室香情。細訴胸中之壘。聯牀握手。附耳訂謀。宣戲永漏。話長祇為深閨計遠。老瑙衣鉢。官家勿使空閒。少婦傳燈。阿郎決難二色。比目何甚。瘤贅並頭。那許駢枝。第彼婦各具肺腸。還勞人別參帷幄。家有制度。事屬越庖。自謀已非。代人難恕。○戶部。一凡婦每同婢妾鬬牌點韻。嘻笑一堂。忽聞主人聲息。悉皆屏去。擬坐以脫漏戶口律。杖六十。徒一年。判曰。紫劚平鋪。象牌齊翻。王筍霞箋。試展班管。漫挾瑤詞。乃老子興復不淺。而犀簪吹散因何。是宮葉卒聞歌。競解中宵之甲。抑亦蘇生挾策。惟深兼併之防。罪坐發縱。毋逸免究。一凡婦值夫偶宿妾室。便偃臥不起。只推有病。及再三安慰。不覺盈盈淚下。擬坐以戶役不均律。杖八十。徒二年。判曰。自是桃含結子。故尋樹底留紅。原非浪逐癡兒。疑作花間戀蝶。不知樛木下逮。方可螽斯衍慶。爾乃烏啼殘葉。憐春色之將闌。花落獨愁。恨秋梧之早落。猶然心懷固寵。念舊愛而情傷。志切專房。分新恩而腸斷。宛枯頓異。徒杖有歸。一凡婦容夫納妾。限夫往妾所。止以一更為率。遲歸則怨望詈罵。擬坐以丁夫差遣不平律。杖六十。判曰。命將出師。最忌從中掣肘。濟人利物。應須忘分推心。如其箝制刻期。恐致工多限促。必欲束縛計晷。定然此怨彼嗟。苟發縱之不公。當援律而予杖。一凡婦無子。畏人清議。陽為娶妾。私禁冷室。不令丈夫見面。擬坐以田地荒蕪律。杖七十。徒一年半。判曰。曆藏深耕。既無滋種。憎人多口。巖挾陰謀。縱不學司馬公夫人飾之入院。何至如白太傅內子不使進帷。鶴過長門。夢斷朝陽日影。魚封永巷。魂消巫峽雲蹤。女有罪而幽囚。郎何辜而乏後。荒我田疇。律難輕貸。一凡

婦見妾生子。故將家業施捨僧尼。擬還母家。併與出嫁女。狼藉無厭。擬坐以盜賣田宅律。杖八十。徒二年。判曰。珠非蚌出。奚憐金穴銅山。篋自我操。即欲沙揮泥灑。綺紈蔽野。翠玉成塵。神誕佛生。結福緣於渺渺。老嫗少婦。填谿壑於年年。甘心若敖之鬼。寧惜叔孫之兒。恐其縱恣。律以擾竊。一凡婦聞親戚朋友娶妾。即行毒罵。併自咒以及丈夫。擬坐以把持行市律。杖八十。徒二年。判曰。城門失火。未嘗殃及池魚。滕國防危。便爾要先築薛。含沙射影。足徵鬼蜮之衷。打草驚蛇。預作綢繆之計。罪狀似難比擬。情形那可姑容。律以把持。實為允協。一凡婦無子。恐夫買妾。強立己姪。或抱類螟蛉。擬坐以斬人宗祀律。杖一百。刺配甯古塔。絕產沒官。父母兄弟不行解勸。連坐。判曰。姑奸難胎。久虛蛾眉之入室。牝狐幻術。陰謀螺負之良圖。乃欲代馬以牛。更恐以武繼李。科其罪狀。投豺虎而難憐。接厥私衷。餒祖宗而莫顧。擬滅等於大辟。宏施法外之仁。籍絕產而入官。詎貲異姓之孽。在昔設謀決計。事雖首自妖姬。然而賞隱模稜。罰難追於醜類。禍因滋蔓。連坐非苛。一凡婦歸寧父母。必將丈夫愛妾攣之同去。擬坐以拐帶人口律。杖七十。徒一年半。判曰。情懷水火。原非關萑之和。意介干戈。素乏壎箎之雅。攜手同歸。是何心也。與子偕往。保無他乎。察其略取之情。治彼杖徒之罪。一凡婦與夫謀明或三六九。或二八日。分潤於妾。乃至期齟齬。不令夫往。擬坐以收支留難律。笞五十。再犯者加一等。三次者杖六十。徒一年。判曰。三分有二。宜加服事之誠。取二用三。古有貪殘之戒。爾乃渝盟割地。輒懷猶豫之衷。從志傳漁。漸現裝聾之態。當與不與。律固有條。初犯從輕。再犯加等。一凡婦故令陋婢。強夫枕席。以塞娶妾之念。擬坐以良賤為婚律。主婚者杖七十。徒一年半。判曰。錦衾雖璨。自宜軟玉溫香。錦帳虛懸。可無穠桃翠柳。雖實命不同。允共對鴛鴦宋而承恩非貌。奚堪魑魅借歡。因濁酒麤布之張。直醜妻惡妾之解。道以匪匹。實為亂常。責有攸歸。雖職其咎。一凡婦使婢年已長大。不令嫁娶。恐丈夫有見獵之喜。擬坐以嫁娶失時律。杖七十。徒一年半。判曰。芳草無情。隨春來而漸茂。綠梅何意。因時至而垂實。屨行尸之傍。刪其風羽。嗔鶯燕之喻。架剪彼蓮心。自惟夫人不許。鬻服而喪綵。妾盜使見頑。乃為蕭果而禁投桃。未咏摽梅。而歌冰泮。不疑他意。祇問失時。○禮部。一凡婦年已衰邁。猶然脂粉盈鏡。以固寵妾。擬坐以服飾違式律。笞五十。遞出免供。判曰。翠黛香盒。猶留鏡裏。緋裙羅袂。尚倚嬌姿。準擬人看。不知出塞明妃顏華已非舊日。抱痾媞好形容頓異當時。乞鴛鴦之恩。猶袖珠。令憎惡態。固難堪。情猶可憫。一凡婦蓄妾。原非得已。乃自誇賢德。遂以其賢擬坐以現任官輒自立碑律。杖一百。徒三年。判曰。青雨和風。令望應流於萬里。深仁厚澤。芳聲自播於千秋。故口碑載道。人惟說峴山。而尸祝由心。至今咏思棠芾。何乃事因情近。名與實違。翔

向人言糗為已德苟傳聞不慎幾欲勸之貞珉久假不歸竟爾厠於賢哲盜名有桀功令宜遵一凡婦暗令腹婢借名罵奴僕因及夫妾併有子之妾擬坐以公差人員役欺凌長官律杖六十徒一年主婦辨非主使記過一次判曰浪蝶狂蜂奚顧新蓓嫩蕊暴風驟雨那管細果花胎猶如狐假虎威豈惜鼠投器忌雖護身有符苟犯法無赦主婦記過牙爪必懲一凡婦買妾入門必使魘鎮或掛己褲於門首或置棒槌於門限內種種不一擬坐以禁止師巫邪說律杖一百流三千里判曰王顏未入輪迴九轉之腸象管初吹聲斷百年之夢不用千金買賦除求片鐵鑄符一紙硃書宜投蛛網數行秘籙怨望達達性情制以鷄哥精爽攝為虎倀是蓋幻而無跡即或殺之泯跡者也淫覡邪巫痛懲遠屏一凡婦因夫買妾便設經堂修齋禮懺惟同僧尼往來擬坐以左道惑眾律杖一百流三千里判曰楊柳新栽昨夜鐘番風雨荼䕷初架曉來無數蜂(?)蝶鬧扃入而粉黛飛鶯(?)鬢添而鸞鏡掩妝閣因而繡佛琴堂用以繙經寄怨毒於瞿曇發幽情於般若淫黷[?]姐尼藉禪和而入室貪癡釋子披緇戒而踵門閨閫從此踰閑性情由之離判是用霜杜漸故為首禁嚴懲一凡婦嫉夫有妾從旁嫁禍造作流言擬坐以術士妄言禍福律杖一百流三千里判曰深情厚貌暗(?)謀中其猜嫌伏阱隱機脂粉亦忘其忮忌是以不言掩鼻鄭袖以巧嫚而雙燕娥覆被殺兒武墨以忍心而

兩般秋雨盦隨筆　卷八　十七

殞磨後臨風搧毒向影吹沙不第讒言離間蓋實溺陷死生者也所富滿杖遠配邊陲○兵部一凡婦每夜臥必將牀前暗置桌椅等物周帀布密以防夫有他適擬坐以假宿衛人儀杖律杖一百徒三年判曰秦王宮裏未失狐白之裘漢后禁中誰適諸馬之跡不虞竊符之魏姬特恐偷香之韓壽豈乏防意如城之謀竟效入苙招豚之計坐以假借罰其愚騃一凡婦因夫夜起溲溺不行通知即疑其私婢生嗔毒罵擬坐以夜禁不嚴律笞五十判曰牀內青銅原屬懷春之具枕邊玉盆用為護身之符乃紫垣何處飛奴簾外勿驚人影醒來夢話郎已夢到高唐醉後消魂身誤遊瑤(?)楚館彼圍夾告此則疎防一凡婦使用婢女不許面粉贊油止令破衣敝履充作夜不收打聽丈夫外事擬坐以私渡關津律杖八十徒二年判曰粉黛三千無有藏嬌之屋金釵十二屈為下陳之材況羅剎夜叉分途勾攝而山精水怪匿影潛蹤出入自有關防內外豈容飛越爰書有禁城且何辭一凡婦見夫入妾房言語即假借公事突入衝散擬坐以擅闖轅門律如止譁擾不作嗔狀引例末減笞五十免供判曰翡翠牀前方調鸚鵡之舌水晶簾外忽來獅吼之聲不徒花上曬衣未免腹中藏劍有心心術不端無心見識不到一凡婦度妾與夫正值綢繆之際忽喚妾起厲以他事擬坐以擅調官軍律杖一百發邊遠充軍判曰酣戰方深浪子春風一度金牌忽召夫人號令三申既撤白

登之圍詎有黃龍之望隳功西徼先軫之唾固宜擊肘東牕長舌之罪難貰宥以生令猶為寬典督捕一凡夫入妾室妾慮主母之嗔因而逃入妻所妻遂閉之不令出戶擬坐以窩隱逃人律杖一百流徙尚陽堡判曰桃源有路本期接引漁郎梅子多酸未便相延洞口效紅拂之宵征非得已也豈文君之私奔意何為乎爾乃其心已會故託於拳上𥟦邊客之書妙諦全窺竟不學魯男子閉戶之義汝既有意於窩逃吾將按律而問擬○刑部一凡婦見夫與妾就寢故意不臥隔房頻問瑣屑事務擬坐以聽訟應迴避不迴避律笞四十判曰鴛鴦初諧正虞穿簾戲喚蝶棲未穩何堪聒耳蛙鳴既干迴避之條難辭枉法之譴貴從薄懲以儆厥尤一凡婦設榻於自己臥房妾侍夫寢必抱衾裯以就即使合巹不令暢遂併不得絮語一字擬坐以不應禁而禁律杖六十判曰臥榻之側本非鼾睡之鄉忌者之前又豈溫昵之地桃花三汲猶虞浪動潛鱗鶯[?]一聲更怕驚翻宿蝶是宜通禁允此嚴懲一凡婦因夫偶飲妓家遂令端跪牀前自仍假寐更餘不允稽顙(?)擬坐以告狀不受理律杖一百徒三年判曰蛺蝶偶入花叢原非貪宿蜻蜓薄游水際未免沾濡況風過帶香何關薄倖而衣沾剩粉聊以娛情爾乃頓發嬌嗔罔顧黃金之膝居然假寐任憑玉漏之催真畫(?)革之旦可斑而逆鱗之怒難批矣縣案過情杖遣不枉一凡夫調婢婢極力灑脫以致頰紅肉顫妻乃不察

兩般秋雨盦隨筆　卷八　十八

仍搒婢毒打擬坐以官司故出入人罪律杖六十以增減輕重論判曰狹路相逢幾餌身於豺虎投梭峻拒得幸脫於鷹鸇顛斷香肌蓋為雲橫烟鎖紅堆粉面豈關雨後霞生不申法於強梁反逞威於弱質故出故入按律何辭一夫與妾寢旦入妻房妻乃託故啟覆篋索首飾衣服擬坐以因公科斂律計贓從重論贓未入手者杖六十判曰終年交頸曾無感於寸衷一旦分甘遂矜懷於大養翠環金鐲非可要挾而求實鈿綉衣務在隨宜而錫爾需索既出於積心將擬罪應同於科斂一凡婦因夫娶妾假病臥牀不吃茶飯其夫委曲勸解仍怒言詬罵及腹婢私進飲食則唊之人至飢復藏匿擬坐以侵(?)緣作弊律杖一百流三千里判曰銀牙正辟何心翠釜紫駝繡戶無人輒欲金齏玉粒若彼陰險之情為鬼為蜮業已胡其一斑矧其閉藏之跡如虺如蛇寧能防之久後縱茲不治長此安窮一凡婢海有姿色見其情悄悄修容輒以誘淫(?)屬誣擬坐以故勘平人律杖八十判曰桃花沐雨夫豈有意呈嬌梅子含酸遽誚揉脂獻媚必了頭盡屬花面即毒口見其蛇心爾太多疑罪同故勘一凡婦看戲見有演及妾妓者輒嘵嘵不止併罵點戲之人以及自己丈夫擬坐以決罰不當律笞五十判曰雅劇新聲不過逢場偶作芳姿艷質藉以合席同歡事爭選麗之情詞必出佳人之口而乃覩花容而色沮聞鶯囀而神傷觸目驚心當歌疑讖誰家薄倖故開作俑之端郎實

猖狂。其效跳梁之習。衾裯鼎沸。姻友波騰。鼓焰無端。咎懲有律。一凡婦責婢慣及下體私處。擬坐以決罰不如法。於人虛怯處非法毆打律成傷者笞四十。判曰。前代腐刑。爰書久削。編民閹割。憲典嚴懲。在男子而已然。況女子乎。何有爾乃借公洩忿。聲罪討於包茅。秉輿宣威。肆戈矛於夾谷。如驗有傷。按律究擬。一凡婦值夫外出。即將夫妾併有妊之妾陰賣。並不擇人論價。迨妾知覺不從。或以燒香等事誆騙出門。擬坐以監守自盜律杖一百。發尚陽堡。同謀杖一百。流三千里。判曰。小往大來。本蓄分甘之怨。母以子貴。愈深固寵之憂。詎料君子之遠行。恰值紅顏之薄命。一副狼心辣手。早定調虎離山。拔去眼釘。推入火坑。身當壚而不惜。雖換馬亦欣然。傷情極矣。慘何如之。其最毒之元凶。固應遠徙。即為從之惡黨。勿令網遺。一凡婦端坐。令夫跪受刑杖。如不依從。即號哭不已。擬坐以威勢制縛人律杖一百。徒三年。判曰。毒龍飛怒。白日晦而海水揚。乳虎橫行。谷風生而狐兔伏。吼聲正厲。鼻息敢舒。彼既肆無忌憚。我持律以重懲。一凡婦多蓄婢女。每同夫對飲。不許婢立己後。恐美目之盼。向夫傳情。擬坐以誘人犯法律杖一百。流三千里。判曰。錦繡成行。勿使肉屏障後。鶯鸞羅列。莫教花陣當前。蓋防對面芙蓉。密訂同心之約。燈前秋水。暗邀月下之期。不知慢藏之招。實為冶容之誨。爾故陷之罪。還責爾。一凡婦毒打婢女。其夫一言勸解。使謂私婢。愈加鞭笞。擬坐以冤屈

平民為盜律杖六十。徒一年。判曰。毒手老拳。勢難坐視。纓冠披髮。跡涉嫌疑。乃詞以情遷。卦因變動。貪非盜璧。浪指懷春。屈法枉贓。擬徒決杖。一凡婦不能容妾。反飾嗔作喜。以市賢名。願稱姊妹。無分大小。及妾入門。非棰即責。擬坐以欺詐官私取財律杖八十。徒二年。判曰。夢中之蘭。玉未占。被底之鴛鴦難共。琵琶隔院。聲已遠而莫聽。鸚鵡異籠。語屢調而勿覺。頑耳屬於垣。趾不旋踵。王丞相之驅車。為淩諸婢。戚少保之肉袒。莫獲二雛。爾乃蜜裹藏刀。必欲花間逐蝶。狡亦甚矣。罰豈容輕。一凡婦與夫小有間言。便呼兄喚弟。肆行強橫。以壓制夫妾。擬坐以假冒官兵律杖七十。徒一年半。判曰。日麗實閒。風忽變而成颶。波恬浪靜。石偶激而生瀾。巧令如虎如狼。鬩然吠聲吠影。恍若猛鷙搏鵬。不啻群鴉噪鳳。蠢茲醜類。法所必懲。敢為主謀。訊明發遣。一凡婦舉動恣肆。因夫稍違。輒指稱聽信婢妾之言。哭訴妯娌鄉黨。擬坐以越訴律如汙人名節杖一百。發煙瘴充軍。判曰。異握大權在手。先以蜚語驚人。蓋因蠱惑於心。奚啻含沙於口。不知盜嫂之事。猶可解也。至若通妹之誣。豈能堪乎。天讎難逃。王章莫貸。一凡婦見夫有恙。便歸罪婢妾。醜言播告眾人。擬坐以假公營私律杖六十。徒一年。判曰。紙帳呻吟。遽稱此風之始。竹林偃仰。遂生為厲之階。豈知閨閫之事。甚於畫眉。乃以中冓之言。指為牆茨。意欲如將軍體僵。因人言而驅娼。恐難同太傅暮年。以老病而放妾。假借釁端。

誑誣加等。一凡婦打罵婢妾。吼聲震外。併罵及親友者。擬坐以辱罵尊長律。無服笞二十。有服笞五十。期親同胞杖一百。伯叔師友各加一等。判曰。虎牙橫噬。豈避賢豪。烈火蔓延。寧分王石。西楚大呼。鐵騎重圍辟易。河東一吼。拄杖落手茫然。魚無耳而深藏。鳥高飛而色舉。此蓋司晨之牝。非特門內之妖已也。就族黨之尊卑。定科條之輕重。量從分別。予以自新。一凡婢年稍大。婦恐夫沾染。即行鬻賣。另買小者供用。擬坐以略賣人口律杖八十。徒二年。若略賣至三口以上。枷號一箇月。發邊衛充軍。並追價入官。判曰。綠柳初垂。便關心於黃鳥。夭桃未放。早留意於遊蜂。以防微杜漸之懷。作出陳易新之舉。刈蒹竹以植黃楊。驅修翎而畜蚱蜢。律以略賣。允蔽厥辜。一凡婦見婢垂髫。夫或屬意。竟不謀之於夫。擅配家奴。擬坐以屏去人服食律杖八十。判曰。桃花含蕊。何須便嫁東風。蚌孕獨胎。豈遂揚輝北渚。預作納履之猜。何其遽也。陰為拚鬟之計。不亦泰乎。擬以重杖。抑彼機心。一凡婦知妾有娠。故使勞力以致墮胎。併令產中飲食失時。擬坐以窩弓殺傷人律杖一百。徒三年。判曰。海棠新放。將有色而無香。荳蔻初含。幸漸開而結實。滿園春色。誰是宜男。共祝天生。若為乞巧。甫徵蘭夢。旋起妒謀。致使瓜未熟而蒂已離。木向榮而心先蠹。覆巢豈容完卵。殺母必更傷兒。詎止暗地害人。是且明欲絕後。置之徽墨。大快人心。一凡婦因事與夫反目。即駕言寵妾。身投尼宮。經宿不

回。擬坐以背夫逃走律杖一百。流三千里。判曰。久蓄疑猜。苦無半隙。稔懷怨恨。巧駕片言。禪關藍室。允為解脫之門。妖廟淫祠。本是藏姦之藪。縱非紅拂之奔。難洗緇流之辱。投之有北。永絕南還。一凡婦抓碎丈夫面皮。併嚙傷肌膚者。擬坐以妻妾毆夫律杖一百。徒三年。願離者聽。判曰。情緒偶乖。笑裂千端錦繡。幽思乍觸。怒敲七尺珊瑚。狂飈發而松柏摧。驚濤奮而蘭蕙損。金閨虎坐。玉潤羊眠。既昧三從。須嚴七出。一凡婦特令腹婢私行窺探。互相談論。以致婦之面色忽白忽青。微微冷笑。擬坐以竊盜不得財律笞五十。免刺。判曰。紗廚隱底。潛聆蟻鬪之聲。脂粉場中。化作鴟張之態。百螢惑眼。千蠱祟心。局碎芙蓉。吹上桃花之面。南香含笑。如喚漢女之妝。薄笞少懲。姑免深究。一凡婦聞妓女送夫扇巾等物。必搜尋裂碎。擬坐以毀棄器物律。准竊盜已行而不得財律笞四十。判曰。采蘭贈芍。雖屬淫風。煮鶴焚琴。殊虧大雅。况適情引趣。非盡溪水之紗。貽管呈態。悞認江皋之珮。留之增為韻事。毀之自取其尤。○工部。一凡婦置妾衾裯牀第。故令窄小。止堪一人獨臥者。擬坐以造作不如法律笞四十。判曰。花萼盈重。曾傳大被之風。燕雀情深。夙著聯牀之美。即眉公之新式。未聞狹彼規模。非楚宮之細腰。何故減其繩尺。既稽古而無徵。曷據律以示戒。一凡婦因夫欲往妾所。乃身先誘敵。及酣戰良久。已挫其鋒。始令就妾。擬坐以虛費工力。採取不堪用律坐贓論罪。杖一百。徒

三年判曰嫩柳堪折方圓良夜佳期而老蚌饞涎反欲爭先奪食壯哉銳進之氣此處不饒休矣罷之之兵彼將何補罪不止於阻撓律應坐以虛費與稽職跡雖城旦而猶輕究厥姦謀迭決杖以發遣

史閣部書

順治元年六月攝政王遣南來副將韓拱薇等致書明大學士史可法曰予向在瀋陽即知燕京物望咸推司馬後入關破賊得與都人士相接識介弟於清班曾托其手泐平安拳致衷曲未審以何時得達比聞道路紛紛多謂金陵有自立者夫君父之讎不共戴天春秋之義有賊不討則故君不得書葬新君不得書即位所以防亂臣賊子法至嚴也闖賊李自成稱兵犯闕荼毒君親中國臣民不聞加遺一矢平西王吳三桂界在東陲獨效包胥之哭朝廷感其忠義念累世之夙好棄近日之小嫌爰整貔貅驅除梟獍入京之日首崇懷宗帝后謚號卜葬山陵悉如典禮親郡王將軍以下一仍故封不加改削勳戚文武諸臣咸在朝列恩禮有加耕市不驚秋毫無擾方擬秋高氣爽遣將西征傳檄江南連兵河朔陳師鞠旅戮力同心報乃君國之仇彰我朝廷之德豈意南州諸君子苟安旦夕弗審事機聊慕虛名頓忘實害予甚惑之國家之撫定燕京乃得之於闖賊非取之於明朝也賊毀明朝之廟主辱及先人我國家不憚征繕之勞悉索敝賦代為雪恥孝子仁人當如何感恩圖報茲乃乘逆寇稽誅王師暫息遂欲雄據江南坐享漁人之利揆諸情理豈可謂平將以為天塹不能飛渡投鞭不足斷流耶夫闖賊但為明朝祟耳未嘗得罪於我國家也徒以薄海同仇特申大義今若擁號稱尊便是天有二日儼為敵國予將簡西行之銳卒轉旆東征且擬釋彼重誅命為前導夫以中華全力受困潢池而欲以江左一隅兼支大國勝負之數無待蓍龜矣予聞君子之愛人也以德細人則以姑息諸君子果識時知命篤念故主厚愛賢王宜勸令削號歸藩永綏福祿朝廷當待以虞賓統承禮物帶礪山河位在諸王侯上庶不負朝廷伸義討賊興滅繼絕之初心至南州羣彥翩然來儀則爾公爾侯列爵分土有平西王之典例在惟執事實圖利之晚近士大夫好高樹名義而不顧國家之急每有大事輒同築舍昔宋人議論未定兵已渡河可為殷鑒先生領袖名流主持至計必能深惟終始寧忍隨俗浮沉取舍從違應早審定兵行在即可西可東南國安危在此一舉願諸君子同以討賊為心毋貪一身瞬息之榮而重故國無窮之禍為亂臣賊子所笑余實有厚望焉記有之惟善人能受盡言敬布腹心佇聞明教江天在望延跂為勞書不宣意可法旋答書曰大明國督師兵部尚書兼東閣大學士史可法頓首謹啟大清國攝政王殿下南中向接

好音法隨遣使問訊吳大將軍未敢遽通左右非委隆誼於草莽也誠以大夫無私交春秋之義今倥傯之際忽捧琬琰之章真不啻從天而降也循讀再三殷殷致意若以逆賊尚稽天討煩貴國憂法且感且愧懼左右不察謂南中臣民偷安江左竟忘君父之仇敬為貴國一詳陳之我大行皇帝敬天法祖勤政愛民真堯舜之主也以庸臣誤國致有三月十九日之事法待罪南樞救援莫及師次淮上凶問遂來地折天崩山枯海泣嗟乎人孰無君雖肆法於市朝以為泄泄者之戒亦奚足謝先皇帝於地下哉爾時南中臣民哀慟如喪考妣無不拊膺切齒欲悉東南之甲立翦凶仇而二三老臣謂國破君亡宗社為重相與迎立今上以繫中外之心今上非他神宗之孫光宗猶子而大行皇帝之兄也名正言順天與人歸五月朔日駕臨南都萬姓夾道歡呼聲聞數里羣臣勸進今上悲不自勝讓再讓三僅允監國迨臣民伏闕屢請始以十五日正位南都從前鳳集河清瑞應非一即告廟之日紫雲如蓋祝文升霄萬目共瞻欣傳盛事大江湧出柟梓數十萬章助修宮殿豈非天意也哉越數日遂命法視師江北刻日西征忽傳我大將軍吳三桂借兵貴國破走逆賊為我先皇帝后發喪成禮掃清宮闕撫輯羣黎且罷薙髮之令示不忘本朝此等舉動振古鑠今凡為大明臣子無不長跪北向頂禮叩頭豈但如明諭所云感恩圖報已乎謹於八月薄具筐篚遣使犒師兼欲請命鴻裁連兵西討是以王師既發復次江淮乃承明誨引春秋大義來相詰責善哉言乎推而言之然此文為列國君薨世子應立有賊未討不忍死其君者立說耳若夫天下共主身殉社稷青宮皇子慘變非常而猶拘牽不即位之文坐昧大一統之義中原鼎沸倉卒出師將何以維繫人心號召忠義紫陽綱目踵事春秋其間特書如莽移漢鼎光武中興丕廢山陽昭烈踐祚懷愍亡國晉元嗣基徽欽蒙塵宋高纘統是皆於國仇未翦之日亟正位號綱目未嘗斥為自立率皆以正統予之甚至如元宗幸蜀太子即位於靈武議者疵之亦未嘗不許以行權幸其光復舊物也本朝傳世十六正統相承自治冠帶之族繼絕存亡仁恩遐被貴國昔在先朝夙膺封號載在盟府寧不聞乎今痛心本朝之難驅除亂逆可謂大義復著於春秋矣昔契丹和宋止歲輸以金繒回紇助唐原不利其土地況貴國篤念世好兵以義動萬代瞻仰在此一舉若乃乘我蒙難棄好崇仇規此幅幀為德不卒是以義始而以利終為賊人所竊笑也貴國豈其然乎往者先帝軫念潢池不忍盡戮剿撫互用貽誤至今今上天縱英武刻刻以復讎為念廟堂之上和衷體國介冑之士飲泣枕戈忠義民兵願為國死竊以天亡逆闖當不越於斯時矣語曰樹德務滋除惡務盡今逆賊未服天誅諜知捲土西秦方圖報復此不獨本朝不共戴天之恨抑亦貴國除惡未盡之憂伏乞堅同

仇之誼，全始終之德，合師進討，問罪秦中，共梟逆賊之頭，以洩敷天之憤，則貴國義聞，炤耀千秋，本朝圖報，惟力是視。從此兩國世通盟好，傳之無窮，不亦休乎。至於牛耳之盟，本朝使臣久已在道，不日抵燕，奉盤盂從事矣。法北望陵廟，無涕可揮，身陷大戮，罪應萬死，所以不即從先帝者，實為社稷之故。傳曰：竭股肱之力，繼之以忠貞。法處今日，鞠躬致命，克盡臣節，所以報也。惟殿下實昭鑒之。弘光甲申九月十五日。按史閣部答書用紅帖，寫皮面寫啟字，蓋印，即係督師輔臣之印，六字，每頁四行，連擡頭共二十字。原書存內閣，攝政王書載本傳，而閣部覆書不載，想當時諱之也。高宗純皇帝聖諭云：朕幼年即羨聞我攝政睿親王致書明臣史可法事，而未見其文，昨輯宗室王公功績表傳，乃得讀其文，所為揭大義而示正理，引春秋之法，斥偏安之非，旨正辭嚴，心實嘉之。而所云可法遣人報書，語多不屈，固未嘗載其書語也。夫可法，明臣也，其不屈，正也，不載其語，不有失忠臣之心乎。且其語不載，則後世之人將不知其何所謂，必有疑惡其語而去之者，是大不可也。因命儒臣物色之書市及藏書家，則亦不可得，復命索之於內閣冊庫，乃始得焉。卒讀一再，惜可法之孤忠，歎福王之不慧，有如此臣而不能信用，使權姦掣其肘，而卒致淪亡也。夫福王即信用可法，其能守長江而為南宋之偏安與否，猶未可知，而況燕雀處堂，無深謀遠慮，使兵餉頓竭，忠臣流涕頓足而歎無能為力，惟有一死以報國，不亦大可哀乎。且可法書語，初無詬誶不經之言，雖心折於睿王，而不得不強辭以辯，亦仍明臣尊明之意也。予以為不必諱，亦不可諱，故書其事如右，而可法之書，並命附錄於後。夫可法即擬之文天祥，實無不可，而明史本傳乃稱其母夢天祥而生，則出稗野之附會，失之不經矣。恭讀一過，仰見我烈祖聖度之大。

萬歲

馬伏波平交阯，吏民皆伏呼萬歲。此猶曰對將軍而頌天子耳。吳良傳註東觀記曰：門下掾王望諂稱太守功德，掾吏皆呼萬歲，則誕妄矣。又新序：梁君出獵，見白雁羣，公孫捷下車拂矢云云。梁君援其手上車，入廟門，呼萬歲，曰：幸哉，他人獵得禽獸，吾獵得善言也。自稱萬歲，更奇。

鋼

世所謂鋼鐵者，用鑌屈盤之，乃以生鐵陷其間，泥封鍊之，鍛令相入，謂之團鋼，亦曰灌鋼。此乃偽鋼耳。鐵之有鋼，也如麪之有筋，濯盡柔麪，則麪筋乃見。鍊鋼亦然，但取精鐵鍛之百餘次，每鍛稱之，一鍛一輕，至累鍛而斤兩不減，則純鋼矣。見宋沈存中括夢溪筆談。

修竹楊家

唐楊相國收，江州人。四子發、假、收、嚴。發以春為義，其房子以祝、以乘為名；假以夏為義，其房子以殳為名；收以秋為義，其房子以鉅、鏻、鍬、鑑為名；嚴以冬為義，其房子以注、涉、洄為名。盡有文學，登高第，人呼脩竹楊家，所以別於靜恭諸楊，亦猶桐樹韓家也。其取子名，亦有謝莊風月山水景之意。

古字

古字不全，往往借字。如古無順字，若，順也；古無真字，誠，真也；古無是字，時，是也。又古未有雙聲，而其機已見，如不可為叵，何不為盍，如是為爾，而已為耳，之乎為諸之類，此二合之音，切字之原，與聲俱生，莫知所從來也。

李赤

李赤自比李白，後為廁神所祟而死，見柳子厚集。赤有十詩，在姑熟堂下，署李白名。東坡讀之，以為淺陋，不類太白也。

丹青引

杜子美丹青引云：至尊含笑催賜金，圉人太僕皆惆悵。說者曰：帝喜霸之能寫真，故催金賜之，而圉人太僕自愧無技以蒙恩賚耳。宋張邦基墨莊漫錄云：此深譏肅宗也。考是詩始云：先帝天馬五花驄，畫工如山貌不同。是日牽來赤墀下，迥立閶闔生長風。帝既見先帝之馬，當軫弓劍之念，反含笑而賜金，曾不若圉人太僕見馬能惆悵而懷先帝也。此解新奇而有理。

蓴菜

漫錄又載杜子美祭房相國：九月用茶藕蓴鯽之奠。曾張翰亦以秋風思蓴鱸，蓴生於春，至秋則不可食，何二公皆用於秋云云。不知蓴菜春秋二生，秋蓴更肥於春蓴，江南人於早秋宴客，必薦此品。北產固不解也。

繡帳錦帳

司馬溫公娶子婦，聞其家有繡帳陪贈，毅然不許入門。王荊公嫁女於蔡卞，以錦為帳，未成禮而華俊已聞於外。一日神宗問介甫云：卿大儒之家，亦用錦帳嫁女？急舍之開寶寺福勝閣下為佛帳。夫以宰相之尊，一帳之間，矜重如此。近日蘇杭嫁資，縻費帷帳，至有飾以珠玉者，其他之僭侈無論已。傷哉！誰挽此頹風也。

禽獸殉難

唐明皇每大朝會，有舞象。祿山在長安見而羨之。及篡位，欲以誇諸胡，宴凝碧池，令牽象出。

孚見非帝不肯拜舞鞭之號叫儆殿陛遂以不食死唐昭宗畜一猿善諸戲帝愛之名孫供奉從全忠篡位此猴見座上非帝跳躍號哭觸階而死宋帝昺畜一白鷴後見帝蹈海遂連籠自投於海中余謂毛羽之屬畜養者多盡忠者少此可以立一廟合而祭之以愧夫天下之人面獸心者

帝王別號

宋高宗自標其室曰損齋後人以為帝王別號之始閱墨莊漫錄載宣和間蔡寶臣致君收南唐後主書數軸來京師内有發願看經文自稱蓮峰居士則五代已有之

成語對

劉貢父嘗戲王荊公云成語天然惟有東坡所對凡釋惠洪冷齋夜話

粵僧詩

廣東海幢寺僧今種惠運嘗詩沈文殼收入别裁此外又有約游山陰五律一首云最恨秦淮柳長條復短條秋風吹落葉一夜别南朝范蠡湖邊客相將瀉畫橈言尋大禹穴直渡浙江潮一片神行有不可捉摹之勢

文人詩

從來工制藝者未必工詩以心無二用也然余謂非真文人耳若真文人未有不能詩者且文人之詩方能入細有明至今騷壇之卓卓者非即臺閣之錚錚者乎熊鍾陵姑蘇懷古詩云憶昔時江水舊時潮雖怪行人說六朝飛過夕陽鴉點點吹來秋草馬蕭蕭多年王氣山頭寂昨夜鐘聲寺裏消欲問興亡向何處秦淮沽酒破無聊風流悲壯何嘗有一點學究氣也

動物出土

甯波奉化瀕海一帶有業種蚶者血肉之品出以種植奇矣然猶濕生化生之物耳至西域種羊理尤難解又大竹林中有物名筍根稚子鼷鼠之類略似人形烹食極其鮮美江西饒州一路多有之東坡有筍根稺子詩

公牘

孫伯純知蘇州有不還子弟與人爭伏宇犬嘗從大因而構訟請康中小民易子而食有以肥瘠不均因而涉訟此等公牘甚奇

誤出經題

乾隆甲寅浙江鄉試易經題誤出離為目為火宋方勺泊宅編載符建中浙江鄉試易經題誤出為布為金無獨有偶如此

錫字

姍真子載唐人作寒食詩欲押餳字以無出處遂不用按劉夢得不敢押糕字人人知之押餳字不敢者不知何人

押木字

王禹玉秋解試瑚璉賦上希顏氏願為可鑄之金下笑宰予恥作不雕之木木端木宮韻他卷率云嗚惟孔門厥有端木並押于第二韻此獨于第六韻别意押之無不以為奇巧

太公年

太公八十遇文王相傳之說也宋玉楚詞云太公九十乃顯榮兮仍未遇其匡合東方朔云太公體仁行義年七十二乃設用於文武剛遇東方朔減了八歲卻被宋玉硬展了十年幸而此老壽長拚再釣魚三千六百日可也

里老答縣官

前明慈溪令某公下車欲厲威嚴乃進里老謂之曰汝曹知滅門刺史破家縣令乎有桂姓者答曰邑士多習詩但知豈弟君子民之父母他未之前聞也令默然

諱

國諱公法也家諱私情也下為上諱下之盡禮也上責下諱上之不情也宋田登作郡自諱其名人有觸之者即怒於是舉州皆諱燈為火上元放花燈吏人遂書榜揭於閙市曰本州依例放火三日又宋宗室名宗漢自惡人犯其名謂漢曰兵士其妻供羅漢其子授漢書宮人傳語曰今日夫人供十八阿羅兵士太保請官點兵士書都下哄然傳以為笑刻意為此必有漏許話柄又某朝官謟事蔡京呼之為父合家不許犯京字眷屬犯申飭奴婢犯笞否賓客犯罰酒自犯手披其頰其無恥乃至於此又宋稗類鈔載有上某官名申最惡人犯其名一日有知縣進見問曰某案如何矣曰業已申郡上官微露其意曰汝便不申也罷對曰此事斷含糊不得卑職申郡守不理即申監司申監司不理即申臺院一次不理申二次二次不理申三次申來申去直待申死方休上官雖怒之而無如何反笑而遣之蕙人搶白是亦何苦𡉏乎杜祁公之言曰父母之名耳可得而聞口不可得而言則所諱在我而已他人何預焉公帥邠州三日孔目吏請家諱公曰下官無所諱惟諱取枉法贓吏悚然而退父母之諱且不必而況已名乎

學生次序

雙生男女或以後生者為長謂受胎在前也或以先生者為長謂先後有序也愚謂當以先

生者為凡夫紀年者紀生者將來所得之年假令二人一生於除夕亥時一生於元旦子時則先生者不但長一時一日而且長一歲矣即使將來同年月日時死而紀壽絕高一歲烏得不為凡耶。

四克

宋張汝弼大正鄉試主司命題平康正直彊弗友剛克燮友柔克沈潛剛克高明柔克榜發被放夢神人告曰汝若再遇四克始克有濟自以為經中再無四克此生科名休矣後淳熙丁酉題云撫于五辰庶績其凝無教逸欲有邦兢兢業業一日二日萬幾場中同舍有與張相識者厲聲曰汝弼可賀題中有四克矣遂獲雋。

日月燈

王荊公在經義局因言佛書有日月燈光明佛燈光豈足以配日月呂惠卿曰日煜乎晝月煜乎夜燈煜乎日月所不及其用無差別也公大首肯見宋永亨搜采異聞錄。

拾遺記

王子年拾遺記云少昊以金德王母曰皇娥處璇宮而夜織或乘桴木而晝游經歷窮桑滄茫之浦時有神童容貌絕俗稱為白帝之子即太白之精降乎水際與皇娥讌戲奏嫚娟之樂游漾忘歸窮桑者西海之濱有孤桑之樹直上千尋葉紅椹紫萬歲一實食之後天而老帝子與皇娥泛於海上以桂枝為表結薰茅為旌刻玉為鳩置於表端言鳩知四時之候故春秋傳曰司至是也今之相風此之遺象也帝子與皇娥並坐撫桐峯梓瑟皇娥倚瑟而清歌曰天清地曠浩茫茫萬象迴薄化無方涵天蕩蕩望滄滄乘桴輕漾著日傍當其何所至窮桑心知和樂悅未央世俗謂游樂之處為桑中也詩中衛風云期我乎桑中蓋類此也白帝子答歌四維八埏渺難測驅光逐影窮水域璇宮夜靜當軒織桐峯文梓千尋直伐梓作器成琴瑟清歌流暢樂難極滄湄海浦來栖息及皇娥生少昊曰窮桑氏亦曰桑邱此等事蹟原屬渺茫不足信而所寫則一則淫豔浮詞也然其筆墨之間何等空靈縹緲自是晉人吐屬若使唐人寫之不免冗長若使宋以後人寫之便黏皮帶骨惡狀難堪矣故前人以小說惟漢為最雅趣觀極猥褻如秘辛一錄可知。

尚主

前五代諸駙馬以尚主為苦宋孝武朝至有連名具寃草者可笑也天子之女驕貴自不必言然恃勢凌虐則不可也唐宣宗選于琮為壻連拜秘書省校書郎右拾遺賜緋左補闕賜紫尚永福公主事忽中寢丞相上審聖旨上曰朕此女子近因會食一處對朕輒折匕箸性

情如此恐不可為士大夫妻許琮別尚廣德公主亦上次女也天子之女且不可任性況其下者乎。

臺閣詩

高文良公謝恩賜花翎黃馬褂詩云冠飄雀翠天風細衣染鵝黃御氣濃齊次風宗伯觀御射詩云容節中和天子射弛張高下聖人弓何等正大先文莊公恭和御製行宮詩云依山列幔隨蹊密因地為壚各淺深穿穴不須陶冶埴拾薪端可溉烹鬵升烟遠結千廬白移壘空存萬突黔莫訝風饕兼露蟄自來增減重錙銖當時為人所稱孰謂應制體不能工也。

奇逢

國初浙東亂時諸暨陳氏女年甫十八為杭鎮撥什庫所得鬻於銀工適之堅不肯從杭人朱腆生尚御郭宗臣郝義醵金贖難民知女之義贖之方至忽友人某贖一童子問之即其夫也翼日贖一嫗至乃其母也繼又贖一嫗至乃其姑也有兩翁覓妻踉蹌而至門即其父及翁也兩家骨月一時完聚遂合巹結裝而歸之此較李笠翁巧團圓更奇真謂天下無異事也。

日月如丸如扇

夢溪筆談或問余日月之形如丸如扇耶即平圓渾圓余曰如丸以月盈虧可驗也月無光日之曜乃光耳光之初生日在其旁故光側而所見纔如鈎日漸遠則斜照而光稍滿如彈丸以粉塗其半側視之則粉處如鈎對視之則正圓此有以知其如丸也日月氣也有形而無質故雖相值而不相礙塗粉之喻明顯之至。

陽朔縣

阮芸臺協揆督粵時有屬吏欲求剌縣託宮保相知某公道地宮保曰官可自擇乎可自擇則吾舍節鉞而為陽朔令矣某問故公曰陽朔荔浦山水奇秀甲於寰區吾於閱兵時經過今猶夢寐不忘向以為一時戲言而不知語有所本五代孫光憲北夢瑣言云王侍郎贊中朝名士有弘農楊蘧者曾到嶺外見陽朔荔浦山水談不容口一日不覺從容形於言曰侍郎曾見陽朔荔浦山水乎公曰某未曾打人脣綻齒落何由而見因之大笑後楊寧求選彼邑挈家南去亦州縣官中一高士也乃知才人吐屬真無一字無來歷者。

典故歧出

闍黎飯後鐘事及御溝流紅葉事屢見紀載而各異其人究不知當以何為據。

卷八終

重刻兩般秋雨盦隨筆後序

夫碧華刻玉異代摹鳥跡之紋安石碎金小史賸龍威之秘不有作者疇發新型弗生猶賢罔開壓綱然世之拘文牽義者以呫嗶章句為可傳嚴棗災梨者以敝帚享金為能事孰識古人懲勸之旨半寓方言稗官附會之辭補徵文獻冰甌浣筆羅雅俗於操觚雪案謀觴豈古今而溉墨此余姻丈錢唐梁晉竹先生兩般秋雨盦隨筆一書所由作也先生性貫靈犀手為天馬博涉經典銅鼓扣識於茂先綺麗文章花管夢生於太白荒搜黃竹豈獻成謠輿埒淄澠匪徒誌異仿小虞初志而比事訂訛參新唐書文而輯金綴玉隨之時義大而簡不敢珍秘枕中筆所未到氣已吞宜其風行海內紙貴動地鼓聲薰天妖孽化菌成煙煮鶴焚琴頓使此書原板湮沒無存而坊間翻刻利在混珠詖增魚豕誰為刻翠再辨驪黃先生賢甥許泰兆明府宦游鄂渚誼篤渭陽慨兹籍之失真集同人而讐校分漢水之一勺剞劂重新湖粵琴於三生精靈如晤越四月而事竣適余來漢皋囑為後序義不獲辭雖醜纏究俗而愉快志神譬之醍醐審音疾雷不覺其響從人運斲成風弗鈍於微矧導美在先忍海韓陵之片石因人成事媿乏江郎之綵毫從此復汪淪之舊梓延梁苑之菁華秋雨聲多春風噓暖傳堪附驥樂沘筆於歸帆迹可留鴻寄遐情於江表

光緒歲次甲申季夏姻晚仁和王𣏌厚山甫拜手謹序於嘉禾舟次

重刻兩般秋雨盦隨筆書後

舅氏梁晉竹先生著兩般秋雨盦隨筆八卷徵奇考異抒藻擷芬久為藝苑所珍弆汪氏振綺堂舊板燬於兵燹此書風行海內故各省坊肆皆有翻本然魚魯亥豕惡劣至不可寓目讀者病焉之璡擬重付剞劂屢覓原刻不得適於黃星俞刺史案頭見之驚喜過望知其昔年在蜀以重值購獲者遂商借影鈔醵貲重雕並從汪子用表兄處假副本屬同志分校精審過之閱四月而工竣俾我舅氏著述曆劫猶新且還汪氏之舊是固博雅君子所同為愉快者已

光緒甲申閏五月甥許之璡謹識

冷廬雜識

陸以湉著

上海文明書局印行

冷廬雜識自序

學貴於純純則不雜著之爲書可以闡淵微之蘊成美盛之觀此必具過人之質復殫畢生才智以圖之用力深斯造詣粹理固然也余不敏幼惟從事舉業弱冠即以是授徒三十五歲通籍官遊武昌未逾年改官歸復理舊業三十八歲爲校官幸逢祿養冀得舍帖括專精典籍而勢不可舍事與願違孜孜於手披口講迄今又十七年矣自念半生佔畢於道無聞且以心悸疾不克爲湛深之思雖詩詞小技亦未底於成近歲屏棄不作暇惟觀書以悅志偶有得即書之兼及平昔所聞見隨筆漫錄不沿體例積成八卷名曰雜識蓋惟學之不能純乃降而出於此良自愧也至於搜採之未精稽考之多疎論說之鮮當則甚望世之君子正其失焉

咸豐六年歲次丙辰二月朔日陸以湉書於杭州學舍

冷廬雜識目錄

卷一
尊師重道　四庫全書卷冊
藝林佳話　有美堂後記
博學鴻詞　顏中丞
烏鎮　驥隙駟隙
形容失實　予台我朕
皇甫芝庭詩　八仙巖
破邪論序　金布衣
石屋煙霞二洞　印章
對語敏捷　解元連捷
鴉胆子　徐文長胡耕戚
潘文恭公　吳菌次太守四六
羅願　蕭何陳平韓信
古書　行軍之道
世說新語里諺　他日異時
髯髮早白　胡張園圮部
賄僧聯　徐霞客游記
何書田　蠼螋
彭文勤公　張太史聯
首飾　欽冀
卑職　撾鼓捕盜
后稷至文王　周情
崇尚貞節　唐文粹
生員　受業
徐花晚　冷泉亭
張夢廬　黃莘田詩
蒼耳子蟲　魚骨梳

沈晚滄司馬詩　藝文志
鞦　王芝堂談薈
陶安　逸民榜
秘法　倪太史
麥粉　四子書集註
黃滔詩　龍筋枝頁
別賦　溫八吟
陶淵明祠堂記　四三楊
唐駢體文　秦殿撰
漢口竹枝詞　王伯厚
孤山梅石圖　諸葛丞相祠聯
蔡學博　原
自呼其名　當
勺藥椒　實來
甲申十九忠臣　申時行王錫爵
韓文公廟碑　慎楅公
汪子黃　鴛鴦湖櫂歌
戚公餅　地有湖山美
文字之鑒　陸費中丞詩
桑水部　張長清
陶太守聯　兩浙校官集
郭頻伽詩　四子書說約
王忭楊選　六世之字命名
三邦　古今字義
樊紹述　曾子閔子
師　開城門卻敵
龜策列傳　文家操縱之筆
衆行倫　秘封翁

西青散記　陸太常
吳縣潭孝廉　文信國公四六
布蹤靖節　四庫全書表文
廣鳳娘　華歆
木　家禮
垾雅　蝋燭
馮文介公　廖少司農
詩品　陳雲伯
謚文成　露筋祠詩
功令　饑飢餓
皇甫龍亭詩　對花啜茶
兄弟聯名　七巧圖
卷二
忠義傳　李方叔

俗用成語　鄭太守
義塾聯　卷面題詩
典獄　徐鐵海
典當　蓮衣僧
方正學　張杞山
沈蜷客先生　閔中丞
楊忠武公　程京丞
窮通翁　二米
徐炳生　吳石華詞
授經偶筆　顧母
孫文靖公　計學博詩
羅提督　字典
丁撥英先生　倪烈婦
除夕奏凱　魏侍御聯

蜈蚣入腹　食忌
馮中丞　林文忠公
復父讐　諸葛武侯祠堂碑
趙太史　彡石公
文選字句　山齋留客圖
醫宗四大家　五月五日生
冯少司寇　顧蒹厓
畢大令　錢王祠聯
雪詩　朋友
錫　李梅卿
吳香竺詩　朱綠筠
浙江鄉試錄叙　三續千字文
周禮　改月改年
祖孫父子同名　仲康甫劄記

釀錢啟　李孝廉
顧侍讀　周孟侯先生
新樂府　孫愈愚
吳香圃詩　關帝謚
劉三山　沈虎坪詩
臘　起復
葉素庵　端木舍人
孔子生日　孫瀛帆詩
禱神文　讞獄
孔孟弟子　名與姓通
允征　同姓名同字
文體相似　有澹臺滅明者
七修類稿　經史數兒字
一言　銀頂

俗稱 / 帥中丞
黄少司馬 / 小軍機
李方伯 / 紅豆
楊拙園先生 / 改姓
梁元帝 / 一日不見如三月兮
梳銘 / 舒元輿銘
印章隱姓名 / 張睢陽廟聯
巢居閣 / 琴銘
沈氏姑 / 學林
七夕詩 / 目疾秘方
吐生

卷三

論文 / 誤信降人
隗囂 / 河間婦傳

方侍郎 / 游龍杖
趙少宰 / 文昌神
治生 / 善於法古
同共皆悉等字 / 君子小人
達德首知 / 忘己之難
父母 / 諫
賄賂免禍 / 舒鐵雲
于觀察詩 / 香屑集
李忠定公 / 胡霖若
姚康訪 / 永樂大典
馮柳東 / 徐林梅
悼亡詞 / 謚義
子叉蟲 / 浙江學使署聯
愚汀公 / 進士歸班

姚侍郎奏牘 / 同謚
取蜀將帥 / 公忠
畫工 / 金岱峯詩
姜太史 / 阮文達公擬疏
悼亡詩 / 雙節乞詩啟
吳布衣 / 星査凡詩
孫子瀟 / 吳梅村
文字沿襲 / 鄭太史
麥餅 / 徐觀察
琵琶亭 / 王建孟知祥
柳文 / 說用兵之害
新唐書 / 八君子圖
三高祠 / 鄭御史
錢少詹 / 王文端公

郤老要訣 / 錫奴銅婢
周蘇門 / 安次香
莊平旅壁詞 / 巴鯽膏
王仲瞿 / 四聲
浙撫署聯 / 吳京丞
元遺山 / 用心精專
宏簡錄 / 明加田賦
李文靖徐文靖 / 躧履倒屣擘屐
、你 / 天壽天壽
鮑防 / 武功縣志
詩賦奇格 / 尺牘新鈔
匕 / 桂林一枝
石鼎聯句詩 / 識時觀變
唐 / 字

張水崖　思忠豫防
張春舫　溫稼生
寄園銷夏圖　嚴比玉
奕國手　闞蘭
鄉闈覆試　王笠舫
朱笠亭說詩　王康訪
洪學士　墨譜
沈漢甫　岳忠武王銅印
李少司寇　鹿洲公案
西塞山　西南夷傳
吳烈女　詩分唐宋
擔粥
卷四
馬東谿　朱大令斷獄

太游仙詩　下第詞
馮侍御　菱塘權妝
內閣中書　倒句倒字
詩圓於習　曲端
麒麟　賀失火
唐宰相無諡　明侍功臣
唐縣尉　李易安朱淑真
明東廠二校尉　秋畦公取士
趙屏山　張八愚比部詩
晏元獻　破體字
翻用前人詩意　全史
珊瑚圖　對對難
點班　重字
一揮九制　金佗

李安遠　隋文帝廄長
胡大海　明公主郡主
劍　韓陵片石
范文正公子　七月詩
官寺　六駮
警枕　栢梁臺詩
方術傳　州箴
史越王表　火浣布鳳首木火油
父子精相術　柳仲塗文
陳壽不妄劾人　輜重
韓侂胄函首至金　愛惜士子
喜雨志乎民　雙烈
傳述易訛　民之父母
西游記　巖石帆詩

青腿牙疳　馮侶笙詩
竊人之書　轉敗為功
撰述傳信　討武曌檄
石敬塘杜重威　單傳
夏山如怒　秋鴻館詞
張孝康　郎蟹
吳澹川詩　六舟僧
張解元詩　志書
秋鳥　祖德
天時　酒令
費宏　馬
寡能克眾　公
史記複見之句　兩浙輶軒錄
葉杏堤　高伯平

鼎忌　世其道德
朱掖香詞　君
父　母
疾風知勁草　黄狀元
煮人獄　湯火傷方
李司馬　鄭筠君詩
葛壯節公　郭參政詩
何小山詞　海螄詩
倒用印　周南卿詩
長人　高斗樞
明崇禎朝相　王紹宗
王僉事　山濤王戎
玉堂　王
太上感應篇　吳越

三字字　藏書
表章苦節　李杜
顏氏家訓　一代奇才
程鵠軒詩　靈星門
乩　十日一行
李笠翁　萬方伯

卷五

醫學源流論　嘉靖冤獄
賜書加點　常食之物
方文輈　何文安公輓聯
洪地齋　溧陽于役圖
大成殿藏舊主記　鯖魚
史文靖公　科名識事
討賊誓詞　凡將篇
師古　文辭襲用
鄭滎陽　為學之道
王文成公用兵　從吉
吴公堂　父子同試鴻博
五絶佳作　凌筱沅
孔楫卿　鯢溟姪
文弟子　自然氣化
揚雄　明閣臣狀元
複句　發語辭
古列女傳　潘太守詩
唐伯虎　舁字入詩
賦韻　孫春沂
孔大令　左忠毅公
裴晉公　蔡明經

瑪華妹　義田
謝侍郎　張太史聯
稱人為官　建文帝
二鳥詩　何文肅公
七李杜　蘇紹
尊經閣祀典　神缸
外吏起家入閣　王惺齋大令
案　維莫之春
疏表傑作　九言詩
吳柳塘詩　初三月
麐角解　顧亭林獄事
汪文端公　對聯複字
真贋難違　俚語本佛書
韓詩外傳　論衡

瓊　杯中角影
明史體例　語意相似
郭子儀　文章流別論
豫章行樂府　清和
飛英塔　華陀廟聯
徐神海　藉方
元真子祠聯　蒙求
文選　安儀周
齊名　明政
朝邑志　成仁取義
李太白瀨水貞義女碑　知縣承繼
酈湛若　荊軻
天祿識餘　歐陽語
前漢丞相謚　賁亨

忍字　楊守謙容
五聖丹　方公祠
吳祭酒尺牘　會試總裁五人
學政三年六人　鬮句鍼竹
三世能詩　用民興利
漢書遺語絕異　千里駒
有明一代至文　黃鶴樓聯
西村集　傳神寫照
張少宗伯　博古通今
三圖手　臨文不諱
綺名髓燭茶
卷六
倜儻塘詩　姚姬傳比部詩
朱立齋詩詞　小本書

姚文僖公　功在恕愿
鉤懸　葉磬陵先生
塵史　玩好不可溺
明史　詩酒券
圖作佛圖　桐鄉
水龍　萬壯節公詩
劉闔　四代同堂
父為部民　璞玉之喻
疊字詞　齊少宗伯
活人種竹　班馬異同
陳太僕　翁言
烏爾吉祭酒　三殿五城
聊齋誌異　宋四六
未婚守貞　識

朱莊　詠史詩
不繫園　燕會
陳殿撰詩　著述當自定
賀號　昭君詩
五泉雪水　器銘
周文忠公　沈又希先生
魏景顏先生　吳小宋大令
武昌府署聯　疏用嗚呼語
金元玉　海忠介公
水仙　蠅經
傳臚　汪太史
魯雲崖大令　皇甫養亭先生詩
西湖　羅漢像
童二樹畫梅　孟子外書

百家唐詩彙選志
明倫堂聯
小山詞鈔
飢飯錄
鴛湖泛月圖
賦重發端
漢唐
宋石經
浙閩號舍
三字經
任貽才
教子
戴石屏詩
從祀
逸民列傳
明代縣令
王節愍公
屠太守
集字聯
明季大臣
四書逸箋
小詞長調
彭澤父
歐陽公七律
夜紡授經圖
西湖秋柳詞
明登科錄
鴛水聯吟

小鄉抄
蔡浣霞先生
羊車
浙西要害
卷七
陳忠愍公
陳學博詩
西湖長生祠
天一閣
都門竹枝詞
梁咒治病
馬從龍
子衿非淫詩
孫春偶和詞
房暉遠
劉後村
更迭交戰
報喜
嚴氏玉藏書畫
唐冰溪先生
沈嫗傳方
吳烈女
歸宮詹
戴益生
刑名幕聯
知不足齋叢書
府州縣同名

著誕
改官詩
寫書求官
今勝於古
追尊稱帝
地志
姚兵部
沈菁士詩
阮文達公聯
許秀山
學宮聯
積椒
許氏科第
棋李
趙儀姞詩
理財
大佛寺聯
鹿坪師聯
世次
鼠
唐明府
戴孝廉詩
沈貽蘭詩
葛壯節公駢語
上官皇后
避諱
劫案
明閹禍

吳中行
經學理學
鄉仲淶作銘
劉軻
斛銘
養一齋詩話
龍井寺
獅昀公輓聯
竹杖浸廁
九言聯
妝域
觀龍舟詩
歸去來辭序
顧横波小像
一字師
千字文
劉太史詩
姚明府
思忠錄景忠錄
徐阮鄗師詩
李芝齡師詩
元駢體文
梁楚生詩
學醫宜慎
岳王祠聯
惲南田詩
抒蘇詩
鐵畫

沈觀察　湯將軍殉節詩
金總憲論詩　吳雪坡詩
任小坡詩　蔣禮山
留氏周敬堂先生詩　字宜從今
朱梅叔　題棺
關侍郎　江西三魏
明狀元爭奔情　沈觀察詩
嚴伯牙詩　輪先
西山文集　乾雀亂
石灰　劉忠義
卷八
奔走　名字沿誤
芋　三墳五典
晁具茨詩　文終文質

古今人表　藥詩
二母知人　馬
李德裕張子敬　擬旨
葡萄女　糊字
鳩槃茶　倔強不愧於魂
四字異體　楊修劉顒
烏程三相國　孔子弟子考
久任　名號讖
田田錢錢　謄錄
作者七人矣　楊元咨
鄉會試題　奇名
采芹山詩　李鶴衫
還居詩　父子能詩
彡石公詩話　徐鵲舟
王曉菴　一綫天題辭
道情　場屋中忌諱字
土物　兩世狀元
竹夫人　像
西征日記　恩科
袁隨園　志壁詩
麗辭　高文端公
婦人悼亡詩　油汙衣方
宋相國　勞孝廉
岳忠武于忠肅　眉生姪詩
紛鬪　徐觀察
錦囊集　難經經釋
董祐艷　任子不齊
晉唐文章　聰訓齋語

陶宏景　除夜詩
五律句用仄聲　王徵之
黃綰　桑水部詩
張浚　仍
市　邱大理
詠菊　鄭中丞詩
韓文公闢佛　嵇叔夜
芭蕉樹　泉甘而酒冽
陳士奇　鄧侯
作文增益　殉葬
朱侍郎詩　採芳集
三元　蜜丁馬甲
七上黃鶴樓散人　良心官
自鋤明月種梅花　朱文正公詩

兄弟同登科　孔大恭人
譚餘生詩　黄鶴珊詞
垂訓樸語　卓倚亢
先生　宋敬傳
終篇用也字　俞生降福
呂氏春秋　王穀塍
陳樸堂詩　徐敬齋明經
顧媚柳是　鄭昀公撰聯
歷代甲子紀元表　静宜女史詩
甲癸議　孔肖函司馬
三石公聯　壽序
大門　家傳單方
江忠烈公　大錢
姚梅伯詞　笙鶴樓
陳參議　周遇吉
赤水元珠　赤城雜詩
小琅玕山館詩

冷廬雜識卷一

清　桐鄉陸以湉敬安著

尊師重道

雍正二年二月，奉上諭：帝王臨雍大典，所以尊師重道，爲教化之本。朕覽史册所載，多稱幸學。近日奏章儀注相沿未改，此臣下尊君之詞，朕心有所未安。今釋菜伊邇，朕將親詣行禮，以後奏章記注稱幸非宜，應改爲詣字。三年十二月，上以先師孔子聖諱理應迴避，令九卿會議具奏。奏稱凡係姓氏，俱加阝爲邱字；凡係地名，皆更易他名；至於書寫常用之際，則從古體𠀉字。奉上諭：今文出於古文，若改用𠀉字，是仍未嘗迴避也。此字本有期音，查毛詩及古文作期音者甚多，嗣後除四書五經外，凡遇此字，並加阝爲邱。地名亦不必改易，但加阝旁，讀作期音，庶乎允協，足副朕尊崇先師至聖之意。四年八月初八日，上親行釋奠禮，太常寺卿呈儀注，獻帛進酒，皆不跪。上特跪以將敬，命記檔案，永遠遵行。聖天子尊師重道，遠軼前古，宜乎人文化成，臻極盛也。

四庫全書卷册

高宗純皇帝命儒臣編輯四庫全書，特建文淵、文溯、文源、文津四閣藏度。乾隆四十七年，第一分告成，排度於文淵閣。書凡三萬六千册，計經部十類，六百九十五部，一萬二百十四卷，二十架，九百六十函；史部十五類，五百六十三部，二萬一千三百五十九卷，三十三架，一千五百八十四函；子部十四類，九百三十部，一萬七千五百六十六卷，二十二架，一千五百八十四函；集部五類，一千二百八十二部，二萬六千七百五十七卷，二十八架，二千十六函。又於揚州大觀堂之文滙閣、鎮江口金山寺之文宗閣、杭州聖因寺行宫之文瀾閣，各繕一分安庋，有願讀中秘書者，許陸續領出，廣爲傳寫。聖天子昌明文教，嘉惠多士之心至矣。

藝林佳話

馮硯祥有不全宋槧本金石録刻一圖記，曰金石録十卷人家。長箋短札，帖尾書頭，往往用之。仁和吳兔牀明經騫，得宋本咸淳臨安志，又得乾道、淳祐二志，刻一印曰臨安志百卷人家，所藏書卷中多用之。吳門黄蕘圃主政丕烈，多藏宋板書，顔所居曰百宋一廛；吳以千元十駕揭榜與之敵。聊城楊至堂河督以增，得宋板詩經、尚書、春秋、儀禮、史記、兩漢書、三國志，顔其室曰四經四史之齋。是皆可爲藝林佳話。

有美堂後記

吳山有美堂故址久廢今杭州府治後堂乃襲是名刊歐陽公記於屏門嘉慶癸酉夏四月大興翁覃溪學士方綱為嚴少峰太守榮作後記手書刻石於堂之西偏記為歐公作駁難紆折淡蕩之致不及歐公而意義深密有裨吏治特錄於此昔歐陽子為梅公儀作記以游覽之勝歸於斯堂愚竊非之梅公取賜詩地有吳山美之句以名其堂而歐公實切杭湖言之曷為而非之乎君子於友宜擇所當務者以告之錢塘湖山之美則一語足矣何賴乎作記為斯記者宜舉習俗之工巧邑屋之華麗悉束諸質樸而勉以勤儉持以淳厚然後所謂富完安樂者貞之於永久必如是以言所有者有風俗之美焉又言臨是邦者選公卿侍從之臣因而言賓客占形勝此則宜導以早作夜思黜貪舉廉懲奸剔蠹釐棄牘以靖閭閻防微而燭隱必如是以言所有者有吏治之美焉杭人文藝甲於東南達者浙西文匯紫陽院課諸編多尚華縟是宜崇經術使士皆研精傳注不苟為炳烺之觀然後風會益趨於淳實必如是以言所有者有文章之美焉歐陽子豈不知此而徒娛意繁華之是稱耶今則官清而政平士務學而民安業胥入於聖天子綏和壽育之中使歐陽子居今日其文當不如彼矣吾友嚴子少峰即歐陽子所謂清慎好學者也故竊舉是所疑於歐陽文者為吾嚴子記之

博學鴻詞

康熙己未乾隆丙辰兩次博學鴻詞其制微有不同己未三月試一百五十四人取五十人（一等二十人二等三十人）丙辰九月試一百九十三人取十五人（一等五人二等十人）丁巳七月補試二十六人取四人（一等一人二等三人）己未試一場賦一詩一丙辰試二場第一場賦詩論各一第二場經史論各一己未取者進士授編修餘皆授檢討其已官卿貳部曹參政參議者皆授侍講丙辰取者一等授編修二等進士舉人授檢討餘授庶吉士踰年散館有改主事知縣者己未自大學士以下至主事內閣中書庶吉士兵馬指揮（劉振基張鴻烈）暨捕理事（張永祺吳元龍）等官皆得薦舉丙辰三品以下官薦舉者部駁不准與試己未凡緣事革職之官皆得與試（陳鴻績以革職知縣試授編討）丙辰部駁不准與試者詞科之制自唐以來未有如我朝搜羅宏廣英彥畢集者洵曠典也兩科人才皆以江南為極盛己未取二十六人丙辰取七人己未王項齡丙辰劉綸入閣皆江南人也其次則浙江為盛己未取十三人丙辰取八人

顏中丞

連平顏瀞亭中丞希深乾隆時官平度知州因公事在省適遇大水民皆登城避水太夫人命速發倉穀盡數賑饑為上官所劾上諭有此賢母好官為國為民惟宜通變該撫不加保奏翻加參劾何以示激勸乃即擢知府母予三品封後官至巡撫子檢由拔貢官至直隸總督孫伯燾由翰林官至浙閩總督歷考前史惟發倉廩振民者間或蒙朝廷嘉獎從未有恩寵優隆若是者幸得遭逢聖朝膺茲異數而天之所以報施者亦至矣

烏鎮

吾里舊名青墩有溪為界溪東曰青鎮屬嘉興府桐鄉縣西曰烏鎮屬湖州府烏程縣故又名雙溪今則概稱為烏鎮近日名流過烏鎮詩不少惟仁和杭董浦太史世駿一律最切當蒼涼西北檝六邑一潴通遠樹歸帆隔斜陽戍壘空風流思九老顛頓倚孤蓬回首吳趨路荒荒有朔風蓋由蘇之杭有捷徑必過鎮之西北檝其地乃吳江震澤秀水桐鄉烏程歸安交界之所也

驥隙駟隙

史記張良魏豹傳皆有人生世間如白駒過隙語又李斯傳云夫人生居世間也譬猶騁六驥過決隙也墨子云人之生乎地上之無幾何也譬之猶駟馳而過隙也今人引典祇用駒隙罕有及驥隙駟隙者

形容失實

史傳有形容失實之語如史記藺相如傳記相如持璧卻立倚柱則曰怒髮上衝冠趙奢傳記秦軍鼓譟勒兵武安則曰屋瓦盡振項羽本紀記羽與秦軍戰則曰楚兵呼聲動天皆描摹傳神之筆事雖虛而不覺其虛彌覺其妙此龍門筆法所以獨有千古也晉書王遜傳襲其語而增一句曰怒髮衝冠冠為之裂則近於拙矣

予台我朕

尚書辭義古質而予台我朕等字往往並見論語中吾我予等字亦復參互用之如二三子節先言我後言吾吾有知乎哉節先言吾後言我予疾病節先言吾後言予至孟子好辯章則先言予繼言吾終言我蓋文家錯綜變化之法已肇端於斯

皇甫芝庭詩

吾邑皇甫芝庭茂才塤持躬醇謹鄉里無間言工作試帖詩應試賦不隨人意生詩

云江花三月慕謝草半池春見賞於學使者入泮所作試帖詩甚多惜身後散失殆盡

八仙巖

台州城西北隅八仙巖奇石布列境絕幽勝旁有小池水清冽可愛名曰鑑泉巖前呂祖殿藥方甚靈求者不絕殿中對聯數十惟臨海嚴孝廉乘潮作最佳看下方擾擾紅塵富貴幾時祇抵五更炊黍夢溯上界茫茫浩劫神仙不老全憑一點度人心

破邪論序

虞永興破邪論序最為世所寶貴余觀崑山葉傲君奕苞金石錄補謂破邪論序有云太史令傅奕學業膚淺識慮非常乃穿鑿短篇憑陵正覺法師愍彼後昆撰破邪論一卷夫胡僧咒人奕破其妖妄識者題之今反以為邪世南從而和焉何也又觀桐城姚姬傳比部惜抱軒筆記謂破邪論序自署銜太子中書舍人太子官但有中舍人安得有中書舍人永興父名荔而序中用辟荔字此必唐時僧徒寡聞見者所妄作偽託欲以自取重於世耳以二說證之其非永興書可知吁世俗鮮精鑒之識而以偽為真者多矣不獨此帖為然

金布衣

錢塘金布衣農畫梅竹蒼勁絕俗晚又畫佛自署號最多曰冬心先生曰稽留山民曰曲江外史曰昔邪居士曰龍梭仙客曰百二硯田富翁曰心出家庵粥飯僧余於杭城骨董肆得其畫竹一幅題曰凌霜雪節獨完我與君共歲寒筆墨高古良可寶玩

石屋煙霞二洞

杭州石屋煙霞二洞皆在南高峰下余於咸豐辛亥往遊由赤山埠折而南行二里許至石屋嶺嶺不甚高有亭可憩踰嶺即為石屋洞寬廣三丈深丈許中鑿釋迦佛諸菩薩像四壁鐫羅漢五百餘皆塗以金左壁題名云陳襄蘇頌孫奕黃顯曾孝章蘇軾同遊熙甯六年二月二十一日按志稱東坡題名字甚漫漶相傳黨禁時鑿去故所題字盡完好而筆法俗嫩定是近人偽託題壁詩大半剝落不可讀惟道光二十年郡人曹籀隸書銘十三字尚可辨識云欽崟兮石屋中有素書兮留我讀洞西北有窟甚深顏曰滄海浮螺稍南有一洞曰覎雲洞上劉玉坡制軍嶺河所題有記刻石東又一洞為石別院東北又一洞為小石屋皆鑿佛像洞嶺題曰湖南第一洞

天歎字已滅洞外屋舍傾圮門徑亦蕪惜無好事者為之修葺又行二里許過滿覺隴為煙霞嶺嶺峻甚石滑不留屐攀蘿捫葛而上半里始抵洞洞在嶺之巔有廟十餘楹結構小而軒宇明潔翛然塵外登樓望遠隔江諸山皆在指顧洞深四丈廣丈許外寬內隘皆刊佛像有姚伯昂侍郎元之題湖南第二洞天隸書左壁吳越十八功德塔尚存俗稱千官塔上有都指揮使吳延爽題名延爽乃吳越文穆王恭懿夫人弟也寺僧智慧為具午飯小住半日俗慮淨滌竊謂石屋之曠爽雖勝煙霞而幽奇遜之且凡洞皆在山麓此獨在嶺脊凌虛縹緲當為西湖諸洞之冠

印章

印章以切為佳錢塘袁簡齋太史枚之三十七歲致仕蕭山汪龍莊大令輝祖之雙節母兒語最新碻他若興化鄭板橋大令燮之康熙秀才雍正舉人乾隆進士衍聖公孔慶鎔之九歲朝天子則自述其遭遇也歸安孫太史辰東之其于人也為寡髮為廣顙為多白眼則道其形狀也錢塘陳雲伯大令文述之團扇詩人則以團扇詩受知於阮學使也至如楊鐵崖之湖山風月福人之印唐六如之江南第一風流才子魏叔子之乾坤一布衣則尤顯著於世非此三人要皆不能當也

對語敏捷

高宗純皇帝燕見詞臣出對曰氷冷酒一點水兩點水三點水南昌彭文勤公元瑞應聲對曰丁香花百人頭千人頭萬人頭儀徵阮文達公元在翰苑時仁宗睿皇帝因燕見命以其姓名屬對公即對曰伊尹對語不難難在敏捷非有夙慧者不能

解元連捷

解元連捷幾中會元而抑置第二者一為乾隆壬申恩科浙江解元李祖惠（秀水人）是秋會試已定元矣總裁海甯相國陳公世倌以同鄉引嫌改列第二而以第三邵嗣宗（太倉人）掄元李歸班官終江西高安縣知縣一為嘉慶戊辰恩科江南解元顧元熙（長洲人）己巳會試總裁錢塘相國費公淳取列第一侍郎英公和以第二名孔傳綸二三場奧博多奇字遂易置焉顧終翰林院侍講識者謂李顧闈作實勝邵孔使不抑第二則三元可得矣豈非命乎又德清許方伯祖京乾隆戊子領解己丑會試卷已擯棄為武進劉文定公綸搜得驚詫曰有文若是而棄之乎徧示諸總裁皆歎賞即定元其先定元之本房謂此卷乃禮記俗謂禮記為孤經乃言孤經不可中元文定依回久之遂置第五至今首藝猶膾炙人口而會元徐關之闈作世鮮有知之者

鴉胆子

鴉胆子治休息痢。鈥程杏軒文園醫案。甚稱其功效。用三十粒去殼取仁。外包龍眼肉。撚丸。每晨米湯送下。一二服或三四服即愈。此藥味大苦而寒。力能至大腸曲折之處。搜逐濕熱。本草不載。見於幼幼集成。稱為至聖丹。即苦參子也。藥肆多有之。吾里名醫張雲裳先生聿濂。亦嘗以此方傳人。吾母周太孺人喜施方藥。以治休息痢。無不應驗。兼治腸風便血。凡熱痢色赤久不愈者。亦可治。惟虛寒下痢忌之。

徐文長胡穉威

明山陰徐文長渭。與我朝山陰胡穉威天游。才相若。遇亦相似。文長為諸生時。提學副使薛應旂閱所試論。異之。置第一。及為胡宗憲所知。秋試前嘗極力為之地。卒為簾官某所遺。竟以諸生終。胡以明經應博學鴻詞試。鼻血汙卷。扶病出。比應京兆試。翰林某入闈分校。自詡曰。吾必中胡某。為闈榜光。卷落其房。而某不能句讀。即鈎勒皆悞。時乾隆辛酉年也。比甲子。長安朱某以庶吉士分校順天。其父與胡素交好。倡言入闈不中胡君卷。則關節劍吾目。及得胡卷。又以奇古不能讀。反加紅勒焉。辛未以經學薦。左都御史某忌之。但稱胡詞章。遂不得召見。卒困抑以死。徐有青藤書屋集。胡有石笥山房集。皆傳播藝林。遇不過僅一時耳。其才則千古矣。

潘文恭公

吳縣潘文恭公師世恩。試童子時。終日端坐。不離試席。吳縣令李昶亭遴春異之。拔置前列。因出對云。范文正以天下自任。公對韓昌黎為百世之師。又云青雲直上。公對朱紱方來。李決公必貴。後為狀元宰相。某公贈聯云。大富貴亦壽考。蓄道德能文章。說者謂今代偉人。非公莫能當此語也。

吳蘭次太守四六

江都吳蘭次太守綺。送王阮亭司李維揚序云。官名大李。地有垂楊。琢對絕工。末二聯云。嗚呼。風雅講則朋友之道衰。行誼乖而治化之本刓。子之往矣。言修掛傅之甘棠。我且歸焉。用訪岐公之芍藥。筆力陡健。語意亦細膩沈着。不徒以妍麗見長。

羅願

宋羅汝楫子願。知鄂州。有善政。曹涇作本傳。引新安續志。謂鄂州大旱。願立日中請禱。致疾而卒。王褘作小集後序。亦云然。乃宋史謂知鄂州。以父嫌不敢入岳廟。一日自念吾政善。姑往祠之。甫拜。遽死於像前。是欲假以神忠武而適見其妄也。聰明正直如忠武。豈因其父之惡而譴及其子哉。

蕭何陳平韓信

蕭何聽鮑生之言。遣子孫昆弟能勝兵者悉詣軍所。又用召平之言。讓封勿受。悉以家私財佐軍。又從客之說。多買田地。賤貰貸以自汙。遂釋高祖之猜疑。陳平從陸賈之計。交驩周勃。用能誅諸呂而安劉。韓信聽李左車之計。撫趙服燕。又用蒯通之策。襲齊而定臨菑。此三人者。皆智慮絕人。而猶賴謀猷之益。可知事理之奧。取諸己者隘。得諸人者宏也。

古書

古書之名。今有改減其字者。如周易稱易經。尚書稱書經。孔子家語祇稱家語。五代史記去記字。古列女傳去古字。白虎通義風俗通義皆去義字。說文解字去解字二字。世說新語去新語二字。習俗相沿。有不知其本名者矣。

行軍之道

孫堅孫策皆以單騎出行。為仇家所殺。晉公討吳元濟。亦嘗率輕騎觀兵沱口。賊以奇兵掩擊。幸李光顏有備。力戰卻之。不然殆矣。故聖人行軍必以懼為先。以謀為主。誠慎之也。

世說新語里諺

里諺見於經傳者最古。史記漢書次之。其百家之書。則惟世說新語為後世所樂稱。以其辭之質而雋也。試略舉之。舉卻阿堵物。傳神寫照正在阿堵中。阿堵猶言這箇也。那得乃爾。失士卒情。外人那得知。那得猶言何得也。今日與謝孝劇談一出來。一出猶言一次也。何乃渹。吳人以冷為渹也。拉攞自欲壞。拉攞猶言摧裂也。殊不爾聊復爾耳。爾猶言如此也。歎息絕倒。當復絕倒。絕倒猶言笑倒也。善於託大。託大從容悑帽之意。傖父。傖道人。傖奴。傖鬼。吳人以中州人為傖。明其為別種也。使君如馨地。正自爾馨。阿見子敬。馨與阿皆語助辭。下官家有兩娑千萬。娑亦語助也。至於前此所已有者。如太邱問炊何不餾。餾字見爾雅。唐哭西施。唐哭見後漢書。此類尚多。不備述也。

他日異時

他日有作前之日解者。孟子吾他日未嘗學問是也。有作後之日解者。論語他日又獨立。孟子他日見於王曰是也。異時亦然。史記秦始皇本紀。異時諸侯並爭厚招游學。此指前之時也。蘇秦列傳贊。異時事有類之者。皆附之蘇秦。此指後之時也。字同而義殊。經史中似此者多矣。

鬚髮早白

氣血衰則鬚髮易白。每於此微年作焉。余觀晉書王彪之傳。云年二十。鬚鬢皓白。時人謂之王白鬚。而官至光祿大夫儀同三司。卒年七十三。此殆異稟。不可以常情測矣。又宋杜祁公衍。年過四十。鬚髮盡白。卒年八十。

胡梁園比部

吾郡石門胡梁園比部。校督學貴州。貴心校士。以主持風教自任。堂立碑。銘云。窮極勿賄賫。關節苦極勿需索。供應忙極勿拋擲文字。怒極勿凌虐生童。嘉慶癸酉。值拔貢之期。悉心拔選。得人稱盛。

贈僧聯

贈僧聯用佛家語。數見不鮮。錢塘吳穀人太史錫麒。贈虎跑寺平山和尚聯云。爐火紅深。與我煨芋。窗樹綠滿。煩公寫蕉。具有雅人深致。

徐霞客遊記

明江陰徐霞客宏祖遊記。叙生平游歷之處。由中國徧及遐荒。自萬歷丁未年二十二。即出游。至崇禎己卯。自滇得足疾歸。幾於無歲不游。無地不到。其游也。持數尺鐵作磴。遇窮搜幽險。能霜露下宿。能忍數日飢。能逢食即飽。能襆被單夾耐寒暑。其尤異者。腳力健捷。日從叢箐懸崖。歷程過百里。夜即就破壁枯樹下。然松拾穗記之。蓋他人之游。倘乘興之所至。惟霞客畢生全力專注於游。勇往獨前。性命不顧。其游創千古未有之奇。其游記遂擅千古未有之勝。霞客亦能詩。題小香山梅花堂云。春隨香草千年艷。人與梅花一樣清。流利可誦。

何書田

青浦何書田茂才其偉。居北簳山下。工詩。家世能醫。書田益精其業。名滿大江南北。侯官林文忠公則徐撫蘇時。得軟腳病。何治之復痊。贈以聯云。菊井活人真壽客。簳山編集老詩豪。由是投分甚密。而何介節自持。未嘗干以私。人皆重之。

蠼螋

蠼螋音瞿搜。蟲名。玉篇曰蛷螋。博雅曰蛷螋。昌黎詩。蜿垣亂蛷螋。即此。吾鄉俗呼為蛒蛸。二鬚多足。狀如小蜈蚣。而體較短濶。匿居隱處。溺射人影。令人生瘡。如熱痱而大。身作寒熱。千金方云。畫地作蠼螋形。以刀細取腹中土。以唾和塗之。再塗即愈。近又傳一方云。入夜以燈照生瘡處之影於壁。百滾湯澆之。即愈。此皆以影治影之法。氣類相感。抑何奇耶。

彭文勤公

南昌彭文勤公元瑞。天資絕人。督學浙江時。試卷皆自閱。几置卷數百。二僕侍側。左展卷。右收卷。循環不息。侍者告疲。公優游自若也。按試告示。有大場明萬卷全披。小試無一字不閱語。乾隆丁酉。典試浙江。得人最盛。所取文不限一格。而議論識力詞采氣局。色色皆妙。試卷萬餘。徧加評隲。著語不多。切中作者之病。至有落卷而感泣者。吾邑某先達。薦而不售。卷評一字曰庸。因是發憤揣摩。盡變其格。即於次科獲雋。是科副主試茅耕亭閣學元銘。出闈後贈公聯云。闈士頌之。自吳於越。讀公文者。如韓歐陽。公在翰林時。高宗純皇帝嘗命作周有八士至季隨破題。先示首句云。與八士而得其七。公即應聲云。皆兄也。嘉慶丙辰。聖製新正千叟宴畢。仍茶宴廷臣於重華宮詩。命群臣次韻。和珅倩人代作。所和嗟字。意不愜。屬公改正。公即易以帝典王謨三曰若。騶虞麟趾五吁嗟。一時和者皆莫能及。

張太史聯

錢塘張太史曰衡。學優品懋。通籍後。不與當道往還。棋酥不繼。蕭然自得。題聯於堂曰。相對半床書。冀漸臻聖域。但啜一甌粥。誓不入公門。

首飾

毛詩副笄六珈。傳云。副者后夫人之首飾。編髮為之。首飾二字始此。劉熙釋名有首飾篇。凡冠冕笄幘簪纓笄瑱之屬。皆列焉。是統男婦而通名曰首飾矣。今獨以號婦人釵環等物。蓋猶沿詩傳之說。

殮葬

禮越日小殮。三日大殮。蓋望其復生也。今則越日大殮者多矣。禮三月葬。蓋死者入土為安也。今則積歲不葬者多矣。送死大事。而遲速乖違。風俗之澆。亦人情之偷也。

卑職

元袁清容桷上柏柱修遼金宋史事狀。自稱卑職。袁時官翰林侍講學士。乃為此稱。今翰林於上官前稱晚生。惟外官自五品以下。見上司則自稱卑職。

撾鼓捕盜

魏李崇為兖州刺史令村置一樓懸鼓盜發之處雙槌亂擊四面諸村始聞者撾鼓一通次復聞者以三為節各擊數千槌諸村聞鼓皆守要路是以盜竊始發便爾擒送宋薛季宣治武昌時金兵且至而縣多盜乃鄉置樓盜發伐鼓舉烽瞬息徧百里守計寇訖兵退人心不搖此治盜之良模也又明李驥為河南知府境多盜驥為設火甲一戶被盜一甲償之犯者大署其門曰盜賊之家又為勸教文振木鐸以徇之此則清盜之源尤牧民者所當取法矣

后稷至文王

史載周自后稷至文王十五世羅氏路史歷證古書謂后稷生台璽台璽生叔均不窋非后稷之子公劉之去后稷已十餘世其可考而見者自不窋至文王十有七世馬氏繹史亦主其說姚姬傳經說謂文王五十而娶太姒武王娶邑姜亦年四十以是推之周人先世大抵壽長而娶晚是以自不窋而後十六君而閱千年若據此說則必十六世皆六十外始生子矣

周隋

周世祖保全元氏分授庶官隋邊周鼎盡滅宇文氏之後迨煬帝奪嫡宇文述實主其謀後即為述子化及智及所弒報復之道昭昭矣

崇尚貞節

墓誌婦人之書再適也見於宋子京之誌張景妻唐氏及陳了齋之為太令人黃氏墓誌銘女之書再適也見於陳了齋之為仁壽縣君高氏墓誌銘蓋宋世士大夫家婦女再適者不以為異故范文正公年譜直書其母謝氏再適長山朱氏今制崇尚貞節婦人再醮者不得請封雍正元年詔直省州縣各建節孝祠有司春秋致祭所以勵風教維廉恥者至矣宜不復沿陋習也

唐文粹

姚鉉唐文粹中歐陽詹自明誠論呂溫諸葛武侯廟記立說頗謬韓昌黎革華傳意致不及毛穎傳似可不選至段文昌平淮西碑遣選韓作何取彼而舍此如愛其才藻則奚不並存之耶然其大要以復古為主搜擇博而別裁正一代文物之盛賴是以存宜其繼文選而垂範來世也

生員

日知錄謂宣德七年表天下生員三萬有奇蓋現存之數也今天下歲取生員二萬

五千三百餘名約計現在之數以三十年為準凡歲試科試各十次共得生員五十餘萬名可云盛矣

受業

門生謁座師房師帖祇書姓名蓋始於國初御史楊雍建言中式士見主司但用姓名書帖不得稱門生今惟手板書姓名而無稱謂若用之柬啟則皆書受業蓋以避門生之稱也

徐楚畹

海甯徐楚畹學博善選鄉薦後困於公車家徒壁立以星命之學游歷江湖三十餘年嘗寓吾里北宮毋為人論一命無貴賤皆取百錢題一詩頗端云若肯妄為些子事何須更泛孝廉船兒童莫向先生笑強似人間造孽錢後官天台教諭卒於任

冷泉亭

杭州冷泉亭有聯云泉是幾時冷起峯從何處飛來相傳為董香光句又天台范掄選題聯云滌熱腸泉是冷如衛淨土峯故飛來句有作蕉西安吳平峯學博慶泰謂故字平穩當以特字易之良然

張夢廬

同邑張夢廬學博千里醫名隆赫道光間應閩浙總督無錫孫文靖公之聘至閩時公患水脹已劇猶篤信草澤醫服攻水之藥自謂可痊張乃詳論病情反覆數千言勸其止藥私謂其僚屬曰元氣已竭難延至旬日矣越七日果卒其論大略云專科以草藥為丸為醃峻劑逐水或從兩足滂溢或從大腸直瀉所用之藥雖秘不肯洩然投劑少而見效速其猛利可知夫用藥猶用兵攻守之法參伍錯綜必主於有利而無弊從未有病經兩年發已數次不辨病之淺深體之虛實祇以峻下一法為可屢投而屢效者蓋此症之起初因飲啖兼人胃強脾弱繼則憂勞過度氣竭肝傷流之壅由乎源之塞若再守飲食之厲禁進暴戾之劫劑不啻剿孤用兵而無節制則兵反為寇濟師無餉而專驅迫則民盡為盜公何忍以千金之軀輕其孤注之擲耶彼草澤無知守一己之師傳圖僥倖於萬一以治藜藿勞形之法概施諸居民倚賴之身效則國之福不效則雖食其肉猶可追乎此愚之所痛心疾首而進停藥之說也語殊切直特錄之以告世之溺惑於庸醫者張有謁孫宮保句云身思報國仍負重病為憂民措手難見所刊關游草中

黃莘田詩

國朝閩詩人。以永福黃莘田大令任為首。所著香草齋詩。風華韶秀。戛戛生新。七絕尤勝。泰安道中山行云。偪側修治葉拂青。驄蹄影亂綠田平。風十里棗花香不斷。行人五月出東蒙。勸農云。暖風晴日卷雙旌。立馬來聽布穀聲。一事最饒田畯韻。木棉花下看春耕。西湖雜詩云。珠襦玉匣出昭陵。杜宇斜陽不可聽。千樹桃花萬條柳。六橋無地種冬青。梨花無主草還青。金縷歌殘翠黛凝。魂斷蕭蕭松柏路。滿天梅雨下西陵。懶慢無心上畫船。桃青旗沽酒不曾招。不知細雨裙腰草。綠到春風第幾橋。

蒼耳子蟲

蒼耳子草。夏秋之交。陰雨後梗中蠹蟲生蟲。取就薰爐上烘乾。藏小竹筒內。隨身攜帶。（或鐵鍼、勿令出血）凡患疔毒者。以蟲研細末。置治疔膏藥上貼之。一宿疔即拔出而愈。（貼時須先以針微挑破出血）余在台州。僕周錦種之盈畦。取蟲救人。患者神效。比在杭郡。學舍亦遍種蒼耳草。蟲甚多。以療疔毒。無不獲效。同邑友人鄭拙言學博鳳鏘。攜至關化。亦救治數人。彼地無蒼耳草。書來索種以備。又青蒿蟲治小兒驚風最靈。余孫榮森曾賴此得生。此二方皆見本草綱目。而世罕知其效。特誌之。（青蒿蟲在梗中。治驚研末和燈心灰湯調送下。）

魚骨梲

台州城中東嶽廟。有魚骨梲。約一尺。長丈餘。中平。兩端曲。形似槐廟祝云。是魚之尾骨。其脊骨更大。在海濱某廟中。按隋書潘圓傳。天神祠前有一魚脊骨。其孔中通馬騎出入。蓋視此更巨矣。昔人謂水族惟魚最大。信然。

沈曉滄司馬詩

吾邑沈曉滄司馬炳垣。自幼好為詩。以名孝廉為外吏。手版鞅掌。不廢吟詠。佳句如鎮江云。岸高山比勢。地臨水為門。天津云。關鎖東西輸。河流大小沽。舟泊京口云。大觀窮日月。孤勢出樓臺。皂河云。鷗情隨水遠。柳意得春先。揚州云。明月隨人過淮瀆。晴湖帶雨入江城。過邑湖云。遠水帆飛林影外。高樓人在雁聲中。皆超心鍊冶。不愧作家。

藝文志

唐書藝文志。凡小說家書。無不採錄。獨不及應制之賦。試帖之詩。明史藝文志。不列名家時藝稿。蓋史例宜然也。

瓶

劉寬蒲鞭示辱。真供用蒲鞭。又崔伯謙用熟皮為鞭。不忍見血。示恥而已。此皆無愧慈惠之師矣。

玉芝堂談薈

徐應秋玉芝堂談薈。類摭故實。累牘連章。可稱華縟。然其書尚有二失。一則搜羅未偏。即正史猶有所遺。一則援引昔人文辭。每不標明其書。前之失猶可言也。後之失既乖體要。且蹈攘善之愆矣。

陶安

明太祖優仕陶安賜門帖。云。曰國朝謀略無雙士。翰苑文章第一家。此惟劉基宋濂乃足當之。安嘗自謂謀略不如基。學問不如濂。語非謙也。劉宋晚歲。帝眷浸衰。而安獨以禮遇終。余按基卒於洪武八年。濂卒於洪武十四年。而安卒於洪武元年。然則安亦幸而早亡。得以保全恩寵耶。

逸民榜

乾隆癸卯科。浙江鄉試首題逸民伯夷叔齊虞仲夷逸朱張柳下惠少連。後售者鮮登第。時稱逸民榜。嘉慶癸酉科題剛毅木訥近仁。所取文皆恬靜之作。登第者絕少。時稱啞榜。丙子科題夫達也者質直而好義察言而觀色慮以下人。所取文皆勁宕疏第者稱多。時稱響榜。大抵場屋文字。察理宜精。而才不可欹。審法宜密。而筆不可枯。必也以沈實之思。運高華之氣。風骨近於古。而聲調合於今。斯為舉業科第。

秘法

杭州吳山有售秘法者。一人以三百錢購三條。曰持家必儉。飲酒不醉。生強斷根固封慎重而與之。云此訣至靈。慎勿浪傳人也。歸家視之。則曰勤儉。曰早睡。曰勤促而已。大悔恨。然理不可易。終無能詰難也。

倪太史

震澤倪太史師孟。幼頴悟。七歲時。與群兒嬉。有某翁聞其聰俊。舉四書注倪小兒也以戲之。倪應聲曰。禁大龜也。客於席間令作蠶豆破題者。倪即云。豆以蠶名。可食而不可衣也。

麥粉

嘉慶己卯年。杭城大火。一王姓家四隣俱燬。而歸然獨存。人詢其家有何善行。則曰無他。惟五世不以麥粉洗衣服耳。余按仁和沈梅村入令亦然。蓋實夜叢談云。麥為百穀之始。所以養人之生者甚厲。而世人多以之漿洗衣服。甚至裙裾足纏亦用之。云如是則耐着。且易去垢也。今試以一家計之。每日約費麥三合。通十七省四五千萬家計之。每歲共需麥四五十萬石。噫乎。登之則歷四時。食之則徧天下。徒以區區汗私澣衣之故。悉舉而棄之溝瀆中。暴殄天物。無踰於此。安得家喻戶曉。而為世惜此無窮之福耶。此論最為明切。無如舉世習慣。莫知警戒也。

四子書集註

士子習四子書。皆恪遵集註。而往往不能全誦。乙未歲。在京師同人宴飲。秀水汪子黃同年善舉令。云遶外國四書一句。不能者罰。眾無以應。譁辨云。此書從未寓目。得毋杜撰耶。汪曰。出孟子。仁也者人也節集註。非僻書也。檢視果然。乃各飲罰酒。偶閱董東亭太史潮東皐雜鈔云。國雍樺清廟以康熙己未召試入翰林。一日入直。聖祖忽問以增廣生員四字。罔不能對。上哂之曰。四書尚不讀全。何云博學。復檢之。乃在子適衛章圈外註。唐太宗置增廣生員云云。可見當日鴻詞中人。已如此矣。

黃滔詩

錢塘袁簡齋太史枚。隨園詩話。載晚唐人辭某節度使七律。前四句云。去違知己住違親。欲策羸驂復遲巡。萬里家山歸養志。十年門館受恩身。以為一往情深。必士君子中有至性者。惜不記其全章與其姓名。按此乃黃滔辭刑部鄭郎中誠詩。其下半首云。鶯聲歷歷秦城曉。柳色依依灞水春。明日藍田關外路。連天風雪一行人。第二句乃是欲策羸驂進退頻。滔字文江。莆田人。昭宗乾寧二年擢進士第。官四門博士。復遷監察御史裏行。充武威軍節度推官。王審知據有全閩。而終其身為節將。滔規正有力焉。滔又有題陳山人居句云。隔岸青山秋見寺。半床明月夜聞鐘。寫景亦佳。

罷荔枝貢

宋李復古過留守洛陽。始貢牡丹花。蔡君謨襄為福建路轉運使。始進小團龍茶。賢者乃亦為此。南宋洪君疇天錫為福建安撫。罷荔枝貢。復賢勝前賢矣。本朝道光元年。顏惺甫制軍檢。巡撫福建。亦奏罷荔枝貢。

別賦

江文通別賦起云。黯然銷魂者。惟別而已矣。乃賦中絕調。復惟王子安仿之。作采蓮賦云。非登高可以賦者。惟采蓮而已矣。調雖相似。情韻則不逮矣。

溫八吟

王定保唐摭言。謂溫庭筠燭下未嘗起草。但籠袖凭几。每賦一詠。一吟而已。故場中號為溫八吟。孫光憲北夢瑣言。謂溫庭筠才思豔麗。工為小賦。每入試。押官韻作賦。凡八叉手而八韻成。時人號溫八叉。今人徵典。但知有八叉。罕知有八吟矣。

陶淵明祠堂記

陶淵明五柳先生傳。歸去來辭。皆有悠然自得之趣。視矯世絕俗之士。相去懸殊。僅世但知其人品之高。卓越千古。即史氏亦僅以隱逸目之。惟宋羅端良願祠堂記。最能得其品讜之實。其略云。淵明生百代之後。獨頹然任實。雖清風高節。邈然難嗣。而言論所表。篇什所寄。率書生之素業。或老農之常務。仕不曰行志。聊資三徑而已。去不曰為高。情在駿奔而已。饑則乞食。醉便遣客。不藉琴以為雅。故無絃亦可。不因酒以為達。故把菊自足。真風所播。直掃魏晉澆習。又云。在縣日淺。事雖不具見。然初不以家累自隨。送一力助其子。而慈祥豈弟之意與視偃等不殊。只此一語。使可祠之百世。遂其求邑。雖指公田為酒之利。然來去以秋冬仲月。非播植之時。而傳遂有種秫之歎。又督郵小兒。雖不束帶。向之固自未害。不足遽用是日決去留也。此為未深知淵明者。端良此文。及淳安縣社稷壇記。甚為朱子所稱。蓋以持論之獨精也。

四三楊

陽湖趙雲松觀察翼陔餘叢考。謂史有三三楊。乃晉楊駿楊珧楊濟。唐楊憑楊凝楊凌。明楊士奇楊溥楊榮也。按元史楊湜稾城人。與中山楊珙無極楊卞齊名。時人有三楊之目。是有四三楊矣。

唐駢體文

新唐書不錄駢體文。然亦間書一二。如駱賓王為徐敬業作檄斥武后罪。云一抔之土未乾。六尺之孤安在。于公異為李晟作平朱泚露布云。臣既肅清宮禁。祗奉寢園。鐘簴不移。廟貌如故。封敖為武宗作詔書。慰邊將傷夷者云。傷居爾體。痛在朕躬。又草李德裕定策功進太尉制云。謀皆予同。言不他惑。李德裕為武宗詔王元逵何宏敬伐劉稹云。勿為子孫之謀。存輔車之勢。是皆唐人駢體文中精粹語也。

秦殿撰

嘉定秦簪園殿撰大成。事母純孝。先意承志。母稍不悅。則長跪請罪。家貧。躬收藜藿。奉母必甘旨。嘗續娶某氏女。婚夕。女泣不止。詢知已有夫。父母以其貧。逼改嫁。急招其夫至。令即夕成婚。以奩具贈之。迨乾隆癸未春闈報捷。房師戴太史第元見其字甚少謂之曰子字僅可三甲速學馬或可望二甲耳乃晝夜臨池功日進比殿試對策字益工先是諸城劉文正公統勳閱卷已定長洲褚廷璋第一同郡某素有隙語文正云外間早已迎新鼎甲矣公勃然曰豈我亦有弊乎遂以十一卷至二十卷進而改置一卷至十卷於後泰竟大魁多士豈非德行格天有此美報耶

漢口竹枝詞

餘姚葉茂才調元漢口竹枝詞三百首述人情風土俚語居多其賦後湖詞有云散步人來遠市闤一回心境得寬閒眼光直到天窮處夕照黃陂數點山筆意獨俊逸可喜

王伯厚

陸子元聲集載宋鄞人王某以販馬為業嘗畜一獼猴其妻夏日醉臥獼猴與之合醒後知之大恚殺獼猴自是有娠生二子應麟應龍厥狀肖馬是殆謂伯厚昆季也按伯厚之父名撝登進士官至朝請大夫吏部郎中家世仕宦安得有販馬之事伯厚弟應鳳非應龍其生也後伯厚八年特與之同日耳（伯厚生於嘉定十六年七月二十九日）褚氏堅瓠集乃備采其說不為考正訛以傳訛豈非誣蔑前賢耶

孤山梅石圖

滇中大理石象物賦形最稱異品其大者尤為難得阮文達公由雲貴總督入都以孤山梅石圖石贈林文忠公（時為江蘇巡撫）林謝簡云荷瓊瑤之寵錫真過百朋欣水墨之紛披須論萬里惟此烟雲吐納本蒼山靈秀之鍾況乎樹石蕭疏繪孤嶼橫斜之影憶杭郡久開節鉞即逋仙亦在悵懷當年攬勝名區探梅寄興此日系懷舊部琢石成圖割翠綠之千重肖丹青之一幅登諸棐几恰疑鷲嶺飛來障以湘簾似有鶴聲遠到出鄉嬛之仙館清供偏珍慰和靖之宗風俗塵難涴於此想見老輩風流雖贈答閒亦有雅人深致

諸葛丞相祠聯

蜀諸葛丞相祠聯云日月同懸出師表風雲常護定軍山興亡天定三分局今古人思五丈原已知天定三分鼎猶竭人謀六出師語皆可傳

蔡學博

諸暨蔡東軒學博英舉乾隆丁酉孝廉司訓江山縣二十餘年以扶植人倫為己任兼留心於民瘼歲饑勸各大姓於宗祠輸粟平糶嗣是歉歲則踵行之全活無算後以老病乞歸自序門達水次餞送者數百人咸欷歔曰好官去矣卒祀名宦鄉賢祠著有佚采副草立言皆平易篤實有功名教其論名云世有忠臣孝子而其後不昌人以為不獲其報不知名者造物之所寶忠孝而受大名則已厚報之矣若其後復昌是猶稱貸者之償其本而加以息也且人世美名易浮乎實苟好名而實不相副即為盜名名之盜天之賊也得免誅譴幸矣尚冀後嗣之必昌乎故古人以名勝為恥余以為名勝則更可懼懼之奈何絕去沽名念而勉為其實則可矣又與從姪耕書云以我病軀居此閒官而猶不自暇逸聞者必笑為愚然每覩得美名而其實不副者後多不昌蓋名為造物所寶竊而得之必干天譴我自到此外間以虛譽相推其實於人無所稗益吃此地飯用此地錢而又謬被佳名返己自思時深警惕故凡職分所可為而有關公事有益地方者皆欲盡心力而為之不敢苟且不敢偷安均此畏心愧心耳觀此可想見其篤學力行不求人知之實學

原

日知錄謂元者本也本官曰元官本來曰元來唐宋人多此語後人以原字代之不知何解原者再也易原筮周禮原蠶文王世子末有原漢原廟之原皆作再字解與本來之義全不相同或以為洪武中臣下有稱元任官者嫌於元朝之元故改此余按孟子則取之左右逢其原原泉混混漢書董仲舒傳道之大原出於天司馬相如傳彌陁游原皆作本字解易原始要終原謂尋其本也然則改元為原正未可議矣

自呼其名

鳥獸自呼其名見於山海經者甚多皆非世所常有其見於他書者禽則有鴟有鵂有鶇有脊令有鷓鴣有鵙（即伯勞）有鳦（即燕燕人呼為鳦以其名自呼）有鴨蟲則有蛤蚧有飛蜂原其始人特因其鳴聲而命以名後遂以為能自呼其名凡禽言如布穀脫布褲等皆若是也

當

鄺湛若有前當票序後當票序全謝山春明行篋當書記述之因謂六經三史無有當字按後漢書劉虞傳虞所賚賞典當胡夷注當丁浪反是當字所自始也

勺藥椒

勺藥香草也而贈之於相謔之日椒芳物也而貽之於駿遊之時人汨其情物亦違其用矣世之治也禮教隆而婦職修草木皆得其所周南所以次采葛召南所以次

采綦也

寔來

春秋桓六年春正月寔來三傳皆以爲州公自曹來惟胡傳以寔爲州公之名且推衍諸侯失地名之義謂迫乎大國而失國者非其罪也可以諸侯之禮接之若不能修道以正其國自底滅亡如蔡獻舞邾益曹陽州寔之徒則待之以禮乃禮之過也以令考之蔡獻舞邾益曹陽之失國傳皆詳載其事獨州公不書見滅於何國且左傳以爲度其國危故不復則其爲人當猶能量力度德而不至於恣肆妄爲似不當於無所證據之事加以罪名至與蔡獻舞等同科也

甲申十九忠臣

甲申十九忠臣附以孟章明爲二十南都又益以陳侍御純德世祖賜謚獨無純德黃梨洲儆君以甲申之難侍御在俘戮之列而雜入之意者以此不預乎余按明史本傳不言俘戮惟云都城陷賊下令百官以某日入見衆擁純德入還邸慟哭遂自經因考范文忠公以下二十人皆聞變即時致命而侍御獨死於入見之後此所以不得謚也歟

申時行王錫爵

趙用賢以蘇松嘉湖諸府財賦敵天下半民生坐困與進士袁黃商榷數十晝夜條十四事上之申時行王錫爵以爲吳人不當言吳事調旨切責寢不行甚矣其悖也夫申王亦吳人爲大臣者道在澤民況鄉邦疾苦尤當力爲拯救乃反加以譙讓而沮之是誠何心哉二人之不得爲良臣即此可見又吳中白糧爲累民承役至破家給事中張棟請令出貲助漕舟附載申時行王錫爵紬其議見李獻可傳

韓文公廟碑

陽湖惲子居大令敬潮州韓文公廟碑文云公之闢佛闢於極盛之時宋人之闢佛闢於既衰之後宋人之闢佛以千萬人攻佛之一人公之闢佛以一人攻爲佛之千萬人故不易也可爲名言正論

慎樞公

先祖慎樞公諱琛烏程庠生居室在承壽堂南偏之樓因號南樓少秉異質讀書過目成誦作詩文千言立就嘗與友人泛舟里中自南柵浮瀾橋至北柵白娘子橋凡九里許默識兩岸人家招帖歸書於册覆之一字不訛友大驚服與本生先祖秋

畦公爲再從兄弟友愛甚篤卒年僅二十有九秋畦公哭之慟從遂以先君子嗣之公詩稿甚多惜皆散佚今搜輯七首列於編其求入兩浙輶軒錄湖州詩錄者不復錄遊飛來寺發峽山云禪林開絕巘山路轉清陰一徑蒼苔滑千峰花雨深梵唄通鳥語雲鎖滿衣襟好向風泉側琮琤寫玉琴清遠峽早秋云叠巘官閣惜海縣風景蕭閒及早秋王粲生平最多感無窮心事在登樓自贛州來逆風寒雨日行不過二十里悶甚作詩云高林紛落葉蒼莽叢寒烟贛江三百里風雨滯歸船歸興云海晚林巒秀色日斜村落微紅我與沙鷗有約歸舟又及秋風晚過七姑祠云夕陽江上七姑祠肅肅靈風掛桂旗無限好山似雲鬟插花香外影離離一樣青山窈窕妝不將眉黛嫁彭郎到門戕冊青溪路落日清風桂館涼衢州兩岸人家皆種橘爲業丹黃萬樹詩以賞之云秋林霜重熟黃柑勝日行吟興倍酣滿眼西風篁步鎮掛帆何異洞庭南水縮烟寒橘柚枝千林金彈壓柴門兩年燈火天涯夢記得新黃對酒尊秀水高均儒撰傳

汪子黃

秀水同年汪子黃孝廉燕天才穎異英氣逼人書法秀挺詩亦清俊道光壬辰秋試從潛入貢院觀填榜見己名在十三賦詩云廣寒宮闕異人間防衛森嚴盡掩關親見上真註名姓居然身到列仙班癸巳會試因其叔寅禾太史世樽分校迴避不與試賦詩云五雲縹渺阻仙津書劍蕭然客邸春怕向黃金臺下過落花三月作歸人乙未闈後留寓都中旋於丙申正月病卒詩稿散失今記憶所及者惟此二首急錄之以擬吉光片羽

鴛鴦湖櫂歌

吾鄉自竹垞太史賦鴛鴦湖櫂歌後繼作者數十家雖品格各殊而風致皆可玩味道光辛丑南海羅蘿村學使文俊試禾郡士復以命題所取佳作亦有足步武前賢者裴公島上柳毵毵細浪三篙已蘸藍畢竟詩人名不滅踏雲猶訪芋香菴秀水江韓虎宣公橋畔水漾洄三影亭前去復來唐代文章元代曲勸郎還上讀書臺秀水沈之沅水邊水鳥盡雙飛和雨和烟立釣磯郎向分湖拋妾去妾從合路載郎歸海鹽沈炳垣百里官塘日往還陡門西去玉溪灣看看兩岸田如鏡平望南來不見山石門任塏甲梁乙泰更親桑民到於今頌越王試向天文覓牛女便知耕織萬家忙桐鄉金鎮清

戚公餅

吾浙市肆所售光餅以戚少保繼光兵間遺製得名瑞安項雁湖文學霽以為宜避少保之名改稱戚公餅作詩紀之有云孔穎綿錢形咽解連環結檔來肉串縣穿作魚貫霽文學幼耽吟詠長棄舉子業專意攻詩中年下世其弟几山學博傳霖編其遺詩曰且甌集付刊余最愛其夜升入郡橘花作香二十里不斷絕句云碧流如玉駕扁舟樹影離離夜氣秋新月一鉤花兩岸水香扶夢到温州温州二字鮮有入詩者此獨擅長

地有湖山美

乾隆丁酉科彭文勤公主試浙江以地有湖山美為詩題得梅字蓋本宋真宗賜梅摯守杭州詩地有吳山美東南第一州也吳誤作湖公自請議處罰俸然自是文人學士遂以湖山有美作詩料蓋公負一代盛名言可為典且改吳作湖句法尤渾括而有味也

文字之鑒

乾隆時吾鄉葉氏家業隆起作堂顏曰養浩自後家中人死亡相繼有善測字者指扁字曰葉為羊食又值牛口焉得全急毀去之乃安余考劉績霏雪錄載張乘槎能

以折字言吉凶洪武初參知政事劉公某王公某涖任浙江日改拱北樓為來遠樓槎往視之曰三日內主哀喪之事如期王公母夫人病卒劉公以曆日紙遂坐法王公延槎問故槎曰來者喪字形遠者哀字形旁二點相續者淚點也公命槎易之乃為鎮海樓此等解晰字義真非尋常智慮所及復按陸儼山深豫章漫鈔載其郡中譙樓太守題扁曰壯觀同知王卿陝西人也見之怒然曰何名壯觀自我西音乃賊官耳又紹興郡齋廳事扁曰牧愛戚編修瀾謂太守曰此可撤去我自下望之乃收受字也形聲近似之際可與宋人德邁九皋克長克君等語同為文字之鑒

陸貫中丞詩

吾邑陸貫春帆中丞瓚由明經起家縣令歷官至湖南巡撫自幼即耽吟詠在長沙節署時築校經堂課士書以湘江竹枝詞命題自賦十二絕極辭遷悱惻之致錄二首於此斑竹涓涓淚尚零望湘亭上弔湘靈瑯琊遂聽雨已陵岸一夜愁心滿洞庭三十六灣蘆荻秋飛花如雪撲郎舟請看今夜灣灣月雙宿鴛鴦已白頭

朵水部

杭州朵荻甫水部調元游五嶽歸題郡書室云六經讀罷方持筆五嶽歸來不看山其為塾師時先命徒讀經背誦如蒙童經熟始教以文法選天崇文二十六篇詳加評語令熟誦之以是登科第者甚多紹興某名士經術湛深而文格重鈍不利於試年逾四旬猶困場屋因受業於門朵閱其文曰病已深矣悉屏其所習文戒勿寓目授以曹垂燦進士君子之至於斯也文令專誦三月始課作文迄一年誦曹作已數萬遍竟易重鈍為輕靈乃曰此後惟子所誦投無不利矣次歲即舉鄉闈聯捷成進士

張長清

吾里張長清貢異才制藝高卓四十餘歲始入泮首題夫子不答破云天道有應而不應聖人不對而亦對也次題仲尼祖述堯舜有云三代以上道在堯舜三代以下道在仲尼堯舜者中天之仲尼仲尼者春秋之堯舜也傳誦一時未幾即卒無子才士之厄甚矣

陶太守聯

吳縣陶太守慶增以翰林起家道光己亥科為浙江副典試所取多知名士己酉歲於濟南府任所丁母憂哀毀過甚肝氣疾劇而卒年僅四旬其父猶在堂也歿時自輓聯云死而有知應喜慈親仍聚首生何所戀長離老父獨傷心聞者莫不悲之

兩浙校官集

上虞許齋生教授正綬司鐸湖州選國朝兩浙校官之詩古文辭編集付梓作徵刻啟分貽同志有云二百年之文獻不薄冷官十一郡之典型無輕前輩其詩集於咸豐初告成雖採輯未備而發潛闡幽琳瑯滿目亦足為寒氈生色

郭頻伽詩

吳江郭頻伽明經麐少有神童之目一眉白於雪屢試不售棄筆江湖詩名噪一時所著靈芬館集氣骨清傲洗淨俗塵余最愛其言情之句摘錄於此西湖春感云二月落花如夢短一湖春水比愁多汶上道中卻寄載園云歲月不多須愛惜功名無定且文章寄壽生獨遊云狂因醉後輕言事窮為愁多厭著書夢中得句云夏果能埋何必地人猶難問况於天雪持表弟至杭得家中書賦贈云此地逢君同是客故鄉如我已無家客中飲酒云身世不諧偏獨醒饑寒而外有奇窮

四子書說約

舅氏周固軒先生翰志行醇篤無愧古人生平無他嗜好惟研精經書深探理奧著有四子書說約易屑春秋集義諸書說約尤為精粹間有與朱子集註異者自謂非

取於寄惟求歸於至當以闡明聖道而已謹爲摘錄於左儀封人章云封人一見夫子而即相稱如此其德亦可知矣夫子之周流刪定正是設教致治不必待得位而後見也故中庸言大德者必受命亦不必謂身爲天子而始言受命若夫子承先王之道統立萬世之人極凡有血氣者莫不尊親非受命而何故曰天之將喪斯文也後死者不得與於斯文也天之未喪斯文也匡人其如予何天命之篤於夫子也蓋已久矣豈得以勢位言之哉其曰天將以夫子爲木鐸彼謂天生夫子正以垂教天下萬世不必以位之得喪而患之將始也擬議之辭非謂將來也若以得位言則封人之言不驗矣子在川上曰章云水有原則其流不息道有本則其用不窮觀其逝之萬殊而知其來之一貫夫子欲學者小德之川流以悟大德之敦化告諸往欲其知來也夫往至費也來至隱也往之費人皆見之而其費必根乎來之隱則惟知道者乃能知之蓋道必有本本立則道自生而其逝自不舍晝夜矣學者見水之不息而不知道之不息知道之不息而不知道之所以不息此夫子所以寄慨無窮也豈徒無間斷之意哉孟子告徐子說乃此章正解林子成章云夫子謂文質彬彬然後君子即是文質相等之意則子貢之言未爲失也蓋文勝質陰陽不偏勝而後得中可久耳惟質爲近本夫子有甯儉無奢之說子貢所以先以君子稱之而後救其失也

王忬楊選

王忬爲薊遼總督把都兒辛愛數部將西入聲言東忬遂引兵東寇乃以其間由潘家口入渡灤河而西大掠遵化遷安薊州玉田駐內地五日京師大震忬遂被逮死西市楊選爲薊遼總督辛愛與把都兒大舉自牆子嶺磨乃峪潰牆入犯京師戒嚴選遣副將胡鎮等禦之不勝寇留內地十日始北去初諜者言寇將窺牆子嶺部檄嚴待之而三衛爲寇導者始選赴潘家口以是寇勢乃張選遂坐死戮於市余按二人之見怒於世宗者雖不僅因此事然即此事論之已足見其防禦之疏被譴實咎所應得呼有主兵之責者其於知彼知己之術何可忽諸

六世之字命名

晉宋間人命名往往數世同用之字而惟王氏爲獨多人皆知王羲之獻之靖之悅之四世以之字命名不知有六世相同者如王廙之胡之茂之裕之瓚之秀之及越之臨之納之准之輿之進之其名皆載在史冊

三邦

禹貢三邦顏師古謂荊州界本有蠻荊楚三國致貢菁茅故其名稱美也此說勝於諸家毛晃以爲春秋書荊人來聘即楚人也詩稱周時百蠻蠻非一國之名謂蠻荊楚爲三邦恐非經意余謂蠻荊楚皆屬荊州之域毛氏云荊即楚人然安知非當禹之時本爲二國逮後始爲楚并如春秋之世分爲戰國之秦而梁亦可稱魯耶蠻雖有百蠻之稱然禮記明堂位又言九蠻周禮職方氏又言八蠻詩蓼蕭序注又言六蠻則三邦之所云蠻亦何不可指爲一國歟

古今字義

字義有行之今而古未備者如寺字古作官府解不指僧寺也兵字古作兵器解不指兵卒也字字古作撫字解不指文字也有行之古而今不用者如毒兼善惡祥兼吉凶落兼始終臭兼香臭誕兼信誕亂兼治亂之類又如下事上亦言慈上規下亦曰諫貴賤皆稱朕生死皆稱諱男女皆稱僮如此之類古之異於今者不可悉數

樊紹述

樊紹述絳守居園池記如涎玉沫珠瑤龢碧瀲嵬眼滴骽提陬孳鬱風月燈火之等句奇僻可諷又如萬力千氣蒼官青士後世多引用之其餘大半艱澀雖有諸家注釋未能盡析其旨吳居正謂昌黎雖推紹述謂其詞必己出不煩繩削而自合文從字順則其他文殆不盡若此矣余按唐藝文志樊宗師集二百九十一卷今皆不傳所傳者僅此記與緜州越王樓詩序豈真人情好奇轉以奇而得傳歟

曾子閔子

聖門以孝稱者曾子閔子曾子被杖於父閔子見疏於後母蓋惟境處乎變而能盡子職爲人之所難爲斯爲孝之至疾風知勁草板蕩識忠臣其是之謂歟

師

古之爲師也以道德降而托之於經術如田氏之授易孟氏之授禮是也降而托之於辭章如韓子答李翊書柳州答韋中立書是也又降而託之於舉業假以爲利祿之資則師道衰而學術益替矣有志世教者當思所以救之

開城門卻敵

諸葛孔明以萬人屯陽平司馬懿率二十萬衆至前士失色乃大開四城門埽地卻灑懿常謂孔明持重而猥見勢弱疑有伏兵於是引軍北趨山此計蓋不獨孔明也

漢李廣嘗以百騎卻匈奴數千騎又元鐵哥從征乃顏其黨塔不歹率兵奄至鐵哥
謂彼衆我寡當設疑以退之於是帝張曲蓋據胡床鐵哥從容進酒敵按兵覘之懼
有伏夜遁去夫匈奴塔不歹等固可以疑沮之司馬懿智謀素優使爲嘗試之計分
二十萬衆之二三以擊之則陽平之城可得矣豈孔明之謹慎而敢出此此事見郭
沖三事裴世期駁之是也

龜策列傳

五經中詩皆用韻周易尚書禮記左傳亦各有韻語子則荀子成相篇全用韻至以
敘事之文而爲此體者則惟史記龜策列傳此篇爲褚生所補其敘宋元王得龜事
二千八百餘言皆用韻語語多悖妄索隱正義譏其頌蕪鄙陋史通以爲無可取信
不誣也

文家操縱之筆

文家操縱之筆太史公最爲擅長有以一句縱一句操而於一篇之中屢見之者試
以魯仲連列傳證之曰吾始以君爲天下之賢公子也吾乃今然後知君非天下之
賢公子也曰吾視居此圍城之中者皆有求於平原君者也今吾觀先生之玉貌非
有求於平原君者也曰梁未觀秦稱帝之害故耳使梁觀秦稱帝之害則必助趙矣
曰始以先生爲庸人吾乃今日知先生爲天下之士也曰與人刃我寧自刃曰吾與
富貴而詘於人寧貧賤而輕世肆志焉此皆以兩句自爲開合之法也

裴行儉

裴行儉兼文武才用兵無不勝其法不外詭謀誘敵及用反間而已突厥伏念來降
行儉謂受降如受敵敕嚴備亦以防其詭也使瑊瑊知此何至爲尚結贊所劫哉

嵇封翁

無錫嵇留山封翁永仁客范忠貞公幕中耿精忠叛與忠貞公同被繫三年遇害獄
中作百苦吟和淚譜續離騷寄友人收藏之題詩云此身若遂沈淪死留與寒家子
弟看後其子文敏公曾筠并其遺集合刊之世所傳抱犢山房集是也方公殉難時
文敏公甫七歲其室楊太夫人守志撫孤備嘗艱苦後公入祀忠義祠太夫人舉節
孝特旨旌門子孫文敏公以下相繼入相天之報施亦云至矣

西青散記

金壇史梧岡教授震林西青散記多托爲神仙幽渺之辭最愛其諷世之語雋而不

厭勝諸勸誡陳言一生有可惜事幼無名師長無良友壯無善事老無令名貧賤人可
惜者二向隅唯爲求利勝生脈爲求榮富貴人可惜者二臨大義迅於苟荷重任敗
於貪聰明人可惜者三妄識議謂之薄自炫斷謂之驕懷慎激謂之躁豪俠人可惜
者三助古人得俠名揮泛財得敗名納庸客得濫名又云才子罪孽勝於佞臣佞臣
誤國害民數十年耳才子製淫書傳後世熾情欲壞風化不可勝計

陸太常

嘉興陸儼嚴太常紹琦康熙己丑進士以詞林起家督學廣西以其地去中土遠內
雜夷獠不能盡知功令罹罪至死迷不得悟乃奏請諸生誦習律令得旨通行者爲
令臨歿手書訓子自述生平不妄交一人不妄爲一事不妄取一錢聞者許爲實錄

吳槃潭孝廉

仁和吳槃潭孝廉光昇大興朱竹君學士筠之師也爲學根柢經史試禮部不第年
過七十賜學正銜其辛未會試舜之居深山一節文結曰是以古之聖人其靜也如山
其動也如水主司孫文定公以示同考或曰結無之乎者也字不當中式遂乙庚辰
既而曰四句文有曰禍重於地莫知之避同考斥之辛巳文已中式矣主司指摘字
句謂大夫曰何以利吾家文有盬蠱不飭等語又斥之學士作哀辭中云言必有出
兮如己出而聾耳駭兮目眩而噫何必解書兮轉喉觸諱周經誼語兮僉謂余敗予
以勤帛兮乙而罷之靜動山水兮語以重遴昔孫文定兮執卷而諾莫爲先容兮遭
按劍瑰文工遇拙兮不偶而奇蓋指此也

文信國公四六

文信國公詩文秉正氣而成雄絕一代四六亦工集中載山中廳屋上梁文有云未問
君王便比賜鑑湖之宅何須將相方謀歸綠野之堂又五色賦記言唐謝觀白賦云
曉入梁王之苑雪滿群山夜登庾亮之樓月明千里寇豹赤賦云田單破燕之日火
燎於原武王伐紂之年血流漂杵更仿之作黑賦曰孫臏衔枚之際半夜失蹤達摩
面壁以來九年閉目客絕倒一客賦黃曰杜甫柴門之外雨漲春流衛青塞馬之前
沙含夕照一客賦青曰帝子之望巫陽遠山過雨王孫之別南浦芳草連天因反覩
前作惟月明千里得白之神曰雪曰火曰血皆若迹且漂杵是武王一處事燎原與
田單不相干一客改之曰堯時十日並出爍石流金秦宮三月延燒照天燭地一客
又曰夜登庾亮之樓月明千里如何對或對曰秋泊袁宏之渚水浸一天此雖游戲

筆墨亦可見公於斯道曾殫鑽研之功也

希蹤靖節

明何濤為安慶推官到官三日吏白當伏謁監司濤嘆曰非吾所能即棄官去陳庸為荊門州同蒞任五日不能屈曲即解官杜門不入城郭此皆能希蹤靖節者

四庫全書表文

乾隆四十八年編纂四庫全書告成進呈表文係獻縣紀文達公昀所撰刊入全書卷首公遺集中亦編入焉公門人長沙劉相國權之跋其後云四庫全書開館吾師即奉命總纂自始至終無一息之間不惟過目不忘而精神實足以相副經手十年故撰此表振筆疾書一氣呵成而其中條分縷晰纖悉具備同館爭先快覩莫不歎服總其事者從令陸耳山副憲錫熊吳穀堂學士省蘭合撰一表屬吾師潤色終不愜意仍索吾師所撰表列名以進高宗純皇帝謂此表必紀某所撰遂特加賞一分咸驚嘆服之如神也按全書總目提要二百卷亦公所撰說者謂公才學絕倫而著述無多蓋其生平精力已畢萃於此書矣

虞鳳娘

明義烏虞鳳娘姊嫁徐明輝而卒明輝聞鳳娘賢慫恿其父欲聘為繼室女知泣謂父母曰兄弟未嘗同妻姊妹可知父執不聽女絕口不言自經死余謂女之死徒以傷親之心史傳載之豈但以其志之潔為末俗所難能而書以示風敎

華歆

後漢書伏皇后紀載曹操逼帝廢后以華歆為郗慮副勒兵入宮收后下暴室歆於靈帝時已舉孝廉官郎中而敢於淩虐帝后不臣甚矣乃魏志稱其清純德𢕟晉書華表傳亦稱歆清德高行是豈得為直筆乎

木

五行之繫於八卦也木居其四以天地發育之氣始於木也木生於春而行於東故屬之巽其兼及坎離者坎為水水生木者也離為火火木所生也艮則當冬春之交萬物之所成終而成始故亦取象焉

家禮

翁一瓢森四時讀書樂朱伯盧用純家訓世人以為朱子所作此其誤猶可言也至家禮一書疏謬甚多乃從人依托以傳者流俗信而用之何也

埤雅

詩經詠馬二十六種埤雅所載者十三種騅駰騢駱白顛驔驈黃騂駽駁駓駒惟駥不見於詩埤雅所不載者亦十三種驪騧黃騅駓騂驒駵雒驔驔魚騵陸農師固深於詩者也凡釋魚獸鳥蟲馬木草天二百九十六條引詩者乃有二百十條

蠟燭

禮記燭不見跋註云古未有蠟燭惟呼火炬為燭火炬照夜易盡盡則藏所然殘本按西京雜記寒食禁火日賜侯家蠟燭韓翃詩所謂日暮漢宮傳蠟燭輕煙散入五侯家是也觀此可知當時民間尚未有蠟燭則燭之用蠟或始於漢物原謂成湯作蠟燭恐未足據

馮文介公

仁和馮文介公培元少孤貧母何太淑人自課之性聰穎而劬於學為文不起草伸紙立就精楷法落筆迅敏鄉會試中式全卷無添註塗改字殿試副本亦真書皆從來所罕有道光甲辰以第三人及第歷官光祿寺卿咸豐壬子督學湖北十二月武昌府被陷公入署後園古井殉節年僅四十事聞贈侍郎銜賜諡文介公為諸生時肄業崇文書院見知於掌教胡書農學士敬課作多刊行如老兵云萬里秦時月蒼茫出塞塵餘生髀有肉獨戍膽包身倦羽三更雁寒衣百結鶉建槖無底事中外一家春課讀聲云晨來勤業坐蕭辰膝下嬌兒喜最馴傳授范滂蘇學士經詒韋逞宋夫人青鐙寂寂遺編在紗幔依依問字頻記得芸窗佔畢處尚留餘韻樂萱親西湖采蓴曲云門外波光碧似油翠帷衫子卸珠樓楊絲柔弱蓴絲滑一樣相思兩樣愁皆為士林傳誦兼工墨梅畫幀題其上得者珍為三絕

廖少司農

將樂廖蓮山少司農騰煃以孝廉起家宰休寧擢御史歷官卿貳康熙乙酉主試江南賦詩有承命重驚山嶽孕焚香虔矢帝天臨榜發盡孤寒知名士羣情悅服下第者亦洒淚追送江滸按國初主試恒有由舉人出身者雍正時猶然如元年雲南主考鄂文端公爾泰時官員外二年湖北主考蔡仕舢四川主考許隆遠是也此後則罕有矣

詩品

鍾記室詩品自漢迄梁百三人別本一百二十二人上品十一人中品三十九人下

品七十二人漢七人魏十一人晉三十八人宋二十六人齊三十人梁十八人漢四百餘年祇得七人宋齊以下僅百年而得六十餘人蓋五言之學六朝始盛抑略於遠而詳於近理則然也惟同時昭明太子文選詩六十二家詩品所述者五十一人韋孟東晳應貞四言張衡七言既不列於品若漢之蘇武應瑒晉之盧諶司馬彪王康琚宋之徐悱劉鑠皆以五言著稱乃亦見遺然則所取殆猶未備歟又如以劉楨列上品陶潛列中品徐幹阮瑀列下品品第違失昔人多議及之然其鋪觀列代搜舉同異實能推究淵源闡明旨趣且百餘人之詩今不盡存尚賴此以流傳俾得考見得失誠於詩教有功可為後學之津梁也

陳雲伯

錢塘陳雲伯大令文述少負才名後以乙科出宰由皖之吳所至有惠政補官江都縣前令以迎送為事積案盈萬陳初至署聽事曰勤補拙儉養廉更無暇餽問送迎來往賓朋須諒我讓化爭誠去偽敬以告父兄耆老教誨子弟各成人乃排日訊斷不逾年而積牘以清詩長於歌行才藻富有雄視一時近體亦韶秀風華著有頤道堂集行世五言如百花承輦路片月下宮牆疎星江浦樹殘月海門潮翠落中峰瀑青橫太古苔闌干花四面樓閣樹中間七言如雁外晚鐘橫白塔烟中寒月上朱樓水榭微波秋落葉江樓斜月夜開簾落花到地飛還起芳草如烟踏更生奇石涵雲臨水立寒泉激雪隔花飛地因久住難言別人為多情易寫愁皆妙

諡文成

諡文成者漢張良晉郗鑒宋殷景仁唐盧懷慎南唐晉王景遂明劉基王守仁張良劉基王守仁為不愧本朝制國書大臣達海額爾德尼及乾隆時大學士阿桂諡文成

露筋祠詩

王阮亭尚書題露筋祠詩云翠羽明璫尚儼然湖雲祠樹碧於烟行人繫纜月初墮門外野風開白蓮論者推為此題絕唱按米襄陽露筋祠碑云神姓蕭名荷花詩不即不離天然入妙故從來作者皆莫之及

功令

言舉業者必恪遵功令不敢旁採他說立異求勝即箋疏家言亦有從之而見黜者嘉慶戊寅恩科浙闈三題民事不可緩也至亟其乘屋歸安名宿楊拙園知新主夜作絞索以待明年蠶用立說房官呈薦主司謂此說若有所本當入選否則恐遭磨勘吾不任其咎也房官乃徧搜孟子諸家註釋並無此說楊竟被黜而不知本毛詩中孔疏非僻書也又乾隆間李學使滋歲試嘉郡經題限有六駁某生素負文名主毛傳駮如馬倨牙食虎豹立說竟以紕繆黜置四等因憶宋王旦知貢舉論題當仁不讓於師有舉子主賈逵說以師為眾旦惡其說黜之以旦之賢而猶若此況其下焉者乎

饑飢餓

穀不熟為饑腹不實為飢飢之甚為餓饑飢古異義後人通用誤也

皇甫韻亭詩

同里皇甫韻亭茂才坤情懷倜儻豪於酒詩筆亦俊所作隨手散棄偶檢篋中得其遺稿三首急錄之詠菊云幾番疏雨潤老圃菊初黃月色一籬淡露華三徑涼秋深人比瘦夜靜影俱香誰送白衣酒花前暢引觴題沈鏡湖垂釣圖云江北江南汗漫游歸來逸興寄扁舟白蘋風急秋將晚一尺鱸魚欲上鉤得魚換酒且高歌鷺友鷗賓日日過愛向水雲深處泊滿船明月臥煙蓑

對花啜茶

對花啜茶唐人謂之殺風景宋人則不然張功甫梅花宜稱有掃雪烹茶一條放翁詩云花塢茶新滿市香蓋以此為韻事矣

凡弟聯名

凡弟聯名始於漢季如劉琦劉琮應瑒應璩是也然如伯達伯适已兆其端明呂兆祥東野志稱伯禽少子東野氏第三代生二子長曄次晞六代生二子長縉次紳此則史冊所不載矣

七巧圖

宋黃伯思燕几圖以方几七長短相參衍為二十五體變為六十八名明嚴澂蝶几譜則又變通其製以勾股之形作三角相錯形如蝶翅其式三其制六其數十有三其變化之式凡一百有餘近又有七巧圖其式五其數七其變化之式多至千餘體物肖形隨手變幻蓋游戲之具足以排悶破寂故世俗皆喜為之

冷廬雜識卷一終

冷廬雜識卷二

清 桐鄉陸以湉敬安著

忠義傳

盧奕在忠義傳。其孫元輔。以能紹其祖。附焉。其子杞乃入奸臣傳。得罪於民。數雖有賢父令子。不能逭其惡也。

李方叔

蘇文忠公典貢舉。遺李方叔。呂大防有失此奇才之歎。文忠歿。方叔哭之慟。且為相地卜兆。作文祭之。曰。皇天后土。鑒一生忠義之心。名山大川。還萬古英靈之氣。蓋其知己之感。有不在形迹之末者。非若薄俗之士。徒以窮達判恩怨也。

匾用成語

乾隆間。京師武廟製匾。其親王邸西席江蘇貢生某。擬天子重英豪。合聖意。賞六品銜。又如倉頡廟題始製文字。盤古廟題人之初。引用成語。皆切當。

鄭太守

吾邑鄭漁帆太守心一。以名幕起家。由佐貳官至袁州太守。因病乞歸。卜居蘇州。時有故鄉之思。題書室聯云。無可奈何新白髮。不如歸去舊青山。

義塾聯

杭城義塾。立法甚善。仁和費星橋方伯丙章。題聯云。莫謂孫寒多是讀書真種子。欲求富貴須從伏案下工夫。激勵寒畯。詞意肫切。又許猫生教授題嚴州義塾聯云。雖非千萬間。居然廣廈。為語二三子。慎厥初基。語亦簡賅。

卷面題詩

咸豐壬子。浙江鄉試第二場。山陰某生在闈發狂病。曳白而出。卷面題二絕句云。記否花前月下時。倚欄偷賦定情詩。者番新試秋風冷。露濕羅鞋君未知。黃土叢深白骨眠。淒涼情事渺秋煙。何須更作登科記。修到鴛鴦便是仙。款書山陰胡細娘。某生旋卒於闈。所輕薄之報。可不畏歟。

典獄

道光甲辰夏。陝西神木縣民李述秀與族婦李蘇氏有私。為族女李春孩所見。欲殺之以滅口。李蘇氏以鎌柄毆傷其左右腳腕。李述秀以鎌柄入陰戶。即時殞命。移屍懸於李春孩之父果園。鄰人錢述法望見。趙問詐稱李春孩罵伊等為賊。起釁致斃。聞於官。縣令王致雲據供定讞。李蘇氏擬鬬毆律擬絞。李述秀杖徒。詳上。巡撫李星沅。臬使傳繩勛。以李春孩年甫十三。有何忿恨致造毆而傷陰戶。屬西安郡守李希曾提訊。始得實情。改讞擬謀殺律。李述秀擬斬。李蘇氏擬絞。奏聞。得旨。王致雲褫職。李傳李以審訊精詳。俱加二級。同時有順天通州民婦康王氏之姑康陳氏與族甥石文平口角。為石文平毆傷。憤懣自縊。石文平賄囑康王氏偽稱病故。而康王氏之夫王二。素與有怨。揭言康陳氏之死。係康王氏石文平因姦謀斃。摘押。蕭培長王瑩詣提審。訊康王氏等畏刑誣服。迨啟棺檢驗。適霜後陰晦雨寒。未用糟醋如法蒸洗。誤認縊痕為被勒。遂以謀殺定讞。刑部額外主事楊文定以案多疑竇。白之堂官。請旨覆訊。始得實情。改讞康王氏以受賄私和。石文平以威偪人致死。皆問杖流。奏聞。得旨。蕭培長王瑩承審失入。從重發往新疆。遇赦不赦。楊文定留心折獄。平反得宜。即擢補員外郎。二獄皆見邸抄。一失出。一失入。俱訊驗率略而然。可以為鑒。

徐鐵海

華亭徐鐵海錕。幼時甫入塾。即能辨四聲。塾師奇之。比長。酷好吟詩。後以飢驅客游諸侯。足迹半天下。晚年移家清平山下。編集為清平山館詩鈔。佳句如雪消山閣寒叉手。月到溪橋夜覓詩。霜前一雁橫雲路。海上諸山落酒杯。皆有逸致。其六十生朝自述云。橐筆生涯百不堪。關河萬里走孫驂。眼看五嶽曾經四。（惟南嶽衡山未到）手散千金已過三。（余自出身出門。足移家武林。並內子故居。凡有長物皆存戚友處者。盡為貸沒。合計三次破家而三復之。所耗實多）梅鶴笑人徒自苦。湖山容我不嫌貪。也知泥蹟非長策。直擬西泠結草庵。見者可以識其生平矣。

典當

翰林院地望清切。而每有空乏之虞。宋楊大年請外表有云。漢臣之餓且欲死。難免侏儒之嗤。孔徒之病不能興。敢懷子路之慍。行作若敖之餒鬼。徒辱甘泉之從官。近某太史作口號云。先裁乘馬後裁人。裁到師門二兩銀。（師門三節兩生日。例致賀儀銀二兩）惟有兩餐裁不得。一回典當一傷神。艱窘之狀。情見乎辭矣。

蓮衣僧

蓮衣僧曼雲。楚人。少習儒業。晚披空門。愛西湖之勝。棲止湧金門外之靈芝寺。著所居曰未篩室。同年音玉泉司馬德布為題聯云。結屋古城下。洗鉢清溪側。蓮衣工書。亦能詩。嘗自題其像。有快意事較來日少。故人墳比遠山多之句。

方正學

明成祖令方正學草詔正學投筆於地且哭且罵致干成祖之怒世或議其激烈已甚方氏望溪亦論其任剛而自詡不屈義以聖賢之道衡之正所謂震於卒然而失其常度不知其哭罵之時乃正氣所迫不能自已顏常山段太尉古人類此者多矣何獨於正學而議之善乎明史傳贊曰齊黃方練之倫抱謀國之忠而乏制勝之策然其忠憤激發視刀鋸鼎鑊甘之若飴百世而下凜凜猶有生氣論斷平允可以息衆喙矣

張杞山

震澤張杞山布衣炎質樸無他嗜好惟喜為詩著有吟雪軒詩稿句如寒雲沈浦雁暮雨入江潮亂紅霜後葉一碧水中烟閏九日同人游荻塘云登臨休悵是他鄉秋老林皋野菊黃今日招邀須盡興百年幾度兩重陽山塘雜咏云白紵清歌夙擅場至今水調聽吳娘蕭蕭暮雨紅橋外不是離人也斷腸雅有石湖風味

沈蟾客先生

嘉興沈蟾客先生琴樵同年石庵孝廉義和之尊人也喜行善事以郡城南北官塘圯淤時時溺人乃倡捐修築躬自監督不辭勞瘁自嘉慶己卯至道光壬辰塘路百二十餘里皆陸續修周賦詩紀事有問津不唱公無渡百里湖山指點中之句

閔中丞

歸安閔峙庭中丞鶚元九歲時其外舅尚書毛公於元宵宴客中丞以舊姻與焉公作對屬客曰元宵不見月點幾盞燈為河山生色是日適屆驚蟄中丞即對曰驚蟄未聞雷擊數聲鼓代天地宣威公大稱賞遂以女妻之

楊忠武公

近世名將以崇慶楊忠武公遇春為第一才勇既備知遇亦隆由固原提督遷陝甘總督武臣授文職曠典也公鬚長三尺許經大小二百八十餘戰無不身當先未嘗受創平張格爾凱旋兵初過州縣橫甚毆知縣報聞反見責公意不謂然比至捆責帶兵官各四十受責者五十餘人斬毆官者以徇兵後不敢肆在固原任二十餘年每營簡練精壯三百名以槍礮列前繼以鳥鎗十人一長習進步連環鎗以次矛箭刀矛噴筒火彈膺伕護之用馬隊翼於左右著其名曰連戰陣天下稱勁旅焉

程京丞

吾邑程春廬京丞同文少負異質湛深於古嘗讀書吾里分水書院戲題於几曰胸中無所不有一事未能到手儒林名宦山林待我四十年後嘉慶己未登第由兵曹入樞垣一時典冊皆出其手名望隆起方將大用遽卒士論惜之

窮通翁

太倉王相國掞之督學浙江也取士公平人有窮通翁之誚言所取皆寒士宿學而能文者也後湖北李某來督浙學不喜典重文字好取短篇士之美秀者拔置前列貌不揚者雖已入彀必摘其文中疵累黜之時有謠云文宜淺淡乾枯翁人忌鬍麻胖黑長

二宋

陔餘叢攷謂有三二宋指宋史宋琪宋雄宋郊宋祁元史宋本宋褧也余按元史宋子貞與族兄知柔人稱大宋小宋明史宋克宋廣善書稱二宋又本朝長洲宋旣庭教諭實潁與宗弟疇三俱以孝廉知名時稱大宋小宋道光癸卯浙江鄉試臨海宋衡宋瑱以同祖兄弟同舉孝廉其同年亦以二宋稱之

徐瘦生

吾里徐瘦生茂才熙工書喜為詩家貧授徒自給中年後絕意進取課讀之暇兀生高吟怡然自得嘗題聯齋壁云志不求榮滿架圖書成小隱身難近俗一庭風月伴孤吟詩稿甚富歿後皆散佚無存

吳石華詞

嘉應吳石華學博蘭修酷好倚聲所著桐花閣詞清空婉約情味俱勝可稱嶺南詞家巨擘錄其尤者於左菩薩蠻云愁蟲瑣碎題金井離人漸覺秋衾冷一味做淒涼夢魂都不覺　當年相戀意萬種心頭記酒醒一燈昏更長細細溫康州七夕寄內虞美人云一年又到穿針節樓角纖纖月棗磬棚外倚欄杆最憶二分風露玉釵寒　人間無限銀河水相隔長千里九回今夕在天涯只有心頭夢裏不離家梁子春梅嶺題春堂藏書圖乳燕飛云一夕酸心語問平生說猶未忍那堪回憶阿母昔時東師與父儲取縹緗滿架將舊日釵鈿都捨一盞寒燈親口授有繅車伴畫啼烏夜衣絮冷寺鐘打　而今回首悲親舍哭秋風樹根請竟淚涔涔下牘有緇帷常入覺猶侍殘機未罷算此種深恩誰寫任說馬周當富貴痛泉臺何處頻封鮓我亦是傷心者學博嘗謂嶺嶠精華之氣萃為文得其七八如敝鄉者桃又得其二蘭叢數十人共得其一耶

投經偶筆

嘉興錢新梧給諫儀吉官京師，無力延師教子，與其室陳煒卿女史爾士親自督課。女史嘗於講貫之暇，推闡經義，著投經偶筆，以訓子女。內則執麻枲、治絲繭、織紝組紃，學女事以共衣服。說云：古者婦功在於麻枲絲繭織紝組紃，其成也質實堅重而可以為久；後世乃以刺繡為工，輕而易敗，朝為被服之華，夕同土苴之棄，耗力費時，甚無謂也。古者黼黻文章以奉朝祭，此卹而不宴者也；今俗尚侈靡，婦女履底或有繡文，是古昔祭服之飾，今緣之履底矣。又若繡衫繡肩，充溢吳市，敝化奢麗，視若尋常，賈生所謂天下不屈者，殆未有也。其言切中習俗之弊。

顧母

顧亭林先生之母王氏，崇禎時旌表節孝，即明史烈女傳所稱王貞女也。先生有與葉訒庵書辭薦舉云：先妣國亡絕粒，以女子而蹈首陽之烈，臨終遺命有無仕異代之言，載於誌狀，故人人可出，而炎武必不可出矣。記曰：將貽父母令名，必果；將貽父母羞辱，必不果。七十老翁何所求，正欠一死，若必相逼，則以身殉之矣。一死而先妣之大節愈彰於天下，使不類之子得附以成名，此亦人生難得之遭逢也。蓋其辭決而其志彌可哀矣。

孫文靖公

無錫孫文靖公爾準以翰林起家，由知府歷官浙閩總督，興利除弊，懋著勤能。乾隆戊申，應北闈試報罷，有贈黃炳奎詩云：昨朝銀榜揭天門，姓名瑣屑知誰某。男兒立身有本末，何物科名堪不朽。又己未歲撤闈報罷，作三十自壽詞云：但說文章堪報國，恐蒼蒼未盡生才意。識者早決為大用之器。

計學博詩

秀水計壽橋學博楠，崇尚風雅，兼精於醫。著有一隅草堂詩集，句如「黃葉壓松徑，寒泉鳴竹林」、「風多秋在樹，人靜月當門」、「才非有用窮何怨，性本多情老愈深」、「貪閒轉覺離家好，多用先愁卒歲難」、「梅柳東風來海燕，桃花春水上河豚」，皆妙。

羅提督

東鄉羅提督思舉，戰功見於魏默深州牧源聖武記者詳矣。偶閱佃芸皋觀察富陽所述逸事，其智能亦自可稱，非徒以武力雄一時也。公嘗率兵入南山搜餘賊，村人苦猴羣盜食田穀，晨必發大器驚之。公聞之，令獲一猴，采雜其毛，畫面為大眼，諸

醜怪狀，符其口。明晨候羣猴來，縱之去，皆驚走避，故其羣也，忽相逐，益驚，越山數十里，後不復至。官夔州，游擊夔關，臨峽山水迅急，瞬息千里，鹽梟及販鬻人口者，至則鳴金叫呼，越關以逃，船皆設砲械，而索繫大竹纜，如有他船追及，斷繫縱之，船必覆，人莫敢攖。公募善泅者持利鋸，匿上流水中，俟船過，附而鋸其舵，抵關適斷，船不能行，觸石破，盡獲之。又有巨惡某，咬訟，守欲得之，以屬公。公佯不悅曰：是丈官事，何語我。夜踰垣入其室，見為草狀及稿，匿所出，使數人候門外，俄入啟扃，人賊俱獲，曰：昨所以不許者，彼耳目衆，欲令不為備也。

字典

字典十二集，二百十四部，旁及備攷補遺，合四萬七千三十五字（古文字一千九百九十五不在此數）。韻府四聲一百六韻，合一萬二百五十七字（上平聲二千二百七下平聲二千一百十三上聲一千八百四十四去聲二千二百九十六入聲一千七百九十七），祇及字典四分之一。而世俗通行所識之字，不過四千有餘，僅十分之一耳。

丁拔英先生

吾里丁拔英先生元杲（歸安籍），先伯父乡石公鄉舉同年也。刻苦好學，尤耽楷書，生平書殿試卷不下二千本。十上公車不第，賦詩誌感云：十度長安客，途窮眼孰青。風塵徒自苦，文字竟無靈。對鏡悲雙鬢，挑燈伴一經。故交揮淚別，從此老林坰。後司鐸秀水二十年，乃告歸，卒於家。先生與乡石公投分最密，遂訂兒女姻（長子虛谷學博仁成為乡石公長婿）。乡石公罷官後，羈寓甘肅，寄先生書，備述升沈之感，謹錄於左：自別履綦，屢更寒暑，每因去雁，思作報章，而憂從中來，操翰復輟。今者一官再躓，萬念皆灰，帳設扶風，門稀立雪，酌醬酒而海醞，聽秦聲而寡懽，奇愁塞胸，抑鬱誰語，竊願為閣下陳之。僕賦命多窮，性復寡斷，當丙寅歲，微罪去官，片帆歸里，即能名心永息，故業重溫，成茂先勵志之詩，若廣淵勸學之誥，東脩之羊，時致問字之酒，頻來則雖不能如仲長統之樂志邱園，向子平之畢願婚嫁，而蒙求求我，熟不因人，怡怡然無所得失也。而乃貧猶乞郡，老更離家，與杜陵之衣書孟嘗之春，投窮髡鼠，蹟類羝羊，以致遠道間關，頻年奔走，積勞成疾，望遠難歸，迨至計無復之，而悔已晚矣。猶謂塵勞已倦，仕籍猶存，雖西羌之自愬，或東隅之可補，不意鶩波復起，鍛翮重遭，當官職之初停，忽官階之遽去。元冬垂盡，邊地苦寒，聽蕭鼓而心驚，睨刀環而目斷，蕭寥卒歲，倥偬回車，何為而來，破涕成笑。二月中行抵長安，幸賴葦觀橋中丞憫窮為之，投懷拯枯魚於涸轍

廌主同州謡席。始得暫為枝借。飽作飄蓬。然已精力俱疲。神魂欲落。每當天寒日暮。月冷風凄。一燈熒熒。獨與影語。幾不知此身猶在人世也。或者謂羗村杜老。終遂生還。窮海坡公。虛傳死信。旬年華之未邁。豈歸計之難成。不知松菊全荒。終當乞食。熊蘇不醬。何以為家。倘使憔悴還鄉。啼號舉室。青裙病婦。貧無沽酒之釵。白雪嬌兒。寒索然糠之火。乞數升而未得。未市價高。懷一刺以空投。侯門終絕。劉伯龍徒為鬼笑。阮嗣宗莫救途窮。而且家少薄田。縱乏催租之吏。客持舊券。還須避債之臺。呼負負兮誰憐。抱區區而莫訴。斯時也。即席中奏曲。亦作秋聲。膝下含飴。都無甘味矣。又何如飛鴻印雪。一任留痕。落葉打包。長為行腳也哉。嗟乎。試看白髮。已逼殘年。不及黃泉。更無歸路。興言及此。涕泗交頤。想閣下聞之。亦必為之撫膺三歎也。韶春餘閏。晝景方長。閣下作明山賓之學官。坐元行冲之講席。酒材分致。菜把生香。官不勞形。夢亦成趣。君誠樂矣。僕有慽焉。憶丁未歲。與君同赴大挑。君乃薄外史而不為。僕則得冷官而復失。寒氊無分。皓首徒悲。緬想曩時。祇增浩歎。在蜀時曾有奉懷句云。官海無波只此官。由今思之。斯言益信。端函削牘。聊布風心。愁人之言。動多激慍。伏惟鑒察。不盡依馳。

倪烈婦

倪烈婦仁和王通甫女也。年十七。嫁東里倪德昌。三月而寡。謹事舅姑不衰。閱八年。舅姑以家窮欲嫁之。陰納聘。行有期矣。先一日。乃告之。婦佯諾。即脫檢半臂一。耳環一。以與姑曰。是猶足為數日養。夜半投於河。邏明父至。述夫婦同夢女歸以死告。且謂上帝命為河神。無苦也。方共駭愕。里中譁傳太平橋河有屍。被髮蒙面。上下衣密縫。視之則婦也。凡溺者男覆女仰。而婦屍獨覆。人莫不異之。此道光八年四月事也。九年。詔旌其門。里人為瘞於棲霞山下。趙茂才之琛題其華表云。碧水冷銀瓶。祠近岳家追孝娥。青山標石碣。墓隣林氏聚貞魂。

除夕奏凱

逆回張格爾背叛。四城失陷。宣宗成皇帝命大學士長齡為揚威將軍。統兵征剿。四城收復。張逆潛逃至噶爾鐵蓋山。為兵丁楊發田大武所擒。其時為道光丁亥除夕。將軍馳奏凱音。有句云。闢九重之閶闔。懽傳鳳閣椒花。聽萬里之鐃歌。喜溢鰲山燈火。銀旛彩勝。祥光爭耀於紅旗。玉燭金甌。瑞氣常凝於紫陛。切時令抒詞。非比尋常稱頌。先是。克復四城時。張逆潛逃。有議請割棄四城者。有議屠戮叛衆者。將軍以四城失守。援兵未至。半多逼脅。良莠難分。誅之不勝誅。且出卡即外夷部落。脫使舉起疑懼。鋌而走險。為張逆添羽翼。與四城為勁敵矣。於是脅從出卡。眷屬得免株坐。竟藉以勾攝張逆入卡就擒。人莫不服籌畫之善。

魏侍御聯

天竺白衣送子觀音殿楹聯甚多。皆膚淺不足道。惟錢塘魏存松侍御成憲所撰者對自然。不失讀書人吐屬。句云。白衣仙人瓶中水楊柳。朱帝男子天上石麒麟。

蜈蚣入腹

明張沖虛吳縣人。善醫。有道人以竹筒就竈吹火。誤吸蜈蚣入腹。痛不可忍。張碎雞子數枚。令啜其白。良久痛少定。索生油與嚥。遂大吐。雞子與蜈蚣纏束而下。蓋二物氣類相制。入腹則合為一也。事見吳縣志。按明江氏瓘名醫類案。亦有一方云。取小豬兒一箇。切斷喉。取血。令其人頓飲之。須臾灌以生油一口。其蜈蚣滚在血中吐出。繼與雄黃細研水調服愈。南方多蜈蚣。且家家用竹筒吹火。嘗有是患。錄之。

食忌

醫書所載食忌。有無藥可解者。錄以示戒。痧症腹痛。誤服生薑湯。疔瘡誤服火麻花。骨蒸似怯症。誤服生地黃。青筋脹即烏痧脹。誤認為陰症。投藥。渴極思水。誤飲花瓶內水。驢肉荊芥同食。茅檐水滴肉上食之。食三足鼈。飴餳過荊林食之。老鷄食百足蟲有毒。誤食之。蛇虺涎毒暗入飲饌食之。

馮中丞

吾邑馮柯堂中丞鈐。歷官楚皖。有惠政。撫皖時。於後圃蒔梅及蔬果。顏曰菜根香。題楹帖云。為恤民艱看菜色。欲知官況問梅花。誦之可想見其志趣。

林文忠公

林文忠公在河工時。題所居室聯云。春從天上至。水由地中行。題客座聯云。蘆中人出。河上公來。又贈河丞張姓者聯云。乘槎直到牽牛渚。載筆同游放鶴亭。切地切姓。人咸歎其工妙。

復父讐

唐以前。復父讐不抵死者多。至唐始有抵死者。憲宗時。梁悅復父讐。職方員外郎韓愈議。復讐之名同。而其事各異。有復父讐者事發。具其事下尚書省集議以聞。酌處之。有詔以悅申寃請罪。詣公門。流循州。自後多得減死。然猶不免於戍。如明之何競張霞皆然至本朝蓬萊王孝子之復父讐竟得開釋復功名則以典獄者賢能體聖天子孝治天下之意也其獄詞推原律意尤足以維國憲而定人心全謝山太史祖望作王孝子傳載其事甚詳茲畧述之王孝子名恩榮父永泰因寘屋與縣小吏尹奇強角口被毆中要害死時恩榮甫九歲祖母劉氏訟之官不得直僅給埋葬銀十兩祖母內傷自縊死母劉氏瘗其姑業厝永泰棺於市僦屋其旁居之泣血三年病甚將死授恩榮以官所給銀曰汝家以三喪易此恨不可忘也恩榮海雅大事家盡落依舊以居勵志讀書稍長補諸生誓於父柩前尋仇以斧自隨其舅諭之曰豎子之志固當但殺人者死是國法也爾父之鬼餒矣恩榮流涕聽命年二十八舉子辭於舅曰可矣遂行兩次遇奇強斫以斧不死脫去遠遁棲霞相隔八年奇強偶返蓬萊入城過小巷恩榮突出扼之劈其腦腦裂以足連蹴其心而絕恩榮乃自縶赴縣會奇強家訟當日永泰故自縊非毆死縣令欲開棺驗視恩榮請曰小人已有子矣寧抵死不忍暴父骸以受毀折叩頭出血縣令惻然乃為博問於介衆皆曰恩榮言是遂還詳法司法司議曰古律無復仇之文然查今律有擅殺行凶人者予杖六十其即時殺死者不論是未嘗不教人復仇也恩榮父死之年尚未成童其後蚤殺

不遂雖非即猶即矣況其視死如飴激烈之氣有足嘉者相應特予開釋復其諸生即以原貯埋葬銀還給尹氏以彰其孝時康熙己丑年也莅恩榮事者撫軍則中吳蔣陳錫提學則北平黃侍講叔琳與滇南李觀察發甲也余按唐李肇國史補云衢州余長安父叔二人為同郡方全所殺長安復讐大理斷死刺史元錫奏言臣伏見余氏一家遭橫禍死者實二平人蒙顯戮者乃一孝子請下百僚集議其可否詞甚哀切時裴垍當國李鄘司刑竟不行老儒薛伯高遺錫書曰大司寇是俗吏執政柄是小生余氏子宜其死矣以王孝子事相較非今之遠勝於古耶康熙己未烏程有嚴孝子廷璣復父讐詣縣自首縣令欲生之為請於上司方侯督撫具題而孝子已死於獄蓋為讐家賄獄吏殺之也牧民者鑒此益當加意致慎矣

諸葛武侯祠堂碑

蜀丞相諸葛武侯祠堂碑余於武林帖肆得之乃明蜀府丞奉滕萬所鐫補者碑高八尺濶三尺九寸字廿一行行五十字首行題節度掌書記侍御史內供奉賜緋魚袋裴度撰營田副使檢校尚書吏部郎中兼成都少尹侍御史賜紫金魚袋柳公綽書末行題元和四年歲次己丑二月十九日建首行空處有宏治十年巡按四川監察御史藍田榮華跋（錢宮詹金石文跋尾作巡撫者誤）其下滕萬跋語殘缺不甚錯補年月惟有由唐建今將並千載語當在有明中葉以後末行空處有康熙十一年巡撫羅森跋謂跋語俱有剝落處碑文上二格下四格亦然惟末行年月以下粵東藩使彫西宋可發跋甚可誦云讀唐碑文瑰麗書端嚴稱雙絕匪溢當時不以文字推裴柳重本也文傳者文重人傳者文亦重彬彬君子哉碑文以唐文粹較之微不同如震懾之懾作讋誤久駐之駐誤作為上下無與離上字前多一而字志顧未畢作日日未畢尚皆無可指摘至荊州之荊作故罷昵之昵作暱於義未安若是筆迹則以之上石何草草耶米元章謂柳尚書字勝其弟誠懸今觀此碑筆力柔靡遠不逮矣豈因重鐫而失真歟

趙太史

乾隆乙未科會試奉新趙太史敬襄卷為房考白麟閱薦三藝已刊擬第四名總裁以前十名試卷例應進呈重加校勘見趙卷第五策用大歷字曰以為已改寫作歷不為犯諱總裁嵇文恭公獨以為不可曰爭之甚力文恭疑愈深卒擯棄之於是取中在後之卷策中用曆歷萬歷等字者皆斥之自後科場條例除閱歷字照常書寫

外其本字係指天文者雖經改寫而古字本通試卷內必宜敬避蓋文恭弱冠登朝謹慎無過尤猶嘗於進呈文字內有引御製詩用字未經改寫者坐是出南書房故生平遇廟諱御名倍深敬畏然來制尚避嫌名則古字本通之字自宜謹避也趙於庚寅科以十五歲登賢書自是蹭蹬公車者二十餘年至嘉慶己未科始以第三名登第入詞林改吏部主事未及半年即乞歸投徒二十餘年而卒著有竹岡齋集

多石公

伯父多石公歷官郡守清而不刻初抵惠州府任歸善縣學博甘某年已八旬龍鍾叩謁耳又聾應對俱謬或諷可以年老黜之公曰士人畢世勤劬僅得備位下僚已足憐憫況博學乃老而後窮非官而後老何忍苛求乎卒善視之迨公移任高州甘即登白簡公自幼刻苦力學於詩嗜之尤篤晚年自定青芙蓉閣詩集六卷海內傳誦之嘉慶己卯歲星貞從兄瀚攝篆徐聞縣公得信作詩畧云南天遥隔海漫漫書到郡從隔歲看道遠忽如還客去身親方信宦途難刊書未讀猶儒術民隱能知即好官藏石影林先德在莫因貧士厭貧寒詩不載集中蓋絕筆也公即於是歲捐館知交輓章極多同邑孔梧鄉學博廣單題聯云典郡矢清廉歸裝片石論詩重忠孝

大保千秋語殷警切

文選字句

嘉慶間場屋中式文字習用文選字句往往有訛妄不通者如垂衣裳而天下治題文用東都賦賦三雍之上儀一段不知雍宮建自漢朝黃帝堯舜時無之且賦語云成三雍之上儀修衮龍之法服鋪鴻藻信景鑠揚世廟正雅樂而文中抄用因坊本注釋服下有音字二字遂誤以爲正文書作韶鋪鴻藻信景鑠揚而截去世廟正雅樂五字割裂紕繆眞堪發噱見給事中辛從益所陳條奏中

山齋留客圖

道光己亥余選台郡教授解近闤闠稜棱多傾而地勢宏敞西南諸山列戶外余稍稍葺治隙地皆補以花衆香滿室每與二三佳客淸言竟日幾忘身在城市爰作山齋留客圖並賦詩以寄興云空齋閉門居閒徹伍丞掾絕世愧無術幸愜庳幃戀廊廟日淸曠一覽此安宴迤邐城外山濃翠撲人面烟雲恭終古倏忽狀萬變於斯悟蜃幻榮利又奚羨頗倩素心侶撫景悲笑換情眞略形迹俯仰任所便品題各揮毫秀縱入吟卷回睇階下花深叢正搞絢浮生役萬事形悴神亦倦宜如適我性優游饜衆香韶春淑氣轉繁英媚晴光花開雜五色軒楹列成行佳客抱琴至角巾共徜徉容至不常聚花開不恆芳見花復見客曷不盡百觴酒罷樂未已攬衣舞回翔江湖多風波吾黨與自狂淹留日既夕月華吐遐風

醫宗四大家

新安羅養齋浩醫經餘論云醫宗四大家之說起於明代謂張劉李朱也李士材專指張爲仲景不知仲景乃醫中之聖非後賢所及況時代不同安得並列所謂張者蓋指子和也觀丹溪脈因症治遇一症必首列河間戴人東垣之說餘無所及其斷症立方亦皆不外是知丹溪意中專以三家爲重格致餘論著補陰之理正發三家所未發由是攻邪則劉張培養則李朱已盡皆能不依傍前人各紓己見且同係金元間人四大家之稱由是而得耳此說足以證數百年相傳之訛

五月五日生

俗忌五月五日生然史書所載如孟嘗君胡廣張桓侯飛王鎮惡齊後主緯唐尚陽王縯崔信明宋徽宗翁應龍紀邁遼蕭德皇后蕭氏吳等其遭遇不同最奇者田特秀以五月五日生小字五兒所居里名半村行第五二十五歲鄉府省御四試皆第五年五十五八月十五日卒見金史

馮少司寇

臨海馮萬庵少司寇甦康熙己未徵試充讀卷官事畢賜茶乾淸宮命與同列賦詩馮詩先成有還看景運息戈鋋句上諭鋋韻稍生險韻排律用之不妨律詩似宜他擇即面奏改定有鄰枚供視草還看房魏畫凌烟云云上首肯稱善施愚山侍講有賦詩云受詔近傳新句好親承天語與深論朝士艷傳之馮工於七律如歸舟雜興云北望雲山燕市遠南來舟楫楚程多寒食雜詩云兒女燈前同是客園林枕上幾還家俱佳

顧蒹葭

吾郡石門顧蒹葭修性嗜吟詠兼善丹青還居吾邑築讀畫齋繪圖以見志有曾留穠綠常開徑只愛丹青不買山之句與歙鮑菉飲孝廉廷博交好亦喜刊書有讀畫齋叢書行世

畢大令

文登畢恬谿大令以田精研古訓嘗謂宋儒好鑿空以俗訓訓古經其尤甚者自春秋至唐書策所載皆子糾兄而桓公弟顧於千載下意變其長幼以伸己議識者韙之年七十以舉人大挑一等分發江西委署安義值赦令邑有兄殺胞弟之案大令列之不准援赦上游駁斥大令執不念鞠子哀泯亂倫彝刑茲無赦之經義以諍之大府已定劾休適欽程春海侍郎恩澤主試廣東取道豫章大府款之侍郎問大令起居甚悉事乃得解嗣補崇義卒於官著有九水山房文存二卷楊志堂河督刊行於世

錢王祠聯

杭州錢武肅王祠在湧金門外規製宏敞有王文成公題區云順天者存楹聯則有諸城劉文淸公墉題云啟便尚存歸國詔解弢時拂射潮弓又孫文靖公題云衣錦還鄉保萬民於安樂上疏歸國啟百世之蒸嘗又裔孫嘉定伯瑜中丞寶琛題云功在生民惜傳聞異辭信史尚留曲筆德垂奕祺悵播遷中葉支流莫溯淵源

雪詩

道光辛丑十一月吾鄉大雪高積丈許壓屋宇傷人甚多時余司鐸台州台地少雪是歲雪亦有數尺同人用坡公北臺書壁韻作詩裒然成集錄其尤者於此同雲

釀出六花織一陣悄松一陣巖密椽漸飄風外繁薄融初著水中點積三尺厚封苔
徑添一分光映畫檐無限好山排几案要時失却舊青尖臨海洪渙空六出飛璇絲
侵曉寒尤較夜嚴花發庭前皆白玉霞飛嶺上誤紅鹽迴風態擅三春艷奪月光凝
萬戶檐好沁詩脾嚼梅蕊冷香透徹齒牙尖仁和鍾茂才德元聲靜簷鈴不觸鶴乘霏玉屑
碾寒巢冰紋凍折垂頭竹粉本新翻沒骨花驢背一鞭人覓句馬蹄千里客思家夜
深撿點傷餘草塗抹淋漓墨潑叉錢塘沈茂才景昉不待月來明畫閣作迴風舞觸雕檐瑚
資茂才雲錦圍爐嘯咏冰裁句比戶歡呼玉積擔仁和張茂才鼎開徑深留雙爪印迎門鶴舞一
身花臨海徐明經炎元余亦有作云園亭凍影噤啼鴉門外沈沈少客來大地湖山闃靜地
諸天色相幻空花僵眠要冷高人宅集體詩嚴學士家試向梅枝問消息滿林香簇
玉丫叉

朋友

太倉陸林亭先生世儀思辨錄有云朋友之功可以配天何者君子能著書不能使之傳世惟天能使之傳世然天亦不能使之傳世讀其書而心好之者能使之傳世故曰朋友之功可以配天子雲太元曾何足云然微桓譚則幾不傳而況不為子雲者乎乃讀書而心好之者不可得甚至有嫉其書而惟恐其傳者朋友之害又可以配兵火其論至奇亦至確

錫

臨海洪僉事若皋南沙文集謂方書金銀玉石銅鐵俱可入湯藥惟錫不入間用鉛粉亦與錫異錫白而鉛黑且須鍛作丹粉用之明名醫戴元禮嘗至京聞一醫家術甚高治病輒效親往觀之見其迎求溢戶酬應不暇偶一求藥者既去追而告之曰臨煎時加錫一塊元禮心異之叩其故曰此古方爾殊不知古方乃餳字餳即今糯米所煎糖也嗟乎今之庸醫妄謂熟諳古方大抵皆不辨錫餳類是余謂今之庸醫不特未識古方也即尋常藥品亦不能辨其名有書新會皮作會皮蓋不知新會是地名也有書撫芎作撫川芎蓋不知川與撫為二地也此皆余所目見者

李梅卿

嘉興馮柳東教授登府之室李梅卿女史晚年嫻翰墨倡隨靜好歲年祖謝教授深悼之女史尤工詞自題倚梅閣有雪影壓殘烏夢月痕冷葬花身之句其寒夜南柯子云細點瓜蔬譜閒栽蕙草花三年為婦慣貧家且喜蘆簾紙閣手同叉獸火溫繡局睡燈罷紡車啞他小女縮雙丫慵放繡針今夜較寒些殁後教授題城頭月詞於後云唐詩一卷曾親授紅豆雙聲韻繡局伴寒紡車絮雨夢也休回首蘆簾十載為新婦草草分離賸寫韻樓空橫琴月冷總是斷腸候

吳香笠詩

吾鄉石門吳香笠大令文照嗜吟咏有句云一官如獨客萬事付閒吟嘗賦移居秀州胭脂河詩云橋迴淺岸有人家一半簾櫳紅樹遮慣飲胭脂河畔水生成兒女盡如花人咸稱頌之

朱綵鈞

錢塘朱綵鈞女史琇聰慧能文矢志不嫁當代聞人欲見一面不可得家貧售詩畫以自給余曾見其扇頭畫菊題詩云無花開爾後風雨已重陽醒却繁華夢甘為冷淡妝有心離向日無骨不凌霜底事翩躚蝶猶思挹晚香是真能孤芳自賞者

浙江鄉試錄敘

明萬曆初年各省鄉試皆由外史巡按等官主文柄自十三年乙酉秋始遣京朝官臨校浙江正考官則為無錫孫宗伯繼皋副之者為刑科右給事中江夏常居敬監

臨為巡按御史王世揚提調為左布政使裘貞吉右布政使余一龍監試為按察使馮時雨副使史繼志同考試官為推官王守素知縣周孔教學正黃宏敕教諭楊啟新林岳倪思孟杜方偉劉懷恩廖自伸訓導陸策合提學僉事蘇濬所選士三千七百有奇取九十人見宗伯所作浙江鄉試錄敘

三續千字文

宋長洲侍其良器暐作續千字文不用周興嗣千文中字江陰葛氏剛正又作三續千字文亦無複字並自注萬四千餘言篇末云欲韻昔祇暐篇今繇中浦葛鬯昭勳族蟲七界各覽三篇繼就俱詮詁語俾誨爸幼序識卷末聊示悠久昭勳字蓋指其伯祖丞相文定公邲理宗時繪像昭勳崇德之閣剛正在從孫之列故曰族曾祖

周禮

周禮之制王莽用之而敗王安石用之而亦敗方正學一代偉人乃以用周官更易制度與靖難成為燕王藉口無他古與今異勢不可強以所難行也禮時為大信夫

改月改年

武后改十一月為正月十二月為臘月來歲正月為一月自天授元年至久視元年

凡十一年。元宗改年為載，自天寶三載至肅宗至德二載，凡十四年。法令不能行久遠，亦何事變更為。

祖孫父子同名

魏安同之父子皆名屈，是祖孫同名也。漢强侯留章，復其子又名偃。廣平節侯德，其嗣侯亦名德。宋林邑王父子名楊邁。雁處士父子名皓。元楊文振子名文修。明劉忠武父子名江，是父子同名也。漢劉縣父名與，長子基字敬與，是以祖之名為字也。吳越錢文穆王名元瓘，子忠獻王佐，字元祐，是以父之名為字也。

仲康甫劄記

仲康甫劄記，太倉馮偉人偉若，中多論學之語。有云：孔子好言仁，孟子好言義，其旨一也。仁以心之離合言，義以事之是非言，故不處不去。孟子之所謂義，而孔子謂之仁。殺身成仁，孔子謂之仁，而孟子謂之取義。尊德性之學，與道問學之學，旨亦如此。博學而篤志，切問而近思，仁在其中矣。道問學之所以存心也。動靜不失其時，其道光明，尊德性之所以致知也。後世互相抨擊，各持一是，而不可通，豈非意在門户，而心得之實轉荒乎。此說可以破朱陸異同之見。至謂太虛刻刻在前，而人不見，見之而不能師之，能師之者，神聖仙佛也。師之則與太虛同壽矣。人能以太虛為師，安得以異氏目之。是欲合儒釋老之教而混之，毋乃言之失當乎。

冷廬雜識　卷二　十五

釀錢啟

同邑沈芝岩茂才達源，天才亮特，為督學山陽汪文端公廷珍所賞拔。少訂姻於張氏，家貧力學，銳志進取，誓不登科不娶，年逾三十，猶未售。親戚勸其畢姻，為嗣續計，而孑然一身，家無擔石，乃為釀錢以成婚焉。既屢不得志於有司，益縱於酒，每當夜深人靜，持杯獨酌，狂呼慟哭，輒驚其四鄰。遂以是得病，卒年三十有六，無子。遺稿散失，錄其釀錢啟云：伏以納幣無過五兩，判於周官；有財振人，八廚茂於漢紀。謝公遺帳，助隱之為周旋；僕射營婚，致子孫無暇日。蓋合卺以時者禮也，假人不德者義也。自來遜軌，多載前文。源束髮受經，早諳古義；弱冠弄翰，問肄閨闈。慕鮑宣之風流，企何曾之酬酢。素門合牒，訂兩小於朱幾；張姓連天，繫一紗於玉臂。固已姻連白建，喜得勝流；緣合老人，即期報板矣。然以為情縈兒女，懼累英雄，肘繫香囊，恐妨青史。求凰有曲，不驚在御之聲；特雉無媒，未設早婚之令。以故涼宵七夕，星剩匏瓜；春社飛燕，風虛少女。乃者仲卿龍具，京師棄其無衣；昭諫白衣，雲英笑其未脫。十年不字，負此韶華；三星在天，歌殘邂逅。屈姹紫嫣紅之候，春事已闌；開口脂而樂之，纏凝情漸悔。滿身風露，識李廻之欲婚；一閣朝飛，笑牧子為未遂。夢已從於杂下，曲待奏夫房帏。所慮縑練繭紬，難捐嘉飾；方楪牢爛，不少門財。在戴良有布被之將，亦希高隱；而裴航無杵臼之聘，終隔仙源。庫乏男錢，器乾女酒。蓋幾幾乎泥中有絮，春風徒吹；洞口無桃，胡麻空熟矣。於是草元弟子，戴笠故人，將使凫不單行，心成一袜，集千狐之腋，暖到燃犢，分一葉之陰。春回鸞樹，烏瑞十事。不令貽笑純林，玉鏡一枚，即可相攸溫嶠。是則長源迎婦，供帳偏於北軍；甯戚欲妻，平章待夫管子。阮修婚費，欲自名流；黃姑聘錢，貰從天帝。以今擬古，足可軒渠。故乃灑墨管城，命詞側理，抒予結約，告篇苔岑。類景卿索花粉之需，異吳市覓金錢之擲。行見兩行花燭，悉有雅之自他；一色襟紗，等解衣之惠我。有情誰能遣此，且慰目前介特之心；此事使卿有功，預防他日揶揄之語。

李孝廉

嘉邑李孝廉貽德，深於經學，兼工詩文辭。嘉慶戊寅歲登科，年已五旬矣，留京十載不歸。其同年某卒於京邸，因賦詩云：故鬼未還新鬼續，憐人猶自戀長安。未幾亦卒，聞者悲之。

冷廬雜識　卷二　十六

顧侍讀

仁和繆蓮仙艮編刻文章游戲，類皆娛情肆志之辭，惟長洲顧耕石侍讀元熙二賦命意高遠，非等尋常筆墨。汙卮賦序云：昔傳威汙卮，賦謂卮為小兒竊弄，誤墮不潔，以比士君子之躁行。嗚呼，卮也而弄諸小兒，何待其既汙而後咨嗟太息哉。賦曰：天下之寶，任之匪人，既汙而悲，其過實未既而喪其真，故球圖不可玩之以婦寺，而大阿不可假之於童昏。唐花賦序云：南方窖花，牡丹為盛，北方地寒，梅亦不花，花者皆唐花也，早開而無香，且易悴。賦曰：泉之竅於山也，人鑿其脛；玉之韞於璞也，人斲其胎；花之孕於根也，人發其蕊。吒，此人之所以戕物，而物之所以寧處於不材。二賦寥寥數語，而即小見大，含孕無窮，名作也。

周孟侯先生

吾邑周孟侯先生拱辰，明季首生，吾母之七世祖也。先世累著清德，母夫人夢硯生花而生公。比長，聰穎絕人，又勵志於學，嘗坐小樓，去梯，三年讀古今文五千篇有奇。由是才藻豔發，名噪一時。吳興莊廷鑨將刊明史，以厚幣聘公，先一夕，公夢其父畀以一合。啟視之。則赫然一人頭也。驚而痛。適莊伏至。有警於是。婁峻辭却之。及明史禍發。諸名士株連被戮者多。公獨脫然無累。識者謂世德之報。屢不得志於有司。牢騷抑塞之氣。悉寓於文。識著有聖雨齋集。其宮詞八十首。寄興無端。尤足令才士讀之同聲感喟。摘錄五首。以當嘗鼎一臠。落痕高漾月痕低。六院笙歌五院迷。莫道襄王惜香夢。巫山只在畫欄西。垂楊深閉畫樓春。花送黃昏鶯送晨。三十六宮閒似水。平明催召號夫人。金鈴傳踏落花泥。輦路苔痕旋欲迷。誰道舉頭剛見日。鳳樓疑在十洲西。碧簫吹破思依依。聽盡宮鶯半掩扉。最是無聊看不得。桃花片片背儂飛。翠鬟寶髻玉膏新。一對菱花一愴神。每恨蛾眉綠如許。不如影裏李夫人。

新樂府

山陰胡汝村觀察介祉。取明崇禎宏光時事。作新樂府六十篇。篇各有記載。述甚詳。頗往往有與正史異者。如諸公子篇。謂魏大中子學濂宦庶常。汗甲申僞命。而略其死事一節。東江歎篇。謂毛文龍盛時。復貂書幣。走津要如織。陳繼儒負盛名。方游輦下。獨不及心衡之甚。適於錢龍錫座。談東江事。言毛跋扈僭越當斬。狀錢因以語袁。禍釀於微細。而中於封疆。横議之罪真不容誅。不知此乃妄傳。未可據以為實。盧家軍篇。謂象昇率親兵赴戰。行至賈莊遇刺死。而明史則紀其戰死蒿水橋事甚悉。三罪輔篇。謂誤國之罪。以溫體仁薛國觀周延儒為稱首。楊嗣昌實心任事。才又足以濟之。帝知之甚深。故眷倚獨重。使廷臣不以門戶掣肘。俾得專心辦賊。未必無成。顧攻者紛紛。遂使憂危憤懣。方寸擾亂。以抵敗亡。此說尤為失真。余觀明史本傳。崇禎時先後增賦虛餉。嗣昌主之。實為禍本。復庇熊文燦。以撫賊誤國。厥罪甚大。又陷盧象昇戰死。惡方孔炤。劾下詔獄。抑孫傳庭。使不得遂其志。而賊勢益張。嫉忮之私。視體仁等亦無甚異。謂之實心任事。不可也。悲潼關篇。謂孫傳庭死於亂軍。而明史則謂其躍馬大呼而殁於陣。假皇后篇。謂或言初福王世子殁。德昌郡王序當嗣位。馬士英為鳳督。有以居民藏王印首者。取觀則福王印也。詢其人。云負博進者持以質錢。士英物色之。則以為真嗣福王矣。國變後。遂推戴以邀援立功。天下皆以為嗣福王即皇帝位矣。彼童氏以為今嗣福王。即昔之德昌王。而抑知昔之德昌王。非今之即皇帝位者耶。故有斷斷不可見者。按此說亦正史所據。不足信也。其所為樂府。惟悲潼關一篇。音節近古。云潼關天下險。大督將家不一戰。王師没三秦。賊騎來河流終古恨。風雨至今哀。白日行當墜。揮戈力豈回。

孫愈愚

烏程孫愈愚明經燮。刻苦於學。耽吟詠。尤工為古文辭。嘗與震澤張淵甫學博啟書曰。文章之道。一真氣所彌綸。自時文興。而士安於剽竊摹擬之習。去而習古文。亦同此伎倆。安得不僞。究之天下惟真者。為能感人於無窮。而僞者祇可欺一時之目。自古文章。傳真而不傳僞。故讀書不必多。而要在通其意。抒辭不必麗。而要在達其心云云。又嘗選歐陽永叔蘇老泉東坡曾子固劉原父李太伯之文。各數十篇。朝夕諷誦。而不取王介甫。惡其辨言亂政也。

吳香圃詩

吾里吳香圃茂才全昌。歸安人。少有隽才。稍長。以詩賦受知於學使者阮文達公。入郡庠。屢試不售。轗軻憔悴以老。著有香草齋詩鈔。西溪云。采藥西溪行。寒流曲如帶。日落牛羊歸。村墟暝烟外。寄俞生香儼云。潔零萍梗又經秋。此夕思君獨倚樓。寒雁一行何處去。白雲天遠大江流。又斷句云。殘年衰鬢客。獨夜大江船。落日樹邊盡。孤舟溪上歸。樓頭細雨三更笛。江上寒湖一葉舟。小溪疎柳誰家閣。極浦斜陽獨客舟。久病人如秋樹瘦。苦吟聲比夜蟬寒。皆清逸可誦。

關帝謚

關帝謚壯繆。人皆謂繆非美稱。獨綿竹黃州牧成章。持論辨之云。昔關帝之謚壯繆也。陳壽以謚法名與實爽曰繆。傳謂帝剛而自用。戾以致敗也。又或謂武功不成曰繆。千載下卒無一人為帝表暴者。而不知皆非也。按禮記大傳。以序昭穆。古本作繆。左傳穆多作繆。若秦穆公。史皆稱繆。是穆與繆。古文多通用。考謚法布德執義曰穆。中情見貌曰穆。夫布德執義。中情見貌。孰有過於帝者。謚曰壯繆。蓋傷帝之死國。與宋岳飛謚武穆同意。而壯穆作繆。亦猶秦穆魯穆之或作繆也。今世俗以繆為乖戾之繆。以為惡謚而諱之。非情事也。黃之論如此。余以為秦繆之謚。昔人嘗以為非美名矣。黃說雖辨。終不能舉歷久相沿者而易之也。伏讀乾隆四十一年七月上諭。關帝在當時。力扶炎漢。志節凜然。乃史書所謚。並非嘉名。陳壽於蜀漢有嫌。所撰三國志。多存私見。遂不為之論定。豈得為公。從前世祖章皇帝。曾降旨封為忠義神武大帝。以褒揚聖烈。朕復於三十二年降旨。加靈佑二字。用示尊崇。夫以神之義烈忠誠。海內咸知敬祀。而正史猶存舊謚。隱寓譏評。非所以傳信萬世也。今當鈔錄四庫全書。不可相沿陋習。所有志內關帝之謚。應改為忠義。第本傳相沿已久。民間所行必庋藏於史局著交武英殿將此書刊成傳布用垂久遠其官板及內府陳設書籍並著改刊此書一體增入欽此聖謨煌煌洵足彰聖神之德而垂示萬古矣

劉三山

廣州劉三山孝廉華東志行高潔洋商某黃緞入鄉賢祠三山力持清議忤大吏意褫爲布衣士論惜之仁和周南卿茂才三燮贈以詩云天柱風雲事可嗟閑身且伴鐵梅花（三山姬人名鐵梅）富人名貴揚雄賦自把文章弔白沙

沈鹿坪師

歸安沈鹿坪師炳震家練市鎮少好學夏夜同人皆散步納涼獨默誦所習經常達旦不輟屢試高等每一藝出人皆傳誦時俗學以剿竊塗飾爲能矯其弊者又貌爲高古不中有司程度公折衷至當探經書之蘊而出以高華究理法之精而歸於沈實以故游其門者大小試無不利公精於數學乾隆丙午舉秋試後杜門授徒不與計偕人勸之就試公曰吾當於乙卯歲獲儁今猶未也届期果以二甲第八名登第先是有顯官私人榜後通款於公謂詞林可得公力卻之既而以知縣歸班改就教職補官台郡學博台於前明科甲極盛人才輩出今則稍稍衰矣公曰振興文教乃吾

責也遂進多士而勸之以學遠近嚮慕登堂負笈者踵相接公視其質之高下循循善誘數年之後文風漸復嘉慶己卯引疾歸館於青鎮嚴比玉太守瑗廷家余亦親受業焉公閱余文謂曰子作文無根柢猶欲築室而無土木也安得成余於是始知殫力於經後得忝竊科名皆公之力也公生平所作制藝不下數千首詩古文辭亦通整有法惜皆散佚茲錄僅中所存詩三首於後留別嚴比玉珮仙詩云桃李春深苜蓿肥偶傷懷抱拂衣歸（時有喪明之痛）儒官久忝齊竽濫學術終慚鄭璞非忽枉新篇求友聲故教狂燕傍人飛頻年坐擁談經席擬返衡茅晝掩扉話到夜腸百重回沈吟且盡手中杯曾聞良玉規須識漫道黃金散復來循吏聲名多郡秩皆郎詞賦總仙才不辭臨別將言贈記取荆花一處栽題李梅修撫心圖詩云予與日三省伯起夜四知古人貴慎獨炯若鑒在茲勞勞方寸地旦夕輪較馳暗室虛無人想見肺肝時勿問黑得失勿問蛙公私中有丹元子俯首將何辭君家見聞錄言行皆人師繪圖揩自儆囑我系以詩我亦問心者（前任台監理廠工檔能有事可問心寧任怨之句）撫此重致思致思且勿誦語恐旁人嗤

賦

月令臘先祖五祀正義云臘者獵也謂獵取禽獸以祭先祖五祀也然則伏獵侍臘亦非甚謬未若金根車之改金銀車也特其人不學遂貽口實且古人作書可以通假後世則不能耳近有士子試藝誤書非爲飛而被黜此字古亦有通用者矣

起復

宋劉珙爲江西安撫使奏起復珙曰三年通喪三代未之有改漢儒乃有金革無避之說已爲先王罪人今邊陲幸無犬吠之警臣乃欲冒金革之名以私利從之變不又爲漢儒之罪人乎丞相史嵩之丁父憂起復徐元杰言家庭之變哀戚終禮制有常何至忽送死之大事輕出以犯清議哉自聞大臣有起復之命雖未知其避就若何凡有父母之心者莫不失聲流涕臣特爲陛下愛惜民彝爲大臣愛惜名節而已其論起復之失最爲懇至讀此覺明吳中行諸人論張江陵奪情意激而辭煩猶未能得其要也

葉素菴

仁和葉素菴孝廉金壽才華富贍工書畫善吟詠家貧鬻文京師以養親中年殂謝士林惜之嘗贈余扇頭墨梅題詩一絕云風雪漫天臘正殘一枝素萼獨凌寒枯毫

寫出清癯骨未許人間俗眼看今已爲友人攜去每誦遺作輒爲憫然

端木舍人

青田端木鶴田舍人國瑚天才穎異以詩賦受知於阮文達公官歸安學博十餘年後以精究地理爲禧尚書恩所薦萬年吉地工成特賜中書加六品銜持品高介絕俗在京師不事干謁蕭然斗室惟以著述自娛相國某慕其名招之不往以此浮沈冷宦不得遷擢而卒所著有易指地理元文太鶴山人詩集在歸安學舍作云官閑焚香過十年烏皮尚戀舊青氈日長散帙無公事睡起匡牀有俸錢百代看成燈下燼一鄉逃入酒中天玉河東畔蓮莊北聽唱漁歌月又圓寄圃紫藤精舍作云朝隱頻年未放還寄園今寄我清閒看花西寺逢三市（土地廟每三日花市與寄園只隔一牆）視草東垣隔八班（每八日一詣中書直廬）官悟茶香人短榻佛燈蕾味夜空山（中供觀音佛龕）紫藤老惜生涯淡每倚春風借酒顏寄興閒遠讀之可想見其爲人斷句如哭林西溪云山川如故誌埋骨天地無情莫著書寄太鶴山房云文章事大愁言命仕宦途多卑息心淮安作云城根驛路藏秋草樹杪河聲走夕陽出儀真青山頭江口云潮生城郭添新渚木落江湖出遠帆落葉云風高古屋秋如雨月滿空山夜已霜黃浦舟夜云一行楊柳烟

為岸四面蘆花水是天淮陰弔韓信云一代英雄兒女手百年恩怨布衣時鮮魚云四川如銀宜賓客一生多刺比風人皆擺脫凡近戛戛生新所作聯語亦可誦挽淑州林石笥云鳳鮑凌雲他日豈遺司馬稿淚傾流水此時先碎伯牙琴挽朱雨亭云愁寄天邊子始成名身易喬哀傳日下父終遺命世傳經

孔子生日

上元葉健庵中丞守興安府時郡諸生以八月二十七日為孔子誕辰稟請赴廟行禮公為辯示止之謂嗣後諸生不得復為此舉倘各塾師生以終歲誦孔子書不可無以申微敬應於春秋祭丁日各於私塾行釋菜禮似為得禮之正即陋俗相沿必欲於八月二十七日展其誠敬亦祇謂之釋菜則可謂之祝壽則不可其俗謂稱孔子會則尤不可云云余按禮部則例載八月二十七日恭逢先師誕辰大內至王公百官均致齋一日各衙門不理刑名民間禁止屠宰前期結綵頭牌其奏得旨並出示九門及禮部前是孔子誕辰之期已垂功令有官職者屆期均應致祭興安府諸生稟請行禮似不得訾為陋俗惟不應用便服且有祝壽及孔子會等稱耳

孫瀛帆詩

仁和孫瀛帆茂才光裕博學能文中年棄帖括為中韓家學暇則肆力於詩才藻豔發傾倒一時道光癸卯客台郡滋陽張蘭臺太守庭樺幕中一見如故遂訂交焉以所著樹蘐草堂詩鈔見示佳句如南山古寺題壁云落花滿徑馬啼寺斜日半扉僧上樓懺作詩者云花到半開香正好酒經重釀味逾純尤長於樂府道光辛丑壬寅間嘆英捘浙曾賦從軍詠十章激昂悲壯於行間情事描寫曲盡可稱詩史茲錄其二乍川戍云塘繞當湖環乍浦浙西重鎮指門戶都護防城擊柁鼓東指舟山鬱風雨帆檣出沒無定所健兒橫戈吼如虎氣壓驚濤吞醜虜一旦沿塘集樓櫓礮火轟天飛猿狖棄甲曳兵擲弓弩抱頭紛竄虎如鼠官兵避賊兵官兵為客賊兵主人移居讓客處主人未歸客亦去往不追兮來不拒君不見乍川戍昔時重鎮今曠土朝廷養士二百年爭先奔走曰禦侮杉青牐云蘆湖水草黏天碧杉青牐口苔蘚積牐外屯軍幻塵劫草染鵑紅水鳴咽乍川失守寇氛逼鶴唳風聲禁不止居民關壁紛避徙揭竿之徒乘亂起將軍下令誅漢奸殺人如草多株連甘涼健兒勢洶湧過敵則怯遇民勇摩厲以須逢狹路爾來好送頭顱去奸民狡黠良民愵奸民漏網良民誅將軍非嗜殺健兒豈盡誣與其失不經寧殺不辜縱殺不辜休怨予芳蘭尚以當門鋤況犯虎威將虎鬚屍橫血滿滿烏鳶啄肉委路隅亡何有鄉名子虛一邱之貉誣皆然吁嗟乎將軍令司馬法昨日誅其父今日戮其甲簿錄雖分明猶慮有冤鬼奈何羅織不及呼名號黯鬼無名鬼亦愁撲樹夜哭杉青牐

禱神文

錢塘陳雲伯大令文述宰江都日江水漲淹田廬民不得棲食因齋戒為文告於禹廟及江海祠曰念小民之或忘帝力實出無知譬人子之佛拂親心定容悔過遺路傳誦以為名言

讞獄

蕭山汪龍莊大令輝祖由名幕而為循吏所著學治臆說佐治藥言已風行海內所有讞獄之辭畧誌於此無錫縣民浦四童養媳王氏與四叔經私事發依服制當擬軍汪以凡上常州府引服制駁汪議曰服制由夫而推王氏童養未婚夫婦之名未定不能旁推夫叔也臬司以王氏呼浦四之父為翁翁之弟是為叔翁又駁汪以翁者對婦之稱王氏尚未為婦則浦四之父亦未為翁其呼以翁者沿鄉例分尊年長之通稱乃翁媼之翁非翁姑之翁也撫軍因王氏為四妻而童養於浦如以凡論則

於四無所聯屬議曰童養之媳虛名也王習呼四為兄四呼為妹稱以凡妹則不得科以夫婦四不得為夫則四叔不得為叔翁撫軍以名分有關又駁議曰禮未廟見之婦而死歸葬於女氏之黨以未成婦也今王未廟見婦尚未成且記曰附從輕言附人之辜以輕為比書云辜疑惟輕婦而童養疑於近婦如以王已入浦門與凡有間比凡稍重則可科以服制與從輕之義未符況設有重於姦者亦與成婦等論則出入大矣請從重枷號三箇月王歸母族而令經為四別娶似非輕縱遂得批允江淮衛漕船多滿十年僅道發償改造其間有停運三次二次者戶部以未滿十運駁取擅動庫項職名司錢穀者援例稍詳總漕不准商之汪汪曰援十年之例而部以十運為詰創也非破其十運不可乃為之議曰裁留漕船以裕民食破格之恩前所希有是以向來止計十年而不扣足運但船隻一項利於行駛不利停泊蓋一經停運久泊河干上之日曬雨淋猶有苫蓋銀兩時為檢點至船底板片泥膠苔結日漸朽損若因船身無恙勉強起運重載未免遠涉江黃設有疏虞所關非細故不敢因慎重錢糧致誤天庾正供既滿十年不得不造議上總漕大為許可達部允行長洲縣婦周張氏年十九而孀遺腹子繼郎十八歲將授室而殤孫以繼郎未娶欲為說

之夫繼子。而張欲為繼立嗣。輾轉訐訟。前令皆批房族公議。歷十八年未結。因查全卷。知乾隆十九年前張指一人可以立孫。而房族謂其祧祧而離。未必成人。後又另議。終至宕延。汪擬批張撫遺腹繼郎。至於垂婚而死。其傷心追痛。必倍尋常。如不為立嗣。則繼郎終絕。十八年撫育甚艱。竟歸烏有。欲為立嗣。實近人情。族謂繼郎未娶。嗣子無母。天下無無母之兒。此語未見經典。為殤後者。以其服服之。禮有明文。殤果無繼。誰為之後。律所未備。可通於禮。與其絕殤而傷慈母之心。何如繼殤以全貞婦之志。乾隆十九年。張氏欲繼之孫。現在則年已十六。昭穆相當。即可定議。何必彼此互爭。紛繁紫牘。因立繼書。遵依完案。烏程縣馮氏。因本宗無可序繼。自撫姑孫為從子。卒同姓不宗之馮氏出而爭繼。汪議據宋儒陳氏北溪字義。系重同宗。同姓不宗。即與異姓無殊之說。絕其爭端。

孔孟弟子

孔子弟子自稱名。孟子弟子。如萬章咸邱蒙。有自稱吾者。孔子弟子稱孔子曰子。孟子弟子稱孟子曰夫子。孔子弟子問仁者七。問孝者三。問政者六。而孟子弟子所問皆不及此。正不獨孔子之稱弟子以名。孟子之稱弟子曰子。可徵其隨世變而異也。

名與姓通

通鑑五代後漢有貌州伶人靖邊庭。胡身之注曰。靖姓也。優伶之名與姓通取一義。所以為誚也。日知錄云。考之自唐以來。如黃幡綽雲朝霞鏡新磨羅衣輕之輩。皆載之史書。蓋信其言之有據。嗟乎。以士大夫而效伶人之命名。則自嘉靖以來然矣。余觀士大夫命名。連姓為義。唐宋已然。如李無言魏嗣萬程九萬王佐才安如山凌萬頃之類。明初亦間有之。如凌雲翰成始終夏時正傅汝舟傅汝楫之類。惟自嘉靖以後而始盛耳。

嗣征

宋吳氏仁傑兩漢刊誤補遺辨證精核。其論羲和主圾公羲和忠於夏之說。謂嗣征作於夏之史官。故其本序稱嗣后承王命徂征。此欺天下後世之辭。如司馬氏討諸葛誕。而假魏帝詔以為恭行天罰也。孔子序言允征往征之。此所以正羿專命之罪。如春秋一字之貶也。不知既出於羿之史官。為欺天下後世之辭。孔子何以列之經。且羲和既忠於夏。序何不言及之。而惟云羲和湎淫。廢時亂日耶。

同姓名同字

古今同姓名者不可勝數。同姓名同字。余所知者僅有三耳。典籍所載。恐尚不止此數。漫識之以俟續補。王承字安期。一晉人湛子。一梁人儉孫暕子。張先字子野。一宋天聖二年進士。開封人。仕至知亳州鹿邑縣。年四十八。歐陽公為作墓誌銘。一宋天聖八年進士。烏程人。仕至都官郎中。年至八十餘。能為詩及樂府。號張三影。歐陽公稱為桃杏嫁東風郎中。陳鳳字羽仙。一上元人。嘉靖乙未進士。累官陝西參議。一無錫人。嘉靖時布衣。

文體相似

韓文公作樊紹述墓誌銘。即似樊之奇特。歐陽公作尹師魯墓誌銘。即似尹之文簡而意深。羅鄂州作爾雅翼序用韻。王伯厚宋景濂序亦皆用韻。蓋惟才力足以相敵。故即能用其體也。

有澹臺滅明者

武進士億經讀考異論語曰。有澹臺滅明者。謂近讀多以有字連下為句。考此宜以有字為讀。蓋對師問而應曰有也。與孟子不動心有道乎。曰有。北宮黝之養勇也。亦以有字句絕。北宮黝屬下。語勢正同。余按孟子有字句絕有四。交鄰國有道乎。賢者亦有此樂乎。不動心有道乎。然則有同與問答。皆以有字相應。此處上下文法不同。似以有字連下讀為是。

七修類稿

郎瑛七修類稿。謂李商隱襲謝逸詩句。又以西臺為南唐李建中。王阮亭香祖筆記嘗譽其誤。以余觀之。疵謬尚不止此。如隱語昉於左傳麥麴山芎藭之喻。而以為起自東方朔口無毛。群聲蠶尻益高。南道主人。見魏書裴延儁傳。而以為始於唐鄭餘慶。親家翁見隋書房陵王勇傳。而以為始於五代李愚。請馮道。謂今之祭物眾釘名亦工文。備述黍曰薌合數語。而不知其出於曲禮。謂表德用甫字。起自王荊公。而不知後漢書已有之。如袁閎字夏甫。杜密字周甫。葛龔字元甫之類是也。謂點心始於能改齋漫錄。而不知本於唐書鄭傪傳。吳氏特引其語耳。謂趙明誠為清獻公中子。是誤以正夫為閱道也。謂劉健令尚在。年已一百七。而考之明史。則云卒於嘉靖五年。年九十四。其他謬誤尚多。未遑悉正也。

經史數見字

經史各有數見之字。周易也字。尚書哉字。詩經兮字。左傳將字。故字。史記漢書乃字。南史便字。深字。所唐書亘字。

一言

一言有作一句解者。一言以蔽之。一言可以興邦是也。有作一字解者。一言可以終身行之是也。又六言六蔽之言。亦作字字解。後世詩家所云四言五言七言。始昉於此。

銀頂

道光戊子年。言官奏請改正服色。以混戴金頂者甚衆。飭令遵例。惟七品官及進士舉人。得戴素金頂。八九品官及貢生。戴起花金頂。生監戴銀頂。一時購頂更易。肆中賴以獲利。寒士皆購錫頂代之。肆工雜之以鉛。歷時未久。色即黯黑。有力者以銀鑄實心頂。約重一兩許。加以磨琢。望之與六品硨磲頂無異。往往於酒筵酬飲之時。為人竊去。行之年餘。仍沿舊習。間有守法之儒。猶戴銀頂。則群譁笑之。甚矣習俗之難更也。

俗稱

今之稱謂有與古相反者。如爾雅謂妻之昆弟為甥。而今則稱為舅矣。儀禮舅之子稱內兄弟。而今則稱為表兄弟矣。此猶有所本也。至如稱五世祖為太高祖。或稱高高祖。稱父之舅為舅祖。（當稱大舅。見後漢書竇憲傳。又稱祖舅。見晉書庾亮傳南史袁彖傳。）稱從母為姨母。稱姑為姑母。稱姑夫為姑父。或稱姑丈。稱妻父為岳父。稱妐為伯。凡稱弟之妻為弟婦。皆習俗沿訛。不可以入文牘。若稱舅氏為舅父。則史記已有之。稱外舅為丈人。外姑為丈母。則柳子厚文已有之。

帥中丞

黃梅帥仙舟中丞承瀛。撫浙有惠政。乞歸後。以公餘銀四萬兩。發商生息。永為濬湖之資。胡書農學士賦詩紀之。有聞道歸無半頃田。為民留費歲三千之句。

黃少司馬

昆明黃少司馬琮。道光丙戌館選。戊申歲以父母年躋大耋。陳請歸養。其奏牘有云。八千里外。高堂之夢想時殷。十五年來。一日之瞻依未遂。白雲徒望。遙隔鄉關。清夜自思。難安寢饋。情辭懇摯。不必以詞色為工。

小軍機

紀文達公性喜詼諧。嘗作京官詩數十首。傳誦一時。猶記其小軍機一律云。對表雙鬟報五初。披衣懶起倩人扶。圍爐侍妾翻貂褂。啟匣嬌僮理素珠。流水是車龍是馬。主人如虎僕如狐。昂然直入軍機處。低問中堂到也無。有京官不願外遷。觀察而老於京邸。貧病而死者。公戲輓之云。道不遠人人遠道。卿須憐我我憐卿。

李方伯

嘉定李許齋方伯賡芸。少時孤貧力學。鄉會試（乾隆丙午庚戌）皆以經策受知於大興朱文正公珪。會試幾得元。以律句用毛詩二字。未妥。抑第六。因賦詩云。泥金報去人皆後。淡墨書來我最先。蓋填榜從第六名起。五魁後入也。又殿試後賦紀恩詩云。待詔齊來金馬門。皆良策進帝親掄。縈壇將以為皆得。揚解人真屬有存。鼎足三分須有福。登瀛五鮮已承恩。孫山名第非容易。頻占前茅感可言。（鄉試第四。殿試第六。）李以縣令涖官浙江。卓著循聲。游擢閩藩。潔清自矢。以劾僚屬為其誣訐。大府素忌李之公正。必欲周內其事。留訊時肆意脅侮。李不能堪。遂自裁。奏入。上震怒。遣二星使質勘。閩人合詞訟冤。事得白。主其獄者皆得嚴譴。閩人快之。

紅豆

吳菡次太守詞云。把酒祝春風。種出雙紅豆。有毘陵女子日誦之。以為秦七黃九復生。時號紅豆詞人。長洲惠研谿大令周惕。居近吳郡東禪寺。寺有紅豆樹。移一枝植齋前。自號紅豆主人。會稽王笠舫大令衍梅賦紅豆詩云。故園酒祝吳林蕙。別浦人祠惠半農。（半農乃研谿之子士奇。著有紅豆齋小草。鄉人因其齋名稱紅豆先生。）蓋用本朝典也。

楊拙園先生

歸安楊拙園先生知新。績學能文。屢困闈試。讀書益力。好賙貧乏。家以中落。後長子蕉雨觀察炳堃。出宰中州。祿入稍裕。好施益甚。著有風好齋詩鈔。句如晚登南城云。落日在高樹。平蕪生夕烟。初秋登望嵩臺云。江山留故跡。天地入新秋。送姚千之云。桃花柳絮隨孤棹。流水青山入遠枝。秋闈報罷云。世事分明論成敗。人情頃刻變炎涼。春初由豫抵家云。千里雲山迂客路。一天風雪送歸人。皆足嗣響唐人。

改姓

姓有去字之偏傍而改者。鄒之為芻。由來久矣。王莽末。疏廣孫孟達避難。去疏之足而為束。王審知據閩時。人避其諱。去沈之水而為尤。文彥博先世本敬氏。以避諱改文。金履祥先世姓劉。避吳越諱而改。黃子澄死靖難。子易其姓為田。名經。魏忠賢時。魏氏有去鬼而為委者。又如熊為能。慎為真。敬為苟。謝為射之類。不可悉舉。

梁元帝

梁元帝於甲戌歲被害，年四十七。所著金樓子，自言於丙申歲婚，則是年方九歲耳，何其早也。又言余年十四，苦眼疾沈痼，比來轉暗，不復能自讀書，三十六年來恒令左右唱之。計自年十四迄於末年，未及三十六之數，疑必有誤。

一日不見如三月兮

一日不見，如三月兮。采葛詠之，見讒譖交構之際，猶不忘君也，讀之可以怨。子衿詠之，見學業衰廢之時，尤亟須友也，讀之可以羣。

梳銘

明詩綜七十一卷，項真名下，靜志居詩話云：予嘗見其爲閨人銘梳奩曰：人之有髮，旦旦思理；有身有心，奚不如是。筆法極其飛舞，繹其語，殆亦非真狂生也。余按銘乃盧仝所作，見唐文粹，云：人之有髮，旦旦思理，有身兮有心兮，胡不如是。項蓋減易其字而書之耳。

舒元輿銘

舒元輿玉筯篆志，論李斯、李陽冰之書，曰：斯去千年，冰生唐時；冰復去矣，後來者誰？後千年有人，誰能待之？後千年無人，篆止於斯。嗚呼主人，爲吾寶之。容齋隨筆稱之，以爲有不可名言之妙。余按元輿所作陶母墳版文，銘語亦簡妙：彭蠡之濱，峩峩高墳，有晉陶君，哲太夫人。前瞻千年，卜孟爲鄰；後千萬年，卜誰爲鄰？西江悠悠，東湖滔滔，彭蠡有竭，斯墳更高。

印章隱姓名

有於印章隱姓名者，如姜白石夔之臞搨周室鳳儀虞廷，乃運典格也。徐文長渭之秦田水月，乃拆字格也。蓋昉於辛稼軒六十一上人印文。

張睢陽廟聯

台州中子山張睢陽廟，廣若黌廳，郡人奉祀甚虔。楹聯云：慷慨誓師，守睢陽最爾之區，孤城中人皆樂死；從容盡節，振河北英雄之氣，千載後貌尚如生。運意精湛。又云：保障在江淮，業肇中興，正史論功先郭李；鄰光齊日月，心明大義，孤城著節邁顏盧。語亦圓穩。

巢居閣

祠宇楹聯往往工拙互雜，獨西湖巢居閣聯語，皆可傳誦。祠傍水仙王，北宋尚留高士躅；樹成香雪海，西湖重見古時春。（陳錄）君梅鶴寄高閒，遺稿千秋笑司馬；湖山寫清冷，寒泉一掬拜坡仙。（林宋）上華表千年，遺蛻可聞元鶴語；孤山一角，暗香先返玉梅魂。（吳廷聯）山冷好教梅似續，巢新應有鶴歸來。（方慮編）

琴銘

浦城祝桐君司馬鳳喈，精琴理，以前人琴譜闡發未詳，著琴譜四卷。蓄一琴，名秋聲，其自題曰：嘉慶戊寅，予始學操縵於伯兄秋齋先生。庚辰，姊夫詹正齋贈此琴，材質古厚，而漆剝音啞，置之有年。嗣稍識琴理，因悟修斲之法。道光辛卯，手自治之。伯兄爲題秋聲二字，以雅器復完，其音清實也。咸豐辛亥五月，兄竟謝世，明年夏，予馳驛吳越，無聊，攜是琴行，撫之感悵，爰題辭曰：惟石之函，桐生巖孤高適性，枝剛堅斷之爲琴，歷長年氣與質渾，木液竭，鏗然發音疏以越，抑兮寬洪兮清，秋聲移情，永懷伯兄。甲寅七月既望，鳳喈攜屬予爲之銘，曰：斲之補之，質完善；撫焉調焉，韻清遠。山遙水紆，息游與俱；萬慮滌除，悠然古初。揮絃正譜，特特識四海知音，未易得言念同氣，意何極。

沈氏姑

沈氏姑蕙心，德性幽閒，大母施太恭人最愛之。少嫻吟詠，詩格清新。姑夫沈虛舟咸孚，爲歸安名士，結褵未久，即得痼疾，姑遂絕口不吟詩，幼時所作，亦深自諱匿，不以示人。余請之再三，始得見之。詠松云：瘦石寒梅共結鄰，亭亭不改四時春。須知傲雪凌霜質，不是繁華隊裏身。秋日閒居云：翠幙初寒小閣幽，茶烟乍起拂簾鉤。一庭秋色堪吟賞，底事詩人慣說愁。秋夜云：細雨初收爽氣浮，香飄桂樹落華秋。姮娥也愛窺書史，先遣清光入小樓。

學林

王觀國學林謂：漢晉以來，卑者呼尊者爲足下，平交相呼，亦以足下。今自高而偶人則曰足下，而稱尊者爲座下、几下、席下、閣下，又何耶？不宜不具，不備不次，其義一也。今平交用不宣，尊者與卑者用不具，卑幼與父母尊者則用不備，而居喪則用不次。頓首、稽首、叩首，其爲恭敬之禮則同也。今居父喪者用叩首，母喪者用叩頭，又何謂耶？此皆出於近世吉凶書儀，世俗不考其是否而慣用之，問其義則不能別也。此亦偭俗之太過也。余按近世尊與卑曰足下，稱尊者曰閣下，而無座下、几下、席下等稱。不宣、不備、不具，大略與宋時相同，惟不次未嘗專用於居喪。又如不既、不盡、不戩

不悉不一皆與不宣並用至於居父母之喪則概用稽首此皆了無取義而習尚相沿即通人亦莫能易殆所謂禮從宜者歟

七夕詩

餘杭陳烜卿女史爾士錢新梧給諫之室也習經史工吟詠賦七夕詩命意最高梧桐金井露華秋瓜果聊因節物酬却語中庭小兒女人間何事可干求

目疾秘方

患目赤者小便時以指爬入目中閉目候其自乾日三四次即愈惟當淨洗手面以免不潔之咎此方載醫學綱目他書不恒見屢試屢驗秘方也又石室秘籙治目中初起星用白蒺藜三錢水煎洗之日四五次星即退此方亦神效

吐生

泊宅編謂天地之間有吐而生子者鸕鷀兔凡三物按蟾蜍亦吐生見埤雅

冷廬雜識卷二終

冷廬雜識卷三

清　桐鄉陸以湉敬安著

論文

魏文帝典論論文謂文以氣為主氣之清濁有體不可力強而致似不若杜牧之答莊充書為得其要云凡為文以意為主以氣為輔以辭彩章句為之兵衛蓋文而無意則氣亦無所統馭韓蘇之文氣極盛矣然非研理之精有意以宰制之安能幾於斯乎

誤信降人

漢岑彭征公孫述述遣刺客詐為亡奴降夜刺殺彭元察罕帖木兒信降賊田豐王士誠言觀營壘遂為所刺明胡大海喜降將蔣英劉震李福之驍勇留置麾下致被戕害是皆昧軍旅思險隱情以虞之義者

隗囂

隗囂為吏始所做不聽方望之言而甘心臣事追光武招之則信王元之計負險拒固卒至於亡蓋有愛士之雅而無察言之明視竇融之識時歸命相去遠矣

河間婦傳

柳子厚河間婦傳辭猥褻昔人曾譏之然其文固有為而作其記游戲之所一則曰浮圖再則曰浮圖可知佛廬之貽害甚烈而婦人之喜入廟者可以警矣

方侍郎

桐城方望溪侍郎苞文譽之者以為韓歐復出北宋後無此作李安溪毀之者謂所得者古文之糟粕非古文之神理錢竹汀鄞全謝山太史祖望嘗謂侍郎生平於人之里居世系多不留心自以為史遷退之適傳皆如此乃大疏忽處也余謂作文不留心里居世系乃文人通病非獨望溪為然至其文格清真簡潔要當推為一代宗工錢全二公皆不述也

游龍杖

詩附有游龍陸璣疏云一名馬蓼高丈餘蕭山湯敦甫協揆金釗嘗取其餘以為杖輕而易持名曰游龍杖賦詩詠之

趙少宰

河陽趙少宰士麟政績昭灼兼優理學所著敢一錄有云朱陸入手不同其於大原

則一。學術止論差不差。不論同不同。持論平允。可息兩家聚訟之喙。

文昌神

台郡士子。祀文昌神甚虔。城中自府縣兩庠外。又有祠十餘處。二月初三之期。先一日。各醵錢會於祠中。笙歌徹夜。三日而後罷。城東北隅白雲山麓正學書院亦有是會。臨海宋心芝學博經畬題聯云。二月二日迓神庥。祈天上星君文皆奪命。一甲一名承舊學。願海濱士子。試輙掄元。一甲一名。蓋指臨海秦尚書鳴雷。於嘉靖甲辰年登第。所居故址在書院側。

治生

許魯齋嘗言學者以治生為急。士之患貧者。往往藉口斯言。妄求封殖。是特誤會其旨耳。今觀其言曰。為學者治生最為先務。苟生理不足。則於為學之道有所妨。彼旁求妄進。及作官嗜利者。殆亦窘於生理之所致也。士君子當以務農為生。商賈雖為逐末。亦有可為者。果處不失義理。或以姑濟一時。亦無不可。若以教學與作官規圖生計。恐非古人之意也。審乎此。則知所謂治生者。必準乎義之所宜。豈導人趨利哉。

善於法古

西門豹為鄴令。投巫嫗三老於河。而河伯娶婦之俗以革。後漢宋均為九江太守。浚遒縣有唐后二山。民共祠之。衆巫遂取民男女一以為公嫗。歲歲改易。既而不敢嫁娶。均下書曰。自今以後。為山娶者。皆娶巫家。勿擾良民。於是遂絕。蓋即祖鄴之意而變通之。是善於法古以為治者。

同共皆悉等字

同共皆悉等字。漢書往往有之。陳壽三國志尤多。略識於此。同共戮力。（臧洪傳）咸共贈賵。（管甯傳）悉共會聚。（倉慈傳）皆悉俱東。（陳羣傳）咸悉具至。（先主傳）竝咸貴重。（劉封等傳後評）士人咸多貴之。（張嶷傳）衆悉俱濟。（吳主權徐夫人傳）若悉竝到。（韋曜傳）

君子小人

賢如顏濁聚段干木周處。其初嘗與強暴為伍。奸如王莽秦檜嚴嵩。其初亦著善良之名。是以一息尚存。小人皆可以自新。君子必不可以自恃。

達德首知

竇武何進。誅宦官不速。反召禍亂。機事不密。則害成也。桓彥範等誅二張。不盡諸武。卒貽後患。小不忍則亂大謀也。此皆由於識之不精。故三達德。必以知居首。

忘己之難

陳白沙弟子張詡為白沙作行狀云。成化己丑禮闈。卷為人投之水。從下第。後二十年。御史鄭某聞之禮部尚書某從吏云。某所為也。先是先生寓居神樂觀。科道諸公往來請益無虛日。既而某被科道劾。疑出先生。故特惡之深。揭曉編修某時為同考官。主書經。索落卷不可得。欲上章自劾。冀根究。不果。時京師有會元未必如劉戩。及第何人似獻章之謠。以及與夫販卒。莫不嘖嘖稱屈。余考明史成化己丑會試。時禮部尚書為姚夔。本傳稱彗星見。言官連劾夔。夔求去。不允。又稱其在吏部時。留意人才。不避親故。王翺為吏部。專抑南人。北人喜之。至夔頗右南人。論薦率能稱職。史之所言如此。則夔固能拔擢英豪者。乃獨逞私憾於白沙而擯之。甚矣。忘己之難也。

父母

漢召信臣杜詩。稱召父杜母。宋知廣州邵煜陳世卿亦稱邵父陳母。邵以鑿海濬通舟。颶不為害。陳以奏免計口鹽。廣人歌之曰。邵父陳母。除我二苦。所行止一事。而名垂無窮。蓋澤之及人遠也。

諫

唐穆宗問柳公權用筆法。對曰。心正則筆正。筆正乃可法矣。此以筆諫也。宋太宗幸景龍門觀水磑。因語侍臣。此水出於山源。清冷甘美。故餘潤所及。凡近河水味皆甘。宋琪對曰。亦猶人之善惡以染習而成。此以水諫也。金楊雲翼患風痺。稍愈。哀宗問愈之之方。對曰。但當治心。心和則邪氣不干。治國亦然。人君先正其心。則朝廷百官莫不一於正矣。此以醫諫也。是皆能得諷諭之術者。

賄賂免禍

晉杜預在鎮。數餉遺洛中貴要。或問其故。曰。吾但恐為害。不求益也。魏邢巒懼為元暉盧昶所陷。以漢中所得巴西太守龐景民女化生等二十餘口與暉。乃得解。二人皆有大功於國。而猶恃賄賂以免禍。殆亦時會使然。若遇主聖臣直之朝。當不出此。

舒鐵雲

大興舒鐵雲孝廉位。詩才藻逸。書法亦秀挺絕倫。兼善音律。每填詞曲。輒按絃管以調之。僑寓吾里十年。後從王朝梧觀察之黔。值征南籠仲苗。為觀察治文書。威勤侯勒保見而器之。恆與計軍事。仲苗平。勒侯移督四川。為經略。率三省兵攻白蓮賊。招之往。以母老道遠辭之。既歸。貧無以養。乃乞米吳楚間。出行攜二大篋。一儲書籍。一貯絲竹。此外行李蕭然也。歲歸省母。在眞州。聞母病。戴星而奔。不納勺飲者彌月。以哀毀卒。與先伯父多石公論詩。欣契其詠陶靖節云。仕宦中朝如酒醉。英雄末路以詩傳。最爲公所稱賞。曾遺公書。自道其作詩甘苦。云承評論拙詩。如諸天雨花。非下界人所能消受。至謂稍斂其鋒。而出以沈鬱頓挫。則實位詩短處。而已知之。而人未知之。而先生固已知之。是誠知己之言。敢不服膺。而謂位尚有所不愜於心。服詩稿本係草錄。即乞批評於上。暇日擲還。則受益無量矣。作詩文者。比於當仁不讓。以太白之才而若杜。尚有尊酒重論之句。況其他乎。抑位生平行路之日多。讀書之日少。偶得佳句。輒復沾沾自喜。近年略知收斂。以期不懈而及於古。并願多讀書以廣其識。而舊時習氣尚未全除。今茲所言。正乃切中其弊。願鄧將軍捐棄故技。更授要道。謹以此言書諸紳矣。今年仍與鶯庭太史公同往揚州。未知明年又在何處。重承關念。附及此言。烏戍程君拱宸。七言近體頗佳。未中則更寥寂。何日一櫂南湖。細掃青苔之榻。位雖不勝杯勺。猶當謀斗酒以歌太守醉也。舒年十歲。即下筆成章。年十四隨父巽官粵西永福令。讀書署後鐵雲山房。因以自號

于觀察詩

文登于進亭觀察克襄。風雅工詩。歸田後。愛武林山水之勝。移家來居。賦自壽詩云。古稀歷過四年餘。爲愛西泠築室居。曳杖閒行同輩少。杜門卻掃世情疏。湖山杳靄堪遊目。花木幽深且讀書。樂趣思尋周茂叔。清風皓月自如如。觀察著有鐵槎詩存。錢塘周雨亭觀察澍序。稱其險夷一視。無非中正和平之意。以寫纏綿悱惻之音。信然。

香屑集

華亭黃唐堂宮允唐香屑集。集唐詩九百四十二首。各體皆備。其自序集唐駢體文三千餘言。工巧渾成。極才人之能事。自言應試屢黜。窮愁外侮。百感紛至。每用艷體爲集句。寓美人香草之言。以寫憂而寄思。蓋皆未通籍時所作也。卷末自題云。日日成篇字字金。方干酒濃花暖且閒吟。羅隱詩中得意應千首。姚合頗學陰何苦用心。杜甫多少魚箋寫得成。劉兼眞應天授與詩情。陸龜蒙陽春唱後應無曲。黃滔盡是人間第一聲。崔塗其自負亦不淺矣。

李忠定公

咸豐元年。福建巡撫徐繼畬。奏請以宋臣李綱從祀文廟。禮部議准從祀文廟西廡。在先儒胡安國之次。其大略云。查歷代從祀諸儒。皆以德行純懿。有功經學者爲要。至我朝康熙年間。以宋臣范仲淹從祀。始於道德學問之外。兼取經濟非常之才。益聖門政事之科。原與德行文學並重。厥後雍正年間。以漢臣諸葛亮從祀。道光年間以唐臣陸贄宋臣文天祥從祀。此四人者。皆經綸彌天壤。忠義貫日月。列於從祀鉅典。誠聖朝教忠之至意也。茲查李綱仕宋。歷官觀文殿大學士。忠言讜論。定傾扶危。倉卒尚守圍城。刺血以草奏疏。力排和議。躬佐中興。宋史稱其負天下之望。以一身之用舍。爲社稷生民安危。而不知身之禍難。屢瀕於死。而愛君憂國之心。終有不可奪者。可謂一世之偉人。史筆昭垂。洵爲千古定論。至其生平著述。爲該撫原奏所稱者。有易傳內外篇論語詳說二種。原奏所未稱者。有中興至言建炎類編及乘閒志預備志各種。今皆不傳。僅存其序於集中。其爲文淵閣所著錄者。惟梁谿集八十卷及建炎時政記二種而已。臣等細觀其文集奏議。於政治得失言之深切著明。純忠亮節。皎然不磨。核其品學經濟。實與諸葛亮陸贄范仲淹文天祥相等。自當一體崇祀。以獎忠義云云。

胡霖若

烏程胡霖若孝廉縉。少負才名。阮文達公督學吾浙。試諸生十臺懷古詩。胡居最。嘗祈夢西湖于忠肅公祠。見鏡中有會元二字。乙丑闈後。報錄誤以會元胡敬名姓相似。馳報捷元。是科孝廉卷以額滿見遺。取謄錄第一。未幾即卒。益夢已兆之矣。其友歸安鄭夢白中丞祖琛悼以詩云。十臺詩句動公卿。長爪通眉太瘦生。花信滿城飛不到。一生名姓誤韓翃。

姚廉訪

桐城姚石甫廉訪瑩。負經濟之學。尤長於論兵。道光二年。爲縣令。臺灣兼攝南路同知。時大府以前臺道葉世倬言。欲改班兵爲召募。總兵觀喜疑不能決。就廉訪問策。爲議上之。觀公以爲然。葉公旋擢閩撫。面對猶及此事。上命與總督籌之。三年。趙文恪公來督閩浙軍。見此議。乃罷其議。大略以爲臺灣自康熙時入版圖。迄今百餘年。設立重鎭。水陸十六營。弁兵一萬四千有奇。皆調至內地。三年更易。既有兵糈。復有眷米。歲費十數萬。天庾正供。不少惜。此何所取而必爲之哉。蓋嘗推原其故。竊見列聖謨猷深遠。與前人立法定制之善。不可易也。夫兵者凶器。至危。以防外侮。先慮內訌。自古邊塞之兵。皆由遠戍。不用邊人。何也。欲得其死力。不可累以室家也。

邊塞戰爭之地，得失無常，居人各顧家室，必懷首鼠，苟有失守，則相率以迎，暮楚朝秦，是其常態。若用為兵，雖頗收不能與守，故不惜遠勞數千里之兵，更迭往戍，期以三年，瞻其家室，使之盡力疆場，然後亡軀効命。臺灣海外孤懸，緩急勢難策應，民情浮動，易為反側，然自朱一貴、林爽文、陳周全、蔡牽諸逆，寇亂屢萌，卒無兵變者，其父母妻子皆在內地，懾于顯戮，不敢有異心也。使罷換班之制，改為召募，則與臺人守臺，是以臺與臺人也。設有不虞，彼先勾接，將帥無所把握，吾恐所憂甚大，不忍言矣。且兵必使常習勞苦，屢臨危機，庶不致畏葸而卻步。此惟班兵則能之，雖不免調發之煩，養贍之費，而恃此以保障全海，其利甚大。若召募則其害不可勝言，并無所利可以決所從違矣。康訪嘗言：近時武人大都習為文貌，棄戈矛而講應酬，以馴順溫柔取悅上官，文人學士尤喜之，以為雅歌投壺之風，嗟乎！行陣之不習，技藝之不講，一聞礮聲，驚惶無措，雖有壺矢百萬，其能以投敵人哉！馴弱如此，無寧粗猛，粗猛之甚，不過強梁，強梁即勇敢之資，善馭之猶可得力，馴弱則鞭之不能走矣。語尤切中要害。

永樂大典

明永樂大典，割裂群籍，分隸各韻，原書遂多散佚。明代士人纂書梓行，亦皆芟削篇句，使後人不能見古人全書。迨我朝開四庫館，纂萃遺編，俾各書均成完帙，又復搜求浩博，參考精確，流傳廣遠，宜乎人才輩出，著述如林，而校刊群書者俱能詳慎不苟，一變前代簡陋之習也。

馮柳東

馮柳東教授宰將樂縣一年，即改就教官，司鐸寧波，大吏重其才，將薦之朝，力辭，賦詩見志云：「郎為奉母貧常樂，彭澤辭官老益堅。」著述甚富，阮文達公為刻補考三家詩異文疏證；徐辛菴侍郎士芬為刻金石綜例；李稻林宮贊泰交為刻論語異文疏證。故其詩有「厚祿早看同舍貴，新書難得故人刊」句。尤工填詞，其散館一等，改官閩中，留別都下諸同年，滿江紅云：「一枕曾騰蕉催醒，春婆夢，早也莫問得時歡喜，失時煩惱。風好已通蓬島路，水空忽換蓬萊調。想君恩只許往三年，瀛洲渺。詩書債，粗完了。功名事，難料。看策勛清鏡，頤顛催老。仕本為貧寧厭俗，祿猶逮養何嫌少。試今朝騎馬作粗官，由他笑。」和者數十家，皆莫能及。比在四明，作種菜圖自填滿庭芳調云：「種豆棚低，蒔瓜亭小，千古老卻英雄。長鑱短柄，不數草堂風。漫說周妻何肉，清齋供

菜肚都空，小園賦，寒畦一拔，春韭更秋菘。　昨宵新雨足，丁甯阿段，好澆連筒，井桔槔無用，俯仰都慵，料理瓜壺經濟，頭銜換、老矣園公，休睇望，飛錢籬落，生計笑卿翁。」又作楊柳岸圖自填長亭怨慢調云：「又聽到、棲鴉時節，冷雨疎枝，秋聲來驟，送別年年，亂條攀盡，忍分手，銷魂短艇早催度，河橋口，柳縱有青時，卻不管、離人消瘦。　馬首悵殘陽千里，倦向西風沽酒，一絲影裏，已換了、暮蟬亭堠，問那處、夜笛樓頭，恐歸去、綠陰非舊，但有晚風尖，付與鶯侶蝶儔。」題詞盈幅，亦皆遜原唱之佳。

徐詠梅

德清徐詠梅茂才球，學術淹通，尤敦志行，為贅壻長興，獨居一室，惟以文章自娛。暇則訪遺碑，搜故實，竟日不以為勞。嘗游龍華，觀舊書，得沈石田、文衡山諸手蹟，孰視不忍釋，至卷尾見明季尚書烏程某氏名，掩卷惟恐不速。其生平議論，必依名節；文章必守矩矱。著有還印廬集，詩最工七絕，如立夏前一日呈嚴九丈許大云：「風姑閒到十分時，勝侶招要未是遲，我欲驅愁愁不去，春來心事落花知。」嘉禾舟中云：「侵曉蛙聲亂野塘，黃雲稏稏漾晴光，漁歌欸乃衝波去，疏柳前村又夕陽。」頗有風味。

悼亡詞

仁和沈秋卿潘掾星煒，少游膠庠，壯歷幕府，屢試不遇，乃試吏於楚北，上游重其才，咸刮目待之。著有夢綠山莊集，詞勝於詩，悼亡臨江仙詞十闋，情文交至，尤為集中之冠，特錄之。序云：亡婦江，來歸四年，情好綦篤。丁春月吉，舉丈夫子，遂得羸疾，漸成不起。疾中，令余坐榻前，絮話一切，彌留時僅一執手而已。痛定悲來，不能自已，爰作臨江仙十首。「記得樓頭深夜語，幾分春到梅花，天寒翠袖薄羅遮，月和人瘦，透影上窗紗。　今日瑣窗成獨倚，無憀憶遍年華，東風依舊滿天涯，斷腸玉笛，吹夢入誰家。記得春前江上別，離愁黯盡黃昏，羅巾空惹舊啼痕，香寒被冷，應許夢溫存。　不信浮雲催聚散，而今真箇銷魂，此情欲語更誰論，迢迢彩石，何處問西崑。記得滄江歸路晚，飛鴻遠寄相思，三生恩義少人知，紅箋記語，珍重乍開時。　一別秋風人隔世，錦書惆悵何之，淚寒鮫枕雁來遲，淒涼心事，望斷碧雲祠。記得畫眉窗下立，粉香融浣羅衣，落花消瘦草痕肥，翠分淺黛，一角遠山低。　痛絕當年京兆筆，柔情已逐雲飛，月中環珮是耶非，空餘遺掛，掩幔卻依稀。記得荊花開五樹，東風忽殞瓊枝，謝庭殘雪燕歸遲，哀親健在，猶賴汝維持。　何事仙雲纔現影，玉簫又動離思，傷心阿母最堪悲，七年一瞬，三度喪瓊姿，記得良言曾勸我，讀書須惜分陰，功名水到自渠成，忍

將心力輕棄十年情。畢竟珊瑚沈斷網，夢花空許相思，因依無那又飄零，青燈負我。我自負卿卿，記得天涯逢七夕，指雲初見秋河，可堪經歲別離多，綠窗消息爭奈薄情何。　似此星辰原昨夜，倒憐潘鬢蹉跎，陰陰涼月轉雕闌，干風露與水欲生波。記得繡簾風影細，并刀乍剪輕紈，絲絲無力挽鴛鴦，痕著處點點唾花寒。幾向空房尋舊跡，斷愁又上眉端，模糊卷本鼠拖殘，年時緘綫和淚更重看。記得涼颸吹碧樹，愁心不耐清秋，短衣春趁薄寒收，還知臨篋中夜自綢繆。　太息年華同逝水，孤螢影破瑣鉤，嫦娥庭院晚霜浮，兩絲抽盡，雙袖冷香篝。記得傷心臨去日，喘絲欲斷還連，相持縱有萬千言，不成一語，忍痛向重泉。　剪是遙人應作達，此情何計周旋，茫茫來日快抽鞭，好將心事，問證後身緣。

謚義

明代謚義者，惟大學士高公穀謚文義。國朝順治初，大學士德州謝公陞謚清義；乾隆中，雲南臨元鎮總兵武威王公玉廷征緬甸死事，謚勤義。

子孓蟲

杭城水濁，人家皆接天泉水，用之日久，往往生子孓蟲。以齋雜著謂自天明至日未入接者為陽，日沒至雞鳴前接者為陰，陰陽水各自為盎，孤陰不生，獨陽不長，自無子孓蟲之患。涇縣胡子暉子貫附言亦云：午前之雨獨陽，午後之雨獨陰，獨陽之水取養金魚，子不生蟲蠶。

浙江學使署聯

浙江學使署在杭州府學之東，署中桃李甚繁，有牌額題曰桃李門。學使彭文勤公題大堂聯云：天地自成文，湖山有美；國家期得士，桃李無言。泙鄉劉金門侍郎鳳誥聯云：使節壯湖山，東南壇坫；文光拱奎壁，咫尺宮牆。皆按切其地，不可移置他處。

愚汀公

本生曾祖愚汀公諱炘，歷官興化、清遠知縣，愷悌真誠，民皆愛戴，而操守清廉，不適於迎。郡守嫉之，讒於大府，入計典罷歸。時年六十有六，宦橐蕭然，仍事筆耕，問字者履至。公因材訓迪，孜孜不倦，嘗謂農人自食其力，余則自食其心矣。有句云：登堂盡是論文客，入篋從無送鼻錢。仿安元獻法，字紙之廢棄者必剪取空隙處置篋中以備用，謂子弟曰：此雖細事，亦惜福之一端也。因題聯於篋云：用勿棄餘，常為此生留後福；積無嫌雜，須知斯世少全材。曾孫[illegible]

進士歸班

進士歸班，銓選每稽時日，而寒儒需次，捷後貲用不貲，轉增逋負，往往仍索筆售文猶難自給，不免室人之謫。宋危逢吉有婦歎詩云：記得蕭郎登第時，謂言即入鳳凰池；而今老等閒官職，日丈人錢夜丈詩。描摹情況，惟妙惟肖，近時進士則歸班者少矣。

姚侍郎奏牘

桐城姚伯昂侍郎元之因事被議，撓職，旋奉命授內閣學士。姚結摺謝恩，其略云：聖無棄物，木雖朽而仍雕；帝有恩言，垢縱污而頓滌。欽承新命，回憶前塵，識舊鼎之夷，夏之徵更洽羊追歧路，補牢之計彌殷。臣惟有事事講求，時時省察，向傾葵藿，感恩有勝於遷除；收望桑榆，糾過常縈於寤寐。措語雅近宋人。

同謚

魏羅斤、羅伊利皆謚靜，魏獨孤庫者、隋獨孤羅皆謚恭，唐韋巨源、韋渠牟皆謚貞，是祖孫同謚也。魏韋道福、韋欣宗皆謚簡，唐邱和、邱行恭皆謚襄，姚懿、姚崇皆謚文獻，是父子同謚也。唐竇璡、竇誕皆謚安，是叔姪同謚也。梁蕭昂、蕭昱皆謚恭，是兄弟同謚也。五代以後，則罕見矣。

取蜀將帥

容齋四筆謂取蜀將帥多不利，如漢岑彭、來歙，晉鄧艾、鍾會，唐魏王繼岌、郭崇韜、康延孝，宋王全斌、崔彥進皆然。吹劍錄亦云：開禧間，楊巨源、李好義討吳曦，皆為安丙所殺。余觀自宋以下，元之濶端取成都，招降利州、潼川，塔海取漢邛、簡、眉、閬、蓬等州、遂寧、重慶、順慶等府，紐璘取彭、漢、懷、綿等州，李德輝取重慶、合州，後俱得保功名以終，殆因所取者祇數郡，未得全蜀地也。然憲宗之自將伐蜀也，由寶雞攻重貴山所至輒下，而竟崩於合州城下。明傅友德、廖永忠平蜀，還受上賞，後皆賜死，尤奇者湯和亦同時征蜀，以逗留後至，無功賞不及，而和獨獲令終，追封東甌王，謚襄武。

公忠

王旦、呂夷簡皆為宋初賢相，而一因遵行天書，一因導廢郭后，匡救偶疏，貽懈沒世，殆由私心未淨，遂致大節不純。此古人言忠，所以必先公歟。

畫工

歙程易疇學博瑶田辨畫工常月荷鋤歸之誤，謂月一彎而在左，鋤亦在左，若有二時。一當初五六日。人向南。日已過中。加未申時之間。月未及中。一當廿六七日。人向北。日升加辰巳時之間。月已過中。二者竝日在天。月雖如是而不可見。矧農人歸㑹。海暮初三後數日間則有新月可帶。其畫在人左則必闕其右。若畫在人右者。又必闕其左。廿六七之殘月在天當丁夜時。其形亦然。然夜半以後發昫以前非農人歸息之候云云。觀此知畫雖小道。貴有格致之功。且必運以靈思。如楊行密之畫工繪李克用眇目狀。作臂弓撚箭之形。仍微合一目。以觀箭之曲直。深愜克用意。得免死。厚賂遣歸。宋人畫踏花歸去馬蹄香。以數蛺蝶隨騎擅長。國朝畫院祇候金廷標畫琵琶行。不似唐寅直寫一女抱琵琶。而畫白樂天等屬耳之情。為高廟所稱賞。至畫之率略者。若昭君則有帷帽。二疏則有芒蹻。陶母翦髮則手戴金釧。漢祖過沛則有僧。闘牛則尾舉。飛雁則頭足俱展。擲骰呼六則張口。皆不免為世口實。明仇英一時作手。而蘇李泣別圖所繪橐駝皆作馬蹄。謂非疏於研考之故乎。

金岱峯詩

秀水金岱峯教授衍宗詩沈着清老。無描頭畫角習氣。其木瓜詩二首理真詞偈。不落賦物家窠臼。梨一益百損。楙一損百益。所以古之人。投之俾有獲。苞苴之徑行。宜曰報可責。幡幡者惟瓠。戔戔者有帛。承筐亦幾何。要在情不隔。能令受者心。生死感其德。瓊琚於木瓜。奚啻過什百。敢曰報禮然。期以身許國。聊比玉之華。貢此一心赤。萬物無貴賤。見用則皆珍。一物適一用。致用則在人。望梅可蠲渴。呼楙能緩筋。格物得其理。取效疑於神。物理有相感。何況人心真。又有夢從軍作云。據鞍草檄秃千毫。萬帳無聲北斗高。請為將軍窺敵壘。雪中躍馬夜橫刀。氣格高爽。雅近中唐。

姜太史

慈谿姜西溟太史宸英作吳約菴墓誌云。國家制科三年。即放進士至三四百人。少亦不下百五十人。而天下省試所錄士。又無論以千計。其間賢不肖雜揉。冠未上頭。一經未上口。猥列賢書。冠進賢。以齒序於搢紳者何限。而宿學碩儒砥行立名。跼蹐而不得進。終於襴衫席帽。齎恨入棺。如吳氏一門祖孫父子夫婦之間。至以涕淚相慰勉。貧老至死不悔。彼為之有司者。果公與。明非耶。詎獨無人心耶。夫自有道者視之。窮通得喪。彼在外者亦何與己事。奈何當事者之曾不加意。致使士沒齒有不平之歎也。每一誦之。輒為感喟不已。蓋太史久困名場。年七十始登第。生平嘔心鏤屋。艱苦備嘗。故言之慨切若是。太史於康熙己卯主順天鄉試。以目昏不能視。為同官

所欺。挂吏議。遂發憤死刑部獄中。吳江陳大令長輗以詩有文章舊價欣方悠。草莽初心悔已遲之句。益傷之也。

阮文達公擬疏

阮文達公於乾隆辛亥年大考。題為擬張衡天象賦。擬劉向封陳湯甘延壽疏。并陳今日同不同賦。得眼鏡詩。閱卷大臣見公賦博雅。而不識賦中㚐字之訛。置三等。繼查字典。始置一等第二名。奉諭第二名阮元。比一名好。疏更好。是能作古文者。親改擢為一等一名。遂由編修洊升少詹事。其擬疏辭云。臣向讀郅支單于叛弃外國。日益強大。殺辱漢使者。在廷諸臣未有為陛下畫策者。都護延壽副校尉湯。遠戍西域。特發符節。勒師旅。直逼康居。破其重城。馘名王。斬閼支氏。請懸首槀街夷邸。以威遠服。是沈謀重慮。制勝萬里。師徒不勞。兵矢未折。功莫偉焉。而議者徒以湯矯制。不論其功。反欲文致之。是臣所未喻也。夫將在外。有可以振國威制敵命者。專之可也。今延壽湯。不避死難。為國雪恥。而竟無尺寸之封。其何以勸師兵絕域者。昔李廣利之於大宛。暴日持久。靡敝師旅。僅獲數馬。功不敵罪。孝武猶且侯之。今郅支之功。當十倍於大宛。竟使致身之臣。未得封爵。且不免吏議。臣竊惜之。宜請釋其矯制之罪。賞其克敵之功。加以高爵。惟陛下察之。此劉向之疏意也。臣伏見我皇上奮武開疆。平定西域。拓地二萬餘里。凡漢唐以來羈縻未服之地。盡入版圖。開屯置驛。中外一家。豈如郅支呼韓。叛服靡常。殺辱漢使哉。此不同一也。我皇上自用武以來。出力大臣。無不加賞高爵。或有微罪。斷不使掩其大功。下至末弁微勞。亦無遺焉。未有若延壽等之有功而不封者。此其不同二也。我皇上運籌九重之上。決勝萬里之外。領兵大臣莫不仰承聖謨。指授機宜。有戰必克。間有偶違廟算者。即不能速蕆豐功。又孰能於睿慮所未及之處。自出奇謀。僥幸立功者。此其不同者三也。公嘗謂所以改第一者。實因三不同最合聖意。

悼亡詩

黃莘田悼亡詩。情真詣摯。悽惋動人。遠勝王阮亭作。摘錄八首於此。馬鞍山下奠空觴。麥飯多應減舊香。為叩蓬門申餘慟。今年不是婦親將。為儒盼到為官後。依舊辛勤百事嘗。錯嫁文人更誰怨。詩書貽累到裙釵。每為遷客滯天涯。萬里寒衣夾有華。沒齒一言忘不得。七年除夜五離家。(余己丑下第出都後客汴中三載歸人除夕寄書有滇黔粵東之遊客七年除夕五離家之句時孺人歸余七年矣)鹿門即是白雲鄉。浪向紅塵約一場。多少寒盟言在耳。不堪閒坐細思

量汝涼。昔事散如雲。感逝傷離到十分。屈指連年知己盡。閨門何可再無君。若論誄約。宜避福同享。期頤未過情長。汝十年還健在。不應汝便溥浮生。亦知此事人多有。具奈昏昏撥不開。出去無聊歸又悶。等閒悵觸上心來。殘燈欲滅未明天。病骨衰頹照獨眠。早晚急營三畝地。與君同穴不多年。按中州集秦略悼亡詩。元遺山稱其高出時輩。以視黃作。安見今人不及古人耶。其詩并錄於後。自古生離足感傷。爭教死別便相忘。荒陂何處墳三尺。老眼他鄉淚數行。多事春風吹夢散。無情寒月照更長。還家恰是新寒節。忍見堂空紙挂牆。

雙節乞詩啟

汪龍莊大令。於所居建雙節堂。為其繼母王。生母徐。徵詩文多至七百餘家。有乞言前後二啟。其後啟中句云。念罔極德終難報。止此徵詞。料吾身生亦有涯。要諸沒齒。又云。跂望而首惟九頓。先人之英爽憑焉。立言而名在千秋。作者之精神聚矣。語最沈著。

吳布衣

杭州吳布衣彭年。遊幕中州。才名藉甚。天津邵烈婦。為志廬茂才之室。結褵一載。茂才卒。烈婦於七七之期。自經於茂才死所。一時文人俱賦詩哀之。吳得句云。蝴蝶有情同出夢。鴛鴦到死不分飛。見者推為絕唱。

星查兄詩

星查兄瀚。幼時沈靜好學。以賦詩受知於阮文達公。入邑庠。先伯父多石公歷典名郡。清廉自矢。不名一錢。凡仰事俯育。措拄艱劬。嘗賦詩誌感云。多事轉思為客好。無田始信讀書難。後宰花縣。慈惠撫民。以不善事上官罷歸。著有愜所遇居詩草。送窮歎避債謠二詩。尤為人所傳。送窮歎云。草艇縛茅錢鏤紙。麥飯一盂羹二簋。破帽遮頭倒兩屐。磬折開門揖窮鬼。鬼曰嘻嘻君勿嗔。解紛片語請具陳。君家三世綰青綬。胡不買田百頃腰千緡。處脂不潤甘食貧。粗飯脫粟衣懸鶉。廉吏之孫廉吏子。被褐負薪奚足恥。窮為善士福之始。清白厚貽無過此。願君世世子孫永保之。俎豆我應千載祀。君不見黃頭郎君久侍詔。腦滿腸肥託權要。銅山摧塌錢奴弔。饞鬼愁涎窮鬼笑。避債謠云。韓侯昔未遇。漂母一飯淮王城。陶公走乞食。鄰翁解意壺觴傾。千金之酬意亦厚。冥報相貽事則有。感恩戢義尚不足。天涯何處逋逃藪。我生貧薄天所遣。可憐臣朔常苦飢。送窮反為友生累。報之恨晚敢云避。西風獵獵雲茫茫。主人僵

臥客在堂。還似飢驅叩門日。言辭苦拙意未詳。客語轉覩氣轉下。曰我豈為索逋者。十千沽得樽中酒。銀瓶玉壺為君瀉。我聞此語顏為酡。重君恩義為君歌。長江萬里走東海。公義更比江水多。君不見塞上老翁失馬時。禍兮寧非福所基。集枯集菀偶然耳。若負公恩有如水。

孫子瀟

常熟孫子瀟太史原湘。鄉會試名皆第二。旋以二甲進士入詞林。妻席道華寄詩。有溫嶠仍居第二流之句。舒鐵雲孝廉為作長歌。有云措笏猶勝讀杜牧。張箏聊可喚丁稜。元祐碑中文潞國。昆明池上沈雲卿。蓋皆切第二典也。

吳梅村

詠吳梅村詩最著者。吳江王載揚藻云。百首淋漓長慶體。一生慚愧義熙民。嘉定金繩武懿祖云。兩代詩名元好問。畢生心事沈初明。可謂異曲同工。梅村出山。侯朝宗嘗遺書力阻。後有懷古兼弔朝宗詩云。死生總負侯嬴諾。欲滴椒漿淚滿襟。又臨歿詞云。故人慷慨多奇節。為當年沈吟不斷。草間偷活。悔恨之意深矣。

文字沿襲

文字有通用而承其訛者。如以北堂萱草為母。以桑梓為同鄉。以鶯鳴為求友。以折桂為登科。以鱣堂苜蓿廣文為校官。以誕為生日。以乾沒為監守自盜。（漢書注。得利日乾。失利日沒。）以櫬為有尸之棺。（小爾雅。空棺謂之櫬。有尸謂之柩。）以八分為隸。此類至多。皆沿襲不能改也。

鄭太史

陳大士晚膺鄉薦。其座主晉江鄭大白太史之元。嘗為作制義序。其略云。大士以古文辭名於世。今人之學之者。其制義之文而已。大士制義。亦不容學。其深渺奧博。高不可詣者。常足使人困於艱。其得意疾書。率爾成文者。又足使人走於易。大士名最久。浮沈蹭蹬亦最久。其文若與功名為仇。而世之為制舉文者。慕效之不止。豈非真有足以服人者在乎。文章之境。情與理二者。無大士之情之理。而學大士。是故工拙不同。而毀譽各異。此豈大士之過哉。李北海一代書流。人爭寫其字。北海語人曰。學我者拙。似我者死。予舉以告學大士之文者。夫以大士之文。猶屢躓名場。幸得太史而始遇。太史賞其文。而不願人效其文。蓋以應舉之文。必不可以高深從事也。斯誠知言也哉。

麥餅

鄭大白太史詩明詩綜不採今觀其所著克新堂集詩多俚率語惟賜麥餅詩序可備故實云麥餅宴始嘉靖間迄今崇禎五年九十餘年矣益曠典也故事四月八日佛誕有不落夾（製黑黍飯用不落葉包之為角名不落角一名不落夾）之為 世廟益嘗聚大內佛骨佛牙萬觔焚之宮中始革其制以四月五日薦麥寢廟因賜百官義深遠矣

徐觀察

漢軍徐鐵孫觀察同年崇由知縣起家文學政事卓著一時公餘惟事吟詠兼工畫梅性嗜石舟與所至輒拾取佳者以歸藏之齋中顏曰石嬋娟室各繫以詩嘗行溫州道中徧出所藏石子摩挲洗玩忽詫忽笑舟子不知其為何事也因賦詩云慘綠嬌黃盡可憐赤如初日翠朝煙囊閒白舫青蘆裡心到蒼山碧海前蜀道無如此閒樂外人從笑老夫顛南來置得傳家物陽羨無須更買田

琵琶亭

琵琶亭在九江府城外江邊乾隆癸亥觀察瀋陽唐公英重修增建高樓題額曰江天遺韻壁刊白傅遺像是南薰殿本嘉慶中歙人方體所摹登樓四望前臨大江後對廬山左則古木千重右則人煙萬井樓下迴廊旋繞境極幽曠遊人題詠甚多觀察有句云今古商船多少婦更誰重此聽琵琶殊寓感慨

一 王建孟知祥

王建孟知祥先後據蜀建子衍見滅於後唐慘遭赤族知祥子昶見滅於宋冊封楚王諸子皆膺顯秩薛史謂幸與不幸何相去之遠余觀建之興也所至殺掠蜀中諸州皆罹其毒民不聊生衍又荒淫不道致速喪亡知祥入蜀未嘗殺戮復撫民以仁惠昶雖任用庸臣而在國二十八年尚能以仁慈為治撫養群黎然則幸與不幸非皆由自取乎

柳文

柳子厚先君石表歷載其父執共十八人其誌宇文邈則曰齪齪自守袁滋則曰出使辱命崔損則曰為相無所發明柳晃則曰頗躁鄭元均則曰强抗少所推讓益不盡用褒詞洵為獨創之格嘗見選柳文者僅標其目曰先友記竟若為子厚之友也者而所載人數不及其半亦妄甚矣子厚又有亡友故秘書省校書郎獨孤君墓碣附載其友十三人子厚即自列其名於第四是亦一例

說用兵之害

自來說用兵之害者莫如漢賈捐之棄珠厓議有云當此之時寇賊竝起軍旅數發父戰死於前子鬬傷於後女子乘亭鄣孤兒號於道老母寡婦飲泣巷哭遙設虛祭想魂乎萬里之外後漢肅宗從太僕袁安議許還南部所得生口於北虜乃下詔曰往者雖有和親之名終無絲髮之効墝埆之人屢嬰塗炭父戰於前子死於後弱女乘於亭障孤兒號於道路老母寡妻設虛祭飲泣淚想望歸魂於沙漠之表豈不哀哉益襲用其語唐張柬之論兵戍姚州之弊云今減耗國儲費調日引使陛下赤子身膏野草骸骨不歸老母幼子哀號望祭於千里之外朝廷無絲髮利而百姓蒙終身之酷臣竊為國家痛之辭較略而意更沈摯至李華古戰場文則推衍焉而益暢其旨矣

新唐書

宋景文喜生澀字句新唐書中如耘夫蕘子（武后傳）憑固不受（李勣傳）可勝咤哉（宦者傳贊）僾革尚文（蕭俛傳）牝味鳴晨（長孫無忌等傳贊）道無掇遺（郎餘令傳）朝不保昏（酷吏列傳）偷景待僾（沙陀列傳贊）此類甚多

八君子圖

王安石為誤國小人劉斂叔畫八君子圖乃與韓王魏公潞公歐陽公溫公蘇公黃太史竝列未免薰蕕相混袁清容為作贊云矯矯貞姿涅而不淄吾將晞依為學是師推崇失實亦未得評論之公

三高祠

吳江三高祠祀范少伯張季鷹陸魯望宋劉清軒賦詩云可笑吳癡忘越憾卻誇范蠡作三高元謝應芳上書饒參政謂蠡事越亡吳吳仇也禮不祀非族法宜去請祀太伯仲雍季子而張陸列其旁饒韙其言會亂中止余觀宋史洪咨夔知龍州毀鄧艾祠更祠諸葛亮諭其民曰毋事仇讎而忘父母此舉殊快人意洪在理宗朝卓著風節宜其能更革積俗釐正祀典也

鄭御史

張居正奪情其門生吳中行趙用賢疏論被黜人盡知之又有劉臺疏劾居正專恣傅應禎朱鴻謨疏語侵居正得罪以去皆其門生也又涇縣御史鄭銳亦出居正門下疏論奪情事有云為輔臣忠孝迫於兩難望乞聖慈酌去留之權宜以植萬古綱常事戀暫容其奔喪圖葬使得以少盡人子之情仍敕其依限回京又有以終全大

臣之義語較吳趙為和婉明史不載見趙紹祖涇川叢書

錢少詹

嘉定錢竹汀少詹大昕生周歲能言祖母沈指玉而二字教之更以他書指示皆能確認晬日盤陳百物惟取一筆祖青文茂才王炯謂此兒他日必有文譽入詞林後與紀文達公齊名有南錢北紀之目性强記經史半能背誦遇有疑義輒檢以互勘期通曉而後止人有新刻書持質者必正其譌如嘉善謝金圃侍郎墉校刻荀子性惡篇云人之性惡其善者偽也不可學不可事而在人者謂之性可學而能可事而成之在人者謂之偽據書平秩南訛史記本紀作南為漢書王莽傳作南偽謂古文為與偽通兩偽字皆當讀若為字餘姚盧抱經學士文弨校註顏之推觀我生賦不解王凝坐而對敵白詡拱以臨兵二語謂白應作向漢末黃巾賊起向栩言於河上北向誦孝經賊自消滅見後漢書獨行傳與晉書王羲之傳凝之聞孫恩寇至自言諸大道鬼兵相助事正相類言其不設備也又盧補注顏氏家訓於誡兵篇宋有顏延之句疑延年無領兵覆敗事以宋書劉敬宣傳證之曰此是顏延非顏延之也後人妄加之字耳又陶淵明讀山海經詩形夭無千歲宋人據山海經疑為刑天舞干

戚五字皆當校改以為形夭二字非譌宋本山海經自誤耳顏師古等慈寺碑以刑天與貳負對文今石刻尚存字畫分明刑形古文相通夭轉為天則大謬矣後鎮洋畢秋帆制軍沅補注山海經遂用其說正向來刊本之誤

王文端公

韓城王文端公杰未遇時在陝甘總督尹文端公巡撫陳文恭公幕府立品正直二公甚重之乾隆辛巳捷南宮廷試卷列第三是科因御史奏改先拆彌封傳集引見上是日閱十卷幾二十刻特拔公卷置第一御製辛巳御殿傳臚紀事詩有云西人魁榜西平後可識天心偃武時蓋是時西域底平開疆歲績而公適掄元詩特及之數十年遇合恩禮加隆已基於此矣

卻老要訣

唐柳公度年八十餘有彊力嘗云吾初無術但未嘗以氣海暖冷物熟生物不以元氣佐喜怒耳孟說年雖晚暮志力如壯嘗謂所親曰若能保身養性嘗須善言莫離口良藥莫離手明海甯賈銘年百歲太祖召見問其平時頤養之法對曰要在慎飲食張本斯五湖漫聞云余嘗於都太僕坐上見張翁一百十三歲普福寺見王瀛洲一百三十歲毛間翁一百三歲楊南峰八十九歲沈石田八十四歲吳白樓八十五歲毛礪菴八十二歲諸公至老精敏不衰升降如儀問之皆不飲酒若文衡翁祝東周葉如嚴養齋動靜與壯年不異亦不飲酒松江府志李王如大耋精健步行四十餘里或問以養生之術曰七情之中惟怒難制我能不怒而已吾邑皇甫凱承茂才烺耄年矍鑠能於燈下作細字卒年九十六余嘗叩以何術攝生曰無他五十歲後不御內生平不使腹受餓嘗攜佩囊留置食物飢即啖之而已此皆可為卻老要訣

錫奴銅婢

溫足瓶名錫奴蘇州薛一瓢雪鑄銅杖字曰銅婢此可以為對

周蘇門

錢塘周蘇門大令向青以孝廉宰楚之廣濟縣鋤除豪猾幾為中傷日久公論始出上官咸知為良吏量移漢陽縣未及中壽遽卒於官著有匄廬山房詩草語多真摯如過灘云方知天地間險多平者鮮秖求心性安勿怨時命舛自題省過圖云幼讀聖賢書長識忠孝字感激至君親無端為雪涕皆出自性真不關緣飾斷句如午後百花靜春深群木高柴門日仄移帆影桑徑風高落翦聲亦佳又遊閶口號云煙籠

頹牆半水痕綠楊陰裏賸孤村石壕夫婦方團聚忍使催租吏打門真藹然仁人之言也

安次香

蜀中安次香上舍崇庚才調倜儻工繪事喜吟詠幕游浙中先君子官遂安學時與之相識傲歌角酒情好甚歡嘗賦西湖柳枝詩云春水平時颭綠波一生消受好風多長亭萬縷都輸汝不繫離愁只聽歌饒有風致

茌平旅壁詞

至京師沿途旅壁題詠甚多往往有佳者道光癸巳春闈被放還南於茌平旅壁見江南念重學人贈歌者秋桂二詞情味蒼涼殆下第後有託而言者惜未知其姓名其詞云茅店月昏黃不聽清歌已斷腸況是鵾絃低按處淒涼密雨驚風雁數行我自鬢毛蒼怪汝鵷雛恨也長等是天涯淪落者蒼茫燭灺樽空淚滿裳　宛轉撥檀槽渾似秋江湧怒濤樂府於今如嚶語魂銷勸汝人前調莫高上客鬱輪袍慚愧村姝慢撚挑卿唱新詞吾亦和蕭騷今古憐才是爾曹

巴鰂膏

外伯祖周悠亭先生向湖，兄弟三人，次春波先生踈澹，余外祖也，三癸園先生，以清俱好善樂施。賈人某負逋五百金，貧不能償，焚其券。某感恩次骨，以家傳癰疽秘方相贈。按方製送，獲效甚神，録之以廣其傳。

仙傳巴鯽膏奇方。治發背癰疽疔毒、一切無名腫毒，未成即消，已成即潰，力能箍膿，不至大患。

巴豆去殼五錢 鯽魚十二兩，以上者 商陸切片十兩 漏蘆二兩 閙楊花二兩 白及切五錢 香木鱉切五錢 蓖麻子去殼三兩 錦紋大黃切三兩 烏羊角二隻 全當歸切二兩 兩頭尖三兩，即雄鼠糞 白歛切三兩 穿山甲切二兩 黃牛脚爪一兩，敲研 豬脚爪一兩，敲研 蝦蟇皮乾二兩 川烏切五錢 草烏切五錢 蒼耳子四兩 元參切二兩

鼠糞雌多雄少，雌者兩頭圓而無毛，雄者兩頭尖而有毛，不可混用。蝦蟇乾宜新，取其力猛也。

右藥入大廣鍋內，用真麻油三觔半，浸三日，熬至各藥焦黑，濾渣再熬，沸乃入後藥。

飛淨血丹廿四兩

用槐柳條不住手攪，熬至滴水成珠，熄火，待稍冷，再入後藥。

上肉桂五錢 乳香四錢，去油 沒藥四錢，去油 上輕粉四錢 好芸香四錢，去油

此五味俱研極細，徐徐摻入，用銅箸攪勻，待凝冷，覆地上十餘日，火毒退盡，乃可用。

王仲瞿

秀水王仲瞿孝廉曇，倜儻負奇氣，文辭敏贍，下筆千言立就。家貧，依其外舅以居。賦詩有娘子軍中分半壁，丈人峯下寄全家之句。舉乾隆甲寅鄉試，閑作沈博絕麗之文，一時與舒鐵雲孝廉交最深。舒贈以聯云：昔薩心腸英雄歲月，神仙眷屬名士文章。在京師時，法梧門祭酒式善，重其才，與孫子瀟太史鐵雲稱為三君，作三君詠。適川楚教匪不靖，王之座師南滙吳白華總憲省欽薦王知兵，且以能作掌心雷，諸不經語入告。睿皇帝斥吳歸里，而王應禮部試如故，然卒憔悴失意死，識者悲之。

四聲

字之上去聲，誤讀者尤多。覩山陽阮少司冠葵生茶餘客話所載成語，合平上去入者，亦有舛誤，可知沿訛已久，且不獨吾鄉為然也，附録於後，并訂正之。

君子上達。 何以報德。 妻子好合。 兄弟既翕。 天下大悅。
能者在職。 邦有道。穀，上聲 遑以渭濁。 忘我大德。 生有聖德。
充耳琇實。 神保是格。是，上聲 瞻彼旱麓。旱，上聲 王道正直。 言以道接。道，上聲
沈湎冒色。 雷夏既澤。 天九地十。 咸仰朕德。朕，上聲 宏父定辟。
天禍鄭國。 天子建德。 端冕搢笏。 天子令德。 惟彼四國。
君子是識。是，上聲 天子建國。 公子御說。 司馬仲達。 萌者盡達。
寒暖燥溼。燥，上聲 毋有障塞。 元酒在室。 鐘鼓既設。 天子下席。
君子進德。 天子視學。視，上聲 天子用八。

乙未秋，余在都中，與葉素菴孝廉歸安溫稼生工部，同年文禾席間仿行前令，共得二十餘句，附録於後。

坤厚載物。 天五地六。 於女信宿。 維此二國。 童子佩韘。
蒲與二屈。 吾子好直。 將以衆逆。 其子幼弱。 齊與晉越。
商紂暴虐。 公子棄疾。 何以冀國。 朋子退曰。 劉子摯卒。
曾子怒曰。 曾子問曰。 征鳥厲疾。 毛者孕鬻。 三老在學。
觴酒豆肉。

浙撫署聯

浙江巡撫署中有桐城方恪敏公觀承聯云：湖上劇清吟，吏亦稱仙，始信昔人才大；海邊銷霸氣，民還喻水，願看此日潮平。其後公之姪受疇來督閩浙，復題聯於署云：兩浙再停驂，有守無偏，敬奉丹豪遵寶訓；一門三秉節，新猷舊政，勉期素志紹家聲。自跋云：乾隆戊辰，先伯父恪敏公由直隸藩司擢任，余弟維甸又曾以總督推撫事，六十年來，三持使節，洵殊遇也。敬誦御賜詩中新猷舊政有守無偏之句，謹録成聯，以誌國恩世德云爾。時嘉慶癸酉六月上澣也。

吳京丞

錢塘吳西穀京丞清鵬，於嘉慶丙子登賢書，所作攀桂仰天高詩，有云：萬花齊入手，一鏡正當頭。主司歎賞，稱為通場之冠。

元遺山

元遺山為崔立撰碑，納降改服，詒後世口實。而搜羅散佚，作中州集、壬辰雜編，續史堅志箸書，俾金源氏一代文獻因之而存，其功豈淺鮮哉！趙雲松覯察詩云：無官未害餐周粟，有史深愁失楚弓。持論平允，足能知遺山之心者。

用心精專

高達夫五十學詩而成名杜祁公七十學草書而盡其妙由於用心之精專也彼當壯歲之年而因循自廢者亦以二公為師乎

宏簡錄

袁隨園謂邵尚書宏簡錄有天王宰輔功臣旌德臺諫庶官之稱已屬無謂如宋之高瓊唐之裴寂尤不應以功臣目之更有雜行一門以田承嗣李懷仙祖孝孫薛懷義上官婉兒列為一傳不倫甚矣余謂是書有不當缺之字而缺者如員外郎缺郎字節度使宣撫使缺使字樞密院缺樞字賢良方正科博學宏詞科缺科字凌煙閣缺閣字之類不一而足刪辭牽涉自己處亦乖體裁如唐韓愈柳宗元傳刪云唐文三變韓柳著稱論道不同擬過難恐特憐半世與罪為朋我今百年莫與相競唐文翰傳後刪云劉氏三長人所最難一願逢時亦願有官逢時孟浪有官素餐嗟我何人獨抱歲寒刪千萬冗洗百億癡五史彙成足稱大觀子子孫孫莫漫封刊富弼韓琦范仲淹傳刪云始稱韓范終曰富韓班班建立瞧瞧同觀遭逢盛世奮起草寒嗟予何苦罹此多難一事無成慚彼寸丹

明加田賦

明之加田賦始於萬歷極於崇禎萬歷時之議加賦者周永春成之者李汝華也崇禎時之議加賦者梁廷棟成之者畢自嚴也彼四人者徒知為一時計吁亦何益矣

李文靖徐文靖

宋李文靖公沆嘗言居重位無補惟中外所陳利害一切報罷之少以報國爾朝廷防制纖悉備具或徇所陳請行一事即所傷多矣陸象先所謂庸人擾之是已明徐文靖公溥亦云祖宗法度所以惠元元者備矣患不能守耳卒無所更置二公皆名宰相而所言如是蓋息事即可以安民彼際承平之世而變更成法以建樹為能者實二公之罪人也

躧履倒屣掌履

漢書雋不疑傳暴勝之為直指使者不疑盛服至門上謁勝之躧履起迎師古注謂納履未正曳之而行言其遽也三國志王粲傳中郎將蔡邕貴重朝廷聞粲在門倒屣迎之又邴原謁魏太祖太祖掌履而起遠出迎此皆可想見折節下士之誼

你

你字本作伱後周書異域波斯列傳伱能作幾年可汗此其字之初見於史也又北史李密傳與你論相殺事何須作書傳雅語

天壽天壽

王伯厚玉海載唐太宗子泰封魏王改封濮王僭號改元天壽元僧覺岸釋氏稽古略載唐代紀年昭宣帝後□□□濮王綱一代為朱全忠所立年號天壽旋復被弒二事均不見於正史濮王綱并無其人時代遙遠末由辨其真偽矣

鮑防

穆質舉賢良方正時以歲旱策問陰陽祲沴質對漢故事免三公卜式請烹宏羊指當時輔政者右司郎中獨孤愐欲下質禮部侍郎鮑防不許曰使上聞所未聞不亦善乎卒置質高第劉蕡舉賢良方正能直言極諫對策指斥宦官第策官馮宿賈餗龐嚴以為過古鼂董畏中官不敢取其時惜無如鮑防者排衆議而拔之防傳中惟此事著稱於世而馮宿等以不能取蕡貽誚千古後之取士者可以鑒矣

武功縣志

康對山武功縣志七篇計二萬一千餘言體例謹嚴紀述精核而官師志善惡並載褒貶互施儼然春秋筆法尤為人所難能人物志兼載后稷唐高祖太宗列女志兼載姜嫄大姜其識亦迥超流俗王文恪公姑蘇志載晉穆帝后何氏後周宣帝四后例適相符近世修蘇州府志者以后妃自詳正史非郡縣志所宜載而去之謬矣

詩賦奇格

韓文公南山詩用或字五十一若字三十九如字七歐陽公廬山謠二百九十六字祇叶十三韻此詩中奇格也舒元輿牡丹賦用或字十二如字二十四此賦中奇格也

尺牘新鈔

尺牘新鈔十二卷祥符周櫟園侍郎亮工所輯明季及國初名人牋啟皆悉采入篇首全錄文心雕龍書記篇以為序創體也選例二十條末條云彥和抽文心之秘雕龍扶簡牘之精後世言辭翰者莫得踰範爾故是集即用原文以當弁首無煩屬序徒條支言前賢明體之書若為今人預製近代發函之作先獲哲彥宣源推是義也豈獨一書凡有作者皆當定例所采尺牘不尚華藻頗有粹語略誌數篇於後杜于皇濬答某公僕嘗有言自古小人之禍君子激之君子之名小人成之至於成君子之

名業已受小人之禍天下事因之破壞者不少矣區區愚見得之十年讀史敢以為左右獻陳興霸云咸與門人饒子正人當庇人不當為人所庇為人所庇即能自立亦半人耳庇人者尚餘半在人其相去遠矣唐肯堂堂與減齋舅氏舅氏之明達俊偉宜救八閩之難厄毋圖一身之貴秩宜秉正而自持毋隨人而作止宜以豐功令望可輝耀於天下者自期毋以高爵厚秩可誇詡乎衆庶者自待此非特區區之私望也凡事利一身而有害於千百人者身雖利子孫必蒙其害利千百人而無利於一身者身雖不利其利必歸於子孫舅氏宜深念之勿謂甥迂論王荊公相說答學道辛全讀養心錄知足下之於道深矣而不佞願劾焉苑少為刪之易之冠經論語之冠書道德經之冠諸子通書之冠諸儒孫武子之冠兵法惟其簡也簡則後來不得以僞雜者溷之而於醒世捷傳世遠亦立言者之責應如是耳梅杓司磊與兒耘昔朗三兄嘗言吾守先李豹嵎金公家法云閉門讀書與開門結客不可偏廢不讀書則根本不立不結客則聞見不廣至守身立名之法又云交富人不可與之稱貸交貴人不可丐其舉牘我既無求則士氣自壯而彼之驕情亦無由生成己亦所以成物也今時名士皆一切反是豈不可懼可歎吳曰庸弟與友前人著翦燈餘話遂

以此妨礙宗之祀一朝臣於公會處出此書亦為物類所鄙此不過唐小說之流而識者猶惜閑檢如此今書肆邪刻有百倍於黃眉者其迹近於兒戲其見存於射利其罪中於人心士習禍且不可言唐臣狄梁公奏毀天下淫祠當世偉之至今猶令人聞風興起然淫祠之害及於愚氓淫書之害洊於賢智吾不知輔世長民者作何處是吳冠五宗信與周雪客趙夢白先生作齊人文云勵名行者不以飲食為細畏清議者不以妻子為愚二語不知提醒多少醉夢人我輩為文不能開導人心扶異世道雖艷如花熱如火秖堪覆瓿耳朱密所吾弱亦弟一札寄吾弟不暇長語爾謂做官當如將軍對敵做人當如處子防身將軍失機則一敗塗地處子失節則萬事瓦裂愼之哉

巳

司馬溫公作書有誤字旁注巳蓋用非字之半見雲麓漫鈔今人誤書旁注三三或注一字即巳之遺意歷久而變者歟

桂林一枝

桂林陳蓮史方伯繼昌趁試時因病勉力對策僅得完卷閱卷大臣初擬第二欵曹文正公振鏞謂本朝百餘年來三元祇一人無以彰文明之化改置首列遂以三元及第其座師刊桂林一枝圖章贈之

石鼎聯句詩

韓昌黎石鼎聯句詩有以為斥時相者吳安中謂皆退之作如毛穎傳以文滑稽耳所謂彌明即退之侯喜師服皆其弟子葛溪漁隱曰公與諸子嘲戲不應譏誚輕薄如是之甚且序云衡山道士軒轅彌明貌極醜白鬚黑面長頸而高結喉中又作楚語年九十餘此豈亦退之自謂耶仙傳拾遺有彌明傳雖祖述退之之語亦必有是人矣此說似勝於吳然謂有彌明其人恐仙傳拾遺亦無足據且彌明之詩既若是之奇特則生平所作必多何不聞有他作傳於世間而唐人詩文中更未嘗有稱其人者耶獨斥時相之說似為得之當公奏討淮西之事執政不喜及為潮州刺史憲宗將復用之又為宰相所沮詆為狂疏方是時李逢吉皇甫鎛程异之徒以褊小之才居鼎鼐之任固克同心輔治而惟以娼忌為事公於是託為此詩以譏之其云診當鼎鼐閒妄使水火爭方當洪爐然益見小器盈勵君莫嘲誚此物方施行語意顯然可見特恐為人所嘗故託之彌明以傳其所為序皆假設之辭非果有其人也

識時觀變

竇融以河西歸漢馮盎以越歸唐錢俶以吳越歸宋此皆能識時觀變順天心而保民命者其澤延後嗣也宜哉

唐

佛書唐字往往作徒字空字觀如妙法蓮華經福不唐捐是又唐字攙義亦同

字

字有分其名之半者如宋關詠字永言謝翺字皐羽明傅恕字如心劉侗字同人之類是也有倒易其名者如宋吳大有字有大明冒起宗字宗起是也有疊字者如閻爾梅字古古是也以名為字者唐以前恆有之唐以後寥寥余所知者宋有臧同文陳亞之元有丁鶴年明有鄭克敬王敬中周孟簡女子以名為字者國初有徐昭華一字之字自周秦至唐恆有之唐以下惟明汝南諸生秦鎬字京一字之字而即以名為字則惟唐有之劉滄李琪張巡宇文審李皎郭曦劉又以姓為名者明有沈沈著酒概四卷見欽定四庫全書總目

張來崖

張乖崖不喜人拜跪命典客預戒止有違者叩頭拜不止或倨坐罵之下急抑何太甚然世俗皆好諛尚謟正賴以此維之庶剛方之概不致盡泯

思患預防

晉出帝初立大臣議告契丹致表稱臣景延廣不肯但致書稱孫而已契丹怒數以責晉延廣謂契丹使者喬瑩曰先皇帝北朝所立今天子中國自冊可以為孫而不可以為臣且晉有橫磨大劍十萬口翁要戰則來他日不禁孫子取笑天下瑩知其言必起兩國之爭懼後無以取信也因請載於紙以備遺忘延廣敕吏具載以授瑩瑩藏其書衣領中以歸具以延廣語告契丹契丹益怒連六年德光犯京師執延廣召喬瑩質其前言延廣初不服瑩從衣領中出所藏書延廣乃服明都御史韓永熙官江西時忽報甯王之弟某王至韓託疾乞少需密遣人馳召三司且索白木几王入具言凡叛狀韓辭瞶莫聽請書王索紙左右舁几進王詳書其事而去韓上其事朝廷遣使按無跡時王兄弟相鬩諱無言使還朝廷坐韓離間親王罪當辟械以往韓上木几親書乃釋本朝睢州湯文正公斌巡撫江蘇河督靳輔議疏濬海口工而起高郵車邏鎮築高堤東內水高丈餘不能出海總督于成龍力排其議仁廟命尚書薩木哈學士穆成格會公及總漕徐旭齡合勘兼問七州縣耆老淮南士民言海口不宜罷工者十八九謂宜并罷者亦十之一二使者意猶之公力爭使者曰公言吾當口奏及公內召上語及海口公對一丈有一丈之利一尺有一尺之利上慨然曰爾時汝胡不言公具陳前事召二人與質對二人強辨公徐曰某故知有此汝行後即聚士民呈牒並某議具文書印冊存漕臣亦如之存巡撫所檄取旬日後可覆視也二人語塞上怒立罷之而發官帑遣工部侍郎孫在豐往濬下河此皆得思患預防之道者非明燭於幾先而慮周於事後其孰能之

張春舫

同邑張春舫大令枋績學能文舉嘉慶辛酉孝廉由教習得知縣己卯歲將選矣是科捷禮闈試卷有題脩己以安百姓誤書脩作修磨勘罰停於庚辰歲殿試以知縣歸進士班銓選因賦游仙詩云可憐一閱蕊宮詠證果翻遲十二年（時歸班者約十二年方選）旋於甲申歲卒

溫稼生

溫稼生工部余癸巳乙未入都皆與同行留寓全浙老館與鄭拙言學博三人同院而居余與拙言閉門肄業稼生則徵場結客角酒徵歌偶一拈毫頃刻成文才鋒鋩鍔余自愧弗如也丙申同捷春闈授職後以工曹需次揩進鬱鬱不得志益縱酒自放癸卯秋以疾卒於京邸年僅四十二余哭以詩云慘絕郵亭訃天涯別淚潸羈魂千里外幻夢十年間少妾淹空邸（稼生納京人尚留都中）衰親慟故山傷心江上雁同去不同還憶作春明客深情獨我知（癸巳乙未計偕入都皆同寓）聯吟花寫韻贈別柳牽絲（丙申夏拙出都郡君餞飲於陶然亭賦詩贈別）豈意重逢日翻成永訣時（庚子秋晤君於武林每郡知竟不復見也）十秋身後事珍重一編詩稼生工吟詠善寫山水嘗自題畫扇贈余曰春明聯袂已經年鄉樹蒼茫隔遠天記取他時歸隱地白雲青嶂寫溪邊斯人已矣遺墨猶新每一展誦輒為欷歔累日

寄園銷夏圖

道光乙未春試後留寓都門偕同人避暑寄園園為休甯趙天羽給諫吉士故居僻處城西人迹罕到古木參天綠陰翁翳相與列坐清話情志洒然園之南軒楹幽折雜花滿庭昕夕徙倚其間把酒論文不知身之是客出都後回憶前游歷歷縈抱因追繪成圖賦詞二闋記之故老吟蹤䑛百餘年風流閒寂室廬猶韻宦隱園林稀熱客片帆名山據穩溯往事殘碑同認手種榆枝高出屋鬱蒼蒼界斷紅塵境新月上瀉涼影　闌干十二通花徑想樽邊掀髯嘯傲幾經閒凭蜿地筠簾低不捲半榻爐煙漾瞑似前度敲詩清景雨過空階苔翠合早一天秋意來疏鬢茶夢熟北窗枕（金縷曲）　掩重門碧雲深鎖林蟬時遞幽響繩床竹几安排好風趣自然疏曠偕假佃任大扇寬鞵箕踞形骸放開情跌宕趁菡萏香濃芭蕉葉滿索醉倒佳釀　招涼地數處軒窗牖敞囊琴攜共來往人生能幾知音聚況有煙霞供養天末望莫別後光陰倏忽年過兩迢迢結想問畫裏亭臺三千里外舊侶更誰訪（摸魚兒）

嚴比玉

嚴比玉太守與余同受業於沈庶坪師推襟追挹情誼獨敦太守好學工詩秉有濟世之志官滇南循聲懋著方將超擢遽以疾卒遺稿未刊記其昔時游西湖句云風來雲氣初離樹雨過泉聲尚滿山高寺鐘聲隨溯落隔江山勢擁湖來赴都謁選留別同人句云十里關河成獨往廿年燈火負初心皆可傳也

弈國手

本朝弈國手首稱范西屏世勳施襄夏紹闇次之皆海甯人范著桃花泉棋譜施著

奕理指歸竝行於世。施性純孝，父病割股，工詩善琴，不獨以奕見長。近時海甯陳子仙亦善奕，海內少雙。

闞蘭

闞草見於歲華紀麗，闞茶誌於茶錄。中州集，馮內翰璧，致仕居崧山龍潭，山中多蘭，每中春作花，山僧野客人持數本詣公，以香韻高絕為勝，少劣則有罰，謂之闞蘭。此事類書罕載。

鄉闈覆試

北闈鄉試中式，久停覆試之例。道光乙未科，南海曾公望顏奏稱北闈鄉試頂冒代倩之弊日甚，請復覆試之制，得旨允行。是科以文理不符被黜者二人。直省鄉試中式覆試，則始自道光甲辰科，以中式者多抄襲陳文，遂定斯例。

王笠舫

會稽王笠舫大令衍梅，豪於詩，嘗謁蕺山書院掌教奉賢陳古華太守廷慶，適有饋江瑤柱者，太守曰：「子能為我用饌字韻賦此者，當烹以酌子。」因押全韻成詩，其警句云「升沈一柱觀，闔闢兩當衫」，太守歎賞，稱為絕唱，遂命歌者奉觴以酬之。大令有三月五日寄家人詩云：「與月樂天花樂地，將詩驚鬼酒驚人。」筆意奇崛。又有和孟郊古別離云：「黃金最輕薄，買取別離愁。不若長貧賤，同心到白頭。」寓意微婉，深得風人之旨。大令性嗜酒，病劇，致書盱眙汪觀察云：「仕云日來飲酒如曹子建之才之多，每日所嘔之血亦如曹子建之才之多。」未幾下世。

朱笠亭說詩

海鹽朱笠亭大令炎，博雅工詩，其評沈歸愚尚書唐詩別裁集，直抉作者心源，弁言一則尤足為後學指迷，云：「是集嚴於持擇，辨格最正，一切傍門外道，芟除殆盡，以之導後學，是為雅宗。入手須辨雅俗，近今有兩種格體，一為考試起見，讀試帖，如剪彩刻繪，全無生氣；一為應酬起見，翻類書，用故事，如記里點鬼，絕少性情，此固畢劫不知詩也。又或取法於古，各立門仞，亦有兩體，其從瀛奎律髓入手者，多學山谷江西一派，或失之俚；從二馮所批才調集入手者，多學晚唐纖麗一派，或失之淫，是皆不能無偏。且律髓止載律詩，才調集第及中晚，亦頗未備。又若阮亭三昧集，立論太高，十種唐詩散入各集，未易尋其塗徑，故惟歸愚先生此書，最便拾誦，此書外更取阮亭古詩選玩習，則五七言詩已得其大凡，再以十種唐詩參看，近體亦略該備矣。然後

於文選、樂府，采擷菁華，於宋元名人詩集，博其機趣，擇雋萬象，惟我所欲矣。

王廉訪

睢州王廉訪紹曲知縣起家，卓著循聲。屬邑民安某客於外，繼妻高氏通於劉某，忌前妻之女言其情，謀亂之，女不從，共戕女以死。公曰：「高母道已絕，仍照故殺子女律擬，其何以戒為繼母而淫且毒者？」遂比照故殺妻前夫之子律論斬，具題報可，遂著為例。其為江南按察使也，宿州某生攜妻子授徒某氏家，其妻臨產，妻兄之女來視，數日，妻子均中毒死，館人曰：「若與妻兄有隙乎？」曰：「有之。」曰：「是矣，必令其女置毒也。」生控於州，刑訊女不勝楚，遂誣服。公疑之，問館中來往者何人，女曰：「祇十二歲學徒耳。」召而曲誘之，曰：「師挾我急，因置砒麪中。」生之妻兄乃得釋。無錫民某與攻皮之匠毆，已而匠死，有僧故與某仇，證為傷重致然。令如僧所誣論擬，公察門毆日月在保辜限外，因詰曰：「傷久何得不醫？」具言醫矣，檢所用方，則匠死傷寒耳。僧乃伏罪，反多類此。蘇州胥門外有坊，曰民不能忘，為湯文正公建也。公與同鄉，民即錫公姓氏於其次。

梁學士

錢塘梁山舟學士同書，為文莊公詩正長子，二十五歲舉乾隆丁卯科孝廉，三十歲應壬申恩科會試未第，特旨賜與殿試，入詞林，三十六歲大考二等，擢侍講。是年丁所後父艱歸，既澹於榮利，又素鯁介，恐不諧於俗，服闋後引疾不復出。嘗賦詩云：「一事比人差勝處，不曾強仕已歸田。」

墨譜

明方于魯墨譜，程君房墨苑，繪刻精工，藝林清賞，較其優劣，當以墨譜為勝，墨苑中自著序記語涉矜誇，其搜羅名人題贈雖多，而如顧東謙、沈灌等筆札亦皆載入，未免薰蕕相雜，且此書為文房清玩，乃臚列時人備誌科第官階，殊乖雅道，不若墨譜之能得體要也。譜中載汪仲淹墨書述于魯之言曰：「試墨如試金，當略其色澤，求其神氣。其法用紫石硯，注水涓滴，同磨多少，同磨之一縷如綫，而鑑其光，紫為上，黑光次之，青又次之，白為下，黯淡無光，或有雲霞氣，又下之下也。」此數語可為相墨金針。

沈漢甫

震澤沈漢甫茂才金渠，好學能文，屢試不遇，鬱塞無聊之思，悉於詩寓之，著有春風盧詩集。句如「竹色隱窗屋，杏花明短牆」、「十里澗聲寂，一肩山影涼」、「雨聲寒客館，花事

老山城湖光吞樹小山氣壓雲低江上白波雙槳去山前紅樹一僧歸煙村半夜雞聲吳水國三秋雁影低落日一星明樹杪微波雙槳出蘋花皆妙

岳忠武王銅印

嘉慶戊寅山陰李宏信以所藏岳忠武王銅印歸於棲霞嶺王祠屬王廿四世孫秀元世守之金壇段騣作記摹刊祠壁印準今尺寸六分有奇厚三分其文曰武勝定國軍節度使開府儀同三司湖北京西路宣撫使兼營田大使岳飛印陰文五行行六字凡三十字益古印字之最多者

李少司冠

壽光李松園少司冠封由翰林改刑部時有翁強污其婦婦爪傷翁面得免畏其再逼遂自盡衆謂傷翁不孝不宜旌公謂婦此時惟恐不免耳是無妨於孝仍宜旌錢文敏公維城從其言由是遂知名

鹿洲公案

漳浦藍玉霖太守鼎元鹿洲公案乃其尹普陽潮陽時所紀節錄以見折獄之良陳氏兄弟伯明仲定爭父遺田七畝搆訟謂兄弟本同體何得爭訟命役以一鐵索縶

之坐臥行止頃刻不能離更使人偵其舉動詞色日來報初悻悻不相語言背面側坐至一二日則漸漸相向又三四日則相對太息俄而相與言矣未幾又相與共飯矣知其有悔心也問二人有子否則皆有二子命拘之來謂曰汝父不合生汝二人是以搆訟汝等又不幸各生二子他日爭奪無有已時吾為汝思患豫防命各以一子交養濟院與丐首為子兄弟皆叩頭哭曰今知悔矣願讓田不復爭矣曰汝二人即有此心汝二人之妻未必願也且歸與計之三日後定議翼日其妻邀其族長來求息請自今以後永相和睦皆不願得此田乃命以田為祭產兄弟輪年收租備祭子孫世世永無爭端由是兄弟妯娌皆親愛異常民間遂有言禮讓者矣

西塞山

湖北有西塞山一名道士磯湖州亦有西塞山亦名道士磯張志和漁父詞所云西塞山前白鷺飛乃在湖州時作而放翁入蜀記指為湖北之西塞山廣輿記等亦沿其誤

西南夷傳

王伯厚謂柳州游黃溪記仿太史公西南夷傳按白香山冷泉亭記云東南山水餘杭郡為最就郡言靈隱寺為尤由寺觀冷泉亭為甲邵牧冲天觀記云兩浙山水之勝最東南由浙江西杭最由杭西餘杭最逆天目大溪上行十八里曰洞霄宮者是為大滌洞天人餘杭最勝處也史鑑韜光菴三天竺寺記云環西湖之山凡三面西山為最佳據西山之佳惟四寺靈隱為最勝領靈隱之勝有五亭韜光為最幽蓋皆效其體也

吳烈女

湖州太湖濱綠葭浜吳烈女以貧故養於夫家夫曰李時新佐父九皋治肆事於湖北女獨與姑居姑與疏族李大礮通時來飲酒使女給事左右女不肯姑怒挾女無完膚大礮與姑謀并污之以塞其口姑於是為好言誘女曰大礮有恩於汝夫汝善事之汝夫歸以汝為能報德也因出金跳脫與之曰此大礮所贈女取而擲之地時六月六日俗必食餺飥姑與大礮共為餺飥使女炊女不肯炊姑乃自炊之炊熟大礮與姑食邀女共食女不肯食大礮強灌之則唾而走傍晚女浴於室大礮從暗中突出欲走門已閉遂自後窗投於水鄰嫗救之起微有氣至夜半蘇復自投於水竟死族人以大礮通姦致死報縣烏程令莊有儀素不解事縣人謂之莊糊塗者也檢

驗時姑堅執大礮無逼姦事竟以失足落水完案時乾隆三十六年也越二年震澤縣盜案發大礮論實坐斬衆憤稍洩而逼姦之案已結無可翻烈女不得邀旌典至道光三十年里人乃具呈當事請旌於朝歸安方壽作徵詩啟以表彰之有千尋雪浪淨澄淤泥一片冰心朗照河漢之句

詩分唐宋

王右丞詩漠漠水田飛白鷺陰陰夏木囀黃鸝王介甫詩蕭蕭搏黍聲中日漠漠春鋤影外天同一詠鷺鸝也一則妙合自然一則巧極人工唐宋之分即此可見

擔粥

擔粥法始於明季嘉善陳龍正簡而易舉道光癸巳林文忠公撫吳冬虞饑仿行此法雇人挑赴各城以濟老弱貧病活人無算

冷廬雜識卷三終

冷廬雜識卷四

清　桐鄉陸以湉敬安著

高東谿

宋高東谿先生登上淵聖皇帝五書，集中尚存其四，大旨皆主於任用君子，黜退小人。有云：昔漢元帝承宣帝之後，好賢不堅，惡惡不著，知蕭望之、周堪、張猛之為賢，任之且貳而勿專；知宏恭、石顯之為惡，去之且疑而勿決，卒焉小人道長，而高祖之業自此以衰。夫元帝承宣帝之後，猶爾，況陛下承衰弊之餘，必欲振起中興之業，不能拔擢四方之君子，不能斥逐在朝之小人，日為此輩昏惑，臣恐宗社傾覆，而陛下猶不知也。臣於彼時，雖欲為陛下言之，已無及矣。臣老母年六十餘，別無兄弟侍養，而臣又不沾陛下一命之寵，偷活歸畊，於勢當然，而乃不避斧鉞，願效愚忠者，今日之事，存亡所係，萬一陛下肯聽臣言，則我祖宗基業可以永保無窮，而臣雖殺身破家，固已無恨矣。又云：商太甲之始即位也，不明於德，賴一伊尹，而卒能中興；唐明皇之始即位也，勵精求治，相一李林甫，而終致禍亂。今陛下始即寶位，有太甲之不明，而朝無阿衡；昧明皇之有初，而遽相林甫。臣不勝為宗廟社稷痛哭。人常以古為監，而陛下不能以今為監，則其不明莫甚也。其辭愷切沈痛，洵能言人所不敢言。惜高宗不知信用，卒為秦檜所抑，貶黜以終，可慨也。

朱大令斷獄

朱竹君學士文正公，負天下重望。有二兄，亦皆服官，著聞於時。長名堂，官大荔縣丞；次名垣，以進士歷官濟陽、長清縣令，長於斷獄，遺事詳見學士文集，節錄之，為司民牧者龜鑑焉。濟陽少婦周，新嫁王巧，一月，婦歸甯而歸，明日巧死。翁嫗及鄰人以巧食婦所煮粥，而遽腹痛嘔泄死也，謂婦毒夫死，訟於官。朱命以粥及所嘔者飼狗，狗不死。又召吏審巧之死無毒狀，獨齒噤堅不可啟，視其私則入腹中，乃趣召婦曰：死者口不啟，汝罪而冤不能明也，汝能啟其口，當為汝辨之。婦泣而前，跪啟焉，觀者皆駭。吏持銀匕入死者喉驗毒，出以示眾，皆曰中毒非是。朱固問婦以巧死時狀，始知其一夕三御，昧起即飲水三器，已而食粥，遂死。朱太息久之，謂翁嫗及鄰眾曰：是乃死於陰淫寒疾也，顧欲坐婦毒死夫乎？皆再拜謝，扶婦去，後婦竟為巧守節。縣故獄具，有以鳥銃取鳧雉，而火自後發，中人洞胸死者，當抵罪。朱即爭曰：此無死法。上官訶駁數四，慘死如是，而故縱耶？朱曰：律過失殺條曰：耳目所不及，思慮所不到，正載彈射禽獸之文，知縣不能枉律斷獄。卒爭如所引，乃已。縣有役以事逮民，民死，歸即欲訟，已而訟役殺之，轉輾三十年不決。上官檄朱會所在檢骨，骨在淺土敗柳棺中。作人曰：久，疑不可檢也。朱令坎地架木，舁棺其上，弛前和及四牆，柳方土正，見徐徐撥土，正首足，斷以席，祭坎注醯，須臾骨如蒸狀。作人即檢記，告曰：屍獨臁骨紫血傷，見方寸許。眾喜，謂得情。朱熟視之，曰：未也，此傷處淋可去。眾笑曰：傷三十年，入骨，豈可滌耶？朱呼水刷之，骨白無涴，而訟遂息。或曰：於錄無此法，公何以辨之？朱曰：傷者紫色中重而外輕，若暈漸減，然此反是，是腐血污耳。眾歎服。

大遊仙詩

沈處坪師之子還浦茂才琛，從錫田茂才埰，皆克承家學，食餼於庠。汪文端公視學吾浙，以擬曹唐大遊仙詩題試士，師時秉鐸台郡，與還浦、錫田皆有作。公大稱賞，有老夙清雅之目。師劉阮洞中遇仙子云：竹露松烟夾道蒼，忽聞人語破幽荒，花間有犬休猜悵，谷口無驚自奏簧。隔水遙窺驚未定，迎風小立話偏長，殷勤勸進胡麻飯，不喚劉郎便阮郎。仙子洞中有懷劉阮云：準約腰支理舊裳，洞門春寂鎖愁長，碧山有約泉聲杳，紅樹無情月影荒，邂逅飛觴還是夢，侵尋坐帳復誰香，虹橋來便經離別，也對寒星望玉郎。還浦仙子洞中有懷劉阮云：漫隨金蝶化衣裳，愁比人間別更長，黃竹歌殘雲黯淡，玉梅夢杳月微茫，泉調琴筑難為韻，花擁簾櫳祇自香，猶憶胡麻飯初熟，加餐兩兩勸仙郎。劉阮再到天台不復見仙子云：石上分明記會真，柱山綠隔出山塵，閑心風月誇儔侶，過眼烟霞失比鄰，藤杖龍鍾空自老，桃花狼藉不勝春，重來北隴休勝笑，身到仙源得幾人。錫田仙子送劉郎出洞云：碧雲無際是天台，流水何曾去復來，久住不知塵世別，瀕行始惜洞門開，香分芍藥腸應斷，絲剔蘼蕪首重回，從此沃州山下路，更無人迹長莓苔。仙子洞中有懷劉阮云：嬾奏瑤笙整羽裳，蘼蕪愁更比世間長，朱欄十二春岑寂，碧宇三千路杳茫，瑤草有情空自綠，桃花無語為誰香，遙知下界還相憶，幾度樽前喚索郎。數詩皆為時傳誦。錫田嘉慶己卯闈作甚佳，竟不得售，投井而死；師因是悽戀，乙病歸；還浦亦屢薦不售，未及中壽而卒，俱可悼也。

下第詞

沈錫田戊寅下第，賦陌上花詞，語絕悽惋。傳來一紙，魂銷頃刻，秋風過了，舊侶新儕，半屬蘭臺蓬島，升沉數如斯也。浸詞凌雲才藻，憶挑燈昨夜，並頭紅蕊，賺人多少。

愧劉蕡眾短江海才退五度青衫淚繞桂魄年年只恐嫦娥漸老清歌一曲憑誰訴葱得高堂煩惱夢初迴窗外芭蕉夜雨聲聲到曉

馮侍御

吾邑馮孟亭侍御浩於乾隆戊辰科登第乾隆乙卯重赴鹿鳴宴季子登庭太史集梧供職京師先為具呈掌院有云緬前事以興懷有如得儁偕後生而與宴亦可忘年人皆傳誦之

菱塘棹歌

張夢廬學博精醫理求者盈門所得金盡以賙親朋歿之日家無餘貲第積書數千卷而已家居後珠村嘗采村中事作菱塘棹歌百首茲錄其五首云村北村南盡水鄉西塘過去又東塘扁舟到處皆秋色十里菱花冷夕陽（吾鄉俗名朱村又與前朱村接壤故又名後朱近稱濮溪中皆產珠又名珠村）漁燈三兩照漁磯網得魚蝦夜未歸柔櫓咿啞何處去過橋驚起鷺鷥飛（鷺鷥橋在村東二里）英雄千古總荒萊烟樹空濛杜宇哀一片桃花紅雨裏踏青人上將墩來（將墩在村北高數十仞可登眺相傳明胡宗憲追倭至此乃屍積所積之地也）絳春橋畔是儂家綠樹深深酒旆斜一徑墻陰人迹斷南風開徧紫藤花（曾祖佩千公自大樹洲遷居絳春橋北今世居焉）小姑一語誤鴛鴦指點孤墳怨恨長日暮尋芳人影散梨花冷落野庵傍（康熙間烏鎮孔秀才慎修移家珠村事母至孝娶妻楊氏甫三日為小姑所譖不悅於姑慎修終曲承母意撫不同寢後母殁遂遊蹤四方三十餘年卒於雲南楊氏百計迎骨歸來葬以哀死里人悲之號錢合葬古仙巷側）

內閣中書

京朝官惟內閣中書舍人進身之途最多有以進士引見而得者有以進士授即用知縣後吏部揀取引見而得者（道光丙申恩科行之揀取十二人引見用六人）有以會試薦卷中取為明通榜而得者（乾隆間有之今不復舉行）有以舉人考授而得者有以召試取列優等而得者有由舉貢捐輸而得者婺源王葑亭通政友亮於乾隆己丑會試列明通榜授此官有謝友人賀啟云鎩羽南宮方笑中眉無驗搞毫東掖忽欣除目有名維舍人昔在中書與學士對稱兩制洎乎前明伊始降同七品之班第因所處之清嚴爭謂此途為華美天依尺五地接台三頭銜埒於新翰林體統超乎散進士何期下第反得升階未登千佛經敢跨出世之佛試覽百官表幸陪入閣之官某學書不成識字有數受深恩而逾分蒙逸譽以過情谷鶯上難樹而棲雖云大樂野鶩占鳳池而浴秖覺增慚王又有謝人惠玉如意啟起聯云人生幾事如意者舉俗愛其名君子於玉比德焉良工琢為嵚語亦儁妙

倒句倒字

漢詩有倒句如更議不宜時霍山自若領尚書必我也為漢忠者之類是也又多倒字如妃后子父諭議失得貴富舊故疑嫌病利病疾升承悅喜苦勤惟思心候伺激詭諱忌叢草之類是也

詩關於習

皇甫子循汸言關中之詩猶燕趙之詩尚齊魯之詩侈河內之詩矯楚之詩淺蜀之詩澀晉之詩鄙江西之詩質浙之詩嘽吳下之詩靡此皆為習所囿也惟有志之士能矯其失以歸於醇耶

曲端

曲端為張浚所殺死非其罪人皆惜之然端嫉李彥仙聲績逾己當要宿攻陝使端出鄜坊繞其後救之而端詭託不行致使陝城陷沒全人得以併力西向不忠不義其罪甚大史以剛愎恃才當之猶未足概其生平也

麒麟

明史外國有麒麟者甚多阿丹國麒麟前足高九尺後六尺頸長丈六尺有二短角牛尾鹿身按爾雅釋獸麐麕身牛尾一角注云角頭有肉京房傳云麟麕身牛尾馬蹄有五彩腹下黃高丈二明史所言頸長如此未見古書且不言一角有肉疑是別種非真麒麟

賀失火

韓詩外傳晉平公藏寶之臺燒公子晏子獨束帛而賀柳州賀進士王參元失火書蓋本於此

唐宋相無謚

唐宋相多無謚者李泌功在社稷而亦無謚尤為缺典

明待功臣

明待功臣之薄甚於漢劉文成歸從惟供酒度日蓋即子房辟穀之意然猶不免於胡惟庸之毒害可慨也

唐縣尉

唐舉進士第者往往授縣尉應舉不第乃亦有謫官縣尉者如賈島為長江縣尉溫庭筠為隨州縣尉是也考唐制縣令有京縣令上縣令中縣令下縣令尉亦如之京

縣尉從八品下。上縣尉從九品上。中縣尉下縣尉。皆從九品下。豈然陟各異其地耶。

李易安朱淑真

德州盧雅雨醵使見曾作金石録序。力辨李易安再適之誣。謂德父歿時。易安年四十六歲。又六年始為是書作跋。是時年已五十有二。匪夏姬之三少。等李隗之就木。以如是之年而猶嫁。嫁而猶望其才地之美。和好之情。亦如德父昔日。至大失所望而後悔之。又不肯飲恨自悼。輒諜諜然形諸簡牘。此常人所不肯為。而謂易安之明達為之乎。觀其洊經喪亂。猶復愛惜一二不全卷軸。如護頭目。如見故人。其惓惓德父。不忘若是。安有一旦忍相背負之理。此于輿氏所謂好事者為之。或造謗如碧雲騢之類。其又可信乎。陳雲伯大令亦云。宋人小說往往污蔑賢者。如四朝聞見録之於朱子。東軒筆録之於歐陽公。比比皆是。又謂去年元夜一詞。本歐陽公作。後人誤編入斷腸集。漁洋山人亦嘗辨之。遂疑朱淑真為泆女。皆不可不辨。按去年元夜詞非朱淑真作。信矣。李易安再適趙汝舟事。詳趙彥衛雲麓漫鈔。諸家皆沿其說。盧氏獨力為辨雪。其意良厚。特録之。以俟論世者取裁焉。

明東廠二校尉

明東廠為禍之酷。自古未有。獨有二校尉以義烈聞。其一蘇宣。大名府南樂縣人。給事中楊爵下詔獄。東廠使人更迭偵伺。積五日一報。宣至獄中。知爵晝夜桎鐐右脛前。為桓木轉磁成傷瘡。宣自起桓上木。以重瓦間合脛處。使相去寸許。自此瘡愈。復有譏宣者。下宣獄。笞五十。斥其役。爵即獄中書片紙慰宣。宣答曰。公當開廣心胸。勿以宣為念。是秋爵放還田里。送之通州。同宿旅店。次日。各以詩贈別。繼宣者楊棟。霸州人。母病。割股調羹以進。爵與劉周二子下獄。不能自食。棟以東廠使來。覘力言於司官。得代供米物。事見萬歷間武進張按察使師繹月鹿堂文集。

秋畦公取士

先祖秋畦公諱世琛。宰容縣時。乾隆丙午戊申。秋試分校。竭晝夜之力。悉心評閱。所取皆知名士。時稱為得人。丙午分校時。嘗賦詩云。梧井朱門落葉深。咿唔弊隔院沈沈。艱難一字頻搔首。容易三場盡愜心。啜果試回咀後味。賞琴須辨發餘音。秋風幾樹天香動。吹向寒山老桂林。是科闈前。畢秋帆制軍試大梁書院諸生。拔祥符方松磐方伯戴豫卷冠多士。決其必售。填榜之夕。不聞唱其名。心竊訝之。及折前五名卷。則以第四名魁其經。即公所取房首也。乃歎曰。今益信文章自有定價。而司衡鑒者

亦煞費苦心矣。歸安朱閬填譔。

趙屏山

吾郡石門趙屏山茂才宗藩。精錢穀之學。在某大令幕中數年。某故後。遺孫尚幼。累累數千金。且倉庫虧短甚多。後來者將以上聞。趙設計彌縫。復為經紀其喪。乞援於其素所識者。俾其妻孥得扶柩以歸。由是人皆義之。名譽益起。當道爭以厚禮延聘。性剛直而明敏。主人有過。必面規之。嘗謂急事緩辦。緩事急辦。二語實為幕學要訣。蓋事出倉卒。心神未定。稍一任性。即貽後悔。必慎始圖終。熟思而審處之。若微渺之事。人每忽而置之。不知積少成多。弊即自此生矣。時以為名言。道光庚子。趙在臨海縣幕。余時司鐸郡學。過從頻數。投分甚深。辛丑冬去之。若上作詩留別先君子及余。俱有和章。原倡云。小住山城迹似蓬。交情繾綣共春融。行蹤自笑同遷客。歸計惟應伴釣翁。鐵月好探茗水曲。停雲悵望越天空。明年待續尋芳興。記取花開菡萏紅。先君子和云。天涯游躅轉如蓬。傾蓋歡心水乳融。醉引壺觴同傲俗。笑看杖履各成翁。君與余同辛丑生。百年吟席留真賞。千里歸帆指遠空。此後相思隔江樹。離愁題寄彩牋紅。余和云。望望吟騰逐去蓬。歸程千里雪初融。酒樽樂志柴桑叟。茶竈隨身笠澤翁。驛路正逢梅破臘。屋梁愁見月當空。何時重踐論文約。窗燭更深剪碎紅。

張八愚比部詩

吾邑張八愚比部桓。績學能文。兼工詩律。乾隆庚戌會試。詩題老當益壯。朱文正公器其詩為老手。特拔之入彀。詩云。天道惟貞一。人心在自強。敬為難老術。勤即永年方。質勁霜彌茂。花遲圃更香。鞍矜神采壯。鏡感鬢毛蒼。此頻邵陵小。難祈日月光。戒猶思抑抑。謨益念洋洋。本是無終始。何曾有弛張。健行歸體撰。不息運乾綱。張由文安縣令。捐陞郎中。素諳刑名學。有所評論。衆皆服其公允。遂主讞槁。卒年五十有五。疾亟時。神明清朗。案頭有水仙一本。口占云。那與春光再鬭妍。羈魂一縷逼凋年。雖教垂死開雙眼。得見淩波第一仙。著有海隱山房詩集。

晏元獻

晏元獻無可奈何花落去。似曾相識燕歸來二句。詩詞並見。詩為示張寺丞王校勘七律。元巳清明假未開。小園幽徑獨徘徊。春寒不定斑斑雨。宿醉難禁灩灩杯。云云。游梁賦客多風味。莫惜青錢萬選才。詞為浣溪沙調。一曲新詞酒一杯。去年天氣舊亭臺。夕陽西下幾時迴。云云。小園香徑獨徘徊。元獻得上句。彌年未能對。王琪為對

下句元獻大喜。自此辟置館職。遂躋侍從。王之才固足稱。元獻服善之雅。亦何可及耶。

破體字

朝考殿試。最重書法。大要以黑光勻爲主。并不可有破體字。犯此者。讀卷官票簽爲識。不得在前列。乾嘉間。競尚趙松雪體。破體字亦不以爲嫌。曾見嘉慶乙丑科彭狀元浚殿試卷。破體字極多。甚至惡書作惡。所書作所。今則一筆不可苟且矣。

翻用前人詩意

詩有翻用前人意者。如金昌緒打起黃鶯兒。莫教枝上啼。陳燦霖古怨則云。獨卧繡窗静。月明宿鳥啼。不嫌驚妾夢。羨汝是雙棲。朱受新春鶯則云。任爾樓頭喚曉雨。美人夢已到漁陽。李太白郎今欲渡緣何事。如此風波不可行。徐翔鵬則云。人道橫江惡。儂道橫江好。不是浪如山。郎船去已早。杜牧之公道世間惟白髮。貴人頭上不相饒。潘其燦則云。朝來攬明鏡。白髮感蹉跎。畢竟無公道。愁人髻畔多。張祜人生只合揚州死。禪智山光好墓田。盧雅雨醝使留別揚州則云。爲報先疇墓田在。人生未合死揚州。此類未能悉數也。

全史

昔人謂金史敘次明淨。勝於遼元。然如后妃傳敘所載。海陵私其從姊妹莎里古真。餘都。莎里古真在外爲淫泆。海陵聞之大怒。謂曰。爾愛貴官。有貴如天子者乎。爾愛人才。有才兼文武似我者乎。爾愛娛樂。有豐富偉岸過於我者乎。又海陵嘗曰。餘都貌雖不揚。而肌膚潔白可愛。此等猥褻語。亦皆采述。殊失體裁。

拂珊圖

先祖秋畦公與海鹽俞是齋先生琨交最篤。曾爲公畫拂珊圖。名流題詠。不乏佳作。摘錄於左。

戊子小除。陸秋畦大兄屬予作甫里圖。戲爲寫此。憶少時和友人漁父一律。并以移贈云。老猶一櫂出蘆漪。艇子前頭坐釣翁。楊柳岸邊停急雨。栗留聲裏趁斜風。煙波閱盡江山老。夜月歌殘天地空。不是無才甘避俗。閒身愛住浪花中。是齋俞琨

笠澤已著魯望書。釣竿更拂巢父樹。他日相逢載鋏歸。還共白蘋洲上住。　多君懷抱比雪清。著屐幾兩書百城。夢逸霅川千尺水。烏篷泊處柳風輕。秋畦大兄既屬題字。復成此二絕以博一笑。朗夫弟煁

宛宛垂楊映石灘。溪山佳處有漁竿。知君偶此成高寄。不爲緇塵拂腳難。　雨荻深情惜我遲。一尊酒盡即天涯。送行并觸思歸興。西定橋邊日未斜。秋畦老世兄屬題。拙修搢璜

秋畦大兄往反公車二十載。於茲學甚富。身甚貧。而不知其寄興甚逸。今歲庚寅春。將以先世事歸里。予勉留之。不得。適攜所爲拂珊圖屬題。按圖名本取杜詩釣竿欲拂珊瑚樹句。乃不自爲照。而貌天隨子其上。蓋亦自況云爾。昔天隨自號江湖散人。予懼秋畦之或將終焉也。故有落句以志慰諷云。覿面分明笠澤翁。筆牀茶竈舊家風。人依叢碧深青裏。境在寒煙宿雨中。入海漫尋巢父逸。哦詩還比日休工。只愁催踏看花馬。便號江湖恐未同。題爲秋畦大兄老同年。弟趙佑

偶然吟意在江湖。且復煙波作釣徒。四面雲山閒舴艋。一灣風露泊菰蒲。心原似水同行止。志不求魚任有無。我上秋船尋伴侶。蘋花香裏定招呼。己丑冬。題奉秋畦老先生清教。秋船馮華

溶溶春波濯柳絲。一竿風月貌天隨。依稀陸涯溪頭路。舴艋舟中萬軸詩。題奉秋畦太年伯大人誨正。再姪震東

對對難

吾郡有師弟同赴省試。至武林關。天晚關閉。師出對曰。開關遲。關關早。阻過客過關。弟應聲曰。出對易。對對難。請先生先對。是科弟獲雋。

站班

參謁上官。各有定期。俗名上衙門。屆期下僚必黎明赴官廳。俟上官出入。皆趨侯庭隅。魚貫序立於傍。斂容屏息以示敬。謂之曰站班。凡在督撫署。則於司道郡守之出入皆然。在司道署。則於郡守之出入皆然。他如慶賀祭祀迎送諸禮節。凡上官所到之處。無不先往伺候其出入。故需次省會者。奔走僕僕。幾無暇日。余在楚北時。同僚霞寶許明府虎拜嘗改翰林口號一年事業惟公會。半世功名只早朝二句。云終朝事業惟跑路。畢歲功名只站班。又戲作聯語云。寒城跑路滿面來風。古廟站班一身明月。蓋紀實也。

重字

重字古作二。今則從〻。乾隆中。江西舉人姚近第二場第四篇重字未經重寫。磨勘官簽違式。應議。武進劉文定公覆勘奏摺云。此等本無應議明文。第舉子決科。墨義理

宜詳慎不得與自作行草書相溷從兩點省文且在題字中如不按題紙重寫即應貼出除此卷照舊交議並請敕部明著為令俾共識遵循

一揮九制

宋劉原父敞在西掖時一日追封皇子公子九人將下直為之立馬卻坐一揮九制明劉主靜定之亦嘗一日草九制筆不停書又中旨命製元宵詩內使卻立以俟據案伸紙立成七言絕句百首原父論著流傳天下而主靜撰述無聞然明史所載章疏二篇義正詞嚴亦足垂不朽矣

金佗

吾郡金佗坊宋岳珂故里珂金佗粹編自序謂先生佩佗綬於鄂不肖幸紹封舊封則金佗乃因封爵取義後遂以名其居按爾雅釋訓委委佗佗疏云謂佗佗長之美佗綬之佗意蓋本此今俗皆作金陀似誤

李安遠

唐李安遠歷官潞州都督懷州刺史卒謚曰安追封遂安郡公謚與封並犯其名史

册罕見

隋文帝廢長

隋文帝自謂傍無姬侍五子同母豈若前代多諸內寵孽子忿諍為亡國之道乃卒廢太子勇而立廣遂底滅亡則以聽婦言而惑佞臣也勇又多內寵干帝后之忌自致禍階欲免於禍得乎

胡大海

保越錄述元呂珍守紹興拒明軍事甚詳時明首將為胡大海縱兵抄掠財物米穀婦女孳畜又發掘塚墓自理宗慈獻夫人以下至官庶墳墓無不發金玉寶器捆載而去其尸或寘之以水銀而皆如生被戮斬汙辱者尤甚據此則宋之陵墓一發於元初再發於明初矣考明史胡大海傳大海善用兵每自誦曰吾武人不知書惟知三事而已不殺人不掠婦女不焚毀廬舍乃保越錄所載若此豈當日國史掩諱其惡與

明公主郡主

明公主郡主無再嫁者即此可見宮幃禮法之嚴視唐世迥殊矣

敂

西溪叢話云歐公父墓表云回顧乳者劒汝於其旁曲禮曰負劒辟咡詔之注云負謂置之於背劒謂挾之於旁今按集中作劒汝而立於旁茅氏八大家本則作抱汝而立於旁抱字雖明顯易解不若劒字之典奧

韓陵片石

庾子山謂韓陵片石堪與共語蓋指溫子昇所撰定國寺碑為高歡克爾朱世隆紀功也今觀其文辭采華縟殊乏風力其末云雖復高天銷於猛炭大地淪於積水固以傳之不朽終亦紀此無忘極意褒美至以天銷地淪相形措辭亦非體要

范文正公子

宋令文有三絕子之問以文章起之悌以勇聞之遜善書各得父一絕范文正公之子各得其父一體仲子純仁得其德叔子純禮得其文學幼子純粹得其將畧以視宋氏之子蓋遠勝矣

七月詩

七月詩八章章十一句而四言五言六言七言八言之體皆備詩中言一之日二言

二之日三言三之日二言四之日二言四月一言五月二言六月二言七月七言八月六言九月六言十月五三月闕則以蠶月代之蓋天時與人事相權而後調燮之用精參育之利溥也

宦寺

漢以後宦寺之禍史不勝書然亦有賢者如漢呂強北齊田敬宣唐楊復光後唐張承業宋邵成章明懷恩覃吉何鼎李芳陳矩王安簡册亦稱美名若斯知人貴自立不忠類之賤也

六駮

隰有六駮毛傳云駮如馬倨牙食虎豹陸璣疏云駮馬梓榆也樹皮青白駮犖遥視似駮馬故謂之駮馬正義謂山有苞棣隰有樹檖皆山隰之木相配不宜云獸余謂非獨此也詩凡山隰對舉者七阪隰對舉者二南山北山對舉者五皆不言及獸可知傳之說未若疏之說為長

警枕

錢武肅王用警枕司馬溫公亦用警枕與王賢相勤勞正相同也

柏梁臺詩

聯句長篇始於柏梁臺詩凡二十六句句各叶韻時米材哉複二韻治之複三韻自大司馬迄上林令各就其職事言之至末二句郭舍人云齧妃女脣甘如飴語忽涉於褻東方朔云迫窘詰屈幾窮哉語又近於諧視三代以前君臣賡和之作相去遠矣

方術傳

水經注引鄧德明南康記盧眈為交州治中元會至朝化為白鵠威儀以石擲之得一隻履步隱為廣州惡之以狀列聞遂至誅滅然則王喬之鳧舄竟得天降玉棺百姓立廟何其幸耶後漢書方術傳語多怪誕蓋不免出於附會已為葛洪神仙傳晚出之劉向列仙傳等書作濫觴矣

州箴

揚子雲十二州箴冀兗青徐揚荊豫益雍幽并交是也初學記所載多涼潤二州其潤州箴云蔣廟鍾山孫陵曲衍江甯之邑楚曰金陵吳晉梁宋六代都興此皆漢以後事豈得謂子雲所作徐公碩儒當不若是之舛或其書為後世妄人所增有是誤耶

史越王表

葉紹翁四朝聞見錄云史越王辭免太傅作表欲用侯芬歲月七十有三未有封余有錫之父對以補報乾坤萬分無一王大稱賞謝伋四六談麈又云呂成公求退表侯芬甲子六十有三補報朝廷萬分無一乃出於李黃門邦直明楊儀明良記則又謂劉文成公作表用蹉跎歲月六十有三未有對高峯和尚對以補報乾坤萬分無一

火浣布鳳首木火油

凡物遇火則焚而火浣布鳳首木等獨得火不燋又火油得水焰彌盛錢武肅王嘗用以勝淮師

父子精相術

唐袁天綱客師父子精相術明袁珙忠徹亦父子精相術珙相人往往因其不善導之於善從而改行者甚多技也而進乎道勝古人矣忠徹陰險與羣臣有隙即緣相法於上前齮齕之術雖精不足稱也

柳仲塗文

柳仲塗文近於艱澀蓋承五代骫骳之習力矯其弊志在於古其理高其意而文辭之工拙不暇計也其東郊野夫傳曰年始十五六學為章句越明年趙先生指以韓文野夫遂家得而誦讀之當是時天下無言古者野夫復以其幼而莫有與其同好者焉但朝暮不釋於手日漸自解之又昌黎集後序曰讀先生之文自年十七至於今凡七年日夜不離於手始得其十之一二又再與韓洎書曰唐有天下三百年間稱能文者惟足下與我兩家開之學為文章不類於今者餘三十年其學之專且勤如此宜乎倡一代風氣之先立言不朽也

陳壽不妄劾人

明刑部尚書陳壽為給事中時言時政無隱獨不喜劾人曰吾父戒吾勿作刑官易枉人言官枉人尤甚吾不敢妄言壽於成化時嘗劾去鎮守中官不檢者又劾萬貴妃兄弟及中官梁芳僧繼曉知其非竟不劾人也特不妄劾耳

輜重

輜重有三解前漢韓安國傳顏師古注輜衣車也重謂載重物車也故行者之資總曰輜重蓋以輜重為兩車謂車以衣蔽之而載人重車則載物也釋名輜車載輜重臥息其中之車也輜廁也所載衣物雜廁其中也李善二京賦注引張揖云輜重有衣車也蓋皆以輜重為一車而一則謂人與衣物並載一則謂以衣蔽車而兼載人物也今人以輜重為行者載物之車是又於三說之外別著一說矣

韓侂胄函首至金

韓侂胄既死將函首至金黃度以為辱國倪思謂有傷國體樓鑰獨言姦宄已斃之首何足惜此君子一言以為不知也

愛惜士子

福建長樂梁敬叔觀察恭辰勸戒近錄云嘉慶戊午閩鄉試新城陳鑑亭觀以監法道在貢院頭門點名並監視搜檢有應試廣文懷挾一包裹兵弁搜得獻之陳公取包裹置坐右謂兵弁曰既有懷挾應再細搜兵弁乃重檢考籃等稟曰無之陳因目廣文曰既無懷挾汝不進去何待廣文乃領卷徑去而兵弁瞠視無一辭旁觀者皆稱頌不置夫科舉之搜檢前代即有之功令不得不嚴而奉行不可不存寬大之心以全朝廷待士之體以養士子廉恥之原如觀察者可謂知政體矣後觀察官至倉

場侍郎因憶嘉慶甲子科浙江鄉試阮文達公為監臨時事絕相類第一場點名時搜檢官某以士子懷挾之文字跪白於公公若為弗見也者某乃起置文字於案公取視之正色曰此舊帳簿也安所用之某惶惑退去公嘗謂僚屬曰士子入闈能帶文字不能帶福命國家嚴懷挾之罪在功令不得不然吾輩當仰體聖主作人之意愛養為先何可任意苛求罔顧大體乎存心仁恕如此宜乎富貴壽考兼備一身也又道光壬午北闈仁和蔣侍御詩為科場巡號官有號役訐告某士子懷挾文字蔣謂若果懷挾則當搜檢時諸王大臣豈肯縱其入闈此必汝藏匿之物藉以挾詐耳立予杖責而逐之是亦能以愛惜士子為心者

喜雨志乎民

道光丁未科新進士朝考詩題喜雨志乎民語本穀梁惟江西萬良點明出處有勤民聽雩傳句以一等三名入詞林年已六十四

雙烈

嘉慶元年七月京師民崔升偕妻陳氏至杭州投親不遇無所得食同縊於西壁坊客寓錢塘縣令蔣重耀為葬於萬松嶺側且作判辭以立案其略云共處太平何至

諒生無轉計良由狷介頗甘騈首不求人雖匹夫匹婦之自經恩誠可憫然同死同生之大節理實無虧用特捐廉即為構地掩兹雙骼遂其夫潔而婦貞錫以一抔庶雙行成而名立仁和周南卿茂才三變為賦雙烈行有云生則異鄉死同穴一貧致死長髮結一死守貧真決絕錢塘江水表汝潔嶺上萬松表汝節殉名殉夫總一轍士與女兮視雙烈後土人於其墓傍立祠祀之大著靈應禱祀不絕先是乾隆時杭州有何氏子與鄰女高氏有盟約高父母別為議婚女遂與何同時縊死仁和令唐仁埴判令合葬讞語云目擊雙懸心憐共命氏葬本由物則惟從一之足嘉王道原順人情尚有終之能正教必豫童牛之牿踰閑難責諸蚩氓風或殊丈繳之歸節取弗遺於伺俗用捐廉俸俾勒貞珉歌萬借孔雀之詞文梓起鴛鴦之塚庶幾連理長榮南園一抔永傍西泠一時傳為美談好事者競登其墓或攜詣帛奠之自崔墓興而何墓遂廢今并不能確指其處蓋徒之死雖不得云正命而夫縊婦殉義烈足風視彼何鄰私判貞淫固不僅以連理雙鴛供騷人之憑弔也吾友孫瀛帆茂才謂聞諸故老云萬松嶺畔向有匪人夜劫孤客俗稱打悶棍土人禱於崔祠屢顯靈驗由是宵小潛蹤行旅獲安此外尚有驅虎逐疫諸跡果爾則有功德於民其歷五十餘年而香火勿替也固宜

傳述易訛

雪浪齋日記以李太白詩人煙寒橘柚秋色老梧桐屬之歐陽公特以晚易人以王灣詩海日生殘夜江春入舊年屬之靈澈特以月易日以暮易舊又如一百五日寒食雨二十四番花信風徐師川詩也中州集則以屬之張公藥傳述易訛往往若是

民之父母

州縣署舊有聯云最防官折兒孫福難副人稱父母名語意警切嘉慶間秀水邑令某初至頗著仁聲士民贈以扁云民之父母未幾改操廣通賄賂或於其扁側題一聯云漫道此之謂誰知惡在其後被劾去

西遊記

西遊記推衍五行之旨視他演義書為勝相傳出元邱真人處機之手山陽丁儉卿舍人晏據淮安府康熙初舊志藝文書目謂是其鄉嘉靖中歲貢生官長興縣丞吳承恩所作且謂記中所述大學士翰林院中書科錦衣衛兵馬司司禮監皆明代官

制又多淮郡方言此足以正俗傳之訛邱處機自有西遊記見道藏

嚴石帆詩

吾邑嚴石帆明經光祿性耽吟詠文場久困益刻苦為詩尤長於五律如夜飲金暮真肆耕草堂云回首平生事為歡只友朋深村涼夜酒細雨草堂燈舊侶稀堪惜吟懷老倍增一尊共相賞此外復誰能秋夜云忽又流光換飄蕭鬢已殘浮生無老易盛世見才難河漢影相隔梧桐陰自寒西風動瑤瑟幽怨不禁彈格老氣蒼不墮凡近斷句如靈巖云春深吳苑樹煙鎖太湖山贈鐵隱上人云禪心窗外菊詩意畫中山舟泊吳興云細火橋邊市疎鐘郭外山三押山韻皆妙

青腿牙疳

咸豐乙卯年吾里皇甫湘山上舍泯患牙齦腫爛兩腿青腫其勢甚劇諸醫不效烏程溫醉白口診之謂病名青腿牙疳不必服藥惟食馬乳可愈如其言一月全愈又一戴姓婦人病證相同亦食馬乳得痊按此證見於御纂醫宗金鑑八十四卷外科門長洲唐笠山大烈所著醫宜博覽論曾述及之吾鄉罕有此證醫家知此者亦鮮矣

馮侶笙詩

南海馮侶笙明府錫鏞豪於詩官太平時與錢塘范春船學博元偉論詩甚契吟簡往還無虛日所刊于滇集二卷乃採擷來銅滇南紀行之作也五言善寫情如碓子宿道中云亂山圍故壘老木卧殘垣黔陽雜詠云天驕三伏盡地割萬峯間留別太平士庶云身如遊客忘程遠情在蒼生惜別多秋日偶成云酒緣悶酌翻難醉棋為愁敲更易輸蒼梧留別鄧星槎云與我相同惟宦況贏君如許是鄉愁皆為集中警語

竊人之書

竊人之書為己有自昔已然如虞預之竊王隱郭象之竊向秀何法盛之竊褚生宋齊邱之竊譚子是也元明以來如吳澄三禮考注晏璧曾有之倪士毅四書輯釋胡廣等竊之唐汝詢詩史顧正誼據之張自烈正字通廖文英攘之張岱石匱書谷應泰得之(改名明史紀事本末)近代王尚書明史稿實萬季野所纂也傅觀察行水金鑑實鄭芷畦所撰也王履泰畿輔安瀾實戴東原所著也此皆彰彰在人耳目者

轉敗為功

宋與金議和种師道勸欽宗乘金師度河半擊之不從曰異日必為後患比京師城破欽宗思其言嗟痛之元兵圍襄陽危急汪立信說賈似道選兵五十萬沿江距百里而屯刁斗相聞互相應援以為聯絡之固似道不從元師遂渡江深入伯顏知立信之策歎曰使果用我安得至此明李自成陷山西薊遼總督王永吉請撤寧遠吳三桂兵守關門選士卒西遏寇即京師警旦夕可援給事中吳麟徵力主其說輔臣陳演魏藻德請與故棄地二百里不可麟徵復為議數百言六科不署名獨疏昌言不省比賊勢日偪帝悔不用麟徵言旨下永吉而已無及矣此三策者皆可轉敗為功而乃以淺見沮之卒底於亡是豈得僅諉之天命哉

撰述傳信

蔡中郎自言為人作碑未嘗不有慙容惟為郭有道碑頌無愧韓昌黎文劉乂譏之為諛墓虛辭悅人知賢者亦不能免嘗觀尹河南劉彭城墓誌云某撰述非工獨能不曲迂以私於人用以傳信於後故敘先烈則詳其世數紀德美則載其行事稱論議則舉其章疏無溢言費辭以累其實此則所謂修辭立誠可為撰述者法矣

討武曌檄

任昉為齊明帝讓宣城郡公表云陵土未乾訓誓在耳駱賓王討武曌檄演作四句云言猶在耳忠豈忘心一抔之土未乾六尺之孤安在可謂善於脫化

石敬瑭杜重威

石敬瑭為李氏壻乞師契丹以滅唐杜重威為石氏壻乃亦降契丹以亡晉天道之不爽若是

單傳

漢揚雄五世單傳童烏既沒繼緒無人周玘自曾祖父揚至玘孫恂六世單傳皆知名此後不聞有濟美者孔子之子伯魚七傳至鮒始有弟子襄以上俱單傳迄今胄裔蕃衍英彥世出蓋盛德之後積久益昌非常人所能致也

夏山如怒

郭熙論畫云春山淡冶而如笑夏山蒼翠而如滴秋山明淨而如妝冬山慘淡而如睡惲平叔格改如滴為如怒竊謂暴雨後之景滴字為勝若當晴杲炎赫之時怒字尤肖其與詩云夏雲多奇峯蓋亦於怒字意為近

秋鴻館詞

杭州武林門內天后宮棟宇宏敞雖在城市境極靜僻余己亥秋曾寓居於此北廂之壁有丁見堂諸君題詞讀之想見當時文藻之盛恐日久湮廢備錄之以貽同好秋鴻館詞調寄滿江紅并序西湖勾留有年矣秋九月同人畢集翦燈蠟屐酒樓禪榻游必竟日聚必卜夜會合之樂得未曾有入冬將各散去金谿補官北上選樓赴維揚小茗歸棲水丹生返婁東九能歸吳興春較入都門驪泉與余歸禾中念良會之難再相與倚聲作者有七湖山戀人蒼然雲表朔風初厲遠懷何如嘉慶戊辰十月既望丁子復識鴻影連江邗都被西風留取肯浪擲爪痕點點秋光輕負一月閒心鷗外遠兩湖清響尊前有悵臨風何處覓坡翁頻搔首　嚴不折穿雲走船不繫搖風久向亂泉聲裏禪關偏叩坐到南屏鍾動處飽看西子妝成後問青山別後倚晴空相思否(嘉興丁子復見堂)　橫笛江城又攪起離愁千斛乍傾倒同岑小住濁醪共漉夕照峯頭高下屐秋聲樹裏東西屋恁更闌不厭把新詩三過讀　誰挑得蕉林鹿誰認取柯亭竹歎匆匆分手雲龍難逐風月且談今夕事升沈莫向君平卜唱驪駒寒色上征衫腸迴轂(仁和王棠本選泉)　秋聽無多掃敗葉不容停着恰意外萍蹤三兩湖山樓泊名字叅從香國飲性情刊向歷興鑿倚疎狂一例結苔岑誰繩削　英靈氣王郎

研圓妙想，鄱陽謫僊瀾翻，隨處總將巾舒標上，酒痕染似雨，江邊晚影開於鏡，繞天涯何處乏新知，渾非昨（聞北貲元人餘）。最憐呼酒寒已有到六四月天，付與湖山詩滿一時，清絕擷嫩頻來，今舊雨對床莫辭，雲泥容況逢新秋，棲霞更昨楓林色。茲宗巖風塵隔鷺湖，晞煙波潤問，茫茫後會者誰，攜我向西州，感慨哭（時得吳汪嘉賦祥訃）人過北郭，傷離別待重逢，何處綠前游鴻踪（按舟先生前如此）湖山能幾度，良朋勝游繞盼到酒香茨鄉，已是殘秋，舊雨辭消黃葉路，新寒夢醒白蘋洲，正風前一笛弄清人倚樓。安東水家尚添竹西月，客過微更冥髓衝寒晚度，蘆滿暮煙怕沾羈旅淚，疏楊難綰別離愁，把片情且付與煙波隨去艇（和寶西村李舟）。荻岸霜風吹落葉，亂窗如雨頻喚酒，燒殘紅燭已經幾度，杯底破除千載恨，城頭留戀三通鼓，約明朝小艇更看山，西泠路。歡娛事元無數，別離恨長終古，算雪鴻萍水且休回顧，此去諸公須愛惜，後來孫華休慶士，再十年重與談前躅，煩鷗鷺（師安巖元時修能）棹入西泠，暢好是秋光濃候，合使把杖頭錢挂，聯來吟袖，花港畫船人去遠，蘋洲漁笛吹來又，勝空狂懷抱未消除還如舊。南屏路尋僧去，萬峯頂攜樽酌，愛吟詩餘裏晚鐘清透，好句欲分紅葉艷，遙岑已共黃花瘦，奈攬縿搖動各天涯，分襟驟（杭州汐板採春尚）。

張孝廉

嘉興張孝廉昌衢，英才卓犖，人皆以大器目之。嘉慶丙子秋試中式，揭曉後數日即卒。一月間連喪其子婦，妻亦自縊以殉，惟一老母存焉。其同年平湖高孝廉一鶚慟以詩曰：仙才合守舊青氈，恣枵生平欠宿緣。怪爾文光騰萬丈，一時沖破玉樓天。連理枝開頃刻花，傷心最是折蘭芽。獨拋白髮燈前坐，地下依然聚一家。令人不忍卒讀。

郎蟹

安吉郎蘇門觀察葆辰，畫蟹入神品，人皆寶貴之，稱為郎蟹。自題詩亦多佳者，錄其七絕二首云：秋來不減持螯興，願學東坡守戒難。聊借硯池無數墨，寫生且作放生看。橙黃橘綠稻花疏，盞酒嘗螯小醉餘。若使季鷹知此味，秋來應不憶鱸魚。

吳澹川詩

秀水吳澹川明經文溥，詩品高遠，阮文達公謂為兩浙詩人第一。著有南野堂詩集。五言如桐影方流几，琴聲不見人；鶯啼春去後，客到雨深時；江湖多落木，風雨急歸舟；暮雨啼飢鼠，殘燈過客稀；峽雲開曉色，關樹老秋聲；鳥飛風未定，人語月初生；別浦流春水，閒門落古花。七言如并州雁到楓初冷，江上人歸橘又黃；青山獨行路不盡，白日欲暮春無多；一笑身家書卷外，半生心事酒杯間。皆清逸出塵。吳自言幼嗜吟詩，三十歲而成癖，寢食都廢，嘗有示兒詩云：秀才衣鉢傳三世，選佛功名隔一塵。除卻驚人詩句外，平生事事不如人。可想見其用力之深矣。

六舟僧

杭州近日詩僧，首稱海寧六舟達受，工草書、墨梅，尤精金石篆刻，得懷素大小草書千文墨蹟，鉤摹上石，賦詩紀之，有自喜不貪缸面酒，莫教蕭翼賺蘭亭之句。阮文達公稱為金石僧。江夏陳芝楣中丞鑾嘗延主吳門滄浪亭畔大雲菴，婺源齊梅麓太守彥槐贈以聯云：中丞教作滄浪主，相國呼為金石僧。後又主西湖南屏方丈，厭酬應之煩，退居海甯白馬廟，吟諷自得，人皆重之。

張解元詩

嘉興張叔未解元廷濟，家居新篁里，嗜奇好古，自商周以來至近代，凡金石書畫刻削髹飾之屬，無不搜聚，構清儀閣藏之，各系以詩。其題黃文節公書新篁贊閣（自註：竹高八寸二分，闊二寸四分，字高三寸三分，闊二寸二分。嘉慶辛酉從諸城相國所藏文節書刻宿客伏波神祠詩墨蹟集成）云：誰鐫寒玉半規如，雨宇浩翁老筆餘。有客臨摹須閣學，此君擢舉自中書。鐙前萬蓋蠅頭細，窗外千竿鳳尾疏。為喜嘉名符小里，愛渠吾亦愛吾廬。袁永之北征圖（絹本橫卷，高六寸七分，長二尺五分，陳道復畫，前有祝京兆題北征二大字，後有祝京兆、王雅宜、文壽承、彭寅父、顧華玉、書楊子鳳、陸芝、王國金、元賓、袁卿正、袁尚之、袁補之、袁與之諸題詠。嘉靖四年乙酉，袁永之袠領應天鄉薦第一，其入都時諸友人送行作也）云：匹馬胥臺賦北征，旗亭楊柳故交情。文章門第傾耆舊，風雨河橋夢弟兄。早歲應須成富貴，傳人何必薄功名。十年三上長安道，愁聽陽關疊鐙聲。筆意清俊，兼饒情味。

志書

國朝志書，如平湖陸清獻公隴其靈壽志，不登寺院，黜異端也；不載坊表，尚闇修也；不及前人文字之彰著者，如樂毅報燕王書之類，欲人博求之典籍也。體例最嚴。會稽章實齋學誠作永清志，敘例有云：近人輯志，藝文不載書目，濫入詩文雜體，因力為釐正，別具文徵。其識亦卓。近時烏程紀石齋磊、震澤沈退庵眉壽作震澤鎮志，以烈女載流寓、釋道之前，亦足矯流俗之弊。

秋鳥

吾鄉土產秋鳥，味絕鮮美，出乍浦陳山。屠康僖公懋當是日本國所產，秋來春去，初至剖其腹，猶有青椒。大者名鐵毛鷹，亦曰鷂鵰，中者花鷂，小者鷂籬，詳載沈李友榕李詩繫附考。此物惟宜碎切，冢膏和糖霜椒花漬以酒，蒸食，或細切，調雞卵蒸食，亦佳。有苕西人購數瓶歸家炙啖之，枯勁無味，詫為不佳，盡棄其餘，傳以為笑。吳江郭頻伽明經𪄻嘗與諸名士賦秋鳥詞，一時推為絕唱。其詞云：荒林落照，認窣樹蒼茫，一羣驚噪，纖纖鳴繞，已有七人尋到。陶村馬噴，披縣好，算總輸，酒邊風調。蜀蓋鳴釜，吳鹽點雪，擂瓶開了。 問何事，悵離海嶠，有綠衣同戲，紅椒堪飽，萬里頭顱，來博樽前人笑。雲羅滿地西風早，想江湖，羈雌多少。料應夢斷蠻天，一角暮煙孤島。（調寄桂枝）

香

祖德

乡石公幼時，即為恩汀公所鍾愛。乾隆丁酉，登賢書，恩汀公已不及見。秋畦公作詩示乡石公曰：記否埀髫日，桑榆祖暮齡。陶潛歸乞食，伏勝老窮經。顧汝扶鳩杖，呼予過鯉庭。興宗期此子，倚枕重丁甯。風木增吾痛，思親涕泫然。一官邀薄祿，十載隔重泉。清白遺家訓，丹鉛記手編。勉旃懷祖德，從此著鞭先。乡石公晚年每一誦之，輒為隕涕不已。

天時

立春後五戊為春社，立秋後五戊為秋社。芒種後丙日起霉，小暑後丙日斷霉。夏至後一日起時，三日初時，五日二時，七日末時，必有南風，適旬方止，謂之起超風，即蘇詩所謂萬里初來舶超風也。夏至後三庚起伏為初伏，四庚為中伏，立秋後初庚為末伏。冬至日起九，九九八十一日。大寒後逢戊起臘，立春日止。有謂春分秋分後戊日為社，夏至後五庚為末伏者，非也。

酒令

蔡寬夫詩話，謂唐人飲酒必為令，有舉經句字相屬而文重者，曰：火炎崑岡，乃有土圭測景。酬之，此亦不可多得也云云。余嘗與友人宴飲，致此為令，僅得二句，曰：山出器車，曰：一二臣衛。

費宏

費宏三入內閣，其卻錢甯，拒宸濠，忤張璁、桂萼，峻節卓著，無愧名臣。惟大禮之議，第署名公疏，未嘗特諫，不得與楊廷和、蔣冕、毛紀、石珤等以直言去位，惜矣。

馬

馬字古有以為發辭者，如禮三年問馬使倍之，周禮秋官之屬行夫馬使則介之，荀子非相篇馬廣三寸，鼻目耳具，而名動天下，淮南子時則訓天子馬始乘舟是也。當塗徐位山徵君文靖作之乎者也矣焉哉語助七字詩十四首，引據浩博，惟馬字語助當作尤虔切，而詩中多用於虔切者，如馬支、馬逢、馬見、馬知、馬廿之類，蓋以作尤虔切者搜索尤艱也。然荀書獨未引及，殆偶遺之歟。

寡能克衆

段會宗以三十騎至昆彌所，手劍擊殺番邱。傅介子以二壯士刺殺樓蘭王。薛萬均以死士百人走竇建德二十萬騎。王君廓以十三人破賊萬，馬燧以五百部士敗史朝義師十萬。李存孝以十八騎拔洛陽。劉錡以十二人敗余信陽城。岳少保以五百騎破金兵五十萬。寡足以克衆，惟智勇兼備者能之，否則行險輕進，鮮有不敗者。

公

父稱子為公，見鼂錯傳。君稱臣為公，如漢文帝稱田叔，武帝稱車千秋等，史不勝書。至宋哲宗時，宦者宋用臣謚議，有天子念公之勞，久從於外之語，措詞尤失體。

史記複見之句

史記複見之句，往往有更易其字者。如商君列傳家給人足，平準書、貨殖列傳則云人給家足。楚世家三年不蜚，蜚則沖天，三年不鳴，鳴則驚人，滑稽列傳則云不飛則已，一飛沖天，不鳴則已，一鳴驚人。秦始皇本紀飯土熘，啜土形，李斯列傳則增作飯土匭，啜土鉶，自序則云食土簋，啜土刑。至高祖本紀、自序皆云撥亂世反之正，而自序有云匡亂世反之於正。留侯世家運籌策帷幄之中，贊云夫運籌筴帷帳之中，一篇之中，亦自不同。

兩浙輶軒錄

阮文達公督學浙江時，裒集十一郡本朝已故名人詩，為兩浙輶軒錄，凡三千一百三十三人，詩九千二百四十一首。胡書農學士之尊人莳唐上舍濤古微書屋詩，亦采入錄中。學士賦詩以誌云：天教浙水啟龍門，文士泉臺盡感恩。一代登樓操選柄，千秋覆瓿慰吟魂。家無弗集名難假，才偶同時例不存（條例凡詩無專集及生存者不入選），甲乙編排微意在，續修留待後賢論。國朝從此補三吳，尚有蕤賓未採無。一品集繁存爵里（條例凡名公鉅卿集足行者概選何時出處科第以存梗概），內選家小辨江湖。藝林採備他年志，詩派分添此日圖。感極樗材荷培卷，更蒙拈拾到潛夫。

葉杏堤

同邑葉杏堤茂才文照。篤志好學。家貧。授徒為生。晝皆館課。夜乃自課。恒達旦不寐。每應試被放。輒哭泣數日。目為之腫。常云。若得登科錄中題名。雖死何憾。竟以力學得疾卒。年未及三旬。其友徐瘦生茂才照挽之云。一生祇為名心死。六極惟將惡字陰。語甚沉痛。嘗作小詩亦有致。曾記其春雨遣悶一絕云。陣陣風吹密雨斜。薄寒簾幕濕陰遮。空庭盡日無人到。獨倚闌干數落花。

高伯平

墓誌銘。每乞顯者為之。多飾說不可信。吾友高伯平明經均儒。自為妻墓誌銘。手書命其子行信篆額并刻。語獨簡質。銘辭尤真摯動人。聞高均儒妻。姓陳氏。秀水人。父諱堆。母氏畢。妻以嘉慶十七年十一月戊寅生。九歲喪父。十三歲字均儒。即就育于吾母。明年。妻母卒。又明年。母命成昏禮。越二十有七年而妻卒。時為咸豐二年四月壬午。年四十一。子行忠。行信。行篤。行信嗣從兄紬儒。女玲。字孫慶豐。三孫殤。今卜於四年正月辛丑。從吾母葬於海鹽縣元保山先兆之側。辭曰。之子歸于方笄兮。吾母顧之而尤憐。予孤寒以客游兮。恆千里而經年。歲時歸省晨昏兮。母謂婦職之罔愆。泣思吾母之慈愛兮。彷彿猶聞乎斯言。即斯言以銘幽兮。已足標之子之賢。伯平先世由閩徙浙。今隸籍秀水。游清江最久。楊至堂河帥以增重其學行。與訂忘分之交。屬校刊書籍甚多。

藥忌

吳江徐靈胎徵君大椿。謂醫藥為人命所關。較他事尤宜敬慎。今乃眩奇立異。欲駭愚人耳目。將古人精思妙法。反全然不考。其弊何所底止。略舉數端。以示儆戒。人中黃。腸胃熱毒偶有用入丸散者今入煎劑則是以糞汁灌人而倒其胃矣。人中白。飛淨入末藥若煎服是以溺汁灌人矣。鹿茸麋茸。俱入丸藥外症瘡瘍偶入煎藥又古方以治血寒久痢今人以治熱毒時痢腐腸而死。河車臍帶。補腎丸藥偶用今入煎劑腥穢不堪又臍帶必用數條罈中以羊腸龜腸代之。蚌水。大寒傷胃前人有用一二匙治陽明熱毒今人用一碗半碗以治小兒死者八九。蚯蚓。痘症用一二條酒沖已屬不典今用三四十條大毒大寒服者多死。蜈蚣蟾蟲。即桑蝎子胡蜂。皆極毒之物用者多死間有不死者倖耳。石決明。眼科磨光蛊水煮入末藥今亦以此法入一切煎劑何義。白螺殼。此收濕摻藥亦入煎劑其味何在。雞子黃。此少陰不寐引經之藥今無病不用。燕窩海參淡菜鹿筋丑筋魚肚鹿尾。此皆食品不入藥劑必須洗淨加以薑椒蔥酒方可入口今與熟地參苓附桂同煎則腥臭欲嘔。醋炒半夏。醋煅赭石。麻油炒半夏。皆能傷肺令人聲啞而死。橘白。橘內筋。荷葉邊。枇杷露。查核。扁豆殼。此皆方書所棄今偏取之以示異。余按徐氏所指。誠切中要害。惟海參淡食最能益人。嘗有食之終身。而康強登

上壽者。惟不宜與熟地等藥同煮耳。又枇杷露治肺熱咳嗽。獲效頗速。似不當在屏棄之列。

世其道德

昔人謂古之世其道德者。漢有袁氏楊氏陳氏。唐有柳氏。宋有呂氏韓氏。明有孫氏。然袁之有術。柳之有璟。韓之有侂胄。實為門戶之羞。此皆在於季世。殆因乎國運歟。

朱辭香詞

山陰朱辭香同年守方。才藻絕俗。登第後。遽下世。嘗於秋夜枕上。戲詠聲字。用獨木橋體作醉太平調詞十二解。殊有別情。漫錄於此。高槐怨聲。修篁恨聲。蕭騷葉墮塔聲。破窗兒紙聲。　沈沈鼓聲。寥寥磬聲。小樓橫笛聲聲。接長街柝聲。　鄰鴉吹聲。池魚躍聲。啾啾獨鳥棲聲。竹籠鵝鴨聲。　蟲娘絡聲。狸奴趕聲。墻根蟋蟀吟聲。又空梁鼠聲。　重門喚聲。層樓應聲。村夫被酒歸聲。聽嬰兒扉闔聲。　蘭窗剪聲。芸窗讀聲。嬌閨少婦呑聲。雜兒啼乳聲。　喁喁暱聲。喃喃夢聲。咿唔小女嬌聲。有耶娘惜聲。　盤珠算聲。機絲織聲。松風隱隱濤聲。是茶爐沸聲。　風鳴瓦聲。人離坐聲。甸盤叩響連聲。想殘煙管聲。　床鉤觸聲。簷鐶蕩聲。簷前玉馬飛聲。似丁當珮聲。　空堂颯聲。虛廊颸聲。花陰濕土蟲聲。作爬沙蟹聲。　遙聲近聲。長聲短聲。孤衾捱到雞聲。聽晨鐘寺聲。

君

君。尚書稱辟。稱元后。稱皇帝。詩經稱天子。禮記稱后王。戰國策稱陛下。史記稱上。稱巨公。漢書稱朝廷。稱天顏。稱至尊。稱聖上。稱縣官。後漢書稱上帝。稱天公。獨斷稱天家。稱大家。稱官家。三國志稱明上。魏晉六朝時稱官。稱殿下。後魏稱皇上。左傳稱君天。北史稱大尊。唐時宮中稱宅家。唐語林稱崖公。

父

父。爾雅稱考。戰國策稱公。列子稱家公。史記稱翁。韓詩外傳稱先生。廣雅稱爹爸爹爹。方言稱傻。晉書稱大人。魏晉六朝時稱尊。隋回紀傳稱多。北史稱郎。北齊書稱兄兄。舊唐書稱哥。古詩稱耶。閩俗稱郎罷。關東稱罷罷。吳俗稱老相。又稱爺爺。稱阿伯。北方稱老子。江州民稱大老。韓昌黎祭女挐文稱阿爹。周易稱父母為嚴君。今則專以稱父矣。

母

母。爾雅稱妣。詩經稱母氏。廣雅稱媓毑媞嬭媼姐。金史稱阿婆。古詩稱媼。李義山作李賀小傳稱阿嬭。漢書稱嫡母為民母。北齊書稱家家。漢書列侯子稱母為太夫人。陸放翁家世舊聞稱庶母為支婆。

疾風知勁草

猗覺寮雜記云。疾風知勁草有五説。謂後漢王霸。南史庾仲遠。唐蕭瑀。裴諝。李絳也。按隋書楊素傳。素平漢王諒。帝手詔勞素云。古人有言曰。疾風知勁草。世亂有誠臣。唐蕭瑀為太宗所重。太宗賜詩云。疾風知勁草。板蕩識忠臣。蓋本於此。

畫狀元

□岱號靜巖。滿洲人。官參領。工山水。聖祖御賜畫狀元。見胡書農學士國朝畫院錄。

煮人獄

寶邱范二之為某媪贅壻。逾年忽不見。范父訟於官。縣令王某屈乳婦為媪同村人。問以媪壻事。曰聞之鄰家。知以姦被害。王信之。嚴刑拷訊范某氏供與義兄韓三有姦恐敗露。共殺范二之。剉碎其骨。煮化其肉。以滅迹。韓三與媪供皆同。旋於其房後掘得碎骨定案。達府犯供翻異。府以碎骨為證。犯謂是牛骨非人骨也。府不聽遂達臬司。時秉臬者為夏邑李書年少保。鞫之供如前。惟犯無戚容。供詞太熟。疑有冤。反覆閱牘。得間。曰死者肉煮骨剉。固已。肺胃肝腸等物何在耶。復以是訊之。犯皆愕然。供各異詞。公曰。是真有冤矣。遂停鞫以待。越半載。突有人至臬司大堂哭喊。問之。即范二之也。因貧傭他邑。探知家難。特來訴冤。獄因是得解。使因犯無翻供。定案申詳。立殺三命。則院司得重咎。府縣且擬抵。一時無不服公之識。并謂有盛德者必有厚報。是時公年五十餘。尚未有嗣。次年舉一子。名曰銘皖。以地誌也。後又連舉數子。公中乾隆庚子進士。銘皖中道光庚子進士。公年八十餘。重遇恩榮宴。父子相隔六十年作同年。為熙朝之盛事。殆天佑之以彰平反鉅案之德也。予公從弟撿齋大令道融。彊恕堂文稿記此事甚詳。因節其畧。為世之司獄者告。

湯火傷方

鏡花緣説部。徵引浩博。所載單方。以之治病輒效。表弟周蓮史太史士炳為余言之。因錄其方以備用。余母周太孺人喜施方藥。在台郡時。求者甚衆。道光癸卯夏有患湯火傷。徧身潰爛。醫治不效。來乞方藥。檢閱是書中方。用秋葵花浸麻油同塗。時秋葵花方盛開。依方治之立愈。乃采花貯油瓶中。以施人無不應手獲效。

李司馬

羅江李石亭司馬化楠。以進士宰餘姚。有循聲。復攝平湖縣事。前令某七年猶累三千有奇。司馬計日定程。早午晚決訟各數事。縱民觀聽。三月盡理。民為之語曰。雲霧七年。三月見天。嘗言居官有六字訣。眼到身到心到。行政以仁愛為本。不輕勾攝。曰堂上一點硃。民間數點血也。乾隆壬申。分校浙闈。得嘉興李虹舟祖惠卷。呈薦。主試李鶴峯宗伯因培。遂定為元。榜發。知為浙中老宿。宗伯賦詩慶司馬得人云。吾宗有墨綫。峨峨發精英。乍如得荊璞。價重十二城。遺我共欣賞。古色果崢嶸。司馬和云。兩浙文才藪。此卷超羣英。想見腹便便。何庭擁百城。席登五十重。意氣猶崢嶸。

鄭笏君詩

烏程鄭笏君孝廉祖球。高才短命。其弟夢白中丞寂遺詩。刻為紅葉山房集。佳句如過清涼寺云。危石下秋瀑。幽篁深夕陽。渚漁云。魚飛挾風力。湖黑勁雷聲。入青山云。四圍半僧寺。一徑萬梅花。獨對亭夜坐云。絕壁松濤晴亦雨。空山蟲語夏如秋。表忠觀云。魂魄猶思造南宋。文章何幸遇東坡。古壁云。畫像陰森神鬼守。詩題漫漶姓名虛。語皆警特。

葛壯節公

山陰葛壯節公雲飛。為定海總兵。以父憂去官。逾年。英夷陷定海。大府以書屬公墨經從軍事。公方督耕田間。即趨歸白母。母張太夫人曰。金革無避。汝受國恩厚。行矣勿復疑。遂詣鎮海。請盡出勁兵。扼全雞招寶兩山間。又以計俘夷軍師安突得。夷大驚擾。公設計。請乘機收復。巡撫烏不能用。已而有通市之議。大府命公率所部往收定海。而以壽春鎮總兵王錫朋。處州鎮總兵鄭國鴻。帥師協守。時道光辛丑二月也。公以南道頭空曠。增築土門。又請自竹山門至摘箬山。徧列礮。縣治後曉峯嶺築礮臺。以杜侵越。小竹山門下塞其江路。對土城諸島。均置防守。使夷舟不得近。謂必如是。則定海可固。督師裕謙以費鉅。則請借三年俸廉興築。督師怒曰。是挾我也。堅不許。八月。夷再犯定海。衆二萬餘。我兵合三鎮僅四千。飛書大營請濟師。督師疑其張大。戒死守。毋望援。公苦戰六晝夜。日僅啖數餅。耆老有煎糗以進者。公投諸水。與衆共飲之。士卒皆感奮。戊戌天大霧。夷全隊逼土城。公聞風帆海水聲。知夷艦將至。礮擊焚之。夷倏遁。分道攻曉峯竹山。曉峯無礮。夷衆奪間道上。并攻破竹山門。遂下薄土城。時土城兵分守他所。麾下僅二百人。公率以拒敵。持短兵奮呼而進。殺戮無算至竹山門方仰登一酋長刀劈公面去其半血淋漓徑登酋駭乃以礮背擊公洞胸穴如盌前後四十餘創遂卒定海義勇徐保夜跡公尸於竹山門雨霽月微明見公半面宛然立崖石上兩手握刀不釋左一目睒睒如生欲負之行不能起拜而祝曰盍歸見太夫人乎負之起乘夜內渡大吏護公喪還山陰張太夫人一慟而止曰吾有子矣時王鄭二總兵皆死難而公死尤烈事聞上悼甚賞加提督銜世廕騎都尉又一雲騎尉賜長子以簡文舉人次子以教武舉人予謚壯節祔昭忠祠且立專祠以祀御製祭文云朕惟良臣蹇蹇昭大義於匪躬鉅典煌煌沛鴻恩於賜䘏唯忠貞之克篤斯褒予之重申爾原任浙江定海鎮總兵提督銜葛雲飛識邁韜鈐律嫻步伐初膺甲第旋擢水師薦績屢登不愧干城之選崇階洊陟疊邀綸綍之榮邇以蝗怒當車蛙鳴自井念兵戎之未靖資驍騎之先驅叱咤風雲施壯士天山之箭超騰矢石帥丈人地水之師同仇者一德一心賈其餘勇連戰於六晝六夜誓不空還軍鵝鸛而皆驚賊鯨鯢而待掃方謂金精氣壯離披麾下之塵何期石鼓聲沈倉卒矛頭之慟忠魂不返毅魄猶馨覽奏心傷為之涕霣畀殊恩更及其子式煥新綸命大吏常恤其家重頒內帑秩均一品義設專祠於戲鼓鼙思將帥之臣易名兩字俎豆視功宗之禮炳節千秋靈如有知尚其歆格天語褒忠至優極渥同時避敵偷生之臣讀之當益滋愧矣

郭參政詩

長洲郭參政諫臣明史無專傳其發嚴氏姦狀事附見林潤傳中有詩集四卷鈔入欽定四庫全書提要具載本末而朱竹垞太史明詩綜沈歸愚尚書明詩別裁皆未采入今錄四首於後秋日都門送別有感云為送南歸客翻憐北駐人白雲凝望遠華髮共愁新落日湖邊橘秋風江上蓴何時返初服吾亦任吾真夜宿儀真公館云風色晚來定濤聲聽漸平大江當縣繞片月向人明柏府寒烏集松階夜鶴鳴沈吟燈下坐多少別離情柳枝詞云河橋青眼競窺春淡著煙光別樣新留卻長條休浪折春來多少遠行人送王司業同年北上云江上西風動客旌故人相對眼俱青一杯贈別休辭醉世路於今畏獨醒又斷句蘆岸近沙頻下雁漁村隔水遠聞雞十里暖煙迷竹塢一篙春水沒魚梁皆清逸可諷

何小山詞

青浦何小山上舍其章精醫術尤工倚聲著有七榆草堂詞歿後其兒書田茂才其偉刊行於世予最愛其題西溪漁隱圖菩薩蠻云玻璃冷浸蓮湖月鱸魚風起秋波闊流水繞漁村蓼花紅到門 言尋樓隱處客向煙中去疏柳挂斜暉扁舟猶未歸送春和朱淑真韻蝶戀花云一寸柔腸愁萬縷才得春來又送春歸去借問東風和柳絮春將春色歸何處 打起枝頭雙杜宇聽到聲聲總是淒涼意昔憶落花花不語西樓日暮瀟瀟雨一寫景一寫情各臻其妙

海螄詩

詠海螄前人罕有佳句聞泰徐新齋觀察同年之銘詩獨擅長如七層塔湧螺紋細九曲珠穿蟻穴勻高簇犀痕羅剎齒小盤蠡樣釋迦頭皆新警奪目

倒用印

段秀實取姚令言印不獲乃倒用司農印以追朱泚所遣之兵令言時為將軍是以司農印詐為將軍印也五代史周本紀倒用留守印李崧傳倒用都統印則皆偽作詔書而以印詐為天子璽矣蓋當軍興擾亂之頃故得假以紿眾耳

周南卿詩

周南卿茂才幼以神童名嫻吟事家貧客游足跡半天下所至名公卿爭迎之著有抱玉堂詩集斷句如送鄭漁帆司馬得告還里云才子偶將官作達高人多以病為名三十初度云家累催人兒女大名場責我友朋多挽吳毅人祭酒云湖山氣併文章秀天地恩容出處寬語皆俊拔

長人

叔孫得臣獲長狄僑如左傳杜註謂長三丈公羊何注謂長百尺穀梁范注謂長五丈四尺據國語仲尼稱僬僥長三尺大者不過數之十自當以杜說為正按十六國春秋前秦錄夏默乞活人護磨那胡人申香奄人皆長一丈八尺多力善射每食飯一石肉三十斤殆即長狄之種類歟

高斗樞

明崇禎初鄞高斗樞為長沙兵備副使時土寇議起長沙止老弱衛卒三百城庫雉堞盡圮斗樞至建飛樓四十大修守具臨藍賊艘二百餘抵城下相拒十餘日卻去尋擊殺亂賊劉高峯等撫定餘衆十四年進按察使移守鄖陽鄖被寇且十載屬邑村六居民不四千斗樞至甫六日張獻忠自陝引而東斗樞與知府遊擊等分扼之戰頻捷賊不敢犯十五年至十七年李自成四攻鄖卒不克而去當是時湖南北十

四郡皆陷。獨郎伍夫以如是之才。僅使局守偏隅。而庸劣如熊文燦楊嗣昌吳甡轉握重兵以討賊。安能免於價軍誤國哉。

明崇禎朝相

明崇禎朝五十相。文震孟最賢。入閣三月遽罷。而奸如溫體仁。輔政乃至八年之久。是猶病劇而投以峻削之劑。欲不亡得乎。

王紹宗

王紹宗寫書三十年。庸足給一月。即止不敢贏。徐敬業起兵。聞其行。以幣劫之。不肯赴。幾為所戕。後事武后。官至秘書少監。乃與張易之兄弟交結。見廢。始樹介節而終隳於令名。則以不能擇人故也。

王兪事

明崑山王兪事志堅。窮經辨志。有古儒者風。官南駕部時。雖不欲以游閒談讌把玩日月。而又謂隨俗詩文。徒以勞神譁世。非有志者所為。乃要諸同舍郎為讀史社。九日誦讀。一日講貫。移日分夜。矻矻如諸生時。少間借金陵焦氏藏書。繕寫勘讐。盈箱堆几。嘗賦懷李長蘅詩曰。一編餘故麗。字畫麻姑細。彷彿共丹鉛。深夜重門閉。誦之可想見其居官況味。凡為閒曹者。當以兪事為法。庶幾術業不分。而身名俱泰也。

山濤王戎

山濤之稱王衍也。以為何物老嫗。生甯馨兒。然誤天下蒼生者。未必非此人。王戎則以為神姿高徹。如瑤林瓊樹。自然是風塵表物。褒貶懸殊。即此可判二人優劣。而晉書乃謂戎有人倫識鑒。噫過矣。

玉堂

漢玉堂乃天子所居。又為嬖倖之舍。文翁立石室曰玉堂。則又為講舍。宋學士院有玉堂。太宗曾親幸。又飛白書玉堂之署。以賜蘇易簡。歐陽公詩云。金馬頭游年最少。玉堂初直夜猶寒。自是玉堂遂專屬之翰林。

玊

後漢書司徒玊況。玊音肅。、在中畫之上。今世所行汲古閣本誤刊作玉。玊工亦从玉。說見正韻。而正字通駁之。今坊本皆、在中畫之下。道光乙巳會試第三題至於治國家四句。御筆書玊人之玊。猶、在中畫之上。可以正流俗之謬矣。

太上感應篇

元和惠松厓徵君棟太上感應篇箋注引顧徵堂語。以為太上者太古上德之人。是書乃修真者述太上之旨而為之。尚德者用茲無悔。乃君子之光。背義者以此思愆。實小人之福。是以昔人表而出之。名之曰感應。余按太上感應篇著錄於宋史藝文志。其言禍福與聖人餘慶餘殃之旨同。注者多人。惟徵君所箋。闡發精深。敎陳古雅。其體有散有駢。有韻語要皆撮經籍之華。示躬行之準。洵有裨於後學。而不得與尋常勸善書並觀。

吳越

吾鄉為吳越之地。聚訟紛紛。惟梁氏玉繩之說最核。云昔人以錢塘為吳越之界。唐釋處默詩有到江吳地盡。隔岸越山多之句。宋陳師道亦有句云。吳越到江分。蓋為史記吳世家。蓋取故吳地至浙江句。所誤。以春秋內外傳考之。吳地止於松江。非浙江也。浙江乃越地。故國語曰。勾踐之地。北至禦兒。西至姑蔑。

三字字

湛園札記謂張天錫字公純嘏。乞伏慕末字安石跋。三字之字。古今僅見此二人。余按北史三字字甚多。周文帝子十二人。皆三字字。如孝武帝字陀羅尼。武帝字彌維突之類。義皆難曉。惟公純嘏文義可通。至宋劉伯貢父。兄弟曰伯。曰仲。即五十以伯仲之義。不得謂之三字字矣。

藏書

藏書以遺子孫。子孫未必能讀。唐杜暹云。鬻及借人為不孝。語何隘也。宋李常積書萬卷於廬山。以遺後之學者。不藏之家。其識遠。其量宏矣。

表章苦節

歸太僕書張貞女死事。斷其為強暴所害。而邑令不為申雪。又作張貞女獄事。張貞女辨。復與唐虔伯李浩卿嘉定諸子殷徐陸三子等書。詳晰論之。後果以諸生言。正姦人胡巖罪。而貞女之節大白於世。乃明史不采入列傳。又太僕集中。如宣節婦陶沈節婦王計烈婦碣傳。皆極意經營之作。所以發幽光而維持名教也。而史多不載。因歎古今來苦節懿行。歿世無聞者。何可勝道。此數人者。猶幸有太僕表章。得垂不朽耳。

李杜

黃常明碧溪詩話云，李太白文章豪逸，真一代偉人。如論其心術事業可施廊廟，李杜齊名，真忝竊也。此論誠然。然猶未足以盡之。少陵篇什，固多忠君愛國之辭，顧其褊躁之性，見之事爲，恐亦無裨實用。觀其上疏力救房琯，稱其才堪公輔，言竟不售，而太白救免汾陽，卒賴以匡扶社稷，厥功甚鉅，是豈少陵所能幾耶。

顏氏家訓

顏氏家訓，辭旨明切，足資勸戒。至其歸心篇尊崇釋氏，謂非堯舜周孔所及，且云若能偕化黔首，悉入道場，如妙樂之世，穰佉之國，則有自然稻米，無盡寶藏，安求田蠶之利乎。謬妄乃爾，實爲全書之玷。

一代奇才

胡天游徵君自言爲古文學韓昌黎，澀險處時似唐劉蛻、元元明善。前人如王阮亭、朱竹垞詩文，偏摭其疵病。時桐城方望溪爲古文有重名，天游力詆之，以故忌之者衆。全謝山太史至詆爲夫己氏。平心論之，望溪之文高潔，固一代正宗；天游之文雄傑，實一代奇才。觀其與朱孝廉書云，近世于文章，絕無解者，但得豎夫男兒塗巷語言，乃謂之工；反是乃謂之不工。工不工，傎悖若此。彼其作者肯徒爲之。柳河東碑銘娥，范曄傳皇甫嵩妻，李習之傳楊烈婦，雖古今傳之，其于辭猶未工。僕嘗觀三國志注、五代史，皇甫士安敘麗娥，歐陽公敘李氏，與習之高愍女碑，激發盡意，可爲工矣。假出自今世，使衆讀之，必有背嫉交訾，深相不善者。嗟哉！凡人行事，自聖賢豪傑、忠臣孝子、悌弟信友、奇行異節，欲使聞於後，要不能不藉文以傳。今之俗人知託乎文矣，顧惜其能者，偏好其不能者，敝漬陋鄙，一至於此，可爲憫笑云云。持論若此，宜文之不諧于俗也。

程筠軒詩

同邑程筠軒茂才拱宸工詩，晚歲精研醫理，求治者踵至。壽臻大耋，詩集散佚。偶於友人案頭見其殘稿二首，急錄之。將進酒云：君飲酒，我歌詩，勸君頻舉金屈卮。醉鄉別有一天地，樂處不許凡人知。左手攜劉伶，右手招阮籍，空囊無一錢，杯中之物不可缺。吏部醉卧酒甕邊，翰林自稱酒中仙。古人曠達乃如此，肯與禮法之士相周旋。繁花滿林條，馬委路，紅顏少年傷心遲暮。人生有酒且須飲，美景良辰莫虛度。明星煌煌照西廂，錦筵銀燭添幽光。夜如何其夜未央，清歌一曲累十觴，樽空舉杯酌天漿。遣居感賦云：男兒的是可憐蟲，三十頭顱未送窮。度向侯中藏故刺，誰從囊下貴

焦桐，酒稱大戶千鍾少，詩號長城五字工。惆悵立錐無地可，滿天風雪響哀鴻。

靈星門

聖學櫺星門當作靈星門。上元程綿莊徵君廷祚嘗辨之云：詩絲衣小序，高子曰：靈星之尸也。漢高祖始令天下祀靈星。後漢書注：靈星，天田星也。欲祭天者，先祭靈星。宋史禮志：仁宗天聖六年，築南郊壇，置靈星門。至理宗景定間，移用於聖廟，蓋以尊天者尊聖也。建康志、金陵志並云聖廟立靈星門。元志誤以靈作櫺，後人承而用之，則不知其義之所在矣。程所辨如此。余按明史禮志，至聖先師孔子廟祀，洪武十五年，新建太學成，廟在學東，中大成殿，左右兩廡，前大成門，門左右列戟二十四。門外東爲犧牲廚，西爲祭器庫。又前爲靈星門。是櫺星之當作靈星審矣。

乩

韓昌黎爲李于墓誌銘，言其服柳泌水銀藥以死，類及以藥敗者六人，爲世誡。德清許周生駕部宗彥效之，爲吳臺卿哀辭，言臺卿篤信乩言，長齋禮拜，忘其體之羸，又受道士戒，百日不語，方夏暑，大鬱肺，遂病血而死。因謂乩之術，始猶一二好事者信之，繼則樸實之士信焉，繼則聰明之士亦信焉。禍福以乩爲筮，學問以乩爲師，疾病以乩爲醫。背陽而入陰，舍昭昭而即冥冥，其幽陰沈墨，足以銷散人之精爽，而君乃由之以至於死云云。余觀近日乩方盛行，往往服藥而速之死，蓋其爲害尤烈，無如習是術者終溺惑而不知返也。

十目一行

阮文達公題嚴厚民杰書福樓圖（厚民湛深經術，精校勘，因昔人云書不能蠹魚，經俗子孫改書之福也，因以名樓。）詩云：嚴子精校讎，館我日最長，校經校文選，十目始一行。自註：世人每矜一目十行之才，余哂之，夫必十目一行，始是真能讀書也。公此語可爲粗心讀書者針砭。夫一目十行，由於天資過人，誠使質之鈍者，十目一行，則用心密而獲效宏，豈遜於一目十行者乎。所謂學知困知，及其知之一也。

李笠翁

華亭黃閣石含尊鄉贅筆謂李笠翁性善逢迎，士林不齒。所作一家言，大約皆壞人倫傷風化之語。今觀其書，誠有如閣石所云者。又有尺牘一册，干謁公卿，多作乞憐之語，尤爲庸鄙。惟史論二卷，持論較勝，如謂漢文問決獄所以重民命，問錢穀出入所以惜民力，爲宰相者正當因勢利導，勸之省刑罰，薄稅斂。陳平乃以誇誕之詞掩

其疏略之過不可謂識大體謂唐相楊綰而鄭令公滅樂非徒成人之美蓋欲修好於宰相而不敢精忤其意惟恐將相不和為強寇所伺謂項羽不渡烏江固疑為亭長所執而然然其疑之所自始則以烏江岸上此時非雞犬不驚之地亭長何人能不隨衆避兵而尚艤船以待乎況漢王起兵時亦一亭長也此日之亭長安知非當年同事之人受計而來羽于斯時既無他舟可避而死于亭長之手不如自刎之為烈此等議論殊有見地過一家言遠矣

萬方伯

明德化萬方伯衣官福建參政時倭犯興化懸金募敢死士乘城守更伏奇兵待賊賊薄城守者矢石雨下奇兵邀擊斬其渠魁衆遁走未幾賊又悉衆來攻乃賞健兒十餘人攜火藥夜縋城下令分投縱火賊處處撲火無暇攻城城中人得縱射撲火賊死賊遂不撲火火愈熾督城上守者益堅燃炬鼓噪擊柝達旦賊見威甚乃皆遁遷按察使倭再寇閩至北嶺將圖福州以五百人覆嶺下三千人分左右翼登嶺上度賊過谷而衷賊賊大潰斬獲無算後官河南布政使為巡撫所齕乞病歸築北山草堂題其楹曰心懸魏闕三千里身在匡廬第一峯屏居三十年著有草禺子行世後人重刊改為萬子迂談方伯明史無傳而拒賊事深合兵法偶閱迂談採錄之

冷廬雜識卷四終

冷廬雜識卷五

清　桐鄉陸以湉敬安著

醫學源流論

徐靈胎醫學源流論云有病固當服藥乃不能知醫之高下藥之當否不敢以身嘗試莫若擇至易輕淺有益無損之方以備酌用如偶感風寒則用葱白蘇葉湯取微汗偶傷飲食則用山查麥芽湯消食偶感暑氣則用六一散廣藿湯清暑偶傷風熱則用燈心竹葉湯清火偶患腹瀉則用陳茶佛手湯和腸胃如此之類不一而足即使少誤必無大害又有藥似平常而竟有大誤者如腹痛嘔逆之症寒亦有之熱亦有之暑氣觸穢亦有之或見此症而飲生薑湯如果屬寒不散寒而用生薑熱性之藥與寒氣相鬬已非正治然猶有得效之理其餘三症飲之必危曾見有人中暑而服濃薑湯一碗覆杯即死若服紫蘇湯寒即立散暑熱亦無害蓋紫蘇性發散不拘何症皆能散也按此論戀藥誤而發微病用之最為穩善養生家不可不知

嘉靖冤獄

明嘉靖時冤獄莫甚於李福達而陳洸次之皆因議禮而成以是知名不正必至於刑罰不中也又張福獄亦由私怨而致奇冤李福達事見馬錄傳陳洸事見葉應驄傳張福事見熊浹傳比類觀之可以知其失矣

賜書加點

侯景將鎮河南請於高歡曰今握兵在遠姦人易生詐偽大王若賜以書請異於他者許之每與景書別加微點雖子弟弗之知及歡疾篤世子澄矯書召之景知偽懼禍乃降梁隋文帝愛其子漢王諒與之約若璽書召驗視敕字加點又與玉麟符合則就道蓋即襲景之智景大憝不足道隋文廢長立愛乃亦假小智以濟私愚宜其速底敗亡致諒亦不得其死也

常食之物

醫家謂棗百益一損梨百損一益韭與茶亦然余謂人所常食之物凡和平之品如參苓蓮子龍眼等皆百益一損也凡峻削之品如檳榔豆蔻仁煙草酒等皆百損一益也有益無損者惟五穀至於鴉片煙之有損無益人皆知之而嗜之者日衆亦可憫矣

方丈輒

乾隆時。淳安方文輈大令楘如。主講杭州紫陽書院。課中名士。如陳句山太僕兆崙。杭堇浦太史世駿。金長孺大令虞。皆不服。乃拈驅蛇龍而放之菹題爲課。諸人所作。才氣雄肆。祇就驅字放字著筆。方作獨詮發菹字。衆始悅服。

何文安公輓聯

道州何文安公師凌漢。幼失怙恃。家貧。刻志勵學。通籍後。登掌文衡。道光辛卯。典浙試。後即督浙學。待士外嚴而內和。校閱公明。士論翕服。庚子。薨於位。海內之贈祭文輓聯者。嗣君編錄成集刊之。今摘其尤於左。英相國和云。再世獲傳衣。最喜緣深堪歷久。三台期接席。那知望切竟成空。副憲毛伯雨師式郇云。累世簪纓。方期啟沃酬恩。尚冀同心作霖雨。數旬騑牡。豈意春明話別。不堪回首望停雲。留京卿望顏云。朝露洒遺牋。問幾人東閣重瞻。有才如蘇右相。春明階末座。憶雨載南車。親奉前賢帳。失鄭司農。錢給諫儀吉云。淵雲大文。趙張爲政。奮建家風。時望兼漢廷數子。省臺故事。都邑謳思。門牆述訓。今名傳荊國先賢。鄂太史恆云。一品荷殊榮。大望官聲。端謹咸欽臣節粹。千秋逢異數。崇銜美謚。幽冥應感聖恩深。汪明府仲洋云。蹤道一身條貫。平言功者德。易名當代少。止於理義曰安。

洪地齋

臨海洪地齋孝廉坤煊。負異才。朱文正公視學至台。地齋方居內艱。物色得之。命以墨經與古學之試。遂於乾隆己酉歲拔入成均。與蕭山王畹馨紹蘭。東陽樓更一上僧齋。名稱爲浙東三傑。壬子應試北闈。報捷後。偶感時疾。自疑虛羸。誤服參苓而卒。距揭曉甫十日。宋獅山明府世犖。悼以詩云。泥金報捷正喧闐。誰遣巫陽下九天。泉路又添才鬼席。家門剛啟賀賓筵。元城空說留經笥。伯道何時卜墓田。太息都門分手日。八街槐影語纏綿。猶甚丈名落拓身。每於疎散見天真。憐才竟負朱公知。古貌空傳杜子春。地齋目眈眈。萬卷書憑棺束骨。千金方誤藥沾脣。地齋知醫自用方而卒。都門舊雨知無幾。誰送靈輀下潞濱。

溧陽子役圖

先伯父夕石公官京師時。與諸名流爲詩酒之會。江都羅兩峰布衣聘亦與焉。乾隆壬子三月。公奉命往熱河校文津閣四庫書。羅爲作溧陽子役圖。並題詩云。欲雨不雨吟春陰。欣然結社成詩林。觴詠同君展修禊。恐此會後還追尋。春華正放長安陌。駕言溧陽事行役。僉云小別各嘿惟。莫負當筵酒脂碧。圖作青綠山水。著色不多。

神韻獨絕。

大成殿藏舊主記

杭州府學文廟。重修於嘉慶壬戌年。時司事者爲邵上舍志鋧。以廟主已敝。乃更易新者。藏舊主於大成殿壁後。而爲之記。錢塘陳曼生司馬鴻壽書之。刊於大成門外東廊。其辭曰。致古廟主。藏用石室。有事則陳。既納北壁。爲辟火災。兼示靜謐。後世拔禬。備謂尊不可撤。以壁當主。丹漆是飾。維大成殿。壁尊後世。式厥制崇高。工用鏤刻。戢久勿治。華采或蝕。茲廟貌既新。敬鳩衆力。儲材重作。舊觀勿失。又今兩廡主。改選嘉栗。尊新藏舊。藏處宜密。謹於壁後。仿古夾室。盡安舊主。俾永無佚。藏同祧主。惟祭不必出。爰識始末。使後重修者悉。時元默閹茂壯月吉日。承修學宮人邵志鋧謹述。

鯡魚

爾雅。鯦當魱。郭璞注。今江東呼最大長三尺者爲當魱。邵氏正義。謂即鰣魚。杭州鰣初出時。豪貴爭以餉遺。價甚貴。寒窶不得食也。凡賓筵魚例處後。獨鰣先登。胡書農學士詩云。銀光華宴催登早。鯹味寒家餽到遲。體物殊切。

史文靖公

溧陽史文靖公貽直。祖鶴齡。父夔。子奕簪。四代皆以翰林起家。公於康熙庚辰。聯捷成進士。年甫十九。在外督撫七省。在內六官之司。罔不歷。居相位垂二十年。名注朝籍六十四年。乾隆庚辰。重赴瓊林宴。癸未。薨於位。年八十二。名位福壽。罕有其比。

科名盛事

本朝祖孫會狀。惟長洲彭侍講定求。及其孫尚書啟豐。尚書之婿陽湖莊學士培因。亦大魁天下。可稱科名盛事。

討賊誓詞

明臨海陳木叔函輝。嘗作告太祖討闖賊誓詞云。敵王所愾。請共揮魯陽指日之戈。與子同仇。願先擊祖逖渡江之楫。又云。濟則君之靈。爲臣無二心。在人之內。誓死雖他。讀之覺忠義之誠。溢於言表。

凡將篇

司馬相如凡將篇云。鐘磬竽笙筑坎篌。同時柏梁臺詩云。枇杷橘栗桃李梅。句法相類。其源蓋出於詩經。椅桐梓漆。鰷鱨鰋鯉等句。而七字成句。則如禮記喜怒哀懼愛惡欲爾雅、永悠迴違遲邅闊緝熙烈顒昭晧顥等語，已肇其端。迨史游作急就篇，稻黍秫稷粟麻秔等句，亦皆以七字隸七物。後世詩人多效之，如韓昌黎陸渾山火詩，鴉鴟雕雁鶻鵑鷂，蘇東坡韓幹牧馬圖詩，騅駓駰駱驪騮騵，劉青田二鬼詩，蚊虻蚤蝨蠅蚋蜈等句，其尤著者也。

師古

事必師古，然亦何可泥哉。齊秦黃子澄，援漢削藩之議，而燕師以起。楊士奇、楊榮引棄珠崖之說，允安南黎利立陳氏為後，遂致棄地殃民。馬中錫效龔遂化渤海盜事，撫令流賊解散，卒無功致謗，下獄死。漫言法古，而不審時度勢以圖之，鮮有不敗者也。

文辭襲用

古人文辭，有不嫌襲用者。鄒陽諫吳王書云，鷙鳥累百，不如一鶚。樊準薦龐參書用之，孔融薦禰衡書亦用之，三國志呂蒙傳亦用此語。

鄭峚陽

明崇禎時，武進鄭峚陽翰林鄤，以杖母之誣，受極刑。漳浦黃忠端公道周謂正直而遭顯戮，文士而蒙惡聲，古今無甚於此者。餘姚黃徵君宗羲作峚陽墓表，謂公為奸相溫體仁所陷，路人知之。而杖母流言，君子能亮之以理，未必驗之以事也。水落石出，余詳之。公卿之賢者儀部（峚陽之父振先）眷一妾，其夫人不能容，儀部遂挾妾以出，流轉僧寺，頗為人所指目。公無可奈何，而夫人篤信佛乘，與一尼甚暱，公求尼為之勸解。尼神道設教，假箕仙言上帝震怒，將降禍於夫人。夫人受戒悔過，儀部始得安其室。一時好事相傳，以竹篦參話之法，訛為扑作教刑之事。當公之受誣，欲陳其本末，則恐有礙於父母，故甯隱忍就死，齎冤於地下，豈非仁者之心與。雖然，儀部之眷妾，夫人之妒，親之過小者也。使公蒙詬醜大誹於天下，其輕重可無辨乎。是故公之獄不明，則奸相之惡不著，此後死者之責也。峚陽事載於明史者未詳，得徵君之文而始白。吁，以莊烈帝之偏愎，溫體仁之狠賊，鍛成此獄，可謂奇冤。

為學之道

凡為學之道，見聞欲其博，術業欲其約。蕭山毛太史奇齡作詩古文，必先羅列滿前，考核精細，方伸紙疾書。其夫人陳氏性悍妒，以毛有妾曼殊，輒詈於人前曰：爾輩以毛大可為博學耶，渠作七言八句，亦必獺祭所成。毛笑曰：動筆一次，展卷一回，則典

故純熟，終身不忘，日積月累，自然博洽。嘉興錢文端公陳群少時，嘗問於秀水徐閬學嘉炎曰：學何以博。徐曰：讀古人書，就其篇中最勝處記之，久乃會通。後述於朱太史彝尊，朱曰：斯言是也，世安有過目不遺一字者耶。姚姬傳比部嘗作詞，嘉定王太常鳴盛語休甯戴太史震曰：吾昔畏姬傳，今不畏之矣。彼好多能，見人一長，輒思並之。夫專力則精，雜學則粗，故不足畏也。姚聞之，遂不作詞，且多所捨棄，以古文名世。余按此三者，皆為學切要之言，有志者當奉以為法。

王文成公用兵

王文成公好講學，而精於用兵。其討大帽山賊師富也，指揮覃桓、縣丞紀鏞戰死，公親率銳卒屯上杭，佯退師，出不意擣之，連破四十餘寨，遂擒師富。其討橫水賊謝志山也，先遣四百人伏賊巢左右，進軍逼之，賊方迎戰，兩山舉幟，賊大驚，謂官軍已盡犂其巢，遂潰，乘勝克之。其勦餘賊於九連山也，山橫亘數百里，陡絕不可攻，乃簡壯士七百人，衣賊衣，奔崖下，賊招之上，官軍進攻，內外合擊，禽斬無遺。宸濠之亂，慮其出長江順流東下，則南都不可保，因先遣閒諜以計撓之。凡此皆出奇制勝，所謂兵不厭詐，非小儒所能知也。

从吉

三年之喪，乃凶禮之大者。世俗居喪而通名以慶賀，必書从吉，失禮甚矣。至父歿母存，則曰孤子，襲古昔有國者之稱，通人亦嘗辨其非。然猶可援孟子窮民之說以為解，未若从吉之尤謬也。

至公堂

貢院至公堂，有高宗純皇帝御題聯云：立政待英才，慎乃攸司，知人則哲；興賢共天位，勗哉多士，覲國之光。又御題七律四首，結句云：寄語至公堂裏客，莫將冰鑑負初心。大哉王言，洵足為主文者儀式也。

父子同試鴻博

康熙己未博學鴻詞科，有父子同試者，山陽張鞠存吏部新標、毅文太史鴻烈是也。吏部以順治己丑進士官中書，擢主事。時漕使者任諸蠹胥，播惡江淮間，吏部甫釋褐，即抗章發其惡，贓累巨萬，下巡按御史秦世楨案驗得實，竄殛有差，朝野咸稱其風節。

五絶佳作

杜于皇濬詠東坡云堂堂復堂堂子瞻出峨眉少讀范滂傳晚和淵明詩王百朋錫詠太白云誰道謫仙狂豪情託舉觴目無高力士心識郭汾陽以二十字渾括其生平任五言絶句中雖為別調然自是佳作可傳也

凌茝沅

錢塘凌茝沅女史祉媛丁松生丙之室也事親孝兼工詩詞于歸一載遽卒松生為刊遺稿翠螺閣詩詞詩如裏湖櫂歌云輞川莊外浪迢迢攜得青樽復碧簫商略儂舟泊何處嫩寒春曉段家橋詞如菩薩蠻云簷鈴驚破紅閨夢曉粧人怯餘寒重纖手捲簾衣風前放燕飛　落紅紛似雪倦了尋香蝶樓外易斜暉春歸人未歸皆清逸女史生於四月八日製有玉牌鐫與佛同生四字

孔梧卿

同邑孔梧卿廣粵司訓臨海余與居同里及官台郡學晨夕往來情好彌洽嘗贈以詩云閉戶尋真樂全忘禮法苛閒身書供養豪氣酒消磨官冷何妨懶詩傳不在多從游倘相許未厭數經過孔詩筆俊爽如其為人尤長於七律放懷云傳到千秋人幾何茫茫身世太蹉跎出山踪跡雲無定逝水生涯夢易過可惜後來知者少不堪前事愧吾多敘懷且飲尊中酒眼底升沈一剎那偶作云亂書堆裏置身寬我本儒生稱此官境到悟時心漸斂過因改後夢方安不知報德談何易可惜留名事大難且向燈前課兒讀幾家傳得舊氊寒

鯤溟姪

鯤溟姪憲曾秉性聰穎為先伯父夕石公所鍾愛道光辛巳鄉試僅得復失以是抑鬱無聊復患咯血病遂棄舉業入貲為州吏目需次畿垣詩名藉藉大府皆垂青盼姪與余總角時共硯席每分題賦詩吟哦達旦壯歲睽離郵筒常寄詩酬和姪有懷余詩云讀過書應嫌我少刪餘詩尚比人佳又云百里知難屈俊賢天台杖策望如仙平生道學兼文藝不獨才名媲鄭虔推崇過當心竊愧之丙午余讀禮家居姪亦奉諱南還以所著繕性居詩草見示謝華啟秀造詣乃益精矣錄其尤者於此易水弔荊軻云萬死無迴顧荊卿亦大難囊中利匕首眼底白衣冠熱血一朝灑悲風終古酸英雄成敗異不必咎燕丹保定秋思和綸齋三弟秉楨都門秋思韻云有弟長安市上游合併蹤迹海中漚弟客京華余寓保定相距三百里聚晤不易著書同作千年計識字常擔萬古愁少日有才期用世異鄉無客不悲秋阿兄潦倒今尤甚更許添修五鳳不岳忠武

王墓云沈沈鐵像跪孤墳一代賢奸衆目分只為南軒能幹蠱青山寂寞曲將軍岳游仙云娜環秘冊費深藏只是黄芽絳雪方易造玉樓難作記始知人世有文章露筋祠云曾從江上弔曹娥又挂輕帆此地過庸行千秋歸女子死貞死孝兩難磨

女弟子

毛西河集附徐都講詩其女弟子徐昭華所作也初昭華請業於西河命題仿六朝體賦得拈花如自生詩云明珠照翠鈿美玉映紅妝步移搖彩色風回散寶光蛛絲鬟上繞蝶影鬢邊翔誰道金玉色皆疑桃李香擬劉孝標妹贈夫詩云流蘇錦帳夜生寒愁看殘月上欄杆漏聲應有盡雙淚何時乾又云芙蓉花發滿池紅黛烟香散度簾櫳畫眉人去遠腸斷春風中西河深賞識之余尤喜其塞上曲云朔風吹雪滿刀鐶萬里從戎何日還誰念沙場征戰苦將軍今又度陰山長雲衰草雁行平沙磧征人向月明思婦不知秋夜冷寒衣還未寄邊城彍騎三千出漢關雕戈十萬卧燕山月明近塞頻驅馬尚有將軍夜獵還感慨豪宕出自閨閫洵非易及西河序其詩云昭華既受業傳是齋中每賦詩必書兼本郵示予請益陸續得如干首留其帙不忍毁去遂附予雜文後存出藍之意云云近日袁隨園女弟子詩蓋仿此而益臻其盛然人既多而詩不盡佳失之濫矣

自然氣化

龍易骨蛇易皮麋鹿易角蟹易螯人則易齒此自然之氣化也

揚雄

柳仲塗謂揚雄劇秦美新譏莽而非媚莽且以雄之著書而作經籍為聖人曾南豐謂雄處王莽之際合於箕子之明夷王介甫謂雄之仕合於孔子無不可之義其餘袒之者未遑悉數自朱子綱目書莽大夫而論始定近世文人復有襲柳氏諸家之說為雄辨白者然皆偏護之見終無以易乎朱子之說為能得其真也

明閣臣狀元

明閣臣百六十八人史無傳者二十六人權謹洪熙張瑛陳山宣德苗衷正統俞綱王一寧景泰蕭鎡正德袁宗皋賈詠張璧張治呂本嘉靖呂調陽余有丁萬曆史繼偕周如磐丁紹軾朱延禧馮銓黄立極張瑞圖施鳳來天啟來宗道楊景辰何吾騶謝陞崇禎明狀元八十九人史有傳者三十八人而已吳伯宗任亨泰黄觀張信洪武胡廣建文曾棨陳循永樂馬愉曹鼐宣德劉儼商輅彭時正統羅倫吳寬謝遷費宏成化倫文敘康海顧鼎臣弘治楊慎唐

泉舒芬正德羅洪先唐汝楫申時行嘉靖張元忭沈懋學隆慶朱國祚翁正春唐文獻焦竑

黃士俊周延儒錢士升萬曆文震孟天啟劉理順劉同升魏藻德崇禎

複句

論語有複句而不相連者。如馬用佞。弗如也。賢哉回也。禹吾無間然矣。天何言哉是也。孟子亦有之。戰國策史記效之。而文法益變矣。

發語辭

經書發語辭。尚書最多。都俞吁咨嗟猷等是也。論語噫字。孟子惡字。禮記嘻字。左傳呼字。史記唉字。嘆字。咄字。此數字亦互見於他書。至嘯字則惟莊子有之

古列女傳

春秋時婦人以全節著者。詩惟共姜。春秋惟紀叔姬。劉向古列女傳。乃增衛宣夫人。蔡人之妻。息君夫人。齊杞梁妻。楚平伯嬴。楚昭貞姜。楚白貞姬。其說有異於諸家者。且晉圍懷嬴。列於節義。則是不再嫁矣。說亦與左傳異。

潘太守詩

湖北興國潘太守觀藻。官台州有年。其同年某侍御。以葬父告貸。不允。入都。嗾同列

劾其過誤。罷官。賦留別台州詩。為時傳誦云。為觀日出躡三台。萬八峰頭滌筆來。碧海笑看鯤變化。青天自許鶴徘徊。平臨箕斗空成錦。管領湖山信費才。好謝石梁雙澗瀑。年年花發瀹離杯。　休道壺瀛最上頭。三山纔近好風收。一塵到海真蛇足。八口浮家問鶴樓。魔力能噓無縫壒。含砂偏射下灘舟。波濤見慣歸帆穩。山月江風鄂渚秋。　桃源歸遡楚江清。十萬花光夾岸迎。官海浮沈今結局。堯天歌詠付餘生。黃冠紫綬都如夢。紅樹青霜餞此行。莫待瀟湘芳草綠。春山處處子規聲。　書生面目太酸寒。試著初衣覺便安。不厭清貧求小隱。也須福慧了魔官。無田致悔歸田晚。到海信知觀海難。敢對西風怨搖落。賦閒原是賦秋潘。

唐伯虎

宋有二唐伯虎。一眉山人。唐庚之兄。初名瞻。後名伯虎。見宋史文苑傳。一全州人。進士。終梧州推官。見王鞏隨手雜錄。

臭字入詩

臭字入詩。少陵朱門酒肉臭。道有凍死骨。獨有千古。中州集劉內翰瞻。廚香炊豆角。井臭落桐花。亦自可誦。然不可以擬杜詩矣。

賦韻

賦韻以四平四仄為準。後唐莊宗時。覆試進士。翰林學士承旨盧質。以后從諫則聖為題。以堯舜禹湯傾心求過為韻。五平三仄。為識者所誚。近世賦韻有七平一仄者。如嚴子陵釣臺賦。以先生之風山高水長為韻是也。有一平七仄者。如杜甫觀公孫大娘弟子舞劍器賦。以撫事感慨作劍器行為韻是也。此豈古法所宜有乎。

孫春沂

杭州孫春沂貳尹曰點。寸園伯父之婿也。工書善奕。豪於飲。兼好吟詠。試北闈屢不售。乃筮仕江蘇。非其志也。詩句如生涯棋局任。心事酒杯知。文字空餘知己淚。湖山易動故園心。詩句欲成燈有味。春寒猶在酒無權。皆清逸可誦。

孔大令

吾邑孔蔚廬大令廣平。生而早慧。九歲詠御爐香云。夜深常繞君王前。不遂寒風去。淑茫有先達某公歎曰。此韓冬郎再世也。宰陸川縣。折獄至慎。嘗攝北流縣事。歲旱。勸民平糶。而豪家皆居奇。以待厚值。細民弗堪。相率掠其儲粟。適提鎮在州。近豪家夜奔訴。各張大其詞。開列劫盜數百人。提鎮不察。按牒廣捕。械子重枷貫其

耳。縛示衆。捕勢如風。將激變。急詣提鎮。請盡付之。細鞫。其情實首事者。坐以長流。次責懲有差。觀望者盡釋之。豪家及無賴皆帖服其事。親至孝。母有痺疾。發時輒需人躬自扶掖。不假手於人。病劇。倉皇避人涕出。嘗毋冀其為其妻陸孺人所窺見。禁勿語。陸臨歿。始泣以語子婦云。

左忠毅公

左忠毅公光斗。嘗言元祐去亂法不去亂人為錯。又言李伯紀知爭事不知爭人事之失一事。人則無窮。皆名言也。被逮時。勉其弟曰。率諸兒讀。勿以我戒而謂善不可為。覺范滂吾欲使汝為惡則惡不可為。使汝為善則我不為惡。二語猶傷於激。

裴晉公

宋強至韓忠獻遺事。謂公論近世宰相。獨許裴晉公。公又嘗云。若晉公點檢著。亦有未是處。君子成人之美。不可言也。不知公摘晉公何處。恨不得聞之。竊意宰相當佐人君進賢退不肖。晉公歷相四朝。勳德隆茂。無可指摘。惟劉蕡以對策訐宦官見謫。諫官御史交章論其直。李郃上疏請回所授官。以旌蕡直。晉公於斯時不能採羣言以回君聽。擢蕡而用之。忠獻所云。豈為是歟。

蔡明經

德清蔡明經壽昌少有神童之稱趙太守學轍府試愛其才以女妻之嘗偕遊碧浪湖趙口占魚戲水紋圓到岸句命之對即應聲曰龍噓雲氣直沖天後卒於都門年僅三旬士論惜之

瑀華妹

長妹瑀華貞靜而慧八歲讀詩經唐詩俱成誦十歲學為詩出筆韶秀先伯父夕石公見之曰此吾家女學士也性不喜華飾屏棄粉黛有諷以修年非所宜者則曰自有本來面目安用俗艷為許姻同里嚴琴史茂才銓年十六病卒著有栽香室詩鈔一卷摘錄數首於此漫興和定圃兄韻云佳境可行樂莫愁生有涯杯邀千古月庭種四時花山色當門近泉流繞屋斜揮毫成一笑得句漫籠紗冬日沈織雲表姊蘊珠姪女過談有作云北風吹不盡寒意入簾來庭積未殘雪室藏將放梅怡逢知己至頓使笑顏開擬共圍爐坐攜樽倒綠醅舟中即事云春光已滿畫橋西野岸周遭望欲迷流水聲中孤棹遠夕陽影裏遠山低沿堤柳葉藏鶯語夾路花香襯馬蹄載酒歸來天正晚一鉤新月挂前溪枕上云欹枕當寒夜殘更隔院催新詩吟未穩逬入夢中來偶作云一析花枝壓畫簷小窗日影上書籤恐妨梁燕歸巢路滿院東風不下簾過蕊澤云橋邊烟影淡無痕橋外春波綠到門十里東風吹不盡桃花開遍夕陽村

義田

吾邑石門蔡學博載樾承其父大令德淳遺命仿范文正公義莊之法為田以贍其族人乃與從弟載坤合出七百萬錢以七之一為祠祀先人又思田不可遽得以六百萬錢入質庫歲得息錢四十二萬族中之煢獨五十以上者婦女寡而不嫁者幼孤無養者廢疾者計日給米五合錢十文青年守節者倍之冬夏各給以衣帳斂死者貲公地葬之大小試各有贈獲雋者加厚焉六十以上遇生辰各有贈視其年以定輕重貪黷酷吏及民為匪類墮其家聲者雖妻子屏不與告於邑令為規條以垂永久其時在道光六年九月實應朱文定公師士彥為作記以傳竊思尊祖收族之道莫善於義田自文正公創始後效法者代不乏人此舉規模雖不及前人然量力而行俾族人不至失所其意甚厚誠使世之擁高貲者皆能遵而行之其有裨於風俗人心豈淺鮮歟

謝侍郎

謝金圃侍郎墉掌文衡鑒別精覈乾隆辛丑主春官之試同事者有吳侍郎玉綸士之不第者造為蜚語曰謝金圃抽身便討吳香亭倒口即吞二語實本寄園寄所寄言者以聞侍郎曾督學江蘇吳亦曾督學福建高宗純皇帝密詢兩省大吏江蘇巡撫閔鶚元覆奏以道路之言事無實迹而閩督李侍堯有幕客李三俊亦辛丑之不第者代李草奏文致其詞上以事雖無實清議不諧於是吳降三品卿侍郎亦降為內閣學士後於己酉歲三月初上書房諸臣以會試期近候主文之信同時皆不入直因此並予議降侍郎遂降為編修免入上書房嘉慶中追贈三品卿侍郎於乾隆己亥典試江南得長洲錢閣學棨置解首辛丑主試春闈閣學會殿試皆掄元而是科所取曹文正公德州盧文肅公皆為名相得人之盛一時莫與並云

張太史聯

某記室隨玉尚書麟塞外數年甚見推重玉卒後某乞人代為輓聯鮮當意者時平湖張海門太史金鏞以計偕入都為撰句云短後記栽衣歷雪窖冰天萬里追隨班定遠長安仍索米賸篤肩火色九衢慟哭馬賓王蒲城相國王文恪公師見之極口稱賞旋入詞垣才望著一時焉

稱人為官

俗稱人為官繫以姓與行初唐人文往往有之如王勃序云張二官松駕乘閑桂筵追賞又云宋五官芝庭襞譽盛文史於三冬桂蛭凝歡照綺羅於九夏又云白七官天台傑氣地乳奇精楊八官金木精靈山河粹氣駱賓王序云尹大官三冬業暢指蘭臺而拾青薛六郎四海情深飛桂尊而舉白又云閻五官言返維桑修途指金陵之地李六郎交深投漆開筵浮白玉之樽今則罕有以此稱入文字者

建文帝

明史書建文帝自焚而於程濟傳書金川門啟濟亡去或曰帝亦為僧出亡濟從之莫知所終蓋野史皆言出亡故亦存其說也

二鳥詩

韓文公二鳥詩方崧卿據歐公感二子詩及東坡李太白畫像贊以為為李杜而作柳仲塗以為刺釋老朱子考異以為為己與孟郊而作按詩中不停兩鳥鳴大法失九疇周公不為公孔丘不為丘等語似與方朱之說不相符合當以柳說為長

何文肅公

明孝宗朝何文肅公喬新為劉吉所惜能歸十四年中外多論薦竟不復起嘗貽李從書云歸田以來憂患不干於心毀譽不入於耳視陸宣公在忠州蓋過之矣方壯時猶不如人況老且疾豈可再起以取後生揶揄哉倘相知有問及者煩告之曰老病日侵不堪當世用矣自古及今再起者孰能善其終哉寇萊公王三原且然況其他乎此非特立品之高抑亦知幾之哲吁使夏貴溪能知此義亦不至於殺身矣

七李杜

李杜有七漢李固杜喬李雲杜衆李膺杜密魏書世宗詔王肅曰英惠符於李杜此合晉杜預魏李沖而言之唐李白杜甫李商隱杜牧宋李韶杜範又新唐書杜審言傳少與李嶠崔融蘇味道為文章四友世號崔李蘇杜至杜子美詩云李杜齊名真忝竊又指李衎矣

蘇紹

康對山武功縣志人物蘇氏最多然如蘇則之孫蘇愉之子蘇紹金谷園賦詩最勝見世說新語獨不採入豈以其僅為文人如通鑑之不載屈原杜甫耶纂紀亦綦嚴矣

尊經閣祀典

金岱峰教授司鐸臨安用全謝山太史尊經閣祀典議而稍變通其說恪遵功令以十三經注疏為主參以大戴禮記國語說文其已入兩廡者不數易祀王弼韓康伯孔穎達詩祀毛亨周禮儀禮祀賈公彥禮記祀戴聖左傳祀杜預公羊祀何休徐彥穀梁祀楊士勛孝經以唐明皇未便列入專祀邢昺論語祀何晏孟子祀趙岐孫奭爾雅祀郭璞大戴禮記祀戴德盧辯國語祀韋昭說文祀許慎外增祀功在羣經之河間獻王劉德暨作諸經音義之陸德明共二十一人餘不概及據所請書而言也學使者姚伯昂侍郎允其請爰設栗主於閣上以春秋二八月仲丁祭之醵錢百金生息以供祭品其祭文云伏惟起以義者有求見之禮六傳其言者居不朽之名三況乎抉經心而執聖權闡微言而明大義以先覺起後覺實經師為人師茲際清時特修曠典等耆德先賢之食報陋儒林道學之分途馨香補兩廡之遺詁訓仍專家之守治崇正學朝庭教醇化於鼓鍾禮奉先師庠序肅明禋於俎豆尚饗泊官溫州教授又奉祀許鄭二儒於倉聖祠手題聯扁倉聖祠扁云聖德天生聯云作黃帝

史官記動記言鼻祖神靈明四目開元公爾雅釋詁釋訓耳孫著述衍三蒼許公叔重龕扁云學祖聯云家傳十四篇書合三蒼為一律諷九千字學通五經無雙鄭公康成龕扁云經神聯云微言守遺當奉大師為表幟實事求是敢從二氏問傳薪

神缸

天台縣署三堂有神缸人犯之每有殃咎胥吏等歲時禱祀恆宰雞瀝血以祈福余於壬寅夏至署見之缸覆地上四圍離地寸許高不及二尺圍徑三尺有餘血痕凝漬其上仁和沈蘭亭煌有記刊於壁其文曰五福神相傳即缸神也守斯土者朔望必祭神之靈異始於本朝康熙間以是縣志無可考袁簡齋太史續齊諧曾記之未之詳也煌於道光癸巳秋就館茲邑詢之父老及署吏始知其說有三一曰縣署向屬窯基是為窯神然縣志載署治歷年久遠並無增擴之舉其說似不足信一曰神缸本朝初由海門逆流而上至青溪乃止內有五蝠隨波不散邑令神之因迎入署即五福神缸之說然而一則謂其下有井前明有投井殉難者後人以缸覆之而懸不著地其由忠烈之氣上升而使然耶阮芸臺協揆督學浙東時曾一發之果有井噫此三說也其殉難之說為可信焉夫天地之大何所不有石言華降史冊昭然況秉乾坤之正氣焉有不歷久彌新者乎天台為仙境為佛地無怪鍾靈毓秀甲於他邑又豈獨堂東之神桂云爾哉余聞之縣吏云巡撫阮公元發缸後即丁內艱去其時學使劉公鳳誥亦發視之未幾以科場事獲譴自是邑人奉祀益虔

外吏起家入閣

大學士自外吏起家者陽城田文端公從典康熙戊辰進士為英德令泰安趙公國麟康熙丙戌進士為長垣令趙公宰邑時勘災足浸水中三日故病蹩每入朝許給扶以行

王惺齋大令

嘉興王惺齋大令元啟積學工文手批歸震川文集抉發精當摘記數則於此讀書各有所見如一部史記古今人稱美者累千百言未已吾獨謂妙處只是層理清晰震川文亦然　震川文只落筆處一二語便定一篇之局自後雖波瀾百變而皆不離其宗篇篇如是故能隨方布陳而無一成之轍迹可尋其妙在一切字　震川文只是一個精切而有條理人徒以寬博目之不知震川者也人但知震川文學史記見有感慨處便謂學史記不知震川之文之妙在意理稠疊而指數分明此其

所以為真史記也　太史公為吳王濞列傳首尾四千餘言結云初吳王首反并將楚兵連齊趙正月起兵三月皆破獨趙後下只用二十四字括盡震川陶節婦傳結云婦年十八嫁於何十九喪夫事姑九年而與其姑同日死卒葬之清水濼在縣南千墩浦上只用三十餘字真有一口吸盡西江之勢昔人所謂命世之筆力也

案

案有以為床者周禮天官王大旅上帝則張氈案是也有以為食器者考工記諸侯以享夫人案十有二寸註云玉案是也有以為几者許氏說文所云几屬是也張平子四愁詩何以報之青玉案註以為古盌字當是考工記玉案遺製史記萬石君傳對案不食田叔傳趙王張敖自持案進食後漢書梁鴻傳舉案齊眉蓋皆指食器言也揚子方言案陳楚宋魏謂之槅自關東西謂之案當亦指食器類書有屬之几案者似誤蓋方言皆以類相從案在盂盌桮𥁕桮落箸筩之閒故知其為食器也

維莫之春

詩維莫之春句法絕奇王元長曲水詩序引之以尊上斯巳為儷蓋即仿其句法

疏表儷作

本朝疏表儷作備於儷體金膏一書其最佳者如禮親王永恩等請祝萬壽表云建極保極會運世乃統於元大生廣生祿位名必得其壽直省將軍督撫永瑆劉莪等請祝萬壽表云極天所覆偕一十七省而共樂舒長入人也深閱五十二年而彌加淪浹又云雖天地為心如父母不言施報而歲月以燕即愚賤亦具性情大學士公阿桂奏請編緝八旬盛典疏云九五演易九五演範普五策天地之全八千歲春八千歲秋積八入宮商之頌又云嘉莛紹於彤墀老吾老及三千叟太和光於節屋孫生孫者二百家兩廣總督孫士毅等賀平臺灣林爽文表云波澄海國看王師洗甲而還春暖臺陽慶邊黎啟扉而卧歷溯聖主當陽之顯烈敢以削平蝸角遽事頌颺而仰睹先幾燭照之睿算則即綏靖鯤身亦繩祖武禮親王謝賞平定臺灣告成熱河文廟文摺云書誦者萬本萬徧越七觀六義以垂型受藏而三沐三薰合四海九州而忭頌大學士朱珪謝進御製說經古文跋諭摺云百四十四篇之經訓日月光懸八千大千世之心傳孔姬道貫作而善述合文思勳業於一人君實衆師示心學躬行於萬祺戶部侍郎曹文埴請貤封胞伯故廩生曹某云廿年家塾劬勞不異於所生一品朝榮追逮忍歧於自出大學士于敏中謝賜雙眼花翎云若朝陽之翔翽羽翼能比此文章如順風之遇鴻毛安足方斯遭際河南巡撫和蘭謝賞戴花翎云動色凜羽鵷之翼豈徒聳異於觀瞻關心比池鳳之毛倍切欽承於負荷莆田鄭王臣謁陵表結聯云繼封禪七十二君尤握貞元之秘後天皇萬八千歲長為仁壽之君皆堂皇博大不愧作家

九言詩

九言詩最難自然協律用以頌聖尤難嘉慶己卯年六旬萬壽鄭笏君孝廉代某尚書作九佳全韻詩端莊流麗傳誦一時篇長不及備錄摘書起結以見一斑起云皇帝御宇二十有四載乾行不息百福頌孔皆海隅日出幸生太平世衢歌巷舞直到長安街三皇各稱一萬八千歲我皇之德更與天地偕結云軒轅以來四千五百歲閏桐推算無如今茲佳八百膺歌卿雲糾縵縵九成樂作鳳凰鳴喈喈微臣顧效葵藿向陽意導涓測海深愧盤泥蛙蕪詞謹綴九百九十字竊符九九之數陳堯陛

吳柳塘詩

震澤吳柳塘茂才祖修淡於聲利壹志丹鉛詩主清新如蕪湖絕句云關吏猙獰去復還客裝顛倒在江船書籤莫怪無人檢文字何曾值一錢除夕七絕云牢落從他歲序遷絕無人怨與人憐平生受盡癡獃益論價應須十萬錢法雨泉云山顛高下勢潆洄時為琮琤聽一回世上濁波流不盡此泉莫放出山來皆有為而作者余尤愛其送查韜荒攜家還海甯斷句云何堪久客逢歸棹況復中年別故人情溢於辭令人尋諷不厭吳有僕揚清能詩題琉璃河關壯繆廟有鐵槍不為朱溫死此地如何廟壽亭句命意亦新

初三月

道光丁亥偶與嚴比玉太守閱吳澹川明經南野草堂筆記有與吾邑汪霽堂濂作初三月酒令吳先成令云初三月五一鉤問何人挂在柳梢頭汪云初三月影纖纖學姮娥眉樣兩頭尖吳續令云初三月似指爪半彎兒掐破青雲表汪亦續云初三月未分明想佳人睡起眼纔醒余謂比玉曰此吾鄉故事也曷效之比玉因成令云初三月映殘暉鏡開奩纔露影些微余云初三月魄生剛訝高懸弓勢未全張比玉續云初三月逗簷端似廣寒宮瓦殘半彎余亦續云初三月色無多要團欒須盼決辰過時比玉之弟佩仙分守在座亦成令曰初三月吐華新宛天仙妝罷半開奩今二君已皆宿草回溯前塵恍如春夢因追憶而備錄之

壓角解

時憲書十一月改麋角解為壓角解始於乾隆戊子年高宗純皇帝以為木蘭之麋吉林之麋角皆解於夏惟麈角解於冬曾於南苑驗之特正其說又命時憲書紀年仍增注六十一歲至百二十歲使花甲環周益綿壽世之慶蓋始於乾隆辛卯年云

顧亭林獄事

顧亭林獄事志乘未詳見於與顏吏部光敏書特錄其略先是蘇州沈天甫施明夏麟奇呂中偽造忠節錄託名已故祭酒陳仁錫讚毀本朝羅列江南北之名士巨室以為挾害之具又偽造原任閣輔吳甡一序詐其子中書吳元萊銀二千兩事發刑部定讞即將沈天甫等斬決此康熙五年中事也次年萊州即墨黃指揮培之僕姜元衡刊易此書增入黃氏唱和詩控其主與兄弟子姪作詩誹謗本朝又與顧亭林搜輯諸人詩皆有訕語處士於七年二月在京師聞之即出都抵濟南幽繫半年因援沈天甫故牘謂姜元衡所控之書即沈天甫等陷人之書事旋解株連二十餘人均得開釋處士賦詩六章紀其事有偉節不西行大禍何由解之句又末章云天門訣蕩蕩日月相經過下問黃雀微一旦決網羅平生所識人勞苦云無他騎虎不知危聞之元彥和尚念田畫言此舉豈足多永言矢一心不變同山阿詩集中皆不載詳見顏氏家藏尺牘

汪文端公

山陽汪文端公廷珍為大司成時訓迪勤密取文以清真雅正為宗一時人才彬彬極盛會稽莫侍御晉德化郭太史蕙木才藻尤富皆為公所賞識莫嘗戲謂郭曰吾若典試必能取子為元後莫先入詞林嘉慶戊午歲典試福建郭果以第一人登科士論翕然皆無間言夫東坡於李方叔尚有眼迷五色之歎以今方古實乃勝之矣

對聯複字

對聯有以複字見長者歸安徐阮鄰師保字題甘肅鹽茶同知署云回民漢民多是子民我最愛民無異視禮法刑法無非國法爾須畏法莫重來鳳臺余菊晨觀察士璟題送子觀音祠云大德曰生願眾生生生不已至誠無息求嗣息息相通安化陶文毅公澍題育嬰堂云父兮生我母兮鞠我無父母有父母此之謂民父母子言似孫言續猶子孫即子孫以能保我子孫蔡東軒學博司訓江山縣歲饑勸各大姓輸粟平糶題聯於堂云盡力盡心未能盡職任勞任怨不敢任功

真賞難逢

世俗以夫婦之事為敦倫以使令奴僕為飭紀嘉慶己卯科吾浙秋試某房官閱文見有飭紀敦倫句大駭曰敦倫豈可飭紀怪誕極矣亟以筆直抹之同邑盧茂才賡錫應秋試被放閱文用舍車而徒句為房官所抹沈茂才達源歲試前列文用曾南豐真人出而天下平句學評云杜撰余親見之可知場屋文字真賞難逢即尋常語句亦有被抑者更何得炫異求新乎

俚語本佛書

俚語有出於佛書者偶閱唐釋元應一切經音義識於此眉毛成具光明定意經脅肋四分律膿血增一阿含經床鋪佛本行集經鑰匙華嚴經店肆中阿含經喫酒無量清淨平等覺經撦蟹賢愚經欺侮勝天王般若經布施須賴經調戲解脫道論擡舉舍利弗阿毗曇論痕迹解脫道論狗齩大威德陀羅尼經

韓詩外傳

韓詩外傳十卷李善注文選引孔子登泰山觀易姓而王者七十餘家事及漢皐二女事徐堅初學記引魯哀公穿井得玉羊事今本皆無之蓋十卷雖仍隋志之舊而已非全書矣

論衡

王充論衡毀聖訐親獲罪名教其餘誕妄之語難以悉數至論行善福至為惡禍來謂由於遭遇適然不因人事是與易積善有餘慶積不善有餘殃書惠迪吉從逆凶之旨顯相背戾不將率天下之人去善而就惡乎古今來悖理之書鮮能傳世此獨歷久不廢者蓋其引證浩博才辨宏肆而篇帙繁富亦時有平正之論足以矯俗祛偽也學者於此書當審擇而節取之

瓊

程氏大昌演繁露云說文瓊赤玉也詩有瓊琚玉佩左氏楚子玉為瓊弁玉纓皆對別言之若等為一玉不分言也今人用瓊比梅雪皆誤余按詩木瓜篇毛傳云瓊玉之美者則與玉對舉安知不以精粗為別耶又按齊風毛傳云瓊華美石瓊瑩石似玉瓊英美石似玉其言似玉則色白可知似不必泥說文之言

杯中角影

晉書樂廣傳載杯中角影事與風俗通義所紀杜宣事絕相類二書文法各異而晉書簡要勝之

明史體例

明史體例極精。姚廣孝入列傳，不以僧許之也。秦良玉入列傳，不以女視之也。閹黨、佞倖、姦臣列於宦官之後，流賊之前，其嫉之也深，而貶之也至矣。

語意相似

史漢有語意相似而叠用者，略識於此。史記空言虛語，（高祖本紀）內外表裏，（禮書）踰年歷歲，（趙世家）延年益壽，（商君傳）匿意隱情，（張儀傳）露兵暴師，（主父偃傳）漢書年衰歲暮，（馮衍傳）俊雄豪傑，（蒯通傳）飄至風起，（蒯通傳）道遼路遠，（中山靖王勝傳）天下少雙，海內寡二，（吾邱壽王傳）招殃致凶，（李尋傳）殘賊酷虐，苛刻慘毒，（翟方進傳）等威齊隆，（王莽傳）窮凶極惡，（王莽傳）愆過念咎，（郎顗傳）道盡塗殫，（司馬相如傳）後漢書欣欣喜樂，（馬融傳）怨恨忿懟，（孫程傳）陟危歷險。（作都袁傳）

郭子儀

新唐書高郢傳，郭子儀怒判官張曇，奏抵死，郢引奏甚力，忤子儀意，下徙猗氏丞。南部新書，謂郭令公惟奏杖殺張譚，物議為薄。譚即曇之訛也。汾陽盛德，乃有此事，是可知懲忿之難。

文章流別論

摯仲洽文章流別論，以交交黃鳥止於桑為七言，以泂酌彼行潦挹彼注茲為九言，與毛詩異讀，其說當有所本，然玩其文義，自當斷讀為宜。

豫章行樂府

薛道衡豫章行樂府云：不為將軍成久別，只恐封侯心更移。視唐人忽見陌頭楊柳色，悔教夫婿覓封侯，意更深曲，不獨空梁落燕泥句足以動人也。

清和

長洲沈歸愚尚書德潛說詩晬語，謂張平子歸田賦云：仲春令月，時和氣清。明指二月。謝康樂詩首夏猶清和，言時序四月，猶餘二月景象，故下云芳草猶未歇也。自後人誤讀謝詩，有四月清和雨乍晴句，相沿到今，賢者不免云云。按歲時紀，四月朔為清和節，又魏文帝槐賦：伊暮春之既替，即首夏之初期，天清和而溫潤，氣恬淡以安治。謝元暉詩，麥候始清和，劉士章詩，首夏實清和，是以四月為清和，不始於宋人矣。

飛英塔

湖州飛英塔，在北門眠佛寺，主闔郡文風。乾隆甲寅，塔圮重修，五年之間，出兩殿元，（乙卯王勿菴侍郎以銜，己未姚文僖公文田）至道光乙未，塔又圮，闔郡會試，遂無一人登第。丁酉重修，戊戌鈕松泉庶子福保大魁，甲辰周縵雲侍御學濬以第二人及第，嗣後科甲復盛。風水之說，非無憑矣。塔高四十餘丈，中又有石塔，高數丈。己亥秋，余與烏程周蓮伯孝廉學濂昆弟登其巔，梯級玲瓏，躡空而上。蓮伯有詩紀遊云：浮屠湧招提，報德資鎮奠。陊剝生輝光，象教力能變。七級森嵯峨，入窗互貫穿。密勿窮攀躋，危梯躡螺旋。騰身壓鶻鵶，矯首切星漢。眾山蒼弁來，環衛若趨忭。具區亘北戶，際天渺無岸。俯攬孤城中，一氣入凌眄。短樹牛毛疏，連甍蟻垤間。是時風日佳，天宇肅清晏。翳雲慙未能，自笑樊籠鷃。愿乞飛霞佩，攜手游汗漫。

華陀廟聯

客有述華陀廟聯云：未劈曹顱千古恨，曾醫關臂一軍驚。又云：岐黃以外無仁術，漢晉之間有異書。稱前聯尤佳。余謂曹顱關臂事，皆不見正史，不若後聯之大方也。

徐沖晦

徐沖晦處士，宋仁宗時召對，除大理評事，固辭，後居杭之萬松嶺，精象數，謂子孫世世勿離錢塘，永無兵燹。按徽宗宣和三年，方臘作亂，十二月二十九日，陷杭州，縱火六日，官吏居民死者十三二。月，王師水陸並進，戰六日，斬馘二萬，十八日，再火官舍、學宮、府庫與僧民之居，翌日宵遁。大兵入城，臘旋就擒，計臘所陷杭睦歙處衢婺六州與五十二縣，所殺平民不下二百萬。是沖晦之言，亦未必驗，特宋元革除之際，兵不血刃，安堵如恆，異於他處之屢遭殺戮耳。

瘡方

餘姚吳蓉峰學博麟書，患臁瘡，瘡醫久不痊，後有相識遺一方，云得自名醫，為療瘡第一良藥，如法治之，果愈。余於庚戌年患此甚劇，亦以此方得痊，茲錄於左：

廚房倒挂灰塵，（三錢）伏龍肝，（三錢）松香，（一錢）茴香，（一錢）花椒，（一錢）硫黃，（一錢）癩蝦蟆，（一錢）枯礬，（一錢）蒼朮，（一錢）白芷，（一錢）硃砂。（一錢）

右藥共研細末，用雞子一箇，中挖一小孔，灌藥其中，紙封固口，置幽火中，煨熟，輕去其殼，存衣，再用生猪油和藥搗爛，葛布包之，時擦瘡處。

元真子祠聯

平望平波臺元真子祠有聯云：泛鏡水千艘，歸來餐菰飯蒓羹，地真仙境；聽棹歌一曲，隨處有荻花楓葉，我亦漁人。筆意瀟灑可喜。

蒙求

蒙求一書所以資童幼之誦習作初學之階梯晉李瀚創為之徐子光為之注名曰蒙求集注宋王逢原又作十七史蒙求明姚光作又以王逢原所作未備從而廣之分三十七類名曰廣蒙求然有對偶而無韻注又簡略劉班取兩漢事括以韻語名曰兩漢蒙求王芮歷敘帝王世代略述古今事蹟名曰歷代蒙求徐伯益集婦女事實為韻語名曰訓女蒙求元吳化龍集左傳事為韻語名曰左氏蒙求胡炳文集嘉言懿行可為則傚者屬對成文以啟導初學名曰純正蒙求此數書今世尚有其本而得採入四庫中者則惟蒙求集注純正蒙求又有為諸家所著錄而其書罕傳者則如名物蒙求三字蒙求蒙求增注廣韻小說蒙求宋范鎮本朝蒙求胡宏敘古蒙求孫應符家塾蒙求宗室蒙求宋舒津蒙求續蒙求和李翰林蒙求之類是也

文選

唐初李善與許淹公孫羅並承江都曹憲為文選音訓蒼雅之學而李注盛行於世與顏師古漢書注並稱開元中呂延祚復集呂延濟劉良張詵呂向李周翰共為之注與李氏注並行然當時文士如李匡義作資暇錄邱光庭作兼明書深斥五臣之謬遠遜李氏之精核夫淹通如李氏其所未詳者且百有十四亦可見此書之博奧

有未易洽討者矣唐宋士人皆習此書迨熙豐間王安石著三經新義頒於學官主司以之取士於是以穿鑿為能以附會為工而選學漸廢然而承學之士代不乏人精於是者若洪氏邁王氏應麟皆有論辨足以發明其旨趣蓋其書歷久常新故其學閱久弗替後人雖有廣文選續文選等書終不能與之爭衡也

安儀周

周芸皋觀察內自訟齋文集載朝鮮安儀周事甚奇其略云儀周名岐從貢使入都偶於書肆見抄本書不可句讀以數十錢購歸細玩之解乃前人窖金地下錄其數與藏處皆隱語偏視京都惟明國公屋宇房舍似之即世所稱大觀園也乃求見明公曰公日用以千萬計度支將不給願假金十萬不問所之三年還報因指所坐室柱曰發此礎可得金如數公笑命具畚梮獲如所言遂付之去至天津業鹽為商三年還謁曰幸不辱命息三倍公曰是亦不足供吾用願再為我謀曰無已則假金百萬公笑曰安得發地再得之儀周起請偏觀諸室至展門內曰是可得發而與之乃至揚州為商三年報曰倍之侯公取用公曰其再經營之又十餘年儀周老辭歸國公留與飲食曰若異人有異術曰非也岐得異書知藏金處請為公盡言之因一一

指其處公曰若不需耶曰此公物天以與公者仗公福已得贏餘足自給拜公賜矣儀周好賓客濟貧困多豪舉富收藏書畫以書畫歸國子孫留者為安氏觀察謂儀周知物之有主不妄取而以力取其餘似有道者余謂儀周躬自致富而能施與不吝崇尚風雅誠足誌也

齊名

韓柳齊名而聲氣異元白齊名而志節殊觀其平時酬贈惟事辭章責善之風邈矣

明政

明多敝政閣臣奪情典禮替矣廷臣予杖刑章悖矣廠臣侵權名位紊矣莊烈帝勵精圖治不能改其失此所以終不競歟

朝邑志

王阮亭謂韓五泉朝邑志與康對山武功志並稱先輩稱為巨麗今按朝邑志字僅五千七百餘筆畫簡古洵為傑作然名宦不載事實選舉不載年歲失之太略紀楊恭毅復知縣事乃小丈夫所為未免採擇不精未若武功志之簡而能核也

成仁取義

文信國公生於宋理宗端平三年丙申五月二日死於元世祖至元十九年壬午十二月九日得年四十有七及第在理宗寶祐四年丙辰年二十有一宋史謂年二十蓋舉成數言也公與弟璧同舉進士後璧降元公季弟璋亦仕於元公獄中詩有云三仁生死各有意悠悠白日橫蒼烟又云二郎已作門戶謀江南葬母麥滿舟不知何日歸兄骨狐死猶應正首邱又與璧子陞書有云吾以備位將相義不得不殉國汝生父與汝叔姑全身以全宗祀惟忠惟孝各行其志矣嗚呼成仁取義何人不當勉為乃同體之親異趣若此公之所云殆以事已至斯且誼關骨肉不得不爾豈國而忘家之本志哉

李太白瀨水貞義女碑

李太白溧陽瀨水貞義女碑銘歐陽公集古錄趙德甫金石錄皆不著錄其文則見於唐文粹考史記伍子胥傳不誌貞義女事自太白詳述之而其事始顯夫子長世為史官勤搜散失顧於貞女佚之因歎古今賢媛德茂行卓而湮沒不得者可勝數哉太白詩冠有唐文亦清俊邁俗文粹所載凡二十篇大率皆投贈登臨之作惟此文表揚幽光體裁莊雅昔曹娥孝行得邯鄲淳之碑而始著而貞女奇節亦恃太白

之文而益彰。迄今過瀨渚之旁。世遠風微。遺徽寥寂。而撫覽碑銘。誦明明千秋如月在水之辭。猶令人遐溯英淑。悠然慨慕。文章之有裨世教。豈淺鮮哉。

知縣承襲

知縣有承襲為之者。國初。遼陽甫置縣。下令能招百人往者官之。義烏陳達德率百人以應。授遼陽令。勤墾闢。招商賈。興文學。逾年。政化大行。卒於官。其子㙔遠。奉詔承襲。蓋異數也。時為諸生。衰絰受職。踵父之故轍而循次成功。邑人感慕。為之立祠。歷官常州同知。達德能詩。有游靈鷲句云。磬入巖松初地寂。龕生海月晚潮來。

鄺湛若

明南海鄺湛若。父子殉難事。南疆繹史不載。今參考諸書。錄其遺事以補之。鄺露。南海人。初生時。甘露降於庭。槐不飲母乳。有憨上人見之曰。此天上玉麒麟。豈覩人間乳氣耶。以露水調米汁飲之。因名露。字湛若。五歲。父命作甘露詩。應聲而就。及長。工諸體書。學騎射。嘗跨馬值南海令黃蔡庭行。𢚩下騎弗及。黃怒拘之。御史梁森琅為請罪。弗釋。遂亡命走廣西。游岑監諸土司。為猺女執兵符者雲嚲娘書記。歸撰赤雅一編。崇禎末。補諸生。學使以恭寬信敏惠校士。露五比為文。以真行篆隸八分五體書之。黜置五等。大笑棄去。縱游吳楚燕趙。賦詩數百篇。才名大起。戊子。以薦擢中書舍人。庚寅。奉使還廣州。會王師至。露與諸將死守。十閱月而城陷。幅巾抱琴而死。露好詼諧大言。汪洋自恣。以寫其牢騷不平之氣。所居海雪堂。環列古器。有二琴。一曰南風。宋理宗宮中物。一曰綠綺臺。唐武德年製。明康陵御前所彈也。困貧。以所玩質子錢。二琴亦時出入質家。作前後當票序。有詩云。三河十上頻炊玉。四壁無歸尚典琴。少嘗師事阮大鋮。洎阮羅織東林。乃貽書絕交。侃侃千言。子鴻。字劇孟。亦嗜古。年二十餘。能詩。及擊劍。丙戌之役。抗命不從。率北山義旅戰於廣州東郊。死之。贈錦衣千戶。余謂湛若奇人也。乃貽書絕交。守城死節。是奇而能協於正矣。世有以狂目之者。豈足見其真乎。

荆軻

綱目削荆軻書盜。袁隨園非之。其論甚辨。余謂軻既欲生劫秦王。當先量力之能否。力所不能為而冒昧行之。徒殺身湛族以速燕之亡。能毋貽笑於天下後世哉。竊謂史記所書刺客。當以荆軻為最下。當其待客未來。因太子光之請。遂發怒不能姑待。且知秦舞陽之往而不反。而仍與偕行。謀之不慎。事安得成。

天祿識餘

杭堇浦太史跋錢塘高江村侍郎士奇天祿識餘云。不覩左傳注。妄謂經皇為冢前之闕。不覩漢書注。妄引後漢紀以證太上皇之名。不覩水經文選兩注。妄詫金虎冰井以實三臺。不覩地理通釋。妄分兩函谷關為秦漢。青雲二字。甫田周方叔以為有四解。迺遽以隱逸當之。聚頭扇已見之金章宗詞詠。出歸潛志。乃謂元時高麗國始貢。銀八兩為流。本漢書食貨志。乃引集韻以為創獲。八米盧郎見齊隋兩書。姚寬叢語云。關中語歲以六米七米八米分上中下。言在穀取米取數之多也。乃用元微之八采詩成朱伏盧為證。是知一未知二也。余觀此書。有經書習見語。亦皆采入。其誌冷僻之典。又多不標所出之書。至於舛誤之處。亦不止此。如十洲記漢武帝天漢二年。西國王獻吉光毛裘。色黃。蓋神馬之類。入水不沈。入火不燋。乃謂入水不濡。又脫入火不燋句。古今注荷花一名水芝。酉陽雜俎湖目蓮子也。乃謂蓮子湖目。芡實水芝。親家見後漢書應奉傳注。見於史者。始於隋書房陵王勇傳。乃謂見唐蕭嵩傳。儀禮士昏禮云。日入三商為昏。賈公彥疏云。商謂商量。是漏刻之名。乃謂周禮漏下三商為昏。商音滴。梁元帝纂要曰。在未曰昳。本左傳昭五年杜注。乃以昳為映。而引王仲宣詩。山岡有餘映證之。于此見著述之不易也。

歇後語

宋吳幵優古堂詩話。謂友于見南史劉湛友于素篤。北史李謐事兄盡友于之誠。又陶淵明詩。一欣侍溫顏。再喜見友于。按友于二字。後漢書已有之。吳蒯傳。陛下隆於友于。又晉書馮紞傳。陛下友于之情甚篤。色斯亦始於後漢書左雄傳。或色斯以求名。赫斯始於後漢書曹節傳。發赫斯之怒。貽厥始於晉書賈充傳。蓋歇後語之濫觴也。

前漢丞相謚

前漢丞相四十五人。二十人無謚。平當平晏父子為相。皆不得謚。至於王商之剛直而謚曰戾。張禹之奸邪而謚曰節。亦拂乎是非之正矣。

疊字

李易安聲聲慢詞。尋尋覓覓。冷冷清清。悽悽慘慘戚戚。連疊七字。昔人稱其造句新警。其源蓋出於爾雅釋訓篇。篇中自明明至秩秩疊字凡一百四十四。殷殷惸惸一段連疊十字。此千古創格。亦絕世奇文也。

忍字

張公藝書忍字。即不癡不聾不為家翁之意。似與家人嚴威之旨有殊。不知骨肉之間。以分相維。亦以情相接。故於大防宜謹。不得以玩肆致吝。而於小節宜寬。不可以操切生嫌。其義未嘗相悖也。

楊守謙容

洪武初。教官給由至京。帝詢民疾苦。哥嵐吳從權。山陰張桓皆言臣職在訓士。民事無所與。帝怒曰。宋胡瑗為蘇湖教授。其教兼經義治事。漢賈誼董仲舒皆起田里。敷陳時務。唐馬周不得親見太宗。且教武臣言事。今既集朝堂。朕親詢問。俱無以對。志聖賢道者固如是乎。命竄之邊方。吳張之對。蓋為陳平有主之者一言所誤。按嘉靖時。俺荅入寇。保定巡撫楊守謙率師入援。薄俺荅營而陣。無後繼。不敢戰。容有勸之戰者。應曰。周亞夫何人哉。容曰。公誤矣。今日何得比漢法。守謙不納。竟以失誤軍機棄市。容之識勝吳張二人遠矣。

五聖丹

瘋狗毒蛇齩人者多死。方書雖有治法。不甚著效。惟蕭山韓氏所傳五聖丹。獲效如

神。救人不可勝數。韓氏惟製藥施送。秘不傳人。鄭拙言司鐸開化。從其同寅汪睦齋學博世鈴處得此方。見示汪喜。錄單方製良藥施人。此方得之於其至戚。乃自韓氏竊得者。汪按方製藥以拯人。無不應手取效。因錄之以廣其傳。

上號當門子一錢　梅花冰片一錢　火硝三分　上號腰面雄黃一錢　九製爐甘石一錢

右藥共研細末。男左女右。用竹挖耳點近鼻處大眼角七次。隔一日再點七次。再隔一日又點七次。雖重傷者自愈。若犬齩至二十日外者不治。若用藥後誤喫羊肉。用藥再治。避至二十日外者。亦不治。宜忌羊肉發物四十九日。兼治痧症悶死時疫傷寒瘟發不出者。亦用此藥點眼角。男左女右。

方公祠

名宦建專祠。子孫亦得祔祀。永世勿替者。天台方公祠其最著矣。公諱印。號樸庵。安徽桐城人。明宏治間。以孝廉知天台縣。薄賦省刑。勸農桑。治學校。抑豪姦。一切以真誠出之。為縣九月卒。囊中僅餘俸銀八錢。僚佐吏民為助棺殮。小民罷市相弔。舉入祀名宦祠。萬歷間。元孫大鎮巡按浙江。建祠。置田百餘畝。屬學宮收租。後漸為官役侵漁。祠宇蕪圮。道光十二年。十一世孫傳穟觀察浙東。偵知其故。乃盡以其田屬邑令。俾擇紳士之賢者司其事。歲登出入之數於官。纖悉必書。申之大府。著為定律。方氏子孫閒數歲必至祠省視。以桐城縣印文為憑。祠中給資斧錢六十千。由是堂宇崇煥。歷久常新。祠中從祀者。為公之元孫大鎮。巡按浙江。九世孫觀承。浙江巡撫。觀本。秀水知縣。十世孫受疇。閩浙總督。維甸。浙江巡撫。十一世孫傳穟。寧紹台道。蓋皆官於浙者。

吳祭酒尺牘

錢塘吳穀人祭酒錫麒。官京師時。耽情騷雅。不屑奔走權門。以致品望日高。而生計日薄。嘗貽友人書云。弟觳身人海。終日閉門。亦謂軟紅不到。而釜中魚長。甑裏塵生。幾欲服御粒丹。行食氣法。修到太虛真人地位。又云。自唱還雲之曲。本擬有田可種。藉奉晨昏。無如饑來驅我。遂復入春明之夢。兩年羈紲。一步不移。大抵生平浮作冷人。天故以冷待之。破帳紙窗。索索然若時有西風吹到。不自知砭肌消骨也。讀之可想見清寒風味。

會試總裁五人

國朝會試總裁。惟順治丁亥己丑二科。皆七人。其後或四人。或三人二人而已。道光己丑科。曹文正公奉命典試。以老病辭。上不允。時總裁已四人矣。特增一人。於是歙吳大司農椿。以光祿寺卿典試。蓋異數也。

學政三年六人

太湖李學士國杞。道光己丑館選。癸巳大考。馬援討交阯論。誤書阯作趾。列四等。罰俸二年。戊戌大考。心共寒潭一片澄詩。次聯云。雙清觀我相。一片勵臣心。御筆加圈。列一等第一名。由編修擢侍講學士。己亥。督學浙江。關防告示。有年少登第。學識淺陋之語。未幾。御史蕭山高枚參其寬縱。召至都。未及啟程。即以瘵疾卒。年僅三十餘。督學三年一更任。而自丁酉至庚子。共易六人。前此所未有也。丁酉冬。華陽卓侍郎秉恬來。升總憲去。戊戌春。桐城姚侍郎元之來。升總憲去。己亥春。侯官廖侍郎鴻荃來。升總憲去。是夏李繼之。庚子春。江陰季正詹芝昌來。是秋以丁憂去。南海羅學士文俊來。在浙三年。最得士心。

題句鶴竹

餘姚吳蓉峯麟書。官仁和訓導。署有竹林小池。種花滿園。終日諷詠其中。不問俗事。因題句鶴竹。自述其樂趣云。廣文冷官。不理詞訟。教授生徒。鎮日閒空。有客入門便

衣迎送散步竹林隨口吟諷飲酒微酣華胥一夢睡起醒來抱孫自弄快活逍遙卑異勿用可笑神仙苦修山洞

三世能詩

唐人三世能詩者錢起子徽孫可復可及玥柳公綽子仲郢孫璞璧珪玭章八元子孝標孫碣盧氏則綸以下四世才藻尤盛本朝三世能詩秀水朱竹垞太史彝尊子昆田孫稻孫為最著

用民興利

宋种世衡築青澗城初無水穿井百五十尺至石乃曰能屑石一畚者酬百錢居數日及泉民甚賴之王明為鄢陵令故事有所獻饋明曰今不用錢可人致數束薪芻水際今欲得之得數十萬明取以築堤由是民無水患明李中巡撫山東歲歉令民捕蝗者倍予穀蝗絕而饑者濟陳幼學為確山知縣荒地多茂草根深難墾令民投牒者必入草十斤未幾草盡得沃田數百頃悉以畀民此皆得用民興利之道者唐代宗將幸華清宮先命完葺柳子華為修宮使設棘圍曰民有得華清宮瓦石材用投圍中踰三日不還者死不終日已山積矣此則脅之以威乃權宜之術矣

漢書造語絕異

前後漢書造語有絕異者如刑法志云不祥莫大矣焉燕剌王旦傳云其者寡人之不及與東平憲王蒼傳云豈況築郭邑建都郛哉（豈況二字屢見不及備引）趙壹傳云三王亦又不同樂官者傳論云社稷故其為墟此等句法後世罕或用之

千里駒

千里駒之見於史者彙載諸說郛家而徐氏玉芝堂談薈趙氏陔餘叢考所記較多漢劉德魏曹休晉傅咸劉曜符朗宋張敷梁蕭暎王茂任昉袁昂劉杳邱仲孚王規北魏李伯尚李孝伯袁躍北齊高翊王潤崔昂元文遙北周杜杲隋張虔威唐李嵩李千里宋趙子潚遼耶律的琭共二十五人余為補四人曰李景年（十六國春秋前趙錄）朱友倫（舊五代史）趙傑（舊五代史）張汝霖（金史）（魯連子有徐劫之弟子魯仲連年十二號千里駒黃山谷見其甥洪芻詩曰不意江南産此千里駒此皆不見於史而陔餘叢考亦引之又宋仁宗稱劉永年為劉氏千里駒見宣和畫譜晁无咎稱晁詠之為吾家千里駒見曲洧舊聞）

有明一代至文

馮恩子行可請代父死疏楊繼盛妻張氏請代夫死書皆有明一代至文也雖暴戾之主閱之當為釋怒乃行可賴通政使陳經入奏恩得減死戍邊張氏書為嚴嵩所

遏而繼盛遂死權奸之禍烈矣

黃鶴樓聯

湖北黃鶴樓聯甚多錄其最著者一上高樓緬當年江漢風流多少千秋人物雙持使節喜此日荊衡形勢縱橫萬里金湯（史貽直）我去太匆匆騎鶴仙人還送客茲游殊戀戀落梅時節且登樓（錢楷）恨我到遲鶴已去怪人來早詩先傳何時黃鶴重來且自把金尊看洲渚千年芳草今日白雲尚在問誰吹玉笛落江城五月梅花　一樓萃三楚精神雲鶴皆空殘笛在二水彙百川支派古今無盡大江流　欄杆外滾滾波濤任千古英雄挽不住大江東去窗戶間堂堂日月儘四時憑眺幾曾見黃鶴西來

西村集

明史明古鑑西村集中內閣陳某詩云何事先生早蓋棺薤歌聲裏路人歎填門客散恩何在負郭田多死亦安鹽海已無前日利冰山誰障舊時寒九原若見南陽李為道羅生已復官按明史陳文傳言羅倫論李賢奪情文內媿陰助賢益為時論所鄙又言既參大政無所建明朝退則引賓客故人置酒為曲宴專務請屬遏睚眦怨必報名節大喪此詩蓋道其實也

傳神寫照

傳神寫照見於晉書顧愷之傳後世謂之行看子亦稱行樂圖至今日而此風盛行幾於人各為圖競出新意命名求人題詠甚至有空紙一幅名曰尸解圖以乞詩者真愈出愈奇矣

張少宗伯

鎮洋汪少司空廷璵以第三人及第初名璿補博士弟子員學使桐城張少宗伯廷璐（張以第二人及第）奇其文曰他日名位不在吾下為易其名且加廷字欲引為昆弟行也有相士之特識兼有愛士之虛衷江南人至今稱之

博古通今

袁隨園宰江甯城中韓姓女為風吹至銅井村離城九十里村氓次日送女還家女已嫁東城李秀才子李疑風無吹人九十里之理必有姦約控官退婚袁曉之曰古有風吹女子至六千里者汝知之乎李不信取元郝文忠公陵川集示之曰郝公一代忠臣豈肯作誑語者第當年風吹吳門女竟嫁宰相恐汝子無福耳李讀詩大喜

兩家婚配如初。是知聽訟者當博古也。汪龍莊大令官湖南時，宜章縣寡婦鄭宋氏無子，欲繼親姪鄭觀。族人謂觀無兄弟，且父死，不宜後他人。宋愬縣及州，越四年，愬本道。發汪闕訊。汪曰：觀宜嗣宋無疑。婦立繼，聽其自擇昭穆相當，獨子勿禁。傳曰已孤不為人後，謂不受命於所生父也。今例得出繼，天子命之矣，又何訊焉。因止宜章不傳兩造，援例詳結。是知聽訟者當通今也。

三圖手

東陽樓枚岊茂才梯霞，少負雋才，年十八，病盲，猶健於文，與友朋闘藝，以指圖桌，可立就。時人號曰三圖手。學使周春坊清原至金華，執卷求試。曰：某盲，艱於書，不艱於作。乞得書敏者二人，七藝當立成。如其言，果然。又命作詩，衝口如應響。遂補博士弟子員。事屬破格，人皆稱樓之才，而尤頌學使之賢云。

臨文不諱

昔人為祖與父作墓表家傳，皆直書祖父之名，不假他人填諱。當是臨文不諱之義。近代名人，如全謝山太史集中先公墓石蓋文，姚姬傳比部集中姚氏長嶺阡表，皆然。明都穆南濠詩話亦書父諱，蓋不欲泥避諱之說，致親名不彰耳。

續名醫類案

錢塘魏玉橫之琇續名醫類案六十卷，世無刊本。余從文瀾閣借四庫本錄一部。凡六十六萬八千餘言，採取繁富，間有辨論，亦皆精當。玉橫自述醫案數十，其治病尤長於脇痛（肝燥）、胃脘痛（肝木上乘）、疝瘕等證。謂醫家治此，每用香燥藥，耗竭肝陰，往往初服小效，久則致死。乃自創一方，名一貫煎，統治脇痛、吞酸、吐酸、疝瘕及一切肝病。惟因痰飲者不宜。方用沙參、麥冬、地黃、歸身、枸杞子、川楝子六味，出入加減投之，應如桴鼓。口苦燥者，加酒連尤捷。余仿其法治此數證，獲效甚神，特表其功用，以告世之誤用香燥藥者。

冷廬雜識卷五終

冷廬雜識卷六

清 桐鄉陸以湉敬安著

顧東塘詩

無錫顧東塘明府翰，宰涇縣，有惠，廉潔自矢。後虧帑項，被劾，邑民醵錢代償，力拒之，曰：吾寧獲譴，不忍累吾民也。既遣戍，怡然就道。著有拜石山房詩鈔，道出松陵，絕句云：短笛吹殘倚柁樓，此身只合伴浮鷗，蘆花也有江湖恨，一夜秋風已白頭。饒有風致。斷句如夏日田園云：綠楊陰下繰車響，紫楝風中煮餅香。臥病云：夢中得句全篇少，枕上懷人遠道多。皆可諷誦。

姚姬傳比部詩

姚姬傳比部以古文名天下，詩亦清俊可誦。如地擁江聲出，天橫雨勢來。雨歇羣山響，春深萬木陰。石壁浚江閣，風林隔浦船。俱佳。姚與趙雲松觀察，皆於嘉慶庚午重赴鹿鳴宴。趙繪為圖，姚題詩云：敢道與君成二老，與逢此會亦千秋。語亦婉妙。

朱立齋詩詞

長興朱立齋紫貴，司訓杭州，詩名隆起。嘗於溫州道中得句云：沿街墻比竹籬短，貼水橋如板機低。惟親歷其境者，始知其佳。又有諸將擬杜詩云：元戎龍冠百僚班，共盼膺功指顧間。緩帶輕裘羊太傅，圍棊賭墅謝東山。馬馱殘月背移帳，旆捲清風曉渡關。隊隊銀刀人簇擁，錯疑新破蔡州還。濟師宵濟費安排，誰遣多魚漏泄來。爛額焦頭新鬼大，短兵狹巷幾人回。豈容小醜成堅壁，敢向危時議將才。赤手長鯨曾縛取，至今燐火有餘哀。寂寂蘭陵破陣歌，運籌借箸定如何。空將併命憐盱眙，終冀安邊有牧頗。犄角先同猨鶴化，蒼茫轉恨兕犀多。伏波橫海登壇久，肯向雷池一步過。翁洲消息斷經年，島嶼波濤路渺然。風利爭傳黃蓋艦，火攻競報李苗船。果能志奮中流楫，自可功書幕府箋。烽燧未消氛水黑，何人籌及大農錢。雪花消後杏花紅，誰掣鯨魚駭浪中。鼠目麞頭膺上賞，雞鳴狗盜奏奇功。親賢授鉞風雲壯，巴蜀飛符士馬雄。不有捷書馳海甸，諸公何以答宸衷。詩蓋成於𠸄夷陷寧波之後，旨深語警，獨出冠時。詞亦清俊，錄二首。買陂塘（天寒歲暮，鄉思無端，陳君筱初，同此情況，譜此是調奉柬。丁酉歲不盡九日，書於安瀾學舍。）詞云：甚無端水程山驛，天涯偏又萍寄。浮雲富貴非吾願，何況一官貌散疏懶意也。不擬飄零湖海求知己。閒愁嘆起。正落葉堆門，殘燈颭牖，風雨響窗紙。　同心侶，卻有哦松隱吏，誰憐家世蘭錡。青袍十載蕭騷感，髩鬢寒翹滋味。春及矣，只願逐賓鴻北向成歸計。欄杆自倚。算最是無情。桃花峻嶺。鄉路隔千里。臺城路（高大樓仙。楊赴南溪縣尉之任。出楓江話別。因宗題述此解時。己亥正月晦後二日也）詞云。大江東下君西上。天涯又縈離思。酒載吳船。詩編蜀道。三峽啼猿聲裏。清時宦味。儘官閣看山。了無塵事。曲水平橋。最憐揮手舊珂里。芙蓉塘畔甲第。記林泉選勝。容與文史。夜雨連床（謂令弟芋臺觀察）。春風進艇。我亦曾陪裙屐。零襟斷袂。有如雪楊花。替人垂淚。待話相思。綠波傳素鯉。

小本書

小本挾書。始於宋時。見戴埴鼠璞。近時坊間所刊尤多。且多訛字。道光庚戌年。考試教習。詩題山雨欲來風滿樓。得陽字。乃許渾咸陽城東樓詩句也。小本書刊咸作戍。沿其訛而被黜者百餘人。

姚文僖公

姚文僖公官內閣中書時。常至閣取歷科狀元殿試卷觀之。日必書卷一本。嘉慶己未科大魁天下。論者謂殿試卷字。為本朝狀元之冠。公秉性剛正。嘗以事忤某協揆。憲殿試時。某適閱卷。匿其卷他處。仁和孫補山相國士毅覓得之。必欲置之前列。謂此卷寫作俱佳。擯之何以服人。某不得已。改置第九本。進呈御覽。特拔第一。此固由於天定。而相國憐才之意。亦可感也。公時藝絕高。初為廣東主試（嘉慶庚申）。所取文皆古淡。通榜無人登第。繼為福建主試（辛酉）。乃降格取之。遂有登第者。後為山東主試（丁卯）。皆取才氣發皇之作。登第者獨多。自謂取士後盛於前。取文則前勝於後。常以為憾。

功在怨磨

明夏尚書原吉。治水吳中。民初不便。詢諸父老。父老對曰。相公開河。功多怨多。千載之後。功在怨磨。公斷而行之。功施到今。本朝黎襄勤公世序。治南河。用碎石。栗恭勤公毓美。治東河。用塼（南河有石可採。東河無石。故以塼代）。皆為眾議所撓。兩公毅然行之。遂以成功。予謂凡舉非常之事。鮮不致怨。惟有大識力者。乃能堅忍持之。然必有千載之利。始可排羣議以成大功。若利不能及久遠。而亦強民力為之。則悖矣。

鉤慝

折獄龜鑑。鉤慝門載。王恭戍邊。留牸牛六頭於舅李璡家。養五年。產犢三十頭。恭還索牛。舅曰。牸牛二頭已死。當還四頭老牸。餘非汝牛所生。恭訴於縣。縣令裴子雲以恭付獄。追盜牛賊李璡。璡皇怖而至。叱責曰。賊引汝同盜牛三十頭。藏汝莊內。璡不服。喚賊對辯。乃以布衫蒙頭立南墻下。璡急吐款云。三十頭牛是外甥牸牛所生。非盜得也。子雲令除恭頭布衫。璡驚曰。此是外甥。子雲曰。是即還牛。更欲何語。復謂璡曰。五年養牛辛苦。特與五頭。餘並還恭。聞者歎服。又載江陰令趙和（唐闕史作趙存）咸通初。客問淮陰民隱諱東鄰贖契錢事。東陽令侯臨追還他邑民寄姻家財產事。皆相類。又金史移剌斡里朵傳云。有農民避賊入保郡城。以錢三十千寄鄰家。賊平索之。鄰人不與。訴於縣。縣官以無契卻之。乃訴於州。斡里朵陽怒械繫之。捕其鄰人詰之曰。汝鄰人坐劫殺人。指汝同盜。鄰人大懼。始自陳有欺錢之隱。乃責歸錢而釋之。其事亦相類。近世良吏仿此而著循聲者。不可勝數。亦有與此相反而蒙詬者。余戚江蘇田某。以二千金予張某購絲。張不與絲。而匿其金。田訴之郡邑。吏不得直。乃控之大府。大府以無券不允。且加責焉。田發恨死。此咸豐四年事也。

葉磬陵先生

同邑明經葉磬陵先生綬祖。學識淵通。秉達世故。里有爭競者。以數語解紛。皆屈服。嗜酒喜交遊。每當良辰令節。招集朋好。酣飲忘疲。恒出新意為觴政。以娛賓。入其座者。飄流連不能去。家素封。以是中落。晚歲授徒自給。心緒抑鬱。年未及六十而卒。其自輓云。半生豪氣銷杯酒。垂老愁懷託硯田。蓋紀實也。先生於余為父輩姻。且比鄰而居。幼嘗侍談讌。把其酒令數則。一字三筆。而四子書中衹一見者。个（若有一个臣）。一句一句之弋（弋不射宿）。古錢四字備四聲者。大泉五十。永通萬國。天福鎮寶。正德通寶。二物並稱有奇耦之分者。冠屨。釵環。領袖。杯箸。扁對。成語三字疊韻者。典淺顯。輕清靈。歎透瘦。手柳酒。古人姓名。三字同一韻者。田延年。高敖曹。王方慶。劉幽求。一字分兩字。而三字同在一韻者。虹蝓。祺禕。伸護惜。

塵史

王彥輔塵史。謂詩多識鳥獸草木之名者也。然花不及杏。果不及梨橘。草不及蕙。木不及槐。易之象近取諸身。文辭說卦。罔不該矣。而獨不言眉與領。以余觀之。若花之桂棣鞠。果之藻芝。草之蘅芷蕙蓀茝。木之楓栩等。詩皆未之見。至易所不載者。如脊肩乳臍等。亦未可悉數。又爾雅釋鳥不及鶴。釋蟲不及蝶。物類至繁。偶有遺焉。無足異也。

玩好不可溺

王思質忬。貽嚴世蕃以清明上河圖贋本。世蕃恨其有意紿己。假失機事致之死。程季白貿變將樂石。構一軒藏之。董思白為題曰樂雪齋。後宦中翰。為權貴邀取不與。

齊禍以死玩好之不可溺也豈獨珠玉寶玩為然哉

明史

王尚書鴻緒明史稾三百十卷明史定為三百三十二卷並目錄四卷為三百三十六卷本紀建文帝改稱惠帝列傳據元史裕宗睿宗之例改稱懿文太子為興宗孝康皇帝興獻皇帝為睿宗興獻皇帝別為一卷表增功臣外戚列傳增閹黨周延儒溫體仁改入姦臣列傳本紀列傳俱增贊語其餘各有增減改易總其成者大學士張廷玉也謹案康熙十八年詔修明史召試彭孫遹等五十人入館纂修以紀載互異考覈未定尚書奉敕纂修於雍正元年稾繕進呈二年詔諸臣續成其事乾隆四年七月二十五日明史始告成先後閱六十餘年視前代之尅期訖事掛漏紛出者相判天淵洵足為一朝之信史也

詩酒券

太倉王蓮心太守宸以畫作支酒券歙鄗善黃霽青觀察安濤因求題圖詩者之多仿而行之凡索詩須以酒將意名詩酒券作歌紀之有彼以酒來我詩去一紙公然作憑據之句

圖作佛圖

徐阮隣師官成解組以平生所歷之境繪圖三十四幅各以四字標題首頁曰圖作佛圖自題贊曰忽夢忽覺獨來獨往海濶天空水流花放萬里行腳十年折腰青山鶴怨白髮蟲雕佛仙無技將鬼無力視此牟尼即心即佛

桐鄉

桐鄉由崇德分縣始自明宣德五年其名甚古漢河東郡聞喜邑舊名桐鄉今為聞喜縣屬山西絳州廬江郡舒有桐鄉朱邑為吏即此地今為舒城縣屬安徽廬州府

水龍

救火之器古惟水袋唧筒順治初上海縣唐氏得水龍之製於倭人久而他處漸傳其製其行於天津縣者法尤善城內外置水龍四十八各隸以二百人人皆土著按期練習武力無事仍安常業有事則一呼畢至蓋即寓兵於此而使之可守可戰遠勝於召募流民以捍衛者矣

葛壯節公詩

葛壯節公績學能詩不愧儒將佳句如游趙氏園云生機三徑草風味半床書夜登金山云鶴鳴山月墮鼉吼海天空商山遇雨云水聲歸壑倪雨氣入林昏又登第詩云事業人皆爭一第功名我自勵千秋異日致命遂志此語已為之兆矣

劉園

湖北武昌府城內劉園乃明故藩遺址在將臺驛之東北因山而構建於乾隆癸丑歲吳白華學使題曰寓園通州劉純齋太守錫嘏為作記并題聯云把朝爽西來杯底嵐光飛隔岸望大江東去檣前帆影度遙空園第一門西向內俯地數畝皆綴以垣有祠祀花神題聯云五百年為園主人高豪曲池點綴江城如畫十二月催花使者和風甘雨氤氳香國得春多北有茶社榜曰來鶴游人於此小憇第二門東北隅南向內有梅苔鶴露山房小天台白華亭諸勝俱在東偏向西小天台之西有佳山草堂向南可望江景入第三門一小徑東有吸江春草二亭徑盡有堂三楹向東額曰一池秋水半房山堂東有池池東有樹樹陰環繞涼意襲人於此避暑最佳堂之北即主人內室園不宏敞而幽邃靜逸脩然塵外洵為鄂州勝地丁酉歲余屢游焉曾題詩云一徑穿雲入樓臺湛碧虛人為盤谷隱地是輞川居舊作藩王宅今成處士廬不勝懷古意憑眺重踟躕莫負山林勝幽蹤且暫淹江聲走虛壁嵐氣逼深簷古砌蟠藤曲疏籬引蔓纖好詩捫石賞寫景韻重拈吳白華學使有詩刻石

四代同堂

道光丁未科庶吉士伍肇齡四川卭州人年十七曾祖時格祖琨父榮光皆存四代同堂一時傳為盛事

父為部民

歸安張蘭渚侍郎師誠撫閩時兼攝閩浙總督事其封翁在家親故往賀翁曰我不意作兒子部民君何賀耶聞者傳為佳話

璞玉之喻

孟子璞玉之喻蓋本左傳製錦數語戰國策王斗之言尺縠魏牟之言尺帛趙客之言買馬其命意略同而遣詞各異可悟文法之變

疊字詞

李易安詞尋尋覓覓冷冷清清悽悽慘慘戚戚喬夢符效之作天淨沙詞云鶯鶯燕燕春春花花柳柳真真事事風風韻韻嬌嬌嫩嫩停停當當人人疊字又增其半然不若李之自然妥帖大抵前人傑出之作後人學之鮮有能並美者

齊少宗伯

天台齊息園少宗伯名南。由制科起家。乾隆癸亥。御試翰詹諸臣。題為竹泉春雨賦。人皆不知為御畫。宗伯作獨稱旨。特取一等一名。擢閣學。其賦天語褒奬。即寫入御筆畫卷之後。裝潢成軸。宗伯因賦詩紀恩云。賦比相如定不如。卻登玉軸五雲書。武皇縱欺凌雲筆。祇聽傍人誦子虛。宗伯之從兄周華。性怪誕。為逆犯呂留良訟寃。錮刑部獄數年。乾隆元年恩赦出。至湖北為道士。子某迹至武當山。迎之歸。年逾六十。乖僻如故。自作詩文。署地輿字。隱以配呂之天蓋樓。宗伯戒之不聽。會熊中丞至台。周華突出獻書。有狂悖語。劾奏。置周華極典。宗伯坐是落職。

活人種竹

明嘉善孫賢良詢。善岐黃術。醫痊不受酬贈。惟種竹一枝於宅傍。久之成林。自題詩有活人種竹不種杏之句。雅韻高風。未易求之近世。

班馬異同

元和蔡鐵耕雲。著癖談六卷。詳稽錢制源流。其論馬班異同最精。謂平準書云。令縣官銷半兩錢。更鑄三銖錢。文如其重。又云。銅錢識曰半兩。重如其文。曰鑄三銖。文既言其重矣。故曰文如其重。曰識曰半兩。既言其文矣。故曰重如其文。史公一字不苟若此。漢書概作重如其文。便有不可通者。馬班優劣。即此可定。

陳太僕

陳勾山太僕。文章德業。為世儒宗。典試分校。所得士皆天下英俊。其典湖北試也。書榜畢。監臨范中丞燦謂公曰。楚有諺云。若要好。看黃孝。今黃岡孝感中式人多。所膺服後所取士張夢楊等五十三人。登甲榜者十之六七。是科落卷。公一一別其純疵。明白批示。發卷後。下第士子多來求見。公指以要領。各得其意以去。有劉龍光者。聞公講論。感激欣喜。至於泣下。次科聯捷成進士。歷官御史。終其身執弟子禮。公嘗賦書榜詩曰。千枝烟樺欲燒空。淡墨先題後押紅。要好由來看黃孝。拔尤適得五人同。（前五名皆黃岡孝感縣人）

翁言

黃霽青觀察翁言詩引。謂江南春夏之交。有鳥繞村飛鳴。其音若家家看火。又若割麥插禾。江以北則曰淮上好過。山左人名之曰短募把鋤。常山道中又稱之曰沙糖麥裹。實同一鳥也。余按此鳥即布穀。爾雅所謂鳲鳩鴶鵴者是也。本草釋名。又有阿公阿婆脫却布袴等音。陳造布穀吟序。謂人以布穀為催耕。其聲曰脫了潑袴。淮農傳其言云。郭嫂打婆。浙人解云。一百八箇者。以意測之云云。吾鄉蠶事方興。聞此鳥之聲。以為札山看火。迨蠶事畢。則以為家家好過。蓋不待易地而其音且因時變易矣。

烏爾吉祭酒

蒙古烏爾吉氏時帆祭酒。文譽卓著。尤好奬掖後進。壇坫之盛。幾與袁隨園埒。而品望則過之。幼聰穎。七歲時。塾師以馬齒菜命屬對。以雞冠花應。乾隆己亥庚子。鄉會試連捷成進士。改庶吉士。散館授檢討官。終庶子。敭歷清華。閱二十餘年。未嘗與直省學政及鄉會典試分校之役。兩試翰詹。並以三等左遷。蓋祭酒雄於文。而楷法不逮。故每試皆以此見絀。初名運昌。乾隆五十年遷庶子時。命改名法式善。法式善者。國語黽勉上進也。

三殿五城

唐麟德殿有三面。故稱三殿。亦曰三院。今京都五城。兼中東西南北而言。蓋即此義。

聊齋志異

蒲氏松齡聊齋志異。流播海內。幾於家有其書。相傳漁洋山人愛重此書。欲以五百金購之。不能得。此說不足信。蒲氏書固雅令。然其描繪狐鬼。多屬寓言。荒幻浮華。奚裨後學。視漁洋所著香祖筆記居易錄等書。足以扶翼風雅。增益見聞者。體裁迥殊。而謂漁洋乃欲假以傳耶。

宋四六

彭文勤公有宋四六選一書。又採諸家書。為宋四六話。名篇傑句。美不勝書。茲錄其為時傳誦者。鄧溫伯立哲宗為皇太子制。首曰。父子一體也。惟立長可以固萬世之安。國家大器也。惟建儲可以系四海之望。末云。離明震長。綿帝祚於億年。解吉渙亨。灑天人於萬宇。洪景嚴孝宗受禪赦文云。凡今者發政施仁之目。皆得之問安視膳之餘。樓攻媿光宗內禪詔書云。雖喪紀自行於宮中。而禮文難示於天下。陳正甫保安赦文云。朕寅畏以保邦。嚴恭而事帝。雖不明不敏。有慙四海望治之心。然無怠無荒。未始一毫從己之欲。（能寫出孝宗心事）蘇子瞻益州謝表云。天地能覆載之。而不能容之於度外。父母能生育之。而不能出之於死中。李伯玉為侍講。誤犯穆陵嫌名。上章自劾。有旨免罪。震卿為草謝表有曰。講學方新。聿陳古誼。臨文不謹。誤觸嫌名。凜雷霆之宸衷荷乾坤之涵育。臣若稽虞典。舜曰重華。載考夏書。禹錫文命。如揭日月。不以山川。有耳目者皆知。豈齒牙之敢及。又曰。姓所同名所獨。既重犯於嚴威。功惟重罪惟輕。乃大愜於聖度。蕭翀登科歲第一人本趙忠定公故事設科以待草茅士。凡隸屬籍挂仕版者。當遜避。唱名日。陛蕭為榜首。謝啟有云。豫飛龍之選。淮安論次以當先無汗馬之勞。酇侯何功而居上。（用宗室及蕭家事。）

未婚守貞

女子未嫁守貞。歸震川以為非禮。作論辨之。後儒往往信其說。此一言而有乖名教者也。今以諸家之說正之。朱氏彝尊原貞云。自婚姻之禮廢。而夫婦之道苦。民至有自獻其身者矣。蒙之蠱曰。見金夫不有躬。貞也者。後世之所難。雖過於禮焉。茍合乎從一之義。是則君子之所深取耳。曰。古者女未廟見而死。不遷於祖。不祔於皇姑。歸葬於女氏之黨。示未成婦也。而況其未婚者乎。謂之從可乎。曰。夫婦之道。守之以恆而始之以感。夫男女異室。無異火澤之相睽。自將之以行媒之言。信之以父母之命委之以禽。納之以純帛。則猶山澤之通氣。其感與之理已深。故曰。男女睽而其志通也。因其所感。不以死生異其志。乃所謂恆其德也。禮。女子未許嫁而笄。燕則鬈首。許嫁笄而字。則為之纓。蓋至嫁而後主人親脫之。凡此者明繫屬於人。所以養貞一也則從之之義也。武進劉文定公書徐貞女事云。懸觀古史所揭。獨行卓行諸傳。為中人以下男子示砭者。不諱過情之節。豈一一規撫經訓云乎哉。況女子哉。仁和趙氏坦書貞女張素雲事云。禮曾子問曰。取女有吉日。而女死。如之何。孔子曰。壻齊衰而弔。既葬而除之。夫死亦如之。注云。斬衰往弔。禮經之文如此。夫既葬而除者。以其未成婚也。斬衰而往弔者。存夫婦之義也。其不著明嫁與不嫁者。聖人固不以守義強人。亦不禁人弗為。殆欲人之自盡其道焉耳。此聖人之深心也。且許嫁之命。非出於父母乎。吾知守其初而已。吾何容心於其間也哉。

箴

中歲自省。深愧言之不能謹。行之不能敦。學易荒而交易濫也。因作箴以自警。言箴云。言之甘皴。徒累己德。言之直皴。或遭憎嫉。將擇人以抒誠。又患無知人之明。哲人緘口。今吾獨否。負氣自矜。逞才為能。曷由守樸。以保身。行箴云。百行之善。今聞未遂豈一行之惡。已蒙厥德。善惡之幾。辨之宜審。稍縱即誤。敢不凜凜。勿謂善蒙垢。可弛勤脩。勿謂惡無損。致招悔尤。已往難追。後來當勉。早夜以思。孜孜實踐。勵學箴云。人

無賢愚。非學曷成。理無精粗。惟學乃明。譬彼嘉樹。本固斯榮。又如泉流。源遠不竭。研嗜宜篤。造就乃深。古聖敬脩。尚惜寸陰。矧余小子。敢逸豫以放心。嗟嗟歲月易逝。其肯為余待耶。今茲不加得勿貽後之悔耶。慎交箴云。哲人求友。必尚乎德。以義以信。是當取則。衆人得朋。恆徇乎私。相優相狎。慎勿效之。親賢遠佞。為功匪易。在持厥守兼擴其智。昔者君子。擇交至精。結納勿濫。切磋有成。今予小子。奈何不慎。親人無識。應物失正。悔不若己。咎將日增。廢用告誡。尚其敬承。

朱莊

杭州湧金門外西湖濱長豐山館。俗名曰朱莊。朱彥甫中翰俊別業也。臺榭明麗。花木幽深。中有寒雲樓。攬全湖之勝。尤為登臨佳境。荷池數畝。花時香氣襲人。池旁有亭。曰觚亭。中翰自為之記。題於壁。其辭曰。亭在水木明瑟軒後。軒占山館之勝。清流環匝。壘石為山。雜蒔花木。左則重樓相望。而右構造此亭。戊戌冬落成。形半方。有兩角而未名。高子甫名之曰觚。余欣然應之曰。子之善為名。實獲我心也。觚之始為酒器。與彝尊罍斝異。於宮室曰觚棱。其形方而有角。蓋峻厲廉隅。未嘗不適於用。其或與時俯仰。如脂如韋。甚或破觚以為圜。觚哉觚哉。汩其真矣。觚又兼簡牘之義。將與客共登斯亭。琴樽間作。可操觚而賦之。抑觚之諧聲為孤。予抱西河之痛有年矣。孤影孑立。與世寡諧。洵子之善為名。實獲我心也。夫闢地有亭。亭成有名。因亭之方有兩角。而名有觚。皆物之後起而偶然者也。太虛為室。明月為牖。造物本無盡藏。將逍遙乎無何有之鄉。廣莫之野。與渾沌者游。則亦忘其為觚矣。而何有於此亭也與。道光己亥春正。長豐山民自記。

詠史詩

南康謝蘊山中丞啟昆詠史七律五百二十六首。琢鍊名貴。自成一家。句如五檢封中呼萬歲。金童海上引三山。（漢武）十載覃思二京賦。千秋絕唱四愁篇。（張衡）益州刺史三刀夢。建業將軍百丈船。（王濬）學道卅年呼宰相。讀書萬卷作神仙。（陶宏景）朱三跋扈凄凉語。鄭五平章歇後詩。（唐昭宗）屬對工切。妙合自然。正不必以議論見長。吳穀人祭酒為作序云。公事纔閒。吟箋已設。一燈搖雨。如夢古人。萬葉呼風。忽來好句。恰能寫當時吟趣也。

不繫園

明季錢塘汪然明孝廉汝謙。嘯傲湖山。製一舟。名不繫園。題詩云。種種塵緣都謝却。

老耽一舸水雲間。又作不繫園記。其略云。自有西湖。即有畫舫。武林舊事。艷傳至今。其規至種種。不可考識矣。往見包觀察始創樓船。余家季元繼作洗妝臺。玲瓏宏敞。差足相敵。然別渚幽汀。多為雙橋壓水鎖之。不得入。癸亥夏。偶得木蘭一本。斲而為舟。長六丈二尺。廣五之一。入門數武。堪貯百壺。次進方丈。足布兩席。曲藏斗室。可供臥吟。側掩壁厨。俾收醉墨。出轉為廊。廊升為臺。臺上張幔。花晨月夕。如乘彩霞而登碧落。若遇驚飆蹴浪。欹樹平橋。則卸欄卷幔。猶然一蜻蜓艇耳。中置家僮二三擅紅牙者。俾佐黃頭以司茶酒。客來斯舟。可以御風。可以永夕。遠追先輩之風流。近寓太平之清賞。陳眉公先生題曰不繫園。佳名勝事。傳異日西湖一段佳話。豈必壘石鑿沼圍邱壑而私之。曰我園我園也哉。黃參議汝亨為作不繫園約。標以十二宜九忌。十二宜云。名流。高僧。知己。美人。妙香。洞簫。琴。清歌。名茶。名酒。殽不踰五簋。却騶從。九忌云。殺生。雜賓。作勢。軒冕。苛禮。童僕林立。俳優作劇。鼓吹喧填。強借。久借。汪又有小艇曰隨喜菴。曰觀葉。曰小團瓢。曰雨絲風片。近日西湖船。若半湖春。搖碧齋。四壁花。宜春舫。十丈蓮。煙水浮家。小天隨等。皆堪遊憩。然如不繫園之有廊有臺。則未之見也。

葬會

浙西淹葬之風由來已久。國初德清唐灝儒先生舉親葬社。約吾邑張楊園先生履祥推廣之。分八宗。宗八人。立宗首宗副。凡社中有葬親者。宗首副傳之各宗首副。彙八宗弔儀人三星致葬家。八宗宗人之子俱會葬。即登社約曰。某年月日。某人某親已葬。使未葬者愓然。以七年為期。過期不葬者不弔。所以示罰也。後又增一條。八年葬者。亦酬其半。以存厚也。自後續行者少。淹葬之風仍然。道光辛丑年。吾里邱雨樵茂才青選復舉葬會。糾同志四十人。於四月望日。各賚錢五百赴會所。拈鬮以定應得之人。即予錢二十千為葬費。如願讓他人先得。亦聽其便。錢存公所。豫備磚灰等物。不得攜歸。磚灰等購自窰所。價視肆家特廉。歲推二人司其事。每歲人各出錢二千。給四人葬費。事費不耗而事可久。其法最良。倡始於西柵。而東南北皆效行之。吾里善事孔多。此舉為稱首。誠能推而廣之。使天下無不葬之親。豈不美歟。其在窮鄉寠人。或以用磚費大。則朱子白雲葬法。價廉而工堅。最宜效法。世俗又有以糯米搗和沙灰。謂尤堅固可久。抑知暴殄天物。不可為訓。湖州某方伯歿後。棺用沙方木。葬用糯米沙灰。迨其曾孫貧而無賴。竊發棺售之。遺骸暴棄。雖其擧不在用糯米一端。未始不因此增罪戾也。

陳殿撰詩

蘄水陳秋舫殿撰沆工詩。時楚有寇氛。作詩貽友人云。桃花破屋閒殘雪。燕子空墳語夕陽。時皆傳誦。

著述當自定

程篁墩詞章負盛名。求其文者多門下士代筆。歿後刊集。大半贋入。瑕瑜互見。呂新吾學業醇篤。其集為後人所編。俳諧筆墨無不具載。為全書累。知文人著述必當及身自定也。

齋號

南宋後始有齋號。而史傳皆從略。志書繫號始於景定嚴州志。近日錢警石學博海昌備志從之。謂數十年來。友朋相呼。俱以齋號。詩文著作自署亦然。若竟略之。亦為失實。然齋號每出已意。字則命之親長者多。詩文自署。究不當舍置也。

昭君詩

詩人之思日出不窮。即如詠昭君者。唐宋以來佳篇不少。近代更有翻新制勝者。略識所見於此。天低海水西流處。獨有琵琶堪喚語。斷絲枯木本無情。猶勝人心百千詐。胡稚威君王重信不重色。玉貌三千替不得。穹廬若使詔留行。金屋歡娛豈終極。一傳禍水入後宮。燕燕盡啄皇孫空。自謀則過君謀忠。畫工毋乃真國工。沈濂一辭宮闕出秦關。長得丹青識舊顏。為報君王休愛惜。漢家征戍幾人還。顧光旭漢主曾聞殺畫師。畫師何足定妍媸。宮中多少如花女。不嫁單于君不知。劉廷獻遠嫁呼韓豈素期。請行似怨不逢時。出宮始覺君恩重。臨去猶為斬畫師。趙翼胭脂零落倍銷魂。急雪嚴霜泣暗吞。敢向琵琶傳怨語。至今青塚亦君恩。郝彥成戰骨填沙草不春。封侯命將漫紛紜。當時合把毛延壽。畫作麟臺第一勳。許宗彥無金贈延壽。妾自誤平生。沈德潛

玉泉雪水

高宗純皇帝巡蹕所至。製銀斗。命內侍精量泉水。京師玉泉山之水。斗重一兩。塞上伊遜之水亦如之。其餘諸水。濟南珍珠重逾二釐。揚子江金山下中泠重逾三釐。惠山虎跑各重逾四釐。平山重逾六釐。清涼山白沙虎邱及西山之碧雲寺各重逾一分。遂定玉泉為第一。作玉泉山天下第一泉記。又量雪水較玉泉輕三釐。遇佳雪必收取。以松實梅英佛手烹茶。謂之三清。嘗於重華宮集廷臣及內廷翰林等。聯句賦

三清茶詩天章昭煥洵為昇平盛事。

器銘

器之有銘由來遠矣見於歷朝者不可悉數玆擇近人所作辭旨簡質者錄之方望溪侍郎硯銘磨而不磷靜以守黑又澄泥硯銘甄之陶之久益堅琢之磨之好且完善而藏之德乃全錢竹汀宮詹圓硯銘懷孔之璧守老之黑又筆管銘毋用汝銳可以百歲紀文達公礼刀銘當斷則斷以齊不齊利器在手孰得而參差又瓜硯銘無用者半益之以枝蔓君子擣文鑿於玆硯金冬心缺角硯銘頭銳且禿不修邊幅腹中有墨君所獨梁山舟學士自用硯銘磨不磷涅不淄堅白之德吾所師又小硯銘不彫不琢完爾太璞又摺疊扇銘一闔一闢造化在手明月半規清風滿袖程易疇學博小圓硯銘余能方弗能圓宜與而相周旋吳江周叔斗茂才夢台印泥盒銘紅泥田玉龍耕種垂蛇蜿蜒收令名乃有年孫愈愚明經筆銘三寸管一丈舌慎持之有鬼甋嘉興錢警石學博泰吉印匣銘保其名在退藏用之不輕終身臧楊至堂河督硯銘涅不緇焦葉白知其白守其黑說心研慮介於石高伯平明經朱硯銘勖六籍文字之益惟中藏者亦余嘗作筆銘云紀兮兼兮判厥品朱兮墨兮視所近勖習慎

持用無不宜又墨銘云色闇德馨體剛堅而用文明早夜研磨以成我名

周文忠公

明周文忠公鳳翔遺集七卷其族孫源搜羅散墜於嘉慶癸酉付梓集中論籌兵餉略云推鋒陷陣則無兵脫巾呼庚癸則多兵殺賊攻城則士不加噓有司背哫擊戕道將則加又云夫此健兒美衣食飽妻孥酣酒肉皆四海之窮民敲骨抽髓鬻男嫁婦以供之者也乃當敵而敵愈猖勦冠而冠益潰甚至調一大將擾某地不過以一二千人往而又多浮額一遇大敵縮而自保冠退則割平人級以張功蓋罪擄掠飽颺而入鏡吹紛如矣指陳當時情事切中其弊公召對嘗陳吏速化則治不成民重征則盜不息又嘗論學曰學不可立黨立黨則必爭異能見道昔朱陸之辯虛心求是也今之辯朱陸私心求勝也言愈多而道愈晦矣論史曰三代而後漢與外戚共天下唐與母后宦官共天下魏晉以下與賓從子弟共天下宋與奸臣共天下元與宗族共天下趙氏吉士續表忠記備述之稱為名言公盡節時貽父母書云國君死社稷臣子無不死君上之理況男忝列從臣官居講職乎父母生育教誨以有今日男幸不虧辱此身貽兩大人羞男事畢矣罔極之恩無以為報矣之來生萬祈珍調康強勿以男為念日晷已促不得盡言讀此知當日貳臣有以親在為解者皆無所逃罪矣

沈又希先生

秀水沈又希先生范孫為文高古不近俗年七十猶應秋試迄不獲一第嘗誨其孫蓮溪觀察濂曰我困躓極矣汝兄弟取科名必易雖然所望於汝曹在品學之醇邃科名尚在所後生平喜為詩客游四方一時名士皆推重之尤與山陰童二樹山人鈺相契二樹寫梅花於雪香齋友人方幹懸諸齋壁時正苦寒百蟲盡蟄忽有一蜂徘徊幀上繞花不去先生作歌紀之有云雪梅畫梅蜂食蕊（明劉雪湖畫梅寺壁蜂食其蕊殆盡見王逸東雪湖梅譜序）樹翁畫梅蜂繞樑遙遙相去二百載淋漓大筆同沾濡凡六疊韻而二樹疊韻至百篇一時傳為美談

錢景顏先生

嘉興錢景顏先生復由縣丞官至大興縣知縣每舉蘇文忠公遇民如兒吏如奴語而申之曰民果不良亦奴也吏果良亦兒也然大勢吏強而民弱吏黠而民愚故每事必持以平胥役相與語曰畏者百姓畏吾儕今吾儕反畏百姓矣聽訟必令兩造

各言是非於情爭時伺其隙徐出一言而決嘗曰家人詬誶不悉其顛末尚難定曲直況小民見官長多畏葸更加以聲勢使不能言何以聽焉兩造具服即判牘尾俾堂上審視其不識字者吏朗誦使聞曰稍緩則弊生矣以是所至無留獄先生之子警石學博以文學昌其家孫曾濟美其食報遠矣

吳小宋大令

仁和吳小宋大令章祁以名孝廉宰蜀之蓬溪縣視民事如家事尤以振文風端士習為先務嘗曰邑宰於民最親於士為尤近接以禮聯以情孚以推誠相與之心動以束脩自愛之念未有不樂於為善者不此之務而徒咎士風之不醇可乎以故終其任士無干文網者在官三年以勞瘁卒邑人感其惠建祠奉祀紀以聯曰修其孝弟忠信可使制梃故曰仁者無敵保我子孫黎民尚亦有利此以沒世不忘

武昌府署聯

湖北武昌府署聯惟周太守廷綬所撰最佳云十城表率九郡先驅使萬姓屬目相看刑賞惟求乎服志廿載司農一麾出守二千石仔肩孔鉅清勤不敢負家聲詞致穩愜可誦

疏用嗚呼語

明史吳廷舉傳，巡撫應天諸府，改南京工部尚書，辭不拜，稱疾乞休，帝慰留，已復辭，且引白居易張詠詩，語多詼諧，中復用嗚呼字，帝怒，以廷舉怨望無人臣禮，勒致仕。其疏載集中，有云：親友勸臣治任，每誦白居易月俸百千官二品，朝廷雇我作閒人之詩；寮吏止臣辭官，輒舉張詠幸得太平無一事，江南閒煞老尚書之句。又云：比無官守，將近先廬，沿途訪藥尋醫，已至吳頭楚尾，東湖路近，難忘水木之心，西廣雲深，益動首邱之念，罪深渤海，事聞不待報而行，身等羈鴻，路盡失所歸為恐，嗚呼，零灰久冷，焰豈復燃，老馬已疲，齒無復壯，古今一道也，而日暮途遠，老病之人，又復夜行冥走，以餌虎狼之口，以墜萬仞之淵，此豈人情所願有哉，臣言至此，肝膽畢陳，危苦盡露矣。夫奏章體宜莊重，而疏慢若此，其獲譴也亦宜。

金元玉

明上元諸生金元玉琮，酷嗜學書，寒暑無間，每夜作書，以五寸長燭為度，燭盡而止。王百穀謂詹仲得趙承旨之皮，陸文裕得趙承旨之骨，惟元玉能得其髓。文徵仲好收元玉書蹟，都一篋貯之，名曰積玉。其為名流賞重如此，可知業未有不勤而後能傳者。世之士夫，耽生前之逸樂，欲冀身後之聲名，妄矣。

海忠介公

松江府志載：隆慶初開吳松江，久無功，及海忠介至，吏請為行署於江之北岸，公素儉樸，而命擇所居務深邃，人卒不解，詰旦，略出巡視，即名二千户一主簿入，數其不職，斬之，席藁埋瘞，事後萬衆駭愕，并力疏鑿，閱月而畢。而三人故無恙，發其所埋，悉是大豕。按明史稱忠介秉剛勁之性，戇直自遂，似未必用此權術，況以豕易人，豈無人見，而能令萬衆駭愕耶，疑志所載不實耳。

水仙

伍子胥、屈原、孫恩、閻峴，皆有水仙之稱。五代徐鈞者，亦稱水仙。杭州西湖又有水仙王祠，仙而稱王，尤奇。

猴經

藥物中有猴經，乃牝猴天癸，治婦女經閉神效。李心衡金川瑣記云：獨松汎之正地灣，山高箐密，巖洞中猴猱充仞，土人攀懸而上，尋取所謂猴經者，赴肆貿易，多至百觔。此可以補諸家本草之闕。

傳臚

往時會試在二月，乾隆十年，始展限三月，以待春煖。往時會試揭曉後，例以磨勘需日，於五月五日殿試，初十日傳臚。乾隆辛巳年，高宗純皇帝念多士守候時久，命速行磨勘，更期四月二十一日殿試，二十五日傳臚，此後遂為定例。殿試後閱卷大臣擬列甲第名次，進呈欽定，於二十四日先拆前十卷，按名引見，名曰小傳臚。傳臚之日，諸進士有不到者，小傳臚之日，則無敢不到，恐名在十卷中，傳宣匆遽，不及趋赴而獲咎也。

汪太史

錢塘汪韓門太史師韓，雍正癸丑進士，早歲工詩，中年罷官後，一意窮經，著述宏富。初入詞館，習國書，賦龍書五十韻，李穆堂學士紱見之歎異，攜其詩入八旗志書館，館中見者，多不知其辭所自出。學士曰：吾尚有不知者，何況君輩。由是名益著。茲錄其詩中閒十韻，並自註於此：垂訓肇龍興（天命間製清書），承基纘奕世，自兩文成來（椽式大海頗爾德宜俱諡文成），詞臣所專肄，經大義微言，史編年紀事，各各窮幹枝，往往破疑貳，綜博定清文，瞭爲寶鑑對（清文鑑凡二十一卷，分部三十六，部二百八十類，綱領三十餘，毛目二百類），蝌磨運左旋，龍賓呼十二，誓礫昉形模，黙圜循位置（清書乃修飾蒙古字而成，惟加點與圈與變用切法，見雍正間御纂庭訓格言），四聲該仄平，萬物括開闢，約之宗諧聲，衍之蘊六義。太史論詩，謂習俗所尚，曰輕，曰脆，曰新，曰巧，而余之意則在不輕而重，不脆而堅，不新而舊，不巧而渾。竊謂近人學詩，皆沿袁隨園流弊，此言可救其失。

魯雲崖大令

江西新城魯雲崖大令成龍，涖政勤敏，暇即觀史，以為此有用之學，足裨吏治。宰懷柔時，土瘠人滿，旗民雜處，食常不足，且多火災，乃勸民積穀，每二十五里設倉一所，而荒歉有備。其救火之法，則設為木籌，每火起，輒攜至火所，令民運水，互相救應，運水一次，給一籌，火止繳籌，因其多寡而予之錢，鄰里不相救者有罰，自是懷柔火不能災。

皇甫養亭先生詩

同里皇甫養亭先生櫆，績學能文，兼工吟咏，與秋畦公交好，嘗有題公詩稿絶句云：墨碧裁紅幾幅箋，清吟流播五湖船，林泉高致詩如畫，著色丹青趙大年。我亦耽詩鄭鷓鴣，今殷若未登船，平生自笑如潘緯，古鏡工夫枉費年。

西湖

天下西湖三十有六。惟杭州最著。福建福州府亦有西湖。朱子集中西湖詩云。湖光盡處天容闊。其起句云。越王城下水融融。對句云。潮信來時海氣通。乃閩之西湖也。道光戊子年。浙闈主司。以此句命題。蓋誤以為浙之西湖詩也。

羅漢像

西湖雲林寺淨慈寺。皆有五百羅漢塑像。聖因寺有貫休十六羅漢像石刻。昭慶寺又有衆山金貞女繡旙五百羅漢像。貞女許字同邑黃氏。未嫁而夫卒。聞訃奔喪入門守節。於事舅撫嗣之外。手繡此旙。寒暑無間者十餘年。而後成。苦心堅操。彌足重也。

童二樹畫梅

童二樹畫梅少粉本。時於月下寫榦。縱橫欹側。皆成妙畫。故所繪無一複者。鉛山蔣心餘太史士銓。見童畫梅。寄以詩云。我不識君見君畫。每對梅花身下拜。幼時友人劉鳳岡夢童化為梅。二樹因以為號。生平題畫詩。往往奇驗。嘗元旦為周進士世績題畫。有第一朝開第一花之句。是年周發解。湯容煟有僕僮乞畫藕。因題詩曰。具此清淨姿。何為乎泥中。僮數日殤。

孟子外書

史記謂孟子受業子思之門人。風俗通則謂孟子受業於子思。而孟子外書。又謂孟子學於子思之子子上。此書乃後人纂輯諸書而成。其說有與孟子異者。如陳仲子其卒。孟子誄之曰。吁嗟仲子。廉潔以保貞兮。求名而得名兮。數齊國之高士。舍仲子其誰稱兮。惟山高而水流。千古一於陵兮。吁嗟仲子。名長存兮。可慰於九泉兮。夫孟子方以仲子為烏能廉。安肯稱之如此。辭亦淺易不類。

百家唐詩夷堅志

王介甫選百家唐詩。當刪取時。用紙帖出。付筆吏。吏憚於謄錄。易以四韻或二韻詩。王不復再視。故所選不皆佳。洪景盧撰夷堅志。急於成書。妄人多取太平廣記中事。改竄首尾。別為名字以投之。徑以入錄。致為後人所訾。甚矣著述不可假手於人也。

明倫堂聯

學宮明倫堂聯。遂寧張文端公鵬翮所題。最為堂皇博大。先聖道竝乾坤。博也厚也高也明也悠也久也。今皇教同堯舜。勞之來之匡之直之輔之翼之。

小山詞鈔

宋晏叔原幾道小山詞鈔一卷。補鈔一卷。其裔孫儀徵彤甫廉訪端書。從御定歷代詩餘及四庫全書小山詞錄出刊行。黃山谷序。稱叔原仕宦連蹇。而不能一傍貴人之門。是一癡也。論文自有體。而不肯一作新進士語。此又一癡也。費資千百萬。家人饑寒。而面有孺子之色。此又一癡也。是叔原之為人。正自異於流俗。不第以綺語稱矣。其長相思一闋。語淺情真。尤為集中別調。長相思。長相思。若問相思甚了期。除非相見時。長相思。長相思。欲把相思說似誰。淺情人不知。

瓴甋錄

台郡近多古甎。宋心芝學博嗜之成癖。自吳建衡以下。迄於明。搜羅三百餘種。編次成集。詳為考證。顏曰瓴甋錄。瀉榔東教授題詩云。荒草秋墳世代遙。赤城山下晚蕭蕭。殘甎零落千年字。一片苔花認六朝。遺篆荒涼佛窟山。南朝太尉手書傳。（宋曾太尉劭墓塼。乃其手書。今已出土。）永和故事分明在。訪古來尋癸丑甎。（台州有永和九年癸丑甎。）余亦題其後云。爭萃遺文手自編。標題遠溯建衡年。從知漢瓦秦碑外。別有千秋翰墨緣。墓門荒草碧迢迢。刼火沈淪閱幾朝。重與品題傳姓氏。九原遺恨可應銷。宋工書。兼精篆刻。曾司訓樂清縣。不久即告歸。杜門謝客。著書自樂。識者高之。

藕湖泛月圖

舅氏家笠澤之藕湖。嘉慶丙子迄己卯。余從舅氏周厚松先生森游。讀書湖上。時與諸表兄弟放舟湖中。吟賞忘倦。道光甲午。表兄周鐵霞舍人士炯。繪藕湖泛月圖。屬題。塵事牽率。未有以應。丁酉冬。自楚改官歸。卜宅於笠澤東偏。距湖三百餘武。過從頻數。撫景興懷。譜金縷曲以踐前諾云。鬪鴨欄邊路。儘詩人烟波嘯傲。放懷朝暮。彈指番風催信早。一夜紅英徧吐。又詠就搴芳新句。畫舫沿流忘遠近。看娟娟纖魄迷峯蠶。香霧外。曳柔艣。　頻年浪迹拋吟侶。想姮娥多應笑我。抗塵何苦。千里扁舟尋舊約。勝地移家小住。重領略江鄉佳趣。三五涼輝邀共醉。待更闌便宿花深處。清夢穩。狎鷗鷺。

賦重發端

試賦最重發端。唐宋人所作。流播藝林者。如裴晉公鑄劍戟為農器賦。皇帝嗣位之十三載。寰海鏡清。方隅砥平。驅域中盡歸力穡。示天下不復用兵。白香山性習相遠近賦。噫。下自人。上達君。咸德以慎立。而性由習分。韋彖畫狗馬難為功賦。有丹青二人一則矜能於狗馬。一則誇妙於鬼神。李程日五色賦。德動天鑒。祥開日華。陳佑平權衡賦。俾民不迷。兹器維則。賈餗蜘蛛賦。涼風起兮秋初。步蒼字兮蹁躚。黃滔秋色賦。白帝承乾。乾坤悄然。鄭獬圜丘象天賦。禮大必簡。丘圜自然。宋祁王畿千里賦。測圭於地。考極於天。風雨之所交者。道里之必均焉。陳元裕大椿八千歲為春秋賦。物數有極。椿齡獨長。以歲歷八千之久。成春秋二序之常。熊元君人成天地之化賦。物產於地。形鍾自天。賴人君之有作。成化工之未全。此類不可悉數。近代名作。雖未能上追古人。其見稱於世者。亦可約舉焉。吳祭酒錫麒秋聲賦。迥野千里。危樓一角。油燈欲昏。酒夢初覺。起古愁於虛空。漫余心於眇邈。并萬族之可憐。激寒吹以相撲。蔡明經壽昌白桃花賦。竹外水濱。春風寫神。呼之欲出。此中有人。趙霖名伯埭賦。路過燕城。當川原靜處。以凝望見古埭。蕭然而寄情。鄧堂藜花賦。白蘋洲外。黃葉村邊。魚梁淺水。古渡寒天。輕陰閒雨。遠樹抗煙。四圍空闊。一派鮮妍。蔣念爵春山如笑賦。林巒景色。翰墨神仙。山光鏡裏。人面春前。韋光黻西山探梅賦。餘寒猶峭。衆芳未妍。關心昨夜。惜別經年。東崦西崦之路。欲雪未雪之天。逗韶光於歲暮。識芳信於春先。顧成俊桃花源賦。花塢兮沈沈。陽紅塵兮碧岑。張炳菊花枕賦。積秋一囊。絨香萬片。睡味能甘。濃格遒絢。

漢唐

漢之衰也。何進召董卓以速禍。唐之衰也。蕭遘召朱玫而致亂。是以聖人御宇。博選輔弼之彦。而謀必僉同。厚集宿衛之兵。而權必獨攬也。

宋石經

宋高宗御書石經。今在杭州府學大成門外兩廊壁中。曝書亭集謂左則易二。書六。詩十有二。禮向有學記經解中庸儒行大學五篇。今惟中庸片石。右則春秋左氏傳四十八碑。闕其首卷。通計八十七碑。非足本矣。秦檜一跋。吳訥椎碎云云。以余考之。左易二。書七。詩十。中庸一。論語七。孟子十一。右春秋左氏傳四十八。通計八十六碑。秦檜跋刊在詩經碑尾者尚存。楷法道整。宛似思陵。乃其人既遺臭後世。則翰墨亦為儒林所羞稱。雖字畫端好。適為此碑之玷耳。

浙闈號舍

吾浙闈中號舍。按千字文字排次。祥代天。翼代羽。協代鴻。元黃洪荒盈昃火帝人皇弔民伐罪毁傷難量墨悲作聖空谷禍因惡積。君二十九字皆不用。東文場祥至罪八十七字。（宇日辰列寒暑秋冬閏成律調雲致露為金麗玉崑劍巨珠夜果李柰芥海河鱗翼龍鳥始文乃衣推讓有陶周商坐問垂平愛黎臣戎遐壹率歸鳴在白食化草賴萬蓋身四五恭鞠豈女貞男才知必得莫罔彼靡己信可器）西文場地至覆八十六字。（地宙月宿張來往收藏餘歲呂陽騰雨結霜生水出岡號闕稱光珍柰重鹹淡潛翔師官制字服裳位國虞唐發湯朝道拱章育首伏羌通體賓王鳳竹駒場被木及方此髮大常惟養敢慕絜效良過改能忘談短特長使覆）儀門傍東夾道。絲至習十三字。（染詩羔景維克德名形表傳虛習）西夾道。欲至資二十七字。（欲染讚羊行賢念建立端正聲堂聽福緣善慶尺璧非寶寸陰是競資）皆自北而南。至公堂傍西夾道。父至溫二十一字。（父事曰嚴與敬孝當竭力忠則盡命臨深履薄夙興溫）獨自南而北。計共二百三十四字。共號舍一萬二千三十間。每科應試人數。多則一萬二千餘。少則不及一萬。以故錄遺鮮有擯棄者。明初棘闈與杭郡庠相連。天順間。守臣奏士子屢有作弊。改於城東廢倉地。備用木舍。萬歷四十年。御史李邦華易以甎。永絕火患。號衕向為泥道。嘉慶九年。阮文達公為甃之以石。往時號舍一萬餘間。人數多時。添設厰號。不免風雨漂搖之苦。道光初。鄭夢白中丞與當道創議捐資。擴增千餘間。自是士子始咸得所焉。

三字經

童蒙所誦三字經。相傳為王伯厚作。此流俗之說也。周公時無六經之名。不當云著六經。大小戴禮記。乃大小戴所撰。不當云註禮記。困學紀聞尊蜀而抑魏。其所敘述蜀先於魏。亦不當云魏蜀吳爭漢鼎。經史之大者。疏舛若此。其他可無論矣。

任昭才

阮文達公記任昭才云。昭才鄞人。善泅海。余撫浙治水師時。募用之。昭才入海底。能數時之久。數十里之遠。余所獲安南大銅礮。重二千餘斤。兵船載之。遭颶沈於溫州三盤海底。深二十丈。不可起。命昭才往圖之。昭才用八船。分為二番。一番四船空其中。一番四船滿載碎石。自引八巨縆入海底。繫沈船之四隅。以四繩末繫四石船為一番。繫既定。乃撥其石入第二番之空船。是石船變為空船。浮起者數尺矣。復以二番四繩之末。繫二番之石船。撥石入第一番空船。是浮起者又數尺矣。如此數十番。數日之久。船與礮畢升於水面矣。余擢昭才為武弁。以病卒於官。按宋費袞梁谿漫志云。河中府浮梁用鐵牛八維之。一牛且數萬斤。治平中。水暴漲絕梁。牽牛沒於河。募能出之者。真定府僧懷丙。以二大舟實土。夾牛維之。用大木為權衡狀鉤牛。徐去其土。舟浮牛出。轉運使張燾以聞。賜以紫衣。昭才之計。正與此同。其力尤不可及。惜遽卒。未得顯用於時。

教子

明代女子工科舉之文者惟孫忠烈公子文恪公繼室楊文儷仁和工部員外郎楊應獬之女也教子成進士者四人鑛鑨皆尚書鋌侍郎鋐太僕卿史載鑛王大計力杜請謁以言不見用累疏引退卒謚清簡嘗曰大臣不合惟當引去否則有職業在謹自守足矣鑛為吏部考功文選郎澄清銓法掌南樞時礦使璫出妖人噪衆為亂鑛請重典治之邏卒四出給事御史交劾鑛置毅鑛乃三疏求去然鑛去妖黨竟蔓延十餘年致煩王師兄弟之志節經濟卓卓可稱知其稟承母教者不獨在文章矣

戴石屏詩

戴石屏詩春水渡傍渡夕陽山外山明徐巨源世溥效其體云羈旅客中客亂離身後身蓋易寫景為寫情也唐僧澹交寫真詩云已是夢中夢更逢身外身以活句作對其體稍異

從祀

朱竹垞太史孔子弟子考著錄九十八人從祀者七十九人從祀崇聖祠者二人顏子無繇曾子點尚有十七人不在從祀之列薛邦申績申棠公伯寮廉瑀孺悲公罔之裘序點仲孫何忌仲孫說孔璇惠叔蘭常季子服何賓牟賈鞠語顏涿聚竊謂公伯寮得罪聖門自應見黜此外似當陳請補入

逸民列傳

後漢書逸民列傳野王二老者不知何許人也陶靖節五柳先生傳仿用之北史用此語尤多

明代縣令

盧少楩柟忤縣令蔣某蔣假役夫壓死事捕盧論死破其家賴謝茂秦入京師白其冤繫獄十五年得釋馮已蒼舒以譏賦役事觸縣令瞿四達遂以他事羅織下馮獄未幾死獄中明季縣令威權乃若是

王節愍公

錢塘王節愍公道焜明史附朱大典傳後其辭見於陳勲所作小傳云乙酉王師南下子孝廉均勸名仕籍公曰甲申之難余可以死而不死將有所為也今家亡國破我父子世受國恩死且晚矣爾死則尚有老母在我死則汝可以有辭是我一死而上報君父之恩下全母子之誼復何恨遂自經死均為童子時割股以療母公沒事後母色養備至窮老江鄉終身不仕忠臣孝子一門盛事人猶以為天之報施善人何其窮阨如此嗚呼自此論出宜其士氣畏人心壞士大夫蠅營鼠竊敗名教而穨風俗豈細故哉陳氏此論不徒為節愍父子表微且可激勵千古之人心特誌之

屠太守

杭州屠琴塢太守倬好蓄奇石有異品三十六枚各署以名　泰階符　太古雪　紫雲廻　嶺上晴雲　天風海濤　烟江疊嶂　小劍閣　九疊屏風　一寸樓臺　玉女窗　壽者相　紫衣定僧　半面鍾馗　漁丈人　銅仙佩　米家硯山　玉浮圖　珊瑚網　玉鏡　柘枝舞　搗藥杵　百結連環　青芝　玉井蓮　半段松　丁倒蓮房　束笥　飛龍骨　蠟鳳壓　玉辟邪　霧豹　角鷹　戲鴻　江天一鴈　子母雞　海月　太守自作三十六峰圖同時名流題詠殆徧太守初以縣令居憂甫服闋特旨授袁州知府不一月調九江越七載病殁蓋居憂時已病寓居維揚竟不能之官嘗有句云頭銜已署五湖長遥領匡廬又一年比殁齊大令彥槐輓以聯云一病負殊恩九派滄江懷太守十年成大覺二分明月弔詩人

集字聯

集字始於東坡之集歸去來辭近時人多集蘭亭序字作楹帖如室有山林樂人同天地春　惠日朗虛室清風懷古人　目攬九流修向錄情游萬古得彭年　一人知己亦已足畢世自脩無盡期　室因抱水隨其曲竹為觀山不放長　風人所詠託於古靜者之懷和若春　與世不言人所短臨文期集古之長　得趣在形骸以外娛懷於天地之初皆得雅人深致三韓馬朗山觀察慧裕嘗集蘭亭序字聯語成編刊行摘錄於此永懷當世盛所樂在人和　當大人之事聽賢者所言　坐山林以終日觀天地之大文　畢世脩為嘗在己一生遇合盡由天　無事在懷為極樂有長可取不虛生　人品既為時所仰天懷嘗與古相期　清品猶蘭虛懷契竹朗抱若水和氣當春　醫家聯云能脩其事同良相得遇斯人自永年　又摘錄其集洛神十三行字聯云侶疇交以信詩禮志從先　人無信不足言是心之蠹　言詩明素志抗禮接歡顏　神清悅我志辭達解人疑　神交以志合心遠為情專　長言清以厲素志遠而超　和其聲以流詠超衆志而為言　神靈中甫斯揚烈心遠淵明自解詩　詩禮託先人之陰嘯詠明素志而言　道州何子貞同年太史紹基集字對句最多嘗見其集爭坐位帖字聯一冊錄其尤者於左　九功惟敘使勿壞百度得數而有常　宣德道情文乃貴明微謹始禮為宗　與其過織何如謹到得能誠

自會明 豈顧文才過屈宋勤思聖道仰顏曾 明月同行如故友異書難得比高官 兩足不出門半尺一室坐擁書百城 行事莫將天理錯立身當與古人爭 聞常言輒有至理受別致便非本心 且自思立足何地豈可輒抗顏為師 藏異書貴得初本收古畫須檢裂文 有三尺地身可坐到五更時心自清 如張子野真辭伯是李將軍乃畫師 誠意功夫唯謹獨匡時事業貴知人 時事亦當參古禮人為不敢恃天功 對月横安高士榻論文喜得古人書 縱目古今還自省側身天地一無言 倫理只從天事見功名貴自本心來 古易九家皆見聖魯論半部足匡時 燃名香宜對古畫見明月又來故人 書城高大能藏道心地光明始受亦 時聞其過我尤喜願同此心君莫疑 目未曾見莫言怪心所不安斯謂危 悟到前身應是月數來益友莫如書 豈獨安分守身為事欲作頂天立地之人 將相公侯蓋亦有命射御書數皆謂之文 若知者行其所無事故君子名之必可言 坐擱横書升臺校射然香品畫對月開樽 武將宣威自天而下文臣紀政如日之升 瞻言古人便若同世措置難事亦如平時 揆高度深九數所極指事會意六書之綱 天爵在身無官自貴異書滿室其富莫京 力排異端將軍破賊心存天理行子還家 見人之過如己有失於禮既得即心所安 力排眾論乃見獨是心師古人自為一家 習八分書得陝本貴存百家目自隋志傳 尺書可當十部從事名作便是五言長城 就已然情知未來事於獨居地見大眾心 有功不伐聞過則喜為道日損積德能升 縱横百家才大如海安坐一室意古於天 天爵崇高初無階級書城割據各異門盜 意之所怨過從此長眾有同欲功不可居 聖業頹曾清名郭李相才文富士品裴王 參三六九易數皇極斯寓合百二十國書魯史乃興 何必閉門明月自然來入室不須會友古人無數是同心 戴聖祖高堂士禮從知家相作子長事安國尚書真見古文來 士禮守容臺本東魯兩聖人所定佛書破藏海是南朝眾才子之文 明理自平居莫到有事時存兩端念置身須得地當為從古來第一等人 行路有何難我曾從天柱九疑終南紫閣太室三塗直到上京王者地得師真不易所願與高堂二戴安國子長相如正則同依東魯聖人家

明季大臣

明季大臣卑多庸劣可笑如桐城人給事中孫晉過楅臣張鳳翼於朝房自言其鄉恐罹寇鳳翼曰公南人何憂賊起西北不食南米賊馬不餇江南草聞者笑然皆笑又秦撫甘學闊騤不解事賊至不還兵手記下都處侯緒治左右給以親往則統服賊與從逐之薄暮宿一堡聞人馬聲其下將棄之去前驅傳曰督師來相見愕眙告以賊難拖輒怖急還走營城門以鈕鑿謹錄鑰牡不敢張目視又熊文燦督師之受事也神志惝怳自失疏言臣至蘄黃見被賊近一歲而野有難芻倉有稻粱沿江饒給盜之招也若盡遷民與粟閉之城中俾賊無所掠當自退中朝見者無不姍笑又豫撫常道立持軍不整饋遺供頓邑索千金久駐襄城陽言遮捍睢許實貪其無賊有殿軍未盡候者傳曰賊至懼而顛左右掖之始上奔避民舍兩齒相擊又楊嗣昌代熊文燦為督使其上襄陵討賊也駐襄陵一月不進取華嚴經第一卷謂可詛蝗已旱公然下教郡邑且以上聞當時朝廷用此等人掌兵國事安得不壞

四書逸箋

應城程是菴進士大中四書逸箋援據精博有足補集注所未備且有足正集注所未及者摘錄以資參考束帶說字云在腰為腰帶在胸為束帶腰帶低緩束帶高緊公西華束帶立朝蓋當有事之際倉卒立談可以服強鄰即折衝樽俎之間意泛作禮服非 賓客周禮注大曰賓小曰客為君臣之別 民食喪祭何晏集解引孔氏注重民國之本也重食民之命也重喪所以盡哀重祭所以致敬 吾豈匏瓜節孔注匏瓜得繫一處者不食故也吾自食物當東西南北不得如不食之物繫滯一處 葷竹孔穎達疏茶王芻也本爾雅竹萹竹也 正鵠皆鳥名鵠小而飛疾大射禮鄭注正齊魯之閒謂之題肩皆鳥之捷黠者射之難中取以為的 宗器鄭氏注祭器也 華嶽華山名嶽亦山名周禮豫州山鎮曰華雍州山鎮曰嶽爾雅釋山云河南曰華河西曰嶽舉二山與下二水對 麋澤獸陰鹿山獸陽 寡妻趙注寡少也嫡妻惟一故曰寡 鼓樂趙注鼓樂者樂以鼓為節也 麒麟二獸名郭璞云麒似麟無角詩疏麟黃色一角角端有肉作一獸誤 乘屋趙氏謂乘蓋其野外之屋蓋為田事訖宜豫完其在田之宅若邑居之屋已入而處之矣 徙趙注受田易居也蓋井田之法不受田則不易居無輕徙者 大略趙注略要也言井田未及其詳已舉其要大要者大事之要也潤澤其餘事耳 詭遇横而射之曰詭遇 今茲趙注茲年也今茲猶今年也 營窟二字各一義禮運注營者營累其土於地上窟者窟穴於地中 市井古者因井為市故曰市井 南陽山南曰陽岱山之南謂之南陽疏云岱山

即太山在齊之南四書備考引南陽府之南陽縣謂 黎民黎本訓衆又訓衆此當訓衆蓋言五十七十衣帛食肉其餘衆民亦不饑不寒 君子之澤新鄭高氏曰澤謂容貌色澤猶禮云手澤口澤也蓋五世之內其人雖不可見見其人者猶有存焉其形容音響尚有稱述之者至於五世見其人者亦皆已歿而形容音響不復可知若君子之流風餘韻雖百世可也五世安得遂斬 邱民趙注邱十六井也邱民謂邱間之民得乎邱田之民便可為天子猶有田一成有衆一旅之意

小詞長調

作小詞貴含蓄言盡意不盡韓南澗霜天曉角釆石蛾眉亭云倚天絕壁直下江千尺天際兩蛾橫黛愁與恨幾時極 暮潮風正急酒闌聞塞笛試問謫仙何處青山外遠烟碧作長調貴曲折而清空一氣王沂孫摸魚兒云洗芳林夜來風雨匆匆還送春去方纔送得春歸了那又送君南浦君聽取怕此際春歸也過吳中路君行到處便快折湖邊千條翠柳為我繫春住 春還住休索吟春伴侶殘花今已塵土姑蘇臺下烟波遠西子近來何許能喚否又恐怕殘春到了無憑據煩君妙語更為我將春連花帶柳寫入翠箋句二作各極其妙

彭澤父

明兵部尚書彭澤守徽州將遣女治漆器數十使吏送其家澤父大怒趣焚之徒步詣徽澤驚出迓目吏負其裝父怒曰吾負此數千里汝不能負數武耶既入杖澤堂下杖已持裝還去澤益痛砥礪歷著政聲此事大有古風按吾邑李臨川先生樂見聞雜記載一事亦與此同壽元劉文和公珝致政家居封翁尚在一日文和他出乘轎歸翁封翁偶同客在門文和不知引避封翁盛怒欲杖之客不能解竟以轎杠加責此等家法豈易有耶

歐陽公七律

歐陽公七律卓鍊警健處令人百誦不厭如唐崇徽公主手痕詩云五顏自古為身累肉食何人與國謀上杜相公云貌先年老因憂國事與心違始乞身此最著稱於後世若餘若萬馬不嘶聽號令諸蕃無事樂耕耘寄秦州田元均朝廷失士有司恥貧賤不憂君子難送王平甫下第亦調高響逸東坡才氣雖大若論風格恐猶遜一籌耳

夜紡授經圖

嘉興錢文端公陳羣之母南樓老人善繪事公曾進畫冊於高宗純皇帝題詩卷首并題清芬世守四字公幼時父省親於信安南樓老人授公兄弟經夜必篝燈課讀以其餘輝躬自紡績後三十年公奉母於京師寫夜紡授經圖題詩云母兮兒飢終朝誦讀不可以為粟母兮兒寒終夜咿咿不可以為衣一解秋夜長秋月白母曰嗟汝父行役兒不學我辟績辟績婦所羞不學人所惜紬之繹之永今夕誰予和鳴促織二解促織鳴絡緯聲衎上衣手中絲手中絲架中餐兒母啼飢兒母號寒為誦孟子終七篇三解昔孟有母恃子實怙汝今不勤學吾何見汝父他日父歸行見撻汝撻汝猶可母棄先人緒譬厥紡千萬縷一失理紛莫數思之思之淚下如雨四解兒跽膝下將母勿怒兒請卒業然後寢處奇文難字母訓母詁英聲華詞是獵是咀母曰樂哉天實助予聖賢在上實聞斯語五解後高宗純皇帝閱公香樹齋集見其詩特賜題二絕句云篝燈課讀澹安貧義紡經鋤忘苦辛家學白陽諳繪事成圖底事待他人五鼎兒誠慰母箴吟詩不覺鼻含辛嘉禾欲續賢媛傳不愧當年畫荻人公復乞當代名公題咏成軸其孫潤齋中丞臻因索觀者眾慮其致損乃摹勒於石恭和御韻題詩於後有願將世守清芬句凜誦王言勵後人之句

西湖秋柳詩

歸安楊秋室明經鳳苞博雅邁倫屢試不得志賦西湖秋柳詞以寄意前後積七十二首情味並勝於西湖竹枝詞外別開詩境摘錄於左以擬窺豹一斑云回首東風十萬條畫樓亞處鬪纖腰香車去後游驄散閒殺紅闌第四橋玉鉤簾幕自年年紅粉飄零更惘然惆悵披香秋色好無人晚起聽涼蟬曾芳故苑最魂銷花月當時妒細腰悽斷御溝流水外昏雅歸去認前朝霏霏涼露溼池臺太息芳年去不回記取總宜園內樹也愁天外鴈聲來芙渠吹照謝家船隄樹重攀又六年自與秋槐共零落行人愁躡故宮煙露條煙葉漸闌珊翠館人歸夜正寒月落平湖秋色遠夢回幾度捲簾看

明登科錄

明洪武四年登科錄一甲三名二甲十七名三甲一百名一甲一名吳伯宗授禮部員外郎一甲二名三名及二甲皆授主事三甲皆授縣丞浙江中式三十一名杭州二明州五紹興十一金華一嚴州一温州二台州八處州一嘉興湖州衢州三府皆無其籍貫有民籍儒籍軍籍站籍之分是科二月十九日殿試二月二十日即張掛黃榜宣諭除授職名

鴛水聯吟

道光戊戌秋，嘉興岳餘三茂才鴻慶與其友數輩結鴛湖詩社，每歲四集，分題後限期收卷，乞名流評定甲乙，前五名皆有酬贈，事歷三秋，編成十集，擇其尤者付梓，名曰鴛水聯吟。摘錄絕句數首，以當嘗鼎一臠。子夜冬歌云：窗前種天竹，歡來發幾枝，采之當紅豆，一粒一相思。（海鹽黃燮清。）寄情尺素書，呵凍字不成，更有模糊處，淚與墨交并。（嘉善黃松鼎。）憶郎去遠道，獨自高樓憑，郎意飛作雪，妾心結成冰。（秀水孫鏘鳴。）十國春秋吳越雜事詩云：袞功思禮冠當時，試讀煌煌鐵券辭，孤負江東明大義，不曾一討五經兒。（秀水于秋淦源。）一字題識屬史官，橫征事合子虛看，盧陵千古如椽筆，尚覺文章公道難。（秀水徐融。）夏日園居雜興云：紫茄白莧影參差，一徑濃陰月上時，竹榻夜涼詩夢醒，莎雞啼出豆花籬。（平湖賈敦艮。）送燕云：玉娘湖畔草萋萋，王謝亭臺路已迷，惟有雕梁舊時月，隨君直度海雲西。（海鹽吳彥宜廷燮。）

吊腳痧

吊腳痧證至速，服藥不及，必先外治。急用糟燒一大碗，燙熱，入斑貓末攪勻，乘熱熨四肢，數人用手連拍之，冷則更易，熨至小便通，轉筋自止，再飲煎藥，可以獲痊。此方同邑張雨杉茂才光裕所傳，云其親歷療治多人。世俗所傳之方，僅用燒酒，無此神應。

蔡浣霞先生

吾邑蔡浣霞先生鑾揚，由儀曹出知延平府，風雅好詩，公事之暇，於署中大觀樓集同人及其子伯異醮、尹鴻思、季成少尹鴻憲為詩社，更唱迭和，佳什甚多。摘錄數首於左。灘哨曲云：四面安帆幅，南鄉定北鄉，黃河凡九曲，曲曲是迴腸。石魚不上水，銅烏不轉風，琵琶曾賭卜，只在九江中。（浣霞。）幾卜金錢信，思君別淚多，雙懸明月鏡，分影照脩娥。（伯異。）盤香云：迷迭長縈恨，兜婁欲悟禪，累雲金塔小，印月玉環圓。龍甲氤氳合，螺文宛轉連，相思灰一寸，心字亦迴旋。（浣霞。）游仙云：十二層樓紫玉簫，闌風西角綵雲飄，紅墻有恨難通月，碧海無情易上潮。殿上不知方朔貴，窗中但倚阿環嬌。七臺真籙依稀在，重註黃金字半銷。（浣霞。）彩鸞招我到蓬瀛，姹女瑤妃一笑迎，五岳真形杯底隱，十洲新記袖中成，靈田草長呼龍種，小海書回附鶴行，曾記瑤臺扶夢起，入門應識許飛瓊。（伯異。）雲飛大綬紫羅裳，歸去三臺夜未央，珠袖迴風鸞尾撥，玉笙吹月鶴翎涼，笑傳宮拍雙鬟引，醉乞天廚九醖方，雲笈內篇仍背錄，桃花何事誤劉郎。（季成。）

羊車

周禮考工記羊車，註謂羊善也，若今之定張車。疏謂漢世去今久遠，亦未知定張車將何所用，但知在宮內所用，故差小為之，謂之羊車也。釋名：羊車，羊，祥也，祥，善也，善飾之車，今犢車是也。隋禮儀志：羊車，小兒數人引之，漢代或一人牽，或駕果下馬，梁貴賤通得乘之，名曰牽子。是羊車未嘗駕羊也。南史宋文帝潘淑妃傳：帝好乘羊車經諸房，淑妃密令左右以鹹水灑地，帝每去戶，羊輒舐地不去，羊車駕羊，始見於此。（晉書胡貴嬪傳亦言以鹽汁灑地引羊車，惟不言羊舐地。）

浙西要害

宋王仲言玉照新志，載其父性之於建炎己酉春上浙西帥康允之書，乞備西境，言極激切，是冬敵騎果至，取道之境悉如所言。今觀其書，切中浙西要害，特錄之：杭州在唐，繁雄不及姑蘇、會稽，因錢氏建國始盛，請以其西境言之。北有常潤，下連大江，浙西觀察使治所在京口，蓋相距數百里形勢也。其東滄溟，雖海山際天，風濤豪壯，然海門中流至淺狹，不可浮大舟，匪夷狄能窺。其南則浙江以限吳越，惟州西境無大山長川，虛怯可虞。錢鏐始因宣歙群盜米直、曹師雄作亂，自鄉里起兵，保有臨安，至敗黃巢於八百里，威名益振，遂分建八都於兩境，精兵各千人，互相策應。新城縣聖安都杜稜守之，富陽縣靜江都聞人宇守之，臨安縣石鏡都董昌守之，餘杭縣龍泉都凌大舉守之，鹽官縣海昌都則徐友，及北關鎮則劉孟容，臨平鎮則曹信，浙江鎮則阮結，又置都知兵馬寨於龍泉臨安，以為攏建八都堂於府第，日與幕客聚議至建霸府也。累世皆大興寺於西湖，匪特祈福為觀美而已，實據諸峯之險為候望也。結婚宣歙節度使田頵，犄角以備江南李氏。蓋錢鏐本臨安人，又立功起於西境，故知此形勢為盡，惟能保其西境，由今觀之，今昔雖異，利害一同。自餘杭龍泉無五十里，地名霍山，平路如砥，可徑抵城下。龍泉距安吉、廣德甚邇，今日議者惟於蘇潤二州置帥宿兵，不知西境乃先務也。某愚竊過計，萬一敵騎過江，金陵不可攻，豕突直抵安吉、廣德，以搖錢塘，則數百里響動，是邦危矣。伏望台慈察一方之利害，從邦人之至願，考八都舊迹，別行措置，開諸朝廷，使金陵、宣歙與我相為表裏，出兵據險守要，事無不濟。餘杭、臨安兩邑土豪比諸縣最為驍銳，擇其守令，例假一官，以鼓舞之，使扼其要路，迴於金湯之固矣。（顧亭林天下郡國利病書亦及守禦之策，獨遺此書，故備誌於此。）

冷廬雜識卷六終

冷廬雜識卷七

清　桐鄉陸以湉敬安著

陳忠愍公

同安陳忠愍公化成，由行伍積軍功，官至提督，威望著一時。故例，提鎮不得官本鄉，上以非公莫能膺海疆重任，破格授廈門提督。道光庚子，𠸄夷擾浙東，命沿海嚴防，特移公江蘇。抵署甫六日，聞舟山失守，即帥師馳赴吳淞口，審度險要，列帳西礮臺側以居。三易寒暑，未嘗解衣安寢，優待士卒，犒之厚，而自奉甚儉，或饋酒肉，必峻卻之。時有官兵都吸民膏髓，陳公但飲吳淞水之謠。每潮來，必登眺望，戒軍士曰：平時宜休養，毋輒來執，如有警，呼之不應，刑毋赦。嘗與制府牛某大閱，見近地兵多弱，而上江各營較強，牛曰：是可當前鋒乎？公曰：近者皆有家室，慮且服吾久，無離心，客兵恐難恃。及戰，果先遁。壬寅四月，乍浦失守，公益鼓勵軍士，以大義喻之。時他邑皆騷動，惟吳淞左右恃有公，安堵如故。五月，夷船大集，公登臺守禦，日夜不怠。初八日，自卯至巳，發礮千餘門，傷大夷船五、火輪船二，夷人勢欲卻，適牛制府擁兵出城，夷從橋頭望見，置礮於橋擊之，牛急召守小沙背之徐州總兵王志元來，而王已遁去，牛懼，亦遁，眾兵隨去，皆竄。夷人復奮力攻擊，公孤立無助，猶手發礮數十次，身受重傷，礮折足，鎗穿胸，伏地噴血而死，年七十六。民聞公死，皆大驚曰：長城壞矣！老幼男女無不號泣奔走。夷酋入城，登鎮海樓酣飲，或作華語曰：此戰最危險，但有兩陳公，安能破耶！酋大笑。有武進士太湖劉國標，為公所賞識，隨行戎間，忍創負公屍藏蘆叢中，閱十日，以告嘉定縣令，舁屍入城，殮於武帝廟，面如生。事聞，詔賜專祠，予騎都尉世職。淞江人哭公哀作詩成帙，顏曰表忠崇義集。寶山王樹滋為作殉節始末記，余特撮其大畧，并錄詩之佳者於左。云：一木難支大廈傾，將軍殉節萬民驚，丹心料有天垂鑒，白日愁看鬼橫行。公已成仁甘就死，士惟見義竟忘生，怒濤夜激蘆花岸，陰雨蕭旗戰鼓聲。（上海王城）皓首不能生擊賊，丹心惟此死酬君。（上海趙庭謙）肘常旁掣生餘憤，掌僅孤鳴死謟忠。（崇明施子良）右師郵洩驅車後，壯士勾卑在列時。（上海林威）事到艱難惟一死，身經保障已三年。（上海曹樹杏）

陳學博詩

同里陳友梅學博錫績，學能詩，晚歲以歲貢官青田訓導，蕭然一氈，吟哦自得。殁後遺稿散去，余從其孫邦柱處檢得數首存之。芝田云：百里芝田隸括蒼，一城斗大似

村鄉。能鬪草細密成席，（能織草如龍鬚者，肌紋成席，名曰龍鬚席。）土人鴉卵石圓高築牆。（民間皆築其少，大率以石排砌。）之頭。而採樵閨女慣，（邑之八外都有坊民，收入市交易，男夫守戶而已，謂之……）夜燈誅諮塾師忙。（鄉有集徒課書人家，多延塾師而授舉業。）何當摩鶴重飛集，科目鄉增發苑光。（明永樂庚……一邑中式十六人，自從鶴至，必得科名，然亦寥寥矣。國朝一百六十餘年以來，登科者僅四人。）張貞女卉序云：貞女吾鎮張希……女也，許字沈氏子。未幾沈卒，誓欲歸省，遂縞素以往，侍影煢煢，克修婦道，閱八載病亡。其節可旌，賦詩以俟采風者。未識夫君面，終身願託依。共牢惟木主，入室使麻衣。八載冰霜潔，千秋節義稀。他年塚樹上，鴛鳥定雙飛。讀秦紀云：若敖博浪驚秦皇，定見扶蘇帝萬方，始識一椎非倖脫，天心正欲速嬴亡。

西湖長生祠

西湖長生祠極多楹聯，佳者莫寶齋侍郎題諸城竇東皐總憲光鼐長生位云：憐才心事無雙，教澤深長留學校；知己生平第一，師恩高厚並君親。山陽李芝齡師宗昉題汪文端公長生位云：政並白蘇遺澤遠，文成雅頌繼聲難。杭郡紳士題師仙舟中丞長生位云：歸興託蓴鱸，一代文章留北闕；清芬接梅鶴，百年風教在西湖。

天一閣

寧波范氏天一閣藏書凡五萬三千餘卷。閣在月湖之西，宅之東，墻圍周迴，林木蓊翳，與闤闠相遠。明嘉靖中，堯卿少司馬欽歸田後，構以藏書，其異本得之豐氏熙坊者為多。書藏閣之上，通六間為一，而以書廚間之，其下仍分六間，取天一生水地六成之之義。司馬歿後，子孫各房相約為例，凡閣廚鎖鑰分房掌之，禁以書下閣梯，非各房子孫齊至不開鎖，子孫無故開門入閣者，罰不與祭三次；私領親友入閣及擅開廚者，罰不與祭一年；擅以書借出者，罰不與祭三年；典鬻者，永擯逐不與祭。乾隆間，詔建七閣，參用其式，且多寫其書入四庫，賜以圖書集成。嘉慶間，阮文達公巡撫浙江，命范氏後人編成目錄，並金石目錄刻之。自明嘉靖迄今三百餘年，遺籍常存，固由於遭遇之盛，抑亦其立法嚴密，克保世澤於弗替，宜名垂不朽，為海內藏書第一家也。

郡門竹枝詞

郡門竹枝詞不知何人所作，語多鄙俚，其描摹逼真處亦足令人解頤。時尚云：多多益善是封條，拉扯官銜宋字描，遠代旁枝攙括盡，直將原任溯前朝。京官云：轎破簾幃馬破鞍，熬來白髮亦誠難，轂車當道從旁過，便是當朝一品官。候選云：昔年黃榜

姓名聯。此日居然堂上點名堂下應。教人不敢認同年。考試云。短袍長褂著
鑲鞋。搖擺進人便問街。扇絡不知何處去。昂頭猶去看招牌。教館云。一月三金笑口
開。擇期啟館託人催。關書聘禮何曾見。自僱驢車搬進來。觀劇云。坐時雙脚一齊盤。
紅紙開來窄戲單。左右並肩人似玉。滿園不向戲臺看。

禁咒治病

禁咒治病自古有之。往往文義不甚雅馴。而獲效甚奇。殆不可以理測。余內人之乳
母顧嫗。其父曾習祝由科。傳有二咒甚驗。一治蜈蚣螫。咒云。止見土地神知載靈太
上老君急急如律令敕。治法以右手按螫處。一氣念咒七徧。即揮手作撮去之狀。頃
刻痛止。一治蛇纏。咒云。天蛇蛇。地蛇蛇。青地扁烏梢蛇。三十六蛇。七十二蛇。蛇出
蛇進。太上老君急急如律令敕。凡人影為蛇所啄。腰生赤瘰。痛癢延至心則不可救。
名蛇纏。亦名纏身龍。治法以右手持稻幹一枝。其長與腰圍同。向患處一氣念咒七
徧。即揮臂置稻幹門檻上。刀斷為七。焚之。其患立愈。又治蜈蚣螫方。急以手向花枝
下泥書田字。勿令人見。取其泥向螫處擦之。即愈。

馬從龍

明史載烈女谷氏。餘姚史茂妻。父以茂有文學。贅之於家。數日。鄰人宋思。儼責於父。
見氏美。遂指逋錢為聘物。訟之官。知縣馬從龍察其誣。杖遣之。及氏下階。茂將扶以
行。氏故未嘗出閨閣。見隸人林立。而夫以身近己。慙發赬。推茂遠之。從龍望見。以氏
意不屬茂也。立改判歸思。思即率眾擁輿中而去。氏乘間縊死。從龍聞之大驚。捕思。
思已亡去。因疑似之迹。而使貞女含恨以死。此由於辨之不精而發之太驟也。聽訟
者可不慎與。

子衿非淫詩

子衿非淫詩。蕭山沈補堂豫引晉書左貴嬪離思賦彼城闕之作詩兮。亦以日而喻
月。謂如果莊狎之什。豈有椒壁之寵而寫諸彤管者乎。證據甚確。

孫秦倡和詞

吳門孫月坡茂才麟趾。家貧嗜學。尤工填詞。旅食金陵。與江甯秦雪舫部曹耀曾交
好。倡和成編。孫送雪舫之豫章詞云。帆影搖雲。潮聲咽雨。客裏暗添離緒。櫻桃門巷
送春天。忍教抛故園尊俎。簾櫳日暮。抱湘瑟拂絃愁語。倚危闌料今宵魂夢。相隨柔
艣。長亭路。幾個啼鵑。幾簇無情樹。看山此後共誰遊。嘆才人也如飛絮。辭家最苦

道彈指歸與便賦。怕君歸儂又扁舟遠去。栖子秦亦有詞留別云。鶯慵燕倦春殘。還
又扁舟催理。短短蘆芽。引著片帆千里。驛門不用栽楊柳。已是魂消流水。待新詞譜
就。鷓絃彈處。怕人垂淚。　滿江干。是恨南朝勝迹。怨碧愁紅無際。坐向蓬窗。多少舊
情重記。渡頭一枕游仙夢。袖帶匡廬雲氣。把歸期再訂。黃梅熟後。揀花風裏。陌上花二
作皆有情味。

房暉遠

隋高祖嘗謂羣臣曰。自古天子有女樂乎。楊素以下莫知所出。遂言無女樂。房暉遠
進曰。臣聞窈窕淑女。鐘鼓樂之。此即房中之樂。著於雅頌。不得言無。高祖大悅。暉遠
此言。根據經術。又能導君以正。深得獻替之義。五經庫之譽。良不虛也。

劉後村

宋劉後村克莊知建陽縣時。詠落梅云。東風謬掌花權柄。卻忌孤高不主張。言官李
知孝梁成大劾其謗訕。鄭清之力辨得釋。後賦訪梅詩云。菊得陶翁名愈重。蓮因周
子品尤尊。後來遂判梅公案。斷自孤山迄後村。其自命高矣。惜晚年為賈似道一出。
志節未堅。能無讓和靖獨有千古哉。

更迭交戰

李自成攻甯武。周遇吉悉力拒之。城圮復完者再。傷其四驍將。自成懼欲退。其將曰。
我眾百倍於彼。但用十攻一。番進。蔑不勝矣。自成從之。前隊死。後復繼。官軍力盡。城
遂陷。按南宋張嵲守南劍州。禦寇。分州兵為數隊。令多具飯。將戰則食第一隊人。既
飽。遣之出城。便食第二隊人。度所遣兵力將困。即遣第三隊人往代。第四至五六隊
亦如之。更迭交戰。士卒飽而力不乏。嵲之計深合古人之法。惜為自成所用也。

報喜

婁縣姚春木上舍椿。晚學齋文集。謂吳節愍公不從雉髮。自縊死。所遺家書題曰報
喜。徐璽丞熙。念乙酉閻門殉節。亦稱喜。終居士。蓋明士大夫固已盡忠為喜耳。苛論
者未之知也。余謂苛論者。蓋以好名之積習深也。抑知其激發忠義。慷慨捐生。實足
扶翼名教。愧天下後世之苟且圖存者。如是則好名正足貴耳。奚病焉。

嚴比玉藏書畫

嚴比玉太守。家藏書畫甚多。道光甲申春。嘗與董石農山人榮同觀。最佳者。如李龍
眠真武像。趙承旨洗馬圖。戴文進夏木垂陰大幅。俱入神品。又文衡山雪景大幅。自

題詩云雲埋嵐樹雪漫漫天削芙蓉萬玉攢小蹇不辭山路滑十分詩思屬吟鞍李流芳山水自題云每愛疏林平遠山倪迂筆墨落人間幽人近卜城南住為寫東風水一灣亦皆妙品

唐冰溪先生

同里唐冰溪先生琉熟精史漢文品極高乾隆庚辰鄉墨樊遲請學稼一節中比云凡人有所學當自識其為吾知有不可不如者而後知有可以不如者人有所請業之為吾而知有舉世不如者而後知有舉世皆如者筆意清儁非巨眼亦不能識也生平有潔癖每赴宴飲必自攜杯箸以往終席盥漱十數次初得中正榜引見後以口噓氣以手拂塵上以為書獃子從班遂擯不引見人皆以此咎先生登第後歸部銓選時年已五十自以無濟世具不之官垂老猶以授徒為業年七十五卒於分水書院

沈嫗傳方

單方之佳者不必出自方書往往有鄉曲相傳以之治病應手取效者吳江沈嫗服役余家曾傳數方試之皆效備錄之 痔瘡用皮硝煎湯乘熱薰洗此方治熱毒皆效 小兒雪口瘡馬蘭頭汁搽之 眼翳大盌幕布以曉米糠置布燃糠有汁滴盌取抹患處

吳烈女

永康吳敎諭士騏之女宗愛字絳雪國色也幼慧十餘歲父敎令作詩詩輒工兼工繪事嫁邑諸生徐明英早寡康熙十三年耿精忠偽總兵徐尚朝陷處州游兵至永康邑人詹竄尚朝令人宣言曰以絳雪獻者免衆議行之以紓難勢洶洶絳雪念徒死貽桑梓憂乃偽請行至三十里坑投崖死年僅二十四道光癸卯桐城吳廷康為永康丞慨絳雪死一百七十餘年邑人無以文發之者為刊其遺詩二卷而屬海甯許農部楣為之傳予述其略如右且摘詩句於左秋夜偶成云香篆漏永薰還冷錦為愁多織未成春晚寄二姊云山含軟碧猶春雨門掩濃陰半落花春日有懷表閨云疏風小圃宜罌粟細雨新疏採馬蘭憶外云貧家蔬筍憐佳節驛路風波阻遠人又寄外弟絕句云貧賤驅人少勝藏天台境好任淹留尋仙不是韶年事好逐桃花便轉頭

歸宮詹

國初順天鄉試主考官用翰林同考官用部曹行人中書等官而直隸州縣官亦皆得用之見常熟歸孝儀宮詹允肅康熙辛酉為順天主考官入闈誓辭前此士子競趨聲氣宮詹守正不阿一秉至公榜發下第者譁然肆詆冀興大獄時蔚州魏敏果公象樞以朝端重望步行隨一僕攜紅褐氈至宮詹邸第門外行四拜禮曰我為國家慶得人復賦詩以紀事譁者乃息其誓詞有云絕夤緣奔競之階務求實學杜浮薄誇張之習不抹塵爛對閱公堂退無私語期諸同事各矢此心倘或為利營私徇情欺主明正國法幽伏冥誅甘受妻孥戮辱之慘必厲子孫絕滅之報潔誠具告神其鑒之

戴益生

嘉定戴益生孝廉增性情誠樸學問淹通乙未歲見於京師如舊相識遂與訂交丙申出都後不復相見戊戌得其來書云與閣下別久矣晴窗孤坐輒復相憶引領南望悄焉於懷去春得書知已啟行往楚及囪翁（謂覃溪先生）由入都又接書並惠筆墨二種良朋厚愛銘戢良深屢欲作答實緣楚水燕山鱗鴻尠便相知不在形迹諒不責其疏嬾也客秋閱邸抄知閣下改就敎職部中朋輩咸謂閣下失計而增獨心悅誠服其欽佩有莫可形容者夫牧令之難未有甚於此時者也以視苜蓿一盤詩書萬卷尋古賢之樂踏名山之業其得失何如有定識有定力閣下於此真不愧一定字增春闈四寫故我依然自知猿臂將軍封侯無命不過逐隊入試盡其在我不敢作上林棲一枝想也敎習已報滿以敎職用聖恩高厚適如私願囪翁說閣下已就館茗上甚慰囪翁人品學問實可師事惜遠寓東城不得昕夕過從耳茲因囪翁南旋之便率泐布臆臨穎馳溯不盡覼縷戴嘗有述懷詩句云耽書杜自窮三昧作客何堪過十年讀之令人感喟無已辛丑歲聞其以疾卒於家年僅四十命不副德遇不副才是可痛也

刑名幕聯

汪龍莊大令為刑名幕賓時書聯座右云苦心未必天終負辣手須防人不堪近有人贈刑名幕賓聯云求其生不得則無憾勿以善之小而弗為語亦警逍

知不足齋叢書

歙縣鮑淥飲先生廷博寓居吾里之楊樹濱好學博聞尤喜蒐羅散佚乾隆時開四

庫館獻書七百種，欽頒圖書集成。旋刻秘籍數百種，曰知不足齋叢書，進呈乙覽。宸翰賜題，若曰有知不足齋奚不足，渴於書籍是賢乎之句。睿皇帝復賜以舉人。兩朝寵賚，可謂極稽古之榮矣。所刻叢書，校訂精審，風行海內。嘗謂與其私千萬卷於己，或子孫不為之守，孰若公一二冊於人，與弈禩共永其傳。今其孫曾輩以書為業，奇編寶笈，價重藝林，蓋猶食其報云。

府州縣同名

今天下幅員廣遠，府州縣同名者甚多，彙記於左以備考。錢竹汀宮詹潛研堂集中辨名篇，尚有遺漏。茲所記者較詳，亦未必無舛誤處，俟再考正。

府同名。

太平（安徽 廣西）

州同名。

通州（直隸 江蘇）　開州（直隸 貴州）　趙州（直隸 雲南）　甯州（甘肅 雲南）　永甯州（山西 廣西 貴州）

縣同名。

會同（湖南靖州 廣東瓊州府）　海豐（山東武定府 廣東惠州府）　瀘溪（江西建昌府 湖南辰州府）　清溪（四川雅州府 貴州思州府）

鳳臺（安徽鳳陽府 山西澤州府）　安仁（江西饒州府 湖南衡州府）　桃源（江蘇淮安府 湖南常德府）　龍門（直隸宣化府 廣東廣州府）

石門（浙江嘉興府 湖南澧州）　新安（河南河南府 廣東廣州府）　興安（江西廣信府 廣西桂林府）　永安（福建延平府 廣東惠州府）

樂安（江西撫州府 山東青州府）　甘泉（江蘇揚州府 陝西延安府）　石泉（陝西興安府 四川龍安府）　太和（安徽潁州府 雲南大理府）

清河（直隸廣平府 江蘇淮安府）　山陽（江蘇淮安府 陝西商州）　海陽（山東登州府 廣東潮州府）　東鄉（江西撫州府 四川綏定府）

甯鄉（湖南長沙府 山西汾州府）　新昌（江西瑞州府 浙江紹興府）　廣昌（直隸易州 江西建昌府）　建昌（直隸承德府 江西南康府）

安平（直隸深州 貴州安順府）　清平（山東東昌府 貴州都勻府）　鎮平（河南南陽府 廣東嘉應州）　石城（江西甯都州 廣東高州府）

興甯（湖南郴州 廣東嘉應州）　咸甯（湖北武昌府 陝西西安府）　大甯（山西隰州 四川夔州府）　廣甯（奉天錦州府 廣東肇慶府）

華亭（江蘇松江府 甘肅平涼府）　山陰（浙江紹興府 山西大同府）　三水（陝西邠州 廣東廣州府）　甯遠（湖南永州府 甘肅鞏昌府）

永定（福建汀州府 湖南澧州）　安定（陝西延安府 甘肅鞏昌府）　宣化（直隸宣化府 廣西南甯府）　昌化（浙江杭州府 廣東瓊州府）

德化（江西九江府 福建永春州）　安福（江西吉安府 湖南澧州）　建德（浙江嚴州府 安徽池州府）　唐縣（直隸保定府 河南南陽府）

永福（福建福州府 廣西桂林府）

三縣同名。

東安（直隸順天府 廣東羅定州 湖南永州府）　龍泉（浙江處州府 貴州石阡府 江西吉安府）

西甯（直隸宣化府 廣東羅定州 甘肅西甯府）　新甯（湖南寶慶府 廣東廣州府 四川綏定府）

長甯（江西贛州府 廣東惠州府 四川敘州府）　永甯（江西吉安府 四川敘永廳 河南河南府）

懷遠（安徽鳳陽府 廣西柳州府 陝西榆林府）　定遠（安徽鳳陽府 雲南楚雄府 四川重慶府）

安化（湖南長沙府 貴州思南府 甘肅慶陽府）　長樂（福建福州府 廣東嘉應州 湖北宜昌府）

四縣同名。

太平（安徽甯國府 山西平陽府 浙江台州府 四川綏定府）　新城（直隸保定府 江西建昌府 浙江杭州府 山東濟南府）

箸謎

北史咸陽王禧傳載箸謎云：眠則同眠，起則同起，貪如豺狼，臟不入己。蓋以諷貪墨者也。袁簡齋太史詠箸詩云：笑君攫取忙，送入他人口。一世酸鹹中，能知味也否。即本此謎之意。按中州集周馳詠箸詩云：正使遭讒口，何嘗廢直躬。寓意似勝袁詩。

改官詩

道光丙申，至楚需次，自知無濟世才，陳請改官，賦詩云：鬼驚小隊降心從，學步邯鄲苦未工。三復昌黎盤谷序，出山深悔負初衷。　紅塵滾滾撲征衫，墮落何由骨換凡。宦海波濤深莫測，幾人安穩得收帆。　撫字催科兩不勝，有絃可改塞堪乘。思歸若待秋風起，欲脫塵羈恐未能。　簪筆雍容志已虛，不如歸去舊蓬廬。高風輸與瀛洲客，萬卷名山正著書。（吾郎鴻太史登府現為甯波教授）　求賢大府禮優崇，刮目居然到阿蒙。哀哀諸公多偉器，不才何用濫竽充。（中丞周公之琦命俟秋闈分校，後方伯張公岳崧謂當一視縣事，乃決去留。不然，將復悔，余力辭始允。）　書生濟世少奇猷，得就閒曹願已酬。莫恨雲衢升未竟，有人平地尚淹流。既改官，作歸興詩云：此去真為泛宅行，扁舟江上訂鷗盟。酒從黃葉聲中醉，詩向青山影裏成。高枕連宵酣旅夢，小箋沿路記歸程。掉頭笑謝風塵侶，圖史蕭然萬慮清。　百丈雲梯未可階，寒氊仍問舊生涯。祇愁報國心終負，且喜寒山夢竟諧。書卷隨身無恙在，田園樂志有人偕。卜居擬傍漁翁宅，茗碗煙波處處佳。

寫書求官

大唐新語：李襲譽謂子弟曰：吾不好貨財，以至貧乏。京城有賜田十頃，可以充食；河南有桑千株，可以充衣；寫得書萬卷，可以求官。汝曹第勤此三事，何求於人。夫寫書而僅以求官，見何卑也。然必有萬卷之書，始可求官，亦豈易事耶。

今勝於古

祭之用尸也，葬之用殉也，媵之以姪也，刑之以肉也，婦人之以廢疾無子出也，古也有之，今則亡，是今之勝於古者。

追尊稱帝

唐世追尊稱帝者。高宗子孝敬皇帝宏。薨即尊稱爲帝。是以父尊其子也。睿宗子讓皇帝憲。追尊於元宗時。元宗子奉天皇帝琮。追尊於肅宗時。是皆以弟尊其兄也。肅宗子承天皇帝倓。追尊於代宗時。是以兄尊其弟也。

地志

錢竹汀宮詹跋成化四明郡志云。王文恪公撰姑蘇志。楊禮部譏其不通。或詰其說曰。此蘇州府志也。而云姑蘇。不正矣。文恪得通當時儕論其言。予謂文恪撰述。夫有所受。未可非也。試即宋元地志之傳於今者言之。梁克家三山志。陳耆卿赤城志。楊潛雲間志。非宋之州郡縣名也。徐碩嘉禾志。張鉉金陵新志。秦輔之練川志。非元之路名縣名也。志蘇州而以姑蘇名。何渠不可。史家敘事。地名官名。當遵時王之制。行狀碑誌亦史之類也。若蘇州知府而易爲吳郡守。施諸誌狀則爲非法。至於詩賦記序。自可不拘斯例。竊謂宮詹引三山志等書。以排楊禮部之言。其說是矣。至謂行狀碑誌亦史之類。當遵時王之制。則地志獨非史之類乎。而豈得同於詩賦紀序之可不拘斯例乎。伏讀欽定四庫全書總目有云。志書題古地名。自宋代已有是例。核以名實。良有未安。此誠持平之論矣。

姚兵部

歸安姚鏡堂兵部學塽。學問膽博。品尤高卓。官京師數十年。寓破廟中。不攜眷屬。趨公之暇。以文酒自娛。朝貴罕識其面。曾典貴州鄉試。門下士饋贄金者。力卻之。惟贈酒則受。因是貧特甚。出不乘車。隨一僮持衣囊而已。所服皮衣冠毛墮半。見其鞾每彳亍道中。郡兒爭指笑之。兵部夷然自若也。嘗賦梅子詩云。臭味偏於吾輩近。風懷莫遣女郎知。一時推爲絕唱。其他佳句如謝人送菜云。但使斯民無此色。願教我輩味其根。送閔貢甫之揚州云。養志未須嫌祿薄。讀書人好是官閒。皆清新絕俗。

沈菁士詩

烏程沈菁士比部同年丙瑩。幼耽吟咏。以家貧親老。奮志功名。刻苦攻舉子業。通籍後。遂專力於詩。所造日上。其寓感詩有慨言之。深得主文譎諫之旨。款鷄決（[illegible]）鳥將雛。雛飛在路隅。有鵰有鸇善取子。空中一擊無完膚。手爪毒。網羅觸。鷄有罪兮不可贖。鵰與雛何怨。雛與鵰何仇。與鷄亦無怨。與雛亦無仇。只緣攫取口中哺。乃盬其腦椿其喉。口中哺。曾有幾。惟命鴻毛判一死。饑不擇食至於此。吁嗟乎。安得粟滿野。甚滿林。鴟鴞鴟鴞兮化爲祥禽。悼蛹（隅也）判美人織當戶。五色工纂組。可憐機中縷縷皆辛苦。吳蠶作繭口卒瘏。吳蠶作蛹蠶復蘇。獻繭者誰心膽粗。剖取入己肥妻孥。剝繭一何酷。蛹在繭中哭。蛹哭渺不聞。生機漸以蹙。宛轉將死未死時。我爲請命前致詞。蛹兮蛹兮好護持。生子明年還吐絲。

阮文達公聯

嘉慶初阮文達公撫浙。爲鄉試監臨。題貢院聯云。下筆千言。正桂子香時。槐花黃後。出門一笑。看西湖月上。東浙潮生。歸安王勿菴侍郎以銜之太夫人八秩壽辰。公贈聯云。多子兩魁天下士（侍郎乾隆乙卯狀元。其弟以銘同科會元）。大年三歷太平朝。錢塘魏春松觀察成憲之出守揚州也。公贈聯云。兩袖清風康太守。二分明月古揚州。又題吳山呂祖殿澄心閣云。仙佛緣中。湖山勝處。樓臺影裏。雲水閒時。是真能吐棄凡豔。天然入妙者。

許秀山

臨海許秀山布衣保喜種花。尤愛蘭菊。菊種多至百餘。每至花時。五色繽紛。先君子恆從乞種。因書聯以贈云。啜淡飯著粗衣。春藹園終歲樂。伴幽蘭對佳菊。花枝爛漫滿庭芬。又題其琴鶴圖云。流俗不可侶。伴身惟鶴琴。山空涼月皎。亭古綠陰深。叟嗣有仙骨。七絃皆道心。幽居恆其賞。長此滌塵襟。許精於醫。爲人診病。不計酬金。曾傳余秘方試之皆效。附錄之以濟世。治頭風用頭風膏藥。入草烏末少許。貼之。治牙痛。用北細辛五錢。薄荷五錢。樟腦一錢五分。置銅鍋中。上覆小碗。紙糊泥封。勿通氣。緩火薰之。令藥氣上升至小碗。取塗痛處。治刀傷久爛。用生糯米於清明前一日一換水。浸至穀雨日曬乾。研末敷之。治火燒傷方。雞子煮熟去白取黃。猪肉去膜。二味等分搗勻抹之。

學官聯

學博向稱冷官。以其位卑祿薄。不能自豪也。蘇州教授李時蕃恩沛自題大堂聯云。掃雪呼僮。莫認今朝點卯。爵雷請客。都知昨日進丁。堪發一噱。蕭山傅芝堂學博鐵作聯自嘲云。百無一事可言教。十有九分不像官。語更諧妙。然事簡責輕。形神安泰。仁和宋學博成勳有聯云。官海風波。不到藻芹池上。皇朝雨露。微沾苜蓿盤中。又孫學博學垣聯云。冷署當春暖。閒官對酒忙。是均能道寒氈趣味者。至福清林諱之倅薄俗常足。官卑廉自尊（林諱海甯謝和人）。則辭質旨深。直可作官箴讀矣（林詠俗薄常足官卑廉自尊見明洪亮吉閱見錄云。范公光斗官中書時。嘗以題其堂。謝林蓋襲用其語）。

檳榔

醫書檳榔治瘴川廣人皆喜食之近則他處亦皆效尤不知其性沉降破泄真氣耗損既久一旦病作不治莫識受害之由嗜之者終無所警也余按宋周去非嶺外代答有云川廣人皆食檳榔食久頃刻不可無之無則口舌無味氣乃穢濁嘗與一醫論其故曰檳榔能降氣亦能耗氣肺為氣府居膈上為華蓋以掩腹中之穢久食檳榔則肺縮不能掩故穢氣升聞於輔頰之間常欲啖檳榔以降氣實無益於瘴彼病瘴紛然非不食檳榔也此論檳榔之害最為切要知非特無瘴之地不可食也嗜檳榔者其鑒之

許氏科第

嘉慶道光以來仁和許氏科第最盛闔部謹身闈墨房評云數來族望裏中能有幾家問到科名榜上視為故物稱許可云允當

檇李

嘉興本檇李地所產李即以是為名色紅肉脆而味絕鮮吾郡果品以此為最惜不可多得皮有爪痕相傳為西施所掐此殆飾說耳而文人賦檇李者必及之如朱竹垞賦云傳諸故老一事矜奇適入吳之西子臙脂之滙舟移經仙指之一掐量心賞之在斯何造物之工巧兮化千億於來茲雖彼美之云亡兮彷髣若或覩之金學博介復詩云此邦書趣絕彼美憶西施指點痕如捻流傳事不疑沈明經翼詩云爪痕千古在入市合輸錢皆指此也

趙儀姞詩

上海趙儀姞女史棻歸安汪參軍延澤之配也天性高朗有丈夫風骨博習經史兼工吟詠著有濾月軒詩集句如殘紅盡落啼鶯老眾綠新生好雨多五夜懷親空有夢十年進日只憑詩春晚云纔脫春衫換夾紗東皇何事便思家杜鵑聲裏斜陽暮深閉幽窗避落花俱娟妙

理財

三代以下善理財者莫如劉晏不善理財者莫如王安石一則利國而不傷民一則害民而遂病國也

大佛寺聯

西湖大佛寺有沁雪泉其題聯云沁雪貯寒泉一片清虛照徹大千世界開山成寶相十分圓滿想見丈六金身語特雅切

鹿坪師聯

沈鹿坪師作對聯警錬自然人爭傳誦恐日久散佚備錄於此太均神祠云德並高禖猶眾之母慈同大士則百斯男烏程城隍神祠云一城捍天下兵丹心貫日死留身後警鐵面凌霜（神為張睢陽像臉色黑以有為厲鬼殺賊語也）吾里李臨川先生祠云德仰儒宗次立功次立言歿而可祭於社名垂史冊古道直古遺愛過者猶式其閭嚴比玉太守之母蔡太恭人四十生辰聯云長日綵衣孫抱戲盛年紗幔子傳經蔡太恭人輓聯云禮重延賓七載倍欽陶母誼訓垂異子一家齊凜敬姜箴李鶴杉學博日曦之尊人秋霞先生允楓輓聯云愁未因犀隨謂紀慘於見絡輒思康（鶴杉從師游而師與德秋霞先生未嘗謀面）清陸巘菴先生震七十壽聯云地本仙居鳩杖親攜尋藥餌官真吏隱鶴觴小酌詠梅花（時官仙居教諭）湖州楊氏祠堂聯云祠闢苕左新門第村紀關西舊世家題某道士居云受錄開宗千秋香火人間世棲真卜築一室煙霞物外身官台州教授時督修文廟題堂聯云事可問心寧任怨功難藉手敢辭勞

世次

祖上一世為五代祖五世祖是也漢書孔光傳孔光孔子十四世之孫也後漢書光武帝紀世祖光武皇帝高祖九世之孫也皆連身敘世次北齊神武紀六世祖隱生慶慶生泰泰生湖湖生謐謐生皇考樹乃離身為六世後人敘世次皆離身如穆員陳子昂椰子厚蘇子美文誌稱高

鼠

爾雅隸鼠於釋獸以四足而毛謂之獸也埤雅隸鼠於釋蟲以其為穴蟲之長也鼠之種見於爾雅者十有四有同名而異種者為鼷鼠一在寓屬一在鼠屬有與鳥同穴者為鵌至釋鳥之鼯鼠釋蟲之鼠負則與寓屬之鼮鼠皆名鼠而實非鼠矣

唐明府

吾里唐明府炳由庶吉士改官桃源縣令歿後有輓之者云天上謫仙此去依然參桂署人間隱吏今來何處問桃源人皆稱其雅切

戴孝廉詩

杭州戴孝廉兆元工詩嘉慶戊辰會試詩題天臨海鏡友人某以病倩戴代作詩起聯云善納真如海能容即是天以是獲售而戴竟不第坎壈終其身

沈䏌翁詩

同邑沈䏌翁大令淮史業於先君子工篆刻能詩以拔貢官山左慨胥吏之弊賦感事詩云為宰百事難尤難在胥吏以彼閱歷深况加嗜欲熾奸猾本性成承間工窺伺朝眾或緣情見利豈思義譬猶虎而冠出柙人爭避去詐復去貪要在能駕馭苟能馴其性盡法無輕恕安得清風來好驅大暑去言之可謂深切又有揚州雜詩云一椽遺宅役寒蕪湖息波平井已枯三月煙花春似海更無人問董江都香漂粉泊悵無家帕偏垂楊剩暮鴉一賦蕪城已悽絕不堪更訪玉鉤斜綽有情味

葛壯節公聯語

葛壯節公以水師起家擒斬海盜不遺餘力嘗偽作商舟以誘賊屢獲巨寇賊懼為之謡曰莫逢葛必不活官鎮海總兵時巡洋勞瘁感暑卧病甚劇時聞閩省盜船百餘擱入浙海大府檄公率三鎮兵船總巡公力疾前往先以書馳告曰寸心自誓期盡瘁以事君一息尚存敢偷安而負國時道光戊戌年也公官瑞安副將時曾捐宗濂樓侍御稷辰贈聯云武穆兩言不愛不怕文成一訣即知即行公嘗手書一聯揭於治事之堂曰持躬以正接人以誠任事惟忠決機惟勇并自作擘窠大字顏其堂曰威惠諭者謂能不負所言

上官皇后

漢書外戚傳孝昭上官皇后立十年昭帝崩昌邑王賀即位尊為皇太后賀廢宣帝即位為太皇太后是時后年僅十五耳而有太皇太后之稱乃史册所未有也綱目書后立時年五歲與漢書不符按后立於昭帝始元四年戊戌崩於元帝建昭二年甲申年五十二以此推之自應從漢書六歲為是漢書又曰昭帝崩后年十四五云此四字當是衍文

避諱

古來避諱改字至今尚有沿用不變者漢呂后名雉改為野雞梁武帝小名練改練為絹唐高祖之祖名虎改虎子為馬子太宗名世民改民部為户部吳越文穆王名元瓘改一貫為一千宋英宗名曙改著蕷為山藥宋寇萊公為相諸司公移避其名改為准地名尤多吾浙虎林以避唐諱改稱武林嘉禾以避三國吳太子名改稱嘉興括州以避唐德宗名改稱處州其他更難枚數

劫寨

守城者必劫寨昔人之言當矣今為廣其旨云禦敵者必用偵誘敵者必用伏攻敵者必用間古人制勝之術大率如斯

明閹禍

江陰楊大令宁謂有明一代如王汪劉魏其害固不可容言其餘諸帝自太宗仁宗而外未有不任奄人者按明史載永樂三年命太監鄭和帥舟師下西洋八年命內官馬靖鎮甘肅馬騏鎮交阯十八年置東廠令刺事因謂明世宦官出使專征監軍分鎮刺臣民隱事諸大權皆自永樂間始然則明之禍莫甚於宦官而宦官之禍實基於太宗也安得謂其不任奄人哉

吳中行

吳中行劾座主張居正得直諫名然終不可為訓況及既貴遂有閹黨御史智鋌受業趙南星門而疏詆南星為元惡者

經學理學

言經學者宗宋必斥漢言理學者宗程朱必斥陸王何見之小耶試觀本朝孫夏峯湯文正理學皆宗陸王而未嘗悖聖道也東吳之惠氏東浙之萬氏經學皆宗漢而未嘗悖聖教也譬之登山者或自南或自北其路之平易遠近不能皆同要皆望是山以行不迷於所往則固殊塗而同歸也

郴仲塗作銘

郴仲塗為其外祖父伊闕縣令太原王公作墓誌銘其文首紀葬之年月與地末紀名字三代與卒年中敘事實則全述其舅氏信詔之言蓋仿昌黎襄陽盧丞墓誌銘述其子之語河中府法曹張君墓碣銘述其妻之語例乃變體也銘語亦簡質云男賢若父女賢若母斯焉為誰郴門外祖名兮傳於世骨兮歸於土洛水邙山千秋萬古

劉軻

唐劉軻行蹟最奇初為僧繼為道士後進士登第以能文章名所作農夫禱有云農人不識而天下肥蠶婦不寒而天下安語特精妙軻為僧時因葬遺骸感夢而精儒學業名任史官見南部新書

斛銘

常熟蔣雨亭制軍陳錫之父侍御伊嘗銘其斛曰出此入此厥惟公平有易是者天

殛其人。制軍謹守家法，凡遇遺除羝踊佃𢇁外叔祖周葵圃先生以清收租斛內，嵌木一方，視他斛減二升，刊字於木口，少收幾粒，多收幾年，至今遵用之。

養一齋詩話

詩話類取近人之詩，易涉標榜，惟山陽潘彥輔孝廉德輿養一齋詩話尚論列代至明而止，其論悉衷聖人詩教之旨，以心術行誼爲本，以氣骨韻味爲主，近時詩話當以此爲首矣。畧識數則於右。三百篇之體製音節，不必學，不能學。三百篇之神理意境不可不學也。神理意境者何，有關係寄託一也，直抒己見二也，純任天機三也，言有盡而意無窮四也。不學三百篇，則雖赫然成家，要之纖瑣摹擬飽飣淺盡而已。學詩當先求六義，唐以前比興多，宋以來賦多，故韻味迥殊。詩積故實，固是一病，矯之者則又曰詩本性情。余究其所謂性情者，最高不過嘲風雪，弄花草，耳其下則歎老嗟窮，志向齷齪，其尤悖理則荒淫狎媟之語，皆以入詩，非獨不引爲恥，且曰此吾言情之作，古之所不禁也，於虖，此豈性情也哉。吾所謂性情者，於三百篇取一言曰柔惠且直而已，此不畏強禦不侮鰥寡之本原也。老杜云公若登台輔，臨危莫愛身，直也，窮年憂黎元，歎息腸內熱，柔惠也，樂天云況多剛猖性，難與世同塵，直也，不辭爲俗吏，且欲活疲民，柔惠也。兩公此類詩句，開卷即是，得古詩人之性情矣，舍此而言性情，詩之蟆賸也。性情二字，頗不易言，更勿誤認。吾學詩數十年，近始悟詩境全貴質實二字，蓋詩本是文采上事，若不以質實爲貴，則文濟以文，文勝則靡矣。吾取虞道園之詩者，以其質也，取顧亭林之詩者，以其實也。亭林作詩，不如道園之富，然字字皆實，此修辭立誠之旨也。竹垞歸愚選明詩，皆及亭林，皆未嘗尊爲詩家高境，蓋二公學詩見地，獨爲文采所圍耳。

龍井寺

西湖龍井寺，重修於乾隆二十六年，明年仲春，高宗純皇帝敬奉慈輿省方南服，駐蹕湖濱，旬日之中，翠華四至，觀酒宸章三十有一，自來名勝莫之能比，見於浙江通志。無莊有恭碑記，余於咸豐元年重九日往游，寺宇全圮，殘碑斷碣，偃仆荒草間，僅存秦淮海祠廡三楹，壁間刊龍井題名記及無錫秦小峴侍郎瀛一跋一記，謝蘊山中丞二詩，因恐數年之後，并此亦燬，急錄之，以備湖山掌故。跋云，謹按始祖淮海先生以宋元豐二年至杭州，與龍井僧辨才善，有龍井記、龍井題名記，並見集中，元豐二年己未，至今乾隆六十年乙卯，閱七百十有七年，而瀛以備兵浙西，至龍井，龍井記故米襄陽書，今壁間碑石，乃明菲亭董文敏仿米書補書者，龍井題名記則尋覓不可得，瀛既屬長洲周瓚敬摹先生像，選工上石，並補錄龍井題名記，鐫像後，付龍井僧嵌置寺壁，無錫裔孫瀛謹識。記云，龍井之名何以著，以辨才僧居龍井，何以著，以余淮海遠祖先生爲辨才作龍井記者也。先生以紹聖初，當由國史院編修出爲杭州通判，爲而其與辨才往還，則在元豐二年，時先生方自淮加越省覲，過錢塘，與參寥訪辨才於壽聖院之潮音堂，憇龍井亭，掇石酌泉，爲之題名，又爲之記。乾隆乙卯春，瀛監司浙右，過龍井，既嘗摹先生像，並補書龍井題名，鐫諸石，嵌龍井壁間，既而思曰，吾祖文章氣節，與蘇文忠畧同，兩公於杭皆有遺蹟，今文忠與李鄴侯曰刺史林處士並祀孤山，稱四賢，而先生則無有祠而祀之者，龍井故先生舊游處，不可以無祀，爰於隙地葺屋三楹，中奉先生栗主，而左則以辨才祔焉。瀛嘗按先生游龍井，與辨才善，旋別去，其後先生倅杭，在紹聖初，辨才示寂於元祐八年，是先生再至杭州，辨才已殁，而龍井之名，猶特以先生與辨才而著。聖天子時巡蒞止，親洒輪墨，天文炳煜，照耀山谷，蓋賢喆之流風遠矣。龍井故在風篁嶺上，俗稱老龍井，今龍井距風篁半里許，所謂壽聖院潮音堂，都不可考，方先生倅杭之命，則道貶處州，是以無政蹟可見，今栗主稱杭州通判者，以先生嘗奉有倅杭之命，則從先生官宜也。祠之落成，以嘉慶元年十二月朔日，董其役者，前浙江臨海縣知縣無錫華瑞潢，龍井僧廣浩，浙江杭嘉湖兵備道無錫裔孫秦瀛撰，翰林侍讀錢塘後學梁同書書。詩云，杖策呼龍伴夜吟，揮毫對客聽潮音，封侯那敵識蘇面，說偈同來印佛心，淮海無雙推國士，衣冠中歲宴瓊林，倚節久作歸歟想，篁嶺風泉託意深。被謫杭州又處州，脉校十載夢仙遊，熙豐紹復憐諸老，黨籍遷移到遠陬，烏鵲欄杆人去後，古藤花影月明秋，雨溪溪路黃鸝語，彷彿先生在上頭。丁巳夏日，謁少游先生祠二首，南康謝啟昆。

鄰昀公輓聯

先君子鄰昀公諱元鍔，生於先大父秋畦公臨海縣學官廨，時乾隆辛丑年也。道光己亥，以粘司鐸台郡，迎養署中，先君子精八分書，法求者室築應之不倦，性嗜花，栽植盈庭，四時燦爛不絕，興至則縱遊嚴壑，或與二三朋好瀹茗衔杯，倘游永日，與人仁恕，毋悖周急，惟恐不及。甲辰九月，以中風疾棄養，台人士弔者，皆哭失聲，投贈輓贈聯錄其尤者於左山陽郭太守恆長云鱣舍怡情看三徑香多省識人如菊淡鯉庭侍養悵六年吏隱遙聞詩詠莪長白叟城鎮德云七十載德望常尊子舍銜觴淸美克成名進士萬八峯吟蹤重到仙區化鶴歸真定列上淸班武進馮明府琳云鶴俸慰桑榆台嶽重遊六十年前來處去鯉庭茂桃李楹書可讀五千言在沒猶存蕭山張學博錫戊云名成鯉對喆錫鸞封最愜心銳水辭官先君子於戊戌歲撤會稽學事霞城就養閒即栽花病還作草忍撒手金英正放墨瀋猶濃臨海傳學博兆蘭云閒歷徧名區玩水登山七秩精神欣矍鑠笑談聆講幄栽花賭酒五年杖履憶追陪臨海洪明府瞻陛云隨宦海為汗漫之遊樽酒常攜中聖中賢無非樂趣就祿養於降生之地名山久住是仙是佛合有前因同里孔宗采順淳

竹杖浸廁

刑傷飲小便止痛解毒獲效最神秀水諸襄七宮詹錦之先人有為縣吏者憫刑人之痛苦每竹杖必浸廁中久而後用之如是者數十年迨宮詹顯達人咸謂因是得報

九言聯

九言輓聯難得佳者嘗於仁和陳子誠茂才世敬家見其尊人座聯云蒙二爻以子克家為吉箕五福得考終命而全用經語妙造自然

妝域

杭堇浦太史道古堂集有妝域聯句詩并序云妝域者形圜圍如璧徑四寸以象牙為之面平鏤以樹石人物丹碧粲然背微隆起作坐龍蟠屈狀旁刻妝域二小字楷法精謹當背中央凸處置鐵鍼僅及寸界以局手旋之使鍼卓立輪轉如飛復以袖拂則久久不能停蹄局者有罰相傳為前代宮人角勝之戲如武林舊事所載千千日下舊聞之放空鐘之類蓋藉以銷吹花永晝題葉閒愁所謂妝域者也詩長不備錄摘其中間十韻云烏三匝未棲蕉百回仍剎趙信意林蓬卷無根株渦洄亂清濁沈嘉轍城徐時影縮翻急處勢騰踔吳焯尺鳧氣渴猶蟻旋局殘屢鵲啄趙昱功千文窗紛合圍紅袖競閒撲快奪金百鎰偏輸玉雙莛信迴腸託防閑匪石謾謠諑厲鶚太鴻攏鬢婢爭看扶腰女初學眉顰側輕鈿臂慢動寬鐲世駿人語喧行廊花光颭繡桷焯摹寫情狀絕佳

觀龍舟詩

嘉慶間御製觀龍舟詩命諸詞臣賡和皆為水嬉嬉字韻所臣鮮有合作錢塘陳荔峯師嵩慶和句云四海魚龍呈曼衍九重珠玉戒荒嬉蓋是日方以崇儉黜奢詔宣示中外故詩意及之睿皇帝大稱賞諭為諸詩之冠由是寵眷有加洊躋卿貳

歸去來辭序

陶靖節歸去來兮辭序一百九十八言敘次詳盡語樸旨深有此辭必有此序而其美始全近世坊本往往芟去不刻謬矣

顧橫波小像

程春廬京丞博雅嗜古所蓄書畫甚多余曾於其姪銀灣參軍世樾處見顧橫波小像一幅丰姿嫣然呼之欲出上幅右方款二行云崇禎己卯七夕後二日寫於眉樓玉樵生王樸左方詩二首云腰妒楊枝髮妒雲斷魂鶯語夜深聞秦樓應被東風誤未遣羅敷嫁使君淮南鵝鼎羣題識盡飄零苦而今始得家燈煤知妾喜特著兩頭花庚辰正月二十三日燈下眉生顧媚書

一字師

李紳吏正叔孫婼之婼讀為軔咎反之誤楊廷秀吏正干寶為于寶之誤齊己早梅詩前村深雪裏昨夜數枝開鄭谷改數為一張詠獨恨太平無一事江南閒殺老尚書蕭楚才改恨為幸程風衣嗣立滿頭白髮求偏早到手黃金去已多周白民振采改到作信皆所謂一字師也他若范文正公嚴先生祠堂記云先生之德山高水長李泰伯改德為風蘇東坡富韓公神道碑云公之勳在史官德在生民天子虛己聽公西戎北狄視公進退以為輕重然一趙濟能搖之張文潛改能為敢宋省試賦題天子聽朔於南門之外滿場皆曰諸南門而聽焉惟魁多士者改諸為出王貞石御講詩此波涵帝澤無處濯塵纓賈休改波為中任翻題台州寺壁詩前峯月照一江水僧在翠微開竹房有觀者改一為半陸舉之巖邊桂樹團丹霧石上苔花閣綠雲王陸伯改團為生改閣為動張虞山養重南樓楚雨三更遠春水吳江一夜增王漁洋改增為生陳香泉弈禧斜日一川汧水北秋峯萬點益門西王漁洋改峯為山是亦於一字分工拙也此類尚多未遑悉載

千字文

周興嗣千字文今之科場號舍文卷及民間質庫計簿皆以其字編次為識取其字無重複且眾人習熟易於檢覓也雍正元年禮部議准鄉會試硃卷字號將千字文

内不住字樣揀去荒弔伐罪毀傷悲虛禍惡過盡終賤離顛戲疲症部禁瑣弱傾困滅弊刑翦杳冥黜譏極殆辱耻逼索寂寥散累遣敗凋萎落宰饑厭故祭祀顉悚懼恐惶骸垢駭誅斬賊盜捕叛亡魄孤陋寡愚諱共七十五字又亞聖孟子名應避及數目四五六九等字與號數穢亦皆勿用余按鮑氏知不足齋叢書以千字文編頁改禍因惡積為祿因功積蓋亦以字之當諱而易之也

劉太史詩

陽湖劉芙初太史嗣綰天才藻發早歲入成均與莫寶齋侍郎齊名年過四十始以第一人捷南宮朝野皆以大魁期之而劉則以闈作未佳憊憾成疾殿試時書卷潦草遂不得鼎甲所著尚絅堂詩集佳句如江遠全浮樹山低半入城靄雪他鄉樹春燈獨夜眠野水自成渡亂峯爭入樓江上春陰孫店外客中寒食百花前好春似水難消劫名士如花易散場夢來好夜連天遠情到中年比海深棋局在心還歛手酒杯如影不離身吐屬雋妙不愧名士風流劉久困名場羈旅漂泊感慨無聊之意悉寓諸詩如身世漫將書慰藉姓名都與刺消磨全家別後貧兼病獨客歸來哭當歌琴餘焦尾聲都死燭燼傷心淚亦乾生原有恨偏同世歸已無聊況異鄉萬念總由蠶自縛一生祇有蠹相憐情辭悱惻讀之尤令人輒喚奈何

姚明府

道光庚子㕦夷陷定海邑令姚廣堂懷祥赴水殉難越九年其友謝厚菴參軍蘭生以明府分校時藍筆所作詩刋石吳山祠中杭州太守徐信軒先生敬為作啟徵詩詞氣雄壯結段尤佳云當夫神祠月黑山阿雨來遠聞鶴聖自天而下明府披上清之法服駕逍遙之雲車陟降在庭摩挱片石靈旗東指茫茫怒濤戍鼓無聲妖烽絕燄歎葬身之得所吾從馮夷聽招魂於異鄉誰非宋玉進彼英爽庶幾樂胥嗚呼顏魯公握拳透爪之氣早知在爭坐位間岳鄂王怒髮衝冠之詞宜對峙棲霞嶺上

思忠錄景忠錄

參軍又纂思忠錄景忠錄表揚死難諸人錢警石學博為題長歌敘述甚詳其辭曰謝君昔日曾從戎軍門論事驚凡龍有手恨不能殺賊濡染大筆思勸忠凡死夷難盡箸錄託始吾浙之甬東姚知縣（懷祥福建侯官人）全典史（福州閩縣人）李縣丞（向陽雲南昆明人）先後死朝廷重寄果何人漫言死職無文臣不見乍浦同知韋逢甲（山東人）上海典史楊慶恩（山陝人）與夫運餉知縣顏履敬（甘肅人）皆不避賊圖生存事聞荷褒卹乃共武臣死難

同蔭其子孫武臣首數陳提督（化成同安人）吳淞作鎮若山岳壯哉至死猶橫稍從之死者有六忠（韋印福錢金玉裴鎬標許林許攀桂徐大華皆淞營官兵亦與其難者蘇庶生傳其事撰六忠傳厚菴云尚有外委徐廣宗）不愧將軍之部曲厦門與虎門大角連沙角關與諸將多死綏（提督關天培總兵江繼芸三江副將陳連升及其子舉鵬從）來甬上四鎮亦卓犖（壽春總兵王錫朋處州總兵鄭國鴻定海總兵葛雲飛狼山總兵謝朝恩）更有朱家父子兵（金華副將朱貴又其子昭南）大寶山頭（在慈谿縣）死尤酷死雖酷功實多從死之士卒其名亦不磨所惜張總戎（朝發）功罪猶殊科同時有直筆若文若詩歌謝君一一勤搜羅天知謝君劇好事先達收藏棘闈字（乙未鄉試厚菴從事外簾姚公祥以分校藍色筆寫字贈之）異時攝曠之永嘉亢堂前見題識（舊公書於攝昌邑在瑞安副戎署厚菴手拓與姚公遺墨同徵題詠）完人遺墨得合并力透紙背想忠義更教華蓋謁雙忠（陳忠愍公并葛馬忠節公祠同在溫州華蓋山之陽厚菴之先人張亦齋赤死馬有同）弔古傷今同一致同官率錢新崇祠碑傳遺文急編次先人紀錄有思賢（厚菴之先人侯山先生思賢錄記宋道鄉鄒公事）芳躅紹以景忠思忠可連類闡緘字字光芒寒讀之使我慘不歡粵西方探赤白丸願以此激壯士肫嗚呼小醜勿蔓衍即日蕩平罷征戰安良除暴賴郡縣豈無治行稱最善請君更補循吏傳

徐阮鄰師詩

徐阮鄰師以名孝廉出宰泰中大吏皆剖目相待擢階州牧解組歸林下優游娛情詩酒著有抱碧堂集行世詩尤長於七言律句如秋感云百蟲愁語古今感一笛涼生天地秋由汜水抵鞏縣云陰谷變輪雷入地頹崖一線井窺天山行云澗顛野戍雲欄路山鑿人家石築門初冬石背山旅夜云十月苦寒邊地早一樽清話故人同游拙政園云四圍花激酿眠艇一徑松陰鶴候門寄懷吟谷叔豫章云九派江流歸棹遠一春椰色小樓多清華流逸不愧作者又江船雜詠絕句云江迴灘緩百千灣幾日離腸九曲環一櫂眉山盤裡過客愁多似富春山情味絕似漁洋

李芝齡師詩

李芝齡師於嘉慶丙子年繼汪文端公來浙視學秉文端公之訓以衡文一時名士皆荷甄成無滄海遺珠之憾公蒞浙時賦詩云詔特使節蒞南邦紫塞迎鑾荷澤釃天語寵褒文第一（九日嘉書閱舊試草書之試卷第一注觀字溫旨）師恩泣感士無雙（本年師命遺照？？行過師與里下報知己之感）搜才期副丹宸望（上有為江人文淵藪之諭當就有用之才）繼響難賡白雪腔（前任汪文端師之後）五夜霜鐘催早發扁舟寒雨下吳江泰黔萬里持吟騎況此名山似畫圖得友更欣逢白傅（時同年吳棣華廷琛守杭）無詩或恐負西湖淡妝濃抹皆

奇格秋實春華總萃藝區。多少梗楠期入貢。肯遺大澤夜光珠。情文斐娓。迄今士林猶能誦之。

元駢體文

元駢體文不及宋人之精鑿。而錬詞工雅。亦有足采者。茲就文類中摘錄。以識其概。姚燧左丞許衡贈官制。起云。天非耀聖學之墜緒。則不生命世之大才。國欲與王道以比隆。非用為烝民之先覺。姚燧耶律鈞贈官制。起云。臣克厥艱而始民敏。具德子焉能仕。皆由父教之忠。王構丞相答剌罕贈謚制。起云。予故宣力於四方。所賴人才之協助。天不憖遺於一老。其何治化之成。程鉅夫丞相卜憐吉封河南王制。起云。撫帝業之艱難。是思將帥。啟功臣之盟誓。宜及子孫。謝端御史大夫相嘉頂利封謚制。起云。列爵之等。以馭羣執。加於諸侯。王元勳之胄。而象賢宜膺於三錫。命吳澂謝賜禮物表。起云。接地風雲。際會親逢於明主。麗天日月。照臨遠及於老臣。盧亙賀親視太廟表。起云。九重御極。太平端拱於中天。萬舞奏庭。順禮告成於清廟。虞集賀正旦表。起云。陽春發育。明新若日之方升。正朔會同。溥博如天之為大。謝端賀親祀南郊表。起云。四方於理事。天致恭己之誠。三年而郊。卜日叶用辛之吉。楊文郁賀千秋節表。起云。陽常居於大夏。方收養毓之功。震一索為長男。載啟亨嘉之會。姚燧丞相塔剌哈追封淇陽王制。末云。嗚呼。何但上下床。盡餘子可東之高閣。如失左右手。慨正人不作於下泉。王構翰林承旨姚燧父楨贈官制。末云。於戲。負風千古。雖然不廢魯靈光。太史一家。嗣者無慙漢司馬。鄧文原許衡妻敬氏封魏國夫人制。末云。於戲。夫婦相敬如賓。亦既追榮於偕老。公侯必復其始。尚其啟迪於後人。王士熙太史令王恂贈謚制。末云。於戲。元氣所憑。不存亡於生死。九原可作。尚哀榮於始終。徐世隆賀東昌路平宋表。末云。駿奔效命。正海內一家之時。虎拜揚休。上天子萬年之壽。鄧文原賀聖節表。末云。廣文王有聲之詩。載歌律呂。衍殷宗無逸之壽。虔祝華嵩。

梁楚生詩

杭州梁楚生女史德繩。為冲泉少司空敦書之女。歸德清許周生駕部宗彥。平生惟耽吟詠。著有古春軒詩鈔。即景呈夫子云。薄雲漏日明孤塔。新水涵秋淡遠天。送接山四兄之粵西任云。江山勝處詩尤健。兒女多時宦亦愁。皆集中佳句也。

學醫宜慎

程杏軒醫案。歷敘生平治驗。頗有心得。惟治張汝功之女。暑風用葛根防風等藥。遂致邪陷心包。神昏肢厥。旋用清絡熱開裏竅之劑。而勢益劇。變成痙證而殁。因謂暑入心包。至危至急。不可救藥。而不知暑風大忌辛溫升散。其初方用葛根防風。劫耗陰津。遂至熱邪入裏。觀此可見醫學之難。憶道光癸巳仲秋。三弟以瀬年十五。患伏暑病。初見發熱惡寒頭痛。延同里某醫治之。某醫道負盛名。診視多遍。誤謂感寒。用桂枝葛根防風等藥二劑。而神昏肢冷。余時方自郡城歸。更延茅平齊治之。以為熱邪入裏。用生地元參銀花連翹竹葉等味。竟不能瘳。人皆歸咎於茅。而不知實誤於某也。并記於此。以明學醫之宜慎焉。

岳王祠聯

岳王祠聯云。百戰妙一心。運用兩言決千古太平。又云。子孝臣忠。決戰早成三字獄。君猜相忌。偏安還賴十年功。又錢伯瑜中丞聯云。萬里壞長城。歎息北征將士。中原猶半壁。傷心南渡君臣。又王之裔孫鎮南於浙江運使時。修葺祠宇。題聯云。天章褒臣節。想當年竭力致身。忠孝兼全。萬古精誠光日月。祖訓衍家傳。願弈葉承先啟後。蒸嘗勿替。千秋俎豆炳湖山。皆警策。

悼南田詩

武進惲南田格。畫花卉為本朝第一。而詩字亦佳。時稱三絕。所著甌香館集。佳作如送江西雁飯牛云。長天孤鶴又西飛。八月新涼到客衣。歌吹竹西留不住。滿江秋月一帆歸。湖上張李二子在閩南不至云。十年吳客不聞簫。珠樹三山入夢遙。秋到閩南人未返。愁心多作海門潮。格韻俱勝。

評蘇詩

蘇長公詩。才雄氣豪。獨有千古。然不善學之。每流於粗。紀文達公評公詩。鍼砭處切中要害。有裨學者。錄數條於此。南康望湖亭詩。八月渡長湖。蕭條萬象疏。秋風片帆急。暮靄一山孤。許國心猶在。康時術已虛。岷峨家萬里。投老得歸無。評云。但存唐人聲貌而無味可咀。此種最害事。而轉相神聖。自命曰高。稍或訾謷。輒嗤曰俗。蓋盛唐之說愈多而盛唐之真愈失。送范德孺詩。漸覺東風料峭寒。青蒿黃韭試春盤。遙想慶州千嶂裏。暮雲衰草雪漫漫。評云。太落送行詩窠臼。此真可贈徧天下人者。讀孟郊詩詩二首。夜讀孟郊詩。細字如牛毛。寒燈照昏花。佳處時一遭。孤芳擢荒穢。苦語餘詩騷水清石瑩鑿湍激不受篙初如食小魚所得不償勞又似煮彭蜞竟日嚼空螯要當鬮僧清未足當韓豪人生如朝露日夜火消膏何苦將兩耳聽此寒蟲號不如且置之飲我玉色醪我憎孟郊詩復作孟郊語饑腸自鳴喚空壁轉饑鼠詩從肺腑出出輒愁肺腑有如黃河魚出膏以自煮尚愛銅斗歌鄙俚頗近古桃弓射鴨罷獨速短蓑舞不憂踏船翻踏浪不踏土吳姬霜雪白赤腳浣白紵嫁與踏浪兒不識離別苦歌君江湖曲感我長羈旅評云即作東野體如昌黎樊宗師諸例意謂東野體我固能之但不為耳然東坡以雄視百代之才而往往傷率傷漫傷放傷露者正坐不肯為郊島少一番苦吟工夫耳讀者亦不可不知

鐵畫

蕪湖鐵工湯鵬能揉鐵作畫花竹蟲鳥曲盡生致又能作山水屏障好事者以木範之懸於壁或合四面成一燈錘鑄之巧前此未有湯歿後其法不傳或有仿為之者工拙懸殊矣仁和朱茂才文藻賦此有句云乍看似墨潑絹素山水人物皆空嵌風飄秀色動蘭竹雪摧老幹撐松杉華軒逼人有寒氣盛暑亦欲添衣衫最宜樺燭晚春夜千枝萬蕊發翠巖元明舊蹟共諦視轉覺暗淡精神減摹寫絕妙

沈觀察

吾邑沈青齋觀察啟震幼時父介亭封公庭光館於外母孔太恭人親教之讀太恭人有寄外詩云窗下看兒溫魯論燈前教婢揀吳棉及夜枕先愁明日米朝寒又典過冬衣等句皆紀實也觀察官運河太恭人板輿就養戒之曰毋慮不足而多取一錢毋恃有餘而多用一錢嵇文恭公韙其言為題慎一齋額觀察即以名其詩集集中佳句如日影半窺樹山光高入城夕陽孤鳥沒春雨一篙深僮沽酒去自磨墨僧叩門來惟借書疎雨斷橋驢背酒淺灘孤艇鷺傍燈皆有雋致觀察博學多聞兼工尺牘其幼子秀生乃暮年所得馮星實鴻臚應榴以書賀之觀察答柬有云伸成陰之楊柳我本無心畫依樣之葫蘆君其努力吾里北柵外分水書院為觀察所創地有三元閣觀察手題聯云天錫名山儲二酉人登傑閣兆三元

湯將軍殉節詩

咸豐癸丑年二月十一日金陵被陷將軍祥厚力戰殉難總督陸建瀛來經與邁為亂兵殺時武進湯雨生將軍貽汾寓居金陵於城陷之次日賦絕命詩投城北李氏園池死年七十有六遺命蘆席捲埋竹園內以手卷百餘與殉後拋棄殆盡詩文稿亦散失惟絕命詩為僕攜出得傳先是將軍之祖大奎官福建鳳山知縣父荀業隨任乾隆時林爽文之亂父子同殉邑人呈請敕建父忠子孝祠將軍以難蔭世襲雲騎尉官至樂清協副將工詩愛士有古名將風服官三十年以病告歸居金陵二十年（將軍嘗題聯於金陵所居之堂為負林侍從醉翁之醉狂夫之狂四十年[illegible]而無多歷指揮為三徑客南蕩以南北海以北千萬里間雲自在到頭還愛六朝山）至是殉節洵克繩先烈而不負國恩矣其絕命詩云死生輕一瞬名義重千秋骨肉非甘棄兒孫好自謀故鄉魂可到絕筆淚難收藁葬毋予慟平生積罪尤將軍之妹成然刊以徵詩并次韻作夜紡詞云授命臨危日成仁蹈義秋全歸能繼志絕筆見貽謀矍鑠心仍壯沈埋骨未收（遺命以蘆席捲埋竹園內）嬰思堂下水清冷更何尤陳書談要略（公嘗刻金陵十二籌指畫去歲當以戰守滅賊諸畧上書江督陸建瀛恐賊有辛至江寧之勢陸笑而不用）壁畫已經秋保衛乘城績（道光壬寅英夷犯順公與在籍紳士周閣麒蔡世松設保衛局同心防堵奉旨褒獎）艱危在野謀燎原非易撲覆局竟難收赫赫誰當路能無眾口尤（陸制府九江一晝夜遁歸江寧安慶因之而潰復縱采石拖浪之師師入城金陵因之而陷）金陵龍虎地一夕黯然秋祇有聞風遁（蘇撫楊文定先駐江寧聞陸師潰於九江即日遁還京口讓鎮江亦陷）曾無未雨謀黃巾猶未合赤幟已全收白髮丹心炯身殲孰可尤家國無窮恨當茲多難秋枕戈期遂志投筆未成謀莫洩心胸憤何能涕淚收從戎吾計決孰復廢無尤一時和者甚

多錢塘張一篪茂才炳詩最佳附錄於後碧血四十字寒潭萬古秋林泉能赴義忠孝故詒謀畫室艱誰託孤城黯未收鬼雄知不瞑遲望掃蚩尤江南誰覆餗眾口自陽秋尸有王彭祖才無孫仲謀鄱防軍太玩逸老策空收退舍帆何遽翻難阻石尤（陸帥自九江一晝夜退回金陵）遂使窺三郡徂春又及秋金錢糜內帑玉帳待成謀孤憤敷天積瘡痍遍地收卻思籌十二空憶策嚴尤（將軍嘗刻金湯十二籌指畫及防守事宜）風雅思公昔篔簹萬个秋（壬辰之夏曾乞公墨竹）宦從鷗比淡田與鶴分謀名有湖山識忠皆翰墨收男兒森大節史字亦殊尤

金總憲論詩

仁和金檜門總憲德瑛詩骨堅意警不主故常其評昌黎桃花源圖詩云凡古人與後人共賦一題者最可觀其用意關鍵如桃源陶公五言爾雅從容草榮木衰四句略加形容便足摩詰不得不變七言然猶皆用本色語不露斧鑿痕也昌黎則加以雄健壯麗猶一一依故事鋪陳也至後來王荊公則單刀直入不復層次敘述此承前人之後故以變化爭勝使拘拘陳迹則古有名篇後可擱筆何庸多贅詩格固爾用意亦然前人皆於實境點染昌黎云當時萬事皆眼見不知幾許猶流傳則從情

景盧中纂擬矣荆公云雖有父子無君臣天下紛紛經幾秦皆前所未道大抵後人須精刻過前人然後可以爭勝試取古人同題者參觀無不皆然苟無新意不必重作世有議後人之透露不如前人之含蓄者此執一而不知變也觀公此論可知其詩得力之所在矣

吳雪坡詩

同里吳雪坡上舍鉉堂少嗜為詩出語清俊以不善謀生家計日窘有友媚事顯者招之往謂從我游則饒裕可立致吳力拒之託詠燕以見志云社日重來覓舊巢一雙飛去傍花梢莫誇王謝門庭好恐被尋常百姓嘲晚年益肆力於詩斗室酣吟蕭然自得無儋石儲不顧也著有棄餘偶存草錄其最佳者於左詠史云小勇憑血氣大勇尚智謀荆卿狗屠耳翻與虎狼讐覆燕不足惜終負於期頭至今易水上悲風常颼颼咄哉張子房乃欲效其尤游破石東西兩山云紫藤花外啼暮鴿碧雲寺前數峯陰雲根倒插下無際絕壑奔流泉瀑深夕陽欲落猶未落何處炊煙出茅屋槎枒怪石立如人一路寒聲響叢竹送兒云我已無家別兒今別更難一身何處去雙淚幾時乾世路風波險年華草木看此生須努力菽水望承歡秋海棠云誰彈粉淚染猩紅憔悴闌邊見幾叢絕色能來多晚嫁休將遲暮怨西風

岳小坡詩

嘉興岳小坡上舍廷枋少有至性嘗刲左股以療母病後父病劇又割股以進病尋瘳及父母歿哀毀骨立朝夕慟哭不已聞者感歎好讀史工韻語尤長於七言如溪上晚步云風定一蟬嘶獨樹雨餘雙鷺立孤篷舟中即景云細草碧分遊客路遠山青落酒人卮憶淩鏡蓉云廿年孤館詩人淚萬里浮雲壯士心俱堪諷誦

蔣禮山

臨海蔣禮山明府履以名孝廉官閩之德化縣有循聲調南平縣適臺匪滋事大師進討過兵絡繹供應不貲遂致賠累清查案起名列虧項三等中落職覊閩八年始釋歸歿後其友太平戚鶴泉教授學標為銘以哭之云鳳凰之出為世文章風雨明晦墜翮而傷啁啁小鳥得意方翱仰首問天其理茫茫將好吟詠嘗郊游得句云疎竹曲通徑寒梅高過牆頗為時流所稱其寓閩中時有句云妻子田園多割捨未能拋得醉時吟可想見風趣矣

舅氏周愚堂先生

舅氏周愚堂先生稹幼即嗜學尤好吟詠嘗賦采桑曲云鳩聲喔喔喚輕寒泥滑青郊行路難愁絕桑陰春欲暮一痕濃綠上眉端人莫不賞其風韻秋試不得志援例入成均應京兆試題詩闈中云戚栗吹聲急譙樓漏已深高堂千里夢矮屋十年心曙色明寒幙秋香溢上林良材焦尾識莫謂少知音放歸後益肆力於詩家居震澤之蕩湖有復古桃源洞因繪圖題詩見志云我是漁郎慣招隱桃源久住不迷津

字宜從今

錢唐古作唐今之錢塘縣作塘蕩陰古作蕩今之湯陰縣作湯純留古作純今之屯留縣作屯幽古作幽今之邠州作邠茌平古作茬又作茌今之茌平縣作茌太山作太今之泰安州作泰非若太原太平太湖等之仍作太吳淞江作淞今之松江府作松載在輿圖達於寰宇皆以從今為宜

朱梅叔

吾里朱梅叔明經翊清烏程籜少擅才藻有聲庠序間秋試屢見黜感憤之懷皆寓之詩道光辛巳緄湨姪鄉試偶得復失因作闈怨詩索同人和朱有詩云傳語長門姊妹家漫題紅葉寄天涯苧蘿村裏如花女猶向溪頭自浣紗見者皆為閣筆與張

夢廬學博交好甚篤無子其女適夢廬之子幹齋明經光錫妻卒後孑然無家遂依幹齋以老嘗賦五十自述詩云荒村風雪數歸鴉孤館悽涼閱歲華悵望千秋還著我側身四海已無家酒澆竹葉都成淚笑索梅枝幸有花多謝孟公投轄意不教萍梗向天涯其卒也幹齋為之棺殮而無力營葬其徒周蓮史太史士炳與同人謀醵金助之屬余作啟曰蓋聞自古皆有死必藏幽而乃得所歸博愛之謂仁能澤枯則其施更厚是以掩埋之典詳於禮經窀穸之規載於左氏俾蒿里荷慈雲之覆庶楊郊免暴露之悲況夫望重師儒生同鄉國緬其品而同殷景仰述所遇而共切悽傷生前之落魄無依衡憂已極死後之游魂未奠飲恨尤深如已故明經朱梅叔先生幼秉異姿長通羣籍才高命蹇行潔途窮六十年苦志懷鉛療貧乏術五千言遺書在篋嗣業誰人晚託堦鄉遠游仙島家無尺寸之土族鮮期功之親未卜牛眠莫崇馬鬣荒原蕭瑟猶淹兩世之骸淺土飄零應墮九京之淚在死者既難瞑目惟仁人能不傷心某等敬慕儀型謀營兆域祈捨金以布地用集腋而為裘幽窆克安功德無量惠及泉壤永垂梓里之芳錄載之簡編可結麥舟之故事此舉集助者六十餘人集資百餘金遂并其父母妻之柩合葬於珠村以其餘資屬幹齋存息供歲時享

祭焉。

題棺

德州程正夫自作一棺，題曰休息菴，作詩曰：板屋蕭然四壁風，愚人息矣聖人休。山陽阮吾山司寇葵生自製棺題詩，其上有未死何妨暫貯書之句。蕭山汪龍莊大令治壽木，題前和曰汪龍莊歸室，并作詩云：平生願力志全歸，六十三年幸庶幾。得到藏身須蔽室，居然無縫是天衣。材從楚産緣非偶，制比桐棺魄可依。蓋後何時真論定，硜硜素履任譏。吾里徐瘦生茂才終身不娶，自署其棺曰獨室，并題聯云：埋憂待有劉伶鍤，行樂先題表聖詩。先君子鄰畇公於台州購得嘉木，製為棺，題曰止止居，書聯云：一生傺忽少壯老，萬事脫離歸去來。

關侍郎

仁和關雲巖侍郎槐官中書時，以善畫供奉內廷，入詞林後直南書房，充四庫全書提調官兼武英殿提調，寓齋前植偃松，中羅群籟，為退息之所。適賜詩有松下敞書寮句，因恭篆松下書寮四字為齋額。儀親王贈詩云：槐復歸院金蓮燭，松下仙寮玉局書。梁文定公國治贈詩云：青松白鶴望蓬萊，中有神仙讀書樂。皆紀實也。侍郎督學廣東時，遵惠研溪先生之教，童子有能成誦五經者，為青其衿，士風翕然不變。奏覆試童生加經文一篇，遂定為例。

江西三魏

明江西三魏良弼、良政、良貴，以道德著，新建人。本朝江西三魏伯子際瑞、叔子禧、季子禮，以文章稱，甯都人，皆同胞也。（良弼有弟良貴，官最顯，而黃氏明儒學案遺之。）

明狀元爭奪情

明閣臣李賢奪情，羅倫爭之而見黜；楊嗣昌奪情，劉同升爭之而被謫，皆狀元也，可為科目增光。張居正奪情，修撰沈懋學與吳中行、趙用賢謀各上疏，吳、趙皆受杖去國，而懋學疏草為人所持，不果進，乃貽居正子嗣修書，又與工部尚書李幼滋書，爭之，遂引疾歸，是亦可謂賢矣。

沈觀察詩

沈蓮溪觀察少工四子書文，登第後歷中外三十年，名益重。年屆六旬，遽乞歸，怡情吟咏，詩不摹擬前人，而思筆超雋，迥軼凡近。朱買臣墓云：城東坏土春草春，嚴將軍墓近作鄰。當年上書不報糧用乏，邑子一薦離風塵。布衣懷綬綬少見，守邸掾吏驚

逡巡。但誇富貴耀鄉里，無怪愚婦輕買臣。侍中索貴見陵折，壯士小史彼何人。思懟報復禍亦及，悔不道中行歌長負薪。決計云：棹頭決計出風塵，落葉朝衫脫有因。萬事不關歸里曰：百年難得去官身。首迴清渭思華省，道遠桐廬戀舊民。布襪青衫腳自適，豆羹芋飯未嫌貧。南中春暮云：乾坤到處關戎繾，風景南中尚儼然。燕子梨花三月雨，河豚柳絮一溪煙。暖浮士女湔裳水，晴泛兒孫上冢船。只有老懷難自慰，朝朝北望寸心懸。無能云：已甘人笑百無能，風味蕭閒亦自矜。剪影半窗留客酒，蟲聲四壁讀書燈。少年偶作逢場戲，老去真如入定僧。若論文章身後事，胸中五嶽尚崚嶒。斷句如秋興云：樹高留月久，石瘦宿雲多。夜坐云：月明蟲絮客，燈暗鼠窺人。懷蒼石上人云：詩格瘦如藤絡石，慧心尖似筍穿牆。山僧云：蹲地虎鬚堅似鐵，窺窗鬼眼碧於燈。皆清雋可誦。

嚴伯牙詩

同里門人嚴伯牙鎮，比玉太守之長子也。從宦滇南，以縣丞在滇試用。道光丙午，永昌郡回紇肆擾，上官命司軍餉，兼督鄉勇助剿。時賀制軍長齡巡察嚴密，不攜騶從，突至營中，幕僚皆以休暇他適，惟伯牙在焉。由是垂青，破格以軍功薦擢縣令。伯牙嫻於吟咏，在軍中不廢翰墨，到處留題，著有餐花室詩稿。從軍云：關門山色帶斜曛，羽檄交催精餉勤。馬迹千盤歸漢蹕，蠻煙百里闢蠻雲。枕戈易醒刀環夢，投筆猶爭翰墨勳。早晚枚皋馳露布，鐃歌歸聽瘴江濆。西征曲云：幾堆白骨葬荒蕪，是處青山叫鷓鴣。麥飯紙錢寒食雨，又添新鬼哭頭顱。斷句如呈少穆宮保云：年少自知更事淺，官卑愈覺受恩多。由寶甯調任荔波入都，引見留別滇南云：一卷隨身無長物，九州行腳笑粗官。語皆清雋。

韜光

由靈隱至韜光路約里許，石級三百餘，山徑曲折，沿路皆修篁密篠，濃綠杳深，醉人心骨。僧家以巨竹臥徑側，引泉相續不斷，泉聲丁丁然，靜聽移時，塵慮都滌。比至山顛，四望空闊，近挹明湖之泓，遠望滄海，又別有一世界。菴中題詩甚多，恭讀高宗純皇帝御製句云：翠雲入叢篁，赤城盤叠障。正如登高而呼，俯視眾山，皆培塿矣。

西山文集

學者編先正文集，往往蒐羅散佚，以多為貴，然或不知簡擇，并在其酬應世故不甚

經意之作，致貽後世口實，則雖意在衣𢃄通以累之，真西山先生以道統自任，而集中詩文往往推揚二氏，其為史彌遠將授正奉大夫文，稱其寬容而縝栗，剛大而粹亮，有身主庇氏之誠，足以衞王室，有亡身殉國之節，可以通神明。又金國賀正旦使人到闕，紫宸殿宴致語口號句合曲詞，有兩國交馳通好使，八荒同作太平人，聖曆從茲天共遠，年年玉帛會楓宸等語，皆為後人所訾，殆編集者疏於審別，不能汰其失檢。

乾霍亂

乾霍亂，心腹絞痛，欲吐不吐，欲瀉不瀉，俗名絞腸痧，不急救即死，治法宜飲鹽湯探吐，外治刺委中穴亦妙。此證王宇泰證治準繩謂由脾土鬱極不得發，以致火熱內擾，陰陽不交而然。鞠通溫病條辨謂由伏陰與溼相搏，證有陰而無陽，方用蜀椒附子乾薑等藥。鶴謂乾霍亂亦如溼霍亂，有寒有熱，當審證施治，不得專主熱劑。吳氏書闡發治溫病之法，辨論詳晰，卓然成一家言，惟此論尚局於偏，恐誤來學，特正之。

石灰

仁和縣志載，明成化時，湖墅凌知州焜家有一黃班虎自南河游至投凌之後巷，諸門不閉，虎入據廳上，大吼一聲，凌眾破壁逃避，虎遂登樓。時凌之孫婦抱嬰兒未起，虎偶推壁，壁倒適覆婦身，不遭傷害。地方奔告有司，即召獵戶二十餘人擒剿，彼此相顧失色，無策可施。一老者令以石灰入稀布口袋，兼帶竹縛火把，擇輕健七八人升樓壓揭瓦，進日光，虎必仰首，即搖灰袋眯其目，繼將火把下燎，虎必開口，隨以堅利長鎗入口內，不容轉吭，乃呼眾獵戶登樓交刺之，如其策，果擒獲，不傷一人，舁送官司，各受重賞。按吾郡某典亦嘗以此法擒寇，乃道光年間事也。時方歲歉劫掠，時聞典主豫選眾健兒守夜，并儲石灰刀械，一夜寇至，壞大門將入，眾健兒出其不意，以石灰噴之，寇目皆眯，刀械齊發，遂被擒。

劉忠義

嘉慶十八年，直隸教匪林清謀逆，實賴陝西咸甯劉公斌首發其事，黨與擒而期會誤，得以即時戡定。公為滑縣老岸鎮巡檢，勤其職，姦民畏之。嘗飲某監生所，酒半，私語公曰，是邑將有變，亟去官可免，時八月十五夜也。因時微行村落中，聞治兵仗聲甚厲，偵鐵工，具知賊李文成與林清首尾謀逆事，告守令，皆難其事，即訊鐵工，以得李文臣牛亮臣，親致之縣，訊文成，折其脛。賊始與林清謀定九月十五日期，至是不及待，九月七日奪城門以入，公時居典史署，聞變，即更短衣持械出，遇賊於衙前，擊殺二賊，子嘉善皆死。事聞，贈官知縣，謚忠義，子寶善蔭欽賞騎尉，改文職，為貴州某官。此事詳見上元梅伯言戶部曾亮柏梘山房文集，乃聖武記所未載者。

冷盧雜識卷七終

冷廬雜識卷八

清　桐鄉陸以湉敬安著

奔走

詩予曰有奔奏，傳箋之義各不相合。正義乃強合之，既以奏為宣布之義，又以奔走之義屬之，其說難通。傅以為喻德宣義於奏之義則當矣，而奔字難通，惟箋以歸趨為義，其說最協，蓋奏走古本相通也。

名字沿誤

漢司徒王況，或誤作玉，當作王。音宿。王巾字簡栖，作頭陀寺碑，巾當作屮，唐倪若冰或誤作水，當作冰。宋米元章名芾，或誤書芾，从艹巾，當作芾，从一巾，說文作市。古鼓字，雁湖居士李壁，宋史誤从玉，當从土作壁。趙與褱，宋史誤作裕，當作褱。元康里𡠾𡠾，元史誤作巎，讀若猱，當作𡠾，讀若猱。又鮑照不當作昭，謝朓不當作眺，此類尚多。

芋

芋在處皆有，而蜀地尤美。王子淵僮約凡四言芋，曰養芋，曰發芋，曰䈳芋，曰𥶡芋，蓋物土所宜，言之不厭其詳也。

三墳五典

三皇五帝之書，春秋時尚存，三墳五典是也。秦以後無傳，傳者乃偽耳。嬴政之燄酷矣哉。

晁具茨詩

五言詩於第一字第三字讀斷，七言詩於第一字第三字第五字讀斷，晁具茨沖之集中恒用此體，如四海皆行路，吾何必此途，乃第一字讀斷也。五十年升平一迷，都人驚，乃第三字讀斷也。出郭借人乘，肯自誇騎入大明宮，借有三千兩鍾，石定無驅馬騎出關西，金躞蹀散鳴躣影，錦連錢不動追風，老去幽棲誰比數，傳君詩一巴，八百石胡椒，乃第五字讀斷也。

文終文質

謚以文稱者至多，而謚文終者，惟漢蕭何，謚文質者，惟宋羅從彥，宋錢惟演初謚合敏而好學貪以敗官二法，謚曰文墨，二字亦史冊罕見。

古今人表

漢書古今人表，後人多以疏舛訾之，惟錢氏大昕謂其列孔子於上聖，顏閔子思孟荀於大賢，孔氏弟子列上等者三十餘人，而老墨莊列諸家降居中等，孔氏譜系具列表中，儼然以統緒屬之。其敘次九等，祖述仲尼之言，論語二十篇中人物悉著於表，而他書則有去取，後儒尊信論語，其端實啟於此。梁氏玉繩復為之攷，且謂別於九品，確當為鄭稟軽之差，誠所不免，而摩經傳為紊脫尤多，非盡班氏之咎。按人表自三皇迄秦，聖智賢愚，凡二千百十三人，後世藉以考鏡得失，可為法戒之資。唐羅佑仿之，作續古今人表十卷，惜不傳。顧氏棟高作春秋人物表，分賢聖純臣忠臣功臣獨行文學辭令佞臣讒臣賊臣亂臣使勇方技十三等，又列女表，分節行明哲縱恣不度三等，品核較精，然僅列未備。視人表體例有殊，修史者誠能循班氏之軌，辨析九等，代繫以表，俾一朝淑慝之分，犁然顯著，不有裨於勸懲之道歟。

藥詩

晁公武郡齋讀書志云，陳亞之喜賦藥名詩，藥詩者，始於唐人張籍，有江皋歲暮相逢地，黃葉霜前半下枝之詩，人謂起於亞之，實不然也。余按梁簡文帝集中有藥名詩，如燭映合歡被，帷飄蘇合香，石墨聊書賦，鉛華試作粧等句，是藥詩亦不始於張籍矣。

二母知人

王珪隱居時，與房元齡杜如晦善，母李嘗曰，而必貴，然未知所與游何如人，會元齡等過其家，李窺大驚，敕具酒食，歡盡日，喜曰，二客公輔才，汝貴不疑。潘孟陽母劉晏之女，初孟陽為戶部侍郎，劉憂曰，以爾人材而在丞郎之位，吾懼禍之必至也。試會爾列吾觀之，因偏招深熟者咨至，劉視之，喜曰，皆爾儔也，不足憂矣。問末座慘綠少年何人也，曰補闕杜黃裳，劉曰，此人全別，必是有名卿相。二母知人，一信之於未達之前，一察之於既顯之後，其識鑒皆不可及。

馬

十二生肖中，兔蛇猴皆不入卦象，凡言虎之卦三（革、履、頤），而說卦不及焉。言馬者八卦（坤、屯、賁、大畜、晉、睽、渙、中孚），而說卦取象，且有三卦（乾、坎、震），知馬之為用廣矣。

李德裕張孚敬

李德裕以蔭入官，乃抑進士科，張孚敬登第在部觀政，迨議大禮擢學士，詰翰林不與並立，後乃盡黜翰林官，視古大臣忘私進賢，蓋迥殊矣。

擬旨

明仁宗時，夏忠靖公原吉擬旨，多云某部知道。或以問公，公曰：予奪之柄，非臣下所敢專，故付之六部，定其可否，而復取上裁，則事有所分而權不下移。旨哉言乎！宜至今因之不改也。

荀菘女

荀菘為襄城太守，為杜曾所圍，力弱食盡。菘小女灌，年十三，率勇士數十人，踰城突圍夜出，詣平南將軍石覽乞師，又為菘書與南中郎將周訪請援。訪遣子撫率三千兵會石覽俱救菘，賊聞兵至散走，灌之力也。奇節如此，紀載罕有，惜晉書僅誌此一事，而不詳述其生平。

翔字

丹鉛總錄謂後周皇后服制，受繭則服鷩衣，聽女教則服鶉衣，歸甯則服翔衣。鵗鵫字惟見此，蓋蘇綽所制也。余考翔字字書不載，而鵗字則見於爾雅釋鳥，云：鵫雉、鵗雉。註：今白鵫也，江東呼白雗，亦名白雉。宜云翔字惟見此乃合。

鳩槃茶

太平廣記夫為婦吹火詩：吹火青唇斂，添薪墨腕斜。遥看煙裏面，恰似鳩槃茶。鳩槃茶乃佛經語，或作拘辦茶、究槃茶、恭畔茶、弓槃茶，皆一也，言甕形似冬瓜也。以是為喻，狀其容之醜也。前乎此者，莊子有之，云甕㼜大癭。

獨寢不慙於魂

劉勰新論：獨立不慙影，獨寢不愧衾。蓋本晏子春秋：獨立不慙於影，獨寢不慙於魂。魂字實勝衾字。

四字異體

四字異體而音義皆同者，惟𪊨、粗、𤜵、麤，古麄，俗粗，𤜵通用。

楊修劉顒

魏武題活字於門，楊修知其嫌門濶；又題合字於酪杯蓋頭，楊修知為人一口。梁武署沙門訟田者曰貞，而劉顒知為與上人。二子之才雋矣，然卒為所忌，聰明何可恃乎。

烏程三相國

明季烏程有三相國，所居相距不過九里，時有九里三閣老之謠。朱文肅公國楨倡均徭之議，東南大水，又請改折，德澤及人，卿邦推重。沈淮結納客魏，温體仁奸私誤國，閭里羞稱之。三人皆載明史，而府縣志列傳獨詳文肅事實，沈、温則諱而不書。卦志一時，附名千載唱唾，此亦足以為鑒戒也。

孔子弟子考

朱竹垞太史孔子弟子考，謂歐陽子有言：受業者為弟子，受業於弟子者為門人。試稽之論語，所云門人，皆受業於弟子者也。顏淵死，門人厚葬之，此顏子之弟子也；子出，門人問，此曾子之弟子也；子疾病，子路使門人為臣，又門人不敬子路，此子路之弟子也；子貢之門人問交於子張，此子貢之弟子也。孟子曰：門人治任將歸，入揖於子貢，此子貢之弟子也云云。然予觀論語童子見，門人惑，此當為孔子之弟子，不得謂是孔子弟子之弟子也；孟子門人問曰：夫子何以知其將見殺，此當是孟子之弟子，不得謂是孟子弟子之弟子也。以此証之，朱之說豈其然乎。

久任

牧民官必使久於其任，而後與民相習，得以盡撫綏之畧。明興百餘年間，涖官於勤求上理，居職最久者，如趙登知湖州府，自宣德至正統十七年；劉綱知甯州，由建文二年進士官府谷知縣，遷擢在甯州三十四年；吳祥知嵩縣，自永樂至宣德三十二年。中葉以後，此風漸渺，吏治亦不如前矣。

名號謚

堯舜禹稱名，湯稱號，文王武王稱謚，循質而文，即此亦可覘世運。

田田錢錢

女子雙名最多，獨辛稼軒妾田田、錢錢，因其姓而名之，與其他雙名者異。

謄錄

浙人鄉試，每以金貽謄錄手之善書者，潛遞關節，屬其謄卷硃色鮮明，字畫光整，易動閱者之目。亦有已獲科名者，貪得厚利，甘應是役，甚至私攜墨卷竄點試文中偶，則可得重酬。此風始自紹興人，沿及諸郡。道光丙午秋試，士子一萬一千餘人，其不賄謄錄者祇三千餘卷，僅得售三人，蓋以字迹潦草，校文者以辨識為苦，輒屏棄不觀也。猶憶壬辰榜後，謁見房師樂平齊星舟先生雙進（嘉慶丙子舉人，官紹興石門縣知縣），先生謂：汝文佳而字體模糊，耗我半夜心力始能辨晰，尤賴主司愛才，取墨卷校對，方得入彀。爾時賄謄錄者未多，而弊已若此，幸遇樂平、山陽、天津三先生，不致擯棄，知己之感

冷廬雜識　卷八　三

冷廬雜識　卷八　四

非世勿讀也

作者七人矣

作者七人矣。王氏謂伯夷、叔齊、虞仲、夷逸、朱張、柳下惠、少連。包氏謂荷蕢、荷蓧、儀封人、晨門、楚狂、接輿、長沮、桀溺。程伊川又謂作者之謂聖，羲、農、黃帝、堯、舜、禹、湯是也。衣後翁四書疑節則謂專指當時而言，宜主包氏之說，特封人本以得時行道爲心，初不與彼六人同行，當以微生畝易之。此說創而實確。

揚无咎

楊姓皆從木，惟宋清江揚无咎祖漢子雲，从才不从木。二千年來典籍中，不多見也。

鄉會試題

鄉會試題首題論語，則次題爲中庸；首題大學，則次題爲論語；三題孟子，此定例也。道光庚子科，山西首題德潤身心廣體胖，次題體羣臣也子庶民也，以無論語題，主試皆獲譴。吾浙鄉試出大學題，闈中必有火災，故老相傳。康熙初三次皆然。康熙癸卯首題生財有大道一節，壬子首題如切如磋六句，庚午首題無所不用其極。自是以後，浙闈不復出大學題，蓋沿以爲例矣。

奇名

明番禺羅賓王，官南昌府同知，罷歸，築哭斯堂於里門，此堂名之最奇者。吾邑馮學博嗣京，取少壯不努力老大徒傷悲之意，築別業曰大悲菴，此菴名之最奇者。朱竹君學士視閩學時，令士子人采一石，築亭署中供之，各鐫姓氏於上，顏曰三百三十三士亭，此亭名之最奇者。洪洞范部鼎所著雜文，名草草草，此書名之最奇者。

宋犅山詩

宋犅山大令，乾隆戊申孝廉，中歲宰扶風七載，即挂冠歸，著有紅杏軒詩鈔。其宰扶風時，案牘之暇，不廢吟詠，所賦小遊仙詩有云：本是瑤池會上仙，浣紗小謫玉河邊，自言愛女佳期近，又索黃姑助嫁錢。暫摔朝天白玉簪，歸來依舊擣雙砧，七襄任汝纖纖手，爭奈銀河負債深。雨報瑤池桂樹秋，武皇又作絳河遊，上清畢竟論門第，恰道茶仙總姓劉。漠漠春陰淡淡烟，揚州未到早腰纏，早知駕鶴飛昇易，悔讀黃庭五十年。蓋皆有爲而作。斷句如陳思王墓云：數人有後天難問，才子封王福未慳。虎邱云：廡下千秋高士少，水邊三月麗人多。亦研鍊入妙。

李鶴杉

李鶴杉學博，博聞強識，才藻富有，小試以長髯呼餘皇賦受知於學使李芝齡師，入邑庠第一人，稱爲李長髯。道光甲午闈作爲副主試歙縣徐廉峯太史寶善所賞識，正主試以次藝紀下黜之。蓋題爲剛毅以有執也，題文用向氣二字。旋於乙未獲雋，入都，太史招之往，使在弟子之列。李獻詩有名傾元叔登朝日，恩感昌黎薦士年之句。寓都門，得詩盈篋，編爲北行草。其贈端木鶴田舍人一律最佳，詩云：歲星游戲住人間，車馬盈門白閑。一架藤花留散吏，端木寓宅名紫藤精舍。十年薇省話清班。海隅應話思原濮，日下難書老未閒。料得草編三絕後，舍人著有易指已刊。等身事業付名山。

遷居詩

舒鐵雲孝廉寓居吾里鄉思橋，嘗與友人書云：比張融之居建業，彼尚多此一舟；若相如之返成都，我并無其四壁。沈青齋觀察見之，即以南花橋老屋借居，且寓書曰：但住無妨，且行亦願，所望泥金之捷，先首蓬門耳。舒因賦詩以謝，有云：南花橋頭秋水綠，扁舟願寫移居圖。移居之圖尚可寫，羌此高義今則無。時乾隆甲寅歲也。

父子能詩

宋浦城詹應之慥、居元善體仁父子能詩，厲樊榭宋詩紀事皆遺之。應之寄胡籍溪詩云：雨過溪頭鳥篆沙，溪山深處野人家，門前桃李都飛盡，又見春光到楝花。春懷示鄰里句云：斷牆著雨蝸成字，老屋無聲燕作家。元善幽居詩云：投老安閒世味疏，深深水竹葺幽居，牀頭昨夜風吹落，多是經年未報書。風致俱妙。

彡石公詩話

先伯父彡石公詩話，謂吳穀人祭酒深於友誼，少與沈臞莘交最篤。臞莘病劇，適自嚴江歸，急往視之，但及一執手而已。因哭之以詩曰：我作孤游君獨愁，獨愁春去又成秋。半年悔我方歸棹，一病憐君已卧樓。舊事可憐如夢過，輕帆幸不被風留。只爭片刻猶相見，得見能教不淚流。清空一氣，讀之悽惋。今觀全集中所刊，已皆改易，云：無限淒涼對素琴，曾於賤子託知音。友朋實有家人意，風雨寗渝生死心。獨立無端斜照冷，此情千古大江深。但逢峯瀨泉吟處，認爾魂歸楓樹林。氣格雖較莊重，然轉遜前作之真摯。並錄之，以質精於世道者。

徐鶴舟

同里徐鶴舟布衣石麟，籍隸烏程，少孤而貧，訓蒙自給。程筠軒茂才倡梅魂詩，索和於人，徐作爲所賞，以女字之。未娶，得瘵疾，乃更刻苦爲詩，病三十載，忽起。程方將送女畢姻，而徐竟以傷暑暴卒。其從姪春鄰爲刻遺稿以行世。其梅魂詩云：仙姿綽約總無形歸去羅浮與洞庭。玉笛吹殘空自怨。瑤琴撫罷遣誰聽。雪寒孤月村邊白。煙冷數峯江上青。欲見芳蹤何處所。滿林香霧夜冥冥。斷句如淡煙三畝竹。斜日一村秋。山雲秋帶雨。海月夜生潮。桃花山路分諸澗。楊柳人家聚一村。俱佳。

王曉菴

震澤王曉菴處士錫闡。學究天人。尤以濂洛關閩為己任。崇禎甲申之變。欲死者再。父母強持之。乃止。遂閉戶不出。窮約終身。嘗賦絕糧詩云。盡道寒灰不更然。閉關豈復望人憐。平時空慕榮公樂。此後方知漂母賢。何必殘形仍苟活。但傷絕學已無傳。存亡不用占天意。矢志安貧久更堅。與吳江潘次耕太史耒交甚篤。嘗遺潘書論史學云。世稱良史三家。司馬氏。陳氏。歐陽氏。龍門進呂雉於本紀。而孝惠兩少帝不序于家。尚著其名。前少帝且逸之。陳壽帝魏退蜀。名異寔忠。武而賊壯繆。永叔於亂臣賊子一切帝制子之。名號稍正者。悉被貶黜。千古謂之良史。良史矣。紫陽綱目。俗尚瀆之。下至李漢書宋史新編。誰復羅齒。故知良不良在乎幸不幸。不在義之正不正。事之核不核也。持論精覈。最為潘所服膺云。

一綫天題辭

西湖飛來峯下一綫天。巖洞幽深。為避暑勝境。閩雲巖侍郎題辭刊石云。龍洞嵱嵸。鷲峯嶙峋。岩松偃蓋。澗草敷茵。六月無暑。四時有春。聽泉品石。養性怡神。字作八分體。秀潤可愛。

道情

徐靈胎徵君。穎悟絕人。游庠後。厭薄時藝。嚴識題詩卷後。徐郎不是池中物。肯共凡鱗逐隊游。因是見黜。以布衣終其身。於學無所不通。尤精醫術。名重一時。好作道情。一切詩文。皆以是代之。自謂構此頗不易。必情境音詞。處處動人。方有道氣。著有洄溪道情行世。錄二首於左。勸孝歌云。五倫中。孝最先。兩箇爹娘。又是殘年。便百順千依。也容易周旋。為甚不好好的隨他願。譬如你詐人的財物。到來生也要做豬變犬。你想身從何來。即使捐生報答。也只當欠債還錢。那裏有動不動將他變面。你道他作事糊塗。說話敧偏。要曉得老年人的性情。倒像了箇嬰年。定然是顛顛倒倒倒顛顛。想當初你也將哭作笑。將笑作哭。做爹娘的為甚不把你輕拋輕賤。也只為愛極生憐。到今朝換你箇千埋百怨。想到其間。便鐵石肝腸。怕你不心回意轉。卸園樂云。做閒人。身最安。無辱無榮。無惱無煩。朝來不怕晨雞喚。直睡到紅日三竿。起來時

籬邊草要芟。花邊土要翻。竹疏鮮果尋常饌。只聽得流水潺潺。鳥語關關。頑兒癡女跟隨慣。綠蓑青笠。隨時扮也。有幾箇好相知。常來看看。掛一幅輕帆。直到我堂前。帶幾句沒要緊的閒談。細細撥買碎魚一碗。挑野菜幾般。燙出三壺白酒。喫到夜靜更闌。

場屋中忌諱字

場屋中用忌諱字。往往被黜。嘉慶丁丑。孔梧鄉學博卷已入彀。旋因詩中聖化二字見擯。以死亦言化也。嘉善陸孝陵滋。工制藝。道光癸巳春闈。首藝識者決其必售。陸亦自謂文可奪命矣。榜發竟被放。比閱落卷。則主試已填中式名次。復塗去。以次藝用鬱崩二字也。據卷大哭。目盡腫。尋得病。卒於都中。丙申殿試。何子貞太史卷已列進呈十卷之首。旋以大行二字。為閱卷大臣某公指出。改置二甲第八名。應制詩賦尤宜莊重。袁簡齋太史己未朝考。詩題因風想玉珂。以聲疑來禁苑人似隔天河一聯。幾被斥。賴尹文端公力爭。始獲雋。家龍溪姪辛巳秋試。三藝俱為主司所賞。以詩有嫦娥如許近句。見擯。又汪龍莊大令。乾隆乙未科會試中式第三。大總裁嵇文恭公以鉛石觀書詩中用重瞳字。史記不專指舜。不便進呈。移改四十六名。可見衡鑒者抉擇精嚴。即應用字面。亦當審慎也。

土物

杭州省會。百貨所聚。其餘各郡邑所出。則湖之縐。嘉之絹。紹之茶酒。甯之海錯。處之鐵。嚴之漆。衢之橘。溫之漆器。金之酒。皆以地得名。惟吾台少所出。然近海。海物尚多錯聚。乃不能以一最佳者擅名。此明王恒叔士性廣志繹之言也。自今觀之。如杭之茶藕粉紡綢紙扇剪刀。湖之筆縐紗。嘉之銅爐。金之火腿。台之金橘鯗魚。亦皆擅土宜之勝。而為四方之所珍者。

兩世秋元

道光丙午科。浙江解元嘉興張慶榮。乃嘉慶戊午解元張廷濟之子。猶及身親見之。六十七名歸安鄭訓成。曾舉丁酉己亥甲辰三次副車。年甫二十五。時人為之語曰。四科鄉薦咸推鄭。兩世秋元盡說張。

竹夫人

保抱攜持朕不忘。五夜之寵。輾轉反側。倘尚形四方之風。宋李公甫所作竹夫人封詞也。工妙鮮匹。朱鮮香同年。又仿毛穎革華之例。作倚玉山房夫人鮑瓊瓏傳。有云

夫人撰有抱青集子夜歌云感郎綢繆意許儂情久長郎意雖云熱儂心秖自涼背以雨露濃而忘抱冰雪郎自溺郎歡儂自盡儂郎蘭蕙有幽馨桃李多豔姿阿儂無他好虛心足郎師篤意深婉得風人旨

像

張華博物志黃帝登仙其臣左徹者削木象黃帝帥諸侯以朝之後世祀鬼神用像蓋昉於此

西征日記

吾里孔雅六學博憲采績學能文尤敦品誼嘗游秦中歷主古莘文昌岷陽書院講席訓迪諄諄士心悅服以文就質者甚眾坐是得眩疾遂歸撰西征日記備載游蹤有云蘭州北門外橋名鎮遠以船為之橫排二十四隻自南岸達北岸每船相離弁丈船填土石頭尾用大鐵索繫礮石沈河底復用大鐵鍊連貫之鍊環大如盤余兩手不能舉一環不知幾何重也兩岸均有鐵柱插沙土中大合抱出地約丈餘相傳為明初所鑄船面鋪大木板數層以草土填平沿河聯以紅欄凡往來甘涼口外者悉由此橋車馬日以千計諺所謂天下黃河一道橋是也冬河冰合制府率僚屬祭河神始拆船橋車馬皆行冰上正二月間冰泮仍駕以橋冰橋之最可危者在將泮未泮時兩岸冰已有罅漸車馬仍往來如織旁觀為之寒心習慣者自若也雅六有渡冰橋不果詩云腳踏黃河冰魂飛白塔山（黃河對岸山）山峭險而峻冰薄危乎艱往來車馬馳閒關已溺猶將淌求顏如何以身臨深淵父母髮膚同一斑不如仍上望河樓頭去坐看星宿影落杯酒間（望河樓在南岸今為望華館）

恩科

本朝待士極優凡有覃恩必有鄉會恩科萬壽恩科則始於康熙五十二年歲在癸巳時士子以上六十萬壽請開恩科事下禮部咸以舊例所無難之大學士王公掞時為尚書獨曰以萬年之聖主當六旬之大慶此豈有成例可援若以靡費為嫌則民間家長生日子孫僮僕尚不惜出所有格集賓客矧富有四海而區區計及於此遂如所請以上諭舉行自後乾隆嘉慶道光皆踵行盛典皇太后萬壽亦皆有恩科而道光三十年間正科十恩科五共計十有五科恩澤之渥文治之隆亙古未有也

袁隨園

袁隨園詩名重一時近則訾為佻薄者多且詆其晚年放蕩之失平心而論其為宰

時清勤明決無愧循吏嘗言為守令者當嚴束家奴吏役使官民無壅隔則百弊自除其為政終日坐堂皇任吏民白事有小訟獄立判遣無稽留者多設耳目方略集鄉保詢盜賊及諸惡少姓名出所簿記相質証使不能隱則榜其姓名許三年無犯湔雪之奸民皆斂迹又其生平事母孝友於姊弟篤於故舊嘗為亡友沈凡民司祭掃三十年如一日程編修晉芳死負五千金往收其券且撫立其孤喜汲引後進成就者眾蓋其經濟行誼皆可師法僅為才名所掩也

志學箴

楊至堂河督與林文忠公同官有年文忠以學有經法通知時務行無瑕尤直到古人書贈楹帖河督因作志學箴以發明其意云士希賢曰尚志惇五典敬五事先植基經與史漢唐宋（漢學精於訓詁唐學詳於疏證宋學深於理義）學無異（非漢唐則典章制度無存故註疏為尚非程朱則風俗人心莫挽故踐履為先）其於學凡七略原其始若九能餘技耳思濟人務求己依於仁壽命久（久古讀若己詩旄邱久與以韻六月久與喜韻麥莪久與耜韻漢鏡銘長保二親利孫子作吏高官壽命久）吾友高伯平之子行信以說文字作篆刊之附跋謂論學大公息羣儒之聚訟良然

麗辭

趙清獻詩有春宵惱春思一枕杜鵑啼之句司馬溫公詞有相見爭如不見有情還似無情之句范文正詞有眉間心上無計相迴避之句韓魏公詞有愁無際武陵凝睇人遠波空翠之句林和靖詞有羅帶同心結未成之句後學每以之藉口嘗作麗辭不知惟立品如數公乃可偶一為之若後生小子沾沾焉於此求工鮮不為心術之累

高文端公

滿洲高文端公晉由監生授泗水令游歷府道至兩江總督晉文華殿大學士仍留兩江總督之任未嘗一日立於朝特恩殊遇近世罕有其比

婦人悼亡詩

悼亡詩多名作而婦人悼亡詩絕少吾邑孔瑤圃女史（沈青齋觀察之母）詩云廿回應境亦何常卅八年光感廢興七品頭銜添白髮一編手澤共青燈醫從隔歲來無益命入殘冬讀未能風雨南窗思往事偷生此際獨沾膺語獨沈摯又嘉興戴蘭英女史詩云一曲離鸞唱夕暉輕塵短夢萬緣非可憐稚子情癡甚猶著麻衣待父歸亦悽惋動人

油汗衣方

油汗衣以蛤粉入冷水調勻厚塗汗處越宿乾透以百沸熱湯和皂角洗之油化無迹

朱相國

高安朱相國軾九歲時父攜至巨室某氏某見其文奇問讀書否對曰五經甫讀畢學作破題時方築室因以鋸木為題公應聲曰送往迎來其所厚者薄矣某大奇之攜之登樓以小子登樓令對公應聲曰大人入閣某知為偉器令在家塾肄業以女妻之

勞孝廉

勞孝廉文元杭州人工制藝有聲嘉慶己巳會試首題君子喻於義一節文有云小人之喻足以盡天下之利天下之利不足以盡小人之喻識者謂得喻字之髓榜發不售旋以病卒士論惜之

岳忠武于忠肅

文人立論往往好逞偏見如魏叔子謂岳忠武不當班師侯朝宗謂于忠肅不諫易儲非社稷臣皆拂乎理之正仁和應潛齋徵君撝謙云恢復者一時之功也受命班師萬世君臣之正也武穆之全者大矣終宋之世將無一人跋扈者誰之力也坤六三含章可貞或從王事无成有終武穆之死成乃所以有終也此論出而忠武之心白矣袁隨園云大臣者以安社稷為容悅者也彼正統者得罪於社稷人民譬如吏棄城將棄軍遺敵之擒而僥倖返國幸矣復欲儻其宮蔭其子孫此何理也夫忠肅固社稷臣也但顧其君有治世之大功不顧其君有謙讓之小節就使博一諫名未必遽干主怒而不出此者其所見者大而用心純故也此論出而忠肅之心白矣

眉生姪詩

眉生姪秉樞幼穎悟八歲學為文落筆驚敏異於常兒道光癸巳游庠年甫十三旋於丁未入詞林乙巳春闈後留寓京邸嘗賦都門秋思詩為諸名宿所稱茲摘錄其二首云人海茫茫自溯洄遣愁聊復一樽開孤吟欲與秋聲敵百感都隨月影來未了名心休作達慣經離恨轉生才頻年書劍飄零極不信黃金舊有臺　麝煤燒盡雁書沈迴首鄉園思不禁雲裏關山孤客夢月中砧杵萬家心生偏耐冷憐秋鶴倦即知還愧暮禽橙點寒衣更惆悵縐塵痕比去年深又高唐州詩云滿院琵琶鬧夜分離人到晚不曾閒夢魂先要尋家去那有閒情管雨雲語亦清俊

給燭

殿試不給燭歲試科試亦然制科雜錄云康熙己未試博學鴻詞晚出者十餘人皆給燭拔萃洵為破格掄才道光間濟州杜石樵侍郎堮督學浙江士子亦得給燭吾邵某生能文章而搆思甚遲作字又拙歷試以不完卷被黜年四十餘猶困童子試比公按試某日晚僅錄首藝公命給燭完卷俾游於庠逾年遂登賢書公之待士寬仁類如此宜其躬膺多福後起熾昌也

徐觀察

婁縣徐玉厓觀察長發備兵蜀中建昌撫倮儸之暇輒與諸生講學民安之忘其為長吏達官年七十乞歸賦詩留別有句云風雨將闌防失足溪山大好要回頭語意深切可為戀棧者指引迷津

錦囊集

武康徐雪廬孝廉熊飛采輯當代雜流詩為錦囊集二卷頗多佳句節錄以廣其傳秀水錢梅號玉崖賣肉韭溪橋下以好詩貧其家乃肩二竹筐置魚首羊胃雜豚鴨臟於中售諸市以自給筐下詩幅鱗次遇小異流俗者輒出以贈之登凌秋閣云江涵斜日千砧急人倚西風一劍寒金陵懷古云天際楸梧留二寢雲間宮殿失千官　嘉興郁心哉字秋堂寓乍浦以沽菽乳為生業自稱粗糲腐儒和王墨莊移居詩云占斷清陰數畝餘水村茅屋作煙霞先生不種門前柳漁父空尋渡口花春暖閒鶯初轉樂月中放鶴自煎茶世人那得知名姓此是方壺隱士家　海鹽張炎字淡玉賣餅平湖之清溪日肩爐釜行吟村落間得句就村夫子索筆硯書之餅為兒童攫竊一空弗顧也咏白菊句云老圃月三徑曉霜秋一籬為時所稱　南滙張宏宇野樵少工詩以嗜酒致貧困頓不能自給辱身為門隸傭牆覓句終日不休春日吳門道中云渡江三日雨寒食一村花登閶港橋云風濶片帆來極浦天空一雁度斜陽　華亭朱鐸字愚谷獄卒之子嘗於鄰館見綱目殘本請而悅之因蓄錢購書苦不能多見人輒問家有書乎乞借讀後得高青邱詩大悅之朝夕諷誦下筆輒似青邱後以父老更役為獄卒閱十年院司讞獄偕眾獄卒至蘇州及期當歸謂眾曰我為獄卒以養父也今父死我何獄卒為然不可以是辭於官因循至今公等自去我不歸矣遂赴水死聞者莫不悲之怨歌云昨夜春風來庭前弄顏色不用下珠簾

是懷舊相識。焚香云：焚香小閣前，幽緒怨懷然。親老愁更役，詩多那換錢。風花判落溷，山豆莫成田。坐憶當年事，生涯亦可憐。　甘泉湯振宗字繡谷，貧才不遇，嘗依人紀綱鹺筴，往來豫章荊楚間，若吟不輟。答唐淡村云：風雨空庭花落後，江湖秋水雁來初。即事云：華髮無情催客老，青山不語看人忙。　平湖錢文藻字惠泉，以雞髮為業，年未及冠，即工五七言，後為童子師，專意吟咏，所詣益進。游僧院云：看花香引路，坐石蘚侵衣。郊行云：漁艇迎涼依柳泊，村雞報午隔花啼。秋日同人村店小飲云：負山茅屋松成徑，臨水漁莊竹擁門。　錢塘阮松字秋山，業雞髮，所居與余懋柏學博為鄰，學博擅墨梅，阮得其指授，閒作小詩，亦清妙有神韻。雨夜懷友云：聽到更殘倍寂寥，西風送雨轉蕭蕭，空山一夜泉流急，人隔前村舊板橋。

難經經釋

徐靈胎難經經釋，辨正誤謬，有功醫學。其釋分寸為尺，分尺為寸云：關上分去一寸，則餘者為尺；關下分去一夜，則餘者為寸。詮解明晰，可謂要言不煩。

董枯匏

秀水董枯匏茂才爔，稟其父石農山人家法，書畫皆秀逸，詩品沖淡，似韋蘇州。句如：浮雲拂澄宇，白日下危檐。雲淨淡溪色，松高落翠陰。又咏闌蘭不開花云：孤芳不媚世，空谷甘寂寞。移種庭堦前，幽懷欣有託。真意不在花，勿厭得氣薄。不見木槿花，朝開暮還落。浮榮亦何為，吾將藏吾樸。寄託高曠，即此可見。

任子不齊

秀水盛泰川大令百二，任城書院學海樓釋奠先賢任子記，謂任氏譜載任子少孔子六歲，楚以上卿禮聘，不就，有詩傳、禮緯考及逸語三篇。其弟子有東門子高、蒯伯儀，皆他書所無，當表出之。

晉唐文章

歐陽公云：晉無文章，惟陶淵明歸去來辭。坡公云：唐無文章，惟昌黎送李愿歸盤谷序。蓋取其意識高卓，合於樂天知命之旨耳。若論文章，此豈足以盡之。至於宋之文章，苟持此意衡之，其惟坡公之赤壁賦乎。

聰訓齋語

桐城張文端公英聰訓齋語有云：讀書者不賤，守田者不饑，積德者不傾，擇交者不敗。四語可括諸家訓辭千萬言。

陶宏景

陶宏景受知於齊帝，迨梁武兵至新林，遣弟子戴猛之假道奉表，及聞議禪代，又援引圖讖，數處皆成梁字，令弟子進之。夫既自號隱居，何乃與人家國事，且忘齊帝知遇之隆，而干寵新朝，希膺恩禮，以是逸擬巢由，得無有餘怍耶。

除夜詩

文衡山甫田集除夕詩至多，其甲寅除夕雜書絕句，情味最勝：千門萬戶易桃符，東舍西鄰送歷書，二十五年如水去，人生消得幾番除。多事關心偶不眠，隨人也當守殘年，不須更說新春事，來歲今宵在目前。人家除夕正忙時，我自挑燈揀舊詩，莫笑書生太迂闊，一年功課是文詞。小童篝火潔門閭，為說新年忌掃除，卻有窮愁與多病，無因藏晚一般驅。遙夜遲遲燭有花，家人歡笑說年華，人身勿苦求身外，常得團圓有幾家。

五律句用仄聲

五律無一句全用平聲者，一句全用仄聲，如孟浩然送友東歸起云：士有不得志，棲棲吳楚間。杜少陵蕃劍起云：致此自僻遠，又非珠玉裝。齊己早梅起云：萬木凍欲折，孤根煖獨回。皆是此類尚多。

王微之

困學紀聞：王微之云：觀書每得一義，如得一真珠船。見陸農師詩注。陳懼文正楊以為王徽之，胡爌拾遺錄以為元微之。按陸農師佃和孫勉教授詩：仲舒玉杯足瑕纇，中散珠船不光彩。自注云：中散謂王微之。則陳胡之說皆誤。

黃綰

明史：黃綰為紹興知府，以寬大為治，因救陳洸獄，為張璁、桂萼等所誣，被逮，士民哭震野，爭致贐，綰止取二錢。漢劉太守寵後，此可媲美。

桑水部詩

桑弢甫水部詠古詩，時出新義。王文成公祠云：千載武宗釋號，多緣新建大功成。于忠肅公墓云：黃屋何緣重入塞，可憐只論奪門功。皆可作史評。

張浚

楊誠齋謂張魏公有社稷大功五：建復辟之勳，一也；發儲嗣之議，二也；誅范瓊以正朝綱，三也；用吳玠以保全蜀，四也；卻劉麟以定江左，五也。然其功固大，其過亦甚多。

前人訾之者眾矣青浦王蘭泉司寇昶論尤明暢大旨謂宋南渡之時天下形勢尚可為高宗以軍國重事付浚而乃剛愎自用致四十萬人坐喪於棗宿之手四方震動兵氣沮喪宋之不亡不獨諸將力戰之功亦天幸耳且浚而以恢復中原為已任則曷為劾李綱擠趙鼎宋室中衰小人盤互僅僅一二賢臣而復出死力以傾軋之秉權固位禁錮善類其心尤有不可問者他如王庶小將也信之而殺曲端酈瓊劇盜也任之而拒岳飛邵宏淵驕卒也護之而敗李顯忠好惡拂人故三督師而敗衄良臣絕跡於內良將離心於外士卒糜爛於疆場宋之天下有可為而卒至於不可為皆浚有以致之愚以為其才甚庸其識甚闇其量甚狹其自用也甚專宋儒以南軒故交相推重不敢作一指摘語再可異者至以諸葛武侯比之或嘉其不主和議彼韓侂胄曷嘗不伐金也司寇之言如此余又考諸宋史如張守與浚力爭不當罷劉光世兵柄呂祉不可令撫淮西浚不從仇悆說浚以精兵自壽陽漢上徑取舊京浚不能用汪伯彥既貶浚與秦檜援郊祀恩起伯彥知宣州浚嘗薦秦檜可任大事富平之役楊晟吳玠力言勿輕進郭浩言當分守其地犄角相援俟釁而動浚皆不聽又以督府之用議加征於民又不救陳東歐陽澈死且奏胡理筆削東書欲使布衣挾進退大臣之權幾至召亂將理追勒編置蓋其生平瑕纇未可縷數矣

仞

仞字解包咸七尺趙岐八尺王肅四尺應劭五尺六寸朱子注論語從包注孟子從趙程氏瑤田謂度廣以尋為八尺度深曰仞必七尺是則包說為長矣

市

市南方曰亦北方曰集蜀中曰痎粵中曰墟滇中曰街子黔中曰場

邱大理

淮安山陽邱侍講家升官大理寺左寺副時吳三桂倡亂畢氏為所惑逃人五十率眾悔悟來歸刑部以叛逆論事下三法司邱引律文逃叛自首及能還歸減罪二等爭之曰百姓皆從者不少若絕其歸命之誠祇益堅其為賊耳眾韙其言遂駁正上報可旗人有與父異居而後母與鄰人私者父憤不能制語子曰兒為我殺之子夜殺後母及鄰人於室自歸有司有司論極刑部院擬如所論邱持不可曰春秋書夫人孫於齊不稱姜氏絕不為親禮也夫絕不為親即凡人耳彼承父治命手刃父讎而以大逆論無乃非春秋之義乎乃以二議上詔特從末減其平反大獄類如此

詠菊

先君子最愛種菊每至秋日繁花滿庭時招同人宴賞嘗賦詩以寄興云叢叢秋色映煙蘿老圃霜飛未改柯氣可凌寒無礙瘦品能耐久不嫌多一庭清影超塵垢三徑幽香伴嘯歌好約前溪素心侶東籬長夕試相過

鄭中丞詩

鄭夢白中丞小谷口詩鈔調秀詞雅卓然可傳行間感興云半杯入手共誰論寸管從教掌北門東海羽書馳赤緊西興鐘鼓斷黃昏驚沙雁影寒雲遠小隊鴉兵細柳屯悽絕曹娥江上思九回慈母九重恩津門新樂府云堆鹽地(聲作麾也)船頭擊鼓聲琅琅大包捆載來蘆場萬夫連臂如雁行一堆二堆作山立千堆萬堆苦未息赤足蹈沙白於雪海門落日寒無衣得錢且免全家饑東門換米西門歸道逢夫翁不相識豪奴夜擁飛輿出紅燈高宴梨園容十字圍(思水利也)思穀疏瀹客談冀北何地無江南咿咿啞啞水車動綠楊垂地春蓁蓁長官一片心農夫千日力碁盤畫出十重圍白沙化作黃金色斥鹵可耕渠可通古今農事將毋同吁嗟乎落落海濱地茫茫古人意居民懶畚鍤競逐魚鹽利豐碑下馬拜賢王苔痕綠上斜陽字斷句如長城驛

云畫本夕陽人影淡落盤亂石馬蹄輕新綠云含笑眉痕初嫁女稍心袍影作官身歌風臺云貧賤人情卯嫂釜艱危世味太公羹青山鎮云分水入江湖尾大背山成屋市腰長皆刻意新警不落恒蹊

韓文公闢佛

韓文公闢佛而詩集中多贈僧之作後人疑之余觀其送惠師云吾非西方教憐子狂且醇吾嫉惰遊者憐子愚且諄去矣各異趣何為浪霑巾送僧澄觀云浮屠西來何施為擾擾四海爭奔馳構樓架閣切星漢誇雄鬬麗止者誰送靈師云佛法入中國爾來六百年齊民逃賦役高士著幽禪官吏不知制紛紜聽其然皆語含規諷與闢佛之旨未嘗相悖至與大顛三書則為後人譌託可無疑也

嵇叔夜

竹林七賢惟嵇叔夜不得其死余按晉書稱康恬靜寡慾含垢匿瑕寬簡有大量而竟攖雅酷刑則以不禮鍾會遂為所譖嗟乎士君子處世何可以貧賤驕人而不恪循禮節哉

芭蕉樹

王漁洋居易錄云。邊司徒華泉詩。自聞秋雨聲。不種芭蕉樹。或譏之。謂芭蕉不得稱樹。因引花間詞。笑指芭蕉林裏住。以為既可稱林。頗不得稱樹耶。余按芭蕉樹。見於維摩詰經。又謝皋羽逃暑崇法寺詩云。棋局雨生苔蘚文。袈裟晴挂芭蕉樹。固已先言之矣。

泉甘而酒洌

泊宅編謂歐陽公作醉翁亭記。後四十五年。東坡大書重刻。改泉洌而酒甘。作泉甘而酒洌。王漁洋以為實勝原句。今按集中作泉香而酒洌。香字不如甘字為佳。

陳士奇

陳士奇駐兵重慶。為張獻忠所執。大罵而死。可謂死得其所。當士奇督學政時。好與諸生談兵。及秉節鉞。反以文墨為事。軍政廢弛。石柱女將秦良玉。圖全蜀形勢。請益兵分守十三隘。扼賊弃突。置不問。蜀以是擾。然則蜀之罹禍。士奇不得辭其責。幸以死報國。不至蒙詬於後世耳。

酇侯

漢蕭何封酇侯。後漢鄧禹臧宮亦封酇侯。皆屬南陽郡。音子旰切。禹更封梁侯。定封高密侯。宮初封成安侯。更封期思侯。又更封酇侯。定封朗陵侯。獨何未嘗更封。且世承酇封。至王莽敗始絕。高后時何子祿薨無嗣。遂封何夫人同為酇侯。婦人封侯。前此罕見。

作文增益

作文固無取冗長。然用字有以增益而愈佳者。如歐陽公作晝錦堂記云。仕宦至將相。富貴歸故鄉。此人情之所榮。今昔之所同也。後增二而字。作仕宦而至將相。富貴而歸故鄉。乃覺更勝。又作史炤峴山亭記云。元凱銘功於二石。一置茲山之上。一投漢水之淵。方為中節。公喜而用之。黃山谷題仁宗飛白書跋末云。舉天地之高厚。贊日月之光華。臣知其不能也。集中作臣自知其不能也。增自字。語意乃足。於此知作文之法。不得概以簡削為高。

殉葬

秦穆公殉葬百七十七人。三良之賢。而亦與焉。康公陷父於不義。乃知魏顆陳尊己其賢洵不可及。後世殉葬之俗。猶未盡革。至明英宗遺詔。始命不得以宮妃殉葬。此真能恤人命而袪敝習者。

朱侍郎詩

海鹽朱虹舫侍郎方增。愛才若命。寒畯之士。尤加意拂拭。士論翕然歸之。道光甲申八月。考試翰詹。詩題昨夜庭前葉有聲。上特賞其詩二三四六聯。硃筆加圈。拔置一等第一。遂由翰林院侍讀學士陞內閣學士。詩云。西風昨夜吹庭館。忽聽窗前颯颯音。落葉滿階驚晚夢。涼聲一徑動秋心。夕陽古渡仍紅樹。斜月疎簾尚綠陰。此日雜遝閒語蟀。舊時枝上憶棲禽。幽懷偶頫高樓笛。清韻還添小院砧。瘦碧半叢餘弱草。濃青十里減平林。回思烟柳縈遙浦。又見霜楓襯遠岑。獨有蒼松留勁節。曾沾雨露九重深。

採芳集

平湖錢孝廉步曾。刻其五世祖起隆制藝一卷。名採芳集。皆摘四書中豔麗字句。游戲成文。嘻笑怒罵。無所不有。如妒一字題文云。宿瘤也以為仙姬。姣僮也以為嫡婿。在媒或以衆見其聞。尚存廉恥。而妒乃備極其形容。優隸也以為俊彥。貧窶也以為豪華。在媒早以微言溫語。任意相欺。而妒乃更從而點綴。又云。本以婦人輕信之耳。妒復鼓彼如簧。遂使母氏專權。父雖欲禁之而不得。本以深閨獨處之嬌。妒竟誘諂靚面。遂使高堂未許。女先遂慕之。而如迷。妒之巧者。意僅切於肥瘠。妒之拙者。幻亦生於閨閣。倘以彼列諸冠蓋。即是蘇張游說之儔。妒之老者。口舌既堪惑女。妒之少者。容貌并可悅男。故以彼略試逢迎。遂諧秦晉婚姻之好。描寫若輩情狀。如鑄鼎象形。又妻辟纑題云。竊慨今天下之多不廉。大抵皆其妻為之也。其母題云。且天下容有不愛親之子。斷無不愛子之親。一妾題云。且三代以上多丈夫。三代以下多妾婦。上競諂媚而妾在朝。下盡逢迎而妾在野。持論奇快。皆可作當頭棒喝。

三元

趙雲松觀察贈三元錢湘舲閣學詩云。累朝如君十一箇。事蹟半在青史留。蓋指唐張又新崔元翰。宋孫何王曾宋庠楊寘馮京王巖叟。金孟宗獻。元王宗哲。明商輅也。張又新孫何王曾宋庠楊寘馮京王巖叟商輅。史皆有傳。王曾宋庠商輅。為名宰相。馮京為名執政。若張又新之諂附敗名。王宗哲之降賊偷生。適為科名之玷耳。按遂史王棠傳。鄉貢禮部廷試皆第一。是亦三元也。趙詩不之及何耶。本朝三元長洲錢棨（乾隆己亥解元。辛丑會狀。官至內閣學士。）臨桂陳繼昌（嘉慶癸酉解元。庚辰會狀。官至江蘇布政使。）皆克敦行誼。無愧名臣。

委丁馬甲

嘉慶丁卯科浙江鄉試，詩題「挂席拾海月」，紹興呂學博承恩詩云：「蜜丁曾共品，馬甲亦同名。」為主司賞識，取中三十四名。按蜜丁見海物異名記，云蜜丁魁蛤之子也。李時珍本草綱目謂即瓦屋子，又名蚶。馬甲見韓昌黎詩云：「章舉馬甲柱，鬬以怪自呈。」洪氏注云：即今江瑤柱。周必大亦有詩云：「珠剖蚌胎那畏鷸，柱呈馬甲更名瑤。」呂詩未見佳，殆取其運典新僻耳。

七上黃鶴樓散人

湖北黃鶴樓踞山面江，為登臨勝境。道光丙申冬，余宦游武昌，曾登七次，窮瞻景物，作口號云：「半年家寄武昌郡，七度身登黃鶴樓。領取江天無盡景，平生奇絕是茲游。」近今人事遷流，勝游難再，因作七上黃鶴樓散人圖章，以誌當時吟躅云。

良心官

秀水朱梓廬休度，官山西廣靈知縣，慈惠誠信，人不忍欺。涖任七年，休養生息，民日遷善，百姓皆呼為良心官。

自鋤明月種梅花

自鋤明月種梅花句，複見最多。宋劉翰種梅詩云：「惆悵後庭風味薄，自鋤明月種梅花。」趙復自遣詩云：「老去空山秋寂寞，自鋤明月種梅花。」元薩天錫詩云：「今日歸來如昨夢，自鋤明月種梅花。」明卓敬詩云：「雪冷江深無夢到，自鋤明月種梅花。」

朱文正公詩

嘉慶初，和珅伏誅，御製詩斶示臣工。朱文正公和句有云：「寄語普天諸父老，共驩曾亦事陶唐。」措語得體，為一時和章之冠。

兄弟同登科

兄弟同登科，世所常有，而咸豐辛亥恩科浙闈，兄弟中式者獨多。秀水陳丙曾、陳鏞曾，平湖方釗、方鈞，歸安張興義、張興誥，瑞安黃體立、黃體芳，皆同父也。秀水陳令儀、陳令瑜，則同祖也。而餘杭褚維塏中式二十五名，與其子成績中式二十六名，連名。其從仁和金繩武亦同榜獲雋。（溜是歲在金氏謀館。）尤為科場佳話。

孔太恭人

嘉興朱九山觀察其鎮之母孔太恭人，昭蕙，幼嫻文翰，書法亦工。年十三，父笙陔明經廣南，客游山左。中秋玩月，賦詩云：「今夜團欒月，清光萬里同。恐添慈母思，不敢說山東。」一時皆稱異之。觀察書法秀勁，負盛名於時，蓋得於母教者多。觀察授館職後，由京寄書，稟請迎養，作三絕句示之。有「瞻雲且緩思親念，好把文章答聖朝」及「暇日鳳池須記取，舊汀鷗鷺莫相忘」之句。

譚潄生詩

杭州譚潄生茂才廷獻，幼有神童之稱。詩不作唐以後語，所著化書堂初集，佳什綦多。節錄四首。寓言云：「顧兔豈長圓，滄桑幾更變。人生不稱意，空覺微軀賤。山榛隰有苓，美人如可見。」義和鞭日車云：「欲去不得戀，盛年惜早逝。清鏡悲顏面，望遠生古心。涕淚如流霰。」行路難云：「讀書盡萬卷，頗識忠孝字。學道行十年，與君斟酌仁與義。人生百年不為少，追逐衣食非我事。行路難，督莫悲，今日是，昨日非。攜手出門望白日，惟見浮雲東西南北飛。」道興云：「江鄉聊寄跡，流水繞書堂。深竹有人語，野花隨徑香。相期與農圃，抬手話耕桑。習靜空山裏，閒中日月長。」送袁蔡谷歸新城云：「予已不得意，子今行路難。江湖尊酒別，風雨枕檣寒。士信無長策，貧尤戀故歡。靡蕪山下是，欲采路漫漫。」

黃韻珊詞

海鹽黃韻珊孝廉憲清，才調倜儻，著有茂陵絃、帝女花、凌波影等院本，為時所稱。小詞亦工。浪淘沙一闋尤饒情韻，云：「秋意入芭蕉，不雨瀟瀟，閒庭如此好涼宵。月自纏綿花自媚，人自無聊。剔恨幾時銷，認取紅綃，鳳箏音苦雁書遙。醒著欲眠眠著醒，燈也心焦。」

垂訓樸語

吾邑陳太華學博其德，明季有道之士，著垂訓樸語，遺後有云：「省閒言語，以補誦讀；拙者敏，省閒心思，以繹義理，則愚者通。獨立於萬物之上，乃為有志；能屈於萬物之下，乃為有養。人非聖人，不能無過，過而能改，仍是好人。故以過告我者，愛我之甚也；以過責我，則我之師也。若以過容我諒我，則彼為君子，而我不適成為小人乎？吾人居心，常以好事望人，常以好意度人，縱使百受人欺，不失為忠厚君子。」又惜陰說云：「凡人縱以百年為期，十歲以前，尚屬童蒙，五十以後，又屬衰耗，止有四十年可用精力。而夜復當其半，歲時伏臘、冠婚喪祭諸務，大畧又費十年。以此思之，真所謂一刻千金。」語意警迫，學者皆當書之座隅。

卓倚兀

卓子、倚子、兀，皆無木字。司馬溫公書儀可證。今書作桌、椅、杌，流俗之誤也。

先生

經書先生之稱名義各別論語先生饌謂父兄也見其與先生並行也謂成人也孟子侍先生如此其忠且敬也謂師也先生將何之謂學士年長者也儀禮士相見禮若先生異爵者謂致仕者也今人稱師曰先生而凡當尊稱之者亦曰先生蓋其所由來遠矣

來歙傳

後漢書來歙傳父仲娶光武祖姑而隗囂將王遵乃以歙為光武之外兄且歙之孫稜尚光武子顯宗女稜之孫定尚顯宗曾孫安帝妹稽其世次證以外兄之稱則仲當是娶光武之姑耳祖字疑衍文

終篇用也字

困學紀聞云歐陽公記醉翁亭用也字荊公誌葛源亦終篇用也字蓋本於易之雜卦韓文公銘張徹亦然余謂終篇用也字始於爾雅釋詁釋言釋訓三篇凡用也字六百九詩牆有茨君子偕老篇亦然荀子榮辱篇孫武兵法行軍篇論語孟子亦有此體公羊穀梁二傳尤多唐宋以還韓文公祭潮州大湖神文柳仲塗李守節誌蘇

東坡酒經陳止齋戒河豚賦汪浮溪胡霖誌銘皆仿其體為後世所傳元姚燧仰儀銘終篇用也字四十一乃四言體又格之變者矣

俞生倖福

唐太宗宣宗武宗皆以餌丹石殞身憲宗懿宗皆迎佛骨後即殂庸闇者無足怪英哲亦然則害於俞生倖福之私也

呂氏春秋

呂氏春秋湯欲令伊尹往視曠夏恐其不信湯由親自射伊尹此以詭譎之術誣聖也又謂孔子道彌子瑕見釐夫人此以比黨之說誣聖也當日懸千金而人無能增損高氏誘謂非不能也蓋憚相國畏其勢耳良然

王穀塍

蕭山王穀塍大令宗炎學問淹博性尤恬退家有中人產僅足溫飽既通籍遂杜門不出築十萬卷樓以文史自娛子端履入詞林即貽之書曰我已知足汝當知止毋戀浮名而失真樂也因亦乞病歸大令著有晚聞居士集嘗謂宋藝祖以受禪開基通鑑自不得以魏為篡高宗以宗枝再造綱目自不得以蜀為僞讀書論世其說至

精又自題竹圃圖詩云百尺樓邊半畝園梅花結子竹生孫此中合與幽人住香到芹泥絲到門五十年來鬢已絲天街塵染碧衫緇頭銜鴛入囊書說不枉人稱老畫師可以想見其風趣

陳樸堂詩

慈谿陳樸堂上舍世鉁幕游粵東判牘之暇不廢吟詠有感懷詩句云一家難識路何須夢詩易窮人不敢工頗為時流所稱

徐敬齋明經

同里徐敬齋明經斐然歸安籍博通群書採研不倦尤好為古文之學自唐宋以迄國朝裒輯諸家辨其源流擷其精粹彙編成書其論唐文云唐人無韻之文牽不可讀昌黎突然起八代之衰柳州起而與之敵古文一道華路藍縷之功以二公為首習之之精醇可之之瑩拔收之之偶儷表聖之安詳龔美之縱恣皇甫之簡古其嗣音也顧賓公之沁人肺腑衛公之絕塵而奔於韓柳雖非同調亦斷不可沒爰采選而論定之他若漫郎之辭澀累喘獨孤之菁華未備張文昌流傳甚少皇甫七容氣未除以及劉賓客白香山李玉溪羅昭諫諸人各有所長均非正軌概從舍旃其論

宋文云自韓柳闢古文之一途至北宋而極盛蓋宋初尚沿唐季之習柳開鄭條穆修張景之徒挽之而不足歐公得昌黎文於破麓中登高而呼學者響應曾王三蘇輔而翼之徂徠涑水河南盱江二劉三孔潤色其間秦黃晁張后山方叔之流克承其緒於是北宋之古文冠絕古今嗚呼觀止矣南宋之文導源北宋顧扶疎勁健則有之而微傷於剽而不留和平醇正則有之而究病其直而少致然粹然無疵文與理兼到者朱子而外實繁有徒亦學者所當從事也文鈔止於北宋兩宋合選寥寥罕覯而宋人文集搜採兩難南宋集尤少即藏書之家亦未數數見數十年以來北轍南轅風檣蓬底有所見即借鈔或錄草稿以歸自辛酉迄壬辰首尾三十有二年得文一千七百六十七首釐為十有六本顏曰宋文偶見極知不全不備掛漏良多然後之君子欲遍選兩宋文者其或將有取於斯今其書皆散佚無存惟所刊國朝二十四家文鈔及今文偶見行於世

顧媚柳是

龔鼎孳娶顧媚錢謙益娶柳是皆名妓也龔以兵科給事中降闖賊授偽直指使毋謂人曰我原欲死奈小妾不肯何小妾者即顧媚也見馮見龍紳志畧顧苓河東君

傳謂乙酉五月之變君勸錢死錢謝不能戊子五月錢死後君自經死然則顧不及鄒遠矣

節昀公挽聯

蕭山綠磐谷上舍安邦幕游臨海有妳卒於家而甥已遠出七年不通音問其友代作輓聯不當意質之先君子乃為題云七載思兒望斷雙魚空墮淚三秋夢響影抛隻鴈最傷心綠為歎絕又仙居王某治疸有名其戚撰聯贈之屢改未就先君子援筆書云身居仙境成丹易手補天工保赤多一時咸歎為工切

歷代甲子紀元表

仁和董杏滕明經醇博通羣籍嘗以六十甲子為格取史鑑所載歷代正閏紀元年號按格分注以便考索名曰歷代甲子紀元表第一甲子為黃帝元年第十一甲子為夏少康自有仍歸虞之年第二十一甲子為商祖辛十祀第三十一甲子為周孝王十三年第四十一甲子為周赧王十八年第五十一甲子為晉惠帝改元永安之年第六十一甲子為唐昭宗改元天祐之年第七十一甲子為明孝宗宏治十七年明經生於第七十六甲子之年正月書成適當五十初度乃咸豐三年癸丑也

靜宜女史詩

鯤溟姪之繼室靜宜女史陳蒓貞嘉善陳樸堂上舍世鈐之女稟承家學雅擅清才著有綺餘書室詩稿如秋夜對月有懷外子云孤月上林端秋光滿畫欄遙憐今夜客不向故鄉看虛幌誰同倚征衫淚未乾男兒四方志所歎為飢寒宜有封侯願空教別故鄉料應思骨肉誰與話溫涼懷感三年刺人添兩鬢霜上堂親已老何日理歸航閨閣中有寄外云落拓江湖客行藏不自由那堪羈旅日重抱亂離愁處賤無奇策依人豈善謀歸期應早定江上理扁舟百越愁回首高堂有老親頻年無信息此日又烽塵長是傷離別何由共苦辛願隨飛雁去重作嶺南人王昭君云紫塞長門一樣悲何心終老向宮帷不如絕域和親去還得君王斬畫師楊太真云一死能教國難平馬前值得早捐生紅顏若向昇平老未必君王不負盟保陽寓中作寄外云紛紛塵事擾居諸誰識清閒福有餘僮不鳴機君謝客且來同讀古人書品題文章泣鬼神世間如子合長貧請看爽傳成都客何似皋家廡下人石門方幼樗參軍廷璐稱為洗盡鉛華得正聲非虛譽也

甲癸議

烏程嚴鐵橋學博可均才高學富睥睨羣流某進士來見叩以漢書事未盡了了則曰君從知時文耳吾失言矣其玩世傲物類如此嘗搜輯唐以前文為全上古三代秦漢三國六朝文七百四十六卷手自繕寫歷二十七年而後成以無資未得付梓著有鐵橋漫稿十三卷詩如盧留三面水老樹半邊春一路聽流水前村多落花峭帆追日去驚浪蹴山回潮生滄海白日落大江黃皆得唐人三昧嚴為建德教諭時義烏有高才生某為忌者所誣見棄於其父事聞之官大吏欲為超度嚴難措辭嚴聞之乃為甲癸議一篇致其房師閩撫韓芸舫克均暫郡見之大稱賞據其說入奏書事賴以解其辭備載稿中大略謂甲在外二十八年擁高貲歸而其妻先死其子乙年二十六既舉秀才儀表出羣丙與乙素有隙丁晚甲貲黨丙而擠乙稱乙為生子甲恥之逐乙而事聞令長以律無文不能決上之大吏大吏入奏下百官博議癸議曰竊謂乙事尋常耳可以片言昭雪人姙十月九月而生者常也姙七月而生生而壽考者世間多有俗說姙八月而生難育蓋不確閩澤在母胞八月吼聲震外見會稽先賢傳其不及七月者黃牛羌種姙六月生見魏略其逾十月者苟氏孕十二月生符堅呼延氏十三月生劉淵張夫人十五月生劉聰見晉書載記慶都孕十四月生堯見帝王世紀鉤弋夫人懷昭帝十四月乃生見漢書附質孕二十月生黃帝見搜神記陽翟有婦人姙身三十月乃生子見嵩高山記太康溫磐母懷身三年然後生見異苑長人國姙六年乃生生而白首見外國圖大人國其民孕三十六年而生見括地國圖老子託於李母胞中七十二年見瀨鄉記老子母懷之七十歲乃生生而白首見神仙傳載籍極博姙逾十月者悉數難終甲在外二十八年而歸而乙年二十六蓋其姙二年無足為異宜片言昭雪丙丁宜不論大吏曰癸議以謂姙二年允哉援以覆奏於是甲乙復為父子如常余按元史黃溍傳云母童氏夢大星墮於懷乃有姙歷二十四月始生溍此尤近而可徵者

孔宥函司馬

曲阜孔宥函司馬同年繼鑅詩才超俊深以學力氣韻直逼古人詩稿盈尺刊未及半錄其最著者高郵湖作洪湖抱天影炯為智者憂萬古波濤居一線隄防留大官日召令買石窮山那以石抗蛟怒築堰如長虹下堰楚州廟上堰淮山隈汨汨水衝錢化為蜃與鼉久客熟湖水嗚咽胸中流寄山陽潘四農師用陶詩擬古韻澤國累年饑大官無威荒小吏朝暮謁上堂復下堂戟門列風旂鼓角吹蒼茫絃酒客在閣

泲泗農在場一隄障龍蛇城郭參卯卯度支極祖賦水與金低承老兵抱鍬臥腹飽防河方久客傍淮甸閉戶空嗟傷揚州雜誌廿載邗江路行吟動值秋客懷省月減往夢與雲浮野竹山光赤清風文選樓旅游復何事飄泊問沙鷗職用两無補聰明百不能宦情晚岸月詩境雪山僧零落川光改羈棲夜氣增又停江上棹來對驛樓燈皆卓然可傳宥函於咸豐四年秋來游武林徧探西湖諸勝屢過余齋嘗即席賦詩相贈云東山游釣慕春雲濃經典傳家媿汝賢莫歎無衣聊卒歲共憐有母侍餘年荒衙鮭菜新醽醁上國鶯花舊管絃廿載夢回江岸曉鷗波萬里接烽烟所作楹聯亦挺拔可誦題錢武肅王祠云吳越之間至今樂土漢唐以後無此賢王輓溧縣包慎伯明府世臣云秋白際時艱孤恨荒愁蹈東海而死文章憎命達片言隻字與北斗長垂

彡石公聯

從姊純葆伯父彡石公之長女適同里歸安丁學博仁咸賢明淑慎三黨交稱其歿也年僅中壽彡石公哭以聯云墮地而半齡失恃提攜保抱端賴重闈想當年教養恩深倘泉下相逢應亦怪爾來太早宜家而衆口稱賢黽勉勤劬克襄內政悲此日死生路隔縱命中有定獨何如我老難堪

壽序

壽文始見明陶學士安集至歸震川而益多方望溪作壽序有云以文為壽明之人始有之然其知體要者尚能擇其人之可而不妄為而壽其親者亦必擇其人之可而後往求今之人則不然其所求必時之顯人而其文則傭之村師暮客無擇也其所稱則男女之美行皆備而不可缺一焉而族姻子姓之瑣瑣者竝著於篇其言可謂切中然非特壽序若是即祭文墓誌等亦然即此可見世俗之陋鮮不甚覩利而喜夸大也

犬門

官府案牘有更易一字而輕重懸殊者吏胥每藉是以舞弊惟通州胡大宗伯長齡之封翁嘗改一字救人之生可以為法封翁嘗為州吏承行盜案犯供糾衆自大門入已定讞矣翁知衆犯因貧苦偶作竊非真巨盜言於官曰此到案而即承認盜情必非久慣為盜者今首從皆斬似失入矣官以上司催迫不及更繕招冊為難翁請於大字添一點為自犬門入且言某仰體公好生之心並無私弊官悟而從之一舉筆削而拯十餘人之命宜其食報於後按五代史張居翰改詔書一行為一家活蜀降人千餘其事亦有足稱

家傳單方

單方之神驗者可為世寶余家傳有數方屢試屢效濟人多矣恐久而失傳特誌之

刀傷用苧葉末糝之（端午夏至日各採苧葉分晒乾後霜降日磨末）受湮氣爛腿用松香不拘數釜中用水慢火煮以焚一炷香為度取出松香（取出松香入冷水中方能凝結否則膠滯）換水再煮如此換八次水煮八炷香時候松香之毒始盡研極細末入豬油搗爛調勻用隔紙膏攤之其法以長薄油紙摺成兩方塊一面鑿滿針孔一面攤藥將兩面合攏藥摺在裡面以鑿針一面向患處貼上線圍扎之勿著水有脂流出自愈　隔紙膏式［圖］（孔半紙鑿滿針　孔半紙攤藥）

切瘡用檳榔木鱉子穿山甲血餘雄黃硃砂黑砒大風子肉各二錢五分研極細末入土硫黃七兩五錢煮烊為錠菜油磨搽日三次牙縫出血名牙紅用元明粉研細末糝之一切無名腫毒用鮮桑枝火爇向患處熏之小兒頭爛名癩頭用銅青一錢瀝青一錢松香一錢蓖麻子肉四錢同搗爛以布一方如癩頭大攤藥包患處跌打損傷用冬瓜子炒研細末溫酒沖服三錢日二次

江忠烈公

江忠烈公忠源字岷樵湖南寶慶人由拔貢舉於鄉為學官道光二十八年新寧逆匪竄寶慶公與弟忠濬忠濟忠淑集族人團練鄉勇屢挫寇鋒事聞擢知縣嘗截藍釗發浙江試用權知秀水縣事時浙西大水公請帑十萬撫卹上官從其請明年補麗水以父憂歸相國賽尚阿經畧廣西招之隸烏都統蘭泰幕旋以勞陞同知募鄉人千餘日訓練之貸慶民善關公又善撫之故所至破賊楚勇之名聞天下賊竄長沙屢進攻之由知府擢道員賞花翎湖南敗用冠退而土賊四起瀏陽遵義堂為百餘年逋藪聚黨萬餘人公登楚勇剿殺賊五千餘獲大礮百餘火藥無數復剿湖北諸土賊殲首至二萬餘人升按察使奉諭赴江南大營會江西圍急率楚勇赴之與賊日夜鏖戰賊用地雷破城公自缺處出奮擊先後斬馘二千餘城旋修固賊穿地道六公率勇自城內迎掘破之自五月十八日被圍至八月二十三日賊始乘風遁去城幾陷而復安公之力為多詔賜二品頂帶從臬司任未幾皖城告急詔命巡撫安徽時舊治已為賊據改省治廬州公至居民大半逃散方訓練撫輯而賊率萬衆來攻外援不至十二月十六夜賊乘大霧緣城且發地雷四更城破公力戰受重傷并某

強挽公下城，以勢迫。公嚙其指，乃釋手。公遂投水西門塘死，年四十有四。秀水莊芝階舍人仲方紀公事甚詳，今節錄之如此。譚滌生茂才輓詩有云：悲涼許國身，冉走亦以疲，枝拄鬬數旬，飲泣人登陴，雖綫雀鼠掘，誰為膏油遺，道遠七千人，犄角空相持，軍門大星隕，山崩走熊羆。皆紀實之辭也。

大錢

咸豐甲寅年，以軍興費繁，始鑄咸豐重寶當十大錢，重四錢四分，凡百錢用通寶八十，重寶二。浙江於八月廿二日頒行，設大美官錢局，主其事。考重寶錢文，始於唐乾元，嗣後南漢劉龔乾亨，閩王延政天德，宋仁宗慶歷，神宗熙甯，徽宗崇甯，理宗端平、嘉熙，遼穆宗應歷，金章宗泰和，皆有重寶錢。歷代錢制，有小錢而亦書重寶者，唐乾元、遼應歷是也。大錢而不書重寶者，如唐開元、天祐，宋大觀、嘉泰、嘉定、淳祐，明大中、洪武、天啟之類甚多。然重寶之義，似於大錢尤宜。至歷代之當十錢，如王莽之幺泉一十，祇重七分三銖，後周五行大布，永通萬國，唐乾元重寶，開元通寶，五代李璟永通泉寶，王延羲永隆通寶，宋慶歷重寶，熙甯重寶，崇甯重寶，崇甯通寶，大觀通寶，金泰和重寶，元大元通寶，明大中通寶，洪武通寶，天啟通寶，其製輕重不等，最重者莫若洪武通寶錢，當十者重一兩。錢制之便民而通行最久者，漢有五銖錢，唐有開元通寶錢，皆小錢也。其行大錢而不能久者，錢重則耗費繁，而無濟於國；錢輕則盜鑄多，而有害於民。今能酌輕重之宜，而與時變通，自可行之久遠也。

姚梅伯詞

鎮海姚梅伯孝廉燮，生秉異質，於學無所不窺，尤精於倚聲，著有疎影樓詞，自題疎影調云：天門海嶠，倚綠梅孅笛，清響如嘯。夕集雲盤，秋鶴風嘶，高寒式是同調。江淹宋玉憑千古，總一樣、愁深歡眇。儘半生、鏤鉥蟬嫣，託與美人香草。　儂自任、歌自賞，當前任、贏得流俗評笑。兩宋三唐，換羽移宮，落寞詞仙多少。江蓮荻雨花簾月，且暢寫、隨時懷抱。算拂殘、杏北茶南，但欠紅兒嬌小。此可想見其寄託矣。

笙鶴樓

杭州吳山城隍廟後，淳素房笙鶴樓，俯瞰西湖，境絕超曠。明胡宗憲備倭時，曾於此籌議海防，樓額為董香光所題。落成之日，胡命酒讌賞，海內文士與會者十七人，各賦七言詩一章，後燬於火。志乘失載，馬秋藥太常履泰獨悉其事，因書額以復舊蹟。道光乙未，昭文蔣寶齡繪為圖，一時詞人賦詩紀之，茲錄二首於左：

樓臺傳勝蹟，笙

鶴想遺音。世事有興廢，青山無古今。尚餘秋葉史，能話老梅林。舊地喜重葺，迢迢見代心。（鄭鶴徵）

笙鶴道遙賦遠遊，太常蝶去更難留。神仙縹緲尋常事，我欲榜書篆海樓。（戴熙）

陳參議

錢塘陳午橋參議鴻，官御史日，稽查戶部銀庫，屏絕苞苴，終日危坐，官人進茶湯，皆謝絕之。越十年，庫吏侵蝕案發，刑部讞獄，咸供惟陳御史任內無染無弊，公論始出。嘗建言：輪班日講，以為康熙乾隆間設官，使日繕進經史講義，討論益精，義理愈出，辨別益確，施措愈明，兼可鑑別其才猷，考驗其學識，既備咨詢之具，即儲簡拔之材。識者稱為千古名言。

周遇吉

明史周遇吉傳載其守甯武，城陷巷戰，為賊執，大罵不屈，縣之高竿，叢射殺之。自成集眾計曰：甯武雖破，吾將死傷多，自此達京師，歷大同、陽和、宣府、居庸，皆有重兵，倘盡如甯武，吾部下寧有孑遺哉，不如還秦休息，圖後舉。刻期將遁，而大同總兵姜瓖降表至，宣府總兵王承廕表亦至，遂決策長驅，祇居庸太監杜之秩、總兵唐通復開門延之，京師遂不守。賊每語人曰：他鎮復有一周總兵，吾安得至此。是遇吉之守甯武，必不輕於一死，故為賊所憚如此。乃榆次人王瑇所作節錄補闕，謂李自成急攻城，語守陴以周遇吉獻，否且屠，遇吉聞之，使人縋己城下，見自成，大罵，竟為賊磔殺。胡天游石笥山房文轉信以為實，且斥正史陋妄，而詆遇吉之死為不合於義。果爾，則遇吉特棄城以畀賊，賊亦何必刻期謀遁哉。

赤水元珠

孫文垣赤水元珠，闡發醫理，有裨後學，惟載製紅鉛之法，為白圭之玷。又推重石鍾乳，以本草有久服延年益壽之說，遂譏朱丹溪不可過服之言為非，不知本草稱延年之藥，如蒲黃、石龍芻、雲母、空青、五石脂、菖蒲、澤瀉、冬葵子等味，未必皆可久服。本草文稱水銀久服神仙不死，而服之者鮮不受其害，是豈可過泥其辭乎。善乎繆氏仲淳之言曰：自唐迄今，因服石乳而發病者，不可勝紀；服之而獲效者，當今十無一二。經曰：石藥之性悍，其良言也。尊生之士，無惑方士有長年益壽之說，而擅服之，自取其咎也。大抵服食之品，宜取中和，方免偏勝之害。

赤城雜詩

余自四十歲後。不甚為詩。固由性懶。亦以此道難精。徒耗心神。無益也。在台州時。詩興尚劇。嘗賦赤城雜詩。附錄八首。就正大雅。祖德清芬守一廛。軒楹遺製尚依然。登堂重認撰聯字。手澤存留六十年。秋暉公司鐸臨海。乾隆庚子歲修葺學廨。撰聯題字猶存。師門自昔受恩偏。瞻拜空祠意愴然。沈虎坪師司鐸台郡最久。台人士奉祀於祠。子舍遺書零落盡。不堪回首十年前。廿年舊雨溯依依。首蓿休嫌壯志違。孔梧鄉司訓臨海。朝夕過從。指破岑寂。杯酒深談故鄉事。便教沉醉亦忘歸。半畝空園護短牆。春來消息問群芳。閉門漫道閑無事。排日栽花課正忙。嚴性嗜花。栽植滿庭。古壇槐影鬱蒼蒼。金碧樓臺接上方。自問名心消已盡。漫勞仙枕夢黃粱。八仙巖祀純陽真人。香火絕盛。踏春山徑路夭斜。勝侶招邀羽士家。西北高樓簾盡捲。夕陽影裡望桃花。八仙巖在城西北隅。春日游人皆於此登樓觀桃花。雙幘峯前路乍分。一聲樵唱隔林聞。秋陰夾徑鶴無語。中有幽人眠白雲。石徑嶢巖步屧遲。碧雲深處去尋詩。夕陰欲合山光暝。猶為泉聲佇少時。

小琅玕山館詩

嚴比玉太守詩。因未見全集。僅識數句於三卷中。今刊此書甫竣。適比玉長子伯牙大令鈇。歸自滇。持其遺稿小琅玕山館詩十卷見示。云於甲寅歲在黔付梓。三十年前酬贈之作。皆在集中。回憶一堂聚處。選韻聯吟。曾幾何時。而萬里招魂。中年永訣。亦可傷已。展誦既竟。補錄十首於此。相見坡云。幽澗越嶺聽絕𪩘。連雲度深谷。關要盜岐坡障前路。峯轉迷西東。崖暗失晨暮。怪石猛虎門。細徑修蛇赴。接武漸盤旋。交臂各驚怖。陰壑龍晴飛。曲阿積寒霧。下磐懼高趾。沿壁阻澗步。亭亭戀夕陽。欣欣對嘉樹。念舊覩尚艱。懷新貫心遇。相見幾時歡。出險猶睠顧。散賑行云。校場千人萬人立。但聞歎呼不聞泣。一人日給米一升。行者日少居日增。民兮免散亡。民兮脫清盜。陳陳相因太倉粟。安得盡以濟煢獨。不言撫字言催科。羽檄紛紛民奈何。當官誰學監門鄭。圖獻流民補荒政。寄懷定圃云。並世此良友。斯文一作家。步趨皆學問。氣味近烟霞。閉戶揮青鏤。循陔補白華。相思不相見。明月幾回斜。揚州贈三弟崑圃廷瑢云。東風催客買歸舟。又向揚州作小留。鰕菜五湖尋舊夢。鶯花三月種新愁。但容人海時相見。何必家山定共游。為語省雲眠亦得。詩成還送屋西頭。尋芳湖上屢招邀。強與離前慰寂寥。徹夜笙歌聽北里。隔簾花雨話南朝。客中鄉淚偎春盡。身外閒愁借酒消。古得二分好明月。阿戎真比阿龍超。到家日作云。迴棹重尋水一灣。綠楊影裏叩柴關。兩年足履江湖險。萬里身從殿陛還。宦味略嘗雲共淡。行裝乍卸夢俱

閒。只愁一紙官書促。容易歸山又出山。九日同人翠屏山登高云。年來我亦悵離索。插到茱萸感鬢華。萬里鄉心驚落日。一庭秋色在黃花。吟情未許催租減。帽影無妨帶醉斜。知是明年又何處。好留鴻爪印天涯。雨霽云。幾日濃陰匝遠村。寒波綠漲舊沙痕。春風吹過簾纖雨。一路落花紅到門。杭州別竺雲云。風月年年紀勝游。無端離思動殘秋。路迴日落人何處。獨上西湖舊酒樓。板橋云。曾向秦淮訪六朝。明漪瑟瑟柳條條。一官萬里行將盡。秋雨秋風又板橋。

冷廬雜識卷八終

吹網錄

葉廷琯著

上海文明書局印行

序

吹網錄鷗陂漁話各六卷吳縣葉調生先生諱廷琯撰葉氏代有撰述其著錄於說家者宋之石林名最富先生本石林後家甄胄人文之藪師友皆一時勝流弱冠才藝蘩甚既而淡於榮進潛浸樸學一以考佐經史為替垂八十不衰顧常歉然無少滿假其為書經知故證明者悉有所從來若不與焉如先生生平馴養可徵也頃歲戊辰之冬先生沒其外甥陳通判德銘謀不朽其言校而寫於木貲不足則蘇湖諸同人釀𧶘之而晢刊參閱甯明經浚之力最多曰楨之生後先生二十年避地上海相識逆旅中時先生已七十粹然和易不自有其魁老勤學好問一往沈篤謂曰楨可與道古譔為忘年交以自輔翊嘗見其兀兀著書每草一條必反覆考核事隱而得其證思窮而通其指脫然披解躍然笑舞不可一二計也今先生往矣此樂不可復覩宿草之悲其何能已不佞方無以彰先生之文行幸諸君子曠想昭達不令付諸幽遐俾是書流傳與石林媲美九原之志倘於斯乎慰曰楨安可以無辭他詩集若干卷又所錄同時未刻詩為存沒二集凡百六十餘家卷帙稍繁請俟後之有力者同治庚午正月烏程汪曰楨序於會稽學署

自序

宋方外惠洪述佛印禪師語曰學者漁獵文字語言中正如吹網欲滿非愚即狂以此為好論說尚著述者儆誡為切至顧斯語也罕譬而喻即以文字語言論亦已妙絕古今矣不敏此書所談雖皆儒家事理其病根在愚狂則與前說正相類知不免為古德所訶無如結習已深一旦破除非易即覩惠洪述斯語而載之林間錄方欲自去愚狂之蔽不覺已近漁獵所謂信乎結習難除釋與儒殆無二致也無已則仍就文字語言為懺摩即用禪師語題曰吹網錄言乎釋則番戒而自陳所犯言乎儒則知非而欲寡未能名書本意實兼斯二者若夫離文字語言而求所心得則透網而出尚請俟諸異時云咸豐九年歲次己未中秋之望吳門十如居士葉廷琯識

或謂余曰子既以儒家著書而以釋家之語名之毋乃見譏於識者余曰是說誠然然宋儒講學之書已襲取唐時釋子語錄之名下此則小說家有宋人鐵圍山叢談近世如紀文達之如是我聞彭甘亭之懺摩錄亦皆以釋家語命名拙著蓋竊援其例爾越歲庚申冬調生附記於滬上廡廬

參校姓氏

仁和胡　珽心耘
勞　格季言
勞　權平甫
海寧查　光查山
秀水周　閑存伯
烏程汪　曰楨謝城
張　鍾酔熱
蔣維基厚軒
淩　霞子輿
歸安李承熙希三
陳　綱耆梅
江山劉履芬泖生
寶山印康祚印川
震澤吳釗森曉鉦
昭文趙宗建次侯
長洲潘鍾瑞麐生
元和錢　綺映江
王　炳樸臣
吳縣戈　載順卿
貝青喬子木
劉禧延尽孫
石　渠梅孫
潘遵祁順之
雷　浚甘谿
亢樹滋鐵卿
方外　祖觀覺阿

吹網錄卷一目錄

曲禮無稷曰明粢句之證
與之庚
虞仲夷逸
顧陳埰四書別解
遷葬嫁殤
史記老子列傳索隱
宋義有後
楚元王子郢客
漢書古今人表
曲逆二字音
没黯卒年
公孫弘卒年
郭林宗卒年
蜀志馬超傳誤文
吳志丁奉傳脫文
韋昭避諱改名
晉書遺漏人物
王僧達
隋書煬帝敘營事
舊五代史考證語
舊五代史楊凝式傳注證

吹網錄卷一

清　古吳葉廷琯調生著

曲禮毋稷曰明粢句之證

曲禮稷曰明粢正義載隋秘書監王劭勘晉宋古本立八疑十二證以為無此句為是惠氏棟九經古義引周禮太祝注及獻帝宗廟祝嘏詞蔡氏獨斷僅得其三證餘莫能詳孫氏志祖讀書脞錄舉甫田以我齊明毛傳器實曰齊在器曰盛鄭箋粢齊豐盛皆不引曲禮謂又得一證顧孫氏此條先因朱子集傳謂齊明即明粢倒文協韻而辨其非則齊明與明粢固自有別姚氏鼐惜抱軒筆記亦言稷固在齊盛中而齊盛不但稷引說文皿部齍黍稷在器以祀者為證然則曲禮即果有此句毛鄭亦本不當引之未可援以續惠氏三證也惟姚氏筆記又引說文禾部齋稷也或從次作粢云此乃稷曰明粢之正字余以為曲禮若有此句許叔重於此宜引之而竟未及焉此或又可為古本所無之一證耳

與之庾

論語與之庾包氏曰十六斗為庾近時錢氏坫論語後錄曰依包注則庾應是逾聘禮記曰十六斗曰籔注今江淮之間量名有為籔者今文籔為逾籔既譌逾逾與庾同聲是包十六斗說之所由來矣考工記庾容二觳注豆實三而成觳受斗二升庾讀如請益與之庾斗二升曰觳庾容二觳實二斗四升鄭康成讀考工之庾與此庾同是鄭以此為二斗四升之庾矣庾說文解作𩫖是按此解自是確詁而其端實發自皇侃論語義疏皇氏之說曰初請惟得六斗四升請益而得十六斗是益多於初如為不次政恐益足前釜以成十六斗也又曰包注與賈氏注國語同而不合周禮周禮瓬人職云豆實三而成觳鄭云豆實四升則觳實一斗二升也又陶人職云庾實二觳如陶瓬二文則庾二斗四升矣而包氏注曰十六斗為庾即是聘禮之籔聘禮十六斗曰籔不知包賈當別有所出耳皇氏能發前人未及之疑而不能自決故錢說為疏通證明之於當日事情深合

虞仲夷逸

論語謂虞仲夷逸一節漢書地理志引之師古注曰虞仲即仲雍也夷逸言竄於蠻夷而遁逸也隱居而不言故其身清潔所廢中於權道此不以夷逸為人姓名與集解包氏七八之說不合然包氏曰放置也不復言世務顏亦以放言為不言其說又

同為蠻夷遁逸之說或本前漢人舊解故班史引之而顏監注之但今莫考出自誰氏耳明監本漢書脫去此注汲古閣本有之宋葉大慶考古質疑云虞仲夷逸二人也班固以為仲雍竄於蠻夷而遁逸蓋皆其誤以二人為一人然此出顏注而大慶指為班語而譏之亦誤又吳仁傑兩漢刊誤補遺有仲雍虞仲一條亦斥顏監此注以二人為一人也

顧陳垿四書別解

抱桐讀書眼一帙款署鎮洋顧陳垿玉停著抱桐殆別字也書凡百餘條僅見鈔本皆四書中別解其精確處實較集注推勘深細而於古義有未安處亦不為調停曲徇之說擇而存之以備參考按陳垿為康熙甲午舉人後官行人見　國朝詩別裁集小傳歸愚尚書謂婁東詩人皆宗仰吳祭酒王停獨能自闢町畦宜其讀書能自具隻眼也王述庵司寇春融堂集有顧陳垿傳謂以薦入湛凝齋修書議敘得官精於字學算學樂律留心著述教授生徒質疑問難者滿座此編必當日錄示及門者乃詢諸婁東人士無復知其書名則其湮沒不傳久矣

巧言令色鮮矣仁此巧令正是以言假仁以色取仁覺其仁盈於耳目之間不可勝數故夫子特斷為鮮對多而言也

承順父母顏色為難自是正解蓋父母之志實見於色承順顏色者養志之謂也人子能有愉色婉容或猶未能體察父母顏色以求其志未有視聽於形聲之表承順在志氣之微而反不能有愉色婉容者也

臣友之道皆當以禮自持數則近於諂瀆而不敬故事君致罪辱朋友見疏薄不粘納諫為義更廣

井有仁焉其從之也蓋言仁者惟仁是從設仁在井中亦須舍生從之今待救之人在井中救人之人在井外從之為仁不從為不仁豈非井中之人即是井中之仁耶作仁字解殊有味汪謝城曰楨曰井有仁焉謂仁在井中亦當從之是矣今待救之人云云仍扯人字則無謂矣宜削去從井數語但云不必改仁為人字可也

意必固我者常人之情毋意必固我者賢人之學并絕去禁止之迹自然無此四者則聖人之不可及也絕四是絕四毋焉知來者之不如今也來與今皆指後生言其有日進之勢焉得料其必無好處反與年而俱退也橫插入我之今日雖本注疏為義殊劣雷甘谿浚曰焉知來者不如今猶言焉知四十五十時不如後生時耳江鐵君先師吳沂石樹讀耕石先生蘭修館叢書皆有後生可畏全章題文皆如此解

鄉人皆好章觀好惡我之人斯知我之好惡不謬若鄉人皆好是我必不能惡惡

也。鄉人皆惡，是我必不能好善也。此解方合問答之意。若作徵驗人品，皆好皆惡，太遠人情，子貢先不應作此問。

其言而過其行，君子恥之。串說何等明了。注作平開，使恥字之義不足，過字之義不穩。按錢辛楣宮詹引邢叔明疏義與此同，皆本皇侃義，疏恥其言之過其行也。特顧氏尚未及知皇說耳。

躬自厚而薄責於人，則遠怨矣。怨是言己之怨人，不是言人之怨己。與中庸正己而不求於人則無怨，其理不殊。蓋人不知自反，惟見人之不是，所以不免有怨於人。正己不求者，忠恕之至，故怨竟稱無。躬自厚薄責人者，強恕之始，故怨但曰遠。君子祇自治其心耳。人之怨不怨，未嘗措意。若以避怨而不敢求責於人，成何心術耶。忠告善道，不可則止，乃不肯自辱，非畏人怨也。此處辨心之在內在外，學之為己為人。

道不同不相為謀。同是善，同是正，而取道既別，則其謀自然不能相為。如伯夷、太公，泰伯、季歷，各造其域，各行其志。下至里克、荀息，申胥、伍員，一時分投，更不相顧矣。雖小道如農工醫卜，亦復如是。所謂耕當問奴，織當問婢也。若分善惡邪正，則如冰炭之不相入，雖兒童皆知之，而煩大聖人特舉以垂訓乎。

吹網錄　卷一　三

一鄉皆稱愿人，是鄉愿二字明白的當注腳。今云鄉者鄙俗之意，又云鄉人之愿者也。將鄉字竟作此人籍貫，然則朝市中無鄉愿耶。不過其人立心務求鄉人皆好之耳，其病不在鄉字。

畜君何尤。畜當作畜養之畜。言愛而奉之也。以臣畜君，嫌於諂，故曰何尤。好生於善，推本君德，則尤正。故孟子以好君釋之。景公方以欲比先王為美，而晏子進以先王之觀，為逢迎其美，焉得於詩中有止君之欲一層。試將本文玩味，能著眼在吾欲觀何修，可比善哉問，惟君所行，景公說，君臣相說諸字，則畜字之義自明。注誹賊曰畜訓養，不訓止。桓是錢竹汀亦有此說。至此句畜字，竹汀謂古人由聲得義，此以好釋畜，畜即是好。桓說尤直截了當也。又曰：余書此說竟，今也不然，節亦麻夏說此，蓋夏之衆朝陳古諷今之語，為諸侯憂，師為諸侯度之，諸侯朱子集趙注殊難通。况此節乃韻語，若晏子自作韻語，而又自釋流連荒亡之義，是豈對君之體耶。惟流連荒亡亦夏諺，故釋其義也。以今為晏子所自，不得不以諸侯為附備之國，豈邑之長。近人頗有疑之者，而於不得其解，豈知其誤，失由誤解今字，竟先王無流連之樂，荒亡之行，正釋夏諺陳古刺今之意，惟君所行也句，專指好一達說，端君能行先王之道，斯可比先王之觀也。若云仁者惟君所行，是豈好君之謂。我少時有此論，質之於師，師抑我以舊注不可妄疑，未敢筆之於書，然私以不忘於心，因論畜君而附及之，未知亦可備一說否。

亦運而已矣，運旋也。齊來伐燕，將謂另換一番世界，乃燕是水，齊旋過來仍是水；燕是火，齊旋過來仍是火。燕既換了齊，旋即過來，都仍是燕也。亦字而已矣字，神理俱足。

善與人同，樂取於人以為善，與人為善。時時將取與二字揉和互用，寫出大舜胸懷。但知有善，不知人己，取與之判，故人不異己，己不異人，與亦是取，取亦是與。如此方為能舍能然，方是大方。是同與猶許也，助也，便失此意矣。

齊人一妻一妾，當連上章儲子一氣說下。言我何畏人瞯，若今之求富貴利達者，乃不堪為人所瞯耳。由王觀之，吾無異於人，而不知都可為堯舜，由君子觀之，人則大異於我，而甚至不可對妻妾也。為其為相與為其不成享也，一問一答，緊相呼應，可知不成享是答問意，非釋書意。注誹賊曰頗說皆好而恥其言鄉愿齊人三條尤醜，惟子絕四一條未妥。

遷葬嫁殤

周禮地官媒氏禁遷葬者與嫁殤者。注云：生時非夫婦，死既葬，遷之使相從，殤十九以下未嫁而死者，生不以禮相接，死而合之，是亦亂人倫者也。疏云：遷葬謂成人鰥寡不言殤，娶者舉女殤，男可知也。據注疏所言，蓋以葬者本鰥夫寡婦，遷之使合，第鰥者或本無妻，寡者必先有夫，合於彼則何以處此，事甚難通，疑必有說焉，惜注疏

吹網錄　卷一　四

家辭尚簡，要未為申言明晰也。此事本世所罕遇，即載籍亦不經見。若嫁殤則三國志魏武幼子倉舒死，欲求邴原亡女合葬，原以非禮辭，乃止，仍為聘甄氏亡女合葬。又明帝愛女淑卒，以甄后亡從孫黃與合葬。此殆即媒氏注中鄭司農所謂今之娶會者歟。以下又見北史穆正國子平城早卒，孝文時始平公主薨於宮，追贈平城駙馬，與公主冥婚。舊唐書蕭至忠甚承恩顧，救亡先女冥婚韋庶人亡弟，合葬諡德太子重潤與監丞裴粹亡女冥婚，合葬。又大歷三年，詔故齊王倓追諡承天皇帝，與興信公主第十四女張氏冥婚，諡曰恭順皇后。而宋康與之昨夢錄云：北俗男女年當嫁娶，未婚而死者，兩家命媒互求之，謂之鬼媒人。知此事歷代常有之。唐以前帝王家且行之恬不為怪。今西北諸省民間尚沿此風。余姊婿席愷官山西太原尉，女殤已葬，邑紳楊氏子亦殤，遣媒求婚於席，移女櫬歸，與子同穴，兩家稱姻婭焉。此與前引歷代事同，皆嫁殤而兼遷葬者。其為非禮，不待言。然席後南歸，脫然無亡女孤墳之慮，在宦遊者又甚便之，人情所溺，誠難概以禮法繩也。

史記老子列傳索隱

史記老子列傳：周守藏室之史也。索隱云：張蒼傳老子為柱下史。錢氏大昕考異曰：

按蒼傳但云秦時為御史主柱下方書未嘗及老子一字惟主柱下方書一語有索隱云所掌及侍立恒在殿柱之下故老聃為周柱下史始知此語乃是張蒼傳索隱之文由俗本史記以索隱散入本文下者於老子列傳既載索隱藏室史乃周藏書室之史一語其下並舉張蒼傳索隱老聃為柱下史之文以證之故別加又張蒼傳四字而失於標明為索隱以致牽混莫辨讀者遂謂索隱誤引張蒼傳所無之語也

宋義有後

史記索隱引東觀漢記宋揚傳宋義後有宋昌又會稽典錄昌宋義孫也按昌即以代中尉為文帝參乘入長安者能用才識自顯於明盛之朝義父子雖死於項羽亦可謂有後矣康熙時浙人姚之駰蒐集東觀漢記遺文八卷於宋揚未采此語後書館重輯者廣十之六宋揚傳亦獨遺此殆因索隱為几案間書轉致忽略也

楚元王子郢客

史記孝文本紀羣臣迎者有宗正劉郢漢書文紀作宗正臣郢文穎曰劉郢考漢書百官表高后二年上邳侯劉郢客為宗正七年為楚王又諸侯王王子侯表並作郢客但若楚元王傳遣子郢客與申公俱卒業史記惠景閒侯者表亦作上邳侯郢客惟漢興以來諸侯表孝文二年為楚夷王郢元年楚元王世家子夷王郢立皆無客字按郢客之名史漢紀表世家傳不同又各自違異未知孰是通鑑於考異但辨郢客封侯之年而於其名之不同亦從略至武帝時有代共王子土軍侯郢客此又別是一人矣

漢書古今人表

班書古今人表最無謂劉知幾史通駮之云論世則異時語姓則他族自可類聚羣分使善惡相從先後為次何藉為表且不言漢事而編入漢書鳩居鵲巢蔦施松上附生疣贅不知翦截其論極確張晏所譏則止就表中指其差違失誤顏師古已曲為回護然如晏譏嫪毒不當在第七今明監本與汲古閣本皆無之或後人亦因其譏刺有所刪削矣且既稱古今人表乃表中但有古人不及今人師古謂其書未畢余考後漢書班昭傳明言八表天文志未竟詔昭踵成之則此表不應尚留缺略此蓋作者慮以論列今人賈禍故斷自秦止而古今人表之名則尚沿初題未改顏監未畢之說亦曲為之辭耳試觀藝文志敘春秋曰有所褒諱貶損不可書見口授弟

子邱明恐弟子失其真故論本事而作傳春秋所貶損當世君臣有威權勢力其事實皆形於傳是以隱其書不宣所以免於時難也孟堅立論如此於古聖賢所述作尚不免以常人之心度之（滋按後漢書蔡邕傳注引班固集云司馬遷著書成一家之言歎以身陷刑故微文刺譏貶損當世非誼士也）其自為漢史肯顯然等次今人著之於表乎（當甘谿曰此說是而未盡也班氏固不肯顯然貶損當世矣其於當世君臣必文有不欲見不言之處故創為此表以示勸戒所謂歸于醇善昭惡勸戒後人也不及今人而題曰古今人表蓋借古人以鏡今人等次古人而今人在其中矣此班氏之深意也）因疑此表實孟堅平時蒐集欲別著一書而未成者故於漢書體例全無關涉後其妹續史時乃取以儳入漢書中強符八表之數而不計其於史裁不合也曾以此論質之亡友寶山印印川康祚印川曰孔子作春秋尚有罪我之言孟堅自視於孔子何如乃於千百年之聖賢帝王僭肆為進退是亦不可以已乎著一書而命意已乖體裁之不合猶其小焉者矣此論尤為能攻其要

曲逆二字音

陳平封曲逆侯學者讀曲逆作去遇宋景文嘗疑之吳曾能改齋漫錄引孔經父語云漢書無音文選陸士衡高祖功臣頌注曲區句反逆音遇（按李善注無此文當是五臣注今漫錄條印本作區遇反似因下文遇字相涉而誤據依通鑑注引選注劉辰翁曰區遇亦去字音與區句同）考古質疑辨之謂漢書地理志中山國曲逆縣王莽時改曰順平張晏注云濡（原注乃官切）水至城北曲而西流故曰曲逆章帝醜其名改曰蒲陰就是而觀曲逆二字當如本字不當借音（劉辰翁曰古地名讀異音者不一而足皆沿習時方音相沿實則仍如本字非如他文因別訓而異音也考古質疑以為不當借音猶未明確）其後胡三省注通鑑亦以選注為非又述顏之推語曰俗儒讀曲逆為去遇最無謂足知隋以前已有去遇之音不始於五臣之注選矣然余考顧氏炎武編古音為十部嘗言入為閏聲同時李氏因篤撰古今韻考本其說編入聲俱轉去聲如入聲彙錄第二部三燭中曲字二十陌中逆字轉去聲則入御遇韻蓋北音無入五經左國盡出北人如費無極極字史記及吳越春秋俱作忌酈食其讀食其漢書顏註皆音異基此亦一證（當甘谿曰張平子東京賦總兩天從揮烈光據伏三王之趨趙越五帝之長驅蹈三皇之遐武誰謂駕遲而不能屬啓亦縫簡韻小戎章織殺玉歷曲輿驅弄以此見於古人有韻之文者又一證也揮去聲入御遇韻半聲入魚虞矣）是曲逆二字之當作去聲已有確據知其義自應如本字解其音則文選所注正協北音未可執為當如本字顏黃門及宋胡二家皆拘於曲逆字義而未暇講及轉聲也至吾家族祖涵峯樹滋校刻文選有所引按語述同馮庭郡國志載章帝更名蒲陰事亦謂曲逆當依本字讀又先引漢書曹參傳顏注曲音邱羽反逆音阮謂文選逆讀曲為區句反讀逆為遇（此條余著文選音義何義門說）余按

曹參傳。西擊秦將楊熊軍於曲遇。注云。曲音邱羽反。遇音顒。曲遇乃河南中牟縣聚名。與曲逆為中山蒲陰縣本名者判然兩地。考之郡國志自見。史記高祖本紀曹恭世家正文及注亦具載分明。謠峰所引誤認曲遇即曲逆。乃臆改顏注遇字作逆。因而不復辨曲字之作邱羽反者。由地名既異。字音自亦各殊。誰以此議選注之訛。何外耶。偽學者習焉不察。必將有改曹參傳中曲遇作曲逆者。貽誤滋甚矣。故附記於此。

汲黯卒年

史記汲鄭列傳。黯居淮陽七歲而卒。徐廣曰。元鼎五年。漢書本傳則作十歲而卒。通鑑元狩三年。汲黯進言考異於免右內史為淮陽太守。參用漢書武紀百官表及本傳。其卒年則與史記合。然正文於元狩五年。書黯拜淮陽太守事。終言之曰十歲而卒。仍同漢書本傳。與考異不合。竊謂漢書於黯言渾邪王事後。所敘事跡。其節次悉依史記。則七歲之文。豈必獨改。因疑傳文十歲。即是七歲傳寫之訛。不然。昆耶（瑯耶）渾王之降。紀在元狩二年。右內史之免。表在元狩三年。若歸隱田園數年以後。尚有淮陽十歲則徐野民作史記音義。何以遽定黯卒在元鼎五年耶。惟昔人論黯。每有十年不召之說。如王應麟通鑑答問辨樂書神馬歌事。先云黯卒於元封四年。又云太初四年。大宛獲馬。黯卒已六年。以深寧之淹博。而亦從漢書作十歲。則其說相沿已久可知矣。

公孫弘卒年

錢氏大昕疑年錄。於前漢無一人。吳氏修輯續錄補之。亦秖得三人。揚州劉書之（阮大）建公遺室四史疑年錄。始廣之。得數倍。余偶檢錢氏三史拾遺。辨漢書公孫弘本傳年八十之誤。謂建元元年。平津年六十。以賢良徵。至元狩二年。甍。二十歲。則卒時實年七十有九。疑年錄無弘。殆偶忘之。抑三史拾遺。識在後歟（王氏鳴盛十七史商榷劉氏四史疑年錄弘年皆仍漢書）。（文跋）至平津之始舉賢良。在建元元年。再舉則在元光元年。本傳以為元光五年者。誤。武帝紀言元光元年。復詔舉賢良。董仲舒公孫弘於是出焉。實則仲舒之舉。自在建元元年。而弘之再舉。乃在是年。帝紀謂仲舒與弘是年同出。亦不免小誤。王楙野客叢書。辨之甚詳。附記其畧於此。

郭林宗卒年

郭林宗卒年。其說不一。今世所傳楙本郭有道碑文云。年四十有二。以建寧二年正月乙亥卒。蔡中郎集內此碑云年四十有三。以建寧二年正月乙亥卒。水經注載此碑。則云年四十有三。以建寧四年正月乙亥卒。三處互異。後漢書本傳。建寧元年。太傅陳蕃大將軍竇武為閹人所害。林宗哭之慟。明年春。卒於家。時年四十二。此與石刻碑本合。翁氏方綱兩漢金石記。謂陳竇之死在靈帝建寧元年九月。史不誤也。然則林宗當生於順帝永建三年戊辰。至建寧二年。年四十二。惟是年正月甲辰朔。二月癸酉朔。乙亥丁亥二日。正月皆無之。若依水經注作四年。則其正月廿六日是丁亥。然於史又不合。是則所當闕疑者。翁氏之說如此。余按袁宏後漢紀。獨於建寧二年九月以後。書黨人之禍。泰私為之慟曰。人之云亡。邦國殄瘁。漢室滅矣。蓋元年雖有陳竇之事。李杜諸賢尚在。國猶可為。至是而三君八俊顧廚。一網打盡。更無可望。於是哀痛迫切。而為此哭。而為此言。於時勢較為切合。故通鑑亦從其說。范書雖本之謝承後漢書。而袁彥伯究在蔚宗之前。疑其別有依據也。林宗此慟。既以在建寧二年九月為合。則卒於二年春之說。不的。證以水經注所引碑文年月日。又分明可考。是林宗實生於永建四年己巳。至建寧四年辛亥正月而卒。年四十有三。似不當舍此而更泥范書本傳矣。

蜀志馬超傳誤文

傳稱以超為平西將軍。督臨沮。因為前都亭侯。錢氏考異。謂前字疑衍。先主傳亦稱都亭侯。余按超在建安中。已以偏將軍封都亭侯。即見本傳。此處史語。疑本作因前為都亭侯。因前者。仍舊之謂。而刻本誤倒前為二字。作為前耳。若去前字。則因字亦無意。考異以前字屬都亭侯。讀作為前後左右之前。故有此辨。而以為衍文。其實非衍也。

吳志丁奉傳脫文

吳志丁奉傳云。太平二年。魏大團之。遣朱異唐咨等往救。復使奉與黎斐解圍。奉為先登。屯於黎漿。力戰有功。拜左將軍。孫氏讀書脞錄。據文選辨亡論李善註引吳志曰。魏將諸葛誕據壽春降。魏人圍之。使奉與黎斐解圍。奉為先登黎斐。力戰有功。拜左將軍。謂志文魏大團之。應作魏人圍之。而句上尚脫魏將諸葛誕據壽春降九字。惟黎斐力戰有功。恐仍是屯於黎漿之誤。蓋以力戰有功拜左將軍者。是奉非斐耳。同時錢氏著諸史拾遺。乃據元時本三國志作魏大將軍諸葛誕據壽春來降。魏人圍之。辨今本魏大之下。實脫十二字。於是此句闕譌。始復得全。至屯於黎漿一語。王氏嗚盛十七史商榷云，此作史者因黎斐無傳，故於丁奉傳中帶敘黎斐事。俗刻誤衍屯於二字，又誤斐為漿，遂以黎漿為地名，而力戰有功拜左將軍者，似皆為奉事矣。豈知上文奉先為偏將軍，冠軍將軍，滅寇將軍，封都亭侯，又為虎威將軍，封安豐侯，何待此時拜左將軍乎。王氏此說，誠足破孫氏之疑。然余按孫綝傳云，綝復遣異率將軍丁奉黎斐等五萬人攻魏，留輜重於都陸，異屯黎漿。通鑑載此事，即用綝傳文。胡注云，據晉紀，都陸在黎漿南。又引水經注云，芍陂瀆水東注黎漿水（按水經注原文無此水字，但作黎漿二字，與下水字貫），黎漿亭南，又東注肥水，謂之黎漿水口。然則黎漿實有此地名，特是時屯於其地者為朱異，竊謂丁奉傳此語當亦是夾敘朱異屯於黎漿，以下乃敘及黎斐力戰事。今上下皆有脫文，致此語遂成鶻突。王氏但據選註奉為先登之下，即接黎斐力戰有功，故指屯於二字為衍文，漿字為斐譌。實則辨亡論此處本但云丁奉離斐以武毅稱（離黎通，孫綝傳注引此論作黎斐，是俗本因黎字誤加），而不及朱異，是以注引吳志此傳亦祇取欽奉斐二人戰績處，其餘多所刪節，安知原文敘朱異屯於黎漿一語不正在所刪之內，未可反援此以駁史文為誤也。

韋昭避諱改名

吳志韋曜傳注，曜本名昭，史為晉諱改之。錢氏考異云，三國志於晉諸帝諱多不避，如后妃傳不本淑懿，高堂隆傳留其淑懿，以至太師軍師昭烈昭獻昭文昭德之類，不勝枚舉。蜀後主□改元炎興，亦未迴避。此韋曜之名，註家以為避晉諱。考書中段昭董昭胡昭公孫昭張昭周昭輩，皆未追改，何獨於曜避之。疑宏嗣本有二名也。余按魏志文帝紀黃初元年，京都有事於太廟。錢氏謂晉史臣避景帝諱，稱京師為京都，或曰京邑。今檢本書，凡應書京師處，所諱皆合。觀此則三國志於晉諱又未嘗不避矣。考異此條與辨韋昭名一條，其說前後不符，偶失檢點。竊謂宏嗣二名，恐未必然。若果二名，裴松之年代相隔，容有未知，陳壽則近在同時，諒無不曉，作傳豈有不為衆明者。且宏嗣為字，與昭字之義相協，故避諱改名之說，自非無因。蓋三國志於晉諸帝諱，或避或不避，其體例本未能畫一耳。

晉書遺漏人物

晉史有十八家，自貞觀詔修晉書，於諸家舊史多所刪棄，各本因而盡廢，其見於晉以後人載籍及唐宋類輯之書，徵引遺文，尚可搜尋千百之一，頗有列傳應載而竟歸遺漏者。略舉所見，如懷帝梁后見太平御覽后妃部，引臧榮緒晉書云，后諱蘭璧，

安定人也。祖恒，鴻李儀同三司（𣿬故洪誤）。父芬，司徒。后初為豫章王妃，懷帝即位，為皇后。永嘉中沒胡賊。按今晉書懷帝紀，光熙元年有立妃梁氏為皇后之文，而后妃傳失載。馬敦見文選潘岳馬汧督誄注，引臧榮緒晉書云，汧督馬敦立功孤城，為州司所枉，死於囹圄。又引王隱晉書贈馬敦詔曰，今追贈牙門將軍印綬，祠以少牢。而忠義傳亦無之。劉遺民，曹纘見劉知幾史通雜說上，史記篇原注云，皆於檀氏春秋有傳，至於今晉書則了無其名。按續晉陽秋二十卷，宋永嘉太守檀道鸞撰，劉氏所稱檀氏春秋，當即指此。曹纘事跡，今略無可考。遺民名程之，字仲師，遺民號也，嘗為柴桑令。陶集中和劉柴桑詩，即此人。見郎瑛七修類稿，引碧湖雜記。然劉孝標註世說新語引中興書云，劉驎之，一字遺民。驎之今晉書有傳，史通所指，必別是一人。或驎之因與程之字同，故改字子驎，未可知。如以上數人，唐臣修晉史，皆缺焉莫載，滴略之誚，誠有難辭矣。至近儒邵氏晉涵南江文鈔中諸史提要，是在四庫館時所擬稿本，晉書提要嘗舉王隱晉書所載郭琦事，謂琦蓋始終亮節之士，晉書削而不載，何以扶植風教，賴有太平御覽采王氏書以存之云云。余按今本晉書隱逸傳內實有郭琦專傳，所敘尚書郭彰憎琦不附己，因武帝問琦，對以不識，及琦拒趙王倫命二事，與御覽所采王隱書無異，唐人即應采自王書。邵氏詆其不載，誤矣。

王僧達

亡友朱條生楠所著讀書隨筆，有辨南史王宏王僧達二傳歧誤一條，云宏傳宏卒，子錫嗣。錫卒，子僧亮嗣。僧亮弟僧衍，僧衍弟僧達。據此則僧達是宏之孫，乃僧達傳云，文帝欲以僧達為秦郡吏部郎，庾仲文曰，王宏子既不宜作秦郡，僧達亦不堪涖人，乃止。後又云僧達自負才地，嘗答詔曰，亡父亡祖，司徒司空。司徒謂王珣，宏之父。司空即指宏。如此則又是宏之子。考之宋書宏傳，則云子錫嗣，卒官，子僧亮嗣。後云宏少子僧達，別有傳。蓋六朝人不嫌叔姪同輩行，故令後人致誤。然南北史於世系極詳，合一家為一傳，不應又舛誤若此。余按宋書僧達傳第一行已言太保宏子，兄錫云云，此與宏傳少子僧達別有傳一語相應，是宋書二傳較南史為明晰矣。

隋書煬帝放螢事

煬帝放螢艷傳人口，千數百年，謂在幸江都時事，無異辭，見之歌詠，編入志乘，揚州遂有螢苑故跡，而不知此實出於附會也。按隋書帝紀，大業十一年冬十月壬戌，上至於東都。十二年五月壬午（紀書五月景戌朔，則是月不得有壬午。惟是年閏五月，應有壬午，是史誤書耳），上於景華宮徵

求螢火，得數斛，夜出遊山，放之，光遍巖谷。秋七月甲子，幸江都宮。通鑑亦據此而書。則放螢是在東都時，明甚。乃俗談揚州古跡者，甚且即援景華宮事為根據，而舉世不復知有東都放螢事久矣。余謂揚州螢苑之說，唐初詩文中未見，疑自杜牧秋風放螢苑，春草鬬雞臺之句，為之濫觴。李商隱隋宮詩所謂欲取蕪城作帝家，於今腐草無螢火者，亦推波助瀾之作。其後唐彥謙詠螢，又有日下蕪城莽蒼中，及夜雨隋家舊苑空之語。沿及五季宋初，瀴口一辭，螢苑遂為揚州故實。然究不知其誤所由昉。或以通鑑考異於放螢事下，引貞觀政要上謂侍臣曰：隋煬帝幸甘泉宮，怪無螢火云云，而揚州舊有甘泉山，（今甘泉縣以此名。）疑此宮因近甘泉山而名，似太宗所云，即指揚州而言，是說殊不根。隋書地理志，江都郡江陽縣有江都宮，又有揚子宮，即臨江宮，別無甘泉宮之名。惟京兆郡鄠縣有甘泉宮。（鄠縣即今陝西西安府鄠縣地。宋敏求長安志，甘泉宮在縣西南二十二里，對甘泉谷。雍錄：秦漢之甘泉宮，關輔記所云在今池陽縣西甘泉山者，各不相涉。）煬帝或亦曾臨幸。太宗當日因在長安語侍臣，故漫指其近地甘泉宮言之，猶之以數斛而誤為五百轝，（即貞觀政要所言。）若以為指揚州而言，則非也。況唐人之詩，亦初不本此。大約因煬帝在江都治遊日久，遺跡頗多，熟聞放螢事，意謂當在此地，相率成吟，不復深考。詩人之語，文不害意，固無事苛求。但後世竟援隋書景華宮事，證成江都實跡，則殊覺疏於考史耳。

吹網錄　卷一　十一

讀五代史考證語

新纂薛居正五代史晉高祖紀：天福二年春正月甲寅朔，乙卯，日有蝕之。四庫全書考證云：五代春秋作正月乙卯朔日食。據通鑑考異引十國紀年，蜀人亦以乙卯為朔，蓋晉人避正朔日食，故改甲寅朔耳。（洪亮吉北江集邵學士家傳云：薛居正五代史，君一手勘定，則此是邵晉涵語。）今通鑑考異則作晉人避三朝日食。考漢書五行志，惠帝七年正月辛丑朔，日有食之。谷永以為歲首正月朔日，是為三朝。谷延傳則於元延元年上書言：今年正月己亥朔日有食之，三朝之會。師古曰：歲月日三者之始，故云三朝。余又考永說實本之尚書大傳。凡六沴之作，歲之朝，月之朝，日之朝。鄭氏註云：自正月盡四月，為歲之朝；上旬為月之朝；平旦至食時為日之朝。然則通鑑考異所云三朝日食，正用谷永語。薛史考證改作正朔，文雖順而不典矣。

讀五代史楊凝式傳注證

楊凝式為五代聞人，生平最著者，諫父涉為押寶使事，乃歐公撰史不為立傳，但附其父傳末，衹三十餘字，且誤以涉父嚴之兄收為涉之祖，疏畧已甚。薛史在乾隆中館臣從永樂大典纂出，所存傳文尚有四百餘言，然亦無諫父押寶事。通鑑雖紀及凝式，而考異所舉歷仕年月，亦不詳，未足考其生平出處，且不取五代史補之言，謂非梁初作狂，亦未確。今就薛史傳文詳載始末，兼取宋人張世南游宦紀聞所錄凝式年譜，家識分注於下，用資考證。傳曰：楊凝式，（家譜：字景度。）華陰人也。父涉，唐末梁初，再登台席，罷相，守左僕射，卒。凝式體雖蕞眇，而精神穎悟，富有文藻，大為時輩所推。唐昭宗朝，登進士第，解褐授度支巡官，再遷秘書郎，直史館。（年譜：唐天祐四年丁卯，朱全忠篡唐，凝式諫父涉宜辭押寶使，自此遂陽狂，時年三十五。張世南云：五代史補言時年方弱冠，誤。然年譜亦言梁初即陽狂，更較史補為可據。）梁開平中，為殿中侍御史、禮部員外郎。三川守齊王張宗奭見而嘉之，請以本官充留守巡官。（家譜：[illegible]西都張全義辟為留守巡官。宗奭，全義賜名。）梁相趙光允（家譜作光裔。○勞季言格曰：趙氏兄弟光逢相梁，光允相唐，光裔相南漢。此傳當作光逢。薛史家譜俱誤。）素重其才，奏為集賢殿直學士，改考功員外郎。唐同光初，拜比部郎中，知制誥，尋以心疾罷去。（家譜無此句。）改給事中、史館修撰、判館事。明宗即位，拜中書舍人，復以心疾不朝而罷。長興中，歷右常侍、工戶部二侍郎，以舊恙免。（家譜無復以心疾不朝而罷句，云歷右散騎常侍、工禮戶三侍郎。）復以疾免，改秘書監。清泰初，遷兵部侍郎。唐末帝按兵於覃懷，凝式在扈從之列，頗以心恙喧譁於軍。末帝以其才名，優容之，詔遣歸洛。（家譜無此一段，僅云：晉天福初，以疾歸洛。）晉天福中，改太子賓客。（年譜：天福六年辛丑六月，有天宮寺題名，稱太子賓客，時年六十九。）以禮部尚書致仕，閒居伊洛之間，恣其狂逸，多所干忤。自居守以降，咸以俊才耆德莫之責也。（家譜[illegible]晉開運）中，宰相桑維翰知其絕倖，艱於家食，奏除太子少保，分司於洛。（家譜但云太子少保分司。年譜：開運二年乙巳五月，於天宮寺題維摩經跋；八月，再題，太子少保，時年七十三。）漢乾祐中，歷少傅、少師。（年譜：二月並七月，有寄惠才大師左郎中詩三首，係會同丁未歲，會同即契丹入晉改元之號也，時年七十五，稱太子少傅。周廣順三年癸丑，於長壽寺華嚴院題名，時年八十一。後又題，仍稱少師。[illegible]）周太祖總兵，凝式候於軍門，且以年老不任戎事上訴，太祖特為奏免。（[illegible]）廣順中，表求致政，尋以右僕射得請。（家譜：尚書右僕射致仕。）顯德初，改左僕射，又改太子太保，並懸車。（[illegible]）冬，卒於洛陽，年八十五。（[illegible]）詔贈太子太傅。（[illegible]）凝式善於筆札，洛川寺觀藍牆粉壁之上，題紀殆遍，時人以其縱誕，有風子之號焉。（[illegible]）夷考凝式生平，以唐室世家子弟，仕歷五代，其始之諫父押寶，蓋不過欲借高論以取名，初非於中有定守，故一聞父語，即懼禍佯狂。迨意氣既摧，亦屈身梁室。其後屢託心疾，蹤跡亦有所趨避而然，而又不能絕意於時

吹網錄　卷一　十二

身高蹈。乃復時免時起。直至衰髦更盡而後已。其風節較之司空表聖韓致光。不逮遠甚。「游宦紀聞」載其傳贊云。智足全生。吏隱如怨。庶幾近之。竟許以節義風烈。則未免溢美矣。又凝式以工書見稱。世南乃與顏魯公並推。亦爲過當也。洪邁容齋三筆稱凝式病其父失節。託於心疾。然五代十二君，佯狂不任，許之爲賢。蓋未見其年譜，家傳而云然。然許史傳者不憶，亦未見也。

吹網錄卷一終

吹網錄卷二目錄

通鑑書張肆名從史記前先見者
開城門大搜揚雄待詔二事與正文留攷異
五鳳二年辛卄泉字誤
刁子都姓異文
温序爲校尉
中元元年改元四字號
賜桓榮爵關內侯
胥鄀侯喜殺南單于安國
閻磐趙世之名
中山穆王無子國除誤從帝紀
六年冬無正文而立考異
張角置三十六方
六年閏月
劉道龍攷異標題誤文
廣陽王深名誤從唐諱
温公所據魏書有別本
笑厥子弟謂之特勒當作勤
李渾事正文與目錄年代不符
韋津誤書死
令狐行達于洪建
郝靈筌名異文
盧鴻之名下無一字
立忠王璵爲太子
令狐綯自湖州入知制誥年月
李克用子落落徑鶻無攷
瞿章名考異誤改
李存進爲天雄軍都巡按使

吳越王鏐改元㦤補

胡注望文生義之誤

胡注移置考異

胡注失收考異

附存勞季言通鑑札記七條

吹網錄卷二

清　古吳葉廷琯調生著

通鑑書張釋名從史記最先見者（此卷皆論通鑑稱條明第一條以下從省）

漢紀惠帝三年，令大謁者張釋報書。考異曰：史記文帝本紀、惠景閒侯者表、漢書匈奴傳皆作澤。史記呂后本紀中大謁者張釋，漢書紀作釋卿，恩澤侯表、周勃傳皆云張釋。顏師古曰：荆燕吳傳云張擇。今從史記呂后本紀。漢書恩澤侯表、周勃傳按明監本及汲古閣本漢書荆燕吳傳皆作張卿，與考異所引顏注不合。而監本張卿下又引宋景文校本云：南本、浙本並作張澤卿，或作釋卿。宋祁曰：顏注曰荆燕吳傳云張澤。然則此宜作澤卿矣。但釋澤二字不知何從，後云今卿最率，疑卿是字，釋其名也。據此則此傳或作張卿，或作澤卿，或作釋卿，或但作澤。宋以前各本不同，惟考異所引顏注作擇者，未審又出何本。監本周勃傳顏注則亦作擇。考古澤或作擇，見曲禮共飯不澤手。注：澤又與釋通，詩其耕澤澤，陸德明釋文音釋。史記孝武紀先振兵澤旅，徐廣曰：古釋字作澤。然則史文釋、澤、擇三字文雖異而實同一字耳。通鑑書張釋，意以釋之名在史記呂后本紀為最先見，故從之。宋景文名擇字卿之說亦此意也。

附城門大搜揚雄待詔二事芟正文留考異

通鑑書成之後，温公有將正文復行裁芟，而偶留考異未去者。單行本考異有涉孝武天漢元年七月閉城門大搜一條。此事今不見於通鑑。胡氏注但於是年濟南太守王卿為御史大夫下附記考異曰：七月閉城門大搜云云。是必通鑑先嘗載此事，故有此條考異。後或以其後征和元年冬別紀以巫蠱大搜閉城門，嫌於相混，故芟去此處正文，而考異獨存。胡氏以考異散入注中時，此條遂無所麗，因附記於此耳。若以為刻本誤將正文七字竄入注中，則其上仍有考異曰三字，是七字之為考異標題，而非通鑑正文可知。即此事而觀，正文之嘗經芟汰，又可知矣。

考異又有漢元延元年揚雄待詔一條，云雄傳云車騎將軍王音奇其文，召雄待詔。按雄自序上方郊祀甘泉泰畤，召雄待詔，奏甘泉賦。其十二月，奏羽獵賦，事在今年。時王音卒已久，蓋王根也。胡身之誤以為曲陽侯云。（胡氏注辨考異曲陽侯即王根，王音封安陽侯，此考異亂曲陽條，通鑑正文同）也。（不記）按通鑑是年不載此事，胡氏注於元延元年王根為大司馬考異下附記云：今按考異又有揚雄待詔一條云云。是胡氏作注時已不見通鑑有此事，難通鑑於元延三年鋪敘胡人校獵事，即用雄自序中語，而紀不言及雄之獻賦。至天鳳五年雄辛時但追叙云。初成帝之事雄為郎。給事黄門。然則王根薦雄待詔一節。温公初成長編。或載之。故攷異有此條。後以雄之召用無關治亂。及通鑑定稿。乃芟去其事。偶留此攷異未芟。胡氏附記於王根為大司馬之下。亦因此條散入注中。無可系屬耳。至雄召用之由。孫氏讀書脞錄引雄答劉歆書曰雄先作縣邸銘王佴頌階闥銘及都城四隅銘。蜀人有楊莊者為郎。誦之於成帝。成帝好之。以為似相如。雄遂以此得見。雄之自述者如此。李善取以注文選。蓋庶幾得實矣。孫氏此說與雄自序容有存雄文似相如者一語正合。始知存雄者不特非王音。且亦非王根也。然莊乃小臣。但能誦之帝前。根則執政。既已奇而召為門下史。遂存之於帝。同時並行。固無不可。惟雄之自述一則曰客。再則曰楊莊。於王氏之推轂。絕口不言。豈自以進由權貴。故諱莫如深耶。

五鳳二年幸甘泉字誤

漢紀五鳳二年正月。幸甘泉。郊泰畤。顧氏炎武日知錄云。漢書宣帝紀五鳳二年春三月。行幸雍。祠五畤。通鑑改之曰春正月。上幸甘泉。郊泰畤。攷異引宣紀三月行幸甘泉。而宣紀本無此文。不知温公何所據。按攷異謂漢制常以正月郊祀。荀悅作紀時本猶未誤。是温公於此事但依荀悅漢紀改三月作正月。至於幸雍祠五畤之文。非獨漢書宣紀所載甚明。郊祀志亦歷歷可攷。即荀紀亦與班書相合。通鑑於五鳳元年三年。既皆依漢書。豈於二年幸雍之祀。獨欲改撰致茲複謬乎。且既以荀紀正月為是而從之。乃於正月之下。竟不辨所幸為何事。而臆改其文。亦決無是理。況稽古錄亦書五鳳二春上幸雍。公於稽古錄既同宣紀。豈有於通鑑獨改之理乎。嘗細思之。此條幸甘泉之誤。蓋即因從荀紀改三月為正月。而當時傳寫長編者。遂承元年正月上幸甘泉郊泰畤之誤。而誤書。温公偶疏於勘正。致攷異及通鑑正文。無不因此而同誤矣。又文獻通攷載李燾跋荀悅漢紀。謂通鑑書五鳳郊泰畤之月。舍班而從荀。蓋以悅修紀時。班書猶未外譌。按此即指五鳳二年事。但仁甫言其月之舍班從荀則甚是。乃上亦系以郊泰畤。則可證此條通鑑正文及攷異。仁甫所見之本已訛。當日列銜奉旨校定諸公。殆亦虛應故事。無所是正。且自宋以來。如李仁甫馬貴與輩。皆習焉不察。傳之著述。直至亭林而始發此疑也。惟攷異又引揚惲傳曰行必不至河東矣。謂時亦幸河東祠后土。而史脫之。攷通鑑依宣紀書惲於五鳳二年冬。免不應二年冬。再有幸河東之舉。而帝紀與郊祀志皆闕而不載。則不至河東一

語惲蓋為怨詛之詞。即指五鳳三年三月事預言之。攷異以為史有脫文。亦未核。皆顧文學千里為胡中丞校刊元本通鑑。嘗言史家此書空前絕後。然有三誤。其一謂温公就長編筆削。不復一一對勘元文。遂或失於檢照。正如此條誤書行幸甘泉與漢書違謬之類是也。餘二端則謂注文之舛與刻本之錯。因勸中丞各纂一書博擇衆說。且下己意。以卒嘉惠之盛舉。中丞通鑑後序。亦自言之。而迄未果。殊可惜云。

刁子都姓異文

考異單行本。更始二年。刁子都。云范書作力子都。同編修劉攽曰。力當作刁。音彫。惠氏棟後漢書補注曰。前書亦作力。惟袁紀通鑑作刁。孫愐曰。力姓。黄帝佐力牧之後。按今元刻通鑑亦作力。與單行本攷異不同。注未舉明建武二年正月。又作刀子都。而汲古閣本范書任光傳則又作刁。與攷異所據本異。二書彼此互舛。當由後人點竄淆。以致刻本誤寫也。

温序為校尉

考異曰。按序傳及袁紀稱序為護羌校尉。檢西羌傳。九年方置此官。牛邯為之。邯卒職省。則序無緣作護羌。今但云校尉。按惠氏後漢書補注云。搜神記作護軍校尉。據此則序傳與袁紀羌字疑皆傳寫之訛。

中元元年改元四字號

續漢祭祀志。以建武三十二年為建武中元元年。而通鑑從袁紀及范書帝紀。但作中元。按吳仁傑兩漢刊誤補遺。謂光武中元一號。當稱建武中元。惠氏後漢書補注云。沈約撰符瑞志。亦言建武中元元年。知衆漢書所載。不同於范。宋公序紀年通譜通鑑注作紀元通譜此從攷異。謂帝紀作中元為脫誤。意删亦是。惜其謂紀志俱出范氏。似不知續漢志為司馬彪所撰。又未引東夷倭國傳之建武中元二年。未免疏於攷訂耳。則建武中元。自是用四字紀元。洪适隸釋謂以初位初元冠於新號。如文景中元後元之類。說頗含混。中元後元非年號。與此不倫。東漢碑版凡改元以後所立者。甚夥。從未見既書新號。更冠以即位初元。豈洪氏所見之尊楗閣碑。乃獨創此例乎。胡身之又為調停之說。謂温公非不取宋說。特取簡易。則通鑑於中大同中大通天冊萬歲萬歲通天等號。皆不從簡易。何獨於此省去建武二字。亦強為之辭也。錢映江紛曰。漢書哀帝本紀。建平二年六月。待詔夏賀良言漢曆中衰。當再受命。宜改元易號。乃詔改是年為太初元將元年。號曰陳聖劉太平皇帝。八月詔除之。年號用四字。實始於此。而後漢書光武紀於中元下注此事。但云改此太初。荀悅漢紀亦同。通鑑綱目因之。皆無元將二字。不知何故。又按除本年。亦先編引年曆輯錄。亦作太初元將。惟夾云本紀但稱太初。則知

今本漢書凡斷字已為後人校補

賜桓榮爵關內侯

漢紀永平二年。以李躬為三老。桓榮為五更。詔賜榮爵關內侯。攷異謂帝紀載詔文上言李躬。而下獨封榮。似脫。按榮以舊學之恩。故獨賜爵邑。躬僅為三老。本不在賜爵之列。非脫也。下文賜祿以三老五更並舉。則躬受賜與榮均。榮傳與袁紀之不及李躬。惠氏以為省文。甚是。東觀漢記云。三老常山李躬。年耆學明。以二千石祿養終身。此即明帝詔文。蔚宗所本。益知躬之本末。賜爵。而范紀非脫矣。

骨都侯喜殺南單于安國

後漢書和帝紀。永元五年。南單于安國叛。骨都侯喜斬之。南匈奴傳作六年。通鑑從傳考異。以帝紀為誤。惠氏後漢書補注。乃謂据南單于傳亦屬五年。通鑑誤。按南匈奴傳叙殺安國事。前已書六年春。皇甫棱免。朱徽行度遼將軍。下叙中郎將杜崇與徽上言安國欲殺左賢王師子等起兵。帝從公卿意。令崇徽發兵貴問。因追至五原。安國舅骨都侯喜為等。慮并被誅。乃格殺安國。立師子為亭獨尸逐侯鞮單于。是此事實在永元六年。通鑑本不誤。惠氏因見史文下有師子永元六年立云云。誤謂至此始入六年。遂以殺安國事在前屬之五年。翻謂通鑑為誤。疏矣。惠氏此處實失檢。余恐後人信其說。竟以通鑑為誤。故辨之。至帝紀之載在五年者。蓋安國雖誅於六年。而其欲殺師子而叛。必發謀於五年。故六年春杜崇朱徽即以其事言於朝。帝紀是叙其始謀及終事言之。傳則但記其被殺之年耳。

閻磐趙世之名

永元二年。副校尉閻磐。攷異云。西域傳作閻槃。今從帝紀。胡注謂閻槃即前戰於稽落山。恐當作盤。蓋竇憲傳西域傳本皆作閻盤也。然惠氏曰。盤蓋磐之訛。則盤亦未是。按汲古閣本正作磐。又永元九年。越騎校尉趙世。攷異云。西羌傳作趙代。今從帝紀。按世當是本名。西羌傳作代。蓋章懷作注時。避太宗諱改之。帝紀作世。或章懷漏改。或唐以後人改回。攷異似以為一人二名而辨之。錢氏攷異云。趙熹傳亦作代。

中山穆王無子國除誤從帝紀

漢紀靈帝熹平三年三月。中山穆王暢薨。無子國除。攷異云。本傳子節王稚嗣。無子國除。與帝紀異。未知孰是。又不知稚薨在何年。今且從帝紀。竊謂本傳既言暢有子嗣封。且有名有謚。至其子無子。而後國除。則暢薨之後。遺息猶存。舊封不改。帝紀未

載。殆有佚文。通鑑安得因不知稚薨之年。舍本傳而從帝紀。遽定為無子國除乎。似應仍從本傳作暢薨。子節王稚嗣。後薨。無子國除。終其事言之。庶幾得實。若紀傳雖有違異。尚可參攷而明。通鑑不以實書。恐致讀者滋惑矣。

六年冬無正文而立考異

前紀閉城門大搜揚雄待詔二條。是通鑑原有正文。後芟去而僅存攷異。故其本題自在。乃又有本無正文而獨立考異者。如漢光和六年。攷異有六年冬一條。溫公蓋因先從本紀書夏大旱。欲自明不從本紀書冬大有年。而通鑑是年冬適無事可書。攷異遂無所繫。於是特取一正文本無之冬字為題。遂若專為范書置辯。而於通鑑無涉。胡注則散此條於秋五原山岸崩之下。亦與正文為無因而相附也。竊謂此條攷異似當即以夏大旱為題。而辨其不書冬大有年之故。更為明切。胡注亦即散此條於夏大旱之下。庶兩得其宜矣。

張角置三十六方

考異云。袁紀作坊。今從范書。按皇甫嵩傳云。方猶將軍號也。通鑑但作猶將軍也。無號字。然方字自來無作將軍解者。惠氏後漢書補注引何晏景福殿賦云。屯坊列署。三十有二。星居宿陳。綺錯鱗比。辛壬癸甲為之名秩。李善注聲類曰。方。別屋也。方與坊古字通。蓋張角列部署為三十六坊。各有甲乙以別之也。此說明晰。勝通鑑所從嵩傳舊解。至帝紀云。其部師有三十六萬。正是合傳文大方萬餘人。小方六七千之數綜計之。故章懷注引續漢書三十六萬餘人為證。惠氏與何氏焯皆以為方字誤。万轉作萬。似不然。

六年閏月

晉紀穆帝永和六年閏月。攷異云。帝紀正月後云閏月。（胡注本載考異帝紀下脫正月二字）三十國春秋皆云閏正月。按長歷閏二月。帝紀閏月有丁丑己丑。按是歲正月癸酉朔。若閏正月。即無丁丑己丑。今以長歷為據。按攷異所辨閏月為閏二月。已甚明確。目錄載劉義叟長歷朔閏。亦作是年二月壬寅朔。三月辛丑朔。而別著閏二月。乃通鑑叙事既於正月後接書閏月。下復書二月。似仍以閏月為閏正月矣。而閏月內書事有己丑日。則又未嘗不以為閏二月也。攷晉書帝紀雖於正月後云閏月。然以下無二月。即繼以三月。蓋帝紀閏二月本不誤。特因二月無事可書。其下閏月遂無所繫。溫公慮其溷於閏正月。故為辨之。但攷異已辨明。而通鑑於閏月後復出二月。致令讀者

生綖實則二月兩字是行文去之則叙次自然明晰耳

劉道龍考異標題誤文

宋紀孝武大明三年書竟陵王誕反事云吳郡民劉成上書稱息道龍昔事誕考異云宋略南史作道就今從宋書（據單行本。音注不脫南史二字）按今本宋書作道龍南史作道就與考異所引俱合龍就二字當以草書形近而譌惟考異單行本標題誤道龍為道隆考劉道隆時官徐州刺史即與沈慶之會師討誕者若但據單行本幾溷為一人矣

廣陽王深名誤從唐諱

梁紀普通五年五月書魏廣陽王深事按廣陽王本名淵李延壽避唐諱改深胡注已指明魏書卷首排目及列傳皆作深疑亦唐時所改溫公宋人無庸更避唐諱乃舍其本名猶承用後世所改之字且著考異辨之謂魏帝紀深作淵今從列傳及北史若其名反應作深字者何耶目錄仍作廣陽王淵又從本名與通鑑正文歧異當時亦失於檢照也

溫公所據梁書魏書有別本

魏安豐王延明令江革作大小寺碑通鑑事在梁普通六年六月考異云南史作丈八寺碑今從梁書按今汲古閣本梁書正作丈八似應無誤考異乃云從梁書作大小疑宋時或有別本錢氏大昕通鑑注辨正曰六朝好佞佛而魏齊尤甚所見石刻多有稱丈八佛像者則當以丈八為正今本梁書江革傳亦是丈八字溫公所據乃譌本而注家未能舉正也又魏以賀拔允為太尉通鑑事在中大通五年七月考異引魏帝紀作賀拔涅而辨其譌云允字阿鞠泥蓋泥字誤為涅耳按謝氏啟昆西魏書引云今監本毛本無作賀拔涅者則司馬時魏書本與今異又前此宋泰始四年考異引尉元傳以書諭王玄載玄載與崔僧遵崔武仲相繼皆走按今本魏書尉元傳但云玄載夜走宿豫淮陽皆棄城遁無崔曾二人姓名蓋宿豫守將即僧遵淮陽太守即武仲也據此則溫公時魏書誠與今本異矣至宋文帝元嘉九年十二月魏李順復奉使至涼册拜蒙遜還云不復周矣此語北史與魏書同通鑑考異單行音注二本亦並同惟通鑑正文作不復年矣目錄亦同此則當為誤文非有別本作年字者也

突厥子弟謂之特勒勒當作勤

顧氏炎武金石文字記辨契苾明碑特勤字再三皆特勒之訛又柳公權神策軍碑亦云大特勤嗢沒斯皆書者之誤並引通鑑梁紀承聖元年突厥子弟謂之特勒考異曰諸書或作特勤今從劉昫舊唐書及宋祁新唐書按今考異單行本則作特勤而元刻音注本又作勅勤與顧氏所引皆不合此蓋由各本寫刻淆滴以致互異也錢氏大昕養新錄云外國語言華人鮮通其義史文轉寫或失其真惟石刻出於當時真跡況契苾碑宰相婁師德所撰公權亦奉勅書斷無譌舛當據碑以訂史之誤未可輕為訾議又謂古人讀敕如勑勑勤即特勤錢說誠當惜尚無確據可證曾以質諸勞君季言乃為錄所考見示曰元耶律鑄雙溪醉隱集二凱樂歌詞曲叡和林注和林城苾伽可汗之故地也歲乙未聖朝太宗皇帝城此起萬安宮城西北七十里有苾伽可汗宮城遺址城東北七十里有唐明皇開元壬申御製御書闕特勤碑按唐史突厥傳闕特勤骨咄祿可汗之子苾伽可汗之弟也名闕可汗之子弟謂之特勤開元十九年（原注舊書二十年此從新書）闕特勤卒詔金吾將軍張去逸都官郎中呂向齎璽書使北弔祭并為立碑上自為文別立祠廟刻石為像其像迄今存焉其碑額及碑文特勤皆是殷勤之勤字唐新舊史凡書特勤皆作街勒之勒字誤也諸突厥部之遺俗猶呼其可汗之子弟為特勤特謹字也則與碑文符矣碑云特勤苾伽可汗之令弟也可汗猶朕之子也唐新舊史並作毗伽可汗勤苾二字當以碑文為正以上俱耶律說以唐碑校唐碑得此明確佐證非但知亭林之誤糾即通鑑正文與考異皆可訂正矣（勞季言據曰舊書亦作特勒亦間有作特勤者宋本述傳改為刻刊特勤新傳則作特勒矣閩本傳據閩人說本宮本作特勤）

李渾事正文與目錄年代不符

目錄隋仁壽元年衛文昇說下山獠之下有李渾判殺兄子申公筠而代之一條張氏敦仁通鑑刊本識誤謂通鑑不載此事顧氏鑑補亦無後閱當塗夏炯札謂目錄亦溫公手定通鑑有而目錄無者甚多未有目錄有而通鑑無者一經指出知傳寫脫漏又不止於是按通鑑卷一百八十二隋大業十一年書宇文述譖殺李渾李敏事叙其緣起云申明公李穆薨孫筠襲爵叔父渾忿其吝嗇使兄子善衡賊殺之而誣其從父弟瞿曇使償死賂妻兄宇文述以國賦之半得紹封然則通鑑未嘗不載此事特未載於仁壽元年耳蓋溫公當日既撰目錄復於通鑑正文有刪併移改之處此事之前後不符即其顯然可證之跡也他如晉顯宗咸康八年目錄有代王還雲中一條通鑑不載其事此真目錄有而通鑑無者胡注已舉明而張氏識誤反未之

及又魏世宗踐祚之初。中尉甄琛表弛鹽禁。彭城王勰與邢巒以為不可。魏主詔從琛請。目錄已提其要。此事應載於一百四十三卷。齊紀東昏永元二年。而通鑑此處逸其事。錯簡置於一百四十六卷。梁紀武帝天監五年。目錄是年亦複此事。胡注亦舉之。凡此皆當取正文與目錄互為勘校。而正其舛譌者矣。

韋津誤書死

唐紀武德元年正月。李密逼上春門。隋段達韋津出兵拒之。軍潰。韋津死。攷異曰。事從略記及隋段達傳。前明嚴氏衍通鑑補正。據唐舊新書韋安石傳。祖津大業末為民部侍郎。與李密拒戰於上東門外。唐上東門。隋上春門。即兵敗為密所囚。及王世充殺元文都等。津獨免。密敗。復歸洛。世充僭號。深被委遇。及洛陽平。高祖與津有舊。徵授諫議大夫。出為陵州刺史。卒。陵州。補正作陸州。誤。今從新舊傳宰相世系表。正。按唐書地理志陵州屬劍南道。陸州則屬嶺南道。上元二年置。高祖時尚無是州也。謂與隋書段達傳所言津沒於陣大異。未知孰是。按北史段達傳敍此事則云津沒於密。乃悟是陷沒之沒。與唐書為密所囚一語正合。李延壽既知津未死於上春門之戰。魏徵等在唐初。與延壽同脩隋書。此據劉知幾史通所言。豈容不知。故隋書李密傳亦明言執津於陣。舊新書密傳同。至段達傳之作津沒於陣。當亦是言陷沒。惟陣字不如北史密字之明曉。溫公遂作為存沒之沒解。誤謂津亡於陣。竟書津死。嚴氏知其誤。而但存備殘。未及編參以核覈。亦失之疏矣。

令狐行達于洪建

隋煬帝之遇弒也。通鑑所書。實出於令狐行達之緣。攷異曰。蒲山公傳河洛記皆云于洪達縊帝。今從隋書及略記。按隋書宇文化及傳。令狐行達弒帝於宮中。此即通鑑所本。至化及攻黎陽倉時。云其將軍于弘達為李密所擒。送於侗所。鑊烹之。而密傳亦云遣記室參軍李儉朝於東都。執殺煬帝人于弘達獻越王侗。舊新書密傳略同。據此則化及傳所云鑊烹。蓋為正其弒逆之罪。而弒帝之為令狐行達。為于弘達。隋書二傳已自相歧出。攷異未及辨明也。又按通鑑於是年六月。書李密送所獲雄武郎將于洪建皇泰主。命戮於左掖門外。如斛斯政之法。于洪建疑即蒲山公傳河洛記之于洪達。亦即隋書宇文化及傳李密傳之于弘達。陳氏景雲綱目訂誤正亦當疑此。錢氏大昕云當以達為正。弘之作洪。殆緣唐人避孝敬皇帝諱改之。戮如斛斯政法。正與鑊烹之刑合。通鑑前從化及傳作令狐行達。未檢及密傳之有于弘達。故後書送于洪建事。未能聲明其罪。以一人分作二人。而又誤達作建。遂仍從蒲山公傳河洛記而不自知。幾令讀者疑獲一逆黨小醜。何至加以如此慘刑。且用特筆書之乎。似宜於書送于洪建時。別作攷異辨明之。且以弘達易洪建。則前後事貫串為一矣。

郝靈荃攷異文

唐紀開元四年六月。大武軍子將郝靈荃。攷異云。舊傳入蕃使郝靈佺。今從唐歷。新刊本舊書突厥傳作靈荃。按靈荃異名。尚不止如攷異所引。費袞梁谿漫志舉白樂天樂府新豐折臂翁注云。天武軍按方鎮表無天武軍。唯北都有大武軍。此詩注天字係刻本之訛。牙將郝雲岑斬默啜。獻首闕下。謂據此則又名雲岑。與舊唐書作靈儉。新唐書作靈佺。及通鑑作靈荃。凡四。雲岑與靈荃疑因字形相近而誤。儉之與佺亦然。但未知何者為是。按唐紀天授元年杜景儉。攷異云實錄及新紀表傳皆作景佺。蓋實錄以草書致誤。新書同承之耳。今從舊紀傳。與此靈儉字正同。惟攷異於貞觀七年。紀因事嘗引樂天樂府死囚四百來歸獄之句。茲於靈荃之名。獨未引此詩注。豈溫公偶忘之歟。康熙閒歙人汪立名刻香山集。此注乃作靈荃。是後人改依通鑑。而又誤荃為全。適與明刻舊突厥傳同。非費袞在紹熙所見之舊本。又正德刻本白氏諷諫作靈荃。文集則作靈荃。

盧鴻之名下無一字

唐紀開元六年二月乙巳。徵嵩山處士盧鴻入見。案舊紀二月甲戌書徵嵩山隱士盧鴻。蓋詔徵之日也。攷異云。舊傳作盧鴻一。本紀新傳皆作鴻。按中岳真人劉君碑云盧鴻撰。今從之。第攷王氏困學紀聞載石林序盧鴻一草堂圖云。唐舊史鴻一。蓋二名。與中嶽真人碑所書合。新史刪去一字。不知何據。當以舊史為正。此說與攷異所引劉君碑不合。溫公石林先生所据一碑。不知何以歧異如此。今劉碑世無傳本。無由決其是非矣。至鴻一命名之義。厚齋張南齊張融語人。自楚越鴻常一耳以證。張融語見南史隱逸顧歡傳。謂鴻一之義取此。其說似有根。然閻潛邱箋注引歷代名畫記盧鴻。該一名浩然。則盧寶秘名鴻。且鴻又有別名。舊傳則云字浩然。新書云字顥然。浩之與顥。蓋文異而音義略同耳。勞君李言嘗為博攷以定鴻名。其說曰。案大唐新語二十二。玄宗徵嵩山隱士盧鴻。酉陽雜俎五。時有盧鴻者。道高學富。隱於嵩山。普寂因請鴻為文讚歎其會。後鴻字凡五見。太平廣記九十二同。明刻雜俎脫一。雲烟過眼錄載盧鴻草堂十志。金石錄目錄五第九百七十六。唐普寂禪師碑。盧鴻撰并八分書。開元十二年正月。寶刻類編三。龍華殿心經。盧鴻八分書并篆額。李參元題記。附洛大辯禪師碑。盧鴻八分書。上同。俱作盧鴻。無一字。蓋鴻一名浩然。當以歷代名畫記為正。舊傳改名為字。失刪一字。因於傳內亦作鴻一耳。鴻有二名。亦司馬承禎子微張九齡博物之比。石林先生所云或由誤憶未若攷其之何據也。

立忠王璵為太子

舊讀孫甫唐史論斷曰：開元十七年，忠王領河北元帥，與百官相見，張說退而言曰：嘗觀太宗寫真圖，忠王奇表實類聖祖，社稷之福也。蓋昭成方娠，說侍讀東宮，知其異事。陳氏景雲明目訂誤云昭成乃明皇生母，肅宗生母楊氏後謚元獻，此當云元獻，不當云昭成。娠時異事見唐書后妃傳。謂王當受天命，故因事言之，使眾知耳。說事明皇，不惟東宮之舊，復贊先天監國之事，情義至密，非他相可比。觀忠王之事，豈無密謀潛議？不然，明皇於林甫之言無不聽納，惟立壽王瑁事不聽，而卒立忠王也。孫氏此論大指謂太子瑛之廢由說言先有以移上意，愚意則謂溫公書立忠王璵為太子事，宜采孫氏此說，叙明原委，庶於前後事有映照。亦有關係明皇此時蓋亦因忠王在母異徵，兼憶往時張說密議，故不謀擢相，不溺讒愛，內斷於中，毅然立之，較初立太子瑛時殊有斟酌。是以其後究為付託得人，而肅宗亦灼然自知得居儲貳由說贊成，故他日請救說子均、垍之死，不遺餘力。乃通鑑於此但引高力士語取其推長而立之言書之。攷異曰統紀叙力士語云但收大材注謂肅宗也大材語不可曉公說新傳據說文木部材木也從木光聲桄木出交趾高數十丈葉生其末蓋材即榔字嶺南方此樹高力士本嶺南人新傳謂是為嶺南曾孫大材疑是用其土語聽言取其大者耳新傳不用其言正用其意也。似肅宗之得為太子，全賴奄寺一言而成，而明皇於此等事亦竟毫無裁決矣。

再觀通鑑至德二載十二月書肅宗請免張均、張垍之死，益知孫甫之言可信。蓋肅宗實深德說之助己，特此意不能明宣諸口，故託詞於說父子平日保護之功，至請之而明皇不從，乃有何面目見說地下一言，真情不覺全露矣。不然，煮藥怨虐則事賴鬼神。柳方振異聞見新書元獻后傳通鑑本不下胡注引之被譖獲全，亦思由君父，何得歸功臣下，竟直陳於上皇之前乎？觀此知說在日必有所以陰為擁戴，深結王心者，不得謂孫氏之論為過刻也。溫公於此事雖略紀柳珵所紀書之，尚未能為肅宗道出隱衷，由未參會孫氏之說耳。溫公既據孫甫唐史記在元豐二年通鑑成於元豐七年而攷異於孫書未采及。又攷新書均免死，流合浦，垍死賊中，與通鑑均赦而垍流嶺表不同，攷異亦未詳所據。韋絢戎幕閒談紀均垍定罪事與通鑑同溫公或即據此書。

令狐綯自湖州入知制誥年月

攷異既據舊傳大中二年，自湖州召入，以證實錄之誤，然通鑑於大中元年六七月之間即書擢綯知制誥，又書前湖州刺史，則與舊傳仍違異矣，胡注亦曾言之。此通鑑與攷異前後失檢處。實攷湖州天寧寺佛頂尊勝陀羅尼經石幢一，重建於大中元年十一月廿八日，後題中大夫使持節湖州諸軍事守湖州刺史上柱國彭陽縣開國男食邑三百戶令狐綯名；一建於大中二年，歲在戊辰八月戊子朔廿一日戊申，後題大中大夫使持節湖州諸軍事守湖州刺史上柱國蘇特名。據此則綯於元年十一月尚守湖州，其召入似當在二年春夏，攷異取舊傳，本不誤。通鑑於元年六七月即書擢官，又於湖州刺史上加一前字，不若新傳今守湖州之確也。勞君季言又錄示余談鑰嘉泰吳興志：令狐綯大中元年三月二十一日自右司郎中授，二年四月二日除翰林學士；蘇特大中二年五月自陳州刺史拜，除鄭州刺史。除授年月較為明晰。惟舊宣宗紀大宗元年六月以中散大夫前湖州刺史彭陽縣開國男食邑三百戶令狐陶行尚書考功郎中、知制誥，是通鑑之所本，然不如吳興志之可據。又綯充翰林學士壁記在大中二年二月十日，與吳興志四月二日稍有不合，疑志所記是到闕之日。又舊傳大中三年拜中書舍人，襲封彭陽男，食邑三百戶。新傳略同據舊紀及石幢題名，綯刺湖州時已襲封矣。又舊傳會昌五年出為湖州刺史，當據吳興志作大中元年為是。

李克用子落落廷鸞無攷

唐紀乾寧三年六月書汴人擒李克用子落落，據攷異事見唐太祖紀年錄、實錄，又歐、薛二史梁紀、唐紀、葛從周張歸霸李存信等傳並載之，其為克用子似無疑。第薛史武皇紀云落落，武皇長子也；而莊宗紀又云莊宗，武皇帝之長子，語自違異。又梁紀生擒克用男廷鸞，通鑑亦書其事於天復二年三月，本於梁太祖實錄。見攷異所引攷薛史宗室列傳，莊宗止有六弟；歐史唐家人傳太祖八子，莊宗居長，其餘名及行次與五代會要同，惟較薛史多一存紀，並無落落、廷鸞之名，且諸子皆至同光年間，亦無武皇時為梁所擒事。說者因疑落落或是養子，故宗室家人傳中不載。薛史紀中所云長子，當是傳聞異詞。唐末見聞錄載朱全忠使克用書云前年洹水曾獲賢郎薛史李襲吉傳云梁祖命將用報書稱前年洹水之役出一時之誤雖養子亦當指為賢郎不能執為長子之證。至於廷鸞，又疑即是落落一人，蓋落落是小字，李廷鸞則養子賜姓名，如進通為李嗣昭、進信則為李嗣源之類。其被擒則一事，而前後訛傳為二也。竊謂落落、廷鸞其為武皇長子養子，或即一人，或是二人，今固難攷。然既能親歷戎行，捐軀敵國，二史乃不為詳求本末，予以專傳，致不得比於庸碌無聞之存美、存禮等，殊為缺憾。溫公既書之通鑑，亦宜為之詳證明確，使讀者不致存無徵不信之心乎。

瞿章名攷異誤改

吳縝新唐書糾謬有紀云瞿章而傳乃瞿章一條據此則北宋刊本新紀實作瞿章今汲古閣本亦同惟今通鑑攷異所引新紀單行本作瞿璋音注本竟作瞿章大約是元以前刻本所改然改正而轉失其真非溫公引辨之意矣。

李存進為天雄軍都巡按使

事在後梁紀貞明元年六月攷異曰莊宗實錄云為軍城使存進傳云都部署莊宗列傳及薛史存進傳皆云天雄軍都巡按使今從之錢氏通鑑注辨正曰呂夢奇撰存進神道碑本云天雄軍都部署巡檢使他書作巡按者即巡檢之譌或稱都部署或稱都巡檢各從省文似異實同也按歐史存進傳正作天雄軍都部署與攷異所引存進傳相符據碑文及錢說則溫公從薛史實誤矣。

吳越王鏐改元應補

歐陽公十國世家年譜於吳越但舉寶正一號謂見之寶石山制書未免尚疏於蒐討通鑑亦於天成元年書鏐改元寶正以為吳越僭號之始其疏與歐史等按洪邁容齋四筆嘗論武肅三改元援王順伯所收碑本為證今撮記其改元始末與其年數以補五代史及通鑑之闕蓋武肅於梁開平二年戊辰始建元天寶稱天寶者五年以後用梁正朔（容齋四筆謂壬申以後仍用梁紀元者以碑有貞明二年丙子龍德元年辛巳及龍德三年等文也吳任臣十國春秋自癸酉至癸未俱書天寶六年至十六年蓋無確證不若洪氏所攷之可據）梁亡後唐同光二年甲申武肅復自改元寶大稱寶大者二年天成元年丙戌又改元寶正稱寶正者六年壬辰以後復用唐正朔自是歷晉漢周及宋不復建元然則寶正乃其第三次改元上距戊辰建元天寶已十九年矣此因錢氏子孫自納土以後既深諱其事（晁氏弱云全州觀察使錢儼撰吳越備史託名范坰林禹撰儼為忠懿王俶之弟納土後僭竊不書建元不書自稱國王不書正朔歐陽公所云頗疑吳越後自諱之者也）吳越諸石刻北宋時又未經搜剔見聞所限固無怪其然所以薛史作於宋初且謂鏐未嘗改元亦職此之故若范成大著驂鸞錄已在乾道九年而所記袁州孚忠廟加封司徒竹冊稱寶大元年尚謂是楊吳年號（勞記言格曰袁州時屬南唐此寶大誤是保大）又記吳江村寺石幢亦以寶大紀年併誤謂錢氏曾用楊氏正朔則武肅三次改元之事亦未及知幸得容齋見順伯諸碑始顯於世也攷胡氏注通鑑時亦閒引洪氏隨筆（見後漢紀四注）惟此年所紀吳越改元一事未能樂以補正至前明錢肅潤跋吳越備史併寶正一號亦力辨其無是仍沿其子孫深諱之故智耳（玉海又載錢鏐傳初一號未言所據何書何年所改他處亦未再見近時毘陵李氏兆洛命其門人六承如輯紀元編頗稱詳備總類中雖采吳越寶正天寶寶大三號乃於天寶寶大則注世次不可攷甲子表中又但載天寶寶正一號猶寶大則不見條措不存殊不可解且總類中又附綴正明一號於廣初之下謂亦是吳越建元此由讀容齋四筆不審而誤為采入不知洪氏此處是指梁末帝貞明二年宋人避諱作正耳）

胡注望文生義之誤

昔顧澗翁謂梅磵雖熟乙部閒有望文生義乃迷本事思讀通鑑至唐僖宗乾符二年云上時年十四專事遊戲攷異引中朝故事曰僖宗以咸通三年降誕十四年即位年十二舊紀亦云即位年十二今從之胡注乃以通鑑時年十四為誤而云攷異四當作二不知通鑑此語在乾符二年味一時字蓋即就乾符二年言之時上已改元二年則年正十四也攷異詳攷即位時年十二亦正使讀者知乾符二年上年為十四也胡氏泥於即位之年誤以通鑑時字為指即位時翻謂此文四當作二此正合澗翁所譏矣季言又舉一事梁紀中大通五年二月魏夏州首望都督彌姐元進胡注元進之族為州之首望官又為都督按首望當從元和姓纂五通志氏族略（五閒四複姓）作酋姓彌姐羌複姓故稱通鑑誤據周書蔡祐傳（北史同）作首望胡氏因以州之首望釋之誤矣此亦誤由望文生義故並記之以胡氏學殖之精博而尚有誤於會意處然則注書豈易事乎。

胡注移置考異

四庫全書提要云南渡後注通鑑者紛紛而非謬彌甚至三省乃滙合群書訂譌補漏以成此注初依經典釋文例為廣注九十七卷後失其書復為之注始以攷異及所注者散入通鑑各文之下細按胡氏所散攷異亦閒有不依溫公所立攷異原題而移置於他處正文下者如漢高后元年大謁者張釋一條胡注移置於惠帝三年令大謁者張釋報書之下以紀年前後而論在所應移乃於高后元年使大謁者張釋風大臣下復載之而未標明為攷異則因移置而複見矣又如魏邵陵厲公正始四年十二月陸遜諫吳主不分嫡庶一條此事通鑑本文已移在正始六年春夏之交胡注亦從而散入此下則原題未改固無庸注明從四年十二月移來矣又如後唐同光二年正月岐王上表稱臣一條胡注移置於是年二月辛巳進岐王爵為秦王下注云攷異正本在正月岐王上表稱臣之下此與前高后元年張釋一條相類而注明移置則此善於彼矣又有當移置而沿誤不移者如順帝昇明元年六月蒼梧王殺杜幼文等一條通鑑本文但言殺杜幼文等不言殺孝武諸子攷異乃力辨

南史後廢帝紀所云孝武二十八子，太宗殺其十六，餘皆帝殺之之誤。而無一字及幼文之被殺，則標題全與攷異無涉。胡注不應仍置之此年正文之下，當移前置於明帝泰始二年十月殺松滋侯子房等兄弟云世祖二十八子於此盡矣一段下，乃合。但亦須注明原本在何處耳。按攷異辨殺孝武諸子條疑單行本尚自有標題而失之，殺廿幼文之標題疑亦自有攷異，不知何時遺去，古刻本殺移聯屬，遂從文不對題如此。

胡注失收考異

胡梅磵以攷異散入通鑑各文下，披覽固便，但攷異全書三十卷，雖亦依年代編次，而文多事冗，散入時實有遺漏數條。幸有單行本在，尚可勘對而知。然單行本僅有前明刻本，字句亦有脫誤，惜無嗜古者重為校刊，日久恐漸歸湮佚。茲取失收諸條全文錄記如左，以待後之重梓通鑑注本者依次補入焉。

漢紀安帝永初三年六月，烏桓寇代郡上谷。

紀有。涿郡傳無之。今從傳。

永初四年，鄧騭欲弃涼州，虞詡言於張禹，以為不可。

龐參虞詡傳皆云四年羌轉盛，故有弃涼州之畫。又于說鄧騭，則是騭未以喪罷以前明矣。而虞詡傳中言詡辟太尉李脩府為郎中，說李脩，脩以五年正月方自光祿勳拜太尉。按袁紀四年春，匈奴寇常山，下載騭欲弃涼州，詡說太尉張禹。又其語言小異於范書，此近得實，今從之。按又于疑是又云之誤。

獻帝初平二年四月，皇甫嵩答董卓。

范書嵩傳及山陽公載記記嵩語與此不同，今從張璠漢紀。

晉紀武帝太康元年，山濤言不宜去武備。

濤傳云與盧欽論之。按欽咸寧三年三月己卒。按晉書帝紀咸寧四年三月尚書左僕射盧欽卒，本傳亦作四年，此云三年誤。

宋紀文帝元嘉十八年十二月，詔裴方明等討楊難當。

氐胡傳作十九年正月，遣方明等。今從帝紀。

唐紀太宗貞觀元年十二月，薛延陀叛頡利。

舊阿史那社爾傳，薛延陀回紇等叛在武德九年。今從突厥傳。

貞觀十六年十一月，高麗東部大人泉蓋蘇文。

舊傳云西部大人。今從實錄。

則天后垂拱三年五月，張光輔同平章事。

舊本紀在四月，傳在平越王貞後。今從實錄。

肅宗至德二載十二月，立皇子係為趙王，僙為襄王，倕為杞王。

實錄係為滌，僙為偕，倕為佖。今從唐歷、統紀、新舊紀傳、年代記。

德宗興元元年七月，高郢數勸李懷光歸款。

興元聖功錄有李晟奏郢勸懷光歸投狀云，今懷光即欲束身，蓋自郢之勸導，今取之。

附存勞季言通鑑札記七條。

季言名格，浙江仁和人。家塘栖，候選訓導。家世藏書極富，終歲閉門，惟事蒐討，史學極深，尤熟於唐宋故實。余因胡心耘得交季言，箋札常通，終未一面，有問即答，獲益頗多。辛酉杭州大亂，遺籍盡散，輾轉遷避吳江同里，憂忿發疾，甲子四月歿，年四十五。惜著書未有成集。通鑑札記七條，其所寄示，存之聊見所學一班也。

泰始五年，傅玄遷太僕。　通鑑晉紀武帝咸寧四年，前司隸校尉傅玄卒。攷異曰，玄傳曰，五年遷太僕，轉司隸。景獻皇后崩，坐爭位罵尚書免，尋卒。按景獻后崩在四年，玄傳誤也。季言案，玄為太僕在泰始五年，見樂志上。后崩於咸寧四年，通鑑誤仍泰始為咸寧，故以玄傳為誤耳。

魏舒遜位年月。　通鑑武帝太康七年春正月甲寅朔，日有食之。魏舒稱疾固請遜位，以劇陽子罷。攷異曰，舒遜位，紀傳皆無年月。本傳曰以災異遜位，帝不聽。後因正旦朝罷還第，表送章綬。按本傳又曰遜位之際，人莫知者。若今年正旦日食遜位，至明年正旦乃送章綬，不得云人無知者。蓋正因今者正旦朝罷，遂以災異遜位不復起耳。季言案藝文類聚四十七職官部三王隱晉書曰，魏舒為司徒，九年正月朝會罷還，原誤遂，據御覽改。還家奉送章綬。御覽引晉書同。則遜位當在九年，通鑑誤也。歷代史表俱在七年，誤。又案代舒為司徒者，帝紀無明文，今攷晉書石鑒傳曰遷右光祿大夫，開府領司徒，太康末拜司空。又帝紀太熙元年正月己巳，以尚書左僕射王渾為司徒。三月甲子，以右光祿大夫石鑒為司空。蓋舒罷後二年，方始真除王渾爾。

潭州臨桂嶺。　隋紀開皇十七年，虞慶則還至潭州臨桂嶺，胡注慶則傳作潭州臨桂鎮。季言案，据今本慶則傳注，嶺當作鎮。陳氏斠正云兩潭字有一誤，非。

韋巨源貶麟州。　唐紀天册萬歲元年正月，韋巨源貶麟州刺史。攷異曰，舊紀傳新紀表傳皆作鄜州，宋葛書並藏欽望傳亦作鄜州。統紀作瀛州，實錄唐歷作鱗州，今從之。音注曰：貞觀五年置鱗州，以處生羌，屬松州都督府。李言案舊書地理志，鱗州係羈縻二十五州之一。貞觀五年置西鱗州，處生羌歸附。八年去西字。又云永徽之後，生羌相繼忽叛，屢有廢置。儀鳳二年復加整比，羈縻三十八州，已無鱗州之名。巨源罷相，不應遠刺是州，疑當以鄜州為是。

褚無量卒日。唐紀開元八年正月丙辰，褚無量卒。攷異曰：舊本紀正月甲子朔，皇太子加元服，壬申，右散騎常侍褚無量卒。按長歷正月甲寅朔，甲子十一日也。唐歷亦云壬申無量卒。今從實錄。李言案蘇頲贈禮部尚書褚公神道碑，開元庚申歲正月哉生魄薨，文苑英華八百九十六。則實錄是也。

同節度副大使。唐紀開元二十三年正月，李過折檢校松漠州都督。攷異曰：實錄云同幽州節度副大使。舊傳云授特進檢校松漠州都督。按過折雖有功，唐未必肯使為幽州節度使。今從舊傳。李言按唐書百官志，節度使副大使知節度事副使各一人，同節度副使十人，或以刺史，或以軍使，或以兵馬使，或以蕃將兼充，故員有十人。過折時以都督同節度副大使，未嘗正授節度使，非如知節度事之副大使及留後之比也。唐大詔令李過折北平郡王制亦云同幽州節度副大使，是年幽州節度使乃張守珪。

朱全忠奏貶趙克裕。唐紀昭宗景福元年二月，朱全忠奏貶河陽節度使趙克裕，以佑國節度使張全義兼河陽節度使。考異曰：實錄在正月。末云全忠欲全義得河陽，乃奏克裕有誣謗之言而貶。新紀云己未，朱全忠陷孟州，逐河陽節度使趙克裕。今從編遺錄。李言案舊五代史唐書武皇紀上，大順二年八月，南巡澤潞，略地懷孟。河陽趙克裕望風送款，請修鄰好。則全忠之奏貶克裕，以其貳於克用故耳。胡注僅云二鎮時皆屬朱全忠，或貶或遷，唯其所奏，尚未得其實也。又梁書十五趙克裕傳，自亳鄭二州刺史，太祖表為河陽節度使，檢校右僕射，尋移理許田。攷証云：克裕移理許田，是書未明言其故。據通鑑則克裕貶鎮，因梁祖欲以張全義領河陽也。考是時忠武節度徙治陳州，許州時為支郡，克裕當自河陽節度使貶許州刺史，非移鎮也。舊傳當據克裕狀誌之文，僅云移理而已。

吹綱錄卷二終

吹綱錄卷三目錄

頌敦銘
承安宮鼎銘
魏太和銅斛斗斛人款識
泰山秦篆十字殘石
元氏封龍山頌
龍朔造像銘
二碳寶塵碑
龍城柳石刻
守海鹽縣主簿王頊妻墓誌銘
壽陽公主墓誌攷證
閻榮墓誌
明道二年貢硯銘
劍池生公講台字皆宋人書
虎邱賀方回題名
孔耳石題名
趙用墳誌書女再嫁
開趙埋銘
元祐黨籍碑融縣重刻本
三河縣遺碑
張伯顏擴志
來海嶽像贊石刻董香光重摹本
明潞王畫蘭石刻
別本深慰帖
明淮府刻趙字前赤壁賦
況太守辟疆館記僞刻辨正

吹網錄卷三

清　古吳葉廷琯調生著

頌敦銘

銘文十五行，凡古篆一百五十二字。見阮文達公積古齋鐘鼎彝器款識。孫淵如觀察繪古文苑亦載之。其釋文與阮釋異者十餘字。阮氏據陳秋堂搨本摹入，祇載其一。余所得二紙，文同而四周廣狹稍殊，當是一蓋一器。攷阮氏書中蓋器同文者非一，皆為注明。頌敦獨不注，疑由秋堂偶遺其一未搨也。二紙下方皆有六榆藏器小印，據宋氏咸熙耐冷續談，六榆姓姚名覲光，秀水人，喜蒐藏吉金之品。此銘拓本當自其家出。

承安宮鼎銘

拓本摹鼎全形，銘辭橫勒鼎腹，隸書左行，文曰：承安宮銅鼎容一斗，重十四斤，甘露二年，安長丞福椽祿守令史宣工世造，第五。凡三十有一字。攷甘露紀年，漢宣之後，更有魏曹髦、吳孫皓、秦苻堅、遼東丹倍。髦終五年，皓次年八月改，堅六年改，三家亦皆有二年。惟東丹倍未及一年，不足論。阮氏鐘鼎彝器款識定此器為漢物者，以銘文字體於漢隸為近，丞椽令史等官，亦與漢制相符，承安宮之名，雖不載三輔黃圖及長安志，其器固非魏吳前秦所得託也。惟銘文守令史宣下工字，余所見拓本甚明晰，世乃工之名，正合物勒工名之制。阮氏釋文工字乃作夕，云從陳秋堂摹本夕世為文，於義不順，恐由剝蝕形誤，應據此本正之。（或以為夕者夕郎，然夕郎不應列丞椽令史下，且亦不可以一夕字綱之。汪謝城曰楨曰：余覲見此鼎作工，故前人以為夕，若謂工字誤多一畫，亦未嘗不可通。其器容今之一升，其為斗可知，斗字古人俱作升。）余以示同人，題詩者凡四家，釋覺阿祖觀、吳肖陶鳴岐，說主漢；吳瘦青震、趙次侯宗建，說主魏。（吳趙三君皆常熟人。）瘦青作已刻銅似軒集中，覺阿作字多，皆未錄。肖陶詩云：承安宮鼎何代鑄，紀元凡有五甘露，前秦後遼漢魏吳，宮稱承安則皆無。僉曰漢器說亦可，甘露元年二廟火，孝文廟云顧成一，太上廟無廟名，承安兩字或其號，人疑是宮不是廟，豈知宮廟古通稱，閟宮即廟詩明徵，長丞等況內豎職，漢制有官守園邑，因災重造越年事，此鼎廟中第五器，太公幸免一杯羹，萬年俎豆何重輕，追祭備陳十二鼎，應念孤孫曾賣餅，我今為作寶鼎詩，書生好古多異詞，務不見漢宣尚有崇安宮，闕疑弗如薛尚功。次侯詩云：璽印寶鼎龍文煥，書生好古豈臆斷，三十一字熟諦觀，有說則可鼎非漢，魏吳前秦及後遼，甘露紀元同漢朝，宮室皆無承安目，斯鼎之造當曹

髦，明帝皆怨郭太后，甄妃讒死何人手，當年傷奉永安宮，天子焉能譽嫡母。追謚文昭恨總長，散髮被面糠塞口，別營寢廟報所生，由來廟與宮通稱，參以永安悟以理，承安宮或其廟名，生盡孝思彼曰永，死宜明祀兹言承，想見置宮守園邑，令史並採蜀長丞，鼎為祭器此第五，年號分明已甘露，入繼大統有皇孫，應令金工為補鑄，人疑舊說自不刊，漢宮莫考猶崇安，定作孝宣亦有證，無論漢隸刻漢官，不知魏雖正朔革，互易六官史特筆，餘因漢制忘未更，何況區區內豎職，惟大司馬乃極位，三馬同槽竟亡魏，潛移漢鼎笑曹瞞，末路兒孫刀出背，當塗霸業一剎那，我欲問鼎今如何，休言鬭勢分三足，且續金仙辭漢歌。題本嵬無故實，二君之作，又命意各殊，皆能無中生有，崛強離奇，以自伸其說，洵健筆也。

魏太和銅熨斗熨人款識

沈匏盧觀察濤官直隸時，購得古銅熨斗一枚，搨銘摹圖，自為題記，考訂甚詳，南歸後見示徵詩，寄節錄其略云：銅熨斗以建初尺度之，柄長一尺七分，並徑七寸六分，底徑五寸五分。有銅熨人，人二尺二寸二分，首刻饕餮形，首下有穿以插斗柄，跗正圓而稍窄，徑一尺九分。款識刻于跗上，文曰：大和三年二月廿三日中尚方造銅熨斗人，熨斗重卅四斤十二兩，第百六。案古以太和紀年者，一為曹魏明帝，一為元魏孝文帝，皆有三年。惟元魏鑄太和五銖錢，其文作太。此文為大，且字近漢隸，定為曹魏時物。積古齋載永元鴈足鐙款識，即有中尚方造之文。通典職官云：漢末分尚方為中左右三尚方，魏晉因之，是也。又云：晉東宮舊事，皇太子納妃，有金塗熨人，饕餮本獸名，不知何以名為人。又云重卅四斤十二兩，以今權稱之，僅一十九斤。每稱漢器文曰一斤者，率得今權七兩有奇。魏時去漢未遠，其輕重宜與漢權等。又云此器頗與今之所謂熨斗者無異，蓋伸帛之器耳。觀察所徵，鴻篇鉅製已多，余第為賦四絕句云：戚斗曾將漢室傾，（王莽威斗，即後世熨斗之制所自昉。）當塗遺器製尤精，奸雄運各殊修短，新莽知難熨恨平。識文石馬亦堪哀，魅柄潛移國祚摧，留得一杓含古綠，八坊幾輩手持來。（明帝于芳林園立八坊，以處漢才人，見魏志裴注。）漳水台傾蔓草秋，摸金尉早鴨爐收，（近人有藏銅爵臺鴨爐者，款字具全，云從漳河淘得。）熨人倘憶初辭魏，定學銅仙淚暗流。廿八文全款在跗，詩翁手拓更摹圖，吟餘引我遊山夢，斗柄尋秋入五湖。（花𨛯西磧山北麓有山，石名熨斗柄，沈石田、唐六如皆有夜游熨斗柄詩。）（瀍祁曰：忽憶及此，自是鼎跋，然與題不稱。）

泰山秦篆十字殘石

泰李斯篆書在泰山頂玉女池上志稱宋劉跂摹其文尚有百四十六字可讀明嘉靖間移於碧霞祠東廡已僅存廿九字乾隆庚申燬於火後人摹刻岱廟邑人聶劍光又勒於縣署土地祠後岱廟本亦佚惟存聶本而已嘉慶甲戌徐司理鉽言於汪刺史汝弼云岱頂有趙老八年九十餘數十年前從玉女池見殘石依稀有字次年蔣大令因培同邑人柴廣文蘭皋編搜求之得殘石二尚存十字取嵌於山頂東嶽廟西新築之室瑪晏海金石索所謂寶斯亭也後名讀碑亭道光壬辰四月東嶽廟西牆圮覆其室時通州徐君宗幹官斯土於瓦礫中亟索殘石屬道人劉傳業移之山下嵌置道院壁間庶易以守護不至湮沒矣歲丙申余友龔廉仲廷煌宰淄川以拓本寄贈下刻徐君題記節書之以著此石燬而尚存及移置山下之原委方蒔君得石時曾摹勒一本於泰安郡文廟綴以阮芸台孫淵如諸家跋語丙戌秋梁茝林方伯又以廿九字拓本摹刻岱廟公輸子祠側然好古者必求殘石十字以摹本神氣終不及也

元氏封龍山頌

友人貽漢延熹七年元氏封龍山頌拓本此頌自宋以來金石家皆未載道光中嘉

興沈君鮑廬守真定時輯常山貞石志二十四卷以搜得光和四年三公山碑為快而此碑竟未及見道光末寶應劉君寶楠宰元氏始搜得拓贈同好按拓本碑十五行行二十六字隸書瘦勁麵韡敉碑後二行石泐處有二十餘字失去首行題元氏封龍山之頌七字文曰惟封龍山者北岳之英援三條之别神分體異處在於邦內磥硌吐名與天同燿能烝雲興雨與三公靈山協德齊勳國舊秩而祭之以為三望遭亡新之際失其典祀延熹七年歲□執涂月紀豕韋常山相汝南富波蔡㬎長史甘陵廣川沐乘敬天之休虔恭明祀上陳德潤加於百姓宜蒙珪璧七牲法食□□□□（此四字有無尚在疑似間）聖朝克明靡神不舉戊寅詔書應時聽許允敕大吏郎巽等與義民修繕故祠遂采嘉石造立觀闕粢稷既馨犧牲博碩神歆感射三靈合化品物流形農寔嘉穀粟至三錢天應玉燭於是紀功刊勒以炤令聞其辭曰天作高山實惟封龍平地特起靈亮上通嵯峨崍㠊高麗無雙神燿赫赫理物含光贊天休命德合无疆惠此邦域以綏四方國富年豐㽞民用亡刻石紀銘令德不忘□□□□□元氏郎□王翔李音史九門張瑋靈壽趙穎縣令南陽□□□□□□□□韓□□繳□石□□□□□□□張□絳□王□余檢隸釋末附無名氏天下碑錄有漢封龍山碑二注稱在獲鹿縣南四十五里山上延熹七年立其文雖未載然獲鹿名縣自唐至今其南境與元氏毗連地既相合立碑年又相符疑此頌即無名氏碑錄所稱二漢碑之一也攷漢書地理志與續漢書郡國志元氏漢置縣為常山郡治後漢為常山國漢制皇子封王其郡為國置傅一人相一人皆二千石相如太守有長史如郡丞元氏在後漢為常山相治故相與長史得為境內之山陳請祀典光和六年白石神君碑在此碑後十九年其云縣界有六名山封龍靈山先得法食縣界即謂元氏界靈山請祀無碑可攷封龍之得食法豈非即指此碑所紀乎雖二碑僅得其一頌與碑陰側亦未詳有無然久湮復顯殘泐無多漢刻希逢良可寶貴亟為攷論跋而藏之至是碑之得於何地今置何所須異日獲遇劉君始可知之審也

龍朔造像銘

銘正書六行文曰大唐龍朔元年四月八日莘縣河瀆鄉楊元軌妻王上為皇帝陛下并為亡姨妣及兄弟姊妹等敬造釋伽元尼佛一區合家供養佛時上別鎸大唐像銘四篆字如碑之有額額旁裝餘紙有近人張仁鎬題云六朝人造像石刻傳於今者頗多此有篆額四字與他刻異錢竹汀先生云釋伽元尼即釋迦牟尼古讀无

字如模模牟聲相近也此像銘為前人金石書所希見故記之

二碶雲麾碑

李泰和所書雲麾將軍碑有三一在關中即李思訓碑一在楚中王氏昶金石萃編引前人跋語所云其詳莫攷未足深信一在北直即此李秀碑是今京師北城文信國祠壁嵌二碶殘石其原委詳於附刻吳京兆涵記文（康熙三十一年）萃編已載之余近得拓本字雖漫漶其存者尚有神采斷珪缺璧彌見珍奇太學石鼓之外亦嗜古者所樂道也攷此碑今重刻於京師者亦有三一為嘉慶十年翁覃谿摹文丞相祠殘字一為道光七年朱為弼將宋重摹陳崑瑜所得宋拓全本以上二石皆在法源寺而嘉慶初元有宛平令胡遘從翁氏借摹董文敏舊藏三百二十八字本字雖殘而猶在未作碶以前重葺縣署古墨齋貯之一時都下名流咸為賦詩以紀彷彿前明宛平令李蔭故事更數百年原石且剝泐不可辨將惟假重刊數本緬想遺型然則吾輩及今猶得摩挲唐時殘刻可不謂幸歟（吳京兆記別刻一石記後有翁閣學附記二段一云嘉慶己未初夏大興翁方綱進胡遘同觀北海究字題記一云七葉云云是前碶榜勝云云是後碶記此碑觀者有弓馬甲子仲夏翁方綱識湯胡遘即借摹董文敏舊本之宛平令也）

龍城柳石刻

張譜梅秀才伯鳳舟西歸貽余龍城柳石刻拓本其文曰城柳神一行城上缺龍字守驅厲二行守上缺所字鬼出乞首三行福四民制四行九醜五行元和十二年六行柳宋元七行而第一行前題石刻二字上亦有缺字後有明人得石題記二行亦稍漫漶譜梅言其地頗重此碣謂可以辟不若故遊客每求拓本搨之行遂至此碣原委今柳州府志有右江道王錦跋云柳侯劍銘原刻書於白石韓昌黎廟碑亦云白石鑿鑿此明證也今廟中所刻並非白石筆法軟弱入時又書字不書名心竊疑之乾隆二十八年有王生進攜家藏斷碣來云柳侯柑子園舊址在城西先人向家於此雍正五六年間掘土得此碣縱五寸橫一尺四寸上缺一角失去龍所二字似屬柳侯故物請歸之廟拭塵熟視見年下書名又碣尾有天啟三年龔重得此於柳井中小字兩行其跡半明半滅稍有疑者石不白耳然此碣書法蒼勁縱非元和間物亦是宋人臨摹勝廟中石刻遠矣重修柳祠落成即將此殘碣砌祠下以俟識者辨之云此即今拓本所從出也府志又載江霞龍城柳劍銘記云康熙五十三年桂林東郊外郭氏治舍旁地浚井得古劍一枚長約二尺脊間篆銘一行即龍城柳全文在焉其鑄自何匠銘自何年俱莫可攷而玩其文義於銘劍為合則子厚所書即此無疑此又王

錦跋謂此石刻為柳侯劍銘所由來也然余頗疑此碣為偽作蓋王跋江記皆以子厚龍城錄為根據按龍城錄云羅池北龍城勝地也役者得白石上微辨刻畫云龍城柳神所守驅厲鬼山左首福土氓制九醜余得之不詳其理特欲隱余於斯歟許彥周詩話亦載之謂退之作羅池廟碑云福我兮壽我驅厲鬼兮山之左蓋用此事不知龍城錄乃宋王銍偽撰非子厚原書此條驅厲鬼等語即竊取韓碑歌詞為之彥周翻謂韓碑用此未免為其所愚若謂石刻即為劍銘說尤支離就使龍城錄所紀是實子厚果欲銘劍何難自製偉詞而必勦襲古石刻文僅改山左首為出乞首與劍鋒合決無是理況既以古刻銘劍復為手書勒石何所取意此必後人鑄劍點竄龍城錄語為此銘詞因即祖王銍偽書餘智附會子厚名為此石刻以影射羅池得石之事或即出王進江霞輩所造未可知不然一石一劍何前後皆出井中若合符節耶世特以子厚書流傳絕少故此碣頗著錄於金石家而不察其中之多疑竇也姜宸英湛園札記曰劉禹錫代祭柳員外文云蟲篆草隸滿文篇鍾索繼美雖楊羞有則子厚亦工書法矣惜其字不傳而見於與劉倡和詩多有之

守海鹽縣主簿王頊妻墓誌銘

咸豐初吾郡白馬澗西北地名王墓山土人墾地得石刻一方字畫不工而毫無剝泐余得拓本題為唐故潁川陳夫人墓誌銘并序文林郎前守蘇州海鹽縣主簿王頊撰其文云夫人潁川郡人也其源流枝裔係在家諜故可得而略焉曾祖退望左千牛衛長史祖瑤皇申州羅山縣尉考衡皇宣州旌德縣尉五代祖以文學中第累資為長洲令其後子孫因家吳郡夫人旌德君之仲女也外祖順陽范公詢始以孝廉入仕多赴公侯延辟為巡察之職季年終於丹徒令其外族親戚世多卿相為侯伯者不可勝紀夫人少習詩禮長善纂札自孩提至笄年不復堂閫其於針刀之工以不盡妙予嘗其清規飽其懿淑遂因親友傳導願奉箕帚及拜其室觀其德果叶所聞余後琴瑟韻合閨門道光將期飄子孫之盛保松筠之壽何期嬰微疾以至殂逝抑聞之古人曰皇天無親惟德是輔且夫人事親盡孝可伴於曾閔事夫執敬有類於孟姜孝敬之道既備可謂全其德也余何不享其壽弃予先逝則天道輔德之言曷足憑乎然夫人在家有金玉之豐為婦享祿秩之盛則平生之分亦無恨矣所痛者以予天年未盡不得與良人偕死故於九原之東虛其左室俟予啟手足之晨從夫人袝於此也冀泉壤再合神魂相依夫人歸予八年生子二人長曰啟七幼曰印兒俱嬰孩然居喪號慟皆過毀瘠女二人亦幼稚晨暮哭泣如成人焉夫人年

廿五大中十年二月廿一日暴疾終於海鹽縣之公署以其年十一月廿一日葬於蘇州長洲縣餘杭鄉石瀆南館墅村之原禮也嗚呼男未辨方女猶總角一旦弃去俾誰字之嗟乎日月有時痛傷無已銜哀識石以虞變遷銘曰於戲良人迫光母儀事上以敬撫下惟慈溫恭可範閨門有規何圖不壽泉路永辭楚玉沉彩妍芳紫役皇天何罪遺我孤危慟哭總帳生平莫追流水凝咽松風助悲彭殤兮同歸此滋泉壤兮與卿之期此誌文義淺率無法銘中良人之稱以夫施之妻甚奇字亦多別體皆出俗手所為惟大中十年至今將及千載究為古刻故紀之以待金石家著錄焉王頊未題里籍莫詳何處人古稱守某官者攝事之謂頊是時蓋攝海鹽主簿海鹽本漢舊縣陳時省入鹽官縣至唐景雲二年復置屬蘇州先天開元復經廢置五代後唐初割屬杭州晉天福四年改屬秀州此誌前結銜大中時尚屬蘇州正與史合嘉定瞿木夫中溶輯吳中金石志二十四卷頗有訂正闕訛處昔曾鈔存其目今不知其稾歸於何人王頊妻誌銘後出惜未及收入也此石舊存邑西上人家中後歸郡城吳氏

壽陽公主墓誌考證

阮文達公廣陵詩事記乾隆中村農掘地得楊行密女壽陽公主墓誌并錄武盛谷

大令擿攷證於後。余撿鮚埼亭集，已有此墓誌跋，稱下嫁鄂州節度使劉存子與武君合。所云竹坨注五代史時所未見（按朱氏彝尊曝書亭集五代史記注引竹坨書見未成所序乃徐幸仲之書施均陽吳士居文案有此書彭泰卿竹坨所豪泰仲傳而續成之者名五代史注補闕並士奇復書已為他人）。竹坨既未見，故吳任臣十國春秋成於康熙中，亦未及見此誌。至乾隆末，周昂校刊十國春秋，後附拾遺一卷，亦未補尋陽公主，則未免疏漏矣。惟誌云公主母太后王氏，武君據歐史，謂但有行密夫人朱氏及隆母史氏，其他不錄。按十國春秋吳列傳中，寔有太后王氏，傳言睿帝其所出，則公主為楊溥同母姊。此可補武君攷證所未及。惜吳氏未注明采自何書。

閔榮墓誌

道光初，楓橋內駮船濱居民墾地得古墓，有誌石一方。寒山汎張千總瑞堂聞而取視，搨數十紙，仍以原石封閉，別勒一石紀其事，同置壙中。余得一紙，按誌為吳人閔榮墓，葬于大中祥符五年二月，孤子仁度、貴家諒（按集韻諒音錄，此作錄字用。）也。請錢塘浮屠居簡為誌銘，而仁度自書之。文與字皆拙俗無可取，惟後稱葬于長洲縣彭華鄉封橋宮塘西。據乾隆府志引周遵道豹隱紀談云：楓橋舊作封橋，因張繼詩相承作楓。今天平寺藏經多唐人書，皆有封橋常住字。然余憶唐人張祜已有暮烟疎雨過楓橋之句，吳郡志采祜此詩列於張繼詩前，而朱長文吳郡圖經續記亦云楓橋之名遠矣，舊或誤為封橋。今張相王郇公頃居吳門，親筆張繼一絕於石，而楓字遂正（繼祇言江楓，未及橋字，何以見是正橋名？朱語不免附會。若王丞相書張此詩，則斯言合矣。）。畧綜各文論之，大約楓橋稱在最先，故張祜已以入詩，非因繼詩始起（當甘谿汎回張繼天寶末進士，張祜元和長慶間人，繼在祜前，此條吳郡志采祜詩列繼前誤。）。而自唐及宋，多傳於文人學士之口，斯其名易著。封橋則鄉里相沿傳寫，別有此稱。是以唐時梵筴既取標題，而此誌在宋初猶以上石。逮宋中葉以後，乃雅俗皆書楓字，不復知有封橋之名矣。

明道二年貢硯銘

印氏鷗天閣藏一北宋歙石硯，不知何時已破為二，用漆黏合，有直縫。以今工部尺度之，縱徑七寸，橫寬四寸，厚寸許。背鐫銘云：天質以文，溫包元滀。良工仁兮，永存厥貞。分四句兩排，各不相屬。後記兩行云：明道二年歲辦龍尾蘿紋硯壹樣拾卓。廸功郎提舉王宜奇銘。詞不工，字亦欠端楷。攷卓即桌字，俗以几案為桌，當作卓為正。宋初猶未訛。硯以卓計，不解何義，亦莫詳拾卓為硯若干。蓋宋人本重龍尾硯，故歲取以充貢。鑒焉。以按硯箋引新安志：南唐元宗時，歙守獻硯，薦工李少微，擢硯官。宋

初應尚沿其制。王宜稱提舉，當督采硯之役者，疑此特備嘗給用及賞賚臣工者耳。右宮廷進御之硯，石必更佳，似不應草草勒銘題記也。此硯後歸余，今已失去。

劍池生公講臺字皆宋人書

虎阜劍池字，世目為顏魯公書；生公講臺則謂李少溫篆。其說相沿已久。按范文穆吳郡志，虎邱下載蔣堂詩云：國朝有筆札，巖壁刻模婉。刀稍君謨書，龍蛇不疑篆。二美貫禪扃，千古駭人眼。自注：蔡書劍池，必篆生公臺。郡中黃氏所藏依宋刻精校本如此。毛刻則誤必為璧。所謂必者，丹陽邵必字不疑，善篆隸，仁宗朝歷官中外。希魯曾與蔡邵二公為同時人，故曰國朝，曰二美，語甚明白。又詩中前數聯云：唐賢留風什，遺墨羅粉版，險語悉冥搜，清景不可追。注謂李衛公、顏魯公而下篇什俱在。希魯曾知蘇州，必皆目擊而言之。使魯公、少溫果曾書此，豈有置之不道者？後來無稽之談所起，蓋由吳郡志人所罕讀，邵不疑書名又不甚著，而虎丘四字體類平原，遂致承訛襲謬，眾喙一詞，不知君謨書法本從顏出，萬安橋記石刻可證。再玩蔣詩自注，知君謨但書劍池二字，虎丘二字為後人補刊。不但筆力迥殊，觀虎字旁刻馮之駿跋語，其作偽支離，自難掩覆。彼未思此二字固贅詞耳（馮跋云：虎丘劍池四字為顏魯公書，舊石刻二方，二字截置劍池傍壁間，歲久剝蝕，虎字且中斷矣。予求章仲玉氏鉤勒，鐫之別石，出舊劍池二字於土中，與新摹虎丘字並嵌以石，庶幾可傳久。生公講台篆書四字，傳為顏魯公篆，一云李陽冰篆，攝字亦殘缺，如虎丘字，別新之。其二舊斷石，俱嵌之壁間，以備攷之考古者。仲玉吳中名手，為王弇州先生所賞識，摹此石不一月即化去，蓋絕筆也。萬歷甲寅二月，戶部郎新野馮之駿識。劉湯明曰：書人諱虎字，豈魯公獨不諱乎？使果出魯公手，虎當作武。）。馮跋又指生公講台為君謨篆，明季文肇祉虎邱志亦同，此即因見毛刻郡志蔣詩誤注而云然。余昔審閱顧澗蘋論此，後拓得劍池二字，爰申其說，題於紙尾，與當世嗜古刻者論之。

虎邱賀方回題名

虎邱舊多宋人題名，歷久漸就湮沒。錢思元吳門補乘所紀注存者，今見之已不盡可得，疑其或從舊本采入，未必皆目睹手拓也。惟白蓮池西臨水石壁，近人搜得賀方回題名，為從前志乘所未收，金石家皆未著錄。其文左行，前一行別列賀方回三字，後五行云：賀鑄、王防、曷極、蘇京、姪餘慶，大觀戊子三月辛酉。凡二十二字，正書大如盌，淺刻苔蝕，故數百年竟無人見。按宋史載方回本錄右選，元祐中，知政奏改通直郎，通判泗州，又倅太平州，以尚氣使酒，不得美官，悒悒不得志，退居吳下。吳郡志稱其徙居醋坊橋（按府志：方回企鴻軒在昇平橋。），有小築在盤門外橫塘，常扁舟往來，作青玉案詞，為黃太史所賞。石壁題名，自是屬吳時事。嘉定程君序伯庭鷺謂方回來豪邁尚

氣使酒明有也豈以不得美官遂悒悒失志者此史家誣語不足信其居吳或是有託而逃耶己亥三月為余題拓本句云搜奇不讓古人癡選勝追推每自隨細雨閒齋題翠墨風光漸近熟梅時董蔡紛紜蔡政權逃名豈羨一官遷只宜高飲酬烟月重話清游七百年此詩可與知人論世矣文肅祖虎邱志政和四年題名王防字元規是矣以宋槧年表條亦有王防之名云晁安石從子以安石子雱字元澤例之與此題名名從方字者並見一人蘇丞相頌之子名京字世美見近人王文誥蘇詩編年總案注中所引宋人書不知即此題名之人否惟政和四年王防題名今虎邱不見

丁未七月沈君鮑盧招同楊芸士文蓀韓履卿崇汪月生獻玗登千人石游覽題石勒名於生公台下並倩搨匠往拓賀方回題名忽見大觀戊子兩行有杭人某鐫白蓮池三大隸字掩其上舊刻字遂不可復辨庸妄人所為殊堪恨恨且白蓮池字壁上舊已刻添此蛇足甚屬無謂某固世家子其父向有文望不知何以鹵莽不學如此章余有己亥所拓未損本乃出以傲同人題詠茲錄數章於後聊以存墨林一段公案俾後之修志乘蒐石刻者有所攷證焉韓履卿云梅子黃時雨閒將古墨看石林搜秘跡蓮沼起清瀾忽被愚公鑿難同趙璧完鴻軒留舊影一紙重琅玕楊覺阿祖觀云方回題壁字湮漫劍池邊嚮搨唐蒼蘚當書補白蓮文參無句句物以不全全一紙須珍重風流七百年吳尚陶鳴岐云閒愁幾許為題詩初搨依然好護持詞客尚傳青玉案游人但識白蓮池猨啼鶴怨貂誰續石冷苔荒壁已虧半壁竟遺庸手壞江南腸斷此何時吳清如嘉淦云慶湖遺老擅詞名蠟屐尋幽意興清一片生公台畔石留將姓氏傲公卿熟梅時節雨聲催好向橫塘載艇來不遇知音王介甫人間誰識賀方回原注方回少為武弁以定林寺一詩見奇於王介甫遂知名當世空山寂寞鳥啼春七百年來跡已陳難得石林老居士鐘椎到處受披榛誰將迷霧掩明霞初本蘭亭體未差鑒別倘逢天水客定教石墨續鏤華趙次侯宗建云唱徧江南句斷腸詞人老去住橫塘冶春想起好風日芳草一川梅未黃誰見荒池開白蓮可憐半壁鎖寒烟淮西碑尚遭磨滅好事由來難十全初搨黃庭未足誇即今一紙抵瑤華敢言完璧應歸我年月依然屬趙家一傳千秋出石林勝他山谷贈詩心三生文字緣何巧又見雲孫愛護深原注石林居士建康集有賀鑄傳宋史多采其事謂其生丈為石林所敍故云戈順卿載填水調歌頭一闋云一片虎邱石七百有餘年東山詩酒豪興題壁姓名鐫當日橫塘小築野艇凌波來往携客共流連左轄六行字剝蝕蘚苔斑風雅士搜勝跡搨長箋詞仙原擅書壁喜補墨林緣何事當兒傖父磨滅前賢款識狗尾續池邊紙本須珍重毫髮尚完全原注周昌忠石蘭詩公從

村處得紙本是畫備無差訛句意潘順之遵祁亦譜是調即次順卿韻云一曲鑑湖水高節已千年詩孫投老吳下巖壑把名鐫試訪生公台畔想像優曇花朵風定碧漪漣好事石林裔詞采照斕斑修禊過携俊侶拓吟箋光陰梅子熟也記取看山緣姓氏幾行無恙還更磨崖年號苔繡佛幢邊初本蘭亭在難得是文全諸君詩詞無不扼腕於古刻不完雖謇之申申亦不足消妄人罪過也

孔耳石題名

石高四尺許色黑水紋甚細正側有大小兩穴形如人耳故得此名背近顛左行刻十八字曰少蘊無言慧覺道人宣和癸卯四月辛亥同來向藏長興丁氏阮文達兩浙金石志嘗著錄後歸武林汪氏道光中携至吳門余見而拓得數紙無言者長興劉燾之字無言善書嘗為山谷所稱許而於石林公為前輩是刻用筆圓勁而名居後當出其手癸卯為宣和五年即公卜居卞山石林谷之歲此石蓋本卞山崖壁間物卜居之際偕無言巡遊題記石上故有同來之語後人見為二公遺跡乃斵取藏之耳余題拓本後二律云吾祖昔歸隱卜居蒼弁岑閒蹤留片石古刻重兼金異代蒐藏癖名家著錄心誦芬餘翠墨緬想舊巖林事繼向禽跡人携支許儔濡毫垠前輩題壁紀新遊避暑應忘話避暑錄話多記山居事獨未及此遊歸雲更待搜周密癸辛雜識記吳興山歸雲洞無言石林題名亦在乖龍誰劃耳猶幸免封侯艮嶽奇峯封盤固侯者洞庭西山物徽廟為金人華去按陶宗儀游志續編采石林公玉磵雜書此書今佚記玲瓏山之游癸卯三月十六日余在山閒湯壽卿率林彥振劉無言莫彥平來相遇俾無言書名石上云此即癸辛雜識所記觀此益知孔耳石為無言所書無疑矣

趙周壙誌書女再嫁

嘉慶乙亥滸墅人修古塚得南宋定城令趙君壙誌按誌趙君名周為孤子勍等所述文頗質實有法近人浚壽祺滸墅關志已備載其辭及修墓顛末矣誌稱長女適迪功郎楊澤再適進士姚子寅此與葉水心翁誠之墓誌書女嫁文林郎嚴州分水縣令馮遇遇死再嫁進士何某其例正同攷此例已起於唐人郢國長公主碑張說撰文書公主下嫁薛儆又嫁鄭孝義皇甫湜撰韓昌黎墓誌亦言其女先嫁李漢改嫁樊宗懿宋人作誌實祖其例蓋宋人不諱改嫁如宋史禮志載治平熙寧中許聽宗女宗婦再嫁云云當時嘗屢布之詔令是以名德重望若范文正公家亦有是事至義田瞻族女再嫁者且給錢三十千而古人尚質作文務舉其實此碑版所以直

書無隱飾。余以為婦人改嫁，究非美行，誌文莫若以女幾人，皆嫁為士人妻一語概之，亦未遽為失實。況昌黎有此例，滄齋曾樂之，自可擇善而從。即文正義田規，則誠非後學所敢妄議。顧如再嫁給錢一條，揆之風勵名節之意，似亦過從寬厚，可已而不已者也。閩志附載宋城令君之配方夫人墓誌銘（志據前明陳大成閩志所載刻之撰文者方汝勉在勸徙二十八年），則於其長女，但書適迪功郎江州司戶楊澤，而不及再適之姚子寅，此又似用唐涼國公主碑例而小變之（蘇頲撰此碑，但書涼國後嫁之溫曦，而不及初嫁之薛伯陽）。然書楊而諱姚，與諱薛而書溫，於叙事均未免掣肘，何如概隱其前後所適為愈乎（汪謝城曰：楨曰：鄙意論古文義法，再嫁何妨直書。諱之者，乃懸揣之見耳。○滿象生鈍瑞曰：為其父母作志，就遺嫁時言，故書其初嫁之人；為本人作志，就彼時言，故書其再嫁之人。義例允當，確不可易。益信古人文字精嚴處）。

開趙埋銘

舊府志：冢墓門，長洲縣管山有宋浙西總管團練使開趙墓。注引續會要云：淳熙三年，開趙奏：歸正人在東南無産業，其間貧者身故，無地埋葬。已買到平江府閶門外地三百畝，作義墳，許忠義死事人任便選葬。詔從之。及趙卒，遂葬於此。據濮壽祺滸墅關志，謂即今開家山。斷碑在山前東嶽殿壁間。見拓本，始知碑係埋銘，不審何年出土。閩志於宋鎮東將僉判王斗文墓誌、定城令趙用壙志，皆載全文，獨此埋銘不載。金石家如錢宮詹、王司寇諸書，皆未著錄。惟見程心齋金石續編，其書不甚著，故特存之，以諗好古者。首行題宋故武功大夫濮州團練使浙西路總管開公埋銘。文曰：公諱趙，字興宋，世為沂州臨沂縣人。公名本姓也。因夷狄亂華，用姓為名。孳（闕）克復（闕五字）姓以開為姓者，欲開大我國家之疆土云耳。曾祖喜，祖忠，皆隱德（闕二字）。父蓰以公（闕五字）武義大夫。其封贈皆從本姓，則公改姓之意又著矣。曾祖妣李氏，祖妣張氏，母（闕七字）自紹興二十八年，結豪傑，起義兵，衆推公為首，不旬日，樂從聞萬餘人，取奪州（闕七字）有衆數萬，收復密州日照縣等處。是月聚集忠義三十餘萬，攻淄齊等州，遂申奏（闕六字）武郎閤門祗候，差充忠義軍馬都統制，隸京東河北路招撫使李寶軍，同於海道（闕六字）召差兼權山東河北路招撫使。十一月，差充山東河北路忠義兵馬都統制。虜遣（闕六字）之以侚將所降大漢軍三千餘人，及將帶本部統制將佐等二萬餘人，歸正本朝。三十二年春，授修武郎閤門祗候，充忠義遊擊軍都統制。秋，轉武翼郎，充忠義（闕五字）隆興元年二月，轉武功郎，改差充沂州忠義軍馬都統制。告為先海州策應解圍及浙（闕三字）之功也。當年壽皇登極，覃恩轉武義大夫，差充鎮江府駐劄

御前右軍統制。二年（闕二字）召對，稱旨，賜金帶，差充殿司右軍統領。十一月，改差充江陰軍駐劄御前水軍統（闕三字）結局，依前殿司供職。乾道二年，轉武畧大夫、英州刺史。告為膠西密州之功也。三年（闕三字）將歸正人解沂作過，例降受武義大夫，依前英州刺史。添差兩浙西路兵馬都監，臨安府（闕三字）年，叙復武略大夫，充浙西兵馬鈐轄，臨安府駐劄。七年，依前兵馬鈐轄，平江府駐劄，未赴（闕三字）平江府兵馬總管，轉武顯大夫。淳熙改元，添差浙西馬步軍副總管。五年，轉武功大夫。自（闕三字）十一年，凡再任者七十二年。因父武義疾危，剖肝以救，適事聞於朝，上謂公昔忠（闕二字）今孝，其親可特授濮州團練使。十二月，丁武功憂（父應以登極覃恩封武義大夫。如公附前言，父武義疾危，服又言從祖武義姓，此言丁武功憂，功字是義之誤）。服除，又再任。公以紹熙改元三月初一日（闕二字）終於平江私第之正寢，享年五十有七。是年六月十四日，葬於長洲縣彭華鄉管山之原東（闕二字）義墳，無步二十。妻令人林氏。令人先淄虜來歸，得旨許娶，乃娶解氏，先公十年卒。公有子（闕二字）瑞曰天錫，保義郎，從祖武義姓，以為繼；曰佐，保義郎，試中材武，未注授；曰傑，保義郎，見任（闕二字）侍衛步軍司左軍馬軍准備將；曰佑，曰伸，習舉業；曰儀，曰侁。二女皆幼。孫男四人，孫女一。尾行署孤子天瑞等銜，哀泣血謹識，稱埋銘而實有序，無銘，別為一例（印印川虔作曰：唐人為其祖及兄弟姊妹墓石之文，志而不銘，蓋至哀不文之意。此碑實祖其例。又洪頤煊中聞書長孫仁銘，亦稱銘而無銘辭）。至開趙本末，宋史無傳，亦未附見李寶傳中。惟李心傳建炎以來繫年要錄（一百九十三）載紹興三十一年，金人敗盟南侵。十月，浙西副總管李寶以舟師至東海縣，解魏勝海州之圍。時山東豪傑開趙、明椿、劉升、李機、李仔、鄭雲等，各以義旗聚衆，趙與耿京所部軍馬將王世隆合兵攻城陽軍。城陽軍者，密州之莒縣，偽後改焉。趙等聞寶來，遣使詣軍前納欵。寶以為修武郎。會金人自汴遣騎解城陽軍圍，趙等散去。世隆屯日照縣境，寶升至膠西，遣使迎之。世隆以其衆降。後數日，開趙亦至。寶以世隆、趙並為山後都統制，以待官軍進攻，且為聲援。十一月，寶既捷於膠西，會聞金主亮已渡淮，乃還軍駐東海縣。既而山後統制官王世隆、開趙皆來會，寶命趙率其衆傍海以行，而與世隆同升赴行在。其事跡年月，大略與銘文合，則銘亦可謂無溢美矣（乾隆中，畢秋帆尚書撰續資治通鑑，即據心傳所編入紀）。觀趙生平，不愧為忠義奇傑之士，且蹤跡在吾吳最久（今城中有開家巷，疑即其私第所在）。乃從今不過六百餘年，而已姓名罕道，封樹無存，青山一角，誰修下壺孤墳，翠墨數行，膾讀羊公殘碣，蒼涼感慨，又不獨為趙一人慨焉已也（李心傳又有建炎以來朝野雜記，載開山者，沂州土豪也。初姓趙，名開山。紹興末，金亮南虜，人心不附，開山因聚衆山澤間為盜。及李寶入膠西，開山引兵會之，改姓開，以名趙，既而從寶歸朝。道之初名開山，及改姓開山一節，然

年要錄與埋銘皆未詳或因未久即去其山字再附記於此以存攷焉。

元祐黨籍碑融縣重刻本

竹垞曝書亭集有桂林府石刻元祐黨籍跋謂徽宗始立石端禮門止九十八人既而蔡京復大書頒郡縣以上書人及已所不喜者添入凡三百九人又謂京所書刊石滿天下惟桂林勒於崖壁至今獨存第是碑雖見竹垞跋語而拓本流傳甚少世所見者惟有融縣重勒本皆劉喜峰觀察文恕自粵西歸曾以一本見貽按碑爲寧宗嘉定改元四年權知融州事吳興沈暐所重勒暐即餘官第六十三人沈千之曾孫見附刻跋語中蓋自桂林之碑世既不可多覯諸君子姓氏猶賴此纔微片石赫然常在人耳目間得之洵可寶矣且竹垞言桂林碑爲滌泉所泐後缺王珪章惇名今是刻則絕無漫漶章惇名缺末筆爲避光宗廟諱亦分明可辨殆不失爲完善之本也全氏祖望鮚埼亭集亦有元祐黨籍碑跋稱爲故相梁公燾曾孫律重勒吉州饒祖堯跋之中注已故者六十餘人爲融碑所無內臣之後另書王珪而繼之曰爲臣不忠曾任宰臣章惇亦與融碑不同此又一重勒本惜未知碑在何地謝山謂王丞相雖具臣固不應與惇同列當以梁碑爲是余意不謂然蓋黨籍之刊誣衊忠良

後人原不須紛紛重勒所以重勒者後人欲自表爲忠良之裔耳至諸君子之生平與其中溷列之憸人自有千秋定論固無庸假此碑以別白也梁之別列王珪實本於張綱看詳講珪不合在籍之說然張爲看詳則可梁爲勒碑則不可張看詳而請許子孫陳乞者除珪外共一百三人梁勒碑而止爲珪一人翻案何以解於其餘諸名德乎不若融碑之悉仍其舊猶爲不失真面目矣當甘谿潑曰元祐黨籍碑今世所傳有二本一融縣本眞書題額一分書題額後有吉州饒祖堯跋與謝山所稱合下有饒於龍隱巖列者王俊九字上缺一角王珪名已無之章惇二字尚可辨惇字不缺筆與竹垞跋中爲滌泉所泐之語合然則謝山所跋之本即竹垞所跋之本在桂林龍隱巖無疑至爲臣不忠爲字上另有一王字當任宰臣臣字下另有章惇二字傳字缺第三字雖極分明而甚卒易步位行款亦不合此明係後人因王珪章惇四字已漫漶故補刻之非梁本本如是也謝山偶未審耳○梅融生鍾瑞曰余見梁律重勒龍隱巖本另爲王珪章惇四字即在爲臣不忠一行之上下與全碑式例不合確是後人添刻甘谿之言誠信

三河縣遼碑

求碑版於遼金二國金多於遼吳會數倍閱王氏金石萃編孫氏寰宇訪碑錄等書自見蓋耶律氏立國人才文翰本遜完顏而又書禁甚嚴凡國人著述不許流傳鄰境因此而石墨之製亦復寥寥此固事勢使然也道光庚戌順天三河縣修廟學崇聖祠從明倫堂下牆腳搜得乾統七年一碑當事者移立大成殿東廡築石爲台置之考乾隆二十五年三河知縣陳杲所修縣志稱明倫堂爲康熙三十八年知縣球廷柏重建內供遼時卧碑一面是乾隆中此碑尚在明倫堂上特因石形正方誤作卧碑而縣志碑記類首列元泰定加封孔子碑竟不及此碑一字可謂疏矣余攷此碑爲自來金石家所未收辭雖不工特全錄之正書凡三十七行行四十字後八行下闕數十字首行題大遼國析津府薊州三河縣重修　文宣王廟記次行署布衣王鑒撰三行以下記文曰粵若北方開統尊居天地之中燕壇劃都雄據尾箕之分燕京經界犍制六州揔管內外二十四縣縣貫三河者古之名邑也左附流渠背連桑谷作大都之襟帶爲上郡之脊膂戶版頗多賦調益大歷經操割牖冉有殊自遼興已來逮五十載事所未便者多矣亦勁興廢補弊完繕未盡力不及者孰後繼焉洎乾統五祺秋七月宰君劉公當領是邑公諱瑤下車之後便盡創規革故幹事之謀可謂繩服忠義砥礪廉平和而不流寬而能斷動節百爲道存利物數其政流實序如後有漁陽定躬治歲春修橋路數十處計用千功三縣輸配每至役人懼將領者妄倖陵逼故不自執顧贍庸給價日繫三鍰積久傷財害民公痛心疾首矜恤生黎手尚武告限親率丁夫無避暴露令伐木鑿石山谷橋道刻期修畢元計千功以

百代之損少益多澤民之心孰與於此往者或不拒事繁致勾遺接手者衆專使交蠹耗鄉柵驅良民如婢使取私貨若已產深爲不道今止轉帖執狀者多判自勾擯斥制外彈糾司扃以斷蠹毒之虐猶拔虎噬之牙合境安靜秋毫不犯又南開通逵有橋若干間至夏河路暴漲西泛東泝旭濤斷岸多致摧壞板木散失及秋修完動有率民乃計議誘化及出贖罰之資易石數十載漫覆蓋壓以得堅固後免科配煩撓凡差發立排門麻量見在牖戶物力遂定三等配率均平有如權稱貧乏小戶必得饒裕所興事由亦非動衆妨農公暇宴閒常以虛懷待士領袖生徒紀綱文會因集　宣聖廟見軒墀促窄㡌座不正法象之服少依古制歷歲換代棟析榱崩久致凋弊多是習常鮮有改作公嗟嘆不足遂動葺兵之願謂曰我先君孔子生于周末有大聖之才訓導三千徒遊聘七十國皇皇行道汲汲救時大經大本博照今昔貫百代帝王之師門仕進門縉人倫紀萬化之原由此塗出天下被罔極之恩率皆仰敬苟不興起非忠於國國商略於諸吾道賢謀茲事移位修建經度所用費計錢三十萬艱其給出公先輸己俸後疏有道心者及諸科前名等扣得消使之數遂卜日命工度木構材繫時必葺□□親臨防未盡妙及示　宣聖例容三禮圖爲梁塑

繪丹艧龍衮玄冕黼黻珠旒交映金碧已至粹容圜備垂拱嚮明位以當宁左右具侍立前列十哲嚴紋精飾壁圖七十二賢正殿前廈三間若干㮰子門四扇東廊房兩間戶牖六事門屋一坐東階砌全梁有牌牌有頌明公親筆供具台床四條祭器等備用能棟宇瑰麗藻井彫畫勢若飛動成其大壯難擬其功前坤兌隅特建土地堂賢聖一門九事門屋一坐院西廣至城閫兩廟墻共七十堵行蓋畢凡支壞補缺壘隳覆漏赭堊之飾盡善可以固士民祈福之所莫不闡揚儒教輔助國風新衆目之觀瞻增一邑之壯麗功侍人興人與時會能事畢矣鑒新據舊遠追泗水之碑以往知來又勒三河之記云爾公識通今古學際天人言出而理幽事行而利大力於公不勞於私心於民無計於己瑚璉國器磊磊天才既殊撫字之能便見經綸之略佇期亨會累席寵榮當權造物之柄別底膚續功以鑿藝愧寡聞詞虧絕妙項辱佐尉劉公瀓暨闕八字請冉錄跡俟治效安敢牢讓直筆其文以貽於後者也乾統七年十一月八日闕九字吾道等孔君儒胥欽昊李資忠李永貞胥欽憲王極王德恭王鑒靳仲通薛仲徹劉琪曹拱闕十字張會極張浩孟福孔貴冉頤貞胥貽孫韓忠彥王東彝高映王天孫王衍孫寶嗣宗王闕十字郭益謙郭禧王敏劉淵田坤常翰胡旦童子及第葯青哥前名職官等將作少監杜乾祐闕不計校書郎王禕秘書郎王巽前石門鎮監趙幹才太子正字王寶太子正字張弼六班奉職石湘闕不計析津府參軍冉璩商都監史士羽商酒院使劉參本典四人張公藝何挨劉湘崔公彥闕不計太子中舍劉璋登仕郎試太子校書郎秘書省知薊州三河縣闕不計朝請大夫守將作少監闕三字三河縣事彭城郡開國男食邑三百闕不計按乾統者天祚紀元七年丁亥為宋大觀元年是時耶律氏國勢已衰而縣令猶知勤政愛民興修學廟差為可稱碑文之拖沓蕪雜固當略而不論矣字端勁有唐人意惟蓟冉關橋宴壩等字好用異文沿北朝碑版餘習怨海應是怨字訛非異文○汪鼎權曰碑中別體字尚有稍權峰根異序家偏閒等字而語从示為字書所無其明字作明缺二筆當是避諱缺而童子及第商酒都監等名目可備讀遼史者參考遼碑世既無多此尤後出嗜古者當亦樂觀也

張伯顏壙志

韓君復卿得元平江路總管張公壙志并篆蓋拓以見貽復錄示所題跋語曰張伯顏壙志鄭元祐代其子大中作文載倫吳集楷書字大半寸許二十行行二十字王都中填諱張氏世居長洲之相城原名世昌字正卿元成宗賜名伯顏由將作監判

官洊升漳州路總管至元二年年六十有五告老於朝以正議大夫平江路總管致仕三年六月終於里第葬謝澤原清河侯之兆父名顯官江淮財賦副總管追封清河郡侯盧公武府志列於郡守題名表其實虛銜乃致仕所加父子葬地府志亦闕載此石不知何時出土被謝澤土人築為水步顧文學譔向余述之乃以石易歸將置之郡庠以垂永久伯顏曾刊文選李善注六十卷為世寶貴其文雅異乎俗吏宜乎五百年後片碣發露不使姓氏歸於冥漠耳填諱之王都中字邦翰福寧州人以恩蔭為平江路總管治中累拜河南行省參知政事卒謚清獻有本齋詩集三卷余按蓋石篆書兩行平江路總管致仕張公壙志十一字字長三寸平仕二字已全泐江路張三字亦僅存其半錢氏大昕十駕齋養新錄亦載此志大略志中泰定三年養新錄板刻誤作五年此或沿倫吳集舊誤由錢氏當時未見此碑無從校正也後來續修府志自當據此拓本列其父子葬地入冢墓門

米海嶽像贊石刻董香光重摹本

董文敏重摹米老像及小米贊云嚴君海岳戲自寫像無住臨移妙出心匠形容浩然之氣為一時之所敬仰經綸之學衆嘆曾未得施青史之名超出古今之上紹聖丙寅中秋前三日子友仁贊文敏跋云趙當世宰丹徒得米虎兒刻石石泐字漫予重書萬歷甲寅上巳後三日董其昌識按紹聖無丙寅或疑是紹聖三年丙子之誤亦非此蓋是紹興十六年之丙寅耳考建炎以來繫年要錄紹興十五年乙丑十一月米友仁充敷文閣待制提舉祐神觀奉朝請十九年己巳四月權直學士二十一年辛未春正月二十八日卒據此則紹興丙寅小米正當充敷文閣待制時其時海岳歿已四十年錢大昕跋年錄據蔡天啟所撰墓志卒大觀元年丁亥年五十七貲致有學未得施及青史之名等語若紹聖丙子海岳時僅四十六歲安得遽云此乎聖字為小米原誤為文敏後誤今不可致石應在鎮江近年恐不免遺兵燹矣

明潞王畫蘭石刻

虎邱塔下有畫蘭石碣嵌壁間高三尺餘闊不及尺花葉紛披摹鐫工妙為明季潞王遺墨款題庚辰秋仲寫於萬卷書齋後署敬一兩字起首長印曰大明崇禎十三年後方印二一曰蘭花道人一曰潞王敬一主人中和父寶按王名常淓父簡王翊鏐穆宗第四子就藩衛輝王襲封後值崇禎中兵事起能急國難常其嘉之甲申之變避兵南下史閣部議立不果流寓杭州降於大軍杭人得免兵革甚感之稱為潞佛子

性耽風雅，善鼓琴，製琴數百張，傳世名器。（王士禎池北偶談作三千張，此是三百之誤，故今以數百譯之。）是蘇工畫蘭。是幅作於庚辰秋時，猶未去國也。余以拓本乞覺阿開士祖觀題長歌曰：幽蘭一叢花兩箭，清露盈盈香可嚥。擘箋石墨潞王遺，畫摳何人來古殿。神廟之姪稱藩時，紹封茅土輩行尊。平生事佛耽禪悅，翰墨絲桐結習存。猗蘭一曲知音少，復為美人寫香草。尺土難邀雨露恩，孤芳爭奈荊榛繞。貞珉摹刻重琳瑯，七級浮圖虎阜藏。得近祇林依淨土，願除愛草事空王。中原盜賊紛多故，百里潞封豺虎路。國香零落遠流離，欲把杭州作南渡。地覆天翻痛甲申，南都議立事紛紜。錙銖未滅馬瑤草，扶弱深憐史道鄰。（原注：史閣部欲立潞王，為馬士英所阻不果。）天兵飛渡長江水，半壁湖山安足恃。降旛早竪閶城全，贏得杭民稱佛子。北去蒼黃行路難，託根無地怨摧殘。誰知玉葉金枝貴，竟作飄蓬斷梗看。青桐碎後湘絃裂，蕙折蘭焚空太息。王孫芳草綠天涯，血染鵑魂歸不得。瑤華片石藝林傳，歎識庚辰尚紀年。當日寫蘭何意義，近幾擾亂多烽烟。滄桑已換紅羊劫，龍種五王從此絕。哀怨難招屈子魂，潞河流水聲嗚咽。業果蘭因問世尊，生公石畔墨留痕。紅閨畫竹飛英塔，（原注：蘇州飛英塔有管夫人墨竹。）夫婿天潢何足論。余亦有二律云：玉殿清閑藝事工，愛將翰墨伴絲桐。自標朱邸幽花格，許儕緇林凡草叢。弱植難扶南渡後，孤芳甘落北風中。湘蘭從古多哀怨，感到滄桑更不同。天涯芳草泣王孫，何處春風可託根。集蓼早憂家國難，分茅空負祖宗恩。心皈古佛香留影，淚灑遺民墨染痕。片石長期依淨土，免鋤鉏種在當門。杭州西湖虎跑寺亦有潞蘭石刻，貝子木青喬寄拓以寄余，花兩叢，詩二十字，同為庚辰年作，子木有詩詠之。又王漁洋記金陵宏濟寺石壁刻潞王畫蘭甚工，今不知尚存否。余謂王避兵南來時，必無暇錙留墨本，當是在藩之日，畫幅流傳，人為摹刊名勝地，故金陵蘇杭皆有之。此亦恒河浩劫中一段墨禪公案也。

別本深慰帖

林藻深慰帖，楓江袁氏五硯樓舊藏此石，不知何人手鐫，與前明文氏刻本毫髮無異。印印川少時曾見之，石質類碧玉。袁氏家落後，歸於揚州江氏康山草堂。江復負帑課，籍沒，石送入宫，不知所在。今搨本不可復得矣。

明淮府刻趙字前赤壁賦

松雪大字前赤壁賦帖一冊，風骨極似李泰和，摹鐫得神，紙墨亦舊。跋中有命儒臣鈎摹上石語，款署成化丁酉七月西江頤仙，其旁有淮府二字一印，蓋前明淮王瞻府所刻也。攷明史諸王列傳，淮靖王瞻墺，仁宗第七子，宣德四年就藩韶州，後徙饒州。正統十一年薨，子康王祁銓嗣，弘治十五年薨。此帖款署丁酉，為成化十三年，是康王奉藩時所刻。（康王當時刻文翰類選大成一百六十三卷，自周秦迄元明人詩文畢備，□史亭伯與□康同編，前有自序，稱西江頤仙，蓋多似此。四庫館未收，惟法式善陶廬雜錄載之。）按明代藩邸刻帖，知名者周憲王之東書堂帖、晉靖王之寶賢堂帖，俱見孫承澤閒者軒帖考。（明史諸王世表及列傳，晉藩歷代無謚靖者，惟嘉靖時有端王知𤇆，或由鐫字形誤耳。）後則肅府重摹閣帖，至今人尚重之。淮府此帖未見紀載，不知所刻更有他種否。筆之亦足備石墨雅談也。

況太守辟疆館記偽刻辨正

嘉慶丁卯戊辰間，吾郡盛傳此記石刻，好古者以況公翰墨流傳甚少，頗嘖重之。石在府署東西米巷中如意庵僧家，一時競相摹搨，不啻唐宋舊碑。庚午正月，郡守坦園五公泰得之，屬郡人王國博芑孫、黄部曹丕烈博考，當為贋迹，乃識而還之故處，謂俾勿更誤來賢。余觀王黄二公之辨正，誠有裨於來者。國博之文淵雅堂集中未刻，所致尚微有舛誤，茲錄部曹二辨，度後有見是石者可悉原委而不為所建。偽刻原記亦附存注中，以備參攷焉。（偽記云：吾郡顧氏辟疆園者，即郡治東隅和豐坊五顯王廟地，其故址也。至元吳地記以五顯廟為辟疆故址。據景定姑胥志，和豐坊有顧況宅。唐大曆中，拓府治規其半為衙。正五予於正統三年，以五顯王靈異，三請畢濠當廟，請於朝為重興，擴檐落成，後發井得斷石，為辟疆東晉宅。予友楚叔真攷之，則正顧況詩所謂辟疆東晉日，竹樹有名園，年代更多主，池塘復幾繁，為辟疆顧氏園無疑也。是歲冬，予丁先太夫人之憂，蒙臣命禮部潮以予哀情視事，予哀毀哀甚，以郡事委郡丞鄭旗，而以五顯廟之南偏為名盧，終制為六年。予再視府事，其時官田賦繁，驛路網運，皆粗有軌則，每日公暇，休憩此館，清恩蕭穆，竹木明蔚，為簿書叢劇地，或賓客論政事，亦時為小詩，參吾慕者為寒君仁、諱君有章，皆適才也。予初以吕蹇兩尚書薦，備官禮部，出守雄劇，治此既久，欲而歸之。於是諱君為製辟疆館寄顧予卧室，百年之後，予幸不復罪吳民，設我馬嵩則忽尺山池，當安知非右銅鉞种之阯宅歟。時正統六年冬十一月廿有一日，知直隸蘇州府事前禮部儀制司郎中瑞安況鍾伯律氏書。）

辨云：有以新出況鍾辟疆館記石刻示余者，諦之而不能無疑也。吾郡志書最古有蘇州圖經，其軼久矣，傳者有朱長文吳郡圖經續記、范成大吳郡志、盧熊蘇州府志、王鏊姑蘇志。外此雜錄，如陸廣微吳地記、龔明之中吳紀聞、陸友仁吳中舊事之類，莫不具存，而是碑所引至元吳地記、景定姑胥志二書，世不概見，如果二書在正統猶存，不應遽軼，即或昔存今軼，在當日盧王諸公不容無覩，其修志不能不引，而今闕如，且諸家書目不載其名，可疑者一也。志分門有官宇、壇廟、第宅、園林諸目，今按碑文校其辭涵，府署向在王廢基，有唐宋題記可據，其去今碑所在之地甚遠，自至正後始遷今所。今所乃古之茶鹽司，由茶鹽司而為營田都水司由營田都水司而為蘇州府治歷然無可疑者而茲碑獨據景定姑胥志言和豐坊有顧況宅唐大歷中拓府治規其半為廨云云是誤以今署為古治可疑者二也碑又據至元吳地記以五顯廟辨碑疆故地辟疆園在宋諸家如朱長文范成大龔明之皆以為莫攷何至元時獨能指其地且五顯廟明以前無稽碑稱況公請於朝云云既有朝命不應不列入祀典且況公之新泰伯伍范諸祠志書悉載何獨遺五顯王廟可疑者三也辟疆園唐顧況書假以居續圖經可攷而以為在和豐坊和豐乃宋坊唐無此名顧況即處辟疆園不聞辟疆園即在和豐坊第宅園林兩相牽合可疑者四也至元景定兩志今既無徵而甃井得石之說又不見於同時諸公其所稱辟疆東晉字了無旁證蹇叔真且誤以辟疆東晉日四句為顧況詩實不思池塘復裔孫為他人語氣耶蓋郡守贈詩載諸續圖經甚明白也至敘況公丁憂復任事年代事實大有歧異楊循吉吳邑志云知府況鍾宣德五年五月命擇江南守臣禮部尚書胡濙舉以應詔除蘇州府知府六年三月奔繼母喪秉燭治任詰旦就道其丁憂之期在宣德六年三月非正統三年之冬也又云未幾七縣士民列其政績封上乞求還任詔為奪情復起之七年正月再

至則碑所云以郡事委郡丞邵謙而以五顯王廟南偏為居廬終制焉者妄也再視府事為宣德之七年非正統六年楊志云正統四年以通滿三考上績天官軍民八萬餘人保留再任此又第三任矣與記所云服闋再任年月不符況公在任楊志載有正統元年創作後堂衙宅其餘一皆如制若果如此記所載辟疆館事不應無說而今皆不載何耶以上諸條皆余就昔所聞證今所見決知此石非真舊志或以任晦宅為辟疆故居朱長文范成大龔明之皆作疑信參半語何至景定時志轉能定此為顧況宅耶五顯廟諸志不詳惟姑蘇志有靈官廟舊名靈順行祠吳郡共有四祠一在西米巷名如意庵嘉熙四年建與此時碑記所出之地合蓋和豐坊在米行西米巷當即舊米行也吾郡多博聞強記之儒當必有辨之者余姑為引其端焉

後辨云辟疆館記碑文余得之同年王惕甫孟太守將屬惕甫為文記其事故為之核其實也已復親至西米巷訪其僧雲峰雲峰指壁間別有況知府重建五顯廟祠記碑余讀之得所謂如意庵者又詢諸土人云至今尚稱靈官廟是守溪所云靈官廟一在西米巷名如意庵者信矣碑陰有重建五王廟圖圖在垣外風雨剝蝕圖形莫辨僅存篆額六字余第就記文核之益得辟疆館記作偽之證當之言曰嘉慶十一年得此庵於老尼其時殿庭中即有二石合時一屣其一載乾隆年間重修事其一即辟疆館記也其後某見石有字痕洗之適有幕客某庽此云是碑可搨以易米因搨出之據此則石故棄置庭外非出自土中也且余以行祠記與辟疆館記對勘一偪壁間已漫漶斷裂而置諸庭中者獨完好如新乎漫漶者正統四年所刊完好者正統六年所刻同一時同一地而完缺新舊迥別兩碑語又齟齬不合重建五顯王行祠記自崇甯而嘉泰而寶慶而咸淳而洪武因浮屠而有僧庵因僧庵而有肖像基址之恢擴殿閣之改易雖不備載並未以五顯廟為辟疆故地也至元與咸淳同時撰行祠記者既不能攷其地之於古何屬而至元吳地記又何從知為辟疆故地乎此偽記舊志之一證行祠記敘況侯修廟之事乃與聯官某某節縮俸入為之則非請於朝矣兩碑記重修一云正統四年一云三年相距一年斷非再舉此錯撰事跡之一證記又云先是廟南壺於郡垣中庭湫隘兩廡相接至是留其南地退樓閣之址於南北及敘重興後事但云庭既闓豁破完腐堅未聞有青蔥翁鬱竹木明琴之致即使後越二載可以增置房屋

然況公再視府事時恐未必有此蕭閒情致此護誇勝境之一證然則辟疆館記在作偽者即剽取重建五顯王行祠記中語而潦草為之因五顯廟以得和豐宋坊而妄以為辟疆故址矣規其地近今治可恢拓及之而妄以為唐大歷中矣因得其聯官同知邵謙之名而妄以為委之郡事矣點竄塗改其跡顯然碑石作書條欵式與乾隆重修碑記相類是直近時好事者為之亦無足辨焉爾

吹網錄卷三終

吹網錄卷四目錄

阮氏十三經刻本
顧澗薲校刻宋本爾雅
宋人引一切經音義
鈔韓史記正義
史通削繁序誤
丙丁龜鑑有所本
辨明史記事本末非竊書
廿二史感應錄采張悌事
勦厌錄補注跋并撰人辨
吳許公奏議
山谷宜州家乘非原本
附論周聖楷輯楚寶
陸放翁家訓署年誤
亭林年譜有沿誤處
陳夫人年譜
柳邊紀畧
甯古塔紀畧
訂舊聞證誤之誤
讀書敏求記校本
兩浙金石志之名
章實齋修志體裁之善
綠珠傳附田六出事
㚖山妖亂志撰人

吹網錄卷四

清 古吳葉廷琯調生著

阮氏十三經刻本

阮文達公重刻宋本十三經注疏。各卷後附校勘記。學者茍能潛心探索。不難由此得古聖賢諸儒經學之傳。其嘉惠士林。誠匪淺解。第余見阮氏弟子。記嘉慶二十一年丙子秋。刻宋本十三經注疏成一條下。有男福按語。此書尚未刻校完竣。大人即奉命移撫河南。校書之人。不能如大人在江西時細心。其中錯字甚多。有監本毛本不錯。而今反錯者。要在善讀書人。參觀而得益。校勘記去取亦不盡善。故大人不以此刻本爲善云云。後之有志經學而服膺是書者。又不可不知阮公子此論也。

顧澗薲校刻宋本爾雅

澗薲文嘗得嘉靖時吳元恭本爾雅郭注三卷。序而重刻之。吳本原出宋槧。遠勝俗刻之脫譌。經文有較開成石經不合者數處。如釋宮屋上薄。石本作薄。釋天何鼓。石本作河。釋水縣出。石本作懸。石本未必是。板本未必非。又如接慮李之接從木。姑蠻之姑從虫。蓋相承如此。仍足資考訂。說見戈小蓮襄跋語。戈君所題鈕匪石藏本。即顧氏所從影刊者。各卷後有戈君鈕君名印。及袁壽階張古餘借讀印。澗翁續得宋刊祖本。校改若干字。旋以板片贈其門人程稾初。集義跋中自謂轉勝吳氏原刻。洵不誣也。劉辰評禮延司。同時有武進臧鏞堂刊宋本亦善。程氏得板後。易其思適齋刻款。爲瀞意軒重刊。併取澗翁原序戈跋。及袁張鈕諸印削去。殊爲可惜。余特識之。使後人知此本重刻之原委云。

宋人引一切經音義

知不足齋刊趙令畤侯鯖錄。內有一條云。檷楯王逸注云。縱曰檻。横曰楯。楯閒子曰欞。檷楯殿上臨邊之飾。亦以防人墜墮。今言鉤欄是也。史注沙門玄應撰五字。鮑氏校云。䇲注似誤。余按侯鯖錄此條。是引唐沙門元應所撰一切經音義。元應本書欄楯二字是正文。王逸注云以下三語。是引逸楚辭注。惟縱曰欄作縱曰檻。欄楯殿上以下三語。其上本有案字。是元應案詞。然則侯鯖錄此條首尾當有一切經音義字。不知何時脫去。故但存此史注也。元應此書向少傳本。乾隆丙午。武進莊刺史炘。從釋藏中鈔出。校訂刊行。其序謂自唐以來。傳注類書皆未及引。通人碩儒亦未及覩。然趙德麟書已有此條。可見宋人已曾引之。特未若今之視同儒家小學書耳。余復考吳丹僧行均龍龕手鏡注中所引有應法師音錢辛楣先生謂即元應是書又東坡集贈章默詩集身尸陀林王注趙次公曰按唐僧元應一切經音義曰尸陀林此言寒林云云以上二條亦遼宋人引用元應書之證

鈔輯史記正義

唐諸王侍讀率府長史張守節撰史記正義三十卷於音訓地理尤為詳析計其體裁當必標字列注亦如索隱之例自後人取以散入史記本文下索隱尚有單行本傳世為毛晉重刻北宋秘省板正義則絕無傳本至前明監本史記采附裴駰司馬貞所釋之後更多刪削失其本旨僅賴吾吳王文恪公家刊本猶見其全顧近來此書亦尠書估索值頗昂寒士幾無由得讀矣术瀆談怡泉布衣師吉家貧好學與沈小宛孝廉欽韓游深知讀書門徑嘗仿索隱例每條各立標題摘錄正義原文於下王板史記之外並博攷他書所引為之補漏訂訛手鈔成帙於是守節所箸燦然復為完書惜無有力者為之付梓謨亦物故其鈔本後歸王君亮生墍亮生設藝海堂書肆於閶門有志搜羅前人未傳之書校刊以惠後學此書方謀鋟板期與索隱並傳乃未幾亦謝世其後人不深於此道事遂輟役余恐諛君是編不免久而湮沒盡負其一番采輯苦心也

史通削繁序誤

河間紀文達公有史通削繁一書刪去劉子元原文之冗漫紕繆者排比相屬以便學者誦覽誠為善本道光年間鋟板粵東自序謂昔郭象注莊子書益多刪節凡嚴君平道德指歸論所引而今本不載者皆象所芟棄者也例出先民匪我作古余按全謝山鮚埼亭集中述張南漪語曰嚴君平本姓莊氏道德指歸篇中所稱莊子皆君平自稱閻潛邱乃以為莊周逸篇以補王厚齋之漏蓋困學紀聞曾載莊子逸文故潛邱補之也然則文達自序尚沿潛邱誤解其謂郭象刪節莊子書者亦由誤沿閻說而為想當然之詞耳

丙丁龜鑑有所本

宋淳祐六年丙午元旦日蝕詔求中外直言江山柴仲山望先於嘉熙間為太學上舍除中書奏名至是聞詔乃撰丙丁龜鑑十卷起周威烈王五十二年丙午止後漢高祖天福十年丁未上下一千二百六十年為丙午丁未二十有一數其吉凶禍福於前指其治亂得失於後書成上之忤時相意詔下府獄遠謫幾不免大尹尚書趙

節齋疏救得放歸田里諸友祖道湧金門外靈芝寺望留別詩所謂見書還指張偽古痛國誰憐賈誼書者也余攷丙丁之說非創於望實發之洪景盧容齋五筆第十卷載有丙午丁未一條謂丙午丁未之歲中國遇此輒有變故非禍生於內則夷狄外侮三代遠矣姑摭漢以來言乃自高祖以丙午崩權歸呂氏始悉數至孝宗淳熙丁未高宗上仙大抵丁未之災又慘於丙午云云望之上書後於容齋之沒且四十餘年必平時嘗見洪氏所言因鋪叙其事成十卷之書惟從漢溯源于周而下以後漢為斷限此為稍變其例於宋室本朝之事置之不敢斥言可謂慎矣乃容齋顯論本朝而竟無事望則避不敢言而反得禍者蓋私撰於一室與入告於在廷其勢固殊非獨所遭有幸有不幸也哉　朝王阮亭司寇述陰陽家語謂丙丁屬火遇午未而盛故陰極必戰亢而有悔元至正中又有續丙丁龜鑑者補宋元事之闕當攷據故明三百年中丙丁事應以續二書之後其說見池北偶談然元人所續今未見傳本漁洋雜着甚多亦未見有此書傳世殆晚年有是說而未經創稾歟

辨明史紀事本末非竊書

明史紀事本末八十卷谷應泰撰四庫提要採邵廷采明遺民傳稱山陰張岱嘗輯明一代遺事為石匱藏書應泰作紀事本末以五百金購請岱慨然予之又稱明季稗史雖多惟談遷編年張岱列傳兩家具有本末應泰並採之以成紀事云云顧舊傳應泰有竊書之誚孫氏讀書脞錄述姚際恆語云明史紀事本末本海昌一士人所作亡後為某以計取攘為己書其事後總論一篇乃募杭諸生陸圻作每篇酬以十金始知其說起於姚立方庸言錄所謂某者即指應泰惟海昌與張岱里籍不符孫氏謂此說不知所據吳晚鈺劉森曰家亦滇先生浩然堂集有答陸鴻京書稱谷史君撰紀事本末時觀京為幕下客觀京又屬某某不啟受史君之時讀史附織云云則農京振鴻論之說殊非虛語至近時陸定圃教授以湉冷廬雜識中備諸虞循竊王隱晉書郭象竊向秀莊子注之列而云張岱石匱書谷應泰得之改名明史紀事本末與戴東原直隸河渠書為王履泰竊名改作畿輔安瀾志者並舉蓋即本之姚說而參以提要所云也然余嘗見鄭芷畦今水學略例內一條云昔從朱竹垞先生游一日語予曰吳興經史學稱極盛六朝唐宋元明說經者林立廿一史中撰本居三明史槩亦不愧作者谷氏紀事本末徐禎村著原注名倬字方虎德清人康熙癸丑進士禮部侍郎禎村諸生時為谷識拔故以此報之然谷氏以私撰受累禎村得脫然幸矣余謂竹垞與徐谷同時能指實其人其事自必見聞甚確不作無稽之談且芷畦亦非輕信人言之

人。雷甘谿浚曰按國史文苑傳稿長泰嘗投浙江提學欽重所校多一時名俊徐稱德清宜有識拔之事此言自非妄言妄聽也。視姚漫指為海昌士人。及亡後計取者不同。是此書之撰自徐倬。而非張岱。得由報贈。而非竊冒。似可信矣。至遺民傳所云。谷購張書。亦非虛語。蓋由應泰初思輯紀事一書。嶺村聞之而知所以報。即託谷名購張書為藍本纂成紀事以獻。應泰受之。乃聘麗京撰論錢本。故世但傳應泰之購書輯史。而不知有嶺村。然則提要但聞其始事所言者。應泰撰書之本計。竹垞及見其終事所言者。應泰得書之實跡也。第私撰受累事。竹垞未及詳言。提要亦不著一語。此當更從昔人紀載中求之。

廿二史感應錄承張悌事

吾郡彭氏嘗輯刊廿二史感應錄一書。蓋取諸史列傳所載果報顯著者。編纂而成。其例於正文之外。兼采史注。亦間附以己意評論。使人於千百載善惡殃慶之跡。一覽可知。用資鑑戒。意甚美也。惟中采三國志孫皓傳注松陽人柳榮生魂至天門見人縛軍師張悌。是日悌遂戰死一事。此條必應刪去。按吳錄雖稱悌布合時趣。將護左右。為清流所譏。然細核生平。無大過惡。且當率師禦敵之時。慷慨渡江。誓殉社稷。及夫兵敗。諸葛靚牽與俱遁。堅卻不去。遂為晉軍所殺。跡其見危授命。大義凜然。當亦志士仁人所亟宜褒取。裴注引搜神記所云。於感應無關。已無庸論。即就其事而言。將使草間偷活者。轉得藉口。謂凡彼臨陣捐軀之士。俱屬上干天戮之人。其何以教忠而勵節哉。士君子讀書。於是非去取之間。皆當為世道人心計。刻事徵史傳。義在勸懲。尤未可苟焉已也。嘗讀文選陸機辨亡論。上有云。雖忠臣孤憤。烈士死節。將奚救哉。李善即引襄陽記張悌死節事注之。可見前賢早以忠烈許悌矣。

劫灰錄補注跋并撰人辨

崑山李香引文學孫。以所輯劫灰錄補注示我。是錄載殘明桂藩在兩粵黔滇諸事。原注仿三國志裴注例。隨文補所未及。而闕誤尚多。香引熟於明末遺聞。為之推廣而加以攷證。所增多至數倍。亦間有刪雜繁蕪處。余既為題跋。并作撰人辨。將以復之。而香引老病遽逝。不及見。存此以諗後之讀是錄者。彭仲山無近名齋文鈔二編有李君香引傳誤其號作引香當改正。

跋云。香翁為此錄補注。增刪訂正。誠為有功。如注中辨桂恭王之有五子。紀魯監國之沒於壬寅年。皆有裨於正史。惟於每卷原題殉國諸臣事致。輒改為某地諸人事致。殊未思錄中有傳者止此。殉國十餘人。不能遍及。其餘故為標舉如此。以

示限斷。改之則失本書命意。又原注補注。未能分別明晰。而補注所引稗史。亦未著書名。無從攷覈。余嘗以舊本校勘。於注既一一標明補注引用諸書。則無從偏攷矣。至卷首作者姓名。題為馮甦。舊跋謂說本尤西堂。余有文辨其未確。特以是書為香翁已成之編。不欲紛更。故仍其舊款。錄副而附所辨於左。以資考證焉。

辨云。嘗見舊本劫灰錄六卷。不著撰人姓名。但題珠江寓舫偶記。六卷第一卷為永曆紀。自第二卷至第六卷。卷首分標殉國諸臣事致。一二三四五字。而於卷尾各注以上粵東西川貴滇等字。二卷為何騰蛟堵允錫。三卷為瞿式耜。四卷為陳子壯張家玉陳邦彥李元胤。五卷為王祥楊展。六卷為楊畏知沐天波李定國。此其卷目大略也。紀傳中仿裴松之注三國志例。間采注語。以補錄所不及。似即出撰人一手。前有自序云。秣馬金閶之歌。比于雪涕。生秣銅駝之嘆。奚啻傷心。正月冠春王。大統不因偏安改。其例乾侯書公在。乘輿豈以遠狩貶。其文僕雖不才。固嘗侍從蘭台。校讎天祿。既而遁跡空山。寄情雲壑。憫宗社之云亡。撫遺聞於掌故。分為六卷。輯成一編。仰法麟經。希風狐史云爾。壬申中秋秒珠江舊史氏識。詳其語意。似在永曆時曾為館閣臣。而變後隱逸者。近時崑山李香引文學偶見是書。別本無自序者。謂其所紀簡要得實。間有沿誤。不明斷處。注文則繁簡失當。為之參訂刪補。所增比原注多至數倍。因尤西堂嘗稱是書為少司寇馮蒿庵所著。遂於每卷前珠江寓舫偶寄上。各加臨海馮甦四字。自為跋語示余。余謂是書原有自序。所言出處。及著書之意。與蒿庵生平大相逕庭。且攷四庫全書雜史類有見聞隨筆二卷。為 國朝馮甦撰。提要稱其首載李自成張獻忠僭亂。次敘永明王稱號始末。及何騰蛟堵允錫瞿式耜張同敞陳子壯張家玉陳邦彥李元胤李乾德楊展王祥皮熊楊畏知沐天波李定國十五人傳。時明史總裁葉方藹以甦久官雲南。詢以西南事實。因據所記憶述為此編。送史館。毛奇齡分纂流寇傳。大略取裁於此云云。觀隨筆一書。大段與劫灰錄相近。惟增入張李二寇。及張同敞李乾德皮熊三臣。而三臣事跡。劫灰錄均已散見諸臣傳中。頗疑蒿庵即取珠江舊史之書為藍本。增刪而成隨筆。上之總裁。西堂當日同在史館。得見此書。後又見劫灰錄。因其紀載略同。遂亦指為蒿庵所作。而香引則未知蒿庵之有見聞隨筆。又未見舊本劫灰錄之自序。故墨守西堂之言。竟以劫灰錄為馮著矣。今本劫灰錄中稱我朝大兵等字。當是後人所改。或仍見聞隨筆之文。非復珠江寓舫舊本。而

猶留永歷紀三字為改易未盡之痕跡是其明證使是書果出萬庵之手 本朝臣子編明事以呈史局尚敢於永歷繫其年號加以紀字耶且萬庵既有見聞膽筆又何取屋下架屋而別撰此劫灰錄乎是又可信劫灰錄之必非馮著矣然則劫灰錄畢竟何人所作余疑是當時方密之錢飲光一輩人手筆蓋方錢二公皆能文喜著書密之在崇禎時曾官翰林永歷時曾為大學士未幾即為僧去而在粵東最久飲光則永歷三年十二月臨軒親試授翰林院庶吉士名在第二嚴起恒稱其有制誥才請改編修管制誥見所撰明末野史永歷紀事篇中劫灰錄補注曾載之特引誤本改其名錢秉鐙為錢秉錫耳（滴露生鍾瑞曰錢秉鐙尚有所知錄每紀一事後輒賦一詩既圓海之走死仙霞嶺賦髯絕行一篇尤挾嫌而亦手鈔一過今久失去旨不省記矣）此與萬本自序之語稍合即非二公所作大約不離乎是時一二舊臣者近是惟自序末題壬申秋杪為康熙三十一年已在明史開局萬庵上書之後此或壬申二字為壬寅傳寫之誤壬寅為康熙元年是年四月永歷畢命滇南六月李定國亦卒天南殘局至是遂完因於秋杪成是書庶幾於情事相近所惜香引久歸道山不得起而與之相質也

吳許公奏議

宋南渡後宰輔不乏賢者如吳履齋生平尤為純白無疵惜末路阨於賈似道貶謫循州以殁論者惜之仁和胡心耘琨示我鈔本吳許公奏議四卷凡六十三篇始紹定四年終景定三年（卷末有臨終謝表故以公卒年為斷）首尾三十五年不出理宗一朝所言皆中外大計反覆詳明可見公愛君憂國謇諤不阿風概按公有履齋遺集四卷為明末宣城梅鼎祚所輯詩詞雜文四庫館已著錄提要謂宋史本傳所載諸疏不見集中已多散佚今觀此書諸疏具在卷首序文二篇不著撰人名氏據所言知前序為公鄉人後序為公後裔又知此書在 國初時曾經裔孫所謂汝州君者付梓詳前序中第四卷尾謝表一篇即從梅氏所編遺集錄載目錄謝表下注明適當日四庫館開無人采進何歟或者汝州雖梓而未能廣布以此仍湮沒不彰耳此本即從汝州刻本傳鈔為金陵朱述之司馬緒曾所藏心耘借歸錄副屬校為言司馬白下故廬燬於癸丑二月之變藏書十餘萬卷悉成灰燼此書獨留杭州行篋幸而得存豈非公忠直之氣鬱久必伸天為愛惜護持以待後來之傳播哉

山谷宜州家乘非原本

鮑氏知不足齋刻山谷宜州家乘前有范寥信中序文自言崇甯乙酉三月十四日始從宜州歸日謁先生于僦舍自此日奉杖屨至五月七日同徙居於南樓趾步不相舍至九月先生忽以疾不起子弟無一人在側獨余為經理其後事方悲慟不能已所謂家乘倉猝為人持去紹興癸丑忽有友錄寄因鋟板以傳云云家乘中記其始見及同游之事悉合費袞梁谿漫志則載寥在南徐從公謀家游攜其父几硯白金器皿逸去遷往廣西見山谷相從久之山谷下世寥乃出所攜程氏器皿盡貨之為山谷辦後事而羅大經鶴林玉露乃云山谷謫死宜州時有永州唐生從之游為之經紀後事收拾遺文獨所作家乘為人竊去了不可得後百餘年史衛王當國有得以獻者史甚珍之後黃伯庸帥蜀以其為雙井之族乃以賜行據此則此本出在范寥既刻之後故今本家乘中崇甯四年正月朔即有元明自永州與唐次公俱來居四日矣之語二月十日又云唐次公自柳州來前後皆同游數日次公疑即是鶴林玉露之唐生惟二月以後不復見其名鮑氏跋謂唐即范之傳訛語甚含糊至明人刻山谷集其年譜中亦載范寥相訪及同住南樓事似即本之家乘而附刻周李鳳所為別傳則云初謫宜州與零陵蔣湋友善（按零陵即永州）士大夫畏禍不敢往還獨湋日陪杖屨疾革湋往見之大喜握手曰身後事委君矣及卒湋為棺斂送歸此與家乘序中之言大異與鶴林玉露亦不合又近時新化鄧顯鶴增輯楚寶一書（其實原書明末湘潭周聖楷所纂）獨行門有蔣湋傳載湋侍送山谷事與別傳同且及其後來從遊郎志完一事其人決非浸無徵信者而按諸家乘則自乙酉正月朔至八月二十九日止每日所書絕不見蔣湋姓名不知何故（家乘中自五月二十日至六月二十四日全闕）夫別傳無寥與唐生名或由未覩家乘之故寥序刻家乘而自其三月到宜之後略不齒及唐蔣二人名其中不能無疑蓋寥本傾險之士細味其序文前後諸語及以竊逃程氏銀器事揣之家乘之失當即寥所藏匿而託言他人持去其藏匿者正為作計削去唐蔣之名獨攘其美故事閱三十年又託言友人錄寄而刊板曰錄寄明非原本此以避時人索閱山谷手書且可意為粉飾爭名之心至此可謂極巧而亦極苦矣獨念後歸黃伯庸之原本不知今尚在人間否果能一覩則范唐蔣三人之事不難曉然明白亦攷古者之一快也而惜乎不可得也

附論周聖楷楚寶

周聖楷字伯孔湘潭人崇禎辛巳輯楚寶成紀載楚地先哲事實人各一傳頗多遺聞逸事晉江蔡忠烈公道憲時宦楚為作序極相推重至以奇士目之 本朝四庫

綰收入存目云其書分二十五門今按原書實二十六門蓋提要偶遺其名將一門也析化鄧湘皋顯鶴重校刊於道光九年別為附錄增輯附在各卷之後并補其有目無傳者數人又取列仙名釋祖燈三門列之外編以明所貴之不在是體例頗嚴可謂聖喈之功臣矣但余考王阮亭司寇池北偶談謂聞之王教授悠云楊武陵每情事其文密嚴首畀周聖喈輩為武陵所抑遂勝謗書悠亦湘潭人即與校楚寶者（首畀字十五作谷人亦見其實卷首余仗姓氏中）所言似非無據又云聖喈有才名後為獻賊偽常德知府發塚揚相祖墓最慘卒為獻賊所殺然則聖喈始乃傾危之士後直叛逆之徒其人不足論其所纂之書更何足重蔡公品題之誤尚在事前所謂君子可欺以方若鄧氏於其編列祖燈一門論謂作者生當劫運欲借逃禪為避世之計尋其意指良可良憫無乃愛而忘其醜乎今見寶帙廚附錄劉元熙所撰周伯孔辨力言其無降賊事以史宗堯郭金台所修邑志及秦文超讀伯孔詩集詩為證謂被殺為不屈於賊姑存其說俟考。

陸放翁家訓譜年誤

鮑氏叢書刻放翁家訓一卷書中稱吾年已八十故所言皆囑付其子身後之事而其前小引署名處則作乾道四年書考宋史本傳放翁以嘉定二年卒年八十五陳氏書錄解題則謂嘉定庚午年八十六而終以集中嘉定三年正月後不知更醉幾春風之句證之則陳說為得其實由嘉定三年庚午八十六溯至八十作家訓時是在嘉泰四年甲子若乾道四年戊子是時放翁止四十四歲也蓋放翁家訓前明吾家文莊公水東日記已載之稱其元題曰太史公緒訓譜年即作乾道四年五月十三日鮑氏刻此似即從水東日記錄入未能審校故署年尚仍舊誤不改耳。

亭林年譜有沿誤處

亭林先生年譜一卷道光癸卯平定張石州明經穆據東秋船徐星伯所輯兩本參合而成皆據實山東江南所得真事詩文尺牘甚多用以辨正增益洵為精博徐譜未刻余未見然此譜所載石州尚間有沿誤未為改正者如順治十四年丁酉紀先生年四十五歲至濟南與張稷若定交（原注稷若名爾岐號蒿庵濟陽諸生）為稷若作儀禮鄭注句讀序余按亭林詩集有過張貢士爾岐一律起句云緇帷白室觀風標為嘆斯人久寂寥落句云竊喜得逢黃叔度惆來聽講不辭遙味其詞意皆似初見時語而其詩編在猗家華閣間五月十日之後考詩中又有濟水夏寒清見底之語則是作於康熙十四年乙卯夏其非丁酉年定交可知且東譜於丁酉年注亦自引長山劉果庵孔懷所作蒿庵集序云癸丑八月余有事濟上始識先生於紫薇署中時吳門顧寧人在座先生謂之曰壬寅於陽卯識君古易序非為此君乎寧人頷之觀此知不獨果庵始識蒿庵即亭林亦似初會晤者故蒿庵以十年前所見古易序問之（按此序今不見於亭林文集及餘集）自癸丑八月相識後至乙卯夏已越兩載始行過訪賦詩以贈特作嘆美喜幸之詞益可證其非丁酉年定交也至作序之不在丁酉年更有顯然可見者蒿庵自序儀禮鄭注句讀言此書成於庚戌年而劉果庵於癸丑夏見蒿庵集內此序尚自標為儀禮鄭注節釋至甲寅夏以手錄此書屬其參訂始易名為儀禮鄭注句讀則亭林撰序必更在劉序之後安得移之蒿庵未成此書以前十餘年乎石州仍東氏之誤不改未免少疏矣又年譜後附全謝山所撰亭林先生神道表有云戊午大科　詔下諸公爭欲致之先生豫令諸門人之在京者辭曰刀繩具在無速我死石州案語謂先生之辭大科乃二徐之力謝山蓋誤以黎洲之事例之余謂亭林集中有寄次耕時被薦在燕詩云或有金馬客問余可共登為言顧彥先惟辦刀與繩謝山是用此詩語意非無根杜撰未可竟譬其誤他若陳生芳績撰亭林餘集陳君志銘乃處士鼎和之孫而石州誤以為子亦宜改正石州此譜為二百年來僅有之作余非敢吹垢索瘢正以其大體既醇更願為去微瑕以歸粹美耳。

陳夫人年譜

瞿忠宣公之孫昌文嘗為其母陳夫人撰年譜一帙蓋以尊人伯升（失時疑刻本有誤曰後注述氏錄作伯贊）欲紓家難勉為韜晦順時而鼎革之際家門多故賓賴陳夫人內外搘持故私撰此譜以表母德而紀世變其中頗多忠宣軼事十餘年前從常熟許伯緘丈廷詰處見其摘鈔本緘翁云原本為海虞某氏所藏極為秘密惜爾時未向緘翁借錄近從許氏後人問之則并摘鈔本不可得見矣譜中所載略憶二事一為忠宣明末家居時添建兩樓本無後戶館客楊頌甫通術數於壁間開一門通別室題曰留汝一門國變後瞿氏克保竟應其言一為錢宗伯與瞿氏聯姻實出宗伯之母顧太夫人意云瞿某為汝事去官須聯之以敦世好後行聘時柳姬欲瞿同禮與正室陳夫人同而瞿僅等之孺飴之生母柳因嗇怒至乙酉後宗伯已納款忠宣方在桂林拒命柳遂唆錢請離婚其餘逸事尚多惜不甚記矣考之往古婦人未有以年譜傳者昌文此作不知所本似是創例又見趙收庵司馬亦有生齋集中有陸母林太孺人年譜

序述其子繼輅語云婦人之有年譜追無可徵惟乾隆初博野尹公會一嘗爲其母李太夫人作年譜而桐城方侍郎苞序之謹援以爲請而趙君序中亦有太孺人之賢同於尹母就使無前例猶將序而傳之以附不朽矧事固有因而非創云云然則陸與趙皆未知尹母之前先有陳夫人之年譜即方侍郎當亦未之知也

柳邊紀略

楊大瓢之省覲寧古塔也以康熙二十八年己巳冬往次年庚午春歸歸後十餘年撰柳邊紀略五卷書既成序之者成都費滋松陵潘耒侯官林佶北平王源皆一時名宿或稱其於金元遺跡與明時設立奴兒千都司領轄部落種族諸事風俗物產語言嗜好靡所不詳或稱其於山川形勢障塞規模驛站道里三百八十衛二十四所三十六部落莫不詳稽備載瞭如指掌或稱其爲鄭海岳盧龍塞畧後不可無之作或稱其尊人安城先生爲守將所尊禮其鄉化之如管幼安欲其地之因吾親以爲重而非屑屑於殊方聞見以爲名諸序所言義各有當則其書記載之善可知矣最後系以自序述作書緣起節錄其畧云余年十三離先子奉先王母於江淛間長昇訖年已四十矣然後出塞居未數月又以事遣歸供三十年子職於數月之間尚何心求寧古塔之文獻而書之哉迨後先子即世歸葬中原回念耳目之所聞見有宜書者衛之所設雖自成宣英三朝然中原無往者傳聞多不詳如長白山在寧古塔南舊圖皆畫於其北山半一潭周三十里弱而大明一統志則云八十里如此舛謬者甚多更有求其舛謬而不可得者一宜書先子謫居久變其國俗不異於管寧王烈之居東寧古塔至今悲思之二宜書遼內郡縣既有志矣遼以外不設郡縣無志又無他所記載如松漠紀聞者而余適過之三宜書文字雖無而余所遇老兵宿將其言有可采者又先子至其地在三十年前所見三十年前之老兵宿將是即其地之獻也而余亦得聞其言於先子四宜書泉甘土肥物產如參貂非中國有楛矢自孔子後誰復能辨之地又在遼東三衛外可城郭非他羈縻者可比五宜書夫地在異國雖不宜書好事者猶將書之況有此五宜書予又安敢不書此柳邊紀畧之所由作也柳邊者插柳條爲邊猶古之種榆爲塞而以之名其書者以柳邊爲寧古塔境也若黑龍江則附寧古塔者也亦得書奉天則補其志之缺者也亦畢述書之而省覲之詩附焉觀其所自敘大瓢真一代有心人哉而百餘年來未見有刻本流傳故爲錄藏而記之

寧古塔紀畧

與大瓢同時有吳漢槎之子振臣撰寧古塔紀畧一卷志其父出塞入塞顛末亦及其地之山川城郭物產土風而不如柳邊紀畧之詳備書中稱其父順治丁酉秋後雋變起蕭牆橫被誣陷以戊戌八月赴戍寧古塔其母當日夕悲哭必欲出塞省視其親熱勒公哀而壯之爲料理行計庚子冬自吳江起行辛丑二月五日到戍所振臣以康熙三年甲辰十月生於寧古塔至辛酉十八歲乃隨父歸書則著於六十年辛丑時其齒已五十有八矣振臣之歸在大瓢出塞之前數載而其著書反在大瓢之後（楊書成於丁亥年見林佶序）所紀視大瓢僅得二三蓋童年閱歷未知延訪長齡撰述又不免遺忘人事所限固無怪其然耳至漢槎賜環之事振臣言同社諸公如宋右之相國徐健庵司寇立齋相國顧梁汾舍人成容若侍衛固不忘故舊而其中尺蹟舌敝以成茲舉者則大鴻三兄之力居多又言泊乎長白山賦入 天心嗟嘆溫詔下頒卷首張尚瑗序亦言漢槎秋笳集崑山司寇公爲刊行更以所著長白山賦進呈御覽並筆下詣故人大僚醵貲代贖遂得以辛酉入塞歸甫四（原鈔四下一字漫漶不知是年是月）疾卒蓋傳漢槎歸後即歿或云在京或云在遼溺水其說不一今觀紀略祇云文人薄命溘焉捐館未著何年何地而張序則已明言歸後疾卒又大瓢書中記漢槎還且死猶思食寧古塔所居籬下蘑菇則非在遼溺水可信惟大鴻三兄振臣但言子披哀在京考選教習迄未詳其里籍名字也

訂舊聞證誤之誤

宋史藝文志載李心傳舊聞證誤十五卷今四庫館從永樂大典采輯一百四十餘條纂成四卷此書專爲訂正諸家紀載舛誤而作大有裨於史學然心傳漱引論亦間有舛錯特爲記出以俟攷古者論列焉如所舉曲淯舊聞王文正李文定俱秉政文定曰外寧必有內憂云云心傳按語謂契丹講和在景德元年後十二年李公始自陝西入翰林爲學士此事當指李文靖而次條於（闕名）書 真宗既與契丹和親王文正公問於李文靖公曰和親何如云云心傳又謂國史景德元年十二月契丹平此時李文靖之薨久矣余攷文靖薨於景德元年七月至十二月和議決爲時雖非久固不及發此言據東都事略此言乃文靖平日與文正所論非爲和親而發則得之矣惜心傳未見及此也又如所舉（闕名）書章郇公以侍郎爲參知政事云云心傳謂據國史章文獻景祐三年自學士承旨除同知樞密院寶元元年拜相未嘗爲參

政。余攷宋史章得象初謚文憲。後改文簡。此作文獻。或是後人傳寫因憲獻音同而誤。然心傳本不應舍改定之謚。而稱其初謚也。（以上卷一）又如所舉（闕書名）唐子方言丈潞公。仁宗大怒。頤召宰相。時宰相皆在樞密使龐籍以使相在殿旁閤語高。亦登對。吒介下殿云云。余攷東都事略唐介傳。吒介下殿者。爲樞密副使梁適。而非龐籍。心傳未論及此一節。辨其是非也。（以上卷二）又如所舉（闕書名）宣和七年七月庚午。禁士民名字有犯天王君聖及主字者。心傳謂此五字。皆宣和以前所禁。至此始罷之。重和元年九月。禁天字。二月禁君字。五月禁聖字。政和三年六月禁王字。政和八年七月禁主字。余攷宋史改元。政和在前。重和在後。又政和無八年。其八年即重和元年。亦不應先九月而後及二月五月。心傳於此。亦不免錯訛淆亂也。（以上卷三）又如所舉（闕書名）高麗曆日。自契丹天慶八年以後。皆闕不記。壬戌。改皇統。辛未改天德云云。心傳謂辛酉歲爲珠與本朝書。已稱皇統元年。而王大觀行程錄。亦云皇統八年。歲次戊辰。逆數之。當以十一年（按此指紹興十一年辛酉歲）改元爲正。余謂皇統改元之在辛酉。證誤既訂正矣。至天德之改元。乃在己巳十二月。即皇統九年海陵篡位而改。此云辛未者殊誤。心傳尚未及訂正也。

讀書敏求記校本

錢遵王讀書敏求記四卷。初爲雍正四年趙孟升刻。後有曹一士跋。繼爲乾隆十年沈尚傑取趙本翻刻。即今通行本也。聞我郡黃氏士禮居藏有遵王原鈔本。頗精。近見袁綬階圓簡查各依鈔本影校於刻本。始知刻本脫誤甚多。且少著錄書二十餘種。亦有刻本有而鈔本無。及所收部類互異者。疑趙氏所刊乃初稿。而非定本。至其中脫文譌字。或由傳寫捔踈。沈刻序文雖云重加讐校。實承訛襲謬。漫然翻板而已。四庫提要。深譏遵王編次無法。品隲多訛。故僅列之存目中。然又謂其述授受之源流。究繕刻之同異。見聞既博。辨別尤精。但以板本而論。亦可謂之賞鑑家。則仍未嘗不節取之。百餘年來。嗜古籍者。稱道此書弗置。良有由矣。黃氏藏書已散。鈔本不知歸于誰氏。袁校本昔在我友程孟華孝廉嶺梅蟬隱廬。圓校本爲余所得。曾與孟華約他日當謀同校刻之。則舊刻可廢。亦藝林快事也。今孟華久歸道山。書室且經回祿。藏編亦不可問。因取所校各目。附錄於此。庶使後來未覩校本者。有所考見云。

刻本無鈔本有者　（經部）孟子節文七卷　董彝四書經疑問對八卷　九經三傳沿革例一卷　丁度集韻十卷　禮部韻略五卷　毛晃增修禮部韻略五卷　（史部）曾先之十八史畧二卷　李文子蜀鑑十卷　蘇天爵國朝名臣事畧十五卷　宋濂浦陽人物記二卷　九邊圖論一卷　（子部）鮑雲龍天原發微五卷　李逸民棋譜二卷　宋伯仁梅花喜神譜二卷　（集部）三孔清江文集三十卷　王灼頤堂集五卷　危素説學齋集三十卷　左克明古樂府十卷　張炎詞源二卷　中興以來絕妙詞選十卷　長□□詞二卷（此目鈔本闕缺依本依之）

刻本有鈔本無者　（經部）周易十卷　京氏易傳三卷　關氏易傳二卷　慈湖書二十卷　蘇東坡易解九卷　毛詩鄭氏箋二十卷　成伯璵毛詩指說一卷　陸淳春秋微旨三卷　陳止齋春秋後傳十二卷　（子部）白猿經一卷（錢氏原注云此偽書不必存）　（集部）歲寒堂詩話一卷　西清詩話三卷　娛書堂詩話四卷　艇齋詩話一卷　蓮堂詩話二卷　優古堂詩話一卷　後村詩話二卷　天厨禁臠三卷　詩學禁臠一卷　詩林要語一卷　詩法拾英一卷　松石軒詩一卷

刻本鈔本部類互異者　刻本經部小學類內郭璞注爾雅三卷羅願爾雅翼三十二卷博雅十卷鈔本在經類　刻本經部禮樂類內朱長文琴史六卷太音大全五卷臞仙琴阮啟蒙譜一卷鈔本在史部器用類　刻本子部雜家類碧雞漫志五卷鈔本在集部詞類　刻本子部太乙類太乙星書二卷鈔本在星命類

兩浙金石志之名

阮文達公撫浙時。輯刊兩浙金石志。瞿木夫㴻椽中溶舊論之云。兩浙路之名。起於北宋。至南宋又分爲東西二路。其時蘇常鎮三府屬縣。皆隸兩浙西路。松江惟華亭一縣屬嘉興府。亦隸焉。則名以兩浙。而但就今浙江一省錄之。似非體裁。又收吳寶鼎塼攘竹垞云得於吳之小雁嶺。又吳越王投龍簡得於洞庭山。既不載江蘇金石。此二種亦不應闌入。明王文恪公作蘇州府志。以姑蘇爲名。楊君謙猶以居今之世。不應用古名非之。木夫此說見其年譜中。正與君謙先後同符。文達如知。亦應首肯也。（鈕琇觚賸嶺南續引屈翁山論嶺南文獻一書。嶺南之稱。本唐分天下爲十道。曰嶺南道。昔合廣東西潼州及安南國境而言。宋則分廣東曰廣南東路。廣西曰廣南西路。今但曰嶺南。則未知爲東乎。爲西乎。故爲此書者。生乎唐則書嶺南。生乎宋則書嶺南東路。生乎明代則必書曰廣東。以尊王朝。以合國史。此正足證木夫所論。惟鈕氏以楊君謙攝姑蘇志之名爲之吳梅村。則亦誤。）

章實齋修志體裁之善

會稽章學誠。乾隆中進士。以績學能文負重名。余曾見其所修永清縣志。思精體大。深得史裁。如職官選舉有表。年經事緯。先後不紊。又有士族表。以澄流品。而勸睦婣與地水道有圖開方計里形勢瞭如又有建置圖但詳制度而略景物至於列女傳尤極匠心慘淡爲之但有一節可書片言爲則無不搜羣罄欸刻畫儀容欲慰飲冰茹蘗之貞特改列名注略之陋若夫關訪有傳防猥濫也即以待參稽前志有傳明淵源也即以維舊壘其體裁皆足爲後來修志家取法各序因志例而推論史例更有發前人所未發者劉子元史通一編獨擅千古斯人可謂繼聲矣惜是書南方甚不易覩故追憶其梗槩識之王君亮生言其所修和州志體例較此又變而極精善蓋志家固有因地制宜之道非可以一格拘也

綠珠傳附田六出事

曩見舒鐵雲丈瓶水齋集中有詠田六尺一首是和宋寓若觀察作並錄原序云晉愍懷太子妃王進賢遺石勒恥掠渡孟津勒逼之怒罵不辱投水死田六尺妃之婢也曰大既如此小亦宜然亦赴水死按此婢貞烈當附太子妃傳後而晉書遺之末載原序亦未著所本何書近見胡氏琳琅祕室叢書所刻綠珠傳附記此事云比之於古則有曰六出六出者王進賢侍兒云云綠珠傳禹氏經籍攷謂宋史官樂史撰方知宋公所詠本此此事應在十八家晉史中宋初或尚有傳本故樂子正見而引之其名六出意在取喻雪花不知宋序何以改作六尺蓋此傳向無刻本傳鈔容有異同即如六出不著其姓頗疑曰字本是田字因失中豎而誤耳但攷晉書妃本傳祇稱妃字惠風此傳云進賢或是其名又本傳稱劉曜陷洛陽以惠風賜其將喬屬屬將妻之惠風拔劍距屬遂被害此傳則以爲遺石勒投水死其事各異豈石勒先破王衍妃本已離婚歸王氏隨父出走而被掠晉書乃誤勒爲曜與存此亦足備讀史者參攷

廣山妖亂志撰人

廣山妖亂志三卷紀奸民張漢儒訐錢謙益瞿式耜二人事也卷首借翁太常憲祥家內亂事作緣起中間復夾敘錢裔肅朱國弼鄭鄤三人事端緒棼而能晰章法井然錢瞿朱鄭之事大畧與明史諸傳合惜作者姓名不著惟下卷末總論自稱南村野人而已余攷乾隆蘇州府志錢謙益傳後附記有攷及瑪舒海虞妖亂志之語應即是此一書按舒字己蒼常熟人詩人班之兄府志於其父復京附傳中稱舒幼承家學肆力經史百家則其能文可知此志中事舒亦牽涉是其所撰當可信或疑舒在順治初被人搆於邑令瞿四達陷獄死府志亦載其事而此志總論云此時先後

幾四十年或得之親炙或傳諸親友計錢瞿之事在崇禎十年距舒之死祇數年與四十年之語不符是以府志暨文門但載舒他書而不列此書名耳則又似非出舒手竊余謂詳繹總論所云先後幾四十年者應從翁氏家亂初萌說起尚在萬歷丙辰太常殁前數載頗數至順治初正近四十年之數平時得聞翁氏遺事故云傳諸親友錢瞿事起以素交力爲排解且相從入都下獄賴錢瞿揭辨而免得之親炙亦不謬舒本善屬文故敘次大有章法然則此志爲舒所撰又何疑乎

縉從友人借得已蒼所著默庵遺稿卷首載邑志文苑傳稱已蒼著述中有海虞妖亂志二卷是此志確爲瑪撰惟傳文訛三卷爲二耳遺稿內北征集自序云丁丑年余邑錢侍郎瞿給事爲奸民所誣當軸者持之奉旨繫京究質余以知交亦牽連及歐兩公以先春行余以孟冬從而後抵燕入錦衣獄移刑部兩奉旨得免議歸其抵家則戊寅之五月也所敘述皆與此志合其詳悉輒未而筆爲遺聞宜矣惟書名虞山無攷海虞以從其舊至郡志暨文不載此書或以妖亂字爲嫌削之歟震澤吳曉鉦茂才有此志跋語併記于此云初學集有丁丑獄記一篇辭多支飾不足盡信至以狡詐之周應璧比于陸續貫高其誣甚矣志稱應璧杖時吳孟明賄役令輕其杖未知何故疑亦牧翁所爲以報其投揭緩獄之恩也撫寧三疏實應璧代作而志謂其不識字又曰作詩諷撫寧未免自相矛盾耳是書筆法峭健頗似龍門惟卷末總收獨遺顧象泰殆是寒中人乎後已蒼死者僅牧翁與此人而已

列朝詩閏集香奩下有羽素蘭列于飭素素揚宛之間小傳稱其出自蘭錡歸于戚施風流放誕卒以殺身明詩綜妓女羽孺小傳云孺字素蘭一字靜和常熟人生不識姓善音律推律得羽聲遂爲氏後爲人所殺有詩集及觀此志乃悟此人即志中翁氏女孺安之化身蓋孺安頗有詩名二家欲采之而惡其淫蕩難備閨閣故竟列之妓女中而隱約言其家世名氏俟後人參攷得之撰歐生平亦安得議秉筆者之刻薄哉又此志謂撫寧侯朱國弼者故靖難功臣苗裔也按明史功臣世表撫寧伯朱謙景泰元年九月封天順元年追封侯子孫世襲據本傳稱其由禦寇功得封國弼爲其六世孫志蓋誤以爲朱能之後耳國弼崇禎十一年正月削爵世表雖未紀其故以此志核之知即因劾烏程得譴也

吹網錄卷四終

吹網錄卷五目錄

匡謬正俗誤文
夢溪筆談記鴈蕩山
玉照新志誤文
歐洪陳三家書皆不明香山九老事
困學紀聞引葉適姓誤
池北偶談舊本有不得已條
漁洋詩話四壬子圖誤
庚子消夏記記年誤
湛園札記記事誤
柳南隨筆續筆有應訂正處
灤陽續錄誤收金人詩為近人詩
養新錄丹元子考證
讀書脞錄誤校史記非虎為誤
思辨錄輯要有舊本
元鬩子錄邈躬苦口
文選李善五臣同異
文選注引墨子器聽之法
庾子山集哀江南賦注
太白文經俗刻刪改
溫飛卿詩補注之疏
盧陵文王惕甫評本
晝墁集補遺
歸愚集誤文
居易堂集用過房字
史鉞之方題跋
附存胡心耘讀書校語十二條

吹網錄卷五

清　古吳葉廷琯調生著

匡謬正俗誤文

劉勰字彥和，後為僧，名慧地，見南史。而顏師古匡謬正俗乃有劉軌思文心雕龍之語，未詳所出。或疑勰先曾以軌思為字，後改彥和，而史文失記，師古必得先世遺聞。余按劉軌思見北齊書儒林傳，祇稱其善說詩，別無著作。北史亦同。且軌思是名非字，別是一人。此當由師古誤記，而筆之書，非彥和舊字也。

夢溪筆談記鴈蕩山

夢溪筆談云：溫州鴈蕩山，自古圖牒未嘗有言者。故謝靈運為太守，未經游歷。祥符中，因昭應宮採木，深入窮山，此境始露於外。容齋三筆曾引其說，或舉西域書阿羅漢諾矩羅居震旦東南大海際鴈蕩，又貫休有鴈蕩經行雲漢漢，龍湫宴坐雨濛濛之句。此山有經行峽、宴坐峯，皆以貫休詩得名，則非開自北宋可知。余近覩潘稼堂遊鴈蕩山記，言石梁寺南出過謝公嶺，舊有落屐亭，云康樂至此而返，此或尚是後人傅會，而名不足為謝公曾遊確證。至其所記南碧霄洞題名三四十行，最古者有開元二年，太守夏啟伯到山建寺云云，則更在貫休之前遠甚。稼堂詒後人都不省錄，輒欲作志之疏，獨不見沈洪二公，素稱博雅者，尚爾乎。

玉照新志誤文

王明清玉照新志，四庫館本六卷，與錢遵王讀書敏求記所載五卷不合。胡君心耘見影鈔至正庚寅西河野民王肯和甫藏本，亦作五卷，而無闕佚，知館本尚沿陳眉公秘笈刻本之誤也。至提要稱新志載王甫臣詠取燕雲疏全文，足資參證，考王大安沒於仁宗朝，而伐燕雲是徽宗朝事，前後相懸。今據影元鈔本云至和元年，燕雲之伐，興處厚之姪孫堯臣以布衣詣京師扣閽上書，力陳不可，證以東都事略安惇傳，政和間，大臣議恢復燕雲故地，惇有姪堯臣上書，論宦寺專命，交結權臣，共倡北伐之議云云。按處厚為安惇之字，宋人避諱，故以字稱，始知王堯臣為安堯臣之訛，當亦由秘笈本之妄改。惟東都事略作姪，而新志作姪孫，未知孰是。嘉慶間，昭文張海鵬得明人秦酉巖藏本，刻入學津討原，雖亦作五卷，而沐伐燕雲疏仍作王堯臣，此是張氏付刻時誤從館本耳。

歐洪陳三家書皆不明香山九老事

香山九老古今題稱其八人姓名據新唐書爲胡杲吉旼原注作皎一鄭據劉真盧真張渾狄兼謨盧貞。本朝汪氏輯香山集補遺載七老會詩首列刑部尚書致仕太原白居易原注年七十四繼以前懷州司馬安定胡杲原注年八十九衛尉卿致仕馮翊吉皎原注年八十八前磁州刺史廣平劉真原注年八十七前右龍武軍長史滎陽鄭據原注年八十五前侍御史內供奉范陽盧真原注年八十三前永州刺史清河張渾原注年七十七序略云六賢皆多年壽余亦次焉會昌五年三月二十四日於履道宅同宴宴罷賦詩時秘書監狄兼謨河南尹盧貞以年未七十雖與會而不及列其後復有九老圖詩序云其年夏又有二老年貌絕倫亦來斯會附於圖右與前七老題爲九老圖仍以一絕贈之二老者洛中遺老李元爽原注年一百三十六歸洛僧如滿原注年九十五新書乃遺此二人而以狄兼謨盧貞與九老之列紀載未免失實矣唐書本傳不載此事然洪邁容齋四筆歷數九老爲胡杲年八十九吉皎年八十六鄭據年八十四劉嘉盧正宋人諱貞作正皆八十二張渾白居易皆七十四年齒小異其次亦祇舉狄兼謨盧正二人以足九老之數且以劉真作劉嘉既與新書白集不合又以兩盧貞疑爲文字或誤亦與新書白集略殊余再考之陳振孫所撰香山年譜則劉真名仍無異知爲容齋之訛兩盧貞實同姓名可釋容齋之惑第亦以狄監盧尹與於九老而不及李元爽如滿似歐陽洪陳三家皆僅見七老會詩序而未見九老圖詩序者殊可怪也惟宋人耆英會中張問有句云復得兼葵爲重容原注司馬光年未七十光恐遺元爽在編氏此於香山七老九老事深悉原委而其前李昉宋琪等在京師既繼樂天故事舉九老會有僧贊寧與焉蓋亦彷洛僧如滿之例云容齋四筆又有至道九老一條謂昉等會中兩宰相乃著一僧應世及元豐耆英所無據其所言是真未知九老圖詩序中如滿事矣

困學紀聞引葉遵姓誤

新唐書藝文志詩有葉遵注二十卷號葉詩禮亦有葉遵注十二卷舊唐書經籍志亦載之困學紀聞禮記類引元行沖釋疑曰鄭學有孫炎雖扶鄭義乃易前編條例支分箴石間起馬伷增革向踰百篇葉遵刪修僅全十二聞諸郎箋以葉遵爲劉宋時人說者謂葉姓文獻見於載籍者此爲最古當時號爲葉詩幾與毛韓之傳並推惜二書今皆不傳耳然遵之姓唐志與元氏釋疑雖皆作葉隋書經籍志則作詩有業遵宋人而陸德明經典釋文敘錄亦作業遵注禮記二十卷字長儒燕人宋奉朝請故厚齋姓氏急就篇於端士抱藝懷器業句注即引隋志謂業氏有業遵而其前於祖黃宗文支葉臧句下但注吳有都尉葉雄唐葉法靜善孝輸靜能閱葉魋宋葉清臣蔡得頤衛道濤諫亭而不及遵姓氏急就篇與困學紀聞爲王氏一人所著不應有歧異然則兩唐志之作葉遵蓋皆形誤今本紀聞所引釋疑亦沿唐志之誤而未及改正未可即據爲葉氏之典也至葉氏得姓實從楚葉公沈諸梁食采於葉其音爲攝而厚齋云今如字知葉姓讀如木葉之葉自宋以來已然矣

池北偶談舊本有不得已條

不得已一書爲康熙初歙人楊光先力攻西洋人湯若望而作書凡二卷舊有刻本今已罕傳藏書家間有鈔本余嘗見一帙尚係舊鈔後有錢宮詹爲黃蕘圃題跋及蕘圃自識得書數語而其前一頁先附錄池北偶談一則下注不得已三字後有論曰一段自名爲元是阮文達公語余閱今世所行漁洋池北偶談乃重刻本無此不得已一條此編所錄應尚從原刻采入今原刻偶談絕少其重刻之無此條者當如錢跋所述歐邏巴人深惡光先之書亦略使重刻偶談者刪去以滅其跡耳嘉慶初文達撰疇人傳采偶談此條作光先傳文加以論詞列第三十六卷藏此編不得已者又從疇人傳錄此傳於卷首故併文達之論錄之也傳略云楊光先字長公徽州歙縣人也恩蔭新安衛官生以西人耶蘇會非中土聖人之教且湯若望算造時憲書面不當用　上傳依西洋新法五字於順治十七年具呈禮科不准又於康熙三年狀告禮部奉　旨下部會吏部同審湯若望等由是罷黜四年　特授欽天監右監副旋授監正光先以但知推步之理不知推步之數叩　闕辭職疏凡五上不准謹輯前後所上書狀論疏爲上下卷名曰不得已中載其日食天象驗稿論不具錄末云光先在監三年謂戊申歲當閏十二月尋覺其非自行檢舉時求年時憲書已頒行乃下　詔停止閏月罪事敗論大辟論曰錢少詹大昕曰吾友戴東原嘗言歐邏巴人以重價購不得已而焚燬之蓋深惡之也光先於步天之學本不甚深其不旋踵而敗宜哉然摘謬十論識西法一月有三節氣之新移寅宮箕三度入丑宮之新則固明於推步者所不能發也元所藏不得已卷末有雜記數條不署撰人名氏中一條云歙人言光先南歸至山東暴卒蓋爲西人毒死而池北偶談則稱論大辟其實光先蓋論大辟免死歸卒者也余按明史溫體仁傳光先時以布衣上章劾之至與櫬待命始知其少年已氣節軼軌如此乃越三十年時移世易而戇直之性不渝可謂豪傑之士其書雖爲西人計燬然迄今仍有傳本而姓氏亦稱道弗衰蓋其精誠固結自有不可磨滅者在耳不得已上卷從附王泰徵爲光先撰始信錄序言光先助溫相時曾廷杖遣戍野史

輯寳成書之。又言公本冬烈皇御鍾從我文武付我成泊手册簡以光先對。上曰是評燬之協見光武登懸大將軍印以待之。義成遂入逆。未定而明已亡。按此二事明史皆未見。

漁洋詩話四壬子圖誤

漁洋詩話稱方盆山丈居金陵，少多才華，晚學白樂天，好作俚淺語。以己壬子生，屬畫師作四壬子圖，中為陶淵明，次杜子美，次白樂天，皆高坐，而己傴僂於前，呈其詩卷。余為題罷戲語座客云云。按此圖殊誤。淵明生於晉哀帝興甯三年乙丑，並非壬子。不知盆山何以改為壬子生，而漁洋亦不察而題之。且樓攷媿跋城書三笑圖，皆辨其遠陶淵明陸修靜三人生卒之年，云淵明生於晉興甯之乙丑。漁洋已載之居易錄，乃為方君題圖，絶不記憶，未免疏畧。豈是時尚未觀樓跋歟。居易錄又載曾营杜詩年譜，謂杜生於先天元年壬子。蓋沿呂汲公之舊。趙子櫟杜年譜則謂汲公之譜有一歲之差，謂生於開元元年癸丑。獨錢虞山遵呂說，是少陵之壬子亦尚有異議。惟樂天之生差可定為大歷七年壬子無疑耳。

庚子消夏記記年誤

陶南村弔王叔明詩序，乙丑九月初十日卒。時洪武十八年也。明史本傳謂蒙生胡惟庸私第觀畫事，被逮死獄中。惟庸誅在十三年，距畫事或至十八年而始發，特未著卒年幾何。大約不過七十以外耳。乃孫退谷庚子消夏記謂見叔明小幅山水，自題至正六年九月望，時年七十有五。若然則當生元世祖至元九年壬申，下至洪武十八年乙丑卒，計年已一百十四矣。此必無之事，疑是退谷錯記，不則此畫係贋本誤書。

湛園札記記事誤

姜西溟湛園札記考訂精核，為國初人說部之佳者。然亦有微疵。如四庫提要所舉諸條外，尚有一條云：吳仲圭將卒，自題其墓曰花光和尚之墓。後楊璉真伽發人塚，見仲圭之表，疑為僧墓，不發。考楊璉發塚事在元世祖至元年間，元史具載之。仲圭之卒，則在順帝至正十四年，相去已七十餘歲矣。且其自題石碣曰梅花和尚之墓，非花光也。此是因花光善畫梅花而誤。第發塚事倒置不倫，西溟何以失檢如此。

柳南隨筆續筆有應訂正處

常熟王東溆應奎著柳南隨筆續筆二書，於近代說部雜家中頗為有名。然其駁亦時有之。如隨筆記二碑，雲麾碑而以知宛平縣李陸為陝陰，不知列朝詩傳及碑後吳京兆跋語，均載李令筆碑事可考也。駁五車韻瑞而以士昏禮日入三商為三商，不知賈疏商謂商量，是刻漏之名，故釋文無音也。此條係湘谷侍御洽書壯徐已言之。識王新城弔龐士元詩以落鳳坡為題，不知落鳳坡見習鑿齒襄陽記，非小說演義裝點之詞也。謂董元宰亡於崇禎三年，年八十有一。此於其生卒之年皆誤。不知董實生於乙卯，而亦非卒於庚午也。而最職衆者莫如錢某少年攻虜術一條。此固不足置辨者。續筆則引何元朗叢說姚明山誣文衡山語，是未見姜西溟集中為明山辨誣之文也。論彭祖八字為壬子癸亥壬子癸亥，是未思壬子年必無癸亥月，壬子日必無癸亥時也。紀鄭成功事，而云後投順　本朝，是未聞成功得招撫之詔，但上表而不肯薙髮。後仍竊踞臺灣，沿海肆擾。至其孫克塽始滅。其投順非實事也。而最荒謬者莫如龍種一條。其言曰：王梅溪嘗讀書溫州江心寺，寺中住持真歇了禪師知其為龍種。是時寺前坍子山門，慮築不就，將成即有龍攪波濤潰之。一日梅溪大醉，禪師進曰：公能捨山門一塊土，必中狀元無疑。就之乞書券。梅溪醉中戲書與之。後禪師坐山門乘涼，有老人攜一童子來索地，出券示之，泣而去。至今寺中實藏其券焉。寺去桑門三里。桑門，溫州城門也。梅溪往來常與妓錢玉蓮善，約富貴納之。登第後三年不還鄉，玉蓮為人逼嫁，自沈於桑門江口。蜀人破堂和尚為錢先生湘靈述之如此。今其事備載湘靈集中。破堂蓋久居江心寺者。按梅溪為南宋一代正人，史稱其自幼至孝，居恒每以古賢自勵，扁其室曰不欺。雖晦翁南軒亦敬畏之。安得有醉中戲券及狎妓負約之事哉。況龍種之說尤屬怪誕。此必寺僧欲借古名人為引重，乃造此不經之語以聳聽。不知適所以誣衊賢者，較荊釵記為更甚矣。湘靈無識而傳其說，何東溆亦為所惑乎。余故特為辨之。

灤陽續錄誤收金人詩為近人詩

紀文達公灤陽續錄載其座師介野園宗伯丁丑年所作恩榮宴詩曰：鵷鵡新班宴御園，摧頹老鶴也乘軒。龍津橋上黃金榜，四見門生作狀元。文達自言鵷鵡新班不知出典，當時擬問公，竟因循忘之。鄒頻伽明經靈芬館詩話謂元遺山探花詞五首中有句云：殿前鵷鵡喚新班。是此公所本。然去一喚字，於理未協。此以喚字屬鵷鵡，故謂去之未協。余偶閱中州集第八卷，即載前詩，是金吏部尚書張大節所作，題為同新進士呂子成輩宴集狀元樓詩。中所異者，御園為杏園，摧頹為不妨，四見為三見，作狀元為是狀元耳。介公殆見此詩事頗類，已偶書之，而略改數字。見者誤謂介作歟。至鷓鴣新班，當是金源故事，尚須博考。頗加亦以此詩為介公作，故謂遺山句是其所本。若就金人而言，據中州集小傳，張大節於明昌初已請老，計在遺山之前數十年，應是遺山詩本之。張句「喚」字之可去與否，亦難以臆定也。考元初王惲汝南遺事，論注呂子成名造，承安二年詞賦狀元，狀元之遺山年譜，是年才八歲耳。○雷甘谿浚曰：元遺山探花詞「紫禁香濃試九關，紙前鷓鴣喚新斑」，似只是鷓鴣喚人意，並無所本，喚字自不可去。鷓鴣新斑，當別有出，二語各不相涉。

養新錄丹元子考證

錢辛楣宮詹養新錄有丹元子步天歌一條，云：不著撰人姓名，相傳以為唐王希明所撰，鄭樵以為丹元子，隋之隱者，與希明各是一人。然歌詞淺陋，不似隋人文字，隋書經籍志亦無此書，其非隋人甚明。使丹元果隋人，則唐初李淳風修隋志，何不一述其說乎。錢氏所疑固是，而惜無確證以破漁仲臆說。余讀東坡集，有次丹元姚先生韻二首，又次秦少游韻贈姚安世七律，所言皆神仙事。查注云：姚安世疑即姚丹元。又有丹元子示詩飄飄然有謫仙風氣，吳傳正繼作，復次其韻。又次韻王定國書丹元子寄極齋等詩。又吾家石林老人避暑錄話，曾紀丹元生平本末，蓋放浪奇譎之士，以神仙之說游於公卿間者。步天歌當即其所作，亦大言欺世之為，宜其詞之淺陋不文矣。余喜無意中得此，可作養新錄注腳，故記之。東坡寄極齋詩有云：嶺桂神虎冠，往卜飲馬鄰。王注引趙次公云：蘇州有飲馬橋。丹元子蓋蘇州人也。此又可補吳中舊事，并附存焉。

讀書脞錄誤校史記非虎為誤

孫氏讀書脞錄云：嘗以李善文選注校正今本史記之誤，如齊太公世家「非熊非羆」，見賓戲，周望兆動於渭濱，注，今本史記誤作「非虎非羆」。余考葉大慶考古質疑嘗辨此字，謂六韜及史記本作「非龍非彲，非虎非羆」，無熊字。其改虎作熊，始於後漢崔駰傳注云：西伯出獵，卜之，曰：所獲非龍非彲，非熊非羆。而李翰蒙求之呂望非熊，杜詩之田獵舊非熊，熊羆載呂望，白氏六帖熊部獵部卜部之非熊，皆本於此。蓋虎字乃唐高祖諱，虎乃太祖景皇帝諱，高祖之祖也。葉氏誤。所以章懷注東漢書，雖引史記之文，特改非熊之字。杜甫、李翰、白居易皆唐人，故相傳皆作非熊耳。蒙求者，困學紀聞諸書皆作李瀚，石晉時人，葉氏以為唐人，與陳振孫書錄解題合。明顧起綸序蒙求，以為即昌黎云，作蒙求傳者，近時黨熟貫見識書蒙求，亦從其說。葉氏在宋時所見史記本作虎字，則孫氏斷為今本之誤者謬矣。惟葉氏既稱避諱改字，而所指李善注文選於賓戲，則引史記曰：所獲非龍非虎，非熊非羆；於非有先生論，則引六韜曰：非熊非羆，非虎非狼。不獨與史記六韜原文參錯不合，即論善亦唐人，何以作注獨不避虎字，且選注引虎字不一而足，考古質疑亦未能一一辨及也。至孫氏原注，謂崔駰傳注與賓戲注同，實則兩注所引之文各異，已見前葉氏所辨。孫氏又謂東京賦儀姬伯之渭陽，失熊羆而獲人，注皆作虎，與今本史記同，據此益見李善作選注時所見史記亦作虎字，不作熊字，於其自謂今本為誤者，豈非自相矛盾乎。

思辨錄輯要有舊本

陸桴亭先生所著思辨錄，世謂其原書卷帙甚鉅，未及刊行。今所傳者，惟儀封張清恪公輯要刻本，即四庫館所收錄者也。余嘗借得雲間姜小枝景依舊刻塗校本，始知此書在　國初已曾分類刊板，其時即名輯要。每卷前題同學友人江士韶虞九氏、陳瑚言夏氏同輯，門人許晄、江謝城、曰楨、曰明、李人，毛師柱較選，課試字改作帳，男陸允彝、允正訂。卷首有張能鱗序文，作於順治戊戌督學江南時，言原書四十餘卷，選輯僅十之三四。次列江士韶（業風）、陳宋威琛（寒銘）、陳瑚（確庵）、歸莊（玄恭）、汪旦復（錢唐居諸職蒐）原序六篇，高世泰（無錫人）說一篇。其目分小學、大學、立志、居敬、格致、誠正、修齊、治平八類，為前集；天道、人道、諸儒、異學、經子、史籍六類，為後集。目錄前有發凡，每類目前復有小序。後又附書文、詩歌、雜說三類，為毛師柱增輯。此舊刻大較也。清恪公之重刻，書中頗有節刪處，各條標目俱省，原增書文等三類亦裁去，其前十四類則皆仍其舊，惟不分前後集而合併為一。惜小枝所校止於前集，而後集闕如，故書文三類張刻或竟全刪，或即采入經子史籍類中，而僅刪其目，俱不可考矣。乾隆中，四庫館徵書，此舊刻本未經進奉，蓋爾時已難得。余雖僅見小枝校本，亦止半部，後之讀者得余所記序目，尚可考見舊本崖略焉。雙康仲廷煌續從陸清獻公三魚堂集搜得思辨錄序一篇，此又舊刻所無，小枝亦未及見者也。近時王晃生為沈編修侍郎重刊此書，一依張刻之舊，僅刪重刊數條，從余校本內借鈔諸公原序，亦未全刻。

无悶子錄遯翁苦口

遯翁苦口一書，節錄朱子語類，示人修身為學之道，頗為簡要。遯翁者，朱子晚年自號也。訓門人謂只是覺得如此苦口，都無一分相啟發處，此書故以此名。凡卷首小引錄者為无悶子，不著姓字。程秉初語余：无悶子實即其師顧潤賓先生，潤翁生平論學好以氣陵人，晚年有得，輯為此書，切中今學者隱微痼疾，自愍因此益犯眾怒，故匿其名。陽城張古餘觀察敦仁曾為刊行，跋語謂不知誰氏所錄，亦為諱之。余謂古人以格言訓世者多矣未聞因此致仇況祇料偽先語錄乎淵翁之意當是以朱子語類甚繁而僅僅摘錄一帙恐以筆涌貽譏故不欲自顯此正其謙處而非為避忌起見然實亦無庸諱也

文選李善五臣同異

文選李善五臣同異一卷凡四十二葉不著作者名氏附于淳熙辛丑尤文簡所刻文選後殆即是文簡所為其所列異同不知是用五臣集注原書對校抑從當時六臣本鈔出昔胡中丞重刻淳熙本文選時借所得祖本適少此同異一卷故未及附刻而撰考異時亦未獲用以參校也（勞平甫借得五臣集注三十卷錢遵王有北宋本見賦求此不知今歸誰氏胡氏作考異同時亦未見）從有文簡與袁說友二跋係文選之跋誤訂於此胡刻本從袁跋僅指陸勑先校本附錄入考異兩跋尚闕二十餘字又有一隸書袁跋係同時刻昭明太子文集之跋集今無傳本袁跋轉因誤訂幸而得存（勞平甫曰二袁跋皆載大典本宋文集昭明集果已失傳尤袁所刻亦就此文類歟初學記文苑英華諸集弘明集諸書編輯而成脫失此文選序又擬川志賦一文忘其目為從來所未經見者向有校本頗疑為米述之以為借去今不可復問）此本文選後有同異者聞是吳中陸氏舊物今歸海虞楊氏余於陸氏初出時幸先影鈔同異一卷藏焉

文選注引墨子罌聽之法

文選潘岳馬汧督誄序云凶醜駭而疑懼乃闕地而攻子命穴浚塹寘壺鐳瓶甒以偵之將穿響作內焚積火熏之潛氏殲焉李善注引墨子曰若城外穿地來攻者宜於城內掘井以薄城寘甖內井使聽耳者伏甖而聽審知穴處鑿內迎之按此與太平御覽所引略同而與墨子本文微異墨子此文在備城門篇余嘗見顧澗賓校畢氏刻本謂係備穴篇脫文錯入細審良是今按備穴篇開端云禽子再拜再拜曰敢問古文有善攻者穴土而入縛柱施火以壞吾城城壞或中人（以下顧校又似備城門篇）為之柰何子墨子曰問穴土之守邪備穴者城內為高樓以謹（以下又夾雜備城門篇文十餘行）夫姦之所生也不可不審也候望適人適人為變築垣聚土非常者若彭有水濁非常者此穴土也急塹城內內亦土直之（內亦二字舊本作穴爪）穿井城內五步一井傅城足高地丈五尺地得泉三尺而止令陶者為罌容四十斗以上固順之以薄鞈革置井中使聽耳者伏罌而聽之審知穴之所在鑿內迎之又通典守拒法云地聽於城內八方穿井各深二丈以新罌用薄皮裹口如鼓使聰耳者於井中託罌而聽則去城五百步內悉知之審知穴處助鑿迎之云云即其法也觀此知墨子備穴篇文即後世防禦地雷之法所自昉墨子發其端歷數百年後用之已得濟亦見載籍之有益也時古未有火藥故掘地者但縛柱施火壞城又或潛通地道入城故禦之者亦祇備大眷柴樣納所穿處焚而熏之而潛伏地道之敵兵皆不得出而斃若今之地雷則掘不須穿伏敵不覺但實火藥其中而外熱藥線則藥發地裂城垣倒塌兵即從倒口衝入防禦者如聽知地道在何處須預儲水土二物或迎而鑿通於納藥塞隧處亟灌以渠水使藥不能熱或未及鑿通於地裂城塌時群壅以囊土使兵不得進蓋攻者禦者之為用因時制宜視古皆稍異而其初掘井覺聽之法則與墨子所言無殊也聞近時江忠愍公助守南昌時亦常用此法屢敗賊兵故城得以保後廬州之陷則下層地雷從壞處再發公雖善堵此失實出意外然則守城者亦宜可知其一不知其二乎又乾隆時人李心衡金川瑣記（南匯吳氏叢書藝海珠塵內嘗刻之）內有覺聽一條謂掘地置甕深夜伏聽可得數里內軍馬行動之聲蓋當日軍中亦有知此法者特未知其出于墨子耳

庾子山集哀江南賦注

哀江南賦楚老相逢泣將何及倪璠注引漢書兩龔事謂信本楚人為魏周所遏何異王莽時故引此事深慼楚龔傷其身事二姓絕紀唐矣四庫全書考證糾之曰案漢書兩龔傳論云郭欽蔣詡好遯不污絕紀唐矣師古注言欽詡不污其節殊於紀逡及兩唐此乃以身事二姓為絕紀唐誤余謂此語於賦中詞意不相屬本可無庸引及倪氏牽引入注殊嫌迂曲後見崑山二徐（炯樹穀）所輯哀江南賦注刻本此句下引吳氏兆宜注云列子燕人生長于楚及老而還本國過晉同行者誑之指舍曰此君先人之廬乃潛然而泣此與子山作賦情事稍合蓋自傷其老而未必得歸本國之意較之倪注為勝

太白文經俗刻删改

康熙末年吳門繆日芑武子重刊李翰林集三十卷自題云得崑山徐氏所藏臨川晏處善本重加校正梓之余曾就俗刻古文總集中太白文二篇勘閱與韓荊州書內一至於此繆本此下有耶字聲價十倍繆本價字作譽君侯不以富貴而驕人繆本若候上有願字三千之中繆本之字作賓皆王公大人繆本王公上無皆字推赤心於諸賢之腹中繆本無之字請給紙筆繆本作請給以紙墨以上諸字繆本皆勝於俗刻惟昔王子師為豫州繆本作豫章考之後漢書王允本傳實是豫州所稱辟

荀與孔融事。太白即用本傳文。是繆本誤，而俗刻不誤也。春夜宴桃李園序，繆本集首目錄作春宴桃花園序。卷首子目及文前標目並同。序中亦云會桃花之芳園。前後四處皆作桃花，不作桃李。自非譌書，亦非臆改（唐文粹選此序，亦作桃花）。又序首萬物之逆旅，百代之過客二語，繆本下皆有也字。然聊末句作罰依金谷酒斗數。以上諸字，亦皆繆本勝於俗刻也。太白此二文，久膾炙人口，而俱經俗本刪改。幸繆刻略存其真。其餘傳誦諸詩，當亦有異文。尚未暇徧校。繆本總目附考異一卷，下注嗣出。所考必有可觀。第今未見流傳，嗣出或虛語耳。

溫飛卿詩顧注之疏

溫飛卿集贈李將軍詩，又因明易號將軍。顧俠君箋注引世說劉真長與殷淵源談，劉理如小屈，曰：惡卿不欲作將云云。此於明易並無關涉。余按漢書儒林傳，丁寬從田何受易，景帝時寬為梁孝王將軍，距吳楚，號丁將軍，作易說三萬言。溫詩明用此事，且非僻典，何乃舍此而泛援世說耶（當甘泉淺曰：顧俠君注韓詩崔侯文章苦捉敏，此明用漢書儒林傳高材捷敏，而顧引杜詩千首，時杖鉞為倒倒湊，羁昌黎豈別裝湊溺者。題且而出處皆在漢書儒林傳，而顧皆不知，專奇）。他如醉後獨知殷甲子，乘舟覓吏經與縣二句，注語錢宮詹潛研堂文集中嘗言其踳誤，茲不再論。近見乾隆初吳人王孝詠所著嶺西雜述中，已糾其乘舟覓吏出處之失，注尚在錢氏之前。此注洵難稱善本也。

廬陵文王楊甫評本

嘗見王楊甫國博評點茅選本歐陽文，有一條云：文忠梅聖俞詩集序，未有其後十五年一段，是聖俞卒後所增，原非一篇文字。又一條云：世傳文忠兩娶薛簡肅公女，然觀公誌簡肅五女，兩適王氏，則王拱辰嘗再娶薛女，而非文忠事。又觀公誌廣平郡太君張氏墓曰：其一女歸於修。方知楊大雅之女乃公元配，而薛則其繼配也。但余考文忠撰胥公墓誌云：公名元，衡之長沙人。修年二十餘，以所為文見公於漢陽，公一見奇之曰：子當有名於世。留修門下，偕至京師，因妻以女。此事蘇魏公譚訓亦載之。然則文忠元配乃胥氏，楊大雅女蓋已繼配，薛則其再繼矣。此事世人不甚深求（惟水東日記曾辨其再娶薛女），余因楊翁言，故併其所見記之。

畫墁集補遺

宋張舜民畫墁集八卷，四庫館從永樂大典纂出。鮑氏知不足齋曾刻之叢書中。且為搜得文一首，詩六首，附刊補遺一卷。然就余所見，尚有遺者。吾家石林老人巖下放言載芸叟謫居郴州時，送其大父（按放言誤，當作叟）求宮祠歸吳中詩云：把還使節請祠真，便作江湖暫退身。憑軾樂州歌出處，歸裝一味是清貧。相思欲控琴高鯉，卜宅須還季子鄰。不是存章論再起，朝廷自重老成人。考鮑氏補遺采巖下放言內紈扇五絕一首，與送行詩同在一條，祇隔數行，乃采彼置此，不鮮何意（巖下放言舊誤作家齋筆談，四庫提要明以正之。鮑氏於嘉慶甲子刻此集補遺，紈扇詩下仍沿其注作家齋筆談）。余又見能改齋漫錄載芸叟詩：夕陽牛背無人臥，帶得寒鴉兩兩歸二語，及簡寂觀詩：僵松拂盡煎茶石，苦筍撐開禮斗壇，歸宗寺詩：淡齋苦留千人供，清磬華香一谷傳二聯。今集中不見，補遺亦未及。又容齋隨筆載芸叟與石司理書，答孫子發書，雖非全文，然四庫館纂此集第六卷，列張守約墓銘，亦止中間一段，宜依此例，采二書殘文入補遺。計芸叟佚篇零句，宋人說部內當尚有之，惜未暇徧搜耳。

續考宋文鑑所錄張舜民詩文，惟打麥一首已見四庫所輯畫墁集，其餘詩如縱步湘西開徹有作、兩頭纖纖二首，文如謝賜資治通鑑表、謝諫議大夫表、史說、與石司理書、題邵公詩帖、王父之事、祭張生文、祭王樞密文，集中皆未見，補遺亦無。有不知鮑氏當日何以竟未檢及也。以上諸詩文，宜與余前條所舉者，彙為一編，附列集後，作續補遺。與石司理書，況是全篇，勝於容齋隨筆所載矣。

歸愚集誤文

鈔本侍郎葛公歸愚集十卷，宋葛立方常之撰。陳直齋書錄解題載此集二十卷，此本乃後人掇拾重編。王漁洋居易錄已記之。云歸愚集十卷，詩四卷，樂府一卷，騷賦雜文一卷，外制二卷，表啟二卷。此即今鈔本所從出也。勞君季言用宋槧殘本對勘，始知所存祇五至十三，凡九卷，而無樂府一卷。毛氏精鈔宋人詞百種中有之，即近時戴竹友刻入六十家者，或是傳鈔者取以附益耳。今鈔本卷七外制全闕（宋本第十卷），勞氏依宋本補足，復用舊鈔本校正。卷首刑部郎官何慕除右司員外郎制，四庫簡明目錄指為誤收北宋人作。勞君謂何慕當從舊鈔本作吳幫。考宋史高宗紀，紹興二十三年十月戊午，遣吳幫使金賀正旦。施鉅為中書門下省檢正諸房公事，監察御史吳幫行尚書左司郎中。後五日，以鉅為大金賀正旦使，幫為賀生辰使，與宋史互異。此殆是元人修史偶誤，而立方於紹興二十一年六月為考功員外郎，見中興館閣錄。二十六年十月，亦以尚書左司郎中為賀生辰使，見宋史。則同時實有吳幫其人。立方為草制事所宜有非誤收北宋人制誥明矣。

居易堂集用過房字

今俗無子而以兄弟之子為後及以多子而出嗣兄弟之無子者謂之過房徐俟齋先生居易堂集有周全孝傳嘗用此二字謂出元史食貨志鈔法中見所與筥瑞五書蓋茲嘗摘以為問而先生自明所用出處則二字固史文所有非俗語也惟考石林燕語元祐初哲宗將納后得狄諮女而庶出過房則過房字宋時已見亦可施之女子又宋子名臣言行錄前集王沂公曾第七條語同列曰曾無子欲令弟子過房云云所采為龍川志據此則仁宗時已有過房之語可以補俟齋先生所未及未知宋以前史傳更有用者否。

史載之方題跋

胡心耘嘗為余影鈔宋刻史載之方書凡二卷上卷之末原附跋語其文不全蓋從汪閬原士鐘家藏本傳錄汪氏則得之黃氏士禮居閬書後有黃蕘翁手題四跋心耘未及同鈔余嘗以詢同叔茂才嵩威因覓見蕘翁諸跋案校始知此書之源流事實既錄本書帙尾並記於此。

第一跋云向聞白隄錢聽默言北宋時有名醫治蔡京腸秘之症只用紫菀一味其病遂愈由是知名其人蓋史載之也後余友顧千里游杭州過石家嶽久能出各種古書相質歸為余言中有史載之方二卷真北宋精槧余心向往之久矣客歲錢唐何夢華從嶽氏買得今夏攜歸於余檢其方果有大府秘一門用紫菀者始信錢丈之言不謬特未知見於之說出何書耳至於板刻之為北宋確然可信其避諱若恳字无他刻所罕此書各家書目未收惟宋史新編云史戉之方以形近而譌余出白金三十兩易得重加裝潢上下卷通計一百單七翻余之惜書其真法宋郡誠不失為書魔云爾嘉慶丙寅立冬後一日蕘翁黃丕烈識於百宋一廛。

第二跋云米師古眉州人年三十時得異疾不能食聞葷腥氣輒嘔惟用一鐺旋煮湯沃淡飯數匕食之每用鐺亦須滌十餘次不然更覺腥穢不可近也食已鼻中必滴血一點憔悴羸瘠莫能愈旁近郡謁史載之史曰俗醫不讀醫經而妄欲療人君之疾在素問中經其名曰食掛凡人肺六葉舒張如蓋下覆於脾則子母氣和飲食甘美一或有戾則肺不能舒脾為之蔽故不嗜食素問曰肺葉焦熱名曰食掛吳晚紅列衣以素問無此二語余藏有明刊宋本亦無之疑史公杜撰也益食不下脾於而成疾耳遂製藥服之三日覺肉香嘆之無所苦自此嗜食宿恙頓除此見宋稗類鈔卷七方伎門書友胡立群檢及告余錄之以備參考。

第三跋云蔡元長苦大腸秘固醫不能通蓋元長不肯服大黃等藥故也時史載之未知名往謁之閽者齟齬久之乃得見已診脈史欲示奇曰請求二十錢元長曰何為曰欲市紫菀耳遂市紫菀末之以進須臾遂通元長大驚問其說曰大腸肺之傳送今之秘無他以肺氣濁耳紫菀清肺氣此所以通也此古今所未聞不知用何湯下耳右北窗炙輠錄卷上一則可為錢丈之言左證矣嘉慶丁卯正月二十有九日蕘翁黃丕烈。

第四跋云檢及直齋書錄解題有云指南方二卷蜀人史堪載之撰凡三十一門各有論未識即此方否然敍方為二卷雖不名指南卷數卻合向不知其何郡人今解題云蜀人證諸宋稗類鈔米師古眉州人乃趨郡謁史載之則其所居之郡可知向不知其何名今解題云史堪則載之乃以字行者也鄉著之以見讀書有得觸類旁通其樂何如耶已巳四月復翁識以上諸跋閬刪節其兄字附見於原文一無增改。

老阮文達公研經室外集所撰四庫未收書提要論此書有傳本甚希闡發醫理各推其因證主治之法精核無遺較之空談者有別云云余意阮氏鈔藏此書應尚在未歸黃氏之前或是嚴久能何夢華鈔贈觀文達提要中但舉宋史新編及北窗炙輠錄所紀而不及書錄解題蜀人名堪之說知其未見蕘翁諸跋也汪氏宋本書近年亦大半不脛而走聞史載之方刊本尚在架上書估言其堅持黃跋白金三十兩之數故真賞難其人耳庚申兵燹汪氏藏書未售者不燬得出盡被人攜去史載之方流至滬口為趙某以洋餅二易得。

附存胡心耘讀書校語十二條

心耘名珽浙江仁和人太常寺博士寓居吳下好收宋元舊本書手自校勘有得即記數年來與余為賞奇析疑之交庚申冬避亂滬城辛酉四月殁于旅舍年四十六所記校語已失于吳門追憶僅存十餘條病中屬余藏之謹錄於此以慰亡友所著有石林燕語辨嬾真子錄集證二書皆未刻竟采詳贍可傳之作也。

四庫全書史部正史類史記提要云其書自晉唐以來傳本無大異同惟唐開元二十三年勅升史記老子列傳於伯夷列傳上錢曾讀書敏求記云尚有宋刻今未知

見。斑按明嘉靖四年莆田柯維熊校本（金谷汪氏刻）同時長洲王氏亦有翻宋本皆以老子列傳居首館臣豈未之見耶。

四庫全書（史部傳記類）名臣言行錄提要前集十卷後集十四卷並朱子撰編中所錄如趙普之陰險王安石之堅僻呂惠卿之姦詐與韓范諸人並列莫詳其旨劉安世氣節凜然爭光日月盡言集元城語錄今日尚傳當日不容不見乃不登一字終非後人所能喻云云又（子部雜家類）元城語錄提要云董復亨繁露園集有是書序曰朱文公名臣言行錄不載先生殊不可解及閱宋史然後知文公所以不錄先生者大都有三蓋先生嘗上疏論程正叔且與蘇文忠交好又好談禪文公左袒正叔不與文忠至禪則又必痛力拒者以故不錄其說不為無因是亦識微之論斑按劉安世傳見名臣言行錄後集第十二卷提要蓋沿董說之誤耳（汪謝城曰檢目此文建紘謂名臣言行錄無劉安世見提要中凡三四見紀理世文編內有一文駁之甚快故凡亡詳）

四庫全書（子部類書類）一實賓錄提要實賓錄十四卷宋馬永易撰永易字明叟揚州人徽宗時嘗官池州石埭尉其事跡無可考見惟文獻通考宋史藝文志載所著有唐職林元和朋黨錄壽春雜誌諸書蓋亦傳洽之士也是書見於晁公武讀書志者稱異號錄陳振孫書錄解題作實賓錄斑按永易當作永錫書錄解題五（雜史類）元和錄三卷池州石埭尉維揚馬永錫明叟撰（劉氏據延曰按永錫名則其字或本作明叟說明為明也）永錫嘗著唐職林實賓錄等書崇觀政和閒人也館閣書目以永錫為唐人大誤考名臣碑傳琬琰之集有晏殊撰馬忠肅公亮墓誌銘曾孫永錫為秘書省正字（吳誕到）（森曰晏元獻不應至徽宗初年尚在且永錫官秩亦不符疑別一人）

四庫全書（子部雜家類二）愛日齋叢抄提要愛日齋叢抄散見永樂大典者共一百四十三條俱不題撰人姓氏考諸家書目亦多未著錄惟陶宗儀說郛第十七卷內載有此書二十二條題為宋葉某所撰而不著其名觀其論先儒從祀一條有咸淳年號知為宋末人所作也斑按明黃虞稷千頃堂書目載此書題曰葉寘撰（是宿按葉寘史有衍一書吳興劉氏曰千頃堂書目撰人多附會不足盡信或因寘撰事衍遂附會葉姓而據其名耳）

宋史陳堯佐傳子述古李氏長編云陳述古堯佐子也夢溪筆談二十五云述古陳文忠堯叟長子斑按三書互異東都事略陳堯叟堯佐堯咨傳皆無述古名惟歐陽公文集二十卷陳文忠公堯佐神道碑子男十人長曰述古則宋史筆談並誤也。

范鎮東齋記事一太平興國六年司天言五福太一自甲申年入黃室巽宮在吳分仍於京城東南蘇村作東太一宮斑按中吳紀聞一太平興國六年蘇州建太一宮李氏長編太平興國八年五月司天春官正襄城楚芝蘭請於京城東南蘇村徙建太一宮詔從之是太一宮初建乃在蘇州後改為天慶觀今為元妙觀尚有以宮巷稱者魏泰東軒筆錄云蘇村在京城西南亦誤。

舊聞證誤一引畫墁錄云太祖召郭無為於崇政殿說書李心傳辨云按國史仁宗用孫宣公之請以賈文元等四人為崇政殿說書崇政殿說書自此始抱腹山人郭無為乃太原宰相也崇政在太祖時為講武殿太宗太平興國八年五月始改斑按此說殊誤李燾長編乾德二年十月改廣德殿為崇政殿太平興國八年四月改講武殿為崇政殿又按揮麈前錄一王明清五世祖拾遺開寶八年以近臣薦自布衣召對講易于崇政殿然後命官崇政殿說書之名肇建於此然則太祖時崇政殿說書不獨郭無為心傳素稱該博但知其一不載其二何也。

鬼牖閒評卷二云漢書吳益本傳字然而敘傳乃云于然慷慨疑本傳脫于字斑按敘傳以四言為句故加于字以成文如史記項羽本紀稱字羽而自敘亦作子羽是其例也（錫田按漢書于然慷慨句下有顏注云吳益字然加于者以偶句耳是顏師古已言之而鬼牖閒評云云殆未見此注者何）也。

又卷四云匡謬正俗解果字云果然飽貌也夫果然乃獸名黃太史帖云腹猶果然以腹大故耳然不可止云飽貌也斑按腹猶果然出莊子逍遙遊篇陸德明音義云果然徐如字又苦火反衆家皆云飽貌

又卷五引古詩云日暮倚修竹佳人殊未來所謂佳人乃賢人也今畫工竟作一婦人彼殊不知詩當無一人以曉之耶斑按日暮倚修竹乃杜甫佳人詩何嘗非詠婦人耶佳人殊未來乃江淹擬休上人怨別詩合為一篇大謬（況宮休江詩上句日暮碧雲合）（長民按侯下三字非杜詩亦是託詞非真詠佳人也）

宋王日休龍舒淨土文云京師有詰老者四十年坐禪精進惟不修淨土坐化後龕中燒出舍利託生一大富貴家一生多受苦云云明蓮池大師 國朝思齊大師皆承其說並不知大富貴者為誰斑按鬼牖閒評卷八云余自幼聞欽宗乃詰和尚後身獨未知何所據耳近觀國史後補見思恭王皇后初懷娠夢宣德正門大啟有兩紅旗各書一吉字以人是生欽宗兩吉字乃詰字也則知欽宗乃詰和

尚復身無缺失詰和尚徽宗朝人也既死米元章爲書行業碑余嘗見之云云王日休不載其事或當時有所諱耳。

錢大昕十駕齋養新錄七揮麈錄本朝狀元登庸者呂文穆李文定王文正宋元憲政詩人有云皇朝四十三龍首身到黄扉止四人後數十年李士美何文縝亦以廷魁正鼎席案李士美者邦彦也何文縝者㮚也焉肯與選發考試宋朝省元狀元之名李邦彦不與焉此兩書皆不應有誤姑書以俟考原注宋史李邦彦上舍及第。

李心傳建炎以來朝野雜記甲集九建隆以來狀元大拜者七人呂文穆蒙正王文正曾李文定迪宋元憲庠何則府㮚張文靖克家趙銀青汝愚是也亦無李邦彦之名揮麈錄實誤

吹網錄卷五終

吹網錄卷六目錄

石林春秋三書

建康集足本

建康集寄陳子高詩

石林公年譜

石林奏議宋本

石林家訓

石林燕語

胡心耘輯宇文紹奕事實

避暑錄話

巖下放言

石林詩話

石林詞

念奴嬌第二闋爲在建康時作

禮記解輯存本

石林公歷官年月

石林公著作存佚考

吹網錄卷六

清　古吳葉廷琯調生著

石林春秋三書

我家遠祖宋左丞石林先生邃於經學，而春秋尤深。觀建康集中答王從一教授二書可見。所著春秋傳、春秋讞、春秋考三書皆極精核。惜讞、考二書舊本已佚，今惟四庫館從永樂大典裒出之本存焉。春秋傳二十卷猶是原書，納蘭成德通志堂經解刻有全帙，而第四卷中亦闕二葉，無可蒐補。傳中論僖公二十有八年三月丙午晉侯入曹執曹伯畀宋人經文有闕，推闡極精。今全載其文於此，可為研經之助，且一臠之嘗，即堪知全鼎矣。

傳曰：侵而不服，然後入之。數其罪而執其君，伯討也，故以侯執。不歸之京師而畀宋人，則伯討畀闕文也。是當日畀宋人田，不言田，經成而亡之也。曹衛嘗侵諸侯之田矣。晉侯圖霸，欲怒楚而求戰，先軫乃為之謀，使執曹君而歸諸侯之田。晉侯於是侵曹，數其不用僖負羈而乘軒者三百人，舉所侵地以還諸侯，宋與得焉。畀之為言與也。不曰與曰畀，與者我物而歸之彼，畀者彼物而受之我，猶曰皇天用訓厥道，付畀四方云爾。葉子曰：吾何以知畀宋人田為闕文與？楚之圍宋在二十七年之冬，宋公孫固如晉告急，是時宋公蓋在圍也。及諸侯盟于宋，蓋即宋之城外以為會，宋公不與焉。明年三月，晉侯入曹執曹伯，宋圍猶未解，故再見宋使門尹般如晉師告急。左氏載先軫始謀，言我執曹君而分曹衛之田以賜宋人，既而公說，復言執曹伯，分曹衛之田以畀宋人，此其終事也。楚子聞，果命子玉去宋，宋公於是始釋圍得歸，而從晉城濮之戰，始見宋師，則方執曹伯，畀之者誰乎？晉侯有疾，侯獳貨晉史歸曹伯，則曹伯之歸，蓋自晉不自宋也。是其畀之者田而已。穀梁固不見其實，左氏見之而不能辨，蓋不知侯執之為伯討也。公羊雖知之，而不悟其與京師楚同文，亦求之經者不審爾。

建康集足本

石林居士建康集，石林公鎮建康時所著。陳直齋書錄解題紀公總集一百卷、年譜一卷、建康集十卷，今所傳祇此集八卷。余嘗求宋本三十年，不能得，僅得舊鈔嘉泰癸亥刻本，從有孫路跋，為雍正庚戌冬二十二世孫分湖徵祥鈔藏。第三卷內闕文七篇，其目為書唐李弼告後（此文尚存首二行四十字）、書唐李氏告後、蘇泰論、范增論、續養生論上中下。嗣從寶山李穆卿錫載、杭州汪小米遠孫二家借得舊鈔本校勘一過，其闕篇並同，遂以為世間不復有足本，即鳩其族人重刊印行，已數載矣。既而顧湘舟上舍沅語余：嘉興令朱君述□緒曾嘗見余刻本而惜其不全，自言家有舊鈔足本，許以借錄補完。因即託湘舟鈔得全書，則所闕七文具在，十餘年思之不見者，一旦忽成全璧，不禁狂喜，如獲環寶。嘗論今之藏書家，篋中不乏秘籍，顧自詡獨得，匿不示人，坐使古書善本不獲廣傳於世，大失古人付託之意，亦孤學者企望之心，此其病與不知書者等，其咎則較不愛書者為甚。今朱君以金陵名族作宰浙西，酷嗜收書，縹緗日富，與余無一日之雅，乃慨然樂成人美，不靳秘本，以付鈔胥；而顧君於遊蹤所至，肯以一帆為作蹇修，俾志切誦先者得彌抱殘守缺之憾，此其意量不皆過人遠甚耶？惟朱氏足本後無孫路一跋，蓋其傳鈔祖本或尚在嘉泰本之前，固宜無之也。

七篇之佚，始於何代，今莫可考。至其卷帙，據書錄解題載是集為十卷，與路跋及今本皆不符，論者因疑八卷之外尚有二卷佚去，從人追改路跋以滿補完帙，其說亦未始無見。按書錄解題謂公位宦谷為一集，考公之鎮建康，為紹興元年九月至二年閏四月、八年六月至十二年十二月，前後凡兩任。今建康集中詩文按諸時事，皆為後鎮時作。後既有集，則前雖為時未久，亦必有集。以余所見，景定建康志中復忠廟記、名臣言行錄續集中改築楊忠襄公祭文，皆屬前鎮時（廟記篇尾結銜有行宮留守字，為供鎮時官。余謂文作於前，書刊立石在後，故如此。為鄭祭文首見不全，但有中缺一段。○若李宮將曰忠忠廟記銜以建康志考之，知立石在記文搨出鎮時，相距已三十餘年。京府係[illegible]與忠官年紀不合。）而是集前四卷有掩骼記一篇，核其年月，此文亦總作於前鎮時。然則當時總是前後兩集合編，前集不知何時散失，僅僅留此廟記、祭文及掩骼記三篇流傳於世，尚有形跡可稽。而陳氏著書錄解題時，固猶及見兩集合編，故十卷之數，自非虛語也。舊本所闕七篇，是否與前集同時而佚，亦難懸揣。茲既幸而獲全，仍依昔年刊本，並采廟記、祭文為是集補遺，猶可想見十卷之舊。又路跋有併投年譜之語，故昔曾據景定志中年表輯公兩鎮紀年略一卷，附於集後。近來復覩石林奏議及建炎以來繫年要錄、三朝北盟會編等書，擬更參訂增修，或可稍加詳覈。宋本雖不可見，從之讀者於此或亦可得其大略耳。

卷一（有次韻）基發猶傳鳳覽煇。基字諸本皆同，不知所指何基。按前題為次韻馬參議同遊蔣山，此句應指鳳皇臺，堂字形誤，傳鈔改作基耳。

卷三程致道集序　亦不敢秋毫加疵病。疵字諸本所無。據孫氏淵如舊藏影鈔宋本北山小集序䟦補。按後漢書黃憲傳論去玼吝。章懷注。玼與疵古字通。此必淺人不解而去之。

卷四祭叔從父文　宣和丁亥。從我許下二十二年。如閱晝夜。　宣和丁亥。諸本皆同。應作政和丁酉。按宋史公本傳。政和五年乙未。起知蔡州。移帥潁昌。則七年丁酉正當在許下。時下距紹興八年戊午。亦合二十二年之數。

卷八忠烈廟碑　當元祐八年。載之祀典。又二十九年。當紹興元年　元祐八年癸酉至紹興元年辛亥。應作三十九年。諸本皆誤作二十。

卷八夫人墓氏誌銘　令聞肆揚。　銘詞此句下。諸本皆作方孔四下。接誄姑然者。惟朱氏述之所藏舊抄足本。此句下作頻蘩聿修。蕭荼齊莊。爲父封腋。誄姑然者。銘詞之式。每行三句。低誌文兩字。每句中懸二字。亦與諸本異。

建康集寄陳子高詩

徐夢莘三朝北盟會編紹興七年。命呂祉節制淮西軍馬。辟陳克子高爲參謀。子高欣然應其辟。葉夢得曰。呂安老非馭將之才。子高詩人。非國士也。勸止之。不從。夢得贈以詩曰。解談孫破虜。那數庾征西。克留其家。以單騎從軍。後酈瓊之變。終於不免。按石林公再鎮建康在淮西變後一年。今建康集中。有陳子高移官浙中。戲寄之作。又有與陳子高夜話之作。解談一聯。即在戲寄之內。其詩云。幕府陳琳老。官身總故谿。解談孫破虜。那數庾征西。未擬煩刀筆。聊應謝鼓鼙。登臨如得句。小字與親題。子高臨海人。故移官浙東。爲總故谿。次聯正指其話淮西軍中事。後半言外有從軍歸後倦游自放之意。其非初辟參謀時贈行顯然。蓋當時勸止之語則有之。會編詩實誤引。攷李心傳建炎以來繫年要錄。亦載此語。且較詳。而不及詩。其從紀呂祉同被難之人甚明。並無陳克在內。會編終於不免之說。恐誤。余故即以建康集詩正之。

石林公年齒

景定建康志中年表載公兩次爲帥時。建白數事頗有史傳所未詳者。依年分隸。先後燦然。故余往年編輯兩鎮紀年略。實以志表爲藍本。惟公之年齒。宋史本傳不載。但云紹興十八年卒。國朝鄭元慶湖錄錢大昕疑年錄俱定爲七十二。蓋以三十一掌外制（語見避暑錄話）約計在大觀元年。知其生　熙寧十年丁巳。又避暑錄話著於紹興五年乙卯。書中有云吾明年六十歲。亦與生於丁巳相符。則揆之以定兩鎮時年齒至公之卒。建炎以來繫年要錄云。紹興十有八年八月丙戌朔。丁亥。添差兩浙東路馬步軍副總管崇慶軍節度使致仕葉夢得薨於湖州。贈檢校少保。丁亥爲八月二日也（崇慶一作崇信）。

石林奏議宋本

石林奏議十五卷。直齋書錄解題載之。勝國時吾家菉竹堂陳氏世善堂俱有藏本。後其書漸湮。諸大家藏書目均未著錄。乾隆中。四庫館開。未經採進。世間傳本之少可知。近時顧澗蘋千里（掇茶名焕）所爲黃蕘圃丕烈撰百宋一廛賦注中。紀其行數字數。以及跋（按宋本每半葉十行行二十五字。百宋一廛賦注誤記每行二十字）且言汲古閣秘本目有影宋鈔本。此較勝之。惟惜紙板有剝落處。賦語所謂賬石林之奏議。嘅剝落而生芒也。黃氏宋本書後歸三十五峯園汪氏。余昔校刊建康集時。附輯紀年略一卷。每以未見公奏議爲憾。未幾汪氏藏書亦散。此書爲吾族人某所得。曾假讀一過。惜不及採入紀年略矣。按文獻通考載公志姚集自序稱以家藏奏稾序次爲十卷。是公在日已有手定之本。此十五卷者。爲第三子模所編錄。當在福州歸老以後。或即因志姚集增輯而成。而姪孫篯於開禧二年丙寅。鋟木台州。卷尾殘跋尚可考見。雖南渡以前。僅載應天尹奏修城利害一狀於卷首。其餘如宋史本傳。在徽宗朝建言諸疏。概未一見。然自建炎紹興以後。出入中外二十年間。偉略英謨。已燦然具備於是集。且有足補史事之遺者。洵爲考古者不可少之書。匪獨後裔所當寶弆也。族人藏此數年。欲重梓而無力。近聞胡君心耘搜羅秘籍。遂介余以歸之。胡君欣然影鈔數本。流布四方。而以原本錯裝什襲。蓋自開禧鋟版至今。閱七百餘年。幾至湮沒。而復傳於世。亦公之精神縕結。默爲呵護其間。公自序所云留以遺子孫。或有感勵奮發。少能自見者。凡在裔姓。讀此尚毋忘公詒厥之心哉。

石林家訓

北齊有顏氏家訓七卷。尚已。宋時吾祖石林公。仿其意爲家訓一卷。陳氏書錄解題子部雜家類載之。知當時業已流傳。然自來未見專刻。惟元末陶宗儀說郛有刊本。而說郛舊本。在今亦不易得。故石林家訓。但有傳鈔之本。數年前。族人將以舊藏一帙付剞劂。爲校定。按書中所載十二條。皆勗其後人以修身力學。盡忠保孝。讀書慎言之道。時舉其身所閱歷者示之。前八條各有標題。後則總題曰又家訓。從四條。蓋此書舊有十九條。此本已有闕佚。經後人鈔撮補綴爲之。故編題不甚合體裁也。答首一條爲自序，卷末一條是跋語，皆與全書相屬。跋語論士大夫作小說云云，與避暑錄話中一條全文無異，惟末多汝等當謹守勿以我爲泛言也二語。觀自序云今五十五年矣，去年自浙東歸。考公生於熙甯十年丁巳，五十五乃紹興元年辛亥，正在避亂縉雲歸後，故書中有避難縉雲以樂自況一條。避暑錄話則著於紹興五年乙卯居卞山時。是錄話襲寫此書跋語，非此書跋語勦取錄話之文也。又自序內有楧、程、模、榑、檜五人已長，繕、繪、綬、締、縡亦能成立等語。考族譜載公止五子，出處名位並不詳。五子中雖不盡可考，如楧曾任秀州通判，見紫微集。程通判臨安府，見咸淳臨安志秩官。通判北嶽題名。又周必大省齋文集有回永州守葉程啟。又定舟避山錄稱程永州太守。楧字民範，見王質雪山集。以右宣義郎充江南東路安撫制置大使司書寫機宜文字，見建康集。守馬家渡，與金人戰之功，載宋史公本傳。而吳郡志提舉兩浙西路鹽茶題名，有右朝散大夫葉模，乾道八年八月二十六日到任，淳熙元年三月十一日召赴行在。又重修毘陵志，葉模，乾道九年九月右朝散大夫浙西提舉兼權常州，十一月免。此外南宋載籍中或尚可蒐討一二。至繕、繪等五子，其名絕不見。昔撫湖錄稱石林有十子，嘗疑其誤，今讀家訓，知鄭氏語固有徵。此書出而族譜之荒略，庶幾可正矣。公諱助，字天祐，見宋葉畫史。進士，睦州建德尉，見洪邁夷堅志。達州司理，又云官上饒及穎州倅，見避暑錄話。母晁氏，新城令晁君誠端友之女，元咎補之之女兄弟，見石林詩話。年十九歸葉，元豐四年八月二十六日暴疾卒，年三十。元祐八年，葬吳縣之崇嶽鄉資華山北。男復，即石林公初名。見晁補之雞肋集晁夫人墓誌銘。贈鎮國夫人。繼母姓未詳。紫陽太夫人，見○○○。再鎮建康時尚在，集內詩及劄子可證。配周氏，周仁熟種之女。周煇清波雜志稱公爲從姑之夫，集內祭周大夫文云文安季兄，同歷五

人，此當是周夫人兄弟。文安必夫人封邑名。此皆可補族譜所闕，故並記之。又公之諸孫，如蕚與節、芮、筠、贊及姪孫簽名位，皆斷簡見宋人書中，可考而詳不一，茲又有藏書者。嘉定赤城志本朝牧守，葉籛，雲州人，前守箕之從弟，箕紹興甲寅能治財賦。會稽續志提舉題名，景定建康志、宮守志，亦具紀其職任。此似亦公之孫輩，而譜竟失載其名，更可詫矣。

石林燕語

石林公所著筆記四種，玉澗雜書十卷，久佚，明時僅存說郛所刊一卷，餘三種幸存。至今石林燕語十卷，書成最先，所紀朝章國故、官制科目，當時已重其書，後人亦多引用，間有記憶失真、考據不詳處，是以宋時即有汪應辰作辨，宇文紹奕作考異糾之。其後汪辨不甚傳，僅儒學警悟（大學俞鼎孫同上舍俞經編）閒引數條，與宇文考異並散見永樂大典中。乾隆年，四庫館臣蒐采考異，分附入燕語本條之下，而汪辨寥寥無幾，竟無可裒集矣。至燕語板本，今所傳商氏稗海所刊者，脫誤錯簡，不堪卒讀。余昔從友人借閱一本，差較完整，爲正德初御史楊武所刊，似即提要所稱前明大字本者。書中硃筆批校，出自何學士焯，又有近時沈廣文欽韓補校數條，因未見宇文氏考異，未敢遽以爲定本也。仁和胡君心耘前年從文瀾閣鈔得燕語一編，以考異所訂尚有未盡，知余嘗從事此書，讓以校役，并屬於前賢論說之足資參考者，悉爲附錄。心耘銜得楊氏、商氏初刻未經修改本，互勘字句異同，復假仁和勞季言司訓所藏沈埴爲吏部叔𡎺纂修四庫書時底本，復勘一周，考證益密。又於京師偕陸修撰增祥借清秘堂親校永樂大典，鈔得汪應辰辨，曰於是詳考史鑑諸書，參互訂證。其宇文考異外，補其已佚，增其未列，各若干條，分繫燕語本條之下，與考異相輔而行。蓋此書自經館臣纂校，已視舊刻改觀，茲復遇胡君細意紬書，衍緒益義，洵爲藝林快事矣。而余亦得猶手以論先資，以酬夙願，又何其幸歟。

卷一（第三條）漢凡王宮皆曰禁中。　說郛引辨云：既云凡王宮，則是諸王矣。伏儼引蔡邕說省中本爲禁中，門閤有禁，非侍御之臣不得妄入，行道豹尾中亦爲禁中。避王后父名，故曰省中，不聞諸王皆曰禁中也。漢制度帝之下書一曰策書，二曰制書，三曰詔書，四曰戒敕。此云天子之命通稱詔書，非也。唐永徽中命弘文館學士一人日待制于武德西門，則待制之名非始于肅代以後也。明皇置翰林院，延文章之士至術數之士皆處之，謂之待詔，則待詔之名初不改也。按此條疑是汪應辰辨，故存之。

又（第七條）東華門直北謻門。　夢溪筆談云：歷代宮室中有謻門，蓋取張衡東京賦謻門曲榭也。說者謂冰室門。按字訓謻，別也。東京賦但言別門耳，故以對曲榭，非有定處也。玉海謻門始標額於熙甯十年。

又（第二十二條）治平中議濮王稱號。　五代史書追尊皇伯宗儒爲宋州刺史。按五代史晉家人傳，出帝天福八年追封皇伯敬儒爲宋王。原文引史字誤，何校依史改正。

又（第二十八條）國朝經筵講讀官坐立。　今講讀官初入皆坐賜茶，唯當講官起就案立。按當講官，文獻通考引作當講時，何校以當講爲句，官起上增一講字。

卷二（第十條）古者天子之居，總言宮，秦始稱殿。　野客叢書云：皇帝有合宮，堯有貳宮，湯有鑣宮，周有高宮，楚有蘭台宮，韓有鴻台宮，齊有雪宮，列子有化人宮，神異經有天瀛宮，古之言宮者如此。宋玉賦謂高殿以廣意，商君謂天子之殿，戰國策謂谷鷗蜂於殿上，說苑謂齊有飛鳥下止殿前，莊子謂入殿門不趨，蔡以劍於殿下，史記毛遂定從於殿上，荀益入殿門，古之言殿者又如此，則知宮殿之稱其來久矣，非但始於秦始皇也。但殿未則專名某殿而已，此二字者上下通用，不拘至尊。如儒有一畝之宮，象往入舜宮，霍光第中鴟鳴殿前，黃霸居丞相府樂孝子先上

殿是也藝文類聚謂蕭何曹參韓信皆有殿人考古質疑及說郛所引汪辨史諱
文繁不錄然考東京賦九龍之內實曰嘉德薛綜注九龍本周時殿名也嘉德殿
名在九龍門內則叢書謂未聞專名嘉殿亦不盡然。
又　第廿八條　神宗御製韓魏公神道碑。　說郛引汪辨云熙甯三年十二月王禹玉
參知政事八年六月韓魏公薨此云尚王為學士非也又按攻媿先生文集跋王
岐公端午帖子華陽集一百卷岐公著述殆不止此當問公之孫大監云不惟有
所遺逸如資治通鑑序韓魏公神道碑皆曰御製不敢編入家集中云云則此碑
實禹玉所撰矣。
卷四第三條　國朝兩制皆避宰相執政官親。　劉原甫王文定之甥據避暑錄話載
原甫廷試事云王文安公其舅也宋史劉敞傳則云王堯臣其內兄也乃知燕語
文定是文安之誤又燕語卷八載廷試事亦云宗公內兄與卷四及錄話甥舅之
稱不合後見勞季言為胡心耘補校燕語云攷歐陽公居士集尚書戶部侍郎參
知政事贈右僕射文安王公墓誌銘祖諱礪某官又劉敞公是集先考益州府君
行狀夫人臨沂縣君王氏也屯田郎中贈尚書右僕射礪女心耘又据李燾續資
治通鑑長編嘉祐元年閏二月知制誥劉敞知揚州徹王堯臣姑子堯臣執政避
親也則文安原甫正是內外兄弟非甥舅也余謂爾雅釋親姑之子為甥原甫為
文安之姑子燕語當是用爾雅之文惟避暑錄話舅字實誤豈俗如謂我舅者我
謂之甥乎。
又　第廿三條　臣僚上殿劄子末言取進止。　進止猶言進退也唐日輪清望官兩員
於禁中以待召對故有進止之辭今乃以為可否取決之辭說郛引汪辨云高宗
永淳元年郭待舉岑長倩郭正一魏玄同與中書門下同承受進止平章事又乾
封以後召學士元萬頃范履冰等于北門候進止時號為北門學士又肅宗即位
明皇令四海軍國事皆先取皇帝進止仍奏朕知唐人上疏初云奉進止或云其
人奉宣進止末云伏候進止之類則進止正是可否取決之辭非專為待對官設
也又雲谷雜記引隋裴蘊傳云大小之獄皆詔付蘊憲部大理莫敢與奪必稟承
進止然後決斷所謂進止者候蘊之可否也當是時不特用於奏御雖臣下亦通
用之。
卷六第三條　馬齒。　馬數歲者以齒唐人多謂隴右人為張萬歲謹考異引曲禮周

禮春秋傳辨其非自唐始余按盧史引戰國策曰夫驥之齒至矣由是知自古言
馬歲必以齒又左傳襄公二十五年楚蔿掩賦車籍馬注謂疏其毛色歲齒以備
軍用顏延年赭白馬賦齒歷雖衰而藝美不忒此皆足補考異所未及。
卷七第廿五條　盧多遜言乾德年號。　乾德年號事宋人說部中屢見皆不歸一。楊文
公談苑江南保大中浚秦淮得石志刻有大宋乾德四年六字今諸儒參驗乃輔
公祏及江表時年號後太祖受命國號宋改元乾德豈非威靈將及而符讖先著
也歐陽公歸田錄太祖建隆六年改元語宰相勿用前世舊號後見內人鏡背乾
德之號以問學士陶穀穀曰此偽蜀時年號耳太祖由是益重儒士而歎宰相寡
聞也以上二條吳曾能改齋漫錄並引之（今稍節字句）陳鵠耆舊續聞亦紀秦淮石刻
事又引劉貢父詩話陶穀皆辨蜀宮人鏡背乾德年號事言二公尚不知公祏
已有此號云云今燕語又以辨蜀時年號者屬之盧多遜余謂南唐事稍遠太祖
或不及聞若陶穀等辨蜀鏡事在前則不應更詰盧言若盧語在前亦不須更因
鏡字問穀二者必有一為傳聞之訛也至秦淮石刻猶屬不經唐書輔公祏以武
德六年八月反國號宋建元天明次年三月即滅安得改元乾德且有四年字。
卷八第廿四條　唐以前書籍皆寫本。　宋景文用監本手校西漢一部末題用十三本
校何校云宋公用十三本校者不知後歸何人南宋麻沙黃氏刊本附古注之後
者頗疑妄人竄入己語如揚子雲傳法言諸序多引溫公云何景文名單在先不
應獨稱其爵於時溫公所注法言恐并未及刊行也余按南宋建安書坊劉之問
本漢書（之問刻或作之間作之問今從南宋刊本）顏氏敘例後附列余靖宋祁原校所采姓名書目
內載景文所用為十五家其目則十六蓋江南本與舍人院本實一本也此云十
三本恐是十五之訛。
卷九第一條　北京兼領河北路安撫使自賈文元始。　按汪辨此條有目無文心耘
曾勞季言補輯在日未及收入燕語集辨中為附記於此云攷按長編（百五十六）慶歷
五年七月戊子知大名府程琳兼河北安撫使又（百五十八）六年二月癸丑資政殿大
學士工部尚書知大名府程琳為武昌節度使陝西安撫使知永興軍宣徽南院
使河陽三城節度使判并州夏竦加同平章事判大名府河北安撫使又（百六十）七年
三月乙未河陽三城節度使同平章事判大名府夏竦依前官充樞密使工部
侍郎平章事賈昌朝罷為武勝節度使同平章事判大名府兼北京留守司河北

安撫使墓誌詔司是仁宗始置，以命程文簡，中更夏文莊一任，而後賈文元繼之，非特以命文元也。

又（第九條）狄武襄狀貌奇偉。神宗初即位，有意二邊，一日忽内出御製祭文，遣使祭其墓，欲以感勵將士，或云滕元發之辭也。余按清波雜志，熙甯改元，狄青子諮入對，上問青征南有遺書否，乃上平蠻記及歸仁鋪戰陣二圖，上乃自為文，遣使即其第祭之。其文具載實錄。又按神宗御製祭狄青文，今見能改齋漫錄。

卷十五（第十條）陳烈行怪多僞。按東都事略卓行傳：陳烈，嘉祐中，以近臣薦授州學教授，烈方辭避，而福建提刑王陶奏烈以妻林氏疾病瘦醜，遣歸其家，十年不視，烈貪詐人也，已行之命，願賜削奪。諫官司馬光言臣素不識烈，不知其人果如何，惟見國家常患士人不修名檢，故舉烈以獎厲風俗。若烈平生操守出於誠實，雖有迂闊之行，不合於中道，猶為守節之士，亦當保而全之。願委官覈實，以明至公。宋史隱逸傳中云陶說遂不行，此云妻訟不睦，置獄劾治，後竟坐罪，皆誤。

胡心耘輯宇文紹奕事實。

心耘既成石林燕語集辨，因汪氏應辰燕語辨久佚，惟宇文氏攷異，實為碩果僅存。愛其糾訂詳明，大有裨益汪辨，則從永樂大典第一萬四千八百卷悟字韻中，鈔得其原目二百二條矣。裒復從群籍内搜得紹奕生平事實數條，錄以示余。昔館臣於燕語提要注中稱紹奕始末無考，今心耘蒐采詳贍，可謂得未曾有，亟為存之，以備考古之助。觀應辰薦劄，稱許紹奕，傾賞溢乎情詞，可想見其相契莫逆，然則考異之作，殆因玉山先於燕語著辨，遂亦撰此為繼聲歟。

宋史藝文志地里類：宇文紹奕臨邛志二十卷，又補遺十卷。（按方回續臨邛記方物賦作，時刋云甲申七月十九日，偶讀宇文紹奕臨邛記所書方物，雅名奇字，予固未識也，滿秋○單字書譜雜小說為釋訓，凡三日乃已。見桐江續集八。）

汪應辰薦蜀中人才劄子：左承議郎通判劍州宇文紹奕，好古博雅，嫺于吏事。頃四川總領所踴除劍州和糴，以寬民力，實自紹奕發之。既而民間缺食，紹奕親至外縣，徧行山谷，隨事措置，皆有條理。見文定集六。

崔敦詩宇文紹奕致官國家紀幽蜺斂有法，未嘗以一毫棄材也，爾向坐闕敗既閣，歲年，贈千常科，還爾舊物，蓋思所以報此哉。見佚存叢書第四帙崔舍人西垣類稿一。

淳熙二年春，邛州蒲江縣上乘院僧治基，增築大殿，闢地凡四尺，得古冢焉，其封石刻作兩闕狀，中有大篆二十九字，云：永嘉元年二月十二日，蜀郡臨邛漢安鄉安定

里公乘校官掾王幽字珍儒。臨邛太守宇文紹奕，字袞臣，好古博雅士也，聞之，亟命筆致郡齋，龕之壁，以余大父勤齋先生子堅平生留意篆隸碑刻，俾原而釋之。勤齋為考訂而跋之。見學齋佔畢三。（老學庵筆記六：邛州天慶觀有希夷詩石刻，是日過杜太守宇文袞臣，約題不能盡記，從辛不眠再到，至今以為恨。）

元費著氏族譜：宇文氏，廣都院曰㢲彥子閬中，閬中從孫紹奕嘗為吏部郎，與三州卒。見全蜀藝文志五十四。

陸游跋原隸：故吏部郎宇文袞臣所著。袞臣為郎數月，坐口語亟去，晚守臨邛、廣漢，有能名，然亦以謗然，遂卒於家，可哀也。見渭南文集二十八。（劍南詩稾四十二：宇文袞臣吏部予在蜀日，與之遊至厚，契闊死生二十年矣。庚申三月，忽夢相從如平生，慨然有賦。英姿奧氣宇邛州，雍古人中豈易求。六月長征時唱死，一天風色挽秋，滿簪生。盧贈曰：我有以具宇袞臣，為臨邛說異者，按禮記一命卷卷，即袞臣字書通。吳晚証到庶曰：桐江續集編紹奕撰臨邛記，多用奇字，學齋佔畢稱為好古博雅士，或自書其字，有時作袞，有作卷，此校竊亦兩岐，識之耳。）

避暑錄話

石林先生避暑錄話宋刻久不可見，世傳惟商氏稗海、毛氏津逮祕書兩本，近時又有張氏學津討原本，即從毛刻翻雕，初無是正，故三本誤略相等。曩聞郡中某氏藏有二本，一為孫潛夫依舊鈔善本手校於稗海本上者，一為鈔本而未校者。孫氏所見舊鈔善本，不知為前代何人手筆，是否原於宋槧，其所校稗海本今已不可復覩。余曾借得未校之本，帙尾有黃蕘翁手跋，謂自序一篇，商毛二刻所無，孫氏據舊鈔本補入此本，似即黃氏所錄孫潛夫校本書中，駁誤抉摘良多。後又見惠定宇徵君校閱津逮本，（徵君手跋：雍正六年六月十三日，從守朴居士俞弁校本校過一次。是書蓋吳方山家藏也，東吳惠棟。又錄庸子民甚跋云：正德辛巳夏五月，昔昌虞實謂俞子容家藏書於桃花塢之步丞專勘畢。）及瓜涇徐氏荷葉裝舊鈔本、禾中項氏宛委堂舊藏陳仲醇手鈔本，各有詳略互異之處，因並乞借，合前諸本對勘一過，補正闕疑，隨文注明，前人書中辨論之語，亦間附數則，以資論列，雖未必遽臻完善，自謂比之各舊刻稍殊矣。（毛氏自言得宋刻，與此本有所刊津逮本，脫誤視稗海本為異。惠徵君校出十餘處，蓋從各鈔本訂補尤多，蓋毛氏所得實非宋本，承訛襲謬，貿然付梓以與佚目錄耳。）惟書錄解題、文獻通考紀是書，皆作二卷，毛跋言宋刻卷數亦同，而黃、項二鈔本乃分四卷，未知何據。余校錄是本，仍依商毛諸刻，以上下分卷，用存解題、通考之舊云。（按四庫總目避暑錄話提要云：晁公武讀書志作十五卷，與此本卷數多寡懸殊，知讀書志為傳寫之誤。考晁志晉本載避暑錄話各刪中於石林諸書聚衣晚入提要十五卷之說，見袁州本郡齋讀書志，與附志中本條誤紀袁州本讀書志四卷，後志二卷，皆晁公武撰，考異一卷，附志二卷，乃趙希弁撰，四庫總所收即此本，總目於避暑錄話卷數因此誤引。陳氏、汪氏所刻衢州本晁志凡二十卷，所列正於晁志，皆足要書目，不誤複見之焉，實州本錄在）

八仙也。

卷上飲中八仙歌條　惟焦遂名跡不見他書。按困學紀聞飲中八仙其名氏皆見於唐史惟焦遂事跡僅見於甘澤謠。胡元圻箋引甘澤謠曰陶峴者彭澤之子孫遊覽山水自製三舟一舟自載一舟致賓客一舟貯飲饌容有前進士孟彥深進士孟雲卿布衣焦遂（四庫總目小說類甘澤謠一卷唐袁郊撰）翁氏又引康熙字典口部吃字下引唐史拾遺曰焦遂口吃對客不出一言醉後則酬答如注射當時目為醉吃。錄話蓋偶未考也。

又（處溪堂園條）子蒙不知何人。又成式終太常少卿則所謂大儀也。子蒙是盧知猷。按新唐書盧簡辭傳弘子知猷字子蒙蔣鄴鎮荊南劍南再辟掌書記。又云宋玫亂避難不出僖宗還京召拜工部侍郎史館修撰舊傳字臣蕭鄴鎮江陵成都辟為兩府記室。又云僖宗幸山南襄王熅署乃避地金州僖還徵拜工部侍郎與段正合惟徵還時僖宗尚在鳳翔新傳稍誤耳。勞季言云容齋四筆十五唐人好以他名標榜官稱禮部尚書為大儀太常少卿為少常奉常此大儀非成式也太平廣記三百五十一南楚新聞成式咸通四年六月卒亦不逮龍紀時（錄話本文有己酉歲重九日牟過大儀語）

按己酉為昭宗龍紀元年。

又（士大夫作小說條）世傳碧雲騢為梅聖俞作歷詆慶曆以來公卿隱過雖范文正亦不免。清波雜志論此云石林蓋亦未免置疑邵公濟亦引聖俞聞范文正公訃詩云一出屢更郡人皆望酒壺俗情難可學奏記向來無貧賤嘗甘分崇高不解驕雖然門館隔泣與眾人殊謂為郡以酒悅人樂奏記納說豈所以論文正者以是又疑真出於聖俞也其辨非聖俞作者惟見文獻通考二百十二然余按石林燕語嘗云聖俞有靈烏後賦責文正不薦己而作世頗以為溢指此則魏泰之以碧雲騢嫁名有由來矣。

又（鎮江招隱寺條）何山宣教寸何楷宅。宣教說郛作宣化毛本同。按何楷讀書之何山在湖州即東坡所遊與道場山相近故坡翁詩有高人讀書夜達旦之句。平江之何山實因何求何點葬此而名非楷宅也。乾隆蘇州府志何山下兼引避暑錄話此語亦失考。

又（歐文忠在滁州條）杜彬琵琶皮作絃此詩既出彬頗病之祈公改去姓名。又且所貴者聲聞安在以絃為奇耶。孔平仲談苑元祐五年彬子焯在金陵或問皮何以作絃焯云永叔詩詞之過也琵琶誠妙乃國初老樂工遺世間只有四面今尚收藏在家但無皮絃事爾能改齋漫錄辨此事則謂淵道之子能彈琵琶以皮為絃見陶岳五代史補乃知皮絃古有其法而杜彬得之且文忠此詩下云自從彬死世莫傳玉連鎖聲入黃泉則公作此詩時彬已死安得有祈公改去姓名之說當是葉只據兩句為此說又偶忘淵氏舊事耳。按皮絃之事既據焯言無有理自可信況與錄話相證至為道子之皮絃雖未可知乃吳曾即謂杜得其法未免臆斷矣。惟云文忠作詩時彬實已死祈改之說為虛此則誠然。勞季言云歐公年譜

卷下（歐文忠為學士條）容隨州秋試作左氏失之誣論遂擢為冠。云生賦遂官韻黜東軒筆錄亦云以落官韻不收此誤。

又（李公武尚公主條）初名把神宗嫌名加賜上字。勞季言云東都事略駙制尚主者升居諸父之列真宗特於勗名上益遵字以為崇矩子。把神宗嫌名五字疑是小注則與事略合矣。

人（閩制宰相致事條）從容進退享有高壽其最著者張鄧公八十六。覺牖閒評公張士遜年七十有八詩云八十光陰有二年烟蘿門戶喜閒關近來無奈山中相頻寄書來許繳班後四年而卒乃八十二歲之識此詩史所載也而避暑錄話乃云士遜致仕年八十六恐誤。余按宋史本傳士遜卒年八十六亦誤惟皇朝類苑十三六云張退傅以八十二歲薨原注倦遊雜錄此與袁文之說合。

又（明皇幸蜀圖條）李思訓畫。印印川曰思訓之卒據雲麾碑在開元中不應及畫幸蜀圖因疑畫出李昭道手。余按文嘉嚴氏書畫記有某本李昭道明皇幸蜀圖則印說有徵錄話殆錯記耳。

又（東漢郡以致仕條）漢致仕無祿唐制亦然而時有特給者。胡心耘云野客叢書五十引云漢謂漢唐致仕者亦皆有祿據通典謂漢制凡吏二千石以上年老致仕者三分故祿以一與之終其身不可謂漢致仕無祿又觀唐令諸職事官年七十五品以上致仕者各給半祿。又致仕官建中五年敕所請半祿料從敕出日於本貫及寄居處州府支給。

又（吳越之俗條）故五六月之間每雷起雲族。各刻本作族黃鈔本作簇按莊子在宥雲氣不待族而雨釋文司馬云族聚也未聚而雨言澤少則作族是（當從說文無簇字簇即族也）

又（余仁仲本李氏子條）其最上廣川郡公汾州刺史李暹一告尤精好。按唐書宗室世系表，上大鄭王房廣川郡公義範子乃靈州刺史襲廣川郡公暹，與余所得廷康集佚文書唐李氏告後所序世次合。惟暹官史表作靈州刺史，而告乃汾州，或靈州是其所終之官，故紀於史耶。

又（陽子戲譙嚴君平條）其稱李仲元，蓋與君平為一等人，又但惜其行事不著爾。按李仲元行事，見常璩華陽國志先賢士女總讚可考，璩自言所志得之陳壽所為耆舊傳，此書北宋時有呂汲公大防刻本，石林公當曾見之，偶然失記耳。

嚴下放言

嚴下放言三卷，石林先生晚年歸老卞山後所著。據直齋書錄解題，載此書作一卷，然明初徐一夔編入藝圃搜奇中，乃作三卷，其為陳氏誤三作一，與徐氏析一為三，已不可考。徐書雖見棠刻書目，未經梓行（藝圃搜奇無刻本，潛研堂集中跋語云然），藏書家但有傳鈔本，故放言一書世不多見（棠刻書目又載山陰祁氏淡生堂[illegible]有嚴下放言一卷，亦未見傳刻）。適友人購有鈔本，借得錄之。伏讀四庫提要言世所傳鄭景望蒙齋筆談，其文全與葉某巖下放言同，但刪去數十條，暇日取稗海中蒙齋筆談校勘，始知筆談剽取此書，分作二卷，以此書之卷下為其上卷，卷中為其下卷，全文不易，而獨置卷上不取，不解何意。疑商維濬所收者，本殘剩錯亂之帙，特以意分上下二卷，提要歷舉書中所言，證為葉著，已無遁情。至引論語助我避父諱而作佐我，則益可指為先生作書之確據，而館臣無由見葉氏族譜，宜提要未舉及此也。是書閱六百餘年，久為嫁名洇滑，幾於湮沒，自遂書館史正着錄，昭垂誠為藝林幸事。余初借得漢陽宗人潤臣中翰名澧家藏舊鈔本，細校續借友人處文衡山衣陶齋二鈔本復勘，間又參以說郛節采本，凡得補正數十處，拾遺三條，即從說郛本采附卷後，知此書舊多闕佚，或尚不止此耳。

卷上（見事而戒謂之豫條）從事而戒謂之猶。又說文，豫本大象之名，物大即處於小，而見者早，故有豫義，而豫之義不在豫文也。

按漢陽本此下有四十三字，云：爾雅猶似麂（今爾雅作猶如麂），而善登木，避人已去，猶疑而再登，則有猶義。左氏謂猶為可以已之辭，是矣，而猶之義不在猶文也。各鈔本皆無之，惟文本亦有。

又（人患物應事條）曹孟德是何等氣字人，與魯肅議借荊州，忽聞震雷，遂失匕箸於地（漢陽本無箸字）。按聞雷失匕箸是先主事，見華陽國志。曹操未聞有此，且操安得有與

魯肅議借荊州事，疑先主之譌，亦因操有天下英雄惟使君與操之言，已覺董承僭謀耳，非與肅議借荊州時也。惟吳志魯肅傳稱曹公聞權以土地業備，方作書落筆於地，當由此事相涉而誤，則此條本文與魯肅議借之上應有脫文，然觀下文直以議借為孟德事，殊不可解。

又（西塞山前條）後觀張芸叟南行錄，始知在池州磁湖縣界，孫策破黃巾處也。按郴行錄作慈湖夾，不載西塞事，宋池州無磁湖縣，據入蜀記，則蜀興國軍大冶縣。巾字漢陽本作射，黃射為黃祖之子，事見三國志注。

卷中（正素處士條）張樂，勞季言云據宋史隱逸傳當作張舉，各本皆誤。

又（惠遠法師白蓮社條）會者合十八人。按所敘佛佗耶舍、佛佗跋陀羅、竺道生、慧持、慧叡、曇恒、道昺、道敬、曇詵皆浮屠，劉遺民、雷次宗、周續之、宗炳、張野、張詮皆居士，止十五人，併遠公亦僅十六人耳。考李沖元蓮社圖記，尚有惠永、曇順二人，始合十八之數。惟曇恒作曇常，道昺作道昞，恒為廟諱，昺或形誤，若慧皆作惠，則字之通也。漢陽本道生下有慧永，慧叡下有曇順，亦作十八人，與李記合。惟道昺作曇昺，為小異，至晁无咎雞肋集蓮社圖記，亦止十五人，與此本同，豈即此本所祖，而漢陽本乃依李記補入者乎。

卷下（前史載李廣條）世傳五臟圖，杜杞待制治廣南賊歐希範所作也。按歐陽公廬陵集杜君墓志言，君破五峒，希範窮迫走荔波洞，蒙趕率其眾降，君置酒大會，即坐中戮六百餘人，而釋其尪病脅從與非因敗而降者百餘人，後三月，破荔波，擒希範至，并戮而臨之。又言君喜術數之說，自推四十六當死，至其歲果然。東都事略杜杞傳大略與歐誌同，惟荔波作荔枝耳。此條所言與二書頗異，未知孰是，惟宋史杞本傳兼采前上見希範趕訴冤事。

石林詩話

陳直孫書錄解題文史類，石林詩話一卷，自來未見單行本，其收入叢書者，左圭百川學海中始見之，分三卷，近代惟有津逮秘書刻本，仍依陳氏作一卷。毛晉跋謂曾經補遺，舛誤乃書中脫文誤字，不可枚舉，即卷首署款一行，里籍既乖，名字亦倒，而不知勘改，其他更無論矣。往年東山族人欲重刊此書，以校讐相屬，余以舊刻善本不可得，因用鮑氏叢書校臨漢隱居詩話例，取胡仔苕溪漁隱叢話、魏慶之詩人玉屑二書所引諸條相校，旁及何文煥歷代詩話、厲鶚宋詩紀事，最後乃得百川學海

本及增栖芬氏影元鈔本吾郡顧氏藝海樓舊鈔本於是會萃諸本互資校勘補闕
訂譌或文義相近而字句稍殊則擇優而從其文義皆殊則仍兼注以備參考諸本
中雖舛譌亦所難免大段皆從宋刻出視毛刻固已遠勝此外又有單詞片語散見
他書可證異同者並收錄之凡閱數月始畢事痛加一洗而此書始有完膚矣惟卷
數改從古川學海所編左圭宋季人其分卷當有所據拾遺若干條莫考元編次第
別坿卷後亦昔人舊例也至詩話中間有語意小誤曾經諸家指出流覽所及輒爲
采存用資辨證者豈能百無一疏正賴後賢之匡輔況文章公器爲前嗣者無可
諱亦無備諱也依次分條既綴本書帙尾茲於是編亦坿載世有讀者定能諒之詩話訂正處指不勝枚其補遺之大者如卷中高麗國王記曾絕句考石林燕語而知爲文律卷下歐陽公知貢舉同事考東坡記事二氣而知范景仁王禹玉梅公儀外尚有韓子華然卷中曹同孔融文與杜台卿詩二十四句似於文字攷據美玉猶此之下脫去二句並祇存二十二句今無從搜補矣其一條全逸者於吳郡志尋退得按得二條他若安邑茅氏校刊張先安陸集後附湖錄所引子野浮梁破處見山影野艇歸時聞草聲一聯夾注辨正石林詩話誤作楊聲云云今此條亦無從搜補也。

卷上開簾風動竹條雨肦雖見唐人小說云云。野客叢書曰上聯在李君虞集中此即
古詞風吹窗簾動疑是所歡來之意梁費昶亦曰簾動意君來柳惲曰颯颯秋桂
響非君起夜來崔情集曰待月西廂下迎風戶半開拂牆花影動疑是玉人來齊
謝朓懷故人詩離居方歲月故人不在茲清風動簾夜明月照窗時皆一意也又
花月徘徊之語亦出於古詞意。

又劉貢父以咄嗟條咄嗟疑是晉人一時語云云。野客叢書曰魏陳暄賦漢帝咄嗟抱
朴子不覺咄嗟復彫枯李白詩臨岐胡咄嗟王績詩咄嗟建城市張說詩咄嗟長
不見陳子昂詩咄嗟吾何嘆司空圖詩笑君徒咄嗟此詩於花字韻押是亦以爲
咄嗟貢父所舉乃別一詩曰咄喏休休莫莫且陳暄葛稚川左太沖陳子昂李太
白之徒按上文不引左太沖詩皆在司空圖之前其言已可驗矣況復圖有前作咄嗟字無
可疑者竊謂此語自古而然非特晉也前漢書項羽意烏猝嗟李奇注猝嗟猶咄
嗟也後漢何休注公羊曰噫咄嗟也此咄嗟已明驗漢人語矣又戰國策有叱咄
叱嗟等語益知此語自古而然貢父所謂固已未廣石林引孫楚詩且謂晉人一
時之語亦未廣也咄咄逼人乃殷仲堪語石林謂殷浩誤也浩語乃咄咄書空未句浩語當作咄咄怪事。

卷中樓大年條三尺一杯語皆疑後云云。能改齋漫錄曰予按高祖紀云上嫚罵之

曰吾以布衣提三尺取天下又韓安國傳云高帝曰提三尺取天下者朕也顏師
古注曰三尺劍也而流俗書本或云提三尺劍劍字後人所加耳然則石林詩話
乃有疑後之說何耶。

又池塘生春草條猝然與景相遇云云。野客叢書曰靈運製登池樓詩而於西堂致
思竟日不就忽夢惠連得此句遂足其詩是非登樓時倉猝對景而就者謂猝然
與景相遇借以成章殆恐未然蓋古人之詩非如今人牽強輳合要得之自然如
思不到則不肯成章故此語因夢得之自然所以爲貴。

又俞紫芝條祠部已送酒家償債云云。苕溪漁隱叢話曰魯直與清老同學所謂
後數年見之儒冠自若也則清老實曾爲僧可知而此以爲祠部送酒家償舊債
石林之言非也。

卷下蘇州允條乃以布衣參其間云云。瀛奎律髓曰味閒作諸儒老曲台之句即是
修太常禮之時非布衣也。

又同條如讀易詩云云。晦庵詩話以此聯爲老蘇送蜀僧去塵之作其首句爲
十年讀易費膏火石林遂誤爲讀易詩耳。

又人之用力條其詩不應散亡無一篇存云云。苕溪漁隱叢話曰余讀傳燈錄言朗
州刺史李翱謁藥山問如何是道師指上下曰會麼翱曰不會師曰雲在天水在
瓶翱遂贈以詩曰練得身形似鶴形千株松下兩函經我來問道無餘說雲在青
天水在瓶又藥山一夜登山經行忽雲開見月大笑一聲應澧陽東九十餘里翱
再贈詩曰選得幽居愜野情終年無送亦無迎有時直上孤峰頂月下披雲笑一
聲余以唐書翱本傳考之翱嘗爲朗州刺史則傳燈錄所載是也傳燈錄有此二
詩石林謂翱詩散亡無一篇存者但一見遠游聯句而已何也按傳燈錄翱詩前一篇石林公亦曾舉及見文獻通考。

又繼晉聞人詩條應璩詩惟文選載其百一詩一篇云云。野客叢書曰雜體詩集應
璩百一詩凡有五首不止一篇所謂百一者又不止文章錄一說凡有數說張方
賢楚國先賢傳曰應休璉作百一詩譏切時事徧以示在位者咸皆怪愕何晏獨
無怪也李充翰林論曰應休璉作五言詩百數十篇有詩人之旨孫盛晉陽秋曰
應璩作詩百三十篇言時事頗有補益七志曰應璩新詩以百言爲一篇謂之百
一詩樂府廣題曰百者數之終一者數之始士有百行終始如一故云百一應璩

為曹爽大將軍長史。前後為詩百餘篇。以諷爽。採以習俗之言。傳會其意。名曰百一。爽卒不悟。以及於禍。百一詩序曰。時謂曹爽曰。公今聞周公巍巍之稱。安知百慮有一失乎。文章錄曰。曹爽多違法度。璩為是詩以諷焉。意者以為百分有一補於時政。唐藝文志。應璩有百一詩八卷。鍾嶸謂應璩詩祖魏文。善指事。得激刺之旨。又（指康幽憤詩條。）蓋志鍾會之事也云云。野客叢書曰。鍾會所以害康者。因呂安兄訟弟之故。其集有與呂長悌絕交一書甚詳。蓋康嘗為安致解於其兄。兄紿其和。密致其罪。康悔因為書與其兄絕交。遂牽連入獄。幽憤之詩。正志其事。所以繼有內負宿心。外恧良朋之語。魏氏春秋謂呂巽誣其弟安不孝。安引康為證。康義不負心。保明其事。鍾會勸大將軍因此除之。而晉史亦曰康與呂安友善。安為兄所枉訴。以事繫獄。詞相證引。遂復收康。康謹言行。一旦縲紲。乃作幽憤詩。孫登嘗謂康曰。子才多識寡。難免於今之世。此所以有愧孫之語。

石林詞

石林詞刻本。近代惟毛氏汲古閣宋名家詞中有之。凡九十九闋。（郡中顧氏藝海樓舊鈔本同。）此外單行本絕少。吾友戈君順卿載嘗得一本見示。乃戊戌秋婁縣葉孫光復新刊。序中未言從何本翻雕。而其闋亦九十九。疑即以毛刻為祖本。特以意分上下二卷。書中訛誤不少。順卿曾依汲古閣原本及戴竹友所藏舊鈔本校勘一過。因余借錄。謀重刻。復為蒐檢群書。詳加訂正。拾遺刊誤。裨益良多。潘君功甫曾沂見之。亦為補勘數處。余於手繕之餘。又稍稍參校一二。皆注明句下。（校語中稱光復本為原刻。如鷓鴣天次韻曹卿大錢觀太湖題中錢字。原刻誤作夫。今依顧氏舊鈔本改正。按大錢乃湖名。今隸烏程縣界。金友理太湖備考稱大錢口為苕霅下太湖之大路。舊曹卿當日蓋于此泛舟觀湖。俗手不知而誤改夫字。舉此以見一斑。）其在疑似間者。存之。未敢臆改也。謹按四庫目錄詞曲類有石林詞一卷。當即從毛氏名家詞收入。毛之卷帙。又本之書錄解題。往籍流傳。較為可據。故今仍編作一卷。以還其舊。戈潘二君從宋人書中搜得逸詞四闋。（潘校采花庵詞選江神子一闋。戈校采樂府雅詞南歌子菩薩蠻二闋。全芳備祖卜算子一闋。）附存卷末。此外尚不及徧搜。而毛本之非完本。已可概見。惟未知直齋所錄。正復何如耳。

念奴嬌第二闋為在建康時作

題為中秋燕客有懷壬午歲吳江長橋云。洞庭波冷。望冰輪初轉。滄海沈沈。萬頃孤光雲陣卷。長笛吹破層陰。洶湧三江。銀濤無際。遙帶五湖深。酒闌歌罷。至今鼉怒龍吟。回首江海平生。漂流容易散。佳會難尋。縹緲高城風露爽。獨倚危檻重臨。（檻字原刻誤闌。戈校云。此字斷無用平之理。依樂府雅詞、歷代詩餘改正。潘校云。花庵詞選亦作檻。）醉倒青尊。姮娥應笑。猶有向來心。廣寒宮殿。為予聊借瓊林。詞中有高城語。初不解作於何地。無從考證。後見六十家詞張仲宗元幹盧川詞中。有代洛濱次韻此題一闋云。吳淞初冷。記垂虹南望。殘日西沈。秋入青冥三萬頃。蟾影吞盡湖陰。玉斧為誰。冰輪如許。宮闕想寒深。人間奇觀。古今豪士悲吟。蒼弁丹頰仙翁。淮山風露底。曾賦幽尋。老去專城仍好客。時擁歌吹登臨。坐揖龍江。舉杯相屬。桂子落波心。一聲猿嘯。醉來虛籟千林。觀張詞老去專城及坐揖龍江等語。乃知公此詞。是鎮建康時所作。（考公第一次鎮建康。以紹興元年九月奉詔。辭而不允。十一月乙未始至。二年閏四月即被命提舉洞霄宮。歸隱。未及週中秋。是此詞作于再鎮時矣。）證以石林詞同調第三闋題為次東坡赤壁懷古韻中有萬里雲屯瓜步晚之句。益信前闋為建康同時所製無疑也。惟和者洛濱。未詳何人。

禮記解輯存本（此為解經之書。宜首列。而出余所采輯。非元書也。故抑附卷後。）

石林公禮記解。書錄解題所無。朱氏彝尊經義考嘗載其名。而注未見。蓋自宋末即不甚傳。惟衛湜禮記集說（通志堂刻本。）時時引之。云石林葉氏解曲禮。檀弓。王制。文王世子。祭義。祭統。哀公問。仲尼燕居。孔子閒居。坊記。表記。緇衣。儒行。大學。昏儀。鄉飲酒義。射義。燕義。聘義。十九篇。仲子模過庭錄時有論說。觀此語似魏氏初未見是書原帙。但從過庭錄中引用其說。今則併過庭錄不可得見。不審所引是否皆錄全文。亦莫考原書卷次篇目體例何如。然以視公所著尚書傳、論語釋言諸書。全佚無存者。所得不已多乎。嘗從衛氏書中一一采錄。綜計凡二百三十七條。所解禮記凡三十一篇。（多月令。禮器。郊特牲。明堂位。大傳。樂記。雜記。祭法。經解。中庸。深衣。冠義。凡十二篇。）視衛氏所言十九篇。幾加其半。知通志堂所刊衛書原敘。不免有脫文矣。臆分二卷。編成一帙。以禮記解舊名還之。庶為先世遺書稍存梗概。至其詮疏詳善。足以羽翼漢唐諸家。讀者自明。未敢贊論。

石林公歷官年月

石林公東都歷官。及南渡以後所居職任。宋史本傳所載。未能詳備。族譜更荒略不足言。茲從四朝名臣言行別錄下四采出。聊資稽考。然亦不免小有舛漏也。

紹聖四年（丁丑）登進士第。尉丹徒。

崇寧元年（壬午）除婺州教。　三年（甲申）召為議禮武選編修官。

四年（乙酉）遷祠部員外郎。　五年（丙戌）徙起居郎。

大觀初元年（丁亥）為中書舍人。兼實錄院修撰。兼直學士院。　二年（戊子）為翰學。

三年己巳以龍圖閣學知汝州。尋落職提舉洞霄。政和五年乙未除顯制知蔡州。
六年丙申復削職。
重和初元戊戌知潁昌。
宣和二年庚子提舉鴻慶。是洞 七年乙巳召為吏書。再提舉鴻慶。
靖康初元丙午知潁昌。是冬天。
建炎二年戊申召為翰學，拜戶書。失杭州一節。 三年己酉遷尚書左丞、資政學、提舉中太
乙卯侍讀。
紹興初元辛亥為江東帥。 三年癸丑祠。 十年庚申召除建康留守。除建康留守是八年事。
十二年壬戌知福州。 十四年甲子授崇信軍節度使。脫去奉祠一節。 十八年戊辰卒于湖州。

石林公著作存佚考

石林公以宏通淵雅之才，研求經義，撰述辭章，蔚為一代儒宗文伯。至於國故朝章，遺聞軼事，無不元元本本，各有紀載之文。而敷陳經濟，闡揚理道，抒寫物情，即於此見焉。著作繁富，前賢殆罕其匹。惜乎七百年來，散亡過半。余友胡子心耘曾為詳稽羅列，勞子季言續有所得，亦舉以相示，因並錄之以志先芬。

春秋傳二十卷 通志堂刊本
春秋 十六卷 武英殿聚珍板印本
按原書三十卷。蘇州汪士鐘藏有寫本，今不知歸誰氏。
春秋讞二十二卷。 文瀾閣寫本
按原書三十卷，簡明書目誤刊二十三卷。
石林奏議十五卷 後編 宋刊本
按奏議始於官應天尹，訖于福建路安撫使。有開禧丙寅六月既望姪孫朝奉大夫改差權知台州軍州兼管內勸農事借紫筠跋。書中有缺文。初為蘇州黃丕烈藏，後歸汪士鐘藏，咸豐初為仁和胡珽所得。
石林燕語十卷。明楊武刊本。商濬稗海刊本。文瀾閣寫本有考異。沈叔埏寫本有考異。何焯沈欽韓合校本。胡珽葉廷琯集辨本。按楊
商二本初刻與重修不同。
避暑錄話二卷。明守約居士俞弁寫本。成澤徐氏寫本。嘉禾項德棻宛委堂按刊本。士禮居黃氏藏鈔本。毛氏津逮秘書刊本。商氏稗海
刊本。張氏學津討源刊志。葉氏楙花盦刊本。
按諸本中俞本最善。項本黃本分四卷，摘石林避暑錄話，趙希弁讀書附志載十五卷。汲古閣秘本書目稱乙卯避暑錄二卷，補遺一卷。
巖下放言三卷。明初徐一夔藝圃搜奇寫本。仁和勞氏藏鈔本。漢陽葉氏藏鈔本。楙花盦刊本。按直齋書錄解題載一卷。明末山陰祁氏

澹生堂目作一卷。錢氏述古堂書目同。
石林家訓一卷。說郛刊本。 楙花盦鈔本有自序。
按原書十九條，今存十二條。
建康集八卷。蜀山李氏藏鈔本。錢唐汪氏藏鈔本。仁和勞氏藏鈔本。楙花盦刊本。
按李汪二鈔本及刻本第三卷內有缺篇，惟勞氏本全。書錄解題載十卷。
石林詩話三卷。士禮居黃氏藏宋刊本。後歸南城曾氏。勞氏藏影元鈔本。百川學海刊本。津逮秘書刊本作一卷。歷代詩話刊本。楙花盦刊本。
石林詞一卷。汲古閣刊本。 楙花盦刊本。
右十一種存
石林書傳十卷。見書錄解題。
春秋指要總例二卷。見書錄解題。
禮記解。不詳卷數。朱氏經義考云未見。 衛湜禮記集說中引凡二百三十七條。楙花盦采輯編分二卷。
論語釋言十卷。見書錄解題。
孟子通義十卷。見書錄解題。
老子解二卷。見書錄解題。 畢氏道德經考異引八十餘條，蓋從道藏本彭耜道德真經集注采出。

石林總集一百卷。年譜一卷。見書錄解題。
志姚集十卷。自編奏藁。文獻通考二百四十七載自序。今石林奏議乃第三子模編刻，無此序。
石林審是集八卷。見書錄解題。
金石類考五十卷。見避暑錄話，又見雲谷雜記。
南宮詩話。見賓退錄。 宋史藝文志題葉凱。
玉澗雜書十卷。見書錄解題。 說郛刊本存十七條，游志續編存五條，內二條與說郛本同。
石林過庭錄二十七卷。見書錄解題。
維揚過江錄一卷。見書錄解題。
右十四種佚
葉少蘊自序并制誥錄。淮南措置事目。言行別錄累載其事，當即是也。
福建盜賊須知。 兩鎮還山書稿。 俱見述古堂書目本朝雜傳。
葉石林書目。見目錄類。 葉石林集略。別集類。 許昌倡和集。總集類。 韓元吉序，見南澗甲乙稿。
前二十五種，心耘所記，後七種，季言搜得者也。
吹網錄卷六終

鷗陂漁話

葉廷琯著

上海文明書局印行

題跋

宋葉石林先生撰著甚富，玉偶觀避暑錄話、石林燕語。此外所道尚多。彌用為嘅。近以避寇海濱，獲遇吳門耆宿葉調生丈，承示所著吹網錄、鷗陂漁話二書，自經史群籍碑版詩話以及昔賢之清徽亮節、鄉國之軼事遺聞，靡不搜討極精，其餉遺後學，良非淺鮮。而玉尤欽服其能踊先芬也。調生丈為石林裔孫，家集所傳，奉為世寶，後能訂訛補闕，不啻揭石林所欲語而傳之。玉讀斯錄，并得時一奉教，譬遊石林之門矣。幸甚亦快甚。同治紀元歲在壬戌孟夏日，青浦晚學金玉夔虹甫拜讀謹識。

此必傳之作也。願早付刊。壬戌十二月，桐鄉愚弟陸以湉拜讀一過，并採錄十八條於拙著冷廬雜記中。

攷證精審，詞氣和平，不為奇激之論，此儒者實事求是之學。與一知半解沾沾自喜，假撰述以邀名者大相逕庭。陸定圃先生許以為必傳之作，真定評也。顧以吹網為名，無乃過於自謙乎。校讀一過，并錄避碑一通及論通鑑諸條，入拙著讀史最記通鑑最記中，并綴數語以識欽佩。同治甲子七月望，烏程汪曰楨書於觀養廬。

緗囊縹帙渺雲烟，劫外哀然此一篇。析盡群疑還剔抉，（集中失注多友朋商榷語）校殘萬卷更窮研。論衡我喜資談助，陽五人皆當古賢。生晚年年空結網，珊瑚曉看海中天。

讀吹網錄，拜題五十六字，請政。　桐鄉教晚生徐庠稿

快讀奇書有宿緣，頓教飧腹罰便便。如公真足傳千古，恨我相從後十年。諍友功臣司馬鑑，汗青頭白石林編。莫言吹網無時滿，此是宗門上乘禪。

拙律一首，奉題吹網錄後，候政。　震澤後學吳釗森稿

石林舊學溯當年，老去依然手一編。儘把科名讓餘子，獨將著述繼前賢。百年家入滄桑錄，（先生舊居燬於兵）四海交深翰墨緣。共道吳中盛文彥，幾人握管許隨肩。

拜讀鷗陂漁話，敬題一律，請政。　同邑後學亢樹滋稿

鷗陂漁話目錄

卷一
東坡畫像贊
東坡妾碧桃
石林遊山方
岳忠武前妻
元遺山墓碣
黄子久別名
王叔明為松雪外孫
倪雲林納粟補官
文衡山舊名
董思翁論書示子帖
侯記原昔病記
吳漁山入耶穌會
傅青主識中氣
蔣山堂印側刻詩
張芑堂南北為贊
陸白齋傳略
王椒畦書詩為畫名所掩
張船山身後事
吳山尊敏捷
姚畢二公胆識
張文端公應夢而生
舒鐵雲古文樂府
英協揆比翼朝天圖
徐襄勤公病中異夢
顧亭林勗甥語
朱文端公四餘讀書

阮文達公論二通
汪容甫與孫淵如尺牘語
明儒名言
論觀宅第二吉祥相
李易安再嫁辨誣節略
卷二
三十六忠廟題詞
楊忠愍公二疏草
盧忠肅公雙玉印
路文貞公手書張永業傳
路公別傳
葛蒼公傳
吳日生名
家古為先生遺像
吳城日記馮孝廉事
萬麓山房記潘子音先生事
楊碩甫事陸顧二公論辨
牲因上書定南王事
附記徧行堂集事
劫灰錄李定國事
鄒廣文毀忠圖
沈孝子負骨歸葬事
陳烈婦傳誄
雙貞圖詩
管懷珠寄夫書
張炳垣傳
卷三
金陵汪馬二秀才事

四代傳經
澗上草堂
辨湯文正致徐俟齋先生僞札
三家村
徐元歎外孫
題名録紀捐銀入學之例
楊大瓢之父遺戍事
寒山寺王郇公書張繼詩石刻
王郇公封國年月
黄子澄草堂
白文公生日會
觀音峰
復園嘉會圖
清華園圖記
沈尚書門帖
沈尚書生祠
春融堂集詩紀李焜事
嚴戊卿捕鰹行紀誅潮匪事
陶文毅題古雪居詩
積善西院古梅
陸韻華降乩
青篢湖
遊石公山記
卷四
張江陵祠堂題壁詩
明末以時文考内監
温體仁家書
緑牡丹傳奇

能次侯諭僞官檄文
侯忠節公父子爲僮宥作書
黄陶庵集外史
范石夫朋舊尺牘跋語
范質公　劉玨甫　鄭天玉　沈子陵　楊維斗
文彥可　徐元歎　陳至立　戚子栽　蔣日生
王貞明　徐昭法　張倚公　傅仲素　黄美周　鄒若祥　金孝章
盧渭生　張韞仲　顧仲容　卜子宣　張受先　劉公旦　李如穀
李灌溪　路安公　萬年少　鄭拱山　晉府佐
馬士英有才藝
潘吴二家楊嗣昌詩
吴梅村木棉吟
卷五
惠學士唐宮詞
桃蔭吟稿
義洲公詩
蔣珊漁殘稿
石帷庵殘稿
劉書樵晉遊詩選
劉礀香父子遺詩
吴禮堂宮怨詩
李蘭青詩
莊青溪遺詩
朱酉生集外詩
江忠愍公旅舍題壁詩
吴秋鶴潭友圖詩
桃花夫人祠題壁詩
漢口後湖詩
許若洲女史詩
吴竹橋和文侍詔詩
和珅詩

吳昭畫乩詩
倚虹園壁閒無名氏詩
隨園續詩品
二朱闕句
陳雲翁論宋詩
雲翁題試卷見贈詩
太史公
逸句圖
仲雍墓柱聯
劉王二姓續婚楹帖
古今事成巧對
古人姓名作對
檉花館試帖詩題出處

卷六

大癡富春山卷燼餘本
石磵書隱圖辨僞
祝京兆書兩京賦
呂紀桃花斗方
陸叔平三峰春色
董思翁畫册題記
邢子愿畫石
邢慈靜工書
陸嘉祐山水陳粹花鳥
歸恒軒墨竹卷
米紫來自書詩卷
鄭板橋筆榜
王惕甫曹墨琴夫婦合壁書卷
洋布作畫

藏書畫沽禍
印印川風雨聯吟圖
復古殿英石供
伯鸞印
僧道衍硯
徐賁時印
活死人
鄧惲二姓事
海外二奇人
輪船本中國之制
暹羅沒船
夏二子
雪鰻
松蝗
參啄
殺蟻之報

鷗陂漁話卷一

清　吳　葉廷琯調生著

東坡畫像贊

岳郡陸氏舊藏宋本東坡畫像，貌秀偉而髯不甚豐，不類世所傳者。幅間題云：岷山峩峩，江水所出。鍾為異人，生此玉國。東帝狩畿，翽翽萬物。其文如衆帛之有川，其言猶河漢之無極。若夫紫薇玉堂，瓊崖赤壁，間富貴於春夢，等榮名於戲劇，此君之志雖困愈堅，浩然之氣之死不屈。至其臨絕答維琳之語，此尤數子之莫及也。啟宗講主慕蘇文忠公之為人，得真像以事，俾九峯妙聲製讚于上，字作左行。方外人能於異世而愛敬名賢如啟宗者，是可傳矣。妙聲，吳人，居常熟慧日寺，洪武初被召，泣大下僧，故有東皋錄。見朱竹垞明詩綜小傳。此讚品題文忠，亦能確當，彼為士大夫者，或反詈為害甚洪水猛獸，視此二僧，能無愧哉。乾隆末，我郡韓旭亭封翁是升主講宜興蜀山書院，嘗借摹此像，刻石龕奉院中，系以跋語云：宜興城東四十里有蜀山，即蘇文忠公買田築室處。明沈侍郎暉購遺址建祠肖像，集邑士講學其中，以時致祭。乾隆庚子，邑宰袁君嫌僻遠，移置城西，舍真像，仍榜門曰蜀山書院，拋此則今書院實與蜀山無涉。余攷東坡於元豐八年自汝州放歸，曾至宜興，不久即有登州之命。迨後海外歸來，梁谿漫志載其焚券還宅事，遂還毘陵，不復買宅，終於顧塘橋孫氏之居。買田陽羨本齋虛語，亦莫攷所還之宅是否在蜀山。特以公嘗惓惓於此地，溪山即以公像奉之於今書院中，固無不可也。復攷張世南游宦紀聞云：坡公元豐七年自黃量移汝州，七八月間留連金陵，過陽羨，九月抵宜興，通真觀側郭知訓提舉宅即公所館。往年邑蔣未冠鄉舉時編圖經云：五十五里地名黃土村，公嘗與單秀才步田至此，田主曹姓者既鬻而追訟，有司已察而斥之，公終以田歸之。是買田實有此事，且其事先乎買宅，特亦如買宅之未成耳。

東坡妾碧桃

江右都昌縣有坡翁詩石刻云：鄱陽湖上都昌縣，燈火樓台一萬家。水隔南山人不渡，東風吹老碧桃花。款署眉山蘇軾書。此詩所見石刻不一，相傳原刻在縣治內。查注蘇詩續采二卷獨失此詩，合注謂或疑逸詩似後人集字刻之者，故云書不云題也。嘉慶中杭人王文誥撰蘇集編注總案，論此云：其友衡山王泉之作令江西，嘗以事至都昌，見都昌志稱坡翁南遷時遣妾碧桃於縣，因為此詩。以其說攷諸朝雲詩，其首句云：不似楊枝別樂天。叙云：家有數妾，四五年相繼辭去，獨朝雲隨予南遷。又攷公以八月至吳城山，而以七日上惶恐灘，可謂迅速，先以六月二十五日至當塗，

鷗陂漁話　卷一　一

而行於九江南康間至一月有餘，雖蘇堅送別於此，不應如是之濡滯，此益攷命之後，尚有經紀之事，則關閎一說，未為無因，其詩信出於公也。按東坡如果有此事，宋人必應紀載，都昌志不知從何書采入，姑志以廣異聞。

石林遊山方

宋世士大夫類通醫理，好集方書，如今世所傳蘇沈良方最著，亦或見之所撰書中。我祖石林先生避暑錄話曾載數條，至今有傳其法而活人者。偶見張介賓景岳全書載一方，名遊山方，云治心脾痛，此藥極奇。葉石林遊山，見一小寺頗整潔，問僧所以仰給者，則曰：素無田產，亦不若求丐，惟賣數藥以贍，其脾痛藥最為流布。有詩云：草果元胡索，靈脂并沒藥，酒調一二錢，一似手拈卻。右等分末，每服三錢，不拘時溫酒調下。景岳載此方，上標良方二字，蓋識其所自來。按蘇沈良方之外，據書錄解題所列某氏方、某氏方，南宋復有數家，此遊山方不知采自誰氏。今檢石林公遺著諸種皆無之，或在所佚玉澗雜書中耶。

岳忠武前妻

李心傳建炎以來繫年要錄載：忠武初在京師，其妻劉氏與姑留居相州，及姑渡河而劉改適。後在淮東宣撫處置使韓世忠軍中，時忠武已為湖北京西宣撫使，世忠令復取之，忠武遺劉錢三百千，以其事上聞，且奏臣不自言，恐有棄妻之謗，詔答之。事在紹興八年六月。劉氏之去，不詳為何事，當是不得於姑，如陸放翁前室唐氏事。近見陸定圃敎授以湉甦廬偶筆云：明錢士升南宋書岳忠武王傳有故妻更嫁之說，錢塘梁氏玉繩深斥之，據岳珂行實編年及天定別錄辨正其誤。余謂宋人承唐風俗，不諱改嫁，故大家如范文正公家亦有此事，而南宋定城令趙用墉志亦載其女再適人。忠武此事尚在微時，況值亂離，人所恒有，其子孫或不敢言，若後世何必為賢者諱。且忠武之處此事，不徼不隨，仁至義盡，以一奏預杜中山之謗，其才識精密，亦足見一斑也。繫年要錄又紀紹興三十一年十月，用中書門下省請，有岳飛、張憲子孫家屬令見拘管州軍並放令逐便之詔，於是飛妻李氏與其子霖等皆得生還。李氏蓋即劉氏去後所娶耶。

元遺山墓碣

秀水朱梓廬休度壺山吟稿有題遺山墓碑搨本詩，自注云：碑陰有魏初姜彧記云：彧與初嘗先後從先生教誨，又聞先生之言曰：某身死之日，不願有碑誌也，墓頭樹三

鷗陂漁話　卷一　二

尺石書曰：詩人元遺山之墓。足矣。蓋與初適按部河東，得拜先生墓下，因買石刻之。時至元十九年。亡友王韞齋汝玉閒妙軒詩存有讀元遺山集一律云：惆悵青城閉古今，江南開府託微吟。乾坤得氣清原好，身世難言感最深。七字墓門亡國淚，一編野史舊臣心。此生流品休重問，漫向人間姓氏尋。第五語即用朱詩注中事。近時湖州施北研國祁撰遺山詩集箋注，後有附錄蒐采遺山逸事頗多，獨於碑陰題記軼之，殆未見梓蠶吟稿耶。

黃子久別名

康熙間吳中顧來侯復纂書畫壯觀錄（此書無刻本，曾向其族孫元鉞借觀）載黃子久芝蘭室圖題云：余居是山，夏初與二三子相羊瀑流間，得芝草三種，相比如卦畫，或花如蘭，玉明冰潔，洞澈照眼，乃悟芝、蘭非二物也。因銘錢氏之蘭室，故并及之。以芝蘭為一物，其說頗新。又載水墨山水，署款大癡道人靜堅，此名亦不經見。惟憶陳楞山撰春江聽雨錄云：子久居錢塘時，常棄人事，易姓名為苦行靜監，未知又別一名，抑靜監即靜堅僞寫之誤也。

王叔明為松雪外孫

王叔明為趙子昂之甥，見明史本傳。然攷松雪集中所載先侍郎阡表，載其父女子十四人，殤者二，其十二無適王姓者，外甥之說，不知所本。惟厲樊榭題王叔明南村圖云：文敏之外孫。樊榭熟於宋元遺事，此語必有所受之。顧氏書畫壯觀錄亦與之同。明史蓋誤孫作甥也。又壯觀錄稱俞和子中，號紫芝，趙子昂甥，代張養浩書忠祐觀碑。然阡表亦無適俞姓之女，余疑此或是從姊妹之子耳。（吳槎客嘗得嘉靖七年雪江上人蘿壁山房圖，詩并記手跡，記云：圖乃吉光居士所繪。槎客謂吉光居士者王叔明也。叔明此跡在董思翁前遠甚，而不甚著，故附識之。）

倪雲林納粟補官

明史隱逸傳於倪瓚敍其隱遯後事稍詳，在家時不過寫其性情高韻而已。今所傳清閟閣集，康熙時上海曹培廉輯刊，集後附載王賓、周南老之墓誌銘，張端之墓表，與夫一統志、錫山志之傳，大略即明史所本，故所敘事跡相同。近見杜東原集（此集無刻本，近時郡人韓崇始借黃氏士禮居舊鈔本，排印數百本以傳）中有題雲林畫一則云：先生家素封，以納粟補官道錄，應時君之詔，以濟飢乏，非求貴也。此蓋如今之捐輸議敘得官者，曰應詔濟飢，則必因歲時荒歉，有司奉上命以勸捐發賑耳。雲林此事未見前人箸述中紀之，東原去元末未遠，所言必非無據，可補志承之遺，亦見當時雖末造，尚知愛惜名器，

當氏捐賑，祇受道官，豈古昔爛羊侯尉之比乎？偶憶嚴海珊明史雜詠顧德輝詩云：武略將軍飛騎尉，頭銜太若草堂人。括列朝詩小傳，稱仲瑛至正之季，以子元臣為水軍副都萬戶，封武略將軍飛騎尉、錢塘縣男。雲林、仲瑛同時兩高士，此二事正堪作對，亦一奇也。

文衡山舊名

相傳衡山初名璧，字徵明，因文信國子璧仕元，不欲與同名，故以字行。然證以其兄名奎，及徵明之字，俱與璧宿義近，似欲作璧為是。丙申冬，余在葉晉卿栱眉壽堂觀所藏衡山為吳匏庵作海月庵圖卷，後署正德丁丑九月製文璧九字，其字從土不從玉，則灼然信其初名璧，且是時年四十八，尚未改名也。聞郡中某姓藏文氏族譜，印君印川昔曾見之，衡山尚有弟名室，是益可證其昆季皆從列宿命名。但攷文肇祉為衡山孫，其撰虎邱志，於人物門文溫州名下，祇載子二，徵靜、徵明，徵靜應即奎改名，而獨不及室，何與？或云室素行不謹，故文氏凡箸作筆墨中皆削其名，僅載之族譜，是或有之，顧不詳其說所本。因憶姜紹書無聲詩史所紀衡山訟繫其姪伯仁事，衡山賢者，不應出此，或即室所為，而訛傳歟？又衡山之子彭、嘉外，尚有一名台者，亦見肇祉虎邱志，而世不甚知之。（凌子與霞曰：楊循吉撰溫州府知府文公墓誌銘作子男三人，奎、璧、室。黃佐撰翰林院待詔衡山文公墓誌云：公初諱璧，字徵明，以字行，更字徵仲。衡山孫五人，元肇、元發，彭出；元輔、元弼，台出；元善，嘉出。台先卒。肇祉當是元肇。）

董思翁論書示子帖

思翁有示其子祖源論書語三千八百餘言，康熙時蕭張瀞淞南識小錄記之。其論用筆用墨運腕結體之法，精微曲至，皆甘苦有得之言，所以啟導之者備矣。然祖源不聞以能書世其家，可見為學之道，父不能傳之子，作字且然，蓋語焉雖詳，所謂能與人規矩，不能使人巧也。蕭氏謂其書更秀逸不群，惜多殘缺失次，因校正存之。據所言似及見思翁此帖墨跡，今不知流落何所，亦未見有石刻。惟蕭書此條後附一事，頗可資談助，云：新安一賈人欲得文敏書而憚其贋也，謀諸文敏之客，客令具厚幣，介入謁，備賓主禮，命童磨墨，墨濃，文敏乃起揮毫授賈，賈大喜，拜謝持歸，懸堂中，過客見之，無不歎絕。明年，賈復至松江，偶過府署前，見肩輿而入者，人曰：董宗伯也。賈望其容，絕不類去年為己書者，俟其出，審視之，相異真遠甚，不禁大聲呼屈。文敏停輿問故，賈涕泣述始末。文敏笑曰：若為人所紿矣，憐君之誠，今可同往為汝書。賈大喜，再拜，始得真筆，歸以誇人，而識者往往謂前書較工也。此又可見名家隨意酬

鹿之筆常有反出贋本下者可遽定真偽于工拙間乎曾見方蘭坻畫論記一事云思翁嘗為座師某公作書歷年積纍甚多一日試諸董甲乙之乃擇其結構綿密者曰此半生得意作近日所作不能有此腕力矣某公不禁撫掌曰此門下所摹者也乃相視太息此事正可與前事相印証也翁自謂且如此人安能以鑒別無訛自信乎

侯記原昔病記

東坡為王子高作芙蓉城詩云芙蓉城闕花冥冥誰其主者石與丁注家引二事一為歐陽公詩話石曼卿卒後主芙蓉城一為張師正括異志魏泰所撰托名於張師正者慶歷中朝士見女郎迎芙蓉館主丁度令人恒舉芙蓉城為石姓故事而罕及丁事即如子高遇周瑤英雖有胡微之作芙蓉城傳尚不足以傳幸得東坡詩乃為人知偶憶避暑錄話稱韓宗武少年所遇如子高其人往來詩數十篇皆清婉如玉台新詠書錄解題亦稱宗武少遇洋容所撰其父丞相縝遺事一卷亦載其詩云熙寧間得異疾與神物遇然則宗武與子高似皆實有其事明末嘉定侯記原元汸著昔病記自紀其遇女仙雲都十七娘事亦與子高宗武相類而眢渺奇麗過之嘗鐫雲都十七郎宫印此印近為程序伯庭鷺所藏曾以拓本裝冊附錄昔病記於後屬具六泉點綴雲都紀夢圖徵詩靈跡艷情一時膾炙人口顧論者謂記原此事非真有所遇因遭國變託為寓言余按記原為忠節公猶子父雍瞻先生亦殉陳黃門之難歸安楊侍九鳳苞撰其父子紀略稱汸忼爽有志節落落自喜所紀請闕上疏乞免嘉定徵糧及筮卦終隱事尤見膽略學識信昔病為寓言無疑矣余曾為題二詩云家國滄桑恨未窮蓉城殘夢感恩慈憐他一掬遺民淚都付靈談鬼笑中剩水殘山此逸才粗圓遺址亦蒿萊一卷留得清虛字曾歷恒河浩劫來

吳漁山入耶穌會

漁山與石谷同邑相友善而畫亦相埒惟漁山老年好用西洋法作畫蒼鬱渺淡處迴異平日相傳其後竟從西教故有浮海不歸之說然無確證也故友王潤甫汝玉昔嘗語予云昭文張約軒通守元齡曾得楊西亭所寫漁山小像出以索題上有上海徐紫山跋云余嘗於邑之大南門外所謂天主墳者見卧碑有漁山字因剔蘚視之乃知即道人埋處命工扶植之碑中間大字云天學修士漁山吳公之墓兩邊小書云公諱歷聖名西滿常熟縣人康熙二十一年入耶穌會二十七登鐸德行教上海嘉定五十七年在上海疾卒於聖瑪第亞瞻禮日壽八十有七康熙戊戌季夏同會修士孟由義立碑蓋道人入彼教久嘗再至歐羅巴故晚年作畫好用洋法

西亭此像作於辛酉其時猶未入教也余憶張浦山畫徵錄稱石谷因漁山借其所撫大癡畫幅不還遂與絕交今觀此事知石谷之絕交蓋因漁山入彼教而非為借畫不還石谷事親至孝人品本高偽交割席不忍斥言故特假細事為藉口耳

傅青主識中氣

詩文字畫皆有中氣行乎其間故有識者即能覘人窮通壽夭王椒畦大學浩書述傅青主徵君一事徵君偶於醉後作草書而卧其子眉亦能書見而效之潛以己書易置几上徵君醒而起見几上書愀然不樂眉請其故徵君嘆曰我昨醉後偶書今起視之中氣已絕殆將死矣眉驚愕跪白易書事徵君曰然則汝不食參矣後果如言蓋徵君精於理氣數之學故能識微知著如此

蔣山堂印側刻詩

杭州蔣山堂乾隆中高士也初名泰後更名仁有太平之印小人隱居艮山門郭外署所居曰吉羅庵破屋數椽不蔽風雨性迂僻寡言笑生平書最精由米南宫上窺二王參以孫過庭顛平原揭少師遇興到時若以墨瀋傾紙不能辨字人益重之有某中丞乞書堅不應後其以賄敗咸服其高識閒作小詩旁及篆刻皆古雅嘗見其自製小印朱文四曰蔣山堂印印身高今尺一寸五分正方七分四側鐫細字皆滿而波磔剝漫頗難識別窮一日之目力始辨所刻為七古兩篇後款云右自鳴鐘笛刀二詩歲久遺忘庚子冬月得之敗簏因刻於此山堂蔣仁記山堂篆印筆力直追秦漢惜未可多見詩亦不聞有傳本自鳴鐘詩二十韻有累句且多脫字故不錄亟存其笛刀一篇云吾聞群苗善鬼以鐵質鑄為長刀百鍊遇君之所佩毋乃是當軒拔鞘寒生屋氣干虹霓利削鐵柔可繞身剛不折旁行蝌結人頭名人頭疑是頭人誤倒苗人稱酋長曰頭人迎刃骰紅綉膏血憶昔古州犯順年太平寨相輕鬪邊侵凌拒職嗟無告焚掠寨關牲本然此刀斬馬稱難敵苗平乃被吾人得請論改土與歸流始懲凶頑終惻愴五尺銛鋒久不龍光芒中夜猶驚夢蒯緱豈有珠玉裝夫君寶此如何用君不聞昨朝庫車捷音至西方萬里銷兵氣不逢不若無所識君蓋貴之買犢從農事此時詞意激昂筆力遒邁直可摩唐宋作者之壘牢相鬪邊應指鄂文端公平苗事末云庫車捷音則作於乾隆十九年以後戡定西域時山堂尚在中年故未盡忘世事也

張芑堂南爪為替

卯印川言海鹽張芑堂徵君燕昌少年曾受業於丁敬身先生初及門時贄以南瓜

二扐為龍。各重十餘斤。丁先生欣然受之。為烹豕具飯。時浙中至今傳為美談。

陸白齋傳略

陸紹曾。字貫夫。吳縣人。嘗得神仙白玉蟾像。拜而懸之齋中。因以白齋自號。吳中無賢愚。皆稱白齋先生。皆而好博物好談論。廣蓄古書名跡。有好之者。輙舉以相贈。越數年。故物復見他處。又購之。旬者踵至復來。以相贈。終無所吝惜。自鐘鼎古文下及八分行楷。靡不研究。尤工八分。居恒洞跡市廛。不欲自有其長。默默若無能者。及叩以古文奇字。古隸偏旁之正偽。沿流溯源。應之不窮。莫能測其緼也。家計中落。往往攜所作書入市。得錢可供數日餐。則杜戶不復出。皆罄復入市。市人欲貶其值。妄訾其書為劣。怡然受之。無忤容。或具厚幣乞書。則傲岸略不為意。知交憫其老病。勸以操行勿太峻。周游通顯。不難致中人貲。白齋撫髯笑曰。夫鼴鼠飲河。止於滿腹。吾旦夕吮筆伸紙。以謀吾饔飧。是亦足矣。受千金之賜。無以報。豈吾之志哉。居則刻意臨書。雖妻孥詬誶晏如也。尤善蠅頭細書。有人泐之盤盂几硏以進御。　純皇激賞之。一時聲價大重。學八分者多師之。八分之為蠅頭。蓋自白齋始。嘗自評曰。吾書去古遠甚。惟規矩不欲稍溢。今得精紙良筆而為之。其為工詎可量耶。凡遇古碑。雖巉巖絕壑間。必攜乾糇架木懸綆。手自拓摹。辨其漫漶。集漢魏六朝隸書碑刻。依其行款。寫為縮本若干卷。校勘極慎。可補洪婁諸家書及顧氏隸辨之漏。晚年尤好飛白。有飛白錄二卷。宗人級之汝蘭。以金壇段右白號所撰白齋先生傳見示。為刪存其略。他日志吳中高士者。或有取焉。書白齋曰吾[illegible]白齋先生有兄名紹曾號西厓工隸書者占黃仲則兩當軒集中有漢吉羊洗歌一篇所謂今聞吳門陸紹曾能得漢吉羊洗所其人也而其異云想作紹曾即陸山人貫夫也蓋誤以二人為一人矣。級之言白齋家既貧。子又不肖。年八十餘。顛頓以終。所集隸書數十冊。在日為畢秋帆尚書購去。未及刊刻。而畢氏籍沒。書不知流落何處矣。曾見張芑堂徵君所製白齋小印、[illegible]題記云貫夫陸兄得白描仙像小立幅、無款識、像作道服跣足行、衣紋[illegible]世所傳金相劉海蟾者、有髭數莖、或云是貫休作、貫夫審定是宋白玉蟾自製小齋、據小齋晨夕供養、或以重值求之不許、因以白齋名室、且以自號、[illegible]白玉蟾工草隸、兼畫花竹、縱逸入化、今貫夫為人、超然名利外、蓋出其小狀作飛白飄逸入神、白玉蟾贊其前身歟、丁亥重九前三日、金東逸人張燕昌篆並跋。

王椒畦書詩為畫名所掩

王椒畦丈生平學行。易畫軒詩錄卷首。石竹堂師傳文已載之。其女夫張君淡餘光熊跋尾紀之亦詳矣。惟丈館花步劉氏最久。余居相近。時接言論。手稿曾見所著毛詩說已成二卷。而尚未全。又有燈窗雜記一帙。識所見聞瑰異之事。今石傳張跋皆未之及。其稿殆已散失耶。又丈於書無不工。篆隸古勁。直接秦漢。而不自謂能。真書

從歐入褚。晚探二王之秘。行書更得瘞鶴銘筆意。堅蒼渾穆。自成一家。詩則如詩錄自序。所言非深於詩者。豈能道隻字。乃皆為畫名所掩。昔嘉定令吳槃齋楫集杜句書聯贈之曰。白也詩無敵。褚公書絕倫。正不獨推其畫也。然自嘉慶末歸王峯後。畫名益重。郎中裝潢家懸其畫數幀。有吳江蒯姓者。詭詞借觀。潛易臨本歸之。主悟其欺。屢索不還。訟之官。得真本乃已。有田在崑山新陽之間。歲當輸賦若干。邑令許代輸而以畫償。此皆逸事之足傳者。其入室畫弟子。前稱郡中張譜梅伯鳳。劉小峰運鈐。惜皆前卒。後推雲間顧朗如炳。松陵俞子駿岳。朗如筆尤雄健。子駿則專用水墨。不設色。老年畫境更近吳蒙泉。於椒翁又稍變云。

張船山身後事

船山太守自萊州引疾。客遊吳中。未及三載。以甲戌三月卒於虎邱山塘寓館。即所謂樂天天隨鄰屋者。說者謂其過常州艤舟亭句云。回首大莪天萬里。此中曾有未歸人。皆詩讖也。踰年。其家人扶櫬旋里。後有自都門來者。言船山故人某公夢其索助資斧還蜀。余初未信其說。後見吳山尊學士手書題船山詩集。即寄鮑樹堂太僕之作。落句云。身後更傳元伯夢。石交育讓古人完。自注君卒後見夢於樹堂。樹堂命子以千金歸君櫬。始知實有是事。太僕真不愧通幽范巨卿矣。學士別有句題船山集云。盛名未弭無年嘆。生氣恒如現在看。自注上用王珣語。下用庾道季語。王椒畦曰。此確是船山詩。按二語見世說新語。道季名龢。庾亮子也。

吳山尊敏捷

山尊學士。天資敏捷。詩文有如宿構。視古人之對客揮毫。唱韻成句。當不多讓。而所作或瑰麗鏗鏘。或奇倔排奡。無不各得其宜。洵異才也。惟以出之過易。不自愛惜。收拾後人又不能承家學。身後竟無專集行世。殊可慨然。昔閩全州伍松文司馬家榕談嘉慶甲子學士主試粵西。所得皆一時知名士。撤棘後門生來謁者。立書聯句贈之。各肖其人。語無泛設。解元為臨桂唐維釗。其祖某以乾隆甲子舉於鄉。凡維錫則甲寅解元也。學士贈聯云。祖德慶餘。先後甲元燈分照。弟兄明人服其製詞之妙。可作科名佳話。撫軍百公齡宴兩主司於七星巖。酒次索題解中楹帖。即書云。地有七星拱北斗。人如二客侍東坡。其措語雅切類如此。此於學士為末技。不足道。然亦逸事之可傳者。伍君即是科門生。所得聯語亦工。今不甚記憶矣。

舒鐵雲古文樂府

舒鐵雲丈位瓶水齋詩，驚才絕豔，生面獨開，久已膾炙傳誦。余嘗見其手書古文稿一帙，名瓶水齋雜俎，文僅七十篇，體兼駢散，大而碑版序記，小而贊跋簡札，名言雋語，一以逸氣行之，絕不依附唐宋人藩籬，亦無愧一代作者。惟不分卷次部類，亦無弁言目錄，詳繹事文，約略以作文之歲月為先後，蓋晚年編輯而未終者也。又見手書所撰樂府雜劇一卷，亦未刻之書，尚記其琵琶賺、桃花人面二目，餘已忘之。聞宋于庭丈翔鳳言，嘉慶戊辰己巳間，鐵雲禮闈報罷，留滯京華，時婁東畢子筠華珍方客禮親王邸，二君皆精音律，取古人逸事，撰為雜劇，如楊笠湖吟風閣例。禮王好賓客，亦知音，甚重二君之才。王邸舊有吳中樂部，每一折成，輒付伶工按譜，數日嫻熟，即邀二君顧曲，歲筵一席，侑以潤筆十金，亦一代名藩佳話也。後來武林汪氏所刻鐵雲瓶笙館修簫譜，即在都門所撰，有通德擁髻、文君當壚、博望訪星、吳剛修月四目，而余前所見一卷，不知今在何所矣。雜俎之文，迄無為鋟木者，祇余錄藏一副本耳。

張文端公應夢而生

佛家輪迴之說，儒者所弗道，而轉世託生之事，世常有之，昔人亦往往見之紀載，不得謂全屬子虛。顧如韋皋為諸葛武侯後身，范滈父為鄧仲華後身，蘇文忠為五祖戒禪師後身，史道鄰為文信國後身，身異性存，尚稱有理。至王阮亭為高麗國王轉世，已屬不倫，而姚姬傳先生惜抱軒集有香亭得姬於其去歲所失小郎有再生之徵識異一詩，所謂正似吾鄉張太傅，再招東晉大將軍者，註稱張文端太傅母始夢有異人自稱王敦，至其家生子，名敦哥，數歲殞，母慟甚，夢異人復至，曰吾終為夫人子，遂產文端，名之敦復，及長，遂以為字。姚先生本篤信宋儒之學者，乃舉此事，必非妄語。余嘗見阮亭居易錄，時稱文端為夢敦，當時敦復外別有此字，其為應夢而生，益可信矣。文端為熙朝良佐，而敦則衰世亂臣，生平大相逕庭，且相去千數百年，其一再托生，不知何意。又杭州錢雲如女史母夢年荒丐而生，易兇孽而巾幗，更不可解。顧疑輪迴之中，別有宿緣牽合，其氣感召，種種不一。至如阿文成公自知前身為塞外喇嘛，因小沙彌犯律，嗔心動而入世，佛家謂之墮落。德清蔡穀山學士自知前生為黑僑老嫗，以善果轉男，此又各自一種。知其有如是種種，則此事雖奇，而實未足奇也。

姚畢二公胆識

地方遇有事，全在大吏持重不擾，以全民命，然此非有絕大胆識者不能。余嘗聞姚小坡舉秋帆兩公逸事云：乾隆甲午，山東王倫滋事，撫軍徐續駐兵在東昌堵禦。姚公時官河帥，亦在東昌府城。東門外人煙稠密，南北往來水衢一都會也。賊傳檄將於某日來攻城，是夜撫軍及河帥俱在城上，見東門外火起，撫軍疑賊至，促令放炮。姚公曰：事未探實，萬一誤放，則城外生靈塗炭矣。相持不已，撫軍欲手自燃火，姚公從後掣其肘。未幾報至，果民居失火，非賊也。東門外居民幸得保全，姚公之力也。秋帆尚書撫陝時，甘肅回人不靖，阿相國奉　命率師往勦，省垣有張回子者，係內地回人之首，家貲百萬，素與尚書往來。一日方與藩臬議事，司閽者傳進軍報一封，尚書啟視，即置靴內，神色自若。藩臬出，令傳延捕進，謂曰：汝以我名柬請張回子來。張至，以軍報與閱，張皇遽伏地請收付獄。尚書曰：我欲收汝，不請汝來矣。我固知汝之必不反也，我將以全家百口保汝。張叩頭出。後知阿相國於軍前擒得活口，訊之詞連及張，阿相已入奏，特札知陝撫令密收之，尚書即具疏以全家保其不反，事遂得解。此二事昔得吳墨縫光祿師所言，觀此可以知大臣坐鎮之功矣。師謂姚公之事，猶詳慎者所能為，若畢公者，處置尤難，保全尤大，蓋是時西安方脩省城，回人之居內地者不下數萬，以張之豪富，諸回皆其族屬，向非畢公推誠開示如此，則省中數萬回民其能安坐無事哉。

英協揆比翼朝天圖

英煦齋協揆恩福堂筆記自紀其為　冊封佟雅　皇后持節使事，在道光三年冬。其夫人薩克達氏奉　諭　旨逕詣　后宮行家庭禮，值期協揆偕夫人同入東華門，觀者豔之。程春海編修舉唐權文公與縣君同朝興慶宮故事，取其詩句屬為比翼朝天圖。此事自是名臣佳話，輝映古今。惟筆記未附載權文公原詩，閱者尚以為歉，余故為錄存於此。文公集雖經明人刊刻，然傳本頗不多也。題為縣君赴興慶宮朝賀載之奉行冊禮因書即事詩云：合巹交歡二十年，今朝比翼共朝天。風傳漏刻香車度，日照旌旂采仗鮮。顧我華簪鳴玉佩，看君盛服耀金鈿。相期偕老宜家處，鶴髮魚軒更可憐。

黎襄勤公病中異夢

外舅陳雲伯先生為余言：河帥黎襄勤公治河十三年，安瀾無事，雖由福命，然其生平精白乃心，吏民共悉。道光甲申春，薨於位，先於癸未冬得夢甚異，有詩以紀。及卒時坐而假寐白氣彌空家無餘財衆目所覩咸以為公之清節生天必矣嘗錄其詩見示序云道光三年歲在癸未嘉平月二十一日封篆之期予方苦病纏綿數月夜臥多不成寐是夕忽瞧䁾夢 帝錫予銅符篆文如古錢形長約三寸許寬約二寸夢中諳之不甚記憶上有天雷二字下有不但千金四字餘字不甚了了又似同節相孫制軍閒視不知主何凶吉詩以記之道光癸未冬病魔苦為祟痞塊填胸脹胃復洩痢進食苦難消夜臥多不寐參朮訖無靈醫工術徒試嘉平廿一日就枕忽酣睡夢 帝賞銅符珍重拜恩賜長方不數寸古篆渾難識上列天雷文下有千金字其餘言尚多模糊不記憶既醒自尋思蒼蒼是何意或予河干走尚有微勞勸神人慰勉予愛身無自棄抑或祿命盡合作天雷使君子安義命達者一心志堅定向道心不以身死殊炙作五言詩用紀侑來禩此事似涉奇幻然古來名臣沒而成神如寇萊公為閻浮主韓魏公為紫府真人見於載籍甚多蓋其心可與鬼神節即其氣自與天地通非可以怪誕論也

顧亭林易䁾語

亭林先生嘗易其䁾徐立齋相國曰有體國經野之心而後可以登山臨水有濟世安民之器而後可以考古論今此正先生自道其抱負一部郡國利病書胥在是矣自漢以下堪當此語者殆無幾人

朱文端公四餘讀書

三餘本董遇勉學者語詳見三國志王肅傳注 清朝朱高安相國冬夜讀書詩抗志懷三古孫吟惜四餘自注署中有四餘竊謂三餘并公餘也特未悉公是時居何署耳余謂居官者能偷閒讀書固當以公餘列為四餘若窮而在下皓首猶嗜學則應以老者生之餘易之以配遇之三餘此則吾輩之四餘也

阮文達公論二通

阮儀徵太傅嘗言少年科第往往目無今人胸無古人最是誤事但既登館閣勢不能重入家塾再為枕經胙史之功計惟留意二通庶知千百年來理亂之原政事之跡可備他日出為世用二通者資治通鑑文獻通考也

汪容甫與孫淵如尺牘語

所行歸乎平實於學貌其會通此江都汪容甫明經與孫淵如觀察尺牘中語顧淵如嘗為其弟子程稟初書之窗頭而更下轉語曰平實非庸庸之謂也不真奇必不

能平實會通非空空之謂也不真博必不能會通且奇而不平寔博而不會通則其奇其博亦仍不得謂之真也此論可謂深入無間

明德名言

先輩李子仙孝廉嘗語其門下士之下第者曰學問之事當與勝己者校功名之事當與不勝己者較董琴涵觀察國華嘗因家事語人曰骨月之間以不平為平必求其平則愈不得平矣斯真善處骨月之變者亡友印印川文學康祚曰視人之事如己之事則忠視己之事如人之事則達此尤自道其生平得力處三君所言皆可為士君子座右銘

論觀宅第二吉祥相

周亮工因樹屋書影述其先人作觀宅四十吉祥相其第二條曰架上無整齊書注云本本精良一一完善手且未觸目於何有但觀架上便知腹中此為藏書而不讀者痛下鍼砭故以架上書不整齊謂必時時繙閱是為人家美像也然余謂世間真能讀書者必能知書之可愛而珍護之決不肯任意抽撥隨手拋擲若但如櫟園所云適足啟子弟輕褻簡編之惡習豈雅人深致哉顏氏家訓曰借人典籍皆須愛護亦士大夫百行之一濟陽江祿讀書未竟雖有急速必待卷束整齊然後得起故無損敗人不厭其求假夫古人於借人之書珍惜如此則已所藏者可知昔司馬溫公獨樂園中文史萬餘卷晨夕繙閱雖累數十年皆新若手未觸者其閱卷必先視几案潔淨藉以茵褥然後端坐看之或欲行看即承以方版不敢空手捧之慮手汗漬及且觸損其腦每看竟一頁即側右手大指面襯其沿隨復以次指面撚而挾過故不至揉熟其紙嘗誨其子公休曰賈豎藏貨貝儒家惟此耳當知寶惜又曰今浮屠老氏尚知尊敬其書豈可以吾儒反不如乎斯真以卷籍為性命者較之部帙紛散廚匱狼籍其氣象自不侔矣

李易安再嫁辨誣節略

頤道堂詩外集有題查伯葵撰李易安論後絕句序云李清照再適之說向竊疑之宋人雖不諱再嫁然考易安作金石錄後序時年已五十餘雲麓漫鈔所載投綦處厚啟殆好事者為之嘗欲製一文以雪其誣今讀伯葵所作可謂先得我心矣詩云談娘善訴語何誣卓女琴心事本無賴有琵琶亭八十清商一曲慰離數但今所傳查梅史揆篔谷集並無李易安論詩中亦無一字涉及易安者不知何故乾隆中

盧雅雨都轉刻金石錄序。已為易安辨誣。查君殆慮以端叔見譏。因此自刪所作。近見皖中俞理初孝廉正燮癸巳類稾有易安居士事輯一篇。亦力辨其再嫁之事。徵引詳博。似過盧序。微嫌文太繁冗。茲節采其大略附此云。易安之被誣。由好議評所致。如行都端午。易安親賦有為內夫人者。代進帝后夫人等閣帖子。於是翰林止金帛之賜。咸以為由易安。已招時忌。又有句曰。南遊尚怯吳江冷。北守應悲易水寒。南渡衣冠少王導。北來消息少劉琨。劉尚悲欠四字顧君所引依莊季裕雞肋編改忠憤激發。非刺者衆。人為詩譏應舉進士曰。露花到影柳三變。桂子飄香張九成。應舉者傳誦而惡之。先是趙明誠赴行在。病中有學士張飛卿攜玉壺示之。仍復攜去。明年旋卒。時建康防秋投獻之際。有人妄傳其饋璧北朝。致言者論列。幾至不測。事見易安金石錄後序。幸綦崇禮左右之。事得解。而其時無學者。不堪易安譏誚。改易安與綦學士啟。以張飛卿為張汝舟。以玉壺為玉臺。謂官文書使易安嫁汝舟。後結訟。又詔離之。有文案詳趙彥衛雲麓漫鈔。胡仔苕溪漁隱叢話。李心傳建炎以來繫年要錄。宋方擾亂。不暇言妣此。於其善謔受誣。固已根株盡抉矣。又云。瑯環記四六談麈。宋文粹拾遺並載易安賀孿生啓。用事明當。而雲麓漫鈔所載謝綦崇禮啟。文筆劣下。中雜有佳句。定易竄改本。繫年要錄采鄙惡小說。比其事為文案。尤可惡。語齊東野語論韓忠獻事。謂李心傳在蜀。去天萬里。輕信紀載。疏舛固宜。謝枋得集亦言繫年要錄為宰棄疾造辭毀胃壽詞。則所言易安文案謝啟事可知。又云。紹興十一年五月十三日。綦崇禮増陽夏謝伋寓家台州。自序四六談麈。時易安年已六十。伋稱為趙令人李。若崇禮為處張汝舟婚事。伋親其壻。不容不知。又下至淳祐元年時。及百年。張端義作貴耳集。亦稱易安居士趙明誠妻。易安為婺行跡章章可據。趙彥衛胡仔心傳等不明是非。至後人貌為正論。碧雞漫志謂易安詞於婦人中為最無顧藉。水東日記謂易安詞為不祥之具。此何異謂直不疑盜嫂。亂倫。狄仁傑謀反。當誅滅乎。劉時舉續通鑑紀紹興四年八月。趙鼎疏言草澤行伍。求張浚不遂者。人人投牒醜詆。及其母妻。四朝聞見錄見勠朱文公閨閫中纖事。疏及朱謝罪表。蓋其時風氣如此。齊東野語。又言黃尚書由妻胡夫人惠齋居士。時人比之易安。嘗指謫趙師羼放生池文。誤惠齋已卒。趙為臨安府。誘其逃婢。證惠齋前與棋客鄭日新通。遂黥配日新。而尚書以帷簿不修罷。其事與易安同。夫小人何足深責。吾獨惜易安與惠齋。以美秀之才。好論文以中人忌也。此段旁推曲證。尤見明暢。一篇名論。足洗漱玉沈冤。雖使查君出手。應亦不過如是。即雲翁亦不為虛賦題詞矣。

鷗陂漁話卷一終

鷗陂漁話卷二

清　古吳葉廷琯調生著

三十六忠廟題詞

虞山許伯緘丈廷誥。曾官江右縣丞。歸後。余遇於金閶王氏寓館。出示舊作康郎山三十六忠廟。調寄六州歌頭一闋云。滄波瀰極。嗚咽似鼙聲。尋遺廟。荒山躑。隱蚪痡。陣雲腥。前代忠臣。祀比肩坐兄弟姪。弓刀隊。須眉標。氣崢嶸。省識當年片霎風雲合。攙搶縱橫。看楚人一炬。煙燼未銷兵。效死齊心。結冠纓。偶真龍。困沐猴喜。戈掩月。箭飛星。反風戰。湖水赤。縛長鯨。告功成。弔開將軍骨。挑雪浪。辨分明。論爵賞俱三等。死猶生。者算男兒事業轟天起。六六英旌。借湖光山色。落日助悲聲。大樹封應。詞後附記云。廟在今饒州府餘干縣治鄱陽湖濱。廟廷立明初二碑。其文冗長無紀律。然敘鄱湖之戰。視他書較詳。其畧曰。歲在某次。帝自將伐友諒。友諒傾軍迎敵。陳鄱陽湖。乘風縱火。焰漲天。領軍丁普郎以下三十五人突戰。被焚死。帝窘跳岸。為敵所窺。飛矢如雨。得大槐蔽身。矢著於樹者無算。僅而免。夜半乃反風。徐常應亦至。復戰。友仁友貴偕艷。友諒欲退保鞋山。至罌子口。中流矢死。論功贈三十六人皆將軍。原注以韓成並列故三十六。立廟康郎山。春秋祀無闕。槐亦援大樹將軍號云。廟門外累石成台。高丈許。有小石屋為神祠。槐根合十餘抱。孫枝亦既數抱。枯體二箭瘢如麻。橫陳廟庭左右。朱為架。各四五尺。居人血祭著靈異。余從僕嚴慶官三陰瘧幾二載。禱焉如撤。附記於此。為記搜神者備一則云。按明史太祖本紀。未言友諒先縱火及帝跳岸敵樹事。蓋實錄諱言兵敗。故史亦略之。緘翁所述廟碑。可補史文之闕。至大槐以保障真主。亦膺策號而享崇禋。彼秦松大夫之封。滌染羽葆之盛。未可同日語矣。

楊忠愍公二疏草

明楊忠愍公諫開馬市疏及劾嚴嵩十罪五奸疏。其屬草初本真跡。裝成長卷。藏於容城家祠。至今後裔寶守之。順天學政每當按試保定。楊氏奉祀孫必呈請題跋。吾友王亮生鎏。前在沈鼎甫學使幕中。曾獲幽諦其卷。粗若牛腰。二百年來。海內名流及歷任學使手題跋語。觀款者已不下數百人矣。京師松筠庵。為忠愍官京朝時邸舍。庵僧月亭。昔嘗欲以疏草壽諸貞珉。而未果。道光丁未。後裔某適奉二疏卷來庵。月亭之徒孫明基。字心泉者。遂商留勒石。募勒者為嘉興張受之辛。踰年而成。卷後題記不勝刻。但存列在最前之宋犖一跋。心泉復謀之北直士大夫。於庵後隙地建室七楹。衙石壁間。顏曰諫草堂。洵盛舉也。先是受之將北遊。僦裝之夕。夢偉衣冠人向之揖。授以一卷。未及展視而寤。至都寓庵中。僧方求善鐵筆者。受之憶及夢境。知忠愍早已相屬。乃願任剞劂。而不取值。刻竟。旋病沒。人咸謂其與忠愍有宿緣也。然石尾受之未署款。心泉附刻記中。亦絕不及受之一詞。不知何意。是時與受之同寓松筠庵者。有江陰吳君廷揚。為余言受之沒後。何子貞太史曾為作傳。敘其刻二疏事甚詳。且手書之。刻石與揚州石併嵌於諫草堂壁。是可補心泉所未及矣。惟記其夢中見忠愍事。與余所聞稍異。然其與忠愍有宿因則無疑。又受之得病因斷其親叔未解元之訃而起。故子貞與挽聯云。芝館共千秋。為故山來。隨叔未去。松筠留二友。皆悲宇內而公哭受之之逆旅。首阮文達嘗以伏蠻之論仙藥比受之。事聞禁中。李士以除兌。赤子貞之友。而先沒於是庵者也。

盧忠肅公燬玉雙印

錢君映江綺。先後得玉印二。皆兩面刻字。其先得一。陽文曰。取彼譖人。投畀豺虎。朱文曰。與其生不若死。後得者形差小。亦正方。白文曰。大夫無境外之交。朱文曰。孝者跧忠而成。二印皆經火燬。紋冰裂而字獨完好。映江參攷史傳。質證友朋。定為明季督師盧忠肅公遺物。印中之語。是戊寅冬在勤王軍中。為楊嗣昌高起潛所齮而發。且定印之刻。出公幕客同邑生許德士之手。印之燬在公敗後。大清兵焚賈莊之火。備載所撰盧公燬玉雙印記。并刻記拓印。廣徵題詠。不下數十篇。都為一集見示。余最愛周苕子蓮樹。王君養初壽庭。及覺阿開士祖觀。七古三篇。覺阿詩太長不具錄。茲獨記周王二作。予蓮詩云。良玉不可毀。精忠不可滅。君不見前朝盧尚書。篆刻煌煌勵臣節。官階氏族雙印無。証以悄語良非誣。錢君審定善鑑古。拓文示我同嗟吁。譖人何人畀豺虎。明指嗣昌據樞府。又云退生不若死。誓欲捐軀語尤苦。何言大夫無外交。深怨遺史通天朝。孝跧忠成道其實。塞良從事精誠昭。當年召對明光殿。慷慨惟言臣主戰。中樞大奄議不合。赤手空拳尚方劍。五千疲卒戰賈莊。十騎萬騎蝗隋當。短兵相接勇百倍。將星一落天無光。男兒殉國志先定。印佩麻衣督師印。爾時此印或參用。遺史義殘惜無證。嗚呼。印遺兵燹質自堅。如得楊陸顧出公尸全。印經流轉炳芳烈。如遇廷麟方楊楊觀公根雪。奸臣百計謀害公。公竟戰死沙場中。公死猶生氣凜凜。玉燬不壞將毋同。公年適符岳忠武。賊檜奸楊徽偽伍。岳王印銅公印玉。一樣丹心照千古。吁嗟乎。官印十七無幾存。何況私刻徒紛紛。此印長留有神護。萬劫不解盤螭文。滁州殺賊功無比。戰血殷凝印泥紫。方今大盜猶負嵎。安得公生為總理。玉印公之骨。字即公之心。遙知什襲珍球琳。三錢僅值閻臣首。雙印摩挲值萬金。養初詩云。金甌碎。玉印完。玉可燬。印不刊。芝華雙璀劫火紅。二十六字光熊熊。

追經琢史衣冠忽然時想見悲填胸有明督師三大忠公先瞿式耜史可法殉緻躬自莊轉戰五千騎猇虎一旦成沙蟲輔臣奇情紀綱柔督臣奮情心膂奮草間碧血裹麻衣衣背蹟銘督師印此時此印道何處心跡難敘黼座通不然生降構蜚語神奸謁敢詆忠蓋監軍掣肘戎務撓參軍瀝胆天聰鄙賀蘭遺恨塔尖矢臨淮大節轅中刃區區喟餇嘆墳瑤且分淨谷權詆掾之泥休誇紅齒濺中有血淚痕難飾仲文好古稍壁別摩抄知是盧公物綱維信史兔道開銜以印文非憶說縐法高齋鴛鳳姿玉紋瘦裂蝕蚼罳文山玉帶謝猊篋非峙千秋佩鴻然亦能飛去滄海深星霜二百愁駿駿公心鐵石未蝕鍬鳴呼印即公之心願拓萬紙誦萬遍留乘凄和霜天音何時揭印展公墓蝦虎城畔秋雲陰

路文貞公手書張承業傳

明末漕撫路公振飛國變後流寓洞庭東山子孫即家山中今法海塢有公墓封山有公祠堂惜後裔已零落無人矣山中吳姓藏一卷為公自書所撰唐內侍張承業傳余曾寓目其文參取薛歐二史為之吳廷璋七十二峯足徵集已采入余謂公此傳蓋有慨於當日諸降臣而以承業之不臣二姓志在興復者自況當作於入閩以後觀傳中載入蘇循拜晉王及獻畫日筆承業深惡之一段可見茲特錄其傳後論曰張承業內侍也何必傳余嘉其忠義之特出而悲夫五代之無人也五代時夷狄盜賊相繼長天下文武將士朝唐暮梁條又晉漢如逆旅小兒之候過客至馮道蘇循薛貽矩李振張彥澤輩不羞反面仍自功高積鈍無恥人道幾乎熄矣承業獨欲藉河東之甲兵恢復唐朝之社稷堅持大義至死不移生為唐官死為唐鬼死時唐亡已十七年矣天祐年號仍存者承業存也史書曰唐特進河東監軍使張承業卒許其為唐之一人也故可以傳借以誅馮道輩文不可以不傳此論辭意感慨激昂讀之灼然知公命意所在矣

路公別傳

路公別傳一卷方外今釋撰并書亦吳姓所藏今釋號澹歸即明臣金堡堡在永明王時官給事中言事頗伉直後廷杖編戍清浪乃為僧故卷尾署名尚系清浪字（為僧時名性因後改今釋）前一行題路文貞公別傳文貞之謚為永明王所予傳中歷敘公秘謗事可補明史本傳所未及今所傳澹歸徧行堂集刻本無此傳因全錄其文曰天下既亂士之能自立者必裴語中之蓋氣運之流小人亦應於不得已而君子常有以獨此故禍不足避利不足取是非之實不足爭也路文貞公令涇陽縣魏瑺生祠徧溝海公以一縣官忤諸同官上官意不肯祠使瑺不速禍公豈復有完身哉瑺死公劣得滿考入為御史劾宜興烏程巴縣三閣老一太牢二無牢皆人所不敢言者已按閩撫海寇劫侯夷入犯紀功矣復按吳卒以海虞獄事觸當軸之忌回翔謫籍數年起督漕運撫鳳陽勦劇賊王道善張方造等徐泗底寧未幾北天崩公倡兩淮紳大義焚賊書磔其使於市誅海州迎賊官史潘啟遇等叛弁趙洪楨等遣諸將分道進攻擒偽僉事呂弼周偽遊擊王富斬之復徐州俘偽防禦使武愫於京師敗賊將董學禮揚之滸於下相當是時馬士英柄政有憾於公從中扼公而撫寧侯朱國弼者與公共漕事開閫幾挾餉南歸公動色爭之顧冒餉數功皆保國廩公發其隱揚言公棄淮使江右無賴宗子統鎮挺身誣公侵餉倡逃蓋將有黨錮之獄公其一也緹騎未發而留都不守公於苕次起兵震澤（為吳日生定吳昜也公初與黃斌卿起兵震澤後日生相繼起兵，且兵敗，皆為名公禍，勦兵東山，公以兵從甯山，紹興入閩）
（公子澤溥招陞，以公命保全，吳兵既散，遂肄業僧寺，後公以疾在閩時，守門溥曰官，公卒也）奉□□□□召入閩以綸扉掌銓思禮尤渥公成就君德有言必盡裁鄭芝龍無厭之請且戒諸浮游躁進者於是諸躁進者譁之公不顧丙戌秋八月　將自劍津幸章貢公承命督師安關甫抵大橫敵兵猝至芝龍揚言公已迎降公返天興勸芝龍無迎降反覆陳利害甚切芝龍不聽公約其弟定國侯鴻逵其子忠孝伯賜姓成功皆曰如約公乃泛海至五羊五羊已陷公還閩與成功保海上頒正朔戊子聞今□□正位號端州再泛海至五羊而病朸三召以己丑夏四月□占遺表授其季子數卿太平且曰余生為明臣死為明鬼一點忠貞還之天地遂卒澹歸比邱曰公位至宰輔值國家多難為忠孝完節之臣不可謂不遇矣然輒起輒仆輒為宵人齮齕何哉公既不肯避齮齕而不為君子雖一仆不起猶甘之況口語乎令涇陽令以不建祠為瑺所嗌故噓然一曲周皓月不必定為御史為漕督為大學士也溫體仁之與錢謙益今死節督師瞿公式耜修門戶之郄也兩造皆在司寇雖怨家對簿無一至者撫按會覆而公以疏語強直被謫此小得失奚足當一吷耶至以守淮者戰功者為棄淮責國弼侵餉而反得侵餉之謗勸芝龍勿迎降而先蒙迎降之誣事雖得白已大不倫天下人何可與莊語劉公念台為人倫望亦用道路之言入公斬綦士英輩不敗公遂在一網打盡之中後有執簡而書者謂國弼統鎮無足論其若劉公何然劉公既悔之於前而公亦不辯之於後即李庭芝欲殺文天祥各成一是何損兩賢彼宵人者喪身敗名曾不旋踵而公執蹈海之義依光日月。竟得考終。蓋天有定命。則人不得而移。人有定性。亦天所不得而移也。是故禍不足避。利不足恥。是非之實不足爭也。公居鄉立朝軼事。散見於誌狀表傳。余過洞庭公家子中書君澤濃。出而觀之。因別為論次。以告於士大夫之能自立者。不獨附於路之家乘。故略而不詳。歲次甲午秋八月廿有六日。盧山棲賢寺比邱清浪今釋稽首撰。并書。後見王亮生刻公遺集附錄中。此傳未編入。但有歸元恭所撰行狀言公在淮上時。適遣已嫁女隨贅婿李志勳出署。忌公者遂誣指為攜家倡逃。而劉公亦訛聞而劾之。然則此事已確有據。可以雪謗。無庸澹歸為之不平矣。路公之卒。明史言歿永明王召卒於滇。與此傳同。又七十二峯足徵集云。公卒於順德之陳村。吳定璋輯是集時。路氏尚有後人。其說似可信。惟朱竹垞明詩綜小傳云。入閩後自縊邵武山中。不知何據。恐出傳聞之誤。

葛蒼公傳

賓澤俞子駿岳攝丹陽訓導時。鈔得邑中明末孝廉葛蒼公集。余曾借讀。集共二十四卷。是其子孫所良錄。藏於家。未經刊刻。詩文有奇氣。而不免粗疏。編次亦無體例。後附其友虞玉吳中奇等撰傳數篇。語雖詳。頗支蔓。卷首別列丁振華一傳。署名稱同邑晚學。詞意較明淨。乃錄於此。傳曰。先達葛蒼公諱麟。號瞿庵。性敏。多才。狀奇偉。目光炯炯有英氣。膽力過人。應童子試。援筆立就。如宿構。為諸生。以忠義自許。郡守印司奇賢而被誣。公徒步走京師。擊登聞鼓。辨其枉。楊嗣昌督師無狀。公上書列其罪。直聲震輦下。及流寇猖獗。又數上言疏時事。不報。居家喜著書。為詩古文。動輒數千言。從遊皆一時才雋。而尤喜其從弟敏及章明。常云。二子讀書無升斗氣習。異日當不以巾生老。壬午舉於鄉。同榜多知名士。嘉定黃蘊生淳耀。同邑睦萬年明水。其尤著者。而榜首盧象觀。則義興尚書忠烈公胞弟也。皆與公相得。往往置酒縱談天下事。悲涼感慨。相顧欷歔。至於流涕。甲申。闖賊陷京師。公方讀書焦山。聞報大慟。與丹徒諸生吳中奇及弟敏章明等計議。招同社十餘人圖興復。盟於關壯繆廟。馳檄遠近。刻日舉義旗。一時忠義不期而會者數千人。福藩居留都。上書言事者再。時逆鎮于永綬劉肇基陳可立張應夢等。擁兵抄劫。至京口。公率義勇登陴。且親往見四帥。其三人皆服公義。退師。獨永綬恃桀驁。直逼城下。遂敗鎮江舊營於北固。又敗道出江上之浙兵。於銀山將軍李大開率勁旅出救。戰於西門。中流矢死。永綬愈橫。大肆焚掠。士女多赴水。公白兵備張調鼎。太守錢良翰。請出禦。嚴持不可。公忿甚。同吳中奇率紳士。連發大炮擊之。永綬卒死者百餘。餘眾不敢前。公即具疏南京。又上書

閣部史公。閣部飛檄至。永綬始勒兵而北。公復上書史公。及巡撫祁公。先後條陳數十事。史公手答優獎。祁公同御史王孫蕃交疏薦其才。擬中書舍人。練兵江上。然廬街不獲盡其用。且馬阮作姦。恣貪賄。擅威福。公上疏極諫數千言。馬阮怒。遂令解散所練兵。欲危以法。然憚公忠義為時所重。未敢發。公遂歸隱於邑之禹莊。未幾。南都破。留詩於壁。仗劍同敏出由溧陽。歷廣德。時起兵處不一。吳可與計事者。卒之義興。適盧進士象觀與溧陽諸生朱興公等。擁眾數千。見公至。相對悲歎。聞有起兵吳淞者。欲往會之。及　大清師至。八月二十有九日。公等率眾抗拒。眾潰。與盧公及弟敏同殉於洮湖。時章明亦與同邑荊碩歎起兵於金沙之遊塘。敗死。同榜睦萬年以學博殉華亭。黃蘊生不屈於嘉定。俱先後死。論曰。古來鼎革之際。達將相與國存亡。所在多有。固已烺烺照人耳目。若夫里巷釋褐之士。籍未通於朝右。慷慨赴義。新朝紀載。多諱言之。我　皇上紹統。詔史臣凡前朝死義之士。皆令載在史冊。以發其幽光。而傳於後世。風勵天下之至意。千古為昭矣。嗟乎。懷忠仗節。赴難捐軀。自昔稱頌。抑何幸遇聖人在位如今日也哉。

嘉定屠城紀略。紀蒼公造訪黃陶庵先生一事。可想其觀人論事。慷慨激昂之概。附錄於此。以補傳所未及。云。有滆湖避兵石岡。有同科孝廉丹陽葛麟與二力士至。眇貌甚雄武。絕不類文人。叩滆湖門。大聲問曰。年翁在否。滆湖父家柱出迎。答以在鄉。麟攢眉良久曰。我憂之甚。年翁純儒。未諳世故。恐不免。思一相見。故迂道。今不及矣。家柱固止之。為停留飲食。及滆湖兄弟歸。與之同訪志葵於雲間。志葵吳姓。時以水師總兵駐松江。起事後兵敗被擒。共論當世事。出謂滆湖曰。志葵庸奴耳。其言夸誕。欲使他人幹事。彼坐享其成。必誤公事。年翁何故信之。天下事尚可為。然君儒者。非其倫。幸勿商榷。遂掉臂去。不言所之。按傳有聞有起兵吳淞者。欲往會之云云。蓋即指志葵而言。訪陶庵以見之。是覘其人之可會與否。紀略所言。正與傳文相合。未幾嘉定即被兵。陶庵以七月四日授命。蒼公之殉。後此未及兩月也。

吳日生名

國初家仲韶先生避居光福山。所著甲行日記。有一條云。丙戌六月十七日壬辰。山中遙傳日生凶問。初未敢心信。瑆云。瑆者淩性小史。見日記。潛中人言確矣。夏至日。曾為撰薦。遇大壯之九六。五喪羊於易。今未月也。易則其名。異哉。日記之眉。有無名氏批語云。吳日生名明史作易。而他書或有作昜者。今先生以喪羊於易作讖。則作易無疑。先

生與日生同邑同時，有苦札住退必無傳訛。且易易二字分別甚微，傳鈔翻刻，易於淆混。今何所疑，自應據此以定作易之誤。此書從錢映江紬借閱，按語疑即映江所題。余謂說文解字引秘書說日月為易，則名易而字日生，義蓋取諸此。

家古為先生遺像

松陵族人朔生廣文莞爾言其六世祖古為先生諱樹人，布衣工詩文，居同里鎮。順治二年薙髮令下，不屈而死。士林私謚毅烈。事詳同里先哲志。朔生刊其春暉堂集，并繪遺像，乞閩侯山方伯作傳，徵題。余為賦一律云：故國降旙出，殘黎脫幘收。頭顱拚一擲，毛髮共千秋。大節吾宗仰，遺文後裔蒐。布衣能抗志，磊晃笑名流。時以朔生之請，詩中不敢有異議也。既而與友人縱論當時如古為先生者，不知凡幾。在國家定制易服之初，不能不以梗命罪之。竊謂諸君之意，自以身體髮膚受之父母，不敢毀傷。然事當權其大小輕重。因違薙髮之令而致罹斷脰之刑，豈不於父母遺體更毀傷其大者重者乎？若云心不忘乎前朝，故藉此以求必死，則其自處尤有可商。昔古來志節之士，不幸而遇陽九百六之運，其在策名筮仕、守土分茅者，固必力拒勸降，以身殉國矣。至如龔生退老，原可自保天年，迫於新莽徵命之嚴，自當一死以明志，而節身高蹈。同時正不乏人，此外則管幼安遠浮遼海，陶淵明終隱柴桑，下及唐宋末造，諸賢類皆遯跡潛名，超然世網。彼其人非不眷念舊邦，心傷往事，而身居草野，義固無虞與國存亡耳（則張孫諸廷日此論彼馳明確末所云折義至信足當之論是而行未始不心安理得也）。是以國初顧亭林、徐俟齋諸先生，亦祇躡屩關隴，伏處山林，以避白衣之冠而免黃冠之乞，度其服色，間必有道以善處，不致招大偵察之疑者，初何嘗必以頭戴南冠、身橫東市，而後為無慚故國之遺民哉？然則如古為先生者，謂之抗志不屈則可矣，謂之析義至精則未也。

吳城日記馮孝廉事

無名氏吳城日記三卷，得於印氏。鷗天閣紀順治二年大兵初到吳門事，頗有遺聞可采。如五月廿六日，南京差鴻臚寺卿黃家鼐、通判周荃到蘇安撫，錢牧齋另有印記告示招諭慰安，此固新降出力效也，諸家野史所未及也。其他紀楊廷樞、劉曙、文乘諸人之難，都與志傳相符。別有一條云：洞庭兩山未靖，先之招撫猶懷兩端。吳公統兵往（吳謂提督吳勝兆），皆乃雖而迎降。郡中鄉科馮宁延避跡洞庭西山，不肯薙髮。吳公令人勸諭，不從，乃執其家屬，仍不為動。執問軍前，宁延終不屈，遂斬之，而割其腹叢

虎湖中。事在乙酉九月。按乾隆蘇府志，馮君無傳，但選舉門列崇禎乙卯舉人馮宁延，吳縣人，字長年，而已。跡其抗志捐生，與葉古為相似，視楊維斗諸君亦無愧。然諸君皆列郡志人物門死節，事已炳然，即古為亦得後裔作傳表彰，編刻遺集。獨馮君二百年來名姓翳如，事幾湮沒，非吳城日記者其大略，又孰知之而孰傳之耶。

菡麗山房記潘子音先生事

明季崐山潘子音先生名康侯，居邑之妙花涇，躬耕養母。當時事日非，謝去諸生，恒悒悒不樂。甲申聞變，撫膺大慟，即投環自縊，母救之，曰：兒即欲盡忠，奈我年老何？先生裡然淚下而止。乙酉，王師渡江，薙髮令下，佯狂以免。是年母卒，先生具殯殮，以日易月，書數語於壁曰：儒冠二十餘年，當國家破敗，曾無寸補，而又靦顏臣僕他人，讀聖賢書所學何事也。或謂三峰五湖斷金二子以綿宗祀，此亦可從。但偏地無乾淨土，何處可居？吾志決矣。縱匹夫之死無關社稷，亦盡吾心耳。卒自經。遺命以衰絰斂，葬母側。六世孫道根摹遺像於卷，乞人題句，以表彰先德。此錄亡友王潤甫汝玉菡麗山房筆記，參用其詩序中語。其詩曰：朱斷斷陶直，植生同學死同穴（自注朱節孝陶仁節）。（潘先生賦難後時人之語如此）崐山一邑百里小，當日膠庠多殉節。花涇更有潘先生，讀書志標勵冰雪。諸生謝去憂國難，養母躬耕見高節。一朝聞變遽大慟，引領投環思訣絕。驚相救解來慈親，奈因高年悲哽咽。啟言含淚暫偷生，耿耿此心終不滅。王師聞說下江南，腸斷白頭已永訣。畢我從容赴義心，數言洒出毫端血。吁嗟致命以遂志，豈等尋常慕激烈。肅瞻遺像發心生，感彼草間尚偷活。又稽仙根文學建楮二律云：慷慨潘夫子，成仁豈為名。金陵銷暮紙，嘉定此先聲。碧血藏應化，青衫死未更。高堂能善士，殉節到諸生。恐傷慈母意，忍死亦須臾。大義烏私盡，孤魂獨嘯俱（自注獨嘯門在文康祠相傳縣氏有殉節於門中者）。一抔荊棘裡，兩社姓名無（自注謂復社幾社）。未入褒忠錄，滄桑可歎吁。

楊碩甫事陸顧二公論辨

楊碩甫名稷，吳江平望人。少時遇松仙，授以道法。松仙者，相傳為明按章宗室成道者也。碩甫遂能前知，言皆奇中。瞿公稼軒深器之。乙酉，偕往廣西巡撫任，多所贊畫。庚寅冬，王師下桂林，瞿公不屈被難，碩甫哭於定南王孔有德軍前，請收其屍。凡四日夜，欲繼以死，始得請，並斂同殉難諸公。一時義聲動三軍。瞿公孫昌文為軍中收去，劫財物。碩甫時以醫術遊於孔王及巡撫王一品之間，力爭脫之，終從其喪歸葬虞山（瞿公孫昌文事附紀頁不言彼救及碩甫又得之力也前說詳王一品行）。隱居三十餘年，卒，葬雪湖之濱

人稱雪湖先生。平望范湘艖用源舊藏陸清獻公手書，貽楊高士詩序，及山人錢雲所撰楊碩甫傳。因從楊氏後人借橅遺像，裝為長卷。數年前曾索余詩，撮其傳中大略記之，留備文獻之徵。清獻之序，惜其遇仙而未遇儒。卷中顧南雅通政跋語駁之。嘗手錄二文，存以待有識論定焉。陸序曰：唐顏魯公千載偉人，好神仙浮圖之說。儒者曰：是其天資高，故學雖雜，不能汩其忠義之性。仙者曰：是幸得我術，故能有所成就。是二說者，世莫能定也。虞山瞿公稼軒殉難粵西，其節最烈，而雪湖楊君碩甫諱秋，出入於鋒鏑之間，負其遺骸，收而殯之，義聲動三軍，武夫悍卒，皆為感泣，無撊阻者。楊君自言曾遇異人，能知未來事，所言多奇中。瞿公好其說，與之周旋艱難中，常奉其言為金鏡。我不知君與瞿公果得力於其術乎，抑其稟於性者厚，賦於天者粹，故所操雖不必盡儒者之學，而忠義之發，光耀宇宙，不可遏抑乎。辛酉春，遇楊君於虞山，望其貌渾厚真樸，出詩一編，示我瀟洒自得，無纖毫俗氛。嗚呼，此其所以臨危難而不苟者歟。其得於天性無疑也。我因君而知瞿公矣。世之人稟資不如君，而徒欲學其術，雖遇赤松洪厓面命耳提，盡得其秘旨妙道，使之當變故，其不視君父如秦越人，掉臂不顧者幾希矣。使君早年不遇所謂異人，而遇濂洛之儒，以如是之天資，磨礲而肆力焉，其所成就，宜但如今所稱者哉。然如君者，亦可謂奇男子矣。天下滔滔，使盡如君之險夷一節，何至如江河之日下哉。顧跋曰：右陸清獻公雪湖高士詩集序一首，論其佐瞿忠宣禦敵及保其遺孤事，謂可爭燿日月，而又惜其遇異人，不遇濂洛之儒，故所就止此。此公衛道之苦心，而不自覺其言之過也。孟子之惡楊，為其無君也；惡墨，為其無父也。故以能距之者為聖人之徒。假令其道無害於事君事父，雖與聖人異趣而殊塗同歸，聖人猶無惡焉。若儒衣儒冠，誦法周孔，惟便其身圖，絕不以君父為念，如孔光、馬融類者，聖人宜肯引為徒乎。使高士處此，雖當而尚有幾微之未盡善，則公當直指其非，或充類至盡，以見吾儒至精微處非二氏所及，示後學以正大之軌，不得謂之刻也。今公於此事實無遺義，既許以爭曜日月矣，而徒以遇異人為惜。昔孔子見老聃而歎為猶龍，不聞論者以不遇周公為惜也。孔子作春秋，一人而褒貶互異，以事定，不以人定也。後儒之論人則不然，以東坡之忠於為國，而謂其學甚於洪水猛獸；以新建之功業道德，而斥之為異端。余以為已乖聖人善善從長之義，然猶曰就其論性道言之也。推公之所以惜高士者，或亦在性道間耳。余未見高士文集，不知其所論若何。假使其論實有所偏，公亦當指而斥之，以為

處此事雖當，而某事某言則異於吾儒之教，不可以為訓，何不可者。今但惜之而不明言者所惜之故，後之處君臣朋友者，將何所適從哉。且夫性道人所不見也，行事人所共見也。舍其所共見，而刻責以人所不見，使人日趨於虛，此正二氏末流之弊，而不謂闢二氏者轉出此也。學孔孟之學者，不可以不辨。當甘泉曰：自古學者，功無駐足，仲大子縕袍不恥。聖人既許以何用不臧，而又曰何足以臧。清獻於楊君既許以爭曜日月，而又惜其遇異人未遇濂洛之儒，正是此旨。顧通政跋語指孟子惡楊為其無君也、惡墨為其無父也，假令其道無害於事君事父，雖與聖人異趣，聖人猶無惡焉，此言已大難矣。夫聖人人倫之至也，其道無害於事君事父，即是聖人之徒，豈可云與聖人異趣乎。其道與聖人異趣，宜有無害於事君事父者乎。吾不知通政何所據而云然也。孔光、馬融之為儒，所謂小人儒，不當援以為口實。孔子見老聃，其事有無不足辨，即有之，亦所謂問禮，常師非但見一老聃即成為孔子也。東坡文學勳業，自無可議，論之者乃不學一時門戶之見，非清獻惜楊君之旨也。至性道人所不見，使人日趨於虛，二氏末流之弊等語，蓋文雖不可為訓，信如斯說，聖人不急傳易，子思不作中庸矣。通政時發清真，有氣質，書畫皆入能品，視學滇南，貞人頌之，其人君子人也，而議論如此，吾惜其未遇濂洛矣。

性因上書定南王事

瞿忠宣公之得斂也，由於楊高士之哭請，非特高士傳中言之，即瞿昌文粵行紀事亦惟曰收屍斂葬者楊君碩甫一人。又曰：碩甫至，文拜謝收骨大恩。又曰：碩甫復至，手授王父臨難與張公唱和詩一卷。其復李定國亦曰：祖父死節，賴義友楊君收斂。蓋大書特書不一書矣。又瞿公子元錫撰忠宣事略，亦言楊君請於有德，錫頃禮部主事，蓋忠宣當日曾薦於永明王，從此職可補前傳所未及。而野史乃有僧性因上書定南王請斂瞿張二公事傳，其書稿且言楊君初請不獲命，及性因書入，定南王乃許之，楊君因得經紀斂事，似其事皆出於性因一紙之力。余初疑性因事後偽撰此書，以冒義名，野史不察而傳之。蓋性因即金堡出家初名。堡在永明王時，論事敢言，氣凌朝士，後因被劾廷杖，遣戍清浪，遂為僧。忠宣始曾疏薦，後復論救，而昌文紀事中亦甚推重之。其人有才氣，善文辭，故其書稿議論頗剴切。然使果有此事，昌文豈有不感激而表揚之者，顧寂無一字言及何歟。既而見王應奎柳南續筆云：當執請斂瞿張二公時，金堡為僧於茅坪菴，名性因，亦上書定南王請此事，遣侍者詣王府，將投書，遇執知已得請，遂不果上。後性因以其書遺瞿氏子孫，瞿氏剞劂以行，而不及執，由是兩粵吳楚之間，但知收斂二公者為堡一書之力，而執竟泯泯矣。凌子與頗廣日瘦史二傳六兵部尚書嶼鄭學士紹公偽略有云：二公既喪，頑傳性因上書有德未報，而吳江義士楊碩甫號天收其屍，具衣冠并殮塟於北門之開拾二公，中與性因唱和詩，投瞿公詩名文選，為性因序而跋之曰洪氣以。因性因有偏行堂集百餘卷，其中紀執事甚悉，且曰以吾書掩執功，在吾為竊名，在瞿為負德，是兩失之矣。余於是始知性因果有此事，而書非事後偽撰，特未上之定南耳。今世所傳偏行堂集四十

（六卷，乃性因晚年刊於嘉興，皆出家以後無礙之詩文，無於揚州事一字未及。蓋自列其上定南王書、御南緯筆述其所言，僅在木刻集中。）至瞿氏子孫於執收斂之功。如元錫之始安事略、昌文之奔行紀事，何嘗不再三言之。特此二書當時未敢傳播，而性因書稿先已刻行，故世但歸功於性因，又未見瞿氏子孫之書，遂以為負德，其實非也。相傳執晚年與徐後人有隙，或即因此語而附會。據御南緯筆，執晚年移家虞山，豈有怨其人而反移家近之者。且余憶錢山人所撰傳內言瞿公子元錫以其女配碩甫之子一寓。合而觀之，知此語之不實矣。

附記偏行堂集事

偶閱陳年公牘，載乾隆四十年閏十月，純皇因檢閱各省呈繳應燬書籍，內有僧澹歸所著偏行堂集，係韶州府知府高綱為之製序，兼為募貲刊行。詩文中多悖謬字句，自應銷燬。因 諭及高綱身為漢軍，且為高其佩之子，世受國恩，乃有此等悖逆之事，恬不為怪，轉為製序募刻，使其人尚在，必當立寘重典。其書版自必尚在粵，著李侍堯等即速查明此書版片及刊印之本，一併奏繳。始知澹歸未出家前之集，曾經刻過，而已銷燬。後與楳里徐君治伯晤話其事，治伯錄其先德山民丈達源雜記一則見示，云：吾鄉李觀察璜，字方玉，乾隆中官南韶連兵備道，偶以公事過

丹霞寺。寺中有廚，封鎖甚固。觀察詢所藏何物，僧曰：自康熙年間至今，本寺更一住持，即加一封條，所藏何物，實未悉。觀察命啟視，僧不能阻。啟廚，得一冊，皆謗毀本朝語，則明臣金堡澹歸和尚手筆也。觀察長子大翰慫恿其父，謂方今書禁極嚴，此事舉發，可冀升擢。是夕觀察持冊旋行室中，逾丙夜不寐，竟惑於其子之言，白諸督撫，入奏，遂有焚寺磨骸之命。寺僧死者五百餘人。丁酉，觀察入覲，卒於京師。大翰後由刑部員外郎擢知漢陽府，將抵任，忽覩一僧衣紅袈裟入船，猝病卒於麻城。自後李氏凡有英俊之才，必早世。殁時必見和尚，吁，異矣。據所記，觀察入覲在丁酉，是為乾隆四十二年，其獻冊之舉，當即後於燬板之事年餘。是遊寺啟封廚，未必非先已有意，所獻之冊，亦必更在前燬刻之外者，故得禍亦更酷。淡歸身後何意忽遭李氏父子，然高綱實先引其機也。（按，覺阿祖觀曰：澹歸得李永茂之弟捨山為寺，乃開丹霞道場，後為李璜所燬，始成終敗，皆遇李姓，亦定數難回也。）

劫灰錄李定國事

昔為李杏引校定劫灰錄，其語已編入吹網錄中。高苕堂、董琴涵兩觀察皆曾借閱，苕翁題一律云：一木難支大廈傾，東南半壁盡降城。朝端搶攘觸蠻鬬，闕外紛紛鷸蚌爭。幾見黃巾扶漢室，難從白馬客周京。數公正氣留天壤，不道緇流借結纓。琴翁和之，亦有刻灰碧盡萇宏血，賦負黃巾力請纓之句。二公字用黃巾，字皆指錄中李定國以獻賊義子歸明，及永明王遁入緬甸後，不得出，定國盡忠力戰事。余考明史桂王傳末附列定國歸明以後事蹟，蓋亦深許其忠於殘明。故灰錄則記定國壬寅五月，走猛臘，士馬死亡日衆，乃置醮自述平生所為，如天命已絕，願速死，毋苦衆人。未幾，永明王被殺之信從雲南至，定國遂病，六月二十七日卒於軍。杏引采野史增注云：定國臨終，謂其子嗣興及靳統武，有仕死荒徼毋降之語。而余聞覺阿開士言：定國初在賊中，因觀伶人演諸葛武侯拜表出師事，遂決計歸明，云得之顧公燮丹午雜記未刪本。余故亦以一詩弔之，即書刻灰錄定國傳後云：運終陽九得斯人，殘局天南係一身。諸葛出師同盡瘁，祝宗祈死亦成仁。難存絕域流離子，足媿中朝反覆臣。鼎立何（[illegible]）堪合傳，平心未敢薄前非。

鄒廣文欽忠圖

金友理太湖備考紀武山鄒儒官遂安縣教諭，康熙甲寅耿精忠返於閩，其黨馬雄、汪壽等陷遂安，儒與其子弘志有拒賊復城之功。七十二峰足徵集又紀 聖祖南巡，

弘志獻聖世致忠圖，備述遂安被兵情形，並繕疏顛聞，傳旨召見等語。余夙聞江右鄞南軒孝廉兆炳藏此圖冊。南軒僑寓吳門，因得借讀，始知當日閩寇破常山、衢府，李公之芳守衢，賊偏師繞出其北，土寇復為勾引，勢洶洶不可禦。教諭邀縣令劉從龍嵩死守，令逡巡不至，是夜遁去。既明，賊入城，教諭遂獨當其難。事後功為忌者所抑，不得上達，洎弘志上書 行在，并繪四圖以獻，獲 諭命入宋金元明四詩館効力敘官。（以上[illegible]）蓋距其父子孤城捍逆時，已閱三十年矣。嗣復分繪十圖裝冊，乞名流題詠，一時作者九十餘人，即今南軒所藏，前有雲林江球分書聖世致忠圖詠六字者是也。茲錄弘志自著各圖題記，并擇諸家詩之尤雅者存之，為吾鄉文獻之徵。（第一幅[illegible]）康熙十三年，耿逆犯順，浙閩接壤，七月初八日，賊陷嚴州，付遂安縣城，突入明倫堂，逼臣父教諭鄒儒投降，索取印信，勒受劄付。臣父義不屈節，口稱我係明倫堂司教之官，豈肯從汝逆賊，罵不絕口，毀裂偽劄。（第二幅[illegible]）臣父被執不屈，賊怒，臨以白刃，命在呼吸。臣一時心膽俱喪，號天搶地，願以身代。賊心感動，方得暫免，遂看守於文昌閣。（第三幅[illegible]）賊見臣甘代死，勒令勸父投降，且言明日不降，父子並戮。臣魂驚膽破，於夜半乘賊熟睡時，挖父

冒死踰城，臣於西門城下跌斷兩牙。昔年吳江具奏，蒙 皇上垂憫孫忠，面驗斷齒。（第四幅報閶熙兵）七月初十日夜半，臣隨父冒死踰城，奔至十八都地方，號召文武生員，諭以忠 君大義，隨有鄉勇章典佳等三千餘人，聞風響應，會於六星亭下，籌畫機宜，密圖恢復。（第五幅月夜復城）七月十五日，臣父鄉儒乘月夜諭文武生員率各路鄉勇設伏山凹，獨令章典佳統鄉兵六百八十三名，從龍渡橋奮勇攻城，砲聲為號，四圍衝殺。賊眾潰敗，陣斬八十八人，奔命渡水溺死者無算。於四鼓時分，恢復城池，令門斗徐選飛報本府及協鎮，請兵援救在案。（第六幅回賊再叛）逆賊腦城擄掠官民婦女無算，帶至七都地方屯紮。臣父躬率鄉勇殺退逆賊，乘勝追趕，搗其巢窟，奪回縣令劉從龍家眷及民間婦女百餘口，盤山渡嶺而回，諭令百姓識認領歸，一時歡聲載道。（第七幅灰石解圍）七月二十八日，賊見援兵不至，復糾老營黨與，以復仇為號，蜂擁攻城，縱火焚臨城一帶民房。烈焰彌天，人心惶懼。臣父鄉儒值此兵窮矢盡之時，恐賊一登梯城將傾陷，亟發石灰實瓦罐中，分投擊賊，正在對壘，賴我 聖朝洪福齊天，猋風猝然而至，臣父子率眾乘勢飛灰擊石，賊眾潰亂，解圍而遁。（第八幅請兵保境）八月初三日寅刻，嚴協戎副將鮑虎為先鋒，引領大兵臨境，臣父鄉儒親赴界首迎接官兵，稟稱遂安境內

係卑職聯絡鄉勇恢復城池，報明在案，伏懇行令軍中禁止殺戮，因此韜戈入境，雞犬不驚，簞漿迎犒者相望於道。（第九幅防衣卸事）康熙四十二年春二月，鑾輅南巡，臣弘志於吳江道中具本啟奏，為 聖朝首重忠貞，臣父微忠未白，謹瀝實陳情，仰祈睿鑒，旌表永垂青史事。內侍傳呼，幫上船來，荷蒙 皇上垂憫孫忠，問卷驗齒，特命臣舟往頭裡走。痛父孫忠苦節，沈埋三十餘年。（劉長康侍廷曰：康熙四十二年癸未，上距十三年甲寅，計三十年，此餘字衍）今得 上聞，（成假傳也）聖主恩諭前行，龍艤載道，臣不禁涕零感激之至。（第十幅公舉名宦）康熙四十一年冬十一月，遂安闔縣紳衿士民公舉名宦，懇詳崇祀本縣。知縣萬為恪結得原任教諭鄭儒名植文場，才兼武略，東鐸而守寒齋，孫忠抗逆，揮戈以催敵壘，倡義興師，罵賊不休。已見丹心貫日，復城有策，更知猛氣凌雲，功既及於民生，祀應崇於奕世，所當俯允輿情，用昭 國典，以維風化，以勵忠貞者也。有名宦錄。臣昔年於江南無錫道中曾呈 御覽，內侍梁九功傳 旨知道，父忠貞蹟荷蒙 睿鑒，感激涕零，隨向 御舟九叩恭謝 天恩。欽取內廷纂修原任山西平陽府岳陽縣知縣臣鄭弘志恭進。（此係署名，圖十幅內有四幅，曾經進呈也，惟書者無名款）漁洋山人王士禎題云：遂安城大如斗，賊兵來，縣尹（別本作官）走，廣文（別本作此官）罵賊賊縛肘，乘機遁出豺狼口，集眾擊賊挺在手，妖氛（別本作星）一掃寧雞狗，賊伏奔去還來城門火，挾烏夜發陣矢石驅風雷，（別本此處多「狂氛悉除」闕一句）釋重圍，士民喜，歸我絳紗帳，理我舊經（別本作書）。史孫忠烈（別本作節）廣文（別本作此官）死，當年佐陣兒折齒，兒今抱圖獻 天子。（此詩不見帶經堂集，為國朝詩別裁集中）（錢式濟作遂安鄭廣文殉忠圖冊中題是代借勛）遂安毛際可題雜謠云：遂安破，廣文執斧鑕當前，終不屈。父子潰圍，縻義兵，六星亭上一呼集，父面破，子齒折，努力復城乘夜月，殺賊鄉山不知數。當年記是中元節，賊復來，火大熾，塚中髑髏作人語。義兵揪呼賊火滅，快哉一陣雨風雨。亂既平，遂安寧，巷南巷北雞犬聲。徽官抗節堪風世，而況能全百里城。雲間王九齡云：偏野僅符起，連天鼓角鳴。兜鍪無將帥，捐壁有干城。志銳軍聲振，烟消賊壘平。捷書騰幕府，誰信一儒生。保障功何偉，沈埋忽幾年。馳驅臣子分，忠赤聖明憐。事往思前哲，名揚得後賢。吳須勒鐘鼎，青簡自能傳。中山王之樞云：千秋偉節重明倫，百里孤城致命身。大義直能吞小醜，武功誰料出文人。飛灰陣險驅雷電，斷齒魂驚泣鬼神。史冊有光垂典在，士林端不負君親。安宜王式丹云：官冷才雄矢致身，單戈血戰氣如神。章縫節建詩書帥，帷幄謀推社稷臣。猶有風雲迎鸛鶴，故應冠劍畫麒麟。志完有子光家國，（原注用鄭俠夫事）鄭崇筆於今拜。紫綸同里金沈勛云：英笑

陳餘計未殘，孤臣遙冠出儒冠。銜刀罵賊天應泣，冒矢乘城日為寒。鄭巷有車歸命趾，泰庭無路乞師難。六星亭畔追遺烈，記取郎君兩齒殘。兩度衛圍萬死中，狂呼謀主君曾空。當時躍伏誇先見，後日雞爭息首功。宗旦原無臨陣責，房公詎是出師表。百年論定從來事，袁詔於今大苑同。（原注謂浙忠貞公）徐葆光云：譚笑帷帷一青氈，空壘孤城復瓦全。義動諸生揮涕日，月當半夜祈蒼天。功成不抱睢陽恨，命學東頌祿上田。獻藏津宮前古事，新圖并付史臣編。傾嗣立云：一片孤忠搗若鋒，幕師叱咤動風雲。遂安為口如絲命，不仗元戎伏廣文。六星亭下月娟娟，曾照當年戰血鮮。若把平吳定功例，黃金須鑄一青氈。

沈孝子負骨歸葬事

武康王松齋孝廉誠有沈孝子序詩云：孝子名應科，德清縣松雪里人。父炯文，乾隆中以事連累，遣戍陝西之渭南，卒於戍所。越十年，應科長矣，商本縣牒，徒步往求父屍。至則棺已瘞，莽莽平原，無可尋覓，號痛不已。一牧牛人過而問焉，告以故。其人曰：吾知之，吾已忘之矣。汝可問荷插者張可宗。因遙指張居處。入門則張已病，亟哭拜叩床下。張氣息僅綿，瞠目曰：咄，吾幾忘之矣！汝父瘞處，吾埋三巨石於上，若品字然，亟

母勿火言訖即逝應科哭拜出猶存者又兩日至一所有石蹴踏揣之果得三石再揣則棺見焉木已朽矣炯文少時嘗從事一齒驗之宛然復齧指滴血血沁入遂負骨徒步以歸里中人皆稱孝子云事見邑人徐承烈雜著承烈字紹家號晦堂德清諸生所著燕居瑣語十六卷成嘉慶德清縣志書尚未刻雜著即瑣語藁本未編輯者其書分目排纂此條爲嘉慶辛酉十月十一日甲寅所記前揭浙江通志徐清獻公旭齡負骨事不概應科之不遇謂其年四十餘尚爲收拾于今去晦堂著書時又五十數孝子之姓名里貫父老亦鮮有道之者矣幸此書僅存後之人掇拾於蛛絲煤尾中尚得發幽闡隱豈非孝弟之至通於神明有不可泯滅者歟余作此詩在道光戊申亦十月十一日豈偶然哉清淵南頭一抔土苔花窜骨斑紋古年年寒食棠梨開誰携麥飯澆其所嗟哉沈孝子日夜慟不止父死骨未歸有生不如死芒鞋不襪遑出門肝腸慘結愁雲皤奔雲渺渺望不見但見太行戍削黃河湍朝望太華道仙掌三峰矗天起暮循黃河邊飛沙沒脛寒僕嫗千氣萬力喘不得一朝得到渭水側平原四望莽蕭瑟三寸桐棺復誰識仰天一慟來悲風精誠倏感精靈通何物騎牛人得非五千道德元元公困公來拜前村叟昔年荷鋤出渠手是時叟病他處繼將不火忍死須叟爲君剖語甫出口氣絶口偏揣荒塚無飛埃果有三石品字堆痛哭捧髑髏一齧訝然開滴血入骨骨欲活翁毛雖裡何奇哉君不見庾公能卞瀨灘祭公能止鹿觸槐古來孝感有如此而況四千餘里負骨重跰鵾鵑之山若之水孝子招魂與故址迄今六十年幽光發故紙惜哉　旌表未及此我欲作詩上　國史應科其名沈其氏詩後原注云己酉春浙江省垣有采訪節孝之舉余錄孝子事實并繕此詩上之總局遂於咸豐元年辛亥經浙江巡撫常題請　旌表亦可慰孝子之心并慰晦堂先生著書之心矣又孝子之兄應登慟父哭踊哀動旁人應科負骨渭南賴兄經營養母亦以孝稱詩注附著燕居瑣語所紀云

陳烈婦傳誄

陳塤存墳述其所後母蔣孺人殉節事甚烈既而得諸孺人事略及同時諸名流誄詞余爲乙外舅陳雲伯先生作傳其略云孺人姓蔣氏長洲縣人父梅培母氏宋幼聰慧舅氏宋雨亭以女孝經列女傳授之成誦即知大義年十七歸陳君甘谷子寶咸陳氏籍上海寄居吳門寶咸早歲勤學積勞成疾孺人日侍湯藥衣不解帶泣語雨亭謂病即久不痊誓當同死丙寅春寶咸疾篤寳間孺人日夕籲天願減己算以益夫年既而寶咸病劇遄歸上海故居翁率孺人往視舟過吳淞道上海訃至寶咸已於前一日卒孺人聞訃痛哭幾絶稍醒即奔閘躍水翁呼人亟救起氣已絶矣時二月十六日也先是孺人在舟語婢曰翁姑有叔不患無後即脫不諱我必死與所以語舅氏者脗合蓋死志久定非激于一時血氣者可比視尋常烈婦有過焉嗟乎忠義節烈人情所難余嘗以節婦方義士烈婦方忠臣從容捐命抑又難矣若孺人者非能爲其難者歟詩歌亦多可傳之作董琴南國華云蔣家女陳家婦節烈錚錚世希有夫子攖痼疾默誓五湮以千金無方繫肘後佗命沈痾遺陽九忽耗驚入門迎夫剌船走湛胸一哭心血嘔殞身從之拚沒首回潮英碧顛風吼千載抱石痛曹娥奇孝奇貞同不朽吁嗟乎泖湖難深猶可竭烈婦之心不可滅化作寃禽銜木石汪梅人廷楷云淼淼孟瀆水嗚嗚學人語中有烈婦魂蘋花泣秋雨烈婦云是誰翁兒蔣家女作嫁潁川門上堂潔脩脯相夫能無違人稱梁孟侶夫也遘厲疾禱藥百無補言就和緩居偏舟河之滸本以求生來誰知赴死所生死猶然秉奉翁往迎之舟塗得凶問是妾斷腸時妾如繅車絲君如繅絲軸車折軸分絲棼如抽刀斷絲奚躊躇訃決弗悲哽顧視清波影顧學孝娥哉一躍隨洋流凜凜古節烈聞者爲嗚咽吁嗟烈婦不再生孟瀆之水應長清印紺園澍縡云凶問迎中道翻身擲逝波無醫能肉骨有恨竟塡河花落青銅掩魂歸白水多曹家三尺碣血淚併難磨李畲生保泰云白水心同潔滄波效命辰蛟龍應避窟風雨欲迷津偕老緣何促同歸願竟伸誰甘稱後死不作未亡人張晚青甫發云一死如飴擲此身貞魂終古弔江濱捐軀不化青山石銷恨須揚碧海塵地下依然從冀缺閨中亦自有靈均鴻毛何嘗恒沙數姚然犢眉姓氏淪史紫山本泉云一死甘心殉所天女中烈士登江邊蟾殘月冷芳魂斷湘竹春深血淚鮮自昔盟言偕白首而今含笑繫黃泉須身完節渾無怨東海何勞木石塡又事略言寶咸病劇時恍惚見孺人在牀側驚問來何遲速侍病者皆疑駭計是時正孺人自蘇起程之候蓋精誠所注神已先行耳此事頗異而詩文中皆未及故附記之

雙貞圖詩

明末韓君望寄菴詩存（君望名洽長洲人詩存四卷近時彭蘭臺所刻竹垞明詩綜沈歸愚明詩別裁皆遺之）中有沈烈女詩一篇力辨女未嫁而守節之非又有周烈女一篇則言其殉未婚之夫爲背經潰禮其論與歸震川先生集中貞女論所謂女未嫁而爲其夫死或終身不改適者非

先王之禮也云云相合固為說禮之精然褒川又有張氏女貞節詁則云禮以率天下之中行而賢智之過聖人不禁比於夷齊未有祿位而盡君臣之義孔子謂之求仁得仁世之論人者宜取法於孔子則於未婚守節未嘗不深許蓋君子與人為善固應如此非若君望之孤行其意堅執不回且齗齗與弱女子痛談古禮不亦迂闊而遠於事情乎竊欲作一文辨之曾有以燠貞圖索題者其事為嘉定黃君潛夫長子宗魯聘於胡三子宗英聘於葛潛夫卒後數年二子相繼殤胡矢不他適歸黃氏素多疾以歸寧卒於母家年十九葛聞訃亦即病亡年十三潛夫尊人石香翁為程君序伯畫女貞木兩株作燠貞圖裝成長卷徵詩余乃為賦古風一篇以申其說焉其詩云昔者歸熙甫箸論辨女貞女而未成婦不得以節名後來韓君望有詩若應聲斷斷談古禮析義非不精豈知熙甫晚為張女記貞節不況初見說已更謂夫禮敎設本以率中行賢智倘或過非可常度程堅諸夷齊首陽餓尼山乃有求仁許後世論人毋執一當奉聖語為權衡我慨宋明末氣節尤皖皖章布未委贄抗志常捐生男兒得此已殊絕何況婉孌之質能以一死堅心盟韓翁非好作訐議拘文牽義斯難平所慮膚流借此自解免有關世敎良匪輕我誦其詩梗胸臆探喉聊為燠貞

傾燠貞女居嘐城姓胡與葛字黃氏守貞死節同錚錚致身原不愧烈士遁經那得繩媊嫥正與熙甫後記合各行其志由中誠凝鈍世間萬馮道見注錢謙視此判若渭與涇清此圖表揚足風世我詩不顧迂儒譏當日諸生曰女而殉未婚之夫此賢知之過乎不敢論若未婚而守貞夫家似所謂抱牌子成親者此古里巷間時有之然頗有愧於始而悔於後者可勉也予非敢說古禮實見世事萬變而古禮之亦不能易也此實論之

管懷珠寄夫書

金陵管小異茂才嗣復孝廉異之同之子也異之以工古文名故小異亦能文避難來蘇謁余訂交以所撰仲姊曹宜人事略見示紀其癸丑二月十三日殉節事甚烈宜人為異之次女適同里曹君士鵷曹君以陝西清澗縣知縣奉諱服闋起部需次宜人家居聞城陷自經死先期作書與夫訣屬弟嗣復遺之事略不具錄錄其寄夫書云妾管懷珠稽首李舉夫子清覽違別以來思有萬緒日望夫子早日補官同到秦中合家完聚何期逆匪猖獗直抵金陵伏念舉家共沐　國恩萬一危城不保更有何地可以藏身無如人心皇皇爭欲為遷避之計現已移寓膺揚營蔡姓園戶屋內此非妾之意也茲聞賊氛日熾危在旦夕妾以死自誓斷不為小醜所辱伏念得侍其帚十餘年未有絲毫裨益於夫子祇此為　國捐軀差堪仰慰耳惟願夫子努力功名勿復以妾為念臨紙嗚咽書不盡言嗚呼漆室憂深曹女終能殉國浙台節烈是姜木暇傳書若曹宜人者從容就義慷慨捐生洵稱巾幗完人光耀一朝彤史矣

張炳垣傳

小異復以所撰張炳垣傳示我蹟之與金陵癸甲摭談所紀張炳元事詳略互異蓋小異與炳垣素交故知其家世名字蹤跡甚悉癸丑秋出城雖在此事之前所聞事後傳之逸出之同志所述甚確癸甲摭談据小異言為蕪湖諸生謝某字介鶴者所著初亦陷賊其出城後於小異一年然與炳垣不相識事由傳聞容有異辭其書已刊行世當有見者今錄小異傳文以備後之紀事者參攷焉傳曰張繼庚字炳垣江寧府學廩膳生性深多謀自幼善會計貧而能自振湖南布政使潘公鐸與其父故湖南桃源縣知縣介福為同年生君往依焉潘公甚器重之值湖南軍興君以省母辭歸未幾賊犯武昌東下金陵戒嚴布政使祁公宿藻聞君詣兵事呼與語大悅凡祁公所舉防堵團練諸政君陳說為多無何城潰君陷賊中里人吳偉堂嘗漢上久楚賊多素所識佯受偽職而實陰圖反正君偵知其情遂因吳君與諸偽官結納為忘形交一日謂諸偽官曰公等毀家室去鄉里身經百戰攻下數十城以有今日然祿

才足果腹父母妻子不相見以公等之才何事不可為乃鬱鬱久居此也皆不答有泣下者君知其心動遂反復勸以反正且曰事成公等受上賞不成請殺我與吳君以為說皆感悟於是君與吳君糾合鄉人數千諸偽官又許各率所部以應之君密陳　欽使向公請期進兵而己為內應　欽使許之四年二月壬戌君率眾登城殺守城賊為號時官兵已抵城下適賊新設木柵襲城門內偽鎮甚固君啟城稍遲官兵疑慮不敢進整隊而退君知事不就急令各回賊館以泯其跡為後圖時賊亦倉猝不知起事端倪無從究詰有劉鵠頭者君所募健兒也隸賊官沈默齋下慮事洩禍且不測欲逸去賊法凡因事出入皆有偽官符券以為憑信謂之關憑非是則守城賊拒不令出入劉持沈素同里閈嘗援己密以情告冀得關憑為脫身計沈聽得事實遂以報於偽東王楊秀清拘君至詰同謀鞭撻炮烙備極慘酷君詭承楚粵賊不與其謀者秀清詰曰汝所糾獨無江寧人耶君應曰江寧人素軟弱不足與圖大事也於是賊誤其黨百數十人然卒斃君於杖下復裂其尸以徇上元諸生貫鍾麟與是謀間難逸出投大營陳君死狀　欽使聞之嗟嘆泣下許以其事聞於朝是役也炳垣糾合六省之眾謀之半年而後發親至大營陳說機宜書狀絡繹賊

中充無知者幾事可謂寃矣時會不至卒隕其身哀哉余至西吾橋聞村人言劉鶴
明被執時謂人曰事洩由我願以一身當之寃死不波累人所以報張君也及被擄
掠無完膚矢口不吐同謀一人炳垣至獄之曰汝盍誣稱沈戬留同謀賊必並殺沈
不猶愈於徒死乎劉從之沈聞劉反噬已急遁去賊信沈果與謀購捕甚急時城外
官民聞沈娟賊償事皆切齒亦懸金購之沈夜伏林菁閒皇懼無措自投村民求救
村民縛送大營支解之賊亦殺沈棠與在城內者數十人炳垣事雖不就然自是群
賊互相猜疑輒自戕殺勢始渙散旬日間反正者不可勝計厥功亦偉矣哉（〈按〉據反正之說〔罰〕）
（錢塘于吳倘堂事敗後吳之生死傳中未叙及此失於檢照也）

金陵汪馬二秀才事

汪君星垣性好清潔與清涼寺僧總交城陷後屏居寺中一日僧報曰賊至矣君危
坐不為動與僧并為賊所執僧獻所有獲免並欲救汪紿賊曰是吾寺中供㬥除者
也賊將釋之君厲聲曰否吾秀才汪某也賊以戈擬其喉僧又紿賊曰是有心病君
厲聲曰否我無病我秀才汪某也賊奇而禮之且曰吾視君非凡人也髮斑白矣猶
困於諸生方今天下大亂豪傑有為之時也盍變計從吾乎君大罵曰狗奴吾所以
困蹟者為不肯變計諧俗也況肯從賊乎遂遇害亂亟絕猶自呼殉難者上元縣秀
才汪某也同時又有馬秀才者販牛為業素不齒於鄉里聞城陷慨然誓死謂其弟
曰吾聞功不在大吾與若匹夫也殺一人而死足以自償若殺二人則是為國殺賊
而死也可謂立功矣因詭迎賊入使其弟守外户乘賊不意取所用屠刀治殺之投
尸於井賊繼至復然日殺四五輩以為常既謂其弟曰我有罪而不使人知不武因
榜賊首於門為他賊所知覺遂與其弟皆遇害此二事亦小異所記小異謂汪君順
受其正矣然不如馬君立功為尤難余意汪義不從賊馬志在殺賊以史例論並可
附張繼庚傳後無容軒輊也

鷗陂漁話卷二終

鷗陂漁話卷三

清　吉吳葉廷琯調生著

四代傳經

包愼伯大令世臣跋我吳惠氏四代像冊曰近世經學之盛直接兩唐而尚古訓
始事之功安徽則婺源江氏江蘇則吳惠氏江氏傳休寧戴氏歙金氏榜方氏矩金
方之學固非戴氏比後亦無傳戴氏傳高郵王氏金壇段氏文登畢氏亨畢氏最精
而書未行世然天下言學者宗戴氏三君子之功也惠氏之學則傳於其家庭訓相
承者四世彌遠而彌盛至定宇徵君乃傳同里江氏聲而武進張氏皋言之於易亦
私淑於徵君說者謂家學相承用力為易然江戴諸君之學皆不傳於其家郎古之
學能世守者惟渤海刁氏即邪顏氏刁氏之書無傳顏氏之書傳者不及半未有世
世相傳其書悉行於世而且盛如惠氏者也惠氏後人世昭嘗出其冊示余故得錄
之按像第一代為明經律和先生名有聲原名爾卿字律和號樸庵明季以諸生貢
成均通經教授尤深左氏春秋作補注一卷後曾孫棟因其遺緒廣為六卷甲申乙
酉之交與徐高士枋為莫逆交足不入城以高節顯第二代為其子大令元龍先生

周惕第三代為大令次子學士仲儒先生士奇別號半農第四代即徵君棟為學士
之子世所稱定宇先生也又號松崖四代中律和先生名稍晦而家學是其所創故
定宇先生有吾家四代傳經之語舊有授經圖沈公椒園廷芳嘗為之贊已久佚世
昭字磐卿為仲儒先生之元孫追述先世遺意繪像四幀裝册乞顧澗蘋江韜庵
朱酉生諸君各為序贊題記復索大令跋其後亦矣美矣此固我吳文獻之大者而
令之跋則於海內經學授受源流可以考見大略又不獨為惠氏一家言之矣

澗上草堂

徐俟齋先生澗上草堂在天平山南之上沙即潘稼堂為其寡媳孤孫嫡歸使住併
奉先生栗主為祠堂者門外有小澗其地至今稱澗上吳江徐山民待詔文達源其
族裔也嘉慶初嘗為修葺洪稚存太史小篆題額曰高風亮節陳仲魚徵君隸書楹
帖曰避世克承文靖志窮居不愧孝廉名（余少時初謁先生祠嘗見此額此聯當時分明識記乃待詔後刻草堂紀略此額題作）
（高風清節錢易叚元仲魚聯語俱不錄惟澗沙常易淤塞水輒漫溢入祠屋不數年）
（並祠址並修聯額俱失不復記憶耶）
又傾圮嘉慶末至道光中待詔復約同志雨度修之後十餘年郡人復修蓋第四度
矣所望後人更有繼此舉者培土築高地基使澗水不得漫入庶此屋可久存耳（溫屋）

生鍾瑞曰：楊堂記最初為潘稼堂撰，碑是重修作記者為袁簡齋、洪稚存、文忠川三公。又曰方外壽餘言兵燹後祠宇僅存間架，其址春夏常為潮水衝沒，祠西數十步有土穀祠右隙地一區，似可移建，即將舊祠屋料拆用，工費尚省，竊餘有此說而無人為之領袖，今雲游兩年不歸，祠宇仍存榛莽沮洳中，可慨也已。重修時同人議立楊易亭、戴南枝、吳稻田、潘稼堂、退翁和尚及哲弟貫時先生諸公栗主為配享，俎豆一堂，洵無愧色。此外若朱致一、萬端五，似亦當增入者。憶丁未春，余隨同人致祭祠中，遇毛叔美慶善，話及新得先生自寫澗上草堂圖立幅，索余題詩，曾為賦一律云：地老天荒此閉關，澗阿高蹈渺難攀。早嫌黃綺輕歸漢，不諱巢由竟買山。世外心交甘共餓，（謂嘉興李潛夫）門前節使悵空還。（謂撫部湯公再訪不得見）殘縑莫認盧鴻筆，（指洪自寫島山草堂圖）中有滄桑淚點斑。簠琴函丈見此詩，謀貲之後，亦為叔美題圖，即和余韻云：巖回澗折見松關，巖廠高風尚可攀。愁對荒林弔朱鳥，幸瞻遺墨認青山。寒泉秋菊招魂薦，冰雪梅花訪墓還。（原注：時同人重建草堂祠屋，並訪青芝山遺墓，加修葺）二百年來圖畫在，草堂想像淚痕斑。

辨湯文正致徐俟齋先生僞札

湯文正公撫吳時，嘗屏騶從，再訪俟齋先生於山中，先生避不見面，傳之載籍，世已久知。乃嘉慶年間，忽有人僞造文正致俟齋手札，有幸得拜見顏色等語，其事絕奇。

甌陂漁話　卷三　二

考先生居易堂集中有偶書侯嬴事後一篇，文中論養孤及寡婦人二段，即可證其必無見湯公之事。況集首答王兵備田汪二知縣等書，少年志節已如此，豈六十外遇湯公而反毀節乎？造此札者，何至居易堂集未曾寓目？揆其意，不過以文正墨跡世所寶貴，俟齋而曾見文正，尤人所創聞，借此以衒異談而欺淺識，更難保無射利之思，而不顧厚誣高賢已甚。余見此札已得售其僞，而刊刻流傳，恐後人信為真有其事，故特辨之。吾友陸方山嵩意苕山館集中有澗上草堂詩云：蕭然廿載閉柴荊，過眼滄桑自變更。千古高風追泄柳，一生心事託侯嬴。采薇得食何憂餓，卻聘無書為購名。誰似山陰戴處士，死生不忘故人情。其論正與鄙見相同，附記於此，可與天下後世有識者印證也。

三家村

婁門內有地名三家村，不知其名所由昉。近見徐貫時先生一老庵遺稿，題沈生畫詩序云：沈子珮解，世以醫名，所云吳城壩頭沈氏也。壩頭在城東偏，平江里第二橋圯下之三家村。舊傳其先於宋靖康間以侍醫從汴梁南渡，時吳城蹂躪之餘，室廬毀燬，人民鮮少，其始祖挈三家擇此地居焉，村之所由名也。起屋萬間，凡經亂流亡無歸者，皆依之。後以其術活人，其後益大，居旁舊有龍湫，築堰其上以厭之，龍一夕為之徙，吳人謂堰為壩，故稱壩頭云。三家村之名，得此始知其緣起，可備志乘蒐羅。惟壩頭之稱，則今土人知者亦鮮矣。

徐元嘆外孫

石梅孫明經淥從舊書肆得眉叟年譜一帙，自稱八慰老人，始康熙元年壬寅，迄乾隆元年丙辰，姓名未著，惟知為吾吳老諸生及其子集為雍正癸丑翰林而已。後檢府志，有雍正癸丑進士許集，始知眉叟姓許，惜尚不知其名。屬余攷之，余閱年譜自述為元歎徐公外孫，因憶覺阿開士祖觀藏有元歎先生遺像，上多題記，借得細閱，則許集補錄其祖峽題詩，其父洽題跋皆在焉，（原注：章日熙填諱）於是始得其兩代之名，且知峽為元歎女夫，洽則其外孫也。峽詩為過落木庵感懷十詠，作於康熙四年乙巳，洽跋在乾隆七年壬戌，集之錄詩與跋又在廿四年己卯矣。茲記峽詩四首，稍存落木庵舊事云：雪擁蓮花入戶來，紙窗明淨絕纖埃。退翁題句三橋筆，應付茶爐一劫灰。（原注：賦雪齋）生死交情志不踰，一番佳話世爭誇。二公（原注：謂雪齋）遺像今誰展，落木無人再祭茶。（原注：客座）一龕燈火夜常明，懺謝精勤慣五更。高嘯彌陀三十二，滿山驚起青柴聲。

甌陂漁話　卷三　三

（原注：染香）松火寒燊對石床，一條分我護縹緗。庭前花木偏無賴，依舊逢春滿地香。（原注：禪影齋）跋則言洽少失怙恃，不及聞先人，從外祖遊處事。蓋歲在壬寅，吾以降時外祖尚在，明年癸卯，外祖遂殁，壽七十四，洽甫二齡。又言先君從前贅居於落木庵，外祖殁既葬，乃遷。洽今年八十有一，率子若孫詣庵拜祀遺像，歸而重檢先君子感懷十詠，愴然增悲，謹誌數言。末署壬戌三月既望男沈洽識。洽上加沈字，不可解。後見順治以來入泮題名錄，康熙辛未吳縣新進諸生有沈洽姓名，始知眉叟少年借名遊庠，如韓炎入泮姓名為陳成，孫岳頒姓李，徐葆光姓潘之類，國初士人常有此風氣也。後梅孫偶閱金立斯義植詩集，有許眉叟表叔七十和韻，許陶村表弟歸覲兩作，因而又知其號陶村。歸覲詩云還家肯嶠即蓬壺，注云巷名，因而更知許氏家縣橋巷。後來嘉慶庚辰進士歸班知縣大鍨，其子道光丙申進士河南知縣源寶，陶村之曾孫、元孫云。

題名錄紀捐銀入學之例

眉叟年譜紀康熙十六年丁巳撫慕樞條陳，入學每學四名，餘具捐銀一百十兩准入泮。近時錢泳履園叢話亦紀康熙十七年戊午，有　旨令該各直省童生每名捐銀一百兩准予入泮一科一歲後不為例郡中舊家有藏國初以來入泮題名錄者專紀蘇府長元吳四學(元和縣雍正初年新分此從後總言之)入學新生額數姓名(不歷任學使各試題亦備載)嘗借閱之始知此例自戊午年科試至壬戌年歲試凡行四次先於丁巳年歲試即裁定進額如蘇府學本二十名者改作五名長吳二縣學本十五名者改作四名(二十名十五名之額據此錄注補順治十八年所定前此每學皆四十名順治四年所定云)餘俱納銀一百兩准作生員附後每學無定額常有七八十名或百餘名之多以此類推各省各府州縣可見至辛酉年科試正額復舊而援納仍行及癸亥年科試捐例始概行停止蓋是時三藩叛亂命將出師征討絡繹不得不開此例以濟軍需迨二十二年海宇銷兵故例亦隨閉其每學四名實依魏公所奏而捐銀百兩則與原奏一百十兩之數不符當由廷議核減耳或疑生員為人才出身初步進由援納難免濫竽然余觀題名錄中吳荊山宗伯(諡文恪)名士玉辛丑顧俠君太史(名嗣立有元詩選傳世)皆從捐生起家亦未可謂不得士矣(潘生鍾瑞曰四學采芹錄無鈔本余家向有鈔本錄中載康熙十四年乙卯先有樂增一體准其捐納作貢之令十六年乃有援納生員之例舉行四次共有八百二十五名至康熙二十八年己巳增府縣學額各五名凡府學二十五名長吳各二十名雍正三年乙巳又增縣額各五名如府學五年丁未分元和縣定額長元兩學合二十五名咸豐年間籌餉例凡捐銀二千兩准廣文武學額各一名六年丙辰三縣進額各加一倍九年乙未定加三縣長額各十名又暫廣長洲五名吳縣二十五名同治四年乙丑又定加府學長額十名由長洲撥入三名元和撥入二名吳縣撥入五名後有暫廣登極恩廣凡歲科連試之額增益之倍取之合計四學進有三百六十餘名之多由後視前何幾倍也)

楊大瓢之父遣戍事

覺阿開士以所得大瓢山人遺像見示屬題其像長髯三綹眸目瞻矚體貌甚偉大瓢浙產而居吳中最久為督撫幕客中年絕域省親負骨歸葬人稱孝子晚年著述甚多今僅存柳邊紀略有鈔本余約略綜其生平成一詩云廿年涕淚思親夢萬里冰霜出塞行楓陛陳情歸骨遠柳邊紀事著書成依人不礙遺民嗣流寓長垂孝子名世士宦游忘陟岵披圖何而見先生然於其先人遣戍之原委未能詳悉也考之舊蘇州府志流寓傳惟曰父春華坐友人累偕妻流甯古塔即大瓢自序柳邊紀略亦不過曰先子坐張魏之獄徙於此而已最後從友人傳鈔得大瓢雜文殘稾(此稾僅存文三十八篇細序目卷次文中尚間有殘闕太倉李錫暘題其卷首曰楊大瓢雜文殘稾二冊向藏其高祖六士員外學符處六士子果林為吾邑縣尹沒後遺書散佚金石碑版有大瓢題識者甚夥復為貴董家攘據而去此書亦出以易米為綏致海鹽楊芸士廣文俾藏諸之而與王君心齋癸同錄副本又有送大瓢出塞省親詩文卷同時亦見并錄於後)讀其所為祁奕喜(名班孫)李兼汝(名甲)合傳略曰慈谿魏耕為兵部侍郎張煌言結客浙東西班孫留之寓山或經年不去先府君亦時時過寓山與耕語當是時浙東名士競以氣節相尚蕭山李甲歸安錢纘曾與班孫皆耕之所善也有江陰無賴孔元章者遇耕西湖自言從煌言所來有所謀耕許之既而覺其妄抵其頰而耕所交元章多知之於是偽為耕書抵纘曾纘曾又毆之元章遂之鎮浙將軍告變捕纘曾等(吳執經鈔本曰此事湖人費之所著魏耕筆記紀之甚詳頗有異同)初纘曾疏屬錢應魁據太湖為亂先仲父九有公權太湖營游擊窮治魁黨并及纘曾纘曾恐索耕札求救府君府君為言之乃免壬寅春耕纘曾難作纘曾道其妻書以幼子屬府君及甲書為邏者所得獄成耕纘曾皆死甲同府君班孫徙甯古塔而大瓢之友夔州唐鑄萬大陶送大瓢出塞序曰允武(纘曾字)自獄中以書屬安城君(春華字)曰幼子累君其書為邏者所得訊允武夫婦安城君所在刑極慘毒終不言安城君聞之曰彼能信我而屬我其子今以我故死於刑是速其死也遂自詣獄獄成流甯古塔得此二文然後曉於春華所以遣戍矣再考全謝山鮚埼亭集雪竇山人墳版文曰先生既死山陰李達楊遷經營其喪甚力亦以是遣戍所謂李達楊遷者似即指李甲與楊春華但據大瓢稾中魏雪竇傳葬雪竇者前為仁和顧豹文後為錢唐項溶既與謝山先所言錢唐孫治購骨葬之者不同尤與其先人及李甲無涉謝山蓋未知纘曾託孤於楊李事但聞當時有此二人遣戍遂強以經營雪竇之喪屬之而並誤記其名若非得大瓢此稾亦何從知謝山之文之誤也(大瓢父墓在我郡關山見稾中范璘人傳其地近白馬澗距城十餘里近年有人得其墓志拓本文為姜西溟撰字已漫漶過半疑其墓久不保矣附記于此)

寒山寺王郇公書張繼詩石刻

吳郡圖經續記論楓橋之名謂今丞相王郇公頃居吳門親筆張繼一絕於石而楓字遂正閱者每以宋宰執中無王郇公為疑及檢吳郡志采程師孟楓橋寺詩云通來寺好尤瀟洒張繼留題內翰書自注今禹偁王內翰丁太夫人憂任其(毛刻有此二字不可解疑是在吳之誤)親寫是詩故不題名又疑王元之未為丞相且無封號恐非朱伯原所指寫詩者況師孟不與元之並世亦不應稱今續檢宋詩紀事選師孟此詩即從吳郡志采入其自注則云今禹玉王內翰丁太夫人憂親寫是詩故不題名(二憂下無任其二字應是厲太鴻以其不可解而刪之)禹玉為王珪之字按宋史珪本傳以熙甯九年作相而母憂正在為翰林學士時得此方知毛刻吳郡志之舛誤不足據而師孟詩實與圖經續記相合所謂王丞相者即禹玉王內翰郇公當是其初封而史傳逸之也然則寒山寺中舊當有此石刻不知何時失去今惟存文待詔大行草寫此詩碑在三門內西南隅壁間

若為王丞相補此遺跡。此石與東壁唐解元書慕鐘疏碑對峙，惜石已裂損，地更湫溢，廢壓更數十年後，安知不又為王書之湮沒乎。

王郇公封國年月

王郇公非但見於圖經續記，憶蘇沈良方亦稱王郇公有治小便不通方，但以史無明文，猶待蒐考。近見主明清揮麈後錄三，舉熙寧以後宰輔封國王文恭下注郇岐二字，是禹玉之初封郇公已有明證矣。猶然未詳其得封年月也。既而勞季言寓書告余曰：考長編三百五十五元豐八年三月庚申，銀青光祿大夫守尚書左僕射兼門下侍郎郇國公王珪為金紫光祿大夫，進封岐國公。又考宋朝大詔令集五十七元豐五年四月癸酉，王珪左相制，結銜尚稱太原郡開國公，其封郇國當在六年十一月甲寅，文武官並以南郊赦書加恩時見長編三百四十一。詔令六十二載加恩制略云：錫爾以成國之封。圖經續記成於元豐七年，正珪封郇公時也。其丁母憂在嘉祐二年七月，復拜學士在四年十月。張詩書石當在嘉祐，程詩當作於熙寧三年王未參政之前，故以內翰稱之。又胡心耘示以杜大圭名臣碑傳琬琰之集宋本有乙字，近刻刪去上集第八卷李清臣所撰王太師珪神道碑，今節錄其文云：元豐三年，朝廷用階官寄祿，超授銀青光祿大夫，兼門下侍郎，監修國史。五年四月，復三省官，為尚書右僕射兼門下侍郎。上日，御史中丞率百官班賀仁宗、英宗加徽號按本紀事在六年閏六月，為仁宗冊寶使，禮成，封郇國公。上即位，恩加金紫光祿大夫，改岐國公。元豐八年五月己酉薨。是禹玉之封郇國，具有的確年月可據。且岐國之封，身受衹及兩月，而郇國則閱二年，宋史本傳與東都事略皆不紀，致後世不知，未免疏漏，殆以虛封為無關輕重而略之歟。得此考證，不特可補史文之闕，并足為圖經續記注腳也。

黃子澄草堂

書畫壯觀錄載黃子澄論書九則，小行書七百餘言，自跋云：此帖出自聖恩，悤忙帶至洞庭，亦自有定數。新構草堂於消夏灣，日一展玩，暫忘所覓。世無知書者與之語書，況天下事乎。建文三年，清和既望。按明史子澄本傳，謂燕兵漸南，與齊泰同謫外，密令募兵。子澄微服由太湖至蘇州，與知府姚善倡義勤王。及善請復召子澄，未至而京城陷。建文帝紀子澄之貶在三年三月，至四年五月乃還，此跋蓋在初入太湖暫居洞庭西山時所題。觀新構草堂之語，似非一過即去者，惜今無遺跡可考矣。具區志、太湖備考等書，於寓公及第宅門中均未紀及，諒由明代諱言靖難諸臣蹤跡，

故遂湮沒不傳，無從采訪也。

白文公生日會

杭州舊有香山生日會，嘉慶中阮文達公先督浙學，繼任浙撫，杭人因文達誕辰與香山同日，咸頌為白傅後身，故厥會彌盛，至今相沿弗替。我郡則嘉慶初虎邱雖建有白公祠，而五十餘年來未聞有為公生日致饗者。咸豐壬子為公降生後第十九甲子轉頭之年，海寧楊芸士廣文文蓀時寓吳中，特於正月十九公生日虔設牲醪，招邀朋侶，展拜虎邱祠下，祭罷飲福，談讌竟日而散。此實吳中創舉，故余紀事詩有「我是遺民慙飲餞，薦蘋轉賴寓公謀」之語也。是日王君詠齋汝玉即集成七律二章，深得頌美詠嘆之意。迺未幾即歸道山，近閱其聞妙軒集，白祠二詩竟成絕筆，慨勝會之難逢，悲故交之早逝，記此為後人徵文考獻之資焉。詩云：千餘載後作生朝，一瓣心香喜共燒。詩滿袖中人盡讀，春留隄上姓還標。好將私祭今番創，況是崇祠勝地邀。笑識公靈來陟降，合歌慕雨正瀟瀟原注是日後適雨。聞說西湖祀典隆，年年瞻拜向東風。稱觴更使添吳下，勝舉偏教屬寓公原注是舉倡自芸翁。嫩柳碧含山色外，玉梅香沁酒痕中。坡翁雅集蘇齋盛，臘尾春頭此後同。次年癸丑正月，同人踵舉，是會適得陸督部九江敗問，意興索然，以後更成絕響矣。

觀音峯

頑雲墮地尚巍然，雨溜苔穿不計年。欲問平泉興廢事，夕陽無語下層巔。此程序伯庭鷺為余作東園訪石圖題句也。東園相傳是前明徐太僕別墅，距上津橋西北半里，地久廢為踹坊，皆布商所僱踹布者居之。墅中舊有奇石，曰觀音峯疑是冠雲之訛，以石巔高聳四展，如冠也。高踰三丈，極嵌空瘦挺之妙。劉蓉峯觀察文恕寒碧山莊與之鄰，丈故有愛石癖，嘗欲移置莊中，未果。至今屹立踹坊屋外，所與伍者殘甓敗瓦而已。聞其地本有二石，其一瑞雲峯，差小而玲瓏過之，亦名綴雲，徐太僕移自洞庭王文恪別墅者，見姜紹書韻石齋筆談。乾隆某年，尚衣使者葺峙城中行宮，復邀宸賞，而觀音峯以過鉅見遺，殆可以感士不遇賦移贈者矣。月子木青為云，向見李客山詠綴雲峯詩，綴雲峯本宋花石綱所遺，自艮嶽將移至此，適宋敗事敗，遂未入艮嶽云云。據此，則前後兩遺屬東，此石之遇真可謂蹇矣。

復園嘉會圖

我郡婁門內拙政園者，國初海昌相國之別墅也拙政之名實始於前明王御史獻臣，文待詔有拙政園記并圖。百二十年前為郡人蔣誦先所得，葺而新之，名曰復園，蓋因是園自海昌籍沒入官。

後曾為吳三桂女壻王永寧郎舍。繼又為蘇粮道公署。及此復為民居。故題此名。嘉慶末。園又歸於武林吳氏。至今林亭水木之勝。猶足甲於郡城。其左右割為王葉二園。則頹廢久矣。余曾過蒲先之孫研溪。年已七十餘。言其家藏有乃祖復園嘉會圖長卷。獲借寓目。始知蒲先於乾隆三年四月。會親友於園中。屬洞庭葉芳林作圖。越十餘年。王次山侍御為之記。沈歸愚袁簡齋二公皆一再題詩題跋。沈乃在圖與會者。即以是秋登鄉榜。袁則蔣之姻家。後曾僑寓園中者也。芳林之圖。結構清妙。寫照尤奕奕有神。然吳地久無知其人者。厲樊榭文集記九日行春文讌圖云。吳中葉震初以寫照擅方技。□山補景。太湖備考補遺有葉芳林傳。震初其字也。今錄侍御記文於此。不獨可想見園中位置。且於文待詔拙政園記後。又添一段遺聞矣。記云。蔣君誦先。攜長卷眎余曰。此吾十二年前。會戚友於園中。洞庭葉震初。以龍眠妙筆。繪為此圖。沈少宗伯歸愚。雖書大略於前。然卷中諸人之姓字。觀者未盡知也。我為子言之。子為我記之。手攜卧樹。傾然獨立者。為家叔桂宮。少年二人。並立水榭。長者為蔡封千。幼者為吾兒世熙。撫松而遠睇者。為張嘉起。水亭中四人。紫袷衣倚柱而坐者。為唐星毅。垂釣為從兄實林。把卷者為陸位昭。坐於其後者為內兄申尚虔。獨坐小軒中畫橫卷者。為唐士安。水邊松下兩人角奕。老者為家伯觀存。對奕者為稽升之。倚樹旁觀者。為盛用和。坐石上拈髭。神采脩然。有童子抱琴侍於側。余曰。此非君耶。君笑曰。是也。其並坐者。為陸曆起。稍後坐而倚樹者。為陸叔平。三人共觀圖。少者為胡錫臣。長者為顧龐開。黃冠道服者。為沈廷璋。藍袍距石者為顧頤臣。倚桐抱膝者。為郭道原。草亭中憑闌獨坐者。為沈歸愚。濯足澗中者。為妻兄王松叔。最後戴笠攜杖而坐者。繪圖之葉震初也。凡二十有三人。并家僮六人。皆各肖其神貌。其間水石清幽。竹樹蓊蔚。烟雲縹渺。迥非塵境。昔蘭亭之會。四十有一人。西園之會。十有六人。萃海內之名賢勝侶。而又有右軍東坡二公為之領袖。宜其震耀一時。流傳千載。今謂是會。足以繼之。人未必信。雖然。當此親族不相顧。朋友不往來之日。親兹羣從長幼。至戚故交。雍容灑落。聚於一圖。涼薄之風。亦可少挽。何必一觴一詠。徵逐詩酒。始稱雅集哉。余未得預此會。今以作記。附名於後。亦所願也。乾隆十五年。歲在庚午四月三日。懷息弟王峻書。數十年來題詠頗多。不勝錄。惟記最後倚聲二闋。尤二娛維熊。調台城路云。羊求三徑賓朋盛。元卿尚留亭沼。話舊爐頭。賭棊枰畔。笑指隱囊紗帽。丹青筆妙。見嵇呂心期。阮何風貌。六十年來。烟淒幾處塚邊草。池台高下歷歷。記諸公當日。冷吟閒眺。鄰笛懷人。雍琴感舊。寂寞昏鴉殘照。風

流漸杳。勝菜陌花時。春遊年少。遙認名園。出牆高樹老。孫湘雲宗樸調洞仙歌云。風烟一壑。是元卿三徑。薜荔牆高隔塵境。有綠衣飣座。白髮憑欄。清興盡。六十年前風景。我來春已暮。楊柳風疎。時見沙禽颭波影。欲問舊游人。杳綮愔愔。何何處。亭台重認。持絹素沈吟。幾回看。早月上魚天。拂蒼花瞑。卷中有青庵鮑虬壬子秋題五律四首。句云。詩傳顧士奴。自注。圖中賓主僕從凡二十九人。今惟南山子在矣。憶郭頻伽靈芬館集中有題南山子像七律。注云。蔣氏老僕。能詩。曾識洞林前輩。即此人也。亦此圖遺事。故附識之。當甘谿淡日。聞昔蔣竹濱封翁家亦有一婢能詩。有讀書聆望為官早。畢竟為官遣讀書之句。為藝林傳誦。

清華園圖記

閶門外冶芳濱內。偏西有毛家花園。乾隆初為毛達齋觀察別業。舊名清華園。沈歸愚尚書曾為作記。觀察身後。家落園久廢棄。余嘗閒步過之。見敗壁有字跡已剝落。畨四得四語曰。草長寒廳無客過。春歸廢榭自花飛。朱闌舊日憑臨地。半作民居掩竹扉。知為鄰友袁文瀚所題七律後半。而其前殘缺不可見。句頗能寫荒寂之景。偶以語觀察後裔叔美明經。叔美即出新得謝林村此園圖卷見示。索為作記。余以王君韞齋已有圖記在前。乃為書後云。韞齋作此圖記。謂園林之興廢無常。賴有名人圖詠。則歷久如新。此言誠然。顧圖詠亦不能無散失。又賴賢子孫蒐羅而表顯之。則圖詠藉人以留。而園林即與長留也。余家距清華園不半里。暇日嘗訪其遺構。門徑深而曲。中有高樓翼然。其前為聽事。虞山蔣相國所書秀宜堂扁尚在。皆小戶錯雜居之。不能無車庫馬厩之歎。堂之右高阜陂池間。以叢樾猶可想見當時台榭之勝。草間卧一石。洗視為沈尚書碑記。慨然思買購吾友叔美再過。已失去。為之悵惋。是時園但知有記文刻石。不知更有謝供奉之圖也。去歲聞叔美購得是卷。方為忻慰。今秋攜示。則已贉軸一新。題詠畢備。展覽數四。不啻斯園復歸故主。而招我徜徉於池館中焉。雖然使是卷不遇毛氏後人得之。祇為尋常一物。即毛氏後人得之。而不知珍重表彰。亦猶是尋常物耳。然則叔美此舉。他日有撰吳下名園記者。不當引為佳話哉。園初與陳學士璋響山堂鄰。兩家同時並盛。今陳氏後人零落殆盡。堂久鞠為茂草。我意學士盛時。亦以當有圖詠。特門衰世遠。無可訪求。於此益不禁為斯園感且幸也。咸豐元年中秋。同邑葉某跋。題後未及一載。叔美及歸道山。所藏書畫。聞其家不甚愛護。已皆散去。此圖不知又落誰手矣。偶檢舊稿存之。不禁憫然。

沈尚書門帖

沈歸愚尚書未達時。曾居木瀆鎮。自題門帖曰。漁艇到門春漲滿。書堂歸路晚山晴。

二語極肖鄉村清遠之景。後來居者。知為尚書手墨。即鐫諸門閭。余少時過之。見老屋破扉。猶存字跡。因常口誦不忘。五十年來。詢之讀川人。無復知者。而余亦逮其處矣。近見王韞齋集中。有鎔雜咏。有一章云。一區舊宅太蕭條。青磵心百歲遙。我亦寓公來過此。吟魂黯黯鷺飛橋。自注。沈歸愚尚書舊宅。在山塘鷺飛橋西。王君館木讀久。訪之必確。雷甘谿洪曰。歸愚尚書舊宅在鷺飛橋西不數武。門有碑。祠後猶存其石。尚可識也。又郭頻伽靈芬館詩話。紀尚書館於木瀆。主人有紡婢。愛聽其夜吟聲。事當即在微屋題門時也。

沈尚書生祠

歸愚尚書通籍後。恩眷日隆。歲近八旬。以少宗伯引退。加尚書銜。在籍食俸二十載。晚年許建生祠。塑像。且賜扁曰詩壇耆碩。賜楹帖曰玉皇案吏今烟客。天子門生更故人。皆出御筆。可謂極詩人之榮遇矣。祠屋在滄浪亭對岸西北。身後以徐述夔詩序事得禍。盡追恤典。褫職毀像。而祠屋仍存。余少時亦曾過之。室龕上旁扁聯版猶懸。於蛛絲塵網中見之。不勝盛衰之感。潘麐生鍾瑞曰。尤西堂太史堂中懸聯一日先皇御語真才子三字。一日今上玉音老名士三字。蓋順治康熙兩朝事也。同治甲子。余見此聯在滄區家修治。尚見舊反。時蘇垣方經兵燹。而尤氏祠堂之物依然完好。較諸尚書。其幸與不幸懸殊矣。

春融堂集詩紀李焜事

王述庵司寇春融堂集中有聞吳侍講泉之時有參劾作云。覥顏尚冀顧花封。快聽風雷下九重。豺虎有知應不食。鷹鸇必逐自難容。旁觀尚欲舒公憤。當事能無媿曲從。原注。謂平寬夫學使。天道恢恢原不漏。昌言真足警群凶。此詩蓋為前蘇州總捕同知李焜作也。嘉慶四年。我郡有諸生之獄。其端起於吳邑令甄輔廷為富室追捕。值國忌日。杖責生員吳某。吳控於有司。不得直。四學諸生不服。適學使平侍郎恕。松江按試還。群往胥門使舟呈訴。學使已有先入之言。拒不納。諸生譁而散。次日紫陽書院觀風。眾忿不受卷。學使怒。命有司收繫百餘人。訊狀。承審之員。李焜其一。焜夙有睚眦於諸生。迎合意指。鍛鍊尤力。疏革二十四名。欲科以聚眾滋事之罪。事既白。平與李皆鐫秩去。李猶得為縣。未幾為湖南學使吳公省蘭發其私書請託事。坐遣戍新疆。人甚快之。故司寇有此作。司寇先有與平學使一書。責其徇州縣而虐諸生。語甚侃直。為時傳誦。而文集未編入。後見錢思元吳門補乘中已刻之。故不復綴。聞獄方急時。鄉先達皆以慎默遠嫌。雖為之師長負重望者。亦囁嚅不敢發一語。與有司抗。得司寇此書。士氣賴以稍振焉。

嚴戊卿捕鰻行紀誅潮匪事

吳郡向無潮人。自西洋通商。潮人販土者。麕至。多寓閶門外。有富而豪者為之魁。始猶安靖。自癸丑春金陵陷後。假保衛為名。開局練勇。無識富家。助銀數十兩。局中給燈懸門外。許以冦至則報局。代為驅逐。甚有避亂遷鄉。僱潮勇護送者。於是遂起其覬覦之心。而狡然思逞。其魁則平日交結地方官。不肖之員利其厚賄。至於約為兄弟。因而恃官為庇。魚肉閭閻。無事不有。始而強取食物。繼且白晝攫金矣。始而鄉間為盜。繼則肆劫近城矣。愛其屋則占踞逼遷。豔其女則誣媒強娶。嚇詐者持力登門。釀成命案。械鬥者列砲大路。阻絕行人。有司置若罔聞。訟之必加袒護。至丙辰夏。而吳地幾暗無天日矣。太守西蜀薛公煥。平時廉得其實。七月涖任後。即請令撫軍部勒士卒。中秋夜午。親自督率出城搜勦潮匪。初猶拒捕。旋皆俯首就縛。起贓無算。捕至。分別首從先後誅斬。於是遠者聞風多遁。吳市遂得肅清焉。元和嚴戊卿文學承咸首唱捕鰻行紀事。其辭曰。潮州刺史驅鱷魚。千載以來稱靈異。潮州近海風氣惡。其人都是鱷魚類。冥頑不靈甑王章。羊很狼貪性狂恣。粵西餘孽竄江濱。羽檄爭馳方有事。潮人雜處閶闔城。白日橫行無畏忌。掠人財產充橐囊。擄人婦女入旅次。城西戶口最殷繁。夜夜人驚冦盜至。昔日鱷魚在惡谿。今日鱷魚在平地。昔食民畜害猶小。今食民膏禍更熾。河東太守人中豪。一麾出守來吳市。下車即問民疾苦。同聲切齒潮人肆。訪問得實心激昂。不露聲色運神智。區別莠良散其黨。約法三章伸大義。隨向軍門請兵符。材官蒼頭密布置。中秋夜半月朦朧。魚鑰潛開偃旗幟。雷霆疾走搗其巢。身先隊伍青驄騎。潮人恃眾猶跳梁。馮高困守嬰烽燧。穽中之虎釜中魚。一網擒之伏猛鷙。當時抗拒幾十人。先服上刑市中棄。其中械繫數百人。纍纍入城屬之吏。省釋無辜不濫刑。巨魁駢首試刃利。黃歇堂前秋草殷。鯨鯢京觀聳肩臂。士民環屬聲歡騰。粵賊聞之心亦悸。吳地已無內顧憂。江上凱旋望群帥。是時潮匪之魁鄭姓。儌幸漏網。事後僅遞解回籍。論者猶以未經正法為憾。同時和戊卿作者。貝子木青喬。釋覺阿祖觀。詩中皆及此意。頗有責備之詞。然余以戊卿詩。如元次山中興頌。獨合頌揚正體。故特存之。而附記其實云。

陶文毅題古雪居詩

陶文毅公撫吳。草有夜宿太湖東山題古雪居詩云。古翠標門妙墨留。原注。門額翠峯寺三字。董香光書。禪房深處徑通幽。窗連樹色雲生案。澗瀉濤聲雨入樓。遠有明湖窺一角。乍來絕頂谽谺時。恩恩莫訝鴻無跡。雨夜青山借枕頭。文毅是時。為查勘新開鸜鵒河工程。遂至東山信宿而去。此詩即與日山中掌故。故存之。滿壁生鐵塢日戊辰六月廿九日余游東山兵燹之後翠峯寺殿治盡香光舊額已蝕有矣恤古當居然尚在額為王奉常隸書額室中仍懸陶文毅公此詩立軸紙墨如新老僧慎言守此未嘗一日去也再上六角石柱一亭係文毅供奉聖勅御印心石屋四字處亦完好鸜鵒河舊跡。在太湖旁。長十餘里。自郡赴東山由此而行。可避太湖風濤之險。年久淤塞。道光八年。司馬劉公鴻翔濬復之。洵為利涉善舉也。

積善西院古梅

閶門外白蓮涇內積善庵西院有古梅一株。在深翠堂前。堂額為明季高士徐枋手跡書。相傳為北宋所植。一本三岐。虬枝蟠曲。高出簷際。花時繁英滿空。妙香襲人。此梅與虎阜後山玉蘭。年壽相當。匹而志乘不載。昔人亦未見題詠。託根野寺。幽寂自甘。可與東園冠雲峯。稱花石二隱也。余曩與友人頻年過訪。有探梅廉叠天字韻之作。詩多不錄。嗣偕內子萼仙放舟過院看花。復得一詩。叠前韻紀游。萼仙亦有和作。並存於此以志一時雅興。余詩云。春風雙載鏡中天。一碧溪流解凍堅。經歲相思酬夙願。隔宵預約損清眠。便期泛宅長偕隱。莫擬窺粧偶見憐。花海烟波知更勝。瑀鄉何日共移船。林武西磧梅花最深處。舊種花滿婦家陳氏有花源草堂在焉。萼仙詩云。此身真到妙香天。一樹玲瓏玉比堅。瞻禮合如逢古德。夢游曾憶趁春眠。鳥逢行處鷗相導。翠袖憑來鶴亦憐。小異人間看花侶。雙聲吟出木蘭船。近年樹已萎其三岐之一。僧家衰替。院亦他屬。無復向時看花之盛。而萼仙亦已於前春長逝矣。舊游如夢。為之愴然。院僧素藏王伯穀手書詩卷。今更不知流落何處。

陸韻華降乩

吳蘭雪刺史香蘇山館集中有書烈婦陸韻華乩筆詩後一律。序云。烈婦吳縣人。字瀲塘。年十九歸同里吳培靈秀才。十日而寡。矢不嫁。歸依其母。母歿。隨父僑居南昌。賣畫自給。未幾。父又歿。鬻身為婢以營葬資。誤入曲中。觸石而死。墓在三村。惜無表以貞石者。有詩降壇。自序如此。刺史詩云。幾日春風入斷絃。書蠶藥裏附江船。但知反哺隨烏鳥。爭信啼魂化杜鵑。紫玉魄摧完節地。青衣甘殉買山錢。一抔香土三村近。誰種桃花守墓田。曾賓谷中丞賞雨茆屋集中有五古一篇。紀此事尤詳。烈婦生平。與柳依依大畧相似。其節烈亦由降乩而傳。吳人宜為立主。以配享柳貞烈廡。足慰彼貞魂爾。虎邱有柳貞烈祠。

青黛湖

朱酉生有小印。鐫黛湖漁隱四字。以其先人墓在郡北青黛湖旁。故自署。此集中亦屢有黛湖詩也。考其地即長蕩。在虎邱西北。據淩戒甫壽祺滸墅關志稱。有西長蕩東長蕩。自過水蓄魚。人稱蓄漁處為青苔湖。又訛為青潭湖。乾隆中。滸墅詩人邵濬夫源。有亂蟬聲裡過青苔之句。其字本不作黛。然此地湖名本非稱由古。昔苔轉為黛。亦極韻勝。正不妨謂青黛湖之名。即肪自酉生耳。

遊石公山記

石公山在包山西南。與包山相屬。而別為一峯。岩石秀異。陡插湘波。余於庚辰春仲往遊。自東山白沙挂颿。乘風逕渡。不及十里。循湖濱得一港。春鳧滿渚。漁唱在蘆。山色撩人。于焉艤櫂。山麓林木葱茂。拾級數層。小亭可憩。乃入山初地也。舊有榜曰引勝。今已失之。由亭而進。奇石迎人。若拱若揖。應接不暇矣。山根石壁。俯壓水面。都作谽谺嵌空之形。石腹中屈曲玲瓏。可通行跡。忽竇空若危梁。忽鏈幽若深井。靈詭皆出人意表。壁下風濤洶湧。起於履舄間。曳杖佇觀。飄飄乎欲鼓水仙之操。雖懸流構館。未能逾此奇也。石壁盡處。復登山路。石公禪院在焉。中有翠屏軒。倚絕壁。俯澄潭。境稱最勝。山僧煮茗相待。茶烟禪榻。小坐片時。意趣幽絕。軒左右。磴數十級。是名丹梯。即登來鶴亭之徑也。來鶴亭巍然距於翠屏軒後絕壁之巔。相傳昔有鶴來止此。故名。憑欄一望。風帆沙鳥。出沒於烟波浩淼間。遠近諸山。皆可引而置諸几席下。視山中巖壑。盡歸足底。高曠之致。爽心豁目。壁間游者題句云。狂懷欲向山僧說。鶴不歸來我不歸。蓋其移情深矣。距石公禪院東數十武。穹崖豁開如廣廈者。曰歸雲洞。石勢皆作欲壓之狀。最深處鑿石為大士象。高丈許。洞前平廣如場圃。一亭正與洞對。曲廊帶之。林樹環映。其旁松鶴不飛。忽結烟篆。巒翠欲滴。半染佛衣。靜坐亭中。無復塵世間想。聯雲嶂在山之西北隅。石壁如城堞。宋時艮嶽奇石。半取於此。舊有碑文勒崖上。字已漫漶。拂拭苔蘚。竟不能辨。維時斜暉射壁。紫翠萬狀。石下泉溜細鳴。聲如琴筑。徘徊久之。自聯雲嶂迤邐行。劍樓嵯峙山背。俗以一綫天呼之。兩崖劃開。百級直上。路通猿鳥。氣合風雲。真奇境也。磚中窄僅容身。攀躋達頂。穴山而出。兩壁丹黃青碧。絢如錯采。風嘐飀度。時作異響。故又稱風弄山。頂即來鶴亭後壁。緣藤附葛始下。復至亭側。此身不覺已飛度層峯矣。日漸低。湖烟欲暝。榜人來催行。遂揖別山靈而去。以上記文余生平抱山水癖。而之濟勝具。游跡所及者。郡西靈巖天平諸山而巳年來腰脚更衰，即近郭山中，亦不能常躡屐。石公僅三十年前一至，此文久不省記。偶檢篋中得之，恍如節屐再經。昔劉祁《歸潛志》後附載《游西山記》、《遊林慮西山記》二篇，後人因其卑集已佚，從陶九成游志續編采錄。余於詩文隨手棄置，叢殘不自收拾，吹網錄及此書中，間或因事牽連，偶存一二。茲擬《歸潛志》例而小變之，附存此記於是卷之末，他日循覽所及，庶又可作一度神游云。

鷗陂漁話卷三終

鷗陂漁話卷四

清　古吳葉廷琯調生著

張江陵祠堂題壁詩

寒壁山莊劉氏藏明季人詩一紙，字作行草，題為《拜江陵張文忠公祠》，款署石首王啟茂，旁注元庚二字，蓋作者里籍姓氏也。詩云：袍笏巍然故宅殘，入門人自肅衣冠。半生憂國眉猶鎖，一詔旌忠骨已寒。恩怨盡時方論定，邊疆危日見才難。眼前國士公知否？拜起猶疑拭目看。後接一紙，顧云美小楷跋云：此張別山先生手書也。先生與留守相公同被執於孔有德軍中，多唱和之作，刻入《浩然吟》中。偶書此紙為留守公侍者拾得，攜歸虞山。端叔尚能識認（端叔為留守忠宣幼子，云美之婿），因附黃俍雨公手札共裝一册，并記於此。後學顧苓按別山名同敞，江陵之曾孫，永歷時官總督學士，與瞿留守同殉桂林之難。其手錄此詩，殆因詩中有表揚其先人語，書示留守，未可知。王漁洋《池北偶談》述李天生說：荊州張江陵故宅，今為公廨，有人題恩怨盡時方論定二語，人以為確論。今得此紙，始覩其全篇，且知作者之為王啟茂，頗為快事。崇禎時，江陵雪罪，子孫蓋即以故宅為祠堂，故詩題與首句兼祠宅言之，而漁洋亦記為題其故宅也。惜啟茂出處，張公書時未記。末二句亦不知何指，近見黃梅喻文鏊《考田詩話》亦紀此詩，云王啟茂字天根，一字天庚，則舊鈔元字為偽。末聯國士作國是，猶疑作還宜，則此詩應在崇禎初元所題，蓋是時誅斥閹黨，嚴定逆案，國事頗可觀，故有拭目之語。知舊鈔容有傳述之訛。詩話所記自為穩愜矣。詩話又引朱儼雛《郢書》云：石首王天庚閒雅海博，有古名士風，飲不一蕉葉，而能竟夜快談，以故流輩多親之。陳伯璣詩慰中選天庚諸宮集數十首。又云：聞天庚著有拙修堂集、玉鳧齋樂府、茶瑞三昧、晒書錯語、松䏶錄等書，今不存。附存之，亦略見啟茂生平梗概云。

明末以時文考內監

明之內監，有所謂隨堂秉筆者，職任亞於司禮監，而書寫諭旨，批答章疏，皆出其手。居中用事，其權頗重，舊由司禮監薦舉擢任。崇禎元年冬，始面試以時文，欽出事君能致其身題，鄭之惠、曹化淳二人皆考中式，拔用至十二年。見李李永方署司禮監印時，其名下餌三璫欲圖速進，密託己之名下王建中代作，選於眾時藝一篇，被巡璋官發其事，李不得已奏知上，立將三璫貴戚陳璋送淨軍，發南海子看守鋪事。見劉若愚《酌中志》（若愚本內監，因得罪廢不用，發憤作此書者也，凡宮中規制甚詳）。夫思陵踐阼，甫經懲創魏璫，乃不知履敝見鑒。仍思任若輩以事權。宜其終致危亡而不可救。試以制藝尤屬無謂。然是時每逢皆媚習此。足見明季風氣崇尙八股文之深矣。按閩中志云。鄭之惠崇明淵任卿人。讀書專心經史。占國等詩皆林工部守臨莆山谷。能作時藝古文。後因事下獄。值常熟錢宗伯還入所居。與鄭。鄭見其詩而稱賞。為之作序。稱其戊辰且奉使中州。過岳武穆故里。感文臣不從錢二語。賦詩中意。已已冬敵騎薄城。變時發國賊。令體詩八首。故以巷伯卒章寺人孟子作為此詩。大子存而不削擬之。余考錢之被陷於溫相。甚危。後得皆化海之力而解。戲郎由鄭為之顯說。故於序文亦為推美耳。志之記之。惠之反湯盛之過。盛謂永樂天順正亦內監皆有歷代年號。致害請本朝建元十六。而議重前代者五賢。詞臣失於參考。德隆慶天啟五年號也。

溫體仁家書

明季督師袁崇煥之獄。當時帝意謂其通敵召兵。故加嚴譴。李賴吾　純皇御製文集中。力為昭雪。而覆盆冤案。始得因煌煌　天語而明。近閱烏程張秋水廣文蠟龍館詩話。紀其所見溫體仁與弟幼真家書三則。始知此案實由體仁蓮君之惡讒譖而成。廣文謂其處處皆自寫供狀。信哉。郭廣文此書僅有鈔本。且亦未經編定。恐其久而湮沒。特錄溫書如左。為讀史者論世之助。一曰□□警偪近京師。而各鎮尙自固營壘。全無為君國起念者。庸宰相任人穿鼻。倉皇失措。戒嚴半月。不過老弱營軍。鵠立風霜之中。日夜凍死百餘人而已。不意積弛之弊。一至於此。人情洶洶。南竄幾半。獨攜家眷者不許出城。而士紳內眷有扮男裝者。有藏箱籠中者。往往為伺察所發覺。可歎可笑。又曰。十一月間。連寄三信至沛。蒼歸而敵騎已薄都城矣。賴滿將軍一戰。人心始定。城守漸有次第。然引敵長驅。欲要上以城下之盟者。袁崇煥也。閣中素與袁通。倚為長城。不意誤國至此。可恨可恨。賴臘月之朔。聖明立擒袁崇煥下詔獄。次早敵遂拔營而南云云。今真敵無幾。皆流賊敗兵。假敵以肆劫掠。日惟淫酗為事。若得猛將率勁兵數千。夜斫其營。可以立盡。恨諸將俱退縮觀望。玩敵養亂。目下雖無可慮。倘來春敵知中國虛實。更圖大舉。則事不可知耳。崇煥之擒。吾密疏實啟其端。此亦報國之一念也。又曰。□□入犯。皆繇袁崇煥以五年滅□欺皇上。而陰與華亭、錢輔、臨邑罪樞密謀款敵。遂引之長驅。以脅城下之盟。及敵偪潞河。華亭猶大言特逆督為長城。奸黨又口和之。吾不得不密疏特糾。以破群欺。及逆督既擒。奸輔胆落。復挑祖大壽引兵東行。以為怙逆地。吾不得不再疏。以堅聖斷。兩疏俱留中。故不抄傳。然次疏特發閣票。中有奸臣密諫等語。蒲州華亭見之。恨吾入骨。乘將閣宜興之日。即具揭力薦桐城會稽。以阻吾晉用之路。不知此時七尺軀尚無安頓處。何問功名哉。今敵雖東。而永平一郡七邑。望風投降。為之內應者。皆蒼猝也。父子

黃甲。甘心事仇。不意國家養士之報。一至於此。考體仁當日亟謀入相。所忌韓爌、錢龍錫二輔臣。即札中所稱蒲州華亭者是。故特借崇煥以擠去二人。而思擁其位。至阻吾晉用云云。不覺其情畢露矣。臨邑罪樞。謂兵部尚書王洽。桐城則何如寵。會稽則錢象坤。二公則龍錫罷後入閣者也。

綠牡丹傳奇

甓阿閒士。有書壯悔堂集後四絕句。其末章曰。少日閒情悔最難。傾城名士兩相歡。傳奇爭愛桃花扇。誰唱溫家綠牡丹。肆書頗新僻。人以綠牡丹出處見詢。余按婁東陸桴亭先生。復社紀略曰。當天如之蒐集國表也。湖州孫孟樸滬。寔司郵置。扁舟千里。往來傳送。寒暑無間。凡天如介生游跡所及。滬每為前導。一時有孫鋪司之目。兩越貴游子弟。與素封家兒。因滬拜居張周門下者無數。諸人執贄後。亦名流自負。趾高氣揚。曰無前達。烏程溫育仁。首輔體仁介弟也。心醜之。著綠牡丹傳奇誚之。或云烏程有子亦欲執贄。皆拒而不許。以是致反噬。杭俗好異。一時爭相搬演。諸門生病之。飛書二張先生。求為洗刷。西張親涖浙。言之學臣黎元寬。元寬南張同籍。聲氣主盟也。因禁書肆。毀刊本。枷揚書賈。究作傳主名。執育仁家人下於獄。育仁怒。族人在介生門下者。為溫以介力

求解於二張先生。不許。獄竟而後歸。當是時。越中皈命社局者。爭頌兩夫子不畏強禦。而婁江烏程。顯開大隙矣。又張秋水冬青館集。書綠牡丹傳奇後云。此吾鄉溫氏啟釁於復社之源。書中以管色為烏有亡是之齣。其實柳五柳車尚公范思訶。據復社紀略。各有指斥。其於越人。疑亦王元趾、陳章侯一流。而吳興沈重者。以在朝則影黎媿庵。倪三蘭。在野則影張天如、楊子常、周介生輩。大致如十錯認燕子箋。亦明季文字風氣所趨。而語語譏切社長。極喜笑怒罵之致。宜媿庵當日屬禁之。要其詞藻有不能沒者。蓋相國之弟育仁。暨二子儼、侃。借人為之。謝英頗（萊）直用自況。惜乎名氏湮沒。世苟有鍾醜齋。不文取以入錄鬼簿歟。汪謝城曰損日堿李笠翁閒情偶寄。此劇為吳石渠所作。石渠名炳。常州人。後殉桂王之難。見南明逸史。乾隆中賜諡忠節。如以為三百年國社所關。則一莖草現丈六金身。又烏得以宋元雜劇少之。余謂此輩實復社極盛將衰之機。固不待留都防亂。公揭群小已欲得而甘心。豈非二張先生氣矜之隆。與門弟子標榜之甚。有以招之乎。桴亭先生紀此。其意蓋亦深致不滿也。

熊次侯諭偽官檄文

昔在漢上見明季漢陽孝廉魏晉封所著竹中記一卷。紀癸未夏秋張獻忠寇掠武

漢事中載熊次侯先生諭為官檄一篇。義正辭嚴。真有聲動墨中氣流簡外之概。其文云。蓋聞志士修名。垂節義之事。哲人守命。達順逆之機。是以天水阻兵。班生著論。清河拒賊。李孚乞師。功則巍乎。忠之至也。期偽官等。曾剛偽服。豈昧篤開自治亂相尋。亦好究時有。漢則黃巾赤眉之慘。唐極仙芝巢甫之雄。及我大明。復有和尚千斤劉六劉七。此皆盜之劇者。蓋亦與也勃然。然而好殺絕天。宣淫滅類。偶出張咸蛇臂。咸經萬死之餘。一當擒制。龍蠖亦無十年之運。綠林夢醒。而人數白頭。赭服身分。而魂慚青史。適以動明王之憂患。徒以成大將之功名。在古迹亡。撫今知敝。乃爾等卑者迷於見利。高者自謂識時。挾此兩端。遂成千錯。夫我皇上親賢遠佞。既無清君側之名。蠲賦省刑。豈有罪萬方之失。特六師暫稽於邊土。故八伐稍頓於域中。而宛賊張獻忠者。衍盜迫於飢寒。鴟張成于將相。昔飲襄陽之水。所不忍言。今食武昌之魚。殆亦有故。此匹夫能門之虎。亦女子可當之熊。茲者天岳一軍。凶徒五路。固其效也。某等慨楚國之亡。其君無罪。詫歲星之在我。武惟揚。已通謀於五路諸侯。更布心於百爾君子。蓋改過者春秋所大。而脅從者帝王弗誅。爾父死之。爾母死之。戴天之義謂何。身請為臣。妻請為妾。沼吳之情安在。漏上猜山高之骨。豈昔暴而今仁。漢南絕野渡之舟。實內貧而外狡。衣冠展其戲謔。懼秦國之坑將。與焚庫。侈其金錢。恐洛口之倉易盡。嗚呼。使處緒以歸朝。而弒父雖子儀可以無功。若宏正能誓眾以尊王。即李絳何難請賞。廣將數朝廷之喜。負坐失狼封。蠻夷畏中國之有人。矧茲跳竊。先生制義弁冕我朝。久已家絃戶誦。而駢體文之工復如此。意其他雜著亦必大有可觀。惜未見遺集流傳也。據竹中記。晉封先作討賊檄文。先生見而賞之。援筆亦成此。八月朔晉封之友朱開予偽先生攜二檄來。間入城。從人叢中投偽官案下。既啟視。口噤心悸。不視事者三日云。其豪氣亦不可及矣。按漢陽志熊任氏口人熊咸妻婧居教子燮夫獻賊破武昌氏適時亂李女窺聞賊至死之女亦從死以子僞能貴膳湖人僕背贈一品竹中記所言熊子時相過從似未喪母抑焚未以德湖北延亂前仍熊母死節或在甲酉之交而志說集錄

侯忠節公父子為僮寄作書

嘉定侯忠節公乙酉之殉難也。有人函首送其家。函首者錢宮詹俟公遺制言是太學生朱之鯢揭諷逆侯之節傳則作鯢也非知諷說但云有人獨屍身不復。遇侯僕號於路。言主人死時服色。因求得合瘞。見錢宮詹所記侯公遺事。及考功章存錄。則言侯公殉難。義僕捷恕從死。知侯氏僕隸皆非落落者。憶昔見忠節祖學江西時。父子四人為僮寄所書長卷。其人其事。亦頗界忠

節所書者劉勰[小字注]二論。出漢魏叢書劉子新論。此書四庫目錄題為劉晝所著謂向來或作劉歆或作劉勰或作劉孝標其說不一今本唐袁孝政之說又謂孝政又序稱此書劉勰即孝政所著而嫁名劉晝文不錄。但記其題語云。豫章官舍病餘。僮寄捧冊。囑乞書劉勰二論。審趨走之暇。能稍涉文史。偶一獻詩。欲希青鳥翦翦之句。而一時知交。謬相獎許。如右軍之稱郗奴。似覺過情。且非余所敢承也。但其性近硜執。自謂臨事勿欺。臨財不苟。臨勞勿讓。徐察所為。固亦近之。用夫人倘喜筆墨。故當與蛾附膻趨者有間。特為破格書此。以堅其志。俾終無愧於自許者而已。庚辰孟秋七月廿二日。廣成居士識。按明氏一印廣成一印伯子演書所撰閑家箴云。漢畜虐養。晉道綱紀。應門五尺。在家千指。昔以罪入。今唯義使。食人之食。勸人之事。勿謂身微。勿謂道鄙。吾思克終。有則有矩。唯巧寡愚。毋愚而惰。以隳爾課。唯頑寡才。毋才而狡。以叛厥揆。我思古人。在卑不少。匪域之殊。唯人之效。牧羊維誤。斫石維壬。執鞭太尉。報譽宅鄉。彼實異遂。非我思同。監於齊虜。視彼趙忠。銀鹿命僕。典琴字童。無以奔走。而慰紙筆。捧劍吟詩。咸陽之卒。蒼頭善文。郝公之室。無以安寵。而飾溫膽。收綸鼓枻。隨張於漁。遂首長鬚。亦惟事廬。無恃而勢。恥為人下。倚賣虐神。卒禍主者。守亢如寡。惟園公之吁。司馬無恩。而貧而有貳心。於僕之僞。主之賢仁。擇才而終身。惟病奴之事。痛君無狃而趨。而競樗蒱。王誠贖斗。陶訶牧豬。醉酒而貰我。不古俱無攫而欲而好。營逐張隸納賂。王褒食肉我。以其清彼。以其濁。堂堂而翁。是服是共。役役而儕。是輯是諧。無以久貫。惟勤之替。無以分曹。即安避勞。無託辛勤。而因是為勳。無挾寵頤。而昵尊忘素。陳之地餘。雖文不法。平頭提籍。既勤乃拙。雄趨士風。次孫忠節人之報主。能各有甲。唯臧爾心。用敬厥業。非僭叨劬。亦我之須。三世令僕。族曰華腴。題語云。家人者。其職甚細。然家道昌替。恐係焉。故用作箴而名之曰閑家。大其義也。久欲以告僮僕。無可與解者。適僕寄持素冊乞書。遂錄於後。謂其知近紙筆也。亦有勗焉。庚辰七月廿八日。容南扶書。陸道一印仲子潔書所撰古柏行云。中堂有奇樹。鬱若車蓋姿。陰敵餘數畝。托根勢莫移。風霜挺嚴節。陵臨攬棄穢。其上輯百羽。其下叢華滋。攀緣蔦與蘿。女蘿綴之中。條雖秀樂。遂淡遊青驄。結附倚明德。詎云僕濟私。歲久勢且長。風雨相扶持。願言直爾心。為爾固其枝。修修愈結束。不學群條靡。一夕雷雨作。龍蛇矯如馳。相輔永茂芳。千齡以為期。題語云。右南州署中賦得古柏示僕寄作。寄頗能學吟。其志乃亦自好。余常謂人不可以徒言。亦不可以無志。夫竭誠去私。不勞怨是丕。充此志也。雖以事君無不及。而寄頗即以自許。今其侍我父廿餘載矣。而不

見其隱微，言未謂無徵乎。既作此詩示之，且譽且勗焉，則復進前而告之曰：維爾之言，槃爾之志；維爾之志，槃爾之事。繼事而徵其品，有既。賓快然曰：賓識之甚矣，敢不唯命是織。遂書其語。時南州官舍中秋之月，涼雨初過，試筆。（字生但一印） 叔子瀞書所撰倣曹子建樂府當事君行，自注六五言云：鬱鬱彼山上松，扶危陰中林。烈風來何修修，勁節難為心。（解一） 青青彼園中葵，託根何不遑。願為君子陳心，希陽而傾條。（解二） 貞松可用樹木，葵能衛其足。枳棘塡彼幽谷，摧枯亦良。偶巧詐祇令身敗，哲人忠自祿。（解三） 春麗猶賢魏，羨多巧者寡誠。日月昭昭既明，不掩彼青蠅。露雨紛紛各榮，不恡彼槁筵。今君何用自嫌，蹈蹶以酬生。（解四） 為臣良云獨難，有胸孰無情。貽訓鑒觀六術，智哉彼劉生。古人何為拙誠，後世傳其名。（解五） 題語云：古事君行不可攷，子建代之，篇短而質。余倣其意，循其句格，而廣其篇體，雜用比興，為一首五解，意有遠託，不知於古人離合何如。時庚辰秋南昌官舍，雜倣古樂府所作，偶僕賓乞書，冊因寫付之。賓頗習詩工書疏，且其立志較然，似有出諸臧奚外者。余既嘉且勗焉，又進與之言。詩樂有鄭康成家風，為識數語以勵其卒。八月之九日書。（晉含氏一印） 後有忠節之弟雍瞻先生跋語云：賓僮侍伯兄將卅年，其侍余亦猶侍伯兄，未嘗有斯須怠色，亦可想見其忠慎矣。

伯兄視學西江時，余亦追隨官下。親見賓司筦鑰，內外傳宣惟謹。既而篤水之役，去里門一衣帶，藏名恒恐不深，偶假歸，有營弁撥舟數里外，致其款款語，漸及私，賓援古義拒之，辭色俱厲。今夏五伯兄赴國難，出門夜宿萬隆，忽逢暴客，伯兄躍入水中，賓宛轉相抱，良久得脫，此皆大節之可見者。若夫性耽文史，工于駢偶言，能佐記室所不逮，又其餘事耳。兩世贈箋，賓將隨示子孫，余復贊題數語，見賓自有以得之，非主人之私所好也。崇禎甲申秋仲，書於仍貽堂中。（侯雍瞻一印） 又雍瞻先生之伯子汸跋云：夫處世末流，為人下以事其上，未有不出於勢利二途者，故主人都貴顯，席豐膴，僮指恒繁，庶私心所祝，俾百廿年而昌而熾，儔類相上，競為姪偽，廣廈曲房，金珠綺穀，其主人貲齒累祺，弗敢踰越。彼則旦綦崇飾，不遺心力，自謂子孫之謀如是足已。往往未終未移，僕嗣先隕，耳目睹記，可勝太息。若乃德義所最，超然流俗之外，其性情其行，事皆合於主人之所尚，不亦難哉。賓固儒僮，從吾世父垂卅年，未嘗一日不在側。世父正氣清風，居官以退為節，方在南曹，辭非銓謝台諫，出為藩臬，而世父有喜色，及在嵩禾，以大康特拜京兆，旋擢新天子銀台之命，而世父有戚容，唯賓亦然。吾是以知其所見者大且遠，非僅女子小人煦沫寵澤之情也已。至其介性自持，勤學好問，詩歌啟牘，彬彬文人之風，而雜處廝伍，樸遫無以自異，粗衣糲食，三十年如一日。近始於所居旁構一楹，逡巡請命，若有媿色。及觀其締構，閑略粗草，僅足安身而止。視夫雕涂僭侈，以忘其本者，相去奚翅萬萬哉。適者奴變起於江東，訛言孔亟，三世簪頭盟牲矣，義罔有二心。然余觀世降風移，童稚弗逮，予典型詛盟之設，三代其衰乎。余用惴惴，毋敢荒寧。賓持此冊求余讀而歎曰：是所謂如帶如礪者耶！金蘭玉書不足為其榮矣。賓尚方剛，其尚努力進德，為綱為紀，為楷為則，吾將觀於爾後，大書特書所不恪焉。賓姪秀弱，體盡勞，至死不懈，余重惜之。子德涵雅有父風，詩曰：克昌厥後，并勗諸。崇禎十七年九月五日記。原書。（侯汸一印） 余維侯氏一門忠義孝友，前史所希，乃僕僮中吏有如賓之性行文學，亦青衣所僅見者。吾意從死之僕，既為獲叔則號泣求屍，必賓無疑。（淩子與甸曰：按忠烈記實所載，侯峒曾家人劉駁以臨陳忠裕而死，又有峒曾家人從死者為僮兒朱三、鮑超、陸二、李受見子陳夏，二公祀錄中可見侯氏諸僕皆狹中節者也。） 蓋惟主人有以默化於平時，故賓亦能隨事以自勵其不二心於奴變，又何足言哉。幾道所云家人職甚細，而家道昌替係焉，誠為至論。斯世富貴家多畜僕隸者，所宜味此言而念操之有本也。（此卷庚申亂後流至上海，為湖州凌君子與收藏，余得再見之。）

黃陶庵集外詩

丹陽葛蒼公集中附錄陶庵先生詩一首，為遺集所未載，錄之可考見南都末造情景，不特為黃集補遺也。題為蒼公年兄有白下中秋徵詩啟，實為感憤之篇，讀已而悲，遂長歌以答。（按蒼公徵詩啟作於甲申中秋） 詩云：是處中秋月能白，小林疏竹凝寒魄。烽火驚餘稍少休，主賓兄弟聊酬送。酣歌嬉笑雜悲慨，戊歲月明殊此夕。酸辛有耳不願聞，同人漫說金陵節。金陵龍虎氣盤踞，鍾靈大聖眞奇崛。開闢規模自不同，武功告罷文臣協。承承列聖宅燕畿，德沛江淮漫吳越。萬姓歡娛盡四時，花月山川齊悅懌。聲名文物良原本，不類繁囂之汨沒。今夕何夕中原燼，鬼哭神號先欲絕。妖星黯黑向南吞，眾星無數搖明滅。臥新天子正焦勞，吐哺宰臣方怵惕。何圖突兀太平衣，簫鼓紛紜宣帝闕。馬上紫紱介胄行，閣曲低喉女郎列。宴樂公卿荷聖明，酒酣將吏忘征伐。畫船玉槳蕩銀河，翠袖金貂依綠雲。寶塔風清火樹紅，琉璃露濕霞光碧。終宵歌舞頌金甌，比戶驩呼瞻玉玦。自是新朝增氣象，不同故國餘燼澤。龍啼噓鸞吞，并無乃昇平太倉稅。大地山河仍廓落，萬里乾坤如洗滌。復仇雪恥眞迂儒，樂事當心涸善畫。中秋自古月恒明，但願君心化明月。讀此詩後半諸語，當日君臣荒樂，文武酣嬉之狀，如過目前。先生憂國傷時，一腔忠憤，不禁借題傾吐矣。雖然歌舞湖舟之中。

酣眠曆新之上。千古叔季。頹懦相循。豈獨宏光之世為然哉。

范石夫明舊尺牘跋語

明末范石夫孝廉明舊尺牘十冊。余從友人借觀。考乾隆蘇州府志。石公名公柱。長洲人。為文正公裔孫。崇禎壬午舉人。所交皆一時名流碩德。後多有成大節者。石夫於諸公尺牘後。各綴跋語。余擇其有涉遺聞逸事可備文獻之徵者。摘錄二十餘條。尺牘文繁。未暇寫出也。

范質公景文　質公相國。謚文貞。大節光昭。予徵詩挽之。以華其節。名華節篇。嘗讀其和毛伯詩曰。城破不得生。何如未破死。羸得身不辱。且了人臣事。嗚呼。如公之殉節。其真身不辱。其真了人臣事矣。劉長孫諱廷曰毛伯下疑有脫文

劉欽爾永錫　順天劉欽爾。丙子舉於鄉。為長庠論著崇邑令。廉潔成性。臨事敢為。逆至棄官避難。備極困苦。妻女與僕相繼物故。所質劫掠無餘。僦寓相城。不蔽風雨。饔飧不給。當吾世求不媿夷齊者。惟此人。劉長孫曰城當是螂所字下疑有悅字汪湖城曰柏曰所質疑所薦

鄭天玉為虹　廣陵競渡絕盛。端午日。男女空國出游。癸未歲。天玉招予往觀。盡歡竟日。天玉閉門讀書。不與家事。非奉尊甫命不出。其招予亦尊甫所治具也。恂恂寡言。真同處子。登第授浦城令。行取台中。臨難不屈。烈烈而死。

沈子凌雲作　與登閣十二人盟之關帝曰。共存心於大節。勿失守於他年。又曰。誰無父母。而不揚不顯。願無以存亡二其心。均此君王。而之死之生。願無以貧賤忘其報。丙子予讀先舉。庚辰成進士。授華陽令。干戈阻隔。閒乙酉歲。獻賊犯西蜀。全家遇害。三復盟言。感懷時變。為之嗚咽流淚。

楊維斗廷樞　惟斗為清流之望。然其胸中何嘗矜舉清流。而附之者過自標置。遂以維斗為宗耳。諜變匿跡山河。遁於猝至。縛之而歸。備極箠楚。體無完膚。罵不絕口。裂其衫襟。血書絕命詞十二首。志氣浩然。擬跡文文山。跋其後曰。後人念我。當思忠孝。臨刑仰天長嘯。連呼大明。即頭已落。而大字尚有聲可聽。真與文山先後一揆矣。昔人謂商周間若無夷齊。一段宇宙成何氣色。予於維斗亦云。

文彥可從簡　世當衰晚。道德淪夷。而佩服聖賢。砥礪名教。為人倫師表。惟彥可丈先生一人。至其楷法丹青。婉美先待詔衡山公。特文采之一端耳。

徐元歎波　元歎詩名滿天下。楚中鍾伯敬譚友夏推為領袖。敝屋三楹。雜植群卉。栽植之方。獨得其妙。與四方名僧及名公質疑問難。無虛日。尤能以熱腸快口。排難解紛。故樂親之者眾。所著有谿蘅堂諸刻行於世。

陳玉立宗之　玉立力行嗜學。博洽天人經濟等書。所著古文詩詞。力追古人。居恒未嘗疾言遽色。務以道義自勵。而於出處之際。尤當其正。登癸未副榜。例選司理。力辭而歸。國變後。隱居鄉間。戒往

來北禪寺。自作小像。號易庵道人。一日。深昏寺僧聞扣門問之。知為玉立。啟扉寂然。僧方訝之。即玉立易簀時也。未幾有夢為邑之城隍者。生平從道守正。亦理之可信者歟。

戚子哉玉賢　子哉少苦貧。久困童子場。後成進士。不以新貴稍異。居京師。惟敝衣徒步而已。任蘭谿令。一介不取。愛民有真父母之稱。每繩上台以禮法。遂落職。崇禎先帝識其名。兩諭廷臣。戚玉賢廉官何不用。廷臣唯唯。後以張大司馬玉笥公薦。僅補東陽令。涖任七日。丁母憂歸。民號泣不忍捨。賻儀悉不受。田數畝。售之營葬。貧迫不能堪。惟書數簏。珍愛自樂。乙酉兵至。其家遂棄不復顧。隱陽城湖側。草廬三間。以蘆葦作窗牖。僅蔽風日。鄉人相與如兄弟。有延為蒙師者。兒僅六齡。必竭力以教。

韓日生洙　日生兄居齊門之陸墓。力貧養親。以館為業。中後不改其素。予與玉立相訪。戶為積薪所滿。遣村嫗撤取而後延入。玉立歎為古賢之風。其房師陳淡仙先生原注名素隱居村塾。不甘薙髮。被獲繫獄。當時坐地不跪。問其何以留髮。答云。我明臣。自無剃髮之理。又問擇主而事。此時正該做官。答云。惟其擇主。所以宏光帝時。尚不赴行取之命。況今日乎。又問何不做和尚。答云。本為無君無父。受此困苦。又何忍從無父無君之教。觀者咸為涕淚嗟乎。此其為韓子之師也。

王貞明歸　魏璫時。周忠介公被逮。貞明不勝其憤。首擊緹騎。禍幾不測。幸從讒謫。除名學籍。先帝登極。始復諸生。丁卯科試不錄。隨以技射見收。一舉輒雋。氣志之勇。同人罕儷。乃治圃城西。精於畫家六法。暇則揮毫自樂。又何其閒也。揮覺阿祖觀日王自明晚節不終此段應刪

徐昭法枋　勿齋太史。當先帝之變。已義不欲生。遜跡虎邱之長蕩。一泓秋水。朝夕徘徊。乙酉六月十二日。有剃髮之令。默無一言。是晚月明如晝。以酒徧犒諸從。躬倚船舷。對月獨坐。突躍水中。人不及救。長君昭法。為予同年。匿身松陵。全髮被獲。長立不跪。叩亦不答。主者無可如何。髡其髮而釋之。遂棄家入山。屢遭刧掠。家室無依。而志不易。知其君父之悲。刻刻在懷也。所貽諸札。莫非忠孝之氣。形於楮墨。

張倩公長城　中翰張倩公。其元配黃子母姨也。游於北雍。館皇戚周嘉定伯家。人謂致富易易矣。乃囊無寸積。幾不能自給。生平熱腸為人。不遺餘力。恩怨不問也。乙酉歲訪其姻戚金伯濤為衢州守。一聞變。即削髮披緇。閉關歸蘇。知其次子張憐為官矣。含恨不入城而卒。可謂生死不失其正矣。

傅仲素清　昔王少湖先生及門高第。首推傅霖川先生。仲素其倩也。至性天植。竭力盡孝。親沒後。所得一飲一食一物一錢。必跪而陳之靈几。事死如生。終身一日。以丹青行於實間。購者必重價。

黎美周遂球　粵中黎美周。吾鄉李灌溪閣中所得士也。每計偕道經

吳門，必留連數月。軼才天授，而淡泊為懷，如素自樂，對之使人神遠。鄔男祥子佁熊

男祥兄在北，正以閒事風浪大作，愁懷日煎，皆郡紳借以恐嚇修怨也。嗟乎，國脈安得不傷，世道安得不壞乎。全孝章俊明　孝章一姓朱，原名家，恂恂自處，而名教之事，必毅然身任。居恒取碩德懿行可為世則者，一一表章，名曰闡幽錄。變後，擧所得廩金授之學役，曰：吾以犒汝。隨謝儒冠，期不失為本朝遺民而已。漫子與賓日按：孝章於壬午之試，三場義學淵博，儒家曰：此何精博。一第未奎其卷，而出見已唾張忠士。全孝章先生墓表　嗟乎，如孝章者，其人可師，其志可表也。屆渭生漁

川倪三蘭宗師督學吾長，渭生第一，子第二，並得食餼。後師以復社黨降職，而保全諸士之力最鉅。吳中奉祠名宦，皆渭生贊襄，予僅少效奔走而已。著江南條議，上之閩部史公，公敬愛之，留為記室，戮力勤王，諸文檄皆出其手。史公既殉節，吾知渭生相從患難，義不獨生也。張緝仲賓應　張同門，挈二僮讀書焦山，一名小阮，一名大阮。未幾，役中諸書如故，不問姻期。上公車，挈一僧相隨，遇佳山水，輒嘯詠自得。至共論時事，則經濟不凡，非儔輩所敢望也。顧仲容俊　松陵顧仲容與予同肄長庠。午未連捷，任奉化令，聘吾友皇子汝升往歸，而述其實心愛民，方切喜慰，未幾變作矣。又未幾，傳聞遇變而歿矣。近知仲容於唐藩建立時，得君甚專，陞廣東御史，挈家而往，未嘗歿也。但未知唐藩遯位後，仲容存歿若何耳。漫子與日按：顧俊，亦作之俊。國朝順治二年，大兵下杭州，於閩六月，潞王、錢肅樂起兵守禦之，俊應之。明年六月，魯王航海入閩之，俊從亡，晉官御史，以剛直著。後入粵，從永明王，死于肇慶。見吳愚庵《社姓氏傳略》所引蘇州先輩小傳、錢肅樂集、同里先哲志。

卜子寗達　子寗以詩游四方，快吻爽喉，所至見稱，尤與吾宗賢公相國太濛壁卿友善。涿州馮相公延為館師數年，人盡唯諾，子寗獨好為直言，未嘗逢其喜怒。及歸而一貧如故，是則可欽也。張受先采　甲申春，受先先生過予曰：天下事壞矣，壞矣。天下何人不負國，真有痛心難言者。又曰：錢牧齋挾優人廣福看梅，廣福疑是光福。石夫偶衙署誤　與從喧閧山齋，震驚居停，供億有至傾家者，此是何說。遂指案稱恨久之。受先扶善鋤惡，每州守至，輒往告以嚴束衙役。衙役積恨，乙酉歲，挾受先出，寸毆而斃，竟日復蘇，因得適婁東。有降箕者，忽書云：今日賢紳被難，須著城隍救護。是日受先被毆，見有朱衣者以一綱覆其身，因得復蘇，亦異事也。漫子與日按：箕之所撰行狀云：留都失守，江南淪陷，里中愛惜錢起向之鬨目先生者，嘯聚數十人，踵先生門，紿謂主城守，先生出，即擁去，擁至鍾壑中，要害先生，瞑目不言。適關王廟僧某有勇力，衆閒突出，抱之去，而諸惡先生者亦持兵來，擊乃得脫。方先生被擊時，過州神廟，里中有小兒見州神趨出，以身覆先生，兒還病，告其父母如此。劉公旦　公旦游庠甫十三齡，有詠梅句曰：眾香國裡小諸侯。遂得奇童之譽。壬午始發，癸未登第，授南昌令，未赴，遇變，杜跡鄉閭，觸當事者之忌，羅織成罪，妻孥被陷，備極楚毒。當時昂立曰：吾

有三恨：一為父亡未葬，一為慈親在堂，一為家貧不能起義師殺汝輩。主者大怒，遂擒解京，長子西翰、次子鏞君亦被械。主者欲縱之歸，答曰：寗有父受桎梏而子逍遥者乎。亦慨然赴獄。是父是子，言之痛心。李如毅吳淞　如毅先生身成進士，長子淮溪早歲亦成進士，為名御史，次子仲木舉於鄉，予同年也。坦懷近人，不事矜飾。未年丁亂，能守己，亦能遠禍，所謂若遠若近，不可得而名者耶。李淮溪權　先帝遭變，淮溪林居，故不及從死。宏光時稍出，則京卿立致，卒不肯一往。乙酉夏，民有起義者，迫之事，卒未就。寄居蕭寺，謝絕人事，所稱篤信好學，守死善道，可以不媿矣。萬蒼公　蒼公兄博學多能，且負奇氣，築室焦山，兄弟共讀，不以貧累。會試北行，命一窄艇，僅如魚舟狀，尾諸舟後，人不知也。抵京，僦寓復集高廣，予訝之，乃曰：非此無以游行自得，開拓心胸。因為掉臂，澗步繞室，而仍相共抵掌，詩文絕佳，惟不作畫，曰：我幼喜作畫，師曾責我。未幾師卒，故終身不敢為也。其至性如此。宏光帝時，試授中書。遭變後，其大節必有可觀，惜以一水隔耳。萬年少壽祺　萬年少兄詩文字畫著筆便佳，其易經制舉義尤能精於譚理，不落谿逕。鄭洪山元宿　洪山師偕先子同游王仁孝之門，萬歷己未，予復執經受業。言坊行表，尺寸不逾，而引進後學，如春風披拂。齋中有聯云：心為論文合，眉因勸善開。蓋自言其實也。魯府佐失名　此府佐曾君為予免試，實所致元歎書也。予偷生苟活，儘足恥矣，肯跋涉長途，覬一第耶。楮元歎力具鏹送曾君，周旋獲免，庶為善全之道。觀以上諸跋，略得石夫生平交游梗槩，而諸君之行誼風節，即於此可徵一二。最後魯府佐一跋，礼雖非與石夫，而國變後石夫高尚之情，謹慎之識，俱可見焉。附錄之，亦所以論世知人也。

馬士英有才藝

馬士英名列明史奸臣傳，為宏光時誤國之渠魁，夫人而知之矣。然論其初，實亦文人之具幹濟才者。如明史紀其平總兵劉超之叛，不動聲色，直以談笑處之，使其末路能軌於正，何必非一代能臣。而乃甘心為阮大鋮所愚，立意與史道鄰作難，乘時竊柄，倒行逆施，為後世唾罵而不惜，此蓋熏心富貴，有才而誤用其才也。即其餘藝，亦尚可觀。余嘗於郡中收藏家見其山水便面，深得元人蒼逸之趣，字亦學蘇，頗無俗韻。又於覽阿閣士五百梅花草堂，借讀徐元歎詩集，浪齋新舊詩一冊，洛木浪齋新詩二冊，補遺一冊，詩前有士英序文，是天啟初年仕未顯時所作，論語頗有妙語，未可竟呵為門外漢。錄而存之，非謂不以人廢言，欲使世之閱其文者，知其聰明自誤耳。序曰：古人之善

為詩也。非盡以其才也。則才人之不善為詩也。亦非盡其才之罪也。何也。根不靜而神躁。不靜則浮。躁則粗。粗浮無當於人。而嘗於詩乎哉。夫才者。世俗之所炫。而至人之所不屑居者也。才大而無以養之。猶足為患。況乎其無所有也。故山水花鳥皆含妙理。冥心元對。猶恐失之。而迺鬭靡關帷之趣。酒淫色癖者。靦而錯過。而幽人衰衲從旁萃焉。反入精微。則詩之為用可思矣。若吾友徐元歎則今之靜人也。天性本靜。而學以充之。故其發而為詩。淵然穆然。和平溫厚。不惟離近人之迹。并化其才人之氣。然予去歲讀元歎詩。則就刪妙於采蝕。而讀近日詩。又妙於就刪。學益進。則道益深。根益靜。則神益恬。詩之機候日新。而不自知矣。嗟乎。靜而無才者。與詩絕者也。才而不靜者。與詩隔者也。吾言不信。請以元歎證之。天啟元年辛酉五月。端陽前三日。友弟馬士英撰。昔嚴嵩能詩。鈐山堂集中。清妙之作甚多。然無補於立身行事之謬。使今人惜此詩之出於嵩手。士英之善書能文。亦若是焉爾。權璫阿附如阮大鋮詠懷堂集詩亦時近陶韋奸人有此殊不可解

潘吳二家論楊嗣昌詩

潘稼堂遂初堂集有閱孤兒籲天錄一詩。此錄乃明末督師楊嗣昌之子。為其父辨

冤作也。按嗣昌小有才。思宗任之頗專。且久而勞師靡餉。辦賊迄無成功。徒以身殉。死後為獻賊剖棺戮屍。跡其末路。亦殊可憫。較之擁兵跋扈。偷活迎降之輩。固宜末減。然其生平大罪。在薦熊文燦與扼盧象昇二事。文燦縱賊貽殃。萬死莫贖。但嗣昌薦之誤。於聽其大言。亦如帝之誤信嗣昌。咎猶可諉。至於象昇不過為不肯詭隨莽情。因而試戰議和。不合。乃扼之不遺餘力。既掣肘使敗。又必欲誣以生降。則全乎小人媢嫉之念。不顧國是。不可謂非誤國之賊臣矣。孤兒籲天錄。余未經寓目。所辨大約不出此二事。無非飾巧卸罪之詞。在嗣昌之子。作此書。欲以一手障天下後世耳目。其愚已甚。顧尚不失為人子愛親之心。閱是錄者。哀其子之志。揞其父之名。置之不論不議可耳。豈可推波助瀾。復為題詠。至云是父有是子。忠孝聲不墜信史垂千秋。公論未宜廢。是何言乎。此種詩一時落筆。似乎別具手眼。傳之久遠。不免為著作之疵也。同時吳修齡撰撫膺詩一卷。皆詠明季事。有武陵相公四律。其祖復嗣昌。較稼堂更甚。詩甚不工。茲錄首章及第三章。以見一斑。云。青史瑕瑜欲並存。人心迷溺失公論。是非何至看成敗。毀譽無憑出怨恩。一遁白羊還署次。自注庚辰二月獻賊敗於瑪瑙山遁入白羊山七箭收諸處諸將世世者不可蹤二端自注文士筆端武士兵端黃石更梅村。自注石齋劉梅村所比于綏寇紀略極筆詆諆衣冠盜賊皆仇敵。空泣沉江六世魂。自注獻賊深恨武陵既破常德發尹六世之墓然撫何騰蛟奏之宏光曰獻賊仇嗣昌酷及六世則當日殺賊不為無功自古危亡出小人。於今賢者亦繽紛。辭文過己憐清泰。自注石敬瑭反呂琦料其必請兵契丹欲與和親以絕其援清泰可之為辭文遇所阻遂至自焚黃道周重縊我君。疏論剛常直足重。事關生死亦堪矜。想因天運能遷轉。文曲無妨作破軍。前詩言嗣昌殺賊甚力。故結賊仇。而以縱賊不追。委咎諸將。尚屬支飾有情。後詩見嗣昌慫主議和。可延明祚。而以阻和亡國坐罪石齋。直荒謬全無辭理。大抵順治康熙間。明史未修。公論未定。學士文人。於明末時事。是非褒貶。往往有逞其臆見。顛倒失實者。觀潘吳二詩。可以概見。然修齡無足論。其詩亦決不傳。稼堂則名列詞科。身與史局。不應更有此作。豈少年不經意之所為耶。

吳梅村木棉吟

許伯緘大書以梅村祭酒木棉吟見示。為梅村集中所未收。惟見金鉉鎮洋縣志。蓋逸稿也。觀序所言。隆萬中云云。是作於前朝末造。詩借村農口述。可考時事之廢興。民生之憂樂。因錄存之。序云。木棉出林邑高昌哀牢諸國。梁武帝時。徼外以為獻。見南史。又南州異物志。及裴氏廣州記。皆云南蠻不蠶。採木棉作布。染為斑布。漢書所

云荅布白疊。其時已流入交廣矣。元至正間。浙江烏茨不食。偶傳此種。崖州黃道婆教以捍彈紡織之法。死而為廟祀之。按廣州木棉大如樹。與今所見不類。明初王梧溪逢。以為交廣木棉。一名斑枝花。吳地所種乃草棉。非木棉。陶南村亦呼為吉貝。與梧溪語合。然世俗稱名已久。不復可改。余以為地氣雖殊。物性本一。工用又同。即謂之木棉可也。自上海練川延及吾州。岡身高仰。合於土宜。隆萬中。閭閻殷阜。州賴以饒。今累歲弗登。價錢如土。不足以供常賦。余作詩紀之。俾盛衰得所攷焉。詩云。木棉花發春中家。東海昔聞無此種。南州異物記有之。夫容花葉梧桐枝。崖州老姥曉移植。烏泥涇上黃婆祠。種花先傳治此法。左足先踠蹋車便。稀霄滑軸運更穿。鐵峽粘雲嚜重疊。椎弓紛急雪飄搖。白玉裝成絮萬條。雨指按來身不動。一輪明月轉蕭蕭。紡就飛花日成匹。錯紗不獨誇雲織。軟如煮繭色如銀。非絲非紵亦非枲。哀牢白疊貢南朝。黃潤筒中價益高。不信此邦貧卉服。江天吉貝滿平皋。四月農占早花好。麥地栽來憂莫保。持鋤赤汗歌歸休。長怕游青低沒草。東舍西鄰助作勞。魚羹草具催呼飽。蟹患蟲災絕跡無。社鬼驅除醵錢禱。西風淅瀝幾回吹。花台漸結花鈴老。豆溝零落濕衣裳。捃拾提筐逐兄嫂。冬日常暄冷信遲。今年穩足霜黃少。有叟傴僂負栽行。

編蒲縛索趁天晴。黃縣袄厚裝踰寸。白酒帘高貰錢井。道畔相逢吏嗔怒。賣花胡不完租賦。老翁仰首前致詞。足不能行口披訴。眼見當初萬歷間。陳花富戶積如山。福州青幾鳥言賈。腹下千金過百灘。看花人到花滿屋。船板平鋪裝載足。黃雞突嘴啄花蟲。狼籍當階白如玉。市橋燈火五更風。牙儈肩摩大道中。二八倡家唱歌宿。好花真屬富家翁。劉河塞後遭多故。民田踏作官軍路。縱加耘耔土膏非。雨雨風風把花妬。薄熟今年市價低。收時珍重棄如泥。天邊估客無人到。門裏妻孥相向啼。昔年花早官租緩。比來催急花偏晚。花還未種勉輸租。輸待收完花信遠。昔年河北栽花去。今也栽花遍齊豫。北花高擁渡江南。南人種植知何利。嗚呼。一歌夏白紵。再歌秋木棉。木棉未開婦女績。緝麻執枲當姑前。徐王廟南絣澼洗。賣得官機佐種田。田事忙過又夜作。十月當窗織梭布。盡室飢寒敢自衣。私逋償了官錢誤。姚沙渡口片帆微。花好風波急載歸。隔岸人家凝望斷。千山闃寂到來稀。詔書昨下開内帑。蘇息烏村井鴉浦。招來殘戶墾荒蕪。要識從今種花苦。殷勤里正聽此詞。催租須待花熟時。

鷗陂漁話卷四終

鷗陂漁話卷五

清　古吳葉廷琯調生著

惠學士唐宮詞

我吳惠氏世傳經學。而大令學士父子兼工詩。大令研溪詩集刻本。余舊有之。後以贈嘉定程序伯。學士詩集聞其後人亦藏有印本。而外間流傳頗少。僅從蕭張琳淞南識小錄見所撰唐宮詞。蕭書無刻本。亟采存之。其詞云。六宮深鎖黛蛾愁。無那君王愛遠遊。聞說翠華行萬里。范陽先進九花虬。朱輞香車豹尾中。金錢徧給小行從。北門學士常隨駕。敕賜天閑放雪驄。泛舟春苑上蓬萊。侍從誰非作賦才。閣外傳呼閻立本。無人知是畫師來。侍宴羣臣各賦詩。禁中行樂少人知。試看酒半橫波舞。何似當年積翠池。新蒲細柳曲江頭。一帶山光翠欲流。春日潛行何處好。采霞亭畔紫雲樓。六王第宅夾城邊。興慶池頭最可憐。一夜雨聲添數尺。杏花春水門鬭天。六時宮漏滴銅龍。金屋無人盡日封。天外何來花鳥使。一雙飛上玉芙蓉。桃花叱撥錦障泥。日暮垂鞭過柳堤。不用馬前排蠟炬。腰間自有夜明犀。昨日春歸柳圈中。徼涼殿角起薰風。蒲桃園裏朱櫻熟。中使擎來滿翠籠。七月齋時起八關。幡花寶蓋繫金環。不須更設盂蘭會。別有宮中萬佛山。白玉鞭垂碧玉絲。道中風雪馬行遲。清溪幾曲流香滿。正是溫泉浴罷時。蕭氏謂其風華掩映。諷刺殊深。讀之良覺王建花蕊去人不遠。惜祇十一首。似尚有軼篇。他日假得惠氏家藏全本。或可補之。

桃蔭吟稿

桃蔭吟稿一卷。鈔本。不著姓名。楳孫與許眉叟年譜同得。其中有侍父至落木庵瞻元嘆徐公遺像二律。注云。公吾父外祖也。乃知此稿為陶村太史所作。然前見元嘆先生像幅。卻無此詩。稿不及百篇。而清穩修潔。無愧作家。選存近體數章。亦吾郡百年前文獻也。新柳云。幾日東風裏。春光上柳條。一隄煙乍煖。萬樹雪初消。淺色條橫黛。柔枝試舞腰。還知御溝畔。綠到五河橋。侍父至落木庵瞻元嘆徐公遺像云。太息高風邈。荒庵落木存。乾坤經浩劫。江海此歸根。靖節留遺像。自注。公自題小照。有世人自憶淵明像。不用薰香侍子孫之句。香山只外孫。此來瞻蘋藻。掃室一招魂。泉出天池碧。雲連竹隝深。數椽猶舊額。自注。額係題梅庵筆。老樹尚重陰。俠骨皈禪寂。孤懷托苦吟。幽光原不朽。還待表山林。鄧尉探梅云。多負梅花約。幽情偶趁閒。扁舟一雨後。短策萬峰間。香雪真成海。羅浮似此山。今宵有清夢。明月印禪關。暨陽吳忠祠云。自注。閻應元。字麗亨。北通州人。江陰縣典史。乙酉殉節。遷廣東英德主簿。以母病

未行辨往典史陳明遇浙江人天兵十萬敵江流甘比殷頑誓抗周二尉同心堅壁壘八旬片壤頓
貔貅原知螂石難填海肯把降城易斷頭慷慨登陴明月下曼聲淒絕五更秋自注五
更時曲中秋守軍于城上歌之城催妖鳥散飛蓬自注城破前一日有白鴿數千飛泊城東即死事生魂云戟折槍沉巷戰雄田
島生降無一士睢陽死事有雙忠長江激浪聲餘怒古寺棲鴉血映紅自注祠在棲鶴寺即殉節
處聖代不教埋義烈千秋廟貌想英風吳山伍相國祠云祠堂古木鬱山椒蕭蕭臨
風盡日飄故國樓台虛夜月大江車馬震寒潮吹笳壯士仇終復伏劍孤忠主益驕
回首霸圖先後盡英雄遺恨也應銷

義洲公詩

先曾叔祖義洲公諱近吳邑諸生序名王近生平砥行績學富于詩文所著偎暉雪香西
陽柘餘諸集秋露山房文集金友理太湖備考書目門載之中年授經真州王氏王
故大家敬禮甚至前後館留三十餘年自祖及孫受業門下者三世公一子先卒晚
年無孫先大父以二世父為之後迎養歸東山故里壽逾八十卒身後著作年久多
散佚余徧為蒐羅僅得詩三帙叢殘不具首尾于諸集殆不過一鱗半爪耳吳定璋七十二
峯足徵集選公詩二十七首見于三帙中者不及半詩格沖和恬曠望而知為有道之言茲謹錄十餘首以志

追慕之私古體如雜詠云日出羣動作日入羣動息作息自有常期在不廢職勢所
不能為求之空費力利為眾所趨名亦眾所憶區區名與利拙者每先得乃知機巧
深一往多過抑造物忌陰謀達人務遠識西村書舍雜興云一生好恬淡棲息得清
曠讀書忍我欲孤懷每獨向俯仰天地寬何處生諸妄時雨空山來溪流見新漲過
王氏山莊云空山雨初歇農家得新霽攜笈過山莊谷口夕陽細老人荷鋤歸晤對
心相契功名非其願留畬見經濟拮据弗辭辛及時勤樹藝人圖終日謀彼豫百年
計一家父子孫恒業世相繼樽酒樂餘閒脫然絕所繫仰觀月在天客去柴荊閉秋
夜云攬衣步空階明月出庭樹餘光散簾帷桐葉流清露四壁秋蛩鳴唧唧情如訴
仰視銀河高雲波時迴互心境兩相忘得意託豪素踏青歌云真州城東江水曲繞
隄楊柳連江綠和風煖日近清明遊人爭約郊外行攜樽挈榼雜沓來相期不醉誓
不回歲歲春風此一度興酣莫惜斜陽暮笙歌隊裡欲消魂目斷萋萋芳草路君不
見踏青遊人醉未歸落花如雨滿地飛近體如鶯翠山房云老衲棲禪處懸崖屋數
椽泉飛窗外雨石漏洞中天山果秋初熟霜楓晚更妍忽驚清磬發沙鳥起寒烟晚
泊云小泊依江渚微風弄晚晴乾坤舒老眼詩酒寄離情水淺流沙白山低落照明

斷橋疏柳外一抹暮烟橫步莫釐峰下云為愛晴光好來偷片刻閒人同秋意遠鳥
帶暮雲還紅映一溪葉青遮半面山烟蘿幽絕處力倦罷追攀遊宏濟寺云偶欲探
奇便騰舟石梁斜度徑通幽斷崖橫樹行疑墮絕壁飛軒看若浮滿目寒烟荒寺夕
一帆暝色大江秋歸途杳寂人蹤杳清磬微聞響佛樓懷漢升漢文兩弟客楚云目
斷來鴻少遠音十年往事細思量淚河迴隔千重路骨肉虛留一點心離別獨於貧
賤易悲歡偏在弟兄深自注十年內喪一兄一妹洞庭春水添新漲好看雙飛返故林聞在川大
兄至六峰有寄云憐余方欲著歸鞭聞說君來一慨然離別十年渾似夢相思百里
不同天霜寒雁度靈巖月潮落人歸瓜步船此際遊蹤應未定秋風寂歷暮江邊秋
懷云最愛山居少送迎一編常抱足平生庭空不礙行雲跡門掩微聞落葉聲多病
自憐同沈約著書寧敢效虞卿未荒三徑堪娛老何用逃名更釣名江行云日落江
水遠歸雲何處宿渡口悄無人兩岸無楊綠渡江遇雨云海氣結冥濛浪花噴如霰
雲光接水光江山雨一片阻風舊江云無端風雨阻歸津一棹江干去住頻莫訴離
愁與別思鄰舟恐有故鄉人仙女廟云仙女廟前江水流江清水白夜停舟仙蹤一
去無消息明月蘆花空好秋

義洲公近體詩佳者甚多不能悉載而清詞秀句時貯胸懷因倣古人摘句圖摘錄
若干聯于左石榻留雲宿籐廊借竹牽園居燈簇橋邊市舟喧夜後津夜至南橋路從蒼
靄亂亭向碧流開龍池風亭雁影今宵薄砧聲昨夜城雨夜春水柳邊渡夕陽花外樓西溪
酒家青嶂裡客路白雲家馬頭山旅店開處山俱靜流來水亦香潮聲從枕落月影到
江懸宜陵夜泊苔痕三徑月竹影一簾風夏夜鳥聲雲路外人影翠微間平山堂江連三楚白
山積六朝青金陵斷岸瀾春水晴山露暮雲瓜洲泊雲中千樹曉天外數峰青登金山閣連宵
花雨春前劫一榻茶烟靜裡禪春夜感懷美景盡從愁裡過好書休向醉中看秋懷貧中歲
歲思親串客裡行藏感歲華別弟門兄溪流響繞雲根落山色青從座角生初晴綠楊芳
草遊人路細雨清尊旅客情春江上舟中巖飛細瀑晴常雨松護重陰夏亦秋法海寺山房入
雲鐘磬隨風落如畫亭台壓浪平登金山秋深客館燈搖夢雁落山潭月上樓懷家涼
侵綺席全非雨夢隔珠簾別有風宿山斷雲歸鳥愁中落遠水平沙望處迷晚泊一
室棲遲成小隱十年飄泊累浮名江山排短閣飛春色水拂空庭倒碧流香徑
祇餘秋後菊妝樓仍對寺前山巖飛驟雨雲翻石風挾奔潮水拂天登燕子磯遇雨極
浦帆檣天際落萬家烟火座中收雨花台

蔣珊漁殘稿

二十年前從郭愬仙紹周案頭見珊漁詩稿一帙才調格律俱佳而吳下談詩家罕有稱道其人者愬仙言珊漁姓蔣名曾煌郡中舊族乾隆戊戌進士作令蜀中曾奉檄入滇後又從軍苗疆遷柳州牧引疾歸少多才工詩晚年里居汲汲於求田問舍不復能唱渭城性寬慢不善教子身後家落遺書蕩然此帙乃其手抄楚蜀諸作愬仙得之書攤想其生平所作必皆可觀而僅留此於殘缺之餘良可慨也當時鈔存數十首茲復甄錄最佳者於此飛越嶺云何年鑿鴻濛插此摩天翅前峰矯龍盤後峰昧鵲企行行戒徒御絕足敢輕試巖奇山石間眩目狀殊異或如猛虎踞磨牙奮欲噬或如丈人僂頓趾危欲墜態風湯蕩薄白日走精魅冥升陞屢窮往蠶氣逾厲百步九折餘一落千丈勢擁爭赴壑蛇怒作奔泉駛平林慘少安暝色鬱重閉高歌行路難出險轉心悸抵府云伈伈府中趨案牘苦埋首紛如理亂絲積若掃塵垢百窗而一疏吏或伺其候日計固不勝月計亦何有吾意無任法法乃弊之藪風景峨圍防毫毛忽繩糾將毋便奸胥授以高下手危言白大府大府曰否否黃雀行云層前黃雀何啾啾欲下不下向客愁如言當日託身好枋榆搶決蹟蜩鳩十步一飲五步啄自謂與世長無求北山虞羅偶一中供奉朱門春復秋朱門深處巢珠樹彩翰翩翩不知數金衣公子雪衣娘占斷歡場恣嬌妬可憐薄命仍身輕不飽黃花飽風露十年失侶無消息一旦開籠放遠去遠去不復離奈此羽翼微酬恩竟何所顧影還自疑客為黃雀語爾來自農圃既無搏風之翮奮青冥又非季卯豪門雄金距不見睢陵雀彈丸受童僕爾雛一不幸宛轉登俎胡為戀巢幕哀鳴此延佇低頭拂羽若有思飛入深林遠莫知牛皮船行云（原序由榮里渡河番人製牛皮為船竹編蚰蜒運棹如飛歇則引之出水加蚰蜒奇巧殊出人意）陸行宜服牛水行宜乘舟世間顛倒那有此羊囊一擲輕中流慕建張我壘飲酪充我腹番兒生計左右蓬利涉何煩事刳木牛則有皮摩兒多非丹非漆制從樸外縫約以繩中虛挺以竹郭落戢容五石蠡水面輕凫浪花蹴我聞夏陽浮罌濟漢師權宜妙手偶一施是區區者將何為少所見多所怪間渡駢闐雜攜戴曾不於胸一帶芥就其深兮人不濡就其淺兮負且趨用之舍之惟所如地宜人巧聞邊隅君不見南人使舟如使馬水犀之軍出此下瀘定橋懷古云風雪千山路雲霄萬古名經營先北伐慷慨決南征故壘荒無跡寒江怒未平 堯封今日遠化外徧刀耕聞鄂制府奉 命來藏云破膽先聲在攻心上策收恩深仍反噬師直類同仇慰豈

容螳臂飛應貪虎頭早圖方略上一解 至尊憂謁武侯祠云宋臣祠宇對嵯峨有客悲秋策杖過雲掩殘星山欲暝風翻大樹水疑波天人事左三分定將相才兼十倍多泱盡英雄公一笑魏家銅雀晉銅駝臨邛懷古云絕倒千秋慕藺心寒烟衰草坐銷沉蟻頭侍詔才人筆犢鼻當壚曠士襟如此賢郎真絕世居然女子亦知音祇今曲澗流泉處髣髴空山一鼓琴子雲亭云回首談經處西風夕照寒堂堂耽髀死吾字識忠難寂莫終投閣名成恭大夫千秋青史筆史許解嘲無爐城雜詠云一揮羽扇掃蠻氛諸葛威名異代聞誰識靈旗風捲處歲時爭賽郭將軍（自注城有郭將軍祠為土人所敬畏云隨武侯南征遺蹟於此無從考證也）書范文正公集後云天津橋上感啼鵑河洛先機亦偶然我恨南人遍作相空教憂樂一身肩七夕口占云清淺銀河欲渡難一番風露一番寒如何但做凡禽翮閒殺蓬山鶴與鸞桂東道中口占云擬脫朝衫製芰荷衰官面目尚蹉跎山靈向客如騰笑又聽松間喝道過（自注時余已出文引疾）

石唯庵殘稿

余與序伯編輯亡友印印川鷗天閣遺著剞劂方竟其家出其先德庚實徵君鴻韓石唯庵詩殘稿一帙見示皆晚年僑居吳門時作首尾不完亦無卷次徵君素行詳惜抱軒文後集傳中詩雖不多誠有如傳所稱無意求工清潔自適同人議附刊印川集後蓋援黃山谷集後附刻其父伐檀集例又王楙野客叢書後附刻其父野老紀聞亦此例也（按宋高者信天巢遺稿後附江村遺稿則為父選叔適之詩皆士奇采輯又徐應時媚湖集後附編其父介及兄應求應符詩似皆引山谷為例）既而有人謂父附子後究屬不安雖宋人有例未可竟用于是附刊之議遂輟迨後余見戴石屏集編其父敏詩于已集之首此亦宋人前例較善于山谷等集正可施于印川父子者惜印川遺著印行已久無暇重編擬俟異日求得徵君全集再謀專刻矣先是余錄藏徵君詩三十餘首因思詩之可傳在精不在多乃復選其最佳者十餘首于此聊以慰徵君享帚之心且足見印川詩學所自稟承牧石老師書來索療病詩戲答之云大悲憫眾生常為有病切眾生病不除佛病亦不輟若言病是真佛與眾生別若言病是幻是病了不滅不真不幻間病相如何說其二云無病安有藥有藥即是病病藥一時遣是為除病竟奈何諸弟子問疾不任命紛然炫所聞悉墮維摩穽我拙不通禪亦未諳物性但有寒蟲吟貲公作笑柄弈亡女於先室墓次餘痛未已賦此云迢迢木瓜水引蔓一何長丸丸虹橋柏慘憺含風霜祖塋與伯隴相對西南岡是間三尺土爾母身所藏爾死歸無所幷歸爾母旁爾母如有

知携兩侍高堂歡然慼背肉雖死意差强獨憐父念爾永隔參與商生前玉不如死後埋北邙白楊戰風雨衰草坐牛羊音容一以隔日遠嗟日忘歸來躃壁卧鄰女方催妝笙簫沸中夜百兩相迎將感此發長喟一慟摧中腸臘鼓云行與殘年別還將新歲迎青鐙猶故物臘鼓已春聲老大遽如許癡獃賣未成譬如聞促織懶婦也心驚哭女云一卧逾三月逡巡遂不支生猶疑病淺死始悔醫遲妝閣歸何日重泉渺見期殘年知有幾淚盡孝娥碑為顧堂伯兄營葬華感賦云形家哀訟已多年入土纔舒後死肩從此只須防鹿觸自來能得幾牛眠山川無語平為福骨肉相依兼最全為善理原無不報如兄應得後人賢淮雲寺觀松雪翁諸名人水陸像云自注寺為顧善夫捨宅畫則衆宰官尊成以為其父母者寒江江上淮雲寺捨宅曾聞顧善夫一杵疎鐘清晝永四圍喬木綠陰敷斷碑已失前朝字畫壁猶存變相圖我亦覲恩天報者白雲天遠旅魂孤翁海林見過出示近著并悉金石之富云胸次恢恢萬卷蟠對公方愧著書難殘年何意聯今雨一晤居然證古歡龍簡惜無神為守館壇聞說字猶完聽鶯居外春波暖尚擬來遊盡借看卧樓為雨所塌中夜不寐有懷椒畦云牀頭決決瀉明泉蛙黽相招入漏天墮甑人難忘一顧枕流我亦失安眠料量升斗同炊玉摧挫光陰作禁烟自注時米價大貴多有廢于舉火者此段荒寒摹未盡欲描東絹到君邊庭前白蓮先開一枝次笑儂韻云紅妝翠蓋各爭新白石清泉自寫真何處吹來孤鶴影被他猜作弄珠人偶然解熱如困熱誰識同塵不染塵子當環生三世了與君心苦證前因秋蝶云回首花間舊侶稀臨風作態尚依依誰憐金粉殘妝在應悟紅塵昨夢非飄泊也如人易老差池難定燕同歸玉奴遊暮歡情減只傍東籬冷處飛重遊莫愁湖云淡烟疎柳幾漁舟白苧風清水閣秋最是鈎簾吟不盡怪他多替莫愁愁其二云贏得重來雪滿巾恒河如故歲華新勿論陳迹論身歷我亦雲堂過去人牧石老師遊天平山得句見示欣然繼住賦此索和云髯翁詩為看山作詩好牽連我入山彼此被他聲色轉一般輸與白雲閒寒夜周海民過宿出示夢槐吟稿戲贈云照壁昏黃一乏燈蕭然家具冷于僧問伊蹋偏淮安道此段荒寒夢未曾和枚翁未開梅云檢盡南枝與北枝今年花較去年遲冷交原不因人熱及取春風未到時

劉書樵晉遊詩選

劉書樵汲上海才士工詩文嘉慶戊辰舉副貢旋赴山西學使幕佐校歷十餘年方歸祖居浦西之華涇即宋元時之烏泥涇歸後移家滬城教授生徒咸豐癸丑秋避亂返故里

余時亦寓華涇見之齒已八十外神明不衰示我古文一卷頗有經術氣通年聞遠遊詢其遺著盡失于滬城之變古文亦為人攫去僅得晉遊詩一卷才華俊爽五古律尤勝亟錄存之上海自趙璞函陸耳山諸公後久無詩家劉翁詩雖不多尚堪接武也雜詩云天體本大圜乾健運于空惟圜則善轉其用乃不窮至人師其意圭角胥渾融執滯多偏倚何以臻時中周子圖太極著書號為通知幾其至神誠復見聖功愚者昧斯義取悅以為工不知夸毗子剛慾難强同次山惡圓說持論或未公所以行欲方一語可發矇佩服真人言庶以飭吾躬讀荀子云荀斷無完品雷同晦真精長公銳於文刺譏多不平李斯亂天下胡乃罪荀卿是真莫須有落筆從縱橫吳起事曾子所好在用兵求也聖人徒竟以聚斂名師傳一失真流弊無不生卓哉龍門史孟荀傳合并吾觀蘭陵書修辭立其誠徒以性惡言千載蒙謗聲所見亦甚題玩之不敢輕論古好失入能令讀者驚于理殊未安故縱難自明大醇而小疵三復斯公評遠遊曲云人生無別離不知聚首好聚首昌可常別離何草草豈無送君淚惟恐沾君衣努力事功名勿為兒女悲上有白髮親妾當羅酒漿下有黃口兒妾為製衣裳君行勿顧家君行勿戀妾善保千金軀長視同心結回頭語僮僕殷勤事主人主人萬里行非汝誰為親綿山行云介推高風不可攀介推遺迹留綿山焚山之事莫須有綿田旌善誠班班我來憶城住十月足跡未躡綿山巔衙齋盡日好看山常對烟雲互出沒烟雲出沒無終窮憑闌眺望開心胸有時把我一長嘯神魂飛越青芙蓉晉國名山不可數恒岳居尊太岳附析城王屋天下無中條大行莽迴互區區綿山亦昌貴尋常未見峰巒異特以之推故里傳千秋猶覺山光媚綿山南與介山連萬壑松濤別有天記得去年祠下拜清明日出萬家烟蒲州道中云天半奇峰合排空萬笏朝嶽雲開太華嵐翠積中條地劃河東闊山連冀北遙王官懷舊隱指點不堪招登鸛雀樓云一覽豁雙眸登臨萬象收雲山皆北向河水自東流樹色浮朝邑關門鎖華州題詩人不見我亦上層樓登代州城樓云落日滿城頭登臨又代州風烟連大漠春色上南樓舊憶干戈地平添關塞愁由來出名馬我亦訪驊騮題孫白谷先生遺稿云一掬愛時淚殘編斷墨間天心留闖賊人事失潼關遺恨當為厲悲歌尚起頑可憐埋骨地何處得青山度雁門關云楊柳江南色青青到雁門出關從此去攀折最銷魂李牧尚遺跡明妃何處村極天沙磧迥身世恭乾坤宿廣武堡云客裡清明過邊城不見花輪蹄消日月面目老風沙古戍留殘堞荒村有幾家闕

山林絕處伏梳聽唄船韓侯嶺云舉足分劉項興王大丈夫但留荒塚在溪並釣台孤落日淡秋草空山啼夜烏長陵一抔土能勝此間無秋水云冷入吳江路將歸思渺然烟波無限意一片白鷗前野渡斜陽外蘆花泊釣船潮平人不見極目遠浮天立秋到京晤同鄉夜話云單車六月渡滹沱旅宿愁聞子夜歌殘夢不知朝日上晚晴無奈好山何人緣久客風流盡詩入中年感慨多為問長安新舊雨行藏幾個不蹉跎生涯雖肘嘆樓遲惟有年年恨別離雙鬢近從三晉改一燈遥作九峰思蕭朧過雨雲尤好庭院將秋樹已知未到故鄉先握手明珠仙露夜深時

劉硐香父子遺詩

老友劉君硐香潄沖和誠篤古君子也生平以經義教授生徒而詩筆特工著有歸硯山房詩鈔格高氣静可娩前賢其家尚未刊傳茲記近體數章詠匣中故劍云不炫千金價甘為玉匣藏恩仇何所快利鈍久相忘秋水淨于拭苔花繡亦香豐城雷煥在星斗動寒芒秋雁云秋氣澄寥廓涼雲淡若無寒聲來別浦斜影入平蕪風雨仍聯伴關河已稅租年年書自遠轉覺客懷孤光福道中云連朝烟靄鷓鴣啼春早湖壖綠未齊十里波光隄內外四山風色晻東西晚來村墅魚蝦賤到處人家楊柳

鷗陂漁話 卷五 八

低行過虎山橋畔路好收蓬脚轉前溪牡丹云春在繁林紫翠中真花肯與眾花同美人標格天然舜才子文章國士風蜂蝶喧妍爭豔影樓台多少倚晴空化工自是憐孤寂酒興吟懷兩不窮論詩絶句云一代詩隨氣運開漫持聲律費疑猜虞臣豈解推敲力八伯居然雅頌才我輩才人無指論主持風月仗詩存千鍾百鍊都無用句到天然是宿根紛羅箋注涉鈔胥欲闢蠶叢路轉紆解識匡廬真面目卧游何處不仙都源流支派異傳聞一瓣心香孰與薰中有性靈渾可貴宋唐門户不須分硐翁詩主興趣而以不加雕飾為貴觀其論詩之旨可見益即如其植品也次子霞城廷標人品克肖其父亦工於詩古體頗有磊落英爽之氣乃中年善病先硐翁歿以諸生終未竟所學同人咸深惜之記所見二章如梅雨有感云移榻向窗下神意殊怫適梅雨畫陰陰十日少來客松蕓低芳蘼苔徑颭空碧蚯蚓嘶堂坳蜒蝣畫簾額昔衣糾塵垢拭几生膏液脾濕厭杯酒眠守拋書籍天地久蒙蒙人氣亦鬱積譬若羣小輩柔媚傷國脉困倚釀禍機斯民遭毒螫安得霹靂聲一掃陰霾迹今我披素風煩襟與俱釋新河道中買比目魚放之江流云饞鯨怒鬥江潮紅水怪悲詫翻腥風蠻魚駭避入河口衝波突浪羣亂走老饕撒網河之濱私喜一舉數百鱗中有片鮮僅一目細甲紫皮儷半身畜師治之貯瓦缶鹿刀滌砧將侑酒吾輩餘瓣子美心忍欲無辭校人手送入江心穩静處頷向安瀾逝波偶君不見去年金焦閘魚舉網娘覔子夫覓妻砲火一聲化灰土譬若湯鑊煎鯤鯢誰與快持青蛇劍鬼蜮殲盡魅羣祭二詩皆有為而言非泛泛即事之作也

吳禮堂宮怨詩

古人於交游出處之際賦詩言懷往往借兒女之情以寄其意指其原出於國風離騷最得古意婕妤張文昌作節婦吟以卻李師道之聘陳后山賦妾薄命以明不負曾南豐皆一種筆墨也余友吳禮堂明經嘉予少工詞賦詩筆清麗中年不遇好以宮怨寫情懷乙酉秋試前同社諸友結夏課招之不赴以詩謝云欲把開元舞門新徵歌直到補羅人入宮不是防謠詠記謝鉛華已廿春感恩也學畫眉長對鏡沈吟轉自傷龍樓香銷金縷裳綃痕難與為衰是秋病未赴試和友人見懷云長門深鎖又經年冷眼多蒙阿監憐不少承恩蟬鬢女錦袍新賜繡簾前嫺攜纖帚下階遲憔悴猶有鎖裡姿縱使宮紗終繫臂風光不似賦錢時四詩具有絕代銷魂之意而溫厚和平怨而不怒可以覘詩品矣

鷗陂漁話 卷五 九

李蘭青詩

人家青欲雨沙路白于烟江上李蘭青湘江上晚眺句也余嘗為序伯誦之序伯極嘆賞謂有畫意而畫不能到蘭青籍隸金谿別字香谷遠客燮府為鐵尚司會計恒往來楚蜀間余遇之漢皋見其所著霞麓草堂詩鈔清曠超逸步武唐賢五律尤勝曾錄數篇聞笛云皓月空江夕寒光淡欲流梅花一枝笛風路半蓬秋身世頻搔首關山入倚樓客中聽不得烟水使人愁漫興云蒼茫雲水外帆挾浪花飛落日在江樹微寒生客衣吾生徒浪跡孤棹未言歸憶得溪山好勞勞心事違喜晤閻秋舫別後卻寄云落葉蕭蕭下天清江上聞良儔慎擇木駿馬惜離羣我有一端綺欲因持贈君相思不相見千里悵清芬曉發云雞唱潮初落空江欲曙天斷霞金口樹斜月武昌船別夢縈千里歸期耐隔年東風大別路愁絕草芊芊遊洪山云一塔螺旋上軒窗面面開蒼然萬峰外秋色正西來花雨橫空過天風到檻回吾將買餘勇高處更排徊漢皋錄別云落日漢陽樹歸人未肯留蒼然暮江色併作別離愁余亦挂帆去瞿塘灩澦秋相看幾萬里客夢共悠悠此數作格調氣息遠希太白近學翁山留遺中有此才亦僅見也

莊清溪遺詩

三十年前亡友莊清溪東發以所作哀烈女哀詞見示偶檢篋中其稿尚存亟錄存之一以闡婉孌之烈志一以表故舊之殘篇也序云烈女泰州人早孤隨母居姊家以待字姊壻某玉鏡無媒楊稊欲得憐儂何怙致渠弗嘗母也不諒幾使鳳入雅羣天乎無章頡頏燕空樓上淒淒棄葬寂寂芳徽用作哀詞俟采風者詩云嗚呼烈女丁數奇兮不我待棄若遺兜生不辰兮將怨誰兜有母兮惟母相牆解一相牆兮安適姊有家兮咫尺姊之家兮非兜家聊永朝而永夕解二孤雛嘵嘵鴟來挾之翮無枝可依兮久居鴟巢毛羽不豐兮慨孤雛其安逃解三一寸喉一尺舌天風酸白日沒身如玉兮心如鐵不可說兮斷腸絕解四嗚呼哀烈女生從母死從父一片真心化黃土金以鍊而精蘭以香而煮地久與天長幽魂渺何許嗚呼哀烈女解五清溪爲江鰛庵丈沅弟子學有本原人亦修謹與余爲同游泮友相契最深戊子舉於鄉五十外始得江甯教官蒞任纔半月奉內諱歸越歲遽病卒一子亦夭逝遺著盡散所存僅此一詩可慨也已

朱酉生集外詩

朱酉生孝廉紱詩多激揚忠孝之作知止堂詩錄未收者尚不乏佳篇曾于程粟初文學集義處見其題漳浦黃忠端公禮問冊七古一章序云義興堵仲緘六歲喪母十餘歲喪父及祖既三十成進士自傷初時情文未洩乃伏墓涕泣制爲苴削居廬二百七十日或有疑追服非禮者公爲文辨之自署庚辰四月書于石養山廬之下蓋崇禎十三年也詩云奪情視事居朝堂彼哉將相生空桑斯時乃有堵進士名成轉抱斬衰傷追喪廬墓非古制求慊此心行此事黃公撫膺嘆卓絕盡闢羣言明禮意情至者創義至起物始禮弓據經例揚禕列鼎爲親榮世上遂無忠孝字桐花篇成表奇行士夫文章傳至性石養山中一冊書見古翁留生畏敬語長鄭重讀者誰情絕綱維壞梟獍是月天關氣更蒙闖逆拜杖銜君命酉陽戍歸旋棄官一朝弓劍悲橋山故人遠謁武昌郡各有怒髮衝南冠牛闌牧兒有大志擊賊縱橫出奇計早時不用萬言策國危更奮勤王誓喪尸馬革願竟償嘔血數升魂逝逝事後黃公死四年其屍同騎歸正氣嗚呼忠臣必求孝子門人生所重君親恩黃公微旨堵公喻凜然大誼招乾坤君不見廿年通籍半居墓淚生訟宛侯事陳又不見禱神乞子兆異夢冠帶儒衣無此人酉生詩刻于身後雖云是其手定本然主其事者不免竄入

羣季酬應之作至如此種詩之有關綱常名教顧反遺之豈得爲知詩者乎

江忠愍公旅舍題壁詩

定海藍少府居中有旅舍題壁詩錄數冊皆記歷年南北往來所見也中有七律一章云勞生無計了情緣踏徧鴻泥意黯然萬里關河魚腹紙五更風雪馬頭鞭浪遊燕市悲前事小別章台感隔年寂寂曉風殘月裏選詞誰唱柳屯田後書蒼江憔樵草丁未二月十八日識監君原注岷樵新甯人名忠源姓江又注書法極爲蒼秀拔江公以拔貢舉孝廉起家教職作宰浙西調起軍營帶勇勦寇南昌被圍時已官廉訪助守尤力旋擢安徽巡撫殉難廬州　賜謚忠愍跡公生平英風偉節遠於張許睢陽小技固不足言乃詩筆之工又如此賢者洵不可測也藍君所錄緣字韻七律凡數章首唱者書貫城縣谷暵集劉姓旅店次河津史韻忠愍殆因計偕過此和題歟公在江西守城時有感事一首云東望三城久未收又聞鼙鼓入中州孤城保障吾何敢大局艱難別可憂前席每思廉李將中興誰是岳韓儔時危多病胃天慮老卒甘霖兆有秋原注時方望雨此詩忠愛之忱溢于言表氣格自勝題壁作張睢陽圍城聞笛之詠盛退斗軍中七夕之篇置之千古堪以爲峙慕容揚家痺已到孤堡記中名臣遺著不可多得謹備錄記以資詠嘆焉

吳秋鶴潭友圖詩

余嘗得苦茶盦頭陀吳竹虛畫冊內有畫石一幅上篆潭友二字蓋石名也下題記云往爲秋鶴作洗石圖後二香有潭友圖此謂之第三圖可矣并錄秋鶴潭友圖詩聊志石之所自出詩云此石昔在城東之馬廄三絕誰憐透瘦皺明軒得之汙泥中輦而致者徐太守爾時未谷汲泉吾持帚一洗再洗出塵垢酬以新詩酹以酒句此潭西添一友竹虛酒酣潑墨爲我寫作洗石圖酒痕墨瀋相模糊行將萬里不忍別此意直誇人所無二香容任平遠寄書一尺上言長相思下乞題畫冊開冊突與石相向世間好事忽有兩石不能言亦有情幾人更住龍潭上馬摩年來衆衆苦行役未許名山一憩息二香二香爾我皆埋馬廄中那得翻身化爲石詩頗清老有遒宕之趣考阮文達公小滄浪筆談五龍潭在歷城西門外桂未谷進士築屋潭上爲潭西精舍秋鶴姓吳名友松秀水人工詩詞二香姓沈名默長洲人寓轄潭西小志一卷明軒姓陳未谷之友亦議建潭西精舍者徐太守則濟南知府常州徐惕庵大榕也讀此圖此詩可想見潭西一時勝情韻事矣

桃花夫人祠題壁詩

漢陽大別山下有桃花夫人祠志乘相傳所祀爲息夫人舊已頹廢嘉慶中徐芝田

司馬子容楚固族弟閩齋刺史鑑殁前任楚時嘗撰桃花夫人廟碑又嘗有名賢谷中丞嘗爲書後而王夢樓太守書之刻于揚州稱三絕碑乃於月湖既崇祠寺從闢構祠塑像將移碑置之因事未果祠爲漢南上女媧春之地相沿沸嘗然徐曾二公文皆主左傳之說理寔不足以祀雲伯先生嘗曾取韓詩外傳劉向列女傳所載息夫人事作桃花夫人詩以媲之所謂美人死不嫁東風至今花開成怨紅者也攷楚游後復爲一文參考世本史記辨堵敖成王非夫人所生則左氏不足憑而韓詩劉傳爲可據夫人於祀典庶無愧色思欲勒石祠中亦未果余客漢上時本雲翁詩文意題祠壁云東風憔悴此蛾眉家國傷心祇自知設誓寧償同穴願報恩何異墜樓時誰憐薄命花飄泊莫信成陰子滿枝千古青陵同怨血漢濱蝶惜託叢祠（漢咽之遺）（祁曰有湖風敦之作）爲程花白舫明經鎔和作云山映湖漫隔帳眉韓詩劉傳少人知竟成千古傷心事那有三年不語時春色桃花迷舊洞（自注志載桃花洞今亦無考）玉顏榴塔傍枯枝（自注白烟花當宋時塚距祠里許）孝明璫翠羽神如在殿榜應題列女祠未幾學使王侍御贈芳有毀祠之議說者謂余詩落句幾成讖語學使之意蓋亦據胥左之言謂夫人不應崇祀耳惜無人以韓劉諸說解之也（吳槎客拜經樓詩話云中壘父子皆明左氏纂此書獨不取其說當必有疑也楚王富曰因夫人不從而死前取夫人之姪娣之媵息者先之亦號曰息夫人是生堵敖及成王則未可知正如蜀之有兩花蕊夫人此雖想當然語亦足備一說也）

漢口後湖詩

漢口鎮之背有湖曰後湖一名瀟湘湖廣袤數十里東達黃陂孝感秋冬水涸可種菜春時彌望皆菜花亦稱黃花地土人沿緣設茶寮數十處以待游客夏月大雨既行江流盛漲灌入則汪洋成巨浸類吾吳之具區焉余漢上雜詠云烟波浩渺似瀟湘誰信春風菜陌黃欲與麻姑話塵劫一年一度小滄桑（自注則子木眘舫已往年道前小泊溯城有賓舶一歲一滄桑之句與此巧合非身歷者不知）即謂此湖也范白舫言嘉慶初教匪擾楚時孝感境胡家砦亦有伏莽將起漢口爲几俎間物人心皇皇是時久不雨而一夕江漲驟發後湖汗漫無際賊舟楫未具不得渡卒而獲全此江神之佑也不則微特無漢口且危及漢陽武昌矣

許若洲女史詩

偶檢故篋得許若洲女史綉餘遺稿頗有可存之作邊馬云絕塞風霜苦馳驅未有涯死生隨主將筋骨老邊沙凍合蹄埋雪瘡深背啄鴉也知郡君號飽食在天家阜雕云沙闊陣雲寒蒼雕絕塞摶雪深疑鬼立風勁信天寬影混旌旗暗聲增笳鼓酸將軍誇妙手一箭落秋蟬云殘暑消初盡鳴蟬尚未休風來疏柳岸人在夕陽樓樹樹方零露聲聲似訴愁君原非宋玉何事苦悲秋伏生授經圖云紅顏仁發謀燈前口授琅琅廿九篇博士竟逃坑後劫祖龍難熱腹中篇經留一脈憑嬌女天爲斯文假大年欲問從來巾幗事儒林傳有幾人傳訪菊云蕭蕭然自笑狂一叟若晨破曉霜掩關野寺環流水抱殘山家隔短牆差擬相逢指倦眼幾回獨步趁斜陽知君傲骨難輕許苦齋幽人日日忙燈花云銀釭紅綻一枝明綉閣凝眸喜又驚我本心中了無事偶然開落也關情西施云歌舞含嚬已不祥功成身亦伺吳亡蛾眉尚有藏弓嘆文種何須怨越王題背面美人圖云花叢背立態輕盈脈脈春愁畫裡生尚未回頭通一顧癡情已道是傾城諸作風格清蒼詞旨超雋不愧作手其他句如頃刻云亂平甘寂寞靜極見鋒鋩秋野云雞花寒弄色隴樹老生烟春烟云山色浮空遠溪光接岸平虞美人云貞魂如不泯莫向漢宮開白燕云盧家堂掩春無跡關盼樓空月似霜文姬歸漢圖云獨有明妃青塚在何人買骨貴黃金諸語亦不落凡近若洲名衡爲詩人香浦鑑愛女吾友蓮友其雅同母姊具工詩蓋本家風歸李氏未久卒時在嘉慶丙寅年僅二十有七香翁爲梓此稿五十年來許氏凌替無人詩板早已散佚玉骨長埋壓縞孰問余因訪覓蓮友遺稿不獲悲其女兄之詩亦將就湮沒故選存之

吳竹橋和文待詔詩

吳山吳竹橋禮部蔚光爲乾嘉間詩人所著素修堂集佳篇層多嘗讀其紀歲丁巳十二月得文待詔書丁巳除夕詩落句云孫曾次第前朝（原脫一字）非壽卿慚愧承平白髮人禮部次韻有狀元宰相忠臣子見此曾孫有幾人之句題中謂待詔以嘉靖三十八年卒壽九十丁巳爲嘉靖三十六年年八十八言孫曾次第則是時文肅已頭角嶄然云云此不免小誤按文肅卒崇禎九年丙子年六十三其在天啟二年壬戌舉大魁時年四十九是生萬曆二年甲戌在嘉靖丁巳之後十七年距待詔之歿已十五年安得云是時頭角嶄然乎且待詔別有他曾孫時已能稱賀則未可知禮部惜未一稽耳然詩中忠臣子三字不知何指若以文肅爲忠臣似未可加子字若以忠臣指文肅之父元發據府志引王忠堅所撰元發傳以貢選浦江知縣辨析疑獄多異政遷衛輝同知乞歸既卒鄉人私謚端靖亦不必遽稱忠臣也

和神詩

昔在芳草堂見惕甫丈所藏海內同人尺牘四十餘冊皆乾嘉間名臣名士手蹟葸恩縉閣錢如過眼雲烟惟憶董文恭公一札以一人所作詩倩惕翁代為點改又囑其無須多動筆但擇不着緊處簽注三五條即馳送園寓云云札後惕翁手記云和珅一日作七古一首凡數十句而實無一句押韻用典紕繆處亦甚多犒之直處以示富陽當為改定不敢改也乃以委予時予客其京邸故自 圓明園致札如此和珅之陋劣不自知其醜固可笑而富陽立朝委曲之苦心亦于此見之矣按錢梅溪泳履園叢話載和相有嘉樂堂集其子額駙豐昇殷德所刊余聞嘉慶末有人在燕市書攤見之曰此鈐山堂集也亟買一帙寄焦山書藏貯之不知惕翁所聞之詩亦在內否查查山光曰予家舊藏乾嘉間兩朝邸抄有嘉慶四年正月十八日前大學士和珅伏法事先是十一日拿問送刑部獄在獄中作詩六韻云夜色明如許嗟予困不伸百年原是夢卅載枉勞神室闇難挨曉牆高不見春星辰環冷月縲絏泣孤臣對景傷前事懷才誤此身餘生料無幾孤負九重仁賜盡後又于衣帶間得一絕云五十年前幻夢真今朝撒手撒紅塵他時睢口安瀾日記取香烟是後身事後刑部奏聞御批云小有才未聞君子之大道也此一詩不載嘉樂堂集中

吳昭禹乩詩

吳昭禹嘉定諸生老儒香嚴之子也館吳門王氏嘉慶己巳歲杪放艇歸道經崑山其友某氏宅留一宿去次年正月八日病卒于家是日其友家適設壇扶鸞吳忽降乩題詩云萍蹤自昔感離羣歲暮高齋手易分芳草天涯終是客梅花人日尚思君魂歸乍似尋巢燕夢覺真為出岫雲老病死生原悟徹不堪白首泣斜曛更憶同時數弟兄少年豪興各縱橫林端醉影扶花影蓬底吟聲答雨聲碧海青天遊子夢黃雞白酒故人情滄桑今古難回首一片臨風返玉京時友尚未聞吳訃也叩問乃自書姓氏並敘平生友始駭然然其詩極肖昭禹生時口吻白首斜曛之語蓋痛其老父在堂耳此事四十餘年前姊壻劉次山茂才銓所話次山亦與昭禹相識余謂乩詩多偽託此則思親懷友感舊傷離情詞獨極悽婉殆真出吳靈爽所為歟

倚虹園壁間無名氏詩

三十年前客揚州見倚虹園壁間有人題落花怨一首聲情悽艷動人不知其人自書所作抑書舊人作也當時錄稿猶存記之俟考詩云昨日看花花何繁今日看花花已落春風陣陣苦相吹吹盡繁花向林薄林薄深深黃鳥飛啼樓思婦淚沾衣卻恨夢中化蝴蝶明駝不見送君歸君不歸兮向何處滿園春色教誰主去年含淚別城隈今年淚盡鵑啼樹無那花飛春復春幽情脈脈與誰論落紅滿地東風惡暮雨

瀟瀟獨閉門

隨園續詩品

小倉山房集中續詩品三十二首序謂表聖祗標妙境未寫苦心故為續之其語誠多精到處不知表聖不落言詮獨取景象以示詩中有如是種種品格此其所以名詩品也隨園所續皆論用功作詩之法但可謂之詩法不當謂之詩品且所作亦殊足自成一子何必定襲表聖舊名耶若其辨微一首有云老手頹唐才人膽大則此老晚年之作全自蹈之而不知矣

二朱闌句

厲樊榭湖樓題壁詩朱闌今已朽何況倚闌人全脫于胎東坡朱闌能得幾時好不獨憑闌人易老之句然一則悵冶遊之零落意劇纏綿一則感身世之變遷聲多激楚語似相同而詩境迥乎各別

陳雲翁論宋詩

雲伯先生嘗言王禹玉雪消華月滿仙台一律雄麗高亮視岑杜諸公早朝唱和之作幾欲過之劉原父涼風響高樹清露墜明河二語雖使王孟為之應亦不過如是至若秦少游之雨砌墮危芳風軒納飛絮則李公擇所云謝家兄弟得意詩也然則論詩者可定謂宋不如唐強分畛域乎

雲翁題試卷見贈詩

余少應童子試時雲伯先生見余詩文激賞之謬荷垂青許忝甥館曾題一詩試卷後見贈云下筆春蠶未肯休風塵逸足騁驊騮淮陰自擅無雙譽溫嶠何妨第二流自注生文第一而試帖第二此日讀書更萬卷他年待汝定千秋莫教人說徵雲壻更向天衢出一頭迄今年已衰邁而學問功名兩無成就徒呼負負此詩頤道堂集中偶遺未刻故謹志之余甲寅秋摘句懷人詩中亦有一絕句追感先生云溫嶠何妨第二流贈言期許愧難酬一從拔宅仙翁去壻水人今亦白頭先生身後眷屬無人故以仙人唐公房拔宅留壻事相況每諷詠一過輒為黯然也

太史公

雲伯先生嘉慶中攝令常熟時有五言古詩一篇為刺一邑紳而作題為太史公贈某太史家無稿本先生老友許伯緘廷誥亦邑人錄藏一紙嘗以見示詩本戲作當因譏諷太甚故諱之今年代既遙人各久逝無庸避忌存之亦足為紳士嘉嘉不飭

者成其詩云朝見持刺來云是太史公問君何所為不語顏先紅東鄰不孝子持刀刺其翁刀落翁未死子惱悶圍中此事大冤苦乞我於愚懷暮見持刺來云是太史公問君何所事氣餒辭不工西鄰富家子銅山若鄧通野火焚遺棺可亡由牧童乞我勿深究造福無比崇我語太史公君本文章彥文章須愛惜胡為太沔賤我語太史公君本館閣英柯亭與劉井胡不思前型君顧慨然嘆此事豈得已侏儒五斗粟臣朔饑欲死徒死亦無益託病且歸里館俸以百論倉俸乃千計譜總我父母記書我兄弟但期得傳刺何必惜廉恥不見濟籍上煌煌有名字語罷自搔首洋洋顏色喜勸君此何可立品宜清貧似此不自愛何以對古人上為　朝廷惜下為文字䩄君意不謂然謂予不我知此數豈獨予所費不可支有妨曰羅仙豹兒雙娥胃昔為羅虬怨讒賦紅兒詞于今病未已續命賴五絲劇進參苓粒藉勸酒一卮謂子如不信視我集中詩門生載酒過往往攜花枝兒子侍杖履一笑落接䍦苟無纏頭金何以為人師況須蓄妻孥朝餔而夕糜況須奉祭祀歲莒而湘錡況須製衣服夏葛而冬皮況須宴朋友山殽而水觶何一不賴此而謂能已焉吾舌亦非劍頰能混妍媸吾筆亦非刀顛能倒是非餘技雖已細皆足阜吾家聽君言娓娓我懷滋黯伊昔共金蘭契苦口以相規而以規為嗔我技將安施冰炭不相入日暮各分手可憐太史公不如牛馬走詩雖戲作而格調摹古結語尤趣名家弄筆固自不同

逸句圖

余於近今先哲及平昔交遊遺詩之散佚者既就所記憶一二篇至數十篇錄存此帙矣又有一聯一句僅存而全篇已失或本未成篇者清詞妙語寔恨胸懷復為兹錄以背誦詠昔人謂代人收存零篇斷句比於掩骼埋胔雖覺言之過甚要之拾遺挽墜表隱闡幽聊慰我心即作者之心當亦無不慰也仿古人摘句圖例名之曰逸句圖五言如許陶村之啼鶯破新綠飛絮點晴光揚州旅懷將珊漁之河聲寒落日秋色老垂楊滄河旅次張船山之九州多事日一代有心人題亭林像顧耕石之經綸虛契忠愛續風騷題杜詩集張淵甫之雨生銅殿潤風補石壇寒登岑山帝方思鉅鹿臣竟賣盧龍辛丑紀事周劉雲之虎晴燈遠戍蟲響雨空城失題王井叔之行龜空砌雨拳鷺廢池烟失題焙茶深院午燒筍冷廚春題蘇孫月坡之一水分雞徑羣峰向竹扉竹園柴門春燕影谿水落花香村居入雲移蘚石瘦水長市橋低泊大陳小墅之風人何善剌野客亦知春題高程醫堂之煩隨雲出岫寒任雪堆門生張子

上之跡燈秋讀書涼雨夜談詩題夫孝廉雨之人行飛鳥上夜響亂泉中鄭山齋晚潮隨月上江市燒烟明晚眺吳山無名氏之風咽仙樓笛霜輕野殿鐘秋眺懷慈七言如蕭子山之奇麗山川招啟曬治遊風氣自君開懷古蘇顧耕石之欲添春色無餘地但寫天香已出羣月白牡邱邱川之怪鳥呼風吹鬼火亂鴉號月作兒啼新開河途中朱酉生之欲問昇平真相業木棉花白稻花香和某相國留花王井叔之休惜枕單眠難穩比似江湖聽已佳坐雨汪節安之少有文章儕伯仲老將科第讓兒孫寄滿封翁孫月波之貧不依人無媚骨詩能近鬼是奇才贈友人潘功甫之幾度病憐花指點一春好景雨消磨偶成顧子雨之客路雲山隨處好故園花木別時難送姚生遊中韋君紡之短棹誰尋丁卯宅長歌如話甲申年明季許氏別墅圖蔣芙卿之春仍無恙經年別月亦知愁特地圓元旦立春胡芸酉之思重憂將弓韣櫜愁多頻檢鈿釵看辛卯秋日雜感朱條生之茫茫誰與英雄起頭白江湖已幾年蘆花沈閬生之初嘗世味憐黃犢易老顏年感白華失題毛順甫之四條絃子三條燭紅粉青衫淚孰多感懷計偕黃芳谷之金屋未營難貯汝玉環已逝更無人悼亡姬程序伯之寒消詩味清于雪只許梅花伴一燈題畫梅汪月生之蘆荻昂梢承露氣蛩螢併力作秋聲舟夜南匯令德某之渚冷春回猶有露山空秋遠更無人詠蘭梓覺阿之一庵未槃名先播努鬚東坡楚頌亭漢濱漁翁畫誦以上諸聯覺漁洋所記之大江流斷夢孤艇接殘春南樓楚雨三更遠春水吳江一夜生未必能遠過之又有隻句流傳耐人尋味者李蘭青之垂老江湖尚著書題白鬍毛老毛粤華之塔影斜陽過一樓冬日登樓陳子岡之觸聲送夢入蘆花舟夜李雲補之一雙醉眼小滿王子詠唐程綺堂之月到圓時轉怕看感懷夏蘭白之身世無端又夕陽秋蟬金子年之露華如雪滿桐橋山塘晚歸江都縣吏某之一天涼草竹當門失題其餘不能記憶者尚多始如庭草無人隨意綠一一鶴鮮飛上天古人或被嫉妬或恐掠美鄭重單詞要非無故也

仲雍墓柱聯

仲雍墓在虞山之麓地與言子墓毗連墓門石柱鐫聯句云一時遜國難為弟千古名山尚富虞聞昔年兩賢後裔以爭墓旁隙地構訟累年官屢訊不決後常熟令某公題此聯于墓門言氏後人見之遂讓地而息訟焉蓋諷諭之所感深矣惜不詳令為何人又致道觀側瞿忠宣公祠堂內有楹帖云聖代即今多雨露宗臣遺像肅清高集句天然湊泊措詞尤為得體亦不知出何人手迺余昔遊海虞時所見

劉王二姓續婚楹帖

西清詩話劉原父再婚歐陽公以詩戲之有洞裡桃花莫相笑劉郎今是老劉郎之句王直方詩話句稱作花風已秋一絕趙德麟細君王氏作德麟鰥居因見此篇遂興為親人謂二十八字媒余甥劉耿夫續娶王氏嘗戲拈前二事製聯贈之云雅謔古賢傳仙客重來桃欲笑良緣芳姓合詩媒初逢稱方華郭慵仙紹高謂再婚用典不奇奇於兩姓恰好湊成此對也

古今事成巧對

事有相距千餘年而忽成巧對者此即天地間無獨有偶之理也亡友趙禮甫孝廉嘉亨愛博嗜奇而心思警敏猜謎射覆是所擅長又往往善舉僻典險韻以難同人嘗拈一聯索對云馬賓王駱賓王馬駱各賓王但區別彼名此字諸友皆閣筆蓋難在二人姓名適有馬駱各三字為之插穿聯絡也至道光癸卯余見貞省試差單雲南正考官為龔編修寶蓮貴州正考官為龍編修元僖偶憶前聯遂為屬對云龔主考龍主考龍龔共主考適會逢隔省同科龍馬賓主四字已是天生巧對更巧于共字與各字銖兩悉稱又係同時實事若出前後兩科或非雲貴隣省則未免牽湊有跡而共字亦無着矣此上下聯出處先後遥遥對待于千餘載間而二人之拈句成聯又相隔三十年而始就豈非因難見巧亦因巧而愈見為難者乎惜癸卯時禮甫逝已數秋無由相告以博撫掌一笑也嘉慶末京師有聯語云姚文田號秋農彭邦疇號春農兩箇農夫空想田疇之樂帥承瀛字仙舟阿凌漢字仙槎一行仙吏同登瀛漢之天道光中又有紀父子同科師生同姓一聯云父戊子子戊子父子戊子師司徒徒司徒師徒司徒此皆以時人作對亦極天成視莊季裕雞肋編所紀馮子山騎山子馬錢斷水溢水斷錢對句事由臆造幾致爭端者為勝矣

古人姓名作對

道光乙酉秋以試事客泰淮遇平望吳補愚光奎偶言其徒某生頗幼慧九齡讀左傳畢客偶以西門豹索對即舉南宮牛以應昔東方虯自言後世必以己姓名與豹作對誰知慧心人意中早有天然佳偶正不須虯耶瞬時夜卧不寐憶及竹垞靜志居詩話有古人姓名作對條似尚未盡枕上細思復得數十人舊事如塵久不省記矣適檢書簏故紙尚存念此誠瑣悉不足道顧金風亭長尚不惮筆存況又客中一時談噱所託夫忍遽棄乃附之是錄焉公孫丑毋弟辰鄭小同楊大異韓擒虎李攀龍陳萬年張千載李公麟唐伯虎此宋人名非六如謝方明徐圓朗直不疑何無忌張惡子鄭善夫殷開山俞通海金履祥沈恒吉周鐵虎茍金龍韋夏卿李春伯張九思胡三省宋金剛呂羅漢王十朋陸萬友沈既濟張中孚嚴白虎龐蒼鷹顏安樂曹吉祥李桐客郭納師郭嫩嫩王熠鷗劉黑闥寇白門郭芍药鄭櫻桃張紅紅薛素素其他若祭仲足鮑叔牙程不識駱無知田千秋史萬歲前人已舉及者尚不勝枚數也

櫻花館試帖詩題出處

漢陽宗人潤臣觀察名澧己亥夏過吳門談次及盩厔路閏生太史德在京師見一楹聯云鶯來占柳為歌院蝶去尋花作醉鄉喜其清麗偶為各賦試帖詩一首後刻櫻花館集其門下士為注釋偏尋二句出處不得詢之太史亦祇疑為近人所作是以此二題下無注潤臣偶為蒐討近日余檢兩宋名賢小集內有山陰葛天民無懷小集訓畫上人石湖春望詩云湯湯春風草木齊茫茫澤國水雲長鶯來占柳為歌院蝶去尋花作醉鄉閑與物情聊品第老于文字嬾尋行望中別有關情處幾度朝陽人夕陽惜潤臣赴杭需次未幾即歸道山無從語之矣

鷗陂漁話卷五終

鷗陂漁話卷六

清　古吳葉廷琯調生著

大癡富春山卷燼餘本

吳墨井畫跋自紀在廣陵臨黃大癡富春山卷燼餘本，謂大癡此卷有二本，一不知其誰，一被好事者寶愛不離手，迨將終，投之火，旁人亟取，已燒卷首尺餘，即所臨本也。昔見書畫壯觀錄記：子久富春山圖向在宜興吳孝廉問卿處，作富春軒以藏之。臨終燒諸珍玩，族人易以他卷，前卷燒毀，截去數尺，乃知墨井所云好事者為吳問卿。然猶未悉問卿顛末。及讀陳其年湖海樓集感舊絕句，中有吳孝廉問卿一首，注曰：孝廉名洪裕，余姑夫也。祖達可，父正志，皆為戚閒名公卿。孝廉甫成童，即登丁卯賢書，紹蟬聯，戰甲于吾邑。家蓄法書名畫，下及酒鎗茗椀，斑駁陸離，無非唐宋時物。城中別墅曰雲起樓，極亭台池沼之勝，面水架一小軒，藏元人黃子久富春圖于內，郎臣虎先生顏曰富春軒。郭外園林，名南嶽山房，繞園種梅花千餘樹，花時，孝廉輒攜榼至，巡繞花下，一樹浮一大白，醉即陶然花下卧。無子，死之日，捨南嶽山房為楓隱寺。于是始知問卿生平事跡。然觀其因無子捨園為寺，則燒諸珍玩及富春圖卷，亦必有此事，惜近于憤激所為。若以分贈同好之友，則既全名跡，無愧達觀矣。

石磵書隱圖辨偽

高竹窗江村消夏錄近來書畫賞鑒家奉若蓍蔡，然其中實有贋本不足憑者。就余所見，如徐幼文石磵書隱圖卷，據卷後姜漸、張儼、翼王彝、登題跋，石磵書隱者，宋季吳中隱君子俞玉吾讀書處，陳子平作記，趙子昂、鄭明德曾賦詩，幼文于洪武二十六年四月二日補圖，蓋為玉吾之孫有立作者。後有立本名楨，字貞木，以字行，改字有立。陳記已佚，圖後但列趙、鄭手書二詩，趙詩有引云：僕往過采蓮里石磵書隱，瞻拜俞先生遺像，曾賦五言詩一首。有立校書見示陳子平先生所作記文，謹再拜書于後。里生孟頫頓首。鄭詩：清秋風司好一往南園，盧穿紆廻深逕，躡曲歷幽虛，群木既羅戶，流泉亦通渠。緜芳蘅濯澌成佳蔬，著述懷昔人，所樂山林居。子孫繼先志，復築此邱墟，升堂拜遺像，入室讀其書。先生里中賢，安敢有稱譽。悵離從杖履，承訓理荒疏。采菊薦秋水，蕭敬歷階除。德澤諒不泯，蕃潤有其餘。里生之稱頗新。詩後不系年月，字作小楷，微帶行。鄭詩則七言八韻一章，題于元順帝至正二十四年甲辰四月十七日。明德即于是年卒，不知相距幾月。余考文敏此詩本集不載，已屬可疑，且文敏卒于英宗至治二年壬戌，有立之生，據府志采王汝玉所撰墓志，在文宗至順二年辛未，是文敏歿後九年而有立始生，豈能相見而為寫詩至鄭詩？圖載府志，當從本集采入，第明德生于世祖至元二十九年壬戌，玉吾之卒，府志但稱在元貞間。元貞乃成宗年號，建元止乙未、丙申兩年，是明德生才四五齡，而玉吾已卒，其詩落句云：歲月推遷，陳迹在，敢蒙長憶，酒同傾，亦于事情不合，殊不可解。抑更有可議者，幼文補圖在洪武二十六年四月，按明史徐賁傳附高啟傳後：擢河南左布政使，大軍征洮岷，道其境，坐犒勞不時，下獄瘐死，致之太祖本紀：征洮岷事惟見十二年，已未正月洮州十八族番叛，命沐英討之；二月，李文忠督理河岷臨鞏軍事；九月，沐英大破西番，擒其部長十一月班師，幼文下獄當在斯時，豈有延至二十六年作畫之理？惟張習編北郭集，謂幼文卒癸酉七月，癸酉為洪武二十六年，此畫款署年所本，錢塘山賓敵之，謂呂志學于庚申七月題幼文畫云：幼文已矣，而畫獨存，則幼文死獄當在庚申而非癸酉，此說與明史紀傳俱合，可糾圖中署年之謬，得此確證。而幼文此畫之偽，又何待言乎？是卷以趙詩、徐畫為重，而其偽，即因詩與畫而致見。大約即是張伯起、王伯穀輩游戲所為，未暇細核年代，然高氏不察而收之錄中，則疏甚矣。余于郡中汪翠峰、毛叔美二家各見一卷，幅式尺寸，畫境題跋如一，惟印章稍有異同，偽本之外更有偽本。今人匪夷所思，毛得之浙西收藏家，騎縫有竹窗二字印，相傳即是宮詹故物，授受源流，歷歷可溯。然則消夏錄所收他書畫，亦難必其盡真也。

祝京兆書兩京賦

昔在武昌人家見祝京兆行書都元敬兩京賦。兩京者，即明之北京、南京。賦既繁麗，不下數萬言，京兆書筆縱橫跌宕，尤擅晉唐諸家之勝，括其自識，凡書一年半而成，生平得意作也。本是兩卷，不知何時改作五巨冊，邊幅微有割損處。前後有項氏天籟閣藏印，末有馮具區跋，即從項氏借觀所題，字亦遒逸。此與余在揚州所見毛貞甫親交贈別卷，皆我鄉文獻之徵，而均流轉至他方。親交贈別者，前明我郡毛公珵轉南京給事中，出都時，親友二十八人送行之作，如楊廷和、費宏、謝遷、吳寬、石珤、李傑、趙寬諸名公均在列。前序李東陽撰書，並篆親交贈別四字為引首，後序出王鏊手。孟貞甫，姻家也。末有崇禎初姚希孟、康熙中韓菼二跋，皆數百字。此卷後歸嘉興人，以敘末矣。

呂紀桃花斗方

容漢上時見杭人陳某得呂紀絹本桃花一幀，幅式正方，約徑三尺許，絹色已黯，右偏下角書臣呂紀謹繪五小字紀為前明中葉畫院高手鱓池甚古其裝法以本身兩側餘絹半寸許摺裱於紙之背上題小楷一行云普樂院樓上東次間北牆三尺花卉斗方字甚娟秀蓋宮禁舊物也雲伯先生詠之有三百年前內人筆玉階紅雨話滄桑之句

陸叔平三峯春色

余家舊藏陸叔平紙本山水立幀上題一律云將從重閣支石還三峯圍合小窗前千花暖送和香氣大地晴翻錯錦田載道風旗春市酒滿溪簫鼓夜歸船韶光歲歲供華宴一度庚新一度妍款署隆慶己巳仲春十日包山居士陸治作三峯春色蓋寫支硎山春遊風景二三兩聯已盡傳之畫以淡青綠設色山石全作揩帶皴森峭無甜熟氣皆朱青立大昂之見而極為嘆賞每舉此畫以語其門弟子三峯不知所指約畧以支硎為主其旁則獅山何山寒山天平山皆可居其二也余按吳定璋七十二峯足徵集陸治小傳云西洞庭山人父汝新樂清教諭始遷吳門晚年以父遺域居為先祠屬弟沼供祀事而自居支硎山高卧不出且采其始遷支硎賦答客問風景一詩中四語與題畫者一字不異惟首聯云卜築旁臨古道邊諸峯圍合小窗前尾聯云還饒別有清涼亡。高蔭長林萬壑泉始知此詩乃舊作因題畫而點竄稿入自改本為勝己巳為隆慶三年至今已閱星霜二百八十餘余每過支硎徘徊瞻眺輒緬想其山居勝致惜遺址無從訪問僅于家中篝小閣珍弄此畫題為三峯春色樓云按題年錄叔平生宏治九年丙辰卒萬歷四年丙子年八十一己巳作畫時計年七十四矣

董思翁畫冊題記

程序伯携示思翁對題畫冊十幀作于崇禎壬申癸酉間再官京師時亦間有歸里後作者畫皆是其本相惟幀首癸酉子月自題云予學畫自丁丑四月朔日館于陸宗伯文定公家偶一為之昨年二十三今七十九人矣畫脈幾六十年每見古人之跡便欲自發云云此可見公少即能畫涉歷至老既成大家猶不自滿假如此幀末別記云壬申余與閣中王東里總憲朱陽賀中令納言潛山劉退齋翰撰結社每以勝日訪郊外諸名藍淨刹遂為主者稍遠塵俗語非朝市亦非空玄及明年時事頗異有邊塞閹人自雲中上章攻時宰為人驅除地者王大夫畋之致激聖怒有旨召對便殿切責王大夫褫其鞶帶雲山一會從此遂散又二年閣亦敗逐去後署其昌二字按明史七卿年表是時無王姓宮都御史褫職者惟李長庚傳稱六年正月

修撰陳于泰疏陳時弊宣府監視中官王坤力詆之侵及首輔周延儒時副都御史王志道劾坤語尤切帝面對詰責削籍志道漳浦人天啟時附魏璫擢官論者薄之及是以忤中官罷思翁所云王東里當即此人但訛憲副為總憲耳

邢子愿畫石

明臨邑邢太僕書名最著有來禽館帖傳世畫則惟無聲詩史稱其間寫文石亦蕭林片玉蓋甚名貴也近得其綾本磐石立幀石身高九寸廣贏其半磊砢峻嶒略綴鮮苔全倣黃鶴山樵解索皴筆極蒼渾上有長題云允修先生賦此研光織什八年許都未敢命不律今春辛亥人日晴煦偶從南契嘏明月吟覺有佳致遂潑墨為此圖徵書而應之畫僕可謂巧于藏拙矣子興學士極嗜僕拳石一瓣者僕今見之乎僕當依樣銀之董玄宰每對人犁丘畫品有叔明及虞山大癡風恨惝甚不作事若覯此幀中筆華或不笑齊廣騃也邢侗題字七行筆法神似南宮側有三印一濟南邢侗氏圖書印一山中人兮芳杜若飲石泉兮蔭松柏一云云亭亭間人皆朱文下有基誥私印東昌鄧氏齋之□藏圖書二印之下一字作穴頗其下不可辨辛亥為萬歷三十九年太僕是年六十一據明年錄據列朝詩小傳允修子興不詳何人一瓣亦未解其義犁丘則邢氏所居地名因以自號者耳濟寧生鍾瑞曰對人下疑有脫字

邢慈靜工書

邢太僕有妹曰慈靜嫺居嫺吟咏尤工于書余友龔廉仲廷煌自歷下歸貽余慈靜所臨蘭亭序石刻用筆秀逸蓋得乃兄指授也益巾幗能摹禊帖自宋憲聖吳后後此其僅見者又自書小詩一帙題曰芝蘭室非非草竹垞明詩綜所采閨閣篇什頗多獨遺慈靜殊不可解吳槎客窩詩話中亦嘗言之並錄其詩數章皆與石刻同茲不復記石本後署蒲圃主人馬邢慈靜據列朝詩小傳稱其善畫白描大士書法酷似其兄母萬愛之甚必欲字貴人後適武定大同知府馬拯年二十八矣小傳述虞德水語云子愿九鍈乃楊磐石女弟書法自成一家博學能文過于慈靜

陸嘉祐山水陳栝花鳥

管谷香蘭滋藏水墨山水立軸紙本長今尺三尺八寸餘款書崇禎丁丑春日長洲陸嘉祐時年七十有六下印二方一陸祚先嘉右印一寒谿皆白文筆墨蕭疎中有沈厚之致計其生平在嘉靖四十一年壬戌少時應猶及見陸叔平文休承諸公宜其落筆大方定推一時老手乃名不著于郡縣志藝術傳及無聲詩史等書余得設

色花鳥小幅亦紙本長三尺許寬九寸筆殊清勁款題天啟丁卯秋日寫玉峰陳梓隸字十一印二方一陳梓之印一字元貞皆白文偏檢諸書亦無其名二畫若不自書年代幾不識為何時人矣然則前代高手湮沒如二人者當復不少可勝慨哉

歸恒軒墨竹卷

恒軒此卷長七尺高八寸四分紙本一接前後竹兩叢枝幹圓勁梢葉疏朗筆筆中鋒自有蕭爽清遠之致款書戊戌夏日寫于洞庭山之翠微庵署名歸藏一白文方印亦此二字前後題者九家皆同時高尚之士引首顧苓書兼有真妙四隸字後題皆人評息齋之竹真而不妙東坡之竹妙而不真故云廿一字隅水綫外題者金俊明陳濟子與龍曰按陳濟見于吳扶九復社姓氏錄書吳縣字亭寬事跡未詳徐樹丕鄭敷教李模金上震鄭圓金侃皆單款錄古人詠竹詩殆恐題詩與跋語露芒角也紙尾恒軒自跋云人之學問與年俱進雖技亦然余于墨竹本游戲為之初無意求進然相去十餘年亦遂覺大異此卷殊不工但不至如近日畫工之俗耳辛亥春元公自題下二印一曰歸莊之印一曰元公按竹垞靜志居詩話云恒軒好奇其名字屢更崇禎中忽請于學使者改名祚明自後或稱歸妹或稱歸乎來字或稱元功或稱園公或稱懸弓恒軒其號亦號普明頭陀又號鏖鏊鉅山人沒後女壻金侃輯其遺著名字亦從其舊焉此卷前之名歸藏後之字元功似偶著不常用竹垞故未知也又見自錄己亥夏日寫晏東僧舍述懷十六首之半款書普頭陀莊此殆即竹垞所云普明頭陀歟

米紫來自書詩卷

鶴徵錄米漢雯字紫來號秀嵒宛平人明太僕卿萬鐘孫順治辛丑進士由知縣考選部曹康熙己未舉鴻博入翰林官至侍講詩畫皆工秀兼善篆刻書學南宮評者謂在太僕上嘗得其自書詩卷似皆作令江西時作清逸與字稱漁洋惜其詩為書畫所掩良不虛矣地迥炎蒸絕湖平夕照開人烟依岸曲山翠隔城來興劇論文會情深話舊盃晚涼邀散步更破竹間苔東湖宴集和見山工部韻嶺路經秋杪行行入望清攜幽抒客緒耽勝緩征程霜樹漸分色風泉遙自鳴何當凌絕巘瞻賞豁閒情九月廬山道中水抱孤村遠山通一徑斜不知深樹裡還住幾人家村首書題三徑當時已就荒十年遺宅更淒涼折腰每抱清風愧遠採秋英薦一觴。倦客經時積旅愁那堪行邁復深秋關心不為田園計欲賦歸來未自由欲訪東籬不可尋高低邱壠弁蕭森匡山峭壁東飛瀑長與先生共古今秋日經栗里有作詩後題書似孝艷年翁詞宗教正劉依楷廷曰水抱孤村遠一絕係正統間劉珏題畫作以此為入己作中未知何意豈因偶錄前人詩故偶未書題耶相傳紫來典試滇南事竣浪遊不返歸凡王惺庵相國遣人敦迫乃就道自言我為相公押解至京人咸笑之後主江南試又以榜多紈袴被黜蓋其天性放浪不羈故發于詞翰超然自異非尋常繩尺所可拘也

鄭板橋筆榜

字畫崇潤古人所有板橋筆榜小卷蓋自書書畫潤筆例也見之友人處其文云大幅六兩中幅四兩小幅二兩書條對聯一兩扇子斗方五錢凡送禮物食物總不如白銀為妙公之所送未必弟之所好也送現銀則中心喜樂書畫皆佳禮物既屬糾纏賒欠尤為賴帳年老神倦不能陪諸君子作無益語言也畫竹多于買竹錢紙高六尺價三千任渠話舊論交接只當秋風過耳邊乾隆己卯拙公和上屬書謝客板橋鄭燮此老風趣可掬視彼貪技假名士偶逢舊友輒為口不言錢而從故靳以要厚酬者其雅俗真偽何如乎紙尾有吳山尊學士跋云乙亥丙子間與淵如同校唐文于邗上皆有心還意遠情悳手閒之因適同遊西□庵見板橋此紙戲屬工人上石貽同人工書畫者為記

王惕甫夫婦合璧書卷

我吳明季以來書家用筆皆以輕秀俊逸見長至惕翁始以遒厚渾古矯之遂為三百年所未有雖退谷義門猶當讓出一頭何況餘子墨琴夫人書氣靜神閒娟秀在骨應推本朝閨閣第一此卷前段惕翁書雜帖詩十二首行楷相間款題癸丑四月浴佛節前一日會試榜發下第明日復入宮館食訖而散歸休家屬容亦不至輒書舊作數首奉寄稼圃先生正之惕甫王芑孫後段曹夫人小楷書蜀江春日文君濯錦賦一篇款題乾隆癸丑新正十日書于京師寓館之寫韻軒墨琴女史曹貞秀紙尾惕翁跋云愚夫婦性皆好書皆不自意以書見稱遂有古人學書費紙之患長安中求紙都不中書每一臨池動成苦惱近聞吾老友稼圃先生自以新意製紙漿硾得法與筆墨相宜宋諸公多講治此事若歐陽公黃山谷二蔡二米無不能書蓋必識書之利病而後識紙之精粗則以稼圃而治紙固宜與碌碌者異也偶寄此卷附言其後俾知愚夫婦方拮据破硯劣毫之下庶幾他日幹當人北來且不惜數番之惠耳癸丑五月二日芑孫附識稼圃俞姓名大猷吳邑老貢生余少時曾識之卷即得于其後人後攜漢上金椒金子春文學旺華見之嘆賞譜真珠簾一闋題於

微云彩鳳曾讀桃源記（自注：屠湘麐丈嘗有書桃花源記）小窗紗重見簪花仙子柔翰絳唇含唤衛夫人起鸜眼親碉蜓子絲卻手浣蜀江春水誰似似清曉芙渠露珠收未遥想靜褰拈毫恰瓊鉤響簌窗爐烟細分影到湘波（自注：惕丈書有湘波近稿）慣玉台肩比見說京華同弄筆為換取澄心堂紙應悔悔名掩蘭亭右軍夫壻近年覺阿閣士祖觀亦為題二詩云淵雅書名藝苑馳每于蕭散見丰姿客窗偶仿遺山體論字先成雜帖詩紅閨墨妙簪花格恰好黃庭影寫初知否神仙翻妬煞彩鸞夫壻不能書此卷潞之後來亦藝林一段佳話也（淵雅堂集有句云詩人老去鶯鶯在甲秀題箋日吉光自注云石庵相國有愛姬王氏能學公書筆跡幾亂真傷翁為嘗見姬為公題甲秀堂法帖簽子也此文清逸事之可傳者附記于此）

洋布作畫

古畫本多用絹宋以後始兼用紙明人又繼以綾皆取其易助神采余偶以洋布極細密者索頤朗如炳作墨山水朗如言其質較絹稍澀視宣紙則和潤頗能發筆墨之趣而氣韻又覺醇雅同人咸以為新奇可喜作詩詠之程序伯云山林宜布素盡洗華縟姿莫嫌纖材賤煙汗得所施頗闌波弋國香荃成幾絲金壺助餘瀋墨瀋含清滋從此剡溪藤賤作拭案几晚窗喜展對絡緯啼涼飆印印川云宋細唐麗辨入微幾勞織女弄梭機誰將卉服齊東絹詠畫林看列布衣記此足為藝林故實後來俞子駿岳亦曾為余以洋布作山水立幅謂與筆墨相宜語同朗如一時好手如貝六泉點沈竹賓焯率喜作布本畫蓋皆自余一幢開其先也

藏書畫沽禍

書畫之癖往往沽禍古今皆然亦匹夫懷璧之義耳才觀帖為唐太宗所取驚懼抑鬱而死王忬以張擇端清明上河圖偽本貽嚴世蕃致為所陷皆可作前鑒聞畢秋颿宮保有董北苑真跡圖卷要津某指名索贈即與之無所恡曰毋使後人唱一捧雪也然事亦有出意料之外者乾隆中洞庭東山席紹葆宦楚中郡守大府聞仇實父六觀堂圖立幀在席氏欲得之此圖仇為崑山周氏所作名品也太守以重值購之族人篋有康熙時方外目存所摹副本與仇真無毫髮異亦署仇名因並購以獻之大府非識者求一得二心已懷疑讒口遂謂皆非真本恚而擲還將中以危法多方媒蝎始聽移疾歸此求全之毀更匪夷所思總由書畫肇衅也劉蓉峰丈為席太守孫壻後兩圖皆歸于劉余曾得寓目而聽話其事

印印川風雨聯吟圖

亡友印九康作中年與群從一甥結社唱和著有風雨聯吟草嘗自為之序乞王椒畦丈繪圖以紀甌天逸韻至今猶在人口及余訂交君已索居鄗意興詩亦不常作間出是圖相賞追話曩懽而已辛丑春君歸道山所藏諸物半類銀杯羽化忽有人以是圖鬻于市得者嫌嬰欵謀去之余聞而亟以他畫與易幸得瓦全蓋是圖於君生平詩事有涉非他卷軸比而余為君輯甌天閣遺著剞劂甫就適獲此幀若有夙緣焉因編乞君姻戚交游題詩同識人琴之感其中莊君桐生即君之甥與于聯吟者故其詩尤深悲感也姜小枚皐云節嗇及衣食而不祿命長冷悄擅文字宜不名位昌良哉子印川墓已宿草荒百年本一晌五十嗟凋喪空庭淡日影百物如雲翔一幀示宰筆當日吟侶將幸未落屠沽良友為收藏寄我一展讀祗覺惻肺腸溪山正寥漠風雨滋蒼涼魂魄倘猶戀應知余草傷年前見遺集共悼人琴亡所憾著闌言散佚如妙香（自注：印川撰闌言余嘗為序今已佚）獻篋有殘壺梅社詩三章（自注：印川梅花詩三首親筆在余處）此留貽余孫俾知慕消陽見子木肖喬云章逢聲不揚瞑目永沈晦豪素跡僅留綿世能幾代惟恃承託人名山業同堪庶或五百年軼聞挂人喙印九古狷者逸情邁流輩從彼雞鳴聲呼朋互酬對吟社倏淪亡手澤半茫昧幸有平生親收羅到殘續恍此尺幅間音采展猶在從可賦大招樽酒重沃酹故物恐遂湮後死責難貸他日終付誰思之心孔痗程修之沂梅云秋颸醉戰空庭柯冷蛩凄切酬青莎推敲險句消絳蠟秋堂一夕攪詩魔當時墨瀋圖鴻爪香襲縹芸蠹未飽劫塵俄閱海與桑漚天墨影留簃江繩床臥雨奚悅魄去雁無聲度雲脊謝池夢斷詩境窄芳草無情瘦寒碧（自注：余有風雨對床及春草聯吟圖皆憶兄作也）張子上源漾云對酒悲遺筆長吟畫裡春（自注：先君子易簀前一日與印九丈同在鄗宅書莊詩畫後以遺畫求題自誰知勝晚對酒不成歡之句今見此天闕遺墨中）題詩逾數載旋失卷中人風雨夜如舊雨山主又新收藏獲良友片紙亦前因張硯孫蓮潔云但餘尺幅故人收高閣誰還問海漚無定雲烟天下事依然風雨畫中秋不才亦復希青眼老輩於今盡白頭樽酒石湖同感舊亂鴉殘照此扁舟（自注：時重晤葉六丈于石湖水閣出此命題）程序伯庭鷺云三十年前夢境悠幾多華屋換山邱蘭亭一序悲陳跡幸向江湖集裏收（自注：印川自製聯吟集序在癸酉仲春昨刻適者始復采編入）謝家群從各翩翩更有羊曇屬少年自是風流零落盡市南老屋沒寒烟桓廚幻化不踰時牘楮收藏偶見之不為丹青重王宰黃鑪儘繫故人思客窗風雨熙秋辰惜取聯吟現在身亟補新圖酬舊感他年讀畫更何人莊桐生爾保云可有平生未了緣幾題續讀已潸然驚心三十年前事徹夜思量不忍眠從游謝墅昔

時春愁伏王維與渦真白首甥舅今永訣當年同是卷中人身後荒涼百事非西門州下淚沾衣舊圖尚有重逢日不信泉台竟不歸唱韻分箋一集成可堪此樂是前生豪情逸興渾如昨談笑都令俗眼驚鷗天閣子不勝寒死別方知聚會難金石圖書零落盡摩抄此卷百回看聯吟夢斷又重溫陳跡惟餘淡墨痕悽絕破窗風雨夜一燈如豆為招魂妙畫通靈信有之兔罹猶幸故人知騷壇也悉華嚴劫愧我空題感舊詩遺編曾共程俱輯自注謂序伯一囊還從吳市收敬謝水心風誼古即論兩事足千秋圖中題者其餘尚有數家不及備錄余于初得圖時曾系以二絕句及徵題畢後又綴二絕句云三年心事此時消遺畫徵詩當大招定有吟魂來入夢夜窗風雨正瀟瀟也知過眼等雲烟無那寒鐘別緒牽留與詞人更懷古百年殘墨護鷗天

復古殿英石供

陳氏頤道堂舊藏英德石硯山背鐫復古殿印賞鑒家據南宋宮殿攷謂復古為理宗殿名宮中儲藏翰墨之地然老學庵筆記云紹興間復古殿供御墨即高宗時已有此殿蓋復古殿本射殿高宗建理宗重修見宋史則此殿未可專屬之理宗此石亦未必定是穆陵供御之物又武林舊事元夕燈火于復古殿張挂禁中避暑多御復古殿亦非專藏翰墨也

伯鸞印

吳江王硯農之佐得伯鸞二字銀印定為漢梁高士物拓示徵詩攷後漢書鴻作五噫之歌肅宗聞而非之乃改姓運期名燿字侯光避去此時此印應早棄之矣列女傳又稱其字為伯湝其改名則作運期而字侯光與范書異余觀鴻語妻曰吾欲得衣裘褐之人與共遁世避時則作侯光為合蓋光即指妻名言侯孟光而偕隱耳范書侯字或由形誤也詩云滅灶曾聞童子鴻一時姓氏重扶風頌辭廿四題箋就定押芝泥兩字紅廡下無多長物隨伯湝可有印同纍五噫歌後逃名亟安用留傳篆字為偕隱真宜字侯光東遊惜未篆成章烏嘤縱有懷人詠緘札難鈐寄故鄉冢傍要離殉葬來土花猶帶漢時苔雲台諸將勛名盛肘後黃金總劫灰此種題不得不為無中生有之計搜求事寔以傅成詩工拙且勿論可也

僧道衍硯

朱酉生未刻稿中有僧道衍硯長歌一篇序云端石廣四寸縱稱之背鐫老僧看經手木魚象沙彌侍旁拂茗盌列几上旁銘廿四言木魚經卷本是色相老僧端坐以聲應響龍神感動諦聽合掌下有連珠篆印則道衍也詩長不具錄惜未詳此硯何人所藏倘遇劉草窗亦難免銅雀瓦之一擊矣

徐貫時印

貫時先生有印鐫三十六帝之外臣七字蓋於尺牘押角用之攷李太白送權十一序有云素受寶訣為三十六帝之外臣詩中春日行亦有三十六帝欲相迎之句蕭士贇注曰三十六帝三十六天之帝君也出道書此可見先生平日放情物外自命謫仙與居易堂枯槁山林者迥別矣

活死人

王椒畦丈昔客都門時聞其居停主人山右王給諫言汾水縣有富室子某得勞瘵疾延醫日甚醫者咸決其不起某忽從書肆購得醫書數十種置之一室謂家人曰我自分必死今與汝輩訣飲食給我衣服給我家事一切都不必問我我將作活死人矣遂入室扃其戶戶旁開一竇凡衣食所需悉令家人置之於此俟其自取終日默坐其中倦則臥醒則閱書朝而饔夕而飧冬而裘夏而葛聲在耳若無聞形在目若無見始聞其欬嗽也久之則漸稀矣始見其枯瘠也久之則漸澤矣會村中以報賽盛作劇戲舉家往觀有偷兒乘間入他舍從其戶外過傾筐而去家人歸問之不應詢頃之亦不應如是者三年一日忽啟戶出曰我今始得活矣遂入內理家事如故自是醫理大通遂以明醫聞於遠近而活死人之名亦並傳焉椒翁述此事謂余曰此人可謂能堅忍其性矣人能如此雖聖賢仙佛無不可為豈特可以已病哉究其根極不過拌得一死耳奈何人之將死而猶戀戀于一刻之生也然不意富室子竟能見及此也

鄧惲二姓事

乾隆末我郡鄧小山孝廉名雲偉鄉闈有才名素著可望鼎甲時相某為　殿試閱卷大臣以俗說鄧都城事惡其姓抑之遂以歸班人為呼冤常州惲敬為南田族孫以孝廉就大挑監挑大臣某公以惲音呼其姓惲復朗聲以温音自呼其姓曰惲數某公內愧其誤而慍惲之不為遜也竟不入選越數年復赴大挑主其事者為戚即見惲姓即肅然曰是南田先生後人耶亟予一等夫以一人之姓關係名途得失固已奇矣如惲君又失于前而得于後迥判如此此豈漫然相值乎蓋命冥司之矣

海外二奇人

粵東嘉應有謝清高者從賈人泛海遇風覆舟拯于番舶遂隨販焉每歲徧歷海中諸國謝本性敏所至輒習其言語記其島嶼阨塞風俗物產凡閱十四年而返粵後啇于目不能復治生産流寓澳門為通譯以自給嘉慶庚辰其鄉人楊秋衡炳南遊於澳門遇之與談西南洋事甚悉因條記其所述為一書序而行之名曰海錄錄中最奇者有二人楠可資談助一云崑甸國東北地名沙喇蠻乾隆中有粵人羅方伯者貿易于此其人豪俠善技擊頗得衆心嘗率衆闢平土番以安商賈適有鱷魚為害國王不能制方伯為壇海濱陳列犧牲取韓昌黎文讀而焚之鱷魚遂遁去一云戴燕國在崑甸東南乾隆末國王暴亂粵人吳元盛因民之不悅刺而殺之國人奉以為主華夷皆取決焉元盛死子幼妻襲其位至今尚存觀于羅事知文公浩然之氣可辟異類雖歷千載而如生然非羅精誠勇敢篤信此文而決行之則亦無以感應如一轍也若元盛者直又一虬髯客矣世固不乏奇士哉

輪船本中國之制

自西洋火輪船入中國咸駭以為從古所無上下震懼過來則利其水行迅疾人情又甚便之豈知輪船之制本出中國唐宋以來載籍屢見惟不用火後世不講求其法遂廢外國反得而竊用之嘗見華亭姜小枚禾刻稿中有賦輪船一篇頗能言其原委世有留心經濟者求其制而修復之豈非軍民同利之一器乎姜詩云唐代曹成王臯巧運心畫戰艦挾二輪蹈之翔風疾聿宋楊太尉踏車船有式三周浮玉山勢甚挂帆席下至鄱陽盜楊么制亦得中華古戰具竊以造番舶舉火動其機關亦用牛力何至三年來人駭為奇特嗚呼戲南塘造法製祕籍

暹羅浚船

鄞人謝寄梅占壬常附洋舶往來海上熟悉南北諸洋形勢扼要又嘗得暹羅浚船之式可以去河底之泥沙其法製巨艑艑中安輪輪上有齒橫軸于兩船以數人踏之若水車然使輪齒著河底以起淤泥船尾沈巨竹畚以受之滿則轆轤起畚別以船受泥而棄之行之不已則泥日去而河日深其製雖創而用其使云英吉利國人為暹羅製謝君思為圖說獻之當事以浚黃河之淤沙既而不果他日或有行之者余謂不獨黃河可用即支河小港中亦宜仿製行之也

夏二子

潘澇懷志凝心白日齋詩鈔有句云剔翮不得休每苦夏二子蓋憎蠅蚊之擾也或問夏二子出處余適閱建炎以來繫年要錄按所紀降授左承事郎福建安撫司主管機宜文字吳元美嘗作夏二子傳其略云天以商代夏是以伊尹相湯而伐桀中其割剝之罪當是時清商飈起義氣播揚動風四掃宇宙清廓夏告終于鳴條二子之族無小大少長皆望風殲滅殆無遺類天下之民始得安食酣寢而鼓舞于清世矣夏二子謂蠅蚊也後為鄉人進士鄭煒訐之行在元美坐與李光交結言事補外心懷怨望遂造二子傳指斥國家譏毀大臣以快私忿法當死上特宥之除名容州編管卒于貶所事在紹興二十年潘懷詩似用此不知是元美創此名抑史有所本否弄筆刺時狂奴故態竟以此冒禍殞生傷哉然其傳語甚妙

雪鰻

埤雅有蛟鮓之名嘗疑其誕然世竟有烹蛟事昔聞王椒畦文言其令嗣立齋茂才士標客仙居縣幕時見山中民有以雪鰻來獻者重數十斤形似鱘鰻而色青詢之云此物常蟄于深山大澤土石盤結處必大雪後視其地獨無積雪者掘之始得故有是名然歲或間遇以是甚鄭重視之得則必獻官邀賞後其居停烹以饗友味頗肥美余謂浙東素多蛟患此物即蟄蛟耳桂林陳文恭公伐蛟說本有雪後掘取之法蓋蛟所蟄處其地霜雪不積獻官有賞則獎其除害之功也

松蝗

洞庭東山鄉老言乾隆某年山中松樹忽生蟲食齧盡松輒枯萎人呼為松蝗適張真人過吳門山中人相約陳訴真人許為發符驅之閱數日大風陡作忽有梟千百為羣飛集林間專啄松蝗食之未幾蝗盡梟亦散後閱王惕甫文淵雅堂文集有族人世鈞墓志銘述此事云花孍有墓木有喬蛇為鬼庇霜不凋歲陽在辛日元枵有蟊蝕之螟賊簡白楊蕭蕭翳空條公挾道士丹符燒山魈遁竄蟲孽銷山人咸頌公功高吾削不書寔行狀始知訴此事者謀出王世鈞不能謂符籙禁制之術為必無也飛順鄉截句松蝗可與佳客作對

麥啄

楚北漢黃一帶春月麥將熟時有鳥羣飛隴上形狀毛色似鴿鵓而稍大喙長半尺細若竹枝夜宿則插入麥根土中故捕捉甚易土人取以作饌頗美為其性喜食麥呼曰麥啄余疑古史所書鳩食麥者或即此鳥之類麥啄之名殊古雅可匹爾雅之剖葦竊脂也

殺蟻之報

佛經言殺業至重信哉近時許小歐元仲三異筆談記蟋蟀訟寃事此所害止一命其報已如此以余所聞吏有甚焉者吾郡尚書巷顧姓前明宦裔也有梧桐廳七房傭一嫗服役多年頗勤愼惟性最惡蟻見必殺之或以足踐或以器擣或以火灼及沸湯灌之前後所殺無算主人屢戒不悛一日下階傾跌仆地即死會其子在近處縫工招之立至視其母眼耳口鼻羣蟻攢集無少隙遍體亦皆有蟻嘬之不知倉猝何自來無計去之遂并蟻殮焉此嫗殘忍已極蟻之欲得而甘心殆匪朝伊夕。一旦羣聚而食其肉若有驅之使來以彰惡業者吁異矣

鷗陂漁話卷六終

鷗陂漁話　卷六　十三

甕牖餘談

王韜著

上海文明書局印行

序一

風游燕京獲交楚南奇士曰姚默深嗣客嶺南又獲識吳中奇士曰王紫詮二君能文章其才奇默深文似龍門西京紫詮文似東坡同甫二君均通外國掌故默深有海國圖志紫詮有普法戰紀實爲聞所未聞紫詮向以弢園文錄乞爲之序茲復出甕牖餘談見示讀其書凡忠黨之殉節貞女之死難及各國之風俗各賊之源委靡末無不詳載紫詮之才視默深抑何多讓余是以因紫詮之請爰書之以告世讀紫詮之書者

同治十二年歲次癸酉閩中五虎山人林昌彝序於羊城天根月窟之齋

序二

嗚呼禍亂之生也雖曰天數豈非人事哉我朝龍興逸勝武功之盛亘古莫與京迨後生齒日繁未免有不逞之徒妄思生事然皆不旋踵而平道光二十一年禁烟議起一二疆臣措施偶不當遂定五口通商之局輪艦銜尾而入內地洋商接踵而抵嚴疆山川之扼塞不可恃甲兵之堅利不足禦師武臣力舉無所施其技說者謂海宇自此多事矣猶幸主持和議者善為羈縻託柔遠之名為治安之計洋夷爾游僑游爾休者閱十數年而不知窺其後者乘機竊發肆無忌憚蔓延十數省荼毒十餘載竊號僭帝制自明季李自成張獻忠之後從未有小醜跳梁如此橫行天下者也嗚呼此豈無識之妄為哉夫亦謂我朝海禁既開不得已而從遠人之請是殆積弱既久官不知兵遂敢為潢池之弄耳不然聖朝深仁厚澤歷二百餘年無奸宄之橫征無酷吏之濫刑斷不至激而生變也有心世道者當日時艱思為議論然或才力不逮或聞見未真徒抱忠蓋之忱日漸湮沒可勝慨哉吳郡王紫詮先生博極羣書弱冠即有澄清天下之志顧無所藉手居恆鬱鬱不自得中更離亂益復無聊思欲立功海外命駕造歐羅巴之英吉利暇則默識其與國風俗與夫西人之奇器閒勝諸物故凡鐵甲船火輪船火輪車槍礮飛天球之製以及算學化學重學無不融會於心時普魯士方與法蘭西搆兵先生爰有普法戰紀之作其兵械之利鈍器械之優拙疆域之險要瞭然如指諸掌談西國形勢者無不奉為圭臬也比還中原僻居香海時與願違然蓬門主賓之中以筆墨為生涯以詩書為有餘而偶發一論偶吐一辭猶復繫情君國蓋其有杜子美寄跡成都之意焉所著有弢園文錄遯窟讕言瀛壖雜志春秋朔閏考衍化館詩鈔諸書甕牖餘談者先生經世之書也紀亞西亞洲歐羅巴洲阿非利加洲亞墨利加洲諸事蹟幾於纖悉畢具若粵匪中諸賊首之始末及賊之猖張狼顧諸情形並載於册而於忠臣義士節婦烈女尤惓惓於懷不忍須臾忘嗚呼僕與先生未謀半面而讀先生書竊有以窺先生之用意為至深遠也夫紀外疆風土者瀛環志略海國圖志諸書尚已記逆蹟者則有粵匪聞見錄江南春夢菴筆記諸作若夫合二事以成一書者其惟先生乎先生蓋實見夫聖代懷保小民不忍蒼生久罹兵革所以兼容並包曲許外邦通商即偶有齟齬概不與較萬不料宵人窺伺即從其後肆天下之心亦予何幸半遭摧爾今幸中原底定蕩滌除出水火而登衽席之安猶不築建閫用垂鑑十百年後方沐浴聖天下之膏澤不復知有前此之蕩析離居矣此書其可幾乎顧比來滇人殺傑火輪車路之英員馬加利英國震怒遣使孔亟然而長駕遠馭之謀書中已約略言之矣苟當軸者採而行之其即為綏遠之良策乎時

光緒紀元歲次乙亥中秋前二日綠馨仙史序於海上鑄鐵龕

甕牖餘談目録

卷一

張小浦中丞師殉難　寶國丁生小傳

紀伊興額戰績　紀全玉貴事

又紀全玉貴事　紀吳秀才事

周渠門　南楚雙忠傳

張東中事　劉主政殉節

帥毓蓀死難　田玉梅小傳

張蟠庚小傳　夏廣文

汪馬二秀才事　張廣文

蔣劍人軼事　又紀蔣劍人事

卷二

孫女割股　紀賀貞女事

書彭孝女事　孝媳割股

一門節烈　陸節婦事

記錢江事　日本宏光

英人倍根　英人侯失勒

法國奇女子傳　英國才女法兌斯

紀湖郡逆民事　紀張石卿事

宋景詩　白齋文論

卷三

漢口賊情　禁食蛙

專重天算　海運說

武試宜改舊章　官鹽說

算學宜先師古　用西船捕盜說

煤礦論　漢口兩錢

龍瑞　星使往英

物異四則　盂蘭盆會

神怪　潛芳園

浙江亂後景況　說龍

戒煙新樂府　嘉興災異

日本風災　安徽風異

卷四

新金山　臺灣島

米利堅闢地　南洋海島

花旗沃土　花旗音法

日本略記　嘉邦新路

琉球風土　論地球僅得二大洲

新闢西半球記　新金山少水

通商日本說　海島火山

印度敗英　俄國軼政

暹羅來聘　李文通探地記

續記李文通事　英國兵數

英國海防

卷五

西儒質學　外國牙料

英國大輪船　埃及古跡

奇獸　雪

星隕說　金鋼石說

西國大船　日本文字

住英國人數　西國印書考

猶太古歷說　照船塔燈

亞美利加洲古風俗　白頭教人

給予文憑　西國造紙法

英國硝皮法　西歷緣起法

造自來火法

卷六
洪逆顛末記　記東賊事
記西賊事　記南賊事
記北賊事　記翼賊事
卷七
洪逆瑣記　記忠賊事
記干賊事　記英賊事
記燕賊事　記李賊事
記侍賊事
卷八
賊中悍酋記　賊陷金陵記

甕牖餘談卷一

清　吳郡王韜紫詮撰

張小浦中丞師殉難

泰中張小浦先生諱芾當今之經濟名臣也其忠義之氣滂沛鬱結自其血性中流出少時秉受太夫人教極嚴凡熊畫荻有歐母風焉由乙未傳臚出為江蘇學政年未三十也悉心甄拔一秉至公士論翕然繼任江西巡撫適賊攻南昌勢張甚先生親督兵民登陴守禦與賊相持三閱月卒解圍去先生之功也在皖辦軍務亦著能聲徒以小過見斥然天子知其才卒起之同治元年五月先生在籍家居值回匪叛亂輕身入賊中勸諭在倉頭鎮不屈被害大節凜然與平原爭烈朝廷篤念忠藎賜還其子師邵一品廕生用彰殊烈云

逸史氏曰余於乙巳秋年十六先生拔冠邑庠勗以遠到且謂丈有奇氣惜韜時尚幼未得親炙於左右耳然知遇之感烏能忘也記此不禁涕零

寗國丁生小傳

諸生丁義皖人素諳書識大義慷慨敢為不避豪貴鄉閭中有以急難告者竭力赴之好施與無德色以是里人咸慕重焉丁生見流寇縱橫所遇蹂躪慨然憂之所居金寶墟為寗國宣城縣屬地介衝要尤賊鋒所必及丁生與衆商辦義團自咸豐六年倡斯舉內勵壯丁外禦悍寇先鋒屢折衆志成城寗國府兩次失陷此墟屹然孤立賊黨相戒不敢犯同治元年冬官軍逼金陵賊巢賊渠洪逆令侍酋李世賢競撲皖省意圖力踞上游以為援應偽侍王率其悍黨十數萬圍攻數旬援絕糧盡死傷如積十二月二十日破墟而入賊衆銜恨刺骨恣意屠殺一墟之內死者不下八九萬人嗚呼慘矣丁生積前後功保舉至候選訓導加贈提舉銜至是奮身搦戰力竭被戕傷哉墟中練總藍翎主簿唐兆麟就近稟聞侍郎彭玉麟行營時侍郎駐營裕溪親見此墟遭難之酷乙丑二月捐資購地一區收殮枯骸為萬人大冢勒石志之以表節義殉國忠魂於以少慰曾侯聞其風烈尤歎美之查核一門殉難者八家共三十九人闔家殉難口數可計名實不可考者一百三十六家並無口數可稽者二十七家官紳殉難九十七員團練團兵殉難者六百七十四人士民殉難者二千三百二十二人婦女殉難者一千有四十三人為聞於朝請加旌卹褒揚毅魄光昆威典也嗟呼逆匪流毒東南陷名城巨邑如摧枯拉朽或朝至而夕[illegible]

獨以彈丸一隅之衆，與之抗持，經六七年，可謂難矣。非有過人之才、堅忍不拔之志，安能若是耶。歷數辦團之持久，被害之慘酷，僉謂各省所無，斯固昭昭於衆人耳目間也。丁生非有守土之責，而誓死弗去，闔門灰燼，身攖白刃，名標青史，豈不烈哉。

記伊興額戰績

副都統伊興額，原籍居奉天府之吉林，屬蒙古正白旗人。形體魁偉，膂力勇猛。曾由侍衛從征江南浦口，剿禦粵匪，所向克捷。從調赴河南，道經安徽宿州，正值皖捻披猖，窮肆焚掠。都統即率所部吉林馬隊，一敗賊於任橋，再敗賊於方縣，遂與徐州官軍合擊賊於宿州之濉溪口。時賊衆兵單，難與角力，因乘夜並進，出賊不意，三戰三捷，殺賊三千餘人。都統所統騎兵奮躍爭先，所當處無不摧，因號其軍為伊家軍。都統追賊於永城縣之鐵佛寺，生擒捻首王前法，陣斬捻首常丈爆，所有匪巢盡付一炬。捻逆憚都統威名，不敢與之遇。統道攻撲徐郡，都統入率精騎馳赴，力戰卻之。時則股捻首王廣愛，聚衆數萬於張家奇數樓，有鼫鼠橫竄之勢。都統卷旗東中，猝至掩擊，大破其衆，擒斬王逆，賊銳悉殲，餘黨聞風潰走。永城宿州接壤之間，有地名五家溜者，為捻首李月所踞，逆黨萬餘，皆勇悍善撲，環築土壘，為久居計。都統由蕭縣之瓦子口出兵，往搗其背。孤軍深入，奮力苦戰，無不一以當百。賊衆犇奔，斬馘無算，并平毀其壘，積賊尸為京觀焉。於是李月南走，追至岳家集及之，所有積悍惡黨，盡蹴之溺於河。李月勢窮，轉向北竄，意在繞襲官軍之後。都統乃邀之半途，遂獲李月。其時別股捻逆竄踞永城縣境之薛家湖墟，都統往剿，足受炮傷，血流如注，裹創力戰，竟克逆壘。又由宿州臨渙追賊至蒙城，賊忽蜎集，圍之數重，都統以騎兵三百盪決破圍，大敗賊衆，整旗回營。此皆前後戰績也。都統勇略冠世，用兵如神，尤能以少破衆，以奇制勝，雖古之韓岳，何多讓焉。惜後以禦賊汶上，卒至戰殁，傷哉。營員中有與都統相識者，皆言其忠介之氣溢於言色，談兵扼要，密合韜鈐，約束士卒極為嚴肅，有妄取民間一物者，立寘重典，雖所親愛，法不少屈，以是能得士卒心，雖死不悔。兵民相安，數年如一日。往往禦賊於前，兵食不繼，而鄉民以簞飯往餉者，其事嘖嘖在人口。至今徐宿士民道及都統戰事，猶能指畫其進退節制、結營臨陣，歎為奇才異勇。嗚呼，如都統者，固今之名將哉。

紀全玉貴事

晉州人全玉貴，由行伍崛起，以戰功致位遊擊。昔在湖南徐廣縉大營，值逆首楊酋臥鼓披猖，大股將至，徐師來夜襲營。將近，玉貴以營中金錢山積，盡委與賊，殊可惜，急回操戈，而賊已衆至，圍之三匝。玉貴計無所出，挺身獨立橋上，肆口謾罵。賊渠楊秀清躍馬而前，熟視良久，謂其下曰：彼氣盛而言壯，必非以孤身作此役，猶伎倆者。營中必有伏，不可墮其術中也。竟不戰而退。玉貴遂報知大營，徐師始尾兵回駐。即為繪圖呈奏，首錄玉貴功，朝廷深獎其勇，立賞五品頂戴。後調至向帥大營，進攻金陵，積前後勞績，官至四品。玉貴在營，喜衣素衣，每戰偏袒而前，軍中號為白袍將，所有裹首巾，上繡拼命二字。後和春往剿廬州，賊屢戰不捷，聞全玉貴名，因咨請向帥調營往攻賊。離廬州城約十里許，有平地極空曠，可以屯兵為攻城計。前後俱係賊營，聲勢聯絡，形勝已為所據。玉貴曰：須於此地築營，而後城可破。乃獨以身當其衝，時賊衆四面環攻，玉貴分兵應敵，聲色不動，摧鋒折銳，逆黨盡靡，竟以孤城屹峙其間。於是玉貴攻其前，和帥襲其後，城外所有賊營悉為官軍奪取，然後得專攻城。守賊時守廬之賊為陳逆，與其黨謀曰：全某但可智取，不可力敵。因出與戰，而預掘陷坑於當道，佯北以誘之。玉貴失足墜坑，遂死。死之日，其下無不同聲痛哭。廬郡士民念其功，多私祀之，而往往顯著靈異。丙寅正月，郡民為之擇地卜葬，蓋當倉卒掩埋時，無從得棺，係以藁裹，及啟之，皮肉不朽，面色如生，民益驚為異。

又紀全玉貴事

廬郡民私祀全玉貴，每於巷口立尺五之廟，焚香詣拜者，男女絡繹不絕，疾病祈禳，往往有驗。時見玉貴服白袍，首裹青巾，降於民家，則其家輒有咎，須以牲牢祀之始已。其所瘞之處有一穴，殊滑坦，若常有物出入者。鄉人因謀掘而別葬，既啟土，則顏色如生，衣服亦不少朽。成殮禮之棺飾，皆極隆備。既改葬，後絕無靈，而卜禱亦漸不靈。或謂死者身不朽腐，又時見於世，不幾同於魅魃。玉貴生為忠臣，不當死為厲鬼。其如此者，或別有戾氣憑之乎。或又謂忠魂毅魄，固聚而然，非可以尋常測也。其示異於人，或以遺體未安乎。及改葬得所，幽魂以安，故遂不為詭怪之舉。理或然也。

記吳秀才事

吳毓衡，名諸生，安徽合肥縣人。少負文武才，遇事極有膽略。與人談經濟，抵掌雄辯，聲驚四座。時見寇氛日惡，慨然以澄清為己任。迨賊衆并力東下，漸迫其鄉，遂首倡團練，率衆殺賊。一戰而殲其渠魁，賊為之奪氣，立退三舍。於是州縣咸倚仕之，委其總轄諸團。俾與諸軍聲勢聯絡。毓衡盡勤瘁。每臨陳。所向皆靡。然賊燄方張。廬州府城失守。各團皆散。勢成孤立。逆匪素銜之。至是悉衆圍卞。統之三匝。毓衡撫勉諸勇。曉以大義。咸泣涕相從。誓死不去。賊圍之旬月。糧竭援絕。毓衡知不可爲。椎牛饗士。令皆醉。謂衆曰。此我等報國之日也。約束而出。馳入賊軍。當者皆斃其刃下。賊由是蝟集。血戰經時。三盪三決。回顧團丁。死亡殆盡。僅存親兵十餘人。而自亦創甚。體無完膚。血殷袍幅。因下騎北向再拜曰。臣力竭矣。方欲自刎。而悍賊數人突至。毓衡即躍登馬背。瞽呼殺賊。親兵復殊死戰。賊悉梟首而親兵亦無一免者。旋即自以戈陷胸死。當時經曾節相奏請於朝。奉部照咨馬兵例給卹。後由忠義局稟請李爵撫署督。復奏照廉生陣亡例。從優議卹。毓衡以一介書生。帶團六年。身經百戰。卒因衆寡不敵。殞命彊埸。亦可謂不負國已。

周軍門

周威波軍門。安徽合肥縣西鄉人。現爲甘肅涼州鎮總兵。兄弟三人。均以勇力著。長爲威華。次即威波。三爲威傳。並遇異人傳以絕技。諳於擊刺行陣之法。武世家所不逮也。當髮匪東下。周威華倡率民團。挺身禦賊。其時逆燄披猖。廬郡失守。賊逼鄉民蓄髮。隱懷退沮。獨威華會集族鄰。曉以順逆。喻以利害。於是民心渙者復聚。協力拒守。因此賊甚銜之。偽官馬千祿尤與其鄉密邇。屢引悍黨來撲。皆被威華等所殲。鄰境有藍逆者。賊中渠魁也。乘與馬賊相持時。猝以大股從後突至。威華以衆寡不敵。遂與練丁五十餘人同時戰死。當事急時。威華馬已被斫。猶步鬥。手刃數十賊。無敢近者。繼以刀鈍不可入。賊知其力竭。以長矛酋刺之。陷其胸。威華猶躍起丈餘。大呼殺賊而死。練丁中有李長勝者。猛鷙善撲。是日以救威華故。於賊陣中三入三出。最後賊圍之數重。力戰得脫。甫回營嘔血不止。倚土牆而僵。然鬚髯猶磔張也。藍賊既破其村。焚掠慘酷。威波之妻李氏。亦罵賊被殺。威波憤兄志之未成。義不反戈。仍聯絡各團拒賊。用計設伏。卒將賊目馬千祿擒斬。瀝泣誓衆曰。今日庶少報兄仇矣。繼隨官軍攻克沿河賊巢。營憲欲官之。力辭。或欲詣營報功者。威波輒不許曰。此先兄遺命也。尚敢有違。從身爲國。豈爲功名哉。時威傳積前後功。位至記名提督。因招威波共事。皆帶威字營兵。所向克捷。號稱勁旅。經李宮保調至上海。轉戰蘇常一帶。克復名城。剿滅悍寇。周氏兄弟之功居多。因亟沐國恩。擢至今職。已復以記名提督用。一門之中。均躋極品。可謂榮矣。乃威波頡篤耆念。悲其兄死事情形。今猶湮沒。特求

李宮保奏請於朝。從優賜獎卹。朝議追贈周威華游擊銜。照陣亡例議卹。兄弟急難之情。國家闡幽之典。均可爲載筆光也。

南楚雙忠傳

國家自二十年來。搶攘雲擾。蒼生鼎沸。荷戈擐甲。薄海同仇。其間懷忠抱烈。取義成仁。上以報朝廷。下以衛閭里。凜然著大節於天壤間者。指不勝屈。嗚呼。士當平時誦書養志。獲貢明廷。其黼黻隆平。刻畫金石。固其常也。不可謂幸也。其有遭逢離亂。適會艱難。雖經百折而不回。矢一死以周顧。守城致命。殺賊捐軀。乃其變也。然不可謂不幸也。余於楚南得二人焉。曰魏君承祝。曰吳君棠。魏君湖南衡陽縣人。丁酉拔貢。是歲即舉於鄉。甲辰大挑知縣。分發貴州。署普定縣。縣素窮瘠。民俗強悍。山僻之地皆爲盜賊淵藪。出沒無常。君勤於弭盜。設柵卡。聯保甲。俾良莠有所稽。於是盜得少止。有衆匪羣聚樓梯山。謀爲亂。推二寇爲酋目。僞號前山大王。後山大王。君知之。部署壯丁。密往馳剿。獲而置之法。匪黨股衆盡行解散。於是君能兵之名震一時。天柱縣以徵糧釀釁。民情洶洶。幾不可以理諭。當道耳君名。謂非魏某往不可。因以兵甲授之。立命往剿。君曰。此民耳。非盜也。豈可以軍旅重駭吾民。白於當事。勿用衆。且言激則變生。不如以單騎往。君馳至。民環道遮馬前。羅拜而泣曰。魏明府吾父母也。惟魏君能生我。君再三撫慰之。衆盡歸家。惟懲其首事一二人而已。事遂寢。李沅發之變。與普定壤地毗連。君募勇三千人。屯營黃消山。親自防禦。獲其偵諜。斬之以徇。賊知有備。不敢犯。於是驛吏知其能。以前後功擢升同知。補授荔波縣。縣中有地湖周圍數十里。向爲賊巢。君親捕二百餘人。嚴加懲治。復爲之修築城垣。整飭學校。百廢具舉。會鄰境思恩失守。紳民泣涕求援。君慨諾之。率衆往攻。復其城。所得輜重。悉以充餉。君無所私焉。紳民奉金帛爲謝。力却之。及敘功。讓之思恩令。其見利不取。有功不居如此。時人深美之。嘗攝開泰篆。時胡文忠公方任黎平府。久知君名。嘗募勇千餘人。三月成軍。其後調往湖北。即其所訓練之兵也。前後官黔八載。聲稱卓然。咸豐四年。前安徽巡撫江忠源方剿賊楚南。胡文忠公亟稱其賢。奏請隨營襄辦。時值洪樂市之亂。楚南撫駱秉章要令會剿。卒平之。五年。賊竄柳州。同知趙啟玉陣亡。城遂陷。君偕衡永道李維滔守西路。其營號曰赫勇。劉長佑守東路。賊出西城。肆掠。君邀擊之。殺傷甚衆。賊忽從間道突出。火龍百道。擲發如雨。我軍大潰。君猶督勇當先。手持雙刀斫賊。力竭。與其僕王福羅祖綳同死於難。身被七十餘創。賊銜之。刳骨剮

其首剖其肺腸懸諸樹以為標識賊收隊入城軍士當夜盜其尸移殯衡州摶土作頭顱以殮後兩月師收城復知縣成天保函首衣肺胃並入斂至乃復啟棺納焉行間死事之慘未有過於魏君若也事聞以同知例賜卹州人思之立祠祀焉其配王書從九職銜若快也民間所稱郴州三忠祠者君其一吳君湖南湘潭人壬午舉孝廉考取覺羅官學教習以知縣改教職部選衡州府耒陽縣教諭旋以憂歸咸豐二年署安仁縣教諭是年八月二十七日賊由江西安福竄茶陵所至焚掠無人理賊氛日逼倉卒間募勇設防實不可恃九月至二月居民紛紛遷徙驚呼曰賊至矣翌日知縣城守等出禦城外五里之寶塔嶺皆將借詞他適也君獨持議守城以待援師堅不肯出然度不可支作書並檢平日詩文稿付其僕首林馳歸鄉里泣諭之曰事已至此死固吾分願家人勿以為念五日賊果自丁尖嶺入攻南門急君登陴禦之俄而賊從北門闕口攀援而上勇丁散走君北向再拜曰城亡與亡義不可去欲下城回署自盡甫過書院側遂被執賊勸之降不可或叱之跪君怒目視賊眥盡裂厲聲罵賊痛毆之體無完膚猶罵不絕口遂殺之於城外沙洲次日官軍至賊遁地方官斂其尸面如生其子熙甫在襁褓未能聞於當道然死事之烈不可以湮沒也其友張君雲方官御史為之請於朝建立專祠以旌忠節甚盛事也

逸史氏曰魏君以不世奇才投筆從戎身經百戰觀其前後功烈赫然其韜略豈出古名將下猝值危地卒以身殉亦可哀已如吳君者雖當時無所表見而大難當前矢死不懈詎不足以激頑勵懦哉噫吳君職司學校不過一備位投官耳獨嬰孤城致死弗去不其難哉其志節皎然固為加於人一等矣千載而下聞其風義者猶將興起焉

張東中事

張東中湖北人幼讀書多才力以應童子試不就去而就耕附近有礦徒頗凶悍與飲食相交結中有陳大綱者尤猛梟二人結為刎頸交互相標榜以號於衆黨人遂推張為長張自謂得遇異人授以天書三卷能占望氣候時楚地連年亢旱歲穀不登斗米幾值千錢饑民載道而粵寇警信日逼張遂乘機煽惑倡亂揭竿而起時應邑令陝西人頗知兵聞變即率壯士三百人馳入其巢擒陳大綱磔之於市市人素受其虐皆大呼以助官軍以簞食壺漿來餉者不絕於道賊人奪氣黨羽盡散張妻子均被殺張隻身得脫逸於永州投入粵賊中每遇官軍輒捨命相撲多獲勝賊中呼

之為張拚命沿途裹掠得衆二萬餘人他賊率報虛數羸弱老幼無不收錄獨張挑選精壯日加訓練器亦撑犀利若前隊二千人皆用洋鎗衛鎗發無不中號之曰此張家背嵬軍也蒲賊所向必決其必不成於賊陷岳州府時率其黨徒投苗逆而依於一山頂結土寨焉由是時出劫掠不辨兵賊有戕重貲者輒擄之雄視一方而待貧民頗善撫御因此避難者皆至立壁相依居然成一村落官軍至則以團練自衛為名賊至則詭稱貢獻之地少饋以土物謂必不可惟有出於戰耳賊素知其能悍不敢發因此雖當要衝竟能自立者四五年及寇氛既靖道路皆通地方官招張詣之曰方今渠逆授首闔境肅清閭閻共安枕席民庶喜覩昇平汝擁此巨衆何為盍速散遣若猶崛強如昔大軍必至於汝必傾巢盡殺乃止勿悔也張乃與衆商曰汝輩願棄劍戟以事耰鋤以就田里乎衆曰我儕素慣行伍若國家有用余者當效馳驅即戰死疆場以馬革裹尸亦男兒分內事耳若鬱鬱鄉閭老於牖下所弗願也張知其衆尚可用率之而西道出山東適捻逆下竄勢甚披猖見張衆至惧以為官軍即與接仗歷三晝夜捻匪所殺無算乃委之而去張核其人數止剩萬餘傷者過半不禁喪氣因就捻逆舊壘養傷是夜官軍援師猝至鎗砲之聲不絕張又誤以為賊匪復集亦鳴角應之彼此交轟天明始止張中砲身殞營軍傷殘者過半張之黨見係官軍旗幟乃詣營告以故統兵官視之信收錄其衆隸之麾下而飭葬張於近側山并立墓石請於朝得旌䘏焉

劉主政殉節

刑部主事劉鍾祥浙江錢塘人咸豐乙卯登賢書丙辰入詞林改官刑部主事旋請假回籍正值東南不靖劉主政目擊時艱恒以保衛鄉里為念十一年賊再逼杭州前撫臣王中丞有齡稔知主政篤誠可恃商曾督團守禦分防錢塘北鄉之花園村化龍墟三墩鎮等處相持數日賊不敢近九月賊攻杭州益急分巨股擾北鄉勢尤鴟張衆以主政非守土官勸其挈眷他徙主政勃然曰危難至此妻孥存亡聽之可也吾當効死以酬國恩仍苦戰無稍怯迨九月二十三四等日賊焚殺北鄉益慘團民十喪八九主政身受重傷謂鄉人曰事已不可挽回吾惟以身殉之特不願以賊刃汚我頸身遂於花園村投河殉節時咸豐十一年九月廿五日事也

帥觀察死難

帥遠鐸觀察湖北黃梅縣人由翰林院編修報捐道員咸豐七年前撫臣耆齡奏留

江西委用。時值著名逆首偽翼王石達開。率悍賊數萬。將犯撫建。九江鎮李總兵扼守東鄉縣。苦戰匝月。营中丞恐李總戎戰守力疲。遂命帥觀察率自募勇丁千人。偕副將周鳳山營勇。馳往助剿。然賊勢披猖。勢不能禦。觀察頗慨謂衆曰。軍事有進無退。我當以死相持。結營築壘於要隘。以與之抗。賊至圍之三重。觀察日夜巡警。無懈志。賊前後環攻。屢為所卻。卒以衆寡不敵。營陷時。猶手刃二賊。目眦亡。其姪帥時與其記室萬泰。亦同時授命。同治十年。由督臣奏請於朝。議於東鄉縣及原籍黃梅縣。建立專祠。以同時殉難之帥時萬泰從祀。以慰忠貞云。

田玉梅小傳

田玉梅。字鼎臣。蜀之酉陽人。貌文弱而多力。屈其臂。數人不能伸。粵寇入長江。將犯金陵。玉梅方在京師。驅車南下。欲詣當事。獻方略。至金陵則城已陷。向大帥建營城下。攻之不能拔。玉梅頗見大帥。徘徊無與通。其鄉人有帶勇駐善橋者。往投之。居數月。卒闃寂無知玉梅者。胡貳尹恩燮。奉大帥勾當內應事。道經善橋。見玉梅。憮若平生。玉梅出所著論。滔滔數千言。皆切中時弊。凡艱險難為之事。輒慨然請自效。貳尹奇之。為言於趙太守。太守召與語。亦奇之。乃薦諸大帥。玉梅乃說大帥曰。官軍圍賊今既數月矣。無水師以扼其吭。僅城之半耳。城高而備多。急攻之無益也。余聞城中近有內應者。請先為公入城。覘其虛實。許之。乃衣賊衣。佩利刃。散其髮。逹逹然下垂。覆以黃巾。至江東門。蓋即賊出入要道。所謂買賣街也。玉梅手持筐。貿以餅餌魚肉。若買而歸者。遂自水西門入。訪內應者之居。潛召諸人問其謀。則曰吾屬誓不為賊用。願開門迎大兵殺賊。問其衆。則或千焉。或百焉。問聚否。則皆散處焉。玉梅復遍歷賊巢。又至各門。視其路之寬隘遠近。為進兵計。皆默識之。越三日。復自西門出。孑然孤行。守者眈眈視。玉梅故從容坐城門下。若有所待。遙見一騎馬賊來。前後導從數十輩。玉梅遽拂衣起。且自言曰至矣。昂然出城。守者以為同夥也。竟不之詰。玉梅至大營。備述其所經。且言內應不可恃狀。惟官軍向神策門進。守者寡。距賊巢稍遠。賊即知有變。不及救。或可濟。乃約某夜預伏精兵於神策門外。玉梅率內應者殺守門賊。迎官軍入。計既定。玉梅復入城告衆。以與衆。果以賊耳目多。慮未行而洩。又應者皆金陵人。素怯弱懼難。玉梅曰。噫。吾固知若屬不足恃也。吾已結壯士五人。茍得入吾事濟矣。遂復出告大帥。必偕五人者入而後可。玉梅用奇計。五人俱入城。及期至會所以待。內應者僅來十餘人。夜深矣。遂率以行。遇邏者斬之。城上守者悉睡熟。亦

盡殲焉。偽恭護卧門樓上。驚而踰垣。玉梅以矛衝其喉。擲頭於城外。遂下城。將令三人合攻守門賊。而斬關開門。則阻於木柵。不得至。蓋賊於是夜新立木柵。大如柱。高且密。繞以鐵鎖。長尺許。守賊悉在柵內。大砲五。皆外向。稍覺炮即發。無所避。天將明。他賊之夜巡者。從城上至。見殺賊盈城。便嗚嗚吹角。聲。他處亦吹角應之。玉梅曰。噫。事不濟矣。賊且大至。吾寡不敵衆。宜權避之。乃皆退而匿。賊援兵麕集。不知殺賊者誰何。大譁。下令閉門。大索三日。收百四十人殺之。城啟。玉梅竟偕五人出。先是大帥與玉梅計事定。遣諸將如期往。天已明而城不開。忽聞角聲。城上黃旗擾擾至。知謀已洩。遂整軍回。既見城閉三日。咸曰。田生死矣。至是五人偕歸。衆益奇之。大帥以玉梅為能。將賞以官。玉梅上書。大概謂內應既無功。則惟鼓我士氣以下此城。將不可使怯。兵不可使驕。語太激。拂當道意。乃寢其賞。玉梅遂往依趙太守。亦無所用之。玉梅棲小樓。終日吟嘯其上。出則輕衫佩玉。風致翩然。當時聞玉梅事。皆咋舌。絕不料三入虎穴。殺人如草。出此一書生也。顧玉梅益自韜晦。無矜色。然每與同志者言時事。則聲情激憤。目眦裂。恨不得尺寸柄。為朝廷殺賊。嘗大言曰。某百無一長。惟不敢愛此身。置國事於度外。茍有用我者。雖死不惜耳。玉梅之再入賊中也。胡貳尹願與偕。懼賊覺。玉梅乃偽為賊裝。以大索繫貳尹頸。牽以入城。若鄉民之得罪者。蓋亦奇事也。

孫文川曰。田生其非常人耶。使田生計得行。玉帥拔金陵。逆賊伏誅。則所以稱田生者。其功名豈出古名將下哉。不幸而無成。要其膽略才智。有足多者。諸將皆如田生。於滅賊乎何有。吾聞田生家貧。好客。不知生計。弱冠後。五嶽游其四。凡遇險要形勝。古人爭戰之處。必停車登眺焉。則觀田生之所為。豈徒然哉。田生僅以趙太守薦。從九品賞戴藍翎。吉撫軍督兵鎮江。投為偏裨。經數十戰。未轉升階。後開其隸勝帥麾下。攻捻於穎亳間。沒於陣。嗚呼。田生已矣。鍼按此。孫澄之悼傷傳聞之誤。澄之此文作於戊辰。而咸豐十年五月猶見之於胡文忠公奏牘中。以功保州知縣。奏其考語有曰河南知縣田玉梅謀略優勝。則田君固未死也。

此傳為孫君澄之所作。孫名文川。江寧上元縣名諸生也。避兵滬上。索笑為府雅。為當道所重。詩文卓然自異於時。一別苒苒十年矣。茲偶於敝篋中檢拾得此。急錄之。以志田。兼以慰孫。

張繼庚小傳

張繼庚。字炳垣。江甯府學廩生。幼孤。工會計。貧而能自振。湖南鹽司潘鐸。與其父故

湖南桃源縣知縣介福為同年生，因往依焉。酒方伯甚器重之，會湖南軍興，炳垣以有妙略，領賊犯九江東下，金陵戒嚴，祁方伯寓湖闕，炳垣習軍事，與語大悅，凡方伯所舉防守團練諸政，多參議焉。無何，曾垣不守，炳垣亦陷於賊。里人吳偉堂自幼貫漢上，賊半為所舊識，偉堂僞職，陰以偵賊情，圖反正，炳垣遂因吳編結諸賊，相與為忘形交。一日縱酒，乘醉太息曰：吾觀公輩勞苦矣，去鄉里，捐妻子，攻下十數城，然祿僅足自給，小有過失，朝夕不自保，以公等之才，顧不能謀一飽耶？何鬱鬱久居此也。諸賊默然，有泣下者。炳垣知其可用，笑曰：吾能送公等歸故鄉，富貴惟所欲。諸賊愕然問故，炳垣語之曰：天子遣大將督兵五十萬壓城下，所以不即舉發者，知公等良民，投鼠忌器也。公等誠以此時舉所部啟城，迎官兵入，斬六僞王，函首詣軍門，不世之勳也。且事成，公等受上賞；不成，請殺我以說。皆感泣，許諾。由是炳垣密書達欽使，請以賊裝間道至軍前，面陳機宜。欽使許之，期月日黎明進兵神策門，炳垣率衆以應，殺守城賊十數人，適賊建木柵於城內，扃鍵甚密，炳垣啟門稍遲，官軍已抵城下，疑有變，卻顧而退。炳垣知不就，急麾衆回，以泯其跡。特事起倉猝，賊窮治無所得，有劉鵝頭者，炳垣所糾健兒，能手刃十數人者也，隸賊沈默爾下。慮事洩禍且不測，欲

遠去，賊法凡因事出城，皆有僞官行節以為憑信，謂之關憑。劉恃沈素同里巷，欲假關憑為脫身計，密以情告。沈騰得事實，遂報僞東王楊秀清，拘炳垣至，究同謀，炳垣嘗密書黠賊姓名，預藏於複壁，至是紿秀清曰：吾同謀者有籍在，吾不敢匿。秀清大喜，按籍收之，俄而秀清疑曰：汝所糾獨無江南人耶？曰：江南人素柔弱，畏兵革，不可與圖大事。凡吾所糾，皆是驍健將身經百戰者也。於是賊悞殺其黨百數十人。炳垣卒以砲烙死。上元諸生賈鍾麟與是謀，奔詣軍門陳事洩狀，欽使聞之，嗟歎不已，許以聞於朝。江甯管嗣復曰：炳垣沈密寡言，以機警聞於鄉里，是役也，糾合六省之衆，至數千人，與欽使書問往復數次，賊竟無知者，幾事可謂密矣。然卒陷其身，哀哉！劉鵝頭就執時，語人曰：事洩由我，我一身當之，所以報張君也。及被賊搒掠無完膚，卒不承一人。後與炳垣同繫一室，炳垣教之曰：事洩由沈默爾，汝盍誣沈同謀，賊必殺沈，不猶愈於徒死乎？劉從之，沈知劉反噬，已夜遁，於是賊信沈果與其謀，購沈甚急。時城外官民聞沈媢賊敗事，亦懸金購之，沈進退失措，略鄉民求活，鄉民縛送大營，肢解以徇。炳垣事雖不成，然自是諸賊互相猜貳，勢漸渙散，旬日間投誠者以千計，厥功亦偉矣哉。

逸史氏曰：管君嗣復，字小異，余文字交也。其先人異之先生，有雋才，古文規法廬陵，可與桐城姚姬傳相伯仲。小異稟承家學，造詣精邃，是篇亦可窺見一斑矣。小異與余別後，就紹興懷午橋太守聘，至未數月，以風鶴之警請歸，時蘇郡亦陷，小異方僑寓於鄧尉，勢不可居，竟以憂死。

夏廣文

夏廣文先生名廣保，揚州儀徵人，為上元縣校官，飭躬率物，為士林所推重。癸丑賊圍金陵，先生知不可守，誓以一死報國。二月十日賊陷城，入，先生服朝衣冠，端立學宮外，橋上大書一詩云：首宿何堪纍來，坦然全受復全歸，半生養就凌雲志，化作貞魂一片飛。賊至，呵之不屈，乃交刃之而死。嗚呼！先生之死光明磊落，凡然不愧史難於雉經仰藥者，非志節素定，何能若是哉。

汪馬二秀才事

江甯汪生星垣，讀書清涼寺，癸丑賊東下，城陷，僧報賊至矣，生危坐不動，賊刃之，僧紿賊曰：是吾寺中供盥除之役者也。汪生大呼曰：否，我汪某也。僧復紿曰：是有狂病。汪生又大呼曰：我無病，我秀才汪某也。賊奇而釋之，曰：吾視汝非凡人也，而老於諸

生，吾將言於東王，以展汝才。汪生大罵曰：吾不能詭合於俗，況從賊乎！遂遇害。命垂絕，猶大呼我上元縣諸生汪某也。同時有馬秀才者，以屠沽為生，頗不齒於鄉里，賊至，扣門急，其弟請死，生慨然曰：吾不可以徒死，殺一賊而死，吾命取償於賊矣，若殺二賊，是為國立功而死也。遂設酒食於庭，迎賊入，醉殺之，投其尸於井，日以為常，殺賊甚夥。既謂弟曰：殺人而不使人知，不武。汝取賊首，榜諸門。遂與其弟俱遇害。論者謂汪秀才能守正矣，然不如馬秀才之為尤難。余則以為之二生也，皆能殺身以成仁者也。

張廣文

震澤張淵甫先生名履，為句容教諭。句容士習素擁窳惰，先生至，嚴設月課，為定法程。諸生有不赴者，面加訓飭，無敢視為具文者。暇至街巷，輒令門斗攜短鐵鍊從其後，見有婦詈姑，子忤父，幼逆尊長者，即以鍊繫之，必飭其自悔乃已。由是邑中之不師教者，咸懼為先生知。每祠宇間賽神演劇，或涉淫褻之戲，立拘班首，荷枷示衆。先生之言曰：朝廷設立是官，本以整飭風化，文章其末耳。始而邑宰紳士憚其嚴正，皆側目，而閭里小民咸嘖嘖頌先生之德不衰。後邑宰以折糧增價，幾激民變，賴先生

一言而定。於是上游咸器重之。夫教諭在今日特閒曹末秩。無足重輕者耳。而先生獨爲上官欽企。下民仰望如此。豈非在自爲之哉。是真能於卑官冷署中自行其志者矣。

蔣劍人軼事

寶山蔣劍人。幼時有神童之譽。當六七歲時。塾師指几上墨令對。蔣即應聲曰泉塾師以爲未工。蔣曰白水對黑土。何不工之有。塾師於是大奇之。十許歲時。與家人買舟出游。覓附便船過江。邏詰維楊。既登岸。舟中不名一錢。信步至平山堂。時阮枚叔方讌客。閽者擯不納。蔣必欲入。反叱閽者。譙訶之聲徹於內。枚叔遣价詰之。則云寶山神童蔣某來見。枚叔命之入。既見長揖就席。蔣體既短瑣。貌又不颺。枚叔視之。意其十一二歲耳。遂笑問能詩否。曰能。遽援筆作一絕以獻。云東風吹我過蕪城。入夢繁華記不清。花外笙歌樓外笛。不知誰是庾蘭成。是日曾賓谷轉運亦在座。大加稱賞。因問今日誰可當庾蘭成者。蔣指枚叔曰。是當之矣。枚叔於是招致其家。待若上賓。凡文酒花月之醼。靡不從遊。時揚州鹽務尚盛。張筵演劇。靡日無之。蔣慷慨揮霍。皆取之於枚叔。枚叔無吝色。故蔣有揮手千黃金。主賓淡如水之句。後蔣客遊如皋幕中。以忤同事辭去。中途資斧告絕。又患瘡瘍。於是效伍員吳市吹簫。夜宿佛寺中。一夕大醉。月光射檻。見佛睛閃閃。疑爲寶珠。攀緣登佛頂。憩甚。因踞而卧。及醒不能下。大呼。寺僧以梯來。乃得下。遂大書寺壁曰。大才人佛頂偷珠。山高月小。老名士街頭乞食。海闊天空。有江北宦者。見而奇之。指廟中魁星以楹聯請。蔣信口集杜句云。是何意態雄且傑。不露文章世已驚。某宦歎爲絕才。乃資之歸。縣令劉光斗爲寶山邑令。當縣試邑童時。出題稍悞。蔣率諸童閧於堂。劉令銜之。覆試日借他故扑之。蔣作文痛斥其短。移於通衢。劉令聞之怒甚。復以別事羅織。禍且不測。蔣乃削髮爲僧。慕鐵舟之爲人。自號鐵岸。常書鐵脊生。前寄塵上人方以詩名江浙。故亦自名妙塵。謂當超出其上。然蔣雖爲僧。頗不守戒律。其詩有云。綠酒獻花詩獻佛。青樓聽雨寺聽鐘。足見其風致矣。辛丑春。西事方亟。劉光斗移署上海縣事。偶公出遇蔣於道。劉令謂此必爲西人作內應來者。因下令閉城大索。蔣以智免。然亦危矣。越數日。上海火。縣局以失火架。劉令又謂此必蔣某所爲。方欲稟上憲窮其事。幸劉令去官。遂寢。蔣詩詞清雅雄健。大江南北無與抗手。諸友人皆憐其才。惜其遇。僉曰。隱於禪非計也。勸返初服。遂易今名。重就試。張小坡師拔冠一邑。謂人曰。是非一邑之冠。亦蘇太兩屬領袖也。蔣後在上海應敦齋觀察署中。以文字交極相契重。蔣亦人傑矣哉。

又記蔣劍人事

蔣君劍人名敦復。江蘇寶山縣人。名諸生也。七八歲時。即有神童之譽。始名金和。字純甫。後又易名爾諤。字子文。屢應小試不利。足跡遍大江南北。狀貌不揚。而性情奇傲。喜詆肆人。江淮間人因名之曰怪蟲。後以事削髮爲僧。號鐵岸。自名鐵脊生。有忝髮文行於世。後棲於雲間海上。駐錫村落中蘭若。仍以詩酒自娛。後有憐之者。勸返初服。始改名敦復。應試。張學憲芾拔之冠軍。閱其所作。歎曰。此江南才子也。其名遂噪一時。頗僻嗜阿芙蓉膏。有所得。輒以供養烟雲。坐是奇窮。青衫藍縷。幾至納履踵決。然每至宵夜。一燈咿唔。讀書自若。弗悔也。其姊嫁一士人。頗有所蓄。時周其之。後喪偶。矢志空門。法名曇隱大師。捨己貲築菴於上海北門。爲清修習靜所。即今竹林禪院也。時劍人已娶。乃羅店村人女。仰其才名。願供箕帚。寂寞家居。往往晨炊不給。乃往依其姊。故劍人蹤跡在上海時爲多。所交皆知名士。琴歌酒賦。慷慨激昂。海昌李善蘭。吳郡王韜。皆與爲莫逆交。雲間胡遠爲繪海天三友圖以貽之。顧其貧困無聊。日益甚。爲之友者。雖憐之而莫能爲之地。適西儒慕維廉方有英志之輯。余力薦其才。遂爲西人司筆削。今所刻大英國志序爲慕名者。僅其初稿。其自著名英志尚藏篋未刻。詞閎意該。實爲傑作。自投西館。詩名益播人口。而所獲脩脯較豐。足以自給。晚年乃容應敏齋方伯幕中。時方伯猶觀察海上也。劍人沒於同治六年。易簀前一夕。貽書方伯曰。老病顛連。僅屬氣息。恐遂奄忽化爲異物。愧負知己。無以報德。雖知己必不責報於我。然天下滔滔。斯人誰與。有心同志。能有幾人。徒使魯仲連陳同甫一流人長埋泉壤。豈不痛哉。一生勤苦。祇剩好名二字。然亦望後世知我心耳。文集八卷。望爲先刻。詩詞諸稿。能次第開雕。大妙大妙。自題其函爲鳴鳥遺音。此何異鮑辛涌臨歿貽全謝山書也。誦之彌爲沈痛。身後應方伯爲刻其嘯古堂文集八卷。屬門弟子郭鎔學義爲之刪定付梓。嘯古堂詩集八卷。詞集四卷。生前係諸友助貲鐫木。論者謂劍人詩優於文。文頗縱橫馳驟。有似大蘇。特按之無實。際多空言。有戰國辯士習氣。其自許魯仲連陳同甫一流。則所抱負可知也。所趨向亦可知也。

瓮牖餘談卷一終

甕牖餘談卷二

清　吳郡王韜紫詮撰

孫女割股

長洲彭相國之孫女。秉性純孝。言笑不茍。每讀烈女傳。見古之具孝行者。輒肅然起敬。思則傚之。後許字同邑蔣氏。即今刑部員外郎蔣君鳳藻也。未嫁之前。適相國病亟。家醫咸束手。孝女乃默禱於天。潛割臂肉和藥以進。時作呻吟痛楚聲。家人方竊疑之。及適蔣氏。病卒。家人驗視其臂。創痕宛然。始知割肉進藥。果有其事也。嗚呼。其懿行至誠。豈今日女子所可及哉。而行之於大父。尤未易得也。蓋體卑分遠。情殺故也。志之以為薄俗勸。

紀賀貞女事

為烈女易。為貞女難。烈女激發於一時。暫也。貞女持守於平日。常也。閨閣中之不幸。而自見者。曰死節與撫孤兩端而已。而撫孤之心彌苦。今於巾幗中得一人焉。從容誓守。茹蘖含辛。以為守節。則雖嫁猶未嫁也。以為撫孤。則又非己所自出也。是則其志彌堅。而其事亦愈難矣。貞女姓賀氏。浙江鎮海縣人。賀君增壽長女也。從父寄居湖南善化縣。少時許字於李氏子有銘。籍本江西蓮花廳。其父維內。以同知需次湖南。游升湖南補用知府。仕族相攸。遂成姻好。女年十九。諳詩禮。舉止端嚴。不輕言笑。戚串間無不敬而愛之。時李氏方謀為其子成合巹禮。已卜吉矣。不意期已近。而李氏子忽遘沈痾。李氏請緩期。貞女聞之。涕隕如綆縻。婉白於父母曰。女幼字於李門。無人不知。今于歸有日。猝遭此變。其命也夫。兒聞一絲既繫。萬劫不更。兒其往也。何庸復議緩期。靖而無變也。兒當親侍湯藥。設或不幸。立志終身守之。無異言。兒意已決。之死靡他。父母知其意不可奪。遂以之歸於李。迎娶次日。李生竟疾卒。女擗踊號幾不欲生。練服謁見舅姑。恪遵婦道。而其事尤奇者。無子而忽有子也。先是李氏有婢曰綠雲。年已及笄。而姿容頗麗。有銘因引與私。久之遂有孕。及有銘沒。逾匝月。竟娩一遺腹子。體貌頗偉。廣額豐頤。女遂請於翁姑。列婢於侍妾數。而勉與同守。共撫此孤。取名志乾。冀其成立。是可為閨閣型坊矣。楚撫劉公為之奏請於朝。特旨旌表。以維風化云。

書彭孝女事

孝女為彭君永禮之長女。素居山東肥城縣。少就里塾。略涉詩書。稍長尤工於針黹。性柔順。孝自天成。事親尤能先意承旨。以是雙親愛之為掌珍。女心既慈婉。而容尤妍媚。雪膚花貌。艷絕人寰。里中人無不嘖嘖羨之。女無字。戚串間皆呼之為彭姐。咸豐十一年間。女年十七。許字里中。未婚時。值南捻縱橫。竄擾縣境。女父母挈之竄出。避賊屋於近城村舍中。賊攻城未陷。先肆掠村鄉。一日遇賊猝至。不及避。賊目將刦女偕行。曰第從我往。不憂無快活處。女父母急前號哭阻之。賊目怒甚。舉刀示之曰。汝殆欲嘗此風味耶。再來即當斫去汝老頭顱。勿悔。女乃垂涕盈腮。婉白父母曰。女年既長。終當有家。今若輩既刦女。兒願以身許之。不從將併命而死。從則猶可生也。乃顧謂賊曰。勿傷我父。當惟命是聽。賊許之。揮令即去。女遂從親速行。自慨然從賊。賊以女纖足不任行。將扶持之。女曰無庸。因飛步以示之速。行時與賊絮話家常。賊以為女真心從之也。遂信之不疑。出村落甫數里許。適至河畔。清水滔滔。其深莫測。女默念此即我葬身所矣。計父母此時相去已遠。追之必不及。因詭言足痛。令賊覓雙竹縛一椅作為板輿以舁己。賊從之。良久始成。女伺賊不覺時。躍入水中。賊救之。則湍流迅急。竟如逝水桃花。杳然無跡。賊去後。里巷中人見聞其事者。互相傳誦。莫不為之嗟嘆。一時名士雅流。多為詩歌以紀之。稱為巾幗完人。邑中李秋江者。名諸生也。與女家有姻婭親。謂女節行如此。宜沐旌揚曠典。遂具稟丁巡撫。求為請於朝。夫女以幼穉之年。而處倉卒之變。乃能設計救親。殺身明志。其慧心孝念為何如哉。闡遺芳而彰孝烈。采之輶軒。附之志乘。是在當事者。

孝媳割股

割股療親。孝矣。然非庸行也。聖王憫其毀體以戕生。雖一時暫加旌表。而不以為恒例。然孝發於至誠。當親疾彌留之際。惻怛哀怨。此衷迫切萬分。遑計傷生為非理。而一概以庸行繩之。毋乃非聖朝所以教孝之意乎。我國家以孝治天下。凡孝子慈孫。貞姑節婦。無不列於旌典。務從優恤。近計前後割股以獲旌者。已數人矣。如長洲彭相國之孫女。刲股以療祖。黃巖吳廣文之妻。割臂以療姑。靜海陳明府之女陳婉。割臂醫親。皆其彰彰最著者也。今又得一人矣。直隸津逆通判丁崇欽之妻錢氏。世家女也。父諱炘和。曾任直隸布政使。錢氏幼好讀書。孝出至性。每見烈女傳之孝義節烈者。未嘗不慨然慕之曰。此當為巾幗之型坊也。雖不能至。不敢不勉。于歸後事長撫幼。竭誠孝愛。旋因姑患病。值夫以有事赴山東。調藥量水。惟氏一人。晝夜侍奉。衣不解帶。日不交睫。累月後見姑病勢日劇。氏泣涕不勝。夜半焚香籲天。願以身代。潛割臂肉和藥以進。既而姑病愈。氏恐姑知。言笑如平日。家人見其衣袖沾血淋漓。窮加詰問。始告之。越一年。錢氏遽殞。戚屬視殮。猶見瘡痕。督學公為之奏聞於朝。以為似此至孝性成。未便聽其湮沒。籲恩旌表。建坊入祠。亦所以維持風化也。

一門節烈

殉夫易。撫孤難。殉夫謂之烈。烈者激於一時之所發。撫孤謂之節。節者要諸恒久而不變。從夫而死。雖非庸行。而聖朝亦在旌表之列者。所以維風化而肅閨閫也。今於一家之中而得節烈二人焉。夫亦可為巾幗之光門閭之慶已。編修蔡壽祺生有二女。長女許字內閣學士袁希祖之子晉為妻。未嫁而婿以病死。聞三日。即過門守貞。捐棄鉛華。衣布茹素。十年如一日。次女嫁江夏縣監生彭元善為妻。隨祖姑在京。洗手調羹。問寢視膳。能得重闈歡。元善患病。奉侍湯藥。晝夜罔懈。衣履不解。卒至無效。氏痛不欲生。料理身後事畢。即仰藥而亡。前一日請於祖姑為夫立嗣。姑許之。遂不復言。氏深明大義。毅然殉夫。鄉里閭閻之共相歎異。論者謂蔡家姊妹貞烈萃於一門。名節昭於一省。人心共慨。風化尤關。夫亦可傳也已。

陸節婦事

羊城西關。有陸氏婦。守節四十餘年。家小康。可以自活。繡佛長齋。晨起必朗誦高王經一卷。寒暑無間。從未出閨閫一步。忽一日在神前羅列香燭。拜畢而起。語人曰。我神女也。偶攖天譴。小謫紅塵。今罪緣已滿。將西返矣。語畢而僵。異香繞室。三日不散。街衢閒傳為美談。按此節婦嫁後三日。夫即棄世。遂茹荼飲蘖。矢志不嫁。雖柏舟之操。不是過也。平居無疾言遽色。待婢媪極溫善。即有過失。多曲喻而不痛斥。常私謂常侍之媪曰。妾雖孀。猶處子也。媪問何以不改適。則曰妾離火坑矣。而復蹈之乎。或謂其持身之修潔。立心之慈祥。御服容止之清妙。見者因疑其天上人。謫降之說。其在疑信之間乎。不知此婦操履貞靜。固足以邀旌異。而必以神女降世荒謬不經之談參之。適足為其累耳。有識者不取也。

記錢江事

錢江字東平。浙之長興縣人。少時讀書。目十行俱下。穎悟冠常兒。皆曰此錢家千里駒也。稍長習帖括。不肯竟曰。此徒足以困頓英雄耳。喜涉獵卜筮術數之學。最好兵家言。於孫吳之書。皆能洞其底蘊。偶得許洞虎鈐經。如獲拱璧。晝夜研讀不釋卷。久之曰。吾得之矣。於是所學益進。顧里中人未之奇也。君益發憤自雄。旁究地理。於天下扼塞險阻之處。常反覆致意。為人負奇氣。以豪傑自命。肯濟人之急。數千金可立致。被酒談兵。慨然有澄清天下之志。南遊於粵。所交多俊彥。時禁烟議起。海氛甚惡。當事者慮跋扈不可制。易剿為款。已有成說。東平因激衆忿。將發義舉。作討罪檄文。傳示遐邇。當事者聞之。以其梗沮大局。禍且不測。亟逐之出境。粵民集貲贐其行。於是義聲振於嶺東西間。後卒以事遣戍東平。慷慨就道。無難色。在塞上馳馬擊劍。與諸健兒友。皆能得其歡心。無何遇赦。還浮沈江浙間。漸折節讀書。將赴都應北闈試。以博一第。秀水詩人于源贈以二絕云。乍脫蠻鄉又塞垣。十年奔走別家園。勸君休再誇雄略。杜牧談兵是罪言。思量塵土染京華。何似青山學種瓜。歸去扁舟應不惡。一湖碧浪采蘋花。東平讀之。笑曰。此豈我輩可隱時耶。承平日久。人不知兵。積弱生玩。芽蘖已萌。粵西小寇陸梁為患。涓流潰壞。爝火焚原。方為殷憂。吾恐天下無一片乾淨土。欲令我在何處學老圃耶。時咸豐紀元辛亥也。人皆笑其言之妄。明年盜自桂管蔓延及湖湘。江皖震動。君已至北方。要結齊魯燕晉間諸壯士。將收為己用。冀得一當以報國。時南北道路梗塞。鄉人之南歸者皆藉其力。常曰。滕縣以北雖啟途夜行。可以無虞。滕以南我不知之矣。北方豪傑聞其名者。無不樂與相識。願出門下。

癸丑春。陷金陵。聞之為扼腕椎膺。泣數行下。所親私問以天下大勢。曰不可為矣。然我已募得壯士三千。將渡江而南。與賊決生死。特不知天心人事何如耳。後竟以所募馳抵淮揚。時左副都御史某募勇為一軍。駐東路之萬福橋。以保衛下河各州縣門戶。東平逕詣其營。陳自願募勇殺賊狀。副憲將留以為己助。東平曰。擒賊當先擒王。今逆酋負固金陵。我當先搗其巢穴。則餘賊不戰自潰矣。又何能為。時以軍務初興。艱於籌餉。東平乃始創釐捐議。由是各省效之。大營藉以資給。有在營某同知嫉其能。時譏之於副憲。副憲亦以其常拂己。爰於謁見時。令武士刺之。（武士為張小虎。乃虎頭之手由殘虜引入營者。）而以通賊聞。或曰。曾見奏牘中言錢江久在營中作記室。見其蹤跡詭秘。密察之。乃得其與賊交結狀。搜其篋笥。得往來書累累。乃寘之法。其實皆莫須有事也。惟東平酒後放言。有似灌夫罵座。又復不知忌諱。動言事不可為。而謂天下之壞由於官。以此叢忌。卒至於身敗名裂也。哀哉。副憲旋升授刑部侍郎。幫辦軍務。六年。以揚州再陷。褫職去。

日本宏光

日本人宏光。字順叔。行三。素居日本京都江戶。為將軍貴胄。世襲華職。年僅二十六戚瑰奇英偉超卓不群固其國中之俊傑也同治丙寅五月來遊香港曾往英京倫敦覽其山川風物詳觀各機器水火二力之妙用而悉會通其旨於英國之語言文字皆能洞曉英人無不羨其聰穎而嘖嘖歎美敬禮有加焉又嘗遊歷金山所至輒詢以有用之學於奇技淫巧視之蔑如也既至香港往來羊城文人才士皆樂與之交順叔亦皆一一延接務極賓主歡於是投贈詩章盈於行篋求書者戶外屨常滿順叔於書各體無不工而尤擅鐘鼎篆隸因此書名大噪於粵東比將返辭於諸故人祖道東門自梅觀察以及士大夫悉贈詩以壯其行色即下至閨媛亦以詩歌贈答順叔之震耀於時如此吾觀日本近來人才迭出務在留心經世實學歐洲文士所譯天文歷算醫術格致各書無不深研力索其所著如三語便覽歷代紀年於西國情事洞若觀火而國中亦有輪船炮局力講富強嗚呼志豈在遠哉今順叔亦如是耳順叔來訪予於旅舍與之款祖論心歡相見晚順叔謂予曰邇來國中政事風俗大有更革蒸蒸丕變日臻上理六藝之內既捨弓矢而專習劍舞騎乘則教之以坐作進退火器則訓之以拖放縱擊水師則導之以駕駛輪船俾供洞悉運用之妙又教舵工以航海之術今國中已有火輪軍艦八十餘艘按此乃誇詞日本所購輪船祇二十餘艘耳可

謂盛矣前日江戶政府選子弟十有四人遣往英國倫敦學校肄習文字皆係英秀穎異之士年齒由十二歲至二十二歲不等衣冠之制多倣歐洲剪髮持梲效其裝束長官左右袖則以金線五匝以別等差皆能通英國之語言文字所異乎西人者惟腰繫二刀而已江戶政府督理船務將軍中濱萬次郎月前親抵上海製造輪船局知其機栝關鍵深悉其微近已啟行回國矣國中共有二百六十諸侯由大君頒諭召至江戶京師咸集議事務欲整頓武備奮揚國威以征不庭現有興師往討朝鮮意粵稽日本往古崇神天皇六十五年任那國王聞日本有聖王始遣使朝貢此當中國漢元帝竟寧元年也垂仁天皇三年新羅國王子歸化來朝獻寶物此當中國漢成帝和平二年也神功皇后元年女帝親統六師渡海征新羅新羅王稽首稱臣願備藩服貢珍寶八十艘高麗百濟亦皆恪順內附三韓悉服女帝之功烈遠矣哉此當中國漢獻帝建安六年也後陽成天皇文祿元年上將軍平秀吉遣兵伐朝鮮取之大敗明之援師明遣使乞和此當中國明萬曆二十年也凡此皆載在史冊武功震耀不遑枚舉西北諸藩歷來臣服朝貢弗懈即如琉球最爾邦向為日本西國諸侯之屬隸於薩峒摩一島久奉正朔慎我王靈凡遇國君踐位必詣江戶拜謁大君至於朝鮮五年一貢至期親至京師此各國貢獻之古例也今朝鮮王負固不服久廢此例是以將議兵造艦聲罪致討云此皆順叔所述者稽古稱今言皆有物鋪張國家之宏功揚厲君相之偉業赫赫乎令人想見其國之方興未艾也真可謂華國之儒學古之彥矣

英人倍根

倍根英國大臣也生於明嘉靖四十年少具奇悲聰警罕儔既長於格致之學心有所得生平著述甚夥其為學也不敢以古人之言為盡善而務在自有所發明其立言也不欲取法於古人而務極乎一己所獨創其言古來載籍乃糟粕耳深信膠守則聰明為其所囿於是澄思渺慮獨察事物以極其理務期於世有實濟於人有厚益蓋明泰昌元年倍根初著格物窮理新法前此無有人言之者其言務在實事求是必考物以合理不造理以合物倍根仕於英王惹述斯第六朝其時朝政不綱羣奸當道倍根無所匡正惟攬權濟貨是聞英一千六百十七年上院首輔依勒斯米彘倍根代之英王封以世爵號巴倫弗魯藍頗寵任焉一千六百二十一年正月巴力門集議言王政多病民廷議諸官府不法事倍根與焉時倍根官蓋瑟勒掌王詔

令行國律法王方深倚畀不欲卒究其事倍根不能彌衆議自首其罪冀以求宥於衆上下兩院公議黜倍根職且下之獄捐金贖罪王不許僅使去位閒居而已越四年倍根死年六十五歲跡倍根生平為人交友則忘恩秉政則受賂其人固碌碌無足取也然其所著之書則後二百五年之洪範也西國談格物致知之學者咸奉其書為指歸其後哈爾非始為血絡周流之學醫術為之一變觀象儀器其製更精其術益驗於是哈器測日面有黑點又有人測水星過日面為今時新法之證紐敦始為光學容勒格力始為遠鏡兼始造反照之器弗藍斯得始明行星定星旋轉排列之理哈力始考察彗星往還別一軌道按時而至英國諸學蒸蒸日上無不勤察事物講求真理祖倍根之說參悟而出蓋倍根之前專心於學者如磨旋之牛徒費力行莫出跬步自倍根闢其機緘啟其橐鑰於是醫法日新而治病多效農具巧而播種省工觀天文察地理他如測遠鏡量天尺電氣探報時表火輪機輕氣球潛水鐘諸器之有裨於人者指不勝屈此皆效之共見者也英國自巨紳顯宦下逮細民共習倍根之書然皆欽其學而薄其行殆愛而知其惡者歟言固不必以人廢而公是非百世不能掩焉

英人侯失勒

侯失勒約翰，字弗留特留客。別字維廉。英國疇人之最精者也。父維廉，初居於阿諳威。乾隆二十四年，為軍營樂工，隨軍至英。逃軍，侯用為英國軍樂教習。先後為約克巴得兩邑會堂樂工。暇輒構思，尤專學。詳論測量變星及月中諸山。於是名始噪。著作得載於博物會歲冊。乾隆五十六年，測得天王星。聲譽益籍甚。維廉起自寒微，以天算故得躋顯列，與諸名流相往還。五十七年二月二十八日，生約翰，時已五十二歲矣。約翰幼入堪比日大學肄業。嘉慶十八年，考居首列，旋著書論微分理。是年四月二十七日，選入博物會中。述撰甚富。初著數學，備論算式。道光元年，獲賜金牌一。約翰以父維廉天文鏡甚精，於昔格致家專於窺測，故與會中議別創一會，專講天文有關係者。疑其議，會成。約翰為司理之一。由是天學日進。得雙星三合星之距角與方位，及星氣星叢，因偕沙耳特同著一書，詳論列之。天文會復贈二人以金牌。後又作雙星表六。表內最少有二百八十四，最多二千有七。測定此表，必於夜半冬時，更況寒。約翰固知此功艱鉅，冀他人為之續成。道光十一年，英主賜約翰功號。十三年，在公會考究雙星環繞之理，著有成書。會中亦以牌贈。總領索塞公嘗言約翰不特能考天文極遠之星，兼能察星氣之最奇者，定其位而論其象，以及雙星雙千僅得其但與相距，又能定星道根數之中數，發明太陽所屬諸星之重力，雖在天空最遠之處，亦盡相同。是足為談天學者助。星表既成，立志往南阿非利加，測南半球諸星。道光十三年十月初四，攜眷屬，齎儀器，至好望角，僑寓友朴敦小築精舍於大山之側。安赤道儀及回光遠鏡，其徑二十尺。窺測之事有七端，而以恆星為最。得星氣之最大者二，一在參宿，一在海山第二，與天河間。皆詳細窺測，而圖其形。每於清夜用分微尺詳測諸雙星之相距，所得可異者，盡記諸測簿。又記道光十六年歲杪至十七年歲首，太陽面有黑斑。十七年四月二十一日，太陽面黑斑狀甚奇，算得地球設在此黑斑之內，四周相空尚三千里。道光十八年，自好望角返國，王晉其爵一等。二十年，公會印其著述一篇，乃論陽光圖綫能變化銀板金類。約翰既去友朴敦，人多思慕之，共建石塔於回光遠鏡處，以誌弗諼。在彼曾著書二種，一曰格致初基，一曰談天，皆有大功於世。咸豐元年，洊升錢部，昔奈端曾居此職，後久無人授之。約翰得列此，眾以為榮。約翰淡於榮利，不預閑政，就職後體衰多病，遂於咸豐五年解組歸林泉。久而病愈，仍不出，亦不甚延接諸博物士。惟將印行之星氣星叢表，宜講於諸

公會中。其老而弗倦也如此。以生平於格致積功最深，故格致之士多側席請其指論。天文官每歲所紀，必延其考核，垂為定本。道光十四年，議院失火，度量原式盡燬。議院選名人重定之，約翰與焉。曾為格致大公會要職，又為公會司事長。道光十年，公會總領極耳白去位，約翰與索塞公皆當推薦。會中二百四十人推約翰者少於索塞者八人。然嘗三為天文會總領。道光二十五年，公會諸人聚集於堪比日時，約翰曾攝總領職。以測星著書有功於後學，前後受公會金牌之贈者不勝枚舉。此其生平任職之大略也。厥配蘇格蘭醫士斯斗而女，生子三人，女九人。次子亞力山大斯斗而，承其學，亦為博士。著書若干，專論流星隕石之理。約翰卒於同治十年，壽八十歲。有遺草一篋，大小七十冊。論天學者二十八冊，論視學者十三冊，論具學者十冊，論地質者八冊，論雜事者如光學、聲學、天氣學、格致學。所著天文書有二巨編，一為星氣星叢表，一為好望角測量表。其星氣等二千五百，各有赤經赤緯度數。有奇異之狀者，約一百，圖繪工殆罕與埒。天文官皆云是編之中，以所刻星氣圖最為珍貴。其奇異之狀，不能以言語形容、數目詮解，而是圖獨能顯明詳晰，俾後之測星者有所依據。此編至道光十三年止，逮其既耄，益作星氣星叢大表，自附於家庭及得於心悟目見，并列國疇人所測得者，賅括無遺焉。

遯史氏曰：侯失勒以歷學世其家，享盛名者三代。約翰天挺異質，又復濟之以力學，宜其超越名流，為近時疇人家領袖也。其父維廉，精於造遠鏡，其最大功在測定星，如明天河無數遠星，又新測得諸星氣。約翰生平所用力者，亦即在此數端。自言近今所造最精之器，能平安而使於考較，乃於昔時所用者，可無畏難中止。故自道光五年至十三年，測視星氣，未嘗一日輟也。約翰天學所造，深宏廣遠，然世未之或先，而其所長尤在於用測量諸器，不足覘其授受淵源之所自哉。

法國奇女子傳

法蘭西奇女子若安者，亞爾格部人也。生於小家，幼嘗牧羊。風鬟霧鬢，顧影自憐。擁齒韶顏，獨居未嫁。法國俗尚淫靡，男女聚會歌舞，女輒以莊重自持，人以是異之。會法國大亂，英吉利王顯理第六遣兵來攻，拔其都城，羅爾河以北盡降於英，法王子遁於舒襄。英人渡河而南，圍阿連斯。此城下則法之腹地將盡為英有。軍士沿途焚掠，人民奔竄。女目擊心傷，身不顧一女子，欲為國家成再造功，拯民於水火中。意上帝必助之，乃攘臂大言於眾曰：上帝立我，俾克強敵，為汝等除害。眾聞而駭笑之。女

堅以自任。詐益攄。有信者。遵以入見法王子。王子求復仇。與英戰。輒敗。收兵數千。號曰孤軍。流涕而道曰。此再不勝。大事去矣。聞女至大喜。遽見之。以為孤軍旂。賜以旗中。旗繪天主圖像於左方。女戎服登壇。慷慨誓衆。時英圍阿連斯已七閱月。攻之益急。城中食盡。將降。女遲提孤軍疾馳往援。飛檄英營。謂速撤師。不然盡殲無悔。英軍圍城者聞其至。兩甄左右翼。女率精騎衝中道。先當敵人。英將爭欲得女。陳亂。女返騎迎擊。步兵繼進。前後夾攻。呼聲動天地。殺傷過當。長驅入城。給兵食。城中人見女踴躍歡迎。若從天降。勇氣百倍。守益固。女時出奇搗堅。所當虜無不靡。一日法人出戰。已北而奔。而女適至。整軍馳入敵陳。莫不辟易。戰酣。女為流矢所中。墜馬下。一軍皆驚。女忽躍據鞍上。自拔箭鏃。裂衣布裹創。驟馬入英將麾下。奪其旗還。蓋女旗當先馬嘶為英軍所奪也。前後數十戰。無不捷。英人懼。撤圍去。以全城功。軍中呼為阿連斯。椎牛饗士。建元帥旗鼓。將校持戟摘冠為壽。皆屏息莫敢仰視。單行進止。惟命。女力戰先登。屢敗英師。擒大將代爾泊。轉戰三月。克復侵地。諸已降英者。皆望風來歸。法之兵威大振。一千四百二十九年五月八日。迎法王至康士。康士已為英人所踞。聞女至。當夜遁去。遂立法王子為王。行上冕禮。號查爾斯第七。封女貴爵。列於上卿。

仍以兵事委女。明年春。英王顯理第六。駐師於法都巴黎斯。自號法王。以令於國。女為英軍所覊。入守根碧城。英軍圍之三匝。英拂銀棣侯主軍政。益兵增壘。久持不去。女糧絕援窮。引驍騎六百。躬自突圍。力竭為英軍所擒。囚之固圜。女乘間自投下。弗死。後錮於老鶯城。坐妖妄罪。焚死。猶十七八好女子也。法人聞之。歸咎於英之報怨。然查爾斯賴女得立。女死。弗能報。真庸主哉。

逸史氏曰。若安提孤軍。全名城。立儲王。存亡國。誠使男子作事如此。顧不偉歟。曾幾何時。香消玉殞。英人一炬。焦骨可憐。英雄耶。兒女耶。堂堂中華。秦家白桿軍。安在吾顧鑄金事之。此本海外三異人傳之一。寶山蔣君劍人所撰。今該撒華盛頓兩傳。刻於嘯古堂文集。而此篇獨遺。殆經發源齊玉谿校定時刪去耶。然篋中尚存其原稿。復據西史別本。為之增損六七。錄於篇。

英國才女法克斯

才女法爾法克斯氏。英人索美爾非拉室人。以天學著名歐洲。按女為英之蘇格蘭人。固貧家女。祖父皆以詩禮世其家。女生而秉性幽閑。天資穎敏。貞靜自好。雅嗜文史。於天算之學。獨有心得。少即讀書於蘇京壹顛布拉女塾中。師以數學難題試於衆。皆不得其解。因詔有能解之者。列上等。女為疏通其義。曉暢明晰。蘇京格致會詔前輩。大奇之。贈以金牌。用示獎。而其名由是日起。既長。益致力研求。孜孜不倦。杜門著述。幾於等身。普法意大利諸國。時人家咸讀其書。歎為奇才。倫敦御定格致會暨天文地理各會。皆賜金牌。以旌異之。英相彼拉為設定章。歲由國帑頒賜千金。以助膏火資。蓋國家激厲人才。不以閨閣而異之也。女於重學一門。所造尤深。本於法國人拉伯拉撒所著之書而立說。拉在當日。輕視英人無精於重學者。嘗曰。英國之能讀我書者。惟格拉哥及索美爾非拉二人耳。蓋女先嫁格利哥。早卒。再適索美爾非拉。所稱二人。其實一人也。女以格致諸事。理本相因。道原一貫。著有格致聯珠考。辭文清朗。語簡意賅。凡諸名士辯論之詞。備加甄錄。間復斷以己意。書稱凡九易。學者無不奉為金科玉律。咸豐十年。女倚寓意大理。適荷蘭醫士亦遊斯土。而往見之。時彗星見於天西。相與登觀星臺。徘徊瞻眺。推此夕為彗星軌道最近地球之日。女所論彗星理致奧遠。出人意表。醫士服其精識。晚年曾著地學一書。可與格致聯珠相伯仲。自來之言地學者。惟記諸國之省郡州邑及民數物產而已。獨女是書。出挈領提綱。旁搜博采。可以使學者多識廣聞。以是人咸宗之。女吐屬風雅。工琴善畫。俱

臻妙境。雖曲師星容亦自嘆弗如。說者謂即使女不工於天算諸學。則此二藝亦足以名世矣。女於布臘臘頂古書。流覽頗廣。幼耽文事。而於閨閣本務。亦不之廢。女紅精巧絕倫。生一子三女。早殤一女。亦先亡。以同治十二年春三月卒。倫敦醫士何蘭德為之傳。女平生述撰。為世傳誦。名列博物院中。嗚呼。如女者洵足以垂不朽哉。

記張石卿事

張石卿。湖南長沙府人。與賊首偽翼王石達開同年優貢生。按此殆傳聞之誤石逆不過富人子耳未必舉優行而入明經科也。曾隨石酋至金陵。賊中一切筆墨。均出其手。石卿具有膽略。才智絕人。自詡為良平復生。運籌帷幄。決勝千里。不是過也。故賊中所有大小戎機。均邀其商酌。曾在金陵繪天下大觀圖。所有賊匪自廣西作亂以來。凡經其攻陷各省之府縣州廳。及一切村鄉。纖悉靡遺。至於若何戰攻。若何守禦。各事皆為代畫井井。後投曾帥營中効力。投誠之後。立建奇功。毀東河平賊營凡七。會同官軍進剿。無不得利。曾帥大為嘉悅。特保三品花翎。其遇合亦可謂奇。旋有控其在賊中作惡多端。罪不容誅者。立寘重典。從開湖南之變。其子首先作亂。一切機謀詭詐。大有父風。誠可謂世濟其惡者矣。天生戾氣。萃於一門。亦劫運之所致也歟。

紀潮郡逆民事

逆民鄭錫彤。潮陽縣之沙龍鄉人。以行二。鄉人呼之為二老爺。其子鄭森。同惡相濟。弟錫瑄。恃強肆虐。為之羽翼。錫彤家資千萬。一鄉皆聽其指揮。無敢稍逆其意旨者。偶爾違拂。立置之死地而後快。其殺人也。悉活埋土中。雖不慊於一人。而必戮及全家。不獨睚眦之怨。動致報復。即閒有後言。亦必有禍。夕則議於室中。朝已瘞於地下。為所害者。不知凡幾。蓋其耳目衆多。廣行伺察。雖夫婦勃谿。家庭詬誶。無不知之。幾有賈似道題詩移壁之風。見鄉中田土之膏腴者。必謀得之。先買其左右隣田。然後謂佃人曰。此亦我田。汝盡納租。佃人懼。不敢不從。有田之家無敢出一詞。凡於魚池芋地。悉以此法行之。坐是併兼致富。怨者吞聲。憾者切齒。然其勢燄張甚。人莫誰何。所畜死士。幾三四千人。為之爪牙心膂。性尤淫暴。見鄉中婦女稍具姿態者。無不羅致。不論其有夫與否也。被害之家。必先掠淫其婦女。美者為其子森所得。粗陋平庸者。則命壯丁相就迭淫。以致之斃。名曰風流刑。其酷如此。家中畜有戲班。遇喜慶事。張筵演劇。視為尋常。以重金購二童子習技。其一遠去。後尋得之。矐其目。今在汕頭乞食。能言其作惡狀。歷歷如繪。有同族四齡小童。偶入其家。拾一所遺小剪歸。其父見之驚曰。此二老爺物。何得妄取。急持還白之。錫彤曰。可喚兒來。至則命人瘞之。其父涕泣求釋。卒不可。有同族人見其所為不法。懼累及。移居他所。其人在鄉中有田數十頃。歲收租賦五六萬金。錫彤曰。彼既不歸。此應為我有。歲所得盡入其橐中。族人無如何也。旋至京師。應順天試中式。遂臚列其前後惡迹。叩閽上控。廷諭粵中督撫嚴行查辦。督撫因密飭地方官設法擒治。但沙龍地處險阻。其家藏大礮七十餘尊。設有火藥房軍械庫。牆垣悉以三合土築成。隱然若金城湯池。刀矛弓矢。無不具。前曾往攻十三鄉。輒用地雷火器。所殺無算。幸其子森已前死。官軍圍之稍易。然卒不敢臨之以武。蓋懼其為變也。鄭逆本捐副將銜。賞戴花翎。凡縣令赴潮陽任者。皆先往拜。凡事阿順。然後租稅無缺。否則催科之吏無敢至其鄉。前後所任官。咸憚其威不敢發。而某鎮將乃以計誘之。結為異姓昆弟。行佯若推心置腹。舉之為各鄉領袖。請出辦公事。時道憲已密布軍士於內外。知其至。飛紙召之。甫及道署。命去衣冠入謁。立坐堂皇。鄭逆詞色不撓。道憲詢其何故在鄉殺人。則對曰。彼皆莠民也。不誅即為亂。又詢其何故攻殺十三鄉。屠戮平民至以萬計。則對曰。此皆揭竿謀變者也。不殺則必叛。又詢何以不報官究辦。則毅然對曰。無官。道憲勃然作怒曰。道府州縣

近在咫尺。何謂無官。命隸扑之千下。然後收禁囹圄。縲鞫其弟錫瑄。則匍匐階下。不敢仰視。但曰今知罪矣。求緩須臾死。道憲因其乞憐。未之加刑。亦寘之獄。後援謀反叛逆例。處以極刑。潮郡人聞此事者。大為稱快。曾有竹枝詞數十首詠其事。傳誦一時。聞鄭逆年約六十餘。其弟頗能作畫。殊皖遽致此。皆天地間戾氣所鍾也。

宋景詩

宋景詩。山東人。辛酉年東省暴然不靖。宋逆首行揭竿倡亂。煽聚多人。反復背叛。屢逃法網。捻逆平後。變易姓名。潛蹤遠遁。時在齊魯燕豫之間往來遊歷。居無定所。旋聞訪捕稍懈。仍復回東。改名許連陞。出入蹤跡。多在曹東歸陳徐兗等地。宋逆生平具有絕技。力大過人。屈其臂。數十人不能伸。伸其臂。數十人不能屈。所用飛鏈飛標無虛發。出門必攜利器自隨。用以防衛。每至一處。必以聲勢招徒為事。佯以意氣交結。若墮其術中。必來機煽惑。勸其入黨謀逆。身畔攜有五色小旗。為人誦咒治病。多有應驗。於是愚人羣信之。呼之為許半仙。暗中勾結黨羽極衆。率恃鳴鏑探丸為生。北方騎賊。半其流亞也。宋逆嘗謂人曰。凡為我友者。得吾片紙。雖馳驅於齊燕之境。啟篋安枕而行可也。宋逆自漏網潛逃後。各省並懸重賞購之。有總兵牛師韓者。緝知其所密白大府。願擒之自效。大府壯而許之。爰改裝為商賈。尾宋逆而行。每至或先之。或後之。或與之同宿。一逆旅中。顧憚宋逆技勇絕人。未敢遽下手。恐一擊不中。反使其翩然遠逝。則其為禍胎者。將無已時。兼以處處皆有逆黨。非一人所能了之也。適有劇盜黃宗孟素與宋逆相識。一日與師韓遇。知師韓為貴人。屏去從役。跪陳蹤跡。自願擒賊以贖罪。時山東有總練新付宮刁文煥。因事知師韓。師韓曾主其家。亦願投效曰。彼可以計誘耳。師韓於是屬其下而告之曰。汝等各宜奮勉圖効。以報國家。擒斬兇渠。在此一舉。有能首先獲弋。當賞以國帑五千金。平民則破格優保。罪人則立赦前愆。其下聞之。無不踴躍作氣。一日宋逆由東至豫。黃宗孟迎謂之曰。皖北尚有捻逆餘黨。可以勾致。遂與同入皖境。因約師韓密伺於亳州城外。行至亳州之界。滿集官兵。四集突起擒之。時宗孟已先竊去其鏈標諸器。宋逆以徒手無技可施。竟弭耳就縛。皖撫解赴京師。置之極典。

白齊文論

白齊文。米利堅人。跡其所行。一反覆無賴子耳。始助官。繼投賊。屢次被擒。終以西人無專治例。歸諸米領事。領事與之約。毋再入中國。乃放之東瀛。似宜置身局外。弗萌

故態。不意復由日本潛至漳州。添翼虎狼。濟毒蛇蝎。卒致弋獲。自貽滅亡。嗚呼。是亦愚矣。溯自咸豐十年。前任上海道吳煦。曾緣呂宋人為兵。令華而統之。每戰爭先。頗資得手。經克復松江府城。吳郡王韜。獻言於觀察。為招募西兵。人少餉費。不如以壯勇充數。而請西弁領隊。平日以西法教演火器。務令精練。夫衆莫患乎無先為之倡。有西弁率之以前。則膽壯力奮。似亦可收效於行間。於是遂有洋鎗隊之設。號為常勝軍。華而後沒於王事。白齊文繼之。攻克嘉定青浦。以功大酬薄。頗生觖望。遂刦泰記餉銀。并所傷事主。候補道楊坊。竟往諸賊。為賊謀主。幸賊疑之。未大用。嘗勸忠酋李秀成。盡棄江浙兩省地。斬伐茶糸。焚燬廬屋。無俾有遺。然後併合大股。轉戰而前。直趨北方。踞齊豫秦晉上游之勢。以控東南。其地為西人之力所不至。乃可以逞。幸忠酋戀棧。其說不行。後為左宮保獲於閩。米國之駐劄福州領事慶樂為之力請。謂擬解歸本國。束公嚴辦。宮保以白齊文惡稔罪巨。弗之許也。由閩解浙。道經山陰。適遇水發舟覆。白齊文亦沒於中。論者謂招募西人。雖取利于目前。而或恐貽日後之憂。如漳州助戰者。不獨白齊文一人。此外有嫻於戰法。能鑄大礮。不下數十人。其前皆曾助官軍勦賊。屢立戰功。不獲重賞。因此怨懟。終為我敵。前則助我以攻賊。今反助賊以攻我。其變特轉瞬間耳。而我之虛實盡為彼知。損多益少。豈不信哉。或曰。是非然也。一國內亂。原無關乎外邦。西國之例。助彼助此。皆非所宜。助賊者固為悖理。而助官者。亦徒恃利耳。嗜利則何所不為。即烈忠義。非能責之異國之民。叛逆附順。亦非彼之所及辨。其能為我用者。徒以利之所在而已。招募流弊。其始固已如此。譬如兩人之身。血脈不相通。痾癢不相關。求其指臂之相使。腹心之相倚。豈能得乎。且中國今日之賊。即昔日之民。治之不善。則今日之民。即可為後日之賊。西人助中國殺賊。不過權宜補救於一時。本非可常用也。譬如瘍醫治瘡。剜去腐肉。曰是可立愈。明日而他處又潰矣。以毒未拔也。故平賊以治民為先。平賊在良將。治民尤在良有司。兩者相輔而行。不可偏廢。徒事外攻。抑末已。故觀於白齊文而已事可識也。

甕牖餘談卷二終

甕牖餘談卷三

清 吳郡王韜紫詮撰

漢口賊情

有客自漢口來。述捻逆中多有髮匪餘孽。幾於髮捻不分。故捻逆所作為。與髮逆無稍異。捻逆中皆係張苗之黨羽。前時張樂形苗霈霖皆往投髮賊。髮目洪秀全方務招來。以收上游指臂之助。乃偽封張樂形為捕北王。苗霈霖為奏王。後張受天誅。苗擒偽英王陳玉成以投誠。遂得減死。而反覆不常。終以授首。現所竄擾者。張樂形之子苗霈霖之姪也。其衆多山東河南兩省人。兇悍善戰。及金陵賊巢傾覆。所有英忠二賊之衆。皆往投捻。是以其黨益盛。此輩皆身經百戰。可稱積悍老匪。著名兇寇。今時之來漢口。蓋有漢口兵勇潛為之內應也。兵勇不知大義。官盛從官。賊盛從賊。近見各處兵氣稍靜。糧餉積久不發。遂有思逞之心。勾結賊匪。以圖飽其欲壑。是故始也冀藉勇以備賊。而不知反因勇以招賊。多一勇即多一賊。有心斯世者。宜如何處置耶。

禁食蛙

食物有古今不同。南北各異者。犬於古時以為珍饌。並講烹飪之法。登於宗廟者曰羹獻。而今人罕食之。青蛙古亦入饌。周禮有蟈氏。鄭康成以為今御所食蛙。則並以充天廚矣。漢東方朔傳云。長安水多蛙魚。貧者得以家給人足。則古昔關中已常食之如魚。不獨南人也。今粵東極嗜此。供諸盤飧。出以享客。奉為珍味。江浙雖有食者。然率賤品視之。搢紳家以登庖為戒。每歲四五月間。青蛙生發之際。官府多出示禁捕。以其能啄蟲保禾。大有益於農田也。故青蛙一名護穀蟲。其有捉取籠以入市者有罰。考蛙性熱甚補。然人多食。小便苦淋。妊娠食蛙。令子多病。粵居炎方。要宜少食。況煮者多以煎煤加入辛辣。如抱薪救火。安能求益。講養生者。勿視作潮饞都護也。

專重天算

近今京師於同文二館之外。另設一所。專行肄習天文算法。延泰西名儒為之教授。凡願學者無論貢舉官員。悉可考選。并移文各省督撫。飭屬薦舉。而於向所設立西學館中。拔其雋異者。令其入京。前上海廣方言館。業已選拔十人。以備道署繙繹之用。十人中如嚴良勳席淦王宗樞徐廣坤楊兆鋆朱格仁。均已入泮為諸生。於西國之文字言語。悉能通曉。兩江總督曾節相。札諭上海兵備道應觀察。令於館內選取有功名者五人。送入京師。以資學習。五人中嚴席二子。皆能明算法。夫天算之學。固推泰西。本朝自康熙以來。南懷仁為監正。推闡西學。而御製數理精蘊諸書。尤綜其大成。其學於是大明。於時承風奮起者。如梅文鼎當首屈一指者也。他若董方立諸家。亦能別闢蹊逕者。近代如徐君青戴鄂士兩先生。崛興於浙。卓然成為大家。見危授命。大節凜如。茲海內所知者。尚有李壬叔鄒特夫數人在也。是則中國之明西學者。未嘗無人。倘能徵而聚之京師。互相砥礪。安見不足抗衡於西儒乎。且西儒中之品學純粹者。皆以敎敎傳敎為急。有不能以重聘羅致者。其來者未必具絕人之才者也。西儒之在中國以天算著稱者。蔡如偉烈亞力。然其人非可以幣聘也。則此外可知矣。

海運說

江浙糧運。改由海道。由來廿餘年矣。將所收運者。皆需沙船。先經總辦海運局封港載船。旋即飭令招雇分兌出運。蓋米由官辦。運由民船。船由官雇。價由官給。此歷年來海運之章程也。至前時糧艘。全行朽壞。自經寇亂。并板片都無存者。而運河日久不修。河身淤淺。閘壩坍塌。非鉅萬金不能整理。前經曾侯議以一半兵籍。擇其老與少者。改作糧丁。仍由河運。此固由撤兵減餉起見。然重修運河。費既不貲。補造糧艘。仍需國帑。似亦非計之至者也。或謂運河道由內地。無意外虞。雖路遠時久。而穩於海運者。此第就今之沙船言耳。若使自製輪船。一準於西法。毋惜經費。毋減物料。先延西匠為之經度。必為久遠計。其載米固數倍於沙船。而履險如夷。則亦無所謂意外虞也。每船撥兵。宜有定額。屆運則為護糧之用。事畢則為巡洋之需。其以船為家。仍無異於糧丁。而裁兵之術。亦即寓其中矣。如是則中國之水師可精。沿海之防務可嚴。海運遲速。皆操自我。豈非一舉而兼數得者哉。抑更有說者。嚮時河運糧艘。每於秋日來南。至明春則運米北駛。計此一歲中。行時少而停泊時多。以故糧丁水手等。易以滋事。今若改用輪船。於開兌時統核船數。輪班派定一二船出哨。餘則照西國公司例。准民間裝載貨物。往來各海口。所得水脚銀。悉歸總局。於年終繕造清冊。由在省督撫咨部查核。除各項耗用外。盡為修葺船身及加造輪船用。則既足以裕國。而又非與民爭利。以視修運河補糧艘。僅有出而無入。果孰得而孰失耶。彼糧丁水手既日有所事。亦不致以干法犯重為地方憂。則又無須沿途防檢也。若夫在局司事各員。欲其無侵蝕。無冒消。公正廉明。實心任事。每歲於舵工等。詳考優劣。

以昭激勸。則固在各督撫選擇得人。而非意計所能及矣。

武試宜改舊章

近日考試武童。外場官長。仍按照舊章。諭令武童至期各帶弓矢。齊集演武場。聽候考試。其內場另擇日期。默寫武經。竊意取士之道。文試既以時文詩賦。謹守成法。不敢稍更。武試似宜量時變通。蓋今時行軍以火器為先。兩敵相遇。專事轟擊。火器精而多者勝。然後後隊繼之。追奔逐北。遠兵以弓矢。近兵以刀矛。是弓矢刀矛者。追敵之所用。而非攻敵之所先。近時操演士卒。既重火器。則武場似亦可以兼試。平時習之既精。臨事自然有恃無恐。乃不置講於先後緩急之間。所試非其所重。將來所用又非其所習。抑何其計之左也。他若武場專講弓馬。則僅可嫻於陸路。而未諳於水師。沿海州郡。似亦可以增設專科。講求盡善。此誠今時之急務也。

官鹽說

瀕海之區稱富者。其利不過曰魚鹽。顧鹽法雖因時制宜。而私販之禁則一。今自中外通商以來。各種貨物。皆准其出入交易。惟米不得出口。而鹽不得入口。何則。以鹽固中國所饒足。無藉乎西商之携至也。今聞西人云。中國常禁洋商帶鹽入中華販賣。此殊不解其何故。若肯弛禁。准洋商販鹽來賣。照中國納稅規例。彼此均能獲利。即如印度國。向來不准他國鹽入境。至二十年以前。印度會城開禁准行。及今每年消鹽至一百六十萬擔。印度獲利勝於往昔。則中國亦何樂而不為哉。況內地之鹽。常為私梟販賣。國稅已絀。外國之鹽販來中國。照例輸稅。當無走私虞。西人之所述如此。雖然是真知其一未知其二也。中國即有私販之鹽。亦從竈場買至。其錢仍入於官。是官商之所謂私。非國家之所謂私也。今中國於食米遇歲歉時。或有不敷。而於食鹽未嘗不足。何必藉外鹽以濟之。外鹽至而華鹽之消必滯。雖得稅餉。亦何補於大局耶。且又何以處夫竈戶竈丁耶。不特此也。鹽之為值賤。西人以貨船販運至華。除一切費用。所得當亦無幾。則必欲同爭此利。是亦有所不解矣。

算學宜先師古

英國湛氏。論算學為格物之門鑰。當從歐羅巴先達入手。深惜吳子登太史算學初集多重古法。其有間借今法以參補者。不詳其所從出。識之開是也。而湛氏意亦重今法。則於古天算遞變之源流。恐亦未及詳也。析法之精深。人人知之矣。而要皆從古法之疏舛者對勘而出。如地為球體。推日食始於他國。則亦取諸他國歷志。或得地動之義而細測密悟者也。測地距日法始於亞里達。古今人雖知其未密而立法之功實為其所創。如無多祿某言地球恆定軌道平圜之說。則歌白尼地動之證不與。刻白爾橢圜之理不彰。即地球動定兩說。古來諸名家聚訟紛紜。今未有不是動而非定者。然第谷雖執舊說與歌氏不合。而其測天之精實有以開奈端諸家之學。則新法未嘗不從舊法中來也。不特西法如此。即中法亦何獨不然。漢之諸歷雖未甚精。然後世皆相因用之。至宋何承天隋劉焯唐傅仁均僧一行之流。較為傑出。至元郭守敬而大備。皆從古法密悟對勘而出者也。不明古法不能知新法之善。而悉其變通之得失。故中國人士講歷算者。當先從經學中算術始。繼之以各史歷法之沿革。中法既明。始習西法。亦必溯古以建今。則於門逕之異同。了然可識矣。苟中國學者徒知以西法入門。而於經中歷算本末未嘗一考。則亦未見其得也。

用西船捕盜說

年來南洋海賊時出劫掠。為估舶患。中國捕盜諸艇不能緝治也。徒望洋興歎而已。同治丙寅四月十六日。廣州府憲與英國副領事官統帶華英兵船出洋剿賊。務窮瀕海賊蹤。焚其巢穴。是亦深知西船之足用也。特既知之。何不倣效西法自造輪船。

自練水師。平時可以有備無恐。臨事可以調遣由我。奚必求借求助。僕僕不憚煩耶。竊以其效。以為倣西法造艦則工費浩繁。倣西法練兵則糧餉吝鉅。不知用英船一。可當他船數艘。用西兵一。可敵別兵十人。故費雖若倍。而究之其費亦適均。至於收功奏效。則又不可同日語矣。嘗見道光年間。安慶監生方熊飛有請造戰船之疏。兩廣總督祁貢有仿造西式兵艦之奏。而朝廷亦有許其停造例修師船改造戰艦在與倣造分運各省之諭。其時潘仕成捐造之船。極為堅實。不惜以十萬金出海購木。洋商伍秉鑑潘正煒又捐貲米利堅呂宋船各一。懸以為式。其他論列此事者。如水師軍門吳建勳。廉州知府易長華。批驗大使長慶。皆有可采。而至當不易之說。則莫如方熊飛之即以此船巡洋緝盜。以張武備。以威遐方。少卿金應麟所稱造舟之法。寬以歲月。持以實心。無惜重貲。無拘文法。凡此數語。尤為中肯。是用心不可謂不專。講求不可謂不密矣。傳曰。知之匪艱。行之維艱。其信然歟。嗚呼。中國果未嘗無人獨奈何西事一平。其事遂寢。至中外互市三十餘年。交涉事悉假海疆之多故。當寇跡之縱橫。造艦練兵。似非緩著。乃未聞有一人討及之者。每念此事。不禁為之長太息也。

煤礦論

天下至寶之物。足以富國強兵者。煤而已矣。其寶實有逾於金銀。而世人多弗察之。何也。英國不過蕞爾三島。而富強甲於海外。其所恃者惟煤鐵二物耳。煤之為用甚廣。凡行駛舟車。製造器械。無不需之而成。山之有煤礦者。西人可以一望而知。并能決其多少美惡。無者不必虛費疏鑿之功。有者自得實收贏餘之利。蓋西人於考察地質之學最精。測山則必先究石理。產煤之山。其石理必有異乎他山者。惜乎華人未能明此也。自英國欽差大臣額羅金伯爵與中國修和立約後。西人蹤跡所至。乃得遍歷燕齊楚晉秦蜀黔滇之地。於是尋獲煤礦殊夥。而其煤質率多佳者。西人始遣測煤者。曰朋庇利。先於北方諸山考察煤質若何。迨後朋庇利曰。遍驗天下之煤而所產之佳。當以附近中國京師諸礦為最。誠未見有再勝於此者矣。其地約三百里許。皆煤礦也。繼考察中國產煤者。又得二人焉。曰威林臣。曰烈士科楚男爵。此二人並言中國煤質佳者居多。按英國史所載。備記歐洲諸國產煤多寡之數。如大英國島產煤之礦。量其四周。計有三萬六千方里。法蘭西六千方里。比利時一千五百六十方里。西班牙一萬二千方里。普魯士三千六百方里。布謨美亞三千方里。總計

之約六萬二千一百六十方里。此歐洲產煤之大略也。中國幅幀廣大。疏於搜山採海之術。故地寶所蘊未能盡洩。今僅就西人所已行測知者述之。則其所藏之富亦略可知矣。湖南六萬三千方里。山西九萬方里。直隸山東滿洲之南境二十五萬二千方里。四川二十一萬方里。陝西七萬五千方里。甘肅六萬方里。河南三萬方里。貴州四萬二千方里。廣西三萬九千方里。廣東六萬九千方里。湖北一萬五千方里。福建七萬五千方里。江蘇四萬二千方里。浙江一萬八千方里。江西十萬五千方里。安徽一萬二千方里。雲南六萬方里。總計之約得一百二十五萬七千方里。其多於歐洲不啻二十倍有餘。舉湖南一省之所產。已可當歐洲列國之所出。其充足饒裕。地球中幾無能與之匹。而奈之何終以自域也。又西人知產煤之地。亦必產鐵。蓋鐵礦煤礦自必同盤於一山。共出於一處。珍石瑋寶。亦錯雜於其中。此在乎人之善採耳。中國所產之鐵。俱係上等。業經西人朋庇利驗有成效。其言所出礦鐵自六成至八成。或至八成半不等。其潔淨無渣垢者。可以充代喻鐵之用。由此觀之。中國煤鐵二物。其富如是。宜乎可以鑄鎗砲作舟車。製造一切機器。坐致富強。以凌駕乎歐洲。乃言利之臣。或有以採鑿山礦進者。輒以為多事擾民。無少益而有大損。斥之不知昔

若礦務之壞。乃有明任用礦臣之咎。而開採者亦非真能測驗之人。鑒於其弊。而概抑不行。不幾乎因噎而廢食哉。

漢口雨錢

或傳漢口雨絲雨錢雨豆之事。聞者疑信參半。夫古今所傳。雨金雨土。雨草雨魚。雨綿雨灰。雨刀雨鐵。雨羽毛。雨紅雪。雨硃砂者。不可勝記。在嵒氓每以為神物。而博士則以為虛誕。要之皆非也。稽乾隆五十九年。日耳曼人名古辣尼驗得俄羅斯西伯利部。天降鐵球。重數百斤。一見而知其與常鐵無異。遂特著一書。言古今所雨等物。非盡偽也。近七十年間。有西儒勤究其事。屢見天降之物。果有多種。故人人信之不以為異。何則。天地間分布之物。散聚大小者不等。大則地球日月恒星大行星。中則定慧星及至小之行星。必用遠鏡始辨。此皆各有定道。周行不移。小則游氣亂飛於空中。若近地球則先凝於雲際。輕熱有光謂之流星。漸結為石。為各色沙粉墮於地面。至漢口之雨錢與豆。定非真錢豆。而所言雨絲者想不過如蛛網游絲而已。此據西士所言如此。但中士多言離地一百六七十里則有罡風。凡飛鳥為風所引漸引漸高。一遇罡風。即成游絲悠揚空中。或漢口所雨。亦係此種游絲歟。中士又言天空氣有吸引之力。如雨雹固係空中冷氣所凝。而每有冰殿藏冰。遇雨雹而一時盡失者。則凡物獨不可以氣吸歟。

龍瑞

同治乙丑夏。有客攜二物來香港。雌雄各一。重約二十餘斤。狀若大龜。一頭六足。足悉五爪。鱗甲具備。背文負二十八宿。參錯如布棊。色同翡翠。內含寶光。見者疑為玳瑁之流。客笑曰。非也。此名龍瑞。非常有者也。詰其所由來。則得自五指山之山池。山故產翡翠。土人時尋蹤往掘。有因以致富者也。水深數丈。清湍瀠洄。絕無魚蝦。土人夜見池內。常有光上騰。疑藏寶物。因竭水得之。時客適以購玉至其地。見之詫為奇物。立出重值。載以歸。至粵省時。曾有人欲覓獻督轅者。問其價索萬金。使稍貶焉。而客弗許也。按五指山在瓊州定安縣南界。五峯屹立如人指。故名。山極高。其巔常在雲霧中。久晴海氛清廓時。或見峯尖浮半空。山四旁為黎人所居。內為生黎。外為熟黎。生黎之巢。人跡不至。相傳有怡真養氣壽考遐樂者棲其間。昔人咏此山詩云。想亦巨靈伸一臂。遙從海外數中原。則此山固屬靈境。其產此靈物也亦宜。余又考唐書地理志。崖州貢玳瑁。又古蹟志。崖州東南五十里。海邊有巨石數十丈如屋。宋陳明甫鑿石為欄。以養玳瑁。則玳瑁固南交之所產也。漢書應氏註云。靈蠵大龜也。雄曰玳瑁。雌曰觜蠵。是玳瑁固有二種。其狀亦稍異。劉欣期交州記云。蚼蝞似玳瑁。大如笠。四足縵胡。無指爪。其甲有黑珠文采。斑似錦紋。臨海水土記云。其形如龜。其甲黃點有光。此即觜蠵一種也。桂海虞衡志云。狀如龜黿而殼稍長。背有十二片。黑白斑文相錯。其裙邊缺如鋸齒。無足而有四鬣。前長後短。皆有鱗。斑文如甲。此即玳瑁一種也。今以客所稱之狀證之。似若非此二種。而龍瑞之名。不見於書史。余竊疑之。雖然。四海之廣。六合之大。何所不有。必以所不見不知而斷以為無。適見其隘也。故以玳瑁為龍瑞不可也。以龍瑞為玳瑁之別種。客亦未以為可也。要之不外乎龜之一流。明會典曾載暹邏獻六足龜。或即此歟。神物變幻。吾烏乎測之。

星使往英

英自女王以利沙伯與中國通商。迄今三百年。貨船往來日盛一日。其至中國者皆其國之貴爵顯秩。富商巨室。賢豪英俊也。而中國之往詣其邦者。類皆舵工傭豎俗子鄙流。無文墨之士。一往遊歷。探奇覽勝。發諸篇章者。惟道光壬寅年間。有浙人吳樵珊從美魏茶往。居年餘而返。作有倫敦竹枝詞數十首。描摹頗肖。其後咸豐初年。有燕人應雨耕。從今駐京威公使往。在其國中閱歷殆遍。既歸。述其經歷。余為之作瀛海筆記。紀載頗詳。遊英而有著述者。當以是二人為嚆矢。同治五年。朝廷特遣三品大員斌椿。出使泰西諸國。隨員數人。在英京時日出眺覽。搜羅奇異。恢擴眼界。真有見所未見。聞所未聞者。如園囿中之珍禽怪獸。不可名狀。水湧地中。有若噴珠濺雪。機坊中飛梭運軸。不藉人工。皆水火二力之妙。凡其制作無不巧奪天工。至於山川風土。亦皆觸景異觀。登臨採訪之餘。殊深興感。故各人於耳目所及。寄諸吟咏。迨歸之日。着有乘槎筆記一書。已刊板於京師。一時通國傳觀。鈔襄陽播諸之詞者。頓為紙貴。

物異四則

福安告戚家園畜二母雞。黃白各一。桑麻掩映。分柵而棲。各孵數雛。晨夕帶雛出入。二雌同行。宛若人之洽比其鄰者。一日黃者被人竊去。失母之雛悲鳴不已。白者頻來顧視之。若代為惻惻然。自後得食相呼。歸棲逐隊。蓋亡形於黃白。而皆視為己子矣。雞雖微禽。而於五德之外。竟復具一德。戚君之友因呼之為慈雞。

張惠生家畜一貓一犬。犬固西洋小種。矮足拳毛。僅比巨貓。而性甚馴擾。善解主人焉一日貓與犬同乳並育而貓忽死約貓日夜呼喚犬聞時來視之意似大不忍者因哺子之餘兼哺數貓久益卵熱數月之後毛澤豐潤貓犬竟同牢而食此犬亦愛之無異於己子不能辨其種類矣此實確鑿親見非唐武后之貓與鸚鵡同食比也粵士有久宦閩中者見一園於福州城西山環水繞境頗幽勝園有雙鶴丹頂白羽品殊不凡前粵西巡撫梁章鉅所贈其祖者也畜之代代矣然鶴雖久寓於園而園實不能羈此鶴也時或振翮長霄翱翔茂樹每遇風清月朗引吭長鳴意若自得飄飄然欲仙去其逸致高蹤固不屑與凡鳥伍一日主人母八十壽辰各啣一靈芝獻於庭前如祝壽然賓客皆為驚異謂此乃祥禽亦壽羽也勿以尋常畜之以鳥性而詰人情亦見聞所罕者也按鶴本仙禽有胎生之說今此雙鶴迨近百年其通靈也宜矣

婺源溪有一石自高山墜下其形似豬純黃色瑩澈可觀一犬見之狂吠不已頃之衆犬羣集相向咆哮鏖之不去村人厭其喧聒投石水中四鄰之犬仍復呼羣引隊而至俯水跳躑晝夜不止衆莫解其故或疑為怪物有主於一村休咎者因是村中人頗有欲擢意往觀者如市石在溪中水清澈底晶瑩可鑑後有別村富者見而愛之以重價求彼村人許之乃自溪中移石而去然後犬吠乃止究不識何石也

盂蘭盆會

盂蘭盆會盛行於今而莫知其所自始或謂昉自六朝想或然也海錄碎事云盂蘭盆天竺為盂蘭此云倒懸救器謂目連救母飢厄如解倒懸之具也今人遂飾食味於盆誤矣據此則其誤相傳已久而盂蘭二字直梵語耳然考荊楚歲時記云七月十五日僧尼道俗悉盆盆供諸寺則六朝時已然而盂蘭盆經亦有七葉功德並幡花歌鼓果食送之以盆供食蓋由此也釋子相傳目連見母生餓鬼道中至七月十五日具五味五果以著盆中供養十方大德然後母得脫餓鬼之苦目連曰佛言未來世佛弟子行孝順亦應奉盂蘭盆供養佛言大善故後代人因此廣為華飾乃至刻木割竹飴蠟纏綵摹花葉之形極工妙之巧其載於前史者如唐代宗於七月望日在內道場造盂蘭盆飾以金翠所費百萬歲以為常內供七代神像識者譏其不典以近今各處所見行之最盛者莫如粵東以香港最爾一區每歲舉行是會約費萬金裝飾炫麗莫與為比斯揚盈川之賦所不能形容者也司事者捐集各行舖戶之銀歲必盈一萬四五千金盡以供裝嚴其捐之大小以送燈之多少別之首選者

所燃之燈自屋至地輝耀街衢觀者以為榮此習俗使然也以一盂蘭會揮手千金嘻可謂豪舉矣然踏亦甚矣

神怪

客有談神怪事者皆僧道寅緣為利即不然或有憑焉近日陝西某府忽有一石從空墜於平地奇醜突兀然亦未成形製百姓聚觀者不下數千人無不詫以為異即有二三羽客稍稍設香火祈禱輒應於是遐邇奔赴不數月佈施者衆遂起建廟宇然因此賭博淫盜層見疊出官為禁諭亦不聽一日縣尊忽謂其道院主人曰余昨夢尊神告余云願附居縣署旁屋更為安樂益當保護一方百姓即移其石於社稷壇仍令百姓焚香膜拜然自此靈異遂絕又河南省本有李真人廟肇自元代蓋兄妹二人當時殉難救人肉軀不壞血食於此同治乙丑因省中大旱撫憲於各處禱雨不應一日詣李真人廟虔祈甘霖即澍遂移其軀殼供設撫署旁建造道院朔望拈香至今凡遇雨旱禱求三日必應否則禱於其妹神前更無不驗於是傳聞者故神其說香火日盛咸豐八年蘇城有異方僧手抱一佛臚中闔闠有聲百姓擁聚競觀時方軍務嚴密地方官即逐令出境安知非賊中偵伺故示其奇耶道光丁酉年蘇城大旱林少穆先生時為中丞多方禱禳不應聞廣福某寺有銅觀音最著靈異迎其神至省齋雨如注然嗣後凡遇大旱別憲敬林文忠所為亦不應豈非存乎其人其事而絕不關像耶杭州靈隱寺對面有名一線天者吾鄉方孝廉錫恩遊其地從山背攀藤而上見平頂有洞豁然僧一所謂一線天見觀音西者即此也方以巨石遮之下視無所見越日重遊依然復故態矣僧之寅緣為利一至於此方又遊至一處見方屋一間榜曰地獄暗府行近窗櫺門忽自啟闖內有銅叉鉄方牽有體略入其室門即自閉其內空洞並無神像特門口有執銅叉二門檻下想設有機鍵門之自開自閉與鋼叉之動皆因機鍵觸撥內亦有匾云作如是觀四大字下既元題三小字噫天下神怪之事皆作如是觀耳偶誌此以作談柄

潛芳園

羊城恩寧西街有麥氏花園即潛芳園也其園未建時前後左右乃係小屋鄰人比櫛而居甚適也麥志欲售之特其中有願有不願者麥氏恃其勢力巧取豪奪為所有有不肯出屋者投其器物於街衢貧窮者至於離所棲依無立錐之地麥氏略不顧恤竟以薄價取其地鳩工庀材大興土木於是潛芳園遂以搆成園之內名花

遍植嘉樹。紛披園內外。近泮塘。引水為池。疊石作洞。把入座之荷香。緬迎畔之菊色。殊有佳趣。前通小橋。綠水迴環。往來者時以扁舟為迎送。粉白黛綠。競來遊玩。羅扇輕衫。迎涼門右。麥氏顧而樂之。以為此乃菟裘。將老是中矣。不料居未久而疾作。疾漸愈而轉瘋。時而妄語狂呼。以佔據貸隣者自詈自訕。妻若妾日夜求神拜佛。遍訪名醫。均無效。竟棄此園而卒。計自築園至歿。僅數年耳。虛擲金錢。難以數計。歿後即將此園典質別姓。園亭易主。景物已非。盛衰何常。悲愉轉轂。嗚呼。豪強者是亦可以鑒矣。

浙江亂後景況

肇慶黃君瑞春。於同治乙丑。隨其戚至浙江候補。經督憲委派金衢嚴稽察善後事宜。經歷三府。足跡殆遍。其地皆極荒涼。金華尤甚。一日其戚入城查案。寓齋偏仄。苦無避暑所。適某紳士有空室。極軒敞。兼具園亭池館之勝。因借居之。偶於暇時。憑欄納涼。見池中水沸不已。投以石則有衣片浮起。令人撈之。則白骨纍纍。遽而止。每入夜燐火上下。幾同鬼境。偶以跡足不平。地板下陷。令木工修治。則板下赫然有人骨一具。極長大。急埋他所。室後有一小空屋。蛛網塵封。久鍵不啓。其戚試令開焉。則梁上結縋無數。地下尸骨縱橫。因此懼不敢居。徙於別館。黃君亦同往半月餘。然死者雖多。而世之所謂鬼嘯現形者。未之聞見也。

說龍

龍之為物。中國自古有之。古所稱為豢龍氏者。其說固荒唐。然六經之言龍者。指不勝屈。中國雖婦人孺子見其象者。無不指而目之曰。此龍也。是自古相傳以為有龍矣。乃西人獨不之信。曰世安得有龍哉。此謬說耳。豈盡信書固不如無書乎。第竊有疑者。西士所譯新約全書。默示錄中所云。亦龍甚巨。及下文屢言龍者。固何物歟。若言其意乃指蛇屬。則何不竟曰蛇。而曰龍也。譯以中國字曰龍。在西國果稱何名歟。既以中國之龍為無是物。何以譯者乃襲其名歟。此亦甚不可解之事矣。上海西士有不信龍見之說。偶為話及。時適六七月間。一日陰雲密布。大有雨意。於天之東北偶。雲下現有烏龍一條。首尾畢具。夭矯盤空。於是喧傳天上掛龍。必有大風雨。一時男婦爭觀。幾於舉國若狂。有人因招西士往觀。西士見之。付之一笑而已。蓋嘗論之龍取水之說。固不可信。地中之水。能至空中者。乃天空之吸力也。不獨地水能吸。即凡物之水皆能被天空吸力攝去。至於龍之一物。或係古有而今無。亦未可知也。世人因其不見。遂指為神物。謂若西國所稱為墨啫咏之流。亦未免太過。即如中國所稱麟鳳龜龍。謂之四靈。今麟鳳與龍。世不經見。西士幷謂無此三物。是西國於四靈僅有一龜而已。

戒烟新樂府

雲間錢鱗香廣文。博學高才。為世所欽仰。家素豪富。甲於一郡。生平於耽玩書籍外。別無嗜好。其家藏書極夥。且多世所罕見之本。刻有守山閣叢書。小萬卷樓叢書。指海藝海珠塵珠叢別錄五種。珍帙秘册。賴以流傳。書出海內爭購。一時為之紙貴。庚申癸亥寇陷松郡。多所焚掠。錢氏舉族徙避鄉間。書板亦携之俱去。均得完好無恙。不可謂非斯文之靈。而神物有以呵護之也。鱗香歿已久。其在時於世族子弟靡之習。一無所染。尤痛疾片芥。著有戒烟新樂府四章。以示勸誡。曲中吸食者痛病。讀之當為汗下。今錄之。未始非膏肓於此者之一助云。其一曰學時路。懲始趨之惧也。學時路。有吃有着無事做。一筒兩筒弗害過。今日三筒。明日四筒。五筒六筒七八筒。裝烟發烟已成功。買烟具。買水果。賣盡田地賣傢伙。吃烟吃烟真及時。兩肩聳起如餓鴟。胖頭烟鬼哈哈笑。時路朋友又來到。其二曰搶帽子。悲結果之慘也。搶帽子。三隻

手。不搶帽子使剪綹。原是當年吃烟友。烟烟烟。家私化作火上烟。吃吃吃。冷粥冷飯無處吃。叫化三年懶做官。一切生意做不得。不得已搶帽子。抑得幾文錢。便向烟燈發利市。君不見昨日搶帽子。今日金剛脚下死。其三曰開烟盤。惜流落之苦也。開烟盤。做鬬老。烟墩小娘顏色好。問娘何處人。答言昔日家道贏。家道贏。到阿父。阿父生來喜嫖賭。嫖賭吃着四字全。大傷元氣鴉片烟。儂在閨中亦染指。家道零落阿父死。阿父死。不自由。紅樓作青樓。阿父九泉亦風流。開烟盤。一洋頭。其四曰扎火囤。嘆行止之穢也。扎火囤。做圈套。光棍及烏龜。本來是一黨。阿娘艷似花。當年身價千金誇。買笑人前猶靦覥。但道郎來可吃茶。郎入內。龜出外。軟言媚語將歡會。排頭一凳撩黃昏。鈴鐺鐵索聲在門。我家並不開烟墩。直入房闥予何因。銀錢到手放出門。有錢且向烟墩行。外面猶自裝斯文。君不見。扎火囤。此四章真可謂窮形盡相。淋漓滿致者矣。頗嗜此者閱之。惕然猛省。慢然覺悟。放下屠刀。立地成佛。安知烟之不可戒哉。是所望於有志之士。

嘉興災異

同治辛未五月十二日。自嘉興至朱家角。青浦一帶。俱遭大風。兼以冰雹災。小者

如碗大者如鉢。禾稼牲畜。樹木屋廬無不損壞。其時黑雲如墨。幾於晝晦。嘉善有兩人方在田間。一時不及避。為風吹去。竟無蹤跡。亦罕事也。於是說者謂人事變於下。則天象變於上。修省恐懼可以弭災沴為休祥。齊景一言。彗星退舍。高宗修德。雊雉無祥。前事之效。亦後事之師也。

日本風災

五月十八二十四兩日。於日本之布鬧哥埠傚埠柯薩嘉埠。狂風驟雨。如土崩山裂。海中波浪洶湧有聲。頃之至岸。平地水深盈尺。沿海一帶。幾至丈許。樓房廬舍。飄沒無算。民則盡伍波臣。居則悉成澤國。所有停泊船艦。始則隨波上下。翻騰不定。繼則被風吹至岸上。與屋撞擊。屋傾而船亦覆者。屈指難數。船中人無可逃免。盡葬魚腹。西人所居瀕於海者。亦悉倒矣。所可知者。如布鬧哥埠之花旗領事衙門。俾烏利酒店。皆係波濤衝激。遂致傾壞。此二屋尚在高岸。約計高於海面之地二尺許。宜若無患。而竟不免於顛覆。其水勢之橫決湍疾。亦可知矣。延至翌日水退。前日之衢市繁華屋盛文錯者。至此一望蒼茫。不可辨識。但見破板敗木。斷石折礎。縱橫遍地而已。此誠一大劫運也。與江浙風災幾於先後相似。浙五月十二日。而日本在五月十八日。蓋先發於江浙。而繼發於日本。同此颶母之為害也。

安徽風異

同治辛未三月。徽郡大風。拔木壞屋。傷人損畜。不可勝數。最奇者有一新娶家。舁絲輿往迓新婦。鼓樂喧闐。由新婦家回。擁行隨從者數十人。甫至半途。狂飆倏起。從人皆不能駐足。擬舁輿避入涼亭。而輿蓋已飛入空中。盤旋不定。久之杳然。莫覩須臾輿亦漸升。冉冉而入雲際。衆亦莫可為策。頃之輿底忽脫。新婦吹於輿外。霞帔珠冠繽紛墜地。漸行漸遠。風稍息。從人急返報其家。遣人四出往覓。竟莫可蹤跡。逾日新婦方返母家。蓋離家已一百里許。所墜之村為吳娃鄉。村人詰得其居址。送之回也。先是新婦隨輿而上。並無傾側。若有舁之行者。及輿底脫下。身乃出外。俯視其下山川城郭村鄉房舍。歷歷如繪。而足下若履平地。似有雲氣以托之者。兩時許。始墜一民家。其家姓亦仕族也。新婦既下。並無所損。衣裳簪履。依然如故。村人咸來聚觀。爰即買舟送歸云。

甕牖餘談卷三終

甕牖餘談卷四

清　吳郡王韜紫詮撰

新金山

同治丙寅冬。有客從金山來者。新金山即澳大利亞島。在南洋中。今為英人所據。述其地產金之夥。生物之盛。貿易轉輸之廣。人民居住之繁。誠可稱一大都會。旅人足跡所熟至者。為新南維里斯。英國總辦駐劄於悉德尼。即粵中所呼雪梨也。特其地廣袤數千里。現雖節次開墾。而猶未盡闢。有二三西人裹糧進入腹地。初則登山度嶺。附葛攀藤。青峯碧水。時遇佳境。土人見之盡去。如鳥獸之避弋繳也。行漸遠。則巉巖插天。欲前無路。但見絕壁下。有巨蛇十餘。蟠結其間。約長五六丈。圍可徑丈餘。昂其首似作噬人狀。西人大懼。以為此亘古未見之巨蛇也。發鎗擊之。如中木石。百計擒之。終不能得。後乃結巨網張而獲其一。曳出。聚而觀者。日有數千人。其地土人極寥落。性最愚魯。面色盡黑。如摩魯隔人種。頭蓬首裸體。所食僅樹根山菓。巢木而居。幾如上古窮荒之世。年來附近土人。略曉英國語。招其工作。頗盡力。而一飽之後。即復颺去。故須少與之食。然閉置室中。三四日後即鬨而求出。與之銀亦不識多寡。蓋山林野性。非復可羈縻也。其遠處土人尤兇悍。搏人而食。昔西國有二十餘人與之遇。初則佯為服從。比入深島。皆突起攻噬。寢皮刳膚。並飽其腹。計僅脫六人。一隨去童子。約十歲許。面稍黑。以為此乃己類。令坐挽籃中。舁之往遊各山巔。供其飲食。不復殺。又見有一種香樹圍可一畝許。枝葉扶疎。青蔥可愛。折其枝焚之。香聞數里。土人全家巢其巔焉。西人許多與之金。購此樹。土人弗顧也。曰此祭祭者。飢不可食。寒不可衣。而我儕居此樹長子孫成家室者數世矣。葉可庇風雨。枝可供炊爨。豈肯以有用易無用哉。嗚呼。跡其不識不知。無思無慮。真無懷氏之民歟。嘗聞客言土人凡事皆無機心。而惟因爭奪婦女事。往往強弱相併。此又其性使然也。

臺灣島

臺灣一島。不獨向來未入版圖。即考之古史。亦並不載其地。惟文獻通考。始言澎湖之旁。有毗舍耶國者。其人裸袒盱睢。殊非人類。殆即今之野番歟。至明史謂之雞籠山。屢為海寇據。以為瀕海患。招撫後。遂為棄土。荷蘭東來。據之以作外府。頗加經營。鄭成功自金陵敗後。逐荷蘭而有之。傳偽位者三世。康熙二十五年。姚啟聖始取臺灣隸於福建。然所謂臺民者。皆泉漳兩郡之人也。其土著野番。仍竄入山中。

來寄歸化土番文字語言兼習荷蘭則固向日荷蘭之所教導也其所持器械亦有火鎗想為荷蘭所遺土番尤惡者至於食人其種類不知始於何時西船有行至臺灣遭風失水者船中人盡為土番殺害情殊可慘以此知土番素非良善有不可以情喻理遣者矣其戕害西國舟人已非一次嚮曾有英國船名拉便得以被風飄至臺灣船中共二十三人被土番殺死者二十人其三人以哀懇免然土番待之如奴僕時役苦之閱八月三人偶在海濱遙望北花旗船自遠而至乃私乘小艇駛至花旗船上因得逸去是亦有數存歟吾聞臺地多膏腴之壤苟得逐去土番盡加播種則臺粟可偏於天下而商船之經此地者亦庶無性命之憂矣

米利堅頸地

亞墨利加分南北二境其中相連處狹如蜂腰前有法蘭西人將於其間開掘水路以通外海其長約二百里既開之後往來商船可直達太平洋以至中華但以地平線測之太平洋稍低於大西洋恐其急流太甚未免有礙凡上下流高低相懸者其水勢必至奔騰雖善操舟者亦不能駕駛如志此天設之界域殆非人力所能為歟

南洋海島

東南洋羣島土民性悍惡搏人而噬無異牲牢前數十年有英士至其大島曰他布的導以耶穌教信之者衆建會堂設義塾彬彬然漸被化矣旋為法國所據駐劄師船以威懾服其旁島嶼碁布星羅有彈丸島曰黎夫在澳大利東新西蘭北土民聚族居者不下六千英士往彼傳教衆頗悅從一變其前日持强積悍之習在他布的島之法人嫉其能遂以兵併有其島諭土民毋得從英之教規及其言語文字須一以法之天主教為則以法兵三十五人持旗巡行其地强令英士停義塾閉會堂勿教土民僅許在彼間居後又截兵壓境聲言凡不歸天主教者殺無赦土人懼其威多匿於林叢草際中有憤怨不平者法兵即與之鬭殲殺十餘人被傷受執者無算所有會堂或以居兵器物毀棄然法國雖欲以威脅從而土民終不願法國亦無如何也

花旗沃土

花旗國南方地曠人稀每欲覓人開墾種植穀蔬有華人李硎與花旂醫士施得烈相識曾偕之同往花旂遍遊各處恣其眺覽其地氣候溫和無盛燠嚴寒之慮北距呂宋湖約三十六度冷熱常得其平盛夏至熱之時準於寒暑表罕過九十六者

七月前後天氣已極清和無秋陽酷烈之患夏天時有海風吹至可解炎熇至於偏北之處尚有瘴癘居民時患熱症疫病而南方無之也土脈膏腴物產豐殖潔體塗足之流夏不至於熏炙冬不至於凍瘃故皆樂致力於田畝也所產以白糖白米棉花三項為大宗並常植麥菽烟葉菜蔬極為繁盛近又新種茶樹已萌芽舒葉采培成茶其味較濃於中國由此觀之是亦海外之樂土也

花旂善法

花旂立法之善海外諸邦皆所不逮所謂一國中大統領者歲奉以銀二萬五千圓供給御用與英國所設香港總督康俸相若其通國中所用以一年計之僅支銀七千五百三十五萬四千六百三十元此一千八百五十二年之數也計安倫一省年中所進十三萬六千一百五十元年中所支十一萬六千二百四十八元所餘者數二萬元此一千八百五十四年之數也一省如此他省可以類推矣更以舊金山一隘（即嘉釐符尼亞部粵人以其產金呼之為舊金山）論之其幅幀遼濶即以香港百數十比之猶不及其大每歲一切所需文自衙門官吏武自兵船弁勇與凡修葺廢墜無所不包而僅支五十萬元舊金山為商賈所萃貨物所輻輳華人往其地者不下十數萬每年諸邦往來船艦計一千二百餘艘可謂通商之大埠矣而其出僅如此數非節用愛民能如是乎蓋花旗之法每村設有四紳士一書吏紳士從不受薪祿書吏亦僅月受數金其下有差役三人以供奔走民間有冠婚喪葬錢債爭競事則告之紳士紳士為之理斷事大案巨者則解之官村中設有公田收其租息以養鰥寡孤獨廢疾者焉田稅所納甚微自給地方官廉俸外僅以為修築衢路建立書塾之用而已惟海關貨稅則歸諸官餘則悉以一省所出以供一省之用民無所苦而君無所私通國兵士餉需悉以關稅支銷無事之時戍兵巡丁寥寥無幾村鄉之人至有老死不見官長者國中自二十歲以上四十歲以下無不習武以備國家有事之用此即中國古者寓兵於農之意也夫

日本略記

西士理雅各東遊日本諸海口覽其山川景物察其俗尚民風日本雖尊崇儒術而君相多媚佛求福一遇變故即便祝髮空門以求脫罪淫祠叢興不可究詰此其蔽也臣民輕性命若鴻毛稍有事犯往往剖腹自殺平居男女無別廉恥不厲東方椎結侏離之俗猶未盡變焉他若任豪俠競智巧留心於經濟有用之學於西洋器

藝造作制度。能窺其用心。多購輪舶。不惜重值。延請西匠。教以機括轄鍵火水二力運用之妙。風氣大開。實慧漸闢。而不甘以因循苟且自域。是則可取者。蔚至於文字兼通漢文。自唐以來。固不乏通人才士。雅各購其國中書籍甚夥。日本國史約有數種。而堪資考證者。尤在羣經治要。歐陽永叔云。徐福行時書未焚。則日本所得。當在秦火之先也。如七經考文佚序叢書。皇侃論語疏。皆中國不傳之本。不獨可供異聞也。

嘉邦築路

花旂舊金山。即聯邦嘉釐符尼亞省也。地廣無垠。而人民鮮少。然實膏腴之壤也。故十數年來。華人之往貿其地者。如水赴壑。地素產五金。故極富饒。而開墾曠土。種植穀蔬。尤以農為上利。四處之拓殖地播閑田者。皆僱華人為佃傭。以其價廉而力勤也。近日尋覓新埠。日闢日多。需工尤衆。然其工值亦不輕。月可得二三十金。餬口之外。儘有贏餘。伯思域輪船公司。製成堅固明輪巨舶數艘。往來中國。專以載客。以便華人工商行旅。自粵至彼。不過二十餘日。船價亦不甚昂。同治丁卯年間。興築火輪車路。自內地以及西南太平洋一帶。俾與東洋等省並相聯接。以便直達舊金山。而與阿壓近等。車路如脈絡之交縈。如川流之相貫。無處不環通連屬。築時專設公司僱人。甃建招集之衆至數萬餘人。工程浩大。無逾於此。其在太平洋中路。則由舊金山二埠。自沙嘉棉度起步。直達於魯威地邑。悠得邑。嘉甲拿邑。道根思治邑。並及蘇華利。而遍美思攝皮河。所造之路。極為迅捷。別有一路。係由悠得內地杭歷埠陸續甃築而來。其徑約二千四百里。其工程約計歷三四載。各處之崇山峻嶺。俱為剷平開通車道。丙寅冬所築之地。盡係平陽。事易而工速。復擬於火車路外。別築王家大路。詳度路徑。會計工程。日募數千人以供驅使。此舊金山新築火輪車路之大略也。

琉球土風

琉球為東瀛一島嶼。周圍百里。亦以國稱。類乎滕薛莒杞而已。歷來王世子即位。必仰待我　朝冊立。所以大小之職。雁歲不書。由閩而達帝都。固甚便也。其天氣與中原異。無論春夏。太陽燥烈。即秋冬間。早晚固寒冷。至日中熱同中原夏令。蠅蚋四時不絕。竟夕薨薨。尤為厭苦。每月海風發有數次。未發時山雲如墨。天氣陰霾。比戶預須籌備。否則烈風暴至。窗戶皆飛。險不勝言。中山王府則在首里。首里府皆山陽也。兩傍多古松柏。蔥蘢蒼秀。澗水清激。行路渴飲泉水。林下想涼。真是快境。上有寺

院亭臺。皆壯麗。亦皆幽雅。惜無几枱。蓋琉球席地坐也。有古遺風焉。將近王府。中道有一牌樓式。其上橫額題曰守禮之邦。此我國使臣題贈之也。又步半里許。則見豎額一座。上書中山王府。旁有公廨。每有國事。諸大夫聚謀於此。過茲以往。比屋連雲。有宮苑宮殿。盤踞山巔者。王府也。其門如城闕。上有額曰歡會門。門側有屋。如馬廄。內容寮數人。日供使令。府中官員出入。俱不由此門。縱從後緣山逕而上。別有數仞石壁為垣。中立門戶。以便出入。時聞鐘鼓之報刻也。王府東偏有水一池。中植白芙蕖。綠葉掩映。綽雅可愛。有橋通小亭。四面環水。坐憇片時。疑是仙去。還見碑記趙近歸視。知是禪師名圓鑑者。受勑建此。為藏經閣也。中山王年已及壯。國事半歸總理大臣尚宏勳裁酌。有布政大夫者四。相與輔成。其外惟地方官最尊。蓋百里中社稷人民。一人統攝故也。以下統稱大夫者。半多通事。有向永功者。極幹練。語操京音。蓋曾陪貢進獻。留京六載者也。琉球名勝之區。為東禪寺。善興寺。東禪寺在那霸東南極幽僻處。曲徑盤旋。蒼松翠柏相夾道。寺踞山凹。門臨海灣。入見空庭怪石層疊。多花草。清芬撲鼻。疑非塵境。稼寺僧云。此間花草。種係朝鮮日本人所贈。中有雅室數椽。額曰綠天深處。蓋四圍皆蕉葉庇蔭也。室懸我國徐葆光八分書。以其康熙時為使臣臨此。製古風以贈主持僧者。旁聯係我國殿撰林鴻年所書。尚有前明名宿筆墨。寺中尤多古跡。蓋其寺以勝地著稱。由來久矣。善興寺在那霸西北。亦名刹。幽僻與東禪寺同。而山石之怪異。林木之蓊鬱。則不及遠甚。寺內有天雨花香一室。四面皆迴廊。每宴上客。侍從趨承極便。歷來我國使節遄臨。大都寓館於此。如前王文治周煌皆留題。以光古刹。而名益彰。其實勝境在東禪之次。琉球婦女為市。若老若幼。或數十人。或百餘人。各集一處。俱衣大袖褐衫。內無小衣。赤足髮盤髻。與男無異。惟髻別之。男以銅銀。女以龜甲耳。尤可異者。或物置盤與箱與甕。悉以頭戴而來。甚有柴薪等物。重百斤者。亦以頭戴。且能行路如飛。各婦女手背。悉以醋墨塗花樣。曾聞父老云。此守貞記也。其即古之守宮防淫意歟。男人日賴婦女以養生。罕有經營事業者。各席坐大樹下。恃扇納涼。左置小烟具。右置小茶鎗。翛然有羲皇上人之樂。絕不念婦女之勞苦為何如也。琉球物產無一佳品。肉則粗而腥。雞則小而瘠。牛羊罕有。豬鴨全無。馬頗多。肥大者少。水族惟魚蝦尚堪適口。然海風發時。二物索之不得。至蔬菜等類。狀與中原同。而味卒有異。如蘿蔔一物。煮之愈久。食之愈硬。想亦種類使然。米則粒大而濕。糙色不白淨。其故為琉球鮮有食者。無舂器。致此瓦缶等器

但恆不甚布帛黑色斜紋者為最佳僅抵印者然止不及松江南翔等土織也木菓枇杷李子俱無橙頗大可食西瓜僅紅色無黃白其味淡甘蔗多紅心而無青皮者間有一二果品中原所無一種如荔菓而白圓數倍又一種如錦荔子大而長有核俱不知何名花草甚少有一種較中原月季差大紅色不香石榴花亦有惟小春月花盛如火於此可知節氣之不同菊花亦紅無別色冬初始開此外諸花詢諸琉球人皆云無有若鳥不但無珍禽並如中原白頭翁者亦未見所有之鳥海燕外有一種小而灰色嘈嘈如下里巴吟不堪入耳工作所擅長者惟漆器如杯盤飯箱茶盒等物製造極精緻其所謂寶匣者格式甚多工巧絕倫光潤可鑒琉球往來通衢有室如蜂窠此相遇揖而鞠躬禮意殷渥甚且有俯首投地者窘促當此行路為之遲留每途遇族黨曾一識面其行禮亦然甚為繁縟且道上男女雖戚偕行例不合交接一物又談一語風俗亦古矣哉其國尚中國文字然遠不逮日本藏書亦甚鮮所設國學內多士人誦讀詩書古雅有揖讓風其俗不重甲兵以信義為國者此呼豈國琉球猶能以拙維持其國若同治甲子英艦日本欲取琉球為駐兵計其實琉球僅為日本貢獻之國耳非其屬地也以英之力取琉球如反掌然猶怒於室而色

卷四　六

於市舶之所不為也琉球雖微而為千餘年自立之國豈可第存之而已哉（此乃[illegible]）

（璜過漢才琉球曾謂遣於於臺且於拔咪若八明月所此皆得之於目見岐詳可信）

論地球僅得一大洲

地球中大半為水小半為地分五大洲一曰亞細亞二曰歐羅巴三曰阿非利加此東半球也四曰南亞墨利加五曰北亞墨利加此西半球也以全地大勢觀之南北亞墨利加與東土三洲不相連屬而其開闢在三百六十餘年之前此未知有其地者也然參之梵典則已早分大地為四大洲特以梵典之四大洲非即泰西輿地家所言之五大洲也說文水中可居曰州後人乃加水旁曰洲鄒衍談天稗海所環曰神州梵典論地則鹹海所畫為四洲是洲者四面皆水之名今亞細亞與歐羅巴一土相連似未可遽區為二其歐羅巴阿非利加之土皆縱迤邐而西入於海其中隔一紅海及地中海而南有蘇彝士地頸相屬則三洲似實一土也惟南北亞墨利加則別為一大洲亦不得以中央地峽而為一也東半球中其國之富疆土之廣大人之蕃如此較之西半球何其不均或者西人尚多未悉之地如阿非利加通商最久而後至其道闢未能深入其內況亞墨利加數萬里之大探得者亦在近時要見此外更無新地乎總之亞細亞歐羅巴阿非利加即佛經之西牛賀洲也至北俱盧洲則隔於北冰海而歸之事東神勝洲則阻於南冰海西納羅能至南極左右觀其地而不能遍其人此說創似非無見西國好事者環南北極而一見之或有二大洲在未可知也

新開西半球記

亞墨利加為地球西半與東土三洲不相連屬自古未聞人莫知之三百六十七年前歐羅巴人名哥倫布斯者聰明見海濱有小槎漂至內有死者狀貌異人迥又見果實等隨風飄至亦與本洲所產者異知其西必有一地意欲航海探之苦無資請於各國皆不許請於西班牙后許之給船三艘使之航海後果得一地形狀斜長南至北約三萬里南名南亞墨利加北名北亞墨利加皆有土人居之膚赤銅色性獷悍樂於戰鬥漁獵為業不務耕種亦不諳義理然亦各分部落並有君長歐人徙至其地者日眾所在有英國耶穌教士至北亞墨利加見土地沃衍林木叢生遂伐材建屋墾地種田營生樂業自成一村既而諸色人等踵至拓土開疆漸推漸廣土人未便投者啟釁之英命官以轄其地後因重征苛斂立法不順民

卷四　七

情民遂相率而叛英眾兵來征血戰八年不能勝民遂自立一國即今花旗也當教士初至時屢以道勸化土人土人頑梗不相為禮以橫逆不得已因以法以勸後勸之再三而橫逆如故若人不相為禮花旗人不忍殲其種類思得一法以勸化之將土人散居各處者驅而納諸一處使教士入而告之道教士見土人之父兄習於性成終難理諭惟其年幼子弟尚未深染可化導設學堂招集頑童教以文字使知文理並教以技藝後頑童氣質漸化知識漸開亦能建屋種田其父兄見而悅之亦有為其子弟所化者至今是有土人皆化頑為良駸駸日上南亞墨利加有阿非利加西班牙西洋諸國人來此地土人易與之合因諸國皆奉天主教拜偶像土人亦拜偶像故若默契相投今其土人皆由諸國人配合而生又花旗內地別有一種土人亦頑梗不服國人深惡之然久之或亦當為教士所化也

新金山少水

新金山輿地之廣過於中國惟其地多未悉之區或謂惟見一片沙漠而已然其縱橫有萬里之廣是中豈得無人惜不有好事者一抵之耳惟是新金山河泊絕少每患無水牟利者多鑿井以居奇但鑿井近有新法前法閑而至阿爾見地為

乾。是其民卒在曠野。恒苦無水。法人乃新得一鑿地之法。不論何處皆可得水。鑿井務深。不甚費力。名曰亞低井。蓋法人始造之於亞低地也。於是土人汲者淘洗。或有取資。似此法亦可行之於新金山。以免無水之患。

通商日本說

日本一國。密邇中土。自後漢建武始相通聞。由是代有使至。書問饋遺不絕。然前史書之。皆曰入貢。其實非也。國朝順治以後。惟通市。不遣使。其市亦惟中國商船往。無倭船來也。其與中國貿易在長崎島。百貨所聚。商旅通焉。國饒銅。中土鼓鑄所資。自滇銅而外。兼市洋銅。計自安徽江西江蘇浙江等省。每年採購定額四百四十三萬餘斤。設官商額船十六艘。皆以內地綢緞絲棉糖藥往易。商辦銅斤。必稽倭照以為憑驗。又有額外淨給之小照。數止一二百箱。用二三年即廢。近今商船十六艘。盡已失壞。無一存者。由是中國商人與日本通商之路絕矣。蓋此定額商舶由官所設。不能私造。華商以近來取利甚微。而日本之禁嚴。以故不樂往。其往者須附西國商人名。始無礙阻。然日本之紳商士民入中國者。絡繹於道。中國官商優禮相待。絕無禁詰。如八戶順叔遍遊內地。與名公卿大夫交。筆談往復。每以兩國通商貿易。立約和好為主。謂中國與日本文字可通。書籍不異。名人勝流皆喜涉歷東瀛。覽其山水。觀其人物。況日本所產之漆器細綢。為中國所罕有。而如人參香蕈鮑魚海帶等物。亦係中國食饌所需。視為珍品。若是則以有易無。以賤徵貴。亦可各得其所。均沾厥益。邇來歐羅巴洲各國公使。皆奉其國王之書函。前來日本講好修睦。開埠建行。日本王亦各遣公使往諸各邦。以敦睦誼。即如荷蘭一國。於二百年前與中國同在長崎島通商者。近亦遣公使至日本。據其國書。籍於橫濱箱館。往來貿易。日本王已許之矣。以此觀之。歐洲絕未通商之國。今皆通書使。立條約。舶艦鱗萃。商賈羽集。而中國素來交往者。反絕跡焉。此竊所未解也。且兩國既已通商。設立領事。駐劄公使。一援歐洲各國之例。於中國土商亦甚便焉。何為計不出此耶。順叔所論如此。亦自有見。但此事當由日本國遣使入端中國。從不以務商為國本。以商之富。乃末富也。商人之事。任國人自為之而已。

海島火山

東洋群島中。有三維斯島者。粵人呼為檀香山。其地火山甚夥。吐燄不熄。上有廣口。間有深穴。多為熱湖。近聞有大山一座。高約八千四百尺。在頂忽自開一穴。將石燒

鎔如水。流出東至於河。越三日始釋。越二日其東偏之山。又自開一穴。廣約八百餘尺。噴出大燄。經二十日不止。其燄沖高或八十尺或八百尺。當燄發時。地震如雷。聲聞一百二十里。誠非常之奇變也。

印度叛英

一百五十餘年前。英商覓得印度。貿地通商。後啟爭端。率兵攻之。乘勝進擊諸部。漸據其地。由是印度全土。多為英商所轄。各處設有兵弁。亦募土人為兵。歷年貿易。獲利甚饒。繼英商之待土人也虐。多設苛政。人皆苦之。咸豐七年。土兵忽叛。英人多罹其害。逆首丹多俄皮者尤酷暴。曾獲英人婦女殺之。投尸於井。於是英主命將出師。前驅鋤強。以安反側。咸豐八年三月間。削平其亂。印度一隅。始為英主。不屬英商。英群臣擬上其主尊號曰印度皇帝。英主謙不敢當。辭讓再三。統計五印度疆土。膏腴沃壤。悉為英所有。土王僅擁虛位而已。時在陣生擒叛兵二千餘人。流之愛特蠻海島。畀以隙地。使之耕種。以自食其力。倘能勤作悔改者。二年後即由印度遣其妻子共在島中。俾室家相聚。是島素有野番。獷悍不馴。部島亦然。叛兵居久之。靜極思動。思欲逃往本國。遂由部島而逸。道遇野番。或被擊斃。其能免者。復折回愛特蠻島。逆首丹俄多皮匿於西藏相近處。竄伏不出。英人追擒之不得。後以金誘其屬弁。報知其所潛之地。遣兵前往。待其睡時。縛而擒之。英人解之於臺彌海。即印度舊京城也。後經定讞。以罪大不得赦。縊死之於囹圄中。

俄國弊政

俄羅斯國。疆宇遼闊。跨據三大洲。而其政令法度。俗尚民風。究以歐洲為主。而時亦有與歐洲稍異者。俄國舊例。凡當官家購買田地。則其地居民并需在內。故有地出售。人多爭購。購得之人。或充當兵籍。或遇嫁娶事。咸由新業主操其權。斯誠弊政也。邇來俄君知其弊。擬革其例而更張之。欲嗣後買地者。不得兼買居民。若地歸新主。民有願居者居之。不願居者聽其遷徙自便。此誠有惠於民。足為善舉者矣。惜宜家富戶。狃於積習。不從所令。因之議論紛紜。遍於國中。

暹羅米賤

暹羅介甲南洋。運米入中國者。每歲不下數百艘。近遇各省荒歉。暹羅以賤米得貴值。國驟富。儲藏饒足。殷封如安南緬甸。無敢與之頡頏。然俗尚鄙嗇。儉而不中於禮。凡事苟且。於一切兵防軍械。悉置之不講。俗奉佛。各傾所有以建寺剎。輝極壯麗。為

僧者仍可返俗。閩人以出家爲僧。部目規法。如中國子弟之就外傅。然其理財賦者。多以閩粤人爲官屬。其國初分爲暹羅斛邏二國。暹土瘠。不宜稼穡。羅斛地平衍。種多獲。暹仰給焉。元時羅斛强幷有暹地。暹羅之名蓋以此。其民耕種不費人力。每夏有黄水自海中來。以漸而漲。水尺苗尺。水丈苗丈。水退苗熟。穀足食豐。宜乎有天南樂國之稱矣。然其國不設武備。不强甲兵。僅恃木柵習水戰。以視歐洲諸邦則瞠乎後矣。莒城甚惡。尚以爲虞。況以富而介於强鄰之間哉。

李文通探地記

阿非利加一洲。地當赤道之中。大於中國約十倍餘。通洲人民。面黑髮鬈。秉性雖愚。而皆誠樸無虞詐。上古時。外人至其地者。惟洲之北境。卽埃及摩洛哥等國。後葡萄牙荷蘭兩國人。至其東西二境。販人爲業。其南境茂朴哥羅呢。亦有荷蘭人居焉。六十年前。英人逐之。據有其地。闢墾隙地。種植之事以興。亦與本土人開市貿易。凡英之入中國者。皆經是地。購買食物。添置煤炭。以爲孔道焉。然所至不過沿海之濱。若洲之內地。從未有深入之者。故洲內風土人情。外人莫得而詳也。初有英人門哥伯克。始擬探察內地。甫入境。卽遭劫掠不果。二十餘年前。有蘇格蘭人李文通者。家貧好讀書。尤精於醫學。久之人推之爲耶穌教士。至洲之南境行教。後奮志欲入內地。遂攜妻子偕往。先後居內地者約十有五年。洲之內地。隔有沙漠。一望迷漫。若無勺水。天又經年不雨。草木皆童。行人難於跋涉。惟每十五年。夏時多雨。沙漠始生瓜果。可以解渴。乃得經歷其地而深入焉。李侍其時至。於沙漠相近處。築屋而居。迭遭荷蘭人劫掠。有時出外遇獅。傷其右臂。險阻艱難。亦備嘗矣。李善與近地人爲友。近地人有與內地結親者。願與之偕往。臨行時妻子乘牛車。曠野遐遠。勺泉莫取。幾至殞命。後過一湖。名艾彌。有良田美地。勝於海濱。居民亦較善。見李面白。皆善待之。李遂有遠志。欲深入其地。使妻子返旆回英。己乃隻身獨往。見內有多國。每國有君以相統轄。後至一國。名麥哥羅羅。其君名西幾利都。李與之友。甚相親洽。是國人最信鬼。亦最信藥。以爲凡事皆可服藥而致。見李爲教士兼爲醫士。多有就而問之者。李皆一一教之。故其國人敬待愈優。猜嫌盡釋。是國獵者祇用弓箭。或設坎阱。見李以鎗擊獸。僉喜其便。又是國有一江。彼岸生毒蟲。名蜻蜓。齧牛牛死。故彼岸無牧牛者。是國多產象牙。甚有以之築牆者。卽鬻與外人。亦第易之以布。李乃教之往海濱發售。必得重值。其君聞之。立遣二百五十人。肩負象牙。求李偕往。李乃與之同至海濱。將象牙售與英人。得價甚厚。麥哥羅羅人皆深喜之。又見向者所易之布。其值甚賤。始知爲人所欺。於是遂購外國火鎗。意欲返國爲獵象之用。因謂李曰。我等願偕汝遊歷洲之中土。直達東西兩境。回國之後。果白於王。偕李遠征。同行者百二十人。先往西境海濱。居二年。始回麥地。百二十人中有妻已嫁他人者。踰五六月。麥哥羅羅百人。又偕李往東境海濱。沿潺皮西江而行。至時有火輪船自英來接。李欲暫返英京。乃命百人在海濱相待。李歸。宣言其事。英主嘉其不憚險阻。賜以火輪船一艘。使之復往。既至。百人者果皆待之於西洋館中。乃俾之同附輪舟而返麥哥羅羅焉。潺皮西江相近處。多產金鐵。麥哥羅羅多產棉花。英人以爲是地通商。必得厚利。總之阿非利加一洲。儘多膏腴沃壤。惜土人不知地利。於耕種之道茫然也。且其人多散居。生齒亦不繁。若有智者導之。則是洲生產。當不亞於他洲。第天時炎熇。或與體稍不宜耳。然闢榛萊。疏水泉。實民人。驅瘴癘。安見其不可變哉。

續記李文通事

李文通久駐阿非利加南土。其地居赤道南四度。瘴癘甚盛。四時皆熱。當冬至日。猶暄燠如夏至。然異邦之人。艱於託足。惟李文通在彼居之已久。獨得無恙。其行也專在考察尼祿河源。在彼獨遊五載。未見歐洲一人。同治辛未。在南土之渥吉集。得遇美國人斯但利。把臂歡然。恨相見晚。遂偕斯但利自但千依迦大湖之東。覓舟而渡。游歷內地。周行三月。水程平穩。風靜波恬。後仍旋渥吉集。南土多瘴癘。李固精醫術。時爲之施藥佈種。內地風俗。專事掠賣人口。黑人多孱弱。不任驅使。其考尼祿河源也。遍歷幽險。窮閱詭異。瀕於死者屢矣。李別斯但利後。前赴溫彥耶莫畢。往返程途。頗爲遐邈。其訪求河源。計八閱月。可以蔵事。同治壬申八月中。已親駕河源矣。或謂其所尋之河源。非尼祿河。乃根歌河。水向西北流。入於大西洋。然其考求內地之功。非人所能及也。

英國兵數

英國船堅砲利。甲於海外。而陸兵水師之數。亦爲歐洲之雄。舊制。國家有事。隨時立兵。不久設。以擾民。迨後以禦外侮。治屬地。不得不籍兵力以壯國威。是以通商各埠。隨處設兵。一有變故。呼吸立應。蓋其寓商務於國事。故其財裕。徵商餉以養兵。故其兵强。稽其於一千七百九十二年。內外步騎僅五萬七千二百五十人。一千八百十五年。已有二十五萬人。一千八百五十二年。印度土人隸軍籍者。共三十餘萬人。自外如造鉛丸掘地道等匠役一萬五千人。此陸兵之數也。英之兵船最為著名。前與法蘭西戰時。兵船一千一十艘。水手十八萬四千人。一千八百五十六年。火輪兵艦共計七百餘艘。餘船甚多。船中軍士水手二十餘萬人。軍裝火器船二百四十艘。船身大小。造費多寡不一。或四萬金。或十一萬金。其載砲八十尊之船。造價七萬金。中容七百五十人。別有小火船。裹以厚鐵。鉛丸不能入。號曰水雷。此水師之數也。近今兵額益廣。製船益精。已駕俄法兩國而上之。乃其尤所恃者。則為練勇八萬。遴選技能。日加演習。號為精兵。誠哉天下莫强也。然所以保衛之道。則尤不可不講焉。

英國海防

自普法兩國之戰。電激雷駭。水沸山崩。各統百萬之衆。以決勝負。自用兵以來。未有如是之甚者也。因是歐洲列國。無不整頓兵防。嚴修武備。以備於不虞。英國前日已新鑄大砲。其彈重七百磅。用於沿海砲臺。及鐵甲戰艦。為守禦之用。茲又於倫敦都城外。邊境各岸口。建築砲臺。即在達述河密渭河兩處。扼要據守。控河口之咽喉。為全都之保障。臺上悉用數萬斤之巨砲。四面環列。用以防衛水師船艦。砲臺之外。悉築牆壘。包以厚鐵數重。鞏固異常。雖著以八百磅之砲彈。亦不能洞陷。俾司砲者得在牆內從容燃放。牆上惟開一穴。僅得以出砲彈。海中皆施設水雷暗器。用以禦擊敵船。密渭河中。其藏尤夥。皆以電線燃發。其機括置於瞭樓之上。一見敵來。立時猝燃。頃刻之間。敵船盡為灰燼。有駛避之所不及者。海鏈堵禦之法。其嚴密如此。可謂能設險以守其國者矣。按英國境土。孤懸海外。本以船艦為聯絡。其水師精練。俱莫與之抗。國中所有鐵甲火輪戰艦。橫截海面。即可以作砲臺。故倫敦京都距海不一百數十里。而絕無城堞垣墉為之障禦。蓋其所恃以為守者。在水而不在陸也。

甕牖餘談卷四終

甕牖餘談卷五

清　吳郡王韜紫詮撰

西儒言學

近日西儒入中國。通曉中國文字。著書立說者。紛然輩出。而皆具有精意。卓然可傳。如天算之學。則有偉烈亞力譯天代數學續幾何原　代微積拾級。已深探歷法之大凡。而大闡疇人之蹊逕。即今時中國名家如徐君青戴鶴士李壬叔。亦皆莫能出其範圍。言醫學。則有合信氏之全體新論。西醫略論。內科新說。婦科新說。指陳病證。詳繪圖經。為開軒岐以來未有之奧。洵非尋常小道也。言輿地形質之學。則有慕維廉之地理全志上下編。上編紀載時事。析論情勢。尤稱簡約詳核焉。言史學。則有裨治文之聯邦志略。自創國至今。原本具備。於一邦之制度事實。有所考證。中國史冊中所必采也。言格致各種之學。則有合信氏之博物新編。丁韙良之格致入門。講論明析。使讀者能究其制作之原。艾約瑟之重學。製器運物。意精理妙。能開無窮之悟。瑪高溫之博物通書。言電氣詳矣。航海金針。講風力備矣。此論氣行舟者所不廢也。韋廉臣之植物學。剖陳微至。可云多識草木矣。言律例之學者。如丁韙良之萬國公法。採取歷宗。而斷制詳明。凡此撰述。俱足以垂不朽。而要皆為英吉利及米利堅人。獨怪法蘭西以大利等國。其通內地已三百餘年。當明之季。如利瑪竇熊三拔鄧玉函等。以天文算學著者。不下數十人。皆有著作。載在四庫書目。天學初函者。不過蹄涔之一勺。全豹之一斑耳。往嘗見其西書目錄。約有四百餘種。可云極盛。抑至今日。何寂寥之甚也。豈地氣轉移。世運升降。盛極而衰耶。亦或懷才抱異之士。未至中土也歟。

外國牙科

中國醫士。牙有專科。然施治之法。未能盡善。其所稱牙有蟲者。以藥敷之。頃刻可出。此皆係江湖術者為之。非果具有真實本領也。獨至西國醫生。於牙疾實能洞究其原。適來旁指牙疾。以及爛牙穿腮等症。求其療治。無不獲痊。至於牙有所折脫。而鑲補之法尤巧。無論老少。其牙或有齲爛剝落。每食必不甘味。一經鑲補之後。堅定不搖。固立不脫。與生成者無異。直能以人工而彌天公之缺陷也。可不謂盡牙科之能事也哉。

英國大輪船

英國於五年前嘗造大輪船一艘費銀不下五百萬圓約容人十萬有餘其船內外俱以鐵船六桅挂六枝旁兩輪旋於水上後一輪挨於水中堅固非常高大莫比歐洲諸邦之船俱無其匹造成以後試駛於海極為利快約一時可行一百二十里較尋常輪船為尤速豪富紳士往花旗各地游覽以為天下偉觀矣而以今鐵甲船視之則此猶未足稱雄蓋巨礮大彈能洞徑寸之鐵厚至數寸許則彈力有所窮以昔日之船當今日之礮未有不糜者且艙至六倍則高易受彈非戰艦所宜故鐵甲船行而火攻之術益精

埃及古跡

太古有人類之始鼻祖居何地者難知但稽各國古籍以及古塚壙宮壁上之文可知其略始祖本居亞細亞之西南近亞細亞歐羅巴阿非利加三洲相連之界後來人衆或在本土建國或徙遠方立業上古稱大國者有四曰埃及曰亞述曰巴比倫曰中國亞述巴比倫為敵滅已久而華夏猶存至埃及國前民稱歷二千年以來多有隸他國而不得自主者其國在阿非利加東北隅瀛環志略云地本沙磧有尼羅河從南方發源沿紅海之西岸北流入地中海兩岸泥塗淤為良田且糞且溉近河地田多戶密去河稍遠曠無人烟考埃及國遺跡在夏禹以前其藝業於此地其王善用兵嘗以建大宮巨塚為業今觀其宮塚未毁者四壁內外盡是雕像繪畫書文而當年之事跡約略可考好奇者想不斥為河漢埃及人葬用土槨善於以藥傳尸歷千餘年而不變朽今英國博物院中多埃及古棺棺內人尸赫然男女可辨衣服不毁顏色不變一奇也

奇獸

有一種野獸曰哥利拉頗似猩猩而巨産於阿非利加種類久繁然多藏於密箐叢林深山窮谷中非能獲也近二十年間西國人儻於深山有以火炮斃者始得見之嘗繪其形以流傳未始非博覽之一助

雪

聞之西儒云雨乃空中所降之霧也此霧原是地面之水為日所蒸又為日力上牽其氣上升於空中而成者聚多為雲隨風飄揚一遇空中寒氣相交霧即合為小點便墜於地是即雨水雨從空中時又為寒氣所壓凝結成花其名是雪雪花之樣甚多西國格物博士嘗用顯微鏡細察會計共有六百餘樣惟常見者則狀若星之生芒俱六角焉與中國言雪花六出無異此雪之水甚屬清涼百水中之至潔者也又界北之方每歲冬時有雪花遍鋪地面使地中之暖氣不洩滋禪於穀麥等物是亦雪之大利焉

星隕說

流星隕石之異古來史不絕書未可以為災祥也同治丙寅春上海郵信至粤謂於三月初二日有大星如斗其次者巨猶如碗隨有小星無數約計萬餘從東南隕於西北聲如雷轟逾刻始靜其時將黎明衆多有聞聲起者城廂內外萬目共瞻咸嘖嘖稱異焉考星隕如雨載於春秋說者以為即佛生之歲固附會可笑而星隕之理究未有明言其指昔西士嘗細加辨察其質為火石硫磺鐵黄灰白鉛不等其重自數斤至千萬石皆有之其行之捷一秒可八十里體質在空中每自發光尤異者墜隕之時空中有若槍礮金鼓聲與地球相去或數十里或數百里大抵流行空中則見為星一隕於地遂成為石西國曾有隕石自空墜下去地八十里計其重可一千萬石其中有一方墜地大異尋常使非天空之行甚速則地面吸力可引之盡下西國格致家參考其故有云月距地球最近其中常有火山吐燄或有鎔化之質噴出偶落空際墜下極近地氣吸之故能至地有云行星中有無數小體由於大體分裂有時本質自散復聚環日而行至地球軌道為地力吸引至天空而發光其行甚捷變為隕石流星諸異象有云月體在天空一秒可行三里能吸空氣之熱故易於發光以寒暑表計之約三萬度故初隕之石氣猶甚熱上海所見流星大抵行星中分裂小體耳奚足為禨祥之先見哉近時西國晴人家俱究心於流星隕石之理使孫伯勒蘭特二人欲知其道與地道之交角細測初見至隱之時分大抵流星之行道設有方向速率略與地同而又近地則必為地面攝力所留而繞地若為實體能借光照地則有時必於一刹那中見之即入闇虛而隱道光二十七年七月初九日有大流星過法都巴黎斯土爾土星臺官白底推得其繞日之道為雙曲線白底所測諸流星中有一疑其繞地如月然距地面尚一萬四十五百里有云流星隕石二者不同太虛中海氣略厚處能阻彗星此乃數萬彗星過最卑時所留尾上餘質漸積而成或意是無數小體與日相屬俱若小行星各有本道各有周時距地皆遠故視之甚微所見光雖一若日光透門隙見光中無數微塵也此諸小體所併較日體尚甚微不可比故攝動不能然其各道相交則有時必相遇而相擊或落於日中或落於行星

中。各國史中所載隕石隕鐵之事。即此物也。西史有四人為隕石所擊死。周貞定王四年。隕石於土耳其之哀哥卜大摩。其大六十石。後梁龍德元年。以大利之那尼隕石於河中。高出水面四尺。明泰昌元年。隕鐵於印度本若之斜林特。其王曰杭格鍛以鑄劍。隕石於英國十六次。一在倫敦。嘉慶八年三月六日午正。法蘭西諾曼的省蘭格城。空中有大火球裂為數千石而隕。偏散於地方里者七八十。王命人往觀之。不誣。昔人謂此係地面或月中火山吐燄時飛出者。非也。今人皆知空中小體與行星同類。其隕時有火光。至地尚甚熱。或於空中碎裂者。蓋其下行速率遞增甚大。與氣相磨。力甚猛。故發熱且生火也。至於流星與上鐵石諸小體。異其當別是一質。每見大流星曳長光。或大火球經過地氣之上層。有時過後所曳光帶留於空中。歷時數分始滅。有時空中作喧沸聲。其體豁裂而隱。有時無聲而自隱。此必地氣外之物。偶入地氣中而發光也。乾隆四十八年七月二十一日。有大流星經過歐羅巴洲。從蘇格蘭之古蘭島至羅馬。其速率一秒中約九十里。距地面一百五十里。其光較望時之月尤大。質徑一里半。其狀屢變。後分為數體並行。各曳光尾。為最異焉。或有時見流星多至無數。如花炮亂放。如雨雪交紛。光滿天空。歷數時之久。偏大洲大洋皆見之。或兩半球皆得覩。此必在冬至後五六兩夜。或立秋後二三兩夜。常有大流星皆曳光尾。徹夜不絕。意地球行道。每周至此處。必過無數流星繞日道之面。一二日始過盡。其過時諸流星及地球之路。皆當作直線。立冬後五六兩夜所向之點。近軒轅第十二星。立秋後二三兩夜所發之公點。恒近傳舍第七星。流星道非必與黃道同面。但設為橢圜。若諸流星勻列於橢圜道。則地球繞日。每年必一次遇之。若諸流星分作數隊。依次相隨行於橢圜道。而周時與地球不同。則或間數年所遇之隊有疏密。故所見各異。述星隕者。其理盡於此矣。

金鋼石說

金鋼石金中之鋼。利而能斷。是石堅而無比。故名金鋼。人罕得之。寶踰兼金。若欲於其銳處磨之使平。或欲於其平處磨之使銳。雖有利器不能為功。惟於本石之粉糠特磨之。庶可使其平而發其光。其堅蓋如此也。是石初生於沙石中。沙石者積沙成石。故名沙石。沙石積成於懸崖。日久為雨所淋。沙則隨流以至江中。而金鋼石亦隨沙而去。同雜於江沙中。採之者必先斷水之流。淘於沙中。然後得之。尤可奇者得金鋼石之處。亦概有金可採。豈宇宙精華所聚。寶物亦以類應乎。金鋼石不一色。或黑或紅。或綠。或藍。最上者如水晶。夜有光。置於暗室中。可以代燭。最大者約如雞子之半。亦宛有雞子之形。昔佛蘭西大臣得一金鋼石。略小於雞子。嘗以洋銀六十萬元購之。後其君拿破侖鑲於刀柄中。舉世傳為希有。西國格致家。窮究理物。謂萬物皆有本質可尋。金鋼石本質與煤炭石灰相同。與鉛筆中之物亦同。何以知之。蓋金鋼石以火煉之。久之化為氣。其氣可以燃燈。故知金剛石之質與石灰同。鉛筆中之物亦產於沙石。英吉利花旗多有之。雖不如金鋼石之堅。若以火煉之。亦化為氣。故知金鋼石之質。又與鉛筆之物同。然煤炭石灰與鉛筆中之物。燒後雖化為氣。要皆有灰。因內有雜物故也。若金鋼石則內無雜物。化氣並不見有灰。以此知金鋼石為最貴焉。煤炭之成也。本於木。係人所造。石灰雖非人造。然內有草木之形。亦係草木所成。由此推之。金鋼石既與煤炭石灰均能化氣。則其成也亦於木可知矣。究之金鋼石雖貴。而其為用不如石炭之廣。凡西國火輪機器皆需煤炭。乃人莫不以希有者為寶。而以常有者為不足寶。是貴無用以賤有用也。嗚呼。即一金鋼石可以覘世矣。

西國天船

偶閱西洋器藝雜述云。有天船。其式短小如亭。可容十人。內置風櫃。極其巧捷。有若渾天儀。用數人極力鼓之。便能飛騰。至極高處。自有天風習習。欲往何處。則揚帆用董天尺量之。至其處乃收帆。聽其墜下。相傳曾有被日燒燬并曝死。所以不敢擅用。此想即輕氣毬也。特言之詳耳。惟輕氣毬一升。即不能自主。若徑上一百五六十里。則在亂氣之外。人即不能通呼吸而死。故御毬者欲升。則撤去毬中之沙。欲下則略洩毬中之氣。惟所至何處。則一任為風氣所使矣。然舊時製之極大者。亦僅容三四人。今西國多已試之。極為靈便。嘗試之行軍。知敵虛實所在。於上揚旂指揮。兵士合力攻之。竟獲大捷。現西人欲得是理。細加研究。意欲乘之渡海。自花旗至英京約費數日之程。並期透徹明悟。不拘駛往何處。俱可如我之意。如舟楫然。大是毬大小若干。即可容人若干。苟能縱駛如志。即可代兵船之用。且軍中不必用炮。而祇用彈丸足矣。蓋彈丸自上墜下。其勢甚易炸裂必速。竊思若果如此。遇攻戰時不徒防敵自前來。亦當防敵從天下。此誠奇技妙法。直可以洩造化之微矣。

日本文字

日本國書。多以漢字倭字相間綴文。讀之殊不易解。而漢字亦讀以倭音。據順叔云。倭字亦有今體古體之分。而古體較為難識。日本古代之語不學國書。古時和歌非善詩家不能解也其製字之源由於日本僧宏法大師入唐土後歸國所作共有四十八字母俗云比良假名比良者譯即安之意假名者借之一法也其後又有片假名制之者未知何人不見於書史其謂片假者即存漢字半邊之意如毛字作乇呂字作口之類筆畫均取其減少余觀地球中各國文字無有備於中國者餘國皆僅備音而不能備字其在六書中不過諧聲一種而已

往美國人數

米利堅地處西半球在北亞墨利加之中適與中國足與足相抵氣候温和同於中華迤北似塞外近南似江浙幅員廣闊河水横海土壤又極膏腴所産棉花尤饒庶特惜其地開墾者少荒廢者多每年鄰邦之人前往其國受廛為氓以農商為事業者必有數十萬人米國統領深善其至庶於招徠倍加撫恤給以曠土而薄取其值用示懷遠之意於是來者益衆其國政之善亦為歐洲諸邦所未逮今統計自同治五年以來歐洲人民前往米國寄籍者其數臚列如左英國約三萬六千一百八十六人英屬阿耳蘭約六萬八千四十七人日耳曼約十萬六千七百十六人此外歐洲各處約二萬二千四百六十九人或乘火船或附貨舶絡繹不絕於道總核其數約二十九萬四千三百五十七人去年較之往歲多一萬三千四百七十六人今歲較之去年多三萬八千六十六人

西國印書考

西國印書之昉古矣昔迦勒底國藏有巴比倫印章其刻或字或畫鐫版之法肇兆於此但印小幅紙事勞工費不能通之於印書也當明初時歐洲始有以木板印紙牌為法王迦羅思第六玩物者永樂二十一年又以木板鐫刻圖畫其初印者現庋貯英京書院第創始未知何人嗣後作者精益求精刊印歷代事蹟全圖旁綴以字刻字肇端於此後分每字母為活板不必逐板鐫刻而數十百種之書悉可取給始造此者為谷敦保世居每納士生於明永樂元年二十二年至斯達四吧洪熙末同其地之特雖盛立夫布耳曼合作設局於特舍亡何特死谷致書特求并令人入其室恐人知之而竊傳其法也是時局中四人互相爭乃訟諸官因此衙署中始知谷為始作活板者事在正統四年四人由是不和而谷貲亦盡回故鄉欲其法克傳特患貧力不足以濟事時有金工非思特家巨富與之謀貸因同設印書局焉始印零星小帙自景泰元年至六年乃用臘頂語印新舊約書字係鉛質用刀鐫刻現有一

冊印於羊皮存於普魯士書庫谷因是得馳名一時書成閱五載弗思特之家業又罄弗始料不及此怨甚訟谷於官責償子母於是谷所置器具盡為弗有而弗遂得專行其業人之見之者盡奇之谷印約書外更印別書古致可觀自離弗後蹤跡莫詳有言谷自後怨怨不樂隱處山林人罕見其面成化元年國王詔給精祿四年乃卒谷所造活字有謂鐫刻者有謂澆製者聚訟紛紛但觀字之鋒稜實係刀刻澆製之法始於饒弗乃谷後起之局也饒弗年少思精為弗高弟弗與谷相絕後即偕饒同業年餘始印大闢詩篇書尾言活字之作肇自我二人按是書作已四載明為谷所未竟之業饒按二十六字母之數以作字模鎔鉛澆製潛與弗思特觀之弗喜甚因妻以女其法秘不示人印書工匠來者必先密誓後令工作天順六年其地法與衆匠離散以印書法傳於他邦於是歐洲列國始知其用亂定弗再建局於哈崙復從哈崙遷於羅馬成化三年法國立印書局於吐耳五年設局於法京巴黎斯天順四年俄羅斯立局印書英國刻印書冊未知始於何時相昉傳自悉肆弗爾及京都倫敦後建於阿爾班等處咸為教師勸立所印皆教中書宏治年間設立官局專掌王印書事行之六七十年皆用臘頂語及他國文士之言後有以英國方言譯印新舊約者主教娛之嘉靖五年有博學士子譯印新約以英國語倫敦教主怒因繙譯他文理旨或有背謬也乃下令國中禁勿誦讀諭人盡納是書於官而投諸火否則以背道論令下民勿從購者殊衆按印書之法行於英國甚遲嘉靖隆萬間國中亂甚民不向學印書者寥寥國法局中無得過二十人久而禁弛文學大興歐洲印書由漸而盛顧惟日耳曼無禁其餘皆有厲禁凡事有關家國例不許印每刻一書必上呈於官法京巴黎斯禁稍寬然總不若英之不設禁令也以是印法莫精於英富人助貲者衆他國忌諱多羣情疑沮貲以不集因歐洲多書禁而米利堅乃興於西明崇禎時麻薩朱實立第一印書局印器從英運至其後日增月盛至以西法變通行於華字此不過五十餘年耳嘉慶時英人馬施曼自天竺學華言譯印新舊約書始造華言鉛版此印刻華字之濫觴也其書至今尚有存於華地者後有臺約爾至檳榔島悉心於華字造陰模陽模澆製成字大小二種建屋曰英華書院立和約後遷於香港開局印書臺死合衆人谷立繼之廣印書籍臺所作陰陽字模之未成者谷竟其業更作小字及數目等字共四種他處印書購字者悉於此取給焉寗波聖華書院又將每字偏旁分析或分二或分三用字省簡而工較賁近合衆姜教士更

以化學新法製字。以木脉代銅模。費省事速。其價漸賤。觀於此可以略知西國印書之源流矣。

猶太古歷說

泰西丈史之邦。夙稱猶太。自開闢至今五千餘年。歷歷可稽。其最古之書。曰舊約全書。所大歷與今歷言異。古時猶太人定年月。以太陽為準。於歷法疏。而於目驗密。常居山候月。以初見月為月第一日。蓋古猶太歷與中國夏商之初。不甚相遠。彼特有舊約書可證。而中國載籍自燬於秦火後。幾無完書。古史之可信者莫如尚書。所紀之日。或曰哉生魄。或曰旁死魄。或曰既望。或曰朏。蓋亦從目測驗。而罕用朔日者。如大禹謨之正月朔日。允征之季秋月朔。皆係偽書。乃東晉梅頤所私撰。又班固漢書所引伊訓十二月朔乙丑。或係固所私增。亦未可為據。其有書日食者。則繫以朔。如周幽王乙丑冬十月朔日食。詩經云。十月之交。朔日辛卯。是也。且猶太古時分日為朝午暮三時。又分為十二時。分夜為三更。略與中國古法相同。三代以上。分晝夜各十時。晝多辨晷以測時。夜多望星以驗候。如尚書所云。日中星。春秋傳所云日昃。詩之三星在隅。傳之降婁中而旦。是也。後世歷法漸密。於是在朔言朔。在晦言晦。漢魏以來。漸以十二支紀時。始見於南齊書天文志。則自甲至戊為五。顏氏家訓謂斗柄所指凡歷五辰。故曰五更是也。猶太三年一置閏。所閏置月有一定之時。皆在亞筆月後。與春秋傳所云歸餘於終。漢以前多置閏月於歲終者。其法簡易相同。由此觀之。中外算術古時皆未造其精。而至今中法每不如西法之密。何哉。蓋用心不專。率皆墨守成法。未能推陳出新耳。今西士講明新法。細繹各書。明古今歷算之源流。代有沿革。所著各書。如續幾何原本。代數學。代微積拾級。談天。重學。諸種。俱足以資採討。而中國之精於天算者。自徐戴李鄒四家而外。正未易數覯也。

照船塔燈

西國舟人。總於航海。每歲環地球而行者。不知凡幾。皆鮮失事。其故何哉。夫亦慮之審而防之密也。蓋西國操舟者。不憚風濤。而畏礁石。其石生於海底。或露突水面。或隱伏水中。猝與之遇。未有不檣傾舵摧船沉貨壞者。此誠行舟之巨患也。於是歐洲諸國。凡於其所屬洋面。察有險要處所。即在石面建塔一座。虛其中。用螺紋旋上。近日則全用鐵板構成。每塔以數人守之。夜在塔頂燃燈數盞。照耀洋面。俾行船者遙見之。預知趨避。各塔以燈色分別。如每塔則專用某色之燈。或用燈自旋轉。半明半

蔽。船中人望之。即了然知為某地之某塔矣。自各險建塔之後。行船永無擱淺之虞。其法誠為盡善。每船至此。量度其船身大小。酌抽若干。為歲中塔燈費用之需。各船主無不樂為輸將者。嘗見南懷仁七奇圖說。謂為天下所無。其二為樂德海島銅人巨像。高三十丈。胯下高廣。能容大舶經過。左手持燈。夜則點照。引海舶認識港口。以便艤泊。其三為法羅海島高臺。厄日多國多祿茂王所建。崇隆無際。頂上多置火炬。夜照海艘。此即照船塔燈之先聲也。特其思慮益為周密爾。夫以大海汪洋靡極之中。能細測險害。建造高塔。照遠得以預為之避。其工程巧妙。過於尋常遠矣。

亞美利加古風俗

前三百五十年。西班牙人初入亞美利加洲。其時土人皆野番也。獨墨西哥秘魯二國頗知教化。其所築城邑及神廟陵塚衢路。或用巨石。或用泥磚。皆高大堅固。而國王宮室。則飾以金銀華麗異常。輝煌奪目。其風俗與別洲各有不同。而間有似乎中國者。如國王每年親耕。以金為犁。四五年一巡狩。民間嫁娶須媒妁相通。問皆如中國古禮。若美洲之土人皆知有一位天地之主宰。名曰大神。至墨西哥則稱此主宰曰帝阿。細查其俗。則不事大神。乃事日月與眾鬼神。惟秘魯國王則稱為日月之子。考墨西哥有象形文字。寫書則用五色筆。所畫人物極其精巧。其紙舂樹葉為之。潔滑柔韌。至於秘魯國初時。未有書契。則結各色大小繩以紀事。如黃為金。白為銀之類。呂宋人曾目擊而述之。易曰。上古結繩而治。豈中國先而秘魯後乎。想中國與秘魯相隔。雖有半地球之遙。而其間猶有陸路可通。自中國之東北隅至滿洲。即中滿洲之東。過白令海峽。計此海股相越不過百餘里。一舟可航。於是從亞細亞而入亞美利加。遵亞美利加而南。則過墨西哥。至墨西哥則去秘魯不遠矣。

白頭教人

西士湛氏曰。古波斯國。即今白頭人之祖。周以前居葱嶺西。印度北。其教與婆羅門為敵。常稱彼之神為鬼。彼之鬼為神。境與中國相去不遠。古有梭魯華古者。生春秋時。白頭人之經。即其手著。道與書經略相似。洪範陳九疇。梭魯亦言五行五福五極五徵之類。又有五行之神。與九壤之說。所云最尊大者。兩儀之分。舉凡有無光暗生死善惡等。皆為兩儀之所立。所可異者。以陽神為善。而無始終。以陰神為惡。常與陽神相爭。必為所滅。且言陽神之下有六大神。即五行神與穀神。此亦與虞書六府相類也。其餘分吉凶。測象緯。亦無大異。此白頭教與華人教同源之一證。異哉所聞。

近書中無有及之者。

給予文憑

英法美三國設立成例。凡民間有能獨出心思。精創一器一藝者。許專其利。或著書或醫藥或工作。類皆專門名家。他人不能摹倣影射。藉布行世。奪其利數。所以懷才抱異之士。不患致富之無具也。惟是某人創製某物。必先奏明國家。給以文憑。方許行之久遠。其設立文憑之法。自古所無。今則歐羅巴及亞墨利加皆有之矣。溯英國給文憑。始於前二百年。法美二國始於前七十五年。以美國而論。自道光庚子以來求給文憑者。每年或一千。或一百不等。至咸豐己未則三千七百餘。庚申則四千五百餘。辛酉不下五千。文憑之給。逐年加增。可見闘巧趨利之人。愈久愈多矣。惟美國所給文憑。以十七年為限。過此以往。有人如式製造。各從其便。此則差不同於英法耳。

西國造紙法

書契之具。端賴乎紙。中國自古書契。多編以竹簡。其用縑帛者。依書長短。隨事截之。名曰帋。紙亦謂之紙。縑貴而簡重。並不便於人。貧者用蒲寫書。如路溫舒之截蒲是也。東漢蔡倫。字敬仲。為尚方令。乃造意用樹膚麻頭敝布魚網以為紙。奏上。安帝善其能。自是莫不用焉。故天下稱蔡侯紙。按後漢輿服志云。蔡侯紙用故麻。名麻紙。木皮名穀紙。故魚網名網紙。人莫不以蔡倫為造紙之鼻祖矣。顧史繩祖學齋佔畢云。蔡倫乃後漢時人。而前漢外戚傳云。赫蹏。注謂小紙也。則紙已見於前漢。恐非始於蔡倫。但倫所造精工。於前世則有之耳。書斷云。左伯字子邑。能為紙。時蔡倫亦為之。伯尤為精妙。則蔡倫似非始創。並不得專美於前。中國造紙之法。蓋已二千年。前於西國千有餘載。洵可謂肇創文字之最先者矣。西國未有紙時。天竺人以苦楊葉。半羊皮代之。或刻以石碑。鏤以鉛板。後有穎悟者。以竹造紙。較勝於葉。後又以棉花棉布做之。較勝於竹。再後以麻造之。較棉花棉布為尤勝。今英吉利花旗皆以棉布麻布造紙。其造法用機器。先碎其布。後以木輪研末。盛之以缸。調之以水。碎布雖有雜色。然有藥熬之使白。造研之如牛乳之渾。復加白礬與水。使之如漿。於缸底鑿孔。使漿流出外。盛以輪。輪裹以布。漿在布上。水必漉於布下。而布上之漿即成為紙。當紙初成時。其濕甚濕。復傳至別輪。一輪一輪展轉傳遞。迨傳之最後一輪。而紙燥矣。然後以刀截。其長短闊狹大凡造紙之物不一。惟用棉麻為最勝。棉花造紙。創自八百

年以前。其最古者。則以葉代紙。今浙省天台山僧寺經卷。尚有以葉編成者。蓋昔時從天竺來。而寺僧至今藏之耳。書於羊毛者。今在河南開封府。挑筋教人猶有之。堅白精緻。而筆墨端好。西士麥都思曾取數卷至滬。所書係摩西書。約其時漢時。而羊不少壞。亦甚寶也。

英國硝皮法

英國有三大利。一起呢布。二鑄鐵。三硝皮。其硝皮也柔韌堅緻。水不能入。久而不敗。法將皮肉剷盡。塗以石灰。或浸以石灰水七八日。以脫其毛。復浸以水二日。後出之去其垢於泥土中。置一井。方深約一丈。四圍砌以密板而不漏。復以雞鴿鴨之糞調水。或狗糞亦可。然後一層皮一層糞。層層鋪於井中。至滿方止。入之。其皮自軟。出而淨之。復鋪於別井中。一如前法。將櫟樹皮曝燥碎之。每層以櫟樹皮碎襯其中。加之以水。使沁入其皮。或先以水浸碎櫟皮。祗以櫟皮汁流入井中亦可。然櫟皮之性苦。始流入時。其汁不宜過苦。蓋皮有毛孔。過苦則毛孔塞不能入。故以漸苦方佳。人若欲驗櫟皮汁透入與否。可先以刀割皮少許。見皮內之色皆紅。則知其透入矣。若稍有白色。則尚未也。然櫟皮浸後。必至九月之久。將皮取出。置空室中陰燥。勿晒。以日燥。將木槌敲之。使柔而堅。然後染以黑色。擦油透光。此履旁所用之皮也。若用為履底者。櫟皮汁必浸以半年。出而置空室中陰燥。不必復加他法。即可應用。一法將皮先以麥酵水浸之。至二日後。復以櫟皮汁浸之。使汁易入。其法較美。至於染黑之法。不過以煤為之。然皮不一類。或牛或羊。或犢。犢羊皮可用於履旁。若履底必取牛牛皮。

西歷緣起說

西洋歷法。創始於羅馬國王名羅馬路。其時中國周平王之八年。羅馬路造歷以定民時。以十閒月為一年。四月皆三十一日。六月皆祇三十日。合計每年凡三百有四日。此實大謬也。至平王四十五年。篤麻王踐羅馬國位。改十二月為一年。月分大小。以三十日為月大。凡六月。以二十九日為月小。亦六月。一歲共得三百五十四日。又作閏月。其法以四年兩閏為率。第一次所閏之月祇二十二日。第二次所閏之月亦祇二十三日。如此合計。每年共三百六十五日零三時。與中國欽天監所頒之法不甚相遠。使其果能準此。雖略有未合。尚不至大舛。蓋其所定三時。嫌有略多之處。其實祇兩時有半加四十八分零四十九秒。又一秒作一百分。開之得六十二分。篤馬王

之法。所存尚留無幾。乃其後諸王竟私心自用。隨意加減年日之多寡。故或不應閏而閏。或應閏而不閏。以致天時與歷法不合。至西洪宣帝二十三年。羅馬國汝留王即位。始改其法。以日為度。不以月為度。每年定為三百六十五日。每四年閏一日。為三百六十六日。其每年二月俱係二十九日。惟至第四年得三十日。又七月名汝留月。以汝留王故也。後至漢元帝十二年。羅馬國奧古斯都踐阼。名八月為奧古斯都月。向來祇三十日。王增為三十一日。因減去二月一日。故不閏之年。二月祇二十八日。又將九月十一月俱減一日為三十日。十月十二月俱增一日。自是以後諸小國皆守羅馬正朔。遵行無改。蓋汝留王以每年為三百六十五日零三時。推至二千年則差十五日。至汝留王後三百七十年。即中國東晉成帝三年。有一公會。係天主教王所設立。向定某日開齋。某日課程。各依年中節氣為期。當公會聚集之時。向係在二月二十一日。春分之節。至此春分已退至二十五日。由是順推之。至汝留王一千六百二十七年。即中國明萬歷十一年。春分又逆在二月二十一日。較前早十四日。其時天主教王思欲除去十四日。又恐有礙公會預定之期。故祇改去十日以二十一日為春分。又立一閏法。每年二月祇二十八日。每第四年乃閏得二十九日。又每

百年不閏。每第四百年乃閏。每至千年不閏。如此推算。三千八百六十年但多一日耳。由是西國之歷法乃定。所遵天主教諸國。一時皆依此法。即西方諸國不遵天主教者。亦知此法無訛。悉用其歷。惟俄羅斯獨否。故與此差十二日。按外洋歷法定年每年二十四節氣分屬某月某日俱有一定。如春分必在二月二十一日。其餘可以類推。雖至數百年之久。所差斷無一日。三尺童子亦瞭如指掌。通書每年頒發。而氣節終無變更。蓋至三千八百六十三年後。始差一日。此以日度定年。勝於以月度定年也。乾按沈括補筆談用十二氣為一年以立春之日為孟春之日驚蟄為仲春之日歲歲齊盡永無閏餘自謂異時必有用其說者此即與羅馬歷法大同小異。

造自來火說

曩見丁守存自來火銃造法云。西人有自來火木條者。乃硫磺製煉十餘次。將錬過燒酒冲入。以木蘸之。磨之則立燃。或和入硝水少許。其火更烈。所言殊未詳也。又云向來或傳自來火藥乃硝磺和人骨灰為之。疑其傳聞之誤。不知向來固用骨灰所製。特非人骨耳。天下之物皆有本質以成形。華人以五行為萬物之本。西國格致家細究物理。以為本質不止有五行。計其數共六十餘種。其一名發斯福爾斯。所成概自皮骨石灰中來。然自骨來者為尤多。取之之法。先搥其骨。或牛馬骨皆可。煅之以火。迨煅白後。即磨為粉。假如有粉十五碗。復加以磺强水十碗。二日後以沙石攤之暴之以日。或燥之以風。使漸濃如粥。復以木灰磨粉。加以一半。共盛於鐵碗。下以微火灼之。使乾燥。貫入於小口鐵瓶。瓶口上有銅管一枝。緊與瓶口相積。勿洩其氣。鐵瓶下亦以微火灼之。使發斯福爾斯上騰。衝入銅管。接入於玻璃瓶。直注玻璃瓶底。底斯福爾斯自鐵瓶過銅管入瓶。以清水高于銅管口少許。於是發玻璃瓶沉於清水中。色黃。質厚如粥。玻璃瓶內另以一小銅管洩其毒氣。時于玻璃瓶中即見於光。製之者取出於玻璃瓶。別以他瓶盛之。滿浸以水。亦勿置於乾燥之處。恐其速於生火。將木削成小片。即塗木片之端。一經摩擦。其火速生。是謂自來火。今西方諸國多用是物。消售最廣。英有一處專造自來火。每日買死馬牛一匹。取其骨為之。原其創造之始。約二三十年前。有一蘇格蘭人。研究其理。後遂盛行。其人死於咸豐十年。是在西國此法亦行之未久也。

甕牖餘談卷五終

甕牖餘談卷六

清　吳郡王韜紫詮撰

洪逆顛末記

逸史氏曰。論者嘗謂粵寇致敗之由。在驕妄好殺。此固有之。然不足以盡賊之事也。必統舉賊之始末。而後賊之敗滅可見矣。邇來述粵逆事者。如謝氏之金陵庶談。姚氏之粵匪紀略。亦可云詳矣。謝君稼鶴得之於目擊。言多確鑿。姚氏則裒輯邸報。而貫串之。誠足與國史相表裏。近得忠酋親供。再證之以西人日報。參之以洪逆刊行之偽書。庶幾賊無遁情矣。是復為之記。

洪逆名秀全。始起於粵西之金田。然其謀逆之始。則不在粵西而在粵東。洪逆本居粵東花縣。兄弟三人。長仁發。次仁達。洪逆最幼。同父異母。本農家子。長次皆服力田畯。洪逆獨舍其業而讀書。少不慧。應童子試不售。中年益無賴。偶遊羊城。見米利堅教士羅孝全。言願入教。實欲借教謀生也。居羅外舍月餘。困之。不得歸。羅乃貲之行。並贈以教中各種書。洪逆得書歸。教其鄉人。知其書不足以聳人聽。因謬言丁酉年間。曾卧深山中。死七日而返魂。死時得見天帝在金光中。其容耀目。不能逼視。弟見其鬚長垂腹而已。又言己名秀全。實應讖語。天帝命其下凡誅妖。代天宣化。於是稱耶穌為天兄。己為天帝第二子。從而和之者為馮雲山。馮賊者。洪逆少時同硯友也。略知書。多詭謀。凡洪逆陰圖秘計。悉與馮議。洪逆行教各村。足跡無不遍。村中人咸呼之為洪先生。旋挾拆字法及卜筮星相之術。至粵西之潯州桂平武宣象州藤縣陸川博白。數千里中。輾轉相從者愈衆。外假修善敬天為名。實以偏鄉蠱惑。陰行不軌。武宣桂平人從尤甚。洪逆時伏深山中。蹤跡詭秘。人不能測。惟與楊秀清蕭朝貴馮雲山韋昌輝石達開秦日昌六人深相結。以天父下凡附楊秀清。天兄下凡附蕭朝貴。共相誕語。時從者皆愚昧之鄉民。貧無所食。故來相就。漸積至數十人。道光丁未戊申間。廣西流賊四起。各鄉俱遭蹂擾。因謀結土團以禦寇。居民各自為黨。多不相能。幾若水火。洪逆因得以乘機潛煽其間。一時附之者如蟻聚。庚戌六月。洪逆匿於花洲山人村胡以晃家。東賊遣人迎之至金田。招集叛衆。刻期發難。因約金田花洲六洲博白同日作亂。事未及舉。鬨於邑。令兵馳往捕。不獲。拘其妻子繫獄。洪逆遍張揭帖。謂三日內不釋其眷屬。當聚衆與官抗。邑令故懦甚。立令道釋還家。時洪逆聚黨已數千。不可猝散。即以夜入城戕官。官軍捕之急。逆走。追追將及。會日暮始止。

洪逆與官軍僅隔一河。各結營河側。洪逆以賊少兵多。慮天明不得脫。乃於村中搜獲婦女數十。飽喫以飯。而縛之轟下。令擊鼓無絕聲。而先在帳外潛聽。有止不擊者。即返帳斬之。於是無不股栗奮擊。逆黨相率東走去。官軍疑賊之有備也。刁斗之聲徹夜。迨曉始至。賊去已遠。距金田數十里。有劇盜偽號天德者。在大黃江口劫行旅。擁衆積貲自雄。官軍無如何。洪逆遂往投之。奇洪逆狀貌。與之歃血訂盟。結生死交。然洪逆不肯為之下也。後獨留天德守巢。而悉衆出劫。與官軍遇。佯北引去。官軍遂搗其巢焚之。天德殲焉。洪逆返兵攻官軍。大勝之。出天德尸於灰燼。哭而瘞之。按粵匪紀略。咸豐二年二月。官軍收復永安州。陣擒偽天德王洪大全。檻送京師。磔於市。此大略誤認其人。今姑仍之。而著其誤。於是盡收其衆。勢益強。偽號太平天國。旋有廣東股匪楊元清范連德等。招集亡命三千人附之。益猖獗。而新投之羅大綱。猛鷙善戰。尤為賊中梟雄。粵民性本喜亂。武宣象州鄉民歸之如鶩。賊兵屯於新墟。官軍扼隘以守。圍之三匝。數月不得出。後卒由山僻小徑竄至思旺。時向經略方以廣西提督統兵剿賊。連營數十里。聲勢正盛。西賊南賊冒死衝突。一戰而官軍潰散。咸豐元年二月。賊攻太平府。四月又陷西林縣。朝廷特命賽尚阿為欽差大臣。馳赴粵西。時賊已遷趨永安。八月城陷。賊駐衆於和池為犄角。洪逆據城堅守。以永安實草村為前後門戶。立柵守焉。官軍力攻破之。賊始退入州城。賽欽使飛檄徵兵。援軍大集。城外盡官軍。賊坐困孤城。所恃以臨陳者。鈍敝刀矛而已。無有所謂鎗礮藥彈也。賊在城中始設男女館。而嚴其禁。被圍日久。謀遁去。值郴州賊李嚴通揭竿謀亂。官軍剿殺過半。迫之急。逃附永安賊。賊黨復固。然是時勢旅僅存二千餘人。女賊之冒為男裝者。亦不盈三千。探知姑蘇沖有僻徑可潛遁。乃冒死突圍出。時官軍守姑蘇沖者。為賊將羅大綱所敗。委棄輜重山積。賊於是始有火藥。於仙回遇烏蘭泰都統兵。敗陳傲。二年二月。賊棄永安。旋攻桂林。相持逾六十日。乃自解去。分道援湖南。郴道二州相繼失守。是年南賊授首於全州。乃以東賊為謀主。七月賊衆直抵長沙。攻城陷陳。西賊率以身先。而李開芳林鳳祥為其右左翼。時洪逆尚踞郴州為巢穴。俄而西賊以中礮死。洪逆乃移營自至。城堅屢攻不陷。掘地道攻之。城幾壞。湖南本多股匪。至是悉附賊。賊衆驟盛。於南門外築壇告天。僭稱偽號。自製偽璽。同作亂者俱封以偽王。十月遁走益陽。擄民船數千艘。順流下。駛過林子口。出洞庭湖。還逕岳州。臣賊為水陸兩股。兼程並進。十一月陷岳州。賊從東門入。不決旬而漢口漢陽悉沒於賊。遂圍武昌。十二月四日。武昌城陷。時東賊主偽軍政。積寇賴漢英宗。均歸其節制。間諜四出。流氛殊迭。官軍始不能禦。三年正月。陷九江。俄陷安慶。賊棄不守。遂趨江南。於是蕪湖太平下關望風瓦解。曾不五日。大小船艦萬艘。蔽江而下。二月。附江寧城下。圍七日破之。洪逆遂踞金陵。為偽都。以制府署為偽王宮。凡攻戰守禦黜陟調遣。悉歸東賊掌握。自入金陵。洪逆漸荒於色。自奉甚侈。且又深居簡出。一切不問。於是東賊漸跋扈不可制。時賊戰艦蔽江。其數逾萬。六月。東風大作。十餘日不息。賊連檣直上。由皖江以達江西。烽火連天。所至殘破。自此楚豫皆燕逆鋒。無不徧及。為其酋長者。李開芳林鳳祥也。後為勝帥所殲。四年正月上元。諸生張炳垣謀內應。事洩死。五月。英人乘輪船至金陵。入城詰難數事。洪逆令翼賊作書答之。夏秋間。賊中糧匱。婦女老幼驅迫逃逸。死者無算。參將張國樑與賊戰於太平府城外。焚賊艇八百餘艘。遂克其城。冬十月。向大臣兵會揚州。半攻克浦口逆壘。金陵軍攻破雨花臺。逼南門而營。城由是不敢出。五年。設媒為官。以女館婦女配賊目。以偽職之大小為配女之多寡。自是諸賊目居然擁多嬌。恣淫蕩。四月。太平府又陷於賊。六月。張總戎國樑出奇計下之。焚城外賊船千艘。上游所掠輜重為之一空。時南自鎮江瓜步。北自蕪湖無為安慶。皆為賊所踞。長江之中。賊艇往來自如。得以轉輸接濟。故賊巢雖被圍而不恐。六年四月。吉中丞結三營於高資烟墩山。斷賊餉道。賊悉力來爭。吉中丞中礮身亡。賊蟻聚於九華山。分股陷溧水。向大臣檄兵往援。大營守薄兵單。賊密約鎮江逆黨。間道分擾大營。師潰。向大臣退駐句容。旋保丹陽。收集潰衆。六月。賊逼丹陽城下。日夜築壘環攻。圍日急。向大臣憂憤成疾。薨於軍。張總戎代統其衆。於是賊勢復熾。東賊以向帥之亡為己功。謂自是無外憂。將謀篡偽位。告於下。以功大當稱萬歲。皆阿附同聲稱賀。入告洪逆。稱天父下凡。及羣意僉同。宜稱尊號狀。洪逆曰。四弟功大。酬庸懋勳。萬歲之稱。久宜順天應人。顧將何以處我。曰。二哥當稱萬萬歲。洪逆佯喜許之。期以八月。韋賊慮洪逆之不能容也。潛欲作難而未發。其信任之左右私往白洪逆。於是密書招北賊翼賊自外入援。北賊韋昌輝在皖聞信。寅夜疾馳。輕騎至城。城啟無詰之者。集衆偽官於朝。而以兵圍東賊偽府。時東賊方屏人獨自登臺。僅守以一童子。蓋視臺旗下偃。即東賊所謂天父下凡時也。惟東賊得以升臺與語。乃即就臺中斬其首。（東逆之死。時有異詞。此據逃出者所述。恐不足信。）北賊並戮其黨妻妾並戮於市。無一免者。內外城悉下鍵。街衢闃寂無人。是役也。死者二三萬餘。黨羽未盡。將設奇謀悉誅之。於是城中哀歎之聲雜起。洪逆妻言于衆曰。韋誅

殛太甚。罰及無辜。罪當刑者四百。若前在楊部偽者。可來觀。北賊亦佯認罪。越日。人環集如市。洪妻宣偽天王命。鞭北賊五數。并其佐。而突以甲圍觀者。楊逆黨五六千人齊被執。竟謂罪不至死。皆棄械就縛。洪逆乃命盡坑之。自是日執人而殺之。雖孩提不免。經十旬而猶未已。當翼賊得洪逆書時。方在湖北洪山。以路遠發遲。未及即至。逮抵金陵。則知楊已被誅。其戚亦在殺中。與韋商勿殺。則韋轉欲反戈攻之。翼賊懼。縋城逆去。韋乃盡誅其家。翼賊怒甚。上書洪逆。請得韋首。否將攻城。韋賊自殺楊後。自謂有功於洪逆。漸增傲色。洪逆微詰之。負氣不相下。洪逆本思殺之。去己害。至是遂假手翼賊除之。斬韋函首詣翼賊。乃令於營中眾之曰北孽。十一月。翼賊率其衆黨羽如林。洪逆所統各賊。皆與交歡。擬舉之輔偽政。顧洪逆甚猜忌。置之閒散。專任安福兩偽王。即洪逆長兄仁發次兄仁達也。於是偽屬皆不悅。翼逆他往。是年冬。和大臣由廬州進逼句容。駐營城外。七年。官軍先後克復句容溧水。旋又大捷於亦鎮外援之賊。一鼓而悉殲之。匹馬片帆無反者。賊為之奪氣。鎮江守城賊將。吳汝孝也。其城勢當衝要。阻山濱江。古稱鐵甕。而吳賊又精悍善戰。設法守禦。力攻不得下。官軍乃設計斷其糧食。城始破。吳賊出走。其黨於高資倉頭者。同時誅殛無遺。八年和張兩帥乘勝進圍金陵。賊巢攻克秣陵關。關為金陵南面外蔽。賊守甚堅。三月二日。官軍移營渡河。平毀黃泥岡等處逆壘。十四日。斬關直入。俘馘五六千人。賊不敢出。時翼賊已遠擾蜀省。所有精銳黨為其調遣一空。偽輔王楊輔清竄於閩。偽璋王林紹璋為官軍敗於湘潭。洪逆盡褫其職。匿不復出。韋志俊為賊黨所忌。避禍家居。林啟容被圍於九江。黃文金坐困於湖口。張朝爵陳得才孫守皖省。勢同負嵎。第以金陵舊巢。賊糧饒足。而上游自安慶無為巢縣蕪湖和州。皆為賊踞。呼吸可通。聲援遙應。又有東西梁山為其門戶。東西兩浦為其犄角。故賊雖危蹙而不蹶也。洪逆又使陳玉成援於外。以韋志俊副之。李秀成主於內。以林紹璋佐之。旋李秀成李世賢同竄皖省。州郡半為殘破。滁州來安全椒含山相繼失守。又附以張樂刑之衆。聲勢頗張。德勝兩帥以重兵扼守要隘。賊不得過。德軍駐於浦口。勝軍駐於烏衣。屢挫賊氛。陳李兩逆計無所出。乃會約各處援賊。併力合攻。於是德帥之師一敗於小店。再衄於浦口。張總統援兵亦為賊所覆。賊遂盤踞江浦天長儀徵等縣。金陵賊巢之消息復通。陳逆令餘黨攻六合。李逆統大隊犯揚州。九月三日。揚州城陷。賊以黨羽尚寡。分則力單。遂棄不守。陳逆圍六合甚急。官軍援兵不至。留防道員溫紹原激勵將

士誓以死守。九月十八日。賊穴地道攻城。陷之。紹原投水死。然黃梅宿松之間。潛山桐城之交。皆為李中丞續賓所攻。陳李二逆。回兵往援。值大霧迷漫。賊衆銜枚疾進。逕襲官軍之後。一戰而敗之。圍之數重。中丞以失機自縊。全營覆沒。賊於是復陷桐城。江南之賊又陷溧水。復分衆築壘紅藍埠。為持守計。賊勢漸復披猖。旋陳李二逆一敗於宿松。再敗於二郎河。遂不得逞。總兵張玉良由祿口進攻紅藍埠。毀平賊壘無數。克之。乘勝圍溧水。副將馮子材陳朝宗血戰登城。賊盡西竄。九月賊酋薛三元踞守江浦。正月以城降。浦口亦復。我軍圍六合甚急。賊佯攻揚州。以分官軍之勢。及官軍分兵馳赴。而援賊驟至。官軍遂解去。賊反逼浦口營。而忠逆李秀成獨當南北衝。張總統遣兵往援。敗之。十年正月。官軍乘勢攻克九洑洲。張軍復有江浦之捷。軍威震盛。深濠堅壘。環繞數匝。於鳳凰山鑄巨礮。已成。藥發礮炸。地為之震。而賊無所傷。否則洪逆偽宮必成虀粉。故知天猶未欲滅之也。是時金陵賊糧漸竭。各偽王皆食粥糜。官軍皆以為旦夕可破。而李逆漸由甯國襲廣德。以入浙江之安吉武康。遂以李酋世賢圍湖郡。而忠逆徑趨杭州。時賊衆僅六七千耳。攻圍三日破之。乃二月二十七日也。巡撫羅遵殿死於難。將軍瑞昌率滿城之衆而告曰。賊以孤軍襲遠。

勢不能久。江南大營聞已遣師。不如堅守以待其援。且賊所至無人理。其銜我滿人尤甚。金陵已事可驗也。然則等一死耳。不如殺賊而死之為愈也。於是婦女悉登陴守禦。相持七日夜。三月三日。張玉良督兵至杭。屯兵於城。賊寡兵衆。乃遁去。杭省遂復。忠逆仍由餘杭臨安抵孝豐廣德。張兵尾追不及。旋返杭州。外援偽都之羣賊蟻聚於建平。而忠逆為之首。如楊輔清李世賢劉官芳賴文鴻古隆賢。皆百戰之勁寇。併力合圍。攻陷建平。賊遂分竄。賊偽王楊輔清陷東壩。偽侍王李世賢踞句容溧陽秣陵關亦相繼失守。偽英王陳玉成由西梁渡江。順流至江甯鎮。旋屯踞善橋。偽主將陳坤書屯高橋門。侍逆屯北門紅山。輔逆屯南門雨花臺。金陵城外。遍地皆賊。而大營勢孤。所有選鋒精騎。皆撥隸張玉良麾下。遣之援杭。由杭至金陵幾八九百里。雖欲回援。猝未能至。兼以官軍營中師勞糧匱。將帥失和。霪雨浹旬。嚴寒不解。於是下有離心。士無鬬志。全軍皆潰。各偽王皆入城謁見洪逆。洪逆曰。乘此軍威。全收江浙。正在斯時。時和帥退守丹陽。賊即踵至。前隊王浚熊天喜禦之。皆敗。復軍士赴水死者無數。河為之不流。張帥裹創力戰。賊稍卻。然士卒死亡殆盡。知勢不可為。爰自投於丹陽南門外河中殉節。賊義其忠勇。出其尸。備棺殮之。瘞於塔下。賊至常州。

適張玉良援杭之師聞警馳回。連營四十餘壘。見賊不戰而潰。總督何桂清倉皇出走。常州遂陷。張玉良屯兵於無錫城外。率所部扼高橋。與賊三戰。皆捷。角鬬一日夜。其軍敗而復振。賊繞間道由九龍山進犯。師復潰。和帥退至滸墅關。聞張帥戰亡。遂自縊死。賊進逼蘇州。城陷。巡撫徐有壬死之。一妾一子均投撫署池中殉難。先是聞賊將至。籌守禦策。徐中丞謂若如在城外十數里掘地為濠。築土為壘。可以制賊衝突。且事亦易集。更募壯勇為外援。有沮之者。此議遂寢。至是賊及城下。官軍縱火焚民屋。火光燭霄漢。嘉應人李紹熙方以候補道守閶門城。守開門迎賊入。粵東之商於蘇者。皆從賊。衆驟增至五六萬。張玉良仍走至杭。於是崑山太倉青浦嘉定並淪沒。賊。南犯浙之嘉興。亦陷。皆以賊目駐守。張玉良乞餉於浙撫王有齡。重整舊部。馳攻嘉興。嘉興賊將陳坤書固守不能下。嘉興西南兩門外。皆官軍營壘。時前江蘇巡撫薛煥退保上海。募西兵往攻青浦。青浦賊酋周文嘉負隅相抗。並告急於偽忠王。忠逆親率大股賊來。既解青浦之師。直竄松江。遂犯上海。距十里許屯營。相持數日。不戰回。自走隊往援嘉興。嘉善平湖一時並失。張玉良見有援賊。斷其水道。遂退。七月十六日。金壇亦失守。洪逆既踞江南全省。因思圖併北方。偽詔忠酋往竄上游。時徽甯

豫楚各鄉有亂匪揭竿而起。潛結賊為內應。忠逆以為有間可乘。得信即行至黟縣。阻於鮑超之軍。不得進。乃改道由箬嶺抵徽州。經屯溪過婺源而駐營於常山。十一年。忠逆由玉山廣信進犯建昌。圍攻二十餘日。未下。官軍援兵偕集。賊遂舍之他竄。將自撫州分新淦。時國兵屯於對岸。礮艦扼於江面。賊衆進退俱窮。乃潛由新淦淺流偷渡。既至吉安瑞州。頑民相率附賊。於是湖北諸郡縣如興國大冶武昌江夏通山通城嘉魚蒲圻謀應賊者皆來。不下三十萬。洪逆聞之。諭賊四出。以為聲援。而官軍之赴援者亦至。鮑軍門之兵軍瑞州。楚撫之兵軍寶安。左宮保之兵軍樂平。曾節相部將之兵一軍建德。一軍祁門。因是侍酋敗於樂平。黃文金敗於饒州。劉官芳敗於祁門。而上游之賊勢頓衰。曾中丞國荃方以全力困安慶。偽英王陳玉成日漸窮蹙。洪逆遣六偽王往救。內外攻持。六偽王者。偽安王洪仁發。偽干王洪仁玕。偽璋王林紹璋。偽輔王楊輔清。偽堵王黃文金。偽衛王吳汝孝也。賊衆不下數十萬。然卒無濟。秋八月。楚軍克復安慶府。賊酋葉芸來自刎死。餘賊盡沒。賊目吞酋悉斬以殉。英酋逃於廬郡。旋廬郡亦復。偽逆走壽春。苗霈霖誘執之。械送勝營正法。自安慶之役英賊之亡。洪逆之勢遂至不振。官軍於是疊克沿江諸城。定計長驅東下。九月。酋目

寇容海由廣西下竄招集亡命二十餘萬忠逆遂用之以犯浙省侍賊據東浙忠逆竄西浙溫台處紹寧衢嚴俱陷蕭山富陽餘杭海鹽海寧望風潰解湖州復被圍杭城至是孤立賊兵圍之數重張玉良之軍為賊所敗不得進巡撫王有齡夙著賢聲甚得民心猶糧絕援窮其勢萬無可守城陷王中丞向北九拜流涕曰臣力竭矣願以一死報國遂自縊學政張錫庚同時殉難賊入相戒不敢犯均以禮葬之賊後送二櫬來上海人以中丞之櫬微有損擬易木焉啟視則顏色如生公服宛然也同治元年李宮保鴻章接蘇撫任絕江而來壁壘一新廣募西兵進逼賊城先復其圍泡之衆數十萬忠酋為之奪氣青浦嘉定太倉相繼克復賊黨畏西兵如虎以其銳礮堅利尤能命中攻遠也由是忠酋復率衆來併命相拒上海城外十數里間賊營絡繹不絕夏四月官軍亦自上游至克復太平府蕪湖縣攻奪金柱關東梁山各要隘勢若破竹曾中丞駐師於江寧鎮之板橋議攻秣陵關守關賊目汪五獻關投誠而大勝關三汊河之逆酋亦來勝奔敗整軍深入直逼金陵洪逆告急於蘇賊立命入援時忠酋方令譚紹光等率悍賊四十萬攻浙之湖州郡賊蓋由在籍紳士福建督糧道趙景賢自十年春攖城固守東復平望鎮南援杭省西拒賊於泗安覺賊無算故忠酋切銜之志在必得焉困圍四閱月至初三日城以糧竭陷趙觀察被執至蘇不屈死之八月忠酋由蘇省馳赴金陵勢甚銳官軍迎拒互有損傷攻持四十餘日賊以糧盡遁竄江北圖犯上游以橫截寧國金陵兵勢二年往援和州巢縣其地屢經兵革比戶流亡幾於數十里無人跡賊益窘困曾節相遣兵扼石湖埠築壘堅守賊屢犯不得逞繼以陰雨連綿賊多病斃拔營去由廬竄六安走壽春野無所掠餓死於道者相屬乃回竄天長而鮑超一軍攻復巢縣和州江浦亦皆為官兵所克曾中丞駐營雨花臺控據形勝以扼賊吭金陵賊巢危急洪賊屢發偽詔令忠酋撤上游之衆回援掠舟渡江時江水盛漲九洑洲已沒於水賊食宿俱窮僵仆者枕藉楊提督岳斌彭侍郎玉麟統水軍攻克下關是役也賊衆死傷數十萬忠酋所擄江浙之衆潰散殆盡而賊勢益以不支忠酋既入金陵面見洪逆曰事急矣此城恐不能守方今內糧既匱而外援不來曾軍勢盛若猝於我必盡不如棄而他圖洪逆盛怒切責忠酋復曰所恃以守城者在城外各隘道耳今失雨花臺則南門之道絕矣失江東橋則西門之道絕矣失七甕橋則東門之道絕矣曾帥結營城外深作長濠又於下關嚴屯重兵制我出入糧道已斷人心不固況京中朝官半皆文弱老邁而居

民亦多婦孺從倖有幾豈能驅之臨陣所以謂不可守者此也洪逆乃偽為大言曰朕奉天父天兄命下降塵凡作天下萬國獨一真主何懼之有汝欲在京在外惟任汝意國家政事自有主持者豈賴於汝此間聖師雨集天兵雲屯環守之衆汝其勿慮時左中丞宗棠撫收兩浙李中丞鴻章圖定三吳皆與西兵合擊所至賊勢披靡浙自克寧波後金嚴溫紹賊兵望風瓦解勢若摧枯賊與我軍一戰于餘姚再戰於富陽所募西兵率以輪舶取道於水其至倍捷左軍分水陸並進遂攻杭垣自九龍山至鳳山門雷峯塔逆兵八十餘里賊止十餘壘據水負隅志圖抗拒守城賊酋偽聽王陳炳文也相持數月未得下而李宮保方攻蘇州甚急忠酋撤兵往援駐衆於馬塘橋城賊潛與官軍投誠偽慕王譚紹洸獻城納款忠酋遁退丹陽無錫吳江亦旋為官軍收復三年李軍進攻常州賊衆拚死相撲官軍少卻俄而拔之并下浙之嘉興而圍金陵之師亦攻取鍾山天保城天保城者賊于鍾山巔所築大石壘也守禦極嚴至是為官軍所拔於是各處援賊路斷而所有金陵宜興溧陽之賊皆上竄江西賊巢之圍既急城中乏食賊衆請於洪逆洪逆曰何不食甜露甜露者取百草之根所製謂天生萬物皆可養人余在宮所食亦即此物汝衆何不仿而行之先是二三年間洪逆偽詔賊衆收藏甜露貯於倉廩以備急需賊中有從者有不從者至是自謂其言乃驗且云此困當以不久自有天兵來救也其恃妄誣慢如此三月鮑超之軍攻拔句容城賊巢亂竄其渠魁以隔四月克丹陽守寨之援首者無算自是洪逆計窮官軍多於近城開掘地道環攻者日數十次洪逆形神怪躁五月二十七日服毒身亡其子洪福瑱繼偽位賊防守益嚴官軍幾於無隙可乘五月三十日攻克地保城即龍脖子山陰其地最為扼險官軍於是佔高臨下勢在掌握六月初旬官軍百計圍攻於賊巢極密處暗開地道十六日火發城圮官軍遂入分五路進至三更各偽王宮同時火起姻戚族屬偽幼主率悍黨千餘人衝出偽殿逃入民房後於倒口竄突至外圍援江西卒生擒正法其逃至蕪湖者亦全數殲除自是奪獲偽玉璽二方金印一方寬約七寸即洪逆僭用之印也洪偽宮嬪侍女縊於前內苑者不下數百人死於城河者不下二千餘人擒偽將悍賊搜殺淨盡三日之間殲斃十餘萬人偽王偽天將主將及大小酋目約三千餘人洪逆之尸瘞於偽宮院內偽宮嬪道州黃姓女子知其處告於官軍掘而驗之其葬不用棺木偏身包以綢繡黃緞頭童無髮鬚尚存且股肉尚未腐驗畢戮尸舉烈火而焚之於是洪逆平

紀東逆事

東賊楊秀清。廣東嘉應州人。寄居廣西潯州武宣縣鄉間。後又徙於桂平縣平隘山。以種山燒炭為業。年約三十餘歲。容貌瘦削。軀幹猥瑣。其面作青白色。目常有疾。贅多繞頰而微黃。目不識一丁字。而機詐與西賊蕭朝貴黠猾相埒。逆酋洪秀全密結之。妄播妖言。謂楊賊為天父第四子。天生為軍師。以教爾衆。偽號左輔正軍師。偽稱東王九千歲。嘗與西賊妻宣嬌私。賊毆至。不及避。乃故作天父下凡狀。曰宣嬌我第六女。秀清之胞妹。可易姓楊。我命秀清臥。為天下兄弟贖病也。胞兄妹同臥何害。衆勿疑。遂自號禾乃師贖病主。其誕妄如此。庚戌六月。倡亂於金田。浙攪賊櫃。自廣西至金陵。賊悉聽其指使。偽詔皆著其名。既陷金陵。東賊意欲分黨踞守江南。而自往攻河朔。時有某賊某白於東賊曰。沿朔湖狹而少糧。地平而無險。非用武之地。江南以長江為天塹。金陵古帝王州。城高池深。民富食足。豈尚不可建都耶。棄此往。後必悔之。東賊乃止。既入居。易偽號曰天京。時偽政一決於東賊。初建偽府於皇城將軍署。大營飛礮攻城。鉛丸墜其屋瓦。夜寢有聲。東賊黨輒驚駭。兼其地故荒曠。鬼狐晝夜哭嘯。居不能安。乃徙於漢西門長盛街使

覺滿餘談　卷六　九

何宅。史毀居民。日益恢拓。周圍六七里。後山山也。鑿為池。前街街也。繚以垣。凡一切偽府規模。食飲服御。與逆酋洪秀全等。性尤淫蠍。遍取民間女子未盈十七歲者三十六人。偽號王娘。好殺人。必先假天父指出甲某事。乙某事。當殺。使賊衆惕為神所著。妖書如太平軍目。太平禮制。天父下凡詔書。皆出其手。後又偽號勸慰師聖神風。其殺人也。雖請於逆酋秀全。然逆酋曰殺。東賊必不殺。曰勿殺。東賊必殺之。謂出天父意也。嘗假天父語杖秀全四十。以示威。其出也。惟至逆酋秀全處。或登城。他弗往也。出城外與近舉。旂皆使賊執其偽旗。以駭衆。在城溜出。前後擁護數千人。金鼓旌旄之屬。凡數十事。畫當轎日而後繼。以洋綵五色巨龍。長徑百丈。高亦丈餘。行不見人。音樂從其後。謂之東龍樂。已大輿至。輿夫五十六人。輿內左右立一童。執蠅拂捧茗甌。謂之僕射。與後偽尚官百餘人從焉。又繼以龍行乃畢。每日晨坐偽殿。偽官各以次侍見。論事已。偽醫進診脈擬方。乃退。蓋東賊素縱行淫無度。故多病。嘗造一大牀。四面玻璃。中貯水以蓄金魚。行淫交橫。窮奇極巧。枕長四尺五寸。即此見其淫亂之一端。丙辰向帥大營潰。退駐丹陽。發疾交迫。以病薨於軍。東賊聞之喜。秋七月。乃集偽丞相偽尚書等。告之曰。天父昨下凡。謂余等至金陵受困於向營。備歷艱難。乃

享福報。今向兵退。秀清功大。當稱萬歲。僉曰。有天王在。恐不能。東賊怒殺之。召偽承宣偽指揮入告之。僉曰。宜有以稱天王乃可。東賊怒殺之。乃召偽參護偽典與入告。亦如之。咸踴躍舞蹈。謂東王功德巍巍。宜稱萬歲。東賊悅。白諸洪逆。洪逆佯許之。俟於八月中東賊生日進稱。乃密致書於北賊韋昌輝。翼賊石達開。令回兵共誅東賊。北賊先二日得書。輕騎入城。請見洪逆。不許。而密授以意。繼詣東賊偽府。東賊不疑。延之入見。告以洪逆許稱萬歲。北賊以手加額。前席跪賀。東賊大喜。賜宴。酒酣。北賊從者環侍左右。東賊問曰。若輩何人也。北賊以麾下立功之衆對。東賊徧賜以酒。羣前叩謝。北賊以目示意。咸拔刀斫東賊。誅其首。北賊探偽詔出。言天王有詔。秀清謀逆不軌。布告大號。衆共殛之。咸稱東孽。以五馬分其尸。子女侍媵駢戮無遺。火其偽府。異日又誅殺東賊偽官。偽無噍類。如是東賊黨與北賊黨互相殺。尸從城河流出。皆著紅袍。積悍老賊也。

記西賊事

西賊蕭朝貴。廣西潯州武宣人。居於盧陸洞鄉。種田黎山。終歲力作。固農家者流也。於諸賊中最少。狼軀猿臂。多力善鬥。與東賊隣。嘗出耦耕。有牛逸其隴畔。西賊執其

覺滿餘談　卷六　十

尾而返之。洪逆過而見焉。深愛其勇。因東賊而密與相結。而以其妹宣嬌妻之。洪逆極加寵任。偽號右弼副軍師。偽稱西王八千歲。宣嬌微有姿。東賊每創密謀。必集其舍。出入無忌。遂與之私。西賊亦甘受其愚。佯若不知。一日為賊衆所見。乃假天父下凡。謂宣嬌為天父第六女。己與同寢為天下男女贖罪。呼西賊為貴妹夫。西賊弗以為恥。轉以誇耀於人。賊中偽誥諭皆以東西二賊名並列。西賊意得甚。所至無不爭先。其虐尤毒。凡遇官軍大隊所在。衝鋒陷銳。西賊獨當其難。至思旺時。向軍門連營數十里。兵力頗厚。西賊首先突圍。遂得出關。永安之困。西賊先犯官軍。然後衆繼之。始行道走桂林。圍久未下。西賊乃率衆開芳林鳳翔往竄長沙。鑿地道環攻。城幾陷。西賊飛登城陴。手斫守堞兵士。受傷無算。其勢銳猛。卒城中砲殺兵至。卒中鉛彈。官軍攢刺之。頃刻成肉醢焉。人謂此乃西賊慘殺之報。洪逆等轉謂天父惜其勞。援昇高天享福。因大設筵宴。禮拜設讖。共相慶賀。藉以惑衆。更加偽號為兩師。先是賊困永安時。設男女禁。暮嚴。除洪逆秀全及東西南北翼外。凡男女私雖夫婦亦斬。相見有事。則隔戶背語。否則亦罰無赦。西賊父在長沙途中。與西賊母合。衆賊覺。語西賊。西賊語東賊。遂同議斬其父母以徼衆。西賊謂人曰。父母苟合。不足為父母也。噫。其

頑逆恃逆如此。尚得謂之人乎哉。子一。僅五歲許。至金陵以痘殤。宣嬌遂入東賊偽府。娠爲己有矣。然聞賊中立有幼西王。其所建偽府稱爲人正九重天庭。甲子官軍克復金陵。偽幼西王等從太平門逸出。官軍追至湖熟橋左殺之。則西賊固尚有子也。夫西賊爲倡亂巨寇。僭稱偽王。指揮逆衆。妄冀非分。乃曾不三年。身首異處。妻爲人據。子受天誅。作賊亦何益之有。使安耕隴畝。自食厥力。雖至今存可也。

記南賊事

南賊馮雲山。廣西潯州桂平人。少嘗從叔氏流寓於花縣。與洪逆共塾讀書。旋即散歸。習舉子業不售。仍設帳於村中授童子書。南賊爲人尚權詐。多詭謀。時爲村人講說水滸演義。以吳用爲世間第一流人。洪逆行教於粵西。道經其村。村人爲言馮先生今智謀之士也。不可不往見。洪逆造舍訪之。與之言。奇之。恨相見晚。繼悉其向嘗同塾。益喜。傾懷結納。盡忘顧忌。及別去。出指其室曰。此即南陽之草廬也。今何時乎。豈尚可高卧乎哉。子若肯爲我出。天下不足平矣。村人多不解其語。南賊與洪逆相視而笑。由是旦夕往來。蹤跡益密。遂棄家室。偕洪逆周歷各處。詭稱與洪逆同鄉。洪逆凡所創怪誕妖妄之術。說皆南賊從中附和而鼓倡之。用以惑衆。所造偽書如偽太平軍目。偽太平禮制等。皆出其手。賊中見其書者。皆歎爲奇才。互相謂曰。天生賢皆以造國家丕丕基。於是敬奉之如神明。蓋衆賊皆鄉愚無賴。不知文字。故易爲其蠱煽如此。南賊自稱天父第三子。偽號前導又正軍師。偽稱南王七千歲。倡亂以來用兵詭譎。幾於不測。所有賊中偽文檄諭。悉出主裁。道光庚戌。賊衆屯金田新墟。爲官軍所圍。困阨數月。幾不得出。後從僻徑竄去。行至思旺。忽值向經略大軍。連營圍剿。聲勢衆盛。賊中皆有退沮意。縮頸咋舌相視。南賊奮然謂其下曰。此起義之初。首臨大敵也。是非身經大小數百戰。何能致奠安而享福祉哉。成事者自邀天佑。爾衆請覘我一戰破之。遂偕西賊馳入官軍營。所當陷陣。先鋒頗銳。賊衆在後。咸奮呼繼進。聲撼山嶽。於是官軍盡靡。營遂潰。向帥收集其軍。退駐要害。賊遂得出關。由八水峒至大旺墟。分水陸兩股。兼程並進。南賊乃統陸匪往竄永安。陷之。困踞城中頗久。旋南賊由永安突出。挫烏蘭泰都統之師於仙回。由小徑過牛角猺山。取道於馬嶺六墟。進犯桂林。攻圍月餘。官軍嬰城固守。卒不得陷。南賊遂捨桂林他竄。復由象鼻山渡河。進犯全州。衝鋒陷陣。南賊悉以身先。城將陷。方擬鼓勇而登。忽有飛礮擊墜其首。遂殞。或云至桂林時途中爲大兵亂斫死。非也。賊中以南賊之死爲之奪氣。洪逆

獨曰。此上天憫其戰陣勞苦。援昇明宮享福耳。因加號爲實師。無子。一弟約二十歲。妻妾皆入東賊偽府。南賊年未盈四十。軀幹僅中人。容陋無文。於六偽王中最先授首。曾不得一日稍逸。嗚呼。人奈何作賊哉。

記北賊事

北賊韋昌輝。原名正。廣西潯州桂平人。素居金田鄉。年約二十餘歲。面瘦黑而微有髭。長身鶴立。性奸刻。機詐百出。家業殷。衣食充裕。北賊嘗納粟爲監生。時出入衙門干預公事。鄉人頗信憚之。洪逆等密與連絡。相約作亂。遂慫惥焉。互播妖言。謂天父第五子。偽號後護又副軍師。偽稱北王六千歲。庚戌倡亂金田。凡賊衝突殿後調隊攻城。一切鉅細之事。咸預密議。出其偽令。金陵既陷。入踞城中。以中正街李宅爲偽府。宅後頗有園亭池石之勝。地極恢曠。故毀民居尚少。北賊位在東賊下。凡賊衆有事白東賊者。必先告之爲之轉達。其事東賊益倨傲。輒至則扶輿以迎。論事不三四語。必跪謝曰。非兄教導。弟肚腸嫩。幾不知此。肚腸嫩。潯州鄉人語。猶言學淺也。其兄與東賊妾兄爭宅。東賊怒。北賊議罪。北賊請以五馬分屍。謂非此不足以儆衆。其媚事東賊如此。凡賊出入取物。請其蓋偽印爲信。統下偽官屬常二三千人。東賊以此甚疑忌之。故分其權於翼賊。加北賊偽號爲當師。其出也。輿從半減於東賊。無龍。飲食亦朝夕由外傳入。遍取民間女子十四人。偽號王娘。丙辰秋。北賊率其逆黨竄援廬江三河。進犯廬州。時適有東賊謀僭偽號事。逆首秦全密致書與北賊并及翼賊石達開。北賊先二日得書。乃於八月初六日回金陵。東賊不許入城。再三請命。以輕騎入。隨從毋得過十人。北賊入。請見洪逆。佯不許。謂速爾往援廬州。何得擅回。罪當誅。其急請東府請命。偽赦爾罪。尚速赴援毋緩。而隱授以意。謂如此則彼不疑。爾可於見時圖之。北賊即往東賊府請謁。求赦。東賊立時延見曰。弟事當代爲之請。今我將以八月生日進稱萬歲。弟知之否。北賊曰。四兄勲高望重。巍巍無比。久當明正位號。特弟等不敢請耳。因膝席前賀。從者亦皆額手歡呼。東賊大悅。賜宴。北賊因即於酒閒斬之。投其尸骨於鐵鍋。煮之成糜。呼羣賊啖之。立盡。傳偽諭。凡東賊官屬悉於翼辰至天王府聽令。明日東偽官至。盡驅入偽朝房。鍵閉。竟日內有攜火藥者。因縱火。屋高不及燃。北賊覺。傳洪逆偽詔曰。閉汝等於室中。俾自知悔。當即赦罪服官。今猶懷憤縱火。謀叛之跡顯然。故必爲患。因盡坑之。餘黨匈懼。集攻偽天王府。於是城中分二黨。以西門爲東賊黨。花牌樓爲北賊黨。日相鬬殺。尸積如邱。越日翼賊石達開

至北賊。告以顛末。翼賊頗不謂然。北賊怒。將殺之。翼賊知其謀。夜縋城而遁。北賊戮其全家。洪逆謂北賊曰。汝不聽達開言。斯已矣。戮其妻孥。不亦虐哉。北賊聞言。反戈圍洪逆偽府。洪逆黨不服。因與東賊敗黨和。同攻北賊。數日北賊敗遁。洪逆亦令誅其全家。北賊雖得出城。其黨從之者。僅得三四百人。渡江至江浦烏江。適遇前使竄擾在外之東賊黨。一戰擒之。解回金陵。獻於洪逆。即斬首。時聞翼賊糾合上游賊黨將至金陵。乃函北賊首至其軍前。以止其行。事始定。噫。北賊揭竿首起。預為謀主。由粵西竄楚擾江皖。出其死力以抗官軍。罪不容誅矣。卒之禍不旋踵。特假手洪逆以殺之。戮及孩稚。無有噍類。天意可不謂巧而速哉。

記翼賊事

翼賊石達開。桂平白沙人。年二十餘歲。黑髭滿口。軀幹停勻。面白皙。家素豪於貲。至翼賊尤饒裕。少亦讀書應試。而喜以謀略自見。因之結納遍於遠近。時洪逆等欲為亂苦無貲。聞翼賊惑之。遂深相結契。繼妖言達開為天父第七子。偽號左軍主將。偽稱翼王。五千歲。翼賊大喜。頗捨家貲從事。遂盡括所有。以置械幟。翼賊膽最怯。在賊巢跕守為多。每遇衝鋒臨陣事。率以諉他賊。於賊中惟論事。東賊奉命惟謹。東賊藉其貲以倡亂。於其行事有不合賊意者。亦委曲恕之。金陵初陷。入居大中橋劉宅。改建為偽府。棟宇閎敞。即仍其舊。未毀民居。癸丑夏五月。安慶再陷。秋。東酋命翼賊往踞。賊性較和平。尚知重惜民命。因稍易東逆苛刻。皖民受害少寬。東逆聞之。惟其得皖人心。急趣之歸。調熱賊秦日綱往代。而一時無以處翼賊。因詭言北賊治事勞劇。慮弗任。使翼賊佐之。實以分北賊之權。亦俾翼賊不得專志於皖。時翼賊所統眾最盛。皆係擄脅江皖之民。其下偽官屬不下二三千人。其出也。賊從半滅於北賊。飲食亦由外傳入。逼取民間女子七人。偽號王娘。然每次逼取民女。東賊分與翼賊。翼賊輒辭而後受。自安慶返。人眾屋小。且曠廢之後。時有狐鬼為祟。乃移於上江考棚併攢并前任安徽道王宅。及邢園而居之。洪逆又加其偽號曰電師。丙辰。翼賊統黨外竄。驍擾湖北。救洪山之圍。時東賊方逼洪逆偽封萬歲。洪逆密書召之。及至而北賊已殺東賊。嚴治其黨。城中大擾。北賊以告翼賊。翼賊曰。東孽實當誅。其下何罪。何得盡戮。無乃自戕手足。倘官軍萬一知之。乘我之危。將何以禦。北賊曰。汝將亦黨東孽。共圖報仇。以殺我乎。翼賊聞言懼。夜縋城而遁。北賊知之。戮其全家。翼賊既出。糾合上游逆黨。將至金陵修怨。適洪逆已誅北賊。函首送其軍而止。其遇之於盜國翼

賊令將北賊首示眾。出偽諭不稱東孽。仍稱東王。貶北賊稱北孽。北賊偽官在外者。悉殺之。後翼賊至金陵。諸賊共舉其輔偽政。而洪逆以前釁。深加猜忌。偽安福二王者。時尤蹈其隙。於是驅之遠出。翼賊遂竄安慶。肆擾江西。不與洪逆通。翼賊所至。假不殺不擄以惑愚氓。己未。翼賊由江西突竄閩粵。閩之汀州。粵之嘉應興寧遠平。俱為所擾。賊騎充斥。勢頗鴟張。辛連平城守堅厚。攻之不下。天久淫雨。復挫於官軍。遂解圍。由翁源而遁。嗣後翼賊流竄無定。曾投秦中。糾集陝回。圍攻潼關。卒為馬德昭所敗。遂入蜀境。川督駱秉章在籍時。曾知其人。翼賊在花縣。固有別業與之鄰。居相稔。因誘之深入。而密遣土司躡其後。伏兵於深菁叢林中。突起殲殺黨羽數十萬之眾。坑之幾盡。翼賊勢蹙窮。遂詣軍門降。駱督卒殺之。以正天誅。而特赦其脅從之黨。各自解散去。翼賊死時。年僅三十餘。妻子皆駢戮市曹。噫。翼賊本一富家子。非若他賊之以飢寒被迫者。徒以妄冀非分。預謀叛逆。身戮家亡。並為鯨鯢。亦其自取耳。何足惜哉。

甕牖餘談卷六終

甕牖餘談卷七

洪逆瑣記

清　吳郡王韜紫詮撰

洪逆之長兄曰仁發。次兄曰仁達。同父異母。並務農業。自賊陷金陵後。封其長兄為偽安王。次兄為偽福王。初東逆獨攬偽政。其餘皆不得預。自東逆為北逆所殺。而北逆旋又為洪逆所誅。賊中無人可任。洪逆以為任疏不如任親。遂命其兩兄同掌大權。顧仁發仁達本一無賴村氓。惟知以邪教惑人。所屬往往不遵其統轄。多傾心於翼賊石達開。仁發乃逐翼酋出之於外。後李秀成漸用事。進諫洪逆勿專任安福。特為蒙得恩林紹璋以分其權。繼以官軍圍金陵日逼。洪逆頗深疑忌。所用多族人。仁達尤信任。然二人所為暴虐恣肆。多行不義。為忠酋所銜恨。迨官軍克金陵。仁發死於亂兵中。仁達匿於破屋。為蕭軍門所擒。訊明後處以凌遲極刑。仁發有子曰和元利元。皆為官軍所殺。洪逆有母年七十餘。先洪逆死。洪逆生有三子。長即偽幼主洪福瑱也。自幼喜弄文墨。亦好作畜詞。筆意有類於其父。其造作荒誕之語亦相若。嘗謂助天斬蛇。洪逆斫其首而已斷其尾。官軍攻克金陵。積薪自焚其宮。時忠酋授以良馬乃得突圍出。半途得遇其叔偽干王。從之行。有河亘其前。浮水遷渡。遂至江西境。圖薙髮易服。從間道歸粵。賊中有詣官自洩其事者。乃成擒。江西撫憲沈葆楨親訊之。供不少諱。供詞中多引文相國正氣歌以自比。尤可笑也。卒亦治以極刑。賊每攻城。必先於城外築高臺。而以賊酋登其上說法。謂之講論天情。大率言天父天兄救世為心。特命各偽王降世救民。俾得脫災享福。蓋其竊西教之餘似而文以詭誕無稽之說。於是邪且怪矣。賊破金陵後。有男館女館之設。男女無許覿面語。夫婦有涉私者。輒斬以徇。謂其犯天律也。男女館設。逼人拜上。謂之敬事天父。以黃紙奏章作誓語。謂之悔罪。賊中贊美語。南賊所撰。率眾朝夕誦之。每日睡起飲食。必默念小子跪在地下敬謝天父等語。謂天父七日造成天地山海人物。每閱七日為一禮期。街設大旗。寫明日禮拜。各宜虔敬。三更具果品糕餌。群誦贊美。各偽府金鏡爆竹之聲不絕於耳。賊有酋目病者。代為焚章祈天。其詞甚哀。凡此無非煽惑誕妄。非真有邪術也。洪逆最喜掉文字。其所改之字不可以意測。如聖改正。王改尚。耶改耳。華改花。國改郭。火改亮。清改菁。老改考。亥改開。卯改榮。丑改好等類。不勝枚舉。社稷宗廟俱為妖。帝王京都俱為僭。悉令刪除。賊中別刊時憲書。謂之頒曆。略倣西國法。單

月三十一日。雙月三十日。每年以三百六十六日為率。不復置閏。且以每四十年為一加。每月三十三日。每四十年為一斡旋。每月念八日。更為無理。又以不知時日算法。時多舛誤。癸丑二月初十日又訛一日。故干支亦差一日。初不許用日月二字。後仍用之。謂由天父改還。真堪噴飯。咸豐四年歲在甲寅正月元日。賊營為十二月廿四日。合計之前後共差六日。賊中偽書名目甚多。皆洪賊自作。其有偽詔書者。自戊申始。至癸丑陷金陵止。則出曾釗揚何震川諸賊手。何震川者。粵西人。賊中偽探花也。淫亂邪怪。自供不諱。又有所謂天父下凡詔書者。更堪發噱。自咸豐八年以後。則多出自干逆手筆矣。賊所設立偽官。不分等級。而必以天字為區別。牛鬼蛇神。奇怪百出。偽王之下。則有掌率統管天將朝將國將。下則有義安福燕豫侯六等偽爵。偽爵之下乃係偽職。自丞相以至檢點指揮將軍總制監軍軍帥師帥旅帥兩司馬。此為偽正職。餘俱為雜職。偽丞相有正副。更有以天地春夏秋冬為次序者。計一十有四名。偽殿前丞相四名。檢點三十名。指揮三十六名。將軍及總制俱分金木水火土為定數。每偽總制一。統監軍一。軍帥五。師帥二十有五。旅帥一百二十有五。兩司馬六百二十有五。此外守城有偽巡狩將軍。驛遞有疏附總制。關隘有提關指揮。洪逆偽府有六部偽尚書。有侍衛九十有六。以天字及二十四氣分名。有左右史侍臣朝議詔書詔命。東賊偽府有尚書承宣參議僕射各數十名。其餘偽王以次遞減。他若管理賊物者。俱為典官。由永安以前附賊者。均為偽功勳加一等。其為偽王之兄弟叔姪者。皆稱為王宗。賊中又設女官。亦有義安福燕豫侯六等爵。而以貞字為別。其在偽府者。有女丞相檢點。在外統帶女館者。至軍帥止。餘為女百長。賊中服色。王偽帽繡龍鳳。袍靴皆然。均用黃。偽侯相帽用鳳。偽檢點指揮帽用麟。均黃袍。偽將軍總制帽用獅。偽監軍軍帥帽用虎。均紅袍。偽師帥旅帥帽用彪。均藍袍。偽兩司馬帽用鵲。有職者頭紮黃巾。餘用紅巾。偽女官皆以黃帕蒙首。上寫偽銜。女官多跣足乘馬。皆粵東西人。至於賊之稱呼。尤為可哂。各偽王皆僭稱千歲。而又以字別其大小。如洪逆長兄稱顯。次兄稱倫。干賊稱福。翼賊稱義。英賊稱祿。忠賊稱榮。特賊稱雅。侍賊稱雄。輔賊稱威。章賊稱壽。其妻稱為偽王娘。其長子稱偽嗣君。偽王女稱金。掌率義安福豫燕侯以至軍帥皆僭稱大人。子僭稱公子。女皆稱王。師帥至兩司馬稱善人。子稱將。女子皆稱雲。掌率六等偽爵妻稱瑞人。偽丞相至軍帥妻稱貞人。師帥至兩司馬妻稱夫人。又有稱偽官之妻為貴姒等名者。尤為穿鑿不通。賊中所有慶賀佳

節凡六。正月十三日為天兄昇天節。二月二日為報爺節。二月二十一日為洪逆登極節。三月三日為爺降節。七月二十七日為東賊昇天節。九月九日為哥降節。又各賊每逢生日。饋物者不絕於道。而女官送禮尤盛。以糯米製成各色糕餌。列於方几令人肩之先行。前以金鑼黃傘為道。後則女官跣足乘馬。送入偽府。至日均錫陪誦讚美。謂之酬謝天父。洪逆父子生日俱賜宴。并以銀牌。併演鄉間襍劇為樂。而不自知其醜。各逆生日。先期逼人進貢院考試。東賊則為東試。餘做此。所取偽狀元榜眼探花傳臚各一。偽翰林數十。偽進士數百。又逼選民女百餘人。先送偽丞相衙再選。約得十五人以進各賊。洪逆東逆各六。北賊二人。翼賊一人。謂天父賜美女以償其勞也。言之可涕。賊王居偽名府。賊官居偽名衙。計閤城賊館不下千餘處。偽府則有轅門二。大門三。高可數丈。門墻壁悉綵畫龍虎。甬道中築高臺一。兩旁懸金鑼數十。有事則鳴鑼以達。門以內不准男子入。皆以女侍傳遞。有饌酒猴皆自偽典廚自外傳進。後有堂室園囿。多至數百。少六十餘間。若偽衙則擇民居之高大者。加以粉繪。其餘或用紅箋作聯。或以黃紙寫硃字。徧貼大門。以為美觀。門外多建瞭臺。高數十丈。以備望遠。洪逆偽府以前制軍署為之。在城北。壯麗勝他處。大門額曰榮光門。二門曰聖天門。皆以真神冠之。兩旁有柵。柵內橫扁數方。皆偽家所撰頌。左右有亭。高出墻外。覆以琉璃瓦。二門內偽朝房。東西各數十間。西有一井。以五色石作欄。上鐫雙龍。石質人工俱極堅緻。非近時物也。偽殿前牌坊一座。上下皆雕龍文。飾以金彩。偽殿尤高廣。梁棟俱塗赤金。文以龍鳳。光耀射目。四壁綵畫以龍虎獅象。偽殿之東有墻一圍。鑿池於中。池方廣各數十丈。池心以青石砌成一船。長約十餘丈。廣五六丈。北面又有半亭。高僅數尺。式如字藏。東賊偽府稍減。其舊者已於咸豐六年為北逆付之一炬。後重建偽幼東王府。名曰正九重天廷。偽府後有園。入門有亭。亭畔有花椒二株。陰可半畝。園實蕃衍。馥香可人。自亭而北。壘石為山。綿延不斷。依山之麓清泉繞焉。諸偽王府無不有園。壘石鑿池。窮極奢麗。樓臺亭榭。遠近相屬。皆役使所擄工匠為之。北翼兩賊所居。但畫門用鑼而已。偽衙如偽侯畫鳳。偽相畫象。餘僅貼紅條。賊相見下一等者跪。不揖拜。雙跣足。雖袍服乘馬亦然。嗜著朱履。厚其底幾半尺許。每乘馬出。擄洋人所製八音匣。鏗鏘作聲以為樂。每與官軍角。拒怯偽令。必先吹角以集人。至北賊偽府聽令。後改在翼賊所。以賊目二人。一持名牌。一執尖角旗。率衆立候指揮。每戰則驅被擄者在前。而積賊隨其後。敗則跪祈天父。官軍或以為有

術。往往疑懾不進。不知正可乘喃喃時。併力斫殺之也。賊中夜閤口令。以所誦讚美詩內二字顛倒為號。每值元旦。各賊飛刺相慶賀。見面不跪不拜。但稱曰高陞。賊初以演劇為邪歌。繼於池州得戲班衣服器具數十箱。回金陵乃招優伶裝演。築臺於清涼山大樹下。東賊觀之喜甚。於是賊中皆尚戲劇。各賊偽府朝夕敬拜天父。男樂在外。女樂在內。遍搜金陵樂妓以充此役。每偽王處數十人。晨暮琵琶以供讚美。

記忠賊事

偽忠王李秀成。原名以文。廣西梧州府藤縣甯風鄉人。居於長恭里新旺村。傭耕自活。少時從其舅氏讀書。及長乃歸。父母家生計窘乏。時難自給。二十六七時。值洪逆嘯衆作亂。路經其村。乃裹脅而去。隸於偽春官丞相胡以晃麾下為兵。後賊中有選舉之令。東賊舉之為右四軍帥。令踞守金陵太平門外新營。旋由偽監軍擢至偽指揮。時捻逆張樂形雖得樹以數十萬衆橫於三河尖。忠賊結之以自固。聲勢頗張。乃封為偽地官副丞相。俾踞桐城以抗秦軍門定三之師。圍甚急。忠賊求援於陳賊玉成。陳賊率黨攻陷廬江。即沂淠江竄大關。出桐城之後。以斷吾軍餉道。桐城地勢一面平坦。一面高峻。陳李二賊內外合擊。吾軍大挫。圍師遂解去。忠賊旋援六安霍山。賊黨漸盛。丙辰抗張國樑軍於倉頭。鎮江踞賊吳汝孝從城內突出。我軍遂亂。退駐丹徒。而揚州遂陷。吉中丞陣亡。忠賊即回金陵賊巢。出死力以衛。孝陵衛大營亦潰。向帥以勞瘁卒於丹陽。時賊內亂。自相屠滅。是以不能大逞。戊午張帥復圍金陵。忠賊時已受偽侯。屯於黃池。一切偽政由其指麾。招集蕪湖賊衆。由昭關順流而下。陷全椒來安。糾合陳賊攻走德帥。以分下游官兵之勢。騷擾江皖間。故賊巢得有接濟。圍雖嚴未能即下也。忠賊在浦口時。吾軍中有招其投誠者。為洪逆所聞。懼其去也。乃偽封為忠王。更書萬古忠義四字賜之。庚申春。忠賊由蕪湖取間道至廣德。竄四安。由武康陷杭垣。浙省大震。由是張帥分兵往援。而忠賊已自廣德至建平。大合賊衆萃攻大營。偽輔王楊輔清竄高淳。偽侍王李世賢竄溧陽。偽英王陳玉成竄江浦。四面夾擊。寇氛猝熾。吾軍勢分糧匱。各無鬬志。大營遂潰散。張總統殉節於丹陽。和帥身繼於滸關。蘇常盡陷於賊。繼嘉興亦為賊黨所破。江浙之間徧地皆賊也。辛酉冬。杭垣亦陷。甯紹溫台各郡邑相繼失守。是年忠賊曾竄江西湖北。收納叛民數十萬。為曾軍所阨。狼狽逃回。而安慶亦於是秋為官軍克復。斷賊上游之臂。其勢遂沮。壬戌上海西人調集勁旅。翼助中國。時賊圍滬之師號稱百萬。西人一鼓而下之。青浦嘉

定粵如破竹。曾帥之軍亦已由上而下。蕪湖巢縣無為梁山皆爲我軍。直搗金陵。洪逆屢促忠賊糾黨回救。忠賊密獻計曰。曾帥之軍由上而下。利在水軍。我勢彼逸。且以常勝之師而臨我屢挫之衆。不可與爭。不如多備糧食軍械。為固守計。伺其懈而擊之。茂不濟矣。洪逆不從。於是李宮保克蘇常。左中丞克甯杭。運兵並進。逆寇蟄竄賊僅踞金陵而已。甲子六月。官軍入金陵。忠賊以己乘馬乘幼偽主洪福瑱而同匿於清涼山。既夜乃捨命衝營而出。逃於民家。為官軍所擒。戮之於金陵。噫。忠賊特一田家牧豎者流耳。初何有韜畧謀勇之足言。乃天心厭亂。竟假其手以擾江浙。蒼生塗炭。死亡如藉。豈其刼運之所鍾歟。禍患相尋。繫於是人。彼蒼之意。豈可測哉

紀干賊事

干賊洪逆之從昆弟也。名仁玕。字益謙。少習舉子業。當洪逆作難時。縣令知其為寇族。執而繫之獄。後有為之緩頰者。始得釋還歸家。乃逃之香港。投西人書以糊口。咸豐癸丑。洪逆陷金陵。建偽號。建偽都。勢張甚。干賊思欲往投。特未得間。八月上海劉麗川亂作。竊稱奉洪逆命。遙受偽封。干賊乃擬藉以達洪逆。有西人助以資斧。始得航海至。仍主西人舍。居年餘。無計可通。西人但以幸舍處之。絕不為之畫策。於是因甚求歸。仍返粵中。七年復假道於庾嶺。由江西而至漢口。措卜筮以供旅貲。客中與之往來者。悉不敢少露蹤跡。久之知所主家因與金陵賊黨相通者。凡米粟轉輸所以濟逆用者。恃以為東道主。一日偕主人登樓去梯。長跪自白其故。求主人代為設計。得達賊所。主人慨然引以自任曰。此時易易耳。使附貨船渡江。遂入賊境。始謁洪逆。大喜逾望。立畀偽封為開天福。蓋賊中之顯職也。逾年寵任益深。即升之為偽干王。兼稱偽軍師。掌文衡正總裁。一切偽政咸決其手。特創偽王府。大興土木。自書其兩壁云。干戈底定王道蕩平。賊中屢開偽科。考選甄別。悉委干賊。而干賊亦妄欲以收攬人才為己任。所有為偽主考偽總裁者。無不奔走其門下。顧干賊性懦緩。僅能掉弄文字。實無才略。楚粵老寇自恃以百戰勳勞。必當大酬厥功。而干賊以後起新進。無尺寸建白。一旦驟出其上。因是多不平。洪亦微聞其故。擇其功鉅酬薄者。悉授封偽王。或有以納賄得者。於是賊中徒擁虛名。無所統制。而疆場之陷陣衝鋒者皆有勞而無賞。因之無不解體。干賊恥己無武功。請於洪逆。願提師解安慶之圍。咸豐十一年正月。干賊率黨出偽都。盛飾軍容。途中慨然謂其下曰。此大丈夫得志一時之所為哉。因議先攻江西。冀分官軍之勢。時集於安慶城外者。有六偽王。偽王長凡洪仁發。偽王次凡洪仁達。偽輔王楊輔清。偽章王林紹璋。偽英王陳玉成。偽黨數十萬衆。厚集其陣。期一鼓以退官軍。曾中丞國荃以奇兵當其衝。督兵擇險。躬冒矢石。守城賊將葉芸來。百戰之悍寇也。城外皆官軍。外援之賊又在外圍。而曾軍於外復成長圍。環之三匝。併命相持。六偽王皆不得前。至七月偽干王最先遁歸。蓋洪逆促之返偽都也。是年冬。安慶卒為官軍所復。洪逆追咎干賊援兵不力。勞師無功。貶其偽王位。旋又以偽王娘之譖。盡削其權。偽王娘者。洪逆妻也。夢干賊身御龍袞而首冠錦。謂其心未忘官軍。不可大用。是時西人之至偽都者。絡繹於道。皆主干賊家。以干賊向在香港多與相識也。出入賊中。招搖於市。洪逆聞之頗不喜。故特假夢兆以抑之。同治元年。官軍圍金陵急。干賊預守城。後仍復其舊封。迨官軍克復金陵干賊先火其偽府。乘間奪路得逸。與偽幼主洪福瑱皆遁。其衆尚數百騎。遁時過一溪。與衆浮水而過。中有一人屢顧偽幼主者。干賊即手刃之。於是衆皆股栗。竄至江西。謀易服雉髮潛歸粵東。為其信任之左右密白於官。遂被執。時豫撫沈中丞葆楨也。特委他員審鞫。干賊詞色不撓。歷供前後作賊事。不少諱。越日即寘諸極典。跡干賊平生。特一粗識之無之一庸妄男子耳。即在賊中亦不過掉弄文字以自矜異。與奪地覆城之悍黨較。其罪尚可末減。徒以位列偽王。分居寇族。妄思借逆。遂陷大戮。使其戢影潛蹤。自匿窮荒遐島之中。則雖至今存可也

記英賊事

偽英王陳玉成。原名丕成。廣西桂平縣白沙人。與翼賊所居相距不過數十武。在鄉深相要結。金田謀逆時。僅隸於行伍。自入踞金陵後。稍用事。由十八偽指揮。遞授偽職冬官丞相。向帥提數萬之衆困圍金陵。自孝陵衛至東南七甕橋。連營築壘環守甚嚴。而鎮江亦為吉中丞所困。賊城守偽將吳汝孝也。飛書訴急于洪酋。陳逆乃與偽地官副丞相李秀成。偽春官丞相涂鎮興。偽夏官副丞相陳仕章。偽夏官又正丞相周勝坤。諸賊目。下援鎮江。甫至湯頭。而張總統國樑兵已抵境。兵賊相接。大小數十戰。吉中丞時駐剳九華山。聞警遣兵來助。賊中偵知之。特選敢死悍酋。以為衝鋒及戰互無勝負。衆賊不得已。乃令陳逆乘小舟由鎮江水關入。水面砲船森列。陳逆奮力衝突。水師不能禦。遂得入城。與吳汝孝合。湯頭故有小河。由大江歧流通山下。一曰湯頭岔河。一曰湯水山邊。官軍本屯營河濱。依山阻水。以為固。賊兵探知其處圖移營相距。旋據湯水山邊。為乘間潰圍計。官軍乃拔塞以堵其進。距城較遠。陳吳

二賊乃得從城中突出城外賊已選鋒整隊以侍並起夾攻前後相應官軍遂不能支先是賊乘夜潛至湯頭岔河駐札官軍力戰相持至午官軍始知後路被襲急思還救陣遂動兩處相隔約一十餘里甫欲回兵而城賊之衆大至勇銳百倍官軍奪氣翌日黎明決戰官軍以衆寡不敵奔潰十有六營盡陷於賊賊衆遂麕聚於九華山下吉中丞守禦嚴密不得逞破賊乃由金山遥渡瓜洲陳逆攻上橋破之時官軍結營於紅橋卜箸灣三汊河諸處大小相連一百二十餘壘望風齊潰揚州遂再陷所擄輜重盡運入鎮江賊巢賊既大股渡江僅留周勝坤守官軍探知其虛進兵取之以斷歸路又取道於六合張總統國梁自率驍騎邀截之不使一賊得過賊不得已仍從金山絕流而濟遥攻高資吉師兵馳援中伏猝敗為賊兵驅之高資山中首尾不能救援吉師知勢不敵臨陣自刎官軍自六合馳至則已不及乃駐師於丹徒鎮以扼賊衝時賊勢方銳逆目吳汝孝人以悍賊千餘繼之進攻張軍張軍亦潰湯頭所守官軍盡撤直驅至偽都東賊令盡破孝陵衛何營使屯軍於燕子磯翌日乃困堯化門官軍適張軍收集殘衆復至而偽翼王亦率曾錦謙張瑞謀兩悍酋引衆相敵官軍勢益孤張二軍連戰皆北委棄軍實山積皆以資賊陳逆遂陷

句容圍丹陽時張狼顧幾不可制向張皆退駐丹陽併力堅守賊不能下向帥以積勞薨於軍張總統國梁代撫其衆流涕誓師慷慨決陣一戰而解南城之圍擒戮無算偽十三檢點周得賢賊中之驍將也在陣授首賊衆股栗乃遁三角村距句容城二十有五里許時東賊方謀篡偽位洪逆檄召北賊誅之東北賊黨互相殺一時猜冠死者不少於是賊中可任事者無其人陳逆方在外拒官軍擁衆頗盛乃昇以顯職偽封為成天豫翼賊方被逐出偽都道經甯國悉以前攻甯國之衆委於陳賊令統之以解甯國之圍翼賊旋復他往忠逆李秀成被困於桐城遣使馳書告急於陳賊訴其迎援陳賊以甯國一隅未能旦夕解圍而桐城之困急於眉睫乃即由樅陽江濵忠酋聞其至輕騎往赴特繪成進攻圖式與之詳觀并密定謀議然後行時官軍方慮賊必對面迎拒嚴為之備而未知有援軍之躡其後也陳賊乘官軍稍懈突出樅擊一鼓破之遂自樅陽長驅順下陷無為州踞湯頭鎮賊之糈糧皆由是接濟與偽迎天侯陳士章合黨北竄於是東關巢縣相繼淪沒賊皆命人據守陳賊率衆攻陷廬州所向亡命官軍頗不敢攖其鋒陳賊兩目下有黑點狀若目睛賊中因呼之為四眼狗勢方横甚乃上渒河出大關以截桐城之後斷官軍餉道闕營恒擾陳

逆忠酋內外奮力合攻官軍不能禦遂奔賊隨分三路窮追舒城六安前後失守宿松者數辦賊勢大張陳逆旋陷正陽關攻壽州不得下而三河援軍躡至進克廬江張帮辦軍亦進攻句容偕和帥共圍金陵陳逆方結巢於小孤山華陽與黃賊志俊合隊同竄固始商城陳逆圖陷德安以收羽翼官軍扼之敗之於羅田麻城間乃回竄太湖潛山時忠酋方欲從全椒往援賊巢傳檄逆目刻期大舉陳逆議由舒城破廬郡出店鋪攻梁園道界牌而下滁州德帥方守浦口勝帥方駐烏衣但遣兵截之陳逆奮突而前德軍大挫因求援於張帮辦乃專選精銳渡江而東以解小店之圍陣未定賊驟以劣騎横蹦之張軍亦敗賊追官軍至浦口陳逆攻其前忠酋攻其後德軍陣沒者萬人陳逆遂長驅而圍六合洪逆以其有功授偽封為前軍主將正掌率適署皖撫李孟羣以其師潰廬州上諭道員李續賓改道援廬李道定計先取太湖潛桐舒等縣然後直趨廬州進克楓香驛一戰而復潛山太湖咸豐八年九月廿八日直搗三河集賊衆遠近大震洪逆乃調陳李二酋赴援三河集者廬州要害也賊築城傅以九壘用悍賊數萬守之三河破然後可以進窺廬州李道自克桐城令總兵趙克彰守焉又命副將謝永祐守舒城所部僅五千人皆精銳可用三河

集賊將為吳定規李軍圍之三面破其九壘斬馘數千計方期旦夕可破而陳逆玉成由六合至率大隊踞金牛鎮李逆秀成由巢縣來糾集捻匪駐白石山賊十萬餘衆連營相望烽火亘數十里賊益塞李軍之後路而斷舒城之援兵盡死力以決一角也李營諸將議暫退守桐城以為後圖李道曰軍事有進無退當死戰十月十日四更逼賊營而陣諸將請四更擊之猝出其無備李道曰陳玉成賊中驍帥守必不懈且未審其虛實不如黎明辨色以進天將曉官賊合戰遲破陳逆營營中賊散走會天大霧但聞金馬喧闐聲莫辨賊在何所賊衆抄擊官軍後突出奮攻官軍相繼潰部將劉神山等先後戰沒白石山距金牛鎮僅廿五里忠酋遂聞鎗砲聲率隊大至賊鋒益銳環圍之數重李道傳令軍中嚴守壘無何各壘皆破或勸突圍出圍再振李道曰不可吾當殺賊而死為國除害大開壘門躍馬入賊陣見陳逆方立黃旗下李道呼曰當斬此賊渠為吾畢命處馳入死之諸軍或降或自殺其降於陳逆者半途猝起為變陳逆因盡坑之竄至桐邑呂亭驛桐城復陷於賊洪酋乃偽封陳逆為英王後陳逆敗於宿松議偕忠酋取二郎河為鮑軍所破陳逆所屬驍悍殆盡然六合浦口官軍旋又失利幸楚軍自黃梅宿松上游來援陳逆與之併力相拒

繼聞忠酋臨杭垣。和帥分兵援浙。金陵勢虛。遂潛兵至江浦。渡江南行。由善橋攻官軍。大營師潰。賊遂連擾江浙。適曾中丞國荃兵圍安慶甚急。陳逆屢行攻撲。卒未得解。安慶守城賊將葉芸來張朝爵。負嵎固抗。陳逆又自外來援。故一時未能即下。楚軍乃深溝高壘以困之。久之城中無降意。而英逆時於城外為犄角。曾中丞乃撤近湖一面。以待其逸出。因城中皆係英賊家屬。恐其致死相持故也。英賊以曾軍之退為可乘。遂從近處之糧以濟城賊。曾中丞知其無去志。仍復嚴圍。城中洶懼。乃遣三悍目入城助守。蓋以勁賊千餘。英逆退保集賢關。洪酋懼上游之不可守也。因遣六偽王往援。六偽王者。偽福王洪仁達。偽干王洪仁玕。偽章王林紹璋。偽輔王楊輔清。偽堵王黃文金。偽顧王吳汝孝也。俱集桐城。英逆乃留劉李二賊目守關。而已往桐城。以黃文金率驍騎斷後。官軍知其至。預伏兵以待。黃賊之眾殲殺殆盡。黃賊幾死於水。僅而免。英逆見桐城賊兵不足恃。自至偽都。求援於洪酋。鮑軍門超進兵攻集賢關。劉李二賊死命固拒。藥彈糧俱絕。遂為鮑軍門所破。二賊於陣伏誅。逮英賊來援。而安慶危在旦夕。曾中丞鑿通城邊菱湖。砲船得入。城中消息煎迫。時官軍圍城而援賊亦環劄官軍之外。城中百物俱竭。賊知必不可守。曾軍攻之愈急。遂破。葉芸來猶率隊巷戰。官軍斫之數十刀。始死。張朝爵乘舟而遁。吳定彩與賊眾盡溺於大江中。城賊無一得免者。偽英王見巢穴已破。遂竄石牌。擁黃宿之眾。渡野雞河。圖犯德安襄陽。賊眾咸不願行。遂由六安回廬州。官軍圍廬州甚急。糧絕援窮。遂為官軍所克。英賊乃遁之壽春。時英賊所踞之地。前後悉為官軍所得。羽黨散亡。洪酋又褫其偽職。傳加嚴責。壽春團苗沛霖出入所也。遂誘之至官軍營。或有勸之降者。英賊毅然不可。植立不跪。惟乞一死。乃寘之極刑。自英賊死而賊中無悍酋。越二年而洪逆亡。

逸史氏曰。賊起金田。所恃以衝鋒陷堅者。自蕭朝貴外。即推秦日綱羅大綱陳玉成為最猖獗。賊中所稱三悍酋是也。羅亡於江北。秦亡於東北逆黨中。獨英賊蹂躪數十城。竄陷十餘省。惡積禍盈。卒膏斧鉞。梟黨艷妻。連頭受戮。天之假手以剪滅之者。豈不快哉。三河集之戰。李忠武公授命於是役焉。此為上游大局所關。故記之特詳。嗚呼。英賊之罪巨矣。

記燕賊事

燕賊秦日綱。原名日昌。桂平白沙人。少傭於人。頗勤慎盡力。長以製豉乳為業。金田倡亂之前。已與洪逆深相結。淆煽妖言以惑愚妄。洪逆謂其忠勇信義。可恃之為爪牙心膂。故倚任獨專。隨洪逆竄踞永安。偽設木斗軍營。俾燕賊守之。以抗官軍。時扼要衝者為張孜修。轉戰相持。賊不得出一步。自永安至武昌。沿途遍張偽示。皆燕賊爭先為之。授職偽天官正丞相。既陷武昌。遂趨九江。所至殘破。先從所掠民船萬艘。順流蔽江而下。皆燕賊與賴漢英羅大綱分統之。旋下安慶。棄不守。急攻金陵。七日而破之。入城居中正街董宅為偽館。癸丑七月。東賊令取所擄安慶民女。偽號貞人。時兩粵積賊皆擁眾自雄。積金貲。嗜佳麗。據金陵為老巢。而分黨遍竄上游。皖豫楚燕逆鋒無所不及。十二月代翼賊踞守安慶。自恃其才能。盡變翼賊所行新猾之政。號稱盜藪。出入呵導。前後擁騎數百人。東賊以此忌之。更遣羅大綱往代之。而燕賊仍歸金陵。東賊分其麾下偽將佐校隸於已所統下。為東偽官。以少其眾。甲寅五月。所有還援湖南黃河之賊。皆為大兵所破。賊之上游勢孤。欲使北賊而又恐北賊之一去不返。如虎傅之以翼。將來不復可制。因以燕賊代之行。乃偽稱燕王。偽號霜師。所擁黨羽頗盛。艨艟戰艦。林立江面。時官軍用紅單艇船衝擊三山賊營。上下游俱為所困。燕賊乃率眾黨揚帆直下。駛至烏江。適與官兵船遇。舉砲互轟。烟塵蔽空。官兵船堅砲利。擊沉賊船無數。一砲彈墜中燕賊坐船。碎沉於水。獲其印書衣幅。皆有偽燕王字樣。官軍皆意其已死。醵酒相慶。後大營陣擒長髮積賊。訊知燕賊船破落水。間道逃往和州。後於咸豐六年在偽都閒居。時東賊主持偽政。一切生殺悉隨其意。各偽王咸憚之。外受約束而內懷憤恨。燕賊以昔同起事六人中。尤不能平。偽以收馬若甲兒東賊從叔不起。東賊叔怒鞭之二百。立解之燕賊所。未詢。旋訴之東賊。東賊委翼賊治其事。於是燕賊聞而辭騰。東賊大怒。命北賊杖燕賊一百。始得釋。因是銜怨愈深。秋七月。東賊被誅。東北西賊之黨。互相殺戮。燕逆亦死於其中。

記李賊事

李少卿者。嘉應州人也。始名紹熙。及投賊。乃易名為文炳。跡其反覆狡詐。自負梟雄而卒殞其身。亦天下之愚人也。初李以行賈至江南。喪其貲。落魄海上。日從博徒游。每日與貲數十錢糊口。時海上有妓尤綠芸。貌美而多貲。久厭風塵。思擇人而事。一日肩輿出門。李方蹲橋下乞博徒錢。輿來。以其礙道呵之。李起而反詈焉。揮以拳。二輿夫皆辟易。綠芸即搴簾謂之曰。客何為者。請至我家以杯酒釋忿。李意慨然詣其室。坐既定。索酒引滿。略無寡辭。綠芸曰。觀子貌非居人下者。何乃齷齪與匪類伍。此間苟足以屈子。請供飲食。李許諾。遂居其家。頗勤謹。久之。緣妾委身於李。出其貲令作小運販。獲利頗饒。乃設茶棧。援例捐納候補縣丞。時閩粵之黨頗橫。當路方思各以其類羈縻之。故地方有事。居然附縉紳後參末議。咸豐三年癸丑秋八月。粵人劉麗川變作。戕邑令袁君祖德。起事者曰小刀會。結有七黨。李亦預其列。而與李少軒皆用事。為劉賊所信任。賊中攻刦多出其謀。先是當路故粵中。未免私庇其鄉人。始欲將選事者。給貲遣歸。後亦不果。因循釀亂。實李與閩人李仙雲之咎也。其後賊勢日，促。李始謀約官軍為內應。幾事不密。為劉賊所覺。同謀三百餘人擒戮殆盡。而李獨得脫走。投大營白事洩狀。撫軍吉爾杭阿惆其全家屠戮。留軍中供差遣。繼而城破。渠帥未獲。而紅橋所戮者在疑似間。召李辨識。李力言其是。遂據以入奏。并請寬李之誅。有優資。屬其嘗著名賊目如劉麗川林亞福潘鏡子陳亞林皆逸去。林為海盜以他案被獲。潘投金陵髮逆。未知存亡。劉伏匿近粵鄉間。陳商於暹羅。今皆無恙。李當時蓋以迎合吉中丞之意耳。上海軍事既蕆。以備貲募勇從吉中丞軍於鎮江。衝鋒陷銳。多積戰功。九華山之役。吉中丞勢迫自刎殉。賊圍李營三匝甚急。李堞壁堅守。經七晝夜。與士卒僅日一食。糧絕援窮。頗萌變志。適張總統大軍馳至圍解。得出。以是軍營巨員大加獎信。前後捐擢游升道職。庚申春間。李方帶勇在吳門。賊悉銳南下。其氛日逼。徐中丞令率間委以城守。時賊游騎已至城下。李營勇目有黃魏二姓者。竟詣賊納欵。而李與何信義大啟閶門。迎偽忠王入。李受偽職。為江南人將帥。為賊主理崑山縣事。族中凡弟子姪無不受偽職者。誅求民間。較他賊更苛酷。上海某當路。謀納內應。使其閩人往說之。未得要領。但以李虛詞詭說報之而已。後何制軍桂清又思以內應功贖罪。遣馮軍門日坤往結。馮固與賊相識。及至竝無一言。及見偽主將陳賊坤書。約以上海為界。彼此無相犯。同盟而返。是役也。李盡輸其實於偽忠王。而談內應者猶以為可恃。噫。是徒為李賊所笑耳。聞有密遣人約李獻城投降者。李拘其使幾欲殺之。後行賄於賊妻尤氏。言之得釋。同治元年。李方率黨攻上海。頗為賊盡力。挫於官軍。輜重悉喪。及回崑山。忠酋以前事頗加猜忌。時清浦嘉定方為官兵所克。聲勢甚銳。大軍圍太倉急。崑山賊少。於是忠酋遣賊目劉肇鈞與李同守。李不自安。而蘇崑鄉間潛結團練。以應大軍。故洩內應謀。俾賊自翦羽翼。忠酋亦知李素反覆。即率大股駐崑。佯作應援太倉者。俟李賊來即命裂刃之。黨與同日被殺者五六百人。其間李降賊啟關之何信義。越一年。以癱瘓死。始謀之勇目魏

姚受偽職武將帥。後亦為賊所戮。觀於此可以知天之所以報施矣。嗚呼。李當日賊衆號稱十萬。子弟腹心。密布上海城外。官軍聲息呼吸皆知。其所設陳墓賊卡。與官軍僅一江隔耳。果欲反正。率衆順流。殊易易也。乃徙外以誑官。內以媚賊。殞首裂身。自取敗滅。然則狡謀果足恃哉。

逸史氏曰。上海之亂。李以首事賊渠。法當誅殛。乃內應無成。猶得邀封典。抑亦幸矣。前後積功循至顯職。國恩可不謂厚哉。庚申守城之役。如能感激一死以報國。其功名聲望豈遽出人下。而乃望風迎附。揖盜開門。身污偽命。膺抗王師。卒至惡積禍盈。如屠犬豕同一死耳。相去遠矣。

記侍賊事

偽侍王李世賢。廣西人。忠逆之從昆弟行也。竄陷金陵後。授偽職為侍天福。逮東北逆相繼誅滅。乃得專用事。臨陣頗能亡命。故賊中推之為渠魁。咸豐八年。侍逆踞守黃池灣沚。時官軍圍金陵甚逼。忠酋謀所以解圍者。馳至蕪湖與之商。令侍逆獨禦南岍官軍。旋以功偽授左軍主將。竄踞南陵。十年正月。忠酋自蕪湖至與侍逆合隊由廣德取道攻湖州。紳士趙景賢倉卒練兵籌守禦計。密約援軍內外同時夾擊斬賊數千。三日而圍解。侍賊回竄建平。適與忠酋遇。遂令其往攻溧陽。以不能猝破。轉向句容。攻五日遽陷。賊衆大隊聚於雄黃鎮。一戰而官軍大挫。其府偽英王陳玉成進善橋。偽忠王李秀成進鍾山。陳坤書進高橋。偽輔王楊輔清進南門雨化台。侍逆進北門紅山。大營糧絕。師遂潰。明年夏。侍逆由皖省至江西景德樂平。與左宮保兵持。官軍殲之於樂平。斬馘萬計。遂由河口退遁常山。順道趨浙江。分攻金華湯溪等處。旋至浦江竄擾。而溫台處三州亦相繼陷沒。侍逆所部有偽戴王黃呈忠偽首王范汝增往攻甯郡。而甯郡有失職西人前為之導。海門鎮海皆以西船任。曾不閱二月。而東西兩浙盡為賊踞。侍逆出死力尤多。自浙省左宮保統兵進攻。復郡縣勢若破竹。侍逆仍通至溧陽。將為持久計。溧陽城外。民團驍勇猛銳。為江南各團最。時李宮保已收復全吳。獨丹陽金壇宜興溧陽等四縣未下。侍逆知不可守。乃偕偽濮王劉肇均。偽康王汪海洋。偽聽王陳炳文。偽萊王陸順德。偽列王黃宗保。偽就王賴世就偽偕王譚體元。偽利王朱興隆。以及李愷順譚應芝陳承奇李容發諸賊目。方竄江西。經沈中丞嚴為堵禦。遂之出境。遂擾八閩。汀漳諸郡縣迭經失守。於時康逆踞江侍逆踞漳。悍黨號稱四十萬。旋棄汀而與漳併。遂擾永定大沛饒平。屯踞百餘里。烽

火連天。侍逆之衆尤慓悍。然方耀卓興等諸軍轉戰而前。橫衝突擊。卒盡潰散。侍逆既斃。康逆勢蹙。猶張盤踞鎮平。與寔營叛卒相要結。分三十餘壘。百十里間旗幟相望。負嵎固守。從由鎮平竄龍定信豐連平。官軍卷甲直趨。以襲其後。康逆恐為大兵所及。一晝夜走三百里。突抵嘉應州城。知州程培霖遁。偽英王奔秀。登陴固守。城破英秀死之。於是檄調江閩各軍。環集東北。俄而康逆殞於礮。偽偕王譚體元代統其衆。死拒官軍。久之。潛出西南門。由黃沙嶂遁去。黃沙嶂者。川南最險隘處。摩峰峭削。一徑縈紆。為嘉應出新田大田右至豐順左至潮州之間道。賊以數萬之衆冒危出險。急不得前。官軍追者四至。分途合擊。殲殺無算。墮岸墜澗死者。以千萬計。一時橫尸盈谷。積械如山。脅從之衆崩角請命。求貸一死。於是髮逆黨羽至此乃無噍類。偽侍王踞漳州。出與民團戰。遇伏傷其足。久不愈。其妻弟謀內應。未成。後聞為其下所殺。或云侍逆李世賢於永定渡河時。聞大埔敗潰。自刎死。餘衆歸康逆。劉賊踞雲霄廳。陸賊踞浦漳。旋俱為官軍所破。先後授首。劉賊棄雲霄竄越平。和副將林保伏兵大溪鄉。突出截擊。劉為飛礮所中死。殲其黨七百餘人。陸賊從路長樂。屢抗官軍。卓興親率精銳。晝夜攻城。垂下。賊黨見勢危。縛獻叛逆縋城乞降。劉肇鈞。廣西人。短小精悍。能縱身一躍數丈。當忠酋據蘇時。曾守崑山以抗官軍。汪海洋曾踞金壇一帶。竄浙乃留據餘杭。與杭郡賊互相犄角。陳炳文從忠酋。故廣德既陷。即留守焉。旋陷杭垣。即令之守以拒左宮保進勦之軍。陸順德。廣東人。擾浙之役。曾迭陷紹興蕭山以為巢穴。朱興隆。湖北人。曾守醇化鎮。後賊酋移之守六合。時皖省為官軍所圍甚急。李世忠進克六合。乃遁之侍逆所。賴世就。廣西人。為忠逆踞守吳江。及入閩竄連平州。率二千人詣方耀營降。後用為前導。助攻賊於上坪山。卒奪險隘。黃忠保後亦歸誠。其竄閩粵之賊一殲於左宮保。再敗於馮軍門。其竄湖北者為黃文金。先後盡斃。計髮逆自始至末。凡十有七年。

逸史氏曰。髮逆之起於粵西也。所集皆亡命之徒。村農野豎。互相裹脅。斬木揭竿。競為馳突。誠能早為治之。一郡縣力耳。文恬武嬉。一切漫不為意。以至養成潰癰。不可收拾。至於毒痛天下。幾無一片乾淨土。果誰為之哉。嗚呼。是豈在賊之能兵哉。

甕牖餘談卷七終

甕牖餘談卷八

清 吳郡王韜紫詮撰

賊中悍酋記

髮逆之僭位稱王者。自六偽王外。則以偽干王洪仁玕。偽英王陳玉成。偽忠王李秀成。偽輔王楊輔清。偽章王林紹璋。偽贊王蒙得恩。偽侍王李世賢。偽燕王秦日綱。偽豫王胡以晃為最著。自竄江浙以後。所封偽王不勝枚舉。其間兇酋悍黨破名城而抗官軍者。所在皆有。如李開芳之守馮官屯。林啟榮之守九江。葉芸來之守安慶。皆堅忍不屈。而金陵賊巢之破。十餘萬賊無一降者。至聚衆自焚而不悔。實為古今罕見之劇寇。今為次第疏之。其已有專記者不復贅。賊胡以晃。廣西潯州人。家居花洲山人村。與洪逆交最早。道光二十年六月。金田變作。洪逆即匿於其家。人無知者。迨賊兵破安慶。豫賊統悍黨自成一隊。其妻為女偽丞相。在東賊偽府。故賊酋頗加信用。偽封春官丞相。既陷金陵。使率衆攻上游。圍竄安徽廬州。廬郡既破。遂使踞守。咸豐四年甲寅五月。賊所遣黨羽分擾湖南及黃河以北者。皆為大兵所殲。時豫賊擁衆方盛。妄思刀竄北方。為湖北一帶聲援。逆酋甚壯之。偽封豫王。偽號露師。旋官軍援兵雲集。一戰而復六安州。勢蹙頓挫。乃貶去其偽王號。調往蕪湖。未幾又以他事取至金陵。置之死。羅大綱。廣東人。本股匪也。在大黃江口。日行劫掠。為行旅患。洪逆起金田。即往投焉。驍悍敢戰。所向亡命。賊竄永安。為官軍所圍甚急。乃由姑蘇冲而出。時壽春兵扼守其隘。羅賊率衆馳突。竟破其營。所獲輜重無算。藉為軍資。遂破武昌。賊中以羅大綱為首功。俾統水軍。下陷金陵。自庚戌偕黨附東賊。屢為賊先鋒。衝堅陷銳。號稱無敵。東逆既據金陵。使陷鎮江。即留踞焉。嗣調往安慶廬州等處。偽稱冬官丞相。大綱能與賊同甘苦。得賊衆心。其臨陣時。驟馬往來。剽迅如風。在諸悍酋中最稱猖獗。凡賊遇敵戰之時。輒以大綱往。而大綱至亦惟知身先率賊。捨命與官軍相抗而已。大綱恃其猛鷙。屢犯官軍。咸豐乙卯五月。窺江北我軍。遇之。以擡鎗擊中其腹。穿洞。傷既劇。寅夜遁至蕪湖。群賊舁之入金陵。遂死。洪酋令葬之城北山中。旋殺葬者以滅口。恐人知其處也。又擇貌類大綱者。仍假其名領衆。以當一隊。大綱為賊守黃梅時。與秦日綱陳玉成併力抗官軍。蓋洪逆以黃梅為官軍所必爭地。非此三悍酋不能守。大綱乃以敢死賊數萬。分布小池口孔壟驛。而立堅壘五於大河浦龍頭寨等處。甚為嚴密。然卒為羅觀察澤南塔軍門齊布所破。當大綱據鎮江時。副之者有剛城勝坤鄭城春潤大綱去後而呉汝孝繼之當時與官軍接陣之賊有謬傳所謂翁三娘子者矯健絶倫屢挫兵鋒或謂係大綱妻也勝坤偽封夏官又正丞相建營於湯頭以拒吉張兩帥之兵後為官軍所殺曾天養廣東人驍桀敢死然性頗和易近人能與賊絶甘分苦身同患難以是賊無二志咸豐癸丑七月東賊使竄上游逆擾江西迭陷饒州瑞昌旋留踞黄州甲寅三月東逆使賊隊駐岳州分黨陷常澧勢頗鴟張塔軍門齊布乃與羅觀察澤南李中丞續賓合軍進攻敗賊於高橋閏七月二日盡破逆壘賊棄城返踞城陵磯無何賊又舍舟登陸將闖據險為營分三路進撲官軍塔軍門亦分三路擊之賊抵死抗拒良久賊不能支始敗潰軍門親追至擂鼓臺殲賊八百有奇賊為之膽落塔軍門臨陣每好匹馬衝鋒嘗於一日攜親卒四人追覘擂鼓臺曾賊知軍門自至突出欲擒之獅髯張目勇氣百倍直呼軍門名橫矛逆刺其馬親卒黄明魁躍起刺曾賊墜馬曾賊回刺明魁傷右脅軍門親刃曾賊殪之繼又獲其旗視所署字方知為偽丞相天養天養素推為渠魁伏誅後賊為之茹齋六日岳州之賊既失悍酋奪氣退踞武昌曾逆所部賊衆盡歸韋俊韋俊亦賊中一酋其偽稱北宗兄嘗竄踞九江上游等處後伏冥誅黄玉崑廣西潯州

人韋賊妻父也居鄉稍知文字設塾訓蒙以為生金田倡亂從賊中偽制度偽詔令半由玉崑手定初為偽左一檢點破金陵以功偽封衛國侯凡賊一切訟事俱經判斷咸豐甲寅四月燕賊牧馬某甲偶坐門外見東賊叔未起東賊叔怒鞭某甲二百送燕賊所未及訊又赴玉崑偽署意欲玉崑加杖玉崑以為既鞭可弗杖轉勸慰之東賊叔愈怒推案而起立訴東賊東賊使翼賊拘玉崑玉崑聞而辭職陳承鎔秦日綱亦相率請去東賊佯怒謂諸將以去挾我耶轉令北賊杖日綱一百承鎔二百玉崑三百以五馬分某甲尸玉崑杖後夜自投水有知之者援之起乃褫其偽侯職編入行伍嗣使入翼賊偽府協理賊事陳承鎔故與玉崑同罪罷最相睦金陵陷為偽地官副丞相後偽稱興國侯賊中大小事都由其轉達而目不識一丁賊之憒憒可知偽夏官丞相賴漢英廣西人自金田倡亂時已預偽政既陷武昌專領水軍順流下駛竄踞金陵後未知其所終楊元清廣東嘉應州人年約三十許始與范運祥等同為股匪聚衆至三千餘人於道光庚戌八月十日揭竿謀叛地方官遣兵力勦一戰潰之竄入粵西境適洪逆於十一月初十日倡亂金田遂率衆往投之與東賊固相附結諂事尤甚偽稱東宗兄其妻入東賊偽府為東賊服役既陷武昌賊勢張甚東賊於衆中自鳴得意元清妻曰

阿叔固多福祉奈人之宗族離散何東賊怒其出怨言殺之并黜元清不復用偽輔王楊輔清元清族弟也初從洪逆於金陵授偽職亦為東賊所任用元清既黜輔逆亦處之閒散乃避居於閩與賊中時通消息東逆既誅仍返金陵賊巢為偽中軍主將竄擾池郡殷家匯東流一帶與曾帥之兵相抗然卒不得過雷池一步繼屢以奪地陷城功封職至偽王咸豐十年三月忠逆檄召各偽王同集金陵城外輔逆率衆攻高淳東壩破之旋陷溧水秣陵關乃由椒陵至南門雨花臺以攻大軍賊衆兵單吾師遂潰十一年洪酋令其援安慶敗歸遂不復出同治二年踞守高橋門以抗我上游之師曾中丞國荃提兵進攻晝夜轟擊破之輔逆遂遁回東壩官軍既克金陵或傳其潛旋粵東者竟不知其所終（同治甲戌臺灣以籌防事募兵輔賊投營自認有識之者遂正法）偽贊王蒙得恩廣西人初授偽封為正掌率甚得洪酋意旨令其日侍左右永毋得出偽都凡一切偽政以及賊中内外事無不歸其裁制咸豐十一年以老病伏冥誅其子嗣偽職賊老巢陷後或云竟得漏網竄回粵東偽章王林紹璋廣西人遣其趨攻湘潭中道為官軍所覆敗無片甲匹馬返者因褫其職閒廢家居東北逆既斃賊中無能任事者忠酋乃薦之主偽政金陵破後乘夜逋走官軍以驍騎追之及之於湖熟橋授首林

鳳祥李開方皆廣西劇盜金田倡亂即往投附與官軍抗臨陣爭先頗稱猖獗自圍桂林未陷偽西王蕭朝貴率之攻長沙俄而蕭逆於南門外中砲死李開方代統賊衆及陷武昌竄金陵鴟張狼顧遂不可復制凡披堅執鋭犯難以當官軍者皆林李二酋之力故賊中以為首功洪逆既據金陵無志遠出又以林李二賊為能遂委之使竄北方各統賊黨二萬人分道進犯一由渡江至浦口自皖之鳳亳陷歸德一由安慶而擾南昌旋即由豫而晉而燕平陽洪洞之間臨洛藁城之界騷然震動至於是勝帥僧王統軍馳勦而賊敗之機已及正定天津賴勁旅奮於外義民憤於内一鼓而殲之乃函竄懸戮痛勦窮追斬獲無算然後林鳳祥授首於連鎮李開芳被擒於馮官屯北方寇患以清李逆獻俘京師處以凌遲極刑人心為之大快石祥禎偽稱翼宗兄性强悍頗饒膂力所部多收録亡命指為衝鋒陷堅用曾陷漢口武昌等處咸豐三年圖犯東壩官軍設計敗之逃於金陵中道遇伏兵遂為所殺偽天官丞相曾水源廣西人每晨必見東賊議事傳偽命以出入三年七月使竄蕪湖逾期不往逆褫偽職其姪曰釗揚奇醜而性奸刻識之無為洪逆修理偽詔書其下有何震川者自言為廣西茂才略諳文墨東賊偽試拔之為偽探花凡偽詔書半出其手陳

宗揚初為東偽丞宣在東賊偽府輪班值宿居於頭門偏屋其妻為東女偽丞宣傳事出遂入屋與私焉東賊妹覺之遂并通其妹繼將通其偽王娘妒姦事破聞於東賊怒甚時宗揚已為偽丞相將赴安徽船泊上河東賊偽作天父下凡狀指出立擒之回而並斬於市其弟曰宗勝東賊使竄河北為官軍所殲所部盡殲又使竄湖南亦敗雜髮易服遁於武昌時武昌猶賊境也賊中酋目有識之者執之送金陵東賊以其中道棄軍罪在不赦遂命戮於市唐正財湖南人本為舵工業操舟賊竄湖南遂從焉既陷金陵總偽水營授偽職稱指揮癸丑冬往於川湘漢等處句結土匪携逼舟子三千餘人返金陵逆酋謂之有功授偽撿點甲寅春與陳賊宗勝同竄湖南官軍於要道截之斬馘無算唐陳二賊僅以身免繼授咴省往來長安一帶卒受天誅蔡振暉廣東人恃其膂力猛鷙所至亡命從洪逆竄攻湖南攻城陷陣往往獨出先驅賊中壯之攻長沙南門時奪賊大旗奮勇先登官軍急以槍擊之傷其一目既愈驕雄益悍猶自若也既擾六合率隊逼城而堅志在必陷官軍伺其近以火藥傾盆撲之焚幾死遂遁回金陵六年閏七月禦官軍於城外卒正典刑偽學賢廣東人劇盜也洪賊肯倡亂即自往投形狀奇醜面色花白斑參半性秘刻暴凡賊中所施酷刑如火烙火錐皆自傳賊始後為偽典軍械藥局火焚死遍體焦朽幾不可辨黃開元湖北人本優伶也頎娜婀有姿態賊嬖之以孌童蓄焉後使為偽典鈔料得出入城閭匆問路遇逸出者輒縛送賊所多至刑逼殞命嗣為偽典織匠尤藉此作逢迎訐讐甚夥無不切齒思啖其肉旋有控其輸賊情於大營者賊訊之有據遂以五馬分其尸叛應之逃人皆快之鄧輔廷湖北人賊竄楚省遂往附焉為偽右史治賊文書劉春山湖北人素以賣藥為生從賊後為偽國醫嚴定邦江西人由湖北附燕賊從之抗官軍時上元縣廩生張炳垣謀為大營作內應事洩羅織此三賊盡殺之何阿六廣東人本在鄉間以團練禦賊逆叩軍門願自効力行間官以其所部多亡命懼不可制遂不之納乃即以眾叛其黨約二千餘人自為一股由粵東竄至江西所過抄掠繼附楊逆黨同陷金陵楊賊疑其桀驁或不肯遵逆約束不令入城使日彝犯官軍張總統殲殺之并滅其眾無噍類梁志侯廣東人最先從賊早受偽封賊後緣他賊譖之乃隱匿不復出旋忠酋保薦於洪逆前即并偽封為定天福與陳玉成合隊竄擾皖豫間後間降於官軍立功自贖忠逆所部如陳坤書吳定彩譚紹光周文嘉皆驍悍敢衝突忠逆恃以縱橫於戎馬間咸豐十年由廣德竄杭垣

逆從間道趨救金陵以解官軍之圍皆得其死力忠酋既陷蘇常後陳坤書授偽求天義與陳炳文踞守嘉興張軍門玉良自杭郡統兵往攻軍士精銳隊伍整飭於西南兩門結大小營壘四十餘座賊望之為奪氣張軍環圍困之晝夜攻持陳賊拒守甚密卒不能下繼忠逆援兵至與張軍連戰五日分賊眾往守石門以斷官軍餉道由是前阻堅城後扼歸路士卒洶懼不戰自亂前後數十隊半降於賊張軍門亦退扎營衛突回杭咸豐十一年春忠逆上竄皖豫乃以陳坤書踞守蘇郡暴征苛斂民不聊生及忠逆陷杭垣復回蘇境時陳坤書已為偽護王轉往常州元年閏八月糾眾五六萬圖犯蕪湖金柱關冀橫隔甯國金陵兵勢彭侍郎玉麟曾同楊提督岳斌水師戰敗之於東壩常州後亦為李宮保所攻旋遁江陰卒於陣上授首譚紹光廣東人自陷湖州後偽封為慕王忠酋往竄上游後譚逆為之踞守蘇州與撫毘山攻撲官軍與英人戈登相抗時同踞蘇郡者為偽納王郜永寬偽康王汪安鈞偽甯王周文嘉偽大將張大洲汪花班五人皆湖北人納逆與譚賊素有嫌隙積不相能官軍圍蘇甚逼忠酋駐眾於馬塘橋已有退志五人願為官軍內應獻城納降因遣汪有為范汝發踰城而出詣大營密約英人戈登許之翌日眾賊聚議室中獨慕逆毅然不顧拔刀斫座而起偽納王自後斬之踣於地乃殊其首即下令雉髮開城持其首詣軍門乞降越三日李宮保至恐其反覆不定也盡駢戮之於市周文嘉向踞青浦久懾西軍砲火之精首主降議自東北逆互相殺後賊中著名酋目有劉官芳賴文鴻古隆賢皆統有黨羽數千人與官軍為敵咸豐十年曆集金陵城外與諸賊合隊併力同破大營十一年竄擾皖豫一帶出沒於洋棧嶺祁門間俱為曾軍所敗先後殞命其為忠逆司偽文案者有汪宏建胡玉衡熊萬荃既陷蘇垣後即為長元吳三縣偽左將轉輸軍實徵收賦稅以供賊營迨官軍收復時胡熊並投誠大營汪惝脫從忠逆上竄和州巢縣嘗令其購買米穀以濟兵食偽兗王侯覲勝廣東嘉應州梅塘人本隸張總統麾下為壯勇從征廣西咸豐二年賊竄湖南道州官軍兼程往剿與賊戰於城外敗侯遂為賊所擒見其矯健雄傑曰此好男子也可留為用侯遂入賊黨披銳陷堅時為賊出死力既踞金陵使為偽水師主將督領砲船踞守太平關前後凡七八年所部悍黨約四五萬人封為偽兗王同治元年曾軍進克太平關乃竄至下游騷擾江浙間名曰徵糧實賊中所謂打先鋒也洪逆旋調之踞守東江橋二年曾中丞國荃整兵進攻江東橋石壘堅峻外環重濠攻之逾月未下曾

中丞先設計解其黨羽。使孤立不能守。遂遁回賊巢。後潛至鎮江七濠口。金陵攻復時。得倖免。乃薙髮易服。由上海至香港。出其金貲設鋪肆。亦為地方官緝獲正法。據其所供金陵賊酋得逃出者。偽輔王楊輔清。偽振王侯玉田。偽烈王侯嚴威。他如李長春毛宗齡皆廣東人。亦賊中渠魁。李賊跛一足。能卜筮風鑑。蒱逆號楊七麻子。通居湖門。後回廣西。所交結多楚人。張朝爵自安慶竄後。久潛賊巢。亦得逃回。

逸史氏曰。洪楊巨魁。得以縱橫恣睢於天下。皆藉兇酋悍黨為之先驅也。迨至爪牙就殲。首領亦除。元惡大憝。次第誅滅。天之所以報之者。豈有爽哉。顧其間得漏法網倖從寬典者。殊不乏人。嗚呼。彼非縱恣肆暴之徒歟。何反晏然於局外也。天心夢夢。安得而一叩之哉。

賊陷金陵記

金陵為自古帝王建都之地。土厚水深。周廣數十餘里。崇墉巍然。深濠環衛。所謂金城湯池不啻也。粵逆至僅十日而遽陷。雖曰人事。蓋亦天也。咸豐三年正月二十九日。逆首洪秀全率黨擾金陵。陸路賊軍分營二十有四座。每營多者約二三百人。少者不過五六十人。粵東西積賊僅十之二三。餘皆擄自皖楚各省者。羣醜既成。遂為

璞攻計。水路賊船自大勝關泊至九里洲。首尾銜接。計數千餘艘。賊數約男子四五萬。婦女二萬。幼童一萬。皆密排於夾江中。舳艫蔽空。帆檣隱日。偽王船悉在中段。特陸總督建瀛倉卒東下。方思退保金陵。遂入城閉關自守。城外不設一營。不戍一卒。賊遂無所疑懼。蟻附城下。設使駐兵於外。扼險守禦。與城中民互相犄角。以逸待勞。以主應客。亦當不可用少擊衆。轉敗為勝。而賊亦不得築土壘開地道。宜志攻城也。至於夾江賊船。惟有縱火攻一策耳。設使於上下游用艇裝載薪芻。內藏火藥。而外用引火藥線。三路縱火。同時齊舉。火烈風猛。可使頃刻間盡成灰燼。賊雖欲引避一時亦無從措手。如是則積賊必竄岸死門。然散亂不整。易於驅擄。而婦女幼弱。惟有赴水死耳。倖逃為幸。何暇反戈相撲。乃當事者皆計不及此。為可慨耳。賊晝夜力攻城中兵民協守。尚不至於遽陷。聚寶門外衆賊勇殺賊。賊上開砲助之。悮傷紳勇數人。遂各駭散。鄒方伯目擊悲憤。嘔血死。二月初十日。儀鳳門地雷轟發。城崩。賊縣登。第二雷繼作。磚石飛起半空。賊死傷如積。血肉如雨下。賊亡命爭踐賊屍。提足復上。官兵擊以槍礮。斃者無算。乘勢爭割賊首。持赴總局獻功。守陴者人少。賊大隊擁至。急調西南兩門守兵禦賊。而賊已由三山門梯城魚貫進。於是兵賊巷戰。尸相枕藉。

總督逃賊被害。鄒中丞鳴鶴。福軍門珠隆阿。徐方伯文均殉難。將軍祥厚。都統霍隆武。率駐防兵守內城。盡驅婦女登陴殺賊。相持兩晝夜。力竭城陷。殺害最酷。其未盡殺者驅之出城。盡淹於河。上元縣劉公朝服升堂罵賊。趣殺己。毋傷百姓。賊有憐之者。揮之去。乃步投署後池中正命焉。紳士或死於火。或死於水。或自經服毒。多有闔門殉節者。先是賊詭言不殺人。有以土物入獻者。給以貢單。戒賊隊毋相擾。人半信之。饋以銀米牲畜菜蔬。取偽貢單榜於門。孰知賊見單益搜索。知其不備。疑其私藏之多也。賊初入城。猶未排戶入搜。懼有官兵伏匿也。遇人於路必殺。十二日見人則逼使舁尸棄諸河。否則殺。如是者數日。乃令民市貿易如常。但貨物已掠一空。又藉令查人搜括盡淨。壯者令聽驅使。胸背以黃布寫賊銜。謂之掐衣。擄幼童使為小僕俾持扇旗蓋隨其後。老病置弗問。男子毋許歸家。歸則謂與婦女私。干天律。罪應誅於是立男館。搜其家有私藏金銀者。立寘重典。驅婦女出於外。攜幼稚。負行李。惶惶道路。或得間自投於河。賊既驅而之東。又復驅而之西。有啼哭者目為妖。鞭箠交下。立斃。夜即露宿簷下。越日立女館。是時夫婦雖覿面不敢交言。否則謂不遵天令。多殞杖下。而城北幽僻之地。尚有民衆潛居者。賊以搜物至其地。見焉。男子盡驚逃

乃驅婦女赴旱西門外。悉付諸洪流中。賊圍亂鎮江揚州。逼城內外之壯者數萬登舟。使為前鋒。城中知之。飛逃或自盡。竊逃。賊懼一時不能禦制。偽丞相鍾芳禮偽巡查周才太。性稍和平。乃請逆首設機匠局。立牌尾館。機匠局者。工役織紝之人處之。牌尾館者。殘廢老病之人居之。二者皆不出調戰陣。入局之家。凡遇賊搜括。告偽丞相。輒杖責追還。殘廢者得安食室中。老病者使掃街道。於是入局伏處者三萬人。入館者七八千人。嗣後又設雜行菜園。雜行亦工匠之流。菜園者。賊使人於隙地種植菜蔬也。兩處亦不下二萬數千人。無何。賊又傳偽令。凡讀書識字者。悉赴偽詔書。否則斬。匿不報者同罪。乃得數百人。使為詣文檄示。合賊式者。分入各賊館。為偽書吏。賊以天主教人。不能背讀者輒杖。夫婦相處即為姦。而賊酋擄逼民女。悉充媵妾。逆酋出偽示。人死不用棺衾。不設香火。違則為妖邪。逆酋偽府多毀民居。拆取其梁木。封土木匠為偽將軍偽總制。傳率隊課工。當街道既清。奚除制府衙署。用鑼鼓數百人前後導護。迎洪逆入居之。偽王娘數十。悉以黃綢裹頭。跣足乘馬。付此一入不出矣。二月二十一日。向大臣撥兵達金陵。屯營淳化鎮。賊乃以重隊扼守西城外。堅壁嚴閉。志在久持。向大臣急簡精兵至城東。連破朝陽門外賊營二十餘所。即其地建

立大營二十五日分路進兵攻克附郭土城二十七日官軍營於土城賊闖城出撲敦其銳官軍一戰覆之三月六日破東南通濟門外賊壘十一日破七甕橋鍾山報恩寺各賊壘十三日進奪鍾山十七日夜戰復勝遂分十八營以逼城賊始懼不敢出而僞餘黨以下得僞令兵向大臣既圍城為進攻計賊闌竄上下游以牽制之賊數不足乃謀脅新擄之人見局中機匠殊夥乃傳僞令每館選壯健者數人出城運水石既出悉驅迫之至船使竄江西先是機匠多有中人資以重賄賂賊目乃得入繼逆黨悉其隱匿狀日命搜緝並括及財物至是僅五六千人咸豐癸丑夏六月所有賊中裹脅男女人數統計男館廣西約千五百人廣東約二千五百人湖南約萬人湖北約三萬人安徽約三千人各省總約二千人金陵約五萬人鎮江揚州約五千人女館廣東西約二千人湖南約四百人湖北約二萬五千人安慶約三千人鎮江揚州約萬人金陵約十萬人迨至是年冬杪男子之壯強者脅竄上游留者半乘間逃逸者半女子之淩藉死亡者無數統計男館廣西千餘人廣東二千人湖南五六千人湖北萬餘人各省總約千餘人安徽二千人金陵約二萬人鎮揚約三千人女館廣東西約二千四百人湖南約三百餘人湖北二萬三千人安慶一千七百人金陵九萬人此外加陸續新擄者計統男館興國州黃州約萬餘人廬州約萬人江西五六千人揚州儀徵四千人女館自鎮揚擄回者計萬二千人賊既分館後又設立門牌以便稽查凡男子自十六歲至五十歲謂之牌面餘為牌尾其後少壯者則供驅調逃亡日多不足於用乃取老而健者使登城瞭望擊柝備巡邏猶不足則雖老而病者亦預役使伺便逃脫者益眾於是牌尾館僅三千人賊待被擄之眾驅使之若犬馬殺刈之如草菅雖婦女亦然日供奔走操作良苦負重致遠憊不得息因之流離於道路轉徙於溝壑者日有數十人賊於湖北安徽擄得鹽米各船皆泊於儀鳳門及旱西門外令僞女官執旗悉驅女子出城首戴肩負運入各倉沿途命童子持鞭驅策使之速行遲則箠撲交下謂之把卡自早至昏始息有路遠不能回者自縊於空屋中或投水自死或跋涉委頓泥塗傾跌以至殞命向大臣既立營於東門外賊懼使婦二萬人出城開掘濠溝削尖竹置坑中前列者多為鉛凡所毀東門內外麥熟已久即逼婦女往割四年正月元旦女館首稽相慶賀僞女官覺各枷校有差賊僞獲逃人見其剪髮酷刑迫問以通大營對賊遂吹角傳集城人驗髮有經刀剪者即驅入貢院并傳僞令諭男女各館查有剪髮者速自送至隱匿者罪不赦

於是男館得二千餘人女館數亦如之蓋金陵風俗婦女多剪前後餘髮使齊賊不問均指為通外旋有東賊妾母鳴其子冤者乃令館長保取得釋僅發百餘人越日有踰城逸出為賊所獲者即前剪髮之人賊怒施以火烙火鏈逼認與官軍作內應凡前之取保得釋者仍命拘至禁男子於十八房禁婦女於兩旁矮屋中每日僞指揮僞侍衛等訊以非刑奇酷萬狀其刑如洪爐燕背鐵練繞脛火箸刺股受之者無不肌肉糜爛瀕死復甦呼慘之聲不忍聞至於弔指跪鍊猶其輕者女子之被淫逼自盡者無算死於刑者數百人賊困糧不足令僞女官傳命欲盡驅之出城外有夫及子在城者方得留僞諭一出闔城譁然或躍身於清流或棄孩於道路一時蹤趾錯雜號泣之聲震遠近土木工匠停役奔視勢洶洶將內變賊懼乃言僞女官傳令訛謬加杖以安眾心乃稍定次日命婦女齊赴小營聽講以序分立四色旗下凡有夫與子在城者立黃旗下夫與子出外者立紅旗下孀婦處女立白旗下夫與子逃去者立黑旗下議以後按旗色造冊卒不果賊以竄上游無所掠積儲漸空議每日給米男子半斤婦女六兩不足則令食粥其時男館脫逸者多廣西不滿千人廣東約千餘人湖南三千人湖北萬餘人安徽約萬餘人江西約三千人金陵僅萬人揚鎮約三千人女館廣東西約二千人湖南不滿三百人湖北約二萬人安慶約二千人鎮揚萬人金陵八萬人此咸豐四年六月人數也所謂人數者不過就金陵內外計之耳有僞典金官率眾出城者疑之搜其身各懷巨金因白於東賊閉城遍搜各僞衙有金者寘諸獄乃得女為男裝者數十人男為女裝者數十人盡戮於市東賊多疑因積賊日少乃使廣東西婦女登陴守城又使運糧隨大隊賊中後以備填塞濠溝用適賊為官軍所敗男婦竄避不及在前列者咸就擒誅其倖脫者匿淺水中以浮萍覆面仰露其鼻村人過而見焉曳起撲殺之七月以來官軍屢勝以艇船絕上下江之往來賊艘不得運下米船日匱賊乃驅婦女出城至鄉村刈稻藉此逃逸者甚夥其死於飢斃於水及為強暴所戕不從自殉者又不知凡幾其女館之移於上新河者仍為賊朝夕所驅禁錮後男女各館并無米可給即粥糜亦不得一飽賊恐煽僞諭令城內僞官皆得娶婦並自指擇而於是逼辱淫污有不堪言者矣咸豐五年正月賊中逼配之令下竟以一賊而亂數女荼毒淫酷即戕賊肉糜賊胥猶不足以敝辜也先是僞天官丞相曾水源削僞職其弟恐悔逸出東賊怒疑水源使其弟通官軍而於中為主謀以五馬分其尸因謂賊眾曰新附者屢叛果無足怪何與

我同起粤西者。亦復潛逃。豈我符水源愍不厚哉。衆曰。昔在金田永安時。天父曾許至金陵小天堂男女團圓。乃至已三年。衆仍無家。咸謂天父誑人。故皆思去。恐將來益不可遏耳。東賊曰。汝輩真不測天父之高深矣。曰愈久則配愈多。今汝輩欲速。賊之尊者一人。僅得十數人。下則以次遞減。得毋又嫌不足乎。俄而東賊佯作天父下凡。狀詡紫天父愍。許男女得配偶。設為媒官。男一女一。凡積賊為偽丞相者。得配女十餘人。偽國宗得配女八人。無偽職原有婦者。許歸其室。令偽巡查查女子自十五歲者。開列年貌註冊。以候選擇。凡男賊求配。報名媒所。令偽媒官掣籤。係某女子在某偽軍某偽百長名下。持籤至館索出。挾置之轎。間有老夫得女妻。童子獲嫗母者。均弗之易。有不願配之女子。竟死弗獲。東賊令斫其手足示衆。以懾逼配諸女。然在館自經。半途投井。及入轎以剪自戕者。不可勝紀。噫誰非良家女。數年閉置獨處無郎。尚不屑與賊作偶。名之所歸。姦惡自任故也。自有偽媒官之設。城內逼娶於女館。城外逼娶於民間。諸賊目無不攫少婦擁多金。為逆酋盡死力矣。賊初踞金陵。新發入者衆情未附。時思通問官軍。願作內應效死力。至湖北人之為偽水營舟子者。約以紅袖裹口為記。相率殺賊。議未定。飲於治房金龍館。立書畝血。醉甚謀洩。東賊假

天父下凡狀。執其書按名駢戮。無一脫者。又誑謂舟子汝輩思歸故爾。無罪。勿恐。越數日使無名者赴江西。有名者調入城中。悉坑之。殺賊之謀未洩。人得私相往來。其數尚難稽查。及是賊有門牌之設。立館長以統其下。月送冊於偽詔書。以核其數。遠調及逸出者均注明。賊初入城發糧。無所有。來取者即與之。自有名籍可稽。每館發米有定額。於是米價陡貴。百斤需六金。尚無可購處。有從城外購入者。謂之犯法。輒受杖籤。出城逸去者。賊謂之變妖。因用偽印關憑交於賊官及館長。出城以此為信。上元廩生張炳垣偶內應。與大營約正月初七為賊中元旦。乘賊慶賀年節不為備。出賊不意進攻東門。偽守城官陳桂堂許斬關相應。乃初八日賊調桂堂至七里州水營。初十日官兵至城外。見無應者還返。賊獲城外男子。見其壯偉。疑為官軍。毒刑逼訊。遂自認為營謀。以白布為號。賊於五更吹角。集人齊至北賊偽府。搜各人身。得白布千餘方。刑訊無據。始釋。逆禁偶語。犯者棄市。首告變者。予以偽指揮職。由是路遇者不相識。張炳垣以前者事未成。間道詣大營。重約期。議令同志者至貢街。與官軍相見。官軍五百人。作為饋物者。如期果至。把守城門。接應官軍入城。而以大隊隨其後。是日適微雨。軍營中馬湖湖有聲。未及買賣街。賊覺。城頭砲發。同志者至城

已閉。兵退門啟。始入賊由是大疑。因與東門內為灰巷。僅容一二人。兩頭築木柵。環以鐵練。越日大帥命六品軍功田玉梅入城。令候官軍至城下。斬賊啟關以應。議未定而張炳垣事洩。備諸毒刑。卒不承。繼羅織積賊數十人。賊盡殺之。而未及同志一人。同志見炳垣且死。急與大營計。招田玉梅等九人入城。至期斬守門守砲諸賊柵未啟而賊大隊至。遂他匿。賊知有內應。搜各偽館得二百人殺之。炳垣亦遇害。玉梅伏偽將軍孫知禮所。為知禮持扇小童首於賊。賊方令密緝。而玉梅已先逸去。僅收知禮殺之。賊以偽關憑為不足用。命翼賊發牌。出入記簿稽核。各偽衙人無事無得擅出城。賊初設買賣街於城外。繼見藉此逃逸之多也。乃立五市於北門橋。然物價踊貴。賊又以為不便。旋罷。賊間於井中花囊啟得金銀。於是令於各處搜掘。咸豐六年。賊毀報恩寺塔。先三年賊實火藥於塔中焚之。塔而不圮。至是乃毀之。一時有訛寶塔自相殺之謠。後果應東北賊互戕之事。至咸豐十一年。賊中又有謠云。一三三一數已絕。重見青天在頃刻。歲在甲子。不利於賊。果以同治三年克復金陵。當賊運土加築城堞時。掘出古碑石。若梁司馬散騎常侍蕭誕碑。夏侯隨之碑。荊王府長史司馬景德合葬碑。檢校侍郎左庶子魯公誄碑。磊磊然幾難悉數。內有一碑特奇。高

丈餘。濶三四尺。質黑如漆。上鐫一女子。支頤閉目。頸拖白練。下有古篆數字。人不能識。扣之聲如鼓。似空其中者。既出而飛鳥咸集。賊疑中有寶物。乃以斧擊之。既無所損。鋸亦不入。此外又得石獸。狀如豬。尾大耳小。長約三尺。高二尺許。石質人工俱極堅緻。碎而腹中五臟皆備。既不知何以置於中。而質重若此。初非供玩之物。更不知其何所用也。城中廨署名園。皆為賊所平毀。惟妙相庵獨完。臺城基址尚存。

逸史氏曰。亂之生也。雖曰天意。豈非人事哉。國家承平數百年。民不知兵。積弱生玩。積玩生猜。而桀黠梟鷙之徒。輙與官吏為仇。淼然思動。若有不可以終日者。官吏憚其頑而耽於逸。動謂勦之難不如撫之易也。賊於是乎得逞其志矣。洪逆蹂躪十六省。盤踞十三年。僭號稱尊。分符竊命。岌岌乎非小弱也。然而群帥協力。撻伐斯張。熏穴搗巢。疾於雷電。果由時數使然耶。特擾攘久而民既厭亂。天心亦悔禍耳。不然。何前之奏功遲。而後之收效速也。是故能保民者。必自鋤賊始。善弭賊者。必自治民始。

甕牖餘談卷八終

跋

自來說部書當以唐人所撰者為最有宋諸家總覺微帶詼諧元明人欲力矯其弊則又非失之誕即失之略故皆無取焉惟我朝諸公能力懲其失而兼擅衆長蓋駸駸乎集大成矣然求其洪纖畢具綱維中外各事足以擴見聞助懲勸備搜採者前之人或猶未逮而要惟我 外舅先生為創始先生久居香海常鬱鬱不自得又患咯血症往往風雨一臨未秋先病行年五十尚艱似續客至常有以嘗藥勸者輒慨然曰人豈必以兒孫傳哉余蓋得以空文垂世使五百年後姓名猶挂人齒頰則勝一盂麥飯多多矣是故平居恒手不釋卷見有時事之可傳者必摘錄之以備參考香海又為西人薈萃之地歐亞近事時有所聞先生取其新奇者付之不律兼採錄粵逆之逆蹟與夫忠臣義士節婦烈女足以深人欽敬者日積月累橐如束筍更加釐剔都為八卷顏曰甕牖餘談蓋猶是漆室讕言之意也惟彼以豔麗勝而此以徵實勝為不同耳雖然以先生之才之學而僅以說部見抑豈先生之志哉先生精力之所萃者要在弢園文錄他日付諸手民傳播藝林是真能不朽者也微聞重淵之下驪龍抱珠而臥則茲所得見者特其鱗甲焉耳

光緒元年歲次乙亥八月上浣子壻錢徵謹跋於滬上修月樓

百一居士著

壺天錄

上海文明書局印行

壺天錄序

自劉向著七略始有小說之名唐宋而還遞相彷倣降至今日博學者極意研思大率矜言奇異俾世人耳目一新烏足以資興感哉予駑落不材殆將衰老旅館寂寥形影相弔其藉以釋心胸破積悶者每不出稗史諸書茶餘酒半聊復效顰徵聞有見信手錄之顏曰壺天錄夫錄曷為以壺天名也蓋壺之為器也小而能分時日之朝暮晷刻之長短所謂日向壺中特地長者則壺中一小天也以壺中而論天則不啻坐井觀天之喻而所見者終小也獨是人生百年孰不同此壺中之歲月一壺雖小固有即天人造化萬事萬物之理而翕受於其中者遠窺六合近徵一室要皆可以壺天賅之也予也無楊雄談天之口而務是以言天殆欲即壺中之天以消此長日耳雖所見者小不免有蠡測管窺之誚而興感所在要即以天道之有常者驗之忠孝節義炳若日星即推之災祥禍福感應昭昭亦天理所當然而可以修德自省矣夫豈徒山川之縹緲鬼怪之離奇為足以悅乎耳目而已哉但陋劣無文不過自逵其聞見覆瓿之譏當必不免倘有執是而訾責之者是則予之所深幸也夫

光緒十一年歲次旃蒙作噩花朝日淮陰百一居士敘於三十六湖官廨

壺天錄後序

蓋聞交必得有益之友讀必得有益之書斯外以資夫切磋內以補其聞見儒者交養之學其在是乎予與百一居士交蓋十數年矣志氣磊落博極羣書屢蹭場屋每鬱鬱不得意一日出所著壺天錄示予蓋皆稽聞見之實事以寫其抑塞之心胸情殷懲勸理寓廉常不禁撫卷歎曰此書之有益於人者也余嘗怪人生涉世營營逐逐日在天覆之中而昏於物欲擾於世故者迄不知天道之昭昭抑思天有顯道厥類惟彰其能統庶彙而在宥包萬化而靡遺者固不外乎典常之理要視乎人心之邪正以定世運之盛衰而即為降祥降殃之本者也是錄也體天之道為聞天之言其名以壺者寒暑易時晨昏改候自古迄今悉共此壺中之晷刻也故凡於耳聞目見之端上及天地中及人事旁及鬼怪推而至於災祥休咎之徵驗飛潛動植之靈奇無不渾渾焉噩噩焉而包舉容納於一壺之中則壺中之天實足以彌綸六合而恢廓九有矣徒仿干氏之搜神齊諧之誌怪奇奇幻幻目駭心驚而按之天道之常其烏能彰彰明顯哉今觀是錄不拘一得要使當世之夢夢者交相警悟咸曉然於天心之感召必本人心而一以常經自守不為物欲世故所撓則其有益於世道人心也當非淺鮮而居士內外交養之學蓋於是可見一斑云

白田吏隱識於聽風聽水之鄉

壺天錄卷上

淮陰百一居士著

日月合璧，五星聯珠，聖人在位，應運徵祥，此不常有事也。乃日與月會，凡月皆然，必見於立冬節數日內，則常而奇矣。西湖有葛嶺，朝暾一景，人咸知為初陽臺觀日出處也。己卯歲，客遊於杭，杭友某約至大觀臺，五更將盡，其地向無行人，至是則擁立而駭望者不知凡幾。霜華滿天，寒威蕭殺，翹首東望，隱隱間有紅光上映，曉煙亂繞，籠罩無際，俄而東方漸明，紅雲片片相推而上，竟如霞起赤城，上接霄漢，其下又有魚鱗之雲，勻鋪萬疊，旋見有一紅一黑，若大如車輪，並行而上，不差累黍。紅者熾若火毬，光華四射；黑者色甚晦暗，如潑墨，蓋即晦夜之月魄也。繼而漸升漸高，輪亦漸小，黑者漸隱不可諦視，但覺有淡墨圓暈依稀尚存。若紅者則一輪朝旭，如樹頭之高挂銅鉦已。據父老云：日月之行極難會合，雖曰月月皆會，而一歲之中，惟此一時毫釐無差，又必九月三十日在立冬節後數日之內，小建則有參差矣。若立冬節氣或早或遲，行亦不齊。是歲蓋巧合耳。越人謂此為日月照，言日月之相照而行也。要之奇觀快目，人生有幾，爰泚筆以誌不忘。

天象示警，人人知之，而究之常變所昭，人亦不過彷彿比例耳。況象又奇幻靡一者乎？粵東於辛巳歲三月二日，自辰至午，日旁有連環圈三個，日中青黑色，圈中亦青黑色，其東南一圈只得半環，兼間兩乂。上有雲蓋，午後始漸隱。占象者謂慈安太后升遐之兆，然究不可解矣。

又庚辰歲七月初十夜，皖垣北門外有農夫胡姓者，四更時聞門外犬吠甚厲，起而還視，見天河中白氣一道，直長數丈，似雲非雲，轉瞬間沖出天河，琴琴有聲，直向西南而沒。又是歲三月初五下午時，滬上居人見有黑氣一道，自西北而東南，橫亙中天，長不可以尋丈計，俄而色變白，約半時始滅隱焉。又某歲三月二十日申刻，蘇垣見有黑氣二道，如虹如霓，自東而西，亙於霄漢，至深夜始隱。吉凶何驗，占天者當知之。蒼蒼者天，凡有禍福之兆，懸象於上者不一，何愁與笑之有？庚辰正月，蘇郡哄傳天愁，始疑之，繼乃知誤傳也。蓋於二十二日清晨有聲隆隆，似雷非雷，有老農早起，不獨耳有所聞，且目有所見，聲發時，西南天際有紅光煥發，旋成五色，燦爛彌天，俄頃即散。老農識為天門開，主物阜民康，數十年前曾有此瑞兆也。又都中傳言是歲九月初七日夜聞嘻嘻然笑聲，起於天末，察其音與人笑彷彿，一時聞者甚多，皆謂為天笑，主天下太平。於是附會者侈陳符瑞，言上天既歡忻鼓舞，下方自淨洗甲兵矣。此特妄言耳，試質之觀天者。

天地間奇奇怪怪，儘有在尋常聽料外者。蘇郡於同治年間某月二十七八日晚分，將及初故，忽有紅光閃爍，照耀若近若遠，乍合乍離，或疑燐火，或疑野燒，皆非的論。燐火則熒熒不能明，野燒則光有定，見之者僉謂為神光云。丁丑歲七月十七日，揚州一士子夜讀，忽見北首牆上光明若晝，以為鄰人失慎，急趨出視之，則天半有一紅毬，大如車輪，華彩四射，流於雲端，隱約有聲，餘光越三刻始斂盡焉。次日，通城轟傳，所見皆一。是夜秦郵甓社湖中光更朗，若自南直馳西北，後亦無所徵驗。云戊寅五月初，某夜湖畔網船漁子忽見水光接天，日月星辰皆隱，而晴朗如同白日，漁子疑係天明，方欲推篙駕艇，未幾黑暗如故，越一時許始杲杲出日。云戊寅歲六月十五日，為初伏日期，杭城某黎明起時，殘月方沈，忽見牕紙微紅，疑火警，開戶四顧，見東北天色紅黃相間，掩映粉牆紅光，僉謂非霞非雲，歷一時許方息。一時滿天盡作淡黃色，慄慄乎不可久視。種種異色，是何祥也？願與博物者質之。

又有因龍而致火者，庚辰十月初，金陵鄉農黎明起，見火光滿天，旋有赤龍由西北來，至鍾山頂而沒，天大明，呼羣至山頂探視，草木周圍半里皆焦灼，如野燒，餘無他異。占驗者謂有火災，於是家喻戶曉，先事預防焉。要之天道示警，豈常人所能測哉，存之以為他日之驗。

太史書五色雲見於時為瑞，見之者罕矣。然時有之。己卯七月中，一夜四鼓時，耿耿星河殘月未墜，蘇閶外更夫擊柝巡邏，仰見白雲一片，如匹練高懸，雲間綴有斗大四字，更夫目不識丁，第覺見所未見，呼噪稱奇。兵弁起視時，雲已散漫如香煙裊篆，莫可辨明。識字者隱約猜摹，尚有偏旁筆畫可擬，轉瞬遂淨，俾彼雲漢為章於天，詩人歌之，允為壽考作人之瑞，此殆其類歟？但未知太史氏果見而書之否耳。

孟冬之月，虹藏不見，此言其常也。丁丑十月中，香港人於薄暮時聯袂登高，夕照銜山，半林紅葉映射妍麗，驚見天際輕雲冉冉而起，日光掩閉，雲端現五色彩虹，如橋如帶，指顧間日光透出，則又成暈而繞日矣。按虹名螮蝀，乃天地之淫氣，詩人以為莫之敢指者也。時屆孟冬，乃復見而不藏，天道甚遠，能妄測耶？存以俟知者質之。

春秋言星隕者不一，如星隕而雨，隕石於宋五，皆隕也，未嘗卜人之吉凶也。至張華為司空時，中台星坼，然已有咎徵矣。此後言休徵者，遂不一其事。如本朝粵督瑞公，騎鯨之先，有大星如巨球，光芒迸射，暗室為明，落於省垣大東門外，眾目共見，率相駭異，不三日，而瑞公卒於署矣。人咸謂瑞公上應列宿，故有此異云。又有欲隕不隕，降而復升者，如太湖舟子所言則異矣。舟子高某素在太湖泛舟為業，某歲七月間，每交四鼓時，天之西南有巨星光彩逼恆，夜輒見之，殆已月餘矣。忽於八月十八日夜間，聞空際轂轂有聲，震如霹靂，驚而起，立於鷁首眺望，則巨星光芒簇簇，較往日所見尤大，降而復升者至再至三，約片時許，陡化電光一道直沖霄漢星仍復位其光頓縮迥不似前時之巨云又有將隕而散彩者則殊足異矣辛巳之歲四月五日金陵城人陡見天半一星徑逾一尺光紅如火由東南飛至西北落下照耀屋宇明於月色星過處隱隱有聲餘光亘天儼若長虹一道約半炊許始滅不知者誤認回祿俗云落將星擂天鼓其或即此要之天道遠人道邇必以星象占休咎往往失於穿鑿蓋隕星則天空攝力偶不足耳豈真有咎而後隕哉

彗星之見史家多詳記之乃更有隨之而出者辛巳六月彗星見於四更時出自東北方不數日二更即見尾上光芒約有丈餘其時西方又一星大如盆光芒射人香港居民見墮一大星於東北方其色藍而帶黃愈下愈大亦愈明附近處明如天曉見者咸駭異之或謂彗星出見其左右多有是星飛流此耶否耶願與占星者証之

吹噓萬物風實主之乃時有烈風成災者亦天地一大異也同治某年八月中旬高寶一帶忽起大風瓦甓俱飛木石斯拔蠶社湖中魚艇客舟一時盡覆溺衝撞殆難紀數沿湖茅屋拔起吹落里許外或二三里外空宇完葺者一時皆露處焉尤奇者鵝鴨之屬飛布滿天且於砂石之中見有一物在空中攫拿作勢羣疑為蓬為帆忽大震一聲竟將屋洞穿而下驚視之則一豬耳重約一鈞其他墮貓墮犬更不足論矣有南貨舖木匾壁高約二丈寬約丈許亦為風拔起蓆棚連捲勢如風箏愈上愈高向東而去竟無蹤跡父老曰此龍陣風道光十九年曾見之此實非常之異也光緒丙子歲六月蘇州黃埭鄉某家養媳年方及笄姿貌頗娟瀕河浣器忽一陣狂風飛沙走石旁人目眯五色須臾已失女之所在迄無蹤跡按海颶猝來吹人空際遠至百里者時或有之內地之風不圖亦有此異也又北京安定門外地有名八公爺墳者於某歲十月十日午後忽一大旋風至有十五歲女子在途被攝至空逾時落下半面焦黑勝於墨污墜地即斃奇矣丁丑秋川沙亦有風異友有自彼處來言甚詳據云八月六日二更時狂風暴雨西門迤南約六里一帶村莊房屋吹倒二十餘處壓斃者一婦女耳受傷者百數十人河中停泊小船類皆攝至岸灘居民於風雨中眼見大龍一條經過此實事也其時滬上亦有風雨不甚急距川沙不過五十里之遙懸異若此殊不可解己卯八月初旬甯波風災歷數時之久澎湃之聲究如山崩海沸墻屋坍塌居民尚無損傷亦一幸也廣東省城於己卯閏三月被風災雷雨三日不止番禺市橋當大雨時某伯肆屋大木斯拔沙石皆飛鄉間廬舍毀折壁倒者甚夥尤奇者果著當民亦被大風揭去洞開一穴云是豈天之震怒斯邦而以烈風警之耶抑天地山川有不平之氣藉風以宣洩之耶要之天道茫茫豈常人所能測哉休嘉之世風不鳴條吾不禁拭目望之

蒸雲出雨雨之常也乃有奇異雜出固不徒雨麥雨禾者辛巳歲滬上傳言於二月初八日下午後見天落黑灰盛之盎中色如淡墨始尚疑旱乾已久瓦楞積塵隨之而下者迨將白磁缸移置中庭仍見如是其色黝黑殆如漆然新金山布里土灣附近有埠曰新南威於是歲十二月間忽起狂風空中所雨非塵非沙非煙非霧蓬蓬勃勃如釜上氣路上行人覿面者皆不相見亦異觀也或謂陰鬱之氣所致然究不足為明論云

昔倉頡造字時天大雨粟史籍中久見之東坡喜雨亭記雨麥於岐之陽想非無其事也丁丑十月間黃陂縣夜雨粟形如小米其色黑平積二寸餘厚按黃陂是歲春後缺之雨澤旱晚禾皆無收天其欲助窮民之飢而後雨之耶是歲溫州城亦於十月中雨紅豆色則紅紫不一形亦不甚勻圓大小與綠豆相彷有識者謂是豆可治時症病人吞服輒效溫郡時適瘟疫先則昏瞀吐瀉繼則腿脚吊縮不過一晝夜使死能延緩二日者可療天其以此豆救災耶事或有理殊不解格致家謂此乃天空之氣將別處粟豆吸入雲中隨後落下者其亦近理之言也夫雨雹一事春秋屢書之言災也己卯歲杭垣於孟秋一日雷雹交作陰雲四合俄而狂風刮地石走沙飛瓦鱗中忽有砰砌之聲啓視雹然或如蠶豆或如鴿卵大小不一有從大關來者言彼處是時亦雨雹大者幾如花盆小者亦有杯許非特屋瓦為碎行人頭面猝不及避亦復臉若朝霞不堪逼視某署圍屋極高大門樓竟為擊破壓傷二人某巨室大樓磚瓦被擊成粉窗牖絕樞敗壁頹垣傾塌者更不可數計矣更有一應試船急切不能就岸帆檣篷席風為揭盡艙中卧客身首皆傷轉瞬間舟中之水幾已及半幸救獲免噫此奇災也陰慝陽伏乃激而為此是在先時調燮之耳

雷殛所以懲惡也而於忤逆不孝之子則尤不可赦浙之山陰縣西鄉有張某者生二子皆已授室子出外貿易媳主家政性皆暴戾張出曾假洋蚨二十餅於族人族人貧不能歸婦適翁索償甚訣曰若不悉數取歸毋相見也翁素長厚向索不得懼無以見媳面乃吞服生洋煙而歸神色慘變二媳猶追索不已鄰右覩翁情形告曰爾翁似服毒宜急救之媳不顧毒發竟斃不數日霹靂一聲二媳擊斃於翁之柩前焦頭爛額臭達數里旁觀者嘖嘖稱奇以為天之果報不爽云此庚辰四月三日事也浙湖南潯鎮有某老翁者既貧且鰥生二子各授室輪日就養二子素忤逆朝夕饔飧嘖有煩言翁負氣出門謀食他方逐逐奔馳無所餬口悵悵而歸二子皆不納惟幼媳暗為留焉分羹以餉翁怨甚一日潛行不歸竟投於河二子以失足沈溺草草殯殮畢雷電交作震死二子一媳惟幼媳獨免云寶山縣農人某田功之暇兼謀醫藥老母素奉佛妻厭之日唆某薄供奉一日晨起舂陰𥻗妙妻欲姑同赴場圃

姑以赴某庵佛會辭婁賠罪不已某自外至聞之怒甚以香盤等件擲之囊密中且肆詈罵不踰刻雷聲轟然某已震斃于處地陷三尺許觀者大快嘉興縣馮姓者夫婦齊眉白首年逾花甲生三子均授室分爨各治生計翁嫗按月輪食長次子媳均多侮慢惟三媳承順甚至每逢長次輪養月亦必勸留在室竟拂夫意虐甚一日以小故反目兼逐二老煢煢白首痛哭無歸遂相偕投河死三媳痛不欲生旋亦縊死翌日風雷交作轟然一聲擊斃三子兩媳攫置通衢全家遂絕夫烏鳥反哺羔羊跪乳禽獸且然人子既不能養且逼以死禽獸不若矣其遭天譴也不亦宜乎吁可畏已

人生隱惡或昧良謀害或貪財賴怨而致斃命國法所未及者天則以雷行誅今昔傳聞殆難勝記茲錄其尤著者龍華市西農人某贅于某翁家亦鄉戶也翁以壻為子者數年翁忽生子壻某慮分家產遂萌毒死謀事未發雷擊于田間電火盤繞其頂霹靂貫頂而下擊成一洞其妻固不知有此謀也故無恙秀水北鄉楊舍村有沈姓伯仲各授室伯子二仲子一仲妻楊氏悍而貪欲析產伯仲議俟摘青後楊氏又起吞產念時楊之母來幫工女與母謀將置毒於飯以斃伯氏夫妻父子入房取砒霹靂一聲女與母皆擊斃楊母復甦直言其事人始知婦之凶惡先是定議之時雷雨交作電火直逼楊氏之屋楊氏子甫四歲屢呼曰雷將打下矣母懼勸女女悍然不顧故母僅受傷而不殞命云鎮海鄉某姓兄弟四人出洋捕魚船甫進口見一貨船出口故意橫撞出口船頓覆內有一人漂浮水上攀船求救船夥欲救起兄弟等恐救起生支節乃用刀斷其手其人始逐浪去不數日霹靂忽震將五人攝至庭前兄弟四人先時擊死夥既言其情亦死慈谿駱駝橋某甲一日在門首買楊梅忽被震死手挈一紙包驗之乃砒霜也其婦聞信出對天肆罵雷又旋轉不止婦始戰慄跪而言曰是嘗欺弟婦少寡姪幼弱圖吞其產逼再醮不從誣以奸婦無以自明雉經死昨又生惡念市砒霜以梅楊拌之將毒胞姪也言畢雷乃收聲江東大河橋某甲一日在江邊糖船避雨霹靂自空而下甲強死掌中洞穿一穴搭膊中英洋六餅洋票數紙驚疑際江邊浮出一屍蓋即糖行學徒也學徒早起出外懸票查對乃悟為甲所害故干天誅云西河營有老嫗者一日見兩幼童撲錢作戲旁置青蚨千枚戲畢忽忘去嫗拾歸倚立門前少頃一童奔回不見錢詢之老嫗置不理童情急恐受父母責投河以死次日雷雨大作攝嫗跪門外手挈銅錢一貫即時氣絕己卯七月三日武林門外某農家擊斃兩少年一門外一室中兩人素為中表兄弟有己嫁妹同謀誘賣其夫羞忿自盡天故並殛之也無錫縣境某姓染坊歇閉後有某甲攜重貲來皆是染坊主他出學徒某窺其貲置毒於飯以食甲甫下箸巨貓躍出撲墜

飯碗於地少頃雷電大作暴風旋刮雙扉洞開徒趨立戶檻方將閉門霹靂自頂而下擊斃戶外甲莫知所措視所傾飯顏色盡變始知徒遭殛之故云此庚辰四月十九日事也姑蘇胥門內某姓翁嫗居無子止一女年及笄受壻家聘悉納女閨中未信宿失禮物二事皆金飾也翁以女室無穿窬蹤疑女有外私盤詰未已繼以扑責女羞忿莫釋伺隙欲自縊夙雨並至雷電交加同室某嫗自室中趨跪庭心手持金飾自云金由我竊原物尚存願交還勿枉死人若有迫之言者嫗亦如夢初覺云鎮海鄉稻樹地方某姓老嫗以事進城隣右以衣囑便典質得青蚨千餘枚偶失檢質票與錢被竊去哀號乞典中乃得重寫失票并給錢文既歸家人交謫鄰人諷刺羞忿無以明竟懸梁焉次日城中有一傘匠於洋烟館吸烟忽雷電交作聞之戰慄即以撞騙情事告人甫出門砰然一聲已擊斃矣天津居官屯一小村落也有某甲者具日恨鄰雞之竊鄰有女方乘髻待字閨中時以失雞為恨甲中年甫得一兒作湯餅會殺雞為黍以宴賓客毛羽棄諸門外女見而異之潛入竊探釜中之氣蓬勃上蒸揭其蓋覩雞也時甲婦他適小兒嬌啼女忿火中燒惡念頓起遂置兒於釜而歸婦覓兒不得覩釜蓋有異啟視則兒已糜爛矣婦驚魂欲絕痛子亡懼夫責倒撞水缸以死甲歸見子死婦亡亦投繯焉不半月雷雨大作女被殛死人有知其事者僉謂女忍毒甚故有此誅云嗚呼是皆情真罪當也天威咫尺昭昭不爽其毒害已成者固不待言即或有毒害未成而誅心之法不從末減是陰律之甚嚴也至於以睚眦小怨斃人全家則尤理所難容者然則世之人亦何苦以身嘗試哉

又有被殛之人而究不知罪孽者如甯波西鄉於己卯七月間風雨交作電擊雷轟有甲乙兩農素謹慤共披蓑戴笠出視田隴至碧水橋霹靂一震甲竟擊斃頭有一孔大如盃口直達心窩腸已流出乙亦仆於旁少頃即甦觀主扶救之乙云膽已驚碎救已無益遂投水自盡云滬城南市有陳姓者年二十餘一晚在家寢息聞房笑聲方極其樂霹靂忽震死於衾窩中皮肉俱燬臭穢遠聞妻亦於聞雷後驚魂失措半餉方甦陳素純謹忠厚不知其作何孽覆俗云雷擊三世幻妄之言也之三人者豈果有前孽歟抑當其雷出之地而誤遭此劫歟而要其必有隱慝故至此耳天豈夢夢哉

鬼怪傷人必受天誅稗史傳錄不一近亦有與此相彷者某歲夏間滬城廣福寺側有浮厝女棺一具閱時三載雷火忽加擊破其棺女屍容色如生肢體亦未朽壞惟胸腹破裂洞穿俗所謂僵屍者近是甯波東湖有史殿撰墓葬於順治年間墓道中舊有石屬缺一物斫已斷去屬亦失所時有某人每受其迷惘者因之斃命村人欲除其患卒無計某日雷電交作

扁蟲粉碎其怪遂絶捍患除災此天之所以衛人也天心即人心其信然哉

物之大而毒者雷亦必以時殛之爲除害也庚辰夏四月十九日蘇城大雨震驚甚姓鋪中有老樹一株電光閃爍樹頂忽有火毬爆裂於火中見一巨蛇大逾春凳昂首蜿蜒繞樹周匝旋霹靂一震蛇已斃然火亦頓息矣是歲七月間江西章江門外三聖廟屋下震死蜈蚣一尾時則大雨傾盆電光閃閃轟擊半時許方斃按蜈蚣長三尺寬八寸有奇背上斑駁成文腹純白頂下有紅絲數縷似是巽卦或謂即雷所書者當其擊也有在船中遠觀者方雷聲殷殷即有濃雲下垂如有白鵝自瓦縫衝出蓬蓬如釜上氣雲即收上數尺如是者數次晦暝益甚陡見火光一道旋繞其上雷遂擊下不半刻遂霽辛巳五月鄂省武昌縣狼子湖向有漁舟設網一日雷雨急至各收泊港內俄而雲霧中攫拏一物彷彿若龍衆皆伏而觀之霽霧一髮物落下雨止遍視則一大鱷魚也背青色長丈餘觀者紛至各諸割烹食亦無他異云噫是皆非常之怪也必有以傷乎人而干天譴者或則恐其物之大而毒而先爲殄滅者物過盛則當殺其是之謂與

樹木受風霜雨露之精積久固可爲妖或亦爲他物所憑故老樹每每千百年之物或受雷殛凡之者屢矣且並有梁棟柱木亦遭雷火則真不可知也揭江西門外有司徒廟一所據

壺天錄　卷上　七

言建自南宋朝廟外大槐一株高十數丈陰覆數畝咸豐間土匪肆擾砍伐西鄉坟樹及此株一斧甫下鮮血迸射各驚散辛巳十月某夜大雨震電火光四躍樹腰劈開三丈許餘則無他異也又東關外陸家莊陸某性波猴喜花竹小有苑圃草堂下有已枯銀杏一株久不青矣其根下有凌霄花二株牽附於上藤葉垂陰紫雲布幔觀者不見其爲枯樹也陸甚愛之辛巳六月晦日午後小雨初過急雷忽響枯樹劈分爲三後細視其中無別物惟劈處血痕一條約八尺許根之左三尺外地穴一孔深有五尺穿至地偏而起不知何由己卯八月杭城湧金門內某餛館瓦舍數椽一日午後暴雨急雷擊去屋脊椽木三根色焦黑木亦碎裂中一椽擊穿一穴約盃許大兩面洞穿可貫以繩當霹擊之時亦無他異云漢臯陸外萬家園積年義塚也土墳三尺許此雲連地近後湖蛇與魚鱉爲伍善堂既築土岸圍牆後造屋僱人管理並禁牛馬踐踏青燐白骨稍安諸壤屋前舊設冥燈一盞高約數丈每晚燃火以眼及戊寅四月初夜大雷電燈杆爲霹靂震斷餘並無異物或謂木之鍰心者必遭雷火或又謂雷氣之火觸燈而發故木爲震斷此皆人臆度之詞耳天道冥冥固非一知半解者所能妄測若必以膠固之見解之謬矣

雷殛一事所以懲隱惡也至於暴殄天物龍華西南有蔣姓生一女者嫁同里阮某爲妻性極和平歲嘗感賢之惟潔癖特甚每以粥湯漿洗衣服人或勸之卒不改某歲六月間又以粥湯漿裏衣露時雷電交作女已震死矣

陰晴原氣化之常然當佳節欣逢零雨其濛亦殊敗人清興况歲首人日尤須天朗氣清惠風和暢乎友有人日新晴小記曰處處踏斗畫虎作過元辰家家貼燕粘雞又逢人日懷五壺之觴雪梅蕊添肥更銀甕之菜雲藥茵濟滑乃令節剛逢欲爲而長空忽喜懸鉦椒室紅疏共說融融麗景草堂翠活暗生冉冉芳塵平添明媚之陽光杜老莫嫌花綻微度暄妍之淑景魏家好作山銘旋城踏蓮而增歡荆俗踏灰而送煖時當日午旛有雲陰然已翦綵人間傳盃客醉看此際望仙樓畔依然軟繡街新待他時不夜城開還共踏歌遊去噫是亦昇平樂事也然非兵革不驚閭閻阜樂亦何能與曾臘舉哉詞采風流才人小品於此可見一斑也

燥濕爲天地自然之氣月暈而風礎潤而雨人以此測於幾先者固古今一致也近自西法盛行所謂陰晴表者殆非一物有所謂沙漏者以玻璃爲之長約尺許圓如大竹筒兩圍無孔中空其中有沙焉竪直視之晴則沙皆自升而上雨則沙墜而下驗之歷歷不爽此殆仿葭管吹灰之義而爲之者也此外又有二式規模各異其一長者五六寸寬約二寸如小匣

壺天錄　卷上　八

面嵌玻璃中有一玻璃細管中空而下圓如龍眼大內貯水銀晴則水銀由細管漸進而上雨則由細管漸退而下若驟退而下者必主大風其一則圓式徑尺許內如鐘表之面有針盤旋針之所指視其字焉指晴則晴指雨爲雨指風爲風指霽爲霽亦無差忒按此三器皆爲航海要物各有妙用而人心之巧則一也殆其精於格致之學也歟

史言地震者不一大率地中空虛流走激蕩以亦有因之成災者己卯四月十四日金陵忽爾地震屋瓦窗格及懸掛玻璃燈均琤琤有聲片刻即止十八日午後復震與前彷彿此猶小焉者耳日本於是歲十二月地震始從東北而至西北少停又震從北而南聲勢甚重歷二十秒始止洋房各柱俱動屋瓦俱有裂聲棟折榱崩不一而足西房巡捕房屋中人均受坍塌之傷甚異事也雖曰地之升沈於此可見要其所以震者則究不可理解矣參氣化者當有說以處此

天生勝境必有天地間偉人居之方足稱人傑地靈如西湖爲杭州絶景三潭印月曾爲十景之冠風亭水榭碧檻紅廊環以藕池通以略彴爲消夏第一佳處兵燹既平湘鄉蔣公任方伯重爲修葺一彷前式崇壁勝昔其地之東由小橋迤邐而入則爲退省庵乃彭公雪琴之別墅每歲於巡江閱武之暇小住月餘蓋曾奏乞爲養痾所如賀季真之鑑湖一曲也時

有德清俞蔭甫先生以名翰林督學河南後遂主詁經精舍教席肄業者醵金於湖之東創一俞樓以為公來省憇息之地於是先生來杭無不買棹其中背水面山全湖在目足占一湖之勝矣某歲先生至適彭公方在退省庵靜養互相造訪談歎極洽兩地相去只一蘇堤之隔駕輕車理短棹往返捷便當時艶之者皆謂文昌武曲隔水相望真如南北兩峯並峙矣地以人重人以地彰何相巧之若此哉天下事無獨有偶蓋於此二公信之

湖山幽境風月遨遊實騷人逸客之常情乃亦有因而釀禍者非所謂樂極生悲者歟姑蘇石湖相傳為范成大別墅歲逢八月十八日吳人皆買舟遊湖謂之串月先於十七日夜漁舟數百號及俗稱師娘者鱗集水次至上方山進香此外有飛叉船打拳船於行春橋門中往來蕩槳十八日香舟漸沓畫舫偕來誠一時勝事也不意有航船中流覆沒溺水者二十六人經營船救起死者三人遊人遂閧然散去時有人紀其略云吳郡石湖之上有行春橋焉一道虹腰百行雁齒下有數洞可通遊艦彼都人士每於中秋後三夜為串月之戲淺浪浮桴嬾涼愁人銀燈與碧月交輝秋水共羅衣一色彈箏挾瑟青樓之妙伎齊來滴粉搓酥白石之新詞低按蕩出蘭橈桂楫於意云何傳來紛影衣香誰能遣此於是墜鞭公子芳草王孫快呼一葉之舟高燭百枝之燄但見波光穆穆月影沈沈珠點當心究轉於琉璃之內金投虛牝道遙於翡翠之旁重以雙槳劃波蚌疑暗剖一簫破寂魚亦潛聽不特遊客魂消且令閒人色喜乃蘭氣微醺之候正莽航紛集之時厥有航船乘潮而至大丈夫不因人熱何須怒放心花小妃子偏唱奴嬌遂欲飽資眼福不料勢成偏重舟覆中流巧笑何姑三千里快遊水國舊涸莫必廿六人齊作波臣竟負雅遊不敢酒斟綠蟻適逢將伯幸而撈撒紅螺盍適有城中送醫之舟全水內求生之命然而三人成眾靈魂已赴重泉百喙何辭韻事翻成禍水於是嗟呼無渡共賦言歸皓魄當頭依舊清涼世界遊蹤匿跡重新歌舞樓台按是紀文詞跌宕情事昭彰都人士爭傳誦焉噫禍兮福所倚天道之常溺死三人雖曰咎由自取要皆風流自賞者有以致之故君子貴慎微焉

山川靈秀奇異百出此探奇覽勝者一望而知也乃有山洞蜿曲別開異境者則又匪夷所思矣羅姓壽村者亞墨利加洲村人也所居一室依山築成後通山洞一區廣約數間類密室然深藏什物於中有年矣嗣欲廓其所居鑿開洞石視之則幽深綠潤不可以道里計偕從入初極狹數十步始漸廣轉折數里從侍一弄居行兩時許始竟約三十里旁有一池清水深洄游魚無數取視之皆無目池頗澗越六七丈視洞座石倒掛垂垂如春筍瑩潔清潤可愛旁多石座高大宏敞又得古塔一下豐上銳祭台一旁且有古墓棺槨皆以石為之甚

堅實識者謂此洞本居人其塔其墓其祭台造作極工必猶太人所為因置墓故封其洞古人所謂疑塚原恐啟伐耳今雖石洞堅固人猶鑿而開之信乎奇異之境不能久秘疑塚亦何為乎哉

冬日飲湯夏日飲水人皆遵而行之然亦祇取其煖與涼耳於理氣一事茫如也西人春飲荷蘭水及同類甜水有某者嘗一飲之胸膈中頓有清氣勃勃探喉而出詰之則水中實納有生氣所謂卡朋氣者故奏效甚神也聞英國昔日製成此水運售他國獲貲甚鉅近亦取值甚廉蓋仿而為之者眾也考其製水之法機器右有一鉛櫃先以強水化大理石取其石中之卡朋氣或他物中之卡朋氣者閉氣入櫃由櫃將氣激入堅實銅罐一人以手搖鈴即有一極動之物旋轉迅疾莫與比倫使氣與水調和為一儲之於瓶水遂以成為費甚微致益甚大人亦樂得而飲之矣而所以取氣之妙則格致家自領之可耳

災異之事不必驚象著明常聲起空際有曰城嘯究難臆決已卯歲蘇郡於冬月十八日清晨有聲起於西南天際始則隱隱如雷繼乃隆隆如磨旋乃如數十里外連珠鎗炮轟擊者逾時始寂閶胥兩門居民靡不聽聞丙子五月十七日蘇城風雨淋漓胥門一帶突聞有聲起於城頭似雷非雷似炮非炮閱一時許方息已卯閏三月十二日閶胥兩門又有城嘯之說信者半疑者亦半不料於二十二日其聲復作初以陰雨疑雷繼如東數往來轟轟不絕半時始止又戊寅歲五月十二日無錫城廂內外聞有聲起於城頭城廂內外無不聞之牆陰僻徑間輒生白毛長不逾三寸細若銀髮童子游戲採拔隨手即是不逾時竟可成把或者謂地生白毛此旱象也蘇城於此月十六日有火光一道大若車輪自東而西如星之隕如電之掣霍霍有聲閶門外居民悉見之或又謂此天狗也然則墜落之處其或有大大爭陰陽之理杳茫難覺吉凶所在亦無復驗存之以為他日之証

人臣効忠之地必曰能致其身所謂致者非曰殉節也然至於戎馬倥偬大勢已熟隻手難撐不得不以一死報國家諸葛云鞠躬盡瘁死而後已即此意也而其情則慘矣雲間逸史有陳張忠愍公死事記甚詳且盡可以見當日之死實有為人擠迫者爰錄其詞曰宋史載韓岳扼金人於險地於危無可適之時有秀士叩馬而諫曰國有奸究擅權於內未有大將能立功於外者也旨哉斯言前清朝道光咸豐間一則西人犯吳淞口一則粵逆陷金陵城陳張兩公之所以失守致垂成之偉績墮於一朝兵潰敵竄乃以一死報國不禁歎秀士之言確有明徵古今人同此恨也按陳忠愍公諱化成務隸閩垣由行伍起家旂補洋道廈建奇勳游擢提督道光二十年調任江南不逾月滬上有西兵之亂親帥部兵防堵吳淞與士

卒同甘苦。攘臂一呼。應如雲集。以其得將士心深也。先是吳淞口南北兩岸。南係公自將。北為牛制軍徵令太湖水師鎮守。公以其師多怯弱。力阻之。不從。五月八日。諜人來告云。西人船艘將直逼。公乃登炮台。持遠鏡窺探。知敵船將至。飭弁將巨炮裝彈藥以待之。無何。遙見黑霧漫天。奔騰漸近。開炮轟擊不絕。恐彈藥不繼。赴演武廳牛制軍處接領。詎意制軍不發。且傳諭速退。公恐亂軍心。仍令盡力攻敵。敵人亦有退意。或教其將長鉄裝入銅砲向演武廳施擊。牛制軍正屬目探視。忽當空如大龍翔至。驚慌無措。即乘肩輿而逃。公見制軍已逃。回顧北岸太湖兵亦散去。西船傍北岸駛入。公知勢不可為。遂具衣向北叩拜曰。臣力竭矣。遂服毒自盡。裨將劉國標負其屍匿塘下蘆葦中。是役也。使北岸有勇敢之兵。主帥無畏避之舉。彈藥不匱。應接無虧。西船未必能逞志。乃矯矯虎臣。竟至束手無策。是誰之咎歟。厥後十餘年。髮逆猖獗。盤踞金陵。總帥向。督兵規復。累年不下。張忠愍公國梁。於行陣間屢立奇功。總帥薨。即以張忠愍公繼之。功日隆。嫉日晉。而忌之者日多。時和帥督辦軍務。公擁重兵數萬。分道進勦。餉糈告匱。迭催接濟。和帥忌之。按而不發。兵心離散。公以大勢將潰。屢請於和。仍不發。不得已。商於何制軍。何亦置之度外。適浙省有警。羽書迭至。請濟師。制軍又遣公之前鋒張玉良分兵前往。其時餉缺兵變。危在旦夕。復恐叛兵勾通髮逆。潰圍而出。求制軍調回玉良相為控制。何又不許。事迭掣肘。不數日。兵潰。大隊衝出。勢不能過。公遂死之。惜哉。二者相提並論。則陳張兩公之捐軀殉難。均有所迫而然也。陳誤於牛制軍之怯敵。張誤於和帥之匿餉。又誤於何制軍之疏防。罪案昭彰。國典已分別懲治。惟兩公祠續雖邀旌卹之典。未蒙破格之恩。善人有後。况忠烈乎。余先後目擊其事。因備詳之。功罪昭然。自有公論。亦毋庸贅言也。

蓮峯陳忠愍公。以身殉難。大節昭然。人皆仰之。至一身瑣屑事。則靡有記憶者。滬上無名氏有公軼事記。見公之英勇。固異尋常萬萬矣。按公為江南提督時。愛民禮士。撫循營卒。道光壬寅歲。英酋寇吳淞口。旋以失利戰亡。部下武進士某匿其屍。事平成殮。面目如生。此其忠烈之氣。固足以炳寰區。塞宇宙矣。當其守吳淞也。撤鎮將某分駐西礮臺以示固守。其部卒有盜民雞者。民訴諸公。公飭鎮將遣所部卒至。將以狥。哀求乞免。乃減等。以軍棍插箭遊營以示戒。會謠言敵至吳淞。羽書告警。公與制軍某公約。海口軍事。一以付余。君但無出寶山縣城一步。併力相擊。蔑不濟矣。未幾。敵入口。公儘力轟擊。戰將捷矣。制軍乃棄寶山而遁。西礮臺守將擊前隊反炮擊公。中項而卒。吁。可惜也。此記與前說稍異。蓋當其死事之日。戎馬倉皇。傳聞異詞。故記之者疑以傳疑耳。要之皆殉節也。而千古不朽矣。

古來戰無不勝。攻無不克。端賴吾能用兵之將。求之於今。邈不可得。必有將力過人。忠勁邁眾者。而始稱為名將焉。車門蔡公。其庶幾乎。蔡公統兵多載。勦粵逆之亂。轉戰數省。豐功偉烈。中外咸知。其將將馭兵。参用西法。而進戰退守。悉合機宜。曾有某名下士為作紀功頌。其中如有勞必先。無功不首。禦侮則衝鋒折銳。遇敵則斬將搴旂。勤北叠南。刃皆飲血。綏近略遠。夜警柝戈。而且紀律嚴明。秋毫無犯。覆壘則風雲變色。披靡而山嶽崩頹。望大樹之婆娑。貫長城之保障等云。蓋皆實德可紀。非徒敘諛詞媚頌諸也。詩云。赳赳武夫。公侯干城。微車門其誰與歸。

有名將之功。而又有名儒之德者。稽古以來。蓋之者。亦有其人。而究不易得矣。近世彭宮保殆彷彿似之。宮保巡閱長江水師。歲駐西湖數閱月。兵政之暇。民生疾苦。時事利病。無不備訪周諮。下詢芻蕘。利則興之。病則革之。食福者不知凡幾。而宮保素性廉介。飲食服御。一從儉約。雖階華膴。猶寒素焉。當其初出都也。曾奉各直省督撫措資以備緩急之諭。浙撫楊公。因具金萬二千。宮保納焉。而專摺繳呈。其摺中有云。臣以寒士始。願以寒士終。至哉言乎。真有古純臣之風矣。宮保少時即英峻。頭角崢嶸。方應童子試。武林高虛洲翰林守衡陽。得公卷。大奇之。拔置冠軍。覆試時。語之曰。子文有奇氣。今見子人。亦有英氣。非凡品也。他日宜力王家。定能作一番大事業也。宮保感恩知己。故生平執弟子禮甚恭。粵寇亂浙。翰林既前死。子亦死。家道凌替。僅存寡媳孤孫。宮保知之。其所以周恤而教養之者。無微不至。每至杭。寓高氏宅。布袍芒屩。每每獨行。不知其為欽使也。食屏肉食。每食則白菜一盂。椒乳一器。賦性嗜越中乳腐。高氏於其行也。饋以六小瓶。宮保僅納其半。而却其半焉。宮保又以供億之甚煩。因於三潭印月之旁。得隙地一弓。建一退省菴以居。其節操志行。又非陶融於書籍者不克純化如此也。天生孝晟。以為社稷。豈虛語哉。

光緒某年。江浙漕運。在黑水洋遭颶風。沉溺死事之員。天津建立專祠。永奉香火。此國家旌忠典也。祠字落成。額其顏曰。勅建憫忠祠。棟宇翬飛。規模宏壯。丹艧彰施。備極絢爛。祠中正室。像太僕寺卿銜知府蒯公光烈神牌。餘皆贈京卿銜道府銜者。世職則兼以雲騎尉世襲。之祠內楹聯甚夥。其尤者合肥李相國鴻章聯云。大海咽波濤。遺恨難填精衛石。聖朝多雨露。褒忠常仿水仙祠。江蘇糧道英樸聯云。轉漕裕倉儲。指臂方須。詎壯志長埋蜃霧。居然成浩劫。從忠隆廟宇。與蛤伊始。願真靈來格鯨波。從此靖重洋。海昌陳炳泰聯云。一死亦何奇。諸公浩劫同淪。最難堪碧海驚濤。天塹霧千秋均不朽。異日英靈如在。願常護颿檣風轉。舟粟雲飛。又有合肥王世藻侯官江錫圭龍泉蔡世廉同襄漕運。在洋獲救者。共擬一聯云。

同大劫於重洋。憶生死須臾。誰料至今留我輩。想忠魂以廟祀。縱春秋憑弔。不堪痛往哭諸公。數聯皆情詞正大。膾炙人口者。故備識之。風濤瞬忽。慘作波臣。俎豆千年。儀隆祠廟。想死事諸公。當亦謂雖死之年。猶生之日耳。

先民有言。詢於芻蕘。誠以芻蕘之言。雖出自鄉曲。而聽一言之是非。可覘政治之得失。非溢辭也。浙西多閒散人。海曲閒談一則。甚有關係。其略曰。南沙隸居海曲。地勢旋折。南受浙水。北受大江波瀾迴復。激宕駭然。倭人海寇。出沒其間。居民咸日夜不安。自雍正四年。欽公建縣。篆始營雉堞。繕築海塘。規模粗立。而政治畢昭。興樂利於無窮。實閭閻之厚幸。由是海慶安瀾。民歌擊壤。俗敦純樸。利重魚鹽。禮義日興。人才輩出。非若適來之刁頑浮薄也。然自分縣以來百有餘年。其風俗之轉移無定。皆有司之教化有方。欽公而後。如韓潘陳李劉楊孫左高張馮龔陳諸公。要亦恩威交濟。化導遐敷。無不頌萬家生佛焉。而民風振振日上矣。故有心世道者。每至邑令調動。必為之瞻顧躊躇。念撫我者。復有魯恭乎。嘗聞父老相聚而言曰。去年之夏。嵇人金公下車浦左。民歌來暮。公不時親歷各鄉。詢民疾苦。雖婦人豎子。莫不指而目之曰。此好官也。興利除害。不可枚舉。而尤為嚴絕者。莫如賭博。其他則闢風化。利民間。無不為也。夫有司既有守土之責。孰不欲力起施行。而或作或輟。始勤終怠。經營求治。半屬虛文。固有利未起而弊即隨之矣。金公則措置得宜。終始無間。推原其故。實由舉錯得人耳。不謂盛極難繼。福星不能常照。公奉札調吳江。民雖有攀轅之願。公竟將沃檣而行。安得有克繼前猷者。一紓杞人之憂也。新令顧公。聞亦老成練達。政治不知何若。第目前舊尹將行。新官甫蒞。賭博之徒。乘機竊發。倘新官仿照前規。吾恐若輩有噬臍之悔矣。有心世道者不禁拭目望之。此固父老閒言耳。是非之公。賢否分焉。官斯土者。其果何以副斯民之望乎。而老年更事之見。要不可沒已。

將才固難。而求為名將之才則尤難。名將蓋非徒以勇敢著也。胸羅武庫。學具韜鈐。運籌帷幄之中。決勝千里之外。勳猷彪炳。威望宏敷。非天生偉人。其曷以當之。乃觀於張公朗齋。而有合焉。公名曜。浙人也。由牧令起家。游擢至豫藩。向在豫省征勦。卓著首勳。左爵相檄調出關。疊克堅城。遂乃幫辦新疆善後事宜。井井有條。百廢具舉。上下數千里間。軍門威名。者舉戰競股慄。俄人回黨畏之特甚。泉門於粵逆初平之際。回杭里居。日與鄉父老閒話。恂恂有儒者氣象。杭人相傳為宋時張保後身。此固無稽之言。無足取信也。近日杭垣衆安橋河下重修岳廟。容有入而瞻眺者。見神座前有康訪蒯士薌樞聯並跋語。讀之不禁瞿然。夫蒯公碩德耆年。官居風憲。必不肯作妄語。況形諸筆墨。而懸諸神明之側乎。其聯曰。光汝荷神庥

七十日。固守嚴疆。幾經戎馬。關河馳電掃。溯自賢家夢錫。保衛中原。臣節懔春秋。亘古丹心照日月。湖山新廟貌。數十世蕩平巨寇。共賴精忠。儼然浪靜烽銷。迄今舊址重尋。敬瞻遺像。宋宮埋草露。獨留正氣滿乾坤。其跋曰。謹按忠武記。王志在春秋。服膺聖帝。始終得懔純臣之節。憶自咸豐咸閒。孫丁外艱。奉命墨絰赴光州。任時逆氛方熾。過湯陰。及朱仙鎮。謁王祠。夜夢王延入。旁坐者為張桓侯。王指謂孫曰。汝內姪張曜。乃桓侯後身。畀以助汝。迨賊圍固始七十餘日。力戰解圍。曜有力焉。嗣後在豫二十年。轉戰數千里。皆曜為先鋒。信陽劇賊望風盡降。生全者二十餘萬。凡曜所過都邑。皆王所當年力爭中原之地。王之靈爽。實式憑之矣。謹誌遭遇之奇。俾知志在生民。克奏膚功者。皆神賜也。觀此則公為桓侯後身。所謂張保者。特訛以傳訛耳。公識度宏淵。器宇非凡。馭事嚴厲。明察而體恤。亦無微不至。故屬下僚采不畏威相向。詩文詞推作手。有河聲山色樓並家夏粥廠等記。泐之貞珉。百代不朽。書法亦蒼勁異倫。左爵相刻章。謂其字仿平原。洵有其實也。其書幅中。有自作云。吏治才疏復治兵。中年事業兩無成。贏來閒坐添湯味。常處艱危識世情。病體漸知慈宴月。塵顏已改尚邊城。書生莫道封侯易。還向文章博令名。一生心跡。已可概見。有八詠生為公隸幕員。每覲瞻臨池。揮翰時。隨興發詠。不稍機滯。故所作詩句。多天成也。總之天生鉅公。前身原自有來歷耳。豈庸庸碌碌之夫。微時倖獲濫叨爵秩者。所可冀哉。公嗣孫甫服戎軍。年十三。即振迅其英果超群。亦後起之俊傑也。明德之後。必有達人。宜哉。

古詩云。廉吏可為而不可為。此激詞也。亦謂孤標一世。囊空如洗。欲要其清白留遺。則固享美名於不朽矣。何公鐵生。以名翰林出守揚州。政治寬厚。愛民如子。除奸詰暴。興利革弊。固無不為。而尤能體恤下情。使人歌泣。其膾炙人口者數事。嘗聞紅幔為偷兒竊。倒責大堂役賠償。役既貧且畏罪。不得已。將八歲女孩售去。得資以償。公聞之。意良不忍。乃促返其女而幔則署內重製。不令償矣。役泣謝而去。又一日。乘車自外返衙。至東轅門。有鄉民奮身攀輿號泣。用力迫猛。車幾傾側。太守溫語詢之。則以賣兒角得青蚨千餘。因官到忽忙避道。遂散落去。此錢一失。他無餘本。老母七十外。行將填溝壑矣。太守憫其情急非偽。立命值役地保查追。地保無如何。集資繳呈。民乃稽首感涕。崩角而後領去。當時人士頗詠歌之。公素性廉潔。郡有同姓典。被回祿災。城鄉受累者洶洶投訴。典主議扣利償本。公乃曉以利害。命照例按票賠償。毋許扣利。壁立千仞。不受苞苴。遂使窮民皆破涕為笑。守揚十六閱月。一錢不名。原籍江夏。亦無居址。自通籍以迄出守。新舊通負約三萬金。食指衆多。贍畜非易。太守泊如也。居恒有解嘲詩云。有累焉用避。無營復何疑之句。可想其心胸淵達矣。太守年甫初度

其長公子以孝廉得知縣銓發安徽攜眷赴來揚視疾不謂公子亦得僨者太守始見眷屬
嘉甚繼見諸僕戶又大驚謂公子云若輩隨爾之任兵不由將勢必狼狽為奸則地方累罪
焉辛巳歲六月忽得疾害與前任吳公式課繁語移時死將不久於人世矣並言前生作官
六世其一世十七歲得乩元乞假歸娶卒於途云云身後事一一諄囑撫從儉約瀨留前一
日力疾伏几作書上洪都轉書畢使仰卧不語有人竊視其書則云某貧困一生身多逋欠
欵有子可以終儀今已告別所切懇者不開弔治喪不打商人秋風某商雖我門生並無師
弟淵源如以榜木見贈宜切卻之雖挽聯輓章亦所心安所幸公頂並無虧挪如能使孤兒
卒婦扶櫬回籍足矣都轉得信急至時已易簀方易簀前時猶執長公子手訓之曰做好官
不要錢祇此六字別無他語人之將死其言也善可想其廉潔矣且有自輓聯云伏枕臣心
愧官守騎箕魂鬼歸擔燈公於平日困國步艱難每為切齒心不忘國也又自署一額云何
以家為公作官雖久無一立錐地關備忘家也事業未竟遺恨何如乃於月之初五日戌刻
溘然矣斯時也內則親丁戚友下逮童僕皆痛哭失聲且有哭暈而死者外則紳士商民以
及貧販婦孺無不聞之下淚街哀巷哭幾於罷市嗚呼公之盛德及民可知矣聞公稟大府
請奏入名宦祠千秋享祀永報馨香固揚之所以報公而究之公以艱危苦境守廉介之風

布忠愛之德實不計及身後之名而後為此也特以性誠使然故能處困而享而怡然自得
也嗚呼如公者天壤間何幾家哉
守牧為親民之官其政績卓著人歌遺愛撰聯表揚政德此固有以決乎閭閻之信服而後
及此者至於以恤民勤政之意撰為聯語勉一己勸百姓情見乎詞雖時代已更而膾炙人
口有不隨日月俱湮者故即耳食者誌之欽其德非徒賞其才讀其語可以想其人矣周聽
松先生湛於道光中葉守揚州時承平日久民物豐阜先生律己愛民口碑載道自撰大堂
楹聯云統一年三百六旬仔細思量那件事利民為國闔八屬億萬千戶通盤打算有幾家
足食豐衣政績利益概難枚舉即此聯如見其心焉後同治戊辰長白吳公式谷繼守是邦
兵燹之後民困未蘇政治一以公為法而措施倍難癸酉歲解守落成重書是聯懸之廳事
蓋以存遺跡並自勉焉湘鄉左青峙先生輝春為高郵牧政治寬厚惠鮮小民以農桑為本
務以禮教挽頹風公餘之暇輒與膠庠儒士論道講藝一時人文蔚起固不獨家封戶足也
署中有自撰數聯皆諄諄以愛民止訟為心其曰百里當封只種些潘令桃花陶公楊柳謝
傳甘棠暑往寒來榮悴也都關我輩一州斗大此間有秦郎國士莘老狀頭朱鄉孝子風移
俗易方隅原不困吾民則大堂楹聯也只隔這重門恐無術周知民隱但憑方寸地願爾曹

共體吾心則五馬門聯也花落訟庭閒三通鼓罷草成文告簡一曲琴調則大堂後屏門聯
也光緒庚辰歲解守重新屏門五馬門楹聯尚仍其舊大堂之聯板既朽當事者不復鋟亦
憾事也幸學士文人傳誦在口尚未即於湮沒耳同治末年丹徒令何公紹章浙江人即通
籍筮仕姑蘇權丹徒篆邑瀕大江民悍多盜莅任二載迄無命盜重案癸酉歲蘇省亢旱丹
邑獨時沛甘霖殆誠心所感格與其自撰花廳楹聯云載米吳下寒梅為與此間補春色掃
卻庭前落葉何妨竟夕共清談恤民勤政之心盎然可見解組時父老攀轅商民卧轍去思
之忱皆念念不置云寧波宗太守湘文律己愛民政聲卓著當下車伊始即自撰一聯懸於
頭門云此是公門裏足莫干三尺法我無私謁盟心常懍一條冰清廉自知於此可見其守
矣武林龔淦卿大令之格同治戊辰歲為安宜宰其初蒞治也百廢俱興惟民多健訟雀角
微嫌蝸頭細故必匍匐公庭而後已積習相沿由來已久大令患之爰撰一聯懸諸廳事云
王法不容私願四民各務脩勤莫向庭前爭曲直宰官非易做有一事或存偏袒斷難座添
對神明既自勵並示警求治苦心隱然具見不數月邑民咸化訟遂簡焉揚州甘泉邑令徐
寶庵寬猛兼施頗多治績其自撰大門聯云我如稍有偏私定不邀天眷民其各勤爾職勿
輕入吾門又大堂聯教養要求實事猾吏不易為除莠安良先與閭閻平其雀鼠胥役均屬

子民天良期共矢奉公守法勿使士庶視若虎狼督率勉勵意深切也安徽廷德縣宰溪大
令攝篆二載興利除弊惠德及民去任時留一聯懸於大堂云為政在先勞愧旋躬兩載於
茲毫無建樹教民惟禮讓願斯邑三鄉以內永息謗張惓惓不已之情溢於言外宜人之謳
思不忘也奉化縣某君司厘卡差題一聯云具有經綸莫謂稅監官可懶推精會計須知委
吏聖曾為詞得體要可為司榷良言嗟乎是皆官箴也天下為有司者不知凡幾果得盡如
此數公以為民之父母不亦蒼生之幸哉然而不易覯矣有心世道者所為撫膺太息也又
嘉禾沈書森觀察攝婁東篆時置文社撰楹聯云薄書錢穀之餘小試牛刀敢謂愛民如子
弟里塾黨庠而外別開馬帳相期華國在文章流麗端莊名士吐屬士林頌之
作官之難莫難於州縣州縣之難莫難於聽斷宜於仁慈則懦宜於嚴厲則刻寓精明於渾
厚而不失為懦與刻者蓋亦甚難焉爰就耳食者數事錄之誠難能而可貴者也江甯捕盜
局劉君鞫一盜案盜名孟二堅無一詞劉君一日令役備火爐以鐵燒紅烙腿所謂鐵灼餅
也時正天寒孟二身掛單衣瑟縮難堪劉乃取酒與吞並給以肴孟以酒冷不飲劉命燒之
孟曰不必即可以火爐熱炭置二股間以盞加股上兩股燒至黃油騰沸孟無難色從容與
劉談海外事以示鐵灼餅不足困我也劉曰我頂戴在子掌握可成全否孟曰我看汝亦是

好漢願以頭顱奉贈乃以各案一一誦之孟認十三起皆血案也時有一要案待緝劉向詢曰亦子所幹否孟曰決不是我等一班人然彼等均有身家父母妻子値此歲荒嗷嗷待哺我固率領以圖活耳我一人並無牽掛請以抵罪保全大衆是亦仁者之所許也劉曰此亦要案子如能破當為開罪孟大呼曰子何欺朋友若此我已認十三起血案尚能解罪乎我固謂衣冠中無好漢也劉乃置之自是江河大盜畏若神明而愛之若父母矣揚州缺口門茶肆一日營哨某喫茗而去遺有表袋一枚繫於茶棹橫檔之下鄰桌某生知為某所遺因移坐於彼候其來取細視則一端藏洋表一端藏洋蚨十元以佩巾覆之時有卜者過就卜之曰頃刻即來但有口舌耳無何哨官至揪打店夥曰我適失表袋一具必爾所竊某生乃起而言曰表袋固在此我為若看守久矣爾何性急耶哨官取之並未撿視細視即怒曰我已少洋十元勒令設肆者賠償肆主不得已赴甘泉判斷縣主既驗表袋畢詢某哨曰爾所失洋十元吾為若償之乃給洋十元使自納之詎知表袋甚小盛洋十元業已滿足無可再增哨官乃恍然失笑縣主拍案怒曰爾失表袋自不小心猶復藉端訛詐心何險乎當告知爾統領處治爾又何辯某哨再四求寛縣主乃判以洋表給某以五洋給卜者以五洋給店夥而還其空囊衆皆悅服而去錢塘邑令周松仙精吏治聽斷明敏有書吏鄭某者薄有積蓄中年失偶與一酒店婦有私方為比目之魚忽致含胎之蚌鄭願締娶嗣以婦有他遇乃絕交焉婦以腹中有物多方理論鄭乃給以洋蚨百五十元並立紙據其略云某婦養給多年本擬娶為繼室現知閨箴有玷誓與永絕給洋若干令其自度孕有兩月無論男女亦任其自主斷無異議云云鄭復聘某氏女為妻鸞膠雖續熊夢無占忽忽九年鄭攸抱戚鄭忽下世妻乃以族子某為繼酒店婦憫鄭無子頓深感舊之恩乃換衣妝去簪飾麻布披身九歲之子亦復麻衣如雪至鄭靈前痛哭鄭妻駭甚詰之婦告以始末並云彼親生子尚在何容他族為耶於是兩相醜詆聲如鼎沸是非莫定乃就縣主判斷焉周君細審得情並驗鄭所書紙據知兒為鄭出並問鄭妻之子鄭妻曰此係愛繼非族子也周君點首微笑曰汝夫所遺產業若干鄭妻曰夫在日曾管有鄉圖兩里及城圖分一里餘則祖房住屋兩所耳周君乃曰吾為若等分家鄭某死猶未遠靈爽尚在骨血尚存豈無天性之愛遂書二紙鬮燃燭焚香令二婦拜禱摸索鄭妻所拈者城圖及住屋二分婦所拈者鄉圖及兩里而已周君曰吾本欲如此公斷不意卜之死者亦如此分派可見天理人情之至勿謂鬼神無靈也鄭妻猶嘵嘵不已周君曰人非父母之喪誰肯服此凶具即以情論亦尚有以酬之況彼九齡之子明係汝鄭家血脈乎彼有子能延宗祀汝不若渠而終出汝下者以其出身不正

螽天録　卷上　十七

耳況彼之所得者遠不及汝乎乃息結去神道設教聖王不廢周君欲使婦女無譊故假此以服之噫聽斷者悉如是亦可謂公則明矣如得其情哀矜勿喜是所望於良有司耳

蒲留仙聊齋志異中胭脂一則事甚離奇判詞敏妙讀之者咸驚喜近亦有仿而為之者浙省陳鈞堂明府以名進士出宰昭文錫有守虞文告家絃戶誦傳播一時其判龎某一詞尤嘖嘖焉龎某者邑之富人也產素封性多疑妾周姓名荷姑婢名銀銀有金生菊如者延之課子既數月矣忽謂金與妾婢有私遂涉訟判云照得龎某控金一案研鞫數堂迄無確供中冓不可言何況事無實據縲絏非其罪肯教士也含冤本縣觀金菊如章句書生鄉村學究適子之館未及半年招我由房雖通一面縱使國風好色豈忘君子懷刑龎周氏貌尚端莊年非韶稚已久與龎公而偕隱何至見金夫不有躬龎某生長名閥身襲紫封到堂數言亦知大體決不因主賓失好自污污人大約别嫌明微者名門之家範爭妍妬寵者婦女之恆情周氏附中婦大婦之班久抱衾裯而怨命金生少經師人師之化惟憑負笈以收威此妾娟娟或偶具先生之饌婢雖粥粥遂疑踰東家之牆龎某偏聽人言恐疏閑範嫌疑原當自白防閑不厭過嚴投牒公堂初非好訟令衆口雷同兩心冰炭炎涼異性荷菊非並蒂之花貴賤殊形金銀豈一爐之汞賓東未洽别聘名師婢妾無辜仍還舊主門楣善保子孫必可興邑屋漏稍虧神鬼豈能宥恕倘該封職專房有癖無調象馴獅之術何妨閒閣於姬媵童生就館不終還瓜田李下之嫌當益守身如玉判後遠近皆傳誦焉又有福州曹司馬晉墀浙之嘉興人也素有循聲其判林振敏一案詞亦可誦林本貧窶子生女名暎青林妻患病乏乳哺鄰婦李伊娥抱歸撫育後日婚配林李會議嗣以伊娥貧甚欠娼婦張端金錢遂以暎青償負暎青既入樊籠苦不得脫時有尤本煖者以告振敏謀贖無資楊孝廉景星者與從弟某樂善為懷振敏往謁之孝廉素慷慨贖女還媒一一任之邑有王生勉曾貧士也年弱冠未授室於是媒定身價秦晉之歡賭有期矣詎張之舊識唐孝廉謀將暎青處匿轉以景星為地棍並串出朱松根為救父捏告振敏將女沈溺渠救起及鄭成亮無謀買婚等情司馬鞫得實乃出一天作之合題令王與鄭當堂作文鄭固銀工目不識丁王則下筆春蠶一揮而就司馬嘉其才憫其貧即着景星等出資贖暎青與王勉曾當堂成親朱松根及鄭成亮皆薄責焉其判曰王勉曾年適弱冠未衔合巹之盃林暎青身陷泥污尚是無瑕之玉楊孝廉公同某聘本分府權且為媒天假良緣人成美事惟是朱松根捏稱救父事出無稽李伊娥妄嚮娼娃情猶可恕張端金既為鴇母應還合浦之珍林振敏本是嚴親可償秦關之價唐舉人助娼匿女有玷聲名鄭銀匠無媒買婚實堪痛恨名姑隱遷貨改過於將來

螽天録　卷上　十八

事已昭彰可不追其既往若尤本嫣之行善殊尚可嘉至張端金之造言當令滸墅伶花縣而成花燭消嫌隙而緣訂三生試文章而選文人具遊依而業勾一律閱中遂傳為美談云

按兩判皆跌宕風流巧不傷雅足可與聊齋後先媲美此又有雅人深致而非俗吏之所能者矣豈僅擅聽斷之才已乎忠義之事千古並稱但以忠事主名震寰宇童孺婦子無不知之至於義士或慷慨鄉曲或砥厲愚賤其湮沒而不彰不知凡幾矣有芸言四義士事因詳述焉按四義士者浙醫生僕某某新安客某又里民某也名氏皆無可攷相傳國初時盜發白蜆湖當事內大臣檄地方有司緝盜以獻過期不得於法當屠事既急鎮人洶懼四人挺身而出事隳一鎮免屠而盜轉匿他所四人竟代盜伏法某遂至此慷慨言曰吾貞豐為元和吳江牙錯地四面環湖文巡武汎屹為要津乃復加設淞南水師於此盜竊益無所發居民數百家由是長子孫世世相保不輕去其鄉非詩所謂樂土者耶嗚呼吾貞豐實受四義士之賜以有今日而掌故荒墜里之人幾相與忘之矣余曰夫以一盜而至煩大索意其人必陳忠裕吳節愍之流當時文網嚴密載筆者固有所避然則此四義士者豈非激於忠義而然者哉四義士本末載章騰龍擬乘中嘗有詩弔之而其文煩蕪故不錄云

世之以義成名者多矣其卓然於僕婢中而能以義傳者則固人之所難能者也爰於耳所聞目所見者備識之有皖省鳳陽人老盧者家貧食力咸豐初服役於司盱攝閒某儒值有餘以周貧乏愛聞忠孝節烈事俗所傳天門走雪莫成替死等戲暇輒誦之主憐其戇為講解已而粵逆犯淮北或告之曰天下騷擾郡邑發人為兵以子才幹効力疆場取功名如拾芥耳何戀此青衣為盧曰雖然平日食其祿危而棄之非仁者吾不取也亡何盱城陷主與盧皆遇賊欲虜主去盧長跽哀求願以身代不許尾行三四里知賊兇悍無可挽回不得已伴主人脅虜避亂安宜途中扞衛不懈既抵安宜日食不敷知主或有寓氾水者爰往告貸時盧之腹有瘡大如碗流血不止而健走如飛不知痛苦蓋其心急主事也因是遂卒主家感其義歲時薦杯勺焉其二尹皖人以佐貳候缺江西有一僕周姓川省人也其既卸署缺僑寓省中隨班聽鼓久不得缺拮据日甚周以別尋門徑得主而事囊頗充盈一日以事入省訪舊主憫其寠乏遂慨然取白金三十兩以贈不忘故主當時人僉以義奴名之云己卯九月候補府某太守偕一僕由滬附輪船至鎮洋上岸時太守失足僕見主人命在須臾急投江以救不諳水性亦隨巨浪飄泊紅船往下游救之僕幸無恙太守屍身已浮氣奄絕矣僕誓不獨生復欲投水旁觀人力為勸阻始已十月中海寧候補同知陳光藻者偕僕殷保於鎮江登覓船待附赴漢輪船陳忽發瘋疾自投於江僕奮不顧身亦投江殉主覓船人急撈救之先得僕幸未死越半時許始得其主之屍次日收斂人謂斯二僕者於洪濤巨浪中能復主屍皆忠義之心所感格云泰州張筱室明經家有僕名莊乾金者甘泉縣人服役多年竭盡心力明經深倚任之明經病篤莊禱神貸壽復割股調藥以進迄無效屢瀕危莊慟暈幾絕聞者義之里人朱坡翁著義僕行一篇以表揚之梁口鎮金某者傭工於蘇城某姓庚申之難某倉皇避全家資重寄焉某夫婦相繼亡某之子被擄餘一妾衣食於金難既平妾返蘇索寄物金少與之妾索全璧金曰僕非乾沒也聞小主在隴西僕必訪得之他日當完趙耳金奔馳隴西閱年許始得小主偕歸妾所悉以資重繳焉主欲折其半以酬金曰是所以報主人非傭賞也不受而去無錫張五者蘇城某家舊僕也年五旬忠厚樸實數十年無一誤庚申三月回家省視時紅巾賊陷蘇城主家避難於鄉張蹈百餘里刀兵之險間關尋至既欵主母年高東君年幼而又資財罄盡思攜幼主以歸分主母力又以地遠匪擾不果嗚咽而去嗣遂杳無音耗不知存亡矣婁江虎侯氏聞其義作詩誌之曰義哉此僕矢精忠白髮猶存壯士風不惜一身尋舊主風波百里視如空相遇猶憐相見遲依徊不盡意如絲秋霜兩鬢何堪認淚洒西風日落時心慈弱主困兵氛欲望家鄉悵白雲徒有是心無是力惟將兩淚報東君無何作計欲南行為有山妻難負盟臨別殷勤重寄語時清即欲到

婁城嗚呼一去杳無音勤我愁思直到今未卜爾身生與死秋風吟斷寄書禽一時咸傳誦之然此皆鬚眉男子則猶易為者耳若身為婦女而錚錚亦以義名者蓋尤難矣山左程氏遊幕蘇省畜一婢道嫁農人葉姓庚申之難程挈家避於葉囊橐悉寄焉不數年程氏相繼殁餘孤孫子名鈺婢乳養之以所生子為伯仲程亦以婢為母及長婢夫既死乃為程子聘女於鄰村富家既合巹婢出拜程夫婦程大驚婢乃向衆言曰予非新郎之母乃程氏之婢也主人不幸流離凋喪郎官尚在襁褓十數年越分之由蓋誠恐良人之有吟域而郎官之鮮瓜葛也今悉以資財付郎以此易田自食其力子孫之基也程泫然流涕欲剖其半為壽堅卻之程仍以母稱使其妻事如姑焉宜安劉封君家女僕單氏者儀徵人適王姓鮮子夫遠出不返甘貧力節百死不移傭封君家咸豐丁巳歲女主馬孺人沒遺子四長者僅十二歲餘皆孩提襁褓單氏竭力鞠養會封君家道中落奔走於門下者皆皇皇求去氏獨傾囊濟急勞怨不辭無悔意亦無德色撫視多年諸子皆成立舉室感其情留養終身年八旬健壯猶昔辛巳首夏少主邵生昆季稱觴為祝生辰蓋所以酬其辛勞也丹徒邵君慰農嘉其義作傳以紀之於是氏之義始大著云寧波某姓僕傭於郡中王姓有年矣性慷慨竭誠報主一日以事歸於途間涼亭小憩忽見牆角遺一衣包內裹洋蚨二枚青蚨千枚拾之將行

忽自念身為僕役取不義財天更不容因坐待之少頃一少婦倉皇號泣至請夫病垂危以衣典錢供藥餌資今失去我夫婦同赴冥途矣某婦以數符付還少婦感激分資以酬婦不受而去嗟夫僕之與臣同一義也慨自烽烟告警見危授命而盡力王事者有幾人哉乃以青衣僕嫗上與士大夫爭烈倉卒患難之際或則捨身救主或則竭蹶維持榮悴如一生死不移古今來至性過情慷慨激發類如是耳若夫安命不貪臨財不茍則亦皆見義之明也嗚呼豈易言哉

人生百行以孝為先而盡孝實難至於生不逮侍奉負骸歸葬亦稍酬其志矣乃能終天抱恨孺慕不忘是天性之甚摯者也故有述會稽趙孝子事則莫不欽而敬之矣按孝子名萬全會稽人其父名應麟當明莊烈帝時為書生貧甚以教授遊湖北久無耗時孝子甫離襁褓也既長痛父不歸日夜號泣請於母母勿許年至十九堅請之始得行七更寒暑環顧吳遍燕薊訪覓無蹤號呼於塗淚盡以血孝子以不省父狀取牒書其父鄉里名負於背以行久之至山西馬邑旁皇邑中不得去有縣人張文義者聞之歎曰豈為趙君兒乎急視牒良親乃促孝子驗告曰翁昔亡自兵中無所寄食窮歸我嘗為主我哀其旅死而瘞封之手樹之柳亦拱於康矣今得示子矣指往墓所孝子一慟幾絕啓墓有金蝶自內飛出投於孝子懷蓋誠孝所感也於是負骨步行歸葬家山舍於墓三年迨母卒亦然康熙己巳歲大官廉其事表而異之琢石旌其門當其廬墓之時朝夕哀痛作思親錄以貽後人哀痛之音不堪卒讀思親八則則音容不覩訓誨不聞奉養不供湯藥不嘗屬纊不視含殮不備令名不揚爵秩不加也以孺慕之忱寫終天之恨讀之者無不流涕當時人聞風興感歌詠甚夥金亞匏有金蝶記茲摘其中要者錄之云夫其幼慕悲幃長依家塾源源兮永覲色笑栩栩乎克奉昏甘泣孜丁顏感素冠之心事寒生子夜賡五噫之末章影室憶親如孤蝶之獨飛無侶葬燈躑母如秋蝶之黯然傷神洎乎浮江淮棍河洛叩函谷入浦津涼月逼人尖風砭骨穿枯林而無色催逸夢以何依形瘦於秋哀零丁其在背衣殘似粉念髮年其當胸所過鐵馬金戈霜刃星劍迷迷花賊慘慘火森維蜂有針不足傷其體相蛛有網不足困其神時歷七年方達馬邑足蔣百郡幸遇張生卒能辨父之骸啓父之瘞發蒙莊之幻想招李賀之英靈梧楸枝青痛哭於河汾之渡棠梨月白腸斷於長平之坡爰有金蝶出自墓中是父之神亦孝之瑞奉蝶而泣御蝶而歸昔也晉水今也稽峯思親一錄所由成焉嗟乎精衛銜石杜鵑啼血凡一物之細微亦有生之感想而況情追罔極事屬鮮民夕癸之顧空懷晨昏之若徒灑傷春駒之過隙難祝長生念么鳳其末由誰憐阿鼎鬚瑟有背負空櫬而倉皇爲足無杖

壺天錄　卷上　二十一

望家山而隕涕此則精誠所結豈蛾為之不飛血液所存樹木因之變色者矣童二樹亦有紀事長歌傳誦人口吳小帆錄焉嗚呼觀孝子之心殆一片血誠凝結中心萬難自遏間關萬里不辭勞苦而果得負骨以歸是固天之默佑也而孝則千古矣

師趙孝子之為而負骨歸者又不一其人有吳孝子者祖籍東昌府幼年隨母流落僑於婁城道氏宅月得辛工奉養備至母殁道梗未歸旅厝諸義冢庚申髮逆陷蘇郡孝子倉皇戎馬間道回原籍時以母骨拋棄異鄉為恨迨江南大定遂赴蘇尋覓跋涉風雨不畏艱辛既得骸骨以布裹之負於背仍步履回凡過一城必繞道城外謂死後入城倒皆顧宜否則魂魄不安恐驚母故不惜迂之紆也又揚城包姓失其名世居缺口門內咸豐間髮逆倡亂城陷母被賊擄死於滇包時尚幼避冠他所比冠有室終歲戚戚思親不置忽有自滇來者述其母死狀兼及葬所甚詳包聞而大痛即欲奔赴雲南霎若洗箸於楮背乃徒步攜箧行乞而前登山涉水艱險備嘗凡數閱月始至其地訪覓之得土人指示幸得母骨賊以布貯箧中仍乞而回望星披道路雷轉飢腸晝則拓鉢沿門夜則棲身廊下蓋不知幾經日矣忽至一處亂山曠野蔓草荒烟一望無際四無居人望夕陽兮欲墜聽羣鳥之啁啾正疑懼間適見密箐中有數人探首望知為跳梁者不轉瞬盜已至前促令舍此負包跪而泣曰乞人身無長物祇裹中數十斤枯骨耳匿中為母骸骨係從滇省覓得辛苦萬分始獲至此今願負歸廣陵厝葬焉乞無奪盜愕然曰此孝子也不可犯但見身長往終不獲乎遂相約羣從護送數程乃去比抵揚櫬骨支離肢體不能起矣親族憐其孝集貲助葬廬墓遂成是皆至性所結孝思不匱相距數千里行乞往返中途過盜境至苦矣迄乎室家既成此心稍慰亦若中之甘也謂非人之所難能者與孝為庸行而性之所至竟有以身殉之者雖曰愚孝要其誠不可沒矣

光緒庚辰歲有友述近事二爰備識之王孝子者會稽人名佳穀字子貽入紹興府庠鄞縣教諭王杏泉第四子也孝子隨侍學署素敦孝友己卯秋廣文患暑疾孝子祈禱備至願以身代竟不起孝子徒跣號痛盡禮盡哀既葬負土成墳不遺餘力母亦疾事愈謹一日語兄曰昨夜父告我母亦將盡奈何亟治喪具見母則強爲百端背母則涕泣不止人謂當惜不知孝子又瀝血疏神以身代母矣孝子侍病之暇祈禱益虔仲兄由籍至喜曰母有人侍矣遂於四月五日投湖以死家人以孝子他出不之疑次早見有白衣冠僵立月湖尚書橋下挽之起乃孝子也遺書二一訣其兄一托其幼弟皆言此行隨父地下甚樂善事老母言不及私又得其以身代死疏稿乃知孝子蓄志久矣死年二十有九生二子二女長子甫七齡

壺天錄　卷上　二十二

耳當其將死也題字於湖亭之柱曰激六道人歸真處遂投湖而後湖畔人聞鼓吹迎神云是王孝子而是日其兄里居亦夢其弟白馬渡江前導有金牌二大書孝子悌弟自孝子之殁而母病良愈噫異矣粱波府守宗君湘文聞之嘉歎爲作碑銘其銘曰舜江之曲兮救父與俱沈慈水之黄兮事母終其身父罔救而母獲患兮嗟嗟水灣乃有道人惟孝子之就隕兮父乃死而不死母且瀕死而得生湖波湯湯兮孝子之心千載與之清湖月皎皎兮孝子之忠終古與之明我爲作銘兮此石可泐不可磨者孝子之名又甘泉學書左某性至孝母不悦其妻即以寄於岳家歲往視一二次甘旨之奉親爲治理庚戌三月母疾劇皆謂藥誤左某以生不知醫慎恨無已既遊呼地搶天葬後三日竟死墓側其弟於身旁得遺書略云母死即欲追隨因大事未畢故遲遲云嗚呼是皆處可以不死之地而至誠所注身命蔑如而又鎮定從容裕之有素固非激於一時之意氣倉卒得名者可以比擬豈不偉哉

又有以身殉死而得人救護者鄞縣某性至孝幼以學藝泉滬上當賊鋒盛時父挈家避亂中途爲賊隊所衝衆家分散存沒無音有鄰人見其合家投水狀某以在滬得免於難而思親念切聞耗心驚陟屺陟岵而興哀望鄉閭而隕涕欲覓死則以親骨未歸隱忍圖存焉某幼時定婚同里婦家偵其在滬婚已逾期擬送親來滬容中成禮某以合家死難未得遺骸雖獲餘生實不忍婚娶堅決不從又恐婦家強之婚恐無計投河遇救免嗚呼愚矣不孝有三無後爲大徒殉父母之難竟使宗緒之絶一念之誤迫於輕生其幸而不死也想亦父母祖宗之靈所默爲呵護耳甚哉孝之愚也

孝無間於微賤亦無間於童年其性誠所至則又有挽然異人者皖省舒城縣皮匠某年四十餘母古稀外妻早故子二十餘家貧甚負擔營生甘旨必備雖遠遠日必歸侍也己卯春母殁營喪家中物備措殯殮葬於山躬自掘坎既已結茅伴守四圍瓜果飢則食之有親串餽以食物者辭弗受或往約下山則跪而謝曰孝期未滿不忍疏離廬墓三年既盡孝且知禮矣若夫以髫齡而至性過人者則尤可述焉東陽王生就試於杭返舟風急沈沒於錢塘江屍爲人撈起其子名陶歲甫十二聞之即尋路奔赴既無資斧沿途乞食循江干遍訪三日不得望江慟哭繼之以血有漁者知屍所偕往辨認果然泣守父屍無所爲計母亦至遂買棺買舟以歸又劉安邦者濟淮人也年踰五旬僅一子十三齡貧苦異常在鎮洋某客棧作廚司辛巳五月劉之友與人口角方將勸解忽然仆地不起面汗如雨棧主延醫治之醫以春瘟不治遂不立方其子哀痛呼籲隨在竈神前焚香許願取菜刀將右手小指切下血流如注又恐旁人知之將手指私藏袖內送入父口仍未獲效越四日遂斃其子搶呼萬狀痛不欲生多方防護其志始懈殯葬竟棧主送入義塾讀書焉又某縣有曾某者以疑獄被累憫禍遠遁數載絶音耗其子甫成童思親念進子身尋親跋涉千里備極苦辛歷皖歷湘竟未尋見沿途乞食冰餒堪憐而殊無懈志必尋見始返云嗚呼孝固難矣孝而出於編氓之人髫弱之子不尤天壤之所罕覯者耶不讀書者且若是讀書者更當何如耶

新興墟北趙某固窶丁也以煎鹽餬口家有老母及妻一子一女境遇奇窮幾難溫飽如是者有年矣惟事母至孝順妻亦賢當堂甘旨之奉雖拮据必備里中欽以孝稱歲在辛巳夏秋之交適恭谷廬風潮爲災房室毀傷人民淹斃概難數計孝子之屋適當其沖水勢驟來茫無所措幸有梯一具孝子即扶母登梯上屋繼妻子比登屋而水已平檐矣正倉皇間忽有小艇漂來甚遂扶母及全家上船人甫離屋水已冒過屋頂然一葉扁舟在茫茫巨浪中既難得食且恐頗覆爲患孝子亦無如何惟默自祈禱而已不意隨波逐流竟漂至隨城河内上岸求食執途人而訴以情於是相爲震驚助米有人助貲有人雖居異地無嗟凍餒此真如天之福非天之啓佑曷至斯乎人皆謂孝思所感云

洪水爲災天之佑孝子也固能於奔濤駭浪之際而委曲保救即祝融肆虐且獨能使其瓦全者如金氏兄弟是金固滬上人兄曰慎齋弟曰吟齋皆以孝聞老母年七旬忽遘沈疾沾

滯牀席兄若弟並夜侍側不離左右目不交睫衣不解帶者蓋月餘矣疾未瘳兄弟並刲股以進夜半禱於北斗願以身代明日少瘥自是遂痊兄若弟喜可知也後鄰人不戒忽罹回祿勢甚危急咸以爲金氏灰燼矣必不免迨火滅而宅之前後皆爲焦土惟金氏巍然獨存又聞城儲孝子一事儲居聞城谷暘門外隆冬時隣不戒於火火威方盛延及市屋正如摧枯拉朽逼近儲室遥見屋上立一金甲神手持小旂招颭火鼓隨所指惟儲屋巋然僅存前後左右悉成灰燼其門緊閉時有守令彈壓令啓戶視之闃若無人惟中堂停柩一具蓋上俯伏一人詢之孝子也孝子母殁僅月餘尚未安厝當燎原之際出重貲召人移柩於外竟無應者儲知必遭火燬呼天號泣誓與俱亡遂閉門伏柩上靜待之竟無恙嗚呼孝子之情迫矣一念之誠遂獲九天之應雖曰孝屬行也而危亡呼吸之間足以轉禍爲福固非庸之人所可倖邀也古人有言曰天常與善人豈虛語哉

孝婦王葉氏者鄂北崇陽人石林望族母教嘗嫺年二十餘始于歸躬操井臼琴瑟甚調家業農歲入不豐薪水多不繼翁病殁老姑在堂拮据益甚伯氏夫婦視之漠然葉氏乃極力周章姑常顧而樂曰佳兒佳婦吾將含飴弄孫不復理家政矣未幾姑患癰疽碗口許大眠淡淋漓呻吟牀褥者年餘伯姊嫌污穢足不履老姑之閣葉氏則朝夕事奉不離左右藥餌

之物挪貸俱窮一日姑病楚劇甚幾至暈絶氏泣慰藉曰老年欲喫鮮味乞分付媳當謀以奉姑曰一嘗豬肝思之久矣奈囊空何氏曰勉圖之乃質舊布裙得錢數十枚將入市遇一道者頒眉已古顧謂氏曰卿行色忽忽得毋家有劇疾者氏且泣且告道人曰豬肝非可療病必得人肝方療氏惻然半晌語曰誠如翁言必葫蘆中貯扁鵲藥耶倘憐而治之妾願棄此身以供刀匕何如乃邀道人至家視姑症而自以剃刀最鋒利者乘道人喝咒時解衣刺胸血縷縷流溢華蓋下倒垂荷花色赤紫氏於皮膈自刲半觧擲於伯姊手戰若有懼色道人曰區區半觧尚不敷藥屑耳氏請復咒如前狀並其餘而盡刲焉神色自若適庭梧墮葉一片道人隨手拾起塗藥少許敷於氏胸血遂止而亦減痛焉氏乃囑伯姊烹熟進姑伯姊大奇異先竊嘗之則味苦於鹵不能入咽舉以奉姑姑食之則鮮似炙熊因啜一飽由是病逐漸痊可而氏之傷亦漸愈矣遍索道人忽已潛去不知所終族人嘉其孝行較之割股尤難能而可貴迎養祠中爭以孝婦呼之嗟乎身體髮膚不敢毀傷此聖賢之學也至於愚夫愚婦一時急切迫而為割股之事至孝所感亦人情所難能者況葉氏身為貧家婦欲救姑疾不惜自刲其肝實為罕聞事雖近誕理或甚乎蓋孝行之尤者矣爰錄之以為事姑者勸

又有刲肝割股救母者無論為子為女皆以迫切之情作此不得已之舉有不能以身體毀傷之義律之者愚而孝也楚北羅田縣有孝子劉贊華者年二十餘父早卒母賀氏僅生孝子一人家綦貧孝子為傭工有與飲食者必歸遺母嗣母以患病甚劇艱於醫藥聞古人有刲肝救母之事時九月十九日觀音廟香火甚盛孝子私禱神前拜起數四日將夕孝子入神龕下持刀剖腹廟祝驚而起趨視則腸紫紫滿地大駭窮詰之孝子泣曰爾來何耶吾其死矣眾人奔集視之孝子曰請諸君烹肝進吾母慎勿以此狀告母也眾頷之越四日孝子死母病果愈又皖南寧國府葉某耕種為業母病劇勢已垂危情迫無計禱天呼籲取菜刀至舍後空廟中持刀剖胸割取肝一片回家令婦烹以供母食後即安睡葉某取綫自縫以舊棉塞其口婦見形狀有異詢之亦不告越數日母病愈矣葉傷處流水幾已供濟旋亦斃命彭太守得其情分廉俸三百洋蚨生息供其母婦膳資並請旌表云又揚州大圓兒鎮汪石秋之女年甫十二歲生母顧氏早亡事繼母李氏甚孝李氏忽患吐血之病勢頗劇甚醫禱無效女悲哀三日於夜間人靜時焚香北斗呼籲通誠乃用剪刀刲股肉一塊和藥煎而進母食之次日即霍然矣噫是三事者其兩人以刲肝而死皆孝心誠篤固結而後為之然猶在髫齔子耳至夫以十二齡女子竟能事繼母如此不尤足嘉尚者與故孝雖愚也然而難矣

孝女陳氏名巧英江寧國學生陳長生女也生有至性喜誦讀人有言忠孝事者聞輙忘倦及笄未字父業賈去家千里一日得父書病危劇欲隨母往視母曰汝一弱女子道途脩阻跋涉多艱其在家善視幼弟也可女日夜祈禱願以身代不踰月噩耗至父既亡母亦殉矣孝女痛哭幾絶戚族勸慰女悲咽無他辭翌日偪其弟呼姊不應偏覓不得留一紙於几上戚鄰視之云生莫見父母之面死以報父母之恩屍浮之日濕衣而葬光緒四年七月初五日巧英手書三十五字蓋於夜間投河矣既獲屍面如生衣裳縫紉徧體如織知死志已早決也孝女年甫十九迫於大義以殉父母初不料信之訛傳追父母同歸惜女之死為請旌焉嗚呼孝女之死亦無憾矣雖曰愚孝以視靦顏苟活不能從容就義者何啻霄壤而臨危不苟徧體縫裳又豈倉卒輕生者可比孝女之愚正所以成其孝也

余嘗披昭忠錄見婦女殉難者皆懍懍有生氣有以計得脫完節而死者有深沈不露剸刃凶仇而死者此固智勇兼備不徒以一死畢乃事者若夫從容就義視生死大節如日用飲食之恒則心之靜鎮有素也如虞山周烈婦可紀焉烈婦湯氏名碩人歸周君小梅咸豐庚申八月粵逆臨常熟時小梅赴鄉賊猝至婦乃率其子女投宅中井死之同殉者五人臨節

時屬長子於鄰翁令歸其父從容作書並脫戒指一枚付老僕報其夫其書曰妾敬啟昨君出門飯後即失常熟一夜未眠今水窮山盡願君一路平安切勿以妾母子為念今為盡義恨不能一言永別使二工報知寄上戒指一枚見此如見妾願來生再敘未了之緣八月初三日五福街寄妾同兒女在下房井中大姐同佩官在彼房井內此字送到樓下交周小梅四相公收云云詞意銳摯詳盡慨然有烈丈夫風小梅既得書乃書其後幅餘紙云君為我盡節我為君守義其後由樓下徙寓白宕橋兩年遂沒恐其長子不知父母節義以遺友趙君少琴數年趙病殁又以屬邵君曼如邵得之付潢池乃遺其長子德慎永寶焉邑人王給諫憲成聞其事上於朝旌表如例子漣簪女淑貞同荷恩卹邑之人士集貲於故址剏建井亭楊詠泰太守作碑記序其事汲之貞珉汀洲賴君其勳有古風一首亦表揚之意也其詩云庚申春閏大營破江南迤地皆鋒火督師先遁大帥走將軍遁散馬革裹（謂張忠武公）是時賊鋒復犯張秀民潰卒皆豪強蘭陵為墟吳為沼虞山咫尺誰保障須臾城陷哭聲起逆賊虐人無人理周家有婦湯碩人從容闔戶慕恩死臨危誓死原不難但願妾死生者安宗祧有嗣黃口小篤煢無夢白首寒一片刀光殺聲震颯颯陰風正催命青山難立望夫臺碧血豈容污賊刃祖宗血食藐孤在稚兒雖女多君累不如隨妾到黃泉母子相依亦無礙臨歧書

娌意經綸為君守義君可憐指環亦有逆環義再訂來生未了緣書完含笑顧清影一刻千秋此俄頃捐兒挈女完所天長別金閨藏金井嗚呼井水不波是妾心井水不枯是妾情風清月白井邊過猶聞露濕環佩聲其他學士文人題記難具錄焉要之烈婦就義千古不朽矣夫當其烽火連郊危亡呼吸慷慨捐生與夫哀號乞命而仍不免者均之死也相逕庭矣昔紀文達論死事士卒云進一步死退一步死哀榮雖一例也從容與逼迫須分焉烈婦之死非所謂進一步哉至遺書轉輾不失想亦吉光片羽劫火難灰鬼神呵護使烈婦大義深情終不沒於人間云

凡人生為女子身已大不幸況又遇人不淑至於銜恨以沒其志亦可哀矣如京口蔣賢婦者美而賢適同里陳姓子某初蔣與陳家固素封後則陳中落而蔣益富婦井臼躬操絕無驕傲習陳某素作緞舖業避亂僦居秦郵遂失業而翁姑甘旨之奉婦獨任之嫁資既罄典質服飾或歸而貸諸母無弗與及陳翁死殯葬費皆婦經營陳某又有烟霞癖屢勸弗聽陳某欲開緞舖向婦索貲婦又謀諸母得數百金詎意其夫得貲名則設號實則填其慾壑婦覘知之自念身為出嫁女猶事事取給母家致兄嫂有後言夫又如是我不負夫夫實負我終身尚何望哉遂仰阿芙蓉膏而死聞者哀而弔之三十六湖明月主長歌云郎情不薄妾命薄妾心空把郎心托先郎而死最為佳此際此情妾斟酌妾侍翁姑與侍夫養欲給求無事無經營家室惟儂任典質衣裳遂所圖幾度規郎除痼癖勿作無益害有益郎意不回妾志灰知妾情如此郎應惜那識溫柔別有鄉有心人遇負心郎丈夫甘作烟花樂巾幗空教志氣强一度思量一飲泣白頭偕老今難必與其後此不相能不若自家先與訣吁嗟乎玉碎珠沉一夕中傷心命畢阿芙蓉我為賢婦舒長恨恨未消彩劍客逸遊芬居士一律云不怨郎情薄誰憐妾念癡姻緣由數定長恨有誰知素志今難慰黃粱醒已遲輶軒如採訪乞采入風詩滄海釣鼇客二絕云婦容婦德兩相當宜有梁鴻配孟光底事遇人偏不淑風狂雨急斷柔腸休將理數問蒼天命薄何妨自棄捐今日為郎含恨死好姻緣是惡姻緣嗚呼人非傷心之極舉頭無路乃有此不得不死之舉固一時之憤要亦以死格其夫耳尸諫雖曰臣道而妻之事夫猶之臣也婦殆仿乎此而死歟嗚呼賢矣

旌節之典國朝最尚故官紳士庶以及蓽樞蓬牖無不以節義相矜要之湮沒不彰者多矣即所傳聞者益亦寥寥平江陳氏瑞珠字琴仙善書法丹青兼岐黃術閨中建小百尺樓居之蓋隱以女元龍自命焉居恒行醫不診男子故臨門求治棒心而來者皆珊珊華也手姿窈窕品行端淑望而驚為神仙中人許字後思守貞不嫁媒妁屢請不得一日有趨診者琴

仙往診乃一中年婦人按脈詞和乃云無病可醫媼曰老身有心病家貧僅一子欲完娶屢請不遂如宗祧何千金其垂憐之淚隨聲下琴仙聞言梨花白面陡泛紅霞不勝跼蹐之狀媼回邀媒妁遂得洞房花燭後琴調瑟御閨房之樂誠有甚於畫眉者出奩貲為外子納粟需次浙江蓋有年矣庚申髮逆南下浙省城陷琴仙恐受擄辱遂與外子一帶並縊噫在天比翼在地連理毀生殞死當再結來世緣耳克復後以卷軸箱收其屍顏色如生蓋粟節烈氣也琴仙詩學頗精以醫術聞一作兵燹時存稿盡失惟題某安人遺像二絕人尚有記之者詩云玉碎珠沉劇可憐芳魂已返大羅天寫真幸有徐陵筆付與多情夫婿傳仁慈賢淑性天成弱質持家事倍精深惜曇花纔一現空留小影傀卿卿情詞蘊藉風雅宜人才德具優以身殉國雖死猶生矣閨閣完人信勿替云

粵逆猖獗蘇城陷婦女死節者不勝紀極大吏採訪彙奏請旌然祇詳其死事或未及其生平嘉言懿行湮沒不傳亦一憾也聲筆弭形子有節烈合傳發賢德表幽光殆足以補紀乘之闕矣曰秀水姚雲坡大令遵室朱守貞者吳下人貌美崗韶工詩善繡庚申之變大令方需次蘇垣莞攝軍伙局務賊既至大令謂朱曰我食祿忠義不他適城存與存城亡與亡汝其速避出城自為生計朱曰當生而生當死而死宜也妾在必為君累請先死以絕君念遂出利刃自刎大令瘞其屍而出城陷亦遇害朱沒後遺稿散失西湖淨慈寺題壁句云蓊與得得綠陰遮路入南屏日影斜婢子不知塵夢幻雷峯澂說鎮靈蛇余曾見及吉光片羽僅此留遺可慨也嘉善孫小耘司馬瑩室黃時貞者字靜娥亦吳下人性溫敏讀書識大義端居不苟言笑精女紅習椎布視羅綺蔑如也井臼之餘兼學繪事近悍家法蘇城既陷避居村落遇賊被害歿年十有六耳蘇撫以其事聞於朝得旌䘏如例嗣司馬宦游雲間偶步蔛若飛鸞招之備述前因後果有金環金鈕之語亦少柳司馬哀悼之意也同時有桐鄉烈女馮桂姑者姿色端麗工詩善畫論斷史事具有特識綠窗倦繡輒喜為韻語清新可誦著有繡留集一卷以避亂故散失猶記其秋宵與姊秀娟夜話句云秋窗剪燭話團圞花影參差月影寒慚愧胸無半點墨殷勤阿姊付詩看庚申秋禾郡淪陷隨母居于鄉聞賊至投河死其姊秀娟亦工翰墨適嘉興方子怡大令聞耗哀之以其死事節略上之大吏遂蒙旌䘏節略故出秀娟手書成題一絕於後云紛紛避寇走倉皇弱質艱行亦自傷生不逢辰逞惜死千秋貞骨有餘香當時爭誦之又吳城有烈女不知何氏人居鍾由吉巷年過華髫善繡工詩居平喜閱節義等書庚申城陷賊逼之身為所嚙痛極仆地衆刃之屍投於河首髮於闠明日失所在屍立水身首已合賊大駭以竿刺之屹然不動頸間惟一縷血痕賊懼為

厲鬼瘧之鬼忽下沈杳不可蹤老年賊曰殆因裸裎不欲暴衆目也遂止賊呼號三日乃死蓋貞烈之氣有以懾賊膽矣此數人者遇不同而志則同且皆有才而死於烈者也軼事遺詩彤史闕如故詳識之以代貞珉云昔人有言拾人斷句功不在掩骼埋胔下況其為表賢德發幽光乎顧采風問俗者廣為搜輯之耳

戎馬倉皇舍生取義固處無如何之境有不得不以烈著者亦有崩折所天偷生不願而立志殉夫者又可哀已甘姬者蘇之長涇人父母早亡依假母沈氏遂從其姓美姿容通文史閩中甘君𢢔槐作宰來吳城購為妾生一女王壯愍公由蘇藩升浙撫檄調甘君以行當粵寇告警遣姬隨大婦歸未幾省城陷壯愍死甘君亦死焉姬矢志守潔假母至閶逼其反欲嫁之不從發篋中書焚之賦十數十訣詞絕句二十首遂飲阿芙蓉膏而死年甫二十五時同治五年十月也西脊山人作歌曲以紀其事亦表揚意焉天津呂某婦某氏宗族稱孝鄉黨稱賢呂歇錢鋪業賦閒數載且有洋烟癖氏茹苦含辛葬翁姑相夫子事事盡禮中郎有女年十四已字人呂染時疫竟不起身後蕭條氏屏當釵餌典衣裾料理既畢蓋棺後諄諄誨女旁人竊議其事非所亟不數日氏竟服遺烟以殉焉距呂之死期未十日也葬城西門外王某一子已授室同城張氏女也琴瑟既和倡隨極樂事上使下賢孝並稱翁姑慰甚

壺天錄　卷上　二十九

結褵未數月子以傷寒疾卒女抱屍痛哭聲淚俱竭隱齧殉夫意懼傷翁姑心緩之三日從晨起以小故大肆勃谿翁姑疑之蓋已於隔宿吞金矣未幾腸斷而死王哀悼之為厚殮焉天津有涌源鄭某者年五十餘妾陳氏年二十二小家碧玉也鄭某抱病氏衣帶不解湯藥親嘗割股以進竟不獲效氏哀毀骨立哭泣失聲屑金簪作餅吞之姊妹勸慰之曰人誰不死死得所何憾乘間益以金飾遂畢命焉粵東南海城西陳氏女名瑞環適江西黃姓子姑目雙瞽事之不衰結褵年餘夫以瘵疾卒女哀毀不欲生以盲姑在堂不敢殉未幾姑亦卒喪葬盡禮一日託詞省親舟至斷港自投於淵潮流迅疾榜人援救不及越日得其屍面如生聞者哀之大府為請旌焉烈婦倪氏者江蘇句容縣人慶溶次女也母訓素嫻適高君星聯高故山陰人少失怙家貧棄讀以幕為生烈婦來歸事邁姑持家計既孝且勤戚黨賢之光緒己卯周霞軒為明府莅儀徵任建讞脩邑廟明府弟提三知高君熟諳工程延監視蓋提三乃高之妹倩也高乃挈家居儀籌盡井然工賴以成高由此心力交瘁患疾遂卒烈婦措理裕如殯前一時許烈婦臥房中人謂勞憊視之則神色慘變未兩刻即氣絕送死養生立後繼絕明府昆季為經理焉又林女者南雄人居仙城之長興里性至孝精刺繡世有針神之目父某賈時運不齊珠無億中遂從人佐賈目疾發辭歸蓋有阿芙蓉癖非有汲引者不能呼吸烟霧女乃學汲引法日為父作烟臺侍女出閣有期矣會兩兄俱亡門祚凋零訂緩婚期壻初亦高子自待矣王瑩歸娶之志嗣因慈闈日暮侍養無人擬踐前言女又有喪兄之戚遂延展緩不圖脩文促赴壻竟以急疾下世女聞訃痛不欲生既思烏私之養可永依膝下矣時有楚南人失偶謀續膠絃有為女執柯者林將許之女抵死不從誓言於母長齋繡佛以了此生母以告林林豔其富且家業已之藉可得重聘貲不從所請女曰所天雖逝志不能忘折義適人泉台有知何以相對母曰未廟見者不得謂之婦何自苦為女曰夫婦之道以理矣尤以情切聞壻逝時猶執女所繡紫錦詩囊且令以殉今繡工未化何忍背之且父烟霞之養亦未可廢也林竟受其聘幣女知事不可回乃遺絕命詩十六字曰所天已逝所志未遂幽咽夜臺死心如醉潛吞阿芙蓉膏而死林乃悔無及已又天津某村去城二十餘里有某烈女者芙蓉其貌冰雪其心當及笄之年許字白塘口某氏子將卜于歸而某子竟卒女痛絕者再屢欲身殉為防閑不遂志因泣然曰母前謂女子之義從一而終今此身已字某郎中道殂殁決不忍以存亡易節必欲未亡人苟延殘喘詣過門奉姑嫜雖九泉未獲唱隨而二老得承甘旨私心竊慰否則之死靡他有如天日若欲重諧秦晉再結朱陳則與抱琵琶過別船者何異儂實羞之父母勉從所請素車白馬過門成服哭泣哀痛旁

壺天錄　卷上　三十

觀無不動容既乃晨昏湯樑作定省之節曲盡孝養翁姑交慰無何姑病歿女悲慟欲絕呼籲無門煢煢寡媳事一鰥翁女蓋有死之心矣猶幸室有小姑二女同居嫌疑可白閱四載餘小姑將出嫁女於是伶仃孤苦展轉迴腸門無五尺童實難堪居室只兩人心誰諒只乃絕粒十四日彌留際有以加餐勸者女不領一絲僅屬力疾匍匐起拜翁前口不能言惟有乾泣俄而氣絕顏色轉怡津人重出殯之儀釀貲襄其事為合葬焉嗚呼是皆無偷生之意有必死之心故能從容盡節百變不回生則同衾死則同穴此志殆不可少緩也以勵薄俗其庶幾哉

世祿之家日嫻詩禮其能從容赴死以明節操者且或不易覯矧在風塵中人乎及讀湘江愍史節烈傳乃知風塵非無人也烈婦姓李氏曰玉桂有聲北里漢口孔道為狹邪遊者輒舉之長沙李孝廉素瑾應計偕赴禮部試三五少年招邀過妓家相笑謔為樂無足當妓意獨屢目李或戲曰愛李郎耶若果爾當為若媒是固將買妻而難其選者妓笑而不言既而耳語李曰若言信乎李誠告之妓曰淪落天涯託以終身孰如君屬而肯一援手乎顧非多金不獲脫籍橐中裝如不足當自為謀李猝無以應固強之乃訂春闈捷後約李既行妓於是杜門掩關倦風塵矣客或有迫之見者愁斂雙眉非復曩昔明年有從京師歸者道李

落第狀。妓則惘惘如有所失。淚落前此見者咸悽惻。或爲致書促踐約。李題詩扇端寄之。未至。而富商某欲得而甘心焉。遂以千金奪之去。妓望急不知所爲。衣不解帶。絕粒七日。仰藥死。李聞而哀之。繪圖爲記。兼徵詩文焉。又節婦蔡氏。蘇郡某大令妾也。幼而失怙。誤陷平康。送舊迎新。非素志也。始與王囂鋪某甲有嫁娶約。某甲限於力不果。繼乃爲大令脫籍。主婦不容。大令攜赴粵東。隨任數年。大令卒任所。扶柩歸蘇。主婦仍不容。欲嫁之。氏矢志不奪。令之戚屬爲貸數椽以居之。某甲覷氏攜有宦橐。欲賺求凰。人財兩得。囑舊姬通款曲。婦力却之。一日。甲詣氏所。氏見甲。目蕩神搖。正言以拒。甲備述苦況。婦慨然贈以洋蚨二百餅。曰。是區區者。報前情耳。文君之行。之死不爲。甲意未足。越日復往。以覓死詐氏。憤恨交迫。恐敗聲名。乃服毒自盡焉。甲與嫗席捲一空。隣保知婦爲甲所陷。因而盡節。甲被逮。並追盜贓焉。嗟乎。之二人者。境遇不同也。而爲節烈者則同。要皆爲人所迫。以至畢命。非明乎不再適之義。貞定不移。不克毅然爲此也。若夫朝爲秦雲。暮爲楚雨。章臺柳枝。以爲固然。則誠是二人之所深羞也。誰謂風塵中果無人哉。

節婦殉夫。亦其人哀痛迫切。自戕其生。未聞有適以出此。且集衆而共覩其死者。如福州哈去村一事。實可異焉。村中有新孀婦。不詳其姓氏。年甚少。親族逼令再醮。婦不許。願以身殉。

夫親族不之勸。擇於某日縊死於親族之前。婦先期宣示於衆。豎立一架。屆時。自登於椅。取繩繫頸。辭別親族。兩足空懸。即時氣絕。婦之節烈可敬可哀。獨怪爲親族者。豈皆忍心悖理。見死而不救耶。抑皆欲其死以成節烈之名耶。甚矣。此惡俗也。移風易俗。是所望於官斯土者耳。

苦節艱貞。生死不移。實有各極其遇之苦者矣。至於一絲既定。而畢世堅貞者。雖曰守義。其情尤堪憫焉。朱氏婦者。潘公瞻園女也。年二十餘。歸朱君省三爲室。舅姑具慶。甚相得也。結褵不半載。省三病亡。省三固獨子。乃立從堂姪爲嗣。年甫四齡。氏撫養備至。無何。翁歿。治喪盡禮。竭盡心力。姑復老病臥床。家道凌替。臧獲逃去。湯藥飲食。氏一一躬親。綿延三載。始卒。會庚申難作。子爲賊害。氏憊欲投水。多方覓死。皆以救獲免。嗣寄養內姪婦家。以針黹爲活。計守節數十年。備嘗艱苦云。

揚城周氏婦。家道式微。夫就館陝省。己卯春間。一病不起。居停爲營殯葬。周婦聞之。慟甚。欲往扶櫬。門衰祚薄。屬託無人。乃自攜四齡子赴陝。居停主遣調他處。依函云葬所覓之。跋涉艱難。於某月盤回祖塋。地適千里。時歷七月。煢煢弱質。獨涉關河。落落殘魂。得安邱隴。視氏則心堅似鐵。骨瘦於柴。其苦益可想矣。里人擬爲請旌云。又某姓一子。雙親病沈篤。妻某氏

小家女也。夜深時。以廚刀割股。煎湯和藥而進。病勢仍未稍。越二日竟逝。氏刀創甚劇。哀毀迫切。遂延數月。始就安帖。

嘉定施節婦者。本小家女。結褵未一年。夫即故。上有孀姑。下無遺息。煢煢孑立。茹苦含辛。竭盡婦道。以代子職。節婦固之死靡他焉。不意七期未滿。骨肉未寒。姑也有不良之意。覬媳少艾。私受某氏聘金。逼之再醮。託言探親。詭之出門。乘車而往。媳至門。見人衆可疑。因即致毀容斷臂事。欲抱夫木主赴邑署呼冤。鄰戚勸息之。晚回臥室。自念未亡人難與姑論。且難刺防。仰屋興嗟。乃引白練三尺。作畢命計。以完貞守。幸獲救免。姑亦知理屈。乃誓言要約焉。自是白首相安。姑不爲倚醮之計。青閨苦守。媳復盡孝事之如常。西冷生有長歌以紀其節云。

節婦陳氏。太平府人。適村中黃某次子。未逾年。夫亡。素嫻大節。執從一而終之義。欲爲黃氏未亡人守節終身。雖小家女。而其志堅不可奪。亦女子之至苦境也。爲翁姑者倍宜體恤矣。詎翁固酒徒也。溫飽之外。都無所計。家政一切。惟娶主持焉。妻素溺愛長媳。而長媳又與陳氏差池。臭味不相投契。面善心違。殆非一日。迨夫弟既亡。即視其娌爲贅疣。恨不旦暮去之也。譖於姑曰。娌年太少。且無子女。姑宜有以善處之。姑謂花貌綺年。未必能甘岑寂。舉止且倜儻。亦不類守節中人。微汝言。吾亦將有以遣之。陳氏固父母俱亡。乃使媼向其娌微示意。

不數日。陳氏歸。痛哭謂翁姑。有不容守節之意。娌曰。早知此事矣。述媼來由。姑容若何。陳氏曰。我心匪石。之死靡他。但伊家不能容納我。我即歸娌家。茹苦終身。亦甘心也。娌曰。此未可遽爲也。無論家兄無擔石儲蓄。不遑兼顧。即同甘飢餓。姑正青年。而伊家且絕類如此。亦奚必爲其門戶起見。乃徒自苦備。陳氏曰。我盡我節。均非有爲於人。我宜以人不相容遂改之哉。翌日。遂仰藥而死。經救獲甦。翁姑感其節。乃遂其志焉。

吳氏紉之。巾幗中才女也。適汪君。亦文學士。伉儷甚篤。綠窗人靜。夫唱妻和。吟詠不已。人生樂事。殆無加於此。未幾。汪逝。氏孤苦伶仃。栢舟永矢。以老母在堂。不敢殉。隨母家居端園。每於風清月白時。攜綠綺於梅花亭畔。揄長袖出纖指。彈湘妃怨一曲。沈鬱頓挫。如泣如訴。嘗有冷夢未成燈自滅。畫樓怕聽角聲聲之句。其哀思可想見矣。

江都黃輝山茂才。長子某甫冠。聘妻金氏。結褵有日矣。一日爲瘋犬所傷。緣黃家素畜一犬。牝也。愛之甚。禁不出戶。當春求偶。被禁成瘋。黃子正與客小坐。犬至。投以食。犬不食而奔人。將黃子脈門一口嚙定。羣僕力擊始罷。視所嚙處。噴流黑血。醫藥罔效。逾半月遂殁。金氏聞之。堅意過門守節。父母翁姑嘉其志。從之。擇日成禮。既畢。更凶服。兩家皆流涕焉。

嘉定南翔鎮張氏女。年十八。字同里甘姓子爲室。吉席有期。甘忽病逝。女得耗。大慟。水漿不

入口者數日欲絕粒以殉焉父與伯叔再四勸解女欲守貞畢世父以年輕不允女乃至邑署鳴鼓自訴邑尊廉得其情並言慰勸女言決無後悔邑尊嘉其志堅書貞節可嘉四字以贈並銀四錢令自備匾額焉於是擇期送女至甘氏宅父亦盛備奩具觀者如堵嗟乎節操一生嘉名千古誠足為巾幗之光抑思其飲水明心毀容示志其情境之慘固極人生之難堪者乎聞其風者肅然興慨然傷已貞節之風閨閫所難乃禮法所型至於一門克化則許氏之貞節尤足傳已某逸民撰記曰聞之始志能信操冰霜而倍潔貞心永矢與金石以同堅儀型克相於夫家萃一門者難得模楷足風乎世教恒百代以流芳此為前署兩淮鹽運使許君次蘇之合門事也都轉長姊適蔣門夫以力學早逝嗣姪為子猶為襁褓中物家既貧奉姑尤謹都轉欲迎居任所辭不出有所饋悉獻於姑姑囑來使曰我在兩不飢我去姑何依乎苦志事姑誓以終身歸語爾主毋以我為念壽六十卒子雖立貧如故瑣其之具都轉季子秋槎為具備焉其若卒五弟婦於氏夫既歿欲以身殉哀號數月憂鬱致疾瀕於危者屢矣都轉之蓮室聶氏舉一子夫忽病篤刲股以進天違人願茹苦未申哀慟欲絕族黨以呱呱猶在抱也交為勸聶氏乃收淚言曰夫死我不欲生我死子倚何人由是勵節訓子親串咸欽之都轉長子晉笙病危繼室揚氏親侍湯藥衣不解帶者累夕夫既逝植節自若撫

異寒暑閫以內措理肅然穆如也都轉次媳李氏年未二旬夫即殤存一女弱息孀居節操尤謹奮惟慕藿以刻苦自矢也是皆知崇四德堅苦節於松筠化及一堂勵貞操於荼蘖刻家傳世承遵禮法而克申最難教洽閨閫表清名而弗替謹就訪俗所及作為訓俗之辭願採風者發潛德之幽光傳之不朽云爾嗚呼是雖未邀旌典而貞節之操光於宇宙卒於一家其足以風世而勵俗也豈淺鮮哉

揚儀交界之地名樸樹灣隔河彌比僅數十家有某窮業織席夫婦二人僅一女婦故大家婢知書同治元年賊時過境肆擄掠婦恐不免即暗書夫婦生年月日並女生日製二兜肚絨之婦與女各束一焉賊既滅女父母均死女為一湘勇挾歸湖南身本男裝時已十歲勇死女又為一川勇携去予之深自韜晦人皆不識為女子身迨川勇入滇寄女於戚教以讀書識字姓以金名以傳緒儼然一書生也由是結識同鄉遂隨吳制軍官船東歸至漢陽過有赴左帥營者作書別父細訴衷曲由皖返揚已改女子裝蓋女為吳夫人侍婢數月矣女所歷艱難險阻慧男子尚未必若是慎密乃出於十數齡閨閣之身轉徙數省合浦珠還而抱璞守真瑩然無玷方以古之木蘭殆後先相映矣奇哉女也林受官白門良家女也幼失怙恃入青樓年及笄溫重寡言不喜妝飾綽有大家風範居恒以流落為憾既與長安雍生遊兩相浹洽遂訂白頭約顧雍一翩翩書記耳囊蕭條往再數年不能出其籍林亦自矢不他會雍友陳生悅林色求通燕好林不可強以鴇母命辭不獲比入帷林扃戶出白刃膝跽前請曰妾本薄命生死不足重輕所以苟延有待者以身隸煙花尚復貞一君家擁花園柳何處不逢佳麗若必挾制言歡欲污吾身請先污吾劍言訖以刃剚立妝臺陳驚曰余固知爾鍾情雍生久矣如力不濟何曰不濟則以死繼之不然懷此刃何為者陳性固伉爽不吝施與乃慨然曰爾識雍余豈不識雍哉予為若成之啟戶遂出覓雍挾至出金條二枚付鴇母曰林不爾向矣舍女取金爾之見機也不從吾言盍觀此刃鴇母皇懼無言竟歸雍同人撰聯句頌其義曰果然匪我思存一段姻緣完白刃真箇為人作嫁千金聲價贖青樓始則以白刃相仇繼則以白刃受恩此林之所夢想不及者也世有此人當鑄金事之

嘉應州侯娃失其名世業農有女一人年方二八資頗過人頗不類田家女勤於紡績終日在室固未嘗拋頭露面於外也適農事興盡室赴田刈麥母亦餉於西疇僅留女守門戶女覺悶在室偶至門前覘母歸返否適過比鄰孫某蕩子也以言挑之女不顧而入孫甚既艷其色又稔知舉家在田突入其室女避匿房中孫曰有言與若母相商女曰母不在家可速去孫乃以淫穢詞調之且欲闖入臥房女閉門不納罵不絕口遂以剪刀由門上擲之孫度

不可強倉皇走出遺一扇一帶於地女忿恨未已不敢啟門孫出門知扇帶遺失急欲回取適女嫂自田間回不敢復入嫂見孫神色有異步至庭中得一扇一帶異之疑女與私納諸懷中白諸翁媼翁怒曰彼無賴子聲名狼藉伺吾等出外而來遺物於室是女之不肖也吾先置女死而後陰圖孫某焉媼曰女非無恥者流紡績十年並無出入不禮之端待察情形可乎翁不聽女遂自經時郡村有孔某者巨族也富而無子一女年十七因病而故父母方痛恨欲絕女忽甦而起曰此何處耶此何人耶我胡為至此也家人詰之自言侯娃某村某人之女冥司嘉我貞節陽數亦未盡判令借屍還魂言畢即欲回家以白前生冤抑家人阻之招侯至女遥前抱父痛哭備述冤狀且欲隨歸孔不可侯勸慰乃止噫聽言不察自葬僨事夫固貽咎無窮況乃以死迫乎若魂竟不返冤沈九幽矣借屍一舉雖涉荒唐誕妄要可為偏聽者戒也人可不慎於聽言哉

韓文杜詩讀之者於汪洋浩瀚中綽有規矩可循即考據字義所謂無一字無來歷者信不虛也如工部懷古詩羣山萬壑赴荊門生長明妃尚有村前人略而未註或謂荊門即今之荊州但去秭歸三百餘里於義未合有予役巴東者歸言過其地在歸州東北四十里有山名荊門羣峯聳峙惟此山獨低且中凹類蜂腰山下有村名香溪蓋當年產明妃處也似此

則人之以杜撰論者皆未嘗親歷其境者也坐井觀天以蠡測海此固淺陋者之常亦爲弗以不解解之噫學如淵海天下之難以窺測者又豈獨韓文杜詩也哉

因時生感即景言情此固興到筆隨以寫其憤懣抑鬱之志者也若夫花朝月夕詩酒流連是又風流自賞超然於名利之外者矣如鄧頻伽先生於八月八日夜小飲薄醉姪女阿荼言曰上巳端陽中秋重陽皆爲令序如月色佳時即中秋菊花開日即重陽似此良夜何可辜負焉不作探中秋詩先生曰可因吟曰杜門長夏治幽憂暫返西湖亦近游容易家居三五近相將沽酒十千酬膝前姪女頗解事醉後狂奴不識愁叢桂已馨小蟠白兩螢排日作中秋誠可謂家庭韻事矣都門每屆冬令濠河氷凍設立氷牀使行路也風雅之士聯絡數牀聚於一處圍爐飲酒烘硯賦詩如入晶宮如泛銀湖信足樂也某茂才才藻富贍口占一詩聲切異羣云駛於走馬小於舟滑滑歌中亦足豪上下不交人自冷風波一息此分高但憑堅腹消行險略揩橫肱寫夢勞直似游仙塵境裏瓊壺咫尺忽周遭此又別開生面也文人筆墨隨在皆寓天機若必於跡象拘泥求之則鑿矣

詩本天籟隨機而得有終朝咕嗶而不能吟隻字者有不必爲文士而亦能居然成章者詞雖不工要其道性情一也嶺南李某者武弁也年五旬日隱於市廛向在軍營備歷艱辛事非其主僅保把總鬱鬱不得志棄而歸來貌雖傴僂眉宇間饒有英氣一日與嶺南羈士相遇沽飲小憩觥酬交錯議論風生李連浮數大白曰君文人我不解章句有俚言請政可乎羈士欣然曰諾李遂口號四絕曰當門吏鼓戴寒星猶憶從戎兩鬢青萬丈光芒騰虎起腰間寶劍血風腥霹靂聲中殺氣黑鎗矛接處陣雲黃便須匹馬橫衝去刀下頭顱落電光迅如鷹隼疾如飆壘破堅城躍吊橋不是命輕同草芥皆兵爲有霍驃姚可憐李廣不封侯百戰歸來漸白頭我欲問天天不語一腔熱血灑吳鉤慷慨淋漓吐壺幾爲之碎羈士肅然起敬云關中觀者嘉定錢竹汀宮詹之老僕也宮詹退食之暇吟詠不輟僕隨侍十數年耳濡目染間能拈韻頗多俚語如題鐘樓云遙望鐘樓一座方當中顛倒掛銅缸東邊撞起西邊響隱另哩琅隱另喤結句蓋狀其聲也過江斷句云所以當年關夫子開場先唱大江東別饒風趣足資藝林嘉話要之能詩者皆盡性靈李某馳騁疆場英銳過人而竟不得大用宜其詩抗爽之中有憤懣之氣固不得僅以武弁陋之若關某不徒爲紀綱之選而兼爲風雅之助則亦天之生是使獨者矣嗚呼豈易易哉

女子無才便是德世人類言之然能恪守閨箴雖遇人不淑而無交謫之聲則才德兼備矣鹽城有才女者不詳其姓氏嫁夫某業儒家貧甚而伉儷頗相得屆天中節杼軸其空幾不

能爲炊女詠一詩云自憐薄命嫁窮夫明日端陽件件無佳節莫教虛過去聊將清水洗菖蒲書於案頭夫見之殊自愧忽忽去明夜携豚蹄酒一壺以返邀妻大嚼妻不解問詰之笑不答未數日吏胥拘夫去蓋端陽酒肉之需從鄰家竊牛來也縣令詰其案遂口誦妻詩因逮女問曰汝既能詩可面試乎女曰可令遂以竊牛爲題女口占云滔滔黃水向東流難洗今朝滿面羞自笑妾身非織女夫君何事效牽牛令大加嘆節遂赦其夫爲贖牛歸之鄰家並給白鏹二十金以濟其貧嗚呼令可謂風雅愛才者矣若女也巧思天成氷清玉潔謂之才女也可謂之賢婦也亦可

詩必窮而後工古人謂然有窮而不盡工詩者亦有能詩而究至漂泊者非詩累之也才使然也京師某鉅公遇一丐者追呼求助衣衫藍縷而吐屬風雅聆其言則云周急不濟富何惜一文錢某異之詰姓氏住址丐操南音稱係江南秀士問柳尋花揮金如土金盡流窮飢戚嗟棄故鄉一貧至此並誦自撰一詩云夢入揚州不數年迷離酒國與花天而今落魄燕山寄百結懸鶉丐一錢某給青蚨百數丐遂吟哦而去蘇城有高某者耽吟詠以舌耕爲業一日有江北災民哄至高方擁紙屬稿賦感懷詩拈寒字韻其中上一句云有限年華催老易思久不屬忽一廿餘歲者援筆續之曰無靈文字送窮難高大服留之坐不應贈以青蚨受之問其姓名復口占二語云他時得志終相報此日相逢實自慚不告而去泥上有一寒婦年約五旬持白紙粘牆隙躬親握管而書其略云籍隸雲南太和縣人隨良人游幕福省漳州公餘餘暇選韻徵詩倡隨樂甚乃以造物忌才良人病殂一空依傍漂泊難歸擬往江西玉山縣投親道經中浦阮囊羞澀行止兩難淪落天涯途窮日暮而又不甘爲沿門之乞倘有垂憐俾免爲異鄉之鬼啣環結草後報當圖末繫一詩曰自歎今生命不齊十年漂泊望江西此來梅花沿門缽遶水淒涼得句題噫風流自賞淪落窮途皆才爲之累也豈其才嗇其遇古今來豪傑大抵皆然又豈獨工詩必受窮哉

弔聯挽章所以誌哀感也凡人生平學業政蹟卓卓可見者率以數句括之故情深文明堂望正大非名手名筆吐屬皆有煙火氣若夫獲揚巾幗則尤難出色矣沈文肅公配林氏文忠公女也當文肅守江西廣信府時髮逆逼城下郡之民遷徙四出公與夫人堅守不去嗣得梅總戎鏡臣救援圍遂解公即擢用九江道是役也夫人之力居多癸酉歲公爲船政大臣夫人於中秋日病歿輓聯極夥惟恩縣張翁生司馬一聯爲冠云爲名臣女爲名臣妻江右佐元戎錦繡夫人分偉績於中秋生於中秋逝天邊圓皓月霓裳仙子證前身語皆紀實貼切不移又文肅公歿於兩江督任寅僚輓言盈集惟桐城甘愚亭大令一聯云葉公可謂

賢哉陸嘉定雖曰罷歸無怨言猶感知己武侯從今逝矣痛長沙誰能起用常痛哭恐為癈人蓋甘君前於署崇明縣任內因公被劾故一引葉天顏劾陸清獻事一用三國志廖立傳語也工切無倫一時難之蘇撫吳公子健太夫人迎養撫署辛巳五月五日病故時奉安太府諸公詣省昭文令陳明府鈞堂挽以聯云一德君臣同悲哀日三吳士女為罷端陽節十六字大氣包舉俯視一切真可於勝山淵海中獨出冠時矣其他則自檜以下無譏焉閣督何公小宋配吳夫人生出名門長歸望族夙嫻閨訓隨任南北省相夫教子長男耀章出守粵西三男翰章己卯舉人辛巳春正月立春前一日無疾而逝福氣之大全受全歸一時挽聯之盛美不勝收惟何公挽其夫人一聯膾炙人口爰錄存之勤儉本家風憶前劉督粵姑戀孝回天吾不及音容空想像縱使承顏有子哀年喪偶淚難收一字一淚如泣如訴令人不忍卒讀所謂情深而文明者其即是耶無情可言則又取乎詞意正大包掃一切斯無愆語之誚天下之輕意搦管者其試思之

楹聯佳句往往有集用成語而極其現成者有湊集法帖之字而成句工緻者妙極天然莫可訾議聞京師內人近撰一聯云五科殿撰備五行金木水火土四川封爵凡四等公侯伯子男所謂殿撰則戊辰洪鈞辛未梁耀樞甲戌陸潤庠丙子曹鴻勳丁丑王仁堪也所謂四等者公岳鍾琪伯許世高子鮑超男楊遇春楊於嘉慶十八年世襲男爵迨發逆後加侯爵按封爵各省均無五爵之封川省獨備是亦　熙朝佳語也又江甯貢院自癸酉科藩司梅公小岩提調院事運水入闈高屋建瓴鑿壁穿泉免挑運之苦受汲引之福一生注水烹茶招茶烹鑿壁泉五字措對火不屬良久大呼五百年前已天造地設一對明人筆記中不有烟鎖池塘柳一句乎五行各備合號嘖嘖稱贊以為得未曾有云故並錄之

集句成聯自寫心胸然亦一時靈機所觸故皆妙緒天成耳閒壺居士書一聯以粘壁曰大白狂浮客舞劍小紅低唱我吹簫並跋其後云上聯是英雄氣下聯是兒女情人之所以為人也用得其中為聖道下此則參得透把得住為禪關否則甚其氣以溺於情耳又作數聯以為斬魔之符銘諸座右脊房神仙夢生涯翰墨緣事到悔時已無及人非交過豈相知對天欲訴不平氣入地偏多未了因掩耳不聞非分事存心還是有情人自有文章何必顯絕無骨肉乃真窮其贈友聯云彼蒼將我生何用知己得君死亦安觀此可知其心之憤懣世界茫茫亦經過幾番閱歷矣有才不偶抑鬱無聊洵可惜也

爆竹一聲除舊桃符萬戶更新新歲人家遍貼春聯由來舊矣紀文達云楹帖始於桃符以蜀後主餘慶長春一聯為最古由宋而降宜春帖子多用對語且以朱箋書之或集葩經寺

語或集唐宋人詩句其相沿可考者如王沂公皇帝閣立春帖云北陸凝陰盡千門淑氣新明太祖召陶安為學士御製門聯賜之曰國朝謀略無雙士翰苑文章第一家我朝聖祖賜桐城張文端相國立春帖子云天恩春浩蕩文治日光華張氏歲歲貼之今則比戶皆然矣日月光天德山河壯帝居此陳後主入隋上文帝詩也東俗壓德長發其祥集葩經語自為成聯物華天寶日人傑地靈時引王勃滕王閣序各增一字後人沿用不察皆有所本也吳孺舉有詩云光園本子漸無奇不用冬烘貫巧思除卻宜春方勝樣家家偏寫盛唐詩周宗泰姑蘇竹枝云學書兒竟弄筆勤春聯幅幅賣斯文人來問價增三倍不便龍飛龍右軍亦可見風俗之相同矣除自今日京師風俗新年必換春聯官商士庶無不以朱箋貼門煥然一新鋪戶對聯大率以首一字用本肆字號集成一聯無論有虛實不對者而一聯中為此一字拘定煩費心思支離牽強者固多而妙合天然者亦間一有之如慶樂戲園聯云慶春王正月樂天子萬年堂皇正大無以過之慶仙居大酒缸聯云慶喜昇平開酒甕仙居日月駐壺天大酒肥魚豪士興缸花杯影美人風上六字一一扣定又係本地風光相傳為胡侍御作洵聰明吐屬矣他如瑞香樓棧房香鋪聯棧曲有雲皆獻瑞房幽無地不生香宋業鐘表舖聯云宋業新開必表而出義氣相應如鐘自鳴首末扣定頗見巧思題酒家云勸君更進一杯酒與爾同消萬古愁書場云把舊事今朝重提起破工夫明日早些來又如題鴉片烟館云重簾不捲留香久短笛無腔信口吹以放翁詩對鄭震詩天然之巧不可思議亦傳世之一端也

除夕送窮之聯文有韓文公賦有楊子雲風流佳話歷古今而不磨乃亦有仿而為之作為楹聯者亦可憫其志之悲而境之塞也至於諱窮為貧則品斯下矣京師人烟稠密甲於天下富家竟購千萃爆竹付之一炬貧乏之家即謀食維艱索逋孔亟亦必燒響數聲香焚一炷除舊年之瑣瑣卜來歲之蒸蒸此習尚類然也其君名孝廉也博通經史著作極多出為大令迂拘忤世遂辭職京居甘清苦然四壁蕭然一甑外無長物矣除夕夜自撰一聯云放十枝爆竹把窮鬼轟開數年來被者小奴才撥眾俺一覺空手燒三炷高香將財神請進從今後願你老夫子保佑我十萬纏腰雖近俚俗實寫至情有過其窮蹙讀而誌之可知其清況之苦矣又某君以貲郎入部書家有餘貲性慳吝諱言富衣履故作寒酸態人多鄙之其大門楹聯則暗藏富戶二字云未若貧而樂誰能出不由彼固不知也見者皆竊笑之蓋倩友代書友故作此嘲之耳詩云善戲謔兮不為虐兮其殆是歟

青樓楚館騷人詞客雜沓其中投贈楹聯隨處滿張其情詞縱纏天然工妙甚難然時一

得之如秋芙堂女妓對云秋水為神玉為骨芙蓉如面柳如眉聞此聯係許浪生尚書集以贈淨香堂伶人者春者秋芙長春別字也人復勒茲以贈妓亦取其工雅耳春復堂伶人對云春為歲首復見天心聞妙堂伶人聯云聞歌起舞妙句欲仙伶有號如雲者聯云如何人不識雲在意俱遲妓有號素雲者深心託豪素澹腕生層雲落落大方均現成而有趣者信不乖乎風雅矣若夫酒食游戲日相徵逐本不知風雅一道狎昵之言彌人聽吻口為談蓋比比然矣或亦贈以楹聯詞成俚句要皆榛蕪滿目惡俗難堪而妓固不知也乃猶茫然以此某容之所贈人雖有識為淫褻鄙付視之妓猶不敢忍陋容之怨也滬上妓名琴仙者有友人其房見妝臺一聯云琴韻和吐芸美矣謂武仙容頓香有是哉吁嗟遂不禁掩口葫蘆矣又有贈十全妓者一聯云十分如我意全不怕人聽純是讖謂之詞乃猶高挂楹間大可哂也嗚呼妓目不識丁者也豈無絕妙好辭或則上下聯倒置或且東諸高閣而此鄙俚無文之聯懸過廟房不忍棄去斯文掃地亦可歎耳寶劍贈於烈士紅粉飽於佳人不信然乎。

生禀異質幼而岐嶷不與人同如唐之李鄴侯七歲能屬文張九齡成之亦謂才華早露必多福澤也然亦有不盡然者總視乎其家之培植如何耳某鄉有神童七歲能背誦黃歷一本書卷亦熟長好游冶未冠而夭可知飲食教誨不能稍寬責備恃天資而不盡人事鮮有不敗者。

蘇城張氏子五歲入學初讀大學應口成誦日凡四五頁數日已完七八歲即熟七經為之師者自審才力不逮已三至而三辭矣又錫山陸稱然女有神童之目方九齡塾師曾以春風狂似虎令對女應口而出曰秋水淡於鷗以成語對成語妙不可階掃眉才子其信然矣要之男子聰慧夙具父師苟及時訓誨大器可成若女子有才半為造物所忌亦何若稍秘英華而養其福也然天之生是使獨也又豈在尋常意計中哉

文字標榜時風所尚至於反脣相譏則有傷風雅矣薛君慰農掌教金陵某書院偶作白門新柳記一書述秦淮之近事續板橋之叢談蓋亦畫舫錄板橋記之例耳風流韻事本無關夫政要時議因禁燬稽當事為李公雨亭以此書為罪首禍魁爰劈其板且於書院扃試之時各致譏彈一則曰勸農詞一則曰喜雨亭記於是大相反脣文字之孽可不畏哉白門士人撰有楹聯以記之其聯曰喜雨亭記勸農夫詞官場與詞壇互肆譏評果誰是絳帳生徒白門楊柳風流本風雅偶然遊戲亦何妨詞雖不工亦可見士林之清議云

壺天錄卷中

淮陰百一居士著

古來輶軒問俗所以覘民氣之盛衰民心之純駁也降至今日人心不古世道日下而爭妍門媚頹風敗俗使少年子弟踰閑蕩檢傾貲喪家者則莫盛於平康之里此中鉅觀以滬上為最而閩省則亦亞焉閩閩省城南關十里許曰南台烟戶繁盛茶行鱗次洋界商人集貲於此街道錯綜有上杭街下杭街后洋裏田中街之名皆闤闠崇閎熙攘接踵而青樓著名者如金秀家金崔家等亦列屋環居其中焉其妓之冠時者呼為白次者為黑即長三么二之稱惟初次合歡資須訂三舖多者八九十金或六七十金不等至少須二三十金其他纏頭之賄搞賞之資仍非十數金不可定情後乘興而往毋復損貲年終需結而已排場遜於滬上風味逸勝粵中凡從作狎邪遊者每樂道之更有揣子班數處與白面妓家相距四五里而遙此隨彼界儼劃鴻溝有金玉堂天福堂名目各立門戶爭妍取憐亦可以敘幽情舒逸志也官場遊興多入堂中紳賈娛心則居家內緣各堂能語官話各家皆操土音其趨之若鶩者亦嗜好不同至於西門外洪山橋地雖僻陋春色仍包每迎送官員之時坐舫中皆有艇妓媚態百出亦往往有迷戀其中者故惟不欲行樂則已苟欲尋芳花天酒地何處無之噫淫風盛則世風降當此波靡之會而欲其翻然改也難矣孽海茫茫不知沈溺多少矣此有心世道者所為隱憂也

衣冠優孟最易動人而淫戲靡靡有聲有色能使女德之貞靜者轉入邪淫則其弊不可勝言金匱有已故善士余縵文治曾譜庶幾堂今樂二十八種大率搜羅古今善惡果報填成詞曲募幼童教演成班登場時形容點綴或歌或舞足可移人心志嗣因費用不充廢棄已久原本散失江浙善士廣為搜求始得見廬山真面付諸手民壽諸梨棗曲語新穎並可增以燈彩苟得妙伶扮演足為耳目一新庚辰仲夏上海道於滬上戲園各頒一部促即演習登場以資觀感聞天仙茶園先成一齣名曰魁星現是齣節目繁多增以燈彩愈加新奇可賞於是觀者闐至樓上樓下足履皆滿同聲贊歎夫所謂戲者不過娛人意耳命意既佳自洽人意平日熟覩之戲如烏盆計伐子都趙家樓大香山洛陽橋等劇何嘗不粗鄙然特習慣了不覺其動人耳一旦以新曲易之其沁人心意者當不知若何鼓舞矣革澆風成善俗於此見一班焉

庸人俗耳凡當世富貴崇高聲名赫赫者莫不震而驚之仰而慕之皆欲得其尺指寸箋以為閭里光若再得攀附牽扯或託累世之交或附葭莩之誼則無不津津述之謂足以炫耀

榮施也噫俗之陋也甚矣近有某殿撰書法本不冠時大魁後膺舉竟起體弱多病攤於執管而踵門求書日無停趾於是籌一妙策仿板橋老人為某禪師定書竹之例定款目昂其值不卻而卻之法也乃仍有一便面而酬二金者一楹聯而酬八金者詢其由則曰書法猶其次難其以弟字署款耳聞者莫不哂之噫此亦何足哂哉世人勢利之見相習成風大率於紗帽下求書畫特未出諸口耳哂之則以五十步而笑百步矣雖然人之能侃侃而談者人哂其鄙吾猶取其愚而直也

中國戲法由來已久衣冠優孟音曲纔歌此固可以悅目娛耳也至如手戲雜劇以及走索吞劍者蓋不可勝紀而以與西戲較則遜焉西士之以戲得名者前則有晏打臣後則有夏思美夫婦戲亦相仿手法靈敏各擅其勝爰錄之以見一斑晏戲甚夥首演賴婚控官有充原告被告者有充問官陪審者原告先出次陪審次問官末乃四婦人與被告婦同出或唱或說形狀不一問官怒碎其卷下公座與陪審及兩造混鬧婦人乃於公座前上牽四黃絕下絲問官問官儼似小丑移時乃罷自是而下乃演雜技布毯四束既方且正觀者屬目空空如也不移時於毯內取出雞卵十數枚不知其何時置之也取一玻璃盃置灰其中外設一空木匣不移刻盃中之灰忽至匣內匣中躍出芙蓉鳥兩兩飛鳴以空箱一鎖其上包之幕之罩以帳引西女坐其內恍忽間似失西女迨啟箱而女在焉引一美女置之几上左右支兩木忽而去其几屹立不動忽而去其右手之木仍屹立如故忽而橫其身作美人春睡狀忽而並去其左手之木則全身橫於空中忽而女自空中下向客作告辭狀而入一西女登臺奏細樂桌底懸明燈空洞無物人悉見之忽而臺上下火光齊歛臺之後復帘倏開火明帘上忽覘之則西畫一幅繪大洋風景始而一輪船徐徐而過蓬帆人物歷歷如生繼則黃幅畋藏但見長天連水一色渾涵數輪船或遠或近海濱房屋樹木紛迷而來層次井然遠而望之且忘其為畫矣終又繪一輪船遭風狀電光閃爍大有黑風吹海立之勢焉既罷諸燈乃復明又一美女偕術士出術士衣服顏色鮮以手向女而畫諸符訣女昏然若睡以兩棍撑其臂立而足懸於虛任術士之曲伸無不如志繼去一棍離取衣飾互換倏如天仙倏如劍俠倏如武將倏如魔姬燈光亦青黃紅綠變幻不一術士乃念念有詞抱女橫臥又去一棍女遂如列子御風移時術士畫一符女乃欠伸而醒焉他如咽以棉絮探之喉中則已綿綿如帶焉吞以針線出之口中則針皆穿於線焉以一袋裝其婦深縅其口俄而女自袋中出而袋口封如故焉以一筐納一人刀刺其腹俄而人已立臺旁而筐中竟無有焉皆技之可觀也其尤奇者有地球之戲球大如栲栳高二尺有奇中實以圓木外包以棉花又加

壺天錄　卷中　二

以布一西人立球上定其上踏其足球隨足滾初尚繞場而滾嗣乃於桌上置木板厚寸許長約三尺平置桌上兩頭皆空球上人蹴球近板旁人斜置其板一頭著地球即緣板而上既而滾至板中板如天平人又蹴球倒退板又斜起如是者不一其自下而上也人皆背立往來用足毫不用手足力淘純熟至也又有鐵圈之戲一西方美人腰如弱柳立足於馬背而疾馳焉又有一西國男人與之並驅繼而男女各翹一足立馬背相向而斜戲布幔梁上周圍繫以竹圈糊以薄紙徑約三尺當飛馳迅疾之際忽躍起飛身鑽圈既穿復飛身下追及騎仍一足立馬背而馳西男亦如之再接再厲一時間數十圈靡不躍穿而紙已悉破矣夏戲亦不一致匣中變球盆中取花等戲猶人人能之也若所謂最奇者懸一空籠於樓前洋鎗一擊忽有數芙蓉鳥出於籠中使之放炮過橋作種種跳戲嗣以一鳥納鎗中手持長劍割紙一聲鳥已立劍尖飛舞矣客有金戒指二枚夏索之置臺上有侍者出磁盆盆中蛋三枚夏取一置侍者頂上一拍蛋忽由侍者口中吐出取客帽一以戒指納之攪以蛋汁少頃取出則戒指各有物貫之矣又向座客取一表一巾以巾包表置於右首之木箱上繼取紅色紙兩張包於紙外付座客拆視則空空焉客大駭夏故作驚疑狀而拆開之紅紙固落於臺前板上不轉瞬而紅紙之下又儼然木箱焉乃取箱開者則箱中有箱連取八九隻最後一小箱僅二寸餘夏君付店客啓之則表固在內也兩玻璃盞分貯紅白水又一大盞將水併注於中分置三處有水者在中兩盞分於左右各罩以幕出紙條丈餘盤於幕上似帶之聯屬者旋剪斷之迨揭幕觀之則中盞已空水仍在二盞內左紅右白若涇渭之不相淆也臺上設練紗長罩一具空洞無物夏於臺右拖其婦出罩之其婦佯懼三逃而三拽之罩甫畢夏提鎗至臺前砰然一響臺上揭罩而婦則不見已在對面樓與夏言笑自若矣戲既畢夏乃令其婦鼓琴已則擊雲板以和板如中國九雲鑼但多至數十面形如方桌其聲淵淵若裂金石由徐而疾音響鏗然而其婦之琴聲與之相和聲大而宏不啻雲和夫人之絕調也故當其出臺也雪貌花膚與燈光相耀映足以娛目也及其奏樂也應絃合節如絳樹之雙聲又足以娛耳也游滬者得未曾有無不歎觀止矣要之奇技淫巧足以蕩心古聖之垂是戒也豈偶然哉今則以技巧為工窮極變幻雖曰戲耳而渾樸無為之風不相致而漸於漸滅乎以得見為幸吾正以不見為幸也嗚呼觀於此可以知世變矣

自來禁娼之法往往失之嚴厲然亦不過由此驅彼以鄰國為壑耳良非善法也如制軍沈文肅公新法所謂不禁自禁者其禁自神以秦淮妓館多令設於幽僻處門式高僅三尺澗僅尺半入其中者必俯首鞠躬而後入於是冶遊者率皆望望而去焉有人因作禁妓新法

壺天錄　卷中　三

記亦風流韻事也。其略曰。自來名妓之癥嬌。必占湖山之勝地。眉黛分烟嵐之秀。眼波剪秋水之神。芳名播於一時。艶跡傳於累禩。否則真珠簾底。姹女爭妍。白玉堂前。嬌娃門靡。花明錦障。擬道韞之清談。柳鎖紗窗。增元機之綺思。盈規規乎璘梁燕宿。鶯擬鶯栖矣。下此者蓬牙密布。橋邊平鋪。厚其墻垣。不數藏春之塢。入此室處。幾疑銷夏之灣。名流於此。怡情遊客不妨駐足。然而小家碧玉。豈少清狂。況復大道狹斜。頓成虛語。或作偷遊之計。徑以闖而誰知。貸為避西之國。情以深而難割。所以迷香有洞。春色撩人。卒致避債無臺。秋情為役也。側聞初入金陵。睹秦淮之靡麗。旋聞珠市。然鄭國之荒淫。粉俗脂膏。何以處此風行雷厲。豈其然乎。此等娟娼等庭花之無主。予懷渺渺。念獄草之旋生。爰以良辰特懸令甲。謂嗔笞叱燕殊乖杜父之慈雲。而打鴨驚鴛。尤愧召公之陰雨。不若明申體例。別出心裁。漫賦長門。只許側身而入。儘留矮屋。誰敢昂首而來。雜之於闤闠之中。自尤共睹。示之以蜉蝣之度。心本無他。特建業城中。閱傳憲諭。而春申江上。未覩明文。或特改絃若葉。毋屏謡傳。尚冀易轍遊人最喜翻新。厥後是法因循未果。倘遂通而行之。縱極好狎邪遊者。又誰肯以鬚眉七尺之軀低首下心。至於此極哉。孽海迴瀾。述津寶筏。良法美意。莫善於此。格而不行。惜哉。

自來武暴之夫。効死疆場。身沒而名自彰。其死也正。若既俘歸牖下。正宜優游林泉。一洗驕橫之習。以保首領。此計之至得者也。乃復怙惡不悛。顯昭刑戮。身喪名毀。如李世忠者可戒焉。按世忠以戰功濟擢提督。嗣因捻匪多端。朝廷革去提督。亦可以懲創萬一矣。不意光緒如故。光緒辛巳歲。緣與貢生吴廷謙有隙。誣以行搶。拘繫宅中。橫加毆辱。衣冠士庶。咸為切齒。由此以推其惡跡。概可知矣。皖撫裕中丞奏上。朝廷震怒。下正法之旨。於其舊部。概無牽涉。此國家用法之公也。世忠既誅。眷屬乃領屍棺。妻某氏頗有條理。凡交游餽贈奠儀親密者受之。疏遠者卻之。皖省房產。統歸於河南會館。扶柩回里。且恐罪人妻孥。肆相欺侮。某懸裕中丞移咨豫撫。飭該屬邑。寬禁凌孤寡。綢繆至計。固可憐矣。然在世中積惡累及妻孥。則不足憐也。時有戚友贈挽聯二。誠為的切之論。首聯云。曹文正保無異志。也算遇着了一生知己。英果敏煞費婆心。豈料止做個半截恩人。又一聯云。也曾戮力中原。方期永贖前愆。功收一簣。偶爾關心外侮。詎料釀成巨獄。星陨三更。嗚呼世忠以橫暴罹法。固非死於法也。實死於一己之玩法耳。苟不玩法。加以戒懼。亦何致終老牖下。而不保首領乎。狼子野心。不至罹於法不止。亦彼之乖氣致戾耳。而凡為武暴之夫者。當格外警懼矣。

懷刑之道。君子是愛。賤貨之舉。賢者是勉。若貨至於賤。而遂罹大辟之刑。試問貨何在乎。徒賤其命耳。如同治庚午。總兵周東興被誅一事。可懼已。按東興以軍功擢記名總兵。發甘肅

差遣。其時大軍指金積逆巢未下。呼庚孔棘。左爵相檄赴中衛。設局採之。中衛當邊塞。以孤城堅守歷年未陷。四境蹂躪。孑遺生氣奄奄矣。東興至。按戶派買。給以半價。民不敢則令返價而獻粲金。如所給命之曰賠頭錢。是可忍也。他可知矣。既得錢。窮極奢慾。靡惡不為。民困甚。相率走平凉。控於糧臺。至對簿。莫贓盈萬。得實不誣。事聞。得旨依軍法。東興時繫平凉獄。尚不自知當死。聞出與親故談讌如常。爵相盛陳儀仗。高坐虎帳中。召東興跪墀下。諭以罪當死。東興始號哭。已成新疆効力。時罪爵相曰。正法之旨下矣。何効力贖罪之有。叱左右引出。東興攀柱號哭。堅不肯行。左右強挐之出壁門外。北向設香案。嗑哀乞。監斬官肅立棠西三丈許。鋪紅氈。適壯士赳赳。明刀耀目。一時觀者紛登壁上。東興踟躕。獨出足不得前。數左右顧。見有親故至者。託身後事也。既出壁門。乃握監斬者手。且泣且語。監斬者促望闕謝恩。東興不得已。遂遡九頓首。跪既起立。仍向監斬者泣語不休。監斬促之。始不得已。徐徐就戮。跪甫跪。壯士持刀一揮。頭砉然去身丈許矣。賠頭二字。乃驗於此。顧不奇哉。夫東興罪貫盈矣。無可以哀矜者。惟創此名目以斂賄。即援此名目以授首。究之財何在。首何在乎。可發人警省矣。且中衛民之控東興也。聞亦有慫恿發之者。則東興僚友縣丞劉鵠如也。鵠如之惡。亞於東興。其慫恿攻發者。非秉公持正也。以分贓不均。而又妬姦爭妓也。東興既誅鵠如遂患心疾。時作囈語呼東興不休。不一月。嘔血死矣。東興死固矣。然如鵠如訐之則以燕伐燕。懷惡而訐。雖死不服。其為厲也亦宜。陽譴如彼。陰禍如此。吁可畏已。

仕官一途。古人以為幹功立業。治世治民之具。今人則以之糊口贍家。他非所計也。至於以清廉自矢。不必賺錢語之者。則多目為癡矣。近有一痴官。人雖不重。而言則可取者。如胥門某姓者是也。某家本殷實。父母以獨子甚愛之。讀書十年。胸無點墨。乃為援例納粟。得雜職某官與勃發。眠夢思想。即成瘋癲症。其發時。頂冠束帶。命僕從舁以竹椅。持竿以唱。周巡迴廊複道。日以為常。且大犒賞。故僕從樂為之役。人皆以癡官呼之。一日。有戚串見之。謂其父母曰。作官所以賺錢也。今若是。癡則不謬矣。某於是反唇駁之曰。不然。官而賺錢。是痴於錢者也。雖不癡而不得為官也。官而賠錢。是癡於官者也。雖癡而狀不失為官也。予如多言。當以官治之。嗚呼。今天下豈有痴於官而不賺錢者哉。如某之言。實為官之錮蔽也。故舉之以訓世。

小醜跳梁。潢池弄兵。原屬常有之事。然要皆疆臣有以逼迫之。武夫宜力行間。臨塲效死。承平而後。徒博頭銜之虛名。竟無職守之況。地甚至裁遣歸里。無業可食。懦弱者或成餓莩。強暴者鋌而走險。釀成叛逆之事。誅其怨罪不可逭。原其始情實可哀。如李揚材一軍。可鑒焉。李

揚材者，廣東合浦人，或曰靈山人。狀貌魁梧，膂力過人，聞人談兵術，輒樂之。父兄使遊學，不聽，棄而習武。時江南發逆盤踞金陵，揚材附焉，後投誠於粵西提督馮公子材營，投效討賊。馮公時統兵鎮江，試其勇，命為五十夫長，守南門。揚材結其眾以恩，眾心感戴，屢攻屢銳，敘全城功，擢都司。蘇省奏凱，馮公赴柳州任，揚材侍之不去。洎馮公勦左右江，及復安南，勦叛逆，揚材以偏裨隨營，恢復數十城，迭著戰功。安南地土民情，於是熟悉。馮公上其功，累遷記名總兵，得俊勇巴圖魯名號，覃封三代，嗣又署潯陽協副將。揚材一勇夫耳，祿位尊顯，亦可謂不負其功矣。無何，而裁汰之議起，倒脈歸田。揚材乞留西撫標下，不之許；復乞改隸粵督部下，又不許。中心怏怏，進無可効，退無數畝自安，於是有虬髯客自王扶餘之思，不忍老死牖下。戊寅秋，遂由粵西侵安南矣。先是，發逆既平，餘黨竄入越南，官軍與越南會勦，根株未除，將十洲一隅，租稅割界之，俾自征其租稅十數年。海內亡命者，視為逋逃藪，聚集五萬，分為黃黑二旗。至是與揚材合，肆出騷擾，所向披靡。粵督劉峴莊上其事，朝廷震怒，命軍門馮子材勦辦，以揚材係其舊部也。而越南國向無兵備，驚惶特甚。揚材復得草四坤所守水師老巢，名水藻洞，外濱大海，內皆沃壤，安置家屬已，乃迫東京，總督辦米糧火藥，總督恐受蹂躪，從之。嗣又攻破太原之龍眼洞，洞固險要重鎮也。越南有總制七省黃經略飭劉黑赴援，連敗績。海寧東北有恭梧連城，皆為揚材所據。海寧距東京不遠，而越京之勢益急，而揚材之氣益張。越京一破，宗社邱墟，國王乃星夜致書粵督，求代奏，其略曰：「轄下莠弁李揚材，無端起衅，撓亂我邊陲，傾覆我郡邑，縱橫我畎畝，殘虐我民人，震驚我社稷。下邦恭順天朝，不可謂不至矣，乃有狂寇投及藩封。閣下總制南方，允宜興殲渠散脅之師，扶弱鋤強之舉。朝旨命提督馮子材勦辦，恐未能迅為蕩平。且當日黃旗匪黨亂南之時，非馮公勦辦乎？何以餘孽蔓延未已也？下邦孱弱，民未知兵，板蕩之憂，無時或釋，痛鑒前車，思安版宇，故懇援情上奏，請旨飭直隸總督李爵相，或飭陝甘督左恪靖侯，星馳南下，督辦軍政，庶叛鎮速伏斧鉞之誅，南民立解倒懸之苦」云云。然而秦庭雖哭，漢將難飛，所幸黃黑旗黨潰，成林先為粵省大憝，招撫已願投誠，觀望徘徊，僅守十洲，不出。李勢少孤，馮公督兵進勦，駐太原府，李將校聞風解散，並不交鋒，如僕固懷恩之於汾陽王，避不見面。人謂馮與李有師生誼故耳，抑知馮之慷慨興師，兵精將鋭，出關時固誓不兩立乎。先聲奪人，拉朽摧枯，馮遣將弁於左祿、左大等處，先後招出李逆養子羅來崇，並陳有連等六百餘人，李之跡於是大殺。己卯三月中旬，馮公督軍連克左舍、那飛、灘頭、湖口等處，適近者岩，者岩前有長湖圍繞，後有崇山壁立，林深箐密，堅築巢壘，李逆股匪恃險負嵎。馮公親臨矢石，肩受重傷，士卒用命。四月

四日，克復者岩，毀大小堅巢百餘座，斬獲不可勝計，生擒偽元帥鍾萬新，並李逆妻妾、偽王印一顆，中鐫「奉天承命皇圖鞏固帝道遐昌」十二字。惟李逆遠遁，搜緝不獲，將剿其巢而焚之。李逆素有心腹交甲乙二人，當初亂時，乙嘗言越南必無所成，馮公出關，阻其後路，越南其將軍，又扼其進取之地，首尾受敵。當者岩被圍時，乙已自裁，遺書請李親其屍，以正其當日不能極言之罪。洎乎巢穴已失，李逆潰眾潛逃，至一村，名土瓜者，倉皇投宿，村人疑而詢之，李乃吐實，當為村人及踊鄰營弁糾執，解營報功。或云李逆知情罪重大，無偷生理，念老母陷逆黨，彌切痛心，乃於九月初旬，自投馮公營，請領賞銀一萬兩，贍其母以終天年。要之，皆就擒也。典刑既正，傳首示眾，於是越南之地，鋒煙無警矣。使李逆果有自知之明，於縱橫在盜中，而束身歸命，仕宦尊榮，垂二十年，亦嘗謂初念不及此，乃以不得志於官，致貽後悔。既欲以越南為安身立命處，鋒銳所指，直逼東京，馮公之蒞未抵南鄰，彼已正位越南，以臣服中朝為詞，此猶為計之得也。詎料不規全勢，而輒干叛逆之誅，至於種盡根絕，釜中之魚，籠中之鳥，此必然矣。嗟乎！如李逆者，非自取覆宗滅族之道也哉。

古人於養樹得養人術，種無不獲，此田之自然利也。故以人情為田者，養民之功；而以一心為田者，種福之地。暗滋德澤，培養根也；廣施恩波，沃心苗也；日省其舊疵，力鋤其非種，而心中設種草中善禾，滋養而發育之，三多之祝，其必然矣。推此而凡為善舉者，皆心田之種福者也。縉紳士夫家累素封，其力行善舉者猶非難事，至以糊口之資作善舉之費，則尤難。蘇郡有評話詞客，每歲臘月間，搜覓敝書堆，按名集貲，各奏爾能，說書至十回八回不等，聽者書其分門別類，異曲同工，趣之若鶩。由月初至歲杪，約二十日，得錢可二三百千，概不入囊，周恤同行孤兒寡婦，務資度歲，行已多年，歲以為常。按彈詞薄技耳，而好善不倦之心，直與縉紳士夫相將，而其心為尤苦。廣種福田，所謂一樹百穫者，當於此彈詞必之。

不拾遺金，古人以為高義，近亦有師其義者。滬上有水某者，精拆字相面，家本素封，以運氣蹇劣，家產耗盡，遂以此技糊口。一日，有甯波人某倩拆字，既去，遺一手巾包於几，水啟視之，則金戒指四，青錢五六十枚，仍復包好，秘存之。未幾，甲惶遽而來，索水以原物歸趙，某感甚，謝以英餅二，水曰：「若來拆字，增我生意，自應奉還，不當與拾遺同，又何德焉？」力卻之。甲益重其義，次日，購布掛布袍各一襲，贈之，水感其意厚，始領受。或謂其有古風焉。洞庭東山某甲家居蘇垣，撐水為業，自食其力，蓋已久矣。一日，於接官亭撈水，見駛岸銀錢一甕，知係他人遺失者，久守不去。嗣有一婦尋至其處，詢之，以洗衣遺失，即將原物交還，謝以錢，不受，曰：「若受財，何必還舊？窮人得非義財，百文便致不安，焉若安貧為愈也。」蘇閣己卯中元節社會繁華。

行人擁蒙毒老翁途經吳趨坊。遺失手巾包一枚。內藏金飾數件。係為孫女于歸購覓者。嫉悴尋覓。焦灼萬分。忽有村童獨立屋下呼翁。翁未遑答。呼之再四。翁告以故。童子取原物還翁曰。予於此間拾得者。慎攜之。勿更遺也。翁感激。酬以兩洋蚨。不受。固與。乃曰。余母病。無以奉晨餐。必欲貺。請遺甘旨可也。翁於是借多佽賄之而從去。按童子余姓。年僅十三齡。母織麻。童牧牛糊口。既康且孝。當時稱異之。噫。安貧知命。君子之風。不圖於技藝微賤中得之。至年未成童。竟有此廉孝之德。是又為非常之人瑞矣。舞勺舞象者。竊願繹然以事之。

紹興何君。世業賈。設染肆於滬上。少有善說。以好善聞。賙濟人急。尤汲汲焉。有某甲失業。家道迫甚。擬鬻子女以撫其鄰陸姓。言於何。何聞而惻然。往詢某甲。生有幾子。以一藥對。年十一矣。何曰。宗祧所繫。安可出此。甲曰。是亦得已而不能已者。不然。何以對人。何慰藉良厚。且云。汝需錢若干。可即持去。男攜之去。立約毋再鬻。女暫留養為若女。果欲其歸。即來領。不汝靳也。甲涕零稽顙。遂如約。何君既完其嗣。又清其逋。懷慨之施。兼具仁厚。世宙茫茫。如某甲者。不知凡幾。安得盡遇何君其人哉。杜陵詩云。安得廣廈千萬間。大庇天下寒士皆歡顏。此香願也。亦極量也。誰其副之。苟如何君。吾願瓣香奉之。

甘泉縣吏王某。年三十餘矣。家綦貧。性甚傲。於人無稱貸。雖懸磬斷炊。口不言貧。居恒以鐵

漢自詡。視富家翁蔑如也。父母早謝世。孑然一身。無妻子。簞耕墨耒。此外遂罕見之。蓋為某寺僧寫經自食焉。一日。以事赴召伯鎮。船抵六閘口。風浪大作。上游一豆船。大幾數百鈞。既斷纜。衝波直下。王固一小舟耳。猝碰石齒。霎時粉散。王縱得一漁舟上岸。見向所共坐之幼童。載甫十四歲。沈載浮。命在呼吸。急出腰間洋蚨三枚。大呼救此童者。以是作謝。漁舟又急救之。得無恙。後王又渡江。將出瓜洲。舟復遇風而覆。王飄浮水面。勢將就殆。忽岸上一人大呼。出重貲。救起。扶至一店。極力灌治之。王既甦。視之。乃前日所救之童也。此店為童舅氏所設。來甫二日。而即遇此事。豈非天道甚巧。使本人自為報施哉。然推王好善之心。即不遇童而亦必有拯其難者。乃遇童而知行善之中。愈有奇應矣。救人者恒自救。人亦何在而不可行善耶。

寶山縣陳某。以為善而得延年者也。客有為余言其事甚詳。陳居吳淞西鄉。其東鄉有農人婦。生子三歲。夫患劇疾。衣裙付典庫。假貸偏親族。舉家待斃。謀欲出傭。又以病夫無託。萬慮攢心。悉覓短見。含淚赴河干。將投清流。陳適過此。慘覩婦狀。詢知其由。惻然曰。爾果死。爾夫誰恃。爾子誰育。是一死而與三人俱亡也。奈何。婦曰。所言誠是。但今不死。貧病益迫。亦無生理。不如先死為愈。陳再三勸慰曰。吾攜有洋一元。米一斗。願相贈。爾取歸。購織布。足暫度晨昏。夫病痊。即謀生計。勿輕生也。婦叩謝歸。如陳所教。夫病亦漸愈。然其感深恨忙迫之際。姓氏未問。夫若婦尚歉於心。逢人說項。欲訪其人。一日忽有人至曰。汝家恩人死矣。盍往弔。問何在。則曰。吳淞之西鄉陳某者是也。夫婦泣而往。入門皆不相識。撫屍大痛。陳家方詰由來。屍忽微動。少頃蘇曰。余回陽矣。見農夫婦。瞿然起曰。若異來。不意往歲區區之贈。活若三命。陰曹延壽一紀。故得返。於是悲者喜。弔者賀。嘖嘖稱道。蓋善無大小。其如濟急。獲報之速。捷于影響。孰謂冥冥中無感應耶。彼徒博施濟之名。而未救人於呼吸之地。厚報未徵。即謂天道無據。其亦思陳某之為何如也。

陸殿撰潤庠。姑蘇人。祖居閶門內。父封翁字九初。承積善家風。處己儉。待人厚。素精岐黃。踵門求治者無虛日。酬資悉不較。雖冒風雨。必步行以診。貧乏者常送診施藥。遠近皆然。見善必為。皇皇然如弗及。蓋數十年於茲矣。每遇有懸窆未葬。必勸安厝。且助資費。里中病者以生。亡者以安。不知凡幾。封翁隱行其志。不求人知。乃冥冥之中。報施獨厚。殿撰連翩直上。高擢巍科。於是封翁之善益彰。易曰。積善之家。必有餘慶。語云。欲高門第。須為善。我有兒孫要讀書。人可不知所法乎。彼徒艷殿撰之顯揚。而不思封翁之積德。是逐其末而失其本也。

木工方姓失其名。上海人。中年妻子喪。誓不娶。喜茹素。儉嗇。甚至有錢輒購水族放生。枵腹

終日。欣然也。姪某設京果肆於城中。憐其老而貧。為整衣履。日贈數十文游資。方吝無所用。但見青蛙。輒買而投諸河。蓋善日積而貧日甚矣。姪嗤其愚。方怫然怒。竟去。惘惘獨行。出城里許。計欲以一死謝姪。白楊蕭瑟。叢塚纍然。時足力倦甚。尋憩息所。見有敝屍瓦缶。因坐焉。已而死念消。復思歸計。舉足一觸。坐器頓碎。撥而視之。則滿其中者皆藏鏹也。遂攜歸密置之。而放生之事。日益數倍。一日有微疾。自知將死。乃命姪營身後事。並以藏鏹贈作生計。噫。生財有大道。原不在乎藏鏹。天既以之與方。方復以扶養之故。而還諸其姪。報施之巧。冥漠中自有理在。姪苟漠然於方。略未顧恤。藏鏹恐屬他人。姪焉能有哉。甚哉善念之不可少也。

掩骼埋骨。善之大者也。固有得報於他日者。亦有隨其掩埋之時。而即獲意外之財者。蓋不一其倫矣。金陵東鄉姚某。家綦貧。而性好善。往往攜鋤荷插。遍陟山巔。覓骸骨之暴露者。掩而埋之。歲以為常。生計益窘。曾有被盜劫害之屍。不加詳察。亦為掩焉。雖遭繫累。並無悔心。人有笑其迂者。但怡然受之。某歲二月初。雨雪嚴寒。攜鋤入山。拾柴煨火。見枯草中有骷髏一具。冰雪凝結。惻然不忍。急歸覓鋤而往。即於其旁掘坎。雪泥膠固。掘許久甫及至二尺深。忽露一甕。其旁甕內。如無骸骨。正可用以藏骨。乃將浮土揮去。則纍然白鏹滿焉。欣喜過望。以銀買置田。以髹裝骷髏。自此衣食裕如。成小康矣。又貴門外甲乙二人。同業木匠。傭居

一室。室有眢井。甲欲疏濬便汲。久為乙阻。一夕。乙夢人謂之曰。井有金。掘之可得。乙以告甲。甲不之信。乙乃獨持畚鍤。啓磚挖土。且要甲曰。若獲金。無染指也。甲諾之。乙經營竟日。於井底得一甕。塞以巨石。力不能負。乃與甲共縋而出。以為金在甕中矣。啟視之。則累累然皆白骨也。乙怒甚。碎甕中骨。將欲投之涸中。甲心惻然曰。不可。暴露骨殖。猶將掩之。況挖而棄之者乎。乃拾骨瘞於後圃。方啓土。忽聞鏗然有聲。甲驚且駭曰。一波未平。一波復生。鬼之弄人至此乎。遂欲掩蓋。甕口缺處。露出白銀。乃取銀埋甕。甲與乙瓜分。乙欲加益。彼此爭執。遂使鄰里咸知。乙自分金後。遂患病。數月未愈。想所以懲其貪心也。又金陵漢西門城腳。舊三聖庵。兵燹後僅存基址。某僧駐錫於此。掃除瓦礫。結茅其上。募助布施正殿三架。繚墻四圍。於是草創成功矣。其他尚缺如也。殿中擬鋪設方磚。地勢不平。浼二土人剷平之。至殿之左隅。一鋤甫下。突現屍棺一角。僧意亂時叢葬於此。既在殿中。勢必遷葬高原。於心甫安。比土去。棺蓋畢露。始知柩已朽腐。屍身已見。萬難遷移矣。不得已定計撿取骸骨。重購棺木另葬。棺蓋既啟。顛倒兩屍。赫然未動。面目如生。且皆衣繡金紅袍。戴王者冠。蓋髮逆之渠魁死於圍城內者也。兩屍各枕黑漆磚一塊。衣和玉帶。金銀珠寶。纍纍焉。僧及二土人見之驚喜。僧乃市棺殮葬於高原。金銀珠寶。僧乃擇其尤者取之。二土人亦分給焉。之三事者。事不同而

掩骼則同。而得獲意外之資也則亦同。謂非一念之善。天必從而報之與。作善降祥。捷如影響。天下之怙惡不悛者。果何為也。為善而必期獲福。其心先僞矣。逞言美報。況妄意求財。亦焉有不得禍乎。故類記之。揚郡東關外河口。為南北碼頭。估客帆檣畢集。水急溜而崖岸高。黑夜經過。一不經意。或竟陷波浪中。好善者沿岸設燈。受患非鮮。左岸有崇姓者。開腐店。好善而勤。晚設三燈。悉心照料。徹夜不滅。某春初。一夜大雨雪。風益烈。崇慮來路一燈風口易滅。攜燈踏雪而往。忽見二人倉皇急走。一奔而南。一奔而北。南去者瀕腰藏一物。雪堆中。乃竄入小艙船內。崇正疑訝。即有四五人呼噪追逐而來。詢之。則云吾舟中被竊銀千餘兩。故急追耳。崇云頃見有二人。竄逸已遠颺矣。但見其於雪中安置一物。盍覘之。往視則原物具在。攜而去。崇既歸。船中人復返。叟崇至舟中。殷然接見者。則一華服少年也。云吾奉父命。攜重貲赴直隸助賑。既被盜而後珠還。皆君之力。君明見竊賊。不思自取。直言相告。廉介人也。況深夜風雪。撿點路燈。尤為力善不倦。今將收回銀分半與君。以助君之樂善好施。子其勿辭。崇大不可。力却之。少年曰。無已。必以零數相贈乃可。遂取而投諸懷。崇不得已受之。此見財不生歆羨。而轉以獲厚贈。亦好善之報也。若夫一意求財。財固未得。而且以得禍者。則如金陵某甲可譏焉。某甲向以織綢杆為業。時運蹇蹶。虧折殊多。賴轉無聊。聞有推測吳命之

瞽者。過其門。遂以八字流年。令彼推之。瞽者言春間財運旺吉。但須在外營謀。若枯坐家園。終失機會。某甲欣喜非分。遂日四出圖求。迄無一得。憂興漸闌。一日於路旁草際拾一紙包。撿視則當票一紙。計所當子母數千蚨。贖出復售。亦大有贏餘也。歸以告妻。相與狂喜。以為瞽者之言果驗矣。乃將素存綢杆。減價售去。並乞貸鄰人。方敷贖用。不意此票係某官宅被竊贓物。正嚴緝賊贓。適某甲持票而往。扭執有司。追其餘贓。某雖百口分辯。無可取信。累累半載。乃得釋。於是某之禍。皆謂為瞽者所紿。不知實某甲妄念招之耳。平時安分守己。外患猶不能弭。況非禮非義之財乎。人徒羨崇某之得財。而不思所以得財之故。是欲飲水而不濬其源也。烏乎可。

人生一飲一啄。自有前定。經營舉世。曾不能稍有積蓄者。命皆耳。況為橫財者乎。得之而成富室者。百無一二。隨得而隨失者。則比比然也。客有自辰州來者云。大酉小酉兩山。多產金銀。居民以淘金餬口者。實不乏人。有某昆弟二人。業成衣。一日弟暇甚。亦往挖之。得金二十七兩。分為三。一埋於家。以其二入甕埋於山。兄知之。勸弟以金成家。半置田產。半作貿易營屋。計且云此天所賜。斷不分潤。抱璞以終。亦何為者。弟深謂然。發家所藏。則非金非銀非銅。色青黑。不知何物。大異之。及再掘山中金甕。則已失所在矣。竟之無跡。懊惱喪心。狂疾以死。

同時有五人。亦挖得瓶金一甕。按股均分。未幾皆變色。已非金矣。又有窖金化水者。則南昌某丙事也。丙日行市中。婦尾隨之。強橫特甚。一日入某茶肆。立於當櫃。茶博士以碍進出。促令稍側。婦則竹杖亂擊。給蚨數十。始曳杖去。人咸議肆主之懦。不知其固與同族也。初丙有兄弟三人。父母存時。業皆投窰。合力耕作。衣食頗裕。丙因治圃。遇窖金。告諸婦。婦曰。吾家未析產。取金歸則公分矣。盍若促分居而後取之乎。於是夫婦詬誶交至。始猶稍緩。繼乃加甚。父母驚異。婦乃直言分爨。且願伯叔闔分家產。自願不取。家未翁姑以其娘慨。如其言析之。事既成。丙與婦欣然往發。以為富家翁可獨具矣。不意撥土開甕。視向之金。纍纍者則一水汪汪耳。懊恨而返。赤手空空。漸將凍餒。家族鄙里。久而始知。皆鄙其見利忘義。故流落至此云。又有銀變泥沙者。則翠波鍾某也。室有一妻。子已授室。髮逆甫平時。於塗得銷移一簏。內有舊銀一塊。其大如升。不辨為何物。棄諸床下。一日媳取而視之。以石片磨礪。露銀色白。諸翁鍾於是鑿一角。持質典肆。果得貲錢。而權之重約二百兩。以示諸人。皆云宋時舊鈚。須有減折。不意與銀樓易洋蚨。銀樓主入冶爐鎔化。忽變泥沙。衆目駭異。鍾懊喪無已。是三人者。皆命之不足享此財也。隨得隨失。戲幻虛恩。固亦無足怪者。諺云。一兩黃金四兩福。豈虛語哉。

瑯琊王姓號曉雲，籍隸石埭，年近三十，早補博士弟子。妻蘇氏，才色頗儁，畫京兆眉，織錦若蘭，伉儷相得，如漆投膠，乃以並蒂之嫣花，作寄生之弱草。同治癸亥，閩兵燹頻仍，地當孔道，蘇氏告王曰：寒素無蓄，且有賊警，請遊學為逃生計。妾孤孑一身，又無襁褓物，萬一紅巾肆掠，拚以此身相報，願速行，毋戀戀也。王於是相向泣別，走景鎮，渡鄱湖，訪友不值，轉從武昌金口鎮，貲斧告罄，飄零異地，舉目無親，不得已，嗚嗚市上，學伍子之吹簫矣。至一書塾，師他出，其徒詢為讀書子，浼捉刀，僅兩時許，成四藝，館遺恭學，及以藝呈師，大奇之，詢其由，師曰：此有才不偶者也。招致之，王乃備述飄流之苦，嗚咽不能成聲。師慰藉曰：若既無依，下榻此室，願分館徒之半以授君，聊作一枝之寄，何如？王感謝唯唯，流光如駛，荏苒六年，妻耗竟絕，竊謂蘇氏作古久矣。一日，館東為縉紳計，買有少婦，浼王署券，王閱來歷，嘿然無聲，竟忽忽去。館東怪之，隨至塾，王俯首紫頭，涕淚潸然，急叩其故，乃知少婦即其妻也，乃遣鄙嫗挈婦過此，令王於隙中窺之，果不誣，遂出抱持大哭，各訴衷曲。先是蘇氏自王遠遊，屢被賊擄，皆以計脫，適嗣以湖州兵敗，賊竄西江，又為賊得，乃紿賊曰：白晝宣淫，未免羞人，能以被蒙面則可。賊繼自蒙，蘇氏捽拔賊刀，直洞賊腹，卒免於難，旋至湖口訪王蹤跡，有識之者，曰王已放鄱江之棹矣，時有鹽艘覓廚娘，因得附之，以達漢江岸，有姨母蘇氏依焉，縫紉度活，暇輒訪於城市。嗣為黠嫗探索，係尋故夫者，思劫之以貨諸人，乃紿之曰：前由牌洲來，聞有一生，係卿同鄉，盍往尋之？因隨嫗至金口。積兩月，杳無音耗，飢不能堪，願充執爨役，嫗又阻之，遂買諸窰媼，潛賣某翁焉，不圖鴛鴦被聚，會合他鄉，此天假之緣也。樂昌破鏡，不遇楊素，雖夫妻對面，渺若河山，某翁殆亦仿楊素之遺意乎。

秦生某，杭州諸生，少孤，力學，性剛直，事母以孝聞。辛酉歲，粵逆陷武林，生擬奉母逃竄，滿眼兵戈，誰為樂土，遂閉戶以待。俄有賊蜂至，捜羅財物，並迫從行，生矢志不屈，賊欲斬之，刀在頸矣，旁有一短髮翁代請，乃免，僅劓其耳。既又擄其二子，生復與爭，賊怒甚，短髮者復為之請，謂生曰：賊擄汝而不從，余憐汝有老母，故代請。今擄汝子，汝復不從，全家無生理矣。不如舍子而奉母，以避其鋒。生曰：子言良是，但二子皆幼，從去亦必死，曷若父子均死，以殉大義。短髮者曰：子何見之迂也。若汝父子均死，則汝母何依？是陷母於死地也。汝以二子幼小，余為當代為照看。生乃叩其姓氏，乃言姓嚴，字虎臣，家四川，隨王雪軒中丞游幕於此，賊以余為中丞所親信，故重契之，余亦不願久居此，倘乘間逸出，將代攜君之二子逃焉，誓不負所託也。生曰：果爾，則秦氏之恩人也。賊竟擄秦子以去。次日，嚴詣於賊酋，遣二賊弁，護送秦母及生夫婦出城，遂得奉母往唐棲居焉。癸亥，省垣復，生回里，見有嚴某招帖，係囑生領其子者。

略云：嚴某現居揚州某處，祇得秦某之次子在焉，生欲赴揚時，江湖一帶尚為賊據，紆道而往，資斧維艱。迨浙省清肅，事隔半年，以伻致嚴，他往，因託在揚相識者探之，嚴已物故，秦子則寄養其友家，徙上海，生即赴滬，父子重逢，詢知賊中情事，在在調護，嚴力居多。但長子中途失散，無可踪跡，嚴時以不能保全為恨。嚴死，殯於揚州，生感其義，乃扶柩至武林，購地卜葬，而以其子嗣焉。噫，慷慨一時，棄捐他日者，何可勝道，如嚴某者，其亦濁世之錚錚，而不媿然諾者與。

公藝九世同居，萬石子孫皆官，固盛事也。若汾陽晚歲時，子姓團圞，孫曾林立，富貴壽考，五福俱全，尤古今所難得者。浙省黃富翁，籍隸奉化，家居建嶺，世力稼穡，腴產數千頃，樂善好施，求無弗應，年逾八十矣，伉儷白首，齊眉致樂，子若孫率皆婚娶，向平願畢，膝繞曾元，蓋其五世同堂者，歷有年所，食指雖繁，親丁四十餘人，向未分析，翁復精神矍鑠，所居僻壤，迥出塵壒，無懷葛天，彷彿在羲皇以上，過之者艷羨其盛，以為萊衣煥彩，玉樹聯芳，此福正未有艾也。詎料脊鴒相繼染病，未旬日而亡者三十九人，惟老伉儷煢然獨存，向之懽然而樂者，不轉瞬而悽然以悲，豈盛極必衰，理固然歟？抑居富之輩，不能常儆天幸，而竟其福歟？要皆翁不能造福家眾，千金何補，於世無汾陽之造福，而欲享汾陽之福，噫，難矣。

古云：防口甚於防川，以口過之易集也。乃有因此而得尊報者，周茂才滬上人，少穎異，長身玉立，頗負才雋，善屬文，操觚立就，不假思索，年未冠，補諸生，里黨僉以大器目之。茂才亦長才自命，抱負非凡，揪謂取青紫如拾芥耳，性復疏傲，不諧流俗，睥睨當世，少所許可，任意訾議，慨不少留餘地，有拂意者，瞪目爭辯，偏執一己之見，雖嫚罵亦不恤，同輩皆側目視之。茂才固無容心也，所為詩文，恢激譏諷，酒酣耳熱，且歌且笑，蔑視當路權貴，溫飛卿笑傲風流，殆彷彿焉。游京師，無所遇，秋風五戰，仍致遺珠，於是棄經生業，高臥烟霞，無意進取，而雌黃之口，益無忌諱矣。中年始舉一子，晚景稍娛，詎知曇花易敗，逾年殤去，茂才痛極思悔，乃杜門息交，絕口不談天下事，並舉口孽之報，以誡當世。茂才誠勇於自新矣，天下之負才好辯者，尚不知鏡別爾否乎。

杭州曹梯橋博士弟子也，年近八十，精力健壯，燈下能作蠅頭楷，著述極夥，惟性好大言，人因以瘋子目之。梅中丞撫浙時，知耆年宿學，頗加器重，未幾，曹成一書，浼中丞鑒定，曰三世聞見錄，率皆幽冥果報事，中丞意亦勸善之書，遂發付之，數月刊成，後卷忽羅列官場事，語皆推重中丞，於學政藩運司首府等，有微詞焉。中丞大異之，方伯從違學憲，不數日，學憲以曹欠歲考四屆，並報捐訓導，咨部革除矣。中丞因飭兩縣查辦，曹以病重置之，乃將手民治以罪罾亦以病竟卒。乘暮年華。官刑幸免。天殆亦相其癡與。惟仁和塘臨大使因此撤任。曹又有大將軍之號。杭人撰一聯云。曹將軍三字莫須有。陶大使一官歸去來。頗足解頤。要之君子居是邦。不非其大夫。所以避禍也。曹恣情不謹。觸怒諸當道。得禍宜然。好逞文字者盍以此為鑒。

和氣致祥。乖氣致戾。處家固然也。即涉世亦何莫非然。狃於爭氣。往往以微末之事。或致亡身敗家者。蓋有之矣。寧波城內席店張鴻盛者。設肆於市。歷有年所。忽有鄞浦人鄭某賒一席。既納價。尚短四蚨。肆主堅欲補足。當補其三。所缺者一文耳。肆主即罵之。亦不值一噱耳。乃一則不與。一則堅索。口角喧然。繼以拳毆。鄭某以寡不敵衆。竟為所傷。當時固未知也。旁觀者勸而歸。抵家即卧牀不起。未數日一號而絕。其妻挈子姪素服詣該店索命。一切物件率行毀折。店夥逃匿四散。妻子遂邀地甲剖斷焉。嗚呼。店主以一錢故。致人於死。律以伯仁由我之義。罪無可辭。其傾產也固宜。鄭某竟以一錢殞命。尤可哂也。負氣者聞之。當何如負氣之咎。在閭閻下民原不足論。而養氣之學。則士人讀書尤以此為第一義。能讀書才必博。能養氣量必宏。二者不可偏廢。昔賈長沙以經濟之才。備宣室之問。漢文知其才。而欲處錬其才。故未大用。長沙乃痛哭流涕。遂戕其生。讀史者惜其才。彌歎其量之隘矣。由漢而降。其有才無命。有志無量。如賈生者。何可勝道。不意於童子試中亦見之。婁縣沈童者。年甫冠。習帖括。自命不凡。有太阿出匣。遊化長虹之概。乃以縣試不錄。即雉經死。一領青衫。未邀鑒錄。三更白練。斷送生機。其志可哀也。其事甚愚矣。是誰之過歟。噫。小則沈童也。大則賈生也。其才不同。而其量同也。然則養氣之學。其可忽乎。

朱子家訓云。三姑六婆。淫盜之媒。誠哉是言也。有浙人陳姓者。父官於揚。遂家焉。居新城建士巷。父既沒。囊有遺金。一日忽來一瞽媼。自云善闢亡魂。陳母惑之。曾命闢過一次。闢於某月。為其父冥壽期。母又命媼闢魂。不數日。內宅被盜。去物二三百金。緝捕既已。乃稟鄉地保獲一土賊。據云同盜城中陳姓者。賊首為瞽目夫婦二人。陳知之。遍覓瞽媼。已無踪跡。噫。引盜入室。咎由自取。故君子持家。嚴杜邪僻者。所以防其微也。

見色思淫。已屬罪戾。況又昧吞財物。始亂之而終棄之者。乃在於孀居之婦。至於銜恨以死。其為報也。亦所宜然。如朱某者可鑒焉。朱某者。浙之瑞安縣人。販茶至姑蘇。久寓客棧。遂與鄰某孀婦相稔。是歲茶價陡落。資本大折。該氏見其憂思焦急。慨以千金假之。朱某復整舊業。值茶價昂貴。大獲無算。該氏見其誠實。即以終身相託。且言室有一妻。賃屋另居。氏亦甚願。促裝有日。氏先以包袱交某。某檢視盡係金銀。頓起不良。次早扁舟獨行。去如黃鶴矣。

壺天錄　卷中　十四

該氏久候無信。乘郡媼訪諸棧。則已早歸。時迫昏黑。遂借宿棧中。是夜乃懸梁自縊矣。閱數年。有凌姓平陽人。販茶至蘇。亦寓此棧。黑暗中時見人形。或聞鬼聲嚶嚶啜泣。因焚香默祝曰。如有沉冤。不妨夢中訴我。倘可為力。當代為謀。果夢該氏曲訴冤苦。事既醒。復夢該氏懇攜赴瑞。以圖雪仇。並言雨傘手巾。切勿藏放。因寄魂將依附於此。行抵瑞邑。凌故遺傘巾於岸。時有媼賣醃蟹者拾之。置於擔之首。遂徧各鄉焉。朱某既回家。出婦皆購田置產。設藥肆於市。一妻一妾。甚裕如也。一日坐藥肆中。見樑上有傘巾二。甚異之。忽遍身寒戰。坐立不安。由是該氏之魂日在朱家肆鬧。朱某曾將該氏立位。延僧懺度。羽士咒法。迄無少休。朱某四支潰爛。一腿已斷。又患肺癰。疽胸前洞穿一孔。三子無故夭折。妻妾則一患虛癆。一患瞽目。報應之慘。不堪回首。朱某乃於各廟遍貼黃紙疏文。求神懺悔。嗚呼遲矣。人之無良。竟至於此。不有該氏之魂顯為白訴。則朱某之隱惡終不彰矣。天道昭昭。能或爽乎。故書之以為昧良者戒。

淫惡之罪。為禍尤烈。亦有事後知悔。而當境執迷不悟者。少時未定性耳。苟常有勸戒於前。遏其邪萌。堅其正性。庶或返清涼世界。不致沉溺也。嶺南華野山人有禁導淫詞。其略曰。竊維人生三戒。以色為先。罪惡萬端。惟淫為首。古今來奇災橫禍。多出淫亂之家。蓋天律所必誅。而終身所不可犯者也。無奈庸夫不悟。以暗室為可欺。豈知妻女代償。歎葫蘆之依樣。醜聲播而家道乖。中冓靜而生計絕。自作孽不可逭。斯之謂與。夫干犯淫禍者。孽報固徵不爽。而製就淫機。誘啟淫念者。冥誅更屬難逃。近世倡淫之端。指不勝屈。而禍之大害之甚者。則惟鹹水歌春意鏡為最烈。鹹水歌始於蛋戶。繼及民居。集惡語以為文。當通衢而散佈。高聲朗唱。邪音直達閨門。字淺值廉。毒手先加童稚。春意鏡則邪畫精工。羣形盡現。蓋顏可靦。呼為南國佳人。妖態畢真。反謂西廂故事。甚至神前不忌。何拘夜靜天明。更將纖趾恣談。恍若口傳心授。看者無非年少。蕩心搖。私懷傾慕。於是邪思橫起。邪僻隨成矣。鹹水歌有聲無色。春意鏡有色無聲。導淫之轍。且尚若茲。况淫戲之有色有聲者乎。故自淫戲盛而人心愈壞。亦自淫戲盛而女德愈衰。其貽害於人心。大而且久。亦有官示森森而犄習成風。卒難盡革。原其弊則仍持禁之不堅。演戲之玩法耳。若於演戲之先。先申淫戲之禁。所演皆奸邪撲首。忠孝顯名。可以移風。可以易俗。功莫大焉。推之南音小說。總是無稽。穢迹污言。有傷風化。遂致敗閨閫者。既曰得於書者有之。園野合者。亦曰得於書者有之。故淫書之焚亦不容緩。至夫婦雖屬大倫。尤宜知節。倡女多由邀追。何以汚為。其他春樂之合。春意之杯。要皆導淫之尤。萬不宜作。倘蹈改圖。定當獲福。嗟乎。人生之初。其性本善。不幸而遂於惡原

壺天錄　卷中　十五

非偏於為惡。習染既久。不覺其非。所冀力為挽回。勿事因循。造孽者回頭是岸。免沈淪慾海之中。迷陷者捷足先登。為指引迷津之筏。山人發菩提心。其廣長舌。意至深而文至淺。贊為俗世人痛下針砭。但不知沈溺者聞之。果能翻然警悟否。

吳下有陸姓者。讀書未成。棄而學繪。筆墨頗妙。描得仇十洲遺法。為人寫照。輒能阿堵傳神但家計豐裕。不以筆墨為餬口資。踵門求畫者。率皆五日一水。十日一石。遲延歲月。不輕落筆也。暇時喜作春册。窮形盡相。見之者鮮不意奪神驚。裝潢成帙。羅置案頭。或即舉以贈友陸有子女各一。女方二八。僕童某。藉所繪春册引誘之。遂私焉。豈知無心插柳。柳竟成陰。不逾時已孕。母乃匿女他處。產一女孩。送諸育嬰堂。僕則以他故逐去。人言可畏。問字無人。陸某痛悔懊恨交加。一病遂亡。其子素習錢業。來滬一載。迷戀烟花。所店皆落業。又囊括所有。以供揮霍。母責之。反遭白眼。乃遺貲有限。而慾壑難盈。裘殘不繼。母後去世。計無出。竟將妹鬻於青樓。得金旋揮去。不半年。吹簫乞食矣。有識女者。詢何至此。女更黯然神傷。泫然流涕曰。此吾家所作之孽。但未知此身如何結局耳。某為太息者久之。甚矣哉。淫畫之害。烈於淫書。故受報也尤速。世之善丹青而描摹祕戲者。慎勿博一時之悅目。而貽後人之禍也。吁可畏已。

壺天錄　卷中　十六

浙西某諸生。名家子也。髮逆亂杭郡。挈妻子二人。踉蹌避寇。轉徙上海。賃屋於戚家弄。鄰生故有烟霞癖。無賴子王某。設煙肆於側。望衡對宇。朝夕過從。王瞰其窘甚。乃為密計曰。窮途落魄。鬱鬱居此。非善策也。令子尚未離乳哺。尊閫以乳媼為傭。子可攜去。月俸豐厚。先生日以賣文自給。夜即居停寒舍。既無租賃之費。復無內顧之憂。豈曰小補。兼可小康。一舉而兩得焉。子盍圖之。生從其言。一燈夜話。稍慰羈愁。無何生遘疾卒。王為薄具棺斂。婦德甚。零丁孤苦。無以為家。不得已依栖於王。王故無家室。擁婦抱子。據為己有。居然吳越一家。不為怪矣。踰年。王自外歸。中途恍惚遇生。叱之曰。待汝已久。既佔余妻。又奪余子。索汝有日矣。王自是遂病。喃喃不絕口。忽自批頰。復以刀自為臠割而死。天道好還。昭昭不爽。凡乘危而謀人資財者。尚無寬典。況妻子乎。甚哉。淫報之烈也。

蘇郡某甲者。富室子也。年近而立。終日烟花。消磨歲月。自遭兵燹。家業稍落。然嗜好頗雜。貪烏焉魚之處。苟足娛玩者。無不羅致。而於少年女僕。酷愛尤甚。所謂搭脚娘姨者。是為時不過年餘。即復更換。有薦主其事者。名之曰蔴頭娘姨。俗稱高一步。蓋工價較大焉。某甲妻。貌頗美。初猶屢為規戒。甲不聽。亦既安之。甲一日有他約。黎明即出。比歸。入妻室。啟帳視之。則空空如也。始則驚愕。繼思男僕亦輕年俊俏者。妻或與通。乃至僕臥所窺覘之。則鞋在焉。甲於時慾火中燒。欲毀門以進。又恐聲張益無顏面。乃隱忍回房。妻亦即歸。甲以不端責之。妻云。汝戀僕婦。亦計數矣。吾僅僕一人耳。吾效汝所為。汝不自責。而責人乎。甲語塞。事遂寢。昔人云。淫人妻女。妻女淫人。此說良不誣也。世有漁獵女色者。盍鑒之。

天下交易之端。凡物皆然。未有以妻而相易者。不圖於齊慶豐見之。飲酒之後。又有所謂易內者。亦一笑劇。婁江客某。歸舟行滸口閘。紅蓼花疏。白蘋風起。倚窗眺望。見岸傍兩人鬥毆扭結不解。詢以何事。則皆欸然也。抵鎮入茶坊。兩人仍爭扭如故。詫異者久之。旋有人議其事。蓋二人者少相從。長相狎。日以戲謔為事。戲謔之極。遂謀互易其妻。其一人素懼內。意欲藉此戲言。得以己妻之虐施於其友。友之妻屬於我。或者稍勝於妻。不至為河東之吼也。如則相易。旋聞其妻與友甚相得。頗悔。猶冀友之妻以歡情相抵。不意友妻意殷拒不納焉。故憤極相毆。固結不解云。噫。妻竟可易乎。廉恥喪盡。雖默默無言。亦何益乎。既而思之。實足為世之隱占便宜者戒焉。

商人重利輕別離。此語道盡夫婿經商閨人寂守之苦。琵琶別抱。固亦風塵中為然也。若在貞潔自守者。斷不出此。有羅某者。家居甬東。託業滬上。妻陳氏。亦大家女也。以羅久不歸。竟有桑濮之約。羅回家偵得其情。函告妻父。謂中冓有玷。醜聲四塞。謀質諸人。陳某以女子出家從夫。任處置之。羅竟鬻其妻。一弾別鵠。一遂求凰。潁川東床之客。至是而情盡義絕矣。距料羅某抵滬。無所棲託。復至陳處。靦然自稱婿容。陳麾之使出。堅執不從。乃執赴公堂。各供前情。一一不諱。判曰。夫而典妻。人倫之變。翁不認婿。情理所宜。親誼既斷。往來亦絕。案遂寢。夫冰玉之喻。昔人謂翁婿間相親愛也。今乃視為仇讎。婿固失。翁亦未為得也。兩人之孟浪適足資一時笑柄云。

壺天錄　卷中　十七

泰州北門外大埠。為堆鹽聚集之所。有陳某者。素無行。亦無恒業。家僅一婦。偵其鄰婦美而孀居。且有餘蓄。百方挑逗。遂與私。自是衣食飲博之費。取給於婦。荏苒數年。耗其資過半矣。婦頗悔。陳妻故知其事。以食用出自彼。置不言。一日。陳又向婦稱貸。以為營運計。婦靳之。陳恨恨歸。謀諸妻曰。向與某婦繾綣者。非貪其色。利其財耳。今靳焉。必報之。明晨余先往。汝率人繼至。偽為捉奸者。彼墮吾術中。當有厚報。妻諾之。翌日陳果往。妻率鄰媼等繼之。詬罵百端婦羞慚無地。俯首願罰。乃許得錢數十千。解網載而歸。陳夫婦甚得計也。婦追念數年失節喪貲。後悔無及。又復聲非失賄。既愧且憤。遂自經死。陳既得貲。復充僱頭。為往來過客雇船抽用。按船斂資。大者數千文。小者千數百文不等。家遂裕。構室丈餘。輪奐一新。亦自謂安樂所。優游畢生矣。不意回祿災至。風烈火猛。勢若燎原。左右隣莫不震驚。迅為撲救。所及同為一炬火既滅風頓止環視四鄰則固安堵無恙也而陳屋獨片瓦不存陳夫婦亦火葬其中焉又某邑有倪某者性險而猾武斷鄉曲里人憚其威莫有敢與校者倪嘗貸某翁錢四百緡翁有疾召之故不往聞翁疾革造偽契反以翁爲債主至翁牀前已不能語倪將偽契與閱翁但指天地及心倪遂曰翁負余錢余不責償也翁何必指房地以償我翁心固厚余不忍也家人以為誠感之翁惟垂淚而已未幾卒翁無妻僅一妾子又被擄倪竟誘妾與逃逾年復虜其室父之妾生子女妾亦旋卒人亦不知其李代矣不意翁之子隨賊投誠得武職回家訪知此事遂訟倪房產追回倪既受杖責且以房產抵所貸焉於是怵然而歎之曰宜哉既貪其色復利其財終復以財而逼之以死科其淫惡之罪是殆莫有加於是者福善禍淫昭昭不爽不過遲速之間耳而能謂天之憒憒乎進孽者其何如警懼乎

古今誕育之異無乎不有或詳載帛或紀微闕甚致雙生孿產怪狀奇形習聞者屢矣近亦有數事焉慈溪縣應姓娶媳俞氏琴瑟頗諧既而受孕於某月產一男腹猶膨脝痛楚呻吟一如未產隔三日復產一男兩子弟凡均無恙又孿生之胎往往男則俱男女則俱女一男一女名之曰鬼夫妻多不育然猶常事也乃更有鼎足而三者會稽人魯某寓杭省下城貧窘異常以歌曲為餬口計妻某氏亦越郡人健婦也一日方作晚炊腹痛甚方入房而呱呱啼聲一男下矣未炊許而胞胎未下又墮一兒視之女也時產婦昏昏眩暈而痛仍未止胞復未落又一炊許胞復與一兒同下墮地片刻始聞哭聲審視亦一女也襁褓之需某無力不能備眾鄰相饋貽焉但以一婦哺三孩乳亦不敷翌晨後生女斃其一男一女及產婦均安然云又婁縣二十一圖鄉人名范廣裕者妻於壬午歲三月生三男皆完美如常兒哺乳飲啜竟無恙焉滬城虹橋某姓女年僅十三且在冬月生長計不過十二歲足耳育一子泣喤喤蓋英物也滬上諺云十三作娘天下通行可知事為習見要皆作母不足奇也然此皆絪縕化生夫婦好合實有其事若夫夫婦兩地夢寐思想遂至受孕成胎者則奇而幻矣寧郡周生夢榮定海邑人曾補博士弟子員先是父遠賈久不歸聘同邑江夏女結褵二載即出妻則操持門戶出入惟謹蓋亦儒家女而能檢束者也夫出月餘即夢其擁髻回家袖攜巨橘兩枚令妻食之同衾枕而去醒而異之旋孕積十月得一男即周生也但兩拳鉤弋堅握不開迨周生六齡父始捆載而歸妻述其異周亦言是日亦同有是夢引生謁父父披其手而拳指始伸其掌中尚有橘核在相與大異因以夢榮名之時人有戲周生者呼為橘叟云若所產非人奇與百出者則又不能解矣歙縣汪某妻孕十六月矣落地無異常身軀肥胖兩目炯炯鬚鬢皆有髮長過身齒業生於上下見人似笑非笑不啼哭哺以乳亦不飲終日酣眠越六七日乳復不進家人以無生理置於門角暗處擬俟拋之野忽啞啞有聲復以手抓泥入口不數日身亦驟長未幾亦斃視其狀如廟中所塑土地像鬚已寸許長身長二尺八寸腹皤然鄉人以泥土地目之甪直人某家固微賤孕十月而生方以為弄璋物也及審視之無首耳目口鼻乃生於背四肢造生並無肩臂膝腿之屬儼然一段真所謂囫圇獨幅之背面人也眾謂不祥遂棄之杭城某成衣婦孕年餘方臨蓐腹絞痛一日夜甫臨盆胞中所產者特具眉目自首以下則儼然蛇也墮地後仰首蜿蜒見無不駭其家欲椎斃之婦力持不可謂此必前生冤孽索債而來者斃之仇益深姑俟自斃焉可越數日乃斃又吳淞寶山交界有村民崔姓者婦劉氏年逾不惑孕期過多月乃臨蓐產小蛇十數條蜿蜒陸續而出穩婆駭甚噤不能聲其夫知之怒將產婦棄之河中婦得無恙初不知其何所感而成此胎異也大抵誕育之異鳥覆虎乳四乳八子之祥皆瑞氣所召也若夫戾氣所鍾則無奇不有又何必以常情測之哉

清廉自矢為官者所勵然至於自名清廉而妙語轉資笑柄者蓋亦有之客有自江右來者言某方伯以清廉率屬某巡檢姑蘇人缺瘠苦以方伯故斂手不敢為非分一夕僕役無以為餐甕無升斗儲不得已以南瓜代食翌日僕辭去援兄所見故在方伯幕友處服役以南瓜代飯苦況告兄時方伯潛過窗外竊聽之甚悉不數日有著名典史優缺出方伯以某巡檢調焉一時謂方伯之公而不知實南瓜之力也或曰某巡檢刻木肖南瓜形朝夕供奉亦可笑已同時又有候補者奉檄往署某缺方伯最以清廉不得向小民需索某屈膝揚言曰卑職向係清官可查可訪其年曾署某缺即萬民傘德政牌皆係自備資斧的左右愕然方伯塞耳而退妙語實足解頤噫徒博清廉而無利澤及民如某者蓋不知凡幾縱能恪守官箴亦尸位素餐之官耳乃憒憒以此自鳴真可哂已

賭賽之事原不一致至於使船如使馬此南方人之絕技也乃西人亦仿而為之則又別開生面矣某日挈其戚曹作西人賽船記紀其景也指其尤精者錄之人集泰西境閘滬北春郊試馬既紅鬚碧眼以紛來秋水飛鳧更畫舫錦帆之齊集看繡旗之飄颺依稀擊楫人來聽畫角之淒清彷彿從軍樂作真吳下水嬉之別調亦昆明教戰之遺風勝固欣然鐃歌競奏敗則鬱若駭浪長吁南人雖善弄舟乃望塵而自愧西賈豈知涉水竟激浪而如馳嗟乎地勢之限不足憑也天塹之險焉可恃也是猶燕雀處堂而偷安旦暮蟪蛄吸露而罔識春秋矣安不忘危是在先幾之士談亦有道當知前事之師按此記婉而多諷感慨移情於內地幅員之中竟使有鼓棹乘雄之樂卒有伊川之歎蓋於此有深慮者矣況不僅此者乎

棺槨之制所以藏身也未聞有植以奇巧者乃外來諸國則不盡然劉鶴伯雲隸觀察前與

郭筠仙同作出洋星使駐紮德京病殁於彼棺槨皆彼國制式運靈柩回滬衆目觀瞻則無不大驚異焉蓋其柩以玻璃為棺以洋鐵為槨重約千餘斤式如香案底有六足槨面有門可以啟閉揭而視之觀察固赫然在內也製極新奇誠中國亘古所未有人皆謂觀察平生本卓犖有奇氣今雖死得此奇棺奇人奇遇歸骨重洋可云無憾然按之古聖之制則失經矣姑識之以為談助云

香山詩云遂令天下父母心不重生男重生女少陵亦云信是生男惡不如生女好此蓋憤激之詞也乃近日婢女之值昂於童子殆有相合者矣南昌有某甲業賈微有蓄欲置婢供指使囑某媼覓之未幾媼果攜一女來年八九齡女父母亦至定值四十緡甲喜甚出銀書契交易而退越數日妻令婢洗濯中衣既解則私處如鬚雄也而非雌也大駭中知騙局問諸媼媼亦佯為錯愕言過諸途者未暇細察耳始終推諉無可如何某二尹聞之乃以七十千文購之去以無嗣息欲為子故耳某甲雖入騙局而固未損其利也究其鬻女之貲於男也遠甚矣彼南方溺女之風何至今猶未革之哉吾願舉此告之

技藝餬口自食其力此亦常事耳至於以口技而得名者蒲留仙言之詳矣乃有習鳥獸之音無不畢肖則又奇矣章門有似聲非聲者年二十餘孑然一身家赤貧且好飲日醉於市杖頭錢未嘗告匱客有怪而問者曰無他能但善為喉音百變不窮時有犬卧於側令試效之隨聲相應竟不辨其誰偽誰真矣噫此其為醉飽之道也技亦精矣

朝為秦雨暮為楚雲送舊迎新此章臺之恒事也所謂情意膠漆締結繾綣者特利其財耳非真情也彼沉迷不悟者或且謀託知心亦可哂已午伶者揚州人幼依假母母故丹陽娼也午伶貌微陋而不頎時人戲以賈南風目之性倜儻敏慧顧微不愜意輒相迕雖貲客不顧也工度曲隔簾聞歌一二遍即成誦調絲竹累黍不差不喜恂恂士樂與賈子武夫遊然風雅輩賞其藝者亦時為傾倒嘗與某生狎某故高才俊士清言雅致頗戀戀焉嗣午伶移寓白門生悒悒於懷每以不得時相見為憾曾以詩和書寄之有句云瑤草有情天不死玉芝長飽夢能肥淚點熱難銷絳燭酒波冰不到靈犀可謂情深似海矣午伶得詩輒大怒謂使者曰癡兒不解事一尺紙寧能當飽飯噢耶抵書責之多至數百言生故溺於情不介於懷友人慫恿之始謝去報以書略云卿未曉溫存但工憑索敬叔入朝之日例有珍瑰匈奴犯漢之年惟徵金帛枕邊漏盡笑語詎聞夢後燈殘聲顯遂及書傳誦一時都人士多輕鄙之遂無問津者枇杷花下非陽翟之車即叱咧之馬矣夫午伶一賤倡耳其重纏頭而輕情愛固不足責獨怪某生何憤憤於始終而不之悟哉甚矣色之誤人豈淺鮮哉

鄉曲塾師僅有削無點畫識字甚寡挾然於訓詁句讀而踞坐皋比者又或有師教不立業荒於嬉者則皆足誤後生也客有述出大關中道遇雨數十步外聞讀書聲入門借坐其師教書云秦山之於某姪學生忽讀泰字師怒曰此乃秦字紅硃塗改汝猶不見耶客驚而詢之師則曰下面係某姪字樣上面秦字無疑江南有山名泰山蓋言泰山之地給某姪是也若云泰山下面應言子婿矣客忍笑而坐又聞一生讀大匠不為拙工師教云大匡不為出江殺卒則曰殺卒客於是笑不可仰師問曰客笑吾耶客遂言曰我得家信知產一兒故思之而喜也師云大佳大佳我年已望六尚未有子聞子言我亦有生子兆矣乃無他言滬上某以事赴浦東過雨避一村塾中師他出村童十餘輩嬉戲殊甚見案頭習字簿有名曰金千者以其姓罕因曰金千安在一生跳而前曰在此問何姓答云我父童老耕我即童姓也某乃悟師所書以童為童也時一童方執卷誦曰聖人之惡惡惡而害民也驚起視之見上惡字既未圈破又絕無字為句割去如此二字其他類此者不可勝言因詰師何往以作媒對詰年幾何以五十許對詰課餘何營則以造紙鏹誦經對且曰師少時貴書業為業遊外恆經歲今老矣故課讀耳某乃駭咤而已蘇州某老學究也設教於鄉聚徒二十人皆村野頑童某素性情貌又柔懦徒不之畏終日無咿唔聲諸童或效優人演劇樂人歌曲或且撲書焚紙合掌誦經甚則彼此肆口揮拳搏擊某則目若不見耳若不聞既無呵斥之聲亦乏夏楚之拍有見而誚之曰鬆懈如此無乃誤人子弟乎某乃瞠目大言曰此何說也子之師想嚴厲矣子即不能為聖為賢亦可致富貴利達何至今求為學究而不得也吾聞之植物宜培其性誨人者宜適其天童子之嬉戲童子之天也約束拘禁不暢其天明者蠢昧智者轉愚且勿謂頑耍無益也演劇以啟其忠孝歌曲以導其和平誦經以致其莊敬較諸三行大學半本神童誨者諄諄聽者藐藐教如不教者何如以不教為教之為愈也世有不明義理徒狃於章句以五言八股為梯榮之具究之名不成利不就而卒以學究老此乃所謂誤人子弟也聞者以其詞之強也亦不辯而去嗟乎蒙以養正聖功也擇師不慎貽誤無窮慨自世道之壞人之無術無業者半寄跡於此以圖衣食師道既濫且雜特辛在鄉曲日與村夫牧豎為偶故無人發其覆耳但十室之邑必有忠信亦豈無崛起後生天姿卓異者而竟誤於庸師之手亦可恨已在庸師苟且餬口萃徒數十人卒歲脩資不過十數金耳謬妄何足深責彼為子弟之父者不思以重聘延名師而乃計較錙銖吝費取贏無惑乎其所延者皆庸師也然不獨鄉曲然也嘗有通都大邑世族素封以惜費為至計以讀書為末務使子弟少小荒廢垂老無成者吾所見比比然矣故舉此數事識之既為為師者箴且為擇師者勸

甚矣哉師道不立可慨也夫

騙術百般未聞有施於家庭者意亦慳吝自守故即以所好騙之耳有某公子者乃翁以中榜起家出宰黔中歷任繁劇奉諱里居宦橐頗裕公子性灑落好交游顧酒食徵逐從未破慳囊友某窺其狀意若鬱甚微詢之公子曰吾家竟歸娘娘主之吝翁猶未能取攜自便况吾輩無名浪費何可啟齒乎某曰是不難吾有一策君能依而行事成當酬吾以厚歲資公子領之時適翁甲子生日令公子密備華筵徧召親族屆時畢集翁愕然猶以為祝嘏來也公子奉公服跪前致詞曰母親不幸中年見背中饋之人頼姨娘孫劬主持內政中外井井下至臧獲交口稱頌允宜正位帷房榮膺恩誥以彰賢淑翁乃啞然失笑曰癡汝想到乃棉衣彈冠徐徐啟爲某乃隱躡公子足曰事諧矣公子復奉鳳冠象服致於姨娘詞亦如之交拜禮成公子偕婦長跪拜賀並高聲稱母親婢姑爲姨娘喜出望外當即出貲數兩枚為贄見禮嗣每月例以青蚨十貫為子婦房中費他有所請亦無不唯唯後親友微知其故謂某曰子真惡作劇矣而老翁夫婦亦為之解頤云噫為人妾者無不以正位為榮而為禍子所抑者不知凡幾茲乃投其所好榮以正位亦安有不入吾彀中哉故雖具慳吝之性亦樂而任其取攜矣固曰騙之奇也要亦本於人情歟

貧而無告遂為乞丐此常情也乞丐而變為詭詐幻相百端者莫如揚州之寒生是揚城中向有名財神班者皆乞丐類也始則在茶肆見相識人詐索錢文繼則在街市中相遇纏繞不休凡有所得大率供其鴉片之資遠索詐無所又無恆產於是遇有婚喪喜慶事者相率到門稱曰寒生强辭索詐飽欲乃去公館門閥尚不過門口哀告若在寒素人家則為害不淺舊城內有王姓者寒微子也屋僅數椽娶婦日有寒生數人者來登堂賀喜主人與青蚨數十文未果其欲意必數百文始已時值喜車臨門新人交拜此輩居中逼索不稍讓無奈如數給之又有業廚徐姓者遇有喪事設奠日此輩十數人齊來拜奠並送冥鏹盡以字紙裝盛包內時值午膳若輩居然高坐擾酒席食既畢主人以冥鏹退若輩云禮情既不收拜奠禮一齊還我孝子乃對衆叩謝若輩云禮豈僅在叩首彼此喧嚷內有張姓龍者本若輩中之雄伯也冒稱世襲武以少爺稱之兇橫非凡見事不濟遂將靈前燭臺等件搶掠而出主人忿而毆之張素有跛疾又誣為腿傷俯伏柩前若輩相為朋比勒令徐給否僞費數千文方各散噫光天化日之中魑魅魍魎竟敢橫行無忌何不畏法令至此耶是亦風俗之變也閭閻受害庶有盡乎

才子鍾情佳人薄命兩美必合自古已難此亦造化之缺陷有不能以人力補救者如校書影娘可慨焉影娘者吳門人也喜讀詩每有會意輒忘眠食居傍虎邱築小樓數椽碗茗爐香蕭然有出塵之致入其中者幾忘為風流淵藪時世梳妝也蘭陵夢生僑寓於吳工詩詞於香奩體尤有風慧偶偕二三知己放棹於七里山塘造與影娘識柳眉掩月紫臉羞霞不覺傾倒迴舟過訪影娘喜曰傾慕已久乃幸遇郎即促開筵備極歡洽生乃即席贈以某唐三首其詞曰賺得佳人出繡幃紫眉輕颺遠山微畫羅金縷難相稱玉檻瑤軒住所依掩醉惟知弄花鈿行雲莫自濕仙衣殷勤更把鳴琴撫壓壓鸞鸞錦櫚冠剪黃綃帔紫蠟石榴花裏笑聲多一鈎冷霧懸珠箔百尺清潭寫翠娥紅錦帳中歌白雪綠雲鬟下送橫波知君也解相輕薄香炧燈光奈爾何蘭蕙芬芳見玉姿膩於瓊粉白於脂乍啼羅袖嬌遮面貪弄金梭懶畫眉綠扇紅絃相掩映長鬟弱袂動參差請君細看風流意休話如泉一笑時影娘得詩諷詠不去口且曰得君此作足為李端端解嘲矣夢生曰卿亦工詩耶曰雖嗜之惜未解音律耳生曰暇當為卿指示勿急也盡歡而罷嗣後日往敎之影娘心領神會不半載居然擁髻微吟矣有記其贈生詩曰幾樹垂楊繞綺疏當年猶憶壁粧初門前如市心如水只索蕭郎尺幅書想見其手韻幽閒不似庸脂俗粉專博纏頭錦也居無何夢生有閩甌之行影娘餞以酒相對汍瀾不能道一語問別幾何時以一年對則曰歡場泡幻耳爐篆俠更恐

無主名花易遭蹂折奈何夢生亦無可為計珍重而別後此遂不知若何嗚呼情之所鍾正在我輩夢生徒賦癡情乃不善為之所坐使絕俗之質不獲拔於泥塗豈固好事多磨耶抑佳人命薄固如是耶噫傷已

春風楊柳秋雨梧桐長夜懷人此正無可奈何時節也而况珮環聲杳孤館形單更復誰能遣此吳生秋藥順邑中膠庠士也五陵年少二酉才高叔寶神清伯輿情重薄游於珠海上有名妓阿憐者色藝絕佳歌扇舞衫雙饒風格始也誹根花片偶爾相逢繼而柳驛鶯嬌竟然契合焉百年之約於以訂方且謂神仙富貴都有因緣天上人間永無離別不意當場變局平地風波鵠兒陋吳為寒舍生終之錢樹伺隙藏姬他所並梗聲聞吳固純謹待人以信所思不見亦惟有瘁然悲逝自悵緣慳已耳歲月悠悠離懷渺渺撫今追昔惻愴無聊爰填夢游仙四章其一云游仙夢夢入藕花鄉還似舊時流覽處西風庭院夜初長人語綺羅香其二云遊仙夢夢過曲江頭江上琵琶聲欲歇月明如水浴鷗眠輕泛小蓮舟其三云游仙夢夢記拍春潮簾捲珍珠人半睡阿誰為我譜瑤簫明月短長橋其四云游仙夢夢入畫閣中人靜夜闌私語處卿如花片我如蜂一笑偶相逢風流總離情旨遙深讀之者無不歎風月飄零鶯花寂寞一場感慨千古同悲劉蘇歌之陳跡又將重見於今朝也要之青衫濕淚

紅袖銷魂恨人恨事如吳者亦無可如何者已然與其抱恨於後曷若絶跡於先不亦無此恨耶鍾情者愼勿自取於恨也可

吉生如愚山左人故家子也性曠放而家素貧遊幕睢江邑之東有崇聖寺大士誕日游女如雲生偕友周生往焉見有一垂髫女衣縞色帔簪金步搖容華絶世綽約如仙生遂惑依戀幾忘返焉他日飲酒生宅東有小園與隣閣鱗比臆扉半啟雲鬟依稀竊視之即前意中人也生癡呆木立周曰咫尺紅牆吾作蹇脩何如生頷之閱日以賄女紅訪焉蓋女家以壓線爲業求售紛來者隱寓探梅意女母已老見生丰神俊秀家世閥閱乃自詭馬姓吳產恃弱女刺繡爲食女子翠娥解韻語性高傲誓世無梁鴻不適人周乃以生挑之母曰果如郎復何言於時簾鉤觸響蘭麝流芬女在簾中凝注尤深生知母女意屬稍漸往來兩情遂摽娥有心腹婢阿寶者生以重賂遺之以一詩託寄曰一覩傾城質柔情繫斷腸玉京宴外隔何處覓瓊漿女反覆吟諷答以詩曰翠娥雙眉恨爲重妝成猶對鏡中容料無金屋酬虛願慚愧瑤臺月下逢生得詩喜曰事諧矣會女之姨母壽母往慶於鄉生偵之確徑達娥所娥愕然既通款曲爰設盟誓遂往再接同心焉由是蹤跡瞰往比目之鰜比翼之鶼不足以喻其樂也無何居停遷虎山力邀生往生雖不得已乃與娥話別娥曰往日之誓言猶在耳君

壺天錄　卷中　二十四

來園可圖白頭偕老否則繡佛長齋以了餘生他非所望耳生慰詞百端而去詢後遂絶無音問云娶玉山農有翠娥傳既詳且盡此特其略耳要之紅粉多情丈人薄倖所在多有始亂之而終棄之雖屬勢所使然亦曷若愼之於始哉清夜捫心能無歎然

紅顏薄命今古類然而在青樓爲尤甚秋蘭寶琴者江北之翹楚也性亢直尚俠氣行歌吳越與士大夫游高自期許不屑爲靡靡態以故門庭白板訪艷有人而寄情青樓眼香無客落花墮溷每以失身爲恥雖矢志從良深恐所適非人又致終身抱恨鬱鬱終年困循不果一日有叩門者來趙武夫也誇其門第曰諸城曰新安功高百戰勇冠千軍風流自命歆樂相尋琴娘爲辭之來者勃然變色大有不作罷休之意琴則惶恐莫釋吞芙蓉半盞幸小鬟識事速爲解救始得起死回生來者乃悄然而遁嗟乎蘭有香兮招蜂吝有色兮聚蜂烟花弱質沉苦海以難回歡笑迎人背孤燈而暗泣盈盈無主琵琶堪憐倚翠偎紅者宜如何用情慰貼乃以糾戈倚馬之威肆煮鶴焚琴之樂亦可謂鄙莽之夫豈復知憐香惜玉極意溫存哉獨惜琴與士大夫游非無二三知己當死生呼吸之際竟無一人作護花鈴也亦可哀也夫

西人所製之物皆極奇巧自創自鳴鐘而後事奇門勝靡一而足游其肆者目炫心迷十色五光莫能其妙如所謂顯微鏡者則視小可以使大千里鏡者則視遠可以使近爲此人所共知者也乃有傳語之器名曰德律風以線端向耳邊聽所傳之語一一不爽現在美國紐約城設一公司商人家帳房各設一具其總線則在公司欲如各商欲與銀行行棧傳信先向線端報知公司將此處之線與別家線頭牢牢接定彼此各在線端問答如同面語雖十餘里之外皆可聽得明白較之電線尤覺便捷也又有一物名爲馬割風則聽小可以使大如微風吹動一葉時以此聽之儼如萬木戰秋也蜜蜂攢採細蕊以此聽之儼如萬馬食芻也膚革中之血流行不息以此聽之儼如萬派潮迴也舉凡前人所未嘗聞者皆能入於耳而會於心即小而極之流光所過亦聽之有聲於是僑寓上洋之西人仿其法而造之聽時並以德律風傳聲好事者咸往聽焉如以乾草屑拖於板上則如鐵匠之以銼刀銼鋼也以小蝶螂釘滚於板上則如礮兵之以彈子彈人也以無指甲之指共互擊則如礮之大聲齊放也聞小時辰表中漸漸之聲則如搥鐵齒輪相擊雖小火輪舟不啻焉試以香粉撒於地則又似大雨之零於馬口鐵也以最細打鳥彈擲於板則雷聲隆隆不絶於耳按此物於醫家最爲得用惜無有明之者又有名爲花鳥箱者長二尺有奇高如之罩以玻璃其中有花有樹有石有草有苔有瀑布有細蝶有群鳥細視之萬花齊放極向背低昂之致發其機則瀑布爭流戲蝶往來群鳥飛鳴鳴聲大小不一鼓翼引吭與真無異又有謂大八音匣者與衣箱等蓋之內爲鏡其中有銅轄於銅齒銅刺諸式觸其機有吹笛聲有品簫聲有擊

壺天錄　卷中　二十五

鼓聲有打綽板敲梆子聲有抽月琴拉胡琴彈琵琶聲八音迭奏恍如有十數人彈唱驟奏曲凡十有二調工尺朗然板眼井然更似有美人之歌聲焉價頗昂有予以洋蚨二百尚不願售云噫奇技淫巧古聖所禁今也四海通商各門奇巧駭人聽聞深識者於此有世道之憂矣安得廓而清之仍返乎渾噩無奇之世哉

國家典章之設惟名與器不可以假故雖風兜一事亦以顏色判等威所以明有尊也一二品者全紅三品用紅加鑲黑細邊四五品亦用紅則加鑲闊黑邊六七品頂用黑邊闊紅八九品頂亦黑邊則細紅庶民則全黑此雖一定之制竟不服用惟州縣營汛監視行刑用之然竟不論品級概用全紅相沿成習不知其何所本也庶民亦復濫用其稍知禮法者或用紫色或用藍色猶可言也若所謂玫瑰紫者與葵綠相惡賈廝可哂此等顏色能作頂上圓光耶近日上洋無不風兜而且無不全紅者豈非僭越之甚哉然亦無人顧問焉所尤幻者松江府城中素有火神廟住持道士名曰保瑞與其師福申皆法師也保瑞亦戴全紅風兜穿舍利孫馬褂一日行經府署皂役見之争向言曰法師大老爺請給賞錢法師怒曰無錢衆曰既無錢則將風兜馬褂借與我等穿戴耳遂羣起扯之粉碎法師倉皇遁去不復前之衣冠齊楚矣噫名器僭妄在士庶猶干例禁彼巫壇作法羽衣之流乃亦事此華美耶其遭辱也宜哉服之不衷身之災也故君子愼之

壺天錄卷下

淮陰百一居士著

天道遠神道邇亦以覘乎人之賢否以爲勸懲耳故凡名世賢臣無不得神助者上海喬㴊齋中丞撫湖南時德澤在人口碑載道逸事頗夥鮮有能詳述者當其未遇時鬼神呵佑甚奇友有客上海者得其詳告于余余異而識之中丞少苦貧或午刻由塾歸灶突無烟慰父母曰師已食我仍返塾弱冠遊邑庠授徒不足自給繼室張夫人紡織以佐過秋試輙不能往丙辰歲僅持錢八緡往同伴恐爲累預約出闈先行中丞於十六日晚始歸寓時已不及而囊底罄竭一錢不名矣中丞素擅岐黄術乃張帖行診應手輙效凡至病家率聞鬼語曰喬大人來謹避謹避緣是歸資粗足時近榜期姑緩歸榜發同人皆落惟中丞獲雋尹文端公時制兩江素稔中丞名見與鹿鳴宴甚異之厚贈而歸中丞躬自襆被手持一繖彳亍出水西門薄暮冥冥呼船搭之忽見有峨峨官舫停泊江干旂幟燦列舟子揺手禁勿聲令中丞處舵尾一艙暗黑無燈燭但聞風濤洶湧聲勢激盪尋亦酣寢質明舟子呼曰起起至矣促登岸愰遽中遺繖于艙回顧官舫渺然不見矣自維舟子既不索值千里金陵以一夕至奇異方甚復至邑廟見神舟舵尾遺繖在焉乃恍然知神助致敬盡禮而返逾年成進士仕至湖南巡撫當其始也被友所紿方謂窮途無告乃天卒相之以醫得能以文得名神復助之以歸非公之德業有足以格乎天神者曷由致此彼小人慳吝之心豈足以測君子哉棄友而先行亦友道之變也其遭擯斥也不亦宜乎

人之投冥詞者多矣有沓沚多年而迄無靈響者亦有倉卒暫時而即登壽數者如儀徵邑令周明府霞軒可異焉按明府諱昂駿年甫四十二歲向預揚州郡發審差精明強幹歷辦疑難案件爲江北第一幹員大府皆倚重之光緒辛巳歲九月疾終任所凶耗一傳上下同聲悅惜以爲才長命短天不假年耳不知其命之促者實由其兄與其戚共逃冥詞也緣明府昆季四人明府居次其兄弟皆操申韓術且有捐雜職需次蘇省者聞明府綢繆如皋伯與叔皆業館來儀明府屬兄逸帆以捐務清穀屬弟投三以帳房瑣屑弟之妻兄高星聯粮生計奉其母及妻倪氏來儀相依時儀邑紳者醵金脩邑廟明府以弟督其工弟辦嗛高君終辦廟工既竣逸帆忽得浮言高乾沒捐欵若干指揭署內高憤極亦指出逸帆某公事得若干互爲攻訐至於相毆交訴明府明府不敢論曲直命明心于隍神乃各具詞投之是晚投三即見有二役持帖云明日請在大殿覆核工帳三茫然正欲詳詰而人已沓矣以名帖詢人有老隸驚云此即本縣城隍神名也三懼甚夜半高忽延投三至榻前並呼其妻至曰

我將死死後汝須爲我明寃否則追汝命耳翌午狂叫而逝明府厚爲殯殮高妻素懦無法報復抱恨飲泣旋吞芙蓉膏而死高母年已就邁慟子媳偕亡且斬宗祀亦自盡焉未三日投三遇風疾卒明府因御車過境迎於江口墮馬入水田拔起之更行又墮於溝港竭見時語多不經御車以其病也温語慰之去不三日亦卒投三歸亦發狂跳擲自爪皆高氏三人之言越數日亦死之是役也高與投三固皆局中人也死而就判理或宜然明府何與焉高君一死至於母妻俱亡寃孽重叠明府身爲司牧先事既覺察不及後事又斡旋不能神故示之罰而奪其壽歟吁可慨也已

生人爲陰曹決獄事稗官野史說之不一然實未見其人也大要皆聰明正直之人始克爲之有友述二事一爲謝給諫墩江都人某春病劇危昏昏中忽見青衣數人跽前請莅任車馬儀從皆列於門外遂隨之出坐肩輿前導旗蓋彷彿府縣鹵簿經行之路率皆昏黄大漠杳無天日無何至一衙署宏潤壯麗呵導而入坐堂皇胥役各執簿侍立片時則案之上下寂無聲俄頃有朱衣吏執簿入置座上謝披閱皆水劫人數吏復取硃筆請點謝不能自主遂按次點之既畢事從人復請謝出衆狀如前見旁跪赭衣犯累累亦不敢問頃抵家入門遂醒汗溢淋漓病頓瘥人皆謂謝公暫署城隍也其一爲范公諱蒙正號木童爲甘邑諸生庠序有名平生以正直閑訓俗型方綽有古風踵門請業者無虛日僅收膏腊資脯脩雖微必卻詩書之外兼課以敦品勵節從游者多所造就而家徒四壁晏然自樂也有時安睡恒一二日不覺戒家人弗驚動蓋神往冥間判事也友人顧姓者知其事請於公乞與偕遊公難之堅請始可一日邀顧同寢遂偕往焉歷覩廛市無異人世至一署勢甚炫赫公令守於門外戒弗亂走俟理事畢後再與同游遂入少頃公出竟不見顧遍尋無踪始踽踽獨返顧仍臥牀頭若僵公甚錯愕忽憶辦公事時曾有五妓投生畜道判往裏塔處所方疑顧見色起心尾之而去遂往裏塔逐家究問有新產牛羊犬豕否有農家答以昨晚五更新產六豕公曰是矣啟笠細觀果五雌一雄公遂以千錢購一雄歸就顧牀頭撲殺之而顧乃如夢醒矣公曰幾誤大事後公臨終數日前先與戚友話別至期無疾而卒異香滿室嗟乎生爲聖人死爲明神此理之常也至以生人而攝神道之事則其人之聰明正直更可知矣若顧非范公拔置不將終淪畜道耶信乎生死關頭人禽界判一念之邪即入孽障不亦危乎其微哉

欺誑負約之情加諸同類猶或有時而受懲創者況於神乎寧波嚴福祥者白銅船主也由閩省運木赴申江駛至吳淞口潮落水淺停阻難進舟師水手計數十人枯坐以待殊苦岑

賊船主向有烏烟癖尚枕橫牀矮燈短竹消遣無聊惟事烟雲供吞耳蚍矓間忽見一古衣冠人儀容秀偉隱約在前頓悟舟中無此人必神靈示現肅然起敬整衣默祝曰苟荷神祐進口銷貨謹具牲醴以酬未幾默助帆風果獲洽願遂循舊規齎獻天后而在舟所許之願竟置罔聞是夕方團聚飲福船主偶出戶外若有人攛置波中者隨流而逝不及救矣噫赫赫神靈其可戲渝之耶神固不以此置之死要其平日欺誣之罪取死已非一端特假神以顯其忌耳觀乎此吾甚為天下之負約者危

揚城舊有勅建李公祠糕宇宏峻並有園亭之勝按李公祖孫祖為明孝忠臣孫為康熙名臣祀典所載固彰彰也咸豐時祠宇完好兵燹後辛未燬而神牌已失李氏子孫俱死於城於是不逞之徒麕集其中有吳六者運署猾吏也其屬草小獨居其屋吳旋因案死因圖吳之寡妻據為己產招無賴分居之收其息詎賃居者每見怪異不數月輒他去成衣匠王姓亦賃東廂者一夜偶出戶忽見牆角立一人疑為賊叱之其人乃伸腰漸大與簷齊捺王至地以土塞口倒置事室屋側王昏不復知人事久之衆始知急救乃甦次日遷去又一曹姓業屠沽醉後謾罵自詡胆量云王某不武如我何懼之有言未畢忽跪地崩角無數流血淚面泣稱知罪自掌其頰旋躍登几上盤膝踞坐口作是音云我祖孫相承忠孝節義為國家

重臣蒙恩血食於此令爲爾等汙穢業已難堪祇以小人不足較姑置之乃肆詈罵實不汝容矣於是合祠之衆環向跪求具限各遷徙久之寂然曹自几上跌下如夢方醒問所見則一紅袍紗帽者一紅頂袍掛者升堂即昏無知覺夫忠臣名宦之祠爲人佔踞踐踏固有任其咎者至於靈爽在天豈屑與較論耶抑乖氣致戾遂使邪物託名以懲創之耶倖有道以質疑可耳

慢神取禍既有明徵乃又有藉神惑衆而斂財者亦國法所難宥揚之西門外元寶塘固小村落也里有張某業箍桶夫婦皆半百一子爲隣村牧牛性慧而狡一日牧牛歸忽大言於衆曰我令與仙姑遇傳我仙法能治百病矣黠者詢仙姑來歷則言是城隍夫人使女令來人間濟世非有緣者不度耳正言間忽作色曰仙姑來矣衆聞而懼膜拜於地咸請現色相牧童即麾手曰起起緣尚未到且俟百日後即與汝等遊戲矣惟現奉夫人命施符濟世如不信即領病者至遲則去矣病者至童即索筆書符焚水碗中飲之曰明日愈矣果痊於是城廂中外羣傳仙姑治病求符水者絡繹不絕得資甚夥且有以肩車迓之者舉國若狂僉謂仙姑靈甚甘泉邑侯某聞之突將童及父母縶來轅下坐堂皇既責童之父母乃重責其子其父母泣而言曰仙姑害我猶以為仙姑與其子殆二而一一而神者也邑侯怒復重責其子而逐之庫錄遂息吁童之罪無可逭彼父母固實受其子之累乃至公庭被杖而復不悟愚夫愚婦亦可哂已

甯人徐某寄籍於滬有年矣家僅一傭婦後又有邱姓者暫下榻其室一日徐妻忽於內室失去飾件約值錢百緡密察無跡固知爲熟識者所取事無佐驗礙難指斥遂邀江湖客擅圓光術者如法試之客乃自炫其術神光一道撫弄於燭花香篆間徐令兒曹認識之形影中若現一人似同寓之王某狀徐詰王王茫然徐以圓光告王無以自顧偕諸人赴邑廟設誓乃各具稿往徐爲前導出素紙三條取一條書賊字祝告既已令同人各拈一條拈之得賊字者乃傭婦也婦亦惴懼不辭曰物具在願如數奉償歸發原物則出於廚房柴堆下焉嘻以杳茫無稽之說而冤人可乎此一事此婦固黠矣徐亦智矣乃終藉神之靈顯以發奸以白王冤信乎神明難欺也

明有天地幽有鬼神鑒觀甚不爽也而在宵小動犯之罪則固不畏矣揚郡守梁公接篆日大小屬僚例謁賀有某縣丞者候補多年一差未獲貧窘特甚亦從友假公服隨衆事解衣返趣適一寅僚至遂出見迨客去而公服已烏有矣憤恨欲死以咎僕僕無計以卜於都土地祠涕泣而返甫入門見一人肩衣包汗浸面踉蹌而至檢視衣包則宛然向在也詢之則

曰我伏牀下久矣趁僕出沽茶時席捲而出正與某鋪議售心神頓倒不知何由而至此也僕以為土地神靈使然主人乃歎惜盜之去噫神道設教聖王不廢乃竟有顯應若是者失而旋得夫復何求主人固善於周旋矣殆亦感悟其心之一道歟

徐生名海江西廬陵諸生也父經商往來西蜀素敬事呂祖數十年如一日焉曾舟由川江而下泊船於巫峽間有道人附舟徐見其儀容俊逸諾之越日聞前途盜氛大熾道人曰是不必憂吾有小術可以避乃戒舟人屏息臥勿作言語探小囊出黃土三撮置諸鷁首俄頃賊至舟人伏篷底手足戰栗竊從篷隙窺之見隣舟俱為賊刦且往來於江岸上曰瞥見貨舟泊此何忽逃遁遂去之道人拾黃土入囊戒舟亟往漢口後徐海妻黎氏生二子令婢撫之婢出門見有水面浮針者歸效其術以斷針置茶碗忽聞主婦喚亟入忘卻碗中物矣至夜黎氏渴甚即舉茶碗吸之盡針橫梗喉中水漿不入口者三日勢瀕危往呂祖殿乞籤歸至中途遇一人仆於地問倉急何為徐告以故其人曰是不難治也子歸速以羅漢豆為糜和以寸度韭葉用猪脂熬熟食之三日後必無患徐心急不暇問姓氏如法制服甫下咽而痛止又越日針隨韭葉大解下矣此神之靈感也如此方者果可以治此病乎則不得而知

昔神僊山為松郡九峯之一有羽士金太者精玄理終日默坐不與塵世交巢下僅一僧金

善視之時提軍尤公海如年近期艾迎欲抱孫聞金道術屏除騶從單騎造訪既白來意並許重新廟貌金俯想移時約翌日報命次晨詣於僧摶土成一孩束以紅綫送赴行轅軍門喜甚禮待之未幾冢媳孕竟產一男軍門乃挈金二千登神墓踐舊約鳩工庀材不給於用徧求僚屬襄助不逾年琳宮紺宇金碧一新神墓山遂稱名勝金名亦由是大噪會歲旱郡守以金有異術乞禱甘霖金有難色俾來數促不獲已乃以告變下僧僧曰當速去明日可得雨金叩以故僧曰去便去耳毋貼人耳余言不汝欺也金登壇叩禱如期果應田禾沾足額手相慶郡守令送金歸僧候門頻問相視而笑後數日金閒游泖濱有漁者語金曰甚見汝廟一僧獨泛小舟手擕銅鏡一具以筆醮墨塗鏡而置之船昏仰天呼嘯如是者約炊許及僧打槳歸而空中黑雲四布大雨傾盆矣汝其知之否金聞言遽返尋僧則如天外飛鴻去之冥冥矣神龍見首不見尾意仙之游戲人間乎

寧波湖西某生風流倜儻一夜在妓館徵歌逐舞方極其樂忽暈昏不起俄而通身青紫昇回家自言有二女鬼來縊良號遂絕先是其鄰人半月前死而復蘇謂見城隍牌示有生名言畢仍逝生果暴卒羣以為必有陰譴也生究作何孽未有能道其詳者又湖州某歲三月官祀獄神有某工四鼓時赴廟伺役廟與獄廟相隣某工於廟前閒步忽見獄廟燈燭煇煌人聲嘈雜有告以將審案者徑趨殿角覘之上坐者面目不甚了了階下有囚跪焉一則不相識一則開珠寶店之某翁也方駭異間供亦不能諦聽但辨見捽翁油鍋有頃取出置之石灰桶內某工不忍見趨出恍如夢回望廟中昏黑如平日而官之前驅亦到某事畢歸而述諸同夥人皆斥其妄不三日某工竟死知之者始竊竊疑之翁果患病增劇不數日亦死下體腐爛一如火灼者然翁平日亦無甚惡蹟為死前一年洞庭山某氏婦囑女媪私攜珠寶來湖變賣媪與眼鏡店主相識挽渠引之珠寶鋪議定價值千餅洋蚨先給百餅餘爰以票約逾日來取媪附舟回山甫出太湖口舟覆媪溺死屍為人撈起翁聞是信急赴屍所於媪身畔搜得票據以歸酬眼鏡店主百元事遂寢某婦聞媪已死珠寶無著懊恨自縊而翁乃安享其利矣翁雖非謀財害命而果不取其票媪雖死婦固未嘗無生機也翁固知有買主在賄眼鏡店主以滅口其計可謂狡且毒矣冥誅之受亦宜然耳至某生無疾而卒想亦非孽之小者舉頭三尺昭布神明試問造作孽業者果何益耶

正直為神慈悲為佛自浮屠毀為禍福之說於是塵世扱擾半皆依佛即夙昔慳惡不作者但謂奉佛何罪不消何福不至是直以佛為惡人之護身符矣誣妄可哂滬瀆六月十九日相傳為觀音誕辰虔奉者或涉南海普陀或赴西湖靈隱天竺皆善男善女耳忽有鴇姬

六人約伴赴杭其姓則曰黃曰洪曰李曰季曰陳曰蔡各持一瓣之香兼玩六橋之景既畢事返棹中途六媪同病竟亡其四其二人抵滬亦奄奄待斃人或歸咎於佛之無靈不知天堂地獄本諸方寸佛門雖曰廣大倘糾其平時積惡能即以進香免禍而獲福乎昔劉謐意有云不論是非雖在窮凶極惡佛無不引手援之者則以情破法矣夫法出於帝而佛破之是自獲咎矣然則六人之死亦死其所當死耳何咎乎佛

禦災捍患神道感然所以血食一方功德在民也金陵南鄉某村農也一夕間天色慘淡陰風刺骨三更許聞場上人語嘈雜有萬馬奔騰之狀啟戶寂然又聞鑼聲隱隱若近若遠平明視田中禾稼踐踏有數十畝之闊異之時有某甲云昨夜有鄰村中酒歸蹀躞間為峻山所阻思平日康莊那有峯巒如壁乃席地以觀其變旋見百步外有長髯神與一惡神往來格鬥似阻其入境者然喧呶竟夜向晨始去鄉民聞之僉謂疫神為社神驅逐集貲酬報相率不已噫疫神果降耶天災流行所在多有又豈社神能阻耶誣妄之言安知非某甲創以惑人耶然而不為所惑者蓋亦鮮矣

陰兵之說原屬幻妄然亦有犇犬成團排列如陣者若但聞金戈鐵馬以及叫號之聲則幻而又幻矣粵垣西城己卯入臘後晚間城中市廛稠閒空中神鬼號哭或如甲馬奔嘶喧呶不已新基渡頭其聲尤烈聞之者皆惶然驚云是歲正月下旬廣州府番禺縣馮明府於某夜夢醒遙聞署後街喧聲鼎沸悚然而聽之似有狂呼追殺者又有哀號乞救者人聲嘈雜無慮千百呼眾起聞皆同飭役持械張燈前往彈壓至則月明風靜萬籟無聲詢更役則若不知也咸疑為夢後耳鳴既聞喧聲較前更厲復往跡之仍無影響云俗傳陰兵每剪雞毛為鬼箭遂以剪雞毛為陰兵確據辛巳七月閶門外某肉舖畜雞四旋風一掃四雞羣噪棲於塒久而不出細審之兩翅毛管截然各斬互相驚述皆謂陰兵經過於是有擊金器以驅逐者有懸符以鎮壓者有焚冥鏹以懺解者嗚呼陰陽一理必謂陰世無兵此膠柱鼓瑟論也但見怪不怪其怪自敗無如愚夫愚婦始終不悟耳

神號鬼哭俗人常言之要皆誕詞耳乃又有言佛哭者則誕之至矣金陵棲霞山向有千佛殿蓋皆就山石鑿成之大小坐立不一其形惟居中大佛三尊儼然丈六金身也兵燹後石佛雖存殘敗已極有善士集資裝金莊嚴寶相煥然一新近傳石佛落淚寺僧旋拭旋落玷痕點點形跡宛然真耶僞耶不可得而知矣或殆神其說以聳動愚人耶不然佛亦何哭焉哉

世人崇祀神道所以求保佑也乃有神像亦未能自保者如杭州一案可異焉杭郡向有水

德院設供真武帝君顯著靈異庚辰六月間神左右輒見有白蛇一條身短而巨蜿蜒不去焚香燭禱之始入坐下而後環叩於神擲得下下之籤語危殊不諭月夜半忽聞大聲一震神像俯仆於地如係人推倒者然五木形骸亦無破損里眾羣集觀之白蛇盤旋座右依傾逝矣爰將神像扶立重裝修焉吁以神之靈獨不能制一蛇耶而卒為其所仆豈真運數使然耶不然蛇亦何咎乎神而必仆之耶則神之無所為靈異者大率皆附會之語矣

旱魃為虐見於詩經此固不祥之物世所不經見者也己卯歲七月間光福山人彼此喧傳旱魃出世每逢星月交輝有一物出沒峯頂箕踞樹巔其形似人非人似鬼非鬼面目鬅髮不可諦視第覺周身上下皓如鉛堊頭上冠若仰盂常有白氣上沖霄漢山人眾口一詞謂自有此物及今兩月未有雨澤想此為厲耳魃為旱神俗謂鬼而僵屍者即為魃彼鬼也何靈能為厲乎殆亦旱象既成鬼故假之為厲耳若設有魃而即無雨則天且受權於魃也夫豈其然

宵小肆虐黑夜行竊心胆本虛因人而驚逸者其常乃有以畫幅之神而大相恐懼者奇矣蘇閶外許巷中某學究家閨室已寢某凡坐危樓觀書忽聞樓下有人吁然失聲五體投地秉燭趨視則一梁上君子也倒暈牆角四肢俱冰氣息如絲急灌治始醒詢所由則云甫踰垣入室取火燎望猛見巨人赤面朱鬚紅絳靴舉手擗擊不知是神是鬼故傾跌耳先是某有硃砂鍾馗一幅節近端陽特加裝潢是夕有弟子潑水於畫張挂壁間不意其能嚇賊也蓋賊於倉皇恐懼之中陡見此像以偽疑真故不覺魂飛魄奪耳豈畫中鍾馗果有靈顯若此哉有告於予者姑錄之以為談助

神明感格一誠可通而籤其顯然者也信之者謂實有可憑疑之者謂虛而無據要皆其機之先動吉凶預乎其中為持視乎人之誠不誠耳蘇州文復明乩店居鴻圃弄口屢遭回祿文姓多方禳災爇香郡廟得一籤云一春萬事苦憂煎夏日營求始貼然託否秋成冬至後曾經騎鶴復腰纏文姓疑懼復至聖帝廟求一籤云始謀恰是貪求計到底應知力枉勞百事未諧成畫餅不如舍此別圖高又乞籤於府廟云前途陷阱設何深不是天然是自尋要脫須知脫不得從今埋沒水沈沈語意顯合之大仙殿籤所云從前作事總徒勞纔見新春雖已過百計營求難得意何如守己莫心高乃益疑懼因思別徙又於府廟乞籤其辭曰天之正數莫能逃宇宙蕭蕭氣宇高向夜月明淒慘處一泓寒碧鎖澄家文姓乃不敢復問諸神有何隱慝人莫知之神乃如出一口奇矣閩浙督署花園有大仙樓聯額如林靈應如響每月朔望洞啟園門外人始得瞻拜每籤上刻一器皿繫以四字詩一首始多陰晦難解事

後則恍恍不爽人咸信之閶門吊橋寶康布店開張未一旬遭回祿聞初開時肆主乞籤於武帝廟云一紙官書火急催扁舟飛渡浪如雷雖然目下多驚險保汝平安去復來故於失慎之時急於後河廣呼駁船裝載貨物遂無損失故得重復修造開肆籤詞明顯其驗如神人固謂籤之靈妙也不知仍具人之誠心為之耳故至誠而不動者未之有也於此益信

香市鬧熱南北京都各擅其盛然亦有時而衰者京師西有妙峯山綿亙數千里高不可以尋丈計山腰有廟路極紆徐由南而上計程四十里廟貌巍峩金碧輝映廟供天仙聖母靈應素著上而王公下而士庶舉之甚虔每歲四月朔日開廟望日始閉半月中進香者西直門起終海淀南至大覺寺數十里車殆馬煩絡繹不絕山上之路有二北道距廟較近但逼仄下臨無際自上而下壁立千仞步履固難由上而下臨崖勒馬收束尤不易偶一失足粉首碎身土人以轎椅便客四人舁之以行時亦有傾跌之患然男女老少來往不息者固不畏也其南道則迤坦而遠相距五六里即有茶棚小憩所由上下而至磨刀石而雙龍嶺而仙花洞而大風口而礚頭嶺無不有茶棚瀹茗焉棚內供莊嚴寶相磬聲清越凡想頓消過此瞻廟門路仍線曲往復不可以一蹴幾幢煙線繞楮帛滿積庭除香客皆屏足息氣無敢少肆云杭城天竺香市為西湖十八景之一歲逢正月邨莊男女絡繹紛來城中自清河坊以迄武林門衢衖極為擁擠上中下三寺設櫃日每集貲七八十緡且間有銀餅作香資者為數盈萬且有夜市燈火宵明三更始罷庚辰歲當事者禁止香會嘉湖各屬咸是於是六橋花柳三竺雲山都為減色矣夫香客之來為求福來耳抑知福緣善慶平時無一善之可名而欲於拚禮求之謬矣俗習誕妄踵焉不察在上者禁之亦黜邪崇正之一法也

象教起於西域流於中土由漢唐而降崇奉甚虔蓋亦神道設教之意也自泰西之教盛行又以崇奉土偶為妄究之奉祀神祇亦未見其正大也至於阿非利加一洲奉祀之神則更詭異矣境內人皆奉木石禽獸以為神又有教士威權獨盛謂能使死者精神轉託他人體中人雖死體未腐壞精神尚在故須裹以淨布傅以藥水令其常存至所稱獸為聖獸禽為聖禽舉凡飛走鱗甲之屬靡不以神祀之日夕頂禮而最重者莫如蜣螂凡遠人入其境者不知其俗侵褻所奉之禽獸魚虫必羣起共殺之且嚙割之啖食其肉頃刻立盡恒有兩國因此尋仇兵連禍結者所奉之物各有宮室以居之服役者實繁有徒如此物食不能飽則以他物飼之日日為之洗浴熏以膏油塗其毛羽或被以貴重之衣亦有裀褥為其寢處一國一家奉物各有不同如為雄者服役人日出尋雌以配之死則悲泣不已如奉者為貓則舉家剪其眉奉者為狗則舉家薙其鬚髮皆所以示哀戚也推之各物誌哀則亦各有其例

馬若上幾利亞國又獨尊蛇見蛇則拜叩納堂中堂皆茅屋屋廣三四十尺高亦均是屋中有蛇數萬大者丈餘小者數尺室內架木便蛇升降土人詣者皆裸體入室拜伏使蛇繞其身以邀福庇云噫奇矣人而崇奉畜類則視人而皆畜類也以畜類尊於人則人皆畜類之不若矣較之象教之設不尤詭怪邪妄乎是殆與回教之供奉豬象者同一可哂者耳爰詳識之以見祭祀一道六合之中固無奇不有而此則尤難理解者矣

風水之說半屬渺茫習俗移人惑於此者雖明達往往為所搖動即如墻基立石大書深刻石敢當或刻人形尊其名曰將軍蓋用以鎮風水也聞亦有著靈異者寶應城內通衢中牆腳舊有石人一具香火祀奉由來久矣邑有劉封翁者家素封艱嗣續年五旬得一子珍愛備至忽患驚癇投藥不獲效僕嫗輩以時在石人前嬉戲或致驚駭術之人皆以奇妄哂之禱既畢以石前土塗兒面果愈好事者遂謂石將軍有靈於衢旁架棚蓋席設几案安爐臺磁瓶盛水摶以糊禱祝者以香灰和水吞服所患遂失於是城鄉士女接踵而前以匾對酬愿者一時林立後亦漸弛邑令某有子患病躬自祈禱迄無驗不數載棚席毀折殆盡匾對亦罕有存者惟邑人李少漁名下士也曾撰匾聯匾額四字曰有功則祀聯則云救疾並無方壞土真教起百草寄蹤非摶地解人何必訪三生工致天然膾炙人口吉光片羽故不隨風雨消沈耳其他則無可搜輯矣客游舟次閒而錄之乃閣筆歎曰人與神方寸相通神之靈爽於人之誠也故石將軍者胡一時而靈胡一時而不靈殆或有妖邪之鬼憑藉以作威福故暫時靈爽亦易於澌滅耳不然聰明正直之神巍巍廟貌千載如新何並未聞顯著靈異耶觀於此而人之惑於淫祀者可憬然悟矣

扶乩一事原屬杳茫難憑然固有靈奇可異休咎爽然者又有隨時隨事振吟詩句別具一種仙致如必謂其為虛誣也則謬矣秦中何刺史者素善扶鸞降壇者皆明誠意伯劉公也一夕誠意伯降壇云偕一神來乩即飛動如珠走盤頃刻得一詩云退卻紅塵閱半年思來子女倍淒然主持內政承佳婿入到侔眉不羨仙刺史覽之瞿然而驚蓋其岳別號退思主人詩每句冠首則退思主人到五字也退思主人曾督西南軍務遭讒罷職里居病歿後已為松江府城隍故云神自此時或臨壇談生時舊事傍人不知者乩則一一書之刺史偶倩人畫圖自況一人背面右顧肩負重擔天上有雲擔前後兩筐前筐載雛叉紡毬花意在其裘不墜也弓一張杏花一枝書數本意在祖上陰功德行積書也萱花一叢萱堂永安也後筐載梅鶴梅妻鶴子也壎篪各一兄弟和美也畫甫卒業而岳已臨壇因呈閱乩遂題曰承先啟後圖筆迅掃如風綴以古風二十四韻曰一筐一筐復一筐其裘不墜黃花香積書何如積功好祖宗馨德

壺天錄　卷下　九

升天閣一担一担復一担梅妻鶴子壎篪伴翁爾兄弟樂妻孥家庭和美真堪美問誰啟後更承先甥以一人荷一肩一肩負此千金担毋乃左右處踣顛想昔為設青廬乘龍書旁午初見甥兒甥行李簫條甚惟餘頭角猶崢嶸甥的是玉堂侶科名不獨賢書與方期杏苑早探花誰道椿堂先化羽一家之計屬長子范叔一貧何至此難把文章換米薪可憐辛苦紆朱紫天下官難是牧令惜爾大材成小用虛勞兩鬢漸斑皤薄宦十年猶蹭蹬乩書至此刺史不覺長嗟曰真寫入婿之肺腑矣續書云勸甥且勿長咨嗟世間萬事皆空花即余報國病且死至今一字誰褒嘉況甥微官何足道為貧而仕不辭小肩雙重担有時息此際回頭信好好回頭遙望雲深處雙眉不肩處凡顧雲中自合有神仙俗眼那知真面目余與甥已陰陽隔為甥題照心悽切他年身作畫中人杖頭好掛風和月自此遂寂請亦不復至矣

金陵陸峻之一生忠厚待人非禮之事弗視弗聽人笑其迂陸自若也里中設立乩壇雖疑難症躬任發方給藥歷久不倦乙亥夏下世鄉試後有句容士子某詣壇詢問陸生前事甚詳眾異之據云僕居句邑某鄉鄉有千餘戶因應省試先期設壇求乩示中者幾人降乩者本鄉土穀神自書係金陵陸某因叩住址即書可到省城東隅某仙壇一問即知底細云云眾盡以陸之生平告之歎惻而散杭城吳山嶽廟向有乩壇辛巳七月同人復請神初為佛祖降壇問答多時忽諭云老僧為東嶽解疫一節屢次濟請尚難挽回瘟疫將臨急宜悔罪行善閏月朔起八月朔止齋戒持素一月或可免戾耳厥後呂祖降鸞亦有此訓時揚城亦設壇請乩求滅災疫濟祖呂祖未到濟祖派悟清侍者至呂祖派柳仙來悟師降壇詩云誰說蒼生不食薪長生有果莫求人大田多稼憑君種步步培栽步步昇柳師詩云十年不過大江頭如洗青山又早秋鶴背拂雲雲步穀且將杯酒暫澆愁悟師判云諸子所求實屬可憫天災流行國家代有幸好善者多揚城十分之災已減其六天意至公豈敢饒舌由揚而東拭目望之方知此地之萬幸也儘心施助利物乃大功德諸子勉旃藥方可求之柳真人判亦仿佛藥方則柴胡葛根杜仲貫眾各一兩甘草半之菖蒲五莖以麻袋盛浸於食水缸中凡井中多放泥鰍即食水缸中亦可放三四以收疫氣也丙子春闈後蘇郡某孝廉之父望子甚切請乩示以中否乩詩云為築花窠燕子忙香泥枉自落空梁壇中人味語意不吉復叩獲雋者誰何續書云一枝紅杏蘇隄畔贏得馬蹄都向陽後得南宮榜乃知窠者科也子者子也落空梁未獲登科也蘇堤吳也一枝者一姓也馬蹄者四數也一章一汪兩王姓皆陽韻故曰都向陽也揚州萬佛樓未被災時有二士子皆巨家也借其樓下扶乩問子同許大願捐樓名萬佛未必足數倘獲生子情願補足存者悉為裝金盤上判一詩云德門有

壺天錄　卷下　十

俊不須求神火光中一例收願大難償償大願請看永叔自千秋下青顱借漫寃當時不解所謂未幾樓災都轉歐陽崇如屐新命湘鄂四岸衆商集貲復建有不數者自任之始悟永叔者隱示以歐陽姓也蘇閶萬童生扶乩問試題降乩者為五蠹寓公云題在論語中孟子上更求詳示復書一六字而去及入場題為娶同姓謂之吳六字由俊思之果不謬也蘇城楓橋鎮某家有乩壇降壇真人每與人吟詩作對不預休咎事一日有狂生以一聯乞對曰神是神人是人神何必憑人乩盤立判曰爾為爾我為我爾焉能浼我狂生失色而去然則仙佛固皆有前知乎亦豈真有神佛降壇觀其判決休咎並吟詩句實有超凡入化之致度又非靈鬼精爽未泯不能如此敏慧者則謂為仙佛也可不謂為仙佛也亦可

又有鹽魂貞魄偶爾歌吟託之乩上流傳久遠者孝女幽光潛德人所不知乩仙詩句代為表彰者耳食既久連類及之平江來鶴樓向設乩壇時當春暮有數客鼓扶乩俄而乩動詩曰十年幽夢在牆陰一夕無端碎玉琴萬種春愁人不識彩毫飛處墨華林客有以小影求題新詩索和皆不假思索援筆立就叩其姓氏答曰玉碎珠沉劇可憐忍將名姓說人前蘼芳譜內無雙女來鶴樓中第一仙復請詳示出處答曰我家原住隋隄曲阿父相攜成鴨綠十二十三學奏聲十四十五教絃索裁得鸞箋寫硬黃吟成小句藏筍腹亭亭二八入侯門可

憐匝歲塵埋玉多情腸裂淚頻彈牀頭濕透芙蓉褥夜雨鈴聲泣馬嵬秋風草色悲金谷詞名蘼鐵付飄煙瘦蘭十卷誰來讀因緣會合紅蓮客安吾何日山之麓由是方知其金屋藏魂也因請示蘼鐵瘦蘭集答曰夜雨青燈太寂寥風吟蘼鐵伴秋宵斷腸曲子無多闋只有零星淚數飄幾載㒵㒵倚枕中春蘭消瘦怯東風吟來都是淒涼語寫向鸞箋字字紅又叩來鶴樓創建之由答曰黃金為樓玉為茵占得盈盈十五春腸斷多情騎鶴叟千秋恨望李夫人味其詩蓋藏嬌之所也時有求現色相者乩奮書曰豈同神女下陽臺碧草扶蘇莫浪猜不必洪都尋羽客一庭明月夢中來詞嚴義正衆益敬仰一夕又臨乩曰予蒙太乙慈尊解脫召赴蕊林不可無詩贈別曰九十春光瞻一縷因緣會合止於斯吟成一字一珠淚此是陽關三疊詩自此寂然其他所作詩不下數十言不能盡記云蘇城桃花塢謝綏之茂才於九秋月白風清時率二三同志扶鸞為戲忽有洞雲仙子降壇書云我生不辰少遭離亂幸免遇生於紅劫反遭逼勒於綠營正摽梅待字之年經落葉傷心之慘黃金有價難移皎日之貞白璧無瑕自矢嚴霜之節命拚一索魂返九原乃蒙上帝褒榮册授洞雲仙子得超鬼錄許列仙班懷前事以茫茫思舊情兮脈脈青年姊妹都為望帝之鵑白髮爺娘雖比將雛之燕故鄉灰燼血食無靈仙杖逡巡思歸有夢茲者容城出使梓里偶經聽到鵑啼肝腸欲裂生成蹤絮形影自憐衣動仰於千秋頌君兔管抒幽思之一縷在此鸞壇附以七絕二首云氣馬形車下九天精神恍惚繫嬋娟塵緣已了鄉心在願侍爺娘不羨仙一領縞衣冷難穩故園下瞰已成墟有人問我修真處雲度飛鴻月養魚又即景詩五絕二首宵深人語靜秋老月光疏試問紗窗外花殘掃也無閒倚望秋月延睇怯衣單露冷梧桐落流光釀晚寒茂才請示姓氏又書云余程氏字季玉吳興人幼讀書解韻事於甲子十二月二日被督兵擄逼不從自縊時年十四游魂飄泊白骨塔中再叩之則寂然矣後茂才告予同人訪其事實上於當道為之請旌云孝女王素筠字竹青泗州人也素以孝名貌甚寢精十七帖通經解能詩詞早喪母貧終鮮兄弟終身不字虛於親老授女徒以自食時宣子瘦梅偶寓泰郵竹青與有姻婭偶至郵宣館焉竹青因自閒晦郵之人無識者一日閒城東五五仙壇開乩往叩休咎時李真人降壇摩欽敬事竹青適至即前頂禮默禱數語乩忽判詩二絕云鶴化遼東不可尋蓬山遙隔信沈沈可憐結出梅花格仍是嫦娥一片心絳紗弟子女宣文玉筍班聯一色春可奈束脩羊太薄此間地不是桃岑竹青亦上真人楹聯十四字云靈臺一點善緣結頑石三生歷夢醒蓋惕然始知為孝女也未幾竹青送與廣雀會夫人呂筱君吳玉卿結為詩社故有如意盦四閨秀唱和之集洵一時之盛事云嗟乎閨閣之中或懷才不

偶或失節終身湮沒而不彰者多矣苟一一示之於乩雖曰杳茫不猶可闡揚於當世乎惜乎其不盡然也至如煢煢弱質猶侍乩仙一判而始以孝聞則謂乩盤之語皆惝恍迷離無益名教也豈其然乎

忤逆為人子大惡天道不稍寬宥縱陽律未加而冥譴無不加者亦情理所當然也蘇城某姓業錢肆父操岐黃術某酗酒滋事店主逐之日事游蕩父禁止之不從又向其父索二百金設小錢肆父以游蕩阻之某乃怨恨始而詈罵繼而肆毆種種悖逆旁觀者亦髮指一夕某沽酒獨酌自怨自艾似將悛改父中夜忽聞某有呻吟聲哀乞聲呼號聲沓雜不一呼之不應披衣燭之則某已口鼻流血手足亂舞如上桎梏者殆已不省人事矣延許時氣乃絕嗚呼父母之恩昊天罔極為人子者既不能自立以慰雙親而乃梟獍性成胆敢毆父則不孝之尤甚者其受冥誅也固宜然則凡為不孝者能謂有漏網之可脫乎

慈母愛子之心無所不至此固在生事也亦有既死而精靈不昧而不忘當日棄子者其為情更何如也庚申歲粵逆陷蘇郡一時拋妻棄子者指不勝屈有某甲者設銀樓生子甫兩月以無力襁褓棄之出走嗣為陸基鎮鄉人所得以無子也抱歸撫養鄉人後亦得二子而視棄嬰不啻已出比長先為授室既生兩孫矣鄉人固不知棄嬰為何人棄嬰亦不自知其

謂他人父也庚辰春月鄉人媼病劇既蘇乃言病中見一婦自云棄嬰之毋告以姓氏住址怨與歸宗棄嬰猶豫未信不意某甲逕至家詳述當時棄嬰服色一一符合乃更對衆滴血亦復交凝鄉人已有二子許歸宗並妻子送至某甲家自是兩姓遂如姻婭蓋死婦亦示意某甲也按此事相距二十年彼此茫茫卒能返本還原事雖創聞而按厥情理則慈母愛子之心生死不移故能宛轉歸宗耳誰言寸草心報得三春暉為子者烏烏之私其當何如激發耶

書云作善降祥此定理也為晚近人當頭棒喝實有明徵上海姜翁名丹發設藥肆於邑市之小南門外即衍澤堂也翁素行謹厚藥必手選與人無欺遇貧病者輒與之無稍吝蓋數十年如一日也某年元旦進城至邑廟燒香在頭門外遇一丐藍縷腥甚以鮮荷葉裹羊肉網雞而啖之顧姜翁曰要食否翁不應既出丐者尚在與而索之則曰羊肉已盡矣分荷葉一角與之聞息遂不見自是合珍膏入以荷葉少許用者無不立效遂大獲利焉左右鄰遇火者皆及垣而滅異乎一念之善彼蒼尚鑒佑之況施藥之功足以回生起死乎其迎祥而避殃也亦宜

一息銜冤三生結恨固常情也若夫遇人不淑視死如歸雖相為尋仇而猶報以德者烈而義也吾於江烈女見之矣烈女江氏字秀貞籍隸暨邑僑寓通州父以從軍歿與母依倚以女紅為糊口計年十九豔如桃李慄若冰霜善刺繡工詩畫有丹徒賈人子莊生名桂安者服賈於斯母有相攸意邀生至家女亦隱有許字心蹈隙通情遂締同心盟結髮爲女贈以綉囊詩有句云一針並一綫手製君莫忘黙黙相思淚如珠綉入囊久之為戊辛所迫往來不謹平地風波賄賂相要明心盂水女既擐服疾而雖悔莊則淤沉疴而便別女益愧悔疾彌篤焉莊由是得新忘故女仍堅海誓山盟嗣又聞莊生已殁誓以身殉乃於丁丑除日絕粒以沒相思欲寄誰為鄣遞之人强耗驚傳廿作首陽之鬼嗚呼烈矣戊寅秋莊生疾大作喃喃囈語則烈女之魂附焉一日假莊生口語人曰妾與渠本前生怨耦故有今世孽但為渠畢命居血汙池備諸苦惱渠尚游戲人間此來將正郎心非索命也每去必悲啼聞者感泣丹徒王君樹棠館斯鄉勸莊父設故冢婦位追僧進薦並代作駢體文以祭之烈女道謝去其文云嗚呼痛哉竟捨僕而長逝耶溯自一笑鄉徹三生結約代縫裳服織手曾勞顧抱衾裯終身不負髮如雲而忽斷結髮為盟心似月以長圓同心共証卿原玉女初無點白之瑕僕匪金夫未遂傳紅之諾特無如深情互結而好事多磨耳何來魔浪驚散鴛鴦飲白水以盟心河魚搆疾入青山而埋骨岡鳳分飛情難已矣傷如之何僕搶地增悲避人彈淚從

此竟成一症已閱二年環佩空歸屢入愁中之夢枕衾獨臥難瘳病裏之身皆由地下含冤人間造孽今奉父母慈命特延僧衆超出情禪挖作亡妻入居家廟伏願亡者度脫生者平安遺囑當遵侍續琴絃於後日香盟不爽或聯簫侶於他生尚饗莊生以其去也忽之目頓喪明祈禱之烈女又以收其放心對王君復多方排難許復明焉詢以去期則以俟續聘後得嗣一子除謹可消為對執柯之事陰主其成莊生或偶忘親意即使長跪批頰自責且令瞑目大書不孝無何有縊鬼來烈女命家人戒備之猶女呵護力始免於是烈女無相仇之意益明王君復為作箋疏用解宿冤曰竊桂安與秀貞前世本為夫婦秀貞偶以微隙致夫齎恨而沒宿緣未了又結孽緣今生邂逅好合詎料為人所逼秀貞飲水盟心遂成弱症桂安痛而辭歸秀貞願從以終身桂安中道棄捐秀貞含恨抱病又誤聞桂安已歿誓以身殉即於丁丑除夕絕粒而終本不甘心惟念莊氏僅存桂安一子尚未婚配後嗣不可無俾蒸好為仇情殊不忍現經商同和結桂安願以秀貞為已故妻立牌奉祀秀貞亦聽桂安繼娶將來以長子為後從此解孽今生不再尋仇各覓良緣來世或成嘉耦免致報復兩無異辭云云自是烈女去而莊生之夢醒莊生之病愈矣王君以烈女囑為表揚因作烈女殉情記以示人並為之贊曰彼姝者子與古為徒無瑕之玉有智之珠杜鵑魂化莊蝶夢蘇鬼之為德其盛矣乎古潤嚴氏允階憫其烈嘉其義原其始哀其終又作傳以表揚之嗚呼一死一生乃見交情烈女有焉想其不絕人嗣矢志靡他而又愍其不孝勉以正道則所謂仁至義盡者在莊生始亂終棄非女報以德何復能苟且偷生乎嗚呼烈女之烈其殆發乎情止乎義與

易云枯楊生稊老夫得其女妻在老夫固無不利彼香閨豔質寧不抱憾於蘧除耶抑鬱銜冤奔命媒媼固其宜耳嘉人某甲設茶棧於蘇郡有年矣年近古稀琴絃久斷闕某麵館女美托媒媼求親媒媼利其資為隱其年女母豔其富許之索重聘甲一一諾之婚有日矣女聞新郎老而醜鬱鬱成疾蓋以燕婉之求得其戚施不惟願違偕老雖齊舉案之眉而且分其同牢更啞抱衾之泣嫁未三日服毒而亡在某甲一念貪花自忘年邁方冀紅顏白髮共效於飛不意碧落黃泉頓成長恨甲恐敗事密以重資賄其父母事遂寢媒媼慣孽由己作密持香楮入寺懺悔甫至佛殿即發狂顛解衣裸體口呼冤孽既歸取利剪欲斷其唇曰前日掉汝三寸不爛之舌誤人婚姻陷人性命罪當剪死號呼一晝夜乃死人咸謂女子來索命噫女之索命真耶否耶在媒媼貪利撮合罔古而死亦固其宜若非某甲以利陷之彼亦不造此孽某甲固罪之魁矣可不危哉

色有鬼酒有鬼擾擾攘攘茫茫今古殆不可更僕數自外洋通商鴉片流毒中國遂有烟鬼之名是人而鬼也亦謂雖生之年猶死之日耳乃既鬼而猶有此癖者則如婁東張姓可異焉張家本小康讀書未成棄而學賈年未冠即酷有鴉片好一燈相對短榻橫陳味傚烟雲自樂其樂洎廿强仕之歲竟游泉下病時無力呼吸倩人吸烟噴之無少間歿後妻仍於靈前日燒烟膏一盒偶或忘之則鬼聲達旦拍案有聲矣而中人之資早爲銷管中消磨殆盡妻頗苦之一夕夢其夫云現當住此隣某烟室吸烟無空費烟錢也妻奇之往告主人則以爲無稽之妄談耳漫應之且指一榻以示嗣客之值此榻者烟多吸而穗不解甚或昏迷困倦磬盒投諸火而不自知客異而詰之主人具以告客曰然則其妻僨汝值乎主人曰否張某死而貪烟耳客歎詫而去昔人云有好者能累此生者則猶是人耳乃復累於爲鬼之日試問此好果何時已耶甚哉鴉片毒陰陽無間矣

鬼雖杳冥之事而傳信傳疑殆復不可勝計若必效阮瞻作無鬼論抑亦固矣詁經精舍在杭州西湖何爲揚郡阮文達創造而專課諸生之經古詩賦者也兵燹後蔣薌泉方伯復倣舊規建置一新延名儒爲提倡宗風之舉於是宿學輩出奇才蔚起固山川靈秀所鍾亦官師教育不倦也其旁爲第一樓俯瞰全湖勝景獨擅高陽高觀察某取其幽絕遂假棲止無

何觀察歿停柩於室家人以伴靈故亦暫居焉每夜間輒聞太息聲肆業者以爲高之家人又以爲院之諸生也彼此相猜初不爲異越十數日觀察之媳亦死於精舍其家人皆稍見鬼方共姍笑嗣是而門戶之啟閉聲几案之推移聲書卷之翻動聲以及言語太息聲三鼓則閙然宵不已始相戒懼諸生或夜讀燭無風自滅門無人自啟甚且於黑暗中見有方袍圓領者驚恐倍甚幾欲捲書而散監院乃以清酌庶羞禱於觀察之靈始稍靜謐焉夫觀察久官川蜀政績未聞一世功名頗多拂亂其抱恨於九京也固宜然而紅羅七尺黃土一坏古往今來指不勝屈觀察何由憤憤於此耶豈平生學業未獲傳薪欲設鬼帳而化育諸生耶是亦可笑而不可解者已

段某江寧人素充輿夫役孑然一身無家室累居城東新路少有瘋顛疾嗣亦痊不復發一日昏暮自外舁歸掩扉就寢二鼓後陰雨纖纖塗徑昏黑對面不相見段復起扃戶而出呼隣媼代聽之段自出門匆匆向東南行抵城脚就坡登城循堞而西至南門城樓時已三鼓外廂鋪與寂靜無聲惟某姓米肆尚在朦朧忽屋上一聲震響如巨石從空而墜移晷既裂徑墜某園中於是店衆驚懼燃炬視之則固一人也昏瞀不言幸復未傷衆謂是偷兒失脚跌下者衆議羈留正待縛綁段已少蘇向衆搖手令勿動遂止天明有識者曰段某也

遂送之回家漸能言始知其由城墜下者初是夜有人敲門令其肩輿故隨之去並不知登城也及傾跌之時亦但見坦塗在前更不知身在雉堞上也此殆爲鬼所戲弄與嗚呼險矣

湖郡某生設帳清河氏居停以貿易出外家居僅姑媳二人日者以家庭細故口角是晚生默坐書齋忽見一白衣婦自外入中堂素有觀音像婦即拜生異而窺之拜畢出袖中一物置香爐下返身去某不解所由步中堂去爐檢之則一小紅綠圈嗅之氣極穢曳之堅不斷始悟爲縊鬼遺物欲爲祟耳乃取歸書室投諸火靜坐以俟其變少頃內室姑媳反昏俯寢三更時乃寢生將就榻忽於窗隙見前婦又至仍向中堂再拜而起取爐下物失所在若甚惶遽久之徑至生所長跽門外索前物生厲叱曰汝縊鬼耳遺物禍人汝圖吾焚矣宜速去婦起身欲入某投以周易一卷遂滅比欲啟關內室倉皇奔走謂媳婦於夜間縊幾氣存一息矣生亟白其故救治遂甦生遂於是歲登第卒方鵰焉異哉片時口角何遂輕生乃犇氣即以致戾鬼持瞰其隙耳非某生不亦危乎鬼之爲祟所在多有墜鬼而落水其祟人也害尤烈姑蘇齊門外洋涇塘非特黑夜黃昏居然肆虐即白日未逸亦往往有之某日有渡舟散坐十數人赴城日暮將返忽一人從船中走向河旁傍人懼乃扭執辮髮不放迫輕救起而奄奄一息不絕如縷矣又有一人向以賣水角爲業俗所謂湯團者夜間忽磨米作粉勢

將侍巫家人異而詰之則曰明日赴戲場用也翌晨擔肩出逕歇於洋涇塘岸汲以釜中水角置於碗望河傾擲衆欲觀究竟亦不阻迫既盡即向河中行去衆人搶前拉住則已昏不知人送歸乃如夢初醒詢何爲則云不知但覺賣之甚速方欲取錢不期爲衆阻住耳其時鬼有譁然笑者有憤然罵者不知其何處去也又有匠人張姓忘其名應里中富人募爲造室工既竣酬以酒既畢飲三鼓矣匠以離家不遠負囊而歸欲過塘渡船已回不獲呼舟子印須矣忽見有二人在亦若候船者良久一人曰如此夜深安望慈航賃筏不如搴裳涉之其一曰可且約偕匠心疑爲鬼不之諾并取釜斫石以示威猛二人無懼色居有頃復勸駕匠竟爲所迷從之正欲去襪脫衣而東方已白有隣人過此見之大聲狂呼二人始倏然逝匠亦豁然醒矣之三事者同一祟人而竟獲破其惑是人之大幸也吾不解鬼之欲死人也果何謂哉豈真有討替之事不得不然耶六合之事存而不論可也

又有祟人索替而竟至死者天津東門外閘口河旁上游即龍王廟常有落河身死等事自築石柱鑿南無阿彌陀佛六字於河干鎮之患少解下游爲紫竹林如故也豆棚瓜架飯後茶餘憩數討替日期一一不爽及其期居人各戒水從有周姓者螟蛉一子甫七歲名阿生頭角崢嶸一日於河干閒遊見上游浮一瓜來至岸旁迴旋不已阿生欲拾取以歸遂循岸

沿下，乃甫臨流，即遭滅頂。時岸旁觀者甚夥，往救已無及矣。蘇郡某姓子，續娶一婦，琴瑟甚敦。忽一日謂其夫曰：「予夢君元配贈以紅絲一縷，不知休咎。」某急止之曰：「夢不足憑，或神不足耳。」是夕，婦竟自縊於牀，蓋某之前妻固以縊而死者也。歙縣人程風林，年二十許，為揚城某布肆夥。一日，購腰帶一具，價頗廉，帶係湖縐，甚得意也。但自買帶後，晚膳甫罷，即閉門臥。衆夥疑而窺之，程於燈下執帶細玩，低聲歎息，流淚不已。驚詢其故，程怒云：「我有家務事，傷感何與於爾等。」衆乃出。不數日，往常州買貨，竟縊死舟中，即此帶繫頸，并留一書與母及兄，有我不樂生，今生佛界云云。衆莫測其由。有老翁經世久者云：此帶想即前人畢命之物，故致此耳。江西廣昌夏君，年二十餘，就館吳臬憲署。庚辰九月某夜，忽發狂，似與人相掙扎，橫臥地上。觀察出視之，已不能言，但以手捶胸而絕。有他友與夏君住舍相比，述夏言，臥室中有一女鬼，每每皆見，自問無隱慝，故不懼。嗣又稔屋內舊曾有發狂而死者，夏竟為所祟而死。此皆索替之顯然者也。若謂事荒渺，究不足信，何以素無冤業而竟誘之死耶？豈其命固應死耶？天下事之不可理解者，其殆是歟。

討替之說，俗謂大凡惡死者皆有之，固渺茫無稽矣。如吞煙斃命討替者，未之前聞，乃近亦有之，是非子虛論也。揚州新城有盧刮刮巷，僻地也。湖州李姓居焉，貿布於揚，十有數載，家道小康。夫婦齊眉，子早納婦，女將出閣，針黹之勞，媳蓋日夜不遑矣。一夜二更許，姑及嫂皆在房縫紉，忽見一青衣黃裙老嫗，笑容滿面，云：「汝二人勞矣，我為若助之，好否？」姑突噤無語，嫂欲言不能聲。嫗又云：「既不欲我助工，我有一物奉贈，長益精神，食則日夜不倦矣。」以一盒笑付嫂，嫂卻之，付姑，姑接之，且教之吞。將吞矣，李偕其子入，促就寢，見女持煙盒欲吞，急奪下。視媳則如木雞，呆立。煙一盒，則某戚寄存者，素藏於匣，知有異，各掌頰，噴以冷水，二人始如夢醒矣。詢所由，各戒懼。翌日告諸鄰，始知屋內有姚媪吞烟自盡者。家人日事隄防，不月餘，媳於晚餐後回臥室，閱二時許不出。驚疑走視，則媳已挺臥於牀，奄奄待斃，察其形，知為服煙。急以廣東木棉花救治之，乃活。詰其故，媳云：「昨晚前嫗又至，囑竊戚存之烟，明晚教汝服法，可以成仙。頃果來教服。我不知何以迷罔至此。」今盒尚在燈後，視之果空。李乃牒求城隍神驅遣，乃安。又姚甲者，不知何許人，亦不詳其名字。挈妻若女僑居邗城石牌樓，蓋有年矣。女及笄，尚待字閨中。甲與妻均有阿芙蓉癖。一日，夜譙樓三鼓，夫婦橫陳對吸，朦朧烟霧中見一白面女郎推門而入，正欲究詰，女郎已入女臥室矣。往瞰之，燈昏如豆，陰氣砭人，鬼聲啾啾，夫婦均不寒而慄。若有噤其口者，女忽披衣下榻，急走如被魔狀，又倒身煙榻上，向空搖手云：「汝勿急，我隨汝去。」慘然泣久之，陷隙將甲所吸烟膏吞服。甲夫婦猝未防此，延至黎明，已奄化矣。或者曰：此討替者也。夫烟鬼之為厲，創格也。人之生死自有數，在鬼果能奪其數耶？然人無釁焉，妖不自作，則仍是自戕耳。鬼何能為，亦何討替之與有。

鄂省某，失其姓，家草湖門外，素以寄書郵治生。秋間入川，失路誤入酆都境界，遇一婦，則已死之姊也。詢何來，以赴川投信告。某轉詰姊狀，姊曰：「現嫁冥隸，即塵世所謂馬面者。弟既誤至，可緩商歸計。」携至家，延入別室，欵酒相待，叙家事甚悉。並言姊夫相貌猙獰，非陽世人可比，汝勿怖。食未竟，姊夫歸，姊即去。某竊視，則一偉丈夫，邃目虬髯，面長逾尺，入室危坐。姊進酒食畢，忽問曰：「家中曷為有生人氣？」姊曰：「是吾弟也。因往川誤至此耳。」乃請與晤，姊引之出。某初見其貌，若有驚悸狀，既相覩，亦無恐。隸以戚故，待之甚恭。次日，某欲投信以去，隸問信遞何處，則以離川千里或百餘里告。限期在即，不敢久羈也。隸曰：「若信與我，代為致送可乎？」某如約，不數日，隸返，回函具得矣。某復言歸，隸言某亦以差赴鄂，稍緩當偕行。越日夜半，隸自外入，告姊曰：「今夜起程，便送汝弟還家矣。」某遂別姊，相與登舟，見有梏犯五六人，脛具滿身。隸乃囑閉目，睡於蓬底。未天明，已到鄂。某起而視之，則固臥鄂城外騰店門首也。門內聚賭不已。細詰之，則是晚生小豕五六，僂所謂梏犯者，其是豕歟？此事似幻，按之佛氏輪迴之說，則幻而非幻也，以助談劇可也。

金陵傅某，素業賈，性質忠厚，不善經營。妻陳氏，年甫廿餘，賢而幹。家曾假某戚洋蚨數百餅，為夫資本，不圖虧折淨盡，無計歸璧。情迫一時，購烟土食之。既吞，始告同居某氏婦，囑勿聲張，否將為厲。婦遂緘默不敢言，遂斃。越日既殮，其弟婦甫至靈前，昏仆於地。某氏婦亦如是。少頃，弟婦甦，言恍惚中見小姑自帷中出，笑容堪止，死肖生平，予頻忘其已死，攜手出門，行二三里，踉於步履，憩路旁，姑忽不見。予欲歸，苦不識路，驚懼徬徨。姑又偕同門某氏嫂，嫂亦驚問予何至此？予告之故，嫂遂送伊回。入門便醒，嫂已忽忽去矣。某氏婦亦醒，但目定口僵，終類痴癲之狀。聽其言，觀其行，蓋居然一陳氏也。且自言壽算正長，應有花甲之數，不圖收殮過速，返魂無期。冥司不錄，飄蕩無歸，須某房屋數間，暫蔽風雨，如無資辦，房中有新屐雙，並所藏錢，可取用耳。夫乃問其壽既未盡，奈何彼時堅不欲救？曰：「彼時有使之者。」問為誰？曰：「信河李廚媪也。」問何以纏某氏婦？則又曰：「前服毒後，曾告以故，彼懼我為厲，不敢聲張，是有心見死不救也，故御之耳。」婦乃指示家政，織悉靡遺，並責其胞兄陳某不善經營，合夥虧資之故。於時弔者盈門，莫不毛髮悚豎。容有議其事者，曰：異哉陳氏鬼之靈乎！但見死不救，某氏婦罪無可逃，然非先有為厲之恐，禁其勿言，某氏亦何忍緘默至此？迨既死而又以不言祟之，是誘人於法矣。陳氏其靈而不靈者乎。

再醮之事。古昔聖王本所不禁。或年輕家貧。又無一息之綫。不得已而出於此。亦情理之可原者也。乃有既喪所天。不嫁而同於嫁者。則又寡廉鮮恥。其爲鬼所瞰之而陰殛之也。亦宜。蘇郡有茶室婦某氏。生長鄉村。意復輕蕩。前夫故未終七。而改醮來者。詎知性同飛燕。命犯孤鸞。不數月而又寡矣。家道充裕。儘足相守。東隅雖失。尚可爲桑榆之收。乃流蕩素習。與夫弟復好合焉。雖無伉儷之名。儼效室家之樂。一夜。嫂叔在室。方將展衾設枕。同夢求甘。忽聞後門剝啄聲甚厲。啟戶視之。但覺一陣冷風。侵肌砭骨。燈光若豆。鬼語啾啾。驚慄而入。視婦人則口出囈言。悉述人事矣。自稱後前兩夫。偕來索命。前之不潔。尚爲飢寒迫耳。今又飽煖淫慾。罪無可逭。哀號數日而死。世之爲寡婦者。亦惟恒其德貞耳。既不克貞一之守。復不居再醮之名。滅倫悖義。亦思有鬼瞰其旁。而陰報之者乎。彼污其節操者。又豈能倖逃乎。吁可畏也。

陰報之事。又有假手於人。而速其死。則尤奇而巧者也。有某甲者。素無行。家亦小康。新喪偶。瞰鄰婦少而美。伺隙軏佻。遂相熟焉。會其夫以瘵疾亡。甲即娶歸。伉儷相得。如漆投膠。魚水之樂。殆有難於形容者。甲一日外出。薄暮返。雙扉虛掩。闃其無聲。入內室。乃見一少年自臥房中忽促出走。奪門而逸。甲追之不及。返而入房。則其妻方撚褲帶束腰。憤甚。大肆怒詈。兼批其頰。妻茫無以解。慟哭而已。遂於晚間自縊。蓋少年非人。乃其前夫之鬼。藉甲之手。以畢其命耳。浦東顧姓婦。亦與此相彷。蓋婦於某日往佛寺燒香。夫亦偶至寺遊玩。過僧房。約略見其婦與一少年僧並坐。若知有人來。遂即出外者。顧親睹在目。心已疑矣。一日晚歸。又遥見婦立門首。仍向一僧昵語。僧見顧。急他遁。顧至門。而婦方入。於是忿火中發。難忍須臾。痛詈不已。惟迫以死。婦乃吞烟而亡。明晨往詰某寺。則固無少年僧也。顧乃悔恨莫及。爲鬼所弄。鬼亦假手於顧。以促其命耳。然則婦之再醮者。與人之娶再醮者。獨不思冥冥之中。固有張目切齒。而嚙恨欲絕者乎。

報施之事。固懸懸不爽。而於士子鄉會試爲尤甚。其平日造禍造福。輒於闈中示以當前果報。耳聞目見。殆亦屢矣。友有述陳方伯事。知無心中亦有具孽果者。陳方伯名圻。浙人也。爲諸生時。應試武林。寓同號一生。美秀而文。言論風雅。陳羨爲儁才。夜半。忽聞作囈語。細審之。聲似女子。陳向生忙問曰。汝與某生有何夙冤。而乃至是耶。生於是作女言曰。我與某對門而居。素雖覥面。漫未交言。一日吾倚樓。而生生適偕友自外來。卒見我。即戲生曰。汝對門有西施。亦曾作范大夫否。生微笑不與辯。此語傳入夫家。謂我與生有私。遂令退婚。吾父弗察。日加訶譴。遂自縊。揆以伯仁由我之義。生又奚辭。陳曰。然則汝之來。此將索命乎。曰。非也。彼

今科應中。但求白我前事。將我真容木主迎入家祠。祀爲元配。且將遷葬我柩。他日與之同穴。則吾願償矣。吾冤雪矣。願公具告之。雖死之日。猶生之年也。嗜囑數四而去。某生已呵欠醒矣。陳乃備述女之言。生曰。當時我亦深悔。迨力辨其誣。已無及矣。使彼含冤入冥。吾之過也。所事謹當從命。鄉贖前愆。是科生竟中式。夫事之無足重輕者。一笑置之可耳。至於閨門名節。斷係死生。豈可以一笑處之。推生之始心。蓋亦有意於女也。遂使負屈重泉。雖曰無心之失。實爲禍始。女之以成禮求也。某生亦幸矣哉。

周鏡樓者。南匯縣儒童也。壯歲即夭。數年來素無靈感。遺有一女。適陳姓。陳疾癆。相傳前世孽緣。陽數未盡。藉得伊父保護。遂痊可。但鬼魅時輒覘之。一人不敢行。而鏡樓靈感之事。自此屢著矣。曾女之寄父謝心畬者。東新場庠貢生。與女家僅隔廿餘里。染時疫甚殆。鏡樓一日歸家。女乃問曰。新場謝寄父病若何。鏡樓曰。我未知。將往探。是時心畬家中乏人。邀女去。蓋至戚。而兼寄女也。女至謝家。日見厲鬼三五成羣。出入無常。詢之。則操外路音者。叩禱神請查。逐之仍如故。心畬初病寒熱。飲食都損。醫巫束手。似有朝不保暮之狀。鏡樓至女。歷言所見。謝家子婦具酒食化冥鏹。祝奠而跪求之。食畢。鬼忽至。見鏡樓。有窘色。鏡樓乃詳詰之。據云。李姓儒全。具名與心畬八世前有宿孽。蓋儒全八世前爲潘王氏。心畬八世前爲某姓子弟。通姦有孕。服藥墮胎而殞。尋訪有年。今始遇彼。必索命而後已。鏡樓曰。子姑待。世有假報冤之名。而藉得以超度者。既實有冤。俟細查有無別事由。於是鏡樓本爲顧春船先生薦充冥間簽押。春船亦任總董。故得披閱簿籍。明日鏡樓來云。誠有然。汝能索心畬今日之命。安知他日心畬不能索汝之命。夙冤宜解。何必糾纏。再四勸諭。儒全終不可。鏡樓怒曰。天下有如是執一者耶。汝允固如是。不允亦如是。諒汝終不越吾之手也。儒全始帖然從。但須大梵經懺耳。鏡樓從之。約於某月某日誦經數十部。會羽士忙甚。遂愆期。儒全於是日率數鬼到謝宅。覘其無動靜。怒其戲己。必得而甘心。糾纏間。鏡樓亦亡女白原由。鏡樓苦誑乃定於某日禮懺。無再遲。儒全快快去。懺拜而後。冤結和解。而心畬之病遂逐漸有起色矣。吁可異也。亦可畏也。淫慾之孽。固爲首惡。雖延至八世之久。猶思報復。苟非有靈感之鏡樓。不亦終殺其命乎。然則天下之犯淫惡者。縱僥倖於一時。必糾纏於他世。片時失足。後悔何追。願以爲當頭棒喝也可。

冤魂索命。此固常有。無足奇。如余所聞借女子口而吟詩者。則奇之至矣。蘇州胥門內某姓姑媳向不睦。一日。媳密購洋烟一小匣。吞服。毒發時。家人延西人救治。傾吐黑水。得無恙。厥後狂癲頓作。口呼鬼神。喜笑怒罵。非復本來面目矣。握管作詩曰。好姻緣變惡姻緣。蕩婦身

爲蕩子捐。慾海游魂沈黑獄。廬山真面問黃泉。是非案待今生結。生死冤猶夙世牽。幾度尋君君不見。春秋四十路三千。詢其顛末。則云媳係前生蕩子。而鬼爲前生蕩婦。自是投隙覓死。家人日夕環伺。而顛狂益甚。得意時或按板歌曲。音節清蒼。脩然塵表。媳素不知書。亦不諳曲。宛鬼憑依。竟知風雅。乃嘆世人冤孽之多。何莫非淫蕩一事。顧天下猶懵懵然沉陷而不返。獨不爲他日他生索報想乎。吁。可慨也夫。

平山堂與觀音山兩寺。相望咫尺。各擅其勝。皆揚州古蹟。逢三月六月九月。進觀音香者。遠近趾錯。平山堂之遊人。亦借以盛。蓋成例也。某歲九月間。一村婦年約二十許。少有姿。隨姑姊來燒香。既畢。於山下茶棚少憩。婦忽趨至屋後。向樹底喁喁私語。笑談甚洽。姑及諸人皆疑之。衆起呼行。婦則堅坐於地。云我姊別九年矣。今始遇之。忍遽別耶。衆始知遇邪。會一游方僧過。凝睇久之。歎曰。並非宿孽。然非老僧不救也。即詢衆人曰。此地有縊鬼乎。肆主始恍然曰。二年前有某氏婦縊於樹下。豈其作祟耶。僧曰。是矣。因謂其姑曰。汝媳不可回家。回則鬼隨之去。汝單可借此一宿。老僧當於夜間化之。此時日甫西。人且衆。弗能爲力也。肆主亦諾。僧乃樹下諷經。至三鼓。僧忽叱曰。汝誠冤然。報非其人。害命求代。冒仇不報。徒增一罪案耳。旋聞鬼笑聲。僧勸慰之。忽大笑曰。是矣。汝真超悟矣。我當諷金剛經百卷。以資汝生。婦忽甦。醒問之。茫然。天既明。衆始謝僧而返。豈人死非其正。戾氣所鍾。無不爲厲。亦理之常也。婦殆觸其厲氣。昏不知人。迨人多環視。陽氣熾盛。遂使陰戾漸消。亦豈必因僧之解脫而後重甦乎。某僧殆有悟於此。而故神其說。以自市其術乎。若果有求替往生之說。則僧之能解冤結保全一命者。信具廣大神通矣。吾不敢謂然。

冥婚一事。古未前聞。彭城顧氏粧奩序。詩之者率驚爲創見。然揆其父母之心。殆亦悲痛之極。不得已而出此者。理之所無。情或難禁。不謂有繼此而行者。亦可哂也。黃渡鎮有戚心衡者。素設太興油車肆。家道小康。生二子。長理車務。已授室生孫矣。次業儒。頗穎慧。惜年未及冠。玉樓赴召。幼積私蓄千金。留爲授室。臨終時。乞爲其生後盡用。父母覩此遺金。常以未結姻緣爲憾。時里居相近有凌氏女者。幼即失怙。僅有老母。並無弟昆。年近破瓜。竟遭慘折。母以家資無托。終朝飲泣。初擬爲亡女贅婿。另爲納妾。以續半子之香烟。無如女玉碎珠沉。願爲坦腹者則無其人。繼聞戚氏次子未婚而沒。倩人說合。聯死後姻。戚亦樂從。於是涓吉行聘合卺。並議以長兄之次子嗣焉。凌母得外孫相依膝下。家資有主。而死者有知。當亦伉儷於九泉也。所謂父母之心。不得已而出此者。戚迫於情。凌迫於勢。情勢相牽。遂有此巧合之冥緣。想三生石上。固具有夙世因耳。不然。何與顧氏復先一轍哉。

離魂乃余所聞小說言之。古屢矣。明傳奇尚各彼奇異。有案明客言其鄉某事甚奇。緣女父某甲。以經商富積。舒然寸儲然。某以弟親於子。而長婦的顧相待。年逾大衍。而膝下猶虛。四十許時。始得女。愛若掌珠。視之如子。延師課讀。解文字。女故聰慧。貌亦娟好。雖未能辭酒烟雲。而幾頗枯毫。亦殊有雅人風致。父母以鍾愛過甚。遲擇婿。年屆瓜分。尚猶待字。閨名者談相投。年少許小女於綠窗傍繡之時。執吹吟箋。露銀蒜風涼。冰荷燈小。與二三女伴。倩話於月露。明際夜分始寢。遂患寒疾。日瀕於危。輾轉牀席。絕而復甦者數次。迨至轉危爲安。笑貌聲音不殊常度。而言動舉止如出兩人。父母至前。亦幾不識。試以文字。則目不識丁矣。舉家以爲病治之投藥。如故。女其離魂之倩女耶。抑竟如方士所言易舍耶。均不可得而明也。蓋聰明靈性。縱一病而汨沒銷沈。遂與昔日所爲。恍如隔世耳。疾病之說。揆厥情理。尚近是云。

某甲者。杭省下城人也。夫婦居室。素作小負販。一日。婦有戚好家之行。晨起攬鏡理妝。忽見鏡中蹲一鬼。裂其口。狀猙獰甚。婦擲地大驚。奔告隣媼。邀集隣婦。偕來覿之。則固如在也。甲於時酣臥未起。婦促之起。甲從夢中冷笑曰。婦女無知。動復大驚小怪。鏡中安有鬼耶。及披衣攬視。則不禁失聲稱怪矣。一時相傳。遠近集而來者。庭爲之滿。彼此互覿。不覺毛然。一聲。鏡裝粉矣。鬼亦須杳。甲驚疑不釋。咸謂此屋必有邪祟。不可以久留也。遂他徙焉。人無疑焉。妖不自作。此固戾氣招之也。獨奈何現於鏡中乎。恩爲破鏡之兆耳。不然。於鏡乎何取。

清淨道場。而有至不清淨者。惠泉山之尼庵。固彰彰矣。仿而爲之。所在多有。而淫孽過甚。陰譴有加者。莫如揚城之某尼也。尼年約三十許。姿態頗妍。一日衝巷門而出。跌滾街心。或跪或伏。或號或呼。如中邪祟。凡力甚強大。衆尼扶掖之。一揮俱仆。久之。乃自掌其頰曰。我招招。但求緩斫。遂具言生平淫孽狀。大率誘引良家婦與僧通姦。從中詐索多資。且有引所私僧辱汙某室女。及誘妓來庵。爲某方丈奸死者。罪案甚夥。至產孩私孩前後計有十七。觀者如堵。摩尼用力拽之。跪如鐵鑄。衆人之笑聲罵聲。尼之呼痛乞宥聲。尼之愧恨怨謝聲。喧闐半日。昏昏如醉。衆尼擁去。到庵則已功行圓滿矣。吁。孽固自作。無可逭也。乃使自鳴其惡而後死。所以懲摩尼也。回頭是岸。吾當爲摩尼必之。

妖言惑衆。託爲神靈。所在多有。未有若震澤湖濱妖婦之甚者。友云有自震澤來云。妖婦號獅毛姑娘者。所居曰雙石港。其夫孫某。橫行鄉里。靡惡不爲。妖婦習練符法。蓄畜冤鬼。橫詐錢帛。害人命。湖濱數萬家被荼毒者。甚於水火。又有此光圩王二娘同惡共濟。較賊匪尤焰十倍。其科索名目甚繁。春秋二季。收洋細綾。名曰香金。貢稍富者須十數元。貧者亦須一元。綢緞丈許。方尺土產。則隨時供獻。立夏端陽中秋重陽年節。按貨者每次必輸洋二元。為請陳太太居此。外又有所謂保命保丁名目。每歲自三四元以至百餘元。皆視其家之厚薄而定焉。黨羽數十人。四出搜括。挨戶嚴收。稍不遂欲。即遣鬼索命。縱使人健如虎。不數日疾病大作。於是畏而求救。稍財不惜矣。或有他疾。妖婦皆諉于陳太太之怒所致。無許服藥。但服符水。其中不藥而愈者固有。而坐以待斃者亦不少。故凡貧乏之家。衣食雖莫繼。而輸納不敢後。情殊可慘。妖婦歲入甚巨。而貪婪無厭。鬼蜮伎倆。愈出愈奇。其有令人髮指者。地方遼闊。城閭故得容其肆惑耳。噫。妖妄之罪。律有明條。況藉以斂財殃民乎。必俟惡貫既盈。而後懲誅之。則平民之受害。已難堪矣。是在賢有司早為驅除耳。

陶某者。蘇人也。癖於賭。游閩金市鎮。有搖攤局。某屢賭屢負。一夕傾囊倒篋。盡所有為孤注。又負去。計無復之。乃踽踽從局出。莫有恤之者。挪貸以為復荊州之計。索然過市。一無所遇。忽有一人自後拍其肩。笑而謂之曰。陶君負矣乎。諦視之。乃已死之故人也。陶大恐。其人曰。無懼。予非索君。特有一事煩君耳。君能攜我骸骨歸故土。予助君博。當大勝。陶諾之。其人出一錠付陶。而囑之曰。速入場。見坐而搖攤者欠伸有倦容。以此置白虎門。得彩倍數。再置之。六擲而後止。陶從之。果大勝。前負盡返。及曉。腰纏累累。中有一紙錠。蓋即故人所假之原金也。於是訪諸市。得其柩。載歸買地葬之。噫。賭博之禍。小則敗名毀行。大則傾家亡身。世之罹此患者。不知凡幾。苟非故鬼有所求而默相之。轉敗為勝。陶某已喪之資。亦何能完璧復返哉。吾願自脩者。賭博之場。其少涉足也可。

夫脩德行仁。百祥以至。貪財戀色。災禍隨來。此自然之理也。乃習焉不察。輒以為禍福無憑。身受者始各恍然。如天津二事可鑒也。有村名楊柳青。距天津三十里。市廛闤闠。戶口數萬。皆沿河而居。業船者比戶皆是。俗稱養船。蓋以之養贍身家也。船主安某。年近半百。老於篙。駛九河一帶。鼓枻往來。數十載於茲矣。某歲冬初。西河水漲。布帆一片。直指河間。不意風雪交作。河道冰阻。安棄舟遵陸。攜伴而回。至滄州西境某家寨邐。距其居約三十里。該處一片荒郊。半為墟墓。斷碑零落。衰草蕭條。瞥見牆間葦席一捲。露土外。知是赤子遺骸。安心憫焉。擬為掩埋。同伴以日暮途遠。催逼速行。安約令前途旅店相候。同伴諾而去。時天寒地凍。徒手無籍。頗費躊躇。惟憶身邊攜有佩刀。即以掘地作深坎。坎既成。日色半暝。急移屍置穴中。甫措手。見席中非屍骸。乃牛肉一具。撥揉之。則肉下纍纍皆白金也。安喜出望外。遂細檢視。共得十錠。重五百兩。即藏起。至旅店告之同伴。皆後悔不迭。詰朝重往尋覓。無所獲。此蓋黠盜所藏。安以慈悲念發。遂獲儻來耳。又有篙工張某。事前與此彷彿。而後事則大相懸絕者。張

亦楊柳青人。傭於某船。一日船泊塔灣。薄暮時沿岸閒遊。至一曲巷。闃其無人。忽一及笄女。踟躕路側。明眸皓齒。光豔獨絕。身傍倚一布囊。似候人於此者。張一見神馳。瞻顧徘徊。嬡不忍去。女初則紅漲於頰。繼回眸顧張。欲言又止者再。張覩此情景。愈加顛倒。故意趦趄前數步。女四顧無人。低聲向張曰。予非張船家耶。船非泊在塔灣耶。張唯唯。女曰。妾與子邂逅於此。殆亦夙緣。願以下情告。妾本地人。係宦裔而淩夷者。自母亡。虐於繼母。日遭鞭撻。故收拾細軟。攜有千金之資。擬遠引潛蹤。得人而事。不圖與君相遇。殆亦天作之合。願即委身相依。令先以行囊付子。請先行。日間隨行。礙人耳目。晚間請在塔灣等候。二鼓時妾必來。風露之下。當不使君延候也。姊妹所尚有寄存。當往攜取。細訂曾所珍重。別去。張喜甚。提囊歸。同伴覩其狀。呵詰之。張述所遇。誇耀不已。幾謂陶朱公載西施游五湖不啻也。同人爭羨之。張啟囊。見裹以破被。猶謂金玉在中。及被去而死嬰露矣。口填棉絮。身無半縷。蓋係私孩落草悶死者。船中人共相譁然。張知為鬼揶揄。神色沮喪。亟舉而投之河。復購香燭楮炮等事。為船祓除不祥。翌日向曲巷梭巡。竟無蹤跡。人耶鬼耶。殊難測也。聞之者傳為笑柄云。以二者觀之。一則埋朽骨而致多金。一則炫多金而變朽骨。皆非初念所及料。而要其一念之仁。即有厚報。一念之貪。即是招侮。然則其事之各異也。仍即心之各異也。人何為不存仁厚心。而必存貪痴心哉。

非義之財。悖入悖出。情之常也。乃有財未嘗探。而寄頓於此者。冥冥之中。猶有報施焉。某生者。上邑閔行鎮人也。家世素封。少成名。冒舉子業。駸駸日上矣。妻忽病痴。遇梳櫛。則曰。我固頂戴藍翎者。何梳為。遇著衣。則又云。我固穿箭衣馬褂。何服為。既而日甚一日。或徑奔街衢。向人云。爾輩吞我貲蓄。置兩田產。享用極樂。何忍心乃爾耶。漸有傳其故者。生祖設米行於鎮。勤謹老成。諸商咸倚重之。髮逆逼滬上。閔鎮泊兵船數十艘。有哨官都司某者。素與契洽。會程提督攻嘉興。檄調都司隨行。某賫夜以箱籠入寄存。未半年而都司全軍覆沒。其祖祗知都司籍隸四川。不知其家之郡邑。既未由寄返。亦無來取者。計所得蓋鉅萬焉。今之作祟。殆即都司之魄耶。此固某都司願存之財也。不幸而都司死。某之享此財也。誠非有心昧之也。而乃有作祟之事。可知一絲一粟。必身力勤瘁而得之無愧者。享之始安。否則即無禍祟。清夜疚心。能泰然耶。若夫有心攘奪。是則盜賊之倫。其得報又不知何如矣。

新隄鎮。面江背湖。距鄂省百數十里。一大市廛也。舊有木關。凡川湘巨舶販入鄂境者。悉納稅餉。街雖不廣。裒商賈雲集也。西東對岸。蓋為估客艑艘之居。其中設鴉片煙肆者。於衙對宇。尤甚夥焉。有王童者。年僅舞勺。失怙。與寡母相依為命。立錐無地。甔石無糧。日侍母織棉帶。

入市求售。賺數十錢歸養老母耳。乃有煙肆夥陳某者。固二十餘歲之浮蕩少年也。曾賒童梯帶。價不過三數十文。陳欺童幼。延宕者久矣。寒冬久雪。竈冷無烟。更往索。乃相遇於西岸池邊。口角既騰。忿爭不已。陳某陡起惡念。揿童在地。搤喉遂死。並摘童左耳金環及所著釘鞋。拋屍池內。其時雪埋冰沍。杳無人知。伊母望子不歸。尋覓無跡。莫卜存亡。亦第暗中流泣耳。七日後雪融冰釋。屍身現焉。母哭暈數四。視喉間橫有爪痕。而致死之由。終莫能白。有司既驗畢。殮埋矣。事閱半載。影響絕無。不意陳某於烟霧之中。橫陳之地。呵欠陡作。朦朧酣睡。囈語中有金環二字。方駭愕。忽躍起大呼曰。我於西岸池邊奪得王童釘鞋。何人者去耶。如是者數次。客有知童之死者。聞其言。知有異。撿視榻下。則釘鞋固宛然也。立喚母至識贓。鉦扭陳於官。刑鞫得實。冤始白。議者僉謂童之冤魂不散也。不知陳某兇惡已極。罪通於天。雖經半載。猶必假之使自鳴其惡。天網恢恢。疎而不漏。信然。

易曰。積善之家。必有餘慶。積惡之家。必有餘殃。人第見富貴可羨。抑知有非可以倖獲者。即區區財帛。惟有福命者當之。否則災殃立至。非徒無益而又害之已。滬上有李某者。經營數載。積蓄數百金。儼然小康。一晚步英租界牆下。忽聞有洋人呼李姓名者。李舉首而望。果有一洋人焉。向李曰。我是鬼非人也。前在揚州時積金千兩。埋某處。幸與子有緣。子宜秘密尋蹤往取可也。李回家。即昏迷似狂非狂。沿街高呼。如是云云。聞者皆大笑。以為時衰鬼弄人也。不謂埋銀果真。有旁人聞之。潛往揚州。如所言尋之。竟得大獲。後李病既愈。復遇前鬼。呼之曰。前事非妄。乃爾自無福。被人取之。我亦無如爾何矣。李聞之。舊病復發。家貲亦盡耗散矣。

又蘇城某姓。負販為業。暇則持魚罩捕魚資助之。一日。於水中獲得珍珠一顆。大如龍眼。黑夜觀之。隱約生光。歸以估價於識者。皆曰。此無價珍也。非得巨貲。切勿輕售。某自是擘珠於掌。終日痴笑。神志改常。未幾。懷珠自投於河。比救出而珠已不知所往矣。家人倉皇覓珠。某乃如夢初覺。蓋寶既失。而瘋病亦愈也。噫。是皆無福享之也。彼儻來之物。旋得而旋失之者。固不足異。獨異其顛倒不安。致於成疾也。然世之妄求非分者。其亦知所儆念矣。

贊兒生。江都世家子也。道光末年。家道中落。出門覓餬口計。偏寓吳門三多橋。目能視鬼。嘗言街市道路。往來憧憧。輒與人連肩接踵而行。但有形無質。不礙人行。凡鬼勢利者。諂媚形狀。令人見之發哂。遇人之衣冠灩麗。氣宇軒昂者。必遠遠避道而行。儻寒瀟倒衣敝履穿者。摩相揶揄之。牽其衣。或絆其足。必傾跌而後快。甚則以污穢塗其衣服。蛛網蒙其面目。種種狎侮。第其人不自知耳。若有持金帛珍寶而行者。則望塵而拜矣。且喜伺憩人隅。一日遇友人自閶中游蘇歸。叙契濶並困苦狀。傍有兩鬼相與拍手大笑。旋以稻柴挽結。懸其帽頂矣。洎述游懷已倦。所幸者囊有五百金。欲市田半頃。種花課去。以娛餘年等語。鬼即恢然去所懸稻結。叩拜道左。若謝過狀。友頰上偶有涎沫。鬼又為拂拭去之。左右周旋。媚之態。後而友漠然也。既別去。鬼尚跪送。良久乃起。噫。陌路同行。毫無干涉。作此惡態。令人不解。嘗觀先生撿習此況。雖家徒四壁。朝食難繼。而背上條脫金光爍然。有勸其易錢謀生計。生笑而不答。蓋以此條可禦鬼之侮弄也。由是觀之。人不可以無財。有財則鬼且謝之拂之。跪之送之。窮形盡相。諂媚惟恐不及。當其作諸醜態時。方謂幽獨之中。人莫能覩。孰意適有一能視鬼者。冷眼旁觀。遂使不可令人見之隱態為人見。此鬼似黠而實愚矣。吁。勢利者又豈獨鬼為然哉。

客有過虹口而來歸者。言其地多鬼。白晝且可作祟。無論夜間。此亦奇甚。然非幻語也。蓋客於一日步至靖遠街。忽見有流寓者紛紛遷徙。似有迫不及待之勢。詢其異。則皆曰鬼祟。始不過陰風苦雨漏轉更長之際。道旁揶揄耳。近則明目張膽。烈日當空。亦或現魍魎之相。啾唧之聲。驚心駭耳。隨處皆然。某不願與鬼為隣。故相與曠宅弗居也。客曰。去則去耳。曷為乎速。則又曰。往日隣里暴死者。間一有之。今則日斃一人。計自某日東隣一婦無故縊死。未及殯而哭聲又有自西隣出者。蓋其婦服阿芙蓉膏而沒矣。越日隣里中相繼自盡者。復有二人。屈指五日中耳。死者已相屬。若復戀戀居此。恐我輩亦無遺類。故去之衆且速耳。噫。鬼果能肆虐如此乎。要皆以疑懼故。陰氣得乘。遂至風聲鶴唳。非鬼而亦驚為鬼。死者雖不一。亦事之偶然者耳。豈真為鬼之虐哉。至相率而去。疑懼之態。亦可哂也夫。

淇鎮有宋姓者。僦屋西河居有年矣。一女年十六。明眸皓齒。居然佳麗。士族爭與議婚。會有誣以不貞者。悒悒無以自明。竟自縊。柩厝河干。隣右胡鶯亦少年佻健人也。每過此見之。輒歎悒不置。詞宋以他故遷寓于揚。遺其女之柩焉。三尺荒墳。風雨剝落。牛羊又從而牧之。遂陷諸河。胡以夏熱納涼。繞河而步。瞥見女柩死在水中。憐之。為引出。厝於高原。具酒漿奠之。祝曰。卿昔見害于讒人。令復委骸於河伯。紅顏薄命。生死以之。移置高原。庶幾青塚黃昏。百年無恙。惟是夜臺淒寂。舊舍荒涼。如不以瓜李生嫌。尚其姍姍而來。慰我岑寂。祝畢而返。扺戶而臥。謂欲于夢中求之。無何。果夢宋女伏拜榻前。起眺之。姿態如生。胡驚甚。邀望促膝對坐。共話綢繆。述及畢命之際。輒哽咽不能語。良久不去。遂與狎。女自言與有夙緣。且沐厚恩。無以報願。每夜邀君夢中。正不必對鏡畫眉。始稱伉儷也。由是夜必輒至。胡遂病。逾日益羸瘦。每夜喃喃輒作鬼語。百計遣之不去。瘵疾成矣。勢竟不起。噫。女豈以讐報德耶。以理揆之。非女魂也。女既負屈於生前。安復不貞於死後。如果冥冥墮行。則當日之謠誣未必盡誣。即

誕亦何以自雪耶。胡以退根莪擧出。以邪心魅即乘而集之。其亡也宜哉。宋女有知。當亦不見德也

南邑某生。忘其姓氏。其封翁年逾知命。方得生。愛如掌珠。少而聰慧。讀書日數十行。既長。年神韶秀。倜儻風流。文藝之餘。兼工繪事。他如管絃絲竹之音。靡不悉心講究。居恒尤喜聊齋文字。嘗言苟遇多情者。縱狐鬼必納之。惟眼界過峻。燕瘦環肥。品評少所許可。雖當學士之年。尚未結朱陳之好也。會當暮春之初。散步郊坰。作尋春之樂。軍水村山郭。問柳尋花。會悠春色。竟迷歸路。適見二女郎蹁躚前來。弓鞋纖小。時欲傾側。斜睨之。美而豔。一步一趨。相離僅尺咫耳。約里許。竹籬一帶。掩映雙扉。女郎駐足門前。生前致詞。女郎云。郎君到此。歸途甚賒。曷勿小住為佳。生戀其美。竟隨入內室中。室展問邦族里居。生具以告。轉詢女郎閥閱。則云劉姓姨妹二人。長名卿雲。年十九矣。次名纈卿。年方十七。今日由外家來。不覺遂晚。今相遇即亦夙世緣。家中無三尺童。僅一老嫗一小鬟供役令耳。言語蹀躞。媚態縱橫。生於是神志顛倒。樂而忘返矣。少頃。酒肴羅列。二女郎殷勤勸觴。備極款曲。生見壁上懸琵琶一。因請奏技。二女郎亦不虛讓。雲卿斜撥檀槽。纈卿倚聲而和。生拍案叫絕。酒酣。攜二女郎共坐左右。蘭麝之氣。熏人肌骨。於是締結密誓。同入溫柔鄉矣。其家以生未歸。偵騎四出。迄無音耗。有田夫荷鋤返路。過墻間。見一穴敞露衣角。異而窺之。似有一人與骷髏同臥壙中。乃呼集眾侶。牽出觀之。一田夫云。此某封翁公子也。急白翁舁歸。則生已奄奄一息矣。二骷髏蓋諸火。異臭達數里。生未十日竟死。此非孽由自作哉。積幻想於居恒。乃幻遇於一日。苟能破除色界。心地清明。亦何致迷溺不返。而喪其身也。然則生固誤於色矣。要仍誤於聊齋之幻說耳。少時閱書者。顧可不嚴以慎之哉

籌燈說鬼幻者。駭人聽聞。然皆寓莊生言。未必果為目覩也。有雙林鎮某者。抱布貿絲。經商吳門。途次投宿旅寓。主以客滿辭。某以疲困憚更張。且無求精舍。得一榻棲止足矣。寓主辭不獲已。乃云有一舍。但不潔淨。某亦以頹垣敗屋已耳。及至。則斗室一椽。窗幽几淨。境頗雅適。亦不疑。遂展衾焉。漏甫三下。朦朧間。忽有人推門而進。視之。則二十許絕代麗人也。雲鬟半䰄。星眼微餳。殊戀戀某。方錯愕。以為花寓藏此美。留以侍客者。既思暗昧不明。不可以身蹈不測。於是正言厲色嚴以拒之。女始怏怏而去。明發詰之。始知房中素有縊鬼也。苟非一念持正。使當前之鬼魅退却而去。否則入其彀中。將亦性命鴻毛矣。某一市井中人耳。見色而能守正。其轉危而安也。亦宜世之溺於色者。吾危之

人有傾城之色。雖庸耳俗目。亦知珍貴。乃亦有生不逢時。竟不遇當世之一顧者。是本無生

人之趣。而與鬼為隣矣。如蘇之平度婦某氏。年四十餘。顧盼自憐。頗善修飾。時齒雖姬。一經妝束。送能易無鹽為西施。變羅剎為神女。惟以抹脂塗粉為上。而非天姿之自端妙也。有養女。曰真真。姿容明爽。不屑塗澤。看花走馬之態。鮮有過而問者。婦教以術。女輒不願。既而志少移。塗朱數粉。攬鏡自羞。出而肆應。蹈蹐尤不自安。而顧者仍無屈意。忿而入室。欲扼燭眠。忽耳旁有低聲私語者曰。脂粉汗顏。失却本來面目矣。不見人形。但聞鬼嘯。自是常為鬼祟。久病不痊。婦乞巫禳之。巫云。女以絕世風姿。不合於時。有鬼判見而悅之。欲以為妻。不可禳矣。女聞而歎曰。未能事人。或能事鬼。還我本來面目。為西方之美人。不勝與東施效顰乎。言訖遂逝。好事者紀以詩云。鞭茵墮溷各前因。地下憐香有幾人。抵死只逢皮相士。傷心豈獨是真真。豪傑途窮。佳人薄命。不得志於時者。大率若是。惟妍媸莫辨。使蠅之逐臭而不識馬之空羣。不幾為鬼所哂笑哉

蒲留仙聊齋所誌。原屬子虛之說。然疑以傳疑。不謂有與之相似者。則亦足駭矣。松郡西門外秀野橋旁。有敗屋二椽。蛛網蛛絲。久無人跡。一日有賣魚阿土者。行是地。見一女從屋中出。年二十許。楚楚動人。後隨一女。年及破瓜。縞袂素衣。丰神淡逸。見阿土若驚若喜。注目移時。阿土亦留戀不去。女子忽喚買魚。阿土乘機就近。詢姓氏里居。有無家室。土曰。尚未締姻。女曰。此余妹也。文君新寡無依。如不棄。使奉箕帚。阿土喜出非望。二女導入內。則見飛閣流丹。瓊樓瑩碧。類富貴者家。歷門數重。轉入垂花門。一道回廊。朱闌繚曲。迤邐前進。池石映帶。花木參差。或秋千兜索。或畫橋龍櫚。心曠神怡。目不暇給。至一處。庭開紅牖。窗拓銀紗。棐几湘簾。纖塵不染。入室避坐。即有小鬟數輩。眉目如畫。添香舉茗。先意趨承。茶竟。婢引阿土入後室沐浴。香湯更易。羅綺既出。姊妹令攬鏡自照。則錦繡章身。居然貴公子矣。少頃。設席東偏之小軒。面臨綠水。復繞脩篁。姊妹環坐左右。勸酬殷勤。珍羞羅異。不知其名。入夜。少女嚴妝。行合巹禮。姊乃手秉紅燭。送入洞房。阿土魚腥未脫。遽領仙閨風味。幾忘其身之尚在人間。更何他慮乎。惟問女子邦族。堅不肯言。但謂此後勿復操賤業。衣食妾任之。勿慮也。姊既為我作合。蓋圖所以報君。有意中人否。阿土云。有同業某。女曰。試邀來。果有緣。即中雀屏選。翌晨。阿土出尋某。某欣然偕往。姊果許可。於是夕結褵。於是同住。婚媾樂而忘返矣。越四五日。某婿長女曰。我出入必遭隣婦詬詈。不堪忍受。奈何。女聞而怒曰。何物妖狐。縱肆乃爾。立喚婦至。大加申飭。婦倉皇謝罪。乃出。從此不敢有詈聲矣。同業人見阿土與某衣服麗都。窮加致詰。阿土不能隱。具述之。貿令同往。則門戶全非。荊榛滿目。衆駭異。因相戒曰。君等必遇妖魅。迷而不誤。恐有性命憂。兩人乃不敢復往矣。噫。天台有路。祇容劉阮尋蹤。雨笠未拋也

荷仙人垂盼，豈三生石上固有此前緣耶。抑好事者言之以傳奇耶。是則不可知也已。

武林黃生，幼聰慧，性豪邁，遭粵寇難，家道中落，習舉子業，涉獵詞史，屢試未售，意淡如也。而鍾情特甚，偶有所遇，則憐香惜玉之情，輒不自禁。嘗語人曰：稗史紀載狐鬼多情者，恨未身覯遇之。一日薄暮，自鄉間歸，忽叢草深際，似有人行，立而覘之，突有人拍其肩曰：黃相公歸何遲也。我家娘子候久矣。黃回顧，則一青衣女也。詢娘子何人，青衣女曰：但往自知，想非能噬人者，何絮絮為。約行二里許，至其所，則柴門臨水，鄉景依然。入門，覺別有天地，一草一木，點綴生新。小園亭頗具邱壑，綉簾內嬌聲婉轉，已舉手招客矣。黃趨而進，見所謂娘子者，高髻靚妝，明豔動人，邦族既展，煮茗清談，娘子歷問四海名勝，某代有某才子，有某佳人，及歷朝興廢情形。黃於時豔色當前，目醉心迷，應答模糊，而神志在九霄雲外矣。娘子忽怒而言曰：君嘗謂我輩多情，故屈玉趾，爲竟夕談，不謂狼子野心，見色已起，淫猶登徒之流耳。且速去，勿污我清淨地。黃唯唯謝過。青衣女攜之出，循向道，時已二鼓，城扃，乃宿友家。然戀戀之情猶未消釋，次晨擬重訪，友人勸止之。夫黃之幻遇，不可謂無緣也，乃坐懷一亂，遂遭斥逐，此固懲創之道，然亦幸矣。何憤憤於中而重欲問津哉。色不迷人，人自迷耳。吾於黃生益信。

仙怪之事，耳食者屢矣，然亦有情深義摯者，不可謂必無此事也。揚州舊城波井街有獄廟，香火甚衰，僅一羽士，及一香火傭，屋多人少，廟後羅祖殿遂爲仙族所居，風清月白，時現形色出遊，羽士亦置之，彼此相安久無虞。許巷有王姓名永者，年三旬餘，赤貧未娶，以力養母，孝順甚至，初賣水果，繼爲茶社担水，傭工資以供薪水，母亦憐子之苦，以其所入者，深加節嗇，積有青蚨數十千，易銀儲之，將謀納媳，埋銀牀下，防小竊也。端午夜，其子因醉臥茶社未返，夜半母醒，聞喘聲甚急，壁泥簌簌下，疑子之醉歸也，敲火視之，則見一人長跪牀下，手捧銀包，兩頰青紫，如掌責然，急詢所由，云不肖知銀埋牀下，方欲竊去，忽有一長大人挾以跪，掌責數十，並云此係節母孝子之銀，汝何敢竊。母見銀尚在，不與仇，揮之使去，則僂膝如釘，毫不能動。母問汝知長大人何神否，賊笑云：住羅祖殿姓胡。母乃悟，代爲叩求，賊始遁。子既歸，告之，市香燭叩謝焉。未幾，王永感疾甚重，母每侍疾，念母無次子，死則俱死，大慟，忽見一人云：凡上藥服三劑即愈，勿悲也。試之果然。又往謝，門內忽飛出一紙云：汝孝，故助之，勿招搖，吾去矣。夫此仙能助節孝，則仗義一流，而近於俠矣。又揚州新城彩衣街某姓南貨鋪，由勤儉起家，而秉性慳吝，店屋三進，前爲鋪，而後則爲棧，貨眷屬之所，自冬至春，數月之間，起火凡九次，皆未成災，久乃知狐作祟，緣此屋亂前係徐姓公館，本有仙居住，仙與徐極浹洽，亂後屋爲某鋪所有，仙忽至，欲歸原地，囑某道士相商，假一間屋，某不之從，仙又云：我非無

他處可居，所以戀於此者，特不忘舊主耳。某仍不信，自此祟日作矣。某婦肆訴詈無戒心，任婦侮犯。某歲元旦，忽自解上衣，露雙乳，以手拍之，遊唱於市。曳歸，灌以薑湯始甦，愧極愈罵。嘗夜火起於篋，衣燼其半，幸即施救，未致焚如。某夫婦乃大懼，蒸香叩禱，清潔一室，立位製幔，爲仙人居，朔望頂禮，設食，於是始安。當其擾時，有一野僧出戲言，一夜啟門，見一叟鬚髮皓然，神情颯爽，立簷下，衣冠不類近時，一驚而入，從此共信果匿。此其禁戀舊居，慨然有人琴之感，則又多情而深嫉俗矣。若夫無情無義，而又不能自保其生者，則又仙術之窮也。

天津紫竹林下有村，名梁家園，環村有圍牆，故名牆子。其外即係跑馬場，一片郊原，中有一門，爲西人遊獵所，門外大冢累累，狐仙聚族而居，想有年所，已稱神物，凡臂鷹尾犬馳逐其間者，靡不受窘而返。英國醫生某聞其事，不信，故向該處從獵，頗受揶揄。西人方謀退遁，猝有一大黃狐竄至馬前，向西人眈眈注視，西人擬擒取，亟欲得而甘心，距馬行或徐或疾，此狐終在馬前，馬繞場一週，竟如海上仙山，可望不可即矣。方欲棄而之他，狐又猝至馬前，西人被擾不堪，卒墜馬受傷，始無蹤跡。不一日，有小狐竄至新闢法領事署，署眾見而逐之，狐越牆，早爲人執住，後從半牆頭越下，忽聞空中大聲呼曰：此從梁家園牆外來者，毋傷害。執者驚釋手，狐遂渡河逸去。對岸有巡丁伺狐初登岸，挺鎗中其腹，應手而倒，剝售其皮，得錢二貫，乃夜間即疾，越日遂死。其執狐足者，手亦發巨瘡，不痊。夫狐既能報於死後，曷不救之於生前，況空際聞聲，固明明有保護者在也，豈真以劫數所歸，有不可逃之者耶。總之狐仙皆敦性義者也，其所以祟人者，皆人有以侮之耳，不之侮而祟人者，吾未之前聞也。觀此數事，信然。

南方多鬼，北方多狐，此常諺也。乃津人現又有五大家之說，家喻戶曉，供奉不遑，則奇而險矣。五大家者何，蓋謂狐、蛇、鼠、狼、刺蝟也。距津城西二十里，有河灘寺，名爲寺而實無寺，河旁柳樹祈禱最靈，而於治病爲尤效，香煙繚繞，燭影搖光，皆爲還願來者。居人因以寺名之。聞神爲蛇，厥巢寶白章妾蛇，而長間嘗幻作白衣老者，爲人治病。城西陳某病已匝月，勢將不起，聞神靈感，秘不告人，遂於凌晨駕一葉舟往求焉。翌日，陳妻尚未歸，正切狐疑，忽有醫者自來，道貌岸然，斑白老叟，舉室驚愕，不知所自，無已，肅之入，審其姓字，則某姓某字，而居大宅莊者也。既診視，留一方而去，藥極平淡無奇。未幾陳妻歸，始知醫即神也。配藥一服而愈，陳某乃敬刊河灘神有求必應字帖，數千百紙，粘貼通衢。於是河灘之靈應益彰。此五家之一也。夫神無常依，惟德是依，陳某何徒，乃邀眷顧乎。必謂是說爲妄，則古來石言於晉，神降於莘，曾有之矣，似未可以目所未經者，遂謂爲子虛之賦也。

狐媚惑人小說家恒言之然北方產是物留仙所誌多屬北方近日南中亦有是患矣江垣鼓樓前三忠祠間壁有廣廈一區五幢到底居之者每不安迭易主皆然因共目為凶宅無人復問鼎矣宅之右為某甲住址宅第亦寬宏深邃規模相做惟一牆壁間之此界彼疆從無侵擾故凶者自凶而吉者自吉也有何某者外省人僦居甲宅數月無他異一日薄暮偶令婢女至後門曬棚收衣久而不回而衣已在房中矣疑異之登棚察看無蹤閱三日竟絕音耗僕婦走告曰頃立棚下聞隣宅有嬉笑聲此中久為狐仙住婢或為所攝而弗放而視之家人乃借梯開門爇火把二三十枝入但見塵封階砌爪跡蹤橫院宇深深寂無音響何乃以來意告爇香楮默祝而返夜既半婢忽見於廳事何亟問從何來婢曰來自棚間並歷道其異言前晚登棚見隣園男婦數輩散步游戲舉手相招遂如夢寐不知如何下去從之入室則陳設煥然令人目眩有所稱姑子豔麗罕有其匹持錦衣令更易晚飲珍羞羅列甘沁心脾以次度曲和以笙簫婢辭不能罰以巨觥幸姑子緩頰得免欲告歸眾皆怒因不敢再言自是眠食皆與姑子俱約兩日一夜光景眾來貢我時姑子嬖愛不悅變形如猫往復戲逐婢則一人呆立口不能言足不能動眾由身畔行不得相就眾既退姑子至囑我瞑目似將我托起一拋開目則已立棚上矣何聞而有此心乃市酒脯登棚致謝云又南昌楊家橋某甲宦戶也屋宇深邃蓄婢多人一晚使小婢滌溺器久不見回呼之寂然以為偷寢也令他婢往視器在簷下人已杳然於是四處燭照竟無蹤跡前門後戶且久扃亦無能外逃者已聽之矣次晨庖人起食廚乃見其臥於夾板中去其上層板始得出如夢方醒詢其何以能入婢均不知自是亦無他異鹽尹沈金門侯鈇於揚其子經歷子煥隨侍在寓一日聞牀畔箱上如人扣齒聲揭之見一物如鼠狼躍牀上竹竿刺之始遁如是者數夜乃移榻寢室夜方寢忽前聲又作申禱再四禱云遇本無心翌日當盛設致獻遂瘞叢廟旁有空宅一區為使命往來駐節之所時有大僚至揚倚葺此舍故不能安其室而遷於隣舍焉又花溆大尹金門李弟也寓揚時宅內原有空屋二楹仙居已久有僕某移居於此啟而視之地無纖埃潔如新掃遂懸燭焉是夜花溆樓上秉燭觀書忽聞有鼾睡聲問之不應出而視之則一包裹甚巨呼從人解其包僕則犬臥其中尚酣眠也眾撼醒之僕茫然繼思乃悟是皆有以觸犯之而後遭其戲弄也見怪不怪其即所以弭怪之良法歟狐作祟雖謂為妖然皆妖由人興故惟家之索耳乃亦有守正無私矢節無移則此類中之魁楚也李某客濟南與郡中何君景軒為傾蓋交靚何一五環青翠異常世所鮮有異之何乃色然指怡然說曰匪汝之為美美人之貽李曰君何佳遇願與聞何亦欣欣樂道焉初何被酒夜坐忽一麗人至何醉

眼朦朧忘所自來曰勞卿惠顧宜辨客有相如渴乎麗人曰君自渴何與他人事僕以答寂欲致清談半晌耳麗人胸中尚有經史何以金屋難藏汝乎僕如卿者真不愧金屋矣麗人曰無此豔福且不樂此惟一邱一壑足使盤桓耳何偶雜游語麗人正色曰儂本情天中過來今已懺除淨請與君為談友他不與聞何肅而敬之芳心如槁木是脂粉叢中別能樹立者但山林非弱質所宜卿何枯隱至此麗人曰實告君妾塗山氏之苗裔也以君清雅故願聆塵教何以御妻多以情欲迷人卿獨擺脫情緣非正心定性何能斬截麗人曰情障固人如繭自縛苟其自解一偈亦指顧間事耳何服其論自是時去時來歷十有三月偶有入都之役別去以玉環為贈曰此不玦之玦也回憶聲容彷彿如見衣香鬢影與語無殊惟與之對語時使人頓忘色界是可為益友云蔡生昌源浙湖風雅士也工篆隸善詩書世業賈設典肆于中州生嘗游幻關獅一姝名阿秀年二旬餘矣貌僅中人然能媚生甚之以千金脫其籍置之密室人婦許閔數年無間言性絕惡穢分當神仙時常佩刀曾感世間髮逆北犯各省不及遁城陷賊破扉入生臥榻處執許及秀將犯之秀忽躍起奪賊刀一賊斫其項秀急以手自救其項臉賊四五人餘眾駭逃秀呼蔡出泣語曰妾與君緣盡矣然受君恩深必護君君當謹守此室無害也言已首墜隱身亦仆矣生夫婦驚慟撫視其屍則狐也殮以人禮猝不得棺置尸篋中守其戒不敢出越日賊率其黨來及門輒呼頭痛而逸月餘葉夢秀請曰賊已遁盍攜家南歸此非福地也葉從南歸抵湖郡秀復入夢曰湖郡亦不可居擇叢薮兵燹之地託焉十年後即事平矣妾生不能入世死能證入神道不能復來矣葉乃挈眷至滬上居於歇浦之東遂無虞厥後髮逆蕩清葉乃歸里閉門不出而葉已老矣嘗生壙附狐棺於墓旁人之淫者為妓物之淫者為狐狐猶有得情之正而著其烈者夫豈真人不如狐哉人苦不自立耳

又有能懲不弟之夫而與人相安不肆侵擾者余所聞數事因連類記之山陽陳紫涵秀才恃才而傲侮其兄嫂兄固長厚多方含忍嫂亦暗中隱泣而已陳一日晨興於案得一紙曰陳紫涵自負通品倫紀未明尚得謂讀書人乎余向居汪翰林宅以翰林喪歸暫就汝宅爾無一事可述惟知欺凌兄嫂造言害人故發憤為汝言之及早悔改勿謂暗室無人也陳疑為兄所為造言惑父母父母遂不懽於兄方謂得計一日空中碎石雨下頭面皆破陳往延翰林長君至開大聲曰尊人道德文章足為當代宗武君不過藉蔭得功名以道號自居耶不早去視吾石陳方念上控嶽帝空中又一紙下曰陳某汝某日某事欺兄嫂如何昧心歷疏二十餘條余以正言相規反欲仇我耶今夕當以烈燄燒汝矣至夕方臥火自發於牀陳

裸身投地跪跪乞哀叟曰求我無益當求汝兄釋汝陳不得已與妻跽求兄嫂叟令自陳負心事兄嫂不忍聞痛哭掖之起曰吾弟知改過祖宗父母之福也叟曰汝兄弟既睦我且去由是陳痛改前非門庭雍睦家法爲一新焉葉華農者浦東素豐家也壬戌八月常熟既陷葉正偃息在家忽有一老翁至童顔鶴髮飄飄若仙詢其姓則云胡也亦蘇人避常熟難擬遷至此君家後樓暫借棲止葉許之翁遂留銀二笏而去葉遂洒掃以俟乃未見挈眷入門而樓上老幼男女約有二十餘人之多始而駭繼而恍然曰胡者狐也彼此相安者幾三數月忽有小狐遺溺漏污書籍葉心惡之時鎮江劉玉齋者善袪鬼怪葉欲招致之而未敢洩其事翁已知之與葉書曰老朽雖異類頗循禮義祇以孫輩無知致干盛怒不意君之蓄怨不忘也今既見外行將與君長辭何必招劉下逐客之令哉葉見書且愧且悔令人止劉而劉已至乃引劉至戚家以證之劉默坐若有所思此間無怪異奚至是頃之又曰吾知葉君之心矣必因老狐情意殷勤有所不忍耳但余既至不可不使老狐知之因作書千餘言翁亦覆書千言讀已謂葉曰渠三日後遷去矣姑勿與較其致書也第將書焚化以灰納緘中劉得書見灰即令人將漆桌拭淨以水噴之將紙灰洒上即喃喃成誦人不見有字也劉固異人翁亦誠可佳矣至於大肆侵擾袪逐無術則又出此二狐之下矣漢口葉瑞豐雜貨生理蒸蒸遭焚折地雖數遷而回祿如故營運於以竭蹶平時貨物得失無常亦漫置之某歲五月中一夕團坐晚餐瞬息間酒壺失所在主人方知妖異啟笥檢衣物則已强半遺失矣惟數紙質票在焉往詰質鋪則云兩少婦結伴來質者乃延道士建壇袪逐方將仗劍噀水忽一聲迸裂樓上溺器擲下幾傷老道之頭衆於是草草而去由是肆擾益甚矣噫物類之中尚分賢愚若此況人乎如彼之能振倫常能甘退讓者不尤人所難能者乎若夫妄肆侵擾袪逐無方則又不可同日而語矣

人無釁焉妖不自作餘姚富翁某延某師訓子師風流自喜案中圖書玩物畢具復有山塘泥美人一座神釆生動一夕坐讀有美人婦翩然入兩相調笑遂燕婉焉美人常吟一律淒清婉麗師珍藏之詩曰妾家生長在姑蘇飄泊而今未有夫竊恨生辰缠水土還憐身世入泥塗何緣珍重藏金屋祇可淒其伴鴨爐一自畫眉人去後消磨脂粉嬾重敷主人訝師精神恍惚因問之不告一日主得詩箋誦之視几上美人笑曰得非此物爲祟耶美人栩栩欲動頰上似有愁色擲而碎之其跡遂絕吁泥美人何至此哉必因師一念之邪而有他物憑藉之耳信哉妖由人興也

凡人夢寐之中若能凌駕滄海遨遊八極隨意造象離奇百端蓋其神遊也讀玉歷人有夢

遊地獄記恍惚迷離語極奇特其略曰客窗漏永夜不成寐讀狐鬼齊諧記見地獄之説竊訝之良久睡魔至有青衣者揖余而言曰子疑地獄耶抑知地獄即在世間耶謂余不信盍與同遊携余行至一處見綠石橋横亘東西中列巨栅上書界分人鬼四大字過橋而西即處處有鬼卒如邏牛首馬面窄袖短衣如廟中所塑土偶然手執籐鞭遇囚首垢面者輒擊之市肆半掩門挂一燈秋雲繚亂毒氣熏蒸人皆縮首俟耳蓬頭曲背局促奔走若有急不及待之勢不知其何所事也曲折遶河行則見無數夜叉披髮袒胸拖鞋跣足獻笑迎門門貼人鬼道通四字見載鬼一車至便嬉笑擁之入復前行至一橋青衣人云此間爲陰陽關過橋以北則盡陰界十八獄在焉大劫以後鬼魂愈多遂於陰陽關外擴地至人鬼關止增設烏烟紅粉兩大獄即向所經者是也遂過橋西北行又見夜叉無數油頭粉面作時世粧爭妍取憐列屋而居中有一臺烹茶待客予遂登臺小憩俄頃茗至作碧血色青衣人云此地近血河故有此麗水遂罷飲出門西望天已向晚萬道香燐匀懸空際陰風烈烈鬼聲烏烏目慘神眩不忍卒睹方欲告歸忽訇然一聲震動天表夢亦隨醒追思所游之地不禁爽然如在目前遂走筆記之細思地獄即在世間一語誠足破千古之疑團警愚蒙之妄作禍因惡積福緣善慶非此理也哉亦在人之所爲何如耳

王君崇德湖南人家積富爲淮鹽票販者已有年矣性誠篤一日有貧士操中州音出一紙相示王未及視即曰有之非我欺心不知君所在今約五日後來取此可乎中州人諾之至期如數以償蓋三千六百兩也具酌賓主酬酢甚歡衆疑詰叩其故中州人笑曰我年幼父營運於外客死漢皋帳目皆失我豈知有此欠項哉今年迎父柩歸葬沿途求乞狼狽不堪旅前一夕夢父坐於中庭謂余曰汝苦矣尚可生活他帳非汝所能討惟湖南王君處存有三千六百兩未及合本而我死雖曰無據僅一收條然王係長者持信去當無不還者信在幼學某本某頁内昔時常閲悞置於此耳次日即檢得之今茲故來果得趙璧公真長者也王聆其言未畢即拍案驚曰尊公真如此英靈耶我於月前某日家人不戒於火幾致延燒忽尊公來掖我起曰速救驚醒視之火已撲滅倉卒之間又見尊公手一銅盆撥我並呼急敲我已忘其死一聲甫震形影頓滅因此家人羣起得免於災次夜又夢見之曰昨日補情今日索欠某日我子來當一一交還俾其衣食有資當君未來預籌之久矣君至而清償之亦了却一願也我敢昧心耶衆於是嗟歎不置古之人有不忘死友而還金者王君其亦行古之道歟其轉禍而成祥也亦宜

某君風雅士也偶從吳門返棹申江假寐蓬牕夢中恍惚舟行入山溪間水道潆洄别開異

坑仰觀山色與帆影中流相映對惜水宿無伴可與共賞舟子前陳白山巔可遊眺中當有人在也某舍舟登山躡其巔山腰有五彩石玲瓏可愛因袖數枚山後皆楓林林盡見屋結茅數椽廻隔塵凡信步至其地主人整衿出迎年約四旬餘肅客入詢其家世答言平陽别字雪岩郎君早登科入仕部中室中懸六如小像及惲王諸畫幅率皆真跡磁盆中晚菊一枝作花三四屏几環列供諸奇玩皆世所罕見者時主人濡毫作擘窠書因謂余曰書畫固極樂事求索者多則為所苦矣少頃童僕送茗至某與辭主人攬袖送過歷複廊洞室十餘處存藏者惟書籍為插架及門一揖而别某方覓路登舟毋畔有促之起者一舉目則帆檣錯雜烟波浩然蓋已抵申江矣登岸即遇一賣石者視之則宛如夢中所見者遂購歸嗚呼山居之樂所謂富貴神仙者此即是耶某得夢履其境亦未始非天假之緣至於購石以應夢則又奇而巧矣昔人有夢幻無憑之說殆不其然

客有喜談夢者告余曰子知當塗黃勤敏公之異夢乎予曰不知也客曰公於嘉慶庚辰奉命典試春闈是科榜首乃廣西桂林陳公繼昌以三元及第方公入闈夢兩廣總督阮文達公拜謁並贈貂裘一襲傳臚後始悟阮公字伯元以姓名字合之恰為三元而阮字邊旁又為陳姓之半阮任兩廣督三元為廣西人貂裘則詞林品服也更足異者陳當發解時原名守叡會試前夢有報捷者言中二十二名為陳繼昌其二十四名則陸姓名沅復云二十四名亦係汝也醒而異之因改今名及入闈抵號舍則所坐二十二號偶問二十四號則果有陸沅在焉榜發均中式陳竟以三元魁天下乃知沅字傍三點隱示三元之意陸字亦得陳姓之半揭曉師生各述所夢互為驚異云至於以一人得三元歷攷往籍無論文武甚難其人光緒庚辰科武會狀兩元皆係福建黃君培松也黃固某科鄉試解首也聞其得解時亦有預兆會狀兩元之夢惜傳聞軼其事要皆足為藝林佳話而神奇迷離竟於夢中顯示之特憒憒先事者不及參詳耳故類記之以為談夢之一助

錢塘縣章君明玉風雅士也娶妻汪氏色美而不壽琴瑟篤摯久客楚中一夜夢抵家杳無人跡惟見壁間題二絕云寂寂花時鎖院門倚窗風破月黃昏海棠開落春無主誰惜亭亭倩女魂草草春風十七年漫嗟紫玉竟成煙他時卻扇重相見珍重蕉窗話舊緣既覺以詩句不祥遂歸而妻已物化章哭之慟撿遺篋得絕命詩正夢中所見二作也厥後屢卜續膠未果至官粵東從化令始納聘李氏卻扇夕婦貌酷肖前妻詢其生辰即汪之逝日細話前事適牕外雨打芭蕉淅瀝可聽屈指歲月已十有七載矣噫此夢之奇果如此乎奇不奇於夢而奇於夢中之詩殆亦彼此思念精誠相合有鬼神為之感召耳一死一生乃見交情況伉儷間乎則其情義之篤當必越於恆常云

凡物以罕見而珍以知希為貴此的語也如蘇郡拙政園畜雷雞一隻大如鵝雀羽毛五彩斑斕尤類吐綬觀者故觸其怒則撲翅揚尾有聲隆隆震地若雷鳴然考此物產於廣東雷州彼處頗不為奇蘇人目所未經咸欲先覩為快於是園門為破矣噫六合之中珍禽怪獸不知凡幾安得盡為羅致以供人之玩視哉即或得一玩視苟仍以尋常視之則不貴遠物之風庶幾未墜耳然知蘇人之爭覩不亦好奇之甚哉

物之異者或以為妖不知大造生物無奇不有何必拘於一是乎姑蘇閶門外某姓家畜牝雞數頭一夜忽聞喔喔高鳴某乃至雞籠審聽則愈鳴愈高取木梃欲擊之雞籠一啟奮翅群飛分投左右鄰舍皆謂不祥某乃盡殺牝雞分餉諸鄰而牝雞欲速死故假之鳴所謂自作孽也粵人某家族一母豬十年不生產其腹皤然下墜碩大無朋疑其孕者雖豬剖而視之則臟腑中無他物惟包絡腰子一枚大如斗權之得五十斤或謂為豢養之奇或指為孽生之變莫可辨証也南昌某一日購鮭魚一尾腹碩身微圓色帶光斑青而不赤重五六斤洗滌烹飪將熟時揭釜蓋惟清水沸騰視滌處片鱗亦無有焉出語於人皆謂曰龍魚服神物固非可測度也要之萬物芸芸奇異畢臻苟無博物之學以為妖也可即以為非妖也亦可

虎猛獸也詩云闞如虓虎狀其威勢難制也然亦有能搏之者固不僅古之馮婦矣寧郡奉化縣村人王大者少業儒長棄而力農喜武勇精拳技名聞數縣盜竊之跡不敢近其鄉嗣以事赴處州道出桃花嶺林木叢雜向有惡虎屢出噬人行旅者視為險道王固自命為壯士聞之欣然曰是虎宜南山白額者耶余竊效周將軍矣於是倖頓行裝携健兒數人踰嶺尋虎穴所在探出入行跡設伏弩箭於前王偕健兒輩分道守候三更風起虎嘯而出王先斷歸路虎觸弩機箭發中項負痛跳躍勢益猛迅王趨步直前徒手搏之適時虎斃王猶攘拳作擊勢餘勇真可賈也相與舁虎歸王慨然曰此間隱害已除余可行矣村中人堅慰留之不諾獨行長嘯而去又寧郡西門外嚴家橋有三人行於途猝遇虎奔避不及死者一人餘亦各有所傷嗣營兵往捕不知虎穴所在後乃得之某姓空舍中相聚燃擊槍林彈雨中虎乃斃按虎乃雄者身軀雄壯臂革充盈以手撫之幾如沒其頂圍圓二尺二寸自項至尾長八尺有二寸齒白而巨左右獠牙各三寸許五色斑斕毛澤豐潤壯哉虎也雖極猛烈而亦為人所搏可見物之能害人者無不為人所害也又豈獨一虎也哉

鼠雖微物亦有能致人家回祿災者有友述二事甚異之某中章門人家住石條街一夕就

猝見案燈膏油已罄，遂未熄滅，旋有鼠緣燈而上，亦謂竊食油耳，此固常事，亦不逐之。迨夢中驚醒，則烟氣觸鼻，幾復不能下牀，大聲呼叫，同室盡起，始撲滅。蓋案側几上有衣一襲，鼠因齧嚙燈草，煤延衣上，遂致焚灼，然得速救滅，則大幸矣。又甘泉陳端甫家居仙女鎮之南王家營，亦巨市也。某夜四鼓時失慎，闔門因陳妻熊氏病久，僕嫗節輪值守夜，靡不困倦。陳母亦熊氏，懸系婦病，臥於婦之旁榻，朦朧際，徙見帳頂有光，驚起視之，則一大鼠銜燈草緣壁而升，火焰未息。大呼人至，屋頂已燃，欲救無從，陳生乃負母先出，衆亦舁病婦出，一轉瞬間，火勢熊熊，不可嚮邇矣。噫！同一鼠之致災也，而一則小有驚恐，一則竟兆焚如，彼鼠也何足爲？亦會逢其適耳，此其中不有天乎？

困獸猶鬥，此言鬥之常也。乃有牛馬死鬥至於兩死，亦事之可怪者。揚州缺口門外有回人王姓者素宰，悔罪棄業，力穡爲生，家有水牛一，博碩肥腯，愛之特甚。一日，牧童繫牛於樹而假寐，忽來一無閑馬，對牛過臥，見之者亦不介意。須臾馬起對牛，鼻互喙，牛首即搖，掙斷鼻繩，奮角觸馬，馬亦起蹄對踢。牧童大號，隣衆相助解之，竟不得。王回，嘗見馬販取長竿套索，悉力從事，而牛馬性命相持，卒莫敢攖。始也由莊口門至曠野，繼也又由野門至城河，勢將入城，門兵大懼，急闔門。牛馬又門至二里外焦家汪莊，衆袖手遙望，無可施救。約二時許，馬先倒，牛亦繼之。馬則洞胸穿腹，一目落地；牛則兩角俱斷，肚破腸流，皆臥血泊中。噫，奇矣！牛與馬無端互鬥，豈戾氣之所觸與？抑釋氏所謂夙冤故來報仇與？其事則甚實，其理則難明，博學多聞者，亦曾有考記焉否？

西人跑馬，所以賭勝負也。歲凡兩次，期凡三日，春秋相賽，各國商賈均停事以觀，而春季尤勝於秋。車馬絡繹，紛塞於途，落花飄紅，芳草疏碧，而粉白黛綠，人影衣香，錯雜其中，真可謂游春之樂事，拾翠之勝場者矣。其跑馬之律，然有次序，由少而多，由徐而急。先則有四騎試演半圈，次則五騎，次則七八騎，再次則十數騎，或跑半圈，或跑全圈。但恐當日會飈舉時，忽爾陰雨廉纖，不免阻興耳。至於勝負之分，則又出人意表。有一騎在前、數騎在後，觀之者皆以爲前者必勝，乃未及半圈，而前者忽後，後者忽前，錯落參差，捉摸不定，使人目眩神駭，誠鉅觀也。庚辰之歲，薄游滬上，見夫春郊之盛，實勝於秋，蓋其選來上駟，驥北空羣，馭出名駒，江南生色。逞平原之絕技，正觀者之如雲。爭爲先路之登，興高采烈；雖肯後塵之步，色舞神飛。輕儇兮不讓齊風，矯捷兮無殊秦俗。共賽八次，各有勝負，此春郊之首一日也。昨興未盡，次日倍豪，清風拂衣，微雨灑道，而翩翩裙屐，猶自衆馬載塗也。俄而抖武甃品驗騰，目燦乎五花，心馳乎八駿，趫迅之態畢見，踔厲之氣無前。紫燕騈衡，春西極而驤首；綠螭環軌，踏春

路而揚蹄。迨夫雲躡蒼茫，斜陽黯淡，則又見鄭女同車，吳姬返軫，樂已極矣，更有來朝而跑馬之數，則與前日相彷彿矣。載馳載驅，再接再厲，各奏爾技，聿觀厥成，於誇照白於人間，借得飛黃於天上。一色杏花之路，馬則去矣如飛；千條楊柳之隄，人則勇還可賞。或趨或蹶，倏却倏前。得儁者矜若登天，敗北者愧應無地。羨玉驄之獨步，驚赤相之超羣。已而勝會既闌，遊人漸散，春郊樂罷，待盼秋原。是日亦賽八次，萬陸奪標者三，至於五馬跳浜之戲，則又以錦記之，小飛龍爲第一馬。若夫天高日晶，草秋木脫，而西人賽馬之勝，又若有風勁角弓鳴，將軍獵渭城之勢焉。凡所謂驊騮騄駬騏驥之選，靡不畢萃，而傾城士女聯袂往觀者，亦復如春郊之雜遝也。旌旗招展，圍場橫開，龍騰虎嘯，不足比其雄；電掣風馳，不足喻其疾。一轉瞬間，而四五里之圍，有超距而過者，而勝負遂分矣。日晷短促，僅賽七次，而賽至於後二日，而天氣迥異矣。陰風怒號，黃沙撲面，木葉蕭蕭兮葉下，衣袂瑟瑟兮寒侵，猶復有馬爭來，小車獨駕，衣香鬢影，盡態極妍，欲橫眼界之大觀，不畏秋寒之逼體，跑馬場邊，駢足無所，亦可異已。獨是春苗秋獮之典，所以經武，非以從禽也。我朝定鼎，治天下以文，馭天下以武，故有木蘭獮禮之行，遂使桀驁不馴之輩不敢明目張膽，貌視皇威，安不忘危，治不忘亂。夫是以小醜旋就誅夷，而大敵無敢凌逼也。西人雖非我族類，殆亦模範乎天威，故於馳騁田獵中，隱然有寓兵於商之意焉。但華洋遐處，萃數十國之人於滬上一隅，各角其心思材力，舍賽馬其誰與歸哉？若曰春秋佳日，聊以行樂，則亦等癡人之逐隊已耳。有心者其色然駭，愁然傷已。

義犬爲主報仇，感豢養之恩也。明神宗時，上海某鄉蕭姓者，妻有外交，憚夫覺，一夕夫睡熟，割其陽物而死，詭言暴疾卒，無知者。家畜一犬，終日奔嗥，聲甚哀。里人異之，以其夫急死事鳴諸官。犬銜婦衣至公庭，隨自嚙其物，官廉得其情，婦始伏辜。解審時，犬必與俱。一日渡浦，胥役厭其煩，沉犬於水。越三百餘年，而義犬又見焉。咸豐癸丑秋，會匪踞上海，邑令袁公殉焉。署故有二犬，終日哀號，臥守屍側。邑人哀之，具衣冠殮袁公，犬乃自餓死。事平，昭邮如例，建專祠於縣治之西，曰淘沙場，祠壁繪二犬，以旌其義。春秋時享，奠餘輒飼犬，而義犬之性未滅也。彼牛馬而衿裾者，天性其何存乎？吾知爲此犬所不屑爲耳。

犬類之異乎尋常者曰獒，書言西旅貢獒，左傳晉靈公嗾獒，其物性喜噬人，故昔時棄人用犬之譏，誠不若花村吠影，足以點綴生趣也。寧波天童寺東南地有名三山寺岙者，多荒山，極幽僻，流水孤村，數椽茅屋，入其境者，如覽倪迂畫稿焉。然猛獸穴處其中，某歲春初，一巨獸至，類犬而黑，喙長尺許，猙獰之狀，實逾常物。村人往經其地，輒受所傷，而未頃，一時訛傳爲虎，捕之不得形跡。逾月，獸復出，噬二人，係徐姓、王姓者，竟爲所斃，但吸人血而不食其肉。

徐有光故獵戶也，痛弟死，誓必得獸，寢皮食肉，為復仇計，糾眾持械而往，餌獸出，捕得之，盡力械擊，始斃，舁歸。衡之重約三百觔，見之者不識為何物，蓋獒類也。苟伏處深山，終不傷人，何自死為。然噬人其性也，死亦宜然，特安得盡殲其類哉。

犬有靈性，為主復仇，此人之所目覩者也，故稗官記錄不一其事。然要皆生犬著異，未聞死犬現形也。然亦有之。漢陽陳某者，設燒臘鋪，嘗有一黃犬入鋪覓食，被打而逸，嗣犬又至，值陳據案宰肉，隨手一砍，誤斃其命，當將犬屍棄置陰溝。冉冉數年，亦既忘其事矣。陳改設豆米鋪。一日，見有老翁坐於門首，陳詰之，答以特來尋爾。陳云尋我何為？老翁云用自作事，尚不知耶？爾安然無恙，使我遭三四載之困，今既會面，豈能放過？語竟，飄然而逝，傍觀者不見此老，惟見一犬向陳張牙舞爪，大異之。陳頭眩目暈，回家則身熱如火，語無倫次，大言曰：吾乃南京省人周姓，因生前有罪，罰投為犬，不料被傷，棄屍陰溝四年，於茲始得出訴冥王，又以誤傷，不許償命，今固不索爾命，亦不圖超度，但求多給冥錢，並將此事親口喊叫，使人盡知，刻板送人，以為勸戒，使我得轉輪迴，即幸矣。語畢，陳豁然醒，於是遵而行之，竟無恙。此誤傷也，故冤孽易解。至於屠狗為事，不可以此例也。寧波南門外涼亭下，有某丐者，善屠狗，生平宰割不可勝計。一日，獲黃犬一頭，縶之以繩，懸於樹，行將霍霍磨刀矣，不意奏刀誤斷繩索，犬即躍而反噬，厲聲聞，往救則犬已斃，而丐之喉管亦斷矣。是所謂為同類復仇也。凡人有好生之德，彼獨忍而為此，豈不謂一物耳。抑知亦能報復，與好殺者戒之。

殺生受害者，固不獨犬有靈性能報復也，即凡物皆然。姑蘇人李阿德善捕雀，秋末冬初，黃雀盈野，每於清晨密霧中，或設踏籠，或持膠竿，如取如攜，百發百中，獲其雄者，教之飛鳴鬥，以俾兒童嬉戲，雌者則調諸鼎鼐，以供饕餮，而雀俱不得善其死。十餘年來，計傷雀命不可以千萬計。一日，李正持竿引雀，取膠粘竹，右目忽癢，以手指拭，膠黏目珠，盈盈淚溢，驟有旋風括至，沙土蒙翳，不復能睜。李性躁急，以指甲刮其塵，用力猛甚，珠破漿流，越日，眼眶盡腫，自此失明。南京沙灣有趙姓者，捕魚為業。一日，至某酒館收逋負，其櫃上有一花猫，甚潔淨，趙手攜魚數尾，猫即躍下食其魚。趙以手麾之，猫即棄魚囓其指，店主將猫嘴扳開，趙之指已落去一節矣。趙歸家，腹痛數日遂死。說者謂傷處受風所致也。要皆有以假其手者耳。不然，猫何能傷人哉。大抵人捕雀捕魚，皆近傷生，其能不受禍乎。

犬豕同牢，家門之瑞，乃至不分其類，而相為哺乳者，又不僅犬與豕也，爰連類識之，以見造物之奇。蘇州朱家莊陳姓者，好畜猫犬。某夏，一猫一犬同時生育，猫死其子，犬死其母，乃以雛犬就猫乳之，猫則舐犢依依，不啻己出。越數月，犬體長大，而食必共，寢必共，忘其為異類

也。法國人有居巴黎斯者，家有疏圃，一日，見有竊紅蘿蔔者，疑而伺之，見有一犬，銜蘿蔔而去，潛尾其後，則見此犬還入馬棚，以所銜置一馬前，搖尾蹁躚，若勸加餐者，食畢，復銜拔來報往，不厭頻頻。然同棚有二馬，一為侏儒之飽，一為曼倩之飢，一似以交情為厚薄者。然旁觀者欲擊之，某曰：犬馬同類，今犬能變其類而分其等差，是亦犬中之矯矯者，宜加護惜，聽之可也。至於不加保護，戕所生而使養，則又非保物之道矣。南昌某甲設酒肆于章江門外，畜母彘、母犬各一，犬彘同時生育，彘僅十二乳，而生豕十六頭，甲乃棄犬子于廁，而令分哺四豕，以能獲利也。初用人力捉哺，繼亦習慣，終因乳汁不敷匿避，甲乃以鐵練縶之，於是乳盡血繼，犬亦斃矣，而四豕終不育。噫，異類相哺，原為權宜之計，始迫以人，繼合以天，此保物之恒情也。若夫以哺乳而使之殞命，忍則忍矣，亦何利之可得耶？不情之尤，莫甚於此，願畜者其細審之。

狸奴所以伏鼠，而不意竟為鼠傷，且有齧耳而代狸奴之能事者，事雖新奇，的實有據。吳門某姓家畜一猫，雖偶患病，威大殺。一夕，主人臥牀，輾轉側未成寐，忽聞窸窣有聲，屏息以窺，見有巨鼠一，長幾盈尺，目左右視，窺覷病猫蜷伏屋隅，猝乘之，囓其頸，嘷聲大作，主人促逐之，始竄去，覓視猫，則奄然一息矣。山林塘北三里許有人家三四十戶，既農且圃，所畜雞鴨不時短缺，村無雜人，雞雛可數，共疑怪之。適南滙人有牽獵犬而過者，遂小憩，犬到處聞嗅，嗚咽不已，忽奔至蘆蕩叢中，爬叫甚厲，獵者隨其後覘之，突出一鼠，毛色黃，巨如猫，狗捕之，鼠亦反噬，獵者從而擊之，遂斃，而犬之臉頰耳亦被傷出血。鄉人稱之，重四斤十三兩，鬚如銀針，撥之刷刷有聲，或云此鼠狼也。噫，鼠雖鴟張，其若是哉。黃鍾毀棄，瓦缶雷鳴，發茲幺麼毒害，乃爾至於狗能捕之，亦其惡極之極所致歟。物情雖微，可於是觀世變焉。

蘇郡屠禁森嚴，私宰者以竹箍套其口，然後奏刀，蓋恐其聲聞於外也。一日，某屠戶縛豬三頭，舁入宰所，命家人治具煮水，某獨閉門將屠，刃從事未幾，家人擔水至，第聞豬叫喧天，敲門不應，排闥而入，豬口竹箍盡脫，某則涎流如瀋，跌悶於地，迨灌救蘇醒，目瞪口噤，不能言，醫者謂心脈不寧，受驚膽裂，必不起，越二日果死。此殆豬之所以報也。

犬馬報主，以其能識人性也。美國某名沁格來雅，以教書為業，館去家較遠，購有小馬一，往來乘坐，極馴良也。並於鐵店以鐵鑲蹄。一日，店主立於門前，見此馬蹄踢而來，揮之以去，俄而復來，店主異而視之，則蹄上鑲鐵已缺其一，悟其意，為之重鑲，既畢，馬似有點首道謝之意，遂款段而去。某見馬蹄鐵忽鑲好，殊異之，詢諸店主，乃知其由，益愛護焉。又美國紐約地方，有攜大馬來者，實高二十虎口零一寸，即西尺八十一寸許，計重二十四百五十磅，毛色

深紅，其力甚大，亦此馬中之矯矯者。夫羣空伯樂，自有賞識於風塵外者，而究之以德不以力，亦何取乎高且大哉。如小馬之靈性，庶幾其有得乎。

物不能言，或憑焉而朕兆之萌，知之獨早，故鵲噪而知喜，鴉鳴而知禍，非無因也。上河渡僧橋有酒肆，曰泰來素，蓄一犬，忽於某月每夜狺狺，輒哀號不已，聲極淒切，廿餘夜未嘗稍間，搏擊之，哀嗥更甚。聞之者皆謂不祥，然當時亦未有徵驗，究恐終非吉兆。諺言狗不吠空，想遲早之間耳。

天地之大，飛潛動植，何奇不具。兵燹後地廣人稀，草木荒蕪，封豕長蛇，蝸爭蠻觸，靡不寓跡其間，亦以見造物亭毒之理也。蘇郡香山近出野熊，身巨若牛，喙尖若豕，每出攫羊豕食之，一鄉患之，協力捕捉，竟就獲。有高某者，於剖腹時得心肝一具，曝乾，據云滋神補髓，遠勝于馬勃牛溲也，頗居奇焉。又三江營一帶近出人頭狗，三五成羣，四出搏人，人或見之，仰其頭而鳴者，無事；若俯首哀鳴，不急避，即遭其噬。其地老年者曰：咸豐六年，賊鋒甚熾，赤旱千里，曾有此狗過境，今復出焉，吉凶所在，誠不可定，故類識之，以俟驗耳。

手戲雜技，窮極巧思，猶為變幻小術，無足為患，乃又有以獸作戲者，雖為餌利之資，究屬行險之事，其為患也實大。西人獸戲亦不一名，而嫻熟好奇，則其習成使然耳。如所謂馬戲者，東利尼善為之，馬十四，男女各五，分騎馳驟，或一人策縱，或五人聯鑣，皆與樂聲相應。又一人牽虎斑馬，名比司買克兒者，登臺，馬解人意，行止跳躍，令作人跪拜狀，一一如志。有一人立馬背，其人初着英國衣飾，既而易阿爾蘭之衣，既而又易施各冷之服，轉盼之間，變化不定，奇在速也。又有西婦騎馬步驟，按西樂音節，幼者僅八九歲，立馬上，忽行忽蹤，忽翻筋斗，倏忽無常，而手中胡琴按板合拍，並無絕續。又一人偕少女共立馬上，女子眉目清秀，腰細如楚宮妃，衣則斑駁陸離，忽而坐，忽而立，忽而翹其足，欹側斜飛，宛如輕燕受風。終則鑽紙圈十餘，輕身而過，毫無阻隔，馬行愈快，其技愈神，兔起鶻落，矯捷無比。又有跑戲之法，八人並賽于馬上，各持五色紙卷，約八九尺，盤旋上下，滾滾翻舞，觀者目眩。其尤奇者，四西女戎服乘馬，臺上立一竿，其端作曲尺狀，置一假首級，次第驟馬過竿下，手一捽，其頭極脫，判中首級，挑之以去。忽易首級為小圓牌，懸諸竿下，牌中間有小孔，鞭馬急行，捽矢穿孔而過，有穿一牌者，有穿兩三牌者。詷又分植四竿，竿頭各裝一人頭，馳馬過之，斫去其頭，十不失一。末一人以鎗擊一竿，轟然一響，人頭不知何往矣。又一人裝束若水手狀，乘馬疾馳，奏海中覆舟曲，任馬上若遇風覆舟，若落水游泳，態窮極幻，相不可殫述。此外如壘設六椅，馬一一振到，復全起之，箱藏二帕，馬竟能啟蓋卸之而出，則亦可駭目矣。其為虎象之戲也，臺旁懸布

幕為門，門內兩旁列獸籠，皆以鐵為柵，而下有輪軸，以便拉行。籠貯虎四，一虎大于犢，與三虎雖間隔而居。一籠貯兩黑虎，狀最獰惡。一籠貯虎三，大小相若。取一籠置臺中，三虎斑然龐然，甚足畏也。西士長生手二鐵棍，入籠與鬥，初入時，虎即抱長生之頭，長生從容以鐵棍抵虎之頷，虎遂靡。復開一門，又一虎出，於是兩虎相鬥，人亦混鬥其中。旋又開一門，而三虎並在一處，虎發吼動，紛結難解，長生乃令虎翻筋斗，作諸戲，移時乃次第驅入門內，捲閘而出。象戲則出於西人羅馬路。始引兩象上臺，象皆被服色，以紅趨走一轉，令以前足搭于臺旁闌上，似向觀者道謝。繼以一桶置其側，令象踏於桶上，象身極重而立於桶上，殊為靈便。又以兩桶，令一象分踏之，而以一象從下行過。俄而二人分坐兩象，作諸劇而後入。按獸戲雖馬戲為極路，名目各異，即奇巧各施，虎象之外，又有猴戲。凡數籠，赤黑白大小不等。一巨猴睡於籠中，蜷曲如人，西人呼之曰味良，則猩然驚起，問飲食否，則啾啁作聲，似將答應人。或以荷蘭水予之，猴捧之作人飲水之，以口涓滴不遺。戲亦夥，有時以四猴立四馬上，猴各有衣，兩紅兩黑，繞臺跳柵，坐兩別開，馬一躍而過，猴似有懼意，大聲若啼，忽而跳躍如常，卒不顧墜，乃知猴之故為啼也。種種變幻，皆足駭人心目。馬上作戲，中國亦多有之，雖奇而不足奇也。至於以虎象噬人之物，而竟豢之若雞犬，驅之若牛馬，雖有所曰束縛，備防範，偶疏，竟或反噬，不幾以術害身乎。觀此戲者，方謂耳目一新，可驚可喜，抑知有患而可危者乎。深識者當不以先覩為快耳。

物莫靈於龍，時而夭矯雲中，時而盤旋海曲，大小變幻，其用靡窮，固所宜爾。乃有所謂大王將軍，皆河工官員歿以成神，幻化若小龍，長不盈尺，細哉如指，身類蛇而頭則方，隱隱露雙角，有滿身金色者，有具朱砂斑者，位尊者王，其身小，位卑者將軍，其身略大，名號不一。最著者為金龍四大王，會稽諸生，姓謝，諱緒，謝太后內姪，於兄行為四，殉宋室難，投苕溪死。有明屢衛河工，冥護漕運，封為大王，少讀金龍山中，在山建祠，故名之曰金龍四大王。此外又有栗大王、朱大王等號，將軍亦甚多。老於河務者能一一辨之。大江以北，素奉金龍四大王，清浦為河工總滙所，大王來者愈夥，有一歲而至十數位者，有一歲而至數十位者。或當春夏之交，湖汛泛漲，或於漕船北上，河水縮小，大王皆先期而至，其來也先後次第不相謀，其去也一朝而空之，漠無形跡，所謂神龍見首不見尾者歟。大王觀劇，當出見時，河憲赴河干，以朱盤引之，入覆以黃紙，舁送大王廟，日使伶人演劇，去而後止，每點一劇，以頭點為准。大率喜諸曲，崑腔則未有演者。演時昂首觀看，盤旋自得，毫無所怖。一日中顏色不一，名曰換袍。其他靈異，概難枚指。有某甲者，江右人，泊舟石鐘山下，冬何滿哉，風色正愁，夜夢一老人謂

曰吾欲赴袁公浦與子有香火緣與我一席地便棲止甲醒而異之風既利維不得解船屹
水煩重啟艙探之則屈曲蜿蜒者無隙不滿且昂首而瞠視焉甲久歷江湖知大王靈異伏
而叩首呼大王者三盛以盆舁瓦赡手有容潔中艙供養揚帆赴浦三日即達既送神入廟復
厚賫甲每臨流頌大王之德云高郵西門外河岸舊有大王廟炮船某哨官送一大王至謂
廟僧曰此附彌廟之神也昨夜見夢於余謂本廟設此已久數年未一歸來君返棹南旋慎
毋恐爰起檢視炮坐下龍王果在焚香頂禮自清江解維下數刻即達此神之助我風力也
僧仿浦中供養州主河廳敬謹拈香城廂內外無不聞狀觀看焉又有某押漕運在臨清閘
候水忽有大王至通誠默禱示以籤語有江河九五能通貫之句果於九月九日五更水至
何其神歟光緒己卯冬季河帥為長白文公大王將軍至者絡繹不絕計有五十餘位有老
於河工而未一辨識者日日演劇次年春季無一去者五月杪一夕盡去無稍先後人頗為
異不數日而文公騎鯨矣說者謂文公亦為河神大王殆以類召之歟不然何來之甚夥而
去之同時也要之大王封號載在祀典赫濯聲靈已非一日其來見也不獨使河流順軌普
慶安瀾且將使天庾之供無稍阻滯殆亦仿河伯輸誠之意耳是神而物者也若徒以龍之
靈奇變幻目之則褻矣蓋於禮典一稽之鱗虫三百六十龍為之長龍也者生大澤蹈層雲

變化不測人不敢狎而玩之也然有時靈異非常或主豐稔固非尋常所計料者至於見首
見尾示以全身而又能治諸疾則又不可捉摸矣劇談縱酒有客言數事頗奇爰爲晉城子
識之戊寅歲鹽邑西鄉地名流均溝小鎮也居民數百家沿河而居河東西有二橋屹然對
峙隔僅半里許六月十日濃雲四布雷電以風橋西之民於暴雨中遥見白龍二尾旋繞於
東橋上俄霹靂一聲神龍掉尾河南居址一掃而傾傷人約有十數一銅器船攝入空際落
下如刀劈雨截牧草二童亦同時被攝一則毫無所損一則將刈草之刀剃心而下橋北居
民固安堵無恙云勒樓人言軍機寨一帶有禿龍過境傷人百餘口毀屋百餘間其時風雨
晦冥天地異色非常震動故有此災尤奇者三人被攝去不知下落龍以禿名何者據土人
云爲人所刳故耳此皆成災者也己卯歲蘇郡於仲冬月之十四五兩日東南風大作天氣
暖燠坐不勝衣行不勝棉當朝暾甫出宿霧未消之際西南天際有龍夭矯雲端如盛夏取
水狀良久始沒農人謂隆冬龍凍冬凍龍慳忪三春足一冬言主春花豐稔也上虞縣西門
外有瀝瀕海邊有夏蓋山山巔有夏蓋廟內祀奉禹王妃即塗山女也海中向有白龍歲於
中秋前後朝山居民於此數日內見雲腳鱗生即指爲龍然其形跡不得而見也戊寅歲中
秋前一日下午後西北方忽有雲氣蒸鱗俄而白光一道上沖霄漢於半空夭矯騰挐變幻

不測四爪畢形全身盡露鱗甲萬點一一分明正不徒東雲見鱗西雲見爪也但其首模糊
莫辨少焉黑風捲地海水直立狂雨猛至幾若有傾銀河而倒北海之勢迨雨過天晴則已
月上東山矣居民欣相慶以爲豐稔吉兆數十年未得見此蓋道光二年曾見之晚禾多穫
倍蓰棉花尤爲出色云若夫不主吉凶而亦有現形者則事之偶然者也寧南鄞江橋鄉民
爲亢旱故詣龍潭通疏禱祝羽士書符作法其符向不焚化置諸水面即以自沈此次符置
水面爲時越一晝夜終未沈得一紙字跡顯著大書必須老友王某到此方可迎請衆爲駭
異延訪無其人忽得之於王姓家譜中蓋是人已去世百餘歲矣鄉民竟將此名書於疏
投之水符即沈越日龍果露相雲端大雨滂沱衆以報賽酬之又鄞境折開嶺與奉化交界
處也祈雨龍潭見一蛇浮水而上大莫與京張牙露齒衆驚怖叩求至再倏忽中幻一小蛇
衆以磁鉢貯水求其自入蛇果蜿蜒入之舁至祠供奉維虔示夢於宗長曰不能行雨止能
治病內科治以香灰外科敷以鉢水當立效宗長大異之傳語鄉村有一瞽者扶持而至禱
祝既竟以水洗之豁然開朗於是患病者爭來屢試屢驗噫奇矣東莞縣有地名觀岡者忽
有墜龍蟠於廣畦之間身大於桶鱗滑而油長約十數丈歷二十日不去或云天謫之也揚
之伍佑場瞭望也有自渠處來船來者行至中途突見前面有一龍戲水龍尾深入水中龍

首蜿蜒尚在雲表晡則水聲怒吼雲氣狂飛舟子亟以船繫柳樁霎時龍身一縱龍尾所掃
左近草房俱皆捐毀船亦顛簸異常逾時方定緣相離不過數十武耳丁丑季冬初旬天氣
寒沍太湖一片汪洋凍成水晶世界夜有神燈往來冰上并有歡呼讌飲之聲舟人謂之龍
王宴客每遇湖凍必有此異云噫龍神物也瞬息千里若江若海何難任其取攜乃必吸水
於洲渚之中以致釀成災異豈冥冥之中自有定數與抑爲龍所快儀是皆不可知者也至於現
當前色相而即有豐登之慶治疾之幻且又有宴客之奇報想亦齊東野人之言耳又烏足深信哉
暮春三月柳塘水滿蛙鼓聲時聒人耳漁者以此物可充庖廚舉網張入市圖利購
食亦不知祭按蛙之爲物實有功於農田生稻畦搜食稻根諸蟲禾苗乃長故有司
嚴禁漁捕四朝聞見錄曾載杭人嗜食田雞如膾炙然憲聖以其酷似人形力贊高宗禁之
自是而後有禁有不禁亦有食有不食苟人盡不食捕者亦不禁自絕況口腹之欲無盡豈
少此一味即不足以供老饕哉第俗尚移人古今相同青草池塘俯拾即是供一時之欲造
無窮之孽固易易爾而抑知蛙性靈異亦足以報復乎杭城湧金門內有金華將軍廟將軍
張姓從錢武肅治水有功因得封加以金華者金華人也人皆訛爲青蛙將軍蓋廟中固有
蛙神最著靈異時或出游民家以香燭彩亭送還神即跳入神廚而隱否則其家立見災害

俞樓在西湖第一泉之側俞蔭甫太史別墅樓後有孤松一株高與樓並一日神降於松枝之上蹟生觀者以沈檀供奉倏忽不見太史知其事建小亭於此題曰靈松撰聯且誌靈跡云又奉化人某甲避暑家居時值黃昏新月柳梢疏簾半掩而鼓吹兩部嘈嘈怡人甲方輕漾蒲葵簾外忽見燈影其細如豆閃閃作金碧色驚之亦不散注目審視倏分為三中有一紅光其燄勃勃無異燈火移而近階轉復及地頃之遂杳同邑周茂才假榻寄室每夕輒覘之指為藏金之証甲固勿許周堅強不已試以鴉鋤發之尺許得一石摑極力揭視無他物祇伏蛙三頭色有金碧及殷紅者亟掩護蛙已先後躍出不知所在不旬日而周某得奇疾狀若遇祟醫治無驗或謂所觸乃蛙神也故作祟又太湖西某性極慈善生平持殺生戒甚嚴雖蚊蝱莫敢犯人笑其迂某自若也一日行湖干見有青蛙怒目踞視戲投以瓦中背遂死大悔且憤以為犯殺生戒亟欲投湖殉之以償其命既思家貧母老展轉無計會一獵者至知為輕生者急止之詢其故某以犯殺戒欲殉事告獵者慨然曰君真善士余業此十有餘年飛走之屬博殺殆遍罪又通於天矣君不過偶爾之失且有母在可無死余願代汝償蛙君其速歸言畢身一躍入湖而沒某以救阻不及驚訝再四歸視之湖光如鏡水波不興僅有烟霧一團自水面騰躍而上某異之諸人僉謂湖神幻代云留仙聊齋所錄想非無所見者此亦可以補其闕歟且既以神名人亦何必食之而造其孽與故錄之為嗜食者作先聲之告焉

吉凶悔吝之機必有所兆人世憒憒嗜欲昏其智慧功利奪其虛明一身蹈危機而茫然不知避反不如微物之識先機者多矣至物之相率自戕則又不可解矣於何徵之徵之于鼠揚境六七濠兩口南瀕大江居人沿岸居庚辰之夏忽有羣鼠渡江絡繹不絕歷時兩日之久要皆自南而北從鎮洋一帶來者渡江之時鼠皆啣結其尾大者尺餘小者即負於背雖洪濤巨浪亦復不畏隨其高下而浮泛焉間亦有被浪衝散者逾刻復合遙窺之幾如長蛇蜿蜒飛行絕跡既至北岸不穿竄亦不穴居皆聚於空田內約計有四五畝之多說者謂該處必有水鼠故先知而遠避之也又聞江北金陵門處有碩鼠或十數頭或數十頭悉從埂圩下竄出跳躍而死金陵水西門外新洲一帶亦有此異且死數尤夥居人往往盈筐傾棄于外其毛色較常色略青而尾短亦皆由穴竄出者說者謂是即田鼠害稼者結羣自死正主豐兆要之鼠之遠避者固鼠之明人不得而決之也鼠之自死者亦鼠之劫人亦不得而斷之也若偶然之異不主吉凶則鼠又何自避而自死也噫此其中蓋有天焉

寃報原近佛氏因果之說然實有昭昭不爽者吳人喜奉佛諸香伴天竺進香者附舟偕行相戒持素攜菜把置之艙底一日舟子取菜見一巨蛇盤伏菜中雙目炯炯光可射人羣以為忌戴香禱祝而已既近天竺界同人舍舟登陸舟子暗窺艙底蛇亦不知何往泊進香事竟人眾次第回舟尚有遲遲未至者同輩候久相與沿流閒步闐見羣似新喪者尾而前行則一小墟落果有遭喪者詢諸農家則曰某黎明至田間遺溲忽來一蛇啄其陰囊狂吽而絕家人往救已無及旁觀者見大蛇始知為蛇噬斃回身持械擊蛇則蛇又毫無形跡矣相與大駭香伴乃恍然艙中之蛇為報寃來上海城內石磯岸某姓翻造住宅於堂中地下見一深潭中蟠黃色大小蛇不一主婦令焚燒之盡斃是夜主婦遍身痛繼乃痛入腹中不一時奄然絕矣蓋蛇之索命也又有鱉索命一事浙人金某者以幕游挈子來海上極俊秀金素嗜鱉以為水族中異味無過于斯所食不知凡幾一夜夢一白甲將軍向金求救云明日命懸公手乞赦之金於朦朧中允其請醒以告其子未之信翌午入廚下見一鱉肥且大甲微白金觸所好食指亦動命解而烹之以供老饕前夢則不聞矣是晚又夢白甲將軍至責負約當尋報復不數日其子忽病亡金悔甚誓戒口腹之嗜立願放生云噫寃寃相報果若是乎要皆無好生之德而以好殺為心揆之天理殊近殘忍其受報也宜然若某之為蛇噬斃者則又難以常理解之歸諸因果可也

雞門鵝門一時戲弄之人以爭彩勝此常情也推此而相鬥者亦不一矣至於蛤介則渺乎微矣庚辰之夏粵東南海盤步鄉外有蛤數千隻相鬥於田畔其形甚小背上紋有紅絲一縷襯東腰際各成一隊閧閧聲喧鄉民聚而觀之踰兩時始解散此一異也浦東有河曰運盤河辛巳二月間春雨大沛天將曙雨既止河面有虫盈千累萬似蛇非蛇長三寸頭小尾銳兩邊排列次序不紊亦若相鬥者然其中另有鉗有鬚背色蒼後半有紅絲一縷腹白又有紅筋兩條蜿蜒南北分行歷半時許久始盡有人捕養碗中或截作兩段頭尾仍游行活潑經日不僵老於漁者亦不識也此又一異也粵東惠州府屬某鄉有耕者夜宿於野時已秋盡忽聞聲閣閣千百成羣驚起覘之則羣蛙逐隊而來儼若兩軍對壘合陣互鬭拏刺有聲須臾勝負已分遂北追奔不留餘地耕者駭詫侵晨興視則蛙屬之死亡幾滿田隴有占者曰此兵象也禍不遠矣然此亦臆度之談耳要之蠻觸相爭原無關於輕重鷸蚌相鬥要自互有損傷為官為私本非一類其鬥也亦所宜然特以在秋暮之時殊足異耳至於變怪百出不知何自來亦不知何自去則吉凶又何在乎願與博物者一考究之

捕蛇者說柳柳州之作是文也寓政之苛也未及夫捕之若何近乃有捕之奇技者姑蘇滸墅關西鄉向有巨蛇出沒左右數里每夏多染瘡痍疾皆以為蛇毒所致於是偏覓捕蛇者

得甲乙丙三丐，甲師也，乙丙其徒也。索資甚巨，鄉人醵與之，不數日，丐携一籠，籠中貯蜈蚣無算。既得蛇窟，甲啟籠，盡蜈蚣食之，身體漸腫，運氣片時，腫者全消，惟右手食指中指大幾如股。令乙丙分立左右，甲即以兩指探入窟中。有間，甲僅力舉手外拽，乙丙各以鐵鉤助，甲倒戟而出，蛇已挺然僵斃，惟緊嚙甲指，死猶不釋。乙丙復以藥水洗甲指，頃刻遂愈。按蛇長八尺有餘，粗過杯盈，斫而焚之，臭聞數里。此所謂以毒攻毒也。丐之術亦神矣哉。

鱗介族之大者，於洪濤巨浸中，而能揚鬐鼓鬣者，莫如爲鯨鯢。古詩有云：滄海釣六鰲，又鯨魚跋浪滄溟開，是也。然鰲不得見，鯨驟於北洋。泰西人有駕航取之者，下此則沙魚海鰍皆有極大者。英國人近年得一巨魚，固沙屬也，身長二丈九尺，腹周一丈五尺，可謂大莫與京矣。傳物院出重貲購其皮，置院中，以備博覽云。南滙縣北界大團鎮，有二漁舟，于蘆深茭淺相與挐舟而行。一日，見浪花極大，對語曰：如此浪花，必得大魚。下網舉之，如一髮引千鈞，極力牽之，方起。視之，則一魚大如人身，周身黃，知爲黃魚之魁也。破其腹，得魚膠，另有一胞，劈之得小兒骸骨，皮肉俱無，首足可辨，以瓦餅藏而瘞之。始信大魚吞舟，其理非誣也。至如鋸魚害人，則又不在乎大矣。英國有兵弁堅尼者，一日獨往布理河海口洗浴，忽來一鋸魚，迎而相擊。堅尼泅其小，以手格之，魚一張吻，左手已噬去一指，吞訖，魚復揚鬐而前，又噬去右手食指一。堅尼負痛而遊，又一魚至，狀如前，而體較大，徑噬其膝，二手一足均受傷殘，命在呼吸。適小艇蕩而過，疾呼救艇，既至，堅尼方欲登舟，忽又來一鋸魚，視前三魚更偉，性復狠惡，直噬堅尼之背，膚肉盡脫，五臟幾見。迨舟人救起，舁往醫院治之，已無救矣。按此魚牙排如鋸，見人即噬，即在舟上亦有躍登肆害者，況在水中，且手無寸鐵乎。自是海口軍民相戒不敢至彼處矣。福州于某歲得一大黿，除首重身計長四尺七寸，闊二尺九寸許，高一尺九寸許，須六人方可舉之，其重約可知矣。聞復縱之江中，黿亦幸矣。浦東之中西河，九十月間漁人羅列蟹斷，有周姓者得一巨蟹，形如缽盂，兩螯赤色，一大一小，殼中青苔蒙茸，重約二斤。老于漁者，目所未見，想亦介族中之老物也。鄉間人疑其毒，無過而問值者。攜至周浦途次，爲一金陵人購去放生矣。其鉗似鐵，其爪如針，初獲時置諸羣蟹簍中，凡蟹足經其鉗者無不立斷，亦可謂罕見也。往年航海者皆謂海蛇甚大，疑而置之。近有外國人親見之，謂于阿非利加地見有海蛇一條，傍岸游泳，吹噓吐沫，久而始隱，約計蛇身長有七八丈，色蒼黑，其頭如獰犬，巨如臺子，約長三尺，真巨觀也。杭垣下城珠冠巷內，向有瓦礫堆積，土人以狗兒山名之。某日傍晚，山脊下忽見巨蛇一條，蜿蜒蟠旋，直繞山址，里中小兒十數輩不識爲蛇，爭以石投，互相爲戲。適一行人過見而大呼，於是居民集視，蛇亦不避，蜿蜒自如。有年老

壺天錄　卷下　四十七

者，以爲財神蛇相，亟以香燭淨茶祝而送之，一倡百和，比戶皆然，喧鬧半時，蛇始逡巡而去。按蛇首有五升大，兩睛閃灼，作碧色，時露金光，周身色如栗炭，間以深綠，粗與柱木相等，長幾及二丈，然尚未見其尾也。又有所謂墨魚者，亦水族中奇物，每波多有之，形類鼠，大小相等，身無鱗介，白質而略黑，且多鬚及足，猝視之不辨首尾，來時則千百成羣，吐黑沫于海，蓋欲藉此障蔽網罟也。老漁恰伺其吐沫時舉網得之。客有自東洋橫濱至者，言其地漁人得墨魚一尾，大逾尋常見者數十倍，首尾約一十二尺，當頭兩鬚矗立，其大如椽，長四尺餘，兩目炯炯有怒狀，見之者皆奇之，於是收值賣觀，魚則猶是也，而利市數倍矣。己卯歲三月中，日本大版地人忽見海中浮一大黿，約長二十四尺，衆漁人欲捕，糾廿餘人，備械而往。黿忽睜其目，張其喙，勢將噬人，漁者懼而退。黿乃見尾，沉入海底，不再見矣。同日，隣境人遙望見海中一物極大，頭出于水，約長五尺許，或謂即此黿也。江海之大，鍾毓繁滋，何奇不可具，何物不可大，少所見，多所怪，皆拘墟之論也。願博覽之一擴眼界也。

俗傳歲逢閏月，海中必送罪魚，此常事也，未有若錢江之多者。潮汛以八月十八日爲巨，辛巳八月，有海中巨魚爲潮打入者，不知凡幾，殆如橫江鐵鎖，橫亘中流，船爲阻礙。魚狀巨喙箕口，廣頰豐頤，鼓吻雷鳴，揚鬐波立，大者十萬斤，小亦數百斤。老漁謂係海鰍，性喜噬人，巨者能吞舟，孽重故有此報，或陷泥沙，或停江岸，目皆無珠，任人碎割，以償厥罪。且魚身消爛，臭穢逼人，渡江皆繞道而過云。信乎天道茫茫，福善禍惡，固不獨人類然也。造孽重者，必受天誅，即魚也可鑒矣。

犬能守夜，所以禦賊也。蛇亦有以禦賊者，奇矣。蘇閶虎阜山後村人某甲，淘沙爲業，兼善鎔銀，家以小康。一日，甲入城未歸，婦女守戶候之。三更時，忽聞屋瓦有聲，隔牕覘之，則一賊足衣窄袖，緣竿來下，行將下躍，未幾，賊繞屋三匝，久不敢下，翻身向外，乃呼隣舍相驅逐焉。出戶周視，見屋簷巨蛇橫亘其間，長約丈許，始知賊不敢下屋者，怯此蛇耳。某與蛇不知有何施與，而乃爲之禦賊也。不然，何適相巧哉。

魚之吞舟，既受天誅，蟒之吞孩，亦爲人斃。日本某處近有一蟒，大如車軸，長不知幾十尺，猛毒異常，望而生畏，無有敢攖其鋒者。壬午三月某日，蟒忽蜿蜒出，將某姓數歲幼孩一吞而下。迨人見，已無及矣。鄉人於是群執軍械，誓必滅此朝食。挖掘其窟，果見大蟒盤卧窟內，衆人股慄不敢前，惟一人舉鎗轟擊，中其首，遂斃。剖其腹，孩骸尚存。信乎害人而自害，蟒其顯然者矣。

水族奇異，生平未見未聞者，實繁有徒。某歲滬城有漁者獲一怪魚，長約三尺許，狀類泥鰍

壺天錄　卷下　四十八

鱗較大黑色身有四足前二足稍短後二足能自起立行人有謂為穿山甲者某購而放生投諸城西也是園游人入園見此魚躍登園樓窗牖嚙損急逐之仍躍入池恐後患乃網投諸海中云又吳人許姓買螃蜞浸之以酒瓶諸甕中久矣一夜客至取食忽見有光閃爍不定疑有毒棄之按螃蜞之光或從海中帶來凡海洋之水擊之即便發光所謂黑夜漾槳星點紛飛風起潮生浪花如瀑者也乘槎筆記嘗載之

臨淵羨魚退而結網此有利而無害者若徒手摶取其災殃也亦宜蘇郡農人某于田水泛濫時游魚鱗次取魚罩跣足泥淖中摸取忽覺有物觸其足初而奇癢繼而腫脹不轉瞬而一趾之大幾如股矣覓蛇丐治之丐至而腫已過膝極力療之始止歷數月乃瘳又有足為蛇齧者越宿乃延蛇丐療治丐束手云毒已入筋絡雖不致命厥足傷矣不數日足指均墮去噫此皆一時歆羨之心動之耳咎由自取世之輕身以求小利者其思之

天下事有變生倉卒禍起須臾雖極飲饌之細竟至戕斃數命而為意計所不及料者如婁省新倉縣黎姓者設木肆于四會縣之滄江貿易公平與人無忤蓋歷有年所矣一日晨餐有所謂猪肉湯者常饌也出湯于釜了無異色夥伴四人圍坐大嚼既罷未逾刻而一人大呼腹痛繼則皆呼腹痛輾轉牀褥莫可名狀甫亭午已斃矣其一夥以未染指幸免難衆鄰

搶攘究不解其中毒之故蓋飲湯而死者危人與焉知非藏毒而謀害者屍親遂如禮殮之亦不請驗也洗冤錄所載後母取家藏乾菜作羹以餉二子俄而皆斃疑以謀殺幾成大案嗣審為蜒蚰遺精乾菜中毒而斃後母始得釋彼飲湯而斃者殆亦類是噫漏餔救饑鴆酒止渴其貽害於人猶其顯焉者耳要之命實使然不然何如此適相值耶

飲食所以養人者也乃有極口腹之欲而致於傷生者其事非一因類識之如魚之中有名河豚者以其肉鮮美故以是名然有大毒不善烹者食之必死以其血麻其子脹其睛酸能致人命無藥可解也揚有某姓少僕于四月間乞假歸不一日僕慟哭而來云其父死矣問病則以食河豚斃其父約四人共食次早四人皆死一仰于床一伏于案二人伏于地手皆捻心衣皆碎裂口角紅白沫横溢大小便流綫面皆赤黑色蓋命一鎮江人烹調不善也又廣儲門內邵姓車夫與周購得河豚倩邵某烹之男女十一人食之同死有一丐婦過此乞食因以餘與之丐婦未及飢腹痛甚死于城濠世多美味何必是而人之嗜此者相率成風以命嘗試殊不知何故也然魚中能毒人者又不僅河豚一魚已也某洋行船夥行抵小姑山下停泊有漁舟捕青魚一尾身可四五尺重約數十斤購之命割烹見魚膽大似卵因思己素恙目昏此必清涼明目遂生吞之未數刻腹即絞痛自此逢食即嘔稀粥亦不能進醫

藥盡無效不數日斃命青魚膽未有傷人者想此魚過大性有異耳又鱔魚之粗者為鱓其力至鉅其性至毒食之亦死蘇郡醋坊橋魚匯中有巨鱔一條重有三斤山東鏢客見而悅論價既竟無法取攜有武生者自誇其力攘臂向前以手握鱔項未及引刃棹尾繞臂三匝霎時間肘幾欲折有弄蛇者過而見之曰殆矣非余莫能脫也令生飽飲雄黃火酒取利刃刌之刃落鱔斷而臂不見血惟繞處如蛇足叢叢刺畫肌膚乃更數藥以口吮而出之武生乃得不死噫亦幸矣又有食魚致疾者廣州府治新安縣有地名鹽田者濱海民多業漁某冬有漁者獲一巨魚鱗粗而黑嘴尖而綠重約二百觔老于漁者莫識其名也售於市莫之購遂剖而賤售之貧者以值廉多往購味亦甘淡肉堅而澀不數日其地人多有皮色變紅之患症類班疹而無顆不痛不熱惟癢如蟲行醫者視之莫識治以驅風涼血藥亦無效越日而皮變焦色又越旬而皮變乾枯黑色漸而皮盡脫去如金蟬脫殼然人如凝脂但未有死者耳病亦奇矣又食蟹者不可與柿子同食滬上有龔姓者一日食蟹後又食柿頓覺發冷肚痛卧床衹一晝夜醫治不致而亡以蟹與柿皆寒性也噫嘻徒快一時之欲遂至視性命如鴻毛飛饕之害可勝言哉饞涎口味者一省之

古木參天有神呵護亦常事耳有遠客歸來者述及樹神復仇二則因異而錄之津城任家

衕有沈某者行八年已古稀向在長蘆轉運司署充當清書公事諳練諸吏無出其右家業饒裕住屋三進頗華美院有古木一株修柯覆雲濃陰匝地乃百餘年之物也沈擬于院中築堵牆以界內外樹適當衝有伐樹念即夢古衣冠告之曰我樹神也寄託已久茲以逼處遂思尋斧何絕無香火情乎止爾殺機我為爾蔽風雨爾為我作主人彼此均便不然勿謂爲將軍不能興問罪師也沈以妖妄置之督匠斫伐斧甫下紅水溢出愈伐愈多家人環勸不止良木既頹水注如血兩日不絕未幾而某夜回祿災至矣天無微風火勢猛烈合力撲救不能奏效毀屋兩進萬金重物盡付灰燼沈於夢中驚覺門窗已燃以案卷在卧房檢點保護遂及於難其餘眷屬又有大小三人火葬焉最奇者該屋四邊圍牆絕無坍塌門以內則皆成瓦礫場矣又某姓祖墳在老閘大橋北首傍有大樹一株時有人在此自縊眷嗣售與英租界某洋行洋人令鄉人運斧伐去鄉人慄懼不敢下手洋人盛怒親鋸其樹既斷樹洋人手腳忽覺寒冷卧不能起越三日沒矣是二人者皆以伐樹喪身者也豈果樹之神靈應如此乎要亦其人命運使然故乘此妖氣而受其戾耳不然世之伐樹者多矣何不並受其禍哉妄言妄聽可也

果實不一未聞有致人於死者然亦有之如菌種不一鄉人采菌者分門別類詳其名目其

有毒無毒者，皆辨識之。城中人食菌者，必以銀物爲識認。鄉人則隨采隨食，不加小心，恃其熟識故耳。胥門外梅灣某姓母子採菌半籃，佐午餐。食訖，即吐瀉不止，翌日同斃。按中菌毒者，以苦茗白礬調服立解，此殆未以之解也。臘梅花結實如豆，即藥部中巴豆也。食之者瀉而死，其在樹隔年者更烈。揚州湖南會館舊有臘梅一株，結實纍纍，有湖南op舟糧艘遊此，見此物愛之，採取升許，以鹹，與衆分食。片刻時，腹絞痛，呼號欲絕。幫船聞之，詢顛末，具以告。有老舵工取視之，驚曰：殆矣，此巴豆也。速與醫治。如其言，壯者幸無恙，其一老婦、三小孩皆不及，一時大瀉大汗而斃。愚人之愚，亦可歎也。揚城有同塾讀書者，爲姚、張二姓子，年皆逾冠。午餐後至塾，師之弟若子食西瓜，邀同食。既已，未一時，姚、張同呼腹痛，刻甚一刻，面皆青紫，如中毒狀。師適回，見此情，呼車送回，告以故。延醫治之，皆云中瓜毒。師之弟云：數人同食，何獨二人中之？有進止痛丹與馬骨、母雞者，醫云非也，進以敗毒散，剩無效。中夜，遂斃。兩家于師門無所怨，惟切齒於醫生。然究未知所中者果何毒也。師于是貼示通衢，西瓜有毒，不可食。而其時賣香瓜者亦不得售。犇傳瓜腹生毛，初皆不信，劈開果然，見有黑白毛四五莖，長二寸許。盤瓜腹云：噫，物之罕見者，其爲毒尚可揣測，先事豫防。至于習見之物，無端有毒，即博學之士，亦難逺害衛生。然則人于飲食一道，其必隨時隨物慎之，而不可妄爲饕餮也可。

木裂字畫，昔人已有言之，而未能測厥所由也。新寧縣村人張某，事種植。一日，折取樹上小幹，欲以爲鋤柄也。該樹名狗毛蟲，幹不適用，乃折之爲薪，見木裂有字，其文曰「鄉村」，蓋字「鄉村」兩字橫書，「蓋字」兩字直書。某以爲怪，嗚于衆，均不能解。視所折之樹，則亦有四字焉，其文曰「日月常臨」，一串寫，無橫書者。爲祟爲祥，紛猜莫定。又有鄭姓，香港人也，行經油麻地，人有贈竹一根，攜至太平山，與衆傳觀，或爲剖之，中有一詩，一聯詩云：山川淨過聽，摩悉水陸，聾埋枉鬼饑浪，畜西方招瘦氣，東來一指降神旗。聯云：福隆爲福妙廟，成就助成功宮閣。者皆莫解，群呼咄咄，或謂此特奸民之所爲耳。剖者與剖竹者皆其類也。不然，竹竿非珍奇異物，何必與衆傳觀，而必剖之哉。此則人巧爲之，而非若木之天成也。天之生物何奇不具，必以此爲怪，抑何瞽瞶。

開花結實，植物類然，惟竹樹常有此。有則主科第之兆，凶歉之兆，或主干戈，類書所記，班班可考。而後之以此占驗災祥者，亦往往信而有徵。

粵省道光初年，南海縣竹樹開花結實，如米欄而咽之，其甘如飴。羅雅村先生遂以第三人登上第。自是而後，番禺許陳文觀察以第二人及第，順德李若農學士以第三人及第，同治辛未，順德梁斗南殿撰以第一人及第。其年均有竹樹開花結實之事，此一驗也。至於凶荒之兆，咸豐壬戌年，南海一帶竹樹開花結實，林地山侍御既以第二人及第，而是年七月，朔颶風陡發，海潮盛漲，災害百數十里，及南海譚叔裕原，嘗以第二人登第之年，八月又有風災，較壬戌爲尤甚，是又一驗也。若夫無所徵驗，而亦有開花者，光緒己卯蘇閶外某氏園林有鳳尾竹數叢，忽滿白花，吐蕊屑玉，霏霏珍珠，點點既如梨花淡冶，又復柳絮輕盈，萬個千竿，一一點綴，奇觀也。園丁以不祥，掃除之。又金陵城南北竹園頗夥，壬午四月中，樹樹皆花，色黃而白。說者謂主兵象，且引咸豐壬子年竹有花爲證。要之天時地利，偶有轉機，故植物因之見異，寔渺茫，莫特亦然耳。即所謂科第凶歉兵戈之兆，要亦附會其說耳。不然，古以始兆，天豈真于竹露之哉。

清代筆記叢刊

四

齊魯書社

黃鈞宰著

金壺七墨

上海文明書局印行

序

自來非常之事必賴非常之人以傳之尤必賴抉隱闡微之筆以表彰之我朝開創以來承平二百餘年其間文人才士凡有著述雖零紈碎錦莫不足以陶情淑性有功世教乃咸豐間髮逆紛擾四方之士幾不暇耽情筆墨而鄉里中忠孝節義之事恐湮沒不彰矣況江浙爲人文淵藪懷奇負異之輩不可計數鉢池黃君天河才本挾天筆能扛鼎炭兢咸同間所見所聞掇拾成書類分七種名曰金壺七墨而其一種閒情別致異想奇思有令人執卷擁吟而愛不釋手者古之人惜墨如金而黃君則曰浪墨曰遯墨曰遯墨曰醉墨曰戲墨曰淚墨凡所以可歌可泣可喜可愁諸情事胥藉一壺之墨汁噴灑焉而成錦繡墨之爲功大矣哉何得曰浪費筆墨乎余讀黃君書因不禁濡墨而爲之序

清光緒二十一年歲次乙未冬至日錢塘繼伯洪蓀榮書於海上稽古樓之南窗

金壺浪墨目錄

卷一
熙朝時賦　南巡盛典　白首完婚
投火救父　丐女貞烈　王九
鹽商　漕弊　果勇夫人
河工　辛學使　綱鹽改票
堪輿　金陵懷古　陳在衡
神保湖隄　試行海運　王孫
煙草
卷二
粤東夷變　英吉利　煙貲
蕭湖　篆香樓　陳關陣亡
關公軼事　張項令　送別詩
粤師誤勝　白旗　附羊城日報七則

廣勇　林公書　漢奸
王康訪　疲兵　伍紹榮等
英國被兵　平陽中丞　塞外奉親
定海再陷　余步雲　涇河夜行
卷三
將軍　某太守　宗威澤
吳淞之變　吳淞從殉　蛇魚避災
周止庵　邊事詩　懊憹詞
淮關　八大寺　戚先生
水患詩　銀價　瓜洲警信
鎮江之亂　丹徒生　舞刀
江壽民　僞囚荷枷　平山堂
劉中丞書　周林　老農
吹送賦秋雲

卷四
州縣積弊　元夕觀燈　木工
吳門秀士書　鬼刦　教匪遺孽
捻匪初起　董阿虎　荻莊補禊
牀下星光　學可齋詩　周生
王甲　漕變　洪秀泉
鄉闈章程　附南行日記七則　露筋祠
棲霞　燕子磯　報恩寺
泰淮　靈谷寺　宏濟寺
石城橋夾人　試院旗竿　牛女詞
卷五
十二紅　劍秋題詞　里婦
汜光湖神　胡孝廉　贛者
大悲閣　醫理　賈明府

紅雪　山陽賑獄　孝女
鐵犀　茴絲　人化虎
附黔粤山洞諸蠻　猺狑狪人　聽秋閣詩謹錄
獞人　狼人　獠人
婢代女嫁　又　樓上魚
捉迷藏　說鬼　起蛟
九秋詞
卷六
車夫　狼　雁
猾　附北行日錄七則　灘上
寶峰寺　天震井　東省諸山
同人詩句　題壁詩　河間
眉子硯曲　京師形勢　騙婚
軍機章京　崇效寺　陳醲和

西山　附西山游記七則　戒壇
活動松　空山應響　大星
夜色　石碰　酒樓
渾天球　關節　關廟香火
神將應值　拈花寺　棋盤街
梁家園　陶然亭　內人
雜詠詩　薛執中　洗象
懷挾　安瀾　金田
鵲橋仙
卷七
吳卿憐　勝一先生　少文畫
推測　拳法　翰林院古槐
河魨詩　學圃聽歌　詩詞傳誦
京師天主堂　飛狀　劉第五

象秩　連橋放棍　野宿
到家　乞丐報恩　王同知
永安州　荔浦　打虎將
蓬窗讀史圖　附讀史類譚二十七則　帝祀
睡獸　天主　國號
異稱　諂媚　帝王有真
承天　改姓　淫亂
良心語　綽號　食人
養子　僧道　尼
點將錄　溺愛　金
打草穀　相　嗜好
名　牛李　鍾郝
衣　九龍
卷八

沙三　毀鑑　出江遇風
為山　說夢　旋渦
蘇滿雜詩　巧合　離鸞曲
掃塔　平陽公　趙苍堂
慣兇行　鄭明府　隨園
夢呼公　茗香亭　公主
災民　醜女守志　合龍
金龍四大王　積薪

金壺遯墨目錄

卷一
徐譽　武昌初陷　金陵被圍
洪大全　孝丐　毀滿
清河　紀變　海州
銘　孝廉方正　九節銅犇

樓船　四舟子　地道
陳玉標　三癡　閏七夕
王營生　蒲生　劉秋舫
李九　張炳垣　楊漕帥
錢江　紀事雜作
卷二
大錢　東蘭雪　劉季交
祈雪　銅廠　鐵鑛
祖錢　鈔票　張保
門外漢　伶人　帥石芝
烏塔二公　浦上園亭　魚龍
小兒　跛足　附粵營近事十六則
五米帆　鐵鎖　仙桃鎮
蛇山　指配　義妓

考試女子　陳氏女　女賊
男妾　妖術　諸色人忠義
易伏　石鐘山　急雁
反令　鄭通判　吳逸香
性理　南行　長蛇
犬　賊酋內亂　北軍凱旋
卷三
奇女子　武殿元　葉孝廉
奇孝　伯凡殉難　溫明府
又　李杰　借闈
適園　談夢　視鬼
候仙　胭足　杭州初陷
淮警　吳觀察　大營兵潰
馬總鎮　張提軍　卞明府
卷四
何制軍　王貳尹　裹判
姜少汀　烈女　分來
李國泰　松滬雜作　蓬窗話雨
感興　詞　夷館
玻璃　蠶子蛋　大雪
總統張公佚事　雙烽　殺鬼
合璧　劫與　泛海
驗案　兩軍門　孫文鳳
五蟾生　賽金　奇報
詩坫　瘞文
卷五
欽旌節婦唐母安甘廬記　孫谿唐節婦家傳　唐節婦贊
歸葬遺骸記　祭唐節母文　重建東暉橋記

金壺七墨　目錄　五

重建東暉橋記　唐母橋銘　題唐節母安甘廬圖
唐節母安甘廬圖記書後　賦唐節婦事　題唐節母安甘廬圖
題唐節母安甘廬圖集陶靖節句　安甘廬記　題唐節母安甘廬圖
奉題唐節母安甘廬圖　題唐節母安甘廬圖　題唐節母安甘廬
金壺浪墨目錄
卷一
鐃歌　寓言　李觀察書
周師孔　祭文　徐都堂
杖馬　賣草　吳夫人
陳求山　斷碑硯　乘槎記
廟井錄　義伶　孝伶
又　天籟　絕句
晚學齋詩詞
卷二
洞元鏡　珠帳　心血
女主　輪船　火車
睿舟　煤汽　水龍會
長人　金箔作　燈油
聖教　睿珍會　放魚
景觀察　補圖　楊廣文
異物　大理　世德錄
金壺戲墨目錄
蝌卦　食鑑　富貴
新臺　弔喪　改唐詩
牝牡　眾解　小東方朔
金山縣　懺亂　寫真
面具　矮射　算賞
巧對　天青緞　炊飯太守

金壺七墨　目錄　六

長毛　讓婁　游戲詩
六郎　三元宮　孫生
尾號　老爺　楚漢
賭聯　蝴蝶會　木蛋
教官曲　未入　撞車
琵琶　遣嫁　袁癡
碎壺
金壺醉墨
金壺淚墨
心影上　琴園夢略
心影下　鴛鴦印傳奇始末
附雜錄數則

金壺浪墨卷一

鉢池黃鈞宰天河著

熙朝財賦

壯歲而憶童稚之年。爲旅而思鄉園之樂。亂離初定。而追溯昇平。如夢如雲。尚恍不可復記。同治甲子冬。籌議善後。百事易而集費難。軍興以來。行鈔票。鑄大錢。抽釐勸捐。按田科費。蓋理財之計周矣。因憶道光甲午春。里中諸前輩過訪。先君各述熙朝盛事。與夫財用豐嗇之原。今猶畧約識之。國家歲入帑金四千五百萬。以地丁爲最。鉅關稅鹽茶雜課次之。歲出兵餉官俸。漕船河工。與夫太常光祿理藩官牧所需。恆在四千萬以內。故國初歲有贏餘。聖祖躬行節儉。與海內相休息。宮中諸費。不及明季十分之一。故蠲租減賦。史不絕書。而庫藏充裕。世宗繼祚。清釐天下糧賦。整飭而振作之。戶部實存銀六千萬兩。直省倉儲米稱是。仁育義正。洽然太和。督撫奏報芝草生。慶雲見。河清麟出。麥秀雙岐。諸瑞駢集。由是鴻禧畢福民豐物阜之盛。萃集於乾隆六十年中。純皇帝天縱神武。式廓宏規。前二十年。積累尤富。及平伊犁。定準部。又歲加文武養廉。以鉅萬計。方是時。海宇安集。甫及百年。承勝朝殿阽之餘。朝野規模。未遑潤色。於是廣制作。興土木。內則宮室衙署。外而城郭隄堰之屬。莫不脩廢舉墜。增飾崇麗。凡此均用正帑。物給價。工給值。而弗興徭役。加賦稅。以病民。他若西南兩苑暢春清漪靜宜諸園。熱河盤山各山莊。又因祝釐而創普陀宗乘之廟。廷班禪而建須彌福壽之廟。平準夷。興黃教。而築普樂安遠之寺。是則不用正帑。取諸內庫羨餘。物給價。工給值。更弗興徭役加賦稅以病民。偉乎盛哉。煥一朝之體制。壯萬國之觀瞻。煌煌乎定功保大之規也。洎乎嘉道之間。一平川楚。再定回疆。歲入之數如常。而經費告絀。遂開捐輸事例。有豫工籌餉等名目。沿至於今。近年江南水災。捐賑至百數十萬。則優請獎敘。上年京畿荒旱。滿氏獨捐萬二千兩。則特賞舉人。廣招徠示鼓勵也。蓋自宣廟踐極。以傳承平又數十年。饑饉間至。官吏雍熙晏然。以興事爲禍。先人有言。生乎今日者。祇知今日之樂。而不知昔之樂之更勝於今。宜乎諸老談之而有餘慕也

南巡盛典

問郡程翁年九十。親見乾隆中六度南巡。省方問俗之外。大要以東南水患爲先務。先是康熙間南巡亦六次。凡清黃兩工擇要興修。指示機宜。委曲詳盡。至是遵守成法。分別堵濬以小民身家之事。上煩九重。善畫生斯土者。宜何如感激涕零也。辛未丁丑兩次。翁年尚少。其後四次爲壬午丙申庚子甲辰。歷歷言之。聞者色舞。先期督撫河漕諸大吏。迎駕於山東濟

運兩司有財賦之職者飾宮觀備器玩運花石采繪雕鏤爭奇鬭巧縻費不足取給於鹺商道府以下治河渠平道塗脩橋梁繕城郭武弁飭行伍新旗幟巫薄之屬緝盜賊聽詞訟因以示太平鑾輅既及河上留從騎之半於東省乃御舟渡河而南於時絣躍淮道勾芒扇芳神人協歡魚鳥偕暢則有屬車雲擊列校雲馳羽蓋捐星霓旗晃日扈從文武絡繹河干旟髮黎氓紅女黃童之衆匍匐瞻望麕集而無譁然後蒼龍自舟赤蚪夾岸樓船先引文鷁偕征但見一片黃旗安流順發而已翁又曰予以年強力健幸逢鉅典不欲遽歸同人步往揚州以觀臨江之盛至則閻閭高敞旌旆遠張途逢錦帷閬闠繡幕文鴞雲霧之綺金翡藍碧之飾步障非金谷可方亭幔豈武夷所擬簫韶既發棹歌遠揚金石鏗鏘宮商繚繞大江南北扳老提攜者莫不袂帷汗雨山朝而海歸此第觀乎道路之光景而離宮別館之中固不可得而擬議也顧聞諸左右侍從之臣曰天下殷富莫踰於江浙江省繁麗莫盛於蘇揚艷於行宮所在附以寺院之廣陳設離侈供帳鄰鬘六膳三㮣雖極豐腆然竭乎諸守臣媚茲之力而不足以當聖天子之遊觀也至若黃幄觀兵綠營校武侍衛兜鍪而肅立將軍佩劍以前趨五緯分芒八風吹響激火珠而沸海擊金汁以排山十盪十決之師七縱七擒之陣靡不運雄闢捷獻材武於一人又如日麗風和宸情暇豫揮翰則雲飛霞舞臨池則鱗網投魚罕車為校獵之資小輦作登山之具凡意念之所及皆備豫以相需及乎䗖鳥下游華燈大起蚘青助燭鰲背支綱蛟蚪展甲以鬭珠狻猊張毛而吐燄騂騎則鞍韉煥采綸鯉則波浪騰輝別有綃帳艷姝鞦韆舞伎依童鮑老百戲森流乃積日以為常恆中宵而未已上念扈蹕小大暨江浙文武從公勞瘁賜燕會酺加恩兆民春予衆帛學士文人布衣方外之屬進書獻畫望澤希榮於是召見賜金甄文藝也灑翰給匾勸紳褰也祭神禹禮明陵遣祀賢良諸臣及所過名山大川所由幽明交洽而華夏協和也迴鑾至浦上河工告成安瀾普慶不惜帑金鉅萬卒以捄下河七邑生靈蓋觀岳巡方行慶施惠國恩浩瀚為普天率土所同然而聖人不以無事勞民帝心尤以大河為念則惟淮揚兩郡受澤尤深云明日次其語就翁稽益而存之時道光乙未天中節也

白首完婚

同邑程允元少遊直隸議婚於劉氏未娶而歸留玉環一雙為聘女父登庸書庚帖付之約以三年為期及允元抵家而登庸卒女幼失母至是益煢獨將從天津廉所依侍郎人妄傳允元死將以為利女聞之朝暮飲泣誓以身殉而苦無確音或微言諷令改字則哽咽不食毀容韋服屏居尼庵以鐵翦度日備嘗荼苦蓋南北音問斷絕者三十餘年先是允元家居

怙恃繼殁久不得登庸耗又極貧困屢欲踐約不果中年以往議婚者踵至允元亦執義不納他日附糧艘課徒北上行抵天津聞有貞女劉氏隱跡尼寺中詢之果登庸女玉環在焉允元亦出庚帖為證都里皆喜促議婚期而劉女不可曰吾守父命吾天吾心耳遲暮之年行將就木豈有五六十老女子作新婦妝哉天津守聞而異之召劉至署使眷屬再三勸駕助以奩金鼓吹送歸允元所合巹之夕兩新人傴僂成禮髮如銀猶相扶持與花燭紅妝相映射遠近觀者皆感歎詫為僅事事聞予旌建坊曰義烈他書載此事謂劉夢觀音予丸孕而生子則天下所未聞也

投火救父

劉孝子希向從父居邑之東橋鎮東橋大火烈燄橫飛里人救火未歸家已半燬望風而哭莫之敢前及夜火及孝子屋孝子父災入火中求先人木主遺像不得出孝子方自他所歸急冒火入周回三匝不見父號而詢諸人復跳而入勢攸從之久之亦不出時風急火猛烟燄蔽空救火者皆曰是其死矣已而牆圮顧見劉氏庭樹下人影往來驚曰彼固無恙耶亟負水為路負其父出左奉像右握木主不釋手孝子牽父衣額半焦矣問之曰庭樹下若有數人以袖拂火火輒不近故往依之然庭實無人公等再緩頃刻休矣後數年父病孝子進股肉而愈及孝子年六十病噎其子亦刲股刀鈍血濡縷又從而剸之而孝子竟不瘳至今鄉里責子者每曰汝曷不學劉孝子他日汝子僞當亦孝汝也

丐女貞烈

邳州女子丁氏年十六從母丐於淮嘗獨行過李榮門榮曰少艾如此何丐為從我不患不溫飽女正色曰我有姑家遂行榮紿曰止汝母安往吾昨令浣衣曷為不來女曰與我將去榮誘入挑之不從與之食不受閉諸室而強之女乃大號榮怒塞絮於口撻之垂死夜縛以石投諸泮池明旦或從池畔過見有人浮水上近之女也而石繫如故大驚而呼榮之隣識是石也白官逮榮論罪如律士夫立石女墓請祀節烈而厚卹其母還邳天河生曰史載烈女大率世家巨族居多安有從米及於乞丐者乎即此見吾鄉先進之厚爲海內懿行湮沒不著者夥矣肉食者鄙乃謂蓬蓽中無淑女風塵中無傑士耳嗚乎

王九

小說所載活無常淮揚謂之勾使郡人王九充是役役臥解衣纔戒人不得移動動則長睡不復醒矣每與老嫗范氏說陰律刀山油鑊確乎有之子兄弟笑以為妄九曰君勿瞞鬼神依人而行無在無不在指空虛廣漠之地而奉以為神則真有神矣況諸佛菩薩舉世所崇

奉稍誠所至能無怪乎佛與鈍根人說因果神道設教古人所不廢其又何喻焉是歲十月先大母垂暮明年丙申伯父繼卒九謂范曰疇昔之夜汝知之乎太夫人一生慈善已登仙班冥官以汝主孝行感神故命我來召引范不信且詰其狀九曰是夜我初至恪於門不得入留有頃而長者叩門問疾乘其隙入至後堂汝抱女公子立某所諸嗣君某哭某跪口何言手何物某某者奉衣衾具衰絰逐逐往來信乎范憶是夜若有掣其衣者故秘之而問九云若見我而不使我見何也九曰我掣汝袖汝回首四顧庭隅焚冥鏹有星火繞汝髻端不復記耶若不我信今雖壁猶有掌痕衆怖其說赴而視之則五指赫然非紋理見所謂頃而長者妙大丁當初謂以夜來

鹽商

揚州繁華以鹽盛兩淮額引一千六百九萬有奇歸商人十數家承辦中鹽有期銷引有地謂之綱鹽以每引三百七十觔計之場價觔止十文加課銀三釐有奇不過七文而轉運至漢口以上需價五六十不等愈遠愈貴鹽色愈雜甫售之質化為淄盧鄉曲貧民有積日累旬堅忍淡食者矣此非正課致之而商人猾弊累之也諸商所領部帖謂之根窩有根窩者每引抽銀一兩先國課而坐收其利一也運腳公用額定七十萬近年十增其五而用不及半二也漢口岸費每引又派一兩有奇三也即此三項已倍正課而過之加以鹽院供億各大憲餽捐犒賞又各區之商子孫月支萬計最奇者春臺德音兩戲班僅供商人家宴而歲需三萬金總商謁見鹽院一手版數十丈冊而冊載一千兩季由總商妥立名目取諸衆商委員王鳳生查請裁革其浮冒無忌類如此由是侈靡奢華視金錢如糞土服用之備池臺之精不可勝紀而張氏容園為最著一園之中號為廳事者三十八所規模各異夏則冰綃竹簟冬則錦幙貂帷書畫尊彝隨時更易飾以寶玉藏以名香筆墨無低昂以名人鑒賞者為貴古玩無真贋以價高而缺損者為佳花史修花石人叠石水木清湛四時皆春每日午前縱人遊觀過此則主人兜輿而出金釵十二環侍一堂賞花釣魚彈琴度曲惟老翁所命左右執事類皆綺歲俊童眉目清揚語言便捷衣以色別食以鐘來其服役堂廚而主人終世茫然者不知凡幾梨園數部承應園中堂上一呼歌聲響應歲時佳節華燈星燦用蠟至萬數千觔四壁玻璃射之冠釵莫辨祗見金碧照耀五色光明與人影花枝迷離凌亂而已其埒於容園者若黃若程若包莫不爛靡爭妍如移之新不數年而資本日絀虧及公款朝廷借帑助之定法兩年三運後則一運兩年積習既深外腴中瘠愈斲愈深而敝壞不可為矣

漕弊

丙申丁酉間侍先君諸暨閘鹽漕河工諸事隨筆存之以識梗概制軍陶公有言漕政首禁浮收而浮收之原由於旗丁之需加幫費旗丁之索費又由於沿途公用及通倉胥役需趲首弁催費於旗下故歷任見漕州縣有協濟之款積久視為應得更思逐漸加增以倡率傳兑為挾制之端以猜勒通關為刁難之具水手出入淮境不虎而鼠首尾帖然及到江南則玩易官府欺凌民船覇道橫行莫敢正視旗丁之牙爪也衙官在淮奉法惟謹不率則漕督褫其章服而扑之及到江南挑米色從兑期互為狼狽又旗丁之羽翼也此輩既託詞多取於州縣州縣亦必藉口浮取於小民加五加三風節兩耗漕書差保胺削無塾此在民之害也州縣一年支用在此通省攤捐在此又奏明彌補津貼各款漕米一石協濟銀三四錢不等合計已及數萬此在官之累也在顢頇之州縣未必諒百姓之苦在顢黑之百姓亦無由悉州縣之難下陵上虐互相詬病而皆不為無因其病民蠹官大為漕害者則相沿之陋規是已或田無一畝包漕至數十百石或米無升合索費至數十百金人數多者三四百名陋規竟至二三萬兩沿習已久殊駭聽聞豈州縣虛報為支銷地耶抑果若是之多耶嘻其甚矣

果勇夫人

嘉道間名將首推二楊功業威名彪炳一世而果勇侯夫人龍氏臨機應變卓識鴻才則有世所不盡知者夫人為蜀之華陽縣人廣東佛山同知廷泰女也果勇任甯陝總兵夫人歸焉初婚三日終南教匪漸熾侯即率兵捉賊明年調署固原提督夫人方懷娠未行及秋甯陝鎮兵以停餉兩月嘖有叛言鎮將不善駕馭勢岌岌不可終日或請夫人乘夜進行夫人曰叛否不可知若行而後叛是逼賊也不然何以先知卒不行亂作殺營官肆焚掠闔城後攘官民眷屬夜驚竄反依夫人為逃死藪方是時未叛者拒於內曰夫人勿死我輩當思重誓禦賊以衛夫人即不敵而死主將聞之亦見我輩心也已叛者拒於外曰夫人勿驚我輩受恩重情急而叛無與夫人事誠慮外寇驚及夫人主將聞之無以明我輩心也先是鎮署司餉朱之晉者性吝刻衆欲殺之夫人藏之複壁中佯令追捕衆意乃釋黎明叛衆請見夫人奴輩及避難婦女倉皇號泣求勿放入夫人怒曰生死有數敵涕泣而懇之且朽牆薄壁脫有他意誰能禦之請見則見何畏之有命左右啟門而出端坐堂上叛首數十人血臂淋漓伏地痛哭請送夫人出城夫人曰誰則戕官殺人者抵命於汝衆人何尤速擒首逆絕妄念主將或可申奏朝廷予以生路衆曰我輩結盟誓同生死不能違夫人命謹備輿馬以俟諸婦女又曰夫人行我輩死矣夫人曰此輩皆我故舊須隨我出不得傷殘即出婢媼衣履與官眷結束次第啟行而已乃乘輿殿後甫出署叛衆發號傳隊以送夫人呵曰止此何時何等任

悖而猶循此虛文耶除現在署前者餘皆不得露面衆唯唯送至淵灘哭拜而返適遇之貴
於途舉力擲之曰汝今日亦入我掌手耶之責曰我藏頑壁夫人計也夫人忘盥盆命我送
往汝等欲殺我即將曾盥盆去衆審視良久曰且為此盆饒汝明日行抵石泉縣石泉百姓
方遠徙縣令不能止聞夫人至公服㩳轅留守城池越六日始就興安免身時興郡興安者
夫人從兄裴堂也初果勇於固原聞變遣屬將選兵進勦而自帥親丁四人冒雨急馳千二
百里三晝夜而至藍屋得裴堂書知夫人已住興安即馳往石泉撫賊解鄠縣圍賊首許大
芳公舊部也素得衆心公又素得大芳心乃單騎入賊營諭以順逆利害說令投誠仍同入
甯陝鎮城約束歸伍而大芳心懷反側意頗悔降遂以願赴興安迎致夫人為請質以試主
將心也果勇立允所請不增一婢或謂夫人明哲必托辭不行比大芳至天大風雪夫人冒
雪抱子奉熊發程越日道過漢陰廳大芳與同行王奉者相鬨夫人入廳署訊如曲直榜責
大芳四十械繫而行將至鎮城降衆代求免繫更乞勿使主將知夫人許之及見果勇詢問
公私悲喜交集獨不言逢責大芳事居十日各帥遣都守馳候果勇見左右役使皆叛黨神
情炯炯相視無一言少頃請閒密白曰各帥得漢陰稟函知夫人逢責大芳恐降衆離心故
遣某等探候果勇曰不知也入詢夫人夫人曰有之曰何無一言夫人曰是不必知知而不誅則

廢法知而加誅則失信我見不徹不敢行既行保其貼服無勞採也果勇出語都守歎服而
去他日各帥戲謂果勇曰鐵村小心夫人敢責職恐元帥亦不免也其智畧英果類如此方
叛兵之就撫也廷議以果勇在鎮收兵不嚴削職戍伊犂自謂立功贖罪或可免行夫人曰
卒伍為逆而主帥無罪國家無此法度所望君恩高厚不久戍耳後一月果蒙賜環果勇籍
貴州褫職自犍為南歸舟子慫恿攜鹽謂至沿河司可獲重利夫人曰居官不宜重利況數
奇罷官之時財祿可知力諫而始止行抵黃瓜灘前舟撞擱以載輕急駛近岸人免而船
沈夫人喜書畫善彈琴讀書尤識大義嘗曰方寸靜潔則理勝欲念塵穢則欲勝理人生
最忌情流為欲則百事不得其正聞者尤敬服焉天河生曰情流為欲一語勝於理學家數
百千言乃得之閨閣中矣若其制事之明即以心淨故見義之勇即由遏欲故偉乎非果勇
孰能匹此而無愧者乎

河工

南河歲修銀四百五十萬兩而決口漫溢不與焉浙人王權齋熟於外工謂採買竹木薪石麻
鐵之屬與夫在工人役一切公用費帑金十之三二可以保安瀾十用四三足以書上考矣
其餘三百萬除各廳浮銷之外則供給院道應酬廠友餽送京貴過客降至丞簿千把總胥
吏兵丁凡有職事於河工者皆取給焉歲修積弊各有傳授築隄則削浜增頂挑河則墊崖
貼腮買料則虛堆假垛即大吏臨工查驗奉行故事勢不能親發其藏當局者依皇補苴沿
為積習上下欺蔽痛公肥私而河工不敗不止矣故清江上下十數里街市之繁食貨之富
五方輻輳肩摩轂擊甚盛也曲廊高廈食客盈門細穀豐毛山陝海錯揚揚然意氣自得也
青樓綺閣之中鬢雲朝飛眉月夜朗悲管清笳華燭通宵一日之內不知其幾十百家也梨
園麗質貢媚於後堂琳宮緇流抗顏為上客長袖利屣飆斾如雲不自覺其錯雜而不倫也
然而脂膏流於街衢珍異集於胡越未嘗有揮金於窰開礦於山者焚挺華身而河流飽腹
自上下下此物此志也

辛學使

近時學使振作文風衡鑑精當以周公象英為最整飭士習扶植單寒以辛公從益為最凡
懷挾冒替文場中作弊弄法者懲之必嚴因人牽涉及事無左證橫被誣誣者庇之必力故
士林畏而感之江南抗漕案起制軍陶公謂生監不食漕則州縣不得收公謂州縣果不浮
收則生監必不食漕文移往還互相詰難保全甚多制軍奏疏有云倘衆沽名其事順而易
力挽頹瀾其事逆而難即指此事言之二公同官甚相得因公而異兩不失其為賢

綱鹽改票

綱鹽之利不在官不在民商人占其利而不能保其利則幕賓門客等衆人分之船戶埠行
往往不領腳價挾賭商宅僕役園譯裝載下至婢媪亦月有餽贈挾私鉅而得利宏也船抵
漢口排列水次次第銷售謂之整輪或將侍輪之鹽先斷奇售輪到買私填補謂之過籠
蒸糕及鹽已賣盡無力補買則捏報淹銷昏夜鑿沉其船以滅迹謂之放生陶雲汀宮保深
知其弊創立票鹽法凡富民挾貲赴所司領票不論何省之人亦不限數之多寡皆得由場
竈計引授鹽仍按引地銷行而羣商大困怨陶公入於肺腑編為葉子戲貌其家屬又一人
以巨斧斫桃樹妄立名目以肆詆謗宮保據實陳奏不避勞怨毅然行之而鹺務為之一變
吾郡西北五里曰河下為淮北商人所萃高堂曲榭第宅連雲牆壁壘石為基煮米屑磁為
汁以為子孫百世業也城北水木清華故多寺觀諸商甃石路數百丈遍鑿蓮花出則僕從
如煙駿馬飛輿互相矜尚其黠者頗與名人文士相結納藉以假借聲勢居然為風雅中人
一時賓客之豪管絃之盛談者目為小揚州改票後不及十年高臺傾曲池平子孫流落有
不忍言者舊日繁華剩有寒菜一畦棗楊幾樹而已

堪輿

金壺七墨

堪輿家言儒者所不道間有應驗吾少山多予家前門歷年已久先人處其傾圮議將改作
戚友皆曰時近百年不宜輕動盍待其自敝而新之獨曹鎮某君恃才而傲堅謂無妨擇吉
興工前簷初啟則有蛇一蟠一盤伏於門板之上蟠石而蛇左右各哺其卵卵大如龍眼二十
餘枚鄰人患瘡者捕蛇食之蛇則引陽而竄又於祖屋之前闢門於白虎陰宅之左引水於
黃泉由是三數年間長老幼十有二人道光十八年春先君棄養年祇四十有八齎志未伸
里人莫不歎惜言土木者皆以為戒痛哉或謂地理陰道卜筮祈禳諸術用之當而得福若
絕少用之不當因而得禍亟烈者甚多要在習業之人虛其心慎其用勿云祈福先求免禍
庶乎不致誤人然此輩執術疏謬生急信口欺詐言人人殊甚至徒毀其師予識其父各持
己見彼此相非而堅僻謬妄之徒遂與操刀殺人者等悲乎痛哉先是予年十齡先大母八
十在堂內外秩然家門雍睦宅之西有小園四時花木畧備春秋佳日伯父父奉觴為壽命
余兄弟皆誦書語時奉果核之嬉則沾沾自喜兒時況味如在目前嗣是甫及三年叠遭大
故家亦中落而後此船屠馬肆闌河風雪於是予始矣書以誌慟為天下執業者告焉

金陵懷古

先君子斗南公篤行孝友績學工詩詞書法得歐虞之神甫冠食餼為文章不趨時軌屢躓
鄉闈因肆力切用之學凡民生利病河漕兵農邊防水利之屬靡不究心擇近代掌故及宋
元以來諸大事不庚於今者參互考證別為數編及貢京師將入都而病作不可行矣著有
聽秋閣稿大半散佚不孝早孤不知珍惜手澤僅得之南北士夫所傳述亦見先人行誼信
乎朋友者遠也舊有應試金陵古詩八首一時傳誦辭云西塞山高壓建康吳宮花草憶孫
郎長沙轉戰功名薄騎橘才猜指臂強赤壁同仇問瑜亮白衣夫算取荊襄千尋鐵鎖成何
用早有降書到許昌天子長安執蓋行新亭回首泣神京將軍會假安東節兒輩重提北府
兵肯使功名收白望翻因經畧誤蒼生戎華未一長星見聽徹桓家戰鼓聲寄奴山下響弸
弓虎步龍行入帝宮唾手燕秦開大業回頭孫子哭田翁千戈宛轉緒王俊星月蒼涼狗肆
中記得寒陵歸第日夕陽無語下長空徧體龍文一天加丹陽徙去舊宮家十年未了昇平
願八友先將意氣誇青鳥孤盤泣龍樓綠楊滿店屬蓮花宮娥認得前家令又接風流宰相
車鑄就金甌五十年自成自敗亦堪憐沈幾解辨禮渠帙說法難開火宅蓮一曲臺城猶有
路六時禪誦已無緣傷心寫盡蘭成賦無補湘東馬不前花雨臺空幾度春又從黃閣搭君
身暗謀已覆降王尉狎客誰當顧命臣玉樹歌殘千頃月秣陵秋老六街塵如何做熱揚州
夢猶訪胭脂井畔人淒泗飄零兩姓雄金鐘飲罷出吳宮諸天法曲三更換采石漁舟一綫

通殘夢不收天水碧新詞能唱滿江紅小樓一夜傷心可目斷秦淮月影中一統乾坤告太
平九天宮闕俯瑤京雲臺有將呈辰列鐘室無辜行從盈邦喜文孫傳祖訓又從皇覺換僧
名千山萬水歸何日夜夜英靈特阜行建文遜國事後人辨之詩為一時感憤之作固不以
考據論也

陳在衡

同邑陳在衡先生和藹有風趣年六十餘暮行郊野間見二人籠燈前行就火吸烟久而不
然其一人問曰君過首七未耶陳詢其語漫曰未也其人曰宜哉陽氣未盡故陰火不燃陳
始悟為鬼佯曰世言人畏鬼信乎鬼曰非也鬼實畏人陳曰人何足畏曰畏呼陳即長吸而呼
之二鬼退至三步外張目怒陳曰汝非鬼耶陳笑曰實不汝欺吾乃與鬼相近之人耳再呼
之各縮其半三呼之而滅

神保湖隄

淮陽兩郡西臨洪澤北枕大河清口當河湖之間為黃淮交匯之地糧艘及此蓄淮水於塘
中候至清高於黃然後啟壩渡河而北名曰灌塘自黃河南侵清口淤墊淮水不能暢流於
是高堰山盱兩廳所屬隄長一萬七千餘丈勢如建瓴時時有決防之患湖隄故有石壩急則
啟壩洩水高寶湖淮入運河又啟運河東岸之壩洩諸下河民田故歷屆大汛時遠近農民
扶老攜幼枕藉壩上求緩一二日以待收割哀號之聲徹於霄漢不則長跪一舉而黃雲玉
粒悉付之洪流已浸中矣往歲七月初風雨大作水溢於隄啟壩而漲不遽消潰決在於呼
吸廳弁員弁督飭夫役冒雨搶修登浪狂飈如山而至危急間防兵忽聞雲際馬鈴往來馳
驟電光閃鑠中見有金甲神從諸兵衛舉刀揮水而西頃刻迴風水減數尺官民相慶更生
嗚乎人事不齊遂資神力神之不保將復何求

一 試行海運

全漕之歲糧艘渡黃者九十餘幫計船四千五六百號期以夏初報竣近則挽運漸遲京倉
支放漸絀於是英相國和通籌漕河全局請暫雇海船以分滯運酌折漕額以備治河胡御
史長庚請預籌積貯招商買米接濟通倉事下督撫會議大吏以米貴多弊窒礙難行乃先
將蘇松等郡冬漕由海道運送天津事屬創行剔奸防弊與夫水師巡哨備禦洋盜之策立
法甚周海船畏淺不畏深畏礁不畏風惟元人新道最善今估舶所行者是也就沿海州縣
測驗大洋合計四千餘里約分六段自上海至崇明為一段第二段曰佘山為東出大洋之
標準第三段北向偏東至海州鷹游門是為江省洋面中經黑水洋深碧無底黃河入海自

成一線雖風濤衝擊與海水不相雜也第四五段北至廟島屬山東六段西北止天津佘山一名南槎與文登北槎相對海行至此始見島嶼東有百有五島居民稠密雞犬相聞以榮城之石島為最生長其間者耕種蒔麻男女婚嫁與內地渺不相通令人有世外仙源之想倘所謂十洲三島者即此類耶大洋中以鍼盤定向以更香計時而深淺尤恃水托托鉛為錘繫以長繩橫如兩臂為一托自十托至五十托不等時各邑關仲因參戎奉檄護送是為我朝試行海運之始

王孫

故同知王君之孫貧而無賴時人號曰王孫嘗乞貸於南河某廳不應又請讓之王笑而去曰細事耳公失算矣他日河帥臨工前騶將至王匿柴垛內鑿穴以窺故為呻吟蹇澀之聲帥至問何物左右曰無之王則大號帥怒命啟垛積薪如屋而中空若懸磬王跽曰小人貧苦無家室復病哮喘託此以蔽風雨有年矣不知今日之敗於神明也左右曰胡為竊薪王指石垛曰請以石試復發之無不空者王頓首曰石不可發是非小人所竊矣帥怒欲劾某廳某懼求禮使關說同為緩頰乃已費貲二萬金

烟草

烟草初出呂宋繼產關東自國初通行以來烟葉之害烟具之大以紀河間為第一嘗自京邸赴海淀攜烟一管倘徉車中比至而餘灰猶未燼也乾隆中蘭州別產烟種乾銅為管貯水而吸之謂之水烟西洋諸夷貿易廣東窺我嗜好會朝廷用師西域闢地二萬里諸夷震懼內不自安而英吉利所屬之東印度尤與俄羅斯相近乃陰和蘭謀萬利己故智始造鴉片烟以敵中國鴉片烟一名阿芙蓉以罌粟汁和土為之可以去小疾先是海關稅課列諸藥草每觔徵銀三分初無筒吸之法至是粵閩間富室豪商銀鐙象管不惜雕鏤之費藉以炫新奇習安逸為供客飾觀之具初不敢顯然陳設也嘉道以來漸及江浙諸省官民皆知吸食則外堂列肆白晝卧談矣販賣之地暗市設於荒島快蟹出於深宵銷行日多價值日貴每歲白金出洋見於奏疏者至二千餘萬之多於是鴻臚卿黃公爵滋極言耗橐之害請申嚴禁得旨允行欽差大臣赴廣東嚴定科條限期搜繳並罷英夷互市聲其罪惡布告諸國直省督撫一律遵辦販賣吸食議罪有差時通市各洋如鄂羅斯彌利堅法蘭西素與英夷為讐者莫不稱快烟市為之少歇

金壺浪墨卷二

鉢池黃鈞宰天河著

廣東夷變

初禁烟令下大吏飭屬嚴查官弁泄沓者多非滋擾窮民即奉行故事徒為胥吏肥己計耳惟林公則徐由欽差總督兩粵規畫周詳雷厲風行搜繳盡善定法販賣者殺頭吸食者黥期以三月不悛分別刑責又延醫配合藥丸施給貧民西洋夷船繳出烟土二萬餘箱並所搜民間烟具眾蒞連箱付之一炬時通商國以十數咸傾心受約束獨英吉利懼失重利遂以索食為名舉兵犯尖沙嘴公遣參將賴恩爵等擊走之嚴斷接濟先後六戰夷皆受創去夷目義律潛赴澳門偕兩洋諸夷遞說帖求轉圜公以其言未可信奏請相機勦撫上手勅報曰朕不慮卿等孟浪但誡卿等畏葸老成後悔控制良法也已而英夷果反覆又請停其貿易並諭沿海諸省嚴守備諭曰該夷行外生成是彼曲我直中外咸知尚何足惜公既奉諭益慷慨任勞怨英人窺覘屢擾公不動則大懼知粵中無隙可乘乃改闖犯閩浙初泊梅嶺擾廈門總兵竇建彪等擊退遂由舟山攻陷定海據之掠甯流竄吳淞沿海騷動當事不能懲悔爭以激變咎公因中傷之代公督粵者為協揆某公至則反公所為而密恤款於夷人心夷復舍定海去併力廣東

英吉利

英吉利一名英圭黎地居大西洋自中國西北陸俄羅斯法蘭西界更越游牧諸回部始抵英國道地距廣東近五萬里自古不通中國其後攻服五印度拓土而南附近諸夷屬島國勢寖廣我朝自康熙四十二年初弛海禁諸番畢集而法蘭西為最大又十六年英吉利始來入貢通市嗣是雍隆間一再來朝均不克成禮而止因請於甯波天津各海口一體貿易又求給珠山小島及廣東附郭地居商存貨上既嚴諭指駁復慮其沿途生事特命侍衛松筠公嚴衛南行途中稱安議故事外夷商舶各有寄椗之所惟兵船一入內洋則立時驅逐嘉慶十三年英吉利兵船至粵夷目度路利謂法國欺凌西洋圖奪澳門故遣兵防守粵督吳公熊光以辦理不善削職戍伊犂十六年又以兵船至粵督蔣公玉庭飭停貿易以懲之夷計絀乃請遵約如舊制窺伺之跡由來漸矣二十年入貢貢使不能行三跪九叩首禮廷議以其崛強遣之上不懌會蔣公述職京師召見垂問公奏英夷不能行中國禮其性然也其理事大班有司當冬者嘗於廣東巡撫衙拜領大皇帝賞物乃身俯伏夷禮之免冠頓首也今貢使即司當冬未有撲於彼而驕於此者上問其國富強有誌公奏其富由中國彼以

所有易茶葉轉售於附近諸夷故富耳然一日無茶則病禁之則斃又安能强且悉以為該夷安擬千求當折以天朝法度若其歸心恪順不必責以中國儀文上大悅優旨褒之西洋諸夷在粵通商者惟英吉利國貨最多尤多邪淫物方儀徵阮公元之總督兩廣也即以嚴禁鴉片為請如洋商必結夷人為中國患遇事裁抑之道光二年英國兵船毆死民人二公嚴飭洋人大班必得兇犯乃已夷目爭稱言犯不可得無已則停貿易歸國可也公聞之即發印諭言願歸即歸天朝並不重爾貨稅於是各船同日揚帆出海口方是時商民官吏皆皇皇謂關稅自此將大絀且慮激變為朝廷憂公曰國體為大稅為輕況審其理長不可為所脅言者愈衆持之愈力已而探知出口之船皆潛泊外洋以待日久折閱多其兵船又先遁不得已具求回岸貿易限期縛犯以獻自是夷兵乃無敢妄殺人者十年朱公桂楨督粵夷人詣不避公怒毁其馬頭乃大懾服自二公去任後兵船蹤至十二年由粵而閩而浙至於江蘇其酋胡夏米甲利自稱衛護貨物非有他意風利即行乃由江蘇弁兵押送南還旋復折回東省時閩督富呢揚阿江督陶澍山東撫訥爾經額先後入告上命嚴密防堵不許轟擊搜檢致生事端仰見我國家慎重邊防懷柔遠人之至意然夷蹤狡譎實為相度地勢勾結奸民散布鴉片而來鴉片出於印度印度之南海濱與後藏緬甸相隣惟廓爾喀夷間之土地自俄法西北極乎西南西洋諸夷與互市防之特嚴惟中國獨受鴉片之害其貿易廣東者率由印度洋海而至故往返較便云

烟賈

廣東沿海礮臺曰沙角大角虎門橫擋烏涌二沙尾以及省河要隘基布星羅古人相度地勢聯絡聲援實為今人所不及內河則木柵鐵鍊載石沉船奏移高廉道駐扎澳門守以重兵嚴禁奸民相勾煽雖百英夷無能為役林公力也自道光二十一年辛丑協揆某公代公督粵頓存不欲戰之心夷至虎門則急撤烏涌兵至烏二沙尾則急撤獵德省河兵聽其添造蜈蚣快蟹小船及竹梯火箭之屬盡去內河椿石出入裕如某初索夷人烟賈銀一千萬兩夷目義律許七百萬先繳百萬香港遂為夷有並索甯波上海各口不許即攻虎門又揚言不得增兵增兵即不和氣高詞傲挾制多端某公奉約惟謹廣撫怡中丞與楊侯以下諸提鎮名為共事實不能參一謀時諸軍集省會者駐防滿兵督撫提標兵又調集客兵團練鄉勇民兵不下二萬餘而各臺守將累以兵請祇發數百人暮夜載以渡船竊布內外夷人笑其少佯為不知而和戰守迄無明文遷延不決者累日羊城題壁詩有云誰使貨通獅子國豈無兵駐虎門山漏卮不塞河沙數笑有雄師取賂還蓋指烟賈而言也

金壺七墨　卷二　二　浪墨

蕭湖

合郡有新舊二城後又築夾城於其間如篆文字形今新夾二城皆圮官民商賈全集於舊城故邑人竹枝詞云舊城新了新城舊日新城蒲葉多新城之西舊有蕭湖一區水木明瑟為張鞠存吏部曲江樓故址中有依綠園雲起閣諸勝與方望溪王麟東諸名流會文賦詩海甯查伊璜曾主其家毛大可因事亡命藏之複壁中西河集有明河篇即指其事樓東為家蘭巖韞容止園俗所稱黃家山止園之梅花嶺也後歸岑山程氏為淮北總商始於對湖起荻莊招南北知名之士宴集其中文酒笙歌殆無虛日曇花暫現蜃氣旋消老屋三椽叢籐一樹自程氏敗而諸商無一存者城北井里蕭條矣先君冬日過荻莊句云一溪寒玉對斜暉客到西園蓋不飛海內文章今日盡眼前風景此樓非斷垣淋雨無三尺老樹酣霜尚十圍欲問昔人能詠地漠漠烟水一棋歸

篆香樓

由荻莊北行四五里至篆香樓春仲梅花盛開王蘭九茂為城北游憩之所河工盛時各廳員載酒看花門外車馬恆滿有僧月如能詩畫好遊名山足跡半天下麟見亭河帥亟賞之時與唱和先君再宿寺樓贈句云吏與詩俗語停棹月未闌江山為客遠書畫遊名難福慧輸塞運功名問楸殘碧城如可到雲臥不勝寒樓壁石刻有碧城十二四字故云又秋日和韻題壁云詩懷一借淡花雨十分秋天虛度鐘聲秋爽上梧桐墨蹟模糊不可盡辨已

陳關陣亡

夷目義律以廣東和議久不定進攻沙角礮臺伏兵二千以竹梯登後山副將陳公連昇領埋地雷夷至而雷發擊死百人夷怒如我兵少壓衆前進連昇以數百兵當彼五倍自辰及中火藥告罄夷人別遣精兵繞出三河口燒毀我兵腳船與前所伏兵合力夾攻連昇中鎗仆沙角大角並陷夷人恨之入骨刀矛交下身被數十創又執其子斫之剖破胸腹而死守備張清鶴外委瞿毅林從綱三河營兵最多是時提督關滋圃守鎮遠李湖堂守威遠馬長多隆守定遠皆不過數百兵進不能戰退不能守門戶藩籬全不足恃關公與諸提鎮請於某公力訴礮臺危急坐以待斃狀不得兵慟哭不行某怒曰不到礮臺是畏死即以軍法從事諸將曰礮臺何敢不往第兵則不發往何益是廹之死也國家死數提鎮殊不足惜第恐大勢一壞喪師失地於國體有關耳不聽獵德以外各礮臺相繼失守關公天培暨總兵祥福遊擊麥廷章都司沈占鰲守備洪達科同時中礮陣亡關公身受數十創半體焦爛廷章亦祇存半體公僕孫長慶既受公命送印大府所返而求公屍膝行入夷人營號泣於

金壺七墨　卷二　三　浪墨

胸歷舉他處數十審視乃得之夷衆雖忌公而心敬其人獨某公靜鎮如故由是英吉利進逼省垣矣

關公軼事

胡夏米甲利之初至吳淞也關公奉檄押艇南行及浙江交替回蘇夷又揚帆北駛奉旨嚴詰大吏將罪公公曰某送之浙人受之當時取有咨文非以空言塞責也由浙北駛責在浙人大吏無以絀乃止公在官訓練操防獨勤其職他營多廢弛因以尼公公曰水師與陸路異陸路居腹裏奸宄緣索易得不至一發無所制洋盜出沒剽劫動輒戕命我輩職司禁暴奈何聽盜賊白晝殺人而不預為計哉初議海運督撫知公才檄委護送時洋盜羣集山島間素敬關帝至是從山上望見糧艘纛旗大書關字波浪烟靄中似有人坐艄樓一人侍立持大刀如世所繪關帝象者羣盜竟羅拜不敢犯夷難之興也公藏一匣寄家人堅不可開殁後啟視則遺像數枚而已事聞特賜祭葬謚忠節蔭卹如制僕從及家屬皆建專祠

強項令

初夷務告警上命宗室奕山公為靖逆將軍討粵東之賊奕經公為揚威將軍剿賊於江浙參贊以下皆擁營旅隨之士飽馬騰桓桓南下先後入淮境水陸並進旌旆飛揚沿途司供億者動遭鞭撻某邑侯親詣館驛求見星使軍士揶揄唾詈或張弓舉槊向之邑侯曰欲殺投我官實民瘠供給無可增也左右曰是強項令麾之去竟免誅求

送別詩

是年春河帥課士同人赴試清江晤皖北方晉齋浙西姚亮甫楚南秀生集飲酒樓興會飈舉時秀生亮甫公車北上晉齋有江表之行臨別各為小詩以識鴻爪亮甫立成十數韻餘亦極意經營予於諸君為最穉祇得絕句云天涯蹤跡聚沙鷗門外雙輪水際舟日暮酒闌風力緊落花如雨下西樓此少年結交之始同人諷詠欷歔擲筆而散

粵師捷勝

粵師既小挫大吏意主和而英夷要求太甚得旨夷性反覆不許通商當即大申撻伐朕志已定毋再因循某及楊侯怡中丞皆被議林公以四品卿銜調赴浙營効力時靖逆將軍暨參贊隆文抵粵初及佛山望見夷船舍舟而陸入居貢院中同日者制軍亦至京營及續調客兵皆集軍容之盛照耀川陸先後製器械造木筏編草船籌備經画剋期進戰夷人來語云和約在即何故中變又不使一介明其曲直調兵欲何為縱火焚燒頃刻成燼四月朔將軍乘賊無備夜令出戰鐵騎突出刀槍齊鳴礮聲火發中舟兵報稱獲勝燒毀夷艇四沉

溺死者甚衆大帥稱慶於堂官吏悉稱賀詰旦乃知誤燒民舟夷人無恙無所損而我兵駐守泥城者轉為夷衆所乘棄械無算

白旗

英夷進犯廣東省垣知衆官駐節貢院遂登船佈以遠鏡窺之大縱火器附近居民延燒不絕又由泥城登岸夾攻百姓驚擾其長侍衛希文悔接戰之誤同求將軍救援夷人書以白旗為止戰之號倉卒不可得旗乃取單衾揭竿城上夷覩見之大譁礮聲始漸息時各帥意見不同令無定計甚至出令旋止惟所適從知廣州府余保純面請將軍主謀二參贊督撫都統提軍會印劄下廣府行事除某公所得帑費銀百萬後畀夷人仍餽以洋蚨六百萬和約乃成以夷人恭順俯求通市入奏朝廷方事柔遠不欲遑兵從之由是歸礮臺納關稅夷船起貨如故義律與我靖逆將軍議退兵將軍使義律先之不可是月十九日我靖逆將軍帥參贊將弁侍衛及諸提鎮退兵於金山離省垣六十里然後義律以其兵出其據香港者卒不過五六月間尚見輪船游弋防我兵躡其後也

附羊城日報七則

廣勇

初英夷至粵揚言與官為仇無害百姓又恃財引誘窮民願為耳目者甚多方林公搜查鴉片有犯必懲夷恐之兵怨之將弁胥役亦怨之轉恐夷人不勝鴉片不行前轍不能復蹈當積重難返之勢以為絕我衣食之源也及夷奪四方礮臺縱淫肆虐百姓始悟其奸操戈相向四月二日南海番禺鄉民糾集義勇佯言官兵擄掠將入城慰諸長官及夜行至半途轉旆而南直攻夷船損募善泅者入水鑿之毀其輪船一夷衆倉猝而逃越數日民勇復請出戰都統以滿兵助之擊殺酋目百麥夷兵十數曾湖廣兵闖勝搶至爭奪首級反攻民勇兩縣令出城解圍兵勇始散夷衆乘間逸去如獲再生又十餘日夷出泥城過三元里民鳴金號召一百三村男婦數萬人執梃而集圍之數里夷兵千餘突圍奔潰死者八九十又殺死夷官二人擊傷者無數時我兵皆立城堞作壁上觀義律聞信言大帥大帥責廣守百姓畏罪解體夷亦狼狽回船自破虎門以來鴟張豕突玩易中國未有如此受創者三戰皆民勇之力廣勇著名自此始然百姓以兵不擊賊反阻民勇截殺自是咸懷憤激益輕視官兵矣

林公書

林公之卸督篆也方奉不許通商之命代公者覩詣公所專主和議力言不可戰之故公

語人曰。是未名為相商。實則箝其口耳。寓書江督云。主和之說。某自以為抗計。軍營凡奉廷寄及錄兵奏摺夷書往來。不以一字示人。將弁司道問及。曰夷人第求數事而已。問求何事。又秘而不宣。惟密任直隸守備白含章及夷目相地之漢奸鮑鵬往反投報。實與義律期會。蓮花港及期。義律不見。明日復往。議甚密。左右莫得與聞。夷人既裝小船。聽其閒進三河口。故鎮口唾手可得。鎮口既去。故直逼省城。即使省城幸而無恙。而各路繳奩。折安香山兩邑。均為逆夷所占。損國威。長寇志。誰之過歟。縱逆法網。必復天誅。言之可為痛哭流涕者也。如昨者川楚調兵。徒為夷人藉口。較之日前一氣貫注。難易迥殊。況此次大敗。皆由烟費七百萬兩激之。牛羊雞鴨小米之餽激之。豈能復溯繳烟之事。若瞞天昧己。再加狂誣。必當惕叙一詞。遣人賫投都察院。亦得光明磊落而死耳。江督得書。喟然長歎而不能贊一辭也。廣東臬司王廷蘭云。開門揖盜。當事者百喙莫辭。追至卧榻之旁。已被他人鼾睡。乃獨歸咎於始事之人。不亦寃乎。天河生曰。英夷之覬覦五口。瀕海游弋。蓄志於數十年之前。飄忽無常。先後一轍。禁烟燬。不禁亦燬。禁烟而公得始終其事。或不至於大變。戎狄之性。知畏威不知懷德。豈一朝夕之故哉。

漢奸

初林公懸賞購夷。夷衆心惲。不留漢人在船。公鼓勵兵民。士氣方銳。及某撤防減兵。畏夷如虎。紳民有擒漢奸者。曰若即漢奸。有告販烟者。曰若即販烟。至有誤發信礮觸怒夷人之語。賊肆然無所憚矣。公之言曰。自古用兵。必爭主客之勢。得主勢者常勝。逸待勞。靜制動也。況夷人遠涉重洋。入犯中國。不獨官兵操必勝之算。即沿海貧民。已足以與之為敵而絕其生機。自貧民為夷所用。而我又從而驅之。傷已。夷目日遣奸民十八人。分班探事。軍中雖奉密諭。同官所不知。夷輒知之。蓋我軍所用偵探。半以數百錢遣無賴小民。道聽塗說。或且故甚其詞。以恫喝將士。搖動人心。賊中間諜。則力能通諸大帥左右。與之共心腹。斷其所以異也。

王廉訪

廣東王廉訪廷蘭。輝心時務。有所見。直陳大帥。不以阿順取容。方夷船來潮。進港有欄淺數日不能移動者。廉訪請以快蟹四面圍燒。必無所逃。命大吏蹟之而不從。他日義律來與出入屋市閒。廷蘭云及此遺敢死士十數輩直前擒之。特囊中物耳。當事以時方議和。止之。夷衆之逃烏涌獄。德也。列艦六十有九。香港逃帳。去其大半。廉訪欲乘香港空虛。以一軍襲其巢穴。而別用重兵守泥城。賊進省河。游兵與戰。急選精銳由花地斷其後路。使

彼四面受敵。首尾不相顧。可一戰而破也。大帥復斥為書生之見。不聽。廷蘭寄閩浙顏制軍書云。提庫中之黃鍬。惟有心酸。樹城上之白旗。能無髮指。廷蘭承乏此地。想亦在衆人清議之中。然實有不可活。不得死。不敢痛。不能去之苦衷。袖手捫心。可為痛哭。所慮者一蹶不振。從此為外夷所輕。更恐無賴匪徒漸生內地。側身四望。天下當重任者。更有幾人。後數年。竟有粵西之變。人咸服廉訪之明矣。

疲兵

粵東之變。調兵萬有七千。兵不可謂不多。各省支餉數百萬。用不可謂不足。木料採於廣西。火藥運於浙。械運自江皖。軍裝不可謂不備。而決裂潰敗。一至於此。因由貪懦者失策於前。抑兵實不足恃也。奉調之初。沿途刼奪。訴之領兵官。無從查詰。甚至指罵官長。捶撻貧民。將弁瞠目視之。不能發一語。抵粵以後。喧呶紛擾。兵將不相見。遇避難百姓。指為漢奸。擄取財物。教場中互相格鬭。日有積屍。莫之究詰。自古無不可用之兵。視乎統領訓練之人。不教而用。誅賞不行。宜乎強者驕。弱者靡。兵負札。楚兵書奪十三行。背負肩擔而去。呼羣結黨。散赴各鄉。累日不歸。不知所事。軍書雖在。從無按籍查者。時都守以上駐札城中。守壘兵丁。望見夷船。急發空礮數聲。捲包而遁。大帥許進兵入城。而百姓不許出。一二守軍法。恤民隱者。略加約束。忘乎日糜餉之恩。銜一時濫法之怨。不變則潰矣。國家養兵衛民。文武並重。及承平日久。民不知兵。兵亦不知兵。世既右文輕武。武弁又自甘暴放。不求振作。其弊遂至於縱行伍。朽器械。猝然召之。糜爛而不可用。

伍紹榮等

夷人之進省河。洋商伍紹榮實導之。一日風雨大作。當晝。紹榮長跽。死於市。紹榮之友劉參將者。奉檄守横檔。横檔失陷。不知所往。當事奏其殉難。奉旨嘉奬。照副將例議䘏。未幾潛回投狀自紱。遂以受傷泅水遇救得生為解。同時副將某駐守泥城。泥城為北門咽喉。佛山出入要隘。某以兩柴艇逍遙其間。聞礮即遁。礮止復還。如是者累月。武官惜死。已不容誅。況紹榮擁鉅萬之貲。通欵夷人。託以自庇。計非不善。其如天何。

英國被兵

英吉利內犯之初。正彼國被兵缺餉之會。彼熟悉我之虛實。而我不如其事機。是可惜已。初英夷與俄羅斯兩國交惡。俄羅斯方爭印度於英。英夷積歲搆兵。外强中痛。阿付顏尼木哈臘諸部。又與英夷為讐。其本國烟價關稅銀缺千有餘萬。借貸鄰國以助餉需。及以禁烟故。入犯廣東。兵分財匱。勢頗不支。而法蘭西彌利堅等國。又皆乞我督撫。請於朝廷。願

出兵船爲中國効力英夷聞之進退維谷當時得如林公者數人其謀於勦撫事宜仰塞朝廷有戰無和使之自重創夫大欲則英夷畏威懾法必不敢久留而去不必借國力而後患消弭者多矣乃以一二畏葸之人坐失機會使得從容定變而專力於我鴉片顯布於近洋奸宄接踵於內地一事失策而毒痛宇內一時貽誤而延禍數十年得失之機毫釐千里惜哉惜哉

平陽中丞

某伶者色藝俱工絕游於陝陝尚秦聲無解南音者困甚無所得衣食時某部爲秦聲冠不得已投焉部中人共揶揄之亦不甚令登場會撫署讌方伯某部當值僚屬咸集方伯者平陽中丞也數折後厭秦聲問有能崑曲者否部中無以應某伶獨趨進自承曰能曹長怪焉欲止之則堂上已呼召某伶矣登堂請命甫一發聲平陽色喜湖座側耳聽歌一闋平陽曰止笛板工尺相左他樂器亦無一合者是烏足盡所長趣呼諸署家樂和之使演掃花一齣伶既篤技久思欲一逞又多歷坎坷悄鬱無所洩至是乃盡吐之瀏離頓挫曲盡其妙平陽不自覺其神奪而身離於席也平陽號知音舉座見傾倒如是莫不嘖嘖稱羡曲終自撫軍以下纏頭以千計明日某伶之名噪於長安部中人承順惟謹已持平陽書入都都下貴人

爭燕賞之宴集非某郎不歡由是名益著閱數歲平陽復陝撫冒賑事發被逮下刑部獄家產籍沒眷屬羈滯京師衣食不給終日相對悽怛忽一蒼頭問訊而至言主人命致意已爲夫人覓得一安宅趣呼輿馬送至則屋宇精美米薪器用下至箕帚之類一一完好顧不知主人爲誰時平陽已論大辟繫獄久生平故舊無一左右之者一日晨起哭有人直至繫所哭拜不能起視之則某伶已去其業居京師作富人矣夫人宅即所置也於是即獄中置酒復爲平陽歌掃花一齣甫半闋平陽大哭即止不歌而相對淚下如綆縻自是朝夕至視寒煖調飲食有甚於孝子之事親者棄市日具棺槨厚斂之送其櫬與妻子歸里又邮其度日費度足用乃止後不知所終常熟王言可曰受恩必報乃出自若輩哉天下惟知己之感沒世難忘若平陽者僅足知某伶耳八百孤寒齊下淚一時回首望崖州嗚呼彼何人哉

塞外尋親

鄭孝子立本蕭人父相德坐事戍西域立本稍長知之痛哭廢寢食及年十八辭母尋父家故貧誓以丐往母初止之不聽臨行哭而戒之曰汝父左手小指缺一節中有横紋幸而相見以此爲驗也歷半年行抵庫車查軍籍與父名流寓數月未知所往邊徼人稀地廣又無可乞食者困甚會軍將高魁元聞立本操中土音問之具以告魁元驚曰汝父我友也曩昔戍烏魯木齊之綏來縣雖然別八年矣去此三千里中隔雪山往大不易也飽貲而別立本既知父耗心益急時張格爾餘黨未靖官道梗塞乃裹糧走小路攀崖越嶺誤入深山前臨陡澗深不見底立本旁皇無策忽有獸自南來大如象疾行若飛黃光閃爍舉步作金銀聲然北去因念此物來處當有途遂冒夜探行輾折至天明乃回庫車之路惝恍道旁氣息僅屬惟呼天願父而已差官趙君者從山谷過問而憐之曰我轉餉回即赴綏來當攜汝行道路險峨勿自往往亦不識也託立本於回椿主事奇氏家奇禮遇之居逾年趙不至亦無他徠乃復潛去行入戈壁中絕水時夏日酷烈捐路傍馬溺飲之飲而嘔嘔而復飲如是數日憊極而仆適番衆時馬過撫之未絕負至泉飲之逾時始蘇又以餅餌食之復起行數十里見天山雪水洶洶迎來自念有進死無退生蹇裳涉之寒若僵冰中挾砂石如碗如拳擊脛骨痛不可忍良久得岸始達土魯番大道由是歷安吉塔白洋河至烏魯木齊急詣綏來訪問則父已病歿數年矣立本長號過市慟不欲生瀕死者再先是相德抵戍西人延請教諸隸門者頗多卒之日共營葬焉及聞立本至告以墓所爭延致之立本既至悲病二年同門輸視不少怠以故得不死他日啟篋門人悉爲中國人流寓西域者咸來設祭發聚聞猶

體膚悉化惟左手僅存缺指橫紋宛然遠近駭歎以爲天留是手以待孝子辨認也立本益哀哭不能止衆上其事於都統沿途具夫役給驛馬護孝子負骨以歸時英夷入寇廣東之前四歲也蓋往返二萬數千里時歷八年立本抵家拜母相持悲泣葬之日父老士女奔走往觀咸呼爲鄭孝子云鉢池山農曰我朝孝子尋親若益都冷秀才昇之遠走龍州崑山黃君起鳳之跋涉雨陽難哉不多覯已然或資力有餘猶有賴焉鄭孝子乞食絕域備歷辛苦卒能辨認指節以歸至誠感神信夫世之日侍庭闈而奉養疏略者豈不痛哉

定海再陷

英吉利既定廣東之議餽夷銀軼無所出使洋商伍怡和貸金足之夷人棄廣門窟波上海益堅治粵者了事不暇卹他省秋八月英夷再至廈門陷之其赴浙酋目曰邦僕僕義子曰陳祿浙人也深悉沿海地形導之深入方是時總兵葛公雲飛王公錫朋鄭公國鴻守定海而大帥統重兵駐鎮海城夷攻定海之竹山門三鎮且戰且守飛書請兵大帥不應戒死守毋望援於是三鎮合兵四千當夷人二萬餘死傷既多繼以敗潰錫朋憤甚獨揮短刀闖陣所親卒及身自盪殺數十百人力竭被刺死國鴻別領一隊衝入夷兵中縱橫盪決當者披靡會夷兵大至圍之數重竟以中銃亡於陣而葛公雲飛死尤烈雲飛駐守南路土城手

擬四十舫礮擊夷復帥部卒持械步鬪夷酋安突得執大綠旗麾兵進公罵曰逆賊終污吾刀斬之刀折急拔所佩劍仰登竹山門賊飛刀劈公面去其右半血淋漓徑登賊艇進鬪忽有礮背擊公洞胸如盌而沒安突得者上年被擒於浙軍夷人歸我定海請釋還國者也先是天雨泱旬公青布帕首麻袍着鐵齒鞵日撫循士卒窪潦中屢戰卻敵行營有藥桶二公密納火線其中雨水書封函曰餉銀賊至取之盡焚死義勇徐保者夜跡公屍走竹山門雨霽月微明見公半面立崖石下兩手握刀不釋左目猶睒睒如生欲負之行不能起跽而祝曰盍歸見大夫人乎遂乘夜浮身內渡三鎮軍卒兵少同日殉難夷人乘勝陷鎮海諸帥或移節他所獨欽使裕謙公投泮池死初廣東議言公得虜必剝其皮公曰虜謂我不能爾耶遂擒兩夷自剝其皮以故夷人怨公次骨以十萬金購公屍甚急千總馬瑞鵬泅水出公屍以小舟送至省垣斂之方事之殷林公在浙奉命削職戍伊犁論者追咎公督兩粵繳烟激變故也南中諸君子有贈鐵之謠公致函婉謝怡然而行鉢池山農曰三鎮之殉行略詳請兵大帥不應而裕公幕客陳時謂海風大作文報斷絕所致傳聞異辭然所繫於大帥者是非得失相遠矣

余步雲

浙江提督余步雲用鄉勇起家勦川楚教匪積功為大將趙金龍之叛步雲功最久歷行陳號知兵鎮海之失知府黃冕奉裕公命守金雞山而步雲守招寶山同時兵潰陳時謂步雲意不欲戰怏怏懷兩端且以嫁女為辭牽綴致敗夷人遂犯甯波焚掠慘酷匪又導之搜括窖根地窟靡有孑遺先是慈谿富紳葉仁製鐵梅花樁堵禦海口費銀至二十萬兩夷至我兵無一人駐守者燒鎔拔毀數日而盡當事老成持重知戰守不可恃米鹽牛豕私相餽遺而步雲卒以失機被劾逮赴京師斬於市

涇河夜行

是年冬十一月讀書涇河周氏池館日暮由平橋舍舟而陸暝霧霏微策騎宵征涼雨復至鮮色於水覺空若冥間道則怒犬當人避淖則長松絓馬暫一燈之明滅心疑是而更非既而危橋度雲怪石蹲虎既傴僂以為命乃徒行而屢傾身異蓮花於泥半染手無節竹滴酒難沽聽遠柝兮如沈眄前村兮又過旋折既久甫達高齋時周張諸君清飲方終洗盞更酌回顧所來之徑如判人天矣

金壺浪墨卷三

鉢池黃鈞宰天河著

將軍

道光二十二年春傳言浙軍議和有成約英吉利將犯撫廣東獨江南提督陳公化成駐守吳淞謂夷情反覆未可深恃請留所部兵弗去增築海口礮臺當冬雪方盛時平地積數尺公乘小舟出入風濤中或踏雪按行部曲嫗煦如家人軍中呼為陳佛故人樂為用守益持嚴云是時蒙古吉林及京師火器健卒營兵由某將軍帥領南來者命裕長等統之分布江浙資策應而將軍駐節蘇州往來於杭紹之間營帳中器皿珍羞窮極瑰異又募客如州郡君者監支軍餉費用無度以博將軍歡會天寒風雪帘幙壁衣之屬皆以貂狐洋氈為之圍爐擁酒倩以管絃論者謂有緩帶輕裘雅歌投壺之意時夷人要求不已參佐或請進兵將軍酒半啟帷探望曰寒哉亂也

某太守

某太守者好立名而文字不甚了了會府試文童有暱囑幕友冀得首名者幕友知某守不學又多疑往往微行竊聽一夕閱卷偵守將至相業歎息曰佳文佳文可惜吁一友曰君試觀之童子中乃有此才其一人曰頃余已閱百卷間有佳構似此作色色精到竟罕其匹雖擬以第一無愧也某曰是決不可微聞此生富於貲東人善餽甯少抑之吾輩毋受惡名其三五之間乎一人曰說亦良是然此生屈矣某曰衡文當否責在東人我輩誰知者守悉聞所言而去他日薦卷守擕一卷出而笑曰公等目不識文耶此卷突過首作乃列之第四何也某笑不荅一友蹴踏以情告守搖首曰否否避嫌非賢者事科第中甯無富家郎乎卒首拔之而幕中瓜分八百金矣

宗威澤

宗威澤號少山幼失父母客遊淮揚間不自知其籍里或曰皖人黃山其故居也予客揚州遇威澤酒肆中見其氣靜而神遠外和而內介少年而詳慎老成非世俗浮薄瑣屑之輩遂與訂交威澤亦雅相推許嘗言威痛少孤涉世早不及備聞先訓顧冥心以審事澂識以觀人人如器焉腹小者易盈非載福之具性靈者易毀非壽世之資質樸者易晦又非適用之器蓋嘗持此以相天下士十不失一而反是以求天下士又十不得一斯可慨已同時有成福生者少年高才工制藝亦為時譽所歸顧放曠不羈好嬉遊不近書史携狹邪樂之不疲也威澤雖篤於情然守身如玉不屑與庸俗為偶讀書過目成誦詩古文詞一見輒

能之冠其倚侶以故如兩生者莫不善感澤而薄福生感澤既益長生計甚窘又不善治家人生產孝廉泰氏醵金助之因益得肆力於學甫冠以優貢居京師孝廉大喜閩人成太守與其倅反亦致厚贈先世故交金玉之役贈書籍服食之饋遺歲時不絕均以遠大相屬決其非池中物也後數年福生膺鄉薦而感澤屢躓場屋他日又以錄科失名解舉大債鄉之朋望殷勤者稍稍納交福生而與感澤疏矣孝廉聞之大恚曰毋恩豈有才品如感澤而長貧賤者哉吾不能作逆臭夫朝暮反復歲時饋遺如故其黠者群笑孝廉木鈍感澤志操瀰堅死又喪偶困頓無人狀自是常與予遊而福生以某年成進士列部曹焉

吳淞之變

夏四月英吉利將寇吳淞先以戈船三十艘進攻乍浦乍浦為都統駐防之城並調客兵助守輪船一至發礮數聲屯卒八千同時解甲同知韋逢甲千總韓大榮死之滿營被難尤慘吳淞以東西礮臺為犄角某將守東臺而提督陳公化成左右海洋颶忽火器毋浪發度敵船稍近擊之則發無不中且以靜待動勞逸迥殊勿為所震自亂則敗矣撫參將周世榮背語之曰吾與若福皆不薄世榮不解公曰戰勝膺上賞卻不勝得令名非福而何已而夷人據船檣擊砲而上乘風鼓浪頃刻至前公遽命礮擊敵船礮亦發雷轟電擊聲震百餘里烟焰蔽空自卯及巳擊毀夷人大艦一小輪船五賊阻欲退我軍噪而奮方事之殷東臺將士稍卻公聞之遣將牝斬先退者一人以徇於眾親帥世榮等憑高瞭望指揮弁兵銃礮子錯落如雨毅毅從冠側過公行所無事屹立不少動夷眾疑其非人及偵知公相與大駭是時牛制軍鑑駐節寶山聞勝趨出將及西臺夷人以遠鏡窺見其輿蓋巨礮狙擊之制軍跳而免督標兵遂呼曰制軍傷矣師遂潰斬之弗能止東臺兵亦棄臺走賊併力攻公急世榮曰事不可為矣請公速行公拔劍叱之曰庸奴誤我汝世榮徑去親兵存者數十人賊登岸礮中公顛復強起手毀巨銃劃嘔血死夷人既入寶山橫行鎮海穢酒酣或作華言曰此行良險使有兩陳公在安能至此其一蓋謂制將逢昇也

吳淞從殉

陳公之堯也麾下弁兵從殉者八十人守備韋印福樊增齡千總錢金玉把總許攀桂外委許林徐大勝為最著印福於嘉慶中獲盜方榮升又塵擒紅幫教匪擢官每曰武官臨陣斯為春職死生固度外事若畏死不作武官矣金玉臨危或勸避去答曰我年十六即食國餉今為避害遂及於難大華多力陳公守西臺礮斃夷兵多名皆大華手擊之也左右轉移無

不如志當東臺卻走時眾志惛動陳公益拊循之以忠義相激勵攀桂大言曰主將與某等共飲食同風露所爭祇此一時公受國恩甚等受公恩欲去者眾共誅之由是士心始固公殁眾潰攀桂不行飲劍而死安徽武進士劉國標者初任兵部差官因事落職者制軍奏復其官至是獨負公尸匿蘆葦中越十二日歛於嘉定面如生臂膊及胸受銃礮創者八百姓罷市哭奠繪像二一貽其子一留吳淞公之在臺也凡三閱寒暑欽使裕謙公嘗以風雨夜偵公見公危坐帳中鈴析聲琅琅然也先事語制軍曰公弟坐鎮毋輕出入及出而僨事而制軍去之蘇州再去之江寧

蛇魚避災

上海城東臨黃浦北枕吳淞西北接壤寶山為海疆要地朝廷慎重邊防以縣令微員不足資控馭故蘇松太道駐札上海鎮之英夷由寶山進至上海巡道託言晉省請兵扁舟預遁優游於峰泖之間縣令曰道且不守我何能為亦棄城去典史楊慶恩留之不可頓足嘆曰大事去矣呼渡河棹至中流探百錢予舟子躍入黃浦死松江武生顧永剛少隸兵籍分汛上海能詩以氣節自負妻瞿氏明敏有才識上海城破夫婦以帶自縛投於泮池見者極之瀕死妻魅來問歸松江卒以不食死海壖城池夫守未有如滬上之易者也曾部一空而兵士無青己相傳吳淞被陷之前有游魚千萬浮於黃浦西入泖澱又戰前數日有巨蟲長蛇出於礮台外東西分隊而行時以為避災徙去蓋事後一二日海水猶熱當時魚均可知保身之明魚蛇有焉斯揚公頗生瞿氏之所以異也

周止庵

荊溪周止庵進士教授吾邑詩古文辭迥異恆蹊而世鮮知者書法直逼古人既見包慎伯文字歎曰同能不如獨勝去而學書亦臻絕詣又以餘力習武事技擊絕工嘗販鹽出入私梟間動輒爭鬭莫能敵也會南中不靖謁帥周公靜修招集壯勇日加訓練拳擊刀槊之法戰陣生作之圖俾止庵教之署中掘坎數丈年諸壯者躍而上下半月後以次遞加至丈八而止如是便利者縱橫跳盪升屋如飛時以為善遂請設局勸捐修城池為保衛計而不知夷人火器之利善戰者不恃陳善守者更不在城也

邊事詩

同人詠邊事詩陸小巖師敢鈞四律云百粵山河闢奧區牆員恢廓古來無雲封嶺海分夷夏地控滇崖入版圖強虜不須寬肘腋同袍爭欲効馳驅將軍別有和戎計自體天恩不忍誅天臨寰宇靜無爭誰使嚴牆啟釁生險要鑿山連象郡帆檣填海偏羊城南邦重鎮消珠

寇北極樞星仰王衡豈有中原憂外侮王師慎莫畏長征吳宮花草越王臺處處風聲唳鶴哀卻鉞登壇延寇入笙歌行酒挾春來頻聞徵調貲防禦坐使平章論貨財守令莫辭供億苦年荒時難亦天災累朝威令奉當陽大將勳名震遠方萬里沙場開虎帳百年韜略憶龍驤東南羽檄飛軺西北戎兵內富強聞道神州初定日九重宵旰策遙儲師親見乾隆中武功之盛閱末首尤為憮然

懊惱詞

嘉善謝廣甫孝廉有懊惱詞數首詠近年江浙間事隱寓當事姓名最為蘊藉錄其三律有云望歲心情比望君開俾羽扇對斜曛未分黑白聊同奕略認丹黃漫論文挾負伊言盟是海苦留伊住夢為雲仙源持與劉郎手難犬中宵靜不聞蓋述三里入空城蟻陣排空夢不成憐妾苦吟河滿子勸郎休唱董逃行塵錢已罄運令昏翻草全輸且說藏最恨自家堤上柳漫天飛絮洩春情別來華屋剗巖阿幾度滄桑一剎那夫婿他家貂不足郎君舊巷燕何多遙天唳鶴經滄浦昨夜牽牛已渡河卻憶陳王空秣馬誓將誠意託微波第一首指吳文伊余諸人劉謂浙江中丞英忠復我民人勒價取贖故有藏錢之句而乍浦駐防男婦被兵最苦故曰憐妾云云次首結句指漢奸牽牛句謂江督亦復神來陳王借指化成軍門也

淮關

淮關額稅二十萬而歲徵於商者莫知其數自監督左右下至環關而居者靡衣鮮食咸取給焉釣竿歸自清江早關未放時方嚴寒舟子商人股栗以俟久之眾擁一少年盛服至次第報驗訖則官舫華僕持柬詣關少年皆領之最後至一破舟載貨嗟於所報少年怒唯從者詰之嫂答交下豕脅其人而去或問少年官乎舟子曰噫嘻遠哉老於東者識輸軸老於舟者知舵木是人姓名曰老谷關督司閽妻弟之僕也未及三年死於回祿

八大寺

郡中戒律僧有八大寺清規最嚴曰湖心曰閒思曰圓明曰三界又八寺之尤著者僧眾多者百數少亦五六十人一寺之事方丈總其成若司賓客若主薪米若供酒掃量才而使秩然不紊居恆作息有時出入有節一日兩餐會集於一堂方丈居中眾僧左右侍甘苦與同勞逸更替雖以百數十人之眾而無一閒言無他一切平等故也平等即恕也儒者嘗議二氏不遺餘力試問其居家種概則兄弟子姪一線半粟之故爭美棄惡瘠公肥私是己非人詬誶嘩囂不可以為家彼合陌路之人眾胡越之眾而清潔肅穆如此攻人者曾不一返己思也

戚先生

戚先生湘南資性超曠少穎悟目光含蘊能於白晝見星為文章清辯雄贍日成七八藝客有程式最善啟發童子心思生平於尚風骨雖甚貧困未嘗以非分干人顧好為狹邪遊不拘小節人或尤之曰性之所近聊以娛情若以是為喪品視夫攫名爭利廉恥已泯者其輕重何如也雖然吾知過矣自是絕不往郡邑某君以名位自大卿人致禮甚恭或遇諸途則鞠躬趨進拱揖道左候某公去遠乃行慶弔宴會相見則眾人環侍左右弗轉目專視俟某君交一語或一轉盼及之揚揚然意氣自得輒誇於妻子以為榮獨先生至傲然上坐無所推遜論事持正時與齟齬士之鈍拙者和之具識時務者不謂然也閒為近體詩風致宕佚泰淮司云多情蘇小仍青眼前度劉郎已白頭春蕪云鳴爐香燼有餘溫千夢初回獨閉門日色沉沉飛不起楊花端底有春魂或云木蟹剛先生司鈞卒早孤家貧不能結交賢豪以致鄉曲之譽自從先生遊訪承獎借所以期望之甚厚嗚呼是可感矣

水患詩

先君雜體詩紀沙水患者數章憶及云十載卿關思彭城舊結廬孤懷且歸隱老屋有藏書山色紫門外河聲夕照餘誰知射陽路漂泊半巢居苦雨寄廖西園云四野休農日紅潮萬頃米極大寒浪湖中澤狼鴻哀湍萬終臨患蹈陰幸郵災問君田二頃何計理蒿萊風雨連城閉令朝中酒無萬間懷廣廈一飯惆窮途已設賑教食誰募鄭俠圖匡時如有策未合哂儒迂送陸春堂遊商遠云舊交三五輩相守莫相違竟有漂搖感誰知飲啄非晚烟況一縷流水浸叟廬翻喜城東客思歸幸已歸讀史云大道盡荊棘驅車何所行風雲高位恥文字腐儒名浪闊龍蛇蟄巢危燕雀驚浮沉嗟若草蒙海望昇平江湖豈莫挽薄俗竟何如臣力模棱畢與情拂鬱多經綸付冥漠豪傑任銷磨撫膺知誰惜吾徒祗嘯歌又雜句饑寒吾輩苦流落幾人存消遣殘冬易網繆未雨難新秧青一尺化作碧溪烟寶應陸小巖師句云門帖宜春亦可憐僅遺兒女說迎年隣家閉戶無消息元旦誰知已禁烟同邑汪特庵先生句云幾家村落斷烟疏稚子啼饑熟睡無樂得蘧廬全浸水三年官吏不催租廬丈一枕句云洪澤已傾三百里笙歌猶艷一家歡無巢破屋愁無主鬼哭荒原悔作人則況痛而近於粗矣吾郡自湖嘴而北每行一里地勢高尺許黃河距城二十里而遙望之如在天上相傳洪澤湖底與城樓相平故伏秋隄防尤為險要錄詩以見河湖二漲為淮揚切近之災云

銀價

國初銀一兩值錢千足為平價其後漸貴漸賤自七百至千有三百不等江南日用交易以

分兩計數每分七文錢七十兩七百猶是當日銀賤之價近年銀價驟昂每兩至二千以外則海疆大吏漬防決藩鴉片內行白金外漏故也先是西番鑄銀為錢大小不等式為西洋年月及犬馬之形幕為夷女面閩粤江楚通行最重者七錢三分攙銅至六七分而洋錢價較之足銀轉貴數十文取攜便而無事稱量也湖南鮑默深刺史謂中國銀幣垣繼仿而行之可收巨利感澤曰不然夷人攙銅有定數故能取信於民內地仿鑄必設局設局必多費官監之吏持之匠製之剝蝕參雜不至於九銅一銀不止上居其名下享其利而事仍窒礙不可行百事得人為難利之所在欲得一奉公廉潔絕不染指之人則亘古所无難也

瓜洲警信

五月同人赴試揚州釣年偕往遊焉甘泉王仲成江都李蘭友寶應劉曉嵐默生及釣年五人皆以五月生釣年十七曉嵐最長年二十三五人者合得九十九歲仲成家善釀預作百歲酒默生從市上雜購酒器竹者古銅者螺甲者最下宜興磁者部內尊彝不一其器六月中旬會於春鑑堂同人品其高下約為小詞以詞成之先後次第取之詞無新意及勦襲者罰命歌者雙雲㸃翩筆佐酒予與蘭友一夕奪十二酒器淺斟低唱與會淋漓曉嵐輩得螺盃橫恐間為予所有慍而後笑予復為視英臺近閨情調之云篆烟霏花影度欄外鶯鐘戲小別經春絲柳濕殘雨似他舊恨新愁千條萬緒教說也何說與暗中覷無意觸了微嗔盈盈偃欲語眉眼分明汝莫小兒女不須掩鏡私啼奪花暗訴被明月笑人而去仲成蘭友笑曰既失螺盃復遭訕笑我為曉嵐不平已而夕陽將頹清興未極雙雲攜其女弟色藝將為秉燭之遊丹徒趙伯雨倉皇奔至曰英吉利已抵瓜洲諸君猶高會為樂耶於是敗興各散明日探知鎮江果失避兵北渡者絡繹而來巨紳某公遷居揚人大恐

鎮江之亂

英夷既破上海由黃浦入泖澱窺伺蘇州處淺隘道梗而返時總兵尤渤營於大漲涇夷船不敢深入內河松江幸無恙乃改由福山口入犯鎮江圌山守兵新鑄萬八千斤礮發之聲震江南北然夷船進遂而過不備亦不懼事後詢之土人則我兵以無彈之礮無子之銃虛張聲勢相率而逃矣夷人初到之地恃其財利蠱惑窮民至以洋錢一枚市胡椒數粒鄉僻百姓顧効奔走者所在有之某寺僧窩白於夷曰城北依山為垣故有塞門其虛可恃也夷登金山覘之礮發而城破淫掠攫括埒於寶𡨋京口副都統海齡與妻孫同時殉節驍騎校祥雲投水死其父馬甲長松先一日登陴斃於礮妻鄔很罕濟勒們氏懼遭污辱掩面以利刃刺殺二女然後自戕時六月十九日也鎮江故殷富西關以外為一郡精華所萃夷搶之

兵勇范之土寇又雜之富民遷徙者背負肩挑悉被胡掠江甯常州間聲皆震已而潰兵跳集於蘇勢洶洶且內訌時李公星沅官蘇藩請於中丞斬劉胡者以徇人心少安

丹徒生

丹徒生某課徒廟中城陷實不能行生素魁偉苦無藏匿地乃隱身佛座後以冀倖免夷至獲之牽之歸而夷婦愛之甚加寵幸顧某性謹飭不樂與處每見夷婦輒股慄不能動有少年夷能作華語謂生曰勿懼少住數日百倍於彼身破廟間終歲咿唔也他日飼以酥酪生不食婦強之乃啟少許甘美中微覺羊臊食甫半終念遠動迫不能忍遂與婦交已而懼益甚又以腥臊之氣不可嚮邇屢乞釋歸夷人怒欲沉之江婦不可厚贈洋銀而別

舞刀

清淮訛言夷人將寇揚州母命伯兄樾青召予歸里兄與武孝廉倪佩君者故相善邀與同行夜泊寶應城外時皎月挂城堞間河流有聲佩君既被酒出所佩刀醉舞河堤上縱橫跳擲一身如猿城外居民方露坐納涼環而觀者如堵城門邏卒驚走相問佩君舉佩刀斫樹曰鼠子而翁遣酒興耳視其樹中幹已斷卒逡巡縮頸去佩君意氣自豪也予戲為填歌贈之云長風吹浪清淮漲月明如水沙似銀刀光月光兩相逼六月寒芒徹肌骨風馳水激月傾欹四方決溢天無根虹氣騰空玉龍繞血腥迸地妖狐奔城門小卒縮頭返環抱之人驚破膽即今南服正多事萬里樓蘭待君斬君言刀法固有真初若寒慄中精神霍然舞罷轉清曠八荒不動無驚塵惜哉不令外夷見中原英傑非無人試看意態極雄豪尚是朝廷未用身佩君後溺於烟無所表見僅以團練得守備而卒

江壽民

揚人江壽民者工書好善凡養老慈幼救生瘞死諸局次第舉行經理捐貲歲以萬千計而貴宇為活實寡如錢官商以是重之英夷既破鎮江都轉某公暨顏檗庵集守令暨丹弁商言人人殊不則諾諾無一語某自手繞行廊柱間無所為計或言於壽民曰英人所欲得者財耳集金賂夷可免侵犯壽民既與鹺商議白之都轉喜而從之揚城以免或曰揚城形勢與松郡同距江至數十里河道淺狹較之寶山上海鎮江迥異夷初不欲犯城耳後十二年而有粵賊之變以食毛踐土之民作悖逆無道之舉普天所共憤神人所不容也而壽民仍用前計賂以巨貲餽送羊豕雞鶩等物約不得殺人淫掠揚人恃此不遷比賊至餞虜如故由是百姓忍之賊酋不饜其欲又惡之壽民計窮投水死朝廷聞其事諭云國家二百年和無此亂臣賊子壽民真不可勝誅哉

僞囚荷枷

七月夷目僕鼎查率衆至江甯牛制軍耆中丞欽使伊相國及在事文武大員皆集會議皆
畧中久而未決制軍曰何事多言夷人晨抵上海向午而破比至鎮江一擊而陷堅城此其
勢尚可敵乎諸公別有退夷策良善不則議和之外甯有說哉相國中丞皆曰然乃使巡捕
張攀龍相國閽人五品銜張喜往見夷目夷目大言曰若何人敢來議軍事攀龍曰某等為
大府親近吏先問貴國意向所在可和則相國以下公所相見未晚也僕鼎查曰歸告爾官
若誠心議和者償我川資歸我兵餉實需銀若干萬通市馬頭純粵閩江浙天津為五口缺
一不可其分領水師者曰巴萬二目二目進曰伊相國曩駐廣東嘗獲我國人概縱之歸遇
我有恩德今為相國減九百萬通事者先後達於二張復命大吏以賄銀為外有事或可酌
許土地必俟奏定月之二十日批摺回省朝廷軫念生靈俯如所請惟天津不許廈門俟諸
異日月杪定議各大帥宴夷靖海寺夷目數輩方過橋百姓扶老攜幼男婦紛沓環橋而觀
少年氣盛者指擿嘩罵競以泥沙瓦礫擲之其一人傷額及額夷目怒詰大帥大帥肯江上
二縣令則觀者甚衆無可指名乃出獄中輕罪囚僞為擲瓦礫者荷校於寺門以慰之事竣
護衛南還

平山堂

廣陵名勝以太子宮張氏容園為最黄園次之最後至平山堂平山無山也而江南諸山乃
環拱羅列於堂下烟雲縹緲巒壑飛動所見無非山者昔有性喜山水者春秋佳日結伴攀
躋登則躡之洞則燭之懸崖峭壁則援藤而梯之鼠伏猿升必縋幽歷險而後止既而揮其
勞也攜節散步隨意所之遠矚高瞻不復造極而局外欲暴之況半途想望之情反十倍於
身入其中之樂自來顯達諸公繕治園亭預為歸老計一水一石一花一木經營位置皺精
勞神及一旦落成老至耄及曾不得快然處之吾瞰園亭之所在而日往遊焉又擇其最勝
者而憩焉誰謂斯日斯園之不我屬乎有園者局於一園而吾乃百十其園選勝徵奇不測
不竭故夫天下之物必深藏於家備有於己而後樂則其為樂也固矣平山之妙妙於借者
也

劉中丞書

英夷變起朝廷慎簡疆臣而浙撫劉公韻珂鎮定審詳為時論所洽服夷人就撫之後公致
直隸訥制軍書云浙省興軍以來商民助餉為數已多甯郡為全省精華逆夷擄括一空上
年秋歉饑民滋事集貲賑濟實已竭蹶復以賄夷之銀勸令捐輸勢必不應若如川省之議
增糧賦萬不能行必致忠義之心變為怨懟之氣故勸夷之銀可勸捐而賄夷之銀不可勸
捐也某惟據實陳奏不敢稍有欺蔽愚戆之言惟大君子含容而幸教之就近天下大勢而
論文官愛錢而惜死武官既惜死而又愛錢以致帑藏空虚脂膏竭盡軍無鬭志民有亂心
戰則敗守亦敗然戰守之敗敗於無人和之此敗於失策逆夷之反復與否姑不具論即
目前善後之計已有從焉不終日之勢蓋叫夷為逆者漢奸也除尋常偵探火夫外其為
逆夷主謀執戈相向者何止萬人夷雖戢兵若輩混迹不去藉夷之勢作奸犯科以謀衣食
官不能詰吏不能捕一也夷既以兵脅和復即自大通商馬頭清道而簡文武官吏皆將如
尹那避面二也取人財貨掠人子女出入蘇杭街市孰能禁止三也不軌之民干犯國法一
經逮問則投身夷館即居千城四也民犯夷則懼恐縱民以怨夷夷犯民則又將捉民以媚
夷地方有司知有夷而不知有民五也水師將弁本多怯懦洋盜出沒搶劫商旅或懸一大
英國旗號我兵勢難查緝且亦願以此自解六也力得通商必求免稅而西洋諸國大半為英
夷所降服此後貨船我設關而彼取稅七也黃巖一縣貧富吸烟累累出日開與其人月白
烟紅乃開鬼市通商之後烟禁大開鬼市將成八也弁米千文援據以為禁烟禁烟專為洞
銀貓片仍行銀盡可待九也國家所恃以通商裕課者銀也今銀盡於夷法亂於夷財匱民
窮且生他變即戢兵亦復何恐十也撫綏既定後患頗多其制作奇巧鉛礟靈便其足以奪
中國之利者不可勝算且彼製造物件均用機器較中國之用人力者固有靈鈍之別而人
心之好奇者莫不見異思遷而用心做效不下萬人則是退兵之後或有他國出而效尤或
即英夷託名後至別肆要求我未能深悉夷情又安能盡服醜類此不可不慮者一也況夷
在粵初已就撫迨給與銀兩復肆滋擾此次議定後或稱國王之命謂郭僕等商辦理不善
調回本國別生枝節此不可不慮者二也逆夷僅有北赴天津之說上年投書之陳在鎮及
今誘獲之郭僕義子陳祿言雖給銀割地終不肯不往天津而前索通市馬頭卻又置天津
於不問反覆詭譎情殊可疑能杜其北上之心方免事後之悔此不可不慮者三也通商之
後各省關稅自必明定章程萬一英夷阻勒如故勢不能聽其病商擾課一經追究必啟爭
端此不可不慮者四也澳門定制民人與英夷獄訟一聽有司訊斷萬一姦及夷人抗不交
出凶犯如廣東林經喜之案何以戢夷暴而平民心此不可不慮者五也罷兵之後各省海
口仍須設防如修造礟臺戰船增設兵伍營卡初非對夷而猜嫌阻撓致海防不能整頓此
不可不慮者六也通商定議須治奸民應令夷人悉數交出定地安插否則介乎夷漢之間
恃夷犯法萬一夷人護庇官法難施必生釁隙此不可不慮者七也英夷既立馬頭則馬頭

之外不容上岸倘或任意闖入掠取牲畜婦女民人不平糾合抗拒夷必歸罪於官即起興兵問罪之師此不可不慮者八也名曰通商而英夷恃締定海城垣建造夷樓羣眷居住倘各省均如定海轉盼之間即非我有恐非通商體制此不可不慮者九也中國彫敝之故由於漏銀出洋夷船既多漏銀更甚適令會子交子之弊將行闔用民用生機交困此後雖準以貨易貨比前更須嚴禁漏銀分毫出洋殺必無赦而釁端之開即在於此此不可不慮者十也天河生曰古人經世之語當時忽之往往驗諸數十百載之後精誠所注若合符節雖百世可知也書中所慮豫海防抗官法開鬼市縱奸民行交子及夷人蓄志天津多方挾制由後觀之不爽銖黍以公之深心慮事若此倘得從容展布別無蒙面畏葸輩掣肘其間夷雖狡豈至是哉

周林

李裕見周林而言曰吾夜夢得鼎必得美饌與子同飲何如周林曰諾適市有女子攜榼而過者周林指而言曰驗矣吾能取之裕曰若相識乎周林詭應曰然是吾西鄰鄒生者名麟妻而妻不容者他日與子就飲於其家言已入市各食麥餌而別女子中表兄鄒生者名麟請書女家女父愛其才議婚有成說矣李裕疑周林之與女私也則夜往潛入自竇滅火以即之女子將呼裕急止之曰吾周林也且爲夫婦何以呼爲女疑鄒麟遂不語李裕淫而既嫁私以問鄒鄒曰未也悔而縊女父母訟之官囊厚賄鄒弗應治以嚴刑瘐死於獄中周林與李裕謀避患將渡江李裕待月於江渚嚮之所見女子者則披髮攫刃而前曰何之是一言而殺吾夫婦兩人者今復何之揕之仆於地遂絕周林既歸李妻而自適於室戶外有履竄之其婦與一少年坐而嬉周怒反扃其門而闔於室中婦人舉杖投鳳少年奪之以擊周中額而死

老農

關忠節公之喪歸自粵東時公長子早殁夫人請以長子之蔭蔭次子長子婦不可姑婦成訟卒歸長孫而次子蔭與降一等或曰難蔭國恩也在家庭爲不幸祖父殺身而卹及子孫其又何爭爲葬之日有老農扶杖而觀曰是亦人耳向者某尚書侍郎之生榮之而弗思及其殁也哀之而弗敬今不如敬慕之何自生也君子曰農乃微言

吹簫賦秋雲

予性好詞賦而不樂制藝制藝代人立言不能發抒性靈一也下筆則仁義道德開口則修齊治平胸中貫與此廣大精微之學言之可慚二也對偶束縛繩墨拘牽四體爲之不適三

也詩賦詞曲乘興而作抒情而言每遇哀絲豪竹按拍清歌及婺婦怨女宛轉哭泣之聲則悲從中來文思泉湧且呈藝必蒙優賞是非虛寄無真氣也小巖師初以爲妄他日命作秋雲賦而使隣人善歌者吹簫西寺以試之既成師笑曰異哉天河信有之矣戲題賦後云少年哀感屬天懷刻意吟詩未足才如爾文心似明月浮雲都爲管絃開同學諸君遂有吹簫賦秋雲之誚

金壺浪墨卷四

鉢池黃鈞宰天河著

州縣積習

州縣為親民之官品秩不尊而事權特重故縣令得人而一邑治監司能擇州縣而一省治直省為州縣之積大吏操牧令之源上下相維成法盡善而事固未易言也近年京外官多言州縣積弊獨陶公官御史時條陳數端謂宜責重監司嚴禁弊源尤為探本之論一曰勒接交代州縣蒞任稟揭前官虧空必致上司隱匿或調劑或改教甚至假事劾去而虧空莫敢明言矣二曰攤派捐款有籌補幫助餽貼使費等名州縣力不能應則於批解錢糧中扣除而錢糧節其補解三曰代備賞號上司閱兵巡邊公讌皆由州縣預備賞封及緞疋銀牌之類甚或先事收入臨時減扣發給而巧取益精矣四曰派辦供給過境有夫馬酒席站規同城有月費門包節禮衙署中一窗一扉一廚一廁惟附郭之州縣是問而闔省均攤焉五曰壓薦幕友刑名錢穀上下盤結互相汲引且有歲致束脩而不請到館者謂之食坐俸六曰濫送長隨州縣既以薦自上司而不敢斥長隨又以薦自上司而無所忌既難人人飽欲必致事事生端七曰委員需索上司調劑閒員所得無幾而州縣程儀水腳積少成多或因餽送不遂蔽弄是非則掣肘更甚八曰提省羈留州縣果不勝任即應據實參劾乃徒令往返奔波以致無累者生累有累者增累是重其弊也故近日牧令疲精於奔走承應之中救過於紙札文書之上十人而聚無語農桑者百十而聚無語教化者為其於百姓魚肉也百姓視之虎狼也抑思果何由而致是哉直省大吏受恩深重若不正本清源以身率屬而徒以不肖州縣為辭恐吏治終無起色也未幾侍御外用洊擢封圻坐而言即起而行宜其任艱鉅戒因循而力改舊觀歟

元夕觀燈

淮揚燈節最盛魚龍獅象禽鳥螺蛤而外凡農家漁樵百工技藝各以新意象形為之頗稱精巧道光以來商計式微不及從前繁麗然銀花火樹人影衣香猶見昇平景象嘗與福生春遊作觀燈詞云重城金鑰開昏霧碧海銀蟾掛春樹萬家車馬盤燈宵我亦隨人踏歌去花街雲暮淨無塵冠玉釵金認未真歌舞不知何處盛綺羅盼煞此時人忽聞百戲前頭列舞鳳盤龍行復歇紛紛人影接香塵隱隱春心逐明月縹緲仙音漸散闌嬉遊士女且徘徊祇憐景象當春好豈為魚龍耀眼來方今玉燭調時令不羨鰲山入宮禁天上宵甘清靜人間纔得豐成慶歸去銀釭慘淡明層樓複閣鎖幽情昇平豈獨元宵樂莫任金吾放夜行時道光二十三年癸卯正月也

木工

里有王氏富而刻凡造屋寸釘尺木匠人不能隱督察勤惰尤嚴每日汝輩傭一日工取值二百一日以六時計若任意遊憩一時能少取三十三文乎群匠以是怨之木工張年六十矣見王至偃臥不動王責其惰曰病矣問何病曰少時傭工於富家程氏程營花園督責急負重登高費傷脅焉今程氏園三易主人矣破棟頹垣不可以居而老夫脅痛不止是以病而惰耳王聞之嗒然而返

吳門秀士書

入春兩至揚州曾於巷園有南士稱言吳中科第蘭友曰子誠吳人知有科名耳古人以科名致身藉手事業斷天下之所想望也若僅曰帖括之利職位之高抑吳人自愧之矣因出蘇州老秀士上某相國書笑謂南士曰此老無科第而書已傳誦一時子乃未之見耶其書云惟公歷仕三朝參贊機密任久寵深復遇聖明都俞堂陛是宜竭忠致力軍國之事知無不言矣乃自枚卜以來歷有年所求所謂啟沃君心宣布美政者未之前聞抑安於布告固位全軀保妻子而已耶非所以慰天下士民之望也今上御極之初公未登臺輔其不敢越俎而謀者人臣之分然也今則儼然相矣直省凶荒議蠲議賑恩不下逮徒飽胥吏撫字下考催科上考州縣浮征又倍於昔剝民媚上營求美缺倉庫空虛官囊既充矣訟牘積壓累經年月酷吏違律待民如盜兵軍額既缺器械不良操閱如戲騎射無準矣調停委署官無久任科派差役勒捐強輸民無上富十室九空矣豈無可言哉何寂寂也誠曰此將帥之過督撫藩臬之咎不足為公病也宰相之職亦惟佐天子理陰陽順四時鎮四夷撫百姓率賢退不肖而已他非所知然則公之所愧者多矣近歲迭遭水厄冬雷發聲春霖傷麥冰雹日增民無宿飽怨咨愁苦漸生亂心尚得謂之陰陽調四時順乎失職一外夷披我城池戕我民人賊殺猶恨未盡乃某相納其厚賂力主和議公不於此時極言夷人非誠不當俯就亦復隨聲附和示之以弱誤國家大計撫百姓鎮四夷者其若是乎失職二封疆大吏能固結民心通曉兵法者莫如林能博擊豪強振攝奸盜者莫如鄧與周皆所謂賢臣也當鐫級遣戍之時公若委曲保全天心未必不可回而公竟漠然也林鄧鐫級逆夷醵酒相賀矣至河南吳以嚴刑劾周某亦不敢為周辨掩飾之罪似乎有由然竊惜周才之可大用使終老戍所非國之利也英夷之初據定海也經略抑兵觀望坐失事機又憫其乏食送致餽餉姚江生擒漢奸頭目二十餘口意縱之回此真駑駘才令人憤懣某相貪婪傲慢閣下當深悉

其為人豈堪視師東則作三軍之司命耶今果使師遷國為逆夷笑且使安南琉球諸國將有輕我中國之心使命下之日閣下諫止其行當不致有今日所謂進賢退不肖者又何如耶失職三然是三者公固無以辭其咎吾亦不忍咎公何則盡忠矣而未宜想今事無鉅細出自上意相國之權滿洲獨重語云兩姑之間難為婦公之謂已雖然以順為正者妾婦之道也危而不持顛而不扶則將焉用彼相哉君子之立朝也道不行則諫諫而不聽則去閣下廷試第一不可謂無名恆恐人相不可謂無位年逾七秩不可謂無齒不於此時有所建白更待何時今為國家計即為閣下計欲貧民之不思亂也莫如滔州縣減錢糧平米價罷貪酷之吏舉賢良廉潔者與百姓休養生息是之謂安內欲吏人之不入寇也莫如復林鄧周之職東南之事悉以委之毋尅期毋掣肘毋信讒而以購活漢奸為良策簡選各省駐防兵丁於要隘是之謂攘外閣下試為上剴切敷陳幸而聽從社稷蒼生之福也即不然乞骸歸里優游林下以終餘年不亦光昭簡冊哉不然百世而下恐不能為閣下恕也某不幸爲與長公子有尊酒之雅故敢布其區區惟閣下察之書辭層層駁詰可云不惡而嚴初林公遣戍御史陳慶鏞抗疏力爭請上收回成命直聲震天下周公天爵巡撫河南當獄刑甚屈除命致干吏議削職發軍臺公性嚴直每擒猾盜輒自鞫得實立置重典或用鐵椎擊脛骨至碎因時為治與煦嫗姑息者不同陳公亦為閩粵閒奸宄所畏未幾三公各蒙賜環先後起用聖明在上立賢無方固非草野小臣所能窺測又豈待左右輔弼之陳辭哉

鬼劫

客有自江南來者言英夷互市議定廣東甯波高起洋樓聯絡數里擄妻挈子為久遠生聚計近日初至上海買城北地方十里許土木大興築馬路達於吳淞備不虞也諸夷既與中國立石為界彼又自分疆界英吉利法蘭西為最大美利堅等次之其餘諸小國屬焉上海城北故為叢冢之墟富厚之家遷柩改葬貧民無力者聽其平毀墳墓木椿石柱從然直下殘屍粉骨轉眼樓臺居之不疑也俗以水火刀兵為生人劫運是則身後之災鬼亦被劫悲夫先是乾嘉閒言火器之利者曰法郎機即法蘭西之轉音道光初江湖貧民張畫於市幕以布而窺之謂之西洋景民閒喜慶弔唁設繁華室宇器用侈靡欵曰洋氣初不知洋人何狀英法國何方也乃自中華西北環海而至東南梯環航貢中外一家亦古今之變局哉

教匪遺孽

國家自平定川湖陝教匪之後中原不見兵革者三十餘年而漏網之徒散匿遠近隱相煽誘仍以傳教為主宿州張義法者從永城魏中沉學彈花織布兩歌皆邪教中之隱語又令盡膝靜坐名為坐蓮花兩手捧腹名為捧太極一日三次默誦咒語名為三省工夫同時有達官婢蘇姓年二十餘妾貌豈偉粗識文字謂人世無其匹傭深信中沉教出家居白雲庵習修煉之法自號女媧氏遠近婦女奉氏為師執贄奉束牲酒香花踵門稱弟子者不絕女媧氏臥房之中重重闇隔分一房為數室小巷密幽曲折玲瓏即白晝持火入人對面或相觸擊轉身迴匿則莫知所之其幽邃如此未幾竟燬於火義法又妄立名目傳諸鄉僻種類紛歧雖狐鼠餘生不足為患第恐緝捕漸弛滋蔓日甚燎原之火未必不始於星星也

捻匪初起

初四川廣東閒盜賊名曰啯匪貴州曰苗匪湖南曰會匪皆不踰時而平蓋自傅公重庵創脩碉堡仿堅壁清野之意聯絡保衛奸宄無所憑恃故西南數省深食其福惟安徽之廬鳳潁亳河南之南汝光陳鬬有白蓮遺孽劫掠最橫以朱染額號曰紅鬍匪每一股謂之一捻小捻數人數十人大捻二三百人是為捻匪之始自嘉慶甲戌年起至今不絕年豐則少靖歲歉則橫行大吏聞之督兵入境東竄西竄一兩月不能獲盜而州縣已精疲力盡供給艱難惟有隱忍不言顧指了事以圖目前之安便而已

董阿虎

予少不信激應因果之說然耳目所接福善禍淫彰明較著有令人怵惕而不自已者南閘董阿虎擔水為業少失父事母至孝日有餘貲則買甘旨奉母母或煩怒虎屏息受責辭氣惟謹每念母年老屈居土室中行坐寒暑不適輒自歎恨辛苦力作積十餘年搆茅屋數椽奉母居之或勸虎娶虎曰吾儕小人日贏幾何多一人食則母少一餐然則非食虎力直召之奪母甘旨耳卒不娶他日鄰舍火起延燒至數十家虎既負母避他所獨跪戶外默祈神佑時天燥風烈左右屋宇成焦土而董氏草廬乃屹然獨存

荻莊補禊

先伯父少霞公性至孝未冠先大父棄養力學甚苦及膺鄉薦以大挑知縣截發東河大母謂曰汝性剛急非所宜遂改教職補金匱訓導迎母就養母畏暑溼不樂居南方數月歸公旁皇思母亦棄官歸孝行載養一齋文集及黃氏世德錄中里居與淄四農邵勤予兩孝廉文酒往還以道義相切劘日讀宋五子書研究理學用程子靜坐法瞑目澄心恆自斷晦至夜分不倦公故抗直感友有過面斥不少諱大母每以太剛戒之蓋晚而深自抑下云嘗以三月十三日偕太倉戚子履廣文同邑朱亦篋虞蓉湖及潘四農先生補禊於城北之荻莊時隔岸柳衣園有羣少攜妓喧飲管絃嘈雜而公等行吟水次前唱後于一詠一觴雅俗迥

別見者以為神仙中人廣文首唱二律以紀其事公與潘公和之亦屬先生爲畫作圖以誌之當時一佳話也廣文詩云瞬息過十日猶餘半月春賓朋一尊酒俯仰百年身老樹園林古石泉風味新別饒閒暇意魚鳥亦親人繞屋雲嵐氣幽棲愛地偏草堪青過雨柳眼綠迷煙流水足觴詠禽聲亦管絃晚隨南郭叟歸泛釣魚船公和作云別墅公和趣芳華城外新名園亦陳迹我輩足閒身修竹塢前水綠楊橋上人猶能入圖畫長使氣如春晴墅漸成雨風涼綠地偏雲開一坡樹花落半溪烟斜日度飛鳥浩波催去船流觴忽生感隔岸且鳴絃四農先生獨成七古一篇云春光到眼酒到手城西水綠如春酒借得荒園貯酒人東風船繫門前柳風雨樓空柳弄春碧苔痕舊草痕新石畔斷橋今日路花前歌板昔年人人去人來如過鳥飄零陳迹知多少百歲長拚汗漫遊一尊便覺江湖小千里江湖幾點萍偶然幽境繞蘭亭鶯啼兩岸樹陰綠鷗泛一池天影青要取才子群書庫老農南郭烟霞趣吾舅廬故一笠人邱遲詩句黃酒低披襟一笑話清寒皆客遙推首蓿盤畫上青山何處尋雲中綠綺向誰彈今古風流入蕭瑟石欄行將詞人筆難家低唱醉紅裙吾輩清吟消白日白日低山飛亂鴉一聲歸照落溪處重來此地尊秋禊滿眼西風荻又花養一齋也先生名德輿戊子舉本省鄉試第一成為竹汀錢氏高足弟子名大士以詩文著聲墨江朱名紵自稱南郭老農伯父諱以炳

牀下星光

予性好月吝一爐茗一甌書一卷相對徹夜不倦也一夕方就南窗讀書同人軒豁之聲達於戶外顧視牀下有星光兩點閃鑠不定予拍案驚之而沒頃之再見再喝之遂隱比就枕臥甫及天明東室張子揮韓呼曰屨不見矣未幾王子冠山又詫曰衣不在矣於是同起搜尋至予榻下天光自牖外入燭之穴大如甕然後知前夕所見兩星乃竊賊之目與燈光相射者也自悔當時不即擒得然一臥牀上一匿牀下實偪處此正不知其蹋踏何如耳

學可齋詩

近兩年讀書寶應城北之陸氏莊柴門臨水老樹環抱蒼白晃青綠野如畫門以內庭羅花草室滿圖書則小巖先生之學可齋也每日課餘侍先生論列古今得失並雜舉忠孝節義以相勗勉或圍爐集飲或短棹迎涼春深則舞蝶窺人秋爽則寒蛩弔月幽境斯洽真情自怡別有西寺高僧東鄰老圃執幽風而詢農事舉爾雅以證魚經牧唱樵歌與書聲上下致足樂也先生詩集寄都門某公選定資鈔祇記一二斷句如安豐道中云漁舍朝成市花田歲有秋夜行云匹馬衝烟出孤燈影夢行涿州云沙路飛塵雨虹橋走石雷贈友云聯吟消

積雪酣酒披殘星秋風衣才疏只合歌才拙命好翻愁艱國難偶感云落花心事情今日鬧草風情減去年繁盛背云斜斜銜風時作語曉鞭侵雪不知寒此皆先生少作然已超軼時輩獨寄遐情時泛孔叔丹桂春皆至叔丹以古賦稱於時每能闡發聖賢精蘊先生笑曰小黃當為阿兄退舍矣

周生

周生者楚人忘其名性迂僻能聽無聲之聲詳某戚澤同飲酒樓假寐片刻時天宇澄霽庭柯偃然周忽曰南風作矣無何飄忽淵洄揚塵哭樑屋宇為之震動周曰是行甚疾頃吾言時風尚在閩浙間也他日曾集友人所群蟻往來閣下周曰是言室西南隅米穀所儲明日將雨曷往運諸主人趨視果有碎米秕糠數撮蓋飼雞之餘眾詰其故周曰吾少重聽致精於耳二十年今遂若此因誦庚子山青精書志金石為之開動其兩心袁子恩情乘句長嘯而出眾方錯愕而主人袁妄笑語之徐達於客所回憶周語為之槃然戚澤以告鉢池小生曰非算數卯邪術不則六壬課之流耳其謂得之耳聽者妄也

壬甲

道光二十四年夏歸自寶應同舟彭武尹者江西人說新城王氏兄弟中乙同居甲妻李乙妻陳陳美而野李妒而很而貌亦中人乙為土寇所掠數年無音耗甲與李謀曰乙久不歸其殆死矣今有婦在而能食不如嫁之且姿美可得厚聘他日示意於陳不可強之以死自誓由是變易素服深自謹飭李言於夫曰是不可以善處若與媒氏議之第求多金強載而去何患不從甲曰善城有富人將納妾以百金聘之甲既得金私與媒氏約曰陳善作偽語以為妾必不願若夜以火入見白飾髻髮戴之反城而後改粧馬事則諧矣屆期甲先出若為不知者陳氏將臥聞門外喧擾聲既又刺刺作私語竊聽一二如有變急滅燈火為投繯計李遽闖入鬼陳出陳不從互相支拄兩人假髻皆墮地時迎娶之人催促攫李曰勿亟行即出矣匆遽間足蹴地上有物拾之髻也戴之而出眾見髻髮白飾洶洶扶以登輿李呼誤眾人皆不聞及城粧易李復自辨非是富人舉酒笑曰是遁辭也新人豈有誤者即誤不可反矣代解衣扣遂與成婚明日甲歸大恚陳初不解其故至是始知李之誤代己行也甲欲反婦詐索富人多金不允將訟諸官眾人調停未定而乙竟還家陳訴知變服之由相持大哭甲聞乙返棄婦於富室而遁終身不敢復歸天河生曰巧哉天也

潛變

皖北州縣差役每遇詞訟納錢請票而數倍取償於百姓歷任官皆以為肥由是差役橫行

甲於他省皖人周某官於楚以楚無是利謀加漕價石至十千外崇陽諸生鍾人傑富而好
善百姓咸之遂奉人傑為首抗糧不完聚衆至二萬人兵械火器甚盛大吏得報罷周某官
解散黨羽調兵縱誅擒首亂數人事甫定而有耒陽之變耒陽人楊大鵬者小有才亦以漕
價太重集衆數千人作亂知府高人鑑及其部署未定斃斬數十人平之大鵬亦諸生家小
康倡亂數日身死家滅不可謂非愚矣然非有司激變豈至是哉同時江浙均有抗糧案幸
未起事而平皖北自豫河再決失業思亂者多又毗連河南山東刀劍以嬉習為風俗此大
吏有心者之責也曩聞北人李某官於皖愛養百姓禁革差役諸弊以不阿上為撫軍張氏
劾去之及周公天爵復之而李明府不願出矣

洪秀泉

廣西土瘠民貧獞猺雜處林深菁密久為逋逃淵藪有洪德元者種山課徒善占卦及日者
術英吉利初犯廣東之歲德元私習邪教傳授鄉里誘取財物初無異志及英夷和議大定
諗知武備廢弛官兵懦怯不足畏乃隱有揭竿之心於是更立名目益務詭秘分拆洪字以
三八二十一為號出入楚粵之交廣收徒衆每歲徵銀五兩名為香火貲則供其饔飧浪遊
之費見者皆稱為洪先生云方是時兩粵匪徒種類繁多而德元藏跡愈深歸之者愈多廣

東花縣人鄭秀全者與兄仁發仲達同父異母皆以種山自給秀全少嘗讀書粗識文義腯
體質肥鈍了無異人處同學友馮雲山才識明練常為秀全演說古今成敗事教以煽惑人
心故二人深相結一日秀泉病死而胸腹不冷七日復甦自是言語怪誕問以往事茫不記
憶但歷稱耶穌神異上帝命勸世人皈依耶穌免禍得福動輒僵卧一室禁人窺伺私攜乾
粮歷數日而後出出則謂與上帝議事不食亦不飢也其荒唐詭譎類如此雲山又從而衍
之謂人心機詐大難將至不拜上帝則蛇虎螫人立教之初不强取不多求愚民稍稍從之
至是聞德元傳教廣西與雲山徒步往投一見大喜相倚如左右手歲餘德元病死秀泉與
其妻子謀匿德元屍而沈之詭云昇天而已冒洪姓代領其衆勢益張

鄉闈章程

七月初八日赴試金陵同行者劉丈鏡青喬二劍秋及予兄弟六人先是正考官文慶私攜
舉人熊少牧入闈閱卷事覺被誅副主試胡編修林翼及監臨以下官坐失察降罰有差由
是文闈剔弊功令較嚴江南合兩省為一與試者多至萬六七千點名擁擠停止搜檢
竟一晝夜而不能藏事自林公少穆開藩江甯分為三路點名先期核計各屬人數多寡按
照時刻分配均勻又刊印章程隨卷給發某時某路點某學一目瞭然每屆一時發礮懸旗
大書三路應點某學分由內而外以及街衢巷渡無不周知蓋陰以兵法部勒之事不紊而易
辦申酉間即可扃門場內則謄錄對讀與夫粥飯水夫之類無不躬自稽察就號舍而親嘗
之故士林洽然感頌近日遵用其法而人數不均時刻以中路為早遲而左右不齊懸旗則
內外不符擁塞紛亂自若也有治人無治法信哉言乎

附南行日記七則

露筋祠

解纜後三日泊舟高郵之露筋祠祠奉女象據米元章碑文當是唐宋閒人蓋清潔自守
被蚊齧露筋而死者陶公雲汀以御史巡漕禱冰於此翌日冰泮北風大作空運船全數
出江始得奏請錫封賜名貞應自是靈異益著祠中聯額極多記其一聯云冷月照寒塘
十里殘荷香未散夕陽沈古渡一湖秋水影長清陳曼生句云清淮君子水山木女郎祠
有集漁洋詩者云湖邊孤寺半煙綠門外野風開白蓮不即不離而貞潔自見鏡青丈為
誦先君西遊高郵句云重來覺社水雲低細雨桑鳩隔樹啼晝日推篷晴不得浪花都到
藕塘西畔花籠霧柳籠烟繞郭禪林塔影圓三十六陂秋在否碧湖涼雨水如天甓社湖
名嘗見珠光湖市

棲霞

行抵瓜洲劍秋指點金焦兵燹之餘名山無恙幸矣先君渡江詩云一氣走乾坤江濤拔
怒奔四圍山作峽萬里海為門地拆東南險雲翻日月昏古來天塹處幾輩壯心存又江
行曉月句云斜月忽西落孤帆開向東五更滄海日一葉大江風宿霧含元氣群山隱太
空潮更莫吹浪身在混茫中明日泝江而上萬山如馬遠接金陵別有流空一峯矗立
雲表望山頂如有叢芥鏡青曰夥哉此棲霞寺前銀杏二株也大可十數圍相傳為六朝
時物蓋竟日西南行茸茸者常在目也

燕子磯

燕子磯如鳥張翼向東北迎人飛來磯石如喙凸出江外其下陡壁轉縮入若孤懸天半
者然同人登御詩亭行吟眺望予獨走磯上足逡巡二分垂在外補坡翁大江東去詞及
曹孟德烏鵲南飛之句忽有一人躡足大呼曰墮矣時江上漁舟百數皆仰望驚叫同人
為之失色予回視其人則通州張仲綬也相與大笑而行鏡青丈曰戲不可若是其甚也
幸而不墮不可謂能不幸而墮不足為勇劍秋曰太史公有泰山鴻毛之喻詎意隨步而不
起亦可謂萬古雲霄一羽毛耳同人復大笑先君有燕子磯晚泊詩云入夜蛟宮龍當頭

兔魄升水明千片玉星點萬檣燈地淵心神朗時平景象澄誰人攜鐵選絕頂約同登當時鄰船搬選故云

報恩寺塔

萬點飛花竟渺茫石頭秋老古臺荒雲分山色千峯白江落天涯一綫黃衰草孤城餘王氣夕陽僧殿峙靈光更誰指點談經處翠巢南朝恨轉長此先君雨花臺句也臺與報恩寺相近寺中浮屠十三級四壁金身佛像低眉努目觸境皆是其外則金碧宏麗雕鏤空靈相傳為東南第一塔梯登六七級望金陵城中形勢歷落萬山合沓虎踞龍蟠偉哉觀乎再上二三層白日如丸天風浩蕩浮雲飛鳥翱出其下視下界人物如鴻濛未闢時也由寺而南為方正學祠堂上一聯云管仲不為看這件麻衣十族章身都有其成王安在看那枝鐵筆萬人指點到於今佛寺令人靜此令人敬敬與靜之分儒釋之等次智愚賢不肖固有之良知也

秦淮

遊金陵者必誇秦淮風亭月榭簫管淩雲輒謂此間樂不思歸也不知天下樂境大率局外者味之彌深一入其中索然意倦久而不返且將有不樂者至矣蕩小舟設醇酒一二知己容與於丁簾水閣之間人影迷離皆國色也歌聲縹緲無往而非法曲仙音也不此之樂而必欲身入彀中陋矣予家諸書近十世足不履邪曲地至予兄弟已多逾行然決不如世俗之放軼踰閑也先君秦淮句云月明吹遍十三樓照得紅顏水不秋抑客心情宜共醉大家歌舞本無愁夢迴南國銷金粉簾捲西風冷玉鉤莫唱後庭花一闋不堪回首帝王州

靈谷寺

感澤招遊鍾山策騎同往由孝陵至靈谷寺虬松怪柏分列成行題詩壁上云平原蒼翠入秋宜萬古悲涼會此期環拱山河神肅穆凋零花草骨清奇遙天鐘磬聞仙梵立馬風雲失羽儀王氣禪心各流水爛柯棋局竟誰欺寺有石屏高二丈許寬如其十之八光滑如鏡即為佛座屏風又鐫剪一具兩股橫徑七八尺長則倍之委之苔蘚之間同人力舉不少動老僧曰是從南海飛來不計其年矣感澤不信僧曰疾風震雷之時飛砂走石地可動山可移於一剪乎何有山半有泉距寺里許寺僧截竹為筒高下曲折首尾相銜達於廚下飲之清冽而甘憩息既久薄暮馳歸人海叢中燈火漸上馬上口占云半街斜日綺樓開香作輕塵錦作堆擾擾萬人分道立寶鞍驄馬看山回

宏濟寺

觀音門外諸佛寺沿江負山深秀奇峭幾於日不暇給宏濟為諸寺之一中有老僧趺坐石洞中不食不言不知其年歲鼻息若有若無據言終歲如是非偽為惑人者歸舟過此游覽既徧復登磯上紀之以詩云銅魚初放城村酤未聞市放棹秋江涓浩然歷諸寺老僧淡無言古佛笑相視出門復入門異境勃然至一石踊伸趺一壁鳥張翅朽蔓蛟龍蟠怪木虎狼峙陽崖形遠攫陰罅勢深閟當頭一傾頹性命不可冀造物何精靈萬象恣游戲設想境已窮一轉一天地履平蕃高壽雄磯鬱奇氣幽深雲與風豁然曠無際天空雲去遲山遠鳥飛細隔江伊何人蒙茸樹如薺此邦本大都閱歷幾王帝人事如風帆順逆互興替相將就漁人置酒一沈醉快哉薄暮歸雲物鬭奇麗

石城橋夷人

石城橋有夷人三不知其國碧睛高準鬚髮環腮從一通事操吳音各攜書籍數十帙字皆漢文閱之曰天主傳也略言天主生三子季曰耶穌捨身救人刑四肢於十字木而死故西洋皆奉其教書生某聞而詰之曰奈何不奉孔孟而奉天主通事傳其語曰天主大我不知有孔孟書生憤而詈之通事怒形於色呶呶然轉以告夷夷人遽前毆生眾方調解有壯士排眾直前曰夷何在眾指曰此壯士曰為我言天主當奉之故當理我首服焉一語不當仰臂擬之曰此鐵拳不畏汝也通事歷言救人被刑事壯士曰盡乎曰盡矣曰捨身救人不可謂非慷慨士雖然天主祗一身乎抑有百千萬億身乎天主而能百千萬億其身誠吾教所不逮矣不然天下待救者甚多而天主更無二身其奈之何吾教不必捨身而能救天下萬世人孰大孰小夷既瞠目相視眾皆笑壯士曰汝國亦有男女亦相配合否乎曰然曰生子由乳哺以及孩提必待父母而育乎曰然曰猶是父母夫妻者是非天主教矣且汝國疾痛罹苦不乏其人何不人人捨身以救人已則不能而以勸我其意何居夷恚不能發一語眾益笑書生亦大快壯士叱曰速行毋溷我拳通事譯之而去明日官索困夷者甚急有破禦者鉢池山農曰是不可以口舌爭也予聞英法之雄長西洋也皆以天主誘人從其教者輒為所蔽夷之擧藝也不成不已其賦性也堅而忍每行一事前者既死後者繼之期於必就三十年之後此教其盛行乎甲辰八月白門舟次記

試院旗竿

吾郡試院前旗竿斗中鳥雀結巢眾雛啞啞一日雷電交作風雨晦冥居人見竿梢火光閃爍歷歷谷鬱癢欲下不下盤旋久之既乃從斗底直劈至地竿木分析為二搖搖如懸旌而

斗中群鳥無恙也夫以天地之大雷霆之威猶不忍於微細之物彼傷胎破卵貪饕嗜殺者獨不動於心耶

牛女詞

臘八後四日戚友來賀嘉禮設讌飲焉以予壽書歲時故事為題拈得者即席成詩酒有三品以詩為次予適得牛女詞云牽牛聘織女碧漢結宮牢織女歸牛郎郎耕儂采桑東海扶桑有時盡人間兒女漫猜疑一年一度一相見十二萬年無別離

金壺浪墨卷五

鉢池黃鈞宰天河著

十二紅

道光二十五年乙巳予至清江豫章某久為河工幕客時方賦閒一日過余曰君知十二紅乎曰不知曰君善填詞倘以此事譜成院本此場上絕新關目也余請其詳則曰某當事姬妾甚多其最寵倖者三人裏河廳月進供給銀則諸姬要而分之南河廳員十八缺而裏河為之長故上官供給主於裏河時內有官親幕友門丁為當事所信任外則市賈倡尼優伶妓女修髮匠之屬出入衙署又與親幕僉門相援引文武員弁營求善地者展轉賄託力能達諸寵姬之前為之說項而皆得如願以償俗以得時乘運為紅背時而不通聲氣為黑若輩同黨用事者合得十有二人故有十二紅之目君能點綴成書為梨園增長聲價何患不選解徵色奉卮酒為作者壽乎余以事涉閨闈素所不言惟念南河積弊之深彰項瘝之衆奢靡習於此日禍患必中於他時因擇其可言者去其不可言者兩旬而成十六折冀以垂示鍼砭耳某君見之大喜借去數日余亦置之不問也他日李蓉村見余大笑亟叩其故蓉村曰某客得君大稿繕錄端楷裝潢極工袖之以視裏河諺言作者與當事同鄉故有嫌隙且其交遊甚廣行將入都付之優人刊印以行世時河員自知侵蝕太過深畏人言尤懼科道聞之故京官過浦者饋遺甚厚裏河驟聞某言曰若爾興大獄矣顧其人安在不畏文字禍耶某曰畏禍不敢作矣彼固有所恃也裏河繙閱三五齣曰君與彼相識否曰不識然某之友人識之因劇中關涉多義不可默也裏河曰事固無涉於我君第問彼意何居倘其可已我餽數十金至多百金彼此相安不然當事即損名獨不銜恨於彼乎某曰且試圖之他日復見故作難色謂作者意不在錢挾制之中間以軟語竟得二百金不知所之

劍友題詞

十二紅傳奇題詞者五人惟喬君劍秋二絕最佳云一夕秋風豁子生筵前歌舞月三更黃金盡付隄防用千里長隄鐵鑄成弱歲驚才負綺思繁絃急管度新詞憑君演出魚龍戲莫遣梨園供奉知予自聞蓉村語即火其書不以示人矣

里婦

里有婦人不孝於姑擇美好衣食自私而與姑以破惡之物姑少不懌則並其破惡者奪之又憤姑厚待小叔輩早暮怨詈刺刺不休鄰里咸切齒焉會清明城隍神出巡將及婦門婦趨出兩手批頰自嚼其舌噴血滿地向門外叩頭作伏罪狀曰不敢不敢觀者咸共駭異自

是家居斂抑多矣。

汜光湖神

寶應汜光湖遠水連天寂無村落。惟瀕湖植樹一株大可數圍。乾隆中南巡遇風暫維御舟於此。因得錫封建廟用答神庥。額其廟曰湖神。司事者用土人語塑三象焉。采繪衣冠各殊。其色老少亦異。貌麟見亭先生初由京曹出守新安。阻風儀徵江口七日。默禱於神。夜夢三神同舟許助順風。次日果泊西梁山。心焉識之。及官南河總督。道過汜湖。入廟謁神。宛然夢中所見。乃敬獻聯額以謝焉。

胡孝廉

同邑胡介眉孝廉甫冠。鄉舉得房元。視勍苑若掌中物。妓女素雲擅才色。願委身焉。胡亦非素雲不娶。顧家貧。親氏望奢。卒不得遂。鬱鬱而亡。家叔丹兄作眉雲曲弔之。末云奇語增留苦志人。人生科第何須早。人如器然。能受者不欹。欹則變。變則傾。介眉即不鄉舉。未必不夭。然不遂青樓殉命之名矣。相傳汪文端公夫人為女擇壻。同時以文字受知者二人。一為介眉。一為葉君名琛。議婣未定。夫人語媒氏曰。吾將一見以決之。既見曰。葉大器也。厚重有度。胡郎舉止輕。名且終矣。不務實且不永年。遂許葉。已而胡殀。葉由進士敭歷中外。洊擢封圻。功懸知其事者無不頌夫人之明。然自葉晚節觀之。以節相之位。一為夷人所得。甘受挫折。名裂身喪。又不如胡之早亡矣。

笑者

寶應烈士祠祀臧洪陳容二公者。山陽邑志載之。鹽城爭之。寶應又祀之。世有奸佞子孫不承其祖宗者矣。義烈之行乃令人敬慕至此哉。祠有對者。狀竹入酒市。酒市人方共談笑。對亦大笑。人問對何樂。對者曰。吾助樂也。一市閧然。必有可樂而後笑。吾笑其所笑。亦借人之樂以為樂而已。君子曰。對其知道矣乎。士能之笑。未必可樂。嗣宗之哭。殊不足悲。即謂古今人若哭若笑。一切同此瞶瞶可也。

大悲閣

城西北隅有大悲閣。高可五丈。宛在水中。相傳水大則閣與俱浮。未嘗沒其址也。閣之東為老君殿。而蔡公祠及諸閣若富其南。遠以長橋。蜿蜒如虹。環城如平岡卧嶺。樓臺錯落。水木清華。郡人遊憩於是焉。五月既望。劉琴白程獻清家庶春以予二十初度。買舟載酒而往。四面芙蕖。香風馥郁。紅妝素服。綽約凌波。有境如蓬島三山外。身在蓮花萬朵中之句。飲未半。雷雨西來。涼生襟袖。雖敗興。殊適體也。

醫理

讀書者不習醫理。此大蔽也。世有數金之值。兢兢然珍惜寶護。而不輕假手於人者。奈何以百年之體。堂上之尊。乃委之庸醫而不致謹乎。先繼慈久病體虛。醫士謂服高麗參可資補益。數月口舌生瘡。飲食輒作痛。甚至腹餒而食不下咽。醫藥皆不效。太君夢見白髮媼。令以萊菔汁療之。如言而愈。已而虛弱益甚。諸醫束手。不得已再進參湯。由是瘡復發。而疾不可為矣。後檢方書。明有萊菔可解參毒之說。何昏瞶一至此耶。又何為已去復進。不別求補益之方耶。嗚呼痛哉。鈞兩齡失母。十三喪父。祖母撫之於前。繼慈育之於後。教誨期望。族黨稱賢。痛哉。

賈明府

丙午丁未間。讀書蕭宅。儀徵吳篠湘為郡尊司書記。亦館蕭氏。朝夕過從甚洽也。篠湘之鄉人官廣西。知西南近事孔棘。貴州民苗雜處。盜賊接踵。以燒香結會為名。而黃平天柱等寨尤著。苗人滚山越洞。曲折相通。官兵不能深入窮搜。故猝難剿滅。湖南則會匪之吏抑價平糶。致奸民李沅發揭竿而起。桂平富民韋正。室懸登仕郎額。屢遭差役訛詐。亦倡亂僭稱為王。故永昌新甯之間。囂然不靖。而廣西洪秀全陰與聯絡。聲勢日盛。某縣令賈公知其不軌。將為大患。誘而禽之。並搜獲逆書數卷。入教名冊十九本。白狀大府。請治其黨。時巡撫鄭祖琛高語鎮靜。專尚慈祥。每戮一人。誦佛三日。至是得賈令禀。躊躇不能決。賈曰。秀泉耳目甚衆。公視其罪可殺。即請殺之。不可則不如釋之。若久繫獄中。防不勝防。某等性命不足惜。如城池百姓何哉。鄭曰。窮治株連。人命至重。宜且釋之。賈歎曰。購捕經年。釋之頃刻。此所謂縱虎入山。為患無已者也。秀泉既出。如獲再生。自以歲值丁未。適應紅羊之劫。造其火器。反志益堅。始與官兵為難矣。鉢池山農曰。吾聞滑縣之亂。知縣事強公克捷密捕賊首李文成下獄。刑斷其脛。故衆賊以倉皇起事而敗。四川新兵之變。道府營弁皆遁。知達縣事余公永齡朝服升堂。諭令釋械出城受約束。而倉猝之亂以平。濟時應變之才。卓乎不可及已。強公既死於難。詔贈布政使銜。建祠予謚。蔭及子孫。而余公亦受朝廷特達之知。洊擢府道。賞雙眼花翎。酬功之典。可謂懋矣。若賈明府者。獲展所長。事平論賞。雖與強余兩公後先比烈可也。不幸而遇疲軟上官。避咎包荒。畏葸成性。遂致釀成巨患。塗毒十數省。傷殘數百萬億生靈。縻餉之數不可稽。歷十四五年而後定。而賈公之不幸。其末焉者也。予故謹著其始。涓涓不塞。流為江河。事機之來。間不容髮。惜哉惜哉。

紅雪

初白蓮教之亂，於宿州也。州牧滿州人，善騎射，客有以騎射刀槊進者，牧與較弗如也，留之署中，教其子弟。賊至之夕，月明如晝，僮僕皆鼾睡，客夜思若有警，自起滿爐水，水赤如血，揮諸門外，見尺許小人，或步或騎，橫戈注矢，鬥於庭中，不可數計。叱之，向西南馳驟而沒。客度有異，呼左右無應者，方欲就枕，遽有聲如百堵牆崩，如殷雷驟至，雜犬吠嘷，人馬雜遝，則群賊攻署門矣。客手弓箭躍而升屋，躍於宅門上。牧在內宅，亦起索械，顧賊已守門，不得出。客連發矢，拾瓦石狙擊，斃賊十數，賊驚，縱火焚門，遁而匿於廁。旋聞孺子號哭聲，賊索金寶，擊牧婦女，夜啼怒罵聲，客念主人相待厚，忿欲出禦，苦衆寡不敵，徒死無益，久之聲漸止，趣而瞰之，則內外裸屍委地，牧創尤重，地上遺金數鋌，乃取寢室架上衣，徧覆群屍，懷金登屋，行里許，及城，城隅下有燈熒熒，一少婦方磨豆，聞屋上行步聲，急呼曰：賊！客曰：嘻！我殺賊者。城中亂，若不知耶？下而與之語，婦人曰：焉有是？吾夫方出跡之，斃於市，大哭請救。客曰：有索耶？曰：無。則裂布裳絞為索，登城縋婦下，客亦下，促婦急行，婦踟躕不決。客曰：吾不利汝也。分金畀之而去。時已辨色，回視城中，火光燭天矣。蓋是日賊既戕官，出而少憩，天明乃復屠掠，居民十死六七。時大雪深尺許，流血成泓，積雪作殷紅色。客幸得其朋耳。客京師人，風格魁岸而彬雅，不類武士。絀於貲，不能北歸，嘗來吾郡，日說稗史以餬口。予聞其事，為作紅雪歌云。

山陽賑獄

往歲山陽以賑災興大獄，據所聞記其梗概，而不得其詳。山邑為南北通衢，供億繁重，有司取給於漕賦羨餘，為一歲公私之用，顧豐年不可常得，不幸而遇凶歲，則侵蝕賑金以自肥，前後相沿，幾如定制，雖百姓之苦樂迥異，而有司之利均也。是年水災請賑，候補縣李公毓昌奉劄委查。公山左人，性直而言爽，初至館之善緣庵，即聲言發賑為朝廷特恩，關係民命，頃刻生死，如有侵蝕一錢者，必白狀大府罪之，即日徧歷村舍，鉤稽考核，殊多浮冒，將據實通稟，已具稿矣。縣令王伸漢聞言大懼，故事長官莅任，或揚言厲色，以清廉自命，而黠劉公事將竣，屬吏畏威，進止無措，則餽金愈多，伸漢既輕公同班，疑其亦用此計，多方媒托，啗以多金，公不可，乃請太守王轂言之。太守當古二千石之職，國家委以一郡之地，察僚屬之賢否，至事而自黜陟大權，一歸方伯，於是殺賑太守，念聞署飲食服用之資，仰給於州縣，故參劾佐貳則有餘，臨斥州縣則不足。轂初任德州牧，本貪酷吏，有王老虎之目，乃如伸漢言設盛筵款公，曰：吾輩皆同官，誰無交誼，古人有言，好官不過多得錢耳，不然是毀王令之家，而蹙其命也，彼豈能甘心於君者。即手尊酒奉公曰：處事不宜固執，吾知君俊傑士，必識時務。公立盡一尊，曰：他事不敢違命，獨吞賑不敢從，國法嚴，民命重，願公勿言。太守意不懌，僕於

仲漢乃賄公僕李祥、馬陞等，早暮動搖之。公輒大罵，左右亦竊竊怨其主人，謂薄福鬼終當餓死，天雨金而不知取，我輩舍父母、撇妻子，窮隨彼作清官，若清官值幾錢耶。未幾，公暴卒，胸腹青腫，舌出目不瞑，而李祥以中惡自縊報官。轂先得伸漢例金，如報具詳，返其棺。人亦莫知其所以死者。已而同學荊翁者忽走公家，作公言，呼集家人，具述受害狀，家人痛哭，環聽，啟棺視，則五官血痕猶可驗，蓋先置毒於茶，而李祥復以腰帶扣頸懸牀，作自縊狀也。公叔士璜走控京師，上震怒，命將與伸漢等交刑部嚴審。伸漢初不承，一日熱跪倦極，忽乞茶飲，瞪目久之，遂吐冤，轂亦款服。獄具，李祥發公墓前凌遲處死，餘皆棄市。公照知府例議卹，賜其子舉人，御製三十韻詩憫之。天下聞者皆稱快，吾邑士民尤感頌聖明，有泣者。

孝女

孝女汪氏，幼喪母，侍父以居。父疾，焚香籲天，求以身代。未幾父痊而女竟不起，臨危泣曰：苦吾父耳。先君為作孝女歌云：汪氏女，平陽人，孝於父，忘其身。父老且病病且危，女誓身代淚雙垂。父病愈，女病劇，臨終不言祇涕泣，祝父長生死亦得，但望魂靈侍親側。吁嗟乎，生死顛倒天所司，女向天訴天心慈，不死不足旌女子，安得女子盡如此。女何名，名芳姑，父小坡，邑老儒。乙亥二月朔日丑，女死年才十有九。吁嗟乎，鄉人會請朝廷旌，孝女安知千古名。

鐵犀

黃河隄上間數里則有鐵犀一具，回首西望，逆流而號，以禳水勢。戊申初夏，與邵劍波同謁魯通甫師於清河之大興莊，渡河就視，犀腹鑄字云：維金剋木，蛟龍藏，維木制水，黿蛇降，鑄犀作鎮，奠淮陽，永除昏墊，報吾皇。末鐫康熙辛巳五月監造官王國用。至今戊申百四十八年矣。蓋厭勝之術，自古有之。杜老有鐵牛行，在蜀江上，即此類也。劍波晚就茅店中，脫帽臨風，舉杯酹月，豪累不可遏抑。先生既示詩法，他日復以古文請。答書畧云：某於此事，望而未見，而俗學榛蕪，又無可問津者，能若冥心以始之，博采以縱之，定志以終之，勤而不迫，夫何遠。戲，古文體嚴而義博，誠不易幾。然此三語，已握其要矣。

苗寨

川楚間苗寨，大者二三百家，小者三五十家，貧苦甚，於漢民每歲青黃不接，向漢民借穀一石，一月之內，償至二三石不等，甚至一酒一肉，重利盤剝，積日既多，竟以百十金田產抵償。苗產既歸漢民，而米賈差傜仍出原戶，秋冬催比之際，有自掘祖墳銀飾變價繳官者，良苗至食草實樹根，終歲無粟米入口，斯亦仁人君子所不忍聞也。由是愚無知者，敢怒不敢言，強有力者怨憾日深，遂引群盜以讎之，而漢民之財，卒亦同歸於盜。近年盜賊日衆，朝廷有

協力兇拏毋分畛域之論而苗民相殺淩逼太甚卒不可治論者不察其源概謂苗性好亂嗚呼豈其然哉

人化虎

廣西獞猺久居深山日與虎狎有變為虎者居人射獵得虎兩前足或有銅鐵環則知為獞猺所化以蠻俗手必有釧也曩有賈姓者依壻而居壻見其尻際生尾體毛漸長不復省人事送還其家中途謂壻曰我不歸矣遂自擲溪谷中跳躍而去越日出近村攫民家雞鴨吮其血村民逐之急則兩手據地作獸行緩則人行後不知所往

附黔粵山洞諸蠻

猺狑獞人

諸蠻有猺狑獞猺獞狼數種相傳為高辛氏犬槃瓠之後其俗歲時祀始祖則諱言槃瓠而附會曰盤古諸蠻性雖獷猂然不敢親見官府其田糧輒請漢民之猾者代之輸而倍償其費謂代輸者為田主而代輸者反謂有田者為佃丁傳及子孫忘其原始漢民輒索租於諸蠻諸蠻曰我田也爾安得租代輸者即執州縣糧單為據曰我田也爾安得抗租於是訟不解官亦不能辨為誰氏之田大都左袒民而抑諸蠻猺人俗稱山猺推其宗曰郎火餘曰火猶漢民火伴也狑獞皆猺別種食曰饘飯或曰哽餲衣曰登苐謂父曰扶自稱曰留男謂女曰有助女謂男曰支友男女相屬意曰眉心眉意然所作歌詞文字則與漢民無異也

猺人

猺人初生能行即以鐵烙其蹠厚如繭故能蹈芒刺踏鋭石負弓矢手矛履險上下如飛居恆則獵山獸以食疾病則巫覡吹牛角以禱男子編白雉插首銀環穿耳銀箍而額銀環飾項腕帶銀釧多至二三雙女子簪髮以竹覆以花布如鳥張翼狀衣腹背俱繫唐宋銅錢為飾裙用五色絨綫織為文繡短僅至膝繫錢於邊幅行則有聲歲以十月朔祭都貝大王男女雜遝連袂歌舞歌皆七言取義比興以致慕悅之意彼此既相得則男子負女入岩洞插柳避人其無偶者明歲再會云

獞人

諸蠻皆好仇殺而獞人尤甚被殺者之子或幼未能報則植樹於庭以識之既與樹俱長曰讎可復矣即屬刃往殺仇者仇者被殺則其家亦然居室架木為之兩層如樓上以棲人下棲畜物其酒色如油而味極醲每生子女輒釀酒埋土中子女既長嫁娶時始發其封以宴戚友餘者或鬻於市好事者沽以餉客第為絕品亦如越東之女兒酒云婚禮壻就女家於五里外鼓樂迎導謂之入寮然亦盛兵為備小有言即相鬭殺不忌也

狼人

狼人風氣最强明代猺蠻倭寇不靖嘗以狼兵討平之俗亦善歌女子及笄父母縱之山野間少年從之歌者且數十視女答歌之意為去留一人留則衆皆散男子鐫其歌詞贈女字細若蠅間以金彩花鳥縹以漆女則繡囊錦帶以答男狼婦多美姿人即撫摩其身不禁及乳則怒甚且見殺謂諸支體皆天生乳則已所成也自雍乾以來聲教廣被諸蠻亦革舊俗漸與百姓往來矣

聽秋閣詩謎錄

近年捜羅先君聽秋閣詩約得數十首分類錄之七古題吳岷山停雲落月圖云仙橋落水天浸碧花柳迴環徑深僻停雲池館無纖塵萬古圖畫湛蟠魄建安詩人吳季重坐眺蓬壺博清供招邀諸老相經過憑軒列坐談何縱天空氣爽酒百壺當筵吸月月滿湖循廊歷捫聲歌呼霓裳羽衣聽有無微波不動冰輪孤冰凝雪淨夜寂寞萬籟無聲秋露落生綃淡墨傳神工指點飛來聳山閣人生百累殊足悲何不騎鶴教瑤芝庭松巖桂足清景浮雲富貴

知何時余家城南傍溪水溪雲如流月如洗照見琳宮遠邐迤披圖遽欲乘風起芒鞵竹杖從此始郡中飛來閣道院四面臨水頗有花木亭榭之觀岷山先生習靜於此小停雲館其最勝處也又相馬篇云相馬惟相骨龍種由來月支窟驊騮騄駬帶閒世生忍令風塵歎湮沒駕鹽車登太行十步九折中傍徨得一知己可無憾惜哉伯樂不在旁我欲登天閑覓天馬赤驥黃鵠競馳驚王髦丹髦相上下數十萬匹昂昂駒就中指出真龍軀雙瞳鏡夾明月孤劚山扶翏夯長途長途轉盻風雲舉焉也有心氣應吐吁嗟乎銅聲在骨誰能知死後遭逢亦千古寄居西園金陵即遊西堂城南晚眺云八月九月霜落早白雲河千壓衰草天涯遊子歸不歸淮南山中桂枝老嗟哉歲月不可留理棹擬欲從君遊腸輪日轉苦沈痼風霜未入心先秋里中陳子嗜幽討樂府文章衆顛倒登高悵望江南山萬里晴雲澹秋昊五古感興云瑤臺耀清影寒月幾千里置月冰壺中洗淨蟾蜍髓靈藥可戲偷顧影嬋娟美飄然曳輕裾招我廣寒裏我欲乘飛車上曳雲中履羽化不可期魂魄冷於水昔我約仙侶攜手遊太空白雲換塵骨冷然思御風黃鵠快一舉直上摩蒼穹中道若回首毋乃非英雄託身既湫隘翹首渦夷宮弱水戲濯足扶桑高掛弓此一時作也又云涼飇振四壁唧唧蟲鳴悲宵長不能寐百緒紛中馳披帷覽日月夜氣清明時遂往事已誤驚來心孰知空寒出

古處惸然以自持結交竟何為太息難復言雲雨互翻覆變態日萬千今人非古人託意徒纏綿神女游漢皋珮解雙珠圓洛川步羅襪朝霞映日妍精誠偶一合奚啻千古年嵩華水流速憂心石壁灰抱病醫無人知非救有術紛馳十餘年斂退始今日世人樂外然逸士懼中忒題勉希前修神明冀充實昔有素心子把袂時相隨今昔既殊勢惆悵令心悲荃蘭變蕭艾濩濩無能為此地非京洛素衣胡乃緇古人乞食者聞君君豈知

又七律送吳岷山之皖城云廿年學道謝才名客氣消除俠氣平碧玉有情能卻老黃庭無語不長生花開晚節香尤遠詩到中年骨已清別有匡牀憐共被七旬兄弟倍關情誼亡友王霞綺詩稿感賦云鴻雪常留翰墨緣寒燈孤影一潸然人天永隔三千界夢想爭禁十五年故里音塵全寂寂佳兒才調已翩翩箧中函牘如新寄腸斷當時索和篇書香山集後云笙歌兩部擅風流老去閒為洛下遊得與齊名惟夢得共傳遺愛在杭州升沉念少能行樂仙佛心空不著愁卻笑微之輕薄士論交詩好漫相投寄沈鄉采秋崖云作客於今三十載獨將鄉思寫淮干新聲畫壁旗亭古舊雨傳箋旅舍寒行樂渾疑來日少論詩轉覺晚唐難如何一片揚州月不向蓬萊頂上看雜句感懷云滄海迴舟風有力空雲添障月無心餞友云今日東歌將進酒昔遊曾賦小停雲送周聽松郡尊入覲云行當麥雨梅風候恩被蓉湖細葛中外河曉行云風冷鳥聽人語立日高雲背葉聲飛皆關佚不全者

五律答寶應陸小岩云廿年仍故我疏懶到而今一笑浮名幻孤燈遠思深江山開醉眼風雨入詩心莫擬青天遠高飛何處尋普濟堂題壁云莫道貧難濟隨緣惠不難眼前人太苦身後骨先寒誰免呼天痛須從易地看嚴冬一援手魂夢夜深安題陳西堂詩稿云大雅久不作惟君得正聲詩如琴韻古心是布衣清猶有悲歌氣殊非濟俗情吾廬新掃逕遲爾歲寒盟西堂丈不列庠序而品誼獨高交友以性情相尚近體詩未能拔俗獨樂府神韻古與音節諧和殆有天授又答太倉顧子顧先生云古誼未衰落高歌驚鬼神斯文成絕調並世幾傳人避俗性天逸論交襟抱真蒼茫時獨立誰與伴吟身過常州句云春申城外路韶景不曾閒帆集雲千幅橋盤月一彎黃花烟裏路採藥雨中山傍晚閒蹤跡何人獨閉關詠雪云空階滿積雪歲暮結瑤情豈以泥塗汙能教世路平凝冰還耐冷得月不爭明俯仰吾生事前塵總自清又小齋云舊花穿雨靜密竹引風疏新河云凍禽寒戀樹孤寺巧分程皆屬斷句詢諸家兒全稿不可得已

七絕渡河云孤館殘燈聞寂聞朔風吹夢度江關扁舟明日彭城路知在黃河第幾灣讀信陵君傳云高士何須踏海濱信陵君是解圍人兵符一出紅顏手從此關東不帝秦四十斤椎手自持市中屠狗也英奇如何博浪留遺恨恰有秦皇誤中時寄陸小岩云蒲柳蕭蕭日暮風醉船一櫂夕陽中如何此日旗亭酒不見詩人陸放翁彈指光陰慘別魂舊游春夢了無痕明年江上重相聚楊柳樓船又白門小岩師常常誦之題甘泉毛秋伯先生入塞圖云玉關秋色上吟鞍絕塞歸來路幾千躍馬飛書猶記否當時曾擬勒燕然長沙自古懷遷謫宦海波濤未可量回首楚天芳草地一簾風雨夢瀟湘先生由進士官湘潭令坐事謫戍故云旅夜云亂山如馬片帆過回首高堂奈別何記事牽裾含淚送遙遙天際白雲多揚州符南樵孝廉選國朝正雅集詩繼沈歸愚宗伯別裁集後自山東千里郵書索先人古近體諸作及陸續搜錄而棠中丞雨舲已為刊行正編不及載矣

婢女代嫁

婢代女嫁小說常載之近乃實有其事陶文毅公微時家極貧初聘同邑某氏女歷歲餘矣邑有富室吳姓聞女姿色謀娶為其子婦以多金餌女父父利其富竟為所動迫公退婚公不可女之母亦不願而其女惑於父說已萌異念私誓不適窮生但有養婢請於母願以身代母許之文毅亦坦然娶之即後之膺一品夫人誥命者也夫人右手背有疣乃起灼之不愈則少時操作為磨石壓傷耳某女既歸於吳父子恃富恣蕩又強佔鄰姓田率眾毆鬪吳子中傷暴卒女無出翁亦憤鬱死於是族中強黠者恨吳父子刻宗族無所沾惠群鬨某女嫠弱謂以吳氏私財飽外家藉口侵吞其田產殆盡至貧困無以自存時文毅已貴顯乞假回籍鄰里嘖嘖言前事公微聞之命諸夫人良信太息久之遂以夫人意贈女五十金女得之愧悔欲死日抱銀號泣不忍用卒為穿窬者竊去忿而自縊遇救未絕公嗣是歲致周卹不倦云寶應朱詠齋先生由浙江學政任滿還朝舟過吳門文毅方官蘇撫同官演劇觴朱令演雙官誥文毅淚承睫不能忍朱私語同官曰此我失檢不知雲汀家亦有碧蓮婢也

又

某殿撰少時夢至一所朱欄碧瓦迴異人間有女郎十數共繡錦袍見生皆起問之曰某科狀元服也襟袖間織成二字金彩爛熳即已姓名醒而深自負及娶婦伉儷甚篤閒往外家里中無賴子群以婢婿相揶揄詬而叩諸婦婦曰信益婦翁恥婿貧陰背盟而以婢女代之者某念娶婢甚恥他日富貴必改聘名門一夕復夢前所諸女郎漠不相顧金字亦滅急問其故一人曰富貴尚不可知棄妻已有成見上帝易之矣某驚寤汗下悔過神前自是琴瑟益和誓言偕老未數年而大魁天下游掌封圻以視文毅公度量相去遠矣然猶幸其改過之速也相傳殿撰尊人慷慨好施家產為罄藉非盛德感召亦惡能有此夢哉

樓上魚

二十九年己酉秋，沿江諸省大水，民舍淹至七八尺。江鄉鎮市尤甚，有力者大率移居，窮民以小舟販賣食物，徑繫樓窗，與主人隔窗議價，市已去而之他，都無觸壁之險。值大風，市樓屋震動，波浪衝擊，梁柱悉有聲，夜卧初醒，忘其為樓，而疑在船中也。其後郡有低地，皆預置巨桶大木，人附以生，而器物漂蕩。水落，有得魚樓上者，蓋魚隨水入，不能復出，然則緣木求魚之說，將有其時，未為甚謬也。

捉迷藏

王子山、周霞友、吳次華同客金陵，招遊城北諸山。日午，坐僧寮，論若碧說仙佛故事。次華謂：「洞中七日，世上千年，相留初終，斧柯已爛，果爾，則元會運世，十二萬年，仙人祇得數百日耳。人亦何取於仙哉？」予謂：「唐宋呂洞賓、張虛白輩，皆以下第舉子，去而學道，遂得仙。由是觀之，則成仙易而登第難矣，人又何取於科名哉？」語未竟，雲生於前，如絲如縷，漸至咫尺不可辨。予潛身出門，作幼時迷藏之戲，從雲中大呼霞友，霞友尋身而至，則避之，而呼子山，子山至，又去之，如是者三四。適與霞友相撲，石澗苔滑，兩人俱傾仆，為之大笑，因就石上趺坐，拂袖撩雲，旋閒旋合。子山在後摸索，獨語曰：「樹也。」頃之，又曰：「壁也。」霞友與余方竊笑，忽聞有聲如石許米，從石磴而下，次華與僧徒驚詫曰：「險哉！誰乎？」則子山從石路上尋路，失足墮落坡陀矣。因復大笑，畀子山，繼索得坡陀下有洞，中空，故其聲特震。於是僧眾關之，扶掖下山。白日已頹，嵐翠欲滴，回視上方，雲氣如微雨空濛。子山指余笑曰：「肘腋間餘痛未已，當使天河負我歸也。」則應之曰：「我不能作鍾馗。」

說鬼

次華、霞友素不畏鬼，寓屋僅隔一墻，有門如瓶，可通來往。一夕三更，眾皆卧，次華大呼，踉蹌至，喘汗相屬，不能作一語。余急詢之，久之，始言曰：「非鬼非畜，炬其目，膨其腹，伏窗而哭。」予笑曰：「君固不畏鬼者，胡乃至此？然則不見不畏耳。」次華曰：「吾惡知鬼之醜惡若是之甚哉！」余呼僕子秉燭出視，他無所見，第有黑氣如鞠，依墻而上，盤旋屋角間，嗷然一聲而去。次華聞之，毛髮愈悚。霞友以被蒙頭，故作大言於是，眾人皆醒，閧然感歎曰：「鬼神自處於無臭無聲之地，本與人不相犯，敬而遠之，聖人亦未嘗必其有無。自儒者執無鬼之說，而天下後世言鬼者興焉；自儒者有勿信鬼神之說，而天下後世乃真有鬼神出焉。以有心名無形，遂成相角之勢。今日之事，不見於他人，而見於次華，亦次華素輕鬼神，而特以戲之者也。」及明，余往跡之，中庭有樹，童童如車蓋，僕子所見，蓋燭光射樹上，樹影依墻升屋，其所謂嗷然者，則棲烏見火驚飛耳。

起蛟

金陵陳氏園，結構玲瓏，規模略小，中有聆風閣一，方亭深邑，叢諸勝。十月四日，同人公宴園中，笙歌侑酒。江甯鄧子晁謂：「本年大水，由湖廣起蛟，或云陰氣太盛，主兵患。小說載蛟卵所在之地，冬雪不凝，春草不生，飛鳥亦不集，其上有氣，朝黃暮黑，有聲如輕雷，如秋蟬鳴於掌中。及是時，以金鼓火器犬血鐵物鎮之，可掘而取；少遲，漸起而上，遇雷雨即奮起矣。」似此則有心者思患預防，固非猝不可備者也。

九秋詞

是歲南闈大吏奏改試期十月，先於九月九日啟行，作九秋詞調寄百字令，分贈九人，錄存一闋，以識梗概，同里汪汾秋茂才：讀書尚志，不應鄉舉，贈汾秋：「秋雲一片到而今，總往太虛，任汝豪縱。醒巫山舊夢，我放眼長空，皆幻影，怕說為霖作用，出岫無心，歸山有志，不藉春風送。孤蹤自從此，箇裡心期相隨，惟有老樹蒼烟共。只恐山河秋色老，冷到人間岩洞。蒲影成團，蝉寒擁絮，奇彩爭鸞鳳。春回何日，錦裳同此珍重。」他如《秋風贈葉》、《錦帆守戎》、《秋花贈王月仙女史》，皆各如其人之地位，載《比玉樓詞稿》中。

金壺浪墨卷六

鉢池黃鈞宰天河著

車夫

道光三十年庚戌春將以廷試入都三月十日與漣水張禹山白沙水少泉袁浦王紫垣會於王營明日啟行車左右傾側輒與頭角相觸避之且憊甚車夫曰子讀易乎其道用隨乘子之轞麾與爲蛇左之右之勿即勿離當幹在中不患觸首余笑曰是誠名言君子之徒也內方外圓利用如車命名思義說在老蘇有子之讖何爲乎僕夫

狼

同人中禹山最膽壯而善言物狀時解人頤濱海多狼夜行者必攜火嚇狼初遇人尾而嗅之或銜其衣而曳之若畏懼走避必遭齧噬識其性者曳之東則東曳之西則西狼謂此人馴善必不逃矣乘其不意出火照以震之則狼駭而遁吱吱然鼠竄狂奔去之百步而復止猶立高處怒視此人以爲大受厥驚云

鴈

禽鳥中鴈爲最義生有定偶喪其一終不復匹飛則獨後其群宿則羣鴈環止一處而孤鴈徹夜周巡若人之偵察者然弋人以柴扉蔽身緩步而進孤鴈驚鳴弋人遽伏及群鴈四顧不見人跡怒而啄之如是者二三次愈啄愈甚不敢復鳴弋人逼近發銃十得五六其幸而逸去者復啄孤鴈雖損頸折翼不去其類亦終不亂其群也

猬

人有恒言曰老奸巨猾猾之爲物知者絕少禹山曰其毛白其體圓皮肉堅而齒牙利遂行遇虎則環縮如球虎前齕之屏息不動及虎口初啟猾即乘勢旋轉而入深據虎心嚙其心肺虎負痛吼哮跳躍而猾則安處其中久之臟腑既空勢將洞腸虎斃而猾飄然行矣天河生曰天下豈有猛於虎者而猾乃以柔殺之雖欲如魚之觸餌不可得已

附北行日錄七則

灘上

啟行後一日自衆興集入宿遷境道旁有雲棲茶亭門書聯帖云爲名忙爲利忙忙裏偷閒喫杯茶去勞心苦勞力苦苦中作樂呼壺酒來禹山曾於他處見之明日宿灘上邳州屬也月下聽歌與少泉說豐沛故事余作滿江紅詞云滿目河山問何處悲歌激烈望平原卻思豐沛當年豪傑關塞已非劉氏土沙場猶照秦時月膽閒雲如馬過山來長空滅

漁門曾酒杯熱垓下戰歌聲烈歎英雄兒女匆匆了結事從縱翻成敗案生前無奈悲歡別益不平終古大河流聲凄咽

寶峰寺

十五日微雨清塵緩轡徐行眺覽怡神爽目已而風雷怒作夜涎如水久之見行路之難也余僕帕首步從雨行四十里將及陰平而霽與少泉同遊泗山之寶峰寺登高四望皓月當天遠岫如描花村犬靜非復午前古況矣寺僧聞人語扶杖出迎年幾八十相與話桑麻談風俗經亟爲燕雀所從衍衆與鄉黎並設盂罈而農者也

天震井

孟子廟規模壯闊天語煇煌望後二日由滕入鄒過唐同人敬謁聖蹟歷代碑記不勝讀最古惟廡間漢碣數十字則滕邑顏逢甲得之卧虎山前大碣以封田晤族勒石戒子孫者距今二千年矣世傳三氏皆有井獨孟廟無之康熙初寓起殿前地陷丈餘清水一泓宛然成井因名天震

東省諸山

揚州程南卿客汶上罣義游袁浦皆交也十八日抵汶南卿乘輿挈植而來清談徹夜且曰東省山水不似江浙靈秀然獨得雄壯深厚之氣自泰岱而外如鄒之嶧山世稱洞府玲瓏若寶奇峭汶邑有山名蜀如芙蕖出水獨立波心此皆蹤跡所經亦嘗遊覽及之乎曰未也南卿曰去此一日程望之林木蔽虧然若雲錦者東平鳳山也又二日至高廬若高百仞叩之清越有聲者則所稱鳴石山也余曰能爲我言泰山乎南卿笑曰是則難言矣泰山高四十里周迴十有八盤由南天門抵東西二峰屈曲登絕頂則古封禪處也峰之最高者曰日觀游人借宿僧寮四更觀日出霞光海氣無不詫爲奇觀他若桃花峪水簾洞玉女池諸勝遊者非累旬不能周豈言之一夕所能盡哉海內大觀不必身至其地即一談述聞景行行止固已嚮往不置已

同人詩句

過東平州西北車行山徑間左右壁立十數丈過客絕少紫垣有句云山開一線纔通馬路轉千盤不見人頗能狀險隘之勢又云輪蹄不解相思苦滿載離愁上玉京則感爲歌者發也逆過平原思德諸州賦八月不得雨二麥盡萎居人以糠粃爲餐少泉所謂四山斜照雲都赤百里平沙草不青其荒寂可想禹山不多作詩一日過酒肆題句云茅店荒莊又歲春往來車馬踏輕塵世間名利濃於酒醉殺前人醉後人可謂慨乎言之

題壁詩

沿途題壁詩甚多而佳者絕少惟同城驛云東阿道上春風天楊花片片飛作綿行人盡日向村邊馬頭塵起如飛烟數家茅屋山前路牆頭舊有題詩處濕樹桃花不見人流鶯題罷還飛去語亦猶人而手神秀倩新店驛女史云雪滿征鞍沙滿衣北風吹粟上冰肌侍兒莫道寒威苦猶勝空庭倚竹時腰站二首之一云雞聲喔喔四更餘正是沈酣入夢初嬌女那經行役苦朦朧扶起上征車又甜水舖律句云徹夜蘭膏流塵沈村酒微醺興更除暗逗春愁堤畔柳條絲絡路旁花憤掌苦粗無藉已分飄零不憶家別恨凝情消不盡年年惆悵獨天涯署蘇州千總氏題

河間

河間獻王在漢室諸王中最賢尊禮儒生披羅經籍史以大雅不羣目之至今祠祀不替廿四日道過河間有劉雲莊者仿長吉體題詩任邱店壁云一燈慘綠如僵螢銅龍凍折天不雨壽蛾噴沫老蟾死空青糟淡如玄黃騄耳驕嘶蹀汗血東輪拍拍飛仙蝶河間獻拜古獻王書城大敞金銀闕泰坑餘燼光熊熊一照萬古陰霾空叟為東淇呼燭龍九天豔擢扶桑紅途間遇雨作也客有題其後者云如何風雨闕河客尚有閒情弔獻王劉作較之前數詩氣韻相勝多矣

眉子硯田

大興王佛雲孝廉工書法案上書史叢雜能於尺地間踴躍作小楷端整秀媚姿態橫生入都寓王比部宅榻左懸其亡姬蔣韞卿遺照而右庋禮闈落卷一束謂此二者為生平傷心之事其抑塞磊落可想也嘗於哀浦市上得葉小鸞眉子硯背鐫二詩與秋雨盦所載相合深自寶貴拓本徵題且曰君善填詞為我作南北曲以備一格可乎余諾之為成北曲一折云脂香蘭澤幾飄零誰留下滄桑片影池摹新月樣詩寄舊風情拋撇而今人去濕泥印新水令　憶當時生小聰明解坐蒲團証夙因才華掩映閒吟錦字遣幽情畫圖不鬬漢宮春端溪自有瓊瑤品香夢醒喜臨撫剛稱簪花影駐馬聽　嫁墨污勤呼婢淺賭詩成嬌倩娘拜撫瑤絲鶯鳴聽夜雨櫻桃韻新詩見鐫上分明自把瓊章署小名點綴些彤奩玉鏡沈醉東風　正好訂石上前因侍與張郎畫出螺鬟舊句重吟猶提雲抹月一樣輕盈那知道葬春風桃花短命泣香泥芳草無情掩了珍藥撇了清琴賸一彎瘦影纖纖更幾行軟語惺惺折桂令　一霎裏改星霜換主人剩雲散畫閣扃只有飛花池畔影和松煙細暈似當日髮逢雲沽美酒　到今日謝綺羅香界亂紛紛伴琴書隊裏淒清便留個碧玉佳名也不枉紅顏薄命是一點

芳心有靈怕瘦損零星鐫分付你詞人管領太平令　記三生曾見花名殢鎖倩啼未許癡魂醒又教人驀憶愁懷哀亡潘岳詞況下第劉蕡境更聽雨如病春山欲畫難彩筆應禁畫閒淺深入時難定那生前夢蝴蝶亡鏡中花鴛鴦香只餘留身後名鸞盒印紅塵浣滌清寶匣收藏零落人間猶幸這片石兒抵多少苦心人沒些兒身後影碧亭宴帶歇拍煞見者謂題詞中此為壓卷未可當也

京師形勢

論京師形勢者皆以泰山東崒為龍華山西峙為虎是已然前人謂泰山之派自函谷而來東盡於海而諸水又皆由西而東則山水順趨氣難凝聚惟恭讀聖祖文集載泰山脈絡自盛京長白山分支入海海中礁島數十皆其發露之處至山東登州之福山起陸西南行八百餘里穹隆盤屈結為泰山巍然為五嶽之首云如是則諸水順流泰脈逆峙與華山支絡相接中原形勢拱衛甚固而京都宅中臨外適在右山左海之間信乎天地之奧區矣

賺壻

都中淮郡會館有二新館本為客店館之南鄰某姓者當日店主人也家小康一子一女以賃寓為生嘗有客從江南至云是縣令引見入都者起居服御意氣自豪僕從三四人出入裘馬甚都主人子朝暮聚談亟相契洽一日有老僕倉卒聞訊至叩頭呈書客展誦未竟號泣失聲問之則夫人產難亡矣主人勸慰至再每語及夫人令德輒哽咽不能已時主人女年方及笄姿色端麗媒氏為客議婚客不可曰先室亡未踰年何忍及此主人益重之屢議而後許擇期入贅踰月忽晨起不知所之奩篋衣飾盡失急尋之杳無蹤跡市中索逋負者問信踵至計又不下千金皆曰是汝壻也不然誰貰貨者主人偏起客寓空無所有惟存鉛錫數十方而已由是賣屋代償生計大窘而明府夫人寡居至今不能作渡口石尤風只合為山頭望夫石耳同邑曹衛川先生云

軍機章京

國初沿明制票擬承宣皆由內閣雍正間設軍機處於門下選三品以上鴻達親信者為軍機大臣得挑四品京堂以下及部院各屬才敏筆捷者為章京內外職掌官奏事上所燭批覽畢面諭大臣寄信原奏衙門可否之即由章京擬呈稱旨而後發是為廷寄凡票擬稱旨仰蒙天語褒嘉則發謄往往越次遷轉否則隨班進退旬月無一事交辦則同列目笑存之或戲為句云五更飛到軍機處笑問中堂到也無此指得意者而言其不得意者云五更蹺到軍機處不識今朝有事無閒況可想也

崇效寺

崇效寺中西來閣花木甚盛閣外丁香滿架相傳為王漁洋朱竹垞手植王詩所云空舍清言殘僧斷碣則彼時游跡尚稀也聖安寺係於乾隆中年殿額皆御書佛象莊嚴旃胎金飾想見當時烜赫今則彼此易觀矣魯通甫師句云崇效寺中花滿蹊聖安寺裡濺枝低東轍深一尺西寺無人定鳥啼蓋同時柄國若二人一則物望所歸一則門庭如水同為宰輔而榮寂懸殊亦見富貴利達中無此境也

陳醴和

宿遷陳醴和豪曠士也里居鬱鬱不得志挈嚴親家眷走京師遊遊家貴之門為司書記久而不樂去之交山西大賈累致千金出入衣馬翩翩或攜雛伶狂飲酒酣耳熱歌呼鳴鳴意氣殆不可近及遇困乏則疏食古寺中甚至日晏不炊而放達如故有餘蚨以代人厥恭或乞貸輒傾囊示之曰吾囊適罄無可典質他日得金不論多寡必以奉君何如魯友人某贈金二鋌醴和不俟其人即自罵往贈之其人致謝曰此非吾物故人誼也如是者三起三落歷十餘載不與家人通音問而年已垂垂老矣生平重然諾有過能受盡言遇不如意人嬉笑怒罵不屑也

西山

都人所稱西山乃泰行山之第八徑圖經一名小清涼太行首於三危東極醫無閭複嶺支巒不知其幾千里而都城以西林麓蒼翠物產尤饒古稱神皋者是也沿山諸蘭若白塔上下錯落與碧雲青靄相間山中流泉滿道或自石罅噴出散漫沙磧中琤琮有聲注為小池水色藻綠春夏間晴嵐俊遠樹鳥韻花香縈於應接不暇今多屬於禁園而冬嶺積雪尤為奇觀故為燕京八景之一云

附西山遊記七則

戒壇

四月初十日醴和與吾邑陳君景純約往西山慧聚寺並駕而出風日清和前二日為浴佛會期士女遊者甚眾近山連岡斷隴村落相望青蒼合沓中忽見丹霞片片如珊瑚火齊綴為纓絡則櫻桃初寔纍纍樹間也約行二十里至獅子崖昂首南向藤蘿倒垂微風過之毛髮生動崖之南峻嶺迢遞下臨深澗至是舍車而徒度石梁行仄徑中兩山夾磴躡級西上紆迴凹凸凡有十八盤有如石門以為寺也入門則萬木參天彌望無際景純浩然有望洋之歎曰足力疲矣少憩北行緣懸崖而入始及寺前其山曰馬鞍明正統間勅如幻律師說戒寺中為之立壇游者祗稱戒壇問以寺名不知也

活動松

寺門殿宇皆東向峰巒交互獨缺其前形如玉玦縱目遠眺渾河見焉醴和欲周覽寺外然後入景純曰渴矣欲先茶時風自東南來西北諸山障之迴飆衝激飛雨忽至遂入及殿庭間空際作波濤聲白日晦冥亂雲如馬拂殿脊而過仰視烟霧中蛟龍雜沓飛舞縱橫倏忽伸爪下垂如攫物狀去殿鴟不及數尺頷腋間金翠射人醴和目瞪視曰是山故有二青時顯靈迹神物變幻不足異也景純笑曰松耳世稱活動松即此然異凡質宜先生以為二青耳醴和亦大笑既而呵曰我亦自少年來亂之不如而濁濁然如小兒女背面笑人

空小應響

老僧智強就殿之左廂進茶果導客瞻禮諸佛像砫然一聲眾山作響也

石磯

翌日天未明醴和趣余曰起起東海霞明矣觀日出及起則紅日欲上不上光燄萬道海水動搖遠樹皆作黃金色村市屋宇如繡轉瞬間一輪奮起丹碧劃分下有紫雲一抹是時智強晨至拍手曰惜乎少遲早一刻尤為大觀也遂至前殿作早食問智強生平曰游人成姓三十出家少亦儒也經史略能記誦父母歿遭遇荒旱始知人間有凍餒事非義之利又不肯為不得已而就此公等視我老乎出其手曰恃此兩臂猶能勉敵二十人時階下有石磯二中泐二孔舉之而舞旋轉如盤曰吾視兩君和易中有英介之氣觸引雄心不足嘆也問近山游所曰西行四五里一峰當前挺然高秀望之如蛇峰如側方山子冠則極樂峰也行及半途覺寒特甚醴和亦曰興盡矣遂循舊徑而返

酒樓

智強云西山招提蘭若凡三百七十視牧之烟雨南朝句遜其十局中以潭柘為最古諺云先有潭柘後有幽州去此二十里余笑曰夥哉即使靈運復生亦無此濟勝具也醴和云遊山之趣十有二天地各得其六在地者曰高下奇正隱顯在天者曰晝夜晴雨春秋山靜物也得水則靈得雲則活一言以盡其妙曰變今此一行獨未見秋冬風景其餘已可神會若必窮力以求之按圖以索之情滯則塑興貪易衰山靈有知亦不許為知己智強笑而別出山迂道赴海淀午飲酒樓因憶魯通甫師句云誰識青袍一年少滿斟金爵看西山想見意氣軒翥顧視不凡之概噫西山終古此樓亦百數十年而少年青袍之飲

於此樓者不知幾百千人宜乎韻和豪邁瀲帛不能為所欲為並不能言所欲言也

渾天球

松筠庵為楊忠愍公故居中有諫草堂古香亭春姜舊館等處蔣心餘所云人海叢中結淨廬即謂此也宿遷王惜庵先生寓庵之後軒內設渾天球一具黃道赤道衆星躔度歷落分明時值酉戌間白日平西月輪東上球面一一符合特內外部位不同非置身天外便須如壺公跳入球中則署無參錯矣嘗於天主堂中見西洋編簫一上下三十二層每層百管鼓之以氣則風雨波濤謳吟戰鬬與夫雞犬禽鳥之聲同時並作其機巧一也

鬮節

遂閒檢得一紙曰題承二卦篇末識而不解所謂佛雲曰鬮節者官授其屬意之人鬮卷符合則售矣予曰暗中摸索幸而得之故文字遇合有知己之感焉若私相授受何足為深佛雲笑曰有是哉子之迂也君不見曾試場前滿途車馬車中人强半考子也安坐讀書之不樂而僕僕何為者又不能喻諸子夫不能語諸吏蓋十之二三云雖然亦有命焉鬮節雖通而不得或得之而別有機緣語云神而明之存乎其人君勿作五千年上語也

關廟香火

京師前門關帝廟控玟極靈事後無不巧應相傳明天啟中塑關帝象大小各一使日者占之曰小象香火愈遠愈盛大者弗如也上乃奉大象於宮中盛其供養而置小象於正陽門三極廟中欲以敗日者之術已而闖寇之亂大象燬焉其至今靈赫濯者即所推愈遠愈盛者也

神將應值

明成化間太液池中有虬蜿窟穴常出據玉蝀坊上或曰蝀精化身也會憲宗御宿西內宮女過坊見之大驚而仆上聞之曰是宜處山後僻地何為在此駭人是夜即雷風雨波濤之聲貫明視之池冰橫裂一道則已挈族徙去矣明世宗嘗幸西山小天竺寺寺門金剛面色深黑上曰此火裏金剛也未幾寺災金剛燬於火由是觀之宮庭警蹕之地信有神將應值世傳欽由天師更誦語或不驗而日者之說香火遠近之徵何以竟不能易蓋當鼎盛之時則鬼神奉令及乎革命之際則氣數難違

拈花寺

拈花禪寺為益都相國萬柳堂址周廻一頃有餘中有小土山昔之蓮塘花嶼也當日橫橋並馬曲水傳杯堂帶遠峯歌翻驟雨之盛自石氏改建佛閣遂為荒涼寂寞之區西北為夕照寺八景中金臺夕照即此殿壁有陳壽山手書雙松剝落殆盡余雜詠詩云一代風流少嗣音幾株楊柳黯疏林游魚吹卻桃花片不許春風引佛心金臺風景占京畿壁上雙松墨跡稀勝有白雲千古在夕陽高閣晒僧衣

棋盤街

近有京師雜詠數十首隨地錄入其涉於游戲嘲謔者不存也道經某園故址云掘門短巷避塵喧眾木無聲石不言多少亭台成廢址半為蘭若半茶園棋盤街云兩三間屋作行窩偪仄騶騶奈若何誰挾琵琶傾濁酒棋盤街上月華多

梁家園

寓館近壽佛寺即梁家園地明巨室也樓榭之外鑿池引水可以行舟漁洋荔裳諸君有梁園泛櫂之什吾邑黃蘭岩觀察寓其地高臺曲池猶存今則谷而陵矣雜詠云雲天慘淡近黃昏行遍招提懶叩門勝蹟何如仙佛壽金錢空買姓名存

五月十五六日同人約游城內外雜詠諸作信筆錄之龍爪槐云古槐清蔭滿畿宮三百年來碧蘚封爭似蒼松鱗爪活破空飛去作蛟龍玉蝀橋云璊樓瑤島帝城春遊約曾容侍從臣同是深山魚鳥伴得依霄漢即仙人豐臺云豐臺春色舊繁華風信闌珊不見花怪得半開分剪去美人頭上貴人家靜默寺云瑤池東畔柳枝青清梵遙傳膈翠屏深夜月明天尺五禁鐘聲到野人聽內城云從龍宮績炳旂常班列椒蘭被澤長萬古星辰環紫極五行相勝八旗分灰洞云冰霜時節百花妍開在人間眾卉先莫道冬烘顏色淺一經噓拂也天然

薛執中

薛執中者楚人初學道家符籙及烹鉛錄汞御神歸氣諸說能以撫摩治病歷遊江楚等省有某大吏信之監司以下時與往還金帛之投頗高聲價已挾某公書入都符咒厭勝殊有驗朝貴召之談道怪誕中亦頗近情由是遨遊仕宦間傾動一時雖婦女疾病亦令撫摩出入閨幃職聲漸著曹給諫懋堅首發其奸命交刑部鞫訊供認左道受賄各情後以中外多所株連寬免窮治斬執中而寢其事給諫初以國學生掌教海陵書院士林不服蜚語詆諆輕薄多端呼之曰曹監生一日乘輿候客道遇諸生拉曹下曰監生如此大乎我輩徒步而曰監生乃乘輿人雜言庬不堪其侮然曹詩文雅學究冠時流所交某翁屢為不平戒其子弟曰監生亦有數等汝輩勿效浮薄子妄以非禮凌人曹先生非久困者比成進士入詞林曹已度外置之而某翁代為吐氣作詩寄賀喜溢於辭

洗象

六月十日與紫垣觀洗象於宣武城西至則遊騎紛沓列車如陣如蜂房如文閣境象車中人撥帷半掩衹露頭面如牡丹如繡毬道中食貨絡繹百戲如雲喧擾聞忽見數人高與檐齊冉冉前進衆人左右辟易有執紅棍者前導則象奴雄踞象背邱山不動次第緩步而來及河伏其前足從象奴既下司事者鳴鼓數通然後入水計先後二十有四游戲徵逐浪沸波騰錢塘射潮昆明習戰不是過也洗畢鳴金登岸猶以鼻捲水射人都人知其馴習畀錢象奴教以獻技象必斜睨奴錢數滿意乃俯首卯鼻嗚嗚然作觱栗銅鼓等聲觀衆閧笑而散

懷挾

是年翰林散館因懷挾革職遣戍者二人一爲江南陳君祇祺詩韻一本監試大臣問何物陳意謂韻本非私不服猶豫即日奏聞交刑部某公曰讀書數十年何至韻本都不記憶然余聞鄉先輩言康熙間某試鴻博施愚山以奸韵降等王阮亭以失粘落名汪鈍翁潘稼堂皆有錯誤蓋韵學之疏久矣今人於虛實異音一字數解及上去論謬甚多某公之言未可概責諸翰苑中也

安瀾

月之十六日題百字令詞於鎖院壁上云匆匆歲月記秋風江上分明此地矮屋分明鄉樹遠一笑浮生如寄舊境何常虛名未必莫再牽人意桃清鎖院簡中風景重話只道燕巢風雲蓬瀛雨露珊網羅珍異誰識燕支學塗抹一樣葫蘆游戲千古文章百年事業愧煞雕蟲技低頭爲此消磨多少豪氣是行惟少泉以縣令籤發河南少泉原名之瀾學使以水爲希姓改之爲安時東河歲有漫溢得少泉去可爲豫人預慶安瀾南人有火燥采者的對也

金田

廣西逆民洪秀泉始據桂平之金田村余上書某公附以詩云虎視龍驤地麟游鳳出時萬邦歌有道四海覆無私衆職風雲合殊方雨露滋葵傾朝日影鳥慕上林枝瘴癘蠻邦積烽烟粵海馳燎原由燧火激水亦天池邊塞三朝關軍儲半壁支萎蕘及萌蘖變化恐蛟螭況有群夷伺休爲灌莽滋藏奸猶鳥道通市列龜茲府庫誰胠篋江河有漏巵官方先玉帛國賦急鞭笞藺散新摳密旌旗舊典司安危中外計損益老成知主極沖年踐輿情樂歲思煌煌神聖業保傅善匡持當時袞袞諸公謂小醜跳梁無足介意豈知一變而猖獗不可制哉

鵲橋仙

七月七日同人納涼庭中憶許續曾鵲橋仙詞云算來若不隔銀河怎見得相逢最好詞意已新秦觀則云兩情若是久長時又豈在朝朝暮暮更覺理足詞圓又沈歸愚半女詩云只有生離無死別果然天上勝人間後人反其說云畢竟人間勝天上不然劉阮不歸來試於此闕下一斷語

金壺浪墨卷七

鉢池黄鈞宰天河著

吳卿憐

頃見吳卿憐感遇詩。詢其始末不得。第聞卿憐吳人。善歌能詩詞。色藝兼勝。平陽中丞得之。寵倖備至。所云色即是空。空是色。卿須憐我我憐卿。為吳賦也。平陽既敗。流轉歸和相。和又敗之感遇詩即詠和事。頗其中有馬上王嬙。玉笋敲殘等語。和雖籍沒。眷屬未嘗流徙。當時薩彤阿承命查辦。請勒使女。朝廷降旨切責。初無刑及婦女之事。詩述十年中驚魂駭魄。遷徙流離之苦。花悲月慘。涕淚沾衣。意固何所指耶。卿憐風塵擾攘。身處籠樊。不能一死報主。遂墮樓人遠甚。然自古才色絕世之人。遭遇艱難。所歸輙敗。往往而然。薄命耶。禍水耶。天既賦之以麗質。而又使不得其所。抑獨何哉。平陽名位雖不終。既得其人。感恩又為憐卿知己。嗚呼。死而有知。可以自娛矣。

勝一先生

同里故交之外。投契較深者。奉天趙朗甫。長沙周紫京。會稽蔣少文。廣州屈培仲。閩封金雨林五人。而林善醫。善拳法。培仲善推測。少文善畫。紫京善遁甲。朗甫善棋。之數者各極所長。皆有異人處。予求紫京遁甲法。秘不肯授。曰學之無益。嘗與朗甫談棋。三戰皆負一子。余方欣欣然自以為能。其同郡湍州景君曰。是著名勝一先生也。即棋不如君。或遠過於君。彼未嘗敗。二子蓋十着内外。即深知對壘者虛實。隨機應之。終局計數不少負。不多勝也。

少文畫

少文畫初無師承。歷遊閩粵楚蜀名山大川。得其奥衍雄傑之氣。夜於睡夢中。摹其神態。手畫帳帳幾穿。每作畫至得意時。輙以淡墨傾水中。吸而噀之。略加勾勒。尤得烟霧天然之妙。少文曰。畫無論山水花卉人物。皆可謂之寫生。但得生氣。盎然即造物能事。不過如此。何況人工。余謂是說也。可通於文。左史謂千古文章之祖。生氣足耳。規矩所同也。神明氣味所獨也。眼耳鼻舌。千人一律。而神氣各殊。善文者摹繪聲情。終古如見。即作者精神亦見。故曰造化在手。

推測

日輪一晝夜行天一度。以天度計日。歲須三百六十五日四分日之一。日行始一周天。月輪一晝夜行天十三度有奇。歷二十九日四十餘刻而一周。合十二月。僅得三百五十四日。從日則不合於月。從月又不合於歲。故古人創為閏月以劑之。然歷數十年。小有參錯。即由奇零積累所致。謂之歲差。中法不能免也。培仲家近香港。時與西人往還。所學推測極精。還西人初尚多羅。家之學。歷代承用。後有牛敦者。出以古法為未盡合。極深研幾垂二十載。始測得地繞日行之理。謂太陽居中不動。而地輪左升右降。繞日而行。且行且自轉。月輪之旋轉繞地也亦然。譬如月與日對。而地居其中。則盈。地與日對。而月在地上則晦。月在地左。地在日左。則上弦。反是則下弦。通以二十九日為一月。不閏月而閏日。如此推算。則銖黍悉合。無所謂歲差云。或曰。易言天尊地卑。陽動陰靜。如牛敦說。不幾駭世震俗。顯背聖人乎。培仲曰。不然。地有四遊。未嘗非中國子書所載。左旋右旋。迄無定論。究竟天地日月之孰動孰靜。誰則見之。第用其法。取其推測盡善而已。

拳法

同人邀雨林集飲麟祿堂。觀其拳法。雨林曰。拳非一人可試。請以鉛囊代之。即懸囊於庭梁之中。四正四隅。正白隅紅。徑距五尺。囊之相距尺有九。以烟煤塗其半。雨林側身入圍。使僕子車夫輩。先擧四正。擊之揮拳肆應。意態從容。已而八囊並擧。左右自相擊。雨林瞥風馳兔起鶻落。乃見囊不見雨林。僕輩或中額。或着頰。幸其力輕。亦有負痛而笑者。朗甫探懷出象棋。少文適購顏料至。乃以粉靛塗棋子。各向圍中擲之。余索胭脂和酒噀之。舞既止。衆人前視僕輩手面如鬼。煤自内出。所染也。脂粉自外入者。皆中鉛囊上。五色錯雜。而雨林身無一點。

翰林院古槐

吾邑季聞學公凱。有翰林院古槐歌云。詞林清秘三廳密。古槐一樹摩青蒼。何人手植歲月久。扶疏上動虛星芒。銀花掩映白日靜。粉署穷犯高雲涼。披襟其下落遠韻。鼓柯振葉清且揚。我聞博士舍前列數百。雍容入市陳縹緗。又聞南省深夜響緑竹。往往詔拜中書堂。今之古槐無乃是。華正承德差可方。烏乎大造栽培亦偶爾。有材難必登巖廊。君不見路側紛紛蔭行旅。剪伐不避經風霜。槐乎槐乎好自愛。托根得所須留芳。寄託正大。神似高青邱得意之作。

河魨詩

鄉先正零詩斷什。鄉無傳本。如邱洗馬季貞玉河秋柳。阮太史紫坪鳳凰山異鳥詩。俱見稗說中。又太史兄吾山司寇答黄生贈河魨詩。風韻尤佳。辭云。泥淖朝驅禿尾騾。歸來破礴掩蝸廬。故人遠向江頭至。携得春溪玳瑁魚。爛醉清歌上巳節。荳青蒿白佐肴蔬。桃花春水袁江路。孤負風光又五年。司寇久官長安。每憶江鄉風味。作望江南詞二十闋。王蓬心為作歲朝項詞圖。名流題詠甚多。今不知存否也。

學圃聽歌

許謹齋給諫有學圃聽歌六絕錄其二云鑑外秋霙樹杪偃酒人聲寂為秦青移情不是人間曲除却知音未許聽記得花前關柘枝十年江海寄相思雪兒化去花奴死艷說金荃萬麗詞謂學圃主人吳門顧秋山也給諫為先慈從祖叢精解音律時時徵歌為樂流風餘韻猶有談者

詩詞傳誦

王漁洋沈溪紗綠楊城郭之句江南北和者數百人當時以李貞太史為最詞云清淺雷塘水不流一聲殘笛畫城秋紅橋終古麗人遊五夜香消殘月夢六宮釵落晚風愁水邊燈火幾家樓律句如張鹿山留別云南樓楚雨三更遠春水吳江一夜增程風衣詠懷云滿頭白髮來偏早到手黃金去已多阮芸臺煙草云味濃於酒思公壞氣吐成雲戀鄉皆一時傳誦之句漁洋改增為生雖自然而好處周向民改到手為信手則真一字師也

京師天主堂

京師天主堂建於明萬歷間本朝一再修之御題額曰通微佳境又曰欽命天行因西人天文歷法可垂永久故許其建堂禮拜中國人不得與焉堂制狹而深以山墻為正向頂如捲棚式設窗於東西兩壁之巔中供耶穌畫象耳鼻隆起儼然如生左右兩碕樓夾堂而立左貯天琴日午則樓門自啟琴自作聲移時琴止而門亦閉矣右為聖母堂象作少女抱兒狀耶穌母也具衣自項被體無一縫書冊文皆旁行則有沙漏遠鏡龍尾車之屬以資測驗西人著名者利瑪竇南懷仁皆自歐羅巴航海而至近則通商各口建堂日多而習其教者衆矣

癮狀

步兵不飲酒中散不彈琴索索無生氣昏昏有俗心庚子山詩也近人吸食鴉片過時癮發頓有嵇阮二公不飲不彈之狀嗚山摹擬其態謂如餓夫畏寒奄然束手醜和謂如孝子喪親支離骨立余謂如滕侯會哀惰而多涕一座為之絕倒

劉第五

劉第五者教匪林清黨也教匪平而劉逸秦晉各省協擒許以重賞知萊縣廖寅子思芳勇敢聞於時思以奇功自見而性多鹵莽他日投宿旅店店中故有偉男子口操齊音腰懸利刃巴思芳震駭迫視刃箭癡歷落胸間急出呼騎士兜擒之問其名曰劉第五喜而送諸縣既定獄解刑部而曲阜孔氏上言廖所獲者孔氏佃農劉第五非教匪逸囚劉第五也上怒

集廷臣鞫問如孔氏言乃釋劉而繫思芳都中士大夫日以此為談柄一日恭值上駁耕籍田百官祇候於望耕臺下或向大司寇韓桂舲先生詢問原委會諸城劉侍郎信芳與德州盧尚書南石並立韓戲指二人曰都是汝山東人不好劉未及答盧曰劉曰都是他姓劉者不好劉應聲曰都是汝第五若不好蓋德州序第五也衆皆大笑其聲譁然時上已出殿似有所聞前引侍衛飛棍而來衆手揮之始各屏息明日糾儀御史欲上彈章或以事涉德州力阻而止即此見戲言之有損無益而思芳瘐死獄中尤可為恃勇貪功者戒將不知承平世界佃農帶刀何為刀劍創何由而至耶

象秩

相傳明以來凡大朝會駕輦拱寶役象甚多受祿視武職為等差常朝日或四或六肅立午門左右俟百官畢入交其鼻無敢越者有疾不能立仗則奏請他象所求代而後行不然他象不往也有過或傷人則宣勅杖之他象以鼻絞其足伏地受杖然後起立謝恩服秩從立仗則居貶位無少紊亂蓋心知人意而口不能言傳載三代已有之晉唐間教之舞蹈服駕乘輿不始明代抑聞明季運石至京石大不能入午門命杖四十惜不如象之有知也

連橋放櫂

北方田高於路又無溝洫之利夏秋山水驟發積潦成河八月初旬出都車輪輒陷募近村數十人裸體舁車而進水與肩齊與素船岸上者同一別致但仰其中枕泥洗耳甚便也有老農殷勤照料余甚德之鳥山曰舁車之人即撫坎之人納君於陷阱之中而猶感其惠宜乎書生之易受欺耳將至十二連橋舍車而舟僕夫駕空車探水前往若馬之浮渡者然余與同人放櫂湖中水木四圍雲山千里環集指顧間湖面有小花粉瓣黃心舟子以荷葉盛餽折花注水養之纏縷嫋香隨風宕逸紫垣擬作連橋放櫂圖預為題句云北征曾記北浮騃歷碌雙輪味裏諳夢醒酒闌渾不似一枝柔艣認江南語極秀倩又明如況味同難助其余馳驅憶馬蹄則本心語也

野宿

自河間而南水勢漸殺一日雷電大作急雨如注山路沙石凹凸馬蹄着石上滑而無力動輒傾仆僕夫鞭馬馬因自相蹴踏脫駕而後起時距南沙河十餘里露處竟夜聞無宿人暗月穿雲或步或數而已因憶同邑潘四農先生野宿詩云三日雨復雪一尺車下水皆黑車輪陷泥裏左輪力拔右輪墜輪起老羸堅不起瘦極甘心受鞭死羸兮羸兮爾努力十里前村界河曝爾得草飼人得息夫呼倉皇決計舍我車牽羸入村住就留客守空

車夜將半困不得眠飢不飯東風又號雨吹面四無雞聲幾時旦嗚旅客之苦如為同輩詠今日事如為晋世歌行路難也先生又有出都絕句云水邊亭子閤門前春盡垂楊亦可憐手挪玉杯飛馬去和塵和淚下南天

到家

是行得詩較多錄存一二都門送友之陝西句云北海千尊酒西山百尺泉美人一揮手秋色下幽燕古寺別銅佛長途携劍仙清時中外靖無復慮三邊虫山臨別規余曰修德以贈前途讀書以圖後效蓋指余放浪之習可為良友箴言贈虫山句云碌碌二千里依依十六旬携將燕市月分作故鄉春骯髒虛前約浮沈愧此身感君金石意不敢學垂綸到家云客裏頻奇想歸來成浪遊天風翔燕雀池水鬬蛟虬稍喜鄉閭樂休懷杞國憂典衣謀一醉猶及展中秋

乙丐報恩

鎮江英夾之變有鹾商支翁者家擁巨資而循謹仁慈絕無豪富氣習平日以恤貧為務待乞徒尤厚有求無弗應者每月朔望必大張酒飯以款之俾各盡懽而散及亂紳富避避者悉被夷民刦奪甚至肩挑背負十無一存支翁撿及輜重將携婦孺輩避往江西有夷民數十為群約於臨發時要而刦之支聞其事欲止不可欲請官彈壓又苦弗及突有乞丐三百餘人擁臂登門支益懼不知所為詢之則與夷民相鬬此衆彼寡驅逐殆盡乃俟支眷屬行李畢發登舟始各散去支感之欲謝以金衆曰頌公惠於平日則可受公一錢於今日則不可卒不受

王同知

咸豐紀元歲次辛亥八月黃河決於豐北岸先是河水盛漲豐工報險者再徐道沈君束手無策王同知熙善與客彈棋堅不發金邑有盤龍集素稱富庶紳民求救於熙善熙善曰無金奈何請者曰先由富民募貲搶脩然後領帑歸之熙善曰無帑奈何若必欲繕修者不敢償不滋事任若為之請者大譁歸以語衆衆散而堤決三百丈是集適當其衝居民扶老携幼避走高墩男啼女哭無墩者攀援樹上遠望有白雲重疊疾馳至前則河水洶湧如萬馬奔騰頃刻而下集中屋宇鱗次如小舟飄泊江湖中瞬息捲去其奔走中途者遇水衝擊莫知其鄉或預為死計以長繩縶妻子各結一隊水勢既勇掌掛樹枝屋角間目睹腸出而田畝牲畜無論已河帥既入奏徐道沈君削職王熙善例應枷示河干酋柏制軍疏劾河督陳公風翔陳奉旨革職荷校愧憤而卒而熙善力能通神安坐館舍中圍棋如故聞與妻妾宴

飲相娛樂而已

永安州

閏八月廣西賊目洪秀全攻陷永安州據之始建偽號盡封諸酋為王王以下勳爵凡七等設六官丞相司馬軍師旅帥等職女官等次亦如之行營五將軍按水火金木土各司其事偽天德王洪大全所定也先是賊據金田衆皆日衆與鄉團兩不相下偽東王楊秀清懼其離散設計籠絡之每自作巫謂天父下凡附其身詞人陰私發奸摘伏群黨為神又託天父言挾制秀泉令前跪受杖已則高坐歷數其罪而責之責已仍奉秀泉上坐已有不遜虐不足箝制其下亦伏地令人杖之不少貸由是諸酋篤信其說以為真有天父降臨也會官軍屢易大帥惟提督向公榮為楊忠武部曲老於軍事謀略素優此外則都統烏蘭泰公忠勇奮發總兵秦定三果敢善戰故新墟雙髻山莫家村三捷戰功為最奇賊之由金田移屯新墟也定三自官甲潛行渡江偵知竹圍村樹木叢雜斷樹截竹拋棄各要隘而伏兵村中僅留一路遣兵百人偽為樵採者引賊入伏前者突出賊倉皇且戰且走急從村後竄逸則隘路竹木阻塞後伏又起大呼追擊四面合圍於是一日七勝殲斃二千五百餘名賊乃退據雙髻山前此兵賊相遇避道而行其追逐官兵願與為敵自此始雙髻山前以新墟為門戶後以豬仔峽為藩籬向公使諸軍圍其東南西三面而自與都統巴清德合攻後路既登豬仔峽奪其要隘賊自高擊下銃砲木石如雨我兵奮力抵禦勢正不支而前路諸軍已抵賊營呼聲震山谷上下夾攻賊衆大潰及據永安以大股分屯城外諸村阻官兵進攻之路距莫家村十餘里有高嶺三其中曰秀才嶺尤為險峻烏都統相度形勢遣隊誘賊戒以俟賊漸近沿左右二嶺緩退過嶺嚴陣以待而自率火器營建中軍旗鼓於秀才嶺最高峰處預埋地雷等火具植紅蓋於帳前賊至左右營及中軍皆退衆賊競前拔其紅蓋火機忽發全嶺崩裂焰賊以數千計大隊乘之生禽無算自是賊見烏公旗幟輒不敢近城賊亦有離心獨大全秀清狡猾堅忍死守不下云

荔浦

陽朔荔浦山水之勝天下之奇也昔有粵中大令向粵督阮公求善地公曰官而可求吾舍節鉞而作陽朔令矣蓋嘗聞兵過其地平日念念不忘也是年春大學士賽尚阿公奉命討賊於廣西上春懸邊徼不安宵旰特賜阿必隆刀以壯其行敕戶部內務府撥發餉銀二百萬兩調集滇黔川楚兵勇三萬餘人及抵粵三月而永安陷此粵賊攻據城池之始又二月進營陽朔再進至荔浦公以重臣屏開外寄運籌帷幄閒自無暇問水尋山第當時幕府諸

公果何修而得此哉

打虎將

浙江知縣江公忠源以知兵任戰著奉大臣調赴廣西所練楚勇初至敝衣楇項諸軍皆竊笑侍衛開隆阿者善騎射發無不中嘗射獵山中斃虎十數軍中號為打虎將聞亦深自負公過諸公所長揖過之意頗不懌他日督隊出戰猝遇賊衆圍之數重矢盡左右衝突不得出公登瞭臺望之曰必開君也急率親兵數十人介馬馳救之卒挾開出並轡而歸開下馬拜公曰活開隆阿者先生也人言楚軍弱今竟何如握手飲盡歡遂為至交

蓬窗讀史圖

是歲金陵之役溼痺未愈不飲不遊舟中日手史書一編擇瑣事相類者筆之與同人談笑為樂同邑朱鏡芙茂才善畫山水為作蓬窗讀史圖余自題絕句云布帆草酒話雲烟看到滄桑却羨仙兩岸蟪蛄啼不了輕風吹過二千年

附讀史類譚二十七則

帝羓

遼主德光滅晉歸至殺狐林卒從者剖其腹實鹽以歛謂之帝羓可與人羓為對

睡獸

遼穆宗夜飲晝卧時人號為睡王杜有道妻嚴憲目司馬懿為睡獸玩易權奸直不以人類目之此婦人大是不凡

天王

春秋書天王乃臣子尊崇君父之詞後世篡竊襲用雖以秦世之夸詐自謂功兼三皇德隆五帝而未嘗稱天以自尊也自赫連勃勃稱大夏天王北周宇文覺亦稱天王於是篡兒凡子宣帝遂稱天元皇帝駕乎秦始之上五后同日並立曰天后所居曰天臺接人曰天杖近日粵賊行事動輒稱天蓋亦有所本耳

國號

自宋以前國號皆取地名或因發祥之基或用始封之國不則攀附前代而以後別之及元主統一天下取易乾元之義建號曰元國之取字義始此然契丹謂賓鐵為遼以遼為號取其堅也女真改號曰金色尚白取其不變壞也則北朝又不始於元矣惟隋高祖初封於隨以隨从辵惡而去之是則於地名中避忌字義者

異稱

五代晉高祖尊契丹曰父皇帝自稱曰兒皇帝兒子出帝上書契丹遂稱孫皇帝景延廣曰翁怒則來戰十萬橫磨劍足以相待如此以孫待祖甚奇遼主賜北漢劉承鈞詔亦謂之兒皇帝承鈞自稱曰男金主烏祿命宋孝宗稱姪皇帝則愈出愈奇矣元昊上書於宋稱父大宋皇帝其自稱亦曰男

諂媚

吠犬侍郎可與洗馬御史為對此等諂媚之法乃無獨有偶如此較之進妾同名獻壺錫字者異曲同工彼由竇尚書蓋不足道也

帝王有真

六朝之亂與五代相仿其時南北交鬨亦多同辈然聘於北周見楊堅歸即自賣田宅曰江東王氣盡矣陳摶隱華山聞宋太祖受禪曰天下從此平矣一以體履異之一以氣數卜之亂極思治亦見帝王自有真也

承天

唐有則天太后遼有承天太后則天淫亂承天亦荒淫則天英明承天亦明察第則天自是唐室后妃承天則為遼主女弟稱制十四年夫不帝子不主太后之謂何耶

改姓

南涼之先有壽闐者產於被中其俗謂被為禿髮因以禿髮為氏北周之先有普回者得天子璽其俗謂天子為宇文因以宇文為氏此沿其俗稱也夏王勃勃改姓赫連言徽赫與天相連元魏本姓拓跋謂土為拓后為跋後改姓元則漸通中國文義矣苻堅本姓蒲其父因讖改苻後世苻姓从竹不从草又不知改於何時

淫亂

唐太宗納弟妃高宗收父妾玄宗奪子婦宮闈不正已為千古所譏更有淫荒不道之甚者則北燕劉守光前趙劉聰烝諸母宋廢帝納諸姑淫女兄西魏孝武從妹不嫁者三後梁朱温子婦入侍者八閩王延鈞立父婢陳金鳳為后延鈞子昱即立父婢李春燕為后至金主亮殺宗族百五十人盡納其婦於從姊妹亦非淫亂至此世豈復有人耶若北齊高洋使婦女亂交於前南漢劉玢觀男女裸逐為樂玢弟晟亦殺兄弟十二人納其女於後宮率皆禽獸之行無足責矣

良心語

後漢高祖即位仍稱天福十二年曰余未忘晉也前蜀王建僭位仍稱天復年號曰不忍

背唐也自是良心語謂為矯飾苛矣又前涼張茂謂弟駿曰我世忠順汝勉之夏王德明戒子元昊曰我世受宋恩毋忘也朱梁篡唐時晉陽僅存李克用語人曰誓於此生靡敢失節柳亦席中佼佼者歟

綽號

南平高從誨貪諸國賜與所向稱臣時目為高賴子北燕劉仁恭最喜穴地攻城時號劉窟頭亦雅對也他如後周太祖號郭雀兒又號花項漢晉王戎為鑽核兒閩王審知為白馬三郎唐葉保衡之黨號牛頭阿傍宋孝武呼王元模為老傖呼劉秀之為老慳南北朝時南人謂北為索虜北人謂南為島夷即世俗綽號之類宋司諫陳大方丁大全胡大昌三人時目為三不吠犬亦巧

食人

非久荒大亂未有人相食者隋末楚朱粲性好蒸食婦孺開河記載麻叔謀好蒸小兒食之較之喜食死人腸胃者尤為慘酷此嗜好之奇也侯景為羊鵾所殺送尸建康民爭食立盡明太監劉瑾伏誅詔磔於市怨家爭購其肉生啖之較之臠劉王莽肢體者尤為痛快此怨毒之甚也李白海上釣鼇說以天下無義丈夫為餌後人有言謂不義之餌鼇將吐之若景瑾者其肉豈足食哉

養子

乾兒義子明李闖黨為最橫然魏晉即已有之如邵陵王芳為魏明帝養子宋順帝准為宋明帝養子石閔為石虎養子殺虎子鑒北燕高雲為慕容熙養子即弒熙唐末李讜為朱溫養子南平高季興又為李讓養子後唐明宗名嗣源為克用養子廢帝從珂又為嗣源養子他如王審知養子曰延翰田令孜養子曰王建徐知誥養子曰李昪不可枚舉中以周世宗柴榮為最賢其不賢者或以養子弒假父或親與弒父又養他人為子禍亂相承而不自覺也及明武宗舉所嬖中官亡虜二百餘人盡收為養子並賜國姓螟蛉也而姦斯振振矣

僧道

秦皇漢武始惑神仙釋教之興盛於元魏太武帝初惡沙門令悉誅之文成獻文乃崇佛法宣武興造寺宇至一萬三千餘所之多迨夫梁主捨身憲宗迎骨甚至特設講席削白唱經佛教之盛極矣而武宗詔毀佛寺多至數萬區勒僧尼二十萬人乃獨信道士趙歸真卒之憲宗以金丹病武宗以餌丹噬懿宗以服丹崩僧尼過矣道士亦未見功也宋徽

宗賜方士林靈素等號先生明世宗事道士邵元節等以師禮甚至禁中修醮工作繁興道教之盛極矣而元代獨尊番僧八思巴為帝師賜號多至三十二字武宗尤寵信之詔毆僧者斷手詈者割舌其後災異迭見禍亂相仍道士誠非番僧亦未為是也蓋釋道二端視乎世主所好彼此爭勝互為盛衰余嘗感澤泰山句云帝王獨少長生術金石能仙太古心貴為天子所異幸而不可必得者獨仙佛耳此易於受惑之根也我朝於此二者不廢其教亦不用其言聽其自生自息天地之間非天亶聰明大中至正其孰能與於斯

尼

武后為尼有成見也揚妃剪髮有詩心也後唐莊宗劉后至明宗時為尼被殺南宋度宗謝后籌入燕京為尼而前外此廢后每稱仙師為尼者絕少惟北齊武成帝逼嫂文宣后為尼北周宇文護逼弟妻孝愍后為尼何其恰相對耶

點將錄

魏廣微嘅忠賢殺楊漣且編一百八人為點將錄一網打盡之法與賞人碑同一手段想此輩亦有心傳也

溺愛

唐懿宗愛同昌公主傾宮中珍玩嫁之錦繡輝煌三十餘里公主病卒殺醫官二十人後此惟明神宗溺愛福王差足相仿卒之公主不免於死福王不免於烹公主死而醫官可誅福王烹而流賊不能滅若當時少斬賜與或者受禍稍輕獨惜今日庸妄卤莽之醫生不克以此法處之耳

金

郭開一受人金而李牧亡一與人金而廉頗廢金之為用大矣在善於用金者尤可畏也

打草穀

粤賊四出虜掠名曰打糧遼師滅晉時軍士出入以牧馬為名謂之打草穀

相

郭無為以道士相北漢姚廣孝以和尚相燕王豈出世仙佛固不如入世功名乎若俗官沙的等投平章官者李邦甯加丞相宜乎九儒僅居十丐上也

嗜好

宋蒼梧王嗜偷狗齊鬱林王好鬭雞唐穆宗關宮市敬宗捕狐狸僖宗喜擊毬晉出帝喜調鷹明熹宗精斧鑿髹漆等事嗜好之不同如此後唐莊宗自稱李天下宋徽宗稱教主

道君明武宗習梵語稱大慶法王後習回語諳蒙古語隨時改稱而最喜威武大將軍之號累加頭銜甚多稱名之不正如此

名

唐武后自名曰曌南漢劉儼因白龍見自名曰龑皆六書所無也

牛李

牛僧孺子蔚與鄭畋並相惡畋初娶李氏蔚又以女弟妻之李聞畋別娶大慟委地牛女始至亦詬其賣己已而歎曰事已至此乃詣見李曰吾父為相兄弟皆列郎豈無一嫁處固不獨夫人不幸也願一與夫人同之遂相歡愛結為姊妹此亦一牛李也設僧孺德裕知之何至以門戶之見互相攻擊耶余謂賢智婦女往往高出男子上洵然

鍾郝

今人言婦德者鍾郝並稱尚矣第郝氏寒素自守誠不聞失言過行分甘節詬載王渾見子濟趨庭出曰生子如此足慰人懷鍾曰新婦若配參軍生子當勝於此參軍渾弟淪也此語豈新婦所可出當時所稱女宗者如此

衣

晉懷帝為劉聰青衣行酒愍帝戎衣執戟千古傷心事也獨北漢劉繼元兵敗縞衣紗帽出降殊為別致楊行密親軍以皂衣蒙甲名曰黑雲都亦新

九龍

閩王延鈞製九龍帳時有歸守明者擅內外寵百姓歌曰誰謂九龍帳獨貯一歸郎楚王馬希範作九龍殿僅雕繪八龍於柱上希範居中高坐自謂一龍

金壺浪墨卷八

鉢池黃鈞宰天河

沙三

虎邱繁盛甲天下酒樓歌榭簫船燈船每歲破家其中者不知凡幾若競渡之戲粉黛雜遝笙歌鼓吹踰月不止大率浮游子弟及富商市賈趨之若狂風雅士不屑過也有沙三者富而無聞一日偕友往觀買舟不得蓋遊人先期約舟子三日前無空船也沙敗興懊憤而歸次年端午紳富官幕買舟者皆曰沙氏訂矣範小舟小舟亦然蓋沙於前歲徧召長年篙師予之金約不得載他客屆期置酒招妓廣集親友雖半面識一揖交皆邀焉挂排簫擁上下千計歌舞盛於往時莫非沙氏客也自是沙之名大噪於吳中黃金買笑紅袖爭迎豪舉數年貲財將盡妻妾爭之不得乃析餘田獨與子居沙困甚至衣食不給妻子欲迎養之沙笑曰吾手揮十萬金不數數蠶今乃仰食於兒女子耶去不顧已而貧甚貝市中好歌歌皆述其平日治遊事寒具者俗所食麻團也里巷小兒及勾欄相識者樂聞其歌爭買之得錢則詣酒肆醉飽以為常會蘇守某公惡民俗奢侈日思所以儆之或舉沙三事以告守撫掌曰吾得之矣又明年端午命備一舟置酒招伎如故即召沙使多挾麻團以來榜其船曰麻團勝會沙至跣一足衣袴藍縷手捧筐腰懸破燈一是每夕自炤以歸者刻不去身登船放櫂容與於彩旗花舫之間守意諭沙作棒喝而沙大快樂令諸伎雜奏絲竹自攜鼓板曼歌以和之酒酣大書聯語云借景玩龍舟不複不衫三少爺及時行樂回頭看虎阜是真是假大老官觸目傷心鉢池山農曰語云不有廢者君何興財貨消長亦人世得失之林也郡邑之有富戶窮民逐末者仰之以為生人人皺眉謹秘視一錢如磨石窮民何所沾丐抑果足保世否耶沙雖以狂蕩敗其家產然勝於水火盜賊災病刼奪者遠矣達哉沙也

雙鶴

歸自江南假館皋寧李善時家地近海瀕蒹葭叢故多鶴巢善時得雄雌而令兒作三所畫雕也一則約其水食閉諸樊籠之中一則扣以鏈絡置之涵廁之側風月清朗之夕引吭高唳遐舉相聞奮貿慷慨若將毀棄轉復矜顧整容自持蓋解脫迫於悲傷哽悒忍於勉強情之所鍾物固有然已余戲語主人代為請命移此雙鶴縱之一庭異時來往蓬壺當不獨銜環以報不然則為我語鶴毋為悲若速求羽化為仙作翁西窗姜月臺見此欲哭不可欲笑不能也

出江遇風

館居一月奉檄赴蘇又以事詣道之江甯仲冬下旬過淮而南時北風嚴寒河水生冰舟子鼓帆當水聲隆隆如雷車一晝夜而抵揚州明日出江遇風得句云我乘小舟出大江江上風聲水勢急舟子鼓棹當風行船頭浪花數尺立白鷗游戲相浮沈青山低昂若拱揖自負觀覽忘險艱那計安危在呼吸須臾頭轉風力微萬濤盡息波不飛當頭白日射江水千點萬點明珠輝一從秋官與山別面貌猶似精神非故鄉無此好郎君安得揚山隨我歸

爲山

臘月朔行抵江甯寓居城南正覺寺十有八日寺有水月庵無灑余忽忽居彎曲而軒潔釋子爲山能詩喜棋余每出飲入夜醉歸煮茗清談深夜寂寂一夕戲語爲山云無酒學佛有酒成仙比和尚恰高一着爲山應聲云出門笑花入門見月有先生且到三更爲山書室叁板紅樓夢極精余意其必將掩藏而舉止殊無愧色謂琴作此原與天下能作和尚者讀不與凡夫俗子讀也能讀紅樓乃是真和尚讀紅樓而見人能不掩藏乃是絕好和尚

買夢

江甯秦仲原屢得噩夢惡之乃多備冥鏹焚之城隍廟爲文以禱之略謂人世繁華數由前定一夢之頃無關重輕今奉金錢若干願買吉夢禱畢鬼聲啾啾如相爭奪自是夢境殊恬

余謂買夢事甚新書籍所載惟新羅王金春秋后幼年處室其女兄寶姬夢登西山坐旋流徧國內覺以語后后曰吾買妹夢即奉錦裙爲值後春秋納之果應貴徵古人買夢者祇此一見第仲原買之於鬼后則買之於人彼賣者可自主乎嗟夫買賣而及於夢足見多金之無往不宜也

漩渦

自江甯至小河口歷長江三百五十里一葉航之兩日而至道過圖山下水旋成渦深可數尺篙師一病一醉一童而嬉突入渦中舟亦大漩漁人呼使急避而竭力不能出婦孺皆哭適有樓船乘風過鉤之纜之幸而獲免否則頃刻漩沈將下從彭咸之遺則矣既入小河風雪道阻遣李介賁丈先行余度歲常州並無僮僕可親已舟子一家三代子順父母兄弟相讓小兒女從長者言除夕合歡融融笑語爲余別置肴核勸餐侑酒甚慇也燭下錄存即事一首云滄江患波浪淺水憂泥沙安得天河流濟此仙人槎來船日夜集併力推當車止如失水魚進如銜尾鴉欲行不得前轉恨鄉園賒病妻慘生訣百感紛如麻舟人那知苦行住皆爲家膾魚買村酒婦子同歌謳

蘇寓雜詩

壬子正月寓蘇敷揚仿簡王者香飲酒觀劇賞花于山塘顧翁出雲持室詩稿見示中有詞徒四柏詠分清奇古怪四字蔡總戎致夫人湘雲與其弟夫人紫媛皆能詩而湘綏蕙稿中有不俗裙釵衆一門句可云閨房韻事元夕雨雪不已燈事寂然寓中小襲蝦余醉泥索詩詞憶某女子詠雪云江南雲氣鬱參差隱約群峯入望遲怪底塵寰人易老青山猶有白頭時余近作山塘六絕之二云倚天長劍大王風花草無從覓故宮贏得虛名千載後萬人饒舌說英雄紅塵多少粉脂場說古名山土亦香十里繁華渾不見獨披烟草弔真娘登虎阜塔遇雨云磴道千盤逼翠空群山西擁大江東驚風俯聽聲趨樹看劍長歌氣躍虹萬里烽塵憂寓海一湖花柳閉吳宮金閶無數樓臺影淡入蒼煙暮雨中江右錢雨蒼大令書蝶殘小幅付之以誌一時鴻雪昔吳挹江宮保入覲上言蘇州風景之佳宮保對曰蘇州城外惟虎邱稱名勝實則一墓堆之大者城中街市臨河糞船全集午後輒臭不可耐既退或以直諫笑公公曰此乃故相訓公查道江浙覆奏之言老夫重述之耳蓋虎阜全以人力粧點殊少天然之趣城內河道偪仄承撒糞溺而淘米蔬尤爲江南通弊誠有如二公所言者是夜醉不成眠百憂交集恍惚得句云寒侵四壁燭猶燒睡足三更酒未消夢裏不辭歸路遠半江殘月踏春潮又除夕感懷二首云春風轉和淑萬象皆欣然人生失父母生死無人憐

離離河畔草得雨爭芊綿陰陰山上雲隨風逐輕煙勞逸自有分壽夭亦有天安能悖性命艱苦終吾年我思盤古前蜎蠕泯形迹昭文不鼓琴成虧滅消息一從穿乳多幽怨隱賞秘造物容包羅彌縫貴無隙萬類紛賢愚仰恃若安宅既無斧補才多此一闢闔

巧合

鴟夷逃名西子隱子胥渡江瀨女沈衛公入謁紅拂去蒸薰相結閨閣識人此以人合者固已奇矣若吳王劍池在虎阜而墓近真孃岳忠武墓在西湖而墳鄰蘇小徐中山勝棋樓在白下而湖名莫愁英雄兒女天若巧爲位置點綴河山爲後人憑弔之資則身後巧合事之尤奇者也

雛鸞曲

正月二十七日歸自蘇州則內子去世相距四十日矣命短遂長閉爲面訣江淮一水音響全亡哀已先是阜甯董生若年甫逾冠文彩斐然以應試亡於金陵妻某少董一歲生子尚未盈月聞耗暈絕乘夜自刎翁姑以大義諭之勉強視息撫歸號哭又絕去久之始甦余聞而傷之爲作雛鸞曲一首中有數韻大似悼亡嗚呼哀已詩云書生不信科名賤掄才詔下光明殿七月秋風江上生將軍露布催文戰黃生年少負高才千里雲山案筆來娣閨中

歡送別明珠掌上早成胎截言君得成名早另中宋卜宜男常妾若欲斷月入懷君當攜留丈勝藻果然孤矢一朝懸屈指行程月未圓得意定知行妾望還家應喜抱兒眠豈知天上團圞月不照生離照死別青鳥飛來一紙書壯懷啼盡三更血一片輕雲委地壓夢魂迷暗恐非真誓從地下尋郎面不願人間貴妾身齎刀金錯飛嗚起光射頭顱悽復止烈女從夫豈愛生孫兒失母同歸死殉情守節祇須臾展轉芳心重撫孤雲鬟摘除金翠絡麻衣更換緒羅襦可憐破鏡甘飛去慘絕臨歧太匆遽入室猶言一月期出門已是黃泉路妾年十八賦于歸私語同心誓不違寶鏡妝成花並照華堂春暖燕雙飛百年恩愛三年足池水情深鴛命獨屬繡何時妾不知傳經有後君無祿旅櫬扶歸佛寺中聽人追說病時容早知絕筆無來日何苦輕舟祝去驛陰風嘶淚殘燈碧徹夜鵂鶹叫不息弱魄如乘黯月歸靈幃忍見孤兒泣底事男兒說壯行功名心重別離輕離鸞曲已傷心聽況有思兒白髮親詩不足錄然晚明風雨悱惻撼歌呼亦借人酒杯自澆塊磊而已未顧親字然可以古人雨調哀艷庾肯將與其文元次不可通也丹徒唐蔚生云哀感頑艷非常音之所能則阿好太過耳

掃塔

黃浦姜君月亭寓報恩寺時八月望後方與同人偶坐寺僧淡水者走告月台吳郡有一女子從九華山回今來寺中掃塔修醮先生盍往觀之月亭詢其姓曰楊氏適某秀才未數月而夫歿長春佛齋縞素終身凡遇律寺浮屠必大建齋醮爲亡者祈冥福今佛場已設行且至矣月臺因出步月以待塔八面每面設道場一僧各九人繡旛寶蓋香花供養甚盛上下十三層燈燭輝煌與金碧琉璃相焰耀未幾昇輿至從一女尼兩婢三嫗蒼頭童僕五六人簇擁至塔下降輿諸女伴遮護而前柔弱如不勝衣既由中階升一嫗代披觀音搭護頭上加雲羅兜乃進拈香佛前端立甚肅已而衆僧梵誦鐃鈸競作女合掌伏地默禱久之從婢進法華經數函傳語致送諸僧各一部轉至東面周塔皆然於是一婢奉瓶水一以竹帚進女僕婦各執玻璃燈引至佛座灑掃畢女尼扶之登塔塔中佛像甚衆掃至第三層力不能任從者勸阻乃止升輿時猶淚盈盈矣月台竊見其憂鬱誠肅之容可敬可憫遭逢不幸身無所依不得已乞憐於佛謂來世庶不至此志猶篤而情彌慘已嗚呼人生境地內外不同然生死之別悼逝之情豈有異哉

平陽公

鄉先達平陽公某學問博洽而生平絕不著書蓋識解曠超視浮名泛愛泊如也同邑張孝康者公門下士居恒亟賞異之及主禮闈分校官得一卷欣賞力薦某公初亦首肯已而一再覆閱曰此必吾鄉張某作也棄之自鳴於人以示公正張憤恨累日涕泣而歸自是絕意進取時浙江某侍郎與公同爲總裁邑人獲售者較多公諷之曰貴鄉人才甚盛一榜竟得數人侍郎曰吾輩奉命所衡者文耳某亦嘗密求鄉人而厚之亦不忍揣其爲鄉人而故諱之也加厚以示恩誠爲私心務詐以取名又豈得爲公正耶某公默然初洪澤湖決泛濫於高寶之間及漲及於山陽被災甚重河帥奏之上以某公淮人且籍爲東宮師傅意可信任命察其實比覆奏如河帥言河工人至今德之謂保全官吏甚多云先大父覺軒公與某公同爲諸生時每試輒冠軍某亦不失二三名文字交甚相得也及先伯分發東河論言於人曰貴某安知河工事其公正不阿類如此相傳某公微時極貧困授徒里市日懷餅餌以往嘗與東人談稱貸不應故疏遠而不滿於鄉人於後進無所汲引又私稱排之謂可空前絕後獨出冠時也鈇池山農曰為是言者重誣某公抑而失之矣人富何與於已已貧於人何尤始賤而後貴非鬼神不能預知苟恐一人慧及桑梓恐不免以小人之心度君子之腹與鄉賢潘四農先生以詩文名京師諸巨公雅相推重爲謀關節潘竟不試而返守身潔己之士即不過而死已矣安用人之汲引哉

趙芥堂

錢塘趙芥堂明府令長洲多惠政民有訴子不養贍者趙鞫問未竟曰爾輩久候當飢各予百錢令食而從鞫既至問父食乎曰食已百錢盡矣問諸子則航航然戲其餘錢八十餘僅食十數錢耳趙怒其父曰爾小民生理幾何一食而盡百錢則非子之不養乃不能遂汝欲也呼左右予杖其子叩頭乞哀詞色迫切勝於己之將受杖者明府再諭而釋之自是民父子以慈孝聞冬月有鄉民穢糞而傾於衣肆之門主人怒其不祥欲褫其衣拭之鄉民乞哀左右勸解皆不聽明府適至叱鄉民曰爾自不謹即褫衣拭地固當不從將重責時天寒風雪交作鄉民解衣裸體傴僂戰慄從地上浣滌污穢市人鬨觀竊議之謂縣官助富賈欺窮民拭既淨公問主人意釋乎主人喜而謝公曰窮民無衣凍死奈何主人曰惟公所命即使民自就衣架取之民踟躕取衣衫一趙曰單衣不足禦寒易之易絮袍曰絮不如裘遂取一羊裘值十餘金趙使民披裘擔具先行主人徒目送之俯首而入

賣兒行

四月復往阜甯館舍黃河僅一衣帶水東輸馬跡縱橫於河中時豐工甫合復決款者謂當事節省小費未築封堤巨萬帑金付諸流水惜哉出雲梯關而東濱海地勢如扇面內狹外寬有前人買地十畝傳之數十年後長至十數倍始而斥鹵繼而蘆葦繼而膏腴遂漸東移

收穫豐稔諸富室以此起家而濒河之富者貧矣館童姓邱年十二眉目韶秀其父賈諸居停僕僕詣門乞傭余詢其詳為作賈兒行云黃河北走海東徙河灘有田三百里居民分領完官租十年耕種九年水大麥小麥滄河濱一家九食當三百朝廷經費不要惜四大人豈意決吾民泥沙不塞蛟龍窟貓鼠難餓豺狼食舊時溫飽富家兒今日一貧寒徹骨朔風捲地皺肌膚縣吏如虎猝登門呼老翁出語息喘怒家無人力完征輸大兒渡河乞衣食去年餓死填溝壑今年小兒未十歲心欲賣去形神孤三秋風雨水激漲飛縱荒亂入烟蹤十里八里一村落賣兒有人買者誰騎牛老子殷行惠留兒賣錢與縣吏牽牛且放河行行能免官租去兒棄我偷此語增欷歔十年骨肉今分携華堂公子毋相虐同是人間父母生

鄭明府

壬子白門之役心如槁木豈少餘金決計不復往劉四勤伯自清江放櫂來訪約同行且曰旅費在我無憂也叩其故則云福建鄭樂山明府知君近況頗贈川資不行將重負其意余念素不識面而高誼如雲或者資力有餘聊為饋贈耳他日往謝則知非充裕且投贈祇余一人嗚呼賢矣是役也初至白下城閣猶容其勤傳言有粵賊開遊就巡兵城係為士子入城者逐漸披逃士人又不服卒草草畢事而散

隨園

蜀主人江君邀游陶谷至則裙釵成隊先探其勝去之至隨園園中柳谷與湖小樓霞群玉山頭諸境已就頹敗而一帶樓臺環山抱水猶想見此老風流相傳隨園為造園時所工花材祇糊數十年不計遠久達哉當時袁蔣趙三家互相標榜而各有妒心趙雲崧詰蒼山猴之楹聯云游戲文章然攻擊亦云虐矣蔣苕生臨川夢傳奇有臙脂公出場詩云粧點山林大架子附庸風雅小名家翩然一隻雲閒鶴飛去飛來宰相衙亦有名指隨園也三家中雲崧好財簡齋好利惟苕生淡於仕進作歸舟安穩圖奉母讀書故品誼以蔣為勝是日江君置酒妙香庵余偶題百字令詞於東廊壁上後有蜀女和之文字知音遂成離恨此貲翁印院本之所由作也事載金壺浪墨中茲錄隨園題句云一帶樓臺已寂然尚餘山水閒清妍先生自命足千古我輩今來進百年名世文章成市道清閑衣鉢託姻緣獨憐極盛難為繼修竹臨門倚暮烟

呼夢么

宣城烈婦陸氏諸生鑑明妻也鑑明賭博逋負賣妻以償氏聞之賦詩十章而縊秋水庵隨筆祇載一章別有二首可錄云香焚寶鼎暗飛烟哭拜神明訴可憐但祝兒夫回首早妾歸黃土也安然盲風怪雨夢魂差百折愁腸只自嗟燈火不如人永訣今宵猶放一枝花良音促節閱之凄然鄉同里某君好賭傾篋一空其家人憂之請以陸生事演成夢呼么十有六折以資諷勸某視之若無覩也泗州傅味琴題詞云補此恨天缺庠空月斧修世風挽澆末詩教本溫柔金注昏凝夢芝焚影古愁扃閣三過請證說振高秋丹徒唐蔚生題云為底狂夫太憨生拚捐情重妾身輕金釵贏盡全輸盡贏得香閨死後名紹興周雪蓮女史二首之一云自歎身亡事未終白頭黃口兩無功臨危多取傷心淚付與詞人淡墨中兗州李晚芳云事到艱危死亦安最傷抛母撇兒難達宵詩到幽貞處滿紙冰霜六月寒雲南伍晚香夫人二絕云十首遺詩了夙緣紅顏薄命奈何天斷殘心事無從訴不化鴛鴦化杜鵑玉茗風流孰嗣音呼么有夢可傳今何當譜入良絃裏一曲淒涼淚滿襟夫人長公子稚虹司馬金縷曲云淚墨和愁疊譜新腔紅愁綠慘舞情激越自古美人傷命薄大抵天留陷缺恨往事宣城奇節郎受拚捐抛錦瑟一封書永掩妝台月移不轉心頭鐵玉釵敲斷柔腸結恨沈沈話蘇夢魂蜩香滅碎嚼燕支噴滿紙留得殘詩十絕聽夜夜秋墳鳴咽幸有臨川才子筆仗哀絲宛轉傳幽烈齊女怨一朝洩又儀徵友人吳筱香都梁宋管侯題詞皆佳惜遺落不復記矣

茗香亭

茗香亭詩先伯父少霞公著太倉盛子履同邑潘四農兩先生曾加評選七絕下燕子磯云亂峯深處白雲隈夜半禪關靜不開無限青天一丸月照人飛過大江來雨後云庭花倚壁盈盈淚楚水通渠濺濺鳴太息陰晴太無定溼雲西畔夕陽明題手把芙蓉朝玉京圖二之一云我是清秋江上群曾依香案見爐煙分明記得朝天路兩袖星辰一撍雲五律遊小停雲館云看雲識雲意得著便為家可以雨天下也宜住水涯孤蹤自高樹幻景不濃霞便使終嚴壑何勞深歎嗟閨中題壁云不知今夜月秋裏十分春艷朵花堆鬢狂杯酒沒唇江山凝笑我星斗醉呼人萬里一搔筆天風吹上身讀梅村集云莫詠梅村句當時已惘然文章百年夢生死兩朝天舊局輸殘着新詞較一錢雪圓書在否幾輩使人憐江渚晚泊云萬疊青山影蒼然起暮陰夕陽高樹頂孤月大江心世味微沙鳥天風落酒襟六朝興廢事休為細追尋遣悶云薄酒不成醉庭花開已殘客如秋燕少官比暮蟬寒微雨又今夕孤燈還夜闌牀頭一幅畫聊作故山看七律陸行返泰州云輿畫東來一釣舟飄然行李又橋頭路從打麥聲中熟人被青茶多處留溪水斷流仍睡鴨樹陰分徑各歸牛遥思夕照家山畔知否桑麻一樣稠通州暮秋感懷云四月清和客到初半年風味復何如芳亭有月花時少石戶

無人酒興疏，蘇子得魚聊入賦，魯公乞米未宜書。江關飄泊平生慣，湖樹霜華拂敝廬。秋聲聽偏廣陵東，筆架峰頭信宿中。萬木蒼涼官舍少，半溪蕭颯市樓空。夜寒山鬼孤啼月，潮長江豚亂舞風。極浦荒城足惆悵，不關羈客怨飄蓬。昨夜官符走六鄉，畝餘輕起一鍾糧。運雲稼穡當場畢，落日雞豚掃室償。刀俎豈知魚肉苦，腹心甘受爪牙傷。滿城風雨催租日，旅櫬蕭蕭佛寺涼。自注：縣令某聽吏胥言重斂田民，民憂懼死，令亦以憂懼死。憔悴青衫此一遊，荻花楓葉似江州。山川滿目飛孤鶩，萍水無心付白鷗。餘子誰堪灌夫罵，少年莫把賈生憂。惟應料理東籬菊，篙到蓬門自在秋。閔災二首云：戟門歌舞笑開尊，蛟鼉連天水氣昏。半壁東南成釜鑊，萬家骸骨付江豚。遺民終感周京德，賜穀猶蒙漢詔溫。聞道宣防新剖子，彌縫瘡痏了無痕。野老吞聲哭道旁，西風一度一悲傷。強家自擁黃金屋，弱肉猶徵白粘粳。萬戶傷心灰已死，六州回首錯難償。何人為灑江東淚，報與朱雲請上方。五古晝夢至母所云：思母日以劇，將母彌不遑。閉目偶習靜，倏已趨母房。母方下簾幙，一枕眠匡牀。側見第四子，嬉戲箱籠旁。攜子趨出戶，速去隨媛行。勿驚吾母眠，啼呼偏惶惶。母醒顧兒侍，遽起索兒裳。問兒何時還，拄杖相扶將。手兒出庭立，道兒肥瘦強。指揮雜僕嫗，悲喜騈壺觴。兒語未及罄，午雞號中堂。恍惚一夢覺，嗒然若遺忘。起視白雲飛，嫋嫋秋風長。我無稻粱願，又無賢勞方。讀書辨子職，胡為滯他鄉。寸草不知報，涕泗空徬徨。飲漁山齋觀所畫山水云：山陽水漾山不多，鉢池砂赤無旋螺。出門見慣白波湧，磐髮何處歌峩峩。興來踏月訪老友，老友婆娑亦何有。潑青大白同鬪顏，百丈蓮花一壺酒。細觀尺幅山接天，我曾大笑凌其巔。洪波萬頃噓雲烟，群峯一路蛇蜿蜒。意匠辛勤極研練，直為樓霞寫真面。狂杯瀉酒臨江流，復恐蛟龍出水東。噫呼吸盡三百鍾，起視落月低遥空。浩歌前溪醉歸去，夢魂飛入千山中。

公主

唐義陽公主與駙馬王士平反目，蔡南史播為樂曲，號義陽子。有團雪散雲之歌，今其詞不傳。魯六仲實侍通甫師修志慈雲寺。十一月余往徐州，過焉。仲實出其詩稿見示，有擬作團雪詞，甚新艷也。因念公主反目事，史傳可笑者甚多。特爭阿家翁之養為主持耳。如郭暧薄天子語，公主訴之，子儀謝罪，上曰：小兒女閨房之言，何足聽也。永福公主與上會食，輒折匕著，上曰：是豈可為士大夫妻。改所尚宜城公主。下嫁裴巽，巽有嬖姝，主不悅，竟斷巽髮，上怒，降其秩。此明主所行，可為後世法者。若夫村氣致誚，羞與同車，閨壺遺言，上干聖怒，則雖乎為附馬矣。宋明帝疾諸主嚴妒，使孫斆上表讓婚，歷陳苦狀，令人捧腹。畧云：伏承恩旨，當以臨海公主降嬪，獲見晉室以來，配尚公主者，如王敦懾氣，桓溫斂威，真長佯愚，以園辭，子敬災，足以求免。王偃無中都之質，而裸露於北階；何瑀闕龍宮之姿，而投軀於深井。謝莊自害於矇叟，殷沖不免於強鉏。劉勤甚於僕奴，防閑過於婢妾。或入不聽出，進不獲前。或不以三晡為期，遣必以日出為限。夕不見晚魄，朝不識曙星。聲影才聞，而少婢奔迸；裾袂向席，則老醜叢來。伏願天慈特賜停止。若恩詔難降，披請不由，便當剪髮刳膚，投山竄海云云。上以徧示諸主。妒成因之少減。夫以帝室之女，而性情倨傲，天子猶且惡之，彼民閒子女，千金之富，一第之貴，輒昂然驕其夫家，噫嘻，可以愧矣。

災民

自豐北決口外，河廳員減色，而浦上市肆伎館歌場，擾擾如故。勤伯姪至慈雲寺，與道甫師踏月出遊。會十五月食，先生作墨梅贈勤伯，戲題句云：禪房燈影照無眠，獨撥花枝欲動烟。不見當頭好明月，生憎今夜是今年。寫今年蒼寂之況，則平時繁盛可知。及予就道自邳宿而西，河北災民攜筐背釜，襁負南行者，絡繹不絕。豐工集夫萬計，日給薄貲，寒霜夜零，肌骸盡殞。公局施席，至九十八百餘張，而官幕中人，今日嫌肉膩，明日怨魚腥，別有肺腸，念之可為危懼也。仲實有句云：朔風捲地起飛蓬，狂雨連天送去鴻。河北流民三十萬，人人都在此聲中。

醜女守志

抵徐州銅沛館舍，時已歲暮。有邵茂才者，容止甚陋，以千錢從工次買得一女，面麿庳能許，傴體齞脣，雷中瑟縮如鬼。邵愛之，錫以佳名，卧之牀下。捧茶釃酒，若婢妾然。已而每夜揕女，不審何事。第聞女號曰：我已字人，揕死不願。天津曹君曰：事可知矣。四美具，二難并，宜其好事多磨也。同人勸邵反之，不可。浙江王君巨謎，至於女貧苦至於賣身，邵雖陋，猶少勝焉，然而日受鞭笞，甯死不變其志，人豈可以面貌相乎。古有登徒，今有邵生，亦人世罕見者哉。

合龍

河工堵築決口，最難者合龍。先就決口左右築壩，漸東漸狹，則水力愈猛。預置大舟若干具，滿載巨石，以竹纜鐵索聯絡極固，別以纜索達於對岸之上游，盤諸絞關，漸次放舟及口門，則鑿而沈之。壩上夫役千百人，急下木石新土之屬，但求大溜不奪順軌東趨，則此工可合。蓋雖人力，而有天意存焉。不則轟然一聲，纜索齊斷，其巨者圍大如桅，甚者如臂，以水力當之，摧枯拉朽，一綆不存也。是時豐工告成，上下相賀，予呈排律云：厚德凝坤土，靈威仰廟堂。臣工勤用命，河瀆亦遵王。聖世無洪水，驚流偶濫觴。村墟歸浩蕩，星斗浸蒼茫。天子憂勤墊，群公任保障。雲霞初奉詔，鵷鷺湛成行。內府泉刀賤，淇園竹楗長。檝艫爭濁浪，冠屦雜飛霜。

砂石供驅使蛟魚隱遁祇默遐宵旰意永靖恬淳傷頁賦通南國山川奠北方神工合天地祭禮辨琮璜蟻壤能滋患龍淵莫懈防西來猶巨浸東下接遐荒滿腹憐黿鼉征裵撫鵜鶘所期常道泰休氣兆禁光未幾豫省屬汎復決河由山東直隸入海不復議堵先是吾郡北患黃河西患洪澤自七堡開而黃水入湖傳堤積久成田於是淮揚無湖患自豫省河決而北下游皆涸於是淮揚無河患矣

金龍四大王

大王姓謝氏越人為民捍災赴水而死靈爽赫奕累請封錫因神行四故曰四大王化身常為金色小蛇故曰金龍北方舟子皆敬之見有金蛇方首者游泳而來必以朱盤奉歸祀以香火可保一方安吉南河每歲霜降以安瀾故演劇賽神居民輒見神來供奉高座上雜書戲目進之神以口銜一二即知所點之劇若花果品有饗有不饗不敬不潔者必不至一日演劇小兒旋馬神病其長者浣地而後安河帥某公欲見之左右奉而往河帥揖神亦點首作答禮狀第其來也可知其去也不可測或供之瓶中瞬息不見或風雨交作衆人閉戶守之啟視已沒

積新

自甲午至今十九年浪游隨筆所記高可六寸許水劫兵災蛛絲蠹粉散佚過半頃見謝韻卿女史句云詞章考據兩分馳刻苦論文已太癡等是積新天地內可憐終有一燒時下二句與余舊作不異一字可為此編一笑也

金壺遯墨卷一

鉢池黃鈞宰天河著

徐警

咸豐三年元旦風晦白日慘淡冷雨兼旬歷十九日始晴同人遊雲龍山登戲馬臺設飲於黃樓酒半忽見軍士數十人自城下陸續西行詢之則粤賊已抵江寧若輩皆陸師大營潰敗者同人驚愕回署而兵勇入自南城者更多詢之則安慶失守蔣中丞文慶殉難潰自蕪湖敗歸者於是曹君春生老母在南失聲慟哭眉君英伯寄財京口徹夜欷歔或望雲而泣田園或對食而發妻妾平時諱飾言貌深心若井至是乃如溫犀禹鼎各見肝腸所謂觀人於迫者此也會予有海贛之役文書自省垣縋城而至即日就道留別徐州云輕身作健事長征入耳驚濤挾怒聲匹馬短刀寒日下滿天兵氣出彭城

武昌初陷

桂林長沙武昌同為省會同議固守追賊者同為向江諸公而有陷有不陷則攻守利鈍異也初粤賊竄攻桂林向軍門自永安帥衆介馬疾馳繞出賊前先一時入省會賊營象鼻山礮丸入城如雨又製雲梯呂公車濠城平攻公與諸將晝夜守禦以長竿縛火炬並煎松膠瀝蠟為餅火之烟障賊目賊多墮死此先其未至也及入湖南衍船於全州而賊勢一縱結營於長沙之鰲山廟天心閣等高阜江公忠源望見驚曰賊據此長沙危矣急率所部爭之賊少卻遂趣移壘距賊營數十武共汲一井鋒折鋒相觸自是長沙北南門受敵向軍門又與部將張國樑等多方擾之迫賊巢背水而城當絕地僅有斬擒賊自郴州得採煤夫千人仿鰲翻法穴地攻城城圮數十丈副將鄧紹良大呼躍出城闕手刃悍賊後者復鑿復刃之礮闖間礮穿紹良右髀屹立不動升兵奮力壘土築城賊始退此銳氣制勝也方是時偽王七人大全已成擒雲山及洪逆妹夫蕭朝貴先後斃於礮秀泉憊人心渙散取王雕璽詭稱天賜俾衆呼萬歲大搜民船由臨資渡洞庭而賊勢再縱其鋒不可遏矣岳州舊存吳三桂軍械礮位盡為賊有漢口為數省通衢百貨山集焚掠五晝夜以浮橋徑達武昌向軍門又自湖南倍道追至營於洪山兵士戰轉三省未嘗一日息銳氣少衰矣時大營與省兵為賊壘所隔勢不能合軍門既燬賊壘數十座殺斃及驅溺死者無算屍骸枕藉河水為之不流日遣敢死士縋城而入約兵策應鄂撫常公大淳欲出戰而守令以民志未孚慮其驚潰欲俟客兵抵城下始出軍聲既鈍示賊以弱已而寒雨大沛火藥不燃兵士攻剿經旬亦極疲困向公命收隊而城不保矣天河生曰國初吳逆之亂朝廷以重兵扼守洞庭使賊不得出

湖南一步，庶以制其死命。西南有警，衡湘誠宿儲哉。

金陵被圍

賊踞武昌久，向軍門晝夜覘賊蹤跡，逆衆不能安枕。探知襄樊以北已設重兵，而長江惟建瀛一軍，帶挾不足畏，乃定東下金陵之計。自永安至此，所擄男女近五十萬人，船以萬計，皆擇軍火、財帛、婦稚置舟中，新舊賊步騎夾岸。旌旗蔽野，帆檣如雲。諸偽王皆衣黃袍，偽侯以下衣紅，繡龍纖麗，間以寶物及麒麟獅象之屬，冠亦如之。時擄船樓上置酒會飲，懸燈張彩，夜半照耀如火龍。擇男女姣好者，各傅脂粉，錦衣珠飾，俾執役於左右。後艙則鳴金擂鼓，絲竹間作，如世俗之戲。十二月，賊沿長江數十里，僅於老鼠峽、東梁山兩遇官兵，未及交綏而退。總兵恩長陣勝於中，礮落水死，而兩江督陸建瀛縮首金陵矣。建瀛之初出師也，中軍以下屬蓋難將弁，皆除伍散候大帥祭旐，而建瀛久不出，則與愛姬執手沸泣，不忍遠別也。

洪大全

大全，湖南衡山人。幼慧，九齡能背誦十三經，粗解詩詞。長而深自負，屢應童子試不售，益狂悖，好大言。時粵中諸賊橫行，不下數十股，大全陰察之，無足語者，乃投洪逆，聯宗誼，洪亦暱，加倚任。相與定營制，整軍律。共守永安，而楊秀清忌之，猜不相能。會官兵攻永安急，大全因服出城，被擒。隨營丁主事守存等奉檄獻俘於京師。城賊突出十人，謀奪之。郭中丞聞，飛書促其兼程前進。七日而抵全州，丁知大全衡產，恐為賊覺，冀取，乃陽檄陸路驛站撥兵護送，而改由水程，晝夜趲行。既大全閉艙寨，其窗無少隙，又八日而抵長沙，大全不知船行之速。每曰到衡州，使當陸行，兵役偽應之。至是紿曰：「衡州到矣。」大全出船四顧曰：「此長沙也。不謂汝輩能令我至此，吾其休矣。雖然，秀清豎子，不從吾言，終亦成擒耳。」途中題詞曰：「寄身虎口運籌工，恨賊徒不識英雄。漫將金鎖縮飛鴻。幾時生羽翼，萬里御長風。一事無成人漸老，壯懷要問天公。六韜三略總成空。哥哥行不得，淚灑杜鵑紅。」

孝丐

蓬容彰儀行於城北之衢，見一丐，齒方壯，負一老嫗，年六十餘，乞食於市。覘其衣，藍縷綴結，不掩肢體，朔風深冽，股栗不能勝，而嫗身絮襦甚完。予既心識之，從之過市。市人與之食，則置嫗膝下，奉食於前，嫗食已，以其餘強之，乃自餒。如是者再，予益嗟異。嫗目下走，足微跛，丐左右扶掖之，惟恐傾跌，色藹然以和。進而問曰：「若汝母乎？」曰：「然。」曰：「得食奉母，正也。然汝身寒甚，不已餓乎？」曰：「得母飽暖，以終天年，即身死亦樂，凍餓安足恤？」天河生曰：嗟乎！窮困而至於丐，竭其力猶足養親，獨其命見阨於天，遂無可如何。丐有母，丐而福矣。問其姓，曰：王。不知

其名，沛邑人。子死妻去，有田三畝。去年河決豐沛間，家被淹沒，而丐也。

雙溝

徐郡雙溝鎮，四屬接壤，向為奸宄出沒之所。每遇盜案，彼此關移，及文投六扇門中，賊去九霄雲外矣。近日清散兵勇，佩刀帶劍者，所在皆是，尤為畏途。予過此，夜半暫眠，忽聞門外喧呼，則紅光燭天，鄰舍火起。僕夫匆遽欲行，予曰：「出門則行裝頃刻盡矣。毋躁，候之。」果不免。偕汝東也。及明，延燒五家，逆旅屋幸存。出鎮里餘，有裸體被戕者二人，相距不及百步，一傷在額，一傷腹，血浸溼猶未止也。

清河

粵賊既破金陵，鎮江繼之，即渡江陷揚州，游騎於邵埭之南。淮人將遷者，皆數於家，富有避於門，資而強者喜於道，奸謀詭計，至有不忍言者。清河宰吳公仲仙曰：「是不可口舌爭也。」戮二人，率數百人疾趨至郡城，且曰：「大兵至矣。」偏張示諭，備供具以待之。清河人見之曰：「賊從南來，縣宰方迎往，吾無遺矣。」郡中人聞之曰：「吳公不妄言，必有大兵。」姑且此。賊退，遠者反歸之，強而喜者嗒然釋械而歸。

紀變

楨功推壹號令，嚴出入，守城以為禦賊計也。今之城守官擁兵揚武，不能使賊不入，而第能禁民不出。武昌、金陵、揚州殺人之多，皆坐此。予行抵王家營，聞南中風聲甚惡，從道而泊，草木皆兵，風聲悲慘，城門禁出。其顧有二月二十五日紀變句云：「渡江賊衆如雲屯，前夜奪城東門。風聲草木鬬，雨亂上通星夜，官兒號女哭，慎勿出城門。有官方怒汝道等逢尚伊何人，郎帥之女千金身。朝居華屋盤兩深，暮投民舍鬻沙壁。阿翁為國捐身命，眾前流離淚沾臆。」

海州

端午後一日，由鹽河達海州。及城，日將莫矣。遙望有黔而長者，裸體負門而立，形狀魁梧，目炯炯左右視，如神荼鬱壘，臂揚突勢將攫人者然。過客環觀，僅及其腹。初甚異之，漸近乃知匪民被捉，官釘其手足於城門也。先是一二月，旅客四起，行旅絕跡，自嚴刑懲創數十人，強徒稍斂，道路始通。

銘

贛榆坪有古槐一，除廣數丈，腹空可容一人。陽湖段翁上刻詩其中，邑士屬予為銘，語識之云：廣其中，拙其外，枝蟠葉茂，無災無害。余雨露滋，一古至其肖似馬背，則犬也，亦屬為銘

亦遂舉之焉不倚偏通衢之犬不吠人可人如玉誰其倫

孝廉方正

初詔舉孝廉方正韓楡令以李君繡谷應名實相副當之無愧色而繡谷固辭其鄉人曰筆金以爭之而不得者多矣子何辭之迂也繡谷曰吾無金故不爭吾懼夫人之疑若有金也故辭令聞並東之卒具行實以上同時某偽應詔無人會有諸生某行誼甚劣聚賭宿妓唆訟詐財無一不為其才又足以濟之素為鄉黨患即有司亦無如何乃與紳士議以生應舉不令費一錢惜以籠絡束縛之倘幸而召試錄用亦可出諸境永為境內除一害計定詳上生大悅曰敢後鄉亦作宰相天下時事可知矣我乃得為孝廉方正欣然從之後以軍興故未奉召試某里居仍加六品服遇事生風又加甚焉一日赴妓院僕攜帖袋以從酒朋賭友成在或指其頭銜戲之曰君須顧名思義某曰吾固知之人間事不過爾爾是科吾見辭者二人焉一為陸小嚴師一為繡谷繡谷辭之不得遂不辭小嚴師曰吾老矣何可當也必遂所辭而罷

九節銅鞭

粵賊初陷金陵聲勢極壯環城皆堅壘自大勝關至七里州賊舟聯絡不絕向大臣結營孝

陵衛大小百數十戰皆勝焚船遣散難民水手以萬計賊始斂戢一日大霧公令軍士偽為賊裝邀其前而伏兵於壘後戒以聞礮齊發腹背夾攻賊大驚自相踐蹦死者無算十總某左挾長戟右持虎頭鉤率衆躍馬登土城盛氣剽悍賊為之懾及歸袍袴皆赤六人扶掖入營向公大獎異之視為進食又加九節銅鞭於鍾山高阜設以排銃更番迭進我兵乘勢攻儀鳳通濟門城中火藥崩裂人聲沸騰勢將驚潰公望見賊衆如蝗如蟻兵勇不敵其半慮攻劉太息則困獸猶鬬所傷寔多且金陵殘破已甚而蘇常完富定計以力保東南為上策於是揮兵使退築長圍以困之尤專意扼守東壩并會合鎮江軍力保下游云

樓船

揚州城臨運河城外地狹者不過二三丈監知事張明國使卒肩梯城而登賊衆自焚跑馬樓受傷而返營務諸員遣勇士密量城垣高低距河遠近取上游空運糧艘於船尾吏板斜出二丈餘累級而上若雲梯然預遣參將馮景尼伏兵東岸以待屆期令總兵雙來力攻北城游擊師長鑣駕船至城東船尾適倚便意門女牆東岸亦直接船頭賊衆初見船與城平火駭而散而景尼兵無一至者賊復集縱火焚船雙來右股中礮昏瞀中再呼殺賊而殞是役為揚州軍第一奇策誤於景尼一人革職不足蔽辜也

四舟子

是年賊以十萬衆出皖豫渡黃河蹴太行而終踞直隸之靜海縣有舟子四人義而智初寇清既得江寧即議分隊由清淮北趨有舟子大言曰北省無水之糧運困莫解今緣長江之險擁財賦之地計無有便於此者乃止清淮以北復安又在皖北擄船數千以所得財帛子女寔之環結為水寨一舟子言於賊酋曰自倚特船流通今環結於此他船聞風者不敢復至布帛菽粟無由而來是自困之道也乃舍之難民乘間遁去者甚衆及攻開封不克以二船滿載火藥渡河賊目十餘人監之舟子兄弟二人密議曰賊勢之熾專恃銃礮北去何堪有此致舟中流私鑿沈之賊目俱溺斃二人亦滅頂而死

地道

江寧賊又分數股溯江而上圍攻南昌旋掘地道一日掘甫半城中人埋甕於地伏而聽之尋其聲而對掘一隧令敢死士攜利刃快刃洋銃蛇行而出遇有賊酋服黃袍紅披風者緣地道鞠躬俯視問左右何時裝藥何時封門士突出逐以利刃劈其面自左眼以至左顋輔背肉皆飛去衆駭散不知其何自來也士復以洋銃左右擊縱身入隧而出

陳玉標

海屬與東省毗連盜賊繁多而陳玉標為最著少時遇捕斷左手能以利刃縛臂上而右手持長槍馬上衝突當者披靡又與營兵縣役相結納官弁怯懦不敢問強者或欲捨治則先有趣之遠颺者咸豐四年春玉標率數十人趨海州把總李步瀛馬蹶被執賊勢益張予團練鄉閭以張本樹坊乃得兵民千二百人二月既望余督觀察統兵至州而密約東省道府出兵會剿賊竄贛榆沙河鎮鎮紳孫氏者故與相識欲千金餽之玉標叩首衆賊前乞勿淫擄以報孫氏孫復為步瀛請玉標親解其縛長跽請罪涕泣具言不敢為亂勢非得已束手則性命付人矣明日觀察兵追至贛榆賊竄散墩堡揚言將犯邑城而寔欲東趨青口觀察即擇要隘乘夜出陣賊偵騎從月下望見隊伍静肅星火出沒又聞銃砲聲殷殷不如其處偵還報賊不敢東炊飯未熟將西行而山東沂州官兵突出邀擊我兵截其右民團鳴金鼓譟賊棄輜重遁走夾谷山中迷亂不知所向山東兵貪得財帛不追賊民團合禽數十人予參與鞫問無跡者擇之有內襲婦人衣袴懷金臂數釧者誅之又明日遣兵搜山賊蹤既盡而返而玉標卒未就擒不知所終

三靠

贛邑西北多山田無溝澮崇朝大雨則民患水災不雨兼旬則禾苗枯槁故邑人有三靠之

說謂達房靠爛恤病靠命種田靠天也

閏七夕

閏七夕綺語陷九鄉刺史贈以梨園演劇三日並屬辛筠生明府經紀其事誼甚殷也贈聯云紀閏秋添為有雙星遲駕鵲催妝才高好傾八斗賦驚鴻見者皆稱工巧王曾生先生筆也

王曾生

王曾生先生名復常熟人工墨梅詩學清曠當爲公見亭督南河雅尚文藝先生名重公卿間世所聞中題壁句云諦采慈姑隨風颭濃煎益母慰相思臨行五斛難移袖珍重噓寒好護持先生作也及客鶴署年已五十餘而談論風生意趣瀟灑如故同人中尤與鈞洽嘗以謗言質諸九翁九翁矢之乃罷先生曰此即天河磊落處也若某翁者心忮公而口不言其捐忿寧有已哉粵賊之變先生有江干紀事詩錄其六云大將旌旗度楠嶺五溪毒霧貼鳶墜人過峴首思羊祜賊喜祁山失武侯篝火夜聞狐語幻兵符旋屬虎牙收更誰解佩元戎印天意干戈未肯休千里狼烽一一飛台城空牢健兒憑劫深仙佛難救山喋余銀氣不勝戰艦連檣通北固援兵無路隔西陵艱難獨有諸軍帥若負輕舟渡冰萬衆環城似守株桓桓使相握兵符雕鏤器皿供行帳絡繹珍羞供御廚箋奏浸陳淝水捷詔書空發羽林孤丹青他日麒麟閣添寫行軍富貴圖清園萬衆忽縱橫對簿俄看將肯臣豈爲循環誅馬謖似聞歸罪殺袁崇淒涼筆馬分諸將寥落殘兵駭海濱不死沙場死廷尉英雄千古恨難伸瘡痍餘生拜馬頭遺民流落古揚州水邊林木營巢燕望裏烽烟喘月牛半夜淒風哭新鬼一城焦土換紅樓追窮莫況孫吳戒瓜步城宜力戰收岸虎何如水上龍康頻老去倦學弓推心幸得降人力持重難收盡敵功諸將兒嬉同霸上三軍喜氣雜春中行間特拔君恩濫珍重威名慎始終又觸藩祇計成禽易出柙誰知制虎難百騎甘寧能卻敵三登董父更翻城皆一時實錄也先是廣西獨秀峰有題壁三十首遂此遺矣

藺生

山左藺生口吃眇一目左耳重聽生平獨善象棋不敢敵手而能制其命曰吾以服人不欲多殺傷也時人謂之仁義之師

劉秋舫

予客青口主同年劉秋舫家因秋舫以交李繡谷蔣蘭泉余松南薛爾諸君招飲無虛日飲輒爛醉或放浪踰禮法秋舫必左右之夜漏三四下俟予歸寢而後去慮其失言過行貽

夫笑也予不善治生事恒與秋舫謀之秋舫入城亦主予論心談藝無依時處鄉里善解紛難戚友大事咸就理焉嘗有鄉人訟田累年不決秋舫以片言折之兩造悅服前後司牧倚若左右手公私以貨財相託者歲不下數千金而秋舫貧匱如故也咸豐五年將以縣令入都而先於正月病不起往哭之哀越日以庶羞清酌祭諸其墓而綴以文曰嗚呼劉君生死長已誰謂予病乃至不起君死之日我聞於途識與不識重歎累欷以君之才而折君齒夫人所悲況予與子君性剛毅内抱沈潛爭直而折不靡而全君蘊其學發為文辭雨青秋挺雲藻春搞當世承平選括衆務良木向榮哲人斯逝摧景彤廷避光雲路令譽風馳高才早騫致身之道蓋亦多途君守哉籍以殲以魚世嫉恢奇衆嗤耿介骨鯁之强焉往不敗黃鵠折翼蹭蹬而旋芳草在谷歲歲經年莫湟匪白莫磨匪堅衆人高舉而子迍邅及世多故洞風麐人撼而顛子卓其神季布重諾仲連解紛事靡鉅細予集於成方今州郡縉紳先生匪曰利己即用誤人君持以正卓立中流鋤惡白衆中亦招尤往者徐兗妖完鳴張衍蹟並哭晝夜皇皇予集壯士手挈其綱卒扞枳棘屏翰一方鯔詛不生靡祝不死彼蒼者天自古如此惟君尤酷賫志方長年强心傷運否身亡如駭就逐方駕而蹶如雲在天未雨而滅更有痛者禍不單催母病繼隕家難斯多及身不幸手無斧柯悲衍衙道繼緒靡仙天心胥漠詎命山阿君死有知傷如之何昔歲癸丑賊寇兩江君遊而返我來此邦投我瓊玖詠我科名凡我瑣屑皆子經營世事棼淆誰相知心譬行幽黯恃子光明予有良友飽蒙此才非屑予兔子介以來春秋夕又酒歡呼惟此數人有會必偕或飲而酣或歌或笑予於斯時歡嚴其魁酒闌人散或止或行予於斯時歎欷其情良會不常白日如馳今見諸君乃不覩子彼覽遺牘積箧盈几目想君形聲猶在耳往予有行君聞以郎自君之亡誰箴予闕予醉忤君君默不語不慎將來復誰背我嗚呼秋舫光曜何在聞君在殯寥落無人昔日之卧予勞其身朝求夕訴滿室盈門人事叵測胡遽胡馳矧茲變亂萬代一時思子不至疑予追行六合同悲予夢先醒望雲岐嶇雪涕沱潁人亦有言九京可作冷署青燈荒城夜柝倘予東來云胡不樂

李九

李九者贛榆之青口人邑人未識其名問李九則無不知者兄七與部人訟隙地縣官索賄七弗與部人賂之繫七與史罟朝暮逼須縲以楞撫飲食又不以時至七憤而縊時縣令吳忠元典史貴長春也九方午食聞七死號泣而起曰所不與兄復此讎者非丈夫也投狀海州州不為理控諸監司仍檄州九念外省官吏上下徇情終無能為兄雪冤者乃徒步入上京

其眼部衣帽未開下餘俱集說九既多歷凶惡又甜言誘取自文推折磨所錯於服藥臥病
中誰說七帝得當即身死無憾九婦聞之目從沛泣然者者天下丈夫生還顧以身代而懿元
是一時所求宿官見九健談難皆悽妳身無完膚九思死不少休懿元等度終不可感化因
為其素所親信者說旅舍置酒召美伎反覆開陳餌以重利九始終閉目不一言既而曰吾
與若輩不過各不然今日之舉即公堂左證也懿元等聞之益懼計無所出乃議以毒手
取九命於是賄買牢卒某為九診病者長春與相識夜往語之曰李九必欲殺我奈何因袖出餅
余為若輩用牛作背謝長春曰不能救惟是今日長春一命與公一官懸於君手君誠能因九病
藥而斃之眼然吾長不食言也醫許諾約以十日內案使行事曾陳蓮史廉訪蒞任微聞李
氏冤即日提案訊鞫懿元等伏戮將加刑訊九則躍踊堂上眼枯無淚長沛而號懿元等竟
不能辯當得實情獄具懿元械職長春戍邊吏役正法者二人九至是喟然歎曰今而後死
無憾矣時受刑已瀕危然一息歸至半途竟死鎮中紳士以鼓樂迎其櫬其妻見櫬觸蹈求
死姻黨勸慰乃蘇天河生曰予聞背口士未遇九事至今勃勃有生氣嘗許秋舫為作鴆鵀
原傳奇曾兵恥未及脫稿嗚呼九不以生死質成於其兄今秋舫南亡而勿名皇戎馬間乃
不克踐文字之諾倘亦九之所羞與

張炳垣

張繼庚字炳垣江寧諸生粵賊初破江寧炳垣欲自盡既而曰徒死無益遂降之改名葉子
法處之機匠館中同郡吳畏堂初客漢口與漢陽令趙公德轍故相識至是吳亦陷賊而趙
公擢授江寧府炳垣因與畏堂謀明守門賊通書趙公約內應趙為言於向公許之炳垣先
後上書三十六函初議入朝陽門賊酋怨將守門賊詘壯他處而別選廣西長髮者守之乃
更約取道後湖以草船伏人而進賊酋頗微聞之周湖築土城防範甚密於是計不果行同
謀有張沛澤者廣西人見事不就背之去炳垣乃復與張鴉頭約鴉頭故無賴然感炳垣意
氣私結濟輩百餘人願以一死相報計定炳垣託故出城親詣向公極陳江寧可破狀約大
兵夜集儀鳳門則城內開門納之公付以免死牌五千紙定議待期舉行矣沛澤故知其謀
見鴉頭炳垣數相語曰予我千金不爾當發其事炳垣曰吾安所得千金者沛澤果以白賊
立逮炳垣拷掠備至同館人曰內應首謀寔為張氏繼庚此葉子法非為叛者獄稍緩而秀
清改命賊酋胡元偉承審元偉者故盧州太守陷江忠烈公於死而以城降賊者也嚴刑酷
法至燒鐵烙體刺指鼠乳中炳垣倚恨不能忍曰他人問吾無可承公乃大清堂堂四品官
吾亦公祖部民也當以寔供內應事大非一二江寧人所能皆由廣西老賊首謀且人多吾

不能記請以溥奎胡礦左右取偽官册炳垣指一廣西人曰此同謀者即逮其人而殺之又
指一人曰此知情者又殺之殺至三十餘人秀清曰已矣咱其計矣彼所指皆老兄弟非寔
情也勿復問遂用束裂法繫炳垣手足及首鞭五馬而馳之左右手足先斷首次之餘體又
裂為二觀者皆掩泣鴉頭聞之曰嗟乎吾既以死許張公畏禍食言非丈夫也且張公以數
言殺賊數十而不一語及我望我成其志耳我必圖之時賊衆備嚴緊各城增設木栅數
重及期鴉頭率其黨殺守門賊七人而無計越栅開城官兵夜至不得入明日賊中大索殺
人者久之無左驗事將寢矣鴉頭過所善沈猷醫飲酒酣大言曰前日大難七人者我所殺
也猷醫首其事復殺鴉頭自是城中無敢謀內應者矣後猷醫以事出城鄉民殺之沛澤卒
亦見殺於賊云天河生聞諸李芝生曰張先生上軍門書李由芝生代傳三十六函存其什
四他日謀為刊之當夫嚴刑逼供之日豈不知一死無所逃免哉然而骨肉猶糜忍死不承
冀萬一獲全猶有後望卒用計殺賊多人而後罷可不謂烈丈夫哉機事不密英傑淪亡又
奚悲失矣

楊漕帥

漕帥楊昌雲先生善詩工書法墨梅繁秀生動筆有古姿居京師時性不諧俗衆以迂怪目
之意泊如也泣淮後手不釋卷尤好搭拉士類見劉君勃伯及家兄月清文則許甚厚鈞
入都時戒以長安結納首重黃金黃金不多交不深有志者閉戶讀書毋俯僕僕為也防堵
揚州倉猝退守寔為白璧之瑕時先生年已八十餘齒考亦足累人哉

錢江

錢江字東平浙江監生小有才口多大言嘗客廣東坐法戍新疆遇赦回籍遊說公卿間當
雷公以誠辦理糧臺駐節邵伯壞江往投之歷言用兵理財諸法公大悅辟置幕府相需甚
殷時江北兵勇萬餘餉糈孔棘公難以轉餉為職寔無所措一金江為畫策疏請空白部照
勸民捐輸隨時填發往往百姓報捐或踰年不得獲符則意興索然至是朝納白金夕持堂
服故富商巨室踴躍輸將又立釐捐法諸凡商人來作賣買積貯諸物及商以取利者出入一
錢官取其釐分別城市大小居者立局行者設卡窮民小本經紀者免故商賈不病而大有
裨於餉軍興十餘年各省仿行源源不竭卒成勘定功其事創行於雷而其議寔創始於江
嗣後官吏待缺者視為利藪設局日多立法日廣胥吏僕役一局數十人大者官侵小者吏
蝕甚至石米束布搜括無遺則非立法之意而奉行者不盡善也雷公既得二策專用日餘
公私交裕又使江與同幕五人親赴下河督勸捐納不從者脅之以兵時人畏之目為五虎

江自恃其能氣燄日盛僅以言語相侵侮雷隱服之而積不能平。一日會飲行令持議不合雨不相下雷忿甚聲色漸厲江怒擲盃起曰即不然能殺我耶雷亦指案曰即殺汝敢有何言立叱左右牽出斬之。臨知事張翊國者英年勇敢素為江所輕慢銜之。至是得雷公令掣劍而行殘酒未終。江頭已戲乃以江恣肆跋扈將謀不軌入奏。馬天河生曰論者曰錢江有可殺之罪雷公非殺之之人。嗚呼豈不然哉宜黃黃樹齋先生贈江詩云淚濕天馬愼飛騰終見雲霄最上層。氣概可想惜乎江之不知愼也。予嘗奉檄勸捐捐出堂句照示人。鄉民掀貲者見之欣欣然喜而相告。雖甚慳吝不自覺其錢之出於囊也。於是服江之才者一。蘄捐假手商賈寬則取諸買物之人。商民轉得藉口增價故人人欣然不以為苦於是服江之才者二。可殺之罪或亦有天道焉。雷公既坐他事免官寓居清江普應寺如素諷經揖資懺悔

江漢閒譚贅如雷呼公為楚祖

紀事雜作

初予客豐工饑民鼓譟里人傳予被害叔兄驚惶馳赴清河得書乃止。及予抵贛而伯兄病危時殘冬河水皆冰陸行還家幸而無恙。呈叔兄句云竟與諸昆見猶將夢境看傳言互生死相對失悲歡。世事不能語吾廬何可安休為後來計此會已艱難。聞吳賊入鄂送友南還云乍喜鄉音熟驚聞漢水圍江南漸搖動河北況流離。草木悲生意山川倚鼓鼙鄉園竟何似淒絕送人歸。江干紀變云西南雲氣斜悠悠戰伐頻年苦未休地勢漫湍壞城險人心先有亂離。鄱陽九派從天降漢上千營縱騎遊。聞道金陵半遷徙尚書早為堵江流。鯨鯢翻天塹走風塵虎踞鍾山泣鬼神。千里樓船經劫火一旬旗鼓犯孤陳安危半壁封疆寄遷轉三朝故舊臣。能說聖明輕付託原將忠義偽斯人。壯懷清節惆時艱曾列先皇侍從班。涕淚出師真死別旌旗獨寇竟生還。畫梁春燕巢林木中澤哀鴻滿市闤。獨有嘉謀能入告龍恩新旬鳳城頒。先是鎮揚軍中疏陳攻城方略首恃火器得奇用雲梯進攻不許輕舉致傷百姓。又賊據揚州大吏請決洪澤以灌之上軫念窮民不許。予作避兵詩云憶昨儀陵破大吏挂足遊驚塵動淮海。肩轂交街衢十千買一舟半萬買一車。不識誰家子與馬紛長途。健兒五六十執械供馳驅。貧窮亦性命誰能安故居。跌踶老携幼涕泣妻隨夫。平時閭閻夯蓬垢走路隅。出門不忍視白日慘為紆。驚魂魄未定道路爭傳呼。河臣奏良策擬決高家湖。兵戈或不死太息吾其魚。惶惶聖明詔不忍傷窮閭。感激涕零落轉歎黃泯患。當時禍亂起萬姓頃刻踰。吏臣棄疆土何論守牧餘。忽聞神明案乃在清河吳安集張皇衆殺戮奸宄徒夙昔。一方望籌策何乃遽倉猝失形影平定功勞殊。石城篇云石頭城中鬼夜哭白晝妖狐怒張目達官惜死走入城不許逃亡小家屋。鍾山秦淮忽破碎黃巾赤眉肆追逐。金銀在室窮搜求。雞犬與人並屠戮。沿江郡邑悲縲騷紛紛徵調何其勞。亦有尚方賜刀劍利刃不斬江中蛟。華屋縱橫走精魅白日慘淡嘯山魈。鳳凰麒麟不世出。芝蘭蕭艾同摧燒或欲飛身叩天閽。虎豹熊羆勢森列五雲宮殿高復高浩蕩烟塵蔽日月。但聞白屋供蕘蕘幾見丹心誓旌節。長江如龍天上來。潮打空城口嗚咽。江表近況略見一斑

金壺遯墨卷二

鉢池黃鈞宰天河著

大錢

咸豐乙卯秋，道過清江閘，車聲轔轔然來，視之，錢也。問何為，曰鑄錢。曰曷為以錢鑄錢，曰帑金不足，官府費用無所出，今燬制錢為當十大錢，計除工費，十可贏四五，則何為而不鎔。是年冬再過清江閘，車聲轔轔然來，視之，大錢也。問何為，曰鑄錢。曰曷為又以大錢鑄錢，曰大錢不行，報捐者買之，當十祇值一二，今燬大錢為制錢，而又小之，和以鉛砂，計除工費，一可化三四，則何為而不鎔。

東蘭雪

山陰東蘭雪，父官懷仁，卒於任，貧不能歸。子雲字少蘭，遂為館邑諸生。蘭雪縱酒豪邁，有詩才。如歲暮句云：客如馮煖一無好，人似孫登百不能。煖作反聲用也。贈友云：千里交遊孔北海，一船書畫米南宮。輓人云：黔婁有婦求夫諡，任昉無兒讀父書。皆佳。少蘭頗有風骨，識少通經，嘗為書規之云：士固不可淟涊求容，亦不宜辭氣漫溜，見識君子猶可相容，得罪小人必將致禍。無故而得小人之禍，情固有所不甘；無端而為君子所容，我又自居何等。生與張生立齋、吳君錦堂皆慷慨磊落，與之契分交厚，故可容納直言。

劉李交

秋舫與李君繡谷為總角交，長而同學，申之以婚姻。秋舫性直諒，繡谷柔之；繡谷和易，秋舫斷之。故二人相濟以有成。秋舫以避債故，讀書繡谷齋中，追呼者踵至，則繡谷為之經營調解，一不以聞於秋舫。每曰：以吾處秋舫，氣雖悲，煩劇而無所動於心；若秋舫自理之，則神明棼亂，欲靜心力學難矣。繡谷己事或不治，秋舫亦竭力赴之，訓之如弟，不以為嫌也。家室中間有齟齬，則眷屬互為勸慰，務使和順而後止。及秋舫病危，繡谷適教讀梁方伯署，十日不得書，心疑之。已而書至，非秋舫筆，益憂慮。未幾果得訃聞，病中拘淋相念，以不得一見為恨。則淚下如湧泉，又避忌不能放聲哭，襟袖皆溼。每授弟子詩至伐木、谷風諸什，及史籍所載朋友交誼、死生契闊之故，輒哽咽不能止。方伯課子素嚴，終歲無間，日至是感繡谷意，趣歸里以抒其慨。既至，先詣劉氏，撫棺大哭，而後返於室。已為卜日視窀穸，言於富室，厚賻之，存典取息，為秋舫妻女度日，囑又輯其詩文待刊焉。繡谷故善書，屢試京兆，蹭蹬，將復往，至是屏棄楷墨，絕意進取，後數年亦卒。鉢池山農曰：予浪遊南北近十載，所見友朋交際，如劉李者蓋鮮。求以酒食徵逐，群居笑言，始終無間，不及於利，則今日所稱道義之交矣。古有范張，今有劉李，違衆獨行，宜其死也。

祈雪

清河冬杲，待澤方殷。一日予詣勤伯於縣齋，吳公留飲。時杲杲日出，大寒天氣如小春。席間出祈雪詩見示，中有「省躬自知下吏罪，回天妄冀明神慈」等句，愷惻之忱，流於言表。方談笑間，片雲自東南來，須臾彌漫，則六出花飛，漸積寸許。公自詣庭階圍雪，與公子為戲，眾皆異之，謂滕六大顯神通。翌日予往鍾吾，自桃源以西，晴朗如故，不謂為誠感不得也。

銅廠

雲南銅廠，夙聞之，不悉其詳。錢塘吳仲雲官滇時，有廠述四首，具見利弊，節其要云：華筵具百戲，雕俎羅八珍。指使諸僮僕，僱服麗且新。問官所職掌，曰銅鐵錫銀。朝上一紙書，暮領十萬緡。會計足課額，可以娛嘉賓。勿謂官豪華，視昔官已貧。頗聞有某某，憑陵居要津。積金北斗高，歌舞雜具論。歌舞豈不樂，世事如轉輪。朝廷固寬大，國法亦以伸。事過三十年，殘魄含酸辛。官今當黽勉，富貴天所令。鳩危與滬腨，智者終逡巡。良哉銅山下，乃有餓死人。（其一）滇廠四十八，寶路區脈肥。媼神豈愛寶，苗脈有盛衰。攻采劫云久，造物亦告疲。屑毫與湯丹（二廠最大），今亦非昔時。小廠益復竭，徵課徵若馳。何從獲硬礦（硐礦之佳者，堅石為礦，其軟礦則可久獲大礦），閒或得草皮（淺浮而少者為草皮礦）。雞窩不滿萬（雖窩出銅少），餓鞘亦何為（餓鞘有苗無礦）。長蛟入龍宿，水洩費不訾（硐有積水，百計洩之，謂之拉龍）。年年告缺額，呵斥安敢辭。我聞古銅官，坊冶各有司。方今吏事繁，難理如亂絲。況復卑廠政，般最較銖錙。既耕復使織，誰能劑盈虧。上瞻九府供，下給家室私。官私兩不瘠，治術其庶幾。（其二）受事平其爭，厥長凡有七（有客長、課長、爐長、硐長、炭長、鑲長），錘手與砂丁（下是皆長所節制），有犯則抶之，夜戒無逸。帕首縛一燈，行若緣縆蟻。仰攻亦俯鑿，但懼引線失。風穴殺爾蹤（入深苦悶，鑿竅洩之），廂木架疏密（硐處下洞每二尺餘支木四，是為一廂，硐之遠近以廂計）。龍驚地軸裂，一入不復出。悲哉乾蠟子，枯臘黑於漆（硐陷則死，或為瘴氣所侵，不得名曰乾蠟子）。吏開扯火勤，爐罩難畢述（熾礦曰扯火……）。草黑銅蟻蟻（草者礦之別名），爭尖與奪礦，刀劍鬪狂猘（其線間來而同得爭奪之事）。一朝鳥獸散，探胠入民室。索之籍無名，山箐費窮詰。持以問長官，鎮撫用何術。（其三）廠主半客籍，逐利來窮邊。入官報試采，自竭私家錢。欣然大堂獲（礦旺曰大堂），繼以半火煎（碳成為半火）。抽課得羨餘，陶猗不足賢。百貨日麕集，優倡肆妖妍。荒荒巖壑中，聚若都市闐。閒者饑涎垂，攘攘蟻集羶。叩囊出黃金，一擲欣犯填。所願倘不償，家室徒蕭然。妻孥難存活，伴侶空相憐。不如扶犁好，猶得守薄田。請看足穀翁，饑飯飽即眠。（其四）世人第愛孔方，豈知孔方來歷如此艱難。彼視錢如命者，知之矣。

鐵鏡

滇南銅廠既不旺又以長江賊阻運載維艱乃議於熱河試行開採得銅三萬餘觔銀礦升課銀萬兩而已扎拉芬太試煉鐵礦入火不溶時戶部鼓鑄錢待用孔急於是設局採辦計兩年買鐵一千三百萬觔而鐵錢遂行於都中較之當十以上者民轉便之同時皖北行用小錢鵝眼綖環復見於世百錢不過二寸許第出省即不行馬蘭鎮並鑄銅鐵大錢協濟兵餉兵丁行使亦不便小既不行於遠大又不適於時可知錢幣自有定衡不然利之所在孰不趨之哉

祖錢

宗侍御稷辰有變通錢法一疏大意在尊制錢以平銀價擬以順治康熙之青銅錢照廣西及湖南衡永等府行用桂字錢之例以一文當兩文即抵銀兩雍正乾隆黃銅錢抵銀一釐五毫嘉慶道光及近日所鑄和鉛較多抵銀一釐以上皆定其稱曰祖錢輸部無拘概作銀用上行則完賦報捐下行則給俸發餉昔謂無銀者立變為所在皆銀則銷化制錢之徒不禁而止擡高銀價之弊不期而平矣所議似甚通達錢法之貴乎適中者慮私鑄多而利權分也如此則私鑄必不得利顧所難者上行耳

鈔票

軍興之初捐法尚未通行饟糈時絀京卿有脫巾之慮司農則仰屋而嗟乃議製鈔票以濟之而南河先請數萬其色以堅厚白楮界為兩方飾以紅綠上方具載通行條令下方載銀數年月以代河餉河員得之與大錢之當百當五十者分發各州縣富商典商易制錢商賈無所用則賣諸報捐之人十錢祇值二三自捐局以外皆不收非惟民不信官即屬員亦不信長吏故曰難在上行也而無本之券不待言矣

張保

閩浙海盜最劇者曰祭牽張保牽前就戮海洋安謐者久之及保倡亂屢勞王師力竭請降授官至參將先是粵督百齡公貽上元黃蓝甫先生詩云嶺南一事君聞羨殺賊歸來喚易支至是先生覆書云昔蒙贈詩當改一字為撫賊歸來也百公默然保供職既久有擬為推總兵以示羈縻者桐城姚石甫觀察言於大吏曰保無尺寸功寵爰已隆官至三品國恩寬厚至矣再加遷擢何以服奸宄不如以海洋緝盜責之有功則遷擢不為濫有罪則降謫不為苛保卒以此計奔走海上而死云

門外漢

長洲彭詠莪相國未由館選初被協揆命謝恩摺云登揆席而未經詞館計本朝不過數人

由部曹而游陟綸扉在微臣甫適廿載宿南懸帥石芝太守云舊制大學士並例皆請翰林院署入登瀛門降輿諸後輩長揖迎之先是有某公者亦未經館選而大拜將至院署諸詞林序立門內以待而某公於門外降輿拱手自稱曰門外漢也

伶人

京師宴集非優伶不歡而甚鄙女妓士有出入妓館者眾皆訕之結納雛伶徵歌侑酒則揚揚得意自鳴於人以為某郎負盛名乃獨厚我伶特嬌態飾風雅間有書畫名者必索之某公善書工花卉酬應日煩厭苦特甚一日有巧伶索書伶故以色藝噪一時他人所欲結交而不可得者某乃自出買絹欣然揮毫聚精會神惟恐不工且速也既成冒雨攜贈伶道謝曰我戲言耳乃竟煩公某甚慚謂自今納交應鐵心藏不忘矣越數日復往一語不發面冷於冰久之乃請姓名若不相識者某恚而返自是痛惡伶人

帥石芝

石翁言其先人承瀛公官京師時遇有文酒之會呼召優伶者必不赴不知而至則入座輒遁同列強之卒不顧此與上元黃制軍鉞曾赴江督宴聞劇不入金華戴司寇敦元赴浙撫宴攜徽獨歸同一清德近有某公略相類特時流不笑其迂即嗤為怪非人情不可近一語皺之矣又自言官袁浦時職位微薄未敢峻拒第耳不聽歌目不視色終席而散不交一言亦可謂和而不流善處時俗者矣時桃李再花苗麥冬寔節適長至雷飛轟轟石翁五十年未之見也

烏塔二公

廣州都統烏蘭泰公謀勇兼備屢著戰勳略賊壘中顧性急氣盛時時涉險挫賊同僚或戒之則曰人死不盡由賊不見賊亦不必長生人人明哲保身誰為捐軀報國者最後與向公合擊仙回嶺大雨不止軍士饑甚議收隊以待明日夜五鼓陰雲如墨都統忽自率小隊入山掩賊不備向公聞之疾飭諸鎮接應山徑崎嶇未及列陣賊眾冒死衝突殁陣亡總兵四人都統竟以股中流礮而薨天下惜之都統塔齊布公以敢戰著勇略埒於都統每臨陣背火銃一腰刀二手長矛套馬竿怒馬獨出戒親兵不必從從亦無能及者尤好逼近賊砦覘形勢見賊輒努目切齒口角流白沫若將生啖賊者賊自金陵泝江而上通道於湖南冀與廣西老巢聯為一氣公以千數百人破賊十倍於湘潭殲斃礮斃溺斃以萬計賊始汎喪而返最後率壯士二十人助攻小池口馬驚失道鄉民知公名留匿其家時歲除前一夕也至明日大營遲公不歸馳騎偵之不見洶洶失所倚夜半忽聞鄉民

送公至諮師營甚跣而出迎握手相勞苦公第曰饑甚速飯我各營軍士聞之皆跳出歡聲如雷飯罷已元旦矣其為時所倚重如此未幾以積勞氣脫薨於軍公少於都統數歲卒年未四十也

浦上園亭

六年丙辰春請書海道署署之東有小園早暮行吟廊迴檻曲板橋疏雨春漲初生度橋循水榭而南為文閣池北有軒翼以山亭額曰蓮湖埋揖前觀察周君聽松筆也浦上園亭以河師署中為最池廣數畝叠石為峰有荷芳書屋聽鶯處恬波樓頗極水木之勝張公芥航督河時與同人觴詠其間傳為韻事其後麟見亭先生愛士喜詩猶有儒雅風流之概近日徵歌角飲如故而風徽邈邈前人矣

魚龍

民有得魚長不及尺金目而質鱗將烹隱隱見四足或曰龍也懼而放諸河臘八日雷震龍見於西南談者謂迎此龍上天也

小兒

鄆州人負一小兒兩首共頸胸腹不分四臂兩足面相向欲見者人與數錢或白縣令命其人兩逐之此則弟巢目睹與談龍者異焉或問鄆人曰兒若所生耶曰然曰罪不在僕

跛足

朐陽士人某妻跛一足伉儷數年矣及登鄉舉而年未及壯自念前途尚遠世寧有跛足夫人哉朝夕折磨妻以恚斷死續娶某氏姿亦平等雖凌波穩步而稍有違言已而士有母喪州尊往弔急率子弟趨出跪送將踴闕自履其衣而仆及起跛足腫瘸不良於行自是拄杖出入居然跛矣

附軍營近事十六則

五采帆

官兵之再復武漢也沿江賊檣林立逆酋驍健者以五采飾帆驂若雲錦揚提督載福分水師為兩班上下抄擊並懸重賞能獲賊五采帆者錢十萬軍士奮力駛入頃刻獻采帆六賊勢不支縱火焚之延燒火藥大船霹靂一聲衆船皆飛血肉雨落賊屍有墮至對江者

鐵鎖

斷黄以北有半壁山焉孤峰突峙俯瞰大江一夫當之百人沮賜賊於山下置横江鐵鎖

四道北建田家鎮設以木牌夾江築堅壘以守羅公澤南率諸軍攻之賊酋坐將臺督戰龍旂黄蓋勢張甚公飭士卒勿輕進待賊銳既竭突起急攻賊多觸石墜崖死水師乘勝以洪爐大斧鎔斷鐵鎖燔賊舟以千計火光夜照數十里賊遂棄田鎮走

仙桃鎮

鎮屬沔陽同知林大貞攻之殺賊方酣突有悍賊偏體插刃綰兩耳於腦後綴若爛鬼馬上手長矛狂呼入陣烟霧迷漫中遥望後賊有躍身空際高至數丈者紛紛飛舞上下采色爛然我兵駭愕天貞倉皇揮戰卒受重傷而死事後詢之蓋賊則拋擲婦女衣服以疑之又縛少女長竿上艷裝綵服佯作指揮狀不知者遂驚以為神

蛇山

粤賊三陷武昌副將王國才自九江率隊來援夜半抵省不知城之已失也呼於蛇山之門賊啟門納之亦不知為官兵直至蛇山前彼此問訊始悟殺聲大起國才慮孤軍深入寡不敵衆且戰且退退至城外結營焉

搢配

賊據金陵立女館以廣西蠻婦監之夫妻母子不得見及賊獲將弁盡驅無色者出城刈稻莛則縱之使行踰月又下搢配之令設僞媒官司其事凡男女年十五以上皆報名高格者配至十餘人以次遞減然祇許月晦同宿餘日不得犯姦或老夫得女妻或孩童獲鴆母顛倒抑勒飲泣含冤上元吳家楨詩云六軍女館重關防廿五嬌娃聚一房愉盼今宵逢月建滿城飛徧野鴛鴦指此事也令初下投繯墜井自刎服毒者不可數計予友俞迷之訪其姓氏已及九百餘人

義妓

癸甲撫談載揚州朱九妹年二十才色雙絶非善書算賊得之獻於秀清寵愛備至朱私誓不與俱生暗以砒霜毒之未遂而死近聞金陵李氏女選入僞宮藏寸許小刀於髻內伺秀清被酒酣臥直刺其喉秀清適轉身誤中左肩立呼左右剝女皮懸竿焚之烈哉閨閣之英也獨秦淮妓女王憶香者為僞都督施姓所得佯為歡笑醉以酒抽刃殺之而自經於後樓則尤為罕見者矣

考試女子

粤賊脅令士子應試亦分别鼎甲翰林諸名目花冠錦服鼓吹遊街少有知識者輒逸去後又考試女子取傅善祥為女狀元榜眼鍾氏探花林氏招入僞府令掌簿司批答

陳氏女

南方女子多善文。北方女子多善武。風氣使然也。賊將黑力虎者。驍健絶倫。及入河南。有蔡姓占卜者謂曰。北去逢滿。必喪大將。賊不聽。恃勇獨行。明日抵陳家滿。遇教師陳翁率二子環而攻之。搏擊良久。陳父子敗歸。賊追至其家。相距數武。望見陳已入後室。忽門右突出一鎗。直刺其腹。則一女子。年祇十六七耳。賊仆。梟其首而埋之。

女賊

女賊蕭三娘。偽稱元帥。年二十餘。長身償臂。能立馬上左右射。鎮江失守時。率女兵數百登城。見者駭異。又蕭朝貴妻洪宣嬌。亦騎馬臨陣。策敵作壁上觀。不能交鋒。或云蕭三娘即朝貴妹。與其妻皆侍秀清。洪逆明知之而不能禁也。

男妾

賊擄幼童年十二三以上者六十餘人。盡行閹割。而誤去外腎死者十六七。秀清選其姿色秀麗者。傅粉裹足。着繡花衣。號為男妾。如侯裕寬。李壽春。鍾啟芳。王俊良等。皆極妍美。有巧思。能以側媚得諸逆歡。久而出入簾幕。漸與偽妃嬪通。狎褻幾不堪言。諸逆縱之以為樂。

妖術

賊衆臨陣。詭秘百出。官兵疑有妖術。是不盡然。惟湖南徐某素習辰州教法。從賊為軍師。臨城對壘。屢攻不破。即用方鼎數十。盛羅為壇。披髮仗劍。禹步焚符。謂之借霧。旋有雲氣騰空而起。離地二三丈。官兵自上視下。模糊不可辨。賊遂乘勢仰攻。其後徐某及徒黨二人震死開封城外。

諸色人忠義

舟子阻行。妓女進毒。前已略載一二。又開封樂戶王㲹者。素善擊刺。當省城被圍時。奮身躍出。與一紅衣賊短刀相接。良久未決勝負。禁升班伶人胡姓見之。持矛而下。乘賊不防。直刺其胸。刃出於背。旋有綉龍巾騎馬二賊奔至。王胡鼓勇直前。復斃其一。江南僧衆恨賊毀滅寺宇。糾集數百人伏山谷間。伺賊出入。約期並舉。會為偵騎所見。殺戮無噍類。杭州錫箔匠集黨乘賊散竄追殺多人。江寧南門外米商聚集義勇。協力拒戰。亦殺賊千餘人。及賊勢日衆。乃各避去。恨饜賊犯自言能視泉色破地雷。沿城掘得十數處。皆用蘇被包裹火藥。多至石許。以竹竿暗通引綫於數十丈外。袁明府請免其罪。以銀兩衣服酬之。此固惡貫滿盈。普天共憤。抑可見鄉民食毛踐土。尚能激發天良也。

易伏

九江賊出西獵。伏隊於八百坡後之茶庵。李廉訪續賓帥兵繞道譚家坡。先敗其伏。而伏我兵於其處。回隊迎敵。且戰且走。將至伏所。賊不知其伏之已敗去也。意氣揚揚。以為得計。及伏起。乃見官軍。倉皇潰奔。擒馘無算。

石鐘山

山在湖口縣北。扼外江內湖之要。賊衆悉銳守之。我軍水師為所間隔者三載有餘。李公遣將力攻湖口。調湖內舟師冒死衝出。結陣於山前。公自率偏師揚言退劉宿太開。中道折回。乘夜渡江。繞至湖口山後。搗其偽城。燒石鐘山賊巢。處皆赤。賊至死不知此軍何自來也。

鳧雁

向張二公追賊金陵城外。大勝者十餘次。鄉民不知戰略。事後跡之。但見頭顱墮地如落瓜。屍骸枕藉如束藁。隨潮出港。泛泛如鳧雁而已。

反令

揚州曹孝廉從軍皖北。言主將馭兵極嚴。賊之掠營而過也。主將下令曰。急出隊。三令而士卒莫有應者。則反令而止。士卒採民桑木為薪。民曰。毋擾我蠶。我給若薪。不聽。互相爭鬨。營中洶洶。將往助。主將下令閉營門。曰敢有出營者斬。三令而士卒踰壘而出。則反令而止。

鄭通判

廣東顧竹城同年攝長洲令。有福建鄭通判者。以盜劫財物。父被傷死。擊鼓鳴官。問被盜時通判何在。曰前一日出門探戚。今晨甫歸。息足茶肆中。遽聞此信。故來報。父名揚旌。由舉人而署鎮洋嘉定縣事。時罷官僑寓蘇州也。顧即往驗。揚旌裸身仆廳上。腦後刀傷入骨。腰脅間復有數傷。徧搜樓上下無他形跡。將出。過井上。蕉扇浮焉。左右起之。血污衣袴咸在。顧心疑不類盜殺狀。命通判棺斂其父。而使人陰往覘之。草草無戚容。密召所採戚至。亦謂通判寔未往。明日盡拘寓中人。訊諸內廳。嚴刑以待。多方誘鞠。始各吐寔。則揚旌之死。通判弒之也。揚旌性吝嗇。待家人奴僕尤刻。衆僕語曰。家有一條釘。不隨鄭揚旌。其致怨如此。通判疑父多金。乞取不與。寓主人周氏貧而求助亦不應。僦居宅內西偏蘇人朱甲者。齊綉為生。揚旌又短其值。通判知二人心怨其父。乃與朱甲謀。使周氏助己殺父。共分財物而逃。及期。揚旌方避暑獨卧廳事中。通判夜啟門入朱甲。甲與周各手器械。而通判自握長刀。揭其父帷父張目跳起曰汝畏心耶奪路而出周氏撗械當門繞屋三匝將上樓其子自後斫之仆甲縋以繩挺立不死通判慮其不死也又加刃焉獄具通判凌遲逮朱於杭州與周氏斬絞有差聞所得則白五十金而已鉢池山農曰石言豕立不爲妖狐鳴鬼嘯不爲孽是乃真妖孽也其人則陶其事則穌寘其亂已

吳逸香

佛雲以眉子硯故名所居曰硯綠盦寶之若拱璧已而攝令吳江適爲小鸞故里下車大喜即訪葉氏後人修墓立碑招魂取影並刻其疏香閣遺稿而以同人題詞附之最所謂緣於今乃驗集中題南北曲者祇予與琴川吳逸香女史二人逸香作音節悲涼風神絶世晨夕諷誦自愧弗如嘗偽錢君吉生作聽真圖以識嚮往詞云塵海滄桑如過鳥往事憑誰弔仙蹤未消千古傷心美人香草一硯認前朝是名媛當日閨中寶步步有時對明窗閒譜遊仙調有時捲疏簾戲將眉黛描你看櫻桃開落幾昏朝又是寒食御風斜照誰解道昇天成佛任逍遙祇憐他雲花幻影增悲悼伏落日松陵古道歎荒烟蔓草道瑤簫條桃花三尺豔魂銷悵楊載度嘅鶯老春山翠黛秋風野蒿綠波明鏡羅裙細腰珊珊珊璅有芳魂到抱遇這謫仙人讀生香舊稿一片石珍似瓊瑤仙魂招取把孚亭倚影描又護得孤墳好硯綠盦裡憐才懷抱仗海內詩篇把幽恨銷妞悲紅慘綠知多少誰值得才人傾倒也算是薄命青娥有下梢尾聲嘗於淒風冷雨木葉打窗時按拍歌呼蝦爲隕涕何其哀感之至於斯也

性理

童試之有性理論自陸建瀛疏請始也咸豐初朝廷嚮意理學建瀛疏言學臣考試宜增性理論一篇以示明心重道闡發聖學之意章下直省學政著爲令豐工再決之歲上命建瀛視河駐工次建瀛知南河積弊深所在頽敝即工成終不可保而粵賊初犯湖南距江境遠自請獨任討賊豐工付諸河臣十一月奉命七日而返金陵調饟徵兵歲暮就道歷二十餘日甫抵九江粵賊大隊已至前鋒未及結陣而敗建瀛遁所維鼓帆東下乘暮入省垣時諸生待試者琅琅然高誦性理未休也其後建瀛子東垣官江蘇同知避寇江陰與百姓爭道嗚其爵罪眾曰汝陸子耶求之不得乃自首也競前捶之而斃或曰性學之興客有著說迎合建瀛者投契逾分由是援總督以令守牧橫行於邑中蓋陸以性理敵而言計遂客即以性理投而攫勢行宋儒之饋餉厚矣哉

南行

子浪遊數載惟丁巳庚戌家中鄰從消沉催北逐及見五宗兄叔丹招同戲友作飲將風雨修法氣寒如早春戲賦絕句云庭除微雨酒盃涼風定遊鬧麥隴香同向綠絲求續命消殘寒雨度端陽後三日將赴雲間道過揚州城外紅樓盡成焦土存五律一首云江北繁華地昇平二百年烽煙熾灶隴危岸獨髑髏蘇樹無枝鳥新坟有斷烟似聞殘照外笳鼓動江天時瓜鎮均已克復廻非舊觀瓦礫荊榛淒涼滿目三汊河總尚荒寺故址句云南府行宮佛寺多斷垣殘碣入蒼茫江沈塔影連雲晦苔接湖烟帶雨荒世上疏沙歸浩劫法中龍象誤空王辛有大地山河影東被中天日月光又由瓜洲放舟至鎮江云六朝絶瓜洲路浩浩滄波戰氣陰火燼樓臺銷劫霧湖廻雲日見江村卻看鐵甕帆檣指未到金陵氣已吞從古進賢蒙上賞黄金應鑄向北門常州城外晤人談軍中近事云月照千營雉堞高笳聲吳酒泛蒲萄珊瑚枝葉皆銀積應隼風塵一羽毛誰笑得官驚婦孺亂離行路畏錢刀星垣昨日詞曹出猶說宮廷旰食勞將渡蘇州答友人云虎邱山色對蒼茫風物清和野興長縱酒漸爲時輩棄飲才方悔少年狂雲霄嘯鳥誰能慰溪澗遊魚盡可傷瀕海孤城在天末近將高詠寄滄浪青浦道中云揚州城郭倚門山處處烟塵物力艱終是江南風日好綠時如畫桔橰閒時咸豐戊午五月下澣也

長蛇

粵賊殺人如草即物類遇之亦無有免於死者習慣使然也江甯陳丙爲賊所掠與同虜十數人閉之館中大蛇出於壁下長幾二丈餘有雛賊年十五六揭刃將下丙說以驚蛇亂去賊曰汝庇蛇即所汝丙曰必不可殺無所逃命乃笑曰戲耳仆以刃背而去是夜丙夢長身青衣者語曰賊以某日出隊視其外衛雖嚴厲而中心怯亂其防範恒疏君潛行躡尾其後必可免也及期丙從門隙窺之則饑積衣服行灶器皿搭具以從者甚多如官兵之有餘丁者丙悟趣同人襁被打包而出出者半畏賊而不敢行者亦半賊衆目之不問及門門者亦不詰丙心竊自喜顧念賊衆北行必與官兵接戰而已與諸人者日暮逢岐惴惴然不知所往忽見大蛇出自草間昂首視丙向東疾馳約及十數步又回首候丙者再丙與同人姑從之竟免於難

犬

五月望日河師行香同署文武員弁咸集有犬啣物搖尾而入兵役嚇之不出竟置諸大堂而去衆往視之則小兒首也李春帆曰犬畏人者今其目中無人焉袁浦其亂乎咸澤曰是或有冤惜乎犬之出也不使人窮之於所往耳

賊酋內亂

何大臣退守丹陽，病斃之二月，金陵城賊內亂。先是楊秀清矜功攬權，驕恣自大，日以聲色誘洪逆。洪居偽宮，奉之以萬歲之名，禁不得見人理事，而秀清稱九千歲，諸偽王以千遞降。賊衆且憚且嫉之。至是秀清欲自稱萬歲，使左右言於洪。洪曰：何以稱我？秀清不得已，乃減為九千五百歲。是時偽北王韋鎮、偽冀王石達開方率衆分援江楚間，達開較諸賊少善，素不直秀清所為。鎮前自皖南敗歸，秀清不納，將門而後入，故憾之尤深。洪逆既為秀清所制，迨其相逼日甚，密召二酋圖之。而鎮適先至，佯與秀清約議事於天主堂中，預戒甲士以擲盃為號。酒半，發兵殺之。又盡殺其黨羽而各室其室。及達開至，曰：秀清可誅，其屬何罪？鎮亦酷矣。鎮怒，更集衆欲殺達開。達開歎曰：一山不能容兩虎，況豺狼鼯鼠同居哉？吾不忍自相殘害。使人以卑寇笑我。即帥所部乘夜潛出泝江而上。自是別為一隊，歷楚粵閩浙而授首於四川。北徵秀清親屬攻殺鎮，閉城二十餘日，屠戮甚衆。城賊屢驚，設使向公而在，蹈瑕抵隙，倍易成功。先後數月間失此機會，惜哉。

北軍凱旋

直隸靜海之賊出阜城，竄保高唐之馮官屯。僧王所敗，洪逆遣隊北援，又殲於豐單之間。勢困甚。王命築長堤引河水以圍之。屯中糧盡，賊無固心。大兵晝夜轟攻，遂破其壘，生擒首逆林開芳及諸偽職，監送京師凌遲處死，從賊無一脫者。北軍行凱旋禮，大將軍賞賚大臣恭繳印信，京城撤防，在事文武賞賚有差。賊之初起也，投攻佛寺，有見僧即止之讖，至是果驗。天人合發，固非偶然。

金壺遯墨卷三

鉢池黃鈞宰天河著

奇女子

單騎以來，豪傑之士摩厲戎馬間，建功立名，人才輩出，而世間奇女子不頗以閨幃終老。若予所聞杜氏女者，乃亦以勇略著於時。杜名憲英，河南人。父為名諸生，藏書數千卷。幼從少林學拳法，技擊絕精。及生女，愛若掌珠，盡以藏書及拳擊進退諸法授之。女亦聰穎，自輯古今兵事為一篇，藏之枕中。父病，戒之曰：吾晚得汝，不及為汝訂姻事。汝母年老，須自具特識，參決可否，百年事重，勿使人間小兒女羞澀不言也。遂卒。母自外家見兩生，一周一鄭，才品相類，皆內親也。密商於女。女歎曰：文武兼備，世罕其人矣。鄭當以文學進，而無大成就。周福較厚，特武功耳。母曰：河決年荒，盜賊四起，武亦良善。遂字於周。既嫁，伉儷甚篤。踰年而與賊北犯，開封以大隊攻城，而遊騎四出，擄掠開歸間，闔然不靖。周集鄰村二百人，夫妻分為二隊領之。二人者又各分其隊為二，二正二奇。賊至，初見數十人，易之，直撲女陣。女佯敗退至叢林間，周突起大呼於林東，賊方錯愕，其四路銃礮又作，山坳木杪旗幟飛揚，不可數計。賊大驚潰，距叢林四里許，故有破廟，廟中伏兵伺賊過，復譟而出，倉皇追殺如宰雞鶩。女縱騎獨追騎馬賊酋，戰數合，顧女而笑，女亦笑。乘間以長鎗刺其腰，傷腸，墜馬，憤而大吼曰：左山虎三十年驍勇，豈意死於女子！為兄弟笑哉。時衆賊去者已遠，日已近暮，鳴金收隊，而周生窮追不止，偵者謂馬陷泥淖，蹶而被執，察其衆，合少四人。女怒，率二十騎飛馳救之，不及。賊已縛生入營矣。女乃返，視山虎創不深，猶可支，去急取創藥傅之，親裹其傷，又餽以酒食，而置毒其中，殷殷然勸餐者再，且曰：吾謂君泛常賊，今乃識為英雄，陣上不能相讓，君合諒我。扶之馬上，使人送之，距賊營里許而後返。山虎歸營，極贊女賢，不恨而轉感之，以故釋周生縛，使掌簿籍，得不殺。明日，山虎毒發死，村人請於女曰：縱之歸而又置毒，何也？女曰：飲我之刃而虛言慰之，其感激可暫不可常，久而念怨，終殺吾夫，使之踰時而亡，則他賊不復措意矣。皆服曰：非所及也。女候生三年不歸，杜母又歿，乃以錢數萬買得一婢，濶面長身，膂力甚壯，教以武事，從己出遊，阜城、連鎮間密訪周生消息，不得。又由皖北間道至江南。一日，泊舟江港，有富室子弟結商人賫貨販運，而冒為士人赴試杭州者，繫纜於女舟之左。岸上一僧寬衣大笠，趺坐擊木魚，別以短杖擔衣鉢，置之身旁，目眈眈視女，轉視群商，久之太息去。適聞齎粟數斛，已而岸上有二三士人散步徘徊，群商方欲結納士人，為偷漏關稅計，揖而邀之舟中，煮茗閒話，各通姓名里貫已，士人縱論天下事，雜以文字科名語、農商語、兵語、青樓詐謀語言商於賣買經紀外瞻目不能發一矢士人曰我輩一見如故意氣亟相得公等果將赴試省耶一兩人曰是不相欺薄有貲貨前途關卡多仰藉大力庇蔭得免稅釐抵浙必厚報也士人曰飲啄前定萍水因緣此小事何論報乎拱而別注目女舟羣商返舟喜甚各以言語相調笑亦目女時婢在後艙餟寐女怒自語曰身死財喪之不知猶竊竊視人家閨眷耶商聞大驚密語久之疑女為盜船長跽請救女哂曰吾船無盜適與君等共語船中及向之跌坐岸上者乃真盜也君等家擁鉅貲日處醉夢中不見天日豈知世路險巇哉衆諾諾又曰處世需才即兵戈擾攘中挾貲遠行亦非大有才者不可苟自度無其具寧坐閨中弄稚子毋以貲命錢空餌虎狼也今身死財喪之不知猶竊竊視人家閨眷耶商曰且為奈何女呼婢出曰此吾前鋒燕支將軍也諸君畏怯者請避岸上否則安臥以待慎勿露聲影吾二人盡力當之視諸君時命何如耳及夜又聞窸窣聲甚近女曰是矣羣商不敢出亦不能臥急閉艙門滅火屏息團縮榻上時下弦殘月初出繁星麗空略辨人影兩岸蘆葦風瑟瑟作聲女忽迎鬭則彼衆我寡不易制勝不如待其來出不意以刺之與婢約曰昏夜不辨彼此以髻上明珠映月光為記未幾賊果先登商舟前二人不可識其第三人顯然僧也昂首四顧遽登商船門女手利劍揮前刺之應手而仆其二人大叫曰上則競趨女舟女揮劍旋繞如練婢手雙鐵椎自女後突出飛躍上下如毬賊方避劍不虞婢椎之出也左右撲刺落水死屢鬭方急商船後艙呼賊至婢躍登篷頂左臂適中賊槍忍痛棄椎易刀連斫之賊亦負痛狂奔西分竄去於是發火四照船頭篷頂皆血漬諸商聞言始出謝人人面土色女叱之去使婢裹創臥而獨坐待旦以備之明日將解纜逆風大作及午有樓船十數自上游乘風而來亦泊港外諸商大驚謂賊衆復讐至探之始知某營總兵官王姓師師巡緝盜賊者也軍士先詰商船諸商曰赴試曰赴試何以載貨毋乃盜乎商曰我非盜乃遇盜幸免者耳次詰女船女未及答商曰是即殺盜救吾屬命者軍士見兩女子無一男丁羣商又不類士子狀疑其蹤跡瑣瑣盤詰女怒曰何必多言我乃手殺左山虎之中州杜憲英也問我何為語未畢忽有一人自船頭躍而登女舟問曰杜家英娘何在女茫然無以應其人又曰英娘不識我乎女目之方面偉軀貌似相識而髭鬚有鬚矣其人曰我即河南周生與卿為伉儷者也今帥兵緝盜過此不意遇卿女猶不敢遽應周乃曰卿不憶嵩山射虎時耶女曰弓衣金彈何在周曰置之洛水犀腹中蓋當時閨中隱語問答既合女不覺泣下曰妾為君子力已至矣幸神明垂佑相見於此顧何以不周而王也周乃告以被虜後說賊投降主將王公愛之使從己姓授守備從征江皖歷保今職賞花翎賜勇號且以提督記名矣周問女何時渡江

娘為何人女言未半諸商請且至門叩首船頭謝受夫人活命恩願獻五百金為妝女堅不受謝之去偶以彼此小心不能復遇我矣諸商皆感泣周生既了巡緝事即日引疾解官攜妻偕隱嵩山讀書種菜以為樂婢歸適某千總勇過其夫所稱鄭生者以秀才終

武殿元

隨邑有武殿元者性嗜酒臨唱後朋輩招邀深入醉鄉明日兵部將引見是夜猶與酒朋鬭飲及期匆匆策騎往適西華門外居民被火道梗不得前繞道而進則駕已升殿某以誤期革去狀頭矣或云其友伎而誤之也

某孝廉

某孝廉家貲鉅萬以公車北上廠謁諸名公結為師生竟以鬭節成進士欣欣然有更上一層獨步瀛洲之想部置停妥十得八九而費已不貲一日有小內監年甫十餘齡微聞某事使人預致賀意饋得喜酒而醉焉蓋意存挾制欲索多金也某念事有成議彼何能為竟不允閱日殿試進呈十卷內侍乘間曰外間傳言今科一甲一名為某縣某人若年幼而無心出之者及聞卷果如其言於是狀頭不成並進士舉人皆革去海属人言之甚詳第不識為何時事耳感澤曰孔方先生廣大神通由來久矣然欲以銅臭之力遽躋清華且不作第二人想毋乃太過乎哉以人之幼稚而輕之而已成之事即敗於所輕之人誠非意料所及也君子曰過猶不及

奇孝

婦女能節者無不孝能孝者無不賢故國家旌表節婦必兼孝行而後可兩漢帝王謚號文曰孝文武曰孝武終漢之世皆然明以來皇后謚法亦皆以孝字冠之誠以百行之原王者之大經也何況民人第同為孝婦而難易差等不同綜所見聞及往牒所載未有烈於吾邑毛馮氏者毛名繼宗母歲運糧北上母老病肝痛子幼尚在襁褓甘旨湯藥皆馮任之他日母病篤馮焚香籲天求以己肝愈姑病乃取刀刺脇肝尖躍出急割之置之盤中夜半兒啼馮慮驚姑醒以帕裹創血淋漓入撫其兒兒臥復出慮肝少不足愈病拜告已復淘肝出左握肝右持刀力割一葉而馮亦負痛仆矣久之掙起浣而煎之以奉姑姑問何物曰藥肆宰臨吾買其肝食畢病良已明日馮卧方起鄰里叩門問馮刀創者感嘆饋藥者官吏遣醫走視者慰勞嗟嘆者一時畢集搁其盈門初不識何由聞知也蓋鄰人方卧見毛氏庭中紅光射天以為火也出視無之第聞空中神語毛馮氏割肝食姑關帝文昌遣將救護彷彿金甲光照耀庭間登牆窺之備見馮刺肝狀神魂俱飛咋舌戰慄由是入市傳布闔城皆知獨其

姑以為虎肝愈病神奇耶。天河生曰。割臂封股。皆出於本人至性。雖王者不以責人。況於肝哉。父母天性之親。猶或難之。況於姑哉。雖謂馮氏為古今孝婦第一人可也。此往事江君天乙得諸孝子馬天倪。予未之見。就所聞記其大要。為郡邑光焉。

侗兄殉難

侗兄月清。少穎悟。文辭贍。中年就揚州太守聘。攜長子從子渡江。而妾及次子侍焉。八年九月。粵賊三犯揚城。兄為太守畫防禦策甚備。而居民半已欲散。僕楊裕請間為言民情不可恃。將密挈行裝以待。兄曰。毋亂。朋友交以信義。人在危急中。何可棄去。汝但往視吾兒。吾兒幼。今以付汝。聞且太守乘間遁。雖幕友不令知。兄乃歎息出。與同幕丁君嘉珊遇賊東門外。嘉珊大言詬賊。賊信之。趣兄同詣其酋長。時兄方據地坐。聞賊言。憤甚。突起躍入護城河。賊沿岸以戟鉤之。血殷水而殁。嗟夫。幼齡孤露。兄弟相依。困頓中途。遭凶折。生無庭室之歡。死絕邱壟之慕。人生到此。天道寧論哉。妾鄧氏先一時投水死。楊裕率奉兄子自賊中逃出以歸。云兄著有自怡亭詩詞一卷。題名錄絕句云。題名自古副名難。洪眼何須徹夜看。一樣黃梁誰得失。諸君先我過邯鄲。送金竹巖歸阜寧云。古木作奇吼。狂雲無滯陰。詩情接奔馬。天意鬱歸心。小雨酒初罷。垂楊蟬自吟。臨風漫惆悵。容我暫披襟。題項鐵生何曾聽雨圖云。萬事低眉過。爭如對酒吟。吾生有浩氣。俯首亦千尋。好夢嫌多擾。誰知此心解。人容易索。只恐夜深沈。秋閨報洞。寄江寧王蕉鄉云。孤城落日氣荒寒。斫地悲歌獨倚欄。天馬何能耐羈靮。海鷗從此狎波瀾。夢魂莫受青楓阻。肝膽常如白日看。君是乘風終萬里。未須落袖對秋殘。我見三首示弟云。我見太虛雲。我思親淚。雲出猶能返故山。吳漢知何地。在昔幼小時。不識劬勞意。白雲蕭蕭悲復悲。酒漿奠。心魂飛。宵來夢見慈親面。迫欲從之已不見。月色沈沈兮燈昏昏。重泉無路兮天無門。我見投林鳥。嗣我愛弟之深情。愛弟弟能知所以。好鳥相和鳴。豈無高山與喬木。同棲定在枝頭宿。亦有金吾挾彈來。啾啾不忍兩分開。兩分開。弟莫疑。我見東流水。感我知音者。水是東流終不西。人是真心不能假。千里聲相聞。同心各戀群。北風吹寒律。西林沈夕曛。白馬朱鬃耀顏色。污穢塵時看不得。滿地江湖波浪深。人心誰復測。嘗與王君南卿集飲酒樓。壁懸輿圖數幅。樓下葡萄一架。綠滿階庭。二物絕不相類。南卿曰。賦此可乎。即應之云。滿庭秋色太橫斜。忽見葡萄憶漢家。酒後更無壺可擊。披圖閒看古流沙。其捷給皆類此。

温明府

六合温明府紹原。字伯平。湖北江夏人。少負異才。性孝友。咸豐元年。權知六合縣事。下車偷城垣。屯義穀。期年集事。二年冬。粵賊初犯武昌。公曰。六合雖小邑。然濱江屏蔽淮泗。賊來風雨下。日可千里。此要地。不可玩也。於是招募壯勇。製器械。以備不虞。三年春。賊據江寧。陷揚州。果以千人犯六合。又分隊窺擾儀泗。閻邑城四面受敵。公率眾與戰。賊少卻。繼以大隊夜至。或議閉城拒守。公曰。不出戰。不能守城。賴戒兵勇不及賊毋發火器。夜行宜靜毋譁。遂出。縱馬前行。眾請所之。公曰。惟予馬足是從。賊初出長江。鼓行東下。屢陷名城。大帥遇之輒潰走。勢燄方張。既至。見城小。內外寂然。心易之。公忽由間道繞出賊後。銃礮競發。以暗擊明。賊眾驚潰。我兵奮前追殺。無不鼓舞爭先。一以當十。賊自行衝擊。死者無算。四年。賊冒難民謀入城為內應。公偵知擒枝市廛。凡城內士民皆給符驗而出入。外至者問所投舍。守城兵引往質對。以故奸宄無所容。賊掘地道。公自內掘出。先發擊之。城圮隨時堵塞。先後十數戰。賊屢挫衄。糧功攝江寧府。加道銜。縣事委於李君守誠。公獨任防剿。時紳士信公既深。倚公為柱石。居民客商及遠近避難入城者。皆助守。不願遷徙。誓與城為存亡。六年。江北大帥德興阿公以蜚語入奏。褫公職。賊眾釃酒相賀。七年。何制軍疏復原官。加道使銜。事如故。一不以升黜為念。八年八月。賊由盧州大舉東竄。城中兵祇二千餘。請於制軍益兵數十。而德帥調赴浦口。甫至而大營潰。賊裹脅兵眾。直趨六合南關。公與宣化鎮軍羅王斌等盡出擊殺。夜入巡城。婦孺皆運磚石以助。歷二十餘日。部司王家幹力竭陣亡。糧盡援絕。公集紳士張位中等語曰。諸公為紹原力已至矣。我死無憾。何以對闔境生靈。語未畢。逾者報東城已破。公趨東城。而賊從西北隅入。格鬭良久。身受數創。既仆猶奮臂握拳。唾罵不絕。至胸腹破折。項頸斷裂而殁。夫人王氏投水死。子輔才同時遇害。城中百姓以萬計。僅見宣化軍踰城東逸。餘者殲焉。先是父母就養署中。公使弟奉母出。而留王與輔才不遣。曰。不令吾民婦子獨死也。

又

予聞桂伯陳先生云。賊之初犯六合也。偽軍師孫寅三等率眾八千攻城。公令士卒飽食出戰。而預遣城南民於城內。空其室。廣積薪草。灌油其中。窖底皆布火藥。既戰懸數時。佯敗入城。賊追至城南。餘甚眾。各就民舍炊飯。竈突火起。遠近同發。公急開城截其去路。四面伏兵兜剿。賊饑疲不能拒敵。殺死溺斃者過半。自武昌以下。未有如此受創者。

李杰

雲南銅運委員李杰者。黔人。能詩善畫。以征苗功累擢至參將。非其所好。改就知州。王君南卿與相識。談次問曰。君貌恂恂。不類武士。何以參戎。李笑曰。此非吾功。吾妹之惠也。異而詰之李因言父官提督領兵戰勲母氏能武戎行亦具大力繼而生一妹幼負異稟至立長身力大尤罕其匹出入好作男裝嫻習武以公子呼之年十四從父殺賊衆莫能敵馳馬試劍居然美少年見者莫辨雌雄也又十年父母欲為擇配使還女服抑鬱不樂而卒相傳妹初生時鄰近金剛寺災有火毬出自大殿飛入署中紅光燭天遠近救火者皆至既入署寂無所見第聞夫人分娩適舉一女衆異之以為金剛部將轉生也其生平戰功皆讓阿兄故不得備位行間云李既由長江東下迂道游吳門女妓姚倚竹者美姿容善度曲而性極恬靜紈袴子弟過訪者交口稱艷纏頭甚豐倚竹落落然無所許可獨見李雅相傾意李亦極愛賞之議以千金納為妾而先留佩刀一雙為聘訂期二年中改官江南取焉自是倚竹獨居樓上不見客客有迫之見者尋常問答數語外翩然而返已而踰期李不至候之數年抑鬱成疾日弄李所贈佩以寄思慕又數月病益劇乃執其母手訣曰兒與李君誠前緣然初意非特念李實聞李妹為天下奇女子故慕之而及其兄耳今病篤勢不可活願母以雙珮殉兒寄棺尼寺中勿釘勿葬倘李君來猶得憑棺一慟使知天下有奇人亦有癡兒也語畢涕泣而逝

借闈

己未江南鄉試奏借浙闈學使孫公錄遺於江陰而有人浮於號之患商諸何制軍預張文告大意謂錄取之數絀於號舍勢難從寬科名早遲各有時命取者赴試不取者回里讀書以待下科考生見之大譁乃於第一場常屬錄遺之期集衆轅門求學憲奏請上下江分為兩棚孫公五鼓升座甫發一礮其兩礮已奪去吹鼓手甫一發鼓則樂器金鼓棄擲轅門外江陰何明府及諸廣文勸導再三非即時拜發奏摺不可公怒曰誰為首事者論之於是丞差皂隸喧呼捉人衆乃一鬨而散時日已近午急招常州生入場訪知首事為楊扆兩生褫其衣頂其後上江人到者大減號舍竟綽乎有餘語云人無遠慮必有近憂兩公之憂轉因遠慮而得之事固不可預知哉

適園

江陰陳氏適園局勢不寬而池臺廊榭略具四壁嵌墨搨鐘鼎之屬內外花木楚楚其南有小樓雲影山光近在窗几春夏秋冬足以娛情矣園主人能詩善畫遊客贈畫者酬之以詩贈詩則答畫顧其邸窔城北君山横一邑之勝而背山起樓置大江風景於簷後此適園主人所笑也

談夢

人生如夢夢更何憑然有不可解而不能盡斥為妄者昔有朱孝廉夢見會元與己同姓而名字稍露金旁因改名朱鎔以應之及榜發乃朱錦也又有周斯盛者夢見解元與己同名而朱印蓋姓上模糊不辨及榜發乃吳斯盛也近日馬君元瑞會試論元而皖人蔣元瑞夢與周同余君鍈領解而吳人余錫成夢與朱同以為因則無因而來以為想則非想所及前後一轍而小有參差此癡人說夢者所不解也

視鬼

江甯李筠笙揚州阮曼亭同日招飲西湖泊舟以待予先赴曼亭飲而後就筠笙清談既深遂宿湖上兩僕一金一李李年少好弄余差長目睛深碧俗謂碧睛能視鬼信然是夜李僕如廁見一老翁荷杖提壺而過一壯者馳而逐之老翁反顧大駭曰鬼鬼縱步疾奔絆於樹根而蹶壯者追及好語慰之欲扶之起翁遽揮杖反擊壯者又駭呼曰鬼鬼乃亦奔擊老翁方爭鬬間有裁冠博袖狀類士人者從容而前問何鬬則皆曰鬼鬼士人笑曰風清月白大好湖山那得有鬼至探懷出榼曰吾有肴核老翁杖頭瓶宜有良醞今為兩君解紛且共小飲何如壯者曰吾醉未解不能勉陪老翁亦不願士引手按之啟榼傾壺飲啖大樂酒半自下其頭置之膝上唾津於掌而拭之又整其冠而戴之二人大驚絕叫曰是乃真鬼士人怒曰鬼何在公等以我為異乎當請吾師來吾師時至乃異耳言已疾往二人欲乘閒逸去而支體如縛不可移動李毛髮灑淅欲竟其變姑候之少頃士人果領一物至則九首環集肩上面色不辨第聞語音雜出有笑聲有哭聲有老年龍鍾聲有少壯歡愉聲有諂媚聲有驕傲聲一時並作行步蹣跚士指以語二人曰視此何如二人並驚仆李僕亦大懼欲遁而足觸地上有物視之亦人足也穿地而出頃之及脛又頃之及肩奮而躍起轉身而立則頭大如斗耳目口鼻都不見渾渾如一毬李狂奔還船招金持炬同往至則大頭者復入於地九面者化為巨鳥飛鳴而去而士人左右紛來擾往奇形怪狀者尚多見火至倏忽四竄惟壯者老翁仆地如故金急握士人臂牽之而走士怒自提其頭以擊金又張目吐舌披髮尺許金曰伎止此乎我不懼士又化為女子宛轉哀求金釋之則一玉面狐也頃之狐又化為鵶毛羽離褷不能遠飛矣乃繫之船舷復與李同燭二人時老翁初醒塵污滿面蓋絆蹶時首觸於泥故壯者面半赤半黑則晝飲友家友以朱墨塗之而彼不知也二人以是互疑為鬼而鬼遂叢集於無窮明日攜鵶入市賣之得錢五百天河生曰自齊諧志怪以來若聊齋消夏錄所載狐鬼多矣眾未有離奇變幻若斯之甚者也九面鬼非九頭鳥即九尾狐惜乎匆匆化去不然攜以入世隨時易面左宜右有此千金之寶也豈第五百而已乎其號為時

茅也宜矣。老翁壯者僅僅二人，又塗飾面目，無以自別於羣鬼之中，猶非全僕碧睛世焉得而辨之哉。

候仙

吳有士人，棄家修道，千里求師，鍊汞烹鉛，歲費金錢無數。一日有道人二，一老一少，衣冠瀟灑，行吟市中。吳士急往迎歸，居之淨室中，叩求至道。道人曰：仙有三等，有天仙，有地仙，有人仙。君將何求？吳士曰：人仙何如？曰：攝神御氣，救護命寶，可以卻老還童，若天人合發，采藥歸壺，虎嘯龍吟，縮地千里，地仙也。金蟾躍月，鍊性毘盧，世界空虛，出神入化，則天仙成矣。吳士曰：若某者可望天仙乎？曰：達摩面壁，鍾離還丹，天下豈有不能之事？第階格相從，吾二人差可爲力，若取法乎上，非吾師不爲功。吳士曰：君師何在？曰：天台之山，仙靈窟宅，君子所知也。猶溪以北，九折峰以南，有石梁焉，濶不盈尺，而長及數十丈，上有莓苔之險，下有絕㝠之澗，欲濟者梯岩緣壁，攀蘿蔭度，得平地，則瓊樓玉閣，碧林醴泉，無境不備，真乃別有天地，非復人間。古人惟帛道猷居之，抱璞子曾洪過之，而吾師在焉。吳士曰：某可往乎？需費幾何？曰：道成之後，朗吟飛渡，不費一錢；不成，即多錢亦不達。第山下居人淳質，苟散貲以結其歡，千金不厭多，數百金亦不謂少也。吾二人去一留一，先達誠意，則君可往矣。吳士欣然，授以五百金，遣之，而留其少者爲質，約期十日返。其第九日，少者長睡，及午門不啟，呼之不應，穴窗窺之，則人與器物及陳設鼎彝之屬搜刮一空，候至踰月，黃鶴不還矣。吳士悵悵，欲絕而求仙之心終不死。他日夢其先人語之曰：翌午入市，有青袍黃縧，袖劍背胡盧，自西而東者，真仙人也，候之。果見其人，而形狀甚襤褸，涕唾沾襟，招之，告以意。青袍者曰：貧道何知，君欲卻病延年，則節嗜欲，寡思慮，淡飲食，夫人而能之。若白日尸解，拔宅飛昇，不易言也。士强留之，朝暮供膳甚豐，其人累日不食，一食輒盡數器，猶不足。夜不卧，端坐達旦，而無一語及修仙事。居久之，大失所望，已而道者病心痛，晝夜呻吟，問所苦，搖首不言，進藥不服，醫皆不識爲何疾，日益危篤，遺矢滿堂，士心厭之，且慮其死而無歸也，欲遣之破廟中。忽有婦人踉蹌造門，尋其夫，士問汝夫爲誰，曰：黃冠青袍者是也。衆皆大譁曰：仙人有妻，宜其病且死耳。士曰：汝來甚善，久欲歸之矣。急爲呼輿，趣其昇去，而心實其劍，私留之。其人從榻上欠伸而起曰：死不死尚不可知，第他物可以奉贈，一劍一胡盧是吾役也，不能付汝。婦方哭泣不已，其人撫掌大笑曰：世事誠可哭哉，雖然哭亦何益。遂擲胡盧庭中，化爲白鶴，婦人跨之，擲劍化龍，自騎之，凌空而去。天河生曰：無仙恨不得仙，仙至又不識，仙真者不易識，易識者不必真，嘻嘻！豈獨仙哉。

鴈足

吾邑邊頤公（壽民）以善畫蘆雁得名，疏脫生動。初學時苦無師承，築室城東，蘆葦間穴窗窺之，宿飛鳴，各盡其態，故落墨幾於化境。頤公甥薛懷，字小鳳，筆法酷似其舅，得意時直欲亂真，即作者不能自辨，乃約於鴈足別其色，邊作黃色，而小鳳微紅，至今郡人過其地，猶指爲蘆間老屋址也。

杭州初陷

咸豐十年二月，金陵賊初陷杭州。先是張總統（國樑）威名遠著，賊畏而忌之，謀由廣德進犯杭州，分我兵力。浙撫羅以軍事委諸運使某公，某所募勇多與賊習，或於城上相問訊，卜士王道平者，賊諜也，獲而詰之，則賊衆冒入隸名鄉勇者數百人，當時慮激變，不敢窮治，僅斬道平以徇。賊舉西湖宿棺積城下，累級而登，無以一矢加遺者，甫入六七人，鄉勇遽帕首呼譟，滿城鼎沸，遂陷。將軍瑞（昌）公聞變，欲自裁，左右曰：公死，吾輩無噍類矣，不如固守駐防城以待外援，若援絕力盡，死未晚也。會總統飛檄張提軍（玉良）救杭，道過蘇州，蘇藩王雪軒方伯曰：江浙猶唇齒也，杭州不復，蘇州必危，君能於旬日內克復杭城，必以十萬犒軍士。聞之，奮迅疾馳，勇氣百倍，瑞公拒守三晝夜，而提軍至，約期並舉，令先鋒僞爲賊裝，入城樹旗，大呼，賊見張家軍，驚爲總統，炊飯未熟而奔。瑞公縱兵合擊之，獲賊輜重無算。方伯得報大喜，犒之如其言。當時有七賊破城，三十人復城之謠，蓋杭人怨之極，言其易耳。

淮警

州牧某君，知河帥之好酒嗜歌也，以千金召梨園於蘇州而獻之。河帥試之，名部也，大喜，延漕督、権使，迭爲賓主，宴飲累日，而捻寇自徐宿循河而東，警報疊至，命都司德君率兵三百禦之，與賊夾運河而營。同知鍾姓者言於帥曰：夾河相持，非久計，宜趣進戰。檄下，都司曰：賊衆我寡，渡河則人數歷落可見，某非惜死者，第恐一敗，大勢不支耳，必欲戰，請益兵以決之。不聽，我兵半濟，賊衆奮前掩殺，敗潰立盡，縱騎追逐，直及王營，而湖中歌舞未已也。及河北百姓號泣南奔，衆乃大驚，漕督、権使疾還署，河帥僅以身免，日暮亦至郡城，呼於慶城之門，門者不納，慮其冒也，叩而從入之。未幾，権使繼至，呼於北門，門者曰：城無商，不須権也。遂去。賊既焚掠清江，南至湖濱，而漕督欲行，行李輜重自署前至於南門。山邑宰顧公思堯語諸紳士曰：君等第閉城堅勿放行，彼若不釋，於諸君有我在，保無虞也。衆曰：諾。使者再三至，督令啟城，衆不可，舉銃擬之，衆即當銃立，曰：身可殺，城不可開也。去之，至東門，東門亦然，怒而召邑宰，問諸紳堅不開城何故，顧曰：衆紳皆身家性命所係，慮開城則人心必離，人心韻則奸宄伺隙而起外寇來之必不免矣且言曰即為公計不如安之今竄賊密邇而百姓竭伏不動者恃有賊耳一出城則盜賊賊也莠民皆民皆賊也公將焉御明日賊退城外居者被劫行者被掠濟肯思頌言甚德淮人

吳觀察

清江之亂吳鴻生觀察方乘艇與行道中賊至輿夫置之而奔吳默坐輿中出而叱之一賊即來其輿餘賊舁之嗚金呵道而去觀察典郡江寧時與侯青浦嶺文沆兩生都督王二樵布衣高已生孝廉為五老消寒會賭酒賦詩興會不淺蓋析衍墳焰固非能傑侮饋瑒者五人之中四以身殉傷已都督嘗為此會補圖並識一絕云五人三百五十歲高會當筵聚散原後五百年誰復識六朝山色自常青

大營兵潰

王雪軒方伯之權任浙撫也謫庫尚存銀一百餘萬兩代公者愛惜小費探船偵騎皆汰減時金陵大營積欠卑餉甚鉅和帥應補給無期議每歲祇發八月遇閏減半軍士大譁閏三月已酉賊集諸路死黨圍攻和營前後同時火起道途及殿住兵械委弃僅張公拒戰十晝夜力不支遂退丹陽飛書調餉六十萬莫以收拾人心再圖進取司財者祇發六萬眾志益攜賊偽為官軍裝束數道並進公冒雨出城護築營壘馬傷腸出前敵提督王浚總兵熊天喜力唱陣亡公率小隊百餘人禦之良久及橋百姓爭涉者擁塞橋口公勒馬衛之俟其去躍入河死和帥去之常州常州無人又去之滸墅關乃卒

馬總鎮

徐中丞守蘇初有清野之議不果行四月丁卯有馬鎮軍至不知所從來趣燒城外民房中丞不可馬曰野不清城不可守乃予二萬金為清野費適城外火起並令軍士縱火焚之而鎮軍不知所往時天雨氣寒百姓謂賊已至從水火中跟踏而奔兵搜於途勇括於室婦孺投河及踐踏死者無算越兩晝夜火熄而真馬鎮軍乃至守城兵以為偽也殺之

張提軍

張提軍玉良初奉總督檄留守常州總督行常州陷提軍以四月丙子抵蘇請餉於中丞中丞迎見之使之駐兵城外軍士鼓譟曰我豈賊耶首白帕舞門而入比撫慰出城而提軍已解維南行是夜防守如故閭巷晏然及丁丑黎明馬足聲四起紅巾長髮者大呼殺人而省垣陷矣

卞明府

賊初至蘇以省垣四面受敵不欲據守日驅丁壯運物封橋為去計時制軍方伯不知所在大營潰官救無影響後十日丙戌賊分眾南下與皖南鎮江長實戰於吳江之勝墩長實兵敗入湖港遂陷嘉興由是兩旬之間破州縣二十八九五月癸卯由青浦進犯松江知婁縣事卞乃譙欲出戰華亭道某欲守城卞曰不戰胡以守時提標各營先期登舟弁兵存者寥寥卞獨率勇迎擊戰少卻已而後隊蜂擁火器不給乃譙敗同欲閉城拒守賊追之急中銑於馬上猶據鞍馳數里入署而卒乃譙之外聞有秀水令彭君溧陽令尚君是三十州縣中同時殉難者尚名垃布彭忘其名

金壺遯墨卷四

鉢池黄鈞宰天河著

何制軍

何制軍初履江督任。王雪軒方伯爲左右之。虛心下士。延攬英豪。凡爲物望所歸。不惜口齒獎借。如致清河吳公書云。側聞政績。每思相過。何踈徧閑時英蕊散。此才不易致。六合溫公書云。有不戰。戰必勝。居然儒將風流。不言功。功最高。信是中流砥柱。此外若張殿臣總統馮提軍子才。或誼結師生。或禮分賓主。誠哉人才之總滙。幕府之宏規也。及方伯升任浙江。頓失常度。常州之亂。莫知所之。沿途滅騶從。去旗幟。無有識爲官保船者。而奏報掩飾。各情詭譎。蘇府奉撫臣文。商借夷兵。先期赴滬。藩司三縣。均受東僞。其是否。朝廷不知也。又謂撫臣設立機密房。任用戚友小人。署外不得與聞軍事。其是否。死者不知也。自謂巡視江口。安輯夷務。調赴江靖如皋防守。有某省某提督分守瓜儀。詭譎有某鎮某總兵某某言之。失中而固外。其是否。天下後世不知也。善哉言也。

王貳尹

王貳尹者。需次蘇州。奉檄巡城。丙子夜至閶門。一官踞胡牀。侍者數人。謂曰。此何時。尚巡夜耶。王異其言。不暇詢問。過胥門。亦坐數人。曰。若何自苦。可速歸矣。王益疑之。急詣撫署。衆皆卧。語甫闌。俄而出。則衢市已有呼譟聲。人馬雜沓。辟王。避走小巷。遇賊於館門。問何爲。詭詞答之。且請指示生路。賊予以黄旗。令出葑門。曰某司馬遣探軍情也。及門。門者果問。如言應之而行。由是觀之。蘇城之失。寔內訌。非外人也。六門分守。布置嚴密。豈一朝夕之故哉。先是守城兵役。稽察惟嚴。行旅無餘暇於出入。有背者不問人也。寔是求疵。應操縱行姑。遂使繁富之區。失諸寤寐。惜哉。

婁判

又婁某者。官通判。巡夜歸寓。光輝在足。賊至。倉皇無以對。一賊睨其足下。笑曰。幸遇我耳。若他人戮矣。我亦流品官候缺湖南者。又聞賊酋納貲爲令丞等官。出入蘇常。指爲耳目。章服輿馬。多金而豪。儼然與縉紳爲伍。衣冠鬼蜮。誰則知之哉。

姜少汀

杭人姜少汀者。販鬻古董於蘇州。賊付僞劄數十道。使出招募工匠。寔至上海約內應也。滬人獲而鞠之。姜謂僞忠王李秀成帥賊四千駐彭氏宅。新降兵勇不下二萬。則大營領兵官李文炳統之。別有三四品官五六人。皆降賊領事如故。十日內冠帶出入娼寮。其徒衆過此

則從賊裝矣。

烈女

松江初陷。賊閉婦女十數空宅中。脅而淫之。一婦不從。賊褫其衣。將以利刃刺乳中。婦乞哀乃已。次至某氏女。奮前奪賊刃。罵曰。任賊何刑。我不懼。賊怒。捽女髮懸諸屋梁。斷割肢體。女挪肘奮足。傷賊左目。血濺數尺外。卒刺其喉始絕。蓋當賊未至之先。預存僥倖心。而自顧辱身玷行者。天下無是人。生死之間。一念之動。遂異寄懷。噫。豈獨女子然哉。

分米

初。滬上大憲遣英吉利呂宋兵。助我兵勇。收復松江。賊遁。米萬餘石。夷取其十。故華亭邑令。師勇急入。比戶按驗。適新令營弁復至。顧米而爭。潤卿吳公命予官弁千石。有差。餘以發倉賑饑。嚴究綸讓出入。焉先是賊驅百姓中壯者出戰。老幼廢疾者日給升米養之。至是米歸於官。窮民轉不能望撮勺。踰月。攻青浦。我兵失利。賊衆銜出。復陷松江。焚米燬城而去。遠近農民。各權小舟入城。裝運。沿街閭巷之觸。隨牆拆地。搜括一空。民寔東門。洞見前後。而得米之官兆。又莫知所之矣。或曰。賊以射狼蛇蝎之資。魚肉百姓。惡矣。然亦觸矢石。冒水火。瀕險而得之。官吏毛髮無所與。各分米千百石。拱手而享其成。不言而喜可知也。

李國泰

外國和約十年一更。英吉利以兵赴議於天津上。命僧王率師禦之。已而飭回江寧候旨。遣桂良花沙納二公會同江督至上海集議。凡五十餘款。皆由漢奸李國泰爲之主謀。以華夏之人。倚戎狄之勢。挾制凌傲。全無天良。是與梟獍之徒。反噬父母者何異。當事髮豎容納。聞者痛之。時英夷捉人於上海。鄉民賣布糶米。獨行夷場者。輒被掠去。積數月。竟失數百人。又多遺失小兒。百姓切齒。會邑廟演劇。夷衆往觀。國泰方據高坐。華冠麗服。作夷語。指使左右。意氣揚揚。百姓持挺哭前。痛肆毆擊。腹破腸出。氣息奄然。衆夯集天主堂。隳其牆。焚毀其器物。揚言不得人。終不休也。夷訴於官。官曰。捉人者吾不能止。今百姓積怨。吾亦不能禁。求不得已。使出所掠。召鄉民自往領之。則皆漆身瘖啞。莫辨誰何。鄉民見之大哭。被捉者亦哭。以筆墨代喉舌。僅認還十數人耳。夷衆舁國泰歸。紉腸數線。竟愈。

松滬雜作

咸豐十一年春。嘉興賊竄擾平湖。距青村不及百里。元道州詩云。城小賊不屠。民貧傷可憐。適近賊氛。無兵無械。而優游經歲。與賊相忘。特有此耳。袁廉叔張孝威諸君。睹酒論詩。依舊昇平風景。予有松滬雜作云。滿天烽火照蘇州。獨有花枝不解愁。麗水臺高三十尺。隔窗清

坐看楓樹火燄燒，擔逢西清什戰乘夫共一堂悲[illegible]對鬢鬱遮宵敵髩倒金樽晚起飛，爭競出門上氣凌。夷官氣滿銅山崗，道市兒童錦衣公子性登淫一點金閨禮佛心香火共傳。紅樹戲龍妝華服，拜掛笛（十之川）也城清後月令風淒野哭高三吳黎獻望弓刀當時戰壘沒秋峰，化作山雞愛羽毛。艱難吾亦愛餘生，西北浮雲尚戰爭。白髮多情老太守，偷册討酒弔荒城。蕭條閭巷不知門，寥落殘兵倚樹根。忽見桃花嘆清淚，去年杯酒正銷魂。（所見）猩色衣衫淺綠裳，逞驚車上婦人妝。前譬收得降司馬，十六年華白面郎。春老營門柳絮飛，旌旗斷日錦成圍。黃昏獻聽伊涼曲，醉挾雕鞍馬上歸。（帥軍中曲八之二）匹素生風氣不羣，尚稱春散酒初醺。近山泉水猶波浪，欲與仙人婦白雲。（劉莊氏舊業）又中秋得挪猶友人書，偶成二絕答之。兼寄淮上視友云：火毬花炮對城飛，昨夜當中又合圍。湖口艱難埋骨易，夢魂安穩不思歸。名山鍾鼎兩無緣，學劍無成更學仙。要解說詩鮮醜酒，一樣歌哭度中年。

蓬窗話雨

袁康叔同作白鄱門遊鄂湖北，未及半載而武昌三陷。變姓名為卜，上往步來歸，與笑山蓮汀相見蕭塘舟次，清樽細雨，備道艱危，匪第離合之悲，兼有難言之感。辛酉秋日追為蓬窗話雨圖，而錢鈞峯賦詩紀之云：袁君磊落天下器，[illegible]其善者徐與曹，麟角鳳喙瑚洲島，精氣融結如粘膠。文章光芒動尊俎，詩酒浩瀚凌風騷。滄江混混老蛟伏，九峰嶽嶽金星高。壯年屐足謁鄉里，挾策長安謁天子。來雲不到天門高，隨風直渡武昌水。武昌城外多風塵，武昌城內半荊杞。春來方喜集鴻羣，夜半海開哭新鬼。新鬼啾啾故鬼驚，[illegible]中[illegible]劍更飄零。中丞力守原湖死，部將恩深轉累名。扶病縋城慚士卒，直言甘罪負君情。秋風痛灑西州淚，愛日孤懸南國心。歸途惻惻歷兵燹，張祿先生足徒跣。十萬軍聲鶴唳驚，三千里路盜叢險。故里生還世共悲，故交相見情重展。座上何人不涕洟，船中有酒須沈湎。今日何日淒以風，海雲慘淡天漠漠。長鯨獨吸助談辯，饑虎不啞灰心胸。我亦宣南舊相識，十年契闊如飄蓬。人生各有知音感，付與蓬窗暮雨中。

感興

近年戎馬倥偬，壁棄筆墨，不欲以觸儒酸態貽傑笑也。惟語涉軍事者錄存一二，以識一時蹤跡。感興云：離亂難為客，艱危獨有身。故鄉雲淡淡，長夜酒清醇。事業慚明鏡，昇平羨古人。劇憐花訊晚，寒雨不成春。重望膺高職，鴻文仰宿儒。祇宜盟玉帛，未解擐戎鈹。緣竹圍城繁，旌麾小隊趨。幸承寬大惠，斧鉞不勝誅。甲第連雲起，淒涼一炬中。海波飛雨黑，城火照天紅。頳尾池魚泣，焦頭社鼠空。百年盤地藤，昨日秋風突。啟情無厭，單于志可驕。乞師原失

計，通市欲居奇。海國橫伏，[illegible]江城集羽傳。未遑凝後患，聊爾救偷披。大將驚沙急，司農仰屋歔。拜官資指蠟，窮法算緡來。[illegible]求財計，傷心竭澤漁。似聞籌國策，[illegible]白日飛書，[illegible]氣離披燕雀居。萬言家未聽，千里旺援來。強寇戈揮日，窮搜鋪荷雲。江南好山水，無奈入殘曛。又答周次軒云：窮儒抱詩書，覽海正軍旅。持冰語夏蟲，得不笑迂腐。朝登橫雲山，暮宿春申浦。荒原斷鳥跡，孤吟答秋雨。手持經世文，寂寞忍終古。埋才千丈氣，光氣燭天宇。海濱鮮逸翮，淺瀨無巨魚。良卓塞庭戶，高眄凌天衢。昂昂彼何人，僕僕來通都。寧圖侍朝貴，睥睨驚鄉愚。和容凍雲活，冷語春條枯。痛哭入塵埃，大笑遊清虛。浙東姚子明云：此輩那值一哭，只合嬉笑視之耶。

詞

錢塘張孝威茂才（友鉞）以蜩甲廬詞稿屬題，為成齊天樂一闋云：新聲半是離人感，依依此情誰語。畫檻搖煙，金尊照影，織得柔絲千縷。瑤情如許，和寶月清輝，散飛天宇。迢遞湖山，有人銀漢共淒楚。　當年幾聽砧杵，被閒言綺思，勾起愁緒。別意雲牽，春華水逝，腸了疏林倦羽。清歌漫與，待理楫西湖，調箏細譜。長日簾櫳，夢涼花外雨。蘇常之警，有浣溪紗送春句云：山塘七里春如錦，殘鳥唬花，眼輕帆微雨，別金尊，却恨浮雲生長本無根，如今消息江千樹，望斷長安路。樓臺歌舞是誰家，門外春風飛絮滿天涯。答揚州符南樵孝廉（葆森）臺城路云：日長同說新秋好，秋來又增悲緒。帳帳情深，盈盈別淚，化作一天涼雨。從頭記取，問底事匆匆，劍拜羈旅。且花開時，歎依舊作浪語。　文章今日休矣，便酒酣耳熱，拔劍休舞。滄國蘇臺，鐘山城虎嘯，那是江南淨土。關河道阻，勝慘月酸風，荒寒無主。多少閒愁，併成離恨苦題會。稽包子梁棟美人屏幅金縷曲云：士女傳清照，古人中張萱周昉，並稱名妙。數十年來京兆筆，誰畫朝雲最好。有越國詞人包老，燕瘦環肥游戲耳，儘秋波一點神光到，金粉俗，筆尖掃。　如今宿歷蘇臺草，憶匆匆，飄零書劍，移家洲島。幾幅生綃人似玉，閒倚屏風秋曉，似甚處相逢一笑。祇恐琴心挑未得，況茂陵司馬非年少。醇酒類，此生了。孝威詩詞，秀逸絕倫，南樵則有蒼莽磊落之氣，他日當選刻同聲錄中。

夷館

嘉興王君壽圖，約往夷館，見卷髮碧睛高準者數輩，能作上海語，脫帽握手為禮。服御陳設之屬，皆與中國殊，製乾嘉間五色玻璃，初出有力者飾為美觀，故簡齋隨園落成諸名流形諸歌詠，誠重之也。近則酒樓茶室觸目皆是。夷館中明鏡四列，大小凹凸不一，徘徊其間，化身千百，左右顧盼，不啻一樹一放翁，一花一世界也。

玻璃

玻璃一作頗黎，一名流離。十洲記：上方山有玻璃宮，崑崙山有紅碧頗黎。天竺記：大雪山中諸七寶，生取易得，惟頗黎寶生高峰上，難取。漢書西域罽賓國多奇寶，中有流離。注引魏略：大秦國出赤白黑黃青綠縹紺紅紫十種流離。蓋自然之物，踰於衆玉，其色不恆。今俗銷冶石汁，和衆藥灌而為之，虛脆非真矣。上海當賊陷江浙時，八郡難民陸續麕集，有力者自賃大屋，窮民則官置草舍以庇之。時號洋涇浜為流離世界，以此。魏書大月氏國人商販京師，能鑄石為五色玻璃，乃美於西方來者。或即今日英夷所自昉歟。

蟹子蝦

浙江寧紹既陷，賊以重兵圍杭州，期於必得。時餉道斷絕，城內斗米千錢，窮民至煮箱皮食之。朝廷責蘇撫某擁重兵不急進剿，致賊全力攻浙，乃急遣餉金二十萬兩，采穀數萬石，以輪船運往浙江。沿將及蟹子蝦鯗淡船臘叢所有於溟渤之中，此夷船向未曾有之事，天為之也。杭城圍守月餘，餓死者日以千計。王中丞朝服自經，遺令開城縱放百姓，賊遂掩入。時辛酉十一月也。偽忠王李秀成棺斂中丞以下殉節諸員，餘官願從者留，不願從者給發資斧，即令護送遺櫬而還，以為生與為敵，死不與為讎也。

大雪

是歲除夕前三日，夜寢者睡足而醒，天久不明，輾轉移時，視窗上若有曙光，試起闢門，則上下阻塞，撲面如冰。第聞鄰人喧呼曰：大雪大雪。除道而出，最高者幾與檐齊，玉戲瓊飛，千里一白。賊以大雪故，三日不出，百姓縋城墜樓乘間逃遁者甚多。

總統張公佚事

由吳淞出海，過崇明，至於海門，見有白衣冠者數人，問之，則總統張公部曲為公持服者也。其二人語及公，仰天涕泣，述公遺事甚詳。公之初沒，朝廷以尸骸未獲，數月未忍議卹。先皇帝聖諭有云：東南半壁倚為長城，尚冀該提督不死，出為國家宣勞。又云：張國樑若在，蘇常一帶何至糜爛若此。讀者無不感激涕零，謂朝廷知人善任，而江南士庶不克長承庇蔭為可惜也。公年十八作盜魁，任俠結客，跳刀拍張，能以勇略備儕輩。其黨李某為土豪所困，公怒，率衆往劫，破其家，卒挾李某以歸。時為之語曰：拯弱鋤強張嘉祥。嘉祥，公初名也。前廣西巡撫勞公崇光聞而異之，遣將招撫，改今名。忌者恆欲假事殺之，周文忠公天爵愛其才，保護備至。及隨向大臣追賊東下，每一戰捷，輒加一官，年二十八而聲威遠著，為國虎臣矣。向大臣桂林、長沙、武昌之捷，皆與公俱，相倚如左右手，而公之立功，尤以克復太平為最。賊據江

寧，以精銳扼守太平，為犄角計。向公欲取之，問諸將誰敢往，衆不應，公獨慷慨請行。向公喜而撫其背曰：吾固謂非弟無能破此城者。即帥所部五百人往。賊初修堞掘重濠以備死守，聞公比至，不戰而遁。公徐入城，安市廛，瘞死骨，撫殘疾，歸報向公，往返僅七日。及向公薨，公已拜總統諸軍之命，北自秣陵鎮至浦口，南至蕪湖至鎮江，上下數百里間，聲必赴，一身如龍，涉長江如履平地，而大要尤以保固蘇常為首策。時為之歌曰：殺賊江上江水紅，向公黑虎張公龍。鍾山大戰疾風雨，張公生龍向公虎。公與向公共平鍾山賊壘，戰傷中指，蒙恩賞給御用藥散，諭以勇猛之中宜加慎重，中間尚方珍玩，賜予絡繹，且命圖形以進。公自念遠方武臣受殊眷，暇輒東寄，日夜感泣，圖報扶藩，奇歸亦無生還期。自偏裨擢至大將，所得祿俸不以一錢自私，軍中蒙僚士或有冒俗之累，需用數百金，公立予之，故人人願致死力。洎乎丹陽之變，力竭捐軀，而公年三十有八，喪歸無以葬，得勞公賻始克成禮。缽池山農曰：自賊據金陵，蓋無一日忘蘇省，恒諸公得以高枕而臥，也豈不驚者？向、張之力也。當夫和營瓦解，呼吸存亡，待饒孔追，司財者從而靳之，偷所謂殺其生已者與。總統既歿，賊遂恣肆而無所忌，逾月之間，州縣十喪八九。嗚呼！不有今日，誰念前功哉。

雙燐

同治元年春，蒼狗於秦郵之仲氏。莊仲君敬夫為說雙燐事，甚奇。東台某鎮有女子依兄以居，兄常賈於外，鄰少年狎之，私結盟焉。一日兄自外歸，鄰少方匿女室，倉皇奔鬬而逃，兄追之弗及，返而詰女，繼以捶楚。女不堪其虐，及夜自經死。鄰少聞之，涕泣不食，越日甚，出久不歸。其父訪之，死於河矣。父為請於女兄，願得女柩而合葬焉。兄不可，且曰：若不敎子，污辱我門第，今掩覆之不暇，猶欲彰之貽後人笑乎？乃俟鄰少既葬，故遠之而葬女於河東，相距半里許。葬後數日，暮行者忽見燐火自鄰少塚出，發碧如將爐，熾方注視間，女塚上亦有燐火冉冉而升，漸行漸近，已而相為追逐，上下盤旋，如弄丸然。久之，同入女塚。明日又入鄰少塚。如是者三十餘年乃滅。予為作雙燐歌云。

殺鬼

秋七月，將入都門，遇賊於邳睢而止。夜闌將卧，同寓葉子戎者奔而歸曰：僥哉，今夜殺一鬼矣。蓋寓之東有古廟，葉以赴飲遲歸，過廟前，月影朦朧，見一婦人向門而拜，又結帶為環，懸於柱上，躡足窺之，則環中樓臺粉黛，五色爛然，婦人若卻若前，忽哭忽笑。又一美少年自內招之。葉恍然悟為縊鬼，急拔刀刺入環中，環帶遽收，劃然中斷，而婦人仆矣。葉呼之不醒，恐以曖昧罹禍，遂行。俄有呼葉於後者，長身綽約，細語如鶯，葉佯為不聞，已而披髮吐舌，雙目

如約曰償我環來葉曰吾以汝爲人耳。今乃鬼耶。揮刀迎鬭。中其左肩。嘷然一聲。化爲清煙而滅。

合璧

日月合璧。五星聯珠之瑞。我朝凡三見。上年八月朔。珠聯璧合。而言者不同。壬戌初冬。從軍宿州。文營盧鎔識。於是日五鼓。登瞭臺以遠鏡窺之。先是東海霞光。爛爲五色。俄而一輪捧上。徑可三丈許。中瑩如玉。四圍如琥珀。又一輪相承而起。則紅光竟天。駕手前出者之上。旁有小輪前一。而後四。如爆火流星。遂月狀。兩大輪相摩相盪。餘暈四射。雲霞變動。海水若飛。移時日上。月移而東。而五星亦漸隱矣。

刼典

淮揚典舖十數所。年來刼掠殆盡。然皆鬬力。非鬬智也。惟興化一典被刼最奇。先有營弁四人至典中。告以途次遇賊。竊去十數箱。箱何狀。何衣何物。今舟泊何所。倘來典。幸相關白。與汝無干。若隱諱受贓。必不汝貸。店主許諾。越三日。果有十餘健兒。舁數箱至典中。竊竊疑之。及啟一箱。衣物大半符合。遂以婉言覊絆。而遣人密白營弁。營弁即率勇持械而至。遂令閉門。大呼捉賊。突有人從箱中出。塗面帕頭。各手兵器。與營勇及前舁箱者合擒典衆而縛之。席捲所有。由後門負之而去。先是市人聞典中捉賊。各探消息。久而寂然。及尋而前門不啓。保正試從後門探之。則典中人羣縶於柱。辮髮縫口。瞠目相視。不能發一言。急解其縛。各吐胡桃一枚。述其所遇如此。

泛海

年來泛海數次。遇險者二。其一由通赴滬。五鼓過崇明。有黑雲自南而北。狂風繼之。舟人咸皇。下錨海中。有物高起。如嶺脊。黃黑相間。夭矯激盪。波浪騰沸。而不見其全。已而昂頭出水。大如甕。非魚非龍。向雲而嘘。口中結氣如珠。吞吐出沒。而風勢益壯。他船折桅損舵者甚多。時同治二年春也。渡海四絕之一云。黑雲殘月隱平蕪。魚目光懸徑寸珠。莫向風波歎行役。如今滄海是夷途。又通州曉發遇風云。天亦傷時自悲。呼氣未平。怒潮衝石語。高樹逆山行。穀價豐猶貴。兵鋒慎不驚。劇憐垂白叟。苦語祝昇平。

驢崇

安東丁甲。傭工於寶應僧寺中。有驢一頭。爲往返代步之資。同里莊姓忽至寶應。語丁曰。汝母病篤。望汝急歸。勿緩也。丁即策蹇與莊同返。半途莊謂曰。足力疲矣。借騎能暫假否。丁諾之。莊乘而鞭之。頃刻馳去。及丁抵家。而母初未病。莊與驢皆未還也。候之數日。知爲所誑。遽其復至僧寺。詐取錢物。遂辭母。自往跡之。遇諸途。手牽一驢而非丁畜也。詰之。莊曰易之矣。丁大詫曰。吾驢甚壯。此已老。易何爲者。莊曰。彼固貼錢數千。現在囊中。丁猶不解。又出布衫一領曰。以此補足何如。丁乃著衫。置錢於驢背而行。將及淮北之成公橋。遇地保縣役數人。拍其肩而語曰。若事犯矣。丁驚曰。我犯何事。曰。刲其人而奪之驢。猶佯爲不知者耶。即迸北縣。蓋莊實丁驢後。催驢成公橋。而手刲其人。搜其布衫。丁不知也。知縣王明府問殺人狀。丁茫然。王指衆曰。布衫血跡猶存。汝從何處掩飾。丁曰。是皆莊某爲之。王傳驢行人及被刺未死者相質。皆曰莫知其姓。然貌是此人。王遂以嚴刑逼洪。至用綠者熏臍下。丁不勝拷掠。遂誣服。瘐死獄中。先是丁氏闔族具保狀。邑紳亦力言丁冤。王以爲南山可移。此案不可動也。他日。莊以竊案見獲於寶應。一訊而輸前情。及移文山陽。而詳勘已定。因並收莊獄中。亦瘐死。後一月。王坐堂皇治事。家人奔告公子病甚。急入內室視之。子方跳叫作丁語呼冤人曰。此官事。何以臨其子。曰。官祿未盡。使之親見其子女之亡而後及其身。無所逃也。言已而死。未幾。女繼之。刑名幕友又繼之。後三年。王寓省垣。見丁至。大叫而卒。

兩軍門

初。粤賊蔓延江浙間。中丞李公以上海一隅地。遠攻進剿。如風掃籜。收復蘇常。餘賊聚守金陵。明年。曾公大兵。屢掘地道於金陵城外。或半途遇水而止。或已成爲賊所覺。衆力竭矣。獨提督李公臣典曰。合諸營之力。費鉅萬之財。歷數百晝夜之勞苦。所望者復城。而後仰報國恩。將士亦邀獎敘。不及今一鼓作氣。功敗垂成。後欲圖之。非可歲月計矣。乃親從賊守嚴密處。掘隧貯藥。破城垣二十餘丈。李率諸提鎮冒火衝入。立奏膚功。而公亦由此受病不起矣。中丞之蕩清吳中也。深得陳軍門學啓之助。僞慕王等降後。心懷反側。蓄謀不測。中丞用軍門言。乘勢駢誅。以消後患。後陳以嘉興中礮創重捐軀。奏疏中歷敘勳勞。至今猶有生氣。兩軍門足千古矣。

孫文鳳

江浙之亂。紳士殉節者多。練勇殺賊者少。湖州趙公紹興包村。永昌徐氏之外。不多見也。嘉善孫君小雲。以令子文鳳陣亡事屬爲題詞。即書其後云。長風吹沙陣雲黑。千人合圍呼殺賊。賊羣如蟻蔽地來。飛礮當胸活不得。聞君降生誠瑰不。胡蹬雲鳥翔庭階。果然文采照江浙。不與俗子同襟懷。時艱奮起脫儒幘。君時行年甫二十。丈夫事業雖未成。耿耿雄心質天日。去年大帥收金閶。快哉擒賊先擒王。頭顱六七血猶熱。灑向平原祭英烈。

王螳生

玉蟾生者，不知何許人。生而神宇秀逸，資性超曠，自以幼年孤露，淡於名利，於人事無所嗜。一切紛華靡麗之境，衆所趨騖者，皆以為不潔而去之。而性獨好月，居恆夜常不寐。一茗一香，一几一榻，徜徉於花陰竹石之間，濯影冰壺，遊心瓊宇，藉以蕩滌塵俗，噓吸清華。每至斗轉星移，玉輪西墜，則凄然欲涕，若久之除晦之夕，忽忽若有所失。視上弦以後，月漸盈滿，則喜；既望轉虧，欷歔不適。自髫齡至於既冠，如是者十有餘年。生嘗言五濁依月而清，八垢得月而滌，可以引精彩，可以通神明。又好於月下冥想，謂人世歡娛境少，愁苦情多，甚至口不可得而言，夢不可得而訴，幽懷隱念，默寄太虛，以為世有其人，庶幾知我者。求而生乃以其心所嚮注者迎之。兩心既交，互相融結於空靈冥漠之中，故好月益甚。一夕，枯坐石磴，寄想青冥，有道人黃冠羽衣，翩然而至。急起延攬，叩問姓名。道人曰：「君不憶十九年前，以王遂度瓊雲出於清閟宮中耶？其為金粟觀主者，與君居衡宇相望，晨夕侍從甚歡。某歲中秋，素娥出遊，寶嘗忽自玉闌干笑指牛女，君見其侍者碧羅蘭，脩偶動塵念，素娥訴諸閬苑，玉敕謫君江淮間，並謫二女，以星紀兩周為約。君告別階墀，凄動左右。玉主念君宿業，許以少年騰達，福慧雙清，蓋二十五年復返清虛也。不謂操行不堅，心浮意蕩，削除名籍，績貶十年。若再失足愛河，精華外鑿，則將來隕落，不列真宗矣。慎之慎之，勉圖相見。」言罷，振衣而起。生欲追叩究竟，悵惘寂然。自念生平誠多意慾，紛華禍澤，約略可知。由是斂意迹相之粗，專精靈明之奧，雖浮沈垢濁中，日與形色相接，而息心於沖虛淡寂之天。如是者又十餘年。其後科名衆不振，再娶不壽，生亦無疾而卒。卒後有見之棲霞山上者。或遇幽愁哀怨不可自遣，第於月夜設香花清醑，默呼玉蟾而祝之，其人若或恍惚云。

窖金

粵寇之亂，富民藏金地窖者，率被掘去。獨南潯某氏家鉅富，藏金以萬計。先事招集佃農，厚予酒食，使之掘地極深，以八缸貯銀，覆以土石，完密無少罅也。賊至，訪得其處，灌水發掘，缸則猶是也，而瓦礫充滿其中，白金無一鋌矣。賊相顧駭眙，恚而焚其屋。蓋貯金之後，某率其家人婦子，窮數夜之力，潛穿一穴，移金而藏之，而佃農無一知者，故免。

奇報

水火兵燹，大劫也，而積善累德之家，往往有奇報。江寧程翁家小康，自其祖父力行善事，以賙貧施藥，而窮乏及程翁，讀書不成，去而學醫，謂謀生之途，惟此尚可濟人，立誓不受貧戶一錢，並累世持不殺戒。甲子十一月，舉行鄉試，予與奉調闈差之沈君同行。時省城設局收養難民，沈為其戚訪人於局中。有老媼傴目其儀，涕泗涔涔下。沈問故，媼曰：「貌似吾兒。吾夫姓程，籍

江寧，避兵蘇州，夫妻兒女並子婦為五口。遇賊離散，今生死不可知矣。」言未已，僕躍而前曰：「吾固疑為母，固吾母也。」相持而哭，遂訂期同返蘇州。他日，蘇人欲僱鍼黹，或以程媼薦。至則先有少婦一人，亦為主人司紡績者，相見大驚，即其子婦。媼喜極，舍之究驗，又悲其夫與女之無自訪求也。婦曰：「姑勿憂，吾有從兄，前數月販茶上海，似聞小姑傭工茶棧中。」媼聞，即攜子婦乞假於主人，至一棧，遍詢無之。去而之他，則女而程氏者甚多，入視皆非。蓋五易其處，始知程翁自浙返滬，仍以醫行，早已挈女賃屋夷場，境況甚裕。即日訪得翁寓，翁適外出。媼一見女，即大哭，子婦涕泣勸慰，各訴艱難，並鄰里祈喜歎慰之聲，譁然並作。翁歸自外，嵩嵩然亦不能措一辭，忽笑忽悲，惝恍如夢寐焉。鈴池山農曰：兩間一生氣所鼓盪耳。生人者，人亦生之，固宜。頑盜賊殺人如麻，而程氏一家乃全守其為五人焉，奇哉報也。

詩佔

金陵返棹，阻風孟河，兩舫束艤，同人非征將軍蔣九姓家，遂使從者累土如几，號為詩佔，皆出近作屬和。諸君亦各肆旗鼓，呼幽致敵，挑戰不休。如是者三日，予紓予守韻云：「強鄰雨大休鏖戰，頹息轉師及捷乎。」於是一笑而罷。明日解纜，而雨散風馳矣。予和南梁陳開亭下關韻云：「久卧荒城提遠行，忽聞江表息鼙鉦。雲銷戰氣依峰穩，鳥戲朝陽拂水明。近郭漸多新屋宇，荒郊難辨舊途程。十年兵燹身猶健，贏得山靈見也驚。」答袁步雲云：「傳聞北地重燕支，多買嬌紅作畫思。何必才華真絕世，自然顏色易投時。焦枯默感中郎識，婉孌終傷季女詩。誰道甘心棲枳棘，十年猶憶碧梧枝。」又閩中題壁舊句云：「石頭城外亂峰明，浩蕩風煙□□情。身世多艱惟中酒，文章無命莫求名。天空雕鶚摶雲遠，江冷芙蓉墮露清。大地烽煙瀰諸公，勝達報昇平。」揚州楊竹軒和云：「天高霜冷月初明，惜別難忘舊雨情。感我飄洋同宦味，有人籠壁重才名。綺年休逐詞壇老，冰骨終宜閬苑清。出匣干將勤拂拭，近來江上怒濤平。」黃山宗感澤云：「日對江山眼自明，自將流水洗塵情。閒雲出岫難為雨，野鳥窺人不識名。地有高賢星欲聚，身無俗韻月同清。男兒各抱飛騰志，不到蓬萊氣不平。」九和云：「海天東去大星明，水底蛟龍若有情。得意且傾三月酒，誤人虛博半生名。霸高寒入關河，聯日落潮迴天地清。獨向滄江觀象緯，當頭欣見玉衡平。」風程水驛，閒得此興會，或亦五百年香火因緣乎。

瘞文

臘八後五日，招感澤同至松江度歲於城南曹氏宅中，年皆三十九矣。文字無靈，科名有命，愴念身世，百感橫生，因盡搜行篋詩文，掘坎庭隅，焚而瘞之，而送以詩云：「廿年心血聚庭隅，拉雜摧燒散作灰。吹入九淵千丈底，結成精氣化風雷。」

金壺遯墨卷五

欽旌節婦唐母安甘廬記

吳縣朱君樾之既為其姑母請旌於朝又求得消暇齋諸唐氏之芷思慕之心稍慰一日者復手圖示余曰記榮未嘗學問幸不棄於大雅先姑母事蹟有閣君之傳陳師之贊以垂不朽朝廷事載詞簡體例宜然恐後之人未由感發而興起也撮其大要繪為四圖無徵者姑闕焉庶可與傳贊並行不悖乎余曰諒哉此虎頭圖列女之遺則也朱君曰未也某思事以文傳地以人重竊嘗流覽簡編凡賢人君子託足之所雖窮鄉僻壤為弔者往往留連慨慕如見其人竭孤孽泣血茹苦含辛數十年寢饋於斯其地其人尤足令頑廉懦立往者吾吳胥有袁氏竹柏徐氏勁節二樓之建棟宇巍然繪圖歌詠又得賢子孫繼述故歷久不墮某心竊仰之唐氏世耕讀姑丈時家已中落居孫谿與某家衡宇相望自姑母孀居啟廬三楹僅蔽風雨雖湫隘特甚而區闢如也而內外峻潔肅然也亂後棄為瓦礫場每過悽然淚下徘徊不忍去況某竊覩我姑母家無儋石儲賴十指以餬口勝前無子族屬中無可繼者孫女至十餘齡又殤凄涼憔悴之況生趣索絕而安貧苦守甘之如飴某他日擬於唐氏故居葺廬以奉烝嘗而即以安甘名廬可乎余不禁肅然曰有是哉君用心之周且摯也夫安之為義大矣自來忠臣烈士赴湯蹈鑊鋒刃時窮勢迫百折不回凡以行其心之所安而已然論者猶曰慷慨捐軀易從容蹈節難蓋信乎安而不遷之難也若夫青年伉儷惨失所天阡無待哀之兒室乏綿情之女瑣瑣莫繼簡略皆空極人世難堪之境獨能隨遇而安無絲毫怨尤見於辭色稍婿莫儷繼以撫姪撥其心終不忍夫之無後艱難委曲以求一綫之延甘窮餓而不悔在易節之四爻曰安節九五曰甘節安且甘其為守吉孰大焉今者旌門表墓百世流芳俎豆馨香永永無極君又仰承先志以長子惠先後兄記梁以奉唐祀此亦行乎心之所安與盛德事也異日安甘廬成與袁徐兩樓後先輝映即君之風義亦且偕孫溪楓水長流傳言盛德必百世祀於戲澤自此遠矣朱君欣然曰如子言余何敢當抑區區之心不敢不勉請識之以諗來者爰不辭固陋拜手而為之記

光緒十七年歲次辛卯涂月

青浦席　威拜撰

婁縣姚肇瀛拜書

孫谿唐節婦家傳

唐節婦朱氏蘇州吳縣人年十七歸同縣唐顯唐故貧節婦恆以女工佐之夫死止一女撫之十餘齡女又殤節婦泣曰天乎不能為唐氏留一息生復何為其弟常浩力勸之歸曰惜月之親惟姊與弟幸毋自苦弟婦程氏亦與節婦素睦因以第三子記梁畀節婦撫之為唐氏後節婦既撫記梁念弟力之不贍也時返孫谿故居自食其力記梁既長使赴城習賈庚申寇陷蘇州音問隔絕其弟遣弟婦挈幼子記榮來依賊過其廬欲掠記榮節婦偽聲叱之賊亦駭沮卒釋之去而其弟陷城中未得歸節婦乃語弟婦曰弟與諸姪吉凶不可知我與若不足計朱氏惟此一子在若復失散何以對先人相與零丁轉徙僅免於賊未幾其弟暨次姪記煜脫自賊中節婦大慰以為可以釋肩矣而弟及弟婦相繼病歿又聞記梁死難之耗諸姪惟記煜記榮存節婦遣亟奔上海曰無其覺為亂平記煜兄弟訪其居已棄為瓦礫詢諸耆老知節婦子身走避亦未遇賊依普濟堂以終年六十記榮念非節婦朱氏絕續不可知於是命長子惠先後記梁奉唐氏祀復求得節婦撿骨為粗請唐氏之瑩光緒庚寅列其事於有司以達於禮官得旌如例嗚呼當粵匪鴟張之日士大夫且不免倉皇失措況其餘乎節婦一婦人耳乃能臨機制變卒全朱氏之孤而唐氏宗祀亦賴以不墜可不謂賢哉余往聞記榮言節婦性嚴厲有智略今覈諸行事信然然其所遭抑可悲甚矣

華亭閔萃祥拜撰

唐節婦贊

懿哉節婦笄歲歸唐恨甘卑賤大義彰彰夫貧能守夫沒何望零丁弱息稍慰心腸瓊花復折能弗悲傷有姪可撫以續烝嘗何圖寇亂遂致喪亡當為姪計海上諸賢幸存一綫於朱有光報以恩義再續宗祊請旌志行大為表章惟茲貞節百世流芳

嘉興陳其榮拜撰

歸葬述略記

我姑母之疾終於山塘呂氏祠也事在同治戊辰八月其時寇患雖平瘡痍未復故廬被燬不獲寧居記榮年弱冠貿易嘉禾蘇申間欲詢確耗而未得痛念我家當庚申避亂時惟姑母是賴昊天不弔我父母於夏秋先後棄養賊氛徧地浮葬他所先塋遠在陸墓不能及也先是記榮隨我父避上沙鄉賃販餬口長兄記鍾依郭氏於齊門外仲兄記煜先被賊擄我母逝後我父亦悲痛下力疾往喚長兄歸上沙至秋增劇竟至不起明年仲兄脫自賊中昆季均集姑母所姑母命之曰汝父母遭逢亂離不幸病歿寄厝異姓墓地惶惶不安汝兄弟幸聚一處當亟謀所以歸骨者值此亂世生死聚散不可知毋貽他日之悔也記榮兄弟泣受命乃由程王兩家墓上檢拾遺骸合葬五泉浜祖塋事畢返命姑母即遣仲兄避江北長

兄挈記榮往申習業臨行復申戒曰朱氏存者僅汝三人憶汝母彌留時祇幼姪記榮在側遺命汝兄弟當終身友于相愛異日幸成立雖未能同居共炊慎勿蹈鬩牆之習回顧汝父謂記榮年穉亟擇善地居之庶父子相保也言訖嗚咽而逝汝父於流離顛沛中草草殮埋厝記榮於范氏而自至齊門覓記鈺醋署發濾精神良耗病自此深矣延至八月亦告終猶諄諄惟汝兄弟為念今汝等幸全身命吾恐禍亂之未已也故分遣各覓生路苟能自立早謀營葬長子孫毋忘吾言亦即汝父母之志也此地雖偏僻（時在市涇乃窮鄉也）然逼近賊巢不宜再來吾五十窮叟死何足惜異時平定歸吾骨於唐氏之塋雖死猶生矣時咸豐十年辛酉歲烏乎詎料此別竟成永訣也哉仲兄遂偕任竹銘渡江而北長兄與記榮閉關至滬雖幸有成而作嫁依人不克自主往昇七八年昆季各有家室聚殮朝夕苦乏餘貲迴思曩日情形非姑母指示布置則父母之骸骨未歸伯仲之存亡莫卜生成之感何能一日忘耶同治八年蘇省肅清已逾六載播遷者漸復鄉里記榮因事至蘇詢姑母存否竟無確耗光緒紀元復至蘇晤長兄記鐘云傳聞姑母在山塘普濟堂病故年月日猶未知也顧以他事匆促旋申至五年秋長兄暴卒於蘇記榮星夜奔赴成禮時長嫂徐氏已前卒祔葬五泉濱六年春將啟兆而合葬焉豈知開未及尺積水成泓我父母兆域亦被浸潤痛念劬勞百身莫贖幸

先祖陸墓山塋尚餘隙地謹奉遺骸備棺遷祔兄嫂則仍葬五泉濱高原從兄志也烏乎我父母骨殖幸獲安全猶恨始事不慎水浸幽宮再遷而後已今仲兄與記榮粗堪溫飽各有子二人以奉先祀而姑母一生苦節輾轉亂離中卒窮餓以殁歸骨唐塋言猶在耳每一念及踧踖難容光緒十六年余復有事在蘇詢訪既徧略得端倪兼知賊據城姑母見幾趨避迄未遇賊賊平後走依女普濟堂以人衆與同伴諸孀別居呂家祠內寢於同治七年八月病故記榮於是先將姑母守節事呈有司請旌於朝而歸骨則以未悉葬所尚留有待今年夏竭誠往訪期必得先至昌善安節各局未獲至盤門所謂女普濟堂者堂中人均以年遠難稽為辭翌日再往偶向內室坐見插架有同治五年至七年冊籍悉心翻閱至一百號載有唐朱氏於七年七月二十二日進堂八月十九潮疾病殁年六十歲字樣不禁額手謝天者再下又載一號至十號葬於錫類義阡從十一號起別葬盤門外堂基云云而唐朱氏葬冊在第九號每號均有碑識然則我姑母之終於普濟前既悉詢唐意卿之母及疏族唐四官諸人衆口一詞今復冊載彰彰可攷毋庸疑矣欲設法起遷商之培德堂董周守安翁翁謂須冬間辦理力任經營可感也爰託守翁豫備小槻以便檢骨堅訂珍重而別仲冬上浣復至蘇天微寒間以風雪承守翁放棠船雇土工等偕看阡人吳姓於初七日抵錫類阡土

地空濶約百餘畝荒冢纍纍無從識別原葬土工張長有年老矣率衆啟土歷十數處迄無一是蓋以事隔多年曠渺無垠頗難記憶亂後又為普照昌善各局掩葬無席露骴顛倒者甚多觸目慘淒乃命依舊填築見暴露者亦加土焉反復籌思無策至望日詣普安橋武廟誠求籤兆得十八灘頭說與君及世事盡從流水去之句先是夏間亦曾祈籤則勸耕力作莫蹉跎云云竊意神示如此終當有機會守安翁邀陸君春生來訂明日下鄉再覓以盡人事遂於十六日如前放舟帶工抵阡開視自晨至午仍無濟乃登舟午餐枯坐蓬窗相對太息守翁謂似此曠地一望無際何異海底撈針君於此亦可謂竭盡心力矣況廿餘年來當已形銷骨化吾意招魂歸祔於理亦安余嘿無以應然終冀神言當不我欺忐忑未決時舟尾臨工人擁擠無聊飭其荷鋤登岸姑再覓之守翁與余在船小憩一炊許忽見工人手持一磚踴躍奔至閱之正第九號女棺也兩人均色喜隨行二里餘見有一池與上次啟視所相離祇五六尺詢工人則以張長記有水池鄰近故仍於此處下鋤纔二三下即見號磚於是命逐號啟視則不符合十號以後則平土矣乃將他號築固迴城訂定諸人次日竭誠料理余不禁感極涕零默誦神恩不置十七日守翁仍挈土工等將所備應用諸物到阡午刻記榮跪地啟棺見姑母首骨未壞下頦輔頰彷彿生時惟首足胸脊諸骨則已黑如枯

柴乃積水潮蒸之故最奇者姑母晚年僅餘四齒而口中尚存其三其一旋於棺旁撿得此記榮兄弟所記憶逼真者殆冥冥中特留首齒以示區別耳與流水相鄰乃符籤神言之巧合也於是自足至首次第檢理入所備槻中用灰包棉花絲綿謹慎將事擇吉二十四日遷祔吳縣十一都十四圖蕆字圩孫家橋唐氏塋乾山巽向立碑隧道以記榮長子惠元後叔兄記梁以奉唐祀即仰體先考妣之遺意其詳見閔君頤生唐母朱節婦傳中烏乎記榮自是志願已及廿載僅克有成此蓋蒼蒼者不忍我姑母苦節湮沒不彰俾記榮得構于以稍酬生成之德於萬一焉烏乎豈偶然哉余既求閔君為姑母立傳將懇准建坊之請移僑孫蔭東暉橋冀垂不朽復擬於唐氏故居葬安甘麓奉祀課主繪圖撰記以徵題詠而於歸祔道骸之事艱難獲濟寔荷　神庥至我父母繼絕之盛意與亂離中困苦顛連之況尤不敢忘也用詳顛末以告後嗣子孫我子孫其敬念之哉其敬體之哉

光緒十七年辛卯冬月胞姪朱記榮拜述

祭唐節母文

維光緒十有九年二月吉日恭送　表太姑母唐節母從祀節婦祠謹以楓江之水孫蕤之馨致薦於　神前曰烏虖節母早失所天無子僅一女女殤嗣子又早夭族無可繼者徒安

貧負若唐宗已不祀傷哉朱雖男冠階然皆夭殤孫從出朱氏二孫子次郎樾之表丈也幾撫幼孤轉徙流離借其計慮甚挺保全終存表丈所生以奉唐祀此節母之功也大亂未平時已無家艱危相倚鄉里善人瘞於叢冢桐棺紫紫玉骸何處幽魂黃泉之下怨恫百歲之餘而表丈乃矢志以報至誠斯格竟蒙　神示得以歸骨首邱唐祭豈非天之佑節母者深而卓節母有光顯乎事既詳諸君子傳贊題咏中然而所感倘後輩聞之真切信無溢詞足貽不朽竊思古來節婦與忠臣義士略同當其遭家國變亂之秋持其百折不回之心莫有一綫能延之脈竭忠盡智或成或竟不成卒之後代繩其祖武當者闡發千秋固其宜也豈非天理之變不失常乎抑人力有以勝之乎別節母不特有光於唐氏而亦有功於朱氏其於表丈生之循母也則表丈宜事之猶子也聞諸觀古孝子遭亂離尋親骸骨萬里荊棘十年寒暑往往有志竟成所謂欲報之德昊天罔極者固應如是而亦其親殉難之精魄多不容埋沒於山陬海澨間竊庶得其彷彿乎然則節母不啻有後矣魏既安土綽圖表門此與鄉舉今又與諸烈魄左右殫眦尸祝千禩永永無涯將以揚節名敦篤風俗使四方之丈夫女子聞而感泣興起也抑其安循伏惟歆享系以謳辭兼用湘義乃祝曰

神之來兮集女貞木皆之良兮覘湘靈作念昔生時言之肅穆淑人不危夫君無禄兌宛推如蜀以似縊蝶蛉在室幕燈課誦兮鶴夜鳴乎寢並落區區不昇其之海旌時望母家亂離可傷提攜小陷不負乎章克家報德兮傳永禩圖容烈如女宗表揚在天之下在地之上徐哀三節兮猗移相望

表再姪長洲陳開駿拜撰

重建東瞕橋記

孫谿相傳以孫武名一水縈帶西達於支硎即俗稱觀音山者故亦名觀音河跨河為橋凡十有曰東瞕橋者明里人朱記榮姑母唐節婦故居之所在也記榮幼嚴得節婦歡當粵寇時提攜奔走脫記榮於難事平後音耗隔絕迄記榮趨訪而節婦已歿并不知其匿厝所乃矢志以求卒於去年冬歸骨唐氏之塋然追慕無已既為請旌於朝例得建坊將擇地於東瞕橋之址而橋已圮壞因念節婦夙以利濟為懷使節婦而在必不使頹廢遂移建坊之資以建橋成節婦志也經始於光緒壬辰五月迄閏六月落成屬其友華亭閔萃祥書其概將示後之人爰系以銘曰

節婦之行禮宜坊闡厥素志濟此淥瞰谿水之湯湯其流也若

重建東瞕橋聯

綽楔承恩移作中流砥柱
松楸在望永脩百世烝嘗
遙瞻范嶺朝天笏
靜接寒山警夜鐘

青浦席威撰

重建東瞕橋記

跨支硎塘有東瞕橋焉近鄰孫裥迤揖范嶺毓秀古雁是母脈絡通濟繁殷并聯甾指凡夫村甿牧豎販夫傭豎緣趾往來日蓋千數慨昔渺緜月缺虹斷紆繞歧葉行者喘爲歲在壬辰朱君記榮因其姑母唐節婦之行得旌於朝將仿桓楹義闕之制仍傍孟母擇鄰之舊植悼越姥資扇之賦爰法巴婦懷臺之誠經始夏杪落成秋初鞏固閒敞往來大利昔之塗盛韶齒苦節室茹辛月黯夜縫風凄晝哭橋之石兀兀是節婦之志決橋之水盈盈是節婦之心清淌夫游歷大劫幸脫老寡任粥咽久腸枯如灰青裙立風淚盡得血卒今鑠金流蔭抱璞古完萬懸煙菲骨惟封蟻見懺一樹雪梨魂以杜鵑代哭而斯橋也亦復發礎孤紫洪濤大嘯青山綠水過者遙延明月清風靈兮聊浪今則胡附嘉歎鄉評引延典在豆邊樹宜楔綽

斯橋厚素遂解墜葭之警忘乘船之危馬閒之溧陽之瀨偉投金而改櫛上虞之江式隨爪而殊號竊意斯舉當易嘉名特諗士夫僉協於義尤欽朱君懷鞠之慈矢肝胆之報日月雖逝金石不渝異之歸骨於唐氏塋也亦既愆誠默聯精志冥符得憑岸遄偉正孫宜今之舉也蓋曰表微非惟修繕坐號偏揭之累詎務刻雕之華視夫寶帶既損數五十三洞渡舟可滅糜萬六千工為功則同取義尤大淳澆激薄將在於斯洞庭不圮太湖不涸長留天地有橋則三已

光緒癸巳二月長洲章鈺

唐母橋銘

粵歲辛卯記榮既尋獲　姑母唐節婦遺骸為歸葬唐氏之塋塋後有小石橋在其族唐恢德所居之右往來徑道也故未有名且將圮爰葺而新之里之人請顏曰唐母欽母節也乃系以銘曰水淑淑石凿凿惟母之節既堅且泚

光緒十九年癸巳春二月胞姪朱記榮拜撰

唐母橋聯

冰雪一心淨

松楸前古塚

題唐節母安甘盧圖

漫天雪婦之節，匝地霜方其潔。有客為我道其詳，點點都是節婦眼中血。淚涓涓，望眼穿，樂昌破鏡不可圓。阿阮為我作螟蛉，唐宗一脈賴汝傳。家雞猶未已，無奈烽火干戈起。十指不療飢，紡織供刀匕。有兒死賊中，有姪陷賊裡。煢煢弱息不能支，幾度流離更轉徙。

一星曙後孤，聊作慰慈烏。相隨形與影，中道復棄吾。何況隸籍生死分，節婦之節苦如荼。餘生脫虎口，身外靡所有。傷哉節婦病不瘳，何以使之正邱首。母族存亡不可必，大阮小阮猶知否。

風吹霧不起，雲過月當空。惟此節婦節，眾口僉雷同。太史據情入以告，惻然天子為動容。荒荒一坏土，詔書賁爾崇。紫陽有兒粗然秀，荷鋤列處訪墓封。為問當年經事人，模糊不能辨西東。　吁嗟此喪天所觸，佳城鬱鬱得之偶。合祔之禮昉周公，奠以牲牢酌斗酒。若節畢竟天不負，龍門曾有昌啟後。

吳縣張茂鏞謹題

唐節母安甘盧圖記書後

昔吾吳節母中之有圖記者二：一為袁節母竹柏樓，一為徐節母勁節樓。今唐節母安甘盧又有圖記，則是鼎峙為三也。按唐節母歷歷苦節，大率與袁、徐相埒，而其撫唐宗不祀，謀繼於從出之朱氏。朱氏當庚申寇亂，全家幾陷賊中，特為發蹤指示，俾脫生得過其半。自此朱祀延，唐祀亦因之延，凡機變而濟險，幽抑有卓越乎袁、徐者矣。惟是袁、徐兩節母圖記皆出自其子，而唐節母圖記乃出自其姪子。不忍沒母之節而圖記之，於誼為孝；姪不忍沒姑母之節而圖記之，於誼為仁。孝可嘉，仁更可嘉云。

吳縣潘志畬拜稿

賦唐節婦事

自譜離鸞曲，傷哉失所天。伶仃遭弱息，辛苦伴窮年。斧藥階評咏，蘭芽遂隕妍。弄珠虛照月，霾玉脫罹煙。朱裸方興矣，唐宗何忍焉。螟蛉差可倚，蛩蹙雨能全。卯角隨羣幼，髫牙付一編。獲丸從誦下，鉞齒夜燈前。烏鳥慈情摯，紅羊浩劫遭。身家休覦問，骨肉各分遷。挽旆俄林立，妖氛敢蔓延。蜩螗空待補，窟兔得言旋。哀祚謀重繼，沈痾雅不痊。掩骸勤訪墓，候亂未支綿。復凝行宜詔，哀榮且及泉。吁嗟節婦節，大義豈虛懸。

吳縣潘志詢拜書

題唐節母安甘盧圖

備極天民苦，新婦便死離。左家惟有女，鄧氏竟無兒。松柏相承悅，冰霜不改移。敝廬仍世澤，漆室感時辭。莽莽東泉路，煢煢恤緯思。縱傷憂金縷，尚望振門楣。銀鹿將河汞，金鑿又旋摧。桃承猶子績，訓仰大家施。鼙鼓喧閭起，舟車轉徙危。勇能排賊刃，智克免宗支。軍事方紛拏，先靈更餒而。陽鴉嗟毀室，螟蛉復含飴。御與共姜埒，功同杵臼奇。休拘人後說，明史傳張詩。

壬辰小除夕元和張一麐未定稿

題唐節母安甘盧圖集陶靖節句

幽蘭生前庭，天高風景澈。青松在東園，卓為霜下傑。彼柏下人，深得固窮節。貞剛自有質，時時見遺烈。天道幽且遠，孤雲獨無依。良人不可贖，顧言同此歸。弱女雖非男，慰情良勝無。一朝長逝後，依依撫嫂竟抱窮苦節。門庭日荒蕪，再喜見友于。親戚共一處，試攜子姪輩。無樂自欣豫，刑天舞干戚。賢者避其世，分散逐風轉。冬日淒且厲，栖栖失群鳥。日暮猶獨飛，不知竟何之。東方有一士，妻懷在琴書。窮通靡攸慮，逢世暫與園田疏。一去三十年，登涉千里餘。投策命晨裝，行行循歸路。每每多憂慮，直為親舊故。銜哀過舊宅，惻愴多所悲。何從分別來，奄去靡歸期。崎嶇歷榛曲，高墳正嶕嶢。四面無人居，白楊亦蕭蕭。荒涼故宜相見，別離又中心。在復何言，宜由學所同。魂氣散何之，枯形寄空木。相將還舊居，鼓棹路崎曲。山澤久見招，非為卜其宅。懷此頗有年，今日從茲役。同願傷風涼，寒餒常糟糠。清節映西關，憶此斷人腸。早終非命促，有生必有死。既沒傳無窮，奚止千萬祀。

吳縣謝祺

安甘盧記

安甘盧者，欽旌節婦吳縣唐母之故宅，其猶子朱君懋之重葺之以奉歲祀者也。盧僅一楹，足蔽風雨，量地十弓，匪曰湫隘。節婦以長子之共處，相夫子而有家，作羹入廚，投錢行野。牛衣卧病，鴻案齊眉，怡怡如也。洎乎歌作陶嬰，謚議黔婁，寂寂歐旦，寥寥誰語，豈況徵蘭未兆，異華俄窮。節婦延守一醮從終之義，援三思為後之條。人情出合，奉嘗充外孫骨肉，既遂嗣正倫，若兒子。如苦訓心，折筵勵志，固已聞行義之閭，佩孝德之里矣。無何洪楊[illegible]構興，拔宅無術，徙倚堪憐。節婦則有繁霜姑[illegible]蹐下，庶不同梁女卒得已焉。遂存范纖之孫，仍絕處信之系。懋之於是感卹貞懷，哀貞苦節，嗣廉范之足，執骸而歸，傳列女之編，析宅斯託。題楣柱而懷清，封墓穴而展禮，就倚廬之奉室，起偏棲之門樓。九京有知，三復無[illegible]母當夜雨淒其，神颸瑟若，吾意墟壁蟠螭，破窗裂紙，咿唔課讀，兄弟嗚機，此情此景猶將彷彿乎遇之。

同邑丁運瑞春旗時乙未孟夏

題唐節母安甘盧圖

黃鵠哀吟失所天。撫憐弱女一悽然。曇花彈指成虛幻，影隻形單倍可憐。茹苦含辛憒食荒，毀容甘作未亡人。敝廬幸在猶堪守，非忘同胞骨肉親。家計蕭條賴女工，寒宵燈火雨人同。弟能受我時相顧，儂自清貧守素風。撫姪承祧慰母心，朱唐婚媾誼尤深。篝燈課讀寬嚴濟，寒夜史長自理針。百萬紅巾卷地來，流離分散寔堪哀。從今兩地相思苦，生死存亡永自猜。旌門典重感恩榮，聊慰當年保護情。從此東暉橋畔水，流芳百世有餘清。

元和王同德拜題

奉題唐節母安甘盧圖

觸目淒涼號鬼賊，風雲黯黯日無色。天傾地陷一廬存，中有奇光難掩抑。借問繪成此幅胡為乎。云是唐母食貧守志圖。茹苦含辛宜婦道，那堪無子更無夫。琵琶孰同鼓，襁褓無可撫。欲死不死非惜死，故將奇節做終古。寇起爵事已另，號女啼爭思避，母獨從容保猶子。猶子依母復安全，朱氏宗祧賴以綿。歸已無家歸不得，甚堂甘入畫餘年。吾思守而不貧兮遺產猶存原可託，貧而有子兮菽水承歡亦能樂。古來不少稱貞節，境遇問誰唐母若。草戍猶子亦奇。人兒長不忘姑母恩。號哭荒郊求收骨。誰歸為葬為招魂。一朝丹詔日邊來，天上施恩到夜臺。從祀建坊表其閭。不敢酒設在蒿萊。死若有知應不恨，蓋棺方見有定論。不信試看家喋喋，大半無人供麥飯。母有猶子母不死，勝人撫孤已萬萬。況復繪圖徵詞章，琳瑯滿目足表揚。笑吾未夢佐公筆，那有江郎福錦長。敢搴握管試吟哦，吟不盡意欲奈何，更倚楚些成一闋。春秋若作降神詩，詞曰：嗚呼母兮。生兒無依，死可無據些。生兒無名，死可無譽些。魂兮歸來，叢冢不可以處些。嗚呼母兮。生兒無嗣，死可無子些。生兒無養，死可無祀些。魂兮歸來，故冢不可以止些。茹荼憶蘖，母志已伸些。旌門表墓，母節常新些。為母奉祀，已全母倫些。春秋有享，鉅典可遵些。魂兮歸來，來格來歆些。亂曰：生多憂危，死宜安些。生多辛苦，死宜甘些。敝廬猶在，將若峙於江南些。彼有三從，亦有死，安得如母之不刊些。　錄塵

請詞壇大匠郢政　香溪郭紹裘求是草

題唐節母安甘盧圖

青青嶺上柏，鬱鬱澗頭松。歲寒節乃見，凜此冰雪容。節婦失所天，嫠雖無一錢[illegible]歷所鍾。棄鄙釵與鈿。喜有女如玉，聊以伴空谷。少慰未亡人，焉知年壽促。大者娶有女，追計節無男。

一病呼不起，天花幻優曇。弟婦姊所苦，何以慰遲暮。螟蛉蜾蠃子，兔絲女蘿附朱家。一塊肉唐家一脈續。呼嗟長卿妻，慷慨歸解屋。歸來撫孤兒，仰屋兒啼飢。女紅手自給，不使旁人知。天狗夜墮地，紅寇忽西起。弟婦攜幼子，避來烽火裡。賊來奪其姪，節婦走進叱。侃侃陳大義，賊氣而嚇出。城開亂萬衆，剪眼雖開。可憐弟與姪，望斷不能來。旌旗滿南國，忽見弟與姪。咄嗟運智變，周旋圖良策。不知分道行，他日共太平。豈知弟與婦，頃刻留弱丁。節婦失聲哭，有子亦遺殘。壯哉一義民，喜光節婦族。中原連賊清，有姪名記榮。聞關覓節婦，足繭返上成。傳聞寄昔潘，至已幽宮閉。撿骨都清泉，忠通神示偈。奉歸葬孫溪，請旌節表題。祀子以承孫，可慰節婦兮。精盛曰安甘，徵題各幽擬。中有大手筆，我詩苦自拙。不見紫組綬，不及一婦節。節婦秉大義，列變而能守。智設朱氏安，烈叱賊膽寒。慷慨捐軀易，從容盡節難。乃知大丈夫，慚愧弁而冠。

時在光緒二十一年三月二十六日夜於古吳古五畝園對山閣下題　長洲張恭釗

題唐節母安甘盧

烏虖節母，早失所天。左家有女，一綫僅傳。曇花復隱，天道惘然。哀弟有子，子昇母承先。何圖歷劫，又罹烽煙。烽煙乍起，弟往依焉。弟殉姪孤，為謀生全。促避海上，弟祀以延。賊氛俄掃，孤姪言旋。母廬十笏，都燹於田。詢母起居，殁已六年。招魂何處，劍池之邊。為覓遺骸，為發荒阡。首邱唐氏，是夜綿綿。事聞於朝，樸綽紫宸。姪心惴惴，恩義猶堅。爰新故址，結廬三椽。顏曰安甘，祀事孔虔。嗚呼節母，松柏方堅。松柏比堅，惟母之賢。

乙未余月　吳縣錢人龍拜書

金壺遯墨卷一

鉢池黃鈞宰天河著

鐃歌

甲子江南肅清偶以詩賦課士擬大軍克復金陵鐃歌有王拱辰作云石頭風利阿童來火炬無煩鐵鎖開遙憶渠勳高會處凱歌齊上雨花台掃穴犁渠爵上公威聲久著大江東不知誰作軍司馬山斗文章紀戰功又朱樟五律云江浙底全收威名震九州元戎能戰守天子自懷柔日照旌旗爛風高勅勒秋海波從此靖千載頌金甌

禽言

江寧俞汝諧有小課禽言數首。駕車輿苦況悲壯蒼涼錄其四云鵓鴣鴣雨多水漲生蘼蕪魚飛稻田畦崖竈可憐有地無人耕兔走劉得連根煮藜笠烟荒愁不語聞說明朝要打糧相將又向他方去交交桑扈日色昏黃桑柘苦官軍盡數斫作新前往相求拔刀怒柳絮拂地榆莢長哀哀寡婦空提筐野蠶作繭大如甕秋風那得成衣裳得過且過街泥無力巢難做翠翰剝落寒侵膚況是今宵風雪大百丈虬枝嗟隻立微軀敢羨蛟龍蟄深山日暮行人稀夜雨荒郊鬼燈泣行不得也哥哥河南河北皆干戈前邊官兵後邊盜飄零十日將如何拂面西風塵撲漉荒崖白骨狐狸啄誰家健兒行得遲橫拖馬上鬧啼哭

李觀察書

曾公既克金陵京外官紳走書申賀謹守常格者居多獨李次青觀察博引繁稱鋪張揚厲一書累三千言中敘討賊之初以書生張空拳攖巨寇號召生徒子弟忍饑轉戰備歷艱阻百折而不回及乎大功告成懋賞鉅賞兄弟同日膺茅土以蕞爾一邑備有侯伯子男之封建牙仗鉞專閫及方伯連帥之屬至以千百計可謂如荼如火千載一時矣而得力尤在末一段寓規於頌深得古人贈言之旨其辭云兩江督府兼綜河漕鹽法及操江諸務殷劇號難治承平時選帥當重於他省非有文武威望知大體可信畏者莫能任況於蹂躪猝殘黎於摧燬之口其事與開創同而又有異夷逼伺狡獪不可測則所謂安內以攘外者宜必遠謀深識消患於未萌愚竊謂圖治以教養為先在今日則養先於教世亂才勝法若由亂而治則當以才用法而不為法所縛至於內治既修外侮自戢道在篤敬養士有以大服乎中外之心久之必咳號不逞矣所議且為通達此外駢散文字率以郭李相比擬曾公勳業誠不必少遜前人然時勢不同未可例也

周師孔

英國使臣威妥瑪嘗詣京師上書同文館進借法自強之議聞者愤焉有義士託名周師孔者擬書答之大意謂中國治貴文明不務險遠與西洋人情風尚百無一同西洋之政官與商民皆不分官之事商可主持商之事官可干預中國則不然官而兼商謂之忘廉商而預官謂之越分故聖賢立教化帝王主政刑而風俗則轉移於百姓政教之力亦但能去其太甚聽其自然不可以力爭不可以智取今欲以創鐵路立電標開采五金山礦等事變易風俗擾累驚民以中國所長行之猶多扞格何況貴國之技謀乎且貴國遇有大事又何嘗不以民心為重官權為輕如西洋諸小國向歸英屬中間民心有異亦即舍而不問西洋天主教最先及耶穌教出彼此爭長卒不能奉天主而盡黜耶穌夫同此一教同此一方猶不可挽東就西強人從己何獨於中國而昧之即以理財而言貴國經費悉取於商鴉片一箱稅銀至數十兩湖絲一包亦然此明明有利於中國者尚不欲效西洋之所為況於利害未卜者哉夫中國民氣至弱也而有時亦至強譬如江河之水寬僅數丈其源於大海遠矣然而小船重載動至沉溺大風激之波浪山湧亦足以覆舟而有餘中國之民馭以柔道則馴施之仁政則順強以所不願驅以所不能則渙散而不可收拾且將洩憤伸怒於創議始事之人竊為先生不取也書中又引秦始皇元世祖諸所行事以見詐力之不足服人而我朝仁德相承民心感浹此即為政不專恃強而德為終不能弱之證不惡而嚴可與亡友蔣劍人作並傳也

祭文

某醫士卒或祭以文云公醫公名醫公疾公自醫公竟斃諸老當餘味曲包至矣

徐都堂

徐總憲揚州人微時與友人讀書僧寺中寺故近水夏日苦蚊雖處帷帳中驅之不盡而徐獨側身甘寢寂不聞聲友疑其誑徐招而示之良信他日徐歸一友移卧其處曰吾且試之果無所擾心異之而不得其故蘧蘧然其樂無涯也及醒斜月在窗見一人伏牀側手執蒲葵扇拂拂不停視之青面獠牙雙目如炬友大驚曰若為何人其人注目久之曰我謂是徐都堂乃一老秀才耶拂袖而去

杖馬

有鄉民入市繫馬於茶店之門而自往城東者既還馬猶是也而齒則加長矣遂以換馬誣主人兩相爭鬬適福又新太守至問得其故各執一詞乃命從者解其韁以大杖扑馬聽其所之。馬奔至某寺門外止而不行從者叩門而鄉民之馬繫焉福問鄉民曰馬齒相去值錢

幾何曰十十。曰汝自大意妄誕主人罰其半以為脩路之費和尚之友盜馬者笞。

青草

鄉民擔草者途行甚熱解衣置草中既賣草於李氏而忘取其衣返而索之李曰曩見草不見衣也且草在廚竈間汝往搜尋不得衣不汝責也方辯論間縣令姚君至聞而遠之先問鄉民以與李氏問話謂鄉民多刁頑意將圖詐言未已李袖煙管墮於地姚笑曰煙管頭牙乎玉乎李而未破因索觀之隨手置座後仍與李說陰晴道豐歉瑣及家常細故頃之而姚之左右已從李氏家取得鄉民衣件呈堂矣李見衣惴惴不寒而慄姚幡然曰吾以汝為好人乃隱人之物而又諂之者耶笞之十數曰煙管已付汝家

吴夫人

陳勇烈公夫人吴氏山陽汉河人遊擊吴禮北廣女也幼讀女四書事父母孝能識大義勇烈諳穎州咸豐初遇賊擄至天長會提督李世忠渡江擊賊勇烈拔其族父世銘為内應以天長歸朝同治二年苗沛霖反提督陳公國瑞聞勇烈名招之麾下力戰破賊息兵於清河陳公故與禮北善知夫人賢遂為勇烈聘焉婚期前三日譌言陳公擊賊河南歿於陣勇烈方食遽起具衣冠往見禮北曰陳公遇我厚今有難耗事雖不可知然義當速往謹請改卜吉期即出門策馬星夜北馳千餘里崎嶇山路間彌望無人煙三日不飲饑渴疲頓而陳公幸無恙相見於河南由是勇烈義聲震天下四年成婚於吴氏夫人以勇烈治軍嚴請滅誅戮勇烈笑曰是非爾所知不殺何以行令夫人曰省刑非廢法也法當執情亦當原勇烈然之自是咸少寬家居愈謙謹先後大小數十戰追賊山東數千里而口不言功最後奉爵相李公檄會勦陝賊張仲愚於滑縣之陳灘時各軍未合前後受敵勇烈麾戰竟日身受矛傷復大呼馳斬悍賊六名賊發銅礮中腰而顛顧謂左右曰灘者卅也陳卅吾其已矣遂卒年二十一遺命葬山陽夫人初得凶問晝夜號泣水漿不入口者五日父母勸之曰吾何敢死腹中一塊肉陳氏宗祧所繫也起啜粥及勇烈柩至清河世銘聞爵相奏請優卹欲移柩返天長夫人曰先夫有言矣生不樂居天長死乃強之耶必欲移柩更以一棺將我去耳世銘無言遂出閱十日哭以衆至徑發堂舉柩行夫人阻之不得伏柩而號勇士扶之頭暈於地及柩出而殆蘇哭而言曰吾不可復生矣至是決計求死預藏毒物服之灌救移時竟絶年僅十有八是時提督劉公銘傳駐兵清河之楊莊聞報大怒立遣兵勇水陸追柩返並擒世銘及同謀張孝先者即時正法而爵相請建雙烈祠合祀夫人焉葬之日氣象慘愴觀者皆歎息禮北哀其女請家兄仲勤為勇烈作行略而屬予填詞以傳之行略所紀較翔寄允諸

戰績叱咤如生因篇長不備錄

陳東山

陳東山者佚其名世居金陵蔣山之東因以自號性迂拘不諧於俗授室後妻偶失旺憤然自責曰婦工不修刑于之愧遂棄家遠遊初設教吳趨里從之者多紈袴羽恥教不行去而之燕授徒於都城西鄉鄉俗來學不具贄不裁脩第日納青蚨筆海中讀竟則去多寡不校去來無倚益餔以日計也歷二十年不自知其列門墻者凡幾何人而積貲頗厚鄉有某翁勸營子母合貲燭於京都正陽門列肆肆值林清亂都城戒嚴徹夜搜捕燭為軍士攫盡及賊平而肆亦閉矣都翁故有力頗償所失東山曰命也堅不受翛然一身南從吳門遊從遊者遞為主人並捐資供杖頭需先生固無所用得輒周急不少吝或傳其元日出賀雪中遇無賴子攫其冠而奔先生手青蚨數百招之其人欺先生老趨徂而至則傾囊相贈戒勿復爾冠亦不責還也年八十預治身後事赴期而逝後二十載客有過都門西鄉者居人猶道先生不置云馬湘舲述

斷碑硯

家兄仲勤以千錢購斷碑硯一方背鐫十六字書法遒勁平列四行第一行曰吳越勝事次行曰書來乞詩再次曰尾書漢熊曰視昔過眼即售者亦不辨為何語他日讀坡公墨妙學詩適與前字相合心焉疑之及閱秋雨盦隨筆乃知為黃公石齋之硯所刻米老蘇詩曾賚谷都轉寄得之廣陵市上並鐫右偏有道周篆印左有竹垞銘語均剝蝕不可辨以黃氏故物歷今二百餘年仍歸吾家可喜也

乘槎記

乘槎記為總理衙門斌椿奉使西洋之筆計百六十日往返十萬里乘風破浪洋洋大觀也頗其所載多樓臺園囿寶玩機巧珍禽異獸之觀而於疆域險易兵刑政教略焉惟法國都城載陸兵三十萬黑衣紅袴持杖鵠立棋布星羅其趨街之兵冠服鮮明往來梭織無間雖行人如蟻而安靜無譁何其奉公勤職若斯耶英吉利都城人民倍於法國而水陸兵不及其半已教防守則以倫敦地形四面環海非若巴黎之偪近鄰疆也英國官制有相國有將軍大夫稅司各棧存至三百萬箱錢有金銀銅三等海關歲收金錢二千六百萬磅磅為三兩三錢即以金作銀已足抵中國全部之數而又過之故西洋尊重商賈尚技藝能廣取他國之財以自殖火器出於布國西都磁子重至百觔形長首尖敵船包鐵厚六七寸者能通之各國皆購火器於此通局工匠多至二萬餘人而俄羅斯都城繁盛富强兵精器利

尤為名階之冠云此皆他書所不載者摭錄數條見古人勒銘告誓生擒吐谷真不值一朶也

盾鼻錄

盾鼻錄一帙吳門某氏作也某初以部曹改外官分發四川曾何子貞太史視學蜀中摭某行事劾罷之而川督從亦劾何某又為是錄以相汙衊怨毒之於人甚矣錄中自言紀事從實非見諸奏章邸報者不錄試問閨閫帷之事鄉曲鄙薄之談果見於何人奏疏邸抄耶即其自相矛盾者也

義伶

巧伶者忘其姓字曰慧仙居京師日與某公故相善久之某得監司貧不能治裝慧仙贈與資且不責券某強予之慧受既其未及成行而某公卒喪事甫辦已慧遠至衆皆愕眙謂其索逋來也慧入幃哭拜已探懷出券就燭焚之大慟去

孝伶

蘇州李存江號大雅班傑魁淵㹀技藝冠群伶人中傑出者性靈敏嘗於肆中購殘缺拼織圖一帙暇輒臨摹久而有得作人物無不入神又與諸畫家晨夕切磋解摹日增識得潤筆賞倍於截值然終不肯棄伶當盡曰伶本業畫餘技且班中腳色無多缺一不辦我去奈衆人何弟某性頑劣不事生計母偏愛之李得貲悉以奉母弟輒浪用不敢怨弟有所忤亦笑撫之不與校蓋恐傷母意也洪逆之亂有人見其負母挈弟出胥門去不知所終

又

鍾鳳齡字雁秋蘇州人少孤髫年入都逐望梨園而常以思母故背人涕泣脫籍後甫定鴻㫁丐人兼其母曾吳下頻年兵燹人多流亡屢以書往不得耗乃倚然為歸親計人以貲成業也或勸沮之秋曰吾不憚征結為將母地今不得母耗何戀此賤業為哉盡貲所有不再計而行

天籟

詩以情性天籟為上次氣骨次聲律徒襲古人面貌者下也婦人孺子偶得一情至語耐人竟日思文士性天不真即鉋杜甄陶徒膚襯耳如北齊斛律金勅勒歌隨閑截粗夫哭母句皆以不識字人信口道出彼豈知有十九首三百篇哉康熙中獻厄魯特俘上郊勞凱旋之師犒膳大享士舉笳歌者畢集有老胡工笳有臍氣兼能漢語上賜酒使奏伎老胡歌曰雪花如血撲戰袍奪取黃河為馬槽滅我名王兮虜我使歌我欲走兮無奈駝鳴乎北斗之

北奈若何又超勇親王策凌用兵深得倚衛將充準之力事定賜以千金而親飲之酒將充渾曰請王侍姬為奴舞劍奴為王歌歌曰朔風高天馬嘶追兵夜至天驕逃出山旁黑河道狹逆殺賊如殺草安得北斗為長弓射落欃槍入酒鍾音調悲涼如出一手益其風氣使然與

絕句

絕句以節短音長意餘言外為妙非如古體排律轉換可以操縱自如也河工官史以水為生自黃河北行而廳營生意蕭索矣胡稚楓同守句云草沒河堤綠滿灘秋風吹袖不知寒也楊生就風流性不得春波照影看惱懊之詞出以纏綿讀之輒喚奈何金陵克復餘氛未靖當事不遂撤防以昭慎重彭雪琴侍郎句云江上新晴霽色開紛紛楊柳應見樓臺老漁未肯抛從戰猶恐輕雷送雨來老成之見別具深心讀之自然首肯

晚學齋詩詞

家兄叔孫與于生同居長同學讀書論事同識趣而性天肫摯逸過於鈞故凡弟尤為相得所著晚學齋詩詞存者甚少人日和魏菊溪五古云空庭盈雲陰淅瀝破午夢舉頭見日光檐雪已消半手把幽人詩松影一窗供謾讀高風生悠然容吟諷風停望斜暉前村煙樹重邵尘聞清籟游心入空洞南郭偶成云浩歌溪樹間微風醒殘醉博土鄉波心雲影漾空翠田夫荷犂鋤遂從隴頭至不解强周旋淡語亦真摯世情多險巇到此意良愨徘徊不忍歸殘陽上衣袂七古題沈榆伯畫梅云北風捲臘冰含花空庭雪落翻號鴟老人潑墨凍𥁞活胸中積塊紛槎枒詩情畫意正清絕我來深巷無喧嘩入門把玩識真性下視百卉皆塵沙太素為胎發古艷位置那獨宜山家撑寒特立氣運轉造物亦為生嗟呀悠悠俗眼不相入育材何必相矜誇小橋流水月東上嗚咽又聽城頭笳送李梅江五律云天風澹秋色斜月轉庭陰樹古見奇骨花幽盟素心群生慚潦草嗬士各山林把酒知何日相期共解襟七絕江口云天風吹起月華流飛送輕帆作壯遊萬頃琉璃一壺酒鐵簫吹破海門秋寄懷寧平弟云垂柳飄蕭月不明遙天征雁有餘想夜火松陵棲倦旅不成也是看般幽獨　拚把樽碧醪香今宵斟偏求宵依傷悵觸芳華初占小園春把倚欄杆曲怕驚度鶯飛燕蹴畫樓不是高時媒要想到秋來後開到芙蓉可留餘韻寧平天河字也凡性孝友少嘗刲臂療親事載世德錄

金壺遯墨卷二

鉢池資釣客天河著

洞元鏡

西域有化生鏡，以一物照之，立成千百。又有洞元鏡，雖金石之類悉能深徹。其中有王姓走無常者，私念地獄變相種種不測，何不攜此窮其情狀。越日赴冥，召行過曠野，見有石坊巍然，大書陰陽界三字。一少年情思迷離，若前若卻，坊內立美女一，亦復含悲忍涕，進退踟躕。王念懷中有二鏡，急取其一照，見坊背亦有大書三字曰禮義防。視少年心中，宛然現女子形，如目之矚，情態逼肖；女子心有少年，亦然。復出化生鏡，則千百凝男怨女，如泣如訴，坊之下空無所有，而兩不敢前。王醒而喟然語天河曰：聖賢制禮，明義界，別陰陽，雖為並世之人，若有幽明之隔。然則人世傷心之境，固不獨彌留永訣時也。西人謂歐洲諸國男女不避嫌疑，親屬相逢，則握手接吻以為禮，正坐離立以示親。偶俱無猜，習為自然，故轉不聞有苟且之事。感澤曰：是或一說也，然不如禮義禁制之正大光明矣。

珠帳

署某營都司方君，總兵而加銜提督者也。少陷於賊，投誠後從征江陰，匪寇而得婚姻，詢女家世，故士人子也，美靜而能讀，有大家風範，方甚重之，誓將老於是鄉矣。後以積功敘職位漸峻，或言女之歸也不正，無以承誥命，而囑家人乃別聘金陵某氏為妻，而降女為側室。女即以妾席事其嫡，無慍色，無怨詞，而大婦卒不能容，詬讓谿刻。女惟背人飲泣，自歎蹇命不猶耳。未幾，方病卒，女父明經先生至，欲挈之歸，而大婦兄弟輩不可。偕往金陵後，況不可知矣。方在賊中，嘗見偽忠王出其所擄金玉寶玩，別為五等，最上者獻洪逆，次者自取，餘以分賞諸酋。有飾冠大珠如龍眼，夜置暗室中，光射五尺許。又選一分以上者十數盤，以銀絲聯為帷帳，獻諸狗。泉謂暑日寢其中，自然清涼爽健也。甲子予至白門，見有兵勇持碧玉如意而售於市者，問其價，昂然曰百金。彼固不知百金之末為多也。

心血

浙東女子某氏，父賈蘇州，僑寓於南濠，女所居樓故臨河。有楚州生者，因事赴蘇，泊舟樓下者十八日。一日晨起，女自搴簾傾盂水，猝然見生，不自覺其盂之失於手也。自是搴簾凝眸，作書刺繡，熒熒然朝暮相對，然意態閒靜，絕不如世俗目成眉語者所為。生之友將若者，距女家不過數武，乘間語生曰：名節事大，勿妄想也。遂移泊於胥門。庚申之亂，南濠市廛化為焦土，女及母妹焚焉。貧民多於瓦礫河渠中淘取器物，藉為度日計。或撿一物，大如拳，下圓上鋭，非木非石，中軟而外堅，反復視之不識也。適有土工二人至，曰：我為解之。遂取刀剖之，剖然而半，而文理分明。諦視之，巫山數株，中有小樓，樓下繫一舟，一少年伏窗而眺，眉目如繪。家皆詫異，再剖之，片片皆然。會將若過其地，索而觀之，駭似楚州生狀，栩栩然若生，呼之欲出。乃攜其一片歸而玩之，久之，恍然曰：吾得之矣，此必某氏女子心也。乃秘其事，緘以小盒而密寄於生。生得書悲感不已，焚香奉盒拜而啟之，則祇存一汪碧血而已。

女主

世傳英吉利嚮為女主，非也，當今日而其主適女爲爾。英人華拾得云：吾國自諾曼的朝至今八百餘年，統系不絕，其語亦誇。蓋英人傳國之序，或世或及，傳世傳子，無子傳女，傳及傳弟，無弟傳女兄弟，女兄弟子猶子，女之子孫，女女亦孫，如是展轉相承，故曰不絕。實則傳女者各為一朝，諾曼的至今已易五朝，其曰一千八百餘年者，則自漢神爵五鳳間立國之始計之，離為七，合為一，歷千數十年，而始及諾曼的也。

輪船

軍興以後，東南各大吏皆製輪船，為辦公運餉之用，疏見於奏疏。其初採水操盤運機轉船，猶以重價僱用西人，近設輪船招商局，西國領事官及諸洋商皆來賀，告成之後，中人自能駕行。洋商嘗曰：中國得天地清淑之氣，其人最靈，但能刻苦用心，其精巧猶在西人上也。輪船海行，以淡水為要，開船時以火灼水，藉水氣以運船，即用氣化之水以供用。船之上下四旁，皆以銅管承接，貫注數百人飲食洗濯，覺無缺乏之處。每日燒煤多至十萬觔，冬有鐵爐者有風扇，每座以一人搖而轉之，滿室中習習風生也。

火車

天津洋人初置火車，先於租界內土路試行，又以載貨車一輛繫屬其後，令中外五十人坐於火車內，位分三等，英領事與中國官員居上等，從人坐其下，車外四面則雜客居之。試行一周，便捷而精美，蓋西洋大火車馳騁鐵路，能繫貨車數輛也。中人創觀，莫不稱美，錫其名為利用云。

賽舟

每歲九月間，西人為賽駛小舟之會，舟式以八人打槳者為最大，五采具備，出沒於洪濤白浪之間，第見旌旆飛揚，戈矛閃爍，最足以駭悅心神。此蘇各蘭人所駕駛也。亦有小舟用一二人者，則英美法國居多，馳驟如飛，捷於鳧鶩，得勝者踴躍奔騰，波瀾雲詭，以快其奪標之興。西婦顧而樂之，輒厚賞以獎其能，此又於賽馬之外別開生面者。

煤汽

洋燈必用洋油。其性最烈，見火即燃，故又名火油。滬市頗有迸烈傷人者。又虹口某行[illegible]用自來火，一夕管跌，已息，行中人俱入黑甜矣。未幾而煤汽大至，不能復燃，滿室氤氳凝聚不散。及明，臥者皆中煤毒，皆竟莫能起。故西洋諸物雖甚巧，亦甚險也。

水龍會

十月廿九日，西人舉行水龍會，滬城士女結隊聯袂，衖巷為之填塞。計中外水龍若干具，式樣互異，纖巧玲瓏。最大者曰滅火龍，車中有機械，能自以鳴，吸注水鼓動，噴薄。別用絲綢裝一龍，安置車上，鱗鬣咸備，中列銀燭，旁懸五色琉璃，燦爛光明，蜿蜒如生。樂工擬鼓吹笙，一引前一段，後巡捕執鞭持梃以衛之。凡號衣各從其隊，火炬火把光銳各殊。又有高柄龍燈擁擠緊密，每一隊不下千數百人，照耀通衢，如白晝行。及馬路，煙火開作半空中，忽現五綵輪光，既而聚者旋者，飛者互相起落，如紫星，如新月，如流虹，萬眾喧嘩，應接不暇。洋人又於工部局鐘樓上時發火標，直射斗牛，忽爆作滿月狀，光華四射，金紫環生，不啻身入廣寒，非復人間世矣。俄而一輪轟裂，則流星萬點，飄墮虛空，又不啻天女散花，繽紛亂墜也。至是神搖目眩，莫不駭為大觀，然失乎水龍克火之義矣。

長人

前數年江湖賣戲者携四小人至淮，短僅二尺餘。指其老者為祖母，最少者為孫，中一代為夫婦，語吱吱不可辨，洗濯縫紉如常人，自搗乾糧，粒細如黍，飼以米飯不適也。近有長人魯五者，籍徽州，魁梧雄偉，倍異尋常。有巴社商人携之西洋，蹤跡所經，眾增觀，每日已起弍止，欲見者各取半元，異矣。

金箔作

蘇州金箔作，人少而利厚，收徒祇許一人，蓋規例如此，不欲廣其傳也。有董司者，違眾獨收二徒，同行聞之，使去其一，不聽，眾忿甚，約期召董議事於公所。董既至，則同行先集者百數十人矣。首事四人令於眾曰：董司敗壞行規，宜寸磔以釋眾怒。即將董裸而縛諸柱，命眾人各咬其肉，必盡乃已。四人者率眾向前，頃刻周徧，自頂至足，血肉模糊，與潰腐朽爛者無異，而呼號猶未絕也。比邑侯聞信破門而入，則百數十人木立如塑，乃盡數就擒，擬以為首之四人抵焉。

燈油

上海繁盛，不獨腹地郡縣所無，即通商各口亦鮮及者。頃有楚局友人以煙館燈油計之，一日需用十五簍，每簍三百六十觔，每歲需用蠟燭至五六十石，而洋燭自來火不計焉。然此猶焚膏繼晷，勢所不可少也。計滬城內外，並復意料可及耶？然則一日中茶酒煙妓戲園馬車並鴉片之物，并洋行所售之光怪陸離，直不可以萬萬計，實則一無所用者也。

聖教

感澤嘗言：聖人之教，王道也，即人道也。無新奇，無詭尚，而漸推漸暨，入人自深。如嶺海初奉昌黎，淮南初奉武侯，西域初奉佛氏，未幾而文明廣被，如日月經天矣。今日耶穌天主各教之來，即我教將往之機也。是說也，予謹識之。近數年西洋學人頗有尊崇至聖，日讀孟子，繙譯五經，齎向本國者；或且鑄銀為牌，懸之項間，大書服孔子教四字。感澤之言，其將驗乎。

賽珍會

墺地利國將舉賽珍會，集四大洲之珍異而賽之，不祇如石崇王愷寒儉羞人也。日本王附和其事，齎遣輪船載寶以往，不獨珊瑚火齊、赤玉紫金，纓錯紛陳，光華四射，凡象爐龍鼎、犀鏡蛟綃、枕可遊仙、珠能卻病者，莫不香篋錦褓，什襲而行。並命工匠五十人偏歷歐洲，學其技藝。昔西洋人最畏日本，道途相遇，辟立甚恭。近來日本主忽改制度，易服色，變文字，百事悉彷西洋，或亦天道循環乎。

放魚

辛未春，月觀家人放魚城外祥所之樂，親目覩之，益歎園圃洋洋，為校人寫生之筆。第恐左右窺伺，操罾設網以待者，皆校人類耳。世俗戒殺之說，儒者笑之，然如東坡山谷之在宋，袁了凡之在明，紀曉嵐施愚山之在我朝，不可謂非傑出士，要皆以不食特殺為酌中之道，不必持齋茹素，而將以培養生氣。勸人若以一齋之甘，遽戕一命，一羹之故，遽戕數十百命，對眾生慘怖之狀，返諸自己貪生畏死之心，安乎不安乎？某先達厚於倫理，雅好放生，每曰：我非有所祈禳而為之，特喜其由困得舒，機神安暢，游行自在，物我同春，此有生第一樂也。願與善求真樂者共之。

景觀察

六月，余子琳自江西來，談及九江道景觀察，膽識最優。上年西洋人更換和約，欲仿中國船式出入內河，由京師總理衙門行令各關督酌量情勢。觀察議云：夷人通商之後，已占五口；近又由長江直抵楚漢，中國船戶水手窮之居多，衣食之資已極微末，所恃者山河阻鄉以謀生。若再聽洋人仿造小船通行港汊，則聚此數十萬無衣無食之窮民，不獨中國之憂，抑亦洋人之禍也。又議開礦減稅，均格不行，況中丞許以為國為民，洵無愧已。

補圖

壬申重九林岩頌燮招諸同人持螯劇飲金陵馬湘艇丈為寫霜天清讌圖各題金縷曲以識鴻爪予以後至補入圖中作扶節度橋狀一奚童囊琴以從者是也奉和原作云近海無奇味值良朋霜天清讌高歌爛醉自笑饞涎指未了攜得奚童琴至早動了幾回食指為倩寫生清妙手向圖中添個支離丈叟容憔如此　生平懷抱春如綺十年來消磨狂折頹然秋風公等青雲騰達去留此鴻泥小記罷想到後人藏度誰最牢騷誰曠達更誰人莊語誰游戲歷世夢一而已

楊孝子

楊竹軒廣文揚州人少為嗣父晚產百餘畝臨卒戒之曰汝但力學博一領青衫是區區者勤而守之將來衣汝不肥亦餓汝不瘠也竹軒泣而志之是時竹軒本生父境況艱窘適貸不下千金將棄是產以償之竹軒私念違父之命不可為人子從父之命又無以對嗣親輾轉焦思卒無兩全法不得已商之買戶請作活契期以十年回贖益往返數四而後成未幾本生父歿家益窘乃挈幼弟授徒於富室堅忍艱苦哉得東脩廩膳之類學居積法買賤賣貴士與賈一身兼之及期蓄貲得前數而買戶變計不許由是晝夜焦灼諸以田請售者皆不受謂非是無以慰嗣父心也歷數年大水歲荒乘買戶之急始獲歸璧而心力悴矣又十餘年竹軒境益裕增置田產數倍於前人自古創業者親歷艱難其繫戀彌苦今一名一物躬自經營莫非以心血換易而得之而竹軒亦無子年且六十慨然語其友天河生曰人生相與維繫者曰恩曰義曰情三者皆備莫重於父母而次即子孫吾昔有弟之子其與我也交相愛交相愛則三者至矣不幸而又夭將來嗣我後者其能如我之承我先乎天河生曰竹軒近為南匯校官其前任陳君桂伯者有孫而無子遊幕於外無以為家而桂伯一棺浮厝南邑雨淋日炙者數年竹軒函招陳孫至贈以資斧祭告桂伯墓買舟而返其櫬甚盛舉也棄產一節為家庭最難處之事而委曲求全恩義兼盡若此可不謂難哉雖然語令人以孰為恩孰為義孰為情茫然者多矣吾懼夫茫然者其更多矣

異物

上海僅一隅地而南北異物遠莫能致者皆備癸酉三月赴滬見燕麂金錢豹白鸚鵡鴛鴦孔雀數種後一月廣東荔支上市雖已三四日而紅羅玉液色香味猶冠他果再後則北地蒲萄南中橙橘無不鮮潤如新予詠荔支句云自有雙輪來碧海不煩一騎走紅塵其便速可喜也此外草木魚鳥及外洋果品奇形詭狀者尚多即詢得其名亦難以中國文字紀也

大理

戊辰山東捻逆殲辛未陝甘回匪靖癸酉雲南大理平我國之海滇長固以用之武捕之逆外庸勳以戡之而大理介在西陲歷年更久岑中丞率提督楊玉科等次第規取克奏膚功竄海其從此逸清乎先是賊首杜文秀者初由廩生捐職訓導本無叛志咸豐初激江回民小有猜釁勤某制軍聽信游擊施應貴言盡殺省城良回以防內應於是附郭游匪託名復讎擁文秀別樹一幟占據大理府城自擬南越趙佗冀并滇西八郡練兵養士招集流亡幾成竊踞之勢大理為迤西總匯有蒼山洱海之雄通緬甸木邦之利益負固不服者十有八年及至窮蹙將自盡經賊黨縛獻正法滇右始平溯其兆亂之初祇因一二長吏輕聽妄殺貽害迤至於今昔林文忠公之撫滇也祇分良莠不分漢回而回民悅服苗猺亦洪後之撫斯土者其知所從事哉

世德錄

揚州符南樵孝廉與予兄弟交最久故知予家世特詳為作黃氏世德錄將徵當代詩文以光譜牒未及刊行而南樵卒錄其略云黃氏之先為皖南著姓聚族於黃山當明中葉分支遷蘇州再徙淮陰累世讀書科名相望七傳而至荊玉公為明季諸生當如廁見有遺金數百兩待其人至檢還之乃鬻產以救父者願奉金若干為謝固卻去晚歲騎驢出近郊驢伏地不肯起有老人指而言曰葬師謂此地頗吉燃燈置塊上雖大風不滅試之良信主人以缺貲故願售於公公曰吾聞吉山在心不在地強而後受之即今荊玉公墓也又兩傳而至備度公是為叔丹昆仲高祖父備度公生四子兩舉孝廉而仲子蓮舫公諱泰交以名進士不仕家居性澹定有特識所居樓曰倚月月夕花晨命侍嘯侶尊酒言笑於其上嘗著四先論以自儆其一曰立身以清白為先清之道在於澄白之道在於著澄在於所止有定著在於嚴絕其不潔之物而不使蒙於身嗚乎精矣惟公實足以副之公之季子守愚公諱廷楹醇篤尚風義與兄相闇孝廉敦友至乾隆中赴試金陵同舟生患疫毒甚眾畏傳染皆避去公曰始約而中棄之不義病而失養必死不仁失義與仁何以友為獨視湯藥調飲食早暮不離卒亦不染甫至家而同舟生卒公坐廳事假寐望見某生衣冠至徑入後堂而家人報公次子少霞公生而至孝居守愚公喪支離骨立性嚴峻或遇盛怒一聞母聲則溫霽而進既以親年老棄官歸母病畏擾則解屨戶外膝行至榻前問安視膳衣不解帶者數十日而公弟斗南先生諱以與天河尊人也性亦孝友為母氏所鍾愛家人不得於母必宛曲解釋而後安伯嫂早寡先生尤敬事之雖受責讓弗校也嘗以正語規鄉人某不

聽先生言愆切直某由是不理於口衔先生甚深友人某將有遠行而資斧不足典衣質釧以應之絕口不一言方是時學憲公配陳太宜人八十在堂少霞公昆仲上事寡母下率子姓讀書皆成名諸生內外數十人矩法秩然為時宗仰自太宜人卒公與斗南先生哀毀思慕三年之中先後繼沒子姓俱慷慨尚意氣輕財物不善治生人產於是黃氏漸衰替於前人矣斗南先生生三子長曰振淮字月清倜儻有大志中年落拓遇賊不屈殉難於揚州事見邀賞中月清從弟叔丹名振塤少霞公第三子也母病刲左臂肉血淋漓以右手滌淨私烹以進創大如掌雖盛暑不去裘衣或有問者曰少患癰疽耳父母卒歲時掃墓遠望輒號泣不自勝晚好宋儒書研求精奧與兄仲勤弟叔遠以古義相切磋而待其從弟天河尤極友愛云噫黃氏昆仲韜光隱曜雖不振然觀其稟承先德鄙夷塵俗視夫世之趨時營而薄內行者益亦異矣抑吾聞天河從堂弟小洲家故貧甫冠食廩餼授徒奉母贍養嗟弟汗幾三十不能娶後以哭母故嘔血而亡漕帥學使聞之皆為歎息何黃氏善士之多也抑自荆玉公以來風義孝友代有聞人即異地隔時聞者且猶興起況同在宗族之間哉江都邊窮子特

徐森炯首頌評

金壺戲墨卷一

鉢池山農著

蟹卦

蟹味之美人所同嗜獨金華陸少蘅嗜之尤甚且食且讚而先生玉山頹矣同人或笑之少蘅曰吾之嗜蟹猶未也不及吾師吾師食已不盥手則納諸袖中曰留此餘香以待餘齒異玩也予嘗戲作蟹卦曰蟹元亨利用剝黃中通理至於九月有凶彖曰蟹解也元亨元而光也利用剝其色黃也中通而理內柔而外剛也至於九月有凶命不長也象曰得蟲以解蟹君子以橫行天下初九斷竹于河利用火先甲後甲朋來吉象曰斷竹朋來火一累也六二入于筐其行郭索象曰其行郭索聲不可聽也九三飲酒濡手更都取雄丙部得雌山象曰取雄得雌人各有心也九四解其螯利用小介象曰利用小介去甲兵也六五解其腹大吉在中古黃大吉象曰在中之美易重一斛也上九斷股折足食我童僕貞吝象曰斷股之吝其味腥也

食鼈

某制府與河帥某公同年又同官江南甚相得一日閱工至浦上河帥觴之食次進鼈甚巨其小者烹調盡美制府以為佳河帥曰此亦江南一品制府曰不及江魚然可第二然殺之可惜是物頗知水性也彼此相謔而吐屬渾然故妙

富貴

富室女嫁至夫家初見竈突問老嫗曰屋上高起大許纔纔出煙者何也嫗曰此有餘所自飛也女曰置之煙火中不慮焚灼耶聞者皆笑又某太守滿洲世族生而貴盛會府試發榜遍緩吏白童生中式士居多貧窘艱難請旅中開文從速太守曰何不傳語諸童遣與夫庖人先歸

新臺

河督某公閱工至王營諸聽成侍有婦人訴稱夫為千總性好肥伏庖侍妾子等語傍弁大呼巡捕官呵斥而去某公不解所謂詢諸聽官皆以其事甚褻難於措詞內有捐班一人遽言翁媳二字意將疏解其故獨裡河同知于君曰此無他即新臺故事耳某公恍然歸語幕友曰居官當用讀書人誠然若質言之殊不雅馴矣後以他事黜千總

弔喪

往者某中丞之喪同時夫人太夫人皆病適有州縣四人方賭葉子戲門者誤報撫憲夫人

故矣。四人者送鄉葉子曰。即往弔。趣呼與人甚急。已而他僕自外歸曰故者太夫人非夫人也。四人者即命幹僕往探。俟將葉子理清曰。死此一局。往弔不為遲。探者返曰太夫人危而復安。夫人以哭撫害故。蓋絕者再。嘗則撫志自乜耳。四人曰賭耳誰有閒暇弔喪者弔喪不如多贏金錢作買酒資也。

改唐詩

客有惯內者。內怒扳提耳使屈膝焉。或改唐詩嘲之曰。雲淡風輕近晚天。傍花隨柳跪床前。時人不識予心苦。將謂偷閒學拜年。許會卿姊丈訪友書塾。不遇。題其案上云。書塾問童子言師喫茶去。只在此城中。雲遊不知處。又吳李二人同行。見一大脚婢。履聲橐橐而來。吳改春眠不覺曉句云。春梅脚不小。處處聞他跑。李謂下二句何以易之。吳凝思久之曰。夜來雲雨聲。碧落知多少。則巧而傷雅矣。

牝牡

鶴以跡生。魚以思遂。鸛望而育。鶖視而胎。蝦蟆抱聲。鴻雁傚影。鸕鷀口孚。鵁鶄目成。牝牡不淫而神氣相感也。某邑訟牘刑清。告期紙收十數詞。而姦拐搶騙居大半。或歎息笑曰。利用之物有三。而三者皆足致禍。其原實出於一。遂如百脈流通於錢。錢牝象也。舉世溺於孔。萬事紀哉。以筆。筆牡象也。舉世誤其鋒而牝牡之顛。筆爭訟者無論已。誠使天地生人削牝填牡亦如魚鶴諸物之氣感神交焉。則息事消禍也多矣。

臬辭

軍興以後。直省候補人多缺少。事稀貧苦不堪言狀。一日有縣丞某求見方伯。臬辭號吏曰非期也。不為通報。某曰我有公事。不見則今日死於是矣。號吏大驚。白諸閽者而見之。方伯曰君有何事。某辭將何往。某曰將往陰司。方伯亦詫曰何至於此。曰某自到省伺候大憲者十數年矣。無缺無差。父母凍餓。兒女啼號。除死更無善策。又慮身死而大憲終不見知也。故辭。方伯曰勿爾。吾且贈君二十金。暫為餬口以待差事。越三日委以優差而去。

小東方翔

近有方姓字小東者二人。一官山東知府。一以縣令需次於蘇州。馬丈湘涎與小東太守故相識。而不知有縣令之小東也。他日客有語及小東者。馬喜曰小東來乎。客曰然。今寓某處君識乎。馬曰舊交也。別數年矣。遂與同往。而一見茫然。客指而語之曰此小東也。君乃不相識乎。馬唯唯。私訝數年之別。即面目改易不致懸絕若此。久之主人乃笑曰東方翔。祇有一人。小東方恰有兩個。或者先生所識彼一小東耳。始各恍然。同時又有方姓名世忠者。字少

韓。其作畫題款。第云少韓世忠。可與小東方翔作對也。因憶國初于清端公名成龍。同時有同姓同名同官一省者。且官階同至節鉞。同以清具著。清端總督兩江時。成龍方牧通州。公知其能。特疏保薦。可知當時不避長官名字。若在今日避之。恐不速矣。即此亦見清端之賢也。

金山錄

蓬萊周龝山先生。初攝銅山篆。與天河夜遇於途。燈火半滅。與夫摩肩而過。各破其帷。彼此負氣不相下。周問何人。予亦曰。若是何人。左右曰銅山縣。予應之曰我乃金山縣。周悍然不悟。其以金勝銅之戲。匆匆揖而別。他日予客贛榆。周遷海州牧。每見詩詞。深加賞異。並屬按期作文。諄諄以砥礪科名相勗。談次偶及前事。周大笑曰是乃萬成相識也。

讖鼠

方君小雲客予齋。大為鼠擾。擧大熏穴汲水以灌之。設伏銜渠鼠蹤乃絕。小雲作讖鼠文云。殺鼠殺鼠。汝罪難數。三日慣汝。恕我肯饒。遺汝一刀。送汝西土。西土西土。爰得汝所。予謂回教之殺雞豚也。每食必祝曰。非我也。夫夫為之也。夫既嗜食而殺矣。而又祝之。與小雲之讖鼠將同。

寫真

滬上某君善寫真。振振有名。予偶作行者子。披袈裟趺坐蒲團上。頂帶數珠。無以為首者因戲書曰。謂其似我耶。我面不如是之長。謂其不似我耶。而畫者甚狂。惟改面以就我兮。庶兩盡而無傷。兩兮兩兮。心不可見兮。汝不妨於變兮。

面具

友人洪某短小精幹。善於周旋。廣眾之間。因人改色。里人謂其滿腰假面具。每見一人。隨取一具帶之。雖一日之內。一室之間。所遇貴賤貧富或至數十人。而洪君面具將將不同也。

矮射

或云。矮射二字。古人必互錯。矮有委矢之義。當解如射。射有寸身之象。當解如矮。

算賞

西人懸五百金之賞。以算法試人。其法以法馬十九件。合成五十二萬四千二百八十七之數。任人錯舉一數。彼如其數取法馬應之。自一二十百以至五十二萬有奇。無一不備。而不出十九法馬之中。時往來問外者。低目垂首。心口自計。人人思得五百金。而不得其故。有皖南王君者。便指西人所匯令付金曰。祇值一字而已。西人問何字。王於手心書一倍字示之

西人默然，付金而去。

巧對

殿試三甲者，賜同進士出身。某太史以三甲庶常散館授檢討，最惡人稱此六字。一日有同年某新納姬人，太史往賀，某適他往，姬人方洗足，太史出，遇某於途，笑謂之曰：今日有一佳語，能爲對乎？某叩其辭，則曰：看如夫人洗脚。某即應聲曰：賜同進士出身。太史默然而別。楊稚虹曰：人不可有所忌，我忌之，人偏惱之，此對之巧，抑太史自取譏耳。

天青緞

段廣訪初官浙中知縣，累擢按察使，勤於爲治，深得民心。陳臬時，微行酒樓茶肆間，緝訪奸究，遠近稱神。民赴州縣訟者，或累數十日不得一決，廣訪得狀，即鞫問判訖，釋去，案無留牘，百姓感之，稱曰段青天。及杭州初陷，倉猝出城，將軍留之不可，曰：同困城中無益，不如出而圖之，猶可爲恢復計也。百姓不知其意，遽改其稱爲天青緞以譏之。

炊飯太守

洪賊之初陷杭州也，有候補府者，著短衣，躡敝屣，將行，被執。賊問何爲，誑曰炊飯。賊曰善，即使炊飯。而守故紈袴子，不諳烹飪，乃密使蒼頭代役，而太守獻之。及張提軍克復杭城，官吏多亡去，即徵炊飯太守攝其篆。守感蒼頭恩，令其司閽，而苦不識字，復爲置一明黠小僮，代司文書出入。阿堵物一歸蒼頭焉。同時有觀察某伏匿堂額上，賊至，戰栗墮地，問何爲，曰種菜。賊即使種菜。已而備兵嘉湖，時謂之種菜觀察。

長毛

洪賊之亂，富民窖金於室，及歸而金已無存。或戲作詩云：兵戈離亂亦天災，私喜回家有將財。駭問何人開地窖，長毛去後短毛來。捻匪之亂，某鎮軍防守淮西，大搜民間雞鴨，或戲作詩云：風捲塵沙戰氣高，邨民雞犬拜弓刀。將軍別有如山令，不殺長毛殺扁毛。

讓妻

嘉興某甲妻美而能，生一女，方五六齡。洪賊之亂，甲被虜，而妻女逸出，至王店，敝衣垢面，雜乞丐中。適遇鄰人某乙者，憐而養之居。既久，甲婦不安，欲辭去。乙曰：毋。吾亦有妻子陷城中，吾之留汝，亦冀吾妻幸而逸出，亦或有留養如我者耳。婦感且泣，爲之執烹飪，司紡績，而以甲之女爲乙女焉。又久之，婦終不自安，來問言曰：君之妻子既不見歸，吾以鄰人婦督居於此，雖曰無他，人言將不吾信。念因亂離而得婦者多矣，不如以妾事君。妾既可以報收養之恩，君又不必避瓜李之嫌。他日某甲若歸，令其別娶；若君妻竟返，妾願居婢媼之班也。乙曰：

然是何言與。吾之留汝，救汝難也；若竟私汝，乘汝危也。執不可。婦遂不強。他日賊退，甲至王店，知其事，踵門見之，曰：君恩不可忘也。吾妻女非君，何以至今日？今日之事，君自有之，我將別圖矣。乙大駭曰：是疑我也。我以故人妻女，留無絲毫苟且，今若此，何以明我心？甲乙交讓久之。其妻乃曰：是何不合而爲一乎？君無婦而有婦，妾失夫而得夫，計莫如公之便。甲乙從之。自是同力合作，乙既大有所獲，甲亦賴以自存。數年後，始別居焉。或曰：異哉甲婦調停之說也。昔有父母爲女相攸者，兩家富而子貌寢，求子美而家道貧，游移久之，決計於女。女曰：是不難，東家宿，西家食耳。是即甲婦之訣也。得此訣而天下無難事矣。

游戲詩

東台錢君福邑諸生，好作游戲詩，老而謝擯。將有城守當千總，新加守備銜，揚揚得意，語錢云：君敏於詩，我以兩相注非法出精句爲題，能口占一章乎？錢曰：詩不足言，幸勿見怪。千總諾之。錢即云：張館銜銜各思罷，布從不耐五更悲。可憐十指承消之手，掌風流手筆開。又有陰陽學來與候，客適全福堂和尚施與錢相遇，錢目之云：補褂天青拜福堂，居然也要學官場。問他品級居何等，一半陰來一半陽。

六郎

東邑有秀才行六者，出入官場，騙其鄉黨錢，刺以詩云：走過官場已二回，六郎滿面笑容堆。才叨縣令生辰酒，又舉分司上匾杯。衣服假來長短窄，語言拖出矣焉哉。年家帖子須珍重，多少黃絲博得來。又六郎鄉人某家故貧，衣食不給，及得庠書後，多金而豪，遂忘故態。錢刺以詩云：雪大風狂凍欲死，布袍一領並無綿。自從接管田房稅，厭裘披八月天。

三元宮

東邑三里橋爲妓船聚泊之所，臨河有僧寺曰三元宮。僧某，年少善歌，工絲竹，好着紅袖襖，時時與諸妓往來。邑士惡之，請驅逐。時有名妓朱有才者，與縣官有故，僧乃浼朱說項。說將差票弔銷。錢詩所謂諸公何必遽公呈，議論三年總不成也。又云：喜穿紬襖怨紅袖，臨風艷似花。不誦法華歌小曲，禪床跌坐撥琵琶。不怕沉淪欲海波，廟門排列妓船多。僧家此福難消受，姊妹同聲喚阿哥。友人楊竹軒云：錢作此詩，大書張之廟門，不待驅逐而逃矣。

孫生

軍興以後，州縣重用董事，地愈僻則董事愈大。或遊典而自稱官族，或生監而居然世家，其所見者小也。閩中同舍孫生，以父兄董治公事，得與邑令往來，氣高而言大。夢中廟庭，可惋可嘆。忽得罪於亳州先生，努目一叱，老拳將施，同人力爲排解，乃止。嗚呼，一勺之水，注之蹏涔

之中滿而四面逕以為地不能容豈不令后土坤輿埋怨無既哉

尾號

閩中尾號以長紙雕堪趾亂咒焉並所道溺者不顧也獨某君書紙粘壁上凡客要提撥迎紛造溺而往者一見此紙莫不避往別中衆皆異之不知其所書何語所書何符而人人遵照如是也好事者試往覩之則大書云有人於此大便者我必於其大便之處而小便之有人於此小便者我必於其室中小便之處而亦小便之無不狂笑而去

老爺

林君頌夔言其鄉人初捐監生元旦出謁鄰里歸妻問何往曰候故舊耳妻曰渠等小百姓拜他何為又一人援例得職銜着服而出回顧其僕曰此後勿稱相公須稱我為老爺僕不聽其正色曰我不與汝戲言汝不稱自家罪過

楚漢

頌夔又言某宦者南面兩席一老一少某為兩同翁供膳中遇有煥然老者必舉者分半劃之曰此可渡於之不得渡楚也少年既食其半又從碗底挖入十去七八老者覺之致相口角少年曰君自言楚河漢界難道象棋盤不許卒子渡河耶

贈聯

贈妓聯語多以名字嵌對須自然生動為佳相傳周明府沐潤有贈如意一聯云都道我不如歸去試問卿於意云何長洲陶芑孫茂才贈十分云十分蕩漾花應妒全是聰明月不知又秀卿云由來秀骨皆仙骨或者卿心似我心又某贈富金云我富文章卿富豔真金難價斷金情均極秀倩

蝴蝶會

友人小聚各出酒一壺肴一碟謂之蝴蝶會一日稚虹昧擬作此會而馬君湘舲大醉馬與少癡為忘年交時時相謔是日飛觴老奉稚虹戲作賀新涼詞嘲之云酒緣疑紅夜恰招來二三知己傳盃夜話吸盡西江斟北斗狂興如潮而瀉史冊戰謹然張氏獨有伏波豪氣滉瀁銀盃飛舞從天下激蕩予魄兒怕壯懷壓倒甘與霸猛然間朱顏改變風雲叱吒醉語模糊渾不辨倒底是何可笑學淮夫漢高縱酒無非行樂事又何須聳臂揮拳打蝴蝶會從令罷

木蛋

吾邑吳氏以雞鴨蛋行致富行中積蛋不知其幾億萬也而月終盤計必少數百枚既而自日計之無不少者主人疑為司事竊取司事者不甘早暮伺之見有蛇長數丈身圍如盌高踞梁上而下垂其頭以吸蛋相距尺許蛋即自升而上既吸十數枚則環蟠柱間力束其身以破蛋如是而一餐畢矣既而又至亦如之司事恍然曰吾日受主人冤賊乃在汝吾必有以報汝矣乃取堅木削為卵狀若干置之筐中而以雞子覆其上明日蛇至如前吸取雞子與木卵相門而入吸畢環柱蟠束亦如故而愈束愈緊尾左右揮掃若有甚不適者久之直竄庭中旋滾不已吳之宅畔有隙地百草叢生蛇又竄入草間自起自落踴躍傾跌上下以數尺許而木卵不可化矣如是者歷三晝夜乃死司事者招主人至剸刀蛇腹得木卵乃言其始終以白白云或曰蛇所蹤處必有化骨草焉藏之可以濟人其後鄰人有骨鯁者乞而服之果驗惜乎化骨者不能化木則蛇之恐也夫河生曰老鴉能盜蛋啣之而飛啄之以哺子傭媼徐氏親見之鼠之竊蛋也仰而抱之別一鼠啣其尾倒曳而歸噫嘻奴婢逃此何以自明哉

教官曲

文章游戲載司嘲司慰二曲嘉善謝君仿其調為廣文寫照一抑一揚描摹盡致予為點綴一二節錄於此想個中人讀之必當忍然撕啞然笑也教官嘲云只箇閒曹埋沒英豪壯懷都向此中消枉了才高氣高想當年指望功名早到而今低飛倦似投林鳥要解得一過清況怎般熬聽先生自表（北醉太平）燕子認新巢講舍三間沒秋草說衙門清淡也要心操最怕那刁學書賣弄蹺蹊那窮門斗橫貪錢鈔急公文細看多顛倒兒不得燈前改稿（南畫眉序）府城路不遙謁太尊同寅共約迎公收悍刁迎學憲排列路遙受用些四更門外寒風峭兩邊稀下秋陽燥直要等擲貼封條挨查坐號（南刷子序）戲聲聲又催促忙排班新進的填冊喧囂我只道來孰雛何須計較他却要算飛蚨細與推敲不是報瓊瑤投木桃無情物不值鴻毛竟似鬧鬧場中書欠票直至累月經年票不銷還與你爭論多少（北四門子）空嗟悼空嗟悼儒冠誤纔知道徒勞擾徒勞擾金盡歸休好旁人誚家人笑說甚麼俸滿遷超才僥倖保舉子半生蛋何時了問少年同學幾輩上雲霄這便是老教官的行樂圖兒細細瞧又教官慰云科第傳家不羨豪華一官原是舊生涯得安閒便佳利名場那有些兒暇從今做個悠游者莫道是廣文官冷動嗟呀再平情細話（北醉太平）要算遠途跡不羨鳴琴更高雅想滿書錢亂事亂如麻可有那幹差員火速行查那嚴密札星馳催下從來官海風波大俺只襄心寬不怕（南畫眉序）撫臺的威嚴洞察學臺的品望清華只教你叉手三躬同坐下好男兒一膝由來不屈他（北書迷）半杯紅塵飛不到閒門下竹院裡翠蓋陰遮誰與你排隊伏左書右畫誰給你伺候侍呼夜月

朝花。正是豆含葩笋吐芽。先生饌品味清佳。儒好隨意留賓同下榻。只要寒士歡顏不奢。也算是萬間廣廈。門子多休暇。多休暇忙甚麽。朝和夜誰傾軋。管甚麽真和假。忘機詐堪瀟灑。受你個日暮年華。風流儒雅。稚子無榮無辱無牽掛。看手栽桃李樹樹盡開花。只又是老教官的安樂窩兒晚境佳。然廣文為外省清高之職。近則老病侵尋。頹然自放者居之。英年志士不屑也。然而貧賤逼人。科名誤我。雞肋雖無味。得不俯首甘之乎。宜乎食肉者之不以正眼視也。

未入

官職卑高不足較。獨官卑而昂然自大者甚可厭也。嘗見一絶云。大艦峩峩擁上游。跟班豪僕亦輕裘。旁人細看燈毬字。分發杭州未入流。

撞車

有貴公子駕車出遊者。策馬馳驅。自矜便捷。適與五套大車相撞。擊公子顛踣於車前。因挾父兄勢控諸縣官。官廉得其情。謂之曰。大車果撞小車。公子當仆於後。今公子仆於前。是小車撞大車也。罰令出貲為貴人修車費。公子無以辯。慚忿而歸。

琵琶

人情各有所好。好之深者。壹志專精。雖亡身破家而不悔。所謂癖也。賀君少樓謂松江何某好琵琶。少遇不如意事。無以解免。惟聽琵琶聲。則志趣怡然。神采煥發。始而延訪名手。不遠數百里求之。或館於家。或往受教。如是者有年。藝既成。遇有同善此技者。約期高會。備酒筵賭采幣。以較高下。如是者又有年。既而造詣益工。遠近稱善。乃集鄰子弟。凡笙笛檀板胡琴羯鼓之屬。座上常滿。飲饌皆何供之。寢饋於管絃絲竹之間。未及數年。負郭田千畝盡歸他人。中年窮病幾死。猶指琵琶屬其妻子曰。我死。必以為殉。

遣嫁

詩有似戲而本色入情者。東台某翁有愛女遣嫁。日口占一詩送之云。汝今十七去從夫。幾句良言要聽吾。比似兄弟和妯娌。如同父母事翁姑。重重姻婭原非偶。薄薄粧奩勝似無。一做人家賢媳婦。千金難買此稱呼。較之老妻書至一律尤覺懇摯。

袁凝

袁凝者不知何許人。或曰國初時文名家也。性好遊戲。多惡作劇。一友相距十里許。遣僮送信與袁。袁立於門。僮不識。問是袁凝家否。袁應之。取信而入。即以布包一巨石。令其返報曰。此要物。途中切勿息。偶息致觸損。其人恐重負歸。友人啟之。內有一紙云。來人無知。呼我袁凝。無法可施。以石治之。一日。郡城演劇。若翁欲往觀。又有親串女客策不能止。乃盛肴饌並鹹味各物。飽餐。多飲以茶。觀劇未半。女客欲旋。袁堅留之。不令去。曰。人衆氣雜。宜聞鼻煙。已而噴嚏一聲。泉流滿地矣。嗣是不敢復觀劇。其他隨時狡獪多類此。或曰吾郡吉君所為也。

鼻壺

浙江某觀察北人。一日上院。忘攜鼻壺。命僕還取之。僕南人。誤為便壺。良久取至。藏於身後。逡巡不敢遞呈。某作京語曰。鼻壺來未。僕曰。來矣。曰。何不將來。曰。衆中不雅。某怒叱之。僕乃雙手捧呈曰。便壺在此。合坐為之大笑。

金壺醉墨　卯府言

鉢池黃鈞宰天河著

推則家謂天地相去八萬四千里率天下之人作奸犯科肆無忌憚者自此言始矣天氣也人氣涵於土發皇於萬物而噓吸融合於人自地而上至於無所至極莫非氣即莫非天也人在天中天在人心中故地與天之分其間不能以髮

萬物生於垢樹穀菓蔬化蟲淫蒸胎卵之屬精始血成潰腐汚穢積氣之門故精潔者鮮蓋巧者鑿君子作穀而食蠶繭而衣斧木鎔金而器故曰不垢不生不敗不成

氣積於兩間宣於萬物而流行於人平世之人其氣舒舒則和和則淫淫則偏偏則有勝有不足不足則屈屈則伏伏久則發故貴者恃權富者恃錢能者恃言權強欺弱錢衆欺貧言巧欺拙凌之若慕正也虐之若恭順也凌虐而沒於氣為怨凌虐而深於氣為冤將兩則蝕積寶則兆山嵐水淫為癘為癉怨與冤氣屈伏積壓其發也恆見於兵兵興而後以弱凡強以貧恭富以拙占巧是故謂之反

獵者不見水漁者不見山山非不高水非不深意不屬不知其大無所取給不慕其尊也

廣漠之地泯泯無榮枯幽玄之都寂寂無生死故木枯於方榮人死於初生

帥衆人而趨已事衆人樂成之謀已事於一人則嚙然不欲盡辭矣故人可用不可恃用人者成恃人者敗言乎先發之難也

或問史稱漢高為龍種宋祖之生異香滿室於事有之乎天河生曰然有之然史臣之好誕實甚何必帝王為異人任哉夫屏棄耳目觀人深際者千中之一二餘則夢矣懷抱偉岸擇主而事者萬中之一二餘則流矣奮起角逐智勇相尚者億兆中之一二餘則什矣且夫署行者必爭除纖慮者不擇炊趨餘鬱景巢世同規傑出者如使附和者如此豪俊餌之枯朽羅之義餌仁羅陽縱陰擒極人之量天地從心何必帝王為異人任哉

人博博天博人博者一博而為盧為雉聽其自轉不能預推焉天固不知人之盧與雉也人自為之也

天地以氣食人萬物以體食人人以心食人故天地之間互相食互相食故化行食於人而不思所以食人者必死於滿

何謂賢制欲而已何謂不肖縱欲而已縱欲順而易制欲逆而難積難成貴士女一也迷有美女或以財色挑之其女歸而泣三日不輟以為非義之緣輕侮之辱自愛者不受也無故而以非義挑士夫得不謂之輕且辱乎不惟受之又從而招之士多金以為才女多男以為富

水吾血石吾骨土吾肉風雷吾耳日月吾目也萬物吾心人吾手足也君子以人才為萬物猶以手足為心

金玉生於山竹箭木石禽鳥獸珠貨生於水魚鼈蟲蛤獸鳥五穀生於地果蓏蔬菜羊豕之類屬焉邦治之世取之有節使之有時生齒繁夥搜採失度則造物不能給故五年一小災十年一大災百年之間必有兵兇兵災作而耕地者荒採山網水者廢是乃天之所以息地力也洞虛先生與木土說鬼爭論有無相持不決訟於天河生天河生曰符是也氣塞於質人係其身質亡氣聚魂魄微存氣質俱敝死鬼無人是故忠孝節烈正氣常伸鬼之大者其名曰神忠婦怨女纏綿鬱結之曰情鬼寸心不滅才士丈人貧志壓疾是為靈鬼清虛往來亦有魂魄勢力不留合悲如憤陰風凄凄短折之徒送凶奪理取精賊殺是為鬼鬼耳目所及稗乘所陳惝恍離奇盡此數種未聞有精神耗竭心氣銷亡猶能兆影壓聲表形發役者也

東鄰殺羊美酒肴滿鄰咽嫉涸喉無聲附予如何中墮其牆

見寇而治寇不如聞寇而恤民譬若救火者然救火者徒撲已火之火而火終不止不如急徙未火之屋而火不能延也

老子云齒剛則折久存者古感澤云肉腐而寒其骨猶完未可相非也

夏容見羊而哭曰若不患暑何也六月披裘感澤曰是羊之身猶君之首君知暑之不暑其首則知羊之不暑其身矣時人謂之夏容哭羊

水族食其類人食非類故天地貴人天地知魚鼈以類相食故鱗甲其體而人則柔之若使水族而人其體也者則水無族矣

為人而求標異於人是自棄於人也人則何異哉乙丐與我同耳與我同體而不與我同性者其賤人乎思其所以異於賤人者可矣

萬物窮於所不能之事夫必有所予以濟之非獨傳之以救之術也故人無窮於天地者其終窮者其自窮者也

人生無因果鬼神無感應時運星相無憑一言以蔽之曰氣而已矣作善者其氣舒故祥和光大者應之作惡者其氣慘故幽沮怪戾者叢之下士觀形中士信因上士審氣氣也者大人之究理數之滙也

人非牛不殺不殺不生人生而牛殺是牛生人以自殺也人非牛不生不生不行殺牛而食

其肉是人衍於牛而以殺報之也牛生以力食人死又以肉食人當其食肉則思穀食穀則
思牛其欲咽而不能下乎

同目異視同耳異聽不可強也強天下之心而曰必與我同是之謂聾聵

敬老同而事親加孝恤幼同而愛子加慈反目者無宿仇鬩牆者禦外侮人情之私也王者
即以天下之私合而成一人之公如是焉足矣故曰私情者聖世之大公也人欲者天理之
極則也非縱情逞欲之謂也

醫家以臟腑分配五行牽強之甚者也腎水何以尅心心火豈能生胃語云人身一小天地
脾胃地也發生之原重濁者歸焉肺為華蓋天也輕清者運焉而心主為人若夫
肝為陽中之陰風雷之烈根於后土故肝主動主怒而與脾同色腎為陰中之陽河嶽之精
上為星漢故腎主智主靜而與肺同源人生於胃死於心息心衛生思過半矣

廣田園進職位於人無與也然而淺者矜焉人猶舟也勢位富厚其運載之物也體大者不
驚量狹者易溢溢則傾傾則覆矣

器之成於人者先敗之琢玉雕木皆然也麥之為醬也豆之為豉也秫之為酒也蒸而熟之
又從而覆之使之霉爛敗壞敗之又敗而大美呈焉故物有成而敗有敗而成有敗而終敗

是棄材也

日烏月兔道家之說烏喻雞也日位於卯卯含酉象故雞皆感日而鳴月位於酉酉孕卯精
故兔則感月而拜物生於冬榮於春竭於夏死於秋人所見為生非其所以生所指為死非
其所以死隕木也蟄蟲也生氣之寄於性也夫人之隕亦蟄其性焉可也

天河生夜行荒山中或泣於途召而問之曰吾有至寶可以辟水火而人不知也吾不欲自
炫以丐人之知懼天地之精氣沈滅而不顯斯人日即於水火而莫之脫也情不可忍世不
可干時不可待吾是以悲生曰寶何在逡巡而退屹立而不言明日跡之有石如人天河生
知其璞也亦泣而還

時無災祥金木土石無怪異萬事無命無數庸眾具人中材因人傑士盡人如人之貴然後
不讓能於天地不受命於鬼神

天之生人同其所同不同其所不同譬如舍日就火而曰吾以求明不得謂就火非明聚蚊
成雷集蠅於鼓拎耳者震矣

目睟不盈數分立乎曠野而天地在宥交睫焉則化矣吾不知目自象生與象自目生與目
瞑則象忘象瞑則目忘天地瞑則心忘心忘然後萬物生

善治邑者御亂其次消弭理亂為下家者治亂之已著者也幾者將動者也亂者未形者也
御亂奈何亂則從民欲治則節民欲

貧不矜儉賤不矜勞分也拙不相饋米鹽不相饋絲固有之也仕多金士多才分也固有之
也越人與吳人訟吳人來告理正於越明日忘其辭越人復來駁駁乎說之勝於吳也理無
兩勝聽無二聰牛後異執故棄者爭先

生物萬類充積嚣區居宅攸分常異斯判故習聞者狎創見者驚明哲之徒胞羅萬有變怪
紛出視為故常如是而天下無復可怖之事身植於地地託於虛星隕山崩淵傾土陷君子
知孩提者之天壽無常故怪石巉巉洶涌澎湃寸心坦蕩翕家和平如是而天下無復可懼
之事治水導源拔木窮本君子信其所信疑其所疑如是而天下無復可慮之事三者既絕
而吾心定焉心定而識明識明而才練是故成大事者必靜知定理者必開

天地賞罰喊於命帝王賞罰存乎過眾人賞罰託諸名命即其身過庇其子孫名百世而不
可更是以君子遠命遠過而致慎乎名

金銀珠玉積精於寶光氣發越挾地燭天故人得察而出焉夫寶之在地也重泉錮之累石

封之且猶不能秘況於人之奧室乎

物類無錢刀而生不苦餒羽毛鱗甲無衣飾而冬不苦寒人之有寒衣寒之人之有餒錢餒
之也

持梁而虎嚙膝即醜羽也贖貨自殖金玉皆礪石也雖肦一寸敝帚千金其不忍決然捨去
者守故之失也前頒後溪中道虎狼舍命求免轉獲康莊自恃之力也善乎宗子之言曰行
莫悲於依人依人而食者賤依人而行者賤貧可為也賤不可為也故君子貴自立

火之炎上以求直也觸氣而偏水之就下以求平也依形而陷故能使形氣無偏陷則火直
而水平而人無惑於天地矣

火性陰以趨陽而炎水性陽以就陰而潤無陰陽則水火熄

宗子述其鄉人恃強凌弱慨然歎人事之變焉天河生曰不然人或設焉菩薩俯首金剛此
非世情之殊努目低眉所自取也夜行遇犬即立避之其相偪甚愈俯首拾瓦石若將擲擊而
前則搖尾而竄矣

宗子又言趨避禍福之報天河生曰夫何為哉捕魚者設網中流而已持竹環而撥之魚為
所驚爭就安逸之所不知其入於殼矣求樂得苦避禍而反蹈之人世間事固不可以智力
爭乎鯨魚暴鱗於白日之中燭天耀海螺蚌之節綾羅被光為鯨鯢不為螺蚌可也故螺蚌

之皆如鯨鯢不能也故士不舍己從人亦不强人就己
人生以中年為則進此有子弟之奉未至則待養於父兄盡一人之力勤入儉出歲積有全數口之家免於凍餒數口者各勤所業可以贍給姻親姻親苟安恤及黨獨故一人力作而家道興此戶數雖而鄉俗厚合省會郡縣無有閒氏惰士而天下安矣
犀貴角麝貴臍鴉貴尾蠪貴珠貂貴毛蠶貴絲蚌貴甲孔雀貴翠蝉貴腹然而犀麝諸物死矣尾累虎骨累豹耳累狐項足累鶴鷺翎累翡翠絲累蛛身累蛇涎累蝸甲累龜翎累鷲累蝦蟆然而虎豹諸物生矣是故生於累死於貴
善趨時者必審銘言語顏色聚止毋虛發毋妄投毋有遺而不偏周旋廣座則注意精粹之間密邇權門則役役神明之地是故將餂以言精吾聽將餌以色審吾觀言不容飾色不遂動此之謂二將論世人恥過諂於莊謀甚人喻託諷於直腦甚人鄙言傾於莊此之謂三匠探其意而先發之以示敏試其識而故反之以示愚投其好而巧合之以示智攻其短而曲護之以示忠勤其過而縱承之以示悶此之謂五遂夫敵人之父不如譽人子罵人之釆不如憂人妻善詞辯者與言文好鳥劍者與言武逐聲色者與言勤耽泉石者與言靜此之謂四遂四遂五遂二將三焉之術具則雖之蠻貊而可行矣然而君子以為勞也不為

谿達之與放蕩儉約之與吝嗇謹慎之與拘牽簡默之與深險倜儻之與獷悍慷慨之與浮靡坦白之與粗野鎮靜之與空疏忠厚之與頑愚精明之與刻薄相似也而背道如燕越故觀形不如視神視神不如察氣谿達氣傲放蕩氣散儉約氣固吝嗇氣縮謹慎氣定拘牽氣滯簡默氣和深險氣沈倜儻氣超獷悍氣粗慷慨氣豪浮靡氣流坦白氣真粗野氣陋鎮靜氣定空疏氣囂忠厚氣寬頑愚氣鈍精明氣清刻薄氣促持此以相天下士於擇交用人之道思過半矣
山林枯槁猿鹿同群顧盼嬰纓布占一命於是有周彥倫徐郎川盧藏用等始終易轍之流仕塗初通隱遁軒冕俯首權要乞引求援於是有楊再思趙師睪許及之等廉恥盡喪之輩迨夫職典樞密位極人臣覬覦宮廷患得患失於是有王莽曹操司馬懿等肆行篡逆之徒至於尊居九五玉食萬方壽命無權宮車自殆於是有秦皇漢武希志神仙之主故當身依魏闕歷職清華視夫嶺表崎嶇不可蹔處然而邸浩范純仁蘇氏軾轍之謫無異登仙矣秦性疏放習處晏安視夫囹圄阽將求死然而楊漣沈鍊楊繼盛之獄無聲正色千載如生矣故縱情則發諸囊而不足矢志則納諸鼎鑊而皆甘否泰固係頃之事哉
北人尚直樸其失也野南人尚文采其失也浮然耕稼躬親不失為善類金玉其外無救於中乾故君子與其浮也毋寧野與其道也毋寧介與其媚也毋寧死而無所容若夫内而材藝之名外而矜夸之貌又所謂遺珠存玉僅存蚌腹者也
美質之生必有一相累之物與為附麗而始終之生於命根於性雖天地之力不得而禁焉故早雲有風良木有蠹芳蘭穴蟻美玉根虺
屏衆物而富恩衆欲而壽任於衆志而伸勢無兼營道無並進君子無所有故無所不有無為故有成故曰無虧不盈無陂不平
嫗燕人以操舟攜必折強吳人以御車輪必摧不習故也習於天者實爲天習於人者氣質遷天地之道漸道也蓋習者無不能
人有恒言曰古今人不相若非通論也孔陽借馬孟軻挑雞書載頑民詩陳淫俗故知上古不必無澆薄之行後世不必無渾厚之期運所生麻雜拳立鶴其翹然特出者麻與鶴也今古一也
毀我福我與我毒我賊我存我忘我者服我見為美而大忍隱焉見為害而大利存焉消息無端損益對待故曰天道如環
天不時不生百穀不時不成時猶機也迎機而導之事會適至治然成功故曰乘時度勢太

上乘時其次因時其次逐時最下不識時與人家國事而迂怪謬戾不以時成者未之有也
徑尺之路安而行之夾以不測之淵則股栗色變神懾於虛也佻達之子性質污陋衆人所鄙棄而其父母全玉寶之情辟於私也守形者蔽於色歸空障目而明塞耳而聰
凡欲生於欲造物者之不能不欲造物之苦心也不欲無以生欲而欲又即於死不獨牝牡然也耳目口鼻皆牝家耳牡聲目牡色口鼻牡臭味牝之得牡而定猶乎牡之依牝而安也夫欲則安得不欲也
土地也配天而生水火水火餘氣生金木金木不足與水火埒水火不足與土齊書云五行利用也辨性也體其輕重未為通均生尅云乎哉
耕者畏旱而天不輟旱行者畏潦而天不厭霖非忍也所忍者小而其所不忍者大故旅雖潦不憚行農雖旱不憚耕
吳人患弱日日引鏡視顏色問人曰何以得強人曰藥之其可也乃購參苓製成丸早暮服之毒發癢死或曰藥亦死人乎曰慮其死而藥之不能已於藥者也可以不藥而藥焉得而不死
百果之實名之曰仁後儒言仁者十百其辭莫能過焉其實之兩者陰也合之兩而中含一芽者陽也性體具足而發生無窮仁之實也

蜩之在林也，蟋蟀之在砌也，枝隱葉藏，莫或見焉，然而持竿籠人者，跡而得之，聲為之招也。

虎嘯而谷風生，君子慮虎之病於嘯也。

山雞得水而舞，舞未已而罹者獲焉，故龍不辭雲，豹不釋霧。

春草出而蚱蜢興，夏蟲出而百鳥哺。生於飴者嗜甘，生於藥者嗜苦，生於糞者即嗜糞，異哉！其所自生，即其所以養生也。故世有餧人，無殍物。

孩提繼母而遂父，萬物親地而遺天，天可遺乎哉？果穀之實也，蒂根於幹而臍孕於花，蒂吸地精，臍收天氣，去其芒焉則餒矣，微之又微而至於莢稗焉，蓋皆實焉。天地之性皆備，奈之何以人而遺天哉。

心影上　次名金壺浪墨

錢池山農著

琴園夢略

翩鴻者，僑寓揚州奇女子也。姓顧氏，名字不可考。軒轅生初見其貌，彷彿兵神，容而疑之，曰翩鴻。父某，為江南名幕，愛女若拱璧，教以文字，少長，能詩詞，工花卉，然不作閨閣柔靡態，以是益奇之。咸豐士子，粵賊初出廣西，翁方客揚州太守署，上書當事，謂宜仿國初大兵紹襄吳三桂事，駐洞庭，使賊不得出湖南一步，即其猖獗，亦為釜底游魂，其成擒可立而待。不然，則長江之險，與賊共之，吾不知所底也。當事方奉 命出 師，浙江而上，得書不懌，曰：布衣而與人家國事，將謂天下無人耶？且置我輩何地也？命太守屏去之。太守素重顧，乞詩如故，而同人隱相揶揄，翁微聞其說，恚甚，僅半月，疽發背死。是時翩鴻年十七，依母以居，弟一，少翩鴻五歲，家故貧，祇備一媼，翩鴻時就門內市蔬米，雖體態輕娟，而眉宇行爽，氣見人不甚避，言辭磊落，不類常女。居恒以鍼黹佐母，晚就燈下課弟讀經，以為常。比舍家咸稱其才色，問名者踵至。母錯舉以試女意，輒涕泣誓不嫁，願終養母。他日復言，則曰：且俟弟長納婦，母左右侍奉得人，再議嫁事未晚也。軒轅生者，揚州旁郡人，兩齡失母，十三喪父，出就外傅，時時會文揚州。性純拙，尤謹禮法，行遇婦女避之，若浼。將冠，娶某氏，閨門風雅，婉婉相得，然無世俗狎昵態。未幾，婦亡，生賦詩悼之，數十首，音節動人，雖子影自憐，而拘執如故。朋輩誑遊青樓，見伎女數人歡笑出迎，大驚卻走，朋輩強止之，不聽而去。其迂謹如此。他日行過翩鴻門，翩鴻方與鄰媼語，生一見意誠開朗，私念世間乃有此人，悵望移時，精彩飛越，自是怱怱如有所失。生之族人位中者，業鹺於揚，故有園亭甚盛，距顧氏第不遠，自鹽法更張，日就頹圮，生賦其東南一角居之，闢門於叢竹之中，略加修飾，易製聯額，而更其名曰琴園。入門有土山，叢石雜植梅柳梧桂之屬，翁翳蔽虧，逶迤而進。山之北，棟宇五楹，翬飛南向者，天爵堂也。自堂而東，翼以曲廊，達於山麓。西山一小閣，顏曰拜雲閣。之東北，石磴宛曲，洞曰嶰谷，嵌穿洞，見有竹籬茅舍，隱現於林木之間者，曰香草盦。流水外抱，約略橫之，繞以芙蓉，羅列階砌。適此而西，則傑構凌雲，曲檻軒爽，所謂比玉樓也。樓之西南為水榭，廣二三畝，中有樓峯突環亭，皆白何，湯漿可登。別有長橋曲折，通於西北，往境甚夥。生所就居者止此，然登比玉樓縱目四顧，已足以盡攬其勝。時生方悼亡，於樓下別闢一室，顏曰聲香影夢之樓，朝夕吟咏其中。暇則與顧氏鄰里相往還，並識其傭媼，媼閑言款洽，因盡悉翩鴻為人，愈致敬慕。朋輩侃知之，相與嫐笑生。生曰：吾敬其人，非慕色。居數月，鬱鬱不樂，賦詩數章，屬傭媼達之。媼謝不敢，曰是非尋常兒女子吾雖日侍其側晏而敬之妄語不能出諸口何況丈夫生曰吾詩無他致敬慕而已媪笑曰然哉君乃何人彼欲君敬慕何爲者雖然君志於此有日矣吾姑試之他日翩鴻晚妝將竟媪從鏡中對女而笑女回顧曰何笑媪曰吾笑癡人女曰誰癡媪曰皖秀才揚揚從門前過有物自袖中墮而不知也吾又不識字又曰物何在媪故從懷中袖底探衆以呈女先是顧翁之殁女痛父以憂鬱死時時悲恨將道作劍一懸女室中每念母氏操勞弟幼不克張門戶則擊劍拂拭歎曰奈何不作男兒生詩第三首偶及此意云人間天上隅邀衆新詠得閒諦玉臺取以壓几鏡上界微通文字識青才中郎得偶兒誰所伏女傳經志未酬我亦青年悲失怙劬勞心事有同悲翩鴻見詩初不憚媪惴惴將道去及讀至此淚涔涔下以爲忠孝之言與時俗輕薄者不同顧媪曰汝識其人他日再見邀之抵床置詩筆硯中遂詣母所越二日生復過媪媪入請詩函還生戒之曰後勿復爾生還閱函則已作之外別有七絕一章詞云飛來詩句太無因獨感劬勞數語真一世男兒千古業莫將情語向閨人生讀竟且喜且感女既俗辨何許已而悔之尤悔閨人二字之誤時時以爲憾自是不復相通矣生獨居園中形神消沮常作小詩以自遣一日散步城外將及平山堂見一道裝者來攢轉飄飄童顏皓齒摩肩而過曰惜哉此生有才無命生覺其異招之不答追之則

步履甚捷常在數武外不得已揖而號之道人回視曰何事見止生遽前備陳身世因果道人曰某何所知先生問道於盲矣生攬其衣而哀之道人曰雲谷有言禍福自己求貧精秘神與世浮沈子雖窮薄命然蜜根自在吾當保固其姻結來生再見緣也言已探懷出一小方鏡授之背鐫八卦曰七情之戕不可排遣但如其方位置之枕下可也雖然樂不可淫思不可縱反是禍已生受鏡納鏡囊中視道人已杳歸而啓之一如常鏡中以爲異也又數日諸友過訪置酒看草堂歡之談辯歌呼極歡而散生念之數子者上有父母之蔭下有妻子之奉止其意氣發揚不復知人間有愁苦事而已乃幼年孤露對影傷悲從中來不能遏抑因憶道人語出鏡反覆諦視卒無他異隨手置枕下倦而睡去聞有叩門聲甚急自起啓門則身在家中左右報曰父翁歸矣生急出迎果見父自外入恍惚以久客乍還者遽前牽衣大哭於是諸兄姊弟出謁祖母以下坐堂上父入問安已問兒輩讀書何似性情質不肖能否成立堂之東偏立一姥亡姊侍側冠帔莊嚴生不識以問父父曰癡兒此汝生身母也生憶戲時所懸影象彷彿相似即詣前跪抱姥膝愈哀哭不自勝母撫其首曰兒今長矣我病臨危呼乳媪抱兒楊前泣無淚語無聲兒識之乎猶憶殯葬招魂時兒嬉戲乳媪懷中手拜神主墮地旁人感歎有泣者兒猶童蒙笑不已乎我雖去兒然魂魄不舍兒者經幾何年兒

今長矣言至此哽咽不能語聞堂後雞鳴聲父抖理儀衛乃曰我暫歸不能久留當復達行兒知立品守身勿爲世人嗤笑則幸甚生攬父衣不放父揮之仆地而醒但見一燈熒然風葉打窗淚溼枕上如冰凄歎久之而東方白矣自是每有思念置鏡枕畔輒清析如平時他日或傳翩鴻病輾轉思念計無復之已而拍案大喜曰吾有寶鏡何不以試翩鴻如前置鏡臥終夜輾轉寂無所遇晨醒悔曰道人誑我前者特偶中耳移枕出鏡則鏡背向上八卦方位亦顛倒乃自引咎是夕焚香默祝再試之果見翩鴻在前捧一無梗蓮花不言不笑望之不可即欲趨向前而翩鴻又在後迫而即之大聲發於戶外弟見白額虎跳躑而來勢將撲生大驚呼救奚童隔戶應之乃知身在翠園中心怦怦不知何兆已而恍然歎曰吾乃今知道人之餉我厚也人生所不可必者醒時事耳醒不可必夢愈可知而我能必其夢則何不以醒爲夢而以夢爲醒乎於是益悟眼耳鼻舌身意皆如鏡花水月無一實相而情亦漸漸灰矣明年癸丑富事仍九江折回金陵粵賊水陸蔽江下江甯告警揚州紳富皆遁顧母既以客籍僑居無肺腑可託之親又絀於貲不能他徙乃召鄰里及襄時媒妁議曰弱女性執戀母不字吾初不忍拂也今事且急老婦生死不足惜如宗祀何日前問名諸家有可議訂者吾意所許之庶幾攜孥之遁庇陰寒門或者攜挈遠遁不致生而待斃耳媒曰惜哉

早日言之甚易事耳今聘者已聘遠者已遠避亂方殷誰有閒心議婚嫁者無已且試圖之明日生與傭媪遇於途得悉此言即託爲媒媼曰媒非我所宜言言之則前事且敗西鄰錢媼爲主母所信任盍往謀之其許乎生如言託錢往返酌議有成說矣翩鴻言於母曰母以亂禍方劇趣議姻事爲避兵計兒何敢違第七父一棺淺厝郊外非先卜葬不可母曰兒言至是甚矣吾之昏也復命錢媼致意於生生擇期納聘釵釧衣飾之外別奉三百金而先以猶子禮見得以便宜議事遂於二月十日安葬顧翁畢後三日邀顧母子於下河方是時翩鴻已知問名之人即前投函之人愈悔和詩之誤慎恨累日既而曰吾自有兩全計生既從顧至下河而江甯失守信至從陷揚州遂辭顧母爲從戎計出入江南軍中上書軍門大致謂金陵既爲巢窟勢難猝復若圍攻過急地廣賊衆斷不能聚而殲旃一旦潰決而出東南財賦地勢必不保則得不償失所傷實多不如以殘破郡縣委之而力保完善之區餉將亦有所自出其由安慶北竄之賊宜別調大兵由齊豫以扼而南不責以殺賊復城而責以扼河爲守斯爲要策不然金陵形勢牽綴重兵彼得以游騎衝突橫行萬一畿輔震驚則肘腋之患而胸腹之憂已軍門以爲然先是有張繼庚者江甯諸生陷於賊以計出城見軍門約爲內應謀洩被害事載金壺遯墨中軍門初見繼庚疑信未決生故相識以八口保之及事

不成歎曰天未欲酬十年之娛未易平也臨江設位酹酒而哭之返蹝下河議婚斯翩鴻類
不離母不得已入贅於顧女先期詒母別營室為內外間外間設妝奩帷褟之類而更設小
榻於內以一婢自隨翩見合巹如常儀已乃獨入內室使婢奉書一函生大驚詳啓函讀之
略云妾以蓬門陋質得侍左右又蒙太夫人錯愛思先人寵眷既荒封樹斷闕老母弱弟並獲安
居仁人之心存歿均感顧妾所悔恨者和詩一節深用疚心外人不知因緣有定鳳鸞之跡
事會適然將謂投函在前若老母已知有其事因而成之以滅其跡者捕風捉影之徒或且
更甚其詞百歲身名永為瑕玷自今以往侍巾櫛任中饋滌瀡縫紝惟妾主之分賤辭硠惟
妾司之覩睢至此欲不謂之夫婦而不可得已獨至牀第之間決難依侍一則幼年本志誓
不出閨保其貞固可遂初心二則投詩之時初無他意願以恩義終始勿及於私庶不使悔
才慕色者得所藉口三則男女之別判若幽明稍涉嫌疑便成苟且妾欲以光明磊落一矯
其風作世間一奇女子惟君子鑒而許之世俗恒情每言宗祀為重則小星可納妾當以
身老自尊否則故里中別聘名門妾亦可自居外室冀者初讀大者識為端人正士繼以慷慨
行事方駕古人若不以倡隨為樂而沾沾於情欲之間則是妾以豪傑期君而君乃自蹈於
庸俗者之所為甚非妾所望也生覽未竟笑曰世間寧有此事然素知女性執拗不可驟回

擬緩圖之而小婢趣生安寢入閣內室門矣生既就枕寂無聊賴念從古未聞之事乃於己
身遇之當亦孤獨之命有以召之也歡情未洽轉益傷心後數日顧母聞之勸女者再決意
不從每日一晝見生飲食言笑凡所以承順夫子者甚摯且周日落燈明則面冷如冰凜然不
可犯生乃盡出平日憶女之作冀以引動柔情女錯閱七絕一首云沈思無計夢無從孤種
低迴一顧中深夜焚香花下祝不能歡會莫相逢笑曰不過太甚是相逢必欲會世寧有此
理耶又閱七律數首云乜字闌干小閣前柳梢新月晚涼天蟢蛛綫絡空成網風吹前朕不
入絃私祝芳魂同化蝶留將春恨付啼鵑人生有意無言處贏得琴心度少年昨宵前夕此
星河曲曲屏山幾度過隔戶曉風防落葉虛窗清影展秋羅袖中兇蚌丁香結枕上凄涼子
夜歌睡起登樓天際望斷腸人遠綠楊多一度相逢一自持寄鬧何故證相思欲通幽語心
先忖怕觸微嗔性未知涼雨蕭蕭花落早晚風庭院月升遲百廻稍疏千將息消受低頭不
語時水珮冰紈弱不勝風情疑思欲飛騰微波曾照驚鴻膩幽逕深防睡鶴憎春冷金尊花
外舫夜闌樓閣雨中燈分明窗下閑輕語弱漢紅牆定幾層女止不閱曰皆可焚也觀之無
可觀詰之不勝詰自唐人六一義山韓冬郎輩作俑於前至本朝王次回衣香亭輩致言於後
斯文掃地作孽傷天何苦以有用之精神博他日無窮之困苦哉先是生在軍營同事有當

用若者跛一足性陰險人皆惡之生刺以詩云脛如宣聖當時叩腳未親音宿世修天上有
仙為伴侶人間無路不崎嶇女曰君作而彼不知不足以洩憤若作而彼知之更足以招尤
且君所刺者一人凡天下之瘸瘂殘病體相不具者皆將抱憾於君夫彼豈得已哉生自是
不作游戲刻薄語女嘗從容詢生家世及前室性情生曰嫕而靜顧以外家寬假受讀山堂
是抑鬱病女曰寬有何罪其卒其偏也若我處之使大書特字遍示於鄰閈其謂我何語未畢
有生同學友過訪生出女隨至屏後窺之遂以詩書相辯駁友不服生益氣凌之其人忿而
去日晡小雨生語女曰頃無事聞與可乎翩鴻母與生晤故為拙行局終輒負二三子至是
設局布子生負甚而甫受負其一少有生機女又斷其道以窘之左右求活不得生急曰適
人何太甚耶女曰君亦知受逼之不可堪乎何逼其友之甚也生悟而笑局甫終而鄰家
詬誶聲大起蓋奴故夫刻陰噯是非而陽為好人姊偕從常咎於外則使子姪以非禮欺凌
之姊既屢受侮積不能耐以大義相責備奴聞愈恚遂嗾猾黠挑釁細故顧致勃谿翩鴻遣婢
以母命請其姊而自往見奴曰人人皆言奴狠而姊善以吾視之姊誠善矣而奴固未為狠
也天下寧有狠人讓人以良懦之名而自居險毒之實者又寧有真狠人授人以有理之柄
者奴乃合掌誦佛曰善哉善哉惟姊知我我何能狠翩鴻曰吾為奴計不如因而善之我善

而彼亦善也是為兩善處家能兩善抑復何求若我善而彼不善則罪有所歸矣奴大笑曰
姊真能言我聽之如飲甘露如痼疾得良藥自今以往以手折箸曰所不悉遵姊言者有如
此翩鴻拜曰果爾奴見翩鴻拜急止之曰我當拜姊奈何姊拜我翩鴻曰果爾則我等鄰人
耳朵中清靜多矣如之何不拜乃歸語姊曰不喫虧不足為好人嚴園曲子有云若不見走
正派的人兒喫虧行古國家大事且如此何況平民且彼長技亦祇口舌難堪耳豈能如
市井無賴以一指傷人哉今日飯吾家飯後歸未晚也姊泣而去生嘗以積蓄嗜酒得咯血
症醫藥不效勢甚危女盡夜侍疾衣不解帶一日進參湯中有清肉數片生問何物女曰羊
脯耳自是血止飲食漸加遂愈女因以戒酒勸生他日復飲友人所夜半醉歸留女同榻不
可生愠曰是絕物也吾將強焉奈何翩鴻曰有是哉吾日勸君節飲而君不能從人固各有
所好也且吾可君飲推士以人情所難者期君若竟出於強暴者之所行妾何賴焉無已
君且安眠妾以夜至何如生諾之女入內室久之未復出出即滅燈和衣臥牀側生棄知女
性剛硬不敢強天未明即去明日見女坦適如常疑而詰之女笑曰吾有替人何須窮究乃
知夜至者婢也生前以詩詞見規於翩鴻頗有感悟情填詞數闋皆之篋中女乘生出檢閱
之自疏影詞詠影云倚蛾眉比箇人憐能還更相依立也亭亭行也珊珊無言俏倚深

院角巾依約當屏背和壓鬢花枝低顫任生綃周昉描來無此丰神淡遠　猶記納涼庭院那人正背立衫袖風飄濃似春雲淡似秋烟幾曲闌干尋偏分明轉眼簾波睡㥘不轉眞眞半面更晚來落照低迷化作一庭幽怨　又八聲詞點絳唇咏紙盤云繡閣春濃雕鸞調舌花梢地石華游戲淺碧深紅意　弱線頻添暗倩嬰纔記脂香膩微聞蘭氣心是檀郎細滅字木蘭花步傺盤云蓮花淺印繫得金鈴誰敢觸側耳來遲最是樓居夜靜時湘裙烟縷出沒風前容細數防被人聽行過虛廊分外輕憶秦娥抑剪盤云蘭閨暇㘅花燕股輕輕破輕輕研思量覓密那人前夜　剗金微動還停罷裁紅覓綠花枝亞花枝亞闌干敲偏分明留下相見欲卜錢盤云燈前祝語盈盈擲來輕笑向旁人佯說問陰晴心中事眼前字是佳音却有一圍旋轉未分明又點絳唇閒情云生小幽閨等閒難見龐兒半帶嫣紅按指下何曾慣　玉鏡爲台羞畫眉峰淡爐烟散人前千萬不許思量有淚泪沙春思云人立畫欄東夢裡春融鶯回花外一聲鐘四角流蘇牽不得一晌朦朧　蹤跡寄飄蓬芳訊匆匆一灣流水舞新紅舊日春風何處是殘照凄風女聞至半歎曰語雖常致情亦可憐矣自是稍假辭色有花品酒賭畫裁詩不與同心益友偕隨之雅聞者艷之而樂不及溪夜歸內室如故又數日晨起聞門外啼泣聲則婢以買花故與鄰婦相爭弟聞鄰婦詈曰小鬼頭亦不以正眼覷人我父理問叔員外兄弟秀才豈與汝輩門口古汝家姑前作嗟者乃縱容婢子欺人耶翩鴻即詣庭前召婢入罵曰汝不省事汝豈不知我家左右鄰皆夫人娘子輩哉我日日閉門度日猶慮樹葉傷頭汝乃欲以蜉蝣撼大樹嘗上動土誰能護惜我亦不解今日世面有何世家巨族而喋喋然以富貴驕人令我作十日惡鄰婦素知翩鴻爲鄉里所稱默不發一語頓毋居間勸解攜女入房生迎謂曰謹厚者亦復爲之令我咋舌女笑曰孔子毋滿頭簪花亦不見一分妍麗何苦乃爾時生受江南某帥聘去數月始歸歸生女室中談世故話家常及暮久不出女乘間至外室反扃其門自詣榲榻臥而使婢侍生生既慍不得遂意於女且怨且慕歎其不情又不便以抑昵事反目煞風景一夕反側數四不得已於枕上出前說太息而祝之及夜闌澤沁體偎之有人啟帷燭之果見翩鴻並枕臥生喜曰卿亦有今日耶我謂卿非鐵石人遽前擁之女不言亦不拒移時忽不見祇見一無梗蓮花徹雲覆之冉冉而去生驚哭曰翩鴻何往視內室門固未啟第聞女醒喚婢聲乃悟明日翩鴻出羞澀之態異於常時生私詢之女愠曰夢耳不必言矣何物妖魅而狡獪若此我必搜鏡焚之啟匳傾篋不得鏡生自尋之亦不得相與詫歎久之甲寅春生將北行而頤毋忽病日益沉篤翩鴻每夜焚香祝天祈以身代一夕跪伏中庭久不起生從窗隙覘之見以

左手割右臂手顫力弱不斷生私歎曰異哉何不右割以封左而鈍拙若是又見女傷臂其肉茵而斷之血滿衿袖聞生爲淚落而不敢聲然也毋食後病勢較瘥閱十數日復病竟卒女號啕悲泣迫不欲生謂自喪父而從依毋爲命今毋去吾心已喪不可活矣生勸慰再四略進水漿而形神憔悴又二十日亦病不起涕泣執生手曰全歸之義妾幸無負妾死從毋無所憾惟願梗夫子命生死不安自今別聘名門以承宗祀勿似妾之相夫不終也言已大哭生亦哭卒後二日殮面如生蓋于歸一年餘猶處子也生痛與婢述女左手割臂狀以爲慘痛婢曰吾憶之矣官人乃不知耶生茫然詰其故婢曰嚮官人病娘子割肉以進實爲左臂故今以右臂奉毋耳生益驚悼至是始知湯中數片肉實翩鴻玉體所煎也生既葬女北行道過廣陵嘗官兵已復揚城因詣琴園弔之則竹木山石僅存縱橫錯落於清池茂草之間畫閣雕廊俱如蜃氣樓台化爲焦土而顧氏數椽屋亦在荊棘中矣追憶舊遊淒然淚落跨土牆而出將東行忽見道裝者來略敘寒暄向生索鏡生曰亡之矣道人曰吾固戒君樂不可淫而君乃用之於房室之間鏡無罪豈可焚耶吾已收之矣君非祿籍中人實精秘神幸誌吾言慇此小滄桑亦足省悟勿貽他日悔也生問無梗蓮花何故何以兩夢皆然道人曰是皆薄命相也女子不壽又無所出何以異於花之無梗蒂者儼然白清潔不染六塵仙佛皆賤濁而貴清是以不梗而運耳生味其語爲之憮然而道人飄然沒矣

心影下蛩名金壺淚墨

鉢池山農著

鴛鴦印傳奇始末

鴛鴦印傳奇三十六折，感蜀女秦碧梅作也。壬子秋月，同宗生客遊金陵，偕呂飲妙香庵，偶題舊詞作百字令詞於東廊壁上。後三日，寓主人阮君過其地，見有女子和焉。生聞之，命駕往觀，果見雲牋一幅，墨跡娟秀，詞意蒼涼，署名曰碧梅。尾鈐鴛鴦小印，諷詠至再，私念閨閣中無此清才，或者删筆託名，姑僭阮君訪之。生原作云：「滿聲幾下，有月輪初上，雨絲綫歇，萬里山河同照，影總是一般清淚。歌舞樓台，蕭條庭院，恩怨相生滅，是誰分與一家一個明月。便道碧落因緣，紅塵福分，咫尺相殊絕。記得年時游覽處，也是一般清淚，好夢烟沈，春華水逝，爭又悲歡別。是誰換却，一時一個明月。」蓋文開見月，隨筆所成。碧梅讀之，淒感累日，和作云：「滄江浩渺，問古今才人多少，華銷英歇。惟有臨川詞筆健，一點文心照澈。芍藥春濃，芙蓉秋老，莫漫悲興滅。一般花影，夕陽何似新月。　回憶劍閣風光，巫山雲氣，鄉思徒凄絕。忽見新詞添舊恨，旅鴈數聲悲澈。彩筆雲飛，羅衫露冷，畫舫秋風別。青天難問，古人曾見今月。」上闋誤多二字，姑仍之，存其真也。他日阮君至，笑謂生曰：「何以飲我，我得其人矣。」蓋女父秦翁者，蜀人，而挈眷賈江南，女年十齡喪母，繼母袁愛女若己出，命從舅氏學詞翰，出語即工。舅某與阮君故相識，語及妙香題句，互詢其人，喜為文字因緣，欣然作合，既定議。客中不能備禮，秦翁慮其誑也，設盛饌延諸文士，為詩會以試之。生果居首選，因乞生詞卷以為聘，而以玉鴛鴦印報之。期明年冰泮娶焉。及春，洪賊圍攻金陵，居民數盈一日，訛言城破，袁方窖藏珠玉，不見女，穴窗窺之，結繯將縊矣。急破窗入，奪其繯而止之，許以設法出城覓安土，乃乘夜賄守門卒，以破敗席裹女偽為死者，哭而送之。而先使鄉農艤舟月下以待，既免，遂徙於溧陽。已而溧陽又警，兵勇乘勢劫掠，秦攜妻女鄉居，望見前途戈矛洶洶，鄉民大呼曰賊至矣。女懼，自投於池。夫婦倉皇哭泣，比至，賴富民練勇自衛者也，相與挽女起救治，未絕，以漁船載之蘇州。驚魂少定，而女已九死一生矣。先是生得金陵警報，銳身渡江，縋城而入，而秦氏已遷，探諸鄰人，曰渠富山居，不遠出也。生覘為醫卜狀出入兵燹中，風餐露宿，徧訪於句容、溧水之間，卒不得秦氏耗。已乃蹤跡江南北，僅以蹤跡秦氏。秦翁既抵蘇州，袁與碧梅皆大病，久而後安，僑寄生書，皆不達。庚申之亂，閶門火起，風雨交作，夜半馬鳴犬吠，男女雜沓，哭聲震天。翁歎曰：「吾力竭矣，今復何處避耶？」女持母袁哭曰：「即有避處，兒亦不願行矣。」言未已，土寇入室，女遽出利刃自刎，仆寇驚而去。袁與秦翁趨視之，血淚成汪，首面襟袖皆沾污，幸咽喉未斷，氣息僅存，意欲自刎樂傳之。將避兵者皆趨上海，翁有中表親在滬，不得已亦往投焉。舟至崑山，忽遇潰兵，虜翁去，母女益悲痛。及滬，稅舍居隘，暫以紡織為生。女病弱不能耐勞，頗速疾苦，非復昔日之綠窗刺繡、香閣吟春矣。辛酉春，生以他事至上海，聞有蜀女能詩，問其姓，曰秦，訪之，碧梅也，大喜。袁聞生至，亦喜，顧爾時未嘗相見，問鴛鴦印猶存否，生即從篋中出之，曰：「前言在耳，固未嘗一息離身也。」袁歎曰：「印則猶是，而詞卷亡矣。」婢曰：「吾見碧姑藏之筒中，當金陵、蘇州之難，嘗以殉葬命我矣。」袁私詢之，果然。女初聞生至，私念九年之別，如彼其才，或者登金馬、蹋玉堂，為文學清華之選。不則風雲際會，騰達飛黃，意中事耳。及聞生一領青衫，依然蠖屈，父又被虜不返，悲生不遇，轉而自悲，嗚咽掩泣，私啼者閱三晝夜而病，又作矣。生以袁命卜吉前二日，女病益篤，袁泣曰：「碧姑性烈，三自經而不絕，以為前緣固未斷也。今好合有期，吾亦得所倚，而疾不可為矣，奈何薄命之至於斯耶？」乃招生與女相見，示以頸創時女已彌留，向壁臥，扶而面之，目直視，不能言。生對之哭，女搖手欲解兩當衣，又勉力探取牀頭篋，自指其髮，袁皆會意，許之。事見生悼逝詩中。又一日而眼枯淚盡，玉冷香銷矣。至是始知生所題春猶置懷間也。予感其事，為成鴛鴦印院本，以生與秦女為綱緯，以近年兵事始於陸建瀛，終於何桂清，而結以大兵肅清江南，亦曲終奏雅之意，惜兩遭清水潭決，稿本付諸東流，故錄其梗概於此。女之初死也，生情傷氣促，哽咽不成聲，祇得即事四語云：「十年思憶苦長征，盼到相逢病已成。一縷青絲雙指甲，互藏懷袖淚今生。」又除夜焚寄碧梅云：「地遠天高兩不聞，沈沈鐘鼓月黃昏。眼枯見面難通語，心死成灰不返魂。夢裏恐花誰得失，懷中詩稿自溫存。千尋海底尋乾土，窨種珊瑚結恨根。」重過碧梅沔樓云：「知是逢來是翠微，小樓如故綠窗非。有生便合情為累，逢死真無淚可揮。半壁貼虎親使與，雙釵分股寄鴛歸。青天碧海憑相證，化作輕塵也並飛。」其他悼逝作甚多，不盡錄。女詩詞亦多焚去，祇存絕命一章云：「鴨炉香燼了無溫，從此黃沙掩墓門。儂是僵蠶即是繭，託思絲絮裹春魂。」

離恨天雜記

瑶臺一生如梅，蕭於寒，包於冰，而著花於雪，當空山閒寂，百卉蟄藏之會，獨梅於水邊林下，落落然自賞孤芳。不風不雪不花，梅方花而風雪適至，非天阨之，實有似乎阨之，及乎陽和轉令，而疏影凋零矣。桃李富春，閒嘲冷諷，宜哉宜哉。

東鄙程生年四十餘，父母具慶，祖母歲八十，在堂一女二男，有田百畝，桃園蔬圃，隨隨然於世無求也。生平知己三五人，評酒看花，隨意遊釣，以為樂，出有定所，歸有常期，一日歸稍晏，則母氏倚門待之曰：「歸晏矣，得毋餓乎？」天或陰晦風雨，晚至，則祖母望之曰：「天雨矣，得毋寒」

乎生好為人居間解紛難程翁必委曲指示若深慮生之牽累受欺者益丰百之人猶作孩稚看也生怒二子不學將責之程翁戲孫曰勿懼弟往讀書若責汝我先責伊戲間而笑曰我聞有祖父責孫者其子遂抱頭自責不已祖問何故其子曰翁責吾子吾亦責翁子諸孫聞之皆蹙笑戲肉訓翁曰今汝責汝子孫責孫子吾亦責吾子何如生與翁亦笑失聲戴又曰若祖若父今皆道貌岸然弟不知螳螂蝴蝶猶藏諸衣袖中耶手招諸孫曰來來為我羞汝父於是滿堂鬨笑以助祖母歡忻歡語間忽聞隱隱號哭聲甚悲遣人跡之則西鄰有孫子葬程氏天倫之樂而悲泣不能已也

好惡役於外物喜怒起於後天七情之中以哀為至故嬰兒初生而哭萬物將死而悲視息人間情態萬變耳目所觸靡不淒然昔余聖歎與王斲山賭說快事至今爽人心神予嘗與瑶雪邀述哀情衹覺有我結轖郎緣於左不知孰為瑶雪語孰為天河語也其一通衢廣市春來往人擾擾紛紛手忙足亂豈不哀哉　一生性不能情懂遂致無窮思緒誤於聰明躭色聞聲皆成苦趣豈不哀哉　一檐前蛛網自在分明蠅蚊昧昧投之欲脫不得豈不哀哉　一閨中刺繡迫欲完成窗影一斜白日已下豈不哀哉　一奔走權貴之家入室蛇行出門虎視豈不哀哉　一焚香吸烟遂風而出明明見之忽忽已沒豈不哀哉　一覩肩出豈

不哀哉　一看螳螂豈不哀哉　一盛暑綿綌被體揖讓難堪聽鼓韈門衣冠整肅豈不哀哉　一井已半枯汲水者不徹豈不哀哉　一寒士斷炊雨日不得已走告親知逡巡入門欲言又止主人已察其意先訴艱難豈不哀哉　一殘花依樹紫豔甚顯颶風忽來奄然而墮豈不哀哉　一安樂時設想痛苦刻不可居及已至前俯首忍受豈不哀哉　一別離時夢見親知歡然慰藉迷離半醒雨寂燈孤豈不哀哉　一腥羶所在群蠅叢之百沸之水將漉千萬聚而不走豈不哀哉　一羊豕初生即墮殺劫且不即殺而先養之當其養時飽食自得豈不哀哉　一東皋望雨向敵求晴此怨彼思喂喂唧唧豈不哀哉　一庭前大樹衆鳥爭棲枝葉凋枯掉頭不顧豈不哀哉　一青年作和尚豈不哀哉　一煮蟹聽釜中郭索聲豈不哀哉　一衆雀高飛飢鷹仰視豈不哀哉　一犬見衣冠不吠豈不哀哉　一滿面花團錦簇豈不哀哉　一春蠶綿衣秋收紈扇豈不哀哉　一登山陟嶺仰望當前更上一層仍非止境豈不哀哉　一旅館風月清宵聽鄰人歡笑豈不哀哉　一刑官受賂堂下呼冤夜靜風淒敲扑如故豈不哀哉　一孤兔蹲踞墟墓閒冷面看人豈不哀哉　一胞胎中物孫孫中人不及百年同歸塵土豈不哀哉　一狐穴城社以居狐族愈盛穴城愈空城久而傾壓狐同死豈不哀哉　一無可如何時作解脫語豈不哀哉後一紈袴子見之曰那得許多苦境則應之曰卿自不知

余君石生名岱巖關中奇士也足跡幾徧天下往來淮揚為予搜羅閨秀詩甚夥每謂夢毋言精誠所感夢境可憑且有夢中夢者友人某娶婦數載伉儷甚篤得有玉杯為老嫗所破竟殊怫然婦解之曰世間那有常存物天下原多可怒人某為改愠為笑而轉念忌其不祥後數月將赴江南婦病已劇以貧故忍撇而行一夕泊舟江干風激水湧恍惚間行至一山山下微有亭台雪花飛舞遇一女冠子雲髮綽約帔說偈而來語多荒渺不可解記其淺近者云頭上非天吹氣可通腳下非地失足即空中間非人與汝相同又云非日一思今日一笑今日一仇明日一債未云焚思浣念割欲埋情回頭合眼放大光明某目其人似相識而裝束端嚴意欲前叩姓名倏忽不見因自詫曰夢耶醒而前行峰迴路轉忽見層樓玉宇滿湖蓮花別一女子迷離綽約艤舟而歌曰年年飄泊作生涯今是誰家雙柱花打得魚兒采蓮子不知何處是儂家淒音促節使淚盈盈某欲乘與登舟女微盼不言折花擲之斷其梗低頭蕩槳而去某悵惘獨立茫然無所歸忽聞風雨颯沓聲千軍萬馬奔馳驚則榜人喧呼湖來披衣視之惟見月落江橫一燈如豆復自詫曰我已醒矣何以仍在夢中耶回憶前解均非吉兆明年春渡江北歸始知得夢之日即喪婦之後一日也閨秀詩評載前詩為周氏女作誤

揚州王生幼喪父母繼母鍾愛焉年十九誤交淫蕩子私游狹斜將赴鄉闈之月母聞而訓之辭語淒懇繼之以泣生亦泣受命悲不敢再蹈故轍由是自守甚嚴從數年母卒服闋從遊鄉闈里人喧傳有夢發天榜者見生與王文錦名紅綴金書鼓樂而出時某邑諸生王汝原名文錦改名以應之家故貧親友以其有兆也貲助而往生赴金陵試舉友人某招遊秦淮既至而雨設飲而宿焉五鼓忽夢揭曉鳴金報喜者至錯於途生亟自詢有無報者不答別有老翁語之曰汝事已誤摘望科名耶王驚寤則身臥妓樓汗流浹背遂呼同宿友低頭喪氣而歸他日榜發生不售而所謂王文錦者早邑人衆爭以鄉薦捷南宮焉及生見落卷乃知先擬堂備而復閱棄之評注疵瑕頗致惋惜計其日即秦淮醉臥日也生意殊抱不平謂苟合私盟尚多容納於一妓乎何有何獨於我而嚴之疏其意叩諸乩壇乩上大書云挾妓之過小欺親之罪大生聞之如水灌頂不敢置喙自是偃蹇終其身

王子冬莪遊彭城生平困頓最甚時也除夕作書寄家兄叔升云夜寂燈枯一念不起轉討身世悲來無端夫貧窶莫如乞丐之甚矣然其披髮夏炎蓬背冬寒短杖朝攜一瓢暮往悔恨絕少俯仰斯覓苟生固佳餓死亦可至若某之一身不德百事無成鑄錯六州鑄成大錯

今將壯歲發發然湖口於四方固知朽蠹之材不適於大匠折翅之鳥無分乎傳書而且固利無登龍之長求富少執鞭之術處羞鄉里出愧風塵夢魂怒其不安形影憤而相懟昨日桃宿北行而後適遇災民東下之時亂髮殘衣飛揚道路餘肢斷體零落溝渠犬吠血以相爭鳥啄睛而不去嗚呼傷已方今奸宄竊發州郡流離如病在胸四體已痛如新遇大中央始燃一旦附骨且成橫空欲起雖起偏觸於几泉亦嗟束手策長鞭於東海莫救燎原矣夫猥以之思哲士所鄙一朝之患君子不言況抱杞人之憂尤愧莊生之達然而名業不立窮愁互攻初凝若冰繼起如綫況憂日積遠遯風馳腸如數轉之輪心有幾升之血頃者緇書靜夜霜燭寒窗對影僮僕之呼寂寞巡邏之柝獨影在壁闃無人來陰風攫衣疑有鬼至閒河歲暮同心離居展此良宵供我遐想嗚呼傷已寂丹得書益為之三日不快也。

聽因圖宗子悼亡作也宗當閨中絕命之日正秦淮買醉之時繼室會稽氏初隨母兄自豫章浮江而下泊舟燕子磯夢一女子自道姓氏告以因緣所在會稽惝恍不能答臨行以鳳釵一枝簪其髻偏而去既歸述其狀知為前室相與歎息久之作圖以誌感宗子有句云羅裙舊夢飛蝴蝶玉軫新聲倚鳳凰謂此事也會稽自題云從古靡蕪空有怨託根芝蕙合相憐甘泉王窈珊女史一絕最佳云倘聞清夢託瑤琴我亦華年百病侵死為故人求玉杵世間癡是女郎心初宗子年少氣盛又力矯時人私暱妻孥之習往往以箕帚細故發怒於閨人甚至夏楚從事若嚴師之教弟子者宗子患瘵食息需人會婦翁亦病婦以省父歸積憂宗則大怒數其罪而責之婦即時鬱鬱而仆口角流沫昏不知人宗悔之時時以為憾予聞其說悵惘纏綿為題一律云情是浮雲夢是烟畫屏風外綺窗前豈知破鏡飛明月猶為清琴理舊絃金盆庭中拜星斗玉棺天上葬神仙人生無奈成離恨又種相思十萬年。

蓮僑初歸揚書盈笥畫鎬不恒啟乙卯丙辰間予以夜讀得咯血疾蓮為啟笥出書則皆道家言如參同契悟真篇之類不下十數種中以性命圭旨為最善予笑曰藏此何為將學仙乎曰仙則何能然以卻病有餘矣予受而閱之書分九節首洗心次安神次伏氣再後則工夫益上非所易幾矣予就前三節息心調攝覺前此紛擾怨忽不獨心無主先苦無心至是百體五官居然從令益以精氣神為寶而以靜心節欲養之又三月而神明大充咯血疾不藥而愈

自古生民之毒未有甚於鴉片者也少年流弊曰賭博曰狹斜然皆多金者為之一日無金則止而不為且人亦屏之而不與為矣獨烟癮既成不死不已甚矣其毒也揚州顧君孟平少聰穎能文章世以大器期之獨見鴉片而喜其從兄苦口勸戒自誓以謝之婦某亦以死

金壺七墨　卷下　五　淚墨

諫曰君食熟者吾必食生者一日果下生烟三錢許灌救始甦顧以二人故為止而不食者五年他日遊幕渡江復吸成癮婦諫不聽又吞輕粉錢許顧採知急以藥物解之而牙齦毒發黑矣閱數月婦病胃氣顧以鴉片進不食顧悔其痛力勸之姑吸一二痛竟大減已而時時悔恨懼人譏誚且恐自負其死諫之初心至臨卒前一年肘背交病任其絞痛徹骨捶枕碎帷而絕口不一吸彌留之際日飲白湯升許欲以洗滌肺腑及食不下咽泣不成聲猶勉力張目謂顧曰可以戒矣遂卒顧自是誠心痛改而受毒已深卒難立斷終於落拓不振云

王嫗青林人年五十餘傭工蓮室有年矣辛酉春鉢池生方客雲間土寇犯城積薪而火之蓮自結束抽利刃開宅外奔走聲遠投於庭池及奔者入乃家丁探信之人云是鄉民鬧漕專與縣官為難今已刼掠官署而去矣嫗方守蓮哭慕之挽之至是不待詞畢急與小婢救蓮起幸先後頃刻間嫗又年老更事多如法調理嘔吐泥水而安嫗自二子一女先已倉猝出城日暮女復至招嫗同出且曰縣官收賊於西鄉殺其頭目賊聚衆今夜復讎不留雞犬今已鳴金齊入矣時西北風壯聽之果有鑼聲嫗曰我出則主母必死奈何女曰盍請主母偕行嫗以告蓮不可曰行將何往今日之事寧室死不野生無二說也然汝女以愛母之心至欲去則去勿為我所累嫗曰主母尚不惜死我一老婦人命值幾錢遂不行女泣而去少頃二子又至如前言嫗決計不出時城中啼哭聲連載隊詞犬吠聲提男挈女追呼聲半夜始息其安居不動者四人而已賊於某氏祠堂果集數百人以無先鋒竟不至鉢池生歸而聞其事曰嫗可敬也從子女之言竟舍主母而去不得議其非投池之初利主母之死而不救席捲所有諉之他人又何暇治其罪哉賞之二十金獎義也誌喜也予猶以為薄也蓮卿之終其身云

張媼者邑之城南人夫以米肆為生而家與仙姑祠相近一日張忽病狂自批其頰曰我欲行道濟人非汝服役不可不從死汝子再不從死汝夫張初不知服役何事濟人者何人也其夫曰是必仙姑之類耳我雖貧米家世固清白奈何令婦女拋形露醜作巫覡行哉不許張僅一子果以驚瘤殤未幾夫又病卒痛懼殊甚不得已泣而祝焉弟家貧無以糊口乞緩數年神許之會有士人眷屬避兵淮上者僱人得張約他日相從南行而神於房中竈下時時降張身磬折百端若深恐其去者將行張以實告屬人以自代士妻某氏故英爽不信鬼神怒曰許我南行而臨時背之我不信何神何狀必使我親見而後可張曰是不難他日南行必過寶應泰山殿神所常臨也我請仙姑與主母自言耳屆期某氏率婢媼及張之母女甫入殿而張色遽變戰栗汗流作京語道神姓名先為張媼詞行次述士妻家事皆他人所

金壺七墨　卷下　六　淚墨

不知者語語符合。某氏乃大驚，自叩因果。神曰：卿為紫竹山司書侍者，降生人世者三，性皆爽直，前世為江西人，因發小姑私事，致其羞愧而死，今此冤猶未解也，宜誦心經萬卷以禳之。語畢遂別而南。由是某氏誠心頂禮，按日誦經，而時時慮復思前遂病疑懼。一日晨起，倉皇戰栗，一如神降張媪狀，語音頓異，趣焚紙錢甚迫，曰：仙姑來矣。遂以夫妾為宿世小姑後身，求解冤結，終日憂愁悲苦，忍饑不食，若明若昧者一月有餘，竟卒。士人痛其死，不遠千里復就張媪齎香問之，而神不靈矣。鉢池生曰：予聞此事，求其故而不可得也。以為有神，不宜誑人至死；以為冢因心造，其始也冤竟何因？且所謂小姑者，人耶鬼耶？豈自古冤冤相報，即以將錯就錯者了之耶？嗚呼，不可知已。辛未中秋夜，偶成金縷曲一闋，稚虹私與人言，謂言為心聲，淒惑太過，或非吉兆。及十月望後四日，果有悲偶之戚，談者以為詞讖。予欲聞一過，覺亡者病悄，存者心緒，語語印合，在按譜倚聲之會，固不自知其言之悲也。詞云：萬卉都銷歇，奈何人淒淒冷冷，清清時節。記得輪蹄燕趙道，魂夢飛懸京闕，留不住春風蝴蝶。悔煞拈花成一笑，墮紅塵永歷昆明劫。嗁盡了，子規血。　年來詩味寒於雪，更沈沈，心如古井，身如秋葉。手製么絃彈羽調，苦訴中懷淒切。有誰聽悲歌激烈，從此空山耕石老，倘人間不見瑤臺月。真錯鑄，六州鐵。

咸豐壬子秋，歸自江甯，以對廳西間為臥室，鰥魚不瞑，徹夜呻吟，木落烏啼，百感橫集。天明發城放歌云：神駒追不返，急逝景，白日照不見重泉陰，我歌此辭徹天之音，天高無耳人死有心。及辛未冬，自上海歸，暫處北廳西室，霜寒月冷，迢迢相對，而回憶適及廿年，人壽幾何，誰能遣此。今年春重至江南，寓齋碧桃盛放，感賦浪淘沙一闋云：殘照暗窗紗，蛛網橫斜，年年春酒泛流霞。寂寞無機人去也，想煞桃花。　心緒亂於麻，病裏年華，斷魂零夢各天涯，萬事不如歸去好，那是儂家。壬申三月，記於雲閒舟次。

前悼亡詞，壬子作也。是年春歸自蘇州，生死匆匆，闊為面訣。夏秋又東至海上，南涉江水，北走彭城，急景如馳，殆將卒歲，始得為詩以弔之，云：命短逐長西，未思朔風催曉，一相離豈知江上停橈日，竟是閨中屬纊時。歸路安排猶絮語，出門寬慰盡虛詞，死生貧賤渾閒事，雪涕臨風一面遲。得無兒女猶為幸，到此分離轉易論，三尺秋墳身外物，百年朝露眼前人，星河獨立迢遞夜，風雨長眠寂寞晨，遺語分明書跡在，相傳長逝恐非真。近來年衰運阻，百念皆灰，更非筆墨所能遣，僅陸續述事數首，兼以自悼，云：年年蹤跡泛於萍，不是同根性不親，瘵病藥空爐火滅，勸餐書在墨痕新，況氏已僃鰥孤獨，薄宦何堪老病貧，廿載空空真一夢，人間誰識去來因。春花秋月共江湖，綠帖紅箱瑣碎俱，兵燹幾回同患難，未須無事費糊塗，甑全能備荒年救，數典真如記事珠，者是悼亡猶與體，分明剩影半成枯。飛來奇病忽如癡，不解究經苦費思，百種悲愁原偏幻，半空謠詠竟何辭，親從弱水移桃葉，欲向空庭種荔支，依舊春殘無結果，蛾眉甘死讓東施。傳聞遺語特淒清，半倩毀棺殉死心，先我長眠原是福，撇人中路太無情，閒關求友生平願，科第論文世俗名，為爾沈痾行不得，如今衰老一身輕。又七月送柩歸葬云：一從秋老別清姿，草草前華換鬢絲，同穴友朋勞夢哭，對門兒女笑情癡，窗書名字魂低喚，來日關河路不知，送爾泉台安穩去，得歸同穴竟何時。

吳中祝氏女，姿質端嚴，性好潔，每言三日不浣則衣垢，一日不沐則髮垢，一時不灑埽則心垢。歲所居明淨可鑑，飲饌非手自烹調者不食。及笄歸於江生，婉婉相得，春晨助諷，秋晚聯吟，十餘年如一日也。已而生病，遺矢溺，衾禂女手滌之，污及腕臂而不以為嫌，其篤於情也如此。及生卒，女絕不哭，亦不言，飲食作止如常，親黨竊竊議之，而不知其意也。後一月而女病，病即昏瞀奄卒，特心口微溫，氣息若有若無者七日。一夕屍忽轉動，守者皆驚避，其膽壯者就問之，婦乃拍牀哭曰：吾初以為吾夫之亡，不能常聚於人間，尚可相從於地下，庶幾昭昭不足，冥冥有餘，故吾不哭不言，默默求死者兩月。今幸而死矣，而不見吾夫，求所謂閻羅者、地藏者，而皆不可見，茫茫然一片昏黑，無所復之。悲惶間忽見火光一輪，如日初上，其傍有人曰：此天帝居也。跪而求之，見有金甲神笑曰：此真下界癡婦人也。人世一切鬼神，惟忠義烈節、精誠冤苦之人，死而不滅，然且有聚散久暫之不同，若汝夫者，病久精亡，惟其亡也故死，死則安有所存。予哀懇之，而一輪忽隱，昏惛如初。嗚咻，信如神言，則是吾夫竟無其人也，則是百千萬年永無見期，推之父母兒女，以及於吾身，一死而皆寂滅無知也，吾是以慟也。號哭三日夜，淚竭心枯，家人再進參湯，呼之已殁。

夜雨秋燈錄

宣鼎著

上海文明書局印行

夜雨秋燈錄目錄

卷一
青天白日　銀雁　王大姑
雅賺　東鄰墓　吳孝子
卷二
龍拔三娘　迦陵配　劉子儀賣藥
忠魂入夢　奚大窗　王紅冊
一聲雷　懸崖藍面鬼
卷三
桂林梟署三異　烈殤士孝　父子神槍
珊瑚　麻瘋女邱麗玉
卷四
佟河子　雪衣紅　鄔生艷遇
假五通神　郝騰蛟

續集目錄
卷一
卓二娘　丹青奇術　范小仙
郁線雲　樟柳神　古劍頭
悲事演劇　斃於蒐
卷二
木孩童　凝蘭院主　沉香街
小癩子　猪佯致為文信國公冥幕
丐癖　髮繡佛
卷三
大脚仙殺賊三快　南郭秀才　髗化為履
樹孔中小人　楠將軍　墨花記
博山兩賢姊　珠江花舫
卷四

金竹寺　石郎鏡笙墓　馬姓
誰垢園　陶莊　十丈蓮
古泗州城　獨角獸

三集目錄

卷一

先覺僧　華瘋子　補騙子 十二則
某廣文　三官救刧　雷神
馮文正　卜者祝翁　小王子

卷二

科場 五則　姚萊府　周封翁
郎邑官親　同胞三鼎甲　義貓
李老　丁養虛　阮封翁
趙甲　蟒女為男 二則

卷三

妓篤故誼　破鏡重圓　珠妓情殉
四川某書軼事　記瘦腰生春粵妓事　崇川俠妓
冶遊遇故妻　阿韓傳　九月桃花記
記珠江韻事　得新忘舊　女仙降乩詞
船女奇緣　情死　記張素琴校書畢命
記錢姬假途脫籍事　記紫蓉女奇逢　記珠江才妓事
蚌精　品花臆語　李芸小紀

卷四

張少卿校書花燭詞　榕城生逸事　西冷太瘦生偶記
情種輕生　張少卿題虎阜寺　和張少卿女史
玉峰樵客遊虎阜　雙齡小傳　溧陽女子題壁詩
一度風流千貫錢　天緣巧合　珠江風月
記李三三逸事　姚倩卿小傳　鄭素琴小紀
馬雙珠小傳　胡晢王小傳

夜雨秋燈錄卷一

天長宣　鼎瘦梅甫著

青天白日

浙人南宮認菴以字行。幼隨父瑀宦於粵。清廉容其橐。母先逝。父繼卒。虧庫欵將籍没。諸叔壁幕於蘇。欲往依之。潛挈兩親骸以竹籠負之。徒步遄。餐風咽露。跋涉奔波。一載始抵蘇。叔撫耗時。蘇正歲歉。益困急。傾守囊錢。購半畝地瘞之。誌以碑。結茅若圃。誓守其側。蓬頭垢面。淪入乞兒。賸飯殘羹。尚知薦祭。時年僅三五。性孝且慧。節雖不枯。聞吳兒山歌。學之。即當伍氏簫。始免餒。朝村暮郭。倏忽三年。偶倚古寺門向陽。捫蝨。面即賣家園時見美人樓上眺頭一小鬟。鬟年二八。出而反掩其門。行向西。忽伏草際。少時。整衣去。知為小遺。甫數步。即若有膩物墜地。軟無聲。呼告之。婢不覺。遂掩襟往覗。錦袱也。中裹金玉釵釧珠寶。以函。折作方勝。書云。十郎哥哥足下。妹謬以陋質。獲配清流。親上做親。幸中之幸。宦牛西北。一水盈盈。孔雀東南。雙棲隱隱。盟深金石。妹喜嫁得汲鴻。叔辣滄桑。郎忽貧如司馬。然而鮑宣對挽鹿車。阮氏何嫌。犢鼻幸雞窗攻苦。卜鴻路飛騰。敢怨標梅。撫青春而未艾。惟祈折桂。脫白袷以來迎。遂知青眼頻更。紅絲欲斷。每聽狐語。似忽前度之冰。欲倩蜂媒。再接他家之酒。心石堅而不轉。辭箭鼓而須防。若貞挾瑟改絃。定卯黃鵠時擬傳。箋布意。恨少青鸞。小婢娟奴。雖曰主僕。實同腹心。事已迫於燃眉。情實殷於剌目。遣尋一鴉。面展雙魚。奉上緘淚之句。斷腸之辭。宛轉十三行。預仿蘇娘織錦。附以纏臂之金。搔頭之玉。珍珠一百顆。聊為匡壁添光。不盡纏綿。泥中人再為嗟舌未敢陳謝。鑒下材急不擇音。敢布愚忱。伏維憐鑒。某年月日。秦氏小妹貞瓔斂袵手肅。南驚讀一過。訖曰。險哉。東床落魄。富兒賴婚。鍾情者越禮訂嫌。進療貧方。若為他人拾得。則婢固命盡。即逸逸牛女。亦復睽違。鵲橋無日矣。曷坐以覗之。少頃婢返。面色灰死。倉皇覓榛莽間。不得。仰天嘆曰。奴死不足惜。負主人託。奈何。南笑曰。娘行失何物。值何言死。婢聞其言。有因。哀祈曰。好男子。曾寓目否。曰。卿能明告我。或者璧能返也。曰。我秦氏婢娟奴。日伴女公子。主見壻家貧。欲改適。女公子日夜哭。妾憐之。請以妝奩中舊蓄者。約五百金。裹以紋綃。附以雁字。覿去作寄書郵。付於小檀郎。囑入都謀戰捷。好親迎。墮其物。必洩其謀。烏能不悲。言已大慟。曰。然則將若何。曰。死耳。南探懷與之。曰。是耶非耶。婢見即伏地叩。南挽之。示殷勤。婢曰。子乞人。得暴富。橐之甘乎。妾將何以報。曰。報我不難。恐我之所易。子之所難也。我之所甘。子之所苦也。曰。試言之。曰。僕雖冠。猶童子身。子貌美極矣。未知能令我真個銷魂否。婢赧然。徐報曰。君姑待我。行行即來。婢齎金玉去。南亦佢僂出東郭。三日後倘經園外遥聞笑聲喚曰來乎仰視之婢也笑而招以手門書然開南遂掩入湖山石畔芳草如茵婢曰以此酬報大德可一不可再南曰諾方將促抱月婢以紅羅蓋粉面嘻笑曰子壽色可餐方欣飽看博須臾歎何吝而抑藏乎抑婦羞故態乎婢以纖指向上曰青天白日不怕神明耶南驚如棒喝情魔潛遁遽起曰子畏神明僕寧不畏乎持竿欖藍喃喃誦青天白日四字出門去婢遥遥致聲君每日日中來當分已食果君腹南瞑目狂奔亦不計園門閉否明日市上行有一相者呼曰丐者來子卧蓋下何來此陰隲紋應在三十六日必有非常遇曰吾日唱蓮花求生活免溝壑足矣尚欲追蹤榮陽公子耶曰不然驗當酬若干曰十千乎曰則若何曰抉我雙眸子曰先生眸子危矣至三十五日丐如故走告相者曰眸子推竒寓能一胥穩相者又視之怡然曰仿矣遷城紫氣透當先得財南曰諾明午步長街忽有牽其裾者呼曰月兒耶南頸有月牙痕故小字月視其人鮮衣怒馬貌若貴官姑應曰然其人慘淒曰兒何至此南驀憶曰璧叔耶曰然兒盍隨之歸寓寓中起居華燦叩阿嬸亦甚慰因縷述前來哭失聲叔曰久諗爾父母殁特函詢無回字乃在此耶吾年老索富無子息今得猶子不慈繼績矣立命婢媼為更衣衫且浴香泉依舊翩翩顏色煥發婉述相士神叔命以十千酬之欲招致為叔鑑慈顏不許旬餘恕以千金付之曰兒既廢讀當學賈以圖耕耤

曰試為之無不利南東裝買擢過江運白粱大獲明年今日歸省叔至則門戶猶存第主非是詢居停曰子去後爾叔亦他徙且不知徙何處南茫茫然適從因思江北新置宅為歸而偵訪焉神墓瞻仰榜人賴催腰纏餘五百金即全購柏油壓船渡後北風怒號江凍十日不能解柏油值頓昂獲利可十倍更於宅前設緞鋪以三千金為母招老成者四五輩司出納又一年心不忘叔一人渡江搭散入船中流風大作浪如山霹靂大震同儕者十數人咸見雲中現極大四金字曰青天白日筆畫分明眾踊佛號之而字仍現雷復鳴船幾裂眾急曰上天已明示惡人事各自省無累他人南挺身告眾曰此僕隱事誠不可以告人敢相累乎急向怒流踴身投昏惝中抱得枯槎聽其撇颭耳聽雷雨驟下火光竄金蛇須臾霽視此身如一點萍乘萬里浪也忽一官舫鳴鑼掛帆來呼曰速救活抱槎人賞十貫旋來紅船挈而登官舫人非他叔也南驚問叔何處來曰吾移居通州偶遊紫琅山耳爾父母墓無恙爾之心曲吾已悉娟奴已隨秦家女適瑣家瑣果貴即迎娶爾事緣未至毋懆也同之通寓見嬸安好婢僕更多於蘇寓不敢問居二日袖出小摺呈叔此年來子金總目也曰煩甚爲携去翌晨辭別叔又贈以數百金抵蘇訪娟果如叔言怨遇弄船人訾曰君尚生耶若輩皆衰死船覆吾抱綱始免頃泊此修治耳南出資贈助之即假館舟子家偶倚白板閒眺見一美人乘

者與隨侍婢媼從又一婢乘下澤車貌酷似娟尾行三四里至一尼菴美人登殿拜如來僕媼憩遊廊菴主獻茗婢閒步倘見南目熒熒然喚曰青天白日南失聲曰咦娟娘耶婢問何從業潔告以故曰種情者尚迷耶曰中懷無一刻忘曰彼此有情尚不諳姓氏令人齒冷又詳告之旋聞內呼娟美人偕去南惆悵無聊賴踟躕叢葬處見一大塚碑云東浙寓公南宮諱璧王人先生之墓誌文詳叙夫妻同卒於蘇死近五載旅葬於此以待猶子南宮認菴他日尋覓撰書者里諸生郁昉南詢畢大驚回憶叔嬸面目不知此墓中人何既同名氏且猶子亦同名必無是理而竟有是事歸訪文學士知郁昉第其冠投刺入拜昉愕然曰君頸有月牙痕乎曰然曰令尊叔甫生時與先大夫莫逆交先大夫逝叔甫老伉儷亦相繼逝易簀前數日堅囑鄙人預從事謀吉壤作墓誌並囑君如回蘇即為繼續君從何知有僕而患然肯來耶南以見墓誌對曰幸不負先人遺命也南覺頷以兩次遇叔告求解惑曰令叔甫生習吐納殁能解脫如子言其仙去乎南遣人如通訪叔杳矣遂移兩骨函依叔墓重葬更琢峨峨加以封植手自撰文勒石紀事昉神之喜曰子尚能習舉子業何自棄為昉已前科北闈中經魁因款留教之讀是秋回浙中副車昉開筵為賀鼓吹大作泥金署檔把酒向南曰君貴矣芳年二十有一尚欲歌朝飛雉耶曰弟有甚盟癡心挨候耳曰愚兄代覓佳人為君

推畫賺君何如言未已即有婢媼扶一美人出與交拜南不知所措昉挽之拜兩行畫燭送入洞房覷為反扃闔臨去顧內曰今宵好報也毋再怨我夫婦累汝漏靜揭巾微睨則紅粉露垂香有玉削頰似娟亦低喚曰青天白日新人微笑曰阿胡廣打破矣南聞之大喜始知尼寺美人即昉妾當日寄書人也夫貴娶已兩載極敦睦娟重見南始為追述南來訪始末貞為昉述副車之中賴昉力為綠斷始復出其所以不即以娟與之者遲數載耳少頃入幃綢繆猶處子明日謝昉昉亦謝至是始道破昉曰君遇遺金不拾僕亦留全璧以待也從此秦越一家親愛如手足南旋即援例銓選官揚州司馬攜娟娘去頗不自諱每謂僚佐曰不圖黃榜中亦有卑田院中乞兒也

懊儂氏曰昔披裘人云僕豈拾遺金者哉然高人遇之易乞人遇之不易至美色當前懸崖勒馬此等功夫尤不易偉哉南宮宜乎蒼蒼者報以厚德也吾願普天下男兒無論富貴貧賤當人人書青天白日四字於座右

銀鴿

江西某郡有地師杜君者草青烏術最精嘗與富室兒李十九友善其父故杜為走山谷覓地草履幾穿閱三載始得一穴沙水分明良為吉壤居邑之東山距李宅四十餘里山故幽僻

樹木茂蘢遊者艷羨爲丁丁與嚴寺午鐘相問答而西山居其前儼如屏幛蒼翠滴眸杜得
意非常告李曰此福地也令尊人古道爲鄉里重居此諒無愧焉願公等更修德以培之則
子孫貴真莫及不日杜爲點穴李兄弟扶櫬窆事竣杜往浙應貴人聘屏膽遠行一別兩
載詎莫後家道反不如前並亡人口其兄李十八夫婦亦偕亡遺一孀女名銀爲彌留時殷
殷以弱息相託泣曰吾夫婦他無所戀惟勞吾弟看顧銀兒則瞑目泉臺下十九亦泣受遺
言女年甫十四五風致殊娟不慣操作其婦翁氏黑心符也時於葉砧前詈猶女懶惰久之
遂信垢面蓬頭淪入赤脚女始伏枕上泣繼對木主啼婦怒施鞭撻女奔告叔反縶其手足
而毒撻之諸婢環泣伏叩請代不許雪膚流血一綫僅延婦怒猶未已幸先隴隣菴老尼來
爲翁氏諷受生經急代緩頰始釋明夕婦欲禮佛索溫水盥手女誤以冷水進大怒欲笞其
背女懼奔投門外溪水見亡母冉冉自林中出悲告女曰兒無苦且隨老尼逍空門則生矣
言已即杳女正慘痛忽聞門内喧嚷翁氏自批頰作亡母聲詈曰狗賊狠何仇欲殺吾女十
九奔入知爲亡嫂憑婦懸代哀之即唾其面數責萬端急尋女得於門外譑見死狀携入婦
即抱女哭失聲旋又自擊以木杵搗陰戶血淋淋流出窮袴外禁制之力猛於虎一室大譁
隣舍登牆窺雖犬皆驚老尼素與銀母善合掌曰善哉善哉大娘何暴也老身爲證嘱渠改
過善視銀姑不許早爲銀姑覓佳婿不許寄養戚里家仍不許尼戲曰無已其將付老身携
去爲弟子乎婦聞即稽首拜曰願以掌珍煩大師接引問如願否曰願十九知不相能亦驩
其出家明日親送之菴擬即削雲鬢尼曰尚早瞑目坐蒲團炊許張目笑曰溪水何妨隨石
轉僕雲更有出山時十九晤去謂女曰兒有所需可暗囑師父來取毋輕蹈不測也女涕泣
牽裾尼大喝曰癡兒既皈依三寶尚作嬰兒戀乳狀耶忽送十九出掩菴扉由是掃地焚香
鐘魚梵唄漸授以禪課焉年餘十九益困頓戚屬咸云坐新阡不利有識者云右沙太聳即
利亦只發女家明年杜歸目覩李之情狀大驚心亦疑墳宮風水然畫則走山谷夕則挑燈
比對書册均無誤終不識致困之原一夕假歸家宿夜夢天女至烟鬟霧鬢儀態萬方告杜
曰汝亦知李墓不吉所由來乎吾山神也特以詩句告汝詩云千里來龍結一鮑左根右葉
長根苗天生福人住福地無愧惟有西山樵杜心欲咨白而天女遽作霧靄乘雲去杜驚寤
急往西山尋一泛常穴爲李遷葬諺云前穴地脈爲山風吹破不足寶也暇則裹糧入西山
物色樵豎匝月無一遇一日暴雨至覘嶺右有衡茅數椽急奔避一婆娑老媪縗服出應客
堂上懸桐棺七尺總帳淒然云伊夫砧亡週七年尚有哲嗣否云僅一杜姓佛奴其名蓋渠
父夢佛而生者因貧習樵採日在東山雲深處言已唏噓向外翹首云頃將遭雨恐歸來又

夜雨秋燈錄初集　卷一　四

似水淋漓旋入以山茶炊餅餉杜餐飲頗甘須臾一少年荷樵冒雨歸眉目端好氣宇不凡
見客文揖如儒者杜知是佛奴自陳同姓佛奴入與母言少頃又出與爲禮如見長上杜喜
與閒話辭均閒雅無俚語告媼曰文郎不俗何不令讀書識字媼曰兒幼曾就村館渠父既
殁未亡人又疾遂全賴是兒斧柯供菽水聞佛奴年齒則云十七是夕即就地楷葉止杜宿
晨起出腰金二兩酬茶果費媼笑曰母子雖貧而非賣茶果者杜同宗昔耶堅郤不受杜知
不可強後累過具盛饌貌均不衰一日見佛奴複雙雖歸窶而登盤味極鮮美盤有餘收入
供母及偷嫩佛奴則仍咽粗糲杜大敬重告媼擬爲佛奴覓佳耦媼喜曰兒年已冠得宗長
作伐大好事但一貧如洗誰肯以婦女嫁樵人子耶聞渠父可有葬地曰野葬耳兇入滿澤
國足矣尚敢卜牛眠歟曰不難僕有吉壤奉贈他日貴顯幸無忘指引人媼敬謝稱善杜向
李十九索前地云有遠族孤寡請以所棄者與之需值當不吝償李慨然不吝杜欲立券李
本擬以百金酬杜至是遂允立百金券杜持往與媼副吉佛奴集眾樵舁父櫬詣葬穴杜命
劚五尺然移隻穴而深倍之甫掘尺許得一物非土非石狀類鼈殼背有篆文曰識者杜葬
者杜宜子孫貴且富解德之家莫安隴莫已杜又遠行佛奴仍習樵每夜過父墓輒見燐朦
如釜上氣瞬息敝寒佛奴正凝望忽白氣接凍雲縷縷然漠漠然落落然雲時雨雪大至衣
盡淋漓知猶下有尼菴可避急趨叩關適老尼打包出門去遺銀爲獨居繡佛窗開門放入
見其寒戰喋栗憐之引投竈下燃火烘溼衣以師之布衲與己之紫布褌與之換更炊豆粥
與餐戰始已天霽衣乾佛奴欲辭去一轉瞬則他衣俱在而己之布褌竟烏有窮覓不見女
恐師回從從且去囑乘閒寄褌來慎勿爲師見其母嗅其歸晏具告所以媼心德女視紫布
褌爲女之褻衣疑有染叱責之佛奴力白其無明日媼親送褌與女而老尼已歸見而窮詰
之大怒云清淨道場淫婢何得汙佛地立命走出媼同女跪求不許女對佛自誓尼冷笑曰
佛遠在大西天不似社稷神管爾牙疼咒也女憤欲自縊解帶挂庭樹媼趨救而尼猶怒媼
亦怒曰老秃廝乃徒以慈悲護罪孽然則定逐伊何處去尼曰聽自便耳媼知女不願回俗
家曰易隨老身去女猶踟躕尼遽撫掌曰妙哉妙哉速去速去立即驅出掩闔扉適杜正歸
來看媼見媼携女至驚詢何來詳告所以女伏地涕泣呼杜叔杜喜曰前云爲佛郎作冰者
即此女耳此中有天緣幸勿錯過約畧告十九即慨分遊橐代謀花燭仰合卺小夫婦極伉
儷事母又至孝媼對女流涕曰吾母子食貧慣未免苦新婦女笑曰兒昔遭孀苦虐如活地
獄後入尼菴已若安樂窩冏得阿母與郎憐愛更居天堂最上層媼爲之解頤每牧豕分郎
苦媼不忍女曰兒自樂爲之昔之牧豕迫威虐今之牧豕由心願何害杜一日携白鏹二錠

夜雨秋燈錄初集　卷一　五

來告嫗曰毋令新娶婦添食指矣明年秋償必帑請假此預收秋俾佛即淅學稚子毋三却而後受是夕銀傌妝奩回見嫗以銀示佛奴曰是區區者亦猶之銅鐵耳奈何有則生無則死不令人短氣耶女索視櫛篋上曰是何足貴兒妝奩走磵曲見水底纍纍者皆是也明當懷數枚歸而奉母嫗笑曰癡妮子誤以鵝卵石為銀耶明日女果懷數枚至外雖花繡黝然就石磨礱光可鑑影大驚喜問多寡云適磵底皆是佛奴趣詣村市詢於人曰此古人窖藏物也歸與母計晨起隨女之磵曲見流水潺潺下皆卵石惟自女手掬起則立成朱提始猶以布袋運繼因誤墮一錠妝豎拾之笑問母子劬勞大辛苦運此物何用然一入妝豎手則仍化為石由是膽大壯居然篋載而肩荷之匝月往返始竭崖角堆滿無寸隙佛奴掘深窖藏之統計約有廿餘萬會入城買甲馬酬藏神晤杜即邀致詳告之且分贈杜不受急代購郭市膏腴建第宅阡陌樓臺奴僕車馬成大家矣明年女又舉生雙子曰瑛曰瑤均穎慧能讀總角即遊庠序佛奴亦納粟為員外郎為太母請封誥每稱觴介眉壽太母輒云兒孫雖千百年不可忘宗人杏草先生德久之延於家事之若伯叔云會清明夫妻佩紼掃父墓幹僕央道婢妾如雲忽一窮漢號哭奔至崩角乞援倏一保正執牛鞭來揪捉佛奴情訊之云此小竊屢犯者是必敲斷腔股員外郎莫袒庇女聞聲搴車簾視其人非他李十九也問何至此自云家業盡傾惡婦隨奴子遁席捲燼餘孑然一身時就野廟宿寠未曾作穿窬也言已大哭女亦悲涕佛奴笑遣里正去携歸事以泰山禮李踧踖不敢當及杜杏草出與話舊更歡堅欲辭去遂贈以婢且與數百金俾理舊業歸明年二子均鄉捷太母正八十壽賓客滿堂祝千秋忽庵內小尼云奉師命堅請銀夫人隨喜且以舊猪鼻鍼寄云此杜郎舊物也佛奴欲辭却女不可珠翠宵與往至則老尼已沐浴更衣瞑目將就涅盤女哀哀喚魅尼目復啟笑曰兒果榮貴則他日建逐不以老比邱為太過耶女泣曰法師生死人而肉白骨何敢忘德曰不足言德惟可以對令先慈於地下耳言已圓寂女出資為尼新院宇置沃壤建藏骨浮圖於庵側其位為先隴之艮方狀尖聳如劍戟工竣杜視之笑曰後世子孫中史當佾一武鼎甲已而果驗

余在滋陽聽浙人孫君子任所述者

懊儂氏曰馬鬣牛眠賢豪蛻骨自古山靈面目何嘗輕易示人惟磵底纍纍百萬朱提卑留與賢孝之婦如我銀娘者則銅臭之神又何嘗毫無知識專與妝豎子為伍哉嘗見席豐履厚之家其德其才絕不稱是蓋其祖德宗功必有大過人處噫此其所以為神也

王大姑

嶧陽西南鄙豐沛諸境台兒莊當其衝莊有巨族王氏所居比櫛王叟某老夫婦生子女各一子名懋修廩膳生常遠就外比坐博栊水攻舉業女名大姑貌楚楚性敏慧幼誦內則能誦諸列傳未嘗不掩卷而泣也適某生素患瘵結縭甫半年女三割臂上肉不能救其死懋以身殉又恐傷親心然大家又亦貧且無人女兄懋修遂迎之歸謂女曰兄不克晨夕侍二老即煩吾妹代兄職女曰諾定省溫凊之暇直鈫而弁也族無退遁皆賢之是年夏捻賊將至風鶴宵驚兜車夜號叟本王氏族長呼眾追逮各戶咸擔簪於輜重女進謀曰倉猝出奔全賴牛車代步載人行猶迂乘物行則滯遇賊必因物喪命不遇賊亦必為宵小覬覦重物輕人誠非良算計不若掘地藏物單車載人可望出虎口而登樂土耳眾思其言良善即如所謀舉族以行老稚約百餘口甫出莊十餘里猝遇賊於途徧搜括無遺帶然服飾面目均非黎藿者流大呼曰狡哉爾也家資匿何所不自首獻者斬無赦眾皆觳觫面死灰崩角無一語女含笑下車徐徐而前曰大王無怒若皆農家子非善於語言者我即彼族司筦鑰人也黃白豈無當藏誠有彼大樹蔥蘢廬舍翳如者是所居耳如從我往一一指示十萬金咄嗟辦否則駢死荒郊於大王竟無裨益捻大喜賞其慧美信其懇懃乃舍眾而隨女以行女慨然導路反顧以目示眾令速眾始乘脫偶從行里許至一極大村詭云已宅內外間如破既入延賊坐旋東指地下蒲葵窮且搖且語曰大王等長途跋涉馬足奔馳飢渴甚矣且少憩納涼待我詣內炊若略盡東道誼然後具畚鍤先掘我家再掘他家也賊笑頷之以為憨憨弱息固已甕中之魚尚何所逃解衣裸體歌嘯縱橫久之日將墮崦嵫渝若人仍不出夯內搜剔賊大駭蓋女已挂梁上懸冰而僵矣賊恐其誑己思逞其尸甫解下一賊大呼倒地視臘後若有鉗縛頸刻點虎狼之徒亦知貞烈不可犯羅拜而去女兄懋修時正解館歸途聞台兒莊有王姓女子舍生全親族事生大哭曰必吾妹也至避難處則家人已舁女尸回親與族閭之哭哀訊所以坐枕股大慟曰若吾妹矣既而躍起大笑曰吾有妹矣舍一己命全二老命且全闔族命猶僭已新刲巾幗乎無怪當日誦列女傳淚隨聲墮蓋生有至性也節且孝烈且智吾妹誰能兼之嗚呼

懊儂氏曰以王氏合族百餘人猝遇賊氛何不一戰畢命其所以束手待斃者蓋視賊如虎狼耳而大姑視之直犬彘不若矣姑之節也可哭孝也可敬烈也可悲智也可喜賊之痴也可笑

雅賺

鄭板橋先生書法鍾王參以米蔡隸似篆隸畫則得所南翁家法更參以徐青藤老人揮灑

雄傑之致使卓然大家為秀才時三至邗江售書賣畫無識者落拓可憐復舉於鄉旋登甲榜聲名大震再至邗江則爭索先生墨妙者戶外屨常滿先生固寒士至是益盛自寶重非重價不與索沈凡民先生代鐫小印文曰二十年前舊板橋誌憤也時江西張真人入覲回道出邗江商人爭媚之欲得先生書聯獻真人江西定做大箋紙長丈餘濶六尺餘乃可一不可再者使人婉求先生書且請撰句問需值曰一千金來者允五百先生欣然奮筆直揮頃成上聯云龍虎山中真宰相求書次聯笑曰言明一千金爾只與五百我亦但與其半其人往告商不得已如數與之即書次聯曰麒麟閣上活神仙人人贊歎工妙絕倫其時商家因鹽政都轉咸重先生遂爭求先生書畫或聯或幅或箑或斗方以為榮各商皆得之惟商人某甲出身微賤賦性尤鄙先生惡之雖重值誓不允所請某甲自顧饜事無先生尺楮零縑私衷羞恧百計求之終不得先生性好遊一日携短僮負詩囊信步出東郭漸至無人蹤視亂墳叢葬間隱隱有屋角微露炊煙花柳參差笑曰豈此間有隱君子耶甫逾嶺而墳益多還益窄再一回頭則有小村落在焉茅屋數椽纍絕精雅四無鄰舍又無墻垣小橋通溪即至門首白板上一聯云逃出劉伶褌外住喜向蘇髯腹內居上有小額云怪叟行窩進關又得一重門聯云月白風清此處更容誰卜宅燐陰焰聚平生喜與鬼為鄰額云富兒絕迹

庭中籠鳥盆魚與花藥相掩映新種芭蕉纔有寸大乍添楊柳却比人高斯南有室兩楹洒掃無纖塵內置几一案一椅四杌二木榻藤枕書廚各一琴劍竹欄又各一案上筆硯紙墨烏絲尺水中丞皆備壁上懸青藤老人補天圖女媧氏螺髻高鬟仰視爐鼎中氣冉冉入空際生氣勃發的為真蹟兩壁則素粉如銀絕無懸挂究極不聞主人誰是即就榻趺坐忽一禿髮童子自內趨出視良久旋詣內大聲呼有客即聞主人在內問訊命即逐客所携短僮殷殷以先生名氏告之始見主人出則東坡角巾王恭鶴氅羊叔子之緩帶白香山之飛雲履手執麈尾翩然而來老叟也彼此畧叙述語頗投契聞叟名氏曰老夫甄姓西川人流寓於此人以老夫太怪遂名曰怪叟問富兒絕迹四字何意曰揚城富兒近頗好雅聞老夫居址小有花草中來窺瞰但此輩滿身金銀氣一入冷境必多不利或失足墮溪水或花刺勾破衣或遺守門花尾嚙破足或為樹杪查鳥污俊龐所尤奇者一日富兒甫坐定承塵鼠跡空隙破瓦墜正中其額血淋漓乃委頓去自是相戒不敢入吾窩遂以為額誌實也先生清貧則已若亦富人恐於先生亦大不利先生嘆曰僕生平亦最惡此輩者幸福命高未曾一作富人得安穩入高齋領雅教何幸如之須臾童子獻清茗叟為之鼓琴風泠泠然不辨何曲惟覺其音調激越嘶韓和煦怨鏗然頓止問先生能飲乎曰能曰盤飧市遠無兼味奈何

既而自思曰釜中狗肉甚爛然非所以款高賢先生性嗜此聞之垂涎曰僕最喜狗肉是亦蹢狗生八足者叟曰善即於花下設筵且咬且飲狗肉而外又有山蔬野蔌風味亦佳叟醉又抽劍起舞光芒繚繞然未識果否成容然觀其頭柱屈蟠不減公孫大娘弟子正白氣一團忽大聲躍出圈外依舊入座面不改色先生起敬曰翁真高士也請浮一大白僕恨相見晚矣視日已下舂先生辭退叟殷殷送過橋曰僕與君同一不合時宜者如有餘暇可着屐過我先生曰不速之客何嫌頻來由是日一過叟清談不倦醉而後返交月餘漸與談詩詞皆得妙諦惟絕口不論書畫先生一日不能忍告叟曰翁亦知某善書畫乎曰不知曰自信沈迷於此已三折肱近今士大夫頗有嗜痂癖爭致拙作甚非易事翁壁既空空何不以素楮從獻所長亦藉酬東道誼叟曰勸君且進一盃呼兒磨墨楮先生藏之已久寔滿眼無一佳士如先生者故素壁猶虛既相逢何敢失之交臂先生投袂而起視齋中箋紙硯已就即為揮毫頃刻十餘幀然後一一書款叟曰小泉乃怪叟字請賜呼帶甚先生詫曰何翁雅人與賤商某甲同號叟曰偶相同耳留有兩留名何害要有淸濁之辨耳先生信以為寔即書小泉二字與之叟曰墨寶非常從此蓬生蓬壁然不可妄與商人恐此輩皮相不能辨珠玉徒損清名耳先生然之旋又暢飲歸則已二鼓矣問人問何之先生戲詐叟眾曰邗

江向無此人公所見得無妖魅乎且彼處叢葬榛莽向無居人明當同詣以獨其疑翌日眾果偕去則茅舍全無惟一灣流水滿地有核而已先生大驚以為遇魅旋豁然悟大嘆曰商人狡獪竟能仿蕭翼故事賺我書畫耶歸則使人潛偵某甲家則已滿壁懸挂墨瀋淋漓猶未乾也

懊儂氏曰龍神物也風雲變幻天地為昏人能知其性且豢之使俯首就烹劉某甲之設賺局也布置當行處處搔着板橋瀾然使彼一齋捧出毫不吝惜甲雖市賈猶是可兒近則皮相耳食紈袴賈豎強偷竊剿襲竊使板橋復生雖有神龍豢之計又復奈何

余故下一轉語曰人道某甲賺板橋余道板橋賺某甲

東隣墓

鳩江儒生解必昌為解大紳耳孫幼失怙恃壯未婚娶交鮮友朋業拙營運南山有祖遺瘠壞數畝可勉供饘粥就築茅舍數椽惟畧避風雨昕夕下帷讀志頗堅也門之左有古松一株極夭矯數百年物門之旁有古墓一抔漸傾圮以墓中人無姓氏無子孫佃恐碍出入欲動之使平生不忍曰我正苦無東隣得此大好伴歌嘯殘杯冷炙且祀之忍去之乎呼工鋤址碣曰東隣墓左邊小勒曰一個土饅頭在吾門之前下有長眠人名姓失傳久矣附為吾隣

兒即為吾友寔食自年年歌哭奠杯酒吾子與吾孫愼勿當敝帚工竣即樹墓門且封植人
多誹之而生則自若也一夕正把卷燈搖搖若輕颸自窗隙入旋聞叩門聲問伊誰有女子
聲應之曰東鄰也曰昏夜叩門其紅拂文君一流與曰然生欣然拔鍵迎還關然入艷麗無
雙裝束亦富問曰卿何人耶曰日在顧復故冒幽冥之嫌來報大德郎非當男子妾真辞校
書也曰卿其墓中人耶曰然曰為卿表墓泐碣自問尚有微勞緣何見過曰妾非禍人者藏
骨於此三十餘年矣妾多姓名絡霞本娼家才色冠郎郡年十七欲嫁有情郎爲鴇母所阻
鬱鬱而死生前骨肉星散僅膰荒邱時為野魅所擾無人收瘞吏肆摧殘賴郎隆情敢不呈
身圖報言已花前拜燈下洒淚唏噓生雖驚詫然見其縞衣翠袖嬌小溫柔不覺其愛之深
而畏之淺也曰人偶鬼妻得無促壽命乎曰非也靜好相依鬼偶何碍淫態過度人妻亦亡
生曰卿既神靈何難繼麗娘再活曰是亦不難然媸體不若麗魄若定皮相訂好述誠鑒矣
生喜極攬入懷覺體輕於葉氣馥於蘭遂登榻效于飛雞唱始去明夕復來生偶以紅絲縈
女髮翌日果見絲飄冢首女夕至笑曰郎疑妾為狐媚耶生慰解之亦不計較一日正為生
錄杜詩佃嫠至生急以袖遮嫠佃去女笑曰郎所謂偷生鬼子常畏人耶郎見妾他人不能
見也既而驗之果然由是日夜居生室儼伉儷矣瞬屆秋闈生畏攻苦女阻撓之曰青衿一
襲猶祖宗餘蔭若丹桂紅杏寔未坐郎命宮曰僕將以頭巾終乎曰郎若聽妾窮竟準於闈
後複一縣令生問何術能先知曰郎莫問妾郎曷自問半世之偃蹇何故曰不知也曰世之
表表稱英豪者孰不和謟迎人春風滿面郎滿身皆嶙峋傲骨即徵偉亦必遭妬嫉覆身家
況蠖屈家園有不動輒得咎者乎妾善媚者也一嚬一笑郎若師承之而萃肖之自有非常
遇生擢賢曰媚本天姿豈東家施所能效乎曰痴哉郎也枕席狎暱親近極矣彼學師保者
先有畏心學寵愛者純秉天性故知其易也學而不成由於愛妾之不深妾去矣實不顧郎
之偃蹇也生曰善從此步趨漸能神化一切笑言無不解頤女曰可矣試期迫女為束裝生
曰如卿言僕老不作誦須何勸駕之殷曰康了誠康了耳白下為冠蓋會萃之區俾人人見
郎如再世人或機緣即伏於是生乃挈女同行寓東郭古廢院之東室其西廡先有俠客金
姓者對門居金貌眉如戟衣履粗華出無定蹤居亦鮮偶惟一騾一馬自隨爾秣之勞亦自
任生心異之私詢女女曰此異人也郎傾心與若訂交自有佳境翌即衣冠竭金意氣甚豪
交漸莫逆金偶夜歸聞生室有婦人聲窗隙潛窺則生正與女對奕明晨仍見獨生偶遊眠
閒金室正歌唱潛窺之則金方狎美人坐珍錯滿前雛奴夾侍一室燈火舉室通明天明仍
烏有潛問女女笑曰凡所謂異人者必有異術措大眼孔中真未曾有耳翌晤金詈詢昨宵

事金掀髯大笑曰某之所樂君亦有其樂喋喋何為雖然當縝密慎勿為外人道也由是交
益深榜發生果落孫山外抑鬱無聊賴對女唏噓女曰郎勿戚戚且市小肴饌沽美酒閒妾
暗室代烹調延金啖啗借以話別或得將伯助生如言折簡招金甫坐果見肴核尊罍均一
一從壁間出氣蒸騰而味鮮清異而問之生笑曰落魄人技只此耳已而以黜落興嘆金問
曰君既多才又抱異術何必拘拘矮屋困此七尺軀生悵然曰是不過小遊戲若納粟需多
金則未可咄嗟辦金醉又見其惜別可憐慨然與之訂車笠盟金復私語生曰僕更有術為
君謀財但得急從幸長毋相忘生以天日誓且歷歷以絡霞事告金金始訝然夜深矣金置大
銅盆於几儲以水中燃小燈一縈閉戶更短衫佩利刃覓空案環屋而走愈走身愈小長幾
寸許躍登几跳入盆水不見而燈火熒熒矣炊許忽盆中有聲燈光大明有小人自水中躍
出颯然墮地須臾復故狀仍金也背上索傾出白鏹纍然可得六七千金曰是尚不足為進
身階乎生大喜即援例得真州令尹迎金於署視若同胞僕從隸役困不知為令之真手足
也生自得金始為官自得女始善為官柔順解事喜動上游有張參軍者欲以妹子珠娘偶
生生不敢諾張倩金挽金先容且允豐奩金醉遂應允歸以告生稍拂郎拍案詈曰傒薄兒
倒插紗帽翅即忘却接引佛耶生急引謝始已久商於女女怒曰郎固非金不得官然非妾
且不克友金遑得官耶金固功臣妾亦為功之首也紈扇棄捐郎何急急郎心動妾心死矣
雖然妾必有以報金東鄰一抔土尚在人間耳妾請從此辭言已嗟嘆不輟握手悲啼生挽
之請須臾而女已披簾出戶倏忽無蹤覺珮聲猶在耳也數月生娶珠娘入門視之貌果豔
而性驕幸生有心俾事事得夫人懽恕時京口賓會魚龍行游人如雲為江左第一勝事
隔江伊邇金欣然欲往生不敢慢急賃巨舫錦旗燈纖書真州令尹銜吏以幹僕良庖伺應
時江天如畫水波粼粼金欲渡使抵岸尚遲腹彭亨不可忍乃蹲踞舵牙上私焉而船行如
故時大江南北諸富紳常被盜各捕受敲朴眷屬困囹圄頗為苦白下老捕飛鴉兒素有名
亦緝衙役是日午睡夢美女子珊珊來告曰揚子江心有劇賊脚點舵牙正如廁君速捕之
毋使逸悲憤盈將斃命賊何人金其姓捕驚醒即挈伴富偵利器駕輕舸破浪南下適遇金
見其兩足夫搭舵後屹如山峙詳加物色宛與夢符尾之見其一躍即入艙便捷極矣稍擬
上岸又似官舫心忐忑姑喚之辨真偽大聲曰金老公好身手耶眾皆冤死杖下者屢矣金
迴首色變即揮弟子蝟集將飛黑索僕皆呵叱曰此真州令伯氏也金急止之徊眾偽聲曰
爾輩求吾為銷官限得賞金耳就此縛老金恐未能即能亦只得官金恐不得吾之多金捕
曰如君言若何曰且轉帆見真州令自有說捕許可生聞變大駭暈幾絕會金至欺眾捕於

歷事然後偕生密室商之曰兄罪惡不可擢髮數事發宜也然吾去恐為弟累故賄若輩來與兄一訣較生泣曰弟所以有今日者兄也兄死弟未敢獨生曰是已知吾弟之心矣然駢死固無益且為天下笑曷詭云蹤跡吾慣其本領大動輒逃始假託結納以欵禁之且送覲賽會以暗解之適與捕遇故佯輸就縛如是則弟免株連且得勳績策之上也生意良不忍曰男兒臨事貴勇斷否則兄逸弟又奈何生無已商於捕與重賄俾如其詭而後涕泣以豬衣送登程至秋曹不假拷掠一一具服且曰賺我者真州解令尹也半生橫行江湖間一朝祿盡為怯書生所算奇哉上游本重生至是益賞其能决金市曹日飛鴉兒為賞金鉅置酒肉送就死金且咲且飲問曰僕遲早有今日不怨公也但生平無半面緣何一瞥即翁知為金祈告我死無憾捕乃告以夢中語金愕然唏曰淫娃柺騙敢於攖金老公死耳兒耳復何言生時在真州署正惶惑忽見金纓帽短衣含笑掀簾入笑曰吾弟安否生驚起曰兄固無恙乎曰無恙旋呼進酒取大爵斗飲者三告生曰我遊戲人間不過破貪囊取污財耳頑亦蜉蝣羽化如郭璞謝靈運諸公非真遭戮也而吾弟當日牀頭人敢於飽舌誠不能恕言已聞署外喧嚷聲不已金起揖生曰兄將遐適矣祈念手足情收吾骨免拋棄感且不朽兄留馬一騾一祈善視之勿過加鞭笞言畢忽忽遁杳生趨出則秋曹材官正送金之首級來開櫝視面目猶是然巳子夜髑髏血模糊矣遂賄易其首聯尸厚葬之年餘生以才幹保陞浙之觀察使頗著政績珠娘亦有内助功忽有故人自鳩江來骫髏軟紅意在乞助茶次生問敝瘞在南山之南斗大一塚想為秋風所破曰明公釣遊之區桑梓猶知敬禮惟東隣墓突於某日風雨疾雷震裂成潭碑亦斷碎白骨零星拋洒墮淵惟古松尚存誠不可解耳生詳詢其日即金囊市日也由是竟驚悸成疾牀第纏綿意在手臺上遊不許為醫來診視曰腦風也服馬腦即愈左右遂殺金馬數日又委頓醫曰此肝氣也服騾肝即愈左右殺金騾進藥得痊之速珠娘以實告生哭且慟珠慰曰後廄不少驊騮何悅惜之甚曰非重物也為貫故人計耳急延高僧法遷建水陸道場金纓超拔絡賫與金並騾馬之靈所撰祭文中有句云感恩報德乃在紅粉髑髏舍己從人何愧綠林豪傑底事雷誅不免法網難逃數也天乎攙首莫間金若連鏜珍重歸鐵銷磨可憐供我加餐肝腦塗地想去從君射獵飛走摩雲斷固生為人英而死為鬼傑者也噫闃寂寂黃泉可再唱曉風殘月嘆茫茫白骨居然成一妹三郎

懊儂氏曰妓與盜冤冤相報可謂酷矣而於解君則報之怨怨惟恐後焉者何哉無他為其能有情耳覩其表墓泐碣洒淚致祭始終不外乎情噫人而有情者佛心也塊然而無情且悍然而忍人之多情者吾不知其何心也

吳孝子

孝子吳姓忘其名嘗之愚縣東隣人少孤喑啞不能言凡病啞者耳必聾蓋有竅不能相通故也其居距郭三四里因貧為邑之質庫擔水得值即奉母不敢浪以一錢自啖喚雖啞且聾而性敏能以己意揣母意母亦習久能以勢與孝子言每日母思食何物必呀呀請母命而後詣郭購之回如四指作圈即知為餅撮指覆腕即知為饅首又手成八字即知為水角子仰掌使平知為魚垂手如提知為肉之類百無一爽母老且病每食苦微且噎孝子即於暗處洒眼淚見人必指畫若言母食少攢眉蹙額作母憂慮狀食若甘且多孝子即對母呀呀若唱歌張兩手起舞效演劇者闞目娛母歡見人又指畫若言母食多拍掌狂笑作快活狀年五十如一日未嘗稍變更每嚴冬必先以己體為母溫布衾既暖又著衣起為母解衣就枕己則蜷伏牀足聽母鼻息酣始逡巡趨就草榻眠每暑懸蚊簾於門寢母於中堂竹榻己則解衣當門卧意若代母飽蚊蚋然居雖近野田而白鳥竟絕跡里人賢其行爭呼之曰吳孝子然究亦貧無肯以女妻之者孝子亦絕不計及牀頭人母每謂人曰吾寧有承順反舌子不願有忤逆長舌婦也一日正擔水入肆門適恩寧梅公子盛服至誤潑水濺公子服怒且叱肆中執事人急趨至拱謝曰公子莫怒此吳家啞孝子也公子驚詢其事踐轉怒為喜假青蚨五竿贈之孝子堅郤不敢受執事人舉無名指示之蓋凡啞者均以拇指為天食指為地中指為父無名指為母小指為妻子耶孝子見之知公子憐伊有老母始伏地稽首拜呀呀指天地感激非常然當公子叱辱時則固挺立不屈毫無畏怖者也擔水訖荷錢歸甫近村見母正倚閭遮歎喜呼嘯泥滑幾傾跌母見錢驚問何來孝子口呀呀指畫咿唔不能道一字母恐其因貧誤行竊適問鄰右亦不知其所由來叱使膝立怒曰吾寧有殘疾擔水子不願有邪心穿窬子也自扶杖詣質庫適問執事人始知寔與公子持贈始誦佛而回顧往返雖五里然究因老病蹣步遲滯半日始歸村視孝子猶跪地不敢動笑慰之孝子亦即收淚笑舞牽母衣視母床其意蓋欲為母易新製但不知從何徵起耳噫情態可想也梅公知之給匾旌其廬孝子泣不受里人懸於土圩門以為榮捻匪竄其鄉見匾遮額手曰此孝子里也莫驚他既而恩識其風範仰稱守者曰若肯以孝子一登陴使我輩一瞭其面即退孝子卒抱母搖手不敢出賊亦旋去時浙人孫君怡軒為恩著錢莫言於梅公酧資得百金存質庫囑執事人代孝子略購田時為覓配偶因梅旋解任去不知其究竟云

夜雨秋燈錄卷二

天長宣　鼎瘦梅甫著

龍拔三娘

元季海陵江天石者巨富也其子名璧字玉人年甫冠即賞緣魁鄉捷顧秉性魯鈍文采非所長然貌尚雅俊書法二王蓋虛有其表耳翁年古稀亦老孝廉也一日對座客慨然曰僕中年失耦雖滿腹經史苦無哲嗣能授以衣鉢奈何客勸諛璧曰公子擷芹採桂瞬又走馬看長安十里紅豈尚有愧公冶歟翁欷歔曰江天石兒子豚犬耳時門下有某塋者揣翁意以巨金自江北購得逃難女子名曰龍拔三娘貌既娟妍齒亦稚弱衣以繡襦乘以油壁幐以雛婢踵門而獻翁一見大喜即日築金屋開瓊筵迓珠履賦催妝謀合巹焉午夜雨行畫燭引翁之洞房掀鬢微笑卻扇定情及見女愁眉淚睫粉黛浸淫略與軟語則體態生硬啼妝慘然翁怒曰小妮子將毋嗔老夫衰邁耶吾家不乏衣食若能育一石麒麟即太母太夫人矣何戚戚為也女淒惻而前拜伏膝下直陳遭際淚隨辭前蓋女為蒙古產隨侍尊人名耆不花建赤達泥入中國為淮西行省平章政事其母夢織女投梭化龍而生終鮮兄弟常恨閫倫頓父性峭鯁與御史莽吉兒不相能偶怒頑僮小張無禮酒後鞭其背遁入莽吉兒

家中以蜚語疏入坐貪墨削職詔收刑獄論斬尋瘐死上怒未已籍沒其家女為惡叔誘出盜賣於此幼字父之同官子葉生名予荷葉子沒家亦貧不得已流入閩中入某刺史幕久無耗羅敷本有夫女也乞翁憐鑒云翁聞之豪氣頓銷驚汗若雨慨謂女曰老夫不才有子已成鄉貢士敢恃阿堵物而復奪他人婦耶女公子請安心小住老夫自有法為汝圖樂昌破鏡言已即回舊臥孤栖女牽衣哀泣驚詢之女曰翁長者也可否收兒為螟蛉女不然終有瓜李嫌翁曰善即如所請遣妥婢伴女宿翌晨諭告人曰渠尊甫與僕有素不忍污也函金遣急足入閩物色匝月招葉生歸視其人翩翩儒素雖窮措大而才則勝郎君萬萬特荒蕪耳即日設筵宴招贅於家與之約曰婚後仍舊就塾中宿無論河魁但得一課作合程式許諧甥館一次葉敬諾一夕詣內女曰即知翁德如山嶽乎若不奮志何以報鴻慈也嗣後雖命之入亦不入惟埋頭下帷經年餘舊業盡理而功更倍翁曰可矣餞賦命入都臨行女泣告葉曰若蹉跎可不必回見妹顏人矣比試南宮一戰而捷出為會稽太守先以輕車涖任斷獄稱神明翁聞之喜躍為女束裝遣僕婢送之任作書於生曰聞賢契貴甚喜舍眷屬蒞官守乃公而忘家者甚善但瓊兒亦不御進士也為賢契內助必多善政可觀別賢伉儷患難離合婚媾尤非尋常豈有藁砧已雙旌五馬尚不諧璧圓劍會者乎餘詢瓊兒自悉鄙

況林泉間寂寂車馬音稀惟濡筆為賢契紀循良善績也珍重珍重不盡欲言葉得書頌誦對使流涕再拜而後以逆輿迓夫人擬覓浙中土產及玩好以報翁女曰止受人大恩豈報以瑣瑣者耶空函裁答可也至是夫婦始得朝夕稱靜好鼓琴瑟焉然女性鬱鬱不為樂問之亦不語臨風彈珠淚頗性喜種花浙中吳亦成羅植衙宅似畫圖又喜購金綫孔翠等物匠籃幾滿暇偕婢採花上露造酒織於甕亦不飲更督婢織金翠為女子軟甲雕繢刻畫窮極鬼工工藏亦不着明年翁子璧魁葉貴顯私盜藏金數鉅萬走京轂下偏賂當道即媾嫡中書成得孔方試日倩名手促刀戰捷臚唱中狀頭時莽吉公子哈哈木椎以懷挾被黜憤甚適璧僕夜行把金吾葉捉去研訊得賄賂大概莽吉公羅織疏劾奉旨江璧坐科場舞弊下獄論棄市翁聞之悲曰吾不意垂暮年見兒子遭斷頭之慘函告葉女勃然起曰今而後可以一舉而兩得之矣喬夜更急裝偕兩婢攜酒荷甲策馬追去葉恐外揚遣物詭諭家人閉不宣女踰蹶出關知上之長姑四公主名叩拉布者下嫁於錦蘭國王嗜飲喜田獵女趨長城下確得公主常到處衰緱候伏叢莽以俟婢觀沙磧窮荒時興怨懟女惟翹首盼闞行人相戒曰是日王妃將出獵慎勿散牧驚鷹炊許果有健兒數十荷叉衛過隨有艷粧宮人乘駿馬舞劍戟者數十挾弓矢持火器者又數十錦旗如雲裏一黃衣美人年約三十許策紫

騮馬按轡行緩緩女知是公主本兔伏突鶻起前趨將卒遽擒主婢擲馬前寶刀環粉頸主見其婉柔不忍誅惟含笑問何來女本善蒙古緒譯語至是神色不驚斂衽啟奏曰小女子日在戹窮恨無報稱謹以葵忱手釀千嬌百艷酒手織金翠如意通心甲奉獻娘娘伏維壽考千萬言已呈上主酌其酒則香沁心脾廿回齒頰曰美哉釀也衣其甲則身段符合光彩燭雲霄馬上女子齊聲呼千歲曰美哉織也攜回宮閫宮女教授日漸稔熟泣請遄回主詫曰兒原是中國人耶何故遠跋涉盡此孝心小嬌生曷明言我老人當為女盡力女伏叩數十稱死罪者再然後縷述所苦詭云璧為其兄遭莽侍御父子冤陷求主援手當能捐鉢赦賓伽也主曰吾道何大事是區區者尚值得如許耶即傳懿旨整師旅入中國救江狀元命女自歸不日主駕將到上悚懼親出迎迓蓋主在宮中時上尚沖齡左右諳青宮賴主時調護然貌美心慈而性剛烈歸寧求不遂必詬誶遂始已見上遽問曰陛下亦知新狀元江某為老身螟蛉子乎何絕無香火情忍以簪頭佳士陷縲絏上默然主又求詔出獄與上面試真才時左右均暗奉懿旨為璧設倩無破綻策成條對精詳藻辭偉麗上撫掌曰古今原無白臉狀元何物莽吉如敢妄嘵舌降旨復璧官封三代出授兩江監察道廉訪使左右更以莽吉子哈哈木椎懷挾入告上震怒籍其家得數巨萬莽吉充雲南軍死於道斬哈哈木椎

於市主始歸國時葉生獨居懸盼一夕掩燈坐閨中庭榴簌簌細碎女已偕婢入室握手笑曰郎君別來無恙乎妾回矣葉喜攬入懷問曰卿飛仙耶劍俠耶不然何如是之神也女曰否蓋舍此實無法可以報恩怨耳江翁聞壁再生不知所以開湯網之故時正祝嘏賓客滿堂女忽錦衣躍馬來捡衽稱觴跪拜如禮告翁曰人貴知足翁曰諾即日命壁上疏稱病解組歸田園

迦陵配

鍾離笠乾寺古剎也老衲臨風時為遊客說迦陵生故事其先住持懋公精梵律尤喜推人才壽春孫主政曾贈公有說法兒神環麈尾情才英俊集龍頭一聯法弟某髡則惟唱佛曲喜逢迎品行遠不逮懋矣公偶扶杖水次見中流浮一木板來上臥小兒白如銀啼呱呱有比邱尼來此湔裙以竹枝取抱入懷意將作螟蛉公合掌曰善哉善哉然只許攝孫物非僧婆戲所宜君布施老僧尼便略當視付公曰此兒好骨氣讀書可成名宿入道可作飛仙惟皈依佛則終一不了漢也公善撫之言已尼突不見公攜歸傭乳媼哺育名曰小拾得是則迦陵生之第一名也稍長即能辨之無有宿慧公以為辨才後身預為他日衣鉢計年五歲即為雉髮授比邱戒且延師教之讀旋通六經殺内典泛覽諸宗莫不了了生年十三懋公

病將證涅槃彌留時以生託某髡曰是即我之託孤也祈阿叔愛憐之某諾公目遂瞑生覺踊號慟如喪所生某髡漸忘兄託日肆摧殘頗有逐姪意而未忍出諸口生憨痴不喜習梵唄日以書畫自誤某益厭惡一日重新殿壁始加圬墁皎潔如銀某擬倩俗工畫生技癢潛磨墨汁斗許乘某出登壁攫管風颯颯揮洒成荷花環四壁躍而大笑曰此功德池中清淨菩薩身也某歸見其尚不俗詈亦旋已適有李太守新任順昌挈眷自江南來賃寺之西廂內當公事閒步殿上觀西天像突見墨荷驚為八大再來人問誰之大手筆髡某以生對問法臘以寔告且述其師逆格得因緣太守急命呼至則翩翩玉立英致洒然頂雖童童氣則藹藹問菡萏是汝手筆乎揖而對曰然問能對乎曰能即出首聯曰壁上荷花和尚畫生應聲對曰月中桂子貴人攀守大驚服因謂髡某曰汝無須此子易以多金易於我某諾即携生至順昌潛為蓄髮因抱鄧攸戚即畜為兒從姓李名孫字美玉此則迦陵生之第二名也守妻本艷妾僭正位者頗惡生年餘有娠恐生他日得真兒益諷婢子小鵲譖生短守笑置之惟延師授生舉子業督課殷而功亦大進妻聞之愈憤時於閨内施惡聲漸自操杖撻假子逐之者屢矣守度其終不相能呼生於無人處泣曰汝從來處來仍從去處去有千金相贈了我父子緣此去仍為僧抑為儒聽自便非阿翁所能計及也好自為之前途鄭重生泣

不敢受堅與之始稽首再拜嗒焉出門罔知去就途遇鄉人某同舟櫂瞰其多金誘習賈易展轉耗盡僅餘守贈錢茫茫然計惟仍返鍾離至則師叔物故接住者為他族遂亦賃西廂安行李布筆硯仍事呻唔不敢懈時掩卷痛哭曰逐我者非太守也遇我厚望我深世有如太守大德者乎本寺本孫主政家廟主政致仕家居斗山望重偶自壽春來見生玉貌且聞課誦聲為遠大才詢其姓氏鄉貫初不敢對詢再三始和淚述由來且慟曰身世不偶勿釋勿儒獨來獨去尚未定自家姓氏何以生為主政籌思良久莊色而言曰予自不知耳僕遠族某向居湖田亦窮儒暮年納妾生子甫週月某逝妾遠醮恐其子為累即置子於木板上聽其浮沈是即汝也論支派汝尚我之猶子生信為真號再拜呼為叔侍膝下作燕子依人狀主政遂為之易姓曰孫名曰蘇字曰風諦是則迦陵生之第三名也明日衣冠詣謝主政約眾告以某某伯叔某某兄弟行益獎勵許為閱削詩文俾應試惟詳詢父母墓道則漫應之蓋詭託以安其心寔無處供指南也生年十有七瞬又郡試主政為生詣廣文稟膳處乞印結問伊誰即大言曰誰不識孫某為某之族姪耶眾遂信忽忽補縣試後暗囑曰臨場第草草萬勿過經營恐致攻訐及偕事生敬領諾比屬試題下生小心就範寬無一字不得已直抒所見析決裂太守黃公操衡文冰鑒自詡老眼見生文擊節拔置冠軍榜揭則童子

沸騰疑從天外飛來者翌日初覆太守坐堂皇肆呼生名無應者再三呼仍不應太守勃然目廣文曰二千石非目無瞳子者冠軍人竟不至究竟因何是必有槍冒等弊恐虛坐鐵不能遁形故逸耳然則非廣文過與廣文推諉廩膳以主政對問主政則頃正出遊他郡矣太守怒益劇咸屈膝曰請太尊且試孫某以下者準於日内獲若獻公庭守諾廣文即挈斗級多人肩輿往偵諸寺則書篋宛然其人烏有壁上墨瀋淋漓留一詩曰一波纔落一波生旅館頻驚夢不成白眼看他人世險黃金散盡我身輕流愁憤借孟中物惹禍翻嫌榜上名原指歸期應不遠八公山下有疑兵郡之西鄙距十里本有八公山為淮南古蹟讀其尾句疑潛彼處往視果趺坐石洞中痴如木雞扶之返問之默然講梨棘門洞啟喚生入太守已嚴具五刑以俟及見生溫婉循循知非僨事子眾當詰即伏地哀叩歷訴生平問何故潛逃曰童子謹遵主政公諭寔不知無籍遭攻訐者是何等罪故逸耳太守恍然甚矜惜既而飛寸楮下曰非面試不足信生即就寸燭下立成佳製如宿構再試他題益工守且閱且賞曰惜乎他去否則又冠軍矣國家取真才何曾盡以資格限當來應二覆容權汝試事畢欲取置第一人格於例遂列第二主政歸攜謁太守又為守詳述其曾作沙彌事太守笑曰第能院試複為我當玉成一佳話請畢其說曰僕蒞任時道出毗陵内子詣惠泉尼菴酬香願夢一

雖尼貌豔而慧且精律呂解吟詠亦老尼所遺託無來歴老尼觀主因尚守雌居奇貨內子不喜瞞之歸名曰巧巧頃已及笄意欲配賢院為婦不識如佛經之迦陵共命鳥耶主政拜謝曰且看很院試若何倘如期望來歴全諾也院試揭曉日太守徬徨中庭躑躅不已夫人携尼婢出筵見驚詢之尼曰為孫家小沙彌也夫人軒渠婢不知前日事亦掩口笑葫廬突梗音至守急問訊曰其孫家小沙彌耶左右對曰然且附全軍守為之舞蹈大樂明日生雀頂青衿來謝叩中庭守喜曰汝來耶立命吏章服粧巧巧出與交拜成嘉禮生辭曰身無立錐家無四壁安對芙蓉曰為汝算之久矣叩鼓樂釆輿二送小夫婦歸第至則畫室縈紆几榻明潔青廬中所需者罔不措備皆太守功德也越兩日哭告於懋公塔泣謝於主政公門逋謝順昌守歸寫懋公李守黄守夫婦像虔祀之如神主政旋捐館生為之服心喪黄太守遷豫之處訪使走送三百里迓順昌省假父得厚贈歸則閉門旅對麗偶生每作書畫署款必曰風萍懿或曰昔美玨或又曰當年拾得子誌不忘也且深知孫亦非己真姓也女笑曰郎名忒瑣瑣黄公曾以我兩人比佛家迦陵鳥郎盍名曰迦陵生妾即名曰迦陵女生大喜如其說閨中時以圍棋猜謎賭酒角韻為樂生間習制藝女即阻撓曰俗極矣曰我亦知其俗然讀書人非借文章吐氣何以報知己曰是誠如繭之自縛蛾之自投幸俗

障不深急須解脱妾非誇詡郎以妾為婦即勝於封萬里侯也女本工琴因授以彈琴譜使昕夕領會一曰春水鱗槎曲覺輕風冷冷挾襟袖作波波舞也二曰清夜聞鐘曲覺梵王宮殿如在枕畔也三曰窮途自傷曲覺風塵骯髒落魄人歧路徘徊也四曰水窮雲起曲覺別有天地打槳桃花深處也五曰綵鳳雙飛曲覺雲路迢迢將携手而上霄漢也六曰仙心無恙曲覺海濤洶涌驀證三生也更請其餘曰只此六章可示世上人耳生學之年餘竟能與女對鼓綠窗靜閟雛婢焚香逸韻若颸真不知為人間天上一夕君絃斷女大驚曰殆矣昔黄公以我兩人為共命鳥今作比翼鳥飛去可乎妾嫁尚未一歸寧郎送妾去借通紅羊劫何如曰卿前對黄夫人云無來歴今何又有家曰噫世豈有無來歴者特一履塵壒即忘卻真面目耳生不深信意頗猶豫女以丹藥一粒使吞服生忽啞然笑曰咦卿真欲歸耶某亦隨之逝矣僕媼問娘子家在何處曰遠甚不願從行者請遣之翌即束裝携兩婢各跨一鶴冉冉向東去近有鍾離人自海上採藥回者云海上有紗羅島産藥最夥石逕崎嶇頗不良於行一日甫艤舟忽見迦陵兩婢子蓬頭赤足走島上如飛追之莫能及

懊儂氏曰迦陵生之遭際不為不苦迦陵生之來去不為不奇獨是浩刼將至迦陵女能預知之而預避之卿其仙耶吾嘗謂佛子斷人欲如真苦惱眾生若舉世盡趨其教恐佛種斷矣今觀迦陵仙耦益信曲躬之樹不誣吞針之戲不怨

劉子儀賣藥

國初吾鄉有劉公子儀老學究也授蒙為業困頓不支質所居大廈得值另卜城北臨街一廛內居妻孥外作小貿易公性曠達誠篤不喜較錙銖年餘母金耗盡依舊院宇頹新居僅數椽蔽風雨而已庭中環種野藥林名參三七莧莚階砌公惡之欲鋤去植花草一夜夢黄衣叟指而告之曰此良藥也和鉛粉桐油熬成膏能療諸毒瘡芟刈何為公醒即謹誌拾闕藥性編誠然心喜之購粉與油若無藥寮適有女丐在門從有小銅釜短柄三足以百錢購得之又購得小鐵鑪居然成就礮製度修光竟丐之有患者小試良驗明年春久雨城中水尺餘夏則奇旱毒日蒸騰沙煎石鑠農賈無老稚咸患濕熱醫家術窮惟是膏能愈由此得值甚豐頗給朝夕然公性最善雖深夜丐者以一文來市藥必起而與之一夕甫就枕風雨滿街忽聞剝啄甚急枕上詢阿誰曰乞人市藥者公披衣急起啟雙扉一丐者蹩而入瘡在左股上大如錢公詳視巨細然後折紙就鑪頭攤與之量必符所患詎藥成而瘡忽大如盆更之瘡忽大如甌再更之忽大如巨盎如水盌凡十數易皆不足蓋究所患聽鄰雞亂喔孤檠閃暗矣丐見久不返甚倦促公如不聞俯首呵凍極力焚膏絶不為一文瑣屑生恚怒而

丐者反怒大言之曰噫鄙哉爺也藥甚平淡何子細乃爾公不語仍更與之視釜中藥已竭丐忽狂笑聲可震屋瓦袖出一錢擲釜中曰以此聊酬一夜勞踏雪竟去視釜底嵌一極古五銖錢堅滯如鑄紫氣上騰成五色香雲亂不散者終夜由此藥更靈人疑丐者仙也公壽八十無疾一笑逝子孫讀書多有遊庠者猶懸壺市藥為生世世保守釜鑪如連城余髫齡親見之釜者古勺斗也鑪者小折腳鐺也

忠魂入夢

兗濟道署在兗郡城西本明季都閫府舊址觀察某公蒞任後愛署西隙地可蒔花草濬池灌泉纍石堆山築小亭如蓋供吟嘯觴詠摩挲收藏鼎彝為樂余幕遊濮陽時公子某司馬治轉招飲偕登假山顧西牆外有方土一坏長可二丈許高可五尺餘寬廣平整疑為瞭臺若就勢堆作嶙峋繞以廊舍則園勢能曲石徑亦紆心擬之而未言也飲醉篝燈回廨朦朧就枕夢一紅袍紗帽貴人面白多髭長眉高顴徘徊中庭旋一禿髮童子投刺入口稱曹公奉拜余方審刺上名氏而貴人已入昂昂抗手高坐瞠目視余良久曰子日間所見土阜亦知其下為吾首邱乎殘骸所棲非可作遊覽所當日倉卒捐軀既無碑誌又無祠宇老成凋謝史冊不書殊寂寞耳子既作夜雨秋燈錄何不紀其崖略俾後之宦遊者知此中有人不致

剷削豈非筆墨緣歟。余心雖應諾。且欲諮詢。而口噤不能言一字。貴人旋起。余惟拜送。貴人曰。翌日當道人以名字相告。可以略見一斑。言已。且行且吟曰。寒泉百尺吐長虹。多少風雲在甕中。遺蛻縱教黃土蝕。精靈已逐鼎湖龍。回首燕臺策馬行。征途順訪綠楊營。慘聞帝抱虞淵痛。國破家亡敢再生。愛妾隨身字宜娘。一般殉節共流芳。行人莫當胭脂井。玉虎偷窺水尚香。千古忠魂隆土一。臺金甃飛出總堪哀。年年風雨清明節。若個梨花薦飯來。忠義光能燭九淵。削形桃葉伴雲還。何須短碣勒名字。杜甫南樓一散仙。吟已。回首顧余。揮手若示止步狀。余正惶惑。若足底誤踏蒼海。一滑倏仆而醒。枕上默憶所吟。一字不少。聽窗外風聲猷然。若吟韻猶在耳也。謹誌於懷。殊不可測。次日。適道署幕府某君來。試以土阜。問某愀然曰。其下有井。爲明忠臣崑山曹公廷楨死難處也。甲申年。公正行取入都。道出此邦。訪友是署。忽値隸報煤山之變。公撫膺大哭曰。吾不忍事二主。遂奮身投井死。土人義之。遂閉塞井闌。上加黃土。因近官衙。不敢作殯宮墓道。然亦不忍再酌寒泉。遂築如平阜。至道光某甲子。官此者某公。其妾素驕。亦河東獅也。夏日怯暖。見此阜橫綠陰下。四面涼颸習習。乃簪花傅粉。著短羅衫。坐土阜上納涼。且嬰翹纖足。吸水烟。諸婢環侍。笑語喧嘩。忽大叫倒地。若中癲。面青紫。目瞪視。口流沫。作崑山語音罵曰。何物淫娃。敢於無禮。此雖與墳然。其下爲吾窀穸。爾一婦人。坐吾屋頂上。疑孰甚焉。而且艷妝吸烟。是何體態。爾藁砧亦讀書人。何絕無家教。想怯爾閫威耶。我是不能恕妖孽也。言已。手自批頰。粉黛浸淫。花容揉碎矣。諸婢狂呼。僕媼咸至。不能救止。驚請某公來。聽如夫人所語。知有干犯。急再拜任過。乞寬宥。旋聞冷笑曰。我家亦有婦人。設莫踞於汝宅脊尾上。汝心安乎。曰。是誠婢子之無禮。容痛飭之。但君既殞此。乞示姓名。大聲曰。吾明季曹廷楨也。再問所如。君已甦。扶之上房。藥餌始愈。然由此竟喪膽。閫威稍殺。不似從前之肆恣矣。今觀察某公。旋以曹公問郡邑父老。咸云實有其人與其事。至究何官屬。同死者何人。死何月日。崑山有無耳孫。則不能得其端的。鄉縣函詢崑案。亦無遺案。而府乘亦無紀載。某君言至此。遽見燭跋辭去。晨即前赴省垣。余爲憶昨宵所夢忠臣曹公者。其即紅袍紗帽。負手長吟者乎。玩其詩句。柳尚有朝雲同死。而宄人不知者乎。急呼墨瀋。管淚謹錄示同人。咸云拊會。不深佞。嗟此何事也。而敢以拊會出之歟。夕照樹陰之下。心有所思。靈即入我夢寐。曹公亦何其神歟。余命兒客是洋蹤靡定。倘到崑邑。當親訪曹氏雲礽。或知其詳也。姑記於此。庶不負忠魂誕誌之隆。

奚大瘤

奚大瘤者。晉人也。肖神像。得劉元的傳。幼失怙恃。因貌陋瘤肥多麻。且貧無一椽。人皆鄙之。無與論婚者。得神像值。輒飲啖量兼人。以是囊中無一錢。夜多就古廟宿。日工傭。常卧烈日中。秋夜飲酣。恒眠涼月下。由此得疾。腰下患瘤。始猶如盞。繼如盎。旋大如甕。蹣跚匍匐。不良於行。稍有操作。痛不可忍。生計日蹙。自思不如速死。乃伏行入林下。將解帶自縊。忽林後一道者出。羽衣翩翩。風神秀逸。遽喝曰。止。堂堂男子。有何不了。學婦人女子自尋短見耶。奚痛哭告以所苦。曰。予與其覓死。曷若已死去而學仙。必成大道。曰。無師奈何。曰。吾即爲爾師。盍隨我往深山。當授以法。曰。諾。但從行不易。登高涉險。能毋苦乎。曰。易耳。袖出丸二枚與之。食甫下咽。即遍體爽適。瘤痛亦止。再拜。隨道者行。如飛。倏至一大山。重嶺疊巘。隔絕塵埃。進一石洞。中有藥爐丹灶。位置井然。道者授一蒲團。曰。子先學趺坐。坐四十九日。心不妄動。即得入道之門。身後石壁內有乳巖。石隙內有甘泉。足慰飢渴。成連之海上。吾去。行即來。幸勿怠惰。致負吾期望之苦心。奚一一允諾。道者長嘯出門。即有雲起足底。清風送揚。其影上淡台矣。奚依法趺坐甫三日。聞外間有婦女喧笑聲。車馬紛馳聲。閉目無所見。聲漸近。忽頭面七竅作癢。若聲從竅入。漸達於瘤。亦無所苦。夜靜。聞瘤內若有婦人語。悄呼姊姊妹妹。新居頗不惡。早知有此處。不浪尋天台藍橋等處。誤作神仙窟矣。既得閒棲佳日。不可辜負。宜小尋樂事。何如。眾曰。諾。四日。聞瘤內有敲棋聲。纖手落子聲。旋以悔着譽爭聲而人勸解聲。又有書聲。吟哦聲。排闥叩門聲。眾起讓坐聲。角酒賭枚聲。投輸罰使歌以侑觴聲。歌者咿唔拍板彈箏相和聲。擲杯聲。隔窗唾絨聲。一女罵阿嬌太懶。何匿不見客。拉之赴宴聲。閒繡務成否聲。架上鸚鵡聲。狸奴捕鼠聲。眾閒散話別聲。一女殷殷訂後約聲。聲聲不已。五日六日。瘤內聲更煩而且奇。一女曰。主人貌究若何。性情究若何。一女曰。聞亦從患難中來。想不太惡。一女曰。休休休。彼近從道士學仙。誤人迷途。必定夜郎自大。盛氣向人。一女曰。妮子莫究屈人。渠昨已覓死空林中。何有紈袴習氣。一女曰。何妨趨出一窺。探使得匡坐真面目。一女曰。恐渠見吾輩。便顛狂熱刻不能離。將令人瑣屑死。一女曰。論居停分中。亦當爲之妝綿薄。但吾輩姊妹六人。誰肯先出頭晤渠。眾曰。叙齒仍煩大姊姊去。七日。聞瘤內一女曰。三妹向後園摘素馨鳳仙。爲大姊姊助妝。好出見居停。一女曰。姊姊粧扮好。真不亞王母第三女玉九娘子風貌。一女曰。論裊娜。尤勝渠。一女曰。吾爲爾等開道路。反爲狂婢希落熱。真令人寒心也。一女曰。姊姊莫嗔怒。妹爲姊姊預備瓜藕。俟姊姊歸。而解渴煩何如。眾大笑。奚正俯首聽。忽眼角作癢。淚涔涔。將用手揉擦。突一小美人自兩眦間跳落地。宛轉少刻。即大如人。風致娟好。向奚斂衽曰。妾秋水也。挈妹子等附託尊軀。感德非淺。聞主人獨居枯寂。故首出參謁。乞垂憐憫。奚愛其美。魄動神搖。不能制止。秋水善演劇。變幻小戲術。織錦裁雲。

雖纔鏤月事事皆令人喜奚痂坐惟視之笑秋水探手於懷意大動遂與之狎事訖整衣仍小如指跳入目中不見即聞瘤內呼曰姊姊回也爭起酌酒為賀秋曰吾姊妹同事一主當敘齒勿爭競致外人笑眾曰善次日奚又側耳穩忽耳中習習癢一美人躍出如秋水行遲而貌不同裁拜曰妾雙珠也請獻拙技博主人歡品竹彈絲無不極妙奚聞之意迷即拉與為亂事已亦跳入耳明日覺鼻內癢猛吷一美人墮名曰玉峯過體皆香能奪蘭麝四日覺口內癢一美人墮名曰金海善烹調炮鱉膾鯉莫不甘旨五日滿身癢一美女自毛孔出名曰千金自云隨孔可出亦隨孔可入善變奚偶思游即化為車乘之恐掀跌即又化為馬至斷橋危隄意思若乘亮尾使入畫意即化為驢倏至渡口意度何處有艇即化為小艇甫渡思憩坐看山即又化為肩輿其神妙如是也六日覺心上癢一美人自腦後跳出名曰隨娘美尤冠諸姊善縮地九州不足論九州而外如東南神州正南印州西南戎州正西弇州正中冀州西南桂州西北營州東北咸州正東揚州五岳不足論五岳而外如東岳廣來南岳長離西岳麗農北岳廣野中岳崑崙偶汪彼則奇山奇水無不為之列几案聽遊覽爲枕席之上更有奇趣令人銷魂奚日與六女嬉不復憶道士言年餘六女均生子女果聞瘤內嬰兒啼笑聲索乳聲抓梨覓棗聲稍長即與論婚迎娶鼓吹到門聲環佩跪拜聲闐送讌客聲人喧於室焉騰於檣由是心大煩日夜不能安枕疾頓劇瘤亦頓鉅忽聞六女喧於瘤內曰好好房屋柰何雨即漏風即入豈數椽將傾耶明日遣奴子赴江西購良材來興造一女曰以妹子愚見可不必日來主人大委頓恐不久即捐舍不如殺之各挈子女逃遠方另尋屋宇住何如眾曰善奚聞之大哭旋聞瘤內霍霍磨刀聲哭更不輟忽見道者冉冉降於庭奚急跪迎道者視之訖曰爾柰何狼狽至此曷明言無隱庶可救奚具告之道者怒曰與其為賊殺不如我自殺之壁上抽古劍光晶瑩奚方哀求寒鋒已在頸上用力一揮頭脫然落亦無所苦張目視道者向腔內呼曰六賊六賊可以速出此中有丹不容久宅隨即有白氣縷縷自腔內出如釜上蒸騰氣盡瘤亦銷道者拈其首合腔上端用正然後敷以藥屑圍以匹練呼曰奚生醒醒奚果甦覺所患頓失心地光明跪伏受教道者曰吾教中度人有順緣有逆緣有單緣不圖以逆緣度爾身徼倖也六賊已去萬念皆空從此頭顱可安可落聽其自便何樂如之再十年後當尋我於六合以外太微山頂也言已道者又去奚遂杖策出洞再至人寰過向日同儕爭訝問頸上何來此一圍紅綫奚捫之亦無跡此後不重肖像能以奇術醫病者刀斧創瘡血肉狼藉奚摸頸上指如玉紅膏敷之血立止而痛立定骨立生病家投以金卻之惟仍好飲咲一日飲酒家酒保答應稍遲奚怒自拈頭落置案上坐客驚竄四散

酒保謝自仍舉置頸上如故由是時以之恐怖人酒家惡之適醉後又拚落甫置案上自仍傾盃酒灌腔中酒保驀地奪頭奔屋後溷中奚摸頭不得兩手怒揮擲磊柏案甚且迫腔血將湧流突有道者自雲中墮手捧一美男子頭與奚按合呼曰奚生奚生爾頭已污不能再合頭於富貴家尋得一顆特來救汝汝嗣後宜韜晦勿再炫露言已詈酒保曰狗彘奴何遽殺吾弟子爾試回首看身後酒保驀回首即強項不能回正矣再轉身視道者與奚已杳至嘉靖某甲子奚猶往來於晉歌嘯自如忽中途遇一僂僕乘怒馬來見之遽躍路伏道左悲曰公子乃在此耶奚聞之遽跳入水炊許乘龍入霄漢不知所之

懊儂氏曰佛以眼耳鼻舌身意為六賊其賊也即其性也忍制之則曰性縱恣之則曰賊然天有陽即有陰地有人即有鬼人有形即有性使盡如佛氏所云滅性歸寂則此形又何所寄乎媧皇當日摶土為人時又何必定與以眼耳鼻舌身意乎彼世之不能辨性者則有刑天氏之一教當北面稱弟子以事之可耳昔有駿監子好集醫方偶之市見決囚囚患大氣泡儈子舉刀一揮頭落地而泡頓縮小渠見之即茫茫然歸舉筆大書曰凡患大氣泡者將頭割下即愈見者莫不捧腹

玉紅册

玉紅册者陰司紀善簿也不必奇巧異行凡有片長足錄即書名卷首俾朔望上奏天曹如人世官長之有月報所最重者則莫如拒色憐貧兩事於何徵之有杜君詩臣所述甯山朱君一案朱君名鑑和寶之羅溪世家子美丰姿性磊落顧困貧抱烟霞癖居恒風雨一榻怡然欹枕一夕王假寐忽喃喃不輟其妻燈下女紅聽莫能辨心疑為囈語耳詎達夕作醒語之茫然時有周大令夫人某氏來辨所云甫坐而朱又對燈入黑甜炊許忽瞪目語曰僕至此數日汝等尚憎憎耶周夫人急問伊誰曰僕趙姓行三生充院役死作院城隍案下勾魂使奉票來拘鑑和者朱妻驚而痛哭周夫人急止之遂詳詢神拘鑑和何事曰噫此前生因也渠前生為殷鳳鳴孀嫂馮氏有姿色盜之私訂偕老忽毀盟另娶馮憤懟遂自縊今控於陰司非拘渠就質不能了問事隔三十餘年何不報於前生而報於再世曰亦自有說凡自戕者墮枉死城非三十年不能出而報冤此陰例也周夫人與朱妻耳語謀欲賄之彼雖僵臥已聆所語忽搖手冷笑曰莫妄饒舌儻陰曹亦如人世徇私尚有天道耶朱妻知不可挽回哭失聲伏地哀叩歛急禁止曰無妨礙渠幸今生有兩善事救星也又問玉紅册汝等知之乎咸曰不知既而自笑曰善哉昏昏此陰司紀善簿無怪汝曹不知馮氏始控於縣獄控於府均以渠名載玉紅册置不理旋控於本院亦不理渠苦求昭雪婉諭之不聽大聲呼曰

公左袒不知有天外天耶都院悉其狡姑許以拘朱一對質又恐他役滋擾因僕素樸眞從不貪取人家一盃水故有是遣拘時令渠安眠三晝夜頭前燈萬勿滅案結仍僕送之還也閒朱何善能於此中留名曰在蘇郡鄰女夜奔雪中救跛丐垂斃兩事瑣瑣俟渠醒自述婢媪奉以烟曰非所嗜惟吸淡芭菰少許言笑自若既而作欠伸狀曰夜深矣僕且去俟汝等有成議再來邀渠旋呼僕燃燈聲頓止而朱亦倏然醒矣詢仍茫然告以故且詢兩善事朱詳述顛末且云此十年前事從未向人一言不徒冥中竟已登冊危哉衆集戚屬議中有少年好事者不深信夕約同人環守之疾又作少年遽呼曰鬼魅敢爾彼且笑且語曰女人何足語盍仍請周夫人打話衆慙退周告以雖感盛情終難許允若一去不返究竟奈何曰誠哉昨宵返縣署城隍張公亦慮其遷延尸壞難於返魂盍共籌之衆束手無一策彼作思維再四狀曰有之矣送渠買棹吳門賃寓棲止就質送還均覺便易衆曰善遂如議計期臨去感想其照看慨然自任惟囑其到蘇萬勿詣廟進香燒楮帛恐不足邀福徒取咎戾也鑑和遂有蘇臺之行舍館甫定即攜去家人懸懸酣睡一榻如癡如迷其妻守之泣婢媪恐燈滅守益堅明日忽甦張目曰憊矣呼飲甚急又起而跪拜作答謝狀絮絮作坐談狀旋即作送客狀既而卧移時始起則眞清醒矣自云拘時有白髮叟引之去蓋即趙君行三者也抵院

署則巍峨壯麗如王者居殿上燈燭作綠色兩旁牛頭排衙迨神升坐貌甚偉不敢仰視有黑衣婦披髮號叫甚厲正惶駭間聞呼己名叟引之案下跪神問曰汝有罪知之乎曰不知神命視照膽鏡則前生盜嫂事歷歷在目悔怖無地崩角叩數十婦嗷嗷呼報寃對質數十言神諭婦曰夙冤應懲但今生有兩善事名登玉紅冊上帝所嘉不使用刑當令其親諷佛經祝汝投生可乎婦不服神怒曰賞罰自有定讞不能由汝糾纏也再多言法即反坐婦哀呼不已神曰爾失節亦不能無過尚不甘耶呼具供結逐出婦下階猶怒盼不已叟挈余叩拜出詢神為誰曰向忠壯也問玉紅冊何狀曰頁頁皆泥金字也既返羅漢日詣廟間遊視東廊果塑有趙君像鬚眉酷肖

懊儂氏曰放下屠刀立地成佛何速且易也人當愧悔已極發菩提心立廣大願功更倍焉上帝嘉其現在恕其既往正上帝愛人以德處否則身墮泥犁尚有自新之路耶三復此編可當晨鐘暮鼓喚醒衆生

一聲雷

明季吾鄉大雷雨空中墜一異僧蜂鬚廣額碧眼方瞳耳戴雙環似是西域人自云托鉢朝五臺倦卧絕巘松樹下甫交睫不知何故至此語雖誕而貌慈鄉人多愛之爭延至家進餐飯問如素否乎曰素也食葷也食史喜其誠篤送之歸勝寺俾挂衲自名鐵羅漢不事梵唄惟日與所遊者飲酒食肉而已聞城北可帆園梅花甚佳約居士廿餘人往遊離城廿餘里時尚春寒人皆重裘僧則破衲一襲至半途日卓午各熱甚爭解去僧悉代衣之亦絕無彭亨狀面亦無汗花下亭子趺坐傾談少頃雷鳴雨如霰為花辟塵雷則為涼仍解付各人衣之以是人多樂與之遊遊必飲飲必醉醉則隨處倒卧鼾息如雷夜歸寺必索水濯僧備候門多恐之一夕以冰水進僧抽襟伸足故作戰齒咬牙怯暖狀須臾果熱氣蒸騰且笑手矣每聞撞鐘魚笳鼓意頗厭惡惟聞雷聲必傾耳悚聽或悲或喜或點首頓足或合掌誦佛曰善哉善哉如是如是衆笑之曰若以我為妄乎吾尚之知音也天以雲為容沉雷如世之者和緩幻如鄉者喜以風為氣長空怒號者戾穿花飄忽者靜以雷為言語罰惡則大聲疾呼以正其罪賞善則鄭重飛揚以策其動言次又聞空中殷殷衆曰問又作何語曰骨隆冬骨隆冬惜然也碧翁閱熟也化工孝不孝忠不忠耳也彼雷目也彼躞骨隆冬心冲冲雲消也雨霽也故態萌衆軒渠以為妄頃又觀雷雕電走金蛇霹靂瓦飛也衆掩耳問曰此又作何語曰胡家媳忤阿翁翁始哀號衔冤之聲之稍從容骨隆冬走詢之果有胡氏翁媳口角聞雷怖伏地尚未起一日雷聲沉沉若狹若徐忽作奇怪狀然開府藍如沐走詢之曰宜十年衰何空空衆至城之北吁嗟乎王公歸來兮王公陸及子孫富貴通骨隆冬衆聞門外鼓吹

喧聞人馬雜沓蓋邑紳王公卒於任其子扶櫬歸邑人士迎請入城耳一日雨傾盆響震山谷雷火光作青紫炫人目詢之曰有長蟲粗於甕蟒於虹久則助魃化毒龍噬及生物神豈容雜雜雜骨隆冬走覘之果有大蛇裂死於南岡之陽以是人始驚其異居三年鄉之老幼婦孺無不知有鐵羅漢者一朝濯足整衣詭邀招所與遊者集於寺笑曰和尚日日喫施主絕不作東何以為情迺折紙把筆畫酒尊已畢雞魚蝦蟹各種焚之烟裊裊作彩雲形方凝視忽奇震如爆竹驚怖回顧則室中已陳設完好酒滿尊菜滿盂几案排列就坐飲啖品味無不絕佳衆樂之有拇戰者有射覆唱歌者僧亦欠伸而起曰老僧願招雷部阿香來同飲何如衆曰善則善恐褻神耳曰無妨更折紙畫水天無際遠樹迷濛一船挂帆乘風破浪焚之烟團結如毬毬破成樓臺成山林水澌澌流山凫凫刻流漸闊若江若河突一舟上流來僧急躍登舟身僅盈尺向衆拱手曰珍重船上帆影奔馳鼓聲大震視之已杳回顧几案盤盂亦復烏有至是始服之如神後十年鄉人某因事至滇偶游永寧寺見鐵羅漢趺坐廊下左右兩巨靈目若眼某驚喜歡躍曰大師乃在此乎僧不答拜之搖之亦不動詢之寺僧云來此已久矣昨甫歸來不知作麼生鄉人乃坐守之夜三鼓僧忽大呼雷音王菩薩不輟

某道大衆視之已坐化矣某遂縷述僧之靈跡衆始悔恨遂以龕作涅槃合而瘞之後圓行其事拜而後去閱二百六十餘年寺叠更主席以無塔無碑碣遂忘其事忽一夕大雷雨土破龕出僧以為財爭啟之鐵羅漢也袈裟雖朽而貌如生惟四肢冷若冰雪似非肉形者遂界之禪座環誦佛號頂禮膜拜夜靜大放光明院宇如晝遠近冠釵大善信婆爭來布施遂裝金建龕供於西廊約略生前趺坐處顏曰一聲雷余避亂蒼遊鹹城迺同治龍飛二年也偶謁金容因憶吾鄉邑乘載有鐵羅漢像惟載着汞混足兩事詢諸寺僧始得其詳且云一夜大雨方丈知醬覺未蓋急呼僧聲為雷聲所隔方謂醬必毀壞清晨視之龕已蓋好詢大衆無知者及覩僧像口角指頭尚有餘醬云

慨僊氏曰東王公與玉女投壺梟入不出天且為之唏噓梟誤不接天且為之軒渠藹目下界將痛哭而不制止者能緘口而不一言歟霹靂大口舌且敝矣昏且焦矣而下界之人恆夢夢而若聾焉何來佛子竟是知音

應聲蓋面鬼

濟寧李琳卿茂才與余訂車笠交嘗為余言其先曾王父侍御公居京師時箋奏之暇夕猶挑燈據案讀書刻苦如此一夕正把卷忽聞梁間有窸窣聲異而睨之則一巨鬼靛色口呀呀而角髮鬖鬖由梁上墮地旋墮旋長長至丈餘立案側目閃灼有光公立朝素骨鯁非佞於中者笑顧巨鬼良久仍頫首誦朗朗公讀而鬼亦讀其句如應聲然公思易能驅邪魅即為講易之乾卦鬼猶應聲惟至地道光也句鬼忽不見公亦掩卷就寢嘗舉以告家人莫測所謂後竟道光元年卒於官侍御公垂紳有大庭遇朝廷大事輒錚錚敢言無趨避無阿附騎箕之日鬼神來告或上帝憐公謇直俾早知急流勇退歟不然何河嶽日星清夜亦遭鬼瞰此中蓋有天數與噫異矣

夜雨秋燈錄初集　卷二　十三

夜雨秋燈錄卷三

天長宣　鼎瘦梅甫著

桂林臬署三異

慎齋又為余述臬署三異當勞廉訪任內偏屋女傭蔡媼年將不惑尚風致居恆亦解供操作惟下榻不與人同舍夜深有自窗外過者聞一人屋內語細聽之則有褻昵聲疑遭狐魅不深異久之署內時有拋磚擲瓦等患或匕鬯自飛於梁或溲溺自集於釜廉訪疑為狐虔祀之而鬧如故一夕內眷納涼忽見一黑衣人立蔡媼後上下大譁爭逐之行甚速追莫及而其惡鬧更無忌憚矣旋有女巫私洩於廉訪之執事人云鬧者山魈也向與蔡媼私初魅時居然美少年且時贈錢米博媼歡久之漸露真形狀則獨足怪醜莫名然媼竟不能遣之去且與之狼狽凡傭主憚其鬧必託媼退送以是得財賄執事人陳廉訪姑如其說鬧果已不深究立予多資遣之去是媼也淫而貪虺蝎其心魑魅其偶但不解煌煌棨戟何能令若輩出入其不遭頻戕者真漏網之魚哉此一異也又署背倚城隍且近山常山率然之流緣卑濕而滋長弗觸之無害也署之客廳窗後植芭蕉數本堆假山極嶙峋山足土洞口圓如井大僅如盞瞰之似不甚深填以土旋啟中有巨蟒為之宅蟒身作黃金色頂有肉角寸許色殷紅粗如桶長十餘丈居恆不甚出凡官有遷擢信必預自榻後出蜿蜿盤廳事中目睒閃視人然絕無噬人意旋逡巡仍自榻下沒出三日官果遷其徵驗如此第榻後壁皆木板無隙不知其從何出入也顧身已蟒矣猶知韜晦恐致雷誅迨官有黃遷必預報鵲喜似有衛主之心較之腆然人面引鬼以挾主者不大相逕庭乎此二異也又廳之西列小書舍三間對面搆六角亭亭下土阜高與牆齊上植雜樹十餘株花草遍覆每夜深擊柝巡夜者輒見無首人雙手捧金盆立坡畔有時立亭側旋返舊處不逐人亦從不為人所逐或云其下為明末忠臣墓姓氏無殘然手捧金盆則何故與或云似黃葉道人棲魄於此按道人係自刎於浙東不死於粵西而遐邇數千里戀此一坏又何故與噫忠臣烈士死不為猿鶴即為神龍豈花妖木客所可同語乎此三異也

烈殤蠢孝

河間西鄙有烈孝女椰珮傳者忘其姓僅得其小字也恩縣賈人梟以武庠習角觝一騾一馬往來燕冀間妻素悍借以逃閫威紅羊之歲北直大饑道途枕餓殍土人易子析骸炊莫能喻賈日至河間從馬背上見一貧媼走入蓬顆出對墓痛哭良久返之破屋一髫齡女子出應門雖菜色可掬而容猶可憐也賈下騎趨索茗飲女走避媼迓客問一坏土下屬媼伊

夜雨秋燈錄初集　卷三　一

誰曰亡夫巡檢某公也問何哭之慟曰家赤貧生者困饑死者亦盼斷麥飯那得不悲問女子年幾耶曰然名柳珮年十六至今未字未亡人設旦夕殞霜露誰不知一塊肉將安歸言已更痛不可仰賈亦代唏噓乃探囊出白銀十兩授媼堅卻之乘不意擲棄破几上而飛騎兜眺母子追莫及逡巡叩拜謂憐孤寡有古俠士風賈不知其垂涎於二八嬌娃也越半載賈又覆其地歸裝更纍纍入門即英聲詢阿姥無恙母女奔出泥首無算曰微長者當索我於北邙山枯魚肆矣詳詢其鄉貫姓氏以俾供養酬大德賈具以告復笑云是戔戔者何足掛齒頰媼具雞黍供客銜杯之次賈詢柳姑可得雀屏選否曰尚未如長者作冰真小女子有福賈乘間請曰某四十無一綫俗有招子說願奉白金五十兩為阿姥壽屈柳姑作螟蛉但我老夫婦一索得男他日遣嫁乘龍婿當如其所生也媼似首肯入與女絮絮多時出云弱息凌夷亦官裔也繼膝下固佳即下充妾媵亦請明言於其先亡未亡人心旌常不定賈正色曰是何言與某之心天日可鑒遂設信誓媼遽諾出銀如數曰某某者在是但金允即乞柳姑同歸莫耽延俾早慰閨中望夫山耶媼抱女互哭哀動林禽賈云請姥暫割愛若能如荊人意當不日以犢車迓姥女恐慟傷母心即忍痛拜別賈授以鞭聯轡就道行里許女耳中猶彷彿阿娘喚女聲遂大慟賈告以不能兩全再三撫慰一日抵腰站置女逆旅距恩僅三十里忽遲疑不發詢若何曰此間有故人招飲且有交易均當耳地多妓女不知也日則靜掩雙扉夕則一燈悶壁鵑啼血灑蝶夢魂飛鄰家馬二娘雖時來閒話而憶母之心終不釋媼自送女出門愈無聊賴縱阿堵能療眼前瘡而掌珠已失心頭肉斷夕淚雨漸絕水漿越七日夕正呻吟病榻間忽聞女子扣門聲媼顫聲答云此窮窟也誰家女嬌生來乞水火應曰兒聲音娘不識耶柳珮歸也媼驚喜強起拔鍵奔入果不誣再再拜燈下曰兒真歸矣母心慰否媼轉疑駭曰兒已隨假父去且深宵雖獨行得毋鬼耶抑夢寐耶女破涕為笑對云渠攜兒去家中生菩薩姑虎也疑其納小星渠百辨終不信知萬難相安私以一騎送兒歸執鞭人已就前村宿耳媼慶珠還沉疴頓已女雖壁返遠山常顰顧盼如故音如故而藝增且絕人窗惘惘自刺繡以至書畫詞賦無一不精每出手製浼村人寄適都售輒速而價亦豐惟款署列火夕陽子不書柳珮也由是供饔飧無事探囊矣其廬舍無事拳壅矣人有欲聘為婦者曰俟吾母百年終當求壯崑亮守雌媼若慫恿之則淚涔涔下曰兒命薄浩浩之水育育之魚畢生無分矣又十年媼病劇彌留時握女手哽咽曰阿娘苦汝女拭涕云母往地下自有安樂窩兒在人間亦非長命縷兒不過身外身影外影也以生為死以死為生母行矣兒當相從於地下媼一笑恍然悟目遽瞑女號慟集村之老成男婦賻襚具棺殮

葬與亡父合葬成加封植事畢橐中資有餘散給煢獨單且餐曰煩代嗥一聲佛祝我母早生天臨穴日佛聲震山谷然後舉火焚所居成白地悴與衆別曰將詣腰站尋一故人了吾事衆疑其無依將去尋假父泣送之行翩然抵舊處仍宿當日之逆旅主人目之大駭問何名曰列火夕陽子曰何酷似十年前之柳珮姑也曰虎貪貌似中郎耳觀者咸嘖嘖稱異明日出貲治觴折簡邀比鄰十數人至則觥籌交錯賓主極歡訊招飲之由則泣然以杯酹地曰昔柳珮姑吾姊也聞化後盛業於悔賜以帷蓋得正首邱一杯濁酒聊代長眠人答鴻慈耳衆撫掌曰手足耶無怪其貌之神似也因重與述柳姑當日慘死事女亦不悲惟乞引之埋骨處亦不贍拜趺坐黃土上合十作偈云貞節女兒花安能污狹斜殞身遭毒熬錬魄慰慈烏不遇奸人賺何邀上帝誇可憐殘月底折柳唱無家唉假即真真即假我與我今是耶非耶言已頓滅幻軀衣衫如蛻衆大譁不能窮其蹤蓋先與女閒話之馬二娘鴇而猾者也瞰女美欲攫為錢樹子以賈妻毒媼告女不信又蹈隙恐賈曰秀才禍不遠矣君家胭脂虎硜碎醋罈子尚惜惜耶賈色駭鴇冷笑云日昨有東鄰賈貨者來云聞人知汝買豔婢匿不絕釐云俟紅粧到門當以白刃畢命賈嗒然求計於鴇曰是何難哉姑以女與我汝隻身歸是非猶可狡辯鴇諸盜無贓物也旋出百金授賈曰以此買瘦馬尚不豐耶賈然之乃棄金棄女如飛去鴇以女歸姑寵若明珠旋使應客不允詈且撻仍倔強即倒懸出利刃割其臂肉飼貓犬女痛極佯允之是日裹創盛粧飾適一貴公子來欣然願薦枕席漏三下公子醉而假寐女開戶卸妝久無聲燈小如豆公子猶扯女衣作呢聲詎僵立不動燭之舌出三寸已雉經榻前短柱上矣大號鴇來救莫及是即女歸扣門之夜也鴇痛人財兩空裸女尸棄荒野雀銜樹葉蔽女體村龍璞守之野物不敢近土人憐其烈斂貲以薄桐棺瘞之乾淨土即重來所酬之十數人也至是顯幻蹤旋與河間人互述其事咸以手加額上曰柳姑不死柳姑不死云邑宰阮公聞而義之擬請旌格於例私表其阡曰貞烈慘孝柳珮姑之墓幕府磊落子擅扶鸞之術書符召之乩云柳珮至賢使君為薄命人表墓光及九泉特來奉謝即自述遭際甚悉問何能幻形復歸事母曰兒自戕後魂遇孝王憫我烈授以鍊形訣吞以益智珠俾骨立形成畢十年孝養之志問何必易香名曰返魂之香固恐駭俗且上帝憫兒貞賜封烈殤真女蓋析字謎也問何不報賈之計賺與鴇之毒凌曰賈究以貲買我身救我母孝當之懼亦所誠然故不忍報鴇則為財之性淫雉之心毒其本真也又不屑報然渠等早千冥罰豈能逃更不必報而自報問父母尚團聚乎曰已度父母成鬼仙順覺逍遙永除煩惱較生時判雲泥也後附短詩五章擲筆而去詩曰抗手巫咸走碧天非人非鬼亦非仙

自從覓得淮南訣那許精靈化杜鵑死死生生死亦生死生俱是女兒身繞投草海抽帆早如此風波愁煞人紫誥新頒號烈殤揶揄弄玉魅寒簧九京那有埋冤窟碧漢橫騎白鳳皇醴有真源玉有英無端化作斷腸花火中燒出青蓮蕊願借罡風捲狹斜似此煙雲亦太奇姍姍月下報烏私可憐阿母龍鍾甚十載何曾悟鬼兒座客莫不傾禮傳誦時其舅已死悍妻亦別抱琵琶謀則被盜扳殛死黑獄嗜姑即恕汝彼蒼蒼者能恕汝乎快哉快哉

慎儀氏曰烈孝固能格天當其慘痛呼號宜有真靈下來接鍊形衣缽亦由其身有仙骨迥異尋常也不然何鸞飛數言竟若是之雍容大度耶噫如椰姑者雖格於例而不旌亦可不必旌蓋已榮於鐘鼎而壽同金石矣

父子神鎗

鎗礮者火器也弁士行伍者習之爲擊鳧雁者亦習之往往行伍多不及獵鳧雁者何故蓋一則數衍耳目爆亮焰發便能飽食國家餉一則弋覆飛走爲生朽腹而出伏於湖瀨凝神息慮專注如承丈人蜩如射大夫雉如兔起鶻落鮮有不技精而近於神者此中有人正未可泗州大聖廟前弋叟名遜其子名繼遜叟鰥子未娶貧無生計均善火鎗逐日於湖畔擊水鳥易柴米餬口時明季正德朝人見其技良呼曰大小鎗諷之入行伍不顧也一日乘

夕陽谷荷一鎗上罥禽兔柴柴將歸經寶積山下見營卒數十人擒一販私鹽者毆幾死販滾哭求饒不許販者妻與女蓬頭獻銀簪珥贖其罪不許攫簪珥仍牽之行妻女隨之哭兩嬰孩見父母被獲更哭幾滾入水叟目睹慘甚遠呼曰來若輩張將何之曰捉將官裡去問何罪以私梟對曰嘻小人肩挑步擔借此獲蠅頭利得謂之梟乎彼大商巨賈公然夾私漏稅虐民是梟也汝何不拏之衆怒其饒舌曰是何預汝事而左袒得毋黨乎曰黨便若何曰併縛捉去敲脛股言已探懷飛黑索套叟其子婉言父愚戇求恕不聽更擊子且攢毆之叟大吼擲身觸機發背上鎗青煙一縷而兩卒倒子知業貴禍亦即燃鎗左右擊衆披靡逃去叟顧販曰爾夫妻刺船急遁遂同詣州牧自首牧與營弁均商家走狗也械梏繫獄照袒匪戕捕論斬父子延頸待秋決其子上書立辨兩捕之斃者乃己之鎗非父之鎗老憊何能爲願以一身抵不許販者姓鄒名義遁而偵其死有日矣夫妻號哭禱於山神願代死道其女嬛娘偶爲叟也女者攜簞飯饋獄食遇鼓聲曰若喬梓死愚夫婦何敢獨生夜深夫妻倚檣篷中待女歸夜色昏黑突有月光出水際流漾晶瑩正凝望光忽分散如萬顆瑣瑞激波欲舞颺颺一聲光忽飛入船之篷下走不定趨視之一蚌珠也大如彈子如非凡寶物急藏諸篋少時女歸述叟狀語嗚咽夫妻浩嘆而已明日聞都御史秦吉巡按皖郡將至鍾離誤買珠以媚如夫人女喜曰得之矣青衣懷珠別父母曰兒去或得酬弋翁德倘爲留有時日幸勿以兒爲念遂泣與別女詭賣珠婆攜之登御史舫以珠獻御史大喜囑送五人自詳審妾更喜問從何處來曰家藏耳問珠值曰芹獻耳自傷父兄出不返貧無依願爲夫人婢以此爲進身階耳妾視其婉麗明艷遂收錄且酬賣珠婆去女善伺人意眉語目聽不數日爲諸婢冠一夕侍宴妾正褒述女於御史女忽伏地悲啼叩有聲驚詢之啼噓曰妾父弋遜妾兄弋繼遜也遂縷述戕捕之由泣求揭鉢御史怪然久之曰爾父兄事吾已聞其牘案如山不易反姑念爾孤煢再生明即詣泗當提訊而平反之女頓首謝妾攬於懷曰爾若背我去即殺爾父兄女曰奴願終身侍夫人明日按臨泗州牧出迎肅入巡署坐堂皇首提弋之父子窮詰之覽繼遜狀故驚曰孝子也牧極言其橫非駢斬不足明刑繼御史曰罪尚可原即勒供疏奏以弋父子正弋鳧而卒巡湖隔蘆葦發槍適中照誤死擬將弋遜父子充極邊不赦疏入詔許遂立遣弋父子配雲南軍徒步抵配所隸邊將熊公麾下熊覽其符知爲槍斃命召問槍能命中乎繼遜對之頗矜誇曰盍之武庫中自撿良者來吾有遣爾處弋果撿得巨而準者面試之均先中熊邊將大喜曰西南有大山萬嶽聳翠中產珍禽異獸甚夥爾父子日荷槍往獵得則獻轅門當陸續紀爾功滿貫自有殊遷還曰惟內山昏暮蟒所棲誤入恐隕

命牢記不可往應曰諾明日裹糧領樂入山果得虎豹之屬歸獻恒犒勞逾一載膽稍壯頗覺此間樂父子偶私計內山究作何狀盍往覘之遂入視峰巒巍嶂怪樹石怪醜沙磧斷碉人跡全無倏腥風至木葉爲脫一象狂奔後隨一巴蛇目睒閃行如飛象見弋伏地若稽首狀父子急登象背發連珠槍中蛇之雙目蛇怒行更速象急負之狂奔旁徑入大谷蛇如箭激直駛墮大壑下如雷霆斃矣遂含象負路歸日暮視谷口有古廟權止宿伏神龕中夜靜聞庭樹頂時有呱啞聲與墮物聲向晨視之樹杪一大鳥人首五色羽大如車蓋巨爪持死蛇食墮者骨也大懼潛灌藥發火伺其飛起擊之中胸際聲烈烈啼如鬼車展翅生大風飛空際多時墮則斃父子大喜負之歸獻邊將驚且詫慰勞甚殷囑勿往再數日技癢又入山視前象立谷口若拱候試登之果負而趨倏又腥風至私計曰又一蛇耶至既嶺下象掀墮地以鼻示之伏草際象去引一獸來首如驢人足白毛黑章攫虎豹食追象欲并食之弋父子俟其過急嗔鎗發中兩乳物大吼人立攫碎沙石塞乳際掀大樹離地痛極長號震山嶽弋視象已逸再發鎗物驚向西去墮壑斃遂又舁之歸獻邊將更驚訝曰爾真神勇也從此可無須獵矣叩請其說曰今上好奇此鳥兩翼天然有龍鳳紋夏日蠅不集可作宮扇此獸毛極暖以氈當插一毫入雪立化可爲御裀行將獻天子我既膺上賞爾亦得賜環也疏入上喜甚詔

賜蓬將極優敉戈父子轉送回籍均賜官遊擊仕隣封遊叩別邊將前登程十里外突衆蒙
介至伏叩若感恩狀一象負戈父子行一象昇大牙一枚隨行十日達山陝父子下而拜祝
曰君其歸乎不敢勞遠送恐驚行人衆亦悲鳴置牙於戈前相將返戈齋牙過勾麗國使驚
曰此萬年象齒也剖之中有山水人物若墨畫者以萬金購之去由是富且貴時御史出為
睨撫綠魔下吏感恩恭獻異域寶物甚多撫曰女公子亦記憶否戈愕然命之出拜螺娘也
相與縷述始共悲泣撫喜急為招女之父母親主婚即命以螺娘字繼達趣吉成禮戈叟辭
不仕其子官壽春統將升六合鎮軍迎父與妻父母就養於署叟暇猶以鎗法授帳下健兒
至今壽春皆槍為天下冠

快儂氏曰吾嘗怪天下之生物也犬守夜雞司晨羊觸邪馬致遠豚適口亦已足矣而深
山窮谷之中又有鋸牙鈎爪怪怪奇奇者在味既不甘性尤好殺毋乃過與頃因戈家父
子生還一事然後知騶虞騶勒之派既為聖主報禎祥且為孝慈贖罪過碧翁生且育之
亦良有故耶

珊珊

楚之鳳皇巖萬山中有石亭額曰苗姑救夫處聞疑為跳月人繡帕湮而吹蘆笙嗚嗚者自

藐姑故事而不知其非也明李蕉生麟字梅仲中州人任俠放生讀書學劍偕友遊汴之
上河時值清明士女如織有健兒弄虎演劇者圜觀若堵牆虎眇一目爪牙鈎剌文質斑斕
弄者故以頭觸其吻手狎其頷背承其腹而虎且兒轉如人意衆擲青蚨勝撒白雨市散驅
入大木函荷之去生歸而冥想大息曰丈夫不能自全誤落阱陷亦猶是夫友戲曰然則封
使君亦將買而放之乎曰有何不可夜寐夢老父闖然入白衣絳冠向生拱揖曰封使君謫
限已滿郎君若仗義從放歸山林則得美婦解奇厄證仙果功德無量也生曰弄虎者以之
攫阿堵為衣食務恐靳而不售也曰有機可乘生一諾而醒朝暾滿窗起呼盥櫛挈友再往
至則嗚鉦聞墻虎搖尾瞑目意甚頹敗條一老叟科頭袒背而前騎虎背髭虎頷更以髡顱
抵吾側虎忽大吼利喙一合則頭臚如瓠落矣觀者盡奔兩健兒哭曰殺者吾父也虎向馴
不知何故哭變性將殺斃抵吾父子操刀欲砍生急止之曰子迂矣虎噬人性也即斃之豈
能即抵爾父人財兩空殊失算計曰將奈何曰曷賣于我以資殮爾父餘則另作生涯此計
之善者健兒私議久之以為然問其值曰十萬錢如數交兌生命僕人放之去咸不敢曰索
在頸尚噬人若解去不將殺叟作耶生怒曰策馬送虎至深山中曰荒野窮巖不少生物幸
勿擾行路非株小生虎頷之獨目若流涕生親解鎖鐺琅急上馬返轡揮之曰去遂分道行甫

對官衢忽狂飆驟起沙石橫飛虎至忽齧路則已伏馬前叩首數十下始去歸告友咸不甚信
是秋赴闈將辭往應南宮試行至燕趙間僕馬奔馳日色已暮踈林叢嶽倏迷路歧忽林中
露出簷石高丈餘爬削可登炊煙縷縷知有野人家趨求止宿則老屋數椽門臨曲磵一眇
目老叟龍鍾迎客曰何處貴人下顧草野生自陳名氏且告所求邀入坐草堂中僕馬亦有
安置叟衣冠整潔言語蘊藉自言苗姓向客中州遁跡未久倏一紅粧屏角窺客又一老媪
上堂寒暄蹀躞煩苦叟曰寒家無僕御此山荆也生局促不安意在呼僕曰累夫人不當叟
止之曰綱紀勞之已安棲止向屏內呼曰大姑姍姍兒出拜郎君一代母勞女果盈盈趨前
檢衽生見其嫻能萬方神魂飛越幾致失禮揖而問叟曰女公子耶曰然以郎君貴人敢以兒
女相見頃叟命陳於案酒沸于鑪叟以巨甌自飲以常樽勸客酒闌女出為生解裝設榻布
枕衾殷勤臻至生遜謝女一笑去叟已叟詣內與媪絮語遂不出生解而隱几女操生履
曰郎可寢矣曰卿尚未去耶曰父母遣視安寢防呼茗飲耳問芳齡幾何曰十六問有婿家
否女赧然久之微哂曰夜深可寢絮絮何為恐老親聞知叱辱將及生倚醉遽攬紅袖女揮脫
移立不得近遂寢醒則吻燥試呼茗則女已捧甌旁立榻下生飲已牽玉臂求歡女呼曰爺
爺兒何動欲褻人廉恥叟媪內呼問乎釋女急遁意將詬辞轉寂然天明晨光洩女起出灑掃

生惴惴不敢語女呼曰郎起耶滿天風雪真天留客也生披衣視庭外果花飛六出片如掌
大旋進盥具更淪苦茶女笑曰癡郎子昨宵幾驚破膽耶忍哉卿也曰柔情媚骨何必爾爾
生蘊懿語所抑發女秋波微怒似又欲呼生哀之始已臨去怨紅漲于面欲言又止者再曰
郎娶否曰未曰真耶曰天日可誓曰郎求婚于吾父母無不諧萬勿望非禮苟合也生曰諾
時僕亦起問生行否生凝立猶豫叟出揮僕去曰茫茫風雪向何處去齋即行豈礙程途耶
少頃又陳餐膳餅餌帯松子香雉炙鹿脯味尤美生且啖且問女郎年齒與婿家姓氏叟答
以擇配甚難紅鸞猶缺生曰僕不才尚屬清門忝登桂籍未知可列雀屏選否叟曰珊珊其
倔強容歸與山荆詢明白免他日怨老朽孟浪頃出告生曰大喜大喜小妮子竟首肯但夫
婦老矣風燭草霜一朝殞謝反累弱息覺獨山野無鼓樂儐相意屈東床即于今夕草草花
燭明即攜去愧無奩粧能相諒否生喜極再拜一一承命媼扶女出韋布新衣雲環微掠愈
覺嫵媚動人交拜訖重設尊彝一家團欒僕在斗室亦小酌賞偏飲極歡夜深二老去生移
燈挽闕即就容楫成婚禮繾綣恩愛盟誓萬言明晨雪霽叟媪並出曰珊珊兒嬌慣已郎君
百事看老朽分加罪責叟復登程不敢以私愛誤功名事也母流涕悲咽曰兒事郎君歸旋
時可一歸寧何須戚戚生以馬授女自則與僕徒步拜別出門叟于敲石下掀臥石起內皆

朱提曰倉卒不及備齒以此為倩生曰客途無玉臺下聘尚敢領厚貺乎曰聊壯行色耳生勉取三錠叟以為太少盡代檢入橐揮之曰去出山數十里入一大城市為女購簪珥裙服斯然一新再覓車馬入都賃宅居偶隨衆甚榜發成進士授浙江之會稽令夫人同之官多政聲皆內助也然生性好客舊雨新雲爭來趨附明年升錢塘太守而客益多女請卻之不聽客聞之懼醵千金購妖姬名窈娘者奉生為妾窈娘色既艷冶絃索歌唱無一不工床笫之間尤多內媚生惑之嬖暱忘政事而客皆陰援其權矣女獨俯絕不爭久然生偶抱恙女輒雞鳴起侍湯藥不啻孝子窈娘見女股髀髮膚無處不美即亂頭粗服亦餘姿致逸而攬鏡愈自慚汗由愛生慙慙生妬妬生恨遂廣結婢媵環布腹心思傾女不得入暗以酖毒置酥酪中布女室生偶入呼飢女以酥酪進窈急奪而棄之呹猫犬立斃乃嬌啼來告曰夫人妬忌意毒良人妾若不去恐難免也又女每夜焚香於庭禮拜北斗女告生曰夫人毒未成又用詛禳法妾時心痛恐中魘巫由是生怒女動輒得咎曰終非好相識立逼大歸女泣曰自為君婦有何失德曰吾與爾緣盡眼中釘喉中骨硬不能頃刻留女大慟曰若留須跪受鞭笞始已女即膝立受辱婢媼爭伏女旁願代受杖邑之仕宦者屬聞之忿不平僉名益猥褻當道者羅織生之荒怠酒色侵蝕庫帑十餘款欲劾之生懼謀於客出千金購玉鼎將獻

中丞又出千金購冬貂獻侍御同列中堂鼎無故碎裘無故焚至問誰獻窈堅以夫人對生大怒狂呼不可忍操杖立逐女出女曰是真不可留矣即脫簪珥裙服擲地下着嫁衣匆匆出門頓瞥不見當道待生賄不至疏劾之奉旨降官東魯滕陽丞婢僕與客一時星散生典質玩物得千金攜窈就丞任策馬悠悠誤入山谷見疏林煙裡敧石猶存忽至當年止宿處大驚恐窈媼出無賴相見勒馬不前遣僕覘視則空林無屋宇僅曲磵流泉荒苔虎跡忽趨而過丞任清苦異常窈不能堪終日悲啼生惟隱忍旋抱病呼窈不至蓋早已隨僕遁去至是始悔慟曰負吾結髮茵姑報乎而已無及矣更以行賕革職充雲南單赭衣登程監者呵詈貲斧一空賃馬徒步兩足腫潰踉蹡不前比至鳳凰嶺萬山中人蹤斷絕處有亭翼然監者引入瞋目叱曰滿罪應受戮我輩何苦隨遠自戕免污吾刃生哀涕不已監者操刀而至正惶急間忽腥風怒號一白額猛虎自絕嶺下亦搏監者三人死路側生亦迷悶僵臥覺耳畔有婦人哀喚氣啟眸視之非他珊瑚茵大姑也生反痛哭曰夫妻邂逅得毋夢中乎抑冥中乎曰窈娘何在客又何在生以頭觸地泣言知悔問虎究何往卿究何來曰郎至此量言亦勿懼妾非人虎也郎在中州所放者妾生身父也父母感大德遣侍巾櫛又以無狀被逐若非大難當前實無顏見夫子然真面目已露郎能勿以非類見疑乎曰豈但勿疑言已抽

刃斷拇指血涔涔滴女驚救之已斷急出藥末敷而接之裹以殘帛竟不痛曰郎君既悔又何必爾曰非此無以對我賢卿也問窈媼何往曰天譴已滿重登仙班不在人間矣南山之南尚有敝廬能惠臨否曰逃軍殺監出則領斷茫茫海內託足無區願隨卿隱曰以郎資質勘破泡幻大什且成言已攜手同行穿雲越磵約十餘里怪石數椾忽見洞府門前長鬚赤腳者三四輩稽首拱候呼曰大姑救得郎君歸矣問此數輩何來曰老父遣留婢僕侍郎君耳入見釜鐺鼎與几案床笫無一非石曲折數層若分內外西偏一洞為女臥房房內陳設古雅帷帳悉具床上坐一嬰兒呀呀索乳問是誰氏子曰此君種也渠外大父命名曰寅生生親與摩頂見其豐麗魁梧知是國器夜夕燃石燈出百果中花釀飲生以茯苓松花餅啖生晨起督婢僕各出採藥飼以野蔬織布無一廢弛寅生五歲頗慧生拾樹葉為箋燃松枝為筆抄書教兒讀十歲即通六經能韻語生怒曰吾負罪竄匿累嬌兒何時出頭女問中州有手足否曰有問曾受君恩乎曰有從堂弟名盎者從未貸一錢女以纖指卜再四曰是真可託翌日早起呼虎使僕負牛車抱兒端坐以生手書置兒懷自脫金釧束兒腕并與五瓶曰需果餌此中索即得安置訖遂揮曰去車如雷掣風馳突入雲際生失聲哭女笑曰君別兒即苦妾父母嫁女時亦苦耳何一入宦途頓加白眼生大愧以指示女曰卿忘卻耶相與大

笑焦盎中州名士也四十無子以為憂族人子迸頭歷齒不欲繼夫人為置妾又恐分恩愛不肯受是日忽牛車到門僮抱兒入投書案上盎拆閱見的真為兄親筆跡大喜閱至託兒為嗣一節更覺歡忭一瞥眼僮車與牛車不見惟兒束釧捧瓶依膝下市人聞鬨曰焦家門內豹負狸狸奔出城去夫妻愛兒逾所生寢必摟於懷食必加諸膝冬日盎病思櫻桃不得兒忽捧金丸至問何來笑指瓶以母語告戲呼他物無不應由是大富寅生冠而就試貢為大中丞征雲南過時盎夫婦壽八十猶健飯頓軍拜別踰功成速回順路訪親生父母寅泣受教歸旋時果訪至舊處則洞口雲迷樹葉零落而已痛哭搽莽視石壁鐫草書一行曰中州焦寅過虎得生洞居卅載吐納通神天降丹顆服之身輕水火調御夫婦道成某年月日白晝飛升兒讀能貴勉事聖君石齒流水嶺横白雲人間天上一樣看承

懊儂氏曰人雖至愚當其受恩則未嘗不疾首撫心以為苟渝此盟有如江水及至嬖暱既久責報太苛反面若仇有終身切齒者珊姑珊姑既報德於未遇之時又救之極危既窮之候其亦愧夫人而貽屑者乎至於女子小人讒譖惑主虎且憚之矣噫嘻珊姑慎勿孟浪唱想夫憐也

麻瘋女邱麗玉

淮南禹蹟山林壑深幽神龍窟宅也至明季始有居人漸成聚落陳生名綺字綠琴亦卜居山麓父琳母黃氏耕種習農能小康生年十五善讀母僅有弱弟名海客遊粵之某郡貲殖得資甚遂落籍至是母病革私執綺腕泣曰為母死後汝父必繼娶蘆花衣今古如一轍汝弱促可適粵尋依舅氏并私以所蓄數十金與作旅費生泣受母歿父續絃烏氏果悍惡如母言朝夕不能容遂詣母墓痛哭留書父枕側而去跋涉幾半載至則資耗而舅亦適詢閽閽無其人煢煢走村郭漸以乞食度命深悔孟浪時思返回一日至郭之東有檳榔樹覆柴門方引吭唱蓮花落內有短鬚赤面一頒白叟出睨生詫曰小乞兒子何貌之文而音之悲也生曰腹有詩書焉得不文落魄窮途焉得不悲曰何得至此生遂自陳鄉貫述尋舅狀叟默視生曰子舅其黃姓海客面白多麻曰然曰客死于此久矣渠生為某巨室司會計善營運娶青樓女病歿女竊資隨僕遁老夫與渠有杯酒之交代市槥具葬東郭尼庵側大樹下墓樹短碑者是也陳伏謝還至所指處果得舅墓問庵尼亦如叟言遂呼舅哀哭祝曰舅若有靈佑甥遇當負舅骨返祖塋尼憐之餐以豆粥語云子所遇叟姓司空名渾與汝舅有素第往祈援手切勿道方外饒舌明日生見叟遽呼司空伯驚詫曰小子何得知吾姓氏且知我伯名耶詭云夜宿墓下夢舅氏詳告且諭乞援叟惘然曰僕與渠原無車笠盟不過曾覿面雖然當為子

徐圖盡寸心三日後以綈袍一襲贈生慨然有德色且說生云僕清貧無豐腆子諒可原幸鄰郡某山中有富室郎丈子本僕之葭莩也老夫婦生有嬌女名元娟字麗玉年與子等貌則鮮艷擇婿眼高雀屏無選子雖貧而清才雅貌此間無與比儔僕作函代子執柯往就甥館郎丈必有厚貺尚不足運舅櫬返珂鄉歟陳生聞之請思其次問何故曰姪家山野荊布蓬蓽恐富室千金未能習慣姑彰彰入贅能任坦腹人衆亂自便者乎叟撫掌曰迂哉書癡也是不過擭伊財耳茫茫天壤保於何處捕逃亡婿生計窘姑受函往至則渠第峨峨春深歌闋司閽人見其落拓叱遣立及函入兩少年出揖客云奉嚴命請迓玉趾知為翁子隨入見棟宇庭院俱類世家一偉丈夫偕姥過廳立階上生趨與展謁坐間詢司空氏起居旋白夫人來兩婢扶一四十餘美婦人出翁曰此山荊也公子既司空世好與寒門道即通家啟以妻子相見生又展拜婦凝睇笑謂翁曰司空妹倩眼力不差公子真可人也倏具筵宴勸爵甚殷席間略詢鄉貫即婚生云舍親與郎君言否僕小女麗玉素所鍾愛不欲嫁遠方然宛婿欲得如仙鄉人物裙履翩翩者杳不可得今得紅絲牽引文星為臨是真石證三生願即日奉為箕帚生離席唯唯稱謝婉陳曰自慚樗櫟仰託蔦蘿良所深願然小生實為尋舅至此婚後三四日即擬暫返達門事竣再回議第是不得不預陳長者婦微笑曰公子何忍促

若此耶翁急止之曰公子孝心何可過拂容即代尋朱提五百金作為旅費生心喜敬諾旋即笙簫嘔啞燈火匝地幹僕引生之曲室更換新冠帶出就氍毹雛姬三四引一二八好女子珠翠綺羅盈盈自內出與生交拜送之洞房卻扇視女則荷露桃霞無此艷冶生心意飛馳度恨頃言新婚暫別未免孟浪容有意遷延闃靜好耶酒闌燈灺聽蓮漏三催婢妾亡去生正擬凡根酬而女亦時擎繡幞窺良人粉黛間隱有慘悴色生不知就裏趨近軟語代為卸粧女則拒以纖腕再近則潸然流珠淚徐起彈燭視近閣無一人始閉門小語曰郎亦知死期將近乎曰不知曰郎從何處來何處去曷明告妾也生具告之女唏噓欲言又止生知有變伏地乞憐女曰妾覩郎君風采意良不忍故以機密告妾麻瘋女也此間居粵西邊境代產美娃悉根奇疾女子年十五富家即以千金訪遠方人來過毒盡始與人家論婚覓真配若過期不御則疾根頓發膚爆髮拳永無問鼎者遠方人若貪資誤接三四日即項有紅斑七八日即遍體騷癢年餘拘攣拳曲雖和緩亦不能生生聞之始恍然悟泣曰小生萬里孤身於何甚重乞娘子垂憫容我潛逃可乎曰休矣此間覓男子甚難郎入門時外間已環伏壯漢持刀杖防逸生泣曰身死不足惜所悲者家有老親耳曰妾雖女子頗知名節常恨是邦以地限無貞婦願死不願生郎且與妾和衣眠三日得資即返妾病發亦不久人世乞歸

骨木主曰結髮元配郎氏麗玉之位則瞑目泉臺下矣言已抱持隱泣生憤然悲曰噫婚則僕死否則卿死曷飲鴆同死結來生緣乎曰不可請書居址門巷與妾綴衣帶中俾他日柔魂度關山省舅姑受郎君一盂麥飯耳生雖書與之而涕不可仰入衾共枕生屢屢不能自持女悉勸慰禁止對食不餐幾與石女天閹同一恨事異日翁媼果頗同陌路是夕女以香舌吮生頸作燕脂色者三四處曰可矣私贈黃金白玉纏臂各二生訂後約女悲曰恐君再來妾墓門之木拱矣明日翁贈果踐言即揮手令去重到尼庵尼見項上痕閉門不納急以貲賃巨舫啟舅櫬載之南下夜在舟中泣舟子疑渭陽情重奇之敬禮益恭抵家見父則繼母已歿父納婢為小星見子甚慰覩腰纏疑是弟所遺不深詰瘞旅櫬買山田陳翁善墾遂種秫開酒肆得利甚豐生乃下帷讀入膠庠郎翁見生去謂其女毒盡無疑正說媒妁覓東床女忽疾發視之麻瘋也翁媼追悔含涕媼拊之仍是處子交詈曰淫婢太不長進寧定不欲生耶月餘益憔悴遂遣之麻瘋局是局乃長官好善者所設也因是病尚能傳染家有一則全家皆病雖掌上珠亦忍斷義絕無顧復情女入局數雉經輒見一麻面叟口操南音者來救止既而恩遇叟靦然顧導引曰老夫黃姓淮南人娘子得毋欲尋陳生綠琴耶渠與僕似曾相識可同行僕亦欲東耳女自恃惡疾又以叟邁欣然隨之叟到處重門自闢至郊外叟以

啞塗女遂鈎口喃喃若符咒即邁步若健兒感翁德事之如父旋拔銀腕釧易貲為旅費甫至楚貲已耗盡遂行乞嘌吹洞簫女口編女貞木曲歌唱沿門歌曰女貞木枝蒼蒼前世不修為女娘更生古粵之遐荒生為麻瘋種長即麻瘋瘡銜究有精衛補恨無媧皇畫熇盈盈照合巹偎自掩淚窺陳郎翩翩陳郎好容止彈燭窺儂心自喜妾是麻瘋娘郎豈麻瘋子妾雖麻瘋得郎生郎轉麻瘋為妾死郎為妾死郎不知洞房綃閣銜金卮孔雀亦莫彝杜鵑亦莫啼鶺鴒無言願飛去郎墮網羅妾心悲郎不見駁馬不踏雙蝶子烈女願為一姓死郎行俅舊貌如仙妾命可憐薄如紙膚為蜕肌為皺雲鬟拳曲黃且蕉掩面走入麻瘋局不欲傳染傷所親昔作掌上珍今作機上肉昔居綺羅叢今入郎當屋月落空梁懸素羅一縷香魂斷復續妾雖生妾不願守故居妾既生妾自當葬我夫可憐雖生亦猶死不死不生終何如女貞木枝扶疏上宿飛鳥下蔭游魚鳥比翼者鶼鶼魚比目者鰈鰈生同衾死同穴衾穴即不同妾心若明月月照桃花紅欲然李代桃僵被虫齧女貞木紅枝葉悲是麻瘋之女眼中血女歌韻心酸曳簫發凄咽聞者流涕爭進以食不啟嗏蹴與半年抵淮南將近山村見老屋萬椽背帶出樹杪叟遙指曰向南黃石堆門者是也子當自往僕從此逝矣惟祈寄語綠琴父子云海客奉謝言已即杳女驚定詣肆門見一老翁坐鐙側面目似綠琴疑為翁歌前曲

翁擲一錢與之再歌又擲一錢女泣曰賢郎陳綺粵西人奴債不還迢迢賁貲遠宜一丈錢所能償耶翁詢具告之翁曰陳綺耶豚子也汝所言雖遠信謂秋試金陵不日歸山莊面當知真贗女聞之即叩以見翁禮翁送入尼庵中遣村婦伺應婦皆唾却走幸老尼憐憫得無苦月餘生歸翁以女詢生驚惶不知所云翁曰是不可負也吾家不少閒粥飯雖易枕席當奉之終其身生伏謝急趨訪女遽牽生衣啼曰妾遠來不敢望伉儷惟冀以骸骨葬君家祖域耳生且泣且慰問何能自來以黃叟面目顛末告生驚曰是吾舅也其地仙耶攜女之家謀酒廉隙地卧叢甕中諸婢咸遠立不敢近惟一雛婢名甘蕉者獨代撒溲便瑣事至飲食與餌皆生手調久更襆被挈甘蕉卧女側亦均無恙榜發生鄉捷里人爭與論婚生力卻父稍稍勸生泣曰兒年甫二十有一麻瘋女量不久生人世居姑待其斃再婚亦未為晚也又恐己去女無人照看遂告病罷南宮試女以頭觸甕悲曰為妾故使郎遠翩綺阻上進妾死後何以見祖宗于地下誠不如死言已又觸頼甘蕉救止始已一日生赴戚家飲遇雨不歸甘蕉又因病内卧女聽雨剪燈横絕不已忽聞梁際颼颼一聲大黑蛇粗如兒臂長幾七八尺從空風墜女始頗懼繼思得果蛇腹勝于自戕聽之蛇身旋屋梁垂首下掀酒甕木蓋墮地如擲吸甕中酒嘌吹頃刻滿腹欲上縮則木强如枯藤倏忽墮甕中攪擾翻騰力盡聲頓寂

女燃燈强起視之斃矣心憶蛇毒或可代鴆掬飲升許心頓清醒袪煩褪觜婷奇癢又掬以洗滌瘡瘢積止明日又潛飲而潛洗之疾若失膚之燥者轉瑩如玉髮之卷者轉垂若雲面目手足之皴瘃者轉如花如月如嫩筍芽矣甘蕉驚喜告生詢之以蛇酒告趨視則蝎體黑章成雲霧頂有獨角色殷然蓋此山蛇王名烏風者也具錦裳綺裙花鈿珠玉粧女出見翁與諸宛若莫不驚為天人翁曰吾幼聞蛇王居此山千年矣嘗僧求得片鱗為人醫痲瘋不可得孰知天專留此為吾瘵賢婦疾耶即日備禮為合巹珠履滿堂吹鼓筵宴百里外男婦咸奔至一睹女之顏色歸以為榮再三年女生寧馨兒感甘蕉德收為簉室生却之不可是年春生試禮闈入木天出為太守專恤流亡興貧病無告者人人稱衆母扑兩粵制軍遣材官招郎翁至索麗玉甚急翁假泣曰小女命薄殞謝久矣明公尚欲尋故劍耶生又索骸骨歸瘞翁慨獻千金為太翁壽不許旋訪司空云驚逸墮絕澗死生笑曰渠真以小人目我矣旋命婢扶夫人出則衣一品命婦服容光煥發翁幾驚伏視之即已女麗玉也泫然問父母安否翁咋舌愧欲死女亦時歸寧出蛇酒製藥設局濟粵之患麻瘋者活無算年四十餘太翁猶清健疏乞終養歸修舅墓與尼庵建郡夫人碑紀事之崖略至今此山藥酒尚馳名云

夜雨秋燈錄卷四

天長宣一 鼎瘦梅甫著

佟阿紫

佟阿紫楚人也。幼失怙恃。孑然無棲止。年十五。隨戚學賈易。走魯之登州。戚病。佟日夜侍湯藥。歿則盡以旅橐市檟具。厚殮之。泣求客之楚者。附舟回臨別。焚楮誓曰。阿紫從君來。不克送君返。敢有侵吞分文者。鬼且殛。神且殊。誓已大哭。聞者流涕。然佟由是竟困為丐。會海濱飛來村孝廉郝隱義而攜之回。顧佟貌偉。整性敏勤。於事得人憐。村之巨室咸招阿紫司奔走。以故傳食得不餒。久之得隙地結茅棚。如斗大。外繚土垣。中種蔬果。漸免託沿門鉢矣。巨室欲挈之家。不可。欲配以婢。亦不可。告眾曰。男兒不能自立。何以家為。倘荷諸長者矜。亦非終歌朝雉者。一日。抱甕傍畦。牛畔聞雷聲殷殷。知山雨至。蜷伏棚底。至曉雷益迅。雨甚急。嚮走金蛇。鼻觀透硫黃味。佟伏地自陳曰。某年甫十八。無愧怍。惟撤父母墓於鄉里。清明無一盂冷麥飯。寧上蒼欲擊吾頂耶。突霹靂震山岳。若有巨物冒冬墮中庭。意為雞爪尖喙者。無疑瞑目待斃。久之雷收聲。而雨亦霽。濕雲縷縷裹銀蟾。佟明滅瞰。莢畦果有一物。黑模糊手軟臟燃火照之。則一端正好女子。衣模素盡沾濡。鼻端有喘息。胸前尚溫暖。惟昏昏若睡

呼不應。大懼。反扃短柴衖。泥走告郝。郝不深信言之確。遂起遍告村人。扉邀往覘其異。每人篝燈明若晝。比至。則女子已甦。嚶嚶細泣。大眾環視。秋波灼灼。無一語。郝命人扶入棚。即藉阿紫短榻上眠。衆席地坐詢之。女自云郝姓。小字五銖。所居為極大村莊。居人甚夥。距郭甚遠。實不知隸何郡邑。多兄弟姊妹。惟己恆得父母憐。是夕正祀何趾。後入己房閒眠。頭忽暈。心雖了了。而耳鳴如鼓。風濤身輕。若御雲霧旋更昏昏。比甦。則不知何故至此處。衆覘其粧束若吳越。聽其口音若山陝。問伊父母名氏。搖手示不知。問可否婚聘。亦搖首示待字。喜曰。我同宗也。但若是則何法為爾寄音耗。女子哭甚哀。郝憐而止之。與衆耳語瑣碎者久。告女曰。此為佟郎居。彼此怨曠。天涯海角。相遇乃鬼神撮合。雷霆主婚。僕與汝同姓。論年齒可為吾猶女。擬遵天意以汝妻佟郎。可乎。女俛首四盼。郝急推阿紫示之曰。是兒雖貧。量非終於貧者。女睨之。意似許可。佟面赭流汗。向衆力辭。郝曰。癡男子常守鰥耶。天意已定。違之恐不祥。村之父老醵資搆花燭。頃刻得五十金。夜向晨。村婦咸至。爭出衣裙釵鈿為女助粧。粧竟美麗絕倫。小市酒肴即日合巹。明日。女親詣郝。蔭膝下作螟蛉女。郝疑女必嗔佟郎貧。久之竟伉儷日夕同操作。辟纑索綯分郎苦。一日。夫婦攜鋤刈蒿蔚。忽見兩金鶯戲於庭。倏上下。鳴且舞。女戲以竹竿撲擊。墮地沒。掘尺餘。即得黃金二餅。佟欲易以市田宅。女不可。曰。貧人暴得大財。徒取禍耳。郎盍走他郡學賈。數年歸示人。知富之有由來。妾甘為郎守。澼洸作生活。量不致餒。佟遂泣與別。往告郝。郝亦深以為然。并自任照看女。佟徒步遊江南。詣皖之鍾離。遇甄叟巨商也。凝視其相。詫曰。君當大富貴。奈何草衣芒履。掩人目。佟遜謝。直陳顛延。歸授以白鏹五百金。曰。且之江南學負販。無論何貨。第運之。虧不汝怨。盈則除母分子金。佟過江。思販豬利息厚。遂投牙行。以五百金全作豚注。兇詭白足。走泥淖。行至江口。正喚渡。忽有放飛炮者。豬驚逸。盡入蘆葦中。呼之不再出。痛哭欲覓死。又戀五銖。無已吹簫乞吳門。忽遇同鄉李叟詫曰。子何一寒至此耶。泣告以故。叟笑曰。子真商賈中之雛稚者。凡運白蹢。必須先豢犬。彼項掛鋼釘皮圈者。非獅豬。偶有逸者。嗾犬銜之回。若全賴人力。宜其僨也。贈五十金。並假兩黃犬。馴且猛。即日代運豬數十口。屬且渡江。試為之。佟拜辭。倘盈令往重至江口。心方惴惴。忽天大雷雨。江波如山。晝昏黑若夜。佟癡立雨中。聽豬自飛比雨霽。則豬皆烏有。僅兩犬在焉。憤極返江店。出資飽餐。并以甘旨飫犬。店主人問將若何。佟作恨聲曰。者番當深入葦叢。窮搜之。主人搖手曰。莫孟浪。此中有巨蛇。曰盛蟒。力大能噬人。且江州沙軟多坑阱。墮則死矣。佟曰。寧入蟒腹死。不以失信生。卒往。至則犬齧索奔入。佟無導引。惟蹲兩待。少頃。乃犬聲嘷嘷。豕聲呦呦。呼號震江水。霎時群豕魚貫出。鵠立候若就拘束。不敢動。視之。其數較前所失

者十數倍。而且肥膩茁壯。其值約五千金。仍有餘。忽天欲蘇。兩犬始流汗出血。滿口吻。適江船泊五六隻。至急驅渡江。蓋船即江北豬行來迎客貨者。頃因翠華南幸。豕價大昂。故遣於江滸耶。比抵北岸。堅坐待價。牙曰。再遲則殆矣。佟不聽。明日價更增。三日後。佟心怯。售之。得八千餘金。存金吏票帙。潛往鍾離告甄叟。自佟去後。夥人咸云佟逃。叟不以為然。至是佟歸益張筵酬之。筵呈票符。并白顛末。叟笑曰。君亦太稚氣。前豕既逸。亦何必乞。不歸。然子所遇李叟。尚欲見之否。曰。正欲白主人酬所假。叟笑呼十八子。可出晤佟。家郎叟出。即李也。大驚。視犬。更雜衆犬中。若叟家素豢者。益駭。少頃。恍然悟。蓋甄叟早知佟事。故遣李送犬與金耳。明日。盡以七千金假之。副以幹僕。囑再之楚。曰。遇貨即運。無不利也。佟往返二次。獲數萬。兼以楚無親族。函父母骸骨歸。再詣叟曰。可矣。分子金與之。尚五萬有餘。欲妻以女。辭曰。家有糟糠。且別已三載。不欲效薄倖也。問何如人。述前事。叟驚曰。其面龐圓白。眉織而長。名五銖者耶。曰。然。翁何以知之。曰。此吾嬌姪女也。渠父母皆陝人。流寓於皖。亦富家翁。其居即在敝村之南。大樹千章。褒竹樓者是也。某年月日。為雷雨攝去。安知為君夫人耶。翌晨。引佟見郝翁媼。一家沸騰。歡笑狂喜。翁媼急欲見女。遂由淮駕海船。親送東床。運貲返登。一帆風順。不日抵飛來村。骨肉相驗。如夢寐。如隔世。也悲喜可知。遣奩具又極豐備。并厚酬孝廉。與之聯譜

系居半年，欲攜婿家同之皖，女曰不可，兒不忘村人德，遂出千金厚酬村之貧乏者。女僅生子一，因體羸多疾，為夫置妾媵，生子女若林立，郝夫人性惟儉，與女環西苑築甥館同居焉。阡陌雲連，樓閣華偉，不啻世家。至諸子成立遊庠序，女年甫四十有五，猶妍麗若天人。一夕夢偉丈夫荷雙籠來，內皆紗帽，纍纍而滿，掛屋角幾滿，尾更有纓帽銜寶石挂孔翠者。亦數丈夫挂訖，故俯瞰籠內，嘖嘖稱有餘，戲掀擲過西牆，笑曰：便宜他家。告終，知子孫必多有紆甲顯宦者，後果驗。然時方明季，不識纓帽是何威儀，至盛朝終姓世居晉，仍簪纓拾青紫，所以有翠頂翠羽帽也。至拋擲牆外者，蓋婿家均貴，亦不減外家，此桃源令孫蔓衍所云。

懊儂氏曰：彼美人兮，天涯海角，而氤氳縛上早訂婚姻，鬼神無奈何，始幻此縮地法耳。當不負尼友臨莫數言，實諸天菩薩所共聞之，而一齊墮淚者也。或另註奇緣，使之得內助，享厚福，未亦可定。竊聞四川周姓亦曾有之，與此事同。

雪裏紅

北里非相狎之地，行觴無立節之娛，然未可以一概論者。昔京都有薛氏女，貌絕艷，攜一婢一嫗賃宅以居，自云十五歲矣。出多金啗市司街卒，遂安堵而開錦泥窠也。嘗簪花傅粉，乘犢車往城南觀新劇，傀儡棚亦輪為之停，遂不言而知其錢樹子也。游蕩兒群擁之歸，問鄉貫

游蹤，均葫蘆提以對；問香名，則曰薛氏行一，侍者呼為一娘；問夜合須多寡，則伸玉臂露守宮砂，曰：六歲時過吾師，以丹藥點作貞驗，至今身猶處子，不願作度娘也。曰：若是則必工吟善詠，如卿家校書名濤者乎？曰：非所長。曰：是必唱鷓鴣舞柘枝，如謝家姬乎？曰：非所長。曰：或者能刺鴛鴦錦，如卿家針神號夜來者乎？曰：妾病未能也。衆撫掌曰：審是，究以何術博纏頭錦？女含笑呼婢捧磁甌出，中列骰子六，供几中央，再拜安置訖，曰：妾名雖倚門，實則求偶，請以相思之骨代風月之媒，是亦遵吾師命也。來者以白金十兩作孤注，無論齒高下、貌妍媸，一擲成六紅者，即嫁為婦無貪言。然十兩僅一擲，再擲再破慳，妾守信，君等毋吝財也。衆曰：妙哉，是真別樹艷幟而另繫赤繩者。呼僮持取白鏹至，博竟日，皆色沮去。遠近譁噪，咸云何物粉兒，獨翻花樣，唱求壯之雄，呼守雌之盧，花骨頭豈真作冰，阿堵物依然入橐，是兒狡哉，蕩子愚矣。然愛其色者轍難忘情，由是馬繫於埒，犬迎於戶，上至官裳，下至胥隸，無不聞香而來，垂涎而至，作幾希望。又以一娘不似妓名，因其愛著杏子衫，又全紅始嫁，薛雪同音，遂呼之為雪裏紅云。一日，有侍御公子某攜百金來，十擲皆北。明日又來，視甌中已別五紅，其一滾轉不定，公子大聲呼紅，氏走盤珠定，則仍守黑者，乃凝立如木雞。女笑曰：險哉，何一紅之難也。女貌雖極妍，而性極生硬，客至略寒暄即請博，博已即下逐客令，不許少一逗遛。公

子恚怒，嗾無賴子三四輩給金使詣女室，將窘辱洩憤。悉女已諳其意，待金入己室，即揮手使去。無賴子大鬨曰：一臠肉竟如是昂貴耶？彼博場尚有門萊酒為吾輩解饑渴。言已攘袖欲侮，女辭色不動，略拂纖指，即紛跌庭外數十步，呼婢出叉楚，待其三躋而三仆之，跪謝始釋。就鼠可憐，從有踵至者，咸悉彼姝艷而勇，無敢覬覦者，快快不聞有後言。三戰中均落落小酬應，從不歌一聲，陪一宴，假一頻笑，而香奩中累累盈五萬金矣。偶語客曰：吾得求僕婺吾身，今并得吾財，何樂而不為？於是門前車馬尤喧，如市井矣。時江建昌李生名崇者，年少尚未娶，避難走燕臺，落拓殊甚，將往投阿姊某宦宅，向為姊夫所惡，然守囊之銀僅僅十兩，計無出，謀于同鄉某。某問曰：子知此間有雪裏紅乎？曰：不知。乃告所以，曰：瞎拚與一戰，授則立地成富耳，負則存女爨未遲也。生曰：吾浣導之徒。女見其貌清俊而衣襤褸，心憐之，曰：此非樗蒲戲，乃卜也，發場一擲，絕無翻悔，覷子十金良不易，盍珍重。生笑曰：卿亦過小覷人矣，書生雖貧，量不至為些須露乞兒態。言辭慷慨，其氣熊熊，已令佳人心折。及擲，然一鳴，座客齊鳴彩，視甌中燦燦者成六出花矣。女亦色喜，嚶嚀一聲，附下嫗應，即時結綵然雨，畫燭如椽，氍毹滿堂，水陸新進。婢子引生入曲室，沐浴更新衣，女亦靚妝，偕之交拜，問鄉貫，宛僞嘗馬至，漏下轉客去，歸洞房。女略詢家世，即云身已相從，願聞郎志。生喟然曰：一身落

魄，去就頗難，然為賈則素惡銅臭，為儒則不耐氈寒，無已，其一行作吏，尚可以身許國乎？女撿衽而前曰：是尚不愧為紅之夫也。旋以臂紅示生曰：妾尚女兒身，惟夫君憐之。生以唾拭之不去，喜曰：皮相者疑卿為章臺柳，福艷者知卿是佛池蓮，僕心醉矣。且覺且憐，明日視紅褪如洗。旋以片紙為生納粟，得銓閩之某縣令。事之任，女不令多隨從，捲擁貲與婢嫗均易男子裝，己則纓受胡吉莫靴，負彈弓，佩長劍，四騎登程。經泰山下，猝遇響馬賊呼嘯至，生戰栗面灰死。女命婢嫗護郎君，己則縱轡迎賊，鐵發連珠，鐵彈下如秋風吹落葉，賊披靡，無生還者。生大駭，既墮騎，至前站私詢其何勇過健兒，女笑曰：措大尚貌視巾幗耶？聶隱紅線輩自在人間，惜肉眼人不識耳。因把酒重述都中拍無賴事，相與捧腹。到閩謁長吏，女均執刺代長鬚，致無隕越，宦寮睨艷，僕疑其有斷袖癖，實不知即使君采蘋婦也。抵任不半載，金陵賊騷大股豕突至閩，縣僻斗大城，生集鄉團，女簾後窺之，笑曰：若以此禦賊，直摧枯拉朽耳，寇深矣，且奈何？翌日賊更蝟集，肆猱升，將瓦解，女麾眾登陴斫殺，一晝夜攻始懈，然耽耽者猶不去。生已救于中丞，牘三申而援不至，蓋驛路斷，恨無神鄭也。至夕，女以大爵勸生飲，生惡慣涓滴難下咽，女笑曰：飲亦死，不飲亦死，曷為醉鄉乎？生始鯨吸數十爵，沉酣眠所坐木椅上。女出裂帛長十數丈者，先縛生，然後荷于背，且縛之極堅固，若負襁褓兒，仍男裝，右提劍

左握護身牌。聽野雞三唱。晨月朦朧。呼鄉團而告之曰。事急矣。吾負汝使君往乞援。三日即返。城中諸事。聽吾婢嫗指揮。可諡無恐也。遂開關放之出。賊瞰其越濠行甚速。又見所負如座上飯。不識云何。始嚴望。繼環擊。女且走且戰。斬數十人而出重圍。馬馳距省垣三百里。至則甫卓午。走入館舍。解背上良人。視殘醉猶未醒也。往見中丞。時撫軍麾下僅萬人。意不能多假。生將唯諾。女在身後突白云。但乞中丞分五百人供臂指。然必由屬吏自檢擇。不中選者勿須也。中丞驚詢誰氏子。生詭以僕對。且告其神勇。曰。是豈崑崙復生乎。即傳鼓集演武場。女為生瞻物色。皆捷如猿猱而勇如羆虎者。生諂首。令其處假兩騎以歸。某令見女戲生曰。明府當此倉猝。尚孳畫郎擲櫻桃耶。生莊色對曰。山荊也。令駭亟訊。知其事。急延之後堂。夫人出拜。訴須臾。略休息。公子一女郎一。爭拜膝下。乞授業。女約以圍解日。旋整師歸。賊正圍攻雉堞。突有背發之幾隊。將軍從天外飛來者。戰一晝夜。斬馘無算。餘孽悉竄。女撫膺而歎曰。是可驅豺狼。而害隣封乎。留生入城撫瘡痍。己則帥衆追剿。至浙界。始凱旋。當道上其事。生卓異遷郡守。女詔封成夫人。某令遣子女來踐約。乞授好身手。女畧與一二。即已曰。羅綺中人得此。已無敵。無深求也。問戰勝大旨。曰。譬如博盂內六境。眼前八陣。知人知彼。目無全牛。勝負可立決也。問阿姥是何師承。曰。吾自有師。師自有法。不足為汝輩言也。生每斷

獄。女來贊稱神明。捕盜尤殫勤。惟禁娼則力為諫阻。繼以哀泣。故棠轄百里。桃花門巷。常數百家。成錦繡城也。每求與一出。鶯鶯燕燕之儔。捧盤匜跪路衢。為夫人祝千秋者。動以千計。

此嵇詹臣譜弟所采訪。詹臣金陵世家子。

懊儂氏曰。寒蔬中有名雪裏紅者。辛辣之品也。成夫人隱於粉黛。儔以相夫。坐而裙釵。勇于殺賊。是桃李之艷。而薑桂之性也。錫此佳名。良不愧耳。不言其師。而師自大有人在。閫之悃。感保障之德。每至伏臘。有以雪裏紅餽者。盤者當不啻斥言。而呼為成夫人菜歟嘻。諸葛行營之種。可以并傳。

鄔生艷遇

鄔榮典。字少華。任城儒家子。年十七。尚未婚。時正夏五。移枕席置小齋。一老僕作伴。喜岑寂也。一夕。溽暑令人思褫襪。因遣僕宿外舍。自起拂榻。拭几。剪燭。烹茶。視皓月一窗。不禁遐想。背燈危坐。口吟一絕云。明月此時好。美人何處來。相憐惟有影。倚戶為誰開。詩就。曼聲吟詠。忽一麗人冉冉至。年約十五六。廣袖長裙。烏鬟翠黛。目盈盈若秋水。裙下露蓮瓣翹翹若觿。結之錐殆。畫中人也。鄔驚詢曰。卿鬼耶。曰否。人耶。曰否。然則狐耶。笑曰。郎志在美婦。妾志在情郎。偶聽高吟。知情之所鍾。故冒嫌學私奔之紅拂。郎何必嘵嘵詢踪跡。曰。卿有名乎。對曰。賓奴。有字乎。曰。樊綷。鄔不甚了了。第握纖纖手。則柔勝于荑。令人魄蕩。相與談讞。慧舌生香。旁及詞章藻思。雅采鄔愛。且服聽玉漏丁丁。墻外之柝四下。促其解衣。則飛紅上頰。紆以明宵。野雞四啼。倉皇遽遁。登果挑燈自攜衾枕。玉備極華麗。人世所無。遂與綢繆。而痛楚莫勝。女曰。妾身猶不雕璞也。乞郎徐徐。幸勿狂暴。事已。視清簟落紅。真猶處子。鄔益憐愛。因以臂代枕。口吟一詞云。郎可憐。妾可憐。一對鴛鴦一對鶼。今宵那世緣。莫流連。且流連。生怕鐘鳴欲曙天。情人隔一邊。女喜曰。郎真有情也。妾雖自薦。然得此錯愛。死可不憾也。即和其詞云。風誰家。月誰家。妾豈當門賣笑娃。情深念轉奢。辟邪玉。辟邪。夜雨摧殘一樹花。郎君鄭重些。天曉。自摘耳上兩金環贈鄔曰。以此作定情物。然慎勿示人。恐飛短流長。彼此不利。自此來無虛夕。一夜。正偎擁。忽有斑白叟破門入。面旋鬢蓬。飛霜努如戟。叱女曰。小妮子太不識羞恥。既而指鄔曰。污人清白。風狂兒不當殺卻耶。鄔驚怛無地。以被蒙首。口噤不能言。惟齒牙震擊作奇響。自被隙微窺。女郎則俯首卻立。觳觫可憐。正疑懼間。老人呵叱益厲。忽僕在外舍反側匡床。聞答扎扎。二人遂渺。次夜。鄔扃戶眠不熟。而女已裊娜在床側。嬌羞慘淡。默無一言。鄔執其手問。昨宵老叟為卿何人。曰。老父也。曰。卿家大人險將小生嚇煞。然我兩人之情分。豈即盡於此乎。匝月思寵。已逾尋常。某願為卿死不悔也。女嗟歎久之。始云。郎何癡也。

以郎衣表。何難得玉臺艷偶。而乃犯險阻。爭異類哉。且家君素嚴。豈即遷他郡。妾求永辭。願郎自愛。毋以妾為念。鄔失聲大哭。女以袖中紅巾拭淚。己亦泣曰。妾倘團永好耳。不意怒觸高堂。殃及君子。義難復聚。請以所贈賜還。非重物也。恐郎他日觸目傷心耳。天如鑒憐。則鏡可圓而劍可合。妾去矣。千萬保重。言已頓杳。聽戶外修竹風敲。如搖環珮。舉首視金環已不知于何時攜去矣。鄔由此玉體羸瘠。念念不忘玉人。有女巫阿翠。自能見狐。且知狐所在。鄔因邀而問之曰。若其好着淡黃帔。薄羅衫。面團團如月。一笑兩頰生微渦者耶。曰然。曰。是非他。騾氏小蓁也。鄔始恍然悟昔告之名字。乃暗切而不肯明言者。阿翠請生作簡。願任作寄書郵。數日來報云。小蓁思促不及裁箋。着俾語奉復郎君。前實緣盡。恐還自別去。苦郎想思。故幻此形狀。俾郎君心死。乘便寄丹砂一粒。可以卻病。鄔視藥小而紅。香甚。一服疾果瘳。而思女之心亦釋。

懊儂氏曰。情之所在。父母師保不能止。天地鬼神不能禁。山川河海不能隔。顛為情而來。情未盡則魘之不去。情既盡郎招之不來。且不以餘情害情人。復能以幻相警癡子。是非真深于情者乎。否則朝夕戕非髓竭神枯而不已。又或潔身而退。令人魂銷氣結。不能忘。真冤且孽矣。尚得謂之情乎。如小蓁者。方可與言情。

假五通神

南人之崇奉五通。猶北人之信狐也。客有販賣阿芙蓉膏者。往來齊楚間非一日。阿堵充豫。乃納粟為九品官。在籍候銓。雖煌煌章服。腰珮玉腕跳脫。襟洋表面架墨晶鏡。而煙霞營生不肯棄。以故富且貴。居然縉紳矣。客姓萬。乳名佳兒。遂名曰佳。字顆珠。幼失怙恃。一身塊然。因性敏。貌俊。善蠅頭楷。得為刀筆小吏。娶妻雍。頗風致。尤善靚粧。佳後棄隸學賈。精歌唱絲竹等藝。日誘良家子作狹斜遊。多外宿不歸。雍獨居。挑燈凝睇。對鏡搔頭。見己身後若有男子影。心疑夫婿潛回鬭笑。喜而回顧。則翩翩美少年。體態妍麗。羊車中人。乃生平所絕未邂逅者也。驚欲研結。覺口噤。神迷。少年已偎之坐。細膩熨貼。慰藉良殷。自陳為五通四郎。憐子孫窈。特來相伴。未知卿卿亦如小生之癡情否。雍欲撐拒。覺四郎肌膚中有一縷幽香。透入鼻觀。又舌入己口。攪擾吮咂。心遂大動。聽其所為。事訖。神頹消。四郎猶共枕。羞怯歡戀。覺天下男兒無愈四郎美。從此朝夕至。至必飲。飲必醉。醉必眠。眠必盡歡而後已。佳偶自外歸。四郎倉皇竄匿。怒抽壁上刀揮之。四郎遂化白光一線。颼然從窗縫中出。問婦。婦詭云無所見。然枕席上竟由此大冷落。無贓語。無歡顏。明日。四郎又來。鬧來婦泣曰。奴方期圖永好。而今已矣。四郎面赭。問故。曰郎既神道。何畏渠凡人。曰非也。人之所以異於禽獸者。為天良耳。既盜其婦。又淩其夫。人且不可。何況神乎。言未已。佳持刀突入。四郎含笑欲去。視門外環立健兒持弓矢以俟。蓋佳之布置也。四郎牽婦衣袖。宛轉哀啼。又伏地叩頭。願永絕跡。佳狂噪。刀斫其面。如敗鼓聲。斫其頭。如敗柝響。戶外人又欲闖入。四郎抽擲金錢如雨。眾目炫亂。始越從胯下出。佳投刀而起。拾地下金錢。得百餘兩。畧酬健兒。餘悉入橐。月餘婦病不起。昏昏無一言。夜忽悄起。粧飾一新。曰四郎來娶我矣。佳怒曰。既神道。何強娶有夫之婦。曰嘻。子休矣。前所得金錢。謂何。蓋齎婦身值也。言已。趺榻一笑逝。眾聞空際果有鼓吹喧闐。人馬雜沓。聲漸遠。時始寤佳之同類。咸來弔鼓盆。佳反鼓掌曰。僕有遠志。山荊本贅疣也。莫已。遂盡遣婢子。日挾金貲走四方。後遇道士。授以金針挑角豬皮做假之法。利更倍焉。漢中史太守。嚴偶非常。佳能曲意承順。有觸逆太守者。佳必故與為難。詈辱萬端。有逢迎太守者。佳必預為往來周旋盡致。守有過。佳攬任於己。曰太守何若是。以故太守逢人誚讚曰。老人虛度。悔識萬生晚也。偶與千金。囑代購佳麗。曰此蘇臺土產。敢不奉獻。受金往。以五百買貧家女。先與私通。遲疑不進。會太守罷敗。竟攫為己之第一妾。名曰春花。其友豫人王七有古癖。嫻銅碎玉。書畫玩好。無不珍。蒐佳代搜羅。凡物罕而價昂者。必暗貼己橐。僅以半價報之。以故王大信任。嘗謂人曰。天下信實。更有如萬生者乎。會同人過海。以女寄佳處。曰弱息破瓜年矣。僕如三年不

回。聽吾弟代覓婚配。王去。佳瞰女美。詭云得坦腹人。昔日。却扇庭闈。女掀帕斜眺。則頰暈矣。曰。灼灼者。佳也。曰吾故疑是佳兒。曰既有佳兒理配。佳婿。遂攘為己之第二妾。名曰夏雲。偶乘焦叟船。過鄱陽。佳善釀。精烹調。每餐必拉焦共啖酌。欲還東道。必堅止。翁私帶小僮。佳暇渾其枕。而倍其值。瞰翁女船尾操檝。甚艷。治眉目傳情。詢翁何女公子。至今無佳婿。曰小妃子嬌惰慣。不欲嫁弄潮兒。至裡。媒賈金馬客。僕又難仰攀。是以遲耳。曰僕不才。九品官也。未知許下玉臺否。翁掀髯笑曰。萬顆珠四十無婦。誰敢信。曰冤哉。結髮死。至今尚未續。嘗膠。指天自誓。翁信不疑。比入門結褵。已三日。悔無及。翁拆閱。欲訟之官。女曰。兒已至此。夫復何言。佳長跪請死。蒯角有髮。翁長歎。拂袖去。遂以女為第三妾。名曰秋月。偶遊楚州勾欄。張眉娘家。先通其女亭亭。暗訂婚娶。纏頭甚豐。有成議。眉娘太息曰。不謂吾女先有所歸。青樓人珍鑑羅綺。賣若嬌嬌。惟鳳冠補服。不可得。誠不了恨耳。佳曰。吾九品官也。他日亭亭得花封。可貽贈於子。眉默默良久。小語曰。子娶亭亭。僅得人而不得財。且欲破其財。吾年來奩資饒富。曷易而娶吾子。既得財。我又得貴。非兩全乎。曰葉亭亭。奈何。曰母子同事一人。古有之乎。曰有有有。遂附會小說。詭托無稽。入門。見已有三婦。艷眉大哭。欲尋死。佳極意溫柔。化怒為喜。益以調停冠裳之法。來處置閫闈。故眾小相安。親若姊妹。遂以眉為第四妾。名曰冬松。亭為第五妾。名曰四季。佳更築房廊。終朝笙管不斷。漢家願老之鄉矣。聞畫士柯蓮善寫真。邀至。寫五妾面。麗酷肖。更繪樓閣。若園囿。或釣魚。或把酒。或聯句拈題。或着棋角勝。繪佳短衣淪茗於旁。若奴子狀。題曰五美圖。工竣。佳酬以洋蚨一枚。柯爭較。佳怒曰。吾九品官也。尚不足役一畫士。則捐官者何榮耀耶。立叱之出。柯忍辱禱於五通之廟。佳不知也。一夜醉歸。奴子籌燈至中門止步。蓋佳立僮約如此。甫履庭院。聞五美房中笑聲盈耳。燈光熒熒。潛詣四季。則一狐裘丈夫偎四季捫乳。四季笑吃吃不休。怒叱走入。丈夫徐起。則貌與己同。無纖毫差。彼曰。噫。是何妖魅。敢化吾形。來惑四季耶。吾結髮為五通神所殺。想又要誕於子。不然。施施從外來者誰。與抽刀而前。四季亦執剪刀相助。勢甚亢。佳呼曰五娘。莫信他。貌雖同。吾衣羊裘可辨也。旋見丈夫羊裘而已。則狐裘與眾媼揮杖爭擊羊裘人。幾斃。急遁入冬松室。亦有一貂裘丈夫抱冬松飲。醇醪拈花為枚。見佳入。語亦同前。佳曰。吾衣狐裘。可辨也。旋見丈夫狐裘已。則貂裘。眾婢持帚爭撲貂裘人。遁入夏雲房。亦有一狼裘丈夫。摟夏雲撫案看春冊。較量筆墨工細。聞外間鬨鬧。故作驚訝。告雲曰。卿勿怖。此五通也。聞渠善幻。無毫髮爽。先與卿約。吾衣狼裘。若見衣貂裘者。為五通。可誘之入。利劍斷其首。卿能助我乎。曰諾。果就床頭拔劍授彼。佳大驚。趨就秋月。則又一猞猁裘丈夫。擁秋月圍爐爆栗。且啖且笑。見佳入。大笑曰。

子何人敢入吾房闥耶既而自思恍然告月曰想即殺吾元配之五通又來矣吾當切齒不可忍來大好請君入甕就炮烙月果取床頭繩網欲罥佳首佳呼曰秋娘何夢夢吾衣貂裘可辨也旋見丈夫貂裘而已則猞猁猻大驚欲逃秋月招手更往奔近春花卧所閒房刀霍霍曰吾非君家大婦可比不能任五通污渠若來吾手刃之鬭床上正卧一松鼠裘丈夫對燈吹烟笑曰莫怕他吾曾撻渠見渠著衣猞猁裘見即執之可爲證佳憤極大呼曰春娘卿床上妖也吾萬佳在此春花申申詈曰萬佳乃九品官豈死魅所能冒假鼠裘丈夫亦笑曰冒假萬佳理不可解汝不過貪淫吾小星甚多聽自檢擇何必混亂廬山真面目我言已春花擲刀出幾中肩奔出襆被卧聽事中自顧已衣仍爲羊裘明日詣内寢聽均有私議或云莫出門彼四家均爲五通佔吾夫婦落得逍遥免爭冬或云自家兒夫罕不能辨而乃爲五通佔彼四家何其愚或互詈曰妮子不知恥何不視吾房中有真郎耶或互誡婢媪曰莫亂道恐觸犯彼四家五通神也冬松更伏丈夫身上笑罵曰何如連亭亭都爲神路道是老娘待汝情分不薄耶旋聞斷雲零雨之聲意態乾極潛出仰卧見一髻婆與倩小女子鬆絕俳細牀下手弄烟筒笑曰興郎有緣腆顏毛遂佳大呼以烟筒擊之女頗啓闢屏後有男子發罵曰萬佳無禮我輩昆仲皆五通與爾妾婚未免爾嫉故遣小妹來伴汝寂反忍發向人豈

真倒插紗帽翅便妾自尊大耶佳悚惕叩首連稱不敢問君既爲神亦知明理乎曰惟禽獸不知理曰是也神既佔娶吾婦雍氏矣何又佔吾諸妾神曰是何言歟既而大笑曰子穩戴綠頭巾尚不知奸夫伊誰耶前娶尊閫乃假託吾輩者也如不信子試言渠當日來作何狀佳纔述揮刀擲金等語神曰若何渠真五通能如是之畏子乎我輩俱在子刀亦在姑試爲之較真僞也佳哀泣自稱死罪諸祈成全神曰噫萬佳兒若能供養我既不汝仇且使子富佳敬諾從此遂事神一夕夢妻雍氏珠翠盈頭錦袍玉帶門外多騶從掩淚入幃執佳手喃噥曰萬郎何可憐人也妾所適之四郎乃真五通渠之兄若弟早爲郭孝子所斬剩渠一身不復爲厲然威權亦熾管領東南一角德萬游魂都監使士卒如雲妾每懷故劍渠亦憐然今聞諸妾所佔者乃假五通言於四郎願效綿薄明日領兵至代郎驅除乞暫避其鋒毋干犯也萬欲拉與敘舊雍羞拒起轉黄裙遂醒謹誌所言次夕潛伏東鄰果聞宅内戈戟交鳴聲四郎叱吒聲五妾環泣聲媪婢奔竄聲又聞四郎詈卸曰如此假通橫行若是若能盡殲以獻者爵上賞衆卒嗷應戰鬬殊移時四郎大呼曰道其一矣奈何且歸報夫人再圖偵捕旋聞空中吹螺擊鼓爲四郎凱歌聲聲殞寂晨攜僕入視則妻婢皆昏迷救甦猶各哭其夫不爲悟視匱内黄白則外雖扃鐍而内皆空空階下有黑白小花犬四皆斷頭血涔涔想即

假五通也整頓門庭醫治五妾漸次就痊收集道旁僅剩千金深懼食齒浩繁若何生活既而自喜曰我九品官也當以官爲乞食左券盡以千金賄賂長者揀實任某縣典史甫莅任紅黑帽鳴鑼呵殿四轎遊長街忽有黑氣一團嗚嗚自空中奔至内有毛手如蒲扇遽搏其頸罵曰吾兄弟輩待汝不薄奈何引惡人來肆殺戮吾誠假通然不汝怨矣言已手批其頰其聲甚脆佳大呼死與中五美圖遂四散

郝騰蛟

床頭夜叉啼河東獅子吼能令鐵錚錚漢子喪胆寒心恨無杜蘭香重到人間耳然每聞吾鄉父老譚郝總兵事未嘗不猜眉欲動總兵登州武世家姓郝名騰蛟字春霆少以武庠薦解事父母至孝兩臂能開鐵胎弓矢無虛發拳勇得僧耳的紹貌雖如處女然路遇不平憫拔刀睚眦之家赤貧不妄干人或樵採山林或獵捕飛走供菽水然里有寒急來告輒資助之頗東砍西斫如楊阿若人雖德之而惡其横故年已廿五無敢以女妻者會裡閭較武有閧整裝欲往因窮無僕御無坐騎自以兩蓋襆被弓矢刀戟負於背以米麥鼓衆蒸餬餅揣于褢登堂拜别父母戒之曰兒功名無庸計所憂者性不純好預不干己事蹤蹤下重則棄首領輕則竄窮遂言已涕下郝亦泣言知悔命解衣親爲刺字于臂上文曰能忠則名揚能

忍則氣降好勤職報君王毋貪禍累高堂刺已以硃涅之深入肌裏然後徒步行逕武定近德州界山雨暴至裝負淋漓瞰嶺後有古精藍即奔入暫避意待霽而復行久之日暮雨漸瀝如故遂決意止宿視廟中斷井頹垣神鬼露處惟中殿尚能避風雨香案塵漬雜蟾淚抽刀剷削以案作榻遂對神再拜祝而高坐咽囊中乾餱倚裝假寐夜闌乍醒視月色晶瑩雨廊鬼判欲攫人心亦不懼甫再交睫聞窸窣聲睨之一二八好女子自龕後徐步出粧雖不整腕慘淡衣襆素而五官位置極麗瑞兒轉下庭階迎月長歎捫破甕中雨水飲咽咽有聲飲已跪伏神座下喃喃不能辨郝毛髮森豎意爲鬼魅無疑抽刀躍起大呼曰死魔敢爾女子感聲倒近身詳視有形質以手撫肌尚温大詫曰人耶鬼耶幸未孟浪遂殷殷喚甦醒纔蘇詢蹤迹女子泣訴曰妾海州人小字紅紅親卒爲惡叔誘賣勾闌中誓死不接客鴇母痛楚之客東村李秀才名郝字伯調者憐而買爲妾希育子甚相愛詎家室悍妬動即詈撻昨侍早櫛失手碎玉搔頭遂呼烙鐵妾怖而急遁潛伏於此已三日不食頃口燥就兒飲實不意驚大王乞賜劍下死妾目睨勝於朝秦暮楚亦絶不居地下唱比紅兒詩也郝大笑曰我以子爲妖子以我爲盜兩誤矣我非綠林豪乃武孝廉子勿怖勿乾餓與之食實時天向晨詳問夫家道遥曰二十里曰送子歸去乎女泣似不願行曰疑矣無論寒餓然即有匪徒至能保貞

以生平吾送子回當認我為姨父我能代子區處女始隨之行纖足步泥淖頗滑達郝曰子速行若欲步步生蓮花不誤乃公事耶女泣言其憊郝自思男女有別挽之負之均不可乃鋪巨袱於地令女蜷臥於上裹之如襁褓左負裝而右挈女提攜如幼孩令女口授路徑行如飛頃刻至村中猶寂家閉戶臥女指門扣之三四聲一村傭出睨女立郝後遽反奔閉宅內婦人聲音破碎如鵜鴂啼云吾道小妮子不正經果偕破野頭來反圖賴一頂綠頭巾詒贈汝矣尚以老娘為盲耶來即執之拷且烙方逞吾恨若左袒肇先見殺旋聞喧嘩索杖聲閙戶宗履鏘一男子披衣奔出瞠目視低告曰此即棗姑也郝領之略拱手即放步入廳事高坐命女與生傍坐凝視再四遽問曰男子汝即李秀才乎曰然曰此即汝之小妻乎曰然曰後宅洶洶者汝之大婦乎乃戰兢羞愧不敢答郝即振臂大呼聲琅琅震屋瓦村人無老少男婦或立或坐濟濟滿堂忽一蓬頭嫗走出喚女郝止之旋有赤腳婢喚且挽郝更止之突一杵飛出中女臂又一磚來中郝肩如不覺婦怒吼而奔出面靛色目慄裂髮蓬鬢出即撾女又兼其夫語且侵客郝仍如不覺婦吼怒詈罵聲女涕泣求饒聲生咨嗟太息聲郝捧腹大笑聲眾紛亂排解聲聲大震如鼎沸以致鄰村父老與婦之兄弟咸奔至勸婦詰內無貽外人笑郝大聲喝止之如晴空霹靂驟下眾聲遂寂少頃與眾問詢自道姓氏來歷述邂逅遇女之由言畢颼然刀出晶瑩插几上厲聲曰吾試期迫不能久留且為天地間除害去邊掌婦跪廳事伸掌上下拍掌每一擊輒數責曰秀才家不過愛面孔不與汝較汝竟猖狂耶紅紅亦好人家女何罪過撻且烙耶人我一樣皮膚撻烙汝痛否汝不能生子秀才始娶妾妾有子即汝子定欲置之死視香火斷宗祧斬耶四德無七出備尚裝憨耶紅紅背後語不足信當面喬行還能抵賴耶紅為吾姨姪女今始尋覓著當送官皆汝豈一拍了事耶爾夫爾隣爾兄弟均在此敢以我為如何若左袒當盡殺卻況汝耶始拍婦怒詈再則呼救再則號哭求恕再則如豕就軔長號而已郝正拍且數忽風吹衣露臂一童子呼曰個位官人臂有朱文字郝慕憶父母誡遂止眾見其凜凜如天神不敢勸阻至是始請入座求自恕先是女適從訪無耗李雖心憐無如何頃聞郝言竟信而憚之深遂長跪請罪眾亦羅拜代緩頰郝曰爾書欲罷休甚易寫書一保狀畫押與我我會試回驗紅紅若頂少一莖髮身有一傷痕即與汝書決死戰眾曰諾遂折券書與之留午餐贈賻金不受惟立飲一巨觥收刀負裝懷券去入都成進士官侍衛司豹尾神鎗隨蹕木蘭出征藏寇有功膺心簡迎養父母入都計五載思撿壽春鎮先回籍始蒞任重過此境憩路旁店父母偶語曰兒氣平果貴顯當年刺臂上字不以為痛耶郝慕憶前事悚懼直陳且言知悔父母駭詫即命材官往探須臾鼓樂

壺觴李生吉服負女紅紅縗裳負兒均頂香跪門外詢之蓋郝去後大婦益憤病卒紅紅扶正一胎生子女各一已呀呀學語矣堅請恩公重到山莊笑遣之挽益堅村之父老亦環叩曰相公錦衣回里況又南極雙輝當為山野祓除不祥至則居以燠室享以珍饈優伶演劇為二老壽侍從皆厚勞村人爭宴請生與女晨夕問起居如見父母禮因述紅紅並無葭莩戚當日誑言以恐之耳然夫婦事之禮益恭堂上繪郝小像神舉肖虔祀之已五載矣村中有羅氏女貌妍麗生而識字通文惟兩手握固不開衣食須婢媼鄉人娶婦同作苦以致年三十無與議婚者素與紅紅善來謁太夫人叩膝下紅紅代述其異太夫人不信視之戲擘其右腕遽開擘左亦然中有兩玉如棋子一文云羅氏女名嬌娥一云年三十嫁勝蛟太夫人驚喜曰此天數也即聘為兒婦借李宅成嘉禮而後去郝武人字僅辨之無鎮壽春時案牘劄付皆夫人標判當於紅燭下草露布公侍側無惰容夫人雖為公置姬妾不妬忌然每因公事爭論輒捋公鬚使戎服跪謝而後已官十年父母卒回籍服闋再起多政聲皆出自內助每歎謂僚佐曰我今而後方知閫威之可畏也立命材官攜金詣李生家為前婦建祠求懺悔夫人生子二妾生子三女一子皆貴多與紅紅所生子同科世世聯婚姻若朱陳焉

愼儂氏曰佛家有伏獅羅漢將軍豈其化身與不然何懲之速也追至虎帳談兵蛾眉秉筆一言不合輒捋其鬚而屈其膝將軍身為李生覆轍得毋竟然而大笑乎所以孔雀揚

林必先顧其尾

夜雨秋燈錄續集卷一

天長宣　鼎瘦梅甫著

卓二娘

彭澤孝廉宋景玉字東鵝好挾斜遊家富有日擲金錢為錦纏頭少娶吳氏貌美結褵二三月頗靜好旋就蕩婦宿娼颯之即拂袖起誓以黃泉始相見吳鬱鬱幽憤死雖歸為營齋奠而心終不懌契友某疑且不平曰夫人貌端好較章臺柳色高百倍是何心性舍珍味而嗜瘡痂甯割席求明示生曰僕亦不自省無論娼與盤茶一入勾闌即西子南威也近即作文必於彼處始得成篇搆否則枯腸而已食非娼不甘寢非娼不熟雖刀鋸鼎鑊不能易其性友聞之歎曰今而後敬聞命矣出而宣於眾戒為梓無與婚生內顧乏中饋急謀膠續媒為去不而大怒以千金買艷妾初亦靜好旋亦寵衰月餘故態復萌妾勸之生怒曰賤人敢爾始詈繼撻妾亦死里中相誡曰生女甯作娼不嫁宋東鵝生聞亦愧悔然顧空帷觸遺袿更覺岑寂益宿青樓不兩載業已去其十之三里有謝氏卓二娘新寡貌僅中人體復羸弱願嫁生遣媒示意生不耐鰥急允諾聘娶人恒為二娘危而二娘頗自若也入門操作如貧家婦絕口不問前番事夫即歸妾惟問安否即挽上情濃時不問意中人若何生反愧悉曰僕有奇癖是天下女子所最惡者卿諳之乎二娘故詫曰男女體殊而性一床笫瑣屑均同樂未知何事而好惡之懸殊請明告妾也生太息曰風月膏肓煙花錮疾耳二娘撫掌曰幸哉釀也妾前夫日坐愁歎見粉頭面即賴妾時惱罵不許反得痨瘵死今得後夫若是妾願足矣言已袖與金帛逼令往生由是益放縱偶晤馬媼問曰娃終日如穿花蝶如另有奇與亡導引一豁眼界當酬以巨金媼曰郎又娶得床頭生菩薩第三尊不怕醋瓶倒耶生以二娘賢淑告媼媼曰陶公祠畔東花門內新來江南白姬媼小娼生四名均錢樹子第一為西賈擄去第四美尤冠老身請為郎執鞭生喜偕入門見庭宇雅潔筆床茶灶皆備架上鸚鵡呼曰郎君來姐姐塊好茶也卷珠簾拉生入諸婢含笑迓客鳴皆蜂擁指已覺可人問媼曰姆即前云大錢神耶曰然曰恐吾家四官見之當為相思死詢四官曰已為王天官公子擄去看花夕方回引入小閣云即四官香巢壁上詩箋極蘇黃床頭鳳奩畔粉鏡釵已見一班少頃阿二阿三來貌俱嬌婉亦秘舉承生神奪呼曰僕當老於是鄉媼急攜以足耳語生曰阿四尤巨擘毋遽示饞時為若單小覷旋進珍羞窮治水陸筵歌鼎沸各獻所長生乘間問芳名二曰巧雲三曰倩雲四曰停雲二穩重三風騷時於席上傳眉語生雖迷惑而意在得龍頭僕含笑小酬應聽更析轉忽見燈大一蕊肩輿飛至婢挽美人出四也醉眼朦朧意態闌珊扶入香榻即擁被寢生微睨之果如媼言席終不去三曰郎若不畏河東吼何妨屈玉趾媼笑曰大奇他家娘子能任郎君跳入雲霄去生亦誇耀三曰阿四沉醉恐失禮妾又陋不足攀龍鳳奈何媼曰莫錯過郎與三官真是一對鴛鴦偶三曰不若妾為四官權印務供解酲郎與問罪師何如生恐拂其意即攜之所居室偎之坐見清雅妝曲案列文房曰卿女學士耶能書否曰間顏塗鴉實不成字問工吟否曰鼓兒詞未嘗不成句也解衣入幃意僅偕紅娘饞涎一張拼故覺另有一種奇趣令人銷魂真生平所未經者大感為夕盟山海三笑曰論郎表表惟四官方稱婉許米汁請留以灌四官妾不過代庖人也生愈迷極力繾綣日三竿猶未起婢入喚醒進以茶果誦四則又為李侍御公子招去幸意全注三不復問鼎亦不復言歸攜母遣婢密夜合資惟以片紙畫押諭僕歸索二娘資如數與之甚捷一日得句題壁曰魂被香籠魄粉熏此中溫暖更誰分從今莫憶秦淮月笑倚花前看白雲偶攜三出遊歸見阿四坐案頭觀其書詩大驚舉搦筆疵箋並和曰溫盡三句席與眉黃飽滿恩情已十分無怪阿三任欲死宋郎詞藻艷於雲生自窗隙潛窺四貌急闖其稿堅索始與閒之意更奪目熒熒似癡三三窺其意笑曰代庖人瓜期屆也是夕即送就四官寢暱愛殊甚然四美固冠其曹驕慢貪得尤冠生嬖暱既深不復計阿堵日遣僕索資甚急年餘三生一子生一女四無出二潛與生私亦生二子計迷於此者三年餘偶歸不常見卓均云歸甯計良得年餘索資漸以釵釧又以衣服且以書畫玩具來殆質又年餘索忽斷因詈僕僕蹀躞至再攜一冊來曰娘子傳語家中產已罄矣然一身實不能作娼飽郎欲問田宅曰質去久矣生大驚閱其冊細疏支取年月田宅售價甚詳並云質山已空日乞食於尼寺急趨歸尋卓則門戶猶是而主者已非詢之以妻卓負券示問妻無耗尋僕忽不見倀倀無計再返白家則搬運一空玉人早散居停遣僕灑掃下逐客令抵死僦影託足無區報而求依於親族不許無已寄古寺宿久之為乞於村郭懸鶉百結呼號兩年西風驟來雞皮皴裂欲覓死無法意不若為梁上君子得則苟且生犯則杖下斃猶勝於自戕窘且決夜潛越富家墻驚僕起駭蜂而擒毆之主人出即前之契友某也諭勿毆送公庭生呼曰即遠毆斃為快某曰為書券自任賊即釋汝去不得已書與之某執券仍加以縛送至一處扃斗室中不加縲絏而監守甚嚴日給兩餐冷粥飯夜藉濕草眠久之聞官長坐堂呈呼已名即有一役引伏階下堂上人呼生仰視則為自家廳事東西坐者皆親族卓二娘鮮衣靚服立廡下白家三姬左右侍大駭首復頓妻卓曰噫郎不肖一至於此乎諸長者均在更有何言妾當日若規諫是直驅郎死否則妾蹈前轍死妾愚不至此質宅贖三姬引郎入八陣圖若真為銷金窟試問郎居四年

何絕不一靚鴇母與他客面郎承祖父貲已竭且為丐與賊筆蹟在此非可以口舌爭妾忍守孤枕忍設醜局始保脂膏且督課耕織更有盈餘與郎無涉倘改悔請仍歸主人翁姬俱在妾亦不爭久但手不許攫一文錢足不容踰一重閾坐守安享以盡餘年若不遵請郎自便妾有子亦可守門楣不須藥石也長者均在郎君早為計生涕泣誓天日願如二娘言衆贊歎玉成始去卓為生盥沐更新衣竊內室日周旋於妻妾間視屋宇更華阡陌更廣三子就傅已將能文皆二娘經營也始蘊媼之匄姬之吟富家之獲皆二娘安排也由是改過遷善目覩子成名畢婚嫁壽八十猶抱孫不敢出門戶

倁儂氏曰孟光舉青玉案僅守現成之局文君作白頭吟徒興怨懟之辭卓哉二娘以不諫為諫以不防為防使易巾幗而鬚眉必能委曲求全善處家庭骨肉間也然而甘居再醮甘隨蕩子豈以良人早歿而不能展其所長歟抑另有宿緣而莫能守其故轍歟士君子生有奇才而急於自薦者皆二娘之流也噫嘻悲哉

丹青奇術

皖人鮑打滾畫師也能名亡寫真雖逝者逾十餘載鮑往墓上伏地一滾瞑目久之起則把筆勾勒設色渲染舉示其子孫戚屬無不驚為酷肖人子思慕之極不能重見容範多樂與

鮑遊以故倒屣爭迎聲價頗重一領皂色大布衫敝猶衣之蓋滾久無從收拾也然得資多供纏頭費尤嗜酒不竊為君子所嫉皖北有謝君父早歿其兄以微員仕都中偶晤鮑邀至家囑為其父傳神鮑如法寫就神頗似惟領下有八字紅血跡不可解詢於母蓋其父曾因公收刑部獄懼法自以黑索扼吭死故有此蹟覩其顛冠藍頂其父生固八品者不可解次日其兄來書已為太翁貤恩加級請三品封矣興化有陳孝子名嘉謨國初時增廣生員其父某與鹺商爭海地與訟商負衙之會其父往海濱商嗾竈丁毆之自踢其子死告於官往驗還誣為其父踢殺訟兩年商賂當道讞以生父為把持鹽務毆殺人命擬斬生號訴諸大府不直欲叩閽知秋決近恐不及禱於神不應日夜仰天泣目盡腫聞巡按御史將至揚急於神前刺血寫冤狀二通一藏於懷一捧於手油紙封固而標題之文甚長皆歷訴商橫吏貪父抱冤等語末有與其父死而兒亦死曷若兒先死而父可或生兩語尤為酸鼻書成公服立河畔俟巡按官舫鳴鉦鼓樂從上流下兩岸有司跪接生乘其不備突於人叢中躍出大聲呼冤擲手中狀於官舫自投長河死巡按驚愕嗟救大索三日不能得撈出於州口亦無耗翌晨巡按素服親祭於浮橋口風大作日色慘淡衆見水西豎一指出蓋尸猶直立逆流中負出水面如生握拳透爪切齒穿齦置於岸儼立不仆巡按親許代昭雪始仆

閱懷中狀詞瑣而更衣立刻坐堂呈提人證審訊刑求商服遂斬商而出生父於獄諭本籍邑宰為嘉謨生父厚殮生尸然後奏劾上下承審官請旌孝子祀入鄉賢刊事蹟入邑乘詔許邑人建祠於學宮西隅春秋官祭私祭禮不衰至道光甲午適鮑君來邑人痛孝子無遺像求寫真鮑以為事隔百年難之邑人請益堅乃試往殯宮滾五次不可得恐損己名自剪爪髮刺血書疏文雜符籙焚於城隍神祠跪拜禹步久之懷紙筆就神座下宿囑廟祝無窺探漏三下萬籟寂見龍燈煩熵階下若人影往來甚夥兩廊各出一卒一長如山魁一短如僬僥互揖出門去少時聞折羅鼓聲請鑰開門聲四褐衣人來伏階下曰有詞即見案上設符劍印信階下多執戟橫刀若大府儀衛樂三奏神金冠蟒服呵殿出升堂坐貌古鬚濃鬢已斑白判事畢問褐衣人曰孝子來何遲曰孝子現為崆峒山都總管雲程尚二千里耳須臾鼓樂大震列炬如火城吏白孝子到神偃僂出迎禮甚恭肅入分東西坐孝子冠服甚都貌亦豐潤寒暄若已神敬白鄉人意與畫士疏孝子頻蹙曰何必爾神曰鄉梓情深欲求音容為後學楷模俾瞻仰耳一朱衣吏請入西廂更衣少時復就坐則衣公服烏靴露頂貌極清癯少兒即更來時服再拜興辭神呈送之登輿去三揖而返燈光大放滿堂寂然鮑驚如夢醒即抽毫就燈寫明天明舉示人與孝子曾孫骨氣同鮑未面也惟首無帽頸無領蓋國

初時公服上以尺布圍頸投波時領與帽飄去故冥冥現形猶貌當年精衛由是人益神其術後與揚州營弁游弁有雛婢小玉與孌童施姓私通弁見而怒叱之兩小私遁覓無蹟急延鮑恐之曰君有術必能知渠所在如言之確當酬以重金若不諳當以妖法收汝獄鮑不得已勉為一滾即伸紙遣墨畫長隄淺水疏柳數行一漁家門首曬罾屋後有覆舩舩露男女足弁遣役照圖捕果獲略審詰雙雙活埋之鮑持金急遯走儀徵將渡江夜從蕩婦宿甫登榻見婢與僕相摟自帷後出笑而招以手鮑大呼陽脫死於婦腹上

倁儂氏曰身有絕技不知斂藏猶賈禍況弄技潮者必溺姥戲竿杪者終墮亡況明明邪教且攫金而賣命者乎死婦腹上猶便易渠至孝子風采如旭日之當空如朝霞之映海英風凜凜千載如生固無日不在人心目間乞渠寫真本為多事

范小仙

范小仙不知何許人與吾鄉城隍廟住持白道士友善白面貌清秀性情恬適少慕勒敕之學不得其傳徒步走江西之龍虎山謁真人樓玉真觀隨法官葉某朝夕煉將功頗進三年後白忽思歸葉曰功成只一簣耳白終不欲須臾留葉贈一碩腹大牝驢館以草繩云兩日即到珂里但半途萬不可飲以水至則畏養亦可代步白拜別果兩日到由廟之後門入繫驢

斗姥閣下入而解衣更衣叅師長遍拜見同侶咸問何時離真人府具告之衆訝問跋涉何其速也以驢對衆走覘之驢為有堆青草撈一大蝦蟆解之躍入水際不見白由是能名七求雨諸法事至飛升吐納之妙則仍舊茫然也一日范自他郡出指名訪白賓主問訊歡若平生終夜清談語甚玄妙白即欣然留范下榻白長素而范則茹葷且嗜酒白非笑之范欲哎白若暇亦與邑之士大夫遊人咸實其素邁俊爽不以羽流目之工書善堪輿然不輕言言必有中一日同白飲庭中月色清潔氷鏡高懸滿地樹影若即若離白樂甚告范曰如此良宵若有燈戲看庶不負此一輪范曰有燈戲所在距不遠頃正開場曷往觀乎白問何處曰去便譜其地言已以庭中長木撓白騎一半以半騎白囑閉目以兩手抱其腰曰慎勿遽開目遽則墮地死矣白應之范咒曰起撓已騰空兩耳風颼颼聞江濤澎湃聲又人語喧譁聲旋鉦鼓齊鳴謂白至矣撓已落於地白啓眸縱觀則一極大戲園士女如蟻莫不仰視臺上正演新劇滿場燈火開不夜天范與白同立撓上觀良久忽一禿髮短童一垂髫美女一鶴髮老叟一跛足乞丐聯臂踏歌嘻笑踏月來見范睇之笑似欲有語范急取袖中錢擲與白君若飢渴中有孔方可隨意用吾與故人略走走即來白曰諾范跳下撓即走入四人叢中且語且笑且信步略轉瞬即不見白凝候聽村雞四唱臺上撤鉦鼓收燈火觀者四散而

范久不至白露坐以待至天明且卓午仍不至肩撓往詢行人云此為毘陵城距故鄉已五百餘里矣大窘痛罵范道士無良失信致受奔波苦意將乞食突憶錢囊揣之內有碎銀二三兩易之足敷川資時因納涼僅著短葛衫遂徒步肩撓過江由竹西直至故里至則問廟傭云范公連日均在廟內並未出門一步往覘之則范猶酣臥未起呼而怨之范惟含笑問曰木撓棄之否曰自家長物能不攜歸耶笑曰吾固知君必不忍棄己物時白所主者廟之東房也多樓閣蟬延三四進西房素簡無力建築內外皆平房范以為乾方太塌若無樓廟必敗於邑亦大不便瞰廟西王氏宅尚有堂樓五間串樓五間年久欲傾頹王姓欲折毀有所成議范急往告王姓求勿毀曰神為一邑冥官廟則闔邑風水西偏處全賴瀛第樓為靠廂若毀之恐均不利王姓曰樓將倒塌奈何曰吾有術在即以竿木自上面挂之王姓曰樓望西傾子在東挂是速其倒也曰挂之可延數百年豈速之倒乎王姓亦姑妄聽之而竿木竟堅不可搖樓素危每風雨輒動搖至是竟無恙范於無人時便告白曰子知我遠來之意乎曰不知曰前生與子有緣特來邀子同往林深谷冒至道功成登金闕朝玉真子奈何戀塵境毫無去志乎白曰吾原不耐岑寂始由江西歸耳不然至今尚未離龍虎山更能舍家園隨子浪飄泊耶范每與白觀大瞰井登絕巘涉危橋輒拉白同下白俱以為幻術不深信

莅再三年范忽謂白曰子既不去吾亦欲歸矣明日遍別所與游者問何之曰遠甚遠甚時陝君習醫亦與范善聞將去即杯酌餞行求范曰君有奇術必多良方今將別矣曷舉一二贈我亦可濟世行方便也范笑頷聽畢西畔土牆一圜曰即此便是催生藥時稍留數十日南山蛟水大發巨浪聞女牆范歸拉白登城視大水久之俯曰此中有佳境吾與子投入如何白不肯范太息曰子所謂有仙緣無仙骨者雖然吾先以術堅子信亦可登出袖出匹布長十餘丈向空一擲即成危橋若接霄漢曰吾試與子遊月宮好否白堅立不肯登范遂擠而後登躍躍入空際人影依稀突布墮范亦墜投水中風挾洪濤兩三捲則人布俱杳白大聲呼救已無及歸而涕泣以為范小仙左道自殺飽魚腹矣明日客有自邗江回者抵廟訪白云昨在東門浮橋遇范渠云行時誤觸君肩屬爲轉致返璧白視之果已扇墜至是始悟范眞仙去也又十餘年王姓不能守范約遽折樓工人以石杵鑿去竿木有金光一道大聲若雷樓圮在吊樓上哭躺下幾斃陳姓遇有難産者姑以牆土試之頗驗然施送則必謝則不驗近開之爭來索土不兩載土牆無一撮之多矣余道時猶在廟之東房見正中懸壹子禪師騎虎像又樓上懸白鹿某圖筆畫秀逸儼然出塵說士云為小仙遺筆未知真偽耳

懊儂氏曰苦口婆心百計共悟古人處君父師友開鑿石為仇者均不外是然猶得曰吾君父也吾師友也吾非得已也吾盡其在己之道也若范之與白生不同井道不同門泰越殊途一朝邂逅願白己極縛其體膠糊其心清眞之風蕩無從入猶促於洪濤泊沒之後道出廣陵寄歸別而其將以此自娛耶抑使彼悟而深悔耶噫白固癡而范亦癡

郁綠雲

來安山中富家郁道生良田千頃華屋百椽牛羊千蹄而胸無點墨娶叡人鮑姓十姑貌美通書史惟隱嗔乃夫咸俚鄙孚十五月産一女名曰綠雲因設帨時有綠雲一縷自北斗邊降中庭云女生而識字自下十行再得慈母訓五六歲即卓然觀書史摛筆為文章母嘗曰此吾家女學士也曹大家管仲姬有替人矣翁因十姑生女後久不作蘭夢媵妓金閣為桑暱殊深飽墨爭名金閣嫡庶進讒譖語黑白翁惑之然尚念結髮情金閣又私埋木人於後園乘翁種花時故劚出上有翁名氏八字符籙若蚓翁見之大怒以為暗算巫蠱亦十姑妬嫉所為乃扃之幽室將設馬廐之謀女時甫十二齡偵知之夜穴墻壁扶母出藏庫邸家仍回房閱臥翁始猶吁噫繼知之亦竊其事置不問仍招十姑歸然由此反目恩斷義絕朝而無一言十姑幽鬱寃憤久得沉疴誓不服藥遂逝女心痛不敢哭惟枕上多淚痕翁寵妾為嫡俾女毋事之女貌極溫柔而行動皆不合繼母意始虐遇繼痛楚翁左袒殊難久居皆

房惢過度，羅骨支離，忿得病將斃。思族中惟一從弟玉生，遣至與訣，伏枕哀泣云：凡無後，只此弱息，乞吾弟照看之。田產饒沃，渠皆巾幗，何能為？乞為覓一佳婿，贅作吾嗣，析產為二，弟得半，與半可也。玉生一一敬諾。翁目旋瞑。女哀哭盡禮，而金閨御脂粉，饜粱肉，如平時。女對主哭失聲，金閨怒曰：咻咻者殊可厭也。立毀其容，使雜家人婦中，供操作。女潛訴於叔，玉生怫然曰：渠汝母也，母之教女，有何不是處？久之，詈辱益慘。女再訴於叔，玉生曰：是由倒之不能承順也。母縱虐，即質訴官庭，又將奈何？金閨潛知之，益凌女，而德玉生，從此家事咸聽玉生之命是行。潔掃梧館，玉生飲食豐甚，夕與玉生絮話，恒中夜始散。一日授女以鞭，命牧豕。女掩淚去，晨出夕歸，食僅與脫粟一甌，花容月貌，頓作雞皮皴。途遇叔，伏叩泣訴。玉生耳如不聞，將掩面走。女牽衣使止，曰：叔乎，奈何忘我死父贈產託孤之遺囑乎？玉生怒曰：小妮子宜其遭鞭笞！爾父贈我產，非爾產也。託孤一言，雖有過諾，其如汝之倔強何？祖父數世均未分析，何得言贈？且虐汝者，汝母也，非叔也。再饒舌，即直陳於汝母。言已，拂袖去。時金閨又有中表弟夭倫來，與玉生結酒肉交，窺瞰女貌，謀欲污之。東鄰白七姑覺而私洩於女。女大懼，曰：是真不可留矣。棄豕逃入東山巖深處，垢面蓬頭，棲止山穴，飢食野蔌，渴飲澗泉，得不死。年餘，見澗底有草亭亭如筆管，根團結如蓴芽，食之味甘，即蓄為禦冬計。洞穴大可容膝，揩

石為門，藉草作褥，立門前眺望，其境更幽。久則身輕，大登能越。山中無歷日，瞬又好春。女思既無拘束，大可出遊東南諸山，窮極登覽。偶至都梁之牧羊山，俗云龍女牧羊處。遂仰天大哭曰：龍女獲罪舅姑而牧羊，奴獲罪繼母而牧豕。然龍女得柳毅傳書，尚有還宮之日；奴所遭若是，欲寄書於地下父母，庸可得乎？言已大慟。連林宿鳥，嘈雜驚飛。忽對崖一垂髫女子，持鴉鋤，携筠籃，若畫上採藥仙童，狀向女招手。女知其非人，然亦不怖，拭淚趨就，對坐巖石上。垂髫人曰：適聞子言，似是閨秀，然尚非真通者。泗河距此甚遙，何預龍女事？山之所以名牧羊者，乃楚懷王孫心牧羊處耳。項梁求得，立為義帝，都盱眙，旋為黥布所殺，難及長公主，積薪自焚。奴畢姓，名妯，字女須，三阿亭長女，白晝報父仇於市，帝憐之，赦而役為妃，時侍公主。憐故，以身殉，同焚死。上帝憐鑑，敕主為此山之神，都梁、石梁兩邑之薄命女子，皆歸主管，各有所司，奴則專司採藥。女慘然曰：然則妳為鬼乎？曰：何得仍為鬼也。曰：仙乎？曰：尚不得謂之仙，然羽化有時耳。頃聞子慟，想亦傷心人，曷告我顛末？女灑淚縷陳，且哀哀乞拯。曰：將若何？曰：妳妳不棄，收作泥中人也，或亦可以分勞乎？妯審度久之，曰：且同歸哀於主，或有主僕分。若作子夏之門人小子，則吾豈敢？女喜，尾之行。路頗崎嶇，林木幽深處，忽現一宮殿，偉麗非常，中有美人數十，籠風裳月帔，皆非時世妝。或倚樹聽泉，或拿拂趺坐，或調鸚鵡，或鼓鳳

凰，或小聚清談，或獨立遐矚。妯曰：此皆執事人也。眾見妯，爭迎曰：妯姊歸何晏也？妯笑曰：偶然拾得一下界人，是有慧根而遭奇厄者，欲代為陳述，且令女與眾問訊，然後引謁公主，言所由來。女伏叩階下，偷睨殿上坐一黃裳美女子，侍立者即入門所見諸人。主啟齒微笑曰：來大好，且隨阿妯小住。遂起，探歎掀憎女。叩謝已，即至妯室，寢同榻，食同案，親愛若同胞。妯又私授健步丹藥一粒，吞之，山行若飛。凡山川古跡，女問之，妯能不假思索以對，女由是更事之如傅，不敢目為妳妹。行居二年，易道他鄉採藥，命妯掌小瑯環典籍，女副之。暇女質疑人世所無朝夕之研磨，妯更為之講解，遂通內典。且習道術，其中有劍訣一冊，啟合已荒，潛自演習。妯知之，笑曰：妳將學妙手空空兒乎？曰：然。曰：妹有幽恨，學此恐非所宜也。然無神人授以秘寶，學亦不成，徒攪清課耳。一日，庭前木芙花開，爛爛如火。公主開樽賞翫，侍者各奏技，或撥絃，或歌舞，或獻書畫，妯則以手採都梁香草為壽。女時立階下，主顧之笑曰：女學士何絕無所長耶？女應命而起，取壁上長劍之雌雄者，撥袖舞翩翩，飄風疾雨，寒光逼人。公主正擊節，忽一美人奔白：程太夫人齎天符至。公主起，更朝服，執笏焚香祇迎。妯私告女曰：此東陽程嫛母也。旋見夫人跨鶴降於庭，公主匍匐，夫人宣云：九霄靈寶天尊、玉清帝主詔曰：下界前義帝女楚姑，生而婉淑，靜貞，歿更莊烈，慘李風雲，咤叱青史，留香火，能銷鎔紅顏，有淚彼

娘，隨雖遊后號雎澄者，視姑之閨範，縣難凞乎。前勅姑為牧羊山神，又復感化其眠精勤厥職，賢無偶。天潢之裔，必久羈地祇之流。玆勅程安人親來迓汝，升金闕，朝玉妃，職滿歸眞，勅高錫爵，慰投山木石，可憐精衛，衡冤看齎程旋旆，聊代媧皇補恨。欽哉。主舞蹈謝恩訖，與夫人相見，敍寒暄。龍肝麟脯，潔膳款留。妯泣然告女曰：吾輩侍主躡上升，妹尚凡體，奈何？然良晤亦正自不遠，有數在耳。女忽奉主喚入，諭曰：子有仙骨，而性氣未平，未敢挽以大道，今且別矣。聊以一物相贈。言已，袖出兩白丸，令吞服，曰：此劍丸也。頃因舞劍，故投其所好耳。然宜謹藏，莫妄殺人。他日山陰道上，有跛足少年負葫蘆者，子婿也，功成當重見我。女方操德，主已策鳳，程仍跨鶴，餘皆乘錦鸞，力士前驅，香風遠引，霎時飛入空際。女仰矚不見其影，回視宮殿全無，惟亂石流泉而已。大哭失聲。時泗陽牧高公遣迎太夫人就養，道出於此，見女作道家裝，哭於歧路。太夫人素仁慈，招致車前，殷殷詳詢。女詭以孑然無依，投親失路為對。太夫人攜之歸，作赤腳小婢，周旋合度，處處得人憐，太夫人尤寵愛。其東鄰白七姑，都亦遷至此閭，人云：近同友人去塞外，遂流落此邑，乃備於著。女晤之大驚喜，私詢家事，白云：姑去後，金閨先亂於玉生，繼亂於翁，所有盡價，皆被積逋，先尊人遺產蕩然矣。不知近作何狀，猶記出門時見其所往來者非人也。女慘然流涕，嘆乞無漏言。會州牧以嫡女下嫁於鄰封某明府之子，媵

輿鼓吹甫邇清流闗忽騶從奔回喘息曰中途遇盜攫女公子入山巢矣一門岩急無計忽曰飭役捕忽云回營勳女聞之抗聲曰是皆非良策也夫女子所重者惟貞潔耳若輾轉迴一宵雖湔以西江之水已無及矣衆曰然則奈何曰婢子不才願爲一往言已即如鳥之縱翼忽不見衆愈驚駭不知所云夜三更新月掛樹杪金柝交鳴衆凝對如木偶忽聞簷際有人云幸不辱命迎得掌上珍珠還也旋即墮地視之果女且負女公子至斯時雖犬不驚漏甫三轉衆圍詢之女公子云賊之甫攫去也閉置斗室旋有男子至意在逼姦掐拒呼號苦無死所忽有白光一線自窗隙入涼颸颯然視盜首已墮地婢亦至遂負於背御風行始生還耳衆方知其爲非常人向殊昧於物色大加敬禮而女無驕矜態太夫人問所操何術女不言詢再三曰七姑始述其繼母惡欲虐逼入山之由然究不肖其術之神也太夫人聞之大不平云兒之術紅線與隱娘也蹈虎穴攫鳳雛且易如反掌更何難潛回故居手刃此賊女曰如太夫人言誠易事耳然兒非若輩之淩逼則不過以田舍婦終何能有此藝技且報酬之何必定污吾刃太夫人益欽其容物謀爲作伐意即妻其孫公子也女知之夜告白曰吾蹤跡已露難久居然此處不日有盜警危矣哉白問何以抵禦女自脫指上鋏箭環授白曰他日難及姐以環遙擲之盜即獲問何之曰天涯海角耳問更有何囑曰姐姐遠回煩照

看先人之殯宮感且不朽言已抵足眠清晨視之杳矣遍覓無蹤太夫人更悼歎然無如何久亦遂已白之夫近亦從塞外回道出於滁夫婦會合正欲辭旋數夕果有盜衆踰垣入內宅短衣錦帕持利刃帶假面具四十餘人牧奉母潛僕媼宅餘皆藏匿盜譟登樓肆搜扣白之夫抽刃欲起白急止之曰吾有郁姑至寶今夕可用矣如女言擲之環之放光如火映下攫又如獄網四面盡覆諸盜使不得出白之夫開門大呼衆役闖進咸與累索套頸如犬羊而鋏環亦竟杳然牧高坐堂皇研訊云爾輩灿灿而來何遂自縛曰小人等正擬拾階級以進忽有大光自頂上落即如身陷獄中不容動一步再詢則知前攫女公子者亦即若輩所爲問盜魁何人衆因前伏三人泣曰吾輩皆賭博場中無賴子耳爲受伊等蠱惑遂至此復何言與問三人何名則一名都玉生一名王禽尾一人名金闢蓋女易男粧者也飄技近緣林近因窘故再習舊業耳牧聞之大駭使白之夫婦睨之云不誣遂取供申詳然後斬於東市白告歸牧奉母命厚酬之後數年牧辭官歸閩僕夫車馬行亂山中方有戒心忽見女作劍粧偕一跛足葫蘆之男子拜伏車前曰奴已嫁得婿知夫人至特來問太夫人安否前途雖多伏莽然兒已剪除之矣請安輪前進無怖也牧尚欲詢白女遽放聲珍重化作彩雲一綫冉冉向西去跛足葫蘆之男子亦杳適太夫人後車繼至牢趨白所見太夫人更悅惜浩歎不輟白夫婦歸來安以牧之所酬者累營運遂市田產稱小康一夜方閨中對酌賞秋月忽空際墮一物聲鏗然旋聞雲際有女子聲曰吾界姐美也奉楚姑差遣省義帝陵途遇妹婿雲盛稱賢伉儷不負所託煩順路以不腆奉寄耳旋覩彩雲東去五人無聲俯拾之則彩袱包黄金二錠遂詣郁翁媼之墓盛加封植清明寒食夫婦具殽饌爲酒錢往墓呼女名哭而奠之數十年無間斷

樟柳神

張大眼者催租隸也一日五更起買買入城完秋賦時正酷暑晨風清凉行至秋稼溝日漸上熱甚路旁有人家旁舍開門主猶酣寢門外搭荳花棚蔓延接覓柳下有兩石機頗潔淨露水猶濕遂拭以布巾就坐小憩鑽火吸煙忽聞棚上有歌者聲啾啾如秋蛩知了吟傾聽之歌曰郎在東來妾在西少小兩個不相離自從接了媒紅訂朝朝相遇把頭低低頭莫碰荳花架一碰露水濕郎衣大眼聞之駭詫欲絕周迴細訊則一小木雕嬰孩粉面朱唇目清眉秀長二寸許趯趯躍荳花上笑容猶可掬也然卻爲一縷頭髮繫頸扣棚隙葦葉上不能逸大眼心知其爲樟柳神必茅屋中有術人止宿夕繫於此吸露水耳素留其靈妙能報未來事即斷髮挈腕中藏笠西行將見城垣腕中躍躍若不安急珍藏於笠內果安旋小語曰

張大眼好大膽來捉咱一千銅錢三十板言之不輟大眼心計完納不虧何至千笞責懸言如不聞甫進城邑宰王公適呵導出行香見大眼心急足忙疑爲匪呼從者執之伏地問伊誰大眼語鈍滯喘息流汗不能達宰怒曰非良善也孟笞三十伏街上大笑宰問笞必痛何反忻渠即曰小人預知有三十板之厄今果然始笑耳宰駭訊之大眼具述已爲租隸路得樟柳神預告受杖等語宰命以神獻大眼即於笠中取出呈上宰輿中詳審知有靈立命賞給青蚨一竿以慰其寃責宰由是聽獄必以神置帽中坐堂皇爲兩造預言曲直如目覩人爭誦神明比諸虛堂懸鏡無微不燭而不知公帽中有樟柳神也公卒後爲鄉里城隍甚靈

懊儂氏曰近有人親往姑蘇從巫蠱家買一樟柳神而回意可以未卜先知矣詎神殊緘默所報者無非鼠動雞啼猫喧等事且夜伏枕畔喋喋煩瑣攪夢不酣及問以他事稍有關係者皆對以不知私問何故曰攸禍耳噫鬼且懼禍人可知矣

古鐵劍

篆刻家牙石竹根無不捉刀惟玉章堅硬輒見之生畏或曰蟾餘肪塗之輭如蠟金剛石鑽之爛如泥試之均不驗殺有方生雪蓬刀法得家傳然刻玉亦深恨不能得利器偶遊揚州市上見骨董家有古鐵一方苔花斑剝隱有篆文較以黍尺長五寸許寬一寸許知爲古物悄

以青蚨二百購之歸試削碑玉紛紛落然率拙無鋒芒規角不能刻縣鐵弟尾就石磨礪石損而鐵無恙送詣治師改鐵筆鎔爐中三日如紅蓮花瓣取出火即堅不能剖不能捺適詢治師皆不如其原與訣旋遊蘇臺訪之久聞人云餘杭西湖邊有仲叟世傳鑄刀劍或有秘密法生訪之果有叟皓眉如霜雪溫雅若儒生以鐵示之並告以故求玉成叟曰不常無營年尚能寫月眼福不淺哉曰是究何物曰此乃吾古劍頭也僕之祖若父曾言之而未能見僕焉茲加長見僕第一次成就自有法然工值須朱提二百金方可生以值太昂出三十金不可再加一倍仍不可笑曰此寶物也五金之精凝結於此又入土久得山川秀已通靈煉得法可得鐵筆三枝不假雕琢一鍋石峻之泛常鋼器已無敵二鍋銅鐵之屬三鍋晶玉之屬如刀斫木其指揮如意真無上品售一即千金區區工值尚以為昂乎生怒偶之去曰郎君莫錯過僕衰老將就木倘過此則茫茫天壤永無能辦者其負此寶物乎生不聽竟去奔馳三年訖無一遇不得已仍往覓叟應如數為酬叟曰郎君既去又何必來論個強當見絕然僕欲為人間多一寶盍先以金來明晨坐桃坎許時即成生晨即攜金往先兒與叟叟邀生坐肆門品茶童子開爐夫妻甚織叟亦坐與生閒話倏一女丐來污穢非常面垢盈掬叟呼丐坐矮几上酬青蚨二百頤代為櫛髮丐得錢亦不問云何髡之叟高坐袖出小梳為丐櫛之髮垢已兩捧遣丐去旋又呼別丐如法為之垢更多已乃對爐端坐口喃喃若勅勒者多時塗垢於鐵就火灼灼復塗塗復灼如是十餘次垢盡矣鐵忽放五色光幕作奇響視之已判為三端正條直取出器破煉即為鍋文一曰切玉二曰斷金三曰鏤雲又出紅石如瑪瑙磨須臾即湛湛如碧芙蓉利刃也叟拂拭付生曰願郎君世世珍藏勿墮勿棄生攜歸急試玉之至老者無堅不入遂仍返竹西日賣篆玉章一字銀一兩索刻者戶外屨常滿由此大富惜咸豐三年匪至城陷生且不知何所歸矣

愼儀氏曰炊米之杪斷戟同沉曉指之柔瓶罍誰惜天下不完之物宜盡廢材耶要在無正法眼藏耳嘵嘵瑣瑣不遑張華已歿茫茫天壤知己何人

夜車演劇

某邑某宦以進士宰於粵迎養尊甫某翁翁歿官扶櫬回鄉里時伊伯叔均科甲作顯官勢甚熾故靈輀之回也盛誇耀騶從鹵簿排列長三里里之紳衿無老稚咸公服出城迎次日領拜夜夕行招魂禮衔牌傘蓋魂轎香亭恣假城隍出巡燈會上五色琉璃者易字為之而各家又出兩明角燈挑請筆從僕持之前驅龍虎獅象燈又雜出於鹵簿中大樹銀花遠望若火城名為招魂實則張燈鼓樂宜開冠釵霧集自宵達旦緩緩繞街行各家又設祭筵擺

供獻金玉花草與寶奇珍香風撲鼻魂轎到門主人拜宦答拜拜已優伶唱戲文以媚亡者名曰獻曲正諠鬧間突一某茂才盛服擠路旁廁幾沒頂上大呼救人援之出臭味差池矣一市大譁友方掩鼻竊穢而笑茂才顧僕乾急曰蘇才速取冠帶來這一跪三叩禮是萬不能少者友有勞慨冷眼惟聞鼓吹聲人馬雜踏聲孝子假哭聲僧道梵唄步伐聲茂才看急聲友人慰藉聲路人相戒聲聲有不同迎歸懸太翁像於後堂客與主人下及執事奴僕均擲去白衣冠更吉服撫掌歡呼曰太翁歸也開筵款客堂下演劇須臾五色臉登場金鼓大震客有題其額云吊者大悅聯云吊者在門賀者在室哀不可過樂不可支

殺於虎

明季肯嵤山中嘗有虎患有山家小女子年十二攜斧入山採樵以助炊偶失足墮山谷中下皆叢莽得不死然上視壁立百餘仞無階梯高聲呼救繼以哀泣終無應者女視東壁有洞內空洞若夏屋伏兩乳虎馴若貓犬女至虎窟懼怖知必死樂與乳虎嬉夕照墮崦嵫腥風突起虎母歸見女始大驚繼見女抱乳虎於懷喁喁了無怖又瞠目良久即坐引乳虎哺哺已將眂女叩拜曰我嘗大王憐我不殺我尚能分乳救我飢乎虎凝思又良久領首若肯女即遂巡就虎食倦即眂虎頷下明晨虎母哦乳虎兼以舌舐哦女面然後躍出至晚歸銜果餌置女側女笑雛虎母意亦甚樂月餘乳虎漸長成虎母遂負之出洞女大號虎俯瞰又良久重復躍下負女於背一躍而升高處女於斯時慶再生也虎引女至通衢女拜辭虎猶回顧頻頻而復去女抵家見翁媼方手之舞之足之蹈之歷歷述遇虎得生狀翁媼曰幸安有遇虎反生者耶是必為虎食死為倀歸惑人將引全家葬虎腹此倀為厲也豈得為吾女女號哭再三辨莫能白因閉之室不與以食女轉餓將斃號救亦無應者力竭伴嘶待斃而已翁媼夜同夢一黃衣婆子來努目視曰汝女即吾女矣若餓斃當殺汝一家驚醒覺怒乳虎猶震林木間也至是始釋女因女自服虎乳長而貌益艷有勇力少年將軍某聞而聘之屢屢助戰功封夫人

愼儀氏曰女不死於虎幾死於骨肉可為奇矣嗟乎古之孫臣孽子血凝賜劍禍伏睥門山鬼朝遊多有行吟之客妖狐夜泣庭有待罪之人沉鬱悲涼有至死而不能見諒於君父恐山君聞之亦當為之不平噫安得千萬億日頭遍為夢中人甦舌耶

夜雨秋燈錄續集卷二

天長宣　鼎瘦梅甫著

木孩童

諸妹子不知何處人。少無賴。嗜飲好博。日漸困窘。乃以後庭誘市井兒與之游。年二十有五色衰。人皆唾棄。而飲博如故。無已。惟稍稍學穿窬。一日帶草笠行隴畝間。睎禾茁深處若有男女足微動。潛詣其側。則果有野合者在焉。棄笠曰。雖妙。衫褌於左。裸抱正濃。諸攫而負之。男女咸起。欲追索衣。不與。伏地哀祈。諸視其女頗有色。曰。若肯與我一度。云云。即與爾。女不肯。男勸之曰。無奈何姑從之。免播揚耳。女含羞與合。男坐伺於側。踧踖難堪。事訖。又脅其男曰。爾太便易。當解腰索與我作賭本。始與爾衣。男云。私約到此。實未攜得分文。奈何。既而凝思久之曰。然。僕雖無持贈。然有一處。指君去。可得大財。問何所。曰。去此而南林中有古精藍。破廢無住持。第入瞰中殿地。有卵石數十枚。堆作一圈。君即拾廟外石如數者之一。添其上。龕後偃臥。待少頃。有十餘男子來。爪分阿堵。君出數石。自有分。諸曰。諾。擲衣與之。男女着而急竄。繞過古墓道。突不見。趨入林。果有廟。闃無僧衆。而地果有石子。遂如其所說。臥而俟。及昏暗。有男子二人進廟。數石子得十二枚。訝曰。何故多一石子。宜有新來之不速客乎。旋又陸續數男子至。至皆豹頭環眼。腰下橫刀。先來者與客寒暄。且告以異。衆曰。吾輩已有十一。若添一佳賓。成闌干數矣。曷搜取。諸自龕後搔然起出。與為禮。衆曰。子既來。緣也。曷同去打黑風。得財當分贈。然須訂盟。共生死。諸曰。諾。固所願也。乃於神前瀝血為誓。轟拜訖。衆有攜來酒肴。團坐飽啖。衆問諸曰。此等生涯。子見慣乎。抑初學乎。曰。不敢欺。若踰牆鑽穴。弟所優為。餘非所知也。曰。如是亦佳。子到彼第先入探虛實。啟門戶。隨出伏暗處防外來。曰。善。夜靜離村。柝轉三更。衆曰。是其時矣。各執堅利。與諸以械。蜂排魚貫行。踰數岡阜。至一極大孤村。重扉嚴鑰。燈火全無。而左右皆山巖水沼。絕少比鄰。然舍宇鱗接。知為大家。衆曰。新來同盟可先入瞰之。諸乃踰數重垣。直達內寢。各室皆黑。惟西廂窗隙時露燈光。驚伏蛇行。以唾濕窗上紙。微破睨之。一四十歲半老佳人。高坐床第。搖箑招涼。一二十餘歲佳人。着輕綃碧紗袴襦。對鏡匀鉛粉。卸晚妝。一十七歲小女子。髮垂垂。尤艷絕。三人皆弱不勝衣。臨風欲化者。小女子抱小孩童尺許。白如雪。瑩如玉。咿咿啼不輟。女子且弄且恐曰。連日阿官甚不乖。夜深猶咿咿不肯睡。對鏡人笑曰。渠是姑姑嬌慣。埋怨誰耶。床上人曰。將阿官來與我。果送之床上。老幼共調笑。對鏡人忽啼聲曰。蓮姑莫怨阿官。令伯仲至今不歸。險不教你兩嫂嫂孤寂煞。幸有樾樑物聊笑耍也。床上人曰。蓮姑兩哥哥不在家。與曾要忘卻門戶。小女子笑曰。妹子癡耶。渠野孤村林。時時怕有賊覷。夕照銜山時。已重重門閉矣。對鏡人曰。倘有惡人來。我妯娌落得一死。未免苦妹及阿官耳。女子急搖手曰。莫道。莫道。嫂何必故作險語令人怕。約再遲二三日。大哥縱耽延。二哥亦斷無不識回也。燈花結如紅豆子。有徵驗矣。床上人曰。小妮子只記得二哥。不想念大哥耶。今夕盍仍是三人同榻。倘賸子稍壯。女子笑曰。二嫂睡態不雅。相動輒翹纖足壓人肩頭。對鏡人赧亦竟笑罵。移時掩關移燈送下。惟同寢長者鼾聲漸酣。孩童啼聲亦止。諸窺瞰多時。心喜急欲應事。出欲拔關。則門皆暗閂機鍵。牢固無已。仍踰垣出。縷述所以。衆亦喜。遂留諸在外。各皆登屋。詣內飛行鴛瓦上。曲折數道。視燈光處。躍落伏諸窺處。窺之果聞床上有婦鼾酣眠聲滿屋。稍尖扃鐍。甚堆物無能施。忽放膽拔刀破窗入。燈光大明。撤帳視之。則空無一人。舉箱奩啟之。皆空無一物。遍屋窮搜。絕無人蹤。知有變。仍躍登屋。聞譙樓角。則先行者無故墮地死。陸續進者二人。亦然。其餘見樓角有刀光燦。轉而之北。視下有小圓。擬自彼處遁。突屋後飛出一人。乃對鏡人也。手起刀落。連殲者又五人。僅賸其四。茫茫無所之。大呼躍落庭院。則年長者已自後刀落。斷其首矣。諸在外巖守。至東方將白。而衆仍不出。聽之亦無聲息。意衆俱得采。各擁婦眠。滿懷妒念。登墻外高樹潛窺。則衆皆身首異處。無一完軀。大驚而下。欲進不敢。欲退又以同盟之誼不忍。乃潛伏草堆中。姑窺其變。少頃日出。聞小女子啟莊門。兩婦人亦均出外四望。笑曰。惡賊無故來送死。又欲累老娘親手瘞渠。好徼倖也。小女子問瘞何處。或曰水邊。或曰柳林下。商量多時。遂定為南岡頭。小女子果攜鋤先去。兩婦人陸續抬尸出。血涔涔渠畦町。諸心搏搏然。及見其抬盡。心計。娘子軍全在野田。室內尚有嬰兒。何不潛入殺卻。為同盟報仇。意決。乃踰垣入。拾地上刀斧。進繡闥。視兒尚仰臥。鼻息咻咻。遽揮以刀。竟兩段矣。詎聲如破析。視之。蓋木頭雕成也。大驚。欲反遁。突一白髮老嫗。龍鍾非常。以杖支門。問子何來。敢入人家閨闥。且殺人家孩童乎。睨其老甫擬以刃。嫗笑曰。子欺我衰邁耶。若以杖擊汝。終非好手。騈二指擊諸肩。痛如中斧鑕。不覺伏地哀號。視嫗後又立一婢。抱孩童來。方是昨宵異物。兩婦攜姑旋歸。嫗呼爭告之。婦曰。噫。如此物事亦學作賊。真辱煞人。汝在草堆中。賊瞳灼灼。以我未曾寓目耶。姑念汝為手足報仇。尚有義氣。免汚吾刀。且就縲絏。俟吾夫回再發落。汝言已。婢付孩於小女子。出黑索縛諸頸。若牽犬羊。扃之斗室。日與兩餐。頗甘肯。尚無苦。至三日。忽聞女子喜曰。大哥二哥回矣。又聞婦笑曰。郎君又攜得妹夫回矣。旋聞男子勞婦與妹曰。吾兄弟遠遊于寧。殺得好賊。言已。均軒渠。一家宴燕。笙管嗷嘈。中夜方止。次日。始聞大郎坐中堂。命婢引諸出。伏階下。若囚之就決者。娖騈非常。潛視堂上三人。皆冠玉美男子。惟大郎繁髯有鬚。喜曰。吾道誰，原是市上無賴，諸妹子耶？前宵之舉，非不在子，但不應圖滅人，俾此等使非丈夫，宜其雄而雌也。且吾友盜鄰婦，野合于爾，何事爾竟殺其偶，又詐取其金？此等惡頑童，宇宙間真一刻容不得。」言已，擲刀下，令自死。諸哀叩不已，滿堂皆失笑。二郎曰：「姑貸爾命。」喝左右健兒：「且成就渠，作留筆半釋迦。」眾曰：「然。」兩健兒果縛諸於柱，出薄刃如紙，脫布褲，宮之，血淋漓滿地，昏而復甦。健兒笑數以藥，痛頓止。大郎笑曰：「這般方成個妹子也。」擲數金與之，立命人送出村。躑躅田間，旋走旋憩，兩日始回舊處，見日前所遇男婦，遥遥視之笑。諸慣極，捨地下卵石投之，兩人皆化作白狐竄去。年餘，里之人家被盜，扨聞於官，諸稍告捕役，會局營弁百餘人，重至舊處，則村舍全無，荒煙零落，眾於草中拾一木雕孩童，諸見木上有伊舊斫刀痕，仍如故云。

塽儂氏曰：以盜殺賊，所謂以豹狼而戮梟猿者也。使諸妹子若非同盟一念之義，又安得獲保首領，僅為天宥已乎？龍陽小兒，身有淫具，本無用之物，二郎刑罰可謂當矣。

癡蘭院主

詩臣既述朱君還魂事，又述其妹朱貞女生死本末，尤足艷稱。朱本巨族，其尊人負郭宦邸，繞築別墅，供吟嘯，花草甚夥，牡丹一株，姚黃也，稱巨擘，而蘭尤富，命園丁谷姓，其婦茶婆子，同住灌溉，勞花時，游屐往來，藉賞苕茗，博蠅頭利。蘭之種，素心者為上，紫心者次之，並蒂者尤不

數數見。墅中素心者僅畜一本，夙珍愛。是年風光作轉，奇葩勝常。忽一夕，紫者咸化為素，又本本皆作並蒂，若夫妻焉。三四日，旋復本質，而封姨肆虐，落英滿階。茶婆子亦有愛花癖，往告主人，意似婉惜。一夕，自鄰村社飲回，扶醉踏月，經短墻外，聞墅中有女子言笑聲，衛瞰之，則倚石坐者為黃帔美婦人，席苔坐者為縞衣美女子，左右侍者嬌鬟三四輩，語細不可辨。忽聞婦曰：「小妮子弄狡獪，無怪封家婢妒殺死。」女笑曰：「兒本太態，生偶為諸姊妹袒，鬼曲不意遭奇虐，近亦自悔恨。」婦曰：「兒過矣，顛倒生物，上帝所忌，況自家形骸乎？然則封家婢饒舌奈何？」女子聞之，掩袖汍瀾，不歡而散。婆子歸，其夫皆不解由是。時伺於墻外，窺覷底蘊，然仙蹤杳矣。一夕，正夜績，忽聞墅中有絲竹聲，泣別聲，走覘之，則適見黃帔婦手白玉卮，斟清泉灌素心，祝曰：「汝不自悶，遏炷露果，為封氏動，任墮閻浮，情痴劫當於十六年後早證果，勿徒於昨日。」祝已，瀲潸不已，諸婢勸慰，始含淚入牡丹花叢，不見。婆子驚，翌告於朱之夫人，則正本性也。是日生一女，公子夢蘭而誕，彼此互述，始識生女之為素心後身，遂名曰紉蘭。夫人生子四女二，紉蘭行五，人呼五姑。為父母所鍾愛。明年，尊人茂才公捐館，母夫人自坐綠幃，即教子女。紉蘭幼頴敏，貌麗性貞，學繡之餘，好吟詠。夫人每語人曰：「此吾家女學士也。瀟湘入夢，巾幗謫仙，惜嫺翁不克見其詠絮才，為可悲耳。」女偶詠秋海棠，自云：「秋雨又秋風，皆陰瘦一

叢，如何人不淚，瀟可憐紅。」母聞之，不懌曰：「是兒何語，出不祥。」從識其卷，册新墨尊皆女紅，不容習咕嗶。女雖遵慈訓，然往往倚窗諷誦，魏、楊、謝、蕭，放歸燕，臨水數游魚，口常喃喃，備盼之，皆絕妙好詞也。顧性最好蘭，見蘭又嬌啼不輟。墅之素心者，自女誕後，即領養，茶婆子護以竹欄，仍勤澆灌，復再閱月。七歲時，早許字成都守張公子，本與女為中表兄妹，行兩小無猜，而共期輩至十歲時，即走避不面。公子素贏弱，隨任之蜀，鯉魚背斷。又六年，女忽持齋，朝夕稽首拜大士像，諷心經，母詢何意，則淚涔涔焉。時正早春，平旦旭日，女擁繡被不起，淚雨濕枕，掌幾滿。婢白於母，詢之，嗚咽曰：「兒不孝，將長辭阿母，負教育恩矣。幸有兄妹在，願母勉加餐，毋以薄命女為念。」母悲曰：「兒何出此言？」泣曰：「兒昨夢張郎來，擲枯蘭一枝於地，再拜辭出，兒知其必赴修文矣。」母素諸公子病，聞女言，心若劉，勉慰之，而女由是竟毀妝，食頓減。月餘，蜀中噩耗至，公子果殁，母皆女，哭祕不使聞。女忽晨起，對鏡理妝，問婢曰：「茶婆子來乎？」曰：「未。」又問：「墅中素心蘭再生乎？」曰：「不知。」問：「亭畔黃牡丹無恙乎？」曰：「無恙。」既而解頤曰：「來處來，去處去，自家皆問訊，誠恐封姨笑人。」疑又悲涕曰：「悔不聽姚夫人語，一至於此。」婢見其或哭或啼，狀類顛，急白夫人。偕兄妹至，女笑曰：「偶與婢子嬉耳，何遽驚高堂？」言已，舉止如故。防逐漸疏。然每夕輒扶病挑燈，繕詩稿，成一帙，題曰別鵑吟稿。成，泣拜其母曰：「乞以此卷寄巴蜀，焚亡者

靈前，以當同穴。」時茶婆子不知也。忽見己墅之素心頓發，舊叢含苞將放，香更甚人。是夜又聞絲管啞啞，人馬雜還，啟柴扉，則見燈火若城，旗旂如雲，侍從簇花騶，皆古裝，擁一絳輿，冉冉門外過，輿中麗人，五姑紉蘭也。婆子遽挽輿呼曰：「五姑將焉往？」輿中嫋然欲加鞭，答女曰：「莫驚，他此吾守園人也。然汝來大好，煩寄語高堂，云我赴詔為天上痴蘭院主，脫去三塵，毫無苦趣。姚夫人尚不及我貴，可請我母漠視思言。」已，車馬如飛，倏忽不見，香風習習，繚雲紛綸。明日婆子來見張夫人，始知五姑已於昨宵化去。至今別鵑吟一稿，士女傳誦，價重雞林。人第賞其詞章之工，初不知其節操之貞與生死之顛末，花耶仙乎，仙乎？

沉香街

江南通衢有街名曰沉香，詢土人以命名之義，云富家子金姓，名不換，蜀人，美丰姿，財雄於鄉，年二十，偶閱畫圖，慕江南風土之美、金粉之麗、山川之秀，遂挾重資，學宦，偶游於此街。經桃花門巷，忽一荔枝兜墮肩頭，仰視之，珠簾繡閣，一美女子憑欄憫之，微笑。訪而知為娼家，乃第十三女，素嬌也。釵光鬢影，魄蕩神迷，遂入院，女笑逆之，甫入，已之繡閨，別有洞天，茶鐺瑚鼎，香爇，机杆、絃索互弄，錚錚然，失落之錢，不知身之所在。旋即開筵，酒有精純，雛姬五六，單來互相侑觴。或素之姊，或素之妹，豔媚之生，微吟「除卻巫山不是雲」句，欲遂轟散，酒闌人

靜解衣入帷素出十洲春册照譜爲之魂更銷矣由是遂假館素裔家不復事貿易資耗盡素憂之生曰卿勿憂吾家雖不及鄧尉石崇然西蜀亦著名富室也我以貿易爲遊戲耳盍暫歸取貲當訪天台素淨泣曰妾已委身事郎誓不再作章臺柳但恐瓜期屆而郎斷尾生信奈何生誓以天日剔欲齧鏡欲闖請留一信物以當左券生笑曰小生實意盡入卿家更有何長物可贈素曰請鑿一齒以昭踐齒之約生怯痛素即嬌啼曰郎非真愛妾者生恐拂其意即忍痛與之素喜藏諸粧奩治酒餞行諄諄訂婚嫁臨別啼哭生衣袖盡爲素淚濕透生亦泣傍人催再四始判袂去歸則出貲盛備青廬洞房所費者需二萬金將買舟往迎桃葉友人勸誡曰錢樹子多不義所以戀戀者爲有劉惧錢非爲潘安貌也生不信卒治任往巴峽下流匝月即到甫登岸猛意友人言未卜素裔之意誠否遂敝衣囚面挾筐持竿詐爲乞丐詣素家素方坐大賈懷中持爵勸飲驀見生若不識詈嫗曰媽媽病盲耶若不驅出便嗾狗齕腿股無悔也嫗果持杖逐之生哀呼曰姐姐真打我金不換也嫗與素諦之研問何一寒至此以途中遇盜對素問爾至此尚欲何爲曰來踐卿約耳素笑曰我金玉錦繡中尚三日兩日病能爲丐人婦耶請君歸休無妄想生遂哀哭曰明知婚媾難但不久填溝壑乞卿垂憐賜一殮具費耳素冷笑曰幾見勾闌門化作施材局恐市上木棺空矣生又戚

額曰小生兩日無一餐腸鳴若雷乞卿賜一飯俾作飽鬼瞑目耳素不應嫗意若憐以腊羹雜飯貯破窑器折梯與之食生且食且請曰約既毀小生一齒須見還也素命嫗捧巨匣出其中人齒列貝若貨假藥者生大恐擲器拂袖去將復闖閣素在內大詈曰花郎好性氣明日盡携所帶命人陸續扛至素家門首繡裳珠履不計外中有沉香牀窮極雕鏤費數千金縱火焚之列鼓亘天香聞十里素聞之遂自縊嫗哀生生轉厚瘞之噫若陽生豈少也哉世無孚娃幸毋浪作墮鞭人耳又聞姑蘇曾有一娼名杳假居通衢朱門洞開牆懸虎牌門首黏示條屏纖纖丹封蛇鞭雄悄赫赫炫人司閽者甗然坐視耽耽如羅刹杳假小有才凡佳客到門必坐與司閽者語良久詢明來歷然後具稟稟云敬稟姑娘粧次敬稟者頃有貴客貌比潘安富同陸賈身有衣而楚楚家有粟而陳陳面同李貌之柔貲定張騷之大請添樹上錢毋擬槽中玉伏乞照驗施行準賞雲雨昌勝恩戴云云須臾擲出批云據稟已悉細勘來人貌既不揚衣又不華錢必不多不准云云該毛毋得妄瀆此繳

慎儂氏曰娼家錢樹子認錢不認人此故態也何足奇所奇者金家郎迢迢巴蜀垂到姑蘇忽然醒悟識來騙我得卿卿數言能令千古有情人憐香惜玉之心一齊灰死當其拉雜摧燒時想諸天音樂啣香而來必合掌而作頌曰苦海無邊回頭是岸登徒之流大家

來春嘆大中燒出青蓮花敗子回頭金不換

小癩子

今有人焉於光天化日之中九陌通衢之地公然攫財物使行道者耳如不聞目如不見者誰歟即北之剪綹南之扒兒手也揚州東關有小癩子尤稱巨擘其先癩母本習猴婆技者癩之父操此術遊江湖間遇猴婆莫逆遂成夫婦而生小癩子年十五六其父母已飽食暖衣稱小康焉出貲送癩子就村傅讀俾改業而癩性最敏咿唔之暇輒習弄好身手恐墜箕裘一日二老壽花甲座客方稱觴祝嘏癩子遽跪請仍習父業父怖噓曰兒能務賢原大好事然習則易而精則難所謂精者如承丈人之蜩如渾郢人之斧如射甘蠅之箭胸有成竹目無全牛遊戲出之俯拾即是所謂如與可畫竹兔起鶻落少縱即逝者也否則帶水拖泥動遭詬辱捉將官裏去一般斷送頭皮危如何乎業此者鍊目鍊心鍊手以我之目視彼之目以我之心印彼之心以我之手扒彼之手彼鈍而我靈彼勞而我逸彼坐而我起猶下乘也俟其靈而我故鈍俟其逸而我故勞俟其起而我故坐猶中乘也靈則應之以靈逸即應之以逸起即應之以起始爲無乘汝未習傳燈矣思跨灶輕舉妄動豈不貽老父憂乎曰兒已習之矣請大人面試可否然後出門挨行人父尚猶豫原極慫恿癩更自誇父曰姑試之

二老登廳側小樓憑欄下顧呼癩子故搖短髮作徘徊狀告衆曰由高自卑識非易事若二老下堂階吾睇之登絕頂尚易如反掌況區區一樓乎父聞之即拾級下曰是依樣也盍睇老人上樓癩子再拜曰既睇下矣更何上焉父母與衆均大笑賞其靈妙爺哉均有巧思遂任伊所爲日復甚野時有鹽商江某老而淫嬖妾外更廣集大腳仙薦枕席一日解衣便脫小坐肆門眺矚往來論茗爲樂小癩子嬉戲肆前見江某遽鞠躬問安否江笑罵曰兇賊兩目如椒垂涎吾手中物耶癩子連稱不敢然亦不去適肆中執事人看元寶江笑擎一寶語癩子曰吾夙諗汝神通大元寶置案頭吾坐守之衆目睽之爾能攫許時公然攫寶去使吾與衆均不知即以寶賞汝否則再至吾門當以大杖敲折狗腿腿癩子笑稱不敢江又言之癩子略凝視遽屈膝仰首曰公真慷慨惠賜小人即誠然曰如是當預謝賞言已即去無蹤江端坐目時顧寶忽一妖艷大腳仙年甫十六七內着綺羅外罩布衫滿頭花朵雲鬢堆鴉裙下蓮船新花樣上身衣雪青比甲扎月白繡花汗巾挾柳筐內承參藥千許飄飄從東來粉汗浸淫櫻口喃喃若深怨柳斗之重至門首見江乃撫筐坐故止步笑曰且小憩片時覺午餐湯餅尚不過遲幾有數婦人陸續過門問女曰巧姐竟親執其勞耶不怕閃壞嫩腰肢累主人心痛女怨曰無奈何阿六官忽思喫湯餅所幸大腳能走耶怕踏破多子街江瞰其

治容已神迷又聞其嬌語更心動情不自禁遽問曰小大姐爾主人誰耶女斂笑正色曰兇巷東首雞大官也江曰此吾之至戚何絕未曾一見子女笑曰奴記曾識翁面但不知姓名翁貴人能有下眼覷賤婢翁諗謎浙人諳浪女不慇懃含笑小酬應翁令其辭雖就彼女以許可旋問曰翁癡耶坐守元寶將以炫路人耶曰非也遂曲折道與小癩子相賭之由女嗤然一笑曰翁莫門人耍是必假寶若真矣翁即富何肯以之作孤注翁極言其真果寶使女自鑑女果倚案捧寶審視翁笑曰此吾家所最夥者汝若肯來何愁無十數枚女大笑釋手挨膝柳斗錠中失色曰殆矣急從錠中摔出取袖中羅帕拂拭而復置翁前曰幸不跌傷然奴幾嚇破膽矣翁曰癡妮子幾見有元寶跌損者乎女曰貧看元寶甜此多時恐六官又着急奴去休言已忽忽挾筐向西去翁方與俄月旦女貌若何言辭若何衣飾又若何小癩子忽含笑來從詣翁前伏地拜謝厚貺曰我元寶具在也曰翁嘗見花為鉛矣真寶已蒙賜呈小人父母備匳鏡之固翁細審案頭案案者果為鉛錫驚詢何術曰頃來尤物乃小人之妾與翁喋喋時已由錠中更換去矣翁始恍然乾笑曰便易然兒賊至咸豐四年與匪陷揚時小癩子之父母已逝妻與妹均送至鄉間癩一身時至城中偵虛實每擬乘隙刺揚秀清不果富家眷屬多賴癩子奇計賺出諸揚賊左右有大半三江人遍結納堅訂裏應外合之計

出投大營詳告營主當事者不深信叱出再欲有言即將傳令斬充顱癩頓驚號仰天大哭曰吾幼不肖學做扒兒手今老矣思捐軀粉骨以報國家奈其說不行尚有顏面與若輩共生活乎遂挈家遁竄不知所終

稽聳殁為文信國公冥幕

按宋鑑恭宗時陳宜中因柳岳還復奏遣宗正少卿陸秀夫呂師孟等同齎加歹使元軍求稱姪納幣不從則稱姪孫秀夫等見伯顏於平江伯顏不許宜中乃白太后奉表求封為小國太后從之直學士院高應松不肯草表改命京局官劉𡧦然為之岳等至高郵稽家莊為義民稽聳所殺夫聳一民耳其忠憤果敢如此吾邑北鄉臨大湖有城門鄉土人云即宋之長天閘至今名為小閘城垣廨署基址猶存隔湖三四里宛在水中央有生聚百家即稽家莊衆稽所居聳之子孫也昆徵宋時此處尚有陸路可通是必柳岳過江由真至長由長往郵道出稽莊始為聳殺耳尤奇者前明樞密院羅萬象清鯁不阿正笏垂紳有大慶曾為天長宰政績甚夥鄉人愛之如慈母罷革後隱於城門鄉自號湖濱旅舍黃冠草履朧敝經行田衣泥屐舉見而忘其為舊令尹也公猶勸植農桑教義學子弟忽一夕夢一青衣來招曰主人傳語奉迓玉趾隨之行入一朱門殿宇偉麗主人出揖而就坐視其貌如王者絳袍珠履貂冉飄飄謂公曰吾血食於此廟中哉詩俚俗節益真牧豎子語敬知先生一代才人衙官屈宋敢乞賜以珠玉為冥冥增輝公諾戲拜退蹣跚驚寤以為夢幻無憑不甚信明日又入夢王者諄諄尤諄切醒異之偶遊閘之城隍廟庭階曲折依稀夢遊視壁上題詩果俚然公究素慕王陽明理學不以此為事是夕假寐夢兩侍來狀如古之虞侯招公曰速去速去主人候久矣公若疾趨隨之行視殿上仍前王者色甚怒曰何吝才是區區者尚欲效東西賊研之十年耶責讓嚴厲公再拜曰鄙人魯拙機滯愛惠膺心亂離亡命風雅事久已拋卻然既承隆委敢自諱其拙耶容即擬稿求教王者色猶怒旁有冠帶容脩翁面白皙若嵇賓狀代公緩頰甚殷色始霽即命送公出拱而別遂問客鄉貫姓氏曰宋之殺降表者即某是也對湖大村落習耕讀者皆某之子孫問王者何人曰崇祭以指畫公腕書曰文山相國公驚醒盥沐作詩三十首清麗纏綿溫柔敦厚繕稿焚之神前而後書木懸之壁自敘甚詳道云文山先生與其客杜滸等亡入真州苗再成結之出抵揚四鼓矣問候門者曰制司下令捕文丞相先生窮促無策素聞稽名乃反駁訪稽稽迎之於家事之甚謹因而慷慨泣下散家資招健丁復遣其子與客俾送文山先生至泰州航海達閩生前道經於此歿即為此鄉之神亦理之不可解者至稽公殁為先生幕中客豈非訂生死交歟前曾遊廟宇悚然瞻仰

中殿肖信國公像少偏肖儒衣冠者正襟危坐英風俠骨凛凛如生即稽公像也聞之士人云雖公卒於是鄉葬長亭四圍多孤塚迄今若水上凫余時擬出資為公加封植立崇碑敘其事且肖像於信國右兜與稽公對峙血食千秋惜阮囊依舊奈何

傀儡氏曰由宋末至明末相隔垂四百餘年文公生為河岳殁為日星何尚摹拳於彈丸小邑哉讀其詩集過稽莊句云小泊稽莊月正弦莊官驚問是何船今朝哨馬灣頭出又在青山大路邊當其亡命流離猶復吟詠自如良由定靜羅公以樞密之偉望隱稽公之故居作野老之良音倚忠魂之隆委所謂聲氣相通者非與羅公宰吾鄉時曾詣汊㵎大覺寺拈香甫履寺閾愕然以驚恍然若悟預問寺中廊宇聯額語無不符蓋公之前身為寺之住持僧也因題其額曰相看在此由是觀之如三君子者可鼎足而不愧乎神

丙辭

花根雲年二十天台儒家子貌翩翩性嗜讀幼失怙恃年十四即補博士弟子員戚里推為閨器欲妻以女笑卻之詢何故曰我命中雖無十二釵然絕非田舍翁抱有齒脫婆子眠一世者家亦貧日把卷不顧灶突塵同人偶拉往東廊觀戲一二闋即稱賞又演滎陽公子教歌覺綵寡孤獨之流疲癃殘疾之輩弄蛇牽犬刻劃盡情大樂曰妙哉此天人菩薩現身說

身而説法像也人以為顛生曰丐也者不識不知無拘無管以天地為蘧廬以日月為燈燭以江河為襟帶以木石為友朋歌哭無常叫號隨己是真薄諸侯而不為比散仙而無愧者何樂如之時生有遠族伯叔行胞兄弟者四業半儒賈產極富腴有德耀妻抱鄧攸戚偶中秋邪相纏項謝銅山萬丈悉歸四婺婦禪持議擇嗣未決族之無賴者乃蟻集謀瓜分龐萬几榻不羽亦飛田畝佃人被脅咸逸流言四布不止穿寄婺輩稍理即横目爭曰寺人產耳孰不有分哉婺憤極鳴冤冤至諭速立嗣承宗祧婺叩首曰族子皆豚犬耳與其遺風木憂益若視亡者成伯道今乞賢宰官出示與族人約凡子姪行無論遐邇但秋試一獲解即嗣之否則未亡人甯乞不恕也宰曰善即示懸里門並花氏宗祠族咸惶惶作希冀想然臨時插井丈自悔其遲茂才花根石富不仁亦夙涎婺產者説生作捉刀人儁即酬千金生正苦饔飧即乘便之錢塘同舍館石時出宿勾攔生獨居忽一褐衣人貿貿然來問生曰君茂才花根石耶姑應之曰然曰爲試言長上名字事蹟石父本生叔即詭告且碓袖出一函與之曰此家主所持贈者闈莫示人揭曉來討喜觴飲耳言已即去生潛閱之闈中關節也蓋石父亦明經有富名簾官某與有素媚之希豐酬適來者价也生懷入闈草草與石文自則略經營叡關節及榜發石落而生魁矣婺歸在途方自懊悔淮墩臨比入里門而四婺已擁

之至家滿堂設紅毯氍毹上泥光可耀目會宰亦呵導來賀生錯愕不知所云婺出叩謝玉成生則再三辭宰曰是有誠約何必辭立命冠服入叩四母與亡者木主禮成始去婺呼生曰得汝為子足為孀孤吐氣家中不少阿堵物聽揮霍不吝也生拜曰諸母有子若揮霍是何異外人之鯨吞但兒尚未娶意欲娶兩婦一為本生潔蘋蘩一為諸母奉榛栗婺笑曰吾輩本意為兒娶四婦頃如兒言即娶五婦何如生拜謝昕夕定省如所生婺亦鍾愛如己出凡一衣一甚製必四恐其判低昂也然生則以來時敝衣私扃一篋不肯棄一朝有感屬諸人坐廳事大哭呼生名婺爭出屏後大罵曰猶飛奴尚敢爾耶我輩有孝廉兒寺人産具在曷再投乎言已呼僕縛之公庭鼓斷狗腿諸僕噉應聲若雷怒目臂露筋執索將縶雖戚惶急搖手曰何敢爾何敢爾我輩來與賢郎作冰耳曰姑畢其説曰里有富室劉叟老無子惟五女皆諸妾所生年相若極友愛嘗閨中設誓願同事一良人頃聞賢郎力能享五美故倩某等來執柯婺始唯唯改容遜謝然婚議成姚倩里之素有德望者代月老衆推酬以酒肉而已親迎之日陪奩極豐絲輿一隊如鳳集如鴉銜如魚貫固已奇矣而婺更招優演劇生且請於是日設廠眼流人鼓樂絲竹與乞食誦佛聲相錯雜則尤奇也卻扇後視五女皆美絕倫燕瘦環肥各極態度香溫玉暖互鬥尹邢孟曰璧月仲曰杳月叔曰好月季曰瓊月

五曰今月姊妹善事姑與良人年餘毫無爭夕事生自嗣四婺也手不拈斑管日不覩制藝足不踏塾門惟豪飲鼓哀絲箏同好串縈裳初猶奉母班衣學老萊子後漸閨中乞食學韓熙載久即村人賽會生亦粉墨登場歌喉一發諸伶拜下風觀者叫絕調笑婺稍諷勸嘗以南宮生笑曰兒命宮雖有些須福今為閨中艷福折盡矣若再癡望恐促生年母亦何樂有此短折子哉故不為也年餘璧杳好瓊四婦皆生子試啼聲知英物而五娘今月尚未娠生説曰豈老天尚不欲我逸哉由是日與今月嬉曰而今而後卿當覩吾目若巧流盼即二五妙合時也今月戲曰行當為已人子為兒免即笑我不作蘭越兩年四兒皆呀呀學語而今月亦孕然尚未知雌之雌雄生卜於五相祠簽曰巧巧巧心事了回頭宜早悟塵宜掃生玩之啞然笑曰是其時乎翌慶次母誕絲竹之聲遏雲杯斝之流泛月生突入跪向四婺曰兒所以能生子者父之蔭母之福非兒所有也諸母他日各抱孫各教婦勝於日對不才子兒事畢兒去矣旋揖五婦曰卿等有兒好努力做人家無以我為念復詭其妾生仰天大笑曰索逋而來償而去何妄之有是夕猶問諸母安否晨則潛更來時敝衣飄然遠引矣僕四出尋之無蹤跡一家哭失聲是年夏五今月亦生子悲喜交集然無如何旋有鄉人自蜀來者云生入蜀人班敝衣四面坐塲後點腰鼓神色恬然又有自粵來者云近更落拓日困卑

田院拍板搖鈴唱萬里曲以度日然尋之則均於先夕遁去想即當日所謂樂者今樂其樂矣生之五子也孟曰環仲曰琅叔曰琥季曰珊五曰玖皆穎敏早入泮又數年環補邑明經環珊均鄉魁琥中明通榜進士玖食廩餼太母四均長齋繡佛安享於婦大太母壽八十五孫環視於庭婺泫然曰汝皆成名亦知尚有父乎乃涕不可仰跪求祖母訓曰昨夢菩薩指示云汝父乞食於瀟湘洋上當往晤一面了父子緣環等遂束裝蹈蹤往至湘水凡有城郭村墟無不睹物色偶至飛瓊村有張團頭者凡流民皆為所轄夜冠往咨詢張恍然曰公子來即大奇大奇渠三年前由豫省至此遇乞丐有恩德昨正盜雖斬狗一同飲廢寺中忽東望良久擲盃大哭衆驚詢渠曰我天台花孝廉也明日我兒來捕我歸奈何衆頓手賀渠大不樂衆曰我等知君之心矣誠恐一朝返初服必違吾輩據今顧憑神裁君曷歸休渠曰善痛飲達旦衆鼾齁而渠已無跡矣衆丐嘖正各處尋而公子等竟真來耶兄弟泣涕張引之飲處則破缽掛壁短竹倚門跡如故也尋守幾月餘始厚酬諸丐痛哭而歸明年四婺先後逝服闋琅出宰鄱邑廣文環珊均大令一宰豫一宰晉琥官皖大方伯玖家居守墓田環珊生母均多病遂各奉其母以居琥在皖一日車騎出忽有少年丐者犯鹵簿左右正呵叱丐含笑擲紙裹於地聲鏘然且曰乞人寶此無用請歸遺太夫人言已行甚速追莫及拾而睇之則

一金紋欣巨珠歸奉母母泣曰亡人即汝父也釵吾舊飾亡已久今特送珠還哉又環摔擲之東營耤以看弟珊出迎東郭門班荊甫坐忽見一少年丐倚墻捫虱且高歌曰雲中人是將軍擅口角蓮生極樂花兄弟心異之趨與拱揖嗟不顧再詢之則搓膚垢成二巨丸分與之曰毋多言嘗此可療婦人病言已跛而去訾即省然歸各與母服病果瘳又玖因家事往謁兄琅道遇一窮男子捧草當壽幅展閱之則雲樹數重一少年仙風道骨飄飄走山巔作採藥狀問何來曰我母卒當無以殯痛將殉忽一道流假村塾楮墨自寫小照與我曰持往可售二十千尚不敷戕身具耶玖叩謝其人頓渺玖賞其筆尚不俗如數購回琅閱亦莫解惟琅生母知為阿翁小像簇亦攜歸呈母且述所以母泣曰汝去後汝父亦於是日負包裹回儒衣冠極華瞻初不類丐我方驚喜渠云二十餘年不歸矣且先省殯宮然後道契闊我因藏其包裹同之墓與畢忽大風揚沙日色昏黑我趨抱之恐其逸聞雲際大聲呼曰僕非丐根然有丐癖煩鄉寄語兒曹甯有丐父不可有丐子丐孫也天霽視所抱乃一枯松樹歸閱包裹則去時所着之敝衣明年兄弟偶團聚互述前事蓋見於皖見於魯見於鄉里者皆此一日一時耳懸像中堂哭拜作禮紙上神情與所見宵酷肖乃索題於當道諸父執莫不欽佩曰此由儒而丐而仙天台之花孝廉也而孝廉遠矣

慎儂氏曰花孝廉一瓶一鉢雲水往來當其撒手懸崖視妻子如敝屣亦何其忍哉或別有甚根知滿場袍笏終有散場時耳嘗謂富且貴者人視之誠神仙不若已視之亦南面不易而仙人視之則極梏其身酖毒其性不過成一可憐蟲乃彼不自憐猶津津焉花孝廉曰是不肖搢紳兒也是無知怪誕人也噫愚矣

髮繡佛

東海掠網寺藏有繡佛一幀縱本長二丈四尺橫八尺佛像科頭披髮面如滿月胸前瓔珞垂如蛛網左手當胸兒撫卍字右手秉羽扇下垂水紋袈裟袒右臂赤雙趺危立龍頭鰲背上若覺龍伏鼇半身在海濤中四足振鬣舉頭張吻吐白毫升空成樓閣畫樹日月山河其下則飛蛇飛魚蠏蛤水母爭來朝拜怪怪奇奇佛目微睨慈悲苦惱意甚森備其上則金經全卷蠅頭小楷綫如列眉末注嘉靖某甲子優婆夷女弟子葉蜨香盥沐髮繡幀左空隙爲伊戚丁尚書草隸序繡佛顛末甚長不復記憶謹綴其畧云浙人葉公大鏞以翰林官侍御秉性鯁峙時以白簡劾當道權貴嚴分宜遣以書畫鼎彝悅公心公叱却之劾益力未幾羅作海盜冤扳公曾行賕革職逮杖戮死詔收刑獄論斬公子伯仲皆知名士束手無策公女號蜨香貌温婉至孝聞公臨死地日夜禱神得感應年方十四發善刺繡買市巨綫自摘頭上髮以金刃濡如稻芒者畢作四樓繡佛與金經二載始成功德滿日而公亦邀天恩以金雞詔出獄矣由是掛惠文冠退老林下不復預朝政女自繡佛目力已竭雙瞳流盲里中無與論婚者公年六十病卒女年僅二十有五彌留時涕泣握長次兩公子手囑善視盲妹無令窮失所兩公子泣受教詎兄雖謹奉遺命而兩嫂妒狠司晨時譖小姑懶惰漸加詬厲女日夜哭兩兄亦深忍而痛絕之矣忽有崑崙女丫髻綠褲稍舉止閑雅翩翩到門向女曰姑姑病目坐耗神損肝肺非真盲也妹能盜得天河升斗水爲姑姑銀海生光但瘥後何以酬妹德曰妹神靈能使地獄人重見天日無不如命曰姑姑善繡乞繡雙鳳一紅一白爲天孫下嫁助粧但勿遽點睛恐其飛去也女曰諾崑崙女袖出金匙稍稍刮大小眥淚涔涔如鉛瀉然後袖出小玉瓶中儲甘露如人乳傾滴眶中囑其坐炊許啟則雙瞳中更有雙瞳光更清潔又與神膏服之胸懷恬適憤悱捐除明日巢市巨綫來視女手安於幀每日來指點絲綫綜理花樣翻新告成之日即來督女點鳳目雙鳳忽栩栩活飛落中庭鼓翼如待乃携女各跨一鳳乘雲飛去家人咸仰首呼蜨姑不應崑崙女撥雲下視曰下界人不須號訶蜨姑至孝感動上蒼天孫遣使奉迓補天上針神缺從此化去量不再累嫂嫂看顧矣通城士女無不見女冉冉空際若畫圖焚香祈禱呼蜨姑聲如雷兩兄愧悔無地嫂不爲怪也

慎儂氏曰吾鄉山中有鳥當春夏之交且飛且鳴曰嫂虐姑嗚至新秋始已聞古有小姑受嫂嫂凌虐死精魂所化者蜨姑雙瞳已盲聽此得無嘆淚乎至孝感動天仙盲目復明皆登雲路兄固知悔嫂獨恬然彼英皇之殘戮首獨何人乎唐人書三日入廚未諳姑性之句何其親切而有味也

夜雨秋燈錄續集卷三

天長宣　鼎瘦梅甫著

大脚仙殺賊三快

半截美人宋氏甘泉人歸某甲甲粗袠貧不能養母稍美人爲商家保母得貲奉甘旨生有殊色不施脂粉不作時樣妝以裙下雙趺不作弓月樣故人皆呼爲半截美人其實即近今所謂黄魚所謂門檻裏又所謂大脚仙也鹽商某慕其容厚值致之所乳子多肥白又善伺主人意感之深主婦偶譖之逐美人子輒咻咻啼美人轉子又咕咕然喜也故得值恒倍於常甲善博貲耗則索美人值無怨也咸豐三年粤匪踞金陵揚震恐議降議禦紛紛不能定美人私説於主人曰降禦皆非善策揚俗奢必災盍早營兔窟乎已而城陷美人先夕出將奉姑遠徙一黄衣賊目突至其家殺姑及夫擁美人上馬鍵巨室中將污之美人含笑甘語以媚之曰郎在天朝何官賊屈拇指示之曰占天侯曰位已列爵尚未娶人道耶長夜漫漫杯酒相樂若白晝活秘戲得毋爲將士笑乎賊大喜開筵張樂須臾月上美人艷妝出歌吳欷侑觴韻可銷魂蕩魄忽覩甲仗手戰而股栗賊醉睨曰卿何怖曰妾小家女也見兵革能勿驚耶賊立命撤却項又抱賊耳語曰麾下將士眈眈虎視雲時我兩人赴陽臺還等穴壁

看得毋大掃興賊即傳令各歸伍退三舍不喚汝不入也賊醉乃代弛褻衣裸而仰卧睨聲促美人寢曰少緩乃自注水於浴器一絲不挂徐徐灌下體清清有聲聽賊鼾息已十數轉慮其詐故試以褻語不應遂柳眉倒竪殺氣生殺氣視窗前月朗刁斗遠鳴急索剪刀就鞋底磨再四跳登榻跨賊身上覷定咽喉猛揕之賊瞋目視美人奮欲起蹙之不得動血噴出滿裀褥霎時斃矣復拔劍刺其腹腸出乃止屍衣覆之聽漏已四鼓潛浣手盥衣出鑰户宵遁望門投宿不敢言第詭云逃難者賊中繪圖索之不可得嘗讀元史至正年濮州鮮花娘殺賊一事如竊謀鼎如玩秘戲半截美人何其不倖而合耶因思揚州女僕果艷冶倫於商家遇官媒竟靠身賊必預書刻己身懷六甲防後患也近日宴客多招以侑觴否則座客不歡纏頭之錦竟多於纏足者又一女陳姓阿脆真州人浪甚寇陷時女逸出蹣跚走西山晝伏夜行將奔大儀尋伊姊妹行討生活至秦欄鎮以爲距賊遠放膽行偶思遺旋循大溪意入蘆葦中私且謀突一黄巾賊目負洋鎗佩刀貿貿然從溪右來兩面背水不及避反坐以待之賊拉與亂女正苦無川資瞰賊腰纏纍纍欣然就之賊脱女衣一絲不挂仰卧溪岸而已則僅將窮袴女佯笑曰急色兒可笑男女歡合全賴裸抱肌膚摩擦得趣若此則終是隔靴換履耳賊笑從之甫近身尚未解鈴女故作浪態乘不意遽摟之滾入溪水中女本江邊產向習流而善泅者賊入水四肢浮泛女力捺下沈三冒而三捺之已作尾生橋下死矣女抽刀斷其頭取臂上金跳脱席捲囊中黄白着衣打包從容負之去臨行復回顧水際詈曰狗賊快樂耶後入安宜嫁一少年郎頗伉儷稱小康移家秦郵近已爲子納粟捐太母矣

懊儂氏曰人間最慘莫如女子纏足聲母之於嬌女也雖安若掌上珍獨纏得雙趺如酷吏之施毒形曾不能少加顧惜主之督婢媪之飾雖愛尤甚焉每聞此聲輒痛東侍傍旁恥鮮廉宜乎覆國亡已纖纖阿母意猶未足及步步生蓮花矣而豺虎猝來挪移傾仆直恨無彩翼雙飛耳愛女之家亦曾記此亂離時乎之三子者談笑不驚或手刃之或計賺之而且尺二金蓮其行便捷出入虎穴極紆極閒偶遇斯人當破産以購之一捧硯一添香一負劍粉黛中饒有英氣

又聞一周姓婦岔鄉東鄉人自恃足大善走難將及先囑良人挈子女潛逃已則擔擋長物甫就緒郊外邏馬已四出無已懷一利剪出門將覓小道尋親串家暫避其鋒忽一賊目自遠道瞰婦似有風致揚鞭追及喝之止婦亦不懼含笑相迎宛如舊識下馬推婦於地將淫之婦佯解裙帶而笑露其齒喉形於吳賊聞云何曰我惜子愚耳子等跳梁全賴驍足設與我苟合時馬遁逸奈何賊思其言頗近理又能慰己然四顧荒郊無一樹一石可以攏轡頗

躊躇女云歇一策然後爲所欲爲賊求計甚急女大聲曰急煞兒盍以韁繫於兩足乎賊撫掌稱善乃灣腰頫首牢縛不稍鬆時婦之剪刀已在手乘不意撟以剪刺馬腹馬負痛遽咆哮拖賊絶塵奔賊剪在腹肉中愈走愈摇愈摇愈痛痛則狂奔如蹦電如追風十里外猶不輟而賊已屍裂顱爛骨折氣竭不似人形矣婦徐徐整衣裙拾賊道之包裹遥望馬拖賊去覓路始行及至尋得良人相與剪燈話終夜吃吃笑不休

懊儂氏曰縉紳家閨秀原難尺二飛鳧使外觀不雅然亦何必過小彼嬛者背曲肩駝雖裙下解結袜纖亦非真麗妍者體柔腰細即裙下五笋稍巨何礙輕盈總之以五寸六寸爲準庶合中庸安得賢有司出示嚴禁凡五六寸以外置不論若五六寸以内定求纖纖而翹翹者即照妖治誨淫論

南郭秀才

東魯婚姻俗例凡媒與到門女家必預備一簡名啟書贈新嫁娘送去其辭無非吉利語即如蘇才郭福姬子彭年之類也有南郭秀才本不羈士因貧館田舍翁某甲家甲有女字某乙子婚有日矣甲告秀才曰某粗鄙不解文字將以啟書浼先生某固村而雛家亦非雅請先生務去陳言别翻花樣說莊家本來面目寫農人老實因緣庶免雷同秀才曰

善子當以黃雞白酒享我醉飽答看我揮毫灑翰何如甲果如願以償秀才作文曰伏以咬文嚼字秀才當行拙口笨腮農人本色冠既帶夫平頂禮休重乎尖頭恭維親家老哥耕稼事業橫貫人家築蝸牛之廬黃坯當壁鋪壯蠟之路綠柳成行陳穀爛芝麻真是小國尖而大國滿肥兒嫩韮菜不滅南園棗而北園桑槽頭喂板角之青力能耕地門前拴粉嘴之白哦可驚天而弟則徒守清貧難期濶富身穿四塊瓦露後遮前頭頂一盔堆沒梭少罐伸出去兩隻赤手縮回來一對空拳聞你家令郎幾讀詩書即識一丁之字愧我家大姐甫知針黹難堆滿面之花幸逢月下老人得配人間佳偶伏願女知靜好男解愛憐孝順公婆和睦妯娌養兒做極大官員改其門而換其戶生女織許多布匹長其財而肥其家從此良辰圓其好事行見三村五舍齊來告賀饑羊會看黃酒白燒醉倒奔泉渴驥五百年冤業擇打不開一肚皮牢騷寫來好笑臨啟雀躍忭頌莫名秀才書就頗自負甲聽其雄蹟亦為之首肯詎乙與賀客傳觀莫不以為謎謔且以渴驥句比客為畜以冤業句槻乙非人乙大怒朱陳會晤時揮以老拳遂致雀鼠適邑宰亦援例出身者之無莫辨見兩家爭訟甚急窮執筆人以秀才對從飛籤械至與以夏楚秀才不服語侵長官乃付廣文稍禁擬實申詳以為興大獄矣而上游睹之狂笑不已判牘尾云緞俗成文不過秀才遊戲小題大做足徵縣主糊塗夏楚任及無辜冬烘是其本色而兩親家興訟只為不通百里侯申詳何其多事但啟書別樣機趣横生當付彼廣文為諸生遷才之炯戒且罰汝薄俸酬文人遭拍之冤刑兩造逐回一批紀倒牽牽批甚惶恐而秀才亦摇擺出牢籠矣

懊儂氏曰語云對不識字人莫作才語讀書人不可不知余向好弄筆頭遭不題之名良由鄙夫俗子知識難解而忌諱頗多也昔有村學究為東人書聯有老熊如熊健之句東人大罵云僕即陋何至比為老熊學究百辨莫信遂致解館噫鼎彝珠玉原不能執擠人辨其真贋耳

驢化為履

東臺某鎮有富翁朱叟擁厚資而慳吝殊甚體患疥與人較錙銖恒狡賴故里人呼之曰癩狗皮為子延師館於家多以冷字問師師略爲嘴即云不通揶揄之人多裏足不敢就邑佟生滑稽士也貧無已俯就其館甫浹旬朱叟即大書一二字於壁下註云人能識得方許以冷字問我翁遍搜六書八法廣詢名儒碩彥不可得其音婉詢於生笑不答翁於市上購物必精擇其價之廉者買魚為賤非腐敗不入門人問之曰吾恐傷生耳一日鄰家豕瘟死人以為有毒不敢食獨翁以半價買歸剖而醃作脯每夕登盤生誤食欲嘔因拈瘟豬肉三字溼徒對徒覺頗苦無偶特求救生笑曰蠢才俯拾即是何不選對癩狗皮尚不工巧耶翁從粗截來翁世而勉從翁即選與生同案餐盤有鹹豉首生吟曰盤中尚有豬頭肉座上何來狗腿差翁稱甚歡開之愧逸去一日有陝客牽驢來鎮乞於市云斷資斧不能歸求保援不應客欵曰吾餒甚實力窮求擬棄驢返今欲賃之急切無售主盍殺之貨驢肉較易也且肉值廉僅取價半之半因假屠刀揮之驢首斷血縷縷濺街市屠再加臠切成塊繫以草繩挂壁上人爭售之頃刻去其半翁聞之急挈錢盡購其賸者歸客酬貨肉錢得十字太息徒步去翁歸以驢肉滲鹽儲於甕剖小小一臠炊於釜蔽忭饞不可名言廚婢烘新煮移時偶揭釜蓋睨其生熟大驚蓋肉突化為爛草履一雙去翁大駭詫視甕中則滿滿皆履不假問鄰家有貨肉者亦如是然鄰貨肉少不似翁之多蓋遊方術士用障眼法破壁豈有翁不知也愧悔呼罵又不可名言生聞之大笑捧腹戲仿月令句黏於壁云是月也驢子至豭破銅錢去驢肉入釜化為履瘋狗無縻翁見之羞怒求無禮辭館嘱人示意請另就生曰諾即刻解館翁益治觴送生行甫執匕翁益服跪地叩首懇詢所求曰師所書二字老漢難問成癡乞明示救殘喘曰此牛字翁不識耶曰何無一懸針生笑曰渠倔強好以冷字炫人又貪饕吝於資強在筋故抽去脊筋耳聞者莫不大笑

懊儂氏曰海濱之漁有名草鞋底者釜中之臠竟亦化爲與不借耶夫履適足之物也術人豈藉翁以知足之意乎翁不知之猶然怒罵師之戲也徒取怨尤

樹孔中小人

鹿首瀕門島有居人姓仇名皖時隨海艦出外洋貿易各國一日遇颶船中老大面無人色洪濤巨浪中隱隱現古島因急就而艤其舟得無恙少頃風息老大等持篙弄楫力已疲仇登島散步見島中枯樹甚多大可十圍樹多孔孔中有小人居之人長僅七八寸有老幼男婦妍媸尊卑之別膚色如栗子皮每人身上繫小腰刀弓矢等物大小與人稱見仇窺之群聲曰嘈渠三尹利仇適思遺即解袴蹲地上并就石鑽火吸煙忽聞人聲嘈嘈如秋塘鳴蛙結隊而至驚視之見枯樹最高處有小城郭高可及膝皆累石砌就城門大啟小人約千餘聯臂而出搖旗一呼各樹孔中皆有小人出迎拱聽號令其中有年輕者面目端正束髮紫金冠雙雉尾銀鎖甲騎拳大雞雛指揮如意口喃喃不知作何語旋聞眾歡應曰希利執堅擁至仇大驚知為賭己然藐其小不甚恐怖蹲如故年輕者又喃喃多時仇不應即揮眾與戰小箭小槍小刀小戈矛鑽刺兩股頗痛怒之戲以手中煙筒擊年輕者一擊墜翻落雞下上髡矣眾擭屍回城堅閉其餘皆竄入樹孔中仇亦回船夜艤岸上小人大至擲砂泥而呼

曰黎二師四叩刹難鳴始凝仇枕上自思若攫得一二頭回故里轉可炫攫孔方翌晨託言採薪攜斧與布袋之故處甫破一樹其中小人甚夥尚有酣眠未醒者仇一一拾而裝布袋中約若一門者歔歔一逸者歸兵遊以飯哺之亦食而尤好食松子果品正擬復往而岸上小人如蟻集蜂屯如恒河沙數口啼喃若詈焉且小箭如雨船人怨恐解纜去月餘回廠以之問名宿咸以為僬僥國人問洋人云是物能醃為腊其味甚甘一人不敢獨行恐為海鷗銜去耳仇喜於市上設布障置小人於盆閱以錫水晶片觀者如看洋畫得資甚富時都轉某公聞之授意於鹽賈賈出千金購去雕紫檀作小屋宇前後三進兩旁遊廊其中更設几案牀幔衣箱奩具等器即日獻都轉賞若連城小人以幼者為尊時見年老者折腰揖孩提又以婦人為重時見偕眉者坐首向巾幗一輩夜宿三次蓋以一日為三日也男婦各就一處宿每宿必媾然不容人偷瞰瞰則羞憤拔刀自刎死又最畏雷聞雷聲輒裝於匱中藏地窖內各久之漸通人意旨每見都轉所寵艷妾頑童必叩首若見道學龍鍾老輩者匿不出更人著鮮衣潤服見必舞刀弄棒獻諸技若見破帽殘衫者必爭出指之怒詈曰踈平叩喇怯最妒見人有技能者必攻其所為不成又詈曰苛二鳥三叩喇怯又最疑防人竊竊耳語然又畏大聲疾呼高談闊論者每聞聲必詈曰飯平飯平師二叩喇都轉愛之深從其人對小人語語必代小人詈以媚小人而小人益橫矣都轉諭從生店製小紗帽玉帶袍笏小兜牟鎧甲兵器與小人爭着之搖足作學究狀跪拜如官人狀漸引道學串戲性又最靈不數日已能演五六折但舞雖中肯而歌則不辨為何腔也有時與以銅錢即愛不釋手口咬脚踏而錢不能碎則又嚶嚶啼僕人偶有相撲罵為戲者小人見之手足舞蹈樂不可支由是知小人喜人撲與罵小人有時感戚思島與都轉必命僕人撲罵擲小人嬲又為小人製小匾額懸木盒上曰猶傲樵蟆又曰罔談彼短自製小合頭房題聯曰槐郡能游芥舟可渡壺天不遠橘隱非遙小人見之知向都轉鞠躬謝年餘諳其安之開木盒面玻璃門小人間出而遊於文房左右一日都轉他去遺紅頂花翎帽於几小人瞰其狀手扳紅頂兩人對踢之如毬摘下孔雀毛兩人互扛之掃案上灰如帚正嬉笑間都轉至小人爭戴頂翎逸頂墮地碎矣翎落大盆中焚矣而都轉不怒反顧之笑明日有年家子衣冠謁都轉偶遊書室正值小人趨趨嘍嘍躍几上年家子不知為何物大驚失聲狂呼曰怪哉視小人已驚斃其二餘則潛盆中詈曰蟮三尼二師二叩喇都轉由是深恐年家子置不理

愼儂氏曰神異經云西海之外有鵠國其人長七寸有禮好經能跪拜行如飛日行千里百物不敢犯惟畏海鵠遇輒吞之在鵠腹中不死然皆多壽有壽至千年者不聞其一鷲即死也又西北荒中有小人其若朱衣玄冠軺車乘馬而出人遇其出抓而食之其味辛能識萬物名字殺腹中三尸蟲然皆小一分不似其長七寸也又輟耕錄中載海外有名靖人者亦長七寸然皆露處不聞其有城郭也熙朝新語載僬僥國曾遣使入貢其使為紗絳袍後擁曲柄小傘然尚長如五歲兒不聞其如是之小也詭矣么麼其所謂小人之尤者與

楠將軍

吾鄉石梁鎮當元季有古剎為梁武帝所勅建殿宇甚宏院庭尤沃髡奴寖富不知焚修而好滛藏美姣於地窖中外人不識也時正修繕工匠滿室有漆工某正操堊丹滌飾觀梁上有光倏一碎墮地上有守宮二睛赤鱗紫舞爪沃雪一瞥眼已長尺有咫正痴眺忽聞人語曰此龍也守宮騰趨眾爭逸工不及奔伏几下適塑師供至聖孔子木主即藏于首咲協不敢動聞霹靂大震雌雷飛馳雲霧中猶覩門外一青龍至首橫尺木丹書若符角杈枒翼兩黃綃門小龍首礙因側角蜿蜒入門內守宮突化為小龍若迎迓戴尺木者君一轉身氣燦飛鮮視青龍攫殿脊寶瓶中珠大如碗兩小龍各挾楠木梁掐打若鬪屋宇樓閣一齊成齏粉少頃雨霽煙霧散工輩而復甦所藏木主猶巍立不動而廟則烏有僧則更不可問遍地積水浸民廬走告市人奔視之惟正殿基陳設女子淨桶遺烏數事而已其兩之傾盆時也遠村見黑雲如山垂垂撲廟下從即騰上猶約略覩龍伸巨爪持殿梁舞旋鬨湖邊漁人云是日龍以殿梁門空際移時舞然抛墮湖心泛泛忽不見已而每逢陰雨湖人輒聞兩木相撞聲登登止則天霽驗之不爽由明季至昭代梁在湖中受日星精氣漸為厲虐行人船過一木如箭激趕至則船碎以至放船時必預呼大楠將軍二楠將軍香帛禮祭之始獲免時湖心更有巨黿不知何年淪入水每夜開巨口汲水吐水聲咕咕即雨人以為湖中二怪至道光某年有漁人父子拉絲網夜向晨網重輕易不能達岸以為得大魚甚夥久之愈重心急欲棄網割纜則不捨欲曳則船將覆惶急間忽上流來一官舫男子十數人皆箭衣窄袖貌甚都因大聲呼救官舫靠漁舟互結纜助曳其網漁人兩舟跳躑施力誤墮一偃官舫中不及檢而網果輕得曳曳起擲岸上官舫欲去解所結纜漁人將以炊餅以酬不受忽忽去漁父子饑已天大明私衷慶幸以為雖必勝常及啟則并無寸鱗惟一極大楠木滿身生綠苔如毛隱隱有鱗甲紋一頭實孔若目且有睛知將化龍亦不知何故罹於網始悟網之所以重也回憶襄危急詣岸上金龍四大王廟焚頂酬神視壁上所懸神船猶泥水盈漏草履亦在盎恍然悟神之冥助也因送梁於廟庭遠邇聞之莫不駭詫一日示夢於寺僧曰

吾兄弟成材於隋之開皇落水於元季行將化龍上帝怒我虐行人讁謫於此吾弟逃不敢再恣肆然吾軀尚受三百年杳大辛無聽濱僧告於衆為之雕大王像紋甚細從此湖中無撞木而鳴聲如故

曇花記

曇花本佛國產放大光明生自在香每聞梵唄聲輒婆娑而舞奈朝開夕落賦命不長佛祖憫悲見之淚下昔太史戴公督學西秦時闢門唱名有七齡章童子名節了髻纏紅絲面如冠玉提筆蒞階揆卷太史貌其稚曰出節院乃文戰之地非嬰孩跳蕩之區汝來此何為揖而對曰童子無知觀光有志曰汝能作文乎若塊然沒字碑當以夏楚懲汝曰雖未敢遐奪錦標亦未必遽攖扑教太史頗以為詫諭廣文對云此兒素有神童之譽渠父名九如亦久困童子軍者太史疑九如攜來將買餘勇為兒捉刀乃杜其夥呼從者送交幕府諸君及再點則魚貫中果有九如其人者年逾不惑野樸類唐一村學究耳問章節汝子耶曰然曰如此皤然強來作麽生若露廬山真面目法不汝容九如唯唯以退院門扃太史危坐堂皇過卓午返內省甫履閾即聞童子喧笑聲與諸老單辯難聲且脫帽露頂搦上翻筋斗為樂太史驚入略呵叱節悚惕徐起整衣冠侍而聽教太史笑云我固知汝不能文也日移八磚矣不構思而喧鬧此豈三家村塾耶對曰不奉題紙從何作文太史恍然亦自捧腹詢諸幕云是兒伎倆若何僉云敏甚惟狡獪不受羈勒然讀書甚熟百舉而不一遺乃授題與以小几使坐并與果餌使餐節略一翠兒即奮管直書不曾宿搆洋洋灑灑出色當行繕就跪呈其卷云童子節愧少如椽之筆且為剌促之文良由時近昏黃不過免於曳白耳太史閱之擊節者再適壁上粘蘭亭本拈此地有崇山峻嶺茂林修竹句命對對云怕你不雕蟲篆刻斷簡殘篇諸幕叫絕太史佯怒云童子亦讀西廂耶即以為句曰童子讀西廂對云大人應東井太史色為之霽指庭樹曰老樹千年對云香叢一現太史恐其不祥然心賞靈慧適左右舉燭節將出因撫其背曰好為之一領青衿便易子矣節忽顏色慘戚伏地淚雨崩角有聲力辭盛意太史大詫問汝既高尚何勞此行泣曰童子有苦衷不敢言言必獲罪辰曰第言之無恐曰父困此有年矣頃此之來原冀為椿庭作倩不意隔絕且先獲售則父於今科固已無望即下科亦何能為哉乞錄父而黜節轉移之德沒齒不忘太史呼九如卷至則荒率較雛鳳判天淵矣因以之示節曰汝父文似此奈何節叩不已太史矜其志憐其孝嘉其慧遂許其請曰冰鑒之明辨為汝屈然汝下科必捷滿飛不遠矣節嚴躍再拜而出翌晨揭曉榜首為章節還亦雋才也九如則勉附榜末星軺啟行諸生走送九如亦携節拜車下太史謂九如曰汝之售汝子所貽贈也鵲巢之鳳豈有種哉又詢節曰冠軍人汝同宗乎曰同曰我行矣盍以一對送我章節意即還節應聲曰呂蒙呂蒙正太史顧廣文請人曰能不以此子為無價之寶即旋解襟下珮玉以贈節曰汝第自珍愛明年今日當以茂才還汝此玉即他日券也節感激涕零嗚咽惆悵視星軺影追始隨父而歸閱半載太史忽夢節持曇花冉冉來謝口吟一絕云身本優鉢羅託身植瑤島入世償宿逋曇花依舊好迨書旒是郡急欲見孺子而蹤跡杳如驚詢廣文廣文命九如自陳哽淚盈睫抽咽而對曰節兒自承明訓歸後慘以瘧殤彌留時堅抱所賜玉珮旋以為殉太史驚惋無既九如又云渠降生時本夢一老枯禪手贈曇花而誕宜其不永也太史爽然始悟昔之聯句可為讖後之夢返其真耳乃振腕作曇花記以誌其事

懶儂氏曰負逋而來償逋而去人間佳子弟莫不云然獨章氏子可歎可憐令人有回也短命之感焉既非凡孝尤卓著曇花之喻雖想當然語亦作如是觀也又宗邑有古梅書院郡果老菴乃唐人附會神仙古蹟邑宰長公名在試書院日少長咸集中有八歲童子來觀場長公命對曰梅花果老矣即應聲曰棠陰長在哉長公大喜呼為千里駒獎賜極隆旋亦夭亡儒林傷悼

博山兩賢婦

博山鍾十六其父以負販起家十六亦廢讀紹弓冶年十六聘里人李氏女耐姑為婦未娶之先偶詣村市句當遞風鐵士蝬叟鶴髮龍鍾碧眼炯炯求相者門如市為其言多應無幾毫爽也十六羨其神出腰際銅錢二百求揣索叟云來者父母俱存業儒習賈餘亦多驗惟云應得兩妻相伴偕老十六嘔喙云某田舍郎僅一床頭人願斯足矣何福消受英皇耶時父執陳老亦欣然延至家遍相眷屬至陳女讓姑問字人否曰尚未曰語孟浪莫見責女公子當是人家小星也陳大拂意曰陳某不才忝為此鄉之望何至以弱息為人妾叟云但求相法不驗耳言已拂袖還出人俱以為顛年餘十六行親迎禮耐姑艷而不淫慧而不肆溫清無缺伉儷亦濃詎結褵甫六月竟生一子十六猛疑必不貞于室朝夕詬詈翁姑亦時時誚讓耐姑無以自明惟向隅痛哭十六欲殺其子以滅跡姑不忍彌月即追之歸甫入門而離婚一紙已接踵至矣其父李翁見而氣結入答其母李媪媪思己女素守閨範動以禮閑然嬰兒尚在抱也下嫁日至今始六閱月也嗒焉氣喪惟母女相對哭娣姒嬉笑於後譏復落落慢於前族人更說翁曰若耐姑者誠門楣之醜不殰之亦當酖之否則逐之然則養而終其身作有夫寡耶撫裍物他日究誰氏子耶翁曰我亦籌之久矣若強當以斧鑕加

其顯明日果有媒妁集於門或云某尹二郎贊或曰某海四郎美耐姑知不能容然亦無所歸晨起抱兒走投雨香庵嚮膺珥戲尼別舍以居禪榻磚爐紡績自活庵主大悟優婆中善知識也頗憐之時加調護一夕兒嗚嗚不寐耐姑撫枕傷心亦自哀哭大悟自蒲團起搖呼曰耐姑何其不耐耶暫時盆覆究亦前因有日珠還圓成後果寡婦且耐夜哭況有夫之婦哉耐聞之抽哀而已不敢信口頭禪十六自出妻也頗懼秦山涉訟既而寂然知無他意遂另議姻於陳女讓姑讓姑雖豔慧終覺遜耐紘續良辰十六思蛾叟兩妻之言雖徵驗然出一娶一終不足云前賞叟離也陳翁更以嬌娃已得所天雖屬補房然非舊室行當挾蛾叟雙瞳子責其狂瞽云是日大悟偶自他村行見鍾家鼓吹喧闐賀客雜遝知是再娶急歸告耐姑耐姑灑涕默不語詢娘子於意云何曰死耳大悟狂笑云前日奇冤莫白若反生今日大屈將伸若反死何其痴乎耐姑知其中含妙諦即跪求開示曰娘子當乘此機急往登其門抵死不去神佛菩薩一切有情自來玉汝請以二十字禪言相送偈云但得蹬下蓬重燃獄底厭香閨聯二美比去莫低徊耐姑祗領乃襁負其子潢涩登鍾氏堂姑靦面批其頰以逐之不去親詣廚中雀霍磨刀以恐之不去呼媼持短棒交撻之體遍青傷仍不去惟伏地哀號自云死罪見姑怒稍解始叩首請代女僕供傳呼不計滴值日推求兩餐夕推求一席

夜雨秋燈錄續集　卷三　九

地憎再逐無怨言翁與十六已有憐惜意鄰里又緩頰云不端婦亦可憐生也阿姥何惜一碗閒粥飯俾渠亦可代新婦勞姑不得已領之惟命宿東廚陂地鋪槁眠不容其擅入中堂不容其妄與新婦抗禮耐連連應諾由是潔庭除操井臼雖新婦不溺亦代滌除姑於初至頗吹毛求疵後見其服勞不少息漸亦相安耐不呼姑而曰太母不呼舅而曰太翁新婦則曰娘子見故夫則走避恐不及戚屬鄉鄰罕識其面幸讓能憐耐且憐其兒避人則呼曰妳時週恤之不忍目之為僕計重來時忽忽年餘矣會舅姑壽辰十六效萊舞如期稱觴戚屬咸集忽雨香庵尼遣徒送儀並閒蛋襪非祝具乃湯餅也莫不鼓掌笑老尼荒謬幾如蛾叟妄言旋開宴鼓樂大作觥籌亞飛忽聞直下有呱呱聲聒耳矣婢奔白云李氏又分娩矣賓主愕眙其姑大怒趨而責之曰淫婢定不欲生耶前已玷汝家今又玷我家耶耐含笑云阿姑無怒兒今日嗚吾冤矣速邀良人來宜有兩子而不識其父乎十六猶未諳何事質問自外至耐驀起執其手涕泣曰我自入汝家服役之苦婦人本分何足云然未嘗出一瞻眺與人一語言汝於某日挑吾吾不理夜間來醉來逼吾草榻上勉就之今幾月耶抑仍六月耶二老如不信有渠頭上柳花為證先是清明日其俗男女均簪柳花少許新婦媚藥砧以五色線縷作綵毬有文理非代人所能蓋由清明至今又將中秋也正錯愕間忽報李家老夫婦聞信

至十六父子道左迎入門即排衆責曰不肖女亦有今日不然天網漏矣李翁猶剌剌理論李媼則髮指而色變時爲萬端毀器皿無算遽揪十六之母飽以老拳衣袴撕碎幾露其私無敢阻者十六崩角有聲亦忿騰足而踴捉髮而撕夫婦揚言曰今日事非鳴官蕩其產毀其家不可衆賓俏勸慰即反唇譏曰當日吾女被逐時諸君何不援手一啟齒賓語塞時讓姑父母亦在座知事必決裂急號於衆曰耐姑之貞其含垢忍恥固已上格蒼穹始送石麟為姑解穢頃欲解紛而息爭合璧而免訟似非吾女一言不可讓姑果自屏後冉冉出拜諸長上云耐姐沉冤白於一旦天之顯家之福也請妳復正位兒副之若是貞操即為之執巾櫛亦所甘心長者具在求勉如兒言勿再鼓舌衆曰善陳翁亦樂為之忽蛾叟來觀熱鬧場從翁後拍其肩曰陳君陳君撲之雙瞳能賜保全否陳大駭既而大悟遂與衆互述其事始知數之所在有莫知其然而然者也惟大悟能知必於是日臨蓐又不知操何術耳乃張筵結綵率兩家父母高座鍾撲兒叩拜服罪然後互請其女作螟蛉賓客極歡而散是置綽楔於門表兩婦之賢耐姑再生女仍六月讓姑生子二即如期常其後四子皆肯推先封嫡母而後封所生誠如蛾叟言耐姑年六十出資為雨香庵建佛塔報大悟也

懊儂氏曰中年論云少所見多所怪見橐駝言馬腫背鍾十六以婦六月產即云不貞可

夜雨秋燈錄續集　卷三　十

謂少見多怪矣孕月深者主尊月淺者主賓老隨園堂皇一語能為斟核造福是真佛子心腸慈悲陰庇也吾願不識字人其胸無點墨而腹有疑團者當三復此編先唱東南孔雀我佛聞之必合十而作頌曰善哉善哉如是如是

珠江花舫

鄒子樂生筆記載江山船云江山近水人家各置一巨舫畫板明窗巨麗宏敞父蕩髮母操舵兄弟執爨女任烹調其女子率幼習絃竹歌舞破瓜時便使應客臨風咳唾若即若離或一二妹或三四妹皆靚妝將以誘過客弋東南也富商大賈往往傾囊登岸悉矣而不知廣東珠江花舫其惡更有勝於此者一老幕府沈翁宜興人自幼入粵生平不履勾欄門亦不娶由壯而老猶童子身每見子弟喜北里遊者輒笑之以昇醉後犬自詡謂以為如來世尊忍辱羅漢自家已得三昧眷尤勝焉無不及也歲積修羊已數萬金贖家舊業而御僕又嚴酷錙銖必較一日將回里置良田築精室爲歸隱計不復爲人家鑿幾作嫁衣矣素聞花舫名恐墮其術乃再四檢擇須無一女眷者始登其舟一日檢就先運箱簏安置圖書而後辦別鶴撤始解纜行一舟爲己坐一舟載僕從不甚華麗亦無陳設飲食亦不甚豐潔遂帖然意肯行三四里忽覩一好女子淡妝素服蓬頭鴉髻而意態動人啟艙後小窗就水浣手五

胸釧鏈板鎗然沈怒呼僕不應呼舟子問女何處來舟子大恐伏地面無人色女急走出艙斂衽拜曰公勿怒容妾緩稟陳近情則留之無理則逐之惟公所使未晚也曰試言之女流涕曰妾宜興人姓劉乳名小玉幼隨父宦於粵誤適蕩少年傾資供賭博資罄而夫死大歸而父母又卒於官百計營葬于此一女子孀且孤恐遇匪陷娼家思歸鄉里雖髮飯三四欲自買一舟既無資斧又無婢媼迢迢千里難獨行欲附他人舟又恐遭不測素聞長者圭璧其身乃奇男子必能憐苦況賜玉成且妾鄰媼媼又與舟人熟故附資舟行倘賜援手賤妾生死御環曰於佛前諷誦為長者祝千秋若竟不許妾當效湘纍畢命蓋舍此機會永無歸期耳言已悲啼詞旨酸楚沈惻然久之曰附舟行何不可但不許入中艙耳女應之即起赴後艙嚶嚶誦佛號舟子亦拜謝問諸僕僕叱舟子沈遂信之久之每進一餐一飯贊甘美舟子曰此小玉手段也每盥一巾一襪贊勻潔僕人曰此小玉滌祓也翌晨抵小村落思早餐呼僕尚酣寢忽舟子掀簾進麵餅味鮮美問何來曰小玉親上岸為公購來也一日清晨擁被坐忽聞骨冬一聲舟子大譁曰小玉為主人購早餐上跳板失足落水矣沈披衣急起開艙覘之果有數餅飄水面很果早女子自水中出衣裙盡濕瑟縮寒顫扶上船頭將之後艙聞舵工太息曰小玉僅此一套衣又無可更換不幾凍煞耶沈立命扶入中艙女不應良久如不聞沈又言良曰公曾云不許入中艙小人敢忘卻耶沈曰渠為我致此忍坐視耶呼入臥小玉於己衾中錯火代烘濕衣小玉起著衣含羞謝後艙操作如故沈由此心德小玉一夜人靜後似鼠子入箱嚙衣履呼僕捕鼠不應將自起見小玉睡眼餳澀自艙後出衣綠綢短襖束褊問鼠在那廂公指示之即為擺撲而後去一夜江風大作浪震震若欲斷案上燈熒熒忽滅呼舉燭不應又見小玉徐徐籠燈入披淡黃衫就燈熱火蠟指如筍凝波如牙客凝睇又去一夜暴雨水溜自蓬隙入衾枕卻當漏處移就乾處如故呼僕不應又見小玉手挈衣襦束燭珊珊來登榻跨沈身上過代塞漏處溜鳩手停汗津津如珠喘吁吁若斷沈由是心更德之欲挑與語小玉遽擁燭去明日沈忽病撕僕人懶惰但早眠自傷妾頭欺且泣小玉聞之即指艙代調藥餌司盥濯極殷勤數日病瘥夜靜小玉猶忍凍侍牀頭不歸寢沈憐之挽其臂曰卿衣裳太薄又為老朽侍疾良不忍何不權就僕腳畔眠小玉不答促歸寢亦不應沈曰吾犬馬加長卿齒稱倫年歲當可為吾螟蛉女眠何嫌耶小玉點首從就腳後眠沈覺奇暖勝於湯婆子又有一種異香鑽入鼻觀心大動不能自持遂逕起與共枕摩挲撫慰口吃吃求歡小玉曰不可妾既孀又視翁如父翁又面許作螟蛉若此之為玷辱甚矣沈閒哀之小玉曰既嘗相愛何必在此曰卿如能令我銷魂當沒世不忘且僕孤身獨行與卿同偏

成就此好吾之所有即卿之所有不然卿即歸宜興能揚眉吐氣耶小玉不語沈遂與之定情備極繾綣沈喜曰今而後方知枕席之樂勝於封萬里侯也小玉曰妾之清白為君輕薄盡矣由是相處如夫婦一切鎖鑰悉付小玉忽聞兩僕逃已而一短童亦逃小玉頗駭詫而沈獨不甚追究計自解纜時至今已八閱月尚未到小玉獨催促而沈若不甚介意久之視銀篋盡空問小玉曰翁忘卻耶僕盜資若干僮盜資若干日食柴米翁病藥餌又若干舟子支付船值又若干觀衣篋亦空問小玉曰翁不知耶銀盡不借此付質庫將若何耶夫去能飛回耶沈慫小玉美昏昏亦不甚盤詰一日舟子告曰到矣沈欲登岸小玉止之曰翁將何往常言家無一椽能露宿耶故里聞翁挾重資回必蝟集求告貸謂翁之資斧已罄誰信之耶然則再求人誰應之耶岸上有妾阿娘家頗雅潔不如就彼處養疴妾承翁錯愛既不能樹貞節坊亦不願別抱琵琶且作臨邛壚止家雖壁立妾尚能拈針量不致有庚癸呼也沈忽鄧山已頹阮囊依舊不得已從之入其家果如女言居以靜室起居安善女晨昏時出入時來伴翁碬時就他處宿心疑不敢問亦不敢出突二三舊雨來訪宦粵之名幕府驚詢何亦遠返笑曰返何處耶何時返耶蓋沈舟居一載日對玉人舟子揚帆行數十里又泝流退數十里無論浙邦且終未出粵界也頃所居即小玉家舟子即小玉兄弟輩蓋名妓也至是始恍然乃相與乾笑遂仍居廣為馮婦焉又一歲官復任登畫舫耗去五千而歸與夫人言夫人嗤之曰卿勿笑他日赴任所見若輩恐亦能令卿卿銷魂也夫人大笑曰吾身無渠能為我作面首人耶曰不然吾輩宦僕伶何曾非兩雄相愛恐兩雌相愛亦同此撲朔迷離也夫人更大笑以為妄且隱隱有醋意後果買舟遣女僕迎夫人舟子女慧麗可人能眉語能目聽舉止言動無一不令夫人生歡喜心乃拜為螟蛉女朝賞暮賚金玉珠翠錦繡玩好不計其數船故緩緩行日僅十餘里比到任而夫人已妙手空空矣且船值已累積短百餘金宦聞之急遣僕持金贖取夫人歸著冉冉出蓮輿登後堂宦遙躍出撫掌笑問曰何如

慎懷氏曰趙簡子適楚江也且感操檝女鵲冕子游五湖也尚挈採蓮人天光雲影中一葉鷗漂

葉鶴湄傳此數輩供巾櫛之周旋便覺米家書畫趙家琴瑟一切有情無瓶供之簡興之可也若醉服其水則腹痛而死猶項之珠玩之可也若誤服為丹則腸斷而亡噫黃帝造舟防溺也而仍溺之者蓋自溺也

夜雨秋燈錄續集卷四

天長宣　鼎瘦梅甫著

金竹寺

余髫齡即聞揚州地下有金竹寺，不得其源。前歲晤屯田司馬楊君生姻丈，偶話及，云明季某甲子有皖人蕭霞威，少年任俠，追蹤魯仲連、郭解之為人。屢屢睚眦興怨，後遭仇家聚黨毒手，逋至他縣，匿跡韜聲者二載。偶步月，聞茅屋中有哭聲，採詢之，有里豪魏姓名虎者，強娶孀母女，女憤不從，欲自戕者屢矣。其孀母朝夕邏守，然虎已諏吉，行將來搶娶，故對泣耳。蕭聞之，歸旅店，袖刃出，訪虎居確，躍登其垣，垣盡登屋，脫屨步鷺瓦，行無聲，視燈光多處，睨虎坐繡閣中，擁艷姬，陪狎客，昵飲甚歡。聞狎客笑曰：「東鄰女假惺惺尚啼哭，明日銷金帳中，一嘗異味，恐魔之不肯去矣。」虎曰：「倘倔強，當投諸冰窖，寒凍殺。」客曰：「虎郎惜玉情甚，禱旎豈故作險語破鬼胆耶？」曰：「噫。」蕭省之確，即躍之地，揮刃奔虎，遽斬之。姬驚叢若鷩，客張皇，蕭又斬之。僕僮聞聲來，又斬二，一而逃其一。視案有酒，立飲三大白，指濺血書壁曰：「殺人者蕭霞威也。」書已，仍躍登屋，荒鼠四顧，不知所之。忽昏黑中有白衣人執蓮花燈前引，隨之行，如飛，比明，視所抵已五百里。欲尋白衣人，不可得。推燈棄荒草中，孫焰搖搖若將滅者，諦視之，非燈，竟朱提一錠，量之約四十兩。俯拾，即以為資斧。日處旅館，漸聞風聲促，恐為捕者蹤跡得，急易裝更姓名，過江，聞浙省天竺山菩薩最靈，願虔往焚香求懺悔。至則士女如雲，比卯如蟻，然皆粧模做樣，無一真善知識。焚香畢，即小住山寺，發願改悔，默求庇佑，學優婆誦誦，至虔至誠。偶遊山巔，破寂視石洞中有老瞿曇趺坐，目若瞑。見蕭來，遽喝曰：「富豪強娶，何預汝事？」蕭驚駭如冰沃頂，恐洩其事，心意欲擊斃瞿曇以滅口。僧大喝曰：「咄！白衣持燈接引，汝尚為仇耶？」蕭駭且感，遽伏地曰：「弟子知罪，大菩薩法力宏深，定能始終解我厄。」曰：「此處非容身地，盍為我寄書揚州金竹寺與鉄方丈，彼處潛身三日，難即已。」因袖出一函，封甚固，曰：「速去，毋回頭。」蕭崩角數百，持函即行，十日過江抵揚州，遍詢無金竹寺，心甚憂慮，不敢居城中，潛寓鄉村。夜夕步月東關浮橋上，忽一僧打包來，僧離携燈前引，燈上大書曰「金竹禪院」。蕭凝眸，神燈飄忽已東去，急趨而尾，四五里始追及，已在山谷中。僧問曰：「男子何所見聞而逐我？」蕭喘息道天竺遇老瞿曇事，并示以函。僧曰：「我當誰，原是白衣豁辣尊者。居士既遠作寄書郵，盍隨我歸去來。」須臾達一大叢林，月色昏黃中，視鐘樓經閣，瑰偉嵯峨。司夜行者已行梆唱佛歌，聲淒心肺。打包僧入白方丈，蕭拱候叢竹旁，風望煙蘿丈秀，瑰璉僧出，白方丈已禪定，留書案頭，止客就寮房宿，明當晤叙耳。引蕭之一斗室，雅潔無比，旋出夜膳，亦極精良。明日，并不聞傳嗅往來緇侶，古貌古心，老衲妍孀，其類各別，然較之天竺皈依之大衆，則似覺不同。住三日，是夜忽聞鐘魚梵唄聲，若開大道場，潛披衣趿履，擬往瞻視。及至正殿，則其聲頓寂，惟見滿堂無佛像，滿地鋪氈毺，燈燭煇煌，男女裸體，横陳綢繆，交媾妍與妍偶，孀與孀偶，老與老偶，衲與衲偶。衲者偶大駭，略轉瞬，則又妍孀老衲互更互為之偶，或鸞顛，或鳳倒，或背成峯，或側成嶺，其態既濃，其聲更昵。蕭閱之，始駭繼怒，不禁大呼曰：「如此昏昏，成何世界！」忽聞背後一人大喝曰：「咄！六合之中，六合之外，六合所成，男歡女愛，俗子無知，大聲驚怪。」蕭視其人，紫衣科頭，面如滿月，打包僧侍側，呼曰：「此鉄方丈也，蕭居士其稽首。」蕭心雖怒，而體不克自主，五山遽頹，和南伏地。方丈挽起，携入所居，略略問瞿曇蹤跡，謂蕭曰：「頃子所見，乃佛家之幻景耳，智者見之大徹大悟，愚者見之可興可起。」無忌驚詫，蕭不敢言。旋諭打包僧曰：「盍携去，速瞻水晶域，當發菩提心。」蕭辭出，見殿上燈火全無，人物亦杳，惟三世佛像，龕燈明滅而已。忽聽雞唱，傳語送客，打包僧手採竹葉一叢與之，曰：「以此聊為居士壯行色。」蕭領而藏於袖，送出門外，則迴非舊途，躑躅奔馳，明始辨路，遥則已在甘泉山下。回顧袖中，竹葉已墮去其半，視所存者，金竹葉也。再入城詢之，晷已三年，而寺中僅三日耳。遂出竹葉貨之，小負販，大獲，設骨董肆，家漸裕。一日晤一女丐，携女行於途，見蕭，伏叩曰：「恩公尚在耶？」蕭諦視，為當日難中人，急携回寓室，詳詢，云：「魏殞後，其子告官，捕得兇手，如公狀，斬之，首落地而尸不見。妾義而盜首，掘甬破土，其首忽成荷花燈。官聞其事，亦不深詰。妾恐株累，挈女逃丐於此者已三年。」蕭更為述還僧事，互感詫，遂以其女為室，事外母如母。旋投行伍，得功勳，仍以所易貴姓登刻章，官崇明守備。夫婦事佛甚虔。蕭每怒，夫人低呼曰「金竹寺」，輒斂怒為笑，見人溫婉如處女。後外母死，盛禮殯葬，送之殯宮，策馬呵導歸，忽於人叢中覩魏家僕，急携夫人，不知所之。

懊儂氏曰：路見不平，拔刀相救，佛菩薩嘗其義俠，故遣導幻境以生之，且詭託秘戲以悟之。蓋鏡中之鏡，瞳中之瞳，豈真地下有逋逃之藪、世外有曲房之樹哉。至滿堂宥陀洹舞化鶯鸞偶，是耶非耶，幸勿當作大宅梵嫂一例看也。

石郎葬笠墓

崇明瀕海處，煙波浩渺，仙靈往來。有大石郎者，幼孤，年十六，無恒産，為人家牧牛，青笠戴月，綠蓑蹴煙，時以短笛自娛，竟亦閒適。顧媽且勇，與羣牧鬭，無能勝者。然週介，屬隨潮以登，輒掃而投之，不忍戕其生。所主之田翁某，頗賞其仁厚。日卓午，與羣牧偶伴於綠樹間，或捉迷藏，或賭樗蒲，郎獨袖尺八，坐澼潮墩，吹無腔之韻，倚闕山楊柳，指村舍桃花，自以為樂。少頃

潮怒湧天地皆青大蚌隨一綫來泳游不去兒為笛韻所竊潮頓落即膠滯沙際偃翕開露
光芒羣牧知中有夜光珠議劈而取之郎恐害神物不利說云海物通靈刀斧必所甚渥以
沸湯則自開眾善其言競起拾薪汲水尋田家假釜究郎待其去遠潛起推蚌行就海祝曰
蒼茫目斷不少汗漫之遊幸勿再登陸為若輩覬覦蚌得水圉圉焉洋洋焉忽抉巨浪如山
俯仰作稽首狀海風忽狂颯然遂逝迨羣牧以湯至郎正假寐物已子虛叱起問何往故佯
驚作惧喪語曰神物化去矣奈何眾恍然知為所賺唾其面亦不較明年夏時有青色牛傷
海邊稻田貌頗似郎之所牧問之不服白眼爭遂告其所主誚讓之郎嘿不辯惟思所牧從
未輕縱逸何得蹊人田曾復有來告者郎怒極潛往其處隱身以伺翌日黎明果一牛自海
岸出毛色極純與己牧卻彷彿惟項生一角稍異既而游齕溝塍大肆蹂躪郎暴起將擒之
以塞人口牛驚覺反身直入海郎忘其為洪濤巨浪尾而逐視兩旁之水皆壁立牛所過成
一白平坦道里許抵一處峨峨府第金碧輝煌牛躍入郎亦入聽管絃哀怨內正開筵執事
者皇皇奔走無暇他顧廊下有隙地乃掩身竊異觀視座上一客類王者佩陸離之劍頷下
飄白髯一客類大夫古衣冠沉靜緘默似抱煩冤一客類儒士然星冠羽衣英致灑然亦極
尊貴一美人類天女明璫翠羽貌雖艷而凜凜若冰霜主位殷殷勸酬者則一少年郎被服
都麗階下歌吳歌舞楚舞輕能在掌高可遏雲客詢何節奏對以水殿拋毬新續第二曲也
白髯人亦扣劍作歌曰蹴平王兮吾非不臣雲黯黯兮奇冤莫伸吳市吹簫欲裂潮怒不可
折心死不可泥古衣冠者曰相國尚有餘怒哉亦攢眉蹙額而作歌曰天之險不可升地險
山川與邱陵人心之險更巨測朝為變兮夕為更珠宮在水兮何其晶瑩坦蕩蕩兮日月自
明龍伯召我兮珮菊與之蘭襟帶汨羅之萬丈兮臣心同清儒士笑曰大夫變新聲卻驪龍
然亦哀而艷矣某請和以巴里歌曰當年臣本寄書郵誰幸三生結並頭憐煞秀才康了第
水天飄泊幾沙鷗羣起酌以巨觥曰洞庭艷福誠可羨也然尚有袍澤之情乎言已視美人
無一言咸詢貞姑可否按律呂賜新聲對云請以珊管瑤箋書二十八字命樂工歌之何如
眾曰善須臾書就階下人歌之曰蓬萊清淺幾成塵門外野風愁煞人三十六湖涼月裏珠
光長照女兒身郎聆之情不自禁矢口大呼曰美哉凜凜之風何其婉而厲也咸愕眙睨俗
子何得犯宮禁少年郎呼縛付鯪蚤鯢治武士出索反接其手將行呼曰縛太急既而大笑
曰不圖石大郎死於此處大奇少年瞠視良久曰君海壖牧牛之石大郎耶曰然曰然則我
恩人也何得作階下囚叱解其縛親自降增執禮甚恭曰僕非君早為兒童戕矣此龍宮也
某王世子也前化蚌出遊聽君雅韻險遭不測者即某是也感德隆情久未能報頃能不遠

煩懸索心郎引之登堂遍與請客揖曰此伍相也此屈大夫也此洞庭柳真君也此霧節真
妃也郎詫然不辨云何伍相云是子本天上水星之精好與農丈人鬪得罪今救解旋以劫
墮刦歸元之期世子尚宜調護客皆告別郎亦興辭世子阻之曰君宜少安送客回重與入
座問君何能來以實告曰能來不能去矣適君所逐者分水犀也子非犀則出門一步即死
郎窘急幾墮淚曰容請命於家君或有法送去俄頃持一大珠如龍眼者此辟水珠也家君
救某故持贈有此入水可無濡首之虞幸勿示人恐有災身之禍子行矣珍重此身報德正
未艾也殷勤送之出門外與無投足地試揮珠對水奔騰浩瀚中忽露一通衢且平坦猶如
犀之在前瞬登彼岸羣牧咸驚然大郎終不自慎恒握珠走狂瀾既欲埋田吟以嚇愚氓不
禁篤馮夷而驅海若一日抱一古鐸出上刻篆詞曰大禹驅山之鈴又一古玉上刊奇字云
秦皇塞海之寶他如鐵魁魁之銅斫蛟鼉之劍珊瑚樹真有高六七尺者人謂售之碧眼賈
富可跨石崇郎啞然笑曰吾不能為龍宮之賊乘覦者不意忠舉而授之人皆忌其痴官有
巨蹤出海魁首目睞問即隨之下少刻砲出人詢何往曰世子懸弧之辰徙介士招飲耳
眾謀攫其寶偶吹笛倦而眠六七輩藉集搜腰纏大郎驚醒懼失信於世子因嚥珠入口奮
與眾鬥眾雖碎易而珠亦滑入喉際吞吐兩難遂鯁而死鄉人憐之殮以桐棺瘞海畔是夕
風雷震霆已成一巨墳明年海漲從於墳下擁一沙岡凡斥鹵之地多坍塌大郎墳獨無
恙而潮亦至此止死後且時著靈異即墳為祠百里外瀏河素多海患居民避波臣者紛然
時夢一神人鹵簿赫赫冠冕峨峨自云我石大郎也憫此處沒於海急遠棺或可免厄同日
而夢者百人咸驚異詢崇明果有大郎墳請於土人不可欲盜其骨更不可禱者宿神座下
夜聞天樂大作大郎車騎而至呼其人而告之曰我有一簑一笠尚懸所主田翁家迎而瘞
之亦可免冲突翌起往懇某翁視東壁復有小舍數堆破敗物撥灰塵尋之果得風雨具焉
大郎舊製遂鼓樂迎歸瘞海口如古名臣之衣冠墓且築如崇明之廟工甫竣水至即遽退
而處春秋賽會士女如蟻香火如雲均稱福蔭每至月白風清居民猶彷彿大郎笛聲與海
潮相鳴咽也

慎儂氏曰犀牛逃遁即聳身蹈海擒之是何等氣焰海藏寶物取而炫人旋復棄之是何
等襟抱辟水珠至死不肯輕擲是何等信實哉石大郎何待捍潮禦患兼及瀏河始為
之神耶噫冠裳中且不可多得况牧豎乎詩云牧人乃夢吾知其不為魚而為龍

馬娃

金陵有林茂才寇至陷城中為某館甥偽書記夜閒聽刁斗四起悲從中來不知此身作

何況竟又不知眷屬有無存沒，爰默誦金經不輟。久之覺遍體清涼。一夕正誦經，聞窗外一叟呼曰：林生林生，此時尚不隨我，三更即三更者，賊語。適逃者名色也。生出戶覘之，一白髮叟，布衣冠古，龐眉素昧平生。不敢多語，叟凝視生曰：爾病痴耶？言已，還前攬生袖急走，飄飄若御風行。時城閭閭閉，鳴鉦擊柝，賊令森嚴，而叟所至巡邏者若無聞見。至鄭子山，挈生猛跳城下，若履平地。生私揣江口，若何飛渡？突一滿江紅大船停泊下關口，登之，叟急解纜挂帆，風瑟瑟直指江北。蓋叟即弄船人也。生入艙，見一男一女已先在。男生之同窗友也，女生之鄰家婦，素艷之而未能銷魂者也。畧寒溫，生即瞑目坐。女頻視生，秋波盈盈，究似心許，若礙友不敢言耳。時夜色昏黑，山月墮江，聞友與鄰女時有調笑聲，漸有媟褻聲，聞之心大動，急斂神掩耳，危坐默誦金經。聞叟在後梢鼓棹高歌，歌曰：天風浪浪兮，江水[illegible][illegible]，刀山劍樹兮雷霆，大坑蠕蠕蠢蠢兮，蟲蟲情情，何者因何者果兮，絮絮綷綷，夜何其夜向晨，人鬼有關兮禍福無門。生聽之，益悚。遙村雞唱，曙色搖波。叟曰：到矣。林生出，此真州界也。爾由此至揚州東鄉，得生路，好自為之。袖出一函與之曰：爾行十餘里可開看。生崩角在地，泣求姓名。叟笑而不答。起視帆影如駛，頃刻若逾金焦，出海門外矣。急至仙女廟，果遇舊雨，挈赴淮安，圖眷屬。覓視其書，曰：余本馬姓，生平喜於苦海救人。爾能端正不貪，吾意兩個小痴蟲故態復萌，可惡已將他帶赴東海去也。生後入袁端敏公臨淮大營，以軍功保二千石。時以叟書示人，一夕忽隨風飄去，如葉如蝶，如紙鳶，頃刻不見。

離垢園

離垢園者，東浙賈氏園也。賈名雲章，字天孫，少穎敏，遊庠後累不第，遂治園圃，植花樹以自娛。久之，辟於潔，屋宇几榻無纖塵，即諸涸亦時時滌濯，以離垢名園，以晨雲命館。鄙云米襄陽愛潔成癖，倪雲林嫉俗如仇，凡鼎彝書畫花鳥蟲魚無不珍惜，破產覓之，亦所不顧。至戚屬鄰里，以急難告者，則閉門不納。生子一，名渾，字許橋，棄儒學賈，每進規諫，不聽，乃泣禱於神曰：父有潔癖，百折不回，見嫉於世，恐生禍變。伏乞神靈默佑。禱甚，賈知之，大怒，始詈繼撻，喬梓寖惡。一日晨起，督僮拂几，帚過碎定陶磁尊，怒鞭之，僮負痛，撞几下，几翻，而硯山又碎。賈憤深索刃，僮逸，恐刃自戕，其父告於官，許橋上下賞賂，私獻春風，且厚殮僮，養其父，始罷訟。一夕與妻藍氏酌，婢獻異硯，失手墮地碎。賈怒曰：此供春物也，爾斷吾命根耶？呼杖，婢懼而投諸井。許橋厚殮之，且召僧諷經超薦。無何，有同學友來訪，謁及收藏，賈出宋眉子硯，以炫之。友呵氣試潤，賈惡其穢，刺刺不休。友稍諷之，怒以硯擊友，幾碎其顱。又以炙炭煮漢玉珮，火起，燒延鄰舍，風猛焰烈，頃刻數家。許橋背父，婉謝厚償，始無詞。妻藍婉勸曰：古人以潔為累身之軛，君以潔為縛身之罹，若不改，恐隨身皆荊棘場也，尚得為離垢園哉？賈怒，批其頰。妻痛哭，賈恒獨眠。每欲敦倫，必看河圖，溫水爭盥，澡身更衣，焚香作種種惡態。是夕哀啼至夜，有美婦人自外來曰：妒婦毋設喜，個男兒毫無一點情。似見之。賈欲墮嫌，藍沒應之。又曰：我與若遊花園，倒好耍子。袖出一圖示藍曰：此中大有佳處。視之果有樓臺花木，岩碧陡離。藍對鏡勻粉，整頓衣衫，婦以羅帶縶腰上，對妻再拜，回視案上燈光如豆，戶外新息甚酣。蒿雜淒涼，睡起自縊，婢驚急告許橋，已不能救。撫尸號痛，死而復甦。賈知之，猶以衣袖掠窗塵，聊滴清淚而已。計兵藍叟告辛縣，役到門，訟訟如虎，呼號吠聲，鄰人來觀，亂摘花果，賈目睹蹀躞，痛極失聲。叟疑渠尚有遺祛之悲，又以許橋重賄，始忍而罷訟。然家道亦從此中落矣。燭銅碎玉，昔以重價購來，頃以廉價售去，炊煙漸斷，僅剩荒園，賈鰥而子未婚，時作楚囚之泣。忽有客揭短童來謁，仙風道骨，翩翩在門，迎入與談，自云張姓，無字，人呼為張老相公。淵博古今，處談羅府，賈恨相見晚。許橋思留以慰父，以敝裘付質庫，買酒篝燈，且留下榻。自賈之好潔也，君子惡之，小人狃之，富易為窮，朋儕絕跡，頃得張，不禁狂喜。久之，張嗜洛於壁，必怒於心，遺痾於庭，必怒於色。一日，勉與坐，張之僮又弄髒架上鼎彝，怒形不可忍。張曰：矣，怒奚益？吾攜君遊一勝境，以贖罪何如？不覺隨之，假山後過一石洞，僂而入，蛇行數十步，洞漸寬，路漸平，遂一園，豁然開朗，蒼松夾道，流水涓涓，白玉為欄，芳作幛，兩壁厨屋上鏤蝌蚪奇字，似秦漢以上書。蹑磴一重，又得古洞，薜荔五色，彩絲下垂，入其室則插架牙籤，問以緗竹，鑪香猶嫋，簾波有紋，几上橫琴古錦為囊，賈欲解視之，張曰：不可，此吾師所彈也。指誤絃，必有天神下降，風雨疾雷。君既到此，不可不作東道主。向內一呼，美人四集，瓊筵肅設，醴酒已溫，品味既佳，器具尤古。張以巨觥勸客曰：較君家園亭何如？吃吃而對曰：遠甚。須由美人歌舞，為歡未已，張亦抽古劍示賈曰：此虎扈七星劍也。君能舞否？曰：不能。張援延紋袖，左盤右旋，寒光閃灼，美人更鼓冰絲，頓挫應節。忽聞剝啄聲，出應，一美人自門隙窺之，曰：師尊回矣。眾懾散，張變色曰：君速隨我從後戶出，縈曲迴環，絕非來路，視樓閣曰：瑯環祕府最多處，藏金石處曰證古齋，藏經史處曰辨理居，藏詩詞處曰游藝軒，藏書畫處曰怡情館。又一樓，巍峩三層，上為寶額，第一層曰與天為徒，第二層曰與古為徒，第三層曰與今為徒。有小村落，畎畝參差，一曰情田，二曰心田，三曰福田。閒留賞花，種吉祥草，沃功德水，培乾淨土。行踰數十畝，嶺峯聳翠，還坦且平，曰心頭方寸地。歡喜園，水晶域，光明藏，金碧樓臺，奇景炫目。突轉一還，景物全非，凝神端詳，已在自家園中，蓋未嘗出門一步耳。張曰：今日之遊樂乎？曰：空中幻景耶？曰：何者為真，何者為幻？以為真即真，以為幻即幻，真幻皆根於心，而不限以地也。由是賈奉張如神明，家中所有秘玩，皆質之於張。張均鄙薄，一無許可。賈以為太過，曰：君如不信，目前架上古銅象高六尺者，君以為何物？曰：滿身銅翠斑剝，陸離形製，既工雕鏤亦古，的真秦銅也。曰：秦則真秦，君知秦人造此何用乎？曰：不知。曰：女子溺器耳。尚高供養，不幾污穢殺人？曰：有何憑證？曰：象脊有銅蓋，啟下象四足，皆有小洞，以大矢之，必有騷臭氣。已而驗之，果然。張云：阿房宮五步一樓，十步一閣，門首皆設此物，足下即通暗溝，宮人欲溺，即揭蓋解褲，騎而溺之。否則重樓複道，嬪嬙如雲，何有此許多溺器，惟得此始便耳。賈由是稍悟，視收藏皆若糞土。一日，謂張曰：洞中風景絕佳，迥異塵世，然樓閣已稍寓目，而鐘鼎琳琅，必多而且富，未知能許俗子一飽饞眸否？曰：不難。俟小飲，當與君再往一遊。甫三爵，賈沉沉思卧，張忽拉之急走，曰：前由正門進，後戶出，今適旁門開，機不可失，盍急趨可進。果達一處，日色慘淡，道路亦歧，張忽遇一故人，話良久，告賈曰：君且略散步，僕隨故人行行。適遠徑適窄，偶一失足，墮土窟中，鬼物蝟集，曰：賈某來耶？蓋之遊地獄泥犂十八層，宛然吳道子所畫者，絲毫不爽。見妻藍項拖羅帶，舌吐唇外二寸許，婢僕被磨折死者，亦躑躅至，齊解索命。賈正危急，忽聞王者召，鬼卒引入，伏案下，略訊三兩句，王拍案大罵曰：狗彘奴，外風雅而內刻薄，假清潔而真污穢，所謂狂傲鄙俚痴蕩惑者，此也。即命兩傍牛頭押付畜生道中去。

鬼卒驅出，至一小園內，頗清雅，遍地芭蕉，茅屋如斗，內有紅妝女子捧心嬌喘，皆眾凝神。鬼卒自後一推，驚醒，則身已變作小豬，與老豬眾小豬同卧糞汁中，聞人語呼云：豬產豚雛矣。其數六。賈心中了了，即以頭觸壁，狂吼不已。聞耳畔低喚曰：醒醒！白日瞌睡，大人即夢魘耶？張目四顧，身猶在座，客與僮已杳，惟其子與病奴守於側，架上鸚鵡如故，曰：茶來，主人醒也。乃泣告子，使人偵之，鄰家柵中果生六豕，一顛狗逐斃。所謂芭蕉者，庭中白菜一畦也；曰地獄，已在眼前，奈何不悟？遂以家政委於子，己則長齋繡佛，日誦金經，哀號懺悔。許橋賢博氏美而賢，能內助，生子二，皆聰穎。閱四載，家漸復，旋得窖金，力行善事，建種種功德，二十年勿替。兩孫舉於鄉，泥金到門，賈猶捻珠諷誦。孫之同年輩，爭市花草玩好以媚之，皆卻而不受。是時座客滿堂，冠裳雲集，賈忽扶杖而出，唏噓曰：吾一回頭，爾儕始有今日，吾不忘張公德也。擬於雉堵園中肖張公像，子孫奉祀，爾等願否？眾數應之，乃鳩工營造，不日告成。偶偕孫輩扶乩，張忽臨壇，與賈敘話，好請示名氏，乩旋轉而大書曰：張逍遙。

懊儂氏曰：仙人之逍遙，正仙人之清淨；仙人之遊戲，正仙人之慈悲。不肖兒回頭猛省，正不肖兒能尋快活、能討便宜處。

陶社

天長鮑興集之北，有盛蕩湖，煙波浩渺，水鄉呼閘，稱佳景。湖中央有土阜一抔，廣可十畝，東為閘閔，蜿蜒起伏，田水四達，涓涓而東；西入湖，必經土阜過登岸，一望，視橫冶諸山宛在几席，而後面又有數十小培塿，可為菲廟城郭，遙樹遠山，屏障橫彩，虹如旋旗鼓，洵真吉壤。惜向無人知，僅為耕農散收之所。忽有客自江西來，毛姓，隱名，方逝其字，自云堪輿家。館於盧龍陶宅，賓主投洽，為人寡言笑，愛趺坐，閒言休咎，無不奇中。然每下榻後，必芒鞋竹笠，放浪於山巔水涯，莞莞來去，至夕方歸。又自棹小艇遊湖上，必窮極煙水深處而後返。忽微疾，陶翁亟為侍湯藥。聯西風起，陶翁亟製新衣贈之，不受。翁俟其寢熟，潛易其敝者，毛無奈，始衣之。婢僕伺役，禮或稍疎，翁必加杖責。毛感極，從謂翁曰：旅人飄泊，承盛德，思有以報，未知翁意所在，欲貴乎？欲富乎？已示我。翁曰：能富即貴耳。曰：湖中有佳處，可為陽宅，子孫從而居之，可富數百甲子。翌日，偕翁放船去，為指示，即是阜也。翁歸，即以重資購成，四圍水田亦在其內，呼工庀材，倩毛諏吉點向。毛蹙額曰：翁知鄙人毛遂乎？意以不知。曰：僕自知命宮，往後有三十六年磨蝎運，恐曜所照，數不可逃，若家居尤甚。沛頃為翁卜築，第成則翁富，富則地靈怒，鄙人必喪明，終日黑摸，為誰為給衣食？翁長者，能諭子孫不失信乎？曰：是何言！僕即瞑目，當立遺命，違者墮泥犁。毛喜諾，即為營造。上梁日，毛猶與翁閒話，曰：若為竹溪若

為何亭，便不負詩情畫意也。言未已，忽覷日旁有黑子如彈，錚錚自西來，倏忽大如鷹，疾撲眉宇，毛大呼倒地，扶起視之，二目已盲。由是坐卧行動，常在一室，飲食供養，精於平時。翁長子、次子均於是秋文武同中式，翁益信毛。時於柴門倚杖看湖天水月，儼然出塵。忽覷前岸有火光，若青燐之亂舞，然火有焰而光有芒，問毛，曰：試往掘之，必有得。如言攜畚往，果得窖藏朱提十二甕，遂大富。長次兩君欲赴京兆試，毛頗阻撓，不聽，公車北上，竟中進士。歸，翁猶如故，而其子竟不能不心焉疑之。長君旋以太守、次君亦以都司出仕，五六載，翁病篤，呼兩子棄官回籍，官槖甚豐，陳縣綢於庭，翁唏噓曰：爾輩知從何始有今日耶？曰：大人德蔭也。曰：非也，此毛君之功。我死後，爾輩積德累功，以報毛君，更事之如父，較重於尋常父執，則地利可堅。倘禮衰節，以不孝論。兩人泣受教。翁更託孤於毛，賓主嗟歎，翁卒。二子守制於家，頗事聲色，作威福，毛諫之，不聽，即亦不再言，而禮竟從此缺。毛枯坐園齋中，聞廳事酣歌快舞，飧饔饋奴僕，奴僕頗不耐，怨。又聞兩三小童唱曰：瞎子瞎，零丁吃了多少死蒼蠅；瞎子瞎，鹿肉吃了多少饘粥肉。心更厭惡。一日，有閹雞誤落溷淹斃，次子諭即棄去，長君立命以陶盆就火燉熟，為毛午餐。餐已，婢來問曰：先生食雞汁甘乎？曰：味猶是也。曰：得味外味乎？毛知有異，婉詢婢，婢述，知大郎之惡作劇，囑勿語，收已奄去。由是毛心頗寒，而辭色不露，惟命環

第四閒名種桑渴何所取曰尋常者爲只知此處爲橫冶入湖正脈沙岸迴環輔山道向不知此名龜跌穴植以樹則絲陰參天如龜蓋之生綠毛貴不可言兩人信而從之植甫年餘地忽震動舉宅惶恐手撫匡床呼曰誤矣詢之曰吾妄言言非公子所深信盍掘中堂地二尺可得一斷碣如言掘渠得之文曰形則龜體則鼈葬者漢將軍破者江西毛字隸體皆花繡泯短石如磚述於毛曰公子無恐有僕在積久尚未晚也遂扶杖步第之左右口嚼土花辨味而定穴者四曰盍急穿深井又於第後植杖畫地如人字曰盍急濬小沼如是則老元緒當長相守富貴可萬年工甫竣毛之雙瞳突開朗遂揖別曰廿餘年坐承奉養心甚不安幸天佑盲瞳復明從此天涯海角或有晤時欲挽之已飄然徒步毛去煢煢一身資斧斷絕行至來安山中有小廟距郭近神佛拋露眾丐居之毛謂丐曰爾等能供養我我能為爾等造命眾丐爭應曰諾即潔備餐一勞地以居毛各出乞於村市歸以潔者奉毛甚殷勤年餘丐中有黃耳小犬病癎斃毛命釀錢市小棺并小衣冠殮犬各披麻執杖號泣如生毛於廟後點一穴穴瘞犬詎瘞後眾丐心頓明漸知愧恥忽泣曰咄嗟嗟來何其難堪乎遂改習織蒲或小負販漸得利不二年丐俱化為小康各於近村營家室不忘毛德爭供養之毛曰爾曹最以廟敗潰神已甚盍再醵貲略修葺吾能使廟興眾曰諾毛為之開巨牖二接南山秀開土窟一洩北陰煞置籤筒集籤詩而神亦靈顯車馬紛紛來報賽賣茶賣香燭者環居成村落又來高僧主席緇衣白足不下百人畫棟雕樑晨鐘暮鼓成大精藍是日正集眾善信開道場毛亦合掌唸佛忽有香客云自龍興集來凝視詫曰公其陶莊之毛先生耶曰然客遂縷述陶莊事蓋自毛去後不兩年被盜遭祝融罹冤獄家業頓傾兩君削職已物故莊仍廢為邱墟子孫式微不知何往毛泣曰吾以一念憤不幾負吾死友乎眾益謠毛之術神富家大室爭來邀致而毛已杳矣至今陶莊一坏土尚無居人四井亦湮沒耕者掘地常得古磚上有古錢文乃出井造磚工人名細玩之果甚礫噫術人之神正術人之可畏也陶君忘父遺命憑天理亦不克昌豈待術人之穿鑿而後敗與

十丈蓮

余亂後旨書晉齋時客於古淮陰市上每聆里巷婦孺嘖嘖道吳貞女事頃又暮游峨承晤胡君少瑜上舍詳述貞女之生死崖略輒口娓娓泱泱洊洊焉吳貞女清河人其父諱愼裕公儒士也貧為當道備書母夫人素敦坤範夜夢口吞蓮花而生貞女父歿女方髫齡終日寡言笑操刀尺習女工幼許字同里徐氏子念父歿而夫家亦貧且攜家難以致女年二十有八尚未行親迎禮徐氏子旋以瘵歿櫬堂上白頭母素謡貞女賢聞不以訃女晨起忽哭告母曰徐家郎其殞謝已乎問詒何不祥曰夢有儒衣冠拜於門外者非郎母已諱龍耗不詳失聲泣曰誠如兒言奈何奈何女自起更縞衣赴哭於徐氏之門母不忍禁亦隨其去姑見之益懷悅惶惑不知云何女先拜其姑後哭其婿周旋中折衷毀莫生行路者過門聞哭聲莫不步為止而涕為墮也姑後其哭竟忍淚告之曰吾無福負此賢婦天也命也夫復何言然兒之衰衷已申其即速回瀛第乎女大聲曰兒無狀未克侍亡者供含殮罪戾滋深今既登其堂奠其主妾身分明矣更何歸焉姑曰吾亦貧也未亡人行將為餓莩耳新婦能吸風為活耶曰兒不敢以口腹累母十指尚可謀生活誠以亡者遠凋落失溫凊抱罪九京下兒既延殘喘敢不代厥職補幽恨乎姑又曰兒誠賢矣其如母夫人者亦孀孤無依何曰是惟賴吾姑之慈悲耳於是體貞女爲私使往來朝夕兼定省焉女刺繡雕繪花卉如生人得其佩飾等物輒珍襲之以為寶有得而與以倍值者女必卻之曰吾不幸為女人身人失所天是前生因尚敢取非分之財貽罪戾乎人益義之求手製者門外踵為接然由此勞悴目幾失明一夜夢天女冉冉降中庭以丹授之曰吾天孫也憐子貞孝且有疾携奉神丹子其吞之女視丹圓如珠燦若火再拜啖之而後服神女去女自覺心遽安而疴若失是再買絲挑繡功倍往時逾數年姑又病女衣不解帶者數月殆彌留時笑謂女曰吾不幸有殤子何幸而有貞婦耶吾年來得汝調養勝於若在時也今已矣行將告幽冥見夫於地下矣吾兒幸依阿母活毋以我為念言已目遂瞑女毀瘠號痛淚墮成冰其母恐女殉預往防閑之女泣邀四鄰坐堂上奉母坐屋隅稽首曰吾夫死吾姑又死矣族無援續之緒家無期功之親留此數椽下及什物何所用乎擬乞諸長者代為全售為吾姑斂葬費用眾曰善遂盡以其資營齋奠營窆事竣女向母拜別意將雉經母急抱而止之曰兒無姑尚有母也兒再死則我之數根窮餓骨交付伊誰耶由是女始大歸永作依母計清明寒食輒以一盂麥飯哭於徐氏墓道女每號慟長河之水輒嗚咽不流其族叔某時勸女再適女大聲斥逐之不容其刺刺語焉居老屋為秋風所破修葺殊難時河北中大王廟比邱尼某亦以名媛披緇素精戒律永謝俗塵香女與之熟且先有慕婦劉媼亦因前妻子不孝携已生一幼子一幼女居焉素多苦行遂奉母行偕寄尼曰一食清齋頗為不乏且隨余懺悔可乎諸尼伴剝當之餘更習諷誦唄宗靜掩壇花寂然至咸豐十一年捻匪猖獗由東曾席捲而至時正上元節大府方銜杯看繁山燈聽鈞天曲不為防萬騎皆鬼官吏始鳥獸散邑之民遭焚掠屠殺慘何可言越三日貞女輩尚閉戶不深忌會果有被賊者登垣告之尼出果所懺遍山谷鼓角作哀音歸急扃其扉曰賊至矣奈何女從容整衣復跪求母訓母瞠視良久曰若輩犬羊肆淫

毒我且不忍見況汝乎行行吾其從汝志劉聞之亦携女出已同至淺水見幼子方徘徊岸側劉呼之曰兒來兒來兒生必房即兒兄嫂亦不可久居盍相從地下兒果奔至尼見之撫掌曰善哉善哉是方不愧清淨優婆夷也於是六人一齊投水死此皆從者所親見也賊颺邑之人士聞之雖未請旌莫不曰貞女貞女云又數年一皖南士人偶至貞女死所臨流矚眺忽見一美女子突立水面風鬟霧鬢儀態萬方手捧赤蓮花冉冉行且歌歌曰採蓮復採蓮骨似寒冰心似鐵猶記湘裙染血時魚不敢吞龍不敢搖採蓮復採根生爲貞體死貞魂既與梵獨又冤亂生之殺之天地恩採蓮復採藕纓絡垂珠大如斗精衛銜冤不敢啼猶向重泉携母手採蓮復採幹苦海苦海有彼岸生亦死兮死亦生太息重呼諸女伴採蓮復採花綵雲一片映朝霞金銀珠貝有宮闕帝許貞魂去作家士人方痴聽忽士人有素識女者遥呼曰此吳貞女耶女遽花而沓亭亭植水面長可十丈光燭雲霄移時方烏有

懊儂氏曰蓮者根動直而污泥不染予側聳而苦心實多淨品也非九死不回之貞女誰克當之而無愧也乎歌雖近幻而辭則甚悲作泡影可也作誄辭亦可也當其月帔風裳亭亭出水豈自炫與亦以愧夫世之爲人臣子貪戀其位竊飽其祿大變當前而貪生怕死者

古泗州城

吾鄉泗州城淪爲洪澤湖久矣土人云爲大禹命庚辰所繫水怪巫支祈逃出爲害此無稽也州城之沉乃明末事其時畫士惲南田正應僧伽禪寺門前一水環繞出入須檥時已四十五日雨淮流七十二道山谿之水全歸於此童謠早有石龜滴血淚要命上東山之語惲甚憂之夜靜偶聞神鬼滿堂私議曰時已至矣乞施行神曰尚有一僧一道未歸一主一僕未出姑須臾惲披衣起殿黑無人知水厄至急呼僕起携隨身文具倉皇拔關出走過渡見廟僧携杖打包歸曰先生何往曰吾有急須登第一山耳所謂第一山者盱山也主僕跼蹐甫踰嶺天遂明回頭一眺則白茫茫一片水國城巨浸矣由明季至昭代沉淪已數百年從未出現惟陰雨中時有雉堞排水上臺榭人物如蜃氣樓成蓋幻象也咸豐六年大旱湖涸而城基出好事者艤舟步入則官廨廟宇基址尚覺依稀路石女墻猶存其半又有半皆蠡高處窯缺非常聞即僧伽禪寺皆南將軍乞師賀蘭時所射者人取其磚琢硯甚古樸有致惜磚質不能細膩耳有陝客乘舟經此天暮見有大灘即繫而止宿實不知其爲古泗州也夜靜月如晝客舍舟登岸獨行破寂忽見高處有城垣門半掩悄睨之中有燈火人物往來貿易若夜市客本賈人見之心喜掩入隨步所之見各家門户懸有燈綵闤闠生涯尤爲紛攘然已掩其旁人若不之見試攫其物人亦如不見大駭覘前布青車者攫而懷之急向西

又覘一家門微啟張燊若滅潛入覘之則一家男婦皆支頤而臥呼不應覘婦貌酷似其婦男子貌又酷似己以爲貌偶同不之異覘架橋祇銀盈許無封誌啟之則朱提滿焉心艷之急取二百金置懷袖間餘仍閉諸櫝并代掩雙扉出見人家燈火漸闌市漸散恐閉城不敢逗遛趨出登舟倚枕駭異旋入黑甜比醒則舟子已先起晨抵盱眙矣視所攫前布已成泥淤雜芹藻成餅覘所懷朱提則翹泥細紋的真寶物惟其色黯淡水花苔斑滿私以昨宵宿處諭舟子約略言之云其中絕無人煙心更驚悸不知所云秋後回陝偶與其妻言之妻曰大奇妾於某月日夜夢至一城與君一處卧南交曉君忽起開櫝懷銀出妾驚與尾之行君忽不見妾心汗涔涔不已蓋其妻入夢之夜即此客入城之時默憶舊遊綠毫不爽又盱眙向無大聖廟大聖者即僧伽也粵匪亂後當道者諭捐修寺院工竣尚餘三千金公議建大聖廟上梁日適米鹽使者舉親詣拈香鼓吹喧闐冠蓋雲集忽一漁人捧一古銅鼎送廟來供養云昨宵見湖心有光一網舉出者洗滌審視口內有篆文蓋唐時僧伽廟中物也鹽使大喜親爲其文紀其事

懊儂氏曰俗云錢財通性命此公隔世猶重到故居親携阿堵而出觀此益信其言之不誣也而蜃餘沙幘市井何來眼底煙雲門庭依舊又何故與佛云如夢幻泡影如露亦如電明白了當而言之惜世人不悟耳

獨角獸

興化有丐者乞食市廛間觀者圍之如堵墻余嘗亦趨視蓋其人頂生一角矗正中根束短髮如帽毛角首微銳而梢朽如齲齒人爭問訊注然曰余非生而戴角者幼不自動輒作雙親攫資宿妓家笞與親斂粃糠而已猶携酒肴就妓家食尤甚食煎炒脆炸濃汁厚味親死以蘆包瘞東郭甫歸家正遇同祿屋宇什物一時煨燼貧不能耐輒於親族友黨中唆是非挑械門興辭訟已則假爲調停攫锱銖利是年年三十有二忽病自分必死數日齧肉猶甚摘撓膚裂紫血涔涔突一角出如筍拔泥自額銳中已似神羊而奇痛不可忍呼號牀第間十餘日忽夢一神人告之曰爾思病從何來角從何生昌言其故痛自已寐而自省試以己之罪惡於人前姑言之痛果已頃年已六十如故一日不言一日便痛言已啼嘘淚下如雨人憐之多施一文錢由是得無餒鄉中小兒偶摩挲其角而動搖之便哀呼誦佛號自云興化東鄉人無名氏惟號獨角獸余戲爲舉小像贊云彼何人斯乞於東郭身未披毛首先戴角春爭怒來上指衝廓其身猶人其心則獸獸耶人耶我我穿透地獄人間黄泉白晝非獬廌冠亦非角端鏡鼎不錄山經不刊好角逐者驀見心寒

夜雨秋燈錄三集卷一

天長宣　鼎瘦梅甫著

先覺僧

朔平陸太守浙人也其恭人好佛得一玉大士像至誠供奉持誦大悲咒甚虔中年舉一子自幼茹素三四歲隨母禮拜誦咒則喜使之入塾則瞑目枯坐父師以其幼也未之責備八歲時太守强其食肉大嘔盡吐即心厭塵凡矣竊母白金八十望五臺而遁相距不遠竟日而至向僧禮拜求為剃度僧不知來歷何敢收之乃遍拜坐禪者內有遊方和尚同鄉人也憫其幼小無依願為帶回故里苦求為僧相携至天台求善知識為之摩頂授記賜予法名曰先覺師問之曰淨府之學不出教禪二端所謂教者唯識宗旨即三藏佛經九千五百卷以持誦而論證果者也所謂禪者東來初祖達摩大師宏教外別傳之旨不立文字而見性成佛其後派雖分五宗不出靜定而已汝願何學先覺曰弟子不識字何必受文字之障願歸禪門乃授以秘密法旨守之無失惟精惟勤至十八歲能入定數十日歷受三道戒得衣鉢度牒別師外出雲遊至武林之靈隱寺遇異僧淵蹟於大工者遇人不言不笑見先覺邀之入室自言係大唐時人歷今千餘歲矣立願食僧為僧而後圓正果是以在香積廚作食且曰我與汝有前緣故告汝此非棲息之地以北去為善先覺求其指示則曰我除執爨外無法可傳乃別去先覺遵其教欲去突遇舊僕再拜曰公子何往先太尊與太夫人自失公子後悲痛甚四處招尋逾五六載相繼而逝大公子扶櫬旋里緣先太尊在日曾為公子聘馮御史女今已及笄催完姻者屢矣大公子遣奴輩多人相覓小人幸遇必請公子同歸先覺知父母已過大慟幾絕隨家人回見乃兄勸之易服畢姻謂新婦曰我與汝了此一段因緣數乃前定但我已證羅漢果不通人道留此無益我從此行矣去留由汝新婦亦不挽留曰我知之已久亦留歸依佛法先覺授之以禪乃攜母遺之玉大士像不別而行北走之燕山之西域寺愛其巖洞幽寂扶藤而下面溪背壁趺坐於中日有寺內人來給食坐逾兩載功益精進忽聞卑轟雷吼之聲山谷震動見大蟒探首欲相食先覺凝神靜攝聽之而已頃刻無蹤次日復然自忖此地緣滿故妖魔起遂入都經歷各寺未遇高人終日靜定而已其眉目間光華燦爛迥別凡流諸王與公卿見而異之共保舉入萬壽寺方丈坐年餘復佈施萬餘金曰此勢利地非修真所也不可墮落乃封其金於庫而夜遁晨朝五臺出嘉峪關歷西域尋訪佛跡到人所罕到之處無所遇而還遊終南山遍拜諸寺僉云在山之陽其山陰相隔黃流望之樹木陰森無敢入者即有好事之人去亦不返相傳為棲真之所先覺欣然願往或阻之不聽攜帶乾糧涉河而入見古木萬株參天覆地高皆數丈枝葉相接其下朦朧朧微可辨路不已先覺由之日則攀葛結藤夜則調息入定約行七八日始出樹林則現奇峯峭壁千態萬狀或龍旋以高或崢嶸而削或叢萃以幽或崎嶇而險徑路盤曲似有人行者復數日出山則勢更嵯峨莫窮其盡然皆赤色可餐無虎狼惡獸患遙望山腰時見石龕隱隱有人趺坐第四面峭壁無路可通不知從何處登也先覺呼之不應膜拜之亦不答又無水可飲雖聞潺湲之聲而溪皆深邃不得下乃有退心迎面一古衣冠道人來先覺歡欣相接牽其衣裾而拜尊之曰大仙其人笑曰予凡夫耳焉得仙仙人肯使汝見耶相與就石磴共坐叩所從來其人曰予世居越國徐姓秦皇時為役夫見楚漢分爭投楚為烏江之敗逃入此山不復出矣先覺告以渴甚乃身解佩匙即於石山空之得水與飲清涼沁竅連給二匙收藏欲去先覺曰弟子尚未足也其人曰不但汝渴已即不食亦無碍矣何必多飲先覺倚執衣裾不釋哀求超度其人曰道不同不相為謀我非汝師汝必欲度不見前山又有人來耶先覺回首間一陣清風絕裾而去手中僅留青藍布一握其人不知何往乃以布裹所携之玉大士像自飲石髓從覺身體益輕健不食不飢日行四五百里從此終南遊山左不復返或曰在青萊之間山深不知處耳

華瘋子

江右華三秘幼名多官其父母晚年得之溺愛過甚縱其所為讀書不就亦不事別業終日遊蕩而已聽鳴鉦開道者遇隨之入衙觀其升堂理事署人撻人皆不敢違抑心甚艷之於是歸家演習親友俱以瘋子目之逢人則問官何來有誑之者曰官易事耳但須北京去見皇帝求之即得乃竊其父金數兩往北逸去至浦口一無所有矣遇官舫之赴楚者乞搭手昧然應募日行百里惟問北京何時可到眾知其瘋皆玩戲之惟官舫中一叟屢目顧之周其衣食一日遇颶風停泊河畔華在小篷下坐臥忽叟來邀之入艙密語之曰舫內之官是吾子張某其貌與汝無異即至親亦難辨認以吏員銓得楚縣尉至楚赴任不意昨得暴疾卒矣我與眷屬貧不能回家依我計議可將汝衣與我子互易汝承我子職官中所得割半均分則兩全其事矣華如其所願瘋疾頓愈是夜潛相易換明日舟子喚瘋子則見其倒斃於路矣叟為買棺厝之遂赴任分衙署為兩宅與眷屬各居婢事張妻叟為經理出入往來葬三年各分得千金忽聞新太守蒞任探知為舊姨係華氏姑母之子以科甲由部曹出守是邦者雖與相見然在其屬下不敢不謁是日以張姓職名入見太守覘其狀貌最其履歷心甚疑之入見太夫人言其故太夫人泣曰爾舅父僅有一子不知何往吾亦欲觀其貌

縱非真者。藉以解渴想耳。太守唯唯。立命傳兒華俯首揩眉。豈有無地。惟有叩首而已。太夫人命僕扶之起。詳加體認。曰是吾姪也。奈何勿認。華益惶恐曰。野鳥何敢冒鳳。貌相似者自古有之。孔子陽虎。豈狂不類耳。即告退。太夫人未能挽留。目送之。將出門。忽呼其幼名曰多官兒安在耶。華聞之。不覺回顧。太夫人即使僕婢羣擁之入。作色視之曰。汝是吾姪華三祝也。何得背父母。瞞親戚。好官自為耶。華窘極。叩首曰。非也。太夫人曰。吾自呼多官兒。何勞汝回首。再欲強辯。吾命汝表兄以官法治汝矣。華至是無奈。直陳始末。太守駭曰。此事性命相關。弟奈何為之。其速回乃任。與張叟交割。我以公事參革爾。即囑張叟代報病故。潛回家鄉。我為弟以真姓名別納一官可也。華從之。得以父子團聚。保其首領以歿。

騙子十二則

京師某王因公受罰。緣是致貧。衆所知也。時值創建大寺。布施已成。惟乏殿材。匠人各處採求。乃有隨官服食者。登大匠之門。告曰。我為某王府四品護衛。今王當窘急之際。欲貨其殿廷舊料。易以輕巧之木。冀得餘貲以濟急需。匠知王為開國勳裔。其府第皆梓楠為之。欣然願售。約日往觀。其人以親王名柬至王府。告門官曰。我為某親王護衛。今王欲新殿廷。慕府內規模宏大。諭我帶同匠人觀之。以便如式構造。王許之。乃邀匠人入。指點其瑕梠。并度其

丈尺。詳細閱畢。偕至匠寓評價。其人曰。先王成此殿。費十萬金。汝願以若干售之。不妨明言。匠曰。材料已舊。大而無當。將必改為小用。不過萬金而已。其人故作不願。往來數次。曰王令無奈。姑以售汝。汝當在某莊立券。汝先往俟之。是日朱輪華轂。王果至莊。其人為前驅。帶匠人入莊。王南面坐。匠跽請書券。王頷之。命從官書就。親筆僉押。先索定契銀三千兩。餘俟折換之日準算。其人偕匠入城交銀。並索賞。亦先給三百。約日而散。至日。大匠帶人往折殿廷。門官拒之。匠告以故。門官入白王。王召匠入。仰觀王貌。非前日之人也。知為拐騙。無言而退。有衣冠華麗者。乘車帶僕至質庫。脫金手鐲二以質錢。掌櫃人細閱之。黃赤無偽。秤各重五兩。問需京錢五百貫。掌櫃人還之。其人讓至三百貫。北地尚錢帖。如數給之而去。旁一丐者脫其破袄質二十貫。掌櫃人叱之。丐笑曰。假金鐲當錢三百貫。我袄雖破爛。尚非贋物。何不值二十貫耶。掌櫃人心疑。復閱其鐲。則已被易包金者。問丐何以知之。丐曰。此有名騙子手。我知其寓處。掌櫃人願給丐錢兩貫。偕往尋之。至寓。果見其車在外。丐遂指其人。得錢脫身去矣。掌櫃人入寓。則見其與顧者共飲。未敢喧譁。因寓主通其僕喚之出。與之辨論。其人曰。物既僞。何以質錢如此之多。明是汝換我也。互相爭執。顧者聞聲。邀二人入。笑謂其人曰。我輩穿吃衙門。估便宜。不可與市井之徒較量。有失官體。足下錢尚未用。何不還之。其人似不得已。

委屈聽命。乃以原錢帖贖還二鐲。掌櫃人欣然領去。至晚至錢局取錢。則已取去。出其帖比對。後帖係好手描摹者。復至寓。則去已久矣。丐亦不知所往。

有京卿惡其子之不肖。而逐之者。其子不知所之。後京卿出為方伯。入廟行香。其時府縣以下。伺應者數十員。士庶環觀者數百人。突有衣冠破爛者。至方伯前。長跪號哭曰。兒情願改過。任憑父親處治。再不敢稍有違拗。伏望收留。叩首無算。方伯細察之。非其子也。大怒叱曰。何處匪徒。敢冒吾子。殊屬大胆。飭役加以縲絏。面交首府問罪。首府帶署訊之。其人供稱前因不好讀書。不受訓飭。偶有觸犯。被逐在外。只求為之挽回。情願奮勉用功。不敢稍惰。有負恩隆。首府詰之家世。言之鑿鑿。且察其神色悲慘。語言明爽。似非作偽者。試以學問。亦能成文。信其為方伯之逐子也。留之府署。易其衣冠。公餘為方伯委婉導之。方伯曰。省非我子。若無為匪情事。任君遣去可也。方伯歸與衆官議之。衆皆請見其人。問其志向。則悲拜涕泣曰。父性嚴厲。己實不才。惟有回籍應試。倘得功名。以贖前愆。恨無旅費。奈何。衆憐其志。而哀其遇。遂為貲助數百金。送之去。而以責遂覆方伯也。後聞家人言。始知偽而非方伯子也。

越人倪某。世習申韓。出幕而官。去官復幕。在保陽待聘。住旅寓有時矣。迫切鑽營。無微不至。是年冬。寓中內廳宅有人來住。章服華煥。僕從趨蹌。往來之客。絡繹不絕。似皆憲司之紀綱

也。倪詢其僕。知為大名府總司閽。奉本官命來省置辦衣飾。為少君完姻。並延訪善於刑名錢穀之士。以辦舊友者。倪探得其情。即具衣冠往拜。其人稍附。即與盤桓。竟成莫逆。知其性情慷爽。而目不識丁。一夜漏已三下。突有役來。傳本官諭帖。催其人歸去。其人得信。叩倪寢門而告之曰。請先生起。煩為一讀來書。有役守候。不能待旦矣。倪起而誦之。不過因辦公乏人。諭令迅將什物置妥即去。並屬友辭定所訪之新友。必須於開篆以前到署等語。其人踟躕曰。辦物不難。訪友非易。先生意中有信託之人乎。倪遂自述其歷就州縣賓。其東人升遷者不一。其人笑曰。吾以先生為記室耳。時知中韓妙手。近在鄰居。而猶外求人耶。即請代某稟覆。云以千金訂定倪先生。俟各物辦齊。即回不敢延遲也。倪為書就。交役竟去。次日。其人送關書聘儀來。請安侍立。不敢抗禮。其僕從咸來叩喜。倪大悅。扯其人入坐曰。相好在前。既承不棄。斷不可以常情拘也。其人稱謝。側坐告以首飾尚未造完。俟工竣先歸。當遣車奉迓耳。又數日。見倪似有不豫之色。倪惶然叩故。其人曰。省鄉親某號銀局內有定貨物。不過偶掛數百金耳。銀持不舍。何其吝也。倪曰。市儈恒情。何足怪者。吾與素識。代為作保。雖千金亦不斷矣。其人曰。如此固好。恐先生未之真信耳。倪曰。忝在同署。尚何可疑。是足下負心矣。即偕赴銀局。所定之物。實千餘金。僅付百兩。餘皆掛欠。故未肯與。然局主已訪得大名

研有姻事。及倪就其幕，故倪至，殷勤勸其人笑曰：爾鋪主不我信耶？請以先生為質。明年來請先生時，其價原車帶到，決無貽誤。倪亦言其就事之故，頗力任之。局主欣然交其貨物給其人，滿載而去。次年俟至春仲，無車來接，局主懷疑，邀倪同往大名，問司閽，並無其人，亦無易幕事。倪歸，貲其行李以償鋪貲，悔恨無及。

江右某宰相保舉其門人某為江南中丞者，某感恩戴德，思有以報之。適相之次公子以書來干謁，中丞見之，其人少年倜儻，應對如流。緣書中有告助意，問其所需，以二千金為請。中丞允之，請與盤桓，則以父命迫促為辭。及回拜，則見其巨舫懸旂，行李僕從莫不眩耀。中丞意師相素尚儉樸，而其子不類，心有所疑。其幕中有同門某孝廉，以疑質之。孝廉曰：某公子予幼曾見之，今相隔有年矣。出其所書與扇，中丞觀之，楷法挺秀，笑謂孝廉曰：明日我請公子，屈閣下作陪，而索其書，則真僞立辨矣。乃設席請公子。公子來，見孝廉，先呼曰：兄臺相隔多年，尚識鄙人否？孝廉不能辨，唯唯而已。中丞出紙求書，公子欣然允諾，命僕研墨。其僕面赤手戰，目視公子。公子吟哦聯句，提筆欲書，忽擲筆叱僕曰：盍去諸！彼慢我矣，乘我有所干求之際，故索我書，彼乃以齒字之文丐視我耶？揚長出外，登輿而去。中丞追送之，亦不回顧。中丞自悔，函耑具黃金二百，至其舟中謝罪，強之收受而去。未幾，又一中堂之幼子來，與前

人名柬相同，並無書札。見之，則朴素暗淡，恂恂儒雅，使孝廉相客，客不認識。留之入署，亦頗佳，索其書法，亦勿辭。中丞狐疑莫解，使捷足入都採之，始知前者為騙子手矣。

浙有洋商金姓者，送其子姪應童子試，寓學院之東轅外。有人叩門請見，金見之，衣冠華煥，僕從甚都，訪問書生陳某有無。先是金與陳係中表，知其向在江南游幕者，其時實未回籍，乃告以故，叩其來訪之意。其人躊躇曰：陳君不來，事不諧矣。我施姓，江南某科乙榜，與陳君至好。我為學使所聘，來此閱卷者。遂告別而出，門有肩輿，施登輿，由東轅直入儀門去矣。金聞學使向有貨取之名，疑來人與陳必有勾串事，然亦無從進門矣，姑置之。一日，偕親友遨遊西子湖，於聖因寺前遇施，同行兩客皆翩翩年少，從事輩三四人，隨有輿馬。遙見金來，施出隊趨迎，握手道故，指一衣秋香綢袂、帶盤金便帽者曰：此學使之大公子也。又指一卵色紡衫者曰：此某孝廉，我同年同事也。又謂二人曰：此金長者，係我至友。遂問金同行親友之姓名，互相揖讓。施大笑曰：難得英俊多人，不期而會，我合作東道主，暢叙一日矣。邀入五柳居，登樓列坐，酒家以木版來，指點酒肴之精妙者，次第供應。施與孝廉縱談古人，議論文墨，公子殷勤勸金浮太白。酒正酣，蒼頭飛馬而來曰：大人有命，請公子同歸。金暗起給貲，酒家曰：上座之客入門時已先付訖。金踧踖不安，施等皆下樓，謂金曰：三生有幸，始得訂交，如蒙相

思，只須告把門張老，我自來耶。作別，衆與衆晤，紛紛而散。金歸與子姪言之，僉以貲作報瓊之舉，以申敬意。遂於旅邸盛設，具柬交張老，以邀三君子。次日，施來赴讌，大公子與孝廉皆為公事所覊，不能共酌，心甚歉然，囑某致謝。遂入席，請金之子姪皆出，索窗課閱之，曰：佳則佳矣，但與學使風氣尚不甚合。就文論之，即如某篇某處應提，某處應頓，結以大尾，則投學使之好，無不命中矣。咸服其論。金乃重伸陳君之說，究為何事。施曰：爾我既成相好，不妨實告。學使之大公子好與人相接，囑我輩為之介紹。陳君前約貴處之某姓通邑富豪欲與公子納交，不意陳君逗遛不至，實為缺典。金曰：如我子姪不識，可以充數乎？施曰：無不可者，但縞紵之費各需千金，能乎否乎？金曰：得半之道，尚可勉力。施難之，金再三懇切，既而曰：幸有我在，或可商辦。言未已，有二役以提督學院大燈來迎，金送出門，見其由中道入，文武巡官皆中立候進，金深信不疑。翌晨，施來曰：關防在邇，遲恐不得出。茲大公子以我故允所請，須面封禮物，撥役來取，相與同赴錢局，如數兑銀，公封而回，給以關節。未幾試畢，金之子姪皆落孫山外，始疑之。赴局開兑，則原封不動，而易以磚石矣。內有一紙，書云：大宗師如此清正，汝曹妄想功名，理應重罰。所封千金，權借濟急，銷汝罪愆。以佛法論之，或者來世有奉還之日，未可知也。不必冤曲好人，此囑。金大怒，納交巡官，以訪其事，始知學使幕中實無施姓，

即大公子亦年貌不符。細揣其故，係騙子先買雜役，放水菓時入內，其時號舍無人，藏匿其中，易衣冠而出。巡官見其華煥，且自內出，則拱候之。其入亦然，入則仍易破衣，由雜役中出矣。至把門張老及燈籠夫，皆其黨役充者，榜後俱逸。所騙亦不僅金姓一處也。

有貴公子挾重貲遊姑蘇，以買妾者。官媒喚來數十人，皆不合意。一老嫗隨輿而來曰：郎君法眼過高，此等人皆不中選，非我姨家瑤仙大姑不能如願，惜身價過高耳。公子聞之曰：如果真正佳人，何妨重價，第恐有名無實耳。汝姑帶來一觀。嫗笑曰：我知郎君只好看瘦馬耶，耳清白人家，即窮至不吃飯，何肯將嬌女送與人看耶？公子謝過，願同往訪之。嫗曰：我試言之，不知人家願否。公子許重給媒貲，嫗請姑探之。隔五六日，公子望眼幾穿，嫗始欣欣然來曰：憑我一片舌，煞費苦心，肯與郎君一面矣。遂往觀之，其女一拜而退，嬝娉之態，秀麗之容，公子已神飛欲墜。旋聞琴韻鏗然，和以燕語鶯聲，長吟度曲，公子幾入痴魔，亟問值價。嫗忙掩其口，扯之出曰：郎君幾自誤，此女不可唐突，當云聘作亞妻，則其父貪而好名，或可動之。既至爾家，則任分嫡庶矣。又言聘只千金，女須衣飾，尚須彩輿迎之，缺一不能成也。公子已心醉，無不從命，乃立婚書，納聘約吉迎娶。公子僱巨舫作洞房，欲仿范蠡載西子游五湖故事，先買一婢以俟。至日，彩輿迎來，嫗與婢扶新人入艙坐，嫗乘閙遁去。公子揭去新人面巾，

神色煥然惟不言不動姿設席迎婦公子親手扶之新人失跌其聲尧然以火照之乃廟中木偶耳急遣人追至女家則門鎖閉訪諸鄰曰是家僦賃此宅以嫁女茲已送女去不知所之問諸官媒無識媼者計花費千餘金僅載二粗婢窕然而歸

姑蘇閶門外通衢大道百貨交集之區西人參行尤盛閒有空宅亦甚寬敞時有服四品衣冠者遷於空宅門懸候補府陳姓封條其司閽司賬司廚及侍從之僕數十人出入乘四人輿張紅蓋現任之府州廳縣僉鳴鉦開道來拜時亦謁客輿馬盈門參行人見之屢矣一日有二僕衣履鮮華相率至各參行閱貨問價行主叩其主則曰西人也為陳天官之長公子以蔭生加納太守分發江蘇候補者家貲億萬舉家皆嗜人參以代茶飲前帶來參將盡矣主人命我等選擇公平之家以便長可交易於是行主爭趨其僕兩僕遊十餘家皆不合意是時參業中專有陪賓之夥已遍佈各行故二僕遠至一里之外行主皆知之情願許二僕重扣僕意行主遣夥持參同去其庶先秤一兩試嘗之價值三百餘即與實銀七挺其夥回係張公館內之華麗且探知其太夫人每日須服參三錢一年有十數萬金交易其眷屬不日到矣行主甚悅未幾其主豔服乘輿而來謂行主曰兩家貨真價實我太夫人已到需吃好參須至佳者行主奉以頂上參秤四十兩命一夥攜參去兌銀且曰兌齊後遣工人扛送

銀封可也二夥相從至館舍登堂入室旋達後樓其主以後樓為房房內羅帳高懸錦衾繡綿洋表時鐘之屬陳設煥然其箱匱以四為式自床東直至窗前數十號乃命僕開第五排二十號貼地一箱正折銀封秤兌忽樓下有人操西音大呼而來曰今日虎邱之東奈何不赴我鼎將來也其主謂二夥曰客且坐此我鄉親某刺史也其向我借貸屢矣不可使彼登樓見如許物則更擾累不清矣使僕以參及銀皆歸箱內鎖之如奴下樓開彼來客強拉之行僕來送茶傳其主命曰煩客略坐守去即來矣乃反扣樓門而去旋聞幼僕數人在樓下戲謔始而喧譁繼而湫鬮有老蒼頭來叱喝不應殴撻從之幼僕不服哭聲震耳久之寂然至晚無一人來二夥餘甚推窗望樓下適行主同夥伴持燈喚入二夥應曰毋庸著慌人參與銀俱在此行主登樓去扣入門以火照之二夥指此箱曰參銀都在內也行主曰子自大門至樓人物一空似已遷去不妨開其箱遂共撬之洞見樓下細揣其箱底與地板鑿通觸機運轉遍舉各物無甚貴重者除羅帳外其衾褥係高麗紙印洋花者鐘表僅有外面中空無物箱皆紙糊中藏石塊數包而已始悟諸僕叫喚爭鬨時正轉運箱內之物以人聲嘈雜混之俾不覺行主鳴諸官且閱與騙子往來之故官曰以都中樞密信來不能不答乃為緝捕究無影蹤

有孝廉者在武大關陸乞丐關前來一官舫揚旌鳴鉦而泊船中有五品官探首見丐使從者扶之登舟官細察之曰汝非某長者乎前曾繼我為義子我因回籍求功名去今幸進得是邦官不忘義父一貧至此兒之罪也丐知其誤姑應之曰我年老糊塗前事如夢矣官曰雖係風塵面目骨格猶存兒識之無誤飭從者請封翁先付浴堂沐浴更衣移舟至僻靜處所頤養月餘為之飾理鬚髮晳以膠粉染之皤然一叟謂曰兒衣不稱父身將入市買金帛為父修飾以便同赴任所但父曾在此行乞恐城中有識者磅兒顏面至鋪內閒看時合意只須搖首不可多言丐允之放舟入城喚肩輿二乘隨帶二僕父子皆服五品衣冠招搖過市入銀樓換金約指每个重四兩者兩對謂鋪主曰我將赴緞局偕往兌銀可也鋪主從之入緞局以單與局主觀之須三千餘金貨物選入廳堂殷勤款接私叩其僕知少者為嚴州二府老者是其封翁因二尹之妹與首郡太尊之子結親送至會垣完姻置辦贈嫁物耳局主分外趨承設席讌之官並邀金鋪主同坐曰是我好友鋪主唯唯聽命方自以為樂局主乃出綢緞洋呢各物先奉封翁閱之封翁皆搖首局主曰此皆上等貨也可以入貢豈不堪服用耶官曰既不合父意可與我妹櫬之飭與夫扛棧貨物一僕押去良久未回又飭一僕往催輿夫先回曰舟中人囑我稟官曰綢緞經姑娘目俱合意不知應用何號平色銀兩請

官自去檢點官謂局主曰煩侍父暫坐我去兌銀即回乃乘輿去至舟多給輿夫錢文曰爾等往來勞苦先吃飯去輿夫走而舟開行矣丐坐局中候至更深不來局主與金鋪主皆惶急不得不追問封翁丐亦情虛語言閃爍鞫擁之鳴官大令究其實情亦無可如何不過踊解而已釋丐出衆視其衣服惟靴帽不合時宜衆皆不服此丐尚戴五品冠著朝靴亦體叫他見者大笑

蔣中丞撫浙時察訪官民之不法者重懲之溫郡某太守簠簋不飭聞風而懼突有外來三人操北音者寓府廨側不言所事凡太守升堂必往觀之暇則與館人辯論太守之是非曲直館人怪之密報府縣太守聞候三人出球搜其行李得中丞訪牌一道凡太守私事俱在內究然驚卯又首縣致永嘉令一函尚未緘封有云蔣廳尊奉大憲命採事貴治諸祈照察云云太守益懼密與永嘉令商酌擬重賂之三人歸見箱篋俱亂喚館人詰之館人曰閣下去後太尊來拜必欲面晤在房中坐候半日方去動閣下之行李者其太尊乎三人默然既而曰機事洩矣盍去諸遂買舟行館人飛報太守嚀令永嘉令往拜之至舟中僅有二人令問蔣司馬何在二人曰我主馳回省垣去矣留函奉呈令收閱一條首縣原函一條司馬自致云公事匆促不及謀面深致抱歉之意令白太守修書饋柑橘四桶中藏白物因其僕追

賄之。未幾太守至省，晤藩司，臬訊無此漏事，知前物已入騙子手，而不敢言。

有乘舟携僕訪親者，舟抵岸，謂其僕曰：我先赴親戚家，汝將行李收拾，遷至頭艙，我着人協同起去。僕如命，坐於舟首候之。有一人來，手携竹籃，內存大米數升，至河涘淘洗，旁笑謂其僕曰：此處泊舟，須要小心。昨日我目覩一舟，亦如是停泊，一賊如是登舟，其人即躍上曰：舟中亦有如是一捲行李。賊如是竊取，其人即背負之，曰如是登岸竟去。僕方笑曰：此人何其獃也，自棄其米，為人負重，粗點何為耶。舟子曰：此人一去不顧，恐是騙子。僕悟，急追，不知所之矣。

有儒生赴歲試者，舟抵岸，行李遷起，尚未議定脚價，姑坐行李上守之。忽有衣冠而來者，對之長揖曰：兄臺何自來耶。生忙回揖，細認彼此皆不識。來人曰：誤矣。揖謝不安而別。生退坐，仰後倒地，方知行李已為人抽去。

鄉斥曰：龍有嗜，可豢之物，先腐蟲生之。諸公皆有隙可乘，故入其玄中。然東坡云：回視人間世，了無一事真。誠哉是言也。無論闤闠中百貨雜偽，試問醫者充市，時為張長沙、劉河間耶？星者盈街，時為李虛中、袁天罡耶？當今入幕之賓，名為習申韓者，不知申韓是一是二，是何代人，何曾讀不害非子之書耶。或者謂九流雜技，固不足道，甚至科甲遍宇內，何者為班馬屈宋之詞華，何者為周程張朱之理學，叩之茫然者居多，不過以八股時文騙功名耳。嗟乎，紛紛一大世界，人騙己，己騙人，有時己亦騙己，何怪乎騙子手耶。

方幼樗云：一片婆心，喚醒世間多少自欺欺人之輩，筆亦古秀而健。

某廣文

某學廣文，老而貧，諸生皆惡之。適有少年科甲之學使來，最惡白鬚，見之嗤曰：汝已老，大好讓後生矣。必罷之。故斑白者皆聞聲而懼。此廣文獨髮皓然，遍求烏藥，又不肯解囊，勸派諸生代為。有生謂之曰：門生之戚宦於東粵，有好烏藥，名透骨丹，初染色紅，三復之則黑如明漆，澤潤有光，真無價之寶也。門生感恩師恩，僅分得少許，敬以奉贈。廣文大悅，謝而受之。如法試驗，一染而紅，再染而絳，三染而紫赤色，愈洗則愈鮮明，儼如道院中所塑之祝融像，見者大笑。杜其門，人不知所往，竟不敢赴試，致仕歸去。生始告人，其藥以蘇溺熬紫草為之，即染纓纓之法，豈能改色乎。此廣文者，俾終身為紅鬍子矣。

三官救劫

吾邑陳氏有僕，年逾六旬，職司田庄。夏月隨主收租回，至城外，僕渴欲飲水，就岸灘伏河面吸之。其主在後，水中照見僕身影，背掮長旂，朱書飭雷霆誅擊惡犯一名某，即其僕姓名。其主駭甚，問僕有所見否，僕亦覩之，起跪主前曰：老奴自幼無坎心事，近亦持經修善，更無為非，其為前世事耶？天命不可逃也，請主速回，將奴所司之簿籍檢點收藏，二子不可信託，命其以襯來收殮奴屍，奴死此樹下矣，不敢入城，驚眾也。其主念恐不忍，然疾風暴雲旋起，不得不奔。及家雨至，聞霹靂之聲甚厲，立喚僕之妻子，告以故，皆號泣欲往救之，其主不允。未幾晴霽，老僕欣然歸，妻子見之，方詳其主之言，詢其故。僕曰：主去後，雨即來，我跪樹下，瞑目受死，心無雜念，惟口誦素習之三官經，聞雷聲下擊，及樹而回。我張目視之，見一大道士，可與樹倍，身坐樹顛，以袍幅垂護我，正探首仰觀閃，諒必雷神見我窜匿，驟下，道士揮之以胳，雷始收聲，道士亦不知所往。我幸免於難，將告主人虔誠祀之，以蒙其庥耳。故吾邑崇奉三官菩薩者，至今甚盛。

或曰：扶災危而救苦難，神之功德大矣。鄉斥曰：然，非也，亦視其人何如耳。以人道論，天君猶皇帝，三官猶憲司，雷神猶總捕耳。常使其人，憲司歷陳其人生平之善德，可掩其常，必赦之；使其人元惡，憲司執奏，以為能奉事臣躬，請曲宥之，則譴謫立加，何能回天聽乎？然則福善禍淫，彼蒼之定理也，諂瀆何為哉。

雷神

筆談載宋治平中，雷震天王寺，於柱倒書十一字。耳談載姑蘇韓姓堂中，暴雷繞擊，砌石上繪梅花一枝，紋理精研。是雷神亦善書畫，見於記載久矣。吾邑查氏宅暑雨中，暴雷繞垣奮擊，後視垣面一磚，去粉琢磨，朱書令字，徑四寸餘，秀健如顏文敏筆法。查氏抽換其磚，以治邪瘧，磚到即痊。吾邑有安國寺，夏月雷繞大殿，其左邊柱作旋螺文，伽藍神後墻上繪一鳥跡，四趾帶爪，闊大盈尺，作鷹爪狀，入磚三分，僧以石灰補之，數日復現。吾戚金氏樓居，炎暑之際，以幼孩臥牀上，已酣，其父母皆下樓去。大雨如注，霹靂一聲，穿樓而過，在室之人莫不驚悸喪神。其父母憶及幼孩在床，諒必驚斃矣，登樓視之，前後窗俱闢，帳亦高撩，不見幼孩，覓之，以蓆捲橫置於床下，取出觀之，兒睡猶未醒也，蓆面朱書一字，非篆非符，無識之者。又鄭孝廉暑月赴鄉，遇雨，避於房簷下，雷聲甚厲，忽見雲中墜一大毬，後有數十神將，體為雲擁，惟足著尖靴，相隨電光疾下，大震一聲，半里外田間擊死一人，背有古篆，不知所云。然則雷書恒有之，不足異，所可異者，自古有方履，無尖靴，神亦從時，其為今之神歟。

湯文正

蘇郡社會甲於全省，暮春之際，舉國若狂。其會首紳耆咸集神廟，公議公坊，斂貲置辦彩衣，務極鮮艷，搬演古事，別翻新出奇，爭奇鬪富，即如壽星之袍，以珍珠滿綴壽星，百蠻進寶，以經尺翡翠盤盛金葉火齊珠鍾進士送妹以二尺餘之白玉瓶內插珊瑚枝上站雲擁美人隨小鬼執繡蓋此之謂擡閣一座之價使人不能估測不僅以金玉鐲結闌干而已如是者數十座又有所謂肩閣兜千彩龍馬道等類不計其數以是故遠近來觀者千萬人凡臨街之樓招集婦女皆憑欄俯瞰粉白黛綠迷眩一時故少壯之徒爭睹目力百十成羣隨會來往評定美人今年以某處某人為狀元必覆之四五日衆議僉同則探其父母夫家皆有垂涎之意時有趙五官者年十七八已訂婚孫姓在錢局作夥是日隨衆縱觀知衆所定之元係及笄女訪之即孫姓趙五官之未婚妻也五官意亂神迷惟欲速娶為快第歲俸十餘千錢不足奉母何以為婚與母謀之母告以父在日有錢會應得一百餘千或可敷用但須搖點未能操必得之權五官憶及大五聖堂其神甚靈有求必應至搖會之日以香燭往告云如得會完娶之後夫婦偕來叩謝祝畢赴會舉骰搖之得三十六點如願而歸遣媒訂期納采迎娶花燭之下婦果艷麗傾城五官不禁狂喜惟新婦似憎夫貌醜然亦無詞三朝後具牲醴同酬五聖而回婦已卸粧矣至晚忽又盛飾端坐五官入房婦正色拒之曰我非汝家婦矣五聖將迎我為夫人法駕將臨汝其速退勿干神怒也五官疑其有瘋疾即出延醫至而婦已僵異香滿室遙聞音樂之聲五官大慟殯斂後以神奪民婦訟於邑宰官斥其誣妄不准奔告於府太守視其人神色悲忿姑納其詞五官赴虎邱問卜有某瞽子名重一時為之卦成駭曰異哉汝欲與神訟耶訟果勝今夜子時聽審勿遠離也五官欣然歸寓是時湯文正公撫江南正直之聲震於遐邇神亦畏之故暗隨五官來知太守已收呈狀夤夜入藩庫緣庫內有三金寶係守藏之物五聖盜之穿庫樓而出神光燭天巡守者皆誤為火起鳴鉦高叫方伯親臨吏役俱集開庫檢點惟金寶三不知所之矣五聖以寶入撫院內宅示夢於夫人曰予為吳江之五聖神被頑民妄控於府求為庇佑願以金寶為餽乃擲之於粧臺夫人聞震聲而覺則金寶三枚儼在衾命婢女請文正入語以是事言未畢而門外傳點請公昇坐文正出則兩司百官咸聚方伯以失寶事告文正笑曰盜易得也問首府曰昨有人控神奪民婦者乎以其詞來太守曰有之飭從者取到立傳趙五官文正面鞫之得實歸寶於庫具獄牒正一真人府請延之真人覆文曰神雖不正婦亦淫邪憎其夫而悅神貌致啟姦圖孽由自作然陰陽道隔雖和同強申革聖神之號遣發幽都長為餓鬼以正其罪可也文正命地方官撲五聖像居民爭毀之今改為總官堂矣

卜者張翁

海昌張端林父為雲南尉卒於任端林迎父櫬歸道由湖廣米價甚廉以宦囊所有糴八百

石舟運入豫江值大風望船多處收泊至一村落而面皆河客舟環泊中有一大家高其閈閎厚其墻垣門前停舟更密端林登岸散步偶入酒肆沽飲獨酌聞人議論卜者張翁知人過去未來事言休咎其應如響端林就客問之始知即大宅內之人遇異人傳大六壬著名問卜無須開口即知所事因此起家巨萬近以年老每日只賣十二課須黎明至其家掛號者清錢百文課金一兩得列簿內則得占遲則掛號不及即不得與人爭趨之有不遠千里而來候教者故門前舟常滿也端林亦起意問卜次日賫銀錢入其家門房內設櫃掌櫃者係其親戚收儀登號及端林去十二數已滿強之增添則曰非翁自主不敢有加也乃持簿還十二客入內端林隨入觀之於堂入室室中陳設精雅有老翁年近八旬帶四品冠據案上坐前列牙籌一筒兩旁設四小几各具筆硯其徒四人伺應書單前後坐椅環列客入翁起讓坐客各就位掌櫃人開簿唱號曰第一號某客請抽籌客抽送翁前翁觀籌指謂其徒曰某客得某時以某事問課上何凶吉徒舉筆照錄所斷皆合來意無一爽者十二課次第畢客亦陸續退出端林目注神凝忘其進退翁忽謂曰遠客不及入號老朽合送一課以盡地主之誼足下姓張從滇南來耶端林曰然何以知之翁曰足下坐於離宮正時屬午度值張宿我固知之今日乙卯三傳申酉戌為日之財官值貫神太常玄武白虎凶神同官又為有官之尊厥舟中合有父棺戌為地獄生前曾為司獄之官太常為米麥附酉金而兼連茹當帶有稻米兩金重四其八百石乎寅申一沖箕星動矣明日寅時轉西北風大順末傳為地足與卯作合應十二月之卯日到籍其米不但不得價且顆粒全無祿財入玄武耗散之手盡化為三傳之鬼矣足下其慎之端林得課回舟果於五鼓得順風揚帆而進於臘月二十六日乙卯抵邑之王家橋改歲之際無暇安葬泊舟處有姊夫陸某米客也借其閒地從停父櫬因思米運入家宗族強借可慮不如近就姊家以寄於棧端林奉母回城度歲朝往賀姊家叩關而入其姊對之號泣曰爾姊夫虧客貨千餘金上年爾所寄之米被客強起去姊夫無以對爾今不知遁於何處端林憶及張翁之課慨然曰數已前定果無可逃姊毋惶急忝在至親米價不定計論矣我為尋訪姊夫歸家可也

小王子

江左徐君知醫道開設藥肆為業門臨官河栽柳成陰有美蔭一丐者小艇恒泊於下有二婦操異音日與其夫盪漿行乞盛暑之際忽聞二婦大放悲聲徐往觀之丐已欲斃氣存一息發惻隱心謂其婦曰爾夫當是痧症我取藥來或可救也遂與蟾酥丸用童便灌之大醒越日大愈丐登門叩首謝活命恩自此放舟一去不復返矣歷十餘年徐積得百數金與親

友合本。渡海赴關東販豆。遇狂風飄入大洋。舟不能為力。砍桅去帆。任其掀揚。不知幾日夜。亦不知幾千百里。遇島觸礁而舟碎。財物俱沈。所幸人無傷損。聚哭於沙岸而已。此島內係大鎮市。朝鮮所轄。有瞭望者。見舟破人存。咸來問訊。備錄名單。飛報所司。值小王子巡邊閱報。見單。親臨檢點。至徐君。審視其行業。曰先生門前垂柳尚存乎。徐不知所以。謹以實對。王子乃命司官。以諸客就食於館舍。厚給其餼廩。曰還便送返天朝可也。命備法駕。肅徐登輦。王自乘騎前導。白旄黃鉞。禁尉傳呼。行人跪道。徐怦怦然如夢如痴。聽之而已。越兩日。及大城。百官郊迎。添鹵簿。易鑾輿。稱蹕而入。城中三市六街。人烟輻湊。至宮門。王子挽徐手升殿交拜。分賓主西東對坐。傳命後宮選妃主夫人見客。乃有彩娥貴嬙冀二夫人出。法衣象服。佩玉鳴璫。向徐盈盈再拜。徐答拜不迭。長跪於地曰。小人何德何能。敢受我王殊禮。請明明告我。誌異數。王子亦跽告曰。先生忘十年前柳陰下小艇中之病丐乎。即寡人也。我國法凡貴者得異症。必遠丐三年。以仰懺悔。寡人二十餘歲時。忽得眩疾。發則眩暈即死。過日而蘇。前王命太史占之。須乞丐中華沿海之區。必有奇遇。疾以痊也。乃指二妃曰。寡人帶渠行乞。得遇先生。以仙丹救治寡人。自此即愈。遠今十餘年。不復發矣。昔年王父崩。寡人即位。國服甫滿。尚未朝貢請封。故國人猶以小王子稱寡人耳。今天幸先生來此。俾寡人有以報德。先生欲貴乎。欲富乎。欲貴則特設賓師之位以奉先生。欲富則珍寶貨財。惟先生命。徐曰。小人遠方醫士。無奇才異能。敢妄玷賓師。以速官謗。無已。本為運豆而來。請假以資本。送之關東。則感戴無既矣。王子笑曰。關青豆不及小邦者。不意中華貴至此。異日。請先生觀我倉貯何如。乃開大酺華館。徐於天使行宮。命大臣之善華言者陪侍。娛之以本國雜樂。王子日往朝之。居數月。徐思家欲歸。辭留數四。不得已。王子命開太倉。請往觀豆。則一顆之大。約重四五分。果勝於關青數倍。徐欲之。王子舉倉以贈。裁海舶數十艘。奉徐與諸客。以王大船送之觀國。徐貿豆得十餘萬金。改業肆為質庫矣。

或曰。惜哉徐君。不取珍寶而惓惓於豆。余曰。偉哉徐君。不貪珍寶而僅僅以豆。不失我中華體統。其市儈之豪傑哉。

夜雨秋燈錄三集卷二

天長宣　鼎瘦梅甫著

科場五則

吳生。浙之槜李人。儒而兼賈。不預科場久矣。是年夢其父祖偕令入闈。生自知此道荒疏無可徼幸之處。置之勿論。詞又夢父祖厲色詬責之。曰汝若不去。場中缺一孝廉矣。是為違天。違天不祥。必有後禍。生乃述其無文何遇。父笑曰。易耳。今科頭題為鄉人皆好之一節。本家蘭陵先生有此文。汝入闈時。訪而錄之可也。生始欣然溫故。入闈訪問蘭陵先生所在。夫吳蘭陵者。時文中之名手也。其門下從學之徒數百人。發科甲入詞林者甚眾。惟先生落筆高古。屢困場屋。時年已五旬外矣。功名之念甚切。生訪得之。致其景仰之意。曰聞先生窗下有鄉人皆好之一節題文。為士林傳誦。小子與先生居隔百里。未由親炙。今日尚閒。務求賜教。蘭陵見其殷勤難卻。錄出與觀。生曰。容小子攜回號舍。細細揣摩可乎。蘭陵頷之。生歡喜捧去。未幾。蘭陵亦往生號內答之。見其在卷上揮毫疾書。訝曰。尚未出題。何得有文。生笑曰。小子請先生文。不忍釋手。恭繕試卷。以誌欽佩。即文不對題。不過被黜而已。亦所甘心。蘭陵曰。我累足下矣。奈何奈何。遂別去。逢相識者告之。一時傳作新聞。是夜試題出。果對。蘭陵不勝悔恨。曰得意之作。既被人錄去。諒天意終身不得售矣。遂信筆一揮。交卷而出。二三場。為門人苦勸訖事。是科竟中。蘭陵以舊作入見座主。曰門生濫有微名。闈中之作。聊以塞責。不堪為多士寓目。請以此文易之。座主曰可。雖然此文若在場中。未必中式。蓋閱卷時走馬看花。氣機流走者。易於動目。此文非反覆數過。不知其佳處。試官有此閒情乎。故無益也。蘭陵悟。遂有譜墨一隅之選。先是吳生歸。不作第二人想。整頓衣冠。預備延誐。思作新孝廉之樂。若登天然。瞬過重陽。闈榜發而好音竟絕。竟得題名錄觀之。蘭陵高捷矣。怨恨之極。愬其父祖。夜復夢父祖來。怒責之。曰不肖子。何知此中自有天命。汝若不抄襲蘭陵之文。故必自錄。又不得中式矣。生曰。彼之中與不中。與我何干耶。父曰。闈中飯食。皆出帑項。即為天祿。非生時註籍。豈易得哉。汝命中尚有一次。不完總不得安靜也。生悟。次科仍入闈。其友曰。前此得極妙文章。尚不入彀。今何為耶。生曰。公等皆掄元奪魁手。我自來領欽賜食。以了公案耳。

北闈大學士某公典試。題為回也聞一以知十二句。所取文內有用易經天一地二。及七日來復。八月有凶等語。不慊士心。好事者撰新戲。云玉帝巡守。忽見怨氣上沖。阻御闥於太由星。宮奏曰。此時人間鄉試。士子有不才而遇。才而不遇者。不安義命。故有此怨毒之氣。致干聖駕幸曰。卿試取士。皆有定額。本處試法。若二教中仙佛。淺無定數。故有手非法也人非奴作怪之舉。朕甚慮之。亦將仿照人間舉行辦試可乎。太白曰。事非試法不可。復矣。命文昌魁星文理優長之神仙。以充試官。如□□文殊普賢。地下修文郎。非豈命任洞天福地紛紛去矣。惟王□湯典試者。帝問太白星官。太白曰。此處應位尊詞閎者為之。乃舉齊天大聖孫悟空。帝曰。尊矣顯矣。奈其不通文墨何。太白曰。天下試官。未必盡通。況猴子最靈。奉命之後。自能設法延請明相助。可無虞矣。乃召悟空命之主試。不得推辭。悟空不敢違命。入文昌宮請友為助。文昌曰。我宮內天罡北斗二宿。似為人聰去矣。盡屬有餘。悟空退思。已訪然陽係大唐進士。必通文理。往商之呂祖。曰。我已奉命典試瑯環福地。何暇相助。無已。或訪知命之士。以命取人。亦不為厲。悟空往訪鬼谷先生。行抵北天門。與玄天上帝晤。問知來意。上帝笑曰。若須知命者。不必遠求。我座下斗姆聖母。為當今第一能手。悟空悅。乃詣聖母見之。曰。恭然一物。請入則中。未免不雅。聖母曰。我之法身。能大能小。能現能隱。請縮為金錢。趣放於大聖袖中。則人皆不覺。及閱文時。我知其命所中式者。以八卦衣在大聖前滴之。大聖取之無謀也。悟空從之。故是科多取八卦者為魁。為皇上所聞。罰試官係而停用泛詞者三科會試。

江右召貢生。有三子。皆舉業。為廩膳生。次為增廣生。其三應童試十餘年不售。長為注宦生矣。其父厭惡之。謫往廚房司爨。故境大三相公之名。噪於成里。值開科年。長次二子高列優等。將赴省闈。父命三相公同往會垣。供奔走之役。三相公欣然應命。入見其妻。嗚咽悲泣。三相公叩其故。妻曰。二伯人也。汝亦人也。何二伯若座上客。汝為竈下養耶。已屬無恥。今又集為送考之下走。為汝妻者。何顏立於妯娌間耶。三相公曰。我豈樂為。父命難違耳。妻曰。我何敢故汝違父命。汝若有志。亦得往進場。我與有榮施矣。三相公曰。童生焉得與大試。否我命何。妻曰。汝此去必謁丈人。是為方伯營庫之吏。捐納有監。係屬事司。我有金珠在。汝以負與丈人。捐一監生。亦可觀光闈屋矣。三相公歎然從之。倩父凡赴會垣。為納監訖。歸謂父曰。丈人強與兒監。欲兒就試也。父曰。盧進才不取。或貽出鬻。柔看汝何顏見丈人耶。及錄遺。公然附取。得隨兩兄入闈。因三相公食量甚宏。其父為之備紹酒金蹄燒鴨葉餅之類。滿足一挑。三相公領卷入號舍。見其左右鄰皆武林寒士。三相公慷慨食之。鄰士皆悅。是夜聞衆譽加焉。山四句至次日之下午。三相公仍大嚼以延鄰士。皆議論名人作法。三相公默然。鄰士叩其故。三相公嘗告以初次觀光。遇大故數行雖成奈何。翩士笑曰。若欲究禹。何難之有。十三經中不之山字詰爾頭甚嘗試錦旗物成文。則洋灑數千言。尚引用不完也。三相公亦實告以腹內空虛之故。鄰士爭為寫書。且教以運用之法。三相公大悟。揮灑自如。千言立就。畢其長次二兄皆錄文呈父。父乃舉酒閱文。怡吟賞詠。推為必售之作。三相公亦抄稿以其稿於呈父。父前上。父拍案大呼曰。洋洋至此。亦可以見人矣。不知慚愧。至汝極矣。其兄碎其文。喝令速退。毋觸父怒也。三相公抱頭鼠竄而去。是科主試者。非鄧即帥。性此二公者。生性偏僻。好為詭異。十五日例投論元謀。隔簾相稱。內則正副二主試帶同十八房考官。外則監臨中丞相率提調各官會宴。此夜。公請主試宣明題義。想取何等文字以定元魁。大主試笑曰。文無定法。惟其是山負水者中。此戲言也。中丞不覺失笑。群垂首笑。眾官和之。附掌一哂。大主試想佛袖而起。曰。我欲云云。誰敢置詞。顧薦能置人內界官不敢。而皆私議。特意此等浮泛之作以玩之。幸有三相公之文在一房官得之。笑不可遏。眾官閱。群起趣曰。有此不通主試。即有此不通舉子。可謂千古奇遇。眾曰。何不薦之。此房官曰。無乃過識。眾曰。我等公薦如何。皆曰善。於是十八官相率呈堂曰。識奪自奉命後。在九千六百餘卷中。僅得此真山負水者一本。用敢公呈電鑒。大主試閱之。明知眾官譏己。指案而起曰。如此典博之文。不合掄元耶。舉案筆於其卷之處。蓋宗圈之。標定第一名。眾官面面相覷。不敢作聲。副主試閱之。不覺而來。持此卷且讀且笑。謂大主試曰。此則博矣。無乃稍涉浮泛乎。大主試曰。此元我定也。閣下毋怖。故

接後。我自排解。若請呈上。展分可也。咸知其固執之性。係張維綸。皆無言而退。三相公居然發解矣。是時召公率其三子。移寓西湖之蘇堤至龍井。月日。言同舍親友附謙以候捷音。各出文互相讚誦。三相公舉登聲起。往來應酬。或索其文閱。復為父兄詬詈。或怒曰。渠既入場。何至不堪如此。惟三相公手踏月湖堤。以銷不平之氣。值報捷者飛書而來。闈中有召姓三相公也。曰。我兄中矣。其弟至父前。眾稱非常之喜。先索報。此不與名係闈號。召曰。我大兒今中久矣。令殺已遲。不及奇也。眾曰。否。召曰。然則我次兒正應中式。眾亦曰。否。召曰。否則誤矣。豈有此大三相公得中舉人耶。眾曰。然。召曰。果有之。已屬奇事。不過副車耳。則榜尾耳。眾曰。報首例自觀。明係可知也。召曰。副車十金。正榜倍之。眾曰。元魁如何。召曰。魁則五十。元可百金。決無此理。眾使喜甚。揚其百金一紙而與之。報條公然第一。召駭曰。文風之壞。遂至於此極。令而後不敢論文矣。

有朱解元者。眇一目。時人呼為朱瞎子。亦曰朱半仙。時文中之能手也。名噪一時。其未發解之前一科。偕友赴試。八月初七日夜。夢見二青衣相邀入一殿廷。有冕旒王者降階相迎。曰。閱先生文名鎬甚。今有兩浙闈差。請先生主為之湘師。朱唯唯。從入後殿。朱衣神以卷送閱。王曰。者命且攀硯於几而退。朱見元作格法高超。惟稍有未圓融處。為之易數字。已書畢。長揖王者

復來。謂朱曰。先生且停筆。是今科解元文才尚好。不意該縣城隍神來奏。此生近有姦人室女事。陰德有虧。應削其籍。予已追取下科解元文到。請先生正之。朱閱其文。曰此必童子之作。質地雖佳。功夫未到。何以冠多士。王者曰。且請就文整頓。資格所限。不能易他人也。朱大加刪削。錄作老境筆路。以呈王者。王者許可。命夢神飛傳與之。然後次第閱竟。亦大費經營矣。王者大悅。曰先生在後科之元也。今以閱卷功。拔補下科元缺。以酬勞瘁。至所黜之元。係山陰某生。姦其鄰女。幸未破敗。然而神目如電。已為所司執奏。先生歸去。訪其人勸之改過。將來尚可登科也。至新解元。誠如先生所云。係新進童子。其父兄皆為詞林。仁和人。祖宗功德甚厚。子孫科第未有艾也。然此子拔早一科。陰律應減陽壽五年。先生亦為之勸勉。俾緜其祖武。不但壽可免減。祿且日增矣。遂命青衣仍送朱回寓。而夢覺已高臥三日。其僕守之。見朱忽醒。曰何病耶。頭場將畢。倘誤功名奈何。朱曰。僕耳無病。遣僕往接其友。錄出兩元作。俟友回。出門訪見山陰生。及仁和童子。告以神語。以文為證。皆惶悚受教。朱歸。視親友之文。一讀破題。即知其中第幾名。有佳文曰。惜哉不售。其傷陰隲耶。初不之信。後皆不爽。遂有半仙之稱。

吾鄉有劉君者。應童試不售。去而習申韓業。公然憲幕。丁卯歲。朝夢迎天榜。伊名列第一。不覺技癢。復理故業。納監入闈。頭場犯規被貼。居然第一。此鬼神揶揄之耶。抑若吳生之命有天祿耶。必居一於此矣。

姚幕府

臺逆之亂。制軍已飛章入告。集百官議策守計。連日未決。忽有嚴旨下。值制軍筵讌時也。客皆退避。制軍接讀之間。目定口呆。神魂失據。頹乎座上矣。僕皆惶急奔告公子。公子來先捧諭旨。與幕友姚先生閱之。駭曰殆矣。上意切責其怠緩。限十日內平定。為今之計。惟有刻即進兵。以副廟謨。公子曰。父病垂危。焉能進勦。姚公曰。我與尊公賓主相投。久而無間。今日之事。不得不出身贊襄。姑將尊公擡送大堂。我當代為發令。公子不得已從之。乃命文武員弁俱集轅門。聽令鳴炮升堂。速坐抬制軍於壖閣。垂其幃幕。若避風然。姚服從者衣冠。以令箭出入傳諭。先命水師立備戰艦。命水軍總戎為先行。五鼓放洋。直取鹿門耳。左軍從左。右軍從右。張兩翼以助先行。中軍擐甲執械。齊集海門。以候本督部征進。命藩司速運軍需。並揀選文職之可以參贊軍謀者。隨後軍聽用。移請中丞督率泉道府縣。保守城垣。以備非常。是時令井井有條。軍弁莫不踴躍從事。令畢。抬制軍入內。以安神丸與參湯灌之。漸蘇。見妻子環伺。失聲悲泣曰。吾命休矣。公子以姚先生所為告之。益駭曰。如此則屍骨不得存矣。請姚先生商之。姚曰。此事無可再議者。不進則聖怒莫測。難保身家。進則雖死猶榮。況未可必乎矣。制軍思之。躍然而起曰。先生之言。勝於良藥。吾無病矣。惟有求先生偕渡重洋。始終其事。姚曰諾。兵貴神速。請即啟行。挽制軍手而出。文武官弁。群以升輿至海門。前軍已發。而艘猶留。詢其故。緣艨艟不足。姚傳制軍令於海口。曰有能以商舟濟我師者。予五品官。有舟子求試。投之立給水師守備劄。於是群舟爭集。五軍畢登。揚帆衝浪而前。海神呵護。一晝夜直抵鹿門。攻其無備。前軍已入。兩翼從之。制軍統全師進圍台城。出逆意外。賊黨搶掠未回。皆散還村落。閭守禦單弱。姚與制軍巡督。見城以竹木為之。伏兩翼於後。遂夜使前軍縱火。群噪喊。拔後道以逸之賊。出遇伏。一鼓成擒。招降餘黨。分派內地。不旬日而全台俱平。飛騎報捷。帝大悅。召制軍入覲。曰朕視爾甚憊。猶昔此舉何其奮勇。必有能干替之者。制軍不能隱。奏知姚幕友之事。特旨召見。欲予一官。姚頓首曰。草莽之臣。敢因聖訓而自居功。且替襄助順。即所以報効朝廷。與有官等耳。敢辭。帝嘉其剛直。錫四品卿銜。命永鎮閩督幕府。薌厈曰。才如姚君。方不愧為入幕之賓。不然。庸庸者流。豢畜書吏之頭目。臧獲之首領耶。烏足道哉。

周封翁

蜀之周老人。八旬外。樵於山而得寶藏。娶壽縣者女。生二子。此見於記載久矣。更有異者。其長子目有真光。察人無錯。生子煌。少年入詞林。故其父皆以封翁尊之。有楚人某進士。煌同年也。人本假僕。貌亦魁梧。與煌友善。因歸班候選。急欲自效。謀捐分發。素稔周氏多財。與煌借銀兩千。煌曰。我祖年屆百有二十。我將告假上壽。凡其借我回籍。與父商之。諒無不慨允也。歸告乃翁。翁出見客。欵接殷勤。入室謂煌曰。如數與銀。還否聽之。但此後務宜疏遠。以防後患。某得銀。援例分發江南。旋補巨邑。專丁備銀。齎銀付還。致書感謝。並達思慕之忱。翁使記室答之。以司總列名。厚給使者盤費。囑告乃主。以翁父子俱未能作書。因病故也。不久某以賍敗。身歿。是時甫定寄頓者罪例。富室被誣。往往有之。是以究其家人。詞連周氏。煌時在館。即以與某雖係同年。並無音信往來為辭。上司檢查無據。宥釋不問。文程老實。為質庫中之文櫃影也。其庫主以游蕩敗。欲舉十萬金之資本。願以八折速售。程每對人嗟歎曰。焉得八萬金。則先發加二財也。或紿之曰。周氏以數百萬鉅值。汝往貸八萬金。有何難哉。程信以為然。乃假夥伴衣冠。往周宅請見封翁。翁見之。陳其來意。翁笑曰。八萬金似非容易。姑緩圖之。程自覺面靦。踽踽告退。翁送之出。值陰沈欲雨。客去。翁回而雨漸大。翁思山路難行。程已年高陞其失跌使家人追之去逾時而客始返翁密詢家人云客出門遇雨在樹林下去其衣履包裹而行小人追回復在大門內重着衣冠方入是以泥迹翁乃問程曰足下衣冠自有之乎抑假於人乎請以實告程忸怩曰借諸同鄉數人湊合者翁曰善今天雨泥濘勿損人之物姑止一宿明日我與足下偕往城中檢點質庫再商行止可耳程唯唯次日翁果與程車馬僕從而去質庫中人見之深訝其來翁歷內外檢閱一過謂程曰足下之言不誣竟與八萬金接綜且平分餘號使之司總程感激圖報克儉克勤是以歲入之利較他處爲優

或問於翁曰某進士品格貌相人人所願交者而翁必欲絕之後果敗幾被其累程掌櫃貿然而來人人所譏誚者而翁毅然從之至今深得其力是何道也翁曰道在目前人自不察耳某身爲進士入仕有途何必欲速其貪可知矣貪以敗官古之訓也程掌櫃假人衣履尚知保惜愛護別巨萬財物乎故知其受託不苟也

敝邑官親

西域之變大將軍福公奉命進剿統領巴圖魯及吉林從征勢赫奕所過州縣以辦差不善從白簡者不一俟撤至敝邑缺瘠清苦官亦疲憊聞前任才幹之員每有失誤心切惶恐日惟涕泣而已其官親某向司徵比默默無聞今見其戚官將敗矣不忍坐視乃謂之曰庫

中有二三百金乎今曰有之不敷所用曰既有之尚可爲也盡以與我不問出入或者無碍前程乎大令無可如何之際姑以聽之時值盛暑炎炎熾至流金爍石官親乃與工房相度館舍極其寬敞裱古色紙以表糊之字畫皆用舊物其椅桌以油核桃仁並作烏木色以人家用舊之藤竹席片洗一色按其大小形像製爲引枕靠墊籃籠爲邊以玫瑰雜楊花代紫竇之其簾幔用深綠色緞飾竹爲之其天棚自村口直接至上房長有里許因借買多席僅敷一層恐透暑氣加以鹽包雜松毛蓋之其陳設則山中購小松柏栽數百盆夾道而列所有茉莉花夜來香之屬列在其後只覺芳馥而不見形影公館後及左右牆外三面環列水桶以竹裁作噴筒伏民夫數百人各持一筒吸水向上細細噴之仰屋上棚間不乾不溼潤澤而已西瓜爲汁以絹濾之稍加冰糖薄荷水相和其涼沁腹茶用蘭芽雪瑞本係北產氣香味厚色亦清烈用沙甌烹熟坐於水筒鋪以取溫和陳甫畢大將軍至矣令出遠迓將軍由皎日之下而來與入村口已覺陰涼至公館內兩旁松柏陰森更覺沈靜古穆並無結綵懸燈燿目增光之物心地一爽坐其鋪墊皆軟滑清香不覺大樂曰天仙界水晶宮不是過矣不意僻陋小邑竟有是耶可見人以才能爲貴也及進西瓜湯飲蘭雪茶莫名其妙喚從官入曰此係尖站並非住宿之所然我自出都以來日夜不得假息詎肯舍此清涼地而

就火焰山耶汝等彈壓兵役前往宿站只須留數人伺應我五鼓啟程來也傳令入曰我食不甘味睡不貼席者久矣賢大令造此福地我今夜宿此已分外撫擾毋多備酒席毋多費從人銀錢有強索即告我處置汝以長才屈於下邑上司之過也我當保奏令叩首謝出及進酒席則雪雁冰參肉鴨糟雞之類只覺香鮮配口無一毫肥膩氣味亦大醉飽樂甚以二千金與令以償其費及起馬令來道謝叩送將軍贊歎不絕而去令後此果膺保舉仕至憲司皆一官親力也

或曰才能之士湮沒無聞惜乎鄉愚曰此其小焉者也古來救君主於垂危挽覆敗於俄頃而史不列其名姓者如趙之廝養卒金之兩書生功高不賞是以名沒不彰其怨恫於九泉耶抑不屑不潔如遺逸輩之特隱其名耶東坡云但願我兒愚且魯無災無害到公卿由此觀之是卒與書生固不屑爲公卿也

同胞三鼎甲

明季之亂盜賊縱橫畿內幾無完邑有某翁者鄉居而巨富好行善事平日造橋修路給槥施棺無不踴躍從事及饑饉之年助賑外獨賑其鄉鄰者非一次故遐邇稱善人莫不感激雖流賊之暴戕官劫庫亦不忍犯翁家時有草寇之中偽大將軍擄掠婦女千餘人肆其淫

樂忽奉偽王調取赴敵偽將不能攜帶婦女賊夥商令寄存翁家因其閒房寬大而有倉廒也翁不敢辭受而舍之給與飲食賊去後夜聞婦女悲慟聲翁不忍欲縱之入問婦女有所歸否眾皆曰願死於道路不願生爲賊妻也翁各給銀米夜使遠颺已遣僕廣收屍骨分散布各屋內縱火以焚囑鄰里勿洩未幾賊歸翁垂涕而告以失火賊見瓦礫場上焦骼殘骸無算信之不疑旋清兵入戡定大難聖主即真人民復業翁家三子皆讀書入泮其大郎娶王氏女舊族也得時文真傳能決科第于歸後索夫窗課閱之曰郎君筆下超超元著惜法脈未清詞華雜湊師之過也妾爲郎君一點竄閱即入彀矣大郎心悅誠服錄示法家僉曰數日不見舉業驟長至此其入生花之夢耶於是二郎三郎聞嫂氏能各以文呈教王夫人曰兩叔皆天才文雖不及乃兄元氣混淪然偏師先濟皆科甲中人耳亦盡心指導三郎甚穎悟數月間卓然入妙旋中式連捷南宮探花及第欲於中門懸匾額王夫人阻之曰是不能越分應俟兩兄命懸於門右眾皆竊笑之然不敢不從二郎奮志功名逾年亦發榜眼及第王夫人命懸匾於門左是時大郎猶諸生也對其妻泣曰兩弟皆飛騰而去我恐沒世無聞矣王夫人笑曰偏師先濟妾預言之郎君無灰厥志龍頭屬老成自古云然俟元氣充沛自當超兩弟而上之是科僅得榜尾又越三年果狀元及第泥金報至戚里無不佩服夫人者翁

大悦，謂之曰：「是皆兒婦之力也。今尚有女未婚，我欲得一佳婿，將則盡善盡美矣。」王夫人曰：「文筆之發與不發，婦能決之。兩叔鼎甲，亦偶然耳，何能預定佳婿耶？」雖然，姑請試之。試聞文會，凡邑中之生童未婚者，皆延之，不論貧富，三復而得一生，甚寒，吾翁贅之於家，使王夫人暫課之，果得佳婿。及第，翁自為門聯曰：「一門佳婿今世有，三兒鼎甲古來無。」

薌厈曰：幼時聞吾父吾兄言之鑿鑿，久而忘其姓氏，姑缺俟補。書曰：作善降祥，天之定理。翁以年少而決科如神，遠於男子，似言者過矣。殊不知翁之所活婦女千餘，其精華萃於王氏一身，英靈敏妙，如握寶鑑，如持玉尺，自然大勝凡庸，且冥冥中示果報之功，為善人勸，非何疑耶。

義貓

武林金氏，望族也，代有聞人。有某翁者，救死卹生，利人愛物，至誠惻怛，人皆仰之。然厄於命，年逾強仕，家中落。極夏日納涼院中，有飢貓傾側將斃，翁覩之惻然，自起飼之，從此貓不他往，日戀戀依翁側。翁每飯必食以腥，即外出，必囑家人盡心愛養。由是貓漸肥健，能捕鼠，而糧無耗失。是年秋潦，粒米無收，翁家乏食，借貸無門，典質已盡，搔首踟躕，牛衣對泣而已。貓吏無從得食，嗷嗷於側，小女子責之曰：「人尚無食，汝欲食耶？」主人困窮至此，心煩意亂，汝不念平日養育恩勤，何以報德，而反嗷嗷取憎耶？」貓吻然似諾，一躍登屋去，人皆異之，翁亦破涕為笑。未幾，貓啣一物擲翁懷中，視之婦女舊抹額也，上綴東珠廿餘，光明圓正，大如芡實，值千金。翁驚訝失色，一喜一懼，曰：「貓雖通靈，但竊取之物，不但污我品行，且恐失物之家究及婢僕性命攸關，奈何？」其妻女曰：「翁言雖是，但井上之李豈無至者，廉士尚且取之，所謂飢不擇食也。況此物自至，必天神憐翁假手以濟，豈盡貍奴力耶？」無已，姑先質貲度歲，暗訪物主明告其故，而歸以質券，似亦無傷。翁不得已姑從之。次年徧訪無失物家。或曰：「此巨家殉葬物，年久墓崩，家貧棺壞，則貓取之矣。」或曰：「有心計婦家有蕩子，藏此物於複壁承塵中，為子女謀，未及交代猝病而亡，貓故取之無礙。」皆是也。要之，以神天賞善之說為正。翁聞人議論近理，乃贖而貨之，緣是起家。子孫發甲，世承祖訓，愛畜貓，食必以腥。有仕至憲司者，署中貓且數十頭，出入隨從，專有飼貓之職，至今不衰。

薌厈聞而歎曰：人生世上，財可忽乎哉！不但飲食起居，以之自奉，即庭幃行孝，棣萼情聯，莫不藉此。甚且至爵可得而鬻也，刑可得而贖焉；以之救濟，仁名頓起；以之施與，俾為美談。信乎金聖嘆曰：名以銀成，無別術也。彼貓烏知之，亦以此取義，且永錫爾類，豈不異哉！

李老

恒山李老，農家者流，有地數頃，稱小康。中年生一子，名曰宏，稍長，所學皆習課，極聰明。年十二，游婚誤學，畏父師訓責，竊貲逃去。李老夫婦情急，啖金以購，搜索無所不至，迄無影響。其母哀痛迫切，幾致輕身。李老猶以年齒正強，可望生育慰之。然婦已思子成疾，屢勸置妾延嗣，李老不忍。光陰迅速，瞬逾十年，年將古稀，仍無所出。宗族之貧者，咸思爭繼，嘵嘵不休，益厭苦之。自度精力尚強，且值旱潦不勻之歲，開幹鬻閩售子女者值甚廉，李老携百金往投人牙，以清錢五十貫擇得端莊小女子，大稱心。懷女叩以姓名籍貫，翁嘗告之，詳曰：「妾乃與翁同姓同鄉。」異哉！李老曰：「同姓或有之，鄉則路隔五百里，難言同也。」女曰：「幼聞吾父言，悉矣。」云係李姓，名宏，恒山人，因逃學出為人義子。親父母在乎否乎？念誦涕泣，妾與母時慰勸之。李老亦詳曰：「據汝言，確是我子。」妳汝尚為我孫女，幸言之早，速赴爾家驗之。雖相隔十餘年，聲音笑貌，應不改也。遂偕女至村，呼其父出，果李老子也。哭述所由，云逃出後，惘惘南奔，資用告盡，乞食此村，有老父同姓，留為義子，為我娶妻，連生四丁二女，義父相繼歿，逢此歉歲，故賣女度日耳。李老大悅，命子貨其家具，携其子孫男女八人歸。其妻孤苦零丁，抱病而臥，聞夫歸，忽然子孫滿堂，不覺躍然而起。

丁養虛

吾師丁養虛先生，奇偉人也。學圍棋於施湘霞，俾瑶琹於郭去非，皆國手也。先生入其堂奧，且精於奇門、禽遁之學，能以拳石築小山，為橋梁亭榭，栽徑寸松柏，鬱鬱葦葦，有天然之致。山巔懸瀑布一道，穿橋曲折瀉落，承以磁盆，水流循環，晝夜不絕。有欲竊其機巧者，拔起觀之不得，仍置盆內，水止不流。經先生撥弄，依然洋溢，殆按八門生死法耳。好事者願重價購之，不肯售。問其故，曰：「入他手，不過旬日，水法不靈矣。人必以我為欺，我不願貽人口實也。」一日，謂家人曰：「盜將入我室，宜慎防之。」至晚，以椅凳十餘，縱橫排列院中，遙望之似有烟霧瀰漫。先生鳴閉門，許在窗隙默窺。夜深人靜，見一壯者持械越牆下，潛入凳內，錯爬蹦跳，費盡伎倆，瑰踏身段，家人不禁大笑。盜似側耳，欲遁至天明，不能出。先生去其一椅，突於缺處逃之。問其故，曰：「吾儕三人，小人技最精，故先入，見宅門內房屋壯麗，躍入四面皆牆，或踰之，或穴之，愈進牆愈多。但聞人聲，難覓出路，正惶恐間，忽見門開，衝突被擒。小人知罪矣。」問彼二人何不入，對曰：「聞宅內嗤嗤不絕，知有備，先遁矣。」先生笑曰：「歸語爾曹，勿再至我家，恐牆多一夜，爬不盡矣。」盜不解其故，唯唯謝去。時二子皆冠，尚未婚娶，計非千金不能畢事，無已，乃擬新春設酒肆，用法擇吉。凡奇門家，驗正時刻，必天地人三才皆應，斷無謬誤。先生擇某月日寅時應天微雪地色白先有一人青衣紅帶持忘法飭後有文武二官星過門即刻開張大吉至日五鼓起呼家人備祀神物先生率二子懸燈開城果微風飄雪有皂隸着色服持錫壺叩閫入曰冷甚幸汝店早開借得煖寒甚善先生詢其夜深應差故役曰都督閱邊舟抵馬頭從本官往迎耳問知總制係文殿撰出身所隨中軍參將係武狀元始悟即二星官也役去未幾係衙八騶呼擁而過先生即陳祭禮鳴爆竹開市從此沽飲者雖倍於前千金究難驟至也因自開燒鍋價廉而味美販客爭獲贏餘遠近爭趨之每夜停其門者肩挑百十輛月得利千餘金勢不能止風聞入邑宰耳當是時燒鍋之禁甚嚴將搜索釀具而罪之幸族人為史得信急為之備其蒸甑所製銅器式甚高大重百餘斤或謀埋之或謀燬之先生曰否否勢不及必致敗露率家人共舉其器置廳事衆目共覩之地妥帖方疑訝間宰已入搜先生進內室叱役窮搜甚至掘地發牆毫無蹤影宰出坐廳事侍從吏役百餘瞪明明在案閒無一覩者宰去集家人從容捶碎鎔化滅跡或問何以官不能見先生曰搜造不搜近偶然耳予知先生不肯洩機必用六戊藏形法也遂為子畢姻改酒坊為錢局俾二子掌之先生以琴棋自娛不與俗事矣其妻父朱氏為邑名醫子四人或繼業或設肆因此起家無賴之徒覬其有財欺詐訛詐四子苦累教子讀書應試凡入庠者可支門戶盼望綦切時朱翁老終將葬婿以葬期謀於先生曰姊夫明晰陰陽能為人福使我子姪一人入泮舉家感甚先生敬諾擇冬月某日未時應天微雨二狗啣花戲墓側一男子戴鐵帽一孝婦索取石灰此正時也舉棺封壤孫必遊庠諸婿皆譁曰冬月惟有梅花品甚貴重狗焉能得鐵帽惟軍中有之太平之世誰敢戴此恐未必如所算先生正容曰我亦不能預知不過依書為斷我盡心為岳父推選恐未至大謬至日果小雨婿已奇其言輿櫬入塋停待正時安穴見兩小犬爭咬花一枝來墓閒有役夫買得一鍋戴於首上以代雨具孝婦亦至諸婿大悅推棺閉冢次年一孫入泮

鄉年曰先生以琴棋名噪一時當道富室重聘爭迎不應高士也其術數之學老益韜晦有求之者曰我亦猶夫人耳從憲書指與一黃道日而已予從學琴見案頭奇門謹請指教先生卜曰孺子尚可隨指示奇壬布局法不以術告也叩之曰此在自己研究非師可授也況以此眩人恐有殺身之禍何苦乃爾予不敢瀆今先生逝矣惜秘學失傳諒下愚無德以承受之耳

阮封翁

翁江南儀徵人性惻隱好義壯為鹺彩歲八百餘金往往賙卹親友一揮數千金貧不能贍

妻子汨如也一日至廣陵轉運鹺務市不戒於火被焚千餘家亦貧者無力賃屋男婦老幼皆露處忽淋雨滂沱立泥淖中相向而哭翁觸目傷心計極窮人不過百十悄無多恐有以援之亟趨至商家謀所安置之法商人以翁人微言輕志大妄舉相與訕笑之無肯為首董者翁忿且愧曰諸君既不顧鄉誼我雖非郡人亦當獨任咸笑曰汝大才有力願好為之弗累我等此功德無量也翁去向居停作秦庭之哭求預假辛俸數十金呼匠為席棚百十間俾貧民避風雨歡呼感激祈天為善士降祥是年翁應得勞金俱須支費訖徒手歸幾不能卒歲幸其子為諸生肄業書院聰明才知為當道所器重均有贈遺藉以苦度未幾鄉會俱捷入詞林大試皆前列簡在　帝心典試學差旋畀以封疆重任巡撫浙江翁受二品封而殁服闋後節制兩粵入贊黃扉晉封太傅天道福善有以也夫

或曰吾子持福善禍淫之說每遇封翁無不嘖嘖稱歎似矣然如顏子淵德行首列四科宜其身膺顯爵子孫昌盛何以身前屢空且夭殁又無賢裔是天道不可問久矣鄉年曰否否聖賢雖不可以常理論然顏子獨善其身不屑兼善天下故也嘗讀韓詩外傳孔子謂回曰家貧居卑胡不仕乎對曰回有郭外之田五十畝足以給饘粥郭內之田四十畝足以為絲麻鼓琴足以自娛學於夫子者足以自樂回不願仕也由此觀之品則高矣而無益於蒼生天故報以配享聖廟俎豆千秋又世襲博士以奉之正所以酬其德也吾歷驗天道總以澤及於人者因之速得美報所述諸封翁德未必如顏子而膏澤下於民史覺難能而可貴也

趙甲

晉人李某在京師佐典商歲入俸錢三百緡有同鄉趙甲者與相識無事業謀欲設雜貨肆而無貲商於李慨然以百金付之曰姑以此試得意後與吾合業可也一言為約並無文券無人知未幾李以疾卒典主呼其子來扶櫬而返適趙甲置貨他出歸後知李已卒為位哭奠由是興旺不十年業隆數萬李子家中落衣食不充親黨咸勸外出營謀卜之大吉適有人入都者相伴而去至舊典主處與父執求引都有人知趙與李父故交令趙業大興往求之諒可錄用浼友往說趙聞李子來欣然款接曰我因爾父得有今日我覓子久矣奈無音耗今日來投若有神使納為主帳而不議勞金李子安於初學亦不計較盡心竭力隨同營運趙見其辛勤克苦出入無私顧而樂之曰子已弱冠能自成家應議婚娶為嗣續計李子曰姪依伯父為生尚無進益何敢娶婦自取累乎趙曰姑緩亦是但爾既為主帳應將我所有總計之現存若干李子唯唯數日查畢現貨並貨物合計六萬餘趙曰與剖之我與子應

得其半李子駭曰伯父何出戲言姪在此數年伯父周給衣食感無既矣列在小郎之列本不應得勞金縱伯父憐而郵之不過年例數十貫錢而已何若是之多耶伯父子孫振振非無人承受者姪何敢越分欲辭趙笑曰子無卻也我自有法乃設盛筵邀其篤主及鄉里長者咸集李子亦在坐三杯後趙謂衆曰某昔落魄京師人皆明白李故父雖與我素交並無瓜葛一言之下慨然助以百金不立契券是誠信我也我由此起家而李兄已逝當時有與我合夥之說既有此語獲利理應均分我初留李姪時本欲表白恐少不更事入手揮霍去也今見其勤儉能自經營我何敢負李兄於地下乎乃出李子所閱簿目曰請諸公作主勻分衆預李子曰趙伯世所難得君有福哉婁人頓成巨室吾等借酒以賀李子曰諸公且止聽我一言趙伯所云並無憑證是欲為義士耳姪雖年幼亦不敢取非義財即亡父果存百千錢以遠年估一本一利取二百貫足矣多即非義何敢自污趙笑而入命羣僕以三萬數之金出曰今日交清卸吾重負惟子所欲李子取其百金而出追之遁矣趙乃邀衆作證呈報城坊求訪恩主有司異其事行文山右喚李子至質明判給李子曰吾儕小人實無功德不勞而得多金暴富不祥故不敢納也官曰無已今某廟久圮汝其葺之非功德乎二人叩謝去爭出布施廟貌煥然一新官易廟額號曰雙義而領趙甲以額曰重義輕財

薌厈曰晚近之世至親分家不均甚至爭訟從未聞誤財而逃官訪恩主者不意市井小民竟超出乎世家之上憶成案載雍正六年豫民崔世有拾秦太遺銀一百七十兩訪歸原主毫不受謝御軍田文鏡入奏奉旨予七品頂戴賞銀百兩以旌其善趙甲之事在後當事者宜援此例官之以昭盛世之典而示天下以法惜乎未及此也

轉女為男　二則

吾鄉史茗楣明經壯年博學功名未遂改業錢穀為袁簡齋明府所識拔因入其幕終任後在八閩為歷任方伯所倚重脩脯豐厚慷慨好施濟貧拔寒極一時之雄豪坐上食客常滿及其老也望孫念切子婦懷孕未卜男女時有精岐黃之道不屑以醫名者茗楣延診其人曰脈主得女然吾翁之善可回天意請竭吾術使轉為男以報知己第陽莖須移一肢改造得男必缺一肢翁願之否茗楣詫曰先生之學素所欽佩不意竟能化女為男無已請移其足指無礙蹣跚更妙其人曰不能上可移下下不能上再三籌度惟兩手小指無用可以挪借茗楣欣然諾謝遂設爐煉藥佩服兼行及期果產男孩手僅八指見客覥覥宛若閨閣中人及長善畫吏甚有欲驗其指者則啼而匿為同人所嗤茗楣與吾師父王公交善方其歸也王謂之曰閣下與當世名公友而僅諸生脩贄至巨萬而仍寒士依然故我徒勞無功為名若不取也茗楣大笑曰吾之出也一肩行李筆墨而外無他物不數年出入公卿門推賢讓能有為子孫置身計者有賴予仰事俯畜裕衣食者各若干人時不企史善人之號亦可以自豪矣足下欲予坐擁膏腴納貲為郎方謂吐寒士氣耶此守錢虜所為卑卑者何足道其胸襟之闊達如是宜其遇轉女為男之奇士此其中蓋有天道也

姑蘇有老翁富而無嗣僅生一女及笄病篤隱名醫葉天士診之笑曰是非病也昔以若女為我女且從我游百日後還閣下以壯健者非復嬌弱之態矣如遲疑不決是翁自殺之死非正命良可哀也翁詫曰誠如是願以千金送閣下天士攜歸另潔密室選婢之美而艷者使伴女宿囑曰此汝姑也終身依倚在是順姑無違稍有拂逆致增其病惟汝是問於是日給藥餌恒往瞷之見女體漸壯容漸舒與婢情好日密形影相隨知事已遂遣入其室迫暱婢曰汝與姑所作何事我窺覘洞徹必盡言之如敢隱諱將以刑求婢自若也婢覷女而泣女忸怩曰婢之伴我翁之嚴命如違應責順何罪耶婢因曰是主陷奴耳以即君偽稱義女而使奴同衾枕遂既不敢從又復含冤置身何地天士大笑曰已順從姑夫耶方為汝喜豈汝責耶速女改裝去髮而辮之以藥展其弓足衣冠履舄居然美男子延其父至告曰閣下以子為女偽疾誑我誑使義女伴之今為其所亂將如之何翁愕然不解所謂乃使小夫婦出拜翁頓而大樂願以婢為兒婦與天士結為姻好往來無間

薌厈曰變女為男之法見於醫經史以盛德而遇良醫理所應得無足怪者惟葉所治之女其醫經所載之五不男耶名曰天犍妬變半任衝不盛宗筋不成曰天值男即女值女即男曰犍男根不滿似有似無曰妬半月能男半月能女曰變雖有男根不能交媾曰半此五等人狀貌血氣本具男形惟任衝二脈不足似男而不成其男為父母者誤認作女年至十六氣足神旺陽事興矣鬱不得發是以病篤幸遇名醫充以妙藥誘以所欲自然陽莖突出不復女矣吾意五不男中惟天閹外皆可以藥救也故見於醫經奈世鮮精其技者葉天士醫藥名家固其宜也而史公所遇之人其學亦不亞於葉名遂不傳惜哉由是推之天下之抱絕技而隱沒者不知凡幾豈僅學醫之道為然哉

夜雨秋燈錄三集卷三

天長宣　鼎瘦梅甫著

妓篤故誼

黄沙陳星堂近從安南歸帆客囊充溢蓋居奇所獲已累數千金矣陳於歸裝後朋輩為其洗塵設花酌矣座客有勸其挾妓者陳叙前因曰僕嘗於此三出三入非此無由落魄然亦非此無從有今日衆請其說陳曰話本太長言之縷縷恐阻諸君酒興不如且理觴政俟酒闌燈灺時細言之為諸君醒酒其後復閒詳細者皆嘆妓麗春之於陳實生死而肉骨也先是陳固千金子然以漁花柳沃産悉售於人遂至孑然一身幾等於丐麗春者前所識之妓也陳嘗助百數十金為其削籍嗣別數載杳不相聞忽覯之於新橋市時陳已落魄如鬼矣乍覩麗春訝為面善而苦無由憶麗春忽傳步詢之陳忿然心動始憶為春春問其近況何如胡為至此陳曰風流落魄羞見故人春曰此非深談地乃導至賢思里一室中陳設頗麗婢媼參前蓋春前已從良夫徂喪頗有所積然孤影無依一遇陳不覺前情在念嗣審其流落之故嘆曰君癡於情者然日夕置身愛河中以為事安得不罹滅頂乎今日知悔乎且君向所厚者曾有能為君地者乎陳曰此萍身不由己況亦不足責報我於前事視之若水流花謝耳但令春夢已覺倘獲立足境當視此為畏途矣春曰君能改轍亦何憂無立足地乃露自薦意擬重尋嚙臂之盟陳聞之如從九幽十八獄再覩人世然不敢直應乃喘喘曰此固三生幸事但恐為卿辱耳春乃叙前事言良人已死忍兩載不敢妄意從人君固舊好也況曾受露襁今豈容坐視漂溺乎於是與陳同處誓以從事迨審其持重乃以數百金使陳從友行賈於安南茲果發噫

破鏡重圓

何明遠粵西桂林人前歲商於嶺南挾貲數千頻年虧折所存者千金以下耳何因旅況無聊偶隨朋友作曲巷遊過眼煙花何本不甚著意不料於柳絮沾泥之際卒復蓮花並蒂之緣先是何隨友輩在新堤地買醉花天酒地騷興悠然座客陳某謂此地過於徵逐雖金迷粉醉究不合雅人幽會不若暗裏平康之得靜中樂趣也衆謂其迂腐喚之曰君素不履鶯花庭院只合於羅刹鬼窟獨擁母夜叉作人體飲局耳陳曰君等濫矣風流豈花月場中營營但士各有見君等不見靜中之趣猶余不見鬧中之樂也自今往請揚鑣分道陳與何頗相莫逆嗣遂招之作遊侶偶憩於仙城巢雲別館即私倡院也陳所契者名翠蓮頗風韻略知染翰鎮日於碧梧窗下作茂猗書法見之者頗許為香閨翹楚是日陳何踵院何見翠蓮頗具林下風姿隱相傾羨倏見有淡妝素服麗人從簾外過蓮瓣纖小逼近吳寸趾其舉止哀艷又若江采蘋樓東獨步焉陳指以問翠蓮蓮曰此求售者以其選擇良苛尚未經有主顧陳請為諧何倩翠先容翠曰事必無成陳曰女元龍太過高自位置豈欲得王孫貴价耶翠曰非也伊有隱衷難以盡說何曰請道其畧翠謂伊遭家難辱身至此然不屑作柳絮隨風院主憐其幽淑聽其備自贖苟有作泥中援拾者伊願委身事之若作道傍花相視伊不願也陳曰伊肯與人接談否翠曰與子頗相傾慕謂予能知其苦也何曰伊果係遭難墮溷復能卓然自立此有志節女也如可贖願傾囊相助蓮走告之擁入見何等告訴苦衷據言本姓譚氏某宅之裔女也夫隸西粵姓王名基客遊至此於前歲娶妾以事被逮於官客囊耗去需百金始能出獄妾念夫妻大義鬻身以成之迨夫脫獄妾遂墮火坑矣又念身本清白以為夫故不惜自辱但不能作章臺柳攀折由人幸院主深憐許我自贖苟能脫妾於苦當作婢以圖報耳何聞之不勝憮憫曰尊夫與吾同籍不忍見其家屬流落如可贖即措貲相助但不知尊夫已西旋否婦曰半月前聞伊尚逗遛司院街何曰待吾訪確使復團圓何如婦聞崩角在地曰皇天后土實聞此言粵海冤禽復逢比翼非君之力不至此迨何果於司院街訪得婦原夫為道其故助貲使往贖婦夫妻重會不啻破鏡重圓此癸酉三月事也吁何本客途失意而竟於狎遊中作此義舉誠可謂高誼薄雲矣該婦緣夫自鬻已分生離然能脫却陷阱則雖琵琶另抱猶勝作倚門倡也不謂偶遇黃衫遂使紅顏復歸故主婦之大幸亦事之罕見歟

珠妓情殉

區容階楚産也厥祖作賈穗城遂家焉父某生三子容生越七日而父喪母撫三子成立長子弱冠而殀次子行賈往來楚粵間惟容習舉子業思以詩書起家詎所與遊者多非益友酒食遊戲相徵逐者趾錯於途縱有二三老成持重者旋以針砭而一暴十寒終歸無益容遂與此狎邪遊輩相依為命眷珠江花舫九娘每一留醉累旦連宵凡得九娘一言輒揮金如土不少靳也月圓之夜偕友開筵珠海作團圓會花滿酒滿月滿無殊極樂世界也豈期樂極生悲容於酒闌燈灺未免有情笑容帳裏竟犯不治之症甫曉以肩輿歸亭午神魂遂返極樂世界母妻兒女慟哭殊常檢其所佩繡囊有并命鴛鴦金錢知係花柳場中締盟所得者將訪諸其友欲識容所與締好者係屬何人殊九娘一聞容殞命消息悲不欲生追思情況神思如醉其母思所以慰之拉諸姊妹設筵作解愁會九娘以酒澆江中曰一滴何曾到九泉念及死者何忍下咽語畢清淚雙垂諸姊妹嘆其情深皆為隨淚筵撤後九娘五內

無主不止魚元機易求無價寶難得有情郎之嘆也其母慮其有變刻意防閑九娘寸心已寃遂斂容笑笑如平時至十七夜欲覓洋藥自裁而防範過嚴杳不得行遂檢奩閒偶得鴉片灰數錢以茶和飲之比母知而救之已無及矣九娘遺言願得附葬客墓俾得泉下相依免令孤魂無主其母以九娘係屬親生勉從其志告諸客友至與葬之塚其成否未遑定也嗚呼九娘能以身殉情人亦可一洗青樓薄倖之醜然為士者以有用之身而漫置諸無用之地議者尤謂不可矧殉之以命哉昔人詠云二十四友金谷宴三千里外石城遊人間無此繁華樂無此繁華無此愁此言石崇宴飲動費數萬金煬帝出遊隨行數萬衆乃一則亡家一則亡國其樂將安在哉是知貪快活者必招煩惱極鬧熱者必變淒涼故君子以安享和平為福晝閑燈紅不如山頭月白華筵扇亂不如林下風清眼界放開自有天然真景彼沾沾於歌舞場中恣意叙歡適情絃管自謂得無上趣矣況石田尚書一語道破曰胭粉兩般迷眼藥笙歌一路敗家聲

四川某賈軼事

蜀商某者受主人託代為營運紅花白蠟販負來申計貲八千金詎料某自抵申後被玉餐珠花天酒地儼然貴介翁來作狎邪遊也暱某姬有白頭約其千金脫其籍將謀金屋傾想吳門遂偕鄉人鄭某買棹姑蘇營宅虎阜蓋已盡其貲矣川中得耗乃東閩關而至冀收桑榆乃燕去鴻來中途相左茫茫前路惟有涕泗滂沱而已某則摒擋既畢復來申迎姬將屬偕老至則有酒食徵逐者流以情告某某乃匿跡姬家料量衣飾急擬赴蘇潛避日者艤船江岸某與姬肩輿二乘魚貫而出某之車不下簾鉤防人識面也當路出寶善街適丹桂園演劇將散之際車馬擁擠久不得前而某之簾衣已墮真面已呈某方肆漫罵而乃東正廁足其間跂而望之伊人宛在於是挽以下車某曰事已至此請從我登舟權算耳將抵吳門某以阿芙蓉膏畢命姬念前因後果一旦成空不覺淚下沾衣於是夕亦仰藥舟中合歡地下云乃東將其衣飾變賣以為收斂之費而八千金則飛去無迹矣方乃東之來也時值炎暑人皆紗羅而彼猶大布為裳則平日之儉樸可想乃以己之節嗇而供人之揮霍守錢虜其亦何以為情哉

記瘦腰生眷粵妓蓮貞事

瘦腰生鑑湖舊家子也隨父宦粵眷一妓名蓮貞弱不勝衣使舞向掌上當不減漢宮飛燕也而雙翹之瘦小僅若紅菱一角更足令人魂銷姬有母恃姬為錢樹子而生又簪纓門第不知稼穡之艱舉凡火齊木難為姬取給半年而資用不支懼見責於親庭來滬上遊作避

地計繁華如夢回首都非雖不能屏絕路柳墻花而曾經滄海除卻巫山月下花前常有撫今追昔之感姬亦念生無虛日適珠海有花叢之禁風月無邊瞬作煙霞過眼姬言於母曰鬱鬱處此何以為生曷遷地為良耶實則意不忘生也航海來滬僦居老旗昌之邁祥樓日倚樓頭而生杳無音耗一日夜漏二下生有友邀飲其家賭酒鬭歌聲傳戶外姬諦聽之曰意中人固在斯也何其聲之相似耶搴簾一睇遽倒生懷掩泣不能成語良久始曰前情具在君竟水流花謝置身月地花天耶曾一念及蓮貞尚在風塵淪落否慰藉良久破涕為歡洗盞更酌留宿姬家如是半月餘生不言歸姬亦未以纏頭相索會生有族叔赴京陛見欲挈生偕行生語姬姬曰宴安鴆毒不可懷也妾洞悉君今非昔比恐君以妾貧富易心故半月以來伴君岑寂以表妾心勾欄中豈妙手空空兒久居之所妾不加索其如姊妹行白眼何君行矣毋以妾為念如富貴逼人未必無相見期也嗣從悲歡離合南北東西生北上時已徐娘半老別生數年門前車馬冷落不堪漸至不能自存扁舟返粵改名歧鳳杜門謝客以待生歸今秋生援例得半通青綬兩翅烏紗歸里而姬於兩月前已拋白頭未遂紅粉已埋生曰黃伯與為情而死我實從卿於地下矣所難堪者薛濤墳上已落桃花關盼樓頭空歸燕子耳葬後舉哭失聲而仆為從人灌救方甦生殆深於情者而紅顏薄命振古如茲為誌端倪俾天下有情人咸為青衫之濕也

崇川俠妓

余講香湘鄉名士也年少多情翩翩有致惟家不中資故每橐筆出遊藉衣食於奔走焉時有某太守者方以鹽務于役崇川聞余名為聘於幕中而與之偕余抵崇川後公餘之暇偕二三友人聯袂香街問情風月眷一所歡曰春林本廣陵人也貌僅中人而饒有情韻余與之遇褰帷覿面歡若三生自春徂秋幾及半載有餘凡除酒局應分之外纏頭所需輒不妄費余一文且款接之間實有逾於琴瑟者余因贈以聯云秋月春風畢竟在楊柳樓臺枇杷門巷山中林下好記取美人低唱高士狂吟會某太守以他事交卸余亦辭去客況蕭條幾無以為歸計日夕跼蹐致廢寢食春林已窺知真情謂余曰是處豈子所得久居者耶當速整行裝別圖安硯之所庶免關山失路致貽笑於友朋也乃潛搜所積僅得十金計不敷復私卸臂上條脫為贐十餘金授余曰以此贈別藉表寸心余感愧交并至於泥首遂即日束裝起程致聲珍重為訂後日之永好灑涕而別嗟呼寒士值天涯淪落之時雖戚友亦鮮有過問者而況其為青樓賣笑之人哉吁若春林者誠可謂妓中之俠矣

洽遊遇故妻

寶釵再合。淖浦奇聞。破鏡重圓。洛昌韋事。頗聚無不散。眼前即是短長亭。會甚於離。身後尚
餘花酒夢。此則遺恨巾幗。氣盡蛾眉者矣。某生。宛裔也。籍本無湖。家僑穗石。少孤。母氏溺愛
採樂棠團就。乃復荒埇鬼唱。久傷椿樹之長凋。寶悅人遂。更痛萱花之暗萎。蓋歲庚午而母
氏見背。生嗣是益不檢。書畫鼎彝。皆充市鬻。尤可慨者。家無宿儲。妻常寄外氏為活。生素流
花柳。遂致久疎琴瑟。至此無以為家。則一身之外。更無復攖念者。是歲秋後。竟不知所往。其
妻慣依母家。有傳某死耗。說其改適者。而女不顧也。於是樓空而春風自惱。不絕啼鵑。鏡破
而明月難圓。暗辭野鵲。思燮紅豆。永絕情緣。悲撿青衫。都餘舊淚。其志亦可哀矣。詎意其兄
浮梁作賈。女以與嫂咀唔。不能安於其室。遂為浮言所惑。適媒家以為再嫁地。其嫂若已死
不復與聞。迨歲辛未。兄浮梁歸。問妹消息。嫂言姑少寡。難守。我不能作主。遂任其意。在媒家
適一賈人。後聞媒媪說。該賈已攜之返籍矣。姑以我不能體其意。於未嫁日已成枘鑿。比改
嫁。絕不通問。故不及詳知其家世也。兄聞默然。良久。出訪之。杳無影響。如是者已歷二年。詎
料嫁者不成為嫁。死者亦不成為死。癸酉年三月。某生客帆歸省。行李煥然。卸裝後抵岳家
視妻。則妻不獲面。妻兄作賈。妻嫂亦已下世。只餘小甥小姨。詰問及其妻。小甥言已經改嫁。
叩其究竟。亦不能詳。生遂辭出。未幾妻兄自賈所歸。甥妹告以姑丈剛來未死。妻兄聞。亟訪見

某生。告以前後根因。且謂因己不在家。致妹如此。向生告罪。生亦無語。妻兄去後。或勸生訟
之。生曰。我不能自立。以致家變若此。於彼何尤哉。聞者服其有度。先是生以無計謀生。自折
絕望。後聞有戚作宦江西。頗居顯要。生欲往而艱於川資。嗣有相識作客南雄。生懇附舟同
往。至雄。所識畧贈資斧。生遂如江西。獲見其戚南昌知府某公。以生無甚長才。難授以重任。
姑使之管帳。迨任滿出署居館。生以頗有所獲。暫辭戚旋省垣。至是以客遊初返。孤寂如鷙。
不覺頓觸舊好。遊於穀埠花船。心厭波濤。擬棄改遊蟠龍南某別院。生甫入幽房。即魂飛天
外。蓋所見麗者。即結縭人焉。生頗有鎮靜意。致言依無人。細談衷曲。妻會意。遂不語。迨乎酒
闌燈燼。話及當年事。相對如夢寐焉。蓋生妻為賈人賺娶。轉貨於娼家。後遂轉徙至此。生嘆
曰。此我之罪。與卿無干。顧卿何以自處。妻曰。覆水難收。君即不見責。然勢難再合。乃相與坐
嘆至曉。生暫別歸。思所以策其後者。臨別時。妻曰。君於午後須再至。作此生終見之緣。生以
抱恨成猝病。不能如約。迨相隔七八日再往。則已玉暗香消。詢其死由。鴇母含淚謂乃仰洋
藥以死者。且言伊無父母。人家借目。又非有所格而不能從。實未審其致命之故也。某驚惶
無語。惟問其葬所。鴇言草草殯埃。問土區始知之。生歸。嘆人世情緣甚於夢幻泡影。擬揮
慧劍。斷煩惱毛。現未審果否。噫。三生難問。一切違心。但願有酒澆愁。任歌得意。若以無稽誚
我。究在斯人。

阿韓傳

阿韓者。鴛湖瀨灘女也。風鬟霧鬢。綽約多姿。禾中裙屐少年。殷商大賈。爰坐其船。每當春夏
之交。放棹於煙雨樓前。楊柳風和。藕花香送。人面與波光相掩映。而性尤能解人。頗秋波一
轉。嬌態動情。所得買笑錢。釵篦裝飾而外。積有餘資。有某生者。才能倚馬。隔宿無糧。與韓繾
綣最深。而韓亦不以寒素薄之。解香奩以佐膏火。資無虛夕也。迨生桂籍登名。而韓輒欣然
自詡。以巾幗識英豪矣。遂願抱衾與裯也。成婚之夕。女貌郎才。人稱雙絕云。嗚呼。寒士值寥
落之秋。即戚族亦鮮有顧問。而韓能於風塵中。獨具慧眼。女俠也。亦天緣也。不然。當其名噪
一時。意中人豈少哉。何必眷戀此牢落青衫之人也哉。

九月桃花記

春申浦之濱。有桃花一株。九月盛放。時人以為災異。或謂天時恆燠所致。天河生曰。皆非也。
桃花根浮而壽短。自古以為紅顏薄命之喻。上海城北。為桃花最盛之場。陰氣所鍾。故有九
月復開之異。一日偶與友人語及。而未嘗播諸衆人也。是夕就枕。聞門外輿馬喧闐。使者二
人進謁。曰。主人敬遣相迓。生茫然。問主人為誰。使者曰。桃花仙館夫人也。生曰。素昧生平。何

事見招。遷延不欲往。使者致意殷勤。敦迫就道。生不得已許之。約行十數里。見郭門隱約。雲
霞變滅。望如錦城。香氣沁人心神。悵惘。生問何郡邑。使者曰。君日處青城中。而不知耶。此亦
一青城也。為東皇渡海行宮。群芳之吏卒。於是焉。生既入城。見綠萼紅苞。奇葩異卉。穠纖豐
約。五色迷離。每過一門。各有題額。曰芍藥宮。芙蕖苑。與夫梨園柳衙之屬。樹木掩映。樓閣周
迴。轉折久之。忽見宮闕巍然。朱門碧瓦。鱗次櫛比。非復人間。則所稱桃花仙館者也。使者引
入。囑生暫憩廊廡間。而自復命於夫人。時重門內外。韶豔女郎不下百餘。華妝靚飾。穠容而
嬉。少頃。使者出傳命請見。生肅容而入。門闥洞啟。珠簾乍鉤。堂以上婢從如雲。環佩紛沓。夫
人方升坐。神光霞豔。麗若天人。生及階而揖。不敢仰視。夫人曰。奉勞玉趾。願達一言。今人詬
媚成風。事無定論。譬如秋齋供菊。冬嶺尋梅。自命風流。清寒常態。所異者。文人墨客。詠及秋
容。往往輕薄春光。以桃李為凡姿俗豔。不思天生萬物。菀枯遞嬗。各擅勝於一時。桃李不借
力於東風。而春色必叨榮於桃李。藉以增輝。萬物黼黻河山也。設使氣轉鴻鈞。東君命駕。而
乾坤冷落。風日蕭條。何以挽回寒瘦之觀。敷暢陽和之氣哉。況夫夭桃之姿。更不同於杏李。
王母瑤池之樹。元都仙觀之珍。春官則門第爭誇。風化則室家興詠。曼卿拋去。五百歲而始
花。方朔偷來。三千年而一實。而先生以為根浮壽短。何所見之疏也。吾不揣冒昧。請於東皇

特於重陽之後小春之前命彼花神擇人煙輻輳之區點綴一株為世俗一新耳目俾知穠華之質亦足以寄傲風霜豔麗之姿何不可爭芳松竹直變龍於叔世豈無逆鱗之忠嫁鍾郝於蓬門詎少摩笄之節桃花之不與菊梅比烈者不為也非不能也時不同也若謂化工噓拂亦具福命使然彼寂寞空山凄涼籬下者時運之不逮又何枝乎他人哉悠悠之言初無足責先生靈根未泯慧果猶存愼勿以褊見迂詞令彼名花抱恨也生聞言惶愧無地如夢初醒一燈熒然瓶花猶弄影也

記珠江詞事

羊城每當士子雲集之時珠江風景分外清妍其往遊轂埠呼妓侑酒者紛如也有某生狎一妓名阿雲甚為眷愛形影不離阿雲明眸善睞膚如凝脂殆江淹賦所云氣柔色靡者也頗能識字解誦風詞每一掉文幾如匡說解頤不數鄭家婢泥中之對也某生曾贈以詞曰簾前記執纖纖手堂中細酌盈盈酒語軟情濃惆悵巫山一段雲背人特地留儂住鶯風又拂衣衫去無悶無愁萬喚千呼不轉頭又云鶯春正滯珠江櫂悲秋始返雲山道此日相逢疑是飛瓊下碧空繡裙半掩名花飾雲鬟低亞胭脂赤相對多情只少些兒畫不成某生擬娶之為側室以千金為之脫樂籍惟須待鹿鳴宴罷然後乃商之堂上也然二詞盛傳於勾闌中

得新忘舊

楚客述武昌胡建中獲報事殊可發人猛省胡貿易於閩近年復商於粵瞻名娼作小室所謂娼者名寶琴穀埠樓船魁楚也胡邂逅遇之刻不能忘捐重金削其籍置之朱樓綉閣間幾以為得神仙福矣胡中表鄭少岩年少逸才皎若臨風玉樹雖隨胡作賈而雅無市廛氣胡以通家懿親不復嫌疑故鄭至寶琴每不避或觴酒品評風月仍命寶琴侑觴以符四美顧寶雖曾隸樂籍而幸懷灑脫無脂粉習氣且流麗中寓以端莊無因之笑有令人不敢傾吐於前鄭嘗至建中所建中不在寶出應之鄭見其花晬似有淚意訝之寶不能自隱曰君知表兄有新寵否鄭曰不知也寶謂此非今日事去秋向儂索金釵去此即其時也自有此寵後神意即淡然偶有酬對亦只貌合神離耳鄭曰嫂何知之確我雖與之共處然此節則儼在夢中非惟未見且不及聞也因遂別去追胡竟以新間舊而弛寶之寵寶雖不怨遇人不淑而良宵風月幽恨時形胡視之儼如贅不惟不貴之且欲去之也鄭知此事不復往其家去冬寶沾疾胡醫治之不三日遽殞且殯葬皆從簡鄭見其隨地移情心弗善也而亦未能測寶致死之由本年五月胡之新置愛妾名愛雲病熱心每怔忡中時如有所見胡叱為譫一日從昏迷中嘆氣曰我病何得以寒涼之劑速我生命胡叱曰爾真昏譫爾病大熱非此品毋得奏功愛雲曰我不譫爾亦非譫但其新孔嘉遂令其舊者可厭耳胡聞言遂如冷水澆背蓋寶琴之死胡實有不可告人之處遂疑愛雲此日亂語係寶琴冤魂所憑也愛自備日從病疾不安言皆涉寶琴因延巫者解禳鐃鼓喧闐時愛即批頰自撾狼藉廿餘日遂死胡自愛死寸衷憂懼不愜去月偶病召中表鄭至囑曰汝可看先人面上為我善辦後事鄭驚曰君偶病何遽至此胡搖首曰非汝所知也鄭亦隱其事過為安慰初四日延醫投方後胡忽檢視曰似此緩藥何日可愈乃從袖篋中出方一紙則極涼之劑也速命合二劑次第煎飲畢蒙被而臥鄭至榻問之則已垂絕言語不明幸生意籍中夙昔曾交託明白鄭問其家人服何藥何遽至此及呈藥方鄭曰此乃舊方誰命服此家人曰此主人所命者也鄭知其不久人世急為經理後事翌日遂殞建中至死所談並無不經事而鄭則深明其致死之由錄之以戒輕於愛憎者

女仙降乩詞

前在西湖太和壇扶乩有女仙降壇書醉太平詞一闋云風來露涼雲歸月芒銀河界破秋光隱飛星過牆　蕉陰半窗藤陰半廊回頭悄問檀郎是情長夢長請仙姓氏則乩已寂然矣繹其詞旨輕倩清圓宛似彈丸脫手吾杭蘋香女史以詞名　成廟　宣廟時為趙秋舲大令入室弟子所著蘋香詞若干卷神似杳消酒消一編為詞中別開生面此詞風致頗為近之豈蘋香精靈不昧尚來往於六橋三竺間乎顧以姓氏請則終不應何也吾聞蘋香所適非天大有淑真斷腸之感常賦酒顛騷畜影自譜北曲一套題之慷慨淋漓銅琵鐵板每以豪縱為解嘲而詞中則呢呢私語翻致凄涼覺判然如出兩手豈尚不忘綺語之結習耶抑游遺兵火另有才女抑鬱以死而不能自悶其情耶姑具所見以俟知者云

船女奇緣

網船女子阿巧者故小家女也始生時父母不欲舉之為網船某嫗乞歸撫養以為童媳云爾乃阿巧至十一二齡時姿容即明媚可喜某嫗頗鍾愛之不令作船上生活凡拖篙打槳諸務皆不問也阿巧性尤慧能得嫗之歡心又數年嫗稍裕另置一艇使阿巧守之而日與其子駕舊船出謀食蓋以其子亦將弱冠故令遠之也網船之泊於鴛湖也有定所女之船適泊在東門東門為人煙繁盛之地有西泠某生者風神楚楚有靈和張緒之風少嘗學書中更喪亂遂棄儒而賈設肆於禾地之東郊每當清晨市未集時則踞樓檻而讀水鳥驚飛漁人皆起蓋日以為常矣女之船適在某生樓下聞生晨讀則亦起臨波掠鬢照水更衣生

亦習見之未為奇也一日方盛暑生散步河干柳陰之下則見女方依篷刺繡着白苧衫不
加妝飾而冰肌無汗艷絕天然始大驚異佇足凝眸女亦仰目注視素頰微赤粉渦淺暈生
揖而前似欲有白女靦然曰君非樓頭晨誦者耶生曰然久託比鄰未經拜訪今得一面亦
三生之幸也女怒之以目曰此豈君咬文嚼字之地耶往來人雜尚無多露之畏耶生遂登
其舟自隱於蘆箔之內長跪而請願自附於婚姻女笑曰君真妄想者儂為船娘童媳尚不
知之哉生哀之再四但求一促臂得親香澤死且不憾女不忍固拂其意以手引之使起生
乘勢躍起抑抱之遂共為野鴛鴦矣過數月女忽召生至舟中泣而告曰君害儂矣誰知竟
種孽根哉今將奈何不告亦死告亦死耳不告則死遲告則死速耳今將奈何生亦相持泣
既而曰無已其亟以情告母乎倘母肯捨卿一人則其子娶婦之事我當任之女以為不可
曰此惟有走為上着耳老姆之前儂何能自達於前耶生因賃宅於岳廟之村中迎女而居
焉媼覓女不得生因使人微告之故而賂以重金媼嘆曰吾固疑此兒太艷乃尤物非舟人
子所能堪也一接而孕豈非天乎受其金而仍令以母女往還焉

情死

語曰牡丹花下死做鬼也風流此王伯倫為情而死也然苟非其人則等一死如鴻毛矣前

歲閩香港新報載有梁某與某妓戀姦情密為妓所賣迫妓因厭其盤桓不去赴政務司衙
門控其宄惡差提質訊忿極自戕一案亦為情死不想無獨有偶睽隔數千里竟有遙遙相
對者如法租界興聖里有吳人名阿桂者失其姓向在寶興戲館門前擺水菓攤度日者也
拼識同鄉某婦迄今九載鰥夫寡婦已同結髮皆闔唱隨偕老計豈料婦女水性楊花近日
竟别有情人從前恩愛一筆勾消婦之視夫早若眼中之釘矣初尚稍知避嫌繼則毫無顧
忌前日阿桂因事出外野鴛鴦正當交頸之際為阿桂於窗所雙捉獲婦本無媒遂議與
離及至阿桂檢點家中所有早被某婦運之一空雖屬小本經營而數年之積蓄一旦棄之
他人未免情難割捨遂自閉户服紫霞膏畢命嗚呼哀哉作不醒之黄粱矣其死也不動聲
色先自剃頭洗浴衣服穿整皆莫之能防可謂視死如歸可惜死非其所亦愚矣哉噫

記邗江張素琴校書畢命事

珠娘聲價邗江最重薛濤院内關盼樓頭每當風月清談一洗煙花習氣現雖江流日下大
不如前然自愛者猶金玉其身不為阿堵所動非若尋常流俗見金夫不有躬也張素琴者
本良家女結褵半載琴瑟頗諧無奈家室貧寒牛衣對泣計無所出適有鴇母蠱惑其夫逼
至梟鵰入室平康誤落非其志也忽遇狂且逼以勢利琴蓋心焉許者錢生至是宿願難償

竟誓以死一日錢借友聯袂過院張筵小飲琴艷妝勸酒坐錢膝上曰妾生不辰流光荏苒
輕塵弱草於今十七年矣又不幸中道睽違事難如意今已矣花殘月缺矣君如惠顧前好葬
妾蜀岡之上並有六齡弱弟惠而教之死瞑目矣錢與友詫異不已慰藉間而琴力不支氣
絕死蓋已仰藥而未以告人也錢出數百金為琴埋玉並卹其弟噫九原可作同憐薄命紅
顏百折不回為懿荒坵黄土芙蓉誄乃召菖蔻香消紅粉内竟有斯人青樓中又增佳話矣

記錢姬假途脱籍事

天下情人終成眷屬世間好事每至多磨故情之所萃意果獨鍾不惜委曲以將婉轉以赴
正不止如馬盼盼借大腹賈為彼岸慈航安得謂青樓自古無情地哉然得於此必失於彼
苟非其人萬勿醉生夢死於裙帶中而不一悟為他人作嫁衣裳亦殊不值得耳錢麗君者
吳門校書也蓮性雖胎不遺泥淤楊枝無力偶宕風前雖處章臺固非隨波逐浪之女子也
與陳生善有嚙臂盟陳有懷依玉無屋營金不敢以妙手空空兒蹈紅綃故智而事竟不集
萬不得已無可奈何任其光陰荏苒送舊迎新而已有某者蜀中大賈也旅於吳慕姬名備
蜀錦十端踵門請見麗珊珊來遲貫恨相見晚逾於所欲由此雨夜雪宵花晨月夕某非姬
不樂姬去某難歡人情冷暖世態炎涼固不必身入侯門而前此之陳生固已早同陌路矣

一日謂某曰昔人以勾闌為香粉地獄君能使火坑内現出蓮花否耶情好如君若終作露
水夫妻路牆花柳豈不徒呼負負出桎梏而登衽席君有意乎某曰惟卿所命丈姬歸漢千
金之義豈讓曹瞞所不可知者恐卿心匪石耳麗曰山移谷變矣死靡他石爛海枯鍾情不
易君肯一為援手妾且生死惟命於是某商於鴇以八百金脱其籍將有成議麗曰青樓龜
鴇千古無情一出此門則寸縷尺絲均非我有妾將以蓬頭禿袖入乎某曰儗子言我已籌
之爛熟於是吳綾蜀錦為作嫁衣縷金箱子摺叠其中舁以舁女擇期雇轎迎娶以歸儼居
於吳瓊華仙子下嫁蓬萊不閱月而衫痕眉黛雲影風聲銷歸烏有然衣裳在笥猶不疑其
有他也急啟藏篋而已空諸所有蓋以為雲神女已同奔月嫦娥偵騎四出渺無影響矣或
曰此桓伊假途之故智也麗以陳生為心上人而陳實格於資不能舉手適逢其偶某之貿
貿然來於是與陳欲即反離求親姑疏假手於某以為從陳地步初本疑信參半有識陳者
見陳於數日前曾過姬室故知其從陳而去略無疑議云我聞如是人云亦云情波變幻憨
海迷離月地花天過於蜃樓海市走馬王孫陸鞭公子尚無錯於用情而為彼美之播弄也

記紫簪女錄事逸事奇遺

秀才望穢心怦怦然恒情也而不謂屬望殷殷者之出於青樓則已奇登賢書納寵姬有麟

兒樂事也而不謂紛至沓來者之集於彌月間則尤奇若吳門陳生之事可紀焉生名士也少孤力學凡能畫藝皆母氏所陶成弱冠補博士弟子員每試輒列優等師友各以偉器目之而生亦毅然不作第二人想顧負才自許脫落不羈二三朋儕時作狎邪之遊白紅微歌紅牙按拍酒綠燈紅之地時復相與流連母亦不之禁也春闈以就試故僦居胥門悅李繡容女校書因與定情莊蘧稍踈不知春風幾度繡容貌故端好楚楚自憐其妹紫容姿態尤艷雙翹瘦不盈指凌波欲渡擺風疑仙鴇母尤愛憐之會當破瓜之年每欲為之選壻生於酒酣耳熱之際許以金屋貯之紫容私幸得人遂杜門謝客筵席無生不復侑酒非生至亦不出戶四月間遂作眠香會矣睡枕低帷情好益篤流連忘返學業遂荒無何紫以孕告促登蓬室生故非素封而又夙秉慈訓未敢遽以告進退維谷漸至積愁成疾夢魂相喚樂止失常母知之而無如何惟誡以勤揣摩勵精進藉秋風得意則爲之脫籍不汝靳也無如生病疾已深狂遊如昔試期將屆置若罔聞母訓之而如故紫規之而亦如故而時已七月矣紫知其不可以言虛勸也使之下帷於己院爲攻苦地青燈佐讀紅袖添香復爲之考勤惰課工拙操業少怠即白眼相加將以青樓作絳帳焉鴇欲奪其志矢不渝強嬲之輒與叫號之死靡他之志百折而不回比生入闈則又長齋繡佛朝夕焚香頂祝屬望之切蓋較諸生及生母尤甚焉揭曉之夕四出偵探彷徨中夜杳無好音則手合鴆藥一刀圭持謂生曰若不得志則足爲妾道地者賴有此耳生亦爲之泫然漏四下忽喧聲達戶外蓋報捷者知生匿姬院而踪跡之也生聞捷之下驚喜欲狂歸家摒擋旬餘遂議踐前約鴇復故索千金值以靳之生無如之何姬以好事多磨瀕於死者再鴇知其不可奪也請以二百金歸生生母以愛憐少子故復如數出藏鏹畀之始得迎登蓬室往返籌議蓋至是已小陽月矣歸生未逾月舉一子戚里之赴湯餅會者咸以阿侯絕類其母咸請見之輒歎爲天人而各艷生之遺際爭相傳述因泚筆而爲之記以見天下有情人之終成眷屬云爾

記珠江才妓事

客有談珠江才妓者詢其名則汪蟾輝也汪本南海良家女稟性溫和吐詞爲雅幼時母授以書輒能記誦稍長愛作小詩頗有風致及笄誤嫁娼家深以爲恨然亦無可如何惟時時背人飲泣而已姑亦憐其俊慧俗客造訪概勿與通遇文人詞客始令接見所居小樓半間窗明几淨法帖奇書雜陳左右笙笛之類不屑置也客至焚香煮茗相對清談不雜淫褻語逢二三知己或飛觴月下或分韻花前興亦不淺與番禺徐生菊仙性情最洽幾於無日不至常持葵扇乞詩生戲題二絕云不須蟬噪畫來工已得常持素手中好向小亭花影裏撲來螢火一星紅欲錫嘉名定合歡消三伏勝裁紈只愁約赴黃昏後故障嬌容不許看既而生父聞之嚴加防範欲尋舊好不得其便汪猶未之知也以書招之不至因緘詩以寄云情書昨已倩鱗鴻滿擬西窗話舊衷不意近來蹤跡闊仍將離恨寄絲桐記否當年月下時雙攜素手步遲遲總然未定三生約合向春風憶舊知半縷情絲表熱腸更裁詩句問平康倘無別院嬌姿戀妾擬邀君共一觴君如許妾卜佳期宜惜流光若馬馳春去苦留留不住及今猶有好花枝生讀之感念昔遊亦寄詩以謝云初度相逢卿憶否嫩涼天氣近中秋憑欄共玩西樓月殘夜疎簾半下鉤醉月評花興一般每逢佳日共追歡憐余抱恙秋風下藥檢奇方手自丸舟從鄭郡作歸時即寄魚箋報我知無限離情渾不訴先持葵扇乞新詩裁將佳句訴情濃更剪香雲寄儂良會漸稀無別故祇緣儂性近疏慵及秋生赴試羊城竟寓其家纏綿甚篤聞生擬以金贖其姑迎置別館想姻緣簿必能爲其如意珠也

蚌精

何元者姓氏莫詳亦不知其何許人僑寓佛鎮以扮蚌精得名人皆呼之爲蚌精元美丰姿清臞傳盼神彩秀發雖古之宋朝彌瑕不是過也前鎮中有好事者度演秋祭會以多金延之作蚌精於時皓月呈輝紅燈射彩夜影迷離之下但覺斌美異常體態綽約觀者果已忘

其爲童男更疑其爲仙女飄然霞舉離碧落而至紅塵也於是元之名噪於一時及隊村有盛會出數十金延之往所演春色亦推第一其爲人亦如玉樹臨風瓊林映月鎮中閨閣諸女子有不願作紈綺妻而願爲蚌精奉箕帚者無數特以月下老人未爲撮合故坦腹東牀之選未能及之今月元竟不費一錢而得美婦蓋其婦固再醮者也先是婦爲某甲妻姿容妖冶態度風流而裙底蓮鉤又復峭如菱角輕軀鶴立艷影鴻翩見之者無不色授魂飛不意紅顏命薄歸甲未一載而甲以消渴病遽殞其姑勸其勿嫁蓋冀暮年有所倚也婦亦知姑意聊應之然縗絰之中不忘塗澤志在擇對從人一日天付奇緣元適經其門外婦適偕某媪倚門小立見元來注目視之不轉一瞬元見之亦爲神奪不覺行步踟蹰徘徊不進斯時覿面相逢祇隔銀河一水耳某媪見婦神情若失戲之曰娘子亦識此人爲蚌精元固以艷名著遐邇者也渠雖男子乃如弁而釵者其一種溫柔無異於女子也娘子若得嫁渠誠爲三生有幸矣婦紅潮上頰沈吟不語某媪遂爲之作撮合山於上巳後三日竟繫紅絲歸於元焉花燭之夕極盡燕婉雖鴛鴦之戲水鸞鳳之迴風無以喻其樂也元之諸友皆集贊賀其得佳婦元設讌款之於是飛斝傳觴正爾歡洽忽有叩門索債者正婦之姑也蓋婦之嫁元乘姑掃墓而竊奔者也其姑見元百端凌詬元諸友爲之排解元曰是非余錯穴

踰墻所得乃婦自從我於我何尤即至官亦無懼也媪為語塞元諸友出數金納其袖使去於是元遂挈婦安居焉今僦屋於佛山滘巷一對璧人一時佳話記之以博一軒渠

品花隱語

打狗橋至老北門口路幾半里列屋而居者江北流娼動千百計至夜門外皆綴一燈從打狗橋一望無際如繁星然然牛鬼蛇神皆作夜叉形狀夕陽西墜排列門前粗脂全粉中求一彷似人形者渺不可得蓋彼處俗名花煙間真所謂香粉地獄也鞭絲帽影固不屑勾留舞扇歌裙尤不甘俯就人云固不敢於粗頭亂服中以求佳麗如九方皋之相馬賞識於牝牡驪黃外也秋思方深散步豫園茶罷出城道經是地於花妖木魅中忽有翩若驚鴻婉若遊龍者雖裙布釵荊而嫵媚天然如孟德昭不失大家風範始嘆何地無材固不能匾於俗見也惜其門戶叢雜屋宇齷齪難於插足還望於日斜風定後斜倚門前僕於散步時屢幾遇之勿如人面桃花則幸甚矣因嘆漿家餅肆狗屠釣客懷才未遇者不知幾何論才者慎勿眼光如豆拘於俗見也哉

李芸小記

白門妓藪也板橋為蹟無草皆香有校書李芸年齒稍長風韻超其儕偶僦屋莫愁湖畔編竹為籬泊然雅素撫琴洗研晏如也初未知名吳門秦子鍾吾過江訪艷贈之以詩著於冷金箋上粘於圍屏以碧紗籠之於是名傾白下惟性極高傲若不當意雖貴客大賈不納也當時江左章臺競尚華麗芸雖負盛名獨蒔花種竹非文酒之讌不預有妹曰綠嬛姿容慧麗較芸尤艷善為酒糾並善詼諧詞意之間翩翩有致兼工簫笛撟聲清越足以怡情士林稱為雙絕芸後歸黃吏部公子寵之專房其畫梅堦枝團花頃刻數幅老幹紛披間作娟態綠嬛年二十誤適匪人河東獅子日吼數聲未一年抑鬱而死廣陵散亦遂絕矣豈頓老琵琶小文琴韻祗應天上有耶錄之以補余澹翁板橋雜記之缺

夜雨秋燈錄三集卷四

天長宣　鼎瘦梅甫著

吳門張少卿校書花燭詞并序

吳門名校書張少卿者系出毗陵閭小家之碧玉身依慧水託雅集於黃絁聽雨僧廬夢雲禪榻深情款曲綺語纏綿早已遊侶收名癡人逐隊矣無何迹附鶯燈歌傳雀舫虎邱春曉盈鴛夢而低昂鴝市宵深聽鵑絃而掩抑嗣以金吾禁切玉女藏蹤深潛於桃李園中久隱於芰荷叢裏琵琶小撥檀板輕敲捲花之鯨浪雖狂陰葉之鶯身自穩追夫風姨感息月姊恩多結小社於紅樓試新聯於翠帖自註有巨公贈以聯曰少之時不亦樂乎卿以下何足算也門前車馬巷裏笙歌時蓋居于將坊巷也燈紅酒綠之場非卿不樂月地花天之下與子為歡斷三生杜牧之揚名流傾倒作一夕奏宮之夢我輩勾留乃有張小尹覲察者笠仕滇池羈身淮濟近復以奉催軍糈解橐吳閶問柳章臺品花吳市緣深一面遽爾魂銷夢結連宵翕然意滿詞託微波之達好倩蹇修鑑忘禍水之臨敢稱副室爰訪委禽之禮用圖比翼之歡遂於月之十六日迎歸於曹家巷寓廬紅毹交拜金盞同傾禮也藍橋重度看蟬鬢之斜欹玉札誰緘瞻鸞絃之再奏聊疏短引兼附新詩藉佐奇談以供一噱云爾詞云

卻卻黃冠畫翠眉靚妝顧影弄嬌姿無端一夕東君力博得雍容象服宜

姊妹常時共倚樓尊前老大各生愁紅顏畢竟多濃福夫婿居然在上頭

七寶香車錦作堆彩旗繡幟兩行開旁人休與爭遲疾八座巍然命婦來

黃紙新緘御筆封入門便荷寵光隆而今休說梁紅玉合向先生拜下風

舊日棲遲王謝堂新巢京兆有雕梁不須更說烏衣巷飛入高枝變鳳凰

記得歡場手共攜女牀鸞鳳換巢棲琵琶還向江心弄笑爾潯陽估客妻

大絃急迫小絃舒合登青樓事不虛願得多情似關盼深樓常伴老尚書

濃艷凝妝倚晚霞一枝移植到仙家蘇臺春色知何許多少王孫不看花

此夢無庵主稿也敘事周詳言情婉約而絃外傳音更覺有餘不盡是真得風人之旨者矣

虎阜名妓與榕城生逸事

榕城瞿生某美丰姿少聰穎讀書過目輒成誦能琴尤工繪事以貧故棄書學賈往來吳越間有年矣吳下故繁華之區花柳之盛甲於天下珠簾十里簫鼓三更入其中者鮮不目迷心醉故凡巨商大賈至止是邦雖較利錙銖而纏頭錦則一擲千金而不吝也瞿生素謹願居吳下日久而未嘗作狎邪遊同輩輒非笑之謂其有道學氣生謝曰僕非不好此也僕素情重而若輩多無情者僕恐為情所累故不顧耳一日有巨紳某招生飲來生辭挾之往

青樓中有妓名張若濤者字蘚仙丰貌閒雅吐屬溫柔彈琴賦詞敲棋度曲無一不臻精妙書法尤工簪花小格秀骨天成為閨閣中之僅見也以是名噪一時王孫貴戚慕名求見者踵相接而若濤意殊落落少所許可是時生乘醉而來舉眸四顧於兩行紅粉中有乞取紫雲之意某紳見生情景笑曰某猷甫入溫柔鄉便真箇銷魂耶昔日之假惺惺胡為者因命置酒為生與若濤合歡迨漏三下某等皆扶醉歸生獨留焉若濤初見生頗不滿意乃偽醉而假寐生徬徨室中見其佈置精潔圖書滿架壁間懸古琴一張不覺觸所素好思一奏技又恐驚其清夢屏息枯坐夜已將闌矣少頃若濤始醒生笑曰美哉睡乎若濤不答從容對鏡理鬟訖即以爐焚香向壁間抱琴下斂容撫之極目送手揮之妙彈未半忽為變徵之音淒淒切切如泣如訴生聽之不覺淒然欲淚所彈蓋胡笳十八拍也若濤見生如此罷彈問生曰君亦能此乎何所感之深耶生曰卿以此自寓冷落之感僕亦同此情者入耳驚心能不悲從中來耶若濤聞言默然久之謂生曰試更為君彈一曲可乎於是重理舊絃別翻新調生傾聽之際愈加感嘆曰伯牙鍾期千載難遇卿彈此高山流水之操而以知音許我我何敢當然如卿者亦未始非青樓中之伯牙也若濤自是始有喜色與生剪燭窗前娓娓談家事東方既白亦無暇作巫山之夢矣生歸寓後魂夢顛倒頗不自持次日若濤遣人來贈生瑤琴一張玉笛一枝玉佩二事詩扇一握扇為若濤親筆所書詩亦近作也生得之狂喜思為瓊瑤之報適有人攜周昉漢宮春曉圖求售生以白金雙柏易之復購得漢玉連環一件自繪梅花帳沿一幅翡翠管紫穎一床親攜之往謂若濤曰明璫翠羽卿固有之僕亦不敢以俗物涸卿清賞此區區者雖不足貴然亦非尋常綺閣中所能解識者風雅如卿當留作紅閨雅伴也若濤欣然曰妾以弱質淪落紅塵君獨不視為章臺柳而寵異之若此妾當懸佩終身不啻如太真之金釵鈿合矣特未知君子之心固何如耳自是往來益密一日若濤告生曰明晨花朝妾等姊妹為盒子會畫船簫鼓於虎邱山塘間作竟日清遊但須各奏一技琴棋書畫惟其所能君盍同往一遊為繪圖以誌勝會何如生許之翌日生與若濤偕往於是眾美畢集或拈毫覓句或對局彈棋或撫冰絃或摹晉帖須臾酒炙雜陳雲璈競奏生於其間左顧右盼目眩神移恍置身蕊珠宮親按霓裳小隊矣酒酣伸紙作圖點染工緻並以八分書題其顛曰閬紅一舸諸美人喜競以巨觴為壽若濤曰如此雅集有圖不可無詩因援筆賦詩二絕詩曰春波瀲灩綠漪裙夾岸花枝點點雲難得花朝天氣好酒船歸去趁斜曛點拍飛觥事事宜艤花親出影迷離一奩合受薰香供知否凝眸吮筆時題畢生大加嘆賞命酒復酌少也紅日銜山乃命榜人理歸棹蘭橈桂楫緩緩游來生與諸美均甓艫延

眺興致幽然迨至家已月上矣生家本貧素適來以居樂稍有盈餘然碌碌依人自嘆終非長策若濤知之甚諗頗以為憂而未形於外也一夕忽謂生曰妾甚思食茯苓糕君明日可向市中購來然須親交妾手毋令他人知也生諾之心竊懷疑不解其意次日姑買之攜往甫至門若濤已於樓頭窺見急迎至樓下生甫出與若濤亟以手捧茯苓倡傳登樓若攜重物者入室即納之櫃中迄無他語次晨生欲去若濤乃啟櫃取糕出仍交生曰君可將去矣妾不須此生愈不解然持攜之似覺甚重既然歸來開而視之則其中金光爛熳與雪粉顏色相掩映蓋皆永昌赤金葉也衡之約有五鎰云生驚疑愈甚即往詢若濤曰卿豈以雲鬟助妝之品尚須添置數色耶果爾僕當為卿購之奚用此阿堵物為者若濤曰君遠客異鄉阮囊之羞澀可想而知卿以此為君客中買酒之資想不以為辱金而揮之不顧也生固辭不受若濤乃曰妾日來亦無所需此者君為妾暫存之可乎生始諾之若濤雖生長娼家然志氣甚傲每思脫籍從良顧見來往青樓者非齷齪之金夫即浮逸之浪子但解黃金買笑未能白首相依以是鬱鬱不自得遂成心疾時發時止自識生後見生舉止大方於溫柔鄉中頗能用情體貼即擬為終身之託而未言也一月舊疾復發生往視疾詢其症之由來若濤具以告詞氣之間微露生死相依之意生感其情因謂之曰卿之心事僕固知之但僕上有老母須稟命而行且糟糠在室倘一但河東獅吼卿能堪乎若濤曰抱衾與裯實命不猶小星之分妾固甘之君宜急作書稟命懇母妾實不能久居此火坑中也言已淚簌簌下生亦相向悲泣後月餘生母書來責生以大義言瞿氏從無納妓女者切毋敗壞家風且命生還家勿久戀此邦云云生得書持以示若濤曰非僕不欲其如老母見責何白頭之約期以來生卿善自為計可耳若濤見書癡絕良久及聞生言不覺失聲哭曰命也如斯夫復何言自今以往妾無意於人世矣遂絕粒不食生慰藉再三始強進糜粥然自此心疾愈甚面龐消瘦言語支離病已入膏肓矣生在前尚稍稍作笑語否則日以眼淚洗面也會生母又有書來促生速歸生不得已束裝南旋若濤知生歸送生至垂虹橋畔問生再來期生答以來年春初若濤泣曰妾病已深旦暮將作泉下人君明年來倘念舊情能至鄧尉隙墓間酹妾一杯酒九原有知當笑倚梅花來拜君貺也生亦掩泣移時挂帆去明年生來吳再往訪之則若濤化去久矣聞其屬纊時尚連呼生字者三何情之所鍾竟一至於此哉生於是為之營葬營齋並至墓下澆以百花釀酒曰不到劉伶墳下土今日之奠卿果有知耶無知耶遂痛哭而去終身不復作青樓夢云

西冷太瘦生偶記

余自庚申仲春遭粵寇從戲來滬我始作客遊其間閒渡申江航海嶺表萍蹤粹從歷有年所追溯往來贈答與騷人韻士興酣握管分韻拈題殊數數也惟粵東為衆香國名花如林花天酒地之中檀板金尊之會丰姿綽約者容或有之吐詞溫雅者曾不一覯焉又逞閒藏鉤射覆譜曲填詞此中人能乎否乎癸亥秋賞巖國太尊奉檄端州延余入幕以落落庸材作翩翩書記端溪校藝試院衡文鄙陋荒蕪深以為愧暇時偕二三同事訪美河干連袂擕裳問尋風月而竇衣窄袖抹脂塗紅溫柔鄉無異羅刹國也洎全浙肅清補行秋試余亦理裝將賦歸與同人為余祖餞半月來殆無虛夕月明映水燈彩搖波鬢影衣香不酒而醉乃主賓交錯男女雜坐有雲娘者意態嫻雅貌亦娟秀與之接談語尤絕俗見扇頭詩喃喃作誦問卿能此掩口微笑由此目成心許意拳拳也啟行之前數日向余索送別詩爰由繪離情即席率成三絕曰　嶺海驂驅秋復春青衫憔悴老風塵生平畢竟疇知己第一珠簾半捲人　好花過眼盡雲煙惆悵今宵又別筵蠟炬未殘更向盡筆花和淚記良緣　話別分離聲暗吞一腔愁緒一燈昏生憎鸚鵡偷傳語漏洩春光不敢言（姬有婢每於背母前搖弄唇舌）雲娘吟數四意亦良會酒時蒼茫夜色幾報更籌雲娘意余歸署乃憑肩小語曰蒙君知愛雖一面緣尚爾前定豈往還數日而三生石上獨無前緣在郎請君留此妾將以和詩為媒哉箋拭硯信筆吟成詩曰　狼籍煙花十七春不堪回首隨紅塵郎真愛我還知我青眼從今有幾人　劇憐故土盡烽烟情我良朋列綺筵妾是解人勤慰藉三生石上一宵緣　隔溪桃李總無因（河西為潘氏桃李園）脈脈相思淚欲吞儂不逢辰郎不遇一般蕭瑟坐黃昏　詩尚清真意亦悽惋殊恨相見晚而相暌太速耳余歸後來遊滬上七載於茲時往過訪冀復一遇彼牛鬼變相不辨之無者無論矣乃有聲名藉甚舉止淵雅亦不識斯文為何物則又何也是殆為豪華之所顛倒日受金銀塵俗氣遂使聰明固閉無由開其奧竅耶余不敏請質斯人之日遊其中者

情種輕生

漢鎮友人言倡女屈大姑一節雖其事極鄙褻不足道而情之所種至於如此亦可矜矣先是新火路上邊地方有私倡一戶名為住家妓止一二人客來無擺酒聽曲之事惟月上花梢則緊閉洞房高會巫山之夢妓如是客亦可知殆溫柔鄉中之黑暗獄也大姑者屈姓年十八貌不過中材而有媚態父業屠以年邁不堪操持而又無子即將大姑墮入此中藉其夜合之資以為食是亦老屠多殺之報也大姑於去年秋後與孝感縣之令吏有交令吏每解稅來省必從大姑小住數日嗣後往來既稠情好愈密然而大姑迫於其父欲嫁而不能此吏本無多金又懼妻妒而不能二人輾轉計之總難為比翼之鶼矣因易同心之結而為同穴之期七月望後日向晚相與涕泣私語忽又沐浴更衣具鴇作疑之而又為者天常事要終驚其耳目焉夜分置酒對酌盈盈相視大有悲慘之色迨閉戶而穴隙窺之二人者始則飲泣繼則無聲竟以洋烟傾入茶甌攪勻之將永除了此生煩惱矣然後鴇乃大聲急呼破扉而入急先摔其毒飲細詰根由知為情種之深也再三慰勸并亟語其父為之格外防閑而友人書中之所述如此亦不盡悉其餘於是情魔子聞而歎曰夫情者盡人所具臣死忠子死孝皆情也自夫人為利所溺而情薄矣大姑之為妓妓中之下乘是甘於利而為此也今吏身不擇術而充縣吏又貪於利而為此也一旦因色慾所感幾致忘身以殉是以棄利如敝屣而結情如膠漆以視見利忘情者相去幾何特是事甚鄙褻轉致其情為不足道要不得謂非情種也情魔子既矜其情而又惜其情之誤用著此說以辨明之俾用情之正者勿讓此二人之輕利也

接錄和張少卿花燭詞（讀雪廬主賦滇南張小伊觀察婿吳門龔少卿校書花燭詞感成七言絕句八首卿以記事）

六郎自昔擅佳名佳話而今倍有情一綫鸞膠傳盛事從教四海艷卿卿　象服輝煌穩稱身花冠掩映面羅新嫻然珠履盈門客一笑新人是故人　阿母今春新嫁娘歸來料簡女

兒裝紅綃蜂繡雙雙拜如此東牀喜欲狂（少卿之母白髮垂矣今春扶序背別擇嫁亦渠聞也）明珠不買麗姝來天假奇緣卻自媒妾騃貴時郎騃富縷頭金翠滿妝臺　檀板金尊舊侶攜下風羞澀判雲泥自今十倍青樓價不肯從人作小妻　好好原來是一家鍾情底事說閑邪願今永比鶼鶼翼莫踵前人怨落花　曾聞金屋舊藏嬌蓮梗無端斷復飄料得華堂花燭夜有人珠淚泣鮫綃　郎君官署錦衣遊萬里從戎得自由太息滇南征戍士幾時解甲問衾裯

張少卿題虎阜寺壁四絕

風逼篷窗秋抄天連宵支枕不成眠阿儂已作征人婦謝卻歌衫舞袖緣　稽首慈悲大士前桃花命薄願垂憐難忘舊日情如海濡墨留題泉石邊　詩寫荒園墨未濃船頭津鼓促行蹤孫郎若問真消息已隔雲山一萬重　迢迢驛路已淒惶舊事回思倍斷腸綫結玉簫期再世好將鴻雪證山塘

玉峯樵客後遊虎阜拂拭新題殊為惆悵而芳跡莫可追矣因和四絕

瑟瑟西風欲暮天夕陽衰柳惱人眠何堪更讀秋娘句許結來生未了緣　何事留題古寺前偶千情緒亦堪憐行雲蹤跡原無定欲寄相思何處邊　粉香雖淡墨香濃遙想伊人去後蹤我已懺除情綺旋為卿翻惹恨千重　蘭思蕙怨兩悽惶念及當初欲斷腸詩和濤箋

留艷筆從今深怕過山塘

和張少卿女史虎阜寺題壁詩原韻

今春小住金閶友人道及少卿校書津津有味因倚往訪之歡生却扇嫻度綽約逢深悅其丰姿并傾倒其談吐沈復絃歌之下又工吟咏近日吳下名姝殆無其匹也僕以徘徊未久惜又言旋復讀申報知清和之月情意雲英之早嫁竊為少卿幸也今見虎阜題壁詩并玉峯樵客和作始知身雖跨鳳却又未能忘情於野鶩然與種情者固應如是而於薄倖者又當何如耶僕之用情雖較異於玉峯樵客然不忍其獨棖觸於懷爰和原韻四章

薄遊猶記暮春天擁髻聯吟夜未眠誰料消魂真箇後行雲何處認良緣　想見詩題畫壁前愁雲大士定相憐珍珠字字相思子紅豆拋殘生佛座邊　不道吟情爾許深轉來蕭寺記芳蹤十郎薄倖孫郎惑一樣蓬山隔萬重　別時無語最悽惶料得秋娘亦斷腸他日吳門重返棹滿腔愁緒在橫塘

和張少卿題虎阜寺壁絕句并序

吳門張少卿校書者風情月貌傾倒一時蕙質蘭心流傳七字余初未見其筆墨也及讀

十月上旬申報有題虎阜寺壁四絕句意甚悽婉語極温存雖使蘇小復生亦當首肯并讀玉峯樵客和韻音節悲涼令人嗚咽可知名士傾城難於遇合千載如一轍也特少卿既捐舊好用博新歡今秋為清和觀察攜之歸里彼時無香館主曾作花燭詞八首至擬以紅玉之歸韓元帥盼盼之適張尚書以誌傾慕想為觀察者自應白首相偕不渝終始矣茲又聞夢醒樊川依然薄倖則一寸眉峯更不知愁添幾許矣余既愛其才又惜其遇因和原韻以當長門之賦云

媧皇無計補情天剩得花枝伴月眠惆悵題詩分彩筆當初一面竟無緣　擬嫁張星路不前新懷舊夢總相憐那堪回首長隄柳萬緒情絲綰兩邊　虎阜清涼蘸水濃畫橈一去渺無蹤不知此後門如海望斷蓬山又幾重　畫眉無意更悽惶令我同迴九曲腸一樣天涯悲冷落瀟瀟暮雨聽橫塘

雙齡小傳

雙齡邗江村僻女也年十六七秀骨豐肌眉目如畫望之若神仙中人家固貧紡績自劬依母為活偶有齷齪隸見而悅之欲娶以為婦逼脅再四女乃引刀自刺其臂血溢襟袖哭甚悲有某紳憐其志訴邑宰而懲是隸焉時有越人張秋十者游毗陵太守幕過維揚客中無以自遣偕二三友人出郭翔步野花逢勃好鳥勾輈忽一睨見有女郎掩映竹籬茅舍間張之玉蕊瓊英未足方喻蓋女郎非他即雙齡也生乃嘆曰玉人如可贖何吝明珠一斛哉遣請鄰媪以意示其母其母曰老身衣食皆賴女十指嫁之則殘朽何以自存如郎君果欲得而甘心非五百金不可生檢點囊貲十不及一然思無術嗒焉若喪女知之謂母曰觀郎君器宇不凡必非長於貧賤者兒若得所母無憂矣何求重值耶母不忍拂廉其價而遣之生遂獻囊載美而歸夫人賢且勤見雙齡嫵媚可人頓生憐愛即典簪釵釧為女製衣飾令生撫之如姪也女事夫人亦良謹不苟言笑米鹽瑣屑能代夫人經紀夫人曰向道是畫中人不能操井臼今若此吾何慮焉田百畝桑五十株女繅絲織絹光潔無匹賈人踵門爭購之得其值納太平之賦有餘生由是名花相對無志功名亦不復出游矣嘗有一絕句云琴劍飄零久惜身温柔鄉裏作齊人功名二字休提問常對名花悟夙因亦可想其閨房之樂矣

灤陽女子題壁詩

灤陽女子雪儂與西溪生有白頭之約西溪生固文士因飢驅橐筆出游旅府日久未歸其母悔盟鬻於豫客客挾以偕時寓中和店臨行題詩於壁云征鞍欲上泣無聲帝裏連環綰不成此去死生悲異路他年魂夢逐歸程琵琶有怨嗟鸞侶翡翠無温聽雁更試問天涯久

游客黃金何日贖殘生詞旨哀怨惻惻可憐惜乎胡笳蔡女未知其果返漢關而趙郡美人親見其擁歸叱利西溪生聞之正不知何以為情也

一度風流千貫錢

月老姻緣簿上一曰緣二曰貌三曰財有一於此須天下之紅粉青衫無不可作有情眷屬然緣盡則止雖白首盟爲猶留己字成陌路也試舉一事以實之浙省望京門有某氏女者芙容出水楊柳臨風阿環之苗裔也芳齡十八待字閨中東李西張肥錢瘦趙得堦良難迄無成說一日甯之西門外天寶社演劇綢部大佳觀劇者如火如荼幾幾乎萬人空巷翩新妝也女椿萱並茂弟已成童日登臺往門加鑰焉場有紈袴少年某覩之以為驚鴻游龍不足喻也眼溜眉波色授神與就女傍木立向女有饞女者女出柔荑春葱不啻少年更魂魄都酥女啖餅餌膩流袖上舉手向後舌舐油污餘食固猶然在五指中也少年見手澤口澤驚喜欲狂見其持餌向後扃以為與己因踊匪汝之為美美人之貽句接而啖之女回顧紅潮漲頰快快特甚於是乘興而來興盡而返挽母歸母興高采烈不能捨去遣弟送姊弟猶有童心到門即去不忘優孟衣冠也少年尾啟鑰弟去竊喜知屋內闃無其人彼帷入曰當卿惠賜食德飲和故從魚軒乞卿教我女驚魄不定半向無言少年擁女求歡女又憤又羞

作驚作喜。蓋以少年。似曾相識。闔浙城之夕。金李子也。卿須憐我我憐卿。半推半就。閒已諧好事。嗣江上峯青。曲終人散。母拔關入。女正與少年酣睡未醒。殆兩軍對壘。主客皆疲。嗣息鼓偃旗。再圖接戰。不圖為母氏所覺。時伊父尚道逆僕。僕也少停。返母迎問曰。日之夕矣。亦作知還之鳥乎。倘女室有人。作韓壽之偷香。將何以處女。父以語無倫次。姑漫應之曰。男子生而願為之有室。女子生而願為之有家。如男未婚。女未嫁。字之而已。即告以情節。喚女起跪。自投備審少年邦族。知中饋猶虛。即妻以女。曰。始亂之。終成之。惟子而已。吾不忍使中郎弱息。作春風別嫁也。雖然。必有以報我。着少年書券三紙。共錢一千貫。俾作嫁奩。一俟清償央媒行聘。三星在戶。即妝女出閣時也。少年急於踐約。今秋已全行歸楚。央媒作撮合山。則以齊大非偶。已別字鄉人矣。某隨得心疾。每咄咄書空曰。風流一度。出貲千貫。語不絕口。嗟乎。十年待字。緣深五百年前。一夢曾酣。緣了三生石上。前則交無一面。風箏驚翔。後而歸有百年。鸞離鵲別。主姻緣薄者。何嘗不願有情人成眷屬。須天下士無別離也。然而各有前緣。不能強也。是則緣之一字。為不可誣矣。

天緣巧合

嚴子卿。喬居寶華坊。琴瑟情重。妻王氏結褵兩載。惟婉難。嚴不忍續娶。鰥居者六年。季夏仲凡某。自漢陽賈所歸。謂之曰。予飄泊半生。雖略有所弋獲。而嗣續之計杳然。弟既喪偶。胡不早為膠續。虛此韶年。且情之所鍾。原不在此。即雉朝飛曲。操之終身。而謂泉下人知之乎。又況舍宗祐大計。以盡閨房燕婉之私。泉下人有知。將必愀然不安其所。為子計。實宜早作後圖。嚴思先代只傳弟兄兩人。凡久客無子。已苟不立繼室。恐所謂百年未盡之計者。及身而見其盡也。乃尋媒氏。露以意。媒陳媪積年老滑也。而貌洵洵然。如愚婦。令嚴命為之采訪。驟無合式者。嚴促之。曰。婆子作媒半生。直術如許。求緩。陳媪曰。君無躁也。鹵莽而耕者。亦鹵莽而報。君既責以精選。而又促之以時日。天下容有是理乎。君能為市井子者。娶半截回頭人。則老身早有以應命矣。嚴笑曰。此又不必拘也。八珍甫備。而廚者先賽。大廈未成。而匠人先坐。予只求人物中選耳。再醮何害。媪曰。君既不厭。此老身當為謀之。然不必另起爐竈矣。嚴曰何如。媪言。南門裏司後街。有新寡卓氏女。王姓子。託老身執柯。男女業相會面。王子已中肯綮。而彼女嫌其不颯。且性近佻。遂不就。君若及早謀之。事可圖也。嚴聞言。姑請媪引導一會。媪暗失笑。蓋明知彼女高自位置。貴尚富商。多不入其目。何有於區區賈豎。特退之以為戲耳。詎意緣之所在。一撮而露合機。引與相會。而女若甚殷殷者。意者囑媪訪其家世。媪詭言以懇。且謂此不過據彼言之。是否有參差處。仍請察核。女曰。家貧可不必論。只訪其人耳。媪雖不知女底細。而聞其頗有所蓄。又不啻於嚴。驟有垂成也。乃姑之言於嚴曰。此舉若成。君之後福實屬不淺。君當何以報我。嚴曰。薄具釵金五兩。何如。媪曰。富家人出手忒儉。實言之聘禮多寡。尚可不拘。媒禮則非五十金不可。君能不靳此。老身與效奔走。即折脛鬼踵所不計耳。嚴言汝何索之重。媪曰。君勿靳此。亦拋磚引玉耳。彼女所擁。誠不可以數計。君亦何所靳而不與老身乎。嚴思其意裝喬。不知葫蘆中實賣何藥。遂一笑置之。至七月初旬。嚴婚事仍復低昂不就。有友人擬娶再醮婦。七月初五日。往叢桂南相閬。邀嚴為陪客。嚴初謝之。友曰。聞君亦欲行此道。胡不同行。藉資法眼。或者天緣所在。我不就而君就。未可知也。嚴笑諾之。比至。玉人緩步出。嚴訝為神女凌波。甫卻扇。嚴驚不置。蓋即前者司後街相閬之女。緣女以採訪親眷。就媒氏宅為婚姻地也。女見嚴。亦錯愕不已。旋入室。使傭婦出問嚴曰。前既有約。胡久無音。友不知其緒也。窮問之。嚴告以前曾相閬之故。且託傭婦覆女言前媒媪勒索媒禮。且料其必無成意。故置之。女聞覆出簾下。謂嚴曰。彼婦詐殊甚。彼前言覆我。謂君無意來。非詎知彼因詐君不遂。因而詐覆耳。今無意見君。始知前者流水落花。均非無意。但為撮合山所阻耳。友聆言。深訝前議。僨成之。十二日完娶。陳婦見嚴。無意作合。不勝妒恚。使人播揚於嚴。謂女前夫以瘋疾下世。嚴聞歸而叩女。女曰。此必妒君者之造言也。妾前夫乃豫章人。娶妾為路頭妻。彼以年老返籍。薄有所遺。任我所適。妾以稚齒無依。故為擇木計。因出妝貲示嚴。嗣密訪。始悉說言實始陳氏之口。遂亦一笑置之。觀此可知天緣所定。若人事難阻其成。小人實枉作小人耳。

珠江風月

珠江風月。談者豔之。獨倉山一老。來此作狎邪遊。大不滿意。其門下士。亦以為一樣春色其醜。詆痛斥。可為不遺餘力矣。我友某太史。偶來粵中。登臨之暇。偕二三裙屐買醉。欲填判眼驚花。絕無當意。惟賞識一雛妓。年近十四五。綺齡玉貌。綽約可憐。酒罷宵闌。贈以四絕句為寫之團扇。此亦珠江一段佳話也。詩云。飲罷蘭甸畫醉歸。畫船紅燭映斜暉。巫雲入夜濃如許。漫向勞人夢裏飛。良宵風月快清談。十里波光色蔚藍。座倚雛姬期暫般。返教人笑寶兒憨。玉笛風生講落梅。珠江錦繡柱成堆。無聲人唱黃河遠。艷絕旗亭第二回。彷彿湖州看水嬉。三生杜牧本情癡。他年領郡來宜早。莫待成陰子滿枝。

記李三三逸事

醉倚朱欄帶異香。嬌羞欲語對斜陽。人間第一風流種。不讓西施巧樣妝。

李三三。逸其本姓。浙宦某之孫女也。生長金閶。習於富貴。當椿秋冷。大樹飄零。母不能持家暇輒招女妓來家開筵取樂時而出遊寄宿妓院家貲數萬不幾年揮霍殆盡謫以三吳守吏棲止煙花其母以不堪寂寞一葉扁舟來遊海上租寓於大亭客棧鄰近娼寮箇中人時相過從於是入茶樓登酒館談笑於稠人廣衆之中遨遊乎雪月風花之地掌上明珠則固朝隨夕侍鳥耳濡目染絮為泥黏惟是長安居大不易乃知橐內錢空始覺舊遊如夢一家待哺半策莫籌時姬已當二八芳年艷若一枝紅杏姿容綽約宛似唐環體態輕盈幾疑趙燕婷婷娉娉嬝嬝動人乃有校字名娼分香妙伎巧言哄勸婉女相商欲從驥尾附蚍蚨向佛頭着糞倘蒙花肯入隊許汝管領春風姬母惑於口巧如簧遂使掌珠為餌就華堂作曲院筵開玳瑁客來珠履三千曲唱懊儂踏破軟紅十丈於是黃歇寓朋謝安子姪爭相問津艷聲大噪壬午花朝艷榜以第二名入選獎曰蘭心蕙質大雅不羣余以牡丹許之倉山舊主嘗識之首為提倡名播士林有三三詞六十首擇其善者摘錄於後姬初居祥春里芳聲傳頌遐邇皆聞繼居西合興里更名張韞玉門前車馬依舊喧闐癸未春始從某公子仍返吳中尋芳者多有崔護劉郎之感余嘗數飲其家故悉其始末較詳其詞曰此邦風月冠江南萬紫千紅任客探行過章臺三十里無人不道李三三尋春心事十分酣醉入花間蜒蜒憨閒偏環肥燕瘦風情都遜李三三容光四射暗香含麼到羣芳定不慙願把金鈴營十

萬深深重護李三三記從江北到江南不數名花信手探瘦較清癯肥較俗姿容誰似李三三銀燈斜背酒初酣半帶嬌羞半帶憨醉後消魂醒後懨多情誰似李三三眉如欲語意猶含偶話前情便自慙同倚薰籠呵凍筆唱酬誰似李三三謫仙游戲到江南北里花名着意探除却憐才殷七七深情又付李三三好花初放酒初酣半露嬌羞半露憨一樣梅花枝上月二分已照李三三笥憐新粉籜猶含消受蘇蘇句不慙讀到清平三絕句瑤臺應屬李三三一枝穠艷表江南忍舍名花不細探除却姚黃能絕代更無人可敵三三不辭綠醑十分酣擀對紅妝一味憨日者算儂饒晚福豈真消受到三三憐才一念兩心含未報私恩每自慙與月同圓篝七七願花常好祝三三

姚倩卿小傳

蕙蘭心性玉丰姿能占東風第一枝修到幾生香夢裏不教輕薄蜨蜂知

倩卿即吳門百艷圖中姚小七也春色一枝移來海上居普慶里為二愛仙人李芋仙所賞識授以吟咏有知己之感芋仙病於寓邸姬遣侍兒迭問並餽綈袍芋仙有句云半旬小極曠招尋青鳥頻來探好音傳語一言三致意善調眠食善安心綈袍風味女兒箱羅綺叢中俠骨香能使美人憐到底只須一副好心腸常品名花十友以姬為梅花清友贈句云綽約一處子丸之汾水陽人間堪獨立海上對孤芳蘭有同心語梅無媚世妝頻年知己少天使遇南湘七絕云推解高風不可尋恰從閨閣遇知音一練漫說區區意終是憐才念舊心搜殘黃竹女兒箱隱隱猶餘百和香蜀錦他年同此愛莫教秋雨斷柔腸此情深比水千尋難得蛾眉屬賞音愧煞一般豪貴客寒暄不問託知心解衣親啟縷金箱博得風塵姓氏香秋雨秋風涼已徧那知獨熱美人腸司香舊尉贈云不是嬌羞不是狂一般酬應寸心量風塵獨創憐才格紅拂偏教識李郎修來顏色自傾城百艷圖中早列名怪底大家推重甚不憐豪傑則憐卿露蕊含苞出一枝盈盈淺笑泥人知生成眉眼天然好況是垂髫十五時池蓮居士選句云琴川女郎年十七綽約如花真艷絕有人花府學秦宮飛上枝頭變蝴蝶眼波一轉秋水清眉黛一掃春山横尊前皆譜臨春樂瓊樹森森碧水明一輪璧月終宵滿手撥檀槽聲綫綫自憐一串好歌喉那知座中腸欲斷憶昔儂來北里遊寶兒紋素巧兒謳而今身價千金重不與尋常一例儔辛巳花榜列居二甲第一名品云清新雋永壬午花朝艷榜首冠羣芳獎曰俠骨仙心高立塵表姬性孤高頗以聲價自矜遇尋常客大有燕叱鶯嗔之態余嘗數飲其家室中陳設棐几猊鼎墨寶筆床詩書數卷揭碑幾本蓋芋仙為之位置也吁嗟自古名妓必得文人為之標榜庶可享盛名倣倩卿美人詞客共着芳聲芋仙之於倩

卿可謂至矣猶記其臨別句云未知後會從何地且結來生未了因自芋仙去後倩卿繫鈴之人未免門前冷落車馬稀疏余不禁感慨係之癸未冬季花榜評云清歌妙曲丰度翩翩梨雲別夢最悲辛花謝春歸證夙因莫道殿春春事了傷心更有倚樓人

鄭素琴小紀

鄭素琴蘇州人即上海之名校書貴雲仙也於甲午委身某大令憐卿憐我聞者艷之大令以娶姬故為上游所聞團之撤委閒居姬甘為食貧常作女紅以助日用雙棲玳瑁幾及十年詎意好事多磨彩雲易散辛巳夏大令寘辦海運覆舟過援而二豎支侵三靈降謫良醫束手藥石無功竟捐館於滬江旅次客囊如洗宦態炎涼衙悲稱貸竭力摒擋一塊黃土旅櫬得埋死則已矣生何以堪天壤茫茫欲歸何之且以積累故避債無臺不得已風塵復墮猶是昔日艷名猶噪人耳雖潯陽征婦老去秋娘當其淡妝素服婀娜而來丰韻尚存且四絃入抱一曲登場破香唇而吐鶯聲尚有鏗金戛竹之妙能使躁者靜心狂者攝氣座客莫不意暢神舒故趨之若鶩更有願入門牆作女弟子者得雛鬟四人贄幣千金依然名重花城為風月場領袖湖人某最愛暱之壬午花榜評云剔錫能兼祇艷均感龍湫舊隱為賦琵琶歌以贈云江樓夜半燒紅燭聒耳聲多厭絲竹忽聽琵琶歎絕奇當筵腸斷秋娘曲秋娘昔日擅

丰姿名艷司花袁寶兒水上洛妃來渺渺雲中仙子步遲遲破瓜年紀嬌無比家本蘇臺幾遷徙一顧能空冀北羣十年小住城南里琵琶巷中卜芳居不讓橋邊舊校書深巷春風藏繡幕當門終日滿香車登場偶把新聲賭唱到黃河誰與伍鶯語間關試曉晴鵾絃嘹亮驚宵雨此時身價重連城此際風華一座傾贏得五陵年少子無人不願識卿卿識卿之心早有屬一枝欲自依喬木小玉何緣嫁十郎紅顏命薄終非福嘆息郎君遽棄官居官十載又離鸞飄零身世詎堪託重抱檀槽掩淚彈一彈一淚聲淒切盤內明珠拋瑟瑟落花江南鳥自啼雪飛塞北人長別我亦當年識面人聞歌不覺暗傷神江州淚漬衫痕舊杜牧詩添鬢影新相逢今已更名字縞素妝成有深意老大空教作技師妖韶猶是餘風致聽殘我獨動悲歌自古蛾眉失節多燕子樓中人有幾莫將節義責青娥梁溪瘦鶴詞人贈句云好因緣是惡因緣容易嶔崎是少年況是徐娘悲老大何堪重理四條絃生成薄命奈天何往事思量眼欲波紅袖青衫同一慨人間大半寡恩多一曲收場恨欲深玉顏憔悴可憐春而今世局翻新樣真個多情有幾人又抱琵琶過別舟更誰青眼識風流飄零我類商人婦兩樣遭逢一樣愁姬初居西公興遷兆榮里舊時蜂蝶爭相問津門前車馬蟻聚蜂屯癸未中秋後三日鑑湖韞玉生又作藏嬌之主從此護花有旛正不必江州司馬淚溼青衫也

馬雙珠傳

粉黛三分淡着膚自憐身小倩郎扶莫嫌緣絕天臺路洞裏春光也可娛

馬雙珠東鄉人初居曲江里其母秀卿姊鳳珠皆工串劇自沈仲復方伯分巡滬瀆時禁止女劇後以朱為紫事本甚易拔幟易幟遂以女優改女閭時鳳珠嫁去姬與張小寶同時稱瑜亮馬年十五貌清秀秋波俏轉春意融然余友咏梅子素號端謹於姬獨垂青眼癸未冬季花榜與云步步嬌媚聯云雙髻雲蟠谿開與野空羣目珠樓月隱響徹揚州薄倖身霧裏看花客當飲其室當筵贈句云畫樓今夜啟瓊筵碧玉盈盈正妙年聽到東鄉花鼓調始知卿自有家傳鳳珠已嫁巧珠小惟有雙珠最可人看遍滬瀆花萬朵紅紅綠綠不成春餞春客贈云菱花清澈映冰壺螺黛輕描付玉奴多少畫眉京兆筆春山合讓馬雙珠徐陵架上舊珊瑚西抹東塗興不孤題遍春江花共月吟懷時繫馬雙珠五萬南陽生和韻云琵琶斜倚唱巴歈勝似當筵處士竽品到滬濱花萬朵芳名總讓馬雙珠芙蓉為臉玉為膚遍體凝脂潤若酥暫落紅塵遭小劫泥塗誰出馬雙珠現住兆富里有妹巧珠頗惹人憐其後來之秀歟

胡寶玉記

不隨君弃門芳妍墨點緋衣楚楚憐君子好逑偏好合合成百美續新編

胡寶玉初名林黛玉居新公興桃花類淺柳葉眉濃環肖璞留佚態橫生好作靚妝性又放誕於濃烟艷粉中別樹一幟先是伶人某者天津旦中好身手也一見心傾昔人所謂郎如六月蓮妾似三年艾彼此愛戀情逾膠漆既而伶人因事返越姬則一日三秋夢魂飛越於是不憚重洋惟絜一僕千里航海親赴燕都好煩靈鵲填橋而天孫自就於牽牛彼都人士一時傳述新聞紙上嘗為記之流連數月極朝朝暮暮之歡忽爲夢醒長安飄零北望魂消短景從僕南歸乘輪舶而歸來做求凰分馨蘭香壇再整豔冠三吳車馬塡門遊人滿座鎖雲仙侶贈句云玉簫聲裏步遲遲南國佳人繫我思不分相逢花下語鏡邊偷鎖遠山眉聞說年時懺綺懷等閒不肯下香階春風慵解鴛鴦珮夜月羞簪玳瑁釵別卻紅兒半載餘膚脂俗粉鬥妝梳得卿領袖閨香隊始信春江出玉環報道迷香洞再開游蜂浪蝶費疑猜相如消渴年來慣莫道烏龍作妬媒二愛仙人花榜將枆許為玉貌金相贈句云斯人端合住紅樓舊夢依稀在枕頭依樣葫蘆真印假珊瑚仙骨幾生修蘇湖小隱曬愛之賞其家室中牙籤玉軸寶鼎金爐冷玉一枰圖書四壁華麗而兼風雅蓋有人為之位置也另闢精室一間潔無纖塵其中陳設盡是西洋器具以銀光紙糊壁地鋪五彩絨氈夏則西洋風扇懸挂空中涼生一室冬則置外國火爐奇煖異常床亦係西式不用帳幔窮極奢華姬雖年近半百而綽媚色藝依然姣好殆今之尤物歟買雛數輩衣以錦繡教之歌舞有名秀林者癸未秋李余友柘湖漁郎春申二十四艷花榜用殿一軍評為狀科實後起之秀云

庸閒齋筆記

陳其元 著

上海文明書局印行

序

昔春秋於隱桓間書家父凡伯仍叔之子蓋皆大雅舊人見故家遺俗猶存也孟子亦偁故國不在喬木而在世臣三代以下如晉之王謝唐之崔盧皆以衣冠舊族為時所重求之我朝若海甯陳氏其亦所謂名宗望姓鼎族高門者乎余於陳氏識子莊太守蓋吾男氏姚平泉先生之高足弟子也出方雅之族兼文學政事之才同治初受知於左季高相國疏薦於朝並仕吳中曾文正公及李少荃相國皆器重之歷宰大縣所至有聲論者至比之陸清獻近年歸老於家泉石倘佯居多暇日乃娛情翰墨著庸閒齋筆記一書首述家門盛蹟先世軼事次及游宦見聞下逮談諧游戲之類斐然可觀昔宋范公偁為仲淹元孫所撰過庭錄多述祖德間及詩文雜事此書殆其流亞乎余勸付剞劂以廣其傳韙是書者當歎王氏青箱具有家學叢談瑣語亦見典型固與寒門素族殊也

同治十有三年太歲在甲戌陽月德清俞樾

庸閒齋筆記卷一

海昌陳其元子莊著

余家系出渤海高氏。宋時以勛戚隨高宗南渡。籍臨安。始祖東園公諱諒者。明初居仁和之黄山。游學至海甯。困甚。偶憩趙家橋上。忽墜於水。陳公明遇設豆腐肆於橋側。晝寢。夢青龍蟠橋下。驚起。見一男子方入水。急援之。詢知世族。乃留之家。公老無子。止一女。因以女女之。而以爲子焉。東園公一傳爲月軒公。諱榮。承外祖姓爲陳氏。世業腐。業腐者起必以戊夜。一日者於門隙見雙燈野外來。偕出窺之。則一儒衣冠者。一道士也。道士指公室旁一地曰。此穴最吉。葬之子孫位極人臣。有一石八斗芝蔴官數。儒冠者曰。以何爲驗。曰。以鷄卵二枚坎其中。明日此時。鷄子出矣。乃於懷中取卵。埋之而去。次日公起磨腐。忽憶前事。往探其處。則闃然。二鷄雛也。正駭異間。又見雙燈遥遥至。雛已出殼。不能埋。急於室中取卵易之。而屏息以伺。二人者至。掊之。則仍卵也。儒冠者咎其言不讐。道士遲疑良久曰。或氣運尚未至耶。遂去不復返。居久之。公乃奉東園公骨櫬葬其中。二世之後。遂有登科者。至今已三百年。舉貢進士至二百數十人。位宰相者三人。官尚書侍郎巡撫布政使者十一人。科第已十三世矣。初葬時。植檀樹一株於墓上。堪輿家稱爲海甯陳氏檀樹墳。聖祖仁皇帝南巡時。聞其異。曾駐蹕觀焉。

十世祖風山公諱中漸。月軒公曾孫也。爲諸生。以春秋名。其家性落拓。喜周人之急。所貸于常析券不責償。市有持贋銀行哭甚哀。公問知爲里儈所欺。即自探懷中銀如數予之。有丁氏當產。既收價徙矣。後據之。公憐其貧。爲更授價。及劃他產予之。如此者三。歲旱。出穀三百斛賑飢者。帥一鄉之人禱雨。雨亦獨徧一鄉。鄉人語曰。天道不偶。視陳君。其爲德類如此。公殁後。邑人請祠之鄉賢。入祀之明日。而芝生於祠之左楹。明日又生。三日又生。其數七至九。其廣六七寸至三四寸。其色紫。其狀若牡丹。其香絪緼若都梁雜舌然。邑人觀之。無不歎爲奇瑞。乃署其樓曰紫芝。吳人王穉登爲之記。公二子。長與郊。以進士官至太常寺少卿。次即余九世祖與相。以進士官至貴州布政使。孫祖苞。官蓟遼巡撫。曾孫之遴。官少保宏文院大學士。是紫芝之祥也。少保素庵相國未第時。以喪偶故。薄游蘇臺。遇驟雨。入徐氏園中避之。凭欄觀魚。久而假寐。園主徐翁夜夢一龍卧欄上。見之。驚與夢合。詢知爲中丞之子。且孝廉也。遂以女字之。所謂湘蘋夫人是也。夫人工詩詞。精繪事。嘗以從宦不獲供奉吳太夫人甘旨。手畫大士像五千四十有八幅。以祈姑壽。世爭寶貴。聖祖曾取入內廷。寵以御題。尤爲閨閣中榮事。東園公暨公。皆以外男夢龍得偶。一則貴於子孫。一則貴於其身。龍亦靈怪矣哉。

六世從祖文簡公生而岐嶷。三四歲時。每於睡夢中一聞梵唄聲。必驚起合掌趺坐。母夫人知其有自來也。撫之曰。兒既生我家。當從事聖賢之學。此佛氏之教不足循也。公聳聽。已即卧。從此聞經唄聲不復作矣。比長。博極羣書。以貢入成均。旋中京兆試。文名籍甚。上達宸聰。己未科會試。適姊翁長洲宋文恪公充總裁官。公以嫌不與試。是日聖祖臨朝。閱禮部奏迴避事。指公名以詢廷臣。羣臣以宋係陳姊翁對。上曰。翁壻何迴避之有。可趣令入試。時日已居亭午。闈中將放飯矣。忽傳鼓啟門。奉旨特送舉人陳元龍一名進場。然公仍以嫌被屏。乙丑科會試中式。總裁以十卷進呈。公卷列第十。上拔置第二。殿試上復親擢爲一甲二人。賜進士及第。非常曠典。爲從古所未有也。

文簡公既入翰林。聖眷優渥。屢從屬車。豹尾卷阿矢音之作。一時稱盛。會都御史郭琇劾高文恪公士奇。指公爲交結。有叔姪之稱。得旨一并休致。公奏辯。謂臣宗本出自高。譜牒炳然。若果臣交結士奇。何以士奇反稱臣爲叔。事遂得白。再擢掌院學士吏部侍郎。巡撫廣西。人皆賀之。宋夫人獨愀然不悅者累日。曰。一門羣從咸列清華。我夫子乃出爲粗官。令我赧顔於姊姒矣。事載全太史祖望文集中所撰廣陵相公傷逝記。時弟兄叔姪中。清恪公爲春卿。文和公爲冬卿。丙齋公爲司寇。匏廬公亦貳宗伯。夫人之姊妹夫太倉王相國掞方掌鈞軸。海甯顧侍郎。合肥李宮詹。長洲繆宮贊。同在朝列。故夫人云然。然不數年。亦入總兩臺。世宗即位。授公宰輔之任矣。清恪公諱詵。精堪輿之術。撫貴州日。猓獞屢竊發爲患。公周覽其城郭。曰。陰陽向背。均失其宜。禍害所由來也。遂奏請築而更之。既成。曰。從此百年可無兵燹。至道光末年。賊始蠢動。距築城時已百五十年矣。公嘗於海甯相得一地。以重值購之而不用。暮年官禮卿。在京邸。次子卒於籍。家人求葬地。查夫人以所購之地與之。公聞之。怒。遽請告歸。歸而諸宗戚迎之。公不還家。先詣宗祠。於祖父無爲公神主下取一函示宗戚。啟之。則內書一行。曰。某年月日時改葬無爲公於某處。即所葬次子之地也。公愀然曰。予半生涉歷。乃得此地。地之吉與檀樹墳等。不敢自私。而留以葬吾祖。思與伯叔弟兄共之。今乃以葬吾子。負初意矣。然年月日時皆未至。恐不能善。則又詣葬處視之。頓足曰。葬師無識。偏左丈許。壞此佳城。可爲悲惜。因指其旁一大樹。令掘之。掘下三尺。得石匣。中有書曰。某年月日時葬無爲公於此。公因歎家門祚薄。不能得此吉壤。衆曰。何不再移葬之。曰。地氣已洩。不可用矣。衆曰。然則此地遂無用乎。曰。後六七十年。子孫當有武官至一品者。至嘉慶初元。公曾孫體齋公用欽官安徽巡撫。兼提督。授一品。封爲振威將軍。

公左足下有赤痣。每自詡爲貴徵。黄夫人者。公配查夫人之侍婢也。嘗爲公濯足。手捧足而視其痣。公笑曰。婢子何知。我所以官極品者。此痣之相也。夫人亦笑曰。公欺我。公足祇一痣。已貴爲公卿。何以我兩足心均有赤痣。而爲婢。女公聞之驚。使跣而視之。信。遂納爲簉室。生二子。長文勤公世倌。官宰相。次閬齋公世保。官翰林。查夫人亦生三子。皆登科第膴仕。世目公門爲五子登科云。

文勤公年少登科。敭歷中外。垂六十年。年八十。始得請予告。歷掌文衡。門生故吏徧天下。相高宗者十七年。福壽近世罕比。生平崇節儉。講理學。每數奏及民間水旱疾苦。必反覆具陳。或繼以泣。上輒霽顏聽之。必笑曰。汝又來爲百姓哭矣。事載洪太史亮吉更生集中。然秉賦甚薄。每日飯不過一甌。或啖蓮實少許。即可度一日。而年躋大耋。信壽算不在飲食之多寡也。都中嘗有一瞽者善揣骨。相公時溧陽史文靖呵之曰。此陳中堂。瞽者揣之良久。又抱其身搖之。愕曰。真乞丐也。烏得欺我。公笑曰。大約以我無食祿之故耶。乾隆第六次南巡。公已致仕矣。時諭祭歷代名臣。自周公以下。止三十餘處。特命以公及文簡公列入。尤異數也。

歷朝官制不同。然一朝之中。亦復前後互異。我朝凡一甲一名及第者。均授職翰林院修撰。故有殿撰之稱。而六世從祖丙齋公司寇則曾官翰林院修撰。兼左春坊左諭德。司寇諱論。以三甲進士由庶吉士授檢討。遷此職。故吾家雖無狀元。而有修撰。

報施輪迴之說。豈盡無憑哉。先大父穀堂公嘗爲子孫言。高祖雩南公諱鐵。官雲南首府時。總督某公貪暴無藝。稍忤意旨。即加以白簡。諸官奉令惟謹。一日者。飭雲南守購赤金二百兩。公承命。向肆中買金。每金兩十六換。償金開價投入。總督大怒不受。自是指瘢索垢。呵責萬端。公擬即挂冠矣。會總督爲言官列款糾劾。天子命諸城劉文正相國來按是獄。公上謁。相國以首府必總督私人。拒勿見。而使緹騎圍督署搜索。得通賄簿。某若干。某若干。錙銖無遺。而於雲南守名下。則大書曰。某日送赤金二百兩。索價十六換。發還等字。遂大重公。總督拘於請室。昔時趨附輩。無一人過問者。公乃爲之納橐饘。供衣履。比奉命鎖挐進京。又餽白金千。資其行。總督大感愧。搶首於地曰。某無眼不識君。此行若得生。必矢報。倘罪不赦。來世爲子孫以報君。比入都。則賜自盡。越十餘年。公以養親歸里。久忘前事矣。一日者坐書室假寐。忽傳言某總督來。方起迎之。總督已至前。珊瑚冠蟒玉如故狀。向公跪曰。來報恩。欲掖之。已直走入內室。驚而醒。正疑訝間。則報生第四孫矣。即先大父也。彌月後。乳媼抱之出見。公即莞然笑。公撫其首曰。兒他日不患不作官。但不可再貪耳。即欷然哭。先大父自言平生蒞官行淑膽極大。獨一見貲財。則此心惕惕然。惟其戀於前世之夙根耶。雩南公晚居石門。見近鄰二童子。奇其貌。招之來。家俾與先大父共讀。即陳學士萬青侍郎萬全也。故名大父曰萬森。

聖祖朝。有以諸生獻賦。而得賜二品服者。世以爲榮。後遂久無此曠典矣。先大父於乾隆五十九年。在天津以大臣子弟迎鑾。蒙賜御書貂皮朝珠等件。次日詣宮門謝恩。適上御樓望見。指先大父問曰。此人何以獨不掛珠。軍機大臣以諸生未曾授職對。上曰。朕所賜也。趣命之服。次日復掛珠赴宮門謝恩。先大父嘗言未登仕版時。金頂朝珠。詫爲異數。比歷官牧守。反無此榮耀矣。其時先叔祖晴巖編修以諸生獻頌。賜大緞二端。越十二年。乃入翰林。

先大父嘗言少時讀論語。每不服孔子及其老也戒之在得二語。謂人老則一切皆淡。何須戒得。比官滁州時。年逾六十矣。有獄事以萬金餽者。已峻拒之去。向者每睡就枕即酣臥。是夜忽輾轉不寐。初亦不解。已乃自批其頰罵曰。陳某何不長進若此。遂熟睡如初。旦語人曰。我乃今始服聖人之言也。

先大父居官。清謹自持。道光元年。攝泗州事。州地處下游。每年夏秋之間。城外半成澤國。例請賑卹。然嘗賑卹之地。民皆轉徙。無可稽核。悉以虛冊報銷。故皖省有南漕北賑之謠。公獨不肯錄。觸怒上官。幾致參劾。遂解州事。人皆以爲愚。公但笑應之而已。嘗謂余兄弟曰。我雖不得此錢。以清白吏子孫五字貽爾等。不亦厚歟。此事通州白小山尚書鎔入公墓志中。前

年余代理新陽縣事。有勸以救然因多徵米者。余曰。祖不喫賑。孫顧喫荒可乎。一笑謝之。

不爲良相。即爲良醫。醫仁術也。儒門事親一書。且以能醫爲人子事矣。然余家則有以醫致累者。曾祖悟齋公。侍母查太夫人疾。日繙閱藥書。至抱書臥。中夜有省。遂工醫。官四川及廣盛時。兩次奉命馳驛入京。至熱河視文福觀察疾。蓋以二公上奏云。臣疾非陳善繼不能生之故。都中有陳神仙之名。旋補天津縣知縣。上謂大制府以官爲酬醫之具。加責讓焉。

曾叔祖宛青公諱漢。精繪事。亦善醫。官禮部時。和相國珅召之令視疾。公答於座主韓城王文端相國。相國曰。此奸臣。能去必以藥殺之。否則後不必見我。公遂謝不往。和啣之。時已保送御史矣。乃出爲署高知府。繼又以失紅本事。貶官知州。

君相能造命。然其間自有不幸者。王閣公際遇聖祖。可謂千載一時。至嘉慶年間。叔祖晴巖公以戊辰進士官翰林院編修。公本浙西耆宿。文章名海內。仁宗嘗問當陽黃文恭相國曰。東南世家子弟在朝列者。才學皆勝。欲拔一人用之。文恭即以公名對。且備舉其行誼。曾大考翰詹。仁宗閱其卷。諭文恭曰。陳傳經寫作俱佳。已置一等第一矣。文恭告公。私爲慶幸。比揭出。公名在三等。大眾不解。既啟則仁宗又諭文恭曰。異哉。真陳傳經第一。不知何時將

其眷夾入三等中。惋惜久之。文恭又告公以爲此後必且大用，而公遽病卒。公生平最不喜佞佛，臨終乃自言前世是少室僧，卒後無子，有門生入室爲之置喪事，恍惚見公僧服危坐，亦奇矣哉。公與文簡公皆似高僧再世，而遇不遇則各不相同，此其中真有幸有不幸也。

太常公隅園在海寧城內，本朝聖祖、高宗六飛南幸，駐蹕於是園，賜名曰安瀾，於是海寧陳氏安瀾園名天下。今遭粵匪之亂，已成荒烟蔓草矣。嘉慶年，竹崖伯祖文駿以長蘆鹽運使，道光年，梅亭叔祖宗禮以四川建昌道召見，仁宗、宣宗垂詢家世，均問及是園。

宣宗最重科目，而梅亭公以佐貳起家，心頗自危，洎陳奏及清格文勤二公，上莞然曰：汝固海甯陳家也。遂擢都轉，旋即秉臬開藩。道光時以佐貳蒙簡用者，止公一人，固緣公之才，亦由祖宗世德庇蔭也。

明王洪洲參政所家訓曰：子孫才分有限，無如之何，然不可不使讀書；貧則訓蒙以給衣食，但書種不絕可矣。苟能布衣草履，足跡不至城市，大是佳事。關中村落有鄭魏公莊，諸孫皆爲農。張浮邱過之，贈詩曰：兒童不識字，耕鑿魏公莊。夫仕宦豈能常哉，不仕則農業可安也，不可以迫於衣食，爲市井衛門之事。先大夫嘗言服官福建二十餘年，家居又二十餘年，歷數州縣同官之子孫，能卓然自立，功名繼前人者，百中僅一二人；能循謹自守，不墜家聲者，十中僅一二人。嘗謂州縣官之子孫皆生而不肖哉？飲食衣服皆取給，先有以汩其志氣，即不驕淫縱欲，此身已養成無用之身，一旦失勢歸田，無一技之能，無一事可做，坐致貧困，一也。況居於衙署之中，有淫朋以誘之，有役僕以媚之，圈套萬端，不中不止，自非有定識定力者，鮮不爲其所惑，二也。而爲州縣之父兄，方且營心於刑名錢穀、事上接下之道，無暇約束子弟，子弟即不肖，亦無人肯聲言於父兄之前，故有身雖在宦途，而家計已敗壞不可收拾者。歷舉數人數事爲之太息痛恨而已。余兄弟幼時即聞此論，幸稍長即歸家讀書，未沾染此等習氣，亦未遇此等牢籠。先皆以訓蒙爲事，嗣名譽略起，亦不過就記室之席，刻苦甚於寒士，故能稍稍自奮。然不幸自身復作州縣，五六年來時時以先大夫之言爲戒，第不知己之子弟又何如矣。余家自高祖雩南公以內閣中書迴避出爲縣令，曾祖、祖、父及余身皆官州縣，已五世矣。綿延不絕，是由先人謹慎刻厲，有以維之，思之可幸，尤可懼也。

緹縈上書救父，古今艷稱之。吾宗於本朝得二人焉：一爲六世從祖文和公堅永，父定庵公以事與兄少保公同謫塞外，公上書訟冤，格於吏議，遂瀝血草疏，願代父行，有緹縈以一女子尚能救父，臣荷聖朝孝治，敢惜微軀之語，雖不得請，然世祖憐其孝，次年即得釋歸。國人稱爲至誠所感。聖祖御極，公以孝行蒙褒，累擢官至工部尚書。一爲質庵叔祖容禮，以

庸閒齋筆記　卷一　五

父英德令沁齋公謫戍伊犂，遂棄妻子，隨侍以往，跬步不離者十餘載。嘗密請於將軍松文清公，願以身代，俾父得生入玉門。公憐其誠，援情入奏，雖亦未奉俞旨，而孝子名布於域外矣。父歿，徒跣萬里扶柩歸葬，廬墓三年，後官江蘇通守。松文清公入掌鈞軸，書聯贈之曰：攬勝寰中九萬里，承懽塞外十三年。蓋紀實也。

余家玉煙堂及渤海藏真等帖十餘種，皆九世從祖贈兵部增城公所刻。董文敏公其昌未遇時，館增城公家者頗久，故文敏公書，吾家最多。所書法華經小楷帖尤精絕。文敏貴後，嘗以鍾紹京靈飛經真蹟質金八百，已而贖還，既復以質，則不再贖矣。帖後附文敏質帖贖帖書二通。乾隆乙酉，六飛駐蹕安瀾園，曾以進呈，奉純廟御批，有永爲陳氏傳家之寶等字。不知此帖何時落於嘉善謝氏，今聞又歸常熟翁氏矣。文敏當日見質時，抽去十二行一頁，不審此頁今亦歸翁氏否。吾家所刻渤海藏真中少此一頁也。庚辛之亂，碑石爲賊取以築城，賊平後搜討，僅有存者，今合諸帖爲一幀，更名烟海餘珍云。

余家以工書稱者頗多，香泉太守及匏廬宗伯最有名。太守少時，夢登一樓，滿貯鼎彝，有神人謂之曰：俾子一生揮灑。自是書法日進。以歲貢生受聖祖特達知，入直內廷。雍正十一年，世宗敕以公書勒石，爲夢墨樓帖十卷。高宗愛其書，與張氏天瓶、汪氏時晴鼎峙焉。事紀余翰林秋室集跋語中。乾嘉以來，四海爭購公書，日本國王尤嗜之。海舶載往，輒得重價，致故鄉幾無遺墨。余所藏公草書庾子山春賦十二幅，一時無對。辛未冬，張子青制府來上海，閱視焉。余以制府爲今代書家，懸之行館，用供賞鑑。有候補道某公見之，謂是惡札，何可溷制府，遽令撤去。人皆以公負書名百年，忽遭此厄，爲笑。壬申冬，余謁制府，談及公書，制府亦有珍藏者。余述某觀察語，制府亦大笑。公政事卓絕，山西、貴州、江西皆祀名宦，而循聲乃爲書名所掩。公平時每夢至一處，園亭山石，極幽雅之致，牆外有寺有塔，心甚樂之，如是者有年。比守南安，衙齋正如夢境，遂卒於官。匏廬宗伯爲香泉太守之姪，康熙癸未與弟文勤相國同入翰林。聖祖臨朝，舉手謂文簡公曰：大喜，汝家又添二翰林矣。公免冠謝，舉朝榮之。入直南書房，書法特荷溫旨褒嘉。純廟御極，命繕寫御製詩、內府書籍、秘殿珍藏，悉俾品騭，洊歷春卿。數年之間，扈從凡二十七次，寵遇之隆，一時無兩。居家撰著不下百數十種，奉勅所成者有歷朝題畫詩、全唐文、宋史補遺、諡法考諸書。行草出入二王，而得香光神髓，即顏、歐、虞、褚及宋四家，無不研究。遇真蹟必搜究仿寫，無間寒暑。書名傾動寰宇，今酉土司金海王嘗咸欲邀公尺幅以爲家寶，南中價手不下數百筆，公聞之，略不計也。然公之文學，亦竟爲書法所掩。余在上海購得公所臨靈飛經一冊，張子青制府歎爲精絕，爲之題跋，擬以入石。尚未

庸閒齋筆記　卷一　六

果也。

乾嘉之際。天下言家推北孔南梁。梁即山舟學士。壽最高。故書最多。自經兵燹。亦漸零落矣。

學士暮年。書尤嫵媚。此為壽徵。嘗言本朝人不以書名。而其書必傳者。一為陳文簡公。一為陳句山太僕。語載梁紹壬孝廉秋雨盦筆記中。太僕以文章著。公以經綸顯。皆掩其書名。

浙江之大患。莫若海塘。歷朝修築。糜帑金至千百萬。至今日而尤亟矣。六世從祖宋齋公生於海甯。居於海鹽。於海塘情形最為熟悉。嘗謂兩邑之近海踞同。被海患同。而修法則各不同。甯邑海在南。而離山既遠。塘外沙時坍漲。潮自東而西。不慮其平滿。而慮其方來。潮頭雖高。而急水必從沙底滚刷。沙愈去則水愈近塘。而塘難保矣。古人修海甯塘。設立排樁木櫃之法。蓋用排樁以護沙。用木櫃以護排樁。皆於塘外着力。使沙日積而水漸遠。迨潮至平滿。齊塘強弩之末。不穿罅縫。所以甯邑海塘。只用條石。不須過於長厚。惟審其捍禦之迺。全在塘外也。鹽邑海在東。而離山甚近。塘外沙不坍漲。潮自下而高。不慮其排決。而慮其衝啖石縫。稍疏則內土必隨潮滚出。土愈去則石無所附。而塘亦危矣。古人築海鹽塘。設立縱橫盤砌之法。蓋石大則負重難撼。水曲則勢緩易當。要於塘身着力。使土日固而塘可久。倘石有欹斜墊塌。千金之堤。潰於蟻穴。所以鹽邑海塘。不用小石。必須極其長厚。惟審察捍禦之迺。全在塘身也。甯邑海塘。莫患於湖頭逼塘。入內毫無阻攔。塘壞日深。難於措手。鹽邑海塘。莫患於湖頭頂衝。修築務期堅固。餘外次衝。便易着力。至於大風皆潮。名為海嘯。又有非人力所能捍禦者。然古人慮之深矣。故甯邑海塘。內有六十里塘河。鹽邑海塘。內有白洋河。既以取土培塘。可使上塘常加堅厚。又以各路分消。不使海水灌入田畝。此則海塘善後之策也。公關心桑梓。於海塘一事。講究不遺餘力。當時治海塘諸公。咸稱公之經濟。能得古人因地制宜之意。奉為圭臬。故雍乾以來數十年。浙西無海患者以此也。公諱訏字言揚。別號宋齋。曾官溫州府學教授。年八十時。第三子存齋公世倕。以河南按察使兼署布政使。入覲。憲廟垂詢公年齒履歷。御書松柏堂匾額。并人參貂裘甯綢等物以賜公。并諭爾父有德有壽。給他老人家歡喜。欽此。公因自號歡喜老人。以志恩遇云。

吾家得道學之傳者。為七世祖蘭齋公。及六世從祖乾初先生。蘭齋公從學漳浦黃石齋山陰劉念臺兩先生之門。稱高足弟子。嘗論學在天地有宗有翼。宗之者一人。翼之者數十人。所謂疏附後先也。堯舜去人。其間亦邇。禹皐伊萊望散。亦止略舉以例其餘。顏曾既往。董韓未興。孟子以一身任仲尼之道之重。有宗無翼。所謂軻死而不得其傳者已。於焉末無有兩歟寓之。孟子之憂患深矣。有宋絕學既明。至考亭而集成。門徒甚盛。史不勝書。迄於元明之

際。許姚趙篙。洛學行於北。金吳虞許。閩學彰於南。以逮柳黃吳宋之徒。莫不推究精微。張皇六藝。卒開三百年文明之治。可不謂有宗有翼之極盛者與。前明學派。莫盛姚江。翼之者為江右。為淮南。為東越。雖復功參叢生。末流雜遝。然而弊之所生。救之所始也。剝之復。微復之寢昌也。吾學未嘗一日絕也。余攝齋載山漳浦兩先生之門。原本考亭。追溯之濂溪二程。以達於孔孟。而一時門徒。未見有董袁黃幹之傳者。何其寥寥與。公為此言。意蓋自任也。至其深造自得。心折前賢。絕不標奇樹幟。可以想見論學非其人勿輕談。比談詩文。即詩文亦不輕作。或問之。曰。以先生之學而為詩文。必傳無疑也。公不之應。吳志伊作十國春秋。公曰。古人著書。以為法戒。十國春秋人物。衆時盜竊。皆出下中。何備追述其行事乎。嘗言侯朝宗王於一二子。文之佳者。尚不出小說伎倆。其評隲古今。不肯隨聲附和如此。與姚江黃徵君宗羲同出載山之門。徵君曾為公作傳。極推重之。公以拔貢入成均。終身不仕。歿祀鄉賢。乾初先生明末舉茂才。廪於庠。遭喪亂。敝屣棄之。窮居海濱。不改其樂。早年論學。於諸儒中最喜姚江知行合一之說。謂可與孟子道性善同功。後與祝淵孝廉。游載山先生門。奉慎獨之教。躬行實踐。重規疊矩。既而祝殉難。以節顯。先生則歸然以德望重一鄉。國變後杜門息影。足不及中庭者二十年。君子謂不異袁閎之土室也。其初所作詩文。清真大雅。寄托深遠。書法直逼鍾王。撫琴吹簫。時奏於山巔水涯。篆刻博弈諸好無不工。自奉教載山後。一切陶寫性情之技。視為害道。而屏絕之。社集講會。以為無益身心。亦婉辭不赴。所著有大學辨。性解。學譜。葬論。喪俗。家約諸書。其餘雜著。不下數十萬言。皆藏於家。居母喪。手寫孝經百餘冊。以志痛感。友卯寶藏之。蘭齋公諱之問。乾初先生諱確。

吾家以詩書為世澤。自有明中葉永陳姓之後。代有聞人。人各有集。見於秀水錢警石廣文所纂海昌備志。所採者不下萬卷焉。其尤以淹貫名者。為曾叔祖會理州知州摩村公諱鍋。堂伯孝廉方正仲魚公諱鱣。摩村公弱冠即擅文名。乾隆中。楊大司馬薦舉博學宏詞。著作等身。晚年與金宗伯桂。錢方伯嶼。沈汪徵君槐塘。姚比部羽峰。仿洛社之會。龐眉皓髮。秋花晨月夕。戲酒湖山。留題殆遍。觀者目為神仙中人。仲魚公賦性穎異。讀書過目成誦。嘉慶丙辰。詔天下督撫學臣舉孝廉方正。時學使者儀徵阮文達公。以公名應舉。并手篆漢隸孝廉二字。以顏其居。復為書士鄉堂額以贈。旋登戊午賢書。六上春官。後遂不復作出山計。歸築講舍於紫微山麓。寢處其中。一以著書為事。生平一無所好。獨於古名人書畫。不惜重價購之。所心賞者。鈐以二章。一肖己像。上題仲魚圖像四字。一緞以十二字曰。得此書費辛苦。後之人其鑒我。其志趣如此。所藏書最富。惜兵燹之後。皆散佚矣。

香泉太守。以書名天下。初不知其能畫也。同治癸酉在蘇州。妹丈唐槱庵司馬。以公所畫花卉草蟲手卷見示。蕭散精絕。乃知才人固無所不能。余嘗歎公政事為書法所掩。今又歎畫為字掩也。至吾家以畫著者。憑亭侍讀以文學與修國史。而游情繪事。工設色花鳥。人爭寶貴。至兒青太守。則兼以山水擅名。官禮部時。質郡王以文墨奔走天下士。嘗因疾延公於邸。出素箋曰。聞先生山水名家。肯為我作小景以當枚乘七發乎。許公畫為在粗文細沈之間。都下爭無其偶。其欽重如此。公又為河間紀文達相國作優鉢曇花圖於曲臺。至今藝林傳為佳話云。

余家自有明中葉。由高氏而承陳姓。迄今三百餘年。至嘉道之間。子姓日益繁衍。咸豐後經粵匪之亂。瀕墊之餘。四方之散。第宅焚燬。老成凋謝。宗族稍寥落矣。迴溯此三百年間。傳世已將二十。人才輩出。在浙江推為望族。道光年間。宣宗成皇帝猶有海甯陳家之諭。則族望固久著矣。然特衍高氏之一派耳。計自明正德以來。吾家登進士第者三十一人。榜眼及第者二人。舉人一百有三人。恩拔副歲優貢生七十四人。徵名者十一人。庠生及貢監生幾及千人。宰相三人。尚書侍郎巡撫藩臬十三人。京官卿寺。外官道府以下。名登仕版者逾三百人。祀名宦者十一人。祀鄉賢者八人。祀昭忠者五人。國史有傳者十三人。其郡縣志之載名臣循吏文苑義行者。未易屈指數。而寄籍廣東河南山東等省。三十年來。聞多有登科第列仕版者。因譜牒未修。尚不能考。至由陳氏復出嗣他姓者。如仁和之張雲蚨。河南之司馬。武科第累世。與官至督撫。嘉慶年間有東河總督司馬駉皆因乾隆年間修譜時漏列。至道光時再修。則已無從考證。今張氏司馬氏子孫相遇。尚稱族誼。而單行則未能考。亦為歎事。惟高氏則自有譜。自宋武烈王以下。世次炳然可序。故相值能舉輩數。聯伯叔兄弟之誼焉。夫吾宗渤海陳氏。衹臨安高氏一分支耳。而自明以至本朝。子孫繩繩振振若此。固非天恩祖德所留貽。今雖遭亂而少衰。然為子孫者。生聚教訓。可不亟思自奮。以迪前人光也哉。

文勤公自幼聞論性命之旨。輒形嚮往。潛心洛閩之書。嘗及陸王。辨其同異得失。嘗輯學古錄以備攷鑒。釐為六卷。書高二尺。輯建中錄。以資政治。凡三十二卷。他如仁愛叢說。教習郭言。學辨質疑。諸書皆見與友朋言學。及門問答之語。以及詩文雜著。凡已刻未刻。共二百餘冊。兵燹之後。家鄉已自無存。不知曲阜一支。尚有存焉者否。余在青浦。得公蒙恩予告紀恩及留別同朝詩十六首。茲附錄之。以見盛朝之一羽云。乾隆二十三年二月三十日奉上諭。大學士陳世倌老成端謹。學行兼優。簡任綸扉。勤勞夙著。昨以年老懇請致仕。朕已允其所請。令於春融從容就道。並加太子太傅。以示優嘉。茲當陛辭。倍深眷念。既賦詩一章。以寵其行。着加賞廷宴於賜宴。令部院堂官往餞。賜帑金五千兩為路費。馳驛回籍。仍按原品在家食俸。俾資頤養。起程時。着在京官員祖送。歸途所過地方。其有司在二十里以內者。俱着送迎。旋里之後。巡撫兩司時加存問。俟家居一二年。自行酌量精力尚健。仍可來京供職。用昭優眷老臣至意。欽此。臣跪讀之下。伏地慚惶。感泣御恩。恭紀四首。

麗藻高懸列宿寒。宸章捧出五雲端。九天韶入鐘鏞響。一字榮同華袞看。夙夜祇慚臣職負。江湖難忘主恩寬。淋漓聖製懸星日。渥澤常依墨海瀾。

特勅堯廚出尚方。九重祖帳拜恩光。愧嘗金鼎鹽梅味。喜浥黃封雨露香。玉膳瓊筵來賜第。鵷班仙侶話歸舫。東都門外分攜處。車騎還看溢道旁。

綸扉竊祿愧班聯。老去常慚疏傅賢。歸棹更邀天府賜。投簪仍給大官錢。素絲自守青氈舊。黃髮仍娛白社年。聖主施恩皆格外。匪頒直許到林泉。

陛辭感激泣痕垂。春水抽帆去路遲。乘傳共看飛彩鷁。呼嵩還願拜彤墀。郊迎不計郵程遠。存問先邀天語慈。贏得都人傳盛事。衡門歸老太平時。

乾隆丁丑嘉平月。蒙恩予告歸里。回憶歷朝受知之深。兼允微臣遂初之志。涓埃未報。慚感交并。敬賦長律六首。

早年占籍到蓬瀛。侍從三朝見太平。綵筆漫誇鸞掖貴。冰銜愧列玉堂清。春隨翠輦花飛岸。康熙丁亥正月隨從聖祖仁皇帝南巡秋度榆關月照營。自丁亥至辛卯先臣出撫黔。是每秋獮禮成奉命出塞代請聖安認得巢痕親切地。觚稜入夢涕縱橫。

秋高渠院鎮簾櫳。文樓曾觀列國風。鑑別每愁魚目混。搜羅敢信馬群空。聖朝不棄葑菲體。臣節惟持清白衷。天語品題誠竊忝。愧將凡質比宗工。世宗憲皇帝以世倌名比之李文貞張文端遂擢侍講學士

戢影衙門服乍除。忽膺節鉞走輶車。河山十二雄東土。禮樂三千近聖居。差喜壁經尋舊迹。未成府海著新書。自知迂拙曾何補。削籍歸來好荷鋤。

天心寬大沛新綸。宥過何期及小臣。乍許鳴騶趨相府。旋邀漕轉出楓宸。百寮敢誦持綱紀。五禮寧堪重縉紳。更領冬官邦土職。河渠三策讓前人。世倌曾上三劄子言河務事

宣麻黃紙禁中傳。天府儀登染御煙。卿月暌違聯兩部。自謫憲至入相僅歷戶工二部遷除之速素所未有曾叨異數江鄉歸住只三年。戊辰冬蒙恩家居辛未聖駕南巡復蒙起用虞颺竊附明良會。獻納難酬雨露遭。聖主當陽全盛日。長同擊壤樂堯天。

君恩浩蕩即山重。臣病侵尋歲月催。拜表幾行含淚入。御批一道帶春來。獨蒙溫詔諭烏私。諭內有烏私先塋之語特蒙恩論及之更進崇階勵篤貽。歸載龍光誇父老。桑榆晚景荷栽培。

戊寅仲春將出都門留別同朝六首
追陪紫殿愧齋肩心佩儀型十七年燕國文章推巨手鄴侯風度儼神仙東華並馬趨鈴閣
西苑連茵侍御筵齒序同朝惭最長合先諸老賦歸田留別有中諸閣老
層霄斗極九天臨履跡衣香在禁林時論共推霖雨望諸公須極歲寒心每懷補職成虛願
愛聽嘉謨矢好音豈戀江湖辭魏闕羞將白髮玷華簪留別九列諸卿公
著作聲華重帝廷難忘風月是槐廳九重載筆題仙籍幾輩乘槎識使星視草蓮池春爛漫
校書藜閣夜青熒儒生結習心猶在欲藉餘年老一經留別翰林諸先生
上苑花開聽鳳鳴南司車過避驄行漫持丹筆來先後余以部曹總憲兩入西臺每伏青蒲憶父兄余家伯叔
兄弟官執法者五人居臺諫者六人已看霜容同鐵冷仍期笑口比河清竹埤梧掖紫歸夢最愛臺垣有直聲留別臺省諸先生
鐵網頻張學海瀾祇憑度揚寸心丹由來科目人爭重即語文章報亦難共勵松筠堅晚節
獨慚桃李屬春官昇平努力期公等老眼還將拂拭看留別歷試諸君子
來往長安六十年余於丁丑歲暮隨先君子入都距今出都恰六十年不辭青鬢換華顛衣冠會比枌榆社筆穀花明
珖珝筵兩浙海甯各有會館每歲正月宴集同人入耳蠻綿鄉語熟登堂几杖典型傳館內有三賢祠春秋兩祀以報先德春明門

外紫東路梓里情牽倍黯然留別同里諸親族

卷一終

庸閒齋筆記卷二

海昌陳其元子莊著

沒而為神三則

吳少村中丞昌壽少負奇氣踔厲風發魁碩類武夫與余居相距不里許晨夕過從相與角
藝論文間有不合必反復爭辯時或攘臂大呼驚動鄰里遇契合相賞處又復為之叫絕當
買湖書院課時每與沈西卿筆山昆季及余醵錢數百文至酒肆飲觥杯盤狼藉必罄盡以
為樂如是者有年道光甲辰余銓金華校官少村亦成進士以知縣分發廣東自是不相見
矣有人自粵中來者傳其政聲卓然有吳青天之號比擢撫河南時百姓號哭罷市製萬民
傘相送至千有餘柄即乞丐亦為製傘好官之名滿天下然余懶於作書二十餘年不甚通
音問同治丁卯余以州牧提調松滬釐局適少村奉廣西巡撫之命來上海附輪舟赴粵是
日余在寓中僮僕皆他出忽聞庖人於門外若與人斷斷然呼之問故則曰有一類武官者
衣服敝陋欲來求見向索手本名帖又復無有但言與官是幾十年前好朋友而不肯道姓
名余急令延入其人出曰官喚汝遂引之從側門入則少村也相見大喜少村謂余曰足有
風疾請長揖不拜可乎余戲之曰豈有今中丞公叩首之禮少村笑曰呼之入走角門豈有

不行叩首之禮者遂彼此大笑曰本欲即行登舟因知君在此故特走訪帶來三僕方打發
行李不令隨行而忘持拜帖乃致此窘又笑曰即攜拜帖而廣西巡撫手本亦未具也遂縱
談良久余問其在廣東何以得民如此曰無他伎倆惟實心任事不要錢耳別去之際相訂
年逾六十即歸里同作洛社之會乃抵粵未半載遽爾騎箕國家失此寶臣朝野惜之相傳
少村沒後其幕友紹興俞君方家居正欲午餐忽捨箸起立若為接物者繼又作拆信之狀
戚然曰吳中丞書也中丞以任所公事殷煩仍邀我前往襄理然昔在南方帆檣甚便今北
路非車馬不可此非我所習奈何其家人曰聞吳中丞歿矣安得來請曰中丞今已為冥官
家人曰何不辭之曰不能也曰盍禱於城隍神請其代辭乎曰冥官甚尊非城隍所能企及
然我往須得某廚侍我耳是夕俞君卒次日某廚亦無疾卒嗚呼如少村之為人倘所謂生
為上柱國死作閻羅王者非耶越五年復有余親家錢慎庵一事
慎庵名德承浙之山陰人居心仁恕律身廉謹胸中坦然粹然不設城府以薄尉起家歷官
州縣所至有惠政同治二年今相國李肅毅伯方撫吳中以循良薦舉特旨擢知府數年間
署松江常州蘇州江甯鎮江府事賢聲著一時辛未三月由鎮江得代來蘇臥病邸舍時余
自新陽調攝上海以色太繁劇意不欲往慎庵顧以大義相勖蓋慎庵之季女乃余長子婦

也。五月。余將赴上海任。慎庵以病劇歸里。六月。慎庵卒。七月。兒子至紹弔喪。還縷述其臨歿情形。余為之驚歎不已。初。慎庵以疾甚歸。歸後疾日以乖。第精神疲乏。未能出戶耳。六月初旬。晨起。謂眷屬曰。帝命我作總管神。有差官四人來迎赴任。可速具筵款之。家人聞之。疑信者半。乃設蔬飯祀之大門外。大門距內室遠。慎庵室中忽怒曰。四人皆官。遠來接我。奈何待以野鬼之禮。促向中堂設席以享。乃可。衆懼從之。祭訖。屈指計曰。二十日太促。二十二日辰時可矣。越一日。又言山會二縣城隍神為之餞行。待以上官之禮。辭之不得云云。自是十餘日。舉動如常。亦無病狀。至二十二日向晨。呼諸子令偕合家眷口齊至榻前訣別。諸子惶遽。以為疾作。將呼醫。則撫牀怒曰。我且死。豈醫者所能活乎。比家人齊集。舉目周視一過。泊然而逝。與半月前所赴之期。絲毫不爽。於是蘇人曰。錢公作我郡城隍矣。常人亦曰。錢公作我郡城隍矣。合松江常州二府思其舊德。皆呈請祠名宦焉。先大夫嘗言閩中同官言可樵司馬朝鏞臨歿。自書一聯云。始笑生前徒自苦耳。既知去處亦復陶然。以為去來自如。嗚呼。若慎庵之自定死日。可不謂之去來自如耶。

太倉顧伊人撰吳梅村先生行狀云。康熙辛亥正月朔。先生夢至一公府。主者王侯冠服。降階迎揖。出片紙。非世間文字。不可識。謂先生曰。此依屬公矣。十二月朔。復夢數人來迎先生。

庸閒齋筆記　卷二　二

書期日示之。故豫知時日。竟不爽。王文簡公池北偶談。亦載其事。并記有浙僧水月者。能前知。先生疾革。挈舟往詢。僧曰。元旦夢告之矣。何必問老僧。吳人相傳先生作閻羅王云。余六世從祖諱容永。字直方。先生之壻也。順治甲午舉人。考選知縣。卒年僅二十有九。幼時為冥官。每夜赴陰府治事。嘗思罪何以杖重於笞。斬重於絞。於是皆以身試之。忽奉上帝命曰。陳某心存愛人。特予晉秩。於是金冠象簡。自稱小聖。與岳瀆大神無異。與閩汀黎媿曾甲午同年。嘗謂媿曾曰。余知四世事。初為蜀通判子。苦嫡母虐。商於外。母死。乃得歸。再世為王孫。三世為京師竹林寺僧。一日放參。有婦女羣過。偶一目之。遂墮落至此。八歲時。從家大人入寺。一見恍然。齋房徑路。皆為記識。今雖為宰相子。後世愈下矣。事載徐季方見聞錄。梅村集中寄懷陳直方。有百口風波大。三生夢寐真。嵩梁虛早歲。辛苦得前身之句。蓋指其事也。又伯祖遲齋公諱捫鳳。乾隆乙未科進士。歷知江蘇金山蕭縣婁縣甘泉高郵州。升海門同知。海門之設學額。自公詳請奏定。所蒞之處。均循聲卓著。在海門得疾。自言當作甘泉縣城隍。卒之夕。衙署前百姓均見甘泉縣城隍燈籠大小數百。充塞街巷。而公奄逝矣。因記少村慎庵為神事。故並書之。

縱大魚獲報

鐵嶺楊杲樓先生書績。先大夫嘉慶癸亥同年也。先大夫官福建。先生官浙江之青村場鹽大使。不通聞問者四十年。道光癸卯。先大夫里居。於書肆中遇先生。鬚髮皓然。各不相識。互詢姓名。乃相抃大喜。時先生選雲南恩安縣知縣。以年老乞休。欲於郡城覓屋暫住。先大夫遂留館之。先生忠厚慈祥。待人和藹。年雖七旬。而意興如少年。余兄弟侍之。每劇譚諧語。至丙夜不肯休。工書善畫。以意創為茗畫。其法濡紙令稍濕。蘸墨於紙。任意揮洒。雲烟滅沒。有大小米之概。人爭寶之。未幾。先生之弟三子簡侯宮贊能格來主浙江鄉試。事竣後。遂迎歸京師侍養。次年。宮贊遷甘肅鞏昌道。余亦選金華縣訓導。乃上書先生為俳言。謂世弟年三十為巡道。某年三十一而為訓導。豈非寸有所長耶。先生得之大笑。復書數百言。皆諧謔語。先大夫見之。亦為絕倒。先生嘗為余言。官大嵩時。衙署瀕海。魚鮮之屬。不絕於庖。一日。忽聞門外人聲嘈嘈然。使往問之。乃漁戶網得一大魚。四足有尾。獨無角耳。重數百斤。衆議市無可售。欲殺之熬油。先生命扛之入署。蓄眷屬觀之。時夫人方有娠。見魚。乃謂之曰。汝雖非龍。然亦當是神物。何不自慎。而困於豫且。今則性命莫保。奈何。語未已。此魚兩目汪然出涕。漬地斗許。先生心大不忍。亟出十金畀漁者。而縱此魚於海。魚入海。乍沈乍浮。至中流。震雷一聲。風浪大作。遂振鬣去。咸疑為真龍矣。未幾。而簡侯生。官至江蘇布政使。先生之孫名嵩者。近又以第二人及第。今官廣西學政。子孫蒸蒸日上。盛德之報也。

狐知醫

先伯祖洛如公諱棻。曾祖怙齋公長子也。公幼而歧嶷。髫年能作擘窠書。直隸制府方公觀承延入署。令書清慎勤三大字。令節署堂上所懸九齡童子書之榜是也。顧屢試不第。以武英殿纂脩四庫全書。得直隸布政司經歷以終。公之長子為枝巖伯。諱明遠。工詩。著有玉照山房集。少時習扶鸞之術。時召古詩人相為唱和。其是否莫能明也。最後來一仙。與唱酬最久。自承為狐。會伯祖母張安人下堂而傷其足。疾甚劇。諸醫束手。狐自贊能醫。然需藥資銀若干。許之。乃先用數藥。繼用煎劑。每日二次。以承筐繫於梁上。少頃。藥即在中。而筐自下矣。煎劑熱可炙手。不知其藥從何處煮也。病愈後。取銀而去。又不知需銀將何所用也。枝巖伯每欲與之相見。輒不可。久之。乃約於某酒肆中晤面。屆期而往。無所遇而歸。歸後降壇書曰。室內第幾座上長鬚之老道士。即我也。君何不相諳耶。思之信然。自是遂絕。此事先大夫在都中所目擊者。狐自言每月在宮中輪當差使數日。信乎聖天子百靈呵護也。

先大夫又言。福建省城內九仙山有乩壇。主之者亦一狐。作詩文楚楚有致。而大致在以醫術濟人。服其藥者。有驗有不驗。曰。吾能治病。不能治命也。至總督署中之狐。則據居一樓。稱

庸閒齋筆記　卷二　三

為仙樓可以問卜李鄉齋方伯自盡一案星使且至人往叩之則畫二紅頂於紙上莫解其故既總督汪公巡撫王公皆褫職乃悟道光之季制府劉公韻珂撤其樓狐大肆擾至劉公歸乃已

前世事二則

海甯查映山先生瑩以吏科給事中督貴州學政科試苗疆取一土司之子入泮撤棘後土司率其子來謁謝美如冠玉公有一侍者貌亦娟好土司子歸後此人遽辭公去疑而訪之則兩美必合也公一笑置之至次年鄉試揭曉土司子竟得解元公謂中丞曰此人在上年我甫取之入學筆下甚平何能作此等文試傳訊之一到即款伏係倩浙江湖州某舉人頂替入場所作中丞大駭然以罪名重大頗思消弭之察公顏色不懌不敢遽言擬越日再為周旋公去後適有他事須奏升炮發摺中丞聞之疑公以此事上達已若不陳懼干譴責遂連夜繕疏入告次日詢公所奏之件則並不因此也二公俱大悔恨疏上得旨照例正法兩人遂駢首死事越二十餘年公久歸道山有湖州姚孝廉年二十餘文名藉甚會試報罷後留京與先大夫同客查小山比部有圻處比部即公之嗣子也孝廉為人恂恂篤謹不妄交遊獨與先大夫善一日微疾握先大夫手曰吾將以後事累君矣驚詢其故則歷舉前事蓋土司子控於地下孝廉則某舉人之後身將往對質先大夫問何以不早為發覺則曰科場舞弊例應處斬本無可言學政摘發弊竇亦是其職特以查公有疑其嬖侍者一事心近於私當有挾嫌之罪冥官以究竟事本因公故待查公數盡之後始行提訊若公誠無此心則土司子亦不能再有異說第某不幸前世因之橫死今世又因之夭死耳語訖痛哭次日遂卒此事比部本不知之既詢公隨往貴州之老僕則信有此事而內中曲折不能如孝廉所述之詳噫孝廉既子之轉生矣何必又令之再死乎且前世以孝廉罹禍今世何為又予以孝廉徒使姚氏門中寡妻弱子煢煢無告此則天理之不可解者也孝廉名某字某先大夫曾舉之則予忘之矣

長洲徐少鶴侍郎頲嘉慶乙丑榜眼姑丈李雅先生之兄也侍郎博學工古文為姚姬傳先生入室弟子曾侍上書房宣宗登極以師傅恩隆陞驟遷方且大用乃於督安徽學政任內以疳疾遽卒天子眷念儒學飾終之典極為優渥嵩公初病時即若有所見作紀夢詩十餘首窈冥恍惚多不可解臨終自言前世為福建林公子客茲以公子事纍纍至此然所為何事卒未明言也李雅姑丈有文述病中見冥王事甚詳余粗記其梗概如此嗟乎姚與徐皆以前生事夭其天年然一則僅登賢書一則官至通顯乃各追其前事而死天欲殺之則如

勿生可必多此一舉然亦可令人警惕今世勿作累來世之事可也或曰世人第顧目前後日之累且勿顧況來世之累乎悲夫

科場中鬼神

科場中世每艷稱鬼神事以彰果報余自道光戊子科起至咸豐乙卯科止共鄉試十五次前後居號屋中計一百三十五日可謂久矣然鬼神之變幻不特目未之見即耳亦未之聞惟外舅閩藍樵先生言嘉慶丁卯科鄉試頭場三藝脫稿已三鼓矣內逼如廁比還見燭臥於卷面已橫燒寸許不特卷不焦灼并油亦不溢出驚為奇異是科遂中式容是鬼神之力至咸豐辛亥科鄉試同官陳星垞二子丙曾誦曾兄弟同拔高魁其文皆取法尤王於是都中盛傳星垞於元旦夢文昌神告以今年闈題宜學西堂農山因此得售祁春圃相國以問賈荊山方伯緣星垞次子右曾館於其家也右曾馳書歸詢其父星垞持以告余并笑曰君今為文昌矣蓋上一年都門寄來擬題若干內有可使有勇二句丙曾謂余此文自王農山後無人能繼作者余因取少時所作是題文示之丙曾歎為絕才絕艷傾倒萬狀余謂是餖飣之學壯夫不為丙曾乞其文去呈之星垞星垞謂此調不彈已久鄉試可以必薦而不能保其必售初學偶學之亦無不可於是丙曾弟兄皆學為之而時時請業於余余初尚為改削久而益厭不復過問比入試而題係必也射乎三句適可用尤王腔調弟兄遂皆中式並無所謂文昌示夢也因知科場內所傳鬼神之事大率類此

科場中尤王體

丙曾兄弟既同捷於是浙省人士競揣摩聲調之學書肆遂取農山西堂二公文稿重雕之為尤王合刻風行一時都中論文者以為敗壞風氣龍翰臣元禧尤惡之壬子會試龍適與分校之役搜得一文情濃豔之卷示人曰此必陳氏兄弟也亟橫抹而黜之丙曾稱為清微淡遠之作又得中式比填榜龍見陳丙曾名大駭取其卷讀之復大驚丙曾字子雁誦曾字子清右曾字子銘同母兄弟皆少年高第談者有三珠樹之目

武夫不知文字

張壁田軍門玉良起於行伍目不識丁余初於蘭谿軍次見之適有急牒至軍門折閱點首揩眉者良久乃舉付從兵令送文案處余詢牒中何事笑而不答以為秘不肯宣也越日又見持一札顛倒觀之大惑不解既乃知其本不知書特為此以掩飾人之耳目嘗與程印鶴太守換帖三代中有名參者頗以為怪繼復見其一帖則是早字矣因詢其文案某君答曰渠不能指定一字第隨其口語而書之是以如此同時有吳總戎再升者眇一目每戰必先

登賊畏之呼為吳瞎子嘗延僧追薦先人僧請三代諱張目不能答急名文案委員令撰一好名字與之聞者捧腹此與侯景之托王偉撰七廟諱者何異善乎國初之馬惟興也惟興以孫可望將來降官至福建總兵順治之季奉旨賜諸將三代封典惟興久之不上撫臣問之愀然曰某少時為寇虜相從作賊今幸際會風雲實不知父何名母何氏若私撰之不惟欺君亦自誣其先人矣願公以此語上聞但恩榮及身而已一時皆是其言惜無人以是說告之軍門及吳總戎也

凌厚堂之怪誕

歸安凌厚堂埜道光辛卯舉人大挑選授金華教諭與余同官性怪僻敢為大言初到官即於明倫堂自書一聯云金價萬千秋孔子曰孟子曰華袞百廿作帝者師王者師見者無不吐舌論學直宗孔孟於宋儒一概抹煞而尤惡朱子極口肆罵至謂朱子之父名松與秦檜之檜字同班輩而朱子之名則與檜子秦熺無異語極狂悖課人讀四子書只誦白文凡朱註盡刪之嘗在金華府署中與其同鄉孫柳君孝廉詵及孝亭孫稍右之遂欲加以白刃以是人莫敢在其前稱紫陽氏者議論縱橫自謂是奎宿降生俯視一切於天下人無不鄙薄顧獨與先大夫善執子姪禮惟謹又有閩人林牧阜先生年七十餘亦與之往來會有人延之小飲座客互論金華人物凌拍案曰郡城中只有一個半人其餘皆畜類耳一人為先大夫半人指林君座客驚稍稍引去凌傲然自得工古文善奇門醫卜星相無所不能著有德輿子外集數十萬言醜詆古作家而於醫尤自負先大夫年十五猝中風疾以為不救矣藥之數劑而愈縣署有幕友延之視疾按其脈曰無妨顧指一友曰君顏色甚晦當有病速診之曰疾不可為也百日內當疽發背死其人固康強無恙也至期果以疽殁於是人爭神之然內子聞淑人疾醫之竟死凌自恨無效亦發病者累月其相人也一望即能決其貴賤壽夭何宮保桂清辛卯同年也撫浙時凌以教職考驗一見惶然握手曰君昔相我當封疆今封疆矣請再視我異日何若對曰昔觀公相甚善今所留下部聲甚惡矣於法當斬首何大怒擇之出越六年何果以失守罪伏法此外相雖間有不中者然後來應驗者居多嘗謂先大夫曰大劫將臨浙江無一片乾淨土吾所相人多橫死者獨公祖孫父子相皆善不遭此劫當是公厚德所致又嘗昌言年屆庚申京城有急兵而杭州亦破數俱前定莫可挽回至己未歲遂棄官歸時余為當陽教諭舟過城下不入貽書先大夫訣別語甚慘而猶以子孫無害之說慰先大夫焉次年庚申夷人果入京師而杭城於二月間為粵匪所陷皆如其言自是余奔走兵間無從得其消息至乙丑歲在盛澤遇其鄉人問之乃知其歸後居晟舍鎮杜門不出湖州陷之月自卜賊匪當於某日到鎮若過巳時則無害屆日閉門延友飲酒以俟至巳時賊果至執之以歸偽王聞其名將以為軍師大罵不肯命之跪不肯有賊帥為之緩頰曰一揖即縱汝出矣亦不肯偽王怒揮去殺之延頸受刃顏色不變而死噫厚堂亦可謂非常人矣

厚堂最喜言區田法謂成湯七年之旱湘伊尹以此治田故民不飢死繪圖著書逢人必勸顧無一人信之者每深歎恨又自詡奇門遁法謂可以入水不濡入火不熱云云一日方圍爐環坐厚堂入掀髯譚大遁余戲舉鐵箸夾炭火燒其鬚厚堂驚起走眾客大笑然相饗二風有水厄當投以水遁法而二風果以殉難投井死

雅謔

蕭山蔡二風名南道光戊戌年進士雲南即用知縣改就教職銓杭州府教授丁憂服闋再選金華府教授為人忠厚長者言吶吶然如不出諸其口遇詼諧際時出一語令人解頤性慎密意所不合亦不宣於言余嘗與商一事不答再問再不答余性卞遂罵之亦笑而不答也與余交逾十年情好甚摯余時綜理局事從未以一事相示終年閉門課徒而已凌厚堂毀朱子二風與倪少尉時帆共非之余謂此厚堂代二君報怨耳兩人驚問故余曰君等不讀居蔡及反其旄倪之註乎眾為哄堂二風第曰君是陳人故述陳言時府試貢金華湯溪兩縣備旗鼓二明府不允謂無向例余諧之曰此真所謂金湯鞏固旂鼓相當矣眾方笑然二風忽正色謂湯溪沈明府曰湯邑之應辦鼓見於經書何可推諉沈請其說則徐曰君不讀衛風擊鼓其鏜耶眾亦哄堂辛酉正月余以辦理糧臺寄寓口於金華二風來賀歲譚次忽戚然謂余曰內子最信佛膜拜誦經者數十年矣今年元夕忽夢觀音大士告之曰大劫已至上帝以爾家世代良善一人不在劫中內子醒而甚喜我獨至今怏怏因長歎曰若祇我家不罹劫則眾人之遭劫者多矣即幸而生全有何意味其居心忠厚如此四月賊至城破二風投井殉難二子亦相繼死獨遺一孫在乃恍然大士所告以一人不在劫者謂祇剩此一人也壬申之夏其孫入泮矣來上海署謁余追念舊事為之愴然

李地山殉難

粵匪之難浙江之官紳殉義者最多余之所不相識者無從論定相識中則當為李地山明府首屈一指地山名福謙湖北之監利人咸豐戊午來攝金華縣事會粵匪石逵開由處州攻陷永康武義還逼金華一時佐貳諸君多托故引去官舍一空城中現任地方官只太守及明府二人耳士民奔走不可禁止雖復力事城守然風聲鶴唳一夕數驚賊前乘銳來攻

實無抵禦之法。余見人心搖動。有不終日之勢。慷慨謂明府曰。以全郡之大。若無一二死節之官。不亦辱朝廷而羞當世之士哉。明府持其衣帶間所貯藥示余曰。子無慮。我必死之。因與謀所以死之處。余曰。聞古人有止水之說。今大橋下水清而深。當可為葬身之地。明府曰。不然。投水而或為人所援救。或為賊所鉤獲。求死不死。反受玷辱。不如仰藥自盡之有把握。遂指永福寺內之塔曰。我死必於更上一層。所謂置身百尺也。余笑曰。君可謂得死所矣。比賊退。明府調攝仁和縣事。余送其行曰。腰間藥可棄之矣。明府曰。不然。今賊雖竄去。並非殲滅。安見其不再來。我仍當戒備耳。庚申二月。賊破杭州。明府時在局中。聞賊已踰城。乃步出局門。謂同行某公曰。子當何如。曰有老母在。明府曰。然。各行其志可也。遂登吳山之麓。坐城隍神位前。吞藥而死。所謂置身百尺之上。竟踐其言。廟中道士取民家所寄棺殮之。比城復。改殮。已半月餘矣。面色尚如平生。嗚呼。慷慨赴死。從容就義。明府二者殆兼之矣。同時殉難為余所識者。有太倉葛小鐵主簿家遠。江滌分司無錫倪時帆景圻。皆曾官金華者也。

入昭忠祠之濫

吾鄉中殉賊難者。秀水沈竹門馬少坡二廣文。嘉興則江夢花明經。皆余之舊友也。族中則叔祖笠漁公希敬。道光癸未進士。官直隸深州知州。賊至。坐堂皇罵賊死。最烈。堂叔介卿公錫熙。道光元年三品廕生。官湖北荊州府同知。護理糧道。殉於武昌城中。骸骨均無從收。堂弟文齋廣文其炳。合門死之。堂姪德宣官江西縣尉。則以戰死。皆得旨優卹。此外宗族男女輩抗節死者甚多。見於琴齋兄所著文齋傳中。要皆舍生取義者也。近有大力者。其父兄實病歿。乃捏為被戕。朦請賜卹。招搖市上。鄉人藉藉唾罵。朝廷褒忠之典。為之不光。吁。使死者無知則已。若其有知。何面目入昭忠祠也。

迷信扶乩受禍

乩仙多係鬼狐假託。昔人論之詳矣。然世人仍多信之。以余所聞。則無錫唐雅亭明府受禍最酷。雅亭以縣尉起家。累權至浙之慈溪令。為人有幹材。能飲酒度曲。上官俱喜之。而頗極信扶鸞。每事必咨而後行。在慈谿任時。乩仙忽告以大禍且至。宜亟去官。雅亭遽引疾。上官留之不可。未半載。濱海鄉民入城滋事。後任官竟至罷斥。於是益神之。又詢以卜居之所。乩言天下且有事。惟金華府之武義縣最吉。遂徙往居之。置田營宅。極園亭之勝。飲酒於歌。望者疑為神仙中人。咸豐戊午二月。賊至處州。叩之曰無礙。既破永康。又叩之曰必無礙。且云遠避則不免。遂堅坐不出。比賊至。全家被擄。雅亭為賊拷掠死甚慘。賊退後。余偕李太守赴縣城辦撫卹。至其家。斷壁頹垣。焦原荒土。屍骸狼藉。為之一歎。噫。此殆宿冤。又異乎鬼狐之假托矣。

雜博學

矜淹雅者。喜窮搜博覽。而於目前所讀之書。每多忽略。如袁簡齋太史所記。與諸翰林論孟子有韶之文。自師行糧食至飲食若流以下。皆不能記憶。或且杜撰二語以足之。衆疑其不類。繙孟子書覘之。乃大哄。乾隆時博學鴻詞。不知增廣生員四字出在論語註中。皆可笑之甚者。先大父在太平府時。嘗聞黃山谷尺牘中有捐忠薌萁語。忘薌萁為何物。時江右汪巽泉尚書方督學政。大父舉以問之。尚書謝不知。適陳遠史太守實亦至。尚書告以先大父所問。太守諱曰。陳君最好以僻典難人。四庫書汗牛充棟。安得盡能記憶。遂不研究。歸以語余輩。時三弟昕年十二。方讀禮記。卒然應曰。秦曰薌合。梁曰薌萁。曲禮語也。大父翌日謂太守曰。禮記誠僻書也。相對軒渠。尚書聞之笑曰。兩榜眼可謂眼大如箕矣。蓋汪陳皆以第二人及第者也。同治癸亥。史士良觀察上左爵帥書論軍事。帥批其牘尾有曰。該道善用失事之人。良以使功不如使過耳。抑思古人棄婦姜非之喻乎。觀察不知四字出處。詢余及汪時甫太守。皆不知。偏繙類書不能得。時章釆南殿撰以憂歸。舉以問之。亦不能答。以為真僻書矣。嗣余至上海。偶言之。大兒德瀛適閱裴松之三國志註。諸葛武侯與張蕃書曰。棄婦不過門。姜非不入園。則此書亦未為僻也。推鄉前輩言。乾隆朝開大科。徵書至學。學官遣門斗持文傳與薦者。門斗問諸君曰。公等咸稱博洽。亦知我門斗二字於何時昉。取何義名。皆瞠莫對。比至都訪之。同徵者亦均無以對。迄今百有餘年矣。計必有博學者能知之。

徐少鶴侍郎少負博洽名。作文喜用僻書難字。嘉慶甲子舉於鄉。題為謹權量四句。文內所用之字。讀者多結舌不能下。相傳是科內監試張古餘太守。於第二場夢神告之曰。此卷所用者。乃爾雅注疏。君其記之。既醒自笑。以為監試官向不閱卷。何有斯夢。次日方送薦卷入。忽聞二主考相語曰。卷中出比所用。乃是山海經。對比則杜撰矣。當黜之。太守聞之。忽悟。乃前白曰。恐是爾雅注疏。則述學中所聞。繙爾雅閱之。信。遂中式。余曾以此事詢之其弟李雅姑丈。而符。亦奇矣哉。

博雅宏通之彥。余六十年來僅見三人。一閩縣陳恭甫太史壽祺。於書無所不覽。著作等身。余在福建時尚幼。僅一拜見。不能有所叩發。第聞金匱孫文靖公。侯官林文忠公。欽佩之不已。二公則余知其學問之淵懿也。一金谿戴簡恪公敦元。余道光壬辰應京兆試。公時為刑部尚書。以年家子上謁。公謙抑殊甚。有有若無。實若虛之氣象。余特搜僻典數則叩之。公則曰。年老記憶不真。似在某書某卷第幾頁第幾行內。其前則某語。其後則某語。試繙之則百不爽一。蓋公固十行俱下。過目不忘者也。余嘗問公天下書應俱讀盡矣。公曰。古今書籍浩如淵海。人生歲月幾何。安能讀得遍。惟天下總是義理。古人令人說來說去。不過是此等話頭。當世以為獨得之奇者。大率俱前世人之唾餘耳。公於刑部例案最熟。無一事可以欺之。老胥猾吏見之束手。故終身歷官不出刑部。一為會稽屠筱園先生湘之。先生與余同官者三年。內行敦篤。善氣迎人。廿四史、十三經、諸子百家。採口而出。問之不能窮。嘗為袁簡齋先生駢體文注釋。一典必窮其源。不肯舉眼前所有者以塞責。余嘗偕其本觀之。所引之典。多出余所知之外者。余謂先生恐簡翁當日撰文時。亦祇就目前之典用之。未必若是之探天根躡月窟。誠恐先生所引之典。並簡翁當日亦未必知之。先生曰。固然。然注書之法。不能不如此。余曰。若天下後世皆欲如先生之釋書。則所釋亦僅矣。先生笑甚。此書未及刊刻而歿。庚辛之亂。底本不知存亡矣。先大夫嘗言南昌彭文勤相國。乾隆時最稱為博學。相國為考官。純皇帝以燈右觀書命題。相國愕然。不知出處。大慚愧。比覆命陳款。以學問淺薄。不審詩題之所出。敢昧死以請。上微哂曰。朕是夜偶在燈右觀書。即事命題耳。公叩首趨出。上顧侍臣大笑曰。今日難倒彭元瑞矣。

古樹中異物

同治丙寅十二月。上海縣漕河涇趙姓。有古樹。數百年物也。析為薪。樹杈中生大菌。其人形者三。一破於斧。一為析薪人竊去。僅存一。高尺許。眉目口鼻。如寺中彌陀像。丁卯二月。莫家塘古墓有烏桕樹一株。大十餘圍。枯死久矣。里人伐之。穴中得紅芝一枝三岐。上有佛像。宛趺坐。時余提調松滬釐局。曾親見之。

上海縣城隍神之靈應

秦景容先生諱裕伯。大名人。元至正進士。官至奉議大夫、行臺侍御史、延平府總管兼管內勸農事。會世亂。避居上海。題橋見志。世目為裕伯題橋。張士誠據姑蘇。招之。拒不往。明太祖即位。命中書省徵起之。先生對使者曰。食元祿二十餘年而背之。是不忠也。母喪未終。出而拜命。是不孝也。不忠不孝之人。又焉用之。固辭不起。居邑之東鄉長壽寺里。歿即葬於其地。太祖勅封為上海縣城隍神。丕著靈爽。順治十年秋。海寇犯縣治。總兵官王璟督戰。舉師民衆而詬之。王怒。訴之周巡撫。誣民通賊。周惑其說。將俟雞鳴屠之。是夕神降官廨。儼立階下。周心動而止。至夜半。仍欲屠之。又見神直視撮首者數四。懼而緩其事。闔邑人曾給諫一士所撰頌序。民感神再生之惠。二百年來。香火極盛。同治丁卯。余攝令南匯。邑境閭巷猶為先生子姓聚族所居之處。曾以先生題橋事為賦題試諸生。辛未調攝上海。會先生裔孫彥華中翰暨其族中生監十餘人。呈請為先生墓禁樵採。余以先生生為義士。歿作明神。而邱

壟摧殘。侵佔不治。是有司之責也。因首捐俸錢二百緡為倡。囑諸紳士量敲分攤。共得錢三千餘緡。為贖回墓地十九畝。並建祠堂於墓側。俾其後人世守之。壬申之秋。余謝事時。工甫及半。至冬間。彥華中翰來告蕆事。並云於先生墓道前掘出石匣一具。鐵條錮之。不敢啟視。仍埋舊處。余謂此必當年所刻墓志也。惜不開之。俾銘幽之文一顯於世而再埋之也。中翰云當掘石匣時。曾筮之。以蓍有文明之象。其為墓志無疑矣。

畜鴨之利弊

南匯海濱廣斥。鄉民圍圩作田。收穫頗豐。以近海故。蟛蜞極多。時出齧稻。閩語所謂稻蟹不遺也。其居民每畜鴨以食蟛蜞。鴨既肥而稻不害。誠兩得其術也。此事余在南匯稔知之。比宰青浦。則去海較遠。湖中雖有蟛蜞。漁人捕以入市。恆慮其少。而鴨畜於湖。千百成羣。闌入稻田。往往雜食一空。於是各鄉農民來縣具呈。請禁畜鴨。時攝南匯令某君。方以畜鴨食蟛蜞為保稼善策。稟請通行各處。巡撫丁公抄稟行知下縣。余閱之。不禁失笑。因以青浦請禁之件申覆。公見之。亦一笑而止。蓋物土之宜。固不可一概論之。古人迎貓祭虎。今日虎詎可迎耶。

三千金不及一魚

好名之人能讓千乘之國。苟非其人。簞食豆羹見於色。此真孟子通達世故語也。余嘗見慷慨之士揮斥千金。毫不吝惜。於一二金出納。或不免斷斷者。事過之後。在己未嘗不失笑也。五茸葉桐山燕。河間通判。治餉宣府。當更代日。積資餘三千金。桐山悉置不問。主者遣一吏持至中途。以成例請。桐山曰。不受羨。即吾例也。命歸之。晚居春申故里。饘粥不繼。一日梅雨中。童子張網失一大魚。桐山為呼歎。其妻聞之曰。三千金卻之。一魚能值幾何。桐山亦撫掌大笑。雖然。居今之世。桐山可不謂賢乎。

科名熱中之笑柄

嘉興馬淡于明經汾。嗜學工詩。嘗謂余曰。詩人境地。亦各就其造詣為之。才力大者。如清廟明堂。有宗廟之美。百官之富。小者則如竹籬茅舍。布置幽雅。亦自可人。吾才不高。只可小以成小而已。萬不可貪多務得。譬之蘆簾竹屋中。忽陳彝鼎大呂一器。美則美矣。其如不稱何。先生累躓鄉試。道光辛巳。會闈恩榜。時室中窘甚。妻苦勸其不往。先生不可。典質首珥而行。出闈。意得甚。日盼捷音。放榜日。佇立門首。曾同里沈蓮溪觀察中式。報錄者誤入其家。鄰人咸從之入。衆口稱賀。先生大喜。登樓易衣冠。命其妻為之肴。執觴而矜之曰。何如。詒未畢。樓下忽呼曰。誤矣。中舉者乃沈家也。一哄而散。先生執觴未肴竟。其妻仰而誚之曰。如何。聞者為之捧腹。先生歿後數年。乃選景寧訓導。

論和議書

四川余紫松軍門步雲，嘉慶初年，以鄉勇從軍，勦白蓮教匪，力敵百夫，所向無前，由偏裨擢至大帥，加太子少保銜，圖形紫光閣。征伐之事，無役不從，威名亞於楊侯。道光二十年，西夷事起，定海失陷，軍門由福建調督甯波。年已暮矣，兼之兵將不習，駐守招寶山者二年，和戰之議未決，而蛟門不守，軍門伏失律之誅。雖罪有應得，而其情則可原焉。軍門與家梅亭方伯在川陡軍營共事日久，其初來甯波也，致書方伯，道契闊，並及議和事，方伯囑余代為作答。時余年少氣盛，一揮而就，書達，侯官林文忠公見之，矜賞甚至，因之頗得聲譽。迄今三十餘年，不幸所料之事，多有中者。辛酉，金華失守，余詩文藁均付劫灰，駢體文二卷，亦歸烏有。此書乃門生姜梅生編修所錄存者，甲子年寄以還余，茲附存之。

執別三巴，歲星八易，鱗羽並曠，烏兔爭馳。瞻望旌麾，時形輾轉。近聞移北門之鑰，視東浙之師，望重襄中，威行海上。想聖人洪福，元老壯猷，揚烈武於蘭青，擒蘇文於鴨綠，翹足可待，屈指以期。頃展芝緘，式慰蕭念。承示大軍雲集，小醜勢窮，夷目乞降，廷臣議撫，凱旋不日，師撤有期。既循覽之再三，輒有疑於萬一。不揣冒昧，敬獻芻蕘。夫用兵固仁人所不忍言，而禦侮亦王者所不容已。恩不深不能懷遠人之志，威不立不足懾狄冠之心。故六月行師，宣王薄伐；三苗逆命，虞帝徂征。沿及漢唐之朝，率有戎羌之役。古來今主，豈好窮兵，良以蠻夷之情性，威德少而畏威多，是以中國之聲靈武備，脩斯文教洽。今者逆夷事勢，居然猾虜機謀。明曰通商，陰圖襲邑，其遊弋四處，即肆楚之狡謀；其盤踞一隅，即以防之故智。兵貴法於來戰，故純以破大作虛聲；情究畏我久持，故竟致書函為疑陣。揆厥伎倆，已見端倪。倘復信其詭詞，必至墮其奸計。未堅心服，益長天驕，生四夷輕漢之心，恃中國和戎之議，損威失體，貽患將來。糜餉勞師，後憂方大。就此一節，慮有三端。從來大信不齊，況在夷德無厭，備或陰圖深入戍，累乎雖依漢，與依天同誓，不少恭命之詞，而受降與受敵無殊，終恐刦盟之變，此其可慮者一也。人面獸心，非情可喻；蠅營狗茍，惟利是圖。縱令此日尚可羈縻，難保異時不生反覆。譬吞白馬，諾賣黃龍，俺答貢明，朝市不妨夕掠；元昊通宋，賊貨可索貴酬。喜則連艘而為商，怒則分䑸而入盜。此其可慮者二也。揆其入犯之由，實係禁烟而起。驟通貿易，難立章程。即嚴命之重申，恐難遵乎令甲。紛紜估舶，乘鯨浪而明來；雜沓漁船，駕鯨帆而暗引。截之則彼時仍虞興戎，縱之則前語豈非反汗。始猶私漏，繼且公行，機失一朝，毒流四海。此其可慮者三也。我國家金虎開圖，銀鏖拓地，德威所被，寰宇賓臣。閣下專閫大員，中朝宿將，假秋天使

平南之節，虧馬伏波下瀨之軍，草木亦識威名，婦孺皆知姓氏。倘蜻蜓特無待施，蠢況以適着情形，先見勝謀在我，狐跳梁而尚抱窟，鬪穴以將疲，何必故作趦趄，重煩擬議。而上防遠之策，尽排築室之謀，追原定海之亡，實以重洋之限鞭長莫及，踢沃無從，故逆艦張得成鳩占。然敗之於崇明，挫之於虎門，殲之於姚江，卻之於乍浦，笑彖失勢，鋌鹿已窮。迄今飽逆時增，師徒日集，並軍食則彼寡而我多，計兵力則彼游而我厚。論氣勢則彼驕而我怒，度器械則彼損敝而我繕完。徵若建瓴，事同沃雪。先兆爰應，必克焉誣。擒且勝於渡瀘，功更逾於橫海。犬羊入笠，只用筵箸；魚鱉無橋，何須靴踢。不疑何卜，惟斷乃成。閫將卻四座以勿喧，決兩言而不再。某受恩深重，衰病不支，際此從戎，未能殷效莫上。匡時之策，徒深憂國之心。所望閣下刻玉燕山，銘金麟海，急班赤舄，賚方叔之元勳；祝嘏青圭，祝召公之萬壽。在公固多偉績，於某亦有榮施。事業千秋，起居萬福。謹承動靜，無任主臣。

揚州烈女

余署青浦縣時，江北委員來言揚州仙女廟鎮烈女事，心異之，而未悉其詳也。壬申冬，在蘇州晤前江都令甯波胡竹亭刺史璋，詢之，竹亭曰：此吾從任事，故女之姓氏不能記憶，然其事固彰彰矣。先是鎮民某聘烈女，未娶而卒，烈女聞信，即欲殉，他父母屢勸不從，遂如其意，俾過門守節。某家業染，固素封也。烈女入門後，恪守姆訓，家無閒言。某之姪，女年長未嫁，與染工王姓者通，頗為烈女覺，時時規之，女患之，與王謀並通之，以緘其口，而烈女冷而寒鐵，不可以游詞入，則意必強而後可也。一日者，乘間令王先匿於房，俟其就臥，犯之。大呼不從，王不能強，女入助之，拒益力，遂以被掩殺之，而以縊死訃其家。然血痕未滅也，父母控之官。官為杭州某君，初驗時，心頗疑之，而未能決，比回署，輾轉間，其子覺重路說某竟以病死擬定案。人咸冤之。越數日，江甯省城隍廟卜者，夢城隍神升座，有江都縣女鬼號訴，鬼神大怒，發差提人。俄頃因至，則赫然江都令也。卜者驚醒，次日舉以告人，人莫之信。未幾，江都縣報病故之文至，於是喧傳有中後任官復提全案研鞫，事遂白，女與王並擬斬決，而烈女請旌焉。某君與余有年誼，人亦恂恂長者，為愛子所誤，遂隕其生，惜哉！竹亭又言某卒未幾，其子亦暴疾死，想地下無漏網也。惟卜者云夢中詢神姓名，則曰是宋之丞相文天祥。

按烈女姓陳氏，為門二所稱二府從過門守節二之兄婿之從與己女名大虎子者同室處，門之僕婦徐與染工王玉春有奸，得通大虎，子為烈女所覺，遂致烈女於死。死後，徐與大虎子反串誣有於床，乘間說烈女以墮胎致隕，斷作作證之案。遂定。貽虎夜賄以粟，尋其惨未幾，王玉春忽自縊於烈女靈前，後數月江都令攖病死，仵作亦無故七孔流血死。經揚州守英君訊得實，解省謀抵，某司應麻訪親鞫，益悉其詳，遂擬徐及大虎子均處遣，處死。其冤始白。噫乎！既殺其身，復汙其節，在闖者均為是指宜乎神之不肯恕也。天道昭昭，真不爽哉！此案當聞之麻訪先人，說聞某君，故隨而信筆所記之說，賠四年，為男伯沇謹識。

卷二終

庸閒齋筆記卷三

海昌陳其元子莊著

鬼神報應之靈 兩則

鬼神報應之說、儒者所不道、然確有其事、足為世人鑒戒者。先大夫官福建時、有李某者、江蘇常州人也、以巡檢需次、充督轅巡捕官、其人有幹才、白晳鬑鬑有須、甚得總督阿公林保深愛之。會有相士自都中來、曾識阿公於微時者也、阿公館之外、而令李某於同官處為之推轂、未兩月、獲千金、相士深感之、將別去、李餞之、謂曰、君此行得多金、繄誰之力、相士謝曰、公之賜也。曰、僕有一事奉煩、可乎、曰、何不可之有。曰、君將行、總督必問君歷觀省中各官員何人最貴、君第曰無逾於李巡捕者、則拜德多矣、相士許諾。比行、阿公果如所問、對曰、歷觀巡撫以下、狀貌富貴固多、然無逾於李某、將來功名不下於公、遂別去。阿公自是待之加厚。李亦深自眡。一日召入署、謂之曰、我欲拔擢汝、而汝之官太卑、今方開捐例、我貲汝二千金、汝可捐通判、赴選後、我再為設法。李從之、捐通判、入都候銓、阿公指名奏調、即奉旨發往福建委用。到省後、人皆知為總督所屬意、其門如市、李亦呼吸風雷、頓改故態矣。未幾、以獲盜功、保升同知、又未幾、阿公還去、洊行密摺保薦、得旨以知府記名、旋署泉州府知府。時先大夫攝浯洲場鹽大使、正其所屬、新歲到府賀正、本舊識也、一則飛上枝頭變鳳凰矣、然相待亦尚款洽。越日、省中有候補通判諫山俞君益者、以公事至、與先大夫亦舊識、遂同寓一店中。店固距府署不遠也、俞往謁李、李訂翌日晚筵、並云亦須延先大夫。次日聞升炮聲、以為太守且來答拜、俞亟衣冠以待、而久不至、遣人探之、則云太守出門遇鬼、回署不復出矣。明日仍不出、又明日、俞往視之、李延入臥內、曰、正欲迎君來、甚善、當以後事相托。俞詢其故、曰、前日方出門、忽見數人攔輿擊我、我呼隸執之、不見、乃知為鬼、入夜即病、夢冥王提往質訊、緣有人控我十款、我俱不承、冥王甚怒、昨夜復訊、杖鐵棒百、痛甚、姑承一款、因啟衾示俞、兩股皆作青黑色、遂令僕開箱取錦軸畫展之、乃一美女、俞驚問何人、曰、不肖事何必言、遽取火燒之、歎曰、所承即此案也。俞不忍留、再三安慰而出、出與先大夫言之、共相歎詫。越日、天甫明、李遣人邀俞及先大夫、一見即執手流涕曰、死矣、昨夜冥王尤怒、拷訊極酷、最後竟炮烙我、我不任受、已盡承矣、今日不能過日中、所以亟請二君至者、牀下尚有三千金、奉懇持作扶柩及歸孥之用、他無所屬。因歎曰、我命本合作知府、因急於求進、機械變詐、造成惡業、致夭天年。君等不信、數日後當有簡放泉州府之部文矣。人之將死、其言也善、切勸諸君居易俟命、以我為前車之鑒也可。言訖遂瞑。李本魁梧潔白、比殮時、縮短如童子、通體顏色焦黑、如烙炭、知炮烙之加、定非虛語。死之三日、部文到省、奉旨以李某補授泉州府知府。

福州薩虎山者、鄭林薩龍光之兄也、薩氏為福州巨姓、世業鹺、虎山舉孝廉、大挑得知縣、因總鹺綱、遂不赴補。虎山人極平正慷慨、喜結納、各官多與之交好。一日衙參將散之際、聞有人言其死者、先大夫遂與同官數人往探其喪、至門寂若無事、姑入焉、而虎山儼然出、衆愕然、虎山笑曰、諸公以某為死耶、衆不能答。乃曰、死誠死矣、生皆生耳。因言昨午坐而假寐、忽見一吏持票拘之、遂隨之行、至邑城隍廟、始悟非人間、見一吏似相識、而忘其姓名、詢之、始曰少時自知之。俄頃神升座、隸引之入、神謂曰、有一事須君對質、某年月日、送一私販到龍溪縣杖斃、尚憶之否。言未既、則鹽販跪階下、呼冤索命、我對曰、彼時某在鹽公所、鹽快緝一私販、至某呈送到縣、事實有之、然並無囑令杖斃之事。夫鹽快緝私販、例也、公所呈送私販到官、亦例也、其是否應杖斃、當問彼時之官、不當問此時之某。神曰、固知君無罪、但冥間之律、必須兩造相質、無異詞、乃能完案、前因君壽數未盡、故遲之到今、今君數已盡、是以傳來一質、案已結、君可休矣。回視私販者已不見、我乃知已死、遂前懇曰、某有二事未完、一則友人托孤於某、已撫養長大、須為之畢姻、一某薄有資產、人欠某債者、券盈匣、然其中有能償者、有不能償者、惟某知之、若不為別白、將來子孫一概索之、則貧窮者受苦矣、願乞二日期了此二事。神鑒我心、准予給假、飭吏送還、至夜半而蘇、今日遣人追友人子來、為之完婚、并撿券之不能償者、名而還之、二事已了、明日復死矣。衆問君死後當何如、曰、我已問之吏矣、為人若無罪業、則生為何等人、死即何等鬼、與陽世無異。曰、若不轉生乎、曰、我亦問之吏矣、今世為何等人、則來世亦為何等人、若作善則來世勝於今世矣、若作不善則來世遜於今世矣、所謂欲知前世因、今生受者是、欲知後世因、今生作者是、此理絲毫不爽、敬告諸公、其各勉之。握手鄭重而別、次日果卒。先大夫嘗謂少年氣盛、每持阮瞻論、不信鬼神報應之事、及目擊李薩二君死時狀、乃知陰陽確有此理、從此歷典州縣、守分安命、不敢妄為一事、妄起一念、臨上質旁、在在若帝天昭格矣。此二事余幼時隨侍衙齋、熟聞庭訓、既以自警、亦每舉以戒人。

居官奢儉之關係

先大父嘗訓余兄弟曰、居家儉則居官廉、吾歷官數十年、見奢者未嘗不以貪敗。白小山尚書採此語入公墓志中。余歷官亦三十年矣、每見儉樸者子弟類能自立、奢汰者子孫無不貧窮、所謂以身教者從、以言教者訟也。明上海人喬純所先生懋敬官廣西布政使、居官廉儉、雖歷官藩臬、仍布衣蔬食、常曰、士大夫不可一日無窮措大氣、旨哉斯言。先生著有廉鑑四卷。余在上海時訪之未得也。

用兵以氣為主

用兵以氣為主。咸豐庚辛間，浙江賊氛甚熾，官軍屢挫，張壁田軍門嘗指其士卒告余曰：子視其狀貌糾糾桓桓，殊不知迭經喪敗，心膽俱碎，見賊即走，不可用矣。至同治壬戌，相距僅一年耳，左帥駐師衢州，李帥紮營滬上，一號令之，壁壘旌旗，均名變色。余時在四明軍中，所用之兵勇將弁，率多杭州潰散之餘，然遇賊輒奮擊，所向有功。先時我軍望見賊之旗幟則走，後則賊望見我之旗麾即逃，豈非氣為之哉。壬戌夏五月二十一日，粵賊十餘萬自蘇來，分十二枝四面馳突，圍程軍門學啟新橋營數十匝。李帥聞之，親勒兵馳救，所部卒離統數月，不得一當賊，至是勇氣百倍。軍門望見帥旗，亦突圍夾擊，我兵無不一當十，賊大敗奔還。是役也，有一卒殺數十人，最後遇一悍賊，鏖戰良久，兵刃俱折，至以手相搏，互踣於地。賊取其斷刃刎其頸，卒亦以拳搥其胸，正危急間，忽見賊失其首，躍起驚視，則一卒手斬賊頭去矣。次日余謁李帥，帥為余備言戰事。余因言公重臣，當持重，不可親冒鋒鏑，萬一飛礮偶傷，羅忠節已事可鑒也。帥言若不親自督陣，則士卒必不能如是效命。因歎從來文臣為大帥，類深居簡出，不肯親臨行陣，故不能成功。前數年以編修從軍，每艘出擊賊，軍中呼為武翰林。我戲應之曰：僕乃文蝦耳。蓋滿洲中稱侍衛曰蝦，新武進士入侍衛學習者曰拉蝦也。先是外國人輕中國兵，以為無用，至是戰，乃稱中國有人。

童子證明佯匪

同治癸亥正月，我軍攻紹興，諸將屢奏捷，每俘賊至，輒發善後局委員訊之，果係老賊，即行正法，如實係被脅被擄者，多給照令回籍，殺者不知凡幾，釋者亦不知凡幾矣。一日者訊一賊，其人喋喋自陳確係被擄，涕泗交下，情景逼真，問官惻然，已欲生之矣。忽食肆中童子送湯圓入署，見之，號呼曰：此賊是殺我一家者。官驚問之，則童子之父向設肆於紹城中，亦賣湯圓，城破時此賊殺其父兄，而係童子去為之服役，賊中所謂小把戲者也。童子乘間逃出，乞食至甯，遇父之同業收留之，今則適遇之耳。相質之下，賊俯首無詞，當即驅出斬首。嚮使童子是日不入署，則此賊遂倖逃顯戮，而一家數命沉冤莫雪矣。天網恢恢，疏而不漏，斯言信然。

福建宰白鴨之慘

福建漳泉二府頂兇之案極多，富戶殺人，出多金給貧者代之抵死，雖有廉明之官，率受其蔽，所謂宰白鴨也。先大夫在讞局審訊一鬭殺案，正兇年甫十六歲，檢屍格則傷有十餘處，非一人所能為，且年稚弱，似亦非力所能為。提取覆訊，則供口滔滔汩汩，與詳文無絲忽差。再令複述，一字不悞，蓋讀之熟矣。加以駁詰，矢口不移。再四開導，始垂泣稱冤，即所謂白鴨者也。乃駁回縣更訊，未幾縣又頂詳，仍照前議。再提犯問之，則斷斷不肯翻供矣。他委員嗾先大夫之遲遲，行提訊，遂如縣詳定案。比臬使過堂問之，仍執前供，因訊爾年紀甚輕，安能下此毒手，則對曰：恨極耳。案定，復發還縣。先大夫遇諸門，問曰：爾何故如是執之堅？則涕泗曰：極感公解網恩，然發回之後，縣官吏加酷刑，求死不得，父母又來罵曰：賣爾之錢已用盡，爾乃翻供以害父母乎？若出獄，必斃爾死。我思進退皆死，無甯順父母而死耳。先大夫亦為之淚下，遂辭讞局差。噫，福建人命案每年不下百數十起，如此類者良亦不少，為民牧者如何忍此心也。

捕盜專恃眼線之誤

壬申四月，江南三江營炮船哨官捕盜，盜拒捕，哨官溺水死，兵勇死者五人，傷者十人。其地在揚州江都縣境，事聞，制府震怒，飭地方官及水師營官嚴緝。於是瓜州鎮總兵吳君派營弁帶同失事炮船內之勇丁作為眼線，來上海緝捕。緝勇丁稱認係浙江巡鹽紅單船之廣勇也。六月初到滬，越一日在茶館店獲一人，是紅單船之廣勇。次日營弁請觀察及右營參將暨率兵勇於紅單船又指獲二人，皆發縣審訊。據來勇聲稱，一是拋火藥包入船者，一是隔船斫人者，一是過船釘炮眼者，言之鑿鑿。余即提犯反覆訊究，然審一日不承，隔日再訊，搵耳跪練者竟日無一詞，呼冤而已。余心疑之，問來勇曰：伊等既先以火藥包擲爾船中，則彼時烟熖迷漫，爾何從辨為斫人者、為釘炮眼者，如是之真也？對曰：巡鹽船與炮船同泊一鎮上，每日上岸時常相見，故能認識，故雖於烟熖之中，亦能辨識。而來弁則以余不應駁詰來勇，大有煩言。次日，余又研訊，自朝至三鼓，心力俱瘁，一無供詞。余恐其死也，稍寬之。來弁遂以余欲縱盜，不用嚴刑，訴之觀察。余亦以不能得確情，請添派委員會審。觀察謂南滙令葉君顧之有能名，且係廣人，札令來審。葉君覆訊一日，亦不能得其情。余與葉君皆謂此三人冤，而無奈弁勇質之甚力。會制府又委前皖南鎮劉總戎啟發帶為盜行船之舟人來，因派兵快與之會緝，當日即於玻璃肆中獲廣人陳來。陳來者，前水營中藍翎千總也。先是有販豬船泊江口，羣盜登其舟，將豬客及舟人盡縛置艙底，駕其船以行劫。行數日，盜稍倦，陳來者勸盜首釋舟人，俾搖櫓行二十餘日，劫客舟三次，最後遇炮船拒捕，復駛至江陰口，羣盜登岸逃。豬客到靖江縣報案，故總戎帶此舟人來，以其與盜共處久，能識盜也。陳來故勸盜首釋舟人，是以舟人與之尤熟。余乃喜得真盜，復令舟人識此三人者，來弁與來勇共覆持之。舟人遂不敢斥言其非。而陳來頗狡。賴不肯承。余與葉君及劉總戎翼日再會訊。反覆誘勸。許以如獲盜首。待以不死。總戎指天日以誓之。陳來乃言盜首亦係廣人。向日同在水營中。曾保花翎守備。現居六合縣城開土棧並錢店。尚有羽黨在鎮江。共十二人。皆積慣行劫者。陳來在揚州開烟館。本不同夥。此行也。盜首邀之至。陳來言十二人者皆百戰勁卒。無論一炮船。即十炮船。亦無奈之何。今陳來視前獲之三人。來言非是。而三江營之弁勇則謂來庇其同黨。大不悅。於是劉總戎以陳來作眼線。往捕盜首。而瓜鎮則稟制府。謂此三人是真盜。制府飭令解至金陵再訊。時余已謝上海縣。乃將詳細情形。白之應廉訪。會劉總戎率陳來捕首盜等七人。皆訊明正法。留陳來獄中。待獲餘犯。江甯府蔣君訊七犯。皆供與上海之三人不涉。而瓜鎮持之堅。制府亦惑之。至八月中。應廉訪至金陵。乃力言於制府。將此三人釋放。噫。是三人者。使余嚴刑鍛鍊而成招。則又必令其供出黨羽。轉轉株連。冤死者不知凡幾矣。然此固眼線之確指者也。眼線其足恃乎。是役也。余之不妄殺人者幾矣。可畏哉。

折獄須慎

余攝南匯時。有棉花行主姚某控王某欠伊花價洋銀一百有六元。有券有中證。有代筆。云索之不還。反被毆。詢等情。余提訊。先問原告及中證代筆者。所供與呈詞相符。繼提被告。跪堂下戰慄惶恐。似不能言。久之乃訴曰。實不曾欠錢。余曰。不欠。何以控汝。又不能對。余疑其情虛。復促令言。則曰。我縱欠錢。何必請開烟館者作中。余笑曰。汝並非貴人。開烟館者何不可作中。則又曰。我自能寫字。何用代筆。余叱曰。汝蓄意不良。是以不肯親書。為圖賴地步耳。侍役遂聲喝之。王即伏地供願還。而涕下如雨。余疑之。因令帶下。復呼原告至前。問曰。爾之券何以不令伊親書。曰。伊自托人代筆。某不與知。曰。此券是伊帶來乎。抑在爾家所寫乎。姚躊躇對曰。是在我家所寫。曰。代筆是伊同來乎。曰。否。某甲向在村口居住。是日因在茶店相勸。遂偕歸代為寫券。余大聲曰。是在茶店偕來乎。曰。然。時某甲已在堂下矣。遂令帶原告至宅門外。而呼某甲前訊。曰。爾代王某書。是王某邀爾耶。曰。是王某所邀。余知某甲蓋已聞茶店二字。因曰。書券何不在姚某家中。乃在茶店。曰。是日相勸在茶店。故就彼處書之。曰。爾本擬作代筆。故紙筆皆帶往乎。曰。否。是從茶店借來之筆。而紙則買之也。余曰。信乎。曰。信。遂令將其帶入後堂。而傳作中之某乙入。則拍案曰。王某並不欠錢。爾與姚某騙至爾家。逼令出券。爾乃硬行書中。此何理耶。乙惶懼曰。某不過為好相勸。實無逼勒事。余曰。先在茶店。已經言明。何以又至爾家。乃曰。某開烟館。家有餘地。是以王某隨姚某來。而某甲又欲吸烟。故就某家寫據。因將某書作中。並無逼勒事。余大笑。令將原被代筆三人皆來前。諭被告曰。此案

我已訊明。爾所欠不止一百六元。乃三百十八元。王大驚。哭曰。天乎冤哉。姚亦從旁代白曰。實止一百六元。余曰。固也。票共有三。一在爾家寫者。一在茶店寫者。一在某乙烟館寫者。豈非三百十八元耶。令一票已呈。尚有二票可速交出。皆相顧愕眙。是將三人重懲。而示而釋王某去。越日有醫士陳君來署曰。幸矣哉。公之折獄也。余問故。曰。先一日出門視疾。足之於廟中卜肆。小坐。俄來一人。手持香燭。容色倉皇。卜者其素識也。呼之詢以何往。曰。前村姚某欺我懦。與惡棍串通。揑造借券。控我於縣。明日將訊矣。有中證。有筆據。我口又吶。勢不能辨。毋寧死耳。將先往訴於神。而死。卜者止之。曰。姑往。家家而貿。訴於神。請先為子卜之。卜既。視其爻曰。甚吉。有貴人解。當無礙。我隨詢其名。即公昨斷之案也。今已得直。可無死矣。余聞之駭然。夫錢債訟獄中細事耳。使爾日掉以輕心。不幾致死一命乎。袁簡齋先生有句云。獄貴得情寧結早。判防多誤每刑輕。余常服膺。以為仁人之言。由今思之。一誤且不可。況多誤而加之刑乎。甚矣為地方官者之難也。

地方官微行之利弊

顧淡如先生莉生。攝理紹興府事。有父母神明之譽。嘗聞某鎮有開場聚賭者。派員訪之。返命則云進散久矣。蓋有一人狀貌與先生頗者。泊舟市橋。至鎮上買少物。不計值而去。於是匪黨疑先生親訪。即刻斧走。先生笑曰。吾安得如是百十化身。使入縣鄉間。處處有一顧淡如哉。余在南匯鞫一獄。訊問之詞。偶中其隱。案中人疑數日前烟館內詰是事。有一蒼髯者在彼吸烟。謂是余私訪得其情。遽吐實。實則余並未出門也。在青浦時。至金澤鎮勘案。微服步行村落中。遇一老嫗。嫗問余曰。今日官來此。先生其隨官來者耶。余佯為不知。詢其故。嫗以勸案告。余因問其官之賢否。嫗曰。官甚好。但有一件惡處。余驚問之。則曰。我處每年春日演戲。自此官到來。禁不復作耳。俄而鄉從畢集。嫗禁。余慰之曰。嫗勿怪我之禁戲。乃以兵燹之後。為若等惜物力也。與其看一日戲。費錢數百文。因指其身之敝衣曰。何如到冬日製一新棉襖乎。嫗笑。余亦笑而去。又嘗至章練塘鎮。比卯。衆尚未集。乃易服至鎮廟。瞭眺。歸則繞鎮後田塍中行。綺交繡錯。迷不得路。無可問津。正猶豫間。忽田間來一人。曰。官其迷路耶。余曰。然。遂引余出。意甚殷勤。且延至家獻茶。余謝之。睇其面似曾相識者。因詢之。曰。記在何處見爾。䠶然曰。小人徐德全也。徐德全者。曾因奪瀉田。聚衆鬬毆。余杖之一百者也。余不覺愀然。遂謂之曰。此後宜作好人。爭鬬非好事。切須戒之。徐唯唯。送至道左而別。歸後與友人言此人曾受滿杖。乃邂逅相遇。既無怨。且知敬愛。小人革面。亦見青邑民俗之淳。然自後思之。白龍魚服。困於豫且。微行究非正道也。

左爵相創設書局

令各直省多設書局矣，而事則肇於左爵相。局則肇於甯波爵相。創軍府於嚴州，嚴當兵燹之後，田疇荒蕪，草木暢茂，遺民無所得食。爵帥於賑濟之外，發銀萬兩，購買茶筍，俾百姓得採擷於深山窮谷，以為生。茶筍製成，札發甯波變價，往返二次，歸正款外，得羨金數千兩。爵相以亂後書籍板片多無存者，飭以此羨餘刊刻四書五經，嗣杭城收復，復於省中設局辦理。即以甯波之工匠從事焉。蘇州、金陵、江西、湖北相繼而起，經史賴以不墜，皆爵相之首創也。爵相自奉甚儉，所得養廉銀，除寄家用二百金外，悉以賑民。甯波海關有巡撫平餘銀八千兩，循例解往，爵相謂：「今日之我，無需於此。」款本可裁，然裁之則後任將不給於用，不可以我獨擅清名，而致他人於困境。遂受之而轉給賑局。其用心忠厚如此。後丁雨生中丞為方伯時，不受平餘，比升巡撫，則命復之，曰：「不可累後人。」亦同爵相之意也。

青浦城隍神之靈異

青浦城隍神，為明方伯上海沈公諱恩，公清風亮節，彪炳郡乘，歿為明神，靈爽丕著。有蘇人以籓掾來提餉者，游於寢宮，頗加媟慢，是夜忽哀號叩首，遍身杖痕，其從者亟命舟載歸，未及家即死。此事見青浦縣志。公墓在上海，青浦人恒醵貲前往修理，至今不廢。余宰青邑二

年，遇暘雨不時，往禱輒應。同治己巳六七月間，淫雨不止，縣境地勢最下，將有淪胥之患。余以邑經賑擾，凋瘵未起，孑遺之民，不堪再被水災，因虔禱，以年近六十，死不為夭，願將己之生年，為民請命，倘可挽迴，殞身不恨。祝畢，乃起立再白神，謂：「我志如是，特恐神不能代達天聽耳。」時嘉定陸丈魚署教諭事，笑曰：「君方求神，乃作此語激神耶？」然自此雨勢漸止，余亦無恙，是殆會當晴霽，故余得苟全性命耳。

曾文正為巨蟒轉生

曾文正公碩德望偉烈，豐功震於一時，顧性畏雞毛，遇有插羽之文，皆不敢手拆。辛未十月，到上海閱兵，余供張已備，從者先至，見座後有雞毛帚，囑去之，謂公惡見此物，不解其故。公姻家郭慕徐觀察階告余云：「公舊第中有古樹，樹神乃巨蟒，相傳公即此神蟒再世，遍體癬文，有若鱗甲，每日臥起，牀中必有癬屑一堆，若蛇蛻然。然喜食雞肉，而乃畏其毛，為不解耳。」後閱隨園隨筆，言焚雞毛，修蛇巨虺聞氣即死，蜈蚣之類亦畏此氣，乃悟公是神蟒轉世，故畏雞毛也。宋文信國公傳，為吉安潭中黑龍降生，信國柴市殉難後，是日，其鄉風雨大作，人見黑龍復歸於潭，與公之異將毋同。

高僧轉世

余前記家文簡相國及晴岩編修以為高僧轉世矣，因憶故友歙縣程印鶴太守北，綸事太守之封君，嘗於蘭溪興城外廣濟庵老僧最契，一日見僧衆遲入內室，追而問之，則已舉一子矣。太守生五六歲時，封君攜之入庵，登堂入室，恍若素諳，返即大病，云欲歸去，幾瀕於死，自是不敢復往。至十餘歲及三十歲，兩次被人強拉以遊，歸又大病，從此望門却步。此太守親為余言者。余與太守曾同遊石門坎之六松亭，太守在湲瀑獨立，余自上望之，儼然一老衲也。比見長洲彭文敬公所為靈鷲雨僧傳，則文敬公亦似由竺國來者。因節錄其文曰：吳之慕門有靈鷲寺者，與盤門之開元寺，皆留行腳僧。靈鷲不能繼，有一彬者起而振之，重復舊觀。一彬退院，傳於永豐，是二僧者，余皆識之。佛門有參透三關者，一彬能之也。先是一彬之友有筆玉者，既前死矣。余幼時，人或稱筆玉後身為，以神情狀貌言語擧動之似。而生初亦有為之兆者也。及余見一彬，一彬亦言似。且言筆玉若行，惟臨終一念繫戀，不得往生淨土，為可惜。余問其他日能不繫戀否？曰亦無把握也。一彬持戒律甚嚴，獨言論通脫，口如懸河，或拊掌大笑，不類他衲子之貌為篤謹者。永豐後至，亦能參三關，持戒律苦志，過於一彬，其為人靜默寡慾，與一彬異，而其務作功德，志在有濟於世，則無不同也。兩僧於嘉慶間先後坦化，不著靈異。余意兩僧苟不往淨土，必當仍在世間，惜非肉眼所能識耳。後二十餘年

在京師，見兩翰林，皆年少，一似一彬，一似永豐。問其生年，亦在兩僧死後。余疑為兩僧後身，然不知兩翰林生時，有無為之兆者，未敢以無稽惑世，終未嘗以語人也。及與兩翰林相處，能習觀其神情狀貌言語擧動，愈肖兩僧，因思今日余之視兩翰林，猶昔一彬之視余，余雖肉眼，因已若或啟之，而心識之矣。古稱蔡中郎為張平子後身，豈盡誕耶？云云。觀文敬公所述如此，則文敬公固自以為筆玉後身矣。昔人謂世之登大位，享大福者，是精僧三項人為多，其信然耶。

泰西製造之巧

天下之巧，至泰西而極。泰西之巧，至今日而極。古人言鐵船渡海，為必無之事，嗣以鐵皮包裹者當之。壬申之春，竟有北德意志國鐵甲船至吳淞海口，其船純以精鐵鑄成大片鑲合，為船重數千萬斤，可載軍士萬人，內中作為機括，可以沈行海底，大砲擊之，不損分毫。每造一船，須用銀三百萬兩。此時英法俄美各國皆有此船，或數隻，或數十隻不等，海中有此船，則各樣火輪船均不能敵。機器局馮竹儒觀察曾買船鐵一片，觀之，計銀一千五百兩，以費太鉅，故尚未能學製。然此船非至吳淞口，人雖有言，余亦不信也。又有氣球，大者其內可分作五六間屋，用機器轉運，則上昇數十丈，東西南北，無不如意所向。北德意志圍法蘭西都

城時法主乘氣球出亡北軍亦乘氣球追之空中爭戰卒為法主逸去此則行於天上矣現在製益加精向高不過四五里即為天氣所逼氣不能舒人且悶死今則用法吸地之生氣置於中可以上行至二十七里之高現此球尚未至中國計數年後必有來者來而仿製則江河皆失其險矣向稱海為至深今則測量知極深之處不過六里故海底均可以開地道行走特工費浩大不能舉行若泰西諸國之高山倘是要道皆從山根鑿通一穴或數十里或數百里行火輪車矣鳥槍之精者余曾見一具可連發六十四槍又有氣槍不用火藥自能飛彈擊物至砲之靈便迅疾有非口所能述者戰陣用之無堅不摧各國之製皆已窮極工巧壬申之春英美二國因賠貼軍餉事怒欲相攻然皆不敢先發蓋砲火均極精鍊兩軍相當可以死傷盡淨泰西諸國向言用兵總須一二年間始決勝負今則不過一月之內便可立判故皆畏而不發後得與斯馬國為之解紛遂和好如初此皆余寓上海時所見聞者也

西人行兵詭詐

英領事官阿查里言伊前年從軍往征一屬國所統之師船兵力不厚攏一時不能制勝乃造千斤重砲子十餘枚至其國之海邊黃夜用人扛抬上岸行十餘里散置之地歸船乃發空砲數十聲次日其國舉兵拒戰行至中途見砲子驚其大且訝其擊至十數里之遠以為不能抵敵遂遣使乞降於是宣布威德取成而還其實伊國本無此大砲亦並不能製此大砲也兵行詭道外國亦然

中西禮俗之異點

崇地山宮保厚使法國歸言泰西各國人亦知尊敬孔子在彼處曾見洋官家供奉一泥塑之土地神云是孔子像則聖教固被於海外矣孫稼生觀察家穀遊歷各國還言外國儀文簡略見國王只須磬折致敬無所謂拜跪也獨布國以新戰勝故於禮節大為增加其貴臣謂觀察曰我國儀文繁重見皇帝須三蝦腰然亦不過三磬折而已謂為繁縟矣每到一國必見其后妃大都以接脣為禮觀察告以中國以是為褻狎不肯從彼亦不強也在法國偶於街市閒步忽傳言曰皇帝來矣人皆旁立摘帽皇帝步行一狗在前一公主在後別無從者更無論儀衛矣皇帝見衆人之摘帽亦以手稍掀其帽為荅禮然疾趨而去俄羅斯國之皇帝曾隱姓名赴荷蘭國做工學製大輪船學成國人來迎彼國始知之各外國之稱其主惟俄法日本布魯斯四國稱皇帝若英若比利時與斯馬日斯尼亞北德意志及丹國義國皆稱君主咪唎堅其君三年一代故稱大伯理璽天德令法國之主為布國所擄國人奉故

相攝君事故亦同此稱余在上海與各國領事官互相往還皆各盡其禮日本新通商換約其代理領事官神代延長最恭順謂余曰我國讀中國書寫中國字行中國禮本是一家云云曾文正公蒞滬其人來見至門則科頭而入科頭者伊國之大禮即古之免冠徒跣也與馬斯國亦於日本通商之年換約恩竹樵方伯奉命為換約大臣訖事之後其國之公使及提督領事官相率來謁方伯張筵款之余等皆陪宴公使等遇菜即食音聲如流使繙譯官致辭曰莫笑貪嘆中國之滋味極好也帰能鼓腹歡笑而去英吉利之副領事達文波亦謂余曰久居中國飲膳俱精美洎回至本國雖同是牛羊肉食反覺不慣矣日斯尼亞國之領事官每見余等補服必嘖嘖曰中國衣裳好看再三言之殊有夫差好冠之意俄羅斯國之代理領事官聶鼎者自言到中國十五年未嘗歸去喜讀中國書論語孟子略皆上口覺甚有意味等語此則幾幾乎有用夏變夷之道矣大抵各國領事等官久在內地與中國官交際談讌頗有中外一家氣象第一涉及利字則必攘臂而爭無交情之可論惟以理折之以不遵和約責之雖強項亦無他說即使故為狡辯終必為俯就戎索也

鼓三通箭一發之攷證

世人恆言戰鼓三通攷衛公兵法以三百三十三槌為一通三通則千槌而勝負可決矣世人以射一箭為一發而不知非也射畢十二箭方為一發一發五矢非一箭射五豕也十二箭乃射得五豕耳

嘉慶癸丑科佳話

嘉慶癸丑科一甲一名吳縣潘文恭公二名大興陳遠雯先生名寶原籍吳江二甲一名張春山先生三甲一名馬秋水先生時人為之語曰必正妙常雙及第春山秋水兩傳臚蓋世謂二甲一名為金殿傳臚三甲第一為玉殿傳臚也按宋趙向辰朝野類要謂五甲末名為擠榜狀元朱文公即五甲進士故有若使當年無五甲先生也是落孫山之句今則無五甲矣是三甲末名即可稱擠榜狀元也

宋故宮遺址

余師仁和許一槐先生諱錦春嘗言幼時值高宗第六次南巡有司於鳳凰山宋故宮址葺治行宮掘地為池下鍤數尺適得舊池蓋德壽舊基也池底泥土中獲鯽魚十餘頭長俱尺餘而無目大約埋於地下六七百年之故工人烹食數尾頃刻皆暴死乃羅舉餘者棄之江浮至中流風浪陡作有大魚數十巽之去人皆異之今此池兵燹之後又沒為平地不知何時再得理而出之也

賺梁山舟學士書

一槐先生為梁山舟學士外甥，故所藏學士真跡頗多。余曾乞得一聯，兵燹後亦亡之矣。先生言學士年六旬時，曾以事入都，道出山東，聞訛言前驛水阻，因詣中丞滿洲某公洛之。中丞一見即欵言前途水勢異漲，不能行，遂留學士居於署之後圃，館給豐隆，惟出必經其內寢，殊為不便，因亦鍵戶不出。中丞越三五日必來館一次，見則言水勢之大，吁嗟不已。館中一無書籍，架上祇古帖十餘種，隃麋數十丸，縑素數百番而已。學士閒居無事，日以染翰為消遣計，如是者幾及匝月，楮墨略盡。一日中丞入見，喜動顏色，曰：水已全退，君可行矣。遂開筵飲餞，酒半酣，忽傾插架數曰：吾以公事勤勞，特友朋所諈諉者耽擱許久。學士乃言日來無事，業代為書盡。中丞佯驚曰：此皆遠近名士慕余之書，輾轉交來者，今顧為公墨之奈何？促呼僮易新楮來，學士大愠，遂別去。既首途，則前路並無水漲事，皆中丞捏詞欺之耳。久之始悟廿餘年前在翰苑時，中丞方官筆帖式，以佳紙乞書，學士不應，今乃為是狡獪以報。後學士每言及之，猶有忿色，然某中丞則已琳瑯滿篋矣。

飲食不可過飽

食無精粗，飢皆適口，故善處貧者有晚餐當肉之語。憶昔庚辛避亂山中，時偶得一魚一肉，不啻八珍之享。年來宦遊江南，每歲首赴蘇賀正，僚友邀飲，一日之間或至三四五處，皆窮極水陸，然開格則蹙額，舉箸則攢眉，豈今昔口腹有不同哉？蓋緣過飽之故耳。是以宋人治具宴客有三字訣，曰爛，曰熱，曰少。爛則易於咀嚼，熱則不失香味，少則俾不屬饜，而可飫後品，少之一字真妙訣也。

製造食物之穢

飲食日用之物，非目睹不知其製造之穢。余在福建見製冰糖者，皆雜以豬脂，在蘭谿觀製南棗，用牛油拌之，乃見光彩，故嗅之微有羶氣也。富陽竹紙名天下，造時竹絲不用小便煮，則不能爛。淮甸蝦米，貯久變色，浸以小便即紅潤如新。河南魚鮓在河上所造，盛以荆籠入汴，道中為風沙所侵，有敗者，乃以水淮小便浸一過，控乾入物料，肉益緊而味回。然僧家以冰糖、南棗供佛，道家用竹紙書符上表，至蝦米魚鮓，江南人家均珍為美味，習而不察，無乎不可也。先大父嘗言：嘉慶初年，在四川一驛，遇福文襄郡王行邊，州縣極供張之盛，以王喜食白片肉，肉須用全豬煮爛，味始佳，乃設一大鑊，投全豬於中煮之，未及熟而前驅至，傳王諭以宿站尚遠，一到即飯，以便趕行。無如肉尚未透，庖人窘甚，忽焉登圊解袴溺於鑊中。先大父驚詢其故，則曰：忘帶皮硝，以此代之。比王至，上食，食未畢，忽傳呼某縣辦差人，先大父

驚曰：必覺其臭矣。既乃知王以一路豬肉無若此驛之美者，賞辦差者寗綢袍褂料一副。

治瘧單方

咸豐甲寅，先大夫七十二歲，患瘧甚劇，諸醫束手。蘇州馬雨峰太守傳一方，用燕窩三錢，冰糖三錢，先一日燉起，至次日瘧作之前一箇時辰，加生薑三片，滾三沸，將薑取出，服之。倘胃不能納，即止啜其湯亦可。一劑不愈，則再至三劑，無不愈者矣。此方得之蕭山困枝官王君，年八十病瘧，服此而痊。其後試人屢驗云云。余因遵方進之，先大夫一服即愈。二十年以之傳人，奏效甚衆，尤宜於老人及久瘧不瘥者。其方平淡無奇，而應驗若是，可謂奇矣。

夏日生痱，以蚌粉等撲之無效，惟以隔夜之熱湯水滌之即瘥。

疝氣病，用薏苡仁，以東向壁土炒黃色，然後水煮爛，入砂盆內研成膏，每用無灰酒調下，二錢即消。

食生冷致心脾作痛，以陳茱萸五六十粒，水一大盞，煎取汁，去滓，入官局平胃散三錢，再煎熱一服即止。

腎虛腰痛，用杜仲酒浸透，炙乾，擣羅為末，無灰酒調下，三服而愈。

錢曉庭畫

秀水錢曉庭孝廉聚朝，為籜石宗伯曾孫，余同門友也。少孤，事母以孝聞，胸襟灑落無城府，畫得宗伯家法，而加以腴潤，晚年聲價益高，今則吉光片羽，人爭寶貴，且不可得矣。余先得其畫甚多，庚辛之亂，皆付劫火。幸其子伯聲太守卿龢能世其家學，為余作一二紙，善者竟將跨竈，可喜也。曉庭早歲綦貧，而性甚介，不妄受人惠。嘗謂余昨晚斷炊，僅剩白米少許，供母饘粥，而我則以炊餅二枚度一日，然意氣自如，絕不露寒乞相，人服其雅量也。舉孝廉後，家稍裕，大挑得淳安教諭，未及滿任，即棄官歸。歸後惟以書畫自給，不問外事。咸豐戊午春，粵賊犯金衢，於是嘉郡亦警備。太守馬雨峰昂霄於精嚴寺設籌餉局，延諸紳司其事，曉庭亦與焉。太守為江蘇名孝廉，工書，宰金華時與余善，余素不善書，而太守顧以為善，臨別強余書扇而去。至是蒞局中，謂陳某固才識優裕，即書法亦自佳絕，因出扇示之。曉庭即馳書詒余，謂子若殿試遇馬公，必狀元及第無疑，何事軍功耶？時余方軍書旁午，不勝况瘁，頓遇忽見此函，亦為失笑。比秋賊退，乞假歸省，至局中訪諸友，見曉庭擁長几，列巨硯六七，粉墨狼藉，作畫猶未竟，因戲謂之曰：促為我畫直幅八。曉庭笑問潤筆若干，余曰：若畫果好，當書一扇奉酬。曉庭大笑，向諸人曰：渠字乃欲易我畫，亦太不自諒矣。余乃曰：我之字，嘉興一郡除太守一扇外，更有何人能得寸縑尺幅？若渠之畫，但須贈以潤筆，便可捆載，此時皂隸

僧之家誰不高懸錢曉庭畫者以我之扇易彼之畫我猶怏怏耳衆皆鼓掌曉庭亦爲絕倒迄今十有餘年設亂既平曉庭早歿即爾時在局諸人無一人存者思之慨歎

聖祖不喜吸烟

聖祖不飲酒尤惡吸烟先文簡相國時爲侍郎與溧陽史文靖相國酷嗜淡巴菰不能釋手

聖祖南巡駐蹕德州聞二公之嗜也賜以水晶烟管一呼吸之火星直達唇際二公懼而不敢食遂傳旨禁天下吸烟蔣學士陳錫恭記詩云碧碗瓊漿激灩開肆筵先已戒深杯瑤池宴罷雲屏敞不許人間煙火來今則鴉片烟盛行其禍較淡巴菰百倍在天之靈當必此下民得無有餘恫乎

卷三終

庸閒齋筆記卷四

海昌陳其元子莊著

考據之難

少時閱閣帖右軍書多有死罪字不解其義後見唐國子祭酒李涪所撰刊誤云短啟出于晉宋兵革之際時國禁書疏非弔喪問疾不得輒行尺牘故義之書首云死罪是違制令也乃恍然悟又史記屢言家累千金以爲富者竊思千金即于今世亦不能稱富豈秦漢之際金固貴重耶後見如淳注戰國時以一鎰爲一金漢時以一斤爲一金又恍然悟然此二義人多不知者因附記之

閩海魚鬭

先大夫于道光初年官福建石碼場鹽大使時忽天大風雨隱隱有雷聲者三日乃霽詢乃知海中有二大魚鬭風雨者魚鼓鬣噴味所致也鬭至三日一魚之腎鉤于山巔不能動一魚去而此魚遂死將死之際海濱居民乘舟往割其肉魚稍一擺動浪湧如山舟覆溺斃十餘人乃待至臭腐後始羣往取肉熬油尚得千餘石

袁痴

袁丹叔先生國梓文章爾雅而性痴絕人皆以袁痴目之自郡守解組歸居于眞城屋濱大河鄉人每泊糞船于門外先生惡之乃買羊肉一柈密置河畔鄉人担糞歸將飯見肉疑爲人所遺者大喜亟啖之先生侯食訖乃至岸側佯爲周視故作喜狀曰這畜生今日必死矣鄉人驚問故則曰此地有惡狗吾買砒霜置肉內毒之今既食除一害矣鄉人大恐求係已食懇其救解先生陽驚曰我毒狗不毒人此係爾自作之孽非我罪過鄉人愈哀懇至涕泗乃指糞曰亟啖此或可解鄉人畏死從之大吐委頓則撫掌笑曰爾他日仍泊船于此當令再喫糞也一日者立于門前適府公遣僕奉書于先生僕見先生不識也因詢曰此間有一袁痴居何處先生引之至家攜書入良久什襲一巨函出交僕曰此係寶物爾主向借不能不與爾主書中言惟爾誠實可靠須親攜去毋易人致損壞鄭重言之再三僕負之歸物已重路又遠汗流浹背府公見之不解折封乃一粗石重二十餘斤上書十六字曰尊价無禮呼我袁痴無法處治以石壓之府公大笑即其僕亦自笑也

朱文正之風趣

大興朱文正公乾嘉時名臣也厓岸高峻清絕一塵雖官宰輔刻苦如寒士餽遺無及門者與新建裘文達公最善一日至裘處譚次忽歎曰貧甚奈何去冬上所賜貂掛亦付質庫矣

裘笑曰君生成窮命復何言我筦戶部適領得飯食銀千兩可令君一擴眼界因以償陳之凡上黃封燦然公注視良久忽起手攫二元寶疾趨登車去

中國史紀外事之訛

三國魏明帝時紀日本國女王卑彌呼遣使入貢者凡二次今考日本國史則仲哀天王之妻息長足媛神功皇后也后攝政六十九年年逾百歲所謂國有內難者乃其子麛坂忍熊二王起兵與母爭位也后親生子名譽田別在儲位七十年至七十一歲乃登宸極又四十二年卒壽亦百有十二歲號應神天皇並無卑彌呼之名日本與中國同軌同文何以于其主名亦訛誤若此即如明史記封平秀吉為日本王冀云沈惟敬私以袞冕奉秀吉尊以帝號今考其史亦殊不然蓋秀吉求封明王惟敬許之歸而不敢言洎宣讀至封爾為日本王乃怒脫冕服投地曰向言明主封我為明王故命班師日本在我股掌為霸為王彼何與焉是秀吉之心固未嘗帝制自為也其國人中井積善亦曰明豈有以其國號封外國之理秀吉武人昧于事體以取嗤于異域貽羞于後代云云則奉以帝號之說實屬誣罔總之以中國人紀外國事無從質證故舛錯恆多也

日本讓國之美譚

日本自開國數千年以來一姓相傳至今不替為天下各國所無其間臣弒其君子弒其父者不一而足篡君修國女主臨朝者亦不一而足更可笑者以國王之尊削髮為沙門者尤指不勝屈蠱溺之甚相沿成例視梁武之同泰捨身猶其小焉者矣然弟兄遜國之美則有希蹤夷齊者不得以異域而輕之也初應神天皇愛少子稚郎子立為皇太子命其兄大鷦鷯輔之應神卒稚郎子避之菟道而讓位于大鷦鷯曰王仁孝宜為天下君且國固王之國也大鷦鷯則曰先皇預選明德以為貳我不敢違先皇命固辭固讓虛其位者三年民之貢獻者不知所適而大鷦鷯執志彌堅稚郎子知其不可奪也乃自殺大鷦鷯聞之驚馳至菟道哭極哀不得已而登帝位是為仁德天皇嗚呼若稚郎子可謂有華風矣

閩省州縣虧空案

嘉慶初元福州將軍某與總督伍公巡撫浦公以事相忤署方伯錢公則以爭一優人有隙會總督入覲將軍兼督篆遂摭撫三人贓私事并以福省州縣虧空百萬劾之疏入奉命查辦總督巡撫方伯皆正法而所謂百萬之虧空者實無此數乃以鹽課及關款湊成之于是州縣擬斬決者十七人合省呼冤而某揚揚自得也讞案既定部覆未到此十七人者發閩侯二縣監禁二縣以同官也羈諸署中而已一日者有某令年六十餘矣向閩縣令吉君泰懇曰我老止一孫今夜擬回寓一視可乎吉許之至明晨部文至署督即委吉君監斬急使人至某寓偽以他事促之乃還報曰某已一早出門矣吉大窘只得先押十六人赴轅而擬自請逮因罪時天色慘淡淒風苦雨路人目之皆為流涕比至督轅而某持傘著屐已候于門矣吉心大慰遂前握其手曰何不謀而先至此某曰我自家行至中途聞部文已到因思回署再至此則路迂故逕來就死耳吉不覺哭失聲是日十七人死後吉痛哭嘔血滿地遂引疾歸不二年某移鎮四川又劾總督勒襄勤相國而代之未幾乃以縱賊渡河貽誤軍機罪伏法勒仍回任閩人以為有天道焉

冥司勘校侵用勇糧

溫寇警水師參將戴兆熊字夢璜湖南人辛酉余于富陽江上識之兆熊為人質直勇壯總督砲船與賊戰未嘗敗北嗣杭城陷軍潰散走為賊執不屈被殺兆熊嘗為余言伊戚趙副將因病入冥見大廈一區列坐者數十人皆僚友之陣亡者也詢其何以群居于此眾答言凡力戰死綏者忠勇之報大率為神我等雖得神道而以平時侵用勇糧故須聽勘校羈滯之苦所不勝言趙蘇後每舉以戒統領等官兆熊緣此故與士卒同甘苦不敢有所私云先大夫嘗訓余輩謂農夫服田力穡沾體塗足終歲勤動所積不過錙銖之贏獨士大夫居則高堂大廈出則結駟連騎衣錦繡食粱肉與若輩苦樂奚啻天淵即令盡心民事不敢怠荒已恐折福況復驕奢淫佚貪饕無厭廣積金帛謂可遺之子孫昭昭在上決無是理觀兆熊所謂戰死沙場者冥司尚勘校其侵冒則安富尊榮而貪贓虧帑之人恐未必能逃閻羅老子之一算耳

賈島墓

唐詩人賈島墓在安徽太平府城外甘棠村湮沒久矣道光六年當塗人張君寶榮吳君其舜偶有事于村在蓁莽中得一斷碣乃知為閬仙墓道因集同人捐貲修葺並立祠祀之余時年十五曾為撰文記其事迄今四十餘年兵燹之後詩稿文稿均付劫灰無從追錄況幼時所作乎壬申歲暮檢點舊簏忽得閬仙詩一冊夜于枕上默念舊作乃歷歷記憶不禁喜甚亟起錄之或閬仙之靈陰牖余衷也與然文辭殊不佳姑留存以志童年故步云爾有唐水部員外郎賈閬仙先生墓在太平府城西甘棠村修頹無人樵蘇莫禁牧童謳吟而上下耕夫侵軼其中邊星霜凜飛碑銘磨滅悵抔土之莫保問鑄金者伊誰道光丙戌吳鴻臚其舜張徵君寶榮睠睠西郭遂跡北邙顧荊棘勿翦于邱封悲詩人猶窮于身後憮然懷感脩廢墳塋並作祠堂以奉祭祀翦蔓掩日丹雘飾雲泉前有醫春秋匪懈海昌童子某乃

為撰文書之碑其辭曰夫縱詩人高才拔萃天厄詩心屈身卑位緊惟水部崛起中唐字賀並駕劉勰嫓騷沉思斷髭嘔肝嘔血窮力追新極貌寫物秋風渭水落葉長安吟苦比孟名重因韓遭時多讒入宮見妒長沙長江同才同遇浮沉一尉潦倒半生鬱此磅礴發為精英絕唱五言餘事千古物化雲煙人寄藻翰如何高壟沒于荒榛孰司守土字概棋新我招我朋友究爰度爰結文選牛亭封邸別開巖岫式啟祠堂焉奕奕松柏蒼蒼姑溪帶前龍山環側敬望謝公樓鄰太白落日飛花（鄭谷經青山墓詩落日風吹鼓子花）雲車風馬髣髴來推敲月下

枝巖伯明遠先有募捐詩四首一時傳誦茲並錄之鐵骸黃金鑄閬仙一時佳話競流傳而今更有孫晟輩為欽名流置墓田莫將詩瘦例尋常萬古心源一辨香寒食芳郊分白打清樽誰與薦斜陽青山祠墓春秋祭太白樓高畫棟新詩派縱分仙與佛忍教荒塚沒荊榛霄腴十畝買何時奢願還思建一祠馬自千鈞蛾眦粒東風吹上海棠枝

鄭延平焚儒服詩

明鄭芝龍縱橫海上時娶于日本生子成功隆武帝賜以國姓封延平郡王大兵入閩芝龍叛而迎降其妻抗節死成功起兵漳泉奄踞廈門以抗衡旋雄踞臺灣四十年傳子若孫乃滅雖為周之頑民實殷之義士也聖祖千其子孫疏封五等仰見如天之度[illegible]遺兒在遠人無不腼感日本人以康公我之自出致豔稱之藤森大雅有鄭延平焚儒服圖詩慷慨激昂用采之以備來國之風其詩曰朱火欲熸國步難殺氣腥膻白日昏萬歲山頭哭龍髯延秋門外哀王孫當禍紛紛擊且掊四海士氣漸喪久草間偷活何奄奄崩角稽首惟恐後延平郡王真男兒忠義之心確不移一死酬恩無反顧一木欲支大廈敧慷慨倡義意激烈先師廟前矢丹節脫卻儒衣付焚如仰天低回瀝心血昔為孺子今孤臣向背去留異所遭嗟人乍聽心潛動嗚咽無聲氣自振嗚呼志業雖不遂足為萬世敦忠義君不聞此子受生日域中山川鍾秀臍氣雄又不聞母氏清操亦奇特泉城烈死驚異域母教自古賢哲多何況男兒性所得莫怪金陵喪敗氣猶剛直取雞籠作金湯戈鋋一揮紫颿息鱷魚遠徙鯨鯢僵三世供奉明正朔衣冠堂堂四十霜永為臣子示儀表昭回並懸日月光

古人轉世

世傳明成祖靖難殺戮忠臣甚慘故再世為莊烈帝建文諸臣為流寇報怨卒亡其國此說荒誕不足信然史閣部為文信國後身高宗聖諭亦曾及之桐城張封翁少時曾夢金甲神自稱晉之王敦欲托生其家封翁以亂臣也拒之敦曰不然當晉室衰敗之際我故應運而生作逆臣今天下清明我亦當應運而生作良臣矣驚寤後果生一子然未幾而夭後數年

又夢敦來托生封翁責之曰汝果姦賊復來欺我今不用汝矣敦曰我歷相江南諸省福澤無逾于君者是以仍來今不復去矣遂生文端公英故小字敦復相聖祖為名臣子文和公廷玉歷相雍正乾隆兩朝孫曾皆躋膴仕福澤洵冠于江南第不解以敦之逆而再世乃膺福報為良相文信國之忠節再世雖仍為宰相而復丁陽九作忠臣報施之理固如是哉又覩明焦竑侯太史所著濟甯州濟川坊記內載秣陵司空郎畢瑜治運河時一夕緋衣絳幘者稱宋都尉某見夢曰公堤逼吾宮令不為區處桐園將為行路奈何公驚坐索堤旁志石丹書炳然用是改築堤而封其故塋為文以祭逼歲前緋衣絳幘者復見夢曰願為公後以報詰朝而仲子生是為濟時已而登第繼瑜為河臣焦侯太史以明距宋七百餘年感應如一日為奇詎知後來之史與張尤奇之奇者也

小說誤人

小說家無稽之語往往誤人岳傳載張浚陷害岳武穆後為諸將敲死于是吳俗遂有敲死人不償命之說同治壬申蘇郡有飛金之貢先是業金箔者以所業微細自立規約每人須三年乃授一徒蓋以事此者多則恐失業者眾也其時有無賴某者以辦貢為名呈請多授學徒用赴工作既得批准即廣招徒眾來從學者人贄六百文一時師之者雲集同業大忿于是援敲死不償命一言遂群往持其人而敲之人各一口頃刻而死吳縣令前往檢驗計敲傷處共一百三十三口然何人敲何處人多口雜不特生者不知即起死者問之恐亦不能知也乃取始謀先敲者一人論抵

縐雲石

吳將軍六奇所贈查伊璜孝廉縐雲石道光年間為石門蔡小硯廣文所得廣文置之福嚴禪院院距縣城十餘里兵燹之後巋然獨存同治甲子余乞假省墓曾往一觀石高丈許極縐瘦透之妙洵奇物也廣文不私于家而施之寺石丈人所以無恙否則亦同其故宅成煨燼耳吳將軍遇孝廉後至粵東仕明官副將入前清游歷提督卒謚順恪

記粵逆洪秀全事

粵逆洪秀全廣東花縣人飲博無賴以演命賣卜為業先從上帝會繼托名西洋天主教捏造天父天兄名目撰各妖言書肆為煽惑遠近不逞之徒附之道光三十年六月在桂平縣金田村倡亂不過千百人耳延既久脅從愈眾僭偽號太平天國稱天王騷擾至十六省陷名都大城郡縣六百餘處伊古以來盜賊縱橫之甚未之有也同治三年五月大軍圍之于江甯城垂克乃仰藥死賊平搜得其尸寸磔之後烈火焚之其子洪福瑱次年亦獲于江西

之僞昌輝凌遲處死逆案遂結然天下被其毒者已十有五年攷其行事全無義理而能作亂如是之久殆劫運使然耳逆先改正朔以三百六十六日為一年一月有三十日三十一日者逆不置閏而改天干地支之名如丑為好卯為榮亥為開之類繼滅人倫令軍中夫婦不得同處蕭朝貴偽封西王其妹壻也朝貴之父于長沙途中私挌朝貴之母同卧朝貴即公訟斬其父母警衆揚揚語人曰父母違犯天條不足為父母也而其妻洪宣嬌與偽東王楊秀清通嘗共卧起為衆所見乃傳天父令曰秀清宣嬌同胞兄妹卧何嫌我今宣嬌與秀清卧旨為天下凡弟姊妹瞻病也洪逆乃號楊逆為禾乃師瞻病主蓋賊最尊者曰天父追其所自出云有叔嫂私而生耶火華即為天父天父以一七日造成世界生五子一女長為耶穌次為洪逆次為楊逆又次為馮逆為韋逆女為宣嬌即洪逆之親妹蕭朝貴殺其父母以示天條而妻與楊逆通則不敢言韋逆之父尊為國宗伯然見韋逆亦跪而稱千歲其悖謬如此後馮逆被擒正法韋逆殺楊逆並宣嬌後為洪逆所殺蕭朝貴于湖南為官軍擊斬其起事死黨遂無一人存者

賊之最無道理者曰講道理每遇講道理之時必有所為也凡擄衆搜糧則講道理行軍出令則講道理選女色為妃嬪則講道理驅蠢夫壯丁為極苦至難之事則講道理究其所講者其初必稱天父造成山海莫大功德天王東王操心勞力安養世人莫大功德理應供奉歡喜娛其心志暢其體膚爾等衆小安得妄享天父之財祿驕淫怠惰犯天條律云云以後則宣揚賊將欲為之事以一衆心而復引天父之語以證之如謂孔子為不通秀才天父前日已將其責打手心等語聞之令人髮指即在賊中之人聞之亦不復信也

鄒鳴鶴之夢

常州鄒中丞鳴鶴未遇時夢至冥府有友人自內出云在府中掌冊籍者因叩以終身事友書八字付之曰官居四品洪水為災正欲審詢遂寤道光丁丑官河南開封府適河決中牟黃水灌城危在頃刻因舉前夢告人自恐不免乃竟無恙後擢任廣西巡撫以剿辦賊匪未能得手革職歸里為兩江總督陸公建瀛檄赴金陵幫辦籌防事宜城陷死之奉旨照道員例賜卹始知四品之應洪水蓋指洪逆也

麟慶之夢

長白麟見亭侍郎慶任河南總督時嘗刊鴻雪因緣圖記歷序一生宦蹟每幅各係以詩分贈同人道光戊戌余遊清江亦得一冊見紀夢一圖自序云夢騎赤馬躍入河中有聲如雷而醒余私謂人曰再八年歲在丙午公其終乎人問故余曰昔謝太傅夢乘桓溫之輿行十六里見一白雞而止後代溫秉政十六年至太元丙戌歲而病解之者曰乘溫輿者代其位也十六里者十六年也辛為金金色白酉屬雞則白雞也今公治河而夢入河必有河患丙屬火火色赤午者馬也非其徵乎人皆不信余言至甲辰歲河果決公以是罷官丙午年河工合龍後公卒

張文祥行刺案

同治庚午秋七月兩江總督馬端敏公於督署內教場閱兵既事還行至西夾道為賊所刺賊亦當時就獲公傷重不能言頃刻遂卒事聞中外驚駭天子震悼惻怛賜謚並命入祀賢良祠安徽浙江等省經公所滋治者感念恩德咸為公建立專祠奏奉俞旨生榮死哀近年督撫所未有也賊張文祥河南人奸狡兇惡各官嚴刑訊問無一實供上命刑部尚書鄭公帶同司員來江審辦僅據供係浙江海盜餘孽前來復仇他無一言遂擬以凌遲完案所奇者伊自供出妻女所在毫不隱諱提到妻女嚴鞫亦一無供詞余戚錢慎菴太守時署江甯府事慎菴受公知甚深極欲究出實情為公雪恨乃殫精極思研訊兩月之久卒不得要領發憤卧疾者累日此案慎菴為余詳細言之故知外間之謠傳均不足據尤奇者是月有湖州人費君以畫師流寓在上海患瘧疾甚劇公被刺三日上海即得信而未知賊主名其同

鄉沈姓為布捐局司事者往告之費猩然曰賊必張文祥也沈驚問故費曰數日前瘧作昏憒之際忽見一隸手牌票上書張文祥刺殺馬總督一案係一百二十年前之事今當完案在案人證合行拘提云云共計一百五十餘人首名即馬總督而我之名亦在內方擬細視忽妻持藥至隸遂不見彼時自思與總督無一面之識何以連及殆囈夢耳今乃有是事我其死乎閱數日知賊名果為張文祥費亦旋卒次年余攝上海縣事訪之布捐局而信噫此夙冤耶與前明張差梃擊本朝嘉慶時之成得行刺同為千古疑案矣

成得行刺案

成得者京師中廚役也于睿皇帝駕幸圓明園時行刺當即被擒上命諸王大臣六部九卿會訊默無一言但云若事成則公等所坐之處即我坐處也上寬仁不欲窮詰與大獄遂命凌遲處死其處死時先大夫在京與衆往觀之先立一木樁將得縛于樁上其面前又植二木樁乃牽其二子至一年十六歲一年十四歲貌皆韶秀蓋尚在塾中讀書也至則從令向得叩首訖先就刑得瞑目不視已乃剮得耳鼻及乳從左臂魚鱗碎剮再剮右臂以及胸背初尚刀刀見血繼則血盡只黃水而已割上體殆遍忽言曰快些言甯暑廠上走下一官謂之曰皇上有旨令爾多受些罪得遂瞑目不言剮至盡乃死究亦不知何人所指使倘非上

之聖慈，則漢之楚獄、明之胡獄，林逮而死者且數萬人矣。嗚呼，此仁宗之所以為仁與。

張忠敏入夢

東陽張玉笥先生諱國維，明崇禎中，曾巡撫應天。時江蘇、安徽兩省，皆屬管轄。先生勤政恤民，百廢具舉。于吳中築捍海塘，並開通各河道，著有三吳水利全書。嗣擢督河漕，去，吳人感其恩澤，立生祠于虎邱。先生旋解組里居。魯王監國，晉官大學士。浙東不守，投水殉義。吳人因即生祠春秋隆肸蠁焉。乾隆時，高宗純皇帝從褒揚勝國忠臣，賜謚忠敏，列入祀典。咸豐庚申，賊陷蘇城，祠宇被毀，僅存一楹。同治癸丑，大兵收復後，亦未及修葺。至壬申歲，永康應敏齋方伯攜潘家里人馮敬亭宮贊，始以為言。方伯于先生為鄉後輩，適于治事之暇，輕騎往視。先是方伯嘗夢至一處，池荷岸柳，塔影山光，依依神往。及至是地，恍符夢境，心大感異。因立意重修，捐俸為倡，命余及仁和邵步梅刺史襄其事。董鼓分操，輸貲雲集。經始于壬申首夏，至癸酉季春落成。署中丞恩公來脩廟，釋奠祠下，士民環觀，嘖嘖稱歎，亦足見忠義之不可磨滅，而今日之人心猶有不忍忘先生者也。祠後隙地廣數畝，有大池，荷芰叢生，每當夏月，香風郁然。方伯于池上建駕鶴廳三楹，以攬其勝。後于廳之左搆一樓，資憑眺。院中堆碎石小山，雜蒔花木，園徑曲折而上，緣垣接趾于陵阿，浮圖挂影于雲漢，朝煙暮靄，頗有蒼蒼之趣。此則初經營時所不及料者也。其亦先生之靈爽有式憑焉。不然，何方伯之夢適與之合也。或所謂因緣者非耶。是舉也，公縻緡錢一萬餘，監工者為蘭溪人候補同知祝齡。

聖教西行

朝鮮、越南本中國地，故周孔之道至今被服。日本至魏明帝時始通中國，自其王文武天皇釋奠于先聖先師，尊崇孔子，而儒教遂東，海矣。觀先哲叢談一書，知彼國儒生恪守程朱之說，于性理之學實有發明，不得以倭人而輕視之也。乃今閱香港華字日報，英吉利國牧師雅里各將遊京師，以極觀光之願，又將迂道山東，往謁曲阜孔林等語，已心喜其知所趨向矣。復見王韜送雅牧師回國序，稱其注全力于十三經，取材于馬鄭，折衷于程朱，于漢宋之學，兩無偏袒。譯有四子書、尚書兩種，西儒見之，咸歎其詳明賅洽，奉為南針云云。不禁為之起舞。深幸聖人之教又被于西海，西儒能奉周孔，固堪嘉尚，而雅里各研究馬鄭程朱之學，用夏變夷，真孟子所謂豪傑之士也。天之所覆，地之所載，凡有血氣者，莫不尊親，中庸之言豈欺我哉。

董曹兩相國遺事

董文恭相國誥、曹文正相國振鏞，嘉道兩朝名臣也。文恭盛德偉望，朝野欽仰。嘉慶十八年，

天理教匪林清遺賊入禁城為亂。時上幸熱河，聞變，近臣有以暫行駐蹕之說進者。文恭力請迴鑾，繼以涕泣。而文正在京師，于亂定後鎮之以靜，畿甸遂安。時有無名子撰一聯嘲之云：庸庸碌碌曹丞相，哭哭啼啼董太師。二公聞之，笑相謂曰：此時之庸碌啼哭，殊不容易。文恭初加太子太師銜，人有尊以太師之稱者，公輒笑辭曰：賤姓不佳。後二公皆加太傅銜。文正詳謹遠猷，小心翼翼，歷相兩朝，福壽近世罕比。余于二公皆姻家，故熟聞之。

道光朝州縣陋規之紛議

道光初年，英煦齋相國和初為軍機大臣，以州縣辦公無資，而取民無藝，奏請以各省陋規酌定其數，為公用。有于數外多取者，重罰之。宣宗諭直省督撫議奏。言人人殊。兩江總督孫相國玉庭上疏，極言不可。奉旨嘉許，英相國得譴，撤出軍機，而孫相國賜公忠大臣四字。天下頌聖主之明。同時廣東巡撫康公紹鏞一疏，尤為暢達。其略曰：粵東負海濱山，盜會諸匪甲于他省。公用以緝匪為大宗，捐攤賠補次之，辦公雜項又次之。粵東州縣歲入所藉，專在兵米折價，歷久相沿，舊規官民相安。緣粵東產米稀少，全賴粵西、湖南兩省接濟，故民間皆願折納，地方官代為買穀碾支，百數十年，循照已久。若概收本色，事涉更張，轉滋擾累。其餘雜稅及車舟行戶鹽當規禮，或有或無，不能一律。此粵東陋規與州縣辦公之大概情形也。今欲明定章程，立以限制，其中有窒礙難辦，勢不能徑情直行者，即如兵米折價一項，朝廷取民歲有定制，抑且應徵本色，折取即為違令。今以例徵本色、例嚴浮收之正供，忍明著甲令，許其折價，許其多取，無論國家經徭額稅，斷不值因辦公費用，誤蒙加賦之名。且即以折價而論，在馴謹花戶雖照舊規完納，而刁生劣監頑抗百姓，多不能照數。有于正數之外絲毫無餘者，更有正賦之內收不足數者。州縣以浮折事屬違例，往往將贏補絀，自行賠補。今若定以折收額數，則所浮之價即為應納之數，設有短少，似難辦理。又粵東兵米，虧空往往欠額多，須州縣先為墊解，是照正項尚不能年清年款。設經明定額數，其挂欠代墊，恐較前尤甚。況貪官汙吏，視所加者為分內應得之數，以所未加者為設法巧取之數。聞之雍正年間，議將地丁火耗酌給養廉，當時議者謂：今日正賦之外又加正賦，將來恐耗羨之外又加耗羨。八九十年以來，錢糧火耗視昔有加，不出前人所慮。前項折價與從前火耗增收事實相近，即能明定暫時，訪堅持于數年之間，亦斷難周防遠慮，逆制于數十年之後。夫兵米正額，各州縣有定數，折收之價，粵省有通例，其不能行尚如此，況雜稅等項名目不一，或此地有而彼地無，或此地多而彼地少，愿者減其數以求悅，黠者浮其數以取贏。究之浮者已浮，數已定而難改，減者非減，事甫過而復加。此時毫髮未盡之遺，即他年積重難返之漸。其中更

有持螢行戶刁滑商人向不完納平餘致送禮規令以業經奏定數已申明在官視為宜然在民視為非舊兩相督制互為稟呈上司既不能為官吏分外婪索于以糾參又不能因民間不繳陋規懲以官法爾時辦理更形掣肘是雜項等稅之難辦較兵米折價尤甚也再四思維實無萬全良策且各項所入既有陋規名目令逐款臚列上瀆聖聽于體制似亦未協夫弊去其太甚事不外舊章臣等受恩深重于查辦此事萬不敢畏難推委而事有窒礙不敢不將情形據實密陳應請照常辦理並隨時稽察如有于常額外多取絲毫一經訪聞輕則撤參重則治罪並督率司道府廳州縣等官力行儉節屏除浮費庶以儉佐廉省一分之費用即以紓一分之民力云云此奏可謂通達治體矣按英相國原奏誠恐州縣取民無制亦具一片婆心而揆以國家大體實不可行且又不勝其流弊故聖主不惜收回成命也

不輕裁陋規之用意

先伯半帆太守錫熊由知縣洊歷牧守所到之處裁革陋規一切用度皆是伯祖長蘆運使任內攜往時有陳青天之號先大父時官安徽聞之弗善也貽書戒之曰若父為都轉若故能取給後任官之父安得盡為都轉耶將來不給于用勢必仍復舊貫居己以清名陷人于不肖非仁者之用心也若果無須此項盍留為地方公用乎先伯不能從比去任後來者果

盡復之同時帥仙舟中丞承瀛官浙撫解任後以鹽規二萬留為書院經費後左季高相國撫浙亦以甯關平餘萬六千金捐作賑濟之用均不裁此款目二公皆一時名臣前後所見相合如此

自稱其弟為令弟

余在金華校官任時有諸生數人來見一人自稱其弟為令弟者同座均目笑之其人亦自忸怩余解之曰古人自稱弟者本有令字諸君特未留意耳衆請教余因誦謝靈運酬從弟惠連詩云末路值令弟開顏披心胸杜少陵送弟韶詩云令弟尚為蒼水使名家莫出杜陵人李頎答從弟異卿詩云吾家令弟才不羈五言破的人共推是稱己之弟為令者亦猶行古之道也衆俱粲然謂先生善于解嘲

歷代官名官制之同異

官名官制歷代不同惟宰相及大將軍數千年以來始終貴重其餘或古貴而今卑或昔輕而今重者不一而足如尚書侍郎漢世皆為冗官至唐則尚書以處藩鎮侍郎則居宰相之位矣沿至于今尚書仍為八座侍郎亦貳六卿未嘗少貶六朝之中書舍人權侔宰相今則為內閣之屬銜祇七品耳唐宋元之大學士秩不過五品明初亦未大重大學士者必加公孤

之銜乃尊後乃升為宰輔之任無須加銜今則與太師太傅太保同為正一品矣至古之官名今以之呼執藝者雜役曰待詔工匠曰司務典夥曰朝奉皆不可解庚午余于西捻肅清案內加道銜有人貽書稱余為觀察者一幼僕粗解文義見之憤然曰彼欺我官太甚余驚問之則曰觀察者捕役之別名也衆皆不解則持水滸傳緝捕使臣何觀察為證群皆噱然元明之際稱捕役為觀察亦實有此名矣至都頭久為縣役之通稱而唐之季年則有以都頭為官名而兼平章事者

讀書貴識字

讀書貴識字今人即目前之字讀別者甚多如獪擭音檜能數奇音朔基而俗俱如字讀口吃之吃音吉而俗讀作喫大觀之觀音貫而俗讀作官冗長音仗而誤為長短之長勍敵音擎而誤為強勁之勁射覆音食福今誤從去聲踉蹌音亮搶今俱作平聲分野之分是去聲仰給之仰非上聲口占之占音戰逕庭之庭音聽蕞爾小邈蕞音萃俗讀為撮爾者非冷然清意冷音靈俗作令然者誤是皆章章在目耳之前者也至誤汩為泊訛晳為皙之混殽吮之異讀稍為留心即不錯用然二十八宿宿本字音肅世均作秀音傳臚之臚臚字本音閭並無盧音今若依古音稱宿為肅稱臚為閭豈不致人譁笑耶余謂讀書識字心自知之

可也若相沿成習亦用今之音為宜不必沾沾自詡呼天明為汀芒耳

沈約詩韻

今人論詩韻多極詆沈約以為約湖州人江左偏音不足為據殊不知約所撰四聲一卷亡之久矣約之後隋陸法言撰四聲切韻唐孫愐撰唐韻五卷今並不存存者宋之廣韻及禮部韻略嗣有平水劉淵仍禮韻而通併其部分至元黃公紹仍劉韻而廣其箋註最後有陰氏兄弟著韻府取各韻書大加刊削頗多遺漏當時並不推為善本然自明初到今相沿用之學者即指以為沈韻其知為平水劉氏韻者已希矣何論陰氏徒使沈隱侯于千數百年之後橫被詆諆豈不異哉

曾左友誼之始末

曾文正公與左季高相國同鄉相友善又屬姻親粵逆猖獗蔓延幾遍天下公與左相戮力討賊聲望赫然合肥相國後起戰功卓著名與之齊中興名臣天下稱為曾左李蓋不數唐之李郭宋之韓范也比賊既盪平二公之嫌隙乃大構蓋金陵攻克公據諸將之言謂賊幼逆洪福瑱已死于亂軍中頃之殘寇竄入湖州左公諜知幼逆在內會李相之師環攻之而疏陳其事公以幼逆久死疑浙師張皇其詞而怒特疏詆之左公具疏辯洋洋數千言辭氣

激昂亦頗詆公。兩宮果上知二公忠實無他，將降諭旨兩解之，未幾洪幼逆逃入江西，為沈幼丹中丞所獲，明正典刑，天下稱快，而二公怨卒不解，遂彼此絕音問。余為左公所薦舉，公前在安慶時亦嘗辟召之，同治丁卯謁公于金陵，頗蒙青眼，洎攝南滙縣事，丁雨生中丞時為方伯，具牘薦余甚力，公批其牘尾曰：曾見其人，夙知其賢，惟係左某所保之人，故未能信云云。蒯子範太守以告余，謂公推屋烏之愛也。辛未公再督兩江，張子青中丞欲調予上海，商之于公，公乃極口贊許，是冬來滬閱兵，稱為着名好官，所以獎勗者甚至，聞余欲引退，特命涂朗軒方伯再四慰留，謂公忘前事矣。後見常州呂庭芷侍講，談及二公嫌隙事，侍講云：上年謁公于吳門，公與言左公致隙始末，謂我生平以誠自信，而彼乃罪我為欺，故此心不免耿耿。時侍講新自甘肅劉省三軍門處歸，公因問左公之一切布置，曰：君第平心論之。侍講應言其處事之精詳，律身之艱苦，體國之公忠，且曰：以某之愚竊謂若左公之所為，今日朝端無兩矣。公擊案曰：誠然，此時西陲之任，倘左君一旦捨去，無論我不能為之繼，即起胡文忠于九原，恐亦不能為之繼也。君謂為朝端無兩，我以為天下第一耳。因共歎公憎而知其善，居心之公正若此。余又謂洪逆未死，公特為諸將所欺，並非公之自欺，原可無須芥蒂也。公歿後，左公寄輓一聯云：知人之明，謀國之忠，我愧不如元輔；攻金以礪，錯玉以石，相期無負平生。讀者以為生死交情于是乎見。昔韓忠獻與富文忠皆為一代賢臣，第以撤簾事意見不合，終身不相往來。洎韓公薨，富公竟不致弔。今觀曾左二公之相與，賢于古人遠矣。

禍福變幻

塞翁失馬，焉知非福，此語誠然。道光二年，先太父為安徽太平府通判，例應押運北上。廬州府通判董某以歧路得之，抑運係差也，人皆代為不平，先太父不以介意，董至北，會旗丁行賄事發，累及運官，發刑部訊，董身關三木，幾瀕于死，先太父時知滁州，聞之歎曰：此昔應屬我得，董乃以捷足代之乎。嘉慶十年，先大夫與杭州陳荔峰閣學嵩慶同以謄錄議敘鹽庫大使，在京候銓，一夕與伊墨卿太守、張船山侍御夜飲，極懽，次日應赴部投供，醉甚不能往，適有河南庫大使一缺，因不到扣選閣學，大夫意同人亦為之惜，然未幾連捷遂入翰林，官至內閣學士、禮部侍郎。壬午，閣學主福建試，先大夫方由石碼場大使升同安知縣，相見于鎖院，閣學謂兩日使不以醉誤事，則今日亦不過中州一令耳。

述信生肖笑柄

先大夫署福建光澤縣時，鄰縣某因禁私宰，幾至民變，蓋栝殺牛者而以牛肉環置架上，暑腐臭爛蒸致死也。府委邵武令往驗，而歸，先大夫遇諸塗，詢某君何以若是之酷，答曰：渠因生肖屬牛，故愛牛同于骨肉。復笑謂我長渠一歲，此番歸後當禁民間畜貓矣。遂彼此鼓掌。余謂宋徽宗時宰相范致虛上言十二宮神狗居戌位，為陛下本命，今京師有以屠狗為業者，宜行禁止。因降指揮，禁天下殺狗，賞錢至二萬。元延祐間，都城有禁，不許倒提雞，犯者有罪，因仁宗乙酉生命也。明正德朝下詔禁天下食豬，蓋武宗以豬與朱同音，為犯國姓也。古今事無獨有偶者乃如此。

卷四終

庸閒齋筆記卷五

海昌陳其元子莊著

蔣振生書法論

金壇蔣振生原名衡字湘帆虎臣修選之姪也。康熙時以書名一時碑版照耀四裔年五十六歲矢志書十三經共八十餘萬言閱十二年而訖事。南河河道總督高公斌特疏上呈御覽奉旨以墨刻頒行天下。校國子監學正當寫經時以恩貢選英山教諭又舉博學鴻詞皆力辭不赴。其專精如此。嘗云學書者不能為人宗祖亦當與古人弟昆何至為人子孫甘同奴僕云云自負之高有不可千古之概。所為古文亦希蹤龍門出入唐宋諸大家余五世從祖文勤相國曾為序而行之。其書法論一篇歇古人大旨于數百言之中如探驪得珠覺前賢紛紛議論均為餽古矣。茲錄其全文于左

自永字八法後論者幾數萬言惟孫過庭書譜姜堯章續書譜二家言最詳余撮其要旨第一在執筆。同懸臂中鋒。顏魯公云搶破管畫破紙蓋言五指齊用力。若雙鉤單鉤諸法雖三指着力四五指全無用處故必右肘懸則靈動五指撮管頂則堅勁此乃返本還原追蹤顏趙。斯豈作家之意夫竹簡漆書可容指腕兼運否學書者先凝神端坐使筆與手如鐵錐木柄全然不動純任天機運轉左臂平按久乃酸痛異常此語從未經人道破至運筆則凡轉肩鉤勒須提起頓下。然提頓二字相連捷于影響少遲則犯落肩脫節之病不可使盡筆。不可用順牽凡畫之住處直之末梢帶第二筆處皆從左轉。所謂每筆三折一氣貫注者也。有從無筆墨處求之者曰意曰氣曰神曰布。有從有筆墨處求之者曰條理曰運轉曰仰覆向背疏密長短輕重疾徐參差中見整齊此結體法也。魏晉人書天然宕逸唐人專用法迹有九宮。分中左右上下界畫使學者易於揣摩所謂口授訣即此也。余擬四言曰中正靈活。中則直看。每一字有中。如帘宗康之類中直必與上點相對若兩分之字則左右各有中。如請辟錄軒或上合下分。如聶昂扉或上分下合。如惺替。或中合上下分。如萬萬或中分上下合。如靈墨或三並。如職儲各以類取中則停勻矣。正則言橫畫縣臂用力太過則右昂起不平。如寫無之類皇甫君碑尚犯此病乃少作也。九成宮則平正的是老筆。夫一字中主筆須平他畫則錯綜用意乃不呆板。靈則必由于懸臂雖蠅頭亦使離凡半寸搶管則大小一例也部非精熟不曉。唐碑惟虞永興孔子廟堂碑歐陽九成宮碑能造此境顏多寶塔柳元秘塔中正之法悉備靈尚有之。活則竟未能到。降而黃蘇米皆火氣未除。元明而後不足言矣。臨帖須運以我意。參昔人之各異以求其同。如諸名家各臨蘭亭。絕無同者。其異處各由天性

其同處則傳自右軍。以此求之思過半矣。又正書用行草意。行草用正書法。學者求其蒼勁處學歐求其圓潤處以怒張木強為歐綺靡軟弱為趙均失之。夫言者心之聲也書亦然。右軍人品高故其書瀟洒俊逸。顏平原忠義大節唐代冠冕書法亦如端人正士凜然不可犯。若其行草鬱屈瑰奇天真爛熳之概雄視千古。學者苟能立品以端其本復濟以經史則字裏行間縱橫跌宕。盎然有書卷氣。胸無卷軸即摹古絕肖亦僅優孟衣冠。苟出心裁非寒儉骨立則怪異恣肆非體之正也。竊願同志共凜斯言庶稍有補乎。江南拙老人特衡識。

乞兒傳

拙老人有乞兒傳。載俞奇疾事甚奇。茲並錄之。其文曰。山東陸宣子自京師來為余言李公某之子指甲中生肉管赤色頃刻長三尺餘垂至地能動動則昏昧欲死過訪名醫治之。內府大醫至方上士俱縮手逡巡而退。公子于是取酒痛飲引刀自斷之出血數斗氣絕良久蘇復出如初。公子曰嗟乎吾其死矣。乞兒者不知其姓名以養蛇為業聞之至曰我能活之。閽人叱之。乞兒曰爾勿然速白公子。李公聞之大喜。延入謂曰若果愈吾兒吾分家之半以與若。乞兒大蛇劍氣昂昂直入中堂居上座口中謾罵諸醫者曰公子蛇頭疔也其管通四肢百骸絕則又出若輩何能為。請見公子。初乞兒家多錢財居室衣服飲食車馬之儗甚侈麗賓客出其門下者鬬雞走狗畢集侍妾僕從倡優歌舞縱酒馳騁。弋獵無虛日。未幾病病如李公子。破家求醫不可得。京師有白雲觀正月十九日舉國人畢集名曰燕九。冀遇神仙。或曰仙往往雜儔人中賣藥。或類乞丐。當是時乞兒父亦往果遇丐者持大蛇貌甚偉心異之問以子之病。曰能治。固請之。許諾。既至曰命而子速呼其妻來屏左右有一人留。而子即不治。乃置大蛇于地命乞兒妻曰無懼其持此納諸袴中。兩腿蹲地鑿袴孔以出蛇握首定視蛇首與肉管相對蛇以氣吸之則消不移時果如其言。蛇則紅絲百道僵卧死。乞兒竟愈。乞兒既見公子。如其法治之。公子亦愈。李公大喜。竟分其產之半與乞兒。

詹長人

詹長人者徽之歙縣人。身九尺四寸。以長人號以長人呼之遂亡其名。而以長人名。長人業墨工身長故食多手之所出不能餬其口之所入。不家食而來上海。依其宗人詹公五墨店以食。食雖多而伎甚拙。志在求食者。論其伎且將不得食。困甚。偶遊于市。洋人諦視之大喜。招以往推食食之。食既飽出值數百金聘之赴外國。長人于是乘長風而出洋矣。出洋三年歷東西洋數十國旋行地球一周計水程十餘萬里。恣食宇內之異味。每到一國洋人則帖長人。使外國人觀之。觀者均出錢以酬洋人。洋人擅厚利稍分其贏與長人。長人亦逆聽

數千金娶洋婦置洋貨而歸昔之長人今則富人矣同治辛未余橋今上海出城赴洋涇浜途遇長人前驅者呵之見其倉皇走避入一高門猶傴僂而進異之詢悉其故將呼而問之乃以澳斯馬國明年將開賽長人又被洋人雇以出洋往作賽開矣聞長人言所到之國其國王后妃以及仕宦之家咸招之入見環觀欵賞飲之食之各有贈遺外國之山川城郭宮殿人物皆歷歷在目中眼界恢擴非耳食者可比噫昔者一日三食猶難今則傳食海外尊為食客之上可謂將軍不負腹矣際遇亦奇矣哉

婺州鬭牛俗

燕齊之俗鬭雞吳越之俗鬭蟋蟀古也有然金華人獨喜鬭牛則不知始于何時余在婺州十有六年每逢春秋佳日鄉民祈報祭賽之時輒有鬭牛之會先期治觴延客竭誠敬比日至之時國中十萬人往矣鬭場闢水田四五畝沿田塍皆搭臺或置桌凳以待客及本村老幼婦女賣餅餌者賣瓜果者裝水烟者絡繹縱然襍雜于前後左右牛之來也鳴鉦前導頭簪金花身披紅紬簇擁護之者數十人既至田中兩家各令健者四人曳其牛二牛並峙互相注視良久乃前鬭鬭以角乘間抵隙各施其巧三五合後兩家之人即各將其牛拆開復簇擁去觀者不知其孰勝孰負而主之者已默窺其勝負矣勝者親友懽呼從之若奏凱狀牛亦軒然自得徐徐步歸負者意興索然即左右者俱垂頭喪氣焉小負之牛尚可養成氣力更決雌雄大負則殺而烹之蓋銳氣已挫不能再接再厲矣鬭之日聚集羣牛不下三五十頭其登場相角者亦不過十數頭餘皆自雌而返耳牛之佳者不大勝亦不大敗次者雖收補能好整以暇無躁亂雄龐態下者則蒼黃抵觸血肉淋漓奔逃橫逸濺泥滿身衝出提塍欣翻臺凳不可禁挽于是老婦孺子豔粉白黛綠者譁然爭避或失足田中或倒身岸下遺簪墮珥衣服沾濡頭面汗揄相將相扶而去真可謂見豕負塗載鬼一車矣鬭勝之家張筵款客高朋滿座主人軒眉振臂矜其牛之能曰彼之角如何來我之角如何往彼如何攻堅我如何蹈瑕我意彼必從是出而彼竟不料我從此出也言之津津幾忘乎我之為牛牛之為我焉其畜牛也卧以青絲帳食以白米飯釀最好之酒以飲之親朋相訪主人款之呼酒必囑曰慎毋以飲牛之酒來乍聞者以為敬客之意殊不知飲牛之酒乃是上上品客不得而飲之也牛所買來之家呼之曰牛親家牽牛之牧童名之曰牛大舅其真正兒女親家之親不若與牛親家親

陳鼎紀狗頭人之荒唐

江陰陳鼎于康熙時遊雲南作滇黔紀遊內載金沙江大水漂一狗頭人至岸上下衣服同

中國口耳眉目皆狗也適日得土氣狗人復出問其言答之如狗吠土官解來大理軍民府鼎目睹之軍門命土官解還原處解人行一百二十日始抵其國國中無城郭有宮室其王朱冠早履跨白馬佩刀官吏皆如之服食起居與中國同惟婚嫁則非云云似域外確有此狗國矣乃余在上海晤各國領事官與談地球上之列國從不知有所謂狗頭人者即據泰西人所記四大土人民惟俄羅斯之極北天使頭域其人極短小以狗為馬以鹿為牛南亞墨利加之極南巴他我拿人皆野番肢體如常人一身有半遍體生毛捕食野獸此二處即世所稱為短人國長人國者也此外黝黑如阿非利加醜怪如東南洋各島野番亦不過白黑妍媸之別而五官四體皆無大異于人乃知長耳比肩之民飛頭貫胸之國不過古人故為恢奇之說耳而陳鼎竟謂目見狗頭之人且有解人解之歸國言之鑿鑿不太涉荒唐乎孟子曰盡信書則不如無書斯言誠是也

金華山中龍

金華府城外北山最高大山深處有一巨龍蓋千年物也民號之曰龍山左右鄉人均植靛青靛非雨不殖當靛苗茁發時乏雨輒迎龍祈之祈而應則鑄一金圈穿其中而綴之歷年既久龍身所綴之圈幾以百計行則索索有聲偶亦時見時隱咸豐壬子夏金華大旱太守崇公委經歷嚴某赴北山請龍龍匿不出遂取山中一小龍舁之來置于天寧寺壇內晨夕拜禱驕陽益甚不數日龍死寺僧懼竟另取寺內一龍代之文武官弁亦仍一日三叩觀者匿笑至七日雨降復委嚴經歷送之歸而從前山龍之蹤影不可得矣金華城中雖當盛暑至四五更時必涼土人云龍龍之氣所致也

棍徒陷害浴堂主

咸豐癸丑上海縣東門外民家地忽湧血掃除不盡邑令袁君親往視之流以萬斛不止乃築土填之未幾遂有紅頭賊劉麗川之變戕官踞城竭江浙二省兵力兩年餘乃克復平距今二十年矣今年夏忽聞縣城內浴堂閣壁復有出血之事市井鼎沸爭先走視主人阻之不聽彼此爭競遂將屋宇什物打毀署令葉君顧之聞信往勘出血之漬並無形迹拘眾訊究乃係棍徒夙與店主有隙者于入浴時陰持豕血暗塗牆隙出號于眾以為陷害地步眾人墮其術中店主幾至破家葉君乃將此人重責荷校通衢然遠近訛言仍復不息于是又出示曉諭焉余謂此人居心險惡應照妖言惑眾律治罪僅予枷責猶覺其寬耳

勿勿

世人書翰之末類書勿勿字按說文勿者州里所建之旗蓋以聚民事故急遽者稱勿勿流

俗又于勿勿中加一點，謂為怱字，人多笑之，殊不知說文既解勿字為急遽之稱，又解悤字為多遽悤悤之義，則二字原可相通。好古者但知勿勿而嗤悤悤，逐俗者又但知悤悤而駭勿勿，蓋均未之攷也。

侵賑之報

金陵盧止泉孝廉淵，學問深醇，品行尤方正。考取國子監學正，不赴補而歸。其子某官山陽縣教諭，會縣有水災，教諭幫辦賑務，侵蝕銀得四百兩寄家。止泉疑之，貽書詰所從來。教諭以友人資助對。未幾，其僕忽見數差人洶洶入門，迹之不見，而教諭陡暈絕，半日而蘇，始知以侵賑事為餓死者所控城隍，頗庇之，故得生。越數日，僕得見前差人于大門外，教諭又暈絕，似死非死，數日不蘇。教諭之子極孝，于神前夜禱，燒一指以致誠，家人不知也。一日教諭忽起坐，眾皆驚，問則搖手曰：未也。前日控案，城隍斷從諸餓者，不能再控于冥王，王訊之，確謂侵蝕賑銀，當付油鐺，欲解衣就烹，忽復呼上，諭以爾子在陽世為爾燒指，孝心感格，免爾鼎烹之罪，然不能不死，暫令回生，布告大眾，以賑務之銀不可侵蝕。如此言畢，即死。眾索其子手視之，則一指已燒去過半矣。于是人共憫盧子之孝，而恨教諭之貪也。此事金陵人多知之，而止泉亦歷述之不諱。夫凶年饑歲，小民轉徙溝壑，呼天望救，幸得賑濟，真是生死肉骨，司其事者，宜如何盡心以慰民望，乃從而侵蝕之，此其心與豺狼何異。即不陷被鬼責，亦必上干天譴。憫于教諭之事，能不凜然。余在青浦辦理豐備倉事，胥吏具稟請領經費，余諭之曰：此區區之錢，皆荒年哀哀窮人之食也，爾等今日幸飽食煖衣，何忍奪飢民他日口頭食米，皆相顧動色，而推司吏來索分費，力拒不給，伊等亦無如何。比至上海，則前任已定書役經費數百十文，又司房費一百數十十文，年年給發數已逾千，余不禁為之慨然太息。然持此等錢歸家者，其不能蔭子孫而致富厚也決矣。

李封翁焚教匪名冊

江陰李仙九尚書芝昌以進士第三人及第，官至閩浙總督。嗣念詒亦以進士入翰林，家門鼎盛，而其贈公則以知縣遣戍新疆，卒于口外者也。初時，公官直隸鉅鹿縣知縣，地方傳言有教匪事，公方嚴緊，總督遣飛章入告，及上命重臣來查辦，公業將首犯擒獲，並搜得名冊二本，細為訪問，非肯逆白蓮等比，不過以鬼神禍福恐嚇愚民為斂錢計耳，並無謀叛情事。及閱名冊，則紳衿富戶幾居其半。公籌思數日，至郡見太守曰：此等人名為教匪，實非教匪，而冊內共有二千數百戶，俱是良民，一時無知，惑于禍福之說，與之往還，冊上即列其名，並非從之為匪者也。星使到時，若將名冊上呈，勢必將各戶拏問，縱得原情釋放，而二千數

百人家已破矣。太守曰：子將若何？對曰：以某之愚，欲將名冊焚之，祇辦為首者數人而已矣。太守曰：此舉甚善，然子且獲大咎，咎不止于褫職，盍再思之。公曰：某思之已熟，一已獲罪，而能保數千戶無恙，亦何憚而不為。太守曰：子願則好為之，毋令後人笑子拙也。公還，即舉名冊投之火。合署人皆大驚，既已無可奈何。星使至，將首犯審明後，即飭取名冊，公曰：某已查明，所列之人，俱係良民，留之恐拖累，已焚之矣。星使大怒，顧亦無可奈何，祇據實劾，褫公職，發新疆効力贖罪。公怡然就道。人或憐之，或嗤之。然此數千戶實良民，雖漏網地方亦卒無事。而公竟歿于戍所。公歿後不十年，尚書即探花及第，孫曾鼎貴，噫，孰謂天道無知而報施果不足恃耶。

朱柏廬

筆陣圖為羊欣作，李後主續之，世僞以為王右軍；朱子家訓乃崑山朱柏廬先生作，而訛為考亭，甚至翁森之四時讀書樂，亦稱是考亭，真不可笑。柏廬先生明季諸生，國變後，隱居教授，著書滿家，皆力宗程朱，為理學正宗，與桐鄉張楊園先生同時並稱。楊園今已從祀兩廡，而先生僅祀鄉賢。同治庚午，巴縣廖蓉泉判史綸攝新陽縣事，于城中為先生建專祠，而以從學諸子配享。蓋新陽乃崑山所分縣也。

日本人斥陸王之學

本朝自陸清獻公嚴朱陸異同之辨，力排王氏之學，天下靡然從風。日本為海東小國，自儒教入其國中，伊國人亦恪守程朱之說。嘗見佐滕直方所著韞藏錄，內載筆記序一篇曰：王陽明之學，實祖陸象山矣，故其所論說大意與陸子同，而又不自謂學陸子，問去取于陸子之言。常欲出于其右，輒自以為接孔孟之傳焉。是以辨陸學則王學亦在其中矣。大家商量集所載朱子辨陸學語，尤為詳備，今摘出其最的確切當者，且取太極或問、中庸或問所論附之，以明王學之初不異乎陸學，而其背聖賢之教也。吾友詳之云云。其辨別之嚴如此。今其國王改從泰西之制，衣服法度，均遵其俗，用夷變夏，取則陳相，焚書坑儒，有同嬴政，吾恐天主之教從此流行，朱陸之學并以淪胥，不知其國中之明理者，如何痛哭流涕也。

天主耶穌兩教之互爭

天主教向有厲禁，自泰西通商後，其禁遂弛，蔓延于江浙閩廣東南各省。入其教者，廢祖先之祀，無鬼神之說，生員入學，不拜孔子，殊駭人聽聞，然教中人自若也。余嘗與其教士譚論，亦不過就釋氏天堂禍福之說而推衍之耳。伊教內亦分異同，謂奉天主者為正學，奉耶穌者為異端。異端當闢，正學當扶，其闢也不獨以言，且至擴臂。今年英國別部，天主耶穌二教

之人。分明鬬弟，殺人縱火，不可禁遏。當室調兵彈壓。余笑謂此即中國朱陸之辨也。洪天主教人，龐雜嗜利，喜傳教。耶穌教人自守而不傳教。

越南進貢表文

同治十二年，越南國王遣使上表進貢，表文用儷體，選詞頗佳，茲備錄之：

越南國王臣阮福時，稽首頓首，謹上言，茲仰見堂陛日煦，桂甸風清，仰天閶而畢錫，遥傾瞻王會而梯航，恐後謹奉表上進者，伏以皇畿建五，庶邦翹安勸之仁，使驛重三，下國效賓從之款，尋常雖盡咫尺，蝸坳。欽惟大皇帝陛下湯德懋昭，堯勛光被，六御辰居極北，合遐邇為一家，一人四數，文命覃敷，公攬裁于所適，所至波不揚于周海，共畢受于商繼，念臣忝守炎邦，世承藩服，久洽同文之化，風敦述職之虔，土物非珍，上屈幸停留抵庭。香惟謹下情，獲遂瞻依，臣恐伏寵靈，恪脩職貢，式金式玉，遵王度以不違，維屏維翰，述天庥于無斁。臣不勝瞻天仰聖，激切屏營之至，除另具歲貢品儀，交陪臣潘仕俶、何文關、阮脩等，賚遞上進外，謹奉表隨進以聞。

一恭進今年癸酉歲貢品物：象牙一對，犀角二座，土綢一百疋，土紈一百疋，土絹一百疋，土布一百疋，沉香三百兩，速香三百兩，砂仁米四十五斛，檳榔四十五斛。

滄浪亭

蘇州滄浪亭，有水石之勝，前則蘇子美以四萬錢得之，後為韓蘄王別墅，故從前于中堂合祀二公，有聯云：四萬青錢明月清風今有價，一雙白璧詩人名將古無儔。道光戊子，陶文毅公撫吳，重脩之，合蘇州暨宦蘇者鄉賢名宦為五百名賢祠。落成之日，有五老會。五老者，內閣中書潘三公奕雋，年八十八，韋堂；山東道監察御史吳玉松雲，年八十一；山東按察使石琢堂韞玉，年七十二；刑部尚書韓桂舲崶，年七十一；江蘇巡撫陶雲汀澍，年五十。以齒序坐，各賦一詩，文毅有惟時座上人長眉多老耆之句，好事者遂繪為五老圖。太平盛事，皆達風流，一時傳為佳話。粵匪之亂，亭亦被燬。同治壬申，方伯恩公錫、廉訪應公寶時，復興葺之。至癸酉季夏始竣事，距戊子已四十六年矣。雖經滄桑，幸復舊觀，然壽藤古樹，均已無存，登臨者能不感慨係之。

紀文達烟量

河間紀文達公酷嗜淡巴菰，頃刻不能離，其烟房最大，人呼為紀大烟袋。一日當直，正吸烟，忽聞召見，亟將烟袋插入靴筩中，趨入奏對。良久，火熾于襪，痛甚，不覺嗚咽流涕。上驚問之，則對曰：臣靴筩內走水。蓋北人謂失火為走水也。乃急揮之出，比至門外脫靴，則烟燄蓬勃，肌膚焦灼矣。先是公行路甚疾，南昌彭文勤相國戲呼為神行太保，比遭此厄，不良于行者累日。相國又嘲之為李鐵拐云。

羅文俊奏對得體

南海羅蘿村先生文俊，督浙江學政時，衡鑒公明，拔取多知名士，經賞識者，大都破壁飛去。所取優貢洪張伯昌熙、丙辰探花金翰臯鶴清、乙巳榜眼章采南鋆、壬子狀元，此外捷鄉會試登臺閣者，指不勝屈。惟余兩列前茅，一無成就，殊累知人之明。公素敦視尊丈，外出不能辦。嘗于召見時，上笑問曰：汝見朕否？公奏曰：天威不違顏咫尺，人共服其應對之得體。

張船山題畫鷹詩

遂寧張船山先生問陶，大學士文端公之孫也。性伉爽，無城府，書畫妙一時，與先大夫最善。由檢討遷御史，連上三疏，一劾六部九卿，一劾天下各督撫，一劾河漕鹽政。先大夫問之曰：子不慮叢怨中外乎？先生笑曰：我所責難者，皆大臣名臣事業，其思為大臣名臣者，方且感我為達其意，若無志于此者，將他身分抬得如此高，慚愧不暇，何暇怨我乎？先生嘗畫一鷹贈先大夫，上題云：奇鷹嶷然來，攫身在高樹。風動乍低頭，沉思擊何處。可想見其丰采矣。

船山先生與洪稚存太史亮吉，皆為大興朱文正相國門下士。相國好佛，嘗于生朝諸弟子稱觴之際，太史袖出一文上壽，相國固善其文，亟命讀之。太史抗聲朗誦，洋洋千言，多譏佞佛事。諸人大驚，先生獨大喜叫絕，相國大怒。坐是淪躓有年，先生不悔也。太史後以上成親王書言事，詔下獄，獄急，親友或對之哭，太史口占一絕慰之，末句云：丈夫自信頭顱好，須為朝廷吃一刀。聞者皆破涕為笑。賴上聖明，卒得釋還。同時永福黃莘田任官廣東四會縣知縣，放情詩酒，大吏以飲酒賦詩，不理民事劾之。莘田聞之，忻然解組，日即將飲酒賦詩不理民事奉旨革職十二字，自旌其舟而歸。三君子者，皆詩人也。

楊翦子歌

成都楊忠武公遇春，嘉道時名將也。以武舉從征教匪，起家，身經百戰，所至克捷，官至提督，改文職，為陝甘總督，晉封一等昭勇侯，予告，年逾八十而薨。臨終，自知死期，會四川總督同安蘇公廷玉往訪之，公出見，手交遺摺，托其代奏。時固無恙也。蘇公不得已帶之歸，公即于夜間逝世，豈非生有自來者也。仁和馬秋藥太常履泰，有楊翦子歌，人奇而詩亦甚奇，誦之覺公之精神意氣，猶躍躍紙上也。詩云：賊怕楊翦子，賊怕翦子走脫趾，不怕白翦大尾羊，有燒兵姓羊只怕黑翦楊。難當賊正蒼黃疑未決，瞥見翦子擲身入，刀嫌太快矛太尖，只使一條鐵馬驚逸人墜人馬墮馬血肉都成齏中。能須臾將士風湧波縱橫步騎從一騾。賊忽乘高石如雨。騾子騾已空中聚。賊忽走險斧如蛇。騾子騾已橫道遮。森森賊寨密排豎。騾子從外陷其內。重重賊隊圍如帶。騾子從內潰其外。騾子騾騾繞賊走。吞賊胸中已八九。瞋目一叱騾搓揉。賊皆撲地為蟲沙。相傳失路曾問賊。賊指間道教騾出。賊留不怨騾子騾。頗聞騾子爲將騎。騾子侍士如骨肉。蛾大功勞無不錄。拔擢兵能任鼓鞞。拊循含淚吮瘡瘢。噫嘻。賊中感服尚如此。豈有官軍肯惜死。寫得生氣勃勃。彷彿聽鼓鞞之聲而思將帥之臣矣。然此詩作于嘉慶年間。猶未親道光七年公征西域時之偉績也。

漕督諧詩

雲夢許秋巖尚書兆椿。美鬚髯。工詩善書。尤精于吏牘。下筆千言。無不迎刃而解。蓋非獨以吟詠見長也。官漕督時。道出長沙。善化令某已升武岡州牧。置備儀仗。于官銜牌誤書漕作糟。尚書作一詩調之云。平生不作醉鄉侯。況復星馳速置郵。豈有尚書兼麴部。漫勞明府續糟邱。讀書字要分魚豕。過客風原異馬牛。聞說頭銜已升轉。武岡可是五缸州。風流蘊藉。想某令讀之。亦當絕倒。

馬通人性

南皮張子青尚書之萬。丁未狀元也。爲孝廉時。與同伴數人赴京師。道出天津。公騎一紅馬。甚神駿。途遇洋官。見而愛之。遣人來買。公不許。則固以請。同伴以外國人不足較。勸公與之。遂牽而去。次日將欲啟程。洋官送馬來還。詢其故。則洋官甫乘。遽被掀下。連易數人。皆掀墜。且蹶嘯不可向邇。以爲劣馬。故不復留。比公乘之。調良如故。共歎此馬之義。此同治辛未公撫蘇時爲余言者。余因記乾隆時朱文端相國。夙有伯樂之稱。嘗路見負煤老驢。謂是良馬。以重價購之。用以充貢。上試之。果千里馬。會降阿睦爾撒納來朝。善騎射。上臨灤陽萬樹園。欲試其技。命輒以無馬辭。侍臣偏取上駟馬示之。無當意者。文端命圉人牽所貢之老驢使之乘。甫振轡。即墜。如是者三。阿逆大慚。蓋良馬均通人性。不肯以身爲異國人用耳。後阿逆叛于西陲。皇煩征討。上嘉此馬之前知。特給三品俸料云。

五子登科

世臚傳五子登科。蓋以余所知者。本朝則六世從祖清恪公五子皆登甲乙科。四入翰林。同時溧陽史文靖公。亦五子登科。近時仁和許氏。則七子登科。所奇者乃大登乾隆癸卯科。乃思登道光癸卯科。前後六十年。遙遙相對。然皆文榜也。余官金華校官十六年。上河村何氏弟兄五人。皆應武試。長者名廷威。能開十八力弓。技藝最爲嫻熟。然每至學院試步箭。總不

能全致。未入學。後即中武舉。廷忠則中武進士。得侍衛。惟廷威年已三十。猶考武童。咸豐年間。會開武監生例。余勸其納監。應試遂中亞元。于是何氏亦五子登科。人推爲金華武世家。辛酉粵寇之亂。渠弟兄起兵殺賊。尤稱忠義云。

聘盟日記

五世從祖子敬觀察諱世安。康熙年間。以兵科給事中。奉命偕侍郎張公鵬翀使俄羅斯定地界事。張公有使俄羅斯日記。石門吳震方刻之說鈴中矣。今余于中西見聞錄內得俄文館繙譯該國使臣義兹柏阿朗特義迭思所著聘盟日記一冊。具見彼時使臣之恭順及敬仰我朝之意。因備錄之。可與張公之書並傳也。所有臺寫空格示敬之處。悉照原書。俾不失本來面目。亦以見外國尊崇中國。無分彼此。所謂四海九州。悉主悉臣爾。

康熙二十八年。西歷一千六百八十九年。于尼卜初商訂和約。後大俄大皇帝爲通商要務。詳訂數事。特派欽差義兹柏阿朗特義迭思于康熙三十年。由俄國南京起程。經過尼卜初暨中國墨爾根河。齊齊哈爾。鴨綠江。東蒙古。薊州。通州。入覲。蒙召對數次。並賜廷宴。會同執政大臣議定。俄商除北京貿易外。准前往黑龍江。那覺城。蒙古庫倫等處貿易。事畢。仍由舊路回國。往返三載。經過處所。俱有日記。兹將進京一事。迻摘譯出。以資攷證。

康熙三十一年九月二十五。自通州起程。約十鐘。聞離京僅五里。行李先行。余亦下車換馬。除隨從俄兵外。尚有九十餘人。整列而進。將至城門。觀者塞途。幸當兵開路。方得前進。城內亦觀者如堵。擁擠幾無隙地。沿途多有官員來相勞問。街市兩旁。館門左右。皆有兵排列。入館。酒果燦設。余少憩。默念從本國至京。僕僕風塵。至今一年八月之久。猶幸途中只亡一人。餘皆安然無恙。不禁上感蒼穹。愴懷靡已。後逐日日度。謝即隨帶人員。亦都如此。休沐三日。恭候引見。第三日。按中國典禮。傳旨內廷賜宴。亦似民間接風。余敬隨諸大臣入朝。見提督內大臣索額圖。及他大臣四位。一同迎勞。地上悉設花氈。延坐其上。提督傳言曰。吾主大皇帝。特賜此筵。無暇自至。君長路辛勞。敬請食之。即有旨酒嘉殽。如雞鵝牛羊之屬。乾鮮果品。雜陳一桌。桌方式。面各寬三尺。是爲勞使臣之席。器皆銀製。層累約七十餘品。眾大臣另席相陪。飯畢。眾皆飲茶。或吸烟。惟飲余以各色洋酒。提督又曰。願貴使臣饗此宴。即爲我皇恩優渥之據。再候數日。旨下時。須親奉國書。預備召見。余起身謝應。乃回館。十月初五日。提督派官數員。告以明日覲帝國書。伺候召見。余謹受教。次日八鐘。有大員三位來。約同行。其補服有團龍獅虎仙鶴各像。皆金線繡製。又馬五十匹。爲從者乘騎。余按泰西禮。攜我大皇帝國書。偕委員暨列而進。至皇城。巍峨作外門。有石碑。云是官員下馬處。余即遵制步進。入五重門。

始至殿。見玉階千官。蟒衣繡服。光彩奪目。在此待余。略相款接。聖駕已出。余奉國書。按常禮頌揚數語。遂退下。十月初九日。奉旨明日賜宴。余欽遵。次早。隨特派官員偕副使等進朝。入六重院落。見衆多官員。錦衣繡裳。濟濟蹌蹌。按品站立。俄傳呼上殿。入門。見皇上已出。上坐。左右數人作樂。簫管悠揚。怡心悅耳。又十二人。似護駕儀仗。皆執長柄金斧。上懸虎豹各尾。升坐落止。執斧人亦皆分列左右。御筵上設果核陳器皿。悉銀覆以黃色大緞。提督額駙及二大員近侍。余在座右二丈五六尺。外皇上注視良久。已而顧提督有言。提督跪旋起。執余手前進。至離御座一丈一二尺。余之隨員。又在我後三丈以外。上又語。提督至余前。效問我皇上起居。余答禮惟謹。旋命撤筵上黃緞。亦諭我食。余另一席。衆大臣二百餘人。各依坐位二人一席。如法耳西(即波斯)國禮。皆盤膝坐罽上。余勉強盤膝相從。如畫上式。特撤御筵上燒鵞燒豬燒羊賜我。內羊肉異常香美。隨又賜果數盤。已又賜茶。此茶奶油和麪所作。如西洋之喝霏(如茶者)。余祇領惟謹。上命提督問余。通西洋幾國語。余對以通俄國日耳曼荷蘭語。畧通意達禮國語。即見有官從後退出。帶入耶穌會中三人。至寶座前跪行叩禮。上命起。一法國人名熱爾必良。其二為西洋國(即葡萄牙)人。一名波瑪斯。皆教師。上命熱教師問汝從南京至我北京。行多少月。係乘車騎馬抑或乘船。余逐一對答。上連稱國𡀋國𡀋(或是好哇恐誤也)又命我前。提督攜余手又前。離寶座六步。正向一席。命坐。于是余謝坐。又命熱教師細詢一路情形。並俄國南京去赤道若干度。離波蘭法郎西意達禮大西洋荷蘭諸國里數。余亦逐一據對。語畢。親執金杯酒(滿語名阿拉奇)。顧提督賚我飲。余飲少許。仍敬還提督。詢問通官。云是馬乳所製。後又命隨帶俄官至一丈七八尺前。亦以此酒賜之。余照西洋禮謝恩。提督仍攜我退于原處坐。刻許。光景宴畢。上顧我點頭下坐。出左邊門還宮。余方下殿。上又命提督問國家曾遣一西洋教師名郭禮瑪。地前往西洋。有何新聞。答曰。自本國南京起程時。聞其隨帶二十五人。行至土而其國四迷而那城。意欲從法耳(即波斯)西及印度還京。提督曰。此人現至瓜哇國地方。行已七年。今將至矣。遂退。凡余進內一切聞見。俟詳後序。茲先將皇城(宜作紫禁城)宮殿及寶座。畧述大概。城式方長。以磚砌。深較寬約倍。宮殿悉覆以琉璃黃瓦。有獅龍各獸形。殿高約六丈四尺。階十數層。窗與西洋不甚差。而格較小。却不通透。以紙糊故也。東西二門上刻木。如王帽形。飾以金光閃閃射目。內不隔斷。頂上不作圓棚。皆金漆彩畫各種物形。深約十八丈。寬約六丈。地上按滿洲禮。鋪以絨罽。上織各色草蟲。寶座設向東門。儘近後壁。寬長皆一丈八尺。前面左右有陛。可循級而上。護以雕欄。鏤葉鍍金為飾。兩旁亦有雕欄刻各物。或謂金裝。或曰銀製。棐外悉金彩華麗。中如佛龕。有門二扇。內即寶座。高二尺。以貂皮為褥。皇

上盤膝而坐。仰瞻御容。非必秀出人寰。然視之。令人忠愛之心油然而生。黑睛奕奕有光。隆準頭微向上。鬚黑而短。頦下頗稀。面多細麻。身適中。衣青緞袍。藍青色襯。出銀鼠風。項掛珊瑚朝珠。垂于胸腹。冠貂冠。紅絨結頂。後被孔雀翎。數條髮後結一辮。無他金寶之飾。足登元色絨靴。用膳時。合殿寂然。惟見各大臣以目下視。皆若忘于言也。次日。皇上特遣官二員帶領游歷城內景勝。並馬五十匹。為從人乘騎。余即備馬同行。隨至一處。似是戲園。房廊高大。內一高臺。上多雕彩。各畫。臺上正中有一方孔。周圍有樓。樓上有欄。二官照料坐位。款待茶酒。戲之佳。不待言。兼有劇法。亦極敏妙。有從空手變出香桃金橘葡萄各鮮果。又變飛鳥蜻蜓各生物。其餘亦有在西洋曾見者。又一技人。以玻璃圈數枚。大者如人手。垂置木棍梢頭。橫飛豎舞。無一落地。真妙絕也。已而六人共舁一竹竿。長約數尺。直立地上。一童猱升至竿顛。而剔其上。轉運如輪。盤旋不已。既而以一手執竹梢。徐躡足立于梢上。拍手騰空。飛身而下。此外之技。不可枚舉。劇佳甚。聞此伶人皆供奉內廷。無怪藝之絕耳。戲彩之衣。悉金珠異漾。所演戲為一英雄破敵還朝。大似棐勲歡飲至。並有多神下界。神內一人。赤面如珠。云是先皇帝也。戲之中間。忽出美婦二人。曲眉秀項。麗服豔妝。各立二人肩上。翩躚而舞。應絃合拍。如履平地。又二童子。衣奇異之衣。奏技如果斯提克(此即俄國今失傳莫詳其詳)不聞盡日所觀。無不入妙。曲終。拜謝而回。是日適滿洲禮。上幸虎圈打虎。即日還宮。內大臣提督索額圖請宴至其宅。情款甚密。從內書房攜手客舍。桌椅精潔。上覆金絲滿繡各色生物。桌單。余另一席。他官隔坐相陪。案設細磁花瓶。內植各色花朵。皆以紫絨雜色綾絹為之。因時隆冬。無鮮花。故像生也。前案羅列銀碟。內焚沉香。氣鬱馥郁。旁設文玩。數寸小人。木質金裝。飾畫工細。余及主人所坐椅上。覆以虎豹之皮。文采威重。衆客皆先飲果茶。杯設鐵匙一枚。果有胡桃榛䑕之屬。茶果以瑪瑙杯奉酒。此酒曾對淋水飲之。隨上盤蓋多道。皆帶切魚肉。會層疊。果上貼鮮細花草。列于一旁。又魚肉六品齊上。食少許。又珍品數道。各種小食。末上各種蜜餞。如葡萄香桃金橘等物。筵有優伶。女妝演戲侑酒。舞裙歌扇。盛極一時。有從旁窺客者。珠簾半啟。紅袖微呈。則夫人及女公子也。其妝飾則皆依其國服色。極為華麗。在此閒憶暢叙。約有三鐘之久。乃同隨員致謝散去。靜息數日。有管庫之石老爺。相請因至其宅。相待尤極豐盛。客舍之制。亦儗中國極富規模。白石為地。室三隅皆設鐵梨木桌。以漢白玉為面。石上自成山河樹木之形。真世間罕物。上設極大銀瓶。內插名花無數。雖庭柱亦米畫。鮮明。他可知矣。席間招優伶演戲侑酒。宴畢。主人引余遊市廛。所見紬緞成衣金銀首飾及百種細貨。鋪面有一官藥局。因同下馬。意欲購買數種。試用店內藥材滿架。主人款茶少坐。即有許多大夫樂方前來

按方猶樂與西洋無二。旁有古玩店。余購數器。因得觀其鋪後花園。以盆植香桃及各種鮮花。羅列殆滿。中一玻璃缸。水滿其中。蓄魚數十頭。長約一指。色如真金。有脫鱗者。肉際紫色。實為天下所罕有。從此又過數市。門上悉懸木扁。上書主人名字。並所賣之物。字甚整齊。又過魚市。見各色生魚。如鯉鯽之屬。並有水蛇。心大詫異。不解中華何以食此。又有木桶盛放蝦蟹。旁鋪中有鹿兔山雞野羊及各野禽之類。是年本國正月初七日。為中國元旦。此節約過三禮拜之久。從夜半新月初生時候。陡聞皇城內鐘鼓特起。接連各寺院鼓聲不絕。沿街勿論官民士庶。門放各種花炮。以示新年之意。各鋪閉戶。鼓樂喧闐。庵觀僧道喇嘛各衆皆循其規矩。擊鼓吹號。從亥正起直至次午。如兩軍對壘。各領十萬之衆。炮聲震天不絕。白晝街市。多有執事人等。扛擡佛像各處巡行。喇嘛則提爐拈珠。伐鼓擊鈸吹號。絡繹于道。遊人如蟻。各鋪三日內不開市。罪人停刑。浹旬之間。街市男女甚夥。婦人或騎驢或乘車。車乃二輪。上作圓棚。前面為門。使女坐後。或吹或唱。人共見其主婦外坐吸咽也。蓋中國婦女向不出遊。惟北城專係滿人居處。不甚避忌。漢人俱住城外市肆。數日後上遣官二員。傳旨以次日先黎明一時入朝辭行。欽遵。次日未黎明前一時之半。有三員官來約。並馬同行。至下馬碑處。步入三重門。進一室坐。仍有如喝霏之茶。云是滿禮早晨所食者。見第四院內朱紫紛集。悉滿洲衣冠。風雅華麗。俄黎明。引入第四院。坐百官之中。侍臣皆按品秩。或東或南。兩處鵠立。刻許聞　聖駕將出。簫管悠揚。如聞仙樂。此殿又非前日召見處。所內設寶座。鋪黃絨褥。兩旁列二大鼓。金彩輝煌。鼓大約十八尺。下有木座。　皇上入座後。命一官從內出至衆官次。朗宣數語。惟聞末云起來叩頭。如是者三。各官即行禮三次。行禮時。鐘鼓齊鳴。絲竹外有一器。音極清銳。殊震耳。有二大臣命我進。從二丈八尺外遂進至一丈八尺。立二滿王之間。行禮畢。鐘鼓大作。聲如發炮。簫管備舉。接連六次。仍賜坐。復賜如喝霏之茶一盞。余捧而飲。兩國公事畢。余起身朝上行禮。上起。進西方門還宮。此院內鑾儀兵。衣紅布衣。上印如洋元花。小帽黃纓。云黃色惟　御前用之。又有腰佩刀。手執長槍。上挂小旗之兵。在院內排立。去兵不遠有馬八匹。一色純白。鞍轡悉具。應亦儀仗也。第三院內象四隻。內一白象。背被文繡之衣。轡頭等均以金銀為飾。背負細木雕刻小亭。內可容八人。又有御用轎輦。皆以黃罩罩之。又許多木椅木座。為鐘鼓及各廟樂器所用。下朝即從象輦。送歸第。象奴十人。以大繩繫象頭左右牽之以行。項坐一奴。手執鐵鉤。以為約束指示。象頗馴。馭者走如飛。似加意為之。恐其生事也。又數日。耶穌會教師奏請得旨。准本大臣前往其宇瞻禮。即有兩官偕余同往。堂外四圍皆高墉。石碑二座。門內廊舍悉仿意達禮亞國房式。門內右設天地二球

横分。大有八尺。堂按意達禮亞國式。横高丈。內張琴瑟。皆要馬思西教典禮神像儘多。（教分新舊。西東俄國所奉者為東教。意法等國所奉者為西教神像）神壇一切工緻無比。寬廣可容三千人。旁上懸大鐘一。小鐘無數。交鐘時相合如樂。瞻仰畢。隨入廣屋內。貯西洋各色寶玩。又延至寢室坐談。食蜜餞諸果及西洋乾糧。酒香美異常。飲時不忘恭而禮。各為君上祝釐。乃同飲。款叙良久。情懷頗暢。始別。同時復有一員自內廷出。相請遊玩。遂乘馬同至馴象所。象共十四。有白象一。觀之不足。命象呈技。奴嗾之。乃作虎嘯聲。震屋宇。又有聲如牛馬。又如南方小鳥。尤奇者。學吹號。又命象向我請安。就地作滾。其滾時。先舒前足。徐舒後足腹重貼地卧。而後起。有一象尚未練習。鎖前二足。未經出戶。地旁有深溝。似防其逸。象體碩大。有牙長至六尺者。官謂余曰。此暹邏所出。每年其王入貢數頭。觀其食惟以米草細綁堆積其旁。以鼻次第捲入口中也。復出行街市。恣意遊玩。同館過一官第。見門首數人捉一狗甚肥。余問故。答曰。此肉最養人。夏食尤妙。以性涼之故。不覺心為少異。余致謝。官乃去。次日提督內大臣以柳威豹一頭送館看視。又送猴人獸戲各藝。猴解戲人言。做耍多甚。又以紅綠各綵衣置各箱中。令猴看視後。呼取某彩衣。猴開取服之演戲。一無所舛。穿衣形狀頗奇。復令就地翻觔斗。又作踏繩之戲。甚可解頤。戲人出二鼠。于笥以索套鼠頸。二鼠各負索盤繞。幾疑成結。後竟走出索。仍挺直。其妙乃爾。耶穌會教師曰。三年前東洋島中貢四異獸。形大如馬。頭有二角。向上生。頴頗銳。置之苑囿。約離京二三十里。曾奉旨往視。並詢其西洋有無此物。看畢復命。觀畢。並言西洋所無。本大臣頗欲往觀。惜路遠。歸期在即。未經見也。謝內大臣後。並求如皇上命我行時。前旬賜信為感。從得信。余即購買遠道所需各物。上仍賜宴一次。于三十三年二月初八日。余帶隨員出京。衆大臣依依相送十四日。抵長城。至那克城經過黑龍江各莊屯。至蒙古沙漠邊界。前可存牲畜處。昔入京至此。余及隨帶人員俱食中國供給。從此往爾古那河。則本國地界矣。資斧應自備。昔牲之存者八百頭餘。並因水草有毒物故。小住幾日。俟用物備齊。乃謝沿途護送官員。起身而去。以上出該使臣日記。外畫三頁。今依樣畫出。

第一頁為賜宴。正中即寶座。左立二人。耶穌會教師也。左下中座為俄使臣席。前立者三人為通官傳命者也。

第二頁為辭行。正中為聖祖仁皇帝。兩旁有二大鼓。其立于右階者。傳宣人也。階左下列坐三人中有俄使。

第三頁係宮內所見第四院有象輦等物。向門立者三人。中為俄使。後有數十員俄隨員也。

庸閒齋筆記卷六

海昌陳其元子莊著

泰西測量法

泰西各國最喜測量之法。專門名家。父死子繼。不精其技不已。其用志極為專一。每以極好千里鏡測月。謂月中有山有川有海。兼有火山三座。獨不能見人物。蓋彼以月亦為地球也。其說以我所處之地球。亦是天內一星。凡天內之百千萬億星。皆地球也。金木五星亦一地球。人強名之金木水火土耳。彼地球中人。不知此名也。月之地球。與我處之地球最為近。故可以鏡測之。又言日中本有一黑子。以盆水照驗自得。黑子之見。不為災異。所論甚辯。亦非無理也。

大蛇追輪舟

西國來往近時總用輪舟。愈行愈捷。往往于海中新闢一路。則可近千里萬里。蓋在繞山與不繞山耳。庚午年。一輪舟新闢一路。忽遇大蛇追舟行。行至三日夜不去。舟人慣以羊飼之。投三十七羊食之。而追不已。乃投二牛。吞訖。曳尾去。自此此路不敢行。西人不信有龍。凡蛟蟒之屬。咸名曰蛇而已。

奇形之人物

咪唎堅國領事官西華嘗贈余古鳥獸圖一冊。繪畫精絕。大率獅象虎豹豺狼牛羊之類。而狼狗之種尤多。最奇者。有豬首人身。犬首人身。螳螂首人身。而足亦似螳螂者。又有一無首人。褒衣博帶。手持一斧者。其山海經所記刑天舞干戚者耶。據西領事云。彼國皆有之。不足為怪。

宋元明之殘山剩水

宋之亡。求援于占城。明之亡。乞師于日本。皆不應。宋史于帝昺厓山之後。即書宋亡。乃考廣志。帝昺張世傑已死。故將蘇劉義復求趙後。名旦者立之。都于順德縣之都甯山。言都此而得甯久也。山在縣東北三十里。高千餘丈。久之。仍為元軍所滅。殘明永歷帝入緬被殺之後。明地盡亡矣。然魯監國以海尚栖遲海外。依鄭經以居。諸遺臣多從之者。惟經不奉以監國之號。跡等寓公。康熙壬寅。以海病殁。甲辰。前兵部尚書張煌言散其軍。明系遂絕。此二事史皆不載。古人不甚知之。至元朝北都之亡。順帝猶君于沙漠。崩後。有惠宗之謚。壤地尚數萬里。嗣君立九年卒。廟號昭宗。又傳六世。皆仍帝號。至建文朝。有鬼力赤者篡立。更號可汗。稱韃靼。而元之號乃亡。然其苗裔稱王于回部者尚夥。較宋之厓山。明之洱海。地廣數十倍。不可同年而語。蓋無異晉元宋高之南渡。顧明史不以北朝目之。僅載之傳紀。是以世亦莫得而攷也。

士大夫宜留心本朝掌故

上海陸文裕公。出入館閣。前後幾四十年。每抄錄國朝前事。嘗命子弟熟讀。曰。士君子有志用世。非兼通今古。何得言經綸。今世學者亦有務為博洽。然問及　朝廷典故經制沿革。怳如隔世。縱才華邁衆。終為俗學云云。此說讀書人不可不知。即如辛未三月中。天氣頗炎。恩方伯錫滋蘇藩任。受事之時。朝冠用皮。人多訝之。不知未換涼帽之前。朝冠無不皮者也。其用絨緣者。乃宮嬪之冠。國家定制如此。今直省文武各官。朝冠大率皆以絨緣。習而不察。反以笑人。亦可笑也。

職官章服之沿革

帽頂之有珊瑚寶石水晶車渠。自雍正四年始。乾隆時。有請知縣用蜜蠟頂者。未經議准。自咸豐兵興以來。各軍營保舉及事例捐納者紛。于是知縣無不藍晶其頂。即佐雜等官亦多水晶車渠者。鄉鎮分防之縣丞巡檢。率皆紅纓矣。同治乙丑。余權盛澤釐捐。有署縣丞某者。未經加銜。仍用青纓。鄉民觀之。訝曰。此官蔵孝。所以用此纓。聞之不禁大笑。

居官以能說話得便宜

襄勤相國勒保。嘉慶朝名臣也。歷中外最久。官四川總督時。　仁宗嘗詢以爾等為督撫僚屬中何等人最便宜。公對以能說話者。上曰。然。工于應對。則能者益見其善。即不能者亦可掩不善。而著其善。雖事後覺察。而當前已為所蒙矣。況政事不猶數奏不能暢達。往往有極好之事。為拙于詞令者說壞。此聖門所以有言語之科也。朕遇捆愊無華之吏。嘗虛衷俾盡其言者以此。公退以語家梅亭方伯。共頌　聖主之明。余謂言語固然。即公牘亦何不然。昔人有詳文用毫無疑義四字。致被駁詰。往返改毫字為似字。乃已。然所費已不貲。時人謂為一字千金也。因思同治丁卯。余權南匯縣時。先與本道應敏齋方伯議掩埋暴露事。方舉行。而撫藩檄下飭辦。余遂躬歷城鄉。遠近督率董保經理。閱時三月。共勸葬及代葬四萬二百餘棺。境內埠灰為之一空。然尚有一萬餘具。或以子孫在外。或因方位不利。不能盡葬。須待來年者。因據實具覆撫藩。同時有一縣。僅掩埋一千七百棺。遂以境內悉數葬盡具報。嗣奉某方伯通飭。以葬一千七百棺者為辦理認真。記以大功。而余則以尚有一萬餘棺未葬被申飭。駁彼時幕友原舖張其詞。以掩埋淨盡具稟。余謂若是則下一年不復舉辦。此萬餘柩終暴露矣。事後乃信公事不可不作欺飾之語。時上海經應方伯捐貲數千金。葬至五萬餘與焉，亦不能莫盡，故是役也，上南二縣奠數最多，而皆無功。彼一縣之得數屬者，是能說話之類也。

海中異物

同治丙寅，余總辦江蘇海運事，三月中，乘天平輪船赴津門，于黑水洋忽見海中湧起一山，高數十丈，俄頃即沒。舟人曰：此大魚也。後攝南匯，見縣志載國初時有大魚過海口，其高如山，蝺蝺而行，閱七晝夜始盡，終未見其首尾。辛未，脩刊上海縣志，見一條云：明嘉靖年間，有一大鹿浮海而上，縣官率眾棹船擊殺之，稱之重五百餘觔。

前定數

天下事不外乎數，所謂一飲一啄，莫非前定也。余生平三事，事後思之，真若有數存乎其間。一是道光癸卯七月，在杭鄉試，得都中來信云：余候銓之訓導，已將到班，囑將三代履歷寄都註冊，俾可選到云云。時同門友陳星垞方任金華縣教諭，往咨其履歷，閱式星垞為草一單見付，並笑曰：現在本學訓導朱君欣甫方擬終養，子其得此缺乎？因指座間金華二生調之云：此皆門下士矣。乃十月中，都門又來信，謂前單舛錯，不能註選，否則九月分已選義烏矣。乃更正再寄，至十二月，朱君丁內艱，余竟選金華縣訓導。使爾時星垞之單不悞，則早選義烏矣，何金華之有？一是庚戌之秋，余以初次俸滿，保薦到省，遇海甯訓導錢君警石及富陽訓導吳君雪樵。警石戲余曰：子此番保薦，必升富陽教諭。余問其故，警石曰：子可詢雪樵。雪樵乃言是縣最貧，不特脩羊甚薄，且衙署臨江，每年水漲時，堂階具潴，須登樓棲止，官此者無不苦之。余曰：何所見而必得富陽耶？比古伯驗看，不列薦牘。余謂警石曰：今不保薦，不升富陽矣。警石又曰：子將來不保薦則已，保薦則仍升富陽。彼此一笑而散。越十年，俸滿再保，竟升富陽縣教諭。一是壬寅之冬，就長白聯蓮舫大令奎之聘，館于南匯者二年，後因選金華校官辭去。縣人盛可園贊府、鞠湘帆茂才送別河干，訂後會之期。余漫應曰：俟作宰此邦乃來耳。皆大笑別去。至同治四年，余以左爵相薦舉人才，奉命以直隸州知州發江蘇補用。丁卯奉檄攝篆南匯，盛、鞠二君均復健在，郊迎話舊，歡若平生。今因作鶴砂重到圖，以紀其事，并題二絕句云：雪鴻蹤跡舊因緣，往迹重尋轉惘然。不信讕言成讖語，回頭二十五年前。人民城郭是耶非，在我真同化鶴歸。昔日借來今五馬，勉將清白繼前徽。一時和者如雲，至今邑人傳為佳話。此二君及余，皆一時漫言耳，而應驗若此，是非前定數耶？

為善之報

為善不必求報，而報施之理，往往不爽。福州廖封翁少時，為郡吏。嘉慶年間，海寇朱濆投誠

得沿海居民通海冊不下數百家，廖謂寇既降矣，則若輩亦不必究，舉而投諸火。俄官吏有按冊誅求急索之，無有，遂已。五子均登甲第，膴仕最幼者為鈺夫先生鴻荃，榜眼及第，官至尚書。廖年八十餘，歿時，異香滿室。常州呂笠湖太守志恆，官閩時，臬使延之署中辦案。閩省海禁甚嚴，凡以穀粟出洋者均死。漳泉二府貧人多以番薯為糧，俗呼為地瓜，故以地瓜出洋者，准穀米例亦死，每年所殺甚夥。其實盜饕粱肉，固不屑食地瓜也。呂于地瓜下加一餅字，咨部，謂餅餌之屬，較穀米有閒，請予減等，部議從之。自是全活無算。呂年五十餘，尚無嗣息，後遂連舉丈夫子二人。夫廖與呂，其初不過一不忍人之心耳，未嘗圖報也，而報之彰彰如是。作善降祥，豈不信哉。

好善樂施之法

甯都謝渭公，性慷慨，家素饒，每約己利人，而不欲人知之。荒年則殺減其價，而增其斛。有士人貧且病，而歲復寒之，幾于袁安之僵臥。渭公欲蘇其困，而嫌于無名，稔其家多花，乃拉從弟某載酒共往觀之。揖主人，劇飲盡懽，徐出白金十兩，市蘭數盆以歸。花之值無幾，而渭公于是物又非素所好，陰以行其周急之意，而陽復予以可受之名。其誠心曲術，可謂忠厚之至矣。記之以為好善樂施者法。

說夢

周禮有占夢之官，吉夢噩夢，所占不一。惜其術今不傳矣。余就枕即夢，一夜之中，夢數數作，毫無徵應。先大夫則終年無夢，偶作一夢，其驗如響，此不可以理解者。咸豐丙辰，先室閻淑人在金華病瘵，先大夫忽夢見先妣太夫人，因告之曰：若亦知媳婦死乎？太夫人答曰：此是伊之福氣。既醒，謂余曰：爾婦死，爾母謂為福氣，吾恐兵禍之將及浙也。越一年，賊逆犯金華，又兩年，全浙淪陷，室家流離顛沛，死者九人，皆草草殯殮，不能成禮。淑人之先死，真是福氣矣。然此夢固不待占驗而知也。江西謝向亭先生階樹，嘉慶己巳榜眼，嘗督湖南學政。方鄉舉時，貧甚，無力入都。時有同鄉程君為貴州按察使，因指之謀館，而程君之西席為貴州某孝廉，本無意計偕者，忽夢見人送榜眼及第匾至館中，孝廉心喜，以為應必在己，遂辭程君進京會試。程君因延謝填其館缺。孝廉會試失意而歸，以為妖夢所誤，不再作春明之夢矣。謝權館一年，積有脩金，次年適遇恩科，亦遂入京，榜發中式。謝書法本佳，殿試閱卷大臣取其卷入進呈十本中，次在第五。時江西戴蓮士相國，久耳謝名，謂同鄉與閱卷者曰：本科江西有佳卷乎？曰：有次第五者，當是江西謝某卷。相國笑曰：江西自某後二十年矣，竟無大魁者，可歎可歎。蓋相國固以狀元及第者也。諸大臣聞言心悟，遂相約次第重檢其卷，一人指

謝卷曰。此卷書法甚佳。提上一名。一人又曰。此卷書法甚佳。又提上一名。如此數四。遂次謝卷第二。最後某大臣至。一人以言挑之。謂第二書法甚佳。似可提起。某大臣不喻其意。笑謂書法果佳。但在第二。亦不爲低。依次進呈。謝遂以榜眼及第矣。夫一榜眼某孝廉因其夢僥倖之。而不能戴相國示意欲提拔之亦不得。此固有命存乎其間也。然某孝廉之夢。又當如何占驗而後能知也。使此時而有占夢之官。必有是說。

栗恭勤公爲河神

山西栗恭勤公毓美。由拔貢知縣。官至太子太保東河總督。爲治河名臣。知縣事時。善決獄。嘗言讞獄宜寧默側聽。使之不得不吐供實情。再察其神色。度以人情物理。自然判斷平允。若徒事刑求。或將緊要供情先出自問官口中。即案無枉縱。亦難信于心矣。曾至滑縣查災。聞民間習教者多。而匪徒復乘荒肆掠。料其必將滋事。勸知縣強公克捷嚴密防範。並往白太守。太守不以爲然。未幾滑縣界果亂。克捷死之。沿及畿輔。天下震驚。人乃服公之先見。其治河也。創造磚工。說謂柳葦稭料。備防不過二三年。歸于朽腐。實爲虛帑錢糧。購備碎石。不但路遠價昂。而灘面串溝阻隔。船運亦屬不易。且石性滑。入水易于滾轉。仍不免引溜刷深。磚性澀。與土膠黏。拋壩鄰成坦坡。即能挑遠溜勢。每方磚價不過六兩。而石價則一方自八九兩至十二三兩不等。方價既多少懸殊。而碎石大小不一。堆垛半屬空虛。磚則以一千塊爲一方。平鋪計數。堆垛結實。並將與磚較量輕重。石每方重五六千斤。磚每方重九千斤。一方碎石之價。可購兩方之磚。而拋一方之磚。又可抵兩石之用。經費尤多節省。于是破除浮議。不辭勞怨。決計行之。天子深是其言。諭地方大吏無掣其肘。公遂連歲奏績。疊邀優敘。年六十三歲。卒于河防工次。上聞震悼。郵典綦隆。河南人如喪考妣。即生祠處處祀之。公歿之明年。河決開封。各官晝夜堵築。當合龍之際。河工忽來一蛇。衆謹迎之。蓋河將合龍。河神必化蛇至。有黃大王朱大王齊大王等神。老于河工。見蛇之色而知爲某某。當稱其號。以金盤迓之。蛇即躍入。以河督肩輿迎之廟中。祭賽數日。俟合龍。蛇乃不見。是役也。蛇作灰色。非向所見者。歷祝以某某大王。均不爲動。衆人大惑。巡撫牛公鑑聞之。至河濱一見。咤曰。是栗大人耶。蛇遂躍入盤中。越日。下埽平安蕆事。衆問巡撫曰。何以識爲栗公耶。曰栗公項下有白顛風。周圍似玉。我見此蛇頸有白圈。疑是渠化身。呼之而應。渠真作河神矣。于是奏請以公列入河神祀典。公六歲就外傅。對句輒驚塾師。九歲學爲文。落筆灑灑如宿構。同縣某翁相攸。得之。招至家。令與子讀。同室卧起者數年。一夕盜殺翁子。室扃如故。無跡可尋。衆疑公。公無以自明。官亦不能爲之明。已論抵矣。女另醮同里富人王某。婚數日。王醉告女曰。吾慕汝色。以重資募劍客。本欲殺栗。不意誤中汝弟也。女聞之。殊自若。翌日歸甯。則逕入縣署號呼。官提王究。不能置辯。乃收王。而出公于獄。女見公泣語之曰。吾所以忍爲此者。以弟之仇。君之怨。非吾不能雪也。今已白矣。身既他適。不能復事君。亦再無歸王理。計惟一死耳。遂對公自刎死。合邑皆驚。其節烈。公感其義。通顯後。終身不置正室。

五星聚奎

咸豐十一年辛酉八月朔旦。五星聚奎。推七政日月土木水火俱躔張度。在巳宮。金星則躔軫。在辰宮。是月正值今上登極。贊襄王大臣。遂定明年紀元之號爲祺祥。未幾三王及肅相得罪。兩宮皇太后臨朝。乃改明年爲同治元年。仰見聖朝不侈符瑞之至意。自是僭亂以次削平。郅治之隆。同乎開國。中興事業。振古鑠今。斯實昊穹眷顧。預示休徵也。攷宋太祖即位之年。亦五星聚奎。從此天下太平。啟三百載文明之運。天人相應。國家萬年有道之基肇于此矣。

神靈盪寇

同治癸亥正月。粵逆李世賢踞金華府城已二年矣。時蔣方伯益澧方統師攻克湯溪縣。將移兵向金華。尚未起行。賊忽于夜間見四山皆火光照耀。殺聲震地。以爲大兵百道並進。大駭。遂開城逃竄。次日方伯師至。不費一矢。收復郡城。人皆稱爲神助。然自粵逆倡亂以來。歷觀各省奏報。稱神靈翊佑。請賜封號及楄額者不一而足。仰見天之助順。百神效命。具徵國家之無疆大歷服矣。因記先大夫嘗言。嘉慶五年阮文達相國撫浙。時神風盪寇一事。尤爲奇異。用並識之。先是乾隆末年。安南國內亂。有倫利貴者。安南之總兵也。以戰功封侯爵。本係海賊出身。故以巡海爲名。私結閩盜來浙劫掠。國王不知也。其船巨。砲巨。船外蔽以牛皮網索。使我砲彈不能入。號安南艇。橫海上者五六年。往來浙閩瀕海地方。縛人妻女。繫人父兄。以要人貨。不如約。則剖心醬肉。慘不可言。蓋禍較明之倭寇爲尤烈。四年。文達蒞浙撫任。嘗遣吏探之。賊飲之酒。指艇大言曰。吾駕大船。齎十月糧。砲重數千斤。來收稅耳。爾大吏宜自計。非我敵也。當是時。權衆寡強弱之勢。浙師實不足以殲賊。文達乃以賊情下詢諸官。幷及士庶人。採李巽占之言。嚴保甲以絕盜糧。用周風鳴之策。誠土寇以斷賊路。聽王鳴珂之計。令防禦攻擊以戢匪勢。而以造巨船鑄巨砲爲首務。嚴號令。警廢弛。明賞罰。期年而剿賊之具成。賊情已窘。遂擊之于三盤大陳石塘等處。皆有斬獲。五年六月。文達親督師至台州。定海鎮李。黃巖鎮岳。溫州鎮胡。皆會。安南艇匪適連艅進踞龍王堂。松門之下。艇船環于松門山。計將撲岸。月之癸酉。文達檄李鎮之師赴海門攻賊。復令胡鎮自楚門出。與兩鎮會于金清。是日日甫沒，風大起，且雨。甲戌之夜，風勢更甚。乙亥，文達遣使探兩鎮所在，水阻不得達。丙子，有弁報水至，言是夕風雨狂烈，獨注龍王堂，雨中有火熒熒，賊艇撞擊，皆破碎。李鎮船在海門，為風水所擧，維于岸木，乃無恙。而鎮兵船亦多損壞。胡鎮師在黃華關，風不之及，完好如故。是時賊奔竄海山，我陸路兵乃由松門涉石塘，剿賊，賊乘破舟，猶以砲拒，皆就獲。有一艇未壞者，賊數百爭乘之，亦沈沒。其登岸攫食者，皆為我兵所擒。前後俘馘八百餘。賊海發賊約四五千人，獄不足禁，撥郡廳以拘之。磔偽進祿侯倫利貴于市，其餘首從各論如律，艇賊盡平。事聞，仁宗以為誠感神應，勅建天后宮、龍王廟于松門。是役也，文達之佈置已周，賊固不難破滅，然非神風助順，斷不能一夕而悉數殲夷。觀于蔡牽之再至，嘉慶十四年，則是舉不歸功于神助不可矣。

江蘇督撫請減蘇松太浮糧疏

吳中賦額之重，為天下最。自明迄今，積困數百年。國初巡撫如韓世琦、馬祐、慕天顏、湯斌，科道如吳正治、施維翰、孟雄飛、嚴沆、任辰旦，皆嘗特疏請減，格于廷議，不果行。近歲以來，益不支。而漕弊因之，官與豪猾相持，益畸輕重，而良民獨受厄。顧事屬重大，且自道光至咸豐二十餘年，軍事日棘，帑藏空虛，中外諸臣無敢發言者。同治二年，相國合肥李公鴻章巡撫江蘇，駐師滬上。時蘇常尚為賊踞，公目睹吳民流離困苦狀，博訪周諮，謂宜及此時乞恩，乃可以維繫人心，滋培元氣，而挽回大局。遂與督臣曾侯上疏，請減蘇松太浮糧。公自屬疏草，剴切詳明，洋洋數千言，盈廷讀之，皆為動色。天子仁聖，俞公所請，會大理卿潘祖蔭、御史丁壽昌相繼上陳，並及浙江之杭嘉湖三府。上乃特宣減賦恩諭，而以各疏下所司。戶部議蘇松太減三之一，常鎮減十之一，杭嘉湖三府如之。奉旨如議。詔下，江浙百姓懽聲雷動。五百年民困，一旦以蘇，自是奠定三吳，肅清兩浙，兵燹殘黎，得以休養生息，含餔鼓腹者，李公之力也。主聖臣賢，千載一會。然是疏閎闊不經見，今備錄之，俾後之言田賦者有所攷焉。公疏曰：

竊惟大學理財之道，于天下必曰平；周官土均掌土地之征，必曰均。禹貢九等，太宰九賦，不外平均。今天下不平不均者，莫如蘇松太浮賦。上溯之，則比元多三倍，比宋多七倍；旁證之，則比毗連之常州多三倍，比同省之鎮江等府多四五倍，比他省更多一二十倍不等。以肥磽而論，則江蘇一熟，不若湖廣、江西之再熟；以寬窄而論，則二百四十步為畝，有絀無贏，不如他省或以三百六十步、五百四十步為畝；而賦額獨重，則由于沿襲前代官田租額也。夫官田亦未嘗無例矣。伏查戶律，官田起科，每畝五升三合五勺，民田每畝三升三合五勺，重租田每畝八升五合五勺，沒官田每畝一斗二升，是官田亦有通額也。獨江蘇則不然，攷宋

紹熙中，朱子行經界法，吳糧每畝五升耳。厥後籍韓侂胄等莊為官田，又賈似道廣買公田，元代續加官田，明祖平張士誠，又復入諸豪族田，皆據租籍收糧。宣德中，巡撫周忱、知府況鍾奏減蘇松糧百萬石，疏中稱蘇府秋糧二百七十餘萬石，內民糧止十五萬餘石，餘皆官糧。二者并未合併，官糧自七斗六升，民糧自五升。嘉靖中，令各州縣盡括境內官民田，裒益之，分攤定額。長洲縣官田最多，故額最重，他郡縣官田遞輕。今長洲等縣每畝科平米三斗七升，以次不等，折實粳米多者幾及二斗，少者一斗五六升，遠過乎律載官田之數。此蘇松太重賦之源流也。自明以來，行五百年不改，而其中升降盈縮，則因時而異。蘇州府志稱明臣周忱奏令輸布一匹，准米一石，輸銀一兩，准米四石，又稱課吏以催科六七分為上攷。終明之世，無徵至八九分者。國朝康熙十三年，前撫臣慕天顏疏有曰，無一官曾經徵足，無一縣可以全完，無一歲偶能及額。雍正中，奏准江蘇漕米折徵，每石銀一兩。其時銀價每兩易錢七八百文，以此觀之，前明及國初賦額雖重，大都遞欠準折，有名無實而已。嗣是承平百餘年，海內殷富，為曠古所未有。江蘇尤東南大都會，萬商百貨，駢闐充溢，甲于寰區。當是時，雖擔負之夫，蔬果之傭，亦得以轉移執事，分其餘潤。無論自種佃種，皆以餘力業田，不關仰給之需，遂無不完之賦。故乾隆中年以後，辦全漕者數十年，無他，民富故也。惟是未富非本富，易盛亦易衰。至道光癸未大水，元氣頓耗，商利減而農利從之，于是民漸自富而之貧。然猶勉強支吾者十年，迨癸巳大水，而後始無歲不荒，無縣不緩，以國家蠲緩曠典，遂為年例。夫癸巳以前一二十年而一歉，癸巳以後則無年不歉，且鄰境不歉而蘇松太獨歉，此何理也？謂州縣捏災，此三十年中，督撫司道更數十人之多，豈無一二不肯蒙同欺妄之人？而且聖主不加斥，戶部不加駁，科道不加糾，此又何理也？誠以賦重民窮，有不能支持之勢，部臣職在守法，自宜一切不問，堅持不減之名；疆臣職在安民，實困萬不得已，為此暗減之術。始行之者為前督臣陶澍、前撫臣林則徐，皆一代名臣，揣其意，殆謂減額則永不能加，災緩則後不為例，原冀民氣漸蘇，無難復初。初不意年復一年，且年甚一年，而不可返也。臣竊維前辦全漕之時，間遇水旱，辦成災者一，辦帶徵者九，帶徵後依然全漕，故以年計為減成，以十年計，非真減成也。今則年年辦災，永無帶徵之日，乃真減成也。又官墊民欠一款，道光之初，數僅分釐，癸巳以後，驟至一二成。夫所謂墊者，豈州縣之果能墊哉？不過移雜墊正，移緩墊急，移新墊舊，移銀墊米，以官中之錢，完官中之糧，將來或額免，或攤賠，同歸無著，猶之未完也。故歷年糧冊，必除去墊欠虛數，方得徵收實數。以此數民固未嘗完也。伏查蘇屬全漕一百六十萬，歷後積漸減省，蓋自道光中年始。于今三十年矣。禮曰，以三十年之通制國用，言綜

乎三十年之大凡斯以後可知也今試以道光十一年起至咸豐十年止三十年中逮分數計之辛卯以後十年共數一千三百餘萬除官墊民欠得正額之五六成咸豐辛亥以後十年共數九百餘萬除官墊民欠得正額之七八成辛丑以後十年共數七百餘萬除官墊民欠得正額之四成而已自粵逆竄陷蘇常焚燒殺掠之慘遠接宋建炎四年庚戌金兀朮故事蓋七百有三十年無此大劫臣鴻章親歷新復各州縣向時著名市鎮全成焦土孔道左右蹂躪尤甚又各賊不能相統此賊所踞難免彼賊劫掠故賊境即不與官兵交界亦皆連阡累陌一片荊榛凡田一年不耕便為荒田今已三年矣各廳縣冊報拋荒者居三分之二遺黎窮鄉僻壤亦復人烟寥落間于頹垣斷井之旁遇有居民無不鵠面鳩形奄奄待斃傷心慘目之狀實非鄭俠流民圖可比已復之松太如此未復之蘇常可知而欲責以重負責以數倍他處之重賦向來暴斂橫征之吏所謂敲骨吸髓者至此而亦無骨可敲無髓可吸斯即據情籲請全行蠲免四五年在皇上如天之心必蒙俞允惟是天庾正供停運三年軍糈浩繁度支仰屋其何以濟臣等所不敢出此也又荒田名種有順治年間各省屯田之例可援照墾熟既遠升科更遲現報荒田三分之二已荒者議蠲未荒者議減將所存僅此一二成亦臣等所不敢出此者也至于辦災例案自七八成而五六成而四成咸豐三年間曾拋

荒僅止三成若稍存茍且彌縫之見援拋荒之案減而又減約得二三成非不可以塞責但前督撫臣之所以為此者尚或冀其復舊今則明知無望而狃于積習不以直陳是全無為國之心徒有罔上之咎又臣等所不敢出此也臣等細覈歷年糧數咸豐十年中百萬以上者僅一年八十萬以上者六年而皆有官墊民欠十餘萬在其中是最多之年民完實數不過九十萬成案如是民力如是積欠之後大難之餘催科一事棘手尤倍臣等萬目睽睽悉心籌畫上體宵旰憂民之切下維軍國待用之殷于萬難偏重之中求兩不相妨之道似宜用以與為取以損為益之一法比較歷來徵收各數酌近十年之通改定賦額不許挪墊于虛額則大減于實徵則無減窮變通久于此時為正辦或者謂據此定額未免過少不知減餘之數仍適省莫重之數尚非宋元舊額不得謂少且不自今日始也咸豐十年以前歷年如是未嘗于歷年國用有減也彼時兵革未興生聚未改田園廬舍未損非猶是完善之江蘇乎夫完善之江蘇僅有此數則殘破之江蘇不應仍有此數令臣等于殘破之餘請照完善之時定額且不援近年最少之數不假借墊欠虛數誠不敢謂必有把握若仍執久置不用之虛額衡量多寡欲求轉邀乎完善之時　皇上聖明洞鑒有是事乎有是理乎事理所必無即刑法所必窮恐賢如劉晏李巽不肖如裴延齡李實亦且束手無策矣又或者謂數

既猶是何不仍夫舊貫尚有冀于將來不知乾嘉之江蘇實千載一逢之盛會不可為例竊謂自茲以往如天之福東南無事休養生息二三十年冀可復咸豐及道光末年之江蘇更二三十年冀可復道光中年之江蘇而懸此虛額數十年以待之無論無此政體恐異日之利未必能復目前之害已不可支蓋臣等今日之辦所謂以與為取以損為益者方將借減賦之名為足賦之實所以能照完善之時定額者其機括全在減賦二字之中也何以言之辦災辦緩權在胥役防弊雖有百法舞弊奚啻千端正此也蓋不減賦之弊在多一分虛數即多一分浮費減額之用在少一分中飽即多一分上供減額既定胥吏無權民間既沾實惠公家亦有實濟是為轉移之善術一也吳民死亡之外大半散之四方故鄉賦重望而生畏尋常蠲緩不足去重賦之名招之不來荒田愈久愈多何法以治之惟聞減賦之令必當爭先復業是為勞來之善術一也往者諸城被陷官吏一空鄉團抵死拒敵鏖聲所達萬眾爭先小股賊匪見輒卻走以三首縣言之洞庭香山金市各相持至七八月之久固由　朝廷恩澤之至深亦徵愚氓天良之未泯此時減賦令下彼見皇上于經費匱乏之時尚有此度越尋常之舉有不感生望外踴躍輸將者乎是又激勸之善術一也臣等所謂以與為取以損為益者此也現在蘇郡尚陷賊中聞各鄉多為暗團之約待時而動以應官兵即如常

熟反正鄉民戮賊十萬殺賊目者十餘處崑山克復沿湖居民截殺竄賊無數是其明證一聞減賦之令必當感激涕零望風增氣他日軍麾所指勢矢之驅更奮壺漿之意益誠又未始非固結招來之一法臣等伏查順治八年三月奉上諭凡故明仇怨地方或一處加糧甚重我朝並無仇怨何可踵行此等情由詳察具奏欽此于是江西瑞袁等府明初因陳友諒加糧倍重布政使莊應會奏復舊額蘇松獨未及上又雍正三年三月十九日怡親王奏請酌減蘇松浮糧奉旨蘇松之浮糧當日部臣從未陳奏常廑皇考聖懷屢欲施恩議減今怡親王等悉心籌畫斟酌奏請朕體皇考愛民寬賦之盛心准將蘇州府額徵銀蠲免三十萬兩松江府十五萬兩欽此又乾隆二年奉上諭江省糧額尚有浮多之處着再恩免徵銀二十萬兩欽此部文照雍正三年例辦理仰惟列祖列宗當東南全盛之時猶復軫念民依如此其深且厚況今日之兵燹孑遺流離瑣尾至于此極也乎漕糧為惟正之供而蘇松獨曰浮糧曰浮賦見諸列聖諭旨及郡縣志書不以為嫌是知實有浮多應減之處留以待我皇太后皇上行之者也惟有籲懇聖慈鑒察特沛殊恩俯准減定蘇松太三屬糧額由臣等督飭司道設局分別查明各州縣情形以咸豐中較多之七年為準折衷定數總期與舊額本輕無庸議減之常鎮二屬通融核計仍得每年起運交倉漕白正耗米一百萬石以下九十

萬石以上者為定額，即以此復開徵之年為始，永遠遵行，不准更有墊完民欠名目。似此核實辦理，不特酌十年二十年之通相較，固無所紕，即酌三十年之通相去亦不甚遠。至官墊民欠本屬弊政，新復之地百款皆空，無可墊，而欲其墊，弊更百出，宜永遠禁止。嗣後非大旱大水實在荒歉者，不准捏災著為令。伏願皇太后皇上俯念蘇松各屬，為十八省未有之重賦，非他處被隘州縣可比。又為七百年未有之大難，非歷年被歉例案可比。去無益之虛額，求有著之實徵，下延億萬垂盡之生，上繼累朝未竟之志，民生幸甚，國計幸甚。

仲子崔為父報仇

家語言子路死衛難，而左傳史記謂死孔悝之難。雖所紀不同，其忠義之氣炳千古矣。惟子路之子名子崔，為父報仇事，諸書佚不傳。攷南史孝義傳，師覺授撰孝子傳八卷，太平御覽引之云：仲子崔者，仲由之子也。子路仕衛，赴蒯聵之亂，衛人子黶（左傳作盂黶）殺之。子崔既長，欲報父仇。黶知之，曰：夫君子不掩人之不備，須後日于城西決戰。其日，黶持蒲弓木戟與子崔戰而死（見第三百五十二條）。又云：初，子路仕衛，赴蒯聵之亂，衛人狐黶時守門，殺子路。子崔既長，告孔子，欲報父仇。夫子曰：行矣。子崔即行。黶知之，于城西決戰。黶持蒲弓木戟而死（見第四百八十二條）。今覺授之書久不傳，而此兩引可以互證，足見忠臣之後復有孝子，可為聖門生色，亦大快人心也。

孝媳

任邱邊雪坡大令學慶，嘗言伊鄉村婦有走無常者。一日晨起告人曰：吾今退役矣。昨夜奉票赴前村攝傅家媼，見其寡媳獨守病榻，淚下如雨，屢跪竈神前，喃喃禱願減壽十年，以益姑算。吾牽媼之魂將欲出門，媳一哭仆地，其魂自頂門躍出，張手來奪，高不過尺餘，而氣力絕大，幾為所仆。因告以奉票傳人，事非得已，媳魂哀哭不放，吾睹其情狀可憐，不忍再促，同稟城隍神，神亦為之太息，謂此媳純孝，我據情代求冥王，當蒙憐恤，或可挽回。又謂汝存心尚好，此後亦不必充役矣。嘗遣人至前村探視，傅媼果已復甦，越七八年，尚康強無恙。有人叩其媳魂出事，答言仆地時一無所知，但覺心窩如刺一錐耳。此所謂孝弟之至通于神明，雪坡為人極篤實，居官有惠政，當非謏言。

文昌為淫祀

今文昌之祀遍天下矣，隆重幾與文廟等。然或謂為星辰，或指為人神，究莫能明也。侯官鄭桐侯大令廷琛攝金華縣時，與余同祭文昌，謂余曰：文昌在康熙雍正時，曾奉部文以為淫祀禁止，蓋由漳浦蔡文恭公新之封翁部控所致也。初閩人多祀文昌神，不過另設廟貌耳，時漳浦有紳士乃建閣于學宮而祀之，蔡封翁止之不得，遂控于官府，皆不勝，忿而控部，部議以文昌之神不見經傳，誠為淫祀，行文禁止。其案牘大令曾親見之。然文恭公乃登甲科，位宰相，為理學名臣。余攷文昌之列入祀典，則自嘉慶六年始，當時蓋禮臣偶未之攷也。又按明史宏治時亦有折毀文昌廟之令。然宋人吳自牧夢粱錄載梓潼帝君廟在吳山承天觀，此蜀中神，專掌注祿籍，凡四方士子求名赴選者悉禱之，封王爵，曰惠文忠武孝德仁聖王，王之父母及妃及弟若子若孫若婦若女俱賜顯爵美號，建嘉慶樓，奉香燈云云。是文昌之祀亦匪今斯今矣。

孟子之子

余嘗見孟氏譜，孟仲子名睪，孟子之子也。公孫丑內有孟仲子問云云，蓋曾師事父耳。趙氏注以為孟子之從昆弟，朱子采之，誤矣。

海甯陳氏安瀾園

道光戊子，余年十七歲，應戊子鄉試，順道往海甯觀潮，並游廟宮及吾家安瀾園，時久不南巡，祇十二樓新葺，此外臺榭頗多傾圮，而樹石蒼秀奇古，池荷萬柄，香氣盈溢，梅花大者夭矯蟠囷，參天蔽日，高宗皇帝詩所謂園以梅稱絕者是也。廳事中設御座，相傳數年前有一狂生被酒踞座而遺，忽見一金甲神捽之撲地，頭額破損，扶歸大病幾死。五十年來之虛位尚有神物呵護，仰見皇靈之遠。同治癸酉重遊，是園已四十六載矣，經粵賊之亂，尺木不存，梅亦根撥俱盡，蔓草荒煙，一望無際，殊有黍離之感。斷壁上猶見袁簡齋先生所題詩一絕云：百畝池塘十畝花，擎天老樹綠槎枒。調羹梅亦如松古，想見三朝宰相家。以後則牆亦傾頹，不能辨識矣。時大府方重修廟宮，以祀海神，奏明動帑六萬，不日當可煥然一新，而斯園則零落與綠野平泉同其湮沒，深可慨也。

卷六終

庸閒齋筆記卷七

海昌陳其元子莊著

夢王十朋

上海余見堂大榮言晚年登第夢王十朋以侍生帖來謁時年已老私念豈能鼎甲乎後列三甲除縣令又夢十朋以治生帖來拜不解其故嗣選樂清始悟前夢至縣遂脩其墓訪其子孫又夢十朋來謝未幾獵人以虎皮送云是十朋墓所獲也

開吳淞江

同治十年冬大府奏開吳淞江合崑山新陽寶山嘉定華亭婁縣南匯川沙青浦上海九縣一廳之民以壯役余時攝上海縣事江之源起于青浦訖于上海共一萬一千餘丈而江之在上境者十之七故上海承派之工居十之四彼八縣一廳僅得工之十六耳上海附止二百十有四田止六十八萬餘畝而承此大工民力困甚然自同治二年起已如此派法不能不照章辦理于是按圖分段按畝出夫搶挖一月有餘自十年十二月起至十一年正月初旬民夫始陸續赴工興挑遇雨即停止雨止則戽水水盡再挑再雨再戽春日多雨戽水不勝其煩且一遇天雨夫即散歸雨止後或來或不來又須催提蓋夫在本境近歸家易不若他縣長募之夫距家遠不能歸可坐守也他縣分地少夫常集雨止晴挑勢常逸故見功易上海分地多夫易散雨止而晴不能即挑勢常勞故見功難然同事一江他縣竣工而上海不能不隨之竣則追呼不可少緩也他縣地少皆併于一局而呼應靈且其財萃于一局而用度使上海地多圖自為局二百十四圖則二百十四局意見不能無扞格即指臂已不能自如又往往有此圖之資已罄或歸取或商借紛紛擾擾不能歸一則約束不可不嚴也余自正月初即赴工胼胝誘掖獎勸督責脣焦舌敝歷一百餘日居然不悞工且先他縣完工工程之寬深如式甲于他縣歷荷大府獎嘉雖由董事之經理得宜小民之赴工趨事此其中殆有天幸焉圖董中有文生張春沂者年八十六歲精力如少壯從事四閱月急公踴躍未嘗告勞且為他圖排解一切絳縣老人不足多矣大工既蕆余因上海受工太鉅民力不勝歷陳本邑凋敝情形詳請大府以後開濬之役永遠減去二成已荷批准立案余去任後聞圖民已將憲批及余詳文刊石垂永久庶幾民困少蘇余亦藉告無罪于吾民耳先是雍正六年家文勤相國奉世宗之命督開吳淞江時松江府知府周公中鋐勤其官而水死焉奇贈太僕寺卿道民感德私祀之屢著靈爽道光七年巡撫陶文毅公重濬此江以公陰佑奏奉特旨立廟江干春秋致祭方事之殷也余以公與先相國當日有共事之雅虔禱公祠半年之中聚民夫數萬人于河上風塵不驚疾疫不作工程克期是非神助曷克臻此故于竣事後上一聯于神祠曰百四十年舊蹟重開念先人誼切同舟數典敢忘其祖萬一千丈鉅工告蕆慶此日江流順軌惟公所存者神以志神貺云

開河有鐵沙有陷沙又曰瀜沙鐵沙不過費力開一層即深一層陷沙則今日挑去若干尺明日又漲出若干尺工費最巨法當多集人夫一日挑竣放水壓之乃可不漲而挑至深處一日又不能竣工則須有烈日曬之亦可此外更無別法又有爛泥亦非易挑者挑遇泉眼水湧溢噴出一夕可以滿河法以木桶圍之而挑其旁則不致橫溢而水亦隨旁落更有黿窟之處則水不能戽乾是役也遇有二窟一在太僕廟上里許戽水一日黿自徙去岸上見其足蹟次日遂涸一在太僕廟下四五里其窟最大集人夫數百戽之一日僅去水尺許一夕如故內中有老黿探首出窟頭大如甕復有大紅鯉魚長八九尺游泳其中戽數日人力窮而工不竟乃築防環其窟而于其外施工焉從來築城築堤但以土方計工而開河則必兼水方如此次濬江先築壩戽水水盡乃施挑工每三十丈置一車以備戽水殊不知開挑既深先則需二車以接繼則三車相接終則四車相接四車不過抵一車之用而人夫倍蓰矣況三十丈之長一車斷不敷用則不能不添車此即圖賠矣初開不過去地一丈二人一日可得土一方受值裕如至一丈五尺四人竟日僅得土一方而水已橫溢四出又別需人運水其運水需樁需壩乃得運土運土定例又須出土于十丈之外而運者由下而上往返計二百三四十步人益勞既深至二丈則四人竟日尚不得土一方而所定土方之值不能增總局始事所訂但及土方之工既束于成數欲稍為變通則土未及半帑銀已竭不能不聽各圖之自為計畫此又圖賠矣圖安能賠不過按田貼費而已故上海素有開河田還債之謠此等情形余均瀝陳于應敏齋方伯之前方伯聞之亦深憫惻故減派一議得以邀准計是役民間貼費不下五萬緡而克集余所貼僅千金而百姓頗頌余不置良足愧也因詳記之俾後來有所攷焉

開河之先必須兩頭將壩築住而後可以戽水築壩前一日當事者先行祭壩而後施工祭過之後雖河面數十丈之廣河身數十里之長戽水之時一鱗不獲矣若仍有魚則壩必坍塌余在南匯開呂家浜上海開吳淞江皆是如是謂非有神司之可乎

劫運

咸豐辛酉之冬諸暨包立生初與賊拒時賊屢以萬衆環攻之立生率村衆出戰輒得大捷每一陣必斬刈千百賊多束手就戮者因相傳立生有異術得仙靈護佑及壬戌之夏一敗

塗地。初無神奇。人多不解其故。因憶家梅亭方伯嘗言嘉慶初年三省教匪作亂之際，方伯時為縣佐，解餉銀數萬，赴大營。中途猝與賊遇，望見前山有一營，官軍駐扎，急走依之。未及里許，賊已蠭至，乃推餉車入深草中潛匿。已及人夫皆伏於車畔，賊大隊從旁吹角而過，竟不之睹。以為山前必決鬬矣，乃從草間遙望之，但見賊至營內，官軍並不接仗，皆延頸就戮。賊遂燒營而去。始相慶幸不走入營，竟得免死。然官軍所以不鬬之故，卒不能知。比教匪破敗時，官軍數十人追賊，可以斬殺數百千人，無一人扞格者，乃悟劫運使然，前後皆是氣之所懾。立生之勝敗，亦此類也。

冥王用通事

上海五方雜處，獄訟煩多，訊鞫閩廣人之案，不能不用通事，俾傳達言語。顧一省之中，口音亦復各別，即通事有不能盡解者，每以為苦。嘗戲與友人言：此時滬上華夷雜處，死者魂歸東嶽，恐冥王傾耳於侏㒧之音，亦不能辨，必須亦廣用舌人矣。友人謂鬼神者二氣之良能，既已神矣，安有不解之理。後閱乾隆中上海人李巽廷明府心衡所著金川瑣記，內載丙午春，章谷城隍廟落成，鋪戶中一銀匠某死，半日復甦，自言城隍招募差役十三名，並我得十一人矣，尚缺其二，慮無可充通事者，以通漢語夷人為之。我舉通事某勤慎可用，城隍已賜允。我生前無大過惡，幸不被譴責。冥間與陽世無異。戒妻子勿悲泣。言訖長逝。所謂某者，小金川夷人，充章谷屯通事有年矣，强健無恙。是午覺心腹猝痛，踰刻即死。金川漢番錯處，非通事不能達語言。顧神無不格，猶需狄鞮耶。固知陰陽一理，事非偶然云云。則余所謂今之冥王不能不廣用舌人，非無稽之戲言矣。

華亭令戲懲武秀才

江蘇人尚文學，習武者少，然武科不能廢。當歲試之年，輒搜羅充數，往往不及額而止。無賴者幸博一衿，不求上進，每橫于一鄉，不特閭里苦之，即地方官亦苦之。嘗聞前華亭令雲夢許君治鞫一事，不禁為之失笑。許君為政，以廉幹名。一日者有武生扭一鄉人至縣喧訴，許訊其故，則鄉人入城，擔糞誤觸生，汙其衣，已經途人排解，令代為浣濯及服禮，而生不可，必欲痛扶之而後已。許詢悉其情，亦拍案大怒曰：爾小人乃粗心，擅汙秀才衣，法當重責。鄉人惶恐乞憐。許良久曰：姑寬爾。令生坐於堂側，而飭鄉人向之叩頭百，以謝罪。叩至七十餘，許忽曰：我幾忘之，爾之秀才，文乎武乎？對曰：是武。則又蹶然曰：我大誤，文秀才應叩一百，武則一半可矣。今多叩二十餘頭，爾應還之。復令鄉人高坐，而捉武生還叩。生不肯，則令皁隸挾持而抑其首，叩還二十餘，乃釋。生大怒走出，許撫掌大笑，邑人觀者聞者亦無不大笑也。是

舉雖非正道，然松人至今嘖嘖，以為美談。詩云：善戲謔兮，不為虐兮。許君之戲，毋乃近于虐哉。

修歸太僕墓

許君乾隆己未進士，需次部門時，夢歸太僕有光持名刺來謁，曰：廬舍遭郡人削且盡，祈公主持之。寤而不解其故。尋選崑山令，抵任，太僕後人適訴祖墓被佔事，恍悟前夢，立往經丈，凡越佔者悉清還之，並立碑定界焉。同治庚午，余代理新陽縣事，墓又復蕪穢不治，余捐俸修葺，並為建立墓門。會歲試，拔其十世孫祖英第一，補博士弟子員，俾世守太僕墓。然余並無所謂夢兆也。

耕耤大典

耕耤之禮，各直省屆期舉行。江南諸縣皆以穀播，上海則兼播棉子，以其地產棉也。記余道光壬辰歲在京師，詣先農壇恭觀皇上耕耤之所。壇地遼闊，約有數里，龍鱗鳳隰，隴畝縱橫。居中為太歲廟，廟前為祈穀壇，後為貯耤穀殿宇，規制宏麗，樹皆松柏，臥者立者，虬枝蟠結，黛色參天，大抵是數百年物。當隴畝前起耕耤臺，臺以板為之。地則耤之以擾，箬棚前搭山棚，棚皆以五彩綢綾結成，光燦奪目。皇帝躬耕之處，地約一畝許，兩旁分十二畦，乃三公九卿扶犁之所。時正值諸王公方演御耕牛，牛色正黃，身披黃緞龍鞦，以黃絲繩籠其頭，頂豎金牌，上嵌紅寶石一。執鞭執便桶之農官隨行。耕時兩旁立校尉，執五色春旂者二十四人，歌禾詞者二十四人，依牛行。上下三推畢，春旂即退。三公九卿之牛，皆以黑緞紅緞為鞦，事者俱風簑雨笠，以象農事。煌煌鉅典，仰見聖朝重農之盛意矣。

鹵簿名物記

余在京師，嘗值大駕郊祀，又恭逢六飛謁陵，鹵簿之盛，觀之而不識其名，問之亦不能盡悉，頗以為歉。嗣閱吳江陸朗夫中丞鹵簿名物記，始恍然若置身屬車豹尾間，因即錄之。按鹵簿之別，有曰大駕者，郊祀用之；曰法駕者，朝會用之；曰鑾駕者，歲時出入用之；曰騎駕者，行幸所至用之。大駕最為備物，尊天祖也。法駕稍損其數，文物并明，取足昭德而止。鑾與騎又加損焉。事非特典，不敢同於所尊貴也。凡為蓋者五十有四：九龍而曲柄者四，色俱黃，翠華紫芝兩蓋承之；九龍而直柄者二十，色亦黃，皆以次序立；花卉而分五色者十，九龍而分五色者亦十，每色各二，其立不以次，而以相間；純紫與赤而方蓋者八。為扇者七十二：壽字者八，黃而雙龍者十六，赤而雙龍者八，黃與赤單龍者各八，孔雀雉尾及鸞鳳文而赤且方者各八。幢之屬十有六：長壽也，紫也，霓也，羽葆也，各四。旛之屬十有六：信旛也，絳引也，豹尾也，

龍首竿也亦各四曰敎孝表節曰明刑弼教曰行慶施惠曰褒功懷遠曰振武曰敷文曰納言曰進善八者各為一偶凡旌之屬亦十有六于是有四旌節四儀鍠氅四黃麾而繼之以八旂大纛二十四羽林大纛前鋒大纛共十六五色銷金龍纛共四十凡為纛者八十旂取諸祥禽者儀鳳翔鸞仙鶴孔雀黃鵠白雉赤烏華蟲振鷺鳴鳶取諸靈獸者遊麟彩獅白澤角瑞赤熊黃熊辟邪犀牛天馬天鹿取諸四神者四取諸四瀆五嶽者九取諸五星二十八宿者三十三取諸甘雨者四取諸八風者八取諸五雲五雷者十取諸日月者各一其外有門旂八金鼓旂二翠華旂二五色銷金小旂各四出警入蹕旂各一旂之數共百有二十為金鉞為星為卧瓜為立瓜為吾仗為御仗各十有六又六人持仗而前導曰引仗自蓋至引仗其名一十有七紅鐙六二鐙之下鼓二十四金二仗鼓四板四橫笛十二又二鐙之下鼓二十四金二仗鼓四板四橫笛十二又二鐙之下鉦四大小銅角各十六自紅鐙至銅角其名一十有六午門之內有金筆玉筆焉午門之外有五輅五寶象焉天安門之下則又有四朝象焉朝象雖非朝期率每晨而一至引仗以上在太和門之內銅角以上在端門之內其最近御座者有拂塵有金鑪有香盒數各二沐盆唾盂大小金餅金椅金杌數各一執大刀者執弓矢者執豹尾槍者每事各三十人其立亦不以次而以相間荷殳戟者各四人侍殿前執曲柄黃蓋者一人殿下花蓋之間執淨鞭者四人自黃龍以下諸蓋之間仗馬十掌騎者千人殿之下陛之上執戲竹者二人計鹵簿所需千八百人國朝制作之明備眞超越前古而上矣

辨何桂珍之冤

軍興十餘載士大夫以身殉疆場者指不勝屈骨塗原野莫相收恤者有之斷軀絕脰事不上聞者有之若阻撓百端獨嬰慘禍生前招訐讒生後被餘責者則惟南何公桂珍冤最甚焉公以甯太道江南安撫福公留之江北令之募勇剿賊無一金之餉一昔之糧得二百人率之而行集潰兵團勇合三千人以大破捻賊招降賊酋軍聲大振論者以為必邀上賞矣乃以逗留不救廬江被劾免官其寔檄救廬江之文尚未至公手而城已被陷大帥將欲卸己之責遂歸罪于公公既褫職大帥又留公駐英山八月之中僅支銀三百兩而士卒三千人居無帳幕食無糧米徒以忠義相激日提飢軍轉戰賊中賊來益衆兵敗莫援已岌岌不可終日矣而大帥又密書令其圖翦招降之賊書復落於賊手頃刻變作公遂粉骨碎身於賊於是復以機事不密咎公寔則此書亦未抵公也公歿後卹典不及其弟為行狀尚不敢舒公之冤仍備彈章為據吳侍郎廷棟發憤言之而事稍白越數年曾文正公復為公作殉

難碑記乃複昭雪然當時雖正人君子亦未嘗不責公也余謂公事絕與明督師袁崇煥類袁斬毛文龍一時無不謂其冤者即後世亦盛嘗之洎乾隆年間紀文達公閱歷朝檔子始知文龍曾通款我朝則文龍在明固當死不足惜者也我太宗文皇帝之圍燕京也崇煥千里赴援自謂無罪莊烈帝以逃歸之太監告其引敵脇和遂執而剮之當是時衆議沸騰雖東林諸賢者亦無不欲食其肉也直至南都建立北來人傳太宗之密謀乃知中反間計於是始有崇煥之謚而袁公則既死矣合觀袁何二公之厄知千古忠臣義士不逢表白含冤終古者當不乏其人也

古人被冤

古人之被冤者以余所見莫屈於晉之陶士行而枉於唐之八司馬陶公匡輔晉室與郭汾陽不殊梅陶謂其忠順勤勞似孔明良非虛譽乃本傳中載或云侃少時漁雷澤網得一梭以挂于壁有頃雷雨自化為龍而去又夢生八翼飛而上天見天門九重已登其八唯一門不得入閽者以杖擊之因墜地折其左翼及寤左腋猶痛比都督八州據上流擁強兵潛有窺窬之志每思折翼之祥自抑而止云云史臣因之遂加悖矣之誚復引夫子曰人無求備以為斯言之卒嗚呼此等紀載評論何異於秦長脚莫須有三字獄哉使陶公而果有包藏之心則何以辭大將軍何以季年不與朝權何以未亡之前欲遜位歸國舉動光明若此乃以意志之曖昧誣之不能不為之稱屈矣夫梭化為龍事容或有夢生八翼未必盡誣然此亦皆尋常之事耳試問旣稱之曰潛則於何見之深探之曰志則於何知之曰思折翼之祥或代之思耶抑陶公自思耶陶公自思何人窺見其思若或人代思其思何足為據凡物將起而人抑之固衆所共見也若意念之起而自抑之又豈衆所能見耶此等之志與思使陶公果有之必不肯告人明矣陶公不言而人能窺之豈理也耶總之為此謗者必庾亮之徒亮以元舅之尊旋膺下拜反被嘲誚則心懷之恚悒何如陶公甫亡即表殺其子豈非報復之明徵哉史臣無識從而采之橫使忠臣被不忠之謗豈不令人氣阻唐王叔文王伾侍順宗於東宮順宗旣即位甘盤舊學擢在貴近亦事之常叔文與伾贊襄初政首罷宮市則卹民也追陽城陸贄則進賢也拒韋臯之請兼兩川則持大體也辨劉闢之奸則有遠識也至欲奪宦官之兵權尤是唐朝第一大事不幸而順宗之疾不瘳宦寺俱文珍等遂起而與之為難太子急欲得帝位韋臯窺其意而請之文珍迎其意而立之于是八司馬敗矣然求寔叔文伾之罪無有也乃加以陰謀秘計等語是亦莫須有之獄也鍛鍊周內無瑕可摘則以王伾之吳語亦舉以為惡夫以伾吳人不許為吳語豈晉人楚人一仕于朝即不得為晉楚

語耶宦官以此為罪名史官據此定罪紫豈不可恨不然八司馬中陸質之經術劉禹錫之詞章柳宗元之文章政事皆表表一時憲宗豈真一無所見特以文珍輩擁立之故遂低首下心一切任之卒之劉闢果反憲宗亦終弒于閹寺馴至甘露之變唐室遂以不振八司馬雖含冤於九原當不免竊笑於地下耳後來賢如范文正公已稱其枉至我高宗純皇帝御論亦辨白之八司馬者得後世賢相聖君為之昭雪當可無遺憾矣

陳臥子

少時讀明陳臥子先生制藝心即儀其人同治戊辰攝篆青浦縣縣境所轄之廣富林則公墓道在焉粵寇之亂祠堂被燬宰木無存余因捐俸集貲重建祠宇而以公同志夏考功父子配祠既成以公為高宗所褒卹曾賜忠裕特謚者遂詳請以公墓列入邑之祀典春秋遣官致祭總督馬公巡撫丁公會疏入奏己巳之春得旨報可余因率同官親往致祭焉考公一生文章政事風義炳若日星殉節從子婦三世苦節其與明德之遠乃卒斬焉無後不能不有疑於天道然公大節大名昭垂宇內亦不在子孫之有無也公初生時母夫人夢若龍者降室之東壁蜿蜒有光故名子龍後與陸子玄同祈夢于忠肅祠公夢負一虎謂必風雲會合之意子玄則忠肅授以瀋陽地圖一卷亦意其當官於此地也嗣公起義殉國雖赴水死猶懸其首於虎頭牌上宛然虎負之象而子玄以丁酉科場竟流遼左事皆奇徵故余為公詳請崇祀文內有曰生有自來夙著蟠龍之瑞死而後已果符負虎之徵蓋指此二事也夏考功彝仲諡忠節曾舉天下清官第一子舍人完淳字存古謚節愍年十六遭國難作大哀賦論者謂不減庾信之哀江南先後與公抗節死公豹目蜷鬚又目上視為盼刀眼與子忠肅同居恆覽鏡曰此頭終當為誰斫于順治丁亥筮得明夷五月遂遇難明史于公傳書華亭人而崇正三年南國賢書所列解元楊廷樞吳縣人而公則署青浦縣學生青浦于嘉靖時割華亭上海縣地所置史特仍其舊貫而書之耳楊廷樞字維斗亦殉國難

華亭縣分析攷

華亭古婁縣地屬會稽郡後改婁縣屬吳郡至唐始析崑山海鹽嘉興三縣地置華亭縣而吳郡改蘇州後唐同光年分蘇州置秀州宋政和年又改為嘉禾郡慶元年升為嘉興府而華亭縣仍屬焉元至元年分嘉興路置華亭府復更名松江府又析華亭縣為上海縣明再析華亭上海縣地置青浦縣本朝雍正二年復析華亭上海縣地置南匯縣余五六年中歷攝南匯青浦上海三縣事寔則尚不出古之華亭一縣地也嘉興府即古由拳城後城陷為湖今青浦縣之澱山湖是明萬曆朝移青浦縣其碑石皆拋于湖內之故城由拳之陷而為湖

疑不在秦時特哉猶無可攷證余宰青浦時曾作峰泖紀思圖秀水金蓮生鴻佺為題四絕句內一首云青龍鎮屬由拳地難得雙鳧集此間若以宦途今視昔花封依舊在鄉關亦指由拳故城而言青龍鎮吳孫權造戰船處今隸青浦

作官須明公罪私罪

合肥蒯蔗農觀察德標真誠篤實古君子也皆辦松滬釐捐總局余于丙寅冬奉李爵相委提調局務日夕共事最為契合觀察言爵相家居時門前有一大池冬日涸水取魚于池底起得四五寸土偶萬計人馬戈甲雕鏤精絕儼然如生哄傳遠近觀者日千百人不知何祥既爵相登第入詞館有以應之矣今乃知為弟兄總統師干削平羣盜之兆然水中之土何以能結成人物豈亦化工為之耶觀察嘗為余言作官者私罪不可有公罪不可無蓋求免公罪即是私罪矣余在青浦一夜城內有來報盜者余亟率壯勇往捕則盜已遁矣細察情形盜先以軟梯越牆入撬門行竊事主驚起大呼盜乃以刀嚇刺而開大門亡去故房門有撬損痕而大門無恙惟所失止洋銀一元錢五百文布衣數件計贓不逾貫事主之兄則現充縣役者也次日具補呈詞又稱是竊余曰已經勘明臨時行強何故不言盜乃囁嚅曰贓數無多不敢累本官得處分余大笑曰一行作吏已置升沈于度外矣爾不知失盜其責輕諱盜其咎重我寧就公罪耳卒申報之後一年六月限滿無獲余得降一級調用處分人以余為拘泥余則謂級雖降而心無愧乃愈于不降級者後讀陸清獻公年譜在靈壽縣時一宦家失盜吏白申文內不當用強劫字先生不欲以隱忍含糊竟以劫盜報郡守恐其累己捉吏痛責先生不為動未幾獲盜將成獄而中丞不欲上聞命改為竊郡守急傳諭奉行先生寧以誠去官不欲以偽居位卒不改云云余事有與暗合者則觀察私罪不可有之說啟之也

洋將之儒雅

英國總兵哇樂德克奉其國主之命駐防寧波以保衛國之商旅同治元年四月寧城之復哇與有力及九月中賊大隊攻擾寧郡哇率洋兵五十人入城助守出奇制勝剿辦頭勇滋事哇復會同我官軍靖其難為人恂恂儒雅和衆而識大體寧之官紳皆親愛之十二月我軍之洋將貿武勒攻紹興城中礮死李帥所遣之德克碑未來在紹之洋鎗隊無統帥史士良觀察請哇往權代之哇不可曰我國法駐防官不能出百里外觀察強之其國之領事繙譯等官亦相為慫恿哇乃以打鳥報其提督而率衆行蓋打鳥則可出百里矣既至與賊戰大破之俟德克碑至乃退明年正月紹城克復哇卒因擅離汛地為其提督劾罷寧人大戚

公類留之不可覼縷與衆紳士籌商餽白金萬以為賂咭不受固與之則曰我國法人臣不能受鄰國賄賂也無已則留二千金以犒其軍士曰是從我與中國得患者其八千金斷斷卻之矣臨別流涕謂觀察曰我與甯人相處久承相愛歸後雖死亦不忘甯人更有一言相告洋鎗隊勇丁訓練已成不可以賊平而遂撤之留之不特以自衛亦可備意外警須切記之遂揚帆去余以其事啟閩李帥帥復書謂此等舉動中國士夫所難不意得之島客可勝欽佩云云至今甯波人尚言及咭總兵者未嘗不睪然思也買武勒法國人受中國總兵官銜臨陣發不顧身遂殞于紹興城下頗讀華書吳春泉刺史冬日嘗往訪之會北風大作買執吳手曰北風其涼雨雪其雱惠而好我攜手同行洋將也而頗有中土儒將風流

孫文靖公

金匱孫文靖公爾準字平叔以翰林起家歷官至閩浙總督贈太子太師入祀名宦祠公負經濟才任閩時興利除弊濬木蘭陂溉田數萬頃平臺灣張丙之亂善政指不勝屈閩人至今德之公身肥大健啖食雞子及饅頭可逾一百嘗閱兵至泉州府太守崇君福餽以饅首百擔蒸百一品鍋肉及雞鴨公盡食之告人曰我閱兵兩省惟至泉州乃得一飽耳幼年身肥夏日苦熱則以大缸滿貯井水身浸其中僅露口鼻以為樂十八歲時自尊人廣西巡撫署中歸道錢塘江正遇秋汎大甚欲觀潮放舟江心以俟比潮至閧爲馬奔騰怒出至鷁首視之舟人諫不聽立未定遂為潮頭捲入江中倉卒之間但覺浪壓肩背而過有千萬斤之重三四翻騰遂掀于江中若有人舁之起者一無所苦公自言素來短視受此大驚卒未識潮為何狀殊可笑也公生平以扶植善類自任巡撫安徽時安化陶文毅公澍為方伯文毅陛見諭某官不法戰悸色俱厲鬚髯翁張宣宗疑之密諭公覆任後察其為人公密疏保舉奉硃批曰卿不可為其所惑又具疏力薦其賢文毅公遂獲大用洊督兩江為時名臣公之力也官閩臬時漳浦黃忠端公石齋先生墓旁地為豪家所佔子孫力弱與爭不勝一夕天大雷雨徧山上下皆墳起成黃山字無慮數十萬豪大驚叩首還之公有詩紀其事于泰雲堂詩集中暨閩後遂以忠端公之理學忠義奏請崇祀文廟兩廡得俞旨焉

姚菩薩

余師仁和姚平泉先生諱光晉道光乙酉舉人以句股算術受知儀徵阮文達相國八試禮部不第與修一統志得知縣先生不樂吏職改授教諭歸年七十餘始選上虞縣教諭訓諸生以經義每歲科試他縣文于新進諸生斷斷如也惟先生獨否故虞人雖婦人孺子無不知先生之賢者每言及不稱其官輒曰姚菩薩云先生于咸豐甲寅正月夢至一處四山若

立壁上有瀑布屈曲下流有老僧出迎扃先生坐片石上醒而異之不識何處因繪一夢遊圖賦詩志之是年夏到上虞闞仙姑洞有瀑布往遊焉則依然夢境也乃自謂前生為此山老衲復繪一獨立圖自題其上云了他過去因緣偶然遊戲還我本來面目自在逍遙年八十一卒卒之上一日忽有兩鐙自中門入家人咸見之詰問誰何則無人焉鐙亦遂不見去來有自菩薩之名不虛得矣先生博學工詩文所著述甚富惟瓶山草堂詩曾刻以行世此外尚有古文杞逸周易貞字質疑四裔年表皆藏于家庚辛之亂付之劫灰而詩版亦成煨燼越十年辛未夏先生甥俞蔭甫太史樾出所輯瓶山草堂集見示文二卷詩二卷瑣談二卷蓋止六卷視原刻詩鈔十之五六耳因捐俸刻之而以板仍歸之太史焉

金岱峰

秀水金岱峰先生諱衍宗嘉慶庚申舉人與先伯雲伯公同年官溫州府教授咸豐己未重賦鹿鳴其女孫為余家冢婦先生湛于經學著述甚多庚申之冬無疾而卒先數日自知死期時避地臨安命子孫屆期皆集後令皆誦佛號遂瞑目而逝亦似前生由竺國來者先生之六世從祖為忠節公正希先生明末在徽州與其弟子江天乙舉義兵敗被執殉節於南京公豐頤美鬚髯而兩眉倒向與陳臥子先生豹目上視同為姑布家所謂凶相者聞公少時有一寡嫂將殉其夫質諸公公曰千載一時也及授命時江天乙大呼公曰此千載一時也蓋其嫂歿之日即江生之日云公之曾孫檜門先生諱德煐狀元及第官至總憲即岱峰先生之曾祖也

觸忌諱

淳中丞德巡撫浙江時御下嚴吏胥恨之于元旦日投淳安德清烏程歸安四縣文書登號則淳德烏歸四字並列蓋以歸字之音同龜耳中丞覽之大怒皆予重責自此烏程歸安二縣祇稱程安矣偶閱南宋龔明之中吳紀聞內載孫彥文郎中好以俗下語為詩文秦師垣生於臘月二十五日孫獻壽詩云面臉丹如朱頂鶴髭鬚長似綠毛龜欲知相府生辰日此是人間祭竈時檜甚喜之是在宋時不特龜之號不忌即二十五日送竈之鄙諺亦無之矣使施此詩于今日其不遭詬怒者幾希

壽春亭之詼諧

諸暨壽春亭先生于敏嘉慶庚午舉人道光年間官湯溪縣訓導時八十餘歲人極和藹健飲啖健步所到之處人爭迎之老稚婦女無不識壽老師也年逾九十視聽不衰歷任督學使者皆引重之故不麗于計典先生善談尤喜詼諧同教中坐無車公不樂也向來府試監

場例，留校官二人，皆以命年力強壯者為便于稽察之故，故先生從未監場，頗以為歉。咸豐紀元，太守和君齡府試，忽以命先生，先生大喜，向上揖謝曰：太尊知我尚屬有用之材，不是全廢之物。眾皆失笑。于是端坐堂上，竟日不稍跛倚。時先生已九十二歲，人咸服其精神之健焉。曾同僚公宴，余與府教授蕭山蔡二風強先生飲酒食肉，進以巨觥，則侑以肉一大臠。先生盡三十餘觥，起而笑曰：昔孔子厄于陳蔡，飢欲死；今我厄于陳蔡，飽欲死。古今人真不相及也。眾俱粲然。

李善蘭星命論

余最不信星命推步之說，以為一時生一人，一日當生十二人，以歲計之，則有四千三百二十人，以一甲子計之，止有二十五萬九千二百人而已。今祇一大郡，以計其戶口之數，已不下數十萬人（如咸豐十年杭州府一城八十萬人），則舉天下之大，自王公大人以至小民，何啻億萬萬人，則生時同者必不少矣。其間王公大人始生之時，必有庶民同時而生者，又何貴賤貧富之不同也？每舉此說以詰談星命者，多不能答。近見海甯李善蘭所作星命論，尤為暢快。其略謂：大撓造甲子，不過紀日而已，並不紀年月與時也，亦無所謂五行生尅也。其並紀年月與時，且以五行配之，皆起于後代，古人並無此意也。而術士專以五行之生尅判人一生之休咎，果可信乎？且五行肇見于洪範，不過言其功用而已，言其性味而已，初不言其生尅也。是干支之配五行，本非古人之意矣。而謂人之一生可據此而定，是何言與？至五星皆與地球同繞日，而各不相關，夫五星與地球且不相關，況地球上之一人，而謂某星至某宮主吉，某星至某宮主凶，此何異浙江之人在浙江巡撫治下，他省之巡撫于浙江無涉也。今試謂之曰：某巡撫移節某省，于爾大吉；某巡撫移節某省，于爾大凶，有不笑其荒誕者乎？五星之推命，何以異是乎？其論頗為透闢，足以啟發惑溺，與余所見正合。然此特論其理耳。世之窮民遊士藉此以糊其口者，幾千人矣。若明著其論，則將盡無告者而飢死之，亦非仁人之用心矣。存而不論可也。

歲陽月陽月名解

爾雅歲陽、歲名、月陽、月名，稱博疋者往往用之，然每不得其解，人或詢之，則瞠莫對，屢致譏誚。第歲陽、歲名，郭景純雖無註，而註見於鴻烈解；月陽、月名，郭僅註月名正、九、十三月，餘俱無註。今人莫可探索，近見明人葉秉敬所解，頗為詳晰，因並錄之，以詔學者。

歲陽（郭景純無註，見鴻烈解）太歲在甲曰閼逢（萬物鋒芒欲出，擁遏未通），在乙曰旃蒙（萬物遇蒙甲而出），在丙曰柔兆（萬物生枝布業），在丁曰強圉（萬物剛盛），在戊曰著雍（物在中央，萬物養四方），在己曰屠維（萬物各成其性，屠別維離也），在庚曰上章（陰氣上升，萬物畢生），在辛曰重光（萬物就成，熟其光彩），在壬曰玄黓（歲終包任萬物），在癸曰昭陽（陽氣始萌，萬物合生）。

歲名　太歲在寅曰攝提格（格，起也，萬物承陽而起也），在卯曰單閼（單，盡；閼，止也。陽氣推萬物而起，陰氣盡止也），在辰曰執徐（執，蟄；徐，舒也。伏蟄之物皆敷舒而出），在巳曰大荒落（荒，大也，萬物落落大布散），在午曰敦牂（敦，盛；牂，壯也，萬物盛壯），在未曰協洽（協，和；洽，合也，言陰陽化生，萬物和合），在申曰涒灘（涒，大；灘，脩也，言萬物皆脩其精氣），在酉曰作噩（作噩，零落也），在戌曰閹茂（閹，蔽；茂，冒也，言萬物皆蔽冒也），在亥曰大淵獻（淵，深；獻，迎也，大小深藏屈伏以迎陽），在子曰困敦（困，混；敦，沌也，言陽氣皆混沌，萬物牙蘖也），在丑曰赤奮若（赤，陽色；奮，起；若，順也，言陽氣奮起萬物，無不順其性也）。

月陽（郭無註，葉秉敬補解之）　月在甲曰畢（萬物生於甲，畢其生物之氣），在乙曰橘（橘之性屈乎，閉而不可移，曰深固難徙，更壹志兮，可易也），在丙曰修（丙為明，其光修也），在丁曰圉（圉，剛也，陽盛之意），在戊曰厲（說文：厲，旱石也；礪，砥石也），在己曰則（萬物各成其則也），在庚曰窒（窒者，小塞之意。太歲在庚曰上章，取上升章明之義，而此曰窒），在辛曰塞（塞者，大塞之意），在壬曰終（萬物終），在癸曰極（極，終之極也，極則必返，自然之理）。

月名（郭註止有正、九、十三月，葉秉敬補之）　正月為陬（郭註：離騷云攝提貞于孟陬）。二月為如（說文：如，從隨也，女子從父之教，從夫之命）。三月為寎（說文：寎，臥驚病也，三月陽氣上升，萬物將出，以其將出而未達也）。四月為余（說文：余，語之舒也，此陽氣大舒之時）。五月為皋（說文：皋，氣皋白之進也。詩：鶴鳴九皋，皋，澤也。左傳：陷于深澤）。六月為且（且，古俎字，薦物之几也，後世借為發語辭。六月物茂，如俎豆之森列也）。七月為相（相，視也，助也。七月物成，適相助之）。八月為壯（壯，盛大也，壯極則衰之象）。九月為玄（郭註：國語云至于玄月是也）。十月為陽（郭註：純陰用事，嫌于無陽，故以名云）。十一月為辜（說文：辜，辠也，從辛古聲，十一月皆物收藏）。十二月為涂（說文：水名，出益州牧靡南山，西北入澠，此云涂者，亦取水從冬既洋溢流行之義）。

三十六禽之相配

世以十二支配十二肖，由來久矣，殊不知古人一支有三禽，蓋取六甲之數，式經所用也。支合三禽，故稱三十六禽。三禽于一時之中，分朝晝暮，則取乎氣之盛衰焉。子朝為鷰，晝為鼠，暮為伏翼；丑朝為牛，晝為蟹，暮為鼈；寅朝為貍，晝為豹，暮為虎；卯朝為猬，晝為兔，暮為貉；辰朝為龍，晝為蛟，暮為魚；巳朝為鱓，晝為蚯蚓，暮為蛇；午朝為鹿，晝為馬，暮為獐；未朝為羊，晝為鷹，暮為雁；申朝為猫，晝為猿，暮為猴；酉朝為雉，晝為雞，暮為烏；戌朝為狗，晝為狼，暮為豺；亥朝為豕，晝為貐，暮為豬。此等皆上應天星，下屬年命。三十六禽各作方位，為禽蟲之長，領三百六十，而倍之至三千六百，並配五行，皆相貫領云云。見隋人蕭吉所撰五行大義內。古書在唐呂才宋子平之先，不知何時乃專用十二禽也。

卷七終

庸閒齋筆記卷八

海昌陳其元子莊著

李廣遺裔之蕃昌

司馬遷與李陵善。陵生降。墮其家聲。故史記于其祖李廣之有功不侯。三致意焉。後人遂以廣殺降致族滅之報。其實廣之十六世孫暠。在晉。霸有秦涼。及薨。國人謚曰武昭王。又七世至唐高祖。遂有天下。子孫相傳三百年。國祚與漢相等。陵之子孫。至唐為戛黠斯。稱可汗。君于漠北。亦垂百年。是廣遺裔之蕃盛昌熾。遠勝衛霍。杜甫詩。李廣無功緣數奇。奇于生前。而昌于身後。廣固無遺憾。遠亦不必代抱不平矣。

古人姓字因避諱改稱

古人姓字。因避後世帝王之諱。易以他音。而尋復原稱。亦有終不能復者。漢明帝諱莊。呼莊子為嚴子。莊助為嚴助。今復為莊子莊助矣。而莊光之為嚴光。至今不改。唐高祖諱淵。呼淵明為泉明。景祖諱虎。呼虎林為武林。今泉明復為淵明。而虎林之為武林。至今不易。鮑昭本名照。以避武后諱。唐人書之。去下火字。只用昭字。後世但知鮑昭。不復知有鮑照。甚至有以鮑昭鮑照為兩人者。他若筆畫沿訛。遂致音義俱失。如孫傳庭之訛為傅庭。稍加攷核者咸知之。而皇甫睷之誤為皇甫睞。即素稱淹博者。亦未嘗不忽略也。

蒙古狀元

順治九年壬辰。十二年乙未。均分滿漢榜。壬辰科漢狀元鄒忠倚。滿狀元麻勒吉。乙未漢狀元史大成。滿狀元圖爾宸。嗣後不分滿漢。滿榜則滿人無狀元。至同治乙丑科。崇公綺始以蒙古人得大魁。海內豔稱之。

崔府君著靈異于宋高孝兩朝

世俗豔稱泥馬渡康王事。杭州白馬廟巷有白馬廟。所祀之神。即此馬也。馬作人像。非旒秉圭。稱白馬明王。攷宋人張淏雲谷雜編所載。靖康元年冬。高宗發京師。將至斡離不軍前議事。及至磁州。州有崔府君祠。府君或云唐人。其名不傳。或云乃後漢崔子玉也。封嘉應侯。號應王。上至州。人擁神馬。謂應王出迎。守臣宗澤請上謁其廟。上謁廟出。磁人力請上無北去。乃還泊于相州。明年。遂即大位。初無泥馬渡江之事也。再孝宗本生母張夫人。一夕夢絳衣人自言崔府君。擁一羊。謂之曰。以此為識。已而有娠。及孝宗誕育之際。亦光照天室。中如晝。時秀王方為秀州嘉興縣丞。郡人皆以丞廨遺火。久之方知為張夫人免身。是歲丁未。其屬為羊。又有前夢之兆。故孝宗小字為羊。是崔府君定著靈於高孝兩朝。而顧舍之祀白馬。何耶。

廟鬼慢神

杭人崇尚鬼神。每廟之神。必撰其姓名。尊以官爵。在廟從事之人。皆里中好事者。號曰廟鬼。道光己丑。余在外家讀書。居十五奎巷。巷中有施將軍廟。即宋殿前小校刺秦檜者也。是廟香火頗盛。遂有積資。將欲賽會。而苦神之官爵不高。廟鬼乃遣人齎三百金至江西張真人府。為神捐一伯爵。得請之後。乃大行出會。極儀從臺閣之盛。計所費千金有餘。他廟之鬼皆嘖嘖稱羨不置。白馬明王亦曾出會。本有王封。故儀衛烜赫。神無姓名。撰為趙駿二字。所過之廟。皆以愚弟帖拜之。乃拜至一社廟。其神為宋康王。于是康王廟鬼嘩而出曰。爾王乃我王所乘騎者。安得稱弟。無禮若此。應行議罰。旁人為講解始免。又出神會時。遇他廟之神。爵高于本廟者。則多人擁神輿疾趨過之。謂之搶駕。云以示敬。五月中。關侯出會。會中人以侯已封協天大帝。其尊無對。雖過宗陽宮亦不搶駕。宗陽宮所祀為玉帝。向來各神過無不搶駕者。此屆獨否。廟鬼恥之。乃連夜塑一諸葛武侯像。坐于廟門口。比會前導至此。則遣人迎詰曰。君侯來奉將令何往。于是隨從之廟鬼相顧色駭。曰。軍師在此。不能不搶駕矣。大抵廟鬼所本。皆小說家言。慢神不經。荒誕無理。真令人捧腹。至關侯手中之扇。款落雲長二兄大人屬。愚弟諸葛亮書。以及玉極紫微頓首愚妹觀音大士檢衽等帖。姑無論矣。

重宋板書之無謂

今人重宋板書。不惜千金數百金購得一部。則什襲藏之。不特不輕示人。即自己亦不忍數繙閱也。余每竊笑其癡。崑山令王鼎臣刺史定安。酷有是癖。嘗買得宋槧孟子。舉以誇余。余請一睹。則先負一櫝出。櫝啟。中藏一楠木匣。開匣乃見書。書紙墨亦古。所刊字畫。究無異于今之監本。余問之曰。讀此可增長知慧乎。曰。不能。可較別本多記數行乎。曰。亦不能。余笑曰。然則不如仍讀我監本。何必費百倍之錢購此也。王恚曰。君非解人。不可共君言。急收弆之。余大笑去。近觀雲谷雜記。記東坡先生云。近世人輕以意改書。鄙淺之人。好惡多同。故從而和之者眾。遂使古書日就訛舛。深可忿疾。孔子曰。吾猶及史之闕文也。自予少時。前輩皆不敢輕改書。故蜀本大字書皆善本。莊子云。用志不分。乃疑于神。此與易陰疑于陽。禮使人疑汝于夫子同。今四方本皆作凝云云。又記東坡集誤以幕客作慕容。銀筆之辟作銀筆之譬。從容作從客。江表作士表。李密作李宓。諸本皆然。殆于不可讀。坡集難得善本如此。此張淏之說也。東坡在北宋所言如彼。張淏在南宋所言若此。是當兩宋之時。善本已自難得。今人于宋板書。不察臧否。一概珍之貴之。豈不過哉。

海忠介手植梅樹

安徽當塗縣舉人孫登年家有海忠介公手植梅樹，壁上猶存忠介詩石刻。咸豐年粵寇之亂，府城夷為平地，此梅恐不存矣。

官方與生事之關係

世宗憲皇帝設立各官養廉銀，所以保全服官者之操守也。今佐貳等廉尚全給，稍知自愛者，均藉此銀以恪守官方。獨州縣官之廉，上官每扣以為攤捐各項之用，署事者僅領半廉，一經扣存，所得無幾，非從前立法之意矣。昔宋賈黯以廷試第一，往謝杜祁公，公無他語，獨以生事有無為問。黯退謂其門下客曰：黯以鄙文魁天下，而謝公，公不問，而獨在于生事，豈以黯為無取耶。公聞而言曰：凡人無生事，雖多顯宦，亦不能不俯仰，由是進退多輕。今賈君名在第一，則其學不問可知，其為顯宦則又不問可知，衍獨懼其生事不足，以致進退之輕，而不得行其志焉，何怪之有。賈為之歎服。司馬溫公為相，每詢士大夫私計足否，人或不悟而問之，公曰：倘衣食不足，安肯為朝廷而輕去就耶。二公惟灼見人情如此，此其所以為宋之良相哉。

盧畢二公之愛才

韓朝宗思復之子也，其平生無顯顯可見之跡，惟喜識拔後進，為荊州刺史日，因李白投書有生不用封萬戶侯，但願一識韓荊州之語，因是韓荊州之名，藉藉至今。究竟當日白受荊州之存注與否，不可知，而荊州遂人以文傳矣。我朝愛客禮士者，惟德州盧雅雨都轉、蘇州畢秋帆制府。一時士之奔趨其幕府者，如水赴壑，大都各得其意以去。然二公晚節均凌替，不知天下後世有引重之若荊州者否。都轉之孫文肅相國，克振家聲；制府則後人偃蹇殊甚。同治辛未，余遊靈巖山，經其墓道，不禁為之感喟云。

今時之桃花源

同治戊辰冬十一月，余在青浦赴章練塘勘爭漲田，案歸途颶風大作，舟在蕩中，顛簸不可泊，乃沿湖濱行，又被風吹向蘆葦中，篙艣無所施，任其飄泛，良久，見一小港，遂努力循之入，里許，遇叢葦而淺，因繫纜焉。隨從之船皆四散，不可見。風稍定，夕陽且啣山，舟人方理蓬索，余視灘際有小徑，攝衣而登，行數十步，田疇綺錯，麥已萌芽，野鳥飲啄于隴畔，見人不驚，隨塍左右，更數百步，得一橋，過橋升高岸，覩炊烟數縷起木末，縱步赴之，約又里餘，抵一村，屋多茅茨，編槿為界，計十餘家，稻堆在場，如比如櫛，高下不一，男子舂揄，婦人織絍，皆熙熙有自得之色，顧見不速客至，雞飛于塒，犬吠于門，數人雜然問客舟避風至此耶，余應曰然。

因詢以此地去縣幾里，皆相顧曰不知也。詢其何以不知，則曰：我等皆佃人田，看家無賦稅，又不負租，何緣入城。指一老者曰：此人數十年前曾經到過城，看言未既，老者亦拄杖至前曰：客自城中至此耶。因言年二十餘時，為道光三年，以水災曾偕里甲至城一次，彼時巨浸滔天，附舟至縣，往返二日，亦不能記其里數，屈指計之，將五十年矣。因問城中此時較之昔年，當益繁盛乎。余曰：兵燹之後，徧地瓦礫，所有房屋十存一二，休養生息，不知何日方復舊觀耳。老者聞之，亦復悵然，顧謂諸人曰：今生不更作入城想矣。因言粵逆肆擾時，村人將橋拔斷，河中均釘木樁，是以三年中，賊未嘗到，兼之年歲豐稔，租賦蠲免，閭里宴然，無異承平時，寔不知城中遭此大劫也。言訖，方欲邀余入室獻茶，適從者尋至，天已昏黑，遂辭之，徐步而歸。村人送至橋畔乃返。究亦不識余為何人。余沿路歎息，謂此亦今時之桃花源也。

獨處山村四十年之婦人

明末張獻忠踞蜀，肆行殺掠，江津縣民戚承勛與妻廖氏居于山村，賊鋒駸駸，將及承勛，謀挈家亡去，廖氏以荏弱憚不免，誓以身殉，謀未定，見前村火起，知賊至，遂脫身走。氏杜門待盡，而賊顧不入，惟都里付一炬矣。氏獨處歲餘，食將盡，幸甕中剩餘穀粒，取以播種，歲收所入，僅有餘糧，惟衣履穿敝，無可購覓，爰葺卉服以度寒暑，如是者四十年。承勛逃入滇中，復娶妻生子，年已六旬，稍裕，思歸故鄉，時天下承平，江津縣已成聚，承勛至邑，訪其里居，人無知者，遂獨往求之，未至村十里餘，則叢莽塞徑，久無人跡，不得已，集眾伐木開道而進，竭蹶兩日，乃抵其村，漼木野竹，遮蔽道路，大樹自屋中出，亭亭若蓋，乃揮眾持斧斤，斫以入，忽聞倚樓內人問曰：爾等何人，擅入我室。驟聞大驚，駭乃厲聲應之曰：我此屋主人戚承勛也。氏窺視良久，哭曰：果我夫也。遂自樓下，頭如蓬葆，面目黎黑，卉衣毵毵然，殊不類人，承勛審諦既真，乃相抱長慟，歷述離後事，又各大喜，同行之人聞之，亦共驚喜相慰，于是相挈至縣，洗沐，更易衣服，復至滇迎其家，而共處焉。夫婦皆年逾九十卒。江津人至今傳為盛事。夫守節尚不難，乃獨處榛莽中四十年，蛇虎不害，疾癘不侵，完其節以待夫之至，又得共享昇平三十載，是非天之哀其志而默相成就之，不至此。

律例之精微

家叔祖仲山先生嘗言：近人詩文製器，均不如古，惟有三事遠勝古人：一律例之細也，一弈藝之工也，一窰器之精也。余于博弈不肯用心，窰物不甚措意，獨律例則數年州縣，頗能極思研慮，而歎其準情酌理，湊乎精微，平衡至當，真非古人所能盡也。試舉一事言之，在青浦日，七寶鄉人獲送一拒捕傷事主之賊，蓋鄉人家有布機，布已織成，尚未取下，有遠鄉人窺見之夜入其室取剪剪布鄉人聞聲起逐賊棄布而走追至河畔賊下水逸事主亦泅水執之賊惶遽以刀畫其臂皮破而手不釋遂就擒事主之狀曰賊以刀傷之賊則謂並未帶刀乃是攙上主人之剪耳余驗其傷是刃非剪明甚而賊堅稱是剪非刃加之刑嚇矢口不移事主則必欲定其為刃並聲稱若不審定是刃傷渠必上控云云蓋賊因攜刃傷罪重思避重而就輕事主則恨賊欲置之死地故不肯遽就其辭而認為剪也余飭差弔取其剪比對傷痕寔屬不符而賊刃則無有訊之事主及鄉里皆云刃經賊擲之河中撈不可得余因令事主及里鄰各具刃傷切結以紮供確鑿定案事主等均允服而退獨賊痛哭不已謂生平未慣行竊此是第一次懇求寬釋等情余置若不聞促令收禁是案遂結矣比解府時賊又哭求謂是剪非刃余笑曰事主已救汝命汝何以自欲尋死乎查例載贓未入手而拒捕者絞監候逾年則減等贓已入手而拒捕者絞決歸于情寔而不減等此案布尚未剪下則贓未入手也若攜事主之剪則贓已入手矣汝何必欲贓之入手乎賊乃悟而叩頭去然余嘗舉是案以詢人人皆謂刃重而剪輕告以例意乃復恍然此眞是例之細處若使爾日事主曉此例則必附會賊之詞而置之死地矣故曰民可使由之不可使知之

鍾表上羅馬字

鍾表上記時辰之洋字乃是羅馬國書一點鍾則一字也二點鍾則二字也以次遞推至十二而止此是字而非中國之所謂碼子者

僧尼絨迹

同治癸酉吳縣之海宏寺僧與益壽庵尼經人控其姦私邑令高君碧湄訊得寔僧褫一百遞解回籍尼則勒令即還俗寺與庵均封閉入官寺改為管糧通判署庵改為清糧公局數百年琳宮梵宇一旦毀于淫汙僧尼之手可為慨歎聞尚有牽涉高君不復追究嗟乎婦女入廟燒香久著明禁奈何甘于犯禁復市織餌誠何心哉

糊塗官

福建有秦某者官莆田令正月署中宴客演劇至雷峰塔許仙合鉢事秦忽大怒呼吏執許仙下堂笞之優人訴曰某戲子非許仙也秦曰吾原知爾戲子若眞許仙則笞死矣一時傳以為笑江蘇同官某者攝太倉一令方審案突有一人上堂呼冤訴子業剃頭而忤逆者某以瀆擾叱令驅出案畢退堂忽憶有剃頭父呈忤逆事即令役速將在署剃頭之人縛至某一見大怒曰爾奈何忤逆其父叱令重責至一百其人昂首辨曰小人寔係早年喪父者某始恍然滿堂書役皆匿笑而散因記黔中苗人稱天子為京寔老皇帝稱大小官府皆曰皇帝其私稱官府則曰朦粵西猺人稱官府曰瞎噫朦瞎之稱殆春秋一字之貶與竊謂若二君眞當之而無愧者也又聞有北人任淮安令民有控雞姦者訴曰將男作女官不解其故叱曰江南下雨與爾江北何干眾為哄堂大笑既詢知其故乃為判斷此則語音之誤非二公之倫矣

夢閱場屋文

海鹽徐小雲鴻臏用儀初官戶部主事困于場屋咸豐乙卯鄉試與錢子密吏部應溥同寓場事畢錢索閱其文小雲以屢次被落心志甚灰不復默出固索固弗與一日錢笑謂之曰子文靳不與吾閱今吾乃熟誦子之文矣因默背其起講提比無一字誤小雲大驚因詢固勿告索益堅允之乃言曰吾前夕夢至一處宮闕巍峨大殿上設公座五氣象森嚴吾不敢登其對面一殿亦有公座三座上人皆絳衣紗帽前朝服色若閱卷然吾因歷階而升潛從其後窺之見中座者手取一卷卷面則君之姓名也座上人執卷吟哦吾亦將君文強記之閱竟見取筆圈點訖乃反其卷面上批曰第八名忽回顧見吾詢曰爾何人答曰亦鄉試者則曰爾不中指門外一處曰爾之卷在彼吾因下階至其處見卷皆以紅紙束之方欲取卷突有數人叱曰爾安得竊視吾因指殿上者曰是伊等命我來其人曰爾不必閱將來自當送與爾閱也遽揮吾出遂醒醒而君文歷歷在目君必售矣比榜發小雲果中式第八名校勘試卷圈點與錢夢中所見者無異錢則挑取謄錄其卷由禮部咨送吏部果是送來閱者亦奇矣哉小雲之弟次雲為余姊婿咸豐己未鄉試第三場病甚不能入試乃頭場文已中解元因少一場不能取錄主司極為惋惜刊其文于闈墨後馬子密夢事其姪伯鋒太守為余言如是

姓之變更

今世之姓代有變更如我海寧陳氏之出于高也聖祖皇帝以文簡相國奏辯知之至高宗皇帝遂命文勤相國與漢軍高文良公聯族誼焉嘉興錢文端公及籜石宗伯本姓何近日合肥李相國本姓許則人知之者鮮矣然由海寧陳氏復承異姓者如杭州張簡松先生雲璈及道光丙午舉人載陳常皆是幼時常記先大夫言嘉慶年間需次東河遇南河河道總督司馬公何言是海寧陳氏子康熙初年承外祖姓為司馬氏呼先大父為姪余檢之宗譜此一支竟無從攷今并公之籍貫而忘之將來更不可攷矣至取異姓為後者蘇州吳修撰信中係給諫玉松遊嶺東道中所收養者修撰狀元及第歸給諫乃告之俾迎養其母人稱給諫之盛德又聞乾隆時某相國其封翁官石門少尉乞養民家子帶歸後公以狀元提

督浙江學政遺訪其家止有一兄為朽工餬口人勸之往則曰彼自為學政我自為泥水耳人咸歎此人之高致為不可及。

西國近事彙編

外國之新報即中國之邸抄也閱之可得各國之情形即可知天下之大局馮竹儒觀察令美國人金楷理口譯之歷城蔡錫齡筆述之彙為一冊名曰西國近事彙編誠留心世事之學也余摘錄其事之有關係中外之大計者若干條登之于左

俄國太子以德意志國之強也而深惡之然亦無可制之也故欲與之和以為利焉按德意志即布國

布世子朝于俄都俄王易布國衣冠郊迎五十里館于別宮酌酒上壽布世子避席舉手謝復以巨觴觴俄王酒酣情洽攜手同步度廊榭入園亭登樓倚檻東指而言曰俄前王于六十年前有法之師而奧與貴國皆有勞焉去年師丹之戰大功克成席捲餘威震于列國格士丹城之會約載歐洲諸王如有事侵掠謀并吞者二國共擊之用能邊警無聞與民休息俾海隅蒼生得享承平之福者皆賴王之德世子之功也世子遜謝而對曰西洋諸國俄為大倘蒙加惠鄰封共成此志則受賜多矣願大王無忘此言拜辭而出

英國新報述瑞典國之新報曰布虎狼之國也非盡天下之地臣各國之王其意不饜八年前奧國助布國取丹麥國之地布已取地即舉兵攻之今奧國無權聽布國之命矣六年前布攻奧之時法國不助奧國所以布得勝而強二年前布國攻法國亦取其地而英國與俄國未嘗助法國也後俄國駛兵船于黑海英國惡之然俄國之有兵船于黑海布實許之是俄受布之惠也布日強矣不數年後俄布兩國必有戰爭之事俄國敗而布國更強矣當今之計莫如各國連和以拒布或可免滅亡之禍也

布王擬裁戰兵議員德爾伯克曰增之不暇何減也自古敗亡之禍多萌于全盛之時何則大捷之後其氣必驕驕則懈懈則無備君垂裳以受賀臣拜手以歌功或矜其謀或詡其勇業也左顧右盼以為無敵于天下而孰知喪師失地者積憤生慮積慮生謀擁訓練之兵日伺其隙待時而發誓雪恥而甘心焉以彼之憤乘我之驕其不致敗壞決裂為天下笑者幾何哉我軍入法都虜法王法人之怨深矣誓墨未乾而餉銀幾納悔約之情見矣願王以法為戒勿為所乘則幸矣

法德之戰德爵拜享國王以師從累建殊勛現稽兵籍計戰歿者武員一百六十二人兵一千五百九十七人受傷者武員二百六十一人兵二萬五百九十八人被擒者武員二十二人兵一千零八十三人逃者武員二人兵三千三百六十三人失馬一千五百四十九匹註冊以上德王顧謂左右曰甚矣兵之不可輕用也彼喪師失地者骸骨積如邱山肝腦塗于原野殺戮之慘無論矣即戰無不克攻無不勝如我軍之入法都虜法王戰功甚偉而按軍籍以稽之損折之數人百而我亦十焉此猶僅為戰陣言之也當夫兩軍相搏轉戰千里居民出走倉皇避兵呼號之聲顛連之狀真有耳不忍聞目不忍睹者良此黎元何辜一旦罹茲鋒鏑也自今以往非畔啟鄰封師先加我而妄談兵事爭尚武功者罪之

德國減境內賦稅其制分上中下戶以次遞減田愈少者則稅愈輕又禁書櫃千楹中建層樓方廣八百尺以每歲稅餘購各國古今書籍藏貯其中士人往觀概不之禁

法人署匿名榜于朝以譏時政意甚激昂內議天津一事其略曰民教相毆曲直姑置勿論而以華人二十顆頭顱僅償一領事之命猶以為未足去年民叛其上童婦操戈官軍攻城互相屠戮五萬黎蒼生之命將欲何處索償耶中國聽其傳教而法君猶以保衛為言意之逐布之禁何異若罔聞也

法人會議曰今之中國非復十年前之中國矣製造皆宗西法而酌為變通其林明敦鎗隊

操演純熟者計六萬人誠勁敵也遇有兩國交涉事務須揣度情理毋與為難

法國兵額日增需餉甚鉅兵部之費倍于禮部布人疑之相臣畢士麻克乃致書于首領曰大國一困于兵事再困于叛民內侮外侵嗟嗟矣僅為執事計大兵之後宜招集流亡存卹孤寡舒民困則莫如蠲賦稅釋鄰疑則莫如裁戰兵胡計不出此惟增兵益餉之是務哉且國勢之強弱視乎人而不係乎兵力之多寡法當十餘年前兵額半近時而用以伐奧國則割壤城伐安南則闢地千里當是時也席捲餘威震于列國小國屬焉大國朝焉莫不謂法之強無敵于天下也于是增郡兵廣戍守前歲以睚眦之怨興問罪之師以強伐弱易與耳乃一戰而敗于陵士再戰而敗于師丹三戰而都城舉和議成矣昔者之兵力半于今而勝今者兵力倍于昔而敗自強之道或別有在與更有請者償款一千兆期以三年限適半矣而僅繳十之四餘款尚鉅今執事不綢繆于先事而單旅之是求豈將以彈丸鋒刃蹂躪相償哉外臣敢請首領報之曰欠繳鉅款敢不就期以償來書諄諄然以增兵益餉為言敝邑已知罪矣引咎不遑何容置辯第隱忍不言罪戾更深將何以釋猜嫌而承明教也夫布王恩德施于法者厚矣大矣我有故地布王復之我有叛民布王除之我有逋負布王緩之此恩此德苟有人心宜何如圖報敢萌異志而蓄陰謀哉境內額兵所以稍增廣而加訓練者

良以餘燼重收國既内空鄰將來代布之所與鄰之所取若不預為之備恐重以覆亡之禍貽大國憂彈丸鋒刃之備則吾豈敢云云

英國武員改水雷之制創而新之曰魚雷度敵船之遠近運以電氣能自行水底以擊之試以木筏信然頗自矜喜其僚友曰噫作法自斃矣我既用以攻人人亦用以攻我則新造數十號鐵甲兵船恐不敵他國試魚雷之用耳

英美二國議員會議花旗船款于瑞士國美人曰當南北分爭時爾國不以輪舟轉售何至焚我商船減我稅額且兵連禍結何至四年之久哉夫船款之應償無論矣他如稅額之所虧餉需之所費尚不取諸大國則數百兆金錢之償將從何處索償哉英人不能對權擬約稾請命于朝英王報可署券而歸君相次第慰勞曰先生休矣仍入議院視事如前浹旬忽召該員而責之曰所議者船款並無餉需稅額之是求也該員曰請命報可而後約成非敢專也于是衆皆譁然曰誰主是議者君相默然而罷蓋約稾達于上院上院呈諸英相英相未經啟視遽進英王王復置之内寢翌日漫報之曰可追覽及已隔數旬矣因循誤事以致莫可挽回識者于以卜英政之衰

英駐上海領事默赫斯以事召回謁君相畢令赴議院敷陳中國近事以廣見聞茲摘譯其有關時事者二節一論中外之勢曰在昔通商往來互市止于外口自一千八百五十二年有粤東之盟西商遂通于内地事涉危疑兩情相睽紛然雜處垂三十年利歸于西怨起于華永為相好之言恐未可恃也一論華英之交曰風俗迥殊異言異服雖西士無相猜之意而華人有非類之嫌我國官商偶出或東或徙咸指指而連呼曰洋鬼子洋鬼子言之者自鳴得意聞之者殊覺難堪蠢茲村愚取人以貌猶其末也曾見中國大臣出使外洋者行乾輪船至堅迅也不聞曰美哉舟乎但曰事機巧而已館以重樓至華美也不聞曰美哉室乎但曰事奢靡而已惡其人矣復惜其物安望其加惠遠人久托宇下承寵之曰友邦稱之曰鄰國虛與委蛇特時未可耳其意以為勢似合而實離交似親而實疏云

英國舊臣保兒今當一千八百五十八年曾為駐華使臣茲刊舊時日記流布歐洲其略曰中國之治民也為道甚大制禮甚嚴統之以尊親聯之以恩義上下相維不敢犯亦不忍犯非若西國導民以利徒以機械相傾心思愈靈風俗愈漓紛紛然舉斥華人之愚而不知華人正有以識其陋矣

英新報有論時勢者曰各國之志皆苦于用兵惟防海備邊通商修好之是務雖近歲布有破敵之功法有行成之恥而舊好克敦不為己甚和議既成兵事旋解此誠與民休息安養

無事之時也鯨吞其志蠶食其謀所不可測者俄人耳何則俄之地倍諸大國而財僅埒于次國近脊腴之地而不能全為己有也且俄非不欲侈其西封覬覦既久而不敢構難于歐洲者祇以德奧新盟相為脣齒倘擅搆兵端勝負尚不可知而況奧為之助乎此俄之所以甘辭厚幣結德國歡而願為永好也夫既不得志于西必將逞之于東矣印度物產富饒商民輻輳俄人久欲得之而甘心然必假道于華邊以圖進取現擬沿中國邊界營造火輪車路自滿洲而蒙古而甘肅輪路通則印度危無印度是無英國也我國必盟約歐洲自西而牽制之毋使滋蔓則幾矣

又曰俄人擬造火輪車路以達滿洲蒙古現遣其郡王暨世爵人員會議于境上俄人詳察中國山川形勢繪圖刊藏兵部布人購之與中國舊本輿圖較猶不若其縝密而于邊省尤加詳焉于陸路則形之曲直也紆繞也險阻平坦也林木之疏密路山之高深也于水則勢之順逆也向背也淵狹淺深也島嶼之縈迴灘港之出入也某水某山靡不撰說繪圖瞭如指掌夫然有以觀俄人之志矣

俄王諭外部函致駐華暨駐英使臣云俄與東界滿洲西連印度互市其間者半係俄人近歲稍展其界使通商耳初無他意也鄰不加察疑懼日深遂目俄為虎狼之國誣我甚矣希將此意咸使聞之

英議院于放院時議明年稅務云歷年各物所得之稅皆日有所增惟印度鴉片烟土稅向得銀八百萬磅茲漸減至六百萬磅蓋以中國四川河南等處廣種罌粟其製漸精食之者亦漸廣恐數年之後將無稅可徵矣

布王華教人掌各郡書院之例從相臣畢士麻克之議也其略曰國勢之強弱係乎民民心之邪正視乎學而學之從違向背則以蒙養為基先入為主自教人掌院之例興四方之民肄業于院者耳染目濡受其蠱惑所聞如是所見如是所行亦如是執迷不悟久假不歸知有教主而不知有君上誠人心風俗之大患也夫人之于身也無病則防之有病則藥之教人病國獨不思所以去之何明于治身而昧于治國與請即禁令專主改各郡書院統于禮曹云云布王復示禁通國各書院肄業諸生有陰習教事者逐之意王欲毀羅馬城教會堂若干所蓋天主教中會徒不少每會分建總會堂一區凡會中之長皆居于此以教王在羅馬城便于朝見也意王欲斥教人而先毀其會堂洵可謂正本清源法良意美矣而教王怨甚諭其相臣曰意大利國吾國也王偽王也溯會堂起建之始已歷一千一百年教人之往來必于是辯論必于是耳目之所寄一旦毀之是毀我也于私圖則便矣其如天下各國

何

西國婚姻無禮教之防凡男女相悅父母允之乃同往謁諸神甫男曰願為若夫女曰願為若婦神甫雙執其手曰無悔曰謹受教遂偕歸而室家焉現意王既還都羅馬斜然中興教議院更定婚制革教人主婚之例由兩姓父母請于該管官教主惡奪其權而亦莫可如何也

英阿爾蘭島伯而法斯城耶穌教人與天主教人忿爭各聚衆數千人短衣巷戰互皆殺傷耶穌教人分為隊升屋者數百人飛瓦下擊天主教人遂縱火焚之烟焰燭天歷三晝夜火光中聞風錚鼓聲戰鬭聲號哭聲椽瓦爆烈聲車馳馬逐聲雞鳴犬吠聲嘈嘈然一時畢集本境巡捕一千四百五十人馬步軍二千七百人竟不能彈壓馳告都省發兵鎮撫之

美國首領擬減稅以勸耕飭戶部查去年錢內賦稅正供計英銀錢三百八十三兆年終核對用款尚存八十六兆刻酌免三十六兆其餘五十兆暫徵以償民項茶稅每年例得銀錢二千萬元現盡免之並減各雜稅三千萬元賦稅既輕商民益富自一千八百七十一年六月（即中國同治十年）至七十二年五月（同治十一年）增造火輪車路七千五百英里西一千八百七十二年七月初三日歐洲各國派員會議律法于倫敦各處紳耆亦與焉計會議者日耳曼支派如英德奧各國羅馬支派如法蘭西西班牙葡萄牙意大利各國共派員三十七人有數人為刑司數人為議員數人為掌院

土耳其王委政相臣境內大治布奧皆遣使與之修好茲復上言曰郡縣長吏俸錢太薄是導貪也宜遞增之俄王遣其弟偕世爵大臣聘于土京其大臣卡里拍沙致國王之意曰敝邑褊小介于大國之間昔惟法人是賴今敢于布勢難復振近聞俄布奧為伯靈之會修王業于歐洲倘邀三王之靈寵徼惠敝邑共敦永好凡有征伐之事敢不悉率敝賦以從

俄德奧三主會次各指本國軍籍合三國之兵數與歐洲各國相較則國之大小勢之強弱見矣俄國陸兵計一百三十六萬二千三十四人所屬亞西亞境可薩克兵不與此數馬計三十四萬四千七百六十匹砲計二千零八十四尊奧斯馬加國陸兵計九十六萬三千零五十一人馬計十三萬二千三百二十二匹砲計一千四百二十二尊德意志國陸兵計一百零五萬二千五百零六人而在籍聽調者不與焉馬計二十三萬九千三百二十四匹砲計二千零二十二尊法國陸兵計五十萬五千五百三十七人馬計十一萬三千九百三十九匹砲計九百八十四尊意國陸兵計五十萬零一千九百九十七人馬計四十三萬四百七十二匹砲計七百二十尊英國陸兵計四十七萬零七百六十九人馬計四萬二千八百五十六匹砲計三百三十六尊比國陸兵計九萬九千八百七十七人馬計一萬二千零三十四匹砲計一百二十尊荷國陸兵計六萬六千七百六十四人馬計八千五百匹砲計一百零八尊丹馬國陸兵計五萬一千八百七十二人馬計九千三百八十四匹砲計九十尊土國陸兵計五十四萬五千九百三十八人馬計六萬八千八百三十四匹砲計七百三十二尊西班牙陸兵計二十一萬六千九百九十四人馬計三萬零二百五十二匹砲計四百五十六尊

俄人謂中國近畿各口守禦甚嚴大沽口增築砲臺寫克虜伯大砲六尊並開垣道以通天津十年前時西船至此不易今更因險設防聲援相應金湯之固洵足資拱衛矣布報謂中國相臣大吏近時譯閱新報皆能深悉各國情形知法國新敗布國新合與懼內變有分裂之虞俄患內庬惟農桑是務英國之志祇在通商且與中國最親他國亦願結中國懽云云

右所錄各條皆關涉中外大局者方今外國以俄布為強大英則少懦矣故其計畫亦以保守疆圉為亟而俄布則頗以不肯用兵自明第英人謀國深遠終為之備雖然當强鄰逼處之時豈特英人當備己哉有國家者固宜深長思也

應敏齋精于折獄

折獄之難也余前記三江營眼線誣廣勇一案以為眼線不足恃然其所以必欲誣陷廣勇者其故終不能明今年在蘇見應敏齋方伯乃知方伯平反此獄亦大費苦心蓋廣勇解赴江寗之後署制軍何公入吳鎮軍之言必欲誅之承審官孫觀察蔣太守均悉其冤而為線勇所持終不能決方伯既將上海前後縣及江寗承審各官所得究濫之意一一剖陳制軍始悟今方伯再訊訊之而事益明白獨無如營弁執之堅線勇又證之力方伯乃謂之曰若輩必不肯已我將此案之定在情形一齊發露後再訊何如于是懼而輸服是書乃定蓋方伯赴寗時先訪得砲船與賊戰敗時一船弁勇盡死其眼線之勇並非本船之人特營官思避處分而為之冀獲數盜以自解吳鎮軍初不之知何制軍又安從知之方伯研訊真情復得將一船兵勇害盡之狀既而得其情故一斥之而立解也方伯在廉訪任還有命盜案件恒懼其枉靡不悉心研鞫州縣頗苦其駁詰然獄少冤民矣余嘗記其二事一為上海縣案先是蘇州婦因避難攜其已嫁女至上海寄賊退後女不歸蘇而另與一人為夫婦即俗所謂姘頭也婦利其資而不之禁如是者有年婿在蘇不知也久之其人資罄女出傭于巨室以自給然歸來則相處如故又久之婦以乏資厭其人遂聲言蘇婿來索將挈女去虎据

所有登舟。舟尚未發。婦適以故上岸。其人尋至。遂攜女共逃。婦歸女失。覓之不得。乃欲誣巨室謂其匿女。索援久之。無所獲。忿而服鴉片以往。毒發遂斃。縣讞謂婦死緣婿索女故。女因姦致母自盡。科以死罪。獄上。公細詢其情。閱全案無婿家一詞。疑之。乃密飭吳縣令提其婿到。則始終茫然。不知有是事。是婦自死于索詐矣。于是僅科女以姦罪完結。一為無錫盜案。屢承屢翻。而贓據鑿確。即發審局諸委員亦以為真盜也。公親提研訊。見事主則長而大。盜乃矮而小。究詰再四。事主但認贓為據。公因取贓衣反覆視之。遽呼事主前。指一馬褂曰。此汝之服耶。對曰然。即令衣之。乃短小甚。呼盜使服。則却稱其體。盜乃泣而呼曰。今日見青天矣。此固我之衣也。蓋無錫是年盜案層出。一無破獲。捕役懼比。因獲一人。強之承役。囑事主強之認贓。追詰青耳。後經事主歷歷供出。公大笑。重責捕役。而取一長大之馬褂賜事主服去。曰。以後終當為爾得盜。毋代捕誣人也。公自言此二案。案情均在目前。承審官自不留心耳。敢矜以為神哉。

紅樓夢之貽禍

淫書以紅樓夢為最。蓋描摹痴男女情性。其字面絕不露一淫字。令人目想神遊。而意為之移。所謂大盜不操干矛也。豐潤丁雨生中丞巡撫江蘇時。嚴行禁止。而卒不能絕。則以文人學士多好之之故。余弱冠時。讀書杭州。聞有某賈人女明艷工詩。以酷嗜紅樓夢致成瘵疾。當綿綴時。父母以是書貽禍。取投之火。女在牀乃大哭曰。奈何燒殺我寶玉。遂死。杭州人傳以為笑。此書乃康熙年間江寧織造曹練亭之子雪芹所撰。練亭在官有賢聲。與江寧知府陳鵬年素不相得。及陳被陷。乃密疏薦之。人尤以為賢。至嘉慶年間。其曾孫曹勳以貧故。入林清天理教。林為逆。勳被誅。覆其宗。世以為撰是書之果報焉。

剖解屍骸驗病

同治壬申春。余在上海縣任。聞英國領事官某病卒。適因公事出城。過其門。見洋人聚集甚衆。以為送殮也。然外國例。死者不弔。因使人問之。則曰。領事以嗽疾死。醫士以為必嗽斷一筋所致。故剖其胸腹視之。人之聚觀。以此也。向來外國人身死。若醫士不能悉其病源。則必剖割視之。察其病所在。乃筆之書。家人從不之阻。亦並無以為戚者。余閱南史沛郡唐賜。飲比村唐氏酒。還得病。吐蠱二十餘物。賜妻張從賜臨終言。剖驗五臟。悉皆糜碎。尚書顧覬之議。張忍行剖腹。子副又不禁止。論母子棄市。劉勰爭之不能得。詔如覬之議。垂為科例。由外國觀之。張氏母子。豈非寃死哉。

盜案被誣

桐鄉沈茂亭司馬寶樾。早歲乏嗣。而好施不倦。晚年得二子。人稱作善之報。嘗為余言伊叔曉滄先生炳垣。作令時。因公赴省。會發審局有盜案未承。太守命往鞫之。盜一見先生。即呼曰。公非曾任新陽縣之沈青天乎。曰然。則哭曰。吾家門首堆積稻草。不知何時人以捐匣藏吾堆中。今官以搶劫捐差。指匣為憑。入吾死罪。夫吾果為盜。搶得捐匣。當藏之家中。即不然。亦且燬以滅跡。安有置之門外草中示人共見之理。先生研訊再四。知為被誣。即白之太守。請為昭雪。太守以原問官張某持之堅。不肯置力。第曰。子能平反斯獄甚善。然嗣後不得真盜。當惟君是問。先生遂謝去。不復再鞫。越一年。先生在蘇。適當午飯。有僕人自外至曰。今日市中決囚。搶捐差之盜犯已正法矣。先生聞言。不覺吐飯滿地。次日乃知是日張某亦當午飯。忽無故立起。大呼撲地死。

償債豬

茂亭又言。張鄉富人。精于權算。有鄉人某借錢十二千。已還而忘未取約。遂重索之。某不得已。即再還之。越十餘年。富人死。而某家生一豬甚肥。將宰而貨其肉。是夕屠人某夢富人哀訴云。我不合重收某家錢十二千。冥譴為豬。償其債。明日請君往殺之。豬白首而黑背者即我也。乞君勿殺。而告我家往贖之。德且不朽。次日某果邀屠往殺豬。屠至。驗其豬之毛色果信。遂不肯殺。某聯前事。忽且喜。即牽豬呼其名而詢之。豬人立而啼。某大驚。撲地。病月餘始愈。傳聞遠近。富人子遂備價贖之歸。

雍正朝不識鴉片烟

道光年間。查禁鴉片烟甚嚴。吸食者罪至繯首。蓋此物在國初。以能淫蕩人心。貽患不淺。嘗世宗飭部議覆定例。通行禁止。興販者枷杖。後發邊衛充軍。罪名固甚重矣。自通商開禁之後。販烟者乃稱巨商。且欲以捐款上邀議敘。余任釐局提調時。曾力拒之。而其意未已也。前數年復申此議。丁雨生中丞不許。乃止。然已流毒海內。雖十室之邑。必有烟館。遊手之人。嗜之若命。有心世教者。無不痛心疾首也。近閱雍正七年福建巡撫劉世明奏稱。漳州府知府李國治拏得行戶陳遠鴉片三十四斤。擬以軍罪。而陳遠于巡撫過堂時。堅稱鴉片原係藥材。必需。並非做就之鴉片烟。當傳藥舖戶認驗。供稱藥名鴉片。散者藥用的。又可製鴉片丸。醫治痢疾。這是並未做成烟的鴉片等語。巡撫因謂鴉片為醫家需用之藥品。可療病。惟加入烟草始淫蕩害人。為干犯例禁之物。李國治以陳遠家藏之鴉片為鴉片烟。甚屬乖謬。應照故入人罪列款題參云云。聞之不禁失笑。夫鴉片即鴉片烟。豈又須加入烟草乃成鴉片烟之事。足見當時吸食者極少。故尚不識鴉片為何物耳。

東洋參

日本國所產之東洋參，江浙諸省盛行，醫家或以為勝于高麗者，因其肥大也。今閱其國人鹽谷世宏日光從軫錄所記，云會津七里村有參園，享保中所創種，以日光高寒土必宜參，乃求韓種以播焉，根荄果茂，仍徧種于北土諸侯官，參之利遂溥天下等語，則直是高麗之種參耳，何足重哉。記之以破世惑。

于忠肅諫易儲疏

世之論古者，每以諸葛武侯不阻伐吳、于忠肅公不諫易儲為惜。余謂世遠年湮，簡編缺佚，庸知二公當日之不諫阻者？況陳志明載武侯言法孝直若在，必能止主上此行，是武侯曾經言之，特不能止之耳。至明史于忠肅本傳亦不詳公諫易儲事，後世遂以為疑。天台齊次風侍郎未第時，曾夢于公來謁，與之抗禮，謂曰：昔英廟易儲，某寔有疏諫，留中不發，君他日幸物色之。後侍郎預修明紀，入皇史宬，徧檢三日而不得，曾作詩記其事，然人猶以夢寐之事為未足憑。比邵二雲學士檢得通政使檔冊，有于謙一本，為易儲事，而公冤乃得白，究恨未見公之諫疏也。玆閱海寧吳槎客騫拜經樓詩話所載，鄉前輩張侍軒先生跋仁和阮泰元氏讀于公旌功錄志感詩序，斯錄在壬午歲（嘉靖元年），先祖檜屏公永訣時手授，泰元云：予供事從錄得睹，諫易儲一疏，憲宗簡及，為之流涕。又有請復儲二疏，英宗未及簡發，為人臣者當以肅愍為法云云。按阮氏所云三疏，人鮮知者，獨惜阮泰元當時既有此本，不即以刊入公集中，至久而遺佚，為可痛恨也。然公之事于此益明，故亟志之。

卷八終

庸閒齋筆記卷九

海昌陳其元子莊著

余于同治壬申，曾著筆記八卷，德清俞蔭甫太史勸令付梓，兩年來索閱者甚夥，因之時時有人以新事來相告語，余亦藉此破岑寂而聽焉。或過而忘之，或過而存之，皆付之無心而已。今年長夏酷暑，適垢微疴，杜門不出者累月，閒居無事，祇以筆墨自娛，追憶舊聞，並參新得，日或記數紙，或數日記一紙，投筆之餘，隨手散棄，不復再檢，蓋不過以之消磨日月，初非欲再續前書也。秋冬之間，忽見案頭有一新冊，閱之，乃兒子德濬、德嵩拾余所棄，抄錄而成者，讀之尚覺足資掌故，因略加排檢，又益以近事及偶記者，補綴之，復得四卷，不更別為名目，仍續于前記之後。自茲以往，倘天假之年，異日或再有所撰述，則如近時紀文達之筆記五種，前時洪容齋之夷堅十集也，亦無不可。光緒紀元歲在乙亥，斗指丑哉生魄，庸閒老人識于梧桐鄉佳晴喜雨快雪之堂，時年六十有四。

南滙三忠

道光辛丑，侯官林文忠公有新疆之役，暫寓武林外舅關藍棋先生家。時余銳意經世之學，以所撰籌漕議、籌漕策、屯田議等作呈教，公頗嘆賞，目為賈生之才，謂以海運衛海疆及墾荒土以資戰士，皆他日所必行者。後公督陝甘，果興屯政，惟今日以輪船運漕，則公不及見矣。公瀕行謂余曰：本朝有兩篇大文字，子曾見之乎？蓋指關中李天生檢討因篤之陳情表及南匯葉忠節侍郎映榴之殉難遺疏也。天生之表，余曾讀之，較令伯之文更為肫摯，獨忠節疏遍訪不能得。忠節為余六世祖姑丈，當忠節殉義時，我祖姑承遺命奉姑太夫人由竇而出，得免于難，歸家後上事遺姑，下撫弱子，仰承夫眷，遂大葉氏之門，家乘外傳豔稱之。余于同治丁卯攝宰南滙，忠節裔孫東軒廣文來謁，以公遺稿相贈，始得見其疏，忠義之氣，炳若日星，洵為昭代第一篇文字。會丁雨生中丞巡撫江蘇，興舉廢墜，余因詳請以境內晉忠臣長合鄉侯袁山松、南宋忠臣將軍鮑廉及忠節之墓列入祀典，春秋遣官致祭，中丞先行咨部立案。從此三忠之祀永垂千古，然忠節子孫至今蕃衍，袁鮑二公後裔無人，則惟賴此天家一瓣香矣。

變頌

說詩者多言變風變雅，宋金華王氏柏獨以魯頌、商頌為變頌，其說蓋本之唐成伯瑜毛詩指說。夫風雅既有變，則頌之有變亦理也，況出于先儒之說乎。

舉人進士國子生之沿革

世重舉人進士。謂為科甲出身。不知唐時始有舉人進士之目。皆係未第者之通名。天寶十二載敕天下舉人不得言鄉貢。皆須補國子及郡學生。廣德二年。制京兆府進士並令補國子生。其已及第者乃稱前進士。明初國子生有選授部院大官者。今則國子生極輕。蓋以入貲者得之耳。

測遠鏡

遠鏡至今日之歐洲而精極矣。用以測月。月中顯有凹凸之形。測日則見太陽邊際齟齬如鋸齒。日面有浮游黑點。大小多寡不一。測金星則見有消長。亦如月之上弦下弦。此皆古人所未見者也。然非在上海用西人之遠鏡。亦不能知也。

紇字也不識

世俗譏人曰。汝瞎字也不識。此紇字之誤也。齊臧孫紇及孔子之父叔梁紇。皆音恨發反。而世人多呼為核。唐蕭穎士輕薄同人。誤呼武仲名。因笑曰。汝紇字也不識。流俗傳訛。遂以瞎字當之。仍呼紇為核。兩失之矣。

讀書句讀之舛誤

宋穆脩負才使氣。中年偃蹇。嘗以柳子厚文集鏤版印數百部入都求售。有儒生數人共來緒閱。脩就手奪取。怒視曰。賢若能讀一篇不失句讀者。當以全部奉贈。遂終歲一部不售。或謂宋世儒生。不應拚陋至此。不知我輩幼時就師所點句讀舛誤不少。比壯年稍解文義。自行改正者固多。一時忽略。遂至終身沿訛者。當必尚有。特無人從旁指駁耳。偶閱宋姚寬西溪叢話。載左傳句讀二條。詢之今世讀者。大率錯誤。因備記之。俾知不特學問無窮盡。即句讀亦未易明也。故講事以度軌句量謂之軌。取材以章物句采謂之物。聞晉公子駢脅。欲觀句其裸浴句薄而觀之。

詩文借對

今時詩文喜用借對。以為巧思。蓋古人三十四格內之假對也。如自朱耶之狼狽。致赤子之流離。以赤對朱。以子對耶。狼狽獸名。流離鳥名。此假對之工者。今尚學之。若廚人具雞黍。稚子摘楊梅。以雞對楊。蓋取楊與羊同音。天子居丹扆。廷臣獻六箴。句與不愁身外事。六么且聽醉中詞。以丹對六。蓋取六與綠同音。蒼鷹對諸姬。以諸為朱。皇眷對紫宸。以皇為黃之類。古人偶以為工。今則不取矣。然其格不可不知也。

詩文二十四名

詩文有三十四格。又有二十四名。元微之樂府古題序所謂賦頌銘贊文誄箴詩行詠吟題

怨歎篇章操引謠謳歌曲辭調是也。

字之別解

解字當以說文為正。如董仲舒解仁義二字。曰以仁治人。以義治我。此確論也。原甫則云仁字從人。義字從我。則非造文之意矣。許氏說歸字從堆從止從帚。而以從堆為聲。林氏則云從追于聲為近。似長于許。至哭字。許則以從吅從獄省文。林乃云象犬嗥。不亦謬哉。

作字省文

今人作字省文。以禮為礼。以處為処。以與為与。凡章奏及程文則不敢用。其實皆說文本字也。說文于礼字云古文禮。字云止也。或從處。与字云賜予也。与與同。然則避本字不用何哉。

避諱改名

秦始皇諱政。改正月為端月。漢宣帝諱詢。改荀卿為孫卿。明帝諱莊。改莊光為嚴光。司馬景王諱昭。改昭君為明妃。晉簡文鄭太后諱阿春。改春秋為陽秋。唐景祖諱虎。改虎林為武林。太宗諱世民。改民部為戶部。至今仍而不改。非也。

古人用典之杜撰

古人用書。不必沾沾字面。如班固文帝紀贊曰。我德如風。民應如草。用論語君子之德風。小人之德草意也。而潘岳晉世祖誄則曰。我德如風。民應如蘭。傅元四廂樂歌則曰。上教如風。下應如卉。彼時無人指摘。今則以為杜撰不通矣。

干支日月風雲星雷皆有雌雄

虞喜天文論。漢太初歷十一月甲子夜半冬至。云歲雄在閼逢。雌在攝提格。月雄在畢。雌在觜。日雄在子。又曰。甲。歲雄也。畢。月雄也。陬。月雌也。大抵以十干為歲陽。故謂之雄。十二支為歲陰。故謂之雌。宋玉風賦有雄雌風之說。沈約有雌霓連蜷之說。春秋元命包曰。陰陽合而為雷。師曠占曰。春雷始起。其音格格。其霹靂者。所謂雄雷。旱氣也。其鳴音音。不大霹靂者。雌雷。水氣也。孝經雌雄圖出京房易傳。亦曰星占相之書也。是干支日月風雲星雷。皆具有雌雄。而今之言陰陽占候者。皆無雄雌二字。詢以雄雌之理。亦復不知。蓋久失其傳矣。

官文書數目字

今官文書凡數目字。文單者取字畫多者易之。一二三四五六七八九十。作壹貳叁肆伍陸柒捌玖拾是也。然詩序鳴鳩刺不壹也。孟子市價不貳。周禮天官參謂卿三人。伍謂大夫五人。則參與三。伍與五通也。肆則周禮注編懸之四八曰肆。六六即漢書今吏共陸陸。七則墨子周公旦見漆十士。以此代七。山海經剛山多柒木。變漆為柒。是七之為柒。亦有所因。惟捌玖

拾三字，並無出處，為借用耳。

鵝與鴈本一種

親迎之禮，近代久不行矣。惟嘉興尚遵古禮，其奠鴈也，以鵝代之。有杭客見而誚之曰：此奠鵝耳，豈禮也哉。余解之曰：今人呼鵝為家鴈，其褐色者為鴈鵝，而于鴈之最大者則稱曰天鵝，是鵝與鴈本一種也。客以余為强辨，不服。余因取唐書所載太宗時吐蕃祿東贊上書，謂聖功遠被，雖鴈飛于天，無是速也。鵝猶鴈也。遂鑄金為鵝以獻云云示之，客乃語絀而退。

月忌

月忌為初五、十四、二十三，世俗相沿久矣。術家謂為廉貞獨火，故以為忌，其說不經。是乃洛書九宮數耳。宮數起于一，初一一宮，初二二宮，初三三宮，初四四宮，初五則入中宮。中宮為星位之極至尊之地，在臣民當避忌，故曰月忌。初六六宮，初七七宮，初八八宮，初九九宮，而宮數盡。至初十復至一宮，循環數去，十四日又入中宮，二十三日又入中宮。是以初五、十四、二十三為月忌也。再正五九不上官之說，亦以月數當至尊之位，人臣宜避耳，非有所謂不祥也。

閱卷宜慎

昔在金華張太守處閱書院卷，題為宗廟之禮一節，有用樹靈鼉之鼓者，同事者笑謂抄懷挾誤寫鼉字。余謂鼉本音駝，皮可冒鼓，字本不誤，今俗本李斯上秦王書刻作靈鼉者乃真誤也。又有一卷用酒清人渴，肉甘人飢，閱者嫌其語似滑稽，抹之。既乃悟為禮記，是知閱卷不可輕于勒帛也。

青紫不指服色言

唐以金紫、銀青光祿大夫皆為階官，此沿襲漢制金印紫綬、銀印青綬之稱也。漢丞相、太尉皆金印紫綬，御史大夫銀印青綬，此三府官之極崇者。夏侯勝曰：經術茍明，取青紫如拾地芥。蓋謂此也。自顏師古誤以青紫為卿大夫之服，今人言取青紫如拾芥事，多因之。殊不知漢卿大夫蓋未有服青紫者也。故言青紫當指綬，不當指服。

破窯記亦有所本

宋呂文穆公蒙正之父龜圖與其母不相能，并文穆逐出之，困甚。龍門山利涉院僧識其為貴人，延至寺中，鑿山巖為龕居之。文穆居其間九年，乃出而應試，遂中狀元，又十二年為宰相。其後子孫即石龕以作公祠，名曰肄業龕，丞相弼為之作記。今人演劇為破窯記者，蓋本此也。

傳名之有幸有不幸

古人建功立名，其傳者亦有幸有不幸焉。蘇武、于什門均以抗節著，而人但稱蘇武。王堅、李冰共疏二江，厥功相並，冰廟食千秋，咸載赫濯，堅之勞則並無人知之者矣。臾兒、易牙皆齊之知味者也。牙作亂，負桓公，人本不足道，以孟子稱之，遂流傳到今，臾兒之名僅一見于淮南子而已。豈非有幸有不幸哉。

胥吏之異

南史載劉穆之內總朝政，外供軍旅，決斷如流，事無壅滯，賓客輻輳，求訴百端，遠近咨稟，盈階滿室，目覽詞訟，手答牋記，耳行聽受，口並酬對，不相參錯，悉皆贍舉，故有閒暇手自寫書，尋覽篇章，校定書籍。其精力聰給，自古未有如此者。宋王楙疑之，謂人心無二用，安有五官兼應如此，而事事皆當，無舛錯謬之理，謬謂史言之過。殊不知胥稟之異，世所恆有，特顯晦有時，無人為表白之，遂湮沒不彰耳。家康齋弟其晉言伊本生祖竹卿公，嘉慶年間自山陰教諭引疾歸里，有山陰老友笠舫王君衍梅挈舟相訪，公治具款之，延同里朱玆泉先生兆熊作陪。王固名士，朱亦才士也。譚次，公以一圖囑王題百韻詩，時琴齋兄其泰尚幼，命之來，背經書十餘本，笠翁心維手寫，耳聽背書，口談經史，遇兄所背或有訛處，立即指摘，歷歷不爽，可謂五官並用矣。席閒二公各競所能，王舉斯科鄉試同門錄閱一過，自解元至榜末，其人之年貌、籍貫、三代、履歷，背誦如流。朱以本年歷本繙一周，自元旦至除夕，行下干支、星建、吉凶、神煞，亦默誦無一字訛。因互相折服焉。然王雖舉進士，乃以知縣用，後因微罪罷官，落拓以死。朱則僅中副貢，官止龍泉教諭。有玆泉文藁行世，集中邦畿千里二句題文，他省抄襲者兩中解元，而先生不沾一第。至其子仁山先生拭之，乃中嘉慶戊辰解元，道光壬午進士云。

仁山先生為玆翁長子，亦稟異質，生彌月後，喃喃能誦堂中對聯，四歲就學，塾師授以學庸，甫讀即能背誦。登進士，授山東東阿縣知縣，以不長吏治，改京秩，官禮曹二十年，殫心文學，各省名下士入都者，大抵踵門執經問業，門下士幾半天下。而先生虛懷樂善，愛才不啻若自口出。余己亥科試列一等一名，卷歸禮部磨勘，先生見余文而賞之。會琴齋兄以會試入都，先生以余名詢，誦其文如素習。琴齋甚驚，不知先生任東阿時，縣試文三百餘首，老年猶能記憶，其過目不忘又如此。年六旬，病噎症，夢數吏報升天曹官，醒即處分後事，刻日而沒。噫，以笠翁之五官並用，及二朱先生之過目不忘觀之，則劉穆之亦未足多矣。王君之見何其小哉。

關侯岳侯之封謚

關侯蜀始謚壯繆宋謚義勇我朝高宗皇帝特謚為忠義並敕于史書均改正焉道光年間又加仁勇二字至封號則明已加封三界伏魔大帝岳侯南宋始謚忠愍繼更武穆中改忠武又改忠文元加保義二字明萬歷亦加封三界靖魔大帝與關侯並焉

鑒別書畫無真識

世之稱鑒別書畫大抵皆憑一己之見不必盡真識也其識之精者不過能辨妍媸耳近年重錢唐戴文節公山水雖一扇一箑偶抵兼金好事者爭收藏之世姪錢伯聲太守承其家藻石宗伯畫法花卉妙一時初不以山水名也近以世重戴畫偶一臨摹輒覺逼肖因時時作小幅署戴名人爭購之伯聲時告余以為笑前年消夏無事以文節名作冊頁十二幅裝潢交陳仙海司馬戲索廿四金時某廉訪備兵上海留意翰墨適欲購文節畫陳以錢作示之廉訪極為賞鑒即留不還陳懼以撤推咎因以實告廉訪笑曰此子不忍割愛故作此語耳亟取金如數予之伯聲得重值焉伯聲之畫為張子青尚書所賞識余偶舉是事告之尚書言咸豐年間偕祁春圃相國入直南書房蒙文宗召覲內府珍秘見一巨然畫手卷歷代名人題跋無不精絕驚歎希有比出相國告以此卷前曾兩見之于今而三究之孰真孰贗卻未能辨別也則收藏一事豈易言哉

左宗棠奏停武職捐例

自事例之開文武皆有捐納同治五年左爵相總督閩浙時奏請永遠停止武職捐例大略謂武營捐班太多流品混雜劫豪策名右職藉為護符另弁巧蹬升階專為牟利一旦賫緣得缺竟敢肆惡不為從前報捐之多寔為軍政之蠹至捐例原為籌餉起見武職官階捐納例銀本屬無多寔亦得不償失云旋奉俞旨飭部永遠停止迄今十餘年來武官無復捐班營伍較前肅清寔爵相一奏之力然自軍興到今以戰功得官者尚不勝其擁擠雖曾文正公奏請以大銜借補小缺如提督借補參將總兵借補都守之類有功之人猶未能盡登仕版門生周廣才以花翎參將考補千總圻喜不置數年來究未得缺則以員數猥多大府亦寔無疏通之善策也

鑒別書畫真偽之不易

國初宋牧仲尚書自謂精于鑒別凡法書名畫只須遠望便能辨為某人所作自記于筠廊偶筆中人頗奇之余謂宋公閱書畫多能辨識其氣韻耳至其本之是否臨摹恐亦未必即能審定也昔東坡初未識秦少游少游知其將過維揚作坡筆語題壁于一山寺中東坡果不能辨大驚及見孫莘老出少游詩詞數百篇讀之乃歎曰向書壁者豈此郎耶夫以東坡

當時且不能辨少游之書為己書則千百年後人乃能辨東坡之真贗以為必無一誤豈理也哉家匏廬宗伯書得香光神髓自少至老日有書課臨摹至千萬本人往往取公書截去某人臨數字即以贗香光書估得善價收藏家多不能辨聖祖最喜香光字遇外吏進呈之本有疑似者輒為沈吟曰此陳邦彥書耶高宗嘗出內府香光真跡數十軸召公詢曰內中孰為汝所書者公審視良久叩首謝亦竟不能自辨也

文宗賜林文忠輓聯

道光辛丑侯官林文忠公奉命至鎮海軍營比遣戍新疆居恆常誦苟利國家生死以豈因禍福避趨之二語不置不知是公自作抑古人成句也然忠義之忱可想見矣後公以雲貴總督引疾家居咸豐初元奉詔起討粵西賊海內欣望而公卒于途中文宗震悼御製輓聯以賜云答君恩清慎忠勤數十年盡瘁不遑解組歸來猶自心存軍國殫臣力崎嶇險阻六千里出師未捷騎箕化去空教淚灑英雄非常知遇天下臣民讀之皆代為感泣也

春秋五傳

韓昌黎詩云春秋五傳束高閣獨抱遺經究終始今本刻作三傳非也前漢藝文志序云春秋分為五註云左氏公羊氏穀梁氏鄒氏夾氏不知漢後此二氏何時亡佚倘至今尚存則古事可與三傳互證豈不快哉

高僧入輪迴

冷齋夜話記蘇子由在齊安時夢與僧雲庵及聰禪師出城迎五戒和尚次日三人言夢皆同頗以為異良久東坡書至云已次奉新三人大喜迎之建山寺而坡至因各繹所夢以語坡坡曰軾年八九歲時嘗夢其身是僧往來陝右又先妣方孕時夢一僧來託宿記其頎然而眇一目雲庵驚曰戒陝右人而眇一目暮年遊高安終于大愚逆數蓋五十年而東坡時年恰四十有九此為五戒後身無疑故坡恒自稱戒和尚是輪迴之說非釋氏之誑言矣桐鄉嚴芝生太史保生于道光壬午八月三十日先數夕母王夫人夢遊冥間至一石坊下旁有二女僕扶持之旋來一僧年不甚高就與語語覼縷不可殫述既覺猶能舉其大略至生之夕則又夢見轉輪中出青烟數十道道各一僧四散去而前所夢之僧竟來相就驚而寤則太史生矣諦視之面目宛如夢中所見也太史幼穎悟弱冠即登賢書至咸豐己未捷南宮以朝元入詞林散館後不復赴補歸主桐溪講席者已十載矣性樂為善遇善舉必創行之奔走勤勞不以為苦余嘗戲目為行腳僧今年出余渠後身圖囑余題之乃得悉其概太史有自題六絕拔並錄之磨人一第廿年功直與前生苦行同好事欲援儒入釋為人說夢

畫圖中披緇應悔負君親未了緣當補後身四十平頭須努力談何容易再來人浮圖自昔有詩豪愧我耽吟格不高略有前生心性在每于名利淡相遭足跡平生半九州想因行脚倩須酬不知卓錫曾何處可許東坡到舊遊潘家篠夢久流傳私喜祥徵亦有緣潘文恭公思補齋筆記載乾隆壬子江南闈中主司譽人送香櫞四枚是科果得兩狀元一會狀適符其數文恭即其一也余生時王夫人亦譽人送香櫞一枚而竟不相符想為閒藝功行淺不教蟄頂作天仙沈述仕宦與妻孥慧業三生記得無何日塵緣能擺脫依然覓我舊衣珠太史之妹婿歸安沈仲復廉訪自言前生為瞿氏子出家于永年寺清修數十年其聽經之鶴業已證果而已以一念不堅遂再入塵世其事亦奇惟坡公及廉訪皆知前生僧之名姓而太史獨未印證此亦是一缺典然輪迴之說確有據矣

乩語之靈驗

道光戊子鄉試余年十七闈前偕二三友人閒遊西湖行至蘇公祠見人在內扶鸞因入觀之其仙則呂祖也其人多應試者叩功名事仙答以隱語語在可解不可解之閒余固不之信也第見人均肅恭致問姑長揖問已之功名乩忽奮迅大書曰爾甲子舉人也戊子距甲子三十六年眾皆視余而笑余亦笑而出曰不靈乩復書曰到期自知眾追而告余余又一笑置之然自是屢躓秋闈至同治甲子余年五十三矣時在巽郡總辦釐捐局務浙江甫經收復並不開科余偶憶乩語輒笑其誕至冬間左李高爵相保舉浙江人才以陳魚門丁松生及余應詔奉旨以直隸州知州發往江西補用次年乙丑余在江蘇需次聞浙江補行鄉試余忽憶乩言乃請于中丞回籍應試比到浙江則格于例不能入闈廢然而返復笑乩言之誕至丙寅春奉檄總辦天津海運謁見劉崧巖中丞在坐有言乩仙不可信者余因述甲子舉人一說以證之中丞沈思良久忽曰如子所言乩仙頗可信矣子非于甲子年薦舉人才乎明明道是甲子舉人何尚不悟乎余聞是論不覺恍然憶乩語誠巧或真有仙降耶

長壽術

金陵陳伯敏太守嘗言京師秋航和尚工圍棋稱國手飲酒食肉無異平人同治甲子年一百二十歲始圓寂先是太守奉檄衢州知府之命秋航心慕西湖與之同行來浙至次年正月徧辭同人云將西歸並促諸相知為渠餞行諸人乃于十四日設席餞之酣呼暢飲無異平時兼與某公對局局終云此會難再即此局棋猶是絕著猶手書所下棋譜備詳而去元宵早起忽報秋航已逝太守往視則見瞑目趺坐雙垂鼻柱至膝其光亮如水晶云然此是釋子或疑其有坐功服氣之術康齋弟壬申冬遇紹城俞寶山老醫云頃有天台老友相訪年已一百十七歲渠之所以得此大壽者久服白朮之功耳叩其服法以鮮白朮四十斤切

片冰糖四斤入瓦罐內煮乾晒之久蒸久晒約得八斤日嚼數片以供一年之需此人已服至六十餘年其子八十餘歲亦服之甚健考神農本草經有朮作煎餌久服輕身延年之語洵不誣也

恆太守遇鬼

少敏堂兄元葆長余四歲道光丁亥與余同案入學少敏則縣府及院試均第一有小三元之目文名藉甚顧數奇不偶鄉試輒薦而不售歲科試曾列一等第一第二而不得食餼以增廣生終身晚年遊處州為滿洲恆太守記室賓主極相得太守守處州十八年少敏從之逾十載咸豐四年夏少敏患瘧甫止閒步于庭忽見一青衣踰垣入至後院疑為竊也促步逼之詰為誰其人曰我公差也曰爾即公差亦無踰垣入室之理則出票示之銜為陰府已名在焉知遇鬼乃亟懇之鬼曰奉票提人不能私為縱舍無已君其速出處州境容可免言訖遂不見記其票內共五十餘人第一名即處州鎮總兵文公第三名恆公之門丁某第五名恆公之錢穀友人胡仰山也少敏恍然自失遂立刻治任告歸時已薄暮太守苦留之至次日早外人傳報總兵文公病歿少敏驚遂促駕去行二日至縉雲又得某門丁猝死之信益懼連夜遄行至金華託余覓舟告以故余謂其病後讝語耳少敏竟匆匆歸越數日得處州來信則胡仰山果又死矣余亦為之駭然然少敏歸後病良已年終亦無恙次年夏恆太守至省見之強拉以行謂事已逾年當可無慮乃少敏到處未及旬日一病而逝其逝時曾見前鬼與否無人談及矣然越境乃免豈鬼神之靈只及一方耶不可解也恆太守名奎字聚之為人忠厚方正守處州十八年不調咸豐八年以病乞休去大府委福州鄭太守代之視事十八日粵賊竄陷處城恆已歸鄭罹禍其遇亦奇

神仙中人

無錫華秋槎先生前浙閩總督孫文靖公之姑丈也嘉慶年間任福建浦下場鹽大使與先大夫同官相識嗣文靖觀察閩中以迴避棄官歸自是不相聞問者二十餘年道光中葉先大夫閒居嘉興華忽雪夜相訪年已九十步履甚健精力如少壯兩目奕奕有光相與話舊甚歡詢其如何保嗇而致此華言自歸里後即講導引之術終日靜坐不以外事嬰心年來頗有所得夢寐閒時有異人相接寤則不能見也數日前夢人告曰子欲求仙嘉興之陳壽人乃真神仙也因買棹來此尋訪則果有其人思投以名刺則不恭稱弟子則駭俗故持晚生帖謁之乃拒而不肯見固請固拒遂略窺其所居之園古木壽藤亭臺水石覺有五雲縹緲氣象真是仙境自歎緣薄訪仙不遇頗深悵悵先大夫笑曰陳壽人我素識之飲酒食

肉猶夫人耳華曰不然真人不露相遂別去越日先大夫見壽人語以華君所説彼此鼓掌大笑後咸豐紀元粵匪亂作壽人歿久矣先大夫一日歎曰陳壽人真神仙也座客問故先大夫曰古語有人專精事天神積久不倦神感其意現形而問所欲其人謂不求富貴但願一生無是無非衣食粗足居住山水間妻賢子孝優游卒歲而已神大笑曰此上界神仙之福非凡人所能企及爾欲求富貴則可耳壽人席先世遺業擁資巨萬樂善好施與人無競所居則宋岳珂之金陀別墅為嘉禾第一名園日飲醇酒以法書名畫消遣子孫皆讀書入泮一家雍睦生平無一拂意事當此烽煙告警則業已化去謂非神仙而何座客皆太息以為然嗣二十餘年同治壬申余自蘇州歸過嘉興見德清戚曼亭先生問余此行有所遇否余戲應曰此行祇見一仙人戚愕然詢故余因述先大夫所言蓋戚亦當年座上客也戚曰是固然矣今予所遇為誰余曰南皮張子青尚書少年以狀元及第歷中外官至一品勛業文章政事彪炳一時年逾六十夫婦齊眉兒孫繞膝門生故吏徧天下最難得者上有九旬之壽母此時以養親居于吳之拙政園極聲色園亭之奉以承歡一家之中太和翔洽洪福清福兼而有之此又非陳壽人所能幾也謂非當代神仙而何先生亦撫手笑曰然

做官不可有邀功心

功令獲鄰境應斬梟盜犯三人者即予升擢閩粵二省海盜頗多地方官緣是得超遷者指不勝屈然以殺人得官仁者固有所不忍也吾家宗人有官福建同安丞者獲盜三人遂擢江西樂平令期年而病見一盜在牀前索命二盜窺戶而笑禳禱無效未幾遂卒蓋笑者直盜故不敢入門而索命者則冤鬼也後先大夫宰福建光澤縣亦獲鄰境黠盜數人友人或勸鍛鍊以邀功者先大夫舉是事以告曰吾非惟不忍亦不敢也乃論以為從律均免其死嘗訓余弟兄曰此數人若果係盜首吾亦不願以此升官耳同治癸酉在蘇州與四明胡竹亭判史璟談及是事竹亭言其攝江都縣時獲金匱盜犯三名案定後上官將照例予以奏獎竹亭推其功以給同城前獲處分之縣尉及汛弁為之開復頂戴而已不邀賞其用意與先大夫合然居今之世能如竹亭之存心者有幾人哉

南匯李高士

南匯衛城本上海地雍正間析上海華亭二縣地置縣以本有南匯衛故遂名曰南匯縣自明以前之人物皆為華亭上海有皆就其所處所生之地歸之南匯焉李宸山高士在明為上海人而居于南匯衛城中故南匯縣志以為南匯人高士生于明崇禎十年桂王時曾官于桂林及桂王事敗走歸託跡黃冠以醫藥自給後寓居平湖年七十病卒朱竹垞檢討為志其墓所著有南吳舊話錄放鷴亭詩古文集均為竹垞收存今縣書亦藏書散佚則高士之著作不知流落何所是否尚存于世不可知矣惟縣志載其放鷴亭詩二首為吉光片羽耳高士之屋在南匯城中有曰漾波小築其南為放鷴亭屋今已夷為田畝惟亭則尚有遺址余宰南匯時訪之不獲謝事越六年秀水金君苕人亦攝宰事其叔蓮生學博鴻佺徵文考獻求得其地但見衰柳啼鴉荻蘆飛雪亭址僅存于野水橫潦之中流連慨慕想其孤忠而悲其遭際亟思興復未及措手而苕人又調吳江去光緒紀元余遇蓮生于吳江蓮生手高士墓志並所作放鷴亭懷李宸山先生長歌一首相示囑余函致南匯士人早為修築以存古跡嗣得覆書則謂邑小民貧一時不能集事不禁為之慨然特將蓮生之長歌錄之庶他日有好事者為之興舉焉未可知也高士諱彥貞字我生後更廷杲改字宸山

坤甯宮中驚戰鼓衢香金鉋沒敗堵（崇禎年鑄有金鉋時刻見寶熾鼎彝銘）以定危亭日落叫鵂鶹尚占官家乾淨土李郎嬌嬌人中龍隻手直欲擎蒼穹請纓年少苦無路恨煞冠佩假伶工福藩嬌嬌天奪魄半壁東南輕一擲靜江重建小朝廷桂王繼起真雄特荷戈萬里遂終童獻策驚倒豎文忠飛書走檄愈頭風印懸肘後曆青銅是時諸臣同戮力天塹長江重開闢毀家紓難脫釵環況有英雄出巾幗（桂林戰守三月後兵敗而殲瞿文忠夫人邵氏將督師助之）朱絲掛頸悲呈烈可惜不禁西平王蠻邦手縛真龍種猶是人阨非天亡歸來高隱茅亭角閑放白鷴飛行樂感惰時彈皋羽琴憂來惟向西臺哭我朝碩學重鴻詞遺老聯翩趨丹墀雄飛不羨冲霄鶴雌伏甘為斷尾雞明知仙佛皆如夢被體黃紽示無用香積廚充苑士飯何曾迷入桃源洞家亡國破藤門身埋骨東湖塔尚存藏書奚必傳嬌女遺稾還同付故人我來弔古尋陳迹荒亭盡把碓瓦礫長隄衰柳烏呼風愁煞蘆花頭雪白君不見投荒窮老沈太僕吟魂飛墮澎湖曲（鄞沈太僕光文以遺民終老臺灣）又不見遺民尚有葉與熊（兵部侍郎葉廷秀與吏科都給事中熊開元均為僧以終）棄家削髮空王宮銷聲匿影將毋同

以水洗水

世以揚子江之中泠水為天下第一高宗皇帝嘗製一銀斗以品天下之水蓋以質之輕重分水之上下遂定以玉泉為第一而中泠次之惠泉虎跑又次之此外惟雪水最輕可與玉泉並然自天降非地出故不入品鑾輅時巡每載玉泉水以供御然或經時稍久舟車顛簸則色味或不免有變則可以他處泉水洗之一洗則色如故焉其法以大器儲水刻以分寸而入他水攪之攪定則汙濁皆儲于下而上面之水清澈矣蓋他水質重則下沈玉泉體輕故上浮挹而盛之不差錙銖古人淄澠之辨良有以也然以水洗水之法世鮮知之

諧語

常州丁少香太守喜詼諧出語成趣官金華府經歷時曾當府試武童衆官皆集德清楊薪村學博宿儒也言坊行表人皆敬之丁適小遺于中庭楊謂之曰須避三光丁忽問曰天上視吾輩人有如何大楊笑曰不過猶人之視螞蟻耳丁曰然則君曾見螞蟻小遺乎衆為哄堂楊乃默然丁後舉以告余余謂昔人登泰山詩有俯視齊州九點煙之句夫九州只九點煙又安能見人第君子戒慎所不睹恐懼所不聞當無時無刻不將以敬耳丁亦默然

青蛙神

青蛙神杭俗稱之為青蛙將軍或云金華將軍蛙不恒見見則視其色以占吉凶余於道光戊子在杭讀書三年習聞其說未之見也甲辰夏銓授金華縣訓導到杭領憑寓金剛寺巷金宅書館內是日杭人迎元帥會衢衖充塞夜猶演劇未已余不往觀而與主人奕棋將三鼓矣忽僕人坌息至謂余臥室內青蛙將軍在焉于是金氏合宅老幼奔走往觀余諦視之只一青蛙踞于桌頭余曰蛙耳衆曰不然身有金點足分五爪此將軍也遂具香燭供以燒酒衆羅拜于下蛙略不為動久之躍至杯畔以兩爪據杯沿若呼吸狀又久之身色漸變為淡紅腹下則燦若金色衆皆曰將軍換袍矣乃舍杯緣桌後所懸畫幅而上直至頂格踞坐良久時已將四鼓余倦甚疑臨金氏乃以盤祝而下之盛以漆盒裹以錦袱男婦持香提燈送至巷口金剛禪寺中寺僧迎至佛前供定解袱啟盒視之則已渺矣此事為余所目擊蛙亦靈異矣哉

解元勦襲陳文 二則

嘉慶戊寅福建鄉試先外舅開藍樵先生充同考官題為既庶矣二節主司閱文合意者少至十八日猶未定元外舅適得一卷薦之主司大喜以為獨得驪珠矣傳集諸房考示之合座傳觀咸嘖嘖稱賞內中一人獨曰文甚好記從何處見之主司駭曰是必抄刻不可中矣然此文君究從何處見來某凝思良久無以應外舅乃前謂之曰每科必有解元解元原無足奇各人房中必有一房元我房中即不得解元亦無足損然君無確據而以莫須有一言誤人功名未免不可耳某大慚因向主司力白謂其文劇佳讀之有上句即有下句故似曾經見過實則並未見過也主司又令各房官于刻文中再加搜索竟無所得遂定解元比放榜後某公子落卷內隨手繙得一卷即已前所記者與解元文一字不訛特以示外舅共相驚歎謂此君必有陰德繼乃知其母撫孤守節三十餘年子又甚孝其解元固天之所以報節孝也

新昌俞君煥模貧士也道光己亥科鄉試俞欲往而窘于資因憶及往年曾為某村息訟事姑往干謁至則村人歡迎爭為設饌贈以二十餘金且作投轄之留俞無事閒遊村市見破屋停十餘棺已將朽腐詢之皆無主者俞惻然盡舉所贈為掩葬焉親視畚築至暮而歸歸途于小肆中見抄本文十餘篇以數文錢購得之束裝既整踉蹌赴杭寄食友人處比入試闈題為季康子問仲由一章適抄本內所有因稍加改削錄入竟得解元最奇者文係如題三比原本每比末句曰此官才之一法也俞以官才字音類棺材改作官人而不知即是掩葬棺材之應自來作善獲報未有若斯之迅速者先琴齋兄是科中式第三與俞同年俞告之甚詳

鴨兒優貢

前浙江學使吳和甫先生存義同治丁卯考優閱至仁和姚樵卷忽假寐見羣鴨飛鳴座前似若乞恩者然醒而異之疑此君必有因果遂拔取之榜後來謁詢其所因云已三世不食鴨矣杭人聞傳為鴨兒優貢云戒殺始參近于佛教然未始非君子愛惜物命之仁心即此一端姚君已食其報至癸酉又舉孝廉少年英俊前程正未可量也

巡檢作惡之報

憶三十年前與秀水汪鐵宋明府和梅同坐甬里草堂有人入告曰某戚死矣家無一人鄰里殮之鐵宋愴然良久曰吾今乃信天道因言其父故名諸生累試不第遂去為小官官江蘇巡檢年已暮矣亟亟為子孫計無惡不作無作不惡見銀錢即作鷓鴣笑雖逆天理悖人倫勿顧也一日有父控其子忤逆者子大懼倩人關說許餽米十石免責某允之既又謂其人曰若再能加米十石我為杖厥父二十何如子大喜如命次日坐堂皇鞫訊觀者如堵牆先呼厥父上略訊數語即傳呼拿不孝子厥子喜父之將被杖已早伺于門矣呼未已子即趨而進某罵曰若不知父之呈爾忤逆而敢來耶子對曰父年老獨行恐其傾跌追隨而扶之來耳某遂霽顏曰始我以爾為逆子乃今而知爾為孝子也然爾父控爾不孝也曷故子因訴家貧父索奉養力不能肅供云云父在旁怒斥其妄某不之聽婉謂其子曰我已知爾父之悖矣然天下無不是底父母爾第盡爾子職爾父自能回心以瞽瞍之殘頑舜盡孝乃能感格之況爾父之惡尚不至如瞽瞍乎爾既扶之來可仍扶之去因顧諭厥父曰爾有如此孝子乃控以忤逆可謂老悖矣此後當體恤爾子毋再蹈故轍天下未有父慈而子不孝者也即諭傳點退堂父怒極無可言將下階子來扶父揮之以肱口喃喃言世上鮮有如此糊塗官觀者皆笑某忽拍案大怒曰我好勸爾爾乃敢罵父母官乎叱隸捉回笞二十遂出

而白粲二十石積乃倉矣。其他行事類如此。未數年，以惡疾死。死後妻媳相繼殁，所積皆蕩盡。今其子又死，遂致滅門。可不令人警懼哉！先大夫嘗言福建同官某公，嚴于催科，每比卯輒流血滿地，鄉民欠課者杖之，盈千累百，哀號之聲，有若鬼嘯。故輸課輒報最，而橐橐亦充裕焉。然身殁之後，亦遂絕嗣。會與酷之報，昭昭不爽也。

願為良臣毋為忠臣

願為良臣毋為忠臣，此古人對君之言，然寔確論也。先大父嘗為余輩言：我家自本朝開國以來，百八十年，家門鼎盛，躋八座、入臺閣者指不勝屈，然賞戴花翎者僅二人，祀昭忠者止一人，足見世值昇平，軍務不作，天下乂安之效，此國之福，亦家之福也。乃不三十年，粵逆搆亂，江浙騷動。咸豐庚申，余以軍功得保花翎，人皆稱賀，先大夫愀然曰：爾記乃祖昔日之言乎？此非國之福，亦非家之福也。未幾，江浙淪陷，余家流離轉徙，疾病死亡，幾無完卵，乃得花翎之賜者，續有四人，入昭忠祠者竟有五人，雖生榮死哀，仰邀恩寵，而家門凋謝，一時難復舊觀。今雖幸際中興，得安生處，然痛定思痛，回思我祖我父之言，能不慨然！

文宗之愛民

咸豐四年，粵賊據揚州，諸將帥圍攻之，賊守堅不能下，乃奏請決湖水以灌之。文宗皇帝赫

然批答曰：總不得揚州，無并傷吾百姓也。聖祖愛民之深，真與天地同廣大矣。不十年而奏廓清之功，有以哉！

和珅查抄單

嘉慶三年，先大夫在京，即見相國和珅家查抄清單，告余等以為私家之富，較前明嚴氏天水冰山錄有過之無不及也。近于陸定圃寓滬瑣記內見其籍沒單一紙，可謂洋洋大觀矣，用特錄其金銀之數，以作貪夫之鑒焉。

銀號十處，本銀六十萬兩。當舖七處，本銀八十萬兩。赤金四萬八千兩。元寶銀五萬五千六百個。錁裸銀五十三百八十萬個。蘇裸銀三百十五萬個。番銀五萬八千圓。制錢一百五十萬串。

團練害民

咸豐中，以粵賊肆擾，舉辦團練，各省均設團練大臣，以巨紳主之。蘇則龐公鍾璐，浙則邵公燦、王公履謙，浙事敗，王公獲遣戍之罪。然團練大臣特有其名目，不能節制諸郡縣也。每縣各有練局，委員紳董主其事，第認真舉行者少，故賊所到之處，勢如破竹，不能支吾耳。金華府屬辦團練者，推金蘭二縣。金紳則朱寓部允成，生員方滌李瑞，賊至，皆與之角戰久乃敗散。蘭則諸葛一村，拔貢令俊、貢壽燕為之主，各村皆附和之。其初聲勢聯絡，甚為賊憚。後則村董內良莠不齊，于是施家灘等處，藉盤查奸細為名，殺人奪貨，行旅視為畏途。諸葛二君亦不能禁止。王壯愍中丞委臬使光清親往查辦，竟不能戢，大營兵勇非數十人連檣而行，即不得免。甚至本地差委各官過之，均遭擄掠，示以冠服，曰偽也；驗以印文，亦曰偽也。幾至無理可諭。余初以為傳聞之過，嗣因嚴州糧臺公事，舟經其地，即有數人登舟，口稱盤查，搬動箱籠什物，見余頂帽，則譁曰：此偽官也。一時聚集至百許人，各持刀杖，勢已洶洶，適有一武生鄭姓者來見之，叱曰：此金華陳老師也，若等不可無禮。乃皆散去。鄭君來前慰藉，謂此輩業已豺狼成性，擄奪戕殺，將來必致大禍。某行且避去矣。未幾，張帥自金華敗退，潰兵過此，憤其從前之阻梗，登岸焚殺，兩岸十餘里，靡有孑遺。此亦好還之報，第未知鄭君已先避去，得免于難否。然蘭谿之團練遂散矣。夫團練而至于為暴，此亦何異于作賊？是蓋由前邑令某公遇逃散兵勇過境者，不問是非，概行殺戮，人皆視殺為固然，遂致尾大不掉。後來莫可如何。同治元年，李爵相在上海軍中，與余言及某公殺勇事，深以為非，蓋爵相爾時過蘭谿，為厲副憲壬森家習聞其事也。

卷九終

庸閒齋筆記卷十

海昌陳其元子莊著

張玉良

張軍門玉良四川人由行伍從向忠武公自廣西轉戰至金陵積官至廣西提督賞穿黃馬褂短小精悍驍勇善戰威名甚著咸豐庚申杭城被圍軍門奉檄來援至則杭城已失軍門以三十騎乘城而上既登則周麾而呼曰大軍至矣賊狼狽奔逃不費一矢杭城遂復于是聲望大振浙省倚之有若長城未幾金陵大營告急檄之回救杭人留之幾於攀轅卧轍時余從署布政使麟壯介公到省目覩將軍瑞公學政張公挽留之切竟至跪求而軍門以令嚴不敢少止遂率師去乃到中途大營已破常州蘇州均不能守仍返於杭所存親軍僅數百人巡撫王壯愍公招集潰散兵實以子之隊進規嘉興以固浙江門戶乃連戰失利軍械遺棄殆盡而所將之卒均是敗兵逃勇銳氣盡墮已不能軍不得已復歸於杭杭人已自輕之兼所部不能斂戢時有騷擾杭人恨之詈之至斥之為通賊巡撫亦不加以禮遇任其飄搖江渚庚癸頻呼無人過問較之前日跪留之款密崇重若天壤矣未幾嚴州被陷巡撫檄令往援軍門率所部五千餘人至蘭溪之大洋鎮扼守邏卒蕭陣力圖攻取時余奉

檄佐松百川太守辦理軍米糧臺因時與軍門相見談次每以兵勇不能用命為恨余曰何不重賞罰以激厲之軍門曰此等屢敗之卒一言及賊即心膽墮地非獎勸所能振作罔頓足痛恨何制軍棄常州不肯守不然同死于彼豈不光明磊落云云又言杭人謂我通賊我以一走卒蒙拔擢官至一品花翎黃馬褂皆邀異數就令降賊安能如此此時亦不必辨正當一死報國明吾心耳然其勇大率驕悍擄掠不可制營官亦無如之何商民怨之切齒後援金華復敗走攻嚴州克而守之旋又為賊破威名沮喪益甚久之杭州被圍奉檄回救駐師江干餉援俱絕人無固心軍門志氣益厲每日出隊擊賊出必珊瑚冠黃馬褂以自表異時余避居富陽曾棹小舟往見之以高數晝旗蓋為戒軍門慨然曰力竭勢窮杭城必失我軍必潰與其草間求活孰若先死於行陣之得所哉會報賊出隊即麾衆持矛而去余知其志在必死太息而歸越數日果為賊礮擊折其左股舁至營以軍事屬絢兵況文榜而瞑況統其軍逾月城破軍潰況間行至上海投李爵相軍爵相用之擊賊有功竟以功名終聞軍門歿後三四日中夜士卒忽聞號令出隊殺賊一軍驚起聞聲欲出忽悟其死皆大驚痛哭其義憤之氣雖死猶生謚曰忠壯宜哉同時將帥援浙有名者曰江長貴李定太周天受皆不能成功異時江李皆績他省周則戰死甯國

不知姓名之忠義士

自咸豐軍興以來忠義之士奮身殉難不可勝計其被表揚蔭子孫者固不少然湮沒無聞并姓氏不傳者尤不少也王鼎丞刺史定安嘗言從曾文正公攻安慶時江邊有一賊壘諸軍環攻之一營官戰甚力所部死傷甚衆鼎丞念其勤當諸軍暫退募食時親詣其營視之此營官方歸就食金瘡遍體部卒已亡其半忿怒大言不破此壘誓不生還云云比募壘拔又往視之則其人已陣亡殘卒亦幾盡矣至今言之猶為慨然然此君姓名鼎丞不能記憶也咸豐辛酉四月十九日粵賊自湯溪撲金華時太守王君桐有楚勇五百駐於城上城大勇少不敷守陴乃令出守大橋余登城覩賊見一勇方據地蓐食一勇荷戈至謂之曰賊勢甚盛我與若走乎其人大怒目光如炬擲其碗起曰吃伊口糧此時可言走乎若與我往殺賊耳即持一鎗疾馳而去余竊歎曰若兵勇盡如此賊不足平也乃此五百勇守橋力拒自卯至巳賊竟不能過而張軍門玉良率援軍由蘭溪至矣兵方欣慰聞軍門一戰而北賊遂長驅入城金華立時失守此人計必死矣然其姓名並不能知也此為余所目擊者乃談者謂賊以六騎至而金華即失此五百人三時力戰之勤一人奮身之勇均抹煞不傳哀哉

金烈女

江蘇清河縣北四十里有鎮名徐家溜為海沭往來通衢附近莠民每以年少婦女伴宿行人名曰趕店即北方往平腰站等處之惡習也金烈女者乳名扣子農民金本玉之妹雖農家女而姿質秀粹幽閒貞靜有大家女軌範幼時即許字明尚忠嗣子鳳歧為妻過門童養明尚忠係咸豐年間大盜陳三虎漏網之餘黨也同治十年鳳歧年已十五歲尚忠貧無賴欲令烈女趕店女不可尚忠疑鳳歧主之日夜淩虐鳳歧不堪遂亡命不歸鄉里則傳為尚忠活埋致死矣女亦心疑因歸寧不復返十二年六月尚忠夫婦至女家勢洶洶索女飾言鳳歧已有信且歸歸後當即為成婚女兄畏其橫聽攜之去乃抵家日即促令趕店始以甘言繼以惡語終鞭笞女拒之益堅尚忠等無如之何于是日夕磨難冀其或有轉志然女至是已無生意矣荏苒至十一月有過客見女豔其色唆以重金尚忠喜又逼女女不肯叢之撻之女則以死自誓尚忠怒于是與其妻謀曰彼之所以固拒者以未失身也若強污之彼見節已毀事或可成乃女拒益力則以油捻紙灼其手臂繼及胸腹灼至黃油滴瀝女絕無乞哀順從意夫婦咸怒決計殺之以滅口遂褫剝衣裩以繩三匝縛于木梯更益火灼其頭面至足膚黃焦黑血肉模糊女終嚙齒不出一聲而死尚忠益怒復以刀斫其頭面數處並割其二乳以洩忿鄉里見者皆為髮指事聞到官尚忠夫婦顧狡供謂女有外遇尚忠妻疑尚

忠亦有染故尚忠憤而致死而女凡懦不能自白官亦不察遂擬詞以獄上廉訪應公聞其獄疑之密訪研鞫乃得寔情敬其貞烈哀其慘毒遂抵尚忠夫婦于死而詳請中丞專摺具奏請旌表並在徐家溜地方建坊立祠以快人心而伸正氣蓋向來請旌之件多歸題本此案為表揚奇烈起見故不拘常格也嗟乎金和子以農家女目未睹詩書身未嫺姆教且生長于盜賊之家而能堅持大節萬死不移此真天地間氣所鍾廉訪極力為之彰癉豈徒為維持風化之盛已哉

蔣孝子

富陽蔣孝子元順余壻濟霖之曾祖也四歲喪父家貧皆其兄樵采以養母兄夭母哭之瞽終其身得風癱疾孝子負以卧起食飲匕匙便旋牏廁躬進奉之勿稍懈妻朱亦賢食姑恆飽已則糠覈而已朱先姑歿元順躬兼婦職母不覺婦之亡也母患頭眩祈神籤須野豬腦鮮荷葉時隆冬二物不可得則求之餘杭越嶺冒風雪顛踣幾殆迄無有徬皇呼天繼之以泣忽獵者携一物至視之野豬首也長跽告之故獵者憐而以腦與之歸途見溪中浮一葉睇之乃鮮荷益大喜持以進母眩頓差有稱其孝者歎曰吾不能愈吾母身之疾天酷我天酷我奚孝云晚年家漸裕有三子七孫以上壽終咸豐五年得旌表並建孝子祠十一年粵賊陷富陽所過焚殺獨于孝子祠端視而去嗟乎孝庸行也而乃感鬼神格盜賊如此爲人子之于父母其可忽乎哉

富貴中之苦境

旁觀者醒當局者迷古語也富貴利達之地當局者第鶩於進取而不知已蹈危機紛華靡麗之場當局者第樂其宴安而不悟早墮惡趣在旁觀者即非明眼人亦能料其敗也獨有富貴紛華中之苦境則祇當局者自喻之旁觀者不能知之也昔金匱孫文靖公以閩浙總督來嘉興閱兵千夫擁護萬衆觀瞻旌旄赫奕一時先大夫謁于舟次公言三十年前以諸生攜一僕歸家扁舟泊此今雖風景如昔而意興轉覺不如昔時先大夫對以封疆任重此心不免憂勞耳公曰非也因指中間供奉新到之廷寄曰外人觀總督如何榮耀而不知總督心中之苦惱此一件事令我措置萬分為難矣然所為何事公卒未明言也同治己巳余令青浦有洋人為盜在澱山湖中拒捕殺礮船哨官都司一人礮勇七人百姓三人余往勘驗盜已遠颺屍骸狼藉無可如何姑令收殮再行緝究歸時在輿中籌畫此案中心懊悶欲死然呵殿騶唱如故也中途遇二老嫗避于道傍指余嘖嘖相謂曰此不知前世如何修行乃能修到如此余聞之默念我方恨今生何以不修做此知縣而彼乃羨慕謂前世修來者

何見解之相左耶忽憶孫文靖公事不禁為之失笑則旁觀者當一言猶為未的也

澱山湖洋人劫案

澱山湖之案其始有英國之流氓（即中國所謂光棍者）在上海糾合英國人二買一蘆墟船乘之雇上海人二為舵役雇寶山人二為行舟至黃渡地方又雇一青浦人將至澱山湖舟行遲復于田間雇一人助之行至湖中適遇一地保錢糧船劫之乃船中僅有錢二十餘千耳地保跳而免適見橋畔有巡緝礮船在地保熟其人乃呼救哨官令起椗追賊顧勇數不足有鄉人三踴躍從之賊望見追至揚帆逃礮船追十餘里至昆山縣之千墩鎮日已落矣不能及是發礮擊之一擊不中再發幾及之賊遂落帆洋人三立于船頭以手相招若將還物也者礮船遂駛近不為備相距咫尺洋人突發手槍哨官傷墜水死左右二勇斃于舟中餘勇方持械欲鬭槍再發又殪內一勇佯死落水泳而逃于是洋人持刀過船將已傷及未傷者盡殺之悉擄舟所有推銅礮於水而去次日逃勇歸報信余即詣勘礮船已為水營收回哨官及勇屍亦俱收訖惟同往之鄉民三屍在親屬號哭慘戚余亦掩涕不忍視乃捐廉俾其成殮而懸賞五百金以捕賊不越月先捕得上海寶山之四人又青浦之舟子一人其田中雇來人則因見賊殺人當即投水逃去不可究詰矣于是用上海人作眼線擒獲洋人二其一逃往廣東署上海道杜公文瀾又懸賞三百金捕之未幾亦跳獲于廣東之香港余赴上海會審情真事確中國人俱畫招而洋人狡賴不肯承畏罪于英國之領事衙門蓋外國人不受中國羈禁也彼時只候香港之犯解到定案矣而香港之領事故濡滯之總督馬端敏公咨催廣督文內有札飭該洋官字樣香港領事乃謂中外不相統屬安得用該字以輕藐遂將兇犯縱之去于是上海領事亦將兇犯釋放而礮船之弁勇暨鄉民十一人之死無從取償哀哉余迄今念之猶覺憤填胸臆也

鹽梟行劫

咸豐辛酉粵賊擾浙之際有蕭山某州牧自四川引疾歸以道路不通取徑上海雇岱山人劉某船數隻浮海至甯劉固岱之販私鹽者也行至横水洋託言風色不順泊舟島嶼中數日乘夜啟某之箱籠取其金珠寶玉盡易以石某君不覺也比至甯舍館定啟箱籠則十年宦橐盡羽化矣遣人至岱訪問其鄰里皆知之直言不諱某與甯道張觀察素識也亟往訴之觀察嚴檄拘提抗不能得乃遣弁勇捕獲之而劉顧狡甚堅不肯認方研鞫間而賊已募到甯郡失守劉遂脫歸于是起華屋置良田弟若子姪均娶美婦添海船為販私計岱人嘖嘖稱羨蓋所攫獲不下數萬金也壬戌之秋劉及弟若子姪各司鹽船六艘至蘇松海口售

監易兆淵哉。而婦歸至橫水洋。陡遇颶風。六舟盡沒。無一生者。家中諸婦聞之。瓜分所有。均別抱琵琶去。頃刻之間。灰飛烟滅。此康齋弟寓甬時所目擊。甬人于是咸嘖嘖以為有天道焉。弟不知蕭山君于甯郡陷後何如也。

雪災

道光二十年冬十一月。江浙大雪。平地積四五尺。山坳處則丈許矣。湖港俱凍。至明年正月乃解。湖州安吉山中有寺。僧徒四人。其一人于雪甫作時。下山抄化。為雪阻于山下村中。比雪消路通。則寺內之僧。皆餓死矣。太湖中有一舟凍於中泓者。匝月凍解。船逐流下。舟內之人已盡斃。而甕中米尚存其半。則以火種絕不能炊而致死也。是年江浙二省均報雪災。最奇者。陳春噓明府昶宰奉天之錦縣。有娶親人途遇大雪。因相率入小路中古廟避之。雪甚封山。迷不得出。到一月後。男女兩家遣人四處覓之。則新婦及送迎之男女七十餘人。皆餓斃廟中。春噓往相驗。為之慘然。至咸豐十一年十二月。粵賊陷杭州。四出擄掠。天忽大雪。深至六七尺。賊不能行。難民乃得乘間逃逸。此又雪之救人而為瑞者也。

朱封翁

寶應朱武曹先生彬。余師文定公之尊人也。沈潛理學。工詩古文。于經史尤極研究。舉孝廉。官學博。時文定公已通顯矣。督學使者。非年家子即小門生。先生于按試時。趨官侍立唯謹。學使固辭。先生終不去。學使踧踖。深以為苦。雖老每會試必與計偕。文定公官至列卿。同人咸勸先生可勿應試。先生不肯。道光癸未。公放會試總裁。示貼迴避親父某人。都中傳以為笑。儒林中嘖嘖歎羨。而先生悵喪特甚。擬留京俟再試。于是棘槐諸大臣。咸勸公為奏請一品封典。俾致仕。先生初不知也。比命下。則大怒。以為阻其上進之路。選大杖欲撻公。公介戚友跪謝乃已。乙酉。公視學浙江。先生偕來。公持法嚴。士子有過及文藝小疵。咸夏楚不少貸。其作奸犯科者無論矣。故時比之雷部神。有天君之稱焉。賴先生時為訓解。公因之少霽威嚴。然承杜石樵尚書後。以猛濟寬。人多不堪。歲試未竣。飛謗已至京師。吾鄉錢心吾給諫特疏劾之。事下廷議。謂學政奉公行法。職也。惟親父不應隨棚按臨各郡。予公薄譴。先生遂浩然歸去。歸後以載籍自娛。不問外事。年逾大耋乃終。先生瀕行時。猶諄諄以寬為囑。余于次年科試入學。文中訛一字。比發落時。心惴惴恐被責。竟得邀免。則先生之餘蔭也。壬辰應京兆試。至都謁文定公于邸第。訓迪藹然。如坐春風中。與督學時氣象迥殊矣。時先生年八十。新撰禮記訓纂成。得寓目焉。越四十年。服官於鮮。得晤先生曾孫纓伯太守。以遊道堂文集見示。繙讀數過。始知先生學問之醇。行誼之厚。寔從敏求好古中得之。以淑其身。以啟其子孫。有以哉。有以哉。

方敏恪公軼事

先大父嘗言高祖專南公。雍正丁未會試。與仁和沈椒園先生共坐一車。每日恆見一少年步隨車後。異而問之。自言桐城方氏子。將省親塞外。乏資。故徒步耳。二公憐其孝。援令登車。而車狹不能容。于是共議每人日輪替行三十里。俾得省六十里之勞。到京別去。不復相聞問矣。後二十餘年。專南公以雲南守赴都。椒園先生時陳臬山左。亦入覲。途中忽有直隸總督差官來迎。固邀至節署相見。則總督即方氏子。歡然握手。張筵樂飲十日。稱為車笠之交。一時傳為美談。茲見武曹先生所記方敏恪公軼事。有相類者。用附錄之。曰吾鄉喬陞木丈嘗歸自京師。道過保定。時直隸總督為方敏恪公。喬方出也。公留署累日。一夕。酒半。喬自陳屢赴公車。侘傺不得志。公曰。場得毋有飢不食耶。喬作而對曰。未也。得毋有寒無衣耶。喬作而對曰。未也。公笑曰。嘻。是矣。是怖吾方窮時。將遊京師。至寶應。資罄。歲將暮。寒風栗然。敝縕袍僅行線存。中無裏衣。束帶長尺餘。兩端以貫續之。納履則足之前後皆見。將詣汝邑丐假金北上。甫抵門。僕者衣冠甚都。列坐於門之兩楹。余逡巡欲入。僕詰曰。客奚為者。余曰。將探吾戚。僕笑曰。汝安得有若戚。得毋為行竊計耶。余自顧寠人子欲去之恐礙汝毋遊回久之終弗入。迺信步折而東。又屈曲西。行里許。至盧家巷。巷門為南北通衢。有屠門市者如爭。屠每割必倚對宇列肆者書數。往來甚煩。列肆者毋厭苦之。余倚柱而笑。屠顧見曰。客何為者。作字比不得切肉也。余拱手曰。非敢然也。見長者行甚苦。小子略識字。幸不棄。可代勞耳。屠喜曰。客乃能書。即借肆中紙筆。置几旁。屠者手切肉。揣輕重。即口誦數。余營筆疾書。食頃已更數十紙。屠笑曰。客之書更速于我之切也。會日暮。屠者裹餘肉行。顧余曰。吾知客未飯。盍從我于家。余隨之數百步。門臨河畔。茅屋三間。一女應門。可十八九許。屠呼老嫗出曰。吾幸延之。燭至。命嫗女俱坐。曰。客幸不見外。我老無子。迫歲甚忙。又無夥伴。客能留卒歲。當必有以將意。余曰。某窮途。長者見收。幸甚。屠大喜。酒至。亟取盎中鹽菜為副。切肉置大盤。是時余已餒竟日。酣飲快意。視今日之節制畿輔。其樂十倍。飯罷。度門扇為牀。布草薦。取布被覆焉。天將明。呼余起。日記數以為常。除夕。為置酒肴羹肉。共食如初。元旦。余攬衣起。則非復故衣。一藍布袍。新布絮襖。近身裏衣裳襪履各一。余驚起拜謝。屠笑曰。客此去當作官人。區區者奚足言。閱歲五日。余欲去。屠曰。此間燈事甚鬧。幸更延十數日。余心德之。不能卻也。望後乃辭以行。屠者曰。固知客不能留也。又置酒肴為餞。翌日。贈錢四千。襆被裹一將所需被并錢納馬送至河干。余拜屠亦拜附船至山東囊中餘錢數百。有故交自北來。身無一錢分半與之遭遇聖恩以有今日。皆屠長者賜也。及為直隸布政司時遣一介以千金報德。且戒曰。若肯來即備與馬迎至署中。至則門巷蕭條。屠夫婦身歿已久。女適誰氏子。亦不知所終。言至此公泣數行下。座客為之改容。喬恍然如有所失焉。

少見多怪

家梅亭方伯任四川打箭鑪同知時。彼處人偶見蟹。稱為瘟神。打鼓鳴鑼而送之郊外。方伯取而食之。人皆大驚。謂官能食瘟神。四境聳服。沈括夢溪筆談云。陝西人家收得一乾蟹。怖其形狀以為怪物。而病瘧者借去掛門上。往往遂差。黎士宏仁恕堂筆記謂甘肅人不識蟹。疑為水底大蜘蛛。俄羅斯國人不知鰻鱔。詫為水蛇。中國人何以食之。蓋物之未經寓目者。初睹之未嘗不以為奇。如山東張小海太守食鮮蚶。連殼嚼之。幾損其齒。與蔡謨誤食蟛蜞吐下委頓。皆可一笑也。

遊泰西花園記

上海自泰西通商後。環北門外十餘里。奏明給洋人居之。洋人歲輸其租。謂之租界。租界為英法美三國分踞。一切公事歸華洋同知暨三國領事會同辦理。除命盜案外。地方官不復與聞焉。華夷糅雜。人衆猥多。富商大賈及五方遊手之人。群聚州處。娼寮妓館。趁風駢集。列屋而居。倚洋人為護符。吏不敢呵。官不得詰。日盛一日。幾于花天酒地矣。余攝縣事時。欲稍稍栽抑之。而勢有不能。嘗飭洋租地保密稽之。蓋有名數者。計千五百餘家。而花烟館及鹹水妹淡水妹等。尚不與焉。女閭之盛。已甲於天下。乃自同治紀元後。外國妓女。亦泛海而來。搔頭弄姿。目挑心招。以分華娼纏頭之利。于是中外一家。遠近裙屐冶遊之士。均以夷場為選勝之地。彼洋人之漁中國財者。亦可謂無所不至焉耳。休甯余古香觀察本還來滬。總辦浙江海運局。有遊泰西花園記一篇。敘述詳盡。筆致栩栩。于板橋雜記秦淮畫舫錄外。又闢一格。因備錄之。以見溱洧之風。海外亦復沿波。深可太息也。

乙亥孟春。匝月無旬日晴。偶值天霽。又須從事江干。以故春到人間。猶未覺也。隆愷臣司馬。由皖中來申。假館于局。局在邑南城外。殊嫌湫隘。愷臣每思北遊。以海上精華。咸萃于北遠方來者。莫不耳遂神馳也。念八晚晴。以事當至虹口。予偕卿雲皖生並拉愷臣及闓同肩輿至老閘。覓得翼甫與俱。作嚮導耳。翼甫當設饌饌客。饌後各舍肩輿。乘馬車。從轡以行。約十餘里。至虹口屯糧處。時監兌為陶叔南大令。陳韶和少尹。二君同寓洋樓。樓三楹。濱江而築。輪船漕艘。喧闐在浦。無足留連。因再登車。隨翼甫按轡西邁。自是則一望平原。園林櫛比。長林蔭路。水榭閒渟。雲遊瞰春中江白舫。烏逐亂如飛鳥。陌上車塵馬跡。華衣雜沓。逞掣奔馳。怡目所未經。不禁拍掌叫絕。忽于碧樹彎環處。車為之停。下視同人。皆踏莎而立。一時香車寶馬。錦簇花圍。華妓洋娼之外。別有所謂鹹水妹淡水妹者。恭閣皆一一指名。予與愷臣惟吟認其梳妝服飾而已。路旁有方井一。又有靜安古寺。以紆道不果游。翼甫速客登車。謂須及早一遊徐家衙外國花園。遲則遊人星散。便無可觀。再行數里。到一籬落。車數輛憩老槐樹下。荊扉斜啟。碎石成蹊。翼甫入。同人皆入。翼甫曰左左之。曰右右之。曲折升階。迴廊抱室。有番婦恭迎門。儼然酒家胡招客飲者。一傭人導客別舍。冰盂晶盞。几席橫陳。予量不勝蕉葉。以酒美勉姑冷飲半甌。已微醺。出遊層廊。笑語達戶外。則兩番妹。蓉艷花拖長裙。自旁舍出。婀娜作態。望之如畫圖中人。惟髮黃如秋波碧。與中國粉白黛綠不同。時同人各穿細徑。拾翠尋芳。予適闖入一院。于疏篁密棘中。指鞦韆一架。上貫鐵繩。挽棠木小舟。中坐一少年客。洋人推蕩之以為戲。同人聞聲咸集。兩番妹亦珊珊來。相與狂笑。以妙手空空兒之條高而條下者。非他人。即翼甫也。洋人指一番妹。笑令飛登。與翼甫相向坐。于是推者推。蕩者蕩。雙飛雙落。髮鬢巾影。直視中外為一家矣。嘻笑未已。又有兩青衣妹。結駟來游。四美相見。喃喃似曾相識也。豈米蘭臘樂之遺。泰西風猶近古與。夕陽既墜。人促歸。爰循老閘肩輿踏燈而返。是日同遊者。為隆君愷臣山渚。若恭閣青照。王君卿雲紐煜。貝君皖生。朱君翼甫其紹。并有姚君善民。張君亦樵。暨予共八人。

浙亂後樂府

浙江自庚申辛酉。遭賊亂陷。經左爵相轉戰殲除。至甲子歲。始行戡定。百姓辛苦流離。為賊匪所殺。為飢寒所殺。為疾疫所殺者。不知凡幾。哀我人斯。將無孑遺矣。左爵相心乎愛民。于入浙創立軍府時。即首為賑濟。加意撫綏。出水火而登衽席。殘民始有更生之慶。蔣鄉泉中丞佐之。興利除弊。各事極意講求。馬端敏公繼之。勞來安集。以養以教。民乃得稍甦。今日我浙之得以熙熙攘攘。漸臻富庶者。三公之力也。然當賊氛甫息之時。凋敝之情形。流亡之困厄。鐵人見之。亦不免下淚。古香觀察有閒見篇四章。古音古節。直不減杜老之哀江頭諸作。因備錄之。俾吾浙人無忘在莒時也。

豬換婦。朝作妝豬媼。暮作妝豬媼。莫作妝豬婦販豬過桐廬。睦州婦人賤于肉。一婦價廉一斗粟。妝豬奴牽豬入市廛。一豬賣錢十數千。將豬賣錢錢買婦。中婦少婦載滿船。蓬頭垢面清淚漣。我聞此語生長吁。就中亦有千金軀。嗟哉婦人豬不如。

屋劈柴。屋劈柴。一家一酸辛。昔為棟與梁。今成樵與薪。市兒紙價苦不就。行行繞過江之濱。江風射人天作雪。飢腸雷鳴皮肉裂。江頭邏卒敢老人。奪柴炙火趨城闉。老人結舌不能語。達人但道心中苦。明朝老人無處葬。茫茫一片江如銀。嫂煮草。龍游城頭烏鳥哭。飛入尋常小家屋。攜食不得將攜人。黃面婦人抱兒從。兒勿驚。娘打鳥。兒飢欲食娘煮草。當食不食兒奈何。江皖居民食草烏。兒不見門前昨日方雖雖。今朝無復東風吹。兒思食稻與食肉。兒胡不生太平時。船養姑。月彎彎。動高柳。烏篷搖出桐江口。鄰舟有婦初駕船。亂頭粗服殊清妍。艣聲時與歌聲迸。月彎彎。照沙岸。明星耿耿夜將半。誰抱琵琶信手彈。三聲兩聲摧心肝。無形幽怨江漫漫。或言婦本江右女。名隸烟花第一部。頭亭巨艦屬官軍。兩妹亦被官軍擄。婦人無夫惟有姑。有夫陷賊音信無。富商貴胄聘不得。婦去姑老將安圖。嗚乎。婦去姑老將安圖。婦人此義蓋丈夫。

魏賜日本女主詔書

日本從古服屬中國。自元世祖征之而敗。始漸形崛强。明初亦經封貢。第羈縻耳。至嘉靖時。海寇藉其資以入盜。東南諸省。重罹倭毒。實則仍是我民導之。倭固無能為役也。本朝監明之弊。康雍以來。絕不與通。海艦寂然者二百載。今則以西洋通商。彼亦聞風而至。諱其先世服事之迹。蕞爾小邦。儼然抗衡上國矣。然其先君神功皇后息長足媛。于魏明帝時梯航入貢。彼國史冊固大書特書焉。茲特錄魏景初二年賜倭女主詔。著于篇。俾覽者知我國家懷柔遠人。同天之度。爾制詔親魏倭王卑彌呼。帶方太守劉夏遣使送汝大夫難升米。次使都市牛利。奉汝所獻男生口四人。女生口六人。班布二匹二丈以到。汝所在踰遠。乃遣使貢獻。是汝之忠孝。我甚哀汝。今以汝為親魏倭王。假金印紫綬。裝封付帶方太守假授汝。其綏撫種人。勉為孝順。汝來使難升米牛利。涉遠道路勤勞。今以難升米為率善中郎將。牛利為率善校尉。假銀印青綬。引見勞賜遣還。今以絳地交龍錦五匹。絳地縐粟罽十張。蒨絳五十匹。紺青五十匹。答汝所獻貢直。又特賜汝紺地句文錦三匹。細華斑罽五張。白絹五十匹。金八兩。五尺刀二口。銅鏡百枚。真珠鉛丹各五十斤。皆裝封付難升米牛利。還到錄受。悉可以示汝國中人。使知國家哀汝。故鄭重賜汝好物也。

應敏齋上張振軒請討日本書

同治甲戌。日本以臺灣生番戕殺琉球人為詞。擧衆數千。突入臺境。紮營築壘。與生番攻戰。蓄意叵測。全臺震動。事聞。上命福建船政大臣前江西巡撫沈公統師涖臺相機籌辦。沈公怒其猖獗。上疏請剿。廷議久之不決。倭勢益張。將闖深入。其議院有踏平我二百郡之說。聞者髮指。訛言繁興。沿海皆驚。余前在上海。頗悉倭情。知其有隙可蹈。爰上書李爵相。請發舟師分道侵擾其國。為圍魏救趙之計。爵相亦深韙余言。會倭與番戰不利。且疾疫大起。英國

公使威妥瑪從中調處。朝廷重惜民命。允予撫卹銀兩。倭人喜得息肩。遂解而歸。然其衆之死亡者已不少矣。余頗以吾謀不用。坐失此虜為恨。嗣見應敏齋方伯上張振軒中丞書。與余意見相合。且議論較余更為暢達。用錄存于右。俾天下後世莫謂秦無人也。方伯之書畧曰。日本介在東洋。密邇中國。其人狙詐多端。素無信義。近者一切效法西人。妄思自強。潛圖開闢。蓋其意狡焉思逞久矣。今乃背約稱兵。藉詞搆釁。闖入我邊地。虔劉我番民。中國欲全舊好。據理與爭。不遽用武。並許為之建望樓搭礮。許彼商船。可謂寬大極矣。禮義著矣。詎料彼之詭計。即以虛言款我。而久踞番社。誘脅番人。又運屋材。攜農具。為築室屯耕之計。脅番迫於山谿。勢必盡受羈縻。則臺灣之地。與我共之。異日難保不驅群番為前導。以與我爭臺灣。夫臺灣雖小。我聖祖皇帝勤勞二十年而得之者也。臺灣有事。則閩粵江浙處處戒嚴。古人謂一日縱敵。數世之患。今日臺灣番事之謂也。且諸國通商以來。所以猶就範圍。不啟戎心者。以其有條約在也。今日本不守條約。若令得志。非惟為日本所竊笑。西人更將藐視中國。為今之計。宜舉日本背約之罪。布告諸國。並援公法。嚴捕倭人。在臺諸軍。分據險要。務遏絕敵人接濟。斷其歸路。勿輕與戰。密諭番人伺閒狙擊。廈門一口。未知能扼以舟師。斷敵人往來之路否。一月以後。彼之糧餉煤火子藥。必漸告罄。番人見官軍相助。亦必奮力抗拒。彼阻深山。不能驟進。又畏官軍相助。其後臺洋風濤險惡。彼船雖利。豈能久泊。勢孤心怯。宜無不退師之理。所慮者既退而修怨。必擾我沿海諸省。設防之具。自不可不預籌也。現在本省防務。業經督撫嚴密布置。無可再贅。惟以全局而論。設防之法。必使諸省各自為戰。則守禦有責成。亦必使各省互相救援。則氣勢方聯絡。何以言之。今之倭寇與前明之倭寇異。明之中葉。各島奸商。乘明綱紀廢弛。勾結莠民為亂。其迹同乎流寇。故蔓延而害廣。今日本兵士二千有奇。工役二千有奇。聞尚雇有西洋及中國人在內。乃其國王所遣。成軍以出。志在闚邊。故力聚而勢專。然料日本之兵力。可以注我一路。多亦不過兩路。萬不能分擾各省。今察地勢。直隸可與奉天山東併力。江蘇可與浙江併力。廣東可與福建併力。彼省有警。則此省出兵以救之。甚至一省有警。則四五省酌度分兵以救之。輪船迅疾。固朝發而夕至也。至中國輪船。宜再陸續購備。合之閩滬兩廠所造。凡大輪戰艦。須過三十號。以外再得銅包戰船四五號。分撥少許。以扼最要之口。此外共配精卒萬餘。會合訓練。昔年水師宿將。如前陝甘總督楊宮保。智勇兼備。戰功卓著。威名播于遐邇。應請奏懇皇上特召視師。專督輪船大軍。追逐寇蹤。南則與之俱南。北則與之俱北。各省諸軍。夾擊客主。順逆之分。勝負必有所在。籌防之要。當不外此。雖然。古之馭外夷者。必能守而後和可恃。亦必能戰而後守可完。與其

戰于內地，不如戰于外洋；與其戰于外洋，不如戰於彼國。竊觀今之日本，有可伐者數端，請陳其說：往者日本國王不改姓者，逾二千年。國中七十二島，島各有主，列為諸侯。自美加多篡國，廢其前王，又削各島主之權，島主失柄而懷疑，遺民念舊而蓄憤，常望一旦有事，乘間蠭起。彼昏不悟，尚復搆怨高麗，使國中改西服，效西言，焚書變法，于是通國不便，人人思亂。今宜思管子攻瑕之說，乘中國寇平未久，宿將多存，勁旅未散，有事東洋，亦藉以練習船礮，興起人材。失此不為，後數十年，彼基益固，而中國承平日久，民不知兵，猝為所乘，悔將莫及。此揆之於時，而宜致討者一也。昔年中國由普陀趨長崎，水程四十更，風浪巨險；由廈門趨長崎，水程七十二更。商民渡海，皆由之。元代征倭，會兵合浦，大抵亦由南道。今則往來者衆，新道益闢，自上海至長崎，水程不過千四百餘里，輪船兩日夜可達，斷無元代颶風之虞。且中國所以屢絀于外人者，以彼合從連橫，協以謀我，不得不防決裂，含忍至今。今幸泰西諸國未與合謀，尚得用全力東注。而日本之國小援孤，亦斷非泰西諸國之比。此酌之於勢，而可致討者一也。議者每以元代征倭，喪師十萬，用為殷鑒，不知元人以徵貢不至，遽興無名之師；又用宋降將范文虎為統帥，一遇颶風，遽自棄師潛遁，蓋其理不直，其用人又不當，以至于敗，使倭人至今有輕中國之心。正宜因此折其驕鋒，破其故見，使之有所震懾。古來兩國交兵，苟能仗義執言，則勝者常十八九，反是則敗者亦常八九。今日本敗盟棄約，侵犯我疆，彼固內反而自慚，各國亦旁觀而竊議。我之興師，以奉辭伐罪為主，而初無耀兵域外之心，以征撫降服為圖，而非存拓地開疆之見，將所謂堂堂之陣、正正之旗，於是乎在，此質之于理而當致討者一也。今中國海疆，自瓊崖汔于遼碣，迴環幾二萬里，若欲處處設防，中國勞費固已不支，而又未能保處處無虞也。誠選勁旅萬人，徑擣長崎，進逼倭都，則彼先已奪氣，將撤兵自救之不暇，斷無餘力以犯我。兵法所謂批亢擣虛，形格勢禁，攻其所必救也。夫是之謂以攻為防。以攻為防，則合數省之力，萃于一路，勞費省而防轉可恃；以守為防，則竭數省之力，分備諸路，勞費繁而防且難恃。此其得失不待明者而決之也。且我軍戰內地，一有失利，則全省震驚，即幸而獲勝，而內地之民被其荼毒，受其騷擾者，已無窮矣。我軍戰倭地，雖偶有挫失，不過損傷軍士而已，添募以往，不難也；若戰而勝，則我可因糧於敵，招彼民為嚮導矣。夫攻人之與受攻於人也，豈可同日語哉！此籌之國計與民瘼，而尤不得不致討者一也。凡此數端，機不可失，亟宜預為布置，速購船械，以備訓練，倘若廟謨早定，以李伯相節制沿海軍務，仍鎮天津，拱衛畿甸；楊宮保節制戰輪水軍，直指長崎，必可以內外協力，奮揚威武。檄令高麗起師，渡對馬島，使震盪日本之北路，以分其兵勢。高麗本我屬藩，必願秉

時略地，以洩舊憾。我師宜禁止殺掠，號召其前王之舊將與故臣遺民，有倡衆義旅復者，俾求故王之後，立以為王，許盡復其國之舊制，各島主有挈地投誠者，封以王號，使各為自主之國。夫日本之人，望變久矣，臨以大兵，未有不瓦解者。且事固有措注不勞，而收效甚溥者。漢武帝時，募良家子及有罪之戍卒，得自請奮擊匈奴，雍正中，選各省技勇數千人，號勇健軍，屯巴里坤故地，盜賊絕蹤。道光回疆之役，選南北路遣犯二千為死士，屢挫賊鋒。今宜遠仿漢制，近法先朝，廣募沿海梟徒、蛋戶、漁丁，及閩粵閒械鬬之民，及哥老會中驁悍之士，許令投効軍前，奮擊日本，優其廩餼，凡合三千人，鼓之以不次之官，不貲之賞，統以健將，濟以輪船，用為前驅。此輩皆亡命犯法不畏死之人，正所謂以毒攻毒，死固無損於中國，不死亦能建威于外國。倘日本自知理屈勢窮，遣使行成，願申舊約，則必使償我兵費，稱我東藩，然後收師而退。果能如是，非特令日本畏懷，亦且使西人讋慄，中國之患，少有平乎。然則綜而計之，今日畀以番地，曲全和約，兵端若可暫弭，而後患無窮；和亦難恃，策之下也。決計驅逐，待其入寇，隨時禦之，策之中也。先為非常之舉，以奮積弱之勢，雖得失參半，猶愈于坐而自弱，策之上也。使彼或闇天威赫怒，知中國未可與爭，願遵和約，不戰自屈，尤善之善者也。抑本司更有望者，自來天下大事，往往敗於二三，成于一旦。在昔庚子辛丑之閒，洋人初入中國，朝廷未悉外夷情狀，和戰迄無定局，每變一議，則罪其前議之人，于是當事者不敢任事，局益變而勢益不振。迨剿辦粵逆，堅持定見，不稍改移，卒能使賢才勃興，殲除巨寇，此蓋斷與不斷之故也。應請奏求皇上博采羣議，衷于一是，然後乾斷獨運，默定至計，俾中外大臣奉而行之。用人則慎之又慎，方畧則精益求精，盡屏局外之浮言，勿視東洋為過重。此即制勝之道也。本司通計中國應購船礮及水雷、開花後膛洋槍之屬，為費當逾千萬，一時無從籌措，祇可商借洋款，由各海關分年籌還。即使不戰而守，前項船械亦須預備，當此時事多艱，但望中外力節浮費，數年之內，償此要需，則元氣不至大損，或尚可補救于萬一。狂瞽之見，是否有當，既承命妄參末議，不敢不盡其區區之愚。如蒙酌覈而俯採焉，幸甚。

蒯子範判牘

合肥蒯子範觀察德模，以諸生起家，居鄉時，率團勇擊偽英王陳玉成，大破之，遂以知兵名。李少荃爵相開府吳中，檄之從軍，用戰功，奏保至牧守。初令長洲，當兵燹之後，興利除弊，不畏强禦。有某軍門愛將擄難民女子，子範奪而還之，軍門怒，遣帥來索，子範責以大義，軍門氣索而去。某廉訪以公事意見相左，請大府命嚴飭之，子範終不為動，廉訪亦無如之何。一時稱强項令。顧于小民則慈愛如家人，民亦父母視之，不稱其官，而稱之曰蒯三爺。比去任，邑

人懷其恩，建亭於滸墅關，名曰蒯公亭。歷署太倉州、蘇州、鎮江、江甯諸府，皆有惠政。李爵相臚其治行，以循良薦舉，遂擢蘇州府。去，吳民到今思之。余長子範四歲，性情契合，同官時，時以吏治相切磋，而余之政治，不能及子範遠甚。馬端敏公總督兩江，言循吏乃以蒯、陳並稱，余滋愧矣。子範精于折獄，恆手自判牘，有電掃庭訟、案各詩筒遺意，一時傳誦，外國人新聞紙多有載入者。今特摘其判詞數則，以見驥之一毛焉。爾此案姚新周控姚阿士僭占車基，豈知姚新周已先占姚阿士田三尺，以致挾嫌啟釁，互有毆傷。愚民無知，每以纖小事故釀成禍端，可勝浩歎。此次傷既驗明，尚屬不重，若再傳集鄰證，聽候質訊，書辦未飽其欲，則壓之；差人未飽其欲，則又壓之。小民終歲勤苦之皮血，盡剝削於投到候審之日，期迫至日久，氣平，並有兩造求息而不得者。為民父母，其何以忍此？當斷令姚新周與姚阿士將所互占之地，均各讓還，傷亦各自醫調。減一分訟累，即培一分身家，區區苦心，爾小民其共體之而共諒之。梅徐氏乃徐傳生之妹，嫁與梅近川為妻。近川早逝，徐氏作未亡人，已逾十載，遺孤連生，業已成立。蘇城亂後，寄居僱子（即管田莊人，蘇俗呼為僱子）張瑞和家，一屋相依，非有感悅驚尨之虞；三年於外，保無瓜田李下之嫌。而乃徐傳生者，不為同根之庇，翻揚中冓之羞，既控張某之誘姦，並串梅裕以作證。莫虛有之事，何能據以為憑？不可道之言，竟忍宣之于衆？豈有此理，是何居心！迨伊母徐余氏以傳生不法出首，縱謂婦人愛女，斷無不愛其子之心，就令該氏可訾，亦不應訾于其兄之口。一經庭訊，盡吐寔情，乃知徐氏粗有衣食，惡黨利其貲財，為索黃金，翻成白舌，當各予以重懲。梅裕占居梅徐氏之屋，並押令遷出。訊得陳太控張阿桂冒占伊妻彥氏一案。據陳太供：十年城陷，張阿桂在賊中，將伊妻擄去；城復，妻歸，今張復來冒佔。而張阿桂又以彥氏本亂前媒娶，被陳拐逃。質之彥氏並其母彥陳氏，皆謂陳寔自幼婚娶，張乃擄逼以從者也。余細鞫張曰：「爾妻逃時，由外來？由家來？」曰：「去年在丁公館幫工，即未歸矣。」余乃召陳至，曰：「爾當長隨乎？」曰：「然。」「爾在何處？」曰：「丁公館。」「爾與妻俱往乎？」曰：「未。」曰：「彥氏在彼，爾亦在彼，爾供未與妻往，則彥氏之不為爾妻可知矣；爾與彥氏因此茍合而逃，又可知矣。」陳無辭。張請歸陳而乞妻歸。余曰：「爾亦非媒娶也。若為媒娶，豈有妻逃兩載而不控官者乎？」張乃寔吐其擄掠狀，遂並懲之，而以彥氏歸其母。去陳曾錫之姊，許字于同邑之金元銓，生方綺歲，母不曾離，養在深閨，人多未識。乃因追薦其父，偶到剎宮，將歸其家，忽逢暴客。是何意態，霍霍怕人；不識姓名，卿卿呼我。客何為者，直將昇之以歸，衆皆茫然，竟至爭之不下。當經陳某扭稟，本縣查詢，乃知為金陵民人王正坤，曾收某家之棄婢，旋為逾里之逃人。落花堆裏，偶拾殘紅；蔓草叢中，又成野綠。以致求之不得，因恨成癡，立而望之，雖非亦是。再

三研詰，堅執不移。然而里居姓氏之不同，亦笑貌聲音之弗類。十年未字，幽蘭尚傍空居；一去無蹤，倩李何能桃代。惟念癡情若夢，積想成迷，寔霧眼之朦朧，非色膽之敢大。姑予杖遣，以儆其章。

三教增為五教

韓昌黎云：古之教者一，今之教者三。自唐迄今，千有餘年，又增二教，曰回回教、天主教。天主教中，復分為耶蘇教；佛教中更析為紅教、黃教。黃教創于宗喀巴。宗喀巴以明永樂年間生，初習紅教，既而自黃其衣冠，囑二弟子世世轉生，演大乘教，一曰達賴，一曰班禪，皆死而不失其道，自知所往生之地，其諸弟子尋其地迎之歸而立之。青海二十九旗，喀爾喀八十一旗，蒙古遊牧五十九旗，滇蜀邊番數十土司，皆敬奉焉。我朝因而撫之，為長駕遠馭之略。留其徒在京師，曰喇嘛者，祝釐唪經。每月及節日，在內殿唪吉祥天母及無量壽佛等經；列聖忌日，唪金剛經、藥師經；日食月食，唪救護經。具詳《大清會典》。蓋三教之外，又歧而增其五焉。

卷十終

庸閒齋筆記卷十一

海昌陳其元子莊著

復封攝政睿親王冊文

本朝攝政睿親王輔世祖定天下，有周公之功，身歿未幾，被誣削奪。高宗登極，昭雪復封，誠千秋曠典也。茲于皇朝文典中見追復封冊文，敬錄于右。

闡宗勛于故府，典重睦親；察往跡于遺聞，義彰繼絕。念精白具徵信史，兼偉代以昭垂，宜平反追敘芳蓍，煥明綸而光復。爾多爾袞造邦翊運，作翰宣勞。入關克展壯猷，遂集勳以大定；當軸更襄碩畫，爰攝政以多年。舉不遑怨，積於生前，豈須有反誣諸地下。值冲歲未親幾務，衆因矯命以除封；詎深文竟指欲衣，久令銜冤於沒世。朕恭稽實錄，惻念純誠，拒二王勸進之勤，誓死力全顧託，成一統廓清之業，奉迎式肇丕圖。勛尊親則切欽群工，持法紀則釐私同氣。貞心如揭，軌事咸存。祚以世封，畀準懿藩之舊；列之瑤牒，仍延似續之常。葺園寢而祀秩春秋，侑廟廡而位諸伯仲。傳以表勳，謚以旌忠。茲復封為和碩睿親王，世襲罔替，錫之冊命。於戲！削除匪出于聖裁，獄久成為不白；功伐久彰于寶典，忱尤耿其如丹。遠昭盟府之誣，篤棐明風百世；載錫維城之命，沈淪庶雪九原。式慰爾靈，垂休無斁。

賑災果報

先大夫年登八秩，嘗言服官數十年，閱歷數十年，見官而貪墨者，其終未有不潰敗者也。然總無逾于侵賑報應之速而且酷也。彼敗露而身嬰顯戮若王仲漢輩者無論矣，即倖逃法網，大都必以急病死，以惡疾死，子孫亦俱絕滅，再不然，而為盜為娼，作眼前報者，尤不少。其人固可屈指數也。蓋貪贓枉法，害止一人一家；侵賑則害及萬衆，朘民以富，而謂己身及子孫可長享之，有是理乎？其有于賑務能加意者，享報亦必豐，則舉二事可鑒焉。廣東顏中丞希深，乾隆時官平度知州，因公事赴省，適遇大水為災，低區盡沒，民皆登城以避，顧無所得食，哀聲嗷嗷。太夫人聞而惻然，因命盡發倉穀，煮粥以賑濟，全活者數萬人。巡撫以不俟報聞擅動倉穀，將疏參奏落職。高宗覽疏怒曰：「有此賢母好官，為國為民，權宜通變，該撫不加保奏，翻加參劾，何以示激勸乎？」乃特旨擢希深知府，母賜三品封為淑人。天下羣頌聖天子之明焉。後希深官至巡撫，子檢由拔貢官直隸總督，孫伯燾由翰林官閩浙總督，其孫曾至今蕃衍，登科第者極多，稱巨族矣。湖南蕭狀元錦忠之封君，道光時官直隸知縣，會秋月被水，已逾報災之期限，不能奏准，封君乃將徵存之銀悉以賑撫，其未輸者亦契串免其征，民大感戴，而封君則以虧帑監追。上司憐其愛民被罪，令通省官代為設法彌補，比虧清出獄，而錦忠狀元及第之報至矣。此二事皆果報彰彰在人耳目前者，天道甚邇，可不感動警畏哉！

左爵相奏開船政局

同治元年冬，寧波諸軍進攻粵賊於紹興，三戰三捷，將傅其城，而洋火藥告罄，史士良觀察令余赴上海，向李爵相商借數千斛，乃爵相亦以剿賊藥盡，而洋船不至，正在躊躇，無可應付。余乃遙遙謂不如自己仿照造之。于是開局製配，無機器則以手舂當之，無洋硝則以土硝鍊淨抵之，無藤炭則以柳炭及杉炭代之，以意加樟腦等物，舂配極細，居然造成，第力較洋藥少遜，且發後有渣滓留存管底，須時加刮洗耳，然足以資救急之用。爵相聞之，亦飭余在滬局製造藥飭，久之洋人之藥運到，遂止。然自是知藥可配造，因從而推廣及洋槍、洋礮等類，並仿造小火輪船二隻，試之，均能合用，第以公費甚巨，無款可籌，且賊已將次剿滅，乃置之不講。至五年秋，左爵相由廣東平賊歸，遂決計開輪船局，疏陳于朝，朝議允之。局將開，爵相又奉陝甘總督之命，率師西征，奏保前江西巡撫沈公葆楨為船政大臣，蒞其事者九年。沈公擢兩江總督，又命前江蘇巡撫丁公日昌繼之，從此中國之輪船與外洋爭烈矣。左爵相之疏剴切詳明，籌畫周當，今節錄之，俾後世言船政者有所考焉。公疏謂：竊惟東南大利在水而不在陸，自廣東、福建而浙江、江南、山東、直隸、盛京，以迄東北，大海環其三面，江河以外，萬水朝宗。無事之日，以之籌轉漕，則千里猶在戶庭；以之籌懋遷，則百貨萃諸厘市。匪獨魚鹽蒲蛤足以業貧民，舵艄水手足以安游衆也。有事之時，以之籌調發，則百粵之旅可從三韓；以之籌轉漕，則七省之儲可通一水。匪特巡洋緝盜有必設之防，用兵出奇有必爭之道也。況我國家建都于燕，津沽實為要鎮。自海上用兵以來，泰西各國火輪兵船直達天津，藩籬竟成虛設，星馳飆舉，無足當之。自洋船准載北貨行銷各口，北地貨價騰貴，江浙大商以海船為業者，往北置貨，價本愈增，比及回南，費重行遲，不能減價以敵洋商，日久銷耗愈甚，不惟虧折貨本，浸至歇其舊業。滬海之區，四民中商居十之六七，坐此闤闠蕭條，稅釐減色，富商變為窶人，游手驅為人役，並恐海船擱朽，目前江浙海運即有無船之慮，而漕政益難措手。是非設局建造輪船不為功。從前中外臣工屢議雇買代造，而未敢輕議設局製造者，一則船廠擇地之難也，一則輪船機器購覓之難也，一則外國師匠要約之難也，一則籌集巨款之難也，一則中國之人不習管駕，船成仍須雇用洋人之難也，一則煤炭薪工需費不貲，月需支給，又時需修造之難也，一則非常之舉，謗議易興，創議者一人，任事者一人，旁觀者一人，事敗垂成，公私均害之難也。有此數難，毋怪執咎無人，不敢一紓籌策，以徇公家之急。臣愚以為欲防海之害而收其利，非整理水師不可；欲整理水師，非設局監造輪船不可。泰西巧而中國亦不必妄于拙也。泰西有而中國不能傲以無也。雖然作者不必其有成，而善因者究易於善創。如設船廠擇地之難，則福建海口羅星塔一帶，閘漕深浚，水清土實，為寧浙江蘇所無。臣在浙時，即聞洋人之論如此，昨回福州，參以衆論亦復相同。是船廠固有其地也。如慮機器購覓之難，則先購機器一具，鉅細畢備。覓雇西洋師匠，與之俱來，以機器製造機器，積微成鉅，化一為百。機器既備，成一輪船機，即成一船，成一船即練一船之兵。比及五年，成船稍多，可以布置沿海各省，遞衛津沽。由此更添機器，觸類旁通，凡製造槍礮炸彈、鑄錢治水，有適生民日用者，均可次第為之。惟事屬創始，中國無能赴各國購覓之人，且機器良楛，亦難驟辨，仍須託洋人購覓，寬給其值，但求其良，則亦非不可得也。如慮外國師匠要約之難，則先立條約，定其薪水，到廠後，挑選內地各項之少壯明白者，隨同學習。其性慧夙有巧思者，無論官紳庶士，一體入局講習。拙者惰者，隨時更補。西洋師匠盡心教藝者，總辦洋員薪水全給。如薪不傳授者，罰扣薪水，似亦易有把握。如慮籌集鉅款之難，就閩而論，海關結款既完，則此款應可劃項支應。不足，則提取釐稅益之。又臣曾函商浙江撫臣馬新貽、新授廣東撫臣蔣益澧，均以此為必不容緩，願湊集巨款，以觀其成。計造船廠、購機器、募師匠，須費三十餘萬兩。開工集料，支給中外匠作薪水，每月約需五六萬兩，以一年計之，需費六十餘萬兩。創始兩年，成船少而費極多。迨三四五年，則工以熟而速，成船多而費亦減。通計五年，所費不過三百餘萬兩。五年之中，國家捐此數百萬之入，合雖見多，分亦見少，似尚未為難也。如慮船成以後，中國無人堪作船主，看盤、管車諸事，均須雇倩洋人，則定議之初，即先與訂明教習造船，即兼教習駕駛。船成，即令隨同出洋，周歷各海口。無論兵弁各色人等，有講習精通能為船主者，即給予武職千把都守，由虛銜游補實職，俾領水師。則材技之士，爭起赴之，將來講習益精，水師人材，固不可勝用矣。且臣訪聞浙江甯波一帶，現亦有粗知管駕輪船之人，如選調入局，船成即令其管駕，似得力更速也。如慮煤炭薪工，按月支給，所費不貲，及修造為難之費，則以新造輪船運漕，而以雇沙船之價給之。漕務畢，則聽受商雇，薄取其值，以為修造之費。海盜有警，兼聽調遣，隨賊所在，絡繹奔赴，分攻合剿，剋期可至。大凡水師宜常川住船操練，俾其服習風濤，長其精力，深其閱歷，然後可恃為常勝之軍。近觀海口各國所駐兵船，每月操演數次，儼臨大敵，遇有盜艇，即踊躍攢擊，以試其能，所以防其惡勞好逸者如此。且船械機器，廢擱不用，則朽鈍堪虞，時加淬礪，則晶瑩益出。故船成之後，不妨裝載商貨，藉以捕盜而護商，兼可習勞而集費，似裁修經費無俟別籌也。至非常之舉，謗議易興，始則憂其無成，繼則譏其多費，或更議其失體，皆意中

必有之事。然臣愚竊有說焉：防海必用海船，海船不敵輪船之靈捷。西洋各國與俄羅斯、米利堅數十年來講求輪船之制，互相師法，製作日精。東洋日本始購輪船，拆視仿造，未成，近乃遣人赴英吉利學其文字，究其象數，為仿製輪船張本，不數年後，東洋輪船亦必有成。獨中國因頻年軍務繁興，未暇議及。雖前次有代造之舉，現復奉諭購雇輪船，然皆未為了局。彼此同以大海為利，彼有所挾，我獨無之。譬猶渡河，人操舟而我結筏；譬猶使馬，人跨駿而我騎驢，可乎？均是人也，聰明睿知相近者性，而所習不能無殊。中國之睿知運於虛，外國之聰明寄於實。中國以義理為本，藝事為末；外國以藝事為重，義理為輕。彼此各是其是，兩不相喻，姑置弗論可耳。謂執藝事者舍其精，講義理者必遺其粗，不可也。謂我之長不如外國，藉外國導其先，可也；謂我之長不如外國，讓外國擅其能，不可也。此事理之較著者也。如擬創造輪船，即預慮難成而自沮，然則治河者慮合龍之無期，即罷畚築；治軍者慮蒇役之無日，即罷徵調乎？如慮糜費之多，則自前道光十九年以來，所糜之費已難數計。昔因無輪船，致所費不可得而節矣。今仿造輪船，正所以預節異時之費，而尚容靳乎？天下事始有所損者，終必有所益。輪船成，則漕政興，軍政舉，商民之困紓，海關之稅旺，一時之費，數世之利也。縱令所製不及各國之工，究之慰情勝無，倉卒較有所恃，且由鈍而巧，由粗而精，尚可期諸異日，孰如羨魚而無網也？計閩浙粵東三省，通力合作，五年之久，費數百萬，尚非力所難能。體臣誼在體國，奉公何敢惜小費而忘至計？至以中國仿製輪船，或疑失體，則尤不然。無論禮失而求諸野，自古已然。即以槍砲言之，中國古無範金為砲、施放藥彈之製，所謂砲者，以車發石而已。至明中葉，始有佛郎機之名。國初始有紅衣大將軍之名，當時得其國之器，即被以其國之名，謂佛郎機者，即法蘭西音之轉；謂紅衣者，即紅夷音之轉，蓋指紅毛也。近時洋槍、開花砲等器之製，中國仿洋式製造，亦皆能之。砲可仿製，船獨不可仿製乎？安在其為失體也？臣自道光十九年海上事起，凡唐宋以來史傳、別錄、說部及國朝志乘、載記、官私各書，有關海國故事者，每涉獵及之，粗悉梗概。大約火輪兵船之製，不過近數十年事，于前無徵也。前在杭州時，曾覓匠仿造小輪船，形模粗具，試之西湖，駛行不速。以示洋將德克碑、稅務司日意格，據云大致不差，惟輪機須從西洋購覓，乃臻捷便。因出法國製船圖冊相示，並請代為監造，以西法傳之中土。適髮逆竄陷漳州，臣入閩督剿，未暇及也。嗣德克碑歸國，繪具圖式、船廠圖冊，並將購覓輪機、招延洋匠各事宜，逐款開載，寄由日意格轉送漳州行營。德克碑旋來漳州接見。臣時方赴粵東督剿，未暇定議。德克碑辭赴暹羅，屬日意格條陳，彼此往返講論，漸得要領。日意格聞臣由粵凱旋，擬來閩面訂一切。臣原擬俟其來閩，商妥後再

具摺詳陳請旨因日意格尚未前來適奉購雇輪船寄諭應先將擬造輪船緣由據實馳陳伏乞聖鑒

續又疏陳據日意格等稟呈保約條議清摺合同規約各件業經法國總領事官白來尼印押擔保臣逐加覆核均尚妥洽所有鐵廠船槽船廠學堂及中外公廨工匠住屋築基砌岸一切工程經日意格等覓中外殷商包辦由臣核定計共需銀二十四萬餘兩船槽尤為通局最要之件應用法國新法購辦鐵板運來船廠嵌造成槽此外一切局中應用什物由該撫臣周開錫委員估置日意格德克碑俟廠工估定即回法國購買機器輪機鋼鐵等件並購大鐵船槽一具募雇員匠來閩一面開設學堂延致熟習中外語言文字洋師教習英法兩國語言文字算法畫法名曰求是學藝局挑選本地資性通敏穎悟通文字義子弟入局肄習並採辦銅鐵木料俟船廠造成即先修造船身庶來年機器輪機運到時可先就現成輪機配成大小輪船各一隻此後機器輪機可令中國匠作學造約計五年限內可得大輪船十一隻小輪船五隻大輪船一百五十匹馬力可裝載百萬斤小輪船八十匹馬力可裝載三四十萬斤均照外洋兵船式樣總計所費不逾三百萬兩惟採買物料一切有此月需多彼月需少者勢難劃一應將閩關稅每月協撥兵餉五萬兩劃提四萬兩歸局需用外另款存儲以便隨時隨付而前後牽計仍不得踰每月四萬之數以示限制抑區區之愚有不敢不盡者茲局之設所重在學造西洋機器以成輪船俾中國得轉相授受為永遠之利也非如雇買輪船之徒取濟一時可比其事較雇買為難其費較雇買為鉅臣德薄能淺不足為其難又去閩在即不能為其難當此時絀舉盈之際凡費宜惜鉅費尤可惜而顧斷斷於此者竊謂海疆非此兵不能強民不能富僱買僅濟一時之需自造實為無窮之利也于是則雖難有所不避雖費有所不辭然而時需五載銀需二百數十萬兩事屬創舉成否未可預知幸而學造有成縱局外議論紛紛臣尚有以自解設學造未能盡洋技之奇即解造輪船不能自作船主曲盡駕駛之法則費此五年之時日二百數十萬之帑金僅得大小輪船十六號機器一分鐵廠船槽船廠及各房屋雖所造輪船較尋常購買各色輪船精堅適用而估計所費多于買價一倍于大局仍少裨益責以糜帑咎何可辭凡此皆宜預為綢繆而不能預為期必者故此局之定愛臣者多以異時之咎責為臣慮局外阻撓為臣疑即日意格亦言此時局面既定勢難兼顧如欲停止願將已領之銀仍即繳回臣答以事在必行萬無中止之理但願一一謹守條約盡心經畫其船廠成如有差謬當自請朝廷嚴加議處而已察看情形尚可望其有成合將日意格德克碑合纂保約條議清摺合同規約照抄咨呈

軍機處總理各國事務衙門存案外謹臚舉船政事宜十條另繕清單恭呈御覽謹會同兼署閩浙總督臣英桂恭摺具奏伏乞聖鑒訓示施行

李爵相奏開輪船招商局

李爵相既平粵賊後于同治四年先在上海開機器局以製造洋鎗洋礮及銅帽洋藥諸軍火比督兩江于金陵亦設製造局曾文正公再督兩江仍踵行之嗣福建創造輪船文正公亦令于上海兼造數年來已成八艘十二年又仿造鐵甲船一艘洋人所能者我盡能之矣十三年李爵相又奏開輪船招商局共集貲一百五十萬（官本二十萬商集百三十萬）先購買外國輪船而以機器局所造之輪船益之以運江浙二省漕糧漕運既畢之後准商人雇載赴外洋及各海口銷售貨物以分洋船之利無事則運糧販貨取其貲為修購船隻之用有事則用為戰船以之巡防以之攻擊蓋一舉兩得之術也光緒元年于招商局內又分設保險公司以保輪船先由商集貲十五萬本局之船可以無須向外國保險而外國之船我轉可保之則保險之利亦分之矣李左二相國所以為國計民生籌畫者至矣盡矣惟鐵甲船之造費較輪船十餘倍只能為攻戰之用且船身太重時虞擱淺若海口以最巨之礮擊之亦不能抵禦此時英國已經停造計數年之後各國未必踵行則我國亦似可不須效顰也

人參誤服殺人

今之醫者多喜用重劑取效曰古方本重吾已減輕矣驗之古方誠然心竊疑之以為古人秉氣素厚也嗣閱洄溪徐靈胎所著慎疾芻言一書內論制劑一篇始悟今醫重劑之悖乎古也洄溪之言曰古之權量甚輕古一兩今二錢零古一升今二合古一劑今三服古之醫者皆自採鮮藥如生地半夏之類其重比乾者數倍故古方雖重其實無過今之一兩左右者惟千金外臺間有重劑此乃治強實大證亦不輕用也若宋元以來每總製一劑方下必注云每服或三錢或五錢亦無過一兩外者此煎劑之方也末藥則用一錢匕丸藥則如桐子大者十丸加至二三十丸試將古方細細考之有如今日二三兩至七八兩之煎劑乎皆由醫者不明古制以為權量與今無異又自疑為太重為之說曰今人氣薄當略為減輕不知已重于古方數倍矣至于補劑要知藥氣入胃不過借此調和氣血非藥入口即變為氣血所以不在多也又今之醫者不論人之貧富人參總為不祧之品人情無不貪生必竭蹶措置孰知反以此而喪其身其貧者致送終無具妻子飄零是殺其身而並破其家也云云靈胎為乾隆時名醫學問出于葉薛之上乃其言如此醫者當奉以為圭臬也按人參誤服殺人在富貴家不一而足先曾祖通奉公在四川重慶府任內奉旨馳驛入京視疾一時求

診者。充門塞戶。至三鼓甫散。忽儀親王以福晉病甚。遣官來延。公以疲乏已極。固辭不往。使者傳王命。謂即以夜深不能至。請先付丸藥服之。俟質明再延。公既不知為何病。又無從得藥。適案上有萊菔子末一包。遂以與之。曰姑服此。明日再診可也。蓋取其服之無礙。暫為搪塞耳。次日公尚未起。聞馬蹄聲隆隆。王親乘車來。一見叩謝曰。福晉正悶躁欲死。靈丹一服。頃刻霍然。已安睡至今。今請偕往復診。公至邸視之。則風寒微疾。誤服人參所致。萊菔子適解之。故見效如是之速。然不敢明言。致太醫官干譴。乃定一祛風之劑而出。數日後。王厚酬焉。適奉公恆舉此以為笑柄。

神咒治病

祝由一科。起于黃帝。禁咒治病。伊古有之。其詞甚俚。其效甚速。不可解也。今撮余所知而驗者錄之。治蜈蚣螫咒云。止見土地。神知載靈。太上老君。急急如律令。勅。以右手按螫處。一氣念咒七遍。即揮手作撮去之狀。頃刻痛止。治蛇纏咒云。天蛇蛇。地蛇蛇。青地扁。烏消蛇。三十六蛇七十二蛇。蛇出蛇進。太上老君。急急如律令。勅。凡人影為蛇所嚙。腰生赤瘰。痛癢延至心。則不可救。名蛇纏。又名纏身龍。治法。以右手持稻幹一枝。其長與腰圍同。向患處一氣念咒七遍。即揮臂置稻幹門檻上。刀斷為七。焚之。其患立愈。蠨蛸溺射人影。令人生瘡。如熱痱。治法。畫地作蠨蛸形。取腹中泥。以唾和塗二次即愈。或夜以燈照生瘡處之影於壁。百沸湯澆影上。神效。蜂螫痛甚治法。向蜂來之方。以右手中指空中草書帝字。中豎直下至地。即以中指挖土塗螫處。立即止痛。又治蜈蚣螫方。以手向花枝下泥書田字。勿令人見。取泥擦之。人被犬咬。即於土地上書一虎字。口念咒曰。一二三四五。金木水火土。凡人被犬咬。請土地揭起土來補。念咒畢。即以口涎吐在土上。揭土數在患處。以手摩之立愈。治難產方。硃書語忘敬遺四字于黃紙上。貼在產婦臥床對面。令人口念四字不歇。立產。

安南阮氏遺牘

交阯古屬中國。黃帝宅南交。此見于經文之最古者。漢魏六朝及隋唐五代。均設官置守。至宋初丁氏始建國。稱安南。二世。十三年。亡于太宗時。黎桓二世。三十二年。亡于真宗時。李公蘊八世。一百二十年。亡于理宗時。陳日煚十二世。一百七十年。至明建文時。為黎季犛所篡而亡。明成祖發兵滅之。交阯仍歸中國者三十年。宣宗時。復為黎利所據。傳十世。至黎譓。為莫登庸所逐。時嘉靖元年也。世宗削其王封。改為安南都統使。傳二世。至神宗時。又為黎維潭所併。維潭傳至孫維祈。于我朝乾隆時。為阮光平所滅。光平傳子光纘。至嘉慶年間。又為阮福映所奪。綁臣入貢。請改號為越南。江都蔣觀察超伯。咸豐十年。于京師琉璃廠市購

舊書中。夾公移二紙。其末皆鈐安南國王之印。硃色爛然。其文曰。安南國王阮光平。肅稟天朝御前大臣經筵講官太子太保內大臣議政大臣協辦大學士吏部尚書兼兵部尚書兼都察院右都御史總督廣東廣西軍務兼理糧餉鹽課一等嘉勇公臺前賜覽。敬者。接奉憲札內開。欽奉上諭。令故黎君維祈。率同伊屬下人戶。全行來京。歸入漢軍旗下。編一佐領。又黎維祈窮蹙內投。亦着一併送京安置。俾小番撫有安南全境。永無後患。仰維大皇帝興滅繼絕之意。不忍黎氏故主齒于齊民。且不欲其翱翔粵西。使黎氏支庶及舊日臣民。藉此為名。訛言煽惑。餘光爝火。未絕星星。故特令全行進京。歸旗受職。蓋其防微杜漸。所以仁於黎氏者。乃所以厚于小番。聖恩體恤新邦。靡屬無微不至。其為歡欣感激。何可限量。而親姪阮光顯陪臣阮有睭武輝瑨等回國。欽奉頒賜誥命敕印。並綵幣珍品。祗領帶回。再奉御賜親書詩章。稠疊龍光。寔踰常格。蓋自本國丁李陳黎覲辛之難。而今日蒙靄之易。豈敢自謂恭順之至。有加于前人。寔蒙大皇帝至仁。宏慈將遐邇偏方。悉歸覆載。殆和沐澤。猶答何階。矧此土地所有。以旅闕庭。曷足以對揚休命。況海嶺之尺土寸民。皆天朝之賜。不腆土宜。詎堪塵瀆。惟是恪恭奉上之忱。不能自已。奉有謝恩表文一道。謹遣陪臣黎伯瑞吳為貴等隨表進京。並齎進貢品上進。尚望尊大人收表轉奏。今年八月祝釐大禮。小番謹已點檢行裝。先期詣闕。躬自指拜。區區之衷。不遑啟居。請以今年四月上浣赴關。候尊大人帶隨進京展覲。竊思小番生于布衣。賴天朝寵靈。以克有國。邦陋荒遠。禮制多所未嫺。且小番深山綿搆。以來主臣相聚。有所跋涉。咸執羈靮。以從今萬里程途。簡簡酮帶隨偕往。且此次瞻覲丹墀。獻萬萬歲壽。受臣子曠闊之異遇。覩生平未見之大觀。鼓舞趨蹌。乃衆情之同然者。難為峻卻。如呈請多帶員役。又恐于禮制未合。將來行時。當得帶隨幾許員弁。多少部曲。從陸道起。若干人馬。或從水道。作何儲頓。又冠帶衣服用何品色。統祈早賜開示。庶得預先備辦入覲。以合禮儀。且天朝諱避條禁。下邦始奉內屬。未得一一詳知。竊願俯賜明教。庶不致冥行徑造。以取重戾。又本國自李陳黎氏。都于昇隆城。天朝恩命。于此賁臨。邇來地氣衰歇。今本國富春。以南疆界。較前代稍廣。設都建國。惟乂安為土中。已于其地之鳳凰山前。置為本國中都。業經陳達左江湯道官知照。向後一切公文往復。比昇隆城日期又多一倍。仰維體照章。免稽延之咎。家兒光垂。方當學禮。玉樹生庭之譽。未敢披襟。蒙貺吉祥如意錦緞多珍。一家父子。均沐恩波。拜領之榮。寔深感佩。至如家將吳文楚先後趨赴。乃其職分內事。並蒙綵幣之賜。愛屋及烏。頂戴又何如也。再奉鈞諭。本國初立。事事草創。一切服用有缺。久須備用之處。列揭呈達。當為採買送來。竊惟衣服所以華躬。中州服色彩章之美。深所景慕。所有龍蟒袍

樣謹奉別摺開列希下織坊照樣織造工竣之後發付奉領為小邦朝謙之服陳請為清萬望鑒原臨紙向轅翹瞻肫切肅稟乾隆五十五年正月十日此上兩廣制軍福文襄函也又一紙是致粵西中丞之牘兩文皆婉委曲折亦可想見蠻夷大長書記翩翩矣董司農誥為題安南阮氏遺牘六大字復繫自題二絕句云黎氏凋零阮氏雄禾刀木落後先同可憐十道將軍印都付先游一令公斗大華閭古法鄉蠕蜓大跡總荒唐請看二阮須臾事又是南柯夢一場今安南已為法蘭西所據其王僅擁虛位將來不知若何更變矣

假乩語止變

扶鸞本干例禁然亦可佐政治所不及所謂神道設教也青浦新涇鎮有劉猛將廟每當報賽出會之時四鄉土地神皆舁其像來會鄉民聚至數萬喧譁雜沓不可禁止廟左近有一橋將坍損尚未修葺余恐賽會時人眾橋壞或有溺斃者因檄鎮之巡檢禁會不作而鄉民洶洶不聽勢且滋事巡檢不能遏飛稟來報余方擬親往曉諭旋又報事已安貼矣詢其故則有董事陸某扶乩假猛將語止之而定余笑曰此真是劉公一紙書賢于十萬兵也猛將載在祀典而不知何神按怡庵載錄云宋景定四年旱蝗上敕封劉武穆琦為揚威侯天曹猛將之神蝗遂殄滅而畿輔通志載劉猛將軍名承忠廣東吳川縣人元末官指揮有猛將之號江淮蝗旱督兵逐捕蝗盡殪死後因元亡自沈於河土人祠祀之二說不一豈神亦有更替耶然忠義之士生而護國死而佑民其為神則一固不必辨其孰是孰非也

宋儒信釋氏施食

先大父臨終遺命子孫不許作佛事余家世遵守之或謂懺悔解冤事理彰著胡可廢也余曰子不讀佛書耶佛于過去生中曾為盜殺人比成道後報至金鎗穿體佛飛至空中鎗亦隨之不勝其苦諸大弟子皆悲泣而莫能救夫以佛之功德不克解己之厄諸大弟子之法力不得解師之冤而謂今日之僧眾捧數卷經文能懺一生罪業有是理乎人第當自省此身不作害人害物之事可耳其人無詞而退然僧家施斛請客一節卻甚有驗嘉慶年間先大夫在福建需次時舍館鳳楣山宅初不之信入居後家人時譁鬼祟病者接踵未幾先大夫亦病且甚先太夫人醫禱罔效乃延僧施食是夕先大夫于朦朧中忽見男女數十人皆青衣小冠結隊自牀後出時以憊甚不能詰也未幾又見此數十人連袂自門入每人皆至牀前叩首而去心甚疑訝然噎不能言比先太夫人入告以故太夫人驚曰今夕延僧施食豈鬼來相謝耶然自後病良已宅亦從此清吉先大夫嘗與人言之故余家雖不禮懺而施食一事嘗舉行之茲閱南宋車若水腳氣集所論施食之說頗有相合者若水在宋為講學家所見如此故採錄之大略謂自先王之禮不行人心放恣被釋氏乘虛而入冠禮喪禮葬禮祭禮皆被人將蠻夷之法來奪了冠禮如他初削髮受戒之類喪禮則有七七百日之說葬是順火化是大逆今貧民無地可葬又被他說火化上天喪葬之禮亦被奪了施斛一節既薦祖先又與祖先請客而共享之夫神不歆非類民不祀非族蓋是理之必然者乃後世小人但知自己飢餓何曾有思親之心往往雖有子孫亦是若敖如此則施斛之說尚不失為長厚也畢竟是一个祭祀以僧代巫而求達於鬼神請父母而又與請客致死致生之道容或有是理也予先室死曾施斛祭之友朋來問云君素不信佛老何為施斛予曰我自不信我自施斛既而友人呂居中云鄭慥堂先生亦不信佛老亦不廢施斛曾有所感也以僧代巫卻要擇僧云云其說于理甚明昔邵康節先生不廢紙錢其亦此義乎又福州梁茝林中丞退庵隨筆載康熙時韓文懿公菼病困時李文貞公往候之公曰正有一事欲仗大筆傳信病中見得幽冥之故灼然不爽吾初疾原非大症止因眾祟繞榻徹夜叫囂連旬不能合眼以致病勢日增其日諸鬼忽相約于西河沿赴席甫晡相率而去吾竟得安寢達旦使人訪問則西河沿人果于是夜普渡施食自是後諸鬼復還吾亦遂不寐以至于困李曰今諸鬼在何處曰見君在坐退處榻後矣此事向不以為信今將紀錄示後病不能執筆故以

相屬後文貞以此事載之語錄中夫文貞為一代理學名臣目擊韓文懿之事而著之書則施食一節可無致疑矣

古今海菜價之貴賤

若水又謂天下有貴物乃不如賤者只如眼前海菜以紫菜為貴海藻次之海藻所謂大菜也昔為下紫菜爽口乃發百病大菜病人可食昔之好者直勝前兩菜且無渣滓本草所謂能消食也貴公子只是吃貴物云云按紫菜此時並不貴重而海藻則稍貴于紫菜亦是常物非貴人所肩食者今之海菜則海參也魚翅也而推燕窩為首佳者價至三四十金一觔較之紫菜價百倍矣何古今食品之殊若此豈古尚儉而今愈奢耶

黃巖杜鵑

若水謂杜陵杜鵑詩云生子百鳥巢百鳥不敢嗔啜勤哺其子禮若奉至尊其說不然杜鵑鷙鳥之徒也飛入鳥巢鳥見之而去于是生子于其巢鳥歸不知是別子也遂為哺之既長乃欲啖母其說甚奇古人初無是說豈黃巖之杜鵑若是若水親見之而云然耶記之以俟世之博物者

關侯祀典

關聖廟中除子平及周倉外無從祀者按吳志呂岱傳安成長吳碭中郎將袁龍首尾關雲長復為反亂碭據攸縣龍在醴陵權遣魯肅攻攸碭得突走岱攻醴陵遂禽斬龍是龍碭皆蜀漢忠臣關聖心膂龍又殉節乃廟中不祀何耶又世傳侯生于戊午年五月十三日四柱皆是戊午故祀典于是日致祭一次然以長曆攷之是年五月無戊午日是四柱戊午之說已不足憑又遂安余國楨所著勿庵類稿謂正史侯殉義在建安二十五年歲在庚子年五十八歲則侯誕生之歲是癸卯非戊午也又攷由戊午至庚子僅四十三年而獻帝初平元年侯已從先主討董卓以戊午年計之止十二歲豈有是理乎

經文句讀異解

邢凱坦齋通編謂易或益之句十朋之句龜弗克違句謂有十朋之益即龜亦不能違也經傳釋詞謂論語毋以與爾鄰里鄉黨乎作一句毋作不字解兩說雖與註不合而其論自通又湛淵靜語明夷六二用拯句馬壯吉句謂當明夷之時既有所傷必用拯救其所拯救必馬壯健而後免之速則吉也論語子在齊句聞韶三月句不知肉味句必如是讀方得明白孟子非其有而取之者盜也句充類至句義之盡也句語意乃見圓徹此數說亦甚有味

滑稽詩

教職當歲考之年定例亦須考試一場向來學使者優卹教官大都臨棚散卷遲數日交卷教官中年老者居多多不自作託學中能文者代為之故考教一場僅為具文矣咸豐癸丑江西萬藕舲尚書視學浙江忽改為扃試于是年老荒疎諸公皆大驚恐先期於同寅中擇年少未荒者某代作某代書互相訂定屆時到不致曳白然此心總搖搖如懸旌也學使亦頗慮內中有不能完卷者無以下臺乃合優生與教官為一場又下令曰若老師目昏手顫不能端楷者准將草稿交優生代謄于是歡聲雷動大半託優生捉刀矣金郡九學諭訓共十八人試之日人給方桌一張列坐堂上各優生則散坐廊內文成交卷教官尚得學使例宴飽餐而散可謂將軍不負腹矣余同事秀水陳星垞桌書文素敏捷一揮而就又作七律一章奉呈諸君子讀之無不捧腹後學使聞之亦一笑而已其詩曰接談散卷久通行誰料今番忽變更高踞考棚方桌子俯求優行老門生窄籠一日神都倦安枕三年夢再驚共說阿婆都做慣者回新婦禮難成

昔人有嘲內閣中書詩曰莫笑區區職分卑小京官裏最便宜也隨翰苑稱前輩好認中堂作老師四庫書成邀議敘六年俸滿放同知有時溜到軍機處一串朝珠項下垂余因星垞作考教詩亦戲將是詩改之以呈諸君子云莫笑區區職分卑教官也最占便宜春秋兩季分肥脯暫撫同聲叫老師遇考可求優行代來衙不怕上官知（校官歲冊俱由學成例）有時保得京銜若（余以勸捐保詹事府主簿銜）一串朝珠項下垂時知府事者為崇厚庵觀察笑謂人曰陳子莊以督撫為門生我等道府宜乎不在渠目中也

湖州郎蘇門觀察庶常留館後有七律三首亦可噴飯詩云自中前年丁丑科庶常館裏兩年過半歐半趙書雖好非宋非唐賦若何要做駱駝留種少（都人謂翰林為駱駝）但求老虎坐班多（散館授知縣為老虎班）三錢卷子三錢筆四寶青雲帳亂拖幾人雅雅復魚魚能賦能詩又善書那怕胡珠無翡翠只愁帽頂有硨磲（庶館未事頂帶硨磲項）先生體統原來老吉士頭銜到底疏試問衙門各前輩此中風味近何如糧船一搭到長安告示封條亦可觀有屋三間閒宅子無車兩腳走京官功名老大騰身易煤米全家度日難怪底門公頻報道今朝又到幾知單

冷官風趣

伯祖朝珍公廷獻乾隆辛卯舉人弱冠登科意氣豪邁十上春官不第選就蘭谿教諭在都中遇翰苑諸公必以論文數典困之洪稚存張船山太史均畏其鋒常自詫曰吾來嘗試北元總在吾荷裝中無奈輒遇剪綹賊也官蘭谿三十餘年不問家人生產惟以飲酒賦詩為事年躋八秩奉部推升國子監典籍門下士集貲為祝八十生辰樂飲十日而歸同官仁和沈秋河先生為撰壽序用一百箇死字文極奇詭復撰一聯贈之曰不病故不勒休仙家亦稱上等又升官又添壽教官無此下臺歸之次年道光辛卯重赴鹿鳴姪九皋是科亦登鄉薦為吾宗盛事余年八歲時隨先大夫之官福建過蘭谿公登舟來視撫余首曰兒好好讀書早早發達莫效老翁之吃苜蓿盤也嗣余于辛卯科乃薦而不售官校官者十八年僅得公歷俸之半耳

按官為冷官自撰楹聯或嘲或諷多有可發一噱者李時庵教授題大堂聯云掃雪呼童莫認今朝點卯焚香請客都知昨日逢丁傅芝堂學博則云百無一事可言教十有九分不像官此二聯早膾炙人口矣屠筱園教授所書則教無所教偏稱教官不成官却是官自嘲中卻有身分陸定圃教授則云近聖人居大門徑享閒官福小神仙亦有味沈秋河司訓門聯云讀書人惟遠重衙門可以無妨出入做官的當此種職分也要有些作為則棱棱風骨讀之令人肅然起敬也

科第世家

本朝五子登科者余前記之矣光緒元年乙亥恩科福建侯官郭毅齋觀察式昌長子曾炬與叔事昌弟曾珣同科中式祖父遠堂中丞方引年歸里一時傳為盛事後乃知中丞昆弟

五人皆登科臚仕觀察則與嫡弟元昌等五人先後登科家門之盛近代希有中丞歷中外清望交推觀察歷典劇郡循聲卓著世德作求振興未艾也觀察為余言同鄉林氏科甲鼎盛有一科四進士三代五尚書之蹟自謂不及余謂我家雍乾之際極盛亦有一門三宰相四世五尚書二語似尚未足為奇如近時吳門潘文恭相國狀元及第其弟世璜及孫祖蔭皆以探花及第此外登進士入詞林者指不勝屈合肥李相國為題其門曰狀元宰輔祖孫父子伯姪兄弟翰林之家則極當代科名之盛亦見壽考作人之雅化也

不讀書人有至行

不敢妄為些子事只因曾讀數行書蓋以讀書者必明理不妄為乃有所為耳然世之奇節偉行多出於不讀書之人其故何哉杭州江小芸觀察清曉為余言里中有錢塘人許大鏞者為水師營卒餉不足以養母遂兼業雕工性極肫摯而不能識一字常往來觀察家執藝見壁間懸吳鐵生山水小幅愛之甚每至必注視久之乃去心摹手追者累月忽縱筆成一畫顧不自信又慚于示人一日者見觀察顏忸怩者良久乃出所畫以相質觀察驚為神似亟相許可復為指其瑕處謝而去去數日復持一畫來則較前更工矣由是暇輒畫畫就必以質觀察不一年遂有畫名然業雕如故也母老矣思為納婦則固謝不願蓋恐多一人則母之甘旨或缺也適有新寡者母廉其值不告子而聘之大鏞大驚然不敢逆母命遂成禮禮成後詢知為寡婦再醮則又大驚立與異室寢而陽共侍母母不知也觀察聞而詢之則蹙然曰吾敢壞孀婦節哉未幾母病且甚大鏞醫禱皆窮鄰有華陀廟百叩乞方終不效會遇陀誕辰里眾焚香者相屬爐火赫然大鏞忽插中指爐中眾驚問故曰吾將燃以救母火烈焰起指爆燃有聲眾相勸相憐股栗汗流大鏞齒齒默禱顏色不變頃之中指二節皆成炭則裹爐灰及指灰焠湯進母母飲之立愈眾皆歎異以為神不數月母猝以無疾逝大鏞醫救莫及痛絕者數四既殮其母乃謂寡婦曰我之娶爾者順母命也所以我不與爾處者全爾節也今我母歿爾節全我行且逝矣請悉以家之所有予爾爾可保爾節以終身矣遂出門去自剃其髮為僧於華陀廟中戒律甚嚴人咸敬之咸豐庚辛之變城破廟燬大鏞不知所終觀察決其必殉難以死特無人佐證不能為之請旌耳嗟乎若大鏞之所為有讀書士大夫所難為者而大鏞固率性為之而不見其難然大鏞固一字不能識之人也悲夫

卷十一終

庸閒齋筆記卷十二

海昌陳其元子莊著

舒鐵雲和尚太守謠

自軍興以來仕途流品冗雜近年世道清平於是大吏多以澄敘官方為事前年福建巡撫劾長隨出身之同知何某上年湖南巡撫劾候補道劉某曾作門丁皆奉特旨革職查辦此後濫刷冠裳未曾發覆者當稍知警惕矣然嘉慶年間有和尚太守一案最為奇異和尚姓王名樹勛山西人揚州鹽商王引長世僕汪重光乳母之子始在木蘭院為道士後至京師廣惠寺為僧號明心和尚有口辯多技能兼挾異術一時名動公卿下而士庶商賈上而達官勛衛皆有皈依者蓄積饒多忽言壓劫且至當留髮蓄妻子遂出都依所善者某中丞作幕友久之復入都會開事例乃捐通判分發湖北諸弟子左右之補善缺擢同知晉知府調補襄陽府知府其幼主王六則信往投命為婢乃留署中旋以卓異赴部御史石承藻發其奸下刑部訊得實諸弟子復左右之得從輕比奏上仁宗震怒命發黑龍江編管先于刑部前枷號兩月再行發遣然其弟子總以為神奇不可解也舒鐵雲孝廉有和尚太守謠一篇譏鍊奇詭李長吉不可多也或他日和尚竟藉此獲傳則和尚之幸也詩云棄民為僧如禿鶖棄僧為官如沐猴官成黃鶴樓中住事敗黑龍江上去南來初寂寞上揚州衙北去尤蕭條凍然紇干雀無端忽慕竺法深有時化為支道林碧紗籠邊鐘悄悄青蓮鉢底花沈沈石塔寺無一縫金輪曾有萬衆吳國銅瓶五色堅趙州布衫七斤重借得如意影放下苦帚柄或現宰官身或佩國公印兩眼看天鳥不疑五體投地霍去病豈知襄陽節度乃有叙略僧正聚處禪師之關揚住處終南之捷徑君不見南州傳法厝思能又不見西蜀入貲漢長卿料得清資饒太守依然天竺古先生恆星不見官星見不看僧面看佛面思一曲雄劍飛啞啞三更烏夜啼州亦不可添詩亦不可改白銅鞮上春如夢黃金臺畔人如海珊瑚者骨種種者髮不須笑整冠且與綴着袈卿在雁門關來師言石頭路滑鈴音云何勿禿當禪味如是乾屎橛贈君以繞朝之馬檛李斯之狗枷我我御史府堂堂司寇衙五百劫恆河沙二千石優婆花紆青拖紫波斯匿偎紅倚翠摩登伽于是乎始墨於是乎始髡汝受諸苦惱何不出了家吁嗟乎天下雖大難容其身地獄之設正為此人今我故我無臣有臣東之高閣閣之水滴初不若劉孝標典校秘閣上又不若揚法持戰勝還庭壯髮有薛懷義行軍總管彼一將復建李罕之中書門下比一相韋渠既工古樂府賈島亦登進士榜國子祭酒理又玄閤門祗候言非誣馮延魯去空逍遙孫景元來曾供養而況徐美之受湯惠休阮佃夫

薦茹法亮青史十七部白髮三千丈既已追度牒何又進治狀君不見冥陽太守王和尚

訟簡刑清法

同治六年余初任南匯縣時厲精圖治遇民間訟事一經控訴立即提訊隨到隨審隨審隨結三月之間除尋常自理之案外尚結歷任積案三百八十餘起案牘一清民間頗著頌聲丁雨生中丞奏予獎敍余私心亦未嘗不自喜也洎調青浦仍不肯少息擱輿喊稟無不立為了結甚至南匯舊部民訟獄者有不之本縣而來青浦求余判斷心益喜自負至九年丁中丞以所刊牧令書頒發各縣內有南豐劉廉舫先生衡庸吏庸言一冊余受而讀之不禁悵然自失通身汗下自是不敢自詡精明輕受民詞矣先生之言曰尋常案件定于三八當堂收呈此外各日切勿濫收夫小民錢債田土口角一切細故一時負氣旁有匪人從之遂彌貿貿來城忿欲興訟定則事不要緊所欲訟者非親即友時過氣平往往悔之官若隨時收呈則雖有親鄰不及勸阻而訟成矣一經官為訊斷曲直分明勝者所值無多負者頓失顏面蓄忿漸深其害有不可勝言者且官即清廉結案亦極神速訟者自田間來人地生疏斷不能一無所費此官長任事太勇之過也若官非三八日斷不收呈則訟者欲告之日未必適逢放告之期此數日中有關愛之親戚鄰里為之勸解則狀詞未投欲告者舊情未斷

為所告者顏面無傷不難杯酒釋憾矣夫如是則訟端漸少和氣所蒸可以兆豐年而釀厚俗又不僅惜民之財已也此愛民者所宜體諒及之者也倘自詡聰強收呈不以其時能則能矣毋亦不恤民隱乎況吏有藉此巧取者吾烏乎知之至如命盜鬬傷搶親等案則應就地方情形擇其尤要者酌定十條或八九條刊刻宣示准其隨時喊稟則又不必具呈矣云云此真閱歷有得藹然仁者之言嗣余宰上海即遵其言行之上海五方雜處華夷交涉事件尤多醜訟不勝其煩嘗有擱輿控會項不還者余閱其呈曰兩理可准然細故可于明日告期上來明日其人不至又嘗于鞫獄時有呼冤入者詢其故則被人霸佔房屋不還之故亦令其俟告期來到期亦不至蓋俱有人相為調息矣此等事不一而足不特民免訟累即官亦省聽斷之煩仁人之言其利溥哉特記之以志吾過並諗後之有志恤民者

禽獸亦通靈性

道光壬辰余應京兆試後至元氏縣省外舅縣城外民家畜一雞云能識字余往觀之見以千字文散置於地呼令取某字來則應聲啣至余戲令取雞田赤城四字而匿其城字則啣雞田赤三字列於前而側首以覓城字不得若有躁急狀同人均大驚笑或云此亦教而成者如黃雀演戲烏龜算命蝦蟆教書螞蟻排陣之類皆不足奇最奇者錢梅溪先生所云蘇州楊方伯家畜一犬喜聽曲每遇人唱曲必搖尾至驅之不去曲若有誤則叩叩作聲若相正者犬能顧曲已自奇矣又蘇城新郭里有浙江慈谿人姜姓設小藥鋪姜素知醫頗有秘家畜一犬甚馴姜每視疾犬輒隨之有患膈症者姜誤為虛症將投補劑犬向之長嘷乃改其方數劑而愈有孕婦腹巨而飲食減少姜自為蠱脹犬又向之呦呦作小兒啼乃悟予以安胎藥越月而孿生母子無恙嗣有鄉人患瘍毒一處紅腫不知其名姜審視未定犬忽突前嚙之血流滿地作紫黑色鄉人大號姜怒撻其犬既乃知毒蘊于中非開刀不能出也數以藥遂愈于是犬醫之名大著然未幾逸去姜忽忽若有失焉犬能知醫尤奇之奇者也

堪輿奇驗

杭州文風科第甲于一省自嘉道而後漸不如紹至咸同之際復不如甯錢塘丁松生丙謂為府學風水所致因於光緒乙亥科前期請于大府將門逕向罡稍為修改又將五魁亭飾而新之八月初八日士子入場之日適值工竣松生于亭前燃雙響炮三十枚以振文氣洎揭發杭人中式正副榜者恰三十人松生之姪立誠得亞元共以為奇堪輿之驗如此不可解也松生勇於為善其所為者不顧艱阻必底于成杭城善後之事多得其力左爵相薦舉浙江人才稱其見義必為居心懇惻而有條理若授以牧令之任必能撫循黎庶希蹤循良

奉旨以知縣發江蘇補用松生高卧不起其志趣可欽也

錢東平創釐捐法

錢東平江者浙之歸安人也負才使氣跅弛不羈有俯視一世之概故無鄉曲譽遊廣東亦落落寡所合會林文忠禁烟英夷肇釁江心憤其事遂集眾舉義與夷為難所作檄文多所指斥大府惡之坐以法遣戍新疆當未至之先新疆諸人固已聞其名矣既抵戍所自將軍以下皆折節與交江口若懸河議論激昂慷慨同人皆推服之尊為上客未幾遇赦歸歸後又遊京師出其縱橫捭闔之說遂名動公卿間或勸以仕江不應館以魯仲連自命時值粵賊陷金陵世事孔亟江曰此吾錐處囊中脫穎而出之時也遂乘海舶東出都出都日送者車數百輛極冠蓋之盛其時副都御史雷公以誠辦理糧臺開府邵伯埭江懷刺上謁抵掌而談雷公大悅辟之幕府幾于一則仲父再則仲父之矣焉當是時江北屯兵數萬餉胥甚急公以轉餉為職而各省協餉不至空手不名一錢庚癸頻呼行有脫巾之變焦愁仰屋莫展半籌江為之畫策疏請空白部照千餘紙以勸捐軍餉隨時隨地即行填給與從前捐銀累萬聚奐不聞者迥然不同富人朝輸貨賄夕膺章服歡聲載道踴躍輸將不旬日遂得餉十餘萬又創立抽釐法于行商坐賈中視其買賣之數每百文捐取一文而小本經紀者

免居者設局行者設卡月會其數以濟軍需所取甚廣故商賈不病所入甚鉅故軍餉有資源源而來取不盡而用不竭不期月又得餉數十萬資用既裕兵氣遂揚江上諸大帥倚雷公若金城而公亦視江如左右手矣當是時江之名聞天下然江恃功而驕使氣益甚玩同幕于股掌視諸官如奴隸咄嗟呼叱無所顧忌于是上下交惡譖毀日至雷公亦稍稍疏之膠漆而冰炭矣江愈怒即于雷公亦面加譏斥雷積忿日久第欽其才姑含容之一日飲次議論相左雷加誚讓江使酒大罵雷怒甚在旁者又從恿之立即斬首乃以江跋扈狂肆將謀不軌奏焉冤矣使當日江稍委蛇必可不死使雷公左右有善與周旋者亦不至于死夫有才而未聞君子之大道不能為高蹈之魯仲連轉同于殺軀之盆成括哀哉余初不識江故友戴禮亭熟其人為余述其大概如此後雷公以他罪褫職聞亦頗心悔其事流寓清江浦佛寺誦經自懺然而江則已死矣

錢江既創立釐捐法各直省皆仿照行之曾文正公尤以為善謂軍餉無出與其病農不如病商蓋取兩害取輕之意非真以釐捐為必可行也軍興二十年以來不加賦不勸派而卒成戡定之功者釐捐之力居多余自咸豐初年奉檄餉局首剏捐輸繼而助餉又繼而米捐舌敝耳聾異常困苦怨聲不絕所得無幾自釐捐法行商賈不無怨讟然一省之中每年或得數十萬或得百餘萬或得二百餘萬而不甚費力余謂辦捐之道切不可過分此是國家不得已之政須體朝廷不忍人之心持己以嚴免招物議待人以恕用卹商情自然商賈願藏於其市行旅欲出於其塗而捐數可以旺收聲名不致敗壞矣其有以刻為能者尺布斗粟併計起捐碎物零星忘報即罰此是關市之暴客也其有營私為己者得費免捐公然賣放收錢不報暗地侵吞此是國家之盜臣也兼之設卡既多立法益密大小委員一局三四輩巡丁司事一卡數十人人數猥雜局用益大所入不敷則不得不加意搜求再人之賢者少而不肖者多查察不及弊端百出既為暴客又為盜臣而商賈徒耗其財餉需仍無有濟言之可為痛恨雖大吏時加檢攝有犯必懲而吞舟之漏者又不知凡幾此固非江創法之初心然江則為其濫觴矣故此時但願軍務早蕆釐捐得停復睹嘉道承平之治斯為美耳然江以一匹夫創成天下釐捐之輿論平賊之資固屬功之首追思病商之源亦是罪之魁也

按釐捐之法實肇於宋陳亨伯之經制錢增酒價添商稅及公家出納每千收二十三文紹興時歲入共一百二十萬緡史稱其多江之釐捐實祖其意雖云每千取十其究也亦將至二十三文第以江浙二省計之每歲已三四百萬緡于軍餉實為大宗朝廷雖屢有裁減之旨總以軍務未平未能已也

王畹上李秀成陳攻上海策

宋不用張元而元昊用之大為中國患人多咎宋之遺才而不然也此其中固有天存乎其間焉同治元年春二月上海中外諸軍攻克粵賊七堡逆壘獲蘇州諸生王畹上偽忠王書具陳攻取上海之策薛覲堂中丞聞之大驚疏聞于朝江南北大為警備幸賊不從其計卒以無事至四月後李爵相督師來滬以上海為關中戰勝攻取遂奏廓清之功然當畹獻策之時使賊稍聽其謀上海一有失事則後來爵相無駐節之所餉源斷絕不知又多費若干經營矣賊平後畹逃入咪唎堅墨海書院以死不嬰顯戮三吳人有遺恨焉然畹先時亦嘗謁吳曉帆觀察陳書當事當事者不置意遂往從賊此乃張元之流亞也國祚中興彼昏不用豈非天哉畹書余于薛中丞幕府中見之洋洋數千言今則不能記憶矣大略勸賊與洋人和而藉其勢以圖中原謂洋人遣使至金陵以各國貿易所在請無攻滬而賊酋不許洋人遂助中國城守為失策此時宜急許其不攻而要令不得以軍裝火藥資中國再遣舟師渡江分擾通泰裏下河完善之區並于海道劫掠華商使不敢載運貨物貿易不通釐捐斷絕官軍之餉洋人坐困上海聚數百萬避難之人無所得食必且生變而洋人生理既絕亦必俯首來求修好然後齎之使獻上海策之上也若一時不能與洋人和而先欲得上海亦不必調集大兵也蓋洋人嗜利近以蘇浙二省避難人麕至滬地遂于夷場廣造房屋重收租息初不問人之來歷也宜遣精兵數千人偽作難民賃洋屋以居地係夷場中國官無從稽察中夜一呼應者四起縱火焚燒遇人斫殺洋人計惟登舟逃遁而上海唾手得矣上海既得然後招回洋人而厚待之不攖其怒而仍可為用策之次也云云其慮甚周其計甚毒故在上海者聞之無不髮指無不失色乃以梟雄之李秀成亦如陳叔寶之昏庸棄書牀下此真國家之福也嗚呼豈非天哉

造化弄人

先大夫言福建莆田縣轄兩巡檢一迎仙寨一涵江司迎仙寨姓李涵江司姓繆二人皆紹興人交相得也初不之異繼乃知繆則李而李寔繆蓋二人同為部吏繆以年滿選迎仙巡檢以部中尚有經手事難其行李乃頂名而往繆仍以李名在部越數年李之名年滿謁選適得涵江同在一縣相見啞然信造化之弄人也

應對舛錯之笑柄

聖門四科言語居一蓋出話稍不檢點即錯誤矣汪稼門先生志伊總督浙閩時性嚴厲僚

爲進見者無不惴惴先大夫督造軍工廠戰船工竣例歸總督驗收鹽道麟公祥素謹慎恐先大夫戇有外錯囑道庫大使達泰曰子妙于語言可幫同陳君應對免致觸忤也洎總督驗船見工堅料實頗爲嘉予達隨之行先意承志喋喋攙言總督色甚和鹽道心亦甚喜比驗及貯淡水之井總督笑曰井甚深恐小孩子跌下須淹死矣達遽對曰不然即大人跌下亦要淹死同行之官無不匿笑總督色莊而去事畢麟公呼達至官廨痛責之曰好好一篇文字被汝闌壞達俯首引咎而已次日銜參麟公見總督先謝不敏總督曰我並不計較及此也麟公退又呼達告誡之遂同謁巡撫王晼香中丞紹蘭巡撫忽問及漳州鹽商王夢蘭虧課事麟公心恨此商即對曰王紹蘭乃一奸惡之小人也不單王紹蘭鹽務無從整頓不辦王紹蘭群商無所畏懼娓娓數百言皆斥王紹蘭名而罵之藩臬兩司初以目視之不悟繼微曳其衣仍不悟巡撫乃微笑曰是王夢蘭也麟公始恍然大慚愧起立謝罪既出官廳中有傳其事者達乃合掌誦佛號曰報應如是之速哉合座大笑麟公後官至倉場總督

女子從戎

粵賊洪秀全之自廣西竄長沙也其妹洪宣嬌稱元帥常騎馬率粵之大脚婦出隊服五綵衣備極怪狀官軍望之奪氣然第炫人耳目其實不能衝鋒決鬭也其時唐縣李方伯孟群有妹名素貞者知書工騎射熟孫吳兵法于天文占驗之學靡不窮究父兄皆奇之咸豐四五年方伯以知府奉楚撫胡文忠公檄督師討賊招女至軍中女戎裝往代爲畫策決勝累建奇功殺賊逾萬方伯常剿賊失利被圍十餘重他將軍皆不能救女忽馬獨出於槍林礮雨中突圍而入手斬數十人護方伯歸甲裳均赤賊衆萬目注視驚爲天神後胡中丞攻漢陽城堅不能下女與方伯謀夜襲之孤軍深入中伏救兵不至遂血戰而死年二十餘耳報至舉軍皆哭後二載方伯亦于安徽戰歿女子從戎百戰捐軀軍興二十年來所僅見者也余有詩弔之曰百騎甘寧襲賊營紅妝血戰獨捐生漢陽若舉褒忠祀先拜英雄李素貞

李方伯姬人殉節

仁和李方伯本仁開藩皖江時以千金至吳門聘一姬美而慧方伯寵之專房又于蘇州招一老伶工教度曲花晨月夕擫板金樽極聲色之娛俄陷多綏誤之安慶不守移省廬州軍事又急方伯誓以身殉姬請隨死不許請益堅則謂之曰汝欲死歸至家死可也遂遣人護之出又陳金几上集家衆諭曰我受國恩自當城亡與亡爾輩毋同我死者留否則各持金去于是衆皆懷金哭拜而散老伶奮然曰衆皆去誰侍主者擲金地上遂獨留方伯歎曰歲寒知松柏不圖于伶人遇之越二日城陷方伯戰死老伶掩其屍已亦吞金死時姬行尚未

百里迴望城中烟焰燭天慟哭欲絕遂晚夜遄行不匝月抵家發喪成服衆方幸吏生姬獨詣夫人前叩首請死夫人勸之曰若已脫難我亦善視若若何必死姬對曰主人命我到家乃死我不可負主人遂不食數日而卒于是向之竊議方伯者至是乃共哀方伯焉嗟呼媵慨赴死從容就義不圖于弱女子中見之惜不知姬之姓氏也即如老伶者亦人所難能也

仕途中豪俠風

曾叔祖雲巖公諱孝昇性慷慨喜交遊弱冠時手散萬金結客官甘肅平番令操守益見嶭延齡有鄭當時風曾有某都統以譴戍伊犁道出公境公憐其遇厚待之復臨其行都統感甚然公于此等事甚多不之記也作宦十年虧帑鉅萬落職待勘適都統復起用游擢陝甘總督未抵任即遣人往詣公公已忘前事驚不知所出司道各官聞之亦驚既悉其情乃爭出資爲彌其缺總督既至待公如上賓並加奏保隆隆驟遷不十年官至雲南布政使公自喜愈甚人有急難求之無不應者錢塘陳香谷中丞桂生時官某邑令欠課五千計無所出欲覓死公聞之召令入見呵之曰五千金細事耳若乃欲以性命易之乎袖出一紙給之則五千金藩庫實收也陳感激涕零以其曾祖句山太僕與文勤公同朝通譜誼遂以叔事公公雖喜結納而獨不肯阿權貴時和相國珅勢張甚公不與通和頗銜之會福文襄郡王出師征苗以函取庫金二十萬公與之而文襄薨未及補牘大吏劾公浮銷著賠和遂追公赴部對簿不得辯在獄兩年曾受恩者餽贈盈萬公庭所虧太鉅不能償則悉以所贈者周同繫之人其慷慨蓋天性也未幾沒于獄時和已敗乃得援赦免追後香谷中丞撫蘇招公子赴署中待之同于兄弟人亦重中丞之能報德焉此事余弱冠時見中丞親爲余言猶以不能如某總督之脫公于厄爲歉也

仕途中炎涼態

勒襄勤相國保督四川時待僚屬以禮即不愜意者亦未嘗不飲人以和也嘗告家梅亭方伯曰我始由筆帖式官成都府通判不得上官歡時遭呵譴同官承風旨置之不齒每衙參時無與立談者抑鬱殊甚又以貧故不能投劾去含忍而已會聞新任總督某來十年前故交也心竊喜而不敢告人總督將至身先郊迎迓不見惱矣抵城外上謁又不見更懾甚乃隨至行轅大小各官紛紛晉謁皆荷延接而我獨不得見手版未下又不敢逕去天氣甚暑衣冠鵠侍汗流浹背中心忿恨欲死正躊躇間忽聞傳呼請勒三爺不稱其官而稱行輩其見舊時交誼此一呼也恍如霹靂忽聞恩赦爰整衣冠捧履歷疾趨而入則見總督科頭衩衣立于廳下指而笑罵曰汝太無恥乃作此等形狀見余乎我稟請庭參則拔之起曰不要

汝磕狗頭回顧侍者令代解衣冠曰為勒三爺剝去狗皮至後院乘涼飲酒去我于斯時越闒闒趨蹌奔此至院中把酒話舊則此身飄飄然若登仙境今日封侯拜相無此樂也時司道眾官猶未散聞之俱驚我飲至三鼓歸首府縣官尚伺我于署中執手問總督意旨從此遇衙參時逢迎歡笑有進而與右師言者有就右師位而與右師言者矣而勒三爺之為勒三爺如故也官場炎涼之態言之可歎故余今日待屬官有加禮以此而不肯輕意折辱屬官亦以此也方伯嘗舉以告人自謂一生歷官不敢慢易忽畧人者勒僕之教也

愚民不解文告

今世遇有條教禁約之事上官必曰出示曉諭曰多出示曉諭于是匿示不張者有罰出示不遍者有罰上官以為立法周密矣而屬吏之復于上官者亦不過曰已出示曉諭矣更有格外認真者曰已勒石曉諭矣一曉諭而上官之心已盡屬吏之責亦卸庸詎知蚩蚩之氓固有一字不識者乎民不識字則不特出示無益即勒石之示亦復何益哉同治丁卯九月有英國商人載煤夾板船于大洋膠沙而沉煤遂散浮海面南匯海濱之民咸撈獲儲于家固不見洋船也但識為洋煤而已未幾有洋人挾通事來縣見余謂南民搶掠其煤焚燒其船索賠銀五萬兩余以其語涉狂誕拒之去而密遣人赴海濱察得其情因思我民斷無賠

銀之理而洋人必不肯已若不查還其煤必致肇釁事關總理衙門所係寔多則不賠而賠矣且庸知不飭令賠者不如先事圖之遂選幹差往沿海各村挨查而繕手諭數百張挨村遍貼剴切曉諭令將撈存之煤繳向公所免致拖累云云語極諄切又親自赴鄉督查乃延海之地延袤計有百餘里一時不能周歷而英國領事官已照會上海道札委華洋同知陳君寶渠暨伊國施繙譯官偕洋商來並令火輪船駛至海面巡邏開砲示威勢洶洶然民情震恐而洋商則仍力持賠銀五萬之說以相恫喝余大聲疾呼以理折之洋商氣稍沮然總執賠銀之說惟不言五萬耳余曰若爾以失煤之故乞我代為查還我體兩國交好之情自然竭力查辦若言賠銀是訛詐矣訛詐則安有交情我官可去爾銀不可得于是陳君亦以正誼責之其繙譯官從而調停之則須查煤矣余于次日復偕施繙譯暨洋商到海濱審視一片汪洋無從究詰相顧無策余乘其意氣消阻之時因與約查得煤若干即以若干還之令其先歸聽信而自向最大之村落名泥城者集眾諭話附近各村之民聚觀者不下數萬人余先以夷情諭之又以拚一官保衛百姓之語告之更以手諭之意反覆開導數百言鄉人多有感動泣下者云寔不知有此道理于是均願以所撈之煤送還余喜問曰爾等豈不見我手示乎則萬口同聲對曰雖經見示寔無一人識得字也余不覺駭然疑因歷詢保董諸人所言如一余又不禁慨然歎始悟古人懸書讀法之意懸書以治識字之人讀法以治不識字之人耳是役也共收繳煤十八萬斤皆以舟由內河運還之匝月竣事其費錢千緡悉余捐給不以累民民得晏然無事至次年余遂于境內鄉鎮設立義學二十所俾之讀書識字海濱之人靡然從風即泥城左近亦自捐置義學二所不廩于官從此南邑四郊之內絃誦之聲相聞矣

決科特識

制藝文字有特識者決之如響余生平見二人焉一為任邱邊仲思太守寶誠一為餘姚朱久香閣學蘭同治乙丑太守在甯波考試書院取前列三人決為本科必售泊榜發中者二人而所取第一者竟無名太守辨之未幾北闈榜來則其人已中南元乃復大喜閣學督湖北學政時鄉試前決科於省中書院所取十名前皆得中式而解元即閣學之第一人也尤為科名中盛事

朱久香之行誼

久香先生固精于文其行誼尤為醇篤與侍文端相國仁同年平時以道義相切磋造次必執于正咸豐庚辛閒賊陷浙江先生矢志討賊忠憤所激言發涕垂人或迂其行事妄加誚

哂先生不顧也余與先生素昧平生于上海旅次一見即傾襟以待逢人說項不去口謬許余為知兵李爵相欲委余浦東軍事先生贊畫之謂余必須赴浙以顧桑梓爵相乃令偕史士良觀察到甯波甯波苦餉絀先生即在上海為籌餉事每數日必致余一書論軍務機宜料敵出奇動中肯綮余即以書呈觀察閱之戰勝攻取多用其策會被台用乃去紹興之復終賴先生籌餉募兵之力也泗門謝員外敬集黃頭義勇擊賊先生資以餉又恐敬恃勇不戒令高足弟子呂五峰茂材受豫參其軍事盡心贊畫著戰功會賊大至敗仍以輕敵敗沒受豫亦抗節死其宗人國恩接統其軍卒底于績先生以二人死事狀疏聞於朝得專祠祀焉嗚呼若先生者文章經濟道學三者兼而有之矣

朱茮堂叔姪之忠謹

平湖朱茮堂先生為弼先伯雲伯公庚申同年也與先大夫最契服官恪守繩墨清絶一塵官順天府府尹時先大夫以轉餉入都有上閣督書託其郵遞先生驚曰私牘可投驛站耶乃出己資由信局寄去而持收照謝先大夫其謹畏如此後官至漕運總督剔除積弊八省吏民咸頌之歿祀鄉賢焉先生猶子山泉觀察善張卓犖有奇氣道光二十年英人犯乍浦與余同事善後泊余司訓金華山泉以南河通判出山海擢江南淮海道迭擊捻逆保障淮

揚歷著戰功文官而得巴圖魯勇號尤為異數歿後追贈右副都御史崇祀名宦山泉季弟楚卿別駕善賢咸豐庚申署江甯同知僑駐常州時粵逆破溧水句容當道棄城走楚卿歎曰毗陵為蘇浙門戶我雖無守土之責當與城存亡遂登陴拒戰而心知事不可為賦詩曰狂風已斷悲笳曲落日空揮寶劍光惟有丹心終不改猶能殺賊死戎行城破巷戰死入祀昭忠祠余未及見蔗堂先生而山泉楚卿則素習也竹林三人于鄉賢名宦昭忠祠中各專一席榮矣哉

富陽王高士

富陽王君子和樂今之高士也世席簪纓性恬淡不樂仕進少年時隨祖若父宦遊四方行路萬里攬覽山川之勝遂善作畫墨法既妙設色更神鉛朱丹碧千崖萬壑沈雄奇秀兼而有之尤工花鳥見者欲絕名重一時因以畫自給筆墨外不妄受一錢人皆敬之咸豐辛酉賊陷富陽子和避難鄉間日三四徙一日者天陰雨雪忽聞賊至急起奔走倉皇中乃撞入賊隊遂被縛去賊酋見其文弱且又短視驅行泥淖中屢起屢仆憐而釋之謂曰速行逃他隊不汝活也子和既得脫不暇擇路亂身荊棘穿櫳破天既昏黑仍不敢息望前疾趨于雪光中忽睹一屋遂奮身入入其門闃其無人窺其室則似有聲響乃訴以被難之苦乞為容留良久有婦人應曰我等隱聚室中子其入焉入則暗黑不能辨人遂踣于地既凍且餒身殭足痛喘息逾時乃問婦之姓氏則對曰我某之妻也某與子和本係遠戚聞之稍慰再與語則不答憊極亦不能復詰垂頭稍睡一時許忽聞婦呼曰天將明賊且至子可行矣子和遂捫戶而出走未數里天果明遇鄉人得脫于難又悔不挈婦同行恐其亦罹於難也久之事定歸遇某戚告以故且謝其妻其人駭曰吾妻死已三年矣乃知遇鬼子和以為奇今年因談往事舉以告余余曰喪亂之際天道尤近善人終得保全子忠信篤敬自當有鬼神呵護難而遇救亦常理耳何奇之有

曾侯甘心受欺

同治乙丑之秋郭遠堂中丞開藩蘇州余與同官諸人晉謁翌日中丞觴之酒酣中丞忽問元和令蕭山陶君肖農曰某人近日在家否陶對曰已遊庠且食餼矣中丞乃笑謂余等曰此係渠鄉人當金陵初復時冒稱校官往謁曾侯高談雄辯議論風生有不可一世之概侯固已心奇之矣中間論及用人須杜絕欺弊事遂正色大言曰受欺不受欺亦顧在己之如何耳某盱衡當世略有所見若中堂之至誠盛德人自不忍欺左公之嚴氣正性人亦不敢欺至如某某諸公則人雖不欺而尚疑其欺或已受欺而不悟其欺者比比也侯不禁大喜

撫髀稱是因謂之曰子可至軍營中一觀我所用之人某諾而出次日遍謁諸文武歸而復命曰軍中多豪傑俊雄之士然某于其間得二君子人焉侯驚問何人則舉涂方伯宗瀛及中丞名以對侯又大喜稱善乃待為上客頗一時未有以處之姑令督造礮船未幾忽挾千金逍去所司以聞且請急發卒追捕侯默然良久曰止勿追也所司惘然退侯乃自捋其鬚曰人不忍欺人不忍欺左右聞者皆匿笑不敢仰視中丞言至此又顧陶君曰此人既遊庠食餼當令人勉之務正如曾侯者難再遇也次日同官聚談衆為笑柄或曰幸金數不多故侯大度置之耳或曰侯恐播受欺名故忍而不追也余曰不然昔宋韓魏公總五路師經略西夏有人以偽書干之得厚贈去已而事露諸將請捕之韓公曰此人敢于百萬軍中持偽書以欺我則其人之膽識必有過人者若逐之急必投入夏國是又生一張元也遂止後世論者共服韓公之深識遠慮當金陵甫復時髮逆未平揔勢正熾曾侯之見即韓公之見也大臣謀國深遠豈惜此區區之金及受欺之名哉衆皆以余言為然

王烈婦

余官金華縣訓導時府學訓導杏泉王君英瀾與余同官交相得也杏泉長子繼本字根仙以髫齡食餼書法秀美尤工古文詞儕好中無不嘖嘖羨杏泉有子矣嗣余官江蘇與杏泉不通問者數年余冢婦山陰錢慎庵太守女也嘗言其戚王孫氏殉節事心疑為杏泉家事未暇細詢也今年杏泉郵寄其媳王烈婦傳讀之乃驚根仙以殀死其婦又以殉節死為慘然者久之按傳烈婦為會稽孫君悅祖女性孝友年十六歸根仙事舅姑如事親相夫以順御下以寬里黨無閒言甫三年而根仙以病死烈婦慟絕復蘇毀面截髮誓不獨生悅祖痛愛婿死哭之哀遂遘疾卒烈婦哀絕號泣奔赴視殮畢歸謂家人曰吾今可以死矣初欲覓刀繯以殉其祖司訓公借穀體義諭之冀紓其死烈婦曰死所天非全歸乎乃絕粒翁姑百計解之不可得絕食七日瀕死矣司訓公又強飲以西瓜汁一杯復延七日乃終嗚呼其初殉也慷慨其卒殉也從容此真所謂百折不回者也嗚呼有婦如此根仙可謂不死矣烈婦名留天壤與日月爭光烈婦亦何嘗死哉

金余二善人

余行年六十有四生平所覯豪傑俊雄之士甚多而善人則止得二人焉一為金華金樂魚濠一為無錫余蓮村治樂魚以讀書不應試家甚貧而為善不倦邑中掩埋育嬰及一切諸善舉孜孜矻矻幾欲以身殉之人或笑其愚不顧也工書畫不肯多受人潤筆其廉介蓋出于天性咸豐元年邑人公舉應孝廉方正科力辭不獲然終不肯易六品服仍以布衣終身

蓮村以諸生得保訓導藍翎，然亦不求仕進，遇善事必竭力成之，勸人為善，舌敝脣焦不以為苦。遍遊江浙地方，以因果戒人，如溺女、搶醮、淫殺諸事，諄諄諭勸化，人苟允之，即叩首以謝，不以為辱。又自撰院本，糾會數千金，以忠孝節義事演劇，名曰善戲，使觀者興起感動。然世俗習于浮麗，聽古樂則惟恐臥，故志不得行，而蓮村不悔也。第因之感化者亦復不少。蓮村曾于途中病甚，僕人陸慶乃截指和藥救之，則其感人之深可見也。余攝南匯事，蓮村來謁，出小學諸書，囑令分布。又以保嬰恤嫠章程見勸，余因于縣境設立義學多所，又創立保嬰恤嫠等會，均見成效，皆蓮村啟余也。樂魚與蓮村皆規行矩步，不苟言笑，其樂善亦同出一轍，惜二君相距遠，不獲相見，使苟相遇，必有相視而莫逆者也。樂魚歿已久，聞蓮村今年始歿，嚴芝生太守告余，謂人傳蓮村已證真人之位者，余曰：使天堂無則已，有則蓮村、樂魚二人者必生天無疑矣。

福星輪船失事

光緒元年三月，蘇省招商局福星輪船裝運江蘇漕米七千石赴津，內有江蘇海運委員補用知府巓君等二十一人，浙江海運委員石君一人，暨董事僕從等數十人，行至山東烟臺地方，天起大霧，覿面不能見物，猝遇英國澳順輪船，兩船相衝，福星船竟被撞沉，于是委員董事僕從人等並溺斃六十五人，其遇救得生者僅江蘇候補知縣江君等三人而已。事聞，李爵相據情入奏，朝廷震悼，死事各員均加銜照陣亡例議卹，廕子，並命於天津上海二處建立專祠，董事僕從等咸得附祀。江蘇大吏復籌廉款，提出銀兩，各予死者家養贍，以十年為期。英國官員亦罰澳順輪船賠銀作卹，死事諸人既得邀國恩，復得中外優卹，計存歿均無遺憾矣。惟內中有候補縣丞長楙一事最為奇絕，因特志之。長君係滿洲人，以佐貳需次蘇臺者久矣，况景困甚，上官憐之，給予津運一差，俾得薪水以顧其家。長君奉委，忻然別妻子而去。去未旬日，其妻晨妝竟，出戶操井臼，忽倒地大哭，作長君語曰：輪船失事，我已死矣，可速延我好友某某來。其友至，則緬述船破事始末。時蘇城尚未得信也，衆皆大駭。長又曰：我死後已得差使，心念家貧子幼，故曉夜奔馳而歸。因囑某友曰：我子年甫十歲，無人養贍，乞君念交情挈之去，譬如家中多用一小僕耳。言訖淚下，某亦哭而允之。長復曰：我妻如此命苦，在人世亦無好處，當與之同赴冥間。于是衆爭勸曰：弱子尚幼，若非有母撫育，如何得以長大？請勿作此想。長思之良久，乃應曰：諾。遂作謝辭別而去，其妻乃霍然醒，問以附魂諸事，皆不能知。第謂出戶之際，覺冷風一陣，吹向身上，遂不省人事矣。越二日，乃聞噩耗。時余薄遊蘇臺，衆好中喧傳其事。害方伯應敏齋先生守程朱之學，不信鬼神，余舉所聞以詢方伯，亦早有所聞，共相歎異。方伯曰：子方作筆記，可敘入之，與神滅無鬼二論相辨也。

楊遇春逸事

富陽周芸皋觀察凱，由進士歷官至福建興泉永道，所至卓有政聲。道光十二年，臺灣民張丙作亂，大府調觀察攝理臺灣道事，賊定之際，搜捕餘孽，鞫訊犯供，無枉無縱，辦理善後事宜，悉臻妥善。周公去任至今將四十年，臺地瀕海道東西夷外警，而境內風塵不驚，盜賊不起，則措置之善也。溯自康熙二十二年臺灣始入版圖，至道光十二年，僅一百五十載耳，而亂者凡十五起，或請大兵剿之，或以本省兵平之，其亂之生也，或數年，或十數年，輒一見，其自相殘賊，則閩臧有也。觀察精心運用，力籌所以善厥後者，條教章程，規畫悉當，海疆得以久安無事，其功甚偉。去歲日本窺臺東南，吁，惜觀察久歸道山矣。觀察文集中有記前陝甘總督楊侯遇春逸事一則，仰見疆臣養威尊重國體之至意，讀之不勝佩服。侯豈預知今日東夷之抗我顏行耶？因亟錄之，使後世知我朝廷之威德焉。

回疆張格爾之亂，戕大臣，據喀什噶爾城，圍和闐、葉爾羌、英吉沙爾三城。上命大學士長公為揚威將軍往征之，以陝甘總督楊侯參贊軍事。抵七里河，與賊夾河而軍，侯以所部先濟，賊見中流人馬高大殊于常，驚為神，侯麾之，伏屍萬餘。張格爾遁，復喀什噶爾城，三城圍解。既而久不得賊，或謂賊畏侯不敢出，侯在軍不可得也。上召侯回陝甘總督任，總督駐蘭州，控嘉峪關，回疆出入要地也。尋遣伯克伊薩克誘張格爾出，獻俘京師，回疆平。上嘉伊薩克功，加郡王銜。伊薩克素強盛，雄長諸伯克，與二子分領三大城，桀黠，通華言。道光十一年，奉詔入朝，自恃功高，益驕侈非分，輿馬縣多，所經回疆諸伯克咸具供張，比入關，尤甚。甘肅府縣請于布政使白侯，將迎諸郊，侯曰：無須，第視我行事。明日將至，侯以令箭招至數里外，伊薩克乃單騎從數人來。侯令自戈什哈以上，有頂戴者冠帶華服，不佩刀，轅門平列至堂下，皆謁伊薩克，至轅門下馬步行，見兩旁官屏息立，無聲，傴僂不敢仰視。至堂側，少許，命入見。堂以內虛無人焉，一巡捕官導之行，歷聽事數重，侯見之便室，居中高坐，常衣冠，二童子侍旁，于地施紅毡一，伊薩克及門，未踰限，雙足跪，摘冠叩頭。侯令一童子扶以入，命坐。伊薩克叩首者再，乃坐。道溫語，竟，侯自拂其髯曰：吾老矣，較在回疆時奚若？曰：更精神。侯曰：汝亦老，髮鬚加白，吾輩受大皇帝厚恩，當思及時報稱，為子孫計，無妄想。伊薩克叩頭曰：謹受教。侯又曰：大皇帝命汝少住即行，無多從，宜往謁各官，皆有食物送汝，唉也。令一童子扶之出。伊薩克汗流竟體，裹衣皆濕，上馬行數里，神始定。侯諭布政使下及府縣官，以外藩禮禮之，明日伊薩克減騎從行，或請故，侯曰：蘭州為入關第一省，會俾知天朝儀注，他省加禮，乃知恩矣。同安令項廷綬時官甘肅，親見之，爲凱言。又曰：凱旋兵初過州縣，橫甚，毆知縣，報聞，皆咎令，侯意不謂然。比至，親臨堂皇，就轅門捆責帶兵官各四十，受責者五十餘人，斬毆官者一人以徇，兵從無敢譁。侯任固原提督三十年，陜甘婦豎識與不識皆畏愛侯，及官總督，見所屬，益謙曰：吾蜀人，公事慨有失，幸助我。然所策斷，志中處，非人所及。凱嘗見侯于乾清門外，偉軀幹，美手儀，頳面修目，詞氣藹然，髯長三尺許，覆胸，白如銀，文武威風天人也。侯名遇春，四川崇慶人，經大小二百八十餘戰，無不以身當先，未嘗受創。年八十有一，以疾致仕。未報，次子國楨時巡撫河南，求解職侍養蘭州，詔許之。在官受養，中外以爲榮。旋侯復請命安車入都，名見數四，賜克什優賫無算。侯初以平滑縣功封一等男，至是晉一等侯，勅各省地方官護送以歸，食俸于家。夫人年亦八十。子弟官文武二品者一門八人。舊所部戈什哈官提鎮者同時十餘人。貴州果勇侯芳，侯同姓，繼侯爲固原提督，先侯而侯，亦侯所拔也。

埋憂集

朱翔清著

上海文明書局印行

自序

余自辛卯迄癸巳二老親相繼見背，始絕意進取，鳥已倦飛，驥甘終伏，生平知交大半零落，而又畏見一切得意之人，俯仰四壁，惟日與幼女形影相依，蓋生人之趣盡矣。乃喟然歎曰：窮矣！然身可窮，心不可窮也。余誠棄材，不足與海內諸豪俊比數矣。夫蟬蚓不知雨雪，蟪蛄不知春秋，猶能以其竅自鳴，豈樗散之餘，遂並蛄蚓之不若乎？於是或酒邊燈下，蟲語偎闌，或冷雨幽窗，故人不至，意有所得，輒書數行，以銷其塊壘而寫髀肉之痛。當其思徑斷絕，異境忽開，窅然如孤鳳之翔於千仞，俯視塵世，又何知有蠅頭蝸角事哉！於是輒又自浮一白，曰：惜乎，具有此筆，乃不得置身史館，與馬、班為奴隸也。是亦足聊以自娛矣。今茲春歸里門，篋中攜有此本，諸同人見之，咸謂可以問世，謀醵金付梓。頃來此間，竹屏蔣君又力任剞劂事，蒙諸君雅意，使得免仲翔沒世之感，余亦何能復拒乎？獨是余老矣，追憶五十以來，以有用之居諸，供無聊之歌哭，寄託如此，其身世亦可想矣。因書數語，以誌吾恨焉。同治十三年歲次甲戌孟秋月八日，歸安朱翔清梅叔氏自題於溈溪寓舍。

埋憂集目録

卷第一

穿雲琴　熊太太　嘉興生　潘生傳
周奎　義犬塚　戚自詒　可師
扛來　無錫老人　尸擒賊　鍾進士
蛇殘　賭飯

卷第二

雪姑　吳烈女　程光奎　諸天騏
雷殛　蛞蚌　活佛　通字
海鰍　大人　捕鬼　郭某
張癡　綺琴

卷第三

昭慶僧　雙做親　周爛面　狗糞飯
邵士梅　沈卜年　陳三姑娘　大人

雲雨　春江公子　霧淞　疫異
水災　收棗仙人　白雀　龜王
薛見揚　考對

卷第四

人形獸　異蛇　稱撳蛇　名醫
手技　田雞教書　鐵兒　金蝴蝶
柿園敗　蔥娘　賈筌　支氏
墮胎　捉姦

卷第五

鎖陰　大藥局　論禍　送詩韻
龜鑑　陰狀　箬包船　金鐃
藥渣　餡餅阿六　秦檜爲豬　賈似道
鬼舟

卷第六

二僕傳　段珠　全三先生　讀律
賣詩　詩讖　秋燕詩　樊遇廟
施氏　空空兒　鬼燈　祭鰻魚文
射兔　馬宏謨　茅山道士　葉太史詩讖
奇獄　論判　錢大人　夫婦重逢
宦偉鏐　海大魚　車夫　奇兒

卷第七

賈義士　姚三公子　趙孫詒　嚴侍郎
星卜　常開平遺槍　人面豆　奎光
陳學士　徐孝子　男妾　上智潭黿
武松墓　死經三次

卷第八

宅異　櫃中熊　遺米化珠　夢廬先生遺事
捐官　辨誣　金氏　荷花公主

夜　奇疾　真生　明季遺事
樹中人　陳忠愍公死難事

卷第九

烏桕樹　獅子　論效　醉和尚
香樹尚書　全筌　周爛鼻　潘爛頭
醫癢　草庵和尚　樊惱　許真君
茅山道人　懵懂　梁山州　詩蝴
陶公軼事　改名　負信鬼　蛇異

卷第十

鬼隸宣淫　狐母　七額駙　瞿式耜
孫延齡　縊鬼　乍浦之變　虎尾自鞭
夷船　兜闍手　挖眼　狐妖
織里婚事　臭金　佛時貞觀　翦舌

續集卷第一

劉綎　黄石齋　對縊　生祭
熊襄愍軼事　地震　王秋泉　蚺蛇
采龍眼　大言　陸世科　猩猩
燕姞　戒貪　師戒　壯丹
柳畫　湖市　冰山録　泰山
吏俗　斐林凌氏　楊園先生　水月庵
腹語　劉子莊　熊伯龍　庫中畫
亂書　玉人　天主教　大膽
項王走馬埒
續集卷第二
無支祈　人面瘡　陳句山　瘞蠶
倩倩犬　割皮　仙方　肚通
陸忠毅公傳贊　異獸　殿試卷　推背圖
李自成　徐珠淵　毛文龍傳辨

埋憂集卷一

戌上紅雪山莊外史著

穿雲琴

康熙間，句曲道士忘筌，本武昌名家子，以幼孤避亂，入道勞山。性豪逸，耽書嗜飲，善畫墨竹，尤精於琴。遇良材，必重價購之，至於典質不惜。後聞新安吴商名畏龍者，蓄琴頗富，裹糧往訪。商見其攜有古琴，問録士亦善此乎？對曰：固生平所好也，但恨未遇名材耳。即指手中所攜者曰：此宋賈相悦生堂中物，向以五百金購得之，然亦非上品。聞先生多蓄古琴，故不憚遠涉，未識可賜一觀否？商與論琴理，筌爲細述勾撥挑剔之法，語多神解，商一時未能盡領，請傳之妙手。筌解囊爲彈水仙操一闋，商危坐竦聽，如有山林杳冥、海濤汩没起於座中，慨爲歎絶。筌傳琴言曰：此調自伯牙傳至嵇康，名《廣陵散》，所謂覩濤廣陵者也。康死，此調已絶，某特以意譜之耳。商乃出其素所珍藏者十餘琴，皆不足觀，最後一琴，以金貓睛爲徽，龍肝石爲軫，背刻二字曰穿雲，質理密栗，古色黝然，曠代物也。筌愛玩不忍釋，請以所攜琴易之，不許；增以五百金，亦不許，呼僕取入。筌乃起，悵然而出，謀諸閽者，閽者謝曰：主人亦徒慕風雅耳，本無真賞，今見師賞鑒若此，豈復能動以利乎？筌乃出，僦居一僧寺，甚不得琴不返。然卒無可爲計，惟日飲無何。一夕對月獨酌，念資用將竭，而穿雲琴終不可得，淒然泣下。忽聞牆陰𤍮然有聲，一女子來，姿綽約，含笑而至，曰：如此良夜，請爲清歌侑酒，以破岑寂，可乎？筌訝問：美人何來？女曰：勿勞窮詰，當非禍君者。遂於懷中取黄牙拍板，唱琴心一折，音韻淒婉，頗盼生姿。筌連釂數觥，竟醉倒於床上。及醒，窗中斜月熒然，與女猶坐於燈前。遽起促之歸，寢，女曰：妾亦非私奔者，自蒙青盼，覺人間尚有中郎，纔知君情深如許，故背主而來，將以此身相託，即君心中事，或者猶可借箸。不意見拒之深也。言已，以袖揾淚。筌見其羅袂單寒，轉更黯絶，乃擁之入懷，爲訴流連之故。女曰：此易事耳。筌聞之，喜極，曰：然則今夕願爲情死，遂擁入共相繾綣。既而鳥語參横，女忽起曰：吾二人豈可復留此耶？筌辭以商琴未得，女笑語曰：第行，勿憂也。即往牆角取一小囊，出水田衣裙各一，並冠履，易作道裝，相與促裝啟後扉而行。中途入一村店沽飲，先有一道者在座，筌揖與談，理致元遠，遂邀共飲。女遽去，道人窮詰曰：君相隨少尼非人也，今夜共枕時，某於門外作法，君當緊抱勿釋，如其言，果得一琴，即商所寶藏者也。大喜，持示道人，道人曰：此楊貴妃遺琴也，傳至南宋理宗，曾以殉葬，後爲楊璉真伽掘得，非君不足當此物。亦見古今神物，必不終淪於俗子手中。然君亦不可復至勞山矣。筌乍聞，恍若夢醒，遂起再拜，攜琴入終南山，不返。

外史氏曰：以吳商蓄琴之富，而僅得一穿雲琴，亦見神物之未可多得矣。惜其不知所寶，而慢藏以失之，名曰君龍，稱其實與？彼勞山道士者，欲得良材，而以全盡欲泣，設其終不得琴，其將不復返乎？癡哉道士之好琴也！然非道士之癡，又烏能通乎鬼神若是？彼世之通悅自喜，而卒於一藝無成，皆其自謂不癡者也。於是乎道士之癡乃不可及。

熊太太

宣宗時，神木秦鍾岳之兄，以從軍過五龍山，偶出獵，迷路，但見五峰突起，四面壁立如削，深林密箐，虎嘯狐嗥，其陰霾積雪未融，照見岩壑，有洞，洞口光滑如鏡，知有物出入，益惶急，攀藤覓路未得，忽聞腥風過處，一熊突至，攫秦，反走入洞。洞廣可畝許，旁漏日光，其中半藉羽毛，積厚寸餘。熊挾秦置其處，復去，舉穴旁大石塞洞而去。秦謂熊幸得異味，必將引其類至共試爪牙，正彷徨間，熊忽以手揭石而入，左手攜一鹿，擲秦前，撫秦為嬉笑狀，遂取鹿肉自啖，並唊秦。秦察其意不惡，即出所攜火具，取火拾洞外落葉炙以為食，熊棄其餘肉，就秦食，甫嘗一臠，輒點首喜躍不已。入夜即擁秦臥。數月，竟產一男，自腰以下，毛如蝟。秦初未有子，意亦良得。熊朝夕哺乳，如慈母。其後漸解人語，馴狎已久，洞門常開，秦思逃歸，顧兒未能捨去。閱四載，兒壯偉似八九歲者，行步如飛。後值熊出，秦攜兒竟出，狂奔數十里，見獵者數人，從之取道而返。初，秦出獵不返，皆以為飽於獸腹矣，及是歸，衆詢得其故，見兒雄偉，有熊虎之狀，益驚喜，如獲異寶。顧兒常思熊母，屢欲往尋，禁之，輒號哭不食。其後兒益壯，喜馳射，力挽千鈞，神勇無敵。一日挾弓矢上馬馳去，至暮不歸，尋訪無蹤，意其往從熊母，然無敢往追者。秦以兒尚幼，謂其必死，痛哭而已。無何，兒竟負熊歸，自言初出門時，向人問五龍所在，如其言策馬而前，亦不至迷失，惟路中不可得食，則射鳥獸食之。最後至榆林東南，遇一樵者，自言知母所在，引至洞口，倏不見。兒入洞，熊母倏自外來，將攫兒食，為兒所持，哭訴顛末，且解下體襦毛為驗，乃止。兒遂請母出山，不從，兒哀祈數日，母始首肯，然非兒負以歸，母亦不敢來也。言未畢，熊直撲向秦，秦跪謝，兒亦伏哭祈免，熊始怒目而止。秦起，喚其妻出與相見，熊輒叉手答拜。時鍾岳年纔十二也。天順二年，寇來犯神木，鍾岳聚鄉勇禦之，於定邊營所向無前，追至河套，擒寇而還，大帥上其功，授榆林參將。弘治間，火篩犯邊，鍾岳大破之，斬火篩，陞左都督同知，世襲。還京恩，鍾岳兼為熊母請封誥，天子以其生子克家，遂奉俞旨。比誥命至，秦舉熊母出，被以命服，隨例謝恩，悉如常人，惟不能跪與言耳。後太后聞其事，為幸其第觀之，賜號為熊太君，自是人呼為熊太太云。

外史氏曰：熊太太，余嘗得之友人，以為創聞，故特敘而傳之。或云此事已見子不語，此篇敘事未知能出其範圍否，否則刪之可耳。八紘譯史又言：猩猩國在大洋中。明嘉靖時，武陵商富玉泛海遇暴風，舟溺，玉及衆商飄抵絕岸，飢甚，採桃李食之。俄有披髮而人形者接踵至，身生毛，以木葉自蔽，見人皆喜，挾以歸岩洞中。後一牝者與玉為偶，產一男。其後乘閒得歸，既長，大常賣茶於市，人目為猩猩八郎，事亦可記，故附及之。

嘉興生

道光辛卯，浙江鄉試頭場，陶字拾柒號嘉興學生李某，自接題紙至上燈後，三藝已脫稿矣。挑燈朗誦，意興方酣，無何，冷風驟至，燈暗似豆，一少婦淡妝縞袂，搴簾而入，向生諦視曰：「吾尋汝已百年矣。」生不覺失聲大叫：「麗卿饒我！」既而揚塵舞蹈，口中嘵嘵不可辨，而吐詞嬌婉細膩，似是中州語音。比晚，監軍往某號，號官至，但見其以兩手作格鬭狀，其指尖皆赤若塗朱。旋復大嚎曰：「爾其奈我何？」號官取其卷視之，嗟惋不已，遂喚青衣二人挾生出。甫出頭門，生直前向人叢奪取一眼鏡，折而拋之，拍手大笑曰：「好了好了。」衆詢知其病狂也，姑弗與較，而生則殊已了了，向其同寓接考者相勞苦如故。歸寓，衆環集詢狀，生曰：「始見女入，殊昧平生，繼遂不復省憶，但見女教余舉佩刀自刺，又教余解帶自縊，皆為余祖奪去，謂余曰：『此業殊未了，汝記取明日卯初，關聖行香過此，汝即出號求救，或有濟也。』次日天既曙，忽聞空中細樂嘹嚦，呼殿雜然，遂望果見香雲關繞，帝君御輿冉冉而來，余即出伏地哀祈。帝君即左顧命檢舊案，一掌案吏如神廟所塑判官狀者，於篋中取黃冊，反覆良久，跪奏曰：『此三世以前事也。』帝君索冊閱畢，復命取善惡二簿閱之，謂生曰：『此事彼自理直，且沈冤可憫，余亦無可究詰，但事已隔世，汝今生既無罪惡，每遇春秋祭祀，必誠必敬，即此一念，表之可以勸來，俾全汝一命可也。』遂取硃筆索余手，遍塗指尖，囑曰：『汝歸號，可以此魔之，使去矣。然彼憤固未洩，須記出場時，至頭門外，即向人搶一眼鏡，折開拋去，可免也。』囑畢，命駕而去。余始歸號，見女顏色倉皇，正在逐號尋覓，瞥見余，柳眉斜竪，直前相撲，余格以手，女逡巡卻立，切齒曰：『負心漢，汝尚倚此神道，奴遂捨汝乎？』恨恨而去。余喜極，雀躍走至頭門，則有青面猙獰披髮持戟者數十人，分佈兩行，舉刀亂刺余，急取眼鏡分擲之，則霹靂一聲，群魔俱杳矣。」於是往市牲帛，至照膽臺酬祀而歸，自是亦不復再赴科場矣。

潘生傳

湖郡潘生，名羽虞，號梅庵，少孤，弱冠入郡庠，尚未締姻，然勤學美丰容，閭閻見者爭好之。館於吳門劉氏書齋，後故有小園，一日春雨初晴，生讀倦，呼館僮啟後扉，步至園中，水複山重，洞宇幽邃，數椽見東北一帶，朱欄迴互，欄外杏花正開，彌望如雪，下臨一池，橋上有亭翼然生將往憩忽聞鐵馬丁東望見樓閣參差湧現樹杪折而西至其處有海棠兩株當風亂颭其上雲窗霧閣傑搆俯臨徘徊間聞樓中吟聲細細歸聽乃他生縱有浮萍遇正恐相逢不識君二語哀怨殆不忍聽生不覺失聲長歎無何風動簾開一人倚欄凝眺明豔無儔而眉鎖遠山淚瑩粉臉正如帶雨梨花生乍見魂銷既而恍然曰是非蘇家蘭姊乎何以來此女點首曰哦是矣遂下延生入問訊已備述飄零之狀蓋女本住郡城蘇家巷為生從嫂之妹字競蘭嫁後隨夫游幕山右前年夫病殁始攜柩歸自幼與生頗狎今別已六年矣生因問姊家尚有何人女曰有叔舅去年攜眷入京近亦聞已殁家中止有老姑長洲衛氏族姓又少故僦居於此言畢涕泗交頤生遂移坐近前為之拭淚女艴然曰甫相見奈何無半語相憐而輕薄若是生起謝女始歡笑徐問阿姊無恙兄何時至此生縷述近狀且曰使君尚猶無婦姊將焉置此女默然良久女僕擎杯茗至啜畢落日已在簾鉤生起女送之門小語曰此後課暇勿吝玉趾也生諾之悵然別去是夕女就枕輾轉不寐殘月既上朦朧睡去夢生和就榻溫存女不復自持遂相歡好醒時覺繡衿猶沾濕也曙後勉起理妝支頤獨坐殆難為懷忽女僕報生至女出迎笑曰兄可謂有尾生之信矣生曰得覩芳姿死且不惜所恨文君未許相從耳女不禁赭發於頰暈若緋桃生神魂顛倒遽握其手女卻之曰郎勿爾如僕輩來奈何生踧不已女乃請卜以夜生始釋手而歸漏既下生潛啟後扉出至女所則院門半掩窗中金釭瑩然惟見女於几上擲書凝坐遂入女瞥見驚喜起迎生直前擁抱女正色拒曰薄命之人如風前孤燕飄泊無依昨自聽儀宇知非久居廡下者儻家春注願締白頭但須俟老母終天然後可議若曰始亂之終棄之則逐水之桃花妾不忍為此態也生聞言遂攜女至月中共矢鸞盟誓畢女促之起生長跪不起曰自蒙允約半日之別如閱小年若必俟老母天年恐文園先已渴死矣女近曳之曰癡郎何情急乃爾相將就寢殢雨尤雲倍極狎褻雞甫唱即起女為整衣曰此身已屬君矣他日勿以秋扇捐也生曰世豈有薄倖潘安仁哉鄭重而別自是往來常無虛夕然生常憂貧是年又下第女百計慰解至於拔釵搜〻曾無倦容其後將赴試又慮無以為窮女知之竭力搜索以資其行將發生往話別夜半女先起取生衣為之裝綿生臥視之微吟曰蓄意多添線含情更著綿女目視生良久淒然泣下（唐僖宗嘗命宮人製戰袍以賜將士一邊將得袍中有詩云蓄意多添線含情更著綿今生已過也結取後生緣云云邊將即以上之帝問宮中誰為此詩者一宮女伏地請死帝笑曰吾為汝結今生緣即以此女與之）生自悔失言急起攬女於懷極意慰解乃已明日遂登途榜發擢雋是時女之姑已前殁矣聞捷音竊幸好事可諧引領以望其至久之聞生已就婚郡中某氏女未信明年春生以計偕過蘇州辭別館主而足音終杳自是始絕望後半年抑鬱成疾

亦臨終大呼此仇必報者再年纔二十三後生捷南宮選部郎逾年差人至湖接家眷回詢其僕乃知紅蘭久已委露歎息而已然自此恆忽忽不樂一夕醉臥方酣忽見女披髮握刀顏色慘變自中庭疾趨入舉刀當胸直刺生痛極大叫而蘇家人俱驚起視之生以手捧心反側呻吟不止家人將往延醫生不許為述惡夢所由曰吾疾不可為也令預備身後事翌日將卒口占一絕云只知好夢欲求真豈料翻成惡夢因到此回頭知已晚好留鸞鏡贈同人此事其戚某出京後為余言之

又言生未第時家赤貧每夜誦書火不繼往往獨坐室中默誦諸經至午夜不輟偶值嚴寒夜將半聞窗外窸窣有聲是時月色微明潛起窺之見一人披髮亂鬚面黝黑如演千金記所扮楚霸王者生屏息悄立伺其作何舉動其人旋於腰間出一物尖長如錐插入窗格撬一小方洞生意其將探手入也先以手浸案旁水盆中須臾其人以手探入生急以兩手儘力捉住其人始則跳躍不止既而不復動頃之覺腕冷如冰試一釋手則砰然仆於階下大驚拔關出視之脈已絕而死矣生無如何天曉赴縣請驗知縣臨驗畢細詢始末笑謂生曰本欲以死嚇人而乃為人嚇死是所謂出乎爾者反乎爾而汝本無心於死賊不過即以其人之道還治其人之身非汝罪也命地保以棺瘞之而已

周奎

崇禎十七年李自成逼京師烈帝使內監徐成密諭后父周奎倡勳戚助餉奎堅拒無有成數曰后父如此國事可知矣奎不得已僅輸萬金且乞皇后為助比自成入奎獻太子以降掠其家得金五十二萬其後自成自山海關敗還大清兵追至奎復降大清自成載輜重出都京師大亂奎家人乘勢據其家財物殆盡已而請曰公首戚也我輩素蒙豢養一旦無禮至此亦何顏復見公乎斬其首而去（紀事本末賊破京師掠奎家得金五十二萬珍寶復數十萬）

義犬塚

吳江之簡村有農婦趙氏家在東村去簡村止三里許婦素孝於其母方初冬偶得黃雀數枚烹之而美飢留其餘次日晨起盥櫛易裙襖攜雀往視其母母適臥病取所攜雀哺之母為之加餐午飯後從呼與細談不覺逗遛婦以時方收穫遂告歸及村外天漸曛黑遙望林間微火射出趨至則數丐圍坐寺門外晚炊婦告以迷路乞火一丐曰昏黃至此非與小和尚有密約耶又一丐笑曰火卻容易然須以汝之水相易遂起將逼淫焉婦怒批其頰大叫殺人丐怒取土塊塞其口呼羣丐共褫其衣褲取腰間汗巾縊殺之舁入一空壙解其巾覆以瓦礫各自竄去夜半婦忽甦張目四顧見斜月未落四野霜濃陰風砭骨寒戰不能遽起

但呼救命。適其鄰一屠夫路經村口。聞之。尋聲而至。將曳之出。婦拒曰。身無寸縷。無論凍已復亦何面目出見人乎。屠者悟。亟走告其夫。取衣袴。導至其處。乃去。時天已曉。婦出哭告。以故相隨還家。村農赴訴於縣令。即飭嚴緝。未獲。居數日。忽聞譁傳前屠為人縛石沈河而死。村農奔視。果然。先是屠每於侵晨往前村肆中屠羊。嘗有一黑犬相隨。是日店主早起相伺。屠竟不至。忽見犬狂奔入門。銜其衣。嗚嗚作哭聲。叱之不去。其人心動。隨之出門。行里許。至寺後河畔。乃止。而犬已躍入水中。俄而曳一尸出登岸。就視則屠者也。反接其手。而繫以石。駭絶。奔告其子。相將至河上。則犬亦跧臥尸旁而死矣。子乃泣請其人同返。往訴於邑。捕得丐者。誅之。命瘞犬於塚旁。立石表之曰義犬塚。

戚自詒

戚自詒字鑑昭。歸安諸生也。家郡中橫塘上。年十四入邑庠。丰姿美而性佻蕩。家素饒。然每遇親族幾急。輒反眼若不相識。惟於脂粉隊中揮霍不計。以故家亦漸落。年三十餘無子。後得癆疾。妻勸以改行。生以為妬。棄之。其後至馬軍巷侍衛府前。有兩人毆於途。生卻立以待。顧見門中一少婦。姿態韻絶。時露半面相窺。生漸與目成。見其後止一老媼相隨。遂前相揖。託以寓媼寄語。問其何日歸寧。女靦然俠拜。姑為安應。延入遜坐。問姑母近復健否。隨命媼入取飲。媼去。生遽起牽女衣求歡。女撐拒不得脫。乃攜生入堂後左側繡房內。中設一榻。碧綃為帳。衾裯香軟。其綺麗皆目所未見。既而代解羅襦。偎抱之際。肌香噴溢。女蕩甚。顛欸輾側。酣洽倍常。生為之疲極。女乃引臂替枕。囑生暫憩。然猶摟抱未釋。已而忽驚起曰。媼將至矣。郎姑安寢。妾當便來。遂出。生覺小腹膨脹。殆難復支。亦起。索枕畔得睡鞵一雙。纖小幾如菱角。袖之出。索女言別。女挽留不得。淚下盈睫。生與約夜當復至。悵然別去。而生自歸後陰精猶流溢不止。次日病劇。未幾竟卒。先是生在時。常以一篋自隨。扃鑰甚嚴。雖妻妾不得窺覘。既卒。無以為斂。其族人入房檢得。意其中必有餘蓄。爭先啟視。則滿篋皆婦人履也。或纖不盈指。或蓮船徑尺。朱綠黑白之色畢備。而絶無成對者。惟其上有紅繡睡鞋一雙。此外別無他物。眾人大失所望。為之叢葬於南門之外而散。或言侍衛府內有女鬼絶豔。昔有女子嘗與人約為夫婦。以其事不遂自縊。生所遇。蓋即其祟爾。

可師

吾邑之西偏有豐登庵。僧名可師。以戒律自名。鄰村一婦人素與僧通。會值春社。婦濃妝豔抹至寺中燒香。僧引入房與狎。事已。相抱而睡。適社長來閱殿上綠事。小沙彌尋入。並不見僧。但見牀前繡履一雙。與僧履在地。遂近前揭其帳呼之。僧驚寤。見沙彌大怒。遂起擒之。沙

彌泣訴其誤犯之由。僧轉益驚。詭顧鄰婦曰。汝善守之。忽聽其出也。遂去。少頃復入。縛沙彌以綿塞其口。笞死。是夕留婦宿庵中。人靜後共舁尸啟後扉出。投一廢井內。以瓦礫覆焉。次日以沙彌為母家所誘。竊物潛逃。控於官。官納僧賄。拘其父刑訊。責令交出沙彌。傾其父資無從尋訪。訟繫者逾兩月矣。時梅雨乍晴。有數小兒於庵後闢草為戲。忽見井上一小蛇蜿蜒蟠起。逐之。蛇入於井。一兒趨窺之。帽落井中。兒即取稗竹一竿撩之。帽已沈矣。再掉之。則一足翹起水面。須臾尸首浮出。大懼。投竿奔告其父。父即呼鄰保共往。相與撈起其尸。猶不腐。偏體傷痕隱如刻劃。而面目宛然可辨。遂共鳴於官。邑令至驗尸。係笞死者。詢僧曾有控案在總捕府。即飭役往取成案。反覆久之。呼二役往搜其寢。無所得。既至佛座後一套房。其中牀榻衾帳皆極綺麗。顧亦無他物。惟抽屜中有辮髮一根。以呈。並縛送房中華褓妝。令呼僧問。以此處緣何而得此物。更何用處。僧對不知。令曰。然則汝亦知殺汝之徒者乎。僧又言不知。令乾笑曰。汝雖不知。然兇手則有在矣。遂用夾訊。僧絶而復甦。猶堅不肯承。令怒。命再刑之。忽顧見人叢中一少婦低頭搵淚。趨喚至案前詰之曰。此何地也。而汝卻來此垂淚。對曰。妾本師之鄰家。見其不勝拷掠。故不覺悽然。令曰。然則視僧之拷掠其徒何如。爾時汝何忍立視其死耶。婦駭言。此事與妾無干。令大怒。命押之。僧在旁睹其宛轉嬌啼。心痛如割。遂前承所以斃其徒者。且曰。事雖由於姦情。但當斃命時。此婦實不在側。刀山劍樹。小僧一身當之足矣。令笑曰。今日汝可謂大發慈悲矣。因並繫其婦去。案既定。斬僧於市。婦擬監候。繞年餘病死獄中。相傳行刑時。斫至第七刀。僧首始殊云。

外史氏曰。余幼時見此僧不茹葷酒。儀度謙恭。故里中咸稱高行僧云。又聞其所私亦不止此婦。及沙彌見瘞。即擬為打包計。已出至通河橋。輒見橋豎空中高數十丈。往還幾次。皆如是。徬徨達旦。自度不能脫。於是乃捏控其父焉。蓋此橋去庵里許。乃其出入所必由也。噫。僧亦如人。可恐以衙官可通以賄。而鬼神則有難欺者乎。然此亦豈非天哉。

扛米

松江某相國之孫某。貧乏不能自存。其故僕有富於財者。往而乞憐。適舂米。以五斗令僕負之以隨。僕不能勝。息於衢。某問僕曰。何無力至此。僕歎息曰。吾非傭工者。先祖為某學士。某驚曰。如此則親戚矣。然兩人俱弗克負荷。遂為之相抱而泣曰。哀哀父母。生我劬勞。市人聚觀。一長者與以竹梢。共舁以歸。兩人祖皆崇禎間相也。時人為之語曰。五斗米兩公子。扛不起。枉讀詩經恁劬勞。乃祖詒謀。豈料此。

無錫老人

無錫老人當歲除夕。賊穿壁入其室。老人起而執之。則故人子也。老人絕不聲張。私語之曰。賢姪何至此哉。汝父與我頗厚。想汝貧迫不得已而為之耳。贈百錢為度歲計。又贈數百錢為資本。其人愧。不能復居故土。遠之他方。頗有樹立。越數年買舟訪老人。夜分至門外。見一人縊於門上。呼同舟人撦至舟上。棄之河而遁。踰年乃再訪老人。告以前事。老人曰。藉君之力多矣。前死者日間曾與小兒鬧事。微君則老人此時恐不及相見矣。此老人用意與昔賢所以待梁上君子者無讓焉。宜有是長厚之報。

右二事余得之傳記中。富貴子弟讀之。足以警矣。而老人用意之厚。尤為可法。不必論其報也。吾鄉有戴姓者。以賭博傾其資。家中素無長物。一日暮歸。將上燈而無油。探囊中止餘錢三文。遂止。和衣上牀睡。因思明日朝餐尚無所出。輾轉不寐。忽聞窸窣有聲。一偷兒穴牆而入。戴潛伺其所為。偷兒出懷中大紙爆一吹。燧火光四照。遍覓室中。無可攜取。良久微歎而出。戴急起探囊中之錢。追而與之曰。自恨家貧至此。致君失意而返。此種光景。只可爾知我知。區區心敬。惟乞吾兒歸後。曲為包荒。勿揭其醜。以視老人一莊一諧。可並傳也。此事亦可與徐文長呼盜而與以錢孟並傳。

清書隱述。傳趙郡李士謙事母以孝聞。嘗有盜其田禾者。士謙望而避之。家僮嘗執盜粟者。士謙諭之曰。窮困所致。遂令放之。都公談纂。俞司寇父仲良。嘗一日自外歸。有偷兒方竊其家堂前錫燈檠。仲良迴避。俟其袖出乃入。後家人以失器告。仲良曰。此器久不堪用。吾業與錫工易之也。又一日宴客。客有貧者。袖其銀盃。夫人屏後見之。告仲良。仲良笑曰。酒器夜來吾已麻其一。汝何見之誤也。清書又述士謙寬厚之行。不勝枚舉。或以其有陰德。士謙曰。所謂陰德者。猶耳鳴。已獨聞之。人無知者。今吾所作。吾子皆知。何陰德之有。是古人之厚也。古人固未有以陰德自居也。

尸捦盜

數年以來。邑東北數十里內。權厝者。棺多被盜。或控諸官。往往隱忍不發。以故盜益肆。余在珠涇。其鄰村有二人共發一棺。其尸一少婦也。家素裕。其附於身者。贏數百金。二人則大喜。一盜以右足入棺。躡尸兩臂間。舉扶而取之。殆盡。既又將褫其中衣。忽覺右足被夾如束。急拔之不可出。其一盜救之不得。遂攫取衣物而逃。而此盜猶躡足棺中也。比曉。村中見者。急捉而縛之。則其足亦脫然解矣。遂獻於官。邑令來驗畢。鞫之。並其黨一人捕得。俱論斬。或謂此事聞者可以警矣。然鬼之靈於人者甚暫。而人之不靈於鬼者其常。是其禍豈有艾耶

又有某甲素嗜博。已傾其家。後其妻病將死。謂甲曰。余病至此。設有不測。身無寸縷。奈何。甲曰。今姻丈屢絕。乞貸無門。汝不見吾之懸鶉百結。而能顧汝乎。不顧而去。其妻一慟而卒。母家聞之。以被衣斂。事至。買棺殮焉。某甲繞歸見之。意良喜。相與衆棺厝之。次日復出與人博。而自將復局。則囊已罄。悵然而歸。一路冥思無計。至村中。微月已上。不及入門。徑往瘞所。將啟其棺。其妻忽然起坐。駭絕反奔。旋聞履聲之聲漸近。回視見其妻徉子而來。相去僅十餘步。儘力狂奔。到家急掩其門。隨聞打門聲甚厲。窺之則其妻被髮怒目。儼立門外。甲方寒顫不敢息。已而鄰雞喔喔。東方漸明。開門外有聲如堵牆崩塌。再窺之。則其妻已杳然無迹。啟戶出。見其尸仰臥地上。僵仆不動。乃哭向尸曰。今日猶能追乃公乎。遂負其尸至瘞所。盡褫其一身之所穿戴。付其尸於棺而遁。

嘉慶間。邑有金翁者。家饒於貲。生一子。某翁縱其子。欲傳無何盡賣其田廬。繼鬻其妻女。猶不給。一日發其祖塋。取磚瓦售之。後竟發其七棺。並其父母之尸。棄之而以其棺售焉。於是衆族共擒縛而送於縣。令來驗視已。訊之。金氏子曰。塚中棺皆數十金以上物。視父有此金。不以貽子孫。而以瘞其身。不已忍乎。然賴此故至今不存。貸之可致多金也。令大怒。命以石杖淹而化之。

外史氏曰。禽獸知母而不知父。梟獍則生而食其父母矣。彼金氏子。非猶具人面者哉。而乃忍於其親至此。而況於他人乎。此雖磔其肉以飼狗彘。猶將不食之矣。史何以竟其辜哉。然不以明正典刑。而徒斃其命。以為掩蓋焉。有從旁窺其微者乎。若某甲已不能恤其妻之死。而斂之而且固以為利。至於怨及幽魂。心膽俱裂。而猶悍不知警。其人何足深論。乃至親族亦俱甘緘默。而聽其漏網而脫。況臨之在上者哉。然自此吾恐白晝攫丸之事將起。易言履霜堅冰。由來者漸。吾所以志於此三事者。豈徒為泉壤虞也。

以上數事。固足駭人觀聽。自是以來。後踵一帶。被盜者不可枚舉。前年冬季。北沈左側一夕被盜至二十四棺。亦皆在秀桐交會之處。他邑所未聞也。顧其時猶聞有控官者。去年春芝堂之侯女一棺。亦嘗被發。芝堂控諸邑官。不能捕盜。為償訟費以解之。其他或有作佛事並為之掩埋。以聊作解嘲者。今芝堂已殁半月前。其侯女之柩又被發掘。其同時被發者凡二十餘棺。更無一人控官者矣。蓋皆習慣為常。且明知無益故也。斯其誨盜也。豈無所由來哉。道光二十二年季秋月朔又記

傻進士

平湖錢孝廉某。中丞公孫之子也。以赴選入都。至通州。日已暮。寓舍滿矣。惟店後樓房三間

相傳向有狐妖無敢宿者錢欲開視衆皆以為不可錢笑曰何害余向讀青鳳傳每歎不得與此人遇果有是耶當引與同榻以遣此旅枕淒涼立命啟之几榻塵封二僕拂拭踰時施衾枕焉既就寢不能成寐夜將半萬籟無聲斜月半窗頗涉遐想忽聞嬉笑聲細碎兩女子攜手自西北隅出一女子曰昨宵因看月至蘆溝橋與雲姊弈妹連輸兩局本約今夜再戰頃小婢來言此中有人乃風雅兒郎不可交臂失卻故邀姊偕來覘之言次以手指榻上遂近前揭其帳含笑罵曰何處書獃敢來占人閨闥錢視之皆二十許麗人乃起坐曰仰慕仙容願得暫親芳澤以盡一夕綢繆雞鳴戒旦即為陌路蕭郎何云占耶其稍長者即以巾拂之曰吾姊妹將來魅汝其少者乃回姊住此妹且去女遂縱體入懷錢不覺心動急轉念是花貌而雪膚者妖也遽引佩刀刺之而懷中已虛無人矣意將遁出又恥為衆所笑乃復就枕倦極朦朧睡去忽覺渾身冰冷驚而寤衾褥皆為水淹二女笑立帳外錢裸而躍出大罵妖狐休走二僕齊起則二女已遁榻前浴盆存焉既而窩中俱起其浴盆蓋店主所備以嫁女者啟視後房已失其一天漸曉錢束裝遂行中途遇同邑武舉楊某將赴試入都語及楊笑曰此君之畏怯所致也如我往恐彼將不任馳驅爾策馬而至請宿樓中主人曰君不聞昨夜某客所遇耶楊曰某正以聞所聞而來耳主人知不可爭聽之楊既寢倚枕以俟久之見一老大婢蓬頭攀耳蹣跚而前楊躍起問將何為婢曰吾家蓮姑聞郎君在此偕七姑避往雲姑處圍棋適匆匆忘著半臂令令侍婢來取故將搜取以往楊問何故避去婢曰不知蓮姑但云相君之面殆是鍾進士後身故不敢相覿也楊大喜次日出誇於衆以為此去必中進士衆視其貌短目昂鼻虬髯繞頰面黝如鬼絕似世所繪鍾馗狀遂笑而退然由是樓中狐亦絕不復至矣

余內弟吳壽駝家嘗有狐祟往往廚箱無故自開牀榻無端自移或抽屜忽然火出一甕內貯酥糖數十包其後開甕取啖則封裹宛然而中皆空矣如是者半年百計驅遣無效於是發念全家齋戒延雲巢僧十餘輩拜梁王懺三日僧甫去而妖已寂無影響矣是懺悔之說果有驗也然不如楊某之驅狐尤為切近而輕易也

蛇殘

余父嘗言往在富陽遇一人貌狀魁梧而鬚眉盡脫肌膚紋裂如蛇皮然疑其瘋也其人自言半月前嘗至一友家夜飲大醉而歸踉蹌行山徑中久之斜月漸沒村路莫辨忽一失足如陷地穴中捫之觸手熾熱而軟膩如脂腥穢刺鼻且速悶更不可耐疑其已葬魚腹亟拔佩刀力劃之一舉手則掀翻震蕩地轉天旋瞑眩不已幸數刀後劃然已開徑出踉蹌奔歸

比曉往視一巨蟒長徑十丈許死於澗邊腹間一穴刀痕宛然可數也蓋時值醉飽故未中其毒然已不啻輪迴一轉矣其人即姓名品三已中戊午科武舉矣此人呼之曰蛇殘

賭飯

乾隆時吳白華侍郎素善飯有宗室某將軍亦與齊名一日謂將軍曰咸仰將軍之腹量可兼人若某者雖無經笥之便便至於飯來開口差有微長但不知盧後王前孰為優劣竊欲與君一決勝負何如將軍笑而許之侍郎命左右持籌侍側每啖一碗則授一籌飯罷數之將軍共得三十二籌侍郎只二十四籌爾侍郎不服約與明日再賭將軍笑曰敗軍之將尚敢再戰乎明日復至此設食只有飯而無殽謂將軍曰此亦所謂白飯也昨以肉食為部故聊遜一籌今與君白戰若再不勝願拜麾下於是復計籌而食將軍食至二十碗而止侍郎竟得三十六籌蓋侍郎先以食肉而易飽將軍以無殽而不能下咽也

史記稱廉頗見趙使者為之一飯斗米肉十斤使者歸為言廉將軍尚善飯誠哉其善飯也秦苻堅時有夏默者為左鎮郎護磨那者為右鎮郎申香者為拂蓋郎三人皆身長一丈八尺並多力善射每食飯一石肉三十斤較諸頗已不啻臣朔之於侏儒矣南燕王犛濟南人也身長九尺腰帶十圍貫甲跨馬不據鞍鐙慕容德見而奇其魁偉賜之以食乃進一斛餘德驚曰所出如此非耕所能飽且才貌不凡拜為遼陵長當到官政理修明大收名譽徵為東萊太守使三人者而遇當則又如小巫之見大巫矣

按蒯燕錄謂三人並身長一丈三尺餘皆同其言飯一石肉三十斤蓋共計三人所食也

朱燮元字懋和浙江山陰人萬曆二十年進士歷官至四川左布政使天啟初以討平奢崇明及安邦彥即擢兵部尚書兼督貴州雲南廣西諸軍崇禎初巡撫貴州賜尚方劍進少保世蔭錦衣指揮使四年論桃紅壩功進少師左柱國六年加世蔭指揮僉事十一年春卒於官燮元身長八尺腹大十圍飲啖兼二十人初官陝西時遇一老人載與歸盡得其風角占候遁甲諸術臨別謂之曰善自愛異日西南有事公當之矣由江平康民奇士也兵未起語人曰蜀且有事平之者朱公乎已而果然如燮元乃不愧廉將軍之善飯矣然以視三人尚未及其半而廷立如此三人者僅以多力為郎能毋愧於腹負將軍乎

近浙閩制府孫公名爾準字平叔患水腫經年以夢白先生薦差官延夢廬往診夢廬至公疾已不可為診視畢問項日所食幾何侍者從旁答曰此時胃氣大衰每食只可七八碗夢廬愕然曰健飯若此何云胃氣已衰侍者曰爺不知較大人平日所餐已不及十之三矣因言公未病時常餐需供豬蹄十個他物稱是云

埋憂集卷二

戍上紅雪山莊外史著

雪姑

明季余鄉多土寇。鄉民某妻名雪姑，素貞静，事姑尤孝。一日其夫出，有土寇入姑室，姑度不能免，引刃自刺，血濺寇衣，刃奪去不得死，竟為所辱。姑覘刃在橐，突取擊寇中其股，寇大恨，裸其衣，以刃刺下體，穿穴而死。或仿世俗降表李家例，題其門曰穿腎李家。其家人皆以為恥而不復言。噫，是何弗思之甚也。夫家人子婦，一朝被劫，而其後遂為逐水之桃花者有矣。彼雪姑既已受玷，則此恥雖引西江之水亦不能滌矣。使未能勵操雅於平昔，何能奮死不顧若是。特不幸而為賊所辱耳。然其志可哀也。有志風化者，猶當表而出之，以與貴宮娥刺虎並傳，而當事置之，鄉之人笑之，即其家亦且諱之，人心之不明，乃至是非顛倒如是。余故表而出之，以愧世之為河間婦者。

吳烈女

吳烈女，烏程陸家兜李氏之僮養媳也。其夫因家貧餬口於楚，女獨與孀姑同居，如荼苦事姑如母，鄉里稱之。有無賴子某，其夫之從祖也，覘其姑出，知女方浴，排闥而入，躡踪捉其足。女倉猝不知所為，急覆身盆水中，發聲大號。某遽以手掩其口，一手舉白金相示。女陡然張口嚙其臂，血流盆中。再欲嚙之，而某創甚，以逸去。有頃姑來，隣里亦集，女憤甚，心沖沖不能出一語。良久始泫然述其狀，且曰：我為女子而見辱如此，事雖未成，寧有活理。遂奮身急起，自沈於河。有救之者得免。於是羣相勸勉，女婉言謝之，神色較和，姑意羞憤漸平，防閑稍懈。乃甫及二更，女突出赴水死。迨人知，已無及矣。嗚呼！使烈女不死，亦未可謂之不貞，而竟死，其為名教增重何如。乃其時當道者皆泛泛如充耳也。豈有慕於訟簡刑清而以為多事不如省事乎。無賴子字寶三，以其軀之雄偉，人呼之曰大砲。近以盜魁被獲，繫於蘇州府獄云。

安吉山中有村農婦某氏，年二十餘，初夏攜筐入山中採茶。時新嫁甫經彌月，以其所衣紅裙不便曲跪，解裙繫樹上。忽舉頭見其鄰家子施四攜筐亦至，婦含羞回身下跪，不敢反顧。施四突入，拳其腕，睨而笑曰：汝往夠如此，而遽嗇此，苦真令我見猶憐，若能從我，情代任其勞可也。婦大號，施四即以一手掩其口，繫婦於樹而淫之。婦撑拒無從，聽其恣行輕薄。事訖，施四徑解其紅裙懷之而去。婦羞憤不復歸家，極力解脫其縛，取帶自縊而死。迨暮，夫尋至，見婦縊於樹上，其紅裙已失所在，知其為人所污也。急歸，將赴訴於縣，中途陡然大風揚沙，黑雲亂捲，遂返，甫及門，忽霹靂一聲，電光之中，似有鳥爪攫一人，自空際擲於庭前，頂覆紅

裙，跪於泥中，揭視則施四也。頂有細孔，似針刺者，血猶涔涔未已，而腰際有朱書罪人施四四字，似篆非篆，乃知致妻之死者此人也。

臨淄李若虛娶妻數年，行賈於外，有妹年十八矣，針黹之暇，常與其嫂晤談，嫂亦年少，每舉房第間事為笑。始而口拒之，女笑曰：然則嫂終年獨宿，不患寂寞耶？嫂曰：物盡夫也。妹猶但知其一耳。妹疑其有所私也，詰之不已，嫂因指庭中牲口為言，女赧發於頰，他顧言曰：嘉穀豈堪為偶。嫂笑曰：妹獨未知其趣耳，我則以此物更勝乃兄也。女亦慚笑不可仰，遂散去。次日晨炊既熟，嫂入呼與共飯，但見繡被堆床，杳然無迹，繞屋徧索，至槽下見女赤體仰臥，下體血淋漓，迸裂而死。駭極大號，家人驚集，咸共歎詫，遂控於官。令來驗，得悉其故，拘其嫂去，責之曰：驢屍下體已裂，是處女不堪狂暴之證，若是男子所私，豈有不解溫存而忍令至此。此必汝因夫出久曠，鉤引奸夫，遂興隴蜀之思，強奸所致。婦力辨其無，令命拶其指，婦不能忍，乃備述昨日閨中戲笑之言。令曰：然則汝與驢交已久，何至今無恙耶？婦忸怩久之，乃曰：妾向來必先以棉絮浮塞其根，既故不至大創。今吾姑想未諳此法，俾得盡其器，以致此耳。令大笑曰：然則奸夫有在矣。遂命將婦反接，拂以斷條，跨驢遍游四門，縣示衆訖，而斬其驢於市。

外史氏曰：余紀三烈女事，而兼及於李氏女也。其三人或可以無死而竟死，或一時求死不得而卒死，或為人所毒害而死，其致死各異，而其激烈赴義則同也。若李氏女徒以一時情慾之感，乃至與畜產為偶，而隕其命，悲夫！今世之以情死、以慾死者多矣，固不必盡與畜產為偶也。顧其發乎情而不能止乎禮義，亦無不同。余故並記之，以見人皆有死，而或重於泰山，或輕於鴻毛，莫不由於自取。讀此傳者，以之為女史之箴也可，即以為鑑鏡之懸也亦無不可。

程光奎

康熙間江蘇巡撫張伯行奏：今歲江南文闈，放榜後物議紛紛，有數百人擁拴財神直入學宮，口稱科場不公，爭以正主考左必蕃、揀舉知縣吳日新、方名所薦之吳泌、程光奎平日不通文理。上命尚書張鵬翮赴揚州，會同總督噶禮及伯行徹審，尋得副主考趙晉與程光奎交通關節，審情部議，程光奎在貢院埋藏文字，擬斬。其呈薦之知縣方名及吳泌等，析絞有差。先是程光奎之父程翁，故山陽大商也，性貪鄙，年四十無子，乃至甘露寺施僧許願以祈嗣。有肇慶士人擅文名者，流寓寺中，素稔僧，託翁與語，悅之，遂攜與偕歸，使司賬，數年，遇請以所蓄千金貯翁處，許之。蓋將因以為利，及其後與其僕婦通，僕告翁，翁與密計，偽令其

從往奇州運鹽道夜游歸伺其至而殺之僕許諾次日黃昏後僕至操刀踰垣入躡至房前聞其妻眠語曰狂郎汝向嘗以暫時相敘未暢所欲今乃可為長夜之歡矣少頃雲雨之聲繼作僕忿怒中燒破扉入至帳前舉刀直砍妬驚起刀中妾頸妻痛極以兩手持其刀遂得脫去須臾妻竟死既報官緝之不獲僕論絞其時翁妾方孕光奎踰期未產一夕方寢妾夢一男子自稱趙姓語操粵音登床據其腹驚悟大呼腹痛遂生產一男翁大喜妾乃告以所夢益喜以為異徵名之曰光奎顧兒自強褓見翁至輒啼不止及稍長就傅頑鈍異常而翁之期望頗切年十九攜往甘露寺還頗遇一相者乞相兒將來可以讀書起家否相者諦視既久乃曰令嗣貌雖豐肥然眉目間但有金銀之氣酒肉之色而絕無一毫詩書氣恐一芹亦未可得且其陰隲文中隱起殺形即使富緣得售亦未必為君家福也翁怒罵曰江湖餓鬼敢輕覷而翁他日吾兒成名當來挖汝眼珠也拂衣而出自是翁益發憤從至子卯鄉試翁素與監臨某匿遂以黃金百斤為壽乞為關說為光奎援例入闈竟得售事敗翁亦以行賄論絞籍其家貲入官云

諸天驥

諸天驥字子凱湖郡諸生幼警敏七歲能詩稍長博覽無涯美姿容閭閻見者爭擲果為生清介自持勿顧也父母益喜謂其必成大器字之曰大器十四入郡庠次年遂食餼名噪甚然生性故伉直而跋扈文壇下筆泉湧常壓其儕輩故多見嫉惟與龍眠方拱乾善而生屢躓場屋年踰壯矣繼妻吳氏美而賢生一女生計日蹙資館穀以養所如又多齟齬父常訓之曰以汝所為豈似功名中人汝亦知荊庭痛哭古今豈少卞和盍精破觚以救貧乎生泣對曰世事易知然玉可碎也不可毀其白若欲詭遇求合無論兒餓死不屑當亦父所不願見也自是雖炊烟屢斷生卒自如無何父母俱歿父臨卒呼生囑曰始吾雖貧然謂汝青紫拾芥輒用自慰今不及待矣若他日能博一第則泉下猶可藉慰不然猶有鬼神吾雖餒不來食矣生慟哭受命比葬訖妻繼歿女年十五生於是以與其友之子某為室偏辭戚屬擲裝以拔貢生應京兆試誓不得當不返也榜發又報罷出門信步獨遊陶然亭一日者熟視良久歎曰僕閱人多矣今視君鼻有柱骨腹具六壬論壽可至大耋而至髮際以下但有清氣而無一點膚氣惟相君之背他日當有奇遇然必遠涉海外若此間恐無汝緣分也生憤然歸寓念京師知交絕少豈易久居而拱乾方公戍寧古塔遂往視之比至而方已賜環寧古俗本淳厚百里往還隨所投率如舊主生乃修刺謁一章京刺甫入章京大怒抽刀出將殺之蓋其俗尚白以紅為送終具生適觸所忌也反奔至東京喘息稍定回顧[illegible]碊城其夕陽

明滅攬轡躊躇進退維谷忽一騎自東馳至生意追及俄分開馬上大呼子凱何來少待生回顧識為遠戚吳某乃駐馬詢其何來某言頃自寧古販參還寓舍不遠請往暫憩因偕至石佛寺宿焉生歷訴窮途之苦某曰明日余將往賈東埔寨彼國謂儒為班詰由此入仕者為清貫以兄高才至彼處何愁富貴哉生竊計一身落魄即浮海亦得追既即起相將至海口同附賈舶風順揚帆兩晝夜已達真臘都東埔寨甫登岸見者皆驚竊或却立遙望生詢其故某曰此地已近倭耳俗皆以黑為美兄冰肌玉骨故不免蜀犬所吠耳生懊恨欲死某曰無憂也隨解裝取硯磨淡墨勻面迨偏次及生生曰奈何為鬼臉以媚人強之再三生無可如何姑聽所為由此遨遊城市到處莫不瞠愕某又為揄揚久而國王聞其才特敕召試生喜索筆入王坐七寶牀上近臣引伏階下王顧其相曰即以貌取亦足增輝麤刻矣遂賜鹿皮粉條（其俗以麋鹿雛皮染黑用粉和白堊為小條子書走書以成字作行從左書向前不自上書下也）命為府羅樹賦生援引請書本草數條豐腴頃刻脫稿疾書呈上王翻閱數過卒不解相從者對以中國體裁如是王怒曰既願就試何敢不遵程式裂皮擲下斥令扶生出生慚汗歸舟因思忍恥毀容適以取辱不堪痛哭時同舟皆已畢售聞其事者亦共憫其所遭乃攜與同歸中途遇颶風舟覆其戚與同伴皆歿生幸附桅上漂至一島匍匐登岸詢知已在日本踽踽前行數里外漸見人烟遙望城南層峯刺天其下一帶紅牆隱露叢竹間意為貴家園林稍近見園門洞開有數婢華妝列門外見生羣起相逐內一婢絕娟好語操吳音見其狀詳問所自生泣訴由來婢惻然曰君乍來此地言語不通況日已云暮投宿誰家豈不寒餓死乎幸是風雅士且王猶未至不妨暫留因商於諸婢引入後澗重山不辨路徑數折入一旁舍竹榻紙窗雅潔可喜諸婢皆散生獨坐愁思忽前婢攜燈來餉以餚餅生取啖香美異常婢見其渾身寒戰即還取余裙及熏籠至笑曰適覓男子衣不得君寢後可自取濕衣燎之生不禁感泣曰蒙卿生死而骨肉異日誓必以報婢復笑曰大丈夫不能自奮以至於此妾以同鄉之誼睇死相憐明日國王行至勢難更留何云報乎生始知此為王之離宮是夕雖臥不能成寐早起入園思將更謀諸婢但見層巒點黛之外宮闕壯麗珠箔沈沈漸覺曙分林數翠羽啁啾杳無人迹回憶家山萬里悲從中來乃抽毫蘸桐間露題一詩於壁曰湖海飄零氣尚豪擔簦文字刺青袍勞薪欲駐難生角名紙空懷但長毛島國濤聲穿林竹故園春色認湘桃題詩敢擬香山集悵望鄉關首重搔書甫畢遙聞牆外傳呼聲未幾前婢倉皇奔入見詩駭曰王且至若問此詩教妾何詞以對生大懼將副去而王已呼擁入矣婢急引生藏山後王肇道適經壁下瞥見詩駐輦詰之問為何人所題其人安在婢以實對王不怒但呼婢入密諭曰嗟昔之夜余

曾夢遊此中正謂是詩夢一人似是大士像者謂余曰汝二人再世之緣行當再合明日其人至矣謹誌詩詞勿忘也今是詩一字不易汝試往問但是湖州諸生便導與來婢應聲去移時回奏言其懼罪不敢出王沈吟者再遽起扶婢至山後見生滿面風霜非復曩時玉貌不勝悽惻把生袂哽咽曰妾以國事來稍遲致郎受驚恐今尚幸無恙猶識再世玉簫否生視女年約二十以上亭亭玉立明豔若仙其髮膚眉目無一不酷肖前妻一時驚疑不定拭目曰得非夢耶王搔首曰非夢也妾生時頗憶前世事昔自別後至冥司冥司以妾未嫁時嘗為郎病水漿不入於口三日後郎病雖愈妾之病瘵實始於是此情實堪憐憫故俾得重尋破鏡以補離恨之天妾所以尚未締姻為遲郎也生作間如夢始覺乃問婢此汝國王公主耶婢掩口笑曰是即國王也已吾國向奉女主今王以神女降生能役百鬼故國中奉以為君君不見給事左右別無男子耶絕志曰本有男和佐治國事自卑呼滿為王以來少有見者以婢千人自衛惟男子一人給飲食傳詞出入居處常有人持兵守衛生於是喜極而悲追憶從前淚涔涔下女為拭以繡帕擕還令除宮舍生次日即命駕另以肇載生共還告諸父母授為附馬都尉而合巹馬入幃之後真不啻如初定情時也曉起生即簾側看女勻妝引鏡自照輒恨齒長而女情好愈篤後數日與生燈下聯句婢侍側生指之曰數雖前定然非此心何有今夕女靦然曰然則何以報德生不言視婢而笑女即粧詠命他婢持燈擕衾枕導生就婢寢婢慚不能仰視女趣諸婢曳之行既入房就枕婢小語曰今夕之會又豈夢想所及但狂將不任生笑曰老夫耄矣然此矢所以報也焉避唐突已而流丹浹席乃止生從此左擁右抱不復尋夢郎鄂矣後女生一男一女女名柳穠男名龍劍男絕慧生自課讀凡經史過目輒了生每指謂女曰此奇兒也卿當記取異日得返中國必能博封誥以光泉壤則克蓋前愆吾雖死目亦瞑矣年七十九卒卒時命以桐棺素服殮勿歸葬先塋以誌遺恨女不忍拂其意如言葬訖乃遣使奉表求入朝朝廷許之女遂傳位柳穠擕龍劍及婢所出兩男入朝留京師為兒求試詔許以監生一體鄉試聯捷殿試第二入授翰林院編修仕至都察院左都御史清剛有政績既以皇子生章恩貤贈三代年五十餘母卒服闋上表陳情乞往迎父柩上嘉其孝給假六月俾迎還合葬焉

外史氏曰投書湘水愁寄芙蓉抱璞荊邊淚滿懷袖況乎烟墨無言文章憎命古今之以紅為白以白為黑而顛倒是非者豈獨夷俗然哉以余所聞諸生神清奴窟才豔安仁其天姿磊落不可一世而傴傴雅怐怐不敢失步於僕隸亦何至所向輒窮乃爾哉嗟乎懷刺生毛一生作客賣文以活四海無家至於水盡山窮而航迹龍沙投珠海國亦謂琵琶別抱庶幾雪恨九泉也而乃遺按劍於東埔泣寃禽於碧海豈吾相不當侯耶抑此中亦無汝文字緣耶設也延津不復再合東野終已無兒則此恨綿綿一腔血更灑何處蓋至前路更無知己而欲以識曲子期望諸巾幗也則天下之銜寃入地而痛哭於青楓黑塞間者當不少矣噫

雷殛

天者積氣說隨園謂天之禍福人譬猶人之於蟻投一骨則聚族而享之以為人之所福也少焉傾其沸湯而濆蟻骨殲則以為人之禍之矣而人固不知也其指點足令頑石點頭然至雷之殛人自王公以及士庶既彰彰史冊矣其他如章惇為妓春梅為豬之類見於小說者不一其有為余所目擊而理不可解者嘉慶間余在郡中聞飛英塔中震死百足一條其長徑二尺餘闊贏二寸周身完善惟項上一孔僅大如針黑水湧出未已後數年至陳莊藕時芳表兄家見穿堂內壁間一鑿痕自椽末直下至地闊指許深入半寸進至庭中見檐前銀杏樹東南一朽枝葉皆焦黑一鑿痕從梢至根深闊皆如壁間余從姊言去年夏間此樹為雷火所燒其鑿痕亦皆雷殛所致方其霹靂大作滿室皆黑如夜但見火光繞屋梁中聞硫磺氣遍地熾熱如火時舉兒皆著草履雨過視之足底盡起紫泡或謂雷神追擊妖物故兩處都有鑿痕其樹上小枝至今無葉云又芙江嘗云道光七年之秋其家樓中一柱嘗為雷擊柱中皆空而其木屑插柱上殆遍皆長寸餘尖細針周圍如釘釘然尤奇

按花間笑語國初南城遭兵燹之後郡學前最為荒涼大成殿春秋二祭絕不啟門丙戌夏雷電繞殿三日而不下眾學役異之啟門遍視至至聖牌板上有物叢叢排列而精光外射細視之乃一大蜈蚣環抱週遍其白而叢叢者乃其足也學役中有黠者知雷之盤空旋轉定為此惡物但下擊牌板必碎怪物有靈性知雷神必畏文宣不敢傷殘其牌板故借此以避雷殛耳遂以大挽遠鉤牌板倒地蜈蚣蜿蜒欲遁而天雷下震蜈蚣遂糜爛矣眾乃大快環視之見其腹有逆閹魏忠賢五字飛英塔之蜈蚣亦其類歟

蟋蟀

蟋蟀之戲始自天寶宮人今此戲惟浙江有之然彼凍輒死轉不如蠅蚋之能禁寒也間有可畜至次年者大約其蟲性必强而又必謹視惟謹余嘗畜一蟲至次年元宵是日大凍余偶他往歸視則湯已冷而蟲僵矣又余父在時畜一蟲至次年清明後而死此二蟲俱勇健未遇其敵也頃閱金鰲退食筆記言宮中於秋時收養蟋蟀至正月燈夜則置之鰲山燈內奏樂既罷忽聞蛩聲自鰲山中出則本朝宮內亦有此物矣

活佛

唐太宗嘗使僧玄奘至西藏求取佛經以佛本出西域也康熙二十七年以俄羅斯請和上

特命張鵬翮陳安世前往至俄羅斯境遇番僧數人面目類羅漢而身骨俱輭能以足加首以首穿腋一僧能華語曰言大西天人求活佛於中國遍游五臺普陀峨眉諸名山不見有佛聞打賴喇嘛有之及往見而知其非也又聞外國有金丹喇嘛似佛涉窮荒視之又非也值額德兵亂搶去行李僅存殘喘耳張子謂之曰爾捨生死遊遍中外求活佛不得究竟信得天下佛果有耶僧笑曰今日方知其無矣然則使此番僧與玄奘相遇二人者應各一笑而返不至費此跋涉矣

通字

馬要沈午橋館於郡中金氏其徒某尚幼讀左傳至共仲通於哀姜問午橋通字作何解午橋曉以私通之義卒不解因復曉之曰有如男女二人同榻而卧是之謂通其徒乃點首喜笑時金一女僕微有姿與僕朱某私通方夏日每伺主人午睡女輒出與某戲其卧榻適在午橋齋後午橋偶出其徒見女上樓久不出潛至帳後窺之二人雲雨方酣不覺也其徒急下至中堂拍手大呼曰噫小某與朱某通了聞者無不絕倒昔有塾師講書至淫字曰淫者女人之大病也一蒙童竊聽而誌之後以母病數日不至師問其故輒對以其母方淫也師駭然細詢其狀始知其母方病大怒曰然則何以謂之淫將笞之童泣而對以前日所聞其師大笑而止午橋之徒其善悟亦復何減

余向客合溪趙氏有族子某性素戇與岈中許幻峯交暱幻峯漠然也後其鄰某至合溪趙遇諸途詢幻峯近狀備極殷懃其鄰詑曰嘗聞幻峯語人予與趙氏子泛交也今觀君眷注如此則此語不應出自幻峯口中蓋其人素與幻峯有隙故也顧趙從未知有所謂泛交者遂誤以泛為飯逕而問於人曰何謂飯交其人未審其誤聽也漫應曰意不過是肉朋酒友之類耳趙大怒曰趙某豈將以求食而交汝耶徑往登門叫罵幻峯出詢其狀趙直前奮拳毆之至於折齒破額而赴公堂焉

海鰍

乾隆間乍浦海潮不退海水過塘漂沒廬舍人畜無算湯山天妃廟前石獅直滚至都統衙門而止其後潮退有海鰍擱住塘坳不去長數十丈人爭往割取其肉熬油以代膏火已而割者漸多鰍不勝痛一躍翻身壓死者數百人

大人

昔有海舶將往賈柔佛國為颶風漂至一島其地四面疊嶂周圍杳無人徑同舟十餘人悶坐無聊相將登岸攀藤腰絙而上半日甫及山半有巨石如盤俯瞰海岸登之覺天風浩蕩凜不可留而鴟嘯猿啼震撼心魄急尋去路而還未數武皆見深箐中一大人長十餘丈披髮彳亍而來見諸人大喜一躍已至鳥語啁啾撫而遍嗅即向巖壁折一藤條將數人逐一穿腮中如貫魚狀穿畢係其兩頭繫樹上而去其人在樹頂望大人已遠急抽佩刀斷其藤扳枝而下狂奔至海濱風勢已轉登舟甫揚帆而大人追至時舟已離岸大人以手挽之一人掣刀斷其手大人縮去墮二指於艙皆只一節耳稱之重八斤長二尺餘

陸次雲八紘譯史言成化時蘇衛軍士赴崇明所遇長人與此同而其所斷指則長徑尺有四寸乃一指中一節耳今猶藏嘉定庫中云

陳曾起邊州聞見錄康熙二十六年有從滇南航海者遙望浮屠峙雲表儼即之人也欠伸而起捉七人啖之還坐如浮屠眾潛奔走上船其人舉足即至曳其船眾斧之斷指長二尺有奇歸獻制府范公或曰此獨人國也其即海賈之所遇歟至神異經所載西北海人長三千里涼州異物志又云有大人在零丁長萬餘里與楚詞所云長人千仞皆太長海外西南更有萬丹國在噶喇叭之南南臨大海海中一山峯兀嶙峋時有火燄引風颯忽入夏尤盛俗呼云火燄山蓋處海之極南云西洋番云其國常有船至此山下船中人上山採望遙見其中山巔穴處而食生魚覺人窺伺噪而相逐奮趨而逃後者輒為其所

扼爭生食即此回船僅存十六人急掛帆而遁自此無敢有復至者

余父又言十五歲時嘗病傷寒月餘甫能起床然猶未敢出房也一日午前偶倦斜倚在床見一老媼年約七十餘面闊而黑體亦豐肥衣褐色單衫豆綠巾裙手持一油紙扇至門前父叱問汝何為者媼曰要尋汝老太太父曰老太太不在此間媼應曰哦即退出時有縫工數輩在房外製衣而樓下則廚房所在也父疑家中素無此人來往強起出問縫工亦曾見此人否皆言未見隨下樓則余曾祖母及祖母方於竈下午炊問之亦未見其人相與歎異未幾曾祖母病作十餘日而殁始悟來尋老太太之言其為鬼物無疑矣

捕鬼

紅墩沈雪樵嘗於暑夜移宿堂中時以炎熱當戶不掩一夕睡回月影微斜晶瑩如晝見一人戴一涼帽衣青布衫足繫麻鞋面龐白皙而瘦獨坐西北隅雪樵疑其為賊躍起擒之其人已出至檐前追將及其人躍登屋上急以兩手持其足則空空如也而其人已不見矣始知其為鬼也

雪樵姪玉卿言向嘗讀書樓上板壁後鑿月每貯葉其中一夕上燈後聞壁後謖謖有聲似有人取葉入筐者旋聞履聲瑣細徐及於門一少婦年約二十餘衣水墨單縑衣黑綾半臂

淺絳裙明眸高髻探身俯視良久乃去玉卿訝之急至門外覓之不得遂下樓問其母適來有往樓上取葉者乎曰未也玉卿告以所聞見其祖母在旁歎曰此乃汝之前母陸氏也渠生時常至此處取葉其魂魄想猶戀此且欲一見汝耳然其為人婉淑今後若再至兒勿怖也然則玉卿且得見其鬼母矣何其幸歟

玉卿又言其祖翰王生前每夜關鎖門戶必親自携燈到處檢閱一過其後既歿每夜黃昏後必有一燈熒熒然自後門衖中出直至第一重門而止但不見其人耳如是者幾及三年乃不見

郭某

後珠村郭某者嘗自新塍賣布歸中途遇一皁衣人似富豪家奴邀至一處高閣巍煥彷彿官居入門一閽者引入見主人衣冠坐堂上狀貌偉然左右列侍數十人或冠帶簪纓或短衣草屨主人呼問里居姓氏郭叩首自言無罪乞放還主人曰勿多言此定數也遂命左右設筵令郭與數十人者雜坐須臾樂作水陸畢陳酒數巡郭起告歸不許某哀祈不已主人不悅曰既爾須記取來歲六月某日當於亭子橋西畔相俟勿爽約也郭諾而出至門外初月已斜回顧並無舍宇但見一古塚而已踉蹌奔歸言其事舉家亦不識何故無何至次年六月插種既畢偕村中數人往東嶽廟看戲日晡始還行過亭子橋西未及里許同伴回頭忽不見郭異之相與尋至橋西見郭危坐水際疑其將洗浴也呼之不應迫而視之死矣屈指計之適符六月某日之期也

張凝

乙未仲春之十日薄暮予將閉關見西鄰張凝挈籃持傘冒雨往肆中市物次日晨起聞其已死於金鼓橋之小港中飯後偶至二姊家談及婢言昨夜二鼓後風雨方作園外有數人叫罵之聲甚厲似相格鬭者久之乃寂隨聞隔岸有人聲乃起從窗隙窺之見前鄰數人執燈持竿立岸上指水中曰似有二人相抱幸尚未沈遂相與撈起則已死矣蓋張本以市物至街上不知何緣至此處也張素有痼疾半年前嘗破其次子之棺而出其尸曰此金菩薩也自是其面上青黑如靛予謂其殆不食新矣然不意其竟死於水且是時疾未嘗作也先是張有媳吳氏以張責其稱食含憤自沈於門外溪中而死及是其同居有張阿五尚幼以拾柴至溪西道經吳氏厝柩處歸而寒熱交作口中喃喃言嫜母（即張五母）勿謂兒前日來索翁命也凡溺鬼必三年始上岸又三年方可覓代兒時固未至翁之死乃彼處自有一鬼交代耳問其在冥間樂否答言兒此時卻無管束但苦飢寒耳母只須以紙錢數百貫飯一碗

送兒足矣如其言行之而愈或者張凝之於子媳不慈已極故不待媳之為厲而特使他鬼速之死以示懲耶

相傳凡溺者視其口鼻有泥必溺鬼索命不可救今年五月余方在家見東村姚氏小兒溺水中及撈起泥塞其口鼻救之竟不復甦

綺琴

綺琴麗水沈氏始字湘碧幼孤性絕慧而容姿豔冶娟娟如瓊瑤工填詞精於音律母愛如拱璧選壻頗艱以故年十七猶待字也有鄰嫗宋媼至其家見女嘖曰姐苗條如此使老身而男也得不甘為情死母笑令其物色佳偶嫗拊掌曰眼前自在禁中何必遠圖母曰嫗謂韓生耶吾亦稔其才久無如其才而貧何嫗曰焉有陳孺子而長貧賤者時韓生泰聘為邑中名士也館於其家適斷弦逾年矣母因商諸其子子曰得壻如生何啻參軍然渠家須覲自操作恐妹食貧不慣也母亦猶豫女適至頗聞餘言自是豢作妾息凡裏餘補紉之事輒手自拮据不倦兄嫂微窺其意以告母母意乃決召嫗俾示意生生固深於情者乍聞不勝感激既處事有翩麗先是女以所佩漢玉拱璧託嫗求工琢叟鳳於上及聞此言輒還家取佩嫗命以贈曰此物所以致也遂入復命旋至女所告以所贈女驚且咎曰事若不諧奈何即命婢繡春往索返璧繡春女素所愛也即下跪曰此事婢子為拮籌之久矣如生之為人豈負約者今若往索不將寒生心而傷老母意乎女泣下隱忍而止然自是凡生有所寓必以婢至女善吹簫嘗於燈下填鳳凰臺上憶吹簫一闋至末句擱筆者再遂以草藁封付婢曰此曲尚有一字未穩汝為我往問韓郎俾足成之兼命攜手鑪與生婢至齋中傳女命以詞授生生展誦稱歎不已為援筆更定其字既而目眈眈視婢婢嗔曰君未識妾耶生曰卿仙肌映雪雲髻堆鴉今夜視卿覺更勝於畫異日若天從人願卿能否抱衾以從婢紅暈於頰俛首拈帶不能作一語生不覺神蕩遽起攬婢於膝婢固夙以小星自命然不意輕薄遽爾撑拒曰若必如此有死而已生不忍相逼即釋手婢脫去其後不復至矣生時已婉致父母將締姻矣會去城二十里有富室顧氏女亦婉媚生父又惑於媒氏豔其奩資決意行聘生不願其父責以大義生乃不敢復言親迎有日女始聞知斥鉛華不御卻水漿不餐鎮日踡臥母來慰之曰兒奈何灰心至此生雖寒盟此外豈無良匹女泣曰母教敢不聽從但玉佩已入人手不可返矣母始悉前事知其不可駁轉怙囑婢善視勿怠乃去數日女忽強起理妝呼婢索茗飲及婢攜茗至不見女一小婢言頃見琴姑入後園去婢隨入則女已在池中矣婢亦跳入一小婢在側大號家衆奔救不及其母朝夕哭泣未幾亦卒時生方新婚與

顧氏琴瑟甚諧然常獨坐咄咄出玉佩玩之零涕一日顧見之詢得其故就其手奪取將藏之佩墜地折為兩生忿憤然出門猝遇宋媼晩生曰聞新人頗能如意亦欲知故人消息乎生急叩其狀媼為縷述近事言未畢生大哭曰吾負琴姑矣然吾亦何心復顧人世哉遂去訪其友於青田將從之學劍行至括蒼山中遠望見二女綽約在前詩其獨行無侶策蹇追及其一人乃是湘碧其一即繡春也駭問汝二人何得在此女舉首見生似有怨色繡春星眸微轉尤覺情態可掬小語曰琴姑去休相將入林中終已不顧生從之行數里林盡峭壁揷天杳冥無路二女聯步以上至山腰壁砉然開女入繡春亦入生緣藤繼至望壁呼號並無應纔微月漸上虎嘯狼號俯視斷澗千尺清澈如鏡彷彿二女在焉生即亦不惧攫身入則已在平地矣躑躅至晩不復入城一意渡江將至靈隱祝髮至冷泉亭遇一癩僧迎笑曰汝亦欲證菩提乎但此間從無色界仙人且汝鴛鴦簿上一重公案尚未勾卻何得妄想昇天生膜拜曰但求懺悔孽冤耳僧笑曰即此足證汝情根未斷生復拜曰還求解脫僧教其仍往相從生有難色僧怒俯拾一磚擲之曰去去持此敲之門當闢生知其非凡僧也受之而還渡江復至其處緣壁上繞扣數下闢壁間有人叡曰負心郎汝既有今日何必當初其語音絕類繡春生方側聽忽石門豁然便啟喜極躍入其間琪花瑤草露樹雲窗如入廣寒

仙宸數折見女華妝倚石欄方執紅梅一枝簪鬢上瞥見欲避生前牽其裾先謝負約之罪繼訴相思之苦因挈佩刀將自刺女急奪去曰妾自死後冥司以妾憤恨殞命俾得返魂妾與繡春皆以無意人世妾亦如負約之罪不盡在郎但使人不能無耿耿耳今使郎拋棄骨月跋履艱險妾心何安然自遭惟小叔回憶塵緣既已冷如冰雪今當與君為世外交了今生緣若言兒女之情則請仍歸尋故劍可也生因請為膩友久之漸狎閨房之事殆有甚於畫眉者女不堪其擾乞以繡春自代由此煮石為糧採花作釀斗餘繡春竟舉一子無何秋風驟起庭中落葉颯然生不禁思家之戚女勸令歸省生不忍言別女出羽衣一襲授之曰此夜飛遊女所贈始嘗記憶衣之半日可以飛回生披上自顧居然鳥也試一振羽翩然沖舉頃刻至家則舉目非舊問其妻亦前殁惟父在垂危生入視已不能言見之一慟而絕生哀毀成服既葬衣羽衣飛去不復至

埋憂集卷二終

埋憂集卷三

戊上紅雪山莊外史著

昭慶僧

丁卯鄉試烏程董生某以錄遺就寓湧金門內含宇湫隘主人為遷其妻子出俾下榻焉時溽暑乍退殘月始生其窗外一帶短垣可踰生孤眠無侶輾轉不寐夜將半聞庭內有人踰入旋見紙窗一人影頭童然僧也生心知其非竊賊也假寐以伺僧於窗上略用摸索窗扇砉然自開探身入以手中巾扇置几上弛其短衣走至榻前低呼曰好姐姐小僧來也生不覺失聲笑曰和尚誤矣小生僦居在此非復是汝姐姐矣僧大驚赤身從窗中竄去生起取几上扇視之其上有小倉山房寄梁山舟侍講一詩款稱某大和尚慧鑑蓋即山舟先生所書也心竊喜次日早起易衣冠袖其扇出錢塘門往來湖上詢其人知某和尚為昭慶主席僧投刺晉謁略敘數語出袖中扇與之曰僕風欽戒行久矣自恨塵濁侍講無緣今幸得覯蓮座敢獻此以衣缽依僧接視知為昨所遺物默然久之合掌稱謝兼問尊寓何處生一一答畢辭出歸寓憩坐方定僧忽絜裝來袖拔扇而入一見伏地稽首生扶之起僧顧左右無人袖中出裹物與生曰先生大恩銜結莫報此區區者聊備償報之需勿以鮑葉為笑也生

辭謝僧置几上而去啟函秤之得白金百兩喜甚扃置篋中已忽頓悟曰吾不可復留此矣遂呼主人酬以值託故辭去主人往呼其妻子還迨夜相與就寢睡方酣僧果復至啟窗入徑達生臥處索得其首舉刀力切其夫驚起急捉其臂大呼救命僧大駭然知為其夫語音也小語曰勿聲小僧也而室中已悉起環視見僧手利刃晶瑩如雪而血殷枕席其妻身首離矣僧亦條然而泣蓋其妻本為僧而娶僧始以赴約遇生雖餌以金然不保其不洩於人也故復至出其不意殺之不知其已遷去也於是縛僧送縣令來驗畢呼僧鞫得其情飭役至烏程學訪董生所在校官偏檢冊中無其名反白於令令嚴提僧出曰殺人者死何用董生但恐斬汝則塵根未斷不如易以火葬之法送汝昇天庶幾骨化煙消他日可免再墮孽障也遂命撞至教場積薪焚之取其灰揚之江中此事董生嘗自述於人其投刺時蓋已先易其名故無從尋訪也聞是時僧鬢已斑矣

哭做親

吾邑西北周家濮有周鳴山者生一子年十八娉締姻村中楊氏女年十七矣雖荊布不飾而致極風騷其家故與周對宇而居咫尺蓬山目招心許竟潛通焉後女覺腹中震動枕邊語及恐為其父母知也寢不成歡天未曉周氏子即起去而其父早起不見其子覓之數日

不得已絶望矣。即女家父母，亦並莫測所以。相對歎詫而已。居久之。見其女腹大如壺，詰之女初不言。父疑其有所私也，將致之死。女始吐實，兼述其夜所私語者。其父乃以商於周。周駭曰。若然，是吾兒以懼罪而逃也。其妻在旁笑視周曰。吾夫婦年已垂老，今兒去不還，幸新婦已娠，若得產一男，是吾無子而有孫也。今新婦坐蓐有日。不如邀渠來家共視之，免致他虞。夫思其計亦良，得遂擇日迎歸。未幾遂娩，及墜地男也。夫婦皆喜，婦亦喜。然每思其夫不見則撫之而泣。其後兒年已十九，為之娶婦，拜堂甫畢。忽一人虬髯繞頰，荷擔踵門而入。在坐皆不識。即其父亦不識其人。歷述所自，適其婦在門後竊聽已審。遽出指其兒罵曰。負心郎，遺此一塊肉，而脫然遠去。妾為汝幾死者數矣。今日亦有面目復來相見耶。翁笑曰。癡兒既不別而行。二十年杳無音耗，將置吾二老人於何地乎。其子涕泣謝罪，為言始以懼罪而出。至松江賃鍛以活。至是頗有餘積，原以思親故，不避罪責而來歸。翁曰。吾二人幸猶無恙。但汝已有子有媳。汝婦尚髮蓬蓬作處子裝束。試看是何模樣，衆客聞者亦為鬨堂。因相與攛慫，即於是日為二人成婚。婦大慚，不能仰視。遂入。周翁亦入。與妻言之。妻亦笑不可止。因共促女妝，女不肯。衆為之攏頭抹粉，即衣以新婦所著繡袍紅裙，扶掖出堂。唱令鼓吹，於是音樂更奏，女與其夫交拜，而後拜其父母，繼令子婦參拜。拜畢，送入房中而合巹焉。是時女之父已前歿，周翁夫婦俱踰七十矣。

周爛面

邑西市巷村，有周爛面者，嘗以竊物刺字於面，因以藥點之，使其處潰爛，人呼爛面孔云。而自還家後，橫行益甚。索詐錢物，逼淫婦女，肆毒一方。人畏其扳害也，不敢與較。後竊於村中富室某贓物，為其所認。次日往市豬肝一片，歸而煮以食其母曰。今夜飯畢，當往縊於某氏之門。故以此供汝，使汝得為飽鬼。其母年踰七十，雙目已瞽，平時乞食村中。是夕涕泣而往，就縊於某氏。次日爛面舁至，聲言將赴縣中報。某嚇以重賄，爛面得飽其欲而歸。嘗讀初月樓見聞雜記，言婺源董進其名世源，性寬厚，於物無所忤。順治四年大祲，里中無賴子使其父先飲酖，造其家冀其死可得重賄。及入門，趾之上，坐忽自慰曰。吾兒悞我，我不忍死善人之門。疾趨出，踣於道旁而死。因歎天下事無獨必有偶也。爛面孔後為村中人聚薪焚死。

又嘗有村嫗𢧐犬於居人，逸入逢其家嫗尾。至百呼不出。償其值而遣之，自是犬恒不離逢其側。及逢其歿，臥柩旁不食數日而死。

狗義飯

乾隆甲午，山東王倫之變，馬要沈笠亭先生殉難壽張。時署中一黑犬，晝夜伏靈柩旁哀號不食。比殮，犬狂躍數四，以首觸棺而死。家人義之，載歸為瘞於先塋之側。相約歲時掃墓，必設狗義飯祀之。至今猶不廢云。

按笠亭先生諱齊義，為山東壽張令。有一女，生二歲，母陸孺人歿。先生哺以粟粟，適其寒溫。心力殫竭。繼母張孺人以撫以育。女亦能率教，稍長，溫清定省，如成人。與女兄暨諸兄弟友愛。好讀書，尤喜誦孝經、小學。每遇古人捐軀授命之事，輒感慨激發，歎息稱揚其孝義，蓋天性也。歲丁亥，女年十一，笠亭先生筮仕山東，女瞻雲流涕，恆以不得侍親側為恨。辛卯冬，先生病瘧謁選，女臨別牽衣淚涔涔下。大言曰。吾父為國家官，願吾父為忠臣，足矣。先生訝其言過驗，而兄亦以其言頗不倫，怦怦然不能釋於懷，而初未知其言之痛也。甲午秋，逆匪王倫發難。女從叔某自壽張縣脫歸，縷詳遭變事。女驚聞駭愕，匍匐登樓，昏憒深痛中。細詢笠亭先生殉身始末，暨身後情形。於時兩兄方奔馳山左，遺慫恿女設靈成服。一危跪奠，發聲長號曰。吾父業為忠臣，亦復何恨。兒未事母不終事父，伊始也。時家人羣勸昏迷不知作何語。久之，女起入內，人怪其久不出，視之，已投繯死矣。時十月二十四日之夜漏二十刻也。麻葛重襲，血淚淋漓，見者咸為之泣下。或曰，義女初聞亂，魂魄紛馳，時時繞柱行，或撫膺慟曰。果死矣。一夕夢笠亭先生朝服立於庭，面目血濡不可認，曰。吾幸有以報國。嗚呼，孝義之誠通於鬼神，果若此乎。女於文事，不學而能成詩古樂府，小楷亦精整可喜。此不足為義女重，特論次其死於義云。按義女名玉麟，死時年十八。乾隆四十年七月某日，浙江巡撫三保具提部議准旌，有旨孝女當稱曰義女。夫臣死君，女死父，忠義之烈萃於一門，備錄其事，以見格及豚魚，其由來蓋有本矣。

邵士梅

松陵尹邵君諱士梅，字峯暉。生而能憶前世事，惟忘其未婚以前十八。娶婦呂婉淑，明慧有常。言曰。妾命不長，不能終事君子。家人怪之。丙戌呂年二十，忽自言今歲當死，輒嗚咽流涕，絮語恍惚不可辨。一夕謂邵曰。若毋悲，妾旦夕當死，而緣固未絶，更一世當數歲，殤更一世再為若婦，與若生子。若他日舉進士，初任距家遍宜有徵異，再任宜亟歸，歸詣屏都處，修道數月。爾時重遇君矣。即訪妾者家瀕河，兩河匯成一河，左踰陂陀第三家，妾居也。而門有井。其姓則娃播第三字也。妾年且十八，而是歲閏以二月，即娶我，猶及使堂上翁見也。翌辰忽沐浴闔扉以死。邵驚悼踰歲，乃更娶。辛卯舉於鄉，己亥舉進士，揭選改登州教授，從遴按賓教諭入邑，邪恍若舊曾歷，心異之。諸生李完真來見邵，識之，曰。我閒博士弟子籍，見李可培名，恍若曾覩其貌，及入揭視之，惟肖。故識君爾。諸生傳以為異。有言方山水泉之勝者，邵撝具往出郭門里許，有學隸迎，郎問汝家郭外耶。曰家三里店。郎恍然，凝佇良久，頓悟曰，我前生固居三里店也。時諸生傔役道旁觀者皆愕眙，不能語。步至店，視其門閭，皆非是。曰當前衕郭而望山嶺者始得也。隸白其墟舊有三里店，郎復步訪之。漸近曰是矣。問隸有古廟乎。曰無。數步上坡，忽見頹廟，蓋記覺時魂過此廟門外，回睇悲思家焉。中一神像白髯者尚在。至店，廬舍宛然，故高長者東海家也。郎憶歿時有三子一女，孫嫁宋氏，三子皆殤，惟二孫在。周覽閭左，記舊時遊憩設宴留遷貨居諸事甚悉。里父老曰，高長者故尚義信然諾，性伉直，族黨有不平事，輒據理平之乃已。郎詢父老某樹下有翁髯而頤，囊實布，索值，令其能不時與值，而歸其容甚悉，亦識之乎。應曰信。城下大石橋在，曰徙城隍矣。廟之丹艧何新耶。曰燬於火，撤而新之也。距二十里，山脊有彈子峴，甚險峻，負薪行，戰戰慄慄，有諸。曰果也。語多不具述。郎留數日，經紀其家，為孫議婚以去。遠近聞者莫不歎異焉。戊申，遷尹吳江，二邑二邑兼震澤言也。賦繁催科，必事敲扑，非其好也。不二月，謝病去。己酉冬，以事至清源，過館陶，至一寺甚閒敞，壁庋藏經，因假館繙閱，灑然了澈，若夙誦者。客或言今歲季冬之閏移明年仲春矣。郎愯然曰，向者言閏二月，豈無期乎。自此遂心動不自釋。一日策馬過衛河之涯，惟一傔從，日暝矣，過陀陂，至一家，見井幹，條憶夙約，問第三家有女乎。曰無也。里人咸趨詢，告以故，愕且笑。郎悵然。一叟指曰，距數里有林，彷彿此閭墟巷也。郎往迹之，到門，顧無井，徵其姓，曰蕭。其女之年，曰十八。告諸父母，恚曰，是鬼語，何恩而公為也。郎念兩河匯一河，惟此為汶衛合流處，乘騎上下清源、陶邑間數月，無所見。誦唐人碧落黃泉之句，恒欷歔沾襟。歸濟上，尋復至清源，見映水而廬者，門井宛然。然其家孫姓，而女年十七。郎以其姓獨合，貽書太公。太公驅車至，促之成婚，而女父母拒甚力。太公恚去。郎意少怠矣。復過館陶道，遇向時見叟，揖之曰，得之矣。導以往，沿流迤陂，門有杈汲者，第三家也。姓董氏。郎整衣入，董翁延坐曰，往如氏之請數矣，而女固不願，何圖大君子宿盟不渝若是。遂大喜，訂婚。郎太公聞之，即諏日嘉禮委禽焉。時庚戌某月也。郎未有子，獨念姓諧第三字尚未叶，後閱萬姓通譜，譜以韻次，一為上平之東，二為下平之先，而上聲之董，則三也。

外史氏曰，右為余外高祖前郎吳長庚太史所記，篇中純用散敘，簡核錯落，文之妙在於能碎，非昌黎以下所及也。若郎公能知前世事，固奇矣，然其事世亦間有之矣。至呂夫人，則又能知三世以後事，為開古來傳奇中有此創聞否，適目既奇，文安得不奇。於是僕本恨人，驚心不已，讀之始悟古今所謂慧業仙人，無非所謂情種也。我欲將此文獻之月下老翁，乞其廣播雲衹，以補離恨之天，俾天下有情人世世都成眷屬。老翁其許我乎。倦清蔡太史之定

自言前世為杭州紹橋老嫗，少寡，好佛，俄將爲活，臨死復甦，語其女曰，余將轉生蔡氏，以佛圖木焚軒歸，其代燒卻以盡余心。因言蔡氏里居家世甚詳，惟太翁幸是男兒，汝夫後日其往看我。遂卒。既葬，女夫往訪，見蔡太公，告之故。出子令視，時方數月，顧之而笑，如舊相識。太史既長，不昧前因，每以語人，故至今不茹葷酒，齋佛戒焉。

沈博年

雍正初，吾邑沈博年者，精拳勇，善距躍。一日市中印家橋北某氏失火，延燒河南，幾及半里，惟臨河南向一樓，為火所未及，窗牖洞開，中一女子韶顏稚齒，側坐牀沿，紗廚內含笑若與人對語狀。而自橋以北，火勢拉雜，無路可通。救火者從橋上呼之出，女嫣然不動。時博年亦在橋上，對岸火燄飛射，檐前已著，即踴身冒火躍入樓中，見女側一衣紅袍者，鬅髮皆赤，以兩手持女腕，若束縛然。博年曳之不起，隨舉牀前一椅，向赤髮者劈頭打落，倏不見。遂挾女飛出。既而博年歸，窈徧身紫腫，呼痛不止。次日延醫視之，醫者曰，火毒已中心腑，不可為也。而博年呼號轉側，未半炊許而已死矣。

陳三姑娘

前年冬初，夢盧先生之姪某偶以事往北廂，中途朔風颯至，寒氣襲人。某在舟中忽發狂疾，口中啾啾不休。舟子急載還家，家人環集守之，竟夕不能安枕，而語音嬌婉，其淫詞褻態，有令人不忍正視者。惟其兄芝堂至，則斂睫帖然，出則如故。問之則曰，是赳赳者，有丈夫氣，不若四郎之溫麗可喜也。於是巫醫交至，迄亦無效，舉家束手而已。後數日，村中某嫗聞知，執來探視。某笑而起，萬福曰，媽媽今日好風吹到此也。言次，輒以手探衿中，為之摩弄。嫗見其悲態可掬，遂為好語勸之，叩對曰，妾與郎有夙分，其室人亦非善醋者，覺此間樂不思蜀也。嫗曰，然則吾為汝二人作合，合卺後乃送汝二人同歸，何如。某粲然曰，若是則媽乃贈紅粉於佳人，敢忘大德。嫗乃與其母言，以米粉塑其像，翦爪髮粘其上，兼市花燭等物，供於中堂，喚樂工四人，為之鼓吹成婚。是時某在房中，忽若夢醒，但呻吟呼憊不已。嫗即令以煤墨其面，又翦髮粘其頷下，作于思狀。甫畢，忽見某雙目豎起，失聲跪曰，奈何遽為此變相耶。語畢，絕不復聲，病若失矣。於是以草縛綵輿，置像於內，載之以舟，鼓樂送至其處而還。某調理半月乃起。

外史氏曰，夫湘妃淚竹，姑婦名津，此固至情之所鍾，抑亦幽恨之所激也。若陳三姑娘相傳其未嫁而有淫行，故為父母所沈，而至今猶能為祟，若其猶有鬼神，不應縱令禍人如是。若曰無之，則此妖更從何處得來耶。某曰，女十八九，麗人也，風華妖冶，殆如弱柳無烟，碧桃含

霧。方其淩波微步。羅襪雙鈎。纖不盈指。斯時也。真是銷得一死。而如某者。年近強仕。火色如鵝。其風貌初非翩翩可愛者。何所遺之太奇也。然此事既為余所親見。且遇其祟者亦非止某一人。是殆有不暇選擇者耶。則真色中之餓鬼矣。

大人

陸星槎先生在廣東。一日赴院早參。日卓午。中丞甫出。同僚進見者五人。禮畢。中丞就炕箕坐。未及開言。一揖班乍到稟見者突起問曰。請問大人貴縣。中丞曰。原籍大興。某官又問縣系何府。中丞曰。順天。某官點首稱是。少頃又問大人貴姓。中丞曰。滿州無姓也。答畢乾笑。因問貴鄉風土何如。某對曰。敝縣土產絕少。惟山中玃猱最多。中丞曰。玃猱大小幾何。對曰。小者不過巴兒模樣。大者卻似大人一般。此其所謂大人。蓋指凡人之大者言也。然不知適已犯其所忌也。同列皆匿笑。中丞變色起曰。此人亦思為民父母耶。即日令其告病回籍。嗚呼。某官亦思大人之大何如耶。奈何唐突至此。然吾觀今之以一言逆耳。而奪其官者有矣。蓋其所事之大人。非徒沐猴而冠。皆虎而冠者也。惜乎某官不能以狐媚假其威。而妄擬剛身麞頭鼠臉中也。

雲雨

朝為行雲。暮為行雨二語。宋玉賦中不甚釋之。老亦無明文。而後世以為男女交歡之字。然皆不求甚解也。蓋天之降雨。必待陰陽既和。有雲斯有雨。此時天氣下降。地氣上騰。故曰天地絪縕。男女構精。易傳以此二語聯絡成文。正取象於天地之交構也。或曰。然則雲雨時亦有妻在上而夫在下者。此何說也。余曰。此則所謂翻雲覆雨者矣。客大笑。

春江公子

隨園詩話載春江公子。貌如美婦人。而與婦不睦。好與少俊遊。或同臥起。不知烏之雌雄。嘗賦詩云。人各有性情。樹各有枝葉。與為無鹽夫。寧作子都妾。其父中丞公見而怒之。公子又賦詩云。周公所制禮。立意何深妙。但有烈女祠。而無貞童廟。中丞笑曰。賊子強詞奪理至此耶。乙丑入翰林。嘗觀劇於天祿廟。有參領某誤以為伶人而調之。人為不平。公子曰。夫狎我者愛我也。子不見晏子春秋誅圉人事乎。惜彼非吾偶耳。怒之則俗矣。可謂善於解嘲。然此事不知是何趣味。若論究不知是何肺腸也。因戲作判語曰。

自古男女居室。為人之大倫。夫婦媾精。有家之正則。而乃以石田為可種。舍正路而不由。召僚友而娶契弟。僦優伶以作弄兒。遂有巾幗韜眉。甘為鬼伏。不知顛瞻肩背。願效龍陽。嗣此狼藉自必開山。力士鑿將烏道。竟來問渡。漁翁皆也。忽生鑊柄。定教其行沓與頭乎應戴木

搖想見。不可嚮邇。滿邊城闕。〔[illegible]鄭風子衿[illegible]是兩男子相悅之詩〕又何彷布雨興雲。花底與中。不惜誨淫引論。〔花底用秦宮事輿中用子都事皆內外寵者也〕小則皆學罷官。大則斷袖傾國。好惡拂人。陰陽易位。於是極矣。夫淫同非法。何如以手出精。並是兩雄。〔陳武帝賜陳子高詩雄[illegible]〕誰謂不毛可入。聊齋云。是宜斷其鑽判之根。兼塞其送迎之路。老吏斷獄。處決了然。竊謂既好外矣。將空房難守。亦有龍陽。宜令鳩處彼狡童兮。或奇痒難熬。可帶蜂刺以代蠅鑽。則野鶯社燕。庶幾庭鑒常昭。黃鱔夢中。無勞雞奸訪舊矣。

霧淞

乙亥正月上旬。人有早起者。見遍野草木皆綴如霜。玉屑如垂纓絡。若人鬚髮間皆結成珠排。時方沍寒。殘雪尚在。村農競相傳謂之為雺。云按雺字見毛詩。雨雪其雺是也。字書音蒙部切。亦音鋪郎切。雨雪之狀。何得以謂天所雨之物。曾鞏集有詠霧淞詩。〔字作淞惟宋史紀事本末作松〕蓋此地苦寒。夜間霧起。著樹結成珠排。故謂之霧淞。主歲稔之兆也。今村農所見。殆即是物。偶讀惜抱軒集。有新城道中所見長歌中云。或云休徵備飯兆。捆載千億收禾麻。或云此咎違官恨。有鬼欲瞰高明家。是休咎亦未可知也。

疫異

崇禎辛巳。江震一路大疫。嘗有一家數十人。合門相枕籍死者。偶觸其氣必死。諸生王玉錫師陳君山一家父子妻妾五人一夜死。親鄰無人敢窺其門。玉錫獨毅然曰。平日師弟之謂何。忍坐視耶。乃率數丐入。一一棺殮之。有一子在襁褓。亦已死。猶略有微息。親自抱出。乳得生。陳賴以有後。而玉錫卒無恙。豈非人之好義。天亦不能為之制耶。後十七年。疫又作。有無病而口中噴血輒死者。相率祈鬼神。各家設香案。燃天燈。演劇賽會。窮極瑰奇。廟中吏卒俱以生人充之。時聞神語呼喝空中。枷鎖擾提之聲。如是者將及一月。見吳江縣志。與舊說所傳京師大疫。午後人鬼雜行街上。聽之有聲。逐之有影。肆中所收多紙錢。故必設水盆命市者投錢其中者正符。

水災

吳江縣志。萬曆三十六年大水。高田渰沒。城中居民皆架閣以居。魚蝦贏蚌滿室。臥榻之下。可俯而拾也。烏青志亦載。是年之水。陸可行舟。道光三年。自五月以後。郡邑街市。多以舟楫往來。鄉村中有睡酣而於牀上翻身落水死者。其他漂沒廬舍及棺塚不可勝計。七月之晦。有二僧自塘栖一夕漂至八斥永福寺前。寺僧撈起。皆未死。蓋二僧素諳水性也。時余客震澤。欲歸不得。至中秋後水稍落。然舟行尚未能過市橋。自田間繞道而出。到家。堂中尚有淺

水魚蝦泳躍遍地荇藻被於牆壁視柱上水痕幾四尺比於萬歷之水何如也

穀棗仙人

鈕玉樵觚賸所記棗核船於棗核上刻東坡遊赤壁故事歎為神工坤輿外紀言熱泉馬尼亞國其人工作精巧能於戒指內納一自鳴鐘近有於紐珠上作一時辰表者其物蓋出鬼子則亦巧奪化工矣余昔於郡中見道場山費氏有一穀棗仙人以桐木粒許琢成一黍髻開兩瓣於中鑲作一麻姑仙頭腹手足悉皆嵌空玲瓏而其眉目妍妙移相工細以及指爪之尖長一一分明栩栩欲活雖芥舟老人士女不過也或云此物能避火災其時郡尊某公以七百金購之不可得

白雀

余父嘗言里中花家板橋南岸白楊樹昔嘗有一白雀來棲其顛樹大可蔭畝許其時凡雀之隨之者環集樹間殆遍迨雍白雀飛去而羣雀乃散如敗葉或言是雀之王也

楊琢在潘青嘗見一百姓家燕窠其燕哺雛既飛一旦有諸野禽飛入庭除漸集棟上無空隙廚人饋食於堂盤饌皆被搏攫其老人罔測災祥以杖擊破燕巢隨手有一白鳳雛長三寸許自巢而墮未及於地即掀然出戶望西南沖天而去諸禽亦應時散邀須臾而盡蓋凡禽鳥遇鳳必相隨猶江漢之朝宗於海也是北白雀者或即鳳雛之偶見耶

龜王

金華子雜編龜真中純名曰千里其近首之横紋第一級左右有斜理通於千里者龜王之紋也今取常龜驗之莫有也昔黃焜以舟師赴廣南將渡小海軍將忽於淺瀨中得一琉璃小瓶子大如嬰兒之掌其內有一小龜子長可一寸往來旋轉其間瓶子項極小不知所入之由也取而藏之其夕忽覺船一舷壓重起視之有衆龜層疊就船而上大懼以將涉海慮致不虞因取所藏之瓶子祝而投於海中衆龜遂散既而語於海舶之胡人胡人曰此所謂龜寶也稀世之靈物惜其遇而不能有蓋薄福之人不勝也倘或得而藏於家何慮寶藏之不豐哉婉歎不已得非即所謂龜王耶不然何龜之隨之者衆也

薛見揚

吳人薛見揚家專諸巷飲博無賴形性極兇狡里中人呼為東太守尤好漁色比鄰李某娶妻楊氏絕娟好薛豔之每伺其出浼兇播與語楊氏故靜婉拒而不答薛無如何轉念李貧可以利誘也伺其窘輒餽以錢米李故世家子雖家徒四壁而清介自持且惡其素行卻之薛慚而出指其門曰任汝盛鐵櫃中終當篡取去也後值李聚濤暑雨作李睡後忽為雷所擊其妻驚醒時電光閃爍見有似雷公形者奮起拔關而出視李頂門一穴闊半寸許深入數寸血液噴涌始猶呼痛未幾已卒大哭李母亦驚起撫尸慟曰以兒生循謹何緣得罪於天耶又顧楊氏曰家中素無儋石儲今驟遭此禍無論日後饑餓將何以為棺殮資言訖慟絕是時鄰里咸集薛亦奔入見衆皆束手歎息乃攘袂言曰事勢至此行路猶傷之若皆坐視亦安用鄰里為也母泣謝薛遽迴取三十金至謂母曰有此諸費可稍了但須母自署券將來勉日措還可也母乃署券以付薛復為之拮据殮畢姑婦再三感謝薛始去然自此老弱煢煢涕泣相對時或斷炊經日雖歷盛寒其妻猶麻衣如雪也而所署券已屆期薛走索母出垂淚約以次年夏末薛強諾而去及期至母復請緩期薛不應變色起出少頃偕某衆某甲悻悻而入出券擲與甲曰汝既保券力能代償則償之不然將鳴諸官勿嫌相累也甲係為緩頰也若薛不許攜券欲出甲力挽之顧謂母曰以母也能鍾撫此孤弱方愁朝不保夕又何時得償此債今薛郎鰥居久矣計不如以汝婦歸伊既可得餘金以供母殘年婦亦得啜飯處豈不兩全母愀然入謀諸婦婦聞言脈脈不作一語但有垂淚良久哽咽而言曰婦薄命不足惜但如老母何母泣曰事至此尚容顧我乎遂出以語甲甲商諸薛為之立券署保取前券焚之乃去迨蒜緣輿至婦草草登車痛哭而去顧自歸薛後房中箱篋惟婦所有者得自司啟閉餘皆不聽啟視一日薛他往婦獨坐忽聞一篋中窸窣作響如有鼠戲逐其中乃起從其後去鉸鍵啟之則別無他物惟有雷公面具及雙翅錐斧鑿皆備猶帶血痕駭極始悟去夏之事即薛所為也持以語人咸以為然因共舁篋首諸官令拘薛刑訊始吐其實蓋薛蓄意已久是夕乘雷雨掩入伏牀下伺其寢潛出擊之瞥然從出故死生皆莫測其端令詰曰昔裴龔能作三里霧後以行霧作賊被擒然止以作賊而已今汝欲求為雲為雨而先以雷殛其夫其兇狡乃至是耶遂命反接其手為戴面具取雙翅插兩脅手執斧鑿牽出徧遊六門而後斬之甲以通謀充軍楊氏歸者慚自縊死

按此道光十六年七月某日事也不可錄鉛山人某悅鄰家婦挑之不從值其夫病夭大雷雨乃着兩翼花衣躍入鄰家督鐵椎殺之仍躍出後遣媒求娶婦伉儷甚篤一日婦簡篋見衣怪其異夫笑而言其故婦佯為言笑俟其出即抱衣赴官訴之論絞殺之日雷雨大作若支裂者薛蓋襲其故智也

考對

彭芸楣尚書督學浙江試湖屬府三學生員以沒齒被髮易牙三句命題有數人抄襲刻文惟歸安張桂森出場後將所抄坊本搜買畧盡署中不及弔查以此食餼其餘一字不移者

置二等。誤抄者置三等。人皆笑之。比發落，尚書喚其人近案曰：余往曾督學某省，按臨時唱名既畢，退坐堂上，援筆將出文題。一教職忽趨前曰：稟大人，此地地近蠻夷，向來應試者從無作文之例。余愕問：然則所考云何？教職對曰：出一對足矣，但字不可多，只消一字已足。余初聞不勝怪歎，既已無可奈何，姑出一柴字與之。於是諸生皆攢眉搖頭。及卓午，忽一生前來交卷。展視其左行對一炭字。教職在旁謂余曰：此卷當置第一矣。余思以炭對柴，何以當置第一？忽又一人來交，則其左仍添一柴字。余怒將責之，教職曰：大人勿怒，此卷已可置第二矣。余怒曰：此人仍對一柴字，奈何云當拔置第二？教職曰：大人若不信，試看以下，並此柴字忘之矣。既而竟無一人來交者，始歎其言不謬。今汝等以髫年所誦習者，鈔寫不遺一字，記性卻佳。不然，則平日溫故之功亦自可取，故姑取二等，以為勸諸者勸。又指二人曰：若汝輩卷中脫訛太多，想此調不彈久矣。今後當再加溫習，若來年仍蹈覆轍，定置劣等，將不免四十板子也。遂命左右取其所鈔刻文一部與之，遂出。

昔某公督學吾浙。壬戌之秋，按臨邑中，試拔貢，題有函三為一論一篇。通場止郡生某一卷本漢書立論，及榜發晉謁，某公貺之曰：漢志太極元氣函三為一，極中也，元始也，行於十二辰，始動於子。參之於丑得三，又參之於寅得九，又參之於卯得二十七，歷十二辰得十七萬七千一百四十七。此陰陽合德，氣鍾於子，化生萬物者也。不知此乃求歷之長短，算立成法耳。為史者但見其數奧博，莫測所用，乃曰：此陰陽合德化生萬物者也。嘗有人於土中得一搗帛杵，持歸以示鄉里，莫不怪愕。後有一書生過而見之，曰：此靈物也。吾聞防風氏身長二丈，骨節專車，此其脛骨也。鄉人皆喜，作廟祀之，謂之脛廟。班固此論，亦有近於脛廟也。今賢之論，似不免為班氏所誤。然以此時風氣，即五經亦希有全讀者，況其他乎？而賢能知是題出處，可不相賞於風塵外乎？蓋是時場中能知題之出處者，更無第二卷矣。

埋憂集卷三終

埋憂集卷四

戊上紅雪山莊外史著

人形獸

騰越有獵戶，常楄一木屋行山中。一日至磨盤山，忽見山麂狐兔數十成群，從深箐中竄出，繼而熊虎貔象紛紛然，帖耳垂尾，接跡狂奔，如有物驅逐者。心異之，遂止於道側潛窺。久之，見一物，狀如猩猩，而長不滿四尺，被髮金眼，遍體白毛，從彳亍而來。獵者急啟窗迎面發一鳥槍。是物冒烟挾至屋前，以兩手搦板上者再。既見其寂無人，乃去。獵者窺其去遠，出視搦處，已陷入寸許，所未穿者僅厚如錢耳。大駭，遽入屋中，荷之而逃，自是不敢復往矣。但不知此物究為何獸也。

異蛇

余在台溪山中，暑夜嘗聞虎嘯。次日以語人，人問嘯時屋瓦可震動否？余曰：否。其人曰：然則非虎也，其蛇也。往時嘗行山中，忽聞虎嘯一聲，近在咫尺，駭極仰視，則有蛇倒懸於樹而嘯。其蛇長不盈丈，遍身斑黃，每暑月則見。山中人往往遇之，鳴則天必大雨。但虎嘯近者屋瓦皆震，蛇鳴則不震也。

閩孟浪邊外有蛇，每日必上樹，跌而下，則碎如粉。俄又合成一蛇，蜿蜒而去。蓋生氣鬱勃，必一散以洩之也。捕以為接骨治傷之藥，殊勝。滇黔紀游言：脆蛇出土司中，長尺餘，伏草間，見人輒躍起，跌為數段，少頃復合為一。其色如白金，光亮可愛，誤拾之，觸毒即死。其出入有處，捕者置竹筒徑側，蛇以為穴也，而入之，急持之則完，稍緩則碎矣。暴乾以治瘋疾，視其身上中下，以治頭腹脛股，罔不效。又可接斷骨，即此蛇也。

又有圓蛇，狀如石，佩斑斕可愛，誤持之，得人氣即化為蛇，嚙人即斃。尸不敢收，五里內外人不敢行，觸其穢氣，腫脹而死。苗人三日後以竹矢插死所，七日取用，中人即斃。此蛇變態愈幻，而毒愈甚矣。

又有方蛇，形如牛皮，高五寸，縱橫各二尺，其色黃黑，其形如矢，吐氣如炊烟，腥不可聞。見人輒迸出，脅中黑水射之，中者立斃。粵西近楚山有之。

又有扁蛇，潤五寸，長五尺，厚一寸，首尾俱齊，色如縕綢，五色相錯成文，而方。不知者以為帨沐之巾也。口甚鉅，其行如飛，能逐狡兔。廣西及南海山中間有之。以上二則蛇譜。

稱撥蛇

俗傳有稱撥蛇，人被稱者必死。余年十六，偕弟棫熙至東柵金懷亭舅太翁家探病而還，至大悲橋之西，關耳後潑剌一聲，回視之，則一蛇在地，昂首疾追而來，渦身星點斑然，如稱離地約四五尺，惟後半著地，其行如風。余及弟魂魄皆飛，狂奔至趙家墻，始敢回顧，而蛇已不見。到家間余母，母言此稱撒蛇也。後至冬杪，而弟病，至次年春分後竟卒，年十二。今憶之，心猶怦怦然動也。相傳蛇之逐人，其長過於是人則死，解之之法，當蛇之起立，隨手拾一物拋起，呼曰：你長不及我長。蛇輒翻身而臥，舒其足盈千，必散爲示之，曰：你腳多不如我鬍多。蛇乃收足伏地，即取身上衣帶盡斷之，呼曰：我去矣。蛇必死。說見李緒光虞淵雜記，惜當時未之知也。

名醫

吳縣某，木中名醫也。其幼時嘗於藥肆學賈，比長，稍涉方書，後以失業無聊，遂以懸壺謀食。某村一富翁，暮年得一子，才七歲，遘疾，其始但不欲食，日漸尪羸，而胸腹膨脹，未幾大如鴝，危殆。延醫經年，百藥罔效，翁及妻湯泣而已。吳偵知，徑造其門，時已迫暮，遂假宿焉。翁出詢姓氏，託言自某村視病，還經此地，敢從長者乞借枝棲。翁聞之喜，請入診兒病，既畢，吳出而言：是疾吾能愈之，但須備我千金，且不得令庸醫雜治，以掣吾肘。翁一一謹諾，因索觀所曾服藥方，畧加增減，抄撮成方與之。翁得之，幾以爲時命金丹矣。遂請止其家，以便不時診視。無如連服數劑依然，因致詰之，則大言曰：病已積年，豈旦夕所能奏效，若必速愈，則另請高明可也。翁再三謝罪乃已。從此供奉愈謹。吳明知無能爲，徒計欲逾歲而以戀棧，思更得一方，以作旬日之流。一日出至田間閒步，瞥見一蕈，大如箕，心念此奇貨也，摘取懷之，急反，呼翁出與之，曰：今郎所服藥本當以此爲引，今幸得此，豈非天賜。遂令持去入藥煎服，約一炊時，其子腹中雷鳴，大痛欲死，既而大瀉，下黑血數斗，中有血塊一團，諦視見髮裹一物，堅韌如鐵，而其子腹已縮小如故，病若失矣。翁狂喜，走相告，且曰：今而後犬兒之生，皆出先生所賜，但尚乞屈留數日，調治復原，乃可備禮送歸耳。吳故作難色，翁許酬以三千金，始諾而止。然究亦不解其故。次日復至其處掘視之，見其根生一畝梳上，始悟髮中裹物，必待此而後解也。然吳自此名大噪，在家則門常如市，出門則每一里須酬番錢一枚，不數年致富鉅萬焉。其後洞涇沈氏某，素患猖怯，每服藥必用參附。癸酉之秋，偶患暑瘧，復延吳至。吳診之，以爲其體素羸，屬是陰瘧，投以附子理中湯，沈飲之，狂躁嚼手指盡碎，遂命灌以雪水，茶匙亦被咬斷，須臾竟卒。然遂歸。沈舉家恨甚，將控諸官，吳聞驚懼，服生鴉片而死。

手技

嘗見有擊鼓乞錢於市者，鼓有耳，貫之以繩，絡於項，其擊之凡用槌三，手執其一，而擲其一

於空中，隨落隨擲，此上彼落，左右遞更，疾徐中節，絕無累黍之差，技亦神矣哉。又有能拄物於鼻者，每至市中，隨手舉一物，如桌椅，則仰承其足，刀斧則豎置以柄，尤奇者取一秤，繫錘於額，而植其末於鼻，又取稻草，摘取其末尺許，揉之極熟，而後捋之使直，縛二十錢於杪，而以其末豎置鼻尖，皆橫出於外，從未有失墜者。

田雞教書

有人於市上出一小木匣，啟其蓋，取橫木一條，廣半尺餘，高寸許，下有四足，橫列櫃上，向匣中咒咒而聲，倏有一蝦蟆躍出，以前兩足案橫木上，南面而踞，隨有小蛙十餘，一一躍出，依次以兩足據橫木，北面踞坐。既定，其人取小拍板一下，於是蝦蟆發聲一鳴，諸小蛙輒以次齊鳴，既而蝦蟆閣閣亂鳴，則小蛙亦閣閣鳴不已。久之，其人復取拍板一下，則蝦蟆止不復鳴，諸小蛙亦戛然而止矣。其人復咒咒呼之，蝦蟆仍躍入匣中，諸小蛙亦相隨入，謂之田雞教書。

又一人截竹爲二筒，畜蟻兩種，一紅一白，將戲則取紅白小紙旗，兩面東西插几上，取筒去其塞，分置兩處，各向筒口彈指數下，蟻隨出，其行自成行列，分趨止於旗下，排列如陣。其人復出一小黃旗作指揮狀，群蟻即紛紛齊進，兩陣既接，舉足相撲，兩兩互角，盤旋進退，悉中節度。久之，即有一群返起，擾亂若奔潰者，其一群爭進，其行如飛，居然戰勝追奔也。其人復舉黃旂麾之，其勝者即返，以次入筒，其一群亦絡繹奔至，爭相入，無復成列者。嗟夫，蛙之爲物微，而且蠢，而蟻則尤微乎微者也，而皆可以提而教之，奈何靦然爲人，而有如窮奇檮杌之不可教訓耶。

高江村扈從西巡日錄：都城外南海子之東南有螞蟻墳，清明日必有蟻數萬聚此，故名。湖州大螞蟻山，又有蟻祖廟，每年五月群蟻來朝，是蟻也，而又知尊祖敬宗矣。按水經注：益州葉榆縣自唐蒙始開之，縣西北八十里有弔鳥山，衆鳥千百爲群，其會鳴呼啁哳，一歲則六至，伺其來弔，夜燃火取之，其無嗉不食，似轉悲者，以爲義則不取也。俗言鳳凰死於此，故衆鳥來弔，因名，亦可與螞蟻墳並傳。

又有畜金魚者，分紅白二種，共貯一缸，用紅白二旗引之，先以紅旗搖動，則紅者隨旗往來游潮，緊轉緊隨，縱轉縱隨，旗收則魚皆潛伏，白亦如之。再將二旗並豎，則紅白錯綜旋轉，前後間雜，有如走陣者然。良久，將二旗分爲兩處，則紅者隨紅旗，而仍爲紅隊，白者隨白旗，而仍歸白隊。易曰信及豚魚，其信然歟。

按東京夢華錄：京瓦雜戲有劉百禽弄蛇蟻，元宵大內雜戲，又有李卧竹猴呈百戲，魚跳

惠門使喚蜂蝶蛇蟻等劇。蓋凡物有知即可教，如蠅虎舞涼州之類，其師傳匪自今始也。

鐵兒

鐵兒，義烏人，姓顧，名孝誠。父尺木，少以材武稱，娶同里龍氏。期年，以徐渭薦，從胡宗憲征倭，三載不歸。龍獨居，夏夜納涼園中。有小山曰鐵舟，以亭中鐵柱得名，乃園中最勝處。夜將半，獨行至山頂看月，顧影淒然，殆難自任，遂入亭中小憩，迎面鐵柱黝然屹如人立，龍抱之，意有所感。後數月竟產一鐵，眉目肢體皆備，惟不動亦不號。戲以粉筆書鐵兒二字於背，命老嫗棄之堤下。越宿有廣西軍官陳大綱者，以倭平，率鎮兵先歸，經其地，聞叢中兒啼聲，跡之，有虎方乳一兒，見之輒逃。時陳無子，大喜，攜歸撫為己子。及長，膚色漆黑，因名之鐵兒。兒自幼剛猛，有父風，至性過人。稍長，豪俠喜結客，有笑其不知書者，乃更折節從師，偶與同舍生忤，罵以異種。鐵兒憤返，叩於陳，陳告以故。兒痛哭，急欲往尋父母。陳以其年尚少，不許。會其州楊應龍反，調陳柯兵從劉綎往征。兒請從，轉戰至四川，聞賊有驍將吳日華、楊珠二人者，故與鐵兒結為兄弟，請於綎，往說之歸。應龍失恃，遂輸款。綎奏其功，授為永寧參將。既而朝鮮再用師，鐵兒請自率所部從海道直搗王京，意將以便道禱於補陀，即過浙中訪其父母音耗也。朝議不許。鐵兒乃嚼指血上疏陳情，願棄官備行伍以從，乃許之。鐵兒率舟師出瓊州，舉帆直指補陀，適西風大作，半日已至齋被上。山門寺僧求見菩薩，一老僧前曰：菩薩不在此山，貴官將何所禱？鐵兒備訴心事，僧嘖曰：孝子孝子。請從老僧來，遂引至寺後，俾遥望對面山凹內，亦並不見菩薩，但見一老婦雙髩皤然，蓬首垢面，似被囚者，對之而泣。鐵兒不解，還問老僧，僧對曰：是殆菩薩為此變相以相告也。鐵兒更乞前導。僧曰：此山可望而不可即，君即能飛度，太夫人亦不在此間，但謹誌其像，他日自有相見時也。鐵兒涕泣歸舟，遂徑至朝鮮，則倭已棄王京，又聞平秀吉死，將遁。陳璘命與副將鄧之龍帥戰艦邀之，賊其徒三百賊竄入乙山，崖深道險，將士莫敢前。鐵兒偕其客數人率死士百人乘夜入，圍其岩洞，賊恐高據崖。鐵兒先登，百餘人繼進，賊無一得脫者。於是搜其洞中，金帛山積，至一處，婦女被繫者纍纍，釋而遣之。中一老者獨泣而言曰：老婦已無家可歸，若蒙垂憫，願從貴官去，為軍中補綴以終餘年，幸矣。鐵兒瞻視久之，忽憶及補陀對山之像，既詢其鄉里，俱與陳父所言相印，於是哭而拜曰：母亦知鐵兒尚在否？母大駭曰：先夫從胡公征倭，止產一鐵，已棄諸野，其後夫以有功，為趙文華所譖而死，妾以被擄至此，為賊中縫補，苟活至今，從何處得此貴子耶？鐵兒乃袒示以背，則粉書二字宛然，又述陳父所嘗言，母始恍然，卒不能時，璘亦已至，在傍哭曰：母勿訝也，蓋兒本受氣於鐵，故見風輒凝，及虎來覆而乳之，乃即融而為人，固物理之常也。母始頓悟，於是相抱大哭。其時故鄉廬舍已為兵燹蕩盡，遂奉之仍歸廣西，始知楊應龍復叛，王公之敗，陳父戰歿於松門堡，朝廷已賜祭葬。又敘朝鮮功，加鐵兒都督同知，遷山海關總兵。鐵兒力辭，且求解官，不許。鐵兒掛冠徑歸。或議其矯，鐵兒曰：吾涉海遠征，非為邀功地也。今既得依老母，此樂雖萬戶侯豈與易哉。若更戀戀富貴，他時馬革尸還，或宦海風波所及，雖欲長侍膝下，其可得乎？其後母年八十餘卒，比葬，躬親負土，忽有群鳥數萬啣土成墳，人呼其墳為孝鳥墳。然鐵兒竟以鬱卒，將殮，舉其棺若空虛然，其子啟視，僅一小鐵人，長不滿二尺云。

金蝴蝶

漢陽閩人也，名先泰。康熙初諸生，博學多通，工詩古文詞兼善書，枚長洲文點嘗見其詩，亟謂為近代所未有。先泰知之，不遠千里往與定交。性狷介，不喜為時文，然每一篇出，輒為人所傳誦。既而連不得志於有司，惟賣文及畫以活，若非其人，雖致千金不顧，以故人述無過問者。晚年築室鸚鵡洲上，以詩酒自娛，足跡不入塵市，雖炊烟屢絕，不屑也。然每醉必攜其所為詩文至禰衡墓朗誦數過，痛哭而返。會新太守湖郡王某至，聞其名，召使作畫，不赴。太守怒，時方葺文廟，檄令繪壁，辱之。先泰穿箏以往，畫梅於壁，題其後云：偶從處士陪琴鶴，未許山樊作弟昆。月落參橫人不見，只留清氣滿乾坤。書畢拂袖竟歸。從太守至，見之大懟，從一僕親造其廬，酬以百金，不受。時已盛暑，見其猶衣木棉，顧其僕往取絺綌各一端與之。先泰辭曰：性不知暑，故無需此物也。乃止委金而去。先泰追擲之，不及，乃返投置敝篋中，終不復顧。數月，其金化為蝴蝶，一一飛去。先泰後以窮餓死。

柿園敗

崇禎時，孫公傳庭柿園之役，以帝命監軍御史蘇京促戰而敗。幕客某謂之曰：昨余晝寢，見有人皆長尺餘，披鎧持矛，乘車裝馬，自陷中出來。凡發邀將山道士朱應子，令作沸湯澆所入處，因掘之，有斛許大蟻死穴中。乃歎曰：吾誤聽道士，遂以兒戲殺百萬生靈，彼其持矛登几時，非儼然從軍出塞者乎？孫公大哭。

慧娘

和州諸生名宛霞，少孤貧，天資穎敏，讀書五行俱下，年十三入邑庠，隨以歲試食餼，邑中名宿咸歎為不及。顧生雖才藻燦然，而文品極峻，自是屢困場屋，又喪偶，益復無聊。先是生有母姨嫁新城馬氏，家頗饒，生時往探視。母愛其丰神俊爽，每至輒留經旬不遣。姨女曰慧娘，年踰笄矣，未嫁，而頗嫻詞翰，兼善琴弈，而風姿韶色，性貞靜，惟生至輒款語不避。庚申秋，生下第復至新城女迎問慰解且曰以君才華豈長貧賤者然以此時風氣若稍能降格何愁榜上一名哉生曰今簾內固多師曠和嶠一流但若必以此詭遇吾將披髮入山不願求知音於前路也因泣下女亦慘然遂近以巾為之拭淚適母出詢其故不勝歎息母素嗜奕乃呼婢取楸枰與生對奕遂閱女側坐觀之俄黑子一角危甚女目視生曰西南風急矣此角君甘棄卻耶生曰何為女約略指示曰此即所謂倒脫靴勢也母微笑曰兒何言之昵也豈非女身外向語耶未畢女顏發赬遽起避去生亦心動推卻棋枰起揖曰得如母言其他更何足惜母自悔失言既念婦代已寢況玉女金童良緣難得越宿達其意於女父逢樂逢樂貧之母言其才可託逢樂曰其如數奇何必若所議且待來歲文戰後可也遂罷去生聞負氣欲歸母留課共二子生戀女未忍遽舍遂強留無何母臥病生入視適女來視湯藥遇之床角生顧無人小語曰卿知我所以留此故乎女歎曰深情久篆於中妾以憐才之一念遂如春蠶吐絲自縛乍聞父言幾不欲生此後若能藉文章為薄命人吐氣則已否則當于泉下相俟也生曰我若終不得卿今生亦不願更娶矣但恐人事難知請定密約以當息壤可乎女從色曰若是是負吾父兼負婦矣君焉用此不廉婦也即於腕上脫一金釧與之曰此物所以誓也海枯石爛用矢勿諼生懷之而出自是不復言歸矣後母病幸愈每晨起必啜蓮子女

私以一甌令婢餉生適為逢樂所遣詰之婢不能隱遂以實對逢樂怒將遣詰女會里中富商王某為子請婚其子不慧逢樂以怒女竟許焉後數日行聘有期女始聞之遂病眠食皆廢漸至綿惙不得已姑為召醫醫至診之曰病以鬱怒傷肝致心液為火灼盡必得人心血合詐以合歡皮煎湯飲之庶可奏效不然恐非藥石所能為也逢樂以商諸王王笑曰痴哉是欲以爾泉下物而飼吾兒現在心也逢樂慚恨而返詣生述醫言且許締姻生微笑曰翁不秋蘇時煮字療飢耶逢樂再欲有言生執卷而起出至母所語其事且泣曰慧妹若有萬一甥何忍獨生適翁來言要使人不能無耿耿耳語畢解懷取佩刀欲剌母急起持之曰痴兒奈何先自戕乎兒姑住此俟老身往視慧娘再來生諾從既至揭其帳見女懨懨垂絕母問今早亦少進飲食乎隨告以來兼述所由女張目見生脈脈但有垂淚既而歎曰妾負郎矣噫昔之夜夢郎來共戲郎捉妾雙趺脫睡鞋納袖中妾急探郎袖求之不得郎嘻笑曰繡鞋早為阿鴻將去矣妾詰曰此物豈可入他人手乎今將奈何郎不答起去妾疾呼終不復顧醒而思之知此事必不可諧妾向所以不忍遽捐廉恥者正為今日今魂魄已遊墟墓郎若為此致必喪爾生妾亦豈能復活但未知尚有來生否遂伏枕痛哭母撫之曰兒姑自愛昨向翁已許吾甥此事尚可圖也於是攜生至逢樂所為申前諾且曰兒病至此叔尚忍

立而視其死乎逢樂欲然從之其母乃返而告女女意少解自是若意強飯未半月已起王氏聞之從逢冰來將謀納聘逢樂許之母乍聞甚駭即往責其負約逢樂以王氏約在先為辭母拂袖出適女來微聞餘言知事已中變盈盈欲涕母慰諭百端卒不可解遂復病未幾竟卒生入臨已將殮矣纔止尸傍尸輒躍起眾大駭女為緩述冥間事言始死神魂粗忽惘家鄉都如隔世惟思郎不能去心私念詣冥王或可遂其垂憫于是信步而前至一處見殿宇巍煥鬼卒森列可怖躑躅間恍惚有一老父從門內呼之曰兒何得來此汝之齒尚未盡且與吾兒夙緣未了可隨我去乃冥王判此公案遂入見冥王王旋坐殿上氣象嚴肅老父跪稟久之王顧令喚妾至案前諭曰汝父俗人也汝二人早為紅絲繫定今雖為情死猶不失為貞義仍當歸團破鏡耳即喚鬼卒押令還陽不意頃刻即能到家也乃皆轉悲為喜惟生細詢老父狀方相與笑啼交作忽聞金鼓之聲遂震屋瓦俄一僕奔入曰謝遷作亂土寇引賊兵入城大掠將至矣母與慧娘方倉皇間亂兵已擁入生竄去母家劫掠一空賊見女美擄之去及新城收復生返始知女已被擄嗷然而哭逢樂與母亦哭生有僕曰鴻奴勇健能披甲躍十步是時在旁勸生曰奴願往偵慧姑其無恙也奴力能返璧但問太夫人何以報我母未及答逢樂破涕曰奴乃能為古押衙耶他日女歸當以予爾生鴻再拜曰謹聞命矣

遂起攜劍出門時餘賊屯於淄川鴻逕往其營乞降居數日有僞從者為言慧娘被擄時謝遷將納之不從留以死慧娘請俟三月從畢母喪而後惟命是從不然請就死賊愛其美故至今猶扃置樓中鴻竊喜夜半後躡至樓畔仰望燈火熒然躍而上窺窗隙見慧娘獨坐燈前垂淚破窗入二侍女驚起鴻手劍斬之挾慧娘飛出守者始覺追之不及天甫明至新城入門慧娘見家人環集如夢乍醒備言見逼之狀悲喜交至既而母顧逢樂曰今可為吾甥議婚乎逢樂笑諾生請還白其母母笑曰痴兒此事尚容姑待乎生悟乃止合卺甫畢賊已平道通生攜女偕歸登堂拜母母詢知前事不覺感泣曰然則吾當拜此貞婦耳戚友來賀見者亦莫不嘖嘖嘆之以為義烈之報然自此生益厭勢利閉居惟日與慧娘撫弦聞韻絕意不復進取云

賈荃

江陰賈行芳字士香邑中名士也家素不豐而清介自持不可干以非義一妹名荃字心香容華絕世性端靜工吟詠兄嫂咸愛之年十六字同邑鹾商江氏子詩濤從歲餘迨吉有期有汪媼者業鬻珠閱之以珠往售焉女為市數珠歎出奩中數十珠俾綴一珠瓔絡索持與女曰彙中人削布猶佳而復飾以明珠翠羽江家郎真有福也女笑酬以值而去適其嫂以

鋭奩求倩爲指樣。見几上所繫珠㕓，取視之，訝曰：「此即汪媪所穿者耶？」若漿原不可許其入門，媚令受其欺也。女就其手中諦視，乃知珍珠早被換，卻懊恨無及。嫂還以語士香，從士杳出，遇媪於門，拒之，且詈其不識廉恥。媪慚而出，既以老羞成怒，徑至江氏，譖於江母，言女嘗令其同里金媽倩書某生頃問其已有身矣。昨故以繫珠爲名，探其信否，不意果如所言。母聽畢，以告江翁，翁將信將疑。數日，有女僕引一賣花媪入，問其姓，即汪媪所說金媽者也。詰女競與市花，已皆散去。母從容詢及賈氏之女，媪爲縷述前事，與汪媪所言如響。母即令女僕詣江翁，乘訟證其事。於是決意離婚，竟造媒氏，擲以庚帖，俾返璧焉。時媒氏亦聞人言藉藉，不敢與爭，遂以致賈生。生駭絶，問故，媒氏微露其情。生怒，擲其帖於地而入，媒氏不得已，返白於翁，翁遂控於官，以金媽爲證。生亦赴縣申訴，及對簿，生詞氣激切，令不能屈，諭之曰：「汝姑退，明日挈汝妹偕來聽質可也。」生歸，以商女，且曰：「奈何使吾妹摧殘至此！」女慨然歎曰：「妹自蒙兄嫂撫愛，常思勉企郝鍾，以慰父母於地下。今橫罹此辱，尚容姑忍乎？妹志已決，兄勿惜也。」語畢痛哭，達旦草草理妝，衣履盡易縞素，拜其嫂曰：「妹命薄，不及與嫂相守以終，質吾嫂矣。」嫂此時但有揮淚，亦不復辨爲何語。而女已從兄登車去矣。比至，指天誓日，清辨滔滔。令曰：「此事證據確然，何容强辨？」命拶之。女曰：「慘酷之刑，弱質不堪，勢必誣服。服不如死，老父母奈何以誣良殺人乎？」令乃擲唤穩婆至，引女至别室驗之，出而稟曰：「所驗賈氏孕已四月。」與金氏言正符合。令大笑，詰女曰：「今汝又何詞以對？」女對曰：「不然，妾請不如老父母親驗之信也。」言未已，袖中出佩刀，解衣直刺其腹，剖未及半而身已仆，士香趨就女手取刀，力破至小腹，腸胃俱流，捉其刀曰：「老父臺請驗。」令急呵止，已無及矣。生於是控上台覆驗定案。江翁及汪氏、金氏皆論斬，邑令以得賍枉法論絞，而以賈女建烈女祠祀焉。

支氏

無錫朱貞婦者，支氏，朱爍聘妻，年二十四，爍死，歸朱守貞。嗣從子應璞，有田二十四畝，已而應璞夭。議他嗣，應璞本生父文耀利其產，與族人材任謀曰：「立嗣以母，無母何予？」脅之嫁，不從，辱之百方。支取剪刀自戕，復欲投水死。適弟錫昌告之，故訴於邑令。文耀私交通判某，諂令言支有别情，令鞫之。支解衣求刀剖胸自明，令遣媪驗之，果室女也，乃重懲之，而爲支立嗣，并作傳表之。此令猶不致以徇蔽致死，若某通判者，其計亦險矣。支氏之得生也，幸矣哉！

墮胎

邑西偏有村曰河南浦，村婦李氏性蕩，夫卒，婦日與里中惡少狎，未幾遂妊，蹦五月矣。鄰婦楊氏者，能墮胎，以此漁利，婦素與昵，至是與以番錢五枚乞爲之謀。婦受之，留與晚餐，且飲以酒。婦醉矣，草草下手，胎未墮而李已死，乃呼其夫共縛以石，而沉諸河，人無知者。越六年，婦偶自鄰村收生回，纔入門，忽自撾其頰，罵曰：「老娼婦，汝嘗爲吾言，爲某某墮胎，其人俱無恙，我故以性命交於汝手，豈料汝毫不經心，乃以沸湯漬草鞋，取而摩之，我所以低聲呼痛者，恐爲人知覺故也。豈猶是尋常腹痛哉？而汝猶力摩不已，致予腹中胎上衝而死。且汝既騙余錢，而致余死，即買棺以殮余屍，或猶可恕，乃墜以石而沉諸河，使骨肉俱葬魚腹，此仇尚可恕乎？」語畢，口吐白沫而仆，其夫爲之叩首乞哀，許以拜懺超荐。婦忽瞋目曰：「老魅精尚欲以巧言解釋耶？余向以一時不能登陸，故飲恨至今，纔得吐此惡氣。汝婦可死，余猶不可死汝婦乎？蓋凡溺鬼必三年而後上岸，又三年始得索代，方沉屍時，李氣猶未絶，故至此乃登陸索命也。」於是其婦狂益甚，跳擲叫號，或攢眉捧心，大聲呼痛，目上視，作李氏臨死狀，至夜半竟死。此嘉慶間事，余得之吴杏圃云。

捉姦

周華庭嘗言在山東兖沂道署時，有以夫捉姦而殺其一人，逸其一人者，繫鼓自首，觀察訥公陞堂，命拘其婦鞫之。婦年近三十，而肌膚如雪，容光照人，供稱向來與一人共戲，終嫌未暢所欲，故約二人於是日偕至，相與前後夾攻。其時方極酣適，不意爲夫所覺，殺二人於其所往來者。陽道尤偉岸者也。訥公大笑曰：「然則汝可謂休休有容者矣。」嘉其直，薄責而遣之。遂援筆判曰：

從來爲雲爲雨，冶容或致誨淫，而在匹婦匹夫，作配但稱佳偶。故面首三十，止供酣戰於山陰；私乳分明（粵西自肇至梧，婦人四月即入水浴，不避客舟，男女時亦相雜戲謔，其私不忌，揣其乳明晳相擊捉，以爲此乃婦道所宜，故極重之。），僅效水嬉於海外。縱河間之甘窺且合，猶然日夜呼號；而武曌之郎吮郎交，不聞兼允夾擊。乃者腹背受兵，居然鳥鼠同穴，以兩雄共一雌，竟雙管之齊下，左旋右抽，有如斯戮，前茅後勁，其實能容。儀教箭激，連珠綽有餘地，倘使桃花浪暖，許分羹於霸王之逐鹿界，劃以溝，挺碧玉於破瓜，剖分而食。方其二人同心，自必皆大歡喜，抑知綠鳳隨鴉，在雅教原自有婚，蒼鸞打鴨，從卧榻豈容他人？所嗟傾國傾城，佳人難再，既已一生一死，罪案可消。我見猶憐，掩面忍誅尤物；棄者不咎，寬政宜及仲春。姑予海恕，此後風流休放，誕待捉淫綱肯教淵藪，久逋逃庶幾二五之耦，耕永示千秋之孽報。

埋憂集卷五

戊上紅雪山莊外史著

鎖陰

竹墩沈某本儒家子自幼無賴稍長棄書放蕩性淫毒既娶傾奩具以供狎斜遊不足則恪其妻以繼之妻閔氏貌亦端麗某漁獵遍於族黨人畏其橫也相視以目閔氏憂其及禍嘗微諷之某大怒曰爾不知乃夫固色中豪傑所敢吃醋耶裸而笞之體無完膚閔氏垂斃哀祈乞命某曰今番應知吾手段但余淫人妻多矣猶自未足汝在家止余一人余又常夜宿於外焉保汝毋生他事語畢竟出取一鎖至縛而鎖其陰探懷中出一小鎖鑰之閔受傷重兼以下體被鎖寸步難行然畏其虐猶日起為之執炊會其兄來探視見其行步蹣跚憔悴殆無人色詢之不言但有妾泣一女甥在旁言其狀遂歸述於母并其族人族人共憤呼舟偕至竹墩視之閔氏已踡卧不能起見母一慟而絕於是沈氏之族亦集其族長某前啟曰母勿怒此子惡貫已盈村中三害未除此其一也今請除之以雪公憤遂命眾人擒某至祠斬焚之觀者數百人無不踴躍稱快焉

昔亳州有一士狎其婢其婦知之搗蒜納婢陰中而以線縫之婢痛苦殊甚鄰人咸為不平控訟於官官大怒檄拘婦至並喚革工數人攜錐線欲縫婦陰士懼為門戶羞力為求免官曰今城樓將壞公如能重為建造庶可免耳士罄家所有始能竣工至今土人呼其城樓為縫陰樓云又順治時毘陵某官偶狎一乳媼夫人知之以錐鑽其陰而鎖之棄其鑰匙於井乳媼叫號欲死不得已覓銅匠以鐵絲撩開之至今常州人呼為鎖陰奶奶二事俱見堅瓠集不意今竟得之目擊也

火藥局

道光二十三年夏杭州火藥局一夕為雷火所移不遺一瓦一椽即柱礎無存者不識何故或言想雷公需此應用故與六丁六甲下取之耳非也蓋近世用兵專恃火攻火藥之為禍烈矣故取之以示警耳不然何必並其局移去耶

諂禍

吳蕃玄明末進士婁東人也國變後隱居養志恬淡寡欲福王時屢徵不起豫王下江南備禮致敬見王不拜薦為國子監祭酒不就王重其志稱厚為之禮而遣之其後金聲桓至浙西時已有逆謀留掌書記玄至恭惟過禮叩頭至數十聲桓大怒曰吾以國士待汝汝奈何以非類處我汝昔不拜豫王今獨何為拜我非以我為不能容物而玩我耶遂殺之（諂遇拘物之徵陸士衡亦然）

外史氏曰巧言令色足恭孔子恥之又曰不有祝佗之佞而有宋朝之美難乎免於今之世矣千古一狐媚世界也然亦有救不必禍諂不免禍者如蕃玄之以恭慎殺然其視殷浩之以空函雅望抑又憐矣嗚呼士之生逢離亂以不能屈節偽朝而嬰禍者多矣況如聲桓之殺人如土芥者哉玄則不死於不屈之時而死於見屈之日其死豈不可惜顧其見禮也惟不畏死也其見殺也惟畏死太過也善乎侯朝宗之言曰今有兩人行而遇虎者其一惶恐拜跪而乞哀以死其一大呼奮臂鬭不勝而亦死謂聲桓之猶暴猶虎也則非拜跪之所能祈免也君子見幾而作當自有道矣或謂諂亦有道蓋必生有媚骨而又工於揣摩若壯悔堂集之傳馬伶諧鐸之述貧而學諂其深於閨房之談而媚世之衣缽也若蕃玄者殆惟以終南為捷徑而未嘗伺候於權貴之門而不學無術以致此禍也惜哉

又按張鷟耳目記周春官尚書閻知微奉命詣默啜議和司賓丞田歸道為副至牙帳下知微舞蹈宛轉抱默啜靴鼻而吮之歸道長揖不拜默啜大怒倒懸之經一宿乃放及歸與知微爭於殿廷言默啜不必和知微堅執以為宜和後默啜果反陷趙定知微誅九族拜歸道夏官侍郎工於行媚者其效又可覩矣記又云古拾遺趙良弼使入匈奴坐帳下以不潔食之良弼食盡一盤放歸朝廷恥之則又不知其如何下咽也

送詩韻

山陰平公在京師續娶紀曉嵐先生使送賀禮從以詩韻一部凡四冊分題以之子于歸四字平不解既而先生來赴燕酒半平從容問曰昨蒙寵貺內有詩韻四冊及所題之字皆未識命意所在今願竊有請也先生曰無他詩韻者平上去入而已之子于歸自應是平上去入矣合座大噱

又聞曉嵐先生新製一蟒袍與其親家戲曰昨親母來合看女見弟新袍徘徊熟視弟嘗有詩贈之親家曰願聞佳咏先生遂吟曰昨宵親母太多情為看花袍繞膝行看到夜深人靜後誦至此句遂止親家曰還有結句先生曰沒有了親家曰詩如何無結句先生曰結句無非平平仄仄仄平平而已其詼諧亦猶是也

遇鐵

沈允頭桐鄉人也精於風鑑嘗為人擇地既得一穴謂其人曰此地葬之當生貴子後世亦累代公卿不絕友人喜即以其父母葬之數年有紫雲和尚者自虎林來風從其術友褻其名邀至其地訪以吉凶僧相之曰此處前臨大道子孫已被踏盡且其後又犯拖刀殺將枝葉

汝夷之不暇何論貴威也遂力勸其改葬友感之即乞其另覓一地以千金購得之將遷葬禿頭忽至力爭曰誰為汝破吾衙者此中已有金絲纏繞奈何復遷友不信命啟其壙果有金絲籐繞徧棺外友悔恨將還詰僧禿頭止之曰此等構弄是吾輩長技然亦豈非命耶歎息而去其後禿頭家廚中缸面浮出一黿大如盤背上有篆書佩稅殿前惜蒙六字大俱寸許不解以問人或謂佩稅殿在龍宮內或此黿獲罪龍王故謫降出海然何以至此得毋禍汝家禿頭歸祀而放之於河訖亦無他異禿頭性迂拙雖隆冬常脫其帽故人以此呼之余謂禿頭既精於其術而又不為今世鬼蜮之謀安知非邀神鑒故使黿來告祥若以如禿頭乃能削去惜蒙而無愧為黿鑑歟

陰狀

吾鄉朱先生某中年喪偶無子遺一女年十六矣意態幽閒頗嫻閨訓先生視如拱璧一日倦綉欲睡甫就枕見一書生裕服翩然褰帷而入女驚起欲遁生遽前擁之手足如縛女將號而舌已入口昏不知人由此晝夜顛狂忽歌忽笑或自褫其衣有令人不忍見者先生百計驅遣卒無一效或言東岳廟城隍神頗著靈爽可往塑也先生喜遂自繕疏列狀以往祝而焚之乃還視女甫入房女忽起坐床沿以手指窗外笑問朱曰阿爺亦見其枷鎖郎當而首涕泣而去耶先生異之就問其狀則掩袂羞赧不能言再問之則盈盈欲涕而其病已如夢驟醒矣

郡有富室某氏子娶婦金氏纔數月為祟所憑其婦貌僅中人自遇祟後放誕風流殆無寧晷惟夫入與共寢帖然安枕絕無狂態出則如故矣或問之則曰以兩雄共一雌不柴毫索故暫且避去然彼豈能長守此鴻溝耶其母在旁唾曰淫鬼擾害如此吾將訴之天師遣法官來捉汝塞瓶內烹却始雪吾恨婦笑對曰母勿嗔某為歸安城隍三太子覺汝婦肌瑩如玉氣息吹蘭今後尚應翦吉迎歸署中永為白頭之好必不忍中道乖離也時其父亦在聞之退即具狀投城隍廟焚之比返則其女已沈沈睡去安帖如常矣惟醒後神氣怯弱藥之數劑而起

以上二事皆在嘉慶間然亦有不盡然者吳江縣志吳軒字秉帘少有俊才工書法永樂中嘗至京與客登隨山謁蕭梁公主廟臨風詠詩醉臥廊下夢女華裝至相與綢繆至於月落參橫乃起而別吳歸遂病病中喃喃言公主來迎吾竟卒然則淫昏之鬼果可以自為政也軒卒一年其同門袁約以稅事入京中途忽下驢空揖三四後復上驢回拱而去衆問之曰遇吳秉帘相揖耳衆知吳已物故大駭送約還家不數日遂病曰吳兄迎我亦卒是為魅者

又不必受制於神矣皆不可解

余謝山言城隍不知始於何時所祀何神按蜀退錄齊慕容儼梁武陵王祀城隍神皆書於史以城以盛民而隍即城下池也宜祀之以邀福利唐開成中睦州刺史呂述亦謂有合於禮之八蜡祭坊與水庸者至宋而盛行於東南有城土之責者莫不像而祠焉若市鎮第應有里社不當設有城隍而吾里中有東平廟本祀顏魯公而以張睢陽同時殉難並祀之直名東平王祠已失其本今竟額以城隍則非特名義不協而舊跡全湮流俗無稽大率類是

著包船

道光丁酉九月末中三塔寺之南有村婦王氏居與其母家相近時新穀方登婦製餅餌一器將往饋其父其夫以次日將入城貿布囑其速返婦諾之攜一子而去無何待至日落不至次日走問始知其並未到家各處尋訪不得乃還入門倒於床上輾轉思維不知其存其沒未幾朦朧睡去忽見其妻披髮立於床前流血被面涕泣言曰吾已為惡丐所拋明日君但往南塘一路尋得昨日所攜餅餌即吾冤可雪但今生與君永訣矣村農急起持之倏不見驚悟遂起坐而待旦出門沿塘行未至萬壽山北里許遙望隔岸一著包船泊於河側心疑焉急呼塘畔行舟渡至船邊見船尾二小丐方與爭食一小丐手中攀餅餌二枚罵曰昨師父以汝不曾乞錢故不許汝吃以此一籃賞我汝何得更來奪食村農近視其餅餌酷似妻所作者因問汝師昨從何處得此小丐曰昨有婦人攜一兒招我師父擺渡我師父送擡過對岸睇其進船其所攜餅餌共有一籃今猶剩此數枚也村農乃奔告婦翁糾集數十人操械而往躍登船上則老丐二人已歸縛而擒之其前後艙底有數兜或鮮或槁皆斷肢殘骸貯滿其中又有小兒泥封其口揭開則其妻與兒之首血淋漓尚未乾也於是并取其兜相與解官擊鼓申報邑令即提二丐鞫之二丐直認不諱及問其乾腊所自則堅不肯招聞二丐皆瞷視深嶼狀貌猙惡其拷訊時亦並不呼痛也此案不知作何結構也

烏清文獻浙西丐子結黨駕舟散行各處用迷藥拐騙子女剔其目挑其筋曲折其手足號曰笟某令行街市日責錢若干其女子姝色者則責為娼或自行淫其稚而肥者煮而食之故其人多強壯猙獰不忌夾打其老者亦割折之而取其腦髓肝腎以為藥故積財甚富賄勢豪為之窩事露於官則夤緣說情釋放順治乙酉六月有一數歲瞽目女子乞於市忽其詳相與蹤跡擒之計十餘人解至捕衙衙官欲庇之衆大譁乃扑殺之并焚其舟

按此即甌北所詠之著包船也余幼時嘗見捕衙中捕得二人究其黨與一任拷掠終不

招亦絕不呼痛乞饒掠其船得肝腎等數件遂併其船發縣其後亦不知如何發落或謂
此輩常食人腦髓故能熬刑且上下無所不通故其類卒不可滅昔萬曆中高寀督礦閩
中原奏官魏天爵林宗文百計媚寀因進一方云取童女腦髓和藥服之則陽道復生能
御女種子寀大喜多買童稚碎顱刳腦貧困之家多割愛以售惡少年至以藥迷人稚子
售於寀博取多金稅署池中白骨齒齒嗣買少婦數人相逐為秘戲以試方術歌舞孌童
又不下數十人窮極荒淫其後魏奄亦用此法故能與客氏奸通及其死宮女私孕者數
人焉是此輩為禍由來已久不獨文獻所云晦勢豪為輿援已也

金鏡

金鏡字鑑昭灌縣人少孤聰悟好學年十餘諸經畢誦文理斐然可觀師勸使赴試其兄以
坐糜膳脩責令學賈遂廢讀非其好也稍長性極狷介好施予兄以其不知蓄聚數譏讓之
鑑昭卒自如於是為之娶婦析箸以居婦孟氏美而賢每助之施而鑑昭所如不利數年家
益窘嘗歲暮其族兄有以親死無棺告者鑑昭無可為計遂與往謀諸兄兄方與嫂戲設
迎神閙之視其嫂而笑嫂亦笑曰今兄乃適負山積自顧尚無所措叔有餘資自應慷慨赴
義乃爾奈何欲以此科及乃兄耶言已竟入其兄亦入更不復出鑑昭廢然而返發囊中止

餘數百青蚨乃謀諸婦拔髻上釵并付之去無何歲已除矣婦以盎中無粟告鑑昭不得已
復走告其兄乞貸千錢兄曰嘻吾家中僅餘斗米借貸無門何能更為若計再三言乃呼其妻
量赤米二升與之鑑昭不勝痛哭還家婦迎慰之曰妾聞韓信寄食亭長為之轢釜豪士例
應寒餓何至作牛衣兒女態鑑昭拭淚曰固也吾所痛者以兄弟而竟及此也言未竟適婦
翁令傭負米五斗至夫婦始用相慶踰越月後之食如故一日婦翁至不能備午饍坐談既
久有稚子索食而啼翁歎曰如是舉家不且為餓殍乎乃為書薦與其友陶繼朱為掌會計
年餘廉其誠謹命往河南貨藥比反遇盜劫盡一人錦衣貂帽從車騎甚都馳至詢其何
由至此鑑昭仰視乃其邑中貴生也數年前生嘗以計偕無力鑑昭資之入都至是以進士
選知縣將赴任歸德鑑昭述其狀生惻然為謁邑宰緝得原贓臨別復贈以百金鑑昭歸家
亦稍裕矣先是其庭中有郁李二枝自鑑昭乞貸還淚濺其上樹遂枯死及是其西偏一樹
驟發繁花鑑昭喜以為異祥會陶遣至浮梁收債乃私市厚朴以往至則以貨者太多到稍
遲不能售失意而歸會白蓮教匪反被兵處所栽朴樹皆被斧作薪價湧貴鑑昭甫至聞者
爭往購焉利數十倍於是辭陶旋里大起第宅列肆連楹不數年致富鉅萬而是時其兄家
已落又以嫂撻婢致死訟繫者經年與鑑昭上下營贖費千金獄猶未解乃復至河南謀於

鑑昭賀為致書邑令始得贖罪釋歸而全家十餘口待哺為憂鑑昭時河潤之兄以為未足竟
以其構宅時侵占基地控於官官來踏勘不直兄將予杖鑑昭乞免退而私畀以五十金乃
已是夜盜入其室縛其夫妻烙以火盡捜其金去既而長子慶餘舉於鄉將觴客往請其兄
兄曰弟今將作封翁矣此時賀客盈門試看而兄懸鶉百結將毋為華堂羞乎謝不往鑑昭
乃返命家人餽以羊酒并雞鴨數物既晚甫散忽聞兄家失火奔救其廬舍延燒已盡
蓋其時嫂將燂湯燖雞以供晚膳以致此災也鑑昭歎息不已亟返推宅舍之其後兄嫂以
窮老死鑑昭既為收葬猶時時卹其子焉

外史氏曰余述此事蓋為之輟筆而歎者屢矣夫以鑑昭之為人而使之歲除糧絕淚濕唐
棣慨然曰田氏之荊乃復見乎何天道之瞶瞶也及貧約起家顯親有子則恍然曰彼蒼豈
真無情耶抑思急難分金報怨以德彼於骨肉之間固如此其厚也至如乃兄其於弟之窘
厄猶忍於袖手若此則平日之利析秋毫而於他人可知而卒莫保其身家然且報之愈厲
則禍之愈慘為之兄者亦可思其故矣及觀其謝弟數言則又歎其乖離猜妒雖至死而不
悟也是心也直得寒餓死矣嗚呼豈非人事哉

藥渣

京師有富家子周某者娶妻某氏有殊色情好頗篤其後專務嬖童常數月不進內妻為之
飲食俱廢懨懨寢疾某始入視命召大夫視之大夫至某適他往一老嫗導之入房診視畢
出語嫗曰病由幽閉日久鬱火不舒治宜越鞠丸以發其鬱但其始并非由外感寒食積食
所致必得精壯少年侍之俾悅而好之以快其氣融而化之以調其血投以所好以悅其胃
暢其所欲以舒其火然後導之於竅以利其濕補之以陽以解其寒半月後病當自愈此真
萬金良藥也不然恐非丸藥所能奏功言畢更不書方而去嫗反述於其妻妻以為然密倩
嫗覓得少年數輩如法治之病若失月餘某入見其妻光豔煥發如晨葩著雨神采倍常大
喜擁之入帷將與之狎忽見帳後數人皆面黃肌瘦形如枯腊駢肩而立驚問若輩何來其
妻逡巡對曰藥渣藥渣

外史氏曰此事余嘗聞之友人偶憶及遂書之或言已見昔人小說余初未寓目也余述此
事蓋為晚近嬖童而廣田自荒者戒非敢拾他人牙慧也故復存之

餳餅阿六

餳餅阿六者邑北栅沈氏子名鳳翔自幼狡黠無賴少長以賭為業而窩娼窩賊無不為也凡
遠近暗娼積盜無非羽翼也郡邑胥役無非耳目也以故官府不能捕邑有某將軍廟在司

馬碁南半里而近俗稱土地堂堂之前小賭場數十閒賭者皆其爪牙也人呼為堂前兵時東栅徐氏以居積致富六之黨小木匠桃花橋等先以索詐不遂將尋釁未得間也一日徐命店夥往村中收賬還至三里塘日已暝乃就一相識家借燭籠以行適其黨與堂前兵經其門偵知為徐氏店夥遂擁入誣以奸執而縛之搜橐中有番錢五十餘枚盡攫之去某歸白於徐徐某控六及諸人於縣縣令王故與徐有隙然不能治六遂揚言於眾曰有我在區區一縣令何能為寄語徐某如不能制我我當有以報也徐聞乃赴省控諸巡撫巡撫差官至縣坐提不得差官乃密與幹僕數輩至邑中乘夜出不意先擒六交邑司馬某公乃赴湖州啟太守林公請撥武弁二人鎮兵二千與偕至邑并縛堂前兵數人而去巡撫委杭州府某公親提定案六等七人俱問徒充軍有保長楊四一人中途堂前兵逸去三人惟六等數人解至其地未及兩月六已自紹興逃還石老森小木匠等亦自他邑返蓋有頂替在彼處應卯也六於是於北宮橋復開賭場其勢愈橫至七月娶妻某氏會者千餘人先是某氏本紹興良家女嫁為某氏子婦琵琶頗敦後某氏子為六所誘挾重貲隨六至邑中久不返其婦以念夫尋至遂家焉某自從六縱賭已耗其貲大半及是六窺其妻豔之乃復招某至家相與共博追暮出土妓數輩勸酒漏既下六起出某時已醉徑擁一妓入旁舍共戲甫就枕六

率其黨持械而入執某及妓將殺之某願罄囊中金以酬不許眾勸其更往取五百金益之便可釋卻且許售以此妓某辭以床頭已盡眾曰汝家舊有千金奇貨而不知耶某不解所謂眾教其以某氏歸於六即日間所輸二百金亦可一筆勾去遂逼其書券某涕泣不忍六揮刀而前某於是飲泣署券眾即蜂擁至某家呼其妻出告以某在六家卒病仆地救之不醒趣其奔視某氏即隨之去入門見某無恙驚甫定而某遽前捉其臂頓足大哭良久乃哽咽而語以故妻駭絕欲返奔眾曳之曰汝得嫁沈郎亦復何憾而更欲思歸事至此尚容汝自來自去耶某故亦桀黠顧見勢已難挽即收淚慰其妻曰汝往此誠大佳即復從我去恐終不免餓殍也言畢拂袖自出而心中憤焰欲燒行數十步復返及門門已闔矣遂解帶自經於屋簷絕墮地乃蘇將取索以往入門見燈火瑩然四顧闃無人影痛哭不已既思此時不知妻猶在否若得一見而死死亦可瞑於是攜燈就寢而輾轉不能成寐歷憶從前始與六遇攜貲偕來今所攜既已蕩盡并其婦亦為所賺遂躍起拍床大叫曰阿六汝奚喜也頃之天晚出至市中市一短刀藏之將伺便刺六未得也忽聞喧傳六方娶妻往探之知其妻已別抱琵琶相從而去矣憤極遽歸取所藏刀礪之袖而出自是更不復歸矣一日天微雪尋六至唐家衖將至其門聞釘鞋聲闖闖然來擡視之六也厲聲曰錫餅今夜乃相逢耶出

刀刺之六騰右足起中其腕刀鏘拋落以用力過猛其釘鞋跌落雪中某隨手拾得劈頭一擊恰中頂門六仆於地某復前擊之頂上數十孔血如箭激濺地都成紅雪而六已不復能動蓋六本充奬而軀幹短小故所擊皆在頂上也某棄鞋取刀剸其腹立死奔至其家跌闢門扉呼其妻出告之且責其負心將并殺之妻泣曰妾所以含垢忍辱以至今日者欲得一見君面而死也今大仇已雪又何面目與君相見將即奪刀刎其喉急奪之已深入半寸血溢不止而仆於地某抱至牀上為裂帛裹其創騰後知漸蘇此道光十六年十月間事也時廳司馬適在省某乃至青鎮司自首巡檢某公詢知為紹興人權令弓兵管押密使人諭令逃歸某以無貲難之與以五十金某始攜其妻而去今石老森等尚在焉

外史氏曰十六國春秋杜育少時從濮陽人為賊母若之育曰天下將亂且以習勝如意望封侯不如意但不使他人斫頭育為賊被甲三重持戟騎逆而出嗚呼五代時王俊以走及奔馬得官歐陽公嘗以慨亂世之人才矣無如世當衰亂建非常之功者多出自此輩中也余嘗謂捕亦愚曰天下有事如錫餅阿六輩皆草澤英雄也吾與若區區猶以王法繩之抑迂矣此持法者所以胥及於寬政歟一歎

秦檜為豬

順治初許州魏果毅公官刑部尚書嘗夢至冥司代陰曹決冥中事一日湯文正公試訪之值公午睡侍之良久甫出湯因以夢寐諫公笑曰非疑也此事本不欲言因有關臣節非細故不妨為知己道也適夢至冥司提問秦檜公案耳湯亟問曰此案至今猶未了乎公曰非未了也渠前世本在涿州一富家為豕其後有數盜持刀入執縛主人主人不敢號任其搜括然猶未慊疑其尚有窖藏乃以刃使指其處而室中實無餘蓄盜怒舉刃欲砍犬從旁力嚙其足盜反身斷其首而主人得乘間逸去冥官嘉其義俾其託生秦氏為子故身後眼有夜光也不意忘其本來害賢賣國罪惡至此閻羅用罰令三十世為豬以示報害忠良之報而檜仍欲乞為犬湯公笑曰犬豈有勝於豕乎公笑曰此其所以為奸狡也犬不盡殺而豕則未有能免屠割者也適笞之三百渠猶不承繼以炮烙乃服今押往汴州為豬去矣問以前卻在何處曰此案未可驟結自瀛國公入燕以後始令其世世投生岳氏為鼠以飼其貓俾償武穆之怨迄今纔令往生他處耳湯曰宋自和議成而歲貢金帛偷安半壁君臣遊燕荒嬉無復中原之志以迄於亡而南自南北自北之議檜發之檜實成之是其賣國之罪更大也曰此意殺自金人主於高宗南渡享國不長半由自取既斬檜嗣俾其先宋而亡已足蔽其辜矣但其施武穆於獄及誅殺不附和議諸賢罪孽尤難末減需為豬三十世乃可洩一朝忠臣

之憤也。湯歎息而退。湯與陸清獻皆為公所薦引者也。

又按異識資諧：萬曆丙子，京口鄒汝璧遊於栖，見屠豕者去毛，盡腹上有五字云：「秦檜十世身。」康熙中，震澤某遊武陵，適屠家宰一豬，蹄上凡肺管皆有秦檜字，眾無敢買者。某欣然買之，攜歸付僕煮，既熟，潔服攜至岳王祠，羅拜以獻，祀畢，恣啖，聞者大快。青州徐相國溥家嘗宰一豬，燖去毛，肉內隱有字云：「秦檜七世身。」烹而食之，臭惡異常。相傳相國之祖在宋朝為秦檜所害，故生平最敬武穆，特於青州城北建岳王祠，鑄秦檜、万俟卨像跪階下。此豕豈以示償報歟？然則果報之說信有徵矣。堅瓠集又載：萬曆戊戌，去鳳陽城三十里朱家村，雷震一白牛，燎毛，背有秦檜二字。蓋為其所規免，故不為豬而為牛，而卒死於雷。奸臣之不能逃天網也如是夫。

又按秦熺本王氏子，檜妻不悅，性畏內，妻嘗孕其妾，逐之生子，為先遊林氏子，曰一飛，以檜故仕至侍郎。金壺子：宋史秦檜曾孫鉅通判蘄州，金人犯境，與郡守李誠之竭力捍戰，城破，鉅率兵巷戰，後歸署自焚死，子浚、澤皆從死。奸臣之後，一門死忠孝，豈復係其世類乎。然檜無子，以妻兄王㬇子為後，則秦氏世絕於檜久矣云云。是亦以秦熺非檜之子也。史不足據也。

閩嘉靖初，秦檜裔孫某宰湯陰，有政聲，每欲謁岳忠武祠，逡巡未果。將及瓜，謂同寅曰：「岳少保雖與先世有惡，豈在後嗣？吾守官無愧神明，往謁何害？」遂為文祭之，拜不能起，嘔血數斗，扶出廟門，遂死。觀此，與宋史所載，則秦檜有子可知，然安知非王氏子之後歟？明史邱瓊山謂范仲淹為生事，岳飛未必能恢復，秦檜有再造功，驚人之論，據其言，是南宋之享國，賴檜之力，而魏公此舉為濫罰矣。史稱其博辨而多偏激，信哉。

賈似道

康熙時，張松村先生嘗遊七閩，佐閩藩某公幕。平朱一貴之亂，其歸也，舟泊漳浦，晚飯後，波心月上，沙雁磔磔，獨起悵然，不能成寐，遂登岸，欲訪木棉庵遺址，未知所向，信步行去，入一古寺，有三人圍坐共飲，綠桂紫髯，一美人衣天水碧綃，齒紗裙，年約十八九，妙麗婉約，抱琵琶側坐。見先生至，齊起揖之入席。先生愿叩姓氏，一楊子玄，一錢湘靈，其一人語操吳音，自稱廖姓友竹，乃與樹先生之族姪也。性嗜山水，慕雁岩名，泛江遊東甌，轉至武夷，今流寓於此已十年矣。言已，黯然。錢嗔曰：「嘉客相逢，如此良夜，乃絮絮作楚囚對語耶？」於是洗盞更酌，痛飲酣呼。先生素豪飲，連斟數觥，為述平臺之事，楊嗟歎不已。錢生拍手曰：「我得一酒令矣。」廖曰：「善。遇風雅士，豈俗牛飲喧呶，徒作傖父面目。但需出新意，偶有拾人牙慧者，罰如金谷酒數。」錢乃浮白曰：「砍楊頭（見五代史補），羊頭爛宦福建，三語語，若能對否？」楊應聲曰：「穿錢眼（亦見五代史補），泉眼通。死浙東，葬楊本以入。」皆為淡水同知，隨為朱一貴所殺，而錢以遊幕客死紹興，故二人還相嘲也。次及廖，廖曰：「我亦有二語，請對。」遂宣曰：「天上月，人間月，未眾也。」久不屬，請其宣示。廖曰：「此語向來覓對不得，故以煩諸君。」眾譁然，將取巨觥罰之。廖曰：「此時已不勝酒力矣，請為小詩償責何如？」眾笑曰：「亦得，吾不忍其殺風景也。」廖遂吟曰：「夜深立盡板橋霜，橘柚知寒已變黃。無限青山湖上路，只隨烟月夢錢塘。」其二曰：「風吹蟾野怪鴟啼，葉葉征衣化作泥。今夜送君吹鐵笛，荻花楓葉也含淒。」錢急掩其口曰：「君開口便含酸茹歎，使人不歡。」顧美人曰：「為我妍歌，以當羯鼓。」美人即笑撥琵琶，代唱三笑月中行一闋，音節嬌婉，合座為傾。時楊已醉，輒抱置膝上，解錦半臂贈之。忽一人屏與至門，闖然入，罵曰：「賤婢無恥，又來此賣俏耶？」美人倉皇遁去。楊怒而起曰：「汝今猶為此驕態耶？」詬詈毆之。眾勸令代歌，以贖其人醜。頹就席，收拍而歌。錢吹橫笛倚之，歌曰：「恨茵儂無賴，嬌嗔眼，春心偷擲，怎落花落早，印下一雙春迹。花不知名，香縈閑氣，似月下參差，將山傾國半，解雜稱惹蒙漸魔，鎖宿粉樋香遺蹺語，怎眠情感多情，輕憐細閒休問，望京牆高，犯韓路隔，孫森竟兒。又暮雨凝碧花逕橫烟江扉映月，儘一刻千金堪借，卸袜薰籠，藏鐙衣桁，任霧䯮金釵，換頭玉滑，更恨檀郎恐憐深惜。儘顛鸞周旋，傾側軟玉香鉤，恠無端風狂浙脆。」歌未畢，楊起拍案曰：「此乃康熙中簡儀曲也。吾輩今夕相約不許襲舊，汝本一市井無賴，不過借內寵以作奸，濫竊科目，豈知世間有筆墨事，偏又假裝儒雅，倚門客刊書鑑帖，託附名流。今居然忘卻本來矣。如此無恥小人，尚可耐乎？」擲地一吼，忽化為虎，噬其人去。眾驚散，先生亦起，廖挽之曰：「公無恐，適歌者乃即宋之賈似道，故楊公為此變相以啖而奪之魄。其先歌者即賈寵時所攜沈生也。今佟尚有一書，煩帶至家中。」遂於懷中取書出付先生，相送上船，揮淚鄭重而別。後先生至杭，訪廖氏，果有其人，投以書，其子發視之，始知其物化已久，書尾囑其速往收骨。鄭歎息而退。

鬼母

余嫡兄載榮，小字學麟，幼聰慧，性尤醇篤，孝弟擅然，而於余尤狎。以家貧不能從師，學二伯父親課之讀，然猶不能給。才讀學庸二書，遂廢而學賈。迨二伯父母既沒，三兄行賈武林，兄亦往梅里經商，然未嘗一日廢書也。時余父母俱無恙，歲時常來省親，暇則必從余問經訓，尤好談詩書、學米蓮額，得其似。其好學蓋天性也。余每見，如得良友，與之談，輒至午夜。然兄又以勤於其業，不能久留。余既無兄弟，既別，常悵然如失手足。已而兄浙有所業，余父想其娶婦，遂於嘉慶二十一年結婚梅里某氏。次年仲春，娶有日矣，乃附賈舶來省，將請余父及三兄同往。行次常州。以覆舟溺死。後三兄至常州。問其故。常人云。是夕風雷大作。繼之雨雹。舟不能行。已泊於塘。攷矣。俄見岸口一舟。其行如馬。桅顛一燈熒然。其上有登仙二字。髣髴有人呼之曰。風利如此。汝等何猶泊此為。於是同舟相謂可尾以行也。遽揚帆出。而前舟已杳。風勢愈猛。急欲艤棹。已不及矣。時同溺者七人。惟舟子以善泅得免。時年三十有三。

外史氏曰。世之死於溺者多矣。如吾兄之為人。亦何罪而至於斯耶。余每念之。常達旦不寐。擬放柳州招海賈文以哭之。而援筆輒煩冤不能成篇。至今常自呼負負也。今三兄尚存。年六十有四矣。而未有子。豈余二伯父之後。又將絕乎。是又可為痛哭也已。

埋憂集卷六

戍上紅雪山莊外史著

二僕傳 果堂丈鈔節錄

明季鄂李忠毅公有二僕。一曰任瑞。體長。能飲。解音律。性甚黠。喜近輕薄兒遊。一曰孔瑞。肤黑。體短小。而其中精。母弟俱依公寄。公家待此二人甚厚。公掌鞠家失勢。遂俱謝去。任僕投海門道。為夜不收。孔為某副將營健步。其後公械至西陵。公夫人使人持金錢微隨公。為給用。適任僕以事至省。道遇公困乘醉呼主人名讓罵。欲遮奪所持金。其故人在西陵閫援公者。俱從舍避之。竟分所齎財乃已。而孔僕在家。時與營中二戰將突入公家。取器物去。俱為告匿狀投副將。逼取公家數百金。以一貂裘獻將官。其叛主之惡。皆如此。未幾某副將使孔僕持急書至省。投大帥府。此僕行數日。見途中一人刀笠擔囊。稍稍就近與語。知各為某營健兒。齎書至省。告警備事。因與同宿對飲。臥一榻。次夜其人益大買酒。探囊中牛脯縱飲。約拜香燭。幾夜半。方各酣寢。行至錢塘。其人曰。若先行。吾待後會。須次至省。與若酣飲矣。山某酒家。遂別。而孔有一子在省。聞與父相遇。大喜。共齎書投帥。叢大帥坐帳中。發視。忽大怒。命人拽出斷頭。此僕惶急。不得一辨語。父子頭已並落。蓋途中所遇健兒。乃山寨諜者

持諭降檄。方酣寢時。已潛易之矣。而任為夜不收數年。以罪除粮。日縱博大嚼。就笠傍酒家覓。無所投。日擁敗絮。空腹臥榻上。無面出見人。一日偶出門不歸。比曉。人傳西湖有一屍抱一屍浮出。其一屍即任也。俱謂此僕不能忍凍餓。自投水死。或曰。此僕行遇一故酒徒。飲得醉歸。黑坐橋上。謂其家臥榻上。仰臥。墮磕橋下石。故其死腦碎。或曰。人有溺水死者。其魂常為水鬼。必得代方已。此奴醉後坐步口。為鬼拽入水中。故相與抱出。要之任僕之死。人不知其所以死。至孔僕之死。即彼亦不自知其死也。而且父子同死。天之報惡人。誅叛主。賊亦太奇已。可畏哉。可畏哉。

段珠

雍正時。石門有段七者。以拳勇名天下。其妹名珠。從乃兄學藝。絕精。年十六七矣。貂麗絕世。一日有少林僧訪之。叩其門。七不在。妹從樓上應之。僧戲之曰。既爾。使老僧得近芳容。豈不更勝。乃死此天假之緣也。女怒。躍而下。以鞋尖蹴其兩太陽。洞入寸餘。僧目笑出而死。

嘉慶初。苗匪擾川楚。齊林者。本襄陽總役。習白蓮教。破案伏法。及其兇之。富等既反。迎林妻齊王氏為總教師。諸賊聽其號令。賊首也。謂之齊二寡婦。最悍毒。大書旗上曰。替夫報仇。勢尤猖獗。久之乃敗。賊定教匪述編謂其姿頗豔。治體纖細。倡羞很愨。野逆山賊名冠諸賊之

首冀人妖也。相傳彝二寡婦，臨陣戴雉尾，衣紅錦戰袍，於馬上運雙刀，矯捷如飛，所向無敵。有時翹一足，自山頂疾馳而下，注坡蓦澗，從無蹉跌，其勁捷亦可想矣。王氏有婢名黑女子，亦矯捷善鬭，為群賊所服。後為官兵敗於卸花坡，俱投崖死。

金三先生

金三先生者，武陵人也。其拳法得乃祖石音之傳，嘗以授徒來邑中。一日與其徒演伎於烏將軍廟，有孔六者，方壯年，自負其勇，欲試金，出不意，騰一足起。金笑曰：勿惡作劇。駢二指插入鞋縫中，其足即不能舉。視之，鞋圍脫矣，而足不傷，蓋適當其凹處也。既而出至山門外，有數雀棲於池南戲臺之顛，金探囊中出一彈丸如梧子大，置食指上，笑謂孔曰：請為君落彼第三雀。即以拇指撥去，此雀乃應手墜。孔乃大服。孔言金前以保標至山西，嘗獨行至山中，遇一青兕追之，疾如奔馬，行里許，前橫大澗，深數丈，金乃面澗而立，視其及，猝竦身以兩足蹬其背，兕跌入溪而死。金體幹短小，不及中人，然所用一練柄鐵椎，其重乃不下五十斤也。

讀律

世傳江西人好訟，有一書名鄧思賢，皆訟諜法也。其始教以侮文，侮文不可得，則欺誣以取之；欺誣不可得，則求其罪以劫之。蓋思賢人名也，人傳其術，遂以名其書，村學中往往以授生徒。今禾中大理港陳氏，人多以遊幕為業，其子弟自幼率皆讀律，有一人自讀四子書，更不讀他經書，而專讀律一部，以此遊庠，屢試優等。蓋其書箋註詳明，引證多本經史，較鄧思賢更勝矣。

賣詩

蓮花莊閔生某，中丞公峙亭之孫，太常卿絨三之從弟也。中丁卯副車。其人落拓不拘，性嗜飲，面顏如赭，嘗衣敝緼袍，為破襆垢膩如鏡，日向街頭索醉，有與談文藝者，輒高談雄辯，旁若無人。尤長應制詩，常以賣詩自給，每首五十文，詩文皆頃刻成，然所得輒隨手盡，以是每不免枵腹。論文罵坐。漁隱叢話：仇萬頃未達時，嘗揭牌賣詩，每首三十文，停筆磨墨，罰錢十五。今閔生不必揭標於市，而價又進增於仇，則固後來居上矣。

詩讖

徐鶴舟，吾鄉詩人也。少時以梅魂詩為程均軒先生所賞，以女妻焉。未幾病瘵，困床褥者三十年，竟不能娶而卒。程氏以處女終，年逾六旬矣。鶴舟未死前數月，賦殘荷詩四章，句是逆絕筆，人咸謂為詩讖云。

秋興詩

戊子之秋，余館於新城馬氏。馬生鍾英以秋興詩索改，余嫌其後半不免應制氣，為改之曰：落月空梁螢斷夢，秋風古巷鬼紉針。夭桃拂柳都零落，猶自喃喃戀繡帷。總攔篝，而余妻吳氏訃音至矣。歸家歛畢，即赴武林鄉試，未及返，而幼女阿盆又死，始悟前詩之不祥也。

樊遲廟

余嘗偕金古春至崇明，遊樊遲廟。廟中香火頗盛，而至廟祝以魚鱗一片，殷紫紅，其大如席。其廟前懸篝鐙二色，紫瀲而白，諦視非玻璃，亦非明角，訊之廟祝，曰：此乃鯊魚目為之者。相與嗟異久之。余謂古春曰：樊遲亦齊人也，未聞其嘗至南海也，何由為此閭所崇祀？廟祝笑曰：二客亦知孔子之所以為聖人乎？余曰：不知。廟祝曰：昔魯人有浮海而失津者，至於亶洲，見仲尼與七十二弟子遊於海中，與魯人木杖，令閉目乘之，歸告魯侯，築城以備寇。魯人出游，投其杖，乃龍也。具以狀告魯侯，魯人不信。俄而有群燕數萬，銜土培城，魯人乃大城曲阜。既畢，而齊寇至，攻城不克而遁。此所以為聖人也。惟是孔子素性廉介，在海中飢不得食，諸弟子亦束手無策，惟樊遲從來好利，乃至此地販木棉以給衣食。其後更販至口外地，方與易皮裘來吳售之，獲利至鉅。嚮後值吾邑大飢，樊遲輒以粟米賑濟，飢民始賴以全活。及其邑人思之，故祠祀至今未絕也。余顧謂古春曰：汝聞之乎？今天下之廟貌巍煥，血食一方者，大抵皆樊遲販棉花之類也。一笑而出。

昔在常熟方塔寺，內有一青魑菩薩，即睢陽張公跡也。赤髮藍面，口啣巨蛇，作夜叉狀。或言公自矢死當為厲鬼殺賊，此蓋厲鬼之狀。吾邑東平廟，其始本亦以張公與顏魯公並祀，今毀城隍廟，其神猶然黑面虬髯，努目怒視。蓋流俗無知，仍沿其舊，伍髭栲杜十姨，亦何地無之耶。

施氏

吾鄉有施氏者，其父嘗在余家主會計。父殁，嫁為賈人婦，常來余家。其後貧乏不能自存，遂自縊死。適有養媳曰阿福者入房見之，而號其子奔視，則懸於梁間，披髮亂動，口中白沫流溢，急解而救之，踰時始甦。後至余家，自言其時亦不覺痛楚也。越二年冬，吾母方撤席，午前施來哭之痛，余姊妹勸之，良久始止，然猶流涕不已。勸之食，不食，將晚乃告歸，留之不可，涕泣而去。迨夜，其次子某方與眾客飲，忽其鄰某奔至，呼之曰：汝母已縊死矣。其子奔救之，竟不復活。

嘗聞縊於桑樹及床欄上者，皆不可救。里中蔡阿三者，素無賴，後與同里沈某有隙，至其家門前叫罵不已，沈父子皆避之。一日晚起，忽傳蔡已縊死沈氏桑地中，余往視之，見其懸於亦間。一足踏地上。其右足亦著地。而屈其膝。但口中舌微吐出不及半寸。此其死時亦未必能知痛楚也。

又余蔣氏表弟婦張氏者。少時性頗剛愎。得顛疾。療治經年乃愈。且更柔婉。好奉佛。於是舉家相慶。然年踰四十。自縊已兩次矣。又數年。其家將祀神。予表弟入索香燭。適僕妾皆不在。張氏請至佛龕中取之。遂自上樓。去良久寂然。予表弟不耐久俟。往視之。則已縊於梁上而死。後余從姊為余言。半年前。似嘗言每行時。輒有四人相隨。中一美婦人。衣紫綾襖。皂半臂。常顧而笑。其前一人。鬚髮皓白。方袍幅巾。似廟中所供土地像者。其後二人鬚髮亦蒼。似五六十歲人。三人間或不見。此婦輒引入一洞戶。比醒始知已就縊。今竟不免。觀此與施氏。則遲速之數。亦無可強也。

空空兒

乾隆時。兩江制府黃太保。巡邊至鎮江府。舟泊京口。忽失其項上所掛數珠。大驚。俾地方官令嚴緝。限一月內必出。縣官受命退。即飭役各處緝訪。了無蹤影。無何限期已迫。迫比俱窮。令某役思無策。乃離署微行密訪數日。至句曲山後。遇一靚麗女子。衣絳綃衣。弓鞋窄袖。行絕壁間採女貞於樹下。上如飛鳥。異之。伺其歸。尾至溪邊。入一洞穴。某亦蹤入。其中大可數畝。而幽折地旋。迥非人境。穴將盡。有茅屋數間。門外槿籬縈繞。一老嫗滌器於道。見某詰曰。是非某官耶。何以至此。某前拜具道來意。嫗微笑曰。哦。想又是吾女與貴上人作劇耳。此女慫慂未改。致貴官惶急至此。自當懲之。但此時不知何往。姑請歸。明日當令送還貴官。於午前至報恩寺塔頂攜取可也。某悚然敬諾而出。疾馳稟太保。太保不勝駭異。次日命副將某率兵往環塔。彀弓注矢以待。至日中。眾目睽睽仰注塔上。忽見一道紅光。瞥如飛電。而數珠已掛於頂。一時萬弩齊發。渺然如捕風影焉。於是令健卒梯而登。取珠下。珠上繫書一封。題曰空空兒手緘。以呈太保。拆視。大略言其莅任以來。挾威以擾士民。挾術以欺君上。挾勢以辱長吏。以詞察緹武弁。以羅織為腹心。以凌辱稱孤。血濟貪以酷。行詐以權。身荷封疆之任。心懷鬼蜮之謀。一方偏罹荼毒。而紳士無所控訴。道不敢糾。故取公此物。聊用示警。若不速圖悛改。仍蹈前愆。即當取公首級。以為為大吏者戒云云。太保讀罷。毛骨悚然。其貪暴從此稍戢焉。

鬼鐙

桐鄉徐小山家三家村。嘗至郡中。雇舟至永興堰。已漸暮。忽濃雲四布。風雨交作。天黑如漆。不辨東西。舟子大怖。進退失措。徬徨間。倏睹林薄中燐火一點。光匠於燈。漸移近岸。閃影晶

瑩。照水如白晝。舟行則燐亦行。如為導引者。直至村中大虹橋。光始不見。計所照水程已三十餘里矣。此可石所述。以為小山之善報云。然余詢小山於此地旁近。初未嘗收殘骨朽骼。小山素精風鑑。而此處未嘗為人營穴。亦並無祖父塚塋也。

外史氏曰。唐段成式金剛經鳩異。貞元中。先君自荊入蜀。應韋南康辟命。從韋卒。賊闢知留後。先君舊與闢不合。閉之。連夜離縣。闢尋有帖。不令諸縣官離縣。其夕陰雨。出郭二里。見火兩炬。百步為導。初意縣吏迎候。且怪其不前。高下遠近不差。欲及縣郭方滅。及問縣吏。尚未知府帖也。時先君念金剛經已五六年。向之導火。乃經所著跡云云。然小山素亦未嘗持經咒。即成式之父所遇導火。亦未必果為誦經所致也。

祭鱷魚文

崑句國在于吧䫺國之東南。沿海順風行約一日餘。至其地海口。亦荷蘭番鎮守。洋舡俱灣泊於此。由此買小舟入內港。行五里許。又東北行約一日。至萬喇港口。又行一日。至東萬力。其東北數十里為沙喇蠻。皆中華人淘金之所。乾隆間。有粵人羅方伯者。貿易其地。其人豪俠善技擊。能得眾心。嘗有土番竊發。方伯率眾平之。又有鱷魚為民害。國王不能制。方伯為壇海濱。陳列犧牲。取昌黎祭鱷魚文。宣讀而焚之。頃之風雨大作。鱷魚遁去。其患遂絕。於是華夷皆尊為客長。死而祀之至今云。此與前人書韓文後者相似。所謂文章有神。其信然歟。

射兔

泰安富室周某者。性好外。嘗畜一孌童。姿極妖媚。與周寢食必俱。情好頗篤。呼為張毛弟。未幾張死。周為瘞於泰觀峰側。數年後。有獵者持弓矢入山射獵。遙見殘雪中。一兔方與狐交。逐而射之。中其尻。兔帶箭而逃。入一破棺中。即之竟不見。但存一枯骸而已。或言此周氏所畜張童之塚也。今固應與狐魅為偶。與獵者怵然。投弓矢而返。自是遂不復獵。

馬宏謨

彰德馬生名宏謨。素以操行自許。年踰壯尚未娶也。嘗言人以常男子為鐵石心腸。然亦已亂男女之別。吾竊笑其柔情未斷也。人謂其不愧斯言。父若虛老矣。館於富室趙氏。每入夜輒先就寢。一日其徒二人以課藝未完。苦埋至半夜。方始脫稿。忽見壁上所懸關帝像。自幀中冉冉而下。二人大駭。將逃。帝君止之曰。毋恐。吾非禍汝者。適索觀其草稿。為之點竄。講解皆精妙入神。良久仍歸畫上。二人重加繕錄。次日以呈若虛。若虛閱一過。並皆佳妙。詰其進學之速。詰得其故。惟祟之見及也。託故辭歸。以語家人。宏謨聞之笑曰。此畫妖也。從來妖由人興。幾見邪魅而敢正人端士也。既吾父恇怯不敢復留。兒請往代攝其事。看此妖敢來魅我

不吝若有阻之不得。衣裝徑去。託父命以進。主人姑爲下榻。既館自是齋中神像竟不復下。人咸謂生之正氣雖鬼神亦避之矣。生亦益自負。後値重五。執徒皆散。旅窗枯坐。不禁思鄉之感。遂信步至後園。其中亭屋頗極幽邃。遠望東畔一小池。荷花已開。急趨之。池上有樓巍然。竟將登覽以豁幽懷。而扃鑰甚固。正徬徨間。忽聞扉砉然自啓。一二十許麗人迎門。軃扉微露。以手相招。風流雅是世間無其匹也。生時方久曠。乘興從入。女轉身上樓。生亦拾級隨上。直前擁抱。此女忽變一厲鬼。被髮相攫。駭絕急奔。及梯而仆。忽頭上砰然作聲。其左足已爲樓扉所壓。而身倒懸於下。大喚。眾集救之。竭力啟扉不可得。其主人仰視久之。心知其異。急出。呼一犬至。取械擊之。犬嗥聲大作。而生足脫然出矣。扶掖至齋中。細詢其狀。生此時神魂喪惘。不覺吐實。主人從旁笑曰。先生不知。此樓向爲狐魅所據。故終年常扃閉不啟。不意先生乃亦爲狐魅所惑也。眾皆粲然。生汗顏不能仰視。翌日。乃以足疾辭主人歸。竟不復至。

外史氏曰。馬生色厲而內荏。意其生平醇謹。如微生高之直。張君瑞之遠色。有足以盜取虛聲者。然未有實學。故無定力。其卒也遇尤物而迷亂失次。至此幸此妖忽現變相以相戲。雖傷其足。而不至失足焉。然其失足過半矣。

茅山道士

戴瞭如。戴安山村人。業瘍醫。而門可張羅。一日有遊方道士。葛巾布袍。造門化齋。自云自茅山來。戴具雞黍以飯。款洽頗殷。道士德之。啟皂囊出丹方一卷授之。云此方傳自孫真人。真人得之老龍者也。今後弟以此濟人。一生吃着不盡矣。戴感其意。訂爲方外交。道士亦喜。遂與定交而去。後數日復至。謂之曰。前所授方雖妙。須辨症施治。僕尚有小術。君欲得之否。戴大喜。請教。道士於懷內出小竹筒授之曰。此中有人。呼之可出。若遇疑難。問之無不應也。兼授以符咒。戴欣然。去其塞咒之。一小人出。長二寸許。眉目端秀可辨。繼至地。驟長丈餘。金睛睒閃。青面披髮。兩齒出唇外。戴大駭。哀祈收去。道士笑曰。以君固善士。故願以秘術相傳。乃反見疑乎。但此物既入。祠之須得十金。乃不復出。戴乃謀諸弟。貸金以獻。道士從容攬取入筒。初不覺其詐也。納筒於懷。長揖而去。

外史氏曰。從來僧士羽流。多以幻術欺人。以余所見。其爲所欺而受害者有矣。未有假裝其利者也。往時郡中有楊道士者。故府小吏也。善以禁咒療人疾。有延之者。輒往。然不受餽。若須齋醮者。則取纖資賄以其必延他羽士也。以是人皆信以爲神。余嘗館於鈕氏。其第三子某病已垂危。諸醫束手。乃往延楊。楊至。命取白雄雞一。并水一斗。至病者榻前。具香燭。口中喃喃咒良久。取雄雞裂其首。向空擲去。及墜地視之。曰。疾尚可爲也。隨取水畫符在上。擎與病者曰。若要活。當飲此水。時其子沈溲使久閉。勺飲不納者數日矣。且昏不知人。聞其言忽若夢醒。就手中一吸而盡。旋頓便睡。至夜半。乃覺溲盈升。於是舉家謂可幸更生矣。楊謂此有鬼祟。尚須懺悔。次日乃爲招黃冠數輩。廣設壇場。道籙滿堂。鉦鐃鼎沸。旁列燭龍數十炬。楊白晝分披髮仗劍升壇。禹步作法。忽一僕自內奔出曰。三少爺已絕氣。汝輩可收拾回去。楊及同伴皆失色。登望閣堂上。燈火皆滅。闃無人矣。此可爲發一大噱也。嗚呼。吉凶由人。窮達有命。人之覬幸富貴。而妄求非分也。其不爲茅山道士所笑者幾希。

葉太史詩讖

秀水葉太史維庚。嘉慶甲戌進士。以翰林出宰江左。時嘉慶己卯秋試。應聘入簾。八月十五夜。夢有人邀至一殿玩月。且示以東坡催試官考校之作及水調歌頭一闋。俾和之。和將從引至一官署。遊覽殆徧。問其地。曰澄江。亦不知其在何省也。逡醒後。丁內艱。闋。賓應令蜚移江陰。因忽憶前夢。蓋江陰一名澄江也。故其留別賓應紳士詩中有料得下車尋舊夢。澄江真個月分明之句。次年遂卒於澄江。一時以爲前定。按公作宰有政績。及卒之前一夕。二鼓後。宅門已閉。其門役忽見燭龍數十。擁映門外。於門隙窺之。見有靖海伯字樣。靖海伯江陰城隍封號也。既聞喝殿聲而逝。聞由城隍廟道士某。夜夢一神語云。官舟適迎葉太爺至。來城爲羅酆山都錄司命。檣傾。爲樹枝所擱。宜亟修之。道士醒而異之。及晚。視喪司船。左裂一縫。於是知公之沒而爲神也。

外史氏曰。太史少有文名。余於嘉慶甲戌識其德之不修。全弃會霓。愛其天機敏利。理解清真。因手錄以爲揣摩。既聞其未第時。嘗館於白石浜沈氏。有僕素無賴。見公文弱。嘗恃酒嫚罵。公方晚飯。笑起酌而揖之曰。若有觸忤。明日再容負荊。此時能更飲一盃否。僕慚而退。及主人出問何事。公曰無他。頃渠以醉仆於地。故號救耳。公尤好學。一日方夜讀。紙窗下聞窗外窸窣之聲。視之。窗前一女子。淡粧縞袂。已將紙窗紙破。含笑相招。遂拈筆題一詩於窗曰。挖破紙窗容易補。損人陰德最難修。今宵倘遂文君志。正恐芳心也自羞。題畢。忽聞裂帛一聲。此女已化作縊鬼而沒。未幾。公赴省試。與同伴祈夢於于忠肅公祠。夢至一處。見廟貌陰森。旁列鬼卒。殿上一人冕服中坐如王者。有二人侍側如判官狀。公急趨俯伏階下。王者命之起。賜坐。霽顏曰。聞汝砥志頗堅。且文名籍甚。自應擢爲好學者勸。但檢汝祿籍。應以優貢生終身。奈何。因左顧。命取陰騭簿檢閱。至一行。諦視笑曰。善哉。是其長厚而有度也。繼檢拒奔女事。復笑曰。是其嚴正而有守也。此二事足以請於帝矣。但從此尤當勉行勿怠也。遂命鬼卒送歸。醒而異之。是科竟登第矣。以公之績學。猶必藉陰德以顯。況其遜焉者乎。以此見其中之重德行。更勝於文章也。

奇獄

鄭步白先生宰星子。邑民樹翁者。晚得一子某。自幼循謹。翁極愛憐之。爲聘童養媳某氏。性亦柔善。後二人皆長大。爲之成婚。是夕共寢。覘其意甚相得也。無何至次日辰後。二人不起。入視見新婦裸死於牀。而新郎杳不知所往。驗婦屍幷無傷痕。惟衾閒桃浪沾焉。不解。覓其子不得。遂命往報婦家。時方暑。三日後其父始至。則已殮而瘞諸野。翁以恐婦屍腐爛爲言。其父大疑。謂翁父子同謀死其女。故匿子而瘞婦以滅跡。遂出控諸縣請驗。及開棺則非女屍。乃一六七十老翁也。其屍鬚髮皆白。背上斧傷痕數處。先生益駭。問翁。翁亦茫然。又問其子何在。亦不知也。加以刑訊。卒無以對。先生無如何。始命瘞棺而以翁逃訟繫之。月餘忽報翁子自投。亟出訊之。自言是夜與婦相狎戲。搔其神藏。匿笑方劇。而婦忽寂然不動。挑鐙視之死矣。一時懼罪而逃。昨自旁邑聞父被刑。將抵罪。故不憚自言以白父冤。蓋其子本業修髮。故能捉搦爲樂。然但知作劇。而未諳解之之法。故迸去。於是繫其子。釋翁歸。顧婦屍何以忽易男屍。且屍有傷痕。懸示相招。絕無屍親出認。此情卒無從究詰。不得已請更展期再緝。然計猶未有所出也。無何翁歸後月餘。偶以事至建昌。道經閭溪。遥望一少婦浣衣溪畔。漸近似是其婦。猝呼之。婦舉首見翁。訝曰。吾翁也。何緣來此。遂請泊船過其家。翁是時驚疑定而疑。乃問曰。汝其鬼耶。其人耶。婦慘然曰。非鬼也。姑請到家再述。翁乃登岸從之去。入一草舍。卻非農家光景。詢其何以在此。婦欲言先潸。良久備述其詳。且曰。幸渠今適出門。兒得遇翁。事已白。願相從至溪頭。蓋身負腹足矣。初婦既倉卒被瘞。半夜復甦。天曉後適有建昌冠氏爲木工者。叔姪二人。從此經過。聞號救聲。乃相與挖棺出之。婦本少艾。又時方新婚。服飾華整。其姪乍見心動。將以偕歸。而乃叔執不許。細詢里居。將送之還家。姪爭之不得。乃斧之致死。即以屍入棺掩蓋畢。攜婦還。逼爲夫婦。婦不敢拒。故至此猶得見翁也。翁聽畢。泫然撫之而泣曰。兒不幸遭此強暴。亦復何罪。此兒若不歸。此案終無由白。可速行。稍遲恐無及也。遂以俱歸。將次到家。忽途中一少年負鋸茫茫然來。回首見婦大駭。將行篡取。婦罵曰。吾向以怯弱爲汝所刼。今天幸見憐。俾與翁遇。汝死在旦夕。尚敢肆惡乃爾乎。翁於是知其爲某也。急呼與爭。村中人咸集。相與執縛詣縣。衆攜婦爲證。先生出一鞫而服。乃釋其子於獄。婦見其枷鎖郎當。不禁掩泣。先生憐其婚癡。又能爲乃夫雪罪。皆恕之。命翁攜還。復諧伉儷焉。蓋是時某至南康傭作。比反紆道至邑中傭其事。不意適值翁與婦也。

外史氏曰。楊氏子以戲而致死其婦。乃翁又以鹵莽而誤瘞其婦。其不免刑獄也。亦宜然。

非其罪也。若冠某者。本以見色而動。乃至甘心於其叔而不惜。使非翁與婦遇。則此案雖皋陶不能定矣。即幸已遇矣。而某亦在家。則奇冤猶未易洗也。幸也某既出門。而翁乃遇之。翁以婦歸。而某又遭之。此其中殆有天焉。然非先生之清慎折獄。恐有掩蓋而周內者矣。是皆可紀者也。

謠判

乾隆間蘇州樂橋有李氏子。每晨起。鬻菜於市。得錢以養母。一日道中拾遺金一封。歸而發之。內題四十五兩。母見之駭然曰。汝一窶人。計力所得。日不過百錢分也。今驟獲多金。恐不爲汝福也。且彼遺金者。或別有主。將遭鞭責。或逼償致死矣。促持至其所以待。遺金者適至。遂還之。其人得金執持去。市人咸怪其弗謝也。欲令分金以酬。其人不肯。詭曰。余金固五十兩。彼已匿其五。又何酬焉。市人大譁。適某官至。詢得其故。佯怒賣菜者。笞之五。而發金指其題謂遺金者曰。汝金故五十兩。今止題四十五兩。非汝金矣。舉金以授賣菜者曰。汝無罪而妄得吾笞。吾過矣。今聊以是償。而母所謂不祥者驗矣。促持去。一市稱快。

又崑山張潛文。子燁早歲有至行。父疾。刲臂肉和藥以進。時稱其孝。尤性好施。漆工祁天章年四十。貧不能娶。張與金勸之娶。祁喜受之去。明日過之。察其有戚容。詰之。不言而泣。出詢其鄰曰。是以金歸而道遺。還張返取金如前數。往問之曰。昨爾金已遺乎。曰否。張曰。爾無誑我。我已聞諸人矣。出金袖中曰。此非爾所遺乎。祁大喜。以爲真其所遺也。直受不辭。又嘗遇一賣菜傭亡其百錢。忿欲死。張托買菜。呼至家。令家人稱之。而陰納錢菜中。及墮地。張佯驚曰。爾錢故在乎。其人大喜。拾取收餘錢而去。閉是家中落。而施終不衰。人呼之張善人。

外史氏曰。李氏子以賣菜傭而拾得多金。雖能復拾。乃以母之一言而還之。絕無難色。即平日之事其母可知。若其母固菜傭之母耳。而明達乃如是。此其於去取之間。與王陵之母何異。祁天章者。既已遺其金矣。乃問之而不肯告。其介可知也。而皆卒享其利焉。亦可以見天之報施矣。而張公之爲人謀何其厚且周歟。善哉善哉。孰謂今之世而猶有斯人也。

錢大人

錢中丞臻始。嘗宦仕江右。偶以公事經龍虎山。訪天師。甫入見。天師笑迎曰。公貴人也。適縫木縣城隍司來見。坐談未畢。忽倉皇起曰。平湖錢大人來。當護避之。已疾趨出矣。公不信。天師笑曰。城隍頃以走太疾。至庭中一足踐潭水中。如不信。請至其廟覘之可也。公猶遜謝不遑。既而出。試往廟中驗之。其左足泥痕猶濕。

夫婦重逢

康熙時，耿逆作亂，浙閩間土寇出沒，道路梗阻。新選閩中邑令王公，挈眷之任，中途遭寇掠。夫人為賊將所得。將犯之，泣曰：妾本將從夫之任，今滿地風煙，重逢亦未可必。自顧荏弱無依，幸將軍見憐，得以蒲柳之姿奉侍巾櫛，於願足矣。然妾固世家女，祖父皆前明顯宦，苟合所不能堪。若得備禮而後薦，則可以永締白頭耳。不然，請就刀俎。賊從之。夫人故善飲，及合巹，着意勸酬，賊已醉，遽欲犯之。夫人索金斗滿斟自飲，然後更斟一巨卮，手持以進曰：今夕妾之侍飲，天緣也。請將軍更進此杯，共諧好事，豈不更增佳趣乎？賊益喜，笑曰：佳人愛我哉。就手中一吸而盡，然不覺玉山頹矣。時漏已二下，夫人尚將獨酌，命侍者取飲。侍者出，亟起，就賊腰間抽佩刀刺之，立斃。遂隱身門後，伺侍者入，斬之。扃其扉，由寨後潛逃，幸中夜無覺者。天既曉，乃毀妝以垢塗面，乞食於野。至西安，乃嚙指血題絕命詞於壁，將投井死，村人救而免。以告邑宰。宰詢悉顛末，為之惻然，且嘉其節，姑留署內，為女公子師。乃出示訪王所在。未幾，王忽至，投刺謁宰。延入，細詢履歷，王語及其妻，流涕不止。宰亦為慘惻也者，然不以夫人告也。退而陰使其夫人治饌以進。酒半，王復泣下。宰佯問故，曰：此味絕類亡荊所治，其斷蔥亦以寸為度，對此不覺感觸耳。宰佯為太息，既請以妹妻之。王曰：亡荊此去，不知其存其沒，高誼所不忍聞。再三強之，終不可。宰乃別設館舍，治奩具，而以夫人歸之。戒婢僕紿夫人以巾扶令交拜。王輒轉身面壁，絕不一顧。其夫人固聞其謀，至是則悲喜不勝，更難少忍，泣而語曰：王郎王郎，乃猶念及糟糠乎？王驚顧，乃其妻也。遂前相持而哭，各述流離之狀，至賊中之事，王益痛哭不止。宰從旁解之曰：賢閣此事，智勇兼之，足與曹宮娥並傳矣，不獨節義可欽也。僕以為當喜，不當悲耳。王乃收淚拜之曰：非老父母收恤之恩，亦何得復見於此時。王文憑已失，宰許為詳咨補給，俾攜之到官。夫人願拜宰為父，宰遜謝不敢。入閩後，歲時饋問不絕，若兄妹然。王尋以行取擢御史。

蔣李卿曰：此事余嘗見之熙朝新語，其聞夫人為賊所得一段，則新語所未詳也。而前後亦間有增損，或謂此先生潤色為之耳。然先生多聞，其所據未必皆新語所可賅，乃其文則以奇而生色矣。

宮偉鏐

偉鏐，字紫陽，號紫懸，泰州人。崇禎進士，官翰林院檢討。國史難臣鈔，謂其與鄭二陽、曾櫻、施元徵、張伯鯨、汪維效、翁希禹、陳北斜、陳子奇、胡遇凱、施升、禮良友、史夏隆、嚴通、林鈁、王崇簡皆能潛身者也。入國朝，雨以薦起用，援終養例歸，築室於小西湖遺址，閉門著書。有春雨草堂集五十卷。以子夢仁貴，贈光祿大夫。蓋遺民也。顧偉鏐本中崇禎癸未十八名進士，

而其孫懋言亦中康熙癸未十八名進士，且俱係翰林李姓。初懋言公車北上，夢祖與之履，覺而喜曰：此繩其祖武之兆也。果中式，如其言，則乃祖之精靈未泯，豈故國故君之感，久而漸忘於懷，而亦以其子孫之貴顯為榮耶？抑豈別有所憑耶？

海大魚

南滙縣志：國初有大魚過海口，蠕蠕而行，其高如山，過七晝夜始盡，終未見其首尾。嘉慶丙子，海州沿海有大魚一頭，兩目剜去，長三十六丈，自脊至腹高七尺有餘。居民咸臠食之，其肪甚厚，腥不可聞。然以較南滙縣志所載，則渺乎小矣。

或言崇禎初，海外忽涌一大魚，至朱頭堰近岸而止。魚背有山，山有草木鳥獸，遊人艤舟而上，憑眺登臨，漸成蹊徑，或把酒賦詩其上。有以篙椎斵其鱗者，魚負痛一動，掀浪湧濤，舵舟帆儀，乃相戒曰：此必神魚，為龍王所謫謫而來，暫爾失水，勿犯也。後上江秋漲，洪濤大至，一夕擁魚負山而去。

車夫

淮安太守趙公璘，嘗因公赴徐州，途次見推小車者，將客人行李抛擲路旁，怒形於色，不顧推送。客錯愕無所措，趙停車問之。車夫乃言曰：小人自徐州受僱推送此客，行三日矣，尚不知其姓。今日偶問，及知伊姓秦，小人姓岳，安能為仇家僕御耶？趙大笑，乃諭之曰：秦岳之仇，乃六百年前事，爾何憾於客耶？車夫乃悟。趙與之錢二千文，命仍送客往。此與皮匠殺秦檜事相類，真赤子之心也。此熙朝新語所紀也。余幼時嘗聞父老言：皮匠因觀優至掃秦一齣，不勝憤激，取皮刀直奔台上，將秦檜殺却。不禁失笑。今讀此紀，益喜此言之有徵，而忠義之動人，乃如是其深且遠也。周忠毅公敎州，嘗為杭州司理，到任後，同僚公讌演劇，至秦檜東窗畫計，公蓦起前毆秦檜，幾斃，筵遂散。次日或問公，是時主人有何開罪，致此忿怒？公笑曰：無他，亦一時義憤所激耳。蓋至性之在人，固無分乎賢愚也。

奇兒

吳縣民家一小兒，方八九歲，每日往塾中讀書，迨暮歸，必已昏黑。其父寒畯，志不在讀書，又以兒尚幼，一日詣塾師叩其遲歸之故。師訝曰：每日放學時，日猶未落，何嫌晚也？某言其狀，師疑其中當或與群兒遊戲。是日兒既出學，潛躡其後覘之。兒飄疾馳，至荒塚，以書包授石人，石人即舉手捧持維謹。兒乃跨石馬疾馳至山巔，復馳而下，往返數四，顧盼自如。師不勝駭愕，伺其至平地，疾呼之，趣其早返。兒覺，顧見師，策馬馳去，更不復返。此道光二十年事也。至今其石人手中，猶牢握書包不釋云。

埋憂集卷七

戊上紅雪山莊外史著

賈義士

賈義士，逸其名。山西汾州人。挾其貲，以放債營利，往往偏天下。義士嘗之楚之安陸。安陸人樊巍者，方設藥肆市中。義士僦其貲，而依以居，甚相得也。巍長義士十一歲，呼義士為弟。居年餘，巍病將卒，謂義士曰：始吾以營業之流，勢且殆矣，自弟來，吾家家中小裕，弟之視余猶兄也。今不幸中道分離，吾死，以妻子累若矣。義士涕泣許諾。巍婦某有殊色，性狡而淫。巍亡未三月，即思卷其資他適。邑有李監生者，豔婦色，且利其重資，遽遣冰往，既成說矣。樊氏宗族聲起爭之，不得，則請終其喪。弗許；請待期月，亦弗許。義士從容諷以大義，婦志曰：若何人斯，而亦欲與吾家事。吾且還若貲，遂若出。與義士不敢復言。然居常忽忽不欲生，數日亦遂病。病七日，蹶然起曰：吾得之矣。走告婦曰：而果欲嫁乎，而家簿籍，皆吾經管，而貲大半吾所貸。若以償，而所餘貲幾何。且而有子在，將使安歸乎。吾在此正苦岑寂，欲謀家室久矣，而若為吾婦，是而喪夫有夫，肆中事皆可無改。即而子可為吾子，豈非兩全之道。婦大喜，遂與李氏絕婚，諏吉與義士成婚。李氏爭之，將控官。義士使人婉告之曰：某氏與賈相處久，今將卻原聘，而琵琶別抱，其情可知。君焉用此不廉婦為。李亦頓悟而止。由是安陸人莫不詈義士，而笑樊巍之所託非人焉。及成婚，義士盛設筵宴，招其鄉親與飲，大醉。夜漏已深，義士玉山頹矣，眾相與扶入洞房，覆以香衾而去。婦遣女僕出，卸裝就枕，撼之不醒，低聲呼之，則鼾聲齁齁作矣。婦輾轉不能成寐，乃赤身以下體暱就之。義士驚覺，小語曰：佳人，父我哉。語甫畢，沈沈睡去，無何，雞既鳴矣。義士急起曰：昨日余真大醉乎。今某夥將赴廣州市藥，尚有一事未處置，爾得毋已發乎。曳履而出，自是遂託病酒，常宿於外。婦使人邀之，不得。數月，婦不能堪，詬詈交作。義士使人為好語謝之曰：屬有微恙，故久使汝孤另，疾愈當就汝。又數月，婦已微窺其意，乃出索離婚書。義士約以明日。次日，偵巍忌辰，義士早起，具衣冠，三揖巍之靈，而告之曰：弟受兄重寄，所不能成事以報兄者，鬼神有知，罰及其躬。顧婦曰：汝向謂吾異鄉人，難與汝家事，今汝為吾婦，得制汝否。乃執婦裸而懸諸梁，拔佩刀割取臀肉，熾炭於爐炙之，陳於靈几，復三揖曰：無恥婦敗兄家風，請兄食其肉。弟亦陪兄一臠。因取啖之，且啖且詈。婦哀號乞命，乃幽之樓上，鑿一竇以通飲食。如是者十年，婦已四十，其子年十八。義士有所善王貢士者有女，義士為樊子聘為婦，遣往從學，書習生業，夜則課樊子讀書。數年入於庠，乃為涓吉完婚，為酒食以召鄉黨，樊氏宗族畢會，樂作。義士乃言曰：吾為樊兄所託，非娶婦不足以制其死命。十年假夫妻，受人唾罵，期成事以報樊兄也。今兒年成立，婦亦老不復嫁，吾今年四十有七，尚無子，吾妻獨居，為樊兄故，避我十年，今將歸而生子矣。出一籍付其子曰：若父遺貲數百，今已贏數千，謹守之，無忘乃父創業艱難也。既而嘅然泣下曰：樊兄，樊兄，今而後可以瞑目於地下矣。遂即日僱騾車，裝行李上道。樊子涕泣留之，不得，乃分與千金，揮手不顧而去。於是安陸之人爭嘆樊巍之能知人，而交口頌賈君之賢，曰：義士義士。

外史氏曰：此事予得之愈愚集所載，略加刪潤錄之。其間自及成婚以下一段，余特為之補書云。自古忠臣烈士，皆有嗷然而不敗，確乎其不拔之志，而後白刃可蹈，鼎鑊可赴。此非豪俠狗名者之所能勉為也。觀義士之以醉臥自全，其時非終夜不醒也。以婦之百計求合，而卒無以動其心。此其事視黃石齋先生之與妓共被而眠，雖自有別，要其志固不可及矣。蓋惟有不負死友之心，而後可與婦為婚，可以受千萬人之笑罵，而卒有以自白於天下。所謂使死者復生，生者可無愧乎其言。義士誠有無愧其言者。推此志也，富貴不能淫，貧賤不能移，威武不能屈，天下亦何事不可為哉。愈愚子儗以程嬰，而謂嬰之存孤，乃甘胥不避，而受賣主之名，其事更難于杵臼。諒哉。

姚三公子

姚三公子，仁和人。父某，嘗巡撫湖南。公子生貴遊，喜遨蕩，不事詩書。值春暮，從一僕至吳山火神廟，觀劇。遇一中年婦人，偕少女，自廟中酬願還。覘女年約十七八，容華絕世，然梳妝淡雅，靜若雪裏幽蘭。公子愈益好之。尾至鼓樓側，有老嫗從門中招之，婦降輿，攜女入。公子傍偟其側，僕勸之還，曰：日已將暮。奴識此嫗，少時嘗在府中為繡工。如公子意猶有未釋，請暫歸，明日更訪此嫗，事當可圖也。公子悵然返，竟夕不能成寐。天既曉，即喚僕往嫗家訪女蹤跡，謀納為妾。嫗搖首曰：大難大難。女家故小康，婢妾必不能堪，且既有家矣。女父來資甫靜，即欲訂婚約，誰敢入以游詞。求盤柳木可移植也。公子無如何，姑請為通慇懃，并許重酬。嫗曰：此必不可。但須女時來吾家學繡，雅善飲，公子明日午後當來，請醉以酒，而後聽命。若勸之不飲，則望絕矣。公子乃出一金釵與之，再三諄囑而別。次日如期往，嫗迎門小語曰：公子大好福命，頃飲之已作陽臺夢去矣。遂曲折導至一房，指帳中曰：好自為之。軟弱嬌驚，未慣經也。即轉身反闔去。公子前揭其帳，見女釵光溜枕，衾上玉肌，正如海棠春睡未醒。公子至此魂消魄蕩，即就枕舐其面，以手探繡襦，私處墳起，女似已覺，而遍體酥融，不復能撐拒，任其輕薄而已。無何，女家遣婢來迎，嫗倉皇入，促公子起，啟後扉送之出。時女尚含餘醉，雲鬟蓬鬆，強起理髮。其婢在外佇久，乃入視，女方對鏡理妝，嫗從旁語婢曰：汝家姐兒頃以疏飲服痛哭甚於此。呼之至再。乃起。且言次女舉首見婢。不禁淚下。婢問此時體中尚有不適否。女不答。草草妝束。扶婢徑出。媪請少留。亦不顧。纔入門。抱其母哭曰。兒負阿母矣。奈何母不能。婢為縷述所見。母撫之曰。兒得毋為人欺負耶。試言之。而母好為閒非也。女哭愈痛。久之。昏昏睡去。幾覆以翠被而出。上燈後。婢往呼與晚飯。則已縊於床上矣。亟告母。相與入救。不復甦。母抱其屍慟哭曰。兒不幸早殀。父無兄弟。即有奇冤。不妨留待申雪。奈何遽捐生死。是時女父益前卒矣。及殮。下體隱有傷痕。益悟為姦情所致。將欲鳴究其事。而不忍揚其醜也。遂止。而其母亦以思女故。抑鬱成疾卒。其室常扃鐍不開。年餘。有廣州人胡有徵者。游幕至省。僑居焉。一夕方於燈下作家書。一女子婷婷自西北隅出。近案。萬福曰。郎君客居岑寂。亦念室家錦字否。生固少年。跌宕負奇氣。見其韶顏稚齒。如弱柳依人。但覺可憐。起揖曰。正苦孤枕無聊。既蒙小娘子垂顧。願留為長夜之歡。因挽與共坐。女卻之曰。君誤矣。妾知君素負義俠。故不憚依卑之嫌。靦顏相見。前言聊以試君耳。今欲實相告。可乎。妾馮氏。小字浣秋。自幼讀書頗嫺閨訓。去歲因為強暴所污。憤激自盡。所以冒涉嫌疑者。正為有事欲奉託也。若作尋殊人。則生前之恥。雖西江不能滌也。言畢。揮淚不止。生因問仇家為誰。女曰。此事非古押衙所能借箸。妾所仇乃湯金門姚氏之子。妾前控冥司。以未詳其名。不准。今聞其已仕於廣東。為海防同知。妾將往尋。聞君鄧旋在邇。意欲赴驗以行。何如。生曰。人言枉死者冥中初無拘束。然則卿亦可來去自由。女曰。固然。但所歷之關津。必藉本鄉人帶挈。如人間保給然。否則即有路神阻之也。生曰。此易事耳。但僕尚需秋以為期。獲覿芳顏。使寧魂夢。卿去。不使人悶欲死乎。女許卜以夜。自是每昏後輒至。至則諧戲雜作。女尤善雙陸。生負輒罰令烹茶以償。後適病數籌。欲得女所佩紫荷囊。不與。生捉其襟解之。女紅暈於頰。起而去。數夕不至。生思念不置。遶室迴呼。適時始出。然愀然慘綠。相對無言。生極意撫慰。女歎曰。今而後知求人之不易也。妾死時繫帛於頸。後雖解脫。尚在東北隅子梢。遇天陰輒緬。喉間輒作隱痛。每欲乞為焚燬。今不敢復請。與生請改過。女乾笑曰。正恐狂奴不忘故態耳。既如此。焚帛之後每日尚煩為誦金剛經一通。至七日可解此厄。生許諾。即命僕至閣中取帛焚之。晨起輒盥漱取經莊誦一過。七日後。女來申謝。歡笑異於平時。轉更婉媚。生笑曰。從此達山莫邈可以終日相對矣。因告以明日當發。女曰。妾思若與君共枕。能無被人耳目乎。君以片紙書妾年庚并小字納笥中。欲見時。於無人處低呼妾字。妾當自至。生如其言藏訖。及中途。女取生枕編其領以旅村雨露眠宜早野店風霜起要遲二語。生得之如獲拱璧。女曰。妾本不欲以手跡示人。恐君皆忽妾。不能常侍几硯。今相聚料已無多。姑為製此。他日君所至。常如妾在側也。生亦淚

然揾淚曰。此去會短離長。卿將焉置此也。女曰。天下事有緣必有散。妾死時。冥王以妾能盡節。令托生澤州陳相國家為兒。妾以大仇未復。故從君以來。君大恩自當圖報。惟廉恥所不忍捐。君何忍以此負心人耶。痛哭而罷。後半月。達廣州。女即別去。生至家。以念女故。往往獨宿書齋。歲暮。女忽至。見生。喜溢眉宇。告生曰。暢快。今罪人已得矣。生起問其詳。女曰。妾始至州。其署有門神守禦。徘徊間。忽聞喝道而來。既近。視輿中人。良是。遂與後。插袋中。半露名帖。遂得具控本省城隍。幸蒙批准。隨飭鬼役拘姚及媪至。鞫之不服。用刑訊始服。歎其從中實府。判姚某宜斬於海上。其在任所虧庫欵。着令鬻妻女以償。姚媪罰投生娼家為婢。後以色衰。寒餓自縊死。今姚某已以交通海盜。於午刻梟示香山城外。其女有絕色。君可速往納為妾。用遣離愁。妾亦聊以謝責。匆匆欲去。忽又返曰。幾忘卻。君來歲必需赴試。功名在此一舉。勿忘卻也。灑淚言別。挽之已渺。生後憶女言。就本省鄉試。闈卷已被斥矣。主司方就寢。夢有紅裳女子促其起曰。駒字十號之卷。乃元魁也。奈何以頭腦冬烘屈之也。主司驚起。見案上一硃卷。取閱。即日間所斥者。然文字卻佳。心知其有異。竟以定元。先是生買姚女。其韶麗亦正不減浣秋。嘉慶末。生以挑選作令蔚州。始悟女功名在此一舉之言也。

趙孫詒

趙孫詒。字翊程。父寄居此。生此子。幼清羸。稍長。性穎悟。讀書入邑庠。早歲食餼。父母愈加鍾愛。凡服食必與佳者。迨冠。家益窘。不畜奴婢。父母皆躬自拮据。不欲以一事勞生。生習為常。不知世間有弟子服勞事也。既娶。婦家徒四壁。不得已。游幕於外。以人品峭潔。所如常不合。時二親老矣。飢寒有所不免。生視之漠然也。後其父卒。以窮死。逾年母亦病。是時其婦已前歿。遺一女。生素不能奉侍。室中止一僕供爨。一切湯藥扶持。惟女是使。及母卒。生事事追悔。而已無及也。於是日夜哭泣。私念相從泉下。猶可幸贖前愆。會寒食祭於所居柩。將就縊焉。一老嫗白髮龍鍾。扶杖自林間來。詫曰。誰家郎君。乃不樂生而愛死耶。生述姓名。泣言其情。嫗曰。汝是趙寄庵子耶。若然。則猶吾兒耳。生不解。嫗曰。兒不知。而父在時。尚有一外舍。予自而父之歿。老身自顧淒涼。常恨生無兒女相伴晨昏。兒不如從我去。倘能事我。亦所以報而父也。且異時或可一睹慈顏。生恍惚憶少時聞母言。父本有一妾。而視嫗眉目間亦有一二畧似其母者。先以心動。竊念死後重逢。尚未可必。今得似吾母而事之。而可卜再見之期。許亦良得。遂曰。家尚有幼女。幸荷垂憐。請至家。俾得供奉。嫗許諾。乃相與攜持至家。生朝夕承歡。竭盡子職。惟時以瓶罄為慮。嫗歎曰。吾此來本欲為娛老計。今若此。一家吸風度日。非逆為之經理家務。凡有所需。無不應手得。其視生與女。亦一如己出。生呼以母。亦不啻偶小有

悴筋青不堪。生亦嬉笑曰：兒能改過，與勿傷母手。媼亦為流涕，乃已。女及笄，更為遣嫁。生始以選貢授官泰安，迎媼赴任。居官清慎，遇有疑難，媼輒為剖析，明察如神。後值父諱日，生微歎泣曰：祭而豐，不如養之薄也。媼曰：不孝兒亦知有今日乎。然相見固不遠。與生驚問何從得見。媼笑而不答。生隨入，見一婢方以黃錫箔紙陌作寓鏹。媼即就几上取蝴蝶羅剗金縷為步履。生問作此何為。媼曰：從日為碧霞元君悅辰，兒父當往禱，路必由此，將以寄視耳。生問父今在何處。媼曰：而父以生前無隱慝，得為臨湖國長史。其地總岱泰山，控攝故當往朝耳。生默識於心。至期，呼輿請媼共往。郊外佇立良久，忽見呼殿紛然，車中一人古衣冠，疾馳至。遂語生曰：官聲好，吾無恨矣。近瞻之，真其父也。不禁攀轅號哭曰：吾父可攜兒以行乎。父不許。命左右挽之起，驅車自去。生力追不及。至一處，但見橫峰側嶺，白雲瀰漫，不辨路徑。正徬徨間，忽猴母自攜紙箔等物自後至，呼曰：癡兒被汝纏擾，幾令當面錯過。爾既欲從，諾去可攜此去。囑渠為致元君，因曲折指其途逕，且曰：自此至元君祠，不過十里。與言訖，不見。生泥淚尋路而行。至其地，朱甍碧瓦，宮闕枕瀰，笙歌繚繞，翠幢繡蓋，往來如織。生却立遙望，適其父自內朝獻出，詢問兒何得來此。生述從前悔狀，并致猴母所獻物。父曰：此物留與錄事司轄呈可也。余在國中，蒙國厚遇，受俸樂無勞，縈念今爾母及婦咸在。爾既知悔罪，姑從往一見可也。但陰陽久違，終當歸去耳。於是載以俱還。至國中，入一官署，兒隸奔集，傳呼升堂，延召生母及婦出。生趨拜。母見生，驚疑不定。生歷訴思慕之苦，伏母膝痛哭。母亦哭，攜生入曰：兒來此亦大好，當為汝覓一良匹。去為吾家血食計。汝婦在冥間孤苦無依，前故招之來。冥王以其生時克盡婦道，將令託生為男。與生曰：渠在冥時備嘗艱苦，兒當思之痛心。令得與共侍膝下，兒願已足，不願歸也。時生父甫入，輒呵曰：汝數未盡，且未有子，奈何遽作此想。母有婢名秋燕者，適捧茶至。父指謂生母曰：此婢有宜男相，可以與兒。母笑曰：須已籌之矣。妾聞鬼女能於雪中步行而有跡者，可與人作配。未知婢子能否。生竊睨婢，含睇宜笑，風致嫣然。婢羞澀避去。已而晚膳，生奉觴跪舞，為楚歌以侑食。二人飯畢，始與婦共餕其餘。及就寢，生欲從父宿。父斥之去。雞初鳴，即起侍其側，扶持抑搔，未嘗頃刻離左右也。如是數日，父趣其歸。生不從。父怒曰：吾二人今日何需汝侍養？汝欲留，當為吾供役。現在析薪司缺一斧斤吏，汝能任此役則留可也。生言願往。蓋臨湖地平，北海若寒，六月間常有堅冰者。凡斧斤所屆皆冰山，山多劍樹，當需斫伐，否則枝葉塞途，不可行。代之者每流血被體。生受命即行，輒出暮歸。經旬不厭。父竊囑其母與婦，勸使進歸，亦不聽。父無如何，乃牒冥司飭鬼役來押令還陽。未幾，鬼役至，父入語生母，令見秋燕，俾偕生歸。有寵下婢，吏頃至，後圍見秋燕易繡履在

雪中微步。母心知其意，即令呼至，罵曰：賤婢不羞，乃先自試耶。父笑，使老媼往驗，鮮鮮蓮花宛然猶在。還報父，囑令隨生同歸。秋燕慚怨嬌啼，不肯去。生尤淒戀，宛轉牽裾，不忍言別。乃令鬼役牽之以行。生步步回頭，猶復防範稍疏，將乘間逃遁。行三日，途中迎面一峰，削天突起。役指謂生曰：此名思鄉嶺，行人登此，可望家鄉。生求役導二人至其巔，望泰安城郭人民，歷歷在目。而署閣闃無一人，惟上房有僵卧榻上者，貌酷類己。有一二老僕侍側。方涉疑怪，鬼役從後一推，隨手墜落，覺身已臥榻上。拭目四顧，老僕儼然在側，踉起問汝等何猶在此。問僕言自爾日主人攀轅道左，扶起後，猶植立如有所蔽，呼之亦不應。奴輩乃相與負之回署。然皆迷如故，疑為妖魅所憑，於是史巫紛若，卒亦無效。今署中皆鳥飛獸散，吾二人以受主恩深，未忍棄去故耳。生始悟向之從父者，乃己之魂也。但不知秋燕又在何處，縈縈未已。忽秋燕翩然自空中飛下，言頃見郎君墮崖，妾即拉鬼役往冥司索命，而以脫逃反亦為其所擒，不意竟得重相見也。生視之，淚痕猶瑩瑩也。先是上官意生病將不起，已委新令至。然生雖癒，然以為私未遂，戀棧無心，決意以痼疾告罷。秋燕及二僕旋里。秋燕飲食操作，無異常人，惟夜間若非歡好，恒獨坐不寐。生情愛逾篤。一日，向生似有欲言，生詰之再三。秋燕紅潮泛頰，小語曰：數日來怊悵閒作。頃在階下摘花，自顧已有小影。與生問何故。答曰：凡鬼在日中無影，今有影，想腹中孕得振陽也。逾半載，果舉一男，生名之念慈。甫四歲，即令就塾。秋燕謂其尚早。生曰：汝不知，他日恐無人教督耳。秋燕不識所謂，姑聽之。後月餘，生以家事付秋燕，託言往嵩山訪友，不復返。

嚴侍郎

吾邑嚴侍郎我斯，嘗夢至一山，僧舍中見座師及房師諸同年俱僧服，訝之。諸公曰：渠忘却此地耶。因問山何名，僧曰松山。忽悟當晒鞋於階，視之尚未燥。寤數日卒。口占偈云：誤落人間七十年，今朝重返舊林泉。松山道侶來相訪，笑指黃花白雀前。見《尺五堂詩刪》、《賑困雅志》等書。

按侍郎號存庵，少時嘗館儀鳳橋。一夕，天未明，聞橋上洒掃聲。一人問何等神過，而除道特虔。掃者曰：明日五更，八仙經此。侍郎竊志之。次晚，人定後潛至橋上伺之。時方秋杪，皓月在天，照橋石如爛銀。人聲寂然，涼露侵袂。久之，不覺困倦，倚橋欄假寐。恍惚聞人語，急張目，則丐者成群而過，狀貌穢陋，醉態可憎。最後一人跛足，荷擔若縫皮匠。侍郎暗數適八人，急趨迎之。七人者去已遠，惟跛丐蹣跚不前。公抱其足，跪求指迷。跛者曰：我縫皮不能自給，持從者丐博一醉，何所見而仙我？先生强不已。跛者乃啟擔從桶示之，視之則汪

洋如海巨浪蹴天魚龍出沒正錯愕間蹴者衆担力推曰真嚴牛也而人與担俱杳矣康熙甲辰侍郎廷對第一由翰林院薦升少宗伯一日聖祖召對良久侍郎跪奏乞偉拜起獨艱上命內侍掖之笑曰真嚴牛也公悟仙語遂乞骸骨時年五十九在籍食祿俸十餘年而卒

星卜

吳人張姓以星卜游公卿間嘗許繆念齋形狀元康熙丁未果第一人及第吳中驚以為神門外車馬不絕張亦自高聲價累致千金韓宗伯菼時教授陋巷託友人代問張厲聲曰此人來歲當死還問功名乎及韓中會狀張遁去

開平遺槍

金陵開平王第相傳其中有怪物故入者輒死自國初以來凡邑宰履任必加封條一重莫敢啟闢忽一夕第中火光燭天以為失火相率奔救啟扉入但覺殿宇沈沈黝黑不見一物方共疑訝忽狂風驟起雷電交作殿後東北隅一丈八霜矛拔地而起化作龍形蜿蜒沖霄而去方共歎訝一道人披衲杖而過聞其事笑曰開平王在時嘗手提是槍佐太祖掃平宇內後自北平還道中病亟遺命以此槍瘞於殿側此槍本開平從劉聚為盜時所收之毒龍今埋地中已五百年當化去矣衆問姓名道人不答再叩之乃駢三指曰羊城人言訖不見識者曰明初張三丰本羊城人其駢三指者殆即三丰之謂乎

北墅緒言有黎我仙影記略云出平越郭門行六七里徑轉崖橫有高峰自天而下水繞其下履石梁而西望見有人戴頂笠披衣步虛東向冉冉乎其將下也即而視之則影也有形模而無眉目影之左四粉字曰神留宇宙行者相告曰此明初仙人張邋遢遺跡也為避徵召走入石中特遺此石按張仙傳仙為羊城人幼在塾婢饋魚笑同學者匿其魚而仙怒撻婢婢縊死仙還得魚悔之遊秦安學道道成師曰魚冤之愆當償矣因為閩吏註誤戍平越平越有張千戶子甚美仙屢敗之張凝神入寐夢老嫗教之遂勝仙仙笑曰驪山母大是饒舌由是知其神時欲入兌張送之踟躕把袂不忍去仙指示葬地非此富封侯十年曾子於太和峰際遂別去越數載靖難兵起張上表封隆平侯秩祭武當遇仙於岩谿之側破衲支離欲不容異見侯命坐探懷得棗以食侯侯不食懷之欲辭去仙牽訣語之曰能留此乎侯曰顧侯異日甫下山而棗長及尺驚而悔返覓仙仙逝矣後朝廷詔求三丰得其弟子邱元清而三丰終不可得嘗閱仙與冷謙同學於沙門雲海得其字法蕪此處四字乃仙所書也則其影固仙蹤書亦仙書矣不則洪永至今數百年粉墨微痕何不為風雨所蝕哉余按張邋遢軼事所見於他書者不少是記能詳其學道所自故特附錄於此

人面豆

異識資暇金陵有丞相府胡惟庸所居園有五穀樹一樹而兼五穀豈歎之徵如其年麥熟則樹發麥葉黍熟則發黍葉五穀皆然閱惟庸造逆樹發豆豆皆人面忽一夕洛未幾族滅樹若得氣之先也余去歲在木中友人嘗以數百粒見示云是漕卒自河南帶來者眼鼻皆具酷肖人面但無鬚眉耳不知主何祥也

又按道場行者野語言人面豆產滇南一苞數粒宛然人面小兒服之可免出痘臨出服之危者可安彼地亦珍之不可多得有見得者其形大如扁豆色白江浙間最有豆作人面狀說部家以為兵戈預兆竟與此豆亦同特少見多怪耳此說則非甚彼處自有此一種豆若江浙所產及余所見皆偶然於黃豆中覓得非常有之物且黃豆豈有大於扁豆者乎

奎光

丁酉鄉試余寓天后宮時郡中修飛英塔甫竣偶門斗來收冊費請余曰老爺今科必當要中來歲狀元當在湖州時不可失余問汝何以知之門斗遂言今年夏季某日乍晚忽見飛英塔上有紅光燭天衆驚以為火起相率奔救至塔邊紅光已滅絕無他異於是知其為奎光發見也豈非大魁之兆乎次年鈕松泉福保竟魁天下余自幼嘗聞道場文筆峰創建之異而未之信以今觀之豈流俗之說果足憑歟

陳學士

余家藏國初陳學士大晦草書單條一幅云嚴君平司馬相如揚子雲皆不復出凡十四字背臨右軍而勁裝古服似從柳公權出學士不以書名而筆力卓絕如是必傳之作也相傳學士初入學時年十九偶病劇夢紫衣僧自稱元圭大師握其手曰汝背我到人間盍歸來乎陳未及答僧笑曰且住且住汝尚有瓊林一杯酒瀛臺一碗羹吃了再來未遲屈其指曰此別又需十七年也言畢而去陳驚醒病遂瘥已未成進士入翰林官至侍讀學士年三十六歲病瘵不仰因憶前夢笑謂家人曰大師未來或又改期未可知一日辰起焚香沐浴衣朝衣冠着之曰吾師已來吾去矣跏趺而卒

徐孝子

徐孝子艷山人大司寇乾學之元孫也父某為邑諸生放誕不治生產家貲蕩然生徒亦散

蓋孝子年十三，即為縣胥抄寫，得值以養父母。父故嗜酒，無三爵不能飧，為孝子力不給。貰於肆。久之不能償，恐市儈之怒之也。日過肆中，抵掌談三國隋唐演義，聲色逼肖，肆主悅之，竟不問酒值。孝子遂佯狂歌唱，藉此易酒食以養父。父歿母病，孝子又苦目眚，不能作書，居然抱弦索，彈盲詞以為故業矣。崑邑於雍正十年分設新縣，曰新陽，另建城隍廟於城東之羅漢橋，即葉文敏家半繭園故址也。孝子每日歌於斯，聽者雲集。日將午，輒告歸，強留之，則泣下。眾異之，或尾之去，則以所得金錢市飲膳，歸母食已飽，而後復來。或詢其家世，則僞為瞽狀，憨笑不答。蓋以操術卑，不欲污先人門閥也。其母死，孝子遂不見，或曰自沈於河矣。

外史氏曰：徐孝子其古之所謂降志而辱身者歟？傳中歷敘其自十三歲廢學以至母死，不見諒者亦可以諒其志矣。故即其留之而泣下，可知其歌笑之中，無非涕淚也。嗚呼！何所遭之不幸也。以徐氏先世門閥，後嗣之式微，不應若是之遽。然近有人改國策語曰：貧賤則親戚畏懼，富貴則父母不子。余又讀樂郊私語，言秦京專政日久，及子攸權勢既與相軋，浮薄者間之，由是父子各立門戶，遂為仇敵，別居賜第。一日攸詣京，遽握其手為切脈狀，曰：大人脈勢舒緩，體中得無有不適乎？京曰：無之。攸即辭去。客竊窺見，以問京，京曰：君固不解。是兒欲以吾為疾而罷我耳。越數日，果以太史言，魯國公致仕。桐城一丐者，嘗詣沈孟淵所，請丐。凡所得多不食，沈異之。令人瞯其所往，至野岸，一舟雖陋，頗潔，有老嫗處其中。丐出物陳列母前，傾酒跪奉，俟母持杯，方起跳舞，唱山歌，嬉戲以娛母，日常如此。母死，丐不復見。夫攸與丐皆人子也，與為攸也父，孰若為丐也母？然則使徐氏而有富貴子如攸，何如有子貧賤而如丐？是天之所以待徐氏為不薄，而孝子亦可對先人於地下矣。孝子更何慚於人世，而恥言其姓氏哉。

男妾

板橋之西有女國，其俗女悍男柔，女為君，男為妾，賤多者百計，擇少俊者充焉。昔安樂公主薦六郎於武后，曰：陛下聖壽日增，謂宜廣置男妃，以娛暮年。蓋亦有所受之也。

上智潭龜

杭城藩署前池中龜大小數十，極為蕃衍。好事者或市餅餌碎而投之，諸龜盡來水面爭食，掀波鼓浪，蹣跚可觀。相傳國初藩庫銀屢被竊，緝賊久而未得，後以陰溝淤塞，召工葺之，啟視有二屍，一順一逆，以首相銜，填塞其中，始悟此為盜銀之賊由池中而入者，因畫龜以架之，自此盜始絕。蓋此中只容一人出入，能前進不能卻退，二人始未相謀，故適然相值，不能退，逆而偕斃焉。若吾邑上智潭之龜，自宋代已有之矣。吳淵烏將軍廟記言紹興壬午，

有虜使道紫德關，九督吏取龜以獻。吏俄感疾，使者亦擎龜自訴而復歸焉。或曰即烏將軍之神，蓋神物也。然吳志言當時因有數十，余幼時猶及見一兩頭，今則絕不復見矣。豈靈物之隱現有時，抑地運使然歟。

武松墓

六和塔在進瀧浦上，塔下舊有魯智深像，今毀矣。當日聽潮而圓，應在此處。進瀧浦下有鈌嶺關，說是宋江藏兵處。昔江中有漁叔得商舟財物，相與携而藏其中，為伏弩所射而斃，自是人不敢入。國初時江浙人掘地得石碣，題曰武松之墓。當日進征青溪，用兵於此，稗乘所傳當不誣也。惟湧金門金華將軍，俗傳即張順歸神，則無稽矣。今又誤為青蛙將軍。史言劉豫降金，驍將關勝不從，殺之，是關勝亦有其人，但不可據為水滸之關勝耳。一則死於忠，一則傳以盜，是耐庵之罪也。

死經三次

今年春，成谷閔氏五柳居中，以瘟疫死者三人，而友梅之嫂凌氏者，則死而復甦者再。自言始死時，有藍面鬼二人，如皂役裝束者，戴紅帽，貌甚獰惡，拘之出門，一路黃沙白草，曠莽無人，行數十餘里，鬼役嫌其癡澀，將笞之。正惶急間，忽見前面一叟，白髮飄拂而來，近視之，乃其翁香岑也。時翁死十餘年矣，始悟已身已死，哀泣求援。翁輒張兩手阻之曰：此何地也，而汝亦來此。且藍縷如是，豈可去見閻君？方被攝時，氏蓋未及更衣也。顧叱二役曰：惡鬼焉得無禮！二鬼頓縮如小兒，頃刻奔散。於是曲折導至家，覺世界光明，甫入門，則身已卧靈牀矣。於是舉家共喜，以為鬼卒之誤勾也。居二日又死，死一日復甦，言此番被拘時，非復向者去路，但覺陰風慘淡，天地異色。中途遇一皓首幅袍者，見之訝然曰：汝非某氏婦耶？汝陽數未盡，宜速返。再遲則尸已腐矣。因向鬼役緩頰數語，鬼役釋之而去，乃得還家焉。進以湯飲，神氣漸爽。或謂其不應死也，無何病復劇，翌日竟死，自是不復甦。

外史氏曰：小說家者言，人之死也，必有鬼役勾之。然有以誤勾而卒放還陽者，有以他案牽連就質而釋回者。若子不語之遇土地神而導之向獅子大王訴冤者，則以冥吏之作弊，其事得白而復歸者也。若凌氏之死至三次，而卒不復甦，則非誤勾者矣。然其始之死而再甦者何耶，真不可解。

埋憂集卷八

戊上紅雪山莊外史著

宅異

紅墩沈雲樵家去冬以收租其前面樓房為租戶聚衆折毀其言關室尚無恙也今年正月二日雲樵暨松林方與客坐堂上忽有青烟自磚縫中透出既而瀰漫一室主客對面不見良久乃滅次日遂有康阿南之變其諸五行傳所稱火土之沴者歟又今年春可石家廚下一甕忽無故自鳴其聲清越以長若有擊之者然少頃復作如是者旬餘舉家以為不祥徙之門外乃已按漢五行傳引左傳昭公八年石言於晉師曠曰石不能言神或憑焉作事不時怨讟動於民則有非言之物而言今宮室崇侈民力彫盡怨讟並興莫保其性石言不亦宜乎劉歆以謂金石同類是謂金不從革失其性也成帝鴻嘉三年五月乙亥天水冀南山大石鳴聲隆隆如雷石長三丈廣厚略等旁着岸脅去地二百餘丈民俗名曰石鼓石鼓鳴主兵是歲廣漢鉗子謀攻牢篡死罪囚盜庫兵劫略吏民自號山君明年冬迺伏誅及四年尉氏樊並等謀反踰年迺伏誅是時方起昌陵云云鶴謂甕固石類今　國家未興土木之功而逆夷不靖攻伐非時（以夷匪之入寇三年以來無閒寒暑也）甕之鳴也或亦其兆歟

碣石剩談載羅田西門外一民家水缸中作小雞聲碎之片片作雞聲不止後其家竟遭水厄而可石家至今無恙也

櫃中熊

崇禎時流寇日熾駙馬都尉鞏永固目擊權奸當道知大勢已去抑鬱不自聊獵於居庸關見草中一櫃扃鎖甚固命發視一少女在焉問其所自女言姓莫氏伯叔莊居昨夜遭光火賊賊中二人是儂姐某至此言次含顰動婉治態橫生鞏悅之乃載以從東時帳下蔡榮者方獲一熊即以置櫃中如舊鎖之時周皇后方遣採監四方駙馬以莫氏乃衣冠子女即日表上之越三日京兆奏昌平州食店有僧二人以錢十千獨賃居一晝夜言作法事惟舁一櫃入店中夜已深關房中腷膊有聲日出不啟門撬戶視之有熊銜門走出二僧不見僅殘骨存焉上覽之大笑以疏稿示之曰駙馬大能處置此僧也即以女賜之

遺米化珠

相傳今武英殿大學士潘芝軒先生懸弧之日其庭前忽產一芝潤鮮可愛先生因以自號道光三年冬公先以大司徒忤　旨家居適江浙大水飢民乞食載道公首倡蠲賑每日辰至午至者人給一升過午則止不給一日已交未初飢民皆散去忽有白髮老嫗攜青布囊乾糧而至閽者拒之嫗號泣不肯去閽者不得已走告公公憫然命呼之入視其囊僅容升許且中有一孔叱與之至斗餘不足嫗止之曰足矣公樂施如此天必錫福遂攜其囊而去並無滲漏惟案上遺米數合公呼僕拾取則粒粒皆明珠也其大者間湛如戎菽或疑此嫗為菩薩化身也

夢廬先生遺事

余以七月十二日至渡珠村時夢廬之病已亟聞其前一夕二鼓後忽呼雲村兄弟姪為沐浴更衣雲村等視其神明不亂未忽揮動君乃指牀前從之曰現有金甲神將二奉上帝命召余為天下城隍副司余辭以家事未了不能二人曰此上命誠不可違也少間當具筆墨騶從來迎故任余決意不赴然後命有不可懈關尚有四人偕來在外當速備酒筵相待遣去恐足我亦未可逃汝等勿急遽以誤余事不得已乃為之沐浴更衣而後三更後忽又呼令去其衣曰此時不來今夕殆無患矣汝等可且去暫想衆人稍稍散去是夕竟無恙然病已不可為比余入視則雙目上視而口不能言淚與涕並傷哉豈天生此奇才不欲其久留於世既抑地下之需才實殷而必速其之去歟夫神聰明正直而壹者也如君之為人誠不忝為上帝之所簡任況自病危至沒尚未聞有一言之紊亂是其指示我者當自不誣

雲村又云方其呼予兄弟時別無他異但聞滿室異香而已

頃自數年以來夢廬以余無家可歸常留余住其家度歲今年元旦天已曉矣余忽又睡去夢見珠村草堂前荷花缸內遍開荷葉如粟青翠欲滴其中只有一箭花開高出葉上尺許花大如盤亭亭獨立別樣紅鮮余方徘徊愛玩而此花忽瓣瓣零落遂盡惟蓮葉慘碧如故一時不勝駭異醒而心知其不祥然爾時第自念老病之身本以丙午六月二十三日初度恐遂及其時不免望秋先零詎知自春徂夏君之病日以深六月十二日余自麻溪往視知君病殆必不起別後未嘗一刻去懷乃於十九日作書問訊而芝堂來書朦朧耕讀之轉益憂慮然猶未悟及所夢也至二十三日默念今為余之生辰自顧此身居然無恙因而思憶及元旦之夢俄而又憶及君之病不禁心動蓋俗以念四日為荷花生日竊揣過此以往余或者可援枯腸生稊之義幸免餘生但恐妖夢之踐轉在君身是余之夢適為君告也豈意秋以為期不幸而余之占竟驗也嗚呼吾聞兄弟手足也君之生也視余猶兄而余之事君猶兄其於痛癢休戚固不啻手足之在一身而以一氣之感通先見於余夢亦固其所且以君才德之茂聲望之宏其於世道所關門戶所係何異一柱之擎大廈而遂之品似君子惟君可擬之而無愧色則是夢之為君告也豈偶然哉獨是以余之孤老衰朽而窮於世

反得以不材全其天年。而如君之秉質聰強，竟以溘先朝露。然則盛衰倚伏之理，固難問之於天。而浮生百年之夢，更如是其不可恃也。悲夫！自六月之望至於七月，余兩次又夢微雪如霜，蓋余於君之親，固猶是無服之喪也。而於君卒之前夕，夢於人叢中見君在前，急走呼之，不顧而去。醒後固決知其凶也。然則禍福孰非前定，夢庶有知，其亦可以無恨。

附錄記夢數則

戊子孟夏，余在新溪，夜夢在寓樓憑眺，但見四野同雲，漫天飛雪，殆非光天化日世界。嘗聞凡非時而夢雪者，主有喪服。迨孟秋，繼妻吳氏亡。其後先君之喪，則夢大雪平地尺餘，先慈之喪亦先夢雪，但差減耳。兩次皆以仲夏，乃悟昔人之言非妄，而余乃以身試也，傷已！

己丑午日，寓齋微倦，午睡，夢至一處，院宇軒敞，頗有山林氣象。一老人似是鄉者，端坐堂上，出悲秋圖命題。余題七絕三句而醒，亦不知其何祥也。迨辛卯九月，既遭先君大故，始悟悲秋二字乃先示以兆也。其缺末句也，蓋猶四季之缺其一冬也。時先君猶康強無恙，而妖夢已兆於二年以前。及今追憶，能不怏然。

己丑仲春，館於陸氏之承壽堂，夜夢至一樓中，四顧無人，但壁上懸畫數幅，中一幅畫拳石綴以水仙數葉，題七律一章於上。恍惚間知為葉棣柯先生及弟，而其夫人所作。比醒，記其二語云：青鞋布襪尋常事，我意須看第一流。不知當作何解也。

捐官

松江趙某者，以販布起家。其後捐一通判，引見時，上問其出身所自，對以向來販布。上曰：然則何以捐官？對曰：竊以做官較販布生涯更好也。上怒，即著革職。某悵然退至吏部堂上大譟，索金曰：既奪我官，應須還我捐貲也。堂官聞之，發所司掌嘴五十，笞一百，逐去。

辨誣

里有土妓某氏，其夫嘗傭於崇印寺，寺僧素頗饒，或唆使控僧淫其妻。郡守陳公幼學批仰烏程提訊。某令畧審一過，提僧申報。陳公疑之，親提覆審，密召鐵佛寺一僧，置之閒房，而置其夫於門外。召婦問曰：若所告僧當熟識其面乎？婦曰：淫我日久，送我某物，如何不認得？乃趣召鐵佛寺僧至，問婦曰：是否？婦曰：正是。太守大笑，縛其夫，進痛責之，婦亦去衣杖決，觀者咸稱快焉。此不奇於愚夫愚婦之孟浪，與太守之折獄，而如邑令之將錯就錯，尤為可笑而可歎也。

金氏

鄧遵謙，字履菘，會稽人也，父之亮，江西按察使僉事。遵謙少喜任俠，輕財結客，與東陽許都

為死友。名娼金氏一見喜曰：豪士也。遂歸焉。遵謙狎其侍婢，金氏殺之，諸不逞於遵謙者，慫婢家訟於官，繫金氏獄。解遵謙，遵謙不出對簿，而散千金與金氏，日酣飲於獄中。時松江陳子龍司理紹興，許都馳謁之曰：天下方有事，奈何欲殺豪傑？乃出之。福王出奔杭州，不守，乃召故所知少年及部將舉兵，部署甫定，其父從杭州納款，薙髮歸，見之大驚，挾遵謙叩門曰：汝幸貸老奴命，毋令覆宗。遵謙不顧，絕裾去。會魯王監國，詔至，乃遣子懋縉率副將胡明際迎王至紹興。王命掛義興將軍印，賜二品服。十一月以功封義興伯，子龍亦起兵松江，貽書曰：僕真淮陰少年，不識韓王孫。明年，師潰，隆武遣使召之，至閩而帝蒙難，王次長垣。遵謙來謁，乃依鄭彩以居。後以忤彩，赴海死。時金氏在軍，束草象鄭彩，每飯食斬草人以侑。彩聞之，沉諸江中。遵謙既強取海舶二，又以大學士熊汝霖被害不平，形於詞色，彩乃伏部將吳輝狙殺遵謙於舟，以入海為詞，遂詭言赴海死。

外史氏曰：遵謙之舉誠豪矣。逸史謂其雖非性忠義，而卒以是傳名，與夫華衣美食，酣恣終身而名不傳者，有與謀識。惜其志大才疏，不能慮患，以致殞身逆臣之手也。若金氏者，故娼也，乃其始也，獨能識豪傑於風塵；其卒也，更能致其死以殉夫。此真烈烈大丈夫之所為，其視顧橫波、柳如是輩，相去遠矣。娼亦足以傳矣。

荷花公主

彭德孚，南昌才士也。性跌宕，貌尤娟秀，翩翩裙屐少年也。嘗以訪友至錢塘，寓昭慶寺。一日偕其友遊南屏，歸舟見漁者網得一蟹，大如盤，心異之，買而放諸湖。蟹入水，舉螯向船頭作拱揖狀者再而去。後數日，獨行堤上，遇一十七八女郎，衣碧綃衣，從老嫗自聖因寺出，光豔絕代。生乍見魂銷，笑問美人何來。女羞縮，顧嫗。嫗曰：阿姆去休。蓮步蹇澀，時復回眸。生益神蕩，尾之以行。疾趨不能及，轂折轉入水仙廟，從之已滅。時已曛黑，生悵望，竚立於橋和，適其友自靈隱還，要之歸。而生歸後眠食俱廢，每日輒往孤山一路尋訪，殊無蹤跡。於是懨懨臥病。道夜有雙鬟攜燈推扉入曰：公主遣迎郎君。生不答，轉身面壁吟曰：曾經滄海難為水，除卻巫山不是雲。二語，婢乃曰：所謂公主非他，即前日郎君在水仙廟所遇者也。生聞言，覺精神頓爽，躍起從之。行去至廟後，瞥見宮闕參差，背山而起。雙鬟曲折導引，別院花木叢雜，郎豁既盡，洞戶雙開，顏其上曰：水晶域。其院宇不甚高敞，而珠箔紅闌，四面臨水，水中荷花方盛開。其窗壁皆水晶結成。公主方倚欄玩月，見生入，迎笑握其腕曰：痴郎，數日不見，骨瘦如許矣。乃命取碧霞漿一盃，親擧與生曰：此前日綠萼夫人所賜，飲之可以忘憂。生取飲，色紺碧，芬芳甘洌，沁入心脾。因問此為何地。女戲曰：此是廣寒香界，君當即去，勿以凡質褻我太清。生見其態態可憐，躍起擁之入房，代解繡襦。女雖星眼含瞋，而嬌羞不能運肢體。已而笛

將流丹女屢乞休始止女乃引臂替枕撫之曰消瘦如是奈何輕狂遂爾耶生問卿得非合德後身耶何體香也因嗅其體殆遍女掩口笑曰妾乃荷花之精君勿怖也實告君妾本水仙王之女昨自遇君知君情深如許故願以此身相許但彼此形跡詭異妾舅氏撫育甥氏家法嚴厲設有疏漏恐無顏復相見也生問舅氏為誰女曰渠乃蠏中之王向以有功水府敕封中黃伯今為西湖判官細語未終相抱睡去既醒聞遠鐘已動急起女再三申約而別自是戴星往還殆無虛夕一夕共寢忘曉為保姆所覺告諸其舅舅命押生至生仰望烏巾綠袍坐堂上者儀容恠偉畏縮不敢前其人忽驚起離座降迎跪曰郎君猶憶漁舟邂逅時耶自蒙垂救此恩未有以報頃老婢來言不知何處來一莽男子擾吾甥閨閫故致此冒瀆某罪大矣遂起延之入坐生猶跼蹐不安某為追叙往事生始悟其所謂西湖判官者某乃展問邦族蒙詢家內何人生言向以聘妻物化尚在求凰某喜曰若是豈非夙緣耶吾甥才貌頗不俗今得君為配何啻泰采若不以非族見嫌則願言倚玉生驟聞喜出非望前揖申謝某乃命嫗喚女至告以其意女慚不能仰視適某妻聞其事亦出見生亭亭玉立亦喜相與力贊始攜女入某於是躬主為之合巹送至水晶城館焉女善吟尤嗜鼓琴嘗彈為鳳白鳳與生攜琴躡之遊天台雁宕鼓彩鸞下嫁之曲生倚琴而歌水調拍女肩曰吾老是鄉矣不願效武帝求白雲鄉也後年餘一日女從生至湖中觀競渡忽其友從鄰船呼生問向在何處偶取一書與生曰此令兄所託致也生展視書中具言母病方危趣其速歸生讀畢流涕意回寓收拾起程悱惻女不忍言別女慘然曰奈何以妾故棄其親然亦豈可捨郎獨歸乎遂挈生返告其舅將謀偕往舅不許曰甥女弱不任奔波計太夫人此時當已愈矣郎君仁孝自應歸覲因出藥一丸授生曰以與太夫人餌之可以卻老但當速來勿久留也生拜受遂而東裝與女約秋以為期女泣曰數月來腹中震動爾時君當記取正恐人事難齊重逢亦未可必也生亦灑淚別去到家母病已愈心慰甚具述所遇將奉母偕至浙中母不樂遠行居數月復辭母兄渡江仍寓昭慶次日即往前女至則榛莽塞途更無屋宇日將暮悵然始返至西泠橋見女乘輕舟冉冉自東來生前問訊并道所見之異女曰妾家前以罹災已徙湖南今可就此渡也相將呼舟至雷峯塔下望樓閣湧現女命艤棹其下攜生登岸命酒叙闊酒未闌輙起拉生入幃倍極款洽生殆難復支次日遂病女湯藥必親頃刻不離於側顧寢後必強與合生雖厭之而無如何由是日就沈綿勢已垂斃忽一女子哭至榻前撫生而號涕泗洟瀾良久以一手指女罵曰妖魅令郎病已至此汝猶不捨耶語未竟生忽然目見女面目衣飾與前女無豪髮異居然又一公主也慨然曰卿休矣已知命在呼吸更何

煩卿介伐之耶女大哭頃之拂袖遂出日將晚見女偕婢抱一玄鶴至通體純黑而丹頂甫入門前女頓縮如蝟伏地不敢動婢縱鶴擊之此女腦裂身化白蛇剖其腹得一珠徑寸以示生曰此冒妾者雷峯塔蛇精所為也妾前從舅氏至瑤池為王母慶壽致妖物為此狡獪誤郎及見郎病不可為矣妾既無以自解且此妖雖舅氏不能制故復往見母乞其囿中所蓄玄鶴來除之今妖幸已誅但郎受毒已深必以此珠合雄黃餌之疾乃可起生寤昏之中聞女言如夢始覺歎曰此物始與共枕但覺氣息之間不如卿之芳蘭竟體且溫甚及卿來視心益駭詫但爾時亦何能頓釋乎女乃以珠付婢趣令合藥餌生三日已起載與俱歸時兒生已兩月矣生撫之喜極更悲曰此來何啻再世若蕭也是兒可名曰來儀女忽哽咽語生曰善撫之君宗祀賴此一綫妾不能見其長成豈非數也生駭問此言何故女曰妾本紫府侍書以一念之癡緣締自緣前至層城王母以妾已破除色戒謫使降生黃岡劉修撰家今誕期至矣遂起將出門復返就生懷取兒乳之既畢欲去生按令小坐女曰晚少留終須別去善自愛勿令此負心人也揮淚自出十步之外猶復回顧生追之倏不見痛哭攜兒歸更不復娶

夜叉

道光初王店有李某者中年喪偶遺一子已十歲矣一日有二婦踵門求匹某詰其老也拒之婦請暫寄室中某辭以不能供億婦曰但相容勿慮日用也某始許之居數日某以貲用既絀將投湖中衣質諸庫啟之則白金一錠燦然在上取稱適得十兩知為二婦所為也然加敬禮自是凡布帛菽粟及酒餚之類偶有所需無不從心立應某家用以小裕焉從某以事出追暮歸失兒所在詢二婦皆言不知覓之不得是夕雖寢不復成寐而轉側間席底似有物為挖取火燭視有一人皮摺疊其下其眉目肢體宛然兒也但骨肉皆空矣大駭出以語人共往視之遂見二婦俱長丈餘鋸牙青面口如血盆始知其為夜叉也駭絕將反奔而此物已失所在矣

外史氏曰夫無因至前雖夜光之璧明月之珠猶不免按劍相眄而況於人乎而況偽來之物之即出自其人者乎今李某於二婦之突如其來既不辨之於早而於財物之無因者復不能慮之於終究之所得幾何而夜叉之索負乃已至此矣哀哉然天下之儼為夜叉化身者又豈止二婦哉

奇疾

今年聞沈進鄉富本中有富室某其妻得一疾每日必有男女二人來其前見輒答罵不知

人然亦惟癡坐不作一語視其色紅暈若碧桃婷盈嬌豔二人去則唾出清水一口而愈如是者日必數次而神氣日瘁問以二人何所為則終不肯言延醫診視或有言其脉有鬼氣及病不可為者歸途必遺梳寄故延醫時輒先戒以往返鄉亦嘗往視也

按隨園老人之志徐靈胎先生言蘆墟迮耕石臥病六日不食亦不言目炯炯直視先生曰此陰陽相搏也投一劑須臾目瞑能言再飲以湯竟躍然起瞥曰余病危時有紅黑二人為祟忽見黑人為雷震死俄之紅人又為白虎啣去先生笑曰雷震者余所投附子霹靂散也白虎者余所投天生白虎湯也據醫經固有因病而見鬼者然如某之戒醫者當必有妖癘憑之無疑也

真生

婺源真生名璞字荊山有俊才嘗受知於汪瑟庵先生評其試卷謂英姿颯爽才氣無雙從此精進可以成名遂拔為優貢生既而屢躓南闈鬱鬱不得志偶出其文示人人皆以其奇氣滿紙不肯一語凡庸相嘲謗生笑置之然以貧故思欲負仆田為作嫁計而苞刻所投亦遭按劍生歎曰窮至此乎於是謝絕人事鍵戶下帷每文成輒走山中抱髑髏歸置几上酹以酒且誦且飲誦竟痛哭一日方哭未已髑髏涔涔淚下生駭然乃不復抱還迨夜方挑燈讀忽一美人翩然入罵曰劫墳賊不畏死耶生視其人韶顏稚齒宮樣梳妝而眉鎖遠山亦無慍色已知所由來起揖曰得遇知音死亦何恨但如此三生羅隱何女曰妾亦弱女子尚不能保遺骸何能與人功名事生許為收葬女始驟然便拜生見其婀娜可愛如弱柳泥人挽與共寢女變色曰妾以愛才之故兼覘無惆枯朽故不憚冒行多露至此妾本海鹽吳氏自先人徇難京師家屬南奔依福王嗣立被選入宮未及遊幸大兵破金陵為一裨將所掠將納為室妾請沐浴而後可從命遂入浴室以佩刀自刎死某亦憐之為稾葬於此今若此是為河間婦也絕裾而去生悵然歸寢次日抱其髏至故處為之竭力營葬有不足則繼以典質且伐石表其貞烈數日甫竣是夜女復至笑謝曰今而後知君真天下有情人也妾不能遂捐廉恥仰答深恩然自幼嘗受庭訓於制藝亦頗窺其奧今願得長侍硯席以備康成詩婢可乎生大喜出近著請之輒為竄易數語生服其精絕女揮筆歎曰妾亦何能益君因指一藝曰如此藝非不沈博絕麗但恐白雪調高少見者不以為蜀之日則以為越之雪耳生為爽然自是女無夕不至生對之讀恒忘倦女憫其勞也則為置博局相與戲笑有時論絃琴常至達旦一夕女至生錄一課藝甫畢舉示女接置於案不視亦不語脉脉旁坐生詰之慘然曰妾本思為他山之攻俾君成名以報大德今吾父以忠節為上帝所錄敕為靈芝館仙宮以妾在此地飄泊無依召為紫府侍書昨歸時玉符已到頃欲言之又恐傷君心憶疇昔之夜君命妾歌冀時羞顏所不能及今別離在即請為一曲以致永訣遂起倚扶歌張祜宮詞一絕一字數轉一轉數洑曲未終哽咽不能成聲頃之仆地而滅覓之不得隨至墓上周呼吳娘安在而杳魂終杳痛哭而返自此生遂得咯血疾時已屆秋試帶病入場闈卷已入殼矣以孟藝若伊尹萊朱三句題文中用金版玉簡等字主司未解卒為所斥即女所指為沈博絕麗者也榜既發生病益劇未幾竟卒而生亦不自知已死也信步出門盈將覓女但惘惘不知所從方徘徊瞻眺忽見羽幢縹緲從數婢自東方來一女子皓腕褰簾睇視訝曰是非真郎耶何得至此生泣訴相覓之故女笑曰郎亦太癡心矣妾以郎病未能別後常不能去心故復紆道來視近已安否今有一喜信報君知昨聞真宮韓愈奏今秋考試不公已極求歲恩榜須先將試官甄別庶免壓抑人材帝即以命愈愈以順天猶為人文淵藪擬將以汪廷珍為順天正考官此人素為君知己君若赴試自應針芥無差遂拔髮上一珠珥贈郎之曰妾此時將赴南嶽夫人讌不能久留君持此速歸辦裝前程努力勿忘此負心人也生受視其簪頭上嵌二珠大如戎菽光耀炫目方欲開訊而香車已去如駛將返適遇同學歙縣曹某將入都招與偕生以貲竭為慮資斂史不忍負去某力任其費約到京可徐為設法生喜遂從之行冬杪始達投刺謁汪公公亦喜延入下榻焉明年戊寅果以萬壽開科公以都御使主試得生卷決為江南名宿遂為南元會試聯捷嗣以殿試第三人授編修給假旋里比入門見其妻方縗麻哭於堂中大呼曰我今以及第歸來矣妻回頭見生叱駭奔大駭曰君前以下第哭死迄已周年矣勿作此態來嚇人也生聞言如夢始悟長歎一聲奄然竟沒衣冠如蛻焉後十餘年有人於青城山遇之葛巾道服顏色轉少偕一女子明豔若仙乘翠軿從十餘騎將入山呼其人問及故鄉僮僕取綵囊中兩書寄回一與其妻言頃已得女為偶度為地仙一與曹生謝其解衣之誼欲託其妻子焉兒然舊時手筆也

明季遺事

康熙時明季內監嘗有在御前服役者言正統在沙漠時嘗生一子今有裔孫在旗下天啟呼魏忠賢為老伴凡事委之而已不與攬理左光斗受杖老內監猶有目擊者宮中用度奢侈脂粉銀四十萬兩供應銀數百萬兩紫禁城內砌地磚橫豎七層宮女至九千人內監至十萬人飲食恒不能遍每日有餓死者宮中用馬口柴紅螺炭日以數十萬斤馬口柴者約長三四尺兩頭刻兩口淨白無點黑今惟天壇焚燎用之又其時所行步道闊可容建極殿後階石高廣數丈採運至京時不能抨入午門運石太監參奏此石不肯入午門命將石捆

打六十御棍崇禎嘗學騎馬兩人執轡兩人捧鐙兩人扶鞦甫乘輒墮乃命責馬四十發往苦驛當差如此舉動豈不令人發一大噱。

樹中人

康熙間順德有民嘗入德慶山中採木忽聞頂上兒啼聲仰視見古木上有氣縷縷如煙飛鳥過之皆墜遂斫視之其中有人狀類凝脂問之不應拂之則笑一同伴曰此非怪物也蒸而食之食已覺熱尋浴溪中肉盡消裂而斃不知是何怪也嘗見北戶錄言大食國西鄰大海其西岸有一大石石上有樹幹赤葉青樹生小兒長六七寸見人皆笑動其手足若使摘取一枝小兒輒死此西遊記人參果之所本也蓋彼生樹上此隱樹中彼為常產此以幻成故其能為災如此。

嘗聞崙人國其人絕少朝生夕死如芝菌其地有銀山樹上生小兒日出能行日入而沒是樹上生兒非大食國所獨也。

陳忠愍公死難事

公諱化成字蓮峰閩之同安人少起戎行佐李忠毅公長庚平蔡牽受　仁宗皇帝知累遷至閩省水師提督道光十九年冬逆夷以烏烟之禁犯浙閩破定海踞招寶山逆夷數大帥公於二十年夏調任松江越旬日而定海失守裕公謙自盡（公方登城督戰封攀已不支遂自上躍投於地不死復投水為從者救起卒吞金而死）吳淞江並海上西南與舟山近東則崇明東北則福山狼山相倚為唇齒公防禦三年整飭營壘撫馭弁兵嚴而有恩終歲居帳中有為除官舍公弗入處曰士卒皆露宿吾何忍即安或餉酒食曰麾下眾多弗能給獨享非所當卻弗受江左倚為重越二年四月夷匪破乍浦去吳淞二百餘里奉命與湖北提督某公併力防禦主西礮臺時兩江總督牛公主東礮臺五月甲寅夷人忽至攻東礮臺公身先士卒擊損其火輪船三巨艦一夷匪數千丙辰夷人舉大礮於桅杪連發之鉛彈如雨洋鎗火箭交集臺壞時松江太湖兵當其前徐州兵在後安徽兵伏土城內備東路公顧勢已急馳騎請援於牛公鑑而牛已先退逆無意應援惟遣騎邀公偕遁者再公叱去已而歎曰我無援而兵譬至事難為矣解印綬付一千總齎至松江府上之仍坐西炮臺下督戰未已夷人不敢前而左翼既虛徐兵因乘機遁徽兵繼之日向午夷人遂由東炮臺陸路入火箭及帷幕中甲冑俱著公股被重創猶屹然不動而夷人已蜂擁至右脅又中洋鎗七血涔涔沾袍襟猶秉旗促戰曰爾毋畏爾施鎗炮未幾聲漸微乃北面再拜而絕同時戰歿者有守備常印福千總錢金玉把總龔齡增外委許林許攀桂額外外委徐大華武進士劉國標舁公屍匿蘆葦中越十二日殮於嘉定城中廣[illegible]

不肯面色如生年六十有九事聞　上賜白金千兩於殉節處所及本籍各建專祠下部議恤謚曰忠愍先是香山之肯殉死者有提督關公天培定海陣亡有王公錫朋葛公雲飛鄭公國鴻江公繼芸謝公朝恩祥公福其餘大率皆望風先遁迨乍浦之破竟無一人死者並無有向夷匪發一矢施一炮以拒守者蓋自廣東用兵　上命御前大臣宗室奕山為靖逆將軍二大臣為參贊及夷匪破浙省數縣及寧波府而據定海　上命協揆宗室奕經為揚威將軍文偉等為參贊而夷匪復破乍浦然自公始至松江即語屬吏云我善水性我能任海防事爾毋恐又授以避炮訣曰烟色白者乃空炮惟烟黑者宜亟避而其待士卒能以恩濟法與同甘苦當時咸謂此閒猶有好官也嘗獲晏士吖剌嘛謂夷中以吳淞砲多不敢攻而閩粵之商上海者傳廣東洋商語謂夷人素憚公名且謂其猶能直行己意收發左右如往時故夷中有不畏江南百萬兵只畏江南陳化成之謠據望至三年而後入乃卒以羽翼無人而賫志以殉蓋自公之殁而夷人入寶山達京口己未入上海庚申火輪船至春申浦逆渡三泖破松江直逼金山而蘇常江鎮諸大郡皆震動戒嚴而二三重臣通商議和之謀信決矣嗚呼使當時閫外諸將帥盡能如公亦何遽至此哉。

相傳夷酋於千里鏡內照見公形為黑虎及三月上海火藥局災蓋奸商通夷者為之有游魚千萬大者盈丈浮黃浦至泖又有巨蟹長蛇出於炮臺外洋面四月夷匪遂破乍浦進逼松江既而旋去公知其必來大享士卒諭以大義且曰即至萬無可為必以吾死為度復給樂人一丸云臨陣納諸口可壯膽皆感泣拜受蓋逆匪未來異徵已為先告而公之志固自素定也。

道光二十有二年五月朔夷匪至松江距城八十里監司邑令各買一舟備走路上海典史楊君慶恩聞之求見監司不得見邑令諷以大義令曰諾洎吳淞失守監司縣令各乘船去君頓足歎恨為人牖達上官曰吾亦從此逝矣有長隨高升者潛從之行見君倉皇出小東門呼扁舟渡春申浦探懷百錢與舟子至中流君躍入水舟子失聲長隨遽持曰此上海捕廳楊爺也時夷匪已率眾入城高升亟還率家人覓漁舟溯流求之於周家渡蘆叢見十餘尸其一即君也覓棺殮之載還具事奏　上諭楊慶恩捐軀盡節情殊可憫交部議恤家　予卹贈如制嗚呼君之死烈矣然松江之破自經略至督撫及監司其官之尊於典史者多矣而乃戢駭鳥散如陳慶鏞疏中所言而死節者乃在區區一典史也見危授命之難也如是夫（英吉利一名英圭黎在西北紅毛番人也距廣東五萬餘里自古不通中國我朝康熙五十八年始來通市雍正七年互市不[illegible]是一再[illegible]制不允[illegible]而去旋和蘭謀[illegible]判犯殺[illegible]逢阿又茶務中國氏自嘉慶十三年因佔澳門盜奪砍殺者屢矣。）

埋憂集卷八終

埋憂集卷九

戌上紅雪山莊外史著

烏桕樹

數年前，余在從珠村，其鄰人某姓，其家有一烏桕樹，大纔逾拱，而以場地頗隘，有妨收穫，將伐而售焉。甫鋸一寸，旁枝見其中心皆黑，有脂液流出，如琥珀色，乃止不伐，意將見售去伴其伐取也。聞其樹乃為曾祖某遺植，計其壽已二三百年矣。

案魏志：建安二十五年，武帝薨。注世語曰：王自漢中至洛陽，起建始殿，伐濯龍祠樹而樹血出。曹瞞傳：王使蘇越移美梨，根盡血出，越白狀，王躬自視而惡之，還遂寢疾。事近怪，然木經歲久，豈必無神。伽藍記：昭儀寺有池，即春秋之翟泉也，後為侍中石崇家池，池南有綠珠樓。寺南有願言寺，佛堂前生桑樹一株，直上五尺，枝條橫繞，柯葉旁布，形如羽蓋，復高五尺，凡為五重，每重葉椹各異，觀者成市，施者甚衆。帝聞而惡之，命給事中黃門侍郎元紀伐之。其日雲霧晦冥，下斧之處血流至地，觀者莫不悲泣。又從征記：泰山有上中下三廟，牆闕嚴整，夾兩階有柏樹，大二十圍，蓋漢武所植也。赤眉嘗斫一枝，見血，至今斧創猶存。則非曹氏所僅見矣。

畢秋帆先生巡撫陝西，曾上華山頂宿僧舍，夢有人長身玉立，著古衣冠，揖之曰：某住此山中已千年，近有僧人以大銅鐘掛吾左臂，吾甚苦之，乞為解釋。明日入寺，果見有鐘一口，掛大銀杏樹上，因命山僧移置他所。蓋樹老成精，理所固然也。

獅子

元魏時，波斯國獻獅子，為万俟醜奴所獲。醜奴破，始達京師。莊帝謂侍中李彧曰：朕聞虎見獅必伏，可覓試之。於是詔近山郡縣捕虎以送。鞏縣、山陽並送二虎一豹，帝在華林園觀之。於是虎見獅子，並皆瞑目不敢動。園中素有一盲熊，性甚馴，帝令取試之。熊至，聞獅子氣，驚怖跳躍，曳鎖而走，帝大笑。又　國朝康熙間，西域貢獅子二，形如閹書，獲口外打圍，遇兩熊，人不能勝，召獅子搏得之。老獅力盡而斃，小獅縱亦逸去。其熊皮實之以草，置雍和宮懸牌樓間，一重一千三百餘觔，一重八百餘觔。是熊之與羆，勇怯又懸殊矣。

按爾雅釋獸：狻猊食虎豹。註：即獅子也。正義引說文云：虓，獅子也。大雅常武云：闞如虓虎。雖與虎並舉，其食虎之力猶為足擬獅子哉。然博物志又載：魏武帝伐冒頓，經白狼山，逢獅子，使人格之，殺傷甚衆。忽見一物從林中出，大如狸，起立車軛，獅子將至，此獸便跳起立獅子頭上，遂殺之。至洛陽三十里，雞犬皆伏，無鳴吠者。不知此為何獸，亦可見猛如獅子，又有能制之者矣。則凡天下之自負其勇者，又何異遼東之豕乎。

諂效

乾隆間，廣平一知縣某，將引見，遇大學士和公於朝房。某趨拜，和公掖之，然某必欲下拜，推讓間，竟將和公數珠扯斷，散落滿地如雨。和公失色。思必有以洩其怒，斷矣，備詢職名，牢記於懷。後數日，上召見，奏對畢，時磁州缺出，上問何人可補。倉卒間，凡與和素昵者，皆不能省憶，不得已，隨舉某名以對。上俞其請，即諭著某補授。此亦善媚之效也。

醉和尚

國初浮石周氏披緇者三：通城佯狂以死，所謂顛和尚者也；思南沈湎以死，所謂醉和尚者也；順德苦身持不入城市以死，所謂野和尚者也。其志節之奇，尤莫若思南。思南諱元懋，字柱礎，文穆公應賓從子也。以文穆任畀宮南京都事，屯部郎中，奉使蜀中，歸，知貴州，國難作。先生跌宕自喜，本思以門資顯身館閣，及受門資之寵，非其好也。都御史廖大亨慰之曰：門資豈足以屈人，人自辱之耳，李衛公非自此起者乎。先生則大喜。江東建國，錢忠介公招之，故人徐錦衣啟睿亦招之，先生方丁內艱，國難而破家，輸餉不少吝。丙戌六月，家人自江上失守，先生慟哭，自沈於水，以救得免。先生故善飲，乃削髮入灌頂山，益日飲無何，又不喜獨酌，呼山僧不問其能飲與否，強酌之，夜以達旦。山僧為所苦，遂避匿，則呼樵者強斟之。樵者以日暮長跪乞去，先生無與共，則斟其侍者。已而侍者醉臥，則呼月酬之；月落，則呼雲酬之。繼以灌頂深山，難覓酒伴，始返城西枝隱軒中，每晨起則呼其子弟飲之，子弟去則呼他人；或其人他往，則攜酒極之於所往，不遇則執途之人而飲之。於是浮石十里中，望見先生輒相率走匿，不得已乃獨酌。既積飲且病，凡勸止酒者無算，大都以先生未有嗣子言。先生輒不飲者三日，既而縱飲如初。先生雖困於酒，而江湖俠客有以事投止者，必蹶然起，接之傾所有以輸，惟恐不給，以是盡喪其家。庚寅嘔血不可止，竟卒，年四十。旅人俞氏亦以毀相繼卒。前太常博士王公玉書哭之曰：德林之偏然狂於麴糵間，幾不知身外有何天地，是何世界。今此且不知置吾身於何地。昔人詩云：酒無通夜力，事滿五更心。德林蓋期於無復醒時以自全也。同社高士韓國祈誄之曰：知雄守雌，為天下谿；知白守黑，為天下式。德林不聞，乃以身殉，悲夫。（事見鮚埼亭集）

外史氏曰：德林當國破君亡，求死不得，至期於日夜縱飲以死，以視信陵之醇酒婦人，其志尤可哀也。嘗聞乾隆間，成都有二異人，其一曰笑和尚，見人不言，一味憨笑，喜吸烟，向人索之其人必多吉利事故人爭與之糈有同邸者居寶光寺寺僧惡其嬾故遲其飯或未明即食及舉箸笑和尚即在鄰人張裁縫者知其非常人俟其出必從之遊一日笑和尚謂張曰爾無間寒暑俟吾六載必有所欲但吾性懶不耐為人師此間東洞子門有徐瘋子者堪為爾師我當送爾至彼即偕往適徐熱火炙死鼠欲白酺遥見之責笑和尚曰爾不耐為人師又何苦拉別人乎笑和尚大笑不止時朔風正勁城門外寒風尤甚笑和尚與瘋子赤足露頂自如及夜半瘋子脫身上破衲與張曰服之可禦寒張披之非絮非帛奇暖而香自是張遂從瘋子不去居數年二人共往訪笑和尚和尚迎笑曰汝二人來乎好好抱張頸狂笑聲如鸞鳳使人心魄俱遥瘋子從旁罵曰憨和尚汝笑至今猶以為未足耶和尚膜拜曰吾知罪矣然老僧不死笑終不可止也竭力忍笑上牀趺坐而逝徐笑顧張曰可以行矣攜手出門忽不見仙乎仙乎或謂笑和尚生長太平其以樂死也自非生逢亂離者所可擬然觀其臨逝數語焉知其中無長歌當哭時耶此笑和尚之溺於笑殆猶醉和尚之溺於飲而意不在飲也則其笑亦可傳已

郡中馬軍巷鄭生名復良暖田先生之孫也幼絕慧讀書過目成誦為人木強嗜飲精於醫傳極摹畫然遇其飲即延之不往又嘗以醉撻其婢至絕而後蘇其妻乃禁之飲生無如何則日倚門前伺其親知過者邀之入留與共飲其人或以有事執不入往往至於拜跪泣下不止後其妻知為生之謀客至則操杖逐之一客嘗被笞傷股自是至馬軍巷者皆相戒紆道不過其門則真可笑者也然良工心苦矣

香樹尚書

永樂十二年東宮遣使迎帝遲帝怒黃淮至繫獄楊士奇及金問至益怒問何人得侍太子下法司鞫連楊溥逮繫錦衣獄十年讀經史諸子數周仁宗即位釋淮溥出獄哭大行伏地不能起帝亦哭擢翰林學士入閣典機務進太常卿仍兼學士竊歎當日君臣相遇何嘗家人父子相傳錢香樹尚書在雍正末年奉使外藩及還已乾隆初年矣 上問及 先帝出使時事尚書不覺痛哭 上亦哭錢從此受 上知擢至侍郎其復尤以詩與沈歸愚先生同受知於 高宗上嘗曰二老乃江浙之大老其寵眷蓋無異仁宗之於楊溥也

楊溥傳英宗初立溥從入內閣太皇太后臨朝一日坐便殿帝西面立后召士奇榮溥及英公輔尚書胡濙諭曰卿等老臣嗣君尚幼幸同心共安社稷又召溥前曰先帝念卿忠廉形於歎不意今復得見卿溥泣太后亦泣左右皆悲愴初仁宗為太子時以讒故宮僚大臣多下詔獄溥及淮一繫十年瀕死者數矣仁宗每於宮中言及東宮時事惻然泣下故太后及之太后又顧帝曰此五臣先朝簡任俾輔後人皇帝萬幾宜與五臣共計讀此數語想見當日君臣之際悲難相依有不堪追憶者又見宮廷之上聖賢相遇如家人父子不啻宋宣仁太后撤金蓮燭送東坡歸院時也

全坌

栢鄉全生名坌邑諸生其行八故人呼為全八家本業商父殁生不事生產好讀書甚窮人之急以是家日落為人傭書以活又不時給其後竟以窮餓死遺一妾及子女各一子名春霖亦尚幼無以為棺殮其友朱虛侯者慷慨意氣丈夫也讀書好劍術故與生為貧賤交聞之走視其殮為謀諸族黨迄無應者痛恨還家拔釵搜篋至於典及琴書事始倚辦而殁子三人啼號壁立朱不能復顧也一僕曰金出橫而頗桀忠於其主及是憐其嬌稚伶仃依依不去當時斷炊為之賣屨織席以供雖忍餓不較舉家稍延旦夕焉顧其妾年猶少自生殁脂澤不去手又不惜食生邑有富室子潘某無賴好漁色會妾以負主人房租將謀移居某艷其姿推宅旁一區令處朱已微窺其情亟往戒其勿前妾不聽自是朱始絕迹後女稍長某並通焉既而蹤跡漸露其僕走告某妻令囑勿復至至則必將殺之時朱亦聞人言將殺使人呼春霖至問曰娃亦知爾母所為乎春霖瞋目擊案曰潘某吾仇也微吾叔乃兒亦將走訴諸叔還報此仇兒尚能收骨爾遂叩首乞假其佩劍朱曰娃之齒未也若畫虎不成而父之鬼不其餒而爾父一身傾身殉友卒時嘗以而母子相託今言猶在耳忍坐視乎春霖涕泣而去後數日某忽為人所殺棄尸於野其妾追憶僕言遂擬以控官邑令來驗屍不見其首訊其僕僕言不知乃趨拘妾至訊之妾供向固未與某姤何知其他命拶之妾本以僕嘗諷令改行早疑為僕所殺及是遂吐實兼述僕平昔所諷以證令始嘆僕用刑訊五毒備至僕亦自誣服問其首所在對以爾時已烹以祭其主墓祭畢即以飴狗矣乃釋妾而繫僕於獄無何其妾至家又為人所殺令訪知僕子素剛猛橫於鄉并疑其為僕所使也復拘其子去鍛鍊成獄時令已入潘賄坐以爭姤相殺抵僕父子罪定案申報矣春霖聞之走縣庭號哭自承代白其冤令疑其少將詰主使者且恐之曰若殺其生母不懼抵死耶春霖曰父仇得雪兒死愈於生矣令愁繫兒將并抵之是夕方寢忽聞帳前有聲甚厲起燭之見案上捧一匕首晶瑩如雪岌岌欲動旁有一紙書言前殺奸夫淫婦者某所以為死友雪恨也今汝以五百金而忍誣殺孝義者三人某反不能殺汝乎云云令讀書顏色如土立出釋三人於獄次日即以匕首及書往界上臺上臺以殺人之義俠釋而不問賞春霖五十金以旌其孝今以得賄妄報某職時春霖年甫十六也

周爛鼻

周爛鼻者，吾邑圍義庵僧也。性嗜酒，不拘細行。少時嘗入妓館，因爛其鼻，從自痛恨，願受戒作佛弟子。為人伉直，無一語欺人，人亦以此信之。見大殿傾圮，擎析募諸人，以其廉潔不欺，爭施捨焉。頹雖皈心釋氏，而酒終弗能戒也，無日不飲，每飲輒醉，常入市肆，擁鐃頭按拍，高歌環而聽者，輒掩口笑。又或於街市徐徐而行，唱大江東去，兒童拍手嬉笑隨者成羣，亦傲然不屑意也。里中正法禪師玄諱（俗名唐玄）推重之，曰：此再來羅漢也，而周浮沈於世。年已七十餘矣。忽一日欲東招常所往來者百餘人赴期，回首其徒不從，曰：是難得於善知識者，豈可求諸酒肉中耶？歎強之，不得已為招客。客笑曰：周爛鼻乃亦坐化耶？至期羣集，周相與見如平生。歡日卓午，沐浴更衣，焚香於殿閣房廊，遍禮諸佛，還至正殿，默萬年藤椅於佛前，向南趺坐，舉手與衆作別，諦視之，目已瞑矣。衆方作禮讚歎，忽張目大呼曰：廚中尚有燒肉一器，可將來喫完了去。其侍者進肉，恣意啖盡，未釋手而逝。

外史氏曰：余嘗讀醉婆提傳，而歎道濟之顛，為不可及也。夫衆人皆醉，非荷鍤隨行，何以共處此世耶？衆人皆驚，非運木起棺，獨顯神通，誰為欲覺晨鐘耶？然非有善知識如瞎堂和尚，雖佛門廣大，豈能容之？若周爛鼻，其亦知此意矣。故爛醉街頭，狂歌市上，其意蓋謂彼之長齋繡佛，談經說偈，於昭昭而眠香盜飲於冥冥者，殆不足與為伍，不如與小兒酣歌之為樂也。志稱其人伉直，誠哉其不愧伉直也。不然，若專於酒肉中求羅漢，則今之羅漢固已遍天下矣。

潘爛頭

潘爛頭，邑之東北前朱廟黃冠也。能呵致風雨，往來濮川，嘗與人玩月，其人失禮於潘，潘於壁上畫一月，以片紙粘之，月遂雲翳。其人求潘去紙，月皎如故。一日召天神至，竟無驗，神以硃筆點其頭，頭爛，人號為潘爛頭云。（見縣志）

按烏青文獻，以本廟師弟相承，實無其人，而唐之鳳前溪里東嶽廟碑云係在是廟者，未詳孰是。

醫痒

姚莊顧文虎，業醫，習享豐郁。忽一日，促家人持竹篦解褲，受杖二十，後習為常，家人承之，杖稍輕，輒加呵責，或反以杖杖之，必重下，乃呼快。如是數年，漸覺疼痛而止。有醫者聞之，曰：過嗜辛辣發物，致熱毒內攻，因成奇痒，遇打散，不至上攻，否則疽發背而死矣。余獨以為不然，彼蓋酣豢於滋味，而飽食終日，無所用心，故無以洩其氣，以致熱毒下注，作痒難忍，非關過嗜辛辣也。然則今之坐享梁肉如圈牢之豢物者，皆當以此杖予之。

草庵和尚

海鹽徐汝璉者，多膂力，工技擊。一日，余值於山齋，沈君密問曰：子好武事，曾聞異人否？汝璉曰：向者吾儕同人訪草庵和尚於太湖之濱，觀其狀貌雄偉，知為非常人，與之論技藝，概心動不自知汗之下也。因詢曰：以子材藝，當力王事，何況跡浮屠為？有託而逃耶？和尚歎曰：余至此命也。曩者曾侍衛　內廷，奉　上命隨將軍某征苗。一日大隊並進，突遇賊，衆余挺刀前鬭，未百合，賊寡奔將走，余竭力追之，灌木雜樹，追者不及，施遂棄刀與賊搏，奮勇絕倫，且拒且走，蹄數十級，至一絕壑，扼其喉而擠之，彼亦猛掣余肘，遂挫入巨澗中。余來勢出，已背刺之，剔其首，時余力已竭，因躍出，少憩，登山四望，亂峯雜沓，萬木蔽天，杳無人跡，其地去大軍蓋五十餘里矣。尋路歸，至中軍，以首獻，令而退，自以為功無出余右者。軍中有知者，潛告余曰：識破渠魁，功非不巨，然子殆矣。將軍謂子沒于賊，業具名申奏，子之功已為人有，不去，懼禍及。余察之信，不敢復留，遂夜出奔，自是隱跡亂山，草菴以沒，默念功高不賞，反得禍也。遂倘佯方外，以終吾年，豈以為浮屠可隱而至於此耶？汝璉請觀其藝，和尚曰：汝衆亦不易試觀之。遂見其兩肩互動，自身以上長者亦如之，自首以下短亦如之，既而據衣下堦，庭中有木大十圍，手撼之，枝葉皆簌簌動，同人以材藝自負者，莫不舌撟木立若失。和尚曰：此運氣功也，若輩不足以語此。和尚之姓名不傳，以住草庵，故呼之為草庵和尚云。楊煜聞而歎曰：天下非無奇特英偉之才，而恒至不遇，若和尚者，豈非特出於凡衆者哉？何其材之奇而數奇耶！而能屣脫遺寰，其見幾之哲，為尤不可及矣。乃功高見忌，姓氏莫傳，湮沒於湖山榛莽間也，悲夫！

此係余於己丑歲從易安齋文鈔中錄出，原本筆意生動，而結構稍疏，敘次亦稍闕略，因為增删數句。今讀之，猶覺生氣滿紙，草庵和尚為不死矣。夫古今之以功高不賞而媢嫉成名者何限，讀此又不禁為青史一慟也。辛丑中秋前一日，於珠村草堂重閱此係，所指己十閱寒暑，亦悉既頭顱如雪，而余亦疲病侵尋，無復向時興，亦悉筆硯周旋，境矣，可勝三歎。

樊臘

四明夏氏，家世讀書，至某以甲榜筮仕，致富為興商，有子二人，教之讀，輒弟時游泮，然屢試未第。而其次名年尚幼，好狹邪游，兼嗜博，從惡少數年，晝夜朋淫於外，故所識老成壯士，避之如敵仇焉。於是家業蕩與資俱盡矣，不得已乞貸戚友，捉倒為別號，公然浮沉治仕一年，適捕得通夷匪者七人，皆盜魁也，訊之，雖姑令訟繫，其黨饋以三千金，乞為開釋，年城見金心動。納之。遂為覆卧中指。輒被敗。請中丞某公親提嚴勘。皆伏誅。年歲亦無如何。頗每念輒心悸者數日。一日海醉坐上房。僕為按背。一四歲兒戲其側。會乳媼一兒趨兒方案抱忽一人突至其前。張目虬髯。勢急威猛。出利刃如雪。直刺其首。并兩兒斃之。幕中乳媼僕大驚。衆至。其人已不見。詰閽者亦不知所自入也。相與栗諸大吏。圖形緝兇而已。然終歲未得正犯。於是盡室南還。扶柩至里門。所過儀從赫奕。彌望縞素。猶邇里許。然知之者。謂其柩中仍存無頭之鬼屬。先是年威將赴任。恐定多時。儀注未嫺。招惡少輩至家。與為番替演習。次及年威。既拜而起。忽顧影不見其首。時日方中。衆共見之。大駭。識者已知為不祥。比柩至門。其兄方以母設帨筵。集召伶人佐觴。歡飲勸。俄有三人者本朝冠服。以兄弟相呼。旁一人問姓名。其長者曰樊遜。又問何人所扮。曰孔子。次及仲曰樊噲。問所扮。曰漢高帝。更及季曰樊懌。問所扮。曰自刎。衆為閧堂。其兄忽憶前事。且悟其有所識也。痛哭而罷。

許真君

嘉慶時林清之變。是日天宇晴霽。及變作。賊匪數人已登宮牆。禁兵倉猝未備。賊自膳房之上。自西而北。　皇次子即今上。發鳥鎗擊之。殪一賊。續至者執白旗以指揮。復擊之。又殪。儀親王子貝勒綿志亦以鎗擊賊。賊僨殪。　皇次子馳至西長街。西廠督同常永貴率內侍擊賊。

日將晡。賊勢漸靡。將縱火。忽大雨迅雷。二賊震死。墮武英殿之御河。電光中恍惚見關帝端坐午門。群賊股栗不能奔竄。皆就擒。相傳賊黨與各省俱有。先是清嘗遣諜至江右。約其黨剋期進兵。此賊行疲。少憩一山下。旁有一道士對之呵叱。賊遂倦卧。醒而道士已不見。及其黨得書。所剋期乃在九月後。至期而清已平。江右督撫亦擒其黨以獻。比入獄。清詢其稽遲之故。則以剋期未係。故不敢妄發也。還問諜者。則以所遇道士對。既而釋其諜。俾為導覓道士於江右。不得。偶憩許真君廟。見塑像宛然。所遇道士也。乃奏而加封焉。　聖人在上。百神效靈。其理洵非誣也。

茅山道人

杭郡金銘如婦死。繼娶于氏。於潛令于公妹也。頗悍戾。未匝月。銘如恒居宿於外。一日夫婦忿爭。于氏拔頭上金釵屈吞之。俄痰塞胸膈。氣厥不省。合家皇遽無術。忽門外來一道人。謂閽者曰。汝家主合有急難。余已望氣知之。閽者驚曰。師父知之。可垂救否。道人曰。余以此來速報主人。遲則無及矣。遂與偕入。合家俱大欣慰。兼問當酬幾何。道人曰。吾輩學道者以慈悲為本。財帛非所貪也。速備淨水一盂。水至。戟手畫符。俾受病者吞之。未幾。于氏胸稍舒。家人咸拜謝。道人笑曰。未也。頃在胸。死生在呼吸。今入腸矣。少時將腹脹腸裂而死。余茅山羽士也。以廟圮募緣於外。今能予我三千金。夫人可生。否則請辭耳。許以八百金。道人曰。天下莫貧於鹽商。即許我八百金可如數。以錢置階下。俾爭舉偕擲以去。衆訝其前後遽異。姑如其言。以伺焉。道人復書三符於黃紙。使焚以灌夫人。又令速備圓桶於側。曰。難且將出矣。頃之。便血於桶。斗餘。則金釵閃閃在焉。道人曰。此妖金也。不去必更貽害。當將去鑄天將像。為汝家禳之。今取出洗而納諸袖。係於腰際。取一搭裹長七寸許。對之噓氣。片時係以錢納之。須臾而盡。亦不覺其隘也。系囊於腰。顧金曰。貧道今日賺擾處士矣。舉手作謝而去。

外史氏曰。茅山道人。其有道者與。其始也。能以望氣知其厄。其繼也。能以書符解其患。其卒也。又能以取其錢。運此神力。貯於芥子。須彌焉。然方問其所欲。既謂我輩以慈悲為本。財物非所貪也。及金已入腸。而又邀以重利。且以金為妖金。當攜鑄天將以禳之。天下亦有從虛檄中淘金。以鑄神像者哉。其言曰。天下莫貧於鹽商。意金生平日守錢如命。其於親族緩急拔其一毛亦不可得。故道人顯此神通。擊彼慳吝。不然。何前後所言之謬且誕也。或曰。道人殆三毛化身。以遊戲人間者歟。未可知也。

憎鬍

成都張船山先生為郡守時。有一巡檢差回稟見。船山曰。太爺一路辛苦。然風致頗佳。巡檢誤解公意。自持其髯半跪曰。卑職蒙大老爺恩遇。每思報效。惜年長多鬚。此鬚不能傾身圖報耳。船山大笑遣之。

梁山州

富海帆先生撫浙時。公事之暇。每與僚屬談詩文為樂。適杭守之人委一同知攝篆。一日上院。富公問以梁山州之義。守作而對曰。卑職管下只有海寧州。沒有梁山州。大人查縉紳錄就是。海帆大笑而入。

詩嘲

蔣桃溪言。有王姓者。家粗溫飽。捐從九品。好以門族誇於人。見有題石谷畫者。輒曰。此家二房叔曹祖也。有持夢樓書扇者。又曰。此余未出服之族兄也。凡王姓仕宦者。必引為同宗。同儕皆厭笑之。從分發江西。時柏田袁公為方伯。好詼諧。一日屬員進見。袁笑謂衆曰。僕有俚言。欲贈王佐堂。試為諸君誦之。時王亦在座。袁誦曰。天下三王本一家。任君東扯與西拏。太常山左稱同族。[illegible]方伯江南號夢華。時有為江南布政使者亦王姓舍弟毋東貽羽蝦。家兄黔口寄團茶。行香若過靈官廟。五百年前叔太爺。合座為之大噱。

陶公軼事

陶制軍澍，未第時，家極貧，課徒自給，而公性頗豪，嗜飲善博，雖家無儋石儲，不顧也。後值歲饑，其婦崔泣謂公曰：貧迫如此，妾實不能同為餓殍，為君計，嫁妾亦可度歲，不然，願賜絕婚書，俾妾另謀生活。公笑曰：卿識何淺！我未交大運耳，日者謂我命當至一品，姑徐之，勿慈富貴也。婦曰：君有此大福，自有與君同享者，妾不敢作此想，請與君離，聽君好消息矣。公不得已，書離婚書與之。會同里一餅師將謀娶婦，婦得書，忻然嫁之而去。公由是更無聊。初，郭外大神廟有道士，素善公，公暇日常宿於廟。道士性嗜弈，其技絕劣，然好勝，有從旁教客者，輒恚罵，或餽以酒食，啗客令客敗，且諭意焉。知其癖者，每與弈，必讓令勝，已乃已。公自與訂交，恆終歲弈，無一勝，故道士尤心傾焉。至是，遂襆被來止廟中，為道士書疏章，有所得以供飲博，輒盡，人皆呼為陶阿二。衣冠咸屏不與交矣。山陰碣石村有呂某者，精星相卜筮，偏遊諸衛，求之者戶履常滿，於是積貲至鉅萬。然好施，故人以員外呼之。後於富陽設靛青行，置秤平準不欺，客故貴富者必就與市，而富為嚴、衢、浙交會之地，衆賈輻湊，凡酒食之館、江山船，恆集於江岸。呂間或與客偕遊，則呼呂三爺者，蹤遊姊妹行，有落拓者，乞呂一顧，聲價頓起，夜則呼盧徹旦，客有負者，呂必為調劑，而呂博有異術，每博輒勝，所得金常置床頭，客或取用之亦不問，問之則笑曰：銀子本活物，想幻化矣。其大度皆此類。戴知者，呂翁之值行也，性至

孝，以不得養父母，故不娶。每飯必先以一豆祭其先，乃食。好拳勇，豪俠而勤儉，故所得俸常貯主人處，惟見人之急，則千金不惜，人往往以癡目之。亦善飲，每以無飲友為恨。一日晚飲於市，見公袒衣而沽，飲頗豪，呼而問其姓，公答姓陶，曰：市中有陶阿二者，非子耶？公視子貌狀似非碌碌者，子飲可幾何？公曰：予好飲，終未有能醉我者，汝豈能為查太史者乎？何勞絮問。戴喜甚，曰：我將與子較量。遂沽酒醉三甕，與對飲，而甕既罄，公微醺而戴已玉山頹倒矣。公起去。次日，戴醒而憶之，復覓陶公，飲極歡，自是遂與公為酒友。富有業青靛者，翁止一女，極憐，青瘢滿面，癩頭而癡甚，日者嘗謂當受一品封。翁疑其戲己也，願女益加長者，問字者憎輒病，故故三十猶未嫁也。至是忽夢黑猿撲於身，驚悟以告翁，翁曰：得毋有中屬問字於汝乎？翌日，戴擬來沽，驟見女，問亦曾相攸否，翁答尚未，且曰：吾賤而女陋，更誰增戴力以斧柯自任，因言公，翁曰：是非陶阿二乎？溺賭而濫飲，異日令吾女吸風度日乎？戴曰：噫！只恐汝女無此福，不然，如陶秀才而長貧賤，當抉吾兩目。翁問其年，曰屬猴。翁憶女夢，稍心動，謂戴曰：明日可偕與來。旦日，遂公詣翁，一見許訂婚。公辭以身棲於廟，囊無半文，焉能娶婦？乃與翁謀，贅諸其家，女能紡織，不致相累。公曰：即目前亦需少有所備，并手空空，奈何？戴又從旁慫恿，乃任其費，詣呂翁索銀三十兩。呂問所為，語之故。呂詫曰：秀才也，子何自識

之？戴言此人非終人下者，故與攜呂，欲相之。使戴招公去，一見驚曰：此天下貴人也，但早年寥落耳。自後交印堂運，大佳，惟木形人不及享耄期，然已足矣。回顧戴曰：此事我當相助。立贈公五十金，謂公曰：婚後願與新夫人一光顧也。公許諾，且言此恩必有以報。翁曰：區區者本無足掛齒，但有所託者，僕已有四孫，次孫命犯官刑，他日當出於臺下，倘蒙記憶，尚幸垂憐。即呼其孫出叩，公心識之。受金歸，婚三日，挈夫人詣呂，呂亦許為一品夫人，歡宴終日而返。自是伉儷相得，機杼之聲每與書聲相間也。公學亦大進，次年舉於鄉，入都，以教習授知縣。分選湖北，有能吏名。未及十年，至方面，其後巡撫江南，值歲飢，公為請於　朝，賑蠲並舉，活數十萬人，吳人皆尸祝之。繼以清理鹽政，受　上知，眷注頗深，而公已卒於兩江總督任所。是時，竇翁亦已物故，公臨卒，屬子孫世世奉祠翁云。方公之巡撫江蘇也，呂翁孫以索債遍至蘇，毆人傷重死，方訟繫，公即為贖罪釋歸，贈以千金。其捕鹽梟王乙也，諸官吏咸惴惴恐激變，公密勅武弁率兵往擒，獲梟示，時棋道士適在撫署，笑曰：不意陶二有此辣手。公不為忤也。先是，有粵僧游於紹，善相術，嘗相戴，擬年過四十，當以武職顯，得三品封。戴笑曰：天下豈有為人值行而受封誥者乎？及公貴，為援例捐守備，湖廣趙金龍之變，公薦戴從征，凱旋，以軍功超擢副鎮。數年予告回籍，騶從煊赫。崔氏方曳杖乞食道左，詢旁人，盡悉戴發跡

所自，卧轍乞憐。戴詰其由來，叱之去。婦歸號泣，夜自縊死。其所嫁餅師，蓋久以寒餓死矣。

外史氏曰：此事予得之萬頤齋所記，予讀之而泫然不知涕之何從也。蓋呂翁諸人不獨其豪俠好義也，其識英雄於未遇，豈非風塵隻眼哉？喟然曰：張負、漂母，世果猶有其人乎？於是為之一噱，顧其施於人者，皆即其施諸己者也；其受於己者，即其受諸人者也。是又足為公諸人破涕矣。至陶公為人所棄，栖身廟中，則又歎曰：蘇季子、朱翁子乃復見今日乎？於是為陶公悲。其卒也，餅師既去，丐婦攀轅，豈知姜韭不可以入園，覆水不可以復收耶？則又為崔氏悲，且為天下之非崔氏而學為崔氏者痛哭不止也。嗚呼，亦可鑒矣。

按梁敬叔勸戒近錄，言文毅與其父為壬戌同榜進士，同官京師，兩家內眷時相往來。其母鄭夫人嘗見陶夫人右手之背有一疣凸起，問其故，愀然曰：我出身微賤，少嘗操作，此手為磨柄所傷耳。蓋文毅少極貧，聘同邑黃姓女，有富室吳氏者，聞其女美，謀納為繼室，以厚利啗黃翁，翁許之，迫公退婚，公不可。女之母亦不願，而女利吳之富，決欲嫁之，其父主持又甚力，勢不可回。有侍婢願以身代，母許之，公亦坦然受之，即今膺一品誥命之夫人也。後吳氏以占曾姓者田，兩相爭競，吳子被毆死，翁亦繼死，族中欺黃女寡弱，使其田產殆盡，時公已貴，顧丁外艱歸里，聞而憐之，郵以五十金，女愧悔，抱其銀，終日號泣而不

忽用旋為倫兒所竊忽而自織後朱文定士彥自浙江學政還朝亦壬戌同年也過吳門公觴之演劇命演雙官誥公為之泣下朱曰此我之大失檢忘却雲汀家亦有碧蓮姊也云云此錄與傳中敘事始末互有異同要之黃氏女之見金夫而負義則一也至謂膺誥命之夫人即其家婢所代則傳聞異詞耳然離婚之事益信矣

改名

杭郡馮生好訟詭從捐直隸同知候補安徽一日早參既見而出遇同參籍縣徐公名琲者於門房時將候看驗略與敘談徐起小遺馮乘間取其名紙於王字下添一鉤徐不覺也比入參禮畢撫軍某公畧詰數語笑謂徐曰太爺儀貌溫文尊名何不雅也徐自瞪良久不解公命取其稟示之徐駭然愧汗不敢久留退至門房與閽者相詰責欲毆之馮乃從旁笑解之且曰此小弟所為也乞饒其初犯願獻印花房中元寶一箱贖罪何如徐無可如何怒然而出同寮絕倒

負債鬼

房中元寶者乃夫妻交媾時墊腰者也昔吳中有富室子新婚其婦妝奩中有一箱所貯皆此物也富室子不識何用竊取其一出示乃翁問所用翁掩口不能答見者無不匿笑

吾鄉有甲乙相友善也而皆貧值寒食甲墓祭歸見道旁有破棺遺骸暴露甲惻然歸家取畚鍤為之掩覆是夕夢醜袍人來感泣作謝曰蒙君子澤及枯骨泉下無以為報僕生時習六壬數君從今可無廉於市僕當少效微勞亦可為救貧之計甲疑為素所不習鬼曰但聽我言自當有驗甲謝之醒而異焉竊念一寒至此何妨姑試其術於是懸牌招紙凡問卜者鬼輒教之剖斷有以失物告者鬼陰語甲曰此物在渠家房後西北廂複壁內然非人所竊也甲以語某果如其言獲之蓋其妻臨卧以珠環置鏡台上為鼠所銜入也里中某翁家一白犬忽於空中起行至墻頭翁遂病傷寒劇甚往問之占曰此有野鬼求食祀之可愈家人歸祀之病良已由是其門如市年餘積貲累千金乙偶詣甲詢其何遽神驗乃聞甲述其由乙心羨焉歸後亦荷畚鍤至郊外覓得敗棺如其法行之而返是夜果有一鬼來謝其狀蟹胸凹額襤褸如丐乙遂告以所欲鬼忻然願為効力乙大喜以為指日可作富家翁矣遂亦託其術無何問以所卜鬼輒曰明日來易一人鬼又曰明日來乙皆如其言應之其人輒憤卦金而返翌日更無有過而問焉者乙還以責其鬼鬼曰某生前凡遇索債者則應之以是其他固未嫺也言已寂然自是絕不復至某懊恨不已訪諸邑中其人蓋以負欠累累每鬱成疾而死者也

外史氏曰老氏有言上德不德居今之世欲求厚施而不望所報者難言之矣然欲其獲報而至殘骸朽骼中求之者亦已癡矣況如某乙之鍥舟以求者哉宜其為鬼所揶揄也昔者西施病心而顰其里之醜人見而美之歸亦捧心而顰其里之富人見之堅閉門而不出貧人見之挈妻子而走彼知美顰而不知顰之所以美也知某之弄巧成拙使前鬼而在其側能不為之撫掌

蛇異

康熙初東河之新橋柱下忽出兩蛇相鬥移時不解觀者漸衆橋忽崩壞墜而死者十人蛇亦不見事見厲樊榭東城雜記此二蛇殆天使之歟

埋憂集卷九終

埋憂集卷十

戊上紅雪山莊外史著

鬼隸宣淫

京師寶泉局有神祠，門內塑鬼隸四人，頗著靈異。有工匠數人宿於門側，夢中常被其污。其來時手足如縛，欲喊則不能出聲，醒而捫其股間，每有青泥填塞，且腫痛不能起立。初不知何物為祟也。後有一黠者，又為所污，夢中默識其像，醒而憶之，始知即鬼隸也。相與告諸司官，而毀其像，其祟乃絕。

狐母

盛京參領達基之父某，嘗獵於山中。會日暮歸，途遇一少婦，年約二十，姿容絕世，告以迷途，求附載。某心念山僻安能有此婦，得非狐乎。嘗聞人血可制鬼狐，使不得遁形，將試其術，遂許同車。日漸暝，潛破鼻出血，塗其額。婦皇急罵曰，黑心郎，不畏死耶。然卒不得遁，遂與俱歸。適為伉儷，逾年生達基。婦遇家人有禮，舉家亦不諱。見者歎其豔，而忘其為狐也。達基嘗謂人曰，吾母一切服食無異常人，惟頂心常戴一紗笠，寒暑不去，蓋其頂中空，下窺見臟腑故也。及卒，後收驗之，果然。

七額駙

嘉慶時，成德行刺何　仁宗皇帝御朝，猝放一袖箭。一侍衛見箭來不及禦，輒以身覆　御座，箭洞胸而死。是時七額駙在旁，急以兩手抱成德。眾侍衛羣趨持之，遂擒成德。相傳成德武藝，侍衛中無有敵者，或於地中釘粗柱一行，成德騰一足掃去，柱皆拔起。七額駙亦能之，然額駙止能掃七柱，成德可掃至十二柱云。後　駕幸木蘭打圍，羣臣方馳逐，有一熊突至御前，連傷侍衛數人。七額駙向前與熊手搏，良久，為熊擒去，坐身下不得脫。額駙急屈右足竭力趺熊，去仆於山足，糜爛而死，然其足自是跛矣。

瞿式耜

初，王師入桂林，瞿公方巾燕衣，危坐署中。胡一清躍馬入勸之去，公舉杯曰，能飲酒乎。一清曰，今日豈飲酒時。遂躍馬去，適總督楚師司馬張同敞自靈州回，公喜曰，敞至，吾死不孤矣。敞曰，公將何行。公曰，封疆之臣，知有封疆，封疆既失，更復何去。敞曰，將欲得以他圖也。公有命，敞敢不死。遂止飲酒。督標致遠將軍戚良勳牽馬請公出城，再圖恢復。家人泣請少忍須臾，待次公子之至，皆不許。遂被執，見定南王孔有德。有德曰，公閣部耶，好閣部。公曰，汝王子耶，好王子。有德箕踞地上，顧曰坐。公曰，我不慣胡坐。有德肅然起，且揖之。見同敞左右命之跪，同敞大罵，旁武士或以刀背折足，強之跪，同敞不屈，卒去。將斬之，公正色叱曰，張司馬國之大臣，不得無禮，死則我同死。有德素重公，怵然遂止。說降百端，卒不屈。有德愈重之，館二公於別所，防禦甚嚴，而供張飲食如上賓。二公倡和自若，嘗公遣死士遺焦璉書，極言清兵羸弱，亟趣提兵抵桂。且曰，中興大詔無以我為念。邏卒得之以獻，有德大恐。閏十一月十六日晨，請二公，公方食，食撤，公笑曰，與總督多活四十一日，今事畢矣。同敞曰，快哉，此行今日得死所。見者皆為泣下。二公顏色不變，揚揚如平常。總督戴一白網巾，於懷出之曰，為先帝服也，將服此以見先帝。至獨秀巖下，公指曰，一生只愛泉石，願死於此。整衣冠，弟就刃。被殺時，大雷冬發，遠近士女皆為流涕。是時蛟麟泣殺，雜重公命，以蘆席覆之。越三日，侍御姚端，公門下士也，與楊執入王邸，謀殮二公。啟視，見公刃血在頸，身首不殊，面色不變，撫之而哭曰，忠魂儼在，知某等殮公乎。忽張目左右視，楊撫之曰，次子來見公耶，長公子失所耶。目猶視，端叩首曰，我知師心矣，天子已幸南寧，師徒雲集，焦侯無恙。目始瞑，遂具衣冠殮葬。二公於風洞山之麓，築室於旁，守墓不去云。公孫翰林院檢討昌文，於十月遣詣永明王，辭臨桂伯世爵，且陳桂林不可守狀，間關辭歸，未至。是浙人魏元翼以黑心史斷心根，昌文將甘心焉，未至一日，元翼家中鐵索鎯然，繞室有聲，元翼伏地請罪，忽作吳語曰，汝不忠不孝，乃欲殺我孫耶。元翼叩頭乞緩三日，少畢家事。又忽楚語曰，此不義奴，速杖之。何別駕九敘流血而死。有德疾，遣將禱於城隍，忽見宮侯司馬四大字入殿，見總督南面儼然，大驚，拜為歸以告，有德駭然，為供瞿忠神位於鐵佛寺。昌文適至，有德因厚禮之。昌文遂遷留守柩於明月洞，清凝亦遷總督之柩，與夫人合葬。臨初，安仁王英明特達，才略過人，有知人之鑒，嘗曰，居安可寄社稷，臨難不奪大節者，只瞿先生一人而已。一日寢，醞夜半疾作，急召公入，付以後事，執手流涕曰，孤負先生。顧永明王曰，國家事一聽先生處分。且自言其前世曰，孤再生伽藍而王第一羅漢也，先生好輔之。言畢而薨。相傳永明王　至寶峰寺禮，內身無量佛，佛忽起立，然則羅漢後身之說，果不誣也。後　王師龍續淑就，督師御史金聲被殺，時洪承疇監斬。既死，尸不仆，洪入院，見聲衣冠儼然危坐，洪驚入內，恍惚不敢出者數日。此與瞿留守、張司馬之身後現示者，彷彿相似，蓋忠魂義魄，固如河嶽日星，不容掩抑也。

外史氏曰，余嘗讀沈廷芳重修明兵部右侍郎左公碑銘，從自記曰，順治二年閏月二十日，公授命。是日，萊陽鄉人見公衣白衣，乘白騾，進南門，至家，夫人劉淑人問公歸來，笑曰，吾為興朝所囚，問以他事，則曰方寸已亂。知時當下有木櫃，公坐良久，乃又去。其鄉人仍見公由南門出，無何，慫恿遣人御公柩歸與。越日，公所知從南來，云是日慕遇公於揚州，言欲往南京謁先帝。衣飾與所衆皆同。蓋公之忠誠生死不忘君國如此。至今鄉人稱大忠先生。吾聞諸趙元睿云。云按公之與陳洪範馬少愉衰絰入都也。請奈告諸陵及改葬先帝。不可則陳太牢於延哭奠之。旋遣返出都。洪範請留公。勿遣。乃追還。跧館太醫院。公題院門曰。生為大明忠臣。死為大明忠鬼。又畫蘇子卿像懸壁間。繡南京失守。公南向慟哭。絕粒七日。嘔血題詩。有一寸丹冷魄消難盡蕩作寒煙總不磨。及諭降不從。遂與從行兵部司務陳用極等俱被殺。公僕左夏王聯州爭死。亦並殺。從來精忠大節。蓋皆有其素定者。故沒世猶有生氣如此。或謂南都不亡。則公可不死。然公即不死。亦終為鄉紳之館於真州。且豈能甘主辱節。堅殊玉可碎也。不可毀其白。此則戴公之所同也。若時讀後所記。則公之當先死者為凜然後敢殉之。

孫延齡

李定國攻桂林。孔有德謂夫人曰。我受國厚恩。誓以身殉。若輩亦早為計。夫人曰。君無慮我不死。指其子及女曰。第兒曹何罪。而亦遭此劫。欲為老嫗負之去。泣而送之曰。此子苟脫於難。當度為沙彌。無效乃父一生馳驅南北。下場有今日也。言畢自縊。有德縱火焚其府。拔劍自刎死。子為定國軍士所獲。死於安隆。女以幼養於軍中。廣西平。女得歸。世祖與太皇太后憫有德歿于王事。令送入宮。為太后養女。名孔四貞。四貞年十六。太后為擇婿。四貞自陳有夫。蓋有德存日已字孫偏將之子延齡矣。因下詔求得之。奉太后命為夫婦。賜第西華門外。廣西之再定也。上念孔後無人。並處孔師無主。乃封四貞為和碩格格。掌定南王事。遙制廣西軍。延齡為和碩額駙。內輔政大臣世襲一等阿思尼哈番。延齡美丰姿。曉音律。長於擊刺。體勁提能超九尺屏風。惟不喜讀書。然偶有章奏。輒能斟酌可否。與人交必盡其誠。能容人過失。四貞美而才。自以太后養女。又掌藩府事。視延齡蔑如也。延齡以太后故。貌為恭謹以順其意。四貞喜出入宮掖。日與其能。太后亦善視之。寵賚亞於親王。四貞不知以計愚之。謂其和柔易制。事益專決。延齡內愈不平。日思所以奪其權。會三都統戴良臣等專權。四貞大悔恨。仍與延齡和好。以良臣等僭亂不法事訴於上。三都統亦訐之。上命督臣金光祖究其事。大臣皆不直延齡。十二年。吳三桂反。以書招延齡。延齡招良臣等議事。伏力士擲盞為號。盡縛斬之。即舉兵。三桂封為臨江王廣西提督。馬雄亦降。本三都統之敗。延齡畏其逼。四貞日夜感。上恩勸其歸順。許且決矣。雄探得之。密告三桂。三桂命其侄世寶為金吾大將軍。領兵以恢復廣東為名。駐節桂林城外。延齡出迎敘故。相得甚歡。及送之轅門。有伏兵數十突起馬首。延齡於馬革中出利刃。自殺數人。力不支。為所殺。世寶送其頭於馬雄。雄對之撚鬚大笑曰。延齡亦有今日乎。頭忽瞋目張口。躍起直撲雄身。雄大叫曰。延齡殺我。嘔血數升而死。此與三國演義言吳斬關公。送其首於曹操。

開函問雲長別來無恙事絕類。然彼固附會無稽語。而延齡事則載之四王合傳者也。烏乎。其果然耶。四貞幼曾為三桂養女。遂拘之入滇。其子亦為世寶所殺。雲南平。四貞歸京師。奉有德祀焉。

縊鬼

秀水汪如洋。號雲壑。未第時。館於邑某紳家。嘗夜讀至二鼓後。一少婦縞袂素裳。推扉入。汪詰之。起詰所自。婦言故與主人女芳姑相善。將假逕歸舊好處。汪以形迹可疑。阻之。婦爭之不得。近身躡戶外。以手探檻下。移時始去。汪益疑。急返移燈往視。得一圈圍尺許。攜還向燈審其物。非繩非帶。如環無端。心知有異。即就火熱之。腥穢之氣觸鼻難耐。忽聞哭聲自內出。詢館僮。知主人女已以自縊死。正驚訝間。前婦哭至檻前。覓其圈不得。復入向汪索取。汪對云。頃已焚却。且叱其速退。婦怒曰。與君素無仇怨。何忍下此毒手。然君貴人也。痛哭而去。未幾館僮又來報。主人女頃已解救復甦矣。汪後中庚子會狀。出為雲南學差。旋卒。卒時有老僧至門。呼之歸去。先生亦自言前生峨眉山僧也。

乍浦之變

去年夏。英夷破乍浦。殺掠之慘。積屍塞路。或棄尸河中。水為不流。其最可慘者。尤莫如婦女。匪有黑白二種。黑者愚蠢殆如犬羊。聽白者所驅使。亦不知畏死。故臨陣必使施放鳥鎗。然破城時亦知淫掠。凡所掠婦女。少艾者必以供白鬼。黑鬼則自取老醜者。多有以數人迭淫一人而死者。有楊生者。少年才俊。入邑庠。娶婦某氏。甚靚絕倫。至是才逾年耳。前一日。婦聞警。促生即往覓舟先遁。謂若待城破。恐求死不得也。生戀家。未忍決去。及夷匪至。始出覓舟。而滿城大亂。舟已不可復得。急返。聞婦哀號聲徹外。遽入。見黑鬼六七。捽女縛將按淫焉。生跪為祈免。群匪怒。即捉生手足釘於門上。旋捉女褫其下衣。迭就淫之。良久。宛轉呼號而死。乃舁之後。搜得僕婦數人。皆驅之而出。有老僕匿於牀下。至是躍出。拔去其釘。抱生下。生不能起。立枕婦尸痛哭。久之。蹣跚出門。意將覓死。適遇白鬼數人。詢知狀。攜生歸。令認取黑鬼七人。殺之。有郭某者。漢奸也。素為夷匪所倚。掌兵權。搞以三十金。俾令縣生攜還。以其金命老僕往市兩棺殮斂。訖長號數聲。以頭觸棺死。老僕即取空棺殮之。而自縊焉。其他遭其毒者亦不勝舉。頃閱揚州十日記。歷敘城破被難之苦。令人不忍卒讀。亂離之際。大抵一轍也。又聞白鬼性亦淫毒。殆不下黑鬼。其所得婦女。寵愛特甚。每日必用鼓樂交拜坐筵一齋。如新婚者然。頗好文墨。每入人家。遇名人書畫。如獲拱璧。爭取無少遺焉。

虎尾自鞭

廣陵某翁常挈其子游楚，路入九疑，偶日暮，借宿僧樓。時十月之望，翁思無聊，倚窗玩月。忽風起，山木皆震動，葉蔌蔌落，見一虎躍入後園，坐大石上，俛而大哭，聲極淒楚，既乃自舒其尾，鞭背數百乃去。父子大恐，不敢復睡，坐而待旦，以語寺僧。曰：此間常事也。因問虎何哭。曰：虎之性健忘，方食人時不知其為人也，覺已晚矣，然其所食人介獨不能化，常梗胸中，當清夜月明，必自悔，悔必哭，意謂天地好生，而我食之，故鞭其背以自懲。然遇風發威震，時適有人至，則故態復萌矣。

外史氏曰：余自幼即聞父老言虎之食人，必自踵而上，食至首，乃知為人，則為之下淚，棄去。當時已疑其為誑己也。後讀唐代叢書，穆宗時有孫生與李生某者，素友善，一日李生忽亡去，其家覓之，久不得，相傳已化為虎。後孫生以事出京，道經華陰山下，忽遇一虎伏叢草中，呼生問故人無恙，兼述己之為虎，問及家中消息，繼以痛哭，生乃呼之出見，答以自慚形穢，恐驚故人，故不願見。其言每有所遇，亦知不可食，但饞涎不能自主，且囑其勿復至，恐適遇餓吻也。生悚然謹諾。乃口占七律二首贈生，大哭而去。其所言食人之故，與此小異，而其所以自恨為獸，則無不同也。余獨怪世之虎而冠者，其健忘既有甚於虎，而其忍於橫噬以殺人，初不知所悔也。嗚呼，虎猶如此，余何名之曰人而反不如虎乎。

夷船

數年前傳聞瓊州境外，忽來一船，其長過於洋船，大稱之，上有三層樓櫓，帆檣壯麗高大，行疾於風，而舟中不見一人，中置銅銃，圍徑寸許，亦能無人自放，中國大礮遠不及也。於時人情洶洶，以為必有島夷將與內地為患，故為是先聲以示威云。按海外惟荷蘭最長於用舟與銃，其舟大者長三十丈，廣五六丈，板厚二尺餘，鱗次相銜，樹五桅，舶上以鐵為網，外漆打馬油，光瑩可鑑，舟設三層，旁豎小窗，各置銅銃其中，每銃張機臨放，推窗以出，放畢自退，不假人力。桅之下置大銃，長二丈餘，中虛如四尺車輪，云發此可洞裂石城，震數十里，敵迫則裂此自沉，不能為虜也。其役使有烏鬼，嘗居高自投於海，徐行出濤中，如履平地。舵後銅盤長大徑數尺，譯言照海鏡，識此可海上不迷。今嘆夷犯浙，自六月望後來定海，聞其總兵百美及布爾利所駕船，尚泊招寶山不去，其船並長數十丈，其形製與荷蘭之船無異，而其中船板俱用銅包。我軍嘗遣善泅者潛行水底，至彼鑽之，不能入。據楊炳南海錄云：嘆咭唎國即紅毛番，而外洋考謂紅毛自稱和蘭，則此船即來自嘆夷者矣。

閩中紅夷本日本屬國，僞往來閩地市易。明神廟末年，輒築堡於海壖，為久駐之所。甲子春，有漳州李姓者，自日本歸，云日本國王婿也。蓋李本閩中傀人，先因渡海失風，漂至日本，日本主悅其人物秀髮，以女侄妻之。數年思歸祀其祖，訖返。時撫臣南居益聞之，乃詢島中事，且以解散紅夷請。書報李云：此係我國屬役者，諭之當去。隨傳命使歸，各棄堡去。遂焚其所築，閩中腹心之患頓釋。是時雖為海壖之患，然止為日本屬國，不似今之強大，竟至與中國抗衡也。

附錄

據外洋考及海錄，嘆夷即荷蘭遺種，亦即紅毛番。外洋考言其長技惟舟與銃。海錄亦言其最善造珠鏡，而舟制尤極機巧，其兵制頗得周禮遺意。俗奉天主教，其於內地諸神從無敬禮者，惟見廟中所塑白無常鬼，必驚拜頂禮，其他雖孔聖像，亦任意褻玩，甚有推為薪者。相傳前年寇寧波時，其陸路統帥布爾利入城隍廟，曾褫去城隍冠服，將改其服色，及還舟，忽自投作神語曰：吾奉上帝命為斯土神，雖　本朝未嘗以國制加我，必欲令我易服。汝輩犬羊，輒敢毀裂我冠服。言畢，即取佩刀自刺而死。於是諸夷震悚，次日仍如舊制製作衣冠，備牲禮送至廟，為神像穿帶畢，相與羅拜謝罪，然後去。此其事雖近怪，然亦其慢神之一徵也。

覓閻手

七修類稿云：余嘗纂鼓圖，載元豐間修城，掘得一物，活如人，但無眉目，或謂之太歲。正德末，崇德地名高田村（今屬桐鄉）民家掘得活小兒，即時燒死。此又不知何異也。余謂此或人之所埋，本不足異。余二姊家張氏之族，有同居娣婦某氏者，素病咯血，一日日方中，至廚下午炊，瞥見墻下水甕之側，一手伸出，五指皆備，儼然人也。婦大駭，方呼救，往視倏已不見，即其處掘之，無所得。然婦自是常心悸，未幾竟死。

按熙朝新語：徐太史用錫未第時，偶如廁，見大肉塊，徧身有眼，因記書言，觸太歲者可轉禍為福，遂挈之，每擊一眼，則徧身眼愈明，均自是領鄉薦，連捷，官至侍講，則謂太歲如人而無目者非矣，抑其類有不一歟。

挖眼

明史叢載：韓雍（長洲人）征廣西猺獞，嘗與僚屬論兵轅門，取俘斬數人，探心膽食之，立盡，見者失色，而雍談笑自若。此真威凶殘忍者也。頃有督撫某公鎮海疆者，凡遇劇賊，輒抉其目珠。嘗微行至茶肆中，見一嘆咭唎人，方與同伴相爭，拔刀欲刺，同伴逃去，其人將追殺之，問之，其人言本將殺其仇家某，而某獨為之勸阻，將先刺之。某公言曰：殺人者死，汝國中之法亦然。今其勸汝者，愛汝也，汝奈何欲殺之也。其人大恚曰：汝何人，敢來為渠游說，我可並去勿嘗吾刃某公即返至署立飭捕役數輩往拘其人至公衣冠坐堂皇喝令抬頭其人仰視始悟即肆中所遇也乃惕伏不敢動公即起至階前一手捽其髮杖兩指插入目中則血淋漓雙珠隨手出矣隨乃撩襟拭其指血且拭且罵曰賊匪先教汝知本部院手段待拿汝同伴並誅可也凡抉目公必親自舉手抉畢輒以衣襟拭其指故襟上盡赤如臙脂蓋此事隸役莫能任使也竊謂此法以處劇盜大猾縱不即行誅戮亦可杜其後患非但以立威也然公今已以淫刑為御史所參矣

狐妖

國初時邑中某為某戚招飲迫暮始歸過鐵店衖遇一美婦蓮步蹇澀珊珊然來時秋雨乍收路滑女乞某負過淖處某輒諾徑負至家女詢知為其家雙波斜轉而笑曰痴兒負我來欲何為某亦笑曰卿試猜之女曰然則子宜優奴某狂喜挽與入帷帳亦不拒狎暱既畢女顧見四壁蕭然牀中敝衾敗薦嘆之曰一寒至此而猶思作風流措大耶生覺有慚色已復疑其為妖女已知之曰我誠非人然不為汝禍勿怖也某心戀其美即亦不懼惟以其住弱不堪糟糠為慮女曰但能共矢白頭此亦易耳某益喜次日偶出門比歸室中几榻衾裀煥然一新驚問所自女曰適借之姊家爾至晚餚某歎曰有客無酒相對亦屬無聊女不答一轉眼則斗酒隻雞臚列几上矣自是凡某有所需無不應手至某嘗戲問曰卿具此神通何難為致千金一洗酸態對曰妾與君有夙緣故冒嫌為此凡人飲啄有定過此恐不為君福也後月餘女託往省姊數日乃返詰之女曰姊氏偶染微疾故少留扶持也某疑其別有所私也謂之曰沈宗善家好勿去與他女曰彼家墻高又多犬且彼福人不可近也無何某以酒後誤傷人命入獄女朝夕入視時攜餚餌相餉獄卒無知者會于七倡亂山東一日官軍方與對陣忽見一女子白綿戰袍首戴雉尾持綠沈鎗躍馬率數十人馳入賊陣賊乃大潰七就擒及問所自女以某妻對將軍上其功某因此亦得末減發錦州充軍臨行女請從某不可曰有押役在女曰彼何知至淮上我別有投比至淮別去後二年遇赦還過淮適旅主人曰自往年客去此間有妖大為祟今不敢留某心疑是女因請止宿樓中入夜某於燈下獨酌忽見女華妝而至向某萬福曰郎亦無恙耶某大喜邀與共飲絮問前事女曰但為君故致卧榻之側不容他人今幸可相從去矣次日遂攜以行過蘇州方停五日有龍舟之戲某偕女游焉女飲大醉枕於膝上而卧輒化為狐初部舟一鄉宦某見女窗中豔之及是乃招某去許以五百金購焉某心念彼異類也終非良匹若守死在下何日得富貴遂與署券而遣女已覺罵曰負心賊妾自問於汝不薄今幸得生還遂忍以數百金而棄如敝屣

矣今不忍汝殺但篋中鈿盒須見還也言訖向篋內取其盒納懷中徑出登岸掠波而去蓋此盒乃女送某往錦州時所贈凡遇窮急啟之必有數金存焉某以是在戍得免凍餒至是自悔負女然不可追矣悵然解纜至家年餘竟以窮餓死

附錄袁氏傳

廣德中有孫恪秀才者因下第遊洛中至魏王池側有一大第洛人指此袁氏之第恪徑往扣扉良久忽有女子啟關容光鑑物豔麗驚人珠初滌其月華柳乍啟其烟媚蘭房靈濯玉瑩塵清恪疑主人處子潛窺而已女摘庭中萱草凝思久立遂吟詩曰彼見是忘憂此看同腐草青山與白雲方展我懷抱吟諷既畢遂來褰簾忽覩恪驚慚入戶使青衣詰之且曰小娘子少孤更無姻戚見未適人且求售也良久女子乃去美豔倍於初者所覩命侍婢進茶果曰郎君既無第舍便可遷囊橐於此恪未室又覩女子妖麗如是乃進媒而納為室三四歲忽遇表兄張閑雲恪止宿其家竊張生握手密謂曰兄於道門嘗有所授適覩弟詞色妖氣頗濃未審別何所遇恪辭以未有所遇張曰夫人稟陽精妖受陰氣魂掩魄盡人則長生魄掩魂消則立死故鬼怪無形而全陰也仙人無影而全陽也陰陽之盛衰魂魄之交戰若不表白於氣色向覩弟氣色陰陽侵位邪干正府真精已耗識用漸隳精液傾輸根蒂浮動骨將化土顏非渥丹必為怪異所鑠何堅隱也恪方驚悟遂陳娶納之因張大駭曰即此是也恪曰某一生迍邅久處凍餒因茲婚娶頗似蘇息不能負義何以為計張生怒曰大丈夫未能事人焉能事鬼且義與身孰親身受其災而顧鬼怪之恩義乎授以寶劍曰此亦干將之亞凡有魍魎見者滅沒備攜置密室必覩其狼狽恪受劍張告去恪攜劍隱於室內而終有難色袁氏俄覺大怒曰子之窮薄我使暢泰不顧恩義遂興非為如此用心則犬彘不食其餘恪慚顏叩頭曰受教於表兄非宿心也袁氏遂搜得其劍寸折之若斷輕藕袁氏乃大笑曰張生一小子不以道義誨其表弟使行其兇毒然覩子之心的應不如是吾匹君已數歲矣子何慮哉恪方稍安後十餘年袁氏已鞠育二子治家甚嚴不喜參雜後恪之長安謁舊友王相國縉遂薦於南康張萬頃為經略判官挈家而往袁氏每遇青松高山凝睇久之若有不快意到端州袁氏曰去此半程有峽山寺我家舊有門徒僧惠幽居此寺別來數十年僧行極高能別形骸善去塵垢倘經彼設食頗益南行之福恪遂辦齋蔬之具及抵寺袁氏欣然易服理妝攜二子詣其僧院若熟其徑者遂持碧玉環以獻僧曰此是院中舊物僧亦不曉及齋罷有野猿數十連臂下於高松而食於臺上後悲嘯捫蘿而躍袁氏惻然俄命筆題僧壁曰剛被恩

惜從此心無端變化幾湮沈不如逐伴歸山去長嘯一聲烟霧深乃擲筆於地撫二子咽泣語恪曰好住好住吾當永訣矣遂裂衣化為老猿追嘯者躍樹而去將抵深山復返視恪驚怛良久撫二子一慟詢於老僧僧方悟此猿為貧僧為沙彌時所養也碧玉環本訶陵胡人所施當時亦隨猿頸而往今方悟矣恪惆悵艤舟六七日攜二子迴棹更不能之任矣。此傳為唐顧敻撰予愛其敘次中工於點寫中間論人妖分界情韻如黃庭陀符訣纓而其事又可以為鑒故節錄以附於此。

外史氏曰太史公曰鄙人有言曰何知仁義已饗其利者為有德歸震川先生曰凡人當阨困時得人一言之善輒不忘於心況袁氏之於孫生者乎且以孫生之貧不能娶而驟得一神仙中人而可以育子可以治家為孫氏更綿血食於無窮與生處十餘年而琴瑟曾無間也袁氏復何負於生而無負於生則人之可也室之可也奈何以一人之言而忍以齒其劍哉然使生惑於張生之危言而不復顧夙昔之恩義則以袁氏神通如此安知不反受其禍如某生之於孤女也幸也天良未泯撫劍猶豫卒為袁氏所諒而克保其終也然抑已危矣

織里婚事

織里某翁家饒於財生一子質頗聰秀翁視為家寶稍長為聘同邑某氏女年十八即為之成婚某氏女纔及笄耳無何已屆期矣某子忽遘暴疾乃倩媒氏至女家備述翁意言新郎之病雖大勢無妨然醫者云若此時遽令出門迎娶恐生意外之變若蒙曲賜周旋免其親臨時當仍備輿從迎令嫂往與成禮則所全者不少矣女家父母皆許諾媒氏還報明日迎女去顧壻病已亟竟不能行禮草草送入洞房竟夕握撮不復能就枕次日其子竟死女猶未及廟見也此道光二十五年九月間事先是翁以將娶召屠者宰豬屢宰不絕而又無血及其他雞鴨等物皆然其庖人所烹豬蹄個個皆作殷紅色如塗鮮血識者已共知為不祥而翁猶迷而不知止以致此誤也惜哉

外史氏曰此事余聞之丁子杏時許汝棋亦在座惻然曰此女固未廟見也嫁之可矣余謂即已廟見矣已與某子合歡矣而以十六七之紅顏少婦又無遺孤可撫而必令其以寡婦終身於心安乎然此女既已歸壻門矣此非如置器者以不得其用而遂可轉售諸他人也況以今之世雖在閭閻皆尊婚之名義甚有未婚而與主迎娶與殉其夫者此固小兒女一時激烈之所為君子所不願見也然而王法猶有所不禁也況其壻之死固已在迎娶之後乎昔者宋伯姬不肯下堂以及於難君子譏其女而不婦是女子之出門原不容輕舉而況在嫁娶之際哉曾子問言取女有吉日而女死則壻齊衰而弔既葬而除之夫死亦如之如之云者謂亦如壻之服齊衰以弔既葬而除者不終喪也其所以不終喪者不以為婦之服服之也不以為婦則別嫁他族可矣然此固為未入門者言也其在入門之後者豈得復援此例乎惜也某翁請之女之父母許之此皆庸人自擾而此女之身則已為覆水之難收矣可勝歎哉

臭金

林邑船官徐狼川言外夷皆裸身男以竹筒掩體女以樹葉蔽形所謂裸國者也雖習裸袒猶恥無飾惟以貝夜與人交市閣中臭金使知好惡曉有皆如其言據八紘譯史乃雅利國人也在婆利之東其人朱髮黑身獸牙鷹爪與林邑人作市輒以夜晝則掩其面云又有羅刹鬼國在東海大洋之中田渤亭雯言巡撫廣州時有一孝廉黃姓名之騏耳不能聽以眉聽尤奇蓋不獨牛以鼻聽龍以角聽異氣之鍾於物也

相傳商邱宋公犖精於賞鑑能於暗中辨書畫之真贗百不失一此別以絹紙之精粗厚薄而得之於手者吾邑沈青谷(青崙先生之子)雙目皆瞽不能出門一步然好與人為葉子戲摸其牌而配合棄去之雖巧者莫能勝也尤奇

佛時貞觀

姚秋農先生典試廣東闈墨中有用佛時字者呈薦時先生以佛字出佛書黜之及道光庚辰先生以都御史為總裁三場中有一硃卷舉及貞觀年號者又以貞觀乃漢代年號被黜或擬一聯嘲之曰佛時云出番書吾譁呼冤夫子笑貞觀乃稱漢代武皇長歎太宗驚事却可笑然先生學有根柢疏謬當不至此或閩中同事者為之也

剪舌

劉樊字隱園吳郡人父嘗作令江陰宦囊頗富樊性鄙而質純作文常苦思終日不得成篇迨其成也錯寫金根顛倒紫鳳見者無不絕倒其父遂為之援例入監從父死毋忘日祭偶俱極不堪妻以為言則曰邪孽從不為子孫計詎當想吃子孫羹飯耶以其父在時好結交也以祖母為妃其少子則以老媧呼之居常數米而炊自僮僕以及子女蔬食常不得飽遇其妻尤酷亦不知有親族交友惟自奉極豐畜一婢張氏性悍戾以其善於牀第也遂納為妾妾素饕餮劉亦非肉不飽一日妾思食雞餛命女僕就肆市焉妾以為少疑其竊食抵其器於地大罵婢力辨其誣妾愈怒命僕某捉住剪其舌立斃蓋婢有國色劉嘗與狎妾偵知之妾性本奇妒思置之死而未發也至是乃償其夙恨焉及女父控官劉行賄於知縣某公薮其罪於他婢婢不勝拷掠遂誣服詳報從上官遽為咨部婢引領以俟秋決而已然劉自

是家驟落。妾不耐清苦。遂與劉謀為倚門計。劉欣然曰。飢寒至身。不顧廉恥。古人已教我矣。許之。妾雖就僅中人。然以其善淫也。接客之後。車馬填門。劉感其活命之恩。且畏其威。求所以媚妾者。無不至。偶購得石濤和尚白描春宮。命酒賞之。酒至甫底。首𥉐忽聞叩門聲甚急。驚起出視。有縣隸數輩持牒入。縶劉與妾而去。蓋是時前令以侵蝕賑米被職。新令某以進士班次代入署。見門中一兔伏焉。心異之。既而悟曰。門中有兔。乃冤也。邑中得毋有冤獄乎。乃寢夢一女子披髮跪牀前。張口噴血。似訴冤狀。而口中無舌。恍惚間又一女在旁痛哭。久之起至庭中。取一弓竭力挽開將射。令驚寤。晨起貼因至婢。婢呼冤。審視即夜中所夢也。因思其挽弓而射者。乃張字也。立喚役持牒拘劉與妾至。一鞫而服。遂出婢而殺妾。劉以同謀行賄論絞。瘦死獄中。

按醫經舌為心苗。故斷其舌則死。然亦有不死者。直隸吳直銓無素行。好漁色。不避親族。一日將奸其女。女偽許之。從入臥內。裙腰甫解。先索其舌。吳狂喜。伸舌舐之。女一口嚙斷其大半。呼救命。家人咸集。執而訴於官。以亂倫論死。是其人初不死也。

又邑中沈某者。嘗游幕。以刑名致富千金。援例分發東河縣丞。性喜孌童。一童素以少佼得幸。後以恃寵忤意斥出。童銜恨之。倩人求復。某許之。遂入長跪謝罪。某視其婉媚可憐。摟入懷中。童故與繾綣。索其舌。嚙得其半。某昏絕於地。童出至署外聲言某官欲行強奸。己不勝忿。故嚙其舌。遂赴黃河死。某以有玷官箴革職。然未死也。此皆嘉慶戊寅事也。

埋憂集卷十終

續集卷一

戊上紅雪山莊外史著

劉綎

劉少保綎。字省吾。以都督家居時。有賊猖獗寧州。勢張甚。巡撫遣縣令郡守請救少保。辭以疾。復命藩臬往請。堅辭。皆大怒。命醫往驗。詐則將劾之。醫至則奄奄牀褥也。眾惶急。策無出。未幾忽報劉將軍破賊歸矣。眾大駭。謂將軍出。吾屬固不能知。亦何旋此狡獪為。曰。賊為陝友諒之裔。蓄謀數傳。以侯纘令。發不易遏。若知某往。必大備。故密撲之。此兵法也。眾乃服。時方右文。每公會。坐少保諸生下。郡紳士有公讌。醵金不給。輒目少保。字呼曰。省吾以辦此。少保恆什伯于眾輸鏹。武酒酣。令家卒馳馬娛賓。少保興發。往往上馬舞雙刀。觀者但見白氣旋繞。眩目不辨其面。雖奇其藝。亦但作戲玩觀也。少保子念述。矯捷有父風。然少保袖箭為絕藝。透堅甲。及五六十步。念述止及二十步許。不能穿札。勇不如也。少保有女亦勇。嫁于某。奩具豐盛。有盜數十。突圍其家。盡室惶恐。女命婢取軟甲披之。率婢揮刀出殺賊。賊不能支。遁去。按明史列少保平緬平羅雄平播酋平倭平猓功蓋詳。而遺平寧州事。以寇一發即滅耳。然其出奇之功大矣。至若時俗鄙武。里有達官。緣與少保結婚。至削籍。明之不振有由矣。

按少保最善拔距。能縱跳十丸。橫跳十丸。拔距者。左傳謂魏犨距躍三百。曲踊三百。漢書謂甘延壽少以良家子為羽林。善騎射。投石拔距。嘗超踰羽林亭樓是也。

又按此篇見張瓜田集。原本篇末言明史列少保平緬平羅雄平播酋平倭平朝鮮平猓功。似有誤。蓋少保平倭時。本與朝鮮兵合也。今特為刪此三字。

黃石齋

崇禎時。余中丞集與譚友夏結社金陵。適石齋黃公來游。與訂交。意頗洽。黃公造次必于禮。諸公心嚮之。而苦其拘也。思試之。妓顧氏國色也。聰慧通史書。撫節按歌。見者莫不心醉。一日大雨雪。觴黃公於余氏園。召顧佐酒。公意色無忤。諸公更勸酬。劇飲大醉。送公臥特設榻。上枕衾茵席各一。使顧盡弛褻衣。隨鍵戶。諸公伺焉。公驚起。索衣不得。因引衾自覆薦。而命顧以茵助。茵厚且狹。不可轉。乃使就衾。顧遂暱就公。公徐曰。無礙。側身內向。息數十轉即安寢。漏下四鼓覺。轉面向外。顧佯寢無覺。而以體傍公。公酣寢如初。詰旦。顧出。具言其狀。且曰。公等為名士。賦詩飲酒。是樂而已矣。為聖為佛。成忠成孝。終歸黃公。及明亡。執于金陵。在獄中。日誦尚書周易。數日貌加豐。正命之前夕。有老獄卒持針線向公而泣曰。是我事主之終事也。公曰。吾正而斃。是為考終。汝何哀。故人持酒肉與訣。飲啖如平時。酣寢達旦。盥漱更衣謂僕某曰。選某以卷索書。吾既許之。言不可曠也。和墨伸紙。先小楷。次行書。幅甚長。乃以大字竟之。加印章。乃出就刑。其卷藏金陵某家。顧氏自接公自慰歸某官。李自成破京師。顧氏謂其夫能死。我先就縊。夫不能用。

外史氏曰。此望溪文集所紀黃公軼事。與左忠毅公並書者也。夫古來忠臣義士。莫不以天下為己任。即至時丁板蕩。世際滄桑。猶將以一身力扶陽九。不得已而以一死報國。其意固以為未堪塞責也。故當其從容授命。即忠義之名。有不忍言。而何有于身家。更何有于聲色貨利。余讀佛書迦葉曰。金剛之身。非世間火所能燒。又瑜伽論曰。魔有四女。端正無倫。共來菩薩前。呈諸姿態。菩薩以義心定力。四女皆變老醜。羞慚而退。蓋理之不勝夫欲。定今賁育失其勇。良平失其智。惟仙佛為能制之。然仙佛一切不動。而聖賢則有動有靜。以左公惟禍之慘。凜凜數言。至今猶有生氣。使其平居有如顧氏者。而與之鍵戶同卧起。謂能動其一顧哉。此先生發潛闡微意也。至黃公臨命數語。則分定固然。亦二公之所同也。然此豈二公始念哉。此則可為二公痛哭者矣。

對縊

如是我聞。京師有富室呂氏娶婦者。男女並韶秀。親串皆望若神仙。窺其意態。夫婦亦甚相悅。次日天晚門不啟。穴窗窺之。則左右相對縊。視其衾已合歡矣。婢媼皆曰。是昨日已卸妝矣。何又作盛服而死耶。此獄雖皋陶不能聽矣。按花庵中興絕妙詞選。錢唐吳禮三字子和。有順受老人詞五卷。有陶氏者。與王生情好甚篤。計生時難暫為漳水之聚。而死後終必長離。因於月夜共沈西湖。賦霜天曉角弔之云。連環易缺。難解同心結。癡騃佳人才子。情緣重怕離別。意切。人路絕。共沈烟水闊。蕩漾香魂何處。長橋月。短橋月。事亦載西湖志。然則天下固有此一種情癡。呂氏夫婦既在合歡之後。得毋亦為情死耶。

生祭

明崇禎十五年。洪承疇為我朝所敗。時傳其已殉難。崇禎帝賜祭十六壇。御製祭文以旌之。其後我朝兵下江南。洪又經畧江南川湖等省。從入關。有土人迎而請見。洪納之。其人入而長跪。出袖中御製祭文朗誦一過。大哭而去。

按承疇之才。在明末諸臣中。似猶可任以兵事。史中所紀戰功。亦有可觀者。然黃梨洲先生嘗譏其所叙戰功之多誣。則有不可盡信者矣。鸞嘯雜記言。承疇兵敗時。其子弟在家已刻行狀。散帛客。崇禎帝方祭十四壇。而承疇生降之信至。後金聲起兵。徽州與門人江天一俱執。承疇諭令生降。天一誦御製祭文以愧之。其後從本朝歸沒于京師。其子弟又

刻行狀。不復叙前朝事。即從本朝入關序起。有輕薄子得其兩行狀。訂為一本。以作笑端云。

明史又言崇禎十四年。大清兵圍松山。承疇與邱民仰誓死固守。外援不至。尚根並竭。至明年二月。已圍半年矣。力不支。城破。承疇降。民仰不屈死。贈右副都御史。賜祭六壇。官為營葬。命建祠都城。與承疇並列。帝將親臨致祭。後聞承疇降乃止。

熊襄愍軼事

全謝山集載始寧倪生為予言。其尊人曾從里中倉橋陳氏見其先世秋曹日錄一書。其人在熹廟時嘗為獄官。凡魏奄所殺君子。不下東廠而下刑部者。皆載其獄中事。其言襄愍自入獄。一飲一食。奄皆令獄官以帖子報知。然襄愍亦無所異。其卧用一藤榻。不分寒暑。未嘗去身。每晚人靜。再拜禮北辰。則取此藤枕供之。莫能知其意也。或以閣襄愍。亦笑不答。已而刑有日。襄愍神色不變。手出遺疏。猶為上言遼事。又作絕命詞。其疏稿為西曹郎所遏曰。囚安得上書。襄愍曰。此趙高語也。（二缺）對聖朝安得有此。怡然就戮。及時奏有傳首九邊之旨。西曹郎俄錄其首。則法場中空無所見。但一藤枕。大駭。相戒勿洩漏。報魏奄。則命取熊氏子弟家人拷問。大索竟無所得。魏奄計無所出。遂秘其事。其九邊所傳之首。非真顱也。魏奄敗後。公子兆璧連疏請公首歸楚。蒲州亦明知其非公首。特借以消此寃案耳。此說在明野史中俱未之及。吾謂李公映碧三垣筆記。極言襄愍臨刑之慘。與此不符。然陳氏乃親見者。當不誣也。蒲州大學士韓爌也。

按史稾但紀襄愍保遼之功。而不言其通術數。惟于萬曆三十五年巡按遼東時。歲大旱。行部金州。禱城隍神。約三日不雨。毀其廟。及至廣寧。踰三日。大書白牌。封劍使使往斬之。未至。風雷大作。雨如注。遼人以為神。據此則獄中之事。自非無稽也。

地震

天變述畧。五月初六日。哈噠門火神廟廟祝見火神颯颯行動。勢將下殿。忙拈香跪告曰。火神老爺外邊天旱。切不可走動。火神舉足欲出廟。祝哀哭抱住。方推阻間而震聲旋舉矣。

有一紹興周吏目之弟。因凡禁還思做公弟。到京方三日。從菜市口買一藍紗褂。摺擺而還。途遇六人。拜揖尚未完。頭忽飛去。陷入牆內寸許。眼睛飛在對門墻上。粘住猶動。眉毛又粘在一處。其六人者無恙。

粤東會館路口。有蒙師開學。童子三十二人。一響之後。先生學生俱不見。又宣府新推總兵在元宏寺街。一響連人及長班七人俱不見。

所傷男女俱赤體寸縷不挂不知何故有長班于方震時駿帽衣褲鞋韈一霎俱無一人因壓傷一腿卧地見婦人赤體而過有以瓦遮陰户者有以半條腳帶掩者有被半條褥子者有被一幅被單者頃刻得數十人是人又痛又笑

廣宏寺街有女轎過一響掀去轎頂女全身衣盡去赤體在轎竟無恙惟馮相公夫人單褲奔走街心然亦僅見矣

長安街一帶從空飛墮人頭或眉毛和鼻或連一額紛紛而下大木飛至密雲石駙馬街五千觔大石獅子飛出順城門外震後有人來告衣服俱飄至西山掛于樹稍昌平縣教場中衣服成堆人家器皿金錢首飾俱有而德勝門外墮落人頭人臂尤多

先是五月初一日山東濟南知府往城隍廟行香及廟門忽然知府皂隸俱各昏迷有一皂隸之妻來看其夫見其前夫死已多年矣乃在廟當差前夫曰廟裏進去不得天下城隍在此造册

傳異記宋熙寧中忠州武城縣有旋風自西南來發屋拔木縣令一門及人民俱卷入雲霄中墜地死者不計其數近道光庚寅之歲直隸一帶震裂不下千里壓死者以萬計然皆未有吹去衣服及肢體者而此記言之鑿鑿如此考明史帝紀及五行志並無五月初六日之變然明史前後多脱誤如天啟四年三月甲寅六月六日丙子京師地震帝紀及五行志俱有之獨志言三年京師地震者三而帝紀不載紀言四年三月戊午夜京師地再震志亦不載庚申夜復震者三而志但云庚申再震則其不足徵明矣

王秋泉

王秋泉者吾邑名醫也有某富人病且死延秋泉秋泉適治某貴人疾不果往富人念不已中夜綿惙謂其子曰吾畢得一當王先生死不恨子乃復走僕秋泉所頓首敦促會所治貴人疾良已又數日貴人起治具觴秋泉奉金幣為壽秋泉飲大醉歸至舟中語家人曰今可赴富人約矣而富人子所遣僕業踴躍解維代摇櫓抵其家傳呼曰王先生至矣舉家驚喜出迎秋泉方酣睡家人起諸夢中主人已盛衣冠鞠躬入舟肅客秋泉謝以暮夜請得詰朝櫛沐登堂主人固請曰老父忍死待先生先生幸辱臨何櫛沐為強之入診脈已與藥竟出主人盛饌揖秋泉秋泉但摇手謝還舟解衣卧雞鳴酒醒呼其家人罵曰惰奴曠乃公事且某富人遲我久當夜赴之何尚泊此家人曰公頃已診脈與藥忘之耶秋泉大驚曰審與藥耶吾真大醉必殺之矣頓足促解維歸謂不去必受辱家人勿遽解維而主人已遣僕伺秋泉闖去即入報須臾門啟望岸上燭籠數十傳語止王先生秋泉不知所為俄而主人踉蹌至入舟頫頞淚下承睫謝曰老父得先生刀圭乃若熟寐病若脱矣先生存父存先生去父且大去惟先生終哀憐之秋泉自疑曰世豈有是事哉必紿我然已無可奈何强隨之登堂門且掩心猶怦怦然坐定主人申謝再三先生用藥何神驗乃爾秋泉乃慢應曰昨已得其概請更得審視遂入視索藥渣觀之私自慰曰幸不誤更與數劑起其疾厚賴而歸人呼為醉先生云

外史氏曰此事見烏青志醉夢之中而用藥之神效如此豈其中有鬼神耶然亦可見醫術之不盡足憑而生死之自有命也一笑

蚺蛇

水經注交趾金豁究山有大蛇名曰蚺蛇長十丈圍七八尺常在樹上伺鹿獸過輒低頭繞之有頃濡濕便食頭角三月皆鑽皮出山夷始見蛇不動時以竹籤蛇頭至尾殺而食之以為珍異一說以婦人衣投之則蟠而不起走便可得也楊氏南裔異物志曰蚺惟大蛇既宏且長采色駁犖其文錦章食豬吞鹿腴成養創賓享嘉讌是豆是觴言其養創之時肪腴甚肥可為賓筵珍味惜其吞食鹿豕適足以供老饕之大嚼也

蚺蛇大者能吞鹿食人性極淫取婦人褻袴擲地以首戴之俯仰顛擷甚樂捕之者度其出入之地先釘羅椿數行狹僅容其身壯士持檄欖棍伏其中出一人手外颺婦人裙褲招之蛇即昂首高六七尺來追人退入羅椿蛇身既巨到狹處曲折轉身不便人持棍擊之且擊且退數人迭出視其首俯地則無懼矣每擊一下則皮肉皆縮有一泡死而血凝即損身膽也其力大減多以亂真真者值兼金此嶺南雜記所言與水經注合惟桂海虞衡志言蚺蛇大者如柱常出逐鹿食之寨兵善捕之數輩滿頭插花趨近蛇蛇喜花必注視漸近俯其首大呼紅娘子蛇益俯其首不動壯士大刀斷其首衆悉奔散遠伺之有頃蛇奮迅騰擲道旁小木盡拔力竭乃斃一村飽其肉其法更奇然石湖所志乃經親歷必非無據

又按嶺表錄異云普安州有養蛇户每年五月五日即昇蚺蛇入府祗候取胆余曾親見皆於大籠中藉以軟草盤屈其上兩人昇一條在地上即以十數拐子從頭翻其身不得轉折即於腹上約其尺寸用利刃抉之肝胆突出即割下其胆曝乾以備上貢即合內肝以線合其瘡口收入籠或云昇歸放川澤據諸書所稱蚺蛇力大若此必不可以生而致今觀此錄所載則取之固自易易其信然耶

南裔異物志蚺蛇牙長六七寸土人尤重之云辟不祥利遠行賣一枚值牛數頭

采龍眼

龍眼枝其花脆熟時行惜手登採恐其盜喫與約曰唱勿輟輟則弗給值樹葉扶疏人坐綠陰中高低斷續喁喁不已偶聽頗足娛耳細思之令人欲笑

大言

少讀王莽傳凡自決諸號令以及名物郡縣莫不剽纂古籍以飾粉飾不獨仿大誥等著作也想見當時殆之不疑如醉如痴之狀後讀孟蜀世家宋太宗遣王全斌等伐蜀孟昶遣王昭遠禦之昭遠好讀兵書以方略自許兵始發成都昶遣李昊等餞之昭遠手執鐵如意自比諸葛亮酒酣謂昊曰吾此行豈止克敵當領此二三萬雕面惡少年取中原如反掌爾既而與全斌一戰於三泉而敗再戰於劍門而被擒真是寫成一笑然自古此等妄人郤又不少而然有王始者巢燕人姿容德建平四年始以妖術惑人衆至數千聚於太山萊蕪谷自稱太平皇帝署置百官號其父曰太上皇兄林為征東將軍弟泰為征西將軍帝遣車騎將軍桂陽王鎮討擒之斬於都市臨刑人皆罵其自取族滅或問其父兄何往始曰太上皇蒙塵於外征東征西亂兵所害朕躬雖存復何聊賴其妻趙氏怒之曰君正坐此口以至此奈何臨死尚爾狂言始曰皇后何不達天命自古豈有不亡之國不破之家耶行刑者以刀環築其口始仰天視曰朕即崩矣終不改帝號也此其可笑尤堪與王莽天生德於予漢兵其如予何之言並傳

又宋稗類鈔嘉泰開禧時郭倪位殿嚴自謂卧龍復生酒後輒詠三顧頻煩兩朝開濟二語陳景俊為屬漕議之曰木牛流馬則以煩公師既潰郎當平之賦自度不復振對客泣時彭法傳在坐語人曰此帶汁字借作職諸葛也

陸世科

鄞縣陸世科為諸生時嘗館於邑中一富室值黃霧命館僮焙被僮轉付婢攜就主妾房中焙之至晚夾帶主妾之睡鞋而出世科欲睡展被始見擲之帳頂後主人入齋中見之伺其出袖之以去迨更深密令妾往扣其門而操刀隨之世科問為誰低應曰妾也世科曰爲有昏夜而女客可見先生者乎又令再三懇之曰第開門妾自有說世科曰女客與先生有何可說即有說明日與主人同來如再不去當即捉付爾主勿嫌見辱也主人見世科毅然難犯即應之曰請開門小弟在此既入世科見主人持刀大驚主人曰無懼出鞋示之備述所以世科笑曰幸我無私否則已污君刃矣明日遂辭去後登萬歷己丑進士仕至大理卿是時人多附魏閹公獨特立不阿以完節終事見烏青志或曰此事已見子不語彼作鎮台梁

不知孰是余按撃心錄陳淳祖為賈似道之客守正為諸客所忌內侍亦忌之一日諸姬爭寵密竊一姬鞋藏淳祖床下意欲并中二人也賈入齋見之心疑焉夜驅此姬至齋門誘之淳祖不應繼以大怒賈方知其無他勘諸姬得其情由是深契淳祖後有南安軍之命金元院本演其事與此正相類意當時或有有意為之者不然或有構之者歟据錄中所載則其出於依託未可知也

猩猩

非非子曰夫林密淵深魚鳥自有樂地而卒為人所制者貪其餌也水經注猩猩形若黃狗又類貆獺人面顏容端正音聲妙麗楚太原王綱曰猩猩好酒及屐里人置之山谷常數某為群見酒物知人張設取之知張者祖父姓名詈曰奴欲殺我丞舍爾去也即復還曰姑嘗酒迨醉取屐著之卒為人擒焉放翁詩已醉猩猩猶著屐入秋燕燕尚營巢此物愛酒與屐他書亦言之歷歷當不虛也

按唐人小說載安南武平州封溪中有猩猩焉如美人解人語知往事以嗜酒故以屐得之檻百數同牢欲食之衆自推肥者相送流涕時餉封溪令以帕蓋之令問何物猩猩籠中語曰惟有僕并酒一壺耳令笑而受之蓋此物之靈慧如是其勝于陸機之黃耳傳書多矣而卒以愛酒與屐為人所制禮記猩猩能言不離禽獸信夫然豈獨禽獸已哉

燕妒

廣陵牛氏家堂燕方育雛其雌為貓所斃雄啁啾久之翻然而逝少選偕一雌來共哺其子明日有雛墮地至晚諸雛畢死取視之滿吭皆枲耳實蓋為雌所毒也嗟乎禽鳥猶疾其前雛如此而雄不悟悲夫

去年仲夏沈荔堂家遠香書舍中燕巳育雛一雌為蛇所噬越宿其雄偕一雌至相與哺雛未幾蛇又至時雄出未返雌驚起啄其目蛇甫吞一雛入口不能反噬急吐出蜿蜒遁去雛已垂斃雌覆而翼之間啣庭中單莲草哺之未幾遂愈燕自此雌偶出必速返朝夕不離於側蛇亦絕不復至是此雌又能為諸雛之義雛也

戒貪

金樓子晉桓公卧於柏寢白鳥營營飢而求飽公開翠紗之廚而進焉有知禮者不食而退有知足者嗚公而退有不知足者長吁短吸而食及其飽也腹為之潰蓋戒夫貪也余嘗見蚊有腹已果而作紅色者其尾血滴不止而吸食猶未已驅之則棲於屏案間不能復飛斯時不知亦悔其饕餮太過否

師戒

里中有走無常者。嘗一臥數日。一日乍醒。述問其家人曰。吾里外科岑氏子。昨已死乎。家人曰。然。君至冥中亦見之乎。曰。吾昨於嶽廟城隍廡下。見鬼卒拘岑至城隍前。案怒曰。汝在陽間做得好事。岑叩首涕泣曰。小人生前並未敢造惡。城隍怒曰。鞭爾醫頭鼠臉。胸中豈有一點墨。奈何既以牛醫殺人。更託名教書誆錢財。而誤人子弟乎。命鬼卒拽下予杖。岑復叩首曰。小人雖託名世醫。然從無過而問津者。勢不得草菅人命。第為飢寒所迫。權行訓蒙度日。自分生平所讀。止有一部四書。又大半句讀不全。故所取修金。極豐不過二兩。大約不過菜傭與卒目不識丁者之子弟。兩相從受業。彼亦只圖省費。無意深求。若四書以上。小人亦不敢妄教。故猶不致大誤。城隍色少紓。顧判官取冊檢視。至岑首一行。注曰。綿蠻（讀作）黃鳥。城隍怒曰。此輩只合轉入畜生道中耳。又檢至下一行注云。如惡惡（皆讀作）臭。如好好（皆讀上聲）色。城隍笑曰。二字如此讀。試問作何解。岑曰。此當讀為四句。言如其為惡。須如惡臭。斯為真惡。如為好人。須如美人。斯為真好。則善惡之意皆誠矣。城隍曰。然則後文惡而知其美者。又作何解。岑曰。此惡字當讀去聲。蓋惡之為物。天下未有以為美者。但據本草。則人中黃之益人多矣。是其味美於回也。故孟子曰。惡句在其敬叔父也。城隍罵曰。畜類。汝平日以此教人。尚謂

未嘗誤人耶。遂命罰作狗。盜其食屎以償之。岑復叩首曰。小人生前以飲啖兼人。中多痰火。每當暑喘作。其苦萬狀。願大王垂諒。罰作一牛。城隍訝問曰。此又何說。對曰。小人向讀千家詩有云。赤日行天牛不知。惟牛能不知暑熱也。城隍大笑。令鬼卒拽下。先杖一百。仍押回里中。俾投生為牛。為誤徒者示警云。家人皆未信。次日。聞比鄰畜牛生犢。往覘之。果然。戲呼其名。犢輒昂首掉尾而鳴。若應聲然。

牡丹

日知錄。山東人刻金石錄。於李易安後序紹興三年元黓歲壯月。不知壯月之出於爾雅。而改為牡丹。凡歷代以來所刻之書。皆牡丹之類也。又捫蝨錄。紹興九年。金歸我河南地。商賈攜長安秦漢碑刻。求售於士大夫。王錫老得一碑。無一字可辨。王獨稱賞不已。客曰。此何代碑乎。王不能答。客曰。我知之。是名沒字碑。一笑而散。今之賞鑒家。大率皆沒字碑之類也。

柳畫

乾隆辛丑十月。蕭山陸敬軒為永城尉。署中舊有柳樹一枝。年久半槁。命工伐之。其中紋如淡墨寫成。左右峯石峻削。懸崖之上。有松一株。藤蘿纍纍。老樹一株。枝葉皆倒垂。下有一鬼。扶杖立。高冠長袖。鬚眉宛然。其左手納袖中。着胸前。右腳前行。露其舄。左腳隱衣下。迴顧若聽泉狀。雖妙手寫生。不是過也。從來木理之成文者。有影木之類。乃得之柳樹中。則又聞所未聞也。造物之巧。豈可思議。

又康熙壬寅。京口檄造戰艦。江都劉氏園中。有銀杏一株。百餘年物也。亦被伐。及開鋸。則木之立理有觀音大士像二。妙鬘天然。眾共駭異。乃施之杭南福緣菴中。此似有神物憑之者。尤奇。

閩人吳玉長。嘗適杭。適金中丞家招宴。庖人烹團魚。既熟。剖之。一肉觀音。頭戴金冠。盛粧飾。眉目衣摺皆如畫。右手下垂。左手中按。足踏芙蓉。座客無不驚悅。遂命瘞之。此事見棗林東城雜記。豈真大士現身。以為殺身之戒者歟。其他如酉陽雜俎載煬帝食蛤中有一佛二菩薩像。唐文宗時。蟹中有觀音大士像。續夷堅志載史浩食蛤中有二佛像。螺髻瓔珞。足踏蓮花。異識資諧載邵崇燕剖蚌中有羅漢像。偶思言懷林鎮民剖蚌中有珍珠八仙。夷堅丙志載鄭伯膺於楚州蚌中。得觀音像。妙相端嚴。楊枝淨瓶備具。又於蝌腹內得鬼判。毛髮森立。怪惡可畏。堅瓠集言遂昌縣民剖蠶中。有比邱端坐。握牟尼珠。衣履斬然。唐詢家雞卵中。有菩薩坐蓮花。凡此猶曰仙佛現身。以示殺生之戒。至如他書所載。雞卵中有小佛像。狀如入定觀音。雞卵中有獼猴。如此類。則又何說。蓋妖異之興。終非常情所可揣測也。

湖市

嘉慶庚午四月。高郵縣西門臨湖石堤傾圮。河帥委員修築。有州署幕友夏友香者。督工役往來隄上。日將暮矣。忽見湖中城市宛然。林木繁滄。斷岸一帶。小橋亘之。橋旁有斥堠。列柵與拒馬咸備。橋上有人持板傘作迎風急走勢。而柳陰之下。二驢嚙草於其間。惟時落日沉山。暮靄四起。適當湖中城門闕處。金碧萬道。沿堤水紋如縠。與夕陽相激宕。光怪陸離。不可名狀。城中炊烟縷縷。傑閣嵯峨。浮屠高聳。鐘聲如在耳也。晚風乍起。而所謂城市林木橋亭樓閣者。漸淡漸遠。頃刻盡滅。然已踰數刻矣。嘗聞山東登萊有海市。四川青城縣城有山市。今此處更有湖市。亦奇觀也。

冰山錄

分宜籍沒。有為冰山錄以紀其事者。王仁裕開元天寶遺事。楊國忠權傾天下。進取之士。爭指其門。進士張彖者。有大名。有勸彖修謁國忠。可圖榮顯。彖笑曰。汝輩以為楊公之勢。倚靠如泰山。以吾所見。乃冰山也。或皎日大明之際。則此山當誤人。爾後果如其言。人以張生見幾。後年生及第。釋褐華陰縣尉。時令守皆非其人。張生有吏道。每有申舉。守令輒抑而不從。生慨然曰。大丈夫有凌霄蓋世之志。而拘于下位。若立身矮屋中。使人擡頭不得。遂拂衣歸

遁于萬山錄蓋本此義。

泰山

或言泰山沒字碑。非碑也。度其中必有所藏。當是封禪碑銘及玉檢金泥之屬。昔有一巡方嶽其疑。叔命撤之。甫動其蓋。風雷驟作。說似近怪。然其中有物無疑。顧寧人則謂史漢但言立石。而不言刻石。足見讀書心細。然隋書經籍志有秦皇東巡會稽刻石文一卷。當即指所立之石。是此言亦未可據為定論也。

夷俗

高麗圖經言。其俗往往男女同川而浴。而西南苗夷跳月之法。必先野合生子。而後成婚。以為夷俗之難以廉恥喻也。顧其閒亦自有所謂廉恥者。粵西猺獞山居者。婦人四月即入水浴。至九月方止。男女時亦相雜。或觸其私不忌。惟觸其乳則怒相擊殺。以為此乃婦道所分。故極重之。此一種節義也。暹羅之俗。遇華人與其婦通者。則其夫皆喜。以為榮。或邀之共飲。謂其妻美。故華人愛之也。此一種見識也。又聞暹羅男陽皆嵌珠玉富者金銀貧者用銅錫行則琅琅有聲婚娶俱不迎送婿至女家惟女紅粘男額謂之利市台灣土番。其人不知歷日。無祖先祭祀。自父母外。無伯叔甥舅之稱。重生女不重生男。不論有無生育。往往互相交易。暑月男女皆裸體對坐。淫慾之事。長則避幼。若弟妹子女。略不羞避。此又一種分別也。若夫烏滸之人。娶妻而美。則讓其兄。羅鬼之卒。新婦見舅姑不拜。裸體而進。盥謂之奉堂。則居然習於禮讓也。

西洋文郎馬神。其俗不淫。奸者論死。惟華人與夷女通。則削其髮。即以女妻之。不聽歸也。昔有人殺其夫者。其妻控諸邑。邑令怒。即以其妻妻之。曰。使汝妻亦守寡。其斷獄之法。蓋有所受之也。

雙林凌氏

常熟沈孝子墓誌。鼎革時。嘗負母行於野。遇盜奪其糈。母不與。盜怒將殺之。孝子泣而求代。並舍之。郡失火。延母寢。母病方劇。不可以避。孝子號痛呼天。反風火息。後母年八十餘遘危疾。醫者皆曰。法不可治。刲股以進。弗瘳。夢神緋衣告曰。疾非五藥所治。醫凌某在雙林亟致之。凌至。以針達之。脫然愈。見望溪集。言孝子之至行。足以格盜而感神也。而凌氏之以針灸名其家也。豈偶然哉。凌氏子孫。蓋世其業。至今云。孝子名育。卒於康熙四十九年。年九十四。雍正間翰林編修淑之祖也。

附錄碧里志存。凌漢章。湖州人。成化間針灸神靈。擅名吳浙。兩浙名賢錄稱其慷慨負義氣。見人之病。如痛在身。有延之者。昏夜風雨。無不疾赴。砭石所投。諸恙脫然。每晨起門啓

與疾求治者日數十百人。貧者未嘗受直。故身死之日。家無餘資。

楊園先生

楊園先生葬其親。既卜兆。而村民阻葬。弗克。因厝柩於庭。命佃戶居守。盜至。縱火焚其庭。災及兩柩及罪人。既得。斬首祭墓。而先生衵衣用粗麻終其身。埒允介錫。幼而能文。負笈從游。言規行矩。甚相得也。先生以女妻之。及其兄師錫舉進士。耽酒色。介錫背先生而效尤。屢訓弗悛。其後買娼為妾。先生女素嫺閨訓。引詩書以諷諫。埒以其逆耳。與妾謀鴆殺之。先生往哭。見其被鴆狀。訟之官。褫其衿。逐其妾。卒未正其殺妻之罪也。而先生自子死後。其孤孫亦相繼夭殂。後嗣絕矣。

外史氏曰。陳古銘先生曰。梓年二十。侍姚螯庵先生。先生為言。下愚不移。如尤埒玷楊園。而周埒又玷誠庵。其執柯者。楊園也。此亦先師痛心事。然天下固有不可化誨之人。一殺妻。一為盜。於兩先生何病哉。此論固然。然如楊園先生之所遭。何其酷耶。余嘗與□□論之。□□曰。是則所謂命也。嗚呼。其信然耶。

按先生年譜。崇禎七年甲戌。先生年二十四。館顏士鳳家。時東南文社方興。先生與士鳳相約毋濫赴。但與同學數子。邱衡文行相切磋而已。然先生自與嚴穎生。邱季心。凌渝安諸君子遊。往往以舉業為戒。或有延課子弟者。相率辭不赴。以其為功利起見也。年六十。姚公玉瑚偕其弟璉。謁先生於張珮蔥齋中。適語溪以東舉選數十冊。託珮蔥發出。册子負上達。呼重甚。先生戲語曰。此未必重。吾以為輕如鴻毛耳。姚因問學問之於舉業。固可並行而無妨耶。抑必屏去而後可從事耶。先生正色曰。詩有之。荼蓼朽止。黍稷茂止。蓋其持己之嚴如此。

又先生與吳裒仲書曰。天與仁者。知有勿藥之喜。讀終天一記。輒為泣然不已。真與我者義同一哀切也。人子至此。蓋已無可如何。惟有臨淵履冰。如曾子之志而已。記曰。終為難。而申之曰。終也者。非終父母之身。終其身也。然則人子未死一日。是亦事親之一日也。願與仁凡終勉之耳。

水月庵

武林艮山門外水月庵。即水月老人故居。老人姓孫。名文。字文石。號水月。會稽諸生。國變後隱於桃榜所居。曰梅園。性恬靜。一介不取。間為長短歌詞。問其年。嘗稱九十。髮盡禿。人多以僧呼之。瀋陽范忠貞公幼時。老人嘗撫其頂曰。是兒當建節吾土。吾猶及見之。及忠貞撫浙。太夫人言於忠貞。物色得之。屏騶從往謁。談論數四時。兩溪多虎。公告之故。老人曰。山頗大

蟲任扨門內大蟲怕惹及忠貞任閣督老人送之曰耳後火發時須要有主意從忠貞竟死耿難人始悟其前知爭就之老人厭恶避去不知所終士人思之改其居爲水月庵肖老人若僧像奉之爲香火院池北偶談稱爲水月和尚

外史氏曰熙朝新語亦嘗載此事而不及耳後火發兩語并不詳其生平爲明季遺老也夫事由前定老人已知之矣而卒不肯屈節于新朝亦猶龔詡之不仕成祖謂恐負金川門一慟耳古來忠臣孝子豈皆以時命之故移其志哉

腹語

聊齋志異言有一盜被刑數武之外猶旋轉而呼曰好快刀此只極形刀之快耳嘗舉以語人而人皆笑之按明史楊維斗傳國變後先生臨刑不屈首已墮而聲從項出則聊齋之說非誣也又漢賈雍爲豫章太守與敵人戰喪元猶帶弓環甲挾馬歸營問衆將曰有頭佳乎無頭佳乎衆將曰有頭佳雍腹語曰無頭亦佳凡此亦如醉者墜車不死其神全也

嘗聞唐花卿爲劍南節度使命討段子璋平之其後出師以單騎出戰陷入重圍喪其首猶臨溪洗盥有浣女見之曰無頭何以洗盥聞言遂仆此神散之驗也

又太原王穆至德初爲魯炅部將于南陽戰敗賊騎自後追及以劍斫穆頸筋骨俱斷惟喉尚連初不自覺死食頃方悟而頭在臍上旋覺食漏遂以手力扶還附頸須臾復悶絕如初久之方蘇正頸之後以髮分繫兩綍乃能起坐而所騎馬初不離穆穆方一足蹬鐙而左縛髮解頭墜懷中夜復蘇復繫髮正首心念馬臥方可得上馬馬亦隨起載穆東南行穆兩手捧兩頰行四十里穆魘下數卒數十人舉行見之扶寄村舍舁載適軍穆於城中養病二百餘日方愈繞頸有肉如指頭竟小偏此則頭落數次而可續也尤奇

嘉慶初苗匪煽亂楚蜀官兵討之戰於香爐坪賊敗有賊目爲官兵所殺頭已落猶手持大斧作迎敵狀頸中白氣一縷沖起徑二丈許踰時乃仆此或有邪術焉又非尋常所可同語矣

劉子壯

劉子壯字克猷湖北黃岡人少穎悟讀書一目數行屬文奇肆中崇禎庚午舉人領薦後夢神告之曰爾須朱之弼作房官方中春榜及至京偶出寓散步見數童子擁書包經其門一童子特秀出執手與談見其書上寫學名朱之弼大驚隨至其家其父乃開柴廠者贈筆硯數事珍重而別後遭流寇之亂不赴春官及清朝順治己丑會試朱之弼已爲分校得首卷即劉也亦見熙朝新語讀此知窮達有命遲早亦有定數爲之慨然

熊伯龍

先時廷對策俱用四六順治己丑科　世祖臨軒策士命勿用四六舊套劉子壯對策稱旨親定一甲第一名與榜眼熊伯龍齊名熊典試浙江一榜得三狀元乙未史大成甲辰嚴我斯庚戌蔡啓僔士林榮之

庫中畫

明大內有叢藏庫中累朝不開至崇禎時上欲開視璫以從來未開爲言而上意甚堅璫不敢逆遂開進無所有惟後小紅箱一隻捧至上書崇禎某年某月日開上以其預定也益異之及啓視止畝畫三軸其一作無數軍民相反背其一則無數官吏士民倉皇逃竄之狀上曰噫亂離不遠矣其三則止有一人披髮赤體懸於樹上其貌則儼然御容也聳璫動容上憮然不樂而出

亂書

崇禎時宮中每年或召仙或召將叩以來歲事無弗應者以前一召即至至是久之不至良久武帝下臨乩批云天將俱已降生人間無可應召者上再拜叩以天將降生意欲何爲尚有未生者否批云惟漢壽亭侯受明深恩不忍下降批畢寂然再叩不應矣

玉人

鶴民國人長三寸日行八千里其疾如飛每爲海鶴所食其人性極機巧乃刻玉爲己狀數百成羣聚於荒野水次鶴以爲小人也吞之而死後他鶴見真者反不敢食今世之傳虎以翼而食人者多矣然其中豈無玉人焉惟食之者之智不如鶴故往往裴餐相踵而不悟不免爲小人所誤耳

天主教

天主名耶穌大西洋人自萬歷間有大西洋意里亞人利瑪竇航海九萬里抵廣東之香山澳始傳其教於中土其言謂耶穌生於如德亞其國在亞細亞洲之中一名拂菻即古大秦國於時爲漢哀帝元壽二年歷一千五百八十一年至萬歷九年辛巳其國自開闢以來六千餘年矣天主乃肇生人類之邦帝焉其遠來給賜優厚遂於京師宣武門內建天主堂塗繪詭異供耶穌像右聖母貌若少女手一兒耶穌也于是其教大行相傳願入教者其師令服清水一盂心逆迷惑乃與之白金五十兩故投者甚衆其歸也必令家人毀祖先牌位竈神門神之屬而專奉十字木架遇物作十字形者即不敢褻若奉教者物故其師輒遣兩人至

屍傍嗦經。以布掩屍視驗訖始去。武以為竊取兩目瞳子故也。嘗有人窮甚。稱貸無所。稔知入其教者可得五十金。乃預戒家人。俟得銀而歸。灌以藥物使吐。從其入受教歸。果欲毀神牌。奉十字架。家人縶其手足。以藥灌之。始吐清水。最後湧出一血團乃止。其家人將血團貯於水盆。經宿血散。中有一物不散。乃成人形。鬚眉畢具。細視其狀。即受教師也。

大膽

吳應箕傳。南都不守。起兵應金聲。敗走山中。被執。慷慨就死。時有吳漢超者。亦起兵與邱祖德麻三衡諸軍相合。連取句容溧水高淳溧陽涇太平諸縣。明年正月。襲南城。寧國夜緣南城登。兵潰。城中按首事者。漢超已出城。念母在。且恐累人。入見曰。首事者我也。剖其膽長三寸。如是則姜維之膽如雞卵。又不足言矣。

項王走馬埒

石柱記。弁山舊有項王飲馬池。繫馬石。走馬埒。朱少師考異云。項羽避難吳中。過大溪有異物。早暮以尾卷人畜食之。羽踰其背。一手扼頸。兩足挾其腹。一手抱樹。連拔大樹數章。天曙視之。馬也。遍體黑鱗。綫遂以名溪。今之龍溪是也。明鄭明選詩。項王昔走馬。四面黃金埒。時衰騅不逝。悲歌對紅頰。

續集卷二

戊上紅雪山房外史著

無支祈

古岳瀆經。禹治水三至桐柏。驚風迅雷。禹怒。召百靈命應龍搜逐之。乃獲淮渦水神。名無支祈。形若猿猴。縮頸高鼻。青軀白首。金目雪牙。伸頸百尺。力逾九象。搏擊騰疾。倏忽不可久視。禹授之童律不能制。授之烏木田不能制。授之庚辰。庚辰持戟追獲。頸鎖大索。鼻穿金鈴。徙之淮陽之龜山足下。山海經云。水獸好為害。雨禹鎖之軍山足下。其名巫支祈。即其物也。唐時有御史欲見此獸。出罪人倚撲其所抓得之。用牛六十四頭。以盤車挽鎖出之。鎖將盡。怪躍空中。大呼一聲如霹靂。鎖連人牛俱沒。吾鄉都御史唐公世濟。曾為淮陽御史。嘗為笠澤周孟侯言之。

按水經注言。禹治水至淮。淮神出見。形乃一獮猴。爪地成水。禹命庚辰執之。鎖於龜山之下。堅瓠集明高皇過龜山。令力士起而視之。因挽鐵索盈兩舟。而千人拔之起。僅一老猴。毛長蓋體。大吼一聲。突入水底。

酉陽雜俎。明皇封泰山。張說為封禪使。說女壻鄭鎰本九品官。舊例封禪後。自三公以下皆遷轉一級。惟鎰因說驟遷五品。兼賜緋服。因大酺次日。明皇見鎰官位騰躍。問之。鎰無以對。黃旛綽曰。此泰山之力也。今人以婦翁為泰山。其自此昉乎。

人面瘡

昔江左一商人。左膊生瘡。如人面。初無所苦。飲啖如人。或戲滴酒口中。其面亦赤。凡物必飼。食多則膊上墳起。如有胃在其中者。或不食之。則一臂痺矣。一醫者教其歷試諸藥。金石草木悉與之。至貝母。其瘡乃聚眉閉目。商人喜曰。此物必治也。因以小葦筒毀其口灌之。數日成疤而愈。

陳句山

陳句山兆崙。雍正庚戌進士。乾隆初。薦舉入翰林。官至順天府尹。生平和易近人。有寸美受不去口。有以詩文請質者。備極獎借。故人樂親之。書法簡高。取意簡遠。梁山舟侍講云。本朝不以書名。而書必傳者。陳文簡公元龍。陳句山先生兩人而已。

瘞蠶

邑中伍氏。每歲養蠶。其年因蠶多葉少。飼之不繼。乃瘞蠶十餘筐於土窖中。命家丁三人。仍駕船行市桑葉歸。途忽一大鯉魚躍入舟中。三人大喜。截以還。路徑皂林。巡司異其船小。而用兩檣急駕追捕之搜檢別無他物及頭顱有人腿詰三人皆茫然不知所自巡司即縛解按察司拷掠備至詰其身首所在三人不勝鍛鍊漫認云見埋在家隙地內即飭隸卒押至其家發之蓋即瘞蠶處也而蠶皆不見惟一屍身體俱全只少一腿證驗既符遂以三人及家主俱抵罪事見鳥青志

外史氏曰夫天地以好生為德瘞蠶者心固忍矣然當蠶多葉貴之時今亦有瘞其蠶而以其葉售者矣未聞其輒受慘報也而伍氏乃獨有此奇禍蓋其殘忍如此則平日之積不善必有甚於瘞蠶者是其冤孽所由當自有所在矣嘗聞父老言昔有一村農以葉貴盡棄其蠶而其子婦乃私藏其蠶數筐農故有桑地數畝葉尚在也其子以無所得葉乘夜竊往采之農適在地中巡守昏黑之中誤為他賊挺槍刺之立死既而知為己子也悲恚自縊死而其妻及婦號哭至曉亦就縊以死一門斬焉夫村農之刺其子也固未知其為子也然試思即在他人亦不過竊取桑葉之賊其罪亦何至於死而必戕其命焉其凶忍為何如乎天之假手以殺其子也報施之慘豈不可畏哉

按瘞蠶事已見皇甫枚三水小牘但彼為新安縣慈澗店北村居民王公直其鬻桑也得錢三千市彘肩及餅餌以歸至徽安門門吏見囊中殷血洒地詰之公直對以所市且請

搜索既發囊惟有人臂若新支解者乃送於居守居守付河南尹鞫之公直以實對尹判差役領公直至村偕鄰保責手狀皆稱實知王埋蠶別無惡跡及發蠶坑中有箔裹一死人闕其左臂取臂附之宛然符合以白府尹謂公直雖無殺人之辜而蠶為天地靈蟲綿帛之本故加勦絕與殺人不殊遂命於市杖殺之與此畧同志所載蓋得之傳聞者也

償債犬

邑中某甲畜一犬每夜輒涉水至河南某氏家守備一日某呼犬詈之曰汝食於我而為他人守夜明日必覓殺犬者賣汝矣是夜某夢犬人立而嘷曰我曾負河南人家錢故每夜往守以償今止欠十三文償畢即不渡河誓報主人大德也至曉某呼犬至前以十三文繫其頸曰昨夢汝云云今往還之可免涉水矣犬垂首受戒逕齎錢往繳其家而迴從此更不復去後某以探女更深醉歸失足溺池中犬大嘷躍入啣其衣拖至岸上跳而至家以首撞門主母驚起隨至池邊見某偃卧未醒扶至家迨曉乃甦語其故夫曰前夢犬云誓必報德今果不食其言矣越數月家中不戒於火舉家方熟睡犬復走某寢以頭撞門且撞且吠夫婦驚起視之則火燄燄將及屋矣急救得熄後犬死主人以棺埋焉此楊園先生果報見聞錄所記也噫夫犬也而能不忘所報如是乎是殆獸其面而不獸其心者歟余故節書之以為世之負恩而背主者戒

夷堅志許元惠卿樂平士人也其父嘗有烏衣客來語曰吾昨貸君錢三百今以奉還未及問其為何人及何時所負而然乎常畜十餘鴨是日歸於數外見一黑色者小童以為他人家物約去之鴨盤旋於旁遺一卵乃去自是歷一月每日皆然凡誕三十卵遂去不至竟不知為誰氏者計其值恰三百錢蓋負人而不敢忘報雖禽獸往往有之奈何以人而不如禽乎

剝皮

崇禎末一術士言甚靈時嘗遊都下有五人共飲於旅舍一人大言忠賢之惡不久當敗四人或默或駭諷以慎言此人言忠賢雖橫必不能將我剝皮我何畏至夜半方熟卧忽有人排門以火照其面即擒去旋捉四人並入見所擒者手足俱釘門板上忠賢語四人曰此人謂不能剝其皮今姑試之即命取瀝青澆其遍體用椎敲之未幾舉體皆脫其皮殼儼若一人四人駭欲死忠賢每人賞五金壓驚縱之出此見於幸存錄者焉乎忠賢之兇毒誠亘古所未有矣然亦有威力所不能及者耳新言丁卯三月忠賢誕日公卿臺省咸集忽有道人幅巾布袍藤杖塵拂踵門請見閽者叱之曰幾許元老鉅卿竟日伺候不能接見汝一游

食之徒如何便欲見我千歲乎道人曰我與魏公有瞻交今日覿面一言為壽千秋也閽者不敢報聚瓜椎斧鉞指其頭顱詈且逐之曰汝輒敢狂言無忌幸今壽日若他日當膏此鉞道人以杖叩鼓眾皆失色隨擁之進言此道人求見不容擅自擊鼓致犯天威道人長揖厲聲曰與公久別今日復得相見於此今公富貴極矣寧相忘耶忠賢大怒曰妖道敢肆狂妄我豈與汝交乎叱左右縛付鎮撫司嚴究道人曰我鳳鑑一世閱人多矣獨不識汝盜賊其形虎狼其心乎第欲挽回以全忠臣義士之多命也一手指天曰汝能欺君欺人彼蒼可欺乎吾當看汝寸磔殆狗彘不食汝餘也汝豈能殺我耶將手振躍綁索俱斷兩袖拂空擧座咸驚驀地不見此與續虞初新志張獻忠設朝時之狗皮道士皆足令逆賊兇威無所施是快人意耳

按剝皮之誅從古未聞惟野史載景清欲行豫讓之計成祖搜得剮命剝皮揎草繫長安門明晨駕過繫忽斷為犯駕狀乃命藏於庫中然景清之死其說固不一惟張獻忠嘗用此法若所剝之皮未竟而其人已死即將行刑者剝皮蓋未得其法耳甚哉積惡之殘酷誠何異獸賊哉耳新又言魏奄伍嫂淡退時身長未化及注刑以鋦有滋息鮮血迸流若留以待天刑者

仙方

七修類稿。元末桐鄉從朱村徐通判者。素慕洞賓。朝夕供禮。一日疽發於背。勢垂死。猶扶起禮之。忽見淨水盌下白紙一幅。上有詩云。紛紛墓上黃金屑。片片花飛白玉芝。君主一斤臣四兩。調和服下即平夷。意其仙方。然不知何物為黃金白玉。乃召仙以大黃白芷為問。仙曰然。服之果驗。後以醫人無不效。徐無子。方傳婿沈氏。至今以此治生。數百里來貨藥者無虛日。沈族大而分數十家。惟嫡支居大椿樹下者獨驗。沈子嘗從吾友徐院判學。聞其藥。今加穿山甲當歸鬚金銀花矣。然大黃既多。不問陰陽之疾而投之。恐亦有害。而源源往來。又獨於椿樹下者驗。豈非天之所與歟云云。然沈氏余於嘉慶間嘗見其中衰矣。當其盛時。有名耿文者。尤精外科。一時有華佗之目。及今醫道復興。雖百里猶相延致。亦不聞其專以此方療人也。若今之業醫而尤著者名泰。即余親家張夢廬先生之徒也。

耿通

本傳言。當時給事中號敢言者。通與陳諤。舉朝憚其風采。諤字克忠。番禺人。永樂中以鄉舉入太學。授刑科給事中。每奏事。大聲如鐘。帝令餓之數日。奏對如故。曰。是天生也。每見呼為大聲秀才。嘗言事忤旨。命坎瘞奉天門。露其首。七日不死。赦出還職。諤性詼諧。嘗被瘞時。歎息謂其人曰。吾不意今日乃死於大甕。人問其故。曰。咄嗟而不知耶。朝廷瘞人當以甕。今速死耳。瘞者如其言。遂得屈伸不死。蓋瘞人者以土掩至胸前。即氣閉欲絕。若僅露其首。必有刻不可耐者。烏能至七日而不死乎。

陸忠毅公傳贊

林璐曰。公母初孕時。夢神人羽葆鼓吹。從雲際直墜入懷。始生公。公少時。手神英毅。博學擅江右。文成。四方目之曰西陵體。及登賢書。于太保忠肅入夢與語。語多秘。人莫有能解者。沈君鼎新暴卒而蘇。言見公與某某方副冥司決事。如王新建故事。嗚呼。忠孝人極也。惟不愧乎人。斯乃可以為神。烏足怪。

按公名培。字鯤庭。號曰部婁。籍錢塘。兄弟六人。伯圻。叔堦。與公先有聲。公兒時即尚氣節。意或小忤。輒流涕矢死。母裘及大母極愛憐之。既長。兄弟名益著。與婁東雲間倡道東南。陳給事大樽嘗曰。某與陸氏交。如孔融在紀群間矣。年十六補諸生。己卯舉於鄉。拜大母堂下。母喜曰。汝父汝叔歌鹿鳴如昨日。吾年垂八十。猶見汝成名。國恩厚矣。勉之。明年成進士。公手稜峻整。平居杜門讀書。與諸名士切摩為古文辭。交遍海內。好引掖後進。然喜面折人過。邪慝者見公輒屏氣逡巡避去。嘗與陸君嘯武客秣陵。弔方正學及徐常功臣廟。客贈陸君弓矢。陸方賦詩。公愀然曰。神州坐視陸沉。某鹿鹿無所樹立。以君之才。當上

馬殺賊。下馬作露布。差快人意。坐逆旅日詰史。酣飲經月。一夜身漸短。可三四寸。良久方能引長。歲甲申。逆闖犯闕。北向長號。思攀龍髯。其婦亟止之曰。君素讀書。不聞晉宋間事乎。猶有待也。既赴建康。拜行人司副。熊給事汝霖持節祭淮。熊負直諫聲。與公談時事。益扼腕。明年乙酉。亂兵潰江上。公兄弟奉母居鹽官。公命其子繁弨從省會畧然。公遂避入黃山之桐塢。經故人陳君廷會居。握手流涕曰。行將別君。陳君止之。公曰。即死無益國家。聊以塞責。至家。婦勅左右守公。公笑曰。死豈可復生乎。吾母春秋高。當避桃源抱犢耕矣。既而闔戶自經。為客救死。又一日。辰起。呼筆硯。冠帶北向叩頭者五。南向叩頭者三。以繩授二僕曰。若屬知乃公意。便可相成。遂向大床坐。從容就縊而卒。几上留書三函。一奉母。一遺兄弟。一別故友。年二十八。婦聞死從公。自樓墜地。若有神持之者。又餓經旬不死。姑裘語曰。是天欲生汝也。違天不祥。乃不死。公兄圻弟堦亦皆能篤於風義。為遺民也。公死未踰年。陳給事就縛。奮身沈淵死。御史中丞潛夫陳公攜妻妾赴激湍死。陳公先以偶忤於俗。公移書責之者也。然公入閩為鄭芝龍所忌。與其子俱沈於海。遷客自海南來言。姚公奇允自刎其頸死矣。方公移書御史時。奇允曾勸止之。而公弗善也。而卒俱死。嗚呼。如四人者。可稱公死友。時同郡王別駕道焜聞公死亦死。江東贈公謚曰忠毅。董户部守白兩人同死。豈以道焜非進士耶。乃得謚節愍云。

異獸

楚中一孝廉自山中入城。因有虎患。以兩獵戶持鐵叉自隨。日暮向郵亭小憩。忽一虎咆哮而來。兩人致孝廉坐前樹上。挺叉迎虎。而鬭虎斃。又一虎偕二小虎至。兩人力盡死。孝廉方驚悸。俄一物似狗而小。白毛紅鬃。眼金色。走如飛。直前齧三虎。三虎伏不敢動。皆死。各食腦少許。先死者嗅而不食。須臾至樹下。望孝廉大吼。聳身一躍。忽墜崖下。腰戛中脊之空中不能脫。孝廉惶駭。自念待死。已思不如先殺之。遂下樹取叉刺而殺之。持送縣令。某某取其皮為領。雪不沾衣。夫苛政猛於虎。酷吏之肆虐。皆貪心之所致。若此物既已食三虎矣。而猶貪而不知足。以致自陷網羅。其亦可鑑也已。

按此與博物志所載胡人來獻猛獸如狗者略相似。然彼只稱能食虎。而此并欲食人矣。

又逸周書言露犬能飛。食虎豹。而此又似不能飛也。果何物耶。

王漁洋隴蜀餘聞言。角端產瓦屋山。不傷人。惟食虎豹。山僧恆養之以自衛。按中華古今注。渠搜國獻鼩犬。能飛。食虎豹。此以鼩犬為角端也。余按逸書王會解。渠叟以鼩犬。鼩犬者。露犬也。蓋即鼩犬之別名。初不聞有角端之稱。爾雅。騊似馬。一角。麐麕身牛尾馬足黃

色圓跪一角角端有肉是角端固即麟之屬余何與豹犬併爲一談乎
又漢武帝時大宛之北胡人獻一物大如狗聲能驚人雞犬聞之皆走名曰猛獸帝怪其
細小及出苑中欲使虎豹食之虎見此獸即低頭着地帝謂虎欲低頭作勢而此獸見虎
甚矗舐唇搖尾徑往虎頭上立因溺當作虎面虎乃閉目低頭匍匐不敢動溺畢下去之
虎曳尾去獸顧之虎輒閉目余嘗聞　先人言虎忌柴狗狗之形小於畜狗虎見之輒
伏不動狗乃圍其外溲之則此虎不能出外一步矣殆即此獸也

殿試卷

武進縣文介公萬歷二十三年殿試對策公官禮部時自取出藏於家迄今尚在每行作三
十二字凡鄉會試有橫直硃絲行殿試但有直行推其立制之意蓋以對策文有長短則字
從而疎密無不可者今時相習書殿試所對策率行二十二字失爲法之本矣又乾隆五十
年以前同考官猶以經執分校而試帖詩題在第二場今則移於第一場而房官無五經之
名其不以五經分房者以士皆習五經也然余嘗見先輩專經者其于所習之經必有手鈔
本其間考証源流貫穿經說幾于習一經而五經皆通今則講章時藝而外賬置高閣往往
入場時以此題出自何篇而茫然矣可勝歎哉

附錄康熙三十九年給事中滿晉條陳科場積弊總督郭琇條陳學校弊端並下九卿議
議上命錄示巡撫李光地胡鵬總督張鵬翮郭琇李光地疏推廣科場三條學校四條其
末言邇來學臣率多苟且從事致士子荒經蔑古雖四書本經不能記憶成誦僅讀時文
百十篇剿襲雷同僥倖終身殊非國家作養成就之道前歲　旨下學臣使童子入學兼
用小學論一篇至其時幼稚見聞一新就中頗明古義此以小學誘人之明驗也然書不
熟誦終非己得宜令學臣于考校之日有能熟誦經書小學講解四書者文理粗成就與
錄取如更能成誦三經及五經者更與補廩以示鼓勵又童生既令熟習小學以端幼志
生員及科場論題專出孝經每東複雷同似當兼命性理通鑑以勵宏通之士疏入仍下
九卿與張鵬翮等三疏參合定議其鄉試另編官字號以民卷九官卷一爲額此出自
上意光地特贊成之
論題以太極圖說通書西銘正義一併命題嗚呼自明以來士習之壞江湖日下附錄此
議以見國家立法未嘗不善而有治法無治人以致積弊不可復返而其法亦旋廢不講
安得如數君子者而挽之使進于古哉
又戒庵漫筆曰余少時學舉子業並無刻本窗稿有書賈在利考朋友家往來鈔得燈窗

下課數十篇每篇謄寫二三十紙到余家塾揀其幾篇每篇或二文或三文憶荊川中會
元其稿亦是無錫門人蔡瀛與其姻家所刻蔡方山中會魁其三試卷余爲從臾其常熟
門人錢夢玉以東湖書院活板印行未聞有坊間板今滿目皆坊刻矣亦世風華實之一
驗也楊子常彝曰十八房之刻自萬歷壬辰鉤玄錄始旁有批點自房王仲𧦬始選程墨
至己卯以後而坊刻有四種曰程墨則三子與主司之文曰房稿則十八房進士之作曰
行卷則舉人之作曰社稿則諸生會課之作至一科房稿之刻有數百部皆出於蘇杭而
中原北方之人市賈以去天下之人惟知此物可以取功名享富貴此之謂學問此之謂
人才而他書一切不觀昔邵文莊當天順成化之盛已謂士子有登科名全不知史冊名
目朝代先後字書偏旁者舉天下而惟十八房之讀讀之三年五年而一幸登第則無知
之童子儼然與公卿相揖讓而文武之道棄如弁髦嗟呼八股盛而六經微十八房興而
廿一史廢此日知錄所以歎也余按文莊所言則當時已有房稿今則更有束去天崇國
初于不觀者無論嘉隆以上矣此又世風之一變也

推背圖

桯史唐李淳風作推背圖五季之亂王侯崛起人有倖心故其學益熾閉口張弓之讖吳越

至以偏名其子而不知兆昭武基命之烈也宋興受命之符尤爲著名藝祖即位詔禁讖書
懼其惑民志以繁刑辟然圖傳已數百年民間多有藏本不復可收拾有司患之一日趙韓
王以開封具獄奏因言犯者至衆不可勝誅上命取舊本凡已驗者皆紊其次而雜書之凡
爲百本使與存者並行于是傳者惜其先後莫知其孰譌間有存者不復驗亦棄弗藏矣今
之所傳所由紛然雜出歟
宋宣和初尚方織綾謂之遍地桃又急地綾漆冠子作二桃樣謂之並桃天下效之又香
謂之佩香至金人犯闕無貴賤皆逃避背鄉爲金虜去亦應此讖也豈在推背圖哉

李自成

何璘澧州志云李闖之死野史載通城羅公山明史載通城九宮山其以爲死於村民一也
今按羅公山實在黔陽而九宮山實在通山縣其言通城皆誤也有孫教授爲余言李自成
實竄澧州至清化驛隨十餘騎走牯牛壩在今安福縣境後棄騎去獨竄石門之夾山爲僧
今其墳尚在云余訝之特至夾山見寺旁有石塔覆以屋塔面大書奉天玉和尚前有碑乃
其徒野拂文載和尚不知何氏子一老僧年七十餘尚能言夾山舊事云和尚順治初入寺
事佛門不言來自何處其聲似西人後數年復有一僧來云是其徒乃宗門號野拂江南人

事和尚甚謹和尚卒於康熙甲寅歲二月約年七十臨終有遺言於野拂彼時幼不與聞寺尚藏有遺像命取視之則高顴深䫜鴟目蝎鼻狀貌猙獰與明史所載正同自成僭號奉天倡義大元帥後復自稱新順王其自稱奉天玉和尚蓋自寓加點以諱之而野拂以宗門為佛門弟子事之甚謹豈其舊日臣相與左右者與明史於九宮山鉏死之自成亦云我兵遣識者驗其屍朽莫辨而老僧親聞謦欬其西音又足異也

右李自成墓誌江賓谷名昱所著據澧州志以駁明史通城之誤則羅公山之誤更不待辨其所徵引亦精確但據前史所稱則自成之死於村民無疑其言村民既鉏死自成剝其衣得龍衣金印眇一目村民乃大驚疑為自成其說原非無據此老僧既能知和尚入寺之始及其卒時年月必能記憶其面目惜當日孫教授未及一問其詳也

按何騰蛟傳李錦自成從子後賜名赤心高必正自成妻高氏弟之歸騰蛟於荊州也騰蛟上疏言元兇已除稍洩神人憤宜告謝郊廟唐王大喜立拜東閣大學士兼兵部尚書封定興伯而疑自成死未實騰蛟言自成雖死身首已糜爛不敢居功固辭封爵不允是當時亦有疑其未死者故本傳兼存　大清遣官驗尸之說與豫英親王奏有降卒言自成竄入九宮山為村民所困自縊死尸朽莫辨者合然果其未死則所稱得龍衣金印而眇一目者伊何人耶

徐珠淵

施彥恪施氏家風述畧續編曰庶母徐氏名珠淵字善懷廣陵人年十三歸先君先是有北官欲納之泣曰彼富貴累葉殆紈袴習也兒何歸乎兒願得侍文人為東坡之朝雲足矣先君聞而憐之聘焉四年舉一女弟殤遂不復孕歲己未先君改官侍諫庶母寄詩有老天若解妾心苦北地風霜盡轉南之句繼母李宜人命津兒奉之入都又三年先君疾兒適咯血歸予亦南還庶母焚香籲天刲股以進且誓于神曰主翁生平德積于躬縱必不起亦延待其子一訣乎否則以儒林偉人死妾婦之手主目不瞑矣因長號達旦如是者三晝夜丙夕有白光如匹練自屋上落有奇香起榻前先君忽甦自是始能粥食癸亥三月二十七日事也予聞報奔視又二十日先君歿庶母朝夕哭莫如生五年如一日卒悒鬱以死遂與先君合塋于螺螄沖庶母能詩每自焚其稿死後檢得數首附見學餘集小粉場雜識珠淵嘗有寄北詩云風緊牽離別燈殘人未眠此身無羽翼安得到君邊愚山寄和云莫怨經年別天寒耐獨眠老夫魂欲斷夢不到君邊又和寄小鏡詩曰白頭相許伴青山天意嗔人不放閒寄到菱花將錦字斷腸獨自照愁顏按先生詩凡皆溫柔敦厚品如其人無非真性靈所結撰故其道學風流原影千古情種宜得是人而珠淵之情深如許真不愧先生之朝雲矣

毛文龍傳辨

文龍之襲取皮島以牽制　本朝於當時制敵之謀不為無助然自其建閫島上抗衡　本朝每戰輒敗而其糜餉違詔殺降諸罪崇煥所面數十二罪亦言之鑿鑿則其跋扈要挾原有可斬之理故當天啟二年廷臣大議經撫去留張鶴鳴獨言王化貞一去毛文龍必不為用遼人為兵者必潰是其驕蹇難制可知而崇煥傳亦言東江形勢雖足牽制顧文龍本無大略往輒敗衄而歲糜餉無算且惟務廣招商賈販易禁物無事則鬻參販布為業有事亦罕得其用即謂其罪未至于叛而雙島之會崇煥先與謀更營制設監司而文龍怫然不悅崇煥決意斬之此其殺身皆由自取特是崇煥之專戮原足與人以口實傳中敘殺文龍事與正史小異而筆力稍弱措語蕪而近俚至其叙促膝耳語數行及後文回繳百刀之誓數語直似小兒學扮村劇然蓋因崇煥傳有臣不能成功皇上亦以誅文龍者誅臣及傳末崇煥妄殺文龍至是帝悟殺崇煥之言而附會及此竟挽成一重果報不知崇煥之誅本由錢龍錫主定逆案故忠賢遺黨遂以擅主和議專戮大帥陷崇煥以及龍錫耳而思陵誅崇煥時兼中於　本朝之閒然即此足見崇煥之實心謀國致為　本朝所忌逆黨所不容矣故其磔也史言天下冤之而謂每肉落一塊人競買食之即崇煥生平何至於是豈先生果為文龍後裔歟然此傳本欲為文龍洩憤而不知已流於小說之無稽也至徐泉一審為熊廷弼頌冤其人蓋剛正之士也其疏具載廷弼傳內而此疏獨不載明史殆即作者所依託而為之歟然當以正史為據

按烈皇小識言文龍悍上英明思有以自立乃通情於清願捐金三百萬易金復二衛地奏恢復功已成約矣夜崇煥之督師出關也上召問方略對以五年可平遼及復任覘知文龍有成約急遣喇嘛僧入清啖以厚利欲解文龍議以就己而清最重盟誓堅持不可喇嘛僧曰今惟有斬毛文龍耳在清不為負約在我可以收功崇煥遂以閱兵為名直造皮島文龍置酒高會次日進謁崇煥亦留宴酒半稱有密旨即座中擒斬之時文龍在營嚴整敢亦不敢犯事定然後入告朝廷亦姑容之後清來掠崇煥特疏請增三百萬餉五年之後全遼皆復此一勞永逸之計也廷議皆執不可遂聽清入犯致有遵化之變是崇煥之斬文龍本為事功起見而本傳不載或未見此識歟

附錄毛文龍傳

毛稚黃作毛太保傳言文龍以萬歷四年十四日生于錢塘松盛里美鬚眉目炯炯如電

為人落拓不治生產好談兵嘗與人羣飲酒樓酒酣拍案曰不封侯不罷休衆皆笑之年三十走燕中不遇又走遼左遼帥收之幕下授海州軍官漸至都閫後以王化貞存撫空札數百道得便宜行事時天啟元年也公于是率麾下百九十七人東據皮島皮島者故朝鮮地四面皆山陸絕惟西面一隅可通舟楫公得之全復海蓋諸州皆叛朝廷遂以公為正總兵賜尚方劍進左都督又加封太保封三世襲一子錦衣衛指揮于是公益自奮厲築城修樓櫓設大炮為守禦具又建府鐵山立文廟設學諸生得附北直隸山東鄉試有中式者屯田鑄錢通商船為長久計遇敵敢戰屢捷出奇無窮嘗戰於大石嶺矢來如雨再易馬皆射死夜半公登山入廢廟顧見廡下有黑馬遂跨之出馬行甚疾敵望之皆辟易天明還軍軍士皆歔欷及下馬則一黑虎跳躍而去衆大驚曰將軍天人也丁卯冬有時貴人擢召入都與所親客言別問曰方今以何事為亟會此客與公私郤故為沈吟曰東島大可慮初公所招集士已十餘萬日費朝廷數千金餉不時發公屢上書仍不發最後公疏云脫使士伍一朝脫巾而呼臣雖萬死不能禁其離心如國事何廷議已疑其要挾而時貴適入時袁崇煥新起經略駐遼东時貴陰令圖之屯田主事徐泉一念公功高而憤朝議之多舛乃上疏論不可解者四謂關寧一鎮每歲用銀三百萬米一百三

十萬今皮島自天啟二年至七年共銀一百九萬有奇米豆共九十餘萬石猶紛紛然責其多乎此不可解者一關寧極望不過四百里乃擁兵至十八萬皮島所屬島嶼二十餘處浩淼一千里非得多兵何以聯絡而相策應乎今文龍用兵才十五萬乃謂其實止二萬八千餘皆虛冒錢糧也不可解者二文龍妻子久已歸浙或亦王翦請田宅之意而猶慮其尾大不掉不可解者三既謂皮島為扼要之地而倚任文龍而阻其餉是委之敵耳即謂文龍一身不足惜而皮島既棄內地必危不此之慮而顧日夜以文龍為慮不可解者四其餘為文龍辨白者累累千二百餘言且曰敵以三子一孫保文龍無他不省崇煥乃以書招公會雙島雙島在皮島西崇煥云有密語公坦然揚帆來且欲因是細陳軍餉事時軍中頗以為疑請多從者公曰我大將任東隅一面彼不奉詔豈敢殺我果有詔雖多人何益徒滋猜惑且不聞郭汾陽赴魚朝恩之宴乎既相見一古寺崇煥謂公吾所欲與公語他人不得聞兩人各屏去騶從獨崇煥後一書生隨崇煥顧曰此吾幕中奇謀士故嘗與俱因共挽手入寺書生者狀短小有力袖短刀既入坐定崇煥故移坐就公語良久忽曰吾今日欲斷將軍頭公笑曰毋謔崇煥曰奉密旨懷中出片紙蓋矯詔也公疑之崇煥曰我如屈殺君一刀他日償君百刀公即坐下拜涕淚無一言書生遂出刀斬公崇

禎二年六月五日也年五十四崇煥既殺公而公有族子承祿公養以為子從公在島中官副總兵聞變棄官歸杭州崇煥捕得鋃鐺之今詘服與父文龍謀叛蓋欲借以解己擅殺罪承祿取紙筆大書兵家父子四字人皆悲憤崇煥亦慘色已竟殺之於是皮島諸將士共殯殮公載柩東北去柩至海中不肯行船反逆而西流諸將士無如何乃共拜之而浮諸海相率東北去皮島墟矣失左臂自此始徐泉一復上疏白公冤不報泉一遂掛冠歸未幾軍書旁午都城大震朝廷知公實枉死又頗思其功遂崇煥磔于市每肉落一塊人競買而食之百刀之誓至此而符時貴人亦得罪公之為將也賞罰必信與士卒同甘苦有古名將風然恃其功能於權要絕不餽遺或送白金千兩須人參百斤公但如其價報之故亦以此致禍鐵山皮島俱祠公遼左遺民有挈妻子來無所歸號泣自經祠下者

埋憂集全部終

庸盦筆記

薛福成著

上海文明書局印行

凡例

一是書於平生見聞隨筆記載自乙丑至辛卯先後閱二十七年所記漸多始自刪存其有精蘊及有關繫者復各以類相從不能盡依先後為次諸篇於近世鉅公名人或稱其諡或稱其字與官蓋所述之人生死不同而所稱之官又有前後不同者則以纂述非一時故也若必追改為一律轉失真實之意所以各仍其舊

一昌黎韓子有云誅姦諛於既死發潛德之幽光茲編亦頗存此意雖不過隨時涉筆而所以挽回世道人心者未嘗不兢兢焉其次亦有裨經世之學惟所書善惡務得其實善者則盡力表章不嫌溢美惡者則慎之又慎必為世所共棄者而後加貶絕焉以附善善從長惡惡從短之義

一是書所記務求戛戛獨造不拾前人牙慧固有當時得之耳聞而其後復見於他書者則隨手刪去亦有一二偶未見及致未盡刪者然各記所聞其用筆亦稍不同矣

一筆記與文編相為表裏凡關係大局之事與其人最可師法堪備史料者既有一二十篇刊在庸盦文編矣筆記中即不復贅

一史料一類涉筆謹嚴悉本公是公非不敢稍參私見即軼聞述異兩類無不攷訂確實惟幽怪一類雖據所聞所見究覺惝恍難憑以其事本無從攷實也蓋神怪雖為聖人所不語然孔子又曰鬼神之為德其盛矣乎體物而不可遺此天地之功用中庸所謂微而顯也故并錄之

一筆記據平日見聞隨意抒寫亦間有閱新聞紙取其新奇可喜而又近情覈實者錄之以資談助今於新聞紙得軼聞二條述異四條幽怪二條為刪其蕪冗存其簡要各附於本類之後

庸盦筆記目錄

卷之一

史料

裕靖節公殉難　蒲城王文恪公尸諫
刼數前定　訥相臨洺關之敗
江忠烈公殉難廬州　科爾沁郡王擒獲林鳳翔李開方
溫壯勇公守六合　張忠武公逸事
李傅相入曾文正公幕府　肅順推服楚賢
巡撫忻藩司之缺　庚申杭城之陷
薦臣憂國　咸豐季年三奸伏誅

卷之二

史料

慈安皇太后聖德　嘉順皇后賢節
日月合璧五星聯珠之瑞　賊犯彗星致敗

咸毅伯攻克金陵　李秀成被擒
張洛行被擒　謝忠愍公保衛天津
星變奇驗　多忠勇公畢命於盩厔
曾左二相封侯　駱文忠公遺愛
勞文毅公甚居危城　鄧子久中丞被害
瀋忠毅公遇害　任柱賴汶光伏誅
總兵陳國瑞驕暴取戾　左文襄公晚年意氣
枉迕忌滿六人　彭尚書迴翔文武兩途

談相

卷之三

軼聞

四千五百餘年元鶴　鬼神默護吉壤
桂林劉仙巖　殺字碑
堅使舊宅　入相奇緣
查抄和珅住宅花園清單　學政總裁先後甄拔得人
恭制單為乞丐　東方三大
四子書集註宜熟讀　窮達有命
學使以快短明衡文　河工奢侈之風
縣令意外超遷之喜　名醫治中消病
猛藥不可輕嘗　祿命同而不同
讞獄引律同而不同　六指人冤獄
戊午科場之案　良吏平反冤獄
墨吏設誓受譴　早慧不壽
太監安得海伏法　曾文正公輓聯
曾文正公勸人讀七部書　聖武記敘川楚教匪謀篇尚未盡善
盾鼻隨聞錄當燬　庸閒齋筆記徒聆未允
微員食祿有定數　死生有命
戒鴉片煙良法　右旋白螺
孤竹古松　古塚現寶

卷之四

述異

曾文正公始生　左侯相之夢
漢忠帝後裔在爪哇島　徐應成真
郭汾陽王墓被掘　桃花夫人示夢
馬端敏公被刺　張汶祥之獄
知府被刺　知縣被戕
水神顯靈　賈莊工次河神靈蹟
武員唐突河神　河上旋風
忠寃破賊　已死七日復生
獄囚因官　開刀殺人
草毒一日殺百四十餘人　愚民貪慾輕生
挖工謀財酷報　娶妾得泥佛

雷震總兵　雷殛惡人
雷救人命　劇盜號言雷擊
雷疑　雷殛鬬徒
雷殛水缸　一日中雷殛三人一死二活
甯遠府城地震　長沙火藥局災
火藥之災　龍陣風之災
己丑八月祈年殿災　太平火藥局災
福星輪船沈沒　輪船失火
中泠泉真蹟　徐州府署中蘇姑墓
湄洲大魚獻燈油　蛟龍利害懸殊
白龍朝山　發蛟
巨蛇出遊　物性通靈
物性相制　雷擊巨蠍
生吞壁虎　蛇跌鼈

永平古蹟
卷之五
幽怪
魁星爲鬼徒換心　亡兵享關帝廟血食
寶應成烈婦祠　殉難知縣顯靈
浩劫前定　故相索命
大臣某公轉生爲光州牧女　鬼罵陳尚書
玩視民瘼酷報　山東某生夢遊地獄
江南某生神遊兜率天宮　漢宮老婢
北齊守宮老孫　北齊李后爲地仙
後唐韓淑妃爲真仙　神護漢陵
孫仙謫歷代現人　牛太守前生爲戰馬
卷之六
幽怪

明相沈文恭公故宅　嫁女爭花轎釀人命
立誓滅壽遐庫　麻姑締姻
扶乩問題　扶乩奇驗
城隍神世故　生作城隍三日
死生前定　蓬萊仙跡
縊鬼爲祟　淑寶呵護家人
水鬼白晝拉人　水鬼假冒舢板船
鬼笑可畏　新鬼回家
鳳翳殺人有定數　村童夜陪鬼飲
押遊客遇無常鬼　楊孝廉遇煞神
雞蛤酷報　鬼魅現形
鬼負壞牆　旅鬼索路憑歸櫬
鎮江府學署中鬼聲　荒徼人鬼雜處
鬼買糕哺子　鬼欺衰老

東平州牧相尸遇鬼　冤鬼鳴冤
懸署猫精　甯紹台道署內狐蛇
蛇死爲祟　巨蚌成精
樹靈報仇　孝子獲福
李道戎遇魅　蘇州瑞光塔蟒蛇
薔薇祟人

庸盦筆記卷之一

無錫薛福成叔耘

史料

裕靖節公殉難

道光年間靖節公裕謙由知府洊擢封圻英銳任事亦頗講求吏治自禁鴉片煙之事起英吉利陷定海踞之於是林文忠公以兩廣總督被劾落職而大學士文勤公琦善往代其任琦相力主和議許以香港割畀英人以易定海是時裕公已署兩江總督每論時務慷慨激發堅持清議疏糾琦相之咎而推服林公甚至廟謨亦已中變褫琦相職逮下刑部獄命將分道出師絡繹赴浙粵諸省而裕公以欽差大臣馳抵鎮海視師提督余步雲為之副當是時英人因與琦相議和已還定海而盡調兵船南駛朝廷遣總兵葛壯節公雲飛王剛節公錫朋鄭忠節公國鴻率師駐守裕公所檄調兵四千皆由各省分調畸零湊集號令不齊且承平日久未經訓練貨不耐戰余步雲尤恇怯巧滑善結與援屢冒軍功加太子少保營外掘濠如淺溝一孺子能踰之遠近皆知其不足恃也裕公駐鎮海城內步雲駐招寶山一日裕公望見招寶山上有白旗頗心疑之乃勖步雲以竭誠報國且與之盟步雲佹佹足疾勉強往盟有一英人名啞哩以舢板船擱淺為浙民所擒送至大營裕公命生剝其皮并抽其筋以為馬韁呼號三日而後死其聲慘厲異常英人聞之怒曰中國自命為守禮義之國而酷虐不仁如此乎會廣東亦旋和旋戰久無成議英遂馳兵船復攻定海陷之三總兵同日戰死英兵進攻鎮海用舢板船蟻附登岸而余步雲守招寶山之師先潰諸營繼之裕公自投泮池水淺不得死一武弁負之以趨僅得小舟偕與幕友陳若木奐如渤二人退至甯波甯波吏民皆已倉皇驚擾莫之省者裕公自登舟即吞金墜臥不語陳奐二幕友亦惟恐裕公之急切不能遽死次日黎明舟過慈谿縣城幕友往艙中撫之已冰皆哭曰公斃矣遂往告縣令殯殮之余步雲始奏稱退守甯波而英人陷甯波步雲奏稱退守上虞且言裕謙大營先潰以致各營相繼奔逃復奏言聞裕謙率其幕友家丁舟過慈谿不知所往於是宣宗皇帝諭旨數恨用人之難謂恭慄無能者既僨事而剛果有為者復鮮效也陳若木者以孝行宜興人習刑名痛裕公之為步雲所賣也乃代裕公夫人草訴冤之辭遣裕公舊僕赴都察院呈遞而步雲始奉旨逮問然步雲供辭狡展又素通聲氣朝貴多隱為之地者獄久不定將貸以不死矣刑部尚書李莊肅公振祜堅執不允加以刑訊步雲畏李公之威一一吐實不敢復有所隱讞既上得旨步雲正法而裕公亦獲優卹建祠予謚飾終之典隆焉若木由是名聞江南凡兩江總督到任必卑辭厚幣敦請入幕為上賓者數十年。

蒲城王文恪公尸諫

道光中林文忠公則徐以欽差大臣馳赴廣東查禁鴉片煙與英吉利兵船相持海上宣廟倚任甚至既而中變命大學士直隸總督琦善馳往查辦嚴劾林公革職遣戍新疆盡撤守備與英吉利講和於是輿論譁然皆罵琦善之誤國及穆相穆彰阿之妬賢而惜林公之不用也其後河決祥符上命大學士蒲城王文恪公鼎臨塞決口亦命林公赴工效力蒲城一見林公傾誠結納且言還朝必力薦之及大工合龍朝命林公仍往新疆蒲城還朝力薦林公之賢上不聽是時蒲城與穆相同為軍機大臣每相見輒厲聲詬罵穆相笑而避之或兩人同時召見復於上前盛氣詰責之斥為秦檜嚴嵩穆相默然不與辯上笑視蒲城曰卿醉矣命太監扶之出明日復廷諍甚苦上怒拂衣而起蒲城牽裾終不獲伸其說歸而欲仿史魚尸諫之義其夕自縊薨是時新城陳孚恩為軍機章京性機警最為穆相所寵任方早朝軍機大臣惟蒲城不到孚恩心知其故乃獨出急詣蒲城之宅其家方搶攘無措尸猶未解下蓋凡大臣自縊例必奏聞驗視然後敢解也孚恩亟命其家人急解之檢衣帶中得其遺疏其大旨皆劾穆相而薦林公也孚恩謂公子編修某曰上方怒甚不願再聞此言若奏之則尊公卹典必不可得而子亦終身廢棄子而猶欲仕於朝也不如屏此疏勿奏且可為尊公邀優旨子其圖之會張文毅公芾亦到文毅故穆相最親厚之門生而亦蒲城同鄉且門生也相與共勸編修編修從之孚恩代為改草遺疏以暴疾聞上震悼命成郡王奠茶酒贈太保入祀賢良祠孫三人皆俟及歲時帶領引見飾終之禮隆焉孚恩袖蒲城原疏以去返至樞垣呈穆相穆相大喜於是推轂孚恩不十年至兵部尚書軍機大臣而張公亦於數年間由翰林躋卿貳惟編修以不能成父志為蒲城諸門生及陝甘同鄉所鄙棄亦自愧恨遂終身不復出蒲城薨未幾而林公名還復為陝西巡撫世俗皆言自蒲城薨後宣廟常聞空中呼林公姓名故不久賜還此說雖未盡然然亦足見人心所歸仰云。

劫數前定

兵燹之劫皆有定數余既屢著於筆記矣咸豐癸丑二月金陵之陷粵賊募得黔人之善挖煤者由儀鳳門穴地火攻而入至同治甲子六月威毅伯中丞曾公仍募得其人由太平門外穴地火攻而入斯事固已奇矣尤奇者常州府城以咸豐庚申四月初六日午時為粵賊所陷今傅相合肥李公之巡撫江蘇也以同治甲子四月初六日午時攻克常州相距甫四年而一失一復月日時皆不爽謂非有定數而能如是乎至如上海以道光壬寅陷於英吉利咸豐癸丑復為粵匪所踞迨粵寇之難四鄉雖為戰場而城獨不陷甯波亦以道光辛丑

陷於英吉利。同治壬戌。復為粵賊所陷。迨光緒乙酉。法蘭西以鐵艦來攻。竟不能入口。大抵兵燹之劫。重於前則輕於後。其冥冥中若有為之主宰者焉。

訥相臨洺關之敗

故相訥近堂閣部訥爾經額之總制直隸也。酣嬉廢事。吏治日壞。咸豐三年。以欽差大臣督兵馳剿懷慶。適賊解圍竄山西。訥相督兵回防直隸。初有獻計於訥相者。言潞城黎城之間。有一小徑。循太行東出。可由河南之武安徑趨直隸之臨洺關。近時商賈皆由此往來。其路甚捷。然有險可扼。若遣兵五六百人守之。雖十萬之衆不能過也。訥相拘守太平時舊制。以為潞城黎城皆山西地。乃具咨文請山西巡撫派兵守之。咨未及達。而賊已陷潞城黎城。果由此路東出。是時訥相方督凱旋之軍萬餘人。次臨洺關。先一日。有冒訥相旗幟責州縣供張者。蓋賊之先驅已過而北矣。而訥相尚未知也。次臨洺之日。賊衆蹈至。官軍倉皇失措。車馳卒奔。萬餘人潰散略盡。訥相以數十人走入廣平府城。盡失其關防令箭軍資軍書等物。幕友吏僕皆星散。既已不能具奏。廣平知府為之稟達省垣。是時桂燕山相國桂良。以刑部尚書駐守保定。為之入奏。訥相奉旨革職拿問。賊由此大張。蓋訥相為承平大吏已數十年。養尊處優。素不知兵。行軍既無偵探。又無營壘。加以拘牽文例。故及於敗云。

江忠烈公殉難廬州

新甯江忠烈公忠源。生平忠孝大節。出於天性。猿臂長身。目炯炯有神。顧盼磊然。與人交披肝瀝膽。終始不渝。尤愛才服善。聞人孝友節義事。務成就闡揚之。嘗以公車至京師。曾文正公目送之曰。此人必立名天下。然當以節烈死。是時天下尚承平也。後江公知浙江秀水縣事。卓著循聲。丁憂歸里。會廣西洪楊等賊勢燄日張。江公出參副都統烏蘭泰公軍事。甚相契洽。烏公既遇伏殉難。江公遂自募楚勇千餘人。與賊搏戰。楚勇出境剿賊。由此始。全州蓑衣渡之役。以寡擊衆。殺賊數千。破殪賊渠馮雲山。威名大著。嘗率所部援桂林。保長沙。守南昌。厥功甚偉。由縣令未及二年。超擢安徽巡撫。是時江公方在武昌佐守。具奏略云。楚皖一體。當相共緩急。為去留不必以成命為拘。江公以廬州事急。率所部千餘人。力疾遄行。至六安州城。病益劇。復有旨令暫駐六安。俟兵餉齊集。相機前進。廬州知府胡元煒具稟告急。詭言廬州糧械極富。團勇多而得力。江公以為廬州重地。有可守之資。而棄之可惜也。乃分所部之半留守六安。自率其半馳赴廬州。問元煒以守具。則稞糧軍火一無所有。守城兵僅元煒腹心徐淮所募勇及公所募六安勇各數百人。皆新集不足恃。廬州城大。而兵勇人數不敷一門之守。江公悟為元煒所紿。且知廬州城萬無可守。然既已至廬。不肯為棄城退守

計。又怒元煒不能布置於平日。復詭詞貽誤於臨時。每見必斥責之。元煒遂伏匿不敢出。江公巡城。見水西門抗高阜壓城。一面皆山。慮賊必據山俯攻。因部分文武吏守城。而自守水西門。下令有能助守城者悉聽。廬民赴之者萬餘人。都者稍定。越日賊大至。環城急攻。駕雲梯衆堞。官軍屢擊卻之。賊穴地攻城。威武門為隧道。公募死士迎鑿出。有賊資糧據隧口下瞰。外奔衝突。引刀劈削其面。賊驚謀。官軍自城上擲火彈擊之。皆反奔。公守水西門。賊據山引矢射及公帳。公久病益不支。努力請公宿城下。賊復穴水西門。伏地雷轟城崩數丈。公躍而起。手大旗緣堞上。督衆迎擊。賊自堵築闕口。會援師數道皆為賊所敗。城中勢益孤。元煒部勇分守北城。開宿門納賊。徐淮故縣役也。素無賴。與賊交通。夜開門引賊。城上兵與賊巷戰竟夕。天且明。客扶掖如雨。江公左右擁公行。公手劍自刎不殊。都司馬良勳負公疾馳。公齧其耳。良勳負痛。因墮地。至水關橋。自投古塘死之。從公死者。曰布政使劉裕鈖。知府陳源兖。同知鄒漢勳。胡子雍。副將松安。都司馬良勳。戴文瀾。縣丞艾延祥。典福。時咸豐三年十二月十七日也。胡元煒竟降於賊。或云元煒之初仕也。嘗告貸戚友。得數百金。將入都捐從九雜職。方在渡口艤舟。忽有一人來共渡。與語甚洽。因結伴同行。入都後僦屋共居焉。越月餘。其人忽問元煒曰。子來何事。曰將捐官。曰然則盡將履歷示我。元煒示之。數日後忽謂元煒曰。吾

已為子上兑捐知府矣。子攜來之物。即可作歸資。大丈夫生當斯世。何必齷齪為小官。且朋友有無相通。我有餘財。豈敢不為子良圖也。元煒且驚且喜。遂拜謝。云不敢忘德而已。出都到省未久。即奉檄署理廬州府知府。元煒資望尚淺。忽得權守雄郡。出意外。蓋亦其人為之經營。而元煒初不知也。及在圍城中。一日忽有人持名帖入看。元煒視之大驚。蓋即代捐知府之人也。出都後已久不相聞矣。屬元煒毋衣冠迎我。恐涉張皇。令外人知也。元煒迎入拜謝前德。其人謂元煒曰。予毋然。吾將以十二月十七日下廬州。子能迎降。必受封王之賞。不然則命在今日矣。且予受我德甚大。今廬州兵餉兩絀。決不能守。與其執迷而自速厥死。孰若報德以取富貴乎。元煒躊躇良久。既已無可奈何。乃決意從賊。屆期果由元煒所守之門入城。廬民聞元煒通賊狀。方城破時。相率入府署。滅元煒之家。元煒降賊。賊使搖水軍。旋授以偽職。後官軍克安慶。執元煒戮之。噫。捐例之開。仕途龐雜。其流弊一至於此。可不懼哉。當元煒飾詞具稟時。不知其用意何在。或陰受賊計以陷江公。固未可知。夫以江公之忠勳才畧。若稍假之年。其所建樹。當與曾文正公胡文忠公相頡頏。不幸中道摧折。未竟厥施。此余所以詳書其事。而感唏隨之也。

科爾沁郡王擒獲林鳳翔李開方

粵賊洪秀全之陷金陵也。遣其偽將吉文元林鳳翔李開方等率悍黨萬餘人北犯。由皖入豫。由豫入晉。由晉入畿輔。連陷郡縣。襄仲日衆。而欽差大臣勝保躡擊其後。頗有斬獲。聞之靜海及獨流鎮。科爾沁郡王僧格林沁統領蒙古諸部兵及京營各將軍都統等馳往會剿。適金陵賊遣其黨黃生才等來援北援。陷臨清州。脅從至五六萬人。勝保與領侍衛內大臣土默特貝子德勒克色楞等皆兵迎剿。賊無食可掠。脅從者解散大半。沿途役被鄉團截殺。勝保等夜窮追。至豐縣。勦滅全股。黃生才被山東官軍擒獲伏誅。其靜海獨流鎮之賊。南竄阜城。僧邸追圍之。賊閒黃生才一股為勝保所滅。相謂曰。莫余援也已。遂并力突圍。竄越三濠三壘。竄至連鎮。立木柵。掘深濠守之。復分其馬隊竄踞高唐州。當是時。吉文元已被吉林兵射死。林鳳翔在連鎮。僧邸圍之。李開方在高唐。勝保圍之。高唐賊衆皆百戰精銳。糧食充足。緣城復立木柵。悉用土壘週挖濠溝陷坑。又挖地窟。賊皆潛居。并有地道直通城外。每黑夜劫營。官軍頗有失亡。勝保鑄大礮。樹雲梯攻城。皆不能克。遂築土壘挖濠以困之。僧邸以咸豐五年正月十九日。攻克連鎮。搜捕餘匪悉數殲滅。惟不見林鳳翔。搜賊供稱在窟室中。官軍窮搜得之。則見林鳳翔方在地洞挾二美人宴飲。賊呼。已將長髮薙去。蓋欲乘閒潛逃也。遂與其黨十一人。一并生擒。解京誅之。僧邸晉封博多勒噶台親王。即移得勝之師馳赴高唐。自德貝子以下。俱受節制。勝保以師久無功。逮京治罪。僧邸故撤高唐南面站牆兵勇。誘賊出巢。賊果出城。棄其馬隊。全數步行竄踞馮官屯。屯距高唐四十五里。距茌平十八里。賊脅民夫。用各種大木器週圍堵住。內又偏掘陷坑。排列槍礮。守禦嚴密。屯內水多。房屋皆高樓大廈。外面瓴牆十分堅固。礮不能入。僧邸追至屯外。用馬步隊圍困。賊自持旗登樓眺望。見我兵近前。即放槍礮。勢難攻進。僧邸相度地勢。知非水攻不可。即擬引運河水以灌之。衆謂屯中地勢墳起。恐非水力所能及。僧邸內斷於心。神機密運。先於屯外週築圍牆。牆外掘濠。濠甚寬廣。又以掘濠之土加倍內牆。布置周匝。旋據已革廣西左江道張晉祥稟稱。願捐貲獨任其事。僧邸許之。遂挑挖運河。自東昌三孔橋起至馮官屯石橋止。共一百二十三里。計長二萬二千一百七十六丈。口寬一丈七八尺。底寬六七尺。深五六尺不等。計需工價京錢五萬二千餘串。自二月初旬興工。至三月初四日工竣。竟引水入濠。僧邸旋即飭儀集民夫二三千人。或用水車。或用筒。引灌入牆內。牆外築壩排列槍礮。一面令兵勇站立瞭望防賊突出挖牆倒灌。一面皆役晝夜輪流灌注不息。由是漸灌漸滿。牆內水深三四五尺不等。賊穴糧草火藥盡溼。賊聚居樓上。我兵用礮不時轟擊。賊之柴米漸乏。勢甚窮蹙。四月十三日。已刻。李開方遣其心腹百餘人泅入難民內。泅水出降。意欲藉為內應。僧邸心知其偽。訊

出被脅難民。遣回原籍。其餘賊黨一百四十餘人。分撥各營。乘夜盡誅之。遂令兵勇趕築通近土堤。放火燒燬賊巢。賊為分竄。是夜十六日黎明。僧邸又令兵勇趁轄四面進攻。忽大風驟起。飛沙揚塵。瞬息不辨南北。僧邸即命撤隊。已刻。李逆遣一賊呈送降稟。僧邸諭令限本日午時先繳軍器。方准投誠。約半時許。果來繳軍器。遂見賊隊數十人。高張紅傘。擁李逆前進。志在乘此脫逃。僧邸偕德貝子等逆探其詐。暗令馬步隊數萬人張左右翼以待之。李逆既入彀中。遂與其黨八十八人。俱在濠邊擒獲。僧邸傳令將八十八人撥入各營。其賊目八人在營外帳棚守候。但令李逆進見。李逆頭戴黃綢繡花帽。身穿月白綢短襖。紅綢褲。紅鞋。年約三十二三。攜兩賊童。身穿大紅繡花衣褲。紅鞋。年約十六七。美如女子。左右捧扇隨李逆直入帳中。李逆僅向僧邸德貝子等各屈一膝。即盤腿坐於地。兩童東西侍立。帳內總兵以下。皆持刀環立。怒目視之。李逆與二童仰面四顧。毫無懼色。但稱能兌降其黨。勸說金陵諸賊來降。並求賜飯。遂開懷大嚼。笑語如常。旁若無人。僧邸知其心叵測。飯畢遂出。又令八賊目進帳。皆跪見求赦。亦即遣出。遂將李逆與八賊目解至京都凌遲處死。僧邸查明連鎮高唐馮官屯三處陣亡官弁兵勇八千餘人。設立祭壇。將就擒餘匪八十人並二賊童。細縛挖心祭之。作祭文曰。爾官爾民。為國忘身。沙場戰死。陰霾未泯。天鑒爾志。報我軍仇。渠魁既殲。賊黨悉擒。剖其心肝。慰爾忠魂。尚饗。僧邸放聲大哭。官弁兵勇無不隕涕。僧邸前經晉封親王。於是奉旨世襲罔替。並賞府第。其餘文武各員賞齎有差。

溫壯勇公守六合

咸豐三年。賊陷金陵。分黨往攻六合。知縣溫公紹源徇於民曰。吾聞粵賊所至。殺掠甚慘。與其束手受屠。不如殺賊而死。今與爾等約。能殺賊者。各得賊所掠物。任自分之。六合民素悍。一呼而集者數萬人。賊以六合下邑。不設備。大敗而去。溫公以所獲錙重頒之於民。民既獲利。又知賊伎倆。氣勢益壯。賊每至。民團輒敗之。一日賊偃旗息鼓。乘黑夜薄城。而民團未之知。賊豎雲梯將登城矣。忽見城上燈火齊明。燈有九江王字樣。賊聞天崩地裂之聲。賊疑為中伏也。驚遁。蓋城內向有九江王廟。布帆而大樂府在其中。是夕失火。而居民亦見九江王燈在城上。登城視之。始知有賊。出追之。獲大得賊所棄財物軍仗。賊前後六犯六合。皆不克。溫報至道員。加布政使銜。仍權六合縣事。而江北大帥亦奏請加九江王封號。既而大帥託明阿忌溫公威名。疏劾溫公縱團肆掠。與賊無異。坐革職。發往軍臺。何根雲制軍桂清總督兩江。疏言溫公實有功。請免發遣。仍令守六合。既而請開復原官。八年悍賊四眼狗圍六合。總統張公國樑率師援之。至陳板橋。去城三里。大霧不得進。傳軍一時許以待之。天明霧開

疾趨六合，則城已先一時陷矣。溫公遇害，賊剜其腹，殘其尸。聞大軍至，即棄城去。事聞，贈溫公布政使，謚壯勇。

張忠武公逸事

張忠武公國樑，謀勇兼優，戰無不勝，保障蘇浙郡縣垂七八年，吳越之人至今尸祝。其後以兵餉太絀，為其事者所掣肘，功敗垂成，卒以身殉。其奇勛偉節，彪炳史冊，無待余之贅述。若其年少時逸事，有人所未盡知者，茲特采輯一二，以著英雄之氣概焉。公初名嘉祥，廣東高要縣人，美秀而文，恂恂如儒者。然喜任俠，跅弛不羈。年十五，之粵西，從其叔父學賈，頗心弗喜也。日與輕俠惡少年遊。其黨有為土豪所困者，公往助之，殺人犯法，官捕之急，遂投某山盜藪。盜魁奇其貌，以女妻之。女嫌其疏賤，不可；盜魁欲拔為己副，其黨又不可。山中例呼盜魁為老大，其支黨皆為兄弟，稱曰二三四五以下，各以才能之大小為次之先後。乃呼嘉祥為老么，么者，第十也。然每出劫，必倍獲；抗官軍，必告捷。群黨皆驚服。一日，山中糧匱，因往劫越南邊境，名為借糧。越南人驅象陣來禦，盜馬皆奔。嘉祥使其黨捕鼠數百，明日復戰，擲鼠於地，縱橫跳踉，象見之，皆懾伏不敢動，遂獲全勝，大掠而歸。頃之，盜魁病死，群黨推嘉祥為盜魁。嘉祥有眾萬人，以兵法部勒之，與之約曰：凡劫官商，不得殺人，財貨必留還十之一，俾得為商之貲本、官民之旅費。既而官軍討之，山中倉卒無兵器，嘉祥使人揭一竹竿以禦兵器，戰益久，則愈削愈銳，以刺人無不死，且傷者又獲大捷。然兵吏為所執者，皆禮而遣之，且具書自陳不得已為盜狀，苟蒙赦宥，願盡死力。及洪秀全反於金田，遣黨招之。嘉祥拒不往，曰：吾之為盜，非得已也，豈從叛賊者哉！向忠武公榮提軍廣西，使紳士朱琦為書招之。嘉祥約官軍壓其巢，出禦而偽敗，乃悉括山中財物，散遣其黨，使歸為良，而自降於布政使勞崇光軍前，改名國樑，得旨賞千總銜，歸向公差遣。由此戰必為士卒先，威名聞天下。蓋公年十八而作盜魁，二十八而折節從軍，為國虎臣，三十八而致命遂志。平生大小數十百戰，善以寡擊眾，每出己意，坐作進止，卒與古兵法暗合云。

李傅相入曾文正公幕府

合肥傅相肅毅伯李公，始以丁未翰林供職京師。其封翁愚荃先生與曾文正公戊戌同年也。傅相未第時，嘗以年家子從文正習制舉文；既得翰林，亦常往問業。咸豐二年，文正丁憂回籍，傅相與其封翁從侍郎呂文節公賢基奉旨回籍治團練，自是遂不甚通音問。厥後皖北糜爛，呂公殉舒城之難，而團練事遂無可為。傅相旋入皖撫福元修中丞濟幕府。中丞蓋傅相座主也，然中丞本不知兵，措注未盡合宜，傅相亦不甚得志。會粵賊勢益橫，傅相病官

軍之退避也，力請大舉一戰。是時鄭軍門魁士為總統，謂賊強如此，君既欲戰，如能保其必勝，願書軍令狀否？傅相毅然書之。官軍與賊戰而大敗，賊漫山徧野而來，合肥諸鄉寨皆被蹂躪。傅相所居寨亦不守，封翁先已捐館，傅相與諸兄弟奉母避之鎮江，而自出謁諸帥，圖再舉，既落落無所合。久之，聞曾文正公督師江西，遂間道往謁焉，謂文正篤念故舊，必將用之。居逆旅幾一月，未見動靜。此時在文正幕府者，為候補道程桓生尚齋、前翰林院庶吉士陳鼐作梅、今江甯布政使舉人許振禕仙屏。陳鼐與傅相本係丁未同年，傅相使往探文正之意，不得要領。鼐因言於文正曰：少荃以昔年雅故，願侍老師，藉資歷練。文正曰：少荃翰林也，志大才高，此間局面窄狹，恐艨艟巨艦，非潺潺淺瀨所能容，何不回京供職？鼐曰：少荃多經磨折，大非往年意氣可比，老師盍姑試之？文正許諾。傅相入居幕中。文正每日黎明必召幕僚會食，而江南北風氣與湖南不同，日食稍晏，傅相欲遂不往。一日以頭痛辭，頃之，差弁絡繹而來；頃之，巡捕又來曰：必待幕僚到齊乃食。傅相披衣踉蹌而往。文正終食無言，食畢，舍箸正色謂傅相曰：少荃！既入我幕，我有言相告，此處所尚惟一誠字而已。遂無他言而散。傅相為之悚然。蓋文正素諗傅相才氣不羈，故欲折之使就範也。傅相初掌書記，繼司批稿、奏稿。數月後，文正謂之曰：少荃天資於公牘最相近，所擬奏咨函批，皆有大過人處，將來建樹非凡，或竟青出於藍，亦未可知。傅相亦自謂從前歷佐諸帥，茫無指歸，至此如識南針，獲益非淺。既而文正進駐祁門，傅相謂祁門地形如在釜底，殆兵家之所謂絕地，不如及早移軍，庶幾進退裕如。文正不從。傅相復力爭之，文正曰：諸君如膽怯，可各散去。會皖南道李元度次青率師守徽州，違文正節度，出城與賊戰而敗，徽州失陷，始不知元度存亡，久乃出詣大營，又不留營聽勘，徑自歸去。文正將具疏劾之，傅相以元度嘗與文正同患難，乃率一幕人往爭，且曰：果必奏劾，門生不敢擬稿。文正曰：我自屬稿。傅相曰：若此，則門生亦將告辭，不能留侍矣。文正曰：聽君之便。傅相乃辭往江西，閒居一年。適官軍克復安慶，文正移駐東府，傅相馳書往賀。文正復書云：若在江西無事，可即前來。傅相乃束裝赴安慶，文正復延入幕，禮貌有加於前，軍國要務，皆與籌商。明年，吳中紳士僱輪船來迎援師，文正奏遣傅相募淮軍赴滬，而密疏薦其才大心細，勁氣內斂，可勝江蘇巡撫之任。抵滬未及一月，奉命署理江蘇巡撫，練兵選將，克復蘇常嘉興等郡，遂實授巡撫，加太子少保，賞黃馬褂、雙眼花翎，封一等肅毅伯，勳名幾與文正相並，距出幕府時僅逾兩年耳。未幾，續望日隆，卒成文正未竟之緒。文正之志業，傅相實繼之。同治十一年，文正薨於兩江總督官廨，傅相郵寄輓聯云：師事近三十年，薪盡火傳，築室忝為門生長；威名震九萬里，內安外攘，曠世難逢天下才。

賓也。

肅順推服楚賢

肅順於咸豐年間始爲御前大臣，貴寵用事，後遂入值軍機，歷興大獄，竊弄威福，大小臣工被其賊害，怨毒繁興，卒以驕橫僭擬，擬罪伏法，其人固無足論矣。然是時粵賊勢甚張，而討賊將帥之有功者，皆在湖南，肅順知之，已深相傾心推服。平時以坐客談論，常心折曾文正公之識量，胡文忠公之才略。蘇常既陷，何桂清以棄城獲咎，文宗欲用胡公總督兩江，肅順曰：胡林翼在湖北措置盡善，未可挪動，不如用曾國藩督兩江，則上下游俱得人矣。上曰：善。遂如其議，卒有成功。左文襄公之在湖南巡撫幕府也，已革永州鎮樊燮控之都察院，而官文恭公督湖廣，復嚴劾之，廷旨敕下文恭密查，如左宗棠果有不法情事，可即就地正法。肅順告其幕客湖口高心夔，心夔告衡陽王闓運，闓運告翰林院編修郭嵩燾，嵩燾固與左公同縣，又素佩其經濟，傾倒備至，聞之大驚，遣闓運往求救於肅順，肅順曰：必俟內外臣工有疏保薦，余方能啟齒。郭公方與京師潘公祖蔭同值南書房，乃挽潘公疏薦文襄，而胡文忠公上疏舉賢才，力圖補救，一疏亦薦文襄才可大用，有名滿天下，謗亦隨之之語。上果問肅順曰：方今天下多事，左宗棠果長軍旅，自當棄瑕錄用。肅順奏曰：聞左宗棠在湖南巡撫駱秉章幕中，贊畫軍謀，迭著成效，駱秉章之功，皆其功也。人才難得，自當愛惜。請再密寄官文，錄中外保薦各疏，令其察酌情形辦理。從之。官公知朝廷意欲用文襄，遂與僚屬別商，具奏結案，而文襄竟未對簿。俄而曾文正公奏薦文襄，以四品京堂襄辦軍務，勳望遂日隆。斯此說余聞之高碧湄，未知確否。碧湄與級秋皆客在肅順家，教其子者也。

巡撫折藩司之銳

咸豐八九年間，昆明何根雲制軍桂清總督兩江，王壯愍公有齡素爲所識拔，以一鹽大使不數年間薦擢至江蘇布政使，總督藩司互相倚重，而巡撫保恭不能間一詞。壯愍氣得志盈，不以巡撫置意中，每詣院謁巡撫，仰面視天，言如泉湧，但自陳其所辦之事，而不請示焉。趙靜山中丞德轍大不能堪，而無如之何，竟引疾以去。歸安徐莊愍公有壬由湖南布政使升撫江蘇，素聞壯愍之專橫也，思有以折之。壯愍初次上謁，左右兩僕侍各執白銅煙筒裝送水煙，莊愍謂之曰：君仕至兩司，尚未知官場通例乎？藩司謁巡撫，但許吸旱煙，不準吸水煙。君雖才略無雙，定例其未可違也。麾撣二僕侍使去，壯愍愕然，出不意，無可置辭，喪氣而出。然於公事專擅如故，未幾，何制軍力保壯愍升任浙江巡撫，而莊愍爲何制軍所壓，終不

能收回巡撫之權，隱忍而已。俄而制軍失陷常州，莊愍殉節，且疏劾之，何制軍竟伏法。

庚申杭垣之陷

咸豐年間，賊據江西、安徽等省，浙江之軍以常玉山、昌化、開化、四安鎮三路爲重防，其餘則皖賊所趨，而調撥之。己未十月，江南借浙闈鄉試，皖南之人赴浙者，半由廣德、四安，徑從安吉、孝豐山中抵杭，蓋小路也。自是人始知山中有僻徑，而賊亦偵探得之。庚申春，大軍圍金陵甚急，偽忠王李秀成欲救金陵，乃以悍賊數百，沿路裹脅，由安吉、孝豐徑抵杭，越山而至杭郡。巡撫羅壯節公遵殿以事出倉卒，未暇調兵，不知所措，數日而城陷。賊復攻滿城，將軍瑞昌以死力固守，而杭城內錫箔匠數萬人羣起擊賊，又值金陵分大軍繼至，賊仍由此路遁走。大會羣賊攻陷東壩，乘金陵大軍之虛，攻陷老營，而東南遂糜爛矣。

藎臣憂國

有合肥人劉姓，嘗在胡文忠公麾下爲戈什哈，既而退居鄉里，嘗言楚軍之圍安慶也，文忠曾往視師，策馬登龍山，瞻眄形勢，喜曰：此處俯視安慶，如在釜底，賊雖強不足平也。既復馳至江濱，忽見二洋船鼓輪西上，迅如奔馬，疾如飄風，文忠變色不語，勒馬回營，中途嘔血，幾至墜馬。文忠前已得疾，自是益篤，不數月，薨於軍中。蓋粵賊之必滅，文忠已有成算，及見洋人之勢方熾，則膏肓之症著手爲難，雖欲不憂而不可得矣。閻丹初尚書向在文忠幕府，每與文忠論及洋務，文忠輒搖手閉目，神色不怡者久之，曰：此非吾輩所能知也。噫！世變無窮，外患方棘，惟其慮之者深，故其視之益難，而不敢以輕心掉之，此文忠之所以爲文忠也。

咸豐末年三奸伏誅

怡親王載垣、鄭親王端華，皆於咸豐初年襲爵，供官宗人府宗正，領侍衛內大臣，而端華同母弟肅順方爲戶部郎中，好爲狹邪遊，惟酒食鷹犬是務，無所知名。五年夏，官軍既克馮官屯，勦滅粵賊之北犯者，載垣、端華漸以聲色惑聖聽，薦肅順入內廷供奉，尤善迎合上旨。上稍與論天下事，三奸盤結，同干大政，而軍機處之權漸移，軍機大臣皆拱手聽命，伴食而已。惟軍機大臣大學士柏葰資望既深，性頗鯁直，不甚遷就，三奸畏而忌之，戊午科場之獄，竟置柏相大辟。蓋三奸以全力羅織之，欲以樹威，於是朝臣震慄，權勢益張矣。肅順又借鑄錢局一事，興大獄，戶部司員皆褫職逮問，京師自搢紳以至商店，被其株累破家者甚多，皆怨肅順次骨。肅順恃寵而驕，陵轢同列，是時周文勤公祖培以戶部尚書協辦大學士，而肅順亦爲戶部尚書，同坐堂皇判牘，一日周相已畫諾矣，肅順佯問曰：是誰之諾也？司員答曰：周中堂之諾也。肅順罵曰：唉，若輩憒憒者流，但能多食長安米耳，焉知公事？因將司員擬稿盡

加紅勒帛焉並加紅勒帛於周相貴諾之上累次如此周相默然忍受弗敢校也諸大臣亦往往受其侵侮無不飲恨於心而唯諾維謹惟大學士翁文端公心存引疾乞退以避之十年七月英吉利法蘭西兵船犯大沽陷東西礮臺入天津逼通州焚圓明園肅順方以協辦大學士兼步軍統領與載垣端華同勸上舉木蘭秋獮之典巡幸熱河熱河行宮本湫隘內外禁防不甚嚴三奸益得出入自便導上娛情聲色實為希寵攬權之計迨和議成英法兵退王大臣疏請回鑾上將從之為三奸所尼屢下詔改行期十一年秋七月上不豫十六日上疾大漸召載垣等及軍機大臣至御榻前受遺詔立皇太子是日辰刻文宗顯皇帝崩三奸矯遺詔與御前大臣穎駙景壽軍機大臣兵部尚書穆蔭吏部左侍郎匡源署禮部右侍郎杜翰太僕寺少卿焦佑瀛等共八人自署為贊襄政務王大臣又擅遏恭留京王大臣恭親王等不得奔喪自是詔旨皆出三奸之意只授軍機處行之多未進呈御覽中外惶惶八月十日御史董元醇疏言皇上沖齡未能親政天步方艱軍國事重暫請皇太后垂簾聽決並派近支親王一二人輔政以繫人心三奸不悅明日上奉皇太后召見贊襄王大臣命即照董元醇所奏行三奸勃然抗論以為不可退復以本朝無太后垂簾故事令軍機處擬旨駁還然恭親王遂得於此時奔赴熱河叩謁梓宮端華等頗不以近支視之以為贊襄政務之權在我彼雖近支何足重輕蓋三奸中肅順尤桀橫狂躁端華之所為皆肅順使之而載垣又為端華所使二王實皆庸愚無能其攬權竊柄一以肅順為主謀云恭親王先見三奸卑遜甚肅順頗蔑視之以為彼何能為不足畏也兩宮皇太后欲召見恭親王三奸力阻之侍郎杜翰昌言於眾謂叔嫂當避嫌疑且先帝賓天皇太后居喪尤不宜召見親王肅順拊掌稱善曰是真不愧杜文正公之子矣然究迫於公論而太后召見恭親王之意亦甚決太監數輩傳旨出宮恭親王乃請端華同進見端華目視肅順肅順笑曰老六汝與兩宮叔嫂耳何必我輩陪哉王乃得一人獨進見兩宮皆涕泣而道三奸之侵侮因密商誅三奸之策並召鴻臚寺少卿曹毓瑛密擬拿問各旨以備到京即發而三奸不知也次日王即請訓回京以釋三奸之忌兼程而行州縣備夫宿處皆不敢輕居惴三奸之刺也及抵京密甚無一人知者先是載垣等自陳職事殷繁實難兼顧意在彰其勞勩詔即解其所管火器健銳營外示優禮實奪其兵柄也兩宮俟恭親王行後即下回鑾京師之旨三奸力阻之謂皇上一孺子耳京師何等空虛如必欲回鑾臣等不敢贊一辭兩宮曰回京後設有意外不與汝等相干立命備車駕三奸又力阻兩宮不允乃議以九月二十三日派肅順護送梓宮回京上恭送登輿後先奉兩宮間道旋蹕載垣端華皆扈從於是大學士賈楨周

祖培戶部尚書沈兆霖刑部尚書趙光合疏稱我朝聖聖相承從無太后垂簾聽政之典前因御史董元醇條奏特降諭旨甚晰臣等復有何議惟是權不可下移移則日替禮不可稍渝渝則弊生我皇上沖齡踐祚欽奉先帝遺命派怡親王載垣等八人贊襄政務兩月以來用人行政皆經該王大臣等議定諭旨每有明發均用御賞同道堂圖章共見共聞此外宮相欽奉臣等繹贊襄二字之義乃佐助而非主持也若事無鉅細皆由該王大臣之意先行議定然後進呈皇上一覽而行是名為佐助而實則主持日久相因能無後患今日之贊襄大臣即昔日之軍機大臣向來軍機大臣事事先面奉諭旨辦理可否思維欽定始行擬旨進呈其有不合聖意者硃批改正此太阿之柄不可假人之義也為今之計正宜皇太后敷宮中之德化操出治之威權使臣工有所稟承不居垂簾之虛名而收聽政之實效昔漢之和熹鄧皇后晉之康獻褚皇后遼之睿智蕭皇后皆以太后臨朝史冊稱美宋朝之宣仁高太后有女中堯舜之稱明代穆宗皇后神宗嫡母上尊號曰仁聖皇太后穆宗貴妃神宗生母上尊號曰慈聖皇太后維時神宗十歲政事皆由兩宮裁決施行亦未嘗居垂簾之名也我皇上聰明天亶正宜涵泳詩書不數年即可親政而此數年間外而賊匪未平內而奸人逼處何以拯時艱何以飭法度固結人心最為緊要須大權無所專屬以致人心驚疑是則目前大可憂者至皇太后召見臣工禮節及一切辦事章程仍循向來軍機大臣承旨舊制或量為變通擬求敕下羣臣會議具奏請旨酌定以示遵守庶行政可免流弊而中外人心益深悅服矣會欽差大臣侍郎勝保亦奏請近支親王輔政以防權奸之專擅十月朔車駕至京師將至之日諸大臣皆循例郊迎兩宮對大臣涕泣縷述三奸欺藐之狀周祖培奏曰何不重治其罪皇太后曰彼為贊襄王大臣可徑予治罪乎祖培對曰皇太后可降旨先令解任再予拿問太后曰善乃詔解贊襄王大臣八人之任以恭親王奕訢為議政王從民望也垂簾典禮令在廷大小臣工集議以聞先召見議政王大臣上南面稍東席地坐兩宮亦南面稍北坐皇太后面諭三奸跋扈諸不法狀且泣下上頗曰阿瑪奴輩如此負恩即斫頭可也請勿悲遂與王大臣密定計即另派大學士桂良戶部尚書沈兆霖戶部左侍郎文祥右侍郎寶鋆鴻臚寺少卿曹毓瑛為軍機大臣初二日恭親王率周祖培文祥等入朝待命載垣等已先至尚未知解任之信蓋三奸解任之旨及召見王大臣等已在初一日申酉間特命辦事處勿知會怡鄭二王故二王皆不知然已微有所聞見恭親王等則大言曰外廷臣子何得擅入王答以有詔復以不應召見呵止王王遜謝却立宮門外俄詔下命恭親王將載垣端華肅順革去爵職拿交宗人府會同大學士六部九卿翰詹科道嚴行議罪主林

詔宣示載垣端華二人屈服曰我輩未入詔從何來王命擒出復呵曰誰敢者已有侍衛數人來前褫二人冠帶擁出隆宗門尚顧恭府與其從人或告已驅散矣遂踉蹌擁至宗人府幽之肅順方護送梓宮次於密雲逮者至門已閉乃毀外戶而入見肅順在臥室咆哮罵詈又毀其寢門見肅順方擁二妾臥於牀遂挾至宗人府肅順瞋目叱端華載垣曰若早從吾言何至有今日二人曰事已至此復何言載垣亦咎端華曰吾之罪名皆聽汝言成之啟諭者詔三凶之罪肅順尤甚端華次之載垣又次之蓋肅順之惡悍過於二人自恃護送梓宮徐道數日至京不至有變然伏候肅順至而圖之彼耳目既廣布置漸密則措手較難矣惟車駕至京而即日下詔辦理神速為中外人情所不料尤有疾雷不及掩耳之勢云廷議既上請均照大逆例凌遲處死初六日詔曰載垣端華肅順朋比為奸專權跋扈種種情形均經明降諭旨宣示中外至載垣端華肅順於七月十七日皇考升遐即以贊襄王大臣自居實則皇考彌留之際但面諭載垣等立朕為皇太子並無令其贊襄政務之諭載垣等乃造作贊襄名目諸事並不請旨擅自主持兩宮皇太后面諭之事亦敢違阻不行御史董元醇條奏皇太后垂簾事宜載垣等非獨擅改諭旨並於召對時有伊等係贊襄朕躬不能聽命於皇太后伊等請皇太后看摺亦屬多餘之語當面咆哮目無君上情形不一而足且屢言親王等不可召見意在離間此載垣端華肅順之罪狀也肅順擅坐御位於進內廷當差時出入自由目無法紀擅用行宮內御用器物於傳取應用物件抗違不遵並自請分見兩宮皇太后於召對時詞氣之間互相抑揚意在搆釁此又肅順之罪狀也一切罪狀均經母后皇太后聖母皇太后面諭議政王軍機大臣逐條開列傳知會議王大臣等王大臣等知悉茲據議政王大臣等按律擬罪將載垣等凌遲處死當即召見議政王奕訢軍機大臣戶部左侍郎文祥右侍郎寶鋆鴻臚寺少卿曹毓瑛惠親王綿愉惇親王奕誴醇郡王奕譞鍾郡王奕詥孚郡王奕譓睿親王仁壽大學士賈楨周祖培刑部尚書綿森面詢以載垣等罪名無有一綫可原茲據該大臣等僉稱載垣端華肅順跋扈不臣均屬罪大惡極國法無可寬宥並無異詞朕念載垣等均屬宗支以身罹重罪應悉棄市能無洟下惟載垣等前後一切專權跋扈情形謀危社稷是皆列祖列宗之罪人非獨欺凌朕躬為有罪也在載垣等未嘗不自恃為顧命大臣縱使作惡多端定邀寬典豈知贊襄政務皇考實無此諭若不重治其罪何以仰副皇考付託之重亦何以飭法紀而示萬世即照該王大臣等所擬均即凌遲處死實屬情罪相當惟國家本有議親議貴之條尚可量從末減姑於萬無可寬貸之中免其肆市載垣端華均著加恩賜令自盡即派肅親王華豐刑部尚書綿森迅即前往宗人府空室

傳旨令其自盡此為國體起見非朕之有私於載垣端華也至肅順之悖逆狂謬較載垣等尤甚亟應凌遲處死以伸國法而快人心惟朕心究有所不忍著加恩改為斬立決即派睿親王仁壽刑部右侍郎載齡前往監視行刑以為大逆不道者戒至景壽身為國戚緘默不言穆蔭匡源杜翰焦祐瀛於載垣等竊奪政柄不能力爭均屬辜恩溺職穆蔭在軍機大臣上行走已久班次在前情節尤重該王大臣等擬請將景壽穆蔭匡源杜翰焦祐瀛革職發往新疆効力均屬罪有應得惟以載垣等凶燄方張受其箝制實有難與爭衡之勢其不能振作尚有可原御前大臣景壽即革職仍留公爵並額駙品級免其發遣兵部尚書穆蔭即革職改為發往軍臺效力贖罪吏部左侍郎匡源禮部右侍郎杜翰太僕寺少卿焦祐瀛均著即行革職加恩免其發遣欽此是日載垣端華自縊肅順以拜瑒鈔票兩案無辜受害者尤多都人士聞其將殺肅順交口稱快其怨家皆駕車載酒馳赴西市觀之肅順身肥面白以大喪故白袍布靴反接置牛車上過騾馬市大街兒童歡呼曰肅順亦有今日乎或拾瓦礫泥土擲之頃之面目遂模糊不可辨云將行刑肅順肆口大罵其悖逆之語皆為人臣子者所不忍聞又不肯跪劊子以大鐵柄敲之乃跪下蓋兩脛已折矣遂斬之少詹事許彭壽疏請治奸黨詔曰前因許彭壽於拿問載垣端華肅順時請查辦黨援當令指出黨援諸人實跡嗣據明白回奏形迹最著者莫如吏部尚書陳孚恩最密者莫如侍郎劉琨黃宗漢等平日保舉之人如侍郎成琦德克津太候補京堂富績外間嘖有煩言陳孚恩於上年七月大行皇帝發下硃諭巡幸熱河是否可行陳孚恩即有獨自而逃遷海濱而處之語意在迎合載垣等當時會議諸臣無不共見共聞大行皇帝能駁之顧滿漢大臣中惟令陳孚恩一人免赴行在是該尚書為載垣等之心腹即此可見黃宗漢於本年春間前赴熱河皇考召見時即以危辭力阻回鑾迨聞皇考梓宮有回京之信該侍郎又以京城情形可慮偏告於人希冀阻止其為迎合載垣等眾所共知以上二人均屬一二品大員聲名如此狼藉品行如此卑污若任其濫廁卿貳何以表率僚屬陳孚恩黃宗漢均著革職永不敘用以為大僚諂媚者戒至侍郎劉琨成琦太僕寺少卿德克津太候補京堂富績與載垣等雖無交通實據而或與往來較密或由伊等保舉或拜認師生眾人耳目共見共聞何能置之不議劉琨成琦德克津太富績均著即行革職許彭壽糾劾各節朕早有所聞用特懲一儆百則於力振頹靡載垣端華肅順三人事權所屬諸臣等何能與之絕無干涉此後惟有以寬大為念不咎既往廷諸臣亦毋得以查辦奸黨等事紛紛陳訴致啟訐告誣陷之風惟當各勤厥職爭自濯磨守正不阿毋蹈陳孚恩等惡習朕實有厚望焉未幾查抄肅順家得陳孚恩手

書有不臣語，乃復遣戍伊犂。先是載垣等擬進年號曰祺祥，已頒憲矣，有言其意義重複者，遂置不用。初九日甲子，卧輿穆宗毅皇帝御正殿即位，禮成，大赦，以明年為同治元年。上母后皇太后尊號曰慈安皇太后，聖母皇太后尊號曰慈禧皇太后，垂簾聽政。先是欽天監奏八月朔旦日月合璧，五星聯珠，登極之日，久陰忽霽，八表鏡清。於是權姦既去，新政如旭日初升，羣賢並進，內外協力，宏濟艱難，遂啟中興之治。

庸盦筆記卷之一終

庸盦筆記卷之二

無錫薛福成叔耘

史料

慈安皇太后聖德

慈安皇太后以咸豐初年正位中宮，當時已有聖明之頌。顯皇帝萬幾之暇，偶以遊宴自娛，聞中宮婉言規諫，未嘗不從。外省軍報及廷臣奏疏，縱閱者聞中宮一言，未嘗不立即省覽。妃嬪偶遭譴責，皆以中宮調停，旋蒙恩眷。厥後皇帝幸熱河，逆臣能取上寵。當是時，肅順專大政，恣橫不可制。太后與慈禧皇太后術臣紅而詐計識甚密，於是籠絡肅順，外示委任而急召恭親王至熱河，與王密謀。兩宮及皇上奉梓宮先發，俾肅順部署後事，既至京師，則降旨解肅順大學士之任，旋革職拿問，遂誅之。肅順素蓄異謀，以皇太后深居易制，故忍而少待，不意其先發制之，臨刑時頗悔恨云。於是兩宮太后垂簾聽政，首簡恭親王入軍機處議政事。當是時，天下稱東宮優於德，而大誅賞大舉錯實主之；西宮優於才，而判閱奏章裁決庶務及召對時諮訪利弊，悉中竅要。東宮見大臣，吶吶如無語者，每有奏牘，必西宮為誦而講之，或竟月不決一事。然至軍國大計所關及用人之尤重大者，東宮偶行一事，天下莫不額手稱頌。同治初元，紫膺文正公之賢，自兩江總督簡授協揆，以正月朔日下詔，凡天下軍謀吏治及總督巡撫之黜陟，事無不諮，言無不用，中興之業於是乎肇矣。何桂清失陷新疆，厥罪甚重，刑部已論斬矣，陰祈同鄉同年及同官京朝者十七人上疏救之，朝廷幾為所惑。東宮太后獨納太常寺卿李棠階之奏，命斬桂清，以警逃將，天下為之震肅。尋以李棠階碩望名儒，命為軍機大臣，一歲中遷至尚書，其後頗多獻替，勝保以驕恣貪淫，逮下刑部獄，亦用棠階言賜死，天下頗以為宜。金陵蘇浙之復也，曾李左三公錫封侯伯，實出東宮之意，而西宮亦以為然。及太監安得海稍稍用事，潛出過山東境，巡撫丁公寶楨劾奏之，東宮聞軍機大臣以祖制，大臣對言當斬，即命就地正法，天下皆服丁公之膽，而頌太后之明。西宮太后性警敏，銳於任事，太后悉以權讓之，頹然若無所與者，後西宮亦感其意，凡事必諮而後行。毅皇帝孝事太后，能先意承志，太后撫之，亦慈愛備至，故帝亦終身孺慕不少衰。雖西宮為帝所自出，無以逾也。毅皇后之立，實太后以其端淑選中之，蓋其聖德為相近云。邇年以來，太后益謙讓，未遑事無鉅細，必待西宮裁決，或委樞府主持，或者以天下大定可以垂拱而治，故益務韜晦歟。

嘉順皇后賢節

國朝家法，遠軼漢唐宋明之上，而尤有亙古所未睹者一，則開創之功與中興之業，皆出皇太后訓政之力。一則以椒房之貴而殉大行皇帝於百日之內，如穆宗毅皇后是也。后為今承恩公崇文山尚書之女，幼時即淑靜端莊。崇公每自課之，讀書十行俱下，容德甚茂。一時滿洲蒙古各族皆知選婚時必正位中宮。同治十一年，穆宗皇帝將行大婚禮，后與鳳秀之女俱選入宮。當是時后年十九，慈安皇太后愛其端莊謹默，動必以禮，欲立之；鳳秀之女年十四，慈禧皇太后愛其慧性敏心，容儀婉麗，欲立之。兩宮意雖各有所屬，而相讓未決，乃召穆宗俾自定之。穆宗對如慈安旨，於是乃立后為中宮，而封鳳秀女為慧妃。大婚之夕，后應對頗稱旨，穆宗使后背誦唐詩，無一字誤，穆宗甚悅。慈禧皇太后憐慧妃之未得尊位也，召穆宗諭以慧妃賢慧，雖屈在妃位，宜加眷遇，皇后年少，未嫻宮中禮節，宜使時時學習，帝毋得輒至中宮，致妨政務。穆宗性至孝，重違太后意，而又憐皇后之不得於太后也，乃不敢入中宮，亦竟不幸慧妃，常在乾清宮獨居無聊。既而有疾，慈安皇太后偵知諸太監越禮狀，於是兩宮太后輪流省視。帝疾稍瘳，太后回宮，亦召皇后留視之。皇后權素輕，不能以威讋諸太監，又性羞澀，守禮法，帝亦命皇后回宮。每苦口極諫，然後去，無何疾復大作，龍馭上賓。慈禧皇太后召皇后訓責備至，蓋本朝家法最嚴，又值太后哀痛之餘，故不覺有疑于皇后，而責之過深也。今上即位，皇太后懿旨封為嘉順皇后，而后自穆宗之崩，慟極，誓以身殉，遂不復食，以光緒元年二月二十日崩，年二十二，距穆宗大行未百日也。嗟乎，自古烈婦殉夫者多矣，若以椒房之貴，犧遺愛，故舜龍偕逝，則前古所未聞也，豈不懿歟。

日月合璧五星聯珠之瑞

占驗家謂五星同在一次曰合，同在一宿曰聚。咸豐十一年八月丁巳朔，有日月合璧、五星聯珠之瑞。從填星也。故是日卯正日月同在張八度，歲星熒惑在張五度，太白在軫三度，填星在張九度，辰星在張七度，蓋日月與木火土水四星同聚一宿，惟太白在軫，然與日月及水土二星相距不滿三十度，則猶可謂之合也。尤難遇者，五星皆順行，而無遲留退逆之愆，且皆晨見而不伏匿，斯所以為盛瑞也。是歲官軍即以八月朔日卯刻克復安慶，由此各路大帥相繼奏捷，甫逾一紀而粵捻苗回諸巨寇以次蕩平，中興之功何其偉也。占驗家又謂自張至軫為楚分野，是時輔翊中興者，如曾文正公、胡文忠公、江忠烈公、羅忠節公、李忠武公、李勇毅公，以及今相國恪靖侯左公、趙撫威毅伯曾公、陝甘總督楊公、兵部侍郎彭公，皆係楚材，可云極盛。惟今相國肅毅伯李公所屬淮部諸將，皆係皖人，然春秋時皖北安慶鳳潁六郡本皆楚地，則分野占驗之說似不誣矣。沈約宋志謂周將伐殷，五星聚房，齊桓將霸，五星聚箕，漢高入關，五星聚東井。大抵皆隆盛治平之象，然則中興景運尚未艾也。

賊犯歲星致敗

天文家又謂歲星所在之分野，其國有福，伐之者敗。春秋時越得歲而吳伐之，史墨以為必受其殃，既而吳果為越所滅。同治丁卯四五月間，捻酋任柱賴汶洸等竄入山東登萊青一帶。官軍依膠萊河築牆而守，蓋欲扼之海隅而以勁兵驅殄之也。余於五月朔夜觀歲星在危宿，尤甚明亮。夫虛危齊之分野，乃濟東泰武登萊青諸郡也。登萊青得歲而賊擾之，理當敗滅。余謂論地勢則如獸入阱中，論天時則彼自犯歲星，不滅何待。俄而賊東勝萊河，瀕海灘乾涸，尚有數十里營牆未築，潰防而出。余拊髀歎恨，以為天時地利究難盡恃也。今伯相李公早依運河築牆以防賊之竄逸，賊猛撲河牆不能逞志，迄九月間銘軍會合諸軍擊之安邱濰縣之間，槍斃任柱，竟殲巨股，仍在虛危分野也。余乃信天時地利實有可恃云。

威毅伯攻克金陵

宮保威毅伯曾公之圍金陵也，猛攻二年，賊著登兵，迄不能下。自朝陽門至鍾阜門開地道三十三處，篝火而入，地崖崩而崖塞，則縱橫聚葬於其中。賊或穿隧以迎戰，或以毒煙灌以沸湯，則趨者俘脫，而悉者就殲。蓋每穿一穴，為賊所覺，而將士須臾殞命者，率常數十百人。一日穴地已過城根，賊尚未覺，會賊有以槍插地者，穴內軍士見槍首入地，疑賊已覺而刺之也，急以手引槍入地數尺。賊始知官軍在地下，復迎擊之，官軍或退或死，復開他道，或為山石所隔，或將近城根，賊酋李秀成發陣退，望見其上草色，輒知下有地道。官軍既克偽天堡城，即所謂龍脖子者也，在太平門外高踞鍾山之頂，俯瞰城中。提督李臣典等與公籌商排巨礮三層於其上，晝夜轟城，轟擊無一息停，城堞皆崩，賊不能立足。曾公始下令軍士各持柴草一束，擲之城下，高與城齊，示將由此登城者，賊併力屏備，不暇他顧。又隔於柴草，不能瞭望官軍於近城龍脖子山之下，見得一隧，乃前數月所開，為賊所覺而中廢者。曾公知賊不復防此道，派千人由此挖至城下，實火藥三萬斤於其中，封築完固，填以大石，口門留一穴，以粗竹數丈為引線貫入穴中，竹內用大布數疋包火藥貫之。及期各軍嚴陳以待，火始入時，但聞地中隱隱若雷聲，約一點鐘之久，俄而寂然。眾又以為不發矣，忽聞霹靂砰訇，如天崩地坼之聲，城垣二十餘丈隨煙直上，萬眾屬目，咸見是城堞入雲霄也。大石墜下，擊人於一二里外，死者數百人。諸軍由缺口衝入，其上有黑雲一陣隨之。既而城中火起，共見大光中有若金星一箇騰入雲端，繼有白光一道衝上，蓋皆寶氣所化也。先是咸豐三年，粵寇之陷金陵也，募得一黔人善掘煤者，掘地道自儀鳳門入，及官軍圍金陵，黔人復在軍中。曾公使挖地道自太平門入。噫，一省垣也，而得失係於一挖煤者之手，亦異矣。曾文正公既至金陵修治缺口，鐫石識其處，銘曰：窮天下力，復此金湯，苦戰將士，來者勿忘。

李秀成被擒

金陵之拔也，偽忠王李秀成偕一童遁走方山，窘迫甚，有八人者識之，嘗曰：若非偽忠王李秀成乎？秀成長跪泣曰：若能導我至湖州，願以二萬金為壽。樵夫相與聚謀，以為不如執獻大營，金且為官，且可獲重賞。遂縻之以歸其村，村名曰澗西。是時秀成與其僮兩臂金條脫皆滿，又以一騎負箱簏，皆黃金珠玉寶貴之物，約值白金數十萬兩，村民盡拘之一室，其珍寶尚未敢分也。村民陶姓者，八人之一也，時有族人在太平門外李臣典營中，將往告之，道過鍾山，腹中饑渴。時提督蕭孚泗駐營鍾山，營中有伙夫素與陶姓相識，邀入少憩，語及獻俘事，伙夫以語親兵，親兵以告統領，乃使一人留陶姓與之酒食，雅意縶維，不使得行，孚泗自率親兵百餘馳抵澗西村，以秀成歸，盡收其珍寶，將并殺陶姓以滅其口。伙夫陰告之，分以寶珠五枚、良馬一匹，俾乘夜逃去。孚泗竟以擒獲秀成膺一等男爵之封。其後威毅伯曾公微聞其事，賞村民八人白金八百兩，復為營中親兵分去，僅以五十兩畀八人者共分之。

張洛行被擒

張洛行為捻寇渠魁，跳梁十年，官軍無如之何。同治癸亥，洛行為僧邸所敗，以五千人保尹家溝，僧邸率大軍圍之。洛行自知勢不敵，以數百人突圍出，僧邸召騎將恆齡率數千騎追之，捦斬賊黨略盡。洛行以二十人奔西洋集圩，圩主陳天保故賊黨也，前於是日降官軍，而洛行夕至，天保納之，陰遣人馳報宿州署中。時西林宮保英翰署宿州知州，率壯丁二百人赴之，直至洛行臥所，洛行方吸洋煙，英公呵之起，曰：汝非張洛行乎？曰：然。曰：從我走。乃併其甥姪數人皆捦以歸，解送僧邸軍前，淩遲處死。僧邸保英公俟補直隸州，後以知府風朝廷顧嫌以實缺，未數月擢知潁州府，旋遷鳳潁六泗道，兩年間遂至安徽巡撫。

謝忠愍公保衛天津

咸豐三年，粵賊北犯畿輔，長蘆鹽運使楊霈為防禦計，捐廉製洋槍五百桿，招募壯丁，在署教演，號曰蘆團。旋奉旨派前任浙江巡撫梁寶常等協同天津地方官辦理團練，闔縣紳商立義民局二十八處，每局五六十名，按期訓練。縣人張錦文者，前為鹽商，見李河帥家丁為司庖，政繼以鹽筴致富，倡捐團練經費，並上守禦策於鹽政文謙，鹽政善之，發令箭一支，給錦文俾籌布置。錦文自練壯丁三千名，號曰鋪勇。當是時，天津鎮協各兵連年徵調在外，城中惟有蘆團練勇，而義民二十八局散布一縣，通計惟有數千人。天津地平衍無險可扼，悍賊七八萬由南而來，自春徂秋，寇氛日逼，民心大震。八月朔夜，疾風甚雨，城西芥園河堤驟決，天津道張起鵷督率官弁馳往堵築，見有紅燈隱隱前導，奔流隨之，此堤高與城齊，地勢東窪西仰，乃水不東趨，反灌西南，居民廬舍無恙，而城南一帶望汪洋，倏成巨浸，靜海滄洲來路及諸歧徑皆沒於水，僅存大道而已。決口前一日，堤上有二人徘徊往來，一人曰：當在何處？一人指曰：此處即可。眾咸異之，次夜堤潰，即所指處也。九月二十六日，偵知賊已入滄洲境，錦文夜謁縣令謝子澄曰：寇逼矣，當奈何？謝公曰：無餉無以辦事，為之奈何？錦文獻粟錢四千緡為募勇費，且謂賊勢鴟張，非遏其銳氣不可，明日募夫萬餘掘長壕於小稍直口，復以布裹土如鹽包狀壘成臺，上置礮盤六座於臺上，即日工竣。錦文入見縣令，告之曰：昨夜獄犯嘩譟，恐生變，奈何？錦文曰：莫若釋其罪不至死者出之，激令殺賊贖罪。從之，回民劉繼德者請出獄，振臂一呼，回民奔集者千餘人，遂率赴教場聽令。適錦文豫引鹽課銀二萬兩至，儘數易錢，分為小票以給勇糧。官紳議誰可督隊者，謝公奮然請行，衣短後衣，持槍上馬，率練勇至城西小圍駐焉。先是邑人賈慶堂獻策，恐賊於水淺處偷渡，村民有弋鳧者，善用鳥槍，置小舟上，復以席推行水中，百發百中，僉呼之為雁戶，宜招募設伏以備不虞。官紳皆以為然，倉猝募五百人，是日使慶堂率往伏於稍直口之東南。二十八日，闔郡文武齊集教場，忽一老人來營曰：賊已在城西黃家墳進飯矣。言訖不知所往，登臺瞭望，果蜂擁而來，謝公率眾迎勦，蘆團接槍東勢堵截，縣民數萬持械相助。賊首名小禿子者，矯健絕倫，賊中呼為開山王，手執黃旗，左右指揮，迅奮剽疾，我軍以火槍擊之，舉上則匍伏，擊下則躍起，前止則隨煙而進。有大沽老卒嘗曰：是賊狡猾，非巧取不可。乃以兩槍上下交擊之，立斃，則眾奪猶奮突而前，至設伏處，呼渡，雁戶佯應，擁舟前行，距賊數武，號鑼一聲，排槍齊發，賊紛紛倒地，驚以為水雷，遂大潰。是役也，賊困水汛，迂道東走，僅遲至一日，而稍直口得以為備，且岐徑皆淹沒，可據料賊所至，而以全力專備一路，斬賊五百餘級，而我兵勇無一傷者，由是小稍直口改名得勝口，旌戰功也。是時惜無大軍夾擊，不能一鼓殲賊，又以賊眾我寡，未敢遠追，賊遁至楊柳青，旋據靜海之獨流鎮。十月十七日，督師大臣勝保始統大兵由涿州至天津，旋赴獨流鎮勦賊，並調謝公至大營辦理糧餉，帶練殺賊。十一月二十三日，副都統佟鑑擊賊獲勝，殺數百人，因拔取濠板，被賊擁圍，手執長矛，殺數賊而死。謝公馳往援救，身受七傷，赴水而死。勝保奏聞，得旨謝子澄著贈布政使銜，即照布政使陣亡例賜卹，並給騎都尉世職，入祀京師昭忠祠，准於四川原籍建立專祠，佟鑑、謝子澄並准於天津陣亡地方合立一祠。謝公旋予謚忠愍，而天津紳民先於西門外雙廟街建立謝公祠，光緒六年始合祀佟公，改號雙忠祠。然津人尤虔事謝公，每遇誕辰及死之日，皆有賽會。張錦文因頻年捍禦有功殺捻賊人前後贈恤銀數十萬大吏入告賞給一品封其子汝元由道員加二品頂戴孫鴻壽欽賜舉人錦文既卒縣人附祀之雙忠祠內竊思天津癸丑一役官紳戮力天人相應用能擊收粵寇保全郡城當時合郡求賢力以有此功主其事者殆不止謝公一人況縣令秩稍微事權所屬在名位素高之官紳厥後謝公獨尸其名者則以其慷慨激發願為前驅成功指顧旋以殺賊捐軀合於能禦大患以死勤事則祀之義至今廟食一方而錦文亦得附祀焉所以報之者隆矣夫聞鼓鼙之聲則思將帥當粵賊披猖時事孔棘之秋顧皇帝側席求賢有能倡衆殺賊者往往不次超擢謝公已升知府將大用矣慫而臨陣死綏此天津父老所以尤感唏不置也楊霈以捐發廣西天子謂為知兵由長蘆運使擢湖北巡撫連擢湖廣總督統兵剿賊後以避寇退避失陷列郡貽誤封疆褫職逮問尤可見偶值事會僥倖居功者之不足恃也

星變奇驗

天文家每測象緯以占人事之吉凶其法由來舊矣西人則謂星行有一定之軌度與人事毫不相涉以是習西法者但精測算而不言占驗然見於史冊者數千年來治亂禍福往往十驗七八其說有未能盡廢者余所親覩如咸豐八年九月彗星出西北其芒埽三台並及文昌四輔月餘乃滅余謂三公中必有當其咎者未幾而科場之獄興軍機大臣大學士柏葰以失察門丁舞弊肅順等復深文周內竟罹大辟十年七月熒惑入南斗是時英法兵船犯大沽北塘陷踞礮臺入天津逼通州天子以秋獮駐蹕熱河十一年五月彗星復出西北長數十丈犯紫微垣及四輔余見其芒燄熊熊幾及帝座一星心甚憂之至八月而文宗龍馭上賓光緒八年法蘭西始謀越南端倪大露是年八月彗星見於張翼之間余謂越南分野在翼軫而彗所以除舊布新越其為法所併乎未及三年而越南全國果盡歸於法矣夫天象發於上人事應於下有不期然而然者孰謂天文家占驗之說不可盡信乎

多忠勇公斃於盩厔

欽差大臣西安將軍多隆阿忠勇公由黑龍江馬隊從征楚皖游擢大帥身經數百戰料敵如神其奇勳偉績尤在廬桐之間摧滅粵寇陳玉成實能轉移天下全局曾文正公嘗稱其智勇兼備為中興名將第一同治元年提師入關嘗以親兵七十人解商南之圍以二千人破捻寇五六萬之衆伏尸四十里山前巨壑為不見底人馬塞積填與路平驅勦回寇如風埽籜其計畫常出人意表導而進之山谷之間大川之旁殺賊動以數萬計陝西叛回幾盡

將移剿甘回矣逆匪藍大順由蜀竄陝陷踞盩厔城中老賊僅數百人脅從人數亦不甚多多公引兵圍之大順百計守禦城小而固久不能拔朝廷既知賊勢之衰又以多公用兵素稱神速訝其師久無功也嚴旨詰問多公起行武員不耐摧折又自恥其困於小寇也同治三年二月二十三日掘地道燃火藥轟開月城大缺公自率穆圖善姜玉順等驟入其城不意城內尚有壁卡五道將士力攻不能破公在陣督視自指麾賊見其穿黃馬褂也知為大帥以鳥槍狙擊之頭眼受傷忍創回營傳令諸將此城速克傷重亦可療如不克傷輕亦不欲復活諸將四面環攻以次日三鼓克復縣城藍大順逃至漢陰為團練所截殺而公傷痛益劇巡撫劉公蓉往視之見其臥於躺椅困憊殊甚竟啞日不能語遂以四月十五日薨於盩厔公生平愛士卒如骨肉而威令嚴明凡所指揮蹈火不敢避廣珍巴寇勍滿海內而此次忽為小醜所困殆有數焉方受傷時上疏內府珍藥數治並命黑龍江將軍傳其子雙全馳驛往視而公本無家雙全依戚族而居身無完衣將軍憐賭贈以行資始得馳行已不及見公遺疏云不使家有長物身有餘財洵非虛語也或曰駱文忠公奏報早稱大順死於四川守盩厔者實大順之弟二順然陝西兵民則皆指為藍大順云

曾左二相封侯

當粵寇之據金陵也文宗顯皇帝顧命頗引為憾事謂有能克復金陵者可封郡王及曾文正公克金陵廷議以文臣封王似嫌太驟且舊制所無因析而為四封侯伯子男各一曾文正公封一等毅勇侯世襲罔替曾沅甫宮保封一等威毅伯提督李臣典封一等子提督蕭孚泗封一等男左文襄公之肅清甘肅新疆也廷議援文襄公長齡平張格爾封公之例擬封一等公國皇太后謂從前曾國藩克復金陵僅得封侯左宗棠係曾國藩所薦其所用得力之老湘營亦係曾所遺將領劉松山等又曾所舉也若左宗棠封公則前賞曾國藩為太薄矣乃議左公以一等恪靖伯晉二等恪靖侯所以不得一等者稍遜於曾公也聖明燭照纖悉靡遺權衡輕重適劑其平雖前後事隔十年而評量猶不爽銖寸若此此其所以成中興之業歟余昔遊京都聞談時事者皆有此說因而錄之

駱文忠公遺愛

駱文忠公秉章以咸豐初年巡撫湖南適值粵寇既張曾文正公以在籍侍郎幫辦團練旋創募鄉勇之議益陽胡文忠公新甯江忠烈公實左右之風氣既開人才蔚起於是塔忠武公齊布羅忠節公澤南李忠武公續賓李勇毅公續宜王壯武公鑫及前總督楊公岳斌前侍郎彭公玉麟等先後卓著戰功名聞海內其他以殺賊躋顯秩者尤不可數計當是

時精卒徧於賊畝，良將布於閭閻，但患招之不能盡，不患其無可用也。駱公以休休有容之度，適符是邦，而遂其成，每與諸公共事，頗能不掣其肘，不掩其長，以故物望日隆。曾今大學士恪靖侯左公以在籍舉人就駱公前任張石卿中丞亮基之幕，張公既去，駱公復資禮之。左公練習兵事，智略輻湊，駱公專任以軍謀，參徧練兵選用將將，破都悍賊，兩敗石達開，數十萬之眾，復分兵援黔援粵援鄂援江西，卒采戮，與曾胡二公相亞，則左公帷幄之功也。駱公每公暇，適幕府，左公與幕賓二三人慷慨論事，證據古今，談辯風生，駱公不置可否，靜聽而已。世傳駱公一日聞帳門舉礮，顧問何事，左右對曰：左師爺發軍報摺也。駱公頷之，徐曰：盍取摺稿來一閱。此雖或告者之過，然其專任左公可知。惟時楚人皆戲稱左公曰左都御史，蓋以駱公官銜不過右副都御史，而左公權尚過之也。然駱公外樸內明，於賢不肖之尤著者，口雖不言，而辨之甚精，既能推轂賢才，賢才亦樂為之用。至其清介自守，尤為一時封疆大吏所不及，此其建樹之本也。余往嘗遊湖南，聞楚人皆曰：駱公治吾楚十年，而吏民安堵，群寇遠遁，此吾楚福星也。厥後督師入蜀，蜀中值藍朝鼎、李短搭搭等群寇蠭起，揭竿烏合之徒，所在屯聚，全省被蹂躪者四十餘州縣，駱公僅募楚勇萬人以行。是時黃子春觀察醇熙為統將，劉霞軒中丞蓉實以同知佐戎幕，旋超授四川藩司，贊畫軍事者二年，楚軍入蜀，一戰大捷，鼓行而西，驅殄群醜，遂解定遠綿州之圍，而黃觀察亦遇伏戰沒。駱公選裨將代領其眾，會合蜀軍，分途追勦，藍李等巨首十餘人以次擒戮，未一年而全蜀肅清。蓋藍李各寇皆起於草竊，聲勢雖盛，並無遠略，實不耐戰。駱公以楚中節制之師，進與之角，鮮不克捷。既捷之後，群賊望風瓦解，自就殄滅，故其摧陷廓清之功，為甚捷也。蜀民見駱公用兵如此之神速，以為諸葛復生，且出水火而衽席之，皆曰駱公活我。石達開率其悍黨窺犯蜀疆，自入絕地，諸土司扼守險隘，會合官兵擒滅之。天下聞之，謂石達開著名劇寇，不過積亞於洪秀全，而駱公擒之易於反掌，莫不仰其威名。蜀民亦謂駱公用兵，果不可測，於是感之如父母，而望之如神明矣。蜀中地大物博，駱公既削平群醜，省中司道建議，整理財賦，因而籌餉籌兵，南援滇黔，北援秦隴。當是時，曾文正公督兩江，凡湖廣兩粵閩浙等省大吏之黜陟，及一切大政，朝廷必以諮之；駱公督四川，凡滇黔陝甘等省大吏之黜陟，及一切大政，朝廷必以諮之。二公東西相望，天下倚之為重。而駱公所陳大計，亦多能統籌全局，不愧老成典型。先是蜀中童謠曰：若要川民樂，除非馬生角。蓋俗稱駱字為馬各，而南方又各角同音也。然則駱公當立勳名於蜀，其數早已前定矣。駱公既薨於成都，為之罷市，居民皆野哭巷祭，每家各懸白布於門，前或書輓聯以誌哀思。適文勤公崇實以將軍署總督，謂為不祥，遣使禁之。蜀民答曰：將軍脫有不諱，我輩決不敢若此。聞者為之黯然。迄今蜀民敬慕駱公，與諸葛武侯相等。駱公專祠，蜀民亦呼之為丞相祠堂，雖三尺童子入其祠，無不以頭搶地者。或謂駱公生平不以經濟自命，其接人神氣渾穆，人視之固粥粥無能，而所至功成，所居民愛，在楚在蜀，自有訪賢擁護而效其長，豈其大智若愚耶？抑駱公之旂常俎豆，早有定數，大功之成，不在才猷，而在福命耶？余謂駱公之當享勳名，固由前定，然其忠誠渾厚，神明康強，推誠以待賢俊，光直以事朝廷，斯其載福之大端也。同時張石卿制軍，其初名位與駱公相埒，而才調發越，則十倍駱公，然有為不能有守，好用權術，多謀少斷，又所居皆實據之地，所與共事多庸妄人，其遭遇不如駱公遠甚，崎嶇二十年，不能以功名終，蓋其德不足以運其才，器不足以載其福，適若與駱公相反云。

勞文毅公善居危城

善化勞文毅公崇光，為封疆大吏二十年，值咸豐同治用兵之時，其所居亦幸多貧窮艱危之境，雖無卓然傑出之經綸，然每能履變不驚，化險為夷，以功名終，則其從容應事之度，有可稱者焉。先是文毅以廣西布政使統領一軍出省勦賊，招降賊首張嘉祥，改名國樑，即後在江南殺賊為名將，殉大節，謚忠武者也。文毅既擢巡撫，洪秀全、楊秀清等大股悍賊跳已出境，而餘寇蜂起，群盜如毛，廣西餉絀兵弱，措持數年，賊勢益熾，與湖南廣西諸省音問阻絕，餉道不通，省城數十里以外皆賊也。文毅與人書云：吾僅羈寄困守孤城，不特毫無官趣，抑且毫無生趣。適將果敢公蔣益澧以候選知府為羅忠節公澤南營官，中道散去，文毅招之赴粵，將公請立功後必保至實缺按察使，所需糧械毋稍缺乏，然後願行，文毅許之。蔣公乃募楚勇三千人入粵，歷平群寇，克復諸府縣城，楚粵之路始通。無何而文毅調撫廣東，擢兩廣總督。自咸豐七年，葉崑臣使相名琛為英吉利所執，英人踞守廣東省城者數年。迨庚申和約既定，次年英人交還省城，督撫司道仍駐佛山鎮，不敢入城，英人常自笑之，謂兩國既和，斷不復有恐嚇中國大員何怯也。然是時上下議論，皆謂一入省城，必受洋人挾制，將復如葉相之事。文毅內決於心，獨備儀從，呵殿入省城，城外萬人夾道觀之，將軍都統司道府縣遂皆從之。洋人既覺其無所懼，諸事稍稍就範，議者亦始知與葉相彼此異時，以是稱文毅之毅焉。旋實授總督，量移雲貴，雲南自巡撫徐之銘倚叛回以自重，總督潘忠毅公鐸至為所戕，厥後之銘雖死，而回黨內外盤踞，耳目甚廣，巡撫劉公嶽昭、藩司岑公毓英皆統師在外，文毅始駐貴州，既而道路稍通，遂入雲南，或勸文毅毋遽入省城，文毅曰：省城不失，而大吏皆憚不可入，則彼寇將終據之，且彼所以欲害我者，恐或有圖之之意也。今我未決重兵，則彼固無虞，妄逐入城，位總督任，終日閉鈴閣，以示無事，日寓白指三四閒告人曰：吾以此陶情適性，且泯彼猜疑也。於是在位數年，而覺夫文毅治廣西最久，其所善亦殆無遺憾。若在廣東，則是時已興英人講解，入城本無後慮，文毅之智，殆能見及之。其在雲南，蓋有不服鼎為中督之見存焉。總之兩粵及雲南三城者，以常見度之，皆危地也。然推擬之以無心，則履至險，而往往能化其險。觀文毅之所處，殆猶佛家能狎蛇虎，而蛇虎亦竟不為之害歟。

鄧子久中丞被害

江甯鄧子久中丞爾恒，以翰林為雲南道，歷浙、滇藩司。咸豐十年十月，升授貴州巡撫，未及赴任。明年春，調陝西巡撫。是時徐之銘撫雲南，綱紀廢弛，回寇與營將句通為患。之銘非但不能禁遏，又從而黨庇之，浸遂為所挾制。副將何有保者，始亦為之銘私人，既而黨羽日衆，勢焰蟠橫，作惡多端，之銘亦無如之何。凡滇中大小官員以升調病休出境者，有保輒遣其黨遮之境上，盡劫其官囊以去，無敢與校，皆以得出虎穴為倖。有保等恃此為生涯者數年矣。中丞之將赴黔也，行李馬駝中途被劫，中丞聲稱俟到京參奏。適調陝撫，行至曲靖，借居府署。何有保聞有參辦之言，密嗾其黨史榮、戴玉堂夜率練衆擁入署中，戕害中丞，所攜衣物派搜括無遺。於是遐邇分傳之銘以中丞久任雲南司道，知其陰事，恐中丞一入都，而其劣蹟盡聞於朝也，故嗾使何有保害之。之銘亦奏中丞被戕之事，大致稱鄧爾恒由滇赴陝，經臣派撥兵練護送，行抵曲靖，在府署偏院居住。署知州唐爾藩等索知府署不甚嚴密，欲派兵練巡查，鄧爾恒自稱行李無多，不須防衛，僅留兩僕在內伺候。是夜竊賊李寶踰垣而入，鄧爾恒聞院內有賊，親自堵門喊捕，李寶素恨鄧爾恒，聞其在內，遂與其夥黨一擁而入，遂將鄧爾恒殺害。該府聞警，傳集兵役拿獲各犯，即經就地正法等語。並將曲靖文武原禀鈔呈。文宗諭旨云：鄧爾恒在曲靖府署居住，知府唐爾藩既欲派兵練巡查，何以輒復中止？竊盜拒捕傷人，固屬常有之事，惟鄧爾恒係屬大員，何以輕身堵門，即謂該犯李寶係因懷恨，故將該撫殺害，然昏夜之中，何以知堵門喊捉之人即係該撫，且知李寶之殺該撫，實為挾仇起見？在場各犯，既已就獲，該府等自應迅速解省，聽候審辦，何以遽將各犯正法，以致無可質訊？鄧爾恒既留兩僕在內，則被害情形，均屬目擊，何以並未取有供辭？曲靖文武原禀種種情節支飾，徐之銘並未駁斥，輒行入奏，以大員被戕之案，並不徹底嚴究，草率了事，實堪詫異。新任總督劉源灝已諭令趕緊前往雲南，著將鄧爾恒被害情形，嚴速訪查，據實具奏。務期水落石出，不准稍存徇情消弭之見。欽此。源灝竟不敢赴滇，遷延半年，中途乞病

而歸。臺諫交章論列，前任總督張亮基亦疏劾之銘。今穆宗諭旨云：鄧爾恒被戕之案，日久未予查辦，亦無以彰國憲，著張亮基迅速馳赴雲南，暫辦軍務，將徐之銘先行撤任，並將鄧爾恒被戕之案徹底根究，按律懲辦。何有保父子如此跋扈，必須設法剪除，又宜防其設計暗害。欽此。於是復起江甯潘忠毅公鐸於家，馳往查辦。先是戴玉堂等既害中丞，掠其行裝，何有保以其隱匿贓物，執縛玉堂，拷打甚酷，玉堂氣忿潛逃。嗣聞潘公查辦之信，同治元年閏八月，糾黨夜攻何有保，殺之。史榮、戴玉堂旋皆被潘公等獲，嚴訊各情，供認不諱，即予正法。潘公據實復奏，並稱訊據各犯供稱，徐之銘並無知情徇縱情事，但以疏於防範，請交部議處。何有保仍戮尸梟示，以儆兇殘。遂由此結案。然謂之銘並不知情，世多疑之。潘公或自以萬里孤蹤，威惠尚未周浹，而之銘在滇日久，私黨蟠結，驟難參撤，既須與之共事，不得不為之湔祓，以安其心歟？然余謂何有保等本無甚伎倆，並非難除之賊，一聞潘公查辦，其黨即自相攻殺，而之銘安坐兩年，置之不理，律以春秋誅心之法，雖之銘實不知情，謂之知情可也。

潘忠毅公遇害

潘忠毅公鐸，始自河南巡撫，降調湖南布政使。咸豐二年，粵寇之攻長沙也，公嘗以藩司護理巡撫守城有功，復乃引疾以去，優遊林下者十餘年。同治元年，雲南叛回蠢起，全省分裂，而省城回衆亦與叛回相通，魚肉良民，脅制官府，大小衙門皆有黨蟠踞。巡撫徐之銘貪淫昏懦，既已自失其權，為回人所箝制，因又挾回自重，怙惡不悛。是時之銘雖已罷斥，而朝廷所新授之巡撫賈洪詔、林鴻年等，皆不能入滇境，僑寓成都，每遙探雲南軍務，具摺奏報而已。之銘為諸回所擁護，託言新任未到，不能交篆，踞位參事如故。如是者三四年。之銘既嗾其黨殺升任陝西巡撫鄧爾恒於境上，總督張亮基頗有戒心，引疾求退，疾馳而去，深以得出滇境為幸。朝廷方起用舊臣，遂命潘公署雲南總督，時同治二年也。潘公不避艱險，毅然入滇，道經曲靖，回弁馬聯陞來謁，面稱有人給信，令其設謀殺害總督。聯陞固回黨之黠悍者，或故為恫喝之言，或徐之銘與省城回衆慮公之至，早欲害之，均未可知。而公置之不問，行至板橋，署布政使岑毓英、總兵馬如龍排隊迎入省城。既視事，亟欲力振威權，安輯回漢，而同僚異心，寇盜逼處，殊難措手。回人掌教馬復初者，名德新，以字行，昆明縣諸生，在回教中行輩最先，推為大酋，滇省本回隱聽號令。自徐之銘以下，無不仰其鼻息，受其挾制。之銘嘗與德新遣回人武進士田慶餘招撫杜文秀，許割大理、永昌、麗江三府封之。德新復親至姚州議和。文秀在姚州徧貼偽示，謂馬復初已允分給迤西之地，與馬如龍者，亦回教中之

梁魁傑悍好鬬之銘奏署臨元鎮總兵潘公察知回衆內外勾結之銘又從旁掣肘滇事遂無可為然德新如龍雖首鼠兩端尚未顯露逆迹頗欲羈縻勿絕而督標中軍副將楊振鵬亦陰與回通馬德新伏人示意欲封平南王公嚴拒之德新不懌馬如龍偵其往來欲兼併滇東諸郡惟臨安士紳梁士美不服以忠義激勵官紳團練以抗如龍如龍屢請勦士美公不許如龍懷怨率所部往攻臨安公念如龍若踞臨安則回勢益張且梁士美忠義宜保全之密檄士美固守待援又檄他郡練勇之素與如龍為讐者數千人陽為會攻臨安實令與士美合圍如龍蓋如龍去則回稍弱而後滇事可為也公與徐之銘雖不足恃究係同州一事當向之銘徵詢其意之銘歸告其妾之銘之妾多與回酋狎暱皆以告德新德新怨恨交并密召武定營參將回酋馬榮率練黨二千餘人即冒公所調練勇祈撫入居省城五華書院日出騷掠居民訟之督撫兩署同治三年正月十五日公親往書院撫慰諭令出城請期五日不許請期三日亦不許限以即日出城是時回衆才戟森列馬榮攘臂大言曰即不出當奈我何嗾其衆使戕公大罵身受七傷死之雲南府知府黃培林昆明縣知縣程怡皆上前救護同及於難中軍楊振鵬在側默然無言是日也公約徐之銘同往之銘陽諾之而不至蓋早知其有變云賊亦不攻其署參戴英以兵練數百扼守撫署自臬司以下

官吏未死者皆避入藩司官廨徐之銘迎馬德新入居總督署號令一切陽稱請其彈壓回衆德新以總督關防送交徐之銘公尸棄置三日其家丁袁熙揚振鵬求德新發回守令旗始得殯斂而如生德新之召馬榮初意欲使官與回相持不下已乃出而調停之以市德於總督並解馬如龍之厄不料其搆成大釁且所忌惟潘公今公已死又欲討馬榮以示已無背叛意乃密召馬如龍率師赴省參戴英亦致書如龍獎其忠誠召之入援如龍攻臨安數日不克得書欲退恐梁士美追襲乃以情告士美士美登城謂之曰汝若旁援省城盡心王事當不汝追也如龍折矢與之盟以二月一日夜回至省城自南門入與參戴英夾攻賊黨賊死傷過半楊振鵬登城勸止官軍勿開槍礮天明送馬榮出城遣回武定初五日衆議徐之銘仍著總督馬如龍署提督疏通道路厥後馬聯陞以叛聞是年十二月林鴻年奏稱馬聯陞伏誅馬榮為官軍所擒解至省城正法楊振鵬受之銘檄任楚雄鎮總兵與回匪通謀作亂為如龍所擒斬

任柱賴汶光伏誅

同治五六年間捻匪竄突蘇皖鄂豫山東等省黠猾以賴汶光為最而傑悍善戰莫如任柱所統馬隊頗多方諸軍劃運河而守捻衆馬步約近十萬盤旋濟青沂海之間行蹤飄忽官軍追逐任柱落後皆尚未能制勝一日銘軍逐賊於安邱濰縣之交獲一賊目曰潘貴升者訊知為任柱帳下健兒將殺之貴升呼曰救我我願投誠此楊有唐姓者在銘軍作哨官亦願保而釋之劉省三軍門聞之呼貴升謂曰汝能為我殺任柱者對曰能乃畀以洋槍一枝曰此去若成功而必貴汝三品銜化銷及白金二萬兩如不能殺亦不汝責任汝相機為之可也蓋劉軍門之意本非望其必成以為即不能成不過棄一洋槍耳貴升執槍馳馬而去復歸任柱任信而不疑仍置帳下明日復戰貴升忽以槍擊任柱殞於陣前縱馬奔向官軍告劉軍門曰我已殺任柱矣始猶不信繼見捻衆不復耐戰銘軍與諸軍連日大捷賊勢如土崩瓦解追至贛榆沭宿境內降賊供稱任柱實死乃賞貴升如前約賴汶光既哭任柱而埋之其黨衆懼潰散略盡汶光率敗賊千餘名搶渡六塘河南走揚州諸軍水陸窮追賊至灣頭手無器械飢疲已甚竄入民家掠食會大雨異常晚觀察銜閔侍知賊無去路急令撤隊時已二更歸營各釋所負復於三更出隊諸賊冒雨淋漓阻於河水正在彷徨饑窘之時官軍縛之如執雞豕生擒賴汶光淮揚東路捻股遂滅

總兵陳國瑞驕暴取戾

已革記名提督壽州鎮總兵陳國瑞年十餘歲為粵賊所虜既而降於官軍總兵黃開榜收

為義子隸大帥袁端敏公甲三部下未及弱冠積軍功至都司然驃悍不馴動輒犯法是時吳勤惠公棠以漕運總督駐節清江浦棠將於臨淮大營請國瑞予之始將七百人與捻寇追逐於淮揚徐海之郊每戰輒勝威名日隆吳公既倚為長城一切順其所為如奉驕子漸增募其衆至二三千人復隸故科爾沁忠親王麾下掃蕩練匪苗霈霖及山東白蓮池教匪皆以國瑞為首功積官至記名提督廣州鎮總兵幫辦清淮軍務國瑞益自鳴得意令軍中稱己曰大帥自謂名位與吳公相埒有輕之之意矣忠親王戰沒曹州諸將皆以不能救護主帥獲罪國瑞獨以戰功未著免議時曾文正公督師北上適劉省三軍門銘傳克復濟寧之長溝國瑞率軍後至見淮軍將士所攜洋槍精利心豔之國瑞向以驍悍自雄諸將無敢與抗者既忌淮軍之先入長溝也又思奪其利器自率親兵五百人突入長溝見淮軍勇丁即殺之凡殺數十人劉軍門聞變親督所部與戰於寨中淮軍毒機火器發無不中國瑞親兵多執長鎗狹巷中不能轉旋五百人皆殲焉國瑞踰垣登民屋劉軍門使其衆擁而執之置之空樓三日給以糜粥使饑而不至於死國瑞見軍門泣曰此五百人皆數年來所糾合四方之精銳一旦為君所殲吾軍從此衰矣軍門乃揖而釋之於是劉陳二人皆具訴於曾文正公互相指訐文正忌國瑞之橫也欲摧其威氣而屢勵以威之凡抗積數

千言。大旨獎其長而戒其短。歷舉其罪惡十餘事。俾述自悛改。且明白示款。並勸其去伎差守樸。勿與英康兩軍同禁。勿擾民。勿私鬭。勿虛報勇額。國瑞具稟詞多巧飾。不肯任過。文正歎曰。是真不可教也已。乃具疏彈劾。撤去幫辦軍務名目。革去提督。褫去黃馬褂。仍留處州鎮總兵。以示薄懲。而觀後效。國瑞佯息聽命。馳往徐州謁見文正。受約束維謹。旋復還駐清江。國瑞馭下嚴酷。手刃勝夫不下百餘人。將士無罪被殺者不可數計。國瑞有養子曰陳振邦。亦積功至總兵。一日國瑞忽欲殺之。振邦求救於漕帥吳公。為之緩頰。國瑞不聽。振邦乃走匿漕帥署中。國瑞再三索之不得。自率親兵數百馳赴帥署。欲掩執振邦。時已二鼓。署中閽變。急閉大門。國瑞督兵攻之。守門者在內叱曰。汝賴漕帥卵翼扶持。以有今日。乃敢反邪。國瑞怒曰。以子叛父。非反而何。吾捕反父之子。且討匿反賊之人耳。力攻久之。塽大門而入。復攻二門。破之。署中人退守宅門。其堅過於大門。國瑞猛攻不克。然署中人恃餘勇。罵愈厲。國瑞益怒不可忍。自以頭觸門。痰湧氣厥。頹然仆地。吳公乃命門役數人舁國瑞置一古廟中。派員看管。而撫別將代統其軍。疏劾國瑞罪狀。永不敘用。越二年。捻酋張總愚馳突畿輔山東。是時醇邸方領神機營。素慮國瑞欲倚以辦賊。復召為頭等侍衛。俾募數千人討賊。國瑞之復出也。頗染鴉片煙癮。兼有好色之稱。銳氣已大不如前。而性情驕暴如故。倚恃邸眷。

陵侮諸將。遇欽差大臣恪靖伯左公營中所遣餉銀軍械。於中途擅自截留。左公具疏劾之。請以都司降補。奉旨留中。而命國瑞歸左公節制。國瑞上書左公。歷數其短。如排擊曾文正公為背恩裁抑。鮑超將益濃為攘功等語。指摘不遺餘力。而密致其稿於醇邸。醇邸奏之朝廷。慮國瑞不復能為左公用。乃命改歸安徽巡撫英公翰調遣。越日復改歸山東巡撫丁公寶楨調遣。既而連次改隸大學士官公文將軍都公興阿部下。最後隸欽差大臣肅毅伯李公部下。國瑞軍實無戰功。而捻寇適全股蕩平。國瑞亦獲賞上賞開復記名提督黃馬褂花翎勇號。並賞雲騎尉世職。諸軍既皆凱撤。國瑞往來南北。庚午天津焚燬教堂之案。洋人以其激怒津民致毀領事豐大業。根索國瑞甚急。賴曾文正公嚴詞駁斥。俾得無事。國瑞乃寓居揚州。與提督李世忠過從遊讌。先是國瑞在清淮時。嘗截留李世忠營中餉鹽值銀鉅萬。又殺世忠部將之攻下蔡圩者。取其軍械。而逐其向道苗沛霖。世忠皆不敢與校。及是欲洩宿憾。而陽與為驩。國瑞不悟。日與狎飲。時時以戲言虐之。世忠積不能平。一日清晨率親兵數十。突入國瑞之舍。擒國瑞以出。聲言解往金陵。聽總督曾侯相處置。挾以登舟。掛帆南下。國瑞之元子陳澤培率眾追之。是時湖北運銅船數百號停泊河干。其水手皆其人國瑞同鄉也。澤培號於眾曰。孰能追奪吾叔者。賞以萬金。於是應募者數千人。追及世忠於瓜州之四里鋪。圍其大舟。世忠束夜挾國瑞登舢板礮船。沿行出江。溯江西上。恭明澤培從其大船取世忠妾婢三人。以歸揚州。挾以遊街。官吏馳往彈壓。送歸世忠本宅。而船中尚有二女於紛呶之際。懷金寶赴水以死。曾文正公既接世忠所稟。飭批責令先釋國瑞。求轅聽候訊辦。世忠泊舟蘆葦叢中。先自來謁文正。文正拒不見。並咨升以一令箭。俾世忠同至礮船釋放國瑞。始於船底拖出之。鐵憊幾無人形。時同治十年閏四月十八日也。李陳二人同交營務處委員訊其供詞。文正衡情剖斷。世忠以擅執大員被劾褫職。國瑞累次滋事。又濫殺世忠部將。因事在赦前。劾以都司降補。均交地方官嚴行管束。澤培革去監生。時議允之。越數年國瑞復以詹啟綸殺人之案。獄有嗾弊主使等情。發往黑龍江充當苦差。伯相合肥李公嘗與予論及陳國瑞經此番磨練。將來有事。似尚可用。余答云。陳國瑞驕暴之性終不能改。究難任用。且週來困於烟色。其精銳已銷竭矣。萬一此番磨折稍久。意氣漸平。將來再用。多不過將一二千人。非任重之才也。伯相頗韙其言。其後廷旨密詢吉林將軍。云陳國瑞是否尚堪起用。將軍覆奏謂陳國瑞兇暴狭鷙。不堪復用。論將材者皆以為定評焉。

左文襄公晚年意氣

左文襄公自同治甲子與曾文正公絕交以後。彼此不通書問。迨丁卯年。文襄以陝甘總督

入關勦賊。道出湖北。與威毅伯沅浦宮保相遇。為言所以絕交之故。其過在文正者七八。而亦自認其二三。文襄常與客言。我既與曾公不協。今彼總督兩江。恐其隱扼我餉源。敗我功也。然文正為西征籌餉。始終不遺餘力。士馬實賴以飽騰。又選部下兵最練將最健者。遣忠壯公松山一軍西征。文襄之肅清陝甘及新疆。實倚此軍之力。是則文襄之功。文正實助成之。而文襄不肯認也。文襄每接見部下諸將。必罵文正。然諸將多舊隸文正者。退而愠曰。大帥自不快於曾公斯已矣。何必對我輩煩聒。且其理不直。其說不圓。聆其前後所述。不過如是。吾耳中已生繭矣。迨壬申二月。文正薨於位。文襄寄輓聯云。謀國之忠。知人之明。自愧不如元輔。同心若金。攻錯若石。相期無負平生。又致書唁劼剛侯。措辭頗為懇摯。余謂文襄自此意氣可平矣。庚辰辛巳間。文襄奉旨召入樞廷。文武官僚於中途進謁者。皆云左相言語甚多。大旨不外自述西陲設施之績。及詆譏曾文正公而已。談次不甚及他事。既入軍機。文襄奏言直隸永定滹沱等河。水患日劇。請自出相度機宜。率督舊部數營。挑濬修治。閱數月。文襄奏報河工蔵事。頗多鋪張。並有數十年積弊一埽而空之語。於是清議之士。漸多失望。咸謂左相之疏。未免虛誇。遠不逮李相節次治河之奏。周詳敦實。意者其西陲功績。皆不過如是乎。余謂誠者推崇文襄。始固不免過當。因而責望亦太重。不知北河末流之弊。本

非歲月所能奏功。此距京師咫尺，有效無效，衆所共知。文襄出京太易，乃其矜情使然，殆不始於此日也。頃之文襄總督兩江，官紳有赴金陵者，皆云文襄見賓客，無他語，不過鋪陳西陲功績，及詆訾曾文正公而已。蘇紳潘季玉觀察以地方公事，特赴金陵，欲有所陳，歸而告人曰：吾初謁左相，甫寒暄數語，即引及西陲之事。左相即自述西陲功績，刺刺不能休。令人無可插話。旋罵曾文正公，語終席，言尚如泉湧也。既撤席，吾又不得不出一語。左相始則罵曾文正公，繼則述西陲之事。終乃兼罵合肥李相及沈文肅公。然其意若謂本不如己遠甚。初無倦其力攻也。侍者俱唱送客，吾於起立時，方欲陳地方事數語，左相引及西陲之事，吾乃疾趨而出云。潘君之言如此，可謂形容惟肖矣。又李相覆陳海防事宜一疏，即余代草。刊在《庸盦文編》者也。疏上，時適文襄在關外，奉召將至，恭邸及高陽李協揆以事關重大，請候文襄至，乃議之。文襄每展閱一葉，每因海防之事，而遞及西陲之事，自詡措施之妙，不容口。幾忘其為議此摺者。甚至拍案大笑，聲震穹室。明日復閱一葉，則復如此。樞廷諸公，始尚勉強酬答，繼皆支頤欲臥，然因此散值稍遲。諸公亦厭苦之。凡議半月，而全疏尚未閱畢。恭邸患其喧聒也，命章京收藏此摺，文襄亦不復查問，遂置不議。

樞廷忌滿六人

自雍正七年設立軍機處以後，必以大學士尚書侍郎之幹略優長，默契宸衷者為大臣，承寫諭旨，籌商大政，蓋猶唐宋之入中書同平章事，明之入閣預機務也。不入軍機，則雖位居大學士，不得謂之真相。顧聞樞廷裏外各一室，本不甚宏敞，人臣如滿六人，坐位因嫌逼窄。相傳必有一人不利，或述者余不能盡知。姑就同治以來言之，同治十三年中，樞臣未有逾五人者。大都自恭邸而外，滿漢各二人也。光緒初年，仍循此例。維時軍機大臣則恭親王及大學士文忠公文祥、佩蘅相國寶鋆、協揆沈文定公桂芬、李蘭生尚書鴻藻。厥後秋坪侍郎景廉入軍機，既滿六人，而文忠薨於位。未幾李尚書丁憂，王廉生侍郎文韶入軍機，以補之。迨尚書服闋，再入軍機，又滿六人，而文定薨於位矣。辛巳春，左文襄公入軍機，復滿六人。幸在值未久，即出督兩江，所以無事。壬午冬，王侍郎以陳情終養去位，而翁叔平、潘伯寅兩尚書同入軍機，又滿六人。未幾而潘尚書奉諱。甲申春，軍機大臣五人皆出樞廷，而禮親王及閻丹初尚書敬銘、額筱山尚書勒和布、張子青尚書之萬同入軍機。未幾許叔星侍郎庚身入值，又未幾孫萊山侍郎毓汶入值，復滿六人。閻公已晉東閣大學士，寵眷忽衰，屢奉嚴旨詰責，乃引疾予告以去。追溯十餘年事，則相傳之說殆不謬矣。然如閻相之引年歸田，優游林下，固大臣所難得者也，不得謂之非福也。

彭尚書迴翔文武兩途

衡陽彭雪琴宮保，始以諸生佐書營中。道光季年，新甯雷再浩之變，湖南提督率師往勦，事平，彭公獲保以把總拔補。曾文正公之起兵討粵賊也，彭公帶水師一營為營官。文正詢知其資係諸生，始保候選訓導，厥後累立戰功。咸豐十一年，由惠潮嘉道擢廣東按察使，遂授安徽巡撫。是時官軍初克安慶，彭公尚統領水師，常居舟中，未及蒞任。偶至安慶，命府縣限三日內將閭巷所貼偽示剷除淨盡。屆期首府偕知縣之稟上謁銷差。彭公馳馬通衢視之，果無偽示。及入窮街僻巷，則見偽示張貼者如故。且多悖逆之辭。彭公大怒，知其循是官場敷衍舊習，召首府撮髮罵之。復偕參毆之。明日值衙參之期，大小官員無一至者，皆曰恐遭毆罵。彭公素志雅不欲入官場，先已具疏瀝請開缺，專意勦賊，繼復陳難離水營，力辭巡撫。曾文正公奏稱彭某素統水師，一旦舍舟登陸，未免用違其長。於是奉旨允其開缺，以水師提督候補。旋改以侍郎候補，補兵部侍郎。繼改漕運總督，則辭。復以巡閱長江水師，擢授兵部尚書。光緒十四年，因病請開缺，回籍。夫彭公始以把總改訓導，繼以提督改侍郎，遂為兵部尚書，以歸。迴翔文武兩途之中，亦自古名臣未有之局也。

談相

今世談麻衣柳莊之術者，於人之貧富貴賤壽夭，言之鑿鑿，並云某運佳，某運不佳，若其事之有定格者。子夏曰：雖小道必有可觀者焉，致遠恐泥。蓋信之過深，求之過詳，則泥矣。世俗頗傳曾文正精相術，於文武員弁來謁者，必審視其福量之厚薄，以定用舍，及所任之大小。余謂文正於相術不必精，然接見一人，每於其才之高下，德之淺深，福之厚薄，往往決之。而終身不爽。以是負知人之鑒。夫文正雖不可學，但使閱人稍多，而能用心者，亦未嘗不可得一二焉。至若並世諸名公多富貴者哉，而所蘊又有不止於此者，恐談相之士，未必能道之。使必執麻衣柳莊之說以求之，則常有合有不合。余不敢於並世諸名公未能盡接其光儀，而薰其德意。姑就見聞所及者述之。曾文正公器宇凝重，面如滿月，鬚髯甚偉，殆得乎所云如高山深林，鉅谷龍虎，變化不測者。余所觀當代鉅公，無其匹也。知府張澧翰善相人，有癩龍之目，謂公端坐注視，張爪刮鬚，似癩龍也。惟眉髮稍低，故生平勞苦多而逸豫少。威毅伯沅浦尚書體貌頗似文正，而修碩稍遜焉。合肥傅相肅毅伯李公長身鶴立，瞻矚高遠，識敏辭爽，胸無城府，人謂其似仙鶴之相。胡文忠公精神四溢，威棱懾人，目光閃閃如巖下電，而微似皋陶之削瓜。駱文忠公如鄉里老儒，粥粥無能，而外樸內明，能辨賢否。左文襄公貌亦如老儒，而倜儻好奇，議論風生，適若與駱公相反，蓋駱公能用才，而左公喜自用其才者羅忠節公貌素不揚，目又短視，不善馳馬。衡陽彭雪琴尚書恂恂儒者，和氣藹然可親。道州楊厚庵尚書意思深長，貌亦儒雅。鮑武襄公軀幹不逾中人，文弱如不勝衣。四公之貌，皆與其行事不同，殆非世俗所能揣測也。故相朝邑閻公短小精健，辭意懇摯，不改關中敦樸氣象。丁文誠公志節清挺，狀貌修偉，綽有威風。然襄勤公雄姿沉毅，形容黧黑，老於兵間。三公常度，皆人意料所及，聞其行事，即如見其人焉。又如倭文端公體亦不逾中人，而洒然出塵，清氣可挹。寶郎吳竹如先生學養宏粹，道味盎然。巴陵吳南屏先生貌雖樸野，而氣韻高潔，文似其人。敬公道德文章之編，亦自有光精流露者。凡余以上所述，謂之盡合相經不可也，謂之盡不合相經亦不可也。余故就耳目所及者，著於篇，俾後有所考焉。若為見聞所不逮者，則不敢論列也。

庸盦筆記 卷二 十八

庸盦筆記卷之二終

庸盦筆記卷之三

無錫薛福成叔耘

軼聞

四千五百餘年元鶴

凡人壽不及百年，羽毛鱗介之族，壽不過數年至數十年而止，此就尋常人物言之也。若其鍊神服氣，遁迹深山，壽既永，而偶顯其蹤者。今華山有毛女洞，相傳毛女是秦始皇時宮人，避亂入山，徧體生毛。羅浮山中有葛道人，相傳東晉時葛洪煉丹仙去，遺人拾其鼎中餘丹吞之，遂為地仙，時時披髮敞衣，出行山中。又世所傳神仙如鍾離祖師、呂純陽輩，實其然，皆生三代以下，壽不過千歲以外耳。若含人而論物，今洪澤湖濱之龜山有井，名曰巫支祈井。相傳神禹鎖巫支祈於此，有大鐵鍊繫於井欄，垂入井中，其下深黑，莫窺其底。明季友國初，嘗有人挽鐵鍊出而覘之，蓋一老猴也。此物不知生於何代，然自洪水時至今，厥壽已四千餘年矣。猶有存乎此者，甘肅有崆峒山，黃帝訪道之地，廣成子所居也。廣成子既昇仙，所畜元鶴一雙，留此不去。每逢澗望天氣晴明，於日出時，自山巔遠望霄際，有兩鶴張翼如車輪，徘徊翱翔，良久乃去。今出使英國大臣陳荔秋副憲蘭彬語予云：昔游崆峒，嘗親見之。且曰：今兩鶴外，又多一小鶴，道士謂近百年來所添也。夫兩元鶴生於黃帝之世，其壽當在四

庸盦筆記 卷三 一

千五百年以外矣。今宇宙間動物，此殆其最古者也。副憲壯年好奇，嘗匹馬游青海，踏冰至龍駒島，居刹嘛寺數日云。

鬼神默護吉壤

世俗篤信地理家言，謂葬親得吉壤，則子孫富貴蕃祉，否則貧賤衰絕。故凡稍有力之家，咸汲汲焉尋覓吉壤為務。而地理家稍有學識者，亦往往誦陰地好不如心地好之說，謂凡人之獲吉壤，必其德足以居之；否則或失之目前，或雖倖獲葬，而鬼神不容也。地理家有所謂鈐記者，大抵集古地師之書，謂偶非常吉壤，而默識之。其說似出於唐宋以前，或此書者轉相鈔習流傳，至今不能。鈐記所登無錫金匱兩縣境內非常吉壤，有二十餘處，或出王侯將相，或葬王侯將相，而以鴻山泰伯墓居第一。大約十之七八，皆已為前人所用，其十之二三未用者，則今人亦莫能確指其地也。吳墟山瀆臨太湖，兩峰夾峙，為吾錫形勝之地，謂之吳墟門。鈐記有云：吳墟如雨，王先封金雞，代代出紫衣。鄉先輩尤文簡公袤之封翁嘗葬得其穴，文簡以清德碩望，為南宋名臣，當時既欽其卓果矣。相傳封翁葬時，文簡廬於墓側，一夕隱隱望見神燈無數，有金甲神擁一貴人從空中過，貴神忽問曰：近有何人葬此？金甲神對曰：無錫人尤時亨也。貴神諾曰：此大地將發福三百年，誰敢葬此？速告雷部，明日攫之。

文簡大慼涕泣望空遙拜且祝曰父既葬此誠不忍見雷擊之慘願身受其罰以保父墓金甲神為請曰尤氏累世積德且其子貞孝子也彼既願膺其罰盍許之貴神曰尤氏之德尚不足當此地念其子之純孝姑許葬之然彼既失受罰之願俟三百年後再議可也俄而霽然神燈亦冉冉而沒文簡既卒卜葬於無錫孔山灣尤氏子孫自元迄明入　國朝從科第入宦途者蟬聯不絕迨道光年間尤氏忽控張氏盜買文簡公墓餘地有司傾勘逾年不能決蓋張氏既葬此數世年代稍遠并不知尤氏子孫何人所賣然府縣以先賢墳墓例不能不保護張氏聲勢本微而尤氏以舊紳合全族之力攻之適有他郡尤姓人為常州府署刑幕遂與之聯宗譜遂抑遷張氏諸墓數日前即聞每夜鬼哭聲日稍昃鬼聲啾啾數月不輟張氏子孫以黃袱負骨號泣而去者三十九家有一家遷至四十九塚中間一墓稍高者墓門既啟忽見朱漆巨棺隨風而化隨有一白鬚方面古朝服衣冠者蹶然坐起亦隨風而化讀其誌銘則宋尚書尤公墓也是時距文簡沒時近七百年矣或者神鑒文簡之德又展緩四百年雖前言必踐而年代既遙尸早腐化所以遇風即散也尤氏子孫因既涉訟不量重輕必欲求勝實則併文簡公之主穴尚不能知後雖懊喪無地將奈之何自是之後尤氏日以式微蓋吳塘墓之旺氣既發洩將盡而孔山墓又忽被遷宜其衰也尤氏之興訟者既死亦夢其子曰吾將絕嗣矣吾以一念好勝至剗平張氏百餘塚罪孽匪輕已矣吾其餒矣汝亦不久於人世矣已而果然近又聞吳塘門有土豪乘尤氏之衰也謀佔封翁之墓墓旁有廢庵數間其蹟甚古視其舊記乃某氏所施土豪姓也因執此為證訟之於官官驗無以折之一日廢庵忽火起頃刻成灰燼居民皆見對面屋脊坐一白鬚老翁滿身孝服注視火光羣竟以為救火者不之異也須臾火熄因忽不見或遂悟曰此文簡公神也公以土豪借廢庵以謀墓地故火之以絕禍根自此土豪無辭可執竟不敢覬覦夫文簡之純孝其靈能保父墓於七百年之後而不自保其墓非不能保也蓋因發誓在前不如此不酬其願也

桂林劉仙巖

出廣西省垣文昌門三里有劉仙巖幽石玲瓏嶙峋疊結枕清漓出芳芷至此耳目一開相傳仙元時人也名仲遠以屠豕為業家於巖下上有小菴仙每旦聞鐘聲則起磨刀宰豕屠豕殺爐有年矣忽一夕僧夢緇衣老婦跪而泣曰我母子八口之命懸於上人手僧驚問故曰勿擊晚鐘即生全之德也僧起憶夢中語因暫緩撞鐘以覘其異日向晨聞巖下疾呼而至者劉仙也問晨鐘何為失鳴汝貪高臥致余廢殺豕之業僧以夢告仙斥其妄歸家則母豕生七子矣仙恍然有悟擲屠刀於溪向僧謝罪即隱於菴旁巖穴中煉神服氣久之為人決休咎多奇中京師長春館道士邱成機刪其名致札邀往歲餘而還復不知所終村人鼓其羽化改菴為道院肖像祀之巖中高曠如大廈其右有小巖即劉仙當日坐臥處也山故多虎而巖無門垣僅蔽風雨虎狼之患終不及云乾隆中山陰人俞蛟遊此記其事頗詳

殺字碑

四川成都府署中有殺字碑連書七箇殺字別無他字相傳張獻忠手筆每知府到任必祭碑一次否則必受其禍平時終日關閉不敢開視否則必有刀兵之災余謂獻忠固天地間之沴氣所鍾當時全蜀被其荼毒今其遺碑尚能為祟是不可解或者人心畏之過甚數百年而不衰足以感召斯異歟是當毅然決然投之水火雖能為禍亦不過一次而其祟則從此銷滅矣

學使舊宅

余幼居無錫西溪上外家顧氏宅中其右鄰秦氏亦巨宅也父老嘗告余曰此前福建學政俞鴻圖舊宅也雍正年間俞君督學閩中關防頗嚴操守亦慎每扃試之日戒其僕從分值內外毋得擅自出入將以絕傳遞之弊乃其妾與僕勾通作奸犯科每傳遞之文即貼在俞君背後補褂之上僕役輕往揭取授之試士而俞君不覺也久之考取亦濫遠近大譁為言路所彈劾　上遣侍講學士鄒升恒往代其任并令將俞君腰斬鄒君即為監斬官而鄒君與俞君本兒女姻親以懾於　天威不敢漏洩俞君倉猝受刑及赴市方知之劊子手於腰斬之化向索規費得費則可令其速死不得則故令其遲死俞君既斬為兩段在地亂滾且以手自染其血連書七慘字其宛轉求死之狀令人目不忍覩鄒君據實奏陳　上亦為之惻然遂命封刀從此除腰斬之刑者蓋自俞君止也俞君既死其宅鬻於他人居之者多不利至今已七八易主矣前歲宅主某君正在浴室忽見半段血人滾出一驚而絕其厲氣之未散可知矣父老之言蓋如此夫傳聞之說能否翔實無誤固未可知然其鬼往往見形且居之者皆不昌則余固聞之已熟殆非虛語也

入相奇緣

乾隆中葉和珅以正紅旗滿洲官學生在鑾儀衛當差選舁　御轎一日　大駕將出倉猝求黃蓋不得　高宗云是誰之過歟各員瞠目相向不知所措和珅應聲云典守者不得辭其責　高宗見其儀度俊雅聲音清亮乃曰若輩中安得此解人問其出身則官學生也和珅雖無學問而四子書五經則尚稍能記憶一路舁轎行走　高宗詳加詢問奏對頗能稱　旨遂派總管儀仗升為侍衛擢副都統遂遷侍郎在軍機大臣

上行走。尊寵用事。旋由尚書授大學士。蓋自乾隆四十二三年以後。尊用而專。其子豐紳殷
德復指尚公主。而權勢愈熾。灼矣。性貪婪無厭。徵求財貨。皇皇如不及。督撫司道畏其傾陷。
不得不奔走權門。結為奧援。　高宗英明執法。未嘗不嚴。當時督撫如國泰王亶望陳
輝祖福崧伍拉納浦霖之倫。贓款累累。屢興大獄。侵虧公帑。抄沒貲產。動至數十百萬之多。
為他代所罕覯。其始未必非皆和珅之黨。迨罪狀敗露。和珅不能為力。則亦相率伏法。然諸
殃愈眾而貪風愈甚。或且惴惴焉惟罹法網。惟思巧營刻剝。多行賄賂。隱為自全之地。非
其時人性獨貪也。蓋有在內隱為驅迫。使不得不貪者也。當是時。阿文成公以元勳上公首
相。為樞府領班。然十餘年中。常奉　命出視各省治河賑災查案。席不暇暖。和珅益得濟竊
弄威柄。行文各省。凡有摺奏。先令具副封。先白軍機處。專政既久。吏風益壞。積成川楚教匪之
變。和珅復任意指麾軍報。亟令各路統軍將帥。虛張功績。以邀賞賚。而和珅亦得冒封公爵。
且於發餉報銷。勒索重賄。以致將帥不能不侵剋軍餉。教匪且愈剿愈多。幾至不可收拾。嘉
慶四年正月初三日。　高宗龍馭上賓。和珅被言路廣興王念孫等列款糾參。初八日
奪職下獄。十八日　賜和珅自盡。俟節次查抄家產。定親王綿恩奏呈查出正珠朝珠一
掛。　仁宗閱之。謂正珠朝珠為乘輿服用珍物。豈臣下所應收藏。深為駭異。定親王奏

稱曾詢之和珅家人。供稱和珅日間不敢帶用。往往於燈下無人。私自懸掛。臨鏡徘徊。對影
誒笑。其語言低息甚低。即家人亦不得聞悉。　諭旨此種情狀。竟有謀為不軌之意。若此
事敗露於正月十八日以前。即不及遲處死。亦當予以大辟。今已賜自盡。俾迅厭殺。姑免磔
尸。伊子豐紳殷德著革去伯爵。賞給散秩大臣銜。當差行走。昭恩眷。能細心查出使和珅逆
跡。不至掩覆。辦理甚為認真。均著交部議敘。未幾。廣興由給事中擢左副都御史。旌其糾劾
和珅之功也。而和珅在嘉慶三年以前。用事二十餘年。竟未一挂彈章。惟乾隆間御史曹錫
寶劾其家人劉全。稍藉勢招搖。家貲豐厚。　高宗派大臣查覆。皆曰無之。曹錫寶奉
嚴旨詰責。此時已卒。亦奉　仁宗特旨贈左副都御史云。

查抄和珅住宅花園清單

嘉慶四年正月初八日。江南道監察御史廣興。兵科給事中廣泰。吏科給事中王念孫等參
奏和珅弄權舞弊。僭妄不法。本日奉　旨將和珅福長安拿交刑部嚴訊。並查抄家產。本
日奉　旨派八王爺七額駙劉中堂訊問。隨上刑具。監禁刑部。派十一王爺慶桂盛住同
抄和珅住宅。派綿二爺抄和珅花園。十一日奉　上諭。昨將和珅家產查抄。所蓋楠木
房屋僭侈踰制。其多寶閣及隔段式樣。皆仿照　寧壽宮制度。其園寓點綴。竟與圓明園蓬島

瑤臺無異。不知是何居心。又所藏珍寶。內珍珠手串二百餘串。較之大內多至數倍。並有大
珠。較　御用冠頂珠尤大。又有真寶石頂數十顆。並非伊應戴之物。而整塊大寶石不計其
數。且有內府所無者。所藏金銀玉石古玩等類。尚未抄畢。似此貪黷營私。從來罕見罕聞。除
交在京王公大臣會審定擬外。著通諭各督撫。將指出和珅各款。應如何議罪。並此外有何
款跡。據實迅速覆奏。同日奉　上諭。據十一王爺綿二爺盛住慶桂等。具送查抄和珅
住宅及花園。並劉馬二家人宅子等處。金銀古玩清單。進呈十六日奉　旨將和珅罪狀
二十款。傳諭王公大臣及在京文武三品以上官員。並翰詹科道閱看。十七日奉　上
諭。前令十一王爺盛住慶桂等。查抄和珅家產。呈送清單。朕已閱看。共有一百零九號。內有
八十三號尚未估價。將原單交八王爺綿二爺劉中堂盛住慶桂會同戶工二部悉心公同估價。
另單具奏。已估者二十六號。合算共計銀二萬二千三百八十九萬五千一百六十兩。著存
戶部外庫。以備川陝楚豫撫卹歸農之需。十八日奉　上諭。和珅悖逆專擅。罪大惡極。
姑免肆市。賜令自盡。固倫十額駙暫留伯爵。在家閒住。不許出外滋事。欽此。

附錄清單

正屋一所。十三進七十二間　東屋一所。七進三十八間　西屋一所。七進三十三間　徽式屋一所。六十二間　花園

一所。樓臺四十二座　東屋側室一所。五十二間　欽賜花園一所。樓臺六十四座　四角樓更樓十二座　更夫一百二十名　雜
房一百二十餘間　古銅鼎二十二座　漢銅鼎十一座　端硯七百餘方　玉鼎十八座　宋硯十一方　玉磬二十
八架　古劍十把　大自鳴鐘十九座　小自鳴鐘十九座　洋表一百餘箇　大東珠六十餘顆每顆十兩　珍珠
十八顆手串共二百二十六串　珍珠數珠十八盤　大紅寶石一百八十餘塊　小紅寶石九百八十餘塊　藍寶
石大小共四千七十餘塊　寶石數珠一千八盤　珊瑚數珠三百十三盤　蜜蠟數珠十三盤　寶石珊瑚帽頂
二百二十六箇　玉馬二匹高一尺二寸長四寸　珊瑚樹十顆高三尺八寸　白玉觀音一尊　漢玉羅漢十八
尊長一尺二寸　金羅漢十八尊長一尺八寸　白玉九如意一百三十七箇　琺瑯大燕碗九十九箇　白玉湯
碗一百五十四箇　白玉酒杯一百二十四箇　金碗碟三十二桌共四千二百八十八件　銀碗碟四十二桌共四千二百八十八件　嵌
玉如意一千六百零一箇　嵌玉九如意一千八百八箇　水晶酒杯一百二十三箇　金鑲玉箸五百副　整玉如
意一百二十餘柄　金鑲象箸五百副　白玉大冰盤二十五箇　琺瑯大冰盤十八箇　白玉煙壺八百餘箇
琺瑯煙壺三百餘箇　瑪瑙煙壺一百餘箇　漢玉煙壺一百餘箇　白玉唾盂二百餘箇　金唾盂一百二十箇
銀唾盂六百餘箇　金面盆五十三箇　銀面盆一百五十箇　金面盆六十四箇　銀面盆八十三箇　鑲金八寶
炕屏四十架　鑲金八寶大屏二十三架　鑲金炕屏二十四架　鑲金炕牀二十張　四季夾單紗帳全
老金鑲絲牀帳六頂　鑲金八寶炕牀一百二十張　金嵌玻璃炕牀三十二張　金珠翠寶首飾大小

共計二萬八十件 金元寶一千箇每箇重一百兩計銀一百五十萬兩 銀元寶一千箇每箇重百兩 赤金五百八十萬兩估銀一千七百萬兩 生沙金二百萬餘兩估銀一千八百萬兩 元寶銀九百四十萬兩 洋錢五萬八千員估銀四萬六百兩 制錢一千五十五串估銀一千五百兩 人參六百八十餘兩估銀二十七萬兩 當舖七十五座查本銀三千萬兩 銀號四十二座查本銀四千萬兩 古玩舖十三座查本銀二十萬兩 玉器庫兩間估銀七十萬兩 綢緞庫兩間估銀八十萬兩 洋貨庫兩間五色大呢八百板羽緞六百餘板五色嗶嘰二百餘板 皮張庫一間元狐十二張各色狐一千五百張貂皮八百餘張雜皮五萬六十張 磁器庫一間估銀一萬兩 錫器庫一間共估銀六萬四十一百三十七兩 珍羞庫十六間。 鐵梨紫檀器庫六間八百六十餘件 玻璃器皿庫一間八百餘件 貂皮女衣六百十一件 貂皮男衣八百零六件 雜皮男衣八百零六件 雜皮女衣四百三十七件 棉夾單紗男衣三千二百八件 棉夾單紗女衣二千一百零八件 貂帽五十四頂 貂蟒袍三十七件 貂褂四十八件 貂靴二百二十雙 藥材房一間估銀五千兩 地畝八千餘頃估銀八百萬兩 外鈔劉馬二家人宅子內外大小共一百八十二間 金銀古玩估銀三百六十八萬六千兩 衣飾器皿估銀一百四十一萬三千兩 洋貨皮張綢緞估銀三萬兩 人參估銀四萬兩 地畝六百餘頃估銀六十萬兩 當舖四座本銀一百二十萬兩 古玩舖四座本銀四萬兩 市房二十七所共估銀二萬五千兩 以上清單係近見世俗傳鈔之本從友人處錄得之已估價者二十六號現銀有二萬二千三百八十九萬餘兩之多內有八十三號尚未估價。閱王益吾祭酒先謙所纂東華續錄恭讀嘉慶四年正月十五日。 諭示和珅大罪二十款內以和珅家內銀兩及衣服等件數逾千萬為十七罪夾牆藏金二萬六千餘兩私庫藏金六千餘兩地窖埋藏銀百餘萬兩為十八罪通州薊州均有當舖錢店查計貲本不下十餘萬為十九罪查鈔家人劉全貲產竟至二十餘萬並有大珠珍珠手串為二十罪則與此單查鈔之數迥不相符及考此單所錄述日所奉 諭旨與東華續錄相同惟十七日。 上諭宣示查鈔家產估價之數則東華續錄無之余猶疑和珅定罪時其家產尚未鈔竣此係後來陸續所鈔之數世俗所記或顛倒其月日耳既又讀東華續錄是年四月二十五日。 諭旨云前據薩彬圖奏和珅財產甚多斷不止查出之數必有埋藏寄頓侵蝕挪移等弊刑部查審時司員意存含混請密派大臣研鞫追究等語朕當即詳加開導昨又據奏向伊親戚問出和珅家事管金銀內帳使女四名請交伊一人至慎刑部提訊更屬乖謬薩彬圖係副都統並非原派籍沒和珅之員忽思越俎欲以一人獨訊數女子且開列使女之名形之奏牘實從來未有之事朕特派怡親王永琅尚書布彥達賚同薩彬圖提集使女等再三究訊仍無指實果不出朕所料王大臣從未於朕前奏及和珅財產隱寄乃薩彬圖屢以為言直視朕為好貨之主以此嘗試乎自古有籍

沒之例所以懲戒貪黷初不計多寡而事係隱此項查鈔貲物縱有隱寄自朕觀之亦不過在天之下地之上耳何以輾轉根求近於搜括耶薩彬圖前內有和珅寄藏金銀不離住宅之語和珅之宅已賞慶郡王永璘居住和珅之園已賞成親王永瑆居住以王府寓園令番役多人偏行搜視斷無此事薩彬圖欲妄冀清之名實難究其著交部嚴加議處先將副都統開缺另簡嗣後大小臣工不得再以和珅貲產妄行瀆奏欽此大哉 皇言洵足昭垂萬世由斯以觀則查鈔和珅家產似已盡括於正月十五日 諭旨之中故薩彬圖疑其尚多隱匿然和珅花園及其珠玉寶玩等類亦最為精華所萃當時尚無估價再合之地畝八千餘頃及隨後查出當舖銀號之資本其數亦已不貲豈實有數萬萬兩之多而薩彬圖尚以為少耶抑此皆陸續查鈔隨即 賞賜王大臣及公主未必盡發 明諭故薩彬圖有所未及知耶又豈查鈔之物呈明入官者不過如正月十五日之數而世俗私相傳鈔之本乃其實數耶抑或當時共詫和珅之富遂於查鈔清單之下浮寫其估價之數日久相沿遂莫能辨真偽耶總之此單係鈔已舊余所見數本大致相同斷非憑空捏造而與東華續錄又似不無抵牾之處蓋私家記載頗資耳食難盡為憑官書又外間所不能多見也惟九十餘年見聞已歧異若此茲特表誌於此以待考覈并質世之博物洽聞者嗟乎乾隆中葉最為天下全盛之時不幸和珅入相倚勢弄權貪婪罔忌自督撫以至道府往往布置私人或畏其勢競營獻納以固其位寖至敗壞吏治刻剝民生釀成川楚教匪之變元氣一傷至今未復和珅卒伏其辜一朝籍沒多藏厚亡豈不信哉亦書之以為黷貨無厭者戒也

學政總裁先後甄拔得人

諸城竇東皋先生光鼐學行深純尤長於制藝屢掌文衡乾隆五十一年因浙江州縣倉庫虧空特派大臣阿文成公與姜晟曹文埴伊齡阿先後馳往查辦伊齡阿旋留為巡撫是時竇公以吏部右侍郎督學浙江甄拔名宿聲譽翔起 高宗詔敕將倉庫事據實陳奏竇公嚴劾平陽知縣黃梅丁憂演戲借彌補倉庫為名科斂肥家賺欺裝 溫旨獎其不避嫌怨而阿公等查覆則謂並無其事竇公具疏執辯不休並親赴平陽訪查伊齡阿劾其在明倫堂招集生監詢以黃梅劣蹟答以不知則咆哮發怒用言恐嚇勒寫親供奉 旨褫職竇公未及覆奏伊齡阿又劾其在平陽城隍廟多備刑具傳集書役追究黃梅劣蹟生監平民一概命坐千百為羣及回省時攜帶多人晝夜兼行致水手墮河淹殞並有不欲作官不要性命之言奉 旨革交刑部治罪竇公抵杭 旨尚未到而官民皆知學使被譴巡撫已密遣人守其衙署忽有歸安諸生王以銜王以鋙以門生投刺來謁竇公見之

二生請閒入內，脫留帰禊一件，稱報老師識拔之恩。實公折視，則皆黃梅按畝勒捐之田單、印票、圖書收帖二千餘張，喜極欲狂。蓋實公雖親赴平陽，而自撫藩以至府縣，早已豫為布置，故於黃梅贓款雖略得佐證，仍未獲其確實憑據。二王以郡郡諸生密為收積，人固不及防也。實公於是奏稱黃梅以彌補虧空為名，按畝捐錢，戶給官印田單一張，在任八年，侵贓二十餘萬。因將田單、印票、圖書收帖各檢一紙呈進。奏甫出，而中丞派員押解銀鞘就道矣。上謂凡事可偽，而官印與私記不可偽，且斷不能造至二十餘張之多，況字帖俱有業戶花名排號，確鑿可據。因命阿公中道折回浙省，且免實公筆閒，同往審訊。阿公旋奏黃梅勒借民錢，侵用田單，公費是實。奉旨伊齡阿與前撫福崧皆嚴議革職，阿公等亦皆議處。實公回京，署理光祿寺卿。乾隆六十年，實公以左都御史為會試正總裁，副考官二人皆資望較淺，一切悉推實公主政。榜既發，則第一名王以鋙，第二名王以銜也。和珅在上前指出，上查知為同胞兄弟，則大疑之，因派大臣覆試。王以銜列二等第四，王以鋙列三等七十一名。磨勘大臣奏稱王以鋙中式之卷，次藝秀也，書後比用一日萬幾一夜四事等字，語涉失當，疵累甚多，遂罰停王以鋙殿試。諭旨斥實公年老昏憒，先行開缺聽候部議，副考官交部議處。越八日，進呈殿試卷十本，名次既定，拆視彌封，則第一名乃王以銜也。和珅與諸大臣瞠目相視，因奏曰：「此次閱卷諸臣皆秉公認真，毫無私弊，如有失當，何妨易置。」上曰：「若此，則彼之兄弟聯名，或出偶然，科第高下，殆有命焉，非人意計所能測也，何必易置？且既拆彌封，而再易置，則轉不公矣。」臚唱之日，輿論翕然，蓋以二王素著才名也。自是實公之取士，與王氏兄弟之得會狀，遂傳為佳話。余幼聞故老娓娓談此事，聽之熟矣。然攷東華續錄，實公奏稱印票收帖皆由平陽生監繳出，豈因王氏兄弟大魁天下，而世俗遂相附會歟？抑實公陳奏不能不歸其事於平陽生監歟？因偏閱諸家紀載，尚無詳誌此事者，姑錄之，以廣異聞，確否則未敢臆揣也。

某制軍為乞丐

乾隆中有某制軍者，八旗人也。其盛時，姬侍僮僕、服飾飲食、玩好之物，窮極奢侈，日費不貲。及罷官歸京師，數年成窮窶子，又數年成乞丐。王公貴人皆厭絕之，惟大興朱文正公戒閽人勿卻。每旬日必一至，文正輒手贈青蚨二百。一日制軍入文正書室，瞰其無人，竊取小鏡而出，從者見，不得喧言。制軍實來，文正命勿覓，且勿駭，如制軍至，伺候侍茶而已。或曰：人生實難，古人豪侈逾度，勢窮則死，若制軍之壽，不如其速死也。聞昔有嗜鴨者，每飯必殺生。忽夢一處有數大池，浴鴨，守者告以皆君口中物也。醒益自惡，恐殺戒止。後復夢至故處，則一池數鴨而已。遽命勿殺。適有疾，親故饋食皆鴨也，數之適符夢中所見，遂驚悸而死。嗟乎！人烏知鴨之將盡，又烏知鴨盡而己尚不與之俱盡耶。

東方三大

吾錫秦小峴侍郎瀛，博學工古文，而書法素非所長，始以孝廉家居。純皇帝東巡泰山，特赴召試之典。過清江浦，偶於市中見鈔白破書一本，皆記泰星典故，以五錢得之，歸而略翻視之。有一條曰：東方三大者，謂泰山也、東海也、孔林也。及試題為東方三大賦，侍郎首段渾冒三項，以下分點三段。大臣擬取十餘卷，純皇帝閱之，無當意者，因問大臣：「通場試卷竟無知題義者乎？」大臣對曰：「有一卷分點三大，以書法太劣擯之。」上曰：「顧學問如何耳，何以書法為？」我命亟以進覽之，稱善。御筆加圈點，拔置第一，遂授中書舍人，入值軍機處。不數年，授杭嘉湖分巡道，數遷而為倉場總督。噫！人之名位，自有生以來，冥冥中皆前定矣，又何容存得失於心哉。

四子書集註宜熟讀

今世教童子讀四子書者，往往摘朱註精要者誦之，其圈外註及稍無涉於舉業者，皆不讀也。乾隆年間，大考翰詹，題為也作乎賦，諸名手皆擱筆，不知其出於何書。一老翰林獨從容交卷而出，語人曰：「吾每試輒後於諸君，此次當稍出一頭地。」榜發，果居第一。蓋論語子張問十世可知也，註內陸氏曰：「也，一作乎。」讀者皆易忽略，故通場無第二人知也。又有鄉先輩某太史，以拔貢生舉乾隆元年博學鴻詞科，授翰林院庶吉士。一日高廟問某太史：「增廣生員始於何代，見於何書？」太史錯愕不知所對。高廟謂論語集註且不能熟讀，何以得為博學？遂散館改授知縣以終。蓋子適衛章圈外註有唐太宗增廣生員句也。合此二事觀之，居文學侍從之職者，可不熟讀朱註及圈外註哉。

窮達有命

湖口高君碧湄大令心夔，少有才名，其駢文、書法及散體詩，均造深際，惟古文尚未成家。晚以知縣分發江蘇，權吳縣數年，頗有聲績，然性偏而政酷，卒以此被劾，憂憤而卒。碧湄以咸豐己未科會試中式，覆試因試帖詩出韻，遂列四等，罰停殿試一科，因留京師，入戶部尚書肅順幕中，為課其子讀書。次年為庚申恩科殿試，碧湄列在二甲。及朝考前一日，肅順問碧湄曰：「子向來寫作遲速何如？」答以文思尚不甚鈍。曰：「日中以後當可交卷。」明日肅順監場，僅交未刻，見碧湄卷已交，即命收諸人之卷，高才宿學以不完卷被黜者甚眾。然碧湄因急欲交卷，心手忙亂，試帖詩又出韻，遂列四等，以知縣歸班用。然後知碧湄上第有命存焉，非可

勉强得也碧涓兩次出韻皆在十三元韻中衡陽王紱秋孝廉聞而嘲以詩曰平生兩回事該死十三元

學使以快短明衡文

今之督學使者按臨各郡考試生童每次須分十餘場往往因公事繁冗期限迫促不能從容評閱悉心搜校康熙雍正以前功令未嚴格式未備院試尚無試帖僅四子書題文一篇而已江蘇為人文淵藪聞昔學院有以快短明三字衡文者大概交卷愈快愈妙篇幅愈短愈妙而意義則取其明白軒爽題紙一下不可搆思振筆疾書奔往交卷取額一滿則不待終場而出案往往考者方據案咿唔研墨潤筆忽鼓吹聒耳龍門洞開始知出紅案也乃皆踉蹌不終卷而出一日文題為山梁雌雉有一卷文僅十六字曰春秋絕筆西狩獲麟鄉黨終篇山梁雌雉遂拔取冠軍又一日題為孟之反不伐有一卷文曰不矜功良將也夫伐情也反不然良將哉春秋時不伐者二一介子推一孟之反之推不貪天功以為己功之反不假人力以為己力吁良將哉又拔取冠軍蓋以其僅五十五字而全篇規模已具文乃簡分而比格也又有數童五六人同赴試一送考之傭工年近四十蓋因學業未成改讀而耕者也好論文貪飲食偶見塾師評改諸童文或試不前列則亦從而指摘之諸童使具酒食每先自飲啖諸童皆忌之相與謀曰傭工喜自衒其能當有以困之乃用傭工姓密為購備一卷俾携考具若令送考者既唱名一童在傭工後代應之而推傭工使前傭工不得已接卷而入且笑曰若輩欲困我乎當顯我才學矣是日題為夫微之顯傭工猶憶少時在塾讀此題舊文起講下既承上文接筆曰夫然而微矣夫然而顯矣夫然而微之顯矣提比後用複筆亦如之後比後之結筆亦如之傭工因鈔襲之而其他皆不知所云也首先交卷學使見三複筆即提筆圈之亦不暇細閱其他處拔取冠軍諸童見已出案倉皇交白卷而出傭工已在門外為接考具且謝曰承諸君厚意使我遊庠諸童皆喪氣垂頭而返

河工奢侈之風

余嘗遇一文員老於河工者為余談道光年間南河風氣之繁盛維時南河河道總督駐紮清江浦道員及廳汛各官環峙而居物力豐厚每歲經費銀數百萬兩實用之工程者十不及一其餘以供文武員弁之揮霍大小衙門之酬應過客游士之餘潤凡飲食衣服車馬玩好之類莫不鬬奇競巧務極奢侈即以宴席言之一豆腐也而有二十餘種一豬肉也而有五十餘種豆腐須於數月前購集物料挑選工人統計價值非數百金不辦也嘗食豚脯眾客無不歎賞但覺其精美而已一客偶起如廁忽見數十死豚枕藉於地問其故則向所食

之豚脯一碗即此數十豚之背肉也其法閉豚於室每人手執竹竿追而抶之豚叫號奔繞以至於死亟割取其背肉一片萃數十豚僅供一席之宴蓋豚被抶將死其全體菁華萃於背脊割而烹之甘脆無比而其餘肉則皆腥惡失味不堪復食盡委之溝渠矣客驟睹之不免太息宰夫熟視而笑曰何處來此窮措大眼光如豆我到纔數月手抶數千豕委之如螻蟻豈惜此區區者乎又有鵝掌者其法籠鐵於地而熾炭於下驅鵝踐之環奔數周而死其菁華萃於兩掌而全鵝可棄也每一席所需不下數十百鵝有駝峰者其法選壯健駱駝縛之於柱以沸湯灌其背立死其菁華萃於一峰而全駝可棄每一席所需不下三四駝有猴腦者擇選俊猴被以繡衣鑿圓孔於方桌以猴首入桌中而拄之以木使不得出然後以刀剃其毛復剖其皮猴叫號聲甚哀亟以熱湯灌其頂以鐵椎破其頭骨諸客各以銀勺入猴首中探腦嚼之每客所吸不過一兩勺而已有魚羹者取河鯉最大且活者倒懸於樑而以釜熾水於其下并敲碎魚首使其血滴入水中魚尚未死為蒸氣所逼則擺首搖尾無一息停其血盡從頭中滴出比魚死而血已盡在水中紅絲一縷連綿不斷然後再易一魚如法滴血約十數魚庖人乃撩血調羹進之而全魚皆無用矣此不過略舉一二其他珍怪之品莫不稱是食品既繁雖歷三晝夜之長而一席之宴不能畢故河工宴客往往酒闌人倦各自引去從未有終席者此僅舉宴席以為例而其餘若衣服若車馬若玩好奢侈之風莫不稱是各廳署內自元旦至除夕無日不演劇自黎明至夜分雖觀劇無人而演者自若也每署幕友數十百人遊客或窮困無聊乞得上官一名片以投廳汛各署各署無不延請有為賓主數年迄未識面者幕友終歲無事主人反餽冰炭金佳節餽節敬每逢旬月必饋宴席幕友有為樗蒲之戲者得赴帳房領費皆有常例每到防汛緊急時有一人得派赴工次三日五日者則爭羨以為榮主人必有酬勞一二百金不等其久駐工次與在署執事之幕友沾潤尤肥非主人所親厚者不能得也新點翰林有携朝貴一紙書謁河帥者河帥為之登高而呼萬金可立致舉人拔貢有携京員一紙書謁庫道者千金可立致嗚呼

國家歲縻巨帑以治河而宦者頻年河決甚於今日竭生民之膏血以供貪官汙吏之驕奢淫佚天下安得不貧哉以佛氏因果輪迴之說例之則向之踞肥缺飽慾壑者安知其不為豚為猴為駝為魚鵝也余又見一京員論清江浦之盛衰今昔頓異嘗切齒扼腕謂漕運河工二者不復天下不可得而治也夫復漕運河工不過京員往來南北足以潤其囊橐而已而謂遂可治天下乎

縣令甚外趙淺之喜

武進趙厚子康訪仁基。以道光六年進士。為江西知縣。時年且四十矣。旋調知安徽涇縣。權懷甯縣事。道光十三年。以捕獲桃源掘河奸民陳端。優詔特賞戴花翎。以直隸州升用。明年。補滁州直隸州。名見便殿。 宣廟嘉之。歸任滁州。六安州。甫越數月。升平陽府知府。又數月升江西南贛兵備道。蓋去為縣時未一年也。又數年遂湖北按察使。未赴任而卒。向使稍假之年。乃且駸駸大用。游擢封疆。而其所以騰躍天衢者。則實因捕獲陳端一事。為 特達之知也。先是江蘇桃源縣有眾民挖河之事。大吏遂以入奏。奉 旨嚴緝各省擒捕。久之不獲。官吏稍稍懈弛矣。陳端棄妻子。變姓名。去鬚毀形。潛附漕艘。為句讀師以自給。家於懷甯之某鄉。一日有捕役過一茅舍。聞有婦人微呼陳先生者。一老學究開門應之。捕役正迫歲暮。思得額外賞項以自贍。因私念此人殆即陳端耶。欲乘其不虞以試之。遂直前呼之曰。陳端汝在此耶。陳端出其不意。錯愕應之曰。唯。捕役乃擒之以歸。遂入縣城。已夜半矣。趙康訪方為縣令。署門已閉。捕役呼而啟之。見縣令先賀有升遷之喜。且請以賞我三百金。俾我得以度歲。則異日之事。我概不聞矣。康訪如數予之。而置陳端於獄。時道光十二年除夕也。康訪素為大吏所賞識。至是遂優列剡章。超遷不次。蓋時運既至。則官途通達。初非意料所及。其事亦並非人謀所得為也。

名醫治中消病

祥符孫雨農孝廉宵均嘗為余言。昔汴人有得中消病者。日食米一二斗。腹日以膨亨。面日以黃瘦。而身日以饑憊。人無能救藥者。聞某縣有名醫。往就之診。醫開一方。僅砒霜四兩。別無他物。且戒之曰。汝忍饑不食兩日。然後食之。食必盡。否則不救。眾無不駭且怪者。又以其名醫也。姑減半食之。則喉然大嘔。吐出白蟲數十枚。其長六七寸不等。皆死矣。於是腹稍小。饑稍瘥。而尚未霍然也。復詣名醫請診。醫嘆曰。汝必食藥未盡也。凡汝之一食即消者。皆此蟲為之。今僅殺其半耳。余不能救矣。問再食之可乎。醫曰不可。夫蟲既食人之食。亦有知識。吾之開砒霜四兩者。乃酌量蟲數而投之。蟲憤食人之食。故於久饑之後。一見即食。彼已見前蟲之死。肯再食乎。蟲既不食。則砒毒汝自當之。今汝食之。則以砒而死。不食則以蟲而死。均之死也。復何言。病者不聽。食之果死。

猛藥不可輕嘗

益陽湯海秋侍御鵬。雄於制舉文。道光年間。以少年捷科第。登言路。高才博學。聲名籍甚。一時勝流如曾文正公及王少鶴魏默深邵位西梅柏言諸君子。皆與之交。侍御氣甚豪。旬日閉章疏上。遂由御史改部曹。頗鬱鬱不樂。然不見於面也。乃研精著述。所著浮邱子尤自憙。一日。諸友集其寓。或言大黃最為猛藥。不可輕嘗。如某某等為庸醫所誤。皆服大黃死矣。侍御曰。是何害。吾向者無疾。常服之。謂予不信。請面試之。命其奴速購大黃數兩來。諸友苦止之不可。及既購到。諸友競起止之。侍御已速取大黃六七錢吞之。一友飆起奪之。侍御復攫吞大黃一塊。且罵奪之者。於是皆反噤。諸友不懽而散。抵暮。聞侍御泄瀉不止。黎明。諸友馳往問疾。始知侍御已於中夜暴卒矣。故曾文正公祭文有曰。一呷之藥。椓我天民。惜哉侍御。以戲服藥殺其身。年僅四十有四。不然。則所就固未可量也。

祿命同而不同

郭柏蔭晴侯左公有中表弟曰吳偉才。與侯相同以嘉慶十七年十月初七日寅時生。所居相距九里許。兩家報喜者相遇於適中之地。其八字則壬申辛亥丙午庚寅也。少有奇童之目。與侯相同。道光壬辰。侯相與凡景橋中書宗植同舉於鄉。而偉才改業屠豕。侯相督閩浙時。偉才嘗一至閩。侯相功業赫然。殺賊以十萬計。而偉才祿命中之煞。乃僅用之於屠豕。昔有與文潞公同命者。僅得同席而食者數十匹。亦此類也。偉才好大言。嘗曰。太公隱於屠沽。何獨不余也。同治八年。已不在屠肆。而覩舊歲時用牲。或召之。輒欣然鼓刀而往云。侯相在涇州軍次與王孝鳳家驥言之。

讞獄引律同而不同

刑部律例。凡調姦婦女未成。致婦女羞忿自盡者。應擬絞。而有情實緩決之分。其手足勾引者入情實。語言調戲者入緩決。此中區別。蓋甚微矣。近聞友人述兩案。其事相似。而其情實不相同。有一人便旋於路。偶為婦人所見。其人對之而笑。且以手自指其陽物。婦人歸而自縊。有司讞獄以其人既無語言調戲。又非手足勾引。擬入緩決。刑部司員駁之云。調戲雖無言語。勾引甚於手足。獄遂定。論者咸以為平允。又一訓蒙師設帳委巷中。偶至廨便旋。其對面有樓。巽然一年少女子。適俯窗下窺。訓蒙師仰首見之。莞然一笑。女子即變色閉窗。俄聞鄰家一女子忽雉經而死。女子之弟。方在館讀書。倉皇返視。其師不覺拍案呼曰。噫。今日誤矣。童子歸告其父母。父母疑其別有他故。遂鳴之官。官研訊得實。以為調戲勾引。均無實事。亦擬入緩決。刑部司員駁之云。雖無實事。其心可誅。訓蒙師遂緩決焉。越一年。司員方與人為葉子戲。忽瞠目作退避狀。曰。冤鬼至矣。已而復作楚音曰。汝以刀筆殺人。吾已訴於上帝。不汝宥也。言未終。氣已絕矣。蓋訓蒙師乃湖南人也。余合二事觀之。前之所斷。不愧南山鐵案。蓋其情實可誅。則雖死而無怨也。後之所斷。不免深文周內。罪不當死而死。故其鬼得索命於既死之後。觀於訓蒙師之拍案驚呼。則豈惟笑出無心。抑且有自悔之意。其與調戲者有閒矣大抵獄訟雖依律例不外情理善折獄者斟酌於天理人情然後衡之以律例不容毫髮偏倚於其間故殺之而不能怨亦生之而不必感也噫難言之矣

六指人冤獄

嘉慶年間浙江某縣鄉人有娶妻者合巹之夕新郎自洞房出如廁至夜半家人皆已偃臥始聞新郎返入房中黎明家人方起見洞房已開詢知新郎早出門矣亦未知異也既而數日不歸家人始怪之相與跡至廁中積薪之下忽見一屍則新郎也大駭詰問新人云花燭之夜新郎入房片時旋出入廁夜半始入房就寢天將明詳問我金銀首飾共有若干藏於何所我一一告之彼云性甚畏冷囑我且睡少頃則開其已出今檢視首飾皆無有矣家人問其狀貌若何答云夜半燈影朦朧未能諦視但見其右手六指蓋新郎方如廁時適有賊藏廁中欲俟夜深行竊既見新郎恐其號而執之也遽前搤其項殺之因假其衣以入洞房次早席卷而去是時村中有一六指人素無行為衆所不齒家人聞新人之言以為必此人矣遂鳴之官捕六指人加以刑訊遂自誣服獄既具論如律新人以新郎既死復遭汙辱遂自縊新郎之母惟一子見子婦俱亡亦自縊越數年郡人有商於閩者遇一人於逆旅詢之同鄉也其人忽問曰吾鄉有一新郎被殺之案其賊已得否郡人曰獄早定矣賊且伏誅矣其人面有喜色方盥沐不覺自露其右手驟視之六指也郡人覺有異因窮詰之且告以有人抵死今雖告我何害賊具吐其實蓋賊與新郎相隔一村自殺新郎後遠適閩省既遇同鄉乃欲探一實音也郡人許以不洩於他人陰遣人報本地有司執賊一訊即伏閩省督撫為之具奏移案至浙江核辦論賊如律於是知縣以失入抵罪自巡撫至知府皆照例議處云

戊午科場之案

咸豐八年順天鄉試主考為大學士柏葰尚書朱鳳標左副都御史程庭桂甫入場監臨順天府尹梁同新提調順天府丞蔣達即因細故意見不合遂從閉龍門而出疏劾同新知貢舉侍郎景廉又具疏併劾二人二人皆被吏議降調以去而至公堂於某夕譁傳大頭鬼出見都人士云貢院中大頭鬼不輕出見則是科必鬧大案榜既發有旗籍滿洲平齡中式在前十名中平齡素嫻曲調嘗在戲院登臺演戲蓋北方風俗凡善唱二黃曲者雖良家子弟每喜登臺自衒所長與終歲入班演戲者稍有不同然京師議論譁然謂優伶亦得中高魁矣御史孟傳金疏劾平齡硃墨不符請特覆試卷 硃諭派載垣端華全慶陳孚恩查辦案涉柏葰之妾及其門丁靳祥於是考官及同考官之有案涉者皆解任聽候查辦是時載垣端華肅順方用事與柏葰不相能欲藉此事興大獄以樹威而刑部尚書陳孚恩終吝

起復候補年餘 上意不甚嚮用孚恩孚恩乃自昵於肅順得補兵部尚書遇事每迎合其意孚恩素與程庭桂相善方言路未劾之前孚恩馳往見庭桂曰外間喧傳此科中有條子甚多有之乎條子者截紙為條訂明詩文某處所用之字以為記驗凡與考官房官熟識者皆可呈遞或輾轉相託而遞之房考官入場凡意所欲取者憑條索之百不失一蓋自條子興而糊名易書之法幾窮矣庭桂聞孚恩之言以為無意及之乃答曰條子之風不始今日矣奚足為怪今科若某某等皆因條子獲雋者也某某等皆有條子而落第者也吾輩衡文取士文章之力仍居七八條子不過補助一二耳孚恩聞然則吾子亦接條子乎庭桂笑曰不下百餘條乃出而示之孚恩曰盍借我一觀袖之而去不數日孚恩奏 旨當開此案按條傳訊株連益多庭桂之次子秀當遞數條孚恩請但到案問數語即無事庭桂名其長子炳采謂之曰汝弟氣性不馴若令到案必且獲罪汝姑代汝弟一行陳公與我至厚必無事也炳采既到堂孚恩窮詰不已且命用刑遂一一吐實而孚恩之子亦有條子託庭桂之次子遞之孚恩知不能隱奏請迴避嚴議並請革伊子景彥職 詔即革景彥員外郎孚恩交部議處毋庸迴避孚恩乃請載垣等設法開釋其子而擬炳采以重辟並奏言此案情節甚多非革職逮問不能澈究奏 旨柏葰朱鳳標程庭桂皆革職下獄而孚恩於庭桂用刑訊焉柏葰之門丁靳祥聞案出即逃逸至潼關為陝西巡撫曾望顏所拿解至刑部歸案審訊案未結先死獄中大抵平齡之中式靳祥實為經營而柏葰不知也若僅失察之罪不過褫職而止肅順與載垣端華必欲坐柏葰大辟鍛鍊久之終無納賄實迹 上意亦以柏葰老成宿望欲待以不死肅順等力言取士大典關係至重亟宜執法以懲積習九年二月獄成上 聞大旨以柏葰雖無納賄情事而靳祥之求請柏葰撤換試卷其辭顯然靳祥未伏歐章而死當即以靳祥罪名加之柏葰等語於是 上召諸王大臣諭以不得已用刑之故柏葰及同考官浦安中式舉人平齡羅鴻繹及為羅鴻繹行賄之主事李鶴齡程庭桂之長子炳采皆棄市程庭桂發往軍臺効力朱鳳標從寬革職未及一年旋復起用其餘各員獲咎被革降調者數十人程炳采既出獄將赴西市乃大哭曰吾為陳孚恩所紿代弟到案以至於此陳孚恩諂媚權姦吾在冥間當觀其結局也聞者皆為掉淚當咸豐之初年條子之風盛行大庭廣衆中不以為諱畝給者常制勝模納者常失利往往有考官夙所相識闈中不知而擯之及出闈而咎其不遞條子者又有無恥之徒加識三圈五圈於條上者倘獲中式則三圈者饋三百金五圈者饋五百金考官之尤無行者或歆羡之余不知此風始於何時然以余所見則世風之下至斯極矣識者早慮其激成大獄而

不知柏相之道當其衙也然自戊午嚴辦考官之後遂無敢明目張膽顯以條子相授受者迄今三十餘年鄉會兩試規模尚稱肅穆則此舉誠不為無功然肅順等之用意在快私憾而張權勢不過假科場為名故議者亦不以整頓科場之功歸之也

良吏平反冤獄

胡文忠公撫鄂時嘗明保東湖縣令張建基之治行洊擢府道至湖北布政使以貪黷著聞大府勒令告病歸田世頗訝胡公之濫保其後乃知胡公之保建基以其平反東湖冤獄而實則理是獄者建基之前任張君也先是東湖有民婦某氏者事姑素孝每晨起灑埽庭除治中饋然後適姑寢問安以盥水一盆雞卵兩枚置案上如是以為常一日清晨排闥入見姑牀下有男子僵大駭亟低聲下氣為掩門而出姑已覺之羞見其婦自縊而死鄉保以婦逼死其姑鳴於官婦恐揚其姑之惡不復置辯遂自誣服已按律定讞矣此張君前任事也及張君蒞任過堂見此婦神氣靜雅舉止大方謂必非逼死其姑者疑其有冤再三研詰矢口不移因諭之曰汝若有冤我能為汝直其事此時不言不得活矣婦答曰負此不孝大罪何面目復立人世願速就死令終疑之沉思累日縣有差役某甲者其妻素以兇悍著令忽召某甲云有公事須赴某縣一行俾還家束裝速來領票頃之某甲到署令忽大怒曰汝在家逗遛誤我公事必為汝妻所縻也即飭發拘其妻鞭之五百血流決背收入獄中與獲罪婦同繫某甲之妻終夜詛罵謂縣令如此昏愚何以服人婦聞其絮聒不休忽言曰天下何事不冤即如我任此死罪尚且隱忍不言鞭背小事盍稍默乎縣令使人潛聽於戶外聞言來告令大喜明旦提婦與某甲之妻同至堂上詰以昨夕所聞之言婦不能隱令悉心鞫問盡得其情平反此獄而薄犒某甲之妻慰而遣之通省驚為神明及胡公撫鄂訪知東湖張令之事而其時張建基適令東湖胡公誤以為平反此獄者也遂登之薦牘而前任之張令已卒竟致湮沒不彰其籍貫名字至今已不可考矣惜哉

墨吏設誓受譴

咸豐年間有某刺史在遵化直隸州任自撰一聯懸之堂皇曰我如枉法腸塗地腦莫欺心頭有天然刺史積貲枉法之事不止一端州人皆能道之既謝事歸田飽於貲財享林下之福者近十年家在河南某縣適值捻寇擾鄉里刺史率其兒孫登一山頂避寇失足顛隕腦於巨石而死頭破腦裂焉又有某大令宰江南之青浦欲加漕費每石錢數百縣民不聽縣令謂所加公費出於不得已非以肥私橐也乃率胥吏等二十人自誓於城隍神前曰辦漕加費涓滴歸公有沾染一錢者官不能保首領以沒胥吏等皆立受顯罰相傳青浦城隍神

乃蔡從傑水以死勤事之周太僕也太僕生為循吏歿為明神康惠最著威靈顯赫縣民素所敬信又聞大令誓語迫切乃各輸費如數官吏以是大獲贏餘未一歲胥吏二十人相繼夭亡大令生瘍於頭日益危篤一夕閽者見一人白面黑鬚酷似城隍塑像手挽大令頭出門徐步而去閽者驚愕失措奔入詢問則哭聲已聚於內大令頸爛頭落而死矣人始知漕費之多侵蝕云夫天網恢恢豈能求貪墨之吏而盡殛之然既肆其貪復行其偽甚且以偽濟貪則鬼神有斷不能容之理彼假誓語以欺人者方自喜得售其術而名利可兩全也然終至禍及其身而名利因之兩失嗚呼貪偽之吏亦可以知所警矣

早慧不壽

安慶諸生有孟昭選者年甫十二補博士弟子員其詩文書法具臻完美尤善屬對嘗以蛩庚對異子名噪一時曾文正公適駐安慶聞而召見之詢其家世知其祖亦諸生也文正口占四字屬對曰孫承祖志昭選應聲對曰孟受曾傳文正大加激賞謂此子必可有成乃自甲子至癸酉科四應鄉試皆不售癸酉出場後遽以疾卒古人謂早慧不壽於此益信殊足令憐才者惋惜也

太監安得海伏法

予前有太監安得海伏法書事一篇已選入庸盦文續編矣茲再輯其崖略補記於此先是丁文誠公聞安得海將過山東密屬德州知州趙新如見其有不法情事可一面擒捕一面稟聞趙新能吏也聞事多計較利害亦頗熟及安得海過境欲勿稟則懼為丁公所怒欲顯稟則恐不能去之反攖其禍因與幕客商用夾單密稟意謂丁公如不參奏則夾單非例行公事可比既不存卷安得海斷不知之若竟參奏則禍福丁公自當之與地方官無涉也及丁公疏既上　兩宮　皇太后召軍機內務府大臣議之皆力請就地正法留中兩日未下醇親王復諍之同治八年七月某日奉　上諭丁寶楨奏太監在外招搖煽惑一摺據德州知州趙新稟稱有安姓太監坐太平船二隻聲勢煊赫自稱奉旨差遣織辦龍衣船旁有龍鳳旗幟帶男女多人并有女樂品竹調絲觀者如堵又稱本月二十一日該太監生辰中設龍衣男女羅拜該州正訪拏間船已揚帆南下該撫已飭東昌濟甯各府州跟蹤追捕等語覽奏易勝駭異該太監私自擅出并有種種不法情事若不從嚴懲辦何以肅宮禁而儆效尤著山東江蘇直隸各督撫迅派幹員於所屬地方將六品藍翎安姓太監嚴密查拏令隨從人等指證確實毋庸審訊即行就地正法不准任其狡飾倘有疏縱惟該督撫是問其隨從人等有迹近匪類者並著嚴拏分別懲辦欽此安得海既在濟南伏

沒籍其輜重。有駿馬三十餘匹。最良者日行六百里。黃金一千一百五十兩。元寶十七箇。極大珠五顆。真珠鼻煙壺一枚。翡翠朝珠一掛。碧霞朝珠一掛。碧霞犀數十塊。最重者至七兩。其餘珍寶甚夥。陸續解歸內務府。歷城縣令為安得海購地葬之。瑩一小墳。越數年。歷城鄉人有病者。忽為鬼所附。聆其口音。京腔也。眾怪病者素不習京腔。環集問之。鬼自言安姓。南皮人。在北京　內廷供職多年。有要差赴廣東。留滯於此。寓屋數間。久不修理。天雨下漏。令人難住。煩諸君為我稍加補葺。眾問到此後。曾回京否。答曰。吾曾回京兩次。宮中景象不異曩時。守宮之金甲神因昔時習見吾面。不吾禦也。惟黃河難渡。往反不易。故僅行兩次耳。眾往視其墳。果有兩洞。為拾泥土補之。明日鬼復來附病者。謝曰。煩諸君厚意。為我葺屋。可勿漏矣。拱手而別。

曾文正公輓聯

曾文正公以同治壬申二月四日薨於兩江總督署內。世子劼剛通侯紀澤以五月中旬奉喪南旋。余送之江干而別。其在金陵百日之內。遠近弔者。絡繹前來。殆無虛日。余為董理喪事。以各省鉅公名流輓聯佳者。美不勝收。厥後同幕有棗刻為榮哀錄者。又覺瑕瑜同登。輓取稍濫。茲憶其周密無疵。為當時所推誦者。錄之左方。恪靖伯左公輓聯云。謀國之忠。知人之明。自愧不如元輔。同心若金。攻錯若石。相期無負平生。蓋左公始為文正所薦舉。中間以事相齟齬。不通函問者。已九年矣。如此措詞。既合分際。亦頗善於斡旋。孫琴西太僕文正門下士也。時為江甯鹽巡道。其輓聯云。人閒論勳業。但謂如周召虎唐郭子儀。豈知志在禹皋。別有獨居深念事。天下大文章。殆不愧韓退之歐陽永叔。卻恨老來湜籍。更無便坐雅談時。見者以為淵雅無俗氣。李眉生廉訪鴻裔輓聯云。位冠百僚。而勞謙自牧。威加四海。而盛德若愚。不震不騰。隱几獨居勲業外。年躋大耋。而神觀弗衰。病至彌留。而軼事靡息。如臨如履。易簀猶在戰兢中。郭筠仙中丞輓聯云。論交誼在師友之閒。兼親與長。論事功在唐宋之上。兼德與言。朝野同悲惟我最。其始出以奪情為疑。實贊其行。其練兵以水師為著。實發其議。艱難未與負公多。謝麟伯編修維藩輓聯云。吾楚多武功。新甯傳節。羅山遺學。益陽雄略。湘陰衡陽皆卓犖勳名。相度恢然。眾賢過國朝六文正。睢州巨儒。諸城名相。大興賢傅。歙縣清州並承平宰輔。公時獨較昔人難。李次青廉訪元度輓聯云。是衡嶽洞庭閒氣所鍾。為將為相為侯。合吾鄉將安陽後。歷三朝兩宋迄元明。二十年僅見與希文君實易名同典。立功立言立德。評昭代湯睢州外。較諸城大興暨曹杜。一个臣獨隆斯于範。太守德棱時將赴婺州之任。送輓聯云。公今與皋夔伊傅同遊。翳古元勳齊頗首。我正泝江漢沱灊而上。每經遺壘。抗

傷心。以上諸聯。能掃去陳言。別具機杼。今坊本所刻榮哀錄。不分優劣。采輯太濫。故余重甄敘之。然余所選諸聯。亦有榮哀錄所未登者。

曾文正公勸人讀七部書

昔曾文正公嘗教後學云。人自六經以外。有不可不熟讀者。凡七部書。曰史記漢書莊子說文文選通鑑韓文也。余嘗思之。史記漢書史學之權輿也。莊子諸子之英華也。說文小學之津梁也。文選辭章之淵藪也。史漢時代所限。恐史事尚未全。故以通鑑廣之。文選駢偶較多。恐真氣或漸漓。故以韓文振之。曾公之意。蓋注於文章者為重。此七部書。即以文章而論。皆古今之絕作也。人誠能於六經而外。熟此七部書。或再由此而擴充之。為文人可。為通儒可。為名臣亦可也。

聖武記敘川楚教匪諸篇尚未盡善

邵陽魏默深先生源。著作等身。所箸聖武記海國圖志。尤風行海內。然海國圖志采輯雖博。未經翦裁。尚不及聖武記鎔化之精。蓋記事諸篇。各有章法。似皆已熟鍊而出之。惟所記川楚教匪事。不免煩碎。嘗聞曾文正公論及之。文正之言曰。凡記事之文。須先定章法。然後落筆。史記樊酈滕灌諸傳。另是一種體裁。蓋諸人所經戰事。不盡關係大局。若必逐事而記之。則太繁瑣。故必立一簡法。以綜貫之。諸傳文雖不長。而所包舉者實廣。魏君於廣川湖陝靖寇記八篇。病在逐事登記而無去取。無提挈消納虛實布置之法。以致頭緒不甚明顯。線索不甚清晰。試思教匪所竄之地。忽川忽楚。所糾之人。忽多忽少。其能綜舉之而無挂漏乎。知此則必有謀篇之訣矣。文正之說如此。錄之以誌記事文之法。

盾鼻隨聞錄當燬

盾鼻隨聞錄者。蘇州人汪堃所著也。堃於咸豐初年。任四川永甯道。以性情乖僻。不孚輿望。屢罣彈章。始為學使何子貞太史紹基所糾。恨之次骨。繼以地方公事忤前制軍宗漢被劾罷官。堃於是刊布此事之始末。及督院批劄。道署稟牘。詆諆制軍。制軍固非大吏中之賢者。然天下閱堃書者。皆謂此事制軍未必非。而堃未必是也。堃又借記粵匪之事。為盾鼻隨聞錄。而附益以子虛烏有憑空編造之辭。其命意專為道州何氏而發。兼以誇一二平生所憾之大吏。如吳文節公文鎔。賢督撫也。而堃亦毀之。何氏自文安公凌漢以下。並述其家婦孺。無不痛詆醜詆。至今人不忍觀。所以報太史糾參之怨也。何根雲制軍桂清督兩江時。嘗飭禁其書。毀其板。然余見書賈仍刻售之。改其書名曰鈔報隨聞錄。余恐其流傳於世。疑誤後學。混淆黑白。不能不誌其崖略。以著其當燬。余弟季懷侍讀時。口中喃喃謂將往擒汪堃

一案，俄而後卒。意者吾弟素性正直，生平最惡人之挾私誣謗，故陰間尚需其勾當此事歟？

庸閒齋筆記後跋　未凡

庸閒齋筆記數卷，海甯陳子莊大令所著也。大令名其元，為金華教官二十年，以卓異薦為知縣，歷任江蘇大缺，後調上海。數年告歸。陳氏為浙江第一舊族，故大令於先朝掌故、家世淵源，述之較詳。又頗能留心時務，閱歷既深，凡所籌論，均愜人意。惟每於左文襄公事，頗覺推崇過當。又其間所論文襄與曾文正公齟齬一條，則更持議頗偏，褒貶失當。余固疑大令當時嘗受文襄私恩者也。後又聞之，宋言文襄於去浙時，保薦浙士三人，丁丙、陳政鑰與大令也。然文正實密訪得大令而薦之文襄者，何以大令又不知感，輒謂文正之宏獎素廣，廣則受之者不以為奇；文襄之薦剡素隘，隘則得之者益以自喜。即大令於涉筆之時，亦時存一沾沾之意，曰：我左公所薦也。且文襄意氣之矜，忮素著於時，彼意以為偶一紀述，毋甯抑曾而揚左，抑曾則斷無後患，抑左則或招尤悔。此又因畏之之心轉而為譽，亦人情所時有也。嗚呼！世風之偷，薄入矣。余嘗怪世之議者於曾左隙末之事，往往右左而左曾，此其故亦有兩端：一則謂左公為曾公所薦，乃致中道乖違，疑曾公或有使之不堪者，而於其事之本末則不一致焉；一則謂左公不感私恩，專尚公義，疑其卓卓能自樹立，而羣相推重焉。

斯皆無識者流也。夫公義所在，不顧私恩可也；若既受其薦拔之恩，復挾爭勝之意以求掩之，又得羣無識者助之以取勝，而名實兩全，則人何憚而不背恩哉？余恐後之在上位者以文正為鑒，而不敢薦賢也，此亦世道之憂也。

微員食祿有定數

李筱泉制軍巡撫湖南時，有一捐班候補某郡通判者，來謁上官。制軍循例出題考試通判。一到花廳，即掩卷高臥。制軍名首府使往問之。通判對曰：吾儕若能考試，早以科第得官矣。今因不解文字，故以捐例得之，何考之有？制軍謂此等劣員，亟應參革，遂於發月摺時，具一片參之。及批摺已回，不見此片，旋於書案抽屜內得之，蓋拜摺時忘封入也。制軍欲復上時，馬端敏公巡撫浙江，與通判有舊，適馳書為之說項，制軍謂其命運尚佳，遂飭令到任食祿八年。及王夔石侍郎文韶巡撫湖南，復調通判考試，以不完卷劾罷之。蓋通判之不才，當以考試被斥，而尚有八年之祿，故始不能劾，而終竟被劾云。

死生有命

余弟季愫，以戊寅夏初入蜀，赴丁稚璜宮保之約。由滬趁輪船至宜昌，四月十一日由宜昌買舟西上。正值水勢未旺，號為行舟最穩之時。十五日行至巴東以下三十里之巴斗灘，聞其險也，乃登陸傍舟而行。未數十步，舟忽為下水船所撞，立即沈溺，從將衣物撈起，隨與下水船理論撞舟之事。忽聞空中雷聲隆隆，水勢洶急異常，烈風暴雨隨之而至，敗舟殘屑蔽江而下。望之神怖。詢知上游五里之牛口灘，蛟水陡發，是日舟過巴斗灘者，無不覆溺，惟季愫以坐船被撞之故，始而撈物，繼而理論，停住江邊，幸免奇厄。蓋使舟不被撞，則必過灘而遇蛟水；使先不舍舟登陸，則人與被撞之舟俱溺。此皆偶然之事，間不容髮，而冥冥中若或有使之者。噫，異矣！因憶季愫幼時，嘗居小書房中，房牆外乃荒場也，驛舍中常以清晨牧馬牆外。一日黎明，牆忽轟然崩塌，蓋為馬所踶觸也。季愫適以首抵牆而寢，忽於夢中驚然而起，躍至牀外，醒而回顧，忽覺殘月俯視其牀，已被壞牆壓破矣。家人驚問其故，自云夢與人鬭，其人執梃將擊之，一人在後大呼曰：汝被擊即死，胡不速走？乃始怵然，盡氣而奔，而不知自夢中躍起也。書此以誌死生有命，有非人力所及謀者矣。

戒鴉片煙良法

自鴉片煙盛行中國，所染其癮者，如飢者之不能去食，渴者之不能去飲，甚有飲食可減而煙癮必不可缺者。每見癮到之人，涕泗交頤，疲頓難遏，故吸煙者為癮所牽縛，皆沈迷不返以終其身。近世有為戒煙丸者，其方藥品不一，然能絕去真癮者，十無一二。或謂丸中須置

煙膏，故吞丸而癮不發，卻丸而癮復來，其說似非無因。余嘗聞蜀人傅麗生別駕誠論戒煙之法：凡為人戒煙，必先審其歲月之淺深，精氣之強弱，飲食之多寡，然後依方以定藥品之加減，必與其人同室臥起，順其氣候而調攝之，察其宜忌而去留之，逾一月則癮可絕矣。通計一生拯拔者不下數十百人，此其用心甚仁，用力甚勞，然恐不能徧及也。伯凡撫屏論戒煙之法，尤為簡便。凡人煙癮至重者，不過數兩而止。初戒之時，每日減去五釐，兩旬則減去一兩矣；四旬則減去二兩矣。繼則每日減去一釐，一月則減去三錢矣。最後每日減去五毫，兩旬則減去一錢矣。中等之癮，閱三月而可以盡去；其癮多於此者，則閱時稍久焉；癮少於此者，則閱時亦稍短焉。惟矢志欲誠，校秤欲準，用力欲果，始戒以至絕癮，毫無所苦，不必用藥也。不問其人之老弱羸壯也，如法行之，無有不效。其後一竟無他疾。此可謂最便最捷之法矣。惜乎知之者尚尠，而行之者猶未專壹也。安得有心世道之君子家喻戶曉，以行其博施濟衆之術者乎。

又庚寅十一月二十九日滬報載：有人每日吸煙須五六錢，積癮五載矣。一日見救生煙方，祇用鹽湯一味，忽悟鹽之為用，利於潤腸，兼有清火解毒之功，鹽與烟如水火格格不相入，故吸烟者多喜甜而忌鹹，自得此方，晨起飲鹽湯一碗，每欲吸烟，又飲一碗。甫逾二日，使覺

吸煙少味。六錢之癮。減至三錢。又數日減去日間二次。止留晚間一次。僅吸一錢。亦覺無味。又數日竟絕癮矣。

右旋白螺

右旋白螺。乾隆年間西藏班禪額爾德尼所進也。凡螺皆左旋。而此螺紋獨右旋。謂為定風之寶。乾隆五十二年林爽文之變。福文襄王以陝甘總督奉命為將軍。赴臺灣征勦。特頒給右旋白螺。攜以度臺。風穩濤平。迅速抵岸。遂由鹿仔港前進。擒滅爽文全股。事既平。文襄內渡。亦極穩順。調為閩浙總督。已將白螺恭摺繳進。五十三年十一月己卯。高廟以閩省總督將軍巡撫提督等。每年輪往臺灣巡查一次。均須涉歷重洋。特再將右旋白螺發交總督。俾於署內潔淨處敬謹供奉。每年大臣赴臺灣時。無論何員。即命往帶渡海。俾資護佑。差竣內渡。仍繳回督署。並諭云。巡查大臣亦不必因有白螺。冒險輕涉。總視風色順利時。再行放洋。以期平穩。旋賜號大利益吉祥右旋螺。厥後又不知何年繳進。嘉慶十一年。特授將軍賽沖阿為欽差大臣。馳赴福建勦海寇蔡牽。頒發此螺。以資護佑。既而賽公不果赴閩。螺亦未出。而冊封琉球使臣。亦間有奏祇領攜用者。大抵事竣。必恭繳回京供奉焉。

孤竹古松附

古孤竹城。在永平府大灤河西岸。山上有夷齊廟。廟前有清風臺。下望灤水。晶瑩如鏡。深一二尺。中有一泉。可七八尺。相傳此即海眼。其深無底。流沙不能淤澱。寺中古松一株。久已枯死。後乃自根下復生新芽。將枯樹包裹在內。外長新皮。厚尺許。樹大四五圍。或謂此樹壽已一千餘歲云。

古塚現寶附

蜀漢後主降晉。封安樂公。歿而葬焉。墓在今山東樂陵城南之五里村。村方圓一畝。近有耕氓拾得銅棺頭長二尺許。寬約二寸半。銅刀頭長三尺餘。寬約五寸。又有杯盂等物。皆古磁。極華美。彼時存肉不見。入都售之。因得小康。又有惠王塚。在樂陵城南四十餘里。相傳塚內有金人男女十二。騾馬雞犬及一切器皿。皆係黃金。有人得金鴿一隻。售之亦小康。每年立冬後。五更報曉。又有夜明珠。深宵出現。行路以為皓月。落地。趨至其處。渾黑無所見。遠觀之仍如明月焉。

庸盦筆記卷之三終

庸盦筆記卷之四

無錫薛福成叔耘

述異

曾文正公始生

曾文正公之生也。以嘉慶辛未年十月十一日亥時。曾祖竟希封翁年已七十。方寢。忽夢有神虬蜿蜒自空而下。憩於中庭。首屬於梁。尾蟠於柱。鱗甲森然。黃色爛然。不敢逼視。驚而寤。則家人來報添曾孫矣。封翁喜。名公父竹亭封翁告以所夢。且曰。是子必大吾門。當善視之。是月有蒼藤生於宅內。其形夭矯。屈蟠絕似竟希封翁夢中所見。厥後家人每觀藤之枯榮。卜公之境遇。其歲枝葉繁茂。則公科第轉官階勳職。迭獲大勝。如在丁憂期內。或遭寇致敗。屢瀕於危。則藤亦几几然作欲槁之狀。如是者歷年不爽。公之鄉人類能言之。饒州知府張澧翰善相人。相公為龍之癩者。謂其端坐注視。張爪刮鬚。似癩龍也。公終身患癬。余在公幕八年。每晨起必邀余圍棋。公目注楸枰。而兩手自搔其膚不少息。頃之。案上肌屑每為之滿。同治壬申二月初二日申刻。公偶遊署中花園。世子劼剛侍。公忽連稱腳麻腳麻。一笑而逝。世子亟與家人扶公入室。蓋已薨矣。是時城中官吏來弔。視者望見西面大光燭天。咸以為水西門外失火。江甯上元兩縣令。亟發隸役赴救。至則居民寂然。偏問遠近無失火者。黃軍門翼升祭文有曰。寶光燭天。微雨清塵。蓋紀實也。自後龐觀察際雲來自清江浦。成游戎天麟來自泰州。皆云初二日傍晚見大星西隕。光芒如月。適公騎箕之夕云。

左侯相之夢

左侯相未遇時。嘗應省試。須解額。甚覺得意。既而連舉進士不第。忽夢干戈擾攘。參佐戎幕。大帥言聽計從。勳望隆然。中外大臣交章推薦。遂出而典兵。屢摧悍寇。遊膺方面之任。爵列五等。其始旋歷所游。皆山水靈淑。人物秀美。臨除數省。忽調赴西北。所歷皆嚴關險塞。雄鎮名都。漸移漸遠。但見黃沙莽莽。一望無際。偃旗兵萬里長驅而進。埽蕩邊氛。功名益盛。累荷超遷封拜之寵。收地愈廣。設官置防。布置粗定。然後振旅入塞。追其故鎮。遂然而覺。乃知是夢。是歲秋試舉於鄉。自知無翰林之望。會試一兩次後。遂不復上公車。旋入駱文忠公幕府。名聲藉甚。曾文正胡文忠兩公交章論薦。起家四品京堂。襄辦軍務。超授浙江巡撫。及克杭州。至西湖之上。怳然如其素所夢者。蓋其景皆夢中所見也。其後以所歷之境。印證前夢。一一胸合。及關隴肅清。議者皆謂新疆地勢遼遠。轉運艱難。頗以進取為疑。而左公慷慨出師。無少顧慮。蓋自知大功之必成也。噫。凡人一命之祿。一第之榮。莫非前定。而況奇勳偉業如左公者乎。

漢惠帝後裔在爪哇島

定海某茂才爲粵寇所虜，逃出後，改業爲賈，嘗傭夾板船運貨至南洋之新加坡，遭風觸礁，飄至爪哇島，即瀛環誌略之噶羅巴也。流寓五年，然後得歸。嘗言爪哇南境有劉莊者，其民皆劉氏，約數十家，聚族而居，蓋前漢惠帝之苗裔也。茂才亦有文學，兼習方言，西洋及巫來由文字皆能繙譯，爲土人所敬。適劉氏重修宗譜，屬茂才爲之序。茂才閱其首卷載劉氏入島顛末，其事甚奇，茂才已不能記其詳，因稍述其崖略焉。其譜曰：漢宣平侯張敖尚惠帝姊魯元公主，爲嫡室，而以其前姊陳餘之女爲次妻。陳氏生一女，美而賢，公主愛之如己出。惠帝亦見而悅之。呂太后乃託言公主所生，年僅十三，聘以配帝，在中宮四年無子。後宮美人得寵者十餘人，共生七子。呂太后取帝之第六子付皇后育之，名爲皇后子。惠帝崩，太子立爲皇帝，時年二歲。又四年，太后幽殺之，所謂前少帝者也。復立惠帝庶長子宏，是爲後少帝。越四年，呂太后病篤，以將相大權付呂產、呂祿。太后崩，張皇后年方二十五。產、祿欲擁之臨朝，以制諸大臣。后堅不允。諸大臣攻殺產、祿，遂滅呂氏。當是時，惠帝尚有四子，少帝年已十五，其三弟皆爲王。少帝後宮生一子，甫三月。張皇后居長樂宮，忽聞金鼓喧擾之聲，詰其侍女曰：太后結怨於人深矣。今大臣既滅諸呂，并滅惠帝之嗣。吾孫生甫三月，外間尚不知，可亟馳至未央宮取之。須臾，侍女取帝子以來，藏之密室。諸大臣果誣少帝及諸王爲呂氏，以車一乘載少帝出宮，遂與諸王皆被殺，遷張皇后於北宮。后既入北宮，攜兒同臥，躬自哺之。以重金許宦者，乘夜抱兒出宮，徑送南宮侯張偃之家。偃乃后之弟也，收兒養之。稍稍成立，適南粵使者入貢于漢，張偃夜見使者，俾挾兒入南粵。南粵王趙佗詢知爲惠帝長孫，官以列卿，封之南海蠻夷中地方四百里。後傳數十世，失其故地，遂爲編戶。然族姓蕃衍，雖輾轉遷徙，而二千年宗譜秩然可稽。其家祠所藏有三寶：一曰漢玉小璽，方不盈寸，蓋高祖立惠帝時，取藍田玉製璽賜之，惠帝奉爲至寶，常付皇后藏之；一曰圓徑五尺之古銅鏡，惠帝召巧工爲之，而鏤皇后像於中間，時后年僅十七，端豔無匹，以顯微鏡照之，宛如生人；一曰三尺長之玉如意，相傳惠帝初納皇后，定情之夕，以此賜之。及帝崩，皇后每夕必捧之而泣，積淚所漬，古采五色，班駁可愛。此三寶皆張皇后授之帝子，既乃載以南奔，遂永爲傳世之寶。劉氏祠宇宏敞，前祀帝子爲始祖，後祀惠帝及張皇后塑像，皆極精緻云。蓋茂才所述如是。予謂惠帝本漢賢主，若使享國稍久，其布德當不後於文帝，而張皇后亦賢后也。二千年後，裔血食于萬里之外，其澤長於漢之諸帝后遠矣。

徐庶成真

習騎射，編戎羅軍門，思恩追賊終南山，遇真人徐庶續程一事。以余所聞世俗所傳者，尚有數則焉。乾嘉之際，廣東某縣某村忽到一道士，衣衫襤褸，向村人乞食，莫之應者。一老媼以盂飯餉之。道士曰：我欲救此一方人，孰知天數難回，不可強也。村人異其言，稍稍聚觀之。道士吸一盂飯至盡，已而復嘔之石上，指謂人曰：今歲天降大疫，死者無算。此飯每吞一粒，可救一人，汝等欲生乎。村人乃爭食之。問道士姓名，對曰：徐庶。遂翩然而去。既而縣中果大疫，而啜是飯者皆不死。又聞康熙中三藩之變，有某將勦賊而敗，賊追之甚急，自分必死，忽有一古衣冠者立於道旁，鬚眉皓白，道貌偉然，謂之曰：汝勿怖，此賊甚劇，非助汝一臂之力，不能滅此賊。因解佩劍授之曰：賊至，此汝但拔劍，劍即飛去，自能取賊將之頭矣。問劍何以歸還，曰：余自能取之。因指某山曰：與汝相會於此。問其姓名，曰：吾徐庶也。汝前生與吾有舊，吾故特來救汝，勉之。俄而衆賊偪至，某將倉卒拔劍，劍即飛去，須臾賊衆紛紛棄甲倒戈而北，詢知賊酋已斃死矣。追至某山，果見古衣冠者已先在，捧劍拱手作別曰：吾去矣。遂不知所往。又有訓蒙師顧洪山先生者，余之外曾叔祖也。余六七歲時，從之受業，時先生已八十餘矣。嘗自言少時寓無錫城內樂王廟讀書，廟有道士數人。一日忽一外來道士求暫寓，古心古貌，神氣灑然，博談古今，無所不通，尤喜談三國時事，感慨淋漓，令人歎泣，所述事蹟每有出諸史之外者。叩其姓名，笑而不答。越數日，一小道士病且死，其人命取桑葉十餘石，置大鍋中，煮其汁以灌之，霍然而愈，遂辭去。老道士覺爲異人，固留之，不可，遂行。老道士猶力挽之，其人曰：實告汝，我徐庶也。小道士二十一世前，爲劉豫州部下小校，我念其樊城之役頗有戰功，故來救之，與汝何緣而欲強留我也。徐步而去，老道士疾走追之，終不能及，數十步外，遂失所在。

郭汾陽王墓被掘

同治元年，關中回寇蠭起，屠戮之慘，甚於粵寇。是時督師大臣勝保由豫入陝，其隨員洪觀察貞謙過華陰，嘗呼一整容匠剃，以汾陽王後人如何。其人愴然曰：我即郭姓，汾陽王後裔也。從前合族有十餘家，皆零落不振，無讀書者。今遇此大變，存者無幾矣。鄉人以悠遺恚無所洩憤，則羣譁曰：始引回人入中國者，是汾陽王之咎也。乃相率往掘王墓，其中羌無所有，惟得古劍一柄，亦已幽黯朽折矣。今雖稍加修葺，竟無力能復舊觀，感唏不已。洪觀察爲余述之如此。余謂汾陽王雖借回紇兵復兩都，然回紇之入中國，實不始於汾陽，且回回與回紇又是兩種，鄉愚無知，偶聞譌語，信爲實然，一唱百和，且奮其憤毒之氣，何所不至。當時雖其子孫不能禦，官法不能禁也。而自唐迄今，已逾千年，則墓中一無所有，亦理之固然，無

足怪云

桃花夫人示夢

湖南郡縣往往有桃花夫人廟蓋係春秋時息嬀也長沙某生偶因遊山借宿古廟視其顏則桃花夫人也默念息嬀不能殉夫隱忍事仇為生二子縱使終身不言無補於其失節而汎其未嘗無言也此等淫祠安得起狄梁公而毀之是夕某生夢夫人遣使召之至殿上夫人服飾古雅環珮鏘然南面高坐侍女十餘人植立兩旁某生竊視夫人端麗無匹而懍若冰霜謂某生曰春秋左氏傳一書紀事失實或因傳聞稍誤而毀人名節者甚多汝知之乎即如我從息侯入楚不甘受辱自殺以殉志節皦然可表天日其始而守身如玉幽餓空宮纔而徐遣誘脅屈志為楚夫人生有二子者乃我之姪也左氏不攷其詳而混我姑姪為一人俾我受千古之譏評豈不冤哉又如左氏所稱衛宣公烝於夷姜晉獻公烝於齊姜從人辯之以為夷姜齊姜宣公獻公之夫人其說甚為確鑿此等烝淫大惡豈可輕誣古人又如僖公十五年傳晉惠公烝於賈君注者以為賈君即獻公之妃賈女也其人是矣然所謂烝者則又有訛謬焉夫獻公初娶於賈為元妃齊姜乃其次妃其入宮在賈女之後賈女甚美而賢與衛莊姜相彷彿厥後獻公既得驪姬立為夫人乃幽賈女於宮中然其初嘗晉之小君也故稱之曰賈君當惠公入立之時賈君年已七十左右秦穆姬念其嫡母之幽憂孤苦故屬惠公善視之孰知惠公亟不加禮復逼淫其侍婢致令賈君憤鬱而死穆姬所以怨之也然竟曰烝於賈君則誣賈君甚矣又如楚平王為太子建聘婦於秦曰伯嬴容德甚美王乃自取之此在王為慚德而非秦女之罪也厥後吳人入郢以班處宮夫人伯嬴獨能閉門自守稱說禮義俾吳王慚而退舍秦亦以其女之故發兵救楚卒復楚是夫人既有功於社稷而貞毅明達保全節於危難之中實巾幗中所罕覯宜其能生昭王為中興之令辟也左氏不著一字使如此賢媛鬱致湮沒亦其疏漏之失也凡吾所述子之博雅自能知之吾所以復言之者欲子轉告世人俾知書之不可盡信也大抵以一人之才智紀二百餘年數十國之事豈能一無舛誤然被其誣者則奇冤莫白矣此左氏晚年所以有失明之罰也夫人舉袖一揮某生遽醒歸而檢列女貞順傳曰楚伐息破之虜其君使守門將妻其夫人而納之於宮楚王出遊夫人遂出見息君曰人生要一死而已妾終不以一身更貳醮生離於地上豈如死歸於地下哉乃作詩曰穀則異室死則同穴謂予不信有如皦日遂自殺息君亦自殺楚王賢其夫人守節有義以諸侯禮合葬之君子謂夫人說於行善故序之於詩某生因思劉向博極羣書其言必有根據何以與左傳相鑿枘今知為姑姪二人之事則疑義渙然矣蓋古者諸侯一娶九女息夫人雖死而其娣姪未必能俱死人但知為楚夫人者亦號息嬀而不知其截然兩人也若息夫人之貞固不二則廟食千秋宜矣又楚平伯嬴亦列於貞順傳曰伯嬴者平王夫人昭王之母也吳入郢昭王亡吳王闔閭盡妻其後宮次至伯嬴伯嬴持刃曰君王棄儀表之行縱亂亡之欲犯誅絕之事何以行令訓民妾聞生而辱不若死而榮妾若有淫端則無以生世壹舉而兩辱妾以死守之不敢承命吳王慚遂退舍伯嬴與其保阿閉永巷門三旬秦救至昭王復矣君子謂伯嬴勇而精壹某生因思夫人之言與此傳適相脗合又檢春秋大事表於衛夷姜晉齊姜論之頗詳玩夫人之言似已知有此書矣惟賈君之事無書可攷後讀史記晉世家云自獻公為太子時重耳固已成人矣獻公二十二年重耳年四十三出奔狄國某生始憬然悟曰重耳在魯僖公四年年已四十有三申生乃重耳之兄秦穆姬又其女兄則其母齊姜年必在六十以外賈君乃獻公初娶之夫人其年又當長於齊姜惠公入國在魯僖公九年則賈君年在七十左右無疑矣惠公淫其侍婢而左氏誤信傳聞以為烝於賈君其誣賈君實甚宜夫人之為表白也某生嘗以所夢語人復作文考論其事甚覈後數年復夢夫人召之出彩筆一枝贈之曰此翰苑筆也聊贈一枝以報發潛闡幽之厚意是秋果捷鄉試明年成進士入翰林

馬端敏公被刺

同治九年七月二十七日為兩江總督月課武職之期馬端敏公新貽親臨校場閱射校場在督署之右有箭道可通署後便門端敏閱射畢步行由箭道回署將入便門忽有跪伏道左求助川資者一武生端敏同鄉也接呈狀閱之謂曰已助兩次矣今胡又來言未畢忽右邊有人大呼伸冤者未及詢問已至端敏身前左手把其衣右手以小刀揕其胸端敏謂從人曰我已被刺速拏凶手言訖而絕從人舁端敏入室武弁聞聲奔集執縛凶犯并執武生付首縣禁錮凶犯為張汶祥河南汝陽縣人武生實不知情蓋適逢其會耳乃先釋武生使去是時人情洶洶訛言朋興　朝廷調曾文正公還督兩江派重臣按此獄越半年事乃定先是有丹陽某生者夢見吏役持名單一紙所錄殆數十人第一名為張汶祥第三名為馬新貽而已則在數十名以外寤而告人決計不與秋試未半月而端敏被刺某生以是冬十月卒惟張汶祥名列第一而死在明年二月或莫測其故也端敏騎箕之夕張子青漕帥之萬在清江浦忽夢端敏以年愚弟名帖來拜端敏故與漕帥丁未同年也神色慘澹久之默然徐曰吾事再說同年拱手而去未幾得　訃前赴金陵會審凶犯漕帥至金陵時以語人謂凡事莫不有定數云是年又有湖州人費以耕字餘伯者以賣畫遊上海寓卧客

答。馬公被刺之日。嘗忽語人曰。制府馬公。今日已死。一百二十餘年前之案發矣。此案共數十人。吾名亦在其中。不能久居人世矣。越三日而斃。

張汶祥之獄

馬公未被刺之前數日。忽接到公文一角。其封模糊。不知為何署印章。折視之。並無文書。但畫死馬一匹而已。亟命執役文者訊之。已不知所往。蓋即張汶祥所為也。及馬公被汶祥所持刺刀。深入胸中四寸。從人為之拔出。刀已刓曲。刀首敷毒藥。人遇之立死。並不見血云。意其處心積慮。非一日也。是時事出非常。訛言四起。或謂必有指使之人。或有以帷薄事疑馬公者。蓋謂汶祥奮不顧死。非深讎不至此也。方獄急時。余在金陵。頗加意訪察此事。其謂有指使者。固全無影響。謂涉及帷薄事者。尤大謬不然。蓋汶祥所自供之籍貫蹤跡。已與世所傳不相應。且馬公果有隱慝。汶祥儘可昌言之。不必為之隱諱也。先是　朝廷命漕帥張公之萬赴江南蒞獄。既定讞矣。會言路有異議者。復遣刑部尚書鄭公敦謹赴江南。讞如前。乃以辛未二月十五日。磔汶祥於金陵城北之小營。摘心致祭於馬公柩前。而馬公先已奉旨建祠予謚飾終。典禮甚優云。方汶祥之被執也。江甯將軍魁玉公詰問主使。汶祥張目答云。我為天下除一通回匪者。蓋以馬公先世出於回教。故誣之也。及星使至。與承審司員先後鞫問。汶祥終無一詞。或時為含譏不遜語而已。或勸刑訊。星使以汶祥重犯。倘未正典刑而瘐死獄中。誰執其咎。故始終不敢用刑。定案之日。孫觀察衣言、袁觀察保慶皆以承審大員。不肯畫諾。以未刑訊故也。二公皆嘗受知於馬公者。然當是時推究汶祥蹤跡。并偏逮其姻戚文案供證確鑿。所讞已十得七八。殆無甚疑義云。汶祥始為粵匪所虜。纔而逃出至甯波。以押當質利自給。并與諸海盜通。會其黨者數年。值馬公巡撫浙江。擒斬海盜頗衆。復禁斂押當。汶祥益貧無賴。乃時思為海盜報讎。汶祥又有妻為人誘之以逃。汶祥追而執之。復以失物訴巡撫。未為追繳。馬公以此小事。不宜煩瀆。格其訴不納。其後汶祥妻又謀逃。汶祥迫令自殺。既而怒曰。巡撫不為我追贓。使吾妻有輕我心。是殺吾妻者巡撫也。遂懷必報之志。會馬公總督兩江。汶祥千里間關。伺候兩年。而始遂其志。天下固有以睚眦之忿結滔天之釁者。其張汶祥之謂乎。

知府被刺

同治八年。青州府知府王君汝訥被刺而死。其兇犯乃青州營步兵也。營中定制。凡馬兵出闕。挍閱步兵精騎射者補之。有一步兵。武藝絕倫。發矢連中。而參將抑之。竟不得補馬兵。闕步兵懷恨。嘗欲刺之。而未得間。會某月某日丁祭之期。步兵私念此其時矣。因磨白刃。先埋

諸學宮方甎下。至期。文武官皆已就位。步兵取白刃徑往祭所。於時黑夜中雖有燈燭。眼光朦朧。步兵平素。又但知參將為最貴。乃就首席一官。猛力刺之。應手而倒。則知府王君也。步兵曰。誤矣。亟往刺參將。參將負重傷疾走。以免。其下兵丁倉猝格鬬。死且傷者數人。步兵馳出廟門。左執刀。右挾矢。以禦追者。每發一矢。無不中。復殺數人。於是追者不敢逼。至東門。門者呵之。復殺門者。斬關而出。遇一農夫驅驢負柴將入城。又殺農夫。推柴於地。而騎其驢以行。驢至水邊。不肯渡橋。步兵亦若迷不識道者。盤旋往返。自晨至午。仍在水邊。追者愈聚愈衆。乃就執。訊之。則瞠目直視。但云欲殺參將而已。遂寘之極典。初王太守之父。為山東某縣令。接印之夕。滅燭將就寢時。窗外月明如晝。月光映射室中。忽見有人持白刃自屋梁飛下。破窗而入。太守之父。自帳內窺之。見其在室中摸索。知欲刺人也。大駭。屏息移出帳後。伏於牀下。刺客摸至牀邊。果連斫之。旋覺無人。復破窗而去。既而詢知此室為前任縣令所居。其與豪家不知其移窩。故欲刺之。然使不見幾速避。已代人受刺矣。因是寒心。即日告病辭官歸。亦可謂哲於保身者。乃閱數十年。而其子仍在山東代人受刺。豈冥冥中果有定數歟。

知縣被戕

同治九年。兩江總督馬公被刺於金陵。是年三月初五日。先有浙江嵊縣知縣嚴君被戕之事。嚴君名思忠。鎮江人。治嵊縣頗著政聲。有櫛工龐姓設鋪縣城。而令其子學技於新昌。會清明節。其子由新昌回家。至中途。忽發瘋疾。櫛工赴鄉省墓。俾一徒與瘋子居鋪中。夜將半。瘋子忽放火自焚其屋。鄰人奔救。火既滅。而瘋子不見。人皆謂其懷慚自遁。未之覓也。是時嵊縣令無公廨。僦民室以居。瘋子竊菜刀置之懷。徑趨縣令公館。登館後土山。壞後門以入。館中人皆不覺。倏入縣令正寢。寢室凡七間。皆有簾帷而無門戶。縣令與一妾居東。縣令之女。年約二十。與僕媼居西。瘋子先遇一媼。斫之。負傷仆地。遂趨縣令臥牀邊斫之。其妾聞聲呼救。復趨斫之。皆在牀呻吟。瘋子見牀後花裙一條。遂取而自束之。復趨西室。見縣令之女。斫之數十下。負重傷未死。仍入東室。斫殺縣令。其女聞聲匍匐往救。瘋子出濕之。復被斫以死。縣令與其女皆受七十餘刀以死。而面目模糊不可辨云。瘋子取印佩之。開箱取實銀一枚。復出後門而去。天既明。有豆腐店翁方開店門。忽見一人滿身血污。腰束花裙。執刀來撲店翁。以門板禦之。墜其印及刀於地。瘋子挾銀而遁。居民拾印與刀。來叩縣令公館。則大門猶未啟也。既知縣令已死。遂報典史。先來相驗。發捕役嚴緝。兇手瘋子泅伏水中。執而訊之。若茫然不自知前事者。縣令之妾逾一日而死。置瘋子於極典。然終莫解其來由也。或曰。嚴君少時。其父為山東博山縣令。嚴君讀書學宮之魁星閣。閣有三層。嚴君居中層。其上為人

迹所罕到。而嚴君每若見人憑欄眺望。知為狐也。陰戒其僕蹤跡之。知其巢在數里外之古墓中。歸而告其母曰。某處有狐窟。兒將名獵戶殲彼醜類。其母先一夕夢一老人來見曰。吾族與郎君夙無嫌怨。兩不相侵。郎君居心陰很。吾族氣數已到。恐遭毒害。然吾必有以報之。其母既感是夢。乃叱止之曰。彼雖異物。然無害於人。何必殲之。敢若此非吾子也。嚴君重違母教。數月未發。厥後技癢不能自已。遣其僕陰購火藥藏之墓中。乘夜以引線發之。清晨往覘。則死狐枕藉穴內。人有知其事者。以為麗瘋子之案。老狐為之也。嚴君被戕之歲。元旦館中階石忽裂為二。血痕殷然。嚴君自占一課。謂縣中當有逆倫重案。亟名其吏役教誡之。俾各慎厥職。而不知其身自當之也。

水神顯靈

鬼神為造化之迹。而迹之最顯者。莫如水神。黃河工次。每至水長之時。大王將軍往往紛集。河工吏卒居民皆能識之。曰某大王某將軍。歷歷不爽。同治七年。捻賊張總愚竄入直隸山東交界。今伯相合肥李公。扼守黃運兩河。設大圍以困之。當是時。各營兵勇不滿十萬。所汛地綿廣數千里。人數不敷甚鉅。賊以全力併衝一處。一處失防。則全局皆廢。固非確有把握也。然竟以滅賊者。是時大雨時行。河水泛溢。平地積潦。往往盈丈。賊四面奔突。皆為水所阻。

官軍因得合力痛勦。蓋若有神助焉。李公調長江水師提督黃軍門翼升率舢板礮船北上。至張秋。阻淺不能進。眾人咸請軍門詣大王廟行香。舟人忽報曰。黨將軍至矣。曰何在。曰在河干。先是北運河涸如平地。至是河水驟漲。船隨水進。所向無阻。隱隱於數十步外見一紅旂在前。大書黨字。軍門視曰。此役若滅賊。必請于大帥奏加封號。於是李公調軍門扼守泊頭鎮至捷地壩共河牆一百二十里。軍門既至。審視形勢。謂將吏曰。吾水師力尚單薄。而汛地頗廣。且運河水旺。尚無可虞。賊若由減河北竄。則大局壞矣。吾欲決捷地壩。引運河水入減河。則吾可高枕無虞。又恐居民不願。致啟爭論。正躊躇間。眾又請軍門拈香。曰大王現矣。軍門詣河牆拈香畢。為牆下望見若有一蛇蜿蜒河側。長不過尺餘。或曰黨將軍也。或曰楊四將軍也。或曰某某大王也。方欲遣人諦視。忽對岸堤上有一蛇長十丈餘。首如七石巨缸。鱗彩燦爛。三昂其首。驟聞天崩地塌之聲。則捷地壩陷矣。運河水滔滔滾滾注入減河。賊果北竄。阻水不得渡。望洋歎恨而去。賊既滅。軍門以語李公。請為黨將軍奏加封號。未及舉行。但為奏請南書房書一匾額而已。及李公總督直隸。歲辛未。畿輔大水。一日天津吏民讙言黨將軍見於河干。請郡守暨縣令往迎之。縣令讓以坐轎。不肯入。郡守乃以坐轎讓之。送入大王廟中。既而大王將軍陸續踵至。津民連日焚香演劇以侑之。已逾兩月。李公謂僚吏曰。今

值饑饉之年。物力艱貴。與其耗之演劇。不如賑濟饑民。欲將大王將軍送之河干。正在商議。外間尚未知也。一優人忽自廟中戲臺跳至臺下。大言曰。我黨得住也。李少荃與我有舊。本是一會之人。戊辰之役。我為出力不少。滅賊成功。得有今日。乃既不為我請封。今若演劇為樂。復欲驅我。何太無情誼也。言畢。優人偃臥於地。良久乃醒。問以前事。茫然不知。於是僚吏力請李公聽其演劇。凡三閱月。而大王將軍乃漸去。津民復相與醵錢重修大王廟。煥然一新。

賈莊工次河神靈蹟

同治甲戌。河決賈莊。山東巡撫丁稚璜宮保親往堵塞。以是年冬十二月開工。頗見順手。而大王將軍絕不到工。至光緒乙亥二月。閉壩工竣。出用稭料至五千六百七十萬斤。繩料至二百七十萬斤。十三日後。停工待料。占埽或墊或走。或似嘔吐。連日西北風大作。大溜自引河直射口門。萬夫色沮。十五日午刻。口門里許。河水清忽見底。竟可鑑。十七日。栗大王至。越日。黨將軍至。又明日。金龍四大王至。自十六至十九日。桃汛忽發。口門深至五丈四五尺。種種奇險。兵弁員役。束手相向。二十一日大溜忽入引河。口門水勢日平。二十三日以後。秫料大集。各大王將軍亦雲集兩壩。二十六日南壩開工。二十八日北壩開工。是日金門中流忽浮黑鴨一對。遊泳上下。幾一時許。後不復覩。河員謂係抱鴨將軍。每遇堵口出現。最利越

日。復有虎頭黨四將軍端坐綑箱船上。形同綠蛙。而體較長。請入香盤。毫不驚躍。又有楊四將軍者。狀如蜥蜴。長祇寸餘。兩脇起突。偏體生花。從蘆際躍入宮保帽中。遣官送至大王廟。行七八里。伏不稍動。安坐供盤數日。三月初六日寅刻。正兩壩合龍。然壩基尚未壓到河底。河水自壩下漬滴而出。形勢岌岌。初八日雷雨大作。共言陳九龍將軍至矣。是夜雷雨不止。龍占打下丈餘。隨即添培高厚土櫃。還壩一齊填壓到底。即刻斷流。蓋人力無所不施。不得不借於神力也。聞河工凡見五毒。皆可謂之大王將軍。如蛇蠍虎蜂蟾蜍皆是也。然託於蛇體者為最多。但其首方。其鱗細稍與常鱗不同。位愈尊者愈觸。則形愈短。金龍四大王長不滿尺。降至將軍。有長三尺餘者。又如金龍四大王金色。朱大王朱色。黃大王黃色。栗大王栗色。皆偶示涎象。以著靈異。各就其神位之前。蟠伏盤中。而昂其首。或一二十日不動。或忽然不見。數日復來。其去來皆無蹤跡。而鱗色璀燦。或忽然黃變為朱。朱變為綠。謂之換袍。或忽然死於盤中。謂之脫殼。其死蛇須送水濱。即自沈於河底。或數日後仍現於河干。蓋其所附之蛇偶死。而大王實未死也。又有某大王在盤中生數蛋而去者。此次大功告成。宮保即專摺請加封號。奉　旨金龍四大王封號著禮部查照康熙二十三年加封天后成案辦理。其黃大王。朱大王。陳九龍將軍。楊四將軍。黨將軍。劉將軍。曹將軍。著禮部一併議奏。並建立栗

大王專祠，以答神庥云。

武員憑哭河神

丁稚璜宮保在山東兩次治河。前則侯家林工，後則賈莊工也。侯家林之役，大王、將軍來集工次，每日演劇敬神。有衆蛇各就神位之前，昂首觀劇。優人或以戲單呈上，請大王、將軍點戲。蛇以首觸戲單所點之劇，往往按時切事，非漫無意味者也。而點第一曲者，必金龍四大王，其次第亦不稍紊。有總兵趙三元者，戟手謂人曰：「此皆蛇耳，何神之有。」言未已，忽呼云：「不敢，不敢。」趨視之，則有蟠其頸者，有繞其背者。咸勸總兵跪神座前自責，且願演劇三日，以贖罪。倏忽間已見大王復位矣，然未見其去來之迹。賈莊之役，有某提督駐河干，忽見大龜順流而下。或謂此元將軍也，宜設香案，望空叩禱，可獲神助。提督怒曰：「吾乃將軍耳，彼區區介族，何足懼焉。」命軍士舉火槍擊之。龜遽逆而上駛，若畏避者。提督方自鳴得意，忽見大小龜數千，溯流而至，波濤洶湧。提督止命衆槍，則向所見之巨龜已倏忽近岸，昂首噴沫。衆龜隨之，奔流箭激，聲勢甚盛。軍士皆驚恐奔潰。提督知不可禦，喚乘馬登高避之。而其所駐之河濱草屋十餘間，皆被水捲去，沈汨無餘矣。噫！宇宙間靈蹟昭然，若斯如河神，彼武人粗鹵，不知敬畏，幸而未降之罰，乃著異於俄頃之間，以示懲儆。神顧可慢乎哉。

河上旋風

光緒丁丑七月，余偕諸昆季謹扶先太夫人靈柩，由濟南回里。舟經張秋黃運之交，適值戴村壩決，陷運河口門，水深一尺內外，河沙淤澱，舟不得進。泊口門外十有四日，乃假張宇營勇丁百餘名，濬挖淤沙，越一日，曳舟入運河十里，堤開仍不得進。此開乃運河入黃之口也。明日午刻，天晴無纖雲，忽見旋風揚沙起南岸，峭成白雲一道，若有白鳥及蝴蝶翔舞其中者。時舟人以蘆席為食舍，河之濱頃刻間捲入雲霄，隨其下風沙相激，如旋蟻蟓漸迫挖河諸勇丁。鳴金拒之，風息雲斂，而河之北岸復有飛沙衝起，橫亙半天，有若白龍之飛遊者。或曰：此旱龍也。其首偃仰向日，兩目炯炯，如巨盎。諦視之，即蘆席兩方也。其身如數百匹白練舒布空中。諦視之，則揚沙映日光也。其下壓沙亂刮，若以尾掃地，而南岸蘆席七八方須臾盡至北岸，飄轉杳冥間。久之始滅。余初疑此以為水怪，畏挖河勇丁之逼其巢穴而遷徙者。或又告余曰：此風自南而北，先至戴家廟。是日適逢市集之期，鄉人畏風不敢過，人知其神也，而避之。風乃旋轉而北云。然不知其所止息，亦不知果何神也。

忠靈破賊

江忠烈公既殉廬州之難，其弟達川方伯忠濬率援兵千餘，為賊所阻，距城數十里，越八日。遣一弁微服入城，出公尸於塘水，面如生，負以出城，斂之歸葬。官軍初次克復廬州，於水西門內建公專祠。數年廬州復陷。同治壬戌，將軍多隆阿忠勇公率大軍圍廬州，俾其裨將石清吉攻西門外之得勝卡。賊以全力守之，堅不可拔。忽見卡後有一枝人馬，皆執白旗，心有江字，襲賊之背。賊乃大潰，官軍遂克廬州。是時賊與居民皆望見之。後知官軍並無白旗隊者，而破賊之所實與江公祠相近。其旗白色，則公生平行軍所用也。至今廬人道公遺戚，猶慄慄有生氣。每議大事，必在江公祠。祠中鑄胡元煒鐵像，跪階下云。

已死七日復生

蘇州西洞庭山陸某妻，家在蘇城內。一日入城，甚病而卒。其妻家遣舟至洞庭山迎其妻來視，舍舟阻風中途，越七日，然後至。時天氣嚴寒，尸尚未變，將大斂矣，開棺，忽蘇。又十餘日乃起。人嘗問以死後情狀，自言：將死之時，魂從頭頂鑽出，急切不能離身，奮力掙去，甚覺苦楚。已乃翛然解脫，遂與身判為二矣。由是入冥漠之鄉，若有知，若無知，似人睡著，後光景有時隨風飄蕩，至洞庭山家中。自覺其身已死，忽念及父母兄弟妻子，悽然以悲，則魂氣為之一聚，若炯然有知者。已而漸復昏昏然，或遇大風吹散，或被鐃鈸及銅鐵器聲驚散，復散復聚，費力不見有日月，不知有晝夜。凡所稱陰界地獄及閻羅王，俱未之見，亦未遇一鬼。既復甦至一處，若有兩人痛哭者，其下赫然一尸，魂忽可畏，不覺驟與之近，陡合為一，遂復生矣。哭者則其妻與妻母也。陸某所述，頗為近理。其未至陰界，蓋以陽壽未盡，故無引導之鬼，所以能復生者，亦即以此。魏施叔愚廣文為余言之。

獄囚囚官

各郡縣獄中重囚，例皆鐐其足而梏其手，鉗其口而鎖其頸。晚近獄規不肅，每一囚入獄，獄卒皆有例定規費，從此於州縣典史巡獄時，為上刑具，官去即使弛之。習以為常，官亦知之而不深究也。廣東有某縣令，欲察獄中積弊，一日屏去儀從，突入獄中。獄卒未及知也。獄囚百餘人見之，曰：汝來甚善。群起縛縣令，宣言曰：官欲出獄，須縱我輩百餘人與之同出。如門外人有來前者，我輩先扼殺縣官，以待死，均之一死耳。與其束手而死，不如與官同死。復連縛獄卒數人。有餉縣令飲食者，獄囚數人傳遞而入，獄囚口嘗，或不時給，則亦絕官餔餟，以相抵。縣中幕吏皆無如之何。典史至門外遙呼獄囚，始而婉諭，繼而哀祈，囚皆不應。不得已，稟達郡守。郡守親自赴縣，至獄外諭囚曰：縣令自到任後，並未苛待汝等，汝等入獄，皆在前令手中。今如致縣令於死，汝等罪名益重，豈得倖全。不如速釋縣令，汝等有冤抑者，必為伸理；其犯重辟者，亦當設法超拔，決不汝欺也。獄囚皆曰：今日我輩與縣官，出則同出，死則同死。

不必多言。郡守徘徊莫措，相持已及旬日，恐縣令死於獄中，釀成事變，不得已，密稟大府，請許發兵兩營到縣，許赦囚罪，盡縱出獄。囚復言當與官同行五十里至某山頭，方能釋官。亦許之。獄門既啟，群囚擁縣令驩呼疾走，官吏尾之而行。行五十里至某山頭，囚乃釋縣令，欲遂分道颺去。官兵伏隘以待，四面兜圍，百餘人皆就擒，惟逸去三人而已。郡守縣令擒囚回城，盡法懲治，加以酷刑，死於杖下者二十餘人，其餘皆從重擬罪，赴期處決。此光緒六年事也。夫蛟龍失水，螻蟻困之。縣令之所以威伸令行者，以有堂皇儀仗之尊嚴，吏卒僕隸之擁衛耳。微行入獄，俾獄卒等不及掩其蹤，用意非不勤也，不幸遂意外之變，致蹈危機，遭僇辱。吁！為官者可不慎哉。

開刀殺人

今之藥店，皆有開刀。刀重數十斤至百斤，聯於鐵架之上，關捩靈便，刀每切下，則與架相脗合，以剸各種藥料，雖巨材無不立斷。咸豐年間，某縣藥店有一童子，方六歲，配一童養媳，方五歲，兩小無猜，共時嬉遊。一日，童子拉童媳陪出門外，童媳不從。童子曰：不從將殺汝。童媳以首湊開刀架上，戲謂之曰：請汝殺我。不意開刀驟然落下，首領竟斷，蓋店夥之置開刀本未安帖，忽有人倚其架，觸動關捩，乃猝墮而殺人也。童子驚懼號哭，店主執以報官。童子自顧抵償，聞將定以誤殺之罪，俟及歲時，按律辦理，後不知究竟如何也。

蕈毒一日殺百四十餘人

寒山寺，在姑蘇城外，唐人詩已屢屢見之。千餘歲來，為吳下一大禪院。道光年間，寺僧之老者弱者住持者過客者共一百四十餘人，忽一日盡死寺中。既已無人，鄉保為之報縣。縣令前來相驗，適一竈下養死而復甦。縣令問：諸僧今日食何物？對曰：食麵。縣令復詳詢煮麵之人與澆麵之湯。竈下養對曰：今日值方丈和尚生日，特設素麵以供諸僧，我適見後園中有蕈二枚，紫色鮮艷，其大徑尺，因擷以調羹澆湯，但覺其香味鮮美異常，未及親嘗，忽然頭昏倒地，不省人事。今甫醒而始知諸僧食麵死矣，不知是何故也。縣令使導至後園採蕈處，則復見有蕈二枚，其大如扇，鮮艷無匹。命役摘蕈，蕈下有兩大穴。縣令傳集夫役持鍬鍤循其穴而發掘之，丈餘以下，見有赤練蛇大小數百尾，有長至數丈者，有頭大如巨盆者。蓋兩穴口為眾蛇出入之所，蕈乃蛇之毒氣所噓以自蔽其穴者。諸僧既皆食之，故無一生；竈下養僅嗅其香味，故幸而復蘇。縣令乃命儲火種焚燒，一舉焚之，蛇之種類盡滅，而寒山寺由此亦衰。

愚民含忿獲生

通州東鄉農人有佃富家之田者，一日入城還租，因米色不佳，頗受斥辱。農人忿不欲生。其家有一妻三子三女，長女已嫁，合家尚有七人。農歸告其家人曰：吾雖貧賤，義不受辱，今因佃人之田，無端被其凌辱，吾不欲居人世矣，汝等當如之何？家人皆曰：願同死。農乃盡鬻其穀米器物，得錢百緡，赴匠室買棺七具。匠人不問其故，貿然與之。棺既到家，先一日告其鄰人曰：明日吾家有事，請子一來。鄰人於清晨入其家，則見七棺陳於庭中，合家七人各臥棺中，蓋皆已服毒矣。鄰人懼而反奔出，遇其已嫁之女於陌上，告以其家父母弟妹皆已死矣。長女號哭入門，見其幼弟氣尚未絕，灌救得生，其餘六人則已長往。此光緒五年事也。夫愚民因一朝之忿，自輕其生，固已傎矣，乃至合家殉之，則又愚之甚者。然愚者雖以驕覺而死者不可復生，故君子不輕斥辱人也。

柁工謀財船報

無為州有舟子兩人合夥駕一舟，往來江上，一在船首為篙工，一在船尾為柁工。一日有孤客僱船，行囊甚富。柁工瞰其橐纍也，謀之篙工，欲殺孤客而取其財。篙工以為不可。柁工再四慫之。篙工曰：吾兩人雖同舟，不妨各行其是，我不問汝事，亦不洩汝謀也。是夜客到船尾洩溺，柁工推而墮之於江，大呼拯救，篙工亦起，客已沈沒無蹤。柁工乃檢其財物，欲分少許與篙工，不受；欲以其舟贈之，又不受，且曰：吾自知貧窮有命，不敢冀驟富以速災也。柁工乃挾所有以歸，置買田產，家道日隆，子孫貴盛。篙工亦歸耕於家，每見柁工添丁益產之盛，輒歎曰：天道無憑。篙工之妻子聞而怪之，以為忘其富也。既而柁工之孫以武舉得進士，還鄉宴客，賀者盈門，篙公亦往焉。柁工率其子孫婦女將往某處敬神酬願，自無為濱江之白馬嘴登舟離岸，僅數十武，大風驟起，遽覆於江，合家男婦老幼三十餘口無一免者，送者猶未旋踵也。篙工歎曰：天道果有憑也。人怪而問之，篙工笑而不答。後其妻子私問之，乃具言其顛末。噫！柁工僅殺一客，而全家之死於江者三十餘人，其報似太酷矣。然柁工得不義之財，以肥其家，以長其子孫，享榮富之樂者數十年，天將待其時而降之罰，殆猶借債者之愈久而息愈厚歟。

娶妾得泥佛

吾鄉有某生者，中年無子，謀置簉室，乃買舟渡江，赴通州一帶訪購。某生既省小試，又欲速成。會有客來言一鄉民頗饒，其女亭亭佳觀之，其色甚美，問其價則甚廉，但須以花轎迎娶。某生大喜，亟與定議，屆期以花轎迎至舟中。女家有二媼來扶女出轎登牀，衣服楚楚，紅帕蒙首。某生但覺其穠纖合度而已。然二媼方伴坐牀上，不能遽前揭帕。某生偏與夫等既去，二媼亦即辭去。某生步至牀前，見新人端坐不動，私念此必因羞畏而矜持也，乃以手微撼之，仍不動。遽揭其帕，則一泥像，甚爲端麗，蓋係百年前所塑，近時無此良工也。某生悶悶已極，正欲追媒媼理論，已有村人數十譁譟而至，且曰：此吾村觀音菴之大士像也，環而祈福者且千戶，汝何得擡至此？或欲鎖其舟，或欲縶其人。某生惶遽失措。一老翁出爲排解，某生乃告訴其見紿之狀。老翁對衆言曰：姑念此人異鄉遠客，願諸君稍恕其褻瀆菩薩之愆，但令出洋銀二百元，以示薄罰，吾輩自舁佛回村，何如？衆作勉强允許之狀。某生不得已，出洋銀二百元付之。衆共舁泥像，驩呼馳去。某生踉蹌歸里，大喪貲斧，而妾仍未得。此可爲見小欲速、躁事不慎者戒。

雷震總兵

同治五年二月初六日，有皖南鎮總兵張志邦，赴金陵拜年，將返，乘船由江中自上而下。陝甘總兵楊厚菴宮保之委員，由上海製辦軍械，乘船自下而上，相遇於棉花堤，因避風雨，同泊隄邊。又有一船先泊者，共爲三船。忽空中霹靂一聲，先泊之船，鐵錨纜索皆斷，颺至對岸。其二船擁起空際，再擊一聲，遂皆粉碎。張鎮及船中三十餘人同震死，其骨肉指節，寸寸墜下，布滿田野。惟船戶一子一婦，墮地皆無恙。聞楊厚菴宮保馳書告曾文正公於徐州軍中，余親見而錄之。或謂張鎮及委員有隱慝焉，然未必同死二十餘人皆有隱慝者，則兩人偶觸雷氣之說，較爲近之。而何以颺至對岸之一船，與船戶之子婦同免於難，在蒼蒼者似又非無意也，是真不可妄測矣。

雷殛惡人

同治戊辰歲杪，合肥東南鄉地名府大圩者，一貧人無以度歲，步行二十餘里，告貸於戚友家，得米數斗、錢兩貫以歸。中塗迫於饑渴，叩一村戶乞茶。有張氏婦方與其幼子共飯，見貧人有饑色，問其故而憐之，留給午餐。其錢米在筐中，置於門外。是時張婦之夫遠出貿易，其鄰有秀子者，素遊蕩無賴，見門外錢米一筐，私念夫不在家，而其婦容留外客，必有他訛，遂攜其筐以去。蓋既利其錢米，又欲借爲異日要索之具也。然張婦素勤儉持家，好行方便，實並無他意。貧人飯畢而出，不見錢米，惶窘欲死。婦又惻然憫之，遂給以錢米如原數，并畀一器使攜之。貧人感泣而去。越數日，其夫自外歸，秀子布造醜語，謂張婦有外遇，并以私給錢米爲證。其夫以婦平時素賢淑，尚未之信，詰其錢米之器所在，則云已借貧人矣。夫謂秀子言果不誣，稍加斥責。婦無以自明，遂自縊。其夫悲憤交集，又迫歲事，遂草草厝於祖塋之側。明年正月四日，貧人感張婦之德，備微禮往其家賀年，並歸其錢米之器，始知婦死，遂痛哭力白其誣。其夫亦悟，淚下如雨。二人遂同至婦殯前哭奠，且呼曰：善人遭誣，何天道之無知耶？忽見黑雲迷漫，迅雷驟作，霹靂一聲，從空中攝秀子至殯前跪，而自訴其情甚詳，然後擊死。又霹靂一聲，將婦棺自墳中掀出，棺開而婦遽甦，與其夫相見，恍如夢覺，俄而遠近奔走來觀。蔡子方司馬家矩，合肥人也，目覩其事，爲余述之，且云張婦至今尚存，其子亦甫能讀書云。

雷救人命

無錫北鄉有農家，養一童媳，其姑遇之甚虐，督使撚棉紡紗，每日以十索爲度。一日忽少紗一索，苦搜不得，其姑謂其偷賣鄰家也，既嚴撻之，又將置之死地。忽陰雲四合，雷聲隆隆，霹死家中一老牛，其腹亦已劈開，有紗一索宛在腹中，蓋牛實吞之也。然後養媳之冤始白。天道以人命爲至重，牛固無知，吞紗一索，亦罪不至死，然因吞紗而將致人於死，則不能不速擊之以救人也。

劇盜婉言辭雷擊

吾錫東鄉有巨盜曰林增蝗，常隻身行劫江湖間，血案纍纍，尤善采花，嘗自言良家婦女爲所汙者甚衆。一日雷火繞其前，增蝗跪而辭曰：以增蝗之罪，當死國法，若以雷擊死，太便宜矣。雷遂收聲，陰雲盡散。越一年，果爲金匱縣令許君毓寅所弋獲，聞以積案堅不肯承，曰：增蝗將全身而死。加以火焜、懸架、牽及諸酷刑，無不受。最後燃燭臍中，遂死。時方盛熱，比拖出獄戶，尸已腐矣。

雷疑

蔡子方司馬家矩語余云：甲戌之夏，嘗讀書金陵清涼山之惜陰書屋，聞老友石頎林陵鄉人也，日午從因事回里，與其鄰人結伴偕行。鄰人買一乳驢，中途遇雨，驢不肯前，鄰人乃身披蓑衣，負驢於肩，屈躬而行。忽覺雷聲殷然，電光奔掣，兩人疾行十數里，則雷電常在左右，若相追逐者，然有欲下不下之象，而聲勢愈逼愈近。兩人大驚，皆停趾以覘其異。鄰人因暫釋驢脫蓑，小憩道旁，雷遂收聲，電光亦斂，雲中現出無數神靈之像，須臾則濃雲蕭散矣。兩人於是豁然大悟曰：此雷疑也。夫蓑衣狀本象鬃，身復加驢於其上，則人首爲所遮蔽，而象身益甚焉，神靈見之，疑以爲怪物，急欲一擊，又以諦視未審，不能遽下也。迨見釋驢脫蓑，始悟爲人而速去之。蓋鄰人雖無好怪之心，祇以一時事與怪類，幾蹈不測之禍，然則人之背常戾怪以干神靈之怒者，豈不愚哉，吁可畏也。

雷擊小孩

光緒四年七月十三日。無錫賈人許氏子。年十六。在塾中忽被震雷擊死。方雷之未發也。衆聞有硫磺氣味甚烈。許氏子告同學友云。我今日微覺寒凜。不知何故。遂不待晚餐入帳高臥。時在申酉間也。天猶晴明。忽迅雷閃電。挾狂風驟雨而來。其勢震盪洶湧。如百萬甲兵從空而下。又如排山倒海之聲。內外房屋驟然洞開。雖有木門銅鎖者。皆自解脫。有一老者年八十餘矣。謂人曰。吾聞人有當受雷擊者。其地之城隍土地及諸鬼神。無不畢集。門戶皆能自開。今雷聲若此。大非佳事。言未既。忽聞霹靂一聲。提許氏子出帳中。賜伏於地。同學友亦自投於牀下。驚悸已絕。雷聲殷殷。如千百火星散併一室。又如無數燭龍閃爍不定。而許氏子牀帳則已如巨燈照耀。塾師深恐雷火燒帳及屋。與其家人盡力撲救。迨帳已撤下。則固無焦痕。但見四角有龍爪迹而已。又聞霹靂一聲。則許氏子已震死。而同學友蘇矣。於是其父聞信。偕一店友奔赴塾中。遂與塾師共三人。皆執香長跪。仰而祝曰。此子素謹愿。無大過。極知上天降殃。決無誤對之理。彼若有隱惡。尚祈雷神擊而活之。使彼自言。然後受殛。或確書數字。誌其過惡。既決吾人明白無疑。亦可以為世炯戒。三人苦祝久之。無應。又久之。而雷散雨止。天已霽矣。許氏以其子被雷擊為大恥。乃書冤單千餘言。分貼四門。表厥子之無罪也。方雷之初至。有一大火毬。墜入東鄰鄒氏之大庭外。旋騰躍而上。從一人頭上滾過。其人並無所苦。又覺耳邊有雷針擦過。亦並無微傷。然里人皆謂此次天威之隆赫。實數十年來所未睹也。論者搜求許氏子之惡而不可得。若以西人電氣之說當之。則尚似有所專注。並非偶然相觸者。或為之解曰。此子前生必負大罪孽。或是大姦遁而倖逃顯戮。漏天網。故今生致罰焉。或又曰。世傳人於天順日受胎者。必遭雷擊。其即此子非耶。夫天地之大。造化之理之博。固無所不有。然皆並無左證云。

雷擊水缸

甯波水國也。然甬江與海潮相吞吐。厥水皆鹹。故凡取淡水者。必上溯鄞江。其源乃清。居民則戶列巨缸。積受雨水而用之。余任甯紹道台五年。署中用水。皆以船載之十里之外。府縣署中亦然。丙戌之夏。雷聲殷殷。忽將道署廚房外一水缸擊碎。其缸容水十餘石。迸流滿地。缸外有八九尺之蛇蛻一條。余乃悟曰。是缸之水。闔署之人飲食皆給取焉。蛇浴於缸。行至缸外而脫蛻。其水必毒。可以殺人。故驟擊之。天之愛人甚矣。淡水固養人之物。蛇初入浴。人尚未知。而蒼蒼者早已知之。奮雷一擊。俾闔署之人免罹其害。於戲。何其仁與明之無弗周也。

一日中雷擊三人一死二活

光緒十五年五月十七日。武進臧氏堰田壠中。有一人被雷擊死。須臾又一人奔至。狀似瘋顛。自訴前事。衆人聽之。始知死者一素愿無能之鐵工。其一人則傭工也。先是鐵工運鐵數擔。由無錫南鄉篙一野航回至臧氏堰。有一素識之鄉人來求附行。鐵工問來此何事。曰索逋賑。問索得錢何。曰得洋銀七十四元。鐵工乃給令登舟中。夜與其子及傭工密謀欲殺之而取其財。傭工以為不可。其子依違其間。俄聞汩然一聲。則已推客出溺而墮之水中矣。客首自波間冒出。則舂之以篙。凡三冒三舂之。客乃遂飄沒不見。鐵工因取其財。分傭工以洋銀十元。及聞鐵工之被殛也。傭工自念既分其利。必同受其殃。驚悸發狂。奔至田畔。盡言其隱。衆人以質諸其子。猶囁嚅不肯吐實。世傳人被雷擊。三日內必有回復。次日果有颶風奔雷。雷聲隱隱。旋繞鐵工之子。子大懼。衆人皆為跪求。且謂之曰。上天欲汝自陳其父之惡。為世炯戒也。其子長跪自訴。一一與傭工之言相符。久之。雷始收聲。雲散天霽矣。同日無錫城內有一學徒。在塾中忽被迅雷旋繞。衆皆望見金甲神挺鞭閃坐四簷。又有奇形異狀似仙佛者。往來空中。於是父兄及塾師皆為執香跪求。且使學徒自言過惡。願立即改悔。學徒言昨日大解。偶不檢點。有制錢二百墮入溷中。未及撈取。願速往撈之。雷仍不散。學徒乃跪祝曰。我有欲害人之事。今已悔悟。斷不敢再作妄想。雷聲漸止。衆隨往溷坑。果得制錢二百。其害人之事則堅不肯言。後有人在其身邊搜得鋒刀一柄。蓋與塾友某甲為仇。欲刺殺之而未發。聞雷聲後決計銷燬。尚未得暇。適為人所見云。同日又有一茂才。因與其妻肆口怨尤。忽迅雷擊其足。茂才跳走以免。回視一履已燬矣。蓋因茂才罪不至死。故燒其一履以警之。以上三事。同在一日。余檢時憲書。是日為天刑日。而盛夏又純陽當令之時。雷部於此宣其威柄。亦所以救人道之變。而濟王法之窮。天道神明。豈不信哉。

甯遠府城地震

道光三十年。四川甯遠府地震。震陷府城數十里。城垣房屋傾陷尤甚。人民壓斃死者無算。前此三年。有一道士呼於市曰。牛鳴地震。人以其顛狂不之異也。及是知甯遠府事牛雪樵先生樹梅。陷於壞垣之下。三日後。適救而蘇。遂有跛疾。而全家皆已壓死。終以無嗣。知西昌縣事鳴謙及其全家皆死。有人夜睡。忽覺牀榻搖撼。如在舟中。俄而墮於牀下。驟聞天崩地裂之聲。房屋傾倒。免被牀榻撐住。因得不死。徐自挖開坍牆而出。思其父在某街某店。欲往救之。而街道幾不可辨。僅認得佛殿。而見某店招牌臥地。因呼其父。忽聞有應者曰。速救我出。汝父尚在我下一層。救我乃可救汝父也。如其言救之。復救其父。皆得不死。是時天色朦朧。莫辨晝夜。冥然。循往凡綿成都。劉友憑思溷之。與相鼓舞。知其無恙。旋見大地劃然迸裂。海水湧現。奇鬼突出。有頭大如車輪者。長身蟠腹者。百般怪異之狀。森然可怖。須臾地合如故。久之有破聲震耳者三。聞人言天破鳴矣。於是豁然開朗，復見天日。知已晦冥三日矣。向所遇之戚鄙朋友，詢其無恙者，實皆鬼物云。牛太守嘗自憚曰：我生平行事，不背古人，為官未嘗不勤民事，而遽攖此厄，天道庸可問乎。一夕，忽夢城隍神拜會，告之曰：子之所遇，誠酷矣。然此定數，不可逭也。吾奉上帝命已三年，迭請緩，至於無可延宕，而後行事。此三年中，耗盡心血。其不在數而居此地者，既須設法遣去；其在數而未到此地者，又須引之使來。終日忙碌，刻無暇晷。即如吾子，本在數中，然吾以子剛方誠篤，力請上帝，僅免其身，亦已煞費苦心矣。太守自是遂不復怨尤。後仕至四川按察使。甯遠淫風最盛。地震之後，有司督率丈役，檢尸於瓦礫中，凡得男女合抱之尸三十餘具，而實係夫婦者，不過八百餘具。淫邪之風，上干天怒，故有此劫云。

長沙火藥局災

同治九年二月某日，長沙城中火藥局不戒於火。其聲發也，十里之內，忽聞天崩地圻之聲，牆屋震撼，門戶動搖，人皆奔向天井。仰視則如黑雲遮空，又如群鴉蔽天而過，瞥然瞻然。其聲碎然，間有墮地者，則皆門窗瓴瓦器皿，及死人血肉，煙霧迷漫，空際闃然，兩時始散。長沙府城隍鐵像，素稱靈異，碎鐵群飛，不知所往。府學教授某君方在署，忽一巨石洞壁而入，中其頭顱，腦漿流出。巡撫駱文忠公延醫以萬全良藥療之，得不死。有一人自半空墜下，適在巡撫署前，依然徐步而行。署外人怪而執訊之，答云：我乘氣而上，乘氣而下，初不自覺也。距城二十里以內，皆有死人，手足肩股，挂罥屋脊樹枝者，累累不可勝數。先是局中火藥，皆藏地窖，不知火從何入。有一最大之窖，相去較遠，幸未引動火氣，否則轟陷全城矣。然環局二三里外，居民無一免者。局外本有濠河，今亦變為平陸。是日也，管理局務委員某同知與某都司相約赴局。某同知忽憶公館中有未了之事，半途而返。某都司行抵局門，未及下馬，火發，燬焉。而某同知竟免於難。

火藥之災

同治六年四月初五日，河南滎陽縣城中，忽聞轟聲震空，迅厲似從東來。縣令派差四出查問，始知城東七八里有甘肅委員運解洋藥及銅帽車十二兩，正下石坡，騾驚車覆，撼動銅帽，洋火迸發，延及五車，同時轟然。車夫居民死者二十餘人，民房震壞三四十間。洋藥轟失一百二十桶，銅帽轟失一箱十萬顆云。是年十月二十五日，武昌火藥局災，詢係陝甘大藥局曬藥不檢，延及城內之製藥局，轟動半里外之藥庫，附近居民死傷不少。又聞同治四五年間，山東省城有委員解火藥至濟甯者，舟泊濼口，歷城縣知縣陶某往送之，登舟與委員款

談良久，乃別。既登岸，委員在船首拱揖，陶某登輿，送揖之間，驟然震動之聲，煙霧迷目。船與委員皆已不見，岸旁有一古菴，亦不見，須臾則木片瓴瓦與人之骨節紛然墜下，蓋船與菴及委員俱為火藥所轟矣。陶某之輿夫在菴船之中央，獨得無恙，不解其故，惘惘然馳歸縣署。嗚呼！自槍礮盛行以來，火藥之害既酷矣，而局庫舟車偶因失慎而遭劫者，亦復不少。然其所遭，似有定數焉。又有遭之而仍免於難者，彼罹禍被害之民，迫於地勢者，無論矣；若滎陽城外之居民，何其不幸，而登輿之陶某，又何其幸也？蓋一則无妄之災，一則非望之福也。

龍陣風之災

同治十年三月二十二日，湖州有龍陣風，自西方起，至於南潯，約及百里，同時折木發屋，揚沙石，死者甚衆。有數村被風捲去，變為平地。數百年大樹有拔者。四月十三日，有六龍鬬於高滙之石臼湖，湖水飛騰，聲震遠邇，壞舟數十艘，屋數百間，人有死者。而嘉興亦於是日有龍陣風，壞房千餘間，死傷頗衆。夫高滙與嘉興相距數百里，同日遇龍陣之災，豈高滙之鬬者，即嘉興起風之龍，逕至石臼湖中而始相鬬耶？不可知矣。

己丑八月祈年殿災

京師天壇在正陽門外之左偏，繚以長垣，周九里十三步。圜丘在壇中，形圓象天，南嚮三成。內壝形亦圓，外壝形方。北為皇穹宇，環轉八柱，圓檐上安金頂，基高九尺，徑五丈九尺九寸。石欄四十九，陛各十四級。北門外為祈年殿，殿在壇上，其制俱圓，壇南嚮三成，而甃金甎，圍以石欄。殿高九丈九尺，共八十一楹，上安金頂，瓦均藍色琉璃。每歲上辛，皇上祀天祈穀之所也。後為皇乾殿，齋宮在殿之東南。光緒十五年八月二十四日寅刻，雷電交作，大雨如注。西便門外有一槐樹，忽被雷擊，樹中有蚺蛇一，其長約丈餘，或曰蛇已被雷收去，或曰避而之他。喧傳之際，雷又大震，撼嶽山搖，霹靂一聲，直擊祈年殿前所懸之額，碎墮陛上。雷火燃著懸額之木，未刻，殿內火起，煙燄從檻牖窗櫺冒出，燒著棟柱，其光熊熊，如赤虹亘天。守壇官弁鳴鑼報警，步軍統領榮今副傳集官兵及五城坊官水會奔救，殿宇過高，水激不到，雖雨勢傾盆，又為琉璃亭頂所隔。奉祀劉世印率人進殿，將列祖列宗楠木雕刻之九龍大寶座搶出，而皇天上帝之寶座火已燃及，無從措手。戌刻後，祈年殿八十一楹及檀木雕成之朱扉黃座，悉為灰燼。數十里內，光同白晝，香氣勃發。蓋其楹桷皆以香楠木為之，大逾合抱，乃前明成祖時所建，今世無其材也。夜過半，火勢稍衰，至天明乃熄，丹陛上之漢白玉石欄杆，悉皆炸裂。二十六日，奉詔懲處太常寺各官及壇戶有典守之責者，嘉獎五城水會紳董，並以寅畏天災，君臣交儆之意，宣示內外大小臣工。

於是都人士皆言祈年殿額從有蜘蛛精。或云有蛇蹤跡。連日見雷雷圍繞殿頂盤旋空際數日矣。余謂壇殿規模宏敞。終歲空閉。且其地既尊嚴。向為妖精避雷之所。或者蜘蛛蛇蝎風蹤其中。或者西便門外樹中之蛇。尚未死。逃匿殿額之後。天威顯赫。火殲之以除民害。固未可知。然竟延燒是殿何也。凡可畏者。蘇浙鄂諸省本皆大稔。乃殿災以八月二十四日。而各省亦多於是日始逢陰雨。淫霖奇潦。四旬有餘。迨十月初五日始放晴光。而歲事已無可救矣。天心仁愛。未必非先以殿災示警也。恭讀

諭旨。力戒因循。勵精圖治。正與殷中宗高宗遇災脩省之意相同。固宜弭變無形。歲雖歉而民不至大病也。

太平火藥局災

自粵寇興。而各省各郡之火藥局林立。然必擇空曠僻靜之區。俾離城市稍遠。所以重民命而避凶危也。長江水師提督衙署建在安徽太平府城中。而火藥局亦設於東門內。蓋地近之武員。但圖取攜之便。不復顧及民生也。當設局之初。紳民屢具公稟。請移建城外。不聽。光緒十六年九月二十一日巳刻。忽聞天崩地裂之聲。煙焰彌空。兩時始散。遠近數里。衙署屋舍蕩為平地。有大礮數尊飛起。與各種銅鐵礮及巨石瓴瓦。擊人於數里或十里之外。有閱兩時始墜下者。是日有木匠泥水匠各數人。在局作工。轟然一震。皆不知所往。守局之卒數人與其全家。亦皆不見。并不知火所由起。一灌園叟方在菜畦。其首與左臂忽不見。僅墜在城墻上。一婦人在水濱搗衣。驟聞震聲。起立仰視。其首條已不見。知府吳潮治當國十餘年。今忽奉大府檄調署太平任。任甫數月。因修衙署。借居公館。正在廳事理官書。忽一巨石隕下。壓傷頭顱臂膊。痛極而暈。既而復甦。明日遂卒。上南門大千廟及學使考棚縣署。人室悉皆摧燬。監獄亦毀。大半監犯有逸去者。尚旁有一浴堂。當火發時。為水所燬。皆從地底衝過。泥土竟被淘空。遂成巨沼。此次被燬者約一百數十家。死者無從查考。約有三百餘人。死於轟焚與死於摧壓者各半。其生者亦多焦頭爛額。露宿風棲。搭蓬廠而居之。至於各處殘肢斷體。血肉模糊者。令人目不忍覩。居民以禍起提督之藥局。往往舁死者之尸入中軍署中哭罵。中軍苑棘避之。又有提督巡捕委管大藥局差事。居民譁入其家。搗毀器皿以洩忿。迨各官捐貲賑卹。乃稍止。嗚呼。失慎難防。生靈何罪。可不審度於締造之時哉。

福星輪船沈沒

光緒元年二月二十八日。招商局福星輪船放洋北上。將至黑水洋。遇大霧。為西洋澳順輪船所撞。沈沒海中。海運員董死者二十四人。伯相李公既為奏請優卹。且建祠津滬矣。其後上海道馮焌光與英領事再三理論。斷令澳順船主賠償銀五萬六千餘兩。撫卹一致職官

二十四員。每人家屬給銀三百兩。共銀七千二百兩。搭客死者三十八名。每人卹銀一百兩。共三千八百兩。此案方結。委員長林者。需次蘇州。家亦在焉。沈之次日。長君之妻忽作囈語曰。吾已死於黑水洋矣。速請吾友顧竹臣大令來。大令者。知元和縣事顧思賢也。家人諦其音。知為長君之魂。相與環泣。鬼曰。此乃定數。豈能倖逃。吾在水府已有職事。亦無所苦。何必悲也。因將家事一一囑付家人。且使勸其妻勿悲。念顧君既至。寒暄數語畢。即自道其已死。且以其子託之。俾代為教督。顧君唯唯。鬼因曰。吾在水府事極繁。偶趁閒暇到此。不能久稽。請從此別矣。遂拱手而去。其妻知夢。初覺。問以前事。亦不知也。於是蘇人喧傳福星失事。越一日而上海始得信。又越一日而蘇始得信云。又一委員某君。於正月初六夜夢至一衙署門。回顧門額大書水府二字。遽然而醒。至是亦及於難。又一委員江姓。甫上輪船。見客艙已滿。行李幾無可位置。且見在船諸人面貌模糊。形狀可怖。即而視之。則皆人也。乃決意搬行李回逆旅。俟下次輪船再往。竟獲免焉。

附錄江浙員董死事者姓名

瀏光烈　張濬　朱聲槐　黃湘祉　齊岳　王綎　謝鳴鳳

覺羅綽勒歡保　榮格　呂廷寀　胡禮立　貴成　劉齊煜

長林　張培生　李松年　李錫田　甘立功　許林身　姚濬源

趙德銘　葉錦采　石師鑄　魏文彬

輪船失火

嗚呼。生民之厄。惟水火為無情。死亡之災。惟焚溺為尤慘。故知命者恆有戒心焉。若夫被回祿者。即有焚廬燬物之驚。而逃生者十有八九。以其出路較寬也。涉江海者。即有觸礁遇風之險。而倖免者十常六七。以其待援較易也。若以輪船行水。而遇猝然之火。則兩厄交乘。不死於火。即死於水。誠人生之至不幸也已。自有輪船以來。外洋行海各船。防火之法。規例極嚴。失慎之事。所聞尚尠。惟上海長江各船公司。愈求生意。愈艱往往自紊其規例。以廣招攬。同治丙寅旗昌洋行之湖廣輪船。在長江失火被焚。當時詫為創見之事。光緒庚寅之春。寶清輪船。又在長江被焚。因其攬載自來火若干箱。貨艙失慎。延及艙面。燃著自來火。遂至不可撲滅。死者近二百人。其尸未能撈獲者。約數十人。冬閒復有上海輪船被焚之事。其得禍之酷。更甚於寶清。一年之中。焚輪兩見。且同在鎮江大河口左右。吁。可懼也。亦可傷也。是年十一月十三日。太古公司之上海輪船。由滬開駛。搭客約逾三百人。是晚十二點鐘。抵鎮江

碼頭裝卸貨物而搭客踵至者一百數十人統計近五百人合至全船執事及水手等則近六百人人數既多客艙竟不能容司事者遂以鑰啟大艙俾暫存焉大艙裝貨之處平時不輕啟鑰大契史嚴密異常此時既有客入遂不能禁其舉火十四日早四點鐘由鎮江蘧船開行至七點鐘始過大河口十餘里近鐵板洲之旁距泥磯臺高十八里距鎮江約九十里距儀徵約六十里司事者正驗收客票將閉樓上下諸艙門以便稽查忽聞警鐘亂鳴群嘩嘩急起視之惟見黑煙紅燄從大艙直衝而上據司艙人云火起時但見近桅杆處有鋪蓋約二十具火從鋪蓋中出一經撥動火益炎炎延及棉紗大包須臾煙燄遂成大毬往來奔突大副令水手急覓救火皮帶是時諸客紛紜擾擾多站立皮帶上遂致不能吸水水手急以桶取水潑之驟聞轟然一聲艙板迸裂船主急令轉舵向江灘須臾船頭已近岸上欲解舢板已無所及乃以粗繩繫於船首俾諸客得緣之而下是時東北風大作倏忽之間全船皆火船首船尾俱已燒斷而客船多近船尾諸客無可存身紛紛跳入水中天寒浪急游泳為難十不活一時有在旁艤船漁船躉船皆坐視不救惟船主及水手等得扶繩登岸船上人死者惟茶房包丁司艙各一人諸客在船首者皆因心慌意亂不知所避以及于難故扶繩而生者僅半之若在船尾諸客則生者甚少此次火起迅速未及十五分時候已全船俱燼死者約逾三百人上海仁濟堂紳董遣人僱救生船迭日打撈得尸二百數十具皆以棺殮並有善士為一一照相存留家屬由遠至者尸雖腐壞而得以認領其無人認領者則叢葬于義冢生者約二百餘人除去本船諸人外則搭客之遇救者僅百餘人而已越七八日燼餘之船由兩輪船幫扶拖帶行泊鎮江之七濠口船中尚有餘煙亦有焦臭莫不掩鼻而過論者推究起火之由傳聞膚淺言人人殊或曰有客在大艙吸水煙遺火煤紙于艙板縫之不見以致中茶灌之以為熄矣不虞少時煙起迷漫火仍冒起或曰有人吸鴉片煙既畢置燈于鞋籃中未之熄也驟見鞋籃燃著遽取擲之水中而餘火已延及棉花包矣或曰客每以炭置爐中煮食物其旁有棉紗二百包一經燃著遂致蔓延要皆揣測之辭均非目覩以目覩者皆已葬身火中也或又謂此船之火殆匪徒所縱因其緝捕私手立即嚴辦匪徒銜恨施此毒手然此小竊之輩且不知一經種火四面波濤無可逃避將必同歸於盡彼計雖狠未必若是之愚也此次逃出者有洋人鼎初家眷同日本細崽二名語人云事急時欲回入房取要件而勢已無及祇得全棄一切儘力逃生既獲登岸回顧諸華人或緣上船叫護攔或立船面呆若木雞並不逃生蓋駭極而神志亦昏也鄉人欲褫細崽衣物洋人助架之乃免剝將貴君由臺灣來撥格東見船頭已近岸逃者急緣船側之繩縋而下水

水淺僅及腰際少壯者遂一躍而下均獲生全貴君既隔在船尾見船後波濤與江心無異恐無生理姑捉巨繩坐在船旁鐵欄上一被擁擠即躍空際幸繩在手中徐徐溜下和衣倒卧水面浮沉半里許經一小船救起蓋彼先見直下者無不沉沒因思橫卧衣不盡濕或可倖免亦一時之急智也又有鄧姓者與李姓並榻而卧見火已逼促李速行李始則結襪繼乃見眾人傍偟無措鄧恐其迷于所向攜促其衣反仰面而坐鄧遂衝火突出回顧則火已封門矣意其必死於火殿後載尸回滬殮於其身而彼在焉蓋亦躍入水中者也又有一人逃出見某縣令衣已著火後聞亦願得生然已受驚不淺其罹此厄者則有權瓜洲司之陳少尉晉省銷差與一人同抱木板浮巨浪中謂其人曰我與若同歸於盡不如讓我幸登彼岸當赴江甯石壩街陳公館告以瓜洲司三字俾得收吾骨於江濱其人曰諾陳即撒手倏然而逝此人附板得生回顧陳沈而復起者再乃衣紅船拯之船上人不應遂告諸其公館其妾親往打撈半月始獲少尉之尸又有江西候補某官胡姓挈同眷屬僕從安徽候補王濤潘姓金陵怡昌公綢號主人陳茂才皆死焉又有俄商某觀察亦在此船未卜生死又有揚州某店主本欲往附輪赴蕪湖從中阻之某未肯候接不前比至江岸輪船甫過將怠東夫怨悶殊甚不信乃轉怒為喜噫若有定數云於是有為輪船防火議者一輪船勿裝引火之物凡洋油自來火綿紗棉花等類概宜堅拒勿貪水腳一貨艙中勿納搭客一搭客人等概勿吸煙點燈船中本別有吸煙之地所有旱煙水煙鴉片煙雪茄煙紙捲煙不得隨地呼吸隨手亂拋此外如救火皮帶宜隨時試練小舢板船宜多備幾艘艙面艙下宜不時巡察所論固多扼要余謂江海輪船之規例本是如此特法久弊生或廢弛而不能恪守耳夫苟能恪守成法則何事不可防豈獨輪船失火也哉

中冷泉真蹟

中冷泉在金山下金山本在江南岸故過客皆得汲水烹茶所由品為第一泉也嗣後長江潮趨而南金山既在江中而中冷泉遂不可得見取水之法常別製機器以長繩縋入江中既得泉水以蓋蓋之然後取出所以不為江水所混近來汲泉者既無其人而知製此器者亦絕少中冷泉乃在若有若無之間同治九年三月江水淺涸過客皆於此停舟汲泉煮茗始知泉上護欄尚有石欄布置純佳乃日夜被江水衝激而不損壞蓋數百年前之工程其堅緻實不可及也而中冷泉之真蹟始閱數十百年而始見也是時吳竹莊方伯坤修方由皖入覲過此酌茗嘗為余言之

徐州府署中蘇姑墓

余以乙丑八月。隨曾文正公駐營徐州。太守汪君克表招幕府同人飲於府署。署中有東坡祠。又有蘇姑墓。相傳東坡知徐州府時。河水暴決。城將沒矣。其幼女年甫十三。投河而死。水遂退。城獲全。至今知府歲祀其墓。墓在一室中。有甎級如螺旋然。室外有一樹。其根高二丈餘。其幹不上出而旁出。夭矯蟠曲如龍蛇。有一大幹引而南。約二丈許。復曲而上出。共四五曲。懸在空中而不墜。其一小幹北趨亦然。墓後有霸王樓。高三層。無級可緣而上。樓下祀霸王虞姬焉。竊思蘇姑有禦災捍患之功。乃正史既不載。而東坡詩文集中未嘗一見。亦異矣。豈其偶遺之歟。徐人至今鑿鑿言之。且不廢其墓祀。似非附會無稽者。若其樹之奇古。殆靈氣之所化也。

湄洲大魚獻燈油

天后威靈顯赫。佑庇生民。其神力著於南北海面者。二三萬里。蓋近千年矣。福建莆田之湄洲。為天后故里。有天后宮。素稱閎麗。每歲三月二十三日。為天后聖誕。先期數日。輒有大魚。擱瀕海之沙灘。聲如牛吼。聞十餘里。湄洲之人。皆曰大魚來獻燈油矣。廟祝率數十人。擔簡挈缶而往。大魚長十餘丈。或數十丈。開口馴伏不動。若有待者。人皆攜尋丈巨木撐柱其上下齶。恐其一齧而殺人也。遂各負擔秉燭而入。兩足皆穿草鞋。恐其被滑傾跌也。諸人皆歷魚喉抵魚腹。觀其臟腑閒積油甚多。無不任意挹取。滿器而出。或既出復入者數次。大約取油至數十石。可敷神前數年點燈之用。即不復入。去其口中拄木。魚即揚鬐鼓鬣而逝。觀其意若甚自適者。或曰魚腹中剩油過多。其氣不能舒暢。去其有餘。則魚意自樂也。或曰魚以得獻悃於神為快也。若人謀捕而殺之。必有殃咎。故相戒不敢萌此意。即偶有此意。而魚亦似知之。必飄然而去也。據閩人述之如此。

蛟龍利害懸殊

余友誠伯知興國州年餘。告我曰。凡有泉水之地。其下皆有伏龍。興州民皆於山閒或平地搜得一泉。可以致富。其水或溉數百畝。或溉千餘畝。凡泉水經行之地。其兩旁田皆可沾溉。價貴。秋苗長之時。則有泉者尤得居奇。州民或妬其鄰之得佳泉也。適逢歲旱。以求雨為名。殺黑犬滴其血入泉中。龍大怒。挾風雷而出。驟降大雨。四鄉霑足。視其泉則已為平地矣。其鄰甚恚。將訟之官。父老勸慰之曰。按田家之得雨者。斂財以償之。乃已。誠伯又遷黔人談及蛟水則為之色變。蓋黔居萬山之中。常受蛟害也。據述出蛟之地。有去巨川稍遠者。水既去而蛟猶涸在山閒。其首似牛。其身在龍蛇之閒。鄉民畏其為患。皆執香跪禱其旁。久之。知其蠢然無知覺。禱之無應。乃縱槍砲擊之。蛟或大吼奔入巨水。或激其怒然。尚能於平地出水。則田廬民人。必有傷損。余曰。然則龍與蛟之為利害。相去懸殊矣。蛟有害無利者也。龍降澤於民。為利甚溥。有時激之。亦能為害。然非其本意也。

白龍朝山附

浙江上虞縣之西門外。居民多近海而處。海之石塘西自夏蓋山而止。山巔有夏蓋夫人廟。俗傳為夏禹王妃塗山氏也。海中向有一白龍。每年於中秋前後。例必朝山一次。居民於此數日內。見雲腳觸生。即指為龍。然其形卒不得而見也。光緒四年八月十四日下午。涼雨新霽。海波如鏡。忽西北方雲氣魚鱗。極其盤旋。俄有白光一道。上沖霄漢。至半空。夭矯騰躍。變化不測。四爪畢現。全身盡露。鱗甲滴點。光覺分明。但其首則模糊不辨。頃之。龍尾亦隨波而上。盤旋空際。陡見其掉尾一蹴。霎時閒黑風捲地。海水壁立。狂風猛至。雷電交作。震山撼谷。迨雨過天霽。則已月出東山。縣中父老皆謂四五十年來未見此瑞。見則歲必大熟。道光二年曾見一次。是歲禾稼倍登。棉花豐稔。今茲歲必大穰矣。已而果然。

發蛟附

湖北黃陂縣之西。有鄘山。崇隆巒蔚。蒼翠高聳雲霄。與木蘭山對峙。山之麓有古寺。曰清淨庵。地僅半弓。編茅為屋。一老僧卓錫其中。同治十三年四月二十五日。天朗氣清。曠無雲翳。甫交亭午。忽聞庵後石壁如裂。聲震遠近。屋瓦皆飛。僧亟出探望。但見石崖內水勢滔天。飛流直下。霎時山門已衝去。僧隨手攀一板扉。浮沈其閒。俄有逐浪而來。其頭如牛。仰露水面。偶觸木石。則波濤激起丈餘。由蔡店而至黃邑西鄉。沿岸民房衝塌無算。淹沒不下千人。蓋自鄘山至河口。被災者幾及二百餘里云。

巨蛇出遊

無錫西定橋跨梁溪上。當溪水入五里湖之口。有橋洞五。俗稱五環洞橋。由城望之。如亘虹天半。吾邑鄒敬甫先生安鬯嘗言某年月日。與友人坐橋上納涼。忽見湖水驟漲。若將漫橋者。諦視之。一大蛇乘水而來。長數十丈。不見其尾。大駭。急與友人趨避。未及下橋。蛇昂首一躍。越橋而過。蓋橋洞不足以容身也。方其躍時。空中似大雨下注。衣為之濕。其行甚駛。向蘇州河而去。倏忽不見。此蛇蓋居五里湖及太湖中。近橋居民常常見之。然猶其次也。謂之二將軍。又有稱為大將軍者。乾隆年閒。有一爆客泊船北門外之釘尖嘴。夜望見曠野中掛兩紅燈。問舟人曰。彼處有店戶乎。舟人曰。無有。爆客夙工彈丸。以彈擊之。甫一發。兩燈忽不見。舟人曰。吾聞之久矣。凡燈在風中。其光輒晃漾不定。惟此燈光極定。且一擊而兩燈俱滅。此必怪也。越半月。居民多覺腥臭不可耐。相與搜尋之。深山叢莽之中。一大蛇長近百丈。死焉。

蓋此蛇方掛林間小憩，其兩眼如紅燈，及中煤客之彈，負痛疾走入山，然後煤客僅存其次者，然亦本害為人害云。

物性通靈

北方人以狐、蛇、蝟、鼠及黃鼠狼五物為財神，民家見此五者不敢觸犯，故有五顯財神廟，南方亦間有之。錢子蓮大令青，江蘇通州人也，嘗言年十七八時，獨寢書齋，忽若有物壓其胸者，欲言不能，欲起不得，如是數日。張眼微望，見一黃鼠狼高一尺以外，踞地而坐，對牀噓氣，人即被魘，精神疲倦異常。次日子蓮覓一鐵尺，暗置牀闌，坐以待之。三更以後，黃鼠狼復至帳外，對床噓氣，子蓮出其不意，以鐵尺猛力擊之，腦裂而死。次夕復有一黃鼠狼繞室哀啼，旋至床前噓氣，蓋其雄者既死，而雌者來求其侶，且意欲報讐也。子蓮以鐵尺驅之不去，乃覓一鐵夾，追而鉗得之，仍以鐵尺捶擊，每擊一下，則放一屁，黃煙繚繞，臭令人難耐。子蓮忍臭擊至十餘下，遂死。魘人者由此始絕。又嘗與塾友數人由城赴鄉作會課文，因天時炎熱，五更即起，步月而行，至橋邊，忽見螢火無數，起自草間，漸眯人目。諸友在後者見此而懼，避入村祠中，惟子蓮與一塾友業已過橋，忽見一物長尺餘，頭蓬鬆，不知所頂何物，蹣跚而前。塾友謂子蓮曰：此蝟也，可脫新鞋以左手擊之。子蓮迫於無奈，如法一擊，頹然而倒，遂馳至村祠中，呼諸友舉火燭之，蝟已縮成一團，其頭所頂則河泥與水草雜揉而成者也。遂以帶繫之，攜至鄉間，衆聚圍而共之。良久，蝟在火中竟無傷損，蓋其刺足以自衛也。乃至藥鋪假一大開刀，剖其身為二，然後死。先是村人皆言橋邊有水鬼，行旅死者數人，蓋即此蝟為祟，至是遂絕。設使倉猝之間，震於所見，進退失措，則必為所陷矣。子蓮又言：所居天津房屋，有書室三間，平時常鎖其門，家人或於戶下見有女子弓鞋在內移動。一日忽聞室內如有數人談心者，家人穴窗窺之，見有一大鼠踞坐炕桌上，兩中鼠在炕左右踞坐，其餘小鼠踞坐於地，若隱分少長之序焉，噫，異矣。夫物性有靈蠢之別，若此諸物，其性較靈，閱世稍久，往往能著怪異，人見其怪而能不改常度，則怪自絕矣。

物性相制

嘗見一蜘蛛布網壁間，離地約二三尺，一大蛇過其下，昂首欲吞蜘蛛而勢稍不及，久之，蛇將行矣，蜘蛛忽懸絲而下，垂身半空，若將追蛇者。蛇怒，復昂首欲吞之，蜘蛛引絲疾上，久之，蛇又將行矣，蜘蛛復懸絲疾下，蛇復昂首待之，蜘蛛仍遽守其網。如是者三四次，蛇意稍倦，以首俯地，蜘蛛乘其不備，奮身飆下，踞蛇之首，蛇死不動，蛇往跳顛擲，以至於死，蜘蛛乃囓其腦，果腹而去。又見一壁虎與一蠍相遇，蠍素無目，貿然前行，壁虎故以其尾略逗之，蠍怒，

極力螫之，壁虎之尾圓轉光滑，即被蠍螫，毒亦不能驟入，而壁虎又性黠而行捷，早已縮避。蠍尾適自中其身，而怒猶不可遏，欲得壁虎而甘心焉。壁虎復以其尾逗之，迅速縮去，蠍螫之不中，又自中其身。如是者三次，蠍遂不復動，蓋已死矣。壁虎於是恣噉其軀，僅存殼焉。聞壁虎以是術制蠍，百不失一，蓋其以蠍為糧也久矣，故又為之蠍虎云。又見一蜈蚣盤旋蚓穴之上，蚓匿穴中，忽探首拔去蜈蚣一足，蜈蚣怒，欲入穴，而穴小不能容，正徬徨旋繞，蚓復來，嚙拔其一足，蜈蚣益怒，而無如之何，守穴口不肯去，蚓遂漸拔其足，閱一時許，則蜈蚣已無一足，身雖未死，而不能轉動，橫卧於地，如殭蠶焉。蚓乃公然出穴，嘬其腹而吸食之。噫嘻，物並生並育，一相食之機也。余偶見之，而偶誌之，其未為余所見者，固不可以殫述，殆變態無窮矣。夫物之大小強弱有定，而相制之機則無定，得其機則小可以制大，弱可以制強，蓋關智不關力云。

雷擊巨蠍

咸豐乙卯之夏，京師暴風雨，或見一緋衣小兒騰空南行，如有翼能飛者，迅雷閃電隨之，併勢甚急。人越一日一夜，小兒集於天津之城樓，手執一帕，揮舞不已，雷聲轟轟然，旋繞左右，不敢下擊。如是者又一日，有一獵戶在其下，試發一鳥槍，小兒出不意，方俯首下視，忽霹靂一聲，則已墮死城下矣。衆共視之，乃四尺長巨蠍也。其所執則婦人之騎馬布云。

生吞壁虎 附

俗稱壁虎在五毒中，亦曰蝘蜓，亦曰守宮，亦曰旋龍，性在陰溼牆壁間，大者長二三寸，尾則倍之。平湖縣北有豆腐店夥，常食此物，以博好事者之酒食銀錢。一日有人捕得最長大者，與賭洋蚨四圓，並有酒肉，向來常用腐皮捲而嚼之，此次不許包裹，店夥因賭數之較鉅也，毅然任之，未及舉箸，壁虎本極活潑，倏已下咽，久之竟無他恙。一年後漸覺消瘦無力。有江湖走方醫，見而驚問之，謂腹中必有動物，其妻頓憶之曰：得毋所吞壁虎乎？醫曰：是矣。索謝洋蚨十六圓，將病者各竅閉塞，僅留其口，而倒懸之，咽喉周圍搽以藥粉，少頃物從咽喉探出，急欲捉取，物既滑，一時不及措手，忽已縮入。醫曰：難矣。人倒懸久則發暈，若坐起伏必不肯再出。家人懇之，醫即多搽藥粉於咽喉，物再探出，立用鐵鉗夾住，衆人圍視，壁虎通身紅色血點。醫曰：此物食時未死，依即涵養血中，人正血旺之時，不能翻動，偶或血枯，即擾動矣。猶幸是雄物，苟食其雌，能於血中散子，早已不可為矣。衆人相視而嘻，皆知毋物之不可妄食也。

蛇趺甦 附

世傳蛇跌鼈，性最毒，食之能殺人。買鼈時須以繩穿其尾，倒挂兩時許試之。如蛇也，則頓復原形矣。上海鄉人素以販雞為業。一日挑籠遇雨，避大樹下，忽聞索然一聲，有物自樹顛墜下。視之鼈也，大如九寸盆，首尾皆伸出五六寸，尚係蛇形。鄉人捕置籠中，比歸則籠雞皆死。鼈之頭尾已與鼈無異，惟腹帶紅線耳。迺埋諸土，而棄死雞於地。明日有黃鼠狼野貓各一，死於雞旁。蓋皆食雞而致斃者，其毒如此。

永平古蹟附

滬報云：永平府城內，三山不顯，四門不對。有黑水井一，石柱巍然，豎於井旁。柱上有鐵練一條入井，鄉老稱神禹治水時，提一水怪鎖於井底，如人掣練向上，水即上湧，故無敢掣者，且有人看管。又有銅空滴漏，每日按時滴水，如自行鐘表，自古至今，並不添水，而壺中之水常滴不竭。即城空之樓，日久亦不漏。城又豐潤縣城內十字街，有串心十字閣一座，共三層。下層鐵人鐵馬各一。又有寶塔一座，直通閣之上層，中層三層，閣中石碣甚多。燕雀過此閣，皆不敢飛落，周圍並無雀糞。相傳閣內有辟鳥珠云。

庸盦筆記卷之四終

庸盦筆記卷之五

無錫薛福成叔耘

幽怪

魁星為學徒換心

無錫顧寅宗廉訪光旭，以乾隆間名進士，由御史歷官甘肅按察使，歸而享林下之福，一時風流文采，歸然為江左雲光。相傳廉訪幼時資性極鈍，年十四五，讀書無成。封翁使在市廛學賈。吳俗凡初入廛者，一切灑埽傳餐雜役皆任之，并須為先入廛者滌溺器。越日，廉訪悻悻辭去，告人曰：雜役吾所不敢辭，滌溺器胡為者？請於封翁，誓必奮志讀書，雖餓死不願學賈。於是下帷攻苦，讀書不熟，焚香跪而讀之，猶不熟，則夜以繼日。稍欲睡，則以水沃面，以錐刺股，至旦不休。及詣塾師背誦，茫如也。塾師為講解書義，每至舌敝唇焦，戒以牢記勿忘，明日試之，又茫如也。越一年，塾師謝封翁曰：此子篤志有餘，而吾力已竭，愧無寸效，盍早改業，毋徒自苦。廉訪涕泣固請卒業，塾師憐而許之。適吳中大饑，封翁家素清貧，欲賑濟而無力。僅存古帖一通，聞某學使酷嗜書畫，欲售與之，而無從也。書賈有姓曹者，里人呼之曰曹作惡，常遊學使之門。封翁捐作惡曰：吾帖價值千金，因急欲賑饑民，雖減價亦當鬻之。作惡揣以呈學使，且告之故。學使曰：此帖本值千金，吾亦欲救饑民，當倍與之價，以二千金購之。作惡還告封翁曰：學使謂此帖僅值百金，特因賑饑，而倍其價，今有二百金在此。封翁不得已而受之，設廠施粥，繼以勸募，躬自經畫，劬勞萬狀，全活頗多。當封翁籌賑時，作惡忽得疾而死，示夢於其妻曰：吾一生乾沒人財多矣，然尚在可原之列，此次侵蝕顧先生帖價千八百金，數非甚多，陰司以民命至重，吞賑不仁，譴罰甚酷，既奪余壽，又將絕余後嗣。顧先生雖限於財力，施濟未周，然仁心發於至誠，善積充流，福在其子，不日可掇科第，登顯秩。吾一念貪財，累及妻子，曹氏之祖宗餒矣。唳泣而去。里中微聞其事，或謂顧氏子頑鈍如此，豈能驟得科第，疑信參半。未及一年，作惡之妻及其三子相繼夭沒，曹氏遂絕。廉訪年十七八，學業無所成，塾師教以作文，每命一題，窮日夜之力，僅成一起講，且格格不成文理。廉訪發憤研思，每忘寢食。一夕作文，苦索不得一字，倦極隱几而卧，忽見一神，如學宮所塑魁星狀，左手執盤，內盛人心一枚，右手執利刃，蹀躞而前，驟剖其胸，劃然中開，遽以手探其心去，復以盤內心補入之，拊摩數迴，胸前脗合如故。魁星徐步而去。廉訪驚醒，則一燈熒然，覺戶外尚有足音也。自捫其心，始而怦然，既而豁然，注視所擬之題，則已徹上徹下，融會貫通，振筆疾書，迻成全篇。明日以呈塾師，塾師疑駭，謂為抄襲，欲撻之。廉訪請試他題，頃刻間援筆成篇，塾師讀之，驚曰：汝可以為吾師矣，此吾所百思不到者也。自是廉訪讀書十行俱下，博覽多識，為文章操筆立就，冰雪聰明，名震一時。往應小試入泮，聯捷鄉會試成進士，入部曹，年未弱冠也。管子云：思之思之，又重思之，思之不通，鬼神將通之。以廉訪之誠心嚮學，固無不通之理，所謂誠至則金石開也。然苟非封翁有大陰德，則感通不能若是之速，蓋必二者兼至，而讀書斷無不成矣。嗚呼，孰謂天道之無報施耶。

亡兵享關帝廟血食

咸豐年間，貴州貴筑縣一馬兵，因事伏法。越一年，其同營一步兵，奉差道出某村，宿於逆旅，有老媼忽發狂囈語，諦聽之，馬兵音也。對步兵拱手曰：賢弟相別一年矣，我來此無他事，我生前在伍當差，扣至某月某日，尚有應領餉糧銀六兩八錢，吾營把總欺我已死，竟思乾沒，致令吾母無以度日。今托吾弟歸告把總，速將我名下餉銀六兩八錢付與吾母，為衣食資，彼早已列入報銷冊內，若欲侵蝕一分，我定不與干休也。步兵唯唯，因問今在何處當差。馬兵曰：吾雖死於法，然時運所值，非吾罪也。上帝憐我一生忠直，派我在此村關帝廟享受血食三年，後即須有人更替矣。步兵曰：關帝乃最顯赫之神，何能容汝冒？馬兵曰：天下關帝廟實啻一萬餘處，關帝豈能一一而享之，故選各處有靈之鬼，代享血食，以功德之大小，定歲月之久暫，各如其量，不爽分寸。若我所享，不過三年耳。步兵歸營，以告把總，把總大驚，查閱餉冊，果已列銷，其數果得六兩八錢，亟召其母，如數予之。後詢知某村果有關帝廟，祈禱靈異，能禍福其村民。余謂馬兵惓惓不忘其母，為謀衣食，則其生前之孝可知，其享血食三年也固宜。

寶應臧烈婦祠

寶應城中有臧烈婦祠，殿宇軒敞，乾隆年間奉　旨敕建者也。咸豐庚申之歲，有諸惡少在祠中挾妓飲酒，驩呼諧謔，無所不至，樂而忘倦，夜以繼日。忽狂風起於殿外，窗戶傾倒，燈燭盡滅，諸人驚怖失據，或為窗櫺所摧壓，或自隕於庭階，皆血流被面，身首重傷，踉蹌奔散。一少年生平惡蹟最多，自觸殿前石獅，頭腦破裂，越日而死。兩妓額損塵埃中，面目為塵土所汙，幾失人形，見者無不失笑。城中父老聞而驚歎曰：嗟乎，諸人敢在烈婦祠中狎飲，宜其自速厥辜矣。於是有談烈婦之事者，云烈婦生於明之季世，不知何氏女也，幼字臧氏之子。臧子既長，而得癆瘵疾，僅與一老母同居，貧窘不可言狀。父母擬別為烈婦擇配，烈婦涕泣請歸臧氏，然知其父母意不可回。一日烈婦乘間自往臧氏，請於其姑，願留為臧家婦。其姑辭之曰：吾子既成廢人，家貧又不能養汝，當從汝父母另擇佳配為便。烈婦曰：女子從一而終，吾父母既以妾許字吾夫矣，不幸夫以疾廢，妾之命也，敢冒非義而改字乎。吾從父母之初命也。遂留臧氏，為中主饋，躬以女紅養姑，與夫孝敬備至。其姑病卒，其夫早已廢在牀褥，侍奉數年，而夫亦卒。烈婦歎曰：吾失所天矣，一身飄泊，安所歸乎。遂自盡以殉焉。其鄰里為之棺斂掩埋，然久未得旌表。乾隆中，　高廟南巡，舟至清江浦，　高廟望見一婦人，舉止異常，行不甚速，而常在御舟之前，直過寶應，入高郵境，始不見。及自杭州回鑾，將至寶應，復見此婦。　高廟使侍衛登岸問之，曰：汝有冤欲訴乎？抑欲乞錢米乎？婦人稽首對曰：我臧家寡婦也。因忽不見。　高廟悟曰：此必節烈婦人來求旌表者也。因特旨下院司府縣，詳求臧寡婦事蹟。是夕夢見婦人在舟前拜謝，惟因歲遠人湮，府縣訪查數年，未得實蹟。及　高廟二次南巡，復見此婦人，猛憶前事，　嚴旨催問，府縣實力訪查，父老始有述其事者，府縣據以詳覆，江蘇巡撫為之覆奏，　特旨旌表，頒發帑金，建立專祠，規模極宏敞焉。夫宇宙間惟忠孝烈節歷久不磨，烈婦能自達於　聖主，以彰潛德幽光於百年之後，其氣爽皆足貫終古而不敝，何物惡少，敢在祠中肆其狎戲，其殞譴也宜哉。

殉難知縣顯靈

金匱華君元超，字翥峰，平生為人伉爽，不拘細行。咸豐七年，以拔貢授廣西向武州州判，大府檄權平樂縣事，未幾賊陷平樂，被執，賊令其跪，誘之降，不屈，脅以白刃，被傷數處，勃然大罵賊，乃懸之密室，每日毒打，凡十四日，問以降否，仍大罵不已，乃殺之而殘其尸。其中表弟韓文元，覓得其一足，招魂具棺，奉其妻子，縋城而出，沿路乞食以行，適遇蔣廉訪（益澧）統兵將赴平樂，文元具稟稱求資助。廉訪瞿然召見之，問曰：平樂縣令姓名是華元超乎？對曰：然。問其貌是美髯豐頤頎然以長者乎？對曰：然。廉訪曰：然則且留此一二日，待吾進勦平樂，克賊而回，然後送行可乎。吾於華令素不相知也，前日忽夢平樂令來謁，見其手版如其姓名，迨進見，但請一安而退，別無言語，而子適至，意者吾軍其捷乎。越二日，聞官軍得勝而回，并擒得害平樂令之二賊，廉訪召文元使視之，一則毒打用刑，一則手刃加害者也。廉訪乃為華君設位殺賊，摘心致祭，明日贈白金八兩為路費云。

浩劫前定

姑蘇顧杏園太守（洪道），自部郎出守潯州，由瓜州口浮江西上，舟泊蟂磯，磯上有蟂磯夫人廟，祀蜀漢孫夫人，嘉慶二年封為崇節惠利靈澤夫人者也。磯在蕪湖北岸，並無高岡，遠望之不過亂石堆耳。相傳泊此者多不利，故遊宦賈客，必越而過之。太守之舟，因日暮遇風，不得已而泊焉。是夜舟人夢入夫人廟，見侍從森嚴，執事者奔走雜遝，夫人翠羽明璫，儼然高坐一人古衣緋狀如判官者前稟曰今夕泊舟之人將貽誤大局害數千百萬生靈之命不如就此溺之以救無辜之民夫人笑曰汝之意則善矣然此等大劫雖上帝亦祇聽其自然豈我輩所能挽回耶遂揮之出舟人驚醒太守竟無恙抵任視事會金田會匪洪秀全楊秀清韋正馮雲山等倡教惑衆流毒鄉里是時李武愍公（孟羣）知桂平縣事訪縣中公正紳耆親造其廬詢以捕治方略紳謝不敏既而曰家有善本藏書請入觀之李公會意屏其從者於外與入密室紳白曰縣中自僕從書吏以至皂役無不為賊耳目者公能單騎相從某等願効力李公曰諾屆期李公戒從者出拜某客至中途見道旁一騎呼問之則某客之騎也問客何在曰在某處公如欲訪之請即乘此騎以往李公乃悉屏騶從上馬前行須臾悉執洪秀全等以歸蓋諸紳既與公約部勒其衆導公掩捕故而悉獲之無一免者遂置之獄請於郡守將殺之郡守不許固爭不聽李公拂衣而出郡守追謂之曰諸賊皆廣東花縣人也子必欲治之我為子辦文遞解回籍斯已矣諸賊既出獄門即被其黨劫去盡滅諸紳之家遂舉兵反數年勢遂滔天荼毒生靈數千百萬太守以縱賊殃民被議遣戍後復釋回老終牖下豈劫數前定冥冥中不以相責耶然數千百萬生靈貽誤於一人之手而竟不伏其辜何也

故相索命

柏靜濤中堂以戊午科場案伏法其咎祇在失察予以褫革已覺情罪相當若軍臺効力則重矣乃肅順等用意在修怨以立威必殺之而後快天下頗謂用法過當其有為之呼冤者肅順將敗之前數日在熱河直廬獨坐其僕從忽聞室中喧嚷聲倉卒奔入則見肅順方作避躲狀但連聲曰七哥請勿怪我七哥請勿怪我七哥者肅順平日稱柏相者也兩僕前扶肅順曰日尚未入中堂何驚肅順如醉如醒謂其僕曰汝等見柏中堂乎頃柏中堂以手自挽其頭對我而笑口稱索命令人可怖因指示之曰尚在彼處忽復驚曰耆中堂懸帛於頸至矣當奈何耆中堂即耆英亦因肅順奏疏劾奏　旨賜自盡者也俄而家人環集肅順如夢初覺若已忘前事者自是神氣頹喪智慮亦大不如前未十日而奉　旨被逮矣蓋死期將至敗氣已見而怨鬼乘之為厲也

大臣某公轉生為光州妓女

欽差大臣某公於咸豐同治年間督師勦賊其初頗號能軍既而聲望頓減獲罪遣戍旋釋回仍出督師功過頗不相掩繼而過多功寡屢起屢蹶凡三握大臣關防終奉　嚴旨逮下刑部獄遂　賜死其獲戾之故在忌才好勝恃氣凌人晚年耽於酒色兼好財貨營中

聚斂詐無恥之徒為委員每日於駐營各員四出搜羅婦女以進明日拔營復委棄之所汙不可數計至於納賊妾通賊妻見於彈章者復纍纍也同治甲子余遊大梁則聞人言某公已轉生矣蓋為知光州直隸州某君之女也某君在光州署中一夕夢人以某公名刺投入因素所熟識也倉猝冠帶將出迎之見金甲神縛送某公自天而下倏忽入其妾之房中一驚而醒內室遣人來報妾生女矣某君入內其妾告以所夢與某君相同某公生前固有青記而此女亦有之覩其神氣宛然某公也是說也余無以審其虛實或出於世人之附會固未可知然以某公生平淫佚陰間罰令轉生為女或亦理之固然且其為我言之者從前實在某公營中當差者也

鬼罵陳尚書

戊午科場之案陳孚恩紿殺程庭桂之長子余既已記之矣孚恩將敗之前兩月其長媳有病為鬼所附忽變男子口音細聆之蘇州話也鬼罵曰陳孚恩老賊汝殺我以媚權奸賺得一尚書好官亦不過做得三歲有零耳因拊掌大笑曰白頭老翁官興雖濃乃亦有此一日乎我看汝兩月之後必以贓狀敗露獲罪然此猶其小者再閱一年老賊且不能保首領與我相同我不過死於都中老賊當死萬里之外我至此怨氣方平矣自是鬼無日不至無日不鬧往往抉其隱微數其姦慝一家僕婢亦掩口而笑孚恩至不敢歸寓託辭借宿於外且使人哀懇之願為延僧唪經拜懺超度鬼曰吾既已喪吾首領矣超度何為且老賊之禍皆其所自取我不過宣播之以出其醜耳及肅順伏誅孚恩以奸黨遣戍伊犁鬼始寂然其媳病亦大愈明年回寇陷伊犁孚恩全家死焉人始知冤鬼之能知一歲前事也

玩視民瘼酷報

光緒元年伯相李公以直隸盧溝河淤塞奏飭派某觀察督辦工役盧星五太守（應楷）為總辦所屬有委員數人分司局務既清丈河身及身旁地畝分段取土築堤有老嫗赴局控訴云業田十畝與一媳一孫賴為衣食資今在所丈河堤之內請為伸理委員以空言慰之曰已丈之地不能更改自當給汝地價老嫗曰給價則無田可種終非久計請另撥田十畝以償之委員佯應曰諾久之老嫗復來委員仍以空言慰之久之又來委員厭其煩瀆厲聲斥之復呼吏役示將拘執加扑責者蓋欲攝之使退也老嫗號哭而去自念失田無以為生遂赴水死其媳見其姑死不知所為亦抱其子投水死此事惟委員以下知之而督辦與總辦皆不知也明年盧太守權正定府篆大病幾危忽若有持帖來請者隨往一處則府城隍廟也城隍神迎謂之曰去歲有一事君知之乎因舉其顛末且見老嫗及一少婦一小兒

跪堦下。作訴冤狀。太守辭以賓屬不知。城隍神曰。我亦知君不知也。此事在陽間不過失察處分。雖得小咎。尚無大譴。彼為委員者。經老嫗屢次申訴。而置之不理。又不以告君。貧民恃田地以資衣食。若坐視其衣食將絕。而漠然不動於彼。豈有不死之理。在委員不過偷懶一時。而致死三命。絕人之祀。是委員雖無欲殺人之心。不能不科以抵命之罪也。言未既。聞呼號聲甚慘。則見兩委員執縛在階下。鬼卒以炭火灼其徧體。身無完膚。奄奄垂斃。太守一驚而醒。既卻篆。晉省。則聞一委員已徧體生瘡。潰爛而卒。一委員亦生瘡痏。甚劇。腹已穿。臟腑流出。頃之亦卒。

山東某生夢遊地獄

山東某生者。老儒也。以授徒為業。博通古今。性鯁直。好任俠。見世間有不平事。則皆裂髮指。少時讀左氏春秋及史記。至楚穆王事。輒拍案呼曰。嗟乎。商臣罪惡如此。而獲保首領。子孫有楚國者數百年。尚得為有天道乎。至為廢食泣下。其後讀史至不平之事。輒鬱鬱不樂。擬首問天。或飲酒至醉。頹然就枕。鼾聲如雷。一日方寢。忽見一吏役持柬來邀。不覺隨之至一處。宮殿巍峩。門卒若已預知。謂吏役曰。王已坐殿相俟矣。吏役引某生入殿。見一古衣冠者南面坐。白鬚赬頰。右左侍立者數十人。儀仗如王者。吏引某生行參謁禮。王者以手招之。使其隅坐於旁。謂某生曰。汝好善惡惡之心。誠屬可嘉。然汝每讀書。輒呼天道無知。使汝徒見之。灰其為善之心。而長其為惡之膽。殊不知造物之理。因人善惡。以為報施。銖兩悉稱。或前世有善惡。而今世報之。或今世有善惡。而來世報之。其他善惡。或本身受其報。或子孫受其報。變化萬殊。不可執一。若夫汝所不平之事。固有罪大惡極。而身享榮富。慶流子孫者。非特汝為之不平。即千古人心皆為之不平。今非借汝之口。不足以播告世人。故特召汝一遊地獄。某生惟曰。某平生無大罪孽。應不至入地獄。惟遇憤激不平之事。每呼天道無知。則有之。請從此力改。王笑曰。非欲汝常在地獄。今遣判官導汝一觀。即送還陽矣。判官請曰。地獄寒氣崚烈。銷鑠元神。非授以辟冷丹。恐遂不能還陽。王者付以二紅丸。判官以一粒啖之於口。一粒授某生。啗之。導至後園地面。有大石板。判官命鬼卒舁去之。俯視洞穴。黝黑如漆。穴有石磴。判官與某生拾級而下。高呼開門。則見兩石門。豁然洞開。陰風撲面如刀割。門內亦有光。與風雪陰晦之天相似。鬼卒倚門而立。皆突目獠牙。形狀可怖。內有牢獄十餘所。鋼鐵嚴密。某生欲入觀之。判官曰。此為第一層地獄。凡罪孽較輕者。與下層地獄罪孽將滿而減等者居之。數百年後。便可出獄。不必觀也。導至空曠處。復有一石板。鬼卒仍舁去之。石磴石門。及監牢十餘所。皆與前無異。如此旋繞而下。凡經十八層。愈下愈冷。漸不可耐。幸口啗紅丸。勉強

支持。某生瑟縮不前。謂判官曰。吾不能復下矣。判官曰。此為最下一層地獄。無復有冷於此者。汝可放心。因導觀各獄。鬼卒以鑰開獄門。其一曰暴賊之徒。入其中。則裸身反接者數百人。鬼卒或鋸其項。或剝其皮。或斷其手足。一鬼卒提五首梟之長竿。判官曰。此乃朱溫、黃巢、秦宗權、李自成、張獻忠也。天道以人命為至重。凡殺一人者。必使飲刃一次。殺十人者。使飲刃十次。其餘皆各如所施於人者以報之。五賊殺人最多。今在此每日必斬首一次。明日合其尸首。灌以續命湯。則復活。乃復斬之。每年斬首三百六十次。然巢賊殺人八百萬。獻賊殺人千餘萬。以一人一日抵之。其罪限正無窮期也。某生曰。白起自長平坑卒四十萬外。節次殺人復不下四十餘萬。今其魂何在。判官曰。彼居此二千餘年。罪孽甫滿。今出獄不久耳。復導觀逆子之獄。則見鐵架排列數百人。皆裸身反接倒懸。架上鬼卒。以驢糞雜穢水澆之。自踵至頂。淋漓腥臭。令人難耐。及水將滴淨。則復澆之。架上皆有牌標姓名。某生多不省識。惟見楚商臣、匈奴冒頓單于、吳孫皓、宋元凶劭。及其弟濬。皆在焉。判官曰。凡人富貴皆前定。商臣即不弒父。亦可得楚國。陰律凡獲罪而及身未受其報者。罰加倍焉。子孫未受其報者。罰又加倍焉。商臣為楚君時。尚無過惡。又在此年代久遠。本可赦至第十七層獄。然彼得保首領。而子孫又昌熾數百年。茲所以罰愈久也。問孫皓豈嘗弒父母乎。判官曰。以弒其叔母朱太后也。又遙望一小室。有鐵柵四面。冰雪瑩然。一人單衣蹴蹋於其中。口噤項縮。呼曰寒甚。判官曰。此隋煬帝也。凡曾為一統天子者。未便施之以刑。但使千百萬年在此寒冷之中。其苦不減於受刑也。又導觀逆臣之獄。多有三代以前姓名。某生不暇諦視。但就其可記憶者。則寒浞、陳乞、陳恒、華督、王莽、董卓、司馬懿、司馬師、司馬昭、石虎、蕭道成、蕭鸞、高澄、高洋、侯景、武三思、安祿山、李希烈、朱溫、石敬瑭、吳幵、莫儔、范瓊、胡沙虎、崔立。皆在焉。每數十人共荷一長枷。復桎其手。梏其足。鉗其口。稍一轉動。則互相牽掣。判官曰。此輩生前皆喜專擅權勢。故死後束縛拘困。使不得自由。某生曰。曹操之惡。不減司馬懿。胡不在此。判官曰。曹操罪惡甚多。然其削平群雄。使生民不罹兵革。其功亦稍足相抵。且享國未久。其子孫為司馬氏所魚肉。受報已慘。故在第七層地獄。若司馬懿陰險過於曹操。專以狐媚得天下。而東西晉享國至一百六十年。雖其時變亂頻生。仍覺便宜太甚。故受罰於死後倍酷也。又聞夷羿、趙鞅、田和、王屬、張異、孫綝、王敦、桓溫、桓玄、王世充、史思明。在此上一層。即第十七層獄也。又望見冰室兩處。如隋煬帝所居。判官指之曰。此為隋文帝。此明永樂皇帝也。夫隋文帝毫無功德。欺外孫以篡其國。而殺機深險。至盡滅宇文氏之族。明之燕王。不過吳王濞、趙王倫之徒。徼倖篡奪。而屠戮忠良。用心慘刻。絕無人理。此二人自隋明既亡之後。拘到此間。隋文帝陰毒尤甚。

故使坐針氊之上。每一動則痛徹心骨。燕王罪孽尤重。故其冰室之旁獨置鐵釘百餘。俾臥其於惡臭之中。割亦酷矣。言未已。陡遇腥風一陣。濁臭難忍。某生幾至嘔吐。亟掩鼻疾趨而過。忽聞冰室中呼曰。某生救我。我往時一逞雄心。罪惡滔天。後悔無及。所尤難受者。此百餘釘皆係驢糞。其氣沁我心脾。子其為我徧告世人。世上多一人知我。亦得早一日離此也。判官笑謂某生曰。燕王至此方悔。已晚矣。生未及答。忽聞左邊呼痛聲甚慘。則隋文帝也。逞視其室。則四周皆以赤棘為籓。針長數寸。令人心悸。又導觀讒佞姦臣之獄。人數不下數千。某生所記憶者。則潘崇。費無極。豎牛。伯嚭。郭開。江充。主父偃。息夫躬。賈充。蕭遙光。元韶。王偉。慶虞。則楊素。李義府。許敬宗。周興。來俊臣。李林甫。高尚。嚴莊。崔杞。柳璨。呂惠卿。章惇。蔡確。蔡卞。邢恕。蔡京。王時雍。徐秉哲。黃潛善。汪伯彥。張俊。万俟卨。韓侂胄。賈似道。胡惟庸。陳瑛。石亨。焦芳。江彬。嚴嵩。嚴世蕃。趙文華。魏廣微。顧秉謙。溫體仁。崔呈秀。許顯純。楊嗣昌。馬士英。阮大鋮。皆在焉。大抵割舌斷腕之罰為最多。以其好用筆舌陷人也。亦每日一次。鬼卒各執一氣筒。以生氣吹之。則復連續。某生問秦檜何在。判官曰。此人跪在岳墳前。使萬目昭彰。眾口唾罵。且日飲過客之溺數十百次。厥味無奇不有。使彼嘔逆。雖畢奇苦萬狀。亦姦臣受罰之變格也。又導觀淫妬悍逆婦人之獄。則圍圍一大區。其中多毒蛇猛獸惡鳥。而人數不下萬餘。鬼卒皆褫其衣。以陳醋灌其背。諸鳥獸聞臭味即來。或吞或啄。明日隨鳥獸糞溺而出。鬼卒復以氣筒吹之。須臾復變為人形。則復為鳥獸所食。循環不窮。聞妹喜妲己褒姒趙合德等皆在其中。而未及觀。有兩婦匍匐階下。忽有豹來齕破其腹。先食其腸胃臟腑。再食其身體。判官曰。此晉之賈后及明天啟乳母客氏也。復指一大釀甕。有一人浸在酒中。掩面啜泣。腥臭難近。判官曰。此唐之武后也。此甕即彼浸死王皇后之甕。陰司收其甕與酒之餘瀝。積年愈久。酒愈臭敗。今已隔千餘年。故腥穢若此。武后常浸此中。每閱三日有一蛛一蚖一鼠輪流餐之。食而復生。終不離此甕。某生曰。王皇后何在。判官曰。上帝憐其質直柔婉。慘遭殘虐。已列名仙籍矣。導出獄門。歷過酷吏之獄。逃將之獄。貪夫之獄。悍僕之獄。猾隸之獄。庸醫之獄。姦商之獄。判官謂某生曰。汝來此已久。恐不耐冷。無庸一一細觀矣。又過淫賊之獄。凡身之獄。某生曰。此中最著名者何人。判官曰。淫賊以北齊主高湛。金主完顏亮受罰為最重。凡僧以楊璉真伽。姚廣孝受罰為最重。最後過奸閹之獄。聞內有呼號聲甚厲。判官曰。此魏忠賢方受炮烙之刑也。問此中尚有何人。則云趙高。曹節。李輔國。仇士良。王振。劉瑾皆在焉。於是周覽既畢。判官導由原路旋繞而上。至第三層。適過一逆子之獄。判官曰。此中亦有一冰室。某生問何人。判官曰。唐宣宗皇帝也。某生曰。宣宗乃唐賢主。何以在此。判官曰。以其弑

庸盦筆記　卷五　八

嫡母郭太后也。且宣宗以塌屑治天下。不達大體。始兆亂。何賢之有。頃之已至殿上。王者笑問汝來此。頗增識見否。某生曰。某今始知天道之果不爽也。王者命吏役送還。其家為吏所推。一跌而醒。則厥去已半日矣。覺寒冷特甚。亟煮薑湯飲之。數日始復常度。某生常語門人。妬婦之獄。未見呂后。或者在第十七層以上。惜未一問判官也。

此篇大有功於名教。須看其用筆處質繁簡精心營度處文法故自井然

江南某生神遊兜率天宮

相傳前明萬歷年間。江南某生遊幕山西。忽接家書抱斷絃之戚。某生固翩翩年少。品高學博。而其妻尤以端麗著於里黨。于歸之日。見者皆驚歎曰。天人天人。忽有神尼入告曰。此兜率天宮仙女降凡也。八年後當返其真。既而其言果驗。某生感悼不已。因念神尼之言。有求仙訪道之意。居停與河南濟源為隣境。因往遊王屋山。搜奇探勝。其有所過。尋至巖穴幽處。夕陽在山。獨憩神祠。見一偉丈夫昂然直入。土偶神像皆下迎之。稱曰大仙。某生膝行而前。以左手捉其右臂。緊握不舍。呼曰。大仙度我。偉丈夫始而堅拒。既而熟視之曰。子尚有夙因。吾當攜汝一遊天宮。姑坐毋躁。乃於神座前席地坐。謂某生曰。我鍾離祖師也。汝因喪妻之戚。意在求仙。汝妻本天公仙女。汝亦天宮之人。偶謫此地。俾了塵緣。汝妻今已歸天。我數日前遊天宮。見其與諸仙女散步玩月也。某生問曰。窮觀蒼蒼者。實係清虛之氣。而仙佛諸家。皆有天宮之說。何也。祖師笑曰。此所謂拘墟之見也。今吾與汝所履之大地。周圍凡九萬里。浮於太空。僅如滄海之一粟。地面以上。有清氣包裹。再上則愈清愈輕。人但望見蒼蒼者。則謂之天。不知皆地之清氣所浮也。離地數百十里之外。並蒼蒼者而無覩矣。蓋太空無外。固是空之又空。而攬日與地之森布太空。則空者未嘗不實。夫天地之所以浮於空中而不墜者。以日之陽力吸之也。今吾與汝所仰之日。其力能吸二百數十之大地於空中。終古旋繞不息。而日之陽力。又能自浮空中。而不墜所吸之地。其大有千百倍於吾地者。其小亦有千百分於吾地者。而太空中之日。雖有善算者。亦不能計其數。而在吾輩目力所及。九重天之內。共有八百餘日。其大有千百倍於吾所仰之日者。其小亦有千百分於吾所仰之日者。而一日之力。皆能吸引千百之地球。佛家所謂三千大千世界也。汝試仰而視天。其光熒熒者。一星即一地也。地何以有光。日之所照也。又或星體較大。其光熊熊者。日也。日離吾地過遠。光不能燭吾地。故視之若星也。而其所吸引之地。大者視如微茫之星。其較小且遠為人目力所不及者。又不知凡幾也。夫一地即一星。是一地即一天。佛家所謂三十天。不過就其苦樂等級言之。儒家所謂九重天。就目所能見。略分遠近言之。其實此地之上下四旁。雖擴

庸盦筆記　卷五　九

之千重萬重萬萬重皆日也，皆地也，即皆天也，吾不能究其所極也。某生問曰：然則仙佛家所謂天宮者，實由此地到彼地耶？敢問此地在三十三天中苦樂如何？祖師曰：若分九等，此地當在四五之間。夫佛家之說，有肉界天，有色界天，有無色界天，此地乃肉界天也。若佛家所謂極樂世界者，不在西方，實在兜率天宮，乃儒家所謂第一重天也。蓋宗動天中有一大地，為極清極虛之境，即是無色界天，惟其清虛，所以能樂。古來吾地之神聖仙佛，大半由此天降生。一謝塵世，神仍歸天，亦有苦志潛修，功德圓滿，而升此天者，蓋必其先養完粹純係太和元氣，平生無七情之牽縛，其神乃能居此虛清之境，否則雖有生天之樂，亦難到此天也。某生曰：世俗有上八洞神仙之說，而大仙為之領袖，想皆能到此天。敢問第一天之上，尚可到乎？祖師曰：吾地開闢以來，神仙不少，皆地仙也。即間有能遨遊諸天，然其道力廣遠，能到第一天者，亦惟余輩數十人，其數不必拘以八也。蓋由此地至第一天，有數萬萬里之遙，太空之中，無風可御，無雲可駕，惟道力最大者能乘日光一綫之所射而至焉。然第一重天之外，雖尚有萬萬重天，以其過於遼絕，星日之光所不能相接者，雖神聖仙佛，亦終不能到，殆亦由兩地之懸於太空，此地之人不能到彼地也。某生傾聽祖師之言，不覺日已西沉，山空夜靜，星斗粲然，因有攜遊天宮之志，力懇不已。祖師曰：第一天宮，離此極遠，吾以神行，而不

以迹行，本可緣星光而上，但既須攜汝，則非緣日光不可，盍再縱談，俟日出乎？於是互相問答，已過夜分，某生多聞所未聞者。祖師出一枕授之曰：汝姑就此假寐，先洗汝塵俗氣，吾將往東海觀日出，與純陽祖師一敘，即來攜汝神遊天宮也。某生就枕而臥，所歷之境，與昔說所傳黃粱夢相似，覺而神氣洒落，解脫塵慮，翛然有凌雲之意。祖師適返，正日出也。祖師令某生閉目，在其腦後一拂，某生即自覺入祖師袖中，纔聞夫激風颯之音，已而寂然良久，有聲復寂，如是者數次，約兩時許，祖師引某生自袖中出，曰：到矣。則見綺雲成文，奇花異禽，別一天地，謂之曰：汝嚮者所聞之聲，乃拂大地之罡風所激，迨過太空，則并無風，又聞聲數處者，則過數處大地之邊也。於是祖師導某生御風而行。某生自訝何以忽能御風，祖師笑曰：汝之形骸，何嘗到此，吾今攜汝之神也。忽到一大園林，異香馥郁，樹皆大逾十圍，祖師曰：此旃檀樹也。俯視道旁，綠草繽紛，間有幽蘭，高八九尺，諦視之，如世所謂素心蘭者，奇芬撲鼻，沁人心脾。又見叢桂數千株，黃英爛漫，金粟飄墮，香風徐拂，每粟一粒，其巨如碗。又過梅塢荷沼，芍藥牡丹之榭，無不異境特開，黃牡丹、紫荷花皆大逾車輪。祖師曰：吾地佳花一間便識，此間則四時不斷，隨處皆有。又指徧地綠草如煙目光一新者，曰：此瑞草也。大樹下輪囷班駁徑逾數丈者，曰：瑞芝也。又見白鶴孔雀錦雞鸚鵡之族，巢於巨樹，如鴉雀之多。有四五

大鳥，五色璀璨，飛鳴而過，聲音嘹亮，令人神氣一清。祖師曰：此鳳凰也。昔以盛舜文王之聖降生吾地，此鳥亦隨而下降，今已久不到吾地，此間則隨處有之也。又見街衢整潔，居民皆熙皞自得，或在木排旃檀樹下乘涼，或坐對幽溪曲澗，以為樂。黃金白玉，皆以鋪地，民家牆壁皆砌以白玉翠玉，或如大理石之屬。祖師指曰：此間此物到處有之，人人皆得享受，非若吾地之以罕見珍也。某生問曰：此間未見有男女同居者，亦未見孺子，何也？祖師曰：凡人修到此間，皆已六根清淨，無飲食男女之欲，所以永無爭端，永無劫數，終古人民不增不減，亦有偶動塵心，謫下諸地者，謫限已滿，即返其真，或因昧本根，終於淪墮，或因積世苦修，新升到此，究亦不多。惟此地為上帝所居，凡諸日所攝引之地球，十萬有餘，其成毀盛衰治亂悉受上帝之主宰，或欲開闢一大地，或將除舊布新之，則選此地之大有道力者，降生其地，以奉天行事，事畢亦仍返其真。此地之人，乃十餘萬大地之人之根柢也。大抵每一地球由開闢而混沌，而復開闢者，或不能以數計。凡地球行到軌道極寒之處，人物不生，即是混沌，間千萬年，而軌道又從，即復開闢，即如盤古氏為吾地開闢之祖，已十餘次，其為各地開闢之祖，又不知凡幾，蓋以其性情純樸，於人生之初最為相宜，上帝用人，亦各盡其所也。正談論間，祖師忽悚然曰：今日為上帝召樂正后夔奏韶樂之期，凡曾降生吾地為神聖仙佛者，皆

應召往聽。此樂一年一次，不可失也。努力速行，從我聽之，且可瞻仰神聖仙佛。俄至一處，宮闕巍然，閎麗無匹，適開內殿，傳呼開門，中門洞開，祖師謂某生曰：神聖帝王將入矣，吾與汝屏息遠立，姑就前史所記之謚號姓名，一一告汝。雖其神皆各返其真，今並無此名號，而欲使汝易知，則非質指其人不可。俄見由中門入者百餘人，祖師所指有身長二丈餘者，盤古氏也，天皇地皇人皇亦皆長一丈以外。又古皇之聖者數十人，多前史所不傳者。又有巢氏、燧人氏、無懷氏、葛天氏、伏羲氏、女媧氏、神農氏、軒轅氏、少皞氏、顓頊氏、高辛氏、唐帝堯、虞帝舜、夏王禹、啟、少康、商王成湯、太甲、太戊、祖乙、盤庚、武丁、祖甲、周文、武、成、康、宣王、漢高祖、惠帝、文帝、武帝、昭帝、光武帝、明帝、章帝、昭烈帝、北魏孝文帝、北周武帝、唐高祖、後周世宗、宋太祖、仁宗、孝宗、金世宗、元世祖、明孝宗，俄有搢笏垂紳而入者，則周公孔子也。中門既闔，左門復闢，祖師所指則有古皇之佐數十人，又見有四目者，倉頡也。於是風后、力牧、太山稽、常先、大鴻、沮誦、稷、契、皋陶、伯益、伯夷、夔、龍、奚仲、女艾、伯靡、相土、關龍逢、伊尹、萊朱、彭祖、咎單、伊陟、臣扈、巫咸、巫賢、甘盤、傅說、祖己、微子、箕子、王子比干、膠鬲、太公望、召公奭、畢公、榮公、泰顛、閎夭、散宜生、南宮括、鬻熊、辛甲、周任、史佚、召虎、仲山甫、尹吉甫、張仲、正考甫、萇弘、公孫僑、蕭何、張良、曹參、文翁、汲黯、丙吉、黃霸、龔遂、鄧禹、馬援、寇恂、卓茂、來歙、楊震、李固、王允、諸葛

亮曾肅蔣琬羊祜祖逖謝安高允元勰蘇綽劉文靖房元齡杜如晦魏徵狄仁傑徐有功張柬之崔元暐劉幽求姚崇宋璟蘇頲張九齡張巡郭子儀顏真卿李泌崔祐甫陸贄楊綰杜黃裳李絳裴度韋處厚李石王朴呂端呂蒙正李沆寇準王旦王曾韓琦富弼范仲淹包拯司馬光邵浩陳瓘李綱宗澤趙鼎岳飛洪皓陳俊卿趙汝愚真德秀魏了翁陸秀夫文天祥耶律楚材廉希憲余闕劉基方孝孺于謙王恕劉健謝遷劉大夏王守仁楊繼盛陸續入門。俄而右扉復闢，則又有太古衣冠者十餘人，及南仲方叔鮑叔牙管夷吾先軫狐偃百里奚甯俞鬬穀於菟孫叔敖士會叔孫豹子罕申包胥沈諸梁樂毅田單魏無忌李牧韓信周亞夫衛青霍去病霍光趙充國蘇武張騫魏相陳湯吳漢賈復馮異岑彭耿弇來歙祭遵班超皇甫規孫策趙雲龐統張飛周瑜陸遜陸抗周處王導周訪溫嶠陶侃謝元慕容恪王猛韋叡張須陀李靖蘇定方薛仁貴裴行儉李光弼段秀實李晟馬燧渾瑊韋皋李德裕錢鏐韓通曹彬狄青張詠韓世忠吳玠劉錡虞允文孟珙張世傑穆呼哩託克託速不泰察罕特穆爾董摶霄庫庫特穆爾徐達常遇春鐵鉉徐輝祖張輔李賢楊一清張居正王崇古戚繼光俞大猷。隨後又有夏禹之佐五人，李冰王景王梹賈魯宋禮潘季訓等。隨後又有太古衣冠者數人，及倪寬李岐伯俞跗巫彭伯高少俞桐君太乙雷公長桑君扁鵲倉公張機華陀王

叔和皇甫謐葛洪巢元方孫思邈韋慈藏王冰錢乙朱肱，及忘其姓名者十餘人，陸續並入左門。復闢，祖師曰：此經師人師與諸孝子將入也。旋見古衣冠者三十餘人，及吳泰伯仲雍伯夷叔齊柳下惠季札蘧瑗史鰌，又顏子曾子閔子二冉子等三十餘人，皆七十二弟子中之尤著者，又子思孟子周子二程子張子邵子朱子，及伏生大小毛公董仲舒韓固河間獻王劉德許慎鄭玄郭泰黃憲徐穉陳寔龐德公司馬徽管寧陶潛王通孔穎達元德秀陽城楊時羅從彥李侗張栻呂祖謙陸九淵黃榦何基王柏金履祥許謙劉因許衡吳澄薛瑄曹端胡居仁羅欽順陳獻章。又有孝子近百人，其能憶其姓名者，僅孝己伯奇董黯姜肱王裒王祥華寶等數人，亦有史冊失載湮沒不彰者，皆陸續入門。俄而右扉又啟，祖師曰：此仙佛將入也。告以釋迦牟尼并彌勒諸佛，率文殊普賢觀世音諸菩薩已入。又古衣冠者十餘人，及廣成子許由巢父下隨務光善卷伯成子高老子赤松子浮邱公洪崖先生列御寇王子喬關尹喜羨門子高安期生魏伯陽梅福嚴光梁鴻徐庶陶弘景，及呂巖陳摶邵康節等，共三十餘人皆入。祖師攜某生手曰：願同入乎？遂詣謁者，觀門簾，則祖師本有座在內，復請謁者為某生添一坐於末位。樂之始作，聲之以金鐵，而八音迭奏，復振之以磬，而條理終焉。樂師復為韶箾之舞、韶濩之舞、象箾南籥之舞。某生觀聽既畢，覺薰陶聖人之德音，穆然神清，陶

然氣平，其樂不可思議。祖師挈某生隨諸賓而散，且談且行，謂曰：此即孔子在齊所聞之樂，三月忘味者也。吾地自孔子既往，不能復生聖人，其元氣遂不足以存此，蓋上帝主宰厚地之道妙，惟聖人能與暗合，雖仙佛不能無偏也。某生默念向見帝王，漢惠帝美麗少年，而昭帝狀貌魁梧，因問漢宣帝不在此，而轉有惠帝武帝昭帝，且又無唐太宗，何也？祖師曰：凡人得生此天者，必於誠明二字有一獨至之處，譬如精金成色，毫無渣滓。文帝為人，較之惠帝稍有渣滓，而其功不可沒。武帝魄力雄大。宣帝雖察察，不如昭帝之自然，今宣帝在第二層天。又第三層天內有一地球，適逢鼎革，上帝知唐太宗才力雄厚，獨俾降生以埽蕩之，事定即仍到此天。又如元太祖明太祖，原自此天降生吾地，元祖殺伐過重，上干天和，明祖屠戮功臣，淫刑以逞，今皆降在第三層天矣。某生又問：韓信張居正等或不甚純，而生此天，何也？祖師曰：汝不知上帝之妙用乎？凡由此間降生者，或偶因獲譴，俾下罹災厄以折磨之，且立功以贖罪，罰滿則仍到此，韓信是也。且左右兩班，原不盡拘文武之說，在右班者，或氣性稍有不純，而才力實不可及也。某生問何以未見關公，祖師曰：關公為吾地大神，督察不平之事，有時上帝偶召至此，今日適值事務殷繁，不遑暫離。即如湄洲天后，以專顧數萬里海面，濟危扶傾，亦未暇來此也。某生仰視天際，忽見紅日銜山，雲霞五色，層疊而上，如蜀錦之燦爛，

或如巨虹橫亘天半，五色相間。祖師曰：此卿雲也，吾地數十百年乃一見，詫為異瑞，此間則日入日出之時，無不有之。蓋山川之氣至輕且清，薄雲偶升，映斜照則為卿雲，映明月則為月華，亦惟生此天者能享此眼福也。俄見浩月東升，仰視天中，又懸一月。某生問有兩月何也，祖師曰：此天有四月環繞，或此缺而彼圓，或此沈而彼升，故每宵無無月之時，亦有四月俱圓同時並照者，每月不過兩日，則光華遍於白晝。今夕適逢良宵，去此百里有名勝一區，吾與汝俱往小憩。此區為曾經降生吾地之諸女仙賞月之所，而雅容遊人亦俱集於此，汝適值此良緣，或可與汝妻一會也。乃駕雲而行，須臾即到，樓臺榭池，引人入勝。路口有一亭，祖師曰：可在此小住，女仙來者必由此過，吾與汝坐曲檻候之。於是三月已上，俄而四月齊輝。亭下有一醴泉，可鑑鬚髮，亭外有仙人掌，大逾數丈。祖師俯汲醴泉，仰啜甘露，各半相和，與某生分飲，其甘清香冽，非世間所有。頃之，見輕雲出岫，蒸為綺霞，掩映四月，如滿天錦繡，輝煌五色，異樣奪目。祖師曰：此月華也。俄而清風徐來，隱隱聞雲璈仙樂，諸女仙已簇擁而至。駕輕車者，乘駿馬者，坐肩輿者，吹洞簫者，吹玉笛者，擊檀板者，揮羽扇者，執麈尾者，或聯袂同行，或獨自騁眺，服色各異，鳴珮鏘然，皆由此亭徑進內殿。祖師一一指示，除太古女仙二十餘人外，某生所能憶者，后妃則有華胥附寶嫘祖姜嫄簡狄慶都握登娥皇女英塗山氏

太姜太任太姒邑姜周宣姜后衛莊姜晉獻賈姬楚平伯嬴魯吳孟子代摩笄夫人秦武皇后魏姬齊無鹽后漢戚夫人孝惠張皇后邢尹二夫人孝昭上官皇后孝哀傅皇后孝平王皇后班婕妤王昭君光烈陰皇后明德馬后宏農王妃唐姬昭烈帝之孫夫人吳朱后全后晉孝懷梁后穆章何后符秦毛后唐文德長孫皇后懿安郭太后後唐韓淑妃後周世宗之小符后宋閒寶宋后英宗高后神宗向后哲宗孟后欽宗朱后元泰定帝之巴拜哈斯皇后寧宗之路哩雅圖默色皇后明高德馬后誠孝張后宣德胡后正德夏后公主則有虞宵明燭光秦弄玉漢魯元公主金岐國公主等十餘人命婦約有百餘人因去亭稍遠祖師復僅指示三人曰孫伯符之橋夫人孫翊之徐夫人周公瑾之橋夫人又西王母約同賢母壽母百餘人並含元閣賞玩月華祖師約略望見孔子之顏母及前史所著之孟母陶母皆在其中又閣有節婦貞女孝女百餘人在景德樓玩月如緹縈竇娥曹娥高愍女岳鄂王之幼女徐中山王之第三女皆在其中惟自樓後幽徑入門登樓未之見也又有民間婦女無品秩者百餘人三五為羣各在亭榭徘徊憑眺祖師曰此散仙也遂指一亭謂羅敷木蘭綠珠紅拂皆在其中某生旋望見其裊姍姍來遲其妻亦已有所見謂其伴曰吾口微渴當往亭邊掇仙人掌甘露飲之隔檻謂某生曰吾在此甚樂君夙根甚深得藉大仙之力來此一遊然尚有十一年塵限未滿屆期可仍到此間花晨月夕良覿有緣也遂翩然而去是時月華逸朗五色之雲蒸為異彩三十餘樣或鋪如纖錦或亘如橋梁或矗如七級浮圖或分如千條匹練諸仙皆鼓掌稱奇某生漸見曩時聽樂之帝王將相亦有來遊者或駕麒麟或駕甪端或駕神獅皆文彩彪炳非世間所得見俄見漢惠帝與張后同載昭烈帝與孫夫人同載周世宗與符后同載孫伯符周公瑾與二橋夫人同載皆馳騁笑語以為樂某生訝問大仙纔言此間無男女之欲故無生育亦永無刼數適又見夫婦同車何也祖師曰彼皆朋友也非夫婦也此間本無男女之欲故男女相友不以為嫌諸仙皆在此已千萬年各就其性情所近而相與為友或有相視一笑偶動塵心遂下降為夫婦者夫上帝豈暇一一察之亦豈有意謫之蓋塵心一動則此間至清至輕之氣自不能居也至塵緣之久暫視其情之深淺而定諸仙在塵世為夫婦不過數年或數月耳其漸為夫婦者幻也及各返其真則雖仍相與為友而其心寂然不動故雖同車而不以為嫌以本無嫌之可避也汝將來到此與汝妻晤敍之處亦必在此等名區耳俄見蹁躚女仙跨一鸞持東飛行於是漢惠后昭后哀后平后孫夫人吳全后晉懷后穆后唐韓淑妃周符后宋向后孟后朱后元寧宗后皆騎鳳凰向景德樓而去但聞人云曹夫人班昭邀諸后妃往樓中賞月也某生問景德樓中皆貞女節婦所

聚會何以諸妃后又往祖師曰此諸后妃皆貞節之最純者也人知貧賤之難保貞節而不知位至后妃苟為事勢所廹其艱難有十倍於平民者此中諸仙以漢惠后之全節為尤苦向皆在景德樓玩月今獨不在諸女仙覺寂寞寡歡故遣使邀之耳某生因問曩所聞之韶樂上帝亦一年僅聽一次耶祖師曰如今日之盛會固一年一次上帝又每年自召后夔奏樂四次並有小會二次一則五教之師一則供奉內廷之人如吾地所謂翰林院是也某生問吾地但聞有三教而此有五教何也祖師曰孔子為儒教之師其道默契帝心最為顛撲不破雖亘千萬古統千萬地球皆不能易也佛氏老氏皆窺見聖道之一偏所謂失之毫釐差以千里然亦未可盡廢佛老之前本有楊墨楊氏近於老墨氏近於佛而又各有不同當時為孟子所闢其道固已熄矣然楊子之書雖無傳後世有山林隱逸獨善其身者實楊氏之學也墨子學雖有弊而救世之心無窮自知其道不能行於中國當時泰西鴻荒初闢教化未行乃請於上帝願生此土遂降為耶穌歐美兩洲皆崇其教蓋聖教不能驟及得此以維持絕域之人心者幾二千年其功自不可沒雖其形迹又與墨氏之教稍殊然其原實出於墨氏之學至天主教實已悖耶穌之旨尤為彼教之異端不可同年語也夫人同此心心同此理雖到九重天外恐不出五教之範圍矣某生問謨罕默德之教所行廣遠亦與耶穌相埒何以不在此列祖師曰回教陰騺悍戾專尚詐力究屬魔道其燄將熄矣今到夜半遊人已散姑勿多談吾導汝往翰林院一訪諸賢待到天明即可送汝歸也於是復御微風而行過一甲第巍如宮殿祖師指曰此孔子及諸大儒所居也其左右兩傍院稍低指左院曰此釋迦牟尼及菩薩所居也指右院曰此吾師老子及諸仙所居也指又左一院曰此自古山人隱士所居也而楊子亦在此中楊子並不能為此教之首不過推闡其說耳且其道力遜於許由等遠矣又指右一院曰此墨子即耶穌所居也某生望見中殿之上瑞氣蔥蘢如黃雲繚繞與月華爭輝左右兩院則雲氣作紫色再左右兩院雲氣作淡紅色云又至一處如衙署者入一總門則其內又有千門萬戶各自為一署祖師歷指數署曰此第二層天人所居也又歷指數署曰此第三層天人所居也皆非汝所能知步行良久導進一署其內亦有廣廈千餘間一院甚大諸人皆在此納涼玩月吹竹彈絲賓朋既多不相聞問祖師與某生徑自入坐而一一指示其人大抵博收總攬文武兼資如容成大撓伶倫隸首羲和仲叔唐都洛下閎李純風僧一行郭守敬之推步及律算晏嬰羊舌肸東方朔之博辯屈原之辭莊周枚乘賈誼劉向韓愈柳宗元李翺歐陽修曾鞏之文宋玉司馬相如揚雄張衡之賦曹植左思郭璞李白杜甫蘇軾黃庭堅高啟之詩及離婁之明師曠之聰要又斯伯與公輸般

之巧詹何之釣弈秋之弈養由基之射宜僚之丸飯巴之瑟伯牙蔡邕嵇康之琴孫登之嘯顧愷之吳道子張僧繇倪瓚唐寅之畫王羲之褚遂良虞世南歐陽詢柳公權之書法張旭之狂草凡有專長無不畢集旋又導至一院見書室中書籍汗牛充棟排列長案秉燭鈔寫如書吏者約千餘人祖師曰上帝欲蒐羅十萬地球之史事輯為成書命左史倚相左邱明司馬遷班固四人為總纂鄭道元劉知幾杜佑劉恕范祖禹劉攽宋祁馬端臨等十餘人為分纂並有供事三十餘人分派翻寫然方言文字之各殊者不下九百餘萬種繙譯已大不易所以開辦將二千年尚難告成四君亦為此事所縻未及降生吾地久無良史才職是之故某生偶取案上一冊繙閱皆蟲書鳥篆竟不能辨一字祖師曰天明矣遂尋原路而行展袖使某生入其中閱二時許仍還王屋山之神祠某生見一人形狀與己無二奮力合之遂蹶然而起恍然如一大夢祖師笑曰此遊樂乎吾去矣縱行數步忽已不見某生復遊幕閱十一年果無疾而終

上編誅蒍謏於已死此篇發潛德之幽光非二十四史爛熟於胸中斷不能如此平允的當兩篇雖由佛家地獄天堂之說推闡而出然意義宏潤理解澄瑩實有佛氏所未發揮者此篇處處歸到中和並無佛經偏駁艱深之弊前後約六千餘字融會貫通思議展拓超邁均為前人所未及觀其點綴情景令人穆然神往

漢宮老婢

同治初年粵寇蔓延秦隴江西某生以拔貢從戎一日隨官軍逐賊終南山窮搜蹤跡塗徑幽險日影西沉某生單騎落後徬徨無投宿處遙望山坳隱約有人家策馬赴之僅有土室兩間室外花草奇秀泉石幽勝繫馬於樹徘徊四矚倏見一人自林中出以薜蘿為衣毛髮蓬鬆驚為怪物而避之其人呼曰勿走我乃人也返而視之頭面皆有綠毫長七八寸然疎而不密見其本質妍然蓋一妍淑之女仙也某生告以借宿意女仙指土室曰此吾之敝廬也然男女有別因導往一石室使居之娥而皓月騰輝山空境寂女仙呼某生坐石上對談古今事某生問女仙居里年歲女仙曰我漢宮舊婢也居此已久不復能記歲月矣我本長安良家女生於漢高帝入關之歲惠帝四年選立中宮是時帝姊魯元公主為宣平侯張敖妻宣平侯前婦有一女太后以其美且賢也欲與張氏為重親遂以黃金二萬斤為惠帝聘立為皇后我亦被選為選婢尊司椒房之廁漢制凡宮中廁數十處皆以閹人蠲除不潔惟皇后燕寢之地雖閹人不得輒入故別設宮婢四人我其一也我侍張皇后十二年每伺后將入廁為之洒埽為之揭裙捧匜蠲除糞溺久之后悅余勤謹賞賜稠疊會呂太后崩大臣

誅諸呂立文帝用曲逆侯陰謀誣惠帝諸子為呂氏子而盡殺之幽廢張皇后於北宮僅留侍女數人余乃被遣歸家是時宮門扃鑰牢固每日僅啟小門片時以通食物余乃背圖僅手長鑱為除不潔者晨起隨食物入宮皇后見余悲喜交集重賂閹者出入始無所阻余誓終身不嫁復侍后居北宮者十七年后年四十二無疾而薨文帝用大臣議葬之安陵旁域不發喪不起墳不用珠襦玉匣其禮與侍惠帝後宮諸美人無異余遂披髮入終南山飢喫木實渴飲清泉常兀坐土室中一日忽見白雲蔽廬一女仙冉冉而下謂余曰張皇后已歸無色界天感汝忠誠特貽仙丹一粒服之可常為地仙余自是徧體生毛無寒暑迄於今日不知幾經甲子也某生曰史言張皇后佯為有身取後宮美人子名之而殺其母有之乎女仙曰皆此太后所為也惠帝晚年多病太后欲定人心遂告大臣曰皇后已有身矣其後大臣乃詭后佯為有身實則后並不知有此事也后配惠帝不及四年無子乃其常理而帝所幸後宮美人已先後生子七人皇后性不妬忌皆撫如己出太后乃命后取其一人立為太子太后又恐其母有濡言潛遣宦者縊殺之后亦未之知也少帝即位四年乃自知非后所生頗出怨言太后幽殺之而立常山王宏為後少帝茲所以訛言紛起也某生問張皇后既無大過而廢處北宮何也女仙曰太后斂怨於大臣久矣后實因太后而波及也然太后臨朝八年后多所匡正太后誅諸大臣又謀害代王齊王等后皆泣諫止之太后欲引宣平侯與產祿同秉政后又為之力辭及呂后將作亂張皇后斂諸門鑰使產祿等不得輒入殿門呂氏遂敗此其賢德外共亦有所聞所以諸呂及樊伉等皆被誅而張氏獨無恙少帝兄弟皆被殺而后但徙北宮也某生曰張皇后親則帝甥義則母后文帝獨無尊崇之禮何也女仙曰一興一廢疑忌之懷賢者不免當是時或議賜后死或議出后歸張氏文帝知其素性柔懇無足深慮設置后於北宮而貶損其禮數不以后禮供養又遣一宦官一宮婢監護北宮此兩人揣摩時局肆意陵侮當惠帝之納后也行問名之禮呂太后賜后之名曰嫣及是時兩人於北宮之宦官侍女皆改其名曰嫣并其姓名呼之后亦默然無言北宮有一小苑花草幽勝后每喜往聘眺二人曰彼幽廢之人耳何得輒至殿外聘眺因常鑰苑門后每逢春秋佳日必再四向二人請鑰始得一往由是鬱悶成疾余有一寶鏡願觀之乎因袖出古銅鏡噓之以氣忽見鏡中千門萬戶宮闕巍煥者未央宮也有一冕旒者容貌秀偉臨御前殿儀仗甚盛宮娥數輩扶一美人服飾麗都容儀端艷向上三跪六肅女仙曰此惠帝臨冊立皇后后方謝恩也某生問此時皇后年已幾何矣女仙曰惠帝四年后年十四然漢初以十月為歲首若以夏正數之乃在惠帝三年之冬是后實年不過十三耳某生曰后年十三而如

十六七者何也女仙曰宣平侯修貌狀頎后早年長成實肖其父是以惠帝見而悅之太后探帝意而立之某生復諦視其未央宮內一殿陳設精麗姜媼曰椒房皇后方對鏡梳妝髻髮如雲侍女數十人奔走左右房內有琴書織機其首飾有玉珥珠旒金步搖之屬冠上有一大珠徑六七寸精光奪目梳妝已畢宮娥以禮服進佩以環瑤帶以筆鑑女仙指示之曰此將朝太后也后自正位中宮每日黎明即起傅姆為修容飾朝太后宮上食如禮禮畢傅姆為述前訓及古德言容功之教至於鼓琴習書每日皆有恒課有暇則紡織為導民之本亦宜習之終日汲汲無暇晷名為皇后實一女弟子耳忽見后起立更衣兩足露於裙下其履式圓頭方底織以翠羽飾以金葉綴以明珠履長約五六寸女仙曰此所謂達遝之文履也漢宮后妃皆用之某生始悟古者婦女之足與男子無異云女仙復拭鏡噓氣忽見宮中如喪發之狀后與美人百餘伏哭殿上羣臣數百人伏哭殿下女仙曰此惠帝晏駕時也張皇后年十七矣因指一素服端坐面有剛猛之象者曰此呂太后也須臾復見后素服在宮支頤半晌旁有一婦人年三十餘若與后絮語者女仙曰此后母魯元公主也后居喪甚哀水漿不入口者七日矣故太后召公主入宮勸慰之復拭鏡噓氣忽見宦者八人以軟輿舁后面有愁容女仙曰此呂太后寢疾時欲使后臨朝稱制后自以稚齡守寡是時年僅二十有五不欲接見羣臣尤恐受産祿辟陽侯之狎侮故往見太后涕泣力辭也某生曰后之裝束竟與老媼無異昔何華麗今何樸略也女仙曰后自守寡以來撤環瑱去簪珥屏脂粉每朝太后祇御青素布衫一襲産祿辟陽侯等恒伏兩廂窺伺之后意在自毀其容首挽椎髻如老媼者然彌覺澹艷如仙人后亦益自危也於是復拭鏡噓氣見未央宮北又一別宮蓋北宮也庭階閒寂侍女不過二三人后方手執一編焚香靜坐女仙曰此時后居北宮已八年年三十三矣后早年多病惠帝太后常徵名醫聯珍藥為后療疾迄未全瘉及入北宮每召一醫必敕請宦者轉奏天子然後有司發管鑰啟宮門納醫醫官望風希旨既不盡力藥物亦以濫惡者充數有時宦者斥后為假病不肯轉奏后誓不再御醫藥臥病一年幾殆不起一日忽理篋得惠帝所遺鍊神修性之書服而習之遂能引導辟穀一年以後已得仙訣矣因復拭鏡噓氣見一羽士徘徊北宮門外瞻望久之復有美人百餘陸續向后再拜出宮女仙曰此時后年三十七歲時惠帝後宮美人咸來拜別羽士乃新垣平也新垣平得寵於文帝嘗過北宮笑曰此中有幽人焉吾封侯之機在此矣於是入奏文帝謂北宮有兵氣恐不久有變文帝曰彼一失勢幽廢之婦人復何能為惟惠帝後宮美人百餘聚居北宮怨氣所積恐干天和於是下詔出惠帝後宮美人皆令得嫁新垣平力勸并出張皇后於外且曰惠

帝無後嫁之亦可帝不許於是始覺新垣平之奸後遂誅之而夷其三族云某生曰今觀后之端麗雖碩人之詩洛神之賦不能罄其形容即以豐頎而論何百餘美人竟無一及之者女仙曰此百餘人在惠帝時皆極一時之選然每見張皇后未嘗不自慚也某生方凝神注視仙女忽索鏡袖之曰日已出矣某生欲商借其鏡女仙笑曰子尚未悟耶凡子所欲見者須臾間皆見之矣雖十萬年以來之事在吾鏡中猶須臾也久借何為遂策某生之馬曰走馬乃絕塵而馳須臾已歸大營而前事恍如夢境焉

北齊守宮老狐

莫子偲大令友芝嘗為余言其同年生有王君者雅俊士也會試後就館晉陽所居在巍樓之下樓有狐仙終年封閉時聞樓上有嘻笑聲行步聲既久與之習初不以為異也王生故豪於酒工於詩嘗儲美酒置案上一夕既寢篝燈未熄忽見一美人悉索稿閱新詩旋吸兩壺酒傾之須臾頹然倒地化為玄狐王生乃揭帳徐起抱狐置牀上以衾覆之而危坐吟詩不輟至四更許狐已醒宛轉復化為美人見生大慚起身欲走王生止之曰今夕可共為樂何必走也美人笑曰我塵心已斷千餘年矣徒以耽詩嗜酒為君所窘令人赧然然君故風雅士我與君又比鄰也他日不妨為清談良友遂冁然而逝其後每風月之夕美人輒至與生對談所述古事多有與前史不合者生問居此幾何年矣美人曰已千二百餘年矣我乃北齊守宮狐也始居鄴宮常往來晉陽後乃定居於此上帝以我舍身護主注名仙籍令再修鍊數百年當可飛昇王生曰吾聞南北朝時北齊最淫昏無道汝為之守宮何也美人曰固也以主德論之當時南有梁北有周皆勝於齊遠甚以吾所事之主論之彼乃兜率天宮仙女偶謫人間羣仙以其入昏亂之世選我守宮以護之伊古以來自天子諸侯以至卿相之家皆有狐守宮人自不見耳王生曰汝所事何人也美人曰北齊文宣皇后李祖娥也后為趙郡李希宗第二女生於魏孝莊帝二年己酉九月九日名曰祖娥即以為字焉自其幼時余入希宗之家為婢事之亦旋知余為狐也呼余為狐婢祖娥年十五大丞相高歡聞其賢且美納為次子太原公洋之夫人洋兄澄為大將軍見祖娥而驚艷之乃以其意告洋願得一近仙姝而已洋懼禍以告祖娥祖娥日夜啼泣欲自引決余不得已詭告祖娥願以身代祖娥大喜余攝身一變態度舉止儼然李夫人也是夕余代夫人侍大將軍寢大將軍甚喜初不知為偽也趙郡李氏故禮法名家既聞祖娥失節則大譏詆之祖娥亦無以自明也其後大將軍為奴所戕太原公代其任遂廢魏主自稱大齊皇帝立祖娥為皇后余亦封為守宮仙主祖娥生二子長曰太子殷次曰太原王紹德皆溫雅廓落酷肖其母而齊主昏暴淫酗

殺人如麻。後宮妃嬪稍不如意。或斷其首。或使左右裸而辱之。惟於皇后則始終敬憚。所言必聽。然齊主性奇妬。椒房之中。雖宦者不許竊入。皇后出則以珠旒蔽面。不使左右得見之。祖娥性最慈仁。每見齊主嗜殺。或悽然不食。終日不言不笑。齊主懼。每為之罷殺。或時以片言徐解上意。前後全活不下數萬人。齊主在位十年而殂。謚曰文宣帝。其弟常山王演弒太子殷而自立。逾一年殂。其弟長廣王湛代立。湛為王時。窺見李皇后之美。及即位。李皇后居昭信宮。湛欲逼淫之。不從。乃謂曰。不從將殺爾子。后大懼。欲自殺。余復跪告祖娥。願以身代贅身一變。態度舉止儼然李皇后也。於是齊主常入昭信宮。亦以余為李皇后也。頗甚得寵。如是者半年。每聞齊主入昭信宮。則祖娥倉皇藏匿。懼其久而覺也。乃與余謀詐稱有身。以却齊主。齊主果不復入宮。將及一年。齊主怪其久不生子。乃掩其不備。微服馳入昭信宮。是時余方應東獄之命。至海濱驅疫鬼。未及在宮保護祖娥。方憂思半晌。支頤而坐。見齊主茫然不識。錯愕視之。齊主怪其不為禮也。怒曰。汝自稱有身。今子何在。左右欲為解圍。乃詭對曰。昨李皇后生女。一日即自死矣。齊主愈怒曰。爾殺我女。我何不殺爾兒。立命左右執太原王紹德入宮。亂棒擊殺之。祖娥大哭呼天不已。齊主命左右褫其衣。移撻之。時值臘月嚴寒。祖娥身無寸縷。齊主手自撾撻之百餘下。流血淋漉而死。投之渠水。余方由東海還宮。忽見祖

娥已罹酷禍。亟以真丹置其口中。煦以生氣。閱兩時而蘇。齊主命盛以絹囊。載以犢車。送入妙勝寺為尼。時祖娥年三十四矣。遂終身蔬食。皈依佛教。余亦朝夕調護。不離其側。凡養傷半年而愈。其後十五年。齊為北周所滅。后妃皆送入關。而周人素慕文宣李后之名。必欲得之。余不得已。隨護西行。以重金賄周有司及宦者。后亦斂衣毀容。竟免入宮。置之長安尼寺。而高湛之后胡氏等。皆選入周宮。醜聲大播。越二年。祖娥得放還趙郡。蓋至是而其禍限始滿。其數十年禍患磨折。非人所堪也。限滿之後。原可遷天仙本位。惟其久染腥聞。非一朝夕可以湔滌。當其被撻之時。哀怛驚懼。大損元神。是以滯於地仙。必靜攝千餘年之後。乃可飛昇。今亦為期不遠。而余三次設法護主。竟使謫仙完貞守節。羣仙感之。上帝嘉之。已得注名仙籙。當與祖娥同時上昇矣。蓋王生所聞於狐者如此。以語其君子偲。子偲曰。我觀北齊書。李后傳。言后容德甚美。夫趙郡李氏。乃北方第一名家。后又素著賢德。固知姊姊腹大之語。雖后子太后王。亦誤聽傳聞也。因又曰。狐言李后尚為地仙。則彼當知其所在矣。盍再詢之。王生曰諾。

北齊李后為地仙

其後美人復至齋中。夜談。王生問曰。汝言李后為地仙。今果何在。美人曰。君十九世前。為北周長安令。方祖娥之居長安尼寺也。適周天元帝即位。淫侈殘虐。遠立五皇后。猶未饜。謂左右曰。古稱燕趙多佳人。吾聞高氏諸婦。李后最美。北齊滅。齊得此國色。甚快人意。今雖已五十年。吾將選入宮中。立為皇后。祖娥聞信。欲自殺。余時方為侍婢。復以奇寶賂君。選一老婦。詭稱李后。天元詫曰。此等老物。亦負重名邪。立遣出宮。祖娥之獲保貞節。君與有力焉。君當有一面之緣。君盍往五臺山一遊乎。因告以路徑曲折。且云。徑旁奇花異草。當以綫縧繫之。王生如其言。以入。果有綫縧誌花草上。行十餘里。徑將窮。忽見美人俟於道左。笑引之前行。復經數轉。異境益開。曲澗飛橋。玲瓏剔透。儼然仙界。樓觀立雲表。隱隱如宮殿。至門宿衛之士。皆古衣冠。美人為通姓名。司閽者引入客廳。美人曰。我請入內。為君先容。久之。聞環珮鏘鏘然。有四宮人。引一麗人。搴簾而出。閨壼中所未睹也。行禮畢。分賓主坐。相去丈許。王生竊視之。年似未滿三十者。亦端莊。亦淑豔。亦靜逸。手攜珠一串。珠皆徑寸。如明月。未及諦視。忽宮人移一節紗步障隔於前。始聞有言曰。老身僻居深山一千二百餘年。閉門村靜。未嘗見一塵世人。今日吾子有一面之緣。亦係前生注定。既承枉顧。宅東有花園一區。當令司賓者導往居之。周遊三日。可窮其勝。因聞噭然一聲曰來。宮人趨而前。移步障隨之。環珮聲漸遠。遂入內矣。王生悵立。凝望司賓者導往花園。林帷几案。及一切陳設。皆極精雅奇古。飲

膳皆山中果品。嘗一二枚。即可終日不饑。司賓者導之遍遊園中。凡泉池樓閣之勝。為獸草木之奇。多人世所未見。過一小屋。門上題黑獄二字。因問此何獄也。司賓者笑曰。君欲觀之乎。曰然。因命獄卒開門。窈然深黑。陰風慘凜。獄卒入內。久之。取一銅盤以出。其蓋鐫八字曰。北齊淫賊高湛之魂。啟其蓋。有一蛇。黑質白章。長尺許。伏盤內。其旁有巨蜈蚣數十。蛇每一動。輒為所螫。蛇即蜿轉縮繞。如不勝其痛者。因問此蛇終歲如是乎。曰。自一千二百餘年以來。無日不如是。此賊淫兇之罪。上通於天。然彼取精用宏。既死之後。分為數魂。羣仙議拘其原魂。置之此獄。受無量苦。其餘魂則生在閩廣海濱。為暴徒蛋戶之賤妓。稍久則患紫雲大麻瘋。其病最劇。至無人形。又十餘年而後死。死而復生。世世如是。今廣東瘋院中。有一受病最深者。即高湛之魂也。王生曰。如此罰不太酷乎。且文宣帝之淫虐。亦與高湛無異。今果何在。司賓者曰。文宣帝之罪孽。自然亦在地獄。今不必復提。恐傷吾主之心。此賊所以受罪尤重者。以其汙蔑仙娥。俾蒙淫辱。至今不得上昇。皆彼之所為也。王生曰。此賊既怪李后為尼。則后髮已髡矣。鄉者見后鬒髮如雲。何也。司賓者曰。吾主既入尼寺。恐此賊復起淫心。因斂衣蔬食。不肯留髮者七年。此賊已死。始復留髮。然始素誦佛。則終身不改也。言未既。蛇昂首稱痛。既而俯首觸盤。若服罪哀鳴者。忽有兩巨蠍從旁刺之。蛇復大痛。旋繞不止。王生不忍

復覩獄卒乃闔盤送入獄中。仍鍵其户。司閽者復導之他遊。凡三日。觀覽已畢。忽見一宮人捧榼到院。贈以徑寸大珠一顆。巨棗二枚。曰此珠佩之。可以辟邪。此棗啖之。可以益壽。吾主無以為贈。聊表微意。請從此別矣。於是有兩丫頭導之。仍循原路送出洞口。王生乃徧遊五臺。盤桓一月。始返晉陽。其大珠珍藏維謹。嘗以示其君子。偲置之暗室中。光如明月。可以觀書。洵奇寶也。

後唐韓淑妃為真仙

王生謁見李后之後。美人仍常至齋中。王生問太原城内。何地最幽勝。能導我一遊乎。美人索紙繪二驢。叱之曰起。忽毛鬣奮張。清風肅然。美人自跨其一。使王生跨其一。曰但閉目。勿開視。須臾至一處。四顧空曠。可十餘畝。中有一小山。土皆五色。頂平如砥。周僅丈餘。有石磴五六可列坐。時在春杪夏初。月明如晝。山上下多芝蘭奇芬異草。又有海棠芍藥山茶牡丹之屬。齊開如錦。花大如盌。皆非人間所有。恍如仙界焉。美人告之曰。此山吾輩名之曰韓邱。世人不知也。昔後唐莊宗為晉王世子時。娶晉陽人韓達之女為嫡室。而伊氏女為次妃。韓夫人諱愔。字靜娥。容德尤盛。以余所見。二千年中晉產美人。當以夫人為第一。與趙產李皇后相上下。而貞靜端重尤過之。夫人事舅姑甚孝。莊宗既即王位。夫人掌内政十五年。力崇節儉。至磬自粧奩以贍軍費。時進直言。箴規闕失。佐莊宗艱難締造。以得天下。農家女劉氏嘗為夫人之侍婢。久從在軍中。以妖艷得寵。生子繼岌。遂重賂宰相豆盧革郭從韜。建議越次立為皇后。既册劉后。莊宗乃迎曹太妃及韓伊二夫人由太原至洛陽。相見有慚色。始召封韓夫人為淑妃。伊夫人為德妃。位亞皇后一等。明年為同光二年。以中秋節賜后妃宴。適南漢獻孔雀二十雙。莊宗曰。吾聞孔雀見美人則舞。置金唾壺白玉磬明月珠於殿上。能得孔雀全舞者賜之。後宮寵嬪三十人。相繼至。孔雀有一二舞者。有竟不舞者。虢國夫人夏氏至。孔雀舞者六雙。沂國夫人侯氏至。舞者八雙。侯氏即夾寨夫人也。劉后豔服盛飾。鳴珮璆然。故作媚態。孔雀舞者三雙耳。后頗有慚色。德妃伊氏至。舞者十雙。是時淑妃年四十一。尚如二十許人。妃曰。吾老矣。豈能與年少婦人爭寵乎。粉黛撤盡。珥御敝衣。為宮中老嫗束裝者姍姍而來。眾皆驚目駭視。肅然神竦。孔雀二十雙皆舒兩翼。如錦屏之高張。其彩翔翥。與淑妃容色相輝映。既而和鳴應節。對舞不已。殿上下皆呼萬歲。私相語曰。此真足母儀天下矣。乃不得為皇后。而立假皇后耶。莊宗以珠寶賜淑妃。妃辭不受。劉后竟自取之。莊宗既得天下。志意驕怠。盤於遊畋。劉后復導以減削軍賞。猜殺功臣。激成大變。四年三月。李嗣源引兵西嚮。四月丁亥朔。莊宗為伶人所弒。節度使朱守殷入宮選宮女三十人以去。其裨將闖入

淑妃宮。見淑妃縗麻哭泣。歎曰天仙天仙。乃出引軍士復入。欲逼劫取淑妃。忽見宮門有丈六金甲神。挺鞭而立。瞋目視之。裨將驚怖走出。三日而死。明宗入洛陽。即帝位。遣使賜劉后死。韓伊二妃在宮中。帝夙聞其賢。不敢失禮。然心畏其逼也。時遣人微諷二妃欲嫁之。二妃皆嚙指自誓。固請徙居太原。以避嫌疑。明宗敕有司供養如禮。而宰相命加防閑。有司遂希上指。又加嚴焉。給宅一區。前後廳房各十楹。二妃分居之。各攜侍女四人。有園可十畝。即此地是也。有司於牆外圍之以棘。而錮其門户。但於户傍闢一穴。每日進飲食。出糞溺焉。頑之守門卒大言曰。吾輩躍馬赴沙場。立功取金印如斗大。安能日日掃婦人糞乎。其意蓋欲索賂。云德妃予之。卒為出糞如故。淑妃不與。侍女之糞。臭氣充積。漸致疾病。是時余奉羣仙命護視二妃。余知淑妃本係真仙。暫謫塵世。真仙之糞輕清虛秀。積之可以祛疫。乃為設法通一陰溝。每日侍女糞溺由此流出。以水灌之。余以七寶金盃獻韓淑妃。受其糞積之園中。比及十年。遂成此邱。土皆五色。奇花異卉。甲乎宇内。芬馨異常。蓋得真仙之靈氣也。因指稍北一石光明如鏡者曰。此拜仙石也。當韓淑后居此室時。每臨窗玩月。容顏上映。月光照耀大地。驚動吾族。咸來瞻望。余每率吾族之將成道者百餘人。拜於此石上。而淑妃不之見也。迨二妃既去。舊宅遺兵燹為廢址。吾族戀此勝境。仍來聚會。偶有人來謀營造者。則出巨蛇奇鬼以驚懼之。故此地雖在城中。而廣袤以榛莽棄之。千年以來。猶常留為吾輩會真之所。天上真仙。亦往往閒歲一臨焉。羣仙以其為韓妃積糞所成。故名之曰韓邱也。王生問曰。二妃去此後。徙往何處。美人曰。此事略見於五代史。而後世不能知其詳。唐廢帝時。石敬瑭舉兵反。遣使求援於契丹。許割燕雲十六州之地。使者三反。契丹援兵尚未發。或獻計曰。唐莊宗嫡配韓伊二妃在此。聞契丹主常稱為塞南第一麗人。慕一見而不得。今許獻之。契丹主必大喜。赴援必速。敬瑭曰。二妃年已逾五十。奈何。對曰。二妃容顏甚少。盍繪圖獻之。敬瑭乃募善繪者潛往繪二妃之容。遣使獻於契丹。契丹主果大喜曰。昔匈奴得一王昭君。遂為千古佳話。今吾一舉而得二美人。死且無憾。即日舉兵南下。大敗唐兵。册敬瑭為晉皇帝。敬瑭遣其宰相趙瑩等逼二妃將送契丹軍中。隱士鄭遨聞之曰。石氏其無後乎。二妃乃唐莊宗嫡配。天下之母。亦敬瑭之母也。而以賂敵人。不滅何待。二妃皆哭罵石敬瑭非人也。狗彘不食其餘矣。皆欲求死。則已為人所守。無隙可乘。眾人強捉登車。契丹主持於穹廬。戒詰侍伏。余恐二妃受契丹主之辱。隱形從往。用障眼法送契丹主。契丹主遙望二妃。皆皤然白髮老嫗也。乃謂羣臣曰。汝等豈以朕迎唐二妃為好色哉。昔先帝與晉王約為昆弟。是朕與唐莊宗亦昆弟也。莊宗蓋世英雄。國滅無後。留此煢煢二嫂。幾無立錐之地。朕甚憫之。今迎養於

廷以完二嫂之節，即令二嫂年少色盛，朕亦決無他意，可送二嫂與述律太后同居，常為太后誦說中原舊典，如漢曹大家故事，此朕之志也。契丹主左右望見二妃，皆頓手曰：「真天人也。」唐莊宗若立韓妃為皇后，何至失國？然如此福德之相，而伶仃孤苦，亦可怪也。契丹主後望見二妃容貌，皆如花如玉，然前言已出，不能悔也。淑妃居契丹三年，無疾而薨，年五十六。薨時異香滿室，空中音樂嘹亮，凶嘩甚盛，蓋返其真仙舊位云。太后命以唐皇帝禮葬之，表曰：「唐莊宗神閔皇帝嫡配淑貞韓皇后之墓。」建憫節寺於墓旁。明年，德妃亦薨，年五十四。與淑妃同葬焉。美人方與王生踞石對談，不覺白露沾衣，雞唱一聲，東方將白。美人乃呼起二驢，自跨其一，拱手作別曰：「吾去矣。吾所以來見君者，為表章李韓二仙也。今吾事畢矣。」遂冉冉向東南白雲深處而沒。王生跨驢還館，驟然倒地，視之紙也，乃什襲藏之，自是不復至齋中。

神護漢陵

光緒五年，河南巡撫涂宗瀛奏稱：孟津縣之鐵謝鎮，相距里許，有漢光武陵寢，一區歷經道光同治十二年，河流沖刷，𨸏灣逼近陵垣，兼沖及鐵謝鎮寨。前撫臣派員修築魚鱗石壩，迄今黃河北岸積有石子灘，其形尖突，挑水南趨，石灘迤東長出雞心灘一片，溜勢愈形洶刷，致將鐵謝鎮臨河一面寨牆沖塌，勢愈淪陷。該鎮為順河船隻屯運糧穀碼頭，居民二千餘家，寨內有陰皇后陵寢，已沖去三分之一，急應籌款修防。估計工料價銀四萬三千餘兩，旋奏稱抵馳孟津鐵謝鎮查閱工程，如漢后陵前磨盤石壩以及陵西石壩五道、陵東託壩一道，均按照原估丈尺拋築堅實，其寨東崖尖及北岸石子灘尖，亦均剷去。初勘黃河南圍套灣已成入袖之勢，塞道大溜吞騰，逐日坍塌。興工以後，河勢稍落，大溜北趨，南岸淤墊，工程易施。僉謂靈祇效順，原估需四萬餘金，現僅用一萬七千八百餘兩等語。先是孟津縣令夢見一金甲神告之曰：「我漢將軍賈復也，奉上帝命，將以某月某日會同金龍四大王保護陰皇后陵寢，汝可鳩集人夫，先期興工，並速請巡撫親臨工次，俾我得以成功。」縣令問將軍既有神力，屆期行事足矣，何必借助巡撫？金甲神曰：「不然，夫巡撫為陽世之尊官，所謂當王者貴也。若得千百人夫，羣集河干，藉其氣燄，助我威靈，則事半功倍耳。」縣令如言鳩工，并請巡撫從工。屆期風雨驟至，夜見神燈無數，明滅河湄，但聞波濤洶湧，其聲如雷。黎明視之，則大溜已北徙四五里，南岸河身皆淤為平陸矣。余嘗謂自古美人，往往有容德而無福壽，惟陰皇后則容德與福壽兼著，當時既備極尊崇，身兼五福，足為千古美人生色。至其陵寢，雖在二千年後，尚獲神靈呵護，然後知中興帝后功德在民，天之報之者厚也。

狐仙談歷代麗人

黔中某孝廉，以博學高才，主持風雅。道光壬辰會試落第，出都，每過名區，輒停驂流覽。道出西安，嘗策馬登眺五陵，且弔秦漢故宮遺址，留連彌月。忽忽已到中秋，是夕月明如晝，孝廉在逆旅獨居無聊，跨馬出郭玩月，不覺至未央宮故址，荒煙蔓草，滿目蒼涼，正欲吟詩遣興，忽見稍北有巍峩宮殿，前行二里許，見宮門內外闃寂無人，繫馬門外，步行而入，越室三重，則見華燭滿堂，陳設瑰麗，有五六麗人望月而拜。一麗人濃粧靚服，年可三十許，尤覺端嚴奪目，肅拜而起，徐步數周，其人行如輕雲出岫，諸麗人皆注目凝視，步畢就坐，喁然細語。口操秦音，其音韻若微風振籟。孝廉不覺移步上堂，一麗人呼曰：「有生人在此窺伺。」如此良為被其撥擾，可恨可恨。言已，堂上燈燭盡滅，復聞暗中有一人曰：「今夕良宵，雖作罷論，然此人本係雅士，盍明燭留與一談。」堂上燈燭復明，有青玉几兩座，各設茗盌，清香沁鼻。於是五六麗人圍坐一几，孝廉孝廉獨坐一几，而向者濃粧靚服之麗人，形狀服飾又稍變矣，與孝廉寒暄，訊謂之曰：「貴客君我等皆非人也，我等不幸，墮入異類，欲得仙訣，其難過人十倍，力其致力之初，雅者須求世上忠孝節義卓著之人，與夫耆儒碩學，揖一人而求之，雜者須求世上容德兼茂之麗人，揖一人而慕效之，聲欬笑貌，無一刻忘懷也。言動舉止，無一事相岐也。如此步趨不倦，五百年而形似，又五百年而神似，一千年之後，始獲離獸而入人，然後修鍊益精，揣摩益廣，訪世人之可慕可效者，必往從而取法焉，如是者又一千年，始得超列仙班。我生於世二千六百餘年矣，近甫蛻離厥俗，略識仙機。」因指其旁麗人曰：「此皆吾弟子也，彼生也晚，見聞尚隘，故吾向者演習第一等麗人之狀貌舉止笑言，以示之。然吾成仙之日淺，尚恐未能逼肖，殆笑大方也。」孝廉問向所演習者何人也？麗人曰：「此漢孝惠張皇后也。此處即北宮故址，張后廢居於此者十七年，每逢今夕，吾率諸弟子演習於此，冀稍沾其靈淑之氣，亦甚於吾道有益也。」孝廉問：「既欲學道，何必慕效麗人？」對曰：「世間名媛，有德無容者甚多，姑向列女傳所載，豈必人人姝麗者？皆未嘗不可學步，然吾輩結習難忘，必覓麗人而師之，且其人果德容兼美，必係神仙偶謫塵世，故欲求仙，以此為較捷也。」孝廉聞大仙初學道時所慕效者何人？今之狀貌乃何人也？對曰：「吾於春秋之世，亦嘗遊歷諸侯之宮，迨戰國時所最慕效者，乃秦武皇后魏姬也。姬乃魏襄王幼女，吾少時聞其容德，遂隱形入魏宮而依侍之。迨秦武王聘后於魏，吾亦隨之入秦，甫越四年，而武王薨，王弟昭王繼立，不以禮待其嫂，始則幽廢空宮，繼則欲強嫁之，姬誓死不從，遂逃之，始大歸於魏。是時姬年甫十九，復守節八年而卒。吾始終不離一步，故其神態皆能逼肖。向吾方摹仿張皇后，僅得其十之六七，為子所窺今人悉然故仍返吾初師縱姬之貌也孝廉問大仙所見古今麗人共有幾何對曰吾自魏姬沒後二千年來凡帝王之宮以及名都大邑僻壤窮鄉無不周遊物色計吾所常竭力追摹者不下二百餘人然吾所謂麗人者必兼容與德言之若僅美於容而其德不純效之適足為害耳且古所傳麗人者或承帝王之寵威福數人或為文士所疑揄揚溢量及攷其實則真麗者僅居少半其餘倖得美名者大都不過中人若其遭逢不偶或早年守寡或罹勢難懸則其沈淪埋沒於深宮之中與窮閻之下者何可勝數至若趙飛燕合德之淫妬武媚娘之悍逆貌非不麗而腥聞遠播適增其醜吾每過之未嘗不唾其背也西施楊玉環誠不失為上等麗人然夫差寵之而吳亡明皇寵之而唐亂吾亦無取焉孝廉問大仙所見二百餘人請為我述之對曰我姑就史冊所見之人言之然有史冊未傳其美而吾親得之目覩者有端重一流如衛夫人莊姜楚武夫人鄧曼晉獻夫人賈姬漢之魯元公主孝昭上官皇后光烈殷皇后明德馬皇后蜀漢昭烈吳皇后唐之文德長孫皇后懿安郭太后宋欽宗之朱皇后遼天祚皇后蕭多囉羅元泰定帝之巴拜哈斯皇后甯宗之喀哩雅圖默色皇后明之高慈馬皇后莊烈周皇后此其人皆莊麗閒靜其性皆仁慈敦厚福德兼全而當以殷皇后為之冠宋之朱后隨欽宗北狩艱險備嘗卒於燕京年僅二十有六元之塔哩雅圖默色皇后七歲冊立甫一月而甯宗崩后守節三十六年寶元宮一老貞女其遇皆有可憫者有明艷一流如息夫人烈嬀楚平夫人伯嬴漢之戚夫人孝武陳皇后邢夫人尹夫人吳周瑜之喬夫人晉之明穆庾皇后穆章何皇后石崇之妾綠珠江南女子羅敷北周靜帝之司馬皇后隋之宣華夫人陳氏唐莊宗之德妃伊氏南唐李後主之繼后周氏宋之開寶宋皇后遼懿德蕭皇后金衛紹王之幼女岐國公主明福王之選后徐氏此其人皆體質妍妙其性皆明慧柔婉而當以晉何后金岐國公主明徐后為之冠何后諱法倪廬江何準之女年二十一穆帝晏駕后諷誦佛經守節四十餘年岐國公主自其父紹王為強臣所弒與其母俱迯入高觕及元兵圍燕京乃以公主歸元太祖而議和焉太祖始舍金而攻西域金得以延國祚者三十年實為公主之力徐后乃中山王之裔年甫十五被選入宮未及冊立而殉南都之難蓋亦一貞女也有修嫮一流如秦穆夫人穆姬及其女簡璧即弄玉也晉文夫人文嬴西楚之虞姬蜀漢先主之孫夫人吳孫翊之徐夫人晉之孝懷梁皇后秦苻登之后毛氏北魏之木蘭隋之紅拂明之貢宮人石砫土司之妻秦良玉此其人皆天姿俊麗才識無雙智勇兼備其未及發攄而齎志以歿者當以孫夫人為之冠晉之梁后字蘭璧安定人司徒梁芬之女洛陽之陷羊后被虜而梁后殉節晉書失於紀載亦太疏漏矣有澹雅一流如晉

文前夫人齊姜悼夫人杞姒魯文夫人哀姜昭夫人吳孟子漢孝成許皇后班婕妤孝哀傅皇后孝平王皇后宏農王之唐姬吳廢王亮之全夫人唐高宗之王廢后宋哲宗之孟皇后明宣宗之胡廢后武宗之夏皇后世宗之張廢后此其人皆窈窕貞靜雖家難屢遭而秉節不回其德皆足以稱其容而容色之尤姝者實以全夫人為之冠夫人錢塘人諱惠解十歲立為吳皇后吳主既廢貶號夫人年十八而廢主卒崎嶇權臣劇寇之間卒能保身完節時誠憐之至於許后之獄由王莽鍛鍊而成其不足信也明矣以上共六十二人或端重或明艷或修嫮或澹雅各有所宜間世一出或山川之間氣所鍾吾當年師法已久皆能幻其形并能肖其神若其數體兼備不可以一格名如漢之王昭君吳長沙桓王夫人橋氏景皇后朱氏魏之文昭甄后唐之崔鶯鶯後周世宗之繼后符氏亦端重亦明艷亦修嫮亦澹雅無美不該夫昭君遭遇非時陷身匈奴世人多悅惜之不知其舒兩國之兵厥功甚大甄后以潛養袁氏之孫致遭讒害惓惓故夫其心可原橋夫人歸桓王未及兩年桓王遽薨夫人哭泣數月亦卒節烈可欽朱后舍子立侄大公無我可謂盛德遘遭反常適令自縊深惜之罪上通於天崔鶯鶯許字鄭恒從一而終元微之謀娶鶯鶯而不可得乃作會真記以誣之亦見微之心術之不端符后宛邱人魏王符彥卿之幼女年十七世宗聘以為后未及行禮而世宗崩后詣樞前成禮宋受周禪遷之西宮後竟遁出為尼賜以玉清仙師之號蓋亦一貞女也以上六人大抵嶽瀆之精氣所凝或閱數百年而始一見余亦嘗從而摹效之然能形似而不能神似也若出類拔萃既不以一格名即以一格求之亦莫不臻其極者一曰漢之孝惠張皇后后諱嫣大梁人宣平侯張敖之女生於趙而長於秦故在漢宮口操秦音惠帝崩后年甚少辟陽侯及呂產呂祿入居宮中后守禮遠嫌如防大敵卒能自潔其身又常以仁厚勸呂太后保護代王及諸功臣陰德甚大及被幽廢后亦終不自明乃其容德之美史傳絕無知之者斯可怪也一曰北齊文宣李皇后后諱祖娥趙郡李希宗之次女幼不好弄天性淑惠為文宣帝所賞禮嘗以婉言諫文宣之暴保全者數萬人年三十一文宣之弟高湛即位慕后容德欲逼淫之后以死自誓然卒遭侮辱者非后之罪也其後削髮為尼卒成仙訣一曰後唐莊宗之嫡配韓淑妃妃晉陽人韓達之女佐莊宗二十餘年以創大業妃之侍婢劉氏交通宰相得超立為皇后而妃反居其下以至敗亡莊宗既殂妃居晉陽年五十二被虜於遼遼主以母禮事之妃常懸劒帳中以自防遼人敬之如神一曰明熹宗之配懿安張皇后后祥符諸生張國紀之長女剛正嚴明深惡客氏魏忠賢而裁抑之客魏搆機陷害幾為所擄及熹宗崩忠賢意欲篡位后年甫二十一即能不動聲色密召莊烈帝立之并誅大

熟，竟從明作闖賊入都，后得信稍遲，自縊而未絕，幾落賊手，危乎殆哉！幸李巖保護之，始得從容引決，蓋若有神助焉。此四人者，大抵乾坤之淑氣所萃，或閱數百年而不能一見。且本係神仙中領袖，偶到人間，雖碩人之詩、洛神之賦，不足以罄其形容。如孝惠張后以溫雅勝，文宣李后以明艷勝，韓淑妃以修嫮勝，懿安張后以端重勝，雖各擅一格，而未嘗不備諸體之妙。吾竭力追摹，但能形似十之六七而已。凡吾所塑，其人皆見於史冊者，此外委巷之間、幽閨之內，與埋沒空宮而不得一見君王者，正復不少。余素所心儀，尚有一百數十人，但其姓字不見於史傳，雖欲相告，恐子不能記憶也。孝廉以為聞所未聞，因與縱談古今人物，其所評賢否是非，多有正出史之外者。正暢談間，忽聞遠邨晨雞一唱，麗人曰：子可歸寓，吾亦從此逝矣。孝廉與之揖別，出門上馬，但見殘星幾點，皓月西匿，天已曙矣。回頭一望，宮殿已失所在，惟有畦畛縱橫、滿目砂礫而已。孝廉自為紀其事，余從黔人得見之，惜已逸孝廉姓名，因稍刪錄之如此。

同治癸酉年，余在蘇州書局，有友人見此文，擕寄上海申報館，刻在瀛環瑣記中，已稍被館中執筆者竄改，今特重著於此，以存原璧。

牛太守前生為戰馬

吾錫汪寫園先生士佩以進士為四川縣令，其本管知府牛姓，與先生鄉榜同年，乃嘉慶甲子科某省亞元也。太守右手係人手，左手係馬蹄，能自記三生之事，歷歷不昧。嘗告先生曰：余前生一將官，因征苗殺戮太多，冥司罰令轉生為馬。余既生在櫪間，回顧本身，儼然馬也，因悲鳴踶齧，不食而死。冥司以其罰不稱罪也，仍令為馬，不敢復求死。既壯而為某將官乘馬。某將暴戾性成，往往鞭刃交施，受盡百般痛楚。一日與敵戰而敗，追兵已逼，余負某將疾奔，忽臨一山澗，寬約丈餘，對面銳石削立如鋒。余念躍過則身死，而吾主或可救；不躍，主必為追兵所殺。乃一躍而過，余腹綻於銳石，腸裂而死，某將竟以身免。冥司以余忠於所事，許轉人身，且為文官，秩至四品。方余之初為馬也，鬼卒以馬皮著余身；及余復為人也，鬼卒又將馬皮剝去，而余已兩世為馬，皮肉黏合無間，乃以刀劃之，痛徹心骨，劃至蹄尖，尤不勝其痛。余因縮去左蹄，鬼卒竟未之覺也，孰意遂為人身，而馬蹄猶未去乎！蓋太守所自述者如此。太守又告寫園先生曰：吾官終於此，且不久在人世矣，死期在某月某日。已而果然。

庸盦筆記卷之五終

庸盦筆記卷之六

無錫薛福成叔耘

幽怪

明相沈文恭公故宅

浙江提督駐甯波府城，其署乃明萬曆年間宰相沈文恭公一貫故宅也。有空樓九間，人不敢居。沈氏子孫每於冬至元旦入署祭拜，提督不之禁也。相傳沈公時見形樓上，若朱衣紗帽，則提督必得議敘加級等事；若藍袍或便服，則提督必有丁故革降等事。一夕陰雨晦冥，營兵在樓下支更者，喝號敲鑼，適打四更，見樓上有前代弁兵裝束者，喝號敲鑼，亦打四更。營兵大懼，竟絕於地，久之，其影怪更鑼不鳴，羣起視之，始共救醒。余謂沈公相明神宗，偏私多而補救少，且為末季黨人之魁，考其相業，殊無足稱，何以逾二百年尚能獨著靈怪？蓋其為相實專且久，取精用宏，所以遺蛻猶未歇絕歟。

嫁女爭花轎釀人命

雍正乾隆間，吾錫顧持國先生雖以工制舉文名於世，然性情頗執拗，既久不得志於場屋，有憤世嫉俗之心，行事益與世背馳。故兄弟四人皆以科第發聞，先生獨以諸生終其身。晚年將嫁其女，當時風俗以用花轎為貴，然如賃之，則壻家約須多用錢十緡。壻之父母未之允也。先生謂媒曰：若無花轎，我當養此女不嫁。壻之父母亦謂媒曰：若必索花轎，我當以其費為子買妾。媒於是奔走兩家，陳說百端，皆堅不見聽。先生設誓不嫁其女，而壻家竟為其子納妾，媒亦致謝不能，婚事遂作罷論矣。明年元旦，其女方盛服拜賀父母，先生怒目視之曰：汝尚有顏來見我乎？其女含淚歸房，距戶自經。慧山有東嶽大帝廟，素著靈異，是夕廟祝聞殿上有鬼哭聲，如是者三夕。於是壻之父及兩媒皆夢至嶽廟就質，神研訊良久，其案始定。神謂鬼曰：花轎與婚事無關輕重，汝父以不得花轎而誓不嫁女，已大誤矣；復無端罵汝，迫汝於死，是此案汝父之過為最多。然女無訟父之理，故汝父不必到案，今但以眾供確鑿定案可也。汝父命中本無科第，然念其皓首窮經，子孫當有得科名者，今以此事皆削去之。謂壻之父王姓者曰：兒女婚姻，非用意氣之地，若親翁一使氣，一不使氣，則無事矣。今汝激於顧翁之言，不肯相讓，釀成人命，且花轎為費無幾，何至慳吝若是？汝命中本有一舉人，今罰汝三世之後得之。謂媒某姓者曰：凡傳兩家之言，當有斟酌，今汝於其負氣之辭，非惟不肯稍隱，又加甚焉，釀成人命，職汝之由。汝尚有十八年陽壽，今減去一紀，以示罰。謂媒劉姓者曰：汝於此事頗欲排解，然於某媒之傳言不謹，不能救正，亦有過焉。汝今年本可捷鄉闈，且有進士之望，當罰停十三科，至汝孫方得之。鬼哀籲曰：吾父操行廉介，不得一第，其子孫科名可否免其罰去神曰凡人自詡操行但見己之是見人之不是其居心已薄矣且汝知執拗之爲害無以勝於操行之不正者乎此案亦猶是也吾之斷獄雖就案論案然亦參觀其人生平之居心制行而定焉豈汝所能窺乎明旦壻父往見兩媒以夢相告無一歧異殿後王姓之曾孫果得一舉人逡巡之已三世矣某媒如期而卒劉姓之孫名承本者果捷道光八年鄉闈適符十三科之數旋成進士顧氏自持國先生迄其元孫竟無一得第者

立誓滅壽遊庠

錫金兩縣於承平時童生應學院試者一千數百人而學額僅三十八世俗之視秀才也頗重而得之者亦頗難往往有文學均優寫作俱佳而偃得偃失年至班白猶涸迹於童子軍中者西溪顧氏無錫舊族也拔鄉會試者近十八有諱鎬者亦工制舉文縣府兩試常冠其軍年將四十未博一衿既困於貧又素懼內顧遺其妻之白眼意鬱鬱不樂乃赴慧山之東嶽廟詣神前立誓曰如我命無遊庠之望願折陽壽以易之但能一得秀才雖速死無憾矣是年試於學院果獲售舊例凡院試所取者必由本學教官擇日率新生謁夫子廟始得列於附生之籍顧生未及謁廟病不能興新生謁廟之日正顧生垂危之日也越日而遂卒余少時嘗聞顧氏長老相戒謂東嶽廟威靈顯赫大神之前不可冒昧立誓也

麻姑締姻

乾隆年間無錫陳翁遊幕河南雋雅拔俗常爲郡縣上賓晚歲倦遊里居室有三女皆賢孝工詩咸賞推爲國色其次女即外祖母陳太夫人歸我外祖顧公頤堂先生者也實以乾隆丁酉三月三日生年十九尚未字顧氏與陳氏舊爲姻婭顧氏長老每至陳氏見三女臨窗刺繡儼若神仙歸而歎羨不置乃爲外祖求婚陳氏未之許也外祖年十七學幕山西會赴京兆試見燕京中有卜者因就卜焉卜者曰子今生與科名無分然將有非常之福凡人祿享萬鍾榮居一品者俗福也山水怡情著述壽世者清福也其介於俗福清福之間者莫如豔福非有夙緣終身無望玩此卦象子若向南方當得神仙爲佳偶亦得神仙爲媒妁豈非常人罕得之福乎及榜發落第南歸省親先是曾外祖母供一麻姑像神彩精雅數百年物也曾外祖母朔望焚香展禮事之甚虔至是夢麻姑謂曰汝年老無婦爲汝子締姻會陳翁陳母六旬雙壽慶者盈門凡女賓至則延之內室三女周旋迎送有一女賓年未三十濃粧靚飾翩然入內三女陪侍於旁戚黨婢媼同聲驚訝曰今日賓主真天仙相會也女賓欲見壽母陳母出而見之問何姓答曰麻氏問居何里答曰余無家今日爲作冰人而來不必多作寒暄語頃見女公子皆係天上謫仙長者端莊較有世福季者豔麗恐難永年仲氏容德尤備然八年後恐遭奇厄此係前定之數也余所以來者乃欲爲締姻緣亦係前定今日午時有某冠某服自西方來者年甫十七即其人也遂翩然而出陳母追送之已忽不見家人相與驚詫以爲遇仙俄而外祖以姻家子往祝壽其時地年歲冠服悉合陳翁亦素高外祖之才遂以女女焉陳太夫人既歸顧氏見所供麻姑仙像若素識者蓋即見之壽筵者也益竦然敬之其後八年陳太夫人年二十七果無疾自縊而卒其姊歸沈氏妹歸曹氏境遇年壽皆如所言陳太夫人生一女後歸曹氏外祖續娶侯太夫人亦生一女即先妣太夫人也余幼居顧氏見顧氏族黨每逢元旦必來拜陳太夫人畫像瞻慕久之始去有周孺人者外祖之從母也年八十餘矣每來談陳太夫人則口講指畫娓娓不倦因指畫像曰方陳太夫自縊時理妝不異平時余奔往解救欲灌薑湯以刀抉口堅不可開上脣漸縮微露兩齒畫工亦遂仍之此不過肖十之五六耳然南鄉有觀音菴者其比邱尼來營齋奠延善畫者摹繪以去供爲大士像今聞靈異乃益著戚黨皆知其生有夙因云

扶乩問題

道光甲午科江南鄉試題爲執圭一節合肥縣諸生有先期扶乩問題者乩盤大書唐伯虎三字遂寂然不動諸生沈思苦索有悟者曰唐伯虎自號六如此題中必有六如字也因檢論語得執圭一節爲文會者十人是歲合肥諸生舉鄉榜者七人而六在會課中惟李玉泉封翁以鄉居未與於此會又道光癸卯科浙江鄉試題爲子曰加我數年兩章杭州諸生亦先期扶乩問題乩盤大書在白雲紅葉之間當時不能解者及題既出始悟題之上爲於我如浮雲之雲字題之下爲葉公之葉字與紅葉之葉字音異而文同塾師教童子讀論語向於葉字加一小紅圈讀作葉公之葉字則乩書紅葉之紅字亦有著落云

扶乩奇驗

曾文正公嘗告幕客曰余向不信扶鸞等術然亦有奇驗者李忠武公續賓之克九江也余方銜恤家居一日偶至余弟沅甫宅中塾師方與人爲扶鸞之戲問科場事余默念此等狡獪何足爲憑乩盤中忽寫賦得偃武修文得閒字余言此係舊時燈虎作敗字解所問科場事其義云何乩盤中又寫爲九江之言也不可喜也余詫曰九江新報大捷殺賊無遺賴何爲言敗又自忖九江去此二千里且我現不主兵事忽提及此亦大奇事因問所云不可喜者爲天下言之乎抑爲曾氏言之乎乩判爲天下大局言之即爲曾氏言之時戊午四月初九日也余始悚然異之而不解所爲至十月而果有三河之敗全軍盡殁忠武公及余弟溫甫咸殉焉乩仙自言彭姓河南固始縣人新死於兵將赴雲南某城隍之任道經湖南云噫

一軍之勝負關係甚鉅此時文正雖奉諱里居而東南全局隱倚以為輕重忠武固文正舊部而文正之弟又在軍中半年之前敗徵未見而鬼神早有以告之凡事莫非前定豈不信哉

城隍神世故

李幼泉都轉 鴻慶 相國肅毅伯之季弟也嘗統萬餘人勦賊以功擢鹽運使將入都候簡適疾不果以癸酉之夏卒於天津方病篤時都轉厭其苦因乃密自為一疏遣人赴城隍廟焚之大旨謂上念老母不忍遽謝人世然修短有定數原難勉強自揣生平尚無大過若壽數未絕請即令痊癒若壽限已到亦即早令溘逝免受此痛纏之苦也焚疏未及半時都轉忽夢城隍神遣人持柬來招隨之俱往與城隍神款語片時即返伯相適來問疾尚未知都轉焚疏之事也都轉自稱疾已口渴呼湯飲之述語伯相以焚疏之故且曰我向者到城隍廟一行也伯相問見城隍行何禮都轉曰如世俗賓主禮相見一揖而已因述城隍神之詞曰人之壽數非我所能主持我已將大疏轉奏上帝矣子之壽數原止於此然子上念老母孝意可感且子多年帶兵有功無過我料上帝必有延壽之命子盍歸乎拱手而別伯相聞之頗喜冀其或有轉機也不料是日都轉遽卒此事伯相親為余言之且曰當城隍轉達奏疏之時彼豈不知上帝未必能允而以延壽慰令弟者蓋城隍神之世故也

生作城隍三日

嘉興石蓮舫廣文 中丞 於同治壬戌移居上海三林塘病中夢有相迓者出則旌伏喧闐隸役擁衛掖之升輿視輶前而挺燈則淮安城隍府也及至署南面高坐判官及諸隸役以次參拜判官捧公牘請判堆積盈案茫然不知牘內何詞判官摘紙尾但令畫行標硃而已判畢階下羅囚環列分起跪訊廣文不知所為目視判官判官曰杖則杖之曰鞭則鞭之曰付某獄即牽去廣文偶舉首見對面一戲臺其臺上聯額皆能默識之凡在署理事三日始送之歸未至家數武有一廟廟門新貼上海縣令告示廣文命停輿視之俄至家忽甦則病已三日不食矣呼其子芳采曰上海縣令新出告示其詞云云盍往視之芳采往視果一字不差乙丑歲廣文公車北上過淮安入城隍廟視戲臺聯額一一如夢中所見嘉興人趙桐生太守 銘 為余言之

死生前定

李忠武公 續賓 三河之敗全軍五千人皆殲於賊有勇丁某甲匿積尸中以免夜半忽聞傳呼聲自北而來以為大股賊復至戰慄不敢出聲竊視其燈如為本城隍地神騶從甚盛既至神據案南面坐展閱一簿土地神閱尸唱姓名見死者皆能自起應之唱至某甲城隍神詫曰是人當死於江西萍鄉縣胡為在此土地神跪曰實尚未死乃復按簿閱尸天將明而甫畢神既去某甲徐起四顧無賊乃負傷匍匐乞食輾轉山谷適一月始歸衡陽本籍誓不再出從戎家居數年貧乏日甚因念勇丁某乙有素負若干索之可以供饘粥其軍時在醴陵尚非江西境不妨一往至則某乙一營甫拔向萍鄉又念萍鄉去賊尚遠往留一二日當無恙也因先致書某乙俾撥措所負之數然後往取之某乙如所囑召某甲徑甫留一餐某甲亟取資斧束裝將行忽端坐不起視之氣已絕矣

蓬萊仙跡

登州蓬萊閣頗多仙跡土人往往有所見關表弟楊墨卿籌以事至登州適值溽暑夜不能寐黎明登城納涼至蓬萊閣邊紅旭方升見兩童子容貌端麗方在雉堞賭跳每移一堞迅如鳥飛捷如猱升數丈外猶見之及迫近雉堞童子忽跳出城外亟俯視之固無所見且城堞離地殆四五丈不知其為人歟為仙歟抑為狐也

縊鬼為祟

余外家顧氏居無錫城內西溪上數百年舊族也相傳雍正初年有一道士過其門忽植立

瞪視曰吁縊鬼入矣頃之連聲稱縊鬼者七乃詣閽人告曰此宅有七縊鬼入門自今以後當有七人自縊者及今驅之尚可為也何不請我作法以拯此厄閽人入報是時宅主顧特園先生先妣太夫人之高祖也性方嚴以道士為妖妄斥去之道士笑曰固是定數不可挽也長歎而去越數年特園先生嫁其女與婿家爭花轎不得女忽自縊其後先生之從孫某為母所斥責與其妻同縊於樓上孫婦萬孺人與其夫不相得遂自縊其夫旋亦自縊先生之曾孫某歸自書塾忽自縊於樹下七十年中男女縊死者六人外祖母陳太夫人既歸顧氏柔順靜默終日垂簾刺繡與諸姑娣姒無閒言每晨起梳妝窗外桂樹一株常有小鳥鳴其上若曰蠟梅花上街披裏去披裏去陳太夫人以問左右左右不能解也有吳媼者陳太夫人之乳母也自能視鬼常云見一縊婦手持髮一綹短繩一條徘徊房戶外陳太夫人斥之曰咄速去毋妄言越數年媼忽語家人宜謹為備昨見縊鬼抃舞跳躍揚揚得意者數日矣而顧氏祖宗皆切切聚謀若甚有憂者果何為耶於是家人防護維謹先是陳太夫人性喜佩蠟梅花者亟遣吳媼出呼之速持花入則陳太夫人已就側室自縊矣側室者家人所呼為披裏者也自是鳴鳥不復至閱年餘家人或夢陳太夫人來告曰吾請於上帝已驅除

一方緣見矣，故至今城西數里無編者云。

淑靈呵護家人

相傳縊死之人，往往在其死所為厲，然亦有不盡然者。余聞外祖母陳太夫人之初卒也，每清晨歸於家人，恍惚見其形影出入家祠中，丰神不異平生。其所縊之拔裳者，後改為廚房。一夕竈下積遺火於積薪，夜將半，家人如有聞呼救火者，皆於夢中驚起，則竈前煙燄已迷漫矣。室中固有水缸，缸內有瓢，於煙燄內望見一麗人以瓢酌水，連潑叢薪，火已漸熄。家人邊前逼視，見新還涇水淋漓，瓢亦投在缸外，乃合力傾水滅火，始悟救火者實陳太夫人也。外祖早卒，外祖母侯太夫人艱苦守節，撫育二女，一為從母適曹氏者，一則先妣也。是時家貧，亦立侍女紅以度日。侯太夫人旋得臌脹疾，臥在床褥九年，未痛。侯太夫人常怨言曰：彼無端縊死，以後害我，使我受百般苦況，求死不得。鬼如有靈，能攜我同去才好。一夕忽夢有一婦人翩然來前，謂之曰：我自殺後，得近舊位，未嘗不樂。然繫戀故廬，常來呵護家人。即良人之死，我謁求上帝，跪膝將穿，竟不獲允。所諳顧氏家運衰矣，所幸者吾妹一女福德兼全，他日外孫鼎盛，吾妹猶及見之。且有三十年陽壽，今疾當全癒矣。乃以手摩腹，覺冷氣自臍間湧出，一驚而醒，則殘燈熒然，彷彿有人影暫然而去。腹中癥結覺已盡消，明日霍然而起，以夢語家人，驚詫良久。終身不復怨陳太夫人。其後余與諸昆季常從先妣居外家，道光乙巳，余年八歲，陡患爛喉痧症，諸醫皆束手，以為必死。余忽於病中見一人，彷彿如陳太夫人畫像，手執盂水灑之，遍體清涼，未數日痧遍痂落，病遂釋然。迄今思之，其遺像猶在目中也。光緒五年，始以伯兄撫屏前任山東濟東泰武臨道二品頂戴，貤贈外祖及外祖母，如例。距陳太夫人之卒，已七十七年矣。然顧氏已絕無後，余志尚欲為置祭田云。

水鬼白晝拉人

兩江總督衙署在金陵城北，粵賊踞金陵時，嘗為偽天王府，內有花圃，圃內有池。甲子六月，官軍克金陵，洪逆偽宮人赴池水死者百餘人。辛未十月，復營為督署。余時在曾文正公幕府，幕寓所居之地與花園相距甚近，余夜覩書，常至三鼓，往往聞窗外剝啄聲。余知為鬼，置之不理，如是者數夕。余厭其煩，乃右手秉燭，左手執棍，出驅之，悉無所見。既返室中，則拊窗聲、敲門聲與拔壁外彈指聲終夜不息。余亦置不與校，然竟未敢入余室也。其後余習與相忘，不以為意，而所聞亦轉少。於前及李雨亭制軍宗羲總督兩江，甲戌之秋，幕客有遣其僕赴茶鑪取水者，怪其久不至，復遣一僕往趨之，行過花園，微聞有呻吟聲，則見前僕顛仆池邊，兩手據地，作竭力支撐之狀，黑氣一團旋繞其旁，駸駸乎將入水矣。後僕大呼，同事者聞

聲奔集，黑氣跳入池中，汩然有聲。僕悶不省人事，以湯灌之，良久始醒，但云行到花園，忽見一鬼出自池中，拉余入水，余驚懼仆地，然口雖不能言，而心尚有所覺，極力掙拄，已為所拖。若再無人呼救，則命休矣。是日甫值下午，不過二三點鐘，天陰微雨，水鬼儼然出池拉人，於是過此者咸有戒心。未及兩旬，而制軍之猶子忽死於池中。猶子年已四十餘，先數日接得家信，有喪明之痛，故水鬼得因其感而祟之。是年冬，制軍遂引疾去位，數月之前，衰氣已見，故水鬼敢白晝拉人。至其夜間，僅在余窗外剝啄，則猶欿戢之至者矣。

水鬼假冒舢板船

余在曾文正公幕府時，蜀人中往來較密者，曰李眉生廉訪鴻裔，蕭康甫大令世本，唐柏存大令炯，而三人者又甚相得也。壬申二月，文正公薨，其五月喪舟取道長江南旋，時柏存奉大府檄，護送眉生亦自具一舟，送至洞庭湖口。於是喪船、眷船及屬吏之送別者，水師舢板之護行者，不下數十號，大府調大輪船三號拉之，日駛三四百里。柏存每往來於眉生及曾劼剛通侯紀澤之船，晝則聚談，夜則歸其本舟，習以為常。自登舟之後，柏存舉措言語，頗改常度，嘗謂眉生曰：吾不久於人世矣。欲以後事相屬。眉生詰其故，則欲言復止，恒咄咄書空，皆頹喪無聊語也。眉生百端譬曉，輒復豁然，自失言笑如平時。一夕舟泊大通，柏存於二更歸舟，舟中人皆寢矣。蓋柏存蹤跡飄忽，時往時來，舟中人習見之，故不之伺候也。明旦其從者將進盥水，不見柏存，遍問舟人，有一老者答云：昨夜三更時，聞船後有人聲稱李大人遣舢板船來接唐老爺者，旋聞洞然有水聲。余謂彼船以篙激水，未之問也。是時船已開駛百許里，咸謂柏存在眉生船也。是晚舟泊九江，乃赴眉生船問之，不見柏存，且云並未遣舢板船，又遍問水師各舢板，皆云不知。於是有悟者曰：噫，柏存死矣，此必水鬼冒為舢板以誑柏存也。柏存今已入水矣。既而久之，不得蹤耗，乃懸賞格於沿江上下，有告得柏存尸者，賞銀五百兩。閱月餘，有一木客在金陵告云：木簰過大通時，忽見一浮尸隨篙而起，惟失一首，蓋已飽魚腹矣。因取而埋諸江岸。木客亦四川人也，乃遣人隨木客往大通，掘視之，衣服靴帶皆係柏存之物，靴頁內尚有唐炯章名片，乃賞木客而歛其尸歸諸四川云。初柏存之溺也，蕭康甫方為天津縣令，未得柏存凶問，忽夜夢見柏存倉皇而至，滿身淋漓，如冒大雨者。見康甫憮然無言。問以適從何來，不答，固問之，乃曰：我亦不知何以一滑便下，竟至於底，不能出也。因不坐而去。既醒而凶問至。

鬼笑可畏

梅柏言郎中有友某君，素以膽力自負。郎中與之戲，請必以實事為證。是時金陵城內有一

池在曠野中。素號多鬼。每薄暮。居民相戒不敢行。即有事。必紆道疾趨過之。郎中與某君約以一物置池濱。俾於深夜往取之。取來則輸以酒殽一席。不能者。罰亦如之。某君往至池邊取物。并立而俟之。以覘其異。須臾水面發泡。頃之冒出兩手。及身至踵。一鬼踏水面而行。登岸復前行。某君躡而隨其後。入一窮巷。前無出路。某君植立巷口。鬼將返。欲出不得。作諸怪狀以怖之。不爲動。相持至五更後。鬼披髮吐舌。作欲前搏噬之狀。某君亦披髮吐舌對之。曰汝技止此耳。天將明。鬼技益窮。乃長嘯一聲。嗤然而笑。某君不覺驚慴。昏暈仆地。明旦巷中人啟戶見某君。灌而醒之。送還其家。自是某君膽益小。夜間非有三四人不敢出門。嘗謂人曰。鬼百般怪狀。皆尚可耐。所最難視者。其笑耳。迄今思之。猶令我慎神寒骨。毛髮俱豎也。

新鬼回家

朱雲甫觀察其昂以光緒戊寅五月朔日病卒天津招商局。是時天津疫氣流行。死者甚衆。觀察感受時症。本非甚劇。庸醫誤以犀角地黃藥之。遂至不起。其家在上海。有兩宅。一在城內。一離城二十餘里。是月初五日午後。城內宅中。一傭媼忽瞠目囈語。家人環聽之。觀察聲也。從而問之。乃大哭曰。我已於初一日辰時死矣。家人大驚。問既死何以能到此。曰。我錯在報喪信函中。附輪船南來。將近海口。我急欲到家。離船而走。甚勞倦也。問報喪信何時可到。曰。明日辰刻。問以何病死。復哭曰。今日甫經查明。吾尚有陽壽二十五年。前因母親大病。減借十年。亦尚有十五年。誤服庸醫之藥。遂至枉死。吾到陰間。一無拘束。以生平無罪孽也。亦各不收納。以死期未曾到也。可速焚一紙輿給我。我將到城中。大王廟及蕭王廟一行。即無事矣。我再當赴鄉間報知母親。此事非可久隱。告之則慟在一時。不告則憂疑轉無窮也。家人問債項如何。曰。我積虧久矣。今既死。不過以不了了之。問所用錢有細賬否。曰。無有。我生平用錢無一不在面子上者。即無細賬。朋友自能代我清釐也。家人如其言。買紙輿焚之。須臾老媼遂醒。問以前事。茫然不知。是夕觀察之母在鄉間宅中。甫晚膳。即倦而就寢。寢甚酣。久之。忽在牀上哭曰。吾兒死矣。問之。則所言盡與老媼同。已而報喪之信果以初六日晨時至。

庸醫殺人有定數

同治元年。京師大疫。有某部郎病後汗出不止。身熱頭暈。忽覺離其寢室。出其大門。門外有駕車以待者。乘之而行。街道皆素所未經。至一巷口。遇同年某孝廉亦乘車而行。頃之至一衙署。則已素識之某主事。已先在。三人並不交言語。閽者延入花廳。有一官人方面而白髯眉者。非本朝衣冠也。分賓主坐。官人取桌上冊檢查。忽謂某下。曰某老爺何以至此。速即送回。即有兩人擁某部郎出門登車。見其亡父立於道左。呼曰。汝何以至此。汝壽命未盡。昨

日誤服某醫生之藥。麻黃三錢。足以殺人。吾爲汝減去三分之二。速即回家。尚可活也。言訖而去。車倏忽已至大門。兩人者從車上擁之一跌。而醒。則仍臥牀上。妻子環而哭泣。兒已半日矣。忽呼口渴。索粥湯飲之。命取藥滓稱之。僅得麻黃一錢。視藥方則固三錢也。問之藥鋪鋪中人。答云麻黃三錢。係某夥所稱。掌櫃疑其太少。復重稱之。確係三錢。雖兒去而心終懷疑也。又遣人問某主事某孝廉。皆已死半日。其時刻正同。其藥方皆係某醫生所定。俱用麻黃三錢云。

村童夜陪鬼飲

距無錫數十里。有鄉鎮曰大牆門者。明季富室某氏居之。貲雄一郡。其居止自大門以及內宅。占地幾五六里。今雖改爲村落。而土人猶名其地曰大牆門。光緒初年。有村婦攜一七歲子同居。其父出外貿易。而童子讀書村塾。一夕童子自塾歸晚餐。餐後忽云有記書遺忘在塾中。欲往取之。村婦以塾中相隔不過數家。命童子攜燈前往。良久不返。俄而雨脉淅瀝。村婦倚閭盼望。中心如焚。而大雨滂沱矣。待至三更後。雨勢稍止。村婦自往塾中詢問。塾師則云童子並未到塾。村婦徧走村中。循戶問之。皆云未見。後赴溪邊呼問。旁岸各船。俾以篙撈水。恐其或溺於河也。亦竟杳無蹤跡。只得歸家。自念祇此一子。而無端失之。恐爲其夫所斥責。愁悶欲死。其族婦有來伴居勸解者。延至四更。忽聞門外剝啄聲。亟啟戶視之。則儼然童子也。其衣履並無溼痕。詳詢其故。童子曰。方余啟門。欲往塾中。忽有一人從旁突出。挾余而走。其行甚疾。須臾至一處。燈燭滿堂。僕婢雜沓。排筵宴十餘席。左男右女。忽抱余入座。見其相對言笑。略聞其聲而不辨爲何語。一美人款余嘉殽數種。余微嚐之。有泥土氣。因嚼而不咽。潛吐於地。久之見一翁一媼大呼入問曰。何故騙誘吾孫。速即還我。始在堂下與僕婢爭論。繼而上堂。揮拳拍案。燈燭盡滅。男女僕婢皆不復見。身在暗室。無路可出。適有微光射入窗內。細審之。知爲某氏家祠。覺媼與翁尚在堂上。媼謂翁曰。何不挾之送往家中。翁遂挾余而走。斯時窗戶關閉。不知何以能出。往返所經街道。似與常路徹有不同。倏忽至門。翁遂舍余回首無見也。既而童子之父歸家。詳詢翁媼狀貌。果童子之祖父與祖母也。蓋翁媼與鬼賊滋擾時。投水殉難。宜其靈爽昭著。能護其孫矣。拍案一怒。使某氏之鬼銷聲匿跡。殆其正氣所攝云。

狎遊客遇無常鬼

嘉慶中。先祖鄉園府君設帳無錫北門外。有施生者。年近二十。荒廢學業。稍狎邪遊。屢戒不悛。先祖擯之門牆外。施生益流連酒色。一夕在妓室酣飲。四更後肩輿歸家。道經一橋。忽見

一人身長丈餘白衣高冠肩掛紙錢如世所稱無常鬼者植立橋前對之嬉笑轎夫皆驚駭狂竄委肩輿於橋上頃之有擊柝夜行者見轎中人已半死復為呼集轎夫舁至家中灌以薑湯嘔綠水一盂而卒蓋其膽已破矣夫施生困於酒色神不守舍死期將至而後陰氣乘之固非無常鬼之能嚇人也

楊孝廉遇煞神

俗稱人死之時皆有煞神其氣甚凶而見之者亦往往不利道光初年無錫楊緒甫孝廉熙以制藝名於時為東林書院山長一日往其族叔家中問病未至廳事時覺冷氣逼面仰首一望忽見一物似雄雞者集於廳屋之上其眼綠光兩道直射人面凝神視之漸覺己之眼中亦有紅光兩道出與綠光相接其始紅光甚短繼而漸放漸長紅光放長一寸則綠光縮短一寸相持良久紅光將逼雞身忽聞怪嘯一聲雄雞奮飛而去廳屋亦塌倒半間孝廉始徐步入內知其族叔病勢初甚危殆既而稍覺平安蓋紅光與綠光相持之時也於是方悟向者所見實係煞神令既逼之使去病或可愈欣然將歸甫出門則哭聲與於內矣夫孝廉之目光能與煞神相抗而終勝之其所養必有過人者然人之生死業既前定故其族叔之亡雖稍緩須臾而終不能免也

離婚酷報

湖南某觀察以鹽筴致富卜居揚州其長子娶某太守之女憎其貌醜納妓為妾妾恃寵陵嫡而其夫常右之久之某氏有孕其母家恐妾之惎之也迎之以歸觀察之子聽妾之慫恿令其弟寫離婚書告絕於某氏而沒入其資財甚富某氏生女遣人來報冀觀察之子或許其歸也而觀察之子執意甚堅復令其弟作書拒之曰此女非我所生某氏聞之先殺其女取剪刀自斷其喉大呼一聲由牀上自投於地以死數日而觀察之次子有疾鬼附言曰汝助兄為虐作書絕我我將捉汝以去病者之妻出語之曰汝自見棄於夫不能報怨乃反欲令我作寡耶鬼應之曰夫之惡我豈舍之哉我夫不能書而叔代為書叔罪實大且渠陽祿已盡吾故先捉之言畢寂然氣已絕矣此同治戊辰年事也辛未四月觀察大病死而復蘇召其長子使速辦後事曰吾與汝終不免吾適至陰府與新婦對質而不勝以我不能訓汝六十日必來捉我次當及汝矣六月中觀察果卒蓋六十一日矣後數日長子亦卒其妾見鬼謂之曰吾將使汝守寡一二年再來捉汝余聞人談此事時妾尚未死云

鬼魅現形

道光季年揚州鹽商有家婢為魅所擾設法驅之皆不應婢言魅有形質夜半即至與之共臥其冷如冰商命兩媼扶與俱寢夜半魅至二媼狂呼奔竄商無如之何或獻計召優伶四人使扮王靈官溫元帥趙玄壇周將軍環坐婢牀而徙婢於他室以待之夜三鼓有風肅然窗戶自啟王靈官知魅已至挺鞭將起禦之忽見黑氣一團直奔婢牀王靈官驚而顛仆悶絕於地而魅亦不復見於是商家男女婢僕皆驚起煮薑湯以灌王靈官良久始甦已折去一齒矣一僕燃燭於室隅忽大呼曰鬼在此鬼在此眾趨視之則見一鬼影嵌在壁間其黑如墨亦有面目鼻口而不甚清晰當魅與王靈官相遇之時王靈官因為所驚而魅亦駭見以為真神慌張失措故嵌於壁間以致不能遁去也眾以燭火炙之唧唧有聲愈炙則黑影愈淡然其後壁上終彷彿有鬼形雖常炙不能去也自是魅不復至婢亦無恙云

鬼負壞牆

道光年間浙江臬署花廳屋倒是時某廉訪方宴客忽聞小兒在院中大哭廉訪怪而出視之諸貴客相隨趨出而屋塌然倒矣後問小兒何哭小兒云適見青面獠牙者數十人皆以肩背負牆若甚用力之狀余心怖焉蓋廉訪與諸客不當壓死故羣鬼為之負牆復借小兒一哭使之驚出而後頹塌也趙桐生太守從軍山東夜已就寢風雨暴至臥室傾崩聲震數里同人驚起奔救皆謂桐生必死有號哭而呼桐生者微聞有答應聲乃使勇丁掀瓦礫拔出之則固毫無損傷叩詢其故知桐生方睡熟時夜半忽醒披衣起坐欲取便壺溲溺未及俯取而耳中聞排山倒海之聲牆宇四面壓下桐生所坐之旁適有一柱支拄廓然中空僅容一人向使桐生首尚在枕則其腦必被巨瓴破裂而其足亦必為壞梁壓斷又使桐生果取便壺俯身牀外亦不免於壓死乃寢而忽坐坐而未俯不先不後間不容髮非若有使之者乎然後知人之死於非命者其非前定雖知命者不立於巖牆之下而人之所以受巖牆之禍者蓋亦其命然也

旅鬼索路憑歸費

陳作梅觀察鼒嘗為余言少時居山西學院幕中同人有患瘧疾者往往作囈語人俟其清醒時問之則云嘗見有一人年四十餘自稱與我同事三年前曾居此室因日長無事特來相訪以破岑寂叩詢諸署中老吏前任學院果有一幕友年四十餘病死室中述其狀貌衣服無一不合一日鬼復憑病者對眾言曰我久客思歸而苦無路憑恒為關津吏所留阻諸君如能為我辦一文書感且不朽諸幕客言於學使者用鬼姓名填一路票蓋印既畢禱而焚之須臾病者拱手謝客曰諸君惠我甚厚雖然我欲起行而苦無旅費若之何眾復醵資為買紙錢紙錠焚之病者復拱手謝曰荷諸君之贈行囊頗豐吾今從此逝矣言未既旋風

忽起於地上紙灰飛亂如蝴蝶漸轉漸高結成圓球吹入雲霄倏忽不見病者亦遂霍然而愈

鎮江府學署中鬼聲

余年十二三歲時先大人官鎮江府學教授余兄弟皆在署中讀書署乃數百年舊屋也前官及眷屬多有病歿於此者每三更人靜臥室外輒聞履聲橐橐然如著方頭靴蹀躞於中庭者或啟戶持燈出視則寂無影響既入復然久而與之習慣不復以為異也或聞女子弓鞋木底聲又或聞推窗拔閂啟戶聲明日視之則掩閉如常或置算盤及棋筒於桌上輒聞推算與落子之聲或摘紊彈指之聲或移動坐椅之聲又若有喟然歎息者一夕大兄與仲兄方在書室論文忽聞對面案上有剝啄聲將燈光旋轉照之其聲如故遽移步往視則無聲既還則復響矣遂置之不理又一日大姊因瘧疾偃臥牀上忽聞帳後如有人驅貓者俄一貓自牀下走出乃即署中所畜之黑貓也至於天陰微雨之夕夜深月黑之時鬼聲啾啾若近若遠或在簷際或在樹間又余所習聞而不措意者矣

荒徼人鬼雜處

咸豐年間有揭選得廣西某土州州判者是時廣西甫經鋒鏑而此州被禍尤慘州判既赴省謁見上官始知歷任州判皆僦居省垣不之官者十餘年矣上官亦知而不問或反予之差事以示調劑州判以為無論此缺如何瘠苦總當一蒞其地僚友咸尼其行適有自州來者告之曰此州城中居民僅數十戶荊榛瓦礫滿目蕭條鬼多於人約數十百倍惟日中時不見鬼影及日稍昃則群鬼已出沒牆隅與人無異其聲啁啾不甚可辨終日人鬼雜處肩摩踵接不相畏避亦不相聞問雖居之幸無他禍然此所謂鬼鄉也不如勿往州判不信毅然前往將至州行百餘里不見人煙田中樹木皆大可合抱野獸叫嘷相逐州判始有戒心既入城忽見闤闠夾道陳設百貨熙攘往來者幾與繁庶之區相似私念邊城有此景象傳聞之言殆不可信矣謁見知州知州頗嚴謂之曰我居此荒城今已安之若素乃勢有所不得已也子可以不來而必來亦太憨矣州判問向見城中繁庶之象通都大邑不過如是何謂荒城知州笑曰日後當自知之既已到此此間不乏空宅呼吏導往署外一甲第居之征裝甫卸似聞內宅尚有婦女笑語聲私念當別有官眷借居此耶因連日勞頓遂即酣寢明旦甫啟房闥見對面有一房陳設精麗揭起錦簾一美婦人方對鏡梳妝畢呼婢取水盥漱旋入內室婢復梳盥如前忽聞外宅有傳呼某太太拜會者室內婦人冠帔補服出迎又一婦人年近四十亦冠帔補服而入兩婦互道寒暄攜手就坐州判又念今日天氣清明所見

決非鬼物且鬼多飄忽而此則形聲確鑿鬼多陰慘而此則容貌華美土城中有此等官眷正不得以荒僻概之何知州之欺我也移步前進將諦視之兩婦一婢忽皆以手自挈其頭對州判而笑州判魂不附體盡氣狂奔徑詣州署復見知州告以所見即日啟行知州復遣兩吏以小車送之出城州判欲覓向所經之闤闠但見頹垣破瓦蔓草荒煙而已始悟前日所見乃鬼市也於是疾馳出境返至省垣即日引疾歸里終身不仕

鬼欺衰老

吾錫北門外大橋臨今決死囚之地也道光中有顧君字雲賓者以書畫名年七十餘矣一日三鼓後提燭獨過大橋陰風忽起於橋上燈光既滅有數十無頭鬼逐之大駭奔至橋下背一店門而立鬼已踵至皆手挈其頭對之而笑顧君魂不附體頹然倒地忽見紅光兩道自遠而至鬼皆散走近而視之則所素識之王氏兄弟也驚喜呼救乃送之歸未數月而病卒顧君嘗語人謂王氏兄弟必貴既而一舉孝廉一以監生終頗以干涉訟事見輕鄉里豈其根基雖厚而行事有以折減之歟抑少年氣盛不必有大福祿而亦為鬼所畏歟

東平州牧相尸遇鬼

余友朱偉度太守 祖蔭 之權知東平州也頗有能名一日赴鄉間相一老媼尸冒雪前往偉度向有喘病又飢寒半日及回署氣息奄奄面無人色偉度之妻捧薑湯進之甫啜數口陡然大吐噴及其妻之面其妻暈倒於牀而偉度則爽然神清矣其妻忽作囈語審其音若六十餘老媼者儼然東平人也瞪目言曰余子無狀終日在外賭博不問家事致余氣忿尋死乃復移余於富家某氏之門藉尸圖詐生不能事死又暴露之且遠勞太爺之駕若不嚴治余子余死不瞑目偉度謂之曰汝子固當嚴治但衙署深嚴汝何敢至此對曰余抱屈無窮亟欲申理太爺在尸場時余躡入轎中惟時太爺偏身發冷余乘間入太爺之口由口入腹適飲薑湯辛熱不可耐由喉間衝出不意適值太太今特借之以寓余意偉度怒曰汝混入衙署又纏擾太太不自知罪乎因呼曰速取杖來我將扑之其妻作惶怖叩頭狀曰我速去我速去但求太爺寬治余子偉度問曰汝子洵有罪將絕其性命乎對曰不必絕其性命但求杖之一百警其將來而已余欲出署懼為門神所執求太爺遣人送余出矣偉度命如其言其妻遂醒明日偉度為斷是獄杖其子而遣之州人多服其公明云

冤鬼鳴冤

余弟誠伯之知漢川縣也去城三十里之蚌湖口有劫盜數人拒殺事主一案盜首何大安遠奔十五里天尚未明為兵役所盤獲收禁獄中供稱夥黨五人已遠正在緝捕會有形迹

可疑者三人。前來探獄。禁卒怪而羈留之。執而訊之。皆盜夥也。明日又在河邊緝獲二名。數日之間。劫盜六名全數擒獲。縣民驚謂非鬼神默佑。不能至此。時壬午十月初六日也。先是十月朔四更。誠伯在內寢將卧時。聞後牆外有喊冤者。若近若遠。乍左乍右。其聲慘厲。意其必非鬼物。連喊三夜。始遣差往查。皆云牆外雖居民甚遠。此殆非人。不日當有重案。初四夜喊聲較早。闔署無不聞者。然鬼聲無若是之發揚。僉謂當係更夫與冬防巡勇弊夜聲也。初五夜尚有喊聲。初六日。諸賊悉被擒後。即寂無音響。而查事主被殺之期。乃初一夜也。其鬼既能鳴冤於縣署。又使諸盜不緝自獲。鬼亦靈矣。誠伯又細詢更夫巡勇。並無驚喊之事云。

廳署貓精

外叔祖顧丰庭先生游幕河工。嘗言道光年間。居河南某廳署內。屋上常有一貓精。長二尺許。頭戴氈笠。肩挑兩小筩。效擔水夫之狀。每晨起。必從屋簷經過。人亦習與相忘。後因偷喫食物。廚人狙擊殺之。廚人即擔水夫也。視其氈笠。蓋竊取敗氈縫成者。其兩小筩。則取小木片細紮為之。夫貓而成精。其閱世當已久矣。然擔水夫能擊殺之。究尚無甚伎倆。至其所慕效。不過擔水夫之屬。貓之心目間。但知有此人。蓋亦積威壓之漸也。

鬼買餻哺子

句容鄉婦。有以產死者。厝棺荒壠。其鄰近有餻店。每日見一婦人來買餻兩枚。及晚穿錢。必有紙錢灰。適如婦人買餻之錢數。店主怪之。明日復來。乃以水盆受其錢。婦遂泣曰。實告君。我非人也。我以產死。即入棺。而子生。每日買餻哺之。當佑店中多獲生意。凡買客夜來者。皆我所為也。因復哀籲曰。吾家現已無人。此子久在棺中。終難得活。且與店主同姓。如蒙救出撫育為子。則生生世世。銘此大德矣。店主惻然許之。因曰。吾恐以開棺獲罪。奈何。婦人曰。方感大恩。開棺何害。因告以地址方向。嗚咽拜謝。瞥然而沒。店主依言覓之。果得一棺。啟之。尸尚未朽。即買餻婦也。一孩微有溫氣。灌以薑汁。始能啼。能動。店主遂撫為子。而葬婦棺。及兒已長。頗以貿易致富。店主告以其母墓所在。使往祭焉。夜夢其母告曰。吾昔為汝買餻。每過某溪。浮水而渡。甚苦楚。汝今宜建一橋。以便行人。其子乃建橋溪上。名之曰買餻橋。句容人至今能道其事。

甯紹台道署內狐蛇

余將赴甯紹台道任時。即聞甯波有三將軍之號。皆巨蛇也。其在提督署中者曰大將軍。在道署中者曰二將軍。在府署中者曰三將軍。然向不輕出見。及余到署。細察形迹。惟署後有小屋。供財神。其旁塑白髮而坐者三人。詢之舊吏。乃云狐也。署室承塵上。常有彈響。始以為

鼠。久而諦之。與鼠稍異。或於板壁及桌椅上作剝啄聲。余厲聲呵之。乃稍止。然既止復響。既而試得一訣。但若無所聞者。置之不理。再響數次。即不復響矣。僕婢有失小物。及頭足微疾者。均往財神祠中燃香燭。亦頗有奇驗。但事稍重大則不靈。一日余方午食。仰指承塵。謂內子曰。彼已數月不響矣。言未已而聞隆隆之聲。若擲豆者。各室中多有微響。旬餘乃止。乙酉上元之晨。余起盥沃。忽聞板壁有響。甚厲。與平時不同。余大聲斥之。亦不稍止。適接電報。知法將孤拔率五戰艦已入蛟門。來攻鎮海。余乃悟彼來報信也。因曰。此後如有警信。即能來報。待到事平。當書一匾額送之。自是凡聞室中有厲響者。必接警電。法船既退。余乃撰書一匾。懸之祠中。余久欲察巨蛇蹤跡而無所見。惟盛暑之夕。署中人每見一烏蛇。長丈餘。橫卧院中乘涼。欲呼衆人往觀。則忽不見。然並無他異。以不足當將軍之目。又聞前任某觀察有一族姪女在署。一夕忽不見。明日東城外十餘里之鄉人來報。有一女墮於田中。遣人驗之。乃迎以歸。女云三更睡熟後。忽覺御空而行。昇中微聞有腥風。然並無所見。天將明。乃墮下云。衆意此乃蛇之所為。惟余所聞署中之響。不知其果為狐歟。為蛇歟。余無以攷其實矣。

蛇死為祟

無錫南門外。窯戶甚多。俗呼之曰老窯頭。同治丙寅。有某甲買一古窯。窯已閉棄數百年矣。將啟而用之。忽見窯中大小蛇無數。皆毒虺也。盡擊斃而火之。有一蛇大如甕盎。亦死於火。頃之。某甲大病將死。蛇附之而言曰。我已修百餘年。未嘗出為人害。汝不與我一信。而突來開窯。使我不及遷避。無故殺我。且殺我子孫甚衆。今日必索汝命。蓋俗例凡起造動土。必於數日前祀土神。則百蟲無不徙避。某甲開窯。實未祭土也。於是家人涕泣哀籲。許蛇以諷經超度。不可。許以拜七日梁王懺。又不可。許以拜懺而兼立蛇王廟。蛇乃允之。某甲尋愈。於是將軍山有蛇王廟云。

巨蚌成精

上海蕭家浜水通黃浦。咸豐五六年間。土人往往於晦冥之夕。見河濱有光燭天。儼同月夜。河濱有大榆樹。數百年物也。一日。有客向土人欲買此樹。願輸錢百緡。土人異而詰之。客曰。此樹腹空已久。中有靈草一莖。而此河由黃浦通大海。汝等獨不見夜有寶光如明月者乎。此巨蚌也。彼在海中修鍊多年。來此欲食仙草以成正果。吾所以買樹者。將取草以釣蚌也。土人聞之。皆謂明月之珠。乃無價之寶。吾輩何愛於百緡。乃謝客勿售。相與鋸樹取草。復築壩截斷河流。戽水使涸。河底果有兩巨蚌。皆如百斛之舟。相對翕張。作欲噬人之狀。土人既不敢近。乃懸仙草於長竿以誘之。蚌來逐草。其行如風。竿與草皆為所吸食。持竿人駭極。卒

而跳。死土人以為蚌不出澗。終當涸死。欲持久以困之。數日後蚌忽不見。蓋已騰躍而越壩矣。然每夜寶光仍見於黃浦。相去不過數十里耳。俄有兩女子美麗絶倫。赴縣署投狀。自稱立願出家修道。有惡少年鄔生強占為妻。不令得歸母家。求縣主速賜拯拔。問其居址。云在黃浦。既而一書生來訴。狀自稱鄔姓。幼聘彭氏二女為妻。今欲賴婚。求縣主速賜清理。問其居址。亦云黃浦。既而縣役持票拘人。則浦濱固無彭鄔二姓者。徧詢舟人。亦皆無之。遂置之不理。越半月。兩女子復來縣催訊。並訴於道署。詰以鄔生既難拘到。作何處治。女子稱但書黃紙。聲明鄔某應按律懲辦。鈐以縣印。以某日某時焚而投之黃浦則可矣。縣令如其言試之。忽見血涌水面。則一大黑魚長五六丈。已浮水死矣。身似被刀斫者。是夜寶光遂不復見。後常見於海外之蛇山。始知蚌之久不出黃浦者。黑魚所阻也。而彼此赴訴。先得縣印者勝。印之威靈亦赫矣哉。

樹妖報仇

光緒辛巳三月初五日。天津府署附近居民失火。燒死四人。其居主則鹽運司署之書吏也。先是書吏所居院中有老樹一株。書吏以其侵蔽日光。將伐去之。或言此係百餘年舊物。不宜斬伐。書吏不聽。斧尋既縱。紅水噴溢。殷如血痕。亦不顧也。將發火之前數日。書吏母於清

晨夢見白髮老人執手謂之曰。汝與我為仇。我亦當與汝為仇。汝勦絶我命。我亦當勦絶汝命。如是者三日。書吏怪之。出以告人。亦莫喻其故也。及火發。即在伐樹之處。亦不知其所自來。書吏及其二孫一傭媼皆死焉。其大門及比鄰屋舍均無恙。趙桐孫告余曰。凡百年以外老樹。往往能為人禍福。史冊固常見之。而近事則尤可徵。浙江義烏縣署中有大樹侵礙屋簷。某大令蒞任。命伐去杈枒旁出之兩枝。大令有已嫁守寡之女。攜其三歲子在署。忽囈語曰。方今某氏家運尚旺。我固無如之何。若汝家則門祚衰矣。姑借汝子以顯我之手段。彼去我兩臂。我亦當取汝子一臂。以洩吾恨。言畢瞋目切齒。取利剪斷其子之左臂。鮮血淋漓。旁人奔救不及。女亦醒而大哭。不自知其所以然。蓋為樹神所憑云。嘉興人有陳姓者。由孝廉入貲為中書舍人。家有老槐一株。數百年物也。舍人有妹婿為狐所擾。一日赴陳氏。狐不復至。比歸則狐擾如初。家人研詰其故。狐始不肯言。繼乃曰。陳氏有黑將軍。氣象雄猛。吾甚畏之。舍人乃迎妹婿下榻書室。其居適與老樹相對。狐久不至。陳氏每歲祭樹神一次。以其庇蔭全宅也。祭樹之日。狐忽來擾。家人復詰之。對曰。今日乘黑將軍之醉。姑再來一叙。衆始知黑將軍者。實樹神也。厥後數年。樹被雷擊。而陳氏亦漸衰替。人謂陳氏前此家道殷實。人口繁祉。頗得樹之呵護。一旦雷神致罰。豈樹之精靈歷歲久而將為祟歟。固未可知。而要之陳

氏數十年之盛衰。實與此樹為始終云。余謂桐孫之所聞。固不誣矣。夫草木無知之物也。然老樹閱世至百年。得日月之精華。受雨露之滋培。其靈氣愈積愈厚。則無知而若有知。亦理之可憑者。如謂老樹盡不以斬伐。伐之必攖其禍。則亘古以來。參天之木。將充塞乎宇宙。揆之於理。當不其然。凡人之偶爾獲禍者。或其平日所為。皆棄常道。殃咎將至。而樹靈乘之為祟。所謂其氣燄以取之也。抑聞古聖人斷一樹殺一獸。必以其時。蓋以天地所生之物。不忍無故殘損也。而況老樹閱世至百年以外者乎。彼違天地好生之德。肆意戕物。可以無伐而必伐之。則獲禍宜矣。若夫循自然之勢。審當然之理。而行以惻然不忍之心。樹靈有知。當曉然於氣數之不可逃也。夫孰得而祟之。

孝子獲福

湖南甯鄉農民謝上達。生不識字。而有至性。其母病攣跛。不能動作。上達傭賃以養母。每雞鳴起炊。黍熟。調甘旨一甌。温盥湯亦備。巾盂盆著。按置母榻旁。畢命畢。乃赴傭所。傭甚勤。功常倍他傭。日未暮。白傭主返奉母餐。畢然後盥濯休息。傭主與酒肉。必歸遺母。傭不遠去。以二三里為率。便定省也。母髮亂。躬為櫛沐。衣襦垢。躬浣濯之。暑月為母澡浴。不少厭怠。母病寒。苦鼻塞。口承母鼻。以氣吸通之。暇則坐母旁。說委巷瑣屑之事。以悅母。鄉村有燈會或演

劇。必負背往觀之。雖暑雨祁寒深夜。不以為勞。如是者二十餘年。母既卒。每值當祀之辰。出市酒肉楮帛。晚出田隴間迎神。慰問其母。且語且笑。如生時。既設奠。則躬坐延側。勸加餐焉。祀畢。則涕泣哽咽。送之田隴間。上達有兄早世。至是乃呼兄祝曰。母老矣。病不能行。兄其背負之。毋使疲於道路。言至此。輒慟哭不能止。道光二十年。長沙人有扶乩者。或問天下有幾許孝子。乩書某某等二十餘人。俱獲天佑。及身富貴。謝某已老。當以來生獲報。可擁八騶也。上達初赤貧。晚乃小康。且健甚。年八十始殁。夫孝為百行之先。壽為五福之冠。天之所以報純孝者。亦何必待來生哉。

李遊戎遇魅 附

廣州有李遊戎名承烈者。從軍黔省。偶失道。天且暮矣。遥望里許有寺。隱約林際。趨赴之。扃閉嚴固。抉扉入。殿宇宏壯。然蓬蒿沒徑。似絶行蹤者。西廊停一柩。東廂頗潔。而空洞無牀几。僅一琵琶懸壁上。希之異也。席地而寢。命兵役秣馬廐後。夜半若有扶之者。驚寤。適月色橫窗。耀輝若畫。見琵琶盤旋空際。戰戰有聲。異之。危坐諦視。忽撲面來。撻其顴。遊戎躍起拔刀揮之。忽裂為二。復兩相黏。繞往來如織。連擊之。輒上下閃脫。莫能中。如是者久之。遂無所見。遊戎亦倦極。將就枕。聞院中格格作響。穴窗窺之。見柩憑兩欞。若足踏躅而前。已至戶側抵

嗣甚厲觸字震撼即破窗跳出柩即旋轉隨其後駭極奔避殿內柩亦踵至乃躡登神龕甫搴幔見一紅裳女子立龕內向之而噓寒風刺骨暈絕仆地天明兵役入救則東廂琵琶與西廊之柩皆如故也遊戎大怒火其寺而去

蘇州瑞光塔蟒蛇附

蘇州盤門有瑞光塔乙亥之夏大府籌款重修之届期工匠緣梯至塔頂忽見一巨蟒頭大如巴斗腰圍三尺蟠踞塔心腥穢特甚觸其氣皆昏暈墮地死一人傷一人董其事者無可奈何遂設酒餚香案禱之曰今日奉大府之命一郡風水所關且恐傾敧而妨民居也請暫避以蕆此役俾獲覆命夜夢一老人衣冠而前曰君此舉誠美但余在此修鍊已千年未嘗賊一命賊一物早知今日有此劫過此便可得道惟兩匠因我而死傷又須遲三百年乞君成全後當圖報董事者以此覆大府遂命輟役後數年吳子健中丞飭局修建己卯六月塔頂被旋風吹折云

薔薇祟人

駐英二等參贊官黃遵憲公度之弟名遵路字公望者嘉應州諸生也年三十餘忽發狂疾醫調漸愈越三年復發人勸之服藥不應謂所親曰吾疾豈藥所能治耶自吾始疾常見一白頭翁又爲天神鬼魅之狀多方誤我耳目心口皆束縛不能自主此數月來則宛然一十七八好女也日就擾我誠不知何孽然幸勿語人恐人疑我生平有遺行也又言此女自道其姓名及褖飾甚悉有時忽瞋目拊牀曰幸吾有把鼻不然者殆矣先是公度從祖家有薔薇花一株或見其化爲人而其家有發狂疾者乃移植於東偏與公望居相近而公望又發狂疾家人疑此花爲妖議芟夷之光緒十五年五月十七日日加午家人潛伐樹掘其根將棄之野公望不知也忽於是時剸刃於腹大叫倒地創不甚深越日而卒

廣盦筆記卷之六終

余既刻薛公海外文編明年公子慈明復以筆記相屬亟爲校理朞年蕆事筆記之作由來舊矣大抵尊聞談故間涉寓言此編體例分類編目悉公手定其論事平正通達涉筆謹嚴與文編相表裏餘雖隨筆劄記類皆馳騁精覈自備一格回憶一鐙侍側聽論往事娓娓不倦今僅得於此編讀之前日之樂渺焉如夢幻之不可復接可慨也夫

光緒二十四年三月甲申朔蕭山陳光淞謹跋

上海文明書局印行

郎潛紀聞

陳康祺著

郎潛紀聞序

余家守藏書性嗜雜覽童丱迄今展讀之日殆可指數學未小成輙喜弄翰弱冠已前牘粘角逐摹摛韻格捃摭華腴夙所誦習蓋徒以自澤其文而惜於大義㲉獲名譽旋亦悔之既又研究訓故溫習經義舉凡乾嘉鉅儒東南耆碩號為漢學演思與指者什九汎覽搜殘舉碎時有鐫述緘未能淹貫精博尋復棄之甲科通籍自請為郎妄意依流平進樞垣臺諫尚非夢想顧不可靡所儲蓄備官未聞乃益練習吏治兵制河漕鹽法尋討利病銳意世用又嘗默究天人靜念身世始生之歲海上兵起墳基之鄉烏兔錯居橫流滔天匪可坐視則又羅列書史旁逮雜家盟聘和戰印證失得渤澥形險荒裔紀載啟門人海目營心維條件掇拾捕可玩索而仕宦迍邅適會進部兩更舊例浮湛十年雖由人齮齕曰非命於是投牒乞外俛首鹽車而歸論罷言不可復出矣作縣廣東職業清簡行篋舊作料理彫鐫率皆胜說短書無關閎旨郎潛紀聞者余官兩曹時紀述掌故之書也多採陳編或詢耆耇非有援据不敢率登刪併排比約可百卷姚君福均廣之宿學不鄙弇陋辱蒙校讐綢繆忤時力請刪削編十四卷為初筆二筆已下踵付梓人是書隨筆纂輯間附鄙論先後淩雜不類不次區區之意蓋將出其叢殘就正大雅矜鍊修補姑待異時本非完書故義例可略也嗟乎余年四十有一矣玄髮將改宦學不進百里小試兢兢恐墜編劃之業才士優為平生志業百未一申濡筆寫懷不其媿已光緒六年冬康祺識

郎潛紀聞目錄

卷一二十八則
卷二四十三則
卷三五十九則
卷四五十八則
卷五五十六則
卷六六十五則
卷七五十八則
卷八六十四則
卷九四十八則
卷十四十五則
卷十一五十則
卷十二四十八則
卷十三四十二則
卷十四三十七則

郎潛紀聞卷一

清　鄞陳康祺若

康祺於同治六年鄉舉後，以貲為刑部員外郎。十年成進士，四月二十一日恭奉 大對，翼日由翰林院帶領引見。穆宗皇帝方御養心殿，延納多士，時 聖壽十有六歲，仰覩 龍顏河目，如日方昇，恭默中有嚴毅之色。私幸 中興令主，儀表端凝，他日景福洪祺，當與 聖祖、高宗接武。越癸酉甲戌，臣康祺兩次奉派陪祀郊壇，凡 聖躬拜獻登降，均由甬道步行咫尺，天顏瞻仰，尤為親切。竊見 克脂禹胼，手采消鑠，蹝蹝下士，詫抱杞憂。明年冬，鼎湖弓劍，竟棄臣民，八音遏密矣。良由 大政親裁，日乾夕惕，庫藏有罄竭之虞，修撰鮮倚毗之人，幾務過勞，沴災偶會，無疆之祚，中道發遐。彼保傅令僕，備位尸素，不克分 君父之憂，固當引為己咎，若方技小臣，走分侍御，豈足責哉。時言官中有請罪御醫李德立及嚴懲近侍者，故附紀及之。

軍興以來，漢臣得大學士者，多以疆臣受鉞，獮薙賊氛，勞勣尤多，遂膺是位，若駱文忠、曾文正、暨今湘陰相國諸公，雖未一日內召，而豐功茂伐，彪炳琅書，儀入贊綸扉，其相業必有可述。滿臣若官文忠者，不必有赫赫之功，而推賢任能，度量越衆，然亦仕京朝之日少，居閫外之日多。至於倭文端之守正不阿，清操絕俗，文文忠之匪躬盡瘁，馴擾強藩，方之姚宋、忠唐、范韓、翊宋，殆無愧色。咸同二朝名宰相，彬彬盛矣。合肥伯相，當統師東下，規從三吳，亦自果毅堅貞，克紹曾門衣鉢，轉旆討捻，收效尤神。自近年坐鎮畿疆，毗倚愈卑，時艱愈棘，中外臣庶，瞻仰愈切，而責亦復愈重，此正天意磨厲賢相之時，事會難知，功名未艾，想望丰采者，不敢遽加論贊也。

自咸豐季年，中西重立和約，朝廷剏設總理衙門，堂司各官如軍機處例，泰西諸國均於都城列使幕，事言哤雜，部族蕃多，戢暴馴頑，非易易。總理衙門大臣增添至十數人，多書生不諳邊務。近十年中賴文文忠公篤棐忠清，宣布威德，五省通商，僅得無事。今蓋臣騎箕，戎心日肆，萬一交聘啟隙，市馬生嫌，歷指臺省諸公，瀛壖長城，未知誰屬。時艱蒿目，遲莫自傷，中夜占星，淚如鉛墮。詩曰：肆不殄厥愠，亦不隕厥問。若文忠者，或庶幾焉。

同文館者，聘西人為教授。凡中國搢紳至齊民家聰穎子弟，均許投牒赴館學習天文句股、造船製器諸法，月有課，歲有會，其尤儁異者，優其廩餼，獎以清秩，蓋宦途之終南也。當剏議初，樞府諸公擬選閣部翰林院五六品以下官，送館肄業。御史張咸藩疏奏請天文句股宜令欽天監五官正天文生學究製造工作宜責成工部考校文儒近臣不當崇尚技能師法夷裔奏入樞臣堅持初議時倭文端公方以首揆掌院偶有進言遂疑倭公迂闊沮大計適奏派公充同文館大臣公策蹇蒞任忽墮馬以足疾請急而部院庶僚亦自以下喬遷谷為恥迄今十餘年尚無儒衣冠入館者嗚呼倭公誠理學名儒狂瀾砥柱在樞廷諸老或亦深思熟計志在自强哉

喇嘛一教較浮屠天方尤為誕罔其人狡悍陰鷙飲酒食肉被服鮮麗習技擊娶婦女無復戒律其中又有紅教黃教之別黃教能畫符治病唪經咒紅教至能攝人生魂睚眦之讐咒詛立死其演法則有跳布札放烏卜藏諸技其唪經則有吉祥天母大游戲迎新年龍王水寶匣沐浴諸名目其皈依釋迦金剛毗盧藥師無量壽諸佛則又似與浮屠同出其髡首不蓄髮亦同定例凡祈禱雨雪救護日月食皆令演法唪經而長年承應　內廷者至數十百人之衆出則橫行街市莫與誰何糜帑蠹民於義無取蓋　本朝龍興之初喇嘛效順最早而其術盛行東土人夙為蒙古諸部落所崇信故優禮彼教政以羈縻外藩不虞相沿至今祀典慶典參預日多駸駸乎欲淆秩宗之大禮二百年來言事諸臣惜無建議裁抑者

八旂子弟為我　朝豐沛舊人二百年來豢養　深恩淪浹肌髓自從龍摩虜開土斬荊名王鉅帥聲烈烜赫厥後戡定三藩洗蕩西域旂兵助伐亦炳炳在綠營上嘉道已後盛望稍損矣然平定粵匪之役雖滿營騎射用違其長而若武壯公烏蘭泰忠武公塔齊布忠勇公多隆阿及今盛京將軍都興阿諸公忠貞樸勁屢摧狂寇櫛風沐雨始終戎幕實不愧兔罝材武之選豐鎬故家之遺其所統佽飛羽林以及敕馬健兒打牲部落紀律嚴整亦足與湘淮兩軍爭旂旗壁壘之色至於賊蹤所及直省駐防各營臨難不苟忠節如林其最著者咸豐三年二月賊竄金陵將軍忠勇公祥厚副都統果毅公霍隆武力扼滿城相持兩日夜血戰捐軀十年二月杭州淪沒將軍忠壯公瑞昌副都統果毅公傑純勒兵死守鏖戰六日夜卒復省垣十一年十一月全浙糜爛杭州復失駐防城尚堅持四日傑公戰死瑞公縱火自焚兩省之陷滿兵皆視死如飴萬衆同命雖婦人稚子無一偷生草間者忠義之氣上耀三光下垂無竟亦足見　聖祖神宗股肱臣僕之報已

咸豐八年闈節案發首輔棄市少宰戍邊內外簾官及京兆闈新中舉子軍流降革至數十人之多可謂科場大獄矣相傳刑部定讞時　文宗皇帝以大學士柏葰早

正揆席勤慎無咎且株連過衆　聖意不樂窮治而端華肅順方用事肅又官司寇因得挾刑律與　天子爭蓋肅順屢有憾於柏而朝臣中起家科目者又其素所白眼也九年二月十二日　文宗御勤政殿召見王大臣等正諸臣玩法之罪　天顏慘沮殆亦以通榜有憑難於曲宥爾時監視行刑者為肅順及趙大司寇光比　穆宗登極肅益跋扈難制　兩宮震怒臚列逆跡付廷議罪在不赦蓋甫及三年權勢熏灼之堂上官亦復因衣赴西市其監視行刑者仍趙大司寇也尋有　旨復柏葰原官並　加恩錄其後人噫共驩頑讒並育於　堯天而誅殛於　舜世　聖作明述仁至義盡臺省諸公尚其知感知畏哉

科場一案為御史孟傳金舉發衆皆咎其多言然嘉道已還公卿子弟幾視巍科為故物自戊午興大獄而朱門後起之秀始知束身安分不致妨寒畯之進身惟近三年來　兩宮吉地　先帝陵工以及　實錄玉牒諸館偶效微勞每邀　殊寵若草多捐納州部官游保顯秩並不必區區甲乙科矣

咸豐三年粵寇自武昌下竄擄掠五十萬人蔽江東來帆檣如蘇吳頭楚尾千里無堅城陸建瀛方總制三江新膺御鉞奉　命出境籌防駐武穴下之老鼠峽鋒刃未交掩旗宵遁長江天險至不能一日守金陵龍蟠虎踞之區雄師霧屯劍戟山積士女登陴咸誓死守乃未及半月遂為僞國門地雷所乘賊據為僞都歷十餘年不能猝拔江蘇六合縣以滁江僻邑孤懸賊中百戰解嚴屢摧劇寇故時有紙糊南京城鐵鑄六合縣之謠守禦之道豈不在得人哉時知縣事者為湖北溫壯勇公紹原陸制軍鄉里也積功擢道員充江南大營翼長仍留防六合圍守六載至八年九月揚州再失賊勢益張悉六合官民甚糾大隊狂賊圍城紹原激厲士卒割衫嚙指草血書上勝帥乞救不應糧盡援絕城遂陷紹原率妻王氏次子輔材家婦陳氏投水以殉城中共事者新選六合縣李守誠總兵羅玉斌知縣馮明本典史棠棣奎都司王家幹夏定邦守備余承恩城守千總海從龍等皆巷戰陣亡罵賊不屈吁睢陽忠節長耀江淮彼河北二十四郡望風瓦解何竟無一人鬚眉哉

國朝定例文職五品以下不得縣帶數珠翰林院官無所區別也自雍正三年　御門聽政始派翰林編檢四人侍班乾隆二年　上以翰林班在科道前科道掛珠而翰林獨否不足以肅朝儀　特諭修撰編檢一體縣掛令翰林不兼講官者例不侍班猶沿此制

圓明園為前明懿戚徐偉別墅舊址。康熙間名暢春園。 世宗在潛邸時。 聖祖命於園中闢地築室。以為 世宗讀書之所。並 賜名圓明。雍正後遂無復暢春之稱矣。園距平則門二十里。 列聖避暑巡幸。歲駐蹕數月以為常。咸豐庚申。西事孔棘。津門被兵。靈囿曲臺。付之回祿。 文宗皇帝在天之靈。有隱恫焉。同治初政。滿御史有建議修復者。 嚴旨切責。十一年。廣東奸民李光照覬覦富貴。具呈內務府。請報効木植重修淀園。 穆宗聖孝邁恒。正思 兩宮聽政過勞。無娛遊休息之地。因俯從光照請。其實光照一窶子。其以近倖為護符。得遊歷川楚江浙諸產木之區。勒索肥己也。幸 聖智如神。卒破奸詭。置光照於法。民間獲免騷擾。當園工議興。中外錯愕。臺諫中惟沈桐甫侍御淮。首上書力爭。 上震怒。立 召見。諭以大孝養志之義。沈素吶吶。青蒲獨對。慴於 天威。但連稱興作非時。恐累 聖德而已。沈退朝過余。余曰。 上聖明。丈宜補草一疏。剴切和平。必廻 天聽。大略謂天子以天下養。凡可以博親權者。何敢顧惜。第項然游園之毀。非由天災。今時事艱難。仇人在國。即庫藏充溢。亦不當遽議興修。 皇上之意。原為 兩宮頤養起見。但臣恐園工落成。 兩太后入居其中。反覺愀然不樂。願 皇上自彊不息。時時以繼志述事為念。則所

以仰慰 文宗及 兩宮皇太后者。於孝道尤為光大云云。如此立言。 上必感悟。沈丈深韙余言。擬次日削稿。又次日封上。尉聞游侍御百川者。袖疏廷諍。諤諤數百言。聲震殿瓦。 上雖未遽收回成命。而憝直犯 顏。不加譴責。長楊五柞。卒罷經營。鳴鳳朝陽。不誠 聖朝盛事哉。

康熙三十六年。 聖祖親征厄魯特噶爾丹時。凡所過童山沙磧不生草木之區。至是淺草蒙茸。六軍游牧如內地。隅之泉水。 上相地疏鑿。甘泉溢涌。曾飲馬川西。忽得明成祖勒銘紀功之石於水厓。濯而視之。中有永清沙漠語。 上曰。真永清矣。是舉果掃穴犁庭。威震域外。蓋 萬乘親臨。百神環衛。 國初聲教所被。固宜保塞稱藩者。享王恐後矣。

韓城王文端公杰。乾隆二十六年進士。 殿試進呈時。閱卷諸臣置公卷第三。 上親擢第一。蓋公夙在尹文端公幕中司奏摺。 高宗識其字體。嘗蒙 嘉獎也。 本朝陝西人得鼎元自公始。公自通籍至參政。屢文衡者十二次。其間督浙學三任。督閩學兩任。而丁未己酉庚戌四年之間。三充會試正總裁。尤為異數云。阮文達編公年譜。稱公服官四十年。貧如為諸生時。有門生自外任歸。餽金為壽。公曰。翼吾與若言何如。今受若餽。如所言何。公忠貞亮直。相業有鑒。即此一端。亦可見 兩朝恩遇有自來已。

定例凡壽民壽婦年登百歲者。由本省督撫題請 恩賞。奉 旨給扁建坊。以昭人瑞。攷乾隆二十六年。廣東南海縣民楊能啟年一百歲。其妻黃氏年一百一歲。三十五年。安徽太湖縣民朱憲章。同妻劉氏。年俱一百歲。四十五年。安徽亳州縣民陳洪如。年一百六歲。妻王氏。年一百一歲。均蒙 純皇帝御製詩章。渥加 寵賚。又二十七年。山東章邱縣民王欣然。年一百三歲。其弟王瑞然。年一百歲。五十五年。山東清平縣民張玫。同弟張珩。均年逾百齡。亦蒙 特旨旌表。夫期頤上壽。振古稀逢。至以一家骨肉之親。同膺百歲延洪之算。又恭值 高宗純皇帝御宇周甲。五世同堂。受福洪祺。 君民同慶。則誠 昇平嘉話。壽寓祥徵。書契已還。於斯為盛者也。

乾隆二十三年。 巡幸木蘭。舉秋獮禮。布魯特使臣來朝於布固圖昂阿。先是乙亥平準夷。噶爾藏多爾濟等。丁丑哈薩克使臣根札爾噶喇等。皆來朝於此。爰賜名其谷曰伊綿。伊綿者。 國語會極歸極也。

朱竹君學士筠。為翰林時。 高宗方詔求遺書。公奏言翰林院庫藏明永樂大典中

多逸書。宜就加采錄。 上善之。亟下軍機大臣議行。復 御製七言八韻詩。紀其事。乃 命纂輯四庫全書。凡海內僅有之本。得之大典中者。幾六百部。次第刊布。嘉惠士流。公又請倣漢唐故事。擇儒臣校正十三經文字。勒石太學。奉 硃批俟朕緩緩酌辦。當時 聖主右文。詞臣稽古。鴻篇典冊。出九淵而光九天。世皆以四庫全書成歸功紀陸。不知學士其先河也。

軍興以來。被兵諸省。停舉鄉試。自甲子乙丑後。始漸次補行。或曰上元啟運。文明大開。故自戊辰至丁丑五科狀元。其名適與五行巧合。戊辰第一人洪鈞。名在金字部。辛未梁耀樞。在木字部。甲戌陸潤庠。在水字部。丙子曹鴻勳。在火字部。丁丑王仁堪。在土字部。珠聯璧合。名應文昌。非偶然也。余謂姓名相同甚多。科目得人。始重古來帝王姓氏。上應圖讖。如漢號卯金。晉稱典午。以及劉秀李淵之先兆。大抵皆事後附會之說。況區區三百人中。冠冕乎相業如王文正。忠節如文信國。狀元亦自足貴。彼秦檜留夢炎。適足為鼎科上第之玷。願洪梁諸君勉自樹立。俾他日留此一段佳話耳。

國朝出震乘乾。肇基草昧。天聰已前。鈞衡惟一。悉任懿親。異姓儒臣。但令給事文館。

天聰十年，始改文館為內三院：曰內國史院，曰內秘書院，曰內宏文院，均設大學士一人，各有職掌。凡（內國史院掌記注詔令，撰擬表章；內秘書院掌撰擬外國往來書札；內宏文院掌註釋歷代行事善惡，勸講御前，並教諸王子。）皇上順治二年，三院結銜內字下各加翰林二字，蓋初以翰林官分隸，定為正二品銜門也。十五年，改內三院為內閣，其大學士俱加殿閣銜。十八年，仍改從舊制。康熙九年，復改為內閣。然自 世祖入關定鼎，即議滿漢大學士六員，遴滿舊人勝朝遺老，比肩疊蹟，同掌絲綸，所謂佐郎大度，立賢無方者，非與。厥後康熙朝率用大學士四員，雍正間多至六員，復增置協辦大學士二員。乾隆十三年，始定制滿漢大學士各二員，遇歲時慶節朝會侍班，漢大學士位在滿大學士下。自合肥伯相繫文華殿銜，（定例大學士補授後，請兼殿閣及六部尚書銜。殿閣名凡六，曰中和殿、保和殿、文華殿、武英殿、文淵閣、東閣，蓋舊制殿四閣二。乾隆十三年，省中和殿，增體仁閣，俾殿閣名各三云。）而實相國鑒班列，轉居其右。（實時繫武英殿銜。）朝廷倚畀之使相，優禮勛臣，真高出唐宋萬萬。（按唐自肅宗後，中書令多以功臣居之，如郭子儀、僕固懷恩、朱泚、李晟輩，皆大將繫銜而下者，使宰相見洪邁容齋隨筆。宋制參政班位在宰相後，自寇萊公參知政事，乃與宰相輪日知印，正衙押班，其班位遂與中書門下一班，書敕亦列銜，銜並書，見江少虞宋朝事實類苑。）聞者怍舞，受者當若何戰兢耶。

順天府府尹，即古京兆尹之遺。我 朝三品官印皆用銅，順天府尹獨用銀印。雍正元年，特簡大臣兼理府事，較之部院堂上官尤清要也。蔚州魏敏果公象樞尹京兆時，嘗自署一額，書「我愧包公」四字。自後泰小峴瀛遂於署之聽事榜曰「知愧堂」，又撰知愧堂記，引敏果事自勵，而吳嵩梁為之書。後吾師太和張先生澧卿作尹，余每謁見，猶額泰記，歲久不存，而知愧堂匾及曾中丞望顏所重書之知愧堂記，猶及覩云。

上書房設於雍正朝，凡諸皇子暨近支王公及歲讀書，必 特簡翰林官使授讀者，儒教胄龍種，傳授古元子入學遺法也。世稱 上齋曰三天，蓋由從前 列聖每歲駐蹕澄懷園，諸王公即讀書園廡，其地為 殿三層，皆有 世宗皇帝御書匾額，前曰前垂天貺，（按一作先天不違。）謂之前天；中曰中天景物，（按一作中天立極。）謂之中天；後曰後天不老，謂之後天，統謂之三天。自淀園被毀，皆日天潢授簡之區，鄉校案筆之舍，瑤夏芝楣，鞠為茂草。近者詞臣入直大內，猶以三天之舊稱，蓋幾幾乎不知緣始矣。

道光二十二年，西夷和議成，林文忠公則徐謫戍伊犂，躬歷庫車、阿克蘇等城，縱橫三萬餘里，在道著荷戈紀程。咸豐元年，倭文端公仁出為葉爾羌幫辦大臣，在道著莎車行記。文忠在西域，興水利，開田至數十萬餘畝，至今利賴。文端至葉爾羌未久，復上書言事甚切。天子以為封疆大臣，宜留心邊要，朝廷事非所宜言，踰年即得過解任。二公當萬里役荒，深抱失職之際，惓惓君國如此，至今誦其所著書，於山川阨塞、賢豪遺迹，與夫風土謠俗、民生疾苦，凡所目擊，悉筆於書，古誼忠肝，躍然紙上。

國朝諫臣，首數彭鵬、郭琇，至孫文定公嘉淦，以自是箴高宗，袁銑以寡慾規 宣廟，昌言主德，風稜卓然，蓋古之遺直矣。以余所聞，嘉道之間，蘇廷魁、陳虞鏞、朱琦為諫垣三直，又合吾浙金應麟，世稱四虎。稍後王侍郎茂蔭、袁端敏甲三為言官時，亦復侃侃論列，不避權要。端敏至劾及某郡王暨侍郎書元，雖 文宗亦以為太甚，非所宜言，然猶抵某郡王以罰。同治一朝，張盛藻論同文館，遺寶泉參李伯相進瑞麟，及游沈二君諫停園工諸疏，皆剴切可誦。 主聖臣直，亦遭其時然也。

本朝 列聖初元，靡不下 詔求言，虛己容納。道光三十年，文宗即阼，曾文正、呂文節賢基方為侍郎，倭文忠、張文毅芾方為大理卿，尤能言國家大體，特蒙 褒答。同治之初，時事日艱，凡廷臣抗疏論兵， 兩宮皇太后輒下諸大帥備行，間采用，即疏逖如貴州諸生黎庶昌、江蘇監生周同穀條陳時事， 諭旨亦稱其不為無見，令疆臣酌籌辦理。庶昌並蒙 恩以知縣用，發曾營差遣，狂言聖擇，封菲無遺。 寶鋆中興賓資摩策。

蒲城王文恪公鼎，為 宣宗朝名宰相。長戶部十年，綜核出入，人莫能欺。管刑部，多所平反，先後讞獄九，有理重案三十餘起，彈劾大吏不少貸。侚勘兩淮鹽務，奏上節浮費、革根窩等八條，盡請裁鹽政，由總督兼轄，淮綱為之一振。道光二十二年，河決開封，公奉 命往治，駐工六閱月，糜帑少而成功速，皖豫之民至今德之。還 朝值西夷和議初成，公侃侃力爭，忤樞相穆彰阿。公退草疏，置之懷，閉閣自縊，冀以尸諫回 天聽也。時軍機章京領班陳孚恩方實穆相，就公家滅其疏，別撰遺摺，以暴疾聞。設當時竟以公疏上，穆相之斥罷，豈待咸豐初年。蕞爾島夷，知 天朝有人，或不至驕橫如此。吁，朋奸害正，摧我屏藩，滄海鯨波，滔滔靡底。 聖君賢相之靈，當亦在天齎恨矣。（余初入京，聞老輩言是事，皆以為未確，不敢遽筆也。洎見馮中允桂芬顯志堂集有公墓銘，稱公自河上還，參與閣郎行，愈矣，卒以不起，綱意為約，殆公從人諱言之，未得詳記公事，亦言一夕暴卒。頃見孫方伯衣言所撰張文毅帝神道碑銘，有云：子丑之間，海疆波山，有臣一个，奮其又云頓顯滿城，深晴大息聞闕，草奏忠奸，剛白殊成，在懷遂以絕，匪不聞以暴疾，情事昭然矣。文毅與文恪同鄉，故備悉。此起古文家所有此例。）

近世士大夫多稱曾文正公能知人，非妄語也。江忠烈公忠源初謁公於京邸，既別去，公目送之，曰：「此人必名天下，然當以節烈死。」時天下方無事，衆訝其言之不倫，後十餘年。忠烈果自領偏師。戰功甚偉。嗣殉難廬州。公東征時。滬上乞師。公奏請以令相國合肥李公赴滬。而以參將程忠烈公學啟從。臨發。公送之登舟。拊忠烈背曰。江南人譽張國樑不去口。君去亦一國樑也。行間君克蘇州矣。勉之。李公至滬。由下游進兵。自青浦崑山轉戰至江蘇行省。拔名城。殪大憝。雖嘗借助英法兵。而西人獨推忠烈功為淮軍諸將最。其聲威殊不出張忠武下。嗣克嘉興。先登中鎗仆地。卒不救。其以死勤事。亦與忠武同。蓋昇平之際。物色人才。危急之秋。激昂忠義精神所感誠至明生。文正儒臣。豈有相人術哉。嗚呼。洞天人矣。

吳縣潘文恭公。以大學士領政府。相　宣宗垂二十年。中外不甚稱其相業。近人李元度撰　國朝先正事略。至於敍仕宦。述恩榮。詳列世系子女生卒。而無一言及其居官。余近觀公同鄉馮桂芬所為公墓志銘。稱公視學雲南。革新生紅案銀。在江西絕替考之弊。時擔匪邊錢會匪蹤跡出沒無已。公密疏以聞。在浙江值海寇蔡牽黃葵之亂。亦如之。總戶部最久。黑龍江將軍請增都爾博特六屯。公議地當游牧。開墾非利也。不可許。言官奏山東鹽課請歸地丁。公議山東場竈半毘連淮境。一歸地丁。聽民自運自銷。官私漫無稽覈。必為兩淮引課之累。寢其奏。康祺又聞公大考升官時。和珅方執政。屢招公。公不往。　文宗登極。詔舉人才。公疏薦林文忠公。姚廉訪瑩。卲員外懿辰。馮中允桂芬。皆表表人望也。公之事業。雖不知視古名相何如。亦足愧後之模棱伴食。壞國是於無形者。

本朝耆臣生加太傅者五人。重宴瓊林者八人。狀元作宰相者八人。惟潘文恭公兼之。又大拜不階協辦。樞廷不始學習。皆異數也。富貴壽考。子孫繩武。公之福祉。三百年一人已。

道光朝。英夷橫海上。師船游弋閩浙諸洋面。　宣宗命都御史祁寯藻。大理寺少卿黃爵滋馳往福建閩海口。祁黃會奏。控海口莫如以礮墩。易礮臺法。以囊沙為墩。以小漁舟層疊沙囊之外。以兩船首尾夾縫為礮洞。賊礮不能洞我沙。而我兵隱墩內。可於船罅擊賊。於是福建廈門為礮墩。賊果不能近。今西夷雖叛設輪船。勢迅銳不可抵禦。然於潮落之時。沙淺之地。此法猶可行也。講海防者不可不知。

郎潛紀聞卷一終

郎潛紀聞卷二

清　鄞陳康祺著

幼時讀吾鄉全謝山先生祖望結埼亭集。知先生舉乾隆丙辰博學鴻詞。有畸之者。謂曾入翰林。不得與試。後孜鶴徵錄等書。丙辰徵士二百六十七人。早官翰林者。不一而足。即　欽取一二等中。諸錦。周長發。程恂。皆庶吉士。補試之張漢。且檢討。而正試一等第四之于振。且雍正元年狀元授職修撰者也。何獨於先生而尼之。後閱館選錄。始知諸錦諸人。已改他官。不在文學侍從之列。故得觀光大典。時諸已改教授。于改行人。周改教諭。程改員外郎。張改知府。已去官。先生適丙辰通籍。試鴻博。時正新為詞臣。猶不與試。其意則私。而其論則公也。

乾隆朝大臣入軍機者。亦曰軍機處行走。今則章京曰軍機處行走。大臣曰軍機大臣上行走。其初入者。加學習二字。傅文忠公恒。乾隆八年。由戶部侍郎預政府。當時詔旨尚曰軍機處行走也。又乾隆已前。別有議政處行走。文忠於十二年擢戶部尚書議政處行走。嘉慶十六年。盧文肅公蔭溥。時為光祿寺少卿。　特旨令在軍機大臣上學習行走。以五品卿超拜大樞。前此未有也。

本朝優禮耆臣。有　賜紫禁城騎馬之制。受　賜諸臣。多用二人舁小椅乘之。非皆騎馬趨朝也。余初入　東華門時。問之老輩。或曰禁衛森嚴。恐牲畜無知。衛叉儀仗。余頗疑之。後讀乾隆五十五年　上諭曰。內外文武大臣。特恩賞在紫禁城騎馬。用資代步。但年老足疾之人。上馬亦覺艱難。嗣後已經賞馬之大臣。因有疾艱於步履者。仍加恩準令乘坐椅。旁縛短木。用兩人舁行入直。始知此制之由來。按唐史稱唐宰相皆乘馬。五代始用檐子。宋時惟文潞公年高。司馬溫公以病。乃許乘檐子。（檐子即肩）典可知。膺此異數。一朝僅有二人。以視我　朝凡卿貳已上年及六十。洎在外曾著戰功者。什九拜朝馬之　賚。即此一端。亦可見　聖朝之寬大矣。又按左傳稱公叔文子老矣。輦而如公。蓋以人輓輿。尤覺安適也。此則如今制之　賞紫禁城乘轎。尤為養老尊賢之曠典。

康熙己未。以鴻博科入詞苑者。江南二十六人。浙江十三人。順天直隸六人。江西二人。山東河南陝西各一人。乾隆丙辰。再舉是科。浙江取七人。江南六人。山東江西各一人。丁巳補試。江南浙江福建雲南各用一人。辛未保舉經學授官者。江南三人。山西一人。前後三舉特科。湖南湖北廣東廣西四川貴州甘肅及滿洲蒙古皆無一人

飼蟥與受　殊恩者

今年山西亢旱赤地千里燬觲及山東河南陝西諸省亦復累月不雨二麥歉收

朝廷軫念災黎蠲正供截漕糧發社倉運南米戶部撥帑直省開捐赴鄉官辦賑

湛恩汪濊爲史策所罕書京師入冬得雪十一月某日聞樞臣名對　兩宮面有泣

容次日果大雪頃臘月已來　上三次祈雪仍未渥霈祥霙側聞　宮中聖人又復

減膳持齋對天涕泣未三日果又勝六劾命矣誠存爲物康降自天感應之機信如影響感悚歡躍謹敬書此時光緒三年十二月二十有八日也

康熙初年議定三藩餉師度支不繼廷臣請開事例捐輸此　本朝開捐之始也然開例三歲所入僅二百萬有餘捐納知縣至五百餘人始則缺多易得後見非數年不能選授亦復觀望徘徊經左都御史宋德宜奏稱限期停止下所司議行康祺按　開國人心未定滇黔諸省新入版圖故捐輸止有此數比年捐款號極疲歲入尚二百餘萬然攷乾隆間舊例祇準報捐封典虛銜每歲總在五百萬左右可見民間之寶貴名器視　朝廷爲轉移捐例愈廣功名愈輕捐數愈減輸納愈寡有心國計者雖未能盡革敝政盍亦仿乾隆時成例試行一二年乎

粵東廣州府屬之番禺花縣肇慶府屬之陽春縣徵收民米向有廚房米宮舂米名色米必細長潔白方準收納計米萬二千餘石此項嘉穀產少價昂民以爲大累蓋事起於前明故瀋至　本朝爲祈營武職俸米乾隆間兩廣總督文勤公覺羅鶴年始奏禁之夫天下之大庶政之繁歷代相因豈無一二秕政令之從政盍皆如文勤用心哉

昔讀武進張皋文編修茗柯文書左仲甫事有曰余同年友仁和湯吉士金釗（按湯文端公補山人此誤）告余曰往歲北來道鳳穎間往往詢其民人錄俗有刑獄不當賦役無節者民曰非霍邱左爺來誰與辦之有風俗乖忤水旱冤抑者又曰非霍邱左爺來吾屬不安枕矣云云又見今大學士左公宗棠請飭史館爲桂超萬立傳疏曰道光十七年臣宗棠會試北上道出欒城偶游城市見知縣桂所張示諭勸民耕種並示以種植木棉諸芋之宜以及備荒之策甚爲詳備詢之居民皆言令之愛民出於至誠其潔清自矢爲從前清官所未有心竊異之云云霍邱欒城之循卓不待復言而湯左二公當騎驢覓舉手無寸柄之時驛路偶經即留意人才如此儒臣識量名相襟期肇於此矣康祺同治甲子應京兆試丁卯上計車二次皆假道江淮穎亳間亦嘗詢訪謠俗周覽山川脈絡城郭險要於近年諸將平定粵逆捻逆屯兵戰守道路舟車所居莫不目察而心識之雖騶卒艄郎亦終日與語無倦自問少年志尚頗不猶人奈仕宦蹉跎家難叢遘至於壯心頹挫但求服未路之鹽車完雕蟲之故業言念蕭山湘陰二公雖願執鞭無能爲役已攬鏡嗚咽勞者自歌旅邸霜宵悵然紀此時光緒四年立春前一日也

孫文定公嘉淦管理國子監時條奏太學事宜令諸生於時藝外各明一經治一事倣宋胡瑗立經義治事齋例俾爲有用之學部議從之比年康祺門下士有司教六堂者詢其齋規則仍課時文外無所事事也今日之祭酒司業本以試帖楷法得之文定舊法宜乎日弛矣康祺謬謂各省府州縣書院若　朝廷更定條規院長宜延聘不宜推薦論品學不論科名訓廸諸生一本安定成法三年學成省書院擇其成材者申送二十名貢監一例府書院各五六名縣書院各一二名上之本省布政司學政達其名於國學名之曰高材生每鄉試標異其試卷直達主司不必復經房考閱薦學政歲科試亦申送若干名即試文平常者亦附一等末鄉試解額及取中拔貢優貢歲科二試一等必於是取十之五焉有多無少院長有不公不明者地方官詳布政司學政別延一人所上冊中諸生試之不符主司學政奏更之（院長多聘老成宿望未必無是事）諸生名已達部有改行失德者院長告之當道除名已中式及老病物故並廢疾不能應試者別補之或各省各府別設一書院課舉人其會試亦照鄉試例名冊上禮部如是而天下人才有不駸駸日上務爲有用之學者吾不信也

乾隆二十八年直隸按察使裴宗錫疏言古北口外山場產菠蘿樹土人俱伐作薪不諳養蠶此樹本名橡樹入土即生三四年後葉可飼蠶臣前在山東飭屬遍栽頗有成效今以之供薪殊覺可惜請照東省法勸民廣栽試養　諭交直隸總督方觀承實力妥辦（又按程侍郎恩澤集紀橡樹飼蠶法甚詳）

錢塘沈端恪公近思康熙朝通籍官河南臨穎知縣屢卓薦遷廣西同知旋以病歸經浙江巡撫奏乞破格擢用雍正元年　特用吏部文選司郎中　恩加二級　賜第一區帑金四百兩二年即擢吏部右侍郎　賜詩有操比寒潭潔心同皎月明之句以在籍紳士而被巡撫之薦以告病同知而特用京員以五品司官而賜第賜帑以本部郎中一年而即擢堂官皆自來未有之曠典夫公之清廉忠謹固足當之而我　世宗任賢勿貳破格甄勸若此想一時百僚仰望莫不感泣奮興矣今循例遷

除且似河清之難俟因循泄沓弊實由此經國者盍思變計乎

故事翰林院掌院學士爲專缺康熙五十六年正月左都御史及掌院皆缺員吏部兩疏入奏 上曰是當以不畏人學問優者兼任之遂 特命徐元夢爲左都御史兼掌院學士

康熙朝以朱子昌明聖學有益斯文 命禮臣升躋神位於十哲之次乾隆二年徐文定公元夢奏請以有子升堂配享且以宰我冉求一因短喪有不仁之責一因聚斂有非徒之斥謂宜移祀兩廡其舊在兩廡之南宮适宓不齊俱以君子見稱於孔子亦宜並予升配疏下大學士九卿議以有子升配子夏之下移祀朱子於子張之下餘悉仍舊

雍正閒耗羨歸公定直省各官養廉由 世宗之獨中睿斷因時制宜而其端則發於山西巡撫諾岷布政司高成齡蓋先是州縣徵收火耗稱資日用上司所需取給州縣不無貪吏藉口上司容隱之弊雍正二年諾岷請將山西一年所得耗銀提解司庫除抵補無着虧空外分給各官養廉而成齡復請倣山西例通行直省 上以剔除弊竇必更定良法耗羨必宜歸公養廉須有定額 詔總理王大臣九卿會議

會各省皆望風奏請議遂定使嗣後爲民牧者恪守成規不於耗羨外更加耗羨諾岷與成齡洵一言利溥矣

國初每科進士除選庶吉士外分派各部以主事學習行走三年期滿始以部屬知縣分別錄用乾隆元年經侍郎勵宗萬奏請嗣後學習期滿人員令該堂官出具考語分三等引 見一等補主事二等即用知縣三等補國子監助教監丞及經司局正字等缺又前因禮部事簡停止分派學習主事至是宗萬請仍照舊例與五部一體徵派下部議行

康熙十二年 上命擇詞臣醇謹有學者入侍左右備顧問張文端公英時以編修充講官首被是選十六年始立 南書房特選公侍講學士使領其事

王文簡公士禎才地淵雅其詩學爲 本朝開山梅村芝麓究是明臣虞山更不足論矣 世幾以文人目之康祺按公爲祭酒時請復 文廟爲大祀定籩豆樂舞之制又請釐正從祀諸賢諸儒名號位次著之 大清會典以垂永久又請補祀漢儒田何復祀鄭康成並以宋儒尹焞何基明儒曹端章懋蔡清呂柟羅洪先呂坤從祀又以太學所藏十三經注疏二十一史版漫漶殘缺請鳩工修補並請將前明南監經史版令江南學臣收藏儒學尊經閣中以嘉惠來學公生平扶掖儒流振興文學以名教爲己任增元氣於無形不特雕章繪句與驗人墨客爭長也乾道而還儀徵太傅弇山制軍差足繼公餘韻今則風流闃寂六十年矣

康熙閒福建提督施琅平定臺灣功第一 詔封琅靖海侯世襲罔替琅疏辭侯爵懇照前此在內大臣之列 賜戴花翎部臣議在外將軍提督無給翎例 聖祖特旨賜戴以閩疆海外削平僭僞之元勳 賞翎弗及以澤延後世巍巍五等之崇封顧易一翎而恪於廷議當時之重花翎如此

閩海之平 王師已由澎湖入鹿耳直抵臺灣鄭克塽黨羽擕貳險要盡失始率屬薙髮迎降當時猶 詔授克塽公銜其大將劉國軒馮錫范伯銜俱隸上三旗 開國之寬大如此

康熙三十年戶部以大兵征噶爾丹軍用浩繁奏行輸運糧草準作貢監並開捐免保舉例陸清獻公時爲御史奏謂督撫舉人必曰清廉方爲合例若保舉可捐是清廉可捐而得也公又疏稱納捐一途賢愚錯雜惟恃保舉以防其弊不敢謂保舉盡公猶愈於竟不保舉云云下九卿議並言事例已行不必更張令軍功納捐兩途到

省一年由督撫察看才具出具考語即當時保舉遺意

海澄公黃梧本鄭成功將順治十三年歸順其子芳度康熙閒拒耿逆之招困守漳州城陷殉難事聞 贈王爵謚忠勇

陝西提督王進寶以平吳逆功授三等子 賜彤弓駿馬卒謚忠勇乾隆三十二年 詔三等子爵世襲罔替同時趙良棟授一等子爵卒謚襄忠乾隆閒 詔一等子爵世襲罔替

康熙十八年雲貴總督蔡毓榮 封綏遠將軍 敕賜總統綠旗兵異數也

兵部侍郎淩如煥督學湖北時以明臣楊漣元孫可鏡充拔貢可鏡赴朝考以文理荒謬議革並議如煥降一級調用 世宗特諭云楊漣父子兩世忠義其子孫雖文藝不工亦當格外造就楊可鏡準作選拔赴國子監肄業仍着禮部帶領引 見凌如煥免其降級 世宗之崇獎忠節洵無微不至矣

令甲凡羈縶刑部人犯秋審結案者歸北監現審未結者羈南所結案之犯每月初二十六兩日許家屬入視家人在監者每日準出入買辦案情未定者概不許出入以杜傳信串供之弊也

乾隆二十五年。上以江蘇錢穀殷繁。令增設布政司分理。尹繼善等奏請分江甯淮南揚州徐州通州海州為一布政使。駐江甯。蘇州松江常州鎮江太倉州為一布政使。駐蘇州。而安徽布政使移駐安慶。

乾隆三年。上將視學。擬舉行三老五更禮。大學士張廷玉奏以典禮隆重。名實難副。恐貽譏末稱。不愜觀聽。請停止。

中外大臣遺疏。多子孫肴客為之。即力疾手定。彌留口占者。亦敍述恩遇。泛論治體者居多。獨朱文端公軾疏云。萬事根本君心。而用人理財。尤宜鄭重。君子小人。公私邪正。判於幾微。在審察其心跡而進退之。至若國家經費。本自有餘。異日儻有言利之臣。倡為加賦之議者。伏祈聖仁乾斷。永斥浮言。實四海蒼生之福云云。忠君愛國之忱。至死惓惓。可謂大臣矣。

舊例凡　封贈之典。四品以下文官。祇準將本身妻室封典。移封父母。八品以下。例封本身。不及妻室。是以封不及父母。雍正二年。從吏部尚書朱軾之請。四品下始準移封祖父母。八九品官準封父母。不封本身妻室。又教授學正教諭訓導。向無封典。至是教授照知縣。學正教諭照縣丞。訓導照主簿。一體準封。並繼母生母與嫡母俱

封。皆文端奏準。

本朝江西理學。皆承南豐謝文洊約齋之緒餘。約齋明季諸生。愈喜陽明龍谿之學。四十後讀羅整庵困知記。始奉張程諸子為宗。闢門授徒。從學百輩。若封濬黃熙甘京。危龍光曾曰都。湯其仁。世所稱程山六子也。濬好為人排難解紛。秩秩有次序。魏叔子稱為篤行有道君子。熙始與約齋友。後折節師事之。進退維謹。不以為勞。順治十五年進士。當謁選。乞養歸。京少豪放。慕陳同甫之為人。講求有用之學。嘗著晝田賦上下。上之有司。賊起。潛身走山砦。習其險易。陳策於大吏。請勦之。晚為童子師自給。編家禮酌宜若干卷。龍光善事繼母。以呂氏鄉約化其里人。人曰今之子路也。曰都家貧。賣豆腐自給。其學務實體諸己。因號體齋。刺取經史及語錄與人之篤行誼關風化者。為有用錄百餘卷。其仁居家有法。每朔望聚子弟。訓以先正格言。見孤寡必恤之。濬。其仁以明經貢於鄉。龍江曰都皆諸生。甯都魏禧曰。曰都毅而不介。其仁和而有守。京龍光坦中而好義。熙虛己而摯。此五君子者。性情行己不同。而孝友於家。廉於財。不苟且於言行。學古賢者之學。而歉然以為弗及則無弗同也。程山門人尚有傅與李萼林邵潛明。亦篤學力行。不愧宗派。

怡賢親王總理水利營田時。與大學士朱文端公稟奏營田事例四條。一自營己田者。照須畝多寡。予九品以上五品以下頂帶。一効力者。酌量工程難易。須畝多寡。分別錄用。一降革人員効力者。準開復。一流徒以下人犯効力。準減等。從之。惜全功未竟。當世大政。莫亟於是。

國家故事。大考翰詹。惟一等及二等前數名得遷擢。稍後或被文綺之　賜。中贊以上列三等末。鐫改官降黜。編檢奪俸。至四等則無不降斥者。乾隆戊辰大考。諸城竇總憲光鼐時官編修。名列四等。上夙知公。特遷為右中允。異典也。公古文學昌黎。時文夭矯。成一家言。居官亦硬直清介。為時名臣。甚矣。高宗皇帝之知人也。

李文貞公光地督學順天時。聞母喪。　諭令在任守制。經御史沈愷曾楊敬儒交章論劾。給事中彭鵬。以十不可留爭之。世以文貞理學名儒。宜痛哭力辭。不應僅請給假九月。既有訛傳文貞自請奪情者。康祺按奪情實出　上意。惟考文貞丁父憂時。以與平閩亂功。　詔授學士。令其服滿赴京。公疏言在制未終。身猶凶人。不敢服命服以拜　朝命。夫在籍趨遵。並未強之視事。所謂服命服者。不過謝恩之一時。公猶以為不可。豈現任學政。可衰麻臨事耶。感激　殊恩。亟於報效。功名之際。如公猶不

克自持。危矣哉。

世祖時。詔天下選諸生文行兼優者。與鄉試副榜貢生。咸入國子監肄業。康熙元年給事中晏楚淵奏停鄉試副榜。而優生亦久不復舉。自徐元文為國子祭酒。始疏請學政間歲一舉優生。鄉試仍取副榜。俾辟雍多經明行修之士。時康熙九年也。至今著為令。

張文貞公子逸少。由庶吉士改知縣。遷泰州知州。因公奏請　旨授翰林院編修。文貞卒。　特陞逸少為侍講學士。以文貞僅一子也。

康熙間。無錫知縣吳興祚。以漕督帥顏保保薦。　特擢福建臬司。

國初以知縣俸滿行取。即得考選科道。康熙四十一年。御史黃秉中疏言科道官由滿洲漢軍陞補者。大抵積俸二十餘年。漢人一為知縣三年。即選科道。殊覺太驟。請嗣後行取知縣。先以六部主事用。俟練習有年。始許考選。下九卿議行。

俄羅斯人來邊境者。國初呼為羅刹。康熙二十四年。踞雅克薩城。　上命副都統公彭春往討。師薄雅克薩。遣人以書諭降。不從。軍其城南。集戰船於城東。城下三面積柴為焚城狀。城中大驚。其酋額里克舍。窮蹙乞降。乃宣　恩諭宥其罪。額里克舍

引六百餘人稍領詖即徙去時彭春奏陸行自興安嶺以往林木叢雜途徑窄隘冬
雪之時沙結氷堅夏雨泥深淤阻惟輕裝可行水程自雅克薩逆至愛琿城於黑龍
江順流行舟僅須半月兩岸可縴挽若逆流行舟須三月較陸倍期而於運糧礮爲
便時寄非木城於黑龍江呼瑪爾調兵千五百往駐造舟運礮又選福建投誠善用
藤牌兵四百人助勦當此奉山壓卵北海澆熒鑑茲島夷一鼓可下且使攜旅降人
命爲鄉導即犁庭掃穴何難而我　聖祖猶宣諭諸將謂中國兵馬精強器械堅利
羅剎勢不能敵歸誠時勿殺一人俾還故土　祖宗朝義征仁育懷柔遠蕃至此他
日出使虜廷者稱述舊典或猶足壯我威使威動異類也詳見　國史彭春傳時務
所關特錄於此

陽湖孫淵如先生星衍洪稚存先生亮吉丱角訂交並負才望世稱孫洪乾隆丁未
庚戌兩科皆以一甲進士授編修（孫丁未科第二洪庚戌科第二）孫散館廣志賦用史記鯛鰅如畏
語和珅指爲別字抑置二等蓋和方當國朝官多趨走其門先生獨不往來和銜之
故有是舉顧舊例鼎甲散部可奏請留館即改官亦可得員外郎時和掌院事欲先
生面謁先生卒不往毅然曰　天子命何官不可爲某男子不受人惠也卒以主事

分刑部出爲兗沂曹濟道權臬事告歸洪留館後一視黔學以言事謫戍伊犁踰年
特詔放還夫際乾嘉全盛之時卓卓如兩先生者幸捷巍科猶不能久於館職豈
天上玉堂果不許文人刷足與然而兩先生文章經術衣被士林其出而服官一則
力避權門一則昌言　主德清操亮節體用兼賅彼拾許鄭唾餘竊班揚貌似通儒
自命氣節靡然者豈能望其肩背哉

方恪敏公觀承子襄勤公維甸兩世爲尚書直隸總督皆有名績恪敏五十未有子
撫浙時使人於江甯買一女子公女兄弟送至杭州將筵日納室中矣公至女兄弟
所見詩冊有故友名詢之知此女攜其祖父作也公曰吾少時與此君聯詩社安得
納其孫女乎還其家助資嫁之公年六十一矣吳太夫人旋生子即襄勤也

桐城張晴嵐鏡蓉壽雪兄弟皆曾官閣學壽雪有記　恩詩

秘閣懸書以每年三月六日自康熙壬寅始也

嘉慶己未考試教習凡分教宗學者多入翰林如劉榜眼彬士鄒探花家燮杜編修
堮史編修譜楊編修懌曾是也杜楊諸公後皆至顯秩在當時已有五鳳齊飛之目

郎潛紀聞卷二終

郎潛紀聞卷三

鄞陳康祺著

翁文端公年二十四時猶一貧諸生也其祀竈詩有云微祿但能邀主簿濁醪何惜
請比鄰士當困阨無聊易作短氣語當公爲此詩豈自料兩朝宰相再世　帝師三
子公卿四世翰苑功名福澤爲　本朝希有人物哉

國朝承前明舊例順天鄉試正考官多以前一科一甲一名充之康熙初年猶若定
制如壬子則以庚戌狀元蔡啟僔主考乙卯則以癸丑狀元韓菼主考丁巳則以丙
辰狀元彭定求主考辛酉則又以己未狀元歸允肅主考一時奔走聲氣者迷先期
輻湊於其門場屋中多倖進者自歸宮詹入闈撰文自誓關節不通榜發下第者譁
然冀興大獄時魏敏果公象樞爲大司寇以朝端碩望步行隨一僕攜紅褐墊至宮
詹所居宅外行四拜禮曰我爲　國家慶得人也復賦詩紀事偏示朝列外議始息
（朱竹垞檢討典江南試因被累亦朗服進門而非潘檢討曰非作君也是朝他之降人也）然自後北闈試事不復令新殿撰持衡
遂改三百餘年之舊制矣

歸宮詹立朝清謹通籍後年遷歲擢皆由　特簡時湯文正公擢外臺講官缺人掌
院以宮詹短視不聞列　聖祖於袖中出片紙示諸大臣曰此人何如朕以爲繼湯
斌後無適此者諸大臣俱拜慶謂得人

歸宮詹入闈誓神文略云某等素著清貧謬叨榮遇期爲朝廷遴選真材不爲身家營
謀私寵期諸同事各矢此心儻或爲利營私徇情欺　主明正國法幽服冥誅甘受
妻孥戮辱之慘必胥子孫滅絕之報按朱竹垞檢討典試江南渡江告江神文曰如
其寸衷有昧徇人賄託廢棄真才神靈有知允當罰殛又入貢院誓神文曰如或心
存曖昧遏抑真才徇一人之情面受一言之賄託通一字之關節神奪其算鬼褫其
魄五刑備其體三木囊其頭刀斧分其尸烏鳶攫其肉云云前輩鉅公衡才公正如
此

鉛山蔣清容太史自以弱冠受金檜門尚書德瑛之知才譽大起乾隆丁丑通籍再
出尚書門下終身感激知遇言必稱師晚年命工畫像歲修春蘭秋菊之薦命子孫
世世祀於書室尚書嘗云平生知己三人句山香樹蘀石而已太史偶至其家展拜
遺像見句山太僕蘀石侍郎皆有題句而香樹獨闕遂渡重江謁錢太傅於里第索
題幀上歸之尚書後人太史敦尚風義氣節嶙峋此其一端也

陶文毅公丰裁峻整。好議論人物。惟恐不盡。雖 廷對亦然。開藩皖中。循例覲 聖。論某官溺職狀。至於聲色俱厲。髯輒翕張。 宣宗疑之。密諭孫文靖公爾準。察其爲人。時文靖方撫安徽也。文靖密疏薦引。 硃批曰。卿不可爲其所愚。復具疏條列善政。力保其無他。文毅遂獲大用。按故湖北巡撫胡文忠公。爲文毅女婿。令伯相湘陰左公。故陝撫劉中丞蓉。皆文毅幕僚。三公皆由文毅識拔。聲望大起。然則文毅一言。顧不與九鼎鈞重歟。

陶文毅公官閩臬時。適明儒漳浦黄忠端公墓地。爲豪家侵佔。子孫力弱。訟不勝。一夕天大雷雨。徧山上下皆墳起成黄山字。無慮數千萬。豪大驚。叩首還其券。文毅有詩紀之。見泰雲堂詩集。督閩後。遂以漳浦之理學忠貞。奏請崇祀 孔廟。得 旨俞允。是舉也固由 聖主名臣表揚潛德。而忠端靈爽。至於三百年後。猶足以感天地而動風雨。神矣哉。

金壇蔣徵士衡。康熙間以善書稱。碑版照耀四裔。五十六歲時。矢志書十三經。凡八十餘萬言。閱十二年訖事。南河河道總督高文定公斌。特疏上呈 御覽。奉 旨鐫石留太學。以墨刻頒行天下。並授衡國子監學正。當衡寫經時。以恩貢選英山教諭。又舉博學鴻詞。皆力辭不赴。山林宿學。一藝專精。終遇 睿賞。士生 聖朝。牢落不偶者。宜自奮已。衡爲虎臣修撰超從子。字湘帆。晚年自號江南拙老人。工詩古文。其書法論一篇。尤爲講楷法者所宗尚。

乾隆朝士屢於 上前稱彭文勤博學彊記。 上思有以難之。值乙未會試。 欽命詩題爲燈右觀書四字。諸總裁覆 命日。叩請出處。時文勤適侍班。 上目視文勤。文勤叩首曰。臣學問荒陋。亦不知詩題何出。 上笑曰。是夕朕偶於燈右觀書耳。文勤趨出。 上顧侍臣曰。今日難倒彭元瑞。按此科是科文勤爲總裁非也

蘇州滄浪亭。爲宋蘇子美別墅。南宋則韓蘄王居之。巖石玲瓏。水木清美。遂爲城中名勝之冠。道光戊子。陶文毅公撫吳。重修。舉吳中前賢暨自古名流之宦游流寓於斯土者。繪像合祀五百名賢祠。像成之日。招一時賢士大夫退居林下者。稱五老會。亦繪像賦詩以張之。五老者。内閣中書潘奕雋。年八十八。掌山東道監察御史吴雲。年八十一。山東按察使石韞玉。年七十二。刑部尚書韓崶。年七十一。江蘇巡撫陶澍。年五十。公年最少。蓋以耆英會中司馬温公自況也。兵燹後。壽藤古木。斬刈無存。而樓閣丹青。池荷石筍。一經葺治。猶是承平舊觀。余道出吳門時。一過之。

康熙己未會試。長洲宋文恪公充總裁。官海寧陳文簡相國。其女婿也。時方爲孝廉。以避嫌不與試。按時迴避例尚寬翁婿嫌尚無迴避之明文三月九日。禮部奏迴避事。 聖祖問至文簡名。指詢廷臣。咸以宋某係陳婿對。 上曰。翁婿何迴避之有。可趣令入試。時日己亭午。闈中將放飯矣。奉 旨特送舉人陳元龍一名入場。然卒以避嫌屏斥。至乙丑。文簡始及第。其遭遇實在未達時也。

羅侍郎文俊。素短視。尋丈外即茫無所覩。 宣宗嘗於召見時。笑問卿見朕否。公叩首曰。天威不違顏咫尺。時服其奏對之敏。

船山先生世多以詩人目之。官諫垣時。連上三疏。一劾六部九卿。一劾外省各督撫。一劾河漕鹽政。嘗畫一鷹贈人。自題云。奇鷹猝然來。攫身在高樹。風動乍低頭。此思擊何處。風采如此。詩人也歟哉。按船山詩翁才豪氣仍是袁趙蔣格律風骨均未入古雅久席盛名未敢附和

京師金臺書院。在崇文門外金魚池上。 國初名首善義學。乾隆中始稱書院。然非前明首善書院也。明首善書院爲鄒南皋馮少墟二先生講學之所。在大時雍坊宣武門内。天主堂即其故址。今金臺書院。適奉鄒馮二木主。一時肄業諸生。遂懵然莫識其由來已。

國朝乾隆已前。凡新進士用館職。例擇年少者十數人學習 國書。庶常館課及次科散館。皆以清書第甲乙。翁學士方綱散館時。 上以繙譯陶潛桃花源記命題。是日午刻。學士已脫稿。適聞 駕出。 上步自西階。至其跪所。取卷閲之。問姓名。至再。諭曰。牙拉賽音。漢語甚好也。次日 御定一等一名。嗣是纂修祕籍。掌握文衡。靡役不與。遂蔚然爲北學領袖矣。其受 知遇實始此。

乾隆丙戌夏。 命翰林工楷書者。梁國治。秦大士。梁同書。莊培因等。繕錄昭明文選。又 命朱珪。戈濤。盧文弨。翁方綱等。校對於翰林院後堂東實善亭。内發出宋版文選一部。紙墨精好。古香襲人。每册有前賢手題墨蹟。第一册前有 御筆題云。此書在天祿琳琅中。亦不可多得。

乾隆已前。凡 御試閲列試差諸臣。皆發出等第名次。惟乾隆四十二年丁酉三月。考試差。單不發出。越二年己亥。又改如前例。此後始密定名次。不復揭曉矣。亦 國朝掌故之一。今日駕軺車而出者。什九茫如矣。

新進士釋褐於國子監。祭酒司業皆坐彝倫堂。行拜謁簪花禮。故事三鼎甲皆簪金花。外有備用一枝。爲總理監事所攜歸。乾隆辛丑。長洲錢棨適占三頭。於是總理監

事者。為漳浦蔡文勤公。新司業則翁覃谿學士方綱也。文勤戲謂今科狀元是翁公
上年所得士。此花應歸翁公。學士因攜歸情藏之。鐫銘其上。並撰三元考三元喜讌
詩四律。京師士大夫及四方詩人和者數百家。鋟梓為三元詩集。
順天鄉試考官。凡籍隸畿輔者。例不開列。乾隆癸卯。覃谿學士。以洗馬奉　命充副
考官。尤為異數。洗馬亦例不充順天主考嗣後紀文達公亦曾主京兆闈。
嘉慶十九年甲戌。　上以戶部尚書潘世恩。今科會試有重赴瓊林宴者乎。世恩對
有壬申進士翁方綱。壬申令無正科。現在禮部奏請於甲戌補重宴。　上頷之。二月
十八日禮部奉　旨。翁方綱賜四品銜。重預恩榮宴。
乾隆癸巳。開四庫館。即於翰林院署藏書分三處。凡內府秘書發出到院。為一處。院
中舊藏永樂大典。內有摘抄成卷。彙編成部之書。為一處。各省采進民間藏書。為一
處。分員校勘。每日清晨。諸臣入院。設大廚供給茶飯。午後歸寓。各以所校閱某書應
攷某典。詳列書目。至琉璃廠書肆訪查之。是時江浙書賈。亦奔湊輦下。郵書海內。遍
徵善本。書坊以五柳居文粹堂為最。右見偶初齋詩注余在京時五柳文粹已歇業肆中舊書佔多者惟寶名齋賓森堂二家
黃秋盦易。得漢石經尚書論語三段。翁覃谿借摹於石。因用洪文惠摹石經於越州

蓬萊閣事。自題匾曰小蓬萊閣。
四庫校勘諸臣講金石之學者。朱竹君筠。錢辛楣大昕。張瘦同塤。陳竹厂以綱。孔撝
約廣森。後又繼以桂未谷馥。黃秋盦易。趙晉齋魏。陳無軒焯。丁小疋杰。沈匏尊心醇。
而惟錢辛楣。石程魚門。姚姬傳。翁覃谿。嚴冬友五君。先後從事最久。遂開乾隆已後諸
儒以金石之學。印證經史一派。
乾隆壬子。江南闈中主司。夢人送香櫞四枚。是科果得兩狀元。一會狀。櫞元同音。適
符其瑞。見潘文恭思補齋筆記。文恭即四元之一也。
康熙間。太學生周清原。頗負詩名。益都相國。見其雍試諸作。目為奇才。太學白丁香
詩有云。月明有水皆為影。風靜無塵別進香。傳誦都下。上達　宸聽。比官翰林召見
時。　上猶誦此一聯獎之。見國子監志。按益都贈周詩。有飛花定見名韓君之句。僅
果以詩名上聞。可謂佳讖。
康熙某年。　詔宣青浦沈文恪公荃入　內廷。賦詩稱　旨。賞貂裘一襲。沈繪殿廷
奏筆閣門賜貂二圖。以紀榮遇。
每科臚唱後。新進士齊赴國子監釋褐。與禮竣。大司成置酒堂東偏。各獻酬三爵。以堂

中為　御駕臨幸地。故避就東偏也。
暇書亭集有　恩賜禁中騎馬詩。是康熙朝編檢入直。亦竟有　朝馬之賞也。
乾隆五十一年丙午二月六日。　上御經筵。侍臣講論語。仁者安仁。知者利仁。尚書
正德利用厚生惟和。　御論以安仁利仁。朱子引而未發。雙峯饒氏謂與仁一。故曰
其仁。與仁猶二。故曰於仁。亦既發之矣。然尚不於顏淵子貢觀之乎。顏淵安仁。子貢
利仁。簞食瓢飲。回不改其樂。是安仁也。賜不受命。而貨殖焉。是利仁也。賜不受命。
非富貴貧賤之命。蓋天命之謂性。率性之謂道。率性即安仁。不受命即未能安仁也。
貨殖者凡有利於仁。如貨殖之生財耳。是日筵宴。特命奏抑戒之詩。諸臣隨侍者分
東西班。大學士阿桂嵇璜已下。凡三十八人。
康熙十七年。　上御懋勤殿。召郎中王士禎賦詩。　賜讌。特授翰林侍讀。遂　諭中
外臣僚各舉所知。
康熙間。查初白學士聲山宮詹。均在詞館。有文望。人皆呼為查翰林。初白從　聖祖
駕幸南海捕魚賦詩先成。有臣本煙波一釣徒之句。翼日內侍傳　旨呼為煙波釣
徒。查翰林可與春城無處不飛花韓翃。桃杏嫁東風張郎中。並傳矣。

京師廣安門內慈仁寺。乃古雙松寺遺址。前明改建者也。其廂廡勝果妙因風。乾隆
丙午夏傾霎。奉　敕以指繪岡中諸佛及羅漢像。最小者猶與人相等。凡三楹岡
之廣袂。稱是洵奇觀也。
咸豐三年二月上丁。　上親詣太學行釋菜禮。越六日癸未。　臨雍講學。　玉音朗
朗。講中庸致中和一節。尚書皇天無親四句。自王公大臣以及有司百執事。自先聖
先賢之裔。以至太學諸生。環集橋門璧水之間者以萬計。是日　特命惇郡王致祭
於贈太師大學士杜文正之靈。蓋重淵源懷耆舊也。
杜相國侍學　龍樓一十七載。咸豐壬子薨於位。　上眷念舊學。飾終典禮。極優渥。
贈太師。謚文正。皆出　特旨。時公之侍郎堮猶存。頒內府珍藥。遣官存問。公子
翻翰。皆由翰林晉階坊局。與機之日。　車駕親臨。灑淚莫醊。　君臣一德。生榮死哀。
雖古綠圖甘盤。讓此遭逢之殊異也。
嘉道以後。　殿廷考試。尤重字體。道光庚戌。吾浙俞蔭甫太史樾成進士。素不工小
楷。覆試竟冠多士。人咸詫焉。後知由曾文正公。蓋公方以小宗伯充閱卷官。得俞文
極賞之。且因詩首句云花落春仍在。謂與小宋將飛更作迴風舞。已落猶存半面妝

無異他日所至未可量也。遂第一進呈。後命典學河南。以人言罷職。同治四年。寓書於公。述及前事。且曰。由今思之。蓬山作到。風引仍迴。洵符落花之讖矣。然窮愁著述。已及百卷。儻有一字流傳。或亦可云春在乎。因自顔所居曰春在堂。康祺按。庚戌至今垂三十年。是榜人物。內載六官。外膺封疆者。不闕大著聲績。太史則鑽研經史。譔著裒然。播苑一時。優劣千古。相士若文正公。洵風塵巨眼矣。

康熙朝。彭中丞鵬。號天下清官第一。錢唐馮山公至撰恨不見彭公敘略曰。戊寅十月。予客天水方伯幕。古愚彭公來。客皆往覩。予方浴。觀無及。悵望累日。自景願見公垂二十年。甲寅閩變。賊欲汚公。公罵之。賊怒。擊齒盡落。吾以公爲罵賊斷舌顔杲卿。後宰三河。仁而廉。日餐齏粥。有時絕糧。吾以公爲塵甑范萊蕪。御前放鷹者至縣。使來索餽。牽公鞭之。吾以公爲強項令董宣。入爲給事中。劾考官不公。至請斧劈臣頭。懸太學以謝士。吾以公爲折檻朱雲。埋輪張綱。及出監河工。秋濤齧隄。公止宿其上。誓身同去留。吾以公爲河溢瓠子。請以身塡金隄如王尊。按察貴州。主僕行李裁二肩。吾以爲一琴一鶴趙閱道。凡此六七公。有一於今。必爭先快覩。況忠清正直全備乎一身者哉。思之二十年。一朝失之。是吾命之不辰。而抱恨無窮期已云云。予讀是文。覺彭公之直節清聲。固令人有生不同時之慨。而山公之風趣。亦藉可想見矣。山公名景。初游京師。主兵部侍郎項景襄。時有司亟營建。求大木不得。有詬易太學彝倫堂梁楣者。景投書魏敏果公。事竟獲止。又嘗以開濬河議上漕督徐旭齡。陳淮安水患於尚書湯文正公。最後爲工部侍郎金鼐客。上方命部院大臣甄別屬吏。諸臣仰承風旨。五部皆有斥者。景獨引五部自有。平原自無。事以風衆。衆善之。遂一無所劾。景文學少與閻百詩齊名。晚交湯右曾查昇。相國索額圖嘗欲見之。堅不肯詣。眞奇士也。

康熙二十九年。諭九卿察舉廉吏。平湖令陸隴其。三河令彭鵬。清苑令邵嗣堯。麻城令趙蒼璧。同被引 見。擢錄憲府。四人者果皆耿直廉幹。聲實俱美。 聖祖之知人則哲。用賢勿貳如此。

陸清獻公令平湖時。值巡撫慕天顔生辰。衆皆獻納珍物。惟恐不豐。清獻獨於袖中出布一疋。履二雙。曰。此非取諸民者。爲公壽。天顔笑卻之。卒以微罪劾罷其任。

國初莆田余懷。流寓金陵。文詞悽麗。撰板橋雜記三卷。感均頑豔。與杜濬白仲調齊名。時號余杜白。卒後。長洲尤侗弔之曰。贏得人呼魚肚白。夜臺同哭黨人碑。魚肚白。金陵市語。始名也。

亭林先生嘗曰。北方之人。飽食終日。無所用心。南方之人。羣居終日。言不及義。好行小慧。其甥東海學士延之夜飲。怒曰。古人飲酒。卜晝不卜夜。世間惟淫奔納賄二者夜行。豈有君子而夜行者乎。其峻厲若此。

亭林先生自少至老。手不釋書。出門則以一騾二馬捆書自隨。遇邊塞亭障。呼老兵詣道邊酒鑪。對坐痛飲。咨其風土。考其區域。若與平生所聞不合。發書詳正。必無所疑乃已。馬上無事。輒據鞍默誦諸經注疏。遇故友若不相識。或頓隆崖谷。亦無悔也。精勤至此。宜所詣淵涵博大。莫與抗衡歟。

國初諸儒。稱梅文鼎歷算全書。顧祖禹讀史方輿紀要。李清南北史合鈔。爲三大奇書。康祺按。李氏之南北史鈔。與後之沈炳震新舊唐書合鈔。皆博贍過人。而疏略不免。尚不及彭元瑞劉鳳誥合注新五代史體例之善。以擬梅顧二書。經天緯地。專門名家。更瞠乎後已。

崑山徐尚書養疴洞庭。書局自隨。其聘修一統志者。無錫顧祖禹景范。常熟黃儀子鴻。山陽閻若璩百詩。德清胡渭朏明也。一堂賓從之賢。皆九等人表之最。官書如此愼重。豈復私家著述所能比肩。

康熙乙酉五月。 駕幸西苑。時開列試差各員。適赴 行在候 御試。直廬諸詞臣同奏。臣等蒙 恩點派扈從。不願作主考官。求免試。得 旨。汝等所見極是。向來主考難得好聲名。汝等既不願出差。今年各省鄉試。俱不必開列。傳與掌院知道。見查愼行乙酉日記。康祺按。今翰林官僕僕 內廷。辛苦三年。專盼秋風一度。其營營得失。較踏省覓舉者爲尤勞。讀查氏日記。見當日詞臣之淡泊清高。覺金馬玉堂。眞在天上。

康熙二十年。方洗馬象瑛。王吏部材任。典蜀試。時川中兵革方定。輶車所屆。滿目荊榛。方王二君殫心甄拔。惟恐偶屈一士。得士四十二人。每折卷。當事輒額手稱慶。當未撤棘時。學使者馮雲驌。籍三川名雋三十人。驗其得失。榜發售者二十有五。副車三。所未見者二人耳。蜀人相傳。以爲佳話。乾隆壬午。吳修撰鴻督學湖南。是科主試者。爲嘉定錢詹事大昕。韓城王文端公杰。場後。諸生各以闈藝呈吳。吳最賞者五人。丁甡。丁正心。張德安。石鴻翥。陳聖清也。曰。此五卷不售。吾此後不復論文矣。揭曉日。招客具飲。使人走探。俄抄榜來。自六名至末。只陳聖清一人。吳旁皇莫釋。未幾五魁

報至則四生已各冠其軍如聯珠然大喜過望首唱一詩以誌其盛和者三十餘人二事極相類合記之為今督學典試者勸

康熙五十四年以宋范仲淹從祀 文廟（從祀江南學臣全正健請也）雍正二年詔以林放縣亶牧皮樂正克萬章蘧瑗秦冉公都子公孫丑從祀兩廡先賢鄭康成范甯陳淳何基趙復金履祥陳澔羅欽順陸隴其諸葛亮尹焞黃榦魏了翁王柏許謙蔡清從祀兩廡先儒張迪從祀崇聖祠乾隆二年詔以吳澄從祀先儒道光二年詔劉宗周三年湯斌五年黃道周六年陸贄呂坤八年孫奇逢二十三年文天祥二十九年謝良佐從祀先儒咸豐三年詔公明儀七年公孫僑從祀先賢元年詔李綱二年韓琦九年陸秀夫十年曹端從祀先儒七年詔孟皮從祀崇聖祠同治二年詔毛亨方孝孺呂柟七年袁燮從祀先儒

康熙五十四年 詔命廷臣甄別各省學臣衆議以湖廣學政李周望為第一遂由侍講擢國子監祭酒

猗氏鄒嗣堯起家縣令循聲介節與吾浙陸清獻齊名歷知山東臨淄直隸柏鄉清苑皆有善政後由御史督學江南鯁直公廉勢要斂迹甫試三郡即卒大江南北至今祠祀勿衰

山左汪灝以侍讀督學山右屏絕竿牘廉節著聞 聖祖仁皇帝西巡俯察通言採及清望 溫旨褒獎特命超五階為內閣學士兼禮部侍郎復調陝西學政旋 命巡撫河南卒際 聖明直道之獲伸如此廉吏之可為如此

國初直省學政沿前明舊習多徇干謁行苞苴 聖祖深嫉之時大僚中清譽久著者莫如浙撫張文端公鵬翮而各行省中積弊最深者莫如江南遂 特簡公視江南學公信心直行矢慎矢公終其任無一倖進者聲華之士偶得京函踧踖逡巡不投而去公去後多士思之不置每言及輒欷歔流涕如公可謂不負委任矣

康熙三十九年七月內閣奉 上諭各省學道原不差遣翰林官員嗣後各省學道宜將翰林官員一併差遣爾等與翰林院會議具奏時韓文懿公菼方掌院事議上畧云翰林官朝夕講習文章樹立品誼猶不足以補報萬一今奉學道一併差遣之旨此固不次之鴻恩然諸臣中有志有守者固不乏人儻有一之未稱不特一己之面目所關深恐負我 皇上格外擢用之意臣愚不敢輕議差遣讀此知學政一差本非翰林所應預 仁皇帝特破格參用之今每屆更換學政之期偶有一二他銜

門人員翰林官多以為非分風氣之變遷如此殊可詫也

康熙朝初開大科一時名士率皆懷刺跨馬日夜詣司枋者之門乞聲譽以進德州田山薑侍郎方以工部郎中薦為辟屏居蕭寺不見一客比督學江南拜以肩輿從兩騾載衣裳一箱五經子史兩方底蒼頭奴二人踽踽行道上戒有司勿置郵傳給供張自市疏菜十把脫粟三斗不為酒醪佳設惟日矻矻以文章為事凡惠周惕紅豆山莊集

常熟陳亦韓先生祖范雍正癸卯捷南宮未及臚唱以足疾告歸疾愈終不出嘗曰自問無用世才儻 殿試蒙拔擢虛縻廩祿於義不可若遽乞歸自處則高矣但人人如此公家之事誰任令量能度分如此知止猶不失出處之道云云歸里後著書設教垂三十年大臣以經學薦 特旨賞國子監司業銜先生天爵自重原非借此鳴高而望實交孚不必終聽其湮沒營營者可以悟已

吳門石琢堂殿撰韞玉以文章伏一世其律身清謹實不愧道學中人未達時凡淫詞小說一切得罪名教之書輒拉雜摧燒之家置一紙庫名曰孽海收燬幾萬卷一日閱四朝聞見錄中有劾朱文公疏誣詆極醜穢忽拍案大怒亟脫婦臂上金跳脫質錢五十千徧搜東南坊肆得三百四十餘部盡付諸一炬可謂嚴於衛道矣是年南闈發解庚戌魁多士夫因果之說儒者不道然以一窮諸生毅然以闢邪說扶名教自任其胸襟氣節豈復第二流人物所有

湘潭劉侍御元燮在詞館有儁望在諫院有直聲授蒼梧道辭不赴謫廣西佐貳泊然束裝振奇人也

康熙二十二年 西巡五臺臺麓寺行宮之北突出一虎 聖祖親挽弧矢一發殪之土人名其地曰射虎川

泰興吳和甫少宰存義直南書房時 文宗偶臨幸見其貂褂黯敝 笑詢之叩首對曰臣自授編修至今已二十年矣 上太息次日即賞黑貂之 賜後少宰督滇學還奉 命兼署順天府丞 召對時諭之曰朕聞順天府丞每逢考試賣卷可得千金卿償汝在滇之清苦少宰視學吾浙每述及 先皇厚恩未嘗不潸然淚下也

咸豐間張文毅公芾視學江右孫文節公銘恩視學皖江皆奉 旨辦賊張請終制孫請歸省皆忤 上意鐫級時方以為書生膽怯也後孫旋殉難張歸籍遇逆回之變罵賊不屈蓋當時局糜爛兵事掣肘殺身無補忠孝宜完留其身以有待亦儒臣

進退之義。曾被嚴詆。終全大節。非特誤國偷生之輩。不足供其奴隸。即倉猝遇寇。楔
栁捐生。幸全忠義之林者。亦豈足比擬百一哉。

蘇州虎邱有錢補履墓。其人名近仁。以補履為業。嗜讀書。通知古今事。吳中士大夫
稱為補履先生。汪稼門廉使樹墓碣以表之。見吳江周鶴立鮑蕘庵詩注。

郎潛紀聞卷三終

郎潛紀聞卷四

清 鄞 陳康祺著

江蘇滿署聽事縣一額云。報朝廷某事。榮父母某事。寬百姓幾分。受子孫幾分。蓋順治間商邱宋文康公撫畿輔時。嘗以四語自警。而哲孫牧仲中丞開藩吳下。即用以訓誡僚屬者也。額為中丞手書。歷亂後尚無恙。

粵賊初起。首陷平樂府城。時林文忠公已由西域 賜環。 文宗特詔起之田間。公方臥疾。聞 命束裝。星夜兼程。宿痾益劇。公子編修汝舟隨侍。勸以節勞。文忠公慨然曰。二萬里冰天雪窖。隻身荷戈。未嘗言苦。此時反憚勞乎。口占一聯云。苟利國家生死以。敢因患難避趨之。乃舁疾亟行。憂國焦勞。馳驅遘疾。遂卒於廣寧行館。初賊震公威名。咸膽裂思解散。猝聞流逝。毒燄益張。公臨歿大呼星斗南。吳解所謂噫武鄉侯出師未捷。宗忠簡三呼渡河。千古貞臣。同此遺憾耳。

時又有張武壯公必祿者。本蜀名將。三省教匪之亂。公方在巴州營中。手舞大刀。單騎入陣。所向如撥蟲掃葉。昭勇楊侯深賞之。由偏裨擢至專閫。戰功最多。是年亦奉旨馳廣西軍營。甫至潯州。亦以積勞病歿。名臣宿將。先後騎箕。而醉夢白面之徒相繼任封疆而持節鉞。殆劫運將臨。非人力所能挽救歟。

靈石何太史思鈞。乾隆乙未進士。改庶吉士。旋充四庫全書館分校。時總裁請添派總校四員。以君居首。明年散館。改部主事。因總校故。仍留庶常。又明年議敘授職檢討。亦詞林中一故實也。相傳太史篤古勵書。校讐極精審。自膺總校後。心力日瘁。卒以疾辭職。長子元烺。次子道生。同入制科。並有文譽。今靈石之何。尚有拔上第官清班者。蓋遺澤長矣。

康熙間浦江鄭侍讀江。官庶吉士時。高安相國薦校順天鄉試。從以校閱公明。議敘授檢討。亦詞林一故事。

蘇州府志雜記引頫丹五筆記云。乾隆辛未 南巡。有湖南老人湯雲程來接 駕。年一百四十歲。 皇上先賜匾額云。花甲重周。又賜云古稀再慶。其孫曾隨者皆白髮飄蕭之翁也。

崑山葉文敏公方靄。順治己亥。以第三人及第。辛丑逋賦獄起。士紳同日除名者萬有餘人。葉適欠折銀一釐。亦被左遷。因具疏云。所欠一釐。準今制錢一文也。時有探花不值一文錢之誚。見柳南隨筆。 國初慎重度支。吏議之嚴若此。今包攬侵吞習

為慣技，維正之供，至欲藉勢力以取巧，是化外也，繩以嚴刑，豈得為過。

咸豐十一年八月初一日，令山西巡撫威毅伯曾公國荃克復安慶，欽天監奏是日四星聯珠，日月合璧。見曾文正公集沅圃弟四十一初度詩注。按文正公兄弟收湖湘之猛士，膺魯衛之崇封，東征十載，直搗金陵，剿除僭號鉅寇，其光復王土，由尺寸以基至千百里，實賴同安一郡為中興戡定之基，固宜城下之日，三光現瑞，百神效靈，中外懽欣，焯然知為天之所祐也。

洞庭東山碧螺峰石壁，歲產野茶數株，土人稱曰嚇殺人香。嚇殺人三字，見柳南隨筆。康熙己卯，車駕幸太湖，撫臣宋犖購此茶以進。上以其名不雅，馴題之曰碧螺春。自是地方有司，歲必採辦進奉矣。

蘇州治平寺有二十二房，寰僧饒裕，造密室藏婦女，恣意淫縱。乾隆二十四年，巡撫陳文恭公宏謀廉得其實，密掩捕之，搜獲婦女四人，並衣飾奩具無算。公派員譏鞫，二十二房內犯姦者一十四房，淫僧一十六名，並供出被姦婦女二十五人。奏聞，械淫僧解京治罪。刑部請杖斃，奉 旨發黑龍江，給披甲人為奴。令蘇州道觀僧寮檀施極盛，化日之下，當無有幽房曲室，漁色藏奸，然有風化之責者，仍不可不以文恭之心為心，隱微必察，懲創必嚴也。

元明之世，育嬰堂尚未通行。自 國家忠厚開基，發粟振饑，歲不絕書，獨鰥寡各得其所。 世祖皇帝講筵觸發，特嚴溺女之禁，海內始知育嬰為善舉，然在官尚無常餼也。仰維 孝莊皇后首頒祿米，滿漢諸臣以次輸助，不數年由京師以達郡縣，育嬰之堂徧天下矣。康祺按周禮大司徒以保息六養萬民，一曰慈幼。鄭康成注與之母，與之餼。王制幼而無父者有常餼。月令仲冬養幼少，存諸孤。三代以上，必無無故棄嬰之舉可知也。厥後唐元和間，詔嬰兒無親屬及有子不能養者，廩給之。宋高祐間，詔給官田五百畝，號慈幼局，法猶近古。然後世疆域日廣，生齒日繁，饑饉流離，委棄載道，朝廷發帑活人，勢難徧給，蓋若我 聖朝誠求保赤，大德曰生，叔自 宮闈，傳諸陬澨，及人之幼，固民所利，休養生息，尤為可大可久之規模也。

東吳惠氏紅豆書莊，在蘇城東南冷香溪之北，先是東禪寺有紅豆樹，相傳白鶴禪師所植，老而枯，復萌新枝，周惕移一枝植階前，生意郁然，因自號紅豆主人，僧目存為繪紅豆新居圖，主人自題五絕句，又賦紅豆詞十首，屬和者二百餘家，過其門必停舟瞻賞，傳至子孫，數十年來，鐵幹霜皮，遂有參天之勢矣。惠氏三世研經，蔚然為東南耆碩，餘事作詩，復風流照曜如此，洵令人追慕不置也。

崑山徐健庵先生宋元經解之刻，實足津逮來學，肇起熙朝樸學。其私家藏書曰傳是樓，向不得其解。後閱汪鈍翁傳是樓記云：先生召諸子登樓而詔之曰：吾何以傳女曹哉？嘗慨為人父祖者，每欲傳其土田貨財，而子孫未必能世富也；欲傳其金玉珍玩、鼎彝尊斝之物，而又未必能世寶也；欲傳其園池臺榭、歌舞輿馬之具，而又未必能世享娛樂也。吾方鑒此，則吾何以傳女曹哉？因指書而欣然笑曰：所傳者惟是矣。遂名其樓為傳是。

國家征討粵寇，自長江設水師，軍事始有歸宿，而水師統帥，惟令陝甘總督善化楊公岳斌原名載福、兵部侍郎銜陽彭公玉麟，忠勇樸誠，始終其事，其功績為獨多。咸同二朝之 詔令，曾胡諸公之章奏，及中外士大夫婦人孺子之稱述，莫不以長江千里再造於楊彭手。康祺按京口為長江咽喉，其地夙有楊彭嶺。康熙間湯文正公嘗作游記，今載集中，惟公亦不解命名之何義。由今思之，偉人未生，嘉名先錫，青山無恙，戰跡常留，事皆前定，不信然歟。

秀水錢文端公陳羣，有知人鑒。諸城劉文正初釋褐時，以所業就正，公謂文正房師王樓山云：吾賀子及門得偉器，他日令僕才也。金壇于文襄方為孝廉，來謁，公即大賞異之。劉文正及錢唐梁文莊俱以筆法自詡，公曰：二君毋高自位置，會看賢郎跨竈耳。後文正子文清相國、文莊子山舟學士，果濡染家學，八法冠時，碑版大書，照曜四裔，不必如大令自譽，而書名突出二公上。

錢文端公幼貧甚，隆冬早起讀書，窗無宿薪，汲井水盥手，膚為之坼。未弱冠，依人京師，傭書糊口，冬無裘，入市以三百錢買皮袖自綴於袍，鈔纂益力。踰數年，旋里課兩弟讀書於南樓，去梯級，縋繩送飲食，歲除始一下樓，如是者二年，學大進，遂以文字遭 異遇，高官大年，席寵累代。 高廟南巡，公扶杖迎 鑾， 御製詩至有江浙大老之目，可謂榮已。迴憶童牙孤露，饑寒逼人，雖寤寐中當無此異望。士之匿影蓬蓽，憔悴謀生者，觀於公無自戚戚也。

順治丁酉，谷戶部應泰督浙學，時得平湖陸清獻公卷，評其上云：胸無寸書，見不顛字，便如爰居之駭鐘鼓矣。磊落英多，我正以不類賞子。

陸清獻年三十八，下第出都，由水路南旋，於水道之源流、漕運之奥窔，及古人名蹟，無不詳誌，其隨處留心經濟如此。

陸清獻宰嘉定時魏敏果公方長御史臺與清獻素不相識聞其政聲以詩遥寄有
吏道雖云雜天下豈無人及蚩手貽荒言始終願自珍之語俟會推福建按察使上
命選天下賢能爱民之官不拘資格擢用魏公遂以清獻薦俊為廵撫慕天顏中沮
而魏公之求賢若渴以人事君洵不愧古大臣矣

清獻治嘐而哉每於初限進民而命之曰錢糧者朝廷之國課非縣官之私蓄爾民
能急公身家快樂縣官亦得安逸有工夫做好事以加於百姓我與爾非忍豐何苦
日行杖責況一杖責私與皂役杖錢若雇人代比又當與雇錢二者皆虚費而有欠
糧受責之名何不省此以凑正數則爾我俱安從此傳聞四野雲集響應右見公日
記康祺按公堂數語豈遂足以淪浹民心清獻之居官必先有深入民心者在

康熙十六年詔舉博學鴻詞秀水王事吳源起以陸清獻名上其薦牘中有理學
深醕久入程朱之室文章閎博徑登韓柳之堂四語

清獻再起應鴻博科在都聞封公訃即徒跣出國門抵家後日夕泣次哭泣盡哀如
素不入内寢席地而卧期年後乃以土坏置墊四隅而寢其上所製服悉準家禮大
約三月之内衰絰不去體三月後始易麻綃以麻縷為縧服麻袍小祥後始用白布
帽以棉紗綫為縧服麤白布袍大祥後以月白綫為縧始用淺色布套子加於素袍
上蓋從時法古兩得之矣士大夫不幸遭大故可取法也

康熙二十三年江南總督于清端公成龍卒　上諭諸臣有清操如于成龍者公議
奏聞時九卿公舉直撫格爾古德郎中蘇赫范承勛學道趙崙知府崔華張鵬翮靈
壽縣知縣陸隴其凡七人

稼書先生擢直隸平山時偶入都同年徐健庵司寇來會具述時相明珠仰慕意勸
先生往投刺先生以縣務倥偬不敢久留京師為辭越日來束裝行矣

先生作宰時嘗作勸盜文遣吏往獄中誦讀大略謂一念之差不安生理遂做出
此等事來受盡苦楚然人心無定只將這心改正痛悔向日的不是如今若得出頭
從新做個好人依舊可以成家立業等語一時獄中痛哭失聲嗚呼今之從政者特
患無先生用心耳

陸靈壽之入御史臺也由總憲陳文貞公廷敬疏薦故事知縣行取改京秩謁薦主
多用師生禮先生獨否陳公益嘉歎且云昔年馮中堂（按指大學士馮溥）薦魏環極我曾薦
王阮亭汪鈍庵皆未嘗署門生帖自立者宜如此

陸清獻以康熙壬申十月歸道山明年冬會推直隸江南學院廷臣咸擬翰詹大僚
上皆不允　特旨直隸著李光地去江南著陸隴其去相國王文靖公熙奏稱陸
某已經身故　上曰何不啟奏對曰七品官在籍身故無啟奏例　上嗟歎久之曰
本朝如這樣人不可多得了清獻貞廉忠鯁沒後猶受知　君上若此

國子監彝倫堂西舊有古槐一本為元臣許衡手植閱五百餘年雨蝕霜侵久成枯
幹乾隆辛未恭遇　憲皇后六旬萬壽靈物效祉枯朽發祥振葉鼓柯蟠歲益茂蓋
聖孝之格致神矣當時詞臣文士咸有賦頌

國初常熟多畫師有黃鼎者足跡半天下尤在秦蜀間久故所作多雄奇傲詭為古
人屐齒所不到然亦坐是多病歿同里王石谷輩稍後起陶鑄董巨含跨關李名遂
出鼎右識者謂譬諸詩家鼎其青蓮而翬則少陵翬嘗繪南巡圖進呈　天子嘉賞
議官之輩不樂仕進遽歸一時名公巨卿投詩擧挽卒不可得立品如此其筆墨始
可寶貴也

陳清端公瓊釋褐歸里講學五年足跡未嘗入公門每謂貪不在多一二非分錢便
如千百萬後嘗舉此入對　聖祖嘉之士未有未仕時律身不嚴而居官能以清廉
著聞者觀於公益信後公令古田調臺灣督川學巡臺廈開府湖南福建子身在外
幾二十年未嘗挈眷屬延幕賓公子㛹偶數千里力不能具舟車一往省視僕從一
二人官廚以瓜蔬為恒膳其清苦有為人情所萬不能堪者公晏然安之終其身不
少更變　聖祖目為苦行老僧又曰從古清官計無逾瓊者蓋公之壁立千仞與張
清恪之天下清官第一均邀　聖許斯真泰華兩峰同標峻絶矣

咸豐十年八月初六日内閣奉　上諭近畿各州縣地方士民或率領鄉勇齊心助
戰或整飭團練阻截路途無論員弁兵民人等如有能斬黑夷首一級者賞銀五十
兩有斬白夷首一級者賞銀一百兩有能擒着名夷首一人者賞銀五百兩有能焚
搶夷船一隻者賞銀五千兩所得資財全行充賞欽此時撫議未成夷酋日熾　聖
心震怒原望中外臣庶敵愾同仇除逆忠而壯　國威在此舉也當國諸臣設能仰
禀　睿謨堅持初議數千醜類一鼓可殲即鼓棹重來亦必弭首乞憐斷不如今日
之再三要挾益夷性然也貽誤至斯感憤何極

桐城方恪敏公觀承嘗由直隸藩司撫浙其姪受疇先為浙中守今復由直藩擢
任而受疇弟維甸又曾以閩浙總督權撫事受疇嘗題廨署中云兩浙再停驂有守

無偏。敬奉丹毫遵寶訓。一門三秉節新猷。舊政勉期秦志紹。家聲有守無偏新猷舊政蓋 仁宗御賜詩中語。（按祠城之方自明宏治間有諱中者知天台縣廉史卹元琟大鎮萬歷間巡按浙江入國朝後方氏宦浙三公以外吉有休敎弟縣本令秀水姪孫佈統為當綰台道成有名孫）

秀水王墨仲惺。負才任使。不喜繩檢。客遊京師。名滿公卿間。值川楚教匪不靖。其座主吳總憲省欽薦墨知兵。能作掌心雷。 睿皇帝斥其誕妄。吳遂罷廢。而墨亦連蹇終其身。或曰。省欽本和黨。覘新政肅然。和珅且敗。自託於騃不解事。冀以徼咎去官也。

乾隆乙未。 上稽古之暇。垂問四川督臣。成都府學禮殿畫像存否。奏言今成都府學宮禮殿。已非舊。畫亦早湮。謹錄漢禮殿記。元費著禮殿聖賢圖攷以聞。按禮殿不見正史。宋祁董逌謂文翁作。歐陽修席益呂陶謂高眹作。觀初平五年殿柱記。蓋禮殿實祀周公孔子。文翁立學時所建。眹特增修之者也。漢郡國有學。自成都始。郡國學有廟。亦自成都始宜。 純皇帝眷念遺模。幾餘垂詢。與詳吳省欽重修成都府學大成殿記。（文翁名黨字仲翁見張棠文應代小志吳省欽錦江書院講堂記引之）

國初凡提督學政。惟直隸江南浙江曰學院。以進士出身之卿貳及翰林院侍講侍讀充之。餘曰學道。並繫以按察司副使銜。由六部郎及知府之有資望者推用。[illegible]（西山董侍郎有為郎中富程江南學政以四文望破格用之）

國初河道總督行署駐山東濟寧州。康熙十六年。 聖祖以江南功程重大。特令移駐淮安清江浦。雍正三年。添設北河總督駐濟寧。而改南河總督仍駐清江。

山東王大令世銓。以道光壬午進士。需次吾浙。乙未鄉闈充同考官。得孫衍未弱冠者三人。萃於一房。歸安錢振倫年十七。瑞安孫鏘鳴年十八。鄞縣童華年十五。三人皆已食廩餼。擧後行時已詫為僅有。後錢童以戊戌。孫以辛丑。皆成進士入翰林。躋坊局。躋文衡。錢孫皆中年告歸。錢至司業。孫至學士。童先以編修乞養。亂後再出。今官吏部侍郎。乙未至今幾五十年。三人皆健在。曰幼慧。曰蚤達。曰清班。曰貴官。曰耆壽。曰宿學。（三人皆主書院[illegible]而為江南山長皆有著述）無一不具。無一不同。在今日為天上之景。爾在當日實一門之桃李。亦可謂名場佳話矣。

乾隆己亥秋。典闈試者為朱文正公珪兄筠河先生適奉 命提學是省。明年秋 特旨復以公代筠河。因題使院之聯曰。錦雅三山。孝秀廣延持衡中。岷弟昆對牀使院。固天倫之極樂。亦 聖主之殊恩也。

定例五品以下官。非殉寇難。無贈官給蔭者。五品官亦無追贈至正三品。乾隆間御史上海曹錫寶上章劾和珅家人劉全。倚勢營私。家貲豐厚。為同鄉某侍郎漏言。和得部署掩蔽。奉 旨勘查無跡。曹亦尋卒。 仁宗親政。和珅下獄賜死。 諭云。當和珅聲勢熏灼。舉朝無一人敢於糾劾。曹錫寶獨能抗辭執奏。不愧諍臣。加恩追贈副都御史。伊子照加贈官銜。給蔭生。天下聞之。莫不同聲感歎。呼 聖明萬歲。

汾陽曹宗丞學閔為御史時。建言宜攷古制。建辟雍於國子監。部議格不行。乾隆甲辰。 天子將臨雍。 命大臣規濬圜水。禮樂備舉。 上憶及前奏。 特旨嘉獎學閔未幾由內閣侍讀學士。超擢宗人府府丞。蓋仍因前奏云。

海陽吳文伯。雍正丙午以訓導引 見。奏對稱 旨。特授河南汝州知州。文伯父隆睿以奉化丞攝縣事。時方養疴奉化。得家書。伏牀稽北向叩頭。勵及見之。隆蓋孝子鞠進。行實為作傳。 帝簡循良。天酬純孝。則我 憲皇帝之聖且神也。

阮文達公官浙日。進七閣未錄書百種。 睿廟錫名委宛別藏。公仿提要例。各書咸有評隲。載揅經室外集中。

康熙朝。士評崑山三徐曰。公肅仁人君子。健庵大人君子。果亭正人君子。

金壇段若膺大令七十喪親。如孺子哀。八十祭先。未嘗不哭泣。八十時讀書。未嘗不危坐。坐臥有尺寸。未嘗失之。見其外孫龔自珍定盦續集。可見士大夫非至性天植。操行不瑕者。必不能壹志單精。成千古絕業也。

武進莊侍郎存與。性廉鯁。典浙江試。巡撫餽以金。不受。遺以二品冠。受之。及渡。從者以告。曰冠頂真珊瑚也。直千金。公怒曰。何不蚤白。馳使千餘里返之。為講官日。 上御文華殿。同官者將侯 上起。講儀畢矣。公忽奏講章有舛誤。臣意不謂爾也。奏書進講。琅琅盡其指。同官大驚。 上為少留頷之。

故事。凡宿衛之臣。滿洲輒除 乾清門侍衛。其重以貴戚。或異材。乃擢 御前侍衛。漢籍輒除大門上侍衛。領侍衛內大臣轄之。其有材勇擢侍 乾清門。而班之崇極矣。惟嘉慶間果勇侯楊芳。特授圖什哈。轄漢圖什哈。內臣驚為未有。

嘉慶十八年。巨逆林清以七十七人入 禁門。既殄定。有議築 圓明園宮牆高厚者。有議增 圓明園兵額者。高郵王文簡公意非之。具摺上。 睿皇帝大動容。召對良久乃罷。 諭軍機大臣曰。王引之乃能言人之所不敢言。其奏牘何語。海內迄今弗知。而公之風旨可見矣。

翁覃谿學士。乾隆甲申奉 命視學廣東。至辛卯秋役竣。凡三任八年。嘉道而後學臣無此久任者。
粵之雷州亦有西湖。坡詩所謂西湖不欲往。暮樹號寒鴉者也。其地相傳有西湖平。
狀元生之語。郡人因搆書舍於湖上。顏曰平湖。覃谿學士按臨雷郡。有句云可笑此
郡士。不愧文不工。但祝西湖平。結此一畝宮。
乾隆間。番禺縣學生王健寒。年九十九。尚能入試。握筆爲文。翁覃谿記以詩。
雍正初年。用怡賢親王言。減蘇松一道地丁銀四十五萬兩。南昌一道十七萬兩。乾
隆二年。又減江浙兩省地丁銀二十萬兩。乾隆一朝。凡蠲七省漕米者三。普蠲天下
地丁銀者亦三。前史未有也。且令制丁統於地。非計丁出賦。有漕省分。并地丁計爲
什一。無漕省分。只計地丁。尚未及三十分之一。須同治三年。東南大定。江蘇巡撫李
肅毅伯。又奏減江蘇蘇松太三屬漕米五十四萬餘石。浙江巡撫左恪靖伯。又奏減
浙江杭嘉湖漕糧三分之一。　兩宮太后立允所請。　滂恩大愷。益久益深。等百世
而湖三古。莫與比仁矣。
國初奠定區宇。所剗除諸逆寇。皆嘗竊大號。鑄錢文。如鄭成功僭號常平。孫可望僭號
興朝。吳三桂僭號利用。耿精忠僭號裕民。逆西土酋王輯祖僭號大慶。鑾聯蝗輪。竟

非全無大志者。録之以見　真人埽除之艱。元勛櫛沐之苦。詳錢侗建元類聚攷跋。
按陸烜明曹王寅越鑄大明通寶錢。
閻徵君古文尚書疏證。每卷末各有自跋。其第一卷寫成。覆舟武進郭外。私念疏證
定本在此。當遊東坡元符三年。宿大海中例以濟。其寫第四卷。別錄四本。一寄太華
山頂。一寄羅浮山。其二本則寄千頃堂傳是樓之主人。仿白氏文集別錄三本例。其
寫第五卷成。屬人寫圖二。一禮堂寫定圖。一傳與其人圖。居然以鄭君自命。徵君著
是書。其自信之篤若此。康祺昔嘗取徵君書與毛氏寃詞互證。西河縱橫穿穴。詭辯
之雄。在閻書右。惜僞古文罅漏太多。彌縫匪易。雖盛氣强詞。仍不能拔趙幟而立赤
幟也。
乾隆十五年。吳縣候選員外郎陶篠。置常稔田千畝。營守舍三十餘楹爲義莊。是冬
十二月。蘇撫雅爾哈善疏聞。明年四月。奉　旨依部議。照原銜即用。以示獎勸。　本
朝崇尚敦睦。海內好義之家。以義田義莊上　聞者。靡歲蔑有。顧皆寵以虛銜。或
詔部臣存檔冊。若陶氏之原官即眞。眞曠典也。
金華貧家多溺女。阮文達撫浙時。捐清俸若干。貧戶生女者。許攜報郡學學官註冊。
給喜銀一兩。以爲乳哺之資。仍令一月後按籍稽查。違者懲治。蓋一月後。顧養情深。
不忍殺矣。此拯嬰第一法。
嘉慶己巳　恩科。浙江學政劉鳳誥代辦鄉試監臨。闈後人言藉藉。有監臨打監軍。
小題大作。文宗代文字。矮屋長鎗之對語。　密旨查詢。經巡撫阮元以對語達　天
聽。　上復遣侍郎託津等三人。抵浙按問。劉獲重譴。阮亦以徇庇奪官。　諭旨中有
云。鄉試士子。係由學政錄送入闈。劉鳳誥本當避嫌。何以轍將監臨之事交伊代辦。
已屬非是。何以近科秋闈。竟違　祖訓。仍有以學政監臨者。
乾隆朝。故相和珅貴爲首輔。爵封上公。予尚公主。凡一切龍褂紫韁雙眼翎寶頂。　茂
典殊榮。靡不崇備。本朝八旂大臣中。　龍眷罕有其倫。闕其始特鑾儀衛一校尉。一
日　警蹕出宮。　上偶於輿中閱邊報。有奏要犯脫逃者。　上微怒。誦論語虎兕出
於柙三語。扈從諸校尉及期門羽林之屬。咸愕眙互詢　天語云何。和珅獨曰。爺謂典
守者不能辭其責耳。凡內臣稱上皆曰老爺子。或曰佛爺。　上爲霽顏。問汝讀論語乎。對曰然。又問家
世年歲。奏對皆稱　旨。自是恩禮日隆。遷官多不次。和珅才敏給。遇事機牙肆應。尤
善協人主喜怒。以故　高宗晚年倚毗益篤。設稍感激知遇。持盈保泰。移其封殖自

利之謀。以協贊垂國。其功名福澤。豈在郭汾陽下。後之懿親戚畹肺附國家者。鑒之
哉。鑒之哉。
嘉慶乙丑。浙西水災歉收。杭嘉湖三府。散籌賑粥。分男女兩廠。擇佛寺立大蘆蓬。無
雨淋日炙之苦。道路出入次第。皆以木柵栫啟爲號令。紀律日賑數萬人。無擁塞之
虞。有疾者給以藥。老病廢疾。別有廠。婦女有廁蓬。數月中無一人死於廠者。其煮粥
濃厚。以立箸不倒。裹中不滲爲度。司事與飢民同食之。無一盜鐘鍋者。民情歡悅。時
阮文達撫浙。所謂實心行實政也。今年直隸旱暵。聞天津粥廠多凍餒踐踏死者。而
蓬席遺焚。數千災黎。燔於一焰。司廠務者。爲流外官某合肥人。經直督肅毅伯奏稱
奪職。言路謂不足蔽辜。請　旨嚴治。適余將出京。未悉後事。過津門。益思文達不置。

郎潛紀聞卷四終

郎潛紀聞卷五

清 鄞 陳康祺著

康熙五十一年。土爾扈特汗阿玉奇從子阿喇布珠爾請內屬。詔封貝子。尋遣歸。上命圖理琛等齎敕往諭。假道俄羅斯。五十四年三月還京。是役也。往返三載餘。經行數萬里。蓋土爾扈特為俄羅斯所隔。而俄羅斯又故導我使紆行故也。圖理琛等歸。撰異域錄。首冠輿圖。次為行記二卷。進呈。上甚嘉悅。

雍正七年。以革職倉場侍郎托時。賞加侍郎銜。出俄羅斯。十年使回。

雍正五年四月。命吏部侍郎圖理琛。偕喀爾喀郡王額駙策淩等。往定喀爾喀與俄羅斯界。六年。廷議前定界時。與俄使臣薩克鳴嘰謝天並立木牌於定界處所。旋焚之。又擅納俄羅斯貿易人入界。遂逮治。以上三則。無關掌故。而有裨談時事者之考證。故錄之。詳見托時等史館本傳。

臨川楊中丞體精相術。乾隆甲辰成進士。臚唱前一日。新進士會集乾清門外。公徧相諸同年。謂友人曰。今科榜眼探花。當是南北二邵。謂餘姚邵瑛、天津邵玉清。第一人未見。何歟。嗣見一人脫帽箕踞。獨坐金缸旁。公拱手賀曰。龍頭在是矣。亟詢姓名。則會稽茹棻古香也。少頃傳前十卷引見。以次唱名。鼎甲皆如公言。

全椒吳山尊學士鼒。淵如先生妹婿也。淵如先生以乾隆丁未榜眼及第。山尊仍上計車。其夫人贈行詩曰。小語臨歧記可真。回頭仍怕阿兄嗔。看花遲早尋常事。莫作蓬萊第二人。山尊果以是科通籍入翰林。雖大魁讓人。猶未滿紅閨期望。然徵雲夫婿。柳絮才媛。豔句流傳。亦可謂倡隨佳話矣。

道光乙巳。楊簡侯方伯能格。與會試分校。是科覆試第一羅嘉福。殿試第一蕭錦忠。朝考第一孫鼎臣。皆出其房。亦稱罕有。

崑山徐侍郎秉義。康熙癸丑初入詞館。適其弟立齋相國以掌院學士充教習。秉義例投謁稱門生。相國具疏陳謝。特旨徐秉義無庸教習。科名嘉話。足與大小宋弟不先兄並傳千古。

本朝咸同已前。祖孫父子並入詞林者。晉寧李因培。乾隆乙丑。子翊。丁丑。翊。嘉慶己未。孫浩。甲戌。滄州杜堮。嘉慶辛酉。子受田。道光癸未。孫翰。甲辰。翻。乙未。李杜皆三世四翰林。而翊栩翰翻名皆從羽。翩翩翱翔蓬苑。果應聯翅接翼之祥。亦奇。

四世翰林者。凡五家。靜海勵杜訥。康熙庚戌。由福建同知康直南齋特受編修。子廷儀。庚辰。孫宗萬。辛丑。曾孫守謙。乾隆乙丑。常熟蔣伊。康熙癸丑。子廷錫。癸未。孫溥。雍正庚戌。漣。康熙己丑。溥子檙。乾隆辛丑。無錫秦松齡。順治乙未。按松齡授檢討。後罷官。康熙己未試鴻博。復官檢討。子道然。康熙乙丑。皆然。壬辰。道然子蕙田。乾隆丙辰。蕙田子泰鈞。甲戌。商邱陳淮。乾隆丙戌。子杲。嘉慶辛酉。孫焯。癸未。曾孫墩。道光乙未。長白德保。偕從兄觀保。乾隆丁巳同館選。德保子英和。癸丑。孫奎照。嘉慶甲戌。奎耀。辛未。曾孫錫祉。道光乙未。

桐城張氏。六代翰林。為昭代所未有。太傅文端公英。康熙丁未。子少詹事廷瓚。乙未。文和公廷玉。庚辰。禮侍廷璐。戊戌。閣學廷瑑。雍正癸未。孫檢討若潭。乾隆丙辰。閣學若靄。雍正癸丑。閣學若澄。乾隆乙丑。侍講若需。丁丑。曾孫少詹事曾敞。辛未。元孫元宰。嘉慶壬戌。來孫聰賢。辛酉。自祖父至曾元十二人。先後列侍從。躋鼎貴。玉堂譜裏。世系蟬聯。門閥之清華。殆可空前絕後已。

國初周鑒殷禮。衣冠服物。尚有沿襲明制者。順治四年。諭范文程。剛林。祁充格曰。文職衙門不可無領袖。今爾衙門較前改大。爾三人可用珠頂玉帶。

茶餘客話載。山左軒轅詣。以舉人官教諭。將陞某府教授。中乙未會元。改庶常。散館歸班。仍請改教。選其初陞之缺。一片青氈。依然故我。二十年如一夢云。康祺案。春秋榜上原是虛名。以為不足重輕。則詰即狀元及第。游歷清華。及予告歸來。回首前塵。仍是邯鄲幻境。果以科第為足貴。則詰固已領袖南宮。翱翔詞苑矣。不得以尋常廣文例之。

京官家每歲易桃符。多書天恩春浩蕩。文治日光華十字。內城滿洲宅子。尤比戶皆然。按此二語。蓋憲廟賜張文和公春聯也。見茶餘客話。

竹垞先生官翰林時。詠史云。漢皇將將屈羣雄。心許淮陰國士風。不分後來輸絳灌。名高一十八元功。海內詞章有定稱。南來庾信北徐陵。誰知著作修文殿。物論翻歸祖孝徵。當時或因天祿秘書編纂。不預坊局華選。廣推不公。故先生借此抒感。而讀是詩者。誇議橫生。不久遂湖山放廢矣。

滿洲初為部落名。國書本作滿珠二字。皆平讀。乾隆四十二年。上諭。我朝肇興時。舊稱滿珠。所屬曰珠申。後改稱滿珠。而漢字相沿訛為滿洲。其實即古肅慎為珠申之轉音。謹按淮南子曰。東方多君子之國。信哉。莫古於肅慎。竹書紀年。帝舜有虞氏。肅慎氏來朝。貢弓矢。史記虞帝紀。北發息慎。尚書序。息慎來賀。自後家語。尚書傳。孔子世家皆稱肅慎。汲冢周書王會解。西面者正北方稷慎。息稷與肅皆一音之轉。

也宋劉忠恕以金之姓爲朱里眞蓋北人讀肅爲須須朱同韻里眞二字合呼之亦
即愼字金亦肅愼之地忠恕誤以爲姓非謬殊甚哉　朝舊稱所屬曰珠申經　高
宗欽定與金之女眞同爲肅愼轉音可知　天眖大東數千年前早開楛矢信義之
俗以待我　祖宗誕膺　景命混一神洲而東之爲位又適爲天地之所以成始而
成終於萬斯年洪基永固不待卜矣今滿洲人自稱地名多偁長白滿洲不若珠申之雅切
西藏每歲獻丹書稱　上爲曼珠師利大皇帝曼珠譯言妙吉祥也又作曼殊室利
按珠殊同音曼珠亦即滿珠二字其易珠爲洲蓋由洲字義近地名故漢字假借承
用之
盛京內務府尊藏　典訓宗器二百餘年實守維謹屢有增加茲照光緒元年以前
內府案卷敬謹著錄俾萬世臣民知我　列聖顯謨承烈永奠洪基於發祥肇業之
區尤爲鄭重視周荒邠館漢設新豐不啻相去萬萬也敬按　敬典閣上層供奉
九代聖容凡九箱　行樂圖四箱每歲春秋二分由陪京大臣恭晾　太廟供奉
冊寶凡五十八分　敬典閣中層尊藏　玉牒黃檔紅檔凡二百四十包　寶十顆
敬典閣下層尊藏　玉牒黃檔紅檔凡六十包　崇謨閣尊藏　實錄一千四百
零三包　聖訓三百一十六包老檔十四包　實錄閣一匣又恭存　列祖　列宗
所遺　御用鞍轡弓箭腰刀鎗劍櫜鞬　高宗純皇帝御用朝冠朝珠朝帶袍褂鞍
轡弓箭鎗劍腰刀櫜鞬甲冑　仁宗睿皇帝御用朝冠朝珠朝帶袍褂鞍轡鎗劍腰
刀準提鎗撒袋弓箭　宣宗成皇帝御筆字掛屛鞍轡威禽鎗木桿鎗銀式件鞢木
鞘小刀子火鐮火紙筒　文宗顯皇帝御用鞍一副藤鞭一把撒袋一副弓四張箭
三十六枝以及各　宮殿陳設一切金玉銅瓷物件金錁金條銀錁書籍字畫冊頁
並　文溯閣收存各書籍每值大員更替按照印冊查點一次專疏奏聞蓋愼重如
此
嘉慶三年四川教匪首逆王三槐解京審訊時有官逼民反之供　仁宗皇帝聞之
惻然　特諭褒擢康吏劉淸等以風厲天下當時民間聞者感泣至今誦之
國初睿親王多爾袞以元勳驕威橫被流言乾隆間始特旨昭雪復爵予諡並以禮
烈親王後人改封巽親王又改封康親王鄭獻親王後人改封簡親王豫通親王後
人改封信郡王肅裕親王後人改封顯親王克勤郡王後人改封衍禧郡王又改封
平郡王均非初封之名不足昭示後世悉命復還始封爵號我　先朝褒功錄舊如

此河山帶礪亙古長延矣
雍正朝和碩怡親王允祥薨逝　賜諡曰賢　上篤性友悌眷念勿替　特旨以王
生前所賜忠敬誠直勤愼廉明八字冠於諡號之上敬按怡賢親王修學好古爲善
最樂固爲　本朝河間東平而　憲皇帝任遇枝戚慶命旁流有加無已若此漢和
帝之同輿共室唐元宗之長枕大衾方之蔑如矣
駱文忠公敭歷封圻不攜眷屬惟姪孫肇銓隨侍公歿後　溫諭矜卹二子四孫均
賞給科第官階肇銓亦蒙　恩以知縣選用飾終　卹典榮及旁孫他疆臣未嘗
有也
婦人古無得諡者　本朝嘉慶間教匪之亂滑縣知縣強克捷殉難既　賜諡忠烈
矣復　特旨諡其子逢泰之妻曰節烈道光朝臺灣之亂嘉義縣縣丞方振聲千總
馬步衢把總陳玉威殉難既破格給諡矣方曰義烈馬曰剛烈陳曰勇烈而振聲妻張氏玉威妻唐
氏亦　特旨予諡節烈　前聖　後聖褒屬忠貞至於末秩纖官閨幃弱質仰蒙
優卹至此宜粵捻之變蓬門夫婦視死如飴者方州志乘累牘難書矣
筆帖式爲滿洲進身之一途今各衙門皆有額設候補者又盈千累萬視爲不足重
輕矣按　國初如大學士達海額爾德尼兩文成公領侍衛內大臣一等公文忠公
索尼諸人皆起家武臣以精通　國書皆　特恩賜號巴克什巴克什即筆帖式也
左都御史揆敘本諡文端雍正朝追削並　諭令於墓碑上改鐫不忠不孝柔奸陰
險揆敘之墓
國初滿漢大臣多有稱某部承政某部參政者按承政即今尚書參政即今侍郎左
右承政即今左右都御史左右參政即今左右副都御史
康熙初年內國史院大學士蘇納海直隸山東河南總督朱昌祚直隸保定巡撫王
登聯均爲輔臣鼇拜矯　詔論死八年　特旨昭雪並各予諡蘇諡襄愍王諡愨愍朱諡勤愍一云諡[illegible]
敏一云諡勤恪均誤
本朝優卹臣鄰恩禮醇渥惟身後給諡最爲矜重故自開國至道光朝屢易名之典
者僅四百餘人有生官極品而歿不得諡者自同治初　兩宮垂簾訓政凡階一品
皆　予諡近數十年遂爲定制矣
定例臣下諡典由禮部奏準後行知內閣撰擬舊隸典籍廳咸豐初卓文端公入閣
改歸漢票籤令兩侍讀司之凡奉　旨給諡者侍讀遴　諭旨褒嘉之語得諡文者

擬八字。由大學士選四字。不得謚文者。擬十六字。由大學士選八字。恭請 欽定。惟文正則不敢擬。恩出 特恩。又咸豐三年。祁文端公面奉 上諭。文武大臣或陣亡。或軍營病故。武功未成者。均不得擬用襄字。見鮑康 皇朝謚法考。

本朝親郡王配享 太廟者。通達郡王雅爾噶齊。武功郡王禮敦巴圖魯。（按此巴圖魯三字即其名。非勇號也。）慧哲郡王額爾袞。宣獻郡王界堪。禮烈親王代善。睿忠親王多爾袞。鄭獻親王濟爾哈朗。豫通親王多鐸。肅武親王豪格。克勤郡王岳托。怡賢親王允祥。蒙古超勇襄親王策淩。及同治五年奉 旨之科爾沁忠親王僧格林沁。凡十三人。（鮑氏謚法考云。親郡王配享太廟者。通達郡王。武功郡王。慧哲郡王。宣獻郡王。禮烈親王。睿忠親王。肅武親王。克勤郡王。怡賢親王。超勇襄親王策淩。凡十三人。崇川劉氏謚彙同之。一似自通達郡王至超勇襄親王共十二人。而策淩則一人者。其實策淩即襄親王之名。鮑氏未不詳著書體例。疏略甚多。此失考之一端也。又鮑氏仍王允祥謚法考之偽。雅爾噶齊作雅爾哈齊。額爾袞作爾袞。界堪作階堪。皆與會典通典不符。）

滿漢文武大臣配享者。英誠武勳王揚古利。信勇直義公費英東。宏毅公額亦都。忠義公圖爾格。昭勳公圖賴。（按昭勳即直義子。忠義即宏毅子。父子配侑。尤為極榮。）文襄公圖海。文端公鄂爾泰。文和公張廷玉。文襄公兆惠。文忠公傅恒。文成公阿桂。文襄公福康安。凡十二人。而漢大臣止張文和一人。開國名相若文肅范公。近時名臣若文正曾公。文忠駱公。胡公。似勳德尚出文和右。雖配食 清廟。宜出 特恩。未可具疏乞請。惜樞府中無因事奏陳者。

西河檢討。嘗與閻百詩辨地理。語多穿鑿。百詩太息曰。汪堯峰私造典禮。李天生杜撰故實。毛大可割裂經文。貽誤後學不淺。噫。二百年來通儒輩出。述作連楹。擬玩全書。瑜百瑕一。津逮來學。誠為有裨。獲免斯譏。果幾人哉。

茶餘客話稱田山薑讀書。擬拾字句。有餖飣之目。常云奇字古人所常用。於古詩尤宜。班馬等賦所以令人魄眼須耳。政由時出奇字襯貼之也。阮氏記此。蓋譏山薑之癖好新奇。康祺業文人握管。誠不宜專恃稗販。致蹈獺祭雉竄之譏。然詞句斑璘。氣息典雅。究愈於空疏不學。冒襲八家者之所為。梅村漁洋之詩。竹垞迦陵之詞。未必不以擬拾為始境。若石笥駢文。道古散體。更可決其從餖飣得來。特習貫運用。使同腹笥。自高聲價者。類不肯如山薑直言耳。

淮上顧瑅在峨。楊開沅禹江。戴晟晦夫。皆 國初閉修靜學之士。梨洲先生講學甬上。遂相約渡江問道。函隸門籍。在峨少時著習學錄。頗謗陸王。自甬上歸。語門人云。吾向日心粗膽大。妄議先儒。今從黃先生游。乃知平生全在夢中。因偏索傳習錄焚之。與禹江訂讀經史法。求實學。戒空談。淮海後起。翕然宗仰。梨洲嘗取所選明文海摘加硃圈。授其子百家。是為明文授讀。版即藏晦夫家。見淮安府志及山陽阮氏淮故。之三子者。亦近世豪傑之士矣。輯柔寓賢。亟宜緘錄。

又常熟郭孝廉大臨。任俠尚氣。柔海之交。竄身黃冠。徧走江湖。欲得奇才劍客而友之。卒無所遇。歲辛丑。太沖先生讀書雙瀑寺。雙瀑在萬山中。人跡殆絕。大臨忽走訪。太沖問何以知之。笑不答。問奚自。曰甬上。見崑山顧景范所作傳。及太沖所作墓誌。是亦 國初一高士。鄞州一寓公也。

王漁洋謂吳俗有三好。鬬馬弔牌。喫河魨魚。敬五通神。雖士大夫不免。恨不得上方斬馬劍。誅作俑者。

張文端最惡馬弔之戲。嘗鐫一圖章曰。馬弔衆惡之門。習者非吾子孫。所藏書冊圖畫悉印之。

明季士大夫投刺。率稱某某拜。 開國猶然。近人多易以頓首二字。或曰。康熙初。鰲拜專權。朝臣獻媚。避其名也。或曰。鄂文端公當國時。以其父名拜。（按公為鄂拜子。）故題刺不用拜字。中外靡然從之。又屬吏上大憲書。向用恭維大人四字。自莊滋圃相國有恭。總督兩江。僚屬具稟。改為仰維。或作辰維。又定例稱大學士曰中堂。今陝甘總督湘陰左公入相後。兩省官吏避宗棠二字之嫌名。皆稱伯相。比公晉封二等侯。又稱為侯相。

長洲陸明府在新。為諸生時。敦尚氣節。刻苦自厲。彭山築屋。躬耕讀書。以孝廉為松江教授。齋規方雅。屏絕贄幣。湯文正公撫吳。察其廉勤。以卓異薦。是歲江南七府一州諸長吏登啟事者。僅君一人。故事未有也。既入都。 聖祖召見。賜蟒服。遷廬陵知縣。大著聲績。世稱文正之知人。

高陽相國李文勤公霨。以康熙二十三年薨於位。四十九年。 上追念勳勞。 特旨以李霨任大學士時。始終恪慎。懋著勤勞。其孫工部主事李敏啟。可超擢太常寺少卿。以示優禮舊臣至意。敬按主事之於常少。僅越一階。而有堂司之別。大臣子孫。叨竊餘蔭。京官至郎中。外官至知府。寵榮極已。況事隔二十餘年。 君臣恩誼。猶復惓惓如斯。伊古明良。不數覯也。

國初官號。清語居多。如噶喇昂邦。即今左右翼前鋒統領。固山額真。固山昂邦。皆即今都統。梅勒額真。梅勒章京。皆即今副都統。纛章京。即今護軍統領。甲喇額真。甲喇章京皆即令參領牛彔額真牛彔章京皆即令佐領一二三等總兵官世職一二三等昂邦章京一二三等精奇尼哈番皆即令一二三等子一二三等副將世職一二三等梅勒章京一二三等阿思哈尼哈番皆即令一二三等男一二三等參將世職遊擊世職一二三等甲喇章京一二三等阿達哈哈番皆即令一二三等輕車都尉盛京八門總管昂邦即令將軍駐防昂邦即令駐防將軍墨爾根蝦即令蒙古侍衛札爾固齊即佐理五大臣右見仁和趙雩門筆記所述康祺儒陋備官京朝未諳　國語不知趙氏之說果可依據與否姑節錄之以竢攷證

聖祖沖齡踐阼內大臣索尼蘇克薩哈遏必隆鼇拜並受　顧命同輔政時號曰四大臣　咸豐十一年　文宗晏駕灤陽輔政諸臣躬侍　玉几遂傳諭海內以載垣端華肅順景壽杜翰匡源穆蔭焦祐瀛為顧命八大臣其實八人者特是日內直之員　上未嘗以元良付託端華肅順輩志在攬權故敢矯　遺詔以養威引私人以自重也按康熙初輔政四大臣實出鼇拜冒託見　聖祖諭旨鼇拜後竟伏法同治朝八大臣則誅鋤貶黜無倖免者惟景壽以戚畹再起

康熙朝漳浦藍公廷珍官福建水路提督公孫元枚由世職起家乾隆中官福建陸路提督廷珍平朱一貴之亂元枚與剿林爽文祖孫皆立功臺灣歿後皆　賜謚襄毅閩人至今稱大襄毅公小襄毅公按文臣中祖孫同謚者惟丹徒相國玉書及公曾孫侍郎師載皆謚文貞世或稱侍郎謚文節誤也

國初直隸多詩人永平張蓋命士申涵光鳧盟雞澤殷岳宗山稱畿南三才子三人皆遺民蓋陽狂自廢嘗獨游楚豫齊晉間歸則閉土室湛醉歌哭善行草五言高簡力諧古人涵光明忠臣佳允子潛心理學晚益名高著有聰山集荊園小語諸書岳前舉人順治初除知雎陽甫至任即投劾歸詩宗魏晉不喜作律詩所作古體蒼莽然肖其為人三人行誼自以涵光為得中而逸軌貞操均非壓壚所有宜河朔人士至今稱道不衰也

聖祖幸索爾哈濟時喇里達頭人進青翅蝴蝶一雙謂能捕鳥又彩鷂一架謂能擊虎者　上命侍衛毋納厚賞其人而還之　聖天子不寶遠物如此

太祖高皇帝天命七年建東京於遼陽十年自東京遷於瀋陽　太宗天聰五年尊為　盛京　世祖入關定鼎因明都順天府之舊稱為京師營豐宅鎬締構艱難億萬年不拔之基也

世祖幸南苑別殿夜半閱明孝宗實錄有召對兵部尚書劉大夏都御史戴珊事心喜曰朕所用何遽不若珊大夏明日宣六部尚書清標及魏文毅詣　行幄備顧問

聖祖登極因旱求直言新例流罪皆徙烏喇　詔九卿會議魏文恪公荃請烏喇距蒙古三四千里地不毛極寒人戰凍輒斃徙流罪不當死不應驅之死地乃獨為疏上之有　旨令盡一文恪持前議益堅且曰臣此議行三日不雨者願伏欺罔之罪　聖祖方沖齡改容納之越二日大雨盈尺新例竟罷

道光癸巳江陰季文敏公芝昌以前科鼎甲散館閱卷大臣方定卷　上忽將尚書名簽凡殿廷試卷俱用彌封卷面用小紙名簽並卷後上視自揭簽始交閱卷大臣定甲乙遣太監持問閱卷者第一是此人否並於名上　硃筆書一魁字名下與行書讀戴誰遣四字諸臣覆奏謂所擬首卷賦首是讀戴二字詩首是誰遣二字至是否季某臣等實不能知須臾又　命太監持兩名簽示大臣則皆　硃書劣字比拆封皆三等也翼日　召對有君臣一德之　諭尚書遂以丹魁名其堂

季文敏公丹魁堂年譜紀　宣宗立　文宗為太子事甚詳確謹錄之譜云道光庚戌正月　上違豫久猶日至　奉三無私按四字殿名　召見辦事十三日　召見慎德堂殿按寢宮名　僅軍機大臣大學士祁寯藻杜受田尚書何汝霖侍郎陳孚恩季芝昌五人語良久十四日卯初刻諸臣甫入直已　傳旨召對凡十人蓋定郡王載銓及大軍機五人　御前大臣怡親王載垣鄭親王端華科爾沁王僧格林沁三人暨內務府大臣步軍統領尚書文慶也　上冠服端坐　命至榻前告以立　今上為皇太子須臾　今上入　上取緘匣　硃旨傳示並　諭勉諸臣畢各退一今上命軍機五人同閱章奏移時甫退直廬忽急宣趨入驚聞　大行皇帝龍馭上賓矣康祺按道學家言每以易簀啟手神志湛然為生平學道之致況　萬乘天子臨御多年耄期而不聞勤動　大漸而從容審訓　綴衣當出庭之日冕服無憑几之容兢兢業業欽始欽終非　聖人其孰能之

季仙九尚書以道光壬辰第三人及第癸巳甫留館即應大考復列第三擢侍讀己亥又值大考名單出則仍第三也擢少詹事具摺入謝　召見諭曰汝卷本定第一朕不知如何移置第三然第一不若第三巧合上次名數四　大笑故尚書紀　恩詩有九重知己溫言逮三度同符盛事傳之句尚書名芝昌字仙九蓋取仙芝九莖之義殿廷三試三列前茅適符[illegible]適符三三成九之數唐人詩官階科第皆前定其不然歟

世祖御宇之九年。魏文毅公疏言。少而勤學。古人比之日出之光。宜及時舉經筵日講。以隆治本。八年二月。世祖親政。公又言深居高拱。不如詢訪臣鄰。批答詳明。不若親承顏色。故事有朔望之朝。有早朝晚朝。內朝外朝。今縱不能如往制。請一月三朝。以副勵精圖治至意。自是定逢五視朝之例。

康熙辛未。總兵官蔡元疏請修築邊牆。　上初命閣臣集九卿於闕門外。面詢可否以聞。羣臣未及對。　上復召大學士諭曰。朕思衆志成城。豈在邊牆。諸臣叩首曰。大哉王言。臣等見不及此也。所請遂不准行。

康熙中。廷臣章疏。有德邁二帝。功過三王語。　上曰。二帝三王。豈朕所能邁且過哉。傳諭中外。自後不許如是。陸清獻公嘗謹述其事。見三魚堂文集中。康祺謹讀　世宗硃批諭旨。凡臣下奏摺。媚茲過甚者。無不　丹書申儆。蓋我　朝家法然也。

乾隆七年。戶部侍郎三德疏言親蠶典禮與親耕並重。前代制度未備。　皇上敕建先蠶壇。爲曠世鉅儀。請將建壇址宮殿規制。及興工告成日期。　宣付史館。以光盛典。　詔從之。

雍正九年。大軍征噶爾丹策凌。　上以川陝地廣。又理軍需。總督一員。難於控制。特旨增設四川總督。即以四川提督黃廷桂補授。兼管提督印務。乾隆元年。西陲軍務告竣。裁川督。廷桂仍爲提督。後於十三年復設總督。始爲定員。

巴圖魯譯言好漢。與元史稱拔都拔突霸都魯等類。字異義同。（國語重在聲音凡同音之字皆可假借故翻譯互有異同）我　朝開國時。禮親王代善。首膺古英巴圖魯　賜號。蓋其時　太祖征烏拉。進攻屯寨。代善最爲奮勇。敬按代善爲　太祖高皇帝第二子。可見當時重視勇號。親藩儲貳之貴。尚必從事邊塞。武功懋著。始享此三字榮稱。近日軍營克一城。奪一寨。即請保獎清漢字勇號。（凡有奮勇巴圖魯等名目第二字用勇字者謂之漢字勇號其無義可思字數多寡不等者謂之清字勇號）（漢字如盛但清字如花翎猶功遂加亦曰賞給）累牘盈篇。殊失　先朝創制之本意矣。

郎潛紀聞卷五終

郎潛紀聞卷六

清　鄞陳康祺著

國初凡鄉會試。三場俱由主考出題。自順治十五年後。會試及順天鄉試頭場四書三題由　欽命。密封送內簾官刊印頒發。

乾隆二十二年丁丑會試。奉　旨易表判爲詩。易經文於二場。永著爲例。二十三年。復於頭場增性理論一篇。

乾隆二十二年。　高宗三次南巡。是春值丁丑會試。　上駐蹕揚州。　詔扈從大臣禮部侍郎介福。自行在齎　旨及詩題。以三月初六日馳至京師宣　旨。即奉充總裁。入闈時。刑部尚書劉統勳。禮部侍郎金德瑛。已奉總裁會試之　命。　上方將迴蹕河工。　名劉統勳籌議。限二十八日抵工。故以介少宗伯代之也。（按此事見錢侍郎蘀石齋詩集）（注齎前及詩題云云似乾隆朝頭場四書文何由考官出題也俟攷）

順治二年乙酉江南鄉試。以十月舉行。三年丙戌科。因故明瑞昌王朱誼泐事。改九月。

康熙二年癸卯科江南鄉試。同榜凡兩鼎甲。五尚書。三大學士。得人最盛。時典試者。編修大興王最。工科給事中茌平王曰高也。

康熙五年丙午科鄉試。新例頭場試策五道。二場試四書論經論各一篇。

江蘇安徽分省取中。自乾隆六十年乙卯　恩科會試始。

鄉試覆試。自道光甲辰科後。始爲定制。其實始於順治十四年也。是科丁酉。因順天江南科場事發。　詔令覆試。

道光二十四年　諭外省駐防生員。準入各省鄉試場。另考繙譯。

咸豐元年。兩江總督陸建瀛奏士子不明正學。請以性理論試士。經禮部議准。生員於考試經古場。童生於府縣覆試場。添性理論一篇。命題在濂洛關閩書中。理解明晰。拔置前列。得　旨允行。不數年粵匪南來。建瀛棄師逃遁。貽禍中原者甚大。一時士論嘵嘵。遂與周禮殃民孝經退敵等誚矣。軍興。各省捐輸量加學額。自咸豐二年太常少卿雷以諴奏請始。

乾隆三十四年己丑科　殿試。　欽定前十本。常熟季學錦卷列一甲第三。以引　見不到。降三甲末。咸豐癸丑科。聊城朱學篤卷列二甲第一。亦以引　見不到。降甲。

煦齋相國英和恩福堂筆記云。余三主禮闈。壬午科亦定江蘇元三日。山陽汪文端

公欲以廣東卷易之余不可會錢公喘疾精神委頓進卷之期又迫遂請問事公定元
卷竟將翁心存卷抑置而易士呂龍光魁多士矣科場事非但去取有數即名次先
後亦有一定非不能强也如此按是科相國為正總裁筆記云云是文端失元相國
方引為憾事然文端卒成名相公子同龢公孫曾源相繼大魁天下可見數之愈久
發之愈光馳驟名場原不嫌暫時少屈也

康熙十六年丁巳因軍興鄉科止四省一順天一江西湖廣附江南一福建附浙江
一山東山西陝西附河南有鄉無會

雍正四年丙午科奉　上諭五經取中副榜及兩次中副榜者俱准作舉人一體會
試後不為例

道光初元辛巳　恩科因疾疫流行順天鄉試展至九月舉行

萊陽趙崙閣仙康熙二十一年督學江南力矯時風清廉自矢過江擊楫曰某若一
毫自私不能生渡江北矣於是干謁不行派寒吐氣簠簋之風為之一變見董含三
岡識畧

宣宗朝江陰季文敏公芝昌尤以詞章邀　睿賞自十二年及第從大考連列高等
疊奉　山東浙江江西學政主考之　命二十三年與考試差翼日召對　上嘉歎
公文謂他人竭蹶喘汗不能到者汝則沛然有餘譬之於射汝穿楊百中矣公退以
不失鵠名其齋

方勤襄公維甸行狀云年十八入京　賜舉人內閣中書軍機處行走　本朝樞臣
入直華要之年當無更少於公者按公一生歷有三大榮遇為自古人臣未有之
遭公始生時父恪敏公方總制畿輔彌月之辰恪敏適扈從　行在面陳後擁抱入
覲賞賚駢蕃一也未弱冠　賜中書所聘雲南裴撫軍女猶未娶也會引　見垂詢
命金壇于相國傳示裴中丞早為畢姻嗣裴夫人歸寧滇南又有　旨下直隸制軍
沿途促返二也公督閩浙以太夫人年逾八旬拜疏歸養後有　詔召贊樞務公奏
稱臣母不能須臾離臣臣又不能奉母就道懇辭　新命　上聞憫而許之乃報名
復加　賜珍物以遂其孝養之私三也　曠恩渥寵家人骨肉所未能體恤周至者
聖天子終始矜全乃無微不到如此百世臣僚宜何如踴躍感奮與詳見公行狀及
惜抱軒集桐城科名錄

沈琨初直軍機由中書選佛山同知以憂歸服闋阿文成王文端二公交章保留仍
在軍機行走由御史出守泰安此嘉道後所罕有者

陽湖李申耆先生兆洛少即絕特嚮學初應童子試縣令陳君以其年最稚而投卷
最先疑詰之先生應答如流令曰汝即歸吾不招覆汝矣通場必無及汝者招覆非
第一不可汝務年初試即蓋一邑非吾之所以期汝也遂在廳事書聯為贈曰他日
定成名進士乃翁真有好兒郎邑中傳為佳話比應學政試督學仁和胡文恪公既
首擢復將先生原場及覆試卷刻成凡學諸生各給一本曰歸家熟讀之毋薄李生
新進老夫衡文半天下未見有如李生者先生淹通天人學顯而博當其華年英發
固宜如景卿麟鳳並若雖先而當時名卿大夫有風教之責者一士之身矜寵培護
至此亦可謂難能已（或曰陽湖縣令識先生最先又激厲成全之此吏可云不俗晤畊僅以名進士相期何其陋耶余曰名進士三字近人多濫用耳循名責實一朝曾有幾人今君期許未為失當）

林文忠公督兩湖日整飭淮綱許挑賣私鹽之窮民改悔投充肩販由各處官鹽子
店給票挑赴四鄉賣完繳價此化莠為良之第一法也

比年直省督撫奏報壽婦百歲者三家一河南故漕運總督袁端敏公甲三之母現
任戶部侍郎保恒之祖母郭氏一廣東現任赤谿協副將周鳳山湖北補用副將周

岐山之祖母陳氏一直隸道光戊戌會元王振綱之母杜氏皆親見七代五世同堂
先後奉　特旨褒賞袁母年九十七王母年九十四皆援建閏計算之例以百歲請
旌周母則於同治十年實已躋致百齡矣項城之袁繼世名臣直節蓋猷著聞中外
周氏兄弟從曾文正公轉戰東南奮力最蚤書勛最多卓然為中興宿將振綱學問
淵醇性淡榮利主講保定蓮池書院門牆鼎盛科目傳家畿輔儒流奉為魁碩三壽
母之子孫表表如此良由　天眷首出　聖善垂型聲教則朔暨南漸班僚則文經
武緯以故期頤貞壽適在鼎鐘閥閱之門豈非　昌明之運　聖孝之徵歟

同治三年賊擾江右南安戒嚴知府黎兆棠請其母馮氏出城暫避馮氏怒叱之並
出簪環犒士命兆棠登陴死守賊攻益急則率鄉兵開城出擊之屢挫狂寇郡城獲
全馮氏力也巡撫沈公葆楨以聞得　旨旌獎殆不愧古之夫人城矣

海鹽之陳本出渤海高氏相國文簡公官京朝時遂與平湖高文恪公聯譜會都御
史華野郭公劾文恪怙寵納賄並指目文簡交結狀得　旨一并休致公奏辯謂臣
宗本出自高譜牒炳然若果臣交結士奇何以士奇反稱臣為叔事乃得白

陳文簡公娶長洲宋文恪公女康熙間文簡由吏部侍郎巡撫廣西賓客入賀宋夫

人獨愀然不悅者累日。曰一門羣從。咸列清華。我夫子乃出為祖官。令我慙顏於娣姒矣。見鮚埼亭集廣陵相國傷逝記。蓋其時陳氏一門。宗伯清恪公。司空文和公。丙齋司寇。䌹廬少宗伯。皆官九列。而夫人之姊妹夫。太倉王相國。海甯顧侍郎。合肥李宮詹。長洲繆宮贊。亦同時以巍科清秩。比踵朝端。故夫人云然也。門閥姻婭之盛。簪紱翩連。史書罕見。祖官數語。較謝道韞天壤王郎一段議論。尤矜貴已。

陳文勤公世倌相 高宗十七年。每數奏及民間水旱疾苦。必反復具陳。或繼以泣。上輒霽顏聽之。曰汝又來為百姓哭矣。詳洪編修亮吉集中。

海鹽陳太守渼。精岐黃家言。官禮曹時。相和珅名令視疾。太守洛於座主韓城王文端公。曰。此奸臣。爾必以藥殺之。否則毋見我。太守謝不往。和嫉之。時已保御史。乃出為翠昌知府。復以事貶知州。按文端為乾隆朝名相。同官非人。何難臚列奸私。獨達 天聽。明正其攬權誤國之罪。假手刀圭。恐涉詭詐。然和珅當日以上公懿戚。手掌綸綍。久領朝班。非無小康由謹。而 純皇擴寬大之度。届耄期之年。政府相攻。慨傷 聖意。公一時忠憤激發。嫉惡若仇。容或偶為此語。揆其心術。仍不失為磊落光明。頃見太守族孫其元庸閒齋筆記述之。知非無稽之言矣。

乾隆間。粵東諸生謝啟祚。年九十八。猶入秋闈。以年例當早邀 恩賜。大吏每列其名。輒力卻之。曰科名定分也。老手未頹。安見此生不為耆儒一吐氣。丙午鄉試。果中式。謝戲作老女出嫁詩云。行年九十八。出嫁不勝羞。照鏡花生靨。持梳雪滿頭。自知真處子。人號老風流。寄語青春女。休誇早好逑。時同榜有十二齡童子。撫君某鹿鳴宴紀盛詩。有老人南極天邊見。童子春風座上來。一時傳為佳話。明年應會試。 特恩授司業銜。又三年。恭祝 純皇帝八旬萬壽。晉秩鴻臚卿。瀕行。 賜詩額以寵之。又十數年卒。蓋壽近百二十歲矣。有見其硃卷履歷者。先後三娶二媵。舉十三男。十二女。孫二十九人。曾孫三十八人。元孫二人。此君非特登科年齒之高。當為 本朝第一。即家門鼎盛。子孫眾多。恐亦罕與比儷也。余在京師。粵中士大夫為余言如此。後見德清俞氏印雪軒隨筆亦載之。當非讕語。

乾隆戊戌會試。金壇于文襄公。韓城王文端公。為總裁。文襄丁巳狀元。文端辛巳狀元。王出于門。蓋師生也。時于已大拜。王亦相繼入閣。同考嘉定秦大成。癸未狀元。元和陳初哲。己丑狀元。休寧黃軒。辛卯狀元。歙縣金榜。壬辰狀元。是時凡狀元在朝者。無不入場。而是科狀元大庾戴文節公。即出金房。後亦為宰相。繼兩總裁衣鉢。洵盛事之希有者。按兩總裁四同考六狀元中韓城兩外皆籍江南可見江南狀元之多

康熙間。嘉定布衣孫致彌。以都尉耿某薦。 特旨賜三品服。充朝鮮採詩使。美除清秩。亙古無儔。士論榮之。戊辰入詞苑。旋罷史議起用至翰林學士。

重宴瓊林。已不多見。而重賜及第。則惟 本朝潘文恭公一人。以乾隆癸丑大魁天下。至咸豐三年甲子一周。公已早躋台輔。而是科公子星齋侍郎曾瑩適奉 命典春官試。公孫少農師祖蔭。以前一年及第。闈後公與小門生稱新同年。朱輪黃髮。領袖 恩榮。奉觴少子。即新貴之座師。攜杖童孫。乃清班之前輩。遭遇福澤之隆。科名門第之盛。開闢到今。無與抗手。大學士重宴恩榮若溧陽史文靖公貽直無錫嵇文恭公璜兩公皆江蘇人

藤陰雜記載朱竹垞以帶僕充當供事。出入內廷。潘稼堂耒以浮躁輕率。有玷講官。為掌院牛鈕參劾。原奏尚存。康祺按大科初開。廷臣原議處以閒曹。如中行評博之類。 聖祖特恩。一二等咸入翰林詞館。中以八股進身者。咸懷忌嫉。遂有野翰林之目。朱潘兩檢討。尤負盛名。宜牛鈕亟思鋤去也。不然帶僕入直。京官常事。豈獨竹垞一人。品學若稼堂。尚玷講官。誰復勝簪筆侍書之任哉。

本朝科第世家。如祖孫會狀。父子鼎甲。王漁洋戴龐塏之纂詳。余謂莫奇於鎮洋

汪廷璵。乾隆戊辰探花。子學金。辛丑探花。儀徵陳嘉樹。道光壬辰傳臚。子彝。同治壬戌傳臚。可謂無獨有偶。陳氏父子會試皆中第一百二十五名。尤奇。

康熙間。 上齋內直諸臣。嘗繪澄懷八友圖。主之者漳浦蔡文恭公。其七人則陳尚書悳華。程文恭公景伊。張文恪公泰開。觀總憲保。二周學士長發玉章。梁少詹錫璵也。汪文端公由敦。秦文恭公蕙田作記。武進劉文定公綸作長歌。鉛山蔣侍郎士銓代涂少空逢震作二律。中有云。地鄰海淀兼三島。人異淮南正八公。為時傳誦。咸豐之朝。倭文端公亦嘗繪澄懷十友圖。孫方伯衣言遜學齋集中有記。圖中姓名。惜未全舉。

康熙己未。宣城施愚山先生。以監司膺薦。重入長安。其寓邸寄雲樓下老梅。四月間忽開四花。比鴻博 詔下。先生與同寓高詠俱入翰林。其南鄰孫卓。會試以第二人及第。即為歷一甲第三。四君本同里。遂應四花之兆。

曹文恪公秀先第在米市胡同。乾隆癸巳。邀程文恭公景伊。嵇文恭公璜。英恭定公廉。詩總憲張公若潍。大司寇崔公應階。少司馬蔣公元益。仿香山真率之會。倡和極歡。越四年戊戌。易以蔡文恭公新。周文恭公煌。總憲羅公源漢。時有七人元旦五百

歲之句。朱石君先生對以二老同年十九科。蓋指文恭也。先是康熙戊子，沈心齋閣學涵、紆勞介巖僉憲之辨、汪涵齋少司農晉徵、孫樹峰少宗伯岳頒、張勿齋少司寇廷朱近庵少京兆□□。為五老會，集於陶然亭，用人生七十古來稀為起句，各賦一律。時五公年皆七十也。乾隆戊子，沈方伯世楓在京，邀陳太僕兆崙、周學士景柱、朱鴻臚續經、傅副憲為詩，作五老會，亦有圖詠。二事皆見藤陰雜記。

臚傳次日，諸進士禮部赴宴，堂西北懸飛龍畫軸，設香案謝　恩。畫軸之設，始於乾隆元年，取龍虎得士之義也。

石琢堂殿撰未遇時，客游澄江，客有習扶鸞術者叩之，連作三魁字。其後石鄉試第十三，會試第十四，殿試第一，皆如左券。殿撰獨學廬詩有而今始識榮枯事，早定男兒墮地時之句，即指此也。按扶鸞幻術，什九虛無，非士大夫所宜崇信。殿撰詠此，蓋以科名前定，富貴天生，亦足使營營攖攖之徒各安義命，庶不至紛爭冀倖，是其故吾爾。

京師西山潭柘寺，唐曰嘉福，元曰龍泉，明曰萬壽，今曰岫雲。以山頂有龍潭，又有大柘樹，故相傳稱潭柘也。柘久枯落，入門而右，有銀杏一株，大合抱。　聖祖臨幸寺中，樹發孫枝一。　高宗再幸，又發孫枝一。見石琢堂殿撰西山游記。

善化唐確慎公鑑，為近代理學名臣。　宣宗登極，詔大臣各舉所知，諸城劉文恭公鐶之薦起之。歷外臺垂三十年，開藩江左，以疾告歸。　文宗踐祚，復有　詔召公赴闕，進對十有五次，時政利弊，靡所不罄。　上以其力陳衰老，不復縻以職守，令還江南，矜式多士。時公方主講金陵書院也。乾嘉以來，朝士宗尚漢學，承學之士翕然從風，幾若百川之朝東瀛、三軍之隨大纛。公獨潛究性道，服膺洛閩，力踐精思，與世殊軌，亦豪傑之士矣。公歷官中外，廉惠眾著。其官京師，相從講學者，倭文端、曾文正、何文貞桂珍、侍郎吳廷棟、侍御竇垿數公也。（按公成嘉慶十四年進士改翰林檢討由御史改道外放謚法無文字）

列聖巡幸木蘭，蒙古諸台吉及四十八部盟長，例於出哨之後恭進筵宴，習武合歡，有所謂塞宴四事者，扈從諸臣多有賦詠。一曰詐馬，選六七歲以上幼孩，文衣錦襮，銜尾騰驤，散鬣結鬉，不施鞍轡，而追風逐電，馳騁自如。別樹大纛於數里外，先至者受上賞，餘亦　恩賚有差。一曰什榜，番樂也，胡笳箏篴，頗有上古遺音。酒半，名王上公更迭獻技，其聲容制度與中土之笙鏞簫管絕殊，而侏離佅傑，亦復自有節奏。一曰布庫，相撲為戲也。徒手搏擊，分曹角力，伺隙蹈瑕，不專恃匹夫之勇，勝者有卮酒羊牀之　賜。立飲無算。（□曰作先今關　聖祖之欽賞習此也）一曰教駣，駣，名馬也。凡遠塞之産，初入收牧，不受羈靮者，蕃王子弟執長竿，繫絲索，或跗而登，或超而過，鞚控酣嘻，疾如風雨，必使調良馴習而後已。逸羣奔踶，馭之者愈柔，剽悍神勇，頗為壯觀。蓋我　先皇綏輯外藩，於游歌弭兵之場，不忘武備也。

武進莊方耕少宗伯存與，以乾隆乙丑第二人及第。其弟培因賦詩調之云：他年令弟魁天下，始信人間有宋祁。後果中甲戌狀元。此雖家衖美談，科場佳識，第元魁鼎甲，權不自操，雖曠代奇才，豈能預以第一人為息壤？昔汪容甫致稚存太史書，亦有狀元大物，留待拙兄之語。容甫才豈出學士下，而終身蹭蹬，未踐斯言。況汪猶施之友朋，莊則傲之兄弟，骨肉至親，至以科名高下相睥睨，適見其器小矣。

康熙辛丑會試揭曉後，一榜人物，先令王公大臣看驗。時馬觀察維翰軀幹短小，挺立不跪。提督隆科多呵之曰：不料渺小丈夫，風骨如許。對曰：屈膝不跪，尚未見維翰風骨也。後以給事中轉建昌道，忤總督，直揭部科，可謂薑桂之性，至老不移。

員外郎內用九階，方得四品，故有九轉丹成之號，謂員外、郎中、御史、掌道、給事中、掌科、鴻少、光少、通參也。比年京曹沈滯，竟有徧歷九階者。

武進趙恭毅公申喬，儀狀奇古，圭角岸然。長戶部時，人呼冷廟龍王。身後　贈謚曰恭毅，洵名副其實矣。

四庫館初開，以翰林官纂輯不敷，劉文正公保進士邵晉涵、周永年，裘文達公保進士余集、舉人戴震，王文莊公保舉人楊昌霖，同典秘籍，後皆改入翰林，時稱五徵君。

京師諺云：翰林院文章，太醫院藥方，光祿寺茶湯，鑾儀衛轎杠。又云：吏科官，戶科飯，兵科紙，工科炭，刑科皁隸，禮科看。蓋各舉其職守也。又御史巡城諺云：中城珠玉錦繡，東城布帛菽粟，南城禽魚花鳥，西城牛羊柴炭，北城衣冠盜賊。蓋各舉其所地之地華樸喧寂迥不同也。

吏部四司，世稱喜怒哀樂。蓋文選司掌升遷除授之籍，故曰喜司；考功司掌降革罰俸之籍，故曰怒司；稽勳司掌丁憂病故之籍，故曰哀司；驗封司掌封贈廕襲之籍，故曰樂司。

刑部直隸司大門必欹邪不正，曹司始安。奉天司門閾一二月輒施髹漆。相傳有直隸不直、奉天無縫之語。

合肥龔尚書憐才下士，嘉惠孤寒，海內文流延致門下，每歲暮各贈炭資，至稱貸以結客。馬殿撰世俊未遇時。長安過乏。倪徐特甚。謁文簡公。公讀竟歎曰。李嶠真才子也。贈金八百。為延譽公卿間。明年辛丑。馬遂大魁天下。公卒。竹垞輓詩有云。奇聲進拔賤。休作帝京游者。蓋深惜之也。

長洲徐枋。前明遺老。甲申後。卜居靈巖山側。澄懷丹青。世稱絕妙。將軍蔡毓榮督武昌。遣使通書。且餽兼金求畫。枋笑曰。明府正是殷荊州。特吾薄顧長康不為耳。其峻潔如此。世傳湯文正巡撫江南時從訪之枋堅不出此不然枋嘗與文正周旋人言妄也蔡毓榮以明臣降則枋欲絕之若文正者理學經濟枋所夙知何必避而不見

吳江計甫草東。讀書講學。風趣異人。嘗客鄴中。訪謝茂秦葬處。為封土三尺餘。立碣表誌。至順德。忽憶歸震川常佐此郡。有廳記二首。求其遺蹟不可得。西向再拜。流涕被面。游泰山。至日觀峰。見豐碑矻立。大書人子不登高不臨深。即杖策而下。還吳見黃孝子向堅。自稱弟子。逸事尚多。此特其最著者。

寶應王白田先生。年五十始通籍。上書乞教職。雍正元年。由安慶教授薦入京師。特旨授編修。直 上書房。同直者大學士福敏。尚書徐元夢。朱軾。侍郎蔡世遠。皆公卿大臣。先生以一窮老廣文。躋廁其間。進退雍容。論辨經術。不激不隨。蔡公稱為當今戴侍中。於是輦下百僚。莫不推敬。蓋服膺朱子之效也。程朱諸賢。儒生 本朝康乾

之間。亦自得行其志。

李徵君鍇。鐵嶺人。隸廂白旗漢軍。湖廣總督煇祖子。鍇雖貴公子。而善詩文。解音律。放達不羈。澹於榮利。晚年卜築盤山下。畚棨為圃。雜蒔花藥。性嗜茗。每出游。必使小奚負鐵鐺瓦缶。罌罌磬磬有聲。乾隆元年。少司馬德沛舉應鴻博科試。不入格報罷。二十年。詔舉經明行修之士。大司空趙宏恩。兵部侍郎觀保。交章薦鍇。以疾辭。著述數百卷。多有裨於經史之學。與鍇為友者。戴亨。陳景元。馬大鏞。皆工詩。宗法漢魏。所謂遼東三老也。案雷副憲鋐視學浙中有懷五布衣詩一即景元

國初廬陵張學士貞生。以道學名。躬行尤卓絕。蚤喜陽明良知之說。晚乃宗師紫陽。嘗制聖門戒律八條。自警警世。一穿窬之類。多方鑽刺者是。一患得患失鄙夫貪緣攫進者是。一妾婦阿附取容者是。一壟斷賤丈夫據為奇貨者是。一墦間乞人望門干謁者是。一無忌憚小人侮法作奸者是。一德之賊游移不定者是。一不遠禽獸淫蕩無恥者是。康熙中。議遣大臣巡察。學士上書切諫。被 詔引見。以所言過戇。下考功議免官。 詔貶二秩。其自為詩云。聖明豈是誠難格。臣戇還應術未全。可知其所養矣。後 特旨復原職。

聖祖天亶右文。凡耆儒碩學。名山著書者。其姓氏多達 睿聽。一日李文貞奉獨對。 上偶問今時處退之士。文貞以宣城梅文鼎。關中李容。河間張沐對。 上親筆記之。 御箑屢語廷臣。嘉歎特至。中外聞風。因號文鼎等為海內三隱。

梅文鼎定九。少攻推步之學。著書滿家。其天學疑問三卷。經李文貞奏進。 聖祖覽而善之。四十三年。巡江南。 名見於 御舟中。嗟為雅士。並惜其老。 賜御書珍饌。 命其孫瑴成直內廷。說者謂以算數被恩遇。周髀以來。未之有也。

宣城梅瑴成。泰州陳厚耀。同直南書房。正定算學諸書。 聖祖嘗召厚耀於 便殿。問測景使何法。厚耀不知。 上寫西人定位法。開方法。虛擬法示之。又 命至御座旁。隨意作兩點。 上自用規尺畫圖。即得相去幾何之法。瑴成直 蒙養齋。 上亦授以借根方法。諭之曰。西洋人名此書為阿爾熱八達。譯言東來法也。 幾餘召對時有指授。自後二人之學彌益精邃。瑴成由進士官至總憲。謚文穆。厚耀以教授超授編修。官至左諭德。研覃絕學。授自 聖人。討論秘書。遂成不朽之盛業。其為榮幸。豈有倫比與。

武進臧鏞堂。在東。大儒玉林先生之元孫。挈弟禮堂。和貴。屏棄俗尚。獨抱遺經。樸學

清門。歷四世不墜家法。兩漢以後未有也。鏞堂吶於口辯。友朋羣居。塞默相對。說經堅守師說。嘗謂戴東原所為毛鄭詩。好逞臆說。以奪舊學。惠定宇好用古字。所校李氏周易集解。與開成石刻往往互異。皆惠氏私改也。鏞堂生平不喜疵毀古人。而東原定宇當代儒宗。獨不肯違心依附。世以為得和而不同之誼。

賈臻郋齋筆乘云。岳斗南觀察興阿。為內閣侍讀時。在大庫睹見雍正中年大將軍與內閣公文封筒。向書右仰內閣字。大三寸許。加朱直跋尾至此。宜其及矣。

部院各衙門值日。八日一周。咸有定序。曰吏翰。曰戶通詹。曰禮宗欽。曰兵常僕。曰刑都大。曰工鴻。曰理鑾光。曰內圍。凡朝官內直者。皆從省文呼之。

世稱翰林院講讀學士無事日有事。有事日無事。詹事府衙門開印日封印。封印日開印。蓋每翰林院直日。講讀學士遇無事擱。如有應奏事件。則由掌院具摺。而學士弗與也。至於東宮官屬。則政務清閒。用印日少。故有此對。

太和殿導品級山。鐫正一品至九品。文左武右。合正從計之。為行四。為數三十有六。恭遇 皇上升殿。科道官立山旁糾儀。謂之站山子。即宋人排班石遺制。惟今範金為山形。為差別耳。朝官戲呼站山子科道為天罡星。蓋舉其數以相嘲也。見郋齋筆

乘。康熙間三逆削平。詔以詞臣曹禾請封禪疏付廷議。時張文貞相國秉筆。迺請停止。蕭山任同卿千之。方官六科。亦上言封禪僅見司馬相如書。不足慕效。又云。巡狩載虞典。古諸侯各君其國。天子巡所守。以協同詖禮制度。今天下一家。巡狩之禮亦可不舉。

郎潛紀聞卷六終

郎潛紀聞卷七

清　鄞陳康祺著

嘉慶十四年。閩浙水師攻剿蔡牽。鏖戰重洋。閱兩晝夜。蔡逆夫婦沉海斃。黑水洋盜船一律燒燬。餘盜擒斬無遺。經閩浙總督楊師誠由五百里馳奏。上大喜。慰封福建提督王得祿子爵。賞戴雙眼花翎。封浙江提督邱良功男爵。並各頒賞珍物有差。是役吾郡孫軍門大剛。童軍門鎮陞。先有罪。至是還孫總兵原職。童開復頂戴。相傳浙軍閩攻逆船。追逐千里。枵腹苦戰。喋血於狂風巨浪中。兵勇傷殘極眾。比閩軍遲一日到。已功在垂成矣。奏捷之疏。由總督主稿。遂有閩幫攸於浙幫之說。而恩賞亦稍有軒輊。邱軍門致浙撫書。謂掃蕩鯨鯢。肅清海甸。總是大快事。不必計較功伐。真名將風規也。昔鍾鄧入蜀。渾濬平吳。設皆如軍門大度。固當功名始終。

阮文達公繼娶夫人。乃孔子七十三代長孫女。爲昭字輩衍聖公孫女。憲字輩衍聖公女。高宗巡幸闕里。夫人尚年幼。隨其祖母跪迎。宮輿駐。與詢年齒。且攜手賜宮花一朵。後文達以詹事視學山東。遂委禽焉。比成婚杭州。禮儀輿服。隆於一時。以詩賀者有歷倍只用十三經之句。夫人習書禮。能詩文。有讀史雜文數十篇。唐宋舊經樓詩六卷。世遂號經樓夫人。按文達督學時。畢秋帆宮保爲東撫。謂阮封翁曰。吾女可配衍聖公。公爲媒。衍聖公之本生胞妹。可配公之子。吾爲媒。乃同締姻。二公表章經籍。篤古崇儒。至求淑相攸。必屬之東魯聖人之裔。誠不愧儒雅風流矣。

嘉慶十八年。教匪林清之變。滑縣老岸鎮巡檢威寧劉公斌首發其事。手擒逆黨學文成牛亮臣。親致之縣。縣窮治文成。折其脛。黨與散而期會誤。得以即時戡定。公功爲多。方九月七日。賊奪門入城。公居典史署。聞變持械出巷戰。殉難。事聞。贈知縣。賜謚忠義。公以徙薪曲突之人。遭爛額焦頭之慘。幸聖明知其始末。故九品微官。獲邀易名之曠典也。詳見梅伯言先生柏梘山房文集。

仁和關侍郎槐。官中書時。先以善畫供奉内廷。入翰林後。始直尚書房。高宗賜詩。有松下敲書寮之句。因自篆松下書寮四字爲齋額。

道光間。西夷犯浙。武臣多死綏者。如金華副將朱貴及其子昭南。死慈谿大寶山。壽春總兵王錫朋。處州總兵鄭國鴻。定海總兵葛雲飛。狼山總兵謝朝恩。死定海竹山門。當時諸將一心。戰守艱苦。威德洽而紀律嚴。父老皆以爲長城之倚。奈調兵請餉。動輒掣肘。至於力竭身殉。浩氣同歸。至今談者猶下涕。嗚呼。誰秉節鉞。摧我忠良。某某葉之肉。不足食也。文臣牧令已下。亦聞有殉難者。乍浦同知山東韋逢甲。鄞縣知縣福建姚懷祥。縣丞雲南李向陽。典史甘肅全福。凡四人。朱將軍及定海四忠戰績。近人多紀述者。吾擬就吾鄉老成人詢訪一二逸事。卒卒未暇。先識於此。

四鎮守舟山時。兵民輯睦。忠義響應。兩人已喪膽思遁。其時若非大帥遥制。可使殲首受約束。而 中國威稜。更一二百年。猶赫赫也。不幸穆相當國。壹意主和。耆英琦善。伊里布諸人。多選懦無遠略。自和議成。而軍士灰心。敵益狂狡。逆有四忠併命之禍。有士人賦詩紀事云。海外方求戰。朝端竟議和。將軍伊里布。宰相穆彰阿。直筆欽述。不惡而嚴矣。

讀書者不賤。守田者不饑。積德者不傾。擇交者不敗。桐城張文端公英聰訓齋語。多格言名論。此四句尤切至。

時帆祭酒初名運昌。乾隆五十年升庶子時。 命改法式善。法式善者。 國語謂勉上進也。祭酒雄文邃學。清班二十載。未嘗一與文衡。兩應大考。俱左遷。相傳書法甚古拙。知乾隆朝已重字不重文矣。

嘉慶丙辰。 太上皇帝御製重華宮茶宴詩。命廷臣次韻。叶嗟字韻多不得體。獨彭

文勤公代和珅作云。帝典王謨三曰若。鴻虞麟趾五吁嗟。 兩聖人皆歎賞。嘉慶某年。御製觀龍舟詩。命詞臣賡和。衆皆窘於水嬉嬉字韻。獨錢唐陳太史嵩慶句云。萬國魚龍呈曼衍。九重珠玉戒荒嬉。蓋 上方以黜奢崇儉諭示廷臣也。 仁宗亦大數賞。許爲壓卷。

本朝儒臣以文章名世者。天台齊侍郎與諸城竇侍郎齊名。曰南齊北竇。河閒紀文達公與嘉定錢詹事齊名。曰北紀南錢。又曹倦圃溶評詩。以南潘北李並舉。蓋指天生次耕兩先生。大興朱竹君學士與青浦王述庵少司寇。皆喜提唱風雅。人稱北朱南王。嘉慶中。歙鮑宮詹桂星與吾師童通副槐。亦有南童北鮑之目。則以應制詞賦見稱也。按鮑南人而云北鮑俟考

聖祖天縱多能。藝事無一不學。亦無一不精。 幾暇作畫賜廷臣。令海内舊家尚有寶守者。時滿洲參領唐岱。號靜巖。工山水。寄名入内廷。論畫法。因 御賜畫狀元。見胡學士敬 國朝畫院錄。

顔中丞希深。乾隆時官平度知州。于役省垣。州遭大水。城不没者數版。哭民嗷嗷。流冗載道。太夫人聞而惻然。命發倉粟盡數賑饑。民賴以甦。大吏以擅動倉穀劾罷。中丞官。 上覽疏大怒曰。有此賢母好官。爲國爲民。宜保反劾。何以示勸。立 擢知府。並 賜其母三品封。天下翕然頌 聖天子如天如神焉。顔後官至巡撫。子檢由拔貢官直隸總督。孫伯燾由翰林官閩浙總督。固由遭際 唐虞重循卓而獎賢明母子。獲膺異數。而太夫人仁慈果決如此。其澤物型家。類推可想。宜乎子孫其達。以節鉞爲傳家故物也。語云。活千人者。必封。誠不誣已。

福建例貢荔枝。道光元年。經顔制軍檢奏罷。昔宋洛陽相公猶以貢進牡丹。招同時詩人譏刺。若制軍乃不愧忠孝家矣。

乾隆閒。會稽壽同春以布衣客臺灣淡水廳幕。值林爽文之變。淡水同廳官及於難。壽屢轉賊中。密約忠義士反正。城立復。乃搜捕莠不逞。斬刈無算。而撫定其孑遺。賙卹備至。威惠大著。草萬言書。渡海達大府。大府疏告。 天子嘉賞。卽 命知淡水廳。備政多可紀者。後罵賊不屈死事聞。 贈太僕寺卿。蔭官立祠。 恩禮有加。壽亦人傑矣哉。

嵇封翁永仁。文敏相國父。文恭相國祖父。故福建巡撫范忠貞幕客也。耿逆反叛。與忠貞同繫幽室者三年。卒遇害。時文敏方七歲。母太夫人苦志撫教。以有成立。比文

敏貴。 封翁之忠義。太夫人之節孝。並奉 特旨旌門。而封翁獄中所作百苦吟和淚譜續離騷等種。公亦彙刊傳世。珍忠苦節。二曜同光。復得兩世賢宰相以收茶櫱冰霜之報。蒼蒼者果無知也耶。

嵇文恭公弱冠爲詞臣。謹慎無纖微過失。嘗於進呈文字中有引經改寫。坐是出 南書房。自後每掌文衡及進部院疏奏。遇 廟諱 御名。倍矣敬畏。卽尋常點畫之細。偶有舛訛。不少假貸。

六朝金粉之遺。秖賸秦淮一灣水。逮明季馬湘蘭李香君輩出。風情色藝。傾動才流。迨今讀板橋之記。畫舫之錄。紙墨閒猶留馨逸。自兵燹十年。而一片歡場。又復鞠爲茂草矣。金陵克復後數月。畫船簫鼓。漸次萌芽。時六安涂廉訪守郡。丞飛牒縣屬禁。次日謁曾文正公。公笑謂曰。聞秦淮河燈船尚落落如曙星。吾昔計偕過此。千艘梭織。笙歌徹宵。洵承平樂事也。又次日。公先約幕府諸君買棹游覽。並命江甯上元二邑令。設席款太守。一時士女歡聲。商賈靈集。河房榛莽之區。白舫紅簾。日益繁盛。寓公上著。聞信來歸。遂大有丰昌氣象。公眞知政體哉。

交河王少司寇蘭生。起家一秀才。康熙十三年。以李文貞薦。 名直内廷。癸巳 賜

舉人。蒙恩命開局與編纂事。後以母病請急。有 旨將韻書帶回就家纂輯。服闋復赴書局日侍 講筵。承 顧問。晨入酉歸。無間寒暑。時猶未通籍也。辛丑 賜進士。以庶吉士充武英殿總裁。留館踰年。即署司業。典廣東試。督浙學。歷康熙雍正乾隆三朝。凡 天祿秘書頒行海內者。靡不與點勘之役。樂律一門。尤專屬匠文柄。屢膺 賜賚無算。年僅中壽。發跡列卿。論者謂 本朝文臣清望殊榮。公尤出高文恪上云。

吳江陸朗夫中丞燿。外任時。母已年高。 上稔知之。初選大理府。爲改登州。升西甯道。復爲調運河。及爲方伯。母夫人以痰疾顛狂益甚。必中丞侍側。少息叫號。乃上疏陳情。即蒙 溫綸垂允。 純皇帝之推仁錫類。體恤臣工。史書未之有也。

壽序諛詞。自前明歸震川始入文稿。然每觀近今名人集中。偶載一二。亦罕有不溢美者。 本朝惟潘次耕檢討耒序林先生六十序。頗有關係。其言曰。漢自黨人議起。海內名德網羅殆盡。而鄭康成獨全於禁錮之餘。黃巾不入其里。從衆數千人。昭烈修弟子禮。所注經籍。百代宗之。隋季綱紀文章蕩然。文中子挺生其時。慨然有宏濟之志。獻策不用。家居著書。河汾之間。才俊如雲。卒贊貞觀太平之治。以此比儗亭林。方見命世大儒。遭罹厄會。實由天啟明德。留此寒泉碩果。藉以開 興朝文運之先。非如李二曲。王船山。律己堅貞。僅僅守采薇之節者可比。然非先生莫能當此也。今世文士識力。若潘次耕者。容或易遇。而所撰題目。非肉食貴官。即詞賦名士。或竟語錄劄記之儒者。以及多牛足穀之富翁。碑銘誌傳。無一人可傳。文之人但求文能傳人之文。執筆浩歎。又豈獨壽序然與。按檢討遂初堂集亭林壽序後有戴耘野六十壽序末段有噫嘻悲矣豈不痛哉等語施之今人其子僕背師之屏悼乎即此知壽序之不可爲

康熙朝。欽吳君苑自檢討遷中允。進侍講。擢祭酒。僅百日。同館榮之。然苑爲祭酒。實克舉其職。故事。國子生初就舍。司成以下。操幣以見。曰到監贄。歲滿當咨部授職。有出咨費。苑悉除之。故制。貢監生教習八旂子弟者。年滿試禮部。十人中八授縣令。二授州倅。資格年勞本相等。徒閥倖門。苑奏請悉補知縣。八旂子弟舊不與考校。苑令一體考校。仍請增鄉會試額。皆報可。又前代成進士者。皆勒名太學。 本朝自丙戌後。缺勒石者十八科。爲次第補之。復搜元明諸碑之缺者。或埋或仆。發地畢出之。其風節治行。皆此類。宜 聖祖臨雍講觀。於什百詞臣中簡一人焉。爲天下師。不次超遷。若以爲非苑莫屬也。比歲吾同郡姻連如章采南鋆。張子騰家驤二君。相繼長國學。余每以鼎足孫吳況之。孫文定公教胄時大著聲績令太學諸生以孫吳並稱二君人品學術。甚有師法。亦每稱 聖祖朝之嚮用臣僚。無倖受特達之知者。

順治十三年。 上諭庶吉士教習已一年。授爲科道。果有忠言讜論。始爲不負所學。時乙未庶常。授御史給事中者甚多。

國初設川湖總督。自乾隆十三年。大軍進征湖廣。川湖總督不能兼制。乃專設四川總督。從嚴侍郎沆請也。

京師爛麪胡同。昔稱爛眠。故畢澳移居詩有街坊爛麪名元好。不敢隨人作爛眠之句。

乾隆己卯鄉試。江西人有夢神告曰。金哥哥來典試。前一科丙子典試者。爲金檜門宗伯。夢者謂必金公再來。後正主考爲錢文敏公。始悟金戈戈即錢字。

錢文端公。二典江西試。其庚午試竣寄其姪籜石宗伯詩有云。悔不重遊廬阜遠。越二十年癸巳。宗伯亦典試江西。洵佳讖矣。

毛馳黃先舒嘗有詞云。不信我真如影瘦。又云。鶴背山腰同一瘦。書來淡墨知伊瘦。世稱毛三瘦。見陳檢討集中毛馳黃韻學通指序。

嘉慶初年。東南海上多盜。曰鳳尾幫。曰水澳幫。皆閩盜。若橫小幫。浙盜。繼出有黃葵幫。皮和尚秋等小盜。皆閩粵間人。而閩盜蔡牽幫。粵盜朱濆幫。尤驍悍難治。後惟黃葵幫於玉環投誠。餘則皆閩浙水師。危檣大礮。次第擊滅。 天子甄序勞臣。有列爵至五等者。其最奇莫如五年四月。神風助順。蕩平安南盜一事。時舟師猶未成。安南大艇幫。縱橫南海。蜂聚五六千人。有四總兵及爵侯僞號。其聲勢與朱蔡二逆埒。方游弋海壖。忽大風暴雨。黑浪山立。漂全股盜船於台州松門。杳冥間若有神人追逐。沿海守兵。乘風威下擊。如屠豕羊捕蝗蝻。然四總兵溺死者三。磔死者一。爵侯亦殄滅。羣盜無一倖脫者。奉 旨以總兵敕印擲還安南王阮光纘。表言但令總兵巡海。不慮其入浙爲盜。悚息謝罪。自後安南夷盜無復有片帆入中國海境矣。 聖朝懷柔百神。威靈遐震。固宜海若天吳。代將帥驅除之任。令伏教小醜。廢視中華禮義之邦。一旦天怒貫盈。當復有嘉慶五年四月事。

嘉善謝金圃侍郎墉。乾隆十六年以優貢應 南巡召試。列第一。 賜舉人。授內閣中書。明年 賜進士出身。改翰林。因撰文錯誤落職。廿四年獻平定回部鐃歌。復原官。在 上書房行走。嘗館大學士傅文忠公家。額駙尚書忠勇公暨文襄王。皆沖齡

受業。凡掌文衡。而在江南則典試督學皆再任。五十四年降編修。偶病涇。上猶遣太醫堂官臨視。六十年休致。時已疾篤。睿皇帝方在青宮。與諸皇子皇孫遣中使存問無虛日。侍郎生平所蒙受異數。在他人得其一節。即為破格。恩遇曠十世不易遭。而公屢仕屢躓。乃始終承兩聖人寵眷如此。然公純篤貞亮。實足以仰副倚任。其甄擢名士。卓識宏量。尤為近代公卿之所難。三元錢棨。鄉會試皆出公門。殿試公與讀卷。世稱盛事。高郵李進士惇。嘉定錢進士塘。山陽汪文端公廷珍。陽湖孫觀察星衍。甘泉焦明經循。皆由公識拔成名。經術文行表表。稱江淮間儒者。汪明經中。方貧困遭侮。受公知。充丁酉科江都拔貢。公嘗語人。予之上容甫。爵也。如以學。予於容甫北面矣。自是明經文譽始大起。阮文達公始應童子試。公極口獎勵。名入第讀書。卒為鉅儒賢相。嗚呼。前者督學十八人。越三年一更易。典試數且倍之。憐才愛士如謝公。今何人哉。秀才初出貢。許其才學足為侍郎學政師。雖自知素明者。恐未易毅然出諸口。公於是乎不負所職矣。

金川之役。阿文成公攻克美美卡時。以皮船渡水。克小金川僧克桑遊澤旺。降。遂進討大金川。皮船之製。今不知尚有存否。能行海中否。俟考。

朱文正公以侍讀學士。授福建糧驛道。擢按察司。調山西升布政司。以按察司黃檢奏公終日讀書。於地方事無整頓。公入覲。復授翰林學士。迴翔中外十四年。仍居原職。仕宦不可謂不鈍。然公在朝一載。即奉高宗命侍仁宗讀書。自此明良契合。外而方伯連帥。內則宰相六官。謨明弼諧。遂為皋夔伊傅一流人物。則仍黃檢福之。而實亦終日讀書之效也。刀筆筐篋之士。烏足以知之。

彭文勤公嘗墮馬西華門內。朱文正公亟呼輿人入門舁之。遂被吏議。降二級調用。夫文勤未嘗賞乘轎。文正豈不知之。殆倉猝中不及他顧也。即此見前輩交誼之篤。

史局初開。詔徵前明李映碧侍御。鶴書屢赴。堅不出山。一時名輩多以詩文投贈。有七律一章。最切合。能寫出侍御身分。詩云。致獻徵文董石渠。蒲輪遠賁竟何如。班彪自昔能編史。范粲終知不下車。北部姓名鉤黨後。東京人物夢華餘。惟應獨拜江邊樹。公論憑開井底書。余昔見是詩。記是康熙朝徵士所作。忘為誰某。并忘其為刊本或墨蹟矣。字句亦恐有偶舛者。

康熙間。妖人朱方旦。道光間薛執中。皆挾道術游京師。能驅遣風雷。役使鬼神。先期言休咎。多奇中。王公貴人。爭拜座下。朝官趨走若鶩。方旦經講官於入直時劾奏。執中以言官上聞。皆依左道律服上刑。大僚多連染降黜。噫。在昔文成五利之徒。雖卒以詭誕見誅。而吞竊崇封。耗土木金銀至無算。儻生際聖朝。其能一日姑容於化日光天之下與。士大夫見理不明。惑於禍福者。尚其鑒諸。余在都時。詞臣中有文學博雅者。能言篤信扶鸞之術。余嘗以二事語之。

潘文恭公試童子日。端坐試席。風度凝重。吳縣令李逢春異之。因命對云。范文正以天下自任。公應聲曰。韓昌黎為百世之師。夫文正昌黎。後世殊難追逐。然公口氣如此。則已安排作狀元宰相矣。

西湖龍井寺。以秦淮海倅杭時。與寺僧辯才往還。遂成名勝。乾隆二十七年。高宗皇帝親奉慈輿。省方南服。駐蹕湖壖。旬日中翠華四幸。宸章題詠多至三十一章。自來勝剎精藍。莫之與比。見莊中丞有恭碑記。乾隆六十年。淮海裔孫小峴侍郎濂。備兵浙右。剏建淮海祠。侍郎自撰一記一跋。而梁山舟侍講為之書。南海謝中丞啟昆有謁祠詩二首。同嵌壁間。足稱三絕。杭州兩遭兵劫。今不知興廢如何矣。

葛壯節公雲飛。為水師名將。嘗偽作商舟以誘賊。東南海盜擒剸極多。賊中為之謠曰。莫逢葛。必不活。公子以敦。征粵寇有功。能以匹馬出入賊陣。賊屢披靡。呼之曰銀鎗小葛。後亦殉難。

陸清獻三魚堂日記云。始見魏環老。一見如舊識。言及丙辰冬推閩臬之時。皇上問嘉定無錫兩縣俱好。朝議方推。而參疏夕至矣。環老言及之。尚慍形於色。余但自謝至誠不足以感動上臺。無足怪也。又一條云。辛未六月十四。在闕右門會議捐納保舉一事。忽起大風波。至二十二日始得寬免之旨。方顛沛時。最承相愛者滿人則鍾申保。漢人則同衙門各道長外。如譚祖豫之計畫盤費。張長史之殷勤執贄。崔平山之躊躇前路。皆有古風。而沈樂存之慷慨顧救。尤同衙門之傑出也。清獻官聲學派。冠冕昭代。世無異辭。觀此二事。於參劾不公之上司。絕無怨望。而於同朝故舊。偶有一言之申救。一事之周卹。耿耿不忘。若真受再生之德者。非聖賢中人。那得如此和平。如此篤厚。

三魚堂記云。邵二泉為江右提學。行事如生員不葬親者不許科舉。又生員年少能文者。限其每季讀書若干。此二事講求根本。有裨風教。可為後來視學者法。

漳浦蔡文勤公之以庶常入都也。寶應喬教諭某。遇諸逆旅。見其舉止而異之。聞諸外舅甘撫胡斯恒。胡以閒年大將軍。送偏諸　上至大用。然文勤實不知也。見姚格晚學齋文集。平湖顧廣譽云。年高文勤事。與方侍郎作墓誌。雷副憲序文集。所云奉特旨入都者不合。傳疑俟攷。余謂果有其事。年雖　嚴譴。而公以　恩遇始終。正見公之岳立不阿。　世宗之知人則哲。

陸清獻公與崑山徐尚書為同年。而意趣不合。嘗論尚書生平。謂晚年刻通志堂九經解為第一善事。

西域聞見錄。乾隆四十二年。滿洲七十一號。七十一嘗奉使西行。故語多確鑿。書中多垂誡。不甚夸耀武功。尤為紀述佳手。蓋阮吾山司寇葵生實為潤色云。

武進管侍御世銘。在臺垣負抗直聲。一日與友人酒坐。時和珅以伯爵官大學士。衆譽伯揆無虛日。侍御被酒大言曰。諸君奚為者。吾方有封事。衆皆駭愕。是夕侍御歸邸舍。遽卒。見姚椿所作管侍御唐詩選書後。姚聞之洪稚存太史子符孫。符孫得諸太史。太史與侍御同里友善。其言當不謬。按姚文又云然通副灃以劾和珅奉上命借家軍機處為排律所用衣食不除寒悴以死世皆疑其被毒惜翁指明其不然惜翁指姚傳先生也

無錫鄒小山侍郎一桂。工詩善畫。嘗繪南百種。各題詩其上以進。　上賜額四字。曰黃華知己。

北平黃崑圃侍郎叔琳。以康熙庚寅視學山東。越六十年。哲嗣忍庵都諫登賢。亦持節是邦。其訓士遵才。一以家訓為規臬。士林誦之。

笥河先生齋名椒花馛。石君先生別字南厓。皆見覃溪復初齋詩。

道光丁未會試。山東孔慶瑚為同考官。孔氏宗族應迴避者數十人。按聖裔散處各省者皆依行聖公單行不書格傳故每遇孔氏子孫有主考同考之役以同宗例迴避不論籍貫禮部尚書祝慶蕃以為言。請復別試迴避之例。　上問國家原有此例。因何停止。慶蕃對。乾隆某科有宰相子弟迴避者。　純皇帝恐臣僚與有私昵。乃停此例。　上曰。今年非亦有宰相子弟在迴避中耶。慶蕃叩頭莫能對。遂罷官。

覃溪學士鮮香坡公。每歲十二月二十五日。輒集四方名士於蘇齋。為公作生朝。後傳　本朝王文簡像。亦如祭坡公例。惟每祭文簡。必偏詢坐客。謂漁洋品古今五言詩。以盛唐為宗。盛唐五言。又以三昧集王孟諸家為宗。而先生選五言詩。於唐止取五家。有韋柳而無王孟諸家何也。請下一轉語。方許同列拜跪。

七閣藏書。在奉天者曰文溯。敬按　太宗文皇帝統師入關。嘗釋奠於盛京文廟。即

立文館。築翔鳳閣。以譯書史。實陪京文溯之先聲也。今日詞臣。詢以七閣規模。其閣許者至不能舉淵潤津溯之目。豈復知巍然傑閣有以翔鳳　命名者。為我　朝文明肇始之基耶。

乾隆癸卯順天鄉試。考官三人。同考官十八人。皆用翰林出身可為詞林榮幸。以四書題詩題同在首場。亦是科始。

盧抱經學士文弨。精於攷索。每朋輩小集談藝。學士仰而沈思。以手頻摩其面。同人戲語。此省皂脂錢耳。

康熙壬戌七月。王文簡公士禎。陳文貞公廷敬。徐健庵尚書乾學。王幼華給諫又旦。汪蛟門比部懋麟。集城南山莊。禹慎齋鴻臚之鼎。作五客話舊圖。蛟門為記。卷藏澤州陳氏。

乾隆庚戌四月。　上東巡。遣官祭尹吉甫墓。並　垂問吉甫子孫。途次適南薰徐來。　上語侍臣曰。此即詩所謂穆如清風也。　高宗稽古右文。　天語典雅如此。

滿洲西林覺羅氏。自步軍統領鄂拜。曾官祭酒。後鄂拜姪鄂爾奇。姪孫鄂容安。元孫潤祥。皆相繼長成均。潤祥字補臣。有四世司成詩卷。按西林氏西林覺其姓文端公鄂爾泰嘗自稱西林鄂爾泰世遂以西林為文端別號矣自從龍入關。重侯累相。武達文通。在豐沛故家中。遺澤最遠。第一輩福倫。一等男爵鐵寶。副都統兼一等男爵鄂爾泰。大學士一等襄勤伯。第二輩天保。襲一等男。烏金。內閣學士禮部侍郎。鄂實。副都統。征葉爾羌陣亡。謚果壯。鄂容安。進士。官至兩江總督。征伊犂陣亡。謚剛烈。第三輩鄂岳。散秩大臣一等伯。鄂津。伊犂領隊大臣。其餘中外一二品官。不可勝紀。如近日之盛京將軍都興阿。察哈爾都統三等男爵勇毅公西凌阿。江甯將軍穆騰阿。皆其族也。至搢門鐘鼓。四世人師。祖德君恩。鍾之太學。則尤簪纓世胄肩背難望者矣。

湘陰左舍人忠植。今大學士恪靖伯兄也。少豁達。好談時務。歷贊大府帥戎幕。與伯相齊名。咸豐初年。洪逆起事。　上命故相賽尚阿經畧粵西軍務。時舍人方官京師。以賽相參佐非人。亟草牘力薦江忠烈公於壽陽相國。壽陽遂上達　天聽。忠烈之轉戰數省。豐功勳節。為　中興諸將眉目。實自舍人識拔始。

左舍人慎齋文鈔。有與胡詠芝中丞書。詠芝文忠字子徵文忠女婿也舍人云。咸豐三年冬。星孛翼軫。岷樵亡。五年熒惑在翼軫犯左執法。羅山亡。八年星孛翼軫掃上將。迪庵亡。按岷樵江忠烈字。羅山羅忠節。迪庵李忠武也。康祺性好雜覽。獨於占驗推步之術。夙未學

究不如其言之當否。姑述之，以貽後之志天文者。

和珅柄國時，其家奴多乘高車，横行都市，無所憚。湘鄉謝侍郎振定，方巡城，遇馬，捽而鞭之，火其車於衢。世稱燒車御史。後二十餘年，侍御子興嶢以固始縣令，膺卓薦名見，上從容問曰：汝即燒車御史之子乎？不數月，特旨擢成都知府。

前明華亭尚書書畫，距今不過四百年，而真迹絶少，蓋由聖祖皇帝最愛董筆，當時海内佳品，玉牒金題，彙登秘閣，惟題元宰二字者，以上一字犯御名，臣下不敢進覽，故尚有流落世間者。見獨學廬二稿董香光山水詩畫卷跋。

郎潛紀聞卷七終

郎潛紀聞卷八

清　鄞陳康祺著

京師書攤，今設琉璃廠火神廟，謂之廟市。攷康熙朝諸公，皆稱慈仁寺買書，且長年有書攤，不似今之廟市，僅新春半月也。相傳王文簡晚年名益高，海内訪先生者，率不相值，惟於慈仁寺書攤訪之，則無不見，亦一佳事。

翁覃谿復初齋集題詩龕竹石圖詩注云：時與程魚門、姚姬傳校讐清秘堂，同和東坡玉堂種竹詩。按時在乾隆戊子、己未間，姬傳方官戶部，魚門亦尚未入翰林，可見當時部郎有才望者，原可與清秘校書之役也。姬傳族孫瑩石甫文鈔，記是役非翰林爲纂修者八人，姚、程外，任大椿幼植亦預，餘未詳。

漁洋三十九歲，以戶部福建司郎官典四川鄉試，後乾隆戊午，錢裴山楷亦三十九歲，以戶部福建司郎官奉是使。漁洋蜀道集用坡公密州詩三十九歲事，裴山亦追和其韻，可謂儒官韻事。余今年亦三十九歲矣，自前年補缺迴避，不復作使星玉節之夢想，而斗大一城，尚如海上神山之可望不可即，追溯前賢，豈果賢不肖之相區絶遠與。

嘉慶己未，高郵王引之、秀水錢昌齡、汾陽曹汝淵同入翰林，是三家皆三世翰林矣。科第清門，衣冠盛事，王定保摭言未有也。

乾隆壬寅，諭文淵閣新藏四庫全書，自四月四日始，每册用御寶二，前曰文淵閣寶，後曰乾隆御覽之寶。

國初趙氏寄園舊址，在今給孤寺隣近，乾隆庚辰、辛巳間，王述庵侍郎、翁覃谿學士、諸桐嶼太史結屋比鄰，時有三家村之目。

洪稚存太史亮吉，幼孤貧，母太夫人教之讀書。一日，太史從受儀禮，至夫者妻之天，太夫人慟絶良久，呼曰：吾何戴矣。遂廢此句。太史貴後，繪機聲燈影圖，徧求名輩詩筆表揚，同時鉅人長德，咸有題詠，見之嘉道詩文集中甚多。

禮烈親王，太宗文皇帝兄也。天聰間，薩爾滸山之戰，殲明兵五十萬，王功尤多。他如葉赫烏拉諸部，衆皆降伏，畔亦復靡役不從，載在琅書，炳如星日矣。相傳王所乘馬，名克勒，國語稱棗騮馬，阜青鬃尾者也。高七尺，長丈咫，是馬腹下旋毛如鱗，識者謂之龍種。每聞鼓鼙聲，輒矯首歘戰，摧陷當衝，嘗病渴，自跑地出泉，洗創即痏，軍中呼曰聖水。蓋天祐大東，房星應瑞，元氣之厚，雖一物亦神駿不凡也。馬舊有圖，藏禮王府。汪琬為作傳。翁方綱為長歌。

林文忠撫蘇日。常謂僚屬曰。吾恨不從牧令出身。蓋事由賢路。曾文正暫兩江日。嘗曰。作官當從州縣作起。纔立得腳住。今士人通籍。多以翰林為榮選。次亦望為六部曹郎。以升遷較外吏捷耳。國計民生。不稍留意。雖宰輔何榮。而身為州縣者。又往往急催科。緩撫字。瘠百姓。肥身家。案牘付之幕僚。耳目寄之胥吏。閭閻利弊。適濟奸貪。又不如京朝官之冷署浮沈。不致殃民誤國也。

林文忠性卞急。撫蘇日。嘗手書匾額於聽事之堂。曰制一怒字。昔宋賢呂本中。款屬吏當先以暴怒為戒。公以之自律。其克己功夫。尤切實已。

彭雪琴侍郎。以水師克復小孤山。凱旋後。摩崖題句云。書生提指戰船來。江上旌旗一色開。十萬雄師齊奏凱。彭郎奪得小孤回。

濰縣相國大拜時。太夫人猶無恙。宣麻日。公喜詠云。史無朝士稱前輩。尚有慈親喚小名。琅琅一呼。不讓蘇易簡矣。

乾隆戊申。上以相臺五經鏤板。特築五經萃室藏之。舊例科場試士。士各習一經。至是始用五經連歲取士。蓋感動聖懷。實由傳翁翻刻也。

康熙乙丑。錢文端典禮闈。夢三大錢聯系。是科得錢文敏公維城。而文敏公房。則錢相人方伯琦也。衆谿詩屢及是事。

國初崑山歸處士莊。與亭林齊名。時有歸奇顧怪之目。從華亭陸嶠。字日為。工畫。與同里嚴載齊名。亦稱陸癡嚴怪。蓋士大夫浮沈里閈。其制行稍岸異者。未有不使流俗人魚鱗鴉睨者也。

容城孫徵君奇逢講學夏峰。四方才俊留門下請業者。郁廉為滿。湯文正以監司乞養歸。方授徒梁宋間。聞徵君名德。造門問道。執弟子禮甚恭。讀書十年復出。畧名位而崇天爵。淡浮榮而究性功。篤志謙光。非可望之今世士大夫矣。

順治初。祭酒薛所蘊薦容城孫奇逢。稱為許衡吳澄。請以奇逢長成均。奇逢固辭。事雖不行。其風古矣。

康熙朝鴻詞科。凡年老試不入格者。吏部為覆量注官。惟容城杜越。太原傅山。聖祖命加中書舍人。時人歎為美授。

國初容城張果中。蠡縣彭了凡。西華理豊和。並著奇節。皆與孫徵君奇逢友善。王漁洋謂之蘇門三賢。果中少任俠。明季左光斗魏大中被逮。皆主其家。了凡明諸生。亂後游河朔。依徵君以居。貞介絕俗。上人餽之粟不受。餓死。肯受傷。徵君弔曰。餓夫慈。豊和本姓李。恥同闖賊。遂復大理之理（按興化李嘉兆[illegible]上人[illegible]行父中中從昭其子書命從姓理氏時人知也和者也周與之合天下傳為二賢）。徵君稱為當世後一人。三賢雖制行過中。而敦尚風節。砥礪清修。聖人復生。當亦置之狂狷之列。嗚呼。學校如林。儒冠滿眼。卓彼三子。弗可及已（按二理從姓取古人所未有不憾受姓而[illegible]闖賊承天乃有此[illegible]語之理按李氏[illegible]殊非眼不足恨理門大[illegible]也）。

亭林先生廣師篇云。學究天人。確乎不拔。吾不如王錫闡。讀書為己。探賾洞微。吾不如楊雪臣。獨精三禮。卓然經師。吾不如張爾岐。蕭然物外。自得天機。吾不如傅山。堅苦力學。無師而成。吾不如李容。險阻備嘗。與時屈伸。吾不如路安卿。博聞強記。羣書之府。吾不如吳任臣。文章爾雅。宅心和厚。吾不如朱彝尊。好學不倦。篤於朋友。吾不如王宏撰。精心六書。信而好古。吾不如張弨。百詩先生論人物。嘗稱吳志伊之博覽。徐勝力之強記。自問不如。吾鄉李果堂先生。最心折萬氏家學。嘗云粹然有得。造次儒者。吾不如公擇。事古而信。篤志不分。吾不如季野。杭大宗太史亦自謂吾經學不如吳東壁。史學不如全謝山。詩學不如厲樊榭。數公皆經術湛精。文章淹貫。尚樂集思廣益。撝謙自下。如此。今鄉里晚學。稍識途徑。便謂朋輩中莫可與語。志高氣溢。宜其畫矣。

國初孫徵君講學蘇門。號為北學。餘姚黃梨洲先生宗羲。教授其鄉。數往來明越間。開塾講肆。為南學。關中之士。則羣奉西安李二曲先生容。為人倫模楷。世稱關學。二百餘年來。講堂茂草。絃誦闃如。詞章儉陋之夫。挾科舉速化之術。儼然坐皋比稱大師矣。

二曲主講關中。康熙中初以隱逸薦。後以鴻博徵。皆稱病力辭。自謂不幸有此名。乃學道不醇。洗心不密。不能自晦所致。遂杜門斷交接。朋友造之者。絕不得見。一日白崑山顧炎武。元和惠周惕至。倒屣迎之。談讌極懽。一時門外驂望顏色。伺候車騎者。駢肩累迹。幾如荀陳會坐。李郭同舟。東漢風流。再見今日也。

郃陽康處士乃心。潛心理學。進退辭讓。一以聖賢為準則。時秦人為之語曰。關中二李。不如一康。二李謂二曲天生也。

康熙間。蕭山毛西河奇齡。錢唐毛稚黃先舒。遂安毛會侯際可。俱以文章雄長東南壇坫。時海內謂之語曰。文中三毛。浙中三毛。

順治初年。宣城施愚山。萊陽宋直方。雲間周釜山。同官刑部郎署。多暇。敝車羸馬。相過從飲酒賦詩爲樂。一時都下盛傳，謂前明王李諸君白雲樓唱和遺風，居然不墜。同光之交，余官西曹六年，同舍郎非章句腐儒，即胥吏子弟，間有一二風雅之士，率厭苦應官畫諾，終歲不踏曹司門。白雲樓下，吟聲寂如，可歎也。

又刑部福建司有甘露軒，配四川司之白雲樓，亦王李當年賦詩唱和地，查查浦嗣瑮詩所謂甘露飛來緻柏枝是也。

刑部白雲亭，地形最低，夏秋雨後，輒排几案作橋，亭中水深至一二尺。阮吾山司寇詩云：十八曹司水際浮者，今尚然也。然相傳以沙擁翰林院、水浸三法司，爲吉兆，不解何義。

國朝駢體，自以陳檢討爲開山。由其才氣橫逸，澤古淵醇，而筆力又足以駕馭之，故隸事言情，具有六朝家法。一二俗調，不能爲全集疵也。降而思綺林蕙，氣息茶弱，浪得名矣。顧聞吳蘭次慷慨義烈，敦尚友誼。長沙趙洞門總憲當柄用時，車馬輻輳。及罷歸出國門，送者三數人，蘭次與焉。其召還也，賓客復集，蘭次獨落落然蹤跡闊疏。合肥龔芝麓尚書提倡風雅，門生故吏徧九州，歿於客邸，兩孫惸惸孤露，無過存者。蘭次則哀而振之，撫其幼者如子，而字以愛女，泊於成立，使名家子孫，無西華葛帔之歎。風義如是，文章餘技已。章檢討行誼亦純粹，見省府志本傳。

虞山錢宗伯下世，其族人風受卵異者，妄意室中之藏，糾合亡賴少年，焉於宗伯愛妾所謂河東君者之室，詬厲萬端。河東君遂自殺。同縣嚴生武伯，不勝其憤，鳴鼓草檄，以聲厥罪。宗伯之家始安。夫宗伯以前朝魁碩，宗匠儒林，晚節摧頹，至盡喪其數十年談忠説孝之面目。其人誠不足論，第其生前獎借孤寒，陶成後進，一旦聲華澌滅，而平日依草附木之輩，遂反脣而肆其訾謷，迄於家室漂搖，姬姜畢命，蒿裙練帔，孤雛可憐，亦未始非人情之過薄。河東君一死報主，地下老尚書不知相對作何語。若嚴生者，可不謂古之義俠與。

錢唐梁侍講初字元穎，偶得元貫酸齋行楷山舟字，揭之軒中，士林遂稱山舟先生。後陽羨任禮堂過雲間，於天馬山周氏見石刻山舟二字，遒麗飛白，甚奇古，蓋趙承旨筆也。亟手拓一本，畀吳槎客騫，攜至杭州，贈侍講。任梁素未謀面，自此遂訂交。槎客賦長歌以紀。

國朝舊制，會試知貢舉非甲科人員不開列。嘉慶□□年，特命無錫秦小峴侍郎。秦由乙榜起家，蓋異數云。

計甫草東、顧茂倫有孝、潘稼堂耒、吳漢槎兆騫，皆吳江人，皆以詩筆雄視當世，皆落拓無所遇。其郡人翁君小海，追慕典型，因畫象以示鄉里。元和顧澗賓學博有松陵四君畫象記。

劉向別錄始析校讐二字之義，鄭樵通志於藝文略亦附校讐之名。迨本朝乾嘉諸儒説經鑒鑿，實事求是，而校讐之學始覺前無古人。諸儒中校書最精、傳播最夥者，莫如元和顧學博千里。（按千里少時學術祇後學者稱萬卷書生，見李徵君兆洛所撰墓誌銘。）如胡果泉中丞之宋本文選、元本通鑑，孫淵如觀察之宋本説文、唐律疏義、抱朴子、古文苑，吳山尊學士之晏子、韓非子，張古愚太守之撫州本禮記、嚴州本單疏儀禮、鹽鐵論，黃蕘圃孝廉之周禮、儀禮、國策，秦敦夫太史之鬼谷子、列子、揚子法言，奉天錄、隸韻攷證、碑目攷證諸書，駱賓王、李元賓、呂衡州諸集，皆精審不苟，有功藝林。自頃髮捻交訌，中原兵火，故家舊籍，强半散亡，而顧刻諸書，珍如球璧矣。滬家插架中所少者，祇秦刊數種。比年來田園蕪沒，仕宦蹉跎，惟此差不讓人。

灤陽札什倫布（譯言福壽之廟），爲黃教喇嘛諷經坐牀之所，廟後第七層，供 高宗御容。

熱河墨斗嶺，又名雲渡，見曾公亮武經總要及王沂公行程錄。 聖祖渡此，賜名廣

嶺。又棒錘鋒，即酈道元所謂石挺。 聖祖賜名磬錘。

灤河三座塔地，有石名慶雲萬態奇峯，蓋宋花石綱之遺，艮嶽物也。前明曾移植瓊花島，不知何時遷置塞外。乾隆間紀文達公以編校閣書于役至此，始訪得之。

列聖巡幸木蘭，每秋獮行圍，例歌飛燕捉天鵝之曲。

避暑山莊前後七十二景匾對，皆 先朝宸翰， 高宗御筆尤多。

道光間，薊州郝氏七世同居，食指千計，男耕女織，家法嚴整，士子讀書應考，入學中舉人，不赴禮部試，恐入仕也。出游不得越二十里外。京外官奉使其地，咸主其家，備供頓，不纖悉累地方官吏。四民之往來，則具酒醴蔬秫，無虛日。其餘睦姻任卹事，不勝書，人皆稱郝善人云。康祺按此事纖微，無關掌故，而窮鄉編戶有此馴良孝友之家，貞不絶俗，善不近名，古來獨行傳中實所罕覯，亦足見我 朝王化之行，首及畿甸，詳列於此，俾采風者有述焉。

錢唐戴文節公熙，夙工書畫。道光辛卯，爲鄉人沈文忠公兆霖畫雙桂，題南宋詞曰：占斷花中聲譽，香和韻兩奇絶。蓋文忠方應舉，寫此作利市也。是歲榜發，文忠名在第二，同人以爲畫讖。文節賀詩，遂有桂林聲譽原無比，悔寫蟾宮第二枝之句。後十

年文忠已登東使郎文節為人畫月桂圖述及前事自謂畫不足藉人以傳比同治初元文忠奉 命勦撫叛回值秦中山水暴漲沒於王事而前三年庚申文節早殉難杭州藎臣碩輔先後騎箕譽望馨香兩相輝映則真所謂畫讖矣

太常仙蝶好與士大夫之風雅者作緣或數千里相訪值名人官奉常則無不至本朝勝流紀此者多矣以余所聞吳縣潘鄭庵師祖蔭長太常時蝶曾一至仁和許星叔大庚身以太常卿奉諱南歸卜葬之日蝶亦栩栩然來項閣藏文節公題畫偶錄知道光二十九年立夏日公在私宅晨起突見窗上一蝶黃質黑章四趺古樸類枯葉公子驚喜曰兒聞仙蝶四趺此良是公近窺之略不畏人惟屢張其翅似索畫公故善丹青遂取箋為寫影稿成即入署（公時以少馬直南齋）晚歸蝶尚在又張翅不已公諦視悟所寫未肖復細撫形色及剝落處一一似之回視公子皆曰肖蝶始翩然去公自謂僦此宅幾二年未見一蝶是日院中來三蝶皆久駐檐外蓋其侍從云清衔久住歲久通靈偏識名流至能擇人索畫蝶誠仙矣然游戲人間必留此毫端之幻相豈神仙猶好名歟

見亭河帥麟慶官中書時亦見仙蝶於薇垣且至其第又至河南開歸道署又再至袁浦節署時河帥適得金尚書光第仙蝶圖（尚書見仙蝶集於京寓馬櫻花下而作宗人府學士有詩）因倫徵題詠以識奇緣案河帥公輔世家風流儒雅政蹟亦卓然有聲宜蝶之遠道依依過從尤數云

道光辛丑八月恭值 聖壽六旬部院臣工照例奏請舉行 慶典 宣宗以㕥夷內擾海氛不靖未 俞所請遂使萬國仰呼嵩之願羣工廢宴鎬之儀鉅典崇禧竟從貶損蓋 先朝慎重海疆耄期倦几之年猶無日不以驅攘為志也

太和門丹墀左之石閣儲嘉量丹墀下之石匱儲米穀值 大駕出宮鹵部中象負寶瓶亦儲五穀蓋 先朝定制寓意淵微欲使 聖子神孫觸目有稼穡艱難之警也

乾隆丙子紀文達公以扈從道出古北口偶見旅壁一詩剝落過半中有一水漲喧人語外萬山青到馬蹄前二句公奇賞之壬午順天鄉試公充同考官得朱子穎孝純授詩作曾則是聯在焉因歎鍼芥之契果有風因後公出督閩學嚴江舟中賦詩云山色空濛淡似煙參差綠到大江邊斜陽流水推篷望處處隨人欲上船嘗語子穎謂此首實從萬山句脫胎人言青出於藍今日乃藍出於青此固驗壇佳話亦可

見前輩之虛心盛德不沒人長也

介野園少宗伯福嘗四主會試四主鄉試其他 殿廷衡文不可枚舉嘗有 恩榮宴詩云鵷鷺新班宴 御園推頹老鶴也來軒龍津橋上黃金榜四見門生作狀元于文襄公亦嘗贈以聯曰天下文章同軌轍門牆桃李半公卿可謂儒官榮遇宗伯後以隨扈南巡道卒先一夕有大星隕於舟前殆天上奎婁紅塵小謫來助昌明之文運歟

紀文達灤陽續錄載阿文成公平定伊犁時捕一瑪哈沁問其何處得火藥曰蜣螂矖乾為末以鹿血調之可代硝磺但力少弱又一蒙古台吉云鳥銃儲火藥鉛丸後再取一乾蜣螂以細杖送入則比尋常可遠出一二十步文成試之均驗又瘍醫云水銀能蝕五金金遇之則白鉛遇之則化凡戰陣鉛丸陷入骨肉者但以水銀自創口灌滿鉛即化水隨水銀而出可免剖取之苦今火器盛行行軍者不可不知

紀文達會試時出孫端人宮允人龍門下孫豪於酒嘗嫉文達不能飲戲之曰東坡長處學之可也何併其短處亦刻畫求似及公典試得葛臨谿太史正華酒量冠一世公函以書報孫孫覆札云吾再傳而得此君關之起舞但終嫌君是蜂腰耳承平士大夫詩場酒社諧謔風流令人慨慕

紀文達自言自四歲至老未嘗一日離筆硯乾隆壬子三月偶在直廬戲謂友人云昔陶靖節自作挽歌余亦自題一聯曰浮沈宦海如鷗鳥生死書叢似蠹魚百年之後諸公書以見挽足矣劉文清公竦笑曰上句殊不類公若以挽陸耳山乃確當耳越三日而陸副憲訃音至文達紀之槐西雜志以為事有先兆云

國初瀋陽范氏勛業鼎盛文肅公文程翼贊 龍飛為我 朝阿衡尚父康熙初三孽不靖忠貞公承謨方撫閩三年土室卒殉封疆又為我 朝雎陽常山偉略蓋忠祖孫踵起洵海內第一世家康祺按范氏自有明中葉由吳徙成蓋文正公裔孫也名相雲礽閱五百餘年又成閥閱世皆謂天平冢地使然（天平山為蘇州文正祖墓在焉）不知文正父子世德纍積實足致公侯復始之祥而 天祚 聖清啟於前朝全盛之年預置高平一脈於大東為異日 真人之佐命事關興廢豈區區疑龍撼龍之說所能為功哉

乾嘉間詩人多賦都門八古蹟一為法源寺甎塔相傳安祿山史思明建一為太醫院銅人在署內藥王廟作於宋天聖時世謂從海湧出非也一為報國寺窑變觀音

像高尺餘寶冠絲𢇁手非梵字輪一爲潭柘寺妙嚴公主拜甎公主元世祖女削髮
居寺中持觀音文禮大士拜痕入甎額手足五體皆具歲久甎壞獨留兩足痕明萬
曆壬辰孝定太后匣取入紫禁之一爲覺生寺大鐘明永樂間鑄萬曆間從經廠移
置萬壽寺乾隆八年移覺生寺一爲崇國寺姚少師影堂露頂袈裟趺坐一爲慈壽
九蓮菩薩像九蓮菩薩明孝定皇后夢中授經者也覺而一字不遺因作慈壽寺建
九蓮閣塑菩薩像跨一鳳而九首相傳菩薩爲孝定前身又長椿寺有黄綾紫軸繪
九朵素蓮花題曰九蓮菩薩之位即孝定也一爲刑部楊忠愍公手植榆在北所康
祺按都門古蹟唐已後明以前見之載紀者甚夥此八者殆偶然寄興或當時尚在
者也

窯變觀音像昔　高宗臨幸曾鐫銘詞見　御製集

京師廣渠門内萬柳堂爲　國初益都相國別業康熙時大科初開四方名士待
詔金馬門者恒讌集於此後歸倉場侍郎石文桂捐施爲寺　聖祖賜額爲拈花禪
寺乾隆壬申遼東李廌青山人鍇招詩人修禊寺中當邸秋明主人聞之携酒肴歌
吹來會凡二十有二人咸有賦詠燕郊春事朱郎謙光詩虎酒龍分張旗鼓洵　昇
平之佳話騷雅之清游也余入都曾一叩寺門房僧捫蝨古佛卧塔萬樹垂楊無復
一絲青翠回車不覺唏歎曰康乾二朝士大夫真神仙中人按元廉希憲萬柳堂在京都右安門外今亦無
迹

乾隆甲辰甘肅小山逆回田五爲亂聚石峰堡大肆淫掠逆犯通渭城知縣王慄割
鬚變服郷里典史温模福建長樂人夙有惠政聞變率兵民登陴固守七晝夜會糧盡
城陷正衣冠北向拜逆自經事平大學士阿公嘉勇侯福公以聞　純皇帝嘉悼之
有取義舍生嘗延於世之　諭贈府知事加知縣銜旋晉道銜　賜祭葬入祀昭忠
祠蔭一子知縣諸被難者咸有卹蔭而置王慄於法流外微官赫然忠義誰謂哦松
射鴨之中無豪傑士與

淵如先生官直隸司主事時領部務者相國阿文成公掛大司寇胡莊敏公季堂皆
刮目相待派辦秋審先生獨傳古亭疑多所全活外任陳臬七月平反至數十百條
雪死罪誣服者十餘亦不以之罪州縣官曰州縣豈能盡明刑律皆幕僚誤之也蓋
儒者之效如此我輩承之秋官本當神明法外依古義以求平若事事按律科斷則
一刀筆吏足以了之何以　睿皇帝煌煌聖諭非甲科人員不得與聞秋讞乎余在
刑部時嘗有句云幸逢　堯舜求刑措敢學申韓號法家同官輒笑爲迂可歎也

錢唐戴文節公以侍郎乞休家居庚申粤逆之難其絶命詩云傷心滿目挽時艱八載
籌防總汗顔撒手白雲堆裏去從今永不到人間越歲辛酉杭州再陷時張小巖編
修洵奉諱家居相助城守城破率妻子殉焉張與公同縣公投池張亦投井死張絶
命詩並有白雲堆裏吾將去前輩風流有戴公之句後經朝官請　卹亦諭文節二
公皆無守土之責就義成仁前輝後映足爲湖山增色矣

乾隆間嘉勇貝子援諸羅時壯勇公海蘭察前行行約百里貝子督師繼進夜大雨
天黑如墨還土山駐軍山頂貝子中坐隨軍官圍貝子坐外親軍外正軍皆圍坐賊
游兵近山踐泥滑過火炬千萬賊自炬中窺山黯黑無所見疑有軍發銃礮擊之貝
子令曰無出聲無動久之賊過盡雨霽天益明壯勇公已入諸羅城捉使至軍始起
行無一傷視銃礮子皆歷落入山腹又貝子征衛藏時有隘道幾一里賊屯軍守隘
北甚嚴大軍屯隘南三十里許貝子調軍伏隘東西而以前軍分五軍攻隘迭退迭
進戰一日蓋數十勝負貝子在大軍中前軍軍報沓至不動及二更前軍大敗退不
止賊逐前軍出隘南礮聲大震火炬盡熱照耀如白晝東西伏軍皆起賊驚退相蹂
躪我軍覆之入隘貝子急上馬萬騎齊足頃刻至隘口前軍伏軍已過隘貝子至
勇氣百倍大軍乘勢合攻逆夷賊屯追奔五十里而後止又貝子平林爽文時凱旋
自三衢方舟下嚴陵江舟設重樓陳百戲中軍鼓吹競作從官舟銜舳艫並兩岸貝
下軍容之盛爲史策所未有嘉慶元年貴州平苗之役五月丁巳有大星隕於西南
聲隆隆然數百里皆聞見欺詫踰日一騎白衣冠自大營來知貝子薨矣右節錄惲
敬大雲山房稿紀言惲自言聞之同時在軍中者乾嘉距今纔百年耳時　咸豐重
臣忠勇驍果如是蓋猶有　開國遺風矣

國初提學道多以郎中任之康熙間江浙兩省始改用翰林官以吉水李振裕視學
江南太倉王掞視學浙江王時爲贊善取士公明浙人有窮通翁之謠謂公所獎拔
皆寒士宿學而能文者也

國初沿明舊制閣臣例不兼經筵雍正以前惟崑山桐城澤州太倉四相國以大學
士兼經筵講官蓋殊數也

康熙五十一年通州增置倉廒科臣奏請開捐下內閣九卿議惟安溪李文貞公及
太倉相國王掞皆不畫題

康熙五十七年。孝惠皇太后升祔。議者以孝康皇太后升祔已久。欲位其次。大學士王掞議曰。皇上聖孝格天。曩者太皇太后祔廟時。不以躋孝端之上。今肯以孝康躋孝惠之上乎。議者不從公言。上果以為非是。令改正焉。太倉相國素有人倫之鑒。文臣如范時崇、陳璸、朱軾、李陳常。武臣如穆廷栻、杜呈泗。皆公所薦舉。後多知名。已上五則見錢大昕文淵閣大學士王公傳

乾隆五十七年。和珅方秉政。兼步軍統領。遣番役四出詗事。攜徒衆。持兵刃。為暴民間。官吏莫敢問。一日至山東博山縣。飲博恣肆。知縣聞即捕之。至庭不跪。以牌示知縣曰。吾提督差也。詰之曰。牌令汝合地方官捕盜。汝來三日。不吾謁。且牌止二人。而率多徒何也。撻而杖之。知縣卒以是去官。博山民若失慈母。而和珅遂亦不復使番役出京師。蓋知縣事者。偃師武億虛谷先生也。先生邃經學。攷證金石。多精論卓見。循吏儒林相表裏如是。戢暴馴良之異政。奈何與不讀書人謀之。

乾隆朝開四庫全書館。惟紀文達公昀始終其事。其後恭進全書表。相傳公振筆疾書。文不加點。同館莫不歎服。時總其事者。復令陸耳山副憲錫熊、吳稷堂學士省欽合撰一表。終不愜意。乃以公所撰表書二人銜名以進。純皇帝閱未終卷。顧謂諸臣曰。此表必紀某所撰。遂特命加賞一分。文達碩學鴻才。固為本朝有數人物。亦由遭際隆盛。睿照如神。天球河圖。獲供明堂清廟之用。可歎羡也。

河南侯戶部抒懷。順治壬辰進士。令濰縣時。清操絶人。大賈郭某陷於訟。薦紳為之請者以十數。侯閉閤不與通。同年某方守萊州。移書愬責。侯佯為莫解。復曰。濫竽作吏。贓職懷慚。苟有可以報朝廷愛百姓者。敢不惟命。守意沮。方抒懷出宰。其兄抒惲語之曰。吾家世清白。若以一錢歸。吾不復東視若矣。故懷以清節特聞。兄之教也。見田雯古懽堂集。康祺上書乞外。行作令矣。先兄履伯先生耿介方嚴。不後於抒惲。自兩弟入仕。遺書嚴責。口不言錢。余他日百里牽絲。計惟西江杯水。鄴林片石。清操勉樹。方足以承祖德而保兄風。書此聊自箴也。

郎潛紀聞卷八終

郎潛紀聞卷九

清 鄞陳康祺著

李文貞公光地。以直撫入相。桐城方侍郎苞叩之曰。自入國朝。以科目躋茲位者凡幾。公曰。屈指得五十餘人。侍郎曰。甫六十年而已得五十餘人。則其不足重也明矣。望公更求其可重者。見望谿集。以文貞名儒名相。媲迹夔契。侍郎猶勉之如此。後之人徒經綸理學。不逮文貞萬萬者。復以謏言日至。讜論無聞。或純任權術。或曲謹小廉。依恃寬大。自命賢相。恐鼎折覆餗之譏。不待終日矣。可不危歟。

高宗御筆偶仿李迪雞雛待飼圖。墨刻頒賜直省督撫。並諭廣為摹刻。徧及藩臬以下有司各官。俾知留心民瘼。勉奏循良。聖天子在宥如傷。雖游藝餘閒。而誠求保赤之懷。寓諸楮墨。凡為本朝臣子有牧民之責者。念之哉。按孟子有受人牛羊求牧與芻之喻。宋儒黃勉齋先生宰臨川時。有云。邑民猶雞雛也。令其母也。聖意蓋即本此。

吳文節公文鎔。督學中州時。祥符劉氏同胞四人。同案充學官弟子。後皆成進士。亦佳話也。

嘉慶以前。會試總裁多一正兩副。咸豐以前。順天主考。或兩正兩副。或一正兩副。自嘉慶己未科後春闈。同治甲子科後京兆闈。無不一正三副。此亦科場故實所當知者。

粵匪踞金陵。士夫陷賊中者。多以節烈著聞。副賊楊秀清嘗設策開偽科。逼多士賦詩。題曰四海之內皆東王。有諸生鄭之僑者。作詩痛詆。起句云。四海皆清土。安容鼠輩狂。人皆思北闕。世忽有東王。賊大怒。支解之。廩生張繼庚佯與賊暱。結為內應。七上書向忠武公。復親謁公營。圖反正。會大雪失期。會事洩被拘。賊窮治黨與。榜笞刺爇。身無完膚。終不累一人。賊復餌以甘言。乃請示偽官冊。指其悍者三十餘人。賊皆立斬之。既而悟。始磔君。君臨刑作絕命詞。有云。拔不去眼中釘。嘔不盡心頭血。吁嗟窮途窮。空抱烈士烈。殺賊苦無權。罵賊猶有舌。詞及上向公書。江甯人至今猶傳誦。又諸生夏宗銑者。賊脅就試。終卷有罵賊語。亦被磔。又張君同謀金和、賈鍾麟、李鈞祥、何師孟。皆諸生。嘗布置引官兵入伏城中。夜起殺賊。以有備不得逞。後不知所終。嗚呼。江甯之變。大府帥駐兵小孤山。聞警失措。全軍譁潰。坐失長江天設之險。迨雉城繼陷。身死輿中。碧血模糊。幸廁忠義。而東南人士。翩翩衣冠科目中人。至有以五

色布裹頭，署軍師旅帥偽銜，偷活草間，受督制誘封而不惜者，迄今中興二十年，度此輩亦大半槁項死，以視諸君子艱難求濟，慷慨殉生，薄祿未霑，大義是徇，其輕重之區，豈直泰山之於鴻毛哉。

乾隆間，南昌涂侍郎逢震以一甲第二人及第，由編修充宣諭化導使，未散館，授中允，歷侍讀，署學士，充講官，直　上齋，擢內閣學士，升工部侍郎，自釋褐至卿貳，才兩載耳。儒臣遭遇之隆，莫與為比。蔣心餘太史作公墓誌，稱其生有異稟，內行純密，通達政體，曲盡人情。　先朝不次之恩，蓋有自來矣。

咸豐六年，河南學政俞蔭甫編修樾奏請援蘧瑗之例，以鄭公孫僑從祀　文廟兩廡，又請孔子兄孟皮配享　崇聖祠，　詔下禮部議，皆如所請。　編修賓萌集中載文廟祀典議略曰：今所傳毛詩故訓傳者，大毛公亨所為也。大毛公之詩，其源出於子夏，鄭康成本之而為箋，孔穎達因之而為正義，乃　文廟從祀有小毛公萇，而無大毛公亨，非先河後海之義，宜增入者一。又曰：漢大尉南閣祭酒許慎，學於賈逵，從受古學，著說文解字十四篇，凡古文舊說散失無傳者，賴其書猶存什一。鄭康成注禮嘗徵引及之，慎又著五經異義，貫通經學，著述非一，而說文解字一書，猶為言小學者所宗，今春秋有事　文廟，慎不得與配享之列，無乃闕與，宜增入者二。編修又有孔忠移祀崇聖祠議略曰：家語稱孔忠字子蔑，孔子兄子，即孟皮之子。今從祀大成殿東廡，位在狄黑下，公西蒧上，然忠乃子思子之從伯叔父，子思子為四配之一，祭於殿上，而孔忠祭於廡，揆之倫理，有未順焉。伏思顏路曾晳，並孔子弟子，今不祀兩廡，而入崇聖祠者，避其子顏子曾子也。孔忠於子思非父子，然禮曰兄弟之子猶子也（康祺案：古人於兄弟之子無不稱子者，漢書疏廣疏受傳可證也），竊謂孔忠宜移祀崇聖祠，以安子思之神云云。編修自中州罷歸，閉關抱經，論著繁富，其抗議祀典，多有根據，甚愜士心。

和珅在政府時，上海曹劍亭侍御錫寶上書論劾，同朝多咋舌者，侍御至熱河待罪，純皇帝召入，諭之曰：爾讀書人，不讀易與，君不密則失臣，臣不密則失身，侍御叩頭流涕而出。至　仁廟時，事益大白，璽書褒美，天下咸歎　聖明，直臣非不可為也。（詳見卷四）

戴簡恪公敦元官司寇日，朝士呼為破敗書廚，以公萬卷羅胸，而蠢服敝車，外觀極寒儉也。康祺初入西曹，聞司員中前輩言之。

咸豐中，以蜀漢漢壽亭侯關公靈應尤著，　制詔禮官晉之中祀，於是廟制與句龍棄孔子侔盛比尊，牲牢舞佾，靡不登進，崇極大神之義，蔑以加矣。

本年晉豫奇荒，畿輔亢旱，　朝廷議蠲議賑，大沛恩施，下詔責躬，至於天降鞠凶，何不移於宮廷之語。二月初五日，　諭內務府將宮闈應用之需，力加裁減，省節浮費，以益賑需。聞近日　兩宮皇太后率　皇上露禱長跽，至三四時之久，仰望星月皎然，至於慟哭，舊例祈雨疏文，由翰林院撰擬，此次特　命南書房恭進，辭語迫切，幾踰絲林之積，具名稱臣某某氏某某氏率子男某某某，亦創舉也（南齋撰進稿無臣字，御筆去其字）。我　聖母敬天恤民，側身修行如此，眞乃女中堯舜，內外臣工若復因循泄沓，上損天和，何以自容於覆幬與。（時光緒四年戊寅）

時下詔求直言，士氣頓奮，封章日繁，翰林院侍講張佩綸，請殺四川提督李有恒，吏部主事趙林，請斬烏魯木齊提督成祿（二弁皆殺兵狀民經奏參者），佩綸與同業賓廷，編修何金壽，皆請　訓責樞臣，學士黃體芳，參戶部尚書董恂，乇齋召怨，請屏斥奸邪，洗馬廖壽恒，參大學士李鴻章，侈泰因循，左右無一正人，請　旨訓誡，體芳摺雖因措詞過當，付吏議，從寬，　寬宥其餘，條陳善政，指畫賑務者，不可枚舉，可見省臺容真鄙良多，博問周咨，原可收芻蕘之益，聞二三貴人，尚有謂新進建言，徒淆　朝廷耳目者，噫。

嘉慶丁卯，程鶴樵國仁以御史典試陝甘，次年戊辰，其子小鶴太史家督繼之，父子連科典試一省，亦佳話也。陝生有張樹德者，鶴樵賞其文，已入彀矣，以場不合例被黜，因附刊張作於魁卷後，語其子，以為交臂失此才。次年果得售，蓋即乃翁擬中之名次也。丁卯正主考為姚伯昂侍郎元之，侍郎喜談因果，尤重師生之義，嘗以為大字淵源，三生夙契，雖父子不能相假云。（事見池上草堂筆記）

宛平劉少司空鍾宛，國初以秘書院學士出撫山東，旋晉秩工部侍郎，告歸，八年，方値杖家之歲，時已有子女二十八人，內外孫十一人，一門羣從，章綬鼎盛，可謂殊榮，曼福備於一身已。

吳江徐虹亭秀水朱竹垞二先生，少負才名，定交　輦下，後同被徵，同入史館，相宅同居。虹亭就徵之日，屬友繪楓江漁父圖，竹垞題詩，有驚起沙鷗定相笑，黑頭未稱作漁翁之句，又填摸魚子詞，前調云，怕白水撈蝦，紅闌鬬鴨，與爾便無分，後調云，料八洲塘邊，三高祠裏，讓我醉眠穩，既而竹垞謫官，虹亭亦言歸，所居雖壤畫江浙，然郵箴百里而近，朝掛席而夕抵其廬，一舸往還，互商舊業，白頭二老，隱繫東南文獻之傑。後生望見者。咸以神仙目之。徐朱本姻戚。虹亭七十時。竹垞往祝。因命工為二老亞綸圖。

康熙庚午。竹垞偕粵東詩人屈翁山。曾飲杭州酒樓。拍浮竟日。大醉。題壁云。姓煙視此樓。秀水朱十。南海屈五。曾留此信宿。後有登者。作仙人黃鶴樓觀可也。庚午九月晦日。余謂是舉出自竹垞。自是雅事。若末生晚學。妄擬前輩風流。便狂效不可嚮邇矣。李太白着宮錦袍。醉眠長安市上。終是爛漫天真。千古豈容第二人裝點此番舉動。

崑山三徐之太夫人。亭林先生女弟也。世稱其教子極嚴。課誦恒至夜午不輟。三徐既貴。每奉　命握文柄。太夫人必以矢慎矢公。甄拔寒畯為勗。太夫人未六十。立齋已登九列。持節秦中。所識拔多知名士。健庵以編修總裁北闈。果亭以編修典試吾浙。亦無愧金甑玉尺。皆母教也。太夫人三子。皆登鼎甲。一女歸長洲申救孫。中江南首元。錦繡綵服。牙笏盈牀。　國初至今將三百年。閨閣中尚無與比肩者。

漁洋先生司李揚州。文士輻輳。弦詩角酒。無虛日。餘韻遺風。足為風塵吏增色。閩先生妻張夫人。賢聲標。閩人許珌。以會試入京師。道出邗江。金盡告急。先生無以應。有憂色。夫人遂脫跳脫於腕。徐夜者。字東癡。隱居東皋鄭潢河上。貧且老。雖凍餓不以干人。會大風雪。夫人出絮帛詒先生曰。君得毋念徐先生寒乎。曷以遺之。其賢敏若是。

江西南昌學所刻十三經注疏四百十六卷。卷末各附校勘記。阮文達公巡撫時。捐貲校刻者也。校勘記雖勘於江右。實成於吾浙。蓋公撫浙時。出舊藏宋版十行本十一經及儀禮單疏本為主。更羅致他書本。屬詁經精舍高才生分撰成書。易穀梁孟子屬元和李銳。書儀禮屬德清徐養原。詩屬元和顧廣圻。周禮公羊爾雅屬武進臧庸。禮記屬臨海洪震煊。春秋左傳孝經屬錢唐嚴杰。論語屬仁和孫同元。惜南昌刊版時。原校諸君太半星散。公亦移節河南。刊者意在速成。遂不免小有舛誤云。人但知南昌學藏注疏。以為西江文物之幸。按大興翁覃谿先生方綱。督學江西時。嘗合平生所見錢唐黃氏。如皋姜氏。金匱錢氏。摹熹平石經一十二段。殘字六百七十有五。勒於南昌學宮。詳見復初齋集。及兩漢金石記。　昭代魁儒。後先持節。古今琛寶。萃於一區。固地運使然。亦可見乾嘉時承平氣象。二三公卿振興風教乃如此。

宋建安余靖本列女傳。舊有圖繪。相傳出晉人手。顧廣圻千里。嘗影雕而去。其圖道

光間阮公子福重刻於嶺南。而文達第九女季蘭補為之圖。可謂清門韻事矣。按棲霞郝蘭皋比部懿行之夫人王照圓。嘗注列女傳。今附刊比部全書後。而錢唐汪小米舍人遠孫淑配梁端。亦嘗校注付梓。三閨秀時代相近。並有功於是書。彤管清徽一時鼎峙。韻矣哉。

謝山先生以翰林改外。宦情頗淡。李穆堂侍郎勸其就銓。先生呈以詩曰。生平坐笑陶彭澤。豈有牽絲百里才。秫未成醪身已去。先幾何待督郵來。後　高宗南巡。梁文莊公將薦之。亦以詩代柬辭謝。有故人代我闌情處。莫學瓊山強定山之句。名山著書。自有千古。鞾壓手版。豈我輩所優為。僕為飢驅。孟浪一出。洵有愧鄉邦先正多多矣。

道光二年壬午秋九月己丑夜二鼓。粵東省垣西關火。火作而風。始於第七甫餅肆。夜半踰打銅街。庚寅晨及十三行。日晡及杉木欄。是日風甚。夜愈甚。翼日辛卯。食時風息火熄。凡燬街七十餘。巷十之。房舍萬餘間。廣一里。縱七之。焚死者數十人。踐而死於逃竄擠者二十七人。鬱攸之災。百歲翁歎為未有。按粵東是時番船漸通。洋商初盛。珠貝瓌貨。族於西關。酒海肉林。褕衣珍食。起家屠儈。淫佚亡等。天殆怒其妖邪使海市蜃樓。盡付於祝回之一炬。垂戒不可謂不嚴。無如醉夢中人。頑不知惕。以致逆氣袄教。漸染東南。閱數十年而未能湔滌。可哀也已。按　國初乾隆而後。淮網日盛。揭商奢靡甲九州。致有三十五年十二月儀徵鹽船之燼。及粵寇之亂。受禍最深。牢盆至今衰落。今日之粵東。所養公卿。狗馬紈袴。徒手百萬家。陶白而戶程羅。盛極必衰。豈果無閉關絕市之日與。

雷翠庭副憲鋐。立朝謇諤。貞介絕塵。其雅量亦不可及。家居時。客至。三呼從人捧茶來。未應。公亦怡然。或問之。曰。在家廪給薄。此輩自惰於趨承耳。

道光二十一年。西人踞吾郡。掠耕牛為糧。一酋方屠牛。忽一牛突起。角出酋肝腸。血淥淥倒地。羣酋奔救。皆受創。十餘輩莫能制。乃列隊排銃。與牛戰。牛始死。明年陷乍浦。一酋乘馬。率衆醜沿江行。入海鹽界之白沃廟。馬忽顛。酋墜。酋故臨提。再騰上。再墜。酋大怒。將復起。馬乘及身。踞酋腹。舉前蹄擊酋。酋斃。馬乃狂奔。羣酋驟潰。海鹽獲全。馬亦掠之中國人者。錢唐戴文節公熙。習苦齋集記其詳。稱之曰　國畜。題之曰二忠。嗚呼。誠不媿已。凡物同類者必相暱。異類者必相仇。相暱者媚之惟恐其不備。相仇者殘之惟恐其不力。是一馬一牛。觸犬羊之羶穢。不能須臾暫忍。必出死力以與

之爭衡。雞藏角拔毛。殆兼具人性者歟。

相傳翁覃谿學士。垂老康强。目力尤勝。六七十時猶能於燈下作細書。闊蠅頭字。不假叆叇。每歲元旦。必用西瓜子仁書四楷字。五十後曰萬壽無疆。六十後曰天子萬年。七十後猶能寫天下太平云。可謂異稟。（按翁氏家事略記載英和按云先生每於一粒胡麻上作一片冰心在玉壺七字則尤爲神技矣）

賈氏郯齋筆乘。記富陽董文恭公。晚歲每元日朝賀歸第。坐廳事。於脂麻一粒上。莊書天下太平四字。察芒彪炳。

戴文節公熙。以書畫供奉 南齋。道光戊戌。被 命視學廣東。陛辭日。 宣宗諭之曰。汝畫筆清絕。然胸中目中祇是吳越間山水。此行獲覩匡廬羅浮之勝。峴巖湞迆之雄麗奇曲。別有一種奇致。於畫理當益進。汝品學朕素知。公餘游藝。兼可成全老畫師也。公謝而出。途次遇名勝。輒研弄丹墨。自江右至嶺南。一邱一壑。咸為寫照。抵粵一載。裝臣帙進呈 御覽。 上奇賞之。今畫家評公作。謂粵游後筆墨超特。若有神助云。康祺朋游中籍杭州者。多舉此事。頃讀公集雨中過廬山云。小臣殿陛司珥彤。瀕行天語出九重。謂爾畫蹦英生蹤。朕以萬里山水供。歸來當手金芙蓉。知斯言不誣矣。公畫名與元趙學士。明董尚書埒。而清操勁節。非湖州華亭所能肩隨。 聖明之獎厲臣工。原不獨為刑關小技也。（按道光乙巳公復奉學粵之命其重度梅嶺詩自注云戊戌陛辭有汝作畫亦須行萬里路諭之）

道光乙巳。入夏久旱。 上親考新進士。以恐懼修省以迓和甘疏命題。翼日閱卷。諸臣復 命。僉曰 皇上憂勤惕厲。情見乎辭。甘霖當立沛矣。 宣宗愀然曰。應天以實不以文。朕出題後。方自悔近於粉飾。卿等勿復言。康祺總角時。聞先友徐比部大時棨與先叔行公道此。丈即是科釋褐者也。

雍正三年二月。日月合璧。五星聯珠。四年十二月。自陝州至徐邳。淮黃河清二千餘里。數旬不改。

康熙六十年辛丑。山右大饑。平陽汾州尤甚。高安朱文端公。銜 命往賑。全活無算。公還朝。亟稱陽曲令沈某。沿行為山西第一。沈閩人。初令陽曲。次牧沁州。後守汾州。皆有惠政。嘗祈雨。三祈三應。陽曲為省會首邑。自庚子秋至辛丑夏。歷三時不雨。求輒不應。沈率紳士步行百二十里。至五臺山神祠禱焉。是夜即雨。連三日夜大雨。陽曲之四隅。莫不沾足。而鄰境旱如故。沈歸。中丞率大小屬吏郊迎。萬民擁道歡呼忭慶。為民請命。至誠感神。雖古循吏。莫是過已。（詳見蔡文勤公世遠二希堂集汾陽祈雨詩序）

令甲。凡月選官。吏部給卷。許條陳時政得失。無所指陳者。各攤卷書銜歷以上。蓋古懸鞀設鐸意也。今選人多敭踏循故事。並履歷亦鮮親書。頃閱蔡文勤公集。記康熙間漳浦藍鼎元。授廣東潮州普甯縣時。獨奮筆上五千言。奏陳五事。 天子下其議。多見施行。亦豪傑之士矣。

雍正八年九月。重建 闕里文廟告成。黃瓦畫棟。悉仿 宮殿制度。榑桷千戚尊俎豆籩之器。頒自上方。 世宗御書碑文勒石。禮部奏請遣官祭告。 特詔皇五子承命以行。漢唐以來無此隆儀茂典也。

雍正五年。漳泉大饑。仙游太學生徐方寶。賑米八千餘石。歿於積勞。總督高其倬。巡撫常賚。 奏聞。 特給帑金建坊。有司虔造牌位。入祠致祭。 欽定嘉勞可嘉區額。廕一子入監讀書。

蔡文勤居家時。手拟家規十六條。懸之祖廟。皆敬宗收族。簡便易行者。約鄉鄰三百餘家。公禁賭博。宗親州里翕然從之。風俗為之一變。雍正五年。漳泉饑。公適假歸。道經江浙。貸貲買米數千石。抵漳平糶。全活極多。名世大儒。有益鄉國如此。

錢唐王文莊公。 賜第在護國寺西。（藤陰雜記云張文和史文靖先後居此文靖公殁始賜文莊） 公內直二十四年。以除夕蒙 賜福字二十四。懸掛其間。曰二十四福堂。外無餘地。公子請曰。此後拜 賜。何以置之。公曰。別置一軒。名曰餘福。而公不久捐館。語竟不遂。見雜記公族子蘊煙霞萬古樓集詩注。

相傳王漁洋戲贈南海程駕部可則詩。有行到前門門未啟。轎中安坐喫檳榔之句。時正陽門五更啟鑰。再許轎入。京官無坐車者也。藤陰雜記稱京官向乘肩輿。杜紫綸始乘騾車。嗣後漸有騾車。然幃幔樸素。且少開旁門者。今則無不旁門云云。按戴蓮塘宦京朝。在乾隆嘉慶間。是易轎為車之會也。余昔聞之老輩云。道光初年。京官京堂三品以下。無乘轎者。凡王公勛戚以外。無乘後檔旁門車者。士大夫不諳儀節。又復坐轎。即坐車無不後檔。（凡轎在車後者曰後檔取其翻轍稍輕乘坐安適） 自余同治甲子入京。所見凡幾謂 國家定例則然。其實轎貴車賤。而後檔旁門。亦非老馬蹇騾所能勝任也。近二三年。京曹日窘。彝常部院官出。無車馬者什九。殊不足以自別於齊民。而堂堂樞相。且日策騾車入 東華門內直。則公孫宏之故智矣。

乾隆初年。 上方嚮用儒術。尚書楊文定公名時。孫文定公嘉淦。大學士趙公國麟。

成以耆哥名德領太學事，相與倡明正學，開杭邦彥六堂之長，則安谿官獻瑤、南靖莊亨陽、無錫蔡德音、華官一時之傑。每朔望謁夫子，釋菜禮畢，登講座，六堂師率國子生以次執經質疑，旬日則六堂師分占一經，各於其齋會講，南北學絃誦之聲，夜分不絕。都下號為四賢五君子。

官獻瑤字瑜卿，官助教時未通籍也，後官至洗馬，任陝甘學政，時識韓城王文端公於諸生中，以為大器。治經不主一家，於易主李光第，於尚書主蔡沈、金履祥，於周禮主方苞，於儀禮主鄭康成、敖繼公、吳紱。六經三禮咸有論著，在史館日，嘗進周禮講義，持論侃侃。 高宗覽而異之。莊亨陽字元仲，康熙五十七年進士。初官山東濰縣，以揚文定公薦，始內召。嗣又補德安同知，最後擢淮徐海道。能文章，通算術，知徐州府時，上書當路，大略謂淮徐水患，病在壅毛城鋪，而徐州境壅天然減水壩，而鳳潁泗境壅車邏昭關等壩，而淮陽之上下河皆壞，方今急務，宜開毛城鋪以注洪澤湖，則徐州之患息；開天然壩以注高寶，則上江之患息；開三壩以注興鹽之澤，則高寶之患息；開范公隄以注之海，則興鹽泰諸州縣之患俱息。當路不能用，頗疑其言。高安朱文端公嘗謂獻瑤曰：吾老矣，斯道之託是在吾子。 高宗朝嘗命六部九卿京

察，自陳各舉一人自代，閣學李清植舉亨陽，時論以為允。康祺按：獻瑤官學正時，執業於漳浦蔡文勤、桐城方侍郎之門，亨陽則李安溪高足弟子，蓋真儒志業，命世經綸，薪盡火傳，淵源有自云。

國初吳江朱鶴齡長孺屏居著述，說經無雙，其所著毛詩通義，與同縣陳啟源之稽古編互相訂正，其禹貢長箋，旁通曲證，亦幾與胡氏錐指齊驅。集注少陵、義山詩，咸行於世，頗足充藝苑之質糧，供文人之游獵，華實兼備，未易才也。頃覯松林文獻，稱其遺落世事，晨夕一編，行不識路，坐不知寒暑，人多嗤之曰愚，因以愚庵自號。專精若此，宜其直造古人歟。

錢唐沈端恪公近思，性恪謹，每上封事，先期齋閱衣冠，鍵戶密書，書畢，蒲伏再拜而起，家人問何事，輒答以他語，敬慎不泄如此。雍正朝，耗羨歸公之議，自山西大吏發之， 諭旨令九卿會議，公廷諍謇謇，同列震悚。 世宗嘉其誠戇，不以為非，遇事敢言又如此。公歿，論陸清獻當從祀孔廟，康祺亦謂公所學之正，立朝之忠，雖配享兩廡亦無愧云。

康熙朝兩開大科，時秀水朱彝尊、無錫嚴繩孫、富平李因篤、吳江潘耒，皆以白士入史館，世稱四大布衣。

乾隆丁未春，禮部尚書紀昀摘王漁洋、朱竹垞、查他山三家詩，及吳園次長短句內語疵，奏請毀禁。事下樞廷集議，謂將曝書亭集、壽李清七言古詩一首，事在禁前，照例抽毀。其漁洋秋柳七律、他山宮中草絕句，及園次詞語意均無違礙。奏上 報可。時管侍御世銘方內直，實主其議也。見韞山堂詩集注。

乾隆癸丑，西洋暎咭唎國使當引對，自陳不習拜跪，強之止屈一膝。及至 殿上，不覺雙跽俯伏。故管侍御韞山堂詩有一到 殿廷齊膝地， 天威能使萬心降之句。康祺憶 穆宗親政後，泰西各國使臣咸請覲見，先自言用西禮折腰者三，不習中國拜跪。通商衙門諸大臣曲意從之，惜無舉前事以相詰責者。

高宗睿性聰強，邃於樂律，凡樂工進御鈞天法曲，時換新聲。每盼晴則令奏月殿雲開之曲。

乾隆甲寅， 上幸灤陽，少司農松筠都統尚安，均以奉使直隸，阻水，輒令地方官開倉撫恤，一面奏聞。得 旨嘉獎。

諸城竇總憲光鼐，乾隆間由閣學出為河南學政，丁憂歸甫逾年， 上以南書房缺人，

命山東巡撫傳 旨起公，公泣辭曰：光鼐在衰經中，不敢奉 詔。巡撫為公陳謝，公又曰：不祥姓氏，不敢內陳，敬煩代奏。 上聞而韙之。

郎潛紀聞卷九終

郎潛紀聞卷十

清　鄞陳康祺著

管侍御蘊山堂詩集。有扈蹕秋獮紀事三十四首。其自註詳悉。有足備掌故稽職守者。備錄於此。獮子圍為　高宗降生之地。常於　憲廟忌辰臨駐。凡　車駕出麗正門。隨從百官皆立班。軍機帳房。例在幔城之左。凡　駕由左門入。在直章京皆立班。宮眷輿從後。亦有豹尾。親王以下皆引避。故稱關防。機庭印鑰。例由大臣中行走最前者佩帶。取用以金牌為合符。始付鑰。凡較射中四矢者。賜帶孔雀花翎。凡詔草經硃筆更改。例應另紙恭錄。惟廷寄　諭旨。多命即以硃發。凡一旨而傳諭數人者。進呈既下。照書各寄。謂之分寄。凡　御筆增改。遵錄他本。謂之過硃。機庭總簿。謂之隨手簿。檢查舊事。必按各年隨手簿索之。凡直省方面開缺。先由樞臣書缺。而空其名。以待　御筆填注。凡引見記名各員。吏兵兩部以綠頭牌交軍機。照錄入存記匣。隨時進　御。凡直省奏請遷除當上意者。雖交部議。仍　命存記。部本上時。議駮亦擬　旨準行。凡　行在召見軍機大臣。恒在晚膳後。凡撰擬　詔旨六七道以上者。輒　命隨成隨進。前引大臣將近宮門。例釋宮箭。凡　頒賜軍機章京。例視三品京堂。每　車駕在道。當直者例滿漢各一人。帶要件先候於尖營。以備承　旨。上直有一人最早者。謂之早門。散直有一人最晚者。以宮門下鑰為度。周廬夜直兵弁。統謂之珠車。凡圍場　上未發矢。莫敢縱鏑。惟哭圍之獸。從官先射。哨鹿者戴鹿冠作鹿鳴。進哨之後。不許屬車先行。恐橋道有不虞也。國語以隨豹尾為跟穆音。尖營為烏墩。圍場以西去。以東還。行衣不掛朝珠。還則仍繫。扈蹕初歸。例得休沐七日。凡內直各官。皆進乾清門。惟軍機直廬。許兼由內右門出入。

吾浙詩派。竹垞先生後。必以懷清堂為大宗。康熙五十二年。西厓以少宰兼掌院赴熱河謝　恩。滿掌院揆敘適侍班。上垂問曰。湯右曾工於詩。有刻成者可令進呈。揆奏刻者未之見。右曾昨在臣寓。有所作文光果詩。上命取閱。隨　御製一首賜和。中有叢香密葉待詩公之句。舉朝傳誦。諸鉅公羣然屬和。世遂稱西厓為詩公。天章雲爛。秀映河山。鼓吹隆平。儒臣罕遇者也。

秦少司寇瀛小峴山人文集中。諸城竇公墓銘後。有少寇自記云。公自浙江學政以左都御史　召還。一日富陽董公手執公所書金字扇。大學士和珅見而語董公曰。秦君寫金字善用金。無如竇東皋者。遂取一扇。屬董公代乞公書。余適趨過董公。曰秦君固善東皋先生者。盍屬之。因以屬余請於公。公書就。授余還之。書款稱致齋相國。但稱晚生某。蓋遵舊例。致齋珅號也。一日和珅　召見出。語余曰。子見東皋。告以有　御製文。命其製序。散直後即來領。於是日公隨詣珅宅領歸。撰序呈進。公沒後。編修洪亮吉上書言事。以前在　尚書房嘗被公指斥。附劾公交結和珅。書扇稱師生自稱門生。其誣公實甚。此事關公大節。不可不辨云云。康祺案。諸城風節峻峭。矯情不起。自不至婀娿選愞如吳省蘭輩。況小峴侍郎是時適值機庭。情景宛然。亦斷非師生黨護之語。惟稚存太史因同值　上齋。曾被指斥。懷挾夙怨。至誣人於蓋棺論定之餘。此則險巇小人之所為。於太史平生。亦殊不類。大抵戇憨直凌人。嶽嶽皝皝。朝士必多未滿。而與和相若離若即。又未嘗不稍斂其鋒棱。一時眾口詆諆。遂有師相門生之謗。在太史　禁廷共事。所學殊途。論古談今。兩剛必競。一旦偶聞浮言。未遑代為剖釋。褊心盛氣。白簡遽登。古來君子與君子齟齬。持論過中。亦所嘗有。略迹原心。固無損二公品學也。按小峴侍郎與稚存齊年雅故。其表稚存墓。照揭學行。原本忠愛。推服甚至。其文亦存集中。然則實銘書沒之詞。儻非無指乎。存疑俟考。

漁洋先生以詩鳴海內。而風骨亦自不可及。內大臣明珠之稱壽也。崑山徐司寇以金箋立幅請於先生。欲得一詩侑觴。時先生未大顯貴。怫然曰。曲筆以媚權貴。君子不為也。遂力辭之。先生沒後。門人私諡為文介。洵不愧云。見柳南隨筆。康祺按。新城得諡出乾隆間　特旨。自易名文簡。而私諡無人復舉矣。

全紅帽罩。惟三品以上入　內廷者準服。四五品官雖內直不用也。高廟時。軍機章京帶領引　見。值天雨。冠纓盡溼。上問其故。金壇于文襄公以體制對。上曰。遇雨暫用何妨。自是行走軍機處者。冠罩無不全紅矣。

內閣中書掛數珠。自嚴侍讀長明始。嚴官中書時。充方略館官。以書局在　內廷。例許掛珠也。見潛研堂文集嚴侍讀傳中。今中書不兼館差者。無不掛珠矣。並舉貢之議敘中書銜。捐職雙月中書者。亦靡所區別。即數十金捐納之科中書。亦且一串牟尼項下垂矣。展轉僭用。又不知始於何時。

乾隆某年。高宗謁　陵。中途嚴寒。上屢念二麥。從官以麥宜寒涼對。上因歎為君之難。旋考試差。詩題麥浪得難字。時惟李松雲太史堯棟獨得其解。詩中一天新雨露。萬頃綠波瀾十字。極蒙　宸賞。仁廟親政。李已外任。陛　見時。猶　垂問

及之蓋在　潛邸時奉派讀卷貢　于宗李卷第一也
嘉慶中滑縣奸民李文成等倡亂滑縣戒嚴知縣事臨桂朱鳳森守城功甚偉丞武
進董敬善朱公客會稽余成亦誓與城同存亡事平銓功多所屈抑比道光辛卯董
公子似穀朱公子琦同年發解朱以乙未董以戊戌先後與館選而余公子錦淮舉
壬辰鄉試辛丑成進士以知縣分發河南題知滑縣皆當時圍城中人也而領解適
同是科宰邑仍鄰舊治天有顯道忠義之士足以勸已
文宗登極曾文正公上言請復日講舊典部議格不行次年咸豐紀元正月遂奉
特旨令翰詹諸臣番上內直候　上親命題目分日進呈蓋　文宗皇帝之倚毗文
正付以股肱心膂之任其識拔實始此
向例武職無三年終喪之制康熙間四川提督何傅以夔州副將孫斌詳請回籍守
制　上聞疏奏洮痛得　旨遂為定制乾隆二十年江蘇千總傅振邊丁母憂泣請
上官求奔喪守制不許則慟哭求去上官不能留時尹文端公督兩江為之入告蒙
特恩准回籍並著為例按康熙朝既准武職終喪不知乾隆中傅千總一案何以又
煩奏請而至今武營定制參將以下丁憂仍不開缺賈氏郡齋筆乘亦以此為疑康
祺以為令甲無數改之理殆因康乾以後百年內外時有軍務在承平之日禮順人
情即一介粗官何必強抑其天性若遭遇金革則雖閣部文員亦時有奉　旨奪情
之舉何況材官武夫原為疆埸爪牙之用哉
寶應朱文定公士彥為冢宰日嘗語家人曰余生平行事過人者惟見得定守得定
此六字不敢不勉異日蓋棺得謚為定足矣比公薨禮臣擬謚進呈　上俱未圈出
特旨予謚文定一時朝士咸服　聖主之知人亦以見公之自信有素云
溺女之風西江尤甚天津沈封翁世華官是省巡撫所至有惠政尤禁溺女剴切申
諭澆風為之一變其後長子峄中乾隆丙午舉人座師為彭文勤公次子峻乾隆甲
午副榜座師為曹文恪公秀先孫兆澐嘉慶庚午鄉舉座師為陳侍郎希曾丁丑成
進士座師為戴可亭相國凡封翁孫曾輩擢科第無不由江西人暗中識拔者彰
顯如此尚謂非天道與
故城賈參政樸以歲貢生康熙中官廣西同知攝思恩平越知府惠問旁流幾有賈
父重生之目呈吏議去職兩郡士民涕泣傍徨詣大府乞留者萬輩丙戌五月　上
以廣西巡撫彭鵬保舉得　旨召問　澹甯居擢知蘇州府閱數月遷江常分巡道

蘇州民漸被循良惜其去任值　上南巡相約具民本保留　聖主俯察民隱遂調
蘇松常鎮太糧儲道布政使司參政並　特諭帶管蘇州府事　賜御書宜民二字
匾額按部民保留地方官例所不許而賢有司善政所遠黃童白叟臥轍攀轅亦實
有出於至誠者　本朝如陳清端張清恪諸公皆以廉惠得民蹟而後起卒立功名
詎非遭際　聖明之幸與
黃河水信清明後二十日曰桃汛春杪曰菜花水伏汛以入伏始四月曰麥黃水五
月曰瓜蔓水六月遠山消凍水帶礬腥曰礬山水秋汛始立秋訖霜降七月豆花水
八月荻花水九月登高水冬曰凌汛十月曰伏槽水十一月十二月曰蹙凌水河上
老兵能言之
舒鐵雲孝廉位大興才人也所著瓶水齋詩集陳雲伯大令王仲瞿孝廉多與唱和
鐵雲年十四隨父官粵西與安南貢使賦銅柱詩相贈答傳誦外裔
嘉慶癸亥三省軍務告竣方方伯積由蜀臬入覲　睿皇帝垂問軍務甚悉並　諭
朕親政初宮中祈卜占者云三人同心方奏膚功殆應經略額勒登保參贊大臣德
楞泰總督額保也見定遠方士淦蔗餘偶筆方伯蓋其族人云
乾隆間　上方將南巡時浙藩徐澍調補山東　陛覲口奏湖州山水清遠請　翠
華臨幸得　旨回浙辦理徐抵任先開城南碧浪湖大興工役一日　召問武進相
國程文恭公景伊對以湖州春季蠶忙恐妨民事立奏停止之　詔徐仍調山左雖
由仁言利溥益見　聖德如天吳興士民至今稱頌
坊局官僚升轉定例洗馬名次講讀後長沙劉文恪公權之官洗馬十六年而後遷
時稱老馬嘉慶初戴尚書聯奎擢此官　召對垂問資俸戴以實告始奉與講讀諸
臣一體較俸之　諭由是洗馬無久淹者見蔗餘偶筆康祺初入京尚聞有一洗萬
古之謔蓋取杜句嘲之以見升遷遲鈍也殆嘉慶以前舊語又按京官諺語一洗萬
古與大業千秋並稱蓋謂司業升階與洗馬同一濡滯故詞臣均視為畏途
嘉慶戊辰會試山東年老諸生　恩賜舉人王服經中式年八十有五總裁富陽董
文恭公揭曉日後　命面奏　天語褒嘉有比梁灝大三歲之譽　殿試改庶吉士
特旨授職還籍異數也康祺通籍之年同譜孟君楷山齒最高亦籍山東年亦八十
朝殿三試以書不入格屢落人後得　旨歸進士本班用銓選一官河清難俟遂改
授教職歸矣按是科君不中式例可選　恩入翰林今轉為名列榜上所誤惜無安

惜人才。敦禮耄學。如文恭者。爲之一達 天聽也。

阮文達公撫浙時。捐設普濟堂。手定章程十二條。籌貲付紳士經理。至今賴之。一通衢夏秋施茶水。冬施薑湯。一施貧民瘧痢傷寒瘟疫時疫丸藥膏丹。一每年十二月立粥廠一月。一設恤嫠會。月給錢文。一設收瘞局。掩埋枯骨。一施舍棺木綿衣。一設錢江義渡。今天下井田久廢。生齒日繁。朝廷不能行限田之法。宗子又無收族之方。以致豪强者田連阡陌。而淫侈亡等。貧窶者勤動終歲。而俯仰無資。惟與立善舉。策畫恒産。猶爲抑兼并而扶疾病之善術。凡有字人之責者。幸勿爲煦煦孑孑。薄而不爲。此事無關掌故。特錄之以爲外吏勸。

費武襄公揚古。勳業豐隆。平噶爾丹功第一。其膽識亦正不可及。公嘗從 聖祖皇帝之番僧寺。番僧中號爲活佛者。見 上傲睨不爲禮。公即揮刃斬之。 上尤其魯莽。公徐奏曰。番僧雖貴。亦人臣也。豈可使無禮於 君前。亂我國法。使有異術。臣抽刃時。應早令伽藍按捺不延頸就戮矣。扈從者爭服其言。自此番僧見 大皇帝。彌益恭順。

費武襄公以國戚 封伯爵。大兵征噶爾丹。出爲撫遠大將軍。既奏凱。衆欲露布揚功績。公不謂然。其奏摺惟言兵至某處迷道。某處敗績。某處絕糧。此行屢蹈危機。皆臣失算之故。今憑藉 聖天子洪福。徼倖成功。實非意料所及云。幕客皆咎其失體。公曰。 天子深居九重。如見策勛太易。必至好大喜功。士卒勞瘁。不可不使 上聞之。庶異日無窮兵黷武之患也。人皆攝服。此與前一則俱載嘯亭雜錄內。康祺敬按 高宗皇帝開疆闢土。仁育義征。決不以平定一隅。遽形夸大。武襄公之諰諰過計。正足見老臣謀國之忠。且公所言大局耳。若爲公一身一家計。崇封懿戚。顯秩殊龐。豈可復有開邊之偉烈。公之謙退沈毅如此。洵乃上擬馬伏波。下軼曹武惠。豈非國家氣運之隆。產茲軼傑歟。

孝賢純皇后富察氏。文忠公姊也。性慈儉。正位中宮十三載。未嘗佩服珠翠。向例宮中多用金銀絲索。緝成荷包。 后以爲暴殄。歲時進呈 純皇帝。惟以鹿羔氄毳緝爲佩囊。蓋仿 先世關外之製。以寓不忘本之意。 上深加敬愛。故文忠父子。蒙被恩寵。視他戚畹尤摯且久也。

宗室輔國公永瑆。理密親王孫也。好收藏古字畫書籍。蓋精於甄別眞僞。凡經公品題。肯綮。家椒居爲奇貨。汪文端公嘗延公評騭家藏諸卷軸。公撫摩終日。默無一言。臨

行。文端送之登車。公笑謂米襄陽一帖。近眞跡。稍宜寶貴。文端爲之爽然。

信莊郡王如松。莊愼親王永瑢。同年月日生。互稱弟兄。

本朝漢臣入相。或迴翔部寺。或歷省臺。及身侍黃扉。大抵皤髮耆碩矣。惟陳文肅公大受。以大考受 上知。釋褐甫十年。遽拜參知之 命。人以爲罕。

高郵王氏。祖孫父子。篤志傳經。爲 本朝儒門之冠。其立朝亦卓有聲績。不墜家風。文肅公安國。清操冠時。每日出內直。家不舉火。挈幼子同輿。市餅餌數枚。以代盤膳。履懿親王與之善。嘗貲助之。公辭不受。曰忝在九列。不敢與王私交也。公子石臞觀察念孫。仕諫垣時。以彈和相著聲望。公孫文簡公引之。則履道廣深。風鑒明遠。明刑典禮。獨持大綱。蓋三世清德。百年喬木。體用兼備。讀書之收效宜然。彼劉歆戴聖輩。抗顏大師。望實俱隕。恐仍是緣飾經術。澤古不深耳。

榮恪郡王綿億。榮純親王子也。純王少聰邁。嫻習騎射國語。 高宗極鍾愛焉。純王早薨。而王又孱弱。 睿皇帝因令行走 乾清門。以習勞勩。然其疾終不愈也。自幼喜讀書。朗誦經史。如瓶瀉水。周秦諸子。亦能背誦不遺。遇大節尤侃侃。嘉慶癸酉之變。王方扈從。聞變泫然曰。 上爲吾輩何人。即論親誼。亦當代分其憂。況 萬乘之尊乎。因請獨對。勸 上速回京師。以維人心。 仁宗首肯。即日 迴鑾。自此益重視王。嘗曰。朕諸姪中。惟綿億骨肉之情尤篤也。逾年。王以勞瘁。卒不起。 上痛悼之。

國初與俄羅斯立約往來。不强之修表納貢。彼此關會。不用詔旨。惟理藩院行文於其瑪玉斯衙門。如有司咨牒狀。蓋早恐後日梗化。不至有傷國體也。

本朝漢臣文武。不相移易。故池北偶談記朱衣客以道員改總兵一事。嘯亭雜錄記劉清以運使改總兵一事。以爲罕異。近十年中。蔣中丞益澧。始爲武員。張軍門曜。始爲文員。已稱奇才。至楊制軍岳斌。由湘鄉把總起家。官至陝甘總督。且適與嘉慶間楊忠武公遇春同姓。同起行伍。同任秉圻。同督陝甘。先後若出一轍。咸同軍興。一人而已。

乾隆朝王文敬公保。以繙繹進士出身。膺任封圻。入拜東閣大學士。公性愚闇不悉吏事。在外不飭簠簋。時人比之李昭信。而庸劣過之。然幼讀宋儒書。大節不苟。癸未夏。 純皇帝巡幸承德府。公時任直隸按察使。扈從至密雲。霖雨數日。河水暴漲。 上欲乘騎渡河。公叩馬諫曰。千金之子。坐不垂堂。況萬乘至尊。豈可輕試波濤。使 御駒有失。何可追悔。 上以滿洲舊俗。宜親習勞勤。以揚武勇爲言。公曰。 皇上此行。本

太后來與同至郎使。上渡河安便。獨不識慈輿何恃以濟。上動容。為之回蹕。又特浙閩時。浙撫王亶望既丁艱。自以督辦海塘為言。奪情視事。亦不遑奔喪回籍。公懸其蔑倫。密疏劾之。王因此獲罪。公嘗為上書房總師傅。手集古今儲貳之事。曰春華集覽。教習諸皇子。詞雖弁陋。為成親王所識。然不失師保之體。故卒後特賜謚文敬。蓋取責難於君之義也。右見禮親王綿枏嘯亭雜錄。王為公女婿。其稱貶當不謬云。

雍正中。滿州副都御史缺出。憲皇帝命九卿密保。鄂文端公奏許公希孔忠直可任。上曰。彼漢人。礙於資格。文端曰。風憲衙門。為百僚丰采。臣為朝廷得人計。不暇分滿漢也。上可其言。踰年始調漢缺。

錢唐洪太學昉思昇。著長生殿傳奇。初成。授內聚班演之。聖祖覽之稱善。賜優人白金二十兩。於是諸親王及閣部大臣。凡有宴會。必演此劇。而纏頭之賞。殆不貲。內聚班優人。請開筵為洪君壽。而即演是劇以侑觴。名流之在都下者。悉為羅致。而不及某給諫。給諫奏謂。皇太后忌辰設宴樂。為大不敬。請按律治罪。上覽其奏。命下刑部獄。凡士大夫及諸生除名者。幾五十人。益都趙贊善伸符。海甯查太學夏重。其最著者。後查改名慎行。登第。趙竟廢置終其身。

崑山鉅族。在明時推戴葉王顧李五姓。迨入本朝。東海氏兄弟貴。而前此五姓則少衰矣。邑人因為語曰。帶葉黃瓜李。不如一箇大勒齏。以帶音同戴。黃音近王。瓜音轉顧。齏音近徐。故俗諺云爾。

嘉定侯廣成峒曾。舉進士歸。其太常公欲令謁唐叔達先生。而適聒叔達於友人所。與言之。叔達曰。勿遽來。不佞叨居父執。相見時宜有言為贈。當預思所以訓戒之者。又太倉太原王氏。亦叔達之世交也。當煙客奉常官京師日。叔達過其家。諸公子迎之入至廳事。南向坐。諸公子設紅氍毹拜之。不為動。拜畢。摩諸公子首曰。汝父遠宦京師。好自讀書。勉之。諸公子侍立唯諾。叔達乃徐徐曳杖而起。蓋叔達以前輩自居。視故人子弟不異己之子弟也。柳南隨筆謂人情澆漓。朋友一倫幾絕。如叔達先生二事。以今日視之。亦何啻羲皇以上乎。信然。

常熟陳司業祖范。㑺困場屋。嘗作別號舍文。頗極詼諧。是年竟中式。辭云。試士之區。圍之以棘。矮屋鱗次。百間一式。其名曰號。兩廊巽巽。有神尸之。敢告余臆。余入此舍。凡二十四。偏袒徒跣。撩囊貯糒。聞呼唱諾。受卷就位。方是之時。或喜或戚。其喜惟何。爽塏正直。坐肱可橫。立頸不側。名曰老號。人失我得。如宦善地。欣動顏色。其戚惟何。厥途孔多。一曰底號。糞溷之窩。遞猶噯之。寢處則那。嘔泄咨忙。是為大瘥。誰能逐臭。搖筆而哦。一曰小號。廣不容席。䠞脅於眉。膝迫於跖。庶為僬僥。不局不脊。一曰席號。上雨旁風。架構綿絡。藩籬其中。不戒於火。延燒一空。凡此三號。魑魅所守。余在舉場。十遇八九。黑髮為白。韶顏變醜。逝將去汝。湖山左右。抗手告別。毋掣余肘。

趙太史秋谷。青州益都人也。乾隆戊午。北平黃崑圃先生。任山東布政。黃固素重秋谷者。會益都令某來謁。黃語之曰。趙秋谷先生。君管內人也。其詩文甚富。盍請於先生。持其草以來。俾余得一寓目乎。令歸。即遣一隸持牒往。趙故善罵。得牒。益大怒詬令俗吏。并及於黃。黃覩為其門生陳見復述之。

柳南隨筆云。前明時縉紳。惟九卿稱老爺。詞林稱老爺。外任司道以上稱老爺。餘止稱爺稱老爹而已。今則內而九卿。外而司道以上。俱稱大老爺矣。自知府至知縣。俱稱太老爺矣。又舉人貢生。俱稱相公。郎 國初亦然。今則並稱太爺矣。康祺按王氏生乾隆朝。其稱謂如此。已譏其僭越。今則京官四品以上。外任司道以上。無不稱大人。翰林一開坊。六品亦大人。編修得差。七品亦大人。外任加道銜。即稱大人。三品銜更無不大人。知府無加銜者。以至知縣。皆稱大老爺。佐貳六品以上。即大老爺。舉貢生監。無不老爺。甚至屠沽市儈。捐道銜則大人矣。捐六品銜則大老爺矣。闤內羊頭。職方如狗。稱謂之僭。更何足言。

進士鮮有至六十年者。康熙己未進士。至乾隆己未猶在。而得與後輩稱前後同年者。有兩人焉。一為益都趙贊善秋谷執信。一為黃岡王僉都西澗材任。時西澗年八十有七。而秋谷亦年將八十矣。王聾聵。趙失明。兩公耳目各廢其一。而皆不廢吟詠云。

滿州博晰齋。乾隆壬申進士。由編修外任府道。改官兵曹。博聞強識。於京所掌故氏族源流。尤能殫洽。晚年頹放。布衫草笠。澗迹長安。僧舍酒樓。醉輒題詠。灑如也。人有叩其姓名者。答曰。八千里外觀察使。三十年前太史公。又云。十五科前進士。八千里外監司。

史文靖公。康熙庚辰年十九。館選後。歸娶繒玉堂歸娶圖。徵詩。其門人錢唐袁大令枚題云。愧作彭宣拜後堂。絕無衣鉢繼安昌。算來只有歸迎事。曾學黃崇夢一場。

徐中丞士林。陳臬吳中時。手撰一聯云。看階前草綠苔青。無非生意。聽牆外鵲啼鵲噪。恐有冤魂涸鎬。然仁人之言。凡內外問刑衙門。皆當懸諸座右者也。按公初入中書時有句云歸來慈得山妻問侍女薰香近有無可知世上通人當年少不嘗不必說為道學及事猶在手又必思自盡職業發抒其畎畝之初心公官至迎無循績丙攝三吳父老至今稱之吳君一聯蓋言為心聲也

臺灣林爽文之變。連城告陷。諸羅夙無城郭。賊百計環攻。士民立柵固守百餘日。卒不得逞。衙署民居。咸獲保全。事平。 上特旨旌獎。 賜名嘉義縣。

尤西堂作艮齋雜說。歷俗無陋。余少時嘗逐條細評。可議者幾什八九。其自序謂聖人贊易。有說卦傳。雜卦傳。合而言之。故名雜說。尤為謬妄之至。

今泰西各國使臣。與 中國諸公卿宴會席間。必有祝詞。以堅和好。大約互稱其主。兼及其臣。不外禎祥福壽之語。按此風唐代已然。郭令公與回紇誓曰。大唐天子萬歲。回紇可汗亦萬歲。兩國將相亦萬歲。此其濫觴也。

郎潛紀聞卷十終

郎潛紀聞卷十一

清　鄞陳康祺著

萬兆節公父子。繼世忠節。前卷紀之。頃讀先師徐柳泉先生文集。有書公年譜後一篇。尤為詳晰。公自號凌臺。分字二公子。長曰以簡。字小凌。季曰以敦。字小臺。公殉節後。 宣宗震悼。始用一品例賞世職。後以文武二舉人分賜二公子。及歲 召見。並 命入官。小凌官甘肅同知。小臺官湖北守備。二公子皆骨鯁有父風。小凌以不肯媚上官。被劾。 護陵念公忠烈。寢其奏不行。小臺以安陸營守備擢都司。擊河南潰賊有功。 文宗賞花翎。咸豐五年。與賊力戰。殉難隨州。 上命以遊擊例優卹。即前卷所稱銀鎗小萬者也。先是山陰宗侍御稷辰為公建專祠。既成。請匾額。 上書忠蓋可風四字賜之。至是請祔以敦祠中。 上俯俞允。 國家軫念死事之臣若斯其厚。凡為臣子者。所當觀感而奮發矣。又公自贊小影云外貌枝梧中心烈烈智勇未済萬人之敵亦見先生書後中先生蓋謂惟公實克踐其言云

滿州氏族以八大家為最貴。一曰瓜爾佳氏。直義公費英東之後。一曰鈕祜祿氏。宏毅公額亦都之後。一曰舒穆祿氏。武勳王揚古利之後。一曰納喇氏。葉赫貝勒錦台什之後。一曰棟鄂氏。溫順公何和哩之後。一曰馬佳氏。文襄公圖海之後。一曰伊爾根覺羅氏。敏壯公安費古之後。一曰輝發氏。文清公阿蘭泰之後。凡尚主選婚。以及賞賜功臣奴僕。皆以八族為最云。

句容笪侍御重光直聲震朝野。嘗劾明珠余國柱二相國。棄官去。不知所終。嘯亭雜錄稱其隱甘肅漢龍山為道士。年九十餘猶在。自稱繡墁真人。果有其事。可與金壇蔣修撰逃往四川峨眉山終老。畸人異迹。先後同傳已。

乾嘉承平之際。風雅鼎盛。士大夫文酒之暇。多嫻習畫理。法時帆祭酒式善。嘗作十六畫人歌。曰朱鶴年野雲。曰湯貽汾雨生。曰朱文新滌齋。曰楊湛思琴山。曰吳大冀雲海。曰屠倬琴塢。曰馬履泰秋藥。曰顧純南雅。曰戚惇大甫山。曰孟覲乙麗堂。曰姚元之伯昂。曰李秉銓薌甫。秉鈸芸甫兄弟。曰陳鏞練晴。曰張問陶船山。曰陳均受笙。錄之以見一時藝苑之盛。其爵里著述。則近人文詩集中咸有稱引。無俟贅述云。亡弟中書君清瑞篤嗜書畫鑒別真贗百不一失余嘗慫其編畫師攷擬稿未就而卒他日歸田終當為料理成帙俾成先志也

純皇帝幸灤陽。有隨侍太監某滋擾民間。時熱河巡檢張若瀛者。桐城相國文和公族子也。撫以善言。太監愈咆哮。若瀛乃呼役縛之。立加大杖。直督方敏愨公聞之大

鷲曰張某殆矣乘上京劾奏　上察其情謂侍臣曰非太監恣行不法若瀛安敢解
其人殊有家風朕甚嘉之因　特旨越七階擢同知而太監遂成幾輔氏庶幾彈若
靈康祺敬按　純皇帝德媲堯舜此不過大度之一端若張若瀛者綏弱鋤彊其臚
識真出制府敏愨公上百僚之底乃有斯人亦足傳也

盛京　清甯宮藏　文皇帝時糖燈　崇謨閣藏　高皇帝舊履以牛皮為之靴護
以綠皮其頭又有　先朝所持拄杖皆白木所成制尤樸素　祖宗開創艱士備極
艱勞是數物者蓋公劉之鞞琫容刀非劉宋之葛燈繩拂也

江右李恭毅公湖屢任封圻廉能軼衆鎮撫粵東值海盜充斥公簡練將士冒涉波
濤未踰年擒盜至數千人公但誅首惡餘悉資遣之曰此亦吾民何忍使攖白刃也
盜皆感泣改行時輿誦云官來真樂土來了李巡撫強盜皆回心百姓不喫苦

咸豐三年戶部尚書孫文定公瑞珍奏請捐納舉人禮部侍郎陶樑請仿康熙年間
例報捐生員文生每名壹百兩武生減半四年戶部侍郎羅文恪公惇衍奏稱粵東
大姓往往聚族而居積有公產請令一姓捐銀至萬兩者將該族子弟每遇歲試永
遠取進文武學額各一名侍郎何彤雲請開各省舉人進士捐免停科之例皆奉

郎潛紀聞　卷十一　二

旨斥駁按其時髮捻交訌儲胥浩繁　宵旰焦勞大農仰屋廷臣遂有此苟且目前
之策幸　聖明獨斷杜絕權宜二百年取士之大經不容市井販夫得操進退凡屬
明經孝秀之科勖學稽躬宜如何稍自標異歟

咸豐元年御史王茂蔭奏稱　殿試　朝考務重文義勿復諸讀卷閱卷大臣不論
字體工拙專取學識過人之卷進呈　欽定批明刊發使天下曉然於　朝廷所重
在文不在字云云又稱遴選恩貢歲貢請令學政於當貢之年就各廩生中歷考優
等最多者充貢康祺按原奏凡五條皆甚切要不知禮部諸臣何所見而全行斥駁
也

道光二十三年兩廣總督祁恭恪公𡎴請於鄉會試策問五道定為五門發題曰博
通史鑑曰精熟韜鈐曰製器通算曰洞知陰陽占候曰熟諳輿圖情形經禮部議駁
康祺按是時海禁初開恭恪此奏可謂識微見遠今當國諸公求才太切至欲狗屠
馬販中儲選材使節之選何如因時改制仍與儒冠儒服者議天下事也祁疏具在
願有心人物色而輝光之

常熟汪太史繹成康熙丁丑進士未及　廷對以外艱歸道庚辰服闋卻青門名被[illegible]

熟人非相術也送之詩云已看文彩振鵷鸞重向青霄刷羽翰往哲緒言吾解說狀元原是
舊吳寬汪果大魁天下他卷曾記補　殿試之鼎甲謂為昔有今無如太史者通籍
四年至使三百青袍翕然退讓尤僅遇也

順治乙酉豫王下江南殘明諸臣咸致重幣以虞山錢牧齋所獻為最薄蓋自表其
廉潔也其所具柬帖第一行細書太子太保禮部尚書翰林院學士臣錢謙益尾亦
如之其貢品乃流金金銀壺法琅銀壺各一具蟠龍玉杯宋製玉盃天鹿犀杯葵花
犀盃芙蓉犀杯法琅鼎盃各一進法琅鸚鵡盃銀鑲鸚鵡盃各一對宣德宮扇真金川扇
弋陽金扇戈奇金扇百子宮扇真金杭扇各十柄真金蘇扇四十柄銀鑲象箸十雙
右見謙益鄉人柳南隨筆以是為薄則厚者可知　天生真人混一區夏銀潢貴戚
無非命世之英豪果可以厚幣邀福與王鐸以下諸人何喪心病狂至於此極

泉州李中丞殿撫吾浙時收書極富一時善本齊入曹倉每冊皆有圖記曰曾在李
鹿山處後緣事頗繁萃書散逸人以為印文之讖然亦達已

本朝衣冠盛事遠軼前代然儒臣中尚無有兄弟大魁者惟西班武科罕見紀載其
一家父子兄弟同登鼎甲實不乏人而江南泰州劉氏兄弟皆由狀元起家尤為榮

郎潛紀聞　卷十一　三

遇兄名榮慶弟名國慶後皆官至總戎

光緒四年湖南巡撫奏稱湘鄉縣胡氏兄弟五人皆耆壽健存其長朝瑜八十九歲
次曰朝瑞八十七歲次曰朝璣八十五歲次曰朝璘八十三歲次曰朝瓊八十一歲
按常州吳氏昆弟三人長瑞豐年八十四次戴功年八十二次太和年八十[illegible]澹曝雜記稱為盛事今湘鄉之胡亦兄弟相去各二歲而同慶五人壽軼九十尤為
罕有　請　旨旌表按湘鄉為太傅曾文正公挺生之區咸同二朝由書生至方面偏裨
至卑闒者附翼攀鱗多著勳伐文正公集中所謂以一邑之人才轉戰十七行省亘
古未有者也即以文正一家言之長文正重造吳楚為　中興第一偉人次國潢用
團練功起家拜都轉三國華以同知殉難三河　賜謚愍烈四為今山西巡撫威毅
伯國荃五貞幹原名國葆以道員力勦援賊積勞歿於雨花臺營次　賜謚靖毅山
川靈淑郎一門英傑亦應舒洩無餘矣乃復有胡氏兄弟遐壽龐祺軼五老於堯天
媲八士於周室不知是邑形勢若何雄厚魁傑鬱閟多年時至氣動為我　聖清努
力一發也

廣東韶州李繩武本寒人子以貿易起家晚年居然素封矣生平所值多九數蓋其
父以四十九歲生繩武武十九娶婦五十九歸老凡生九子九女九子納九婦九女

嫁九婿無一續娶納妾者光緒元年正月九日其九十生日子女婦婿外有孫十九人外孫男女二十九人亦奇事已見俞氏耳郵錄錄之以紀人瑞

康熙十七年以四方多事令童生每名納銀四兩得入院試秀才每名納銀一百二十兩名曰餉生經御史奏止見華亭章有謨景船齋雜記餉生二字頗新康祺謂今捐納貢監與正途明經恩歷入監無別不如呼作餉生殊為名稱其實也（又按明福王時禁考童生從學奉功令納銀三兩二錢得入院試康熙間殆沿其制）

國初莊廷鑨朱佑明私撰明史一案名士伏法者二百二十一人莊朱皆富人卷端羅列諸名士蓋欲借以自重故老相傳二百餘人中多半不與編纂之役甚矣盛名之為累也

國家懷柔百神河神載在祀典每遇防河濟運顯靈經歷任河漕兩督奏於常例外頒賜藏香致請 錫封賜匾有差夫禦災捍患功德在民固褒賞所必及也惟近年河工久停而漕船北行沿河挽運督運諸員神奇其說幾乎以請 封請匾為常似非政體矣黃大王事蹟見池北偶談其人 國初尚在至朱大王即河督朱之錫栗大王即河督栗毓美夫會典無異姓封王之例稱謂亦恐不經況諸臣所據為顯應者尤誕妄無稽乎（按河神助順必先有水族現形河漕各督即迎之致禁其朱色者衆以謂之錫栗色者衆以謂毓其也）安得一深明典禮之儒臣俾任秩宗釐正其失

康熙七年六月十七日戌時山東地大震棲霞山震沂水陷穴廣數丈民間有井傾仄不可汲樓臺南北易向者見蒲松齡聊齋誌異（按聊齋誕妄其紀述異聞有月日必不謬）

崇明縣學兩廡先儒中湯文正公粟主時有蹶蹴蓋五通神為祟民間被祟之家輒將公粟主私自移請供奉則其祟自絕見俞氏耳郵錄按公撫吳時禁絕淫祀驅攘左道當時淫昏遁形或以海外為淵藪而數百年後精靈瀰氣猶復赫赫如斯吁可敬也

太祖朝插漢猶為明用（按插漢即察哈爾國時有北察哈爾察哈之分此所述林丹汗蓋北察察古爾也）其主林丹汗頗驕倨致書 太祖自稱四十萬衆蒙古國主而稱我為水濱三萬國主 太祖不與校嗣 王師西徂卒就俘獲 太宗時與明議和莊烈帝欲我去大號不稱帝而稱汗後知 太宗降心從之莊烈帝怨不可泥於龍虎將軍之稱欲仍以臣禮待我致和局中梗明社為墟按其時插部偷生蘇西其版圖財稅猛將謀臣豈足擬 大朝之萬一即論殘明時局亦已百戰百敗元氣日凋儳赫斯一怒草薙戎衣勢必如摧枯拉朽乃我 祖宗遵時養晦猶不惜屈尊修好用以鄭保世滋大之規模天與人歸仁至義盡我 朝得統之正成周以還莫與匹配已

太祖皇帝削平諸部始於哈達輝發吳喇葉赫所謂扈倫四國即明人所稱南關北關者也乃以次臣服諸蒙古至 太宗時凡十六國四十九貝勒畢歸然後收服朝鮮而塞外莫不享王矣此 開國用兵之次第也其蒙古十六國部落分為四十九貝勒者曰科爾沁曰札賴特曰杜爾伯特曰郭爾羅斯曰敖漢曰奈曼曰巴林曰土嘿特曰札魯特曰阿魯曰翁牛特曰車里克曰喀喇沁曰吳喇忒特曰察喀爾凡十五國而其時以察喀爾故太子為諸貝勒冠亦為一國（按天聰十年蒙古四十九貝勒勸進亦以察哈爾太子為之長）分察喀為二故號十六國也見 太宗實錄

康熙癸未海甯陳氏範盧宗伯邦彥文勤相國世倌同入翰林時文簡公元龍最承寵眷臚唱日 上臨朝舉手謂文簡曰大喜汝家又添二翰林矣同列以為至榮

國家定制凡一産三男者咸予 賞賚紀文達公主修續文獻通攷於祥異攷中變馬氏之例削去此門遵功令也復於五種筆記中詳列其說云漢書五行志以一産三男列於人痾以為母氣過盛故列之咎徵然成周八士四乳而生聖人不以為妖異抑又何與夫天地氤氳萬物化醇非地之能自生也男女構精萬物化生非女之能自生也使三男不夫而孕謂之人痾可矣既為有父之子則父氣亦盛可知何獨以為陰盛陽衰乎循是以推則嘉禾專車異畝同穎見於書序者亦將謂地氣太盛乎大抵洪範五行說多穿鑿而此條之難通為尤甚不得以源出伏生以傳為經也康祺按一産三男之賞不始於 皇朝昔讀明英宗武宗實錄雖一歲中紀載簡畧而凡直省州縣以此呈報者無不備書惟自 聖朝嘉惠元元一掃曲學之陋纂入續文獻通攷於是引據古義者永獲遵循矣

兄弟同科登進士者屢見於漁洋蔽塘之紀載指不勝屈矣莫盛於宜興儲氏康熙辛丑會元儲大文其弟郁文雄文與之同榜越五年丁未方變善慶又以同胞兄弟同捷南宮洵稱佳話

德清蔡氏叔姪相繼魁天下（啟傳庚戌狀元升元壬戌狀元）故升元紀 恩詩有 君恩獨被臣家渥十二年中兩狀元之句制科盛事咸以為罕二少雙矣乃近時嘉定徐氏季和學士致祥中咸豐庚申會元而其胞叔頌閣學士郙越二年同治壬戌狀元及第常熟翁氏叔平侍郎同龢咸豐丙辰一甲一名越七年同治癸亥其胞姪仲淵太史曾源

亦一甲一名。兩家科第之盛。尤覺後來居上已。康祺按江浙鄰省。文風科目往往相與比肩。常熟之翁氏。繼德清之蔡而起。嘉定之徐。則繼湖州之王而起者也。嵇璜己卯科會元王以鋙狀元王以銜同胞兄弟也以銜亦會試第二名

禮部有修明典禮。釐正文風之責。故秩宗清要。非儒臣有宿望者。不得濫竽其閒。

本朝禮部漢堂官。不由科目者僅三人。一吳恭定紹詩。以諸生保舉歷巡撫晉大宗伯。一葉侍郎存仁。以監生洊升布政使司。內用晉少宗伯。一李大司馬世傑。以吏員出身。嘗為禮部侍郎。近六七十年。一尚書二侍郎。無不科甲中人矣。

雍正閒。李衛田文鏡歷任督撫。素惡科目。田撫豫時。一疏劾科甲牧令數十人。適李穆堂制府過汴。相見揖未畢。即厲聲曰。明公身任封疆。有心蹂躪讀書人何也。田不能堪。遂劾李。牽連入蔡珽案。擬辟。乾隆初。始奉　特旨。湔雪出獄。佐戶部。按穆堂先生再起後。復以多保鴻博。鐫官。先生立朝剛鯁。其屢起屢躓。皆為維持國體。不獨憐才愛士之私心。雖蹭蹬終身。未竟其用。而至今百年論定。視田李二公何如也。

相傳田文鏡為豫督。平越王少司馬士俊適令祥符。庭參日。田問出身。王攢眉囁嚅。故作羞愧狀。良久始對曰。士俊不肖。讀書出身。某科散館翰林也。田以為刺己。怒斥之。王知不免。回署即詳請免河南釀地稅。冀見忤致歸。田果疏劾。時楊中丞文乾方為布政使司。入謁曰。王某請免稅邀譽耳。公不欲成孺子名。盍少緩。田諾之。未幾楊巡撫廣東。即保薦同往。以道府用。洊升兩司。田卒。代其任。以田文鏡之嚴苛明察。而王則面加訕誚。楊則誘以巽言。剛柔抑揚。若弄孺子。其才豈在文鏡下。宜同受　世宗殊眷與。雖然。上官非文鏡之刻。屬吏非文乾士俊之才。獲上保身。終以忠信篤誠。不亢不卑為正理。

仁和趙大司空殿最。乾隆四年。以祀　太廟慶成燈不當　上意。左遷。故事內務府有營造。率資經費於工部。而府員冒濫支銷。以為習慣。工部莫敢詰何也。會重築郊壇馳道。公庀材數工。核減府員所估之什九。而事集。內務府諸郎羣聚而謀所以去之。故有是譴。見鮚埼亭集仁和趙公神道碑。欽案　本朝　列聖躬行節儉。宮闈日用之數。視前代不過什二三。而內務府堂郎中。皆視為脂膏窟澤。相沿積習。幾無一洗手奉公之人。有心國計者。儻能奏請裁汰內府冗員。凡　宮中歲費。定為常經。按季由戶部承應。則亦慎重度支之一端也。

大司空仁和趙公樸誠厚重。謝山偶語李臨川。比之漢丙吉。唐婁師德。宋杜衍。臨川亦以為然。一日公偕九卿燕見。侍坐。就談禪。　世宗顧問公。汝亦能之否。對曰。臣未之學也。　世宗笑曰。朕試之。即拈一語。公以儒言對。　世宗顧謂諸臣曰。真鈍根也。

雍正壬子。江南鄉試得　旨。以安徽學政王公蘭生為正主考。前此未有也。按公蠡輔一諸生。康熙朝以李安溪薦入直　內廷。癸巳秋。賜舉人。同與會試。辛丑春。賜進士。同與殿試。　世宗登極。授編修。主廣東試。督浙學。移節安徽。主江南試。移節陝西。以事左遷需代役。　特旨留公候期滿。洊佐刑部。始卒於官。殆公一生。侍直禁近。編修秘書。肄史四朝。與文字相終始。而　兩朝恩遇之厚。亦自無與比肩。

雍正某年元日。王殿撰雲錦。早朝後歸邸舍。約友人作葉子戲。已數局矣。忽失一葉。偏覓不獲。遂罷而飲。一日蒙　召對。　上問以元日何事。具以實告。　上嘉其不欺。出袖中一葉還之。當時邏察之嚴如此。此康祺少時所習聞。以誕妄未敢登載。後閱趙雲崧簷曝雜記中有是條。謂聞之殿撰孫日杏者。當可取信。且亦可見　世宗皇帝之整飭紀綱。陶育臣庶。固自寬嚴交劑。不徒恃　聖明綜核之長也。

裘文達公充磨勘大臣時。某省士子用社稷鎮公子。眾以為應議。公心知非杜撰。而一時忘其出處。歸第問公子麟。對以句出國語。後於左傳檢得之。遂長跪受責。時公子已官編修矣。公課子之嚴。待士之寬。一舉而兩善備焉。

磨勘之例。自乾隆己卯始嚴。時磨勘官宮太保煥文。閻侍御循琦。朱侍御玉烈。朱侍御稽。盡心細校。指摘較多。世以為魔王。蓋借魔作磨也。同治癸酉。梁京卿僧寶充小磨勘。尤別極嚴。主司房考多獲譴。人亦呼梁曰魔王。至不安其位。乞病去。

乾隆庚辰順天鄉試。鄭儀部忬。榮殿撰以壹同校禮記房。所取多宿學。如顧奕松。馬曾魯。趙光照。陳彭齡。年皆六十上下。時人戲稱為四皓。

乾隆己卯北榜。任邱邊氏同宗獲雋者六人。士論以為罕有。按邊氏聚族河閒。已數百載。阮宗南北。裂眷東西。其行輩幾不可復辨。己卯同捷六君。亦不皆期功房從之親。同治丁卯。康祺舉浙江鄉試。亡弟中書君清瑞及同祖弟壽祚。同高祖弟傳年。守瀾。亦於是科同登秋賦。科名盛事。鄉里艷稱。白頭父老。及見吾高曾者。猶謳述門風世德也。

澄懷園無恙時。二三儒臣僕直多暇。各就園中寓廬。移花種竹。疊石疏泉。隨意自命所居。題之戶冊。以誌雪泥鴻爪。亦佳話也。如食筍齋。黃勤敏公鉞手闢。樂泉西舫。則程春海侍郎恩澤所題。樂泉蓋張文恪公泰開所鑿。張文敏公帝自營一室。曰蘩翠

山房藏文節公照傳膽名曰矩室。嘗見旌道間人文詩集。此外遂文瑣記甚多。頗擬
勒為一書。藉存掌故。蓋庚申以來。甘泉夕烽。名園茂草。談濟懷風景者。亦幾如圓嶠
方壺。縹渺天半矣。

國朝諡法。惟由翰林授職之員。始得冠以文字。其官至大學士。則雖不由科目亦得
諡文。惟康熙六年領侍衛內大臣一等公索尼。既未與金甌之卜。亦不由玉署而來。
予諡文忠。實為異數。（近時周文忠公天爵亦非翰林。洪氏得此尤僅見。）
陸平湖以御史贈閣學。賜諡清獻。為小臣得諡之始。至馬忠勤公珍。以知縣贈布
政使參議。强忠烈公克捷。以知縣贈知府。劉忠節公欽鄰。以知縣贈太僕寺少卿。及
楊廷兌以知縣諡昭節。方振聲以縣丞諡義烈。俱照知府例邮。則皆出　特恩。蓋我
聖朝崇獎死綏。不遺微末如此也。頃光緒初元。艱臣中有以府州縣官死節請諡者。
朝廷偶俞其請。遂致臺垣部院援例乞　恩。凡為其親故殉難。奏請　予諡者。交章
累疏。兩月不休。　兩宮知非體。　特詔停止。而倖邀易名之曠典。已不可枚舉矣。

潘文恭公初入翰林。以欲硯求銘於紀文達公。為之銘。棱棱有骨作作芒。取墨則利
穎亦傷。緊色孝肅豈不剛。我思韓范富歐陽。按文恭少年渾涵端重。文達正當以風
骨勖之。何反慮其過剛。殊不可解。

道光朝。潘文恭公久居揆席。而滿漢四相公。其三人入詞林時。皆文恭教習門生。一
鶴舫相國穆彰阿。一獻山相國覺羅寶興。一海帆相國卓文端公也。公有詩紀盛云。
翰苑由來重館師。卅年往事試尋思。即今黄閣三元老。可憶槐廳執卷時。穆相以為
二百年來所未有。

文官重赴鹿鳴。重宴瓊林者。屢見紀載。武科雖亦有重赴鷹揚宴之典。而見之例案
者。僅嘉慶十五年。陝西巡撫奏朔邑武舉蔺廷薦。係乾隆庚午中式。現在重遇庚午
科。奏乞　恩施。奉　旨賞千總銜。重赴鷹揚筵宴。蓋儒臣耆碩。林下頤年。幸遇科甲
重周。必有故吏門生。為之端牘乞恩。賦詩紀盛。故其事易於傳播。若夫白頭故將。老
廢田間。子孫則椎不知書。舊部則投戈星散。即躬享上壽。再執紫光獻技之年。恐伏
櫪自悲。亦不復。　朝廷有此曠典。而地方有司。更無過而存之者。宜乎鮮聞數數矣。

甘泉朱抱經重慶。善詩古文。與全吉士謝山交最深。謝山寓揚。病危急。主抱經家。參
苓之費。抱經竭力為之。不愧良友。見阮文達廣陵詩事。唯吾鄉老輩皆謂謝山病寓
維揚時。憫馬秋玉兄弟經營醫藥。謝山門人蔣樗庵編纂年譜。亦未著錄朱事。抱經一

寒士。風義如茲。榜玲瓏山館主人。尤為難覯。未可任其湮沒也。

儀徵武進士楊愷。康熙間受知　聖祖。召入南書房。與何義門蔣南沙諸公同校書
史。後提督兩湖。頗著勳績。入為鄉枚。出則我鄂。文經武緯。亦本朝希有人物已。

雍正七年。浙江督撫奏進湖州民王文隆家蠶繭同織端繭一幅。長五尺八寸。寬二
尺三寸。天然成就。不由人工。廷臣以為瑞應。請付史館。　詔不准行。

蘇郡惠元龍徵君。舉鴻詞科。籍吳縣。半農學士。則起家長洲諸生。定宇先生。初為吳
縣諸生。後改元和籍。一家祖孫父子。鄉貫不同。蓋居省垣。及二縣同城者。墳墓田廬。
綺交牙錯。本不能為之限斷也。

王雁汀制軍慶雲。勃海圖說。擬於隍城石島之間。駐水師將領一員。登州金州南北
兼巡。內防盜匪。外懾島人。與康熙朝嵩祝請登州水師巡哨金州鐵山之說。頗足相
輔。蓋兵家犄角之義也。

郎潛紀聞卷十一終

郎潛紀聞卷十二

清 鄞陳康祺著

康熙丙子正月 天子為元元祈福遣大臣分行祭告二十七日 上御保和殿頒賜册文香帛給 御蓋一龍纛二 御仗二蓋喬嶽翕河之茂典 本朝第一次舉行也凡四海五鎮五嶽四瀆闕里長白山帝王陵共五十九處遼東廣甯混同江北海之神山東萊州府東海之神山西蒲州府西海之神廣東廣州府南海之神遼東廣甯北鎮醫巫閭山之神山東青州府東鎮沂山之神陝西鳳翔府西鎮吳山之神山西平陽府中鎮霍山之神浙江紹興府南鎮會稽山之神山東濟南府東嶽泰山之神陝西西安府西嶽華山之神河南河南府中嶽嵩山之神湖廣衡州府南嶽衡山之神山西大同府北嶽恆山之神四川成都府江瀆之神河南南陽府淮瀆之神河南懷慶府濟瀆之神山西蒲州府河瀆之神 至聖先師闕里兀喇地方長白山之神河南開封府太昊伏羲氏陵陳州商高宗陵西華周世宗陵陳州河南河南府漢光武陵孟津宋太祖陵鞏縣太宗陵鞏縣真宗陵鞏縣仁宗陵鞏縣湖廣衡州府炎帝神農氏陵酃縣湖廣永州府帝舜有虞氏陵甯遠九疑山山西平陽府女媧氏陵趙城商湯王陵榮河陝西延安府黃帝軒轅氏陵中部陝西西安府周文王陵咸陽武王陵咸陽成王陵咸陽康王陵咸陽漢高祖陵涇陽文帝陵府城東宣帝陵長安唐高祖陵三原太宗陵九嵕山憲宗陵涇陽後魏文帝陵富平山東兗州府少昊金天氏陵曲阜帝堯陶唐氏陵東平直隸大名府顓頊高陽氏陵滑縣帝嚳高辛氏陵滑縣商中宗陵內黃直隸順天府金太祖陵世宗陵明宣宗陵孝宗陵世宗陵俱天壽山塞外起輦谷元太祖陵世祖陵俱在順天府望祭浙江紹興府夏禹王陵會稽山江南江甯府明太祖陵鍾山遼東廣甯遼太祖陵木葉山

康熙甲戌夏五月召翰苑諸臣番上應制計詩題十八論一賦一五月初九日少詹事李錄予朱阜侍講學士顧祖榮李鎧入直擬夏日內庭應制七律初十日侍讀學士徐嘉炎侍講學士張廷瓚史夔曹鑑倫入直擬賦得西園翰墨林應制五言律十一日左庶子陳倫右庶子孫岳頒侍讀張榕端王思軾入直擬賦得膏雨潤公田應制五言律十二日侍讀陸肯堂侍講余志貞彭定求左諭德沈涵入直擬賦得紫禁朱櫻出上闌應制七律限五微十三日洗馬邱象隨左中允王思沛左贊善沈朝初陸棻入直擬咏金蓮花應制五律限八齊十四日右中允楊大鶴彭甯求右贊善魏希徵邱業彭會淇入直擬賦得崇文聯壁藻應制五言古限箏字十五日檢討胡作海編修仇兆鼇徐元正汪灝入直擬賦得花露淨琴弦應制五律限五微十六日編修陳遷鶴修撰沈廷文陳元龍檢討王之樞入直擬恭讀 御製覽貞觀政要詩應制五律限二蕭十七日編修袁佑王化鶴檢討潘應賓方韓入直擬恭讀 御製時巡近郊憫農事有作應制五律限八齊十八日編修張豫章鄭崑瑛檢討劉涵編修張希良入直擬恭讀 御製懋勤殿讀尚書至無逸篇有作應制五律限五微十九日編修沈辰垣李孚青宋敏求宋大業沈三曾檢討劉坤吳瑛宋如辰入直擬恭讀 御製觀渾天儀器詩應制五律限九佳二十六日編修吳世燾湯右曾郝士鈞凌紹雯劉灝張俊檢討宋朝楠彭世棟葉淳入直擬 聖駕夏日閱視河堤應制五律限六魚二十七日修撰嚴有穀編修吳昺檢討萬光宗孫勷入直擬恭讀 御製宮門聽政示各部諸臣詩應制七律限十灰二十八日編修許賀來檢討梅之珩張明先李朝鼎入直擬恭讀 御製詠史詩應制七律限十灰二十九日檢討鄧成齊鄭際泰賈兆勳徐日暄入直擬渾天儀應制七律限十蒸閏五月初一日編修楊中訥姚宏緒潘從律張瑗王奕清入直擬賦得虛心高節雪霜中應制七律限十二文初二日編修胡潤戚璞檢討冉覲祖楊名時王傑入直擬讀朱子文集應制五律限十四寒初三日檢討王者臣張曾慶劉琰李象元文志鯨入直擬賦得駐輦華林側應制五律限十三覃初四日召集西苑考試學士王掞李柟顧藻及翰林諸臣擬理學真偽論豐澤園賦

京師正月朔日後遊白塔寺望西苑栴檀寺看跳喇嘛打莽式打鞦韆元宵節前門燈市琉璃廠燈市正陽門摸釘五龍亭看燈火唱秧歌跳鮑老買粉團十六夜女子出遊謂之走百病燒金鼇玉蝀石獅牙以療牙疼十九日集邱長春廟謂之燕九二十五日謂之填倉日大小之家俱治具飽食二三月高梁橋踏青萬柳堂聽鶯弄箜篌涿州嶽廟進香迎駕四月西山看李花海棠院看海棠豐臺看芍藥煮豆子結緣送春賽會五月游金魚池中頂進香藥王廟進香六月宣武門看洗象西湖賞荷七月中元夜街市放燄口點萬子香燃荷葉燈八月中秋夜踏月買兔兒王九月登高花兒市訪菊城牆下觀八旗操演婦女皆掛金燈九日歸甯十月上墳燒紙弄叫由子十一月跳神十二月貴像生花供佛打太平鼓

本朝歲暮將祭享遣內大臣打莽式例演習於禮部其氣象發揚蹈厲蓋公孫萬舞

之變態也。王公貴戚於新正競引之以相戲樂。其態婉孌柔媚。或令婦女為之。此又芬式之一變耳。

禁中冬月打滑撻。先汲水澆成冰山。高三四丈。瑩滑無比。使勇健者著帶毛猪皮履。其滑更甚。從頂上一直挺立而下。以到地不仆者為勝。

文和尚名果。字園公。衡山先生之後。 聖祖南巡。適見之。命入京師。居玉泉精舍。寵眷殊厚。和尚一日攜其孫見。 上問何事來此。和尚奏曰。來此應舉。 上曰。應舉即不應來見。 聖主防微杜漸。安可以非分希望恩澤耶。

阮亭先生幼子小字虎兒。三歲能誦唐詩百首。

于清端公撫直隸。於大道旁長牆。以禦響馬賊。一時良法。後以勞民罷之。趙恢夫有詩曰。百里長牆攔賊馬。綠林昨夜繞官街。語含諷刺。似未諒立法之意。

章皇帝萬幾之暇。時召木陳玉林諸禪僧講究宗旨。 聖祖南巡。亦嘗與諸老宿相印證。所幸名剎。輒灑 宸翰。 兩朝深通內典。獨無修齋造像之事。真乃具大神識洞澈宗風。木陳和尚名道忞。曾主天童法席。後封宏覺國師。有北遊集。

康熙中。 朝廷祀泰山之次年。齊東道中產嘉禾。一莖三穗。

葉兆字金城。青浦人。胸有邱壑。暢春園一樹一石。皆其布置。兆告歸後。復入都。卒於旅舍。 朝廷特給內帑䘏之。

寶坻杜文端公立德。屢疏乞歸。 上慰留至再。其後請益力。乃頒 宸翰云。內閣大學士杜立德。鬮亮老臣。綸扉久重。引年請歸。陳乞至再。遐心既固。未可勉留。詩以送之。十載資賢佐。勞深致太平。討謨留紫閣。風度重丹楹。方倚鹽梅畧。難違邱壑情。簪芝黃綺伴。軒冕有餘清。康熙二十一年八月初九日 御筆。又賜洛社怡情圖書一方。 御書唐詩三軸。墨刻二冊。恩遇過他相遠已。

湘軍始於咸豐二年。淮軍始於同治元年。其營制為曾文正手定。而李伯相遵守之。蕭曾繼興。斠若畫一。每五百人為一營。設營官一。每營分立前後左右四哨。每哨設哨官一。營官有親兵。有什長。其親兵分六隊。每隊設什長一名。率親兵十名。伙勇一名。計六隊。凡七十二人。哨官有哨長一名。有護勇五名。其外有什長。有正勇。有伙勇。其正勇一哨分八隊。每隊什長一名。伙勇一名。其擡鎗隊正勇十二名。合什長伙勇為十四名。其刀矛小鎗隊正勇十名。合什長伙勇為十二名。每哨合哨官哨長護勇為一百八人。四哨共四百三十二人。合之營官親兵。為五百四人。隊官在外。其聯伍之制。親兵六隊。則一隊劈山砲。二隊刀矛。三隊劈山砲。四隊刀矛。五隊小鎗。六隊刀矛。每哨八隊。則擡鎗為第一隊。刀矛為第二隊。小鎗為第三隊。刀矛為第四隊。擡鎗為第五隊。刀矛為第六隊。小鎗為第七隊。刀矛為第八隊。總計一營劈山砲兩隊。擡鎗八隊。小鎗九隊。刀矛十九隊。共為三十八隊。其搬運一切。猶有長夫。每營營官及幫辦人員。共用長夫四十八名。搬運子藥火繩及一切軍裝等項。共用長夫三十名。營官親兵隊。每劈山砲隊用長夫三名。刀矛小鎗隊用長夫二名。計六隊用長夫十四名。如拔營遠行。營官另撥公夫幫擡劈山炮。哨官哨長及護勇五人。共用長夫四名。四哨共夫十六名。其哨隊每擡鎗隊用長夫三名。每刀矛小鎗隊用長夫二名。計四哨擡鎗八隊。用長夫二十四名。刀矛小鎗隊用長夫二十四名。共長夫四十八名。總計一營用長夫一百八十名。大率百人用長夫三十六名。合之營哨官員各勇人等。共六百八十五人。是為正額。或十營設統領一員。或數十營設統領一員。或數營設一統領。無定制。至同治四年北征捻逆。於是又添練馬隊營。其制則每營營官一員。幫辦一員。字識一名。一營立前後左右中五哨。其前後左右四哨。各設正哨官一員。副哨官一員。中哨即以營官為正哨官。外立副哨官二員。每哨馬勇五十名。散勇五棚。每十人為一棚。每棚什長一名。散勇九名。一營共營官一員。正哨官四員。副哨官六員。馬勇二百五十名。什長二十五名。散勇二百二十五名。營官及副哨幫辦字識等。共用伙夫二名。四哨之正副哨官。共用伙夫四名。每棚用伙夫一名。共二十五棚為二十五人。又一營長夫五十名。通計用夫八十一名。合之營哨官員幫辦字識各勇人等。共五百九十二人。其馬數則營官四匹。幫辦一匹。字識一匹。正副哨各二匹。什長及馬勇各一匹。共為馬二百七十六匹。搬運鍋帳子藥。則每哨僱用大車一輛。共車五輛。其每營百馬之內。準報倒斃三十六匹。如數換領。以資彌補。此其大較也。自李伯相奏設鐵廠機器局。一切軍械皆仿西洋製造。遂改劈山砲隊為開花炮隊。擡鎗小槍隊為洋鎗隊。從此火器之利。與西人共之。自閩省奏設船政局。創造輪船。從此江海之利。亦與西人共之。論今日時政。必欲事事效法泰西。用夷變夏。此武靈胡服。伊川野祭之兆。誠為無識。若謂輪船洋鎗徒耗貲費。則不識時務。誤人家國之談也。

庚申西人擾天津。臺省意見齟齬。一日之間。遞封奏者六次。 顯皇帝特降硃批交團防王大臣。偕巡防王大臣。傳集科道會議於朝。議戰議和。紛如聚訟。閱兩時許。無定議。至第三日。臺諫諸君始在直隸會館公議覆奏稿。送泥園王大臣閱看。則云前日已面奏。議和議成矣。時科道中主稿者。陸眉生侍御秉樞也。

都門花事。以極樂寺之海棠。八尺十圍者有九十本。棗花寺之牡丹。豐臺之芍藥。十剎海之荷花。寶藏寺之桂花。天甯寺之菊花為最盛。春秋佳日。挈榼攜殽。游騎不絕於道。花之寺中海棠相傳為黃文僖公諧手植

戊午北闈之獄。外簾實先肇端。先是府丞蔣逵以場中供給草率。擅自出闈。赴園奏事。奉　旨革職。府尹梁同新亦降調。以吳鼎尚毛昶熙代之。臺長並劾碑門御史分俾各行戶。查究草率之由。移咨刑部定案。治中及大宛二縣皆鐫級去。比題名錄出。士論譁然。孟傳金遂首發大難矣。譬彼雨雪。先集惟霰。信然。

竹垞先生年五十。舉鴻博。與同郡高念祖佑釲同舟入都。每日暮停棹。輒失所在。高往迹之。已闌入酒肆中。醉臥鑪下矣。

竹垞先生嗜書若命。典試江左時。絳雲已燬。聞牧齋族子錢遵王撰讀書敏求記。載宋板元鈔次第完闕甚備。擬求一見之。秘不肯出。乃置酒召諸名士高讌。遵王與焉。私以黃金及青鼠裘賂其侍史。啟篋得之。招藩署廨吏數十人。於密室夜半寫畢。並錄得絕妙好詞。時人謂之雅賺。又先生直史館日。私以楷書手王綸自隨。錄四方經進書。掌院牛鈕劾其漏洩。史議鐫一級。時人謂之美貶。噫。翰林官以是左遷。視今之蔑書不觀。濫躋華要者。榮辱何如。

竹垞檢討充明史纂修官時。有上總裁七書。第一書請定體例。謂班書無世家。范書無表志。已與前史不同。史遷封禪。魏齊符瑞。此志之不同。人表宰相世系。此表之不同。滑稽日者家人義兒伶官道學。此傳之不同。明三百年如革除靖難奪門躋廟事多舛見漕運倭寇衛廷杖制亦異前。先宜審量。第二書請聚書籍。謂一代之史。不宜止據實錄。宜蒐葺奏議文集圖經碑志之屬。以備采擇。第三書請寬期限。專責成。以晉書長編之分授為法。以元史之速成為戒。第四書謂革除年事多不足信。燕王來朝建文出亡。皆非實。第五書謂道學不必別立傳。第六書謂東林不必皆君子。與爭東林不必皆小人。不宜以門戶分邪正。第七書謂崇禎無實錄。未可專據邸報。宜取史館四方所上之書。一一聯綴。並分年書死事諸臣。其言辨而核。後多從之。

季野先生為萬氏八龍之殿。少未知名。父以為癡。閉之空室中。窺架上書。有雜綴明代事者。題曰明史料。凡數十大冊。先抽讀之。數日而畢。伯兄斯年察知之。驚曰。名士近

在吾家耶。遂白諸父。為易衣屨。使從餘姚黃太沖學。遂成名儒。

明史稿本實出吾鄉季野先生。而華亭王氏攘之。承學之士。無不知其源委矣。先生在史局時。周旋諸貴人間。不肯稍自貶損。其題刺則曰布衣萬斯同。其會坐則攝衣登首席。岸然以賓師自居。故督師之婣人方居要津。請先生少寬假。先生喋不答。有運餉官遇賊走死山谷。其孫懷白金。請附忠義傳。後先生曰。將陳壽我乎。斥去之。從先生兄子言。與修明史。獨成崇禎長編。故國輔相家子弟。多以賄入京。求滅其先人之罪。言峻拒曰。若知吾季父事乎。其父子狷介如此。萬氏一門經學史才。冠絕當代。其操行之奇卓。亦復不媿古人。此則戢山南雷道學之緒餘。不僅以文章藻耀振起門第者也。

鄒平馬驌宛斯知靈璧縣。有異蹟。著繹史百六十卷。自開闢至秦亡。事蹟畧備。後又著左傳事緯十二卷。亭林先生見二書。亟稱之。時人號為馬三代。

常熟馮班鈍吟論詩。不取嚴滄浪妙悟之說。趙秋谷宮贊見其遺書。至具朝服下拜。以私淑門人刺焚班墓前。蓋秋谷方掊擊漁洋。引以自助也。按漁洋平日論詩實以嚴氏為宗旨極服其香象渡河羚羊掛角之說秋谷不滿漁洋。故與異同。見馮氏書。亦復屏棄神韻。遂不覺五體投地。其實談龍錄一書。非不博辯。究非風雅之公。

安溪李文貞公孫穆亭少宗伯清植。嘗視浙學。閱三十餘年。宗伯子郁齋少司空宗文。繼之。太夫人晉江黃氏就養官齋。悵觸舊事。因命少司空建再到亭於學署廳事之西偏。奇石修竹。花木蓊蔚。清流涓涓。環亭如帶。游者以為勝觀。今不可復問矣。

朱檢討休官後。著書自娛。收藏日富。長洲韓文懿公嘗語門人張大受曰。吾貴為尚書。何如秀水朱十以七品官歸田。飯蔬飲水。多讀萬卷書也。

吾鄉全太史嘗云。愚山造詣。殆與魏敏果湯文正陸清獻同道同德。魏湯二尚書。敭歷槐棘。多所發舒。清獻遭摧折而愈顯。愚山於其中最為闇淡。又以工於詩古文詞。反掩其學問之大原。世有合作韓范文富歐馬六公年譜者。其必班而齊之。康祺以為知言。按宣城施先生。提學山東時。取士先行後文。敦重儒術。過鄒平。拜伏生墓。以經學日微。授受宜亟。至於垂涕而示諸生。分守湖西。作勸民急公歌。歷山谷間。悲竆民狀。作浮子嶺大坑歎竹源坑諸篇。以獻上官。時比之元結舂陵行。先生少孤。鞠事叔如父。已貴。叔少不悅。猶冠服長跽。母馬夙失歡於大母。抑鬱而卒。先生請大母命。備例乞　恩封。援地哀陳。始獲焚黃祔廟。順孫孝子。循吏通儒。實兼有之。謝山之言。

信而有徵已

掖縣李侍御森先巡按江南誅鈕家右有海忠介之風中讒被逮〔按李自送御史兩經革職但在京官後又以言事謫戍尚陽堡承政逮至是已四被矣〕吳民號泣攀送者數萬人既登舟僚屬相顧拂涕松江知府李正華最後至攜一酒瓢滿酌送侍御曰吾曹則不愧天日不愧朝廷不愧百姓耳成敗利鈍造物司之今日之行榮於登仙諸君何至作楚囚相對耶侍御為掀髯大笑正華歙縣人守松多惠政王漁洋稱為近日廉吏之冠宜其與侍御臭味相孚與

韓文懿公菼當廷試日吳三桂逆端已萌公對策力言三藩當撤無少顧忌祭酒阿理瑚請以故相達海從祀兩廡公謂海造國書一藝耳未合從祀之典御史鄭惟孜請令國子生回籍應試公疏言太學一空非京師首善之典此三事皆建白侃侃不阿流俗公立朝數十年讜言直節尚不止此世徒以經義相推尚即有懷堂文集亦在若顯若隱之閒吁可慨已

康熙朝翁尚書叔元受枋臣指劾睢州湯文正公長洲何義門上書詰削門生籍吾鄉姜西溟亦移文責之一日傳徧京師按是時叔元方隆隆炎炎何姜皆沈閣未遇非讀書養氣那得如許風骨

康熙初元 上在諒闇百官奏事者見顧命輔臣皆長跪時少司馬楊雍建方為言官獨立談不屈輔臣目送曰此南苑上書諫獵者也蓋指公順治間官兵科時事公諤諤敢言嘗上疏請慎起居請弭天變請除廣東八害 兩聖人皆優旨答之王大簡公嘗云 本朝諫官以以齋為第一以齋公別字也

咸豐戊午科場大獄中外皆歸咎刑部長肅順以為用刑過嚴余既詳之前卷矣蓋肅順素惡科目又與柏相國有隙此舉固借以行私其實慎重制科法律嚴峻亦本朝家法然也攷順治二年乙酉河南鄉試錄內稱皇叔父為王叔父主考歐陽蒸呂雲藻俱革職交刑部治罪四年丁亥會試同考官袁鏞如擅改硃卷革職九年壬辰會試以第一名程可則悖戾經旨 特旨除名試官秘書院學士武陵胡統虞降三級宏文院學士大名成克鞏降一級同考左敬祖等奪俸有差十一年甲午禮部參奏順天主考編修吳縣范周編修江夏吳正治評閱試卷止有姓名全無次第給諫宋牧民亦稱試錄程文種種乖謬並奉 旨交刑部最可畏者尤莫如十四年丁酉順天江南兩省科場大獄順天則刑科給事中任克溥奏同考官李振鄴張我璞〔時有永十李為之證〕受科臣陸貽吉及博士蔡元禧進士項紹芳所中田耜鄔作霖舉人俱奉 旨七人立斬家產籍沒父母兄弟妻子流徙尚陽堡餘被流徙者二十五人正考官庶子曹本榮副考官中允溧陽宋之繩失察各降五級江南則江甯書肆刊万金記傳奇不知出誰手傳聞禁中〔以方除一點錢去二戈指兩主考姓〕 世祖大怒命將主考侍講遂安方猷檢討仁和錢開宗房考李上林商顯仁葉楚槐錢文燦周霖張晉朱葵李祥光田俊民李大升龔勳郝維訓朱建寅王國禎盧鑄鼎〔一作鑄界〕雷震生俱駢戮於市厥後衡文獲咎者尚難枚舉 聖諭煌煌從未比附輕典然則戊午一案同官不聞逮坐家屬亦未長流 聖意哀矜豈部臣所能持柄哉

順治丁酉科 命南北中式者在瀛臺覆試題即為瀛臺賦是時每舉人一名命護軍二員持刀夾兩旁與試者咸慄慄危懼常熟陳湖滿亦在列其父貢生式嘗作燕都賦湖滿夙誦習因點綴成篇 欽定第一

程可則之除名也梁上國史館綴聞黃崇簡國朝貢舉考略皆載之然沈德潛國朝詩別裁小傳云可則字周量廣東南海人順治壬辰會試第一官兵部職方郎中汪琬周量像贊序云被黜後閉試擢中書舍人又進士題名碑載順治壬辰會元張星瑞可見 國朝舊制榜首因磨勘斥革許擇人另補其被革者亦不必終身擯棄也

雍正朝張文和公廷玉屢掌文柄諸弟繼起雀節翩連世稱榮遇尤莫奇於癸卯年之春秋鄉會數月之間公與介弟侍郎廷璐均兩膺 簡命洵未有之盛也蓋是年四月公主順天鄉試侍郎適典試閩嶠公紀 恩詩所謂傳家媿二難也九月公主禮闈侍郎適預分校公紀 恩詩所謂一室掄才弟與兄也

康熙間高郵賈國維中鄉榜時以籍貫被劾 特旨賜復舉人會試落第又蒙 特賜殿試以一甲第三人及第賈紀 恩詩云忽聞 御宴探花客即是孫山下第人

嘉慶八年八月十二日廓爾喀國以教匪蕩平奉表稱賀其畧曰小臣廓爾喀額爾德尼王吉爾巴納足塔畢喀爾瑪薩九叩跪奉如天覆育如日月照臨撫育萬國壽如須彌山堅固至大至尊文殊菩薩 大皇帝寶座前切小臣聞湖南教匪滋事致天威震怒遣兵剿除今已平定從此永享昇平之福小臣聞之欣慰小臣受恩深重虔修土產微物表文叩賀天喜小臣屢蒙天恩視如子民惟有一心歸順和睦鄰封小臣陽布離京甚遠小臣年幼懇將小臣當作奴輩常時施恩教導沾恩不淺云云其貢物計十二事有左插刀灣刀雙眼鎗鍍金鍍銀鳥鎗等名語質意恭誠心賓服

宜其長承　寵眷。至今猶恪備叢封也。

康熙己丑冬十一月。命李光地攝行　郊壇大禮。

道光戊戌四月二十四日。宣許乃普。龍瑛。賴文煥。徐經。朱蘭。戴熙。在　澄懷園軍機處賦詩書扇。各　賜內紗一端。

道光戊子。平回疆張格爾之亂。　特詔繪軍機大臣曹振鏞以下四人。功臣長齡以下四十人像於　紫光閣。像各有贊。蹤乾隆故事也。

西河檢討晚年自署楹帖云。千秋經術留天地。萬里蠻荒識姓名。蓋時有琉球使者過杭。與湘中集。訪見先生也。

汪蛟門比部懋麟。嘗誦東坡春江水暖鴨先知句。西河在座。怫然曰。鵝詎後知耶。人遂謂西河不知詩。余謂是句之妙。西河何嘗不知。特其崛强本色。不肯不快。此老生平著述。全是一時火氣。不許今人低首古人。何嘗爲解經講學起見。

西河納妾曼殊。頗寵特甚。夫人陳。嗤不平之。嘗誚之於客座曰。爾輩以毛大可爲摶學耶。渠作七言八句。亦須獺祭乃成。康祺記近人有論詩絕句云。曼殊不攖專房寵。誰識君詩獺祭成。可稱雅謔。

道光壬寅。西人陷京口。金陵戒嚴。　朝命以在籍紳士蔡友石太僕世松。周石生方伯開麒。湯貞愍公貽汾。協力守禦。蔡周皆耆臣宿望。湯尤說禮敦詩。洞諳韜略。畝知有備。始退去。貞愍被　命日。有寄二公詩云。同是　深恩難報答。寸心早把死生除。其後勢匪之變。上書大府。進守江之策。不用。城破。挈孫投水死。舍生取義。卒踐前言。嗚呼偉矣。

池北偶談載吳梅村祭酒病革時。有絕命詩云。忍死偷生廿載餘。而今罪孽怎消除。受恩欠債須塡補。紙比鴻毛毛不如。康祺按祭酒詞集。載其病中賦賀新涼一闋云。萬事催華髮。論龔生天年竟夭。高名難沒。吾病難將醫藥治。耿耿胸中熱血。待灑向西風殘月。剖卻心肝今置地。問華佗解我腸千結。追往恨。倍淒咽。　故人慷慨多奇節。爲當年沉吟不斷。草間偷活。艾炙眉頭瓜噴鼻。今日須難決絕。早患苦重來千疊。脫屣妻孥非易事。竟一錢不值何須說。人世事。幾完缺。至其詩集中如弔侯朝宗。寄房師周芮公諸作。淒酸凄楚。自悔偷生。隱痛沈悲。殆難言喻。蓋甲申而後。堂上健存。宗車屢徵。忍恥一出。自與虞山合肥輩貪戀富貴者。心事畧有不同。後人追考生平。恭其才。悲其遇可也。

順治戊戌狀元孫承恩。常熟人也。先是承恩弟暘舉丁酉北闈。以事遣戍。臚傳前一夕。　章皇帝閱承恩卷。其頌語有云。克寬克仁。止孝止慈。　五音稱賞。拆卷見其籍貫。疑與孫暘一家。遣學士王熙疾馳出禁城。至承恩寓面詢。學士故與承恩善。因語之故。且曰。今升天沉淵。決於一言。回奏當云何。承恩良久慨然曰。禍福命耳。不可以欺君賣弟。學士歎息。既上馬。復回顧云。得毋悔乎。承恩曰。雖死無悔。學士疾馳去。　章皇帝秉燭以待。既得奏。尤喜其不欺。遂定爲一甲第一。

本朝狀元康熙以前多補應　殿試者。如壬辰鄒忠倚。己丑進士。甲辰嚴我斯。辛丑進士。庚辰汪繹。丁丑進士。又甲辰榜眼李元振。亦辛丑進士。今補試者久不得躋甲矣。

汪祭酒梧門詩話云。汪杜林先生未散館。即擢庶子。康祺按杜林名應銓。康熙戊戌科狀元。江南常熟人。其同鄉陶貞一先生傳畧稱應銓以宮贊致仕。常昭合志亦稱應銓以修撰直　南書房。擢左春坊贊善。辛丑分校禮闈。是應銓未官庶子也。詩話恐誤。

舒文襄在新疆獲譴。有　旨即行正法。來文端公保以人才難得。伏闕泣求。　高宗

亦心動。諭云。旨已郵發三日矣。奈何。公曰。　上果恩宥。當今臣子飛騎往追。始蒙俞允。公子能日行八百里。馳抵新疆。前旨猶未到也。文襄遂得寬釋。

郎潛紀聞卷十二終

郎潛紀聞卷十三

清　鄞陳康祺著

孝莊文皇后不豫 聖祖躬禱 郊壇有願減臣齡以延慈壽語又步詣 天壇祈禱涕泗交頤陪祝諸臣不敢仰視

殿試卷例以前十本進呈惟乾隆庚辰年秦尚書蕙田等以十本外尚有佳卷特旨許以十二本進呈是科十四名以前並入翰林（按同治以來二甲二十名以前均入翰林幾同成例）至乙卯年 恩科大學士伯和珅讀卷以無佳卷止取八本呈 御覽見北江詩話即此一端文恭與和相其心術之寬狹瞭然矣

康熙丁丑狀元李蟠以科場事流徙榜眼嚴虞惇以子弟中式降調探花姜宸英亦以科場事牽涉卒於請室王新城以為鼎甲之衰無如此科見居易錄又康熙癸未狀元王式丹以江南科場事牽涉卒於非所榜眼趙晉以辛卯江南主試賄賂狼藉為巡撫張伯行參奏伏法探花錢名世則以年羹堯黨 世宗憲皇帝斥為名教罪人又乾隆乙未一甲三人亦不利狀元吳錫麟探花沈清藻皆及第後未一年即卒榜眼汪鏞以臚傳不到未受職先罰俸官編修幾三十年垂老改御史見北江詩話

張爾唯學曾順治甲午赴蘇州太守任孫北海承澤龔孝升鼎孳曹秋岳溶三先生於都門宴別各攜所蓄名蹟相玩賞張因出江貫道長江萬里圖詩客諸公讚羨不已欲裂而分之張窘北海集古句戲之云剪取吳淞半江水惱亂蘇州刺史腸一座絕倒

朱勇烈公射斗鎮蜀征達州威名甚盛賊呼為朱判官墓在閬雲關西關下有奉敕為果勇侯楊公芳建萬里封侯坊

黔中夙鮮文學之士自嘉慶間獨山莫猶人先生與儔教授遵義以樸學倡導風氣遂開其子友芝字子偲其高第弟子遵義鄭珍字子尹尤相劘以許鄭之學所詣極邃世稱西南兩子

唐□□公□□咸豐癸丑三月奉 命起楚朋單騎之公頗以時事艱難屢見唏歎莫子偲壯之曰公建利固原時豈易為者意氣固如是耶公慨然曰唐子方自有平生他日斷不煩諸君曲筆後果殉難

黔西李漢三世傑以巡檢至本兵謚恭勤廣順劉松齋清以拔貢官總兵松桃楊誠村芳以吏員取通侯並天挺異才兼資文武皆不由科目進身時稱黔中三奇男

光澤何願船刑部秋濤博覽多識尤熟於輿地之學在都中與祁文端相國何子貞編修張石洲孝廉互相鉤考咸豐庚申春進呈新纂外藩書八十卷 賜名朔方備乘 旨令在 懋勤殿行走部曹直 懋勤老輩中惟黃左田尚書鉞蒙此異典事在嘉慶五年庚申蓋甲子一周矣郎亭遺詩有云曹司 祕殿當差後六十年來故事廢興數仍開 懋勤直 天題新煥朔方書即賦此事康祺同治初入京廠肆書賈諳稍稍者多為余言願船石洲嗜書之篤校書之勤於古書源流本末若數其期功中表之周親纖悉靡不洞曉若嫌余生晚不獲與諸君奉手者余亦為之憮然又聞願船自庚申西人之變請急歸閩旋告終矣

張文和公廷玉康熙丙戌壬辰乙未三為會試同考官雍正癸卯主順天試雍正癸卯甲辰乾隆丁巳三主會試康熙辛丑雍正癸卯甲辰丁未庚戌乾隆壬戌六充廷試讀卷官其餘廷試諸年皆以子弟與試引例迴避惟雍正癸卯年公弟廷璐堂弟廷珩姪孫若涵同登甲榜公例應引避 世宗特降諭旨令充讀卷大臣尤異數中之罕見者

張文和公性寬厚而馭吏特嚴長吏部時知有蠹吏張某者舞弄文法中外官屢受其毒人呼為張老虎公命所司重懲之剌貴多為營救公不為動時稱公伏虎侍郎一日坐堂上理事曹司持一牒來曰此文元氏縣誤書先民縣當駁回原省公笑曰若先民爲元氏外省之誤今元氏作先民乃書吏略添筆畫為需索計耳責逐黠吏而正其誤同官服其公敏康祺官京師十年每見外官有事於銓部者為吏所持輒至質衣裝貸車馬舉責出國門甚或蹭蹬終其身如文和之察弊亦中人才智所易及乃畫諾坐嘯目擊狐鼠之橫行而喋不一詰豈有所卻顧與

世宗諭張文和公在政府十數年間六賜帑金每賜輒以萬計公懇辭 上諭云汝父清白傳家汝遵守家訓屏絕餽遺朕不忍令汝以家事縈心也公歸以 賜金名其園居稽史冊大臣拜賜未有如此之優厚者雍正四年 世宗以浙人查嗣庭汪景祺詩文悖逆風氣惡薄停止浙江士子鄉會試六年經李衛王國棟王蘭生等奏稱兩浙人士省懲悔過士風丕變 諭準照舊應試前後三年澆漓盡革況今涵濡聖澤幾二百年宜風氣蒸蒸日上也

北場鄉試有不利午科之說遠則乾隆庚午科幾成大獄近則咸豐戊午科按法誅放數十人今年庚午十八魁中以錄舊自請註銷者四人解元李璜綸與焉亦所罕

見。

長洲沈宗伯。入詞館後。以悼亡假歸。高宗賜詩有我覺德潛德句。錢文敏公因贈詩云。帝覺德潛德。我羨歸愚歸。為時傳誦。

厲樊榭上計至都。同郡湯侍郎右曾。夙慕其才。將禮致焉。樊榭即日襆被出城。不與相見。其峻潔多類此。家居既久。思得祿為養。亟辦裝。將詣吏曹謁選。至天津縣。勾滯數月。意忽不可。浩然而返。竟未入國門也。其詭越又多類此。

鄭板橋大令。通率詭誕。書畫多奇氣。世咸以才人目之。讀其集中家書數篇。語語真摯。肝肺槎牙。躍然紙上。非騷人墨客比也。板橋少孤寒。賴乳母費撫養得活。值歲饑。費夜負入市。以一錢易餅。置其手。始治他事。板橋既入官。有詩云。食祿千萬鍾。不如餅在手。平生所負恩。豈獨一乳母。令人不堪卒讀。

百詩先生為國朝經學大師。記誦精博。而其天資質奇鈍。幼受書。讀百徧。始畧上口。性又善病。母禁之讀。遂閣記。不復出聲。如是者十年。一日。自覺豁然。再觀舊所研究本。了無疑滯。蓋積苦精力之應也。世之以下愚自諉。或託詞因病廢學者。觀於先生。媿可知已。

郎潛紀聞　卷十三　三

周侍郎亮工。文章政績。斐然可觀。曾江黃俞邰謂周櫟園吏事精能。撫戢殘暴。則如張乖崖。其屢更盤錯。乃別利器。則如虞升卿。其文詞名世。領袖後進。則如歐陽永叔。其博學多聞。窮搜遠覽。則如張茂先。其風流宏長。坐客恆滿。則如孔北海。其心好異書。性樂酒德。則如陶淵明。其敦篤友朋。信心不欺。則如朱文季。其孺慕終身。友愛無閒。則如荀景倩李孟元。至其登朝未久。試用不盡。則如范希文。而遭譏被謗。坎壈挫折。又如蘇長公。祺按櫟園侍郎。入國朝後。敭歷中外。激揚雅道。樹立邊功。自不愧循良林苑中人物。俞邰評騭。未為失倫。至貞介若陶處士。古人與之伯仲者。前一管幼安。後一司空圖耳。即論樂酒著書。亦豈侍郎所能比似。

藍太守鼎元臺灣論。條畫井然。緄身鹿耳之區。形勢瞭如聚米。其所云臺灣山高水肥。最利墾闢。利之所在。人所必趨。不歸之民。則歸之番。歸之賊。即使內賊不生。野番不作。又恐寇自外來。將有日本荷蘭之患。諸語尤為切至。乾嘉以來。奸民屢吪。本年復有東師壓境之事。其言不幸中矣。鹿洲集及平臺紀畧諸書。世有傳本。任邊寄者。盍瀏覽及之。

嶺表荒遠。督粵學者。往多不舉其職。獨惠半農學士士奇。輶軒所屆。砥課生徒。甄拔寶學。一藝必錄。苞苴不行。粵人慕其清德。祀於潮之韓山。惠之西湖。以配韓蘇軾。時粵士蘇珥羅天尺何夢瑤陳海六。皆傳其業。號惠門四子。

西溪吳容若侍衛詩云。禁方親賜與。天語史臣歸。又云。俄聞中使傳。捧送赤帳前。自註。次日考終關報至。詔使哭告靈前。事容若以宿衛小臣。上承天眷如此。知其才必可毗任。當時必已卓樹蓋猷。不特儒雅風流。為相門子弟所罕也。

永福黃華田大令任。令四會時。勤恭振窮。築隄捍水。大耐官職。罷官歸里。壓裝惟端溪石數枚。因名所居曰十硯齋。或曰。君作嶺外官。一清如是耶。笑指其硯曰。我乃有此。猶愧王僧孺矣。世稱詩人。政績為詞華所掩耳。

西溪先生。性行敦敏。詩文集中敘述家事。多纏綿純摯之言。嘗客中州。夢食大梨而甘之。欲遺母。不果。悵然而醒。因作夢梨詩。寄兩弟。追溯月日。正其母病黃。思大梨徧覓不得時也。陸橘孟筍。事異情同。純孝至此。猶不獲究竟膺以終牖下。天乎。

稚存太史北江詩話。有仿鍾嶸詩品畫品一則。評騭同時詩人。頗極允當。亟錄之。錢宗伯載詩。如樂廣清言。自然入理。紀尚書昀詩。如泛舟苕霅。風日清華。王方伯太岳詩。如白頭宮監。時說開元。陳方伯奉茲詩。如壓雪老梅。愈形倔強。張上舍鳳翔詩。如傀儡哭虎。酸風助哀。馮文楷英廉詩。如申韓著書。刻深自喜。蔣編修士銓詩。如劍俠入道。猶餘殺機。朱學士筠詩。如激電怒雷。雲霧四塞。翁閣學方綱詩。如博士解經。苦無心得。袁大令枚詩。如通天神狐。醉即露尾。錢文敏維城詩。如名流入座。意態自殊。畢宮保沅詩。如飛瀑萬仞。不擇地流。勇氏蔣侍御和甯詩。如兒落少年。風流自賞。吳舍人泰來詩。如便服輕裘。僅堪適體。錢少詹大昕詩。如漢儒傳經。酷守師法。王光祿鳴盛詩。如霽日初出。晴雲滿空。趙光祿文哲詩。如宮人入道。未洗鉛華。王司寇昶詩。如盛服趨朝。自矜風度。嚴侍讀長明詩。如觸目琳瑯。率非己有。王侍讀文治詩。如太常法曲。究係正聲。施太僕朝幹詩。如甘蔗鼎銘。發人深省。任侍御大椿詩。如灞橋銅狄。冷眼看春。鮑郎中之鐘詩。如昆侖琵琶。未除舊習。張舍人塽詩。如廣筵招客。間雜屠沽。程吏部晉芳詩。如白傅作詩。老嫗都解。曹學士仁虎詩。如珍饌滿前。不能隔宿。張大令鶴詩。如繩樞甕牖。時發奇花。湯大令大奎詩。如故侯門第。樽俎尚存。張宮保百齡詩。如遠客遊春。衫裳倜儻。勇氏蔣檢討衡詩。如長孺戇直。至老益堅。汪明經中詩。如病馬振鬣。時鳴不平。錢通副澧詩。如漫話桑麻。亦關治術。李主事鼎元詩。如海山出雲。時有可采。姚郎中鼐詩。如山房秋曉。清氣流行。吳祭酒錫麒詩。如青綠溪山。

郎潛紀聞　卷十三　四

漸趨谷古。黃二尹景仁詩。如咽露秋蟲。舞風病鶴。顧進士敏恆詩。如半空鶴唳。清響四流。瞿未簿華詩。如危樓斷簫。醒人殘夢。高孝廉文照詩。如碎裁古錦。花樣尚存。方山人薰詩。如獨行空谷。時逗疏香。趙兵備翼詩。如東方正諫。時雜詼諧。阮侍郎元詩。如金莖殘露。色晃朝陽。凌教授廷堪詩。如畫壁蝸涎。篆碑蘚蝕。李兵備廷敬詩。如三齊服官。組織輕巧。林上舍鎬詩。如狂飆入座。花葉四飛。曾都轉燠詩。如饑隼脫鞲。精采溢目。王典籍芑孫詩。如中朝大官。老於世事。秦方伯瀛詩。如久旱名山。尚流空翠。錢大令維喬詩。如遠谷養霞。惜難輕舉。屠州守紳詩。如栽盆紅藥。蓄沼文魚。劉侍讀錫五詩。如匡鼎說詩。能傾一坐。管侍御世銘詩。如朝正岳瀆。鹵簿森嚴。方上舍正澍詩。如另闢池臺。廣饒佳麗。法祭酒式善詩。如巧匠琢玉。瑜能掩瑕。汪侍講同書詩。如山半鐘魚。響參天籟。潘侍御庭筠詩。如枯禪學佛。情劫未忘。史文學善長詩。如春雲出岫。舒卷自如。黎明經簡詩。如怒猊飲澗。激電搜林。馮戶部敏昌詩。如老鶴行庭。舉止生硬。趙郡丞懷玉詩。如鮑家驄馬。骨瘦步工。汪助教端光詩。如新月入簾。名花照鏡。楊大令倫詩。如臨摹畫幅。稍覺失真。楊戶部芳燦詩。如金碧池臺。炫人心目。布政揆詩。如滄溟泛舟。忽得奇寶。孫兵部星衍少日詩。如飛天仙人。足不履地。呂司訓星

垣詩。如宿霧埋山。斷虹飲渚。張檢討問陶詩。如騏驥就道。顧視不凡。何工部道生詩。如王謝家兒。自饒繩檢。劉刺史大觀詩。如極邊春色。仍帶荒寒。吳禮部蔚光詩。如百草作花。艷奪桃李。徐大令書受詩。如范睢宴客。草具雜陳。趙大令希璜詩。如麋鹿駕車。終難就範。施上舍晉詩。如湖海元龍。未除豪氣。伊太守秉綬詩。如貞元朝士。時務關心。方太守體詩。如松風竹韻。爽客心脾。張司馬鉉詩。如鑿險縋幽。時逢異境。張上舍崟詩。如倪迂短幅。神韻悠然。劉孝廉嗣綰詩。如荷露烹茶。甘香四徹。金秀才學蓮詩。如殘蟬照海。病燕依樓。吳孝廉嵩梁詩。如仙子拈花。自饒風格。徐刺史嵩詩。如神女散髮。時時弄珠。吳司訓照詩。如風入竹中。自饒清韻。姚文學椿詩。如洛陽少年。頗通治術。孫吉士原湘詩。如玉樹浮花。金莖滴露。唐刺史仲冕詩。如出峽樓船。帆檣乍整。張大令吉安詩。如青子入筵。味別百果。陳博士石麟詩。如晴雲舒紅。媚此幽谷。項州倅墉詩。如春草作綠。尚存冬心。邵進士葆祺詩。如香車寶馬。照耀通衢。郭文學麐詩。如大堤游女。顧影自憐。張上舍問彝詩。如秋棠作花。淒艷欲絕。胡孝廉世琦詩。如陟險騁騮。摶空鷹隼。羅山人聘詩。如仙人奴隸。曾入蓬萊。僧慧超詩。如松花作飯。不飽獼猴。僧巨超詩。如荷葉製衣。稍清宰體。僧小顛詩。如張顛作草。時覺神來。僧果仲詩。如郭象注莊。偶露才語。僧寒石詩。如老衲升壇。不礙真率。閨秀歸懋照詩。如白藕作花。不香而韻。崔恭人錢孟鈿詩。如沙彌升座。靈警異常。孫恭人王采薇詩。如斷綠零紅。淒艷欲絕。吳安人謝淑英詩。如出林勁草。先受驚風。張宜人鮑之蕙詩。如栽花隙地。補種奇葩。余所知近時詩人。如此。內惟黎明經未及識面。或問君詩何如。曰僕詩如激湍峻嶺。殊少回旋。按太史箋經補史。談著疑然。詩話未刊全集中。後華亭張溫和公祥河。方為鋟布。溫和跋此書云。激湍峻嶺八字。蓋先生之謙詞。先生詩惟妙於回旋。乃益見激峻之不可及。可謂北江知己矣。又按張跋稱未錄自評其詩。今詩話卷第十二條。見如柳絮如蛛絲蟬曳殘絲。及孫兵秀才神仙於雲外行走天上。秋水不妨灣之句。議論膚淺。語非先生手定本也。

北江詩話。載陽湖莊刺史炘。博學能文。生平慕王深寧品學。輯其遺文。多至數卷。按深寧碩學鴻文。遺失散佚。合鄉前輩苦志搜羅。僅獲威鳳一毛。祥麟片角。今所傳四明文獻集是也。刺史所輯。當更精博。陽湖莊氏書。余所見不下十數種。惜未見深寧集刊本。他日當就毘陵士大夫訪之。

東坡玉帶。留鎮金山寺。僧家寶護。有如珠圓。　純廟南巡時。駕幸金山。以舊帶歲久剝蝕。　敕內府琢玉補之。並　題詩五章。以紀其事。聞粵匪亂後。帶尚完好無恙。

宸章倬天。殆有神物撝呵也。

武進劉文定公。歷官清要。少司馬躍雲繼之。父子服官於朝。至七十年之久。而家無一畝之宮。半頃之地。可云清絕人寰矣。少司馬歸里時。其鄉人稚存編修寄以詩云。卿相兩傳久。田廬一寸無。自謂可與宋魏野上萊公詩。有官居鼎鼐無地起樓臺相埒。

桐城張侍郎廷璐。為翰林時。督學河南。以約束生員不嚴罷斥。　世宗皇帝鑒其誠樸。　特旨起之廢籍。復俾以江蘇學政之任。三年報滿。有公明之譽。　諭再留三年。　高宗即位。又留三年。閱二年。江蘇又缺員。　上仍命之往。侍郎懇辭。乃改　命其弟廷瑑。兄弟二人。四任此官。前所未有。

張侍郎廷瑑。奉　命往祭　陵寢。先期數日。途次風雪大作。同人欲沽酒以禦寒。侍郎以未曾行禮。力持不可。人笑其迂。然其生平謹畏可想矣。

桐城張文和公澄懷園語云。予在仕途久。每見升遷罷斥。衆必驚相告曰。此中必有緣故。余笑曰。天下事安得有許多緣故。

文端相國鄂公。嘗語人曰。大事不可糊塗。小事不可不糊塗。若小事不糊塗。則大事

必至覼縷矣。見張文和澄懷園語。按文端生平，識量淵宏，規畫久遠，此數語大有關歷史，以警世之稍殺把持者。若夫胸無遠猷，疏瀾僨事，輒藉口於不拘小節，則轉不如謹守繩尺之士，猶不至禍人國而害及蒼生也。

澄懷園語云：世宗憲皇帝時，廷玉日直內廷，上進膳，常承命侍食，見上於飯顆餅屑，未嘗遺置纖毫。每燕見臣工，必以珍惜五穀，暴殄天物為戒。又嘗語廷玉曰：朕在藩邸時，與人同行，從不以足履其頭影，亦從不踐踏蟲蟻。聖人之恭儉仁慈，謹小慎微如是。

西林相國嘗謂杜少陵胡馬詩「所向無空闊，真堪託死生」此二語人知其妙，而不知其所以妙。蓋良馬蹀躞奔騰之時，步步著實，所以說無空。又步步不越尺寸，所以說無闊。惟其如此，所以堪託死生也。康祺按：公樹建功，忠勇根於謹慎，評詩別有見解。不知者以為論詩之細，其知者以為閱歷之深。張文和澄懷園語云余扈從久見良馬甚多深知西林雖論詩能體杜詩之神髓。余意公實自喻云。

雍正丙午秋，蔣文肅公宋順天鄉試，時太夫人高年在堂。世宗皇帝恐其懸念，命撫府諸大臣索其家平安信，於降旨之便，傳入闈中，以慰其心。

本朝定制，各部滿尚書在漢尚書之前，大學士管部者，雖漢人亦列滿尚書之前。若滿漢皆以大學士管部，則仍滿先漢後。雍正六年，公富爾丹管部務，張文和公方兼吏戶部，遜讓再四。上命文和居前，又朝會班次，大學士例在領侍衛內大臣下，上亦特命公列王之下，公侯領侍衛內大臣之上。

國初沿明季餘派，科場與事諸臣，尚未免有唐人通榜之習。康熙丙戌，張文和公廷玉分校春闈，同人有以徵詞探之者，因作闈中對月絕句四首，中有云「簾前月色明如晝，莫作人間暮夜看」。其人見之，慚愧而退，撤棘後頗為士流傳誦。

文字之禁，以本朝為最寬。即廟諱御名，前代所懸為厲禁者，列聖諭旨，亦祗令敬避下一字。世宗朝，臣工有避嫌名，輒怒曰：朕安得有許多名字，非朕名而避，是不敬也。睿訓煌煌，足以破漢唐以後人君之愚惑，非特見聖德之謙深也。

乾隆間，侍御史孫志祖頤谷，記問淵博，穎悟邁人，年少即無宦達之志。師友強使應舉，初以解經見重於督學汀州雷公，補附學生。其舉於鄉也，武進莊侍郎策問李鼎祚周易集解，侍御對最詳。其中式禮部也，裘文達公試詩黍稷與文，惟侍御以黍稷分比，數典不忝。見揅經室文集侍御本傳。康祺閱歷名場，見朋輩中鑽研古書，不工制藝者，識稍解風雅之主司，多以二三場彌洽見收，而一二揣摩時尚，趨風承沫之士，迄老死不獲知遇。前年選直省闈墨，以截句七首代序，中一首云「風氣何須細揣摩，驚人文字讀書多。從無萬卷撑腸士，猶困區區甲乙科」。識者以為知言。

康熙丁酉，江南科場舞弊，各省舉人皆覆試，惟錢塘嚴侍郎沆所主山東試，奉旨不必覆試，蓋信之有素也。己未詔舉鴻博科，朱彝尊、方象瑛、魏禧皆侍郎所薦士，可見其相士之公明。

嚴少司馬曾榘，侍郎沆子，父子俱有聲臺垣。康熙十一年，少馬嘗奏請嚴飭督撫凡保舉貢監吏員與進出身人，請詳列居官政績，聽部察議，庶庸流不致倖濫。余謂此法宜行之今日，尤為切要。

甘泉隱士黃文暘，雄文俠氣，交遍人寰。淑配趙氏，世稱淨因道人，食貧偕隱，以詩畫相唱和，或賭記書籍，策數典故，以為樂。隱士性好友，道人則鬻書畫斥簪珥以助之。忍凍耐饑，賓客恆滿。吳梅村祭酒之孫貧餓於竹西路，隱士割宅居之，其子女失母，道人撫之至成立。阮文達公夙善隱士，嘗薦往曲阜，為衍聖公師，迎道人偕之魯。公撫浙，復邀至西湖，開別館居二老。每竹輿小舫，秋衫白髮，蹁躚於六橋三竺間，望之者以為神仙伉儷。後道人歿，公為作傳。康祺按：黃氏夫婦，儷潔涵馨，風流照代，自是人間嘉耦。儻不得禮賢好士如文達其人，則冀卻缺田間終老，誰傳饁餉之恭，梁伯鸞廡下長依，孰恤賃舂之困，並世奇男淑女，慧業天生，湮沒蓬蒿，姓名翳寂，豈少也哉。

郎潛紀聞卷十三終

郎潛紀聞卷十四

清　鄞陳康祺著

朱石君先生每揰文衡，必合觀經策，以精博求士。乾隆丙午典試江南，一榜多名士宿學。嘉定李許齋方伯賡芸以第二人中式，儀徵阮文達公以第八人中式，尤為先生所奇賞。庚戌先生總裁會試，會元既定，擬之曰：此必江南李許齋。及拆封，自第六人始見方伯名，大嗟訝，繼拆第一人，乃歙朱蒼楣文翰，朱亦以經史為根柢，兼工漢晉古文，與方伯齊譽者也。前輩鑒別之精如此。

歙凌次仲教授廷堪，少長習賈，常為人所紿。母王使從事於學，博通經史，尤精三禮及推步之學。顧生平不好八股文，未嘗輒作。入都，謁翁覃溪先生，奇其才，强之習舉業，遂以乾隆己酉庚戌兩榜成進士。康祺嘗謂通經志古之彥，苟欲以科第自娛，殆如池魚闌豕，取以供客，可立而待，可炊而俟也。觀於教授益信。

國初自滇閩二粵用兵，始開捐納之例。其時商人巴某等初捐即補知府，言官論之，因革去。康熙間以捐納冗濫，經九卿集議，將州縣教職中之不由正途者，通改武職佐貳，後不果行。今貲郎日多，捐例日減，徒褻名器，無裨度支。　國家果有停止捐例之一日，則或革或改，前事可師。澄叙官方，正賴范文正一筆句之辣手也。

甯都魏祥與仲弟禧、季弟禮，同邑李騰蛟、邱維屏、彭任、曾燦、南昌彭士望、林時益號易堂九子。易堂者，魏祥講學所也。時粵中有北田五子，亦稱五先生。五人者，何左王、弟不偕、梁器圃、陳元孝、陶苦子也，皆以聲應氣求，相從講學，有名字於世。

康熙間，陸圻景宣、毛先舒稚黃、吳百朋錦雯、陳廷會際叔、張綱孫祖望、孫治宇台、沈謙去矜、丁澎飛濤、虞黃昊景明、柴紹炳虎臣，稱西泠十子。所作詩文淹通藻密，符采爛然，世謂之西泠派。稚黃嘗作詩評云：陸景宣如濯龍甲第，宛落康衢，流水游龍，軒蓋聯映。柴虎臣如連雲夏屋，無論榱棟，即欂櫨支撑，都無細斡。吳錦雯如淺草平原，朔兒試馬，展巧作劇，便有馳突塞垣之氣。陳際叔如孟公入座，宕邁絕倫。孫宇台如春江一消，波路壯濶。張祖望如鄜生謁軍門外，取唐突見奇，而中具簡練。沈去矜如秦川織女，巧弄機杼，心手既調，花鳥欲活。丁飛濤如黼帳初寒，銀箏未闋，月光通牖，與燈競爍。虞景明如叢篁解苞，新蓮含粉。虎臣見之，謂先舒曰：君詩如伶倫調管，氣至音成，比竹之能，而欲近天籟。康祺按：毛陸諸子，政是一時詞賦之才，稚黃評詩，仍不出采組雕繢家數。然今日之杭州，則湖山無恙，雅道寂如，西林一社，不可謂非風

流韻事也。

西樵、漁洋兄弟官輦下時，與宋荔裳、施愚山、汪苕文、沈繹堂、曹顧庵、程周量連日夜為文酒歡，稱海內八家。

陳恪勤公鵬年知蘇州時，甚為巡撫張清恪公所倚重，事無巨細，多與裁決。總督噶禮與清恪迕，遽怒及公，以公所作重游虎邱詩為怨望，句句旁注，密劾奏之，摘印下獄，擬大辟。　聖祖出是詩示近臣曰：有密奏陳鵬年怨望，以此作證，宵人伎倆大率如此，朕固不為所動也。命復其官。按公詩云：雪艇松龕閱歲時，廿年蹤跡鳥魚知。春風再掃生公石，落照仍銜短簿祠。雨後萬松全邐迤，雲中雙塔半迷離。夕佳亭上憑闌處，紅葉空山繞夢思。塵鞅刪除半晌閒，青鞵布襪也看山。離宮路出雲霄上，法駕春留紫翠間。代謝已憐金氣盡，再來偏笑石頭頑。楝花風後遊人歇，一任鷗盟數往還。公初守江甯，為總督阿山劾罷，六飛南幸，金山寺以甃石為步困之，此詩或隱寓前事，然詩人諷詠，各有託意。　聖明在上，豈容以文字之獄傾陷廉吏，噶禮計亦左已。

令甲：文武官員，凡親年七十，雖有次丁，許陳情終養。自乾隆朝始，從湖南巡撫陸燿之請也。

陸朗夫中丞燿撫楚時，會總督閱兵抵長沙，直入巡撫廳中，見公午食，皆菽乳菜蔬，訝之。答以天久不雨，齋必變食，故如此。總督瞿然，詈其奴曰：此來傳舍酒肉如山，何不以祈雨告邪。返行轅，豐膳悉徹。時總督為滿洲特昇額公。人謂特公善改過，而益歎公之清德之感人也。

道光三十年冬，禮部準故事，具奏二十九年各直省所上烈婦三十六口。予旌以否，惟　上裁奪。　皇上以仁育萬物為心，恐天下婦人女子相率效尤，輕殺其生也，詔不必旌。咸豐元年二月，特降諭旨，軫念冬春之交，冷暖不時，繫此貞魂，勿令抑塞。前年直省所上烈婦三十六口，詔不予旌者，皆予旌表。康祺敬按：此　特恩也。本朝乾隆以前，凡烈婦殉夫，貞女守志，及孝子孝女割股刲肝者，輒令具奏請　旨。　上權衡然否，予旌者什一二，不報者什七八，蓋畸節與行事近矯飾，未可為風厲天下之恆典也。自道咸之際，　文宗恐潛側不耀，上闕天和，三十年來遂成令甲，而匹夫匹婦，窮孤幽僻之詣，一經大吏報聞，朝上疏夕表閭矣。夫獨非風教之盛歟。

錢文端公少嘗請益於徐華隱，曰：何以博耶？華隱曰：讀古人文，就其篇中最勝處記

之久，乃會通後，述於竹垞先生。先生曰：華隱言是也。世安有過目一字不遺者耶？公嘗舉以為讀書法。康祺按：華隱此言，與東坡論讀漢書，可謂重規疊矩。

朱竹垞、李秋錦、分虎、彭羡門諸君，嘗集半完園賦指雨詩。錢文端公纔十一齡，賦五古一首，有「蚯蚓長於蛇，薜荔陰似鬼」之句。諸君極賞之。羡門曰：此子他日當以五古名世。及公之京師，查初白見公詩，擊賞不置，曰：吾浙詩人，他日當以錢子追配竹垞。時舉詩會，同館以詩名噪者多，未延致，獨邀郭君元釪及公二人。

近刻粵雅堂叢書百八十種，校讐精審，中多秘本，幾與琴川之毛、鄮鎮之鮑，有如驂靳。每書卷後，必有題跋，皆南海譚玉生舍人瑩手筆。聞亦嫁名伍氏崇曜，蓋伍為嶺南富人，購書付雕，咸藉其力，故讓以己作云。頃閱南海縣志，知伍氏所刻書，尚有嶺南遺書六十二種，粵東十三家詩，楚庭耆舊集七十二卷，復影刊元本王象之輿地紀勝，皆舍人為之排訂編瑫，表見闡滯，揚幽賢，主嘉賓，可謂相得益彰矣。

中興以來，嶺南人士咸推番禺陳徵君澧、南海譚舍人瑩，為歸然魯殿。蓋皆阮文達公學海堂弟子也。徵君所著叢書，近已流播，樸茂精塙，學湛於經。舍人樂志堂集文詩，器亦多胎息六朝之作。相傳文達節制兩粵，以生辰日避客，屏騶從，往來山寺，見舍人題壁詩文，大奇之，詢寺僧，始知南海文童，現應縣考。翼日南海令來謁，公諭之曰：汝治下有博學童子，我不能告汝姓名，近於奪令長之權，代人關說。汝自捫索可耳。令歸，加意物色，首拔舍人，自此文望日起矣。康祺按：文達撫浙粵，詁經精舍、學海堂提唱風流，扇揚雅道，餘韻流風，到今未沫，比之文翁，當衣尸祝百世，無少愧也。

南海縣志譚瑩傳載程侍郎事甚奇，附錄之。瑩素善飲，疾病不去杯杓，或箴以酗酒非攝生所宜。瑩笑曰：酒者天之美祿，古人所以享食高年，豈殺人物？況壽算天定，吾犬馬齒當踰古稀。或曰：何以知之？瑩曰：壬辰科歙縣程侍郎來典試（按侍郎名恩澤，以道光壬辰為廣東主考），榜後，粵中名士餞於白雲山雲泉仙館，酒酣，慨然曰：粵東今日可云極盛，衰象將見，此後廿餘年亂從粵東起，再十餘年亂徧天下，不堪設想矣。時曾拔貢釗亦精於洪範五行之學者，與相問難，不覺鬱悒。程笑曰：子無為杞人憂，吾與子不及見。隨諦視座中人曰：都不及見矣，及見者譚君玉生耳。後五年，侍郎卒；甲寅紅巾起，曾拔貢卒；逮丁巳以後，內外交訌，幾如陽九百六之期，而當日同席諸公物故殆盡，惟我獨存。今年過耳順，酒亦何損於人哉？後譚果七十二始卒。

嘉禾錢文端公視學畿輔，有題帳詩，一時傳為美談。詩序云：往年學使若下車，供張甚盛，厥後相繼蒞任於此者，多清節素著之前輩，以次刪除，唯卧室內設一帳，寒則禦風，夏避蠅蚊。余前後視學於此凡七年，涖瀛郡者四，將行，必撤帳歸所司，曰：明年來無煩改作也。辛酉春復來，見帳極新，因識數語，並綴以詩，繼余而役於此者，必朝右君子，慎乃儉德，有同志焉。詩云：不覺常如枕有警，屏私直似鏡無塵，題詩自有紗籠護，留伴他時絳帳人。

常熟蔣伯生大令因培，宰山東多惠政，初至汶上，父老稱蔣公子（按因培父賜棨先知是縣）。會巡漕御史某家人婪索供張，勢張甚，所過咸趨承惟謹，抵汶上，君方詣行館謁，及門聞詬厲，廉知橫行狀，便止屏外，摶聲慷慨而言曰：公奉天子命來，因公過境，凡適館具餐，所應儲峙，有司為東道主，何敢怠忽？今乃縱所養無狀乃爾乎？是褫功令也。因培亦朝廷命官，褫功令者，而顧靦顏奉之，非夫也。遂令撤所張設及供膳，拂衣徑歸。御史遂中夜蒼黃去。後事發，以賄賂牽連者數輩，東撫以君事上聞，奉硃批：此人可嘉之至。由是君彊項之名藉甚遐邇矣。

蔣伯生隨宦山左，久為寓公。所築離莊，花木交蔭，有古槐七十二樹，名其堂曰七十二槐堂。一時名士東游者，題襟書壁，各有唱酬。伯生家不中貲，又為人假貸千金，窮日甚，其人有力而不欲償，適孫淵如權廉使，下其事於邑。伯生有句云：為我追逋真火急，向人延譽見風流。為時稱誦。康祺按：此十四字足見伯生之任俠，亦足見淵如之愛才。官符索債，俗事之尤，不料雅到如此。

吳三桂之變，全楚震動，土匪蠭起，時于清端守武昌，威惠素著，勦撫兼施，計擒大冶賊黃金龍斬之，降其眾數千。提閫巡撫張公朝珍持露布示僚屬曰：人謂我不當用醉漢，今定何如？蓋清端嘗襄事秋闈，陪大吏觴兩使者，抵掌論時事，飲數十巨觥，闈中皆笑公酒狂，故張公及之也。康祺按：今屬吏見長官，多囁嚅逡巡，拘守儀節。公獨於皇華公讌之座，侃侃直言，靡所避忌，恐此時豪氣已足吞逆藩而有餘，況金龍一無賴賊哉。

長洲王惕甫學博芑孫，乾嘉間號稱能文，與秦小峴、吳槃非、龔海峰、武虛谷諸君旗鼓相接。康祺讀其文集，茂密清雋，不背義法，亦自足以名家，惟未定稿目錄，乃其手編，開卷木庫督賦、鄉邦土產，取冠全編，雖古人有行之者，究戾大雅。第二首蕩湖船、第三首叩頭蟲兩賦，纖佻窊淺，全無體裁，而集中文淵閣賦一篇，反不以之弁首，其編次殊為失倫。其誌銘表狀，亦多尋常酬應之作。甚矣文章之難，刻編集之尤不易也。

吾鄉康熙間，李東門太學暾、萬西郭刺史承勳、（鄞人）鄭南谿明經性、（慈谿人）謝北溟茂才緒章，（鎮海人）淵源家學，各以詩鳴，號為四友。合刻集曰四明四友詩。南谿父寒村太守梁為之序。（按東門父為果堂徵君，郭祠西河父五河令言，北溟父侍御北禺，寒村世稱鄞高州，即與梨洲先生合稱二老者也。四家先德並以納良儒雅著稱）復寫長卷為四友圖。今猶藏南谿元孫處。披圖誦詩，想見當時故家喬木之盛，前輩友朋氣誼之篤。俛仰今昔，感慨係之。頃讀嘉禾錢警石學博甘泉鄉人集中，有與馮柳東勸辭薦舉書，稱柳東與史竹南、厲梅西、周桐北三君為道義之友，總角之交。知禾中四友，亦以東西南北各占一字，與吾鄉諸先輩事前後相符，可云巧合。（按柳東名登府，字雲伯，著有石經閣集，其石經諸種考異及三家詩疏證儀說，阮氏采入皇經解）

道光癸卯，南海羅侍郎文俊視學浙江，舉優貢六人。洪給諫昌燕第一。吾師徐柳泉舍人時棟次之。其四人則沈玉士孝廉熙齡、章采南祭酒鋆、諸葛稻生廣文壽恭、金翰泉太史鶴清也。其後金中乙巳榜眼，章中咸豐壬子狀元，洪中丙辰探花，六人之中，鼎甲具焉。給諫通籍後來南上，柳泉先生贈以二詩云：「良工心苦選青錢，臚唱蟬聯十二年。自昔六人誰第一，果然衣鉢到君邊。（原注：南海師中道光壬午探花）後先持節並量材，（原注：翰泉以丙午典試貴州，采南以乙卯典試四川）玉署仙班倒早開。記取來年秋色到，第三人又下蓬萊。」康祺按：優貢一科，文行並取，在科目中尤為華選。僅僅六人，鼎甲適備，可謂極盛。而戊午之秋，給諫果典試於河南，於是吾師此詩，又為後來佳話矣。

愓甫未定稿存素堂試帖序曰：「時帆祭酒法式善，過辱好予，有作必就予審定，嘗刻行其詠物詩一種，首以示予。偶勿之善，遂止不行。後五六年，歙州偶魚山敏昌見而大稱之，問何以不行，時帆以予言告。予始獲聞之，而悔前言之過。世亦有沖然耆學如是者乎。」云云。康祺按：文人結習，享帚自珍，一集成書，如膺九錫，至願海內之我知，今剞氏竣工，沮於良友之一言，秘不復出，其謙下誠足多矣。獨祭酒所著槐廳載筆、清秘述聞諸書，頗叢疵謬，豈當時竟未是正於愓甫耶。抑掌故之學，可以聽其出入，不若詠物詩之宜句斟字酌耶。

國初吳郡有隱君子三人，曰拔貢生考授知縣彭行先，曰舉人鄭士敬，曰諸生金俊明，皆以鉅人長德見推於州里。三人者歲時過從，龐眉皓然，相與評論文史，揚扢翰墨，杯酒豆肉，談笑移日。見者羨為神仙中人，士大夫稱為後三高。（按蘇州舊有三高祠，祀漢梁鴻、唐陸澂滄、宋蘇子美）

三人中彭尤老壽。湯文正公開府吳中，每月吉講法，必命有司延致，以為重。既還朝，聖祖詢三吳人物，公亦首舉行先以對。行先卒，年九十二，始考終。逮見其孫凝求，以第三人及第。

本朝文人墨客，以書畫供奉內廷，受被知遇者，指不勝屈。獨繆舍人炳泰，以寫像受高宗皇帝特達之知。唐閻立本後一人而已。初炳泰以諸生遠游，歷滇黔粵吳，不得意。久之以能寫像名於浙中。會尚書福長安公奉使過浙，挾與俱北。聞於上，立召入寫御容，拜文綺之賜。先是院工應詔者百數，上無所可，獨善炳泰。由是公卿貴人爭相邀致，購其迹者至一二年不能得。乾隆四十九年，六巡江浙，炳泰獻詩紀盛，遂與召試，既入選，天顏大悅，賜舉人，內閣中書。自是扈車所莅，鼎不從行。並命更定紫光閣後五十功臣畫像。五十三年，臺灣平，復繪功臣像，皆炳泰筆也。相傳炳泰寫像無師法，兒時乘塾師出，竊紙筆隨所見人默圖之，有不似，百方塗改，以是廢其所課，屢為人師督過，好之如初，可知生際聖明，雖曲藝微長，不妄淪棄。並可見一技之末，非專心壹志為之數十年，亦不能發名而成業也。

顧同知禮琥，乾隆間以舉業雄吳中，從游常百十人，善相士，嘗貽書京師故人，才其所授業生二人，以為吳門雙璧，後起之傑。其後兩人先後通籍，均以第一人及第，蓋即潘世恩、吳廷琛也。禮琥雖出身進士，而自為諸生代河臣草奏，適中上旨，遂留不遣，浸尋被薦，再進官，未離幕府，不身領事，至賣其所居屋以自資。高宗東巡，有欲為之地者，固謝以免，則非特鑒別之過人矣。

太祖高皇帝嘗攻翁鄂洛，其臣有鄂爾果尼、洛科者，從火中突出射高皇帝，中之，一矢貫胄，一矢穿鎖子甲護項，拔之鏃卷如鉤，血肉并落，已而破其城，獲此兩人，咸不殺而官之，用以勸為人臣者。康祺敬按：我朝開國之初，滿洲風尚士不死綏，引為大恥。迄今幾三百年，而髮捻回匪之變，蟲沙猿鶴，忠義如林，於戲，風氣所開，豈一朝一夕之故歟。

聖祖仁皇帝八齡踐阼之初，太皇太后問帝何欲，帝對曰：「無他欲，惟願天下治安，民生樂業，共享太平之福而已。」康熙四十九年，躬祖諭旨猶述及之。仰見至人天亶，聖功蒙養之始，已廑不獲予辜之隱矣。

高宗天資閎遠，幾於覽古篤嗜，過於儒素。乾隆間，詔建七閣，用天一閣之式。內廷齋額，采知不足之名。聖量謙沖，崇獎風雅，至已而范鮑兩家，榮荷賜書，疊邀天藻稽古之報，千載一時。

乾隆朝，詔繪功臣像，凡三次：四十一年平金川五十功臣，五十三年平臺灣三十功臣，五十八年平廓爾喀十五功臣，皆蒙　高宗親灑宸翰，立贊褒美。本朝武功之盛，純廟酬庸之渥，前千古而後萬年，莫與比隆已。唯幅員既廣，輯柔為難，世之鎮邊庭、受疆寄者，能不忘當日披荆闢土之勤勞，庶同我太平永永無極。彼漢棄珠崖、明還交趾，傳之史策，固不能不咎當國之非人也。

道光癸未八月七日，　宣宗幸萬壽山玉瀾堂，錫宴十五老臣，踵乾隆五十年正月六日千叟宴故事，賡歌圖繪。其時與宴諸臣，以和碩儀親王為首，若御前大臣賽沖阿、大學士託津、大學士軍機大臣曹振鏞、大學士戴均元、大學士兩江總督孫玉庭、戶部尚書軍機大臣黃鉞、禮部尚書穆克登額、工部尚書初彭齡、理藩院尚書富俊、左都御史松筠、郡王銜都統哈迪爾、都統阿那保、致仕大學士伯麟、致仕都統穆克登布，皆先　朝耆碩，年踰古稀，黃髮番番，躬逢嘉會。視香山洛社，不過鄉里典型；麟閣雲臺，未必功名終始。雲龍魚水，夫豈偶然。　成廟賦七言古詩紀事，見　御製詩初集。

自中西立約互市，　朝廷設總理衙門，以大學士以下、九卿以上數人為總理各國事務大臣，多寡無定員，其章京則以閣部司員考充之，如軍機例。凡遇中外交涉事件，泰西諸國駐京使臣（俱自稱曰公使大臣）多赴總理衙門，與中朝諸大臣定議。顧夷性狡譎，恃其機器舟械之利，出語驕橫，不可制。近十年來，賴文相國祥，以忠忱摯悃，誠實不欺，默化其驁悍之氣，遇事持以定力，雖敵情萬變，而不為所撓。同治一朝，遇事尚不至釀成大釁者，相國一人力也。聞西人每屆歲首，輒遣書通商諸大臣，以為履端之賀，其稱文相國，必曰忠純清廉，而微嫌其與彼為難；餘皆以圓融識時務譽之，否或稱甲第之華美、車騎之都麗，謂太平宰相安富尊榮，固應爾爾。嗚呼！雖在異類，豈無人心，惜我老成，騎箕久矣。

京師內外城堞，凡十五萬四千有奇，見明史明紀等書。

本朝大臣負情任事者，指不勝屈。蘄戴安溪李文貞公光地，為世訾議，以公承平碩輔、理學名臣，不應有此也。（陳文恭公宏謀，外觀舉情頗類此。）道光四年八月，林文忠公則徐方丁母憂，　宣宗命督南河堤工。公聞　詔即行，植立河干，不辭勞悴。六年四月，　命署兩淮鹽政使，託疾力辭。賢者出處，自有本末如此。嗣粵匪之役，胡文忠公林翼墨絰視

師，曾文正公剛毅，且一再奪情，馳驅江皖，金革無避，忠孝兩完。此則天下後世所當共諒者已。

尹文端公繼善，官翰林院侍讀時，怡賢親王請為記室，尋擢刑部郎中。陳文恭公宏謀，由編修升吏部郎中。張船山太守問陶，且由翰林充御史，由御史選補吏部郎中。嘉道以前，似此者不可枚舉。今新列詞垣者，幾視部郎為噲等，蓋由事例既開，六部司員皆可入貲行走，而柏臺芸館必由科目進身，郎部黯然，職是之故。其實部郎中非優考不能保，編檢則冗雜無定員，同一進士出身，內升卿班，外放道府，何遽以詞臣為美官耶。

近年中外士大夫留心時事者，莫不以庫藏匱乏為憂。康祺郎署多暇，亦嘗博稽詳攷，或采之邸抄疏奏，或詢之戶部友人，綜核出入，終不解咸同已來，何以與康乾之世贏絀若是其懸殊。惜官非司農之屬，究不獲洞見底蘊。私心妄揣，開源節流，因利而利，事事必核其實，人人若顧其私，吾中國之大，可有為斷斷然也。攷康熙元年至四十四年，所免錢糧共九千萬有奇；五十一年，又免地丁銀三千三百萬有奇；且康熙初年，軍務河工需用浩繁，三逆盤踞跳蹋之處，正供多未徵取，乃至四十八年，戶部庫銀尚存五千餘萬。（見吳侍郎熊光伊江筆錄）乾隆一朝，大兵大役，散財不貲，四十五年以前，又普免天下錢糧四次，戶部尚餘銀七千八百萬。（見曾文正公議汰兵疏）五十五年已前，又免錢糧多次，而戶部尚存銀八千萬。（洪北江庚戌紀恩詩云見從紀元錢糧四次兩次，自注今年詔下恩尤普免正供由萬壽。又云大兵錢糧頻撥併九餘，三撥戶部銀仍八千萬。）即謂四十六年增兵之案，添兵六萬有奇，每年費銀二百餘萬，（亦見曾疏）而嘉慶道光兩次裁兵一萬六千，計可節省五六十萬。至於道光年間，一耗於夷務，再耗於庫案，三耗於河決，以及秦豫二年之旱，東南六省之水，垃成同二朝勦粵逆、勦捻逆、勦回逆，入少出多，原不可以數計。然中興迄今十餘年矣，以地丁計之，直隸額征二百四十三萬餘，（近年戶部咨直隸地丁額征一百八十萬餘，與此稍異）耗羨十三萬餘，近數年徵長補短，每年約完九成餘。山東三百四十三萬餘，耗羨四十七萬餘，近年約完七成。河南三百十九萬餘，耗羨四十一萬餘，近年約完八成。（光緒四年奏保按河南四年額征三百餘萬，歲收僅二百餘萬，與此數符）山西三百零五萬餘，耗羨三十七萬餘，近年約完八成。陝西一百六十萬餘，耗羨二十三萬餘，近年約完九成。甘肅百二十二萬餘，耗羨十五萬餘，近年實完數未報部。安徽一百六十七萬餘，耗羨十八萬餘，近年約不及八成。江南江甯九十一萬餘，耗羨三十五萬餘，近年約完二三成。蘇州一百四十三萬餘，耗羨

二十二萬餘。近年約不及八成。浙江二百七十九萬餘。耗羨十三萬餘。近年約不及八成。福建一百二十四萬餘。耗羨二十二萬餘。近年約不及八成。湖北一百零六萬餘。耗羨二十八萬餘。近年約完五成以上。湖南一百十三萬餘。耗羨十三萬餘。近年約完六成以上。廣東一百三十二萬餘。耗羨二十三萬餘。近年約完三四成。廣西四十萬餘。耗羨四萬餘。近年完一萬餘。四川六十七萬餘。按糧津貼數亦如之。近年全完。同治十三年約八成餘雲南十九萬餘。近年實徵數。奏明緩報。貴州十二萬餘。近年完一萬餘。四川雲貴三省耗羨未詳。東三省額徵各項五十餘萬。盛京船規在內。咸豐約額一百四十餘萬總計地丁所入。以今光緒初年較承平時。約減七成耳。以漕糧計之。江蘇蘇松糧道所屬。同治三年前原額漕白正耗米一百七十餘萬石。四年減定一百二十餘萬石。十一。十二。十三年。奏報起運自六十七八萬至七十萬餘石不等。額徵漕項銀六十餘萬兩。除輕齎一項。每年起解外。餘俱留充海運經費。江安糧道所屬之江北各屬額征正耗米二十五萬餘石。同治九年。十年。十一年。十二年。奏報起運自十萬石至十一萬餘石不等。額徵漕項十四萬餘。除輕齎四千餘兩批解通庫。餘俱留充起運經費。浙江原額漕白正耗米九十六萬餘石。四年減定六十九萬餘石。十年。十

一。十二年。自三十八九萬至四十萬餘石不等。額徵漕項約四十餘萬。除輕齎一項起解外。餘俱留充海運經費。山東額徵米豆三十四萬餘石。近年多以東米一項抵徵同治十一年。起運二十七萬餘石。到通交倉十八萬餘石。按山東漕糧同治九年折色每石解部銀一兩三錢河南額徵粟米麥豆二十萬九千餘石。同治元年。撫臣張公之萬。奏定折色。各州縣每米一石。折解藩庫銀三兩三錢。以二兩解部。以一兩充軍需。以三錢為通省公費。嗣李公鶴年奏定。杞縣等三十三州縣。於軍需內二次減銀共四錢。蘭儀等四州縣軍需公費全行減徵。惟各屬解部銀。每石二兩不改。額徵漕項十一萬餘。同治十一年。實解部五萬兩。江西額徵正耗稅米七十六萬石。咸豐三年後。均係折色。每石以銀一兩三錢解部。同治十一年。實解部七十萬兩。額徵漕項十八萬餘。亦未零解。湖北額徵正耗稅米十六萬四千餘石。咸豐三年後。均係折色。每石以銀一兩三錢解部。八年胡文忠公奏定。每石折收錢各屬多者六千五百文。少者四千文。解部銀每石一兩三錢。各屬一律。同治十一年。實解部銀十六萬。額徵漕項一萬餘兩。未零解。湖南額徵正耗稅米十五萬石。咸豐三年後。均係折色。每石以銀一兩三錢解部。同治十一年。實解部十萬兩。額徵漕項一萬餘兩。未零解。安徽江安糧道所屬之安徽各屬。額徵正耗米二十六萬餘石。咸豐三年後。均係折色。每石以銀一兩三錢解部。歷年未解。奉天額徵粟米黑豆三萬八千餘石。同治十一年咨報起運米豆二萬餘石。是總計漕糧項下。較承平時米加少。定例漕入四百萬石道光時已無全入者同治十年天津收江浙漕白米一百九萬六十餘石而銀實加多也。按國初海運本咸京倉備米不有嬴餘是以乾隆年間純廟以京通二倉存米充溢久藏恐腐不如蠲免其糧餉大成奏云濟興於變非旦夕可達京師蠲免俟設有水旱恐一時不濟急未如所請是嘉慶間河患阻漕倉儲支絀人皆服大成先見然在今日則無慮也我近年運米艱少而京通各倉每年進米尚不下一百餘萬石除舊支八旗甲米約六十萬石存秋俸米京倉約放十二萬石通倉約放五萬石一切雜支約放萬石倚名精選無從折耗及抽查擊欠約數萬石總共出數不及九十萬石是以光緒四年二月戶部侍郎翁公同龢擬倣規在京倉米數除秉米及未到南糧不計外常存糧仙米二百二十七萬石按照現放章程尚可支兩三年之用云云以鹽課計之。每引四百觔其課正雜並計每引至重不過一兩七錢四分雜費一兩有奇長蘆五十萬二千餘兩。竈課一萬三千餘兩。近年實完二十八萬兩上下。又徵完復價銀二十萬兩零。山東正課十五萬六千餘兩。竈課二萬餘兩。近年實完十一萬兩上下。河東五十九萬餘兩。又加費羨餘加價約三十萬餘兩。近年全完。兩淮二百十四萬餘兩。折價九萬五千餘兩。近年課釐二項約收二百七十餘萬兩。制錢八千餘萬串。兩浙三十二萬三千餘兩。竈課十一萬兩零。同治八年浙撫李公瀚章奏改綱淮浙東路銷二十七萬九百餘引浙西六萬六千引近年課釐二項約收六十餘萬兩。福建

十六萬餘兩。溢課等十八萬餘兩。近年改票。每年應收三十七萬九千餘兩。廣東六十五萬餘兩。餘項無考。近年約收五十七八萬兩。四川十五萬五千餘兩。羨餘等銀十五萬八千餘兩。近年約完十六萬零。又零收鹽釐六十餘萬兩。雲南額徵正課雜稅等五十萬餘兩。近年未據報部。總計鹽課項下。順治中各省約二百餘萬兩。乾隆中五百七十餘萬兩。近年除雲南外。已八百餘萬兩矣。是較承平時有贏無絀也。以各關常稅論之。天津額徵四萬八千餘兩。盈餘二萬兩。又應解內務府一萬二千餘兩。山海六萬一千餘兩。盈餘四萬九千餘兩。加增八萬兩。東海約六七萬兩。未定額。鎮江九萬二千餘兩。盈餘七萬一千兩。江海二萬三千餘兩。盈餘四萬二千兩。九江十七萬二千餘兩。盈餘三十六萬七千兩。浙海三萬五千餘兩。盈餘四萬四千兩。閩海七萬三千餘兩。盈餘十一萬三千兩。江漢未詳。粵海五萬六千餘兩。盈餘十萬兩。臨清三萬七千餘兩。盈餘一萬一千兩。又戶關正銀二萬九千餘兩。銅觔水腳七千六百餘兩。盈餘一萬一千兩。以六千六百為額內。四千四百為額外。又工關正銀四千五百餘兩。盈餘三千八百兩。以二千三百八十兩為額內。一千五百二十兩為額外。按臨清關各款同治十三年約徵六成鳳陽九萬兩。盈餘一萬七千兩。現未開徵蕪湖二十二萬七千兩。

盈餘十二萬兩。（現未開徵）龍江西新九萬八千兩。盈餘八萬八千兩。（現未開徵）淮安二十五萬四千餘兩。盈餘十一萬兩。滸墅十九萬一千餘兩。盈餘二十三萬兩。（現未開徵）贛關四萬六千餘兩。盈餘三萬八千兩。太平五萬二千餘兩。盈餘七萬五千兩。殺虎口一萬六千餘兩。盈餘一萬五千餘兩。張家口二萬兩。盈餘四萬五百餘兩。崇文門十萬二千餘兩。盈餘十萬左右。（光緒元年收盈餘七萬余原額云較最多年分少十四萬二十本俗無定額也）又洋藥一萬七百零（加平）三百餘兩。以上各關常稅。除未開徵外。收數不無短絀。（按常稅足額約四百萬。現僅二百萬兩）然攷康熙中。關差各員。非無盈餘。而報解正額。亦多不足數。自雍正年始定考成。自後盈餘之額。亦以雍正十三年為準。近雖盈餘未足。較康熙間幾不啻倍增矣。其於昔無今有者。洋稅為一大宗。（一年四結六成臨撥四成解部案作）津海約四十四萬兩上下。山海約十八萬兩上下。（光緒元年收東二十三萬九十餘兩）東海約二十八萬兩上下。鎮江約十三萬兩上下。江海約三百二十萬兩上下。九江約五十三萬兩上下。浙海約六十七萬兩上下。閩海約二百四十九萬兩上下。江漢約一百五十七萬兩上下。粵海約一百四十九萬兩上下。（按此所中之數也。同治初年總數僅六百餘萬。至九百餘萬。同治十三年。年總稅。則江海三百二十五萬。閩海一百八十萬。江漢一百四十五萬。粵海九十一萬。浙海七十六萬。九江六十七萬。潮海六十六萬。廈門五十八萬。津海三十七萬。東海三十一萬。山海十九萬。鎮海十五萬。寧波十三萬。淡水十二萬。總計十四關幾及一千二百萬矣。是以前定經費七十萬。光緒元年總稅務司赫德聲請加撥已本皆加三十五萬。定為每年經費一百九十萬八千二百兩。蓋恐其嫁稅之勢也）又釐金亦昔無今有之一大宗。江蘇每年約收三百萬兩。安徽約三十餘萬兩。錢約六十萬串。浙江約一百萬兩。江西約一百三十萬兩。湖北約五十五六萬兩。錢一百九十萬串。福建約一百八十萬兩。廣東約一百二十萬兩。（按廣東以洋藥折合）廣西約七十餘萬兩。山西約十萬兩。河南約洋藥釐金□□□兩。直隸洋藥釐金八萬兩。奉天釐金約收東錢三百萬串。四川湖南山東屢催未據報部。陝西雲貴無抽釐案據。貴州開可收釐三十萬。報明十萬兩。總計釐金項下。合未報各省而言。又不下一千五百萬也。攷近年京師庫款所入。提撥京餉八百萬兩。各省批撥漕折約一百萬兩。各海關批解洋稅無定數。京銅局收捐約六七十萬兩。（按捐輸一項。近以例銀減成。外省捐局太多。故入款反少。乾隆中每年捐監捐封三項亦可保三百萬兩。若一旦裁撤外捐。仍照乾隆舊例。非戶部不得收捐。非貲郎不得上兌。計歲封典加級貢監各項。恐尚不止六七十萬可入也。捐輸已成弊未從禁。以此進身者）至京師出欵。每年支發旗綠各營兵餉銀兩。及二成折銀。紅白例賞。年終恩賞。約銀三百五六十萬兩。神機營經費一百萬兩。八旗兵米折色約八十萬兩。一切雜支約三百餘萬兩。出入甚可相數。若京外出欵。昔無今有者。除　吉地兩處。每處歲撥六十萬兩。　惠陵工程歲撥八十萬兩。竣工計已不遠。西征善後。次第就緒。聞左伯

郎潛紀聞　卷十四　十一

相方興蠶桑之利。創織呢之局。留牧屯耕。數年後。必可自贍。所不能卽省者。臺灣之開郡縣也。（他日有木植米糖煤鐵番布之利）閩中之造輪船也。（兵船外有商船轉運之利）各國之駐使臣也。長江之設水師也。沿海各省之留防軍。（可使兼辦河工。修水利）製機器也。時勢所迫。豈能過惜度支。然苟統籌全局。保洋稅。（洋稅及奇技淫巧各物入口。似可加稅加釐。即不能行。所凡售洋藥之行棧店舖。分別大小。悉令領帖。每歲更換）核釐金。（凡釐金局。須選各國領事及華人有聲望人。無可貲郎也。洋商從寬。徵收洋稅者專出殷實者治）開荒田。撤分局。興修西北水利。（自明徐貞明後。本朝諸臣多利此議。以疏文定李文端林公則徐。山西將亦嘗議。諸此實大行大效。小行小效。或即以直隸練兵先開下游）漸俟推省併冗員。（道光十二三年。各省奉裁汰冗員。凡裁通判以下二十餘員。他省十數員不等。然中丞尚謂不當。不盡近時河督奇公亦可沈文肅公均有此議。而馬中丞抗浮後部極抗渼論利尤詳）裁綠營疲弱兵丁。缺額不補。酌量地勢中邊。并兵強弱。以裁汰十之三四為止。而又鑄銀錢。織洋布。培護絲茶。以收利權。開銀鐵煤礦。以取地寶。生之者衆。食之者寡。計以中國之大利。供中國之支應。而有餘。疆域四五萬里。歲入五六千萬。（順治一朝以十七年入款二千五百餘萬為最多）而司農以下。攢眉束手。相聚而憂貧。無是理也。無是理也。然而　聖君賢輔。直省各大吏。焦心勞思。汔無成效。豈籌策猶未至歟。則總攬其成者。不得而辭咎矣。（按是冊所紀出入各款。多得之樞府閣臣。供職一二年而論。除外款不免將膨脹成大於國家近年經費出入之數。稽可考見大畧云）

郎潛紀聞卷十四終

郎潛紀聞　卷十四　十二

客窗閒話

吳薌厈著

上海文明書局印行

敘

吳生余所取士也遇余時正在壯年具才華敏妙學究天人謂破壁飛去是意中事也余於鸞掖鳳閣望之久矣及乙亥入都已越二紀猶是一領青衫而從事於洋務幕裡困貧跋途深為可惜乃出其所著客窗閒話問敘於余三復之益嘆才思雋發議論淵深生平鬱勃之氣流露於斯可快也亦可悲也嗚呼欲移風易俗而不得其用託是書以勸善以懲惡以示人趨避既有功於世道人心當不脛而走天下實名教中之一助爾

光緒戊申孟夏古臨福留生重誌於道閒軒

客窗閒話初集目錄

卷一

明武宗遺事五則　馮皮匠

查氏女　便縊廟

款官　蕭布賢

李寡婦　鸞仙五則

王夢蛟　公大將軍延師

卷二

魏元虛　淮南讌客記

某鄉長　敘和尚

無真吏　磁州地震記

神黃　時醫

神尼　張慧仙寄外詩記

白安人　齊畔化

書訟師二則

卷三

八松墓　義丐

書安邑獄　和闐玉鼠

孫壯姑　沈竹樓

補訟師二則　調白

劉智廟　吳橋案

談鬼十則

卷四

補談鬼三則　孝女

義僕　劉大漢

俞生　陳制軍

瘦馬　查商

場外孝廉　郝連大娘

周姬　沈太守

客窗閒話初集卷一

清 吳薌厈著

明武宗遺事 五則

明武宗皇帝亦一代英主也惟好為嬉戲有虧帝德即其顛倒予奪數事雖正史所不錄閒諸故老堪資談柄條列於後

戊辰科庶常散館例在內廷扃試時諸詞林畢集有閩人林古士者好書古字如以秋為秌之類帝怪之問所自出林歷舉以對帝甚味字使認林不識帝曰秋可作秌和獨不可作咊乎汝讀書少未稱詞林之職著回籍勤讀三年再來就試林謝恩出同鄉戚友咸知其為帝所逐皆不之禮林本寒士欲歸則無賸纏欲留則無資斧欲就教讀則為都人輕薄無延之者無奈在正陽門外賣字為活已逾年矣幸其書法之佳亦動一時值帝微行過其肆見觀者環堵嘖嘖稱羨帝不知是何異事挨入人叢睹一少年生據案揮毫得意疾書法並鍾王句亦典雅帝心羨之緣當時一面久則遺忘遂入問曰吾觀汝寫作俱佳當今文明之際何不應試甘為賤業耶林舉首見帝魁岸不凡揖之就坐對曰我閩人林某忝居詞林帝曰詞林清華不合行同市儈

有玷官箴林曰去歲散館時因不識御筆奉旨回籍讀書帝曰既奉諭旨何不回籍林曰我實起於單寒旅資無措不得已為此想生也帝曰讀書人本色何不就館林曰人皆知為逐臣無敢延者帝曰吾為汝都省作一幕賓不愈此耶林感悅揖謝問帝爵里以便往拜帝曰毋庸明日汝仍於此候信飄然而去諸客皆為林賀曰此必王孫公子必有好音歡喜而散次日有內監賫黃封一函白金百兩與林曰昨有官人囑我致閣下其照封而行事不可竊閱自取其禍此銀以佐車馬之需言畢竟走亦不道姓名來歷林覲封面大書覲投山東巡按開拆欣然閉肆雇車馬攜其僕馳赴山左時巡按左虛係方伯權護林就寓更衣偕僕往拜惟時風憲崇隆官吏嚴肅刺不易投三日猶未得見方伯林躁曰我有都中密信須親投者奈何阻我吏始為通達司閽者喚林入見其行裝暗淡疑為抽豐之客洋洋搖首曰吾主攝通省總綰公事繁冗何暇接見同鄉故舊耶若有書札我為代投回寓聽信可也林無可如何出黃封交之而歸閽甚未幾寓主狂奔而入望林叩首無算曰小人不知憲駕親臨與從罪該萬死林愕然曰主人何揶揄我窮途耶寓主曰小人焉敢正分辯間聞呼喝鳴騶之聲中軍旂牌巡捕等官帶同吏役長跪請安畢僉曰奉方伯命請欽使入署林如墮雲霧不知所謂尋被擁入八座儀仗山列車騎雲從凡入巡按聽事方伯公服趨迎林下輿見庭設香案所投之黃封高供其上方伯跪請聖安畢向林揖曰請天使宣讀聖旨林開封讀曰山東巡按缺出即着林某署理方知所遇者帝也望闕九頓首拜印任事方伯三揖稱慶并道有失遠迎之愆退居藩邸林於是衣謝聖恩請陛見訓示未幾批回云朕看爾人才去得故有是命爾其謹慎從公毋忝厥職三年後來京覆命可也林居東任滿回京見帝帝曰如今讀書有資矣以編修用仍入翰苑讀書三年以觀後效

帝入樞密院見在公之卿相方朝參見帝皆起帝曰卿等食訖來閒話可也遂就密室坐於是卿相飯畢咸集帝悉命坐問曰卿等所食知米之來歷不易乎朕在儲宮時意謂五穀若草芥聽其自生自長而已今巡幸至田野察農夫之艱難方知古人云誰知盤中餐粒粒皆辛苦誠不謬也卿等所居南北殊方風俗各異其若何播種若何耕耨若何收穫各舉所知以廣朕聞時公卿中多起自田間者悉數閒以對惟尚書某係世胄不知所云帝微哂曰飲食尚不知本原何以理國爾職居何部曰司何事得毋曠厥耶尚書惶恐叩首曰臣職吏部甫自部署來見單開江南太湖司巡

檢缺出應歸部銓選等語帝大笑曰吏部尚書僅知此耶拂袖而入同列皆尤之尚書曰我今日只記得此事無可奏對者未幾旨下云太湖司巡檢缺出即着某補尚書接旨茫無主見謂同列曰我已降官敢不赴任但應陛辭否同列皆笑曰微官末職焉勝陛辭只須午門外叩首謝恩領憑赴任但旨無降革字樣應以一品服莅事可也尚書倉惶就道至則撫按率百官郊迎尚書再三辭其腳色手本避謁撫按各官遜謝不遑請居省會尚書曰帝命赴任我何敢違擇日前往赴任縣令趨改衙署規制軒昂亦用轅門鼓吹與撫按等尚書至見署之三面皆農田始悟帝意欲其知稼穡之艱難耳於是屏絕輿從日以青衣小帽遊閭閻與二三父老講論民間疾苦應改革賙濟者悉注為論居數年為人排難解紛以息訟端民皆感悅值宸濠叛帝駕南征尚書見撫按曰我曾待罪吏部駕至不可不迎然無巡檢接駕儀注請公議之撫按司道僉曰論職則在我等下論品則居我等上請以一品服伏謁百寮之末何如尚書首肯遂迎駕帝乘逍遙馬見之呼尚書來前曰爾今知喫飯難耶尚書頓首謝訓帝命隨至行宮詢其所事尚書將平日所著因革論纏斷以對帝大悅命居兵相

除夕帝忽出宮歷六部九卿公署官吏皆回私宅度歲廨無人也至吏部聞高唱南

腔。似有多人聚唱者。帝突入。惟一小吏陳殽肉壺酒。自斟自飲。見帝至。取物讓坐。酌酒勸進。帝問曰。汝何官。何獨居此。吏曰。吾浙右人。此部掛名吏也。封篆後。官與同事俱有宅可歸。是時團集妻孥。飲合家歡矣。吾想如許案卷。設有不虞。貽悮不小。是以守此不敢離也。帝曰。汝好。明日再見。遂起去。吏猶執燭遠導。元旦朝見千官。帝問吏部尚書曰。昨在鄉署看守者何人。即召入見朕。尚書遣郎官立喚小吏。當陛舉首見帝。不禁戰慄。帝曰。無恐。汝能小心職守。勤慎可亦。汝等應役滿。得何議敘。吏曰。五年無過。以從九品歸選耳。帝曰。汝欲何為。吏曰。小人所願者。太湖司巡檢。聞是缺前經本部尚書署理。鼓吹鳴璈。體面非常。但小人尚未滿役。不合例耳。帝笑曰。朕命汝去。何用例為。吏歡欣鼓舞。嵩呼萬歲。帝特命尚書予憑赴任。

宸濠之叛。御駕親征。舟泊清河。帝登岸微行。入茶肆。聞人言下江因兵差。截奪客船。橫行索詐。稍不如願。即毀客貨。嗟怨不絕。帝買小舟。變服似商人。以一衛士。一小監。泝流直下。至揚關。有官舫甚巨。巡船數十。虎役百輩。攔截客舟。帝亦在內。逐舟搜索。云供兵差之需。客皆哀祈獻賂。至帝舟。帝僵臥艙中不之理。虎役擁帝登官舫。見一官憑几危坐。從役森列。叱帝曰。汝何人。敢抗皇差。不畏官刑耶。帝微哂之。官怒叱役捽帝行杖。幸衛士勇猛。揮拳撲護。衆不能近。官益怒曰。是必江洋盜魁。命拿舟子至。褫衣鞭撻。喝令指帝為盜。帝怒。探懷出玉牌。命內監立召大員至。值蘇揚巡按接奉帝命。惶惶奔赴。官見巡按到。至船頭跪迎。正欲訴盤獲大盜緣由。巡按見帝立艙中。俯伏請罪。帝無言。惟指揮衛士奪此官紗帽。與舟子戴之。曰。以酬汝痛。方命巡按捉此官去。追贓問罪。論大辟。失察之上官。皆獲嚴譴。而客舟自此安行矣。

帝在宣化。有女子李鳳姐者。年十四五。有殊姿。其父設酒肆。以鳳姐當壚。是時父適在外。帝微行過之。見其丰神綽約。國色無雙。不禁迷眩。入肆沽飲。鳳姐送酒來。席謔以為娼妓之流。突起擁抱入室。鳳姐驚喊。即掩其口曰。朕為天子。苟從我。富貴可立至。先是鳳姐恆夢身變明珠。為蒼龍攫取。駭化烟雲而散。聞言頓悟。任帝闔戶解襦狎之。落紅殷褥。實處子也。帝大悅。時李父聞喊趣救。門已閉矣。惟聞寶釵聲響。佩玉鏘鳴。其女氣促音嘶。若不勝強暴者。急奔告弁兵。蜂擁而入。見帝拔關出。兵士伏謁。叱令將鳳姐歸豹房。爵其父三品卿。賜黃金千兩。欲封鳳姐為貴妃。命其自擇。鳳姐固辭曰。臣妾福薄命微。不應貴顯。恐於身不利。今以賤軀事至尊。爲勝榮幸之至。伏願陛下早回宮闕。以萬幾為念。則臣妾心安。較爵賞猶榮矣。帝頷之。因觀鳳姐玄衣

玄裳。益顯嬌媚。故不強易宮裝。鳳姐恒於枕畔。從前委婉屢勸。帝乃擇日還京。與鳳姐並輿齊驅。至居庸關。風雷交作。鳳姐觀關口所塑四大天王。怒目生動。眩暈墜馬。帝親扶之。疾忙外退。駐蹕行宮。視鳳姐伏枕泣曰。臣妾自知福薄。不能侍宮禁。請帝速回。帝曰。若是。朕忍棄天下。不忍棄愛卿。決不歸矣。鳳姐一慟而絕。帝哀慟甚。命葬關山之上。寵以殊禮。用黃土封塋。一夜盡變為白。其陰靈猶不敢受也。帝追念其言。奮然曰。小女子尚知以社稷為重。安忍背之。遂還宮。正史載帝在豹房。百官交章勸諫。皆不納。詎知一微弱女子。力能回天。書所云高明柔克。此功不可泯也。至今過關隘者。遙指白塚。艷談其事。

馮皮匠

馮某。武陵細民也。業皮匠。日以擔頭謀生。家僅一妻。破屋三椽。亦係賃住者。餘無長物。值歲將闌。負債五六串。適欠十餘家。剩有四百青蚨。不足以償。與妻謀曰。我與爾此錢。市斗米度歲。我欲潛入紫陽山洞。俟元旦歸來。再作計較。債主來。則以我外出借錢為對。妻諾之。遂攜壺茶。懷炕餅。襆被而往。瞥見山洞中有捷足先登之客。貂帽狐裘。危坐石几。如木偶然。馮失笑曰。我豈誤入冢中乎。否則何遇富貴之鬼。若謂與我同心者。當屬冀人乎。不應炊烟如是。客聞人言。陡然驚覺。瞠目視馮曰。觀足下似非雅士。屈此殘臘。何不擁床頭人。舉柏酒椒盤之樂。而乃挾具遊山。欲追慕清高乎。馮曰。姑無論我。閣下何為者。客曰。予為姚繼崇。乃洋貨行主人也。放貨值百萬於郡縣各肆。除此殘年。各肆未能歸結。而客商在行坐取貨價。需五十萬金。予張羅數日。無人應貸。客商勢必告訐。則行業將敗。而予無歸著矣。不得已。權以此地當避債臺耳。苦饑渴耳。足下來。幸甚。馮慨然奉餅餌。注茗以進。并道同病相憐意。姚飽啖之。若珍羞然。繼而曰。足下所虧幾何。而亦甘趣苦境。馮曰。吾儕小人。所負者五六串青蚨耳。姚曰。予雖同在窘鄉。此尚易辦。脫腕上金約臂與之。曰。足下姑以此質十串錢歸償所餘。煩沽酒炊飯以給予。馮欣然如姚囑。歸告其妻。殷以稟息。妻曰。久不舉火矣。竈灰堆積。曷先出之。馮往鄰家借鋤箕。畚鍤從事。灰去而竈崩。妻訝曰。真倒竈矣。為今之計。莫若撤去磚灰。掘地作竈。以供急需。夫婦合作。未及土盡而石現。石去而兩巨缸。朱提爍然。耀目。夫婦大悅。馮曰。今如之何。妻曰。姑以簣運入我床下。再作計較。於是遞相搬運。鋤盡起缸。缸下又石。石下又得兩缸。如是者三。共得六缸。馮曰。獲如此財。未知其數。所可慮者。宵小聞之。必來肆竊。否則強項之徒。知我驟富。或來欺詐。其

余之何。妾曰。適聞山洞之客。正需此物。况素昧平生。偶爾相值。能濟我貧。其為人尚義可知。何不舉以託之。則彼得應急。而我得依倚矣。馮曰。汝言實獲我心。亟往肆中買熟物。攜燈而往。姚曰。汝來何濡滯。予望眼幾穿焉。馮酌酒進食。將得有藏金欲求寄頓之說。從容告之。姚驚喜曰。兄下言果實否。馮曰。我感君義。其何敢欺。飯畢。偕往觀之。見盈室白物。姚曰。天賜兄下。兼濟予事。實無殊之休。敢不荷此重任。遂約為昆季。以嫂呼馮妻。出對牌以半交嫂。曰。予同馮兄先歸。即飭健僕。以箇來裝運。將半牌為驗。符合者給之。偕馮反其室。入後戶。覺院宇軒鉅深邃。如入神廟。俾馮薰沐更衣。居然富貴氣象。且囑曰。予將命衆與迎兄來。前見諸客商。當示尊重。姚先出。是時客商候無音耗。正喧嚣間。見主人歸。環繞而詈曰。改歲在邇。速清我價。不汝寬矣。姚大笑。攏手曰。是此些些者何足道。予不過偶為人累。遲數日耳。今迓予盟兄至。百萬金刻即來矣。諸客長皆以大方著者。毋以小氣貽予盟兄笑也。正排解間。司閽者報馮翁來。姚肅衣冠出迎。衆皆屏息以觀。見馮翁者年約四旬。衣裳都麗。僕從趨蹌。主人足恭致敬。迓入中堂。客商次第相見畢。旋命開筵。姚拱馮翁居首座。馮再三謙。年長者客皆曰。吾儕行規。不以齒序。惟財為雄。久聞吾翁富甲大邦。宜居是位。勿㧑謙。過當俾吾儕惶恐。姚曰。客言是也。扶馮上座。肴饌之盛。皆馮生平所未覩者。讌罷。僕放大天平居中。銀篇湧至。堆積如山。諸夥伴持籌握算。一一秤之。共得六十萬金。姚呼諸客領價而散。謂馮曰。弟之起居服食。皆足以供。吾兄可無事操勞。其將迎嫂來同室。從此合業經營。無他慮矣。馮唯唯。由是行業蕃盛。二姓之子孫至今稱巨富矣。

查氏女

萬歷間。倭寇之亂。緣日本國王正妃卒。王思中華女子艷麗。遣將入寇。沿海擄掠至廈官州。猝不及備。官吏棄城逃竄。有查氏女者。年已及笄。慧中秀外。久失恃。聞寇至。諸父兄同衆奔避。曰。女兒足弱。不能追隨。途中慮有韋斷。俱罹於禍。莫若女自為計。決不貽羞。恐亦不致遽死也。寇急。父兄迫之。堅持不行。父兄泣舍而去。女平日閱本草。見有藥名閙楊花者。服之即死。過時可醒。預已市得。遂密縫上下衣。研藥為末。以俟聞寇入城。遽吞之。艷倭入室。見女顏色如生。撫之溫軟。冀其可救活。且容貌傾城。不忍舍去。負之入舟。逾時而蘇。見身臥海船。諸女環泣。細詢之。知同被難者。女慰之曰。毋徒怖恐。能從吾謀。似可脫難。諸女密商之。女授以計。緣倭將為王覓妃。故無敢犯諸女。及舟抵日本。倭將見美女無恙。歡欣鼓舞。以獻國王。王見查氏女。遂其欲。命通事告以册立正妃之意。女曰。我中華人。願與中華女子為伍。王若能盡出本國宮女。而以同來諸女為宮人。則唯王所命。王以其嬌弱女子。何能為。喜允之。命扶入宮闈。合歡宴。女同諸女酌酒勸王。密以前藥入酒。王遽吞之。不覺眩暈。意謂醉矣。擁女入大內。欲褫其衣。正支吾間。王瞠目流涎而倒。不知人事。女搜得兵符。喚諸女同出外廷。傳通事諭倭將曰。王聞恙我家有徑寸珠。能定颶風。命我去取。作鎮國之寶。爾諸將速備巨舟偕往。倭將驗兵符信之。遣一旅同諸女揚帆西歸。次日。王不視朝。王弟潛入大內探之。見王僵臥於寢。弒之自立。世子怒。各興其黨。互相攻擊。其國大亂。故無追者。女至鹽官城下。已有警備。命通事喚城上長官。女告以故。官狐疑未決。女即四。先以酒肉犒倭將等。曰。爾等且各飽餐。以待衆皆樂。醉飽而倒。報官斬戮之。以諸女歸官。不發一矢。而得倭將首級。遂報大捷。旌查女之門。而各官晉秩有差。薌厈曰。奇偉哉女。無恥者官。寇至則逃竄。寇退則警備。始終雌伏。可也。余何冒查女之功。而膺爵賞。吾見其衣冠楚楚。興拜於巾幗等耳。或曰。雌飛自然雄伏。造化若循常理。焉有此奇聞。

倪纖嬭

任氏。浙右儒生。富而無子。唯一女。名曰宜男。飾雌為雄。聊娛膝下。延師教讀。以充石麟。時有東鄰之子白雲娥者。其父慮其嬌柔難育。為之貫耳披鬟。呼為雲姐。附任氏學。之與宜男為窗友。時女年十三。男年十四。兩小無猜。二情相洽。校書賭論。互角聰明。女或勝之。則對雲之面相與嘲笑。適師外出。女之母與姑入塾。不識雲之為男也。視其柳眉嬌翠。杏臉舒紅。與其女璧合聯珠。爭輝並耀。嘆曰。使宜男而果男也。俾配雲姐。真一對好姻緣。姑曰。儼合為媒。問雲姐願否。母曰。以待來生。雲始知宜男之為女也。益比暱之。一日。師講易至男女構精句。草草讀過。女請問構精之義。師嗔曰。是非兒女之所宜問。女曰。聖經賢傳。豈有不可對人言者哉。師莞爾。他顧。雲凝眸流盼。俏喚阿獃。女更狐疑莫釋。矣值師之友來約湖山之游。聯袂而去。女問雲曰。姐縱慧悟。未必能通易理。何姊我為。雲曰。難言矣。秘密之旨。非效其形狀。終不明晰。女笑從之。攜手入師臥室。共坐榻上。雲擁女於懷。探手於袴。撫其奇葩。初綻蓮瓣。微開。女嗔。嗤笑卻之曰。與姐等耳。毋徒相戲。雲曰。人各具體。奚能相同。乃推女橫陳。急卸其袴。曰。我教汝構精。女拒之曰。昭昭白日。姐不羞耶。回手撫雲。則紅霞仙杵觸指。愕然。女詰曰。是何物也。我何無之。雲笑曰。以有補無。斯謂之構精。請嘗試之。於是牡丹露滴巫峽雲停女散衣起笑曰攜精如此無怪師之秘而不宣也從此師或不在則玉山相並雲聲斯應掄韻聯吟遞相贈答雲填望江南一闋投女曰香閨憶憶昔乍覩卿錦帳甫垂參喜懼實釵亂顫忽嚶鳴此刻不勝情女答之曰香閨憶憶昔就蕭郎欲避羞難遮綺扇嚴銷魂處卻無猜共入黑甜鄉雲覆聯曰香閨憶憶昔鬧陽臺春融柳舞鶯梭捷露沁花嬌燕剪開濃艷滿情懷女覆曰香閨憶憶腼腆初朝艷奪小桃唇婢眼樣留新月倩郎描另有一番嬌歎娛易過不覺臘去春回女年加長待字深閨不復出就外傅矣雲亦還其本來另尋師友女作書投之曰同學妹宜男檢衽致啟雲娥哥哥足下憶昔情融絳帳暫得速鋤泣別蕭齋遽成分襟緬維現身說法秘傳法象之微口角吟香共闘香奩之句方期此樂可常豈意於今不再况雌伏者頗爾驚翔雄飛者反嗟豹隱我心匪石能不鬧然伏願速遣冰人堅以海誓則半瑕之璧幸得全歸已破之舟不致沈溺縈縈候諾咸感佈函伏祈采覽雲得書情急恃寵撒嬌直告父母父雖愁其不法然事已如斯轉慮其子失所遂倩密友即任翁之戚敬備凫儀往求鳳卜任曰西鄰白翁固所素識第伊僅有掌珠那得配我假子媒曰其女實男子偽作女裝以期易長耳任曰不可不可雲姐昔與我女同學若與聯姻

是無私有弊玷我家聲矣媒以童稚無知決無他故之言再三勸之任怒掉頭而入媒覆白翁雲不知也尚撒欣鼓舞與女書曰同學愚兄雲娥頓首啟宜妹粧次睽隔半年相思兩地何期雲間之鶴忽墮瑤函原上之鴒載御嘉命焚香盥誦頓慰調飢來諭恭遵冰人已遣諒尊甫知我必允好逑貯盼河橋正當援采之期維窺鸞外擬上催粧之什矣克敦舊好亦締新歡如鼓瑟琴重聚香閨之韻宜其家室應續紀生之文諒必卿為我喜我為卿賀書報宜妹之知時女已聞父決絕之言飲泣數日矣母知其意反加詈焉得雲書慟絕復甦覆書曰頃接銀函深叨錦注第君家柯徒托空言老父以迹涉嫌疑遽爾決絕雲郎其未之知耶從此機雲池館鶴唳空聞王謝樓臺燕巢靡託此日清閨已經蝶散當年紅粉將爲烟消是固妾之命也想雲郎才是子梅徒懷絳樹情同穆滿空憶赤烏諒必同此悲憤耶然以長卿之才不患無文君之配而妾則已非完璧豈可二夫故夜寢偶思則涕泗被面晨興忽感則爪指亂爬嗟嗟失此千歸終成墮落如不棄葑菲敬訂論垣而訴離忱以表永訣耳臨風嗚咽援筆酸辛雲郎采覽雲得書心亂如麻淚零似雨細問其母猶含糊答應知事之決無濟也俟蟾明之候踰牆女已於簷頭接入相持對泣淚繼以血女曰妾生不逢辰之死靡他既不能續前緣當以魂依左右耳惟郎君新不忘故時以氣炙呼名而奠則九原如在矣今邀郎來知我死所遂指其床以細絲結扣懸於頂格雲曰生不同衾死當同域奚忍舍我捨先入扣女往牽救則抱女同登雙雙畢命次日婢媼喚女不應撥戶而入瞥覩雙懸驚呼翁至撫之俱僵且兩尸互抱不解喚白翁來共鳴諸官判曰審勘得白雲娥與任宜男者居本比鄰幼而同學盈盈弱女儕稱冠帶之雄渺渺丈夫反龍裙釵之飾陰陽顛倒堪嗟兩老之朦朧天地絪縕宜有雙岦之纏綿而瓊田大去碧海無歸借班管以描愁託瑤箋以請命既已參媒遣好好逑稱意之花允宜鳳辨鸞歌竟咒定情之曲而乃不容坦腹徒悔噬臍緣斷傳心愁甚衡陽之雁捧書泣血淚踰巴峽之猿總綰秋燈匹夫之志難奪紅顏赴義因婦之諒可悲深爾雙棲同組交絞鴛鴦之頸猶環合體牢牽蛤蚧之身雖事不可風而節猶足取律設大法禮順人情用是殮以巨棺併作同工之繭葬諸大陸將生連理之枝從此地下長眠不羡人間短景未懸特以表圭璋之堅志非徒艷花月之新聞此讞斷令合葬西湖之麓風流花判傳送一時故有往弔之者鄉愚不知謂其有所祈禱有求必應尤而效之遊之如市競於墳前立廟香火大盛至今朝覲猶新其為發情

止義之報耶

獃官

進士某銓得某縣令戚友慮其獃也薦與一幹僕諳習儀文者官欣納之至省謁上官勢將直入中門其僕挽之由左繼又拜首邑令亦由左扉入其僕推之入中門官回館含怒其僕曰若何顛倒播弄我豈木偶耶僕知其意對曰非為中門左門之故耶撫司道府上憲也禮應偏門入首邑同寅也禮應中門入此所以辨等級非敢播弄也官大悟曰似汝不愧為紀綱之僕將重託汝僕乘機求司閽官大笑曰為大令親隨何等規模反求管門是下走之職汝舍近就遠離尊居卑豈非獃耶僕曰小人欲之官曰非我薄汝莫悔莫悔隨命司閽往蒞任所書役盛服跪迎官下輿答禮至署吏送下馬飯甚豐腴官大樂命僕述備名柬謝之僕曰此皆屬下人所應為者受之而已無答禮官以禮無不答之言反覆辨論僕以儀注告之始悟官體應尊嚴也次日謁廟行香師生鞠躬迎之入門三揖傲慢不答師生怒咸譏誚之抱慚而歸怨詈其僕所云儀注之非僕曰入聖人禮法之門接師生清高之士謙讓未遑方合儀注今自背之非小人言謬也官搖首曰世故變幻較之八股時文難做多矣又次日

點卯至東關地保官大怒拍案一筒之籤盡擲於地吒役選大杖撲之地保不知所以惶悚受杖訖匍伏哀鳴曰小人應卯無誤從無間罪求明諭以便改過官餘怒未息喝曰我未達時偶欠錢稚者借貸不遂也爾逼我逃避辱及妻孥此仇銘刻於心剝爾膚削爾骨方消我恨一轆爾尚何冤地保曰爺府居原籍之東關耶曰然曰離此數千里矣與小人何干官方知誤遂斥曰無論遠近吾知東關地保決非好人敢與官譁辯應加責爾口地保抱頭鼠竄而逸又次日放告有老人面稟其子忤逆者官訊之對曰小人世業級工今眼目昏花藉子奉養奈小人之子游手好閒棄小人不顧將為餓莩矣求教訓之官怒曰不孝重情汝退我即喚汝子責之時為紛紛遞呈者所蹙官心煩而退忽憶及忤逆事命僕喚級工僕誤為其欲成衣也喚平日伺應之級工至官盛怒升堂喝命大杖責訖級工泣訴曰小人何罪官曰棄養汝父尚稱無罪真不知薄罰之恩者級工曰小人幼失怙恃何父之有官益怒曰父尚不認忤逆之徒豈可輕恕吏役僉跪告曰此人自幼在署應差小人等俱知細底其父母實於某年月日病故眾所共知惟乞照察官駭曰纔口訴之老人其為鬼耶眾曰此某級工之父某人也官知又誤強叱曰為人子者不能顯親揚名僅作賤業是為辱親不

孝莫甚再敢辯者立予重罪級工茹痛而去官飲量甚洪日必沽酒數觔怡然獨酌突有喊冤者正醺醺時也阻其雅興懷怒升堂拍案喝打並不鞫證役跪請曰打若干官伸指曰再打二觔吏役笑不可遏竟至哄堂官慚而退各役領工食動需數百金官怒曰我安得如許閒錢養如許閒人耶欲批飭不准僕曰此非出自己貲係錢糧項下留支之款國家定例不能不准官猶豫曰然第若輩居心狡獪開其正名之外有所謂混名者一混則無所不混恐其今日以正名領異日復以混名領則被冒支無窮矣我意欲令其正混各名俱註明領狀當堂驗發須免混冒僕以此無礙於事飭吏照辦官升堂點給至轎夫怒詰曰我僅見二人扛擡如何領工食者四名豈非冒混耶轎夫曰轎役尚有二人官微哂曰據汝言亦僅有二人對曰配以轎前之二人非四耶官無詞以詰方按其名其一曰某又名洋洋得意其二曰某又名不敢放屁其三曰某又名昏天黑地其四曰某又名拖來扯去官詫曰世安得有如是異名且停放退問幕客客笑曰若輩識誚閣下不淺矣官曰何為客曰閣下復讎前呼則洋洋得意謁見上司則不敢放屁問案對詞則昏天黑地何以結訟則拖來扯去而已後此官決囚因斬絞錯誤被參罷去

或問曰天下竟有是人耶天下遂無是人耶鄉斥正於對以民飢而曰何不啖肉糜古來有此帝王世間豈無此官長且此官之獃勝於自以為精明強幹者多矣門之役節顛倒尚知與僕反覆辯論其虛心勝於自滿者其責東關地保尚能實告以故其樸直勝於逞怒者其用刑錯誤尚自覺有誤其知過甚於偏執者至剋扣工食為上者已視為當然此官尚能當堂給發其廉潔勝於貪婪者嗟乎世之親僕用事賄賂公行弊竇上官即發觴牘挪移虧欠旋入咨追較此官未知其誰獃也要之幕客一論實為中下者定評故轎役混名至今人人知之○曾歷一邑有紳民公檄討官者其文仿駱賓王討武曌檄附錄一證

為某縣某令者人本齷齪家起寒微昔逢糊目試官曾以蕪詞中式洎乎入仕大玷官箴潛萌弄法之奸陰圖受賕之實入門見賄鯨吞不肯讓人掩袖進私狐媚偏能惑寵移某縣之毒手剝其邑之脂膏加以鬼蜮居心豺狼成性近狎邪僻深忌賢良罔上欺君虐民酷吏人神之所同嫉天地之所不容猶復包藏禍心窺竊巨室邑之富戶絕之以小懲妄之私親委之以重任嗚呼包龍圖之不作海忠介之已亡國賦橫征任呼號而莫應關節周道反保舉以揚名某令恃有護符益逞貪墨論案情之

鉅細索償值之重輕激骨隸之狂猖良有以也致紳衿之訐告豈徒然哉是用氣憤風雲志安閭里因四鄉之失望順萬姓之同心爰舒義詞以聲尊官南連鄰境北盡本鄉冤聲成羣哀鴻偏野米麥柴炭折價之計靡窮鹽當牙行剝削之謀何盡嗟聲動而悲風起怨氣沖而明斗昏喑嗚則貧富惶恐叱咤則男女觳觫以此謀利何利不興以此害人何人不害某等或居要地或到公堂或贋推折於置言或受橫加以非理事猶在邇孰肯忘情三尺之法未忘一紙之書可託倘能轉禍為福改過自新共矢精白之心立洗腥羶之穢誓以徹日安鎮此鄉若其眷戀銅山徘徊阿堵坐昧先機之兆必遭盈滿之誅請看今日之檄文豈是尋常之泛語

蕭布賢

維揚蕭姓世業鹾商翁以好士揮霍數萬金家以中落鬱鬱而亡其長子布聖自幼得與諸名士遊薰陶入學由甲科入館選轉部郎而膺外任初為雲南大理太守奉太夫人并攜其幼弟布賢赴任布賢者是太夫人中年所生溺愛過甚已弱冠而不事詩書太守以母故亦不甚督責然亦無大過其在衙齋好與幕客談黃白之術客因說之以滇池為產礦之區山中銀苗盛衰視其草木即辨每有以數千金置一礦

而發家千倍者。故外來游民半以此為營生也。希賢艷羨之。因是日偕客游歷群山。以求奇遇。徧索年餘。無獲。客妄指一峯。謂此中產礦甚旺。不過為脫卸計耳。希賢深信不疑。即與山主議價。以百金得之。驟欲集夫開採。太守力阻不從。以嬌嗣太夫人使乃兄觸下貢夫以助成趣。奉貢介弟無不樂從其事。於是丁男湧集。合力興工。鑿木鑿山。穿石穴土。希賢往來監工。無倦色。如是者五六年。虛擲億萬。工亦無所得。太守以俸滿入覲。須攜眷去。勸其弟舍是同行。希賢泣下曰。弟一生事業在此。工既將成。本亦不少。若半途而廢。死不甘心。太夫人不忍拂其志。傾乃兄之宦囊。剖其半與之。曰。爾姑以此相搏。若一二載不得。則剩數百金作腰纏而歸。切勿迷戀沈溺於此。以貽母兄憂也。遂泣別。太守去後。屬下之夫。皆星散。希賢自募役夫。晰夕從事者人數戢。是歲中秋。計短夫價若干緡。工頭已言之屢矣。而橐中僅剩十餘金。度無以應。乃犒其僕。盡以餘金市酒肉。號召衆夫。勞之曰。予夜夢神人。謂予大礦將見。須協力往東南開。則望日可得。敢告諸君。偕今日之力。予將倍償工價。衆皆踴躍歡呼。飽餐而去。希賢前往峯巔巡察。則丁丁之聲。衆力共奮。喟然歎曰。予誑此役夫。心力交瘁。而前欠難償。必遭其辱。止則無以為生。進則足力不濟。不如死休。於是解帶懸樹。正遙拜

母兄。哀泣追悔之際。忽見其僕偕頭目飛奔而來。料不及投繯矣。迎問其故。僉喘息迎首道賀曰。神人之言不謬。已得大礦。請往拜祭。希賢喜出望外。趨視之。見大穴已闢。其內見黑色拳塊一望皆是。衆夫僉來賀。請當歡聲雷動。曰此墨煤礦也。最難得者。其源遠。其色高。非大福人焉能致此。希賢樂極。不知所云。其僕為之邀集舊友。或司載籍。或司會計。或司監督。或司賓客。量能授任。羣謀報官設廠。內有三分皇稅。是以師遣弁兵安營環守。文自中丞以下。咸來納交。聲勢一時烜赫。希賢乃於穴口設板屋。置大權。持籌握算。凡百金一載。俾夫遞運廠內。匠人收之。百鑪並開。以鼓以鑄。皆鎔為方錠。每方五百兩。以防小竊。自近達遠。環山之廠皆盈。而穴中尚未盡也。希賢酬應煩勞。志願已滿。惟思載運回籍。以與母兄享此終身。所慮歸途遙遠。盜賊堪虞。時值有郡守蕭姓者。以侍御出守。其為人有心計。膽力能任大事。與希賢聯譜交甚歡。謀以巨資通賄。竄趨邀大巡。奉旨查緝七省。此明李御史之最有權力者。所過之處。文武員弁慎重迎送。希賢藉其威勢保護而歸。抵家。則門庭懸白。老僕披麻。希賢迫切惶恐。直入中堂。則嫂氏攜其幼子衰絰以迎。泣告曰。夫自朝京後。觀察東河。前年疾卒。太夫人思長慟幼。悲痛而亡。煢煢母子。貧無所依。叔來幸甚。希賢大慟曰。

何不訃予。嫂曰。郵筒已遞百十矣。想因中州盜起。路途梗塞。故不達耳。希賢曰。嫂無慮困窮。予有金不知其數。所可慮者。老屋實不能容。仍配鹽業為商。以其餘分設質庫。廣置田宅。雖百世亦不能盡我所有也。於是親友聞之。造宅環請。奔走效勞者。爭出新奇以媚之。知希賢尚未娶妻。或媒美婢。或覓艷妾。或為謀婚大族。時則有林下尚書鄭姓者。羨其富豪。以女嫁之。希賢日則公冗。夜則私繫。右抱左擁。勞瘁過甚。病瘵而亡。年未三十。尚無子嗣。族中以長房僅有一子。不准過繼。遂將現物爭奪一空。幸鄭尚書為之控訴當道。俾親姪承祧。僅得承其鹽業而已。

薌厈曰。多藏厚亡。多財喪身。古人言之屢矣。彼蕭希賢之以富促其壽。反不如食貧之為安也。或曰。誠如子言。則富不當在五福之列矣。對曰。富而攸好德。則可冀長遠。否則富而縱欲。六極之凶。短折且至。朝暮不保。何福之有。客唯而退。

李寡婦

李氏者。明慧人也。雖為農家婦。夫亡守志。其翁姑百計不能奪。於是分受房屋。以針黹自食其力。婦有姊。嫁王鬼頭。生女及笄。貌甚風雅。鬼頭欲以居奇。故未字。鄰村有張俊子者。母老而樵。積有制錢百貫。欲為其子覓一好婦。與鬼頭素識。頻頻囑託。鬼

頭艷其錢。欲設法取之。因思其姨李寡婦尚少艾。誆而與俊子結親。則錢可得矣。一日牽驢過寡婦家。飾為惶遽之狀。泣而言曰。汝姊病革。待汝一言瞑目。使我相迎。幸勿他卻。婦見其意誠。且昭昭白日。必無他慮。遂乘驢而行。抵俊子家。呼婦下曰。此張巫家。我欲邀其嫗去為汝姊醫治。爾為我入告。婦諾。下驢。鬼頭先入耳語張婦曰。新婦來矣。爾相之。如合意。使爾子務即成親。我後日來取身價。母喜諾而出。鬼頭由後户潛出。乘驢而遁。婦入見張母。致其姊相邀治病之說。母笑曰。新婦勿支吾。今親以為吾子媒。今夜良辰。送來完姻。好何治病之有。婦方知為鬼頭所賣。始而怒。繼而思。忽然大笑。謂母曰。誤矣。吾齒已長。想汝子年必不大。老少豈可為婚。我係王鬼頭之姨。我有嫡女甚佳。亦囑其為媒。渠送我來相新郎。如何匹偶。則執吉親迎可也。母笑曰。然則親家耶。勿訝我惛耄。據實急呼其子出拜。夫母婦目之。年與甥女正相若。神氣稍慈。笑謂之曰。好為吾嗣女婿矣。改日驅車。從我親迎去。母子皆喜諾。留與信物。激之如大宵。越三日。婦曰。今日黄道。勿悞佳期。可覓大車一輛。偕往親迎。俊子與族人假車。整其衣履。為御而往。鬼頭遥見婦。潛避。婦入。愬其姊曰。汝夫既好意為我作媒。何不相謀。誆我與張氏子成親。今已三朝。姊亦不來一看。何忍心耶。其姊曰。我未之知

也。妹來何為。婦曰。我為新婦寂寞過甚，欲同拐女去作伴數日。回視大姑曰。汝願否。大姑曰。姨母見招，敢不惟命。婦即攜其手登車而去，詎張氏也。母見之大悅。婦悄謂俊子曰。新婦年輕害羞，我慰其早睡，潛出易汝事成。明日升堂可也。俊子唯唯。於是夕飧畢，大姑相依姨母入新房安宿。婦婉勸其解衣卧同衾，俟其睡酣，潛起易俊子入，究成其事。大姑聲喊，婦隔門諭之曰。此汝父之命，我為主婚，安之勿訝。明早當接汝父母來觀合巹耳。大姑始明其意，然此身已失，聽之而已。是日鬼頭慮其姨至家必不干休，故寄宿在外。翌晨歸，方知其女攜去，怒其妻不偕往。其妻曰。既在親串間，今日去不遲。於是夫馭其妻往，則張氏堂。鄰族親朋滿座，其女方與俊子交拜也。鬼頭急喊，為鼓樂聲所混，無聞之者。及男女相將入寢，婦出堂，當眾直訴其事。眾皆不直鬼頭，共唾罵之。且有義憤者欲以鳴官。鬼頭益畏，而適其子哀祈始息。張氏母子德之無已，集紳衿公旌李氏門，而以百貫酬其義。

薌厈曰。即以其人之道，還治其人之身，智哉婦也。當公旌李氏門者，不知作何語。若問題於我，當額之曰。冰雪聰明。

鸞仙　五則

扶鸞之術，南方為盛。真偽不一，傳聞者夥矣。錄數則以助一粲。

有狂生不信鸞仙者，適友人家，見駢集多士，開壇請仙，其誠肅之容，如對嚴師，如臨大祀。咸端莊拱立，無敢出聲者。狂生大笑曰。清平世界，敢以妖言惑眾，我將治。其友曰。慎毋譁，真仙在此。汝若不信，可作文字固封以叩之。能直言其隱，豈我輩所妄託耶。生曰。果如是，請嘗試之。然公等所請者何仙。友曰。麻姑耳。生又大笑，至密室潛書一封擲壇上曰。請判。鸞少息。生曰。其技窮矣。忽大書曰。調寄耍孩兒。其詞曰。立似沙彌合掌，坐如蓮瓣微開。無知小子休弄乖，是你出身所在。狂生失色而遁。眾開其封，乃大書一屄字也。屄，正字通曰布非切，女子陰。

其年童子試，諸生羣集請仙，鸞書曰。今日上真皆赴元帝會，不暇降壇，命我土地權攝。諸生何問。眾曰。明日小試，請問試官所命何題。鸞曰。題目在我堂內，爾等自往尋之。於是眾皆執香入土地祠堂跪拜，詎遍覽一周，並無隻字。拜禱之，鸞不動矣。皆腹誹土神誑。翌日赴試，題紙下，土地二字。此神可謂現身說法。

大比之年，有父子諸生同叩鸞仙，問得失。鸞書曰。速往南行，路遇瘋僧，問之不已，可決前程。父子大奔而去，其子年少足捷，果追及一僧，問之不應，牽袖苦纏不休。僧瞪目大罵曰。入你娘的中。生怒欲毆，經眾勸釋。是科其父高捷，始悟其言。

有諸生羣集鸞壇，問功名者。鸞書曰。趙酒鬼到。眾皆詈曰。我等請呂仙，野鬼何敢干預。行將請天仙劍斬汝矣。鸞乃止。而復作曰。洞賓道人過此，諸生何問。諸生肅容再拜，叩問科名。鸞書曰。多研墨。於是各分硯研之，頃刻盈碗，跪請所用。鸞曰。諸生分飲之，聽我判斷。眾乃分飲訖。鸞大書曰。平時不讀書，臨時喫墨水。吾非呂祖師，依然趙酒鬼。諸生大慚而毀其壇。

有幕客於衙齋請仙，鸞大書浙紹星槎先生來此。汝曹有何領教。眾訝其倨傲，問曰。先生何仙。請示降壇詩。鸞曰。吾乃汝曹之大老前輩，昔在此署總理刑名錢穀大幕也。詩云。恬淡封煙僅天錢，穿花隨柳過前川。時人不識予心苦，將謂偷閒學少年。眾皆笑曰。此千家詩也，人所共知，先生襲之，又連作別字，某等不解尊意。鸞曰。此正吾輩名幕套法，巧於古人處，汝曹學淺難解，吾為註之。敝居停進士公也，酸刻而好嬉戲，每傳班演劇，與優伶雜處，僅朱提五星。時有花柳二小優與吾甚暱，恆隨帶過前川堂，眾皆目逆而送之曰。先生樂甚。殊不知去其一月修金，正難與細君銷算之苦也。故詩云且吾輩辦案，何不發欲一切留心，發熟則不犯駁飭，何也。上游幕客皆吾輩套中人耳。此等秘法妙訣，夜臺無用，以贈諸公，無負老夫一片婆心也。是後開鸞必至，所言皆卑鄙猥陋，啾啾不休，皆厭惡之而無可如何。一日，僕偶以稿案誤置壇上，忽大書曰。此案難辦，而執眾視案卷，令已粘簽其上，應稟廣憲司者，無熟套可倣，故鬼畏而遁。或曰。此鬼在生因作稟未安而窘死。

薌厈曰。前四則可謂夫人必自侮然後鬼侮之。後一則套之誤盡天下蒼生，然憲司牧令相延若輩，惟命是從，此吏治之所以日壞也。安所得豪傑之士跳脫圈套，與賢有司共挽頹風哉。滔滔者不過步其倩鬼之後塵以求生活也。

王夢蛟

長樂馬某，操布業，娶許氏，中年無子，遂娶王姬。姬身具鱗甲文，其母夢長蛟纏其體而生者，名之曰夢蛟，記其瑞也。歸馬年僅十六，未幾生一子，名錚。許氏陽為喜悅，而陰實妒忌，思有以中傷之。王識其心，故防衛維謹，母子不片刻離也。一日，許諭浣衣，王懷子持衣登樓，當窗以晒。許潛躡其蹤，自後推其母子墮樓，而作驚訝狀。馬聞之，趨救。王頭面雖傷，其子則端坐無恙。馬察其妻不能容而畏之，遂成悸疾。其夥李某自遠方貿布回，生平相與至篤者，泣告以故，出妾與子屬之李。曰。知己之託，敢當重任但某無家室。何以安如夫人馬。曰。予籌之審矣。請以王姬侍足下。以存吾孤。李推之不得。厚嫁之。帶其子鐸往。逾年生一子。名曰馬。蓋不忘反之。賸妾生子。以誌其恩義也。未幾。馬卒。而許氏亦顛沛死。李以馬贈嫁之資。經營起家。富甲一邑。重聘延名師。以訓二子。恩情兼摯。馬鐸得中永樂壬辰狀元。其子李馮亦發解。李夫婦大悅。分馬鐸以家資之半。俾歸其宗。鐸辭曰。若非繼父。何有今茲。願以終身守先人廬墓。李強與之。鐸以財產為弟游揚名譽。且與改名曰騏。以避嫌疑。戊戌。李騏亦狀元及第。未幾。李夫婦壽考終。鐸欲與其嫡母許氏以王姬歸葬父所。騏不願。曰。若依兄命。則弟為無母之兒。於禮不順。不得已陳情於朝。帝命禮部議。曰。王氏改嫁。義已絕於前夫。教子成名。理應隆以異數。況李騏不能無母。而馬母本自有夫。論婦道之有終。應從後夫。嘉英才之連育。請錫榮封。事出創聞。後不為例。議上。封以長樂縣君。諭祭葬。

公大將軍延師

公大將軍某。權臣也。威震內廷。勢傾中外。庶司百寮。莫不拱手聽命。適其幼子需師教讀。與公卿言及。眾皆唯唯。時有江南沈孝廉。因不第流寓都中。覓館餬口。已託其座師某侍郎。允為推薦。適冬至朝賀之期。百官咸集。大將軍復理前言。某侍郎即舉沈生以應。大將軍曰。為童子師。以品行為要。俾幼而習見師範。則長可觀矣。此生端方否。侍郎對以有儒者氣象。大將軍欣然許可。侍郎歸召沈生至。囑令小心謹慎。不僨安硯有方。若得大將軍青目。則功名未可限量也。沈感謝而退。新正。大將軍遣從官持名柬邀沈生至第。大將軍躬迎於堂。尊席南嚮。命公子盛服拜師。畢。大開筵宴。聲伎雜奏。賓主盡歡而散。送先生入西園書堂。三楹峰巒周匝。林木青蒼。室內書籍充棟。陳設精雅。公子年甫六齡。不過指教數字而已。其供奔走者。蒼頭四人。俊童八人。晚入臥室。牙床綷帳。綉褥錦衾。並皆佳妙。次日。蒼頭帶長鬚者至。約視先生體段。趨出。未幾。進貂裘全襲。服之長短適宜。每日晨興。則八童齊侍。其一首頂銀盆。跪而請盥。一執漱具。一執巾帕。一執鏡奩。一執香皂。餘皆捧衣攜囊。環伺左右。沈生平所未經者。意甚不安。諭之曰。汝其以盥盆置架上。恐沾爾等衣也。童曰。某等受大將軍命。曰事師如事予。大將軍盥沐。皆如是也。敢不勉效執事。以速重愆。沈曰。我所命與爾無礙。童不敢違。以梓楠雕梁架承之。沈正沐。大將軍至。見童不頂盆。怒目視之。向隨帶護衛一點首。護衛會意。帶諸童出。未幾。獻首階前。曰。某童不敬先生。已斬之矣。沈大驚駭。視大將軍色轉和。心始安。大將軍喜古玩。每得鼎彝湯盤之屬。與沈共賞鑑。沈若

贊歎。則曰。先生欲之。留此為玩。雖千金所得者。未嘗顧惜。一日。大將軍來。與沈共膳。飯中有完穀。沈出之。大將軍點首示意護衛。護衛去。未幾。獻首階前。以庖人揀米不淨已斬之矣。沈不勝愕然。視大將軍談笑自若。不得不勉強承歡。逾月。沈憶家中所需。欲支俸金。與蒼頭商之。蒼頭曰。需若干。請作書呈大將軍。沈請數十金。連家書送去。蒼頭回曰。已如數寄江南矣。未幾。大將軍奉旨征西夷。來辭沈曰。先生之品學。予所欽佩。今予承命西征。未稔何年蕆事。敬以幼子屬先生。有不率教者。篤責之。勿棄之。而去予旋師之日。當有以報先生也。沈唯唯。大將軍去後。沈欲出訪友。閽者拒曰。府中出入。皆有載籍。按月錄報大將軍。在時。先生足不出戶。今忽有是。恐貽奴輩性命之憂。可已則已。乞哀憐之。沈知大將軍家法嚴。遂不果出。次年應會試。亦為閽者哀祈而止。沈憤欲歸。又不敢拂大將軍命。所幸四季衣服。屢為更新。而小衣十日一新。至餚饌則番新出奇。總無恆品。不第豐腆而已。若悶時。蒼頭望見顏色。即傳府中男女各優赴園演劇為先生排遣。則又樂而安之。荏苒三年。屢有信致家中。未得一回書。深以父母妻子為念。婉委致意大將軍。得還書。意甚款洽。言亦謙退。惟云予報捷在邇。請先生姑俟。晤商可也。又半載。大將軍獻俘還朝。聖駕郊迎。公事畢。入視先生。欣然道故。謝其勤勞之意。沈未敢驟辭。一日。登假山閒步。忽聞哀痛之聲。問童。曰。大將軍凱旋後。在廳事考功過。定賞罰耳。沈曰。得窺探否。童不敢違。引之往。潛伏廳後竊視。見大將軍高坐。庭下甲士森列。所執刀斧之光耀目。兩旁司官按籍論功過。其功多者。立易以應升之品服。賞酒賜坐。其過多者。大將軍面數之。曰。某戰汝失機宜。某事汝辦不力。應斬。任其哀籲不顧也。護衛即洗剝其衣。推出門外。砍首以獻。惟是大將軍嚴刻。罰多賞少。悲號不絕。沈覩之慘甚。不覺首觸門屏而仆。大將軍微聞之。事畢。退視廳後。見先生倒臥於地。數童扶之不起。大將軍親挽之入室。慰令安臥。喚僕速取安神丸以參湯服之。從容問曰。誰告先生。俾驚怯也。沈思大將軍威嚴。不敢實告。因徐曰。聞公子之言。以為愛子之心。則無所責罰。大將軍唯唯而退。忽有僕婦倉惶入室。跪告曰。公子干犯先生。大將軍裸而鞭之。將斃矣。奉夫人命。求先生速救之。沈愕然曰。我不能入內室。其奈之何。婦曰。只須先生命。蒼頭往喚公子。則大將軍不能不釋。沈如教。蒼頭負公子來。懨懨欲絕。沈撫之。遍體皆傷。泣曰。我害汝矣。命蒼頭攜公子臥具來與之同榻。慮大將軍怒猶未息也。逾月。乘大將軍歡悅。沈復以歸省為請。大將軍曰。先生孝思。予曷敢阻。擇日盛餞。大將軍欲親送出關。沈力辭。尤依依不捨。命公子代送。

發程之際從者數十乘從者數十人卿相餞設餞行則衛士前驅止則館舍盛備所歷之都邑自節使監司以下迎送惟謹至河干則巨艦十餘沈意謂一肩行李何用如許舟楫始問蒼頭則以單紙進點數之凡戕外所備之衣節及書室中所陳之物無論書籍古玩無不載來沈笑謂蒼頭曰誤矣是皆大將軍之具何可攜歸蒼頭曰大將軍命恐先生思念舊物無論書籍古玩無不載來沈欣然曰雖不得財諸物猶值萬金計半生無慮饑寒矣及抵蘇則都督率百官迎於舟中沈再拜以辭曰予小子豈敢勞上官衆曰夫子為大將軍上賓我等其何敢褻辭衆歸衛士擁護至第則舊宅全非門第軒昂則居然巨室沈徘徊不敢入是時觀者如堵鄰叟謂曰封翁望郎君久矣何不入室沈曰我家何在叟笑曰郎君開創大宅而誘為不知也沈始敢入迎於門者皆幹僕登堂則誥命輝煌入室則父母衣四品服儼然命卿沈趨跪膝下問所由來其父母詫曰汝自為之何不自知沈實對以不覺之故其父北向指曰大將軍成全汝可謂再造之天矣因云某年方伯來謂老夫曰奉大將軍命為翁改宅遂去舊而廓充之老夫曰宅大人稀得毋寥寂方伯即送僕婢若干人並良田質庫以及陳設之物無不畢具旋得捷報曰汝從大將軍西征以軍功得縣令屢次薦升今為觀察老夫婦皆膺封典惟慮汝在軍懸懸而望今汝歸來舉宅大慶矣沈感極涕零出見諸僕數十人以次叩謁一老蒼頭捧讀跪陳數籍以告曰是皆田宅人丁籍券之屬大將軍命置者老奴已經理數載矣請郎君檢收以便老奴帶衛士等回都覆命也沈慰勞之受籍計點共值百萬乃啟謝大將軍自此寂寂然無回音沈度大將軍權勢過甚慮罹黨禍不敢出仕稱疾家居不數載聞帝惱大將軍遣謫吳地百官交章劾其跋扈狀帝震怒命削職拿問過蘇郡沈賄通緹騎潛入舟中撫大將軍而泣大將軍笑曰大丈夫視死如歸予即不法實無悖逆第上怒不解予固不望生還況予以儒生起家權勢傾百僚享用逾萬乘得毋盈滿之災乎惟幼子託先生育自沈唯唯納賄千緡不受入都帝廷鞫之皆承賜環首籍其家諸子弟皆遣戍遠方為怨家所滅其幼子因無職守得以脫漏沈聞之不勝悲感是夜突有北來流丐二人入宅求見閽者與之錢不受丐曰但得一晤主人死亦無憾沈出視之即老蒼頭與公子也相對慟絕遂匿以為子以存大將軍之後

客窗閒話初集卷一終

客窗閒話初集卷二

清 吳熾昌著

魏元虛

魏紹字元虛江左諸生遊燕趙間以記室謀食餬保定之古大士庵閒舍三楹獨居無遇時已旅食半載行李蕭條困頓之狀親故白眼值中秋節月光皎潔閉戶出遊冀圖一醉行數家咸辭以故漏已三下枵腹而回入其齋臥室之闥已啟燃燭輝煌魏疑居停遂之以延他客也忿然入齋瞥見艷女被服鮮華據榻而坐見元虛笑立相迎魏愕然退步曰伊誰眷宅此僕之臥榻實僭舍也詎可誤入女微哂曰郎明拒予而無禮妾憫郎窮來慰寂寥何誤之有實告予勿懼妾塗山氏之裔前生節子竹枝今已道成欲圖報耳魏聞益戰慄女曰子何怯為視妾豈禍子哉魏轉念曰願沛之人即死於佳麗亦得瞑釋然問曰仙卿其將何以慰予女曰子乘閒外戶移席於月光之下清談雅酌以舒予懷魏如命布設女攜一筐至中庭無何玉瓶象箸珍饈醇醪皆探筐而出女與魏對坐舉觴交酬女曰妾係漆濉子前生為幽都少年與妾有舊同臥起時值雷劫妾避予身下而雷誤殺予妾得逃脫入西山修煉二百餘年乃得正果知予受困於此來助予致身青雲以酬大德當其時清輝朗徹覩女光彩煥發治容婉麗國色無雙魏心動微挑之曰仙卿既與僕有約願修舊好結兩世之姻緣女曰不可妾內丹告成脫披毛之體已得超凡焉敢犯淫戒而墮落耶魏曰予前生以身替死尚甘心焉卿為予一破戒而得不可就遍之女遜避曰不但於妾不利將以滋予之元精而絕軀命宵勿懼耶魏曰世本載飾仙女下嫁者比比皆是卿既成仙體何損於予幸勿相誑女曰好色者不在夫淫子試思扶耶之徒行邪敢於情竭興衰有何意味莫若觀其繡像當其手神如對名花可玩而不可褻則意淡情長況妾能與子清談作解語花觀不更勝耶魏不懌哭前抱之覺有影無形深然而止女笑曰癡人仙體清虛豈能滿欲即此可解仙女下嫁之誣也遂探筐出青錢共食畢欲隱於筐出朱提一錠以授魏曰卿以資旅食備寒衣後會有期勿屢念也一轉瞬間女化清風去矣魏若有所失悵惘不已閱兩月支用告匱正欷歔凝想間女已遙立案前低呼曰魏郎久別相思良苦魏驚喜相近頁見疏之故女曰為子籌僕久計已足跡遍三輔矣出金置几上皆細碎不成錠者囑曰以此卒歲諒不至飢寒也魏拜謝曰屢蒙惠賜感激難名第予聞仙人欲富不難倘金穴可探爲不偕予一遊爲

佩卿德女笑曰癡人無論神仙不當作賊即地下藏鏹亦有主者惟暴客劫掠之貲與貪墨非義之財乘其數目未明時分潤些微斯不為造物所忌安能暴富耶且富者多累今使子不飢不寒不與神仙等耶魏曰是也但予忝為丈夫有室家而不能顧有學術而不能展仰賴仙卿賞抱慚衾影後將若何卿其為我決之女曰歲後子之命運亨矣何愛一席地顯達隨之將曆一命魏曰何從而可女曰正月元日子之舊居停來已有位置當入荆襄之幕其署西有密室子可託懸罔之故而獨居之妾將為子謀入仕途也魏欲細詰之女已倏忽不見元旦果有舊居停訪至謂魏曰敬為先生推轂今荆襄同寮某囑延文旌即布命駕魏領諾旋赴襄陽主人甚賢惟先生命果得密室居之往復半載盼女無音炎夏之夜納涼小院瞥見天際微雲下墜女攜囊橐而至魏歡喜欲狂曰囊中何物若是纍纍女曰予之終身在是魏急叩其說女起而傾其囊白鏹盈几笑謂魏曰予前欲致富今且貴矣聞朝廷將開納貲之例予數應得郡參軍而薦至令尹俟命下之日予作書致郵筒遍致舊好請助必無應者第僞稱某某資益若干以掩人耳目則羅致有由無突如之感矣仲冬得官荆襄間妾在邯鄲旅次相候魏不覺感深勝曲跽拜甫興而女已杳矣未幾南河大工例開魏如女言佈置是年冬十月入都納貲果得郡參軍分楚北束裝前往至邯鄲忽遇美少年策蹇追隨將投旅店少年停騎問曰車中是魏郎否家姊致命請往大槐老店在彼設餞也言畢揚鞭而去魏知女所使欣然前馳果見槐陰之下有旅寓甚清潔門無他客遂留寓後宅而安置僕於前託疾早臥剛月上槐梢香風滿院女已至矣魏相迎入室女仍攜筐設饌珍錯樣陳相對而飲女曰子至楚方伯署東有宅一區係妾親串所居久無人敢下榻妾有一函至彼視而焚之理宜相讓子貸之價廉而宅精美魏諾祈女偕往女曰妾輩俱有界限無故不敢逾越將請命所司再往相探可也魏已微醺不覺情動把盃至女前跽告曰僕久曠之夫望仙卿援我女躍登几而哂曰俗子真難與交無已請還子床頭人魏登几女退縮依牆而立魏突接其吻不覺觸鼻審之牆間畫美人耳女已不知何往魏哀祈不應歎息而寢至楚覓得其宅內外寬廣結構精美於是致祭焚書敬祝安居無恙遂謁大寮及同官者數月忽家僮某來曰宅眷皆至請往迎之魏方疑訝問其子亦至相將而往有巨舫泊河滸儼然妾在魏登舟相晤各道別情研詢來由妾曰郎遣胡僕以資來迎何自諱為魏謂無其事妾曰胡僕偕來今日停泊時曰已至矣道郎寓所甚悉請先往

報半日不至因遣僮隨而尋之魏始悟仙女所為遂詳述其事均大感悅合舟赴寓設仙女之位而祀之我條將至官某郡魏潔誠齋宿焚女下臨以問休咎夜半倏聞步履聲啟帳而女在榻前魏起拜曰大德成全舉宅被仙卿之賜愧無以報女曰妾以報子予何言報從此至官後五年必薦擢某令是時宦囊充裕可以休矣不然來年月日禍且及家子其誌之魏悚然筆之視女情甚依依益覺嫵媚超凡復跽而請曰仙卿之惠我無窮感且不休復無他望第不得一親芳澤終屬憾事女掖之曰子何惓惓於是妾亦猶夫人耳若如子意不復得見子其願否魏曰且救目前之急女默然俯首殊形羞澀魏摟之不拒於是代為解衣登陽臺涉瀉游愁緣實境非復曩時空虛矣未方既白宛然在抱諦審之乃其妻也魏愕然推之醒妻亦驚曰烏得在是魏詢其故妻曰妾安臥室中漏三下如被夢魘至是方覺不知若何出入也魏起視之昨所解釋者皆其妻之衣服自齋至室重門盡關乃告以故妻曰郎獲交仙女矣於是整裝偕北任前契香謝過遂就官三載考績得列保薦又二年擢某縣令妻曰仙女所告之期至矣郎無戀戀魏即日致仕甫回江左而白蓮之變起後任被難魏聞之為仙女立廟從此優游林下十餘載年逾六旬倏有北人問至出書致魏曰予估客也向在保陽今來江左行販有同客少年胡姓者囑攜此書以投明府今幸已達即可歸報魏挽之不住開函別無片言僅喪家之魂旛一具上書魏元虛頭銜知大數將終必女為預告亟治後事殮之日有女服縞素長號而來其哀甚俯伏悲慟魏親人亟出撫詢僅存白衣裳一襲而其人杳矣或曰是即仙女出吊也

淮南讌客記

鹺商洪姓者淮南之巨擘也曾助餉百萬賜頭銜二品其起居服食者王侯不逮戊辰之歲予幕游淮上仲夏洪商投刺約消夏會偕同事數友詣其宅堂構更壯樓閣壯麗姑無論矣肅客入蕭齋素婉曲折約歷十數重門入一小院山石玲瓏植素蘭茉莉夜來香晚香玉數十種以白石琢盆梓楠為架排列成行威有幽致正南小閣三楹門楹後作冰紋圍匝閣中窗戶盡除懸水紋蝦鬚簾翡翠之溜盡螺鈿捲簾入內壁畫恩白雪景山水配以通子吊聯句下鋪紫黃二竹互織卍字地簟左右棕竹椅十有六磁凳二磁榻一以龍鬚草為墊襯棕竹方几一花梨細緻以鏡作桌面嵌水晶中畜綠荇金魚游泳可玩兩壁皆以紫檀花板為之雕鏤山水人物極其工緻空其隙以通兩夾室室中滿貯花卉排五輪大扇與守者運輪轉動風從隙入閣

中習習披香忘其為凡未幾肅客入苑門卽壁連環亭臺雅麗目不暇給於是繞山穿林前有平池碧玉清波中滿栽芙蕖紅白相間灼灼亭亭正含葩欲吐時矣綠堤而東千樹垂陽之下別具舫室渡板橋而入為頭亭為中艙為梢艙宛然太平艘窗以鐵線紗為櫳延入荷香清芬撲鼻其倚棹皆湘妃竹鑲青花磁而為之中艙兩筵已具肅客就坐筵上安榴福荔交梨火棗蘋婆果哈蜜瓜之屬半非時物其器俱皆鐵底哥窯沉靜古樸每客侍以孌童二一執壺漿一司供饌饌則客各一器常供之雪燕冰參以外駝峯鹿糊熊蹯象白珍錯畢陳妖鬟繼至妙舞清歌追魂奪魄酒數行熱甚主命佈雨未幾甘霖滂沛煩暑頓消從窗隙窺之則面池龍首四出環屋而噴宴畢雨止予潛察龍之所在則洋夷製皮為之掉入池中一人坐其背鼓水而上也嗟乎嵯僧耳而享用適王侯何德堪此今之疲乏有以致之執業者其戒之

某駕長

拳勇之技舊推少林僧今則散見諸方叢林中往往有能者然其道甚狹稍有適己者必求勝而後已惟遇超軼絕倫之輩則甘拜下風矣海昌有遊方之醫王姓者奔走江湖間獲利漸豐遂止於家鄉設肆貨藥時有浙僧來市上托紫石鉢重百觔入肆宣佛號茹索不遂輒以鉢置櫃上張拱合掌拒門外人無能出入者市人憾苦之不待已滿其願則又過一家次第至藥肆索百錢王僕與三夥僧怒將舉鉢壓其櫃王接而擲之拋入街心石為之碎觀者譁然僧愧赧拾破鉢而遁逾載王赴吳下置辦藥材喚吳江小舟舟子二一為駕長一為同夥划舟之際以駕長力猛非檣脫卽篙折其夥怨詈之恆忍受也惟張帆時則駕長右手執索左手執柁以足代篙四體並用無不恰當其夥得卧而觀之故相安也越三日晚泊姑蘇城外之寒山寺起纜王覩月明如畫登岸閒玩有僧立寺門外審視王呼曰客非海昌藥肆之王居士乎王曰唯何以相識僧曰予前年托鉢貴鄉領教已深今幸相會實天緣予師慕客久矣請舉玉趾方丈一敘王曰諾姑俟我返舟飯畢而後會尊師也僧喜返奔入內王歸舟潸然淚下駕長見之曰客何悲為王語以故曰入其玄中必無生理駕長曰既能擲鉢何懼乎死我技癢已久今請助客王曰我既犯僧死由自取汝何為哉駕長曰吾樂此死亦無怨恐僧不我較耳請假衣冠以師弟稱若角技時必呼吾先可以無事王諾之遂飽餐偕往入門覃僧迎曰客信人也入報首座出迎中庭視其人身高七尺餘臉横腰闊氣概粗豪已望而生畏肅客入方丈上坐乃曰前者小徒蒙賜教

客窗閒話　卷二　初集　四

老僧夙夜在心莫圖一會今既垂顧請至藝圃仰瞻絕技王唯唯於是群擁入後園有池一區高垣圍繞僅通一門亦甚堅實園南包大殿之後舊為閱武廳事勢甚雄偉柱狀兩對礎高三尺隔以石欄有椅二首座與王對坐衆僧十餘皆短褐持杖站立矣首座呼曰來來來王謂首座曰請徒與徒對師與師對我命弟子先戲可乎首座目駕長體貌清癯漫應曰何為不可請賢弟子先慮有傷觸毋自悔也駕長亦已釋服曰兔有賊形恐竊吾衣必謹藏之乃躍身抱大殿之後柱起尺餘屋宇震動磚瓦齊鳴以左足掃礎倒置衣其下以右足扶直之仍安柱轉身呼衆僧若已聚於是各座及衆僧皆股慄慄拜曰我教中韋馱天尊旋乾坤之力不過如是僧輩肉體凡胎何敢相角若尊客一揮肱則俱成糜粉情甘降服不敢再言技勇矣王與駕長皆大笑群僧屏氣肅候延至方丈侍茶畢王告退首座與衆僧盡易法衣執旛幢以送王返舟謂駕長曰壯士之力天下無敵盍不入營為伍則顯職立至請以資助聊報大德駕長曰嘻我若不為顯職亦可小康何至操賤業客尚欲我博顯職耶王叩其舊職及里居姓氏駕長不答王窘然報以百金亦不受及買藥回逢人述其感云

假和尚

金生者浙右人也幼患禿瘡頭無寸髮然聰慧異常經史百家過目成誦臨摹法帖逼肖名家真未易才也惜好為巧詐不務正業年十六入黌門試優等食餼父母為完娶後相繼而殁生益無拘束日與浮浪子為伍凡狎邪之事無所不為未幾家業傾盡則播弄其親族朋友以博升斗如是者十餘年人人畏而避之無可行其欺詐矣藍縷如丐室人交謫生奮然曰大丈夫博功名富貴猶反手耳奈我鄉人目小如豆不識賢豪何能助吾入青雲者吾將遨遊四海以圖之妻孥皆破涕為笑曰博場妓館足下之青雲耳累及鄉黨不為少矣不自成立惟觀人有猶肆口譏談能無汗顏所可取者不肯玷辱先人輕去其鄉而為丐尚知羞恥是則足下之大志也生怨忿而出遍求親友告以遠遊之意以妻子為託曰以十載為期若不得上達誓不歸回衆皆曰十年則君之子亦長矣似有跨竈之才君無後慮生曰吾子不過貴公子之貌耳焉能清於老鳳衆笑曰但願如是我等十年之攜庶可息肩生叩首謝衆曰毋勿促當為君籌畫旅費以壯行色生曰負累已多何可再擾卽此行矣急奔而去途遇一僧醉臥於道身畔有摺生觸機而嘆曰噫是可為也遂竊其衣鉢並有度牒名曰悟真因是周流於叢林間但可駐足無可發跡轉展入粵東有古大寺為雄據

客窗閒話　卷二　初集　五

一方爲通都大邑之勝境也時不戒於火琳宮璇室焚毀其半其主持僧募緣修葺尚無人應生聞之曰噫是可爲也遂謁主僧願留爲役問客何能對曰吾乃粗茹和尚未能識字誦經不過任洒掃執爨之事耳僧留之令其入市買物則哀祈闤闠之中能者爲之書單必詳列某物價若干共用錢若干以單時物既便宜單亦明晰主僧甚寵遇之如是者半載人咸知真和尚之真無能也莫不憐其樸誠惜其愚惷生故作憨騃之狀以取信於人於是潛置紫金衣缽以魚藏於煅餘之佛座下一日晨興冠毘羅服紫衣據大殿之基趺跏而坐衆僧見之走報主僧曰悟真瘋矣主僧其狀主僧往觀生徐起曰佛旨在身不敢爲禮主僧詰之對曰弟子於夜半夢釋伽牟尼降臨曰是廟之興惟汝能爲其勉力募化以結善緣弟子以愚昧辭我佛微笑以手摩頂授以五色珠使吞之曰服此舍利子自能領悟一切法吾座下有正傳衣缽亦以付汝是可取信於人也弟子覺而尋之果於蓮花座下得此敢不敬謹奉持以彰佛道請吾師號召施主以觀弟子撰文書榜以募善緣衆僧聞之咸傳遐邇於是男婦聚觀者以數萬計生乃佈硬黃紙對大衆書疏其文如聖教序之清麗其字仿多寶塔之端勁士大夫僉頂禮皈服大衆無不涕泣讚歎關呼活佛施舍恐後彌月間朱提堆積矣乃延善士以端其事僉曰創建之資雖敷梁棟之材木備何從得此大木也生曰吾慧照四方惟蜀山有巨林可採第不難往買難於遞運須廣大神通以攝之似亦可至也衆皆曰運大神力非活佛不能生偽辭再三衆請益力生曰姑以二十萬金易輕便之物俾予獨往獨來以成此善果衆皆欣諾爲之置珠寶以行生出奧棄其輜重兼程入都貨其珠寶豐獲盈餘值大捐例開生以原名納資得太守入覲奏對稱旨交部即選銓得閩郡過其鄉里僕從輿馬炫耀一時親友爭趨奉之生皆厚報乃攜妻孥之任緣歷盡艱難深知民間疾苦以清勤自持故稱賢太守也

無真叟

浙人章生在閩游幕應臺灣縣之聘司徵收偕渡重洋方入其署時同事者欺其木訥凡寬房暢室可以棲止者皆爲佔去章生幾無息肩地主人憫之讓居二堂左軒喧囂甚獨步後閣以散其心見竹樓三間左右有廂環以短垣地極幽雅而寂無人居叩其關則鎖閉堅固莫知其故徘徊間有汲井人至詰詢其緣始知樓爲狐仙供奉之所無敢擅入者惟主人行香一開即閉章生年已六旬向習莊老好談清靜亦無所忌今得其地豈肯舍諸急與主人謀遂許之遂砍關鑿除以安卧榻於竹樓之下遣僕於廂肅具衣冠焚香登梯見樓上清潔無塵中設一几一牌書無真仙人之位章生再拜致敬而禱曰弟子某遊幕至此與仙有緣寄托宇下伏祈庇祐如蒙不棄下愚某亦好道維冀開其茅塞詔以自新則感荷慈恩益無既極自此安居樓下從公無擾朔望則具雞黍清酒再申前祝積誠不解雖無形跡而風清月朗則聞履舄窸窣自樓而下或散布中庭或推門徑去章生益朝夕致虔衣祝前詞半載餘時值中秋天朗氣清是夜設几席於院落樽酒盤飧將欲獨酌忽一杯旋轉自移至對坐而定章生見而喜急具衣冠拜請曰仙人果憐下愚來格來饗亦敢侍坐亦舉一杯致謙酢酬則無音響又夜獨坐房中忽一座自移相并章生益喜曰先生來矣亟向座拜泥亦無他異章生悟曰仙人屢顧而不接洽者必因有僕在側恐洩其機耳次夜託故遣僕他室卧閉門而敬請忽座上有人言曰先生可謂誠矣老朽久鑒賢衷惟不敢稍示異跡以貽人口實耳今吾兩人相對可無他慮請言其志章生聳然曰下愚久慕仙道而無所遇意謂黃庭道德諸經皆古之寓言耳今坐對仙人是必真實無妄請明以教我對坐笑曰老朽道號無真而先生欲真之奈何章生曰請問無

真之義對坐曰即如目前之房屋器具真矣百年後安在耶父子夫妻真矣瞑目後何有人世耶惟其認真即爲真累六慾得以牽之三毒得以制之老朽無之故無牽制不過一閒散漢尊之曰仙人則吾豈敢請以無真叟呼之可也章生曰叟爲何朝人以何成道因何不居山林而溷跡塵囂請言其故叟曰吾曾見宋高宗南渡至今五百餘年矣自天台得道後奉天狐仙派司是邑印信故不得不居此耳章生曰凡有衙門即有印信其爲仙人司之耶叟曰然章生曰何衙署中有彰彰供奉者有默默無聞者叟曰道蘊有淺深故靈應亦有隱顯如世之官長有能有拙其能者赫赫爭先其拙者事事退後亦由此理自是遂成相與無夕不聚凡章生有憂喜叟必預報之有過失處必規勸之儼然益友時因主人酬神演劇優伶數十輩爭媚幕中人有征祿者年已冠雖色藝未衰而人皆嫌寵幼穉徵祿竟無顧盼鬱鬱不得志叟勸章生厚結之章生雖非所好因叟意特愛憐之自愧纏頭不豐而征祿時有請乞姑漫應之方無所設措而探諸床頭則必隨意得物以與征祿祿竟與諸徘伶爭勝有過之無不及祿感章生甚未幾劇散征祿不知所往而章生亦不置意越三載叟忽謂章生曰吾將告別卜居貴府西湖之隈章生曰典守者不得離其印既無恙矣何舍去也叟曰

印將令吾非吾誰印章生又曰何謂也吏曰足下日萩途窮不思歸故鄉而從閩他人閩市章生曰予非不願歸奈宦場習慣貴家鄉之飲食起居皆不能如意雖進吾行臓是故也吏歎曰數耶數耶老朽將無可如何耶今有一物相贈務必隨帶勿離亦可保免耗一紙下章生拾取乃紹興容之嗽酒票也章生莫知所以敬吏故作囊佩諸內襟因請吏一顯其形以誌別吏諾次夜設菜席於樓上遣從閉戶則吏喚入則睹一老者圓面大耳碧眼方瞳鬚髮皓白着古衣冠笑容相洩於是舉杯歡飲章生醉臥而吏逝矣未幾林逆起事攻城將殆章生易廝役之衣履隨難中人逃被林之黨所擒得獻俘堂下林審之曰汝非土著必官之親故偽裝而逃者章生聞道破其情脫然失色一詞莫措林叱斬之左右應如雷方欲推縛忽林逆後有俊俏後生急步下楷半跪起林曰勿斬好人此章長者小人素識係浙産而在臺貿易者被官負其資本困守於此不識大王天威故嚇喋不能言耳林命搜其身左右索得酒票一紙以獻林曰是沽客也宥之命截其髮以隨吾軍於是章生得命為卒伍之廝養不能自脫數月忽聞傳呼曰亞將軍閱兵至卒伍皆跪迎章亦隨跪見騎從如雲馬上一年少將軍戎裝而嫵媚見章生叱從人縛去章惶急將死至轅門擲而入將軍叱退從人免冑而下曰章先生識亞祿否祿受先生恩欲圖報者久矣今得兩遇先生始得伸祿之願亦屬天幸請先生居祿帳下見便遣送京以林必無成勸祿同逸祿曰是亦知之但林王顧我厚不忍舍耳未幾拔章為親軍與之旅資遣赴閩城為細作遂得渡臺而歸

鄰庠曰章生之所交者狐也兔也皆獸其體而人其心故藉以免於大難吾不知世之與人其體而獸其心者相處不必假林逆之刀而殺之矣噫交遊者其慎諸

磁州地震記

維道光歲在庚寅閏四月二十有二日戌刻磁之人或甫晚餐或已奄息忽大聲雷吼從東南來莫測其自天自地如人在鼓中逢逢四擊方駭愕間若有千軍洶湧萬馬奔騰而地皆震蕩矣人咸爭先恐後扶老攜幼走避空曠之區亦如駕輕舟涉江海而遇颶風上下顛揚浮沈倏忽俄頃間屋宇傾頹磚瓦雨下木石飄舞飛灰蔽空帷聞男叟女啼呼父母喚妻孥之聲與夫牛馬驚嘶雞犬叫號喧嘩嘈雜莫辨誰何夜半稍息復哀聲四起相傳覆屋之內頹垣之下裂首破腹折骨殘支者比比皆是以是內外搶呼逃避悲慟也黎明覩城郭廟宇及官私房舍無一存者地多坼裂方闊長闊尋丈不等均湧黑水挾細砂泛濫於道而井泉反涸於是山陵分崩河流斷而橋梁盡折埜塔皆仆村北道路不復可辨二十三日戌刻復大動人皆野處依樹為棲樹拔則人物飲溺男婦互撞衣裳顛倒踉蹌蹣跚惟有架席作廠掘地為灶聊以食息然而骨肉莫能顧朝夕不相保悽悽戚戚惴惴懍懍無復人家氣象矣旬月間猶或時動時止其地陷之處皆作空聲甚有數如縷浮如沙者其人則心膽俱碎而日益黑稍一動搖無不相抱痛泣附伏待斃所謂民不聊生者莫此為甚欽惟聖天子視民如傷恩綸屢沛恤死賑生葺城建宅而群黎於是乎大定惟坤土堅剛之氣未復間或震動於今三年云

黃湘鈞云筆如環轉備極形容披讀一過恍如目睹情形使我心膽俱碎所謂繪風有色繪水有聲者

神童

神童某不知何許人其父為鹺商夥負商千金家貧無償託疾臥商頻來索不過綏延而已然積久難償懟懟真病矣神童時年七歲母卒僅依其父每見父愁悶鬱結童亦咄咄書空忽大笑曰阿翁無憂兒有法退此債且能使之助我家其父曰童子何知大言不慚童曰無法可施之際請嘗試之如其不效不過兒戲而已人不深責也請與我床頭錢一貫以闔之其法效方敢告翁知也其父因愛憐故姑聽之童攜錢去鄰舍有為優者予之錢曰後日汝裝魁星像潛我房中有客推門則一躍其形隱我身畔客去則我遣汝卸裝歸優諾之童謂其父曰後日商主來翁告以昨遣兒告貸親友有允諾者不知何日送來應問兒翁即呼兒兒高聲諾若不聞也者商必親過兒舍則遣之之法行矣後日商果來其父一如兒言大聲呼兒不應書聲朗朗讀益健商笑曰肯讀書好兒子吾往見之至兒舍甫推門則有青面獠牙虎裳繡甲之神執斗筆當門而立神光照耀商大驚而退思此童室有魁星後必大發欲以女妻之乃謂其父曰令郎非凡品也我不敢動擾愚請來一見父又呼之童始應聲出商見其貌既英俊執禮甚恭凡應對進退無不動人敬愛者商大悅乃曰足下有寧馨兒不患無振興之日我願與結婚姻肯為我婿不但債可免且親翁養贍與令郎讀書之資我為備具其父喜出望外扶床起拜童亦拜商歡喜而去翌日遣媒納綵商即邀其父子去重聘延名師使童入學而父仍司會計於是神童之名遐邇傳布採訪使者聞之貢入大學後果大魁天下

鄉厈曰七歲兒能如是予已具元助之才彼大腹賈真為其氣餒所取非僥倖之能為力也

時醫

吳某槁李郊人也業醫兼設藥肆其邑宰有愛女因感冒之疾延之診視用防風散服之卒宰怒命縛治之幸素識史知風而遁越境乃免依妻父家淹歲宰遷他邑遂携眷歸妻弟送之復整舊業其鄰里鄉黨集金賀之開讌招飲時已昏暮客皆據席開飲興正豪有叩門求痧子藥者主人不得脫囑其妻弟曰箱內幾隔幾瓶紅色者是汝往給之其妻弟酒已醺隨手撤一瓶開視皆紅麪包與其人而入讌畢客散吳醫檢點器具見一瓶在外所盛者信石末也問何人動此其妻弟駭曰我以為痧子藥給來人矣醫愕然曰來者何人與藥幾許曰其人似營伍中者得錢十餘文與藥二三錢也醫曰殆矣吾之不得業是者命矣夫明日必興大獄身家其能保乎咸咎其妻弟弟曰無已姑乘夜潛逃以覘其變乃囑其妻居守偕醫仍遁當是時有都督某大將腹中如雷鳴須臾起坐大叫妙藥妙藥夫人告以故呼卒入詢得其處曰良醫也差弁往聘之以除吾疾翌日命中軍參將率其卒伍奉袍服冠履白金五十往延

先生中軍至則藥肆已閉叩門不應喚兩鄰問之僉曰昨甫開張今日又閉必遠鄉之人延去治病也然其妻在我等往後戶問明以應台命中軍領之鄰人疾呼吳嫂其妻因弟誤其夫惴惴憂懼初聞門外傳呼聲潛窺之見馬上長官同健卒十餘人盤詰鄰人知夜來事發已惶恐欲泣何敢應門鄰老不得已越牆而語之曰官來有禮儀必無惡意嫂姑納之無禍及婦人者其妻不得已啟門中軍入室陳其聘物笑問先生何往吾奉軍門令其速赴召也妻心始安以下鄉對中軍呼里長入使往尋之鄰老作函招吳醫回往見大將軍開關延入怡然請教醫診之實不知其疾之由來謬以虛寒對云以茯苓桂附為丸厥疾可瘳大將軍諾諾遂以百金與之曰聊為藥資有不敷者來日重酬醫唯唯而退謂其妻曰愈疾以信既重且多天下之大奇事也然不可再其將何藥以應命耶其妻曰曷不延其親隨之人而探其疾源醫大悟以酒食交歡於隨官始悉大將軍以卒伍起家方其戍守邊徼時冬無裘衣朝夕以酒禦寒酒家以信石入釀飲之遍體遂暖故寒士多從之及大將軍貴開府南方無此等惡劣酒隨成脹疾醫會其意以滋補之味參以信石作引為丸以進終一料而體竟霍然疾不復發大將軍深感之凡所轄四營八哨九十餘汎屬下將弁無論男

女有疾必延吳先生愈則頌之重謝若不瘳則曰吳先生若不能治其命寔矣於是造請者盈門不數年成巨業起大宅自為門聯曰運退防風殺命時來信石活人

鄉厈曰勝者所用即敗者之兵惟其時而已矣故當世醫無定評忽賢忽不肖有幸有不幸噫能入岐黃之奧而使蒼生無夭折耶噫抱恚者實可危矣

神尼

僕婦梁氏江右人夫早故僅遺一子衣食無資送廟為僧而身為巨室傭是邦風俗凡附近僧尼廟宇者日給以飯月施之米梁氏之在其主家也命與布施升斗恆滿故僧尼皆德之梁氏年逾六旬僂目聵主家賞而遣之悵悵無依有觀音堂之老尼者素受其潏施頗念之今既見為逐婦憐而收養為之祝髮相依度日未幾老尼卒其徒主持廟事嫌聾尼坐食驅令他食人無所依歸哀泣於途父老見而憐之時值有大瓦窰堂者為惡丐所據事為小竊投居民比戶不得安父老與紳士謀俾聾尼居是藉以逐丐是方之人日施之食尼於是始得安居晨夕誦佛號足跡不出戶者十年僂目忽明心胸了悟始一游故主家為陳因果主家見其目而復明咸稱異之不獨鄰里觀者願見即遐邇聞之莫不欲識其面者乃與人言禍福無不立應於是瓦聖

堂香火大盛自命婦以及小家子女僉尊之曰神師施捨無算即其廟地創建大士閣巍煥宏麗士大夫亦來瞻仰問道而尼但以誦佛為說其子僧亦皈依其母為之執爨灌器殷勤奉侍又十餘年壽八旬外忽謂其子曰吾將西歸在此二十日攬授衆居士須有以鳴謝期其月日齊集閣前拜別也予說傳布揭帖至日來觀神尼化外者男婦不計其數尼易新衣冠恭拜神佛天地四方舉手謝時人似有所言其時人聲嘈雜不能聽辨尼乃至閣前以蒲團當陛趺坐命其子進筆硯以大幅硬黃紙布其前運筆大書偈子一十八首命粘於牆以示大衆居然字畫分明多成句讀且協古韻人皆知其向不識字今作是舉動拜者崩角尼乃執香朗宣佛號千餘聲大及手內外烈燄大作頃刻坐化異香匝地大衆泣拜助其子聚骨而為之塔士大夫銘之至今存也

或問曰奇哉不讀書而識字已屬難信況能作韻語其為荒誕也明矣鄉厈曰是不奇吾子未之知耳昔創字者蒼頡本是憑空結撰至童謠乾經更無傳授遂成千古絕調可見人心未明愚夫婦悉具未明之理晦翁云但為氣稟所拘物欲所蔽則有時而昏然其本體之明則有未嘗息者故學者當因其所發而遂明之以復其初也老

氏曰人能常清靜天地悉皆歸其僅識字能作詩而已此尼二十年心無沾染自然
靈明不假洞見本真十八首偈子不過道其所道何奇之有

張慧仙詩外詩記

慧仙張氏女名妍係陽邵人其父紉工也母胡氏向之禱於子母宮觀太右側生
慧侍女娟妍戲謂妯娌曰得女如是縱不得男亦足矣妯娌爭以赤繩繫土偶臂而
祝曰而母欲之盍隨以歸乎是夕胡母感而孕彌月娩生眉目清秀聰慧過常妯娌
皆賀曰仙女來矣彼日不知誰幸而作劉郎也有滇南馮進士者作宰畿南老而致
仕偶至紉肆中見女不覺潸潸泣下其父詰曰何以觸使君悲馮曰不不老夫有女
某某年殁與而女將為老夫所鍾愛不幸夭逝隱痛於心今覩而女得不感痛耶
問女年幾何曰十二歲矣問近習何事曰刺繡耳問識字不曰願學而無師資琅然
對答聲若洞簫馮叟大悅問願為老夫女不媼然不答以目視父馮叟曰老夫年
瓜八矣顧不足為爾父耶其父曰吾儕小人何幸而與顯者親恐若母不忍舍耳馮
叟笑曰吾豈奪爾女耶只謂老夫父老夫當日至爾肆教之讀以成其志而慰老夫
之寥寂耳父女喜諾自是馮叟日至恭恭訓導女慧甚過目成誦不二年而通韻記

書習題文敏閑邪公家傳居然挺秀馮叟字之曰慧仙越三載女年十五秀若幽蘭
花同春鄉直可侍蓮臺舞掌上矣問字者踵相接其父母皆無所許可媒者曰富商
大賈能擊帶兩老一生衣食不盡者尚不知許直欲歸王孫公子耶豪不思門第懸
殊難相匹儷恐物以類聚仍作紉工婦悔之晚矣母曰咄吾女纖無夫人相必為才
士妻豈可配癡騃漢使失所天耶此譬一播於是遊士薄宦皆闖之時有湖北刺史天
水明府以重資賄賂小人閭中飽者引二宦瞷之皆相見恨晚刺史先以千金使孫
有力者要其父父心動成有日矣馮叟聞之怒詣其父曰若欲售而女耶何為以弱
息傳老妖使茹恨終身老夫且不忍親生者忍諸直非人類矣即以告女覘其志
向女聞之則大號不食數日作絕命詞曰蘭有芬而被折兮象有齒而焚身予小
草之不若兮何見厄於紫衣父母大恐面誓而謝絕之使女自為計遂深藏斗室
霧鬟雲髮人皆不得輕見矣先是有延陵生者襟懷倜儻學究天人兼悉熙朝掌
故游幕燕南因覓紉時至女父肆遇馮叟縱談子史百家旁及天文星斗各學娓
娓千萬言聽者忘倦馮叟心儀每嘖嘖稱歎曰不世才也終當鼎翮雲霄豈池中
物哉時女年十三四支頤聆講至會心處笑靨頻開凝盼媚目生雖好之而不榮

心以官家既不許婚游七雖欲委禽父母人不敢來意與女謀女皆卻之延陵生之
感慮生壯年無子私與女父謀父知生才有允意恐女未必俯就而作述之女首肯者
再父亦出意外以告馮叟叟以語生生循首曰予無金屋以藏嬌叟曰是宜室名門
富商大賈求之不得者今女慕先生才已首肯矣奈何卻之致負知己生曰果爾誠
以翡翠蝶條脫為聘其父母願則從之不則置之予無餘物亦恐貲之也叟復往既
而持庚來報允一無所求生踴躍喜曰予自謂窮措大不足入齒數竟為彼美垂青
咄咄奇遇即發金為玉堂不足過矣時雖納聘而無資以娶會潁川使君約生幕遊
韓魏間與女音問閒闊而媢忌者欲奪女志瞷其黨揚言於其父母曰延陵生者年
迴強仕家有悍妻為子是以浪跡江湖携而女歸必為魚肉且道側室之羞不如某
某者貌潘安而富石崇為貴客此真快婿焉奈何不與眾議而與女子謀貽誤豈淺
鮮哉今幸聘而未娶尚可改圖其父母咸將悔之女微聞之復欲泣不食病幾殆父
母懼委婉探之女曰兒已受聘可再議耶使誤言實兒之命也不實亦兒之命也莫
受他人誣必欲悔之兒誓終身不嫁父母知女志不可搖遂息異議逾年生在樂邑
寄通保陽遣媒納徵綵與纈至冠蓋郊迎供帳紛華陳設燦耀其父母大悅謂女曰

婿果不負吾家汝之目力遠出我二人萬萬矣女赧然曰此不過妍之小識尚不足
以傲其才也大快心處請俟異日定情之夕女謂生曰聞郎有妾乎果不生曰妾則
有之予猶未也女曰然則淹以北來妾闕以嫡禮待之郎若以妾故而舍是負心矣
生汯然曰予妾身抱沉疴不能生育為姒續計故娶卿耳豈負妾哉請即發使比至
而正妻已逝生哭之慟女百計慰解自是情好彌篤所至必偕南歷恢山東游孤竹
徜徉千里間已四年矣會生有口北之行關山阻險不能同車女作閨詞七章寄之
其詞曰一 開郎指日出邊關強作歡顏淚暗彈叮嚀再三無別語頻緘錦字報平安
二 目送蘭橈過短亭妾心共逐馬蹄征擬夢飛渡關山處環繞深閨得得行 三 遣愁
女伴畫相過長夜漫漫可奈何欲伏針睡永不眠倩誰借得魯陽戈 四 吹罷銀缸灶
黑甜只期飛夢到郎邊惱人偏是中天月半樹清暉映獨眠 五 聞說風高塞外天綿
衣製就又添綿阿娘莫笑糊塗甚郎識癡心總覺寒 六 家書一紙達極邊翻將
心淚催只當與郎同絮語沉吟反復百千回 七 忽報郎君反故鄉忙開鏡匣理新裝
豈知小婢傳言誤依舊和衣臥繡床

白安人

鍾俊浙人幼業儒父母早故孑然一身教讀以餬口親戚故舊皆遠之年二十餘獲一芹戚友稍禮之然無與婚姻者既居下帷刻志勤學未幾登賢書捷南宮入庶常鄉黨中爭欲聯姻俊謝曰予貧猶昔官亦未成何以家為時有山右富室官侍衛者白姓有女及笄因乏嗣欲贅清華之士為壻彼鄉人以其武職慮女有赳赳風莫願結婚者俊於同年席間遇白談相洽詢及未婚故白即囑同年為媒俊知其豐於財欣然許諾遂贅焉女貌婉麗夫婦相得甚歡旋散館俊銓得南都宰將至任白因愛女遠離盛備奩具媵以婢僕百餘雇艨艟由水路行運奩之日自京至通四十餘里絡繹不絕於道者翌日始畢白送壻女至河干珍重而別於是宵小覬覦羣謀肆劫但知其多倖衛家丁恐有能者不敢遽發以小舟追隨而下及官舫晚泊處俱是通都大邑無可下手然一路知風羽黨日夥矣及私舟抵維揚是夜月朗風清江波恬靜俊與白安人舟中對弈忽乘月色啟行飭僕叱舟子連檣而進盜聞之大喜投其魁偽鎮江王者揮百餘艇胡哨而來舟子聞哨聲咸號呼曰巨寇至矣奈何諸僕駭告主人俊不勝戰慄泣曰舉家休矣安人微哂曰小醜何敢跳梁婢子足以退之郎何懼為遂命僕令舟子停帆將羣艘一貫鎖連官舫在中燈火俱息男子均伏匿不動安

人呼婢十餘人來前皆已易短裝黑衣黑褲望之如墨各與棋子一握密囑數語曰速退小偷毋俾登舟若驚官人惟汝等罪婢領命而去安人遂自起易烏縐袄褲以青綾裹首掛鐵丸囊俊視之目亦眉揚英武之概另具風流非復平時嬌弱矣俊曰夫人將何之安人曰禦盜耳郎如不畏偕往觀之俊見指揮自如膽稍壯遂携手伏艙門內靜無喘息未幾哨聲逼近盜舟合圍焉彼見巨艘連絡若索戰然而無一人在外懷疑未決相持既久覺無他異乃命酋長抱鈎持刀躍上未及登艘皆被飛子中要害墮江而斃已數十人賊帥怒自携大盾挾白刃飛登中舟覺盾上炮子雨下始知擊者在上於是蒙首俯身蜿欲入艙安人手發鐵丸中盜頂撲跌入江衆呼曰大王殆矣皆泅水搶撈而遁羣婢咸集安人命衆大厚賞之叱舟子開舟前進俊大悅揖而請曰夫人是何神術治大盜若小兒然誠乃將門之豪傑也安人曰無他妾父好馬射家有閒園一頃蓄以長垣中具馬道畜麋恆以妾置廳事觀藝妾時尚幼戲以石子擊射鵠父笑曰兒欲為此吾以銀為的能中者予之妾樂此不疲與羣婢日擊至二三年百發百中父又以紙作人畫周身穴道命擊某穴亦無不中繼又牛革作人畫穴於背命以擊丸穿之習四五年則所發皆洞父笑曰女將軍天下無敵

矣故侍婢皆知款竅如是而已無他長也俊曰棋子微物何能殺人安人曰熟是法者枝木可以殺人況棋子乎彼所擊者非穿太陽穴則取二目予已入膽能不立斃乎俊曰既用命矣然婢伏何所而賊不覺安人曰婢妹踞桅巔俯視明而用力遠故無不中其要害且黑衣與木色等夜色朦朧故盜不覺也俊曰夫人伏艙內何復知賊首必發中舟也安人曰中舟較羣舟大而有儀仗盜四面受彈必料中舟為主賊首必欲破之既登即知擊者在上不意妾在下也故卒中之俊不勝歎服曰夫人真娘子軍之巨帥也智勇無雙僕何福而遇此及抵官六載任滿調首邑時有犯功參戎許傑來鎮南都與俊投合約為昆季時相過從盛夏解衣而不釋便帽俊竊疑之及俊得保為將入覲傑具席餞行飲已酣俊問曰大兄當暑不去冠何也傑曰既為昆季事可無諱予大江巨盜也因劫官舫被鐵丸擊頂去片骨幾殆幸寇中有兒臘丹治痊然不可以風故不釋冠俊曰以兄勇略冠三軍何見傷於官舫傑笑曰此予之恩人也曾訪舫中能者係少婦予嘿然自失去盜不為投邊營入伍屢立首功五六載進爵是職皆由一擊玉成之此婦非予之恩人耶俊曰知恩人何在傑曰閨閣中人何從物色俊曰兄勿罪是弟婦也傑駭然起具衣冠請謁俊命僕傳請白安人出傑見其弱質盈盈不覺再拜稽首曰此天人也天命誨予矣凜然而退

齊叫化

齊丐不知何許人江浙謂丐為叫化因以為名其為人似顛狂而實好義恆乞食有餘則與同丐中之病不能行者故羣丐皆推尊之日者齊食於喪家果腹而回酣睡郵亭悠悠自得忽來一丐蹴之起曰汝非齊叫化乎齊張目熟視素不識者曰呼我何為來丐曰我向知汝好義今有一技傳汝願學乎齊曰願來丐出紅丸曰食此能知人病之所在齊立吞之又受之針長尺許曰既知病源以此刺之無不立愈齊恍惚大悟踴躍狂笑而來丐已逝遂遊行鄉市遇跛者針之即平瞽者針之即明遇因風而啞者針之即能言於是齊叫化之名喧傳一時所到之處病人環伺之然齊必擇人而施其貧者不必求而治之其富者必婪索滿意而後投針日得數金呼同丐遍散之不藏分毫有典商某因風致疾右臂以廢百藥莫效聞齊名使人邀至示之臂齊曰易耳必予我百金則立能復舊不則半握而已商不得已與之齊針其肩成巨孔曰不可封穴俾風從此出拔針而臂即運動自此逢節氣發則風從穴出颯颯有聲而終身不復病矣齊得金濟生葬死數日立盡又與同丐遊於村落見積者

四人舁一白木棺。紛沓而下。齊熟視之。呼曰。若奈何殺活人於棺中耶。既露我等目。當為假仇拂丐。舉閤之棺不得行。舁者曰。毋得闌阻。死者為予婦。因難產胎攻上心。亡已週日矣。齊曰。必啟棺與我觀之。舁者怒。正喧爭間。有識者曰。此齊叫化。良醫也。汝曷啟棺。伊必有說。舁者大悅。以棺回家。出其屍。致室中。齊以針刺心下。喚眾出曰。速命婦女伺之。將產矣。眾退。媼入。咄然一聲。子產而婦醒。齊大笑。不索一錢。拂衣竟去。有金官者。家僅少婦。暴死於室。不知所以。官入。僉曰。齊叫化必能活之。於是厚給兩老蒼之。至。見少婦。笑不可遏。曰。伊夫何在。速呼來也。可治。官家即喚其夫至。齊曰。我活之。必重酬我。官諾。以巨金置几上。曰。若能立活。即持去。齊又大笑。針少婦之腹。謂其夫曰。我拔鐵針出。汝以肉針入。即無恙。不則雖醒不久也。其夫忸怩應之。遂去。針攫金。推官出。反閉其夫曰。莫管。我問官何不謹於房事。而令少婦潛觀。致成慾閉耶。官者愧謝之。齊大笑去。或病家為父母故。衣冠設席。延為上賓。齊來。大怒不顧而去。問其黨。僉曰。欲得其歡心。須以矮几席地。豈以酒肉。俾獨據而食之。則高歌喜笑矣。試之果然。時有與叫化同姓者。亦業儒。娶婦淫甚。譬遍所歡。忍之不可。去之不能。徘徊門外。悶極而倒。齊適過之。為針其胸。吐痰升餘而蘇。對齊痛哭。齊叩其故。悉告之。齊大笑曰。易耳。汝呼婦出。我為治之。少年喚婦。齊突前以針刺小腹。婦大驚。反奔入室。即病。病已。人道遂閉。但能溺而已。少年感甚。拜謁於地。願投膝下。以從其業。齊狂笑曰。我無妻。那得有子耶。然能承繼我業者。即我子也。汝能叫化乎。少年曰。子何敢改父之道。齊曰。我無家。容我身者。即我家也。汝能露宿乎。少年曰。兒因家累。何用家為。齊大笑曰。好好。以杖與筐授之。曰。從我遊。悔則殺汝。少年敬諾。遂飄流三江兩浙間。謹為服事。居然父子。閱數載。得其按穴針刺之法。齊曰。兒業成矣。雖不若乃翁。已超於凡輩。可歸而家。致富不難。以針授曰。報汝辛勤。其表勿替矣。我將有遠行。兒柔弱不能追隨。盍去諸。少年不忍。涕泣請從。齊怒曰。違我教。大不孝。揮拳毆之。齊狂笑而行。走如奔馬。瞬息已杳。不知所終。少年歸。其婦尚在室。已改行為良家。業不墜。見夫歸泣告之悔。少年尋其原穴。反針之。人道復通。為夫婦如初。既而有子。肉世業。針醫云。

薌厈曰。按古律有幽閉之法。以治淫婦。蓋婦人陰內有蓋。秘骨下之。如關即不通人道。齊丐所行。或即其法也。但能閉不能啟。若得齊丐之道。啟閉自如。則遊子咸得封誌其婦。天下省無數因姦釀命案云。

書訟師 二則

有父送其子忤逆者。予大恐。持重金投訟師。師曰。予無計。父理也。以救為子出。舍此請師曰。汝有妻乎。予曰。甚少。父曰。汝能書乎。予曰。予曾應童子試。亦能書。師受其金。曰。授之矣。汝試作數字。予書以示之。師熟視曰。汝將背反手向予。試書符汝手。掌之。見官云云。則無患矣。第不得私視掌。則符洩不靈。且致大患。慎之慎之。予諾。聽其書畢。亟握而去。自投公堂。官果亟鞫。予痛哭不對。官怒呼杖。予如師教。膝行而前。舒掌向官。官視其左手曰。妻有貂蟬之貌。其右手曰。父生董卓之心。官擲筆與之曰。書來。予書以獻。官對其掌。字跡相同。遂叱其父曰。老而無恥。何訟予為。其速退。勿干責也。

某生者。與同村之富室某姓。中表也。素為司會計。某富室夭亡。僅遺少婦。而無子。富室之族。爭欲入繼。婦曰。未亡人年未二十。若繼幼弱。不甚撫育。若繼長者。恐貽口實。請俟數十年。得為老婦。則惟命。族人無詞以答。然知其少艾。必不能安於其室。將乘隙以圖之。賄僕婢以伺之。婦果與生通。始猶朝至暮歸。繼則與婦同寢處矣。族人得確耗。約僕婢啟關。羣鬨入寢室。生與婦皆裸。卧不及遁。連卧具卷而縛之。扶入城。喧傳村落間。生之妻聞信大恐。亟叩訟師之門而求救。師曰。姦已執獲。何從置辯。能從我計。尚可為也。妻曰。生死惟命。乃囑其披髮毀裝。喚健婦扶而去之。其時漏三下。晚衙已散。巡邏之役見執姦至者。諭令姑停班館。俟早衙呈報。於是安置生婦於密室。而羣坐外室以待旦。師密持重金。偕生妻飲泣而來。役識訟師。僉曰。先生何為夜至此。師指生妻曰。是為予外妹。所執之男子。其夫也。妹誤謂殺姦。則夫已死。痛不欲生。予曰。執姦者為族人。焉敢殺。妹不信。必欲一睹夫面。予故偕來。語次以金授役。役笑曰。既為先生妹。請至密室觀之。無恙焉。健婦扶妻入。未幾天曙。傳呼放衙。師呼妹出。仍披髮掩面而喚與送歸。無何官升座。訟者入告。命役將生與婦入。鞫而給衣。生出訴之曰。儒者作姦犯科。可乎。生曰。夫婦居室。人之大倫。何為不可。官曰。被執者是汝妻耶。生曰。然。官曰。安得同宿某家。曰。生與某姓系戚。向為司事。戚某死。其婦少寡。生欲別姨。是以偕妻同居。不意族人誤執也。遂喚生妻出。眾見非婦。氣餒而不敢辯。遂杖族人而釋生夫婦。二人歸。厚酬訟師。

客窗閒話初集卷二終

客窗閒話初集卷三

清　吳薌厈著

八松墓

歲在甲辰。余自滄州言旋保陽。道出河間。驚砂夕起。宿鳥歸林。將投旅舍。遙望荒烟古墓中。八松環繞。鬱乎蒼蒼。宛若張蓋。亦似遊龍。余心羨之。喟然而嘆。僕夫告余曰。此有明義士某公夫婦之塚也。當義士在生之日。開張旅舍。東西南北之人。投止者不知凡幾。一日。客去掃榻。於塵埃中得布縛一囊。內盛白金五百。義士奉之入室。謹藏箱篋中。其妻亦莫之知。越一載。有客蒞止。入室痛哭。義士駭而問之。客曰。我某省之布商夥也。前歲將暮。倉卒之間。攜三千金馳回鄉里。比及點交主人。則失其五百。商主怒。我無以對。售產償之。不足。質其妻孥與主。情願効力五載。以補其虧。主知我素不為非。憐而允之。當是時茫然不知銀之失於何所。今入此舍。不覺心動。感觸而悲。非有他意。義士曰。客之囊有字記乎。對曰。鼎盛字號。曰。銀有數乎。對曰。整寶十枚。曰。然則客毋悲也。原物尚在。請自驗收。乃以囊還客。客見囊金如故。不覺歡欣。拜願以半酬之。義士不許。感激涕零而去。未幾。偕其主來。願識義士。曰。我閱人多矣。從未有寒儉士而五百金不足以動其心者。我願以兄事之。請言所欲。義士笑曰。老夫年已週甲。膝下無兒。多金何為。縱彼蒼憐而富我。且願辭之。豈閣下能動我所欲乎。商主曰。我知之矣。再拜而退。乃覓女子之溫厚端莊者。以重價購得。載以贈義士。曰。不孝有三。無後為大。兄必從我言。納此以綿善人之後。非敢言報也。義士之妻亦婷諄勸留。不得已從之。連舉丈夫子。七旬而有八男。且俱敏於誦讀。先後登進士。翁年九十外。夫婦齊眉。猶及見八子之齊登科甲。及其終也。布客之子適過之。欲以表意。乃購異松植其墓。越三百餘歲而益茂。且有神物護之。採樵者不敢近云。

義丐

丐某。燕人也。孑然一身。遊食市廛。飽則出城西北隅。好於古木之陰栩栩而睡。一日。有策馬而馳者。鬨擠囊裂。落寶鋌於道。丐呼之。不覺。狂奔而去。丐乃拾之。自忖曰。吾其以此易錢乎。彼市主必疑吾為盜。何以自白。且緝捕者見之。必攘去。即不然。同儕見吾多金。有不思殺而奪之者乎。然則此禍基也。不如獻諸官。以脫吾身。非曠然自得之道乎。遂投獻。邑宰奇之曰。得遺失物者給之半。此律之明條。汝其受諸。丐叩首曰。小人無罪。懷寶其罪。籌之審矣。非所願也。宰益奇之。適失金主馳歸呈訴。宰語之故。還其寶物。失金主再拜曰。小人何幸而值此義士。非之所應者。無宅以庇身耳。小人能助之置宅。宰曰。能如是乎。予亦給之資本。以旌其善。乃呼里長為之謀宅於市廛。置貨立業。且表之以額曰。拾金不昧。

薌厈曰。義者。開國成家之至寶也。昔孟嘗市義而安其身。曹瞞假義以成其業。彼市且假者。天尚許之。況堂堂義氣之出於天性者乎。一以裕後。一以發身。宜其相之信無疑義。

書安邑獄

林寶光。山右安邑巨室。五旬餘始得一子。名繼業。至六旬外。家計益饒。而精神衰頹。不勝勞。延中表之子張歧指者。其左手有贅指。故名。其為人少年佻達。而有心計。俾總理家業。持籌握算。井井有條。寶光倚賴之。是歲。繼業年十五。寶光為之聘同邑富室楊氏女。畢姻有日。張戲謂繼業曰。弟年未冠。焉知房中事。盍倩我代。勿貽新婦笑也。繼業怒之以目。蓋俗嫁女者。親串與役人隨送。三日而還。其迎娶之家。戚友畢集。兩姻家上下溷雜。往往不能辨認。是時繼業親迎回。閒隨者數百人。有小偷程三兒者。右手亦有歧指。溷入廝役隊內。奔走出入。欲乘間肆竊。是晚。內外賓客畢集。其客中之年少者。羣擁新郎入窗室。縱酒行令。必欲新郎醉而後已。時張亦在座。至二鼓。忽患腹疾。告繼業而回。適三兒潛入客舍。竊襲客之衣冠帶履。居然上賓。欣欣得計。闖入新婦房。時已夜深。女眷各散。僕婦使女皆倦臥外室。鼻息雷鳴。三兒不知衣飾所在。舉燭照之。見新婦美而豔。三兒心動。亟闔戶釋衣。推新婦臥。新婦誤為其夫。雖與抗拒。聽其解衣寬帶。時覺有歧指相觸。狂蕩甫畢。急起着衣而遁。新婦始睡。未幾。諸客皆醉。繼業歸房。不見新婦。舉燭照之。新婦見非前人。急起詰曰。汝是何人。擅敢適視。繼業笑曰。予爾夫也。新婦愕然曰。何以為信。繼業曰。何為不信。新婦曰。果爾。汝以手與我驗之。繼業出兩手以觀。新婦大呼曰。有歧指者已冒作新郎去。猶未久也。繼業觸張歧指譃語。盛怒。拔劍而去。張父聞叩門聲甚厲。急起拔關。繼業突入噪曰。惡奴張歧指何在。索與俱死。張父方駭愕間。家人皆聞出。勸而奪其劍。歧指亦捧腹出。覩繼業顏色甚暴。問何怨為。繼業見其仇。突前結其胸襟曰。鳴冤去。眾皆問故。則愧忿難言。張父知不可解。羣擁至縣鳴官。乃燕人方尹。喚兩造入。問之。繼業訴其譃語與冒姦事。張始覺。極口呼冤。曰。小人腹疾歸家。今猶未愈。安有此事。繼業曰。其腹疾即脫身詐冒計也。況新婦稱歧指冒新郎。即為確據。方尹正思喚新婦質對。忽聞喧譁聲二老者相結至一老曰予為楊宦以女與林寶光之子為婦婦縊死房中求究其故一老曰新婦因何雉縊而予亦不知何往求為仲雪尹指織業曰是非爾子耶寶光大駭曰何以先至官也始問悉其故尹命二老各書親朋僕役姓名咸按驗之無歧指者問失物否答惟為訟累念諒曰無之尹又訪問張歧指好為桑間濮上之遊始信冒姦之情確嚴刑之張不勝楚竟自誣服律擬大辟已決讞矣方尹以丁艱去未幾鄰縣獲盜即程三兒也畧一嚴鞫遂將冒姦事自認不諱且指所竊之衣飾為證鄰縣以贓物移知安邑繼任者悉召林寶光之客皆出認被竊故物且訴當時不言之故始誅三兒而擬方尹以違鳴呼聽訟者可不慎哉

和闐玉鼠

吾浙素興販古玩業者有挾巨資列肆於通都大邑謂之行家有以些小資本終日游行陋巷僻衖賤價收微物冤蠅頭以餬口謂之骨董兜間得珍物以之起家亦不乏人故業是者衆嘉禾有張骨董者日持數百錢追隨貨糖之人至委巷僻皆巨室後戶忽有開者一婢持灰石鼠易糖而入張向貨糖者以百錢得之至晚擧骨董兜畢集茶肆皆出所得物互相品評張亦出鼠識者曰此灰玉也值一串張唯唯而退

至家以灰水煮之作布囊盛米皮屢擦不數日閒其鼠玉色潔白二目正紅光華燦爛出自天成非嵌入者張大喜覓巧匠以紫檀鏤細座香楠為櫝修飾精緻以示行家許以五十金張不允詢及是玉出處何因目赤行家不能答曰欲知究竟非吳下大賈不能也張即赴吳以示行家雖嘖嘖而歎亦莫究其來歷僅曰玉色雖佳為物甚微不堪入貢不過為貴公子案頭賞玩耳不出百金若欲多得價姑留吾肆中俟賞鑑家物色之可也張許諾乃交行家日則列於多寶廚夜則什襲藏之如是半載雖有問者許價數十金而止時有相國守制回籍將起復廣覓貢物道經行家暫見玉鼠傳輿而入索玩久之詢行家物何來需價若干行家對以嘉禾客寄售者價昂甚相曰吾將試之若係真者價不嫌昂即不真亦值百金可命客來府候給值行家諾告張曰中堂貴客汝往聽命若云物真必索五百金與我行規五十若云不真即百金貨之不可不售恐後無識者矣張欣諾登相府已諭閽人留客縮相命開內廳招妻妾子弟咸來賀寶於是少長畢集傳觀玉鼠皆獎贊二目之異而腹誹稱寶之謬也入夜命東西分列四筵中設黑光明漆几高供玉鼠堂中懸五彩琉璃燈畫燭齊輝又命女僕婴童較准洋表時鐘守報時刻東筵夫人率諸女眷就列西筵子弟昔坐相制卧胡牀以繞几列珍饌數品隨意飲啖且命眷屬各舉新令以盡歡興毋以老夫拘泥也於是猜枚傳籌歡聲盈耳未幾守僕報亥時未刻相命熄燈滅燭盡息伏象目注視玉鼠若有異則報吾知四座寂然黑無所睹莫不竊笑相未幾時鐘十一響衆見鼠目透紅光一線漸引漸長高與座等衆皆嘩報相曰未盡所長也未幾鐘鳴十二光華忽散通室大明如坐月光鬚眉畢見衆皆感悅男女成列奉觴上壽相欣顏大笑受爵稱慶畢光亦漸斂罷醮收寶人各就寢翌日相出見張命之坐曰寶物真矣汝從何處得來張詭對曰小人之祖游宦山右得之市肆以為傳家之寶本不忍舍今小人為饑寒所迫姑以割愛實無價也相曰得之山右信然姑陳爾價張雖領行家先入之言囁嚅不能出口相命僕以珠盤給之諭其自度張本欲擬五百珠心慌目亂錯擬五萬珠僕以呈相相大笑曰五萬金不為多但毋後悔即喚行家至相曰客已貨乃寶白金五萬兩五百金作行規述為立券行家欣然書之授張畧押數金同歸行家叩張物之所寶處莫不明告我等今已售矣請述其異張無可對直告以不知之故行家賄相府閽人而探之閽人曰府中內言不出外言不入無從深悉無已有某詞林者主之門人也吾等轉告以得寶事請詞林入領可以問而知之爰

敬詞林登堂申賀乃言曰聞師相所得至寶請以廣門生之聞見相出玉鼠視之詞林曰二目之赤光異則異矣然博古圖集古錄考證諸書所未載何稱寶為相曰此大內物也儒生焉得見之而誌於圖錄乎詞林曰然則師相何以知之相曰此物唐天寶間和闐所貢相傳以夜光玉琢成其兩目之異遇子時能放光華以辟惡物是以先朝藏於書林則蠹魚不生而古集完好因兵燹之後賊擄之山右遂失所在而天府所藏珍器冊檔內註載甚明自失此物後往往書籍蝕損當今毋命山右巨卿密諭訪覓久無下落今為老夫所得以應上命必喜出望外真百萬黃金無以覓此至寶也詞林再拜而退張聞是言搶膺資而回訪諸失物之家果國初為山右中丞屬下以賄公子作鎮中玩物初不知目光之異不甚貴今家已中落玉鼠在塵土中拖埋失色小婢偶拾之以易糖食竟為張骨董起家之瑞其命也夫其命也夫

孫壯姑

乙巳之歲山左大饑盜賊蜂起膠東為甚小康之家俱不自保昌邑有標客孫良技勇絶倫有女壯姑悉傳其術時因道路梗塞閒居授徒大姓之麋恭客都爭以重金為聘良悉納之乃分其徒十餘部各遣一隊以護大姓而良周迴不息盜賊不得肆

志咸憾之。昌邑錢令。吳人也。捕得巨盜。誣指孫良為幽械之。至良枷口呼冤曰。小人傑盜非為盜者。尹曰。盜何仇而指汝。良曰。邑中之巨室。彼窺伺已久。得小人捍衛至今不得逞志。彼欲冤死小人。以遂其吞噬也。尹察之信。遂誅盜而釋良。良感甚。願獻女為妾。尹笑曰。解釋誣枉。令尹之職。何足言恩。且法不得妾部民女。汝休矣。良涕泣而去。未幾。錢尹因公被劾。將回吳下。宦囊甚充。宵小私議竊法。良知之。謂尹曰。此年之後。道路難行。小人老矣。不能隨護。民女雖陋。智勇具足。請侍左右。以備非常。尹駭其誠。納之。其女年未二十。而貌甚英武。遂與南行。車仗數十。僕從如雲。小影不敢舉事。盜採有充實可劫者。或衆寡不敵。則知風下程。弁彩而謀。獲財均分。故發盜遲則盜益衆。是時錢已去五六百里。至魯界之朗月鎮。覓宿地。得旅店。後屋三楹。牆垣高峻。周匝僅容一門出入。尹喜其完固。必欲居之。壯姑知非善地。然已卸裝矣。勉從之。謂錢尹夫婦曰。妾觀此宅。似為謀慝容商之所。夜或有異。主君與夫人。請臥觀之。毋高聲。妾有以處。若輩尹雖唯唯。然未知其能。甚戰慄也。於是安尹夫婦於東室。呼二婢伏西室。曰。喚汝則出。取鐵燈之臍。曲鉋琉璃者。置窗隙。院中明似月光。乃易短襖。皮褲鞋尖。置鐵腰扳利刃。滅燭。一躍而登中門之脊。踞高以俟。漏三下。內外俱寂。旅主馬鐵頭。盜中之巨擘也。嘯集羣寇。擇其能者。皆操白刃。自後垣登屋。餘盜伏於四隅。以防逸出。先命一人下探之。久而不回。馬曰。是多婦女。諒入安樂窩矣。繼命二三人下。亦如之。馬曰。真不了事。弱息數輩。尚煩乃公自往。若遇大敵。行見爾曹雌伏矣。遂躍入院。四無人聲。月光中。視屋門已閉。甫撥關而欲入。額顱中傷甚重。如泰山壓頂。然仰跌丈餘。旋飛一人坐胸前。馬舉刃欲砍。被裂兩肩。窩而兩臂軟。刀自擲去。又被裂兩胯。而兩腿廢。身不能轉動。始聞嬌聲喚婢。兩女舉燭至。視之。一紡婦耳。哀祈之。壯姑曰。我見來勢猛。知是能手。果惡奴也。汝為窩主。諒害行旅不少。本欲殺卻如此庸奴。徒污我刀。且留汝為作惡者戒。遂命一婢取藥來。壯姑以刀割頭臉上肉。縷縷成條。以藥揉之。血立止。時天已曙矣。僕從叩門。請壯姑以足踢馬臀。拔關而呪曰。速去領爾徒屍。在東牆下積薪內也。從容啟尹夫婦。登車而行。馬被踢。則手足已復舊。抱慚而竄。自此臉上皮條。終不復合。縧縧懸掛。若世俗所畫獅子然。

沈竹樓

沈竹樓者。浙右書生。其父為縣吏。有二子。竹樓居長。次子隨父業。日有進益。以助饔飧。惟竹樓入泮後。教讀自給。妻李氏亦吏家女。紡織以佐之。既之精餼以供高堂。而

大比之年。反取給於乃父。厥弟以父母日厥薄之。嘗以言撼而虐使其妻。畢咸。竹樓病生。徒皆散。益不能支。病疫。謂李氏曰。吾忝為丈夫。而不能仰事俯育。誠自愧。恐然死。守窮關。焉能獨發。咸某遊楚南。為某介所薦。奉子撫授之以刑名家言。或可致富。卿其勿辭辛苦。相隨翁姑守我三年。若無音信。予業勿成。誓死九泉。任卿自便。婦泣諾之。竹樓告貸親故。得數金。飄然入楚。訪其戚適於月初病殁。竹樓無所依倚。行李俱盡。進退兩難。決意自裁。遂潛至方城外之郵亭。解帶自縊。時有千戶張介巡檄至此。瞥見之。叱兵往探。體尚溫。與千戶共解而拯救之。竹樓始舒。詢得其故。千戶曰。若既諸生。必能書。請為我記室。我能衣食之。徒死何為。竹樓從之。為張千戶勤司筆札。甚得也。不數年。張官至淮帥。淮上鹽商與帥往還者。必晤沈先生。樂其為人和厚。咸贊仰之。帥亦極力推許。而嗟其無業。商體帥意。薦諸司公堂。歲奉數百金。竹樓綽有餘裕矣。又數年。張帥卒。竹樓為之治喪。送其靈歸楚。復至淮上。商人益信其篤誠。謀為立鹺業。竹樓不辭勞瘁。會計維精。而上下親睦。業漸大。分配都金百萬。儼然巨商矣。手下司事以百計。或勸其廣納妻妾。竹樓不忍負其婦。喟然泣涕。將治裝以迎之。值國家有川楚之變。助餉十萬。優賞四品銜。遂製象服霞帔。明璫金翠之飾。數十箱。若者奉父母。若者奉妻弟。摒擋既定。盡舫而載珍寶。從者數十人。聞其南旋。見者仰望若巨公。皆側目視。側足立。未幾抵武陵。先使豪奴馳報。一鄉皆驚。爭來問訊。竹樓至。父母迎門。弟亦伏謁。親串趨承。酬應不絕。仰其氣象光昌。莫不嘖嘖稱歎。曰。大丈夫當如是也。竹樓不見其妻。問諸父母。則曰。兒已顯貴。不患無佳婦。何惓惓於是。竹樓疑焉。遂訪妻母。李媼貧病無聊。見婿來。聲嘶赫爍。媼驚喜交集。不覺大慟曰。孰謂郎君死耶。我女無福。竹樓亟叩所以。媼曰。郎君勿怪。是汝父母之過。自郎君去後。旋聞凶耗。我女欲殉者再。我以無確信止之。不意汝父母惱其坐食為累。亦欺我昏耄。不謀而嫁賣於某吏去。數年矣。竹樓喟然長歎。既而曰。十年夫婦。豈得忘情。設雖別抱琵琶。非其本意。可俾予一見。不。媼曰。一見何妨。即珠還亦似不難。遂喚與迎之。妻見竹樓。不勝悔恨。曰。郎何絕妾甚。不通一音。翁姑以凶耗為真。致妾不得安於其室。今既決絕矣。又邀妾何為。竹樓訴其始末。深恨不早報也。喚從者將衣服寶飾為贈。妻置不視。謂媼曰。想郎君飢矣。母為之伴。妾為治饌。媼出沽酒。而妻入廚下自縊。媼回驚喚。鄰人集。撫之已斃。某吏聞之。以威逼鳴官。官喚竹樓。訊得其故。笞吏而釋之。竹樓厚葬其妻而回。盡出所帶之物。尚值萬金。以奉父母。曰。是足為終養之資。

兒無負親恩訪蛸歸淮上迎有日也其父母悔且惋唯唯而已竹樓回舟至金山寺止宿遣僕從將帑金繳納餘資指赦以來畫輸禪室以依佛教因被剃為僧以終

補訟師 二則

江右士所謂破靴黨者誇張為患無所不至訟者咸師事之壞法亂紀此其極也予記其變亂之尤者數則魑魅魍魎俾人人知所鑒而破之幸甚

某甲者家小康有中表某乙子然一身貧而無賴屢屢借貸亦小周之時值冬季乙又向甲貸百千償倘甲怒其無厭揮諸大門之外而閉之乙始而呼繼思無以對債主遂縊於簷椽之下甲久不聞聲息出後戶探之見懸屍恐甚幸暮無知者即操巨金往投訟師時師方與數友為葉子戲甲備述來意師曰予戲大負無暇慮也甲出金獻師曰汝即回解屍下毋令外人覺再來有說甲受計往釋屍又至則命其覘局約三時許甲屢屢請術師曰汝再回懸屍故處甲曰仍害小人何以釋累師怒曰汝違吾教者汝破家也甲懼而從之又至師笑曰何不憚煩耶汝回高門明日有叩門者不得應俟官至喚汝方出若詰問則求驗而已不必辯自有脫汝計甲如教次日方保見屍喚甲不應即報官官至呼甲出已解屍審視曰汝識是人不甲偽睨之曰小人中表也何以死小人門外官曰汝有仇乎對曰無之時方保諜從皆喃甲財告官曰死者既為某甲之戚必咸通所致官怒曰予視屍頸縊痕二一淺一深是移屍以圖訛索者汝等既誣甲戚逼必汝等為之叱杖保從僕命某甲歸棺以葬

某甲者在海昌城外業絲其夥某乙柔和而口給能羅致客商甲藉以日隆乙忽辭去在城內自立絲肆客商去甲而就乙於是乙興而甲將敗矣甲恨甚而無如何恒對其戚友曰予必殺之是日甲與諸友聚飲於城山之酒家又論及乙奪業事恨害不已一年少微哂曰庸奴焉敢殺人徒喋喋亂人意甲已酒深聞是言哭然而起竊攜酒家之斧狂奔出門眾友追挽之均怒少年少年恐謝過而笑慰之遂息咸護送回家意猶忿忿坐而不寐延至四鼓許家人睡酣攜斧潛出越城就叩乙門緣乙有心計素必自起應門甫拔關甲哭斫其頭棄斧而遁家人聞聲出視乙腦裂而死鳴諸官官往驗見斧柄書某號某年月日置遂執酒家至詰之酒家曰無論小人與乙無仇豈有殺人而不遁者乎是斧被竊遺害小人也官曰昨飲者有口角否酒家曰甲與某少年爭遂喚少年至陳其始末拘甲而鞫不認嚴刑乃承已置獄矣甲之妻子過求邑之名訟師而謀之僉曰殺人者死古今一律雖諸葛復生亦難更議有狂生戟

手而笑曰難然汝有家業若干如不恤費尚可為焉妻子曰願傾產聽命可得二千金生曰持金來莫問出入先教若父忽認忽翻以緩其獄予入省垣謀之半載可釋妻子叩首去眾皆大笑而散生攜金赴省廉訪使之吏詢以近日盜案吏曰汝鄰邑縣官甫送大盜至尚未過堂生乃大悅即賄吏刷一覲大盜吏為納賄司獄者引生見之生笑曰汝何為盜盜曰小人家無恆產而為父母妻子累諸業皆不能遂恃其膂力掠以養家耳生曰今家已富耶盜曰贓被官起何富為生曰汝父母妻子今有養耶盜泣曰小人死在旦夕何能再顧生曰有能為汝養家者汝再承一段人事汝父母妻子得安飽而汝不加罪願乎盜曰斯世焉得有是好人雖十死願承也生曰予願以千金俾汝家人為活計汝過堂時憲司必詰問他案汝即承某年月日夜在海昌城內某酒肆飲竊得巨斧啟某乙絲肆戶有老者持燈出被執衣袖情急圖脫殺之而遁如是而已盜允諾即召其家人至予之金盜感甚未幾過堂俟承是案憲司查無申報者即行文詰問官吐舌曰有是哉嚴刑之下何求不得幾誤是獄即破械釋甲而具盜案以報

調白

盜之多以大也自嚮馬老瓜以至丟包鼠竊名目多端神乎其技者見諸載籍已不乏人又有所謂調白者益超出其儕而近乎神怪有曰下八洞者人之財物一過其目即能攝去其最者曰上八洞無須露財與人同止息即知其囊中物即默運潛移而不覺也聞有楚商胡某者為其主收債餘積盈箱買舟而返途遇一客負篋襆被呼舟共濟舟子辭之胡憫其孤招之同艇其人談甚豪襟懷慨爽胡甚樂之飲食與共談數日覺其非士非商益畏而敬之恒投其所嗜而助其不足客甚德之舟將抵某處將別謂胡曰行有日矣余有所言得無驚駭因公長者敢以實陳誓不為公害也胡曰吾二人雖邂逅之交亦云睦矣請直言無隱對曰余上八洞也始睹公艇知為重載既蒙容納益知有貲若干已移吾篋中請公驗之胡駭其所言之數相符亟視箱則封識如故已空諸所有客啟其篋還之曰我不忍欺公然前途有友經腰纏者乞假五千緡約某日必償公可否曰囊中物皆客所賜敢不惟命如數與之客謝而起一轉瞬已登彼岸雖舟尚十餘丈也胡愕然歸告主人疑信半之即胡亦不計其償否至日有衣冠華煥僕從如雲者投刺謁胡出見客即調白者致之益恭客喜而退胡送出門曰所借之貲已加子金而納諸主人之櫃且有以益公者後如攜金出

外必以稻米一掬置封於中則不受其贈筭說誌之胡再拜謝散客去主人亦搖而
子母無虧始信其邪而知天下果有異人也
鄰叟曰此俠客也古今恆有之第茫茫宇宙斯人安在耶俾予遇之願再拜而投諸
下習其術抽取天下貪墨之賍以濟困窮而助公舉不亦快哉

劉智廟

劉智者不知何許人不事生產而性好施舍家資蕩然更無存流離失所至山左德州遂僻之側有古剎存其戶毀垣傾殿庭將圮僧衆皆散智往以居而焉但廟雖破落香火猶存四月八日近村之人必大衆廟會商賈雲集百貨供陳以席結棚列分街逐居然鬧市而廟之三面爲不逞之徒大開賭局銀錢出入盈千累萬壹叟勿賭智日遊其間不覺心動乞得數錢姑以嚐試隨其意之所至無不勝者向餘將前後左右所有賭局之資不成歸智一人矣計之得金錢數萬盛勸之成家以爲富室智慨然曰余丐也而暴富不祥當思有以禳之且余孑然一身與僧等耳願以資修葺廟宇而奉其香火得保首領以從神之佑也乃邀拜紳士爲之助於鳩工庀材拓擴殿宇頓改舊觀御智主持其中而四方士君子之遊出其間者咸遊覽也至今相傳

百十年凡歷是境者莫不呼之曰劉智廟
鄰叟曰富貴者造物所不惜徒有無意得之而其所最靳者惟名耳歷溯古來帝王卿相及文人學士爲野人婦孺之所知名者能有幾人意生前赫赫死後冥冥如恆河沙數彼劉智丐也一念之善百世之賢愚愚知其名超出於將帝王卿相文人學士之上且廟皆以神名而是廟居然以劉智名之縱日後廟有廢時而智之名千古不朽緣此站地名即稱劉智廟故也是誠何福以享之哉況天下之善男信女施舍千萬以開創廟宇至今吳沒無聞者亦不知凡幾嘻劉智何幸而得此名耶

吳橋案

燕都南吳橋縣之連鎮布市也居是地者半以貿布爲業有肩販張乙恆負布四方求售出或兩三月一歸年二十餘家僅老母爲之娶婦李氏嬌而蕩夫婦甚相得彌月張仍出貿易婦不安於室日遊鄰里姑勸之不聽教戒之則怒目視反唇譏矣有武生許三者城居隨父設肆於鎮父因老病俾業其子而養疴於家許三恃於無稽好與惡少爲伍游獵於色不逞之徒利其資而助爲虐一日與李氏邂逅諸途艷之訪諸惡少或告之曰此吾鄰張乙婦其夫負販外出恆在我家遊蕩可以利誘之許三喜諾訂約而去其人歸與妻謀妻曰是不難使許君偽爲我弟也然彼婦未必和吾計以其當慰以欣動之婦若不避吾能之矣則可成矣其人告許三感服而從婦適至欲避鄰妻以其弟告佯以介紹婦身亦許故貿布意銜與婦戲婦嗔不答鄰妻曰吾弟非外人何必避相隨坐於婦側以言語而婦不動鄰妻出反閉其戶許挾婦求歡婦懼反顧許色之相將入室中帷聚而鄰妻至婦亦惘無地鄰妻曰若欲不洩與人必長與吾弟歡於往來婦也吾何言哉若不能從此即將之勿悔婦喜諾由是許爲之易新衣備首飾居然異於姑詰其所自來則以母家對姑知其無父母兄弟大疑之訪得其誘惑之婦勿出則罵雖萬人挽擾不休姑大不堪俟子歸告之故立命休棄張乙承母命不得已與手書而遣之婦泣去無可歸乃投許而尤之許曰今長爲我婦矣不得受惡姑氣而不嫌於心耶乃置宅相應盛數月供億不支復與惡少謀食曰是非爾真婦也可使之娼徵其夜合之資不但衣食有給而致婦不難矣許喜諾遣婦接客婦畏難喘不敢不從也張乙自出婦後負氣去半載而回與婦情猶未絕訪之爲娼深往視之婦見痛泣且告之悔業留共宿而還其手書張乙歸不敢告母亦無可如何之際許知是夜有客而不知其爲李大次日往來窗婦無以應裸而梃

之婦以貲告許復與惡少謀曰殆矣不夫以凡其手書若以告妻訟我奈何余曰彼絕紀人一時計不及此吾將復索其手書付於左右伊使懾而洪似可絕遂許唯唯未幾張乙果不至而叩門伏於在旁聞之詐施伏不動許曰殆矣不過懼之而已奈何置之死地耶將扛我家關然散張知家走匿遁懼受傷不敢見母匍匐至河干趁舟入鄰邑夜叩行家其主素識驚問其故張以酒後與人共毆致被人傷亦復傷人求爲調治而謀避匿行家爲之延醫傷痊併爲合夥販布於口外當是時連鎮河干蘆葦中有浮屍爭長報案率驗明遍體鱗傷似被毆致斃而棄於河干者面目已敗莫辨誰何率爲棺殮牌示標召屍親而已乃張乙之母數日不見其子歸尋訪無着或告以河干之屍必其子也母信爲然即投率告許三謀婦殺子狀率啟棺使認母亦難辨因報仇心切指屍衣上右肩有補綴處誣曰布販也其肩負布易破吾以藍布補綴是吾請一驗而定遂洗驗果然即提許三與諸惡少一訊皆伏辜已解省待決許父哀其子愚有以援之或告之曰此冤訴也張乙年少身短此屍年老身長雖屍日漬爛而身旁有損一鬚其明證也父悟即爲上控而使其子翻供司發首郡復鞫讞獄無疑已逾年矣張乙貿易獲利歸視其母母見之喜懼交作張問故

母竟告之使其避匿張曰不可吾本無罪若使許三問抵則我終不悔且終身不能居故鄉不如自首便遂投案而陳其始末宰大驚即偕往會垣面告憲司幸罪人未決即出許科以和姦罪褫革荷枷而已張歸娶妻婦亦投回哀求其姑剖指示志改行為良仍完聚也

鄭庠曰吾聞審是案者一老吏程姓素以折獄為能僚友僉尊之曰老哥當許三翻供之際歷數問官堅執不認後值程尹謂之曰伍妻毆鬪之情既實則死者是否本人汝罪亦難逃況承之未必即死不承必相熬審哉吾用嚴刑者或善於磨鍊者當此暑溽晝夜不息得不痰斃予與其速死何如緩生汝自度之許三感悟痛哭承認供招乃定程尹傲於衆曰諸君道獄所不能決者老哥哥片言定之決獄之能不敢多讓人矣正衆口交相讚歎聞吏報吳橋令帶領已死復生之張乙投首太守命釋許三衆乃愕然曰老哥哥竟是鞫獄神手死人都活矣甚矣定讞之難也

談鬼 十則

客有善談鬼者怪怪奇奇無不極情盡致不勝錄取詼采其可作笑談者數則列後

吾邑有朱橋鎮布市也貿易者五鼓畢集黎明而散忽遇人相戒曰橋中有一大鬼高丈餘白衣冠披髮執扇眉目下垂口鼻流血世所謂無常鬼是也見者咸棄物奔逃遲則驚斃以故時為之改時庄農王二者家有急需不得已於寅刻投燈負布趨市至橋左遙見大鬼昂然來王駭極滅燈潛入桑林內猱升樹顛藏叢葉間時月光朦朧鬼不及睹行至桑林外喟然歎曰明明一人來倏忽不見妖耶怪耶語未竟又一大鬼來服色面目相若向前拱其手而遜前鬼曰噫是矣吾等費心計逐客至此此兩為彼所得當抽分其貨遂大嘷後鬼回索分也後鬼瞠目直視忽揭大掌搧摟一擊前鬼撲地首與上下身及兩臂跌分五截俯拾之得青煙二道解佩囊納訖長嘯而去王二猶不敢下樹至旦見行人結隊來始呼救衆集而後逼視則鬼之首係紙糊者兩臂與手削木為之上身一人下身一人俱死紙衣亦裂始悟二賊頂接作長人假鬼以行劫而真鬼斃之報亦巧哉

有錢劉二役者奉差勾攝人知其人狡甚夜往拘之距城約二十里一役挑燈一役執牌行五六里許錢謂劉曰吾有腹疾將屯地大遺爾前進某村市尾有里保茶室在彼候吾劉諾而去比及市尾夜深戶閉無停留處復回原路見市中一室隙逗燈光隱隱泣聲甚悲門外一人隱身窺探劉意為錢遺畢而來竊窺婦女耳欲戲之俾

不敢作聲潛以中指彈其尻其寒透骨哭然回首則吐出舌伸髮披血結垢縊鬼形劉大駭觸仆而倒鄰人聞聲出視識為縣役已痰湧氣喘欲絕鄰人大呼市衆畢集而錢亦至正扶救間室內亦大呼救人衆踹門而入則少婦自懸於樑其翁姑年老不能解脫衆為之卸救而甦詢之乃知婦為翁姑虐半夜輕生縊鬼求代而窺之為劉役衝散此婦之命不應絕而劉亦漸愈惟右手全黑經年始退時人稱之為捏鬼手

陸都閫充卒伍時出境迎上官至中途聞上官遇雨而退陸回雨益大衣履濡濕道途泥濘見旁有小樓一楹趨避簷下天將暮而雨不止叩門借宿少婦披閫出曰夫男出城未回不便留客陸示之佩刀號衣曰吾行伍中人正直自矢今進退無從只求樓下一席地耳婦哀其窮而納之且贍以粥給之燈與薪婦登樓闔戶而寢陸以薪為褥趺坐啜粥燃火烘衣約三鼓許有老婦由門隙入陸駭然禁聲以覘其所為老婦若未睹陸者以一杖置門側望中霤而拜匆匆登樓聞與少婦言甚歡未幾悲聲卒語既而大笑陸取其杖閱之倏變為麻繩甫坐於身下而老婦下樓望中霤再拜回身覓杖不得始見陸知為所收告曰老婦恃杖而行客須見還陸不答老婦倏變為少艾柔聲怡色以哀之陸仍不答倏變為厲鬼目凸口凹聳肩鼓腹望陸吹氣則冷風入骨寒不可當陸正襟禦之然老婦作氣甚難喘息片時方能再吹則不及前之冷甚三吹則無力矣陸笑曰汝能吹我我寧不能吹汝請還汝氣亦鼓氣吹之則老婦胸腹皆洞乃連吹之化為膿血轉眼成灰腥臭實甚天已大明陸不去俟有叩門者起應之一少年入覩陸而叱曰汝何人敢入我室陸知為少婦之夫語之故曰與爾登樓且救爾婦少年偕陸踏梯推門不應肩門而入則婦懸於床氣猶未絕共救之蘇問其故婦曰夜有前村之某媼來忘其為縊鬼與我言終宵之悽覺悲甚而泣繼又言伊證仙果在極樂世界可以同覩遂以帶作圈望其中飛樓畫閣金碧輝煌不覺探首則被懸繫矣少年再拜謝陸曰若非足下藏其繩則我婦作替代而足下亦難明心跡矣自是陸得官旋起至都閫府而止

陳生年五十餘猶應童子試遇刺史公之目不識丁者開場取士閱傳為幕客所賞刺史公無以自明於給卷時留心孤寒者得陳生知其老且貧拔之榜首幕客以文理平庸爭執刺史公召陳生而諭之曰知予置汝前列之意乎汝文不及人而窮則獨甚藉汝以息貧取之謗然學使未必憐貧約計試期尚有半載汝須摒一切事專心

文學以博進取不負予一片苦心也乃出朱提一笏以助膏火生感激無地即赴省垣覓幽靜之區作用功計適有寄覼之庄小樓三楹人跡罕到僦賃甚廉生得之閉戶奮志吚唔晝夜已數月矣一日將昏聞屋內隔板上作爆聲甚厲生凝目注視板隙處現人面如錢大瞬養之則漸巨已至額頂梁而頤着地顴瀾滿板兩目如箕視生而笑生膽素壯乃肅衣冠再拜而祝曰予寒士也見知於刺史謬列案元諒今科一芹可採若從此連捷當盛設以祭請收尊容勿以駭人自幸巨面笑口大開惟無聲忽牆角伸一小手未幾盈大以巨指劃大面作羞臊轉瞬而沒陳是年入學尋卒鬼預知其無祿揶揄之耳

葛生者廩試不售納粟入監以狂生自居好飲酒使氣下元節隨族衆祀墓飲祭餘而醉衆皆避去星月已上興猶未盡盤桓於叢塚間忽睹西北茂林中隱隱有三四人席地飲酒生喜而前見三男一女皆沈吟搔然若有所作然皆非文士生呼曰公等豪興容狂生否一老者似曾相識起迎曰葛先生來矣汝等勿班門弄斧貽笑方家衆皆拱生入座酌之酒飯皆冷生曰公等為詩耶文耶某願領教衆曰鄙人何以能文欲湊酒令耳生請令式老者指少女曰此紅姑娘吾鄉名妓渠所出令要說一字折之則成姓名合之則成事業須切身分泛則受罰故難處耳一人曰予得之矣林二小當禁卒何如妓首肯一人曰白匕當皂隸一人曰丘八是兵妓皆頷之生曰金同是銅匠妓者曰銅與則有之匠則不切罰以巨觥生苦思不得爭執前言不謬妓曰敬為先生代倩笑曰牛一是監生耳生大怒揮拳衆皆長嘯一聲冷風浸肌毛髮皆豎生不禁自倒作豬吼覺口鼻間全被填塞而手足苦不得動有笑者曰紅姐給此等文人喫土在所應得吾恐填塞心孔將來連金同亦不能道矣鬨然大笑生正脹悶欲絕適聞火鎗聲衆始散幸獵戶來扶救之生始得命而狂氣頓除

中表諸行泉者胆識俱雄為予家起租赴鄉舟抵其地時已三鼓凡收租者須中夜至佃家慮其藏匿米穀使之不及防也行泉登陸持炬從者負斛執概前行道由小市前徒奔回駭相告曰市中有大鬼當道不能越過奈何行泉哂曰此又朱橋鎮之偽鬼耳予人豹矣何足畏當為地方除一害乃執炬前至其所鬼身坐樓房巨足踏地首當在霄漢間所衣白袍之前幅披十餘家門面行泉以炬爇之火直上沖霄苹衆集遁伏於舟中卒不聞有爇燹之聲黎明復至其所僅存紙灰一大堆而已樓椽如故無焦灼痕或曰此魍魎也真耶偽耶使其真也則鬼衣無質焉得有灰使其偽也則紙然必及於屋斯人之身體安在哉是誠不可解矣

吾鄉俞少宰少時有書獃之目與同人集課某孀宅其內室素有縊鬼白晝現形人不敢居有頑僕竊窺之則木申之間梁上有繩垂下懸宕久之忽結為大圈漸抽漸小作爆聲而滅每日不爽僕約其夥縛雞於竿頭由窗隙入其圈套一收而雞絕衆譁然奔跑俞聞之詰得其故與同人約欲以身試之僉阻不聽次早命僕糞除就其梁下設一几一座俞攜文一冊入室閉門高聲朗誦同人伏於窗下以覘其變日晡俞忽停誦既而自訴其窮曰予為學已久而不得高捷而家累又重與其生以擯大困不如死休遂大哭同人恐其入迷正欲相救俞復大笑曰予得鬼矣衆排闥入視俞以左手執一灰色鴨鼓翅不鳴喚僕以刀來親宰之命速烹謂衆曰有不食鬼肉者罰作東道乃酌酒共啖味不及常鴨而有泥土氣衆叩其得鬼之由俞曰予讀文倦之不至故作悲辛一婦人自梁墜於懷中曰先生毋自苦也肯偕入仙境則世務不足道矣予問仙境何在婦教以繈帶作圈探首可得予遂作圈以套婦人之首而執持之轉瞬間化為鴨矣同人乃贈以號曰賽鍾馗又曰白食鬼

有山右孝廉挈其僕曰鄉倉者體大而聲宏赴禮闈拔邑館而人已滿孝廉貧不能他適哀諸館人執事者曰後有一宅不利居者如不得已請權寓之孝廉欣然就宅與其僕同卧起然各有戒心往往秉燭達旦半月安然無恙一夜漏三下門忽自闢陰氣凜然有美婦入宅向孝廉流盼微笑孝廉恐大呼鄉倉倉於睡中驚覺高聲答應美婦惶駭退跌座上色變氣絕是時寓客聞聲咸集共睹美婦作時世裝服飾富麗儼然人也公議連座遷於煤室反闔以俟之如至日中不變則聞諸官明日啟闔入視空有一座而已自此宅竟平安客笑曰周將軍之威大矣其相似者尚足以嚇鬼無怪世之妄人依傍大人先生門戶以嚇人也

趙三官者依縱行作夥年輕胆壯聞人言有鬼處則往罵之其妻父誕期假主人新袍而往賀畢飲入醉鄉止宿不聽踏月而歸道出義塚忽有牆阻路左右旋轉四面皆然趙醒悟曰曠野何得有牆其為鬼作祟無疑遂拔身佩小刀戳之則洞覺牆軟甚闊牆外啾然曰壯哉死一鬼矣復戳之曰勇哉殺數鬼矣連戳無算而牆竟無矣踉蹌奔回對家人誇其殺鬼之能家人曰汝何衣袍去而乘短褐歸耶趙俯視之其袍之下幅戳無數孔竟變為百結鶉衣始悟鬼所為牆者即以其袍幅受之誘辨另壯俾自戕其衣無以對主人趙悔恨欲絕而無可如何也

會稽張孝廉三兩寓京師由揚淑衚衕遷貢鼎衚衕春屬下車之際其嬸氏忽作男子狀高視濶步而行見三兩呼曰來予與爾言知爾丙子獲售予在陰曹亦增光彩尚不忝為予子子其勉為勤學好善之士毋自滿倘輕薄政行功名有礙三兩聞之居然其亡父聲音笑貌涕泣而拜嬸狂笑曰父子相聚大喜事也何悲為予飢矣其具饌以進索巨觥大啖魚肉飲酒飯亦倍常食畢出後院似欲小遺而撲眾扶之入漸蘇則為嬸氏之言問之不自知矣又越人某二十餘歲而亡逾年其家婢出買物忽大步登堂對其主母揖曰嫂一載相別身其康寧嫂駭然曰汝中邪耶婢曰毋恐吾爾叔也嫂容位坐語操南音曰大哥好心欲令五弟歸吾櫬但五弟非人不可託不如附糧艘為便此事僅夫婦有私議外人無知者嫂問曰叔在陰司作何事業對曰吾生平無過城隍神錄吾為吏職司考察每聞土神報大哥作善事則吾歡欣踴躍報壞事則吾寢食不安嫂須勸大哥多積陰功自然逢吉嫂指其幼子曰大哥僅有此兒多病而弱叔既神靈祈默佑之笑曰天道無私積德蔭子孫自然之理也吾何能為又曰吾屋漏矣凄風冷雨骸骨甚苦祈嫂修之吾為此事恒欲相告不得其便今因公過門附婢暫見不可久留遂起出門既跌復起則仍婢也遣使視其棺果有小孔為補之加漆是冬其兄在外不知前事以千金囑其五弟回南貿易使帶靈柩路由京師為優伶所迷揮金立盡貲其行囊而逸櫬則棄於曠野未忘後能歸否又沈咸錢塘人自少應童子試不售鬱鬱至五十歲而卒送殮之客盈門其妻撫屍號泣撲而復起大步出堂遍拜賓客慰勞再三內有文人孝廉者是其生平好友執手囑曰我之後事閣下任之我之神主閣下點之家資何存妻子何度絮絮不休客始知為咸之魂附其妻也孝廉曰閣下肉身尚在何不附之而生乃手指孝廉而哂曰不通不通人之所以得生者氣血耳此身氣絕血凝何以能生孝廉曰吾聞死則魂入陰司閣下何不一行又哂曰陰司何在我自病革後魂與體離飄飄然無歸只聞妻哭過悲欲前慰之不覺合而為一然支持甚苦刻刻欲分想不能久住也語畢而撲扶之入幃則仍妻也傳曰鬼有所歸乃不為厲三人者或遠離廬墓或未正首邱或神魂失據咸有為厲之端者然宇宙之寬蕃庶之眾死者日以千計其中不得其所者不知凡幾何無影響或曰使死者人人附生者而言亦屬尋常事矣奚煩足下記之對曰唯

客窗閒話初集卷三終

客窗閒話初集卷四

清　吳薌厈著

補談鬼三則

冀北某武舉好欺凌善類不信鬼神中年僅有一子愛同珍寶一日子殤武舉怒登城隍神之戲臺裸體辱罵觀者環堵未幾超躍下臺狂奔至神前俯伏如有撲之者兩臂現紫黑色哀呼不敢又曰罪該遠戍敢不順受從起着衣疾走至家告其妻曰伯爺謂我不敬予杖一百充發烟瘴有押解之鬼使在途其婦焚帛毋稍息并取百金掛搖行李即日起程直抵滇南就有烟瘴處為人傭工至今未敢擅離噫世獲咎於神明聞有在疾革時被譴責者以肉身昭昭遣戍直開所未聞噫異哉

道墟章雨北有二子年甫五六齡出入中庭則必各持錢七八枚或十餘枚而回雨北意為伯叔所與初無疑議詢與伯叔言及皆無給錢事始詢二子其長者曰中庭有烏帽絳袍人每日早晚必在座前見則與錢是晚雨北瞷其子出潛窺之果如所說突前擒捕絳袍人從皇登几撲入鏡屏而滅捧鏡視之始知即玻瓈中之天官像也毀其鏡有血流出而怪絕

又有祭大觀者夜眠樓上三鼓許聞樓下有喚其名者起視無人如是者三祭乃捲紙作炬以大火照之始見樓梯下一烏帽絳袍者持時錢二千擲地而去祭懼不敢收次日下樓則錢仍在祭本博徒自信為財神所賜齎入博場將以求大采也適官司訪拿連祭縛去荷校月餘而其錢亦不知所往或曰章雨北幸覺之早而絕其怪祭大觀貪多而受禍假使雨北亦貪得不問則二子之禍必大噫自來之財尚不可受而況非分之求君子於此可以鑑貪

孝女

國家設官分職佐朝廷以安養百姓者也乃竟有不然者莫如前朝仕宦之強爭以魚肉鄉愚為勝故有寧使官家放火不許百姓點燈之謠即如江左某巨室叔姪相繼為宰輔子弟之職居清要者數十人天下名公巨卿半出其門下雷令風行極一時之盛是應綿祖德報君恩以長享富貴耳詎知其弟某學士因疾家居伺應之強奴悍僕以千計分班值日統於老奴其放班閒曠之時成羣結夥佔據於茶坊酒肆攪擾不休有何姓者攜其妻女在宦室之左近開設酒樓為業其悍僕日來酒館但通欠者多且一縱性逞兇則號呼達旦何厭苦之以酒盡為辭諸僕大怒群拔其室得

酒數甕。叱問曰。此非酒耶。余何欺我。何方强辯。一醉僕舉甕以擊何首。立碎之。謾罵而歸。謀諸老奴。告主人以房佃何。謀不給債值。使僕索取。伊䰇首於牆。思飾傷以抵賴。不意力猛。自戕。請處治之。主人從其言。使鳴諸縣尹。甫聞何妻之報。又得官詞。草草驗訊。竟以自戕定讞。反欲追租完案。何妻知爲我女逅於省垣。宂含冤訴女。漸長成。姿容豔麗。遠近莫不羡者。恒與母言及父讐。則慟不欲生。自名曰讐誌。不忘也。及笄之年。媒媪造門問字者踵相接。其母曰。我女自幼矢志。無論小家巨族。爲富爲貧。爲妻爲妾。只須能擊强宗。殺悍僕。與父復讐者。以身事之。毋須納聘。聞其言者皆咋舌。時有分鎮大將軍。宗室也。值社會之期。偶出見女。艷羨之。謀諸從官。探得其故。以告。將軍曰。孝女也。吾當成其志。密陳帝。帝怒。遣緹騎捉學士問。實籍沒其家。謫戍邊陲。而置奴僕於大辟。女請得其讐首。以祭脩母。投將軍願常爲侍婢以報。

義僕

江左望族某氏。其父爲太守。賄賂公行。納貲至數十萬之富。猶惡身搜求。有司閽之僕高祿者。恒勸諫其主。曰。非義之財。悖入者必悖出。況膝下僅有一公子。若恃其富有。則志氣縱佚。恐不得上達矣。太守心是之。然不能從也。未幾太守夫婦相繼卒。祿護其眷屬回籍。少君驕甚。祿裁之以禮。少君怒。立逐之。自祿去。從益無忌憚。日擲千金。覓局縱博。不盡不歸。於是爲利之徒。從而誘引之。不數年。家財罄盡。貲及房屋。萬金之業。甫書契券。不及轉手。一擲而盡。漸及衣物。又數月。而空諸所有。家人星散。即其相與之淫朋匿友。亦引避不遑。遂與匪徒爲伍。登城席地之局。猶日爲之。不覺囊空費絶。仰屋而嗟。其少夫人。江南宦室之女。美而賢。惟拘以順爲正之義。從無反目事。是時牛衣對泣。正無可如何。間有匪徒索逋登門。瞥見少夫人。謂少君曰。爾有如許大財。猶詐貧耶。少君曰。無之。匪徒笑挽之出。曰。適所見之艷者。是爾妻耶。少君曰。是也。曰。是值千金。能舍之。則不患無貲。少君叱曰。是何言歟。我縱貧。寠爲一邑之巨族。非但不能賣妻。亦誰敢娶之哉。匪哂曰。欸哉。有此尤物。既不能以自活。又不以與人同爲餓殍。莫濟於事。若載往遠方。則蘇揚妓室。必重價相求。誑而貨之。其誰得而聞哉。況爾得此身價。不僅宿逋頓淸。依然裘馬翩翩之佳公子矣。方知我輩之深謀遠慮也。少君躊躇不忍。羣匪力讚之。意遂决。歸謂其妻曰。升斗難謀。何以度日。聞汝兄弟有告養親回者。我與汝投之。必能相濟。少夫人願見其母。欣然從之。遂假貲匪徒。買舟赴吳下。匪徒已先至妓室。宣揚少婦之色。超前絶後。可冠古今。鴇姥樂從。匪曰。

是猶良家婦。不可直告。以故須設法䝉之。誘入汝家。則唯命是從矣。匪與鴇姥僞作僕婦。傳太夫人命。遣慰問者。見婦姿容果如所説。邀少君去。以五百金立券。備衣飾遣婢女以輿迎之。至則門第軒昂。居然大家。登堂入室。奉有白眉神像。命之拜。少夫人覺有異。問太夫人所在。鴇姥笑曰。爾已爲本夫所售。作我家新婦。我即爾母。何來太夫人耶。少夫人悟入騙局。忿不顧身。以首觸牆。只求速斃。幸人衆攔拒之。得勿傷。鴇姥怒。喝健婦五六人擁之入後樓。盡褫其衣裳。以巨索反縛手足。懸於梁。鞭撻無算。體無完膚。訓之曰。從則錦衣肉食。惟爾所欲。否則日三百鞭。求死不得。少夫人悲啼不容。日夜不絶聲。勺飲不入口。鴇姥無可如何。適其樓之東。有麥業主人。聞其鄰哭聲哀痛。旦夕不得寧。心爲不平。乃召鴇姥責之曰。吾知汝家勒良婦爲娼。婦不從。則威脅之。事本不可。今更忍心害理。慘不可聞。若有傷人命。勢必累及鄰人。汝不改過。吾當預鳴諸官矣。鴇姥謝過。且曰。婦人水性楊花。未有不可教訓者。今此婦鐵石居心。實所罕覯。鄰人憫其貞烈。願見之。鴇姥引至樓上。望見顏色。大駭而退。曰。吾給汝值。此婦歸吾可也。鴇姥敢不從命。使數人扶而去之。是時少夫人手足痺弱。不能自主。比及門。主人使健婢負之入。設座於中庭。納少夫人上座。主人具衣冠。率妻妾子女再拜跪而告曰。老奴數載睽違。詎知少夫人受此大辱。奴罪通天矣。少夫人熟視之。始識主人爲高祿。悲噎而語之故。祿亦揮淚曰。奴早知少主之不能成立。不意其敗類至此。奴聞大舅爺督學滇南。供職詞林。太夫人在都中康樂。詎知少夫人若是窘辱耶。奴當先遣兒輩入都報聞。然後奴夫婦親送少夫人歸。尋可也。遂供奉於高祿之家。惟少君賣妻之貲。不久便罄。怨及匪徒。匪曰。爾妻此際想必名噪花街。寵擅金屋矣。乘其盛時。我等偕往妓室。以買良爲賤詐彼。假母不懼不發財也。從之。鴇姥正怒無可遷之際。聞若輩來。捽杖逐之。匪挾少君鳴於縣。其大令爲太守之門人。見詞駭然。正欲勘其事。適高祿聞之。夜見大令。達其情曰。少主來。不可使知之。恐較接不已。則少主母與小人皆不得安其所矣。遂出四百金。請以官項斷與少主。勸令謀生。尚可爲也。大令義之。從其言。傳少君與匪至。重懲匪徒。與少君金而教之。遂善祿。始送少夫人入都。依其兄弟以終。

薌厈曰。嗟乎。孝也而在女。義也而在僕。彼儼然人上者。反以不孝不義成其名。此古今之變局。亦運會之遷移。所以明季縉紳。爲闖賊所拷掠者。自取之也。

劉大漢

越人陸容道經山左。見有身長一大二尺之老叟。首大如斗。腰圍兩抱。拳如巨缽。腿若堂柱。驅犢十餘頭。以三犂並耕。往來甚駛。陸異之。值山雨欲下。趨避樹下。以覘見壯者撈麵餅八枚。牛脯一甕。來餉叟。叟坐樹下食之。頃刻一空。陸更駭異。詢其姓氏年歲。叟曰。我生之初。於今兩週甲子又五年矣。劉姓無名。人呼我大漢。我漫應之。祖居是邑。世為農夫。有田一十八頃。耕以自給。子六人。今存其半。餉我者為曾孫。我日必耕地十餘畝。以舒筋骨。否則體便不快。惟衣食甚費。一短褐須大布五疋。中衣三疋。襪猶半疋也。兩餐需飯二百五十六兩。牛肉及白酒各三百二十兩。如是而已。無他能也。問其力。則曰。我不自知。曾憶壯時。皇帝東巡。過此山。有人熊衝駕而來。身與我等。侍衛之官擋之者。被搞心裂腹而斃。駕在危急。我不覺直前擒之。倒摔於地而熊首碎盡斃。皇帝甚喜。欲予我一官。我對曰。小人野田愚民。文不識詩書。武不知戰陣。何敢濫膺爵祿。以誤朝廷。皇帝益喜。給我一紙書。知之者稱之曰詔諭。地方官免我地粮。故至今無催科之擾。乃出其詔書與客觀。信不誣也。遂指其村落曰。此皆我子孫之宅。昔我以一手託椽。一手植柱。身自創者。客望之。雖俱土室。亦甚高大。客討其壽。時已一百二十五歲。力則萬夫莫敵矣。歸而告人。或疑其妄。然容誠樸人也。言當不謬。

薌厈曰。防風之骨可專車。長狄之身橫九畝。巨人自古有之。不足奇。異可異者。富壽而多裔。立功而不居。惟聖人之邦。斯有此賢隱士耳。

方幼樗曰。論語古音古節。絕妙文字。唐人說部。不是過也。

俞生

俞某。庠生也。即少宰公之裔。訓讀為業。館於鄉。夏日。因事回家。夜與伯叔兄弟納涼門外。緩談而倦。不覺皆睡。漏三下。眾已散。家人喚之醒。當街小遺。朦朧間覺燈光一閃。察之實無。入室臥。見二役持符來。以鐵索鎖之行。俞怒曰。予生員也。縱有事在官亦不得擅加刑具。役哂曰。既屬儒生。猶不自悟。與至死不悔之下愚等耳。姑不與爾較。爾其見堂上者辯之。俞無奈。隨之行。入城隍廟。忽見燈燭輝煌。兩行役吏數百人肅然就列。無敢譁者。一役先入跪稟。傳呼帶俞生入。一役揮鏈報門。牽至階下叱跪。俞怦怦然。莫知其故。竊窺上坐者金冕龍袞。色甚怒。詰俞曰。汝身列黌宮。作民表率。何得背違禮法。當道而溺。污吾儀仗。俞曰。陰陽間隔。焉知神來。不知而罪之。恐非聖意。神曰。姑無論神明治役。隨在有之。汝為儒士。暗室屋漏。猶當謹慎。豈可放肆於大道之旁乎。假令有婦女來。將以汝為大惡不道矣。俞曰。亦無論半夜之中。婦女行走者罕。即或有之。必男子護送。持燈前導。生焉得不避。神曰。汝家隔河對面。周瑣水閣。炎暑之際。婦女坐臥其中者不少。汝不知避嫌。焉得無罪。俞詞窮。謝過。神叱杖之。倏見其亡父踉蹌而入。叩首無算。告曰。兒衰老朽生。前無過。僅有此不肖子。今獲罪神明。杖所應得。第聞一經陰板。則終身迍敗。老朽將為若敖之鬼矣。敢求憐而恕之。神曰。罪不可恕。為爾發陽官責之。乃舉筆書判。命吏持與觀之。曰。發該縣典史責一板。閧然而散。俞夢亦覺。自忖典史不能擅責生員。縱有意外之事。何僅責一板。意謂妖夢置之度外。仍赴館。至中元節。解館而歸。值縣尉王某。江南之巨族也。屈為小官。未免負才肆志。是日太尊按臨。觸其怒。欲黜之。幸大令為之營求。稍解。尉送太尊登舟。求見謝過。太尊呼過船。頗嚴加訓飭。久而釋之。尉愧且忿。候太尊去。甫登輿。適俞生著衣布履。持蓋而來。為人所擁擠。以蓋柄觸肩輿之玻璃而碎之。尉大怒。叱役牽來。俞不禁戰慄。下跪。問之不能答。喝行杖。左右捉俞去褲。按之地。甫杖一下。俞忽醒。大呼曰。打不得。打不得。詰之。對曰。吾生員也。告以姓名。尉惶恐下輿。手扶之。再三謝罪。俞搖首結褲而起曰。與閣下無干。此其中蓋有神明也。仍執其蓋而去。尉回衙。亦自悔鹵莽。是時觀者甚眾。典史擅責生員之說。傳作奇聞。同學諸生知之。僉來問詢。俞曰。是誠有之。然係神明所使。吾不見過。遂述其夢。諸生曰。夢虛而事實。一人受辱。辱及同儕。我等能不與較耶。擁俞入縣署。鳴鼓聲冤。大令亟召學師來。議有以解釋之法。師謂合邑免死狐悲。物傷其類。眾怒不可犯也。然猛虎項下鈴。繫者自能解之。是時尉處諸生攻擊之。潛避縣署。聞言而出。長跪師前曰。我之誤撻俞先生。追悔莫及。然俞先生氣局宏大。初未與吾較。是皆諸生之教。請師召俞先生而慰解之。吾願對眾負荊。則怨釋矣。大令亦為尉之。師出問俞。搖手曰。門人不願與較。只求有以慰眾心耳。師曰。尉之如何。眾曰。願聞尉之之法。師曰。當眾令其拜俞生。以謝過。眾目視俞。俞又搖手曰。不願庭辱長官。眾謂師曰。既俞先生之盛德。應令其摒去眾人。執香步行。至俞府跪拜。吾等釋之。師曰。諾。俞同眾回。具衣冠洒掃門庭。烹茗以候。未幾尉公服持香而來。俞遠出慰勞。辭香獻茗。極其誠敬。即回拜之。眾皆無可如何而散。俞仍之館。居停辭之曰。昔吾以先生為英才。故敢屈諸西席。以為門牆光。今已受撻於市。為眾訕笑。則吾子弟人皆目之為罪人之弟子也。何辱如之。敢辭。俞無以自明。抱慚而歸。然尉甚德之。中秋登門賀節。俞見之。色甚不懌。尉叩其情。俞告以失館故。尉曰。先生犯而不較。當今之亞聖也。為我而有屈賢才。我罪大矣。然館穀不足慮。族為先生推轂。尉李名相之後。為一族之長。先是族有公璧。其師老病卒。族人請命延師。虛左數月矣。尉以二百金請俞先生。遣僕送之。江南族人咸欽先生品純而學優。歲有增修。俞閱十餘年歸。家積千金。稱小康云。

鄉序曰。謙。福之基也。故謙卦六爻皆吉。俞生自受㧞之後。何其謙也。隨貴之而隨富之。冥冥中假王尉之手。由是觀之。為人處世可不謙乎哉。

陳制軍

兩江陳制軍。在金陵甄別書院。親臨督課。與院長款談之際。忽聞人聲洶湧。兼鼓樂花爆之聲。遣官探問。回言生童不由攔阻。爭拔關出外。觀迎娶者。制軍有愠色。負手而出。閱曆各齋房。若具咸在。而虛無人也。惟後所有一人。若垂首構思者。制軍甚異之。意謂沈靜好學之徒。欲與之言。至其前。係輕年後生。其人昂首見制軍來。起立默侍。乃問之。曰諸生皆出。汝獨靜坐作文耶。抑別有故耶。其人失聲大哭。急叩其故。對曰。童生亡父為詞林。今日所娶之女。係生原聘之妻。制軍笑曰。家教何其嚴也。既係完姻。何必說試。汝去畢乃姻事。若母與師責問。以奉予命放假為詞。諒無不可。生悲咽而對曰。非也。此女今為人攘娶矣。制軍詳訊之。對曰。婦翁係已致仕之豫省河工觀察。許姓。由卑官起家。值亡父為是省學政。攀援聯姻。為之游揚。薦升大員。前歲生父歿於都中。一無所有。殯殮之具。皆戚友所助。生隨母扶柩歸葬。聞婦翁素不恰人心。又失憲司歡。今失所依倚。知必不免。亦致仕歸。聞生貧甚。萌悔婚意。召生予百金索庚帖。生不允。婦翁怒曰。吾女安富尊榮。豈能飲貧居賤哉。汝縱不還庚帖。我另擇婿。汝奈我何。生歸與母謀。母曰。以勢交者。勢盡則交絕。明欺我死學士不能敵。生觀察耳。然天道昭彰。聽之而已。婦翁竟改婚與揚兵部家。聞今日迎娶。互鬧奢華。故諸生出觀之。諒此時往迎新婦耳。制軍曰。汝能騎乎。對曰能。乃命備兩馬。召武弁隨生歸迅取庚帖。俄頃而回。制軍驗收之。傳諭中軍。廣帶兵役。往揚第稱賀。其時兵部在京供職。僅有一子與乃兄共之。乃兄係納粟職員。聞制軍來。大為榮幸。遠近來與。及門賓客中之顯者。共迎制軍入坐。制軍欲與為禮。詢知媒妁為鍾徐二進士。茶三獻畢。制軍曰。我聞天下風俗不同。皆禮為甚。孰知此間與我省竟有大異者。主人止觀之。未幾爆竹震耳。則彩轎先至。媒妁相隨。制軍喝令立拿媒妁。諭兵役護送彩轎。命中軍持令箭邀截新婦彩輿。俱送入書院。即其堂中設公案。提徐鍾二進士入。跪詰之曰。

爾等身列儒林。何竟敗壞風俗。與有夫之婦為媒。二進士駭曰。某等係兩家親友。然不知許女訂婚之事。是何光徒。竟敢妄告。制軍袖出庚帖。擲令觀之。二進士識許某親筆。共怒許曰。許某忝列府縣。而竟非人類。然彼在豫聯姻。遠隔數千里。吾等居心瞞昧。某等何由知之。是惱人於罪也。請必究之。揚亦跪告。許某心若豺狼。行同鬼蜮。某若早知。決不與為婚姻。今此事惟某是主。弟在都中。未之知也。某願與許賊較。請服究之。制軍祭叙詞色悚懼。諒不知情。飭發原訪。質訊。遂借揚氏喜筵。及新郎之冠服同書院過諸生。緣卷之際。諭令母歲同陪。筵席還院。長於外。而以內宅作新房。命與諸生母公服而來。以觀花燭。生乃衣揚婿之衣。與女合拜成禮。內外數十席。官紳史役。共飲盡歡而散。次日。催原訪速究。以報制軍。濡筆待奏。許大怖。急赴書院見婿。叩首無算。自稱死罪。曰。婿若能救我。所有家財。與婿共之。生雖疑未決。母乃訓之。卟其父雖狂。其女甚謹。汝不見其聞言醒悟時則曰。非制軍力。幾為我父母誑矣。痛哭不已。情可憐也。且為之援救。生敬諾。往見制軍。以情告。制軍曰。果爾命。其開報。因宅我為分判。以贖其辜。以為汝誦讀之資。若稍縱之。吾去後。老狼必爨。汝非其敵。遂命原訪提許至。依制軍斷。以立案。吳生於是年。縣當督勉讀書。是年入泮。旋登賢書。嗣制軍因剛愎故。被仇家陷害。奉旨拏問。生追隨入都。因乃父之門生故舊。為之營救。竟得開釋。復用。而生亦銓得縣令出仕矣。

瘦馬

金陵匪徒。有在四方販買幼女。選其俊秀者。調理其肌膚。修飾其衣履。延師教之。凡書畫琴棋。簫管笛絃之類。無一不能。及瓜則重價售與官商富室為妾。或竟入妓院。名之曰養瘦馬。遇有貧家好女子。則百計誘之。有受其誑。追悔莫及者。不知凡幾。時有滇人徐鄉者。為上元令。因案罣誤。有虧帑項。憂憤以卒。親友奴僕皆星散。惟遺孺人弱女。悍悍流寓。困頓負債。值已多。被寓主驅逐。惟求傭作女工。有人引入瘦馬家不知也。其家以老嫗主政。家人婢僕數十人。咸尊之。曰老太太。教師十餘人。諸秀女各有所業。稱嫗為母。為祖母。為老老者。莫不嬌容美貌。舉止安嫻。其家法則三尺之童。非奉呼喚。不敢入中門。規矩井然。宛儼大家風範。所雇徐孺人教諸女刺繡。耳見其帶一女來。年甫十三四。秀外慧中。超越諸女之上。嫗甚憐之。因俾母女與己共食。易女以時服。囑同諸女入塾讀書。暇時調琴作畫。以及吹彈歌舞之事。與女伴送。能兢勉。亦精絕無倫。當徐孺人初至時。問嫗門第。則以丈夫兒子外出服官。僅留諸女在家作伴偽答孺人信之於三年女已及笄媒媼為之擇壻欣然從之未幾報某公子欲相女先命諸女次第出皆不中選遂華裝徐女欲出孺人止之曰此非大家所為媼曰金陵風俗皆如是不能違也不得已而出至中堂見公子踞而倨僕從甚衆有指點肥瘦者有品評媸妍者見孺人偕女來公子傲不為禮坐而觀之一僕指之曰此女骨秀神清超前絶後誠尤物也公子亦鼓掌贊嘆曰不意荒壤中竟産靈芝衆僕見如公子意皆曰千金值無多耳不來此時定之佳人難再得矣女泣孺人俯首入謂媼曰如此不堪必非正配吾不願也媼笑曰汝家一貧至此誰與為婚由小星而幾圖之寵榮之日奪嫡何難況此公子父官極品家貲巨萬若母隨女嫁則終身喫着不盡而我亦藉沾餘潤非一舉而兩得乎女聞之大啼拔簪脫衣擲媼曰還我故衣我願與母丐而死不願辱而生也孺人亦怒曰如爾所言真瘦馬家所為耳媼閒道破其情微哂曰汝母女縱有廣大神通亦跳不出我範圍也飲食教誨於今三年不值數百金耶汝女猶我家婢能不我主也女益大啼覓死媼叱羣婢縛之空房立逐孺人出孺人忿甚問入縣之途欲鳴諸官遇一媼詢得其情笑曰汝一窮寡婦思與瘦馬為敵祇自取辱耳彼非金錢充塞衙門吏役相與狼狽焉能公然作是業耶孺人曰依汝所言有死之心無生之路矣媼曰勿急吾係官媒受瘦馬之害不淺與汝同仇為今之計汝既有針工之能可覓一大衙門作活日與夫人習熟乘便訴若衷或有濟也孺人不覺首肯曰我何從入大衙門耶媼曰都堂陳大人諭覓繡娘此其機也且即日可進孺人求引入薦偕入督署夫人見其舉止端方喜而留之命伴女公子刺繡孺人宛轉教導謹慎小心女公子喜悅願與同卧起孺人恒思憶其女中夜涕泣女公子詰得其故轉達其母夫人為制軍言之制軍怒立召府縣官至而叱之曰地方容留人販失察之罪已無可辭甚至霸佔宦室之女為地方官者昏憒無知所司何事耶官皆失色跽請其故制軍以孺人之意告之勒令嚴緝密究刻日申報如有知風漏網惟該府縣是問諾諾而退即率役親詣瘦馬之門合圍而獲之男婦及女咸獲緣出不意無一脫逃者府縣嚴刑鞫實擬瘦馬家男婦俱外遣發諸女歸其家遂送徐女入院署與母團聚感制軍恩相率叩謝夫人曰未也制軍有後命令孺人權為我女師將為孺人女擇配以完其事遂示期觀風集諸生而課之得兩生文理並優問一已有妻一寒士趙生壯而未娶復面課之無偽以徐女配之藉沒瘦馬財産儀充徐令斾缺外尚餘數千金並宅一所為女粧奩俾趙生安心肄業

是科高魁聯捷南宮迎孺人而終養焉制軍獲咎時值生在都亦追隨入部從仇家有隱害制軍之意起居必與共飲食必先嘗防護之嚴過於他人故制軍之得以安然無恙者皆吳趙二生報之也

方幼樗云吳趙二生事儼然史公管晏列傳筆法而一則吳生詳叙於前一則趙生之事臚陳於首絶似天際神龍總不令首尾並見文心變幻筆墨間大得烟雲之助

查商

查商本江左諸生善詩以教讀為業家有水田數十畝可以自食其力突忽作寶想因族人有在津門以鹺務起家者曰北查凡鄉里之親故投之獲利甚厚查亦棄家乘知在北之主者為姪輩行乃貸其産半以安家半作旅費貿然北上以土儀及譜諜餽主者是時北查甚盛司總司庫司賬之士為之奔走者數百人侍以舉火者十家凡貧至閽人報司總或留或去咸聽其總主者深居厚養如王公非大事不預聞人罕覯之查來不過族叔耳既無顯者之託亦非期功之親司總準酌其貽反其土儀留其宗譜資助十金命司賬者辭以主人事冗不及見即見亦無益也查大失所望負氣却其金攜鋪旅邸以俟他緣居半載餘行囊漸罄悲悔之忱託諸詠歌朝夕題寫墻為之滿旅主雖厭惡之因其負欠已多未敢逐出然津門為商賈雲集之所每歲底各寓皆患人滿房貲頓增甚至三四人合一寓室時有北客阿姓係內府下屯取租者覓寓至此旅主曰已無獨住處惟有查客之房可共也阿詢知查為儒士欣然樂從阿乃遣其僕赴屯而在寓靜攝見滿壁詩詞遍讀之拍案叫絶曰天下有此通才而流落不偶乎遂與查談今古互相酬唱阿詞甚豪放飄儇不群恨相見之晚訂為莫逆交盤桓旬餘其僕收租歸阿將言旋曰明年此間鹽政有代者予至戚也敢為先容付書先生投之必遇唤旅主為查償其逋負並留斧資而去明年開鹽院果易查持書往投請見者阿也曰予與鹽政是一人矣業為先生介紹歲奉修金二百頗掌筆墨之事現有微恙未及見先生即飭隸役運行李入院撥二僕以伺之曰予現司總務先生若有所事問予與居停無異也查安之未幾總商以名東願見閽人請命查不知所云遣僕問阿則曰見之可也遂見之商人足恭盡禮再拜而告曰某等商總八人其首推者為夫子之族姪昨謁都憲拒不與見令姪惶恐之至某等聞諸司閽始知前年曾開罪於夫子都憲欲參之夫子以一本之厚諒可恕

小人之無知。此後飲食教誨。惟夫子命。故某等為之先容。祈夫子原之。以達於都憲。則某等咸沐鴻恩矣。皆長跪不起。查亦跽告曰。某於此不過與都憲之戚友善。居停實未之見也。何能為力。衆曰。惟求夫子諾之。事之成與不成。某等何敢强勉。查不得已應之。衆歡謝而退。查乃請阿公而告之曰。閣下命我延客。今誤我矣。述為衆所窘意。阿笑曰。無礙。先生如可恕之。予為斡旋。何難也。查曰。姪之過我。初憾之。嗣聞非其本意。則遑遑祖德。何敢忘。諸居停若推烏屋之愛。憐賜教育。我亦與有榮施矣。阿曰。先生既允之。可命令姪進見。即與同賠可也。明日。其姪偕軍衛謁見之。隊長跪請罪。涕泗交流曰。姪所用非人。致叔父下臨。未能盡禮。昏憒無知。罪寔不淺。今蒙原宥。其祖宗之靈。有以佑啟我後人也。惟叔父嚴訓之。查曰。我寔無能。姪何尤耶。命僕請阿公。則命服而來。始知即都憲也。謂其姪曰。始予以汝不知叔姪之情。焉知君臣之義。昧昧從事。恐致虧帑項。故欲盤封。例不得私見。今聞先生言。知汝為家人所悞。情尚可原。其速黜不肖者。以賢叔總其成。必能助汝經營矣。其姪再拜領命而退。阿謂查曰。予初不以寔告先生者。非敢誑也。恐先生易為之。則令侄無懼心。而謀無成矣。今必不敢輕率。果歲以千金延叔。查乃出入鹽院。阿亦相得。惟命是從。衆商欽仰之。為之公舉立鹺業。不數年而富甲宇內。擬冀北豫東之半。是為南查。

方幼樗云。敘次簡而明。詳而練。最愛收處直截了當。亦深得史公筆意。

場外孝廉

吳人張某。幼業儒。屢小試不售。年已壯。父母使出外謀生。遊於三輔。以記室為業。性甚和平。善隨人意。所主之牧令咸喜之。以是得不賦閒。其脩金除寄奉甘旨外。偶積餘貲。納粟入北監。時或入闈。恒不終局。不過借此觀光而已。至傻觴博戲妓館酒樓。無一不好。惟不敢戀戀者。短於財耳。戊子歲。東人以事去官。有舊居停在都候銓者。昔曾以書招之。比至。則已銓得西粵行矣。張逡巡遛京師。以圖機會。是歲係科場。會館皆為舉子住。不得停留閒人。覓寓則房價倍長。行囊已空。力有不逮。幾存身無所。幸舊主者皆山右人。平日習慣西音。作太原語無能辨者。因訪得西館。尚有虛室。僞託西人赴試者。得駐足地。旋有太原人十數輩來視館。凡有閒宅。皆修飾一新。為上房。為下舍。為書齋。為客廳。為廚為廁。莫不佈置井井。陳設煥然。以將寓顯宦。位置已妥。分數人往迓。未幾。一少年來。馬騰車湧。僕從如雲。投止於內。次日。以名柬拜會同鄉。知為太原王姓。父為大賈。家資百萬。心羨科第。援例赴北闈者。拜客畢。下幃讀書。

咿唔不徹。其所帶之伴客三人。閒暇無事。與張款談。久成相契。遂入局鬬葉子為戲。客問張所事。則以就試之資。以娛戚友。僞對。七月間。驗有一客來。與王密語。喚三客入。久之斯出。皆有張惶之色。詰張曰。足下既果應試。貢乎監乎。張曰。監也。又曰。眞乎僞乎。張曰。有照為憑。奚能僞也。客故作不信。張欲從與觀。三客咸欣然曰。足下真讀書人也。惜不及入場。功名誤矣。曷不一縱觀遊。以解其悶乎。張以躬對之。客曰。我輩相好。無不可通融者。遂堅邀入妓室。縱酒肆博。客為給資。張樂而忘返。沈湎花叢。至八月七日。客曰。我等須送主人入場矣。張曰。貴東人初次應試。恐有未諳者。我為公等助之。偕至試場。張為之攜其籃送。至唱名處。遇素識者。誤為張亦入闈也。出則仍在妓室同樂。三場畢。與客接主人歸。張入已室。見箱篋似有啟動者。然一物不失。置之不言。放榜之前一日。王盛席延客。張亦與焉。主人約通宵飲。以俟報捷。將半夜。聞發榜。逃席而去者。皆倜中人也。張則心無所事。放懷大酌。忽人湧而入。報主人中矣。王大悅。賀客盈門。易席復飲。張醺醺然。漸入醉鄉。午後有噪而入者。閽人不能阻。直至筵前。有識張者曰。此非汝等所覓之新孝廉耶。今果在是。衆皆賀曰。奈何潛藏於此。俾吾等覓遍長安城矣。張瞠目不知所謂。三客大恐。皆出席招衆曰。新貴人醉矣。勿擾之。生怒。所需幾何。我等代為分發可耶。於是衆隨客出。張詢案曰。異哉。異哉。主人益惶急。呼三客逐入。延張至他室曰。今日事當實相告。足下憑空中式。其命也夫。張始歎喜無詞。張曰。何為也。客曰。我主人以數千金訂某貢生代倩。不意某臨場驟丁外艱。不能以正名入試。吾等先曾詢得足下係赴試者。是以引入妓館。以縛足下之身。而盜取監照。俾某頂名與試。不意其人學優心遲。竟為足下完場。公然取中。其命也夫。張始恍然大悟。繼而曰。科場大禁。性命相關。何先不謀諸我。欲我冒作孝廉。不可不可。主人聞之。與客僉長跪請命。張曰。我寒士也。無力作舉人。王曰。吾與足下同年。所需若干。惟命是從。張直以萬金為請。不敢不與。但曰。願足下能保此以終耳。張曰。噫。我寒士也。萬金之貲。不為少矣。科第之榮。不為賤矣。我之力才何足以進取。與其悖入悖出。寧藏其拙。得以盡仰事俯畜之心足矣。乃并科辭謝。擁厚貲而歸故鄉。此之謂富貴逼人來也。

郝迪大娘

北平民郝迪大之妻于氏。天性賢惠。其為人也。抑己尊人。讓利趨義。故姑姊妯娌間莫不親愛而師事之。輩尊之曰大娘。以示不敢爾汝之意。其家山居。夫以樵為業。大娘生一子。甫周歲。歸寧父母。住有日矣。憶及家事。欲回。值農忙之際。其弟姪皆在田間。無送之者。有鄰人子年十四五歲。其母倩令送女。大娘偕之行。繞谿越嶺。人跡罕到處。有羣狼來撲。鄰子倒地。大娘急呼之曰。此子不可食。是鄰倩來者。請以吾子易之。遂投其孩童於地。而與狼力爭鄰子。狼竟舍之。扶鄰子踉蹌而歸。其夫見大娘顏色慘變。詢得其故。攜鎗往捕。至其處。見羣狼環伺之。其子端坐於中。穵地搏土為戲。狼見人來。跳躍而去。乃抱其子歸。夫婦互慶。明日送鄰子歸。述之通邑。稱異。未幾鄰子赴野拾菜。竟為狼食。村人益神大娘。死而廟祀之。凡有遇虎狼者。大呼郝連大娘。則必有旋風護之。至今香煙猶盛。

周姬

燕人胡某。士而兼農。且耕且讀。雖不得科第。而温飽自如。亦里閭中之安樂人也。年逾強仕。無子。妻牛氏。悍而妬。家無婢女。胡曾買妾。為牛氏苦撻逃去。胡不敢追。有好友錢生。聞其事。深抱不平。欲覓悍過於牛氏者。納諸胡以樹之敵。適有河間周女。隨父貿械至其地。能於首豎二百觔旛杆。以足蹬一百二十觔大甏者。值其父老病死。弟幼弱。貧不能殮。願賣身為父置櫬。錢生以百貫為之治喪。俾其弟扶柩回籍。告以牛氏之悍。欲伏其力懲治之。為胡友延。後送與為姬之意。周女首肯而去。以小星禮謁見胡夫婦。胡感錢氏之情。夜使值宿。然心甚惴惴。次日早起出門。牛氏已操杖伏於寢門之側。夫出。突入。姬猶未起。半捲其衾。以杖指之曰。汝何大胆。敢入我家。知我家法乎。凡為新婦者。須試杖一百。姬不答。牛氏之杖亂下。自背至股。撻百餘。姬曰。杖數盈矣。妾應起身。勿傷貴手。牛氏無言而退。姬乃為之洒掃執爨。暇則浣衣紡履。凡婦工之所應為。皆代牛氏殷懃為之。牛亦不悅。恒以橫逆相加。姬裸衣伏地受撻。不知凡幾矣。偶與胡寢。胡憐其無故受其婬毒。涕泣撫之。姬笑曰。郎毋以妾為念也。夫人之力。能有幾何。妾所忍受。猶同兒戲。郎視妾身有微傷乎。妾所憂者。未知何時有娠。倘得一子。庶不負錢先生之恩耳。半載後。果懷孕。牛氏覺之。俟夫出。閉姬於房。操大杖臨之曰。我欲審汝。姬以舊規。自去衣裳。伏地聽命。牛氏微哂曰。我知汝有孕。真乎。偽乎。姬曰。有之。纔月餘耳。牛曰。聞汝以賤妓出身。所得何人之種。敢亂我胡氏宗乎。汝須以腹受杖。我為撻而去之。再得者。我始放心。汝尚敢以臀塞責乎。姬大笑而起。捽牛氏於地。以一足按其背。手接其杖。先撻數十。訓之曰。嫡庶之禮。代操井臼。以伺應郎與夫人。若有過。受杖。是我分也。今我來汝家半載餘矣。腹中宜乎有孕。猶以外心疑之。

不過借詞欲毀我胎耳。是甘絕胡氏之宗祠。斬祖先之血食。大罪人也。人人得而誅之。我今日為胡氏之前人代伸家法。汝能革面洗心。尚可原恕。否則裂膚折骨勿悔也。牛氏始猶叫罵。繼而不勝其楚。哀鳴求恕。姬始釋之。牛氏披髮狂奔。訴其母家。其兄弟叔姪。皆鄉里之蠢人耳。聞其言。糾合三十餘人。各持器械至胡宅。尋鬬。姬聞人聲嘈雜。理髮整衣。以布束腹。拔關而出。問曰。汝等皆夫人之黨乎。有明理者。請論曲直。若不言理。欲以力勝。亦請施技藝。衆怒甚。蜂湧而前。姬躍出門。奪白梃旋舞以鬬。當之者莫不中傷而撲跌。皆棄械抱首竄去。姬大笑而入。夫亦歸矣。知其事。曰。目前稱快。後將奈何。姬曰。郎其勿懼。請約諸生以備訟耳。乘此一舉。未必非長治久安之道也。牛氏之衆敗歸。果役訟師。以爭忿奪嫡鳴官。官為嗾訊。姬乃投案陳情。諸生為証。官直其言。而判曰。牛氏無子而妬。七出已犯其二。恶恃愚蠢之黨。滅妾欺夫。罪無可逃。照律出之。其助惡之人。各杖八十。為大不應者戒。過撻諸牛。命故黜牛氏。而以周姬為繼妻。諸牛歸。因官私受責。亦不直牛氏。衆棄之。牛氏無所依。行乞自活。次年。值周姬生子彌月。賀客盈門。牛氏操杖持筐。以往見周姬。長跪叩首。乃周姬挽之登台。當衆問其情。牛氏大哭。痛悔。姬曰。妾為夫人摧攝正位者。料有今日耳。夫人既誠心悔過。請以禮讓。牛氏固不敢。允而胡生亦大不悅。姬已為之易衣。衆皆賢之。錢生曰。請全周姬之志。命生與牛氏入室歡飲。而歡然。然而牛氏自怨自恨。竟不干預家政。別潔一室。長齋奉佛以終。

薌厈曰。騏不稱其力。稱其德也。其周姬之謂乎。悍婦不難以武勝。而難於德勝。乃能化之使悔。其姬姜太任之流亞歟。合觀郝連大娘事。何賢良之婦。皆在田間。禮失而求諸野。其斯之謂與。

沈太守

浙人沈某。少為酒家傭。虧其主人錢十五貫。年終無以報命。歸謂妻曰。我已虧負主人。縱不我索。奈夥伴皆目我為負心人。其能相容乎。奈此間無立足地。惟有外出營生。汝其紡績勤勞。以奉我母。勿致凍餒。紉感無既。妻曰。此我分內事也。毋慮多囑。但願賤出而榮歸。不虛我望足矣。沈曰。汝言誠是也。去至淮上。作漕艘牽夫。相隨入都。攜筐賣餅餌。自給之外。日有餘貲。以置冠服。代人投刺。推充僕從。一日。有詞林欲謁大丞相。其僕病。倩沈代。沈生平未見相府規模。貿貿然持柬直衝。值閽人劉姓將出。飛騰華蹤。十數騎前引後從。蓋劉已得四品題銜。其儀仗直與京卿等。前後見沈冒昧炎難捱之。沈横臥於地。哭喊曰。恃爾主為宰相耶。即皇帝亦當論理。我何罪而辱之。劉甫登車。聞其語。操南音命人喚至車前。詳詰其貌。即飭送入後院。毋得縱逸。俟我歸來問話。應聲雷諾。牽沈徑去。詞林見其滋事。已驅車遠颺矣。劉回院。問客何在。衆人擁沈至階前。叱跪。劉細審其籍貫戚里。沈惶悚以對。劉盡退從人。扶沈入室。納諸上坐曰。弟識劉某乎。舅父母無恙耶。沈始敢仔細端詳。囁嚅而對曰。非我二姑母之大表兄乎。久出不通音信。自幼未聞讀書應試。何富貴至是。劉笑曰。我非中堂。是其僕也。沈咤曰。均是僕也。兄何其榮。弟何其辱。願留而受業於門。劉曰。弟宜勉力上進。勿以區區為事。沈曰。弟目不識丁。力難勝用。是文武均無進途矣。劉曰。有志者。事竟成。乘此青年。尚可為學。但求識字作書。諒無難者。兄之大兒現就師傅。弟伴讀有人。便可研究矣。乃為沈薰沐更衣。頤養月餘。送之入塾。其子之師。係名進士。體主人意。不過欲沈略知文墨。故日教以十餘字。及臨摹仿版而已。攻苦年餘。居然腹中有二三千字。腕下亦筆畫分明。遂誇於劉曰。弟之學。雖不能拾青紫。以此應酬。似不欲多讓人矣。劉詢諸師。師曰。令表弟非科甲中人。以就異途。遠勝於沒字碑矣。劉大悅。謂沈曰。本欲為弟納一官。但官場中規矩禮節。弟尚未諳。兄於中堂處求書。弟攜

客窗閒話　卷四　初集　十四

往徽南制軍處。圖一席地。以便觀習儀文。留心從事。勿忘荒也。遂具衣服車馬送之保陽。以書干制軍。見係中堂所囑。鞠恭迎之。制軍問知來意。即進首郡太守而告以故。太守以適需記室。為請。制軍悅。推薦與之。太守往拜。以歲脩三百金。延沈入幕。其幕中人爭先媚之。通譜結盟。無不曲盡其道。數日後。司記室之僕。以稟啟盈函請其答覆。沈閱之不解。作色曰。是豈予所為哉。怒擲置之。僕諾諾而退。告於太守。太守曰。汝等不自小心。觸先生怒矣。此等尋常答覆。何足以煩大手筆。如有疑難之事。我自懇之。從此僕不敢以書記進矣。沈終日閒暇。惟潛窺太守延客。退與幕中人議論儀注而已。同事者久已習覺其腹内空空然。以丞相私人。皆欲得其歡心。曰。兄如有事參商。弟輩當力圖報効。勿以外人目之。則幸甚。沈知衆心之向己也。故居停所行之事。皆倩人主稿。如是者半載。心竊不安。自討儀注已習。可以歸矣。遂告太守曰。昨有都中人來。奉中堂諭。喚予入都。未審其何事也。然不敢逗遛。請辭。太守曰。方仗鴻才。以匡不逮。豈可遽別。如有不適之處。何妨明以告我。自當謹領大教。沈曰。主人忠且敬矣。予又何辭。第中堂之命。不敢不應也。太守知不可留。以告制軍。制軍曰。客若不得已而去。我何以對中堂。無已。姑設法以綴其行。我等共壽一款。以壯行色。太守唯

唯。乃與臬司及幕中人。遞為設餞。日以優觴款之。囑首邑具銜告各牧令。僉佽於贐。集五十餘金。以臬司命饋之。沈大悅。滿載而歸。聽命於劉。為謀畫。以參軍職入軍功。加等優敘。銓得縣令。繞道返故鄉。挈母妻至任。緣自起於寒微。知民間之疾苦。故其理事也。勤而恕。對簿公庭。必使無情者。向人服禮而已。曰。予為朝廷執法。一撻汝容何傷。但汝子孫。或有榮顯之日。知之者。咸議其祖父為刑傷過犯。沒齒之恨。將為世仇。且訟不可終。每見勝者亦傾家破產。矧敗者乎。何如因予言以寬解之。將為日後之不可終議矣。悟其意者。感且泣。邑以大治。以是薦升太守。值丞相敗。劉亦得重罪。適聞母訃音。致仕歸。方其在任時。生二子。謂其妻曰。予年將半百。有子足矣。況出宰耶。予意送汝歸故里。以教予子。是方成童。尚不知習俗。假令長在署中。其安分者。不過無能。其不安分者。則竟敗類矣。蓋衙門之所尚者。驕惰奢侈。娼酒賭博。無所不為。此則知識未定之人。所大忌。天下之不為習俗所移。出類拔萃者。能有幾人。況予以何等起家。祖宗功德。盡於此矣。安敢望復世家傑之士耶。汝以二子歸。先訓之讀二三年。可知其志。倘能讀書則善。否則農工商賈。各予一業。決不至餓莩。若者曰少君而已矣。此不但餓莩。皆俳優之流亞也。其母妻皆性喜儉樸。亦忌坐享。欣然同歸。

客窗閒話　卷四　初集　十五

教二子讀。不成。置良田百畝。以一子督耕。一子與賈。及沈歸來。就其子之才。在鄉增田。在市立肆。各守其業。而沈則布衣草履。往來料察。忘其曾為中大夫者。優游林下二十餘年以終。

客窗閒話初集卷四終

客窗閒話續集目錄

卷一
吳封翁　雞女
語怪 七則　某宮保
黃大王　祝由科
李篆師　唐詞林
南宋高宗遺事　王土地
許湛然　王理堂

卷二
擒閻羅王　補訟師 二則
粵東獄　職役
智女　陸清獻公遺事
補騙子 五則　奸僧獄
義盜　悟知子

卷三
嚴氏　潘善人
身毒國　某制軍夫人
秦良玉遺事　某郎中
朮芷治瘧　烏蛇已癩
金標客　文孝廉
何首烏

卷四
一技養生　六壬神課
妖人邢大　補明武宗遺事 三則
通州吏目　金山寺醫僧
張康訪　某少君
許宗伯　巧令 三則

客窗閒話續集卷一

清　吳薌厈著

吳封翁

霅溪吳封翁，富而好德，生二子，先後舉孝廉，亦仕，乃翁濟急扶危以成善事。乾隆丁未歲饑，二子皆出助賑，翁無所事，止息於閒庭以養靜，因山林空曠，以防宵小。除夕，請翁入園，二婢執燭前導，翁仰見樹端伏人，即止不進，囑二婢曰：汝等留燭於亭，歸告太夫人，我守靜已久，不願赴熱鬧場，可移樽獨酌，以適我意。太夫人知翁性情，不敢拂命，僕移筵就之。翁屏退家人，仰樹呼曰：樹間君子，此間已無外人，盍來一敘耶？樹上人聞之，戰慄幾墜。翁曰：老夫豈執汝哉，毋恐。其人下，叩首稱死罪。翁視之，鄰人某也。邀入亭中，曰：現備酒餚，先酌三杯，以禦嚴寒，姑告所需幾何，助汝可也。鄰人泣對曰：小人有母，不善過荒年，無以卒歲，素稔翁家富有，故行此不肖事耳。翁曰：不能周濟鄰居，以至為非，老夫之過也。汝其飽餐，當以二十金畀汝，卒歲之餘，小作貿易，足以度日矣。切勿再為此事，他人不汝恕也。一成盜名，則為捕役魚肉，沒齒不能掩蓋，且陷老母於不義，其奈之何？鄰人益感泣，叩首無算。翁乃予銀并布包食物，送之牆下，曰：歸遺爾母，汝仍出此，勿使我家人知，以留汝顏面。鄰人緣牆而去，方喚家人，見杯盤狼藉，翁忽有兼人之量，且疑且喜。後十餘年，長公子發甲，官至大中丞，次公子亦入詞林，提督學院，翁受二品封而卒。舒葬之日，戚友以千計，忽有靈隱寺方丈大和尚來，侍者雲從，祭品豐潔，俯伏柩前，哭之慟甚。中丞慰謝之，而不知是何交情。和尚造膝密告曰：僧本鄰居，前曾為流，蒙老大人不責其罪，反以廿金為助，藉以奉母。母卒，棄去為僧，苦志虔修，今入方丈，稱大禪師，皆老大人之德有以成之，僧不敢忘，謹以實告。吳氏乃知其事云。

薌厈曰：此不難於濟助，難於唯恐人知，諄諄告誡，俾改行從善，是為陰德。

雞女

余舅金氏，以大海之洋行為業，自置洋船五，在東西洋貿易，每船必有標客，以御盜賊。甲子春，船將開行，大讌標客，招優演劇，甚盛設也。標客自然首坐，傲睨一切。余舅命其子姪陪宴，皆少年好事之輩，見客倨甚，切切私議，欲試其能。半酣，少頃請客入園散步，堅請試其技。客左右顧，見道旁有卧柳，曰：此礙步，請為公子去之。迅以掌劈柳木，截然中斷，如斧劈。眾皆咋舌。當其時，有淮陽難民過境，沿肆乞錢，內有少女嬌嬌不群。亦隨眾落化。至洋行幪游之騷。以一錢投之。女怒。叱曰。視汝姑為何如人。而以一錢戲之耶。今日罰汝千錢。不然。吾不行矣。隨坐大門檻。以阻人出入。時腳夫運糖包至。每包約重百七八十斤。皆壯而多力者。有之疾趨至大門。見女碍路。喝之起。女故張其肱阻之。腳夫怒。作失手勢。以糖包壓之。女接而投擲。不甚費力。群夫大譁。負以糖包共壓之。女無懼色。左抵右拋。如弄丸然。紛紛飛出市頭。反將群夫擊退。女大怒曰。汝曹欺壓孤女。使之內傷。罪在不赦。非多給錢養傷。事不能已矣。時吆喝之聲達於內。主人止戲。客亦出。覩少年共議曰。可以覩客之長矣。隨激客曰。我等覩此女之力。恐無敵於世。客能退之否。客視女弱甚。曰。吾以二指提之出矣。攘臂而前。女以一掌拍客胸。跌去數丈。入櫃內。如昔從座。內外譁然。老主人出。命僕扶客入。以千錢賄女。好言慰之去。方叱少年滋事。入視標客。已從後戶遁矣。少年兄弟密議曰。若得此女保標。諒海洋無敵手。其兄欲買以為妾。次日。開官以舟與貲。將護送難民出境。少年兄弟訪至碼頭。挨舟覓女。見艙中坐一叟。衣冠雖破。冠藍頂。魁女侍其側。方絮絮教訓。女俯首垂淚。少年登舟拜之。叟喝女退。出迎。肅客入坐。少年曰。叟居何職。因何若迫至是。叟曰。老夫淮之山陽人。忝為都閫。以老致仕。不意今夏雨甚。河決。田廬皆沒。不能不隨眾負食。老夫無子。只有一女。年方及笄。昨因乞錢。用泰山壓頂勢。傷一標客。女子何可逞強。擾川搬手。撥人衣食。老夫正訓斥之。少年極譽女能開將馬。伍叟曰。老夫親家。淵軍水師提督。婿亦開封矣。將送女完姻。而老夫依此終身也。少年諾諾而退。

鄰斥曰。女子之强者。功勝於男子。何則。其心專也。昔聞獻縣來一繩技。有姿色。方開場作劇。有武舉能開十四石弓者。以拳霸一方。縱淫無敢與較。見此女。投所好。強欲留宿。班主曰。我等賣藝不賣身。客何犯我規耶。武舉怒。拳擊班主伏地。眾皆曰。此武舉官人也。良家婦女尚不敢抗。爾等既賣技。何敢拂之。自取苦惱耶。女子乃笑迎武舉而慰解之曰。官人果與妾有情。請以夜持五十金來。否則不能承也。武舉哂曰。五十金非難事。果處子。亦不為費。入夜至女室。置五十金案頭曰。可以共卧矣。女曰。妾請先睡。官人能犯妾。任意為之。如其不能。請留金而送客。武舉曰。汝不過欲蓋羞耳。何有於是。女子乃閉門去衣。俯伏床上。武舉騰身上。以兩手掰其股。竟如鐵鑄。莫動分毫。隨作開弓勢。儘平生之力。劈分兩股。力盡而股不稍移。武舉怒。擊其臂。堅如石。過擊首背皆然。拳反作痛。乃伏其背。以柔情動之。聞女子酣呼睡熟。擂弄終夕。無可如何。洩

明。女子躍起曰。官人既不傷妾。妾亦何傷於官人。請留金而退可也。武舉從此力弱而死。嗟乎。色與力。不可並用。並用必內傷。自恃欲武舉何壁女子之術中而不悟。此為惡之報也。吁。可戒矣。

語怪 七則

怪者。聖人所不語也。而商羊萍實。載在家語。何也。有理可明。雖怪猶常。若無情理。徒駭人聽聞。斯聖人不語。然同一怪事。有理無理。庸愚所不能明。姑置之以俟達者。

粵東梟署二堂後院。有榕樹一株。其本三人合抱。其末高七八丈。扶疏蔭鎰。樹有神甚靈。故建廟立碑。凡梟使必以禮虔祀。朔望演劇。則安然無事。若稍有懈怠。神即顯形。緋袍烏帽。據坐公案。必有殃咎。是以無敢瀆者。道光壬寅。裔廉訪在任。有僮溺樹側。立即瘋狂。操刀飛舞。砍盡書院芭蕉數十本。主人防僮溺罪。而後已。有僕不信其事。故溺之。神情頓迷。入房抽劍插胸。數刃透背。人見之驚喊。僕曰。無傷也。自拔出劍。而血不流。惟前後紅痕一線而已。不言痛。亦不變色。飲食如常。主人慮其有變。資遣回籍。

又前任公子。當暑宴客。愛榕蔭清涼。移席其下。無雲而雨。着菜上。皆臭穢不可食。賓客敗興而散。

又前使族人。晝寢於榕樹堂側室。忽覩雲霧中一蟒奔床前。驚駭逃出。覓得一鎗。實貯火藥。將往擊之。或問其故。其人以前事告。或往覘之。寂無形跡。其人指蟒卧案下。遂攜鎗執火。潛入帳內。覺又奔之。即燃鎗轟擊。響震遠近。其人昏迷伏地矣。眾皆聚觀。見窗紙盡裂。鳥鎗斷折。其人尚昏迷未覺。兩手如織。連脫脫去。遍覓之。不見。鎗筒與手所在。乃救其人醒。問之曰。鎗鳴時。即震驚而斃。不覺手之脫與鎗之折也。噫。此更異矣。凡鳥鎗貯藥過多則裂。尚有情理可言。然不能銷鎔鐵筒與人之手也。或曰。其人曾褻樹神。故有此怪事。

吾鄉有朱氏翁。年週甲。為米市牙。其為人也。嚴以正己。和以接物。故人皆親之。每出行。遇有碍足之物。必去淨而後已。見棺槨之暴露者。必為掩蓋。一日。索逋至野。見破冢內有巨甕。白鏹滿中。翁恐目迷。方檢閱間。冢旁農人覩之。奔而前曰。此吾祖父墓也。方因雨破。汝徘徊其間。毋盜是中物耶。翁謝過曰。原物歸君。我未動毫釐也。農人識翁。故揮之去。而呼其兄弟子姪來曰。冢中不知誰氏物。露我目中。天其富我乎。盍共取之。眾皆合力起出。視甕中盤旋蠕動。皆毒蛇也。農人恚曰。翁先見此。而曰原物。戲

我實甚我其道戲之眾曰諾共舁瓮至翁宅後俟其寢息升屋撥瓦而傾之翁夫婦蹶起曰天雨金矣始拗避之候雨定而後檢較得數千金家以是富彼農人傾畢負空瓮歸方自以為得計也

或曰金銀之氣上屬青龍蛇龍類也故變幻及之凡南方人家蛇多者必富殊不然也昔某家有婢出空室丁當之聲拗視之梁上一翠色四足蛇方吐錢着地婢奔告主母偕往觀之蛇去錢存僅十餘枚耳異日又聞房中錚錚然婢探之見翠蛇據床床頂上吐錢盈席矣又報主母走觀則蛇不見檢得時錢千餘文婦以告夫其家本小康意謂神欲益其富盛設祭祀自此蛇不復來而家隨中落

浙有諸生某名宿也久困場屋在闈中構思詩成吟誦間四鼓人靜忽見青面獠牙四胸凸肚一怪當面生膽素壯不甚懼徐問曰汝來何為怪曰我得一佳作欲助有福者掄元遍覓闈中惟汝可生曰試誦之怪曰香油煎蔴魚豆油炒千張二語不甚佳乎生曰此孩童急口令也若以為文笑死萬人且玷我聲名實甚舉硯欲擊之怪出硃筆點其額不覺首肯竟錄其詞作破怪大笑而沒以下皆已作也錄畢繳卷若忘其事者二三場悉盡心為之受卷所不閱謄錄照繕而入見科座上係名公鉅卿卷落一同考官處乃以翰林散館出為令者亦自命不凡閱此卷破題不覺大笑致頷頰振脫張口不能言僕扶入室臥不起座主與同考官有年誼往候其疾曰老年兄素稱康强何忽患此恙房官以手指案上卷笑容可掬座主檢閱數過不覺欽佩曰老年兄得此佳卷何處不入彀耶我將與副總裁共賞之遂攜卷去兩主司皆朗誦健羨泪無出其右者竟定解元榜放同考官之疾自愈閱此卷發解忽笑往見座主曰大人與職聲名從此掃地矣是何言也而可作解首耶座主曰文實佳甚豈出老年兄門下過作謙詞耶房官曰無論下文如何觀其一破概可知矣主司共讀之不覺狂笑曰我等皆自開講閱起未及詳觀承破至有此失奈何考官方全誦之曰文實高起大人所取允當無已請召此生問明其故易卷可也監臨速召生來共詢生始悟場中之事以實對考官曰必魁星欲為吾拜光故作此戲不然走馬看花之際恐遺珠耳眾皆曰然

豫丙沈孝廉名士也以丈曾友卓卓一時忽患時症頭痛身熱醫以生軍下之所下皆白膏病痊而愚甚至一丁不識向之朋友來議論縱橫孝廉殊憤憒自亦不知其故或曰人能記憶一切皆在腦所下白膏腦脂也腦減則忘其所有信如斯言藥補其腦當能復原矣何以沈孝廉終身不復也

某宮保

某宮保未達時寒士也賣卜浙之吳山有蜓商某武林巨富生平喜風鑑者無不覽遇能者俯首降心卑誠求教故其術甚精生一女自視之合封一品夫人凡議婚者必面相攸曰非吾女匹延至廿餘年無當意者戚友皆非笑之時商行術至廟遇而興不得行在廟閒玩過賣卜處見公骨格非凡又覘其旋馬而返足跡印地者皆中滿商大悅確信為大貴人也詢姓名年庚籍貫知為舊族已遊泮而未婚又與女相若曰先生步君平後塵亦屬韻事但不如教學有相長之益公曰某與鄉人此間無人相識誰作曹邱者商曰先生果有意乎我即主人請以訓我子何如公欣諾商返具衣冠什物延公使二幼子受業閱半載見其性情通達學問書法俱佳遂遣媒納為贅婿未幾商卒長子襲父業渺視公而戲弄之且不使諸弟入學曰何學乃為公讀閨中其夫人識之曰丈夫不能身自振發而依親戚為事妾亦何顏公怒欲去夫人曰妾奉嚴命相隨終身豈有他志然不得不勸夫子自立也今夫子舍妾而去將焉往公曰寒苦我命也不能仰人鼻息還我故人任我所之夫人苦留之不可竟

脫華服衣故衣不名一錢攜來時筆硯而去行至嘉禾無腰纏不能前止於三塔寺仍興舊業卜業之左有星士為人談命有驗業甚盛日進制錢數千因江湖同道與公往來覺異於流輩使書八字俾決之曰閣下當得一品職若往北行不久上達吾推命多矣決無錯誤公曰承君美意奈無貲何星士曰是不難吾自來此積十餘金盡以助閣下十年後無忘今日則吾食報多多矣公曰誠如是何敢忘遂藉其貲附糧船達津門貲用將盡聞保陽有族人業茶者相識謀往依之至則其人已歇業南旋矣皇皇失所訪得同鄉數人皆無力貲助為入藩署科房帖寫日得數十錢僅敷餬口而已數月瘧疾作北方以此症無救謀棄之主吏憫公以數百錢納懷中乘其昏迷使工人負出置古廟廡下時大雪壓公身熱氣得雪而解醒知其故怱怱北行至滹河雪益大不辨道路撲跌入河水僵不能起河上有廟老僧主之方闌燈假寐夢伽藍神告曰貴人有難速往救之老僧開目見河內伏一白虎驚覺出觀則寠人臥雪中不知死生不敢救入室復臥見伽藍神怒叱曰出家人以慈悲為本見死不救禍且及汝況救之將興踊廟老僧遂決救之其徒與火工力阻之不聽喝往扶公入去濕衣溫以棉被進薑湯而蘇偕問行蹤知為儒者益敬之為易衣供奉卒歲至春暖

時。僧謂公曰。先生功名中人也。此地無可發跡。我師弟主都中隆福寺。方丈王公大人皆與往來。請以一函書。及貲兩緡。送先生往投之。公欣然附車往見。大和尚志高氣揚。非大衆比。謂公曰。既師兄書來。命侍者引入客舍。姑住此以候機緣。公得往且住。雖饔飧無慮。而衣貲無所出。衆僧皆喜公和婉。暇即聚談。曰。習見先生書法甚佳。曰。盍不於廟外售聯。則所需有着。公聽之。買者源源而來。日得數百錢。春服藉以告成。時皇太后許書妙法蓮華經百部。施舍天下名山。作大功德。 上命詞林書式。 呈覽。不合 太后意。有旨。旋命諸王在外訪善書者。王識大和尚。命書記僧作字。汎愈不合旨。王無以應命。惟有責重大和尚而已。乃與衆僧謀一僧以公對。大和尚哂曰。此不過賣春聯之字法耳。何足以當大任。僧曰。舍此無人。盍姑試之。不得已使公書字。因王進呈。 太后大悅。命延入王府。虔誠書經。功成之日。厚酬之。王自來延請。大和尚皇然失措。碱備行裝。送公入府。書經告竣。 上請問合 旨之意。 太后曰。在廷諸臣非無書法出其右者。第福分屋淺。即無功德。此人將來必為正直大臣。有功於國。故其書渾厚多力。可與一官酬之。 上奉 懿旨。召公見。 欽賜舉人。以部曹用。遇缺即補。時公以書召夫人。覆命曰。妾自夫子去後。心向空門。今已習靜。自維不能相夫子。如念結髮情。置媵可也。公思婦翁識拔恩。免虛內闈。 上信公之為人忠誠樸實。一歲三遷。不及十年。官至直隸方伯。未幾總督畿內。星士來見。為之延譽獲重貲去。漕河老僧。時年八十。因公往祝之。文武員弁以公故爭獻壽儀。又為倡修廟宇。規模宏大。且在彼立給孤獨園。隆冬收養流民。通省咸置留養局。無饑寒之民。在其境又開水田。通河渠。設橋梁。初北人不習種棉。公聘南方男婦導之。作耕織圖以進上為題詠。當公作帖寫時。知吏之利弊。故官文書。皆刻頒格式。使吏不能高下其手。又修復義倉。作義倉圖。均貯四鄉。以便賑濟。於是上下肅清。閭閻豐足。 上益重之。入覲。詢公尚未有子之故。公以實情奏。 上為降旨召夫人。不得不來。以命服迎入署。夫人見公再拜曰。妾來應 君命。然馬齒長矣。無生育理。僅能主內政而已。請納如姬。公不聽。 上知之。以江南織造所進宮人賜之。生一子。 上賢夫人之不妒。加宮保銜。命正妻為一品夫人。妾賜宜人。其子後亦為大中丞。

薌厈曰。公之善政。所以結 主知者。當不止此。不過依客所能言者記之。或曰。北方宮保諱觀承事。然觀公行狀及袁簡齋先生隨園文集所載。不合。意或鄙俗之事。節去以成體裁。或傳述失實。或未可定。惟小說不嫌荒唐。且歷言窮達。亦鼓勵寒儒之一道也

客窗閒話　卷一　續集　六

黃大王

大王豫人。前明諸生。生農家。性喜水。幼孤。母撫之。三歲時。母為人浣衣。從井汲水。兒在其側。嬉戲井旁。照見已影。躍入從之。母驚見。呼救。鄰人咸集。見兒坐水上。兩手拍弄已影。人見其不沉也。共異之。以繩懸入下。抱之起。至七八歲。母夫人又殁。其姑漁家婦也。無子。養為已子。兒隨姑父母舟中。更以弄水為樂。其姑夫屢次教戒。頑梗如故。厭之。一日。姑夫閒卧舟首。兒澈水濕其衣。怒甚。以足蹴兒墜河中。隨浪逐流而去。姑見之。急呼。何殺我兒。不但絕黃氏後。我老何依。號泣不已。其姑夫曰。頑童無用。將貽後患。不如早絕之。夫婦口角時。下游一舟來。問故曰。無傷也。離此十餘里有兒戲水中。樂甚無乃是耶。速往救之。猶可及。夫婦放舟下。果見兒在水中。抱大魚出入波間。其姑如獲珍寶。扶之登舟。而問。如此兒乎。不能容於其夫也。使受傭為人牧兒放牛之際。見村童讀書。竊聽。因往塾聽師出入。屢見之。異其勤也。問兒亦解此耶。兒背誦如流。且講大旨無誤。師異之。告居停。使為學兒受教。益悟。不數年入庠。居停以女妻之。遂家焉。其姑夫婦相繼亡。生無以為業。因設帳焉。秉質穎悟。無書不解。能剖斷至理。為人所服。故從遊者衆。名大振。為豫藩周王所聞。招為記室。在府數載。值闖賊肆亂。圍豫。生知時不可救。去之。購大小舟數十。沿河而上。賊決黃河灌城。將沒。生急救周王親丁及從者數百人載去。賊追之。作五里霧。迷不知所往。或曰。在嵩嶽深處人跡罕到。為王作窟。隱其間。生仍回家教讀。時土寇雖多。皆遙望生村。甲兵隱現。莫敢犯者。避難者負往依之。恒見侍衛嚴。夜以馬邀生。周王召之也。時我 大清兵已定豫使大臣來河。決不能塞。募能建策者。生出應募。指揮築堤。無不如意。將合龍之際。選四健卒。使抱椿。隨埽下。卒懼死不從。生見之。洒淚而謂之曰。汝四人數合建此大功。享千年奉祀。若不從。受違令之誅。等死耳。與其死無名。何如神長在耶。四人樂從飲醉。持椿入水。而隨波逝。春定埽進。功以成。大臣欲奏官之。生曰。我明諸生也。既不能死又從而官之。聖朝安用無恥之臣耶。我之來。為萬民惻難。豈為功名。遂去之。後水退沙漲。運糧河沒千萬人不能闢。民不堪命。共薦黃生。河督召之不來。使民往請命。始至。相度兩河形勢已定。曰。以某月日興工。頒示居民遠避。吾將竭力為之。至日。風雨雷電交作。雲霧中見黑龍下垂。天地震動。沸騰之聲。如黃流倒灌。如勁敵衝兵。遠近驚懼。如是者三晝夜而定。河督往視之。運河已成。黃生不知所之矣。計之聞已勞瘁

客窗閒話　卷一　續集　七

卒為奏封河神。立廟河干。後凡黄河有警。則神見。旅見波濤間。前驅四將。即抱旗四卒也。所至有功。進封為王。至今河渭有小黄蛇見。河工官弁即以盤迎之入廟。設享演劇。或留一二日。或三四日。即不見。人咸謂黄大王寄跡也。

薌厈曰。古語有云生而為英。死而為靈。王英靈也。至今過中州大王鎮者。猶覺凜凜然有生氣。王之全傳事迹尚多。此其大略。

祝由科

祝由一科。其術甚神。凡金鎗及跌打死者。頃刻能生之。係湖南破頭老祖所傳。其祖師北宋時人。太祖聞其名。召入禁內。時有小臣不合上意而斬。非其罪者。祖師為續其首而生。太祖怒。使武士以大斧劈祖師。去其腦而棄之。其徒潛移屍回。以術生之。遁深山窮谷間。從此不履塵世矣。迄今千餘年。尚存其傳。術分兩派。一派非重聘不行。一派不受謝禮。見死必救。受業時各發誓願。如違教者身亡家滅。故敬謹奉持不失。其中惟米客習是術。多不受謝者。故其術甚神。有馮陳二客。運米至吾鄉。投行主小糶。即寓其家。二人同出剃髮。坐肆中。凡髮匠吾鄉呼曰待詔。有小待詔者。龍陽君也。方與一客用小刀取耳。有棍徒以手挽小待詔之臂。出其不意。待詔驚躲失手。刀尖直刺客腦。客倒地而斃。肆人皆驚惶無措。肆主執棍徒縛之。將以鳴官。馮客謂陳客曰。我等不能見死不救。曷以術生之。陳客曰。諾。肆主聞之。欲跪求。馮急止之曰。如此則不能救矣。誠出吾心。由吾所為則驗。汝速沽燒酒一斤。白紙一束來。付陳客行法。陳客曰。曷披我髮。執手持訣。向死者之耳噀酒令濕。以一紙糊之。喃喃誦咒畫符。又噀酒。又蓋紙。如是者數十。壺酒完紙盡而止。曰。辮我髮。使多人助我拔刀出。則扶死者出門。喝之走。其人徑奔回家。妻子問之。不答。僵臥於其床。家人莫知其故。環守之。經夜而醒。曰。我憶昨日為小待詔以刀刺耳。疼極而昏。何今日無恙。其夢耶。則髮已剃矣。正驚疑間。肆主偕棍徒來問候。始知其故。曰。我受米客再生恩。當有以報之。棍徒曰。是我之過。客脫我罪。已備盛禮來邀君往謝耳。其人欣然偕至行家。主人見以禮物來。知謝救生之事者。急阻之曰。不可。我知客必不受謝。尚高臥後樓。勿擾之。衆皆曰。豈有受恩不謝哉。客縱不受。亦明我等心耳。且聞此後傷復發否。主人不得已。領入樓下。喚二客。馮客啟樓窗見之。搖手曰。切不可謝。謝則恩將仇報矣。棍徒與受傷人感極。不覺跪地。聞臨河後窗開。似有人躍入河中聲。馮客頓足曰。爾等逼死陳君矣。隨下樓同往後河。問放舟子。見一客跳河。打撈無獲。馮客亦不甚追究。為脫

貨易銀。攜裝而去。

薌厈曰。客之術神矣。不受禮物則可。何至避一跪而水遁。可謂玄之又玄。衆妙之門。

李家師

吾鄉李生應童子試。年至不惑。不得入泮。遂以訓蒙為業。鄉農延之。歲入修廿餘緡。及門者十數頑童。廿載其境然。舍此更無別業可為。不得不下氣降心以就之。非其本心也。居停十餘家。輪流供膳。有餘則以施丐。有一老人日向先生求乞。不以為厭。求必飽而後去。一日先生病目。腫甚。伏几臥。老人來視曰。先生之疾易為也。我往覓草藥煮而洗之。不日愈矣。未幾果以藥草來。噀之香甚。如法熬煎洗。果就痊。遂以制錢二百。具肉食謝。老人來食訖曰。先生之目有以異於平日乎。先生曰。無以異也。覺清爽而已。老人曰。不然。吾以書置案下。先生試隔木視之。書似在玻璃中。字字朗澈。先生不勝詫異。老人曰。先生有此目力。何必教讀。請日以百文往博場中壓寶。探囊而得。不勝於求童蒙耶。然人生福德有限。不得過貪。日得數百文。一家飽暖。無異仙人。若貪多則犯鬼神之忌。必致禍。戒之戒之。先生樂甚。不暇細問其由。老人亦大笑去。次日先生辭館。日遊博場。家人皆豐衣足食。甚自得也。然謹守老人戒。不敢多取。故人亦不覺。當時有好壓寶者富室子張姓。蕩盡事業將盡。不勝忿恨。思求師以佐之。訪諸鄉人。其弟子以先生目力告。張子欣然執贄往拜。先生初不承。張子跪求無已。先生知機已泄。情不能却。曰。吾術只可日得數百錢耳。何濟於君。張子曰。先生守法持廉。不敢逾分。我隨先生後。任我所為。無礙先生。且我得恢復舊物。將重酬。先生且無損。為此矣。先生心動。攜往場中。先生下百文。其人即滿注。不數日。寶場半為張子勝。衆賭者聚謀曰。異哉。張子昔來必敗。何近日所向無敵。不求其故。我等皆不能為業矣。訪之。得李先生確耗。衆曰。此人不除。何以營生。遂共謀以五百金賄丐。告之曰。某村李先生吾仇也。與汝等五百金。祇須挖其雙目。為首者不過罪流。以此金至配所營運。富可致矣。且在外樂業。何如在鄉貧苦。一壯者諾之。偕數丐伏林中。見先生過。突出與鬭。共擒之。摳其目。暗投官。以忿爭誤傷自首。得減等擬城旦。先生失目。悔之晚矣。幸張子復已業。聞先生為所累。改過遷善。以千金報先生。得以考終焉。

薌厈曰。仙人何播弄下愚。益之適以損之。使我遇之。當求性命雙修之道。則超凡入聖可期矣。何僅以溫飽自得哉。或曰。君所以不得遇仙人。貪故也。覺無詞以對。

吾鄉唐生業儒。應童子試。年三十。不得游庠。其父市儈也。謂生曰。吾家世以負販為業。汝欲讀書。不得志。今吾老而汝壯。不得膳養。乃翁固無論矣。但汝何以終身無已。汝叔在京師。刪事業興隆。可往依之。亦可博升斗以養家。勝於坐食多多矣。生諾諾。自慚不能博一衿。亦圖改業。乃隨糧艘北上。其叔在前門外。立南貨肆。見生來。甚悅曰。我肆中正乏人料理。汝二弟皆在學讀書。不能助我。一人能有幾精神。而獨掌帑運耶。汝其為我司帳。歲得數十金。亦可寄家。不無小補。果勤能也。再益汝俸。生安之。但生喜讀書。雖在市。手不釋卷。興至輒拍案朗誦。肆夥及買物者見之。皆大笑。叔惱甚。屢諍不改。謂生曰。汝既願讀書。我送汝入學。伴兩弟讀亦可。生益喜。隨送入塾。其師。都中廩膳生也。年過半百。岸然道貌。收生為徒。曰。汝齒已長矣。能作文乎。生曰。固所願也。不敢請耳。乃命題試之。文成。師閱之。擊節讚歎曰。汝在南方。造詣如是。不能入泮。屈死真才矣。生見師所改兩弟文。甚平庸。心輕之。每遇課期。潛往觀劇。晚歸一揮而就。師又異其詞也。兩弟密告父。含怒至塾。訓生曰。汝在肆。則以讀書自高。在學。又嬉戲無度。何怪一事無成。真廢物也。師聞之曰。乃姪平日勤學。雖課期出外。亦不誤作文。其聰明才力。勝乃郎百倍。若以應試。高發可期。叔曰。試期在邇。果如先生言。得遊庠序。亦可光以門閭。恐未必耳。師曰。無他法傳。生惟小試場中。斷不可自作佳文。當盡心為兩弟成之。以餘力畢乃事。附名榜尾足矣。蓋兩弟寄跡久。高標無礙。汝初冐北籍。名列前茅。恐招人忌耳。汝切誌之。生諾。縣府兩試。謹如師命。助兩弟在前十名。自附而已。是年以案首入學。又帶一弟。名列第二。從此連捷中式。發進士。入詞垣矣。迎養乃翁。重酬其師。且貤封叔父。所以報本也。

薌厈曰。唐君在南。一衿難博。在北則隆隆直上。置身青雲。豈北人果不如南人耶。曰非也。有命存焉。

南宋高宗遺事

康王搆自金營遁歸。創業後。為汪黃所誤。復為金人大破。王易服南奔。自泥馬渡江後。到處有土神保護。道經臨官州。追兵將及。亂竄至蛇墩。王見田間二人並耕。呼救。農夫視王貌異常。知為貴人。迎謁馬前。請王下馬。釋服與其弟相易。農弟服王衣騎馬南馳。使王以泥污面。戴笠荷簑。立田溝中。執耜工作。農夫候於道左。追兵至。問農夫。告以狀貌。曰。見如此人否。農夫曰。適有騎黃馬官人。南去不遠。追兵馳及。執之。非王也。怒戮之。時王已去簑笠。短褐從別道逸。金兵回斬農夫。四路追尋。王至州城。部北有古廟。見茅蓬內一僧。席地誦經。王潛入求庇。僧以衲衣蓋之。囑勿動。追兵至。將騎白馬者。遙見大漢入蓬。遂下馬執刀往。將煙僧。見宋將。喝曰。降人欲殺故主。良心安在。即得封侯。亦留萬代罵名。況有總領兵罪。不投將冐汝功。而戮汝。宋朝氣數未盡。不如依老僧言。退去為善。宋將悟。再拜曰。子亦南人。被金人擄去。降非本意。謹遵師命。釋王。但不能掩北兵耳目。請就死以明心。遂自刎。兵見主將死。皆散去。王出。僧請無負來將。因不知姓名。封為白馬將軍。土地尊神。僧指示王速上臨安。尚有一難。過此即投張帥。能退金人。仍登九五之尊。作南朝創業主也。王謝去。行至半山。追兵又至。王避入桑林。見樹上有女採桑。呼救。女下樹。出巨筐。使王跳入。以桑葉蓋之。甫定。金將入林。問女子。見短褐高大之男子否。女曰。過去已半日矣。詐來將退。女歸家。喚父兄舁筐歸。傾之。見少年丈夫。父兄皆詈女無恥。王不暇辨。即望山後奔走。天已暮。不知去路。依樹憩息。夜將闌。見一燈望樹而來。王驚駭。藏樹後。一女攜燈蹤告曰。此非吉地。請王隨妾燈速行。再去即抵張帥營。可平安矣。王不暇細問。隨燈行甚急。將臨營。聞喝鉦鳴號之聲。王止不敢前。女子跪伏而啟曰。妾採桑人也。因父兄不諒。痛加訶責。無以自明。遂縊。此心不昧。故攜燈送王。請乞陰封。王曰。寡人登極。當勅封汝為半山神君。永享祭祀。女叩首謝曰。前途即張帥營。忠臣也。王速投之。妾不能追隨矣。倏不見。天亦黎明。王先聞僧與神言。放胆闖入軍營。被獲。送帥營。張帥見王來。歡呼迎拜。遂號召韓岳張劉四帥。合擊破金軍。定鼎於武林。帝不忘救駕功。封二農夫為蛇墩雙土地。崇善明王。僧為護國大禪師。不至為女神。立廟山巔。至今香火不絕。春間合朝拜半山娘娘云。

王土地

吾鄉王生。邑中正士也。秉君子之九思。遵聖人之四勿。樸誠恭敬。為通邑明師。時年逾花甲。在鄉塾教讀。忽謂門人曰。我將赴任。告歸理家事。門人知先生向無妄言。計出貢未久。焉得官。然不敢詰。謹問先生之任何所。生曰。玉環耳。限期緊迫。速為爾父兄言之。即此告別。門人入告。父兄皆來賀。且請文憑閱視。生匣中鄭重出之。實無一紙。空指向居停曰。限僅十日。是以不敢逗遛耳。居停謂先生思為官。入痴迷矣。即具舟備物送歸。至家。欣然為妻子述之。咸疑無此事。乃遍拜戚友。約日話別。戚友皆感。相商扛於所約之日。移樽候餞。至日。生早起。具衣冠候門。戚友皆集。生以家貧子幼。諄將服桃。戚友唯唯。家人無不惶恐者。若謂有疾。則精神健旺。實無死法。若謂瘋痴。則言行清楚無錯謬至夜任懸事內大開筵讌生與物然歷叙平生隱情撫呼暢飲交三鼓忽聞遠來音樂香與香滿室生整衣冠命子開大門曰吏役來迎者至矣乃居中坐問來者幾人似以手接物向空指點分付開道赴任轉向親友朋一一揖告別作發興勢倒地不動眾扶之已卒矣舉哀成殮畢夫人欲驗其實使其子往玉環訪之至則土地廟之道人迎於境曰王公子來耶問何以知之曰某日闔境夢王公蒞任且告道人以公子至期隨入廟泣拜居民聞之來觀者百千人玉環司馬恐其惑衆資送公子回籍

薌圩曰王公聰明正直宜其為神然子孫無達者何也或曰近代如岳武穆于忠肅皆赫赫神靈後裔尚無顯達想必祖宗發洩過甚耳余曰否天之報施正人也香火萬年勝于子孫千億

許湛然

湛然名澄清直隸唐山縣人幼失怙嗣其姑為子姑後有子皆成立分與湛然薄地十餘畝使移妻自食湛然力農樸誠立志凡與交者成人之善格人之非尤好排難解紛故邑人莫不傾心焉中年家業成就納粟得從九品不願登仕版雖不甚諳書而精求岐黃之術為人醫治立瘥不索謝曰此聖賢遺留濟世之道豈可利己乎是以求之者益眾亦無稍厭倦一日鄉閭治病歸過城外之留養局局隆冬有人棲止至春則人散僻靜所也見局前有少婦坐地而泣湛然問故婦曰我相鄉某村人不堪姑虐出外暫避不覺天晚遠行至此天將暮矣既無宿處又無飲食是以悲也湛然曰汝在此不可動我將歸取飯食汝遂去至家攜胡餅來已不見婦忽聞局內有嚷嚷哭泣聲入見兩男子一老媼勸婦隨伊去婦號泣不從湛然知為非人叱曰我在此汝輩敢爾皆張惶逃去乃喚婦出使之食訖曰我送汝暫寄尼菴可乎婦允諾遂送大士庵老尼收之湛然於路已問悉婦人居址距唐邑三十餘里次日往尋其家又路遇二人訪收留少婦者湛然問明婦之年貌服色相符詢知二人為婦之夫叔及兄偕二人歸至尼庵勸婦回家婦不敢歸湛然曰我送汝去我能勸汝姑不加責反生撫卹心可乎婦曰誠如是一家聚順有何不願遂行湛然先驅至婦家則婦之父母翁姑方勃谿湛然進而排解之曰汝等能相安也還汝婦否則終必為人掠賣奈何姑曰我方悔督責過嚴致有此失使婦無恙而歸有不相安者乎湛然始告之故少婦偕二人亦至眾皆感謝湛然後偶出過其門婦之翁姑及夫邀迎入室見

其一庭和睦婦已生兒矣再拜感激不已又一日湛然自外來見墳林內隱隱一男子就樹自縊撫之猶溫即解釋之蹶而蘇年約弱冠衣雖藍縷頗殊流俗不似乞丐中人問其故泣告曰小人任縣某村人父母伯叔只小人一子在學讀書被匪徒誘使博大敗不敢歸無資以應匪徒盡留小人衣服尚不足抵易與破爛衣褲使推小車送客覓錢償債今送客唐邑而回思之不勝憤苦故求死耳湛然慰留至家易其衣服飲食而教誨之往訪其諸父因失兒數日正惶急湛然告之同往見少年皆大悅如獲奇珍湛然以勸兒改悔之言向述皆感激涕零再拜而去少年歸果絕遊嬉之事奮勉為學次年入泮自此湛然名益噪不僅扶危濟困而已邑中修廟宇建書院勸賑濟立義塚諸大事凡所首倡無不立成人信其誠故也

薌圩曰湛然以大有為之才盡力向善光明磊落可對天人實今世所罕見恒與余言自恨未曾例學余笑慰之曰仲尼祖述堯舜堯舜曾讀何書不過認真十六字耳彼子衿中或迂腐過執或譸張為幻窮則為閭里之毒蛇達則為朝廷之大蠹夫如是何必讀書

王理堂

理堂名嶽正河南光山縣人隨其叔之任丹徒值英夷犯順崇明危急中丞撫屬員之能解圍者其叔招募鄉勇將以應命使理堂擇得千餘人告之曰是行也有死之心無生之路方能奮發有為汝輩歸與父兄謀不願者退無相強也翌日皆來覆命曰父兄有訓我等所以應募者急父母之急非僅崇明也官既視我等如子焉有子而敢背親命者乎皆願死鬭復查其孫子及兄弟同役者退一人得敢死之士八百歡呼聽令遂給糧餉器械而操演之與其叔航海而前時軍門所發之救兵千人亦到見鄉勇皆踴躍爭先兵氣亦作二十艘乘風破浪前進英夷望見斂棹舟向來船發炮夫夷舟高大較我舟趨艇數倍是炮皆上飛烟燄迷空不礙我舟夷人謂已擊沉矣殊不知理堂奮勇當先炮子落身邊燒其衣襟不俯首烟直入竟抵夷人之火輪船其將白鬼子所主理堂以大撓鉤鉤其船艙持刀躍登鄉勇官兵相繼頃刻滿船相殺夷自犯順以來從未見勇敢如此者皆戰慄而伏遂生擒夷將戮諸艦艘餘舟皆遁遂報崇明之捷中丞受俘保奏給理堂賞戴六品銜中丞赴浙援救台州之急短給口糧鄉勇鼓噪理堂獨八百以安士心然知其必無功也為所累適奉母命歸省遂呈其家書以母老告退就例報捐九品分發東燕方伯知其能癸卯冬使

往趙州緝捕。駐大橋之元帝廟。理堂不惜辛勤。每夜必出。遶巡各村庄。往往黎明而返。風雪寒冷。皆不顧。於是數里無警。雖至夜不閉戶。民已深感之。時大橋之南村。將起廟會。凡會。娼賭在所不免。且無此不足以聚衆。會必消索。故主會之衿者。恐委員執法。欲賄之。遂以制錢十餘貫。因廟祝而通於理堂。僧為婉達其情。理堂即延衿者入坐而問曰。公等恐我執娼賭。此有地方官在。非吾分內事也。我何干預。但娼賭之場。混留盜賊。而盜賊之跡。難瞞上吾。公等能為我尋之。勝於納賄多多矣。堅辭不受。衿者曰。官頗清廉。僕宜酬志。請以予從者。理堂曰。此納賄方便法門也。我豈為之。公等既憫我僕勞。我宜酬之。隨以衣命僧立質錢三貫。呼僕而給之曰。此諸公之賜。嗣後不許名一錢也。衿者皆感激稱歎而退。於是理堂日夜在會。巡而不擾。衿民為獲賊以獻。是以會畢無失事。商民感戴公。懸額於廟門上。當是時。趙州營應給兵餉。例以文員領而皆武弁。發刺史已領得餉。以事阻。逾月猶未放。一軍大譁。刻期欲鬨衙署而劫刺史。流言傳布。刺史大懼。素稔理堂能。迎之署而謀焉。理堂曰。光日之下。何敢放逆。此虛聲恐嚇耳。然已違時。應速給之。軍心即安矣。刺史曰。畏而給之。其如後患何。理堂曰。無難也。使其主將伏辜而後與之。刺史曰。能如是乎。何敢勸也。理堂往拜主閫而說之曰。公等知有滅門之禍乎。主閫愕然曰。何謂也。曰。我聞屬下欲劫兵餉。有諸。主閫曰。此小人之言。不足道也。然冬餉例應上季前給。今逾月不發。刺史無乃侵蝕乎。何獨怪我兵之不戢乎。理堂仰天大笑曰。公等真不諳國事。而血氣自用者也。當今有扣一兩平之說。始於今冬。憲司所發兵餉。扣與不扣。尚無明文。是以刺史請示而後敢給。至今尚未見批回。因此遲遲。公以侵蝕誣之。能不激成大禍乎。主閫曰。是吾曹之過也。兵無禦冬計。奈何。理堂曰。無難也。公即諭令兵目。往刺史署長跪請罪。吾將勸刺史自墊。立時給散何如。主閫曰。能如是。與君偕往。隨赴刺史署負荊。文武和好如初。頃刻發餉訖。一軍皆悅曰。我曹非委員公恩。父母妻子皆將凍餒。不僅我曹脫罪也。此恩此德。可弗圖報。隨公製扁額。主閫率隊伍戎裝。鼓樂肉簫。送至元帝廟。羣拜而懸之。甲辰仲春。理堂事畢奉調。旋省闔州之紳士兵民。餞行路側。以萬民傘蓋導送出境。至今兩扁懸元帝廟門。人皆仰之。

薌厈曰。古今來頌委員之德。而爭懸扁額實罕聞見。蓋微員末職。不過借上游之力。博數金而已。理堂展其才力。竟能如是。非知仁勇三者兼全不能。

客窗閒續集卷一終

客窗閒話續集卷二

清　吳薌厈著

攝閻羅王

吾鄉有延陵生者。甫入泮。夜卧書齋。夢役持紅柬來請曰。有公事。宜速行。生答以學師召之耳。未問其來即易衣冠而出。見乘輿俟之。生曰。近在咫尺。何用輿為。從役輿疾行。見黃沙漲天。色似明似暗。所由之路。向所未經。旋入一大城。三街六市。往來者咸避道。至一大署。體統比督撫猶壯。輿入中門。鼓鐘鳴礮。至甬道。有紅袍紗帽者十六員迎輿而揖。生欲下。役已嚮輿唱免。生意學師演劇使優迎之耳。輿至殿陛。始停。出輿見大殿九楹。甚宏敞。殿中以白石築臺。臺上金龍黃幕下垂。由左入內。兩旁回廊甚深邃。直接後殿。入殿之左室。簾幃之內。陳設精雅。役引至此。請生入坐而退。有八童子。年約十一二者進。或捧金幞頭。或捧黃龍袍。或捧雲履。或捧假面。或捧玉帶。或簪。或巾。或燈。無亦手者。請生易服。生曰。此何為也。童曰。此處規矩。應如是耳。生不得已易服冠帶。施一童請戴假面。生曰。何必如是。童亦以規矩對。生思既強作古裝。恐為識者所笑。蒙假面亦得。遂戴之。肴面如生成者。引鏡自照。失其本來面目。方而長鬚。儼然王者像矣。八童齊唱昇殿。外似有接唱者。不覺隨童行至前殿。自中開白石臺之後戶。歷階而升。內設公案。籤筒印箱。朱墨硯。俱備黃幕。已啟。兩青衣吏擁生昇座。前十六官入殿恭揖。吏唱免參。階下吏役不知其數。內有夜叉一部。牛頭馬面一部。然跪謁。吏唱起。揭幃齊謁。旁列甚肅。十六官退分兩廡。各有公位。吏役送卷自外帶囚就訊。刑罰甚重。有刳腹破腦抽腸拔舌者。哀嚎甚慘。生坐遠。不知所犯何詞。第見一起畢。則捲案送呈。有衣吏接從案上。僅露年月。請生以硃筆點日書行。即持去。不使見獄詞也。未幾。外報節孝婦到。吏請生下階迎。官役咸跪。見天際紅雲下垂。光華燦爛中。有金童玉女擎幡蓋。侍一黃袍中年婦人。將至地。忽一陣香風吹往西方去矣。吏請生歸座。以發票一捲送案上。僅露其姓名。請生過硃判行。皆男犯也。又呈女犯發票。亦如前。生點至某氏。心忽動。疑似其姑母。時方有疾。欲再閱。吏即持去。嗚公事畢。紛紛告退。時生亦下座。仍入內殿。去假面。易故衣。童送登輿。十六官仍在甬道排送。惟輿前較來時多大燈一對。上首果書第七殿下。首書閻羅王。直送生至家。釋服仍卧。有送信者在床前喚覺。時甫黎明。生問來人曰。自大門至此。五六修。汝由何入。來人曰。並未閉門。生曰。異哉。此我夜間親自關閉者。何人開放。呼家人皆未起問來人，知姑母疾重，使速往。生即趨候，姑母已奄奄一息，張目執生手曰：汝來甚好。牀前鬼使皆趨避矣，汝坐此勿離。生問疾，慰之曰：偶患時症，即日就痊，勿戚戚也。姑咽曰：汝既不欲我死，何點我名？然天命也，我不能責汝忘親情。生悚然莫對。未幾，報醫者至，家人請生出迎之，至再至三，姑始釋手曰：噫，止此一刻，竟不延矣，汝去。生出，而其姑遂逝。爺斥曰：異哉！天何以生人署閻王之職，而又不使之主政，則十六官皆可代也，何用生為？且聰明正直之為神，此生與余一人交，未能信其為正人君子，豈陰曹之鬼猶不如生耶？不可解矣。或曰：陽間縣官，豈盡正人君子為之？君何泥也。余笑曰：諾。

補訟師 二則

有楚生某，娶妻美而艷。鄰有寡婦，與外村少年狎。少年過寡婦家，偶見生婦，極為垂涎，以重貲賄寡婦，謀通之。寡婦曰：彼燕爾新婚，夫妻和睦，且良家婦，不可以勢逼，亦不能以利誘。雖其夫畢姻後出外教讀，但有老嫗作伴，亦難以游詞進，實無法可施也。少年情不自禁，以重價覓得積賊悶香來，曰：我已得計，第不能穿穴踰牆，若誘至汝家，事必偕矣。寡婦曰：是不難。使少年入市，市食物之精者，往候生婦，以甘言結好。後此屢往，密甚。生婦知寡婦家無男子，且近鄰，以禮往答。寡婦留生婦入臥室，飯之，而遣嫗婦守門戶。時少年預伏室中，室焚悶香，婦覺香甚，軟伏於座。少年突出，擁婦登牀，寡婦避去。婦手足麻木，口不能言，而心甚了了，任其淫狎，飲泣而已。少年思得其歡心，許與衣飾，婦益忿怒，淚如泉湧。少年知難久留，草草訖事而逸。婦醒，索寡婦不見，破其室中什物而歸，憂憤成疾。其父名訟師也，往問之，女欲求計，盡以實情告。父責其不應輕出，然彼以陰謀來，我當以詭計報之。隨作一函，納女枕畔，曰：能從之，則使嫗來，我命而兄助之。父去，婦閱其書，大喜，病爭愈，益自修飾，使嫗強寡婦來，謝過與親暱之。留寡婦宿，密告之曰：前日之事，曷不先與我謀？是所恨也。第事已如此，縱決西江之水，難洗清白，況良人久客不歸，長守孤宿，乃子實獲我心。但而許我衣飾，何食言也？寡婦知其心動，曰：是人富而多情，實慕娘子，無路可通，非負所許也。我為導引何如？婦曰：須防外人耳目，來必夜深人靜，我遣嫗候門，方無他慮。因與訂期而去。歸告少年，少年大悅，急購鮮衣美珠，使寡婦先致之。如期，留寡婦家，漏四下，潛以指叩門，與婦攜手入室，即欲亂之。婦曰：既來此，何急急？請同酌三杯以助興。案上酒食具備，婦酌酒以進少年，目視而不飲。婦舉杯坐懷中，口含以哺，少年迷亂，接而吞之。陡見兩壯士操刀直入，少年狂奔出戶，遇繩絆足而跌，婦以燭來，壯士

縛少年手足，割其辮髮。婦釋縛縱之逸。壯士攜辮操刀，叩寡婦門。婦誤謂少年歸來，俏語曰：夜已深，正好安睡，何又草草而歸，必敗陣而逃也。門甫闢，壯士即刺其胸，飲刃而倒，以辮髮縛婦右手，數匝，歸告生婦曰：大事已畢，可以復父命矣。此蓋婦兩兄預伏房外，而安絆繩者，所哺少年之酒，啞藥也。少年逃歸，啞不能言。次日，亭長見寡婦被殺於門，鳴官驗得兇刀插心，婦手握髮辮，係強姦不從，登時殺死者。密訪失辮之人，獲少年，無言置辯，遂按律斬之。至今楚俗，凡執姦者，必去其辮髮云。

有潘生者，賞訟師，與庵之少尼昵甚，有必正妙常之約。一日，潘生入庵，見州署官親幕友開樽密室，少尼傍坐。潘生怒叱曰：汝曹皆關防衙署中人，挾尼飲酒，知法犯法，何以佐爾主理民事乎？衆唯唯謝過而退，回署傳各役之首，諭令能獲生奸者有賞，不能，必革役。皆領命，日使散役伏庵左右伺之。生戀尼，晨入庵，役擁而入，脫生與尼衣合縛之，舁出，將鳴官。遇生黨，怒目攔阻，或許以重賄，紛紛闖入班館，不使速報。一生捷入潘生家，告其母妻，速邀親戚入庵，囑老尼用殘香燭，在大殿開無量壽經，旁供潘生之父神主，安置畢，知會諸生，各易素衣冠，入州廨鳴冤。官升座問故，諸生以潘生之父百年陰壽，同眷屬親友在尼庵禮懺，州役訛詐不遂，強以奸誣訴。官往驗，役亦已獲奸報官，難辨，同往驗之，見有婦女及佛前香燭將盡，曰：此非倉卒所能辦者，其為蠹役無疑，遂杖役而釋生尼。

粵東獄

粵東某生娶某氏女，國色也。偶出觀劇，被為富不仁者所見，重賄女母，私之。往來甚密，恐旁人執奸，乃於女臥榻下穿一地道，通後院密室中，倘有惡耗，為潛避計。未幾，某生入泮，使媒來訂婚期。富室與母女謀，使生入贅而斃之。母女皆諾，告媒曰：婿家無父母，老婦亦無夫無子，兩無依倚，如肯入贅，兩得其便，否則姑緩待我卒也，而後于歸。媒覆之生，欣然願焉。期於清和之吉完姻，時男女親朋集賀者數十人，同觀花燭，無不嘖嘖羨新婦美者。生喜甚，送客入席，即歸新房與婦對酌。時無一女客，生得暢意為歡。新婦不作恒常羞澀，竟執爵相酬，飲生入醉鄉。時外客聞內宅慘呼一聲，共駭愕，間見新郎衣履如故，散髮覆面，狂躍而出。羣欲詢之，已疾奔出外，客皆追行。里許，遇大河，即躍入水而沒。客呼漁舟撈救，經日夜不知屍所在，客歎息而返。新婦與母皆惶急，候於堂，見客來，即問新郎所在。客告之故，並叩其由，婦曰：婿方在房中從容，忽發狂沖門出，我輩不知所以，諒出外，親友必阻之使歸，何任其投河而沒耶。

是客殺我婿也。遂鳴諸官。官訊客，皆曰：我等猝不及防，追之無及，事出意外，豈有至親好友見死不救哉。訊諸新婦及母，則哀求還屍而已。官至河濱驗勘，蕩蕩大河，流長源遠，無從求屍，遂為疑獄。未幾易一令，有明察能，見前官文有是案，反覆推求，恍然曰：婿投河而反誣客，非誣客也，欲客証新郎之死以實之也，是必有故。變服為星卜流，訪諸其鄰。鄰人曰：有某富室素與婦女無親故，忽往來甚密，我儕亦疑有故，但是日新郎投河，衆目共覩，豈非怪事。令曰：汝見之否？對曰：我亦在坐。令曰：汝視新郎貌作何色變？對曰：披髮覆面，不及見。令曰：道在是也，富室安在？對曰：今日猶見其入新婦家也。令辭去，易服率健役百餘突至婦家，闌其前後戶而搜之，僅有母女在，叩官欲何為。令無辭以對，舉步將入閨中，老婦橫身阻曰：此處女室，三尺童子不許入門，況為民之父母，而不知禮乎？令微哂曰：欲為汝婿明冤耳。老婦曰：倘入室而無冤可明，將何如？令曰：我償汝婿命。乃呼役掖老婦出，令入房，見鋪陳精潔，皆是常用什物，無可疑者。正躊躇間，俯視床下，見一男子履，回顧新婦駭然失色，令呼衆役入，移床而勘，則地板有新墊者，命役舉之，地道見。令帶役入穿出，至一密室，室隅一鮮衣少年伏焉。執之，推門至院落，見地有新挖狀，命役啟之，生屍在，經年不變，喉間扼痕顯然。遂出聚案內人証一訊服辜，讞如律。乃知半醉從婦女與富室共扼其喉而斃，從地道舁入後院埋之，投水之人係富室以重價覓善泅者為之也。

蘇斥曰：人之陰謀詭計，惟闇色為甚，然而天道昭彰，竟無不破之案，是以大盜亦戒採花。是案也，彼庸庸者流，竟謂新郎投河而死，衆目觀瞻，與婦女何尤，隨成疑案。其有心者，不過揣新郎之發狂也，或以藥酒為之，疑女有故，然不能破其奸，敢訊諸乎？後令之勘訪搜尋，可謂有膽有識，然使床下之男履不露，何從發其覆乎？我故曰天道也。

職謬

滇南米商某列肆於市，值縣之少尉出，四人肩輿，隸卒擎素執仗，前擁後呼，辟人於道，遇坐者喝之起。商適與客飲，腹思索出神，不及起，尉見之怒，執之輿前，責掌二十。尉去，商大哭，客哂之曰：父母官責爾不敬，能不順受，徒泣何為？商曰：彼父母官者，猶夫人耳，何以尊嚴若是？何科甲出身耶？客笑曰：彼銅進士出身，汝何不知？商曰：吾實不知銅進士為幾甲？客曰：是不過銀子科第三甲耳。商曰：如客所云，吾亦有銀，何難與捋，甘受其辱，不亦過乎？決意止肆，攜貲入都報捐未入流，分發觀南，但未習儀注，難以謁憲。幸都中有幹僕為之謀曰：主所有者財耳，何不普拜鄉親大閫，筵讌既聯桑梓之誼，藉學鹿跽之禮，彼同仕者孰不願為指教耶。商是其言，遍拜同鄉，飲之食之，鄉人皆樂為教肄習。旬餘，拜跪叩首皆無謬誤。衆謀先見府道以熟其儀，如無錯誤，則可謁憲司矣。乃往見郡伯，嘉慶二十五年六月也。商公服而緯帽，郡伯者，人甚謙和，凡屬員叩首，必手自扶之，扶之不起，必回禮。時商趨入遽跪，郡伯俯扶之，商緯帽極滑澤，貫郡伯朝珠於首，猛然起，珠散而郡伯幾跪。凡有珠者深惡此兆，以為不祥，故郡伯拂袖而入，左右檢珠，咸笑曰：客可以退矣。商乃失色出，同官傳為笑柄，衆尤商曰：汝未能從容進退，不可以見上憲，尚須練習。又逾月，而國邮開，官皆白衣冠，避至二十七日後，素服頂帽見客。商之鄉親有與方伯司閽者善，謂之曰：有微鄉里初出茅廬者，恐貽同官笑，能使之獨見憲臺否？司閽曰：是不難，我主數無拘束，隨到隨見，使早來，我有以位置之。隨告商，時商已謁觀察無誤，方欣欣自得，次日入藩署投謁。彼憲司之門房，強於下寮之廳事，鋪設斐然，司閽者感服，據上坐，問其僕曰：某官已至乎？僕乃引商入，商見陳設眩目，人物軒昂，意為即方伯，趨入拜跪，獻履歷。司閽者笑曰：誤矣，敝主人不在此，且請少憩無躁。商知有誤，赧然坐。司閽囑其僕入探方伯，而內隨官者詢知司閽之友，欲逞能而見好，命其僕引商先入客室以候方伯。商見客堂一色純白，無字畫陳設，鋪墊皆黑麻為之，不如門房遠甚，意謂是必隨官之室，不可自卑，再貽人笑，遂首座而趺坐。時方伯由內出，隨官皆不及知，見上座有客，金其頂者，意謂幕中人，拱手讓坐。商見方伯青衣，猝然問曰：足下高姓？方伯道其姓，商詫曰：足下與大人同姓，可喜可賀。時隨官聞有人接談於門隙，窺見主人已出，不覺失然入，攢商之手腕，方伯俯首問商，商甫見珊瑚其頂，惶恐之極，趨跪膝前曰：大人該死，大人該死。方伯拂然大怒，叱退之。後郡伯入見，方伯怒猶未息，語以故，郡伯曰：是即帶卑府之朝珠者，聞係市儈。方伯曰：商者無失其為商，何可亂我仕版，仍使歸市可也。遂休之。

蘇斥曰：是躁人也，不第雜職中有之。聞有某尹蜀人也，謁制軍，則及峨眉山猴子究有多少？大尹對曰：同大人大。制軍哂之，尹自覺誤，惶然改口曰：與卑職一般大。一日與藩臬道會議，三官皆吸烟，命僕為尹點烟，尹曰：卑職性不食烟，有三子均喜吸烟，惡之不暇，而身自犯耶？皆傳為笑柄。余故曰：躁則妄，妄則言多誤，當以三愆為戒，為之徐徐云爾。或曰不然，昔有人戒友之躁者，其人衣適着火，友見之而不言，火焚及身，怒其僕不早為撲滅，友曰：我早見之，君戒我躁，我姑徐徐云耳。若遇是人，又將何說？余

悅然悟曰然則舉世皆誤若欲不誤何如出世

智女

嘉慶初年白蓮黨之擾川楚也賊帥掠良家婦女無算內有楚女英英特秀出冠羣帥愛而欲留之女曰得為將軍之妻妾之願也但妾詩禮舊家雖亂離中不得父母之命媒妁之言然花燭合巹之禮不可廢也日後為王為相時妾叨福庇稱王妃夫人確係堂堂配偶得自立於人前無苟合之譏亦將軍之光賊帥悅其詞令不覺首肯使入室改裝成禮於是擇掠得衣飾之美者及脂粉之類送與添裝復使他婦數人入供役使女退之傳命曰今日初見良人無須役明日惟命賊以其處子礙羞允之女乃盥沐凝妝見有利刃竊袖之賊帥因久待不出入室竊窺其新妝益增秀媚不覺心動突入擁抱女以刃直刺其心立死之推屍床上以己之裝飾飾賊屍傅粉塗朱剪己髮貼其額加以釵鈿望之宛似女身女乃衣賊帥衣冠佩劍薄暮出呼馬執旂而遁其親信者候之徹夜不歸次日午刻大營有令嚴詰將軍昨何往諒夫人知之不得已入室請命見夫人尚臥不敢驟近覺血腥出於床呼衆入撿之方知裝夫人者將軍將軍裝者不知其何往也嗣是賊營得婦女不敢留掠人之風因之稍戢

薌厈曰以甘言悅賊帥使不備反而刺之此古之節烈婦女為之者不乏人所可異者顛倒陰陽悠然而逝出人意外使不及追且能全他人之節何胆智之精細而雄烈耶同時有賊得美婦攜入深林欲姦之婦堅拒不能成賊怒甚斷其首而去婦屍自移就首竟湊合而生年逾八旬乃卒時又有百十婦女以帶聯結衆身各持朴作方陣而行賊冲之不散圍之不克無可奈何以火鎗轟斃而並殪之惜乎不得智女為之帥以成奇觀也

陸清獻公遺事

公諱隴其號稼書浙之當湖人以理學名家配享聖廟公以進士即用宰直隸靈壽縣父老相傳遺風善政有足錄者昔公之任無幕友官親二僕與官三人而已早起盥沐後冠帶坐堂上喚吏役告之曰凡滋民以省事為第一關我無多事不須若干人祇候或農或賈各就所能以養爾父母妻子但已領工食應為國家辦事不能盡去每日酌留書吏二人衙役四名輪班聽事餘各執業勿遠離也暖閣之內左右二几一具律一具平碼完糧銀者當案彈兑除釐毫必還之投呈者呼至案前細為評點曰某一節人錯汝某一節無此情理謊詞也應訊者即書票鈐印過硃差原告往

傳祇告到案則為開導曰兩原被非親即故非故即鄰平日皆情之至密者今不過為婚姻田土錢債細事一時拂意不能忍耐致啟訟端殊不知一訟之興未見曲直而吏有紙張之費役有飲食之需証佐之親友必需酬勞往往所費多於所爭且守候公門廢時失業一經官斷須有輸贏從此鄉黨變為仇讎府化為烏有切齒數世悔之晚矣即如此案某人故與某人即存什例以指示之曰罪應笞杖但國法不加有禮之人令某與某叩首服理即而去歸思三日倘彼此豁然來投結可也往往感激涕零情願當堂具結和好如初因此互相勸勉勿訟半年之後門庭如水堂可張羅公無事帶一書一役挨村講鄉約訓以孝弟忠信節義廉恥必引經據典以時事民皆樂聽況有易從無窒礙難行者遇孝悌節義之人立即表揚且為之咨嗟歎賞曰我所不及凡獲小偷到案則曰汝亦有人心者也何至為此偷曰小人為貧所迫耳公曰是不難為利之最厚者莫如紡織且人人能為之隨命僕市棉花斤餘使偷在堂右教以紡花之法曰能即釋汝不能即情也罪加倍偷願速釋無不留心學習數日間即能為矣公曰此貨本不過數百錢耳今數日以循環例換已贏餘若干除汝飲食外尚剩有數百錢汝回去執業倘再犯不恕汝也偷泣而去改過遷

善者多間有犯則杖而後繳之在堂上紡花一月三犯則曰是不能改矣使二役挾之急行千步以熱醋灌之一碗飲至半使一人突拍其背則嗽終身不愈不能作賊矣仍紡花以沒世時尚未設養廉若奉文有攤捐款必具文申請曰職奉銀四十五兩僅敷自食所需捐款動錢糧耶抑雜稅耶道府轟以掛彈十束而燭一對躬親致祝上游皆惡其執甄別已之後任甫至即有報案者係以斧殺人於曠野不知兇手為誰後官訪於公曰老前輩任此數年囹圄空虛案無留牘可見一邑之人皆在春風化雨中矣弟甫下車即有疑難命案若留疑以有待者何也公曰方自愧虛縻何敢當凡台盛譽命案有無偶然耳案在何處曰某村公思之曰必某人所為也後官拘其人至曰案無事由殺無證佐何所見而執吾後官曰此前官所教必無訛誤其人曰前官聖賢也豈肯冤人後官無詞可答曰帶汝見前官諒必有說於是押犯詣公其人見公即有慚懼之色公呼使前曰某人汝忘余諄戒之苦心耶余初至汝相識鄉約曉見汝面有兇橫氣屢屢開導汝色漸和迨今三載前色頓變其為不改兇心致有此事可知殺人者死罪無可逃與其受盡責撲而後陳不如直陳與隱身不受虧而恩猶可冀其人叩首泣曰洞見小人肺腑矣昔年我與被殺之某共交一賤婦

後某獨佔而斥我，是不平。嗣公至，以善勸人，人皆共爲洗心。其不能者，爲眾所不齒。其僕婦出亡，我亦聞公言自悔。今公甫謝事，某與婦仍歸舊村，且訕笑村眾曰，汝等不過是陰青天耳。渠不能自保，今尚有此不近人情官耶。小人恨其詞刻，前忿遂發之，意謂無人能破此案，不意公竟先覺也。雖死奚辭。後官憐其尚有良心，減其罪而流之。國法凡甄別官，例引見。公入都面君，見其岸然道貌，奏對從容不苟，聖祖大悅，卿相復保奏之，用爲禮部主事，游升侍御，致仕歸。

鄰序曰，人之所以異於禽獸者，廉恥二字。若忘此，雖聖賢不能化也。故盜賊之三犯者，只好飲之以醋而已。至殺人者，雖因奸也，實緣訕笑公而頓激忿怒。斯人尚有良心。彼甄別公者，直斯人不若矣。當以醋灌之。

補騙子五則

京師布肆，大業也。有鄉人來，閱布數十尺，約值京錢五十餘貫。妹既，謂肆主曰，我初學肩販，須同夥來定，姑待之可乎。應曰，諾。別爲他人貿易。鄉人坐半日，見買賣漸稀，謂肆主曰，我尚未飯，夥又不來，身無餘錢，所存貿本銀兩，係合夥者，又未便換錢，腹中餒甚，奈何。肆主曰，既有銀，而無患無錢，若未便換，典之可也。鄉人欣然出銀，粲然一

提，揖肆主曰，我不知質庫在何處，此銀二十兩，請煩貴夥代爲入典，但我不過飯食所需，質錢一緡足矣。肆主交其夥典錢一串，並券交付，鄉人感謝去。未幾復來，肆主曰，何速也。曰，吾儕小人，果腹而已，不求甚佳，餘錢八百餘文。擲櫃上，坐守至晚，其夥竟不來。鄉人惶然，謂肆主曰，天將暮，難出城，我夥或以要事，不得來，盍以我二十金之券，抵運布去，尚有餘錢，明日偕夥來算，可乎。應曰，可。鄉人乃鄭重出券，交之曰，此即貴夥代當者，請留三日，我自贖取歸賬。肆主驗之無誤，遂收執，鄉人以餘錢僱驢車，載布去。候之三日，竟不來，乃赴質庫取銀，僅有二兩。肆主曰，我所質者二十兩大錠也，何以僅止此。典主查簿示之曰，是日貴夥以二十金質錢一串，我疑其所需過少，問之曰，是客物也，只需此爲飯食耳，我予券去。隨即有鄉人持券加利取去，又有二人以此小錠亦質錢一串，汝所收之券是也。肆主始恍然悟爲騙子掉換去矣。

京師騾馬市，大集也。有貴官，戴五品冠，服色甚麗，氣象雄偉，似武弁入朝者，至鞍韉市，擇一佳者，出大銀一錠，謂肆主曰，我僕因買他物，分遣開矣。煩汝夥肩此鞍至騾市，我欲試良馬也。主者即遣一人爲負去。至市，擇一大騾，甚駿，價值數百金，命來人以鞍韉備之，曰，汝在此姑待，我試騎之。賣騾人見有僕在，任其鞭馳而去，久不返，謂其人曰，汝主何往耶。其人曰，我鞍韉鋪之夥，孰爲我主。賣騾人駭曰，是必騙子也。汝鋪亦被誆矣。其人曰，幸有銀在。於是偕往鋪中，出銀公估，則鉛心僞物也。共鳴諸官，海捕而已。

某觀察富而淫者也，姬妾滿前，各自樹黨爭寵，而正夫人不顧也。爲次會垣時，恆有花婆出入公館，忽帶少婦，攜珠翠來售，其爲人也，輕盈軟媚，婦女皆愛憐之。夫人與於盤桓，曰，那得若個好娘子，長爲我伴，則我得所託矣。婦笑曰，妾何如人，敢當夫人青目耶。妾夫素跟官，若夫人不棄，言於大人，則夫婦皆有倚賴矣。長跪而請。夫人曰，是不難。爾能並事大人與我，一氣何事不可耶。婦再拜稱謝。適觀察入，夫人使婦遞茶，即以眉目傳情，觀察大悅，問此婦何來，夫人以夫婦願投靠對。觀察曰，其婦如是，其夫可知，我正少一知心青衣，收之可也。婦即迎膝叩首，觀察手援之，即扶觀察之手而起，益悅之。於是婦留而花婆去，喚其夫來，果幹僕也。其夫婦遂遷居都院朔出蔡鄰，殷勤奉侍，觀察雖與婦情密，調香撫乳，無所不爲，而未及於亂者，公館無隙地也。一日，婦送茗至書室，觀察見諸膝而懇曰，能畢乃公心事，則衣珠財物，惟汝所欲。婦曰，非不甘心，奈眾目睽睽何。無已，請遣我夫他出，晚至妾室，惟命是從矣。言甫畢，

報客至，婦脫身入。觀察乃以數十金使其夫遠出幹事，當晚潛入婦室，婦亦早歸，正好合時，其夫持刀排門突入，喝曰，我知汝年輕，必不能安其室，果留男子，合殺卻否。婦泣跪曰，非妾敢犯，教主人勢逼，無奈相從。夫曰，必非主也，豈有身居顯官而知法犯法哉。婦泣喚主起，夫乃持刀視曰，果是主人，將何以全奴顏面乎。觀察曰，汝能周旋，將以汝爲長班，得官之日，政由甯氏，祭則寡人，能容之否。其夫半跪稱謝，呼婦起曰，汝好好伺候主人，我出差去矣。觀察色沮神頹，婦起閉門，投懷而媚解之，始得安於陽臺。未幾，觀察得缺，竟以其夫司閽，婦則留於內室，不復出矣。其夫大權在握，任其播弄，觀察無可如何，聽之而已。然能勸其主勉事上官，未幾擢廉訪，其夫招搖撞騙，無所不爲。時有富室身犯大辟，許以數萬金出罪。富室知爲廉訪信使，從之得脏而遁。富室首於中丞，廉訪始知其事，亟傳婦嚴訊之。婦曰，是非妾夫也，妾本妓女，彼以重聘僱妾來，認爲夫婦，囑妾勾引主人。若得滿載而歸，許以半分。妾故願爲之使，然不知其何許人，姓氏亦未確也。廉訪無可奈何，坐此貶官。後婦之本夫來，又不得不重酬婦而遣之。

有徐大訓者，絲市中夥也，平日喜誆人財物，以是得其美稱。一日，隨居停至吳下貿

易舟泊太子碼頭。居停謂徐曰。予赴行矣。汝留此須慎防之。此處多騙子。切爲所欺。徐曰。吾不欺人。人其欺我乎。人果行。其欺我將欺誰矣。居停曰。咄。此處騙子。皆鮮衣盛服。充衣冠中人。汝若遇之。必逢迎不惶。恐小巫見大巫。墮其術中而不覺也。汝必慎之。徐曰。諾。諾。予洋銀二枚。我將作虎邱之遊。居停給之而去。見肆有錫洋錢。爲孩童所玩弄者。與真無異。問其價。枚值五六文。徐買百枚。又以百餘錢買一布囊。復大書曰。某年月日某鄉某人買。以棉紙裹錫錢。作兩封。納囊中。負之歸舟。易短裼頓冠。作鄉人狀。以紅紙開綢緞賬單。懷之。持雨蓋負囊。遊於市。見古玩鋪前。坐一客。衣冠甚麗。時正隆冬。披火狐裘。貉冠皮靴。手持玉嘴銀頭烏木烟管。方吸烟看街。徐有觸於懷。乃坐對門巨室階上。出其單與錫洋。布目前。以真洋錢顛擲。而口作怨詞。正自嗟嘆間。客見其多金洋洋。來前喝問曰。汝何等人。坐我府前。意欲何爲。徐忙收洋錢入囊。執賬單拜曰。不識尊府。動擾不當。我某縣鄉人也。因姪女將嫁。兄與我百洋。并賬單。使置嫁衣。我至大邦。不識大綢緞局在何處。又不知買單中物。敷用否。無人指點。以是怨恨耳。客接其單視之。皆奩中急需物。信爲真。竊笑指之曰。北去里許。高牆大門內。有綢緞局。是我親戚所設。兩京十八省。客皆販其貨。真大行市也。汝往必無欺。徐曰。我目不識丁。雖有招牌。奈不能認。請借貴步一引。可乎。客曰。幸我無事。汝其從之。徐負囊隨其後。行未幾。徐曰。我尚未餐。腹中餒甚。官人肯同一點心否。客乃引入麪肆上坐。徐坐其旁。麪尚未至。徐促額曰。我患瘧痢未痊。不意又發作矣。中急而寒甚。奈何。客曰。去廁不遠。汝去登之。徐曰。奈此累墜物乎。舉囊交客曰。暫累官人看守。我非不放心。奈寒甚。乞假我短褂一披。烟管一吸。客自思火狐短褂與烟管。不過三十餘金。詎其百洋其利倍蓰。乃故作躊躇而後解與之。曰。此百金物。汝速往速來。慎勿汙我衣。徐乃鄭重披裘。執筒而逸。客待其出肆。攜囊遁回。謂家人曰。今日詎得洋銀百元。當爲我賀。出囊審之。疑有僞。急請識者。方知皆錫物。不禁啞然失笑曰。我一生騙人爲業。反爲人騙。數十年老阿婆。今竟倒繃孩兒矣。

查禁倭烟之年。有僞符假役。在江河之間。挨船搜索。詭捜銀錢。爲害行旅。惟不掠貨物。不搶衣裝。是以告訐之案甚少。有黠客販貨入楚。舟泊江濱。突來壯役七八人。鐵索郎當。手持籤票。口稱官命。查抄鴉片。入舟搜檢。見銀錢皆取之。以充飯食。值客臥病。其夥攔阻不及。盤纏被搜盡矣。不覺垂淚。客徐起覘之。笑曰。毋作婦人態。從衆悸入者亦悸出。彼將十倍償我。無憂也。是時同泊之舟。無一免者。人皆切齒。黠客於是擇舟

子之強有力者十餘人。飾以僕從之服。自乃冠水晶頂。造作令箭。急移快舟。尾追僞役。沿江而下。役搶掠滿載。忽繞出其前。使僕截擒。即以其鐵索鎖之。登郵亭而訊曰。本廳奉軍門查拿僞役抄搶。案送有名。示先起其贓。紋舟載錢已數千矣。僞役皆叩首乞命。於是運贓入己舟。將僞役交驛卒看守曰。候本廳稟報後來取。若人犯任逃脫。自干重罪。竟揚帆逆流而歸。以錢依分舟子。銀則歸己。無不歡呼痛快。僞役忽解悟。告驛卒曰。是官也。何以獲贓不獲犯。假可知也。驛卒亦悟曰。無論真假。我輩豈白與人看待哉。僞役已無一錢。乃各脫其衣履。賄驛卒。始得縱歸。

薌厈曰。騙子奇矣。然不過乘人所欲而中之。乃竟有騙騙子者。使之笑不得哭不得。大快人心。可見天下事。出奇無窮。縱有智士才人。只好一齊頫首。

奸僧獄

浙有嘉禾生。爲邑之巨富。將入棘闈。偕其妻與姑母僕婢輩。同赴武陵。寓西湖山莊。以便遊覽。生婦少艾而佞佛。以天竺進香爲請。生從之。命僕喚肩輿。僕體主人省約意。不投行家。僦傭輿六乘。價甚廉。生婦艷裝盛飾。羅綺滿身。珠翠盈頭。價值千金。乃與姑母僕婦婢女輩。乘輿而行。生騎馬在先。僕攜香燭隨行。至半途。生婦之輿杆折。五乘皆暫駐而前。是輿落後。一夫抽取折杆回去。謀易新者。一夫守之。僕亦立候。輿夫笑曰。主人將抵山門矣。汝不以香燭去。有不失誤罵汝者乎。況五乘前行。僅一乘將回易杆即來。何須呆守耶。僕信其言。追奔而去。一夫以杆來。共舁入亂山中。生婦惶惑詰問。何以行僻徑。輿夫曰。爲時已久。恐官人守候。出捷徑入廟之後戶。不甚便耶。婦亦信之。未幾停輿。見牆缺朱門。輿夫輕叩其銅環。一沙彌拔關出曰。來耶。至輿前。請夫人下輿。生婦曰。我家人安在耶。沙彌曰。多在前殿候夫人久矣。生婦視沙彌。年不過八九齡。諒無他。不得已從之。入門曲折。引入密室。請夫人少坐。沙彌去而健婦四人至。生婦益惶急。亟詢官人安在。健婦笑曰。休問官人。我輩皆香客。亦爲大師掠至。無奈相從。汝若婉順。則此間吃著不盡。且人盡夫也。何樂如之。否則棰虐相加。無從逃避。婦知入危地。悲忿覓死。一僧突入曰。何來潑婦。入我法門中。敢肆撒耶。喝令健婦并沙彌。舁上將生婦衣飾洗剝。以布帶縛其手足。於醉翁椅上強姦之。生婦痛罵。又一僧以麻桃塞其口而逞淫之。婦亦昏沉如醉。聽之而已。至夜。健婦以米粉湯執鼻而灌。不得不咽。仍勸其相從。自古無益。生婦任以巧言。合目不答。健婦以衾覆之而去。次日來。除其失溺。爲之洗沐焚香於室。羣僧復入。互相嬲也。如是六七日。忽見羣僧

變色相謀交頭接耳不可聞是夜健婦灌之以藥冥然如死當生之入廟也姑母與僕婦女婢俱至惟不見其妻未幾僕亦奔至詢問主母何在曰隨即到矣我恐香燭有誤是以先來生曰今何在僕始以輿杆斷折易換需時對生惶急命速追之自亦乘馬往尋竟日之力寂無影響復使僕往接其姑婢人等則與亦不知去向矣喚他輿舁歸生在寓毆僕罵婢終宵躁急無法可施次日入縣鳴冤官為飭緝過三日仍無蹤影生乃投省候試與親友商之老成者曰今大中丞愛惜士子君鳩同考者百餘往訴之較縣官得力多矣生從之集多士投轅門巡官以公狀入中丞命傳原告與老成者數人謂之曰某生應試而帶室人且率之遊蕩本屬非禮以致誨盜誨淫皆未可定然屬有此巨案而不能破亦大吏之責也即令中軍率健卒五百改裝易服散布西湖各廟訪緝限三日獲犯有賞旋傳府縣官至曰屬有大憝敢誘掠良婦官不能破朝廷何虛糜爵祿為耶期三日不獲必登白東府縣諾諾而退命役數百人假作香客布散各廟使生僕為眼目訪之逾二日無跡文武員弁惶恐共謀將挨搜僧之密室僧大懼以藥迷生婦夜使健者負置某山巔茅棚樵者驚呼兵役咸集見一蓬首垢面著僧衣褲之婦奄奄一息勢將斃矣急喚生來認確係其妻呼僕婦來舁之歸寓以開通之藥灌之窮日夜乃醒見姑母在旁泣訴所苦時兵役因已得婦皆回署稟報生亦以前情補呈府縣各官聚謀曰雖有婦而不知其地其人將何以定案無已盡拘西湖僧使婦辨之冤可白矣乃使生歸而謀諸婦婦愧作難言乘人不備而縊生又鳴諸官官亦無可如何矣時諸僧已集千餘人無不呼冤者即有奸僧在內無可對證良莠莫辨以告中丞乃命兵役徧抄靜室於廟若內搜得女舄即以所住之僧鍛鍊成獄而斬之冤乎不冤未可知也

薌厈曰僧固不法而生實自貽伊戚冶容誨淫何可厝薪於火是以律禁婦女入廟燒香此正本清源之良法也至案已成即使婦不死亦靦顏辨認余知此等奸僧必不在千百衆之內送女出時早已料及遠颺久矣然以僧室內有女舄縱非此案奸僧而平日所為諒必更甚於此是以神洩其機致被搜獲斬之亦不為冤況殺一可以警百亦大中丞力也否則此等案件地方官只好置諸海捕而已

義盜

黄八子者太湖大盜率盜往劫富室明火執杖者一十八人撞門入內挨房搜劫財物盜魁入見事主之女臥室其女年甫十五六聞外間鬨鬧悲哭之聲驚駭戰慄蒙被堅臥而已盜抽被女啼見姿色艷麗強按於榻污之諸盜亦得財物俱聚外室不見盜魁黄八子復入搜尋見盜魁擁女而臥八子頓足曰噫汝為此不義事必遭誅戮我等為汝誤矣盜魁起笑曰好花不採枉生人世毋相詬也我讓汝一樂何如八子曰汝不記吾黨規條乎採花必敗天道昭彰我將去汝不暇尤而效之非人也遂出告諸盜辭別欲散盜魁留之不聽贓之物不取脫然長往至海昌投縣自首緣某被竊案此案實非八子所竊因與是夜同時到之以就輕也羈禁日久因無原贓不能結時有刑書某以辦漕虧欠收禁八子深與結納問得若干銀可仍同刑房書以四百金告八子曰是不難我為先生完此事書說曰果能如是我必有以報因此交更密書家送飯食恆與八子共之一日晚膳食炖羊腿八子甘甚問係自買乎書曰買諸市肆八子曰何處有書曰熟食舖皆有八子曰欲飽啖書曰門已封矣明日囑家人多備可也八子不能俟取錢出隙伸開鐵鐐脫落解禁子出視只有刑具而八子不知所矣書囑禁卒勿張皇此人去必來決無他慮也未幾仍鎖鐐而入有羊腿笑曰幸不辱命共切食之書曰君去來何其神速八子曰我今與先生交深敢以實告我因盜黨採花必敗避重就輕故認此案惟原贓難得先生出後可託事主不必深究見贓即領我事畢矣不然脫禁而去亦有何難所不肯為者避前事耳況我日在禁中夜則遊行自在同監多人皆不及知今已與先生言明夜將往取贓以了先生事因復潛出伏巨室屋上係庫書某家方夜讌為出脫一重因納賄千金八子俟夜深人靜竊取而回次日以四百金交書完虧釋放値是案破緣被姦之女羞忿自縊事主上控上峯奏參奉旨嚴拿盜魁與十六人全獲無一漏網者供及黄八子行文到縣刑書以八子是月日夜方在此行竊緣肆豈能遠注三百里外從盜乎其為仇攀可知啟令移覆彼處亦不深究書為關說事主以物之相似者充原物領認八子之案遂完以其自首減等城旦而已

薌厈曰好好色人情之常賢者不免八子盜也乃能力拒此關非有大魄力不能故其藝亦甚精惜乎無有能薦之者若得其人為將國家何憂外侮哉

悟知子

悟知子不知何許人初業儒不得功名棄而學賈不得財帛偃蹇半生一無成就幸無妻子孑然遊蕩過江湖卜者學推算五行法昕宵研精寒暑不輟者三年恍然大悟曰道在是矣攜立肆於市凡顧賁卜詁之者所決事皆當故得錢無虛日正為人

作卦。左右環觀。猝有一道人來。者折角巾。衣襤褸不堪。坐椅上。椅頓折。人皆笑之。道人抱歉將行。悟子婉留之。卜完人散。悟子詣道人膝前。跪稱仙師求教。那道人曰。予遊方之士耳。何所見而仙予。悟知子曰。弟子早推定數。請觀坐壞之椅背。道人觀之。上書某年月日。此椅為仙人坐折。道人曰。孺子可教哉。惜費聰明於無益之地。子既仙我。盍言爾志。曰求賜仙丹。度脫塵凡。相隨門下。道人笑曰。子猶俗見。誤甚。子先業儒。曾作文投明師。道家丹藥。猶儒家筆墨。子能吞墨舉筆即成名家乎。曰不能。能使師入爾心腹。代為著作乎。曰不能。我知汝不能也。仙道猶儒道。須專心致志。歷階而進。斷無餌一粒丹。即飛昇天上者。皆好事者托詞以誤世也。子善悟。我先示子丹頭。乃從袖中出一軸。展之。中間大書誠字。上書真字。下書妄字。右書實字。左書幻字。曰。此即大丹原委。成始成終。盡在於是。悟知子曰。弟子愚昧。敬請詳示。道人曰。上求其真。下劈其妄。右依即實。左依即幻。如為人之道。孝悌忠信。禮義廉恥。八者無愧。是即誠也。天豈有棄此八字之仙乎。故入道之始。曰真人。言真能克盡人道也。一有不然。即流於妄。綱常既不明。則人且不成。何有仙乎。能右此八字。敬慎勿失。即實。實則德明。無物不明矣。故曰至誠前知。左此八字即幻。幻則狂妄。荒誕不經矣。故曰左道惑衆。子能一心守真實。去幻妄。誠在其中。自然入定。定則靜。靜則精氣神三寶之先天自見。見而團聚之勿散。即是內丹。道在是矣。悟知子曰。師所云理學。常談也。道盡於此乎。道人曰。儒釋道三教同源。其流則分。儒在明明德。釋在波羅密。道在清靜。頑彼聖佛。無不從此入門也。即如子之神卜。亦從庸流所論五行入手。能劈去浮游而存精實。非由一誠得之乎。大小一理。子何信其小者而畧其大者乎。悟知子唯唯。即失道人所在。三年後。悟知子亦不知去向。

鄰斤曰。純陽為仙。純陰為鬼。人在陰陽之中。故可鬼可仙。惟刻刻求誠明。自有四通八達之日。任意荒怠。即中七情六慾之迷。道人所云堂堂之陣。正正之旗也。明者自知。知而不行。行而不專。是自趨於鬼道也。

客窗閒談續集卷二終

客窗閒話續集卷三

清　吳薌厈著

嚴氏

金閶張子。挈妻嚴氏在都市。開張雜貨肆。即在後衖衕作寓。其宅三上四廂。垣外客房三楹。寓內惟少妻幼子。僱一年輕婆婦作伴而已。肆內一夥。年逾五旬。嚴作爨。其夫傳食。夥憫主人之勞也。曰。何不覓一僕。任其事乎。張子首肯。其夥每早起灑掃肆外。似已有人代為掃除潔靜。留心察之。則一少年所為也。夥叩其意。少年曰。我南人落魄於此。日為人效奔走以餬口。夜寄廡下。君雖不知。我心不安。畧效微勞。何足齒也。夥悅其勤敏。薦與主人試用。其人不惜辛勤。不辭勞瘁。凡所作為。能先得主人意。內外皆愛悅之。但半載為僕。已暗與婆婦通。一日。張子置貨赴通州。囑其僕住客房。守門戶。惟嚴氏帶十二歲子。與婆婦同室。漏三下。子已沉睡。二婦尚作女工。忽有叩房門者。婆婦拔關。僕操刀入室。突擁嚴氏曰。汝必與我為歡。否則殺之。嚴氏急呼婆婦救。婆笑曰。一家人無傷也。主人不在。姑試嘗之。嚴氏知其同謀。料難力敵。特嗔作嬌。謂僕曰。汝果有情耶。此室有孺子在。恐被目見。事必洩漏。不能永歡矣。汝先入西廂。俟我何如。婆笑曰。真精細人也。婆先抱其衾枕而去。僕料其孤力難拒。亦携刀隨往。嚴氏乃去大衣。緊束其身。潛入西廂。僕起擁抱曰。果來耶。且解我渴。嚴氏笑却之曰。我素愛汝精細。今何粗莽乃爾。此事也。我向不願清醒相對。是以男子在家時。合有藥酒臨時飲之。能堅戰。男女交暢。不亦可乎。婆曰。我亦知之。未得嘗試。仰慕已久。嚴氏曰。今我三人同心。可嘗試之。乃指藏酒所。同婆取一樽至。並携果食。共傾飲之。香美異常。嚴氏力勸二人盡量。且媚灌其僕。任其糊戲撫摩。若甚甘心者。僕乃大醉。自脫上下衣。仰臥匟上。呢呢語曰。速來試我。具乘此酒興。切勿再延。嚴氏追婆睡去曰。事畢易汝。何如。婆婦含笑去。嚴閉門。索其刀。猶在身畔。乃舉刀力砍。已破其腹。僕躍起。復跌其臘。仰跌匟上。手擲足揚而斃。婆聞聲。披衣叩門。笑曰。汝等如是猛戰。鄰舍聞之。不洩漏機關耶。呼僕開門。我欲作壁上觀也。嚴乃反背隱刀身後。潛拔其關。婆撲入。瞥見匟上血屍。正欲發喊。嚴從腦後力劈之。顛撲匟上。亦斃。乃解棄血衣。携燈出。反鎖其門。回房與子同臥。次早。倩鄰婦呼其夥來。告之曰。昨夜僕與婦同逃。幸未竊物去。汝速遣人喚主人歸。商其事。合報官否。夥雇人喚張子回。詢其事。嚴含糊答對。俟深人靜。方以殺姦事白之。張子愕然。嚴曰。君必首之。有罪妾任。若潛隱其事。日久必破。若亦不得辭其咎矣。張子思其言。遂首諸司坊官。來驗訊。嚴氏侃侃直陳。奏交秋部。大司寇鞫之。嚴氏理直氣壯。堅執不撓。乃釋嚴氏夫婦。而瘞二屍。案定。從鄉人之宦游京師者。咸羨嚴之胆智。公懸額以旌之。

薌厈曰。智明者胆必壯。嚴氏初心。亦猶恒人。未嘗不呼嫠婦共拒。迨嫠婦同謀。知難免矣。乃速轉關作蕩婦態。誘其入我彀中。刀可得。仇可報也。然亦有天幸。若僕必欲先污之而後飲。我知僕之命。必不能脫其手。而嚴氏不得為完人。飲恨無窮矣。或曰。必不被污也。僕視嚴氏猶几上肉。斷不能脫我口。何妨姑且作樂。況以兩情交暢之言動之。有不垂涎關從者乎。從之則必酩酊。二人皆自取殺身也。我願世之君子。室無嚴氏。斷不可使少婦壯僕在一處。即有嚴氏。多一事。不如少一事也。

潘善人

潘翁。粵東香山人。談者忘其名字。生在前明中葉。家貲千萬。席豐履厚。有善必為。如刷印經文。創修廟宇。造橋鋪路。掩骼埋胔。以及賙親朋。濟鄰里。猶不足以盡其心。乃日食千百人。不使邑有乞丐。當博施濟衆時。有媪早暮必至。索食飯之。索飲茗之。無惓色。如是者久。無如旱澇之年。聞善人之名者。遠近就哺。日以萬計。翁雖富。力漸不支。然不肯中止。猶去質庫。賣田宅為之。迨時和年豐。災黎散。而善人貧矣。前媪尚日詣之。翁猶自減口粮以為之食。始終不怠。媪不自安。謂翁曰。我孤獨無歸之婆也。今汝業已敗。我何忍累汝。曷以住宅施我作大士閣。我願為僾婆。自主香火。藉以常得溫飽。無求於汝矣。人皆怒叱之。翁曰。諾。即挈遷妻孥。舉宅以施媪。媪曰。汝舍去。將何所依。得無怨我乎。翁曰。否。北郭外有山地數頃。因歷年旱潦。寸草不生。無人肯售。去結茅廬。亦足棲止。何怨之有。媪曰。此地吾前見之。有大風水在。汝困歷年。為善未及葬汝父母。今既已遷此。我當為卜宅。其山之陽。枯木之下。天生石穴一區。真佳城也。宅穸於此。不但舊業可復。將億萬斯年。享者不盡。汝信之乎。翁曰。謹受教。媪執引送之。指牛眠穴。坎山離向。以羅浮為案。以大海為陰。曰。此凡夫之所見不及者也。且俟窆葬而居。乃出異果數升。給之曰。以此遍撒荒田。俟其生長。勿伐。三年乃成。三年後必有蛇虺守此。汝當別遷。欲得此異物者。惟五月五日可使健男子。身塗雄黃。醉飽來伐。取行將獨擅天下之妙葉矣。翁曰。將為何物。必先教之。媪笑曰。汝將來觀其形狀。似何物即創為何物。何必先知。但我所與者菩提果也。勿以予人。綏予人。無益。媪乃去。翁於是安厝。種果。半載方休。入城視已舊居。已成觀音堂。香火甚盛。有尼住

持。媪已不知去向矣。翁歸不數月。其物萌芽。形似芭蕉。遍山皆是。愛護之勿敢伐。歷三年。葉形成扇。翁乃剝其粗者。賤售之。人皆爭市。一夏得數萬錢。時已有巨蛇出沒。毒氣射人。翁不能存身。仍遷城市。次年。如媪囑。以重價雇壯丁。於五月一日始。人各執斧持鐵。腰帶雄黃。酒飽。繩索入山。砍其細者。細裁而出。五日畢事。揀其細心完善者。以玳瑁象牙作柄。錦繡其邊。一柄值銀數錢。商販之徒。爭來售。置其門如市。後遂廣行宇內。自貴官長者。文人墨士。及閭閻中。幾至人執一柄。以為雅玩。以是復業。傳至子孫。至今三百餘年。家益富。他人欲竊效之。俱不能蓋。蕉為虺蛇所守。平日入山者受毒即斃。故無敢竊。親友乞其種。亦未嘗吝惜。但樹他處。變為美人蕉。結花嬌紅可愛。葉小而脆。不堪作扇。然後知媪即觀自在菩薩。傳翁絕業。為天下後世為善者示勸。

薌厈曰。天之報施善人也。大善則大報之。小善則小報之。如潘翁之博施濟衆。直欲掠美唐虞。天乃報以萬年不拔之基。以是知生物不測。造化無窮。

身毒國

無無子者。不知何許人。亦不詳其姓氏。其為人也。憤世嫉俗。好作汗漫遊。一日。附洋船。隨風飄至一國。見其人四目深鼻。皆衣白。熙熙浩浩。無爭競心。見中國客到。爭餽之米。大而香潔。無肉食。并無菜蔬。雖言語不通。而貌甚恭敬。走報一紅衣老者來。自言曾出使中華數次。能華言。邀無無子至家。曰。先生欲知我國風土人情乎。請譯而道之。我國分男女兩部。王曰元首。男部統之。其下十二司。分三等。上司三。曰耳目司。口鼻司。喉舌司。中司四。曰左肱司。右肱司。心腹司。臂指司。下司五。曰前陽司。後陰司。左股司。右股司。皮毛司。十二司戴元首。合而為身。毒國毒譯皆。言一司總督諸司也。耳目口鼻喉舌最貴。比華之宰相尚書卿貳。左右肱比都督將軍。心腹比撫按。臂指比提鎮。前陽主刑名。後陰主錢穀。比中華之有司。左右股比汎弁。皮毛司比佐貳雜職。自王以下。皆衣布。以色分品級。王衣黻。上司衣朱。中司衣藍。下司衣青。民衣白。田地無主。亦無曠土。產香穀。大於中華之稻米。一歲三收。至春夏秋三時。人之有力者不拘何地。盡量布種。自王以下。並耕而食。無分彼此。諸司皆耕。能多得穀者。司舉奏王。以下司爵之。有遞遷至朱衣者。第非考較出身。僅虛職榮之耳。怠惰者。發窮黎島。日給一粥。終其身。年豐則家藏一歲之用。餘盡歸元首。分貯十二司。若歉年。十二司積儲。仍散於民。故無飢饉。亦無貧富。上下皆食穀。不知有菜。何來葷腥。雖產有金銀。

珠玉寶貝。不足貴也。不過為布地飾屋之需。猶中華之磚瓦砵粉。所貴者米布。如中華之銀錢。凡動用之物。皆以此交易。我王相傳。為淨飯王分枝八十四世裔孫。其長枝即阿彌陀佛。代傳一那摩佛。即中華所稱喇嘛大班禪活佛也。能參四禪八定。諸司選民之後俊秀者。送入學道。或三四年。或五六年。由那摩佛考較道行之淺深。送王補諸司缺。故皆慈祥。為國為民。后曰元后。女官統之。凡女皆習工作。自后以下。俱能種棉織布。成衣以易穀食。凡男年二十以上思妻者。投前陽司送女部。后配與年相若者一人。三宿而去。若再過之。則又另配人矣。生女則留。生子撫養至五六歲時。發男部。任人予之。只許人領一子。有夭殤者。許再。故民無氏族。亦無絕後之人。凡男女年至六十。不耕織。所領女子。力作養之。亦無遺棄者。死則公殮。以大甕。亦無棺槨。鄰邦皆尚繁華。以我國為鄙陋。故無侵犯我國。只求內治。亦不征伐。故自淨飯王以來。數千年不易姓。如是而已。無他長也。無無子大悅曰。此極樂世界。我願受一廛而為氓。老者笑曰。我國法。不留外人。子回中華。卧而思之自得。何必留此。乃悵悵而返。

鄰序曰。身毒國十司。皆受惟前陽後陰二司。尚可議。以前陽能剛能柔。能進能退。故主刑名耶。然少者浮躁。老者疲悅。奈何。至後陰只出不入。何可司錢穀耶。或曰。後世之能者。出糟粕而納精華。君其未知之耶。予笑應曰。唯。

某制軍夫人

某制軍科甲出身。好士愛才。門下皆一時譽髦也。制軍風雅甚。如夫人甚衆。琴棋書畫。各擅一長。咸使名士傅之。有某孝廉者。年逾弱冠。品貌俊逸。詩如其人。家屢空也。投制軍謀食。時制軍新得寵姬某氏。詩筆清新。與孝廉相類。遂使姬作女學生。傳遞詩詞。兩情相洽。有文君之約。而未得其便。值制君壽誕。內外優劇百戲並作。乃乘喧雜時。姬偕孝廉捲其細軟。逾花園後垣同逸。次日。僕婦書童報二人夜不歸室之事。制軍大怒。傳心腹武弁入內室。授之劍而諭之故曰。速往南追。取二人首。認姬作汝妻。被孝廉姦拐。故追而斬之。投所在官司自首。汝既無罪。且不次超遷汝職。弁領命將行。夫人遽出喝止。乃諫制軍曰。機事不密則害成。此等事。想已飈播省垣矣。引盜入室。斬之非義。一頂綠頭巾。終脫不去。徒然掩耳盜鈴。不貽笑士林耶。且孝廉才名甚著。愛之者不僅夫君一人。使士林抱不平。藉實而發其覆。貽害無窮矣。夫君聰明潤達。豈不見及此。妾恐一時忿怒昧之耳。制軍不覺怒息曰。為之奈何。夫人曰。是不難。昔楊越公。裴晉公。皆人傑也。盜其侍妾者。不但不追。聞有厚贈者。曷不倣而為之。

請作札。遣家人贈以行貲。則孝廉有不感愧圖報者乎。且以美姬贈名士。古人恒為之。不但士林不笑。且寬大之譽。遍寰區矣。孰得孰失。君試思之。制軍大悅曰。非夫人之論。我幾大誤。即作書以四百金。遣奴急追贈。其書略曰。僕弁逾花甲。所以寵有少女者。非自好也。誠以聰明俊秀之產。造物亦幾費經營。使之誤配蠢夫。殊深惋惜。是以羅而致之。且隨其姿質。教成學術。以配君子。豈非天下大快事耶。故某女道蘊足下。僕早有作合之心。所不預言者。緣此女學未大成。欲其精進而後成之。不意巫山神女。竟自投楚王矣。其識見亦屬非凡。僕當順其情。以遂好逑。往諾但不別而行。妙手空空。腰纏何穡。未免累及君子。故遣僕走饒。聊伏薄酬。奇所有足下行裝與某女衣飾。俱撿點附上。二人得書。慚愧悲感。望東叩謝。對曰。夫子之德。高見二天。當作犬馬圖報。再拜作稟申意。其詞曰。憶自玄子春秋。旅游夫子門下。已渝歲奏。樣近雲門封非下材。頻親琪樹。延康成雅度。欲聽慧婢之詩。而小子何知。俾作麗娘之伴。於是銀蟬入戶。拈隔巷之清歌。紅杏出牆。倚鄰家以豔色。以致密妮留枕。非關粹樣偷香。攜手垂奔。抱衾露宿。方處飛洞宵之劍。何期添裴晉之裝。夫子休休有容。勤勤樂育。使狗偷鼠竊。不作青蠅。而風侶鸞儔。同諧白首。且惠以贐儀四百。行李增光。從此弱水三千。片帆穩渡。感周旋之于細。益愧寸衷。期報答以辛勤。難酬尺澤。惟思勵頑鈍之器。庶不貽冰鑑之羞。千載遺徽。爲言莫罄。敢因僕指。敬布腹心云云。後孝廉捷南宮。由詞林入諫垣。有與制軍為難者。多方營救之。與某姬偕老。且多子云。

秦良玉遺事

女帥秦良玉。石柱土司所屬人也。生而警敏多機智。父母皆愛憐之。有兄祚夫也。良玉五六歲時。鄰人被竊。多方搜之不得。與其父咨嗟歎息。良玉曰。無事多求。此必米貝所為也。鄰曰。何以知之。玉曰。我本不識貝。日者潛窺汝室。彼以我為幼。不之避。俟又一人來呼曰。米貝。汝何為耶。貝即與耳語而去。是夜被偷。非貝而何。鞫之果伏。及笄時。土俗皆自擇夫。春秋之際。縱少男女於山野。唱歌求配。有馬生者。土司宗族也。年及冠。無父母昆季。貧而好學。美秀而文。玉一見即攜手同歸。父母及兄皆貧之。玉曰。事在人為。我只求同心者耳。貧不足道也。謂生曰。君俟我。不憂不富貴。我得君。不憂不多聞。君所憾者家貧。我所憾者腹貧。家貧易為力。我請任之。腹貧須好學。君其為我助之。生曰。諾。相得甚歡。良玉恒執女工伴讀。輒有所悟。忽謂生曰。君所讀之書。以治身心則有餘。非我輩救時之策也。曷求富强之學。以成我願。生乃購備韜鈐武略。及三農致富等書數十種。閉戶講論。年餘。玉曰。得之矣。乃出門遍歷荒山。得無主之地數十頃。歸而盡其所有。皆易錢。不足。乞諸父兄親族以益之。使生買芋粟一石。包穀此賤而易成之物。遍撒山地。玉乃日遊里閈。結好衆鄰婦。得其歡心。謂之曰。本年當大旱。後荒之計。我已密作山閣。將來成熟。可以周濟汝等。但須為我照料耳。衆婦皆悅。為之扶刀巡邏。秀實時爭為收割。不失一莖。時果及秋無雨。禾苗枯槁。惟此獨茂。生乃計口授鄰婦。乘歡呼拜謝而去。尚餘千鍾。糶之。得千餘金。儲備之外。猶稱小康。次年。鄰婦皆來請種。願為耕耘。玉曰。今年應澇。惟稷獨成。購種遍播之。夏秋果大雨。諸穀皆湮沒。稷高丈餘。不畏水。又獲豐收。仍分給酬勞外。剩數千鍾。糶之大富。起廣屋居之。他寨官民皆乏食。流為盜賊。而石柱賴以無恙。男女咸欽佩良玉如神明。願為服役者甚衆。玉擇其勤能者留之。生亦喜曰。卿何以知天文。測之皆驗。玉笑曰。前漢書曰。巢居知風。穴居知雨。我師蟻耳。凡旱年。其穴必深。澇年。必遷高處。以是卜之。百不失一。何須高談天文。炫異驚奇哉。生乃服其讀書之得間也。曰。卿言富。則果富矣。貴焉在。良玉曰。勿急。我後必貽封君。為天下婦人吐氣。但目下大難將至。奈何。生曰。方安居樂業。何出此言。玉曰。富者盜之餌。且鄰寨飢寒。有不覬覦我者。我

司官素懦弱。又不知訓練。猝遭強暴。鮮不傾覆。是則可憂也。君速購銅鐵木石。覓巧匠。我將仿諸葛製連弩。傅以見血封喉之藥。作救急計。於是作勁弩千張。伏壕外。夜則埋機當路。凡藏粟帛之處。半穴其地作窖。中布鐵蒺藜。亦傅毒藥。上以板覆之。內室財帛皆露。板皆作機。自行無礙。人踏之。觸機翻轉。顛入窖。着蒺藜立死。布置方罷。而鄰寨果生心矣。使數十人行竊。知生家富。先攻其室。為連弩射死者半。破宅門入。皆奔倉庫。顛入窖死者。又十之六七。僅剩十數賊。鄰人救至。咸縛之送司。於是鄰寨藉以為詞。遍邀各寨。羣起而攻之。土司驅市人而戰。大敗。遂殺土司。寨民大恐。公議良玉之夫。係土司宗族。應襲職。衆曰。不如其妻。羣入生家。堅請良玉掌土司印。以禦寇。玉曰。禦侮之道。須衆齊心。如臂指之相使。乃克有功。若人各一心。前事可鑒。是死我矣。君輩能聽我號令否。衆皆曰。凡我寨民。所以得溫飽者。皆出夫人之賜。詎不願為效命。如有異志。衆共戮之。良玉察其情切。乃出視事。先點千人。各予連弩一張。一發十矢。命其兄統領。射退烏合之師。於是略其地。方三百餘里。料其民。得十萬餘衆。立為大寨。居中。以親信者同往。環作小寨居其民。擇其強壯者。訓以兵法。坐作進退井井有條。寨外掘長壕。周匝壕中。皆置亦蒺藜。上覆機板。並如居室法。外伏毒弩。寨之四隅。樹長木。木端以桄榔作屋。穴孔向外。以老花近視二鏡合作筒。安孔中。即千里鏡也。能覩百里外人馬。使能書者居其上。以長繩懸鈴。達內營。名曰天聽。一有所見。即書條。搖鈴索報信。又掘地三四丈。埋甕。使耳聰者卧其上。能聞百十里人言馬嘶。亦以鈴索達內營。名曰地聽。一有所聞。亦如前錄報。再遠則廣布細作。故遠近鉅細。無不周知。又作迷翔陣。人各執噴筒。以毒藥煮細沙。貯透納筒中。每伍間弩手一排。禦之戰。必擇上風。順風揚沙。入人目。即迷疼不得開。弩手發手繼之。是殺賊目也。故易勝。時敗去之賊。復邀洞猺大舉而來。先驅牛羊駝馬在前。土車隨之。至寨前。觸弩機。中箭者。畜牲耳。箭盡。即以死畜並土車填壕。一擁而入。則良玉已逃。遺有糧食甚廣。衆皆以為得計。居之不疑。未幾。寨中地震。火炮直衝。頃刻寨地皆陷。糧食中火箭火球競發。烟焰迷空。死者數千人。餘賊爭奔出寨。則圍兵四合。衆皆請降。良玉留其為惡者誅之。脅從皆釋縛。賞以口糧曰。去留任汝。僉感德畏威。皆曰。願從夫人。雖死不去。又益數千人。萬寨咸服。乃教以屯田富強之法。遂雄據一方。生大悅曰。方賊之劫寨。卿何預知之。曰。得天覘地聽力也。賊來時。畜在前。土車在後。早以見聞得報。我知此法。前寨必破。故退伏於外。而以地雷火炮伏寨中。彼見寨中多糧食。諒

必停留。不知中留火箭火球等物也。彼方狂歌。我使人由地道燃火線。轟擊。賊已膽裂。外又從之。進退不得。有不降哉。今以降人居外屯田。有益無損。是以日見富強。生曰。今富貴全矣。卿誠天神也。良玉曰。富不過百萬。貴不過土司。卑卑者何足道哉。行將建大功於國家。膺天朝之高爵厚祿。乃吐英雄之氣耳。君姑待之。此前明崇禎間事也。時寇圍京師甚急。檄四方勤王師。良玉偕其夫拔寨赴敵。令其兄前驅。順風揚沙。特戰皆捷。京師解嚴。帝大悅。召良玉入覲。欲侯之。玉辭曰。侯及婦人。古雖有之。非天朝體制。無已。則請封夫主。乃召馬生。以為靖北侯。賜予無算。上良玉為勇鄉夫人。石柱大元帥。謝恩出。聞部索賄。玉謂其夫曰。朝綱紊矣。帝之左右皆諂媚貪黷之輩。勢必不久。勿預其禍。遂託故告退。振旅而歸。良玉之子孫。至今世襲土司。

薌厈曰。觀制軍夫人與良玉所籌畫。古之偉丈夫。不過如是。不意巾幗中有此人物。天閒奇石也。予向讀易。疑陰陽之說。陽盛於陰。何不曰陽陰。或曰易卦皆倒裝。然不足以解惑。今覩二夫人。方知陰之明者。直可蓋得此陰陽二字之確解也。

某郎中

郎中某。武陵人。能憶宿世事。云前生為蘇郡庠生。六十無子。家惟教讀度日。僅足夫

妻餉口而已。自曾祖父母以下。三代未葬。恒以為憾。乃發願每夜焚香一度。跪告天曰。願減己之壽。得財百金。以葬三代。死亦瞑目。積處五六年。未能如願而卒。其魂飄然入陰司。見閻羅王。王曰。此孝子也。願減算以葬父祖。不知汝父母生前惡業甚多。致汝絶後。汝雖一點誠心。歷年不懈。但生平不過安分。無大功德。不足挽回造化。然孝思可敬也。賜之坐。左右報大孝子到。王命開正門。身出迎之。見一披髮尺餘。鳩形鵠面之丐。鶉衣百結。水濕淋漓。見王下跪。王扶之起。携手而入。設座生上。王獎不絶口。丐觳觫不安。生甚疑慮。王顧之。謂生曰。汝疑耶。此君頡江人。生於貧家。自幼失怙。其母携之乞食。至七八歲時。膝行求乞。以養其母。又逾七八年。其母老病不能行。此君負之哀號於市。人皆憐而濟之。必飽其母而後敢自食。如是者十餘年。其母病卒。此君求化來一蓆。刨土埋之。投江而死。是一生專行其孝。別無他志。然而孝為百行先。出於下愚之人。豈不足以感動神明哉。正議論間。忽見紅光照耀。瑞彩繽紛。堂上堂下吏卒俱俯伏。朱衣判報聖僧來矣。王亦下堂跪見。五色雲自天降。中立一胖大和尚。以手援閻王起而笑曰。老僧七世修行。尚須過臺下。不知何歲西行耳。王肅容致敬曰。聖僧根蒂既深。證果不遠矣。和尚曰。正恐墜落耳。乃設座公案前。王侍立。和

尚命之坐。然後隅坐鞠躬。時生與丐皆避殿下。和尚舉目遍觀。在群鬼中指曰。此二孝子也。請來相見。二人入拜。和尚合掌答禮。皆命坐左右獻茶。和尚舉杯謂二人曰。此茶飲之昧性。然不飲則違天條。老僧請以法解之。命二人擎杯至座前。和尚默誦神咒。茶水自涸。各舉空杯對閻王曰。飲訖矣。王唯唯。簽判執簿進。王曰。聖僧下降。吉時到。請即飛昇。見數鬼卒扶長梯至殿前。王肅和尚登梯。和尚曰。有緣者。二子可以同登。王即命判註簿。使二人相隨僧前。丐中。生從。直上數百級。足力不濟。乃墜。囫然一聲。已作孩矣。開目見本生父母。皆喜曰。男也。生覺頂心虛怯。不能言。惟笑啼而已。得乳甘美。果腹至三歲。顖門合而能言。憶前事了了。如在目前。知鬼神敬孝子。是以一舉一動。無不曲體親心。父母愛如珍寶。前生所讀書。不忘隻字。五六歲即理前業。能詩文。稱神童。八歲入學。十三舉於鄉。十七成進士。授禮部主事。父母相繼殁。哀毁盡禮。守制三年。二十而娶。入都復職。元旦大朝。隨班禮畢。皇上退殿。一太監至主事前。問姓名官職。曰。某親王有命。請主政公。今夜入府有話。授以牙牌曰。持此以達門官。即不敢阻。得速見也。主事向不識王。心甚疑之。然不敢拒。歸宅晚膳後。至王府。以牙牌手版交門官。引入見王。其狀貌即大和尚也。王笑迎曰。故人猶憶前事乎。主事

再拜曰。唯不敢忘我王大德。王惻之笑曰。予在殿上。遍視君貌猶昔。故使人招君話舊。君今雖登仕版。然世事紛擾。不若修行之樂也。余生不食葷。憶前生所作工課。惟默為之。恐駭聖父母聽聞耳。然時時懼墜落。不敢稍生妄念。今將回首矣。君何不棄官入道。主事曰。固所願也。但家貧子幼。難擺脫耳。王曰。事不難。君記孝丐否。余將使彼助君。不可為外人道。靜候時運耳。主事起告退。王曰。君去不必再來。修心為要。無多囑也。主事叩謝而出。未幾。琉球國入貢請封。內降特旨。以主事為正使。假一品服飾。乃謝恩領敕。同副使航海而去。至則國王在城上架天橋。鞠躬迓迎。主事見王披髮削臉。猶有丐狀。王循禮受封畢。執主事手作華言曰。故人識賤丐否。遂大笑。主事曰。大王孝感動天。作一國主。如某卑卑者。不足道矣。王笑曰。天使何讓也。王人不大於諸侯乎。我今有私情奉託天使榮旋時。益以萬兩黃金為囑。若澤至鎮江時。吾前生之母尚土葬江邊白楊下。以一小半金為吾母買棺拾骨。遷葬高原。墳前立一廟。置地百畝。招僧主之。歲時祭掃。以畢我願。餘金贈君。以表相識之情。至正副天使。別有常儀。君請勿辭。主事因聆親王先囑之言。故直受不辭。事畢還朝。遷郎中。以酬其勞。訪親王。則前月晚矣。乃悟世事虛浮。旋即辭官。歸至鎮江。為琉球王畢所事。因念

前生之三代。至蘇郡訪其家。則老妻早故。陋室中八柩尚存。盡舉而厚葬之。回家餘朱提數萬。交安人撫其子。己則附居廟宇之清潔者。依高僧奉佛以終。

薌厈曰。人惟知目前。故昏昏然營營然以畢世。若知前生。則甘苦備嘗。有何意味。不入空門。欲歸何所。惜世皆俗僧耳。南無阿彌陀佛。

术芷治痘

痘瘡者。父母慾火所結。病在先天。天一生水。故人之五臟。腎先成。火毒伏其中。感時氣即發。其有不險者。父母同房時。清心寡慾。不茹葷酒。則毒輕易出。若食有毒之物。而又沉醉。所生子女。其毒必重。不見富貴之兒殤於痘者多。貧賤之子。傷於痘者少乎。若痘出幼年。尚可成丁。婚配後出痘。成者甚鮮。蓋先天已傷。不能通達故也。凡醫皆執此說。鄉人黃大者。年二十。父母已故。娶有妻妾。幼未出痘。是年春間。痘症盛行。黃大忽患大熱。一身盡疼。入於骨髓。求死不得。七八日間。面現紅尖數點。其妻請鄰翁視之。曰。此痘瘡也。甚險。乃延痘科診之。曰。陰虧甚矣。必補託而後可。以六味地黃加減立方而去。其妻以百錢求鄰翁取藥。翁曰。我家潮濕甚。思買蒼朮白芷薰屋。正好乘便。遂入市。擇興旺藥肆。投以錢。與方並買朮芷二十錢。鋪夥甚忙。包藥之際。以

藥方誤添朮芷包上翁不知也至家交有方者與黃妻囑速煎而進之黃大服後即得安眠翁夜生盆火開包取朮芷則皆藥料矣急往叩門問之黃妻曰已煎服半日睡甚安似大見效翁不敢言而回次早往視一身疮花皆現光明磊落且索飯食神氣閒如無病者翁叱異即代為延醫復診醫曰已反逆回順非我重用地黃不能如是神速也今可不藥收功矣翁心中抱歉早夕在側殷勤服侍果十朝疮盡回痂漸脫落壯健如初黃大感甚乃殺雞烹肉備謝禮請醫並酬鄰翁之勞醫持杯大言曰非我妙手恐此症不能回春老翁閱歷多矣豈不見壯年出疮者十有九死乎翁曰不然假如此症誤服蒼朮白芷將何如醫曰一滴入口早已斃矣翁即回家取藥曰請觀此非先生所開之藥乎醫檢之曰是也翁曰是則誤矣以同市兩包相混而黃大所服者實朮芷也醫曰莫與我爭功我閱書多矣從無朮芷發疮之說此必藥肆匆忙誤包兩料藥實未給朮芷也翁乃呼黃妻出藥渣而示之固朮芷也翁曰吾非爭功若果朮芷所愈有後患否是以求教醫搖首支吾持謝金而去二人懷疑莫釋遍訪時醫皆曰無此情理或者疮為朮芷逼引入內復發無藥可療矣二人更急時巨室以千金延名醫薛生白在邑二人執香跪門求診生白憫其誠使人診之謂黃大曰脈甚和平無疾何治翁始以疑質之生白大笑曰是矣此必黃君祖宗功德不應絕後故有此誤若服地黃湯悶死久矣時醫不知用藥之活變而執古方宄死者不少彼意謂有夫婦必有房事虧損腎經故壯年出疮必先補託不知夫婦之事天生天化互相補益若以為有房事必損則世無八九十歲夫婦諧老之人而鰥寡孤獨皆千萬歲矣惟好色過度則傷黃君一夫一婦人倫之常復有何損其症之鬱而不發者必平日盡力農田長浸水中深受濕氣遏而不達是以痛楚老翁所市朮芷必有數兩大劑投之水氣立散有不暢茂條達者乎時醫何能見及此我故曰祖宗功德鬼神所使也且黃君脈大而長不但症不復發且享壽無疑二人心始釋然喜躍再拜而去

烏蛇已癩

蛇之種類夥矣皆追風藥也內有烏梢蛇一種最毒姑蘇有曹吏部由郎中出為粵東湖州府是邑也凡幼女皆蘊癩毒故及笄須有人過癩去方可配婚女子年十五六無論貧富皆在大門外工作誘外來浮浪子弟交往彌月女之父母張燈彩設筵席會親友以明女癩去可結親矣時浪子亦與宴席畢富者酌贈醫金送去多則一

年必發癩死且能過人故親人不敢近官之好善者設癩院收養之曹太守有弟已冠不好學日事遊蕩感友知此間風俗詭恒詰誡之介弟初亦不敢犯但遊觀而已一日至巨宅前見一女子國色也不粉飾而自然既豔麗而莊重不禁迷戀輾轉再三思之不得喟然曰人生幾何美色難逢牡丹花下死較老死樂甚矣意乃決與女交誘引之入室兩情相得有終焉之志無如彌月後例應分析其父母見二人情重不使女知請介弟前堂大讌詢及世家方知為太守親弟屢奉府縣查訪茲切勿勝驚駭但事已如此不能隱匿贈以千金送之回府太守以乃弟自作之孽無可奈何背送回籍俟死而已一路毛髮脫落日漸周身發癢及家其次兄收之處其蔓延鎖於酒房下梢嫂氏哀之使老媼給飲食未幾癩已匝身奄奄一息自知必死矣先是介弟去後女方知其事乃與父母為難誓不二天必欲同死其父母婉勸教戒矢志不回不得已以實情告太守敬其節義允為作札遣送姑蘇為弟守節來投嫂氏嫂謂女曰叔病癩已不起矣莫如原舟遄反以妹品貌何患無好逑君子何必戀及此泉人耶女泣曰妾故知之不忍郎之獨為癩鬼且女身不可二天來就死耳非敢于飛之樂也嫂憐而歛之送女入酒房與介弟相抱而泣女乃遣婢僕歸復命親為其夫調養一月介弟使女烹茶未至渴甚揹牆而起覓飲房中惟酒缸十餘舁至室隅尚有剩酒半缸以碗飲至數四渴解而人亦醉倒女持茶來扶之臥至次日癩皆結痂人亦清爽謂女曰此酒大有益處日與我冷飲之當有效女順其意每飯必先以酒半月癩痂盡脫一身新肉滑膩非常眉髮復生居然風流年少矣夫妻快慰及酒將完見缸底一大黑蛇浸斃其中蓋烏梢也出問家人乃知前年注酒時見有蛇在內是以遺棄半缸不意為介弟起病之祥於是夫婦相將仍赴粵東女之父母及曹太守皆大悅共出財為謀功名得河泊所官以終此其有一命之榮故不死耶余曰非也粵女貞一之操有以感召之耳

鄰屏曰觀上二則可知醫無恒方藥若得當實有起死回生之效惜時醫執陳方不知變通以致危症不救安得人人巧遇如黃曹二君耶

金標客

標客金氏籍隸嘉禾其為人也好義幼習武藝能運氣敵金刃壯年出外保標江湖赫赫有名盜賊聞風而懼及其老也腰有千金在江南之清河立船行為業悠悠自得不出外矣夏日在水閣納涼見一舟揚帆而過蓬窗四起中坐青年公子外二僕

人回顧舟子。識皆劫賊。猶起憐憫心。疾捲行囊追及之。乞附舟南旋。舟子不納。公子見其二毛。憐其貧老。而許之。舟子曰。人各有心。知其無歹意耶。設有他虞。非我等不預言也。公子曰。此老我三人能備之。毋需過慮。金聞言。一躍登舟。與公子為禮。遂問行蹤。公子告以父宰山左。回原籍武陵就婚也。與金酬酢。談甚洽。以長者呼之。每飯必共。家人心不謂然。見於詞色。公子益尊敬之。舟行長淮時。金密謂公子曰。舟子皆江湖積賊。今當停泊某所。若過此必逗遛曠野。將行其謀矣。公子怖甚。曰奈何。金曰。有老夫在。彼四五後生。不足懼矣。某今夜與公子易地而寢。看其如何下手。公子甚疑懼。果舟至關市。竟過。金問之。舟子曰。風利不得泊也。公子益懼。夜乃與金潛易臥處。舟行至半夜。忽停。似聞舟子皆起。燈而臥。駕長密謂其夥曰。以我五人了彼三人。易甚。今添一客。多費手足矣。夥曰。客似強健。然老不足畏也。駕長偕一夥。持利斧潛啟艙門。傒公子常臥處。撫首砍之。不入。竊謂夥曰。得無誤砍其枕乎。不然。文弱少年。安有如是之結實頭皮也。夥曰。汝於星光下。照顧門劈之。二人聽臥者猶有鼾聲。乃便手舉斧猛劈之。斧反激回。傷駕長首。而跌。金乃揚聲有賊。於是公子主僕舉燈入艙。門大啟。金起坐。呼舟子夥四人咸集。金曰。駕長何在。曰睡久矣。金曰。頃有賊斧劈我首。似言好結實頭皮者。駕長聲也。得毋自傷乎。我標客金某也。在千萬冦盜中。出入自如。汝五毛賊。欲傷我得乎。恐自不得保。駕長聞言。亦以布蒙首出。五人僉再拜請罪。曰。久聞長者大名。不意在此相見。長者既明此意。不必多言。我等願革面洗心。送公子回籍。斷不敢復萌異志。乞恕無知之罪。金曰諾。汝輩亦無能為。速與開舟泊揚城。為公子壓驚。不汝罪矣。舟子叩首出。揚帆前行。公子及僕皆感甚。至揚州。感席宴客。不使舟子破錢亦感甚。未幾。舟抵嘉禾。金將攜囊告別。公子泣留。金曰。此去皆官塘大路。不過二日抵省。無下手處。我誡之。彼不敢違。乃呼舟子告之曰。汝等好好送公子回府。取得平安信來覆我。日後好相見。若少有怠惰。公子莫給與信。汝五人命。懸我手矣。皆曰。不敢。惟長者命。送公子回府。取札歸報。金客回家時。邑中有數十少年。皆習拳勇。推一人為魁。其人亦詡詡自得。衆皆曰。武邑中老前輩。惟金某為最。汝能勝此人。則傑出矣。其人以近聞回家。姑試之。或勸之曰。金長者為人和靄。在鄉黨中犯而不較。汝以少壯而毆衰老。勝之不武。其人曰。我姑戲之。亦無傷也。於是輩伺於市。是日微雨。金持蓋着屐出市。其人潛至身後。以右手挖其臂。金即運氣至臂。夾其手。使不得出。故作不知。徐徐而行。其人五指痛入心肺。不覺哀切求恕。金

行自若。市人皆大笑。衆見少年色變。群跪金客陪禮。金客始鬆臂。其人跌出丈餘。伏地不動。衆視之。指臂皆青腫。金回顧微哂曰。少年恃血氣之剛。狎侮老夫。自作孽。但係子姪輩。何忍死之。汝等扶至我家治之可也。乃共扶赴金室。以三丸給之。曰。以酒服。當不至大損。其人服之。下血升餘。疾雖愈。而右臂從此無力。

或曰。拳勇亦多矣。何至頭能敵巨斧。臂能損人臂。無乃言過其實乎。谿斥曰。術有所謂金鐘罩。鐵布衫者。皆運氣之功。氣之足也。至大至剛。雖以萬觔石壓身無礙。金老想必善此。拒斧夾臂。猶其小戲。

文孝廉

有陳孝廉者。家甚寒。借親友數十金。入都會試。獨行至王家營。以三十金僱車兩騾。甚膘壯。車夫目立眉揚。挺胸凸肚。亦甚勇健。陳喜。意謂能速馳也。不意車夫橫甚。甫入山東境。車價支訖。宿第三站時。入陳君室。坐借十金。如不給。不能前。陳曰。此地距都。千有餘里。安得多金濟汝。果不能前。還我原價。另僱可也。車夫曰。長裝短卸。向有行規。休想毫厘也。我不慣與小人乘。請辭。高聲紛爭。陳君泣下。是室逼近上房。所寓亦會試新孝廉。大車五六輛。主僕十餘人。方喚妓雅歌侑酒。聞援援聲。使僕詢問。車夫曰。我等算賬。何預汝事。陳乃實訴所苦。僕入主出。攜陳君去敘科分。同年也。同行三孝廉。此君文姓。為主。謂陳曰。兄獨行踽踽。宜為小人所侮。我聞車夫甚橫。當教戒之。立呼車夫入曰。汝何敢與客爭。車夫曰。小人貧困無聊。故為人僕。不過向客假數金耳。不意其肆負然也。文孝廉曰。果為是。我假汝十金。明日隨帮早行。不許再有後言也。車夫唯唯。五鼓開行。使陳君車在文前行。不過二十里。車夫趨狹路。疾馳。陳覺有異。始則喝問。繼以哀求。車夫曰。今日之事。我為政。汝尚有同年友相助耶。時文孝廉僕見陳車斜馳去。告主人。文曰。是不懷好意。疾躍出車。解驂乘健騾。不鞍而馳之。車夫覺有追者。奮力鞭兩騾。而文馳已及。以一足踹車轅。兩騾寸步不能移。以一手提車夫擲地。飛身踏其背。奪鞭鞭之數百。車夫哀號求恕。陳君下車為之緩頰。而後釋之。使陳還坐。而已坐轅上。押送回大路。謂車夫曰。我雖文士。而習武功。無論汝一人。二騾能止之。不足奇。汝觀我倒執五六套大車。可使逆行。試之果然。車夫咋舌。始畏懼。不敢萌異志。相隨入都。還文孝廉所借之銀而去。陳君感甚。曰。兄神力無敵於天下。生成乎。抑練習乎。文曰。此易筋經法也。其書具在。勉習之。無所不可。人自不為耳。從此相得甚歡。遂成莫逆。

薌厈曰。此入道之大端也。夫道無所不可。養氣則至大至剛。養志則修齊治平。養身則合精氣神為正一。可以飛昇。可以拔宅。即易筋經一書。達摩傳為入道基。非僅習勇力也。人配天地曰三才。其才本廣大無倫。故儒家之明德。道家之三寶。釋家之本覺。真心人人共具。求其一而修之。聖賢仙佛。惟人所願。豈僅勇力乎哉。

何首烏

何首烏。一名能嗣。藥中仙品。產山澤者固多。亦有在城市。而其根反得成人形者。以得人之精氣多耳。然其人形者必通靈。隱現無恒。人不能得。若得而食之。即仙去。相傳已久。吾邑有張氏姑婦者。夫與子皆諸生。以家貧。教讀外出。惟二婦在家操作。女工度日。是以紡紗必夜午方休。每秋月皎潔。時聞院中似有幼孩徵逐聲。扳闥視則無有。婦與姑謀。後若有所聞。一人仍紡。一人穴窗隙窺之。於是輪流伺隙。婦果見兩孩出自牆陰。長不滿尺。一男一女。皆赤體。攜手至院落中。對月再拜。互相撲跌為戲。婦潛告姑。姑慮曰。恐係妖孽之子孫。犯之自肇衅矣。皆不敢出。然心甚懷疑。一日所親至。知醫博學士也。姑以所疑質之。戚曰。宅若有妖。何能安居。此必靈藥所發。得而蒸食之。當成地仙。婦笑曰。稍聞人聲即遁。焉能攫取。曰。無難。吾聞稻米天地正氣所結。能壓穢。藏若由窗隙擲之。得中其身。即不能遁矣。戚去。婦度院中孩戲之處。至窗隙約丈餘。諒擲米未必適當。乃截竹為筩。撤米其中。以箸捲布。催送之。日練其手法。使精熟。復伺於窗隙。二孩來前。婦即以筒米彈之。果中。二孩皆仆。突出擒拿。入手僵直。呼姑舉火燭之。類木雕。眉目如畫。氣甚芳馥。姑婦相謀。煮飯時於鐵鍋內蒸之。一次稍軟。至五六次。香綿可食。姑婦各分食一枚。覺鮮美異常。腹果甚。一日不思飲食。從眠至次日。皆不能起身矣。晌午門不開。隣姥疑有故。逾垣窺之。見姑婦皆仰臥於牀頭。面及身俱腫。目閉口張。不能言語。隣姥倩人走報其父子歸。不解何由。亦不識何疾。急邀知醫之戚診視。笑曰。非疾也。日前母所說成形首烏。我曾說以捕法。諒必捕而食之。未識九蒸九晒之製。必不知避忌。誤犯鐵器。是以有毒。試以解毒開通之藥灌之。至七日。腫消人醒。問之果如醫言。起後強健愈前。累月不思食。其姑年已周甲。髮白再黑。齒落重生。枯縐肌膚皆皮脫而潤澤。似二十餘人。復生子。其婦年近四旬。轉而為二八好女子。連舉子女十餘。後皆壽一百五六十歲。無疾而終。

薌厈曰。惜乎。得靈藥而不知服食之法。僅以延齡。無乃有負仙品。或問製食之法。余曰。曾考諸文獻。當以柳木作桶。承以沙甑。用桑木火。先武後文。九蒸九晒。以竹刀剖作九頓食。可以絕粒入山矣。或笑曰。能得者不能製。能製者必不能得。徒虛語耳。

客窗閒話續集卷三終

客窗閒話續集卷四

清 吳薌厈著

一技養生

吾鄉有鍾生業醫。無人延請。偃蹇不堪。乃赴豫投親戚之出仕者。其戚係閒曹。又未補缺。鍾依之餬口而已。六月間。豫撫太夫人疾急。醫皆束手。屬員來見必問有南醫否。其戚以鍾對。中丞命急召之。其戚諄囑小心。鍾唯唯而去。中丞延入臥室。見窗户皆閉。大生爐火。熱不可耐。太夫人猶衣棉。且覆以棉衾。診之無脉。出謂中丞曰。太夫人陽伏於內。陰見於外。當此大暑之時。必先去火開窗。并去棉衾。則脉必復。脉復乃可定也。中丞曰。前醫無言及此者。先生高明。乃從之。未幾。太夫人索飲。中丞大悅曰。我母不言已二日矣。今依先生法。竟大蘇醒。復請鍾視診之。得脉。以藿香正氣湯飲之。立痊。太夫人悅命留在署。欲官之。為之報捐未入流。奏留豫省。充文巡捕。中丞言聽計從。因此頗財無算。

又張生係鹺商之子。一無所長。惟好口腹。廣搜古今食譜而準酌之。烹調甚精。未幾父死業敗。室人交謫。暫避武陵。寓呂祖閣。閣前樹木茂盛。有亭納涼。甚適。閣之左有大宅。係候補太守公館。其僕從暇即來亭內坐談。以是識張。數日間。聞太守盛怒鞭撲家人。罵詈無已。其僕亦有時來。皆楚囚相對。非復從前暢快矣。張偶詢之。一僕告曰。主人蜀之富族。納貲得官。所好者精饌。有得意庖人。偕來日前中暑而死。主命吾輩覓人。不如意。則撻擊薦者。連撻多人。皆不敢引進矣。又詈我等無良心。必欲餓死主人也。故嚷嚷不絕。不意若大郡城。尋不出一善庖者。我等命該絕矣。同輩皆咨嗟嘆息。張微哂曰。我以為有大事也。故如此盛怒。區區者。何地無之。君等誠不善覓耳。僕曰。然則先生能之乎。張曰。未識汝主果知味否。眾僕皆喜曰。我等姑耐一頓皮鞭。請試為之。乃具應用之物。交張成四簋夕飧進之。其香始升。不覺觸鼻。太守曰。何來此味。試嘗而甘之。大喫飽食。呼僕問所從來。僕告之故。立命傳見。張曰。我非庖人。因圖館寓此。行將歸矣。豈為人作廚下媼哉。僕復命。太守曰。客何能欲修金若干。肯為我庖人。指點我必延之。汝等善為我辭。不可失此人也。僕又往商。張曰。汝主必欲留我。歲修三百金。親來聘請。為司帳房。兼督庖廚可也。眾僕惟恐失之。急為辦行李衣裝覆命。太守往拜訂交。一一如約。相得甚歡。未幾太守得缺。張為司總。加修千金。因此起家。

又有婦人善哭者。無端發聲。聞者淚下。南俗富貴之家。凡有喪事。客來不絕。內幃須終日哭。主婦力不逮。或僱此婦代哭。能日夜不絕聲。弔者聞其哀甚。咸稱主婦孝。於是有喪之家。爭延之。通邑無二人。故鮮暇日。亦得小康。

薌厈曰。人既不能上達。必習一長一技。以為仰事俯育之資。否則妄想求財。我不知渠何所藉。或曰。前三人亦命應如此。不然。飽學秀才。埋沒在家館中者。不知凡幾。一長一技。更何足道哉。余曰。如君言。誤人不淺。若無所憑藉而待命。天其雨金雨粟乎。非所以勵中人也。昔有鞔匠。業甚興隆。晚年得子。愛如珍寶。年將及冠。猶不使學事業。親友皆勸之。匠曰。有命存也。故人皆戲呼之曰鞔公子。時有推五星者。曰張鐵口。名卓卓。匠使推其子命。鐵口曰。此大富造也。行年三十。家貲五百萬。我在貫邑推命多矣。無出其右者。書單與之。匠大悅。歸使其妻以錦作囊。納單其中。懸於其子胸前。曰。無忘發跡之年。且以誇示親友。益任其怠惰矣。為其子完姻後。匠夫婦相繼亡。其子不能自立。所遺鞔肆。為其夥搬盜一淨。漸至夫婦相攜行乞。惟日盼而立之年作富翁矣。至二十九歲。適遇大飢。人人不能自給。誰肯濟丐。其人卧病於枯廟中。將斃忿謂其妻曰。我不濟矣。我之不習一業。以至此者。皆張鐵口誤我也。汝年少。尚不愚無溫飽日。我死後。汝號於人曰。有能棺殮前夫者。嫁之。諒必有人承值。殮時必以命單納棺中。我將控於陰司。為妄談命者戒。遂殁。其妻如言改嫁。而葬埋之。其人之魂見閻羅王。訴其冤苦。王為追鐵口至。究之。鐵口曰。小人推命。從無謬誤。恐其八字不準。非小人之過矣。王伏判查降生簿。則其命運與單符合。王曰。如此。其財何在。判又查應富簿曰。某應以貿易起家。已於降生之年。交招財利市二神矣。王釋鐵口。使鬼卒押其人問二神。曰。有之。某應以二十歲外。漸成家業。吾神在三百六十行買賣中。查無其人。無從給付。恐其誤習文學。則非我所能主。已於某年月日送文帝去矣。又押赴文昌宮。朱衣神曰。有之。收財之日。當稟命帝君。請以數萬金準作科甲出身一分。以餘財付之。乃歷科以來。魁星在南北大小文場中。查無其人。恐誤習武。於某年月日送武帝去矣。又押赴關帝廟。周將軍曰。有之。吾奉命恐武場並無其人。恐誤其發財之日。送交轉輪王處矣。又押至第十殿。王命判檢簿曰。有之。因其人既不習文武。又不習商賈。無從給發。不得已。飭交當方地土埋藏。其家使掘土得之甚易。今猶未得。是土地之過矣。請追問之。乃召土地。曰。小神領有此銀。知其人已流落枯廟。即以其銀埋在廟階之下。無奈其人從不動土。且未曾掃地。欲雨給之。恐其不知暫避。誤傷性命。正無法可施。今既來此。原財奉繳。以脫小神之罪也。王曰。嗟乎。天下竟有如此怠惰之人。神亦不能福之。使其為人也。懵害之也。然某前世之福澤尚在。無已。判作富貴家貓。眠錦綉而食膏粱。毋庸自力。且所見之財。亦千百萬也。故人而無能。不如為畜。

六壬神課

吾鄉張君。雎商子也。幼多病。故不甚讀書。然敏甚。其慧解書旨。皆能領悟。及冠。自覺氣稟甚弱。不願婚娶。一日。在朋友案頭見大六壬書。悅之。求教友。曰。吾雖知此不甚精。遂以大畧指示之。張攜歸學習。不忍釋手。復購求他本。以為揣摩。聞有秘本。不惜重價。不畏遠道。務羅而致之。不售者。親往手錄。是以其書盈室。多人所不經見者。研精十載。忽大悟曰。道不遠人。非書所能該。遂束書不觀。亦不肯為人決事。有時自露其機。則無不中。忽謂兄嫂曰。此宅住不得矣。速往某親戚家借寓。猶可及也。兄曰。宅乃祖遺。居此百餘年。豐衣足食。人口平安。有何不美。而欲依親戚家。不為人非笑耶。且遷宅不易。汝勿多言。再三懇之。兄嫂執不可。張乃哀求其母曰。十日不遷。兒為大不孝子。必見責於天而受禍也。其母夙愛憐之。見惶迫之狀。出於至誠。諭長子遷居。迫於母命。往見其戚。假宅。戚果非笑之。然其家宅廣。人稱樂親戚之情話。允之。張君迫促速移。上下皆有怨言。若不聞也。督催益急。至九日。母尚在舊宅督理。張笑負而趨。言勿驚老母者再。甫至戚家。喘息未定。人報左鄰火發。延及張宅。頃刻蕩然。而張氏之器用財賄無傷也。然後怨者德之。母與兄曰。何不先言。張曰。天機不可預洩。然與先言何異耶。一日。至其表兄王生家道賀。王曰。何喜可賀。張曰。老兄長郎。今科舉孝廉。非大喜耶。王曰。弟言謬無謬。既來道賀。必得飲食。家中猝不及備。請往市肆可乎。張曰可。同往至市。途遇一友。王邀偕往入肆。飲畢。送麪來。張曰。兩碗足矣。何必三。王曰。三人也。豈可兩。張曰。一人不得食矣。皆舉箸笑曰。今亦有錯謬時乎。言次友家人來報其母疾作幾危。請速歸視。友乃投箸而去。王曰。弟無乃仙乎。我等飯後速往友家探之。張曰。無傷。其母痧發。刺已愈矣。飯畢。餘一碗。皆飽不能食。張曰。賣之可也。王曰。何人肯買剩麪。張假筆書條曰。為官事見官。面虎頭人食此麪。王乃囑肆主曰。為我賣此麪。肆主笑諾之。果有一人頭汗淋漓。入座急索涼麪。肆主即以剩麪與之。甚得。王徐問曰。君高姓。何如此急急也。其人曰。我虞姓。為役所迫。往見官。故需涼麪速食而去。於是二人偕往友家。友出迎。問其母。果痧發絕而復蘇。家人皆外出請醫。二人渴甚。無人烹茶。張曰。廚有大柿二。亦足解渴。友尋之。果得。分食二人而去。是年王生子應

大比。歸往候張君曰。姪今果中式矣。吾有一物。逆君出匣封誌甚固。曰。捧歸懸之。榜發後啟視。不可預發。致吾洩機而禍速也。王旋家。不俟榜發。拆視。內貯金榜一紙。報捷者來。出錄比對。無一誤者。未幾。張君疾作。日劇。其戚盧翁雖市井中人。而樸誠方正。來視疾。曰。惜弟天生才智。不習正業。用心於無益之地。耗損心血。成此危症。亦自悔乎。張笑曰。命之修短。天也。知數固死。不知亦死。與其昏昏。何如昭昭耶。盧曰。人雖傳弟知未來事。是或可信。豈能洞見肺腑。張曰。弟請為兄決之。兄稍迴避。乃執筆操算作單。以匣封固。謂盧曰。兄攜回。晚觀之。盧如其言。歸肆貿易。夜核賬後開封。則是日出入總賬一紙。釐毫不誤。盧乃服。來謂張曰。弟能如是。豈非仙乎。何以仙亦有疾。是所不解。張曰。仙則不能。惟六通已得其二。惜知之晚。而又自執其能。不得精進以結內丹。天乎。假我數年。則成道矣。何如數盡於某月日。從此長別。不亦痛哉。相向而泣。至日果卒。

薌厈曰。書自聖經至雜藝。載當然。而不載所以然。惟博聞強記。則左右逢源。一旦豁然貫通矣。小道可觀。其張君之謂乎。然由一藝而追其極。皆道也。所患者自執其能而止。此張君之所以悔乎。

妖人邢大

燕人邢大。幼失怙恃。年十七。豔麗過好女。因無事業。偃蹇不堪。里有洪大者。家小康。有龍陽之癖。亦無父母妻子。途遇邢。目逆而送之。曰。此天下尤物。可遇而不可求者。尾至其家。見牆垣敗。室虛寂無人。入門唁之。邢見洪來。羞澀之態。亦若女子之初見良人者。洪訊得困苦狀。不勝憐憫。曰。弟若肯隨至我家。能溫飽之。邢本無能。睨然隨去。洪為置鮮衣。給美食。撫養周至。邢實心感。一日。飲內室。薄醉。邢顏色煥發。洪不能復忍。擁之求歡。邢曰。弟受兄德澤。無以加矣。身非草木。焉得無情。以身報之。固所願也。但日後色衰愛弛。弟仍落魄無依。徒貽失身之誚。不如其已。洪曰。我只圖好色。不分老壯。弟若蓄髮披髻。終身相從。即我妻也。決不再娶。誓無異心。邢遂與同宿。兩情益洽。邢從此蓄髮貫耳。作婦裝。儼然國色。且習女工針黹刺繡甚巧。洪寵愛益甚。所欲無不順從。服飾之精。飲饌之腴。甲於富貴。夫好男色者必病。服與日兒。旦旦而伐之。有不速斃者乎。三年。洪業漸敗。目既眊。而半身不遂矣。先有劉六者。亦美男子。洪與結為昆季。恒引之家。與邢相見。則曰。我妹也。劉見其嬌美。亦愛憐之。洪已有交易之心。而邢不許。故每見劉。則一禮而退。劉亦無可如何。值洪病革。劉願以重聘娶求其

妹為妻。洪與邢謀曰：我病不能復起矣。今汝已習女裝，併容舉止，宛然好女，本相訂終身，不意半途拋撇，若戀我，則無男子守節理。若仍改男裝，則已失本來面目，又未習丈夫事業，從作餓殍，皆我累汝矣。汝縱無怨，我在九泉亦不瞑目。不如因劉子之好嫁之，我得財禮，可藉以飾終，汝亦得其所矣。邢曰：我非真女，彼娶而後覺之，能相容乎。洪曰：世無不好色者，彼若覺察，汝須善為調停，溺愛之人，決無僨事，況劉之為人與我相同，我故願托之也。邢諾。洪以告劉，遂轉告父母，邀媒行聘，擇吉娶之。父母親戚見新婦婉孌柔順，與其夫一對玉人，交相慶慰，劉更欣喜。至晚入房，曰：妹何見我即避，今夜更避何處耶。擁入衾中，邢早於兜肚下作袋，將腎囊前陽包起，仍曲絜其股以就，故不覺也。然日久厮時，亦漸熟，劉必欲盡去邢之上下衣，強赤其體，無從慢藏，厥物顯露，劉不禁駭異，邢擁劉盡媚而實告之，曰：倘若舍我，恐女子中未必有勝我者。劉曰：我固不忍舍汝，但娶妻為子也，汝能生育乎？況我家不過僅可度日，無餘貲再娶，不誤我後嗣耶。邢曰：毋恐，我有祖傳符籙，能看香治病，倘倩人繪女仙像，供奉，我將有仙人附體治病，神效傳播，人知，業必興隆，得財後任買妾媵，不爾禁也。劉曰：為我謀則善矣，但汝以男子身而為此，何能忍乎。邢益媚嫵之，曰：此事始雖楚而後樂，恐

天下男子知此味，人人欲嫁丈夫，世間甘為此者，非我一人也。倘如不信，請嘗試之。且閨中事，外人不知，無妨互相為樂耶。劉亦迷而順之，從此夫其夫而亦婦其夫，婦其婦而亦夫其婦，兩美交融，眷戀之情益切。劉發財心勝，告於父母，別居附近鄉村，傳播仙姑治病之說，人見以美婦行醫，爭相延請，日得時錢數貫。一番役垂涎婦色，詐病喚邢去，入室突擁而撫其下體，出其不意，不及掩飾，居然偉男子也。役縛而訊之，邢哀求包容，願任雞姦，而多與之賄。役曰：郡中不乏少艾婦女，非覬即故容汝在此，皆不得作完人矣。我且獲妖人，官賞必厚，豈貪汝賄，自貽伊戚耶。併拿劉六送坊，轉入秋部鞫實，於左道惑人本罪上加重問擬繯首，即行正法，劉六照為從例刺配黑龍江給宗倫達呼爾為奴。此嘉慶十二年四月，余有友任刑曹者，錄出原供如此。

薌厈戲判：勘得邢有宋朝之美，洪生衛靈之心，食我餘桃，既若情諧合卺，報其斷袖，何妨長與同衾。倘暫解并兒以披髮，髮時之戒，有乃永謝衣冠而為巾幗，古之所稀，創新法於狂童，應遭異殛，使僞龍為歸妹，隨肆奇情，彼劉六者，既經明辨雌雄，當發雷門雷霆之怒，何竟互為牝牡，反逞雲翻雨覆之能，彼丈夫，我丈夫，陰陽顛倒，出乎爾，反乎爾，前後相償，從此潛跡閨門，法猶可逭，竟敢炫奇閭里，情無可原，立異者律以妖人，尤宜繯首，為從者配充奴，予故從宗倫此判。

補明武宗遺事三則

正德二年丁卯秋大比之年，士子云集，輦下者流，皆在前門，楚趨有相士自命許負，嘗試之能，凡朝官微服而來，一見即能知其現居品級，係何出身，歷試無誤，是以就相者踵。帝知之，亦微服在人叢中觀聽。時八月初八日午刻，突一士人吼奔而來，扯扭相士曰：汝誤我功名，當與汝性命相博。眾為排解不開，帝使衛士分之，入問何如此急急，相士曰：是人前數日來問功名，我以今科解元許彼，自不入場，反賴我誤之，真善戲也。士人曰：因汝以元許我，親朋預作賀筵，飲入醉鄉，家人喚醒，入場門已閉矣，豈有場外解元哉，非汝誤我而誰。二人爭執不休，帝曰：無諍，使有人送渠入場，不得發解，汝認何罰。相士曰：挖我眸子去。帝曰：言出無悔。即取案上紙筆，書條鈐以身佩小璽，命衛士送去。帝謂相士曰：半月後來驗汝言也。相士知機，唯唯而追當衛士送士人至場外，傳鼓，稱聖旨降，門官揭封去鎖，內即傳點開門，衛士人直入至公堂，知貢舉各官跪接，衛士面南宣讀畢，即去覆命。御史掀卷恭送士人入號，內外關傳皇帝送朋友進場，主考亦留心閱卷，見其文亦尚穩妥，即與各官公議，皆曰：此公既

為當今識拔，不可作第二人，以拂上意，竟中解元。試官覆命，力獎其文才出眾，賀帝得人。帝大笑曰：命也，命也。蓋帝本欲使入場而不取，以難相士，因豹房新得美人，戀色而忘復命，今竟發解，益覺相士可異，着錦衣衛追尋，杳不知其所之矣。

戊辰春夜，帝由豹房微行，遣朝從，遇迎娶者，鹵簿之盛，彩輿之華，光耀奪目，停車道傍覷之，見彩輿前一黑大漢，高二丈餘，面目如漆，怪狀異形，衣甲執杵，昂昂而來。見帝注目，似有退意，忽超躍在前，帝異之，命車隨至娶婦家，門庭煊赫，大族也。帝下車，入中堂，黑漢先彩輿進院，見帝在，掩面而遁，帝始悟非人也，因念凶煞相犯之日，何得迎娶，擇日者誤人不淺矣。欲問其人，故留觀新人交拜，送入洞房，外即開筵，主人來讓客，見帝相貌非常，即推首座，堂中十餘席，以次告坐，主人因不識帝，故來陪坐，覺凜凜威嚴，不敢驟問姓氏。帝問擇日之人何在，主人指次席一老叟曰：此欽天監致仕堂官也，術甚精，凡有大事之家，必請此公諏吉，百無一失。帝命主人喚來，問：我聞汝能擇日，何得以黑道誤人。叟對曰：不敢，今日寅時，雖有黑煞神，一名元首宿者降臨，但有紫微臨凡，可解，逢凶化吉，不但不為殃，且主後福。帝無以難之，曰：我有一聯，汝能確對，免汝巧辯之愆。曰：元首宿逢元首主，叟辭衰邁，志欲可否，邀新郎

代對帝曰可乃招新郎來詰問上聯郎對曰紫微星照紫微郎帝不覺首肯曰此翰苑才也是命新郎伏地謝恩帝知機淺逡巡登車而去新郎本孝廉也旋中進士引見帝識之特命入詞垣笑諭曰我曾叨汝喜酒以此稍償禮也

武會試之年帝亦腰中佩刀作武士裝遊觀於市時已黃昏見一老提燈蹣跚而來一壯役撞滅其燈老者曰我與君前本鄉隣亦曾周濟今我年邁無能若見必欺我是何意見役曰韓老我恐汝動稱周濟何得抑我顏面韓曰我非妄言也十年前飯君幾次貲助若干君今充役大班我本不期報若反以為怨世有如此負心人哉役愈怒捽韓老於地伏而毆之環觀之人拉勸甚雜帝怒出人叢中抽佩刀刺入役腹而去役轉身仰跌旋斃不知刀從何來巡兵縛韓老報司坊送入刑部承審官以韓老鍛鍊成獄擬抵秋獄時帝閱至是獄命提凶犯廷訊韓老呼冤帝笑曰汝果大冤問誰承訊此獄者尚書以某郎中對帝召之來命衛士脫韓老刑具以着郎官曰殺人者我也汝屈問人抵獄中冤濫者不知多少矣今即以汝作抵我為眾冤魂稍舒其忿郎官以凶刀出自韓老並非無據為辯帝命取鞘來納之適符遂伏辜乃釋韓老賞以百金曰償汝所費且命是年停勾擇御史之能者名曰卹刑分赴各省提獄覆按而後報可果多所平反也

獅厈曰觀上三則遊戲中確有主裁但好行小是為儒尚且不可況九五之尊耶今之讀史者直以帝比之桀紂無乃過甚當初諡曰武宗毅皇帝毅者果決之謂可見遇事實能決斷非阿諛可知也

通州吏目

乾隆間純皇帝東巡直隸各官照例備供給光天化日之中諸凡順遂惟此差最難均平蓋隨　駕官員皆備情理獨太監一項或重支或冒支或以好作歹挑撥不休意在飲食之外其內廷供奉有執事監名二十八他他者供在　御前行走皆得用人也其時支應局總理係通州刺史協理者即其吏目發放一切酒筵及例支飯食皆按照舊章并外有條內監亦照例支訖矣忽有十餘人云自他他處來索食甚侈刺史以冒濫斥之諸人去團隨一首領太監蜂湧而來曰咱家隨　駕出巡不給飯食使務腹從事有此不近人情之官耶刺史以照例業經發訖恐從者冰汲重支為辯首領曰凡人出行尚許多帶一二僕從豈有主子不許多帶幾人而敢以舊章拒格耶即舉手摑刺史臉刺史懼而逃吏目迎謂曰我等可與爭而不可迴避則示弱倘被虜掠一空明日以何物支應耶獲咎不更重耶職願舍一官對之刺史搖手曰我無能為矣足下善處之吏目乃喚齊人役諭曰此去遇監如我喝打汝等即擒而行刑有我在罪不及汝毋畏葸不前事定後有賞眾皆踴躍從事首領見刺史潛避率人闖入賬房搜取銀物吏目突前喝問首領見來官戴花金頂者即作威福曰大老爺在此汝小官何問為吏目曰入我賬房亂我貨財必是匪徒敢冒內監喝皂役拘執行刑時監少役多不能抵拒竟將首領摔地去褲杖責二十遂出局外號哭而去訪明官職姓名在御前泣訴帝謂左右大臣召通州吏目大臣領　旨出諭制軍承命而行將吏目械繫宮門外吏部派帶領司官出問吏目何在制軍指綁囚犯官對司官笑曰　上命召見並無革職拿問之說何得如是立命衣冠帶領入見　帝曰杖內監者汝耶吏目伏奏曰緝捕盜賊臣之職也此人闖入賬房搶搜財物必非正人臣是以捕而責之不知其為內監且竊盜已行而不得財非應杖臣冀聖朝斷不肯以一監而廢大清律也故臣謹遵行也帝曰善問吏部近日令缺尚書按籍以對帝曰某省知縣缺出即着通州吏目某補授　詔曰汝此去作縣令宜始終強項以庇百姓切勿為上官屈也頓首謝訓領憑赴任

獅厈曰此之謂天王明聖諒有鑒於前明大璫之肆橫故能以抑之者寵之不僅因吏目之奏對得體也

金山寺醫僧

浙右某孝廉約伴入都會試舟至姑蘇孝廉病矣同伴喚輿送至名醫葉天士家診治葉診之良久曰君疾係感冒風寒一藥即愈第將何往孝廉以赴禮闈對葉曰先生休矣此去舍舟登陸必患消渴症無藥可救壽不過一月耳脈象已現速歸後事尚及料理矣遂開方與之諭門徒登諸醫案孝廉回舟惶然泣下辭伴欲歸同伴曰此醫家嚇人生財之道也況葉不過時醫決非神仙何必介意次日孝廉服藥果愈同伴益慫恿之遂北上然心甚感感舟抵江口風逆不得渡同人約遊金山寺山門前有醫僧牌孝廉訪禪室僧為診視曰居士將何之以應試對僧蹙額曰恐來不及矣此去登陸消渴即發壽不過月奈何遠行耶孝廉泣下曰誠如葉天士言矣僧曰天士言何孝廉曰無藥可救僧曰謬哉藥如不能救病聖賢何必留此一道孝廉叩其語有因跽而請救僧援之曰君登陸時王家營所有者秋梨也以後車滿載渴即以梨代茶飢則蒸梨作膳約此物食過百斤即無恙焉得云無藥可救誤人性命耶

孝廉再拜而退。行抵清河。舍舟登陸。果渴病大作矣。如僧言。飲食必以梨。至都乎服如故。入闈不售。感僧治命恩。回至金山。以二十金及都中方物為謝。僧收物而却其金。曰。居士過蘇城時。再見葉君。令其診視。如云無疾。則以前言質之。彼如問治療之人。即以老僧告之。勝於厚惠也。孝廉如其言。往見天士。復使診視。曰。君無疾。何治。孝廉以前言質之。天士命徒查案相符。曰。異哉。君遇仙乎。孝廉曰。是佛非仙。以老僧言告之。天士曰。我知之矣。先生請行。吾將停業。以請益。隨摘牌散徒。更姓名。衣傭保服。輕舟往投老僧。求役門牆。以習醫術。僧許之。日侍左右。見其治過百餘人。道亦不相上下。告僧曰。余有所悟矣。請代為立方。可乎。僧曰。可。天士作方呈覽。僧曰。汝學已與姑蘇葉天士相類。何不合掛一幟。而依老僧乎。天士曰。弟子恐如葉之誤人性命。必須精益求精。萬無一失。方可救人耳。僧曰。善哉。此言勝於葉君矣。一日。有舁一垂斃之人至。其腹如孕。來人曰。是人腹痛數年。而今更甚。僧診訖。命天士復診。開方。首用白信三分。僧笑曰。妙哉。汝所不及我者謹慎太過。此方須用砒霜一錢。起死回生。永除疾根矣。天士駭然曰。此人患蟲。蟲以信石三分。死其蟲足矣。多則人何能堪。僧曰。汝既知蟲。不知蟲之大小乎。此蟲已長二十寸餘矣。試以三分。不過暫困。後必復作。再投

以信。避而不受。則無可以救矣。用一錢。俾蟲斃。隨矢出。永絕後患。不更妙耶。天士感甚。僧立命侍者出白信。納病人口中。以湯下之。謂來人曰。速舁回寓。晚必遺矢出蟲。俾吾徒觀之。來人唯唯。舁病人去。至夜。果如所言。挑一赤蟲。長二尺餘。病人已蘇。飢而索食。僧命以參苓作糜進之。旬日痊可。天士心悅誠服。告以真姓名而求益。僧念其虛心向往。與一冊而遣之。自是天士學益進。無棘手之症矣。

薌厈曰。醫道至葉天士。已成名手。猶恥不及人。而精益求精。彼後生小子。不過讀得脈訣本草。居然吾道是在大胆行醫。人命其何堪哉。

張廉訪

津門檔子班主。以錢十餘緡。買張姓童子。貌俊而性敏。教之歌。不數月。觀聽者莫不叫絕。但張故舊家子。父母俱沒。為堂兄所掠賣。身習賤業。心中不甘。然年僅十二。不能遁逃也。售班至正定郡。寓土地祠。夜夢錦衣綉裳天使降。從者呼土地祗天符。見殿內老翁伏地聽命。使者曰。帝命布疫。授一冊一囊。命散藥祠中。以收數內之人。翁叩首曰。小人廟內寓張梟司。不應遭殃。何以安頓。天使曰。速引之出。而從役事可也。說畢。冉冉騰雲去。翁回首曰。貴人在此耶。速回登州小神引道西行。自有善士相遇。班主疫數內人也。自命不保。何能追捕。放心前去。張喜極而省。潛起出探。果見老翁執拂前引。隨之踰牆。復道城。甚輕捷。翁指其要。為受力奔走。天曙入一城。問人。曰。登卜縣也。力竭不能前。臥於巨宅大門下。未幾。一翁出。見童子倦眠。貌甚清健。心愛憐之。喚醒。叩其所自。張跪而啼曰。小人姓張。天津人。父母俱歿。被堂兄掠賣充檔班。豈慣行丐。至此如長者見憐。僕役自願也。翁曰。兒與老夫同姓。既有志不願作檔班。豈可為僮僕。速從我來。有以處子。呼其子出。曰。此兒有志向上。後必有為。汝其子之。其子曰。此人來歷不明。且已行丐。兒不願有此下賤子也。翁怒曰。汝不欲耶。我子之。汝其弟之。乃引入室。見其愛妾曰。汝素日以無子為感。今為汝得一佳兒矣。命張拜為親母。妾樂而撫之。翁使入學讀書。既謹且敏。五年而學成。文筆清灑。一試入泮。年僅十七。翁為之娶婦。分家謂子。得其六。螟蛉得其四。乃兄敢怒而不敢言。未幾。翁死。乃兄以異姓亂宗。斥逐辛父黨。及張之同學諸生。辯非異姓。係其父愛繼。宗怒其兄曰。汝父屍骨未寒。即欲逐其愛子。以不孝論。欲重責之。張為哀求。官以張情。斷令各安其業。張知日久必不見容。隨攜受分之物。奉嗣母入都。時前明中葉。大璫王振用事。張以賂結璫。諭張使以張名貢入成均。肄業期滿。選得中州某縣丞。益媚事璫。不十年。官

至廉訪使。值土木之變。王振死。失所依。憶昔土地奏梟使之言。知官止於是矣。引疾歸。置業津門。優遊林下。又十餘年而卒。

薌厈曰。惜乎張廉訪之為人。雖脫其身。究不能脫檔子氣。故媚事大璫。以希競功名。若有賢父兄教之。得為正人君子。既命應廉訪。終必至此地位。益為後人所景仰。豈僅為璫子出色耶。

某少君

少君某。年十七。能詩文而未遊翩翩美少年也。父以科甲。銓得四川縣令。少君隨任。行至羊腸阪。馬逸。顛落崖下。身糜而魂出。隨風飄蕩。瞬息數千里。求止不得。忽墜於山東歷城縣村落間。初死男屍殼中。大叫曰。跌死我也。見婦與童圍繞身傍者皆止哭。曰。蘇矣。一老媪曰。氣絕逾日。如何得醒。隨有三二父老近身細審。曰。氣暖身和。復生無疑。一家慶幸。頓闢歡樂聲。媪前撫之曰。我兒何云跌死。曷為我言之。少君睜目曰。汝何人。敢兒我。父老笑曰。渠雖少蘇。神尚未完。此汝母。如何不識。又指一醜婦曰。此汝妻。指一村童曰。此汝子。皆識否。少君起坐曰。謬甚。我某公子。隨父赴任。行蜀道上。墜馬。被風吹至此。並未娶妻。焉得有子。且我母乃誥命孺人。村媪何得冒認。父老曰。

休囈語汝不信可以鏡自照少君對鏡四十餘歲之麻鬍也不禁撲鏡大哭曰還我本來面目我願死不願生矣父老粲然皆笑老媪曰諒我兒初醒神尚模糊諸公勿擾之兒静養數日自然復原眾散去少君擁衾垂首喪氣無如飢腸作轆轆聲醜婦以半規糠餅飼之粗糲難食勉强吞咽淚涔涔下醜婦曰我與阿姑守君十餘日已絕粮三四日惟僅食槐皮野菜耳以君初復需調養忍恥向鄰人乞得此餅亦大人情君猶以為不足耶少君大聲叱之出目睹敗屋三椽土匟上所擁者破衾敗絮藍縷衣褌一堆廚灶亦在房中氣息穢不可耐因思居廈屋役奴僕衣羅綺食膏粱判若天淵怦怦懊惱求死不得至晚妻兒皆來就宿少君又大叱之聞老婦呼其婦與孫去次日隣翁來殷勤問候曰我與君至交也因君病小痊性情大變親母妻子視若寇仇恐鄉黨不能容此不孝不義之人也將來親戚不齒鄰里不顧君又貧困何以仰視俯畜以終乃身乎用敢奉勸少君泣曰承翁美意請辨我語言是足下好友之音乎翁曰人是音非我固知君借屍還魂也今既為某人矣得不為某人之事乎譬如仕宦本皆撫也降為雜職能不安雜職之分而從其政乎君即舍此而就尊公面目既非縱憐而畜之他人必不相容少君思其言中理曰翁所教良是後將若何翁曰母其母子其子仍營趁以自食其力承此一家以了此軀而已少君曰我前生讀書作文曾應童試營趁之事一無所能奈何翁曰能如是乎請為君遊揚閭里以訓童蒙亦自食其力之一道也少君起謝之翁乃布告鄉黨人素知某為傭保目不識丁忽聞一病而能詩文遠近好奇之士咸來共語少君引經據典侃侃而談眾皆悅服從遊者甚眾所得修脯以養一家綽有餘裕但少君自授徒後借居古廟竟不歸家母來說諭格格不入妻子更不顧而問矣然得温飽皆樂而安之未幾赴試旋入學為名諸生有客入蜀少君作稟告乃翁大令奇其事寄資作札招之使去少君前生本行三因其聰敏俊秀父母偏愛之上有兩兄皆不得意後聞其墮馬死父母哀慟而兩兄竊喜今又聞其來也皆懼及相晤其貌不揚父甚狐疑兩兄直叱為妄冒母亦不認少君歷舉幼時遊戲事及父母秘密之言委曲道達父雖垂憐而母與兩兄決意逐之父知必不見容私與千金遣歸山左家以小康談者曰此人現在後不知作何結局矣

或曰異哉少君之一跌既未入幽冥又不經神判以翩翩佳公子頓變而為窶人何異於縣仕之投荒者造化弄人至此極矣薌厈曰此不弟之顯罰也觀其後之不見

容於乃兄即可見前之乃兄受侮不少若使再世得報人皆不知直以現身作法以示鑑於人倫諺云一失足成千古恨再回頭已百年身為少君誦矣

許宗伯

吾鄉許大宗伯諱汝霖幼失怙恃終鮮兄弟室如懸磬地無立錐依寺僧訓蒙度日每聞僧作法事歸必聚論人家字畫有云堂幅好者有云單條好者有云橫披更妙者有云楹聯出色者爭論不一聞有戚友延僧宅中賓無字畫而論者如故公大疑訪諸其徒徒哂曰彼所論非真字畫凡請持經之家婦女不避我等得以縱觀歸而各詡目力以隱語評之所云堂幅者其家正妻橫披者妾單條者女楹聯者婢也我不敢在師前隱諱然師亦不可為外人道也公深恨之而無如何嗣應試屢冠童子軍苦不得售年將而立無與論婚者鄉有戚尊親以耕讀為業時全家患疫惟一女無恙戚翁静臥床中夜聞眾鬼議曰明日許宗伯來視疾我曹避何處一鬼曰翁床下大甕匿其中皆避一時耳皆應曰可是日公知戚疾果來探視翁見公大悅使其女奉以饌甚豐公不安欲去翁蹶起曰有事煩君看老夫薄面萬不可辭公食畢請所事翁曰請以紙硃書大宗伯封四字封老夫床下甕口舉而投諸河即感盛德矣公不解其意笑從之為棄甕歸病者果全愈翁益喜遣媒以女訂婚年齒皆長即須聘娶翁為公作大布衣冠草草成禮公無力備花燭代以二油燈其夫人恒曰妾每見娶婦家必彩輿鼓樂鳴砲君今一事不備豈非妾命累君耶公曰卿今羡此不得恐異日聞之生厭耳夫人曰妾樂此不疲何厭之有未幾公入泮將應秋闈無力買舟惟趁夜航之便行百里不過數十錢然無卧具者例不准趁船公謀諸僧曰盍以敝氈裹兩破蒲團用充臥具誰敢拒之公如法趁船赴省停泊時舟子舉其具擲岸上樹間公亦不顧入茶肆旋有騶卒乘騎至亦繫馬樹下馬飢見破氈內有草蹄而食之群譁曰許爺行李被馬喫矣公亦大笑而去後舉孝廉捷南宮入詞林轉春坊由卿貳外轉方伯旋晉中丞中丞宮廨限於地横而長上房距鼓亭炮臺密邇早晚鼓吹鳴炮夫人不得安眠謂公曰日日鼓樂未免喧鬧盍命稍停乎公笑曰卿昔求之不得今果厭煩耶我所以日日為此者非自鳴得意所以補卿昔日之不足耳今既足矣從此收聲不僅稍停而已旋內召為大宗伯妻封一品夫人公卒時遺教子孫永不許延僧作佛事違者以不孝論實有憾於字畫之說也

薌厈曰許公未達時可謂君子固窮吾鄉人至今稱物之不堪者曰許老爺鋪蓋又

曰。許老爺鼓吹補你。竟成諺語。至其文集為國初名家。政績足以上動 聖明。不但能言之者少。即知之者亦稀。風俗之陋耶。

巧令　三則

有幕友攫其居停誤徵已完錢粮印簿。訛控者。狀已上。蓮溥未呈臺憲司。咸以此人鐵據在握。難以理斷。其能者不過私與往還。問其所欲。圖贖其簿。銷之而已。此人索數千金。不得絲毫缺。或云即予千金。倘抱贓出首。中人亦連累無涯矣。皆窘於計。憲司會議時。有巧令在側。微笑詰之。令曰。若交職三日辦妥。憲欣然委之。令携卷去。不動聲色。至第三日。上下皆云限期已到。尚未發票。得毋誤乎。令曰。予幾忘之。乃出升公座。喚三班役來前。曰。有善鬪毆者否。衆皆駭。莫敢應。一强項者出曰。役能之。令喜曰。汝能必知我意。今某處有幕客某寓。汝往生事。激之鬪。但許自傷。勿許傷人。受傷即來鳴冤。汝知之乎。役曰。唯。即赴客寓。向其人大呼曰。汝從某縣來。我識汝。至此今已逾月。所欠車價若干。速給我。不能再待矣。客大怒曰。我來時僕夫非汝。何來惡棍敢肆訛詐。役詈不已。客推之出。役即自傷其首。回縣。令未退堂。即呼冤入跪。正驗傷。容亦衣冠至。以棍徒憑空訛詐具稟。役與爭辯。令曰無譁。此易辯耳。汝既載客來。客行李若干。汝必知之。令逐一報明核對。役不能妄報數物。客大笑稱令賢明。令問之曰。所報全非。自願書單呈驗。令即飭書帶役數人往客寓。將行李檢來當堂查驗。與所書單無異。於行篋中搜得印簿。曰。此係官文。何得私自攜取。李應治罪。念你尚屬斯文。姑全顏面。命取火焚之。客爭曰。案已上控。簿不可焚。時人多手快。已成灰燼。令大笑曰。汝欲訛人。無怪人來訛汝。天道好還。汝知之乎。第我治下不容姦險之徒。即備文遞回原籍可也。客知據已毀。無能為。隱忍吞聲而去。令即繳卷銷案。憲乃偉異之。

有劉姓者。孤獨少年。入贅李老家。李以其孱弱無能。虐之。劉不堪。潛投仕宦為僕。得主寵眷。數年積金四百餘。辭歸。與其妻謀置產業。妻乃炫述於父母。李老生心。欣然設醮為壻洗塵。舉而醉之。且曰。汝妻年幼。又以多金。恐不勝任。況汝須外出謀事。以少婦居守。得無穿窬之慮乎。盍交老夫權為收藏。可以無慮。劉唯唯出金。點交八寶十六件也。次日劉酒醒而悔。亟向李老索銀。李曰。汝貧如丐。寄食我家。隣里咸知。焉得多金寄頓。不思為汝育妻。恩反肆訛耶。其女助壻爭論。李老大怒曰。女生外向。真不可與處矣。逐其夫婦出諸大門之外。劉冤忿興訟。以妻為證。縣令曰。汝物無憑。妻不可以為證。汝妻父曰。女生外向。此言誠然。我不能直汝。毋干犯我之責也。揮之退。劉柔懦。訟巧令名。往陳其苦。令曰。隔境無能為力。劉曰。天下賢侯。君惟有老爺。若不肯治理。則無官能明此獄矣。哀之切。令笑曰。若必欲余明此訟。須暫禁囹圄。汝願之否。劉曰。果能明此。雖刀杖加身。亦甘承受。況暫禁耶。令即梏收之。乃移文縣令曰。日者獲大盜張三。據控劫得某事主家銀四百餘兩。若干定件。寄頓貴縣某村大富主李老家。希即委員帶捕查起贓銀。連窩主李老解賀云云。縣令見係盜劫重情。即身自查抄。人贓並獲。解交此令。乃塗劉面。衣以囚衣。械繫於堂。呼李老詰之。曰。此囚供在某家劫銀四百餘兩。八寶十六件。寄汝家。今所起贓數相符。汝為盜窩。罪干梟首。據實陳明。勿自營二木也。李老呼冤曰。此銀實係小人之壻劉某寄存者。問其得自隨官。是否贓。實請拘劉某與張三質之。以明小人之冤。令笑曰。若見劉某。汝又將圖賴矣。李老曰。與其冤誅。莫若明心。召劉某與張三質對。可見小人不知情。庶望一線生路。奚肯貪財舍命耶。令曰。若然。則劉某在是矣。乃釋劉桎梏。使滌面易服。相見。李大慚無詞。令乃給還劉銀。而薄責李。曰。余為留翁壻情也。劉感激涕零而去。李亦從此悔過矣。

某縣尉與其大令有隙。面和而心違。一日　令賬房閒話。見几上有入錢簿。內書某李收陋規若干。某役手某案收錢若干。不一而足。尉佯令回首時。潛藏而退。令送客回。不見此簿。知入尉手矣。所載贓私累累。必受其訛。惶恐之至。函致巧令商之。覆書曰。慎勿言。見尉時。談笑如恆。若無事然。飭庫書取銀數百兩。備文札解雜稅封貯賬房櫃內。發差翌日起解。夜於櫃上鑽穴而入。取回內署。次日即呼尉帶捕來驗。云是夜被竊雜稅銀若干。公文一角。入錢總簿一本。申明憲司。其敢自露乎。令如法行之。旋即通報。自請處分。尉知其心而不敢言。恐干重咎。將所藏之私簿暗燬矣。

鄭庠曰。彼詐而吾詐之。强中更有强中手。書曰。譸張為幻。至此令人不可測而可笑。蓋人情欺愚而畏知。是故懼訟者。訟即隨之。若熵其奸而又操勝具。將不戰而勝矣。

客窗閒話續集卷四終

燕下鄉脞錄

陳康祺 著

上海文明書局印行

燕下鄉脞錄序

陳君鈞堂以名進士爲郎官閉門不狎時流著書逾百卷已而改知縣東蘇首梓郎潛紀聞十四卷於中外政治當代典章人事奇怪條攟而件擷焉蓋史部載紀類也今年又梓燕下鄉脞錄十六卷燕下鄉者遼地名若京邸近之故名書讀之猶初志也余喟然曰此漆園所稱宋人者與有不龜手之藥而洴澼絖則何邪今之學者操不律效程朱語錄空言滿紙頃刻尺許厚擷盛名擧高位或妄希兩廡豚豈不甚便然而問九經七緯百家諸子瞠目不能對一語亦嘗忽乎否也夫程朱大賢人也人即至不肖有不趣竊者詎與然而效程朱者果程朱矣乎夫天下不皆大賢毋寧多讀書多識故事猶勝於絢虛美紲實用者也然而人多舍此而就彼將毋畫仙鬼易畫人物難乎余辱與士大夫遊竊疑博通者之少即有矣輒姍笑叢焉傳曰越人美蠃蚌而簡太牢鄙夫樂咋唶而怪韶濩然邪非邪夫君書不必賢於人人然而指稱碻徵引富知泰山之雲滃滃蔚薈日出而不已也如彭人貢百草之華十葉爲貫百二十貫爲蔡衢之焦中而芬芳條達也視楊腹而操不律冀止鈞銖之差耳哉夫脞之爲言細碎也著書如君而冀細碎之有邪夫君多讀書多識故事而以著書而曾不獲擷盛名擧高位而又何說邪光緒七年歲在辛巳冬十一月歸安楊峴謨

燕下鄉脞錄卷一

清　鄞陳康祺著

我　朝以明神宗四十四年丙辰。太祖皇帝始俯順諸貝勒大臣恭上　尊號建元天命。太宗嗣位。建元天聰。天聰九年。以收服察哈爾全部。獲歷代傳國玉璽。明年四月。始　建國號曰大清。改元崇德。國人初尊　太祖爲聰睿貝勒。至天命九年。恭上　尊號曰。覆育列國英明皇帝。太宗崇德元年。羣臣恭上　尊號曰。寬溫仁聖皇帝。昔成周豳岐肇業。太王王季。猶待追崇。不若　聖朝天造經綸。戡亂攻昧。當洪基創建之初。已赫然有撫中國子萬民氣象也。

天聰三年。太宗以明國屢背盟誓。親統大兵征之。入洪山口。克遵化城。遂由薊州進規燕京。駐營城北土城關之東。復移駐南海子。距關廂僅二里。諸貝勒請攻城。太宗諭曰。朕仰承　天眷。攻城必克。所慮者。儻失我一二良將。即得百城。亦不足喜。遂止弗攻。聖人智勇天錫。猶審幾遵養如此。唐之太宗。宋之藝祖。瞠乎後矣。

天命十一年。設八旂大臣。天聰二年。定文館職司。五年。設六部。六年。定城守官三年考察之例。八年。定八旂職官名。十年。更定內三院。崇德元年。定內院官制。設都察院。二年。設八旂議政大臣。三年。設理藩院。定部院制。八年。設禮部蒙古理事官。此我　朝澄敘官儀之始。

太祖乙卯年。定八旂軍制。太宗天聰三年三月。定軍令於外藩。八月。定行軍賞罰例。五年。定出征軍制。崇德八年。定軍律。此我　朝整敕戎行之始。

天命五年六月。設納言之木於門外。天聰五年。令貝勒大臣盡言直諫。此我　朝下詔求言之始。

天命二年。令詳愼訟獄。天聰九年。禁徇私枉斷。崇德五年肆赦。此我　朝明刑弼教之始。

太祖乙卯年。令羣臣舉賢才。五年。令貝勒大臣子弟就學。三年。拔舉人生員官俘優免丁役。此我　朝興賢勸學之始。

天聰六年。行新定朝儀。崇德元年。行　太廟薦新禮。三年。諭禮部申明禁令。八年。定內外相見禮。此我　朝班朝肅廟之始。

太祖甲寅年。令國人屯田墾土。太宗天聰九年。禁濫役妨農。崇德元年。禁屯積米穀。令及時耕種。二年。令各屯堡及時勸農。此我　朝重農貴粟之始。

天聰元年。發帑賑饑。二年。發帑資民嫁娶。崇德二年。諭貸粟資民。六年。以歲歉諭行備荒事例。此我　朝孚惠民生之始。

天命八年。勅羣臣勤職。十一年。勅諸貝勒毋習逸樂。崇德二年。諭諸大臣勤修國政。七年。諭諸王貝勒勤修政事。此我　朝誡諭臣工之始。已上九則。均見開國方畧。我　祖宗一隅締造。業業兢兢。當周餘商亂之始基。已姚典姒謨之畢備。攷其時。正明國末造。君闇臣煬。百度廢弛。無復綱紀。興亡之故。蓋不待王師入關。眞人定鼎。而早可睹。然後有萬年。殷鑒不遠。聖子聖孫。作求　世德。念之哉。戒之哉。

何文端公（按謚法考。無何文端者。雍正初吏尚何世璂謚端簡。何世出身翰林。而不得文字。故文端謚誤記耶。）居京師時。一同年詣之。日晏未起。久之。方出。客問曰。尊夫人亦未起耶。答曰。然。客曰。日高如此。內外家長皆未起。一家奴僕。其爲奸盜詐僞。何所不至耶。公瞿然。自此至老不晏起。見桐城張文端篤素堂集。讀此可見何公進德之勇。並可見前輩處朋友。聞規過責善。如是其殷也。

西林鄂文端公爾泰總督雲貴時。雲撫江陰楊文定公方獲譴。新廵撫朱綱多方羅織。至欲用刑訊。兵民洶洶。爲文定頌冤。謀聚起擊綱。公好言撫慰之。復厲聲責綱曰。過湯陰岳忠武廟。見鐵人乎。獄得解。高宗卽位。首召文定。文定旋奏公處置苗疆非善策。公不以爲忤。文定沒。公經紀其喪。哭之哀。嗚呼。可謂大臣矣。

世宗時。合河孫文定公被誣有婪贓。逮以入告者。親王也。上詢之鄂文端公。公曰。孫嘉淦性或偏執。若操守。臣敢以百口保之。上意解。卽　命公弟訊問事白。抵誣者罪。公弟名爾奇。時與文定同以少司空兼祭酒。亦賢者也。

閩中自李文貞蔡文勤二公重振龜山考亭之緒。薪盡火傳。理學大暢。繼之者甯化雷翠亭先生鋐也。先生隨計入都。寓文勤邸。朱高安方居比鄰。文勤語先生曰。高安素知子。子可一見。先生以陸清獻不見魏蔚州爲比。後高安禮先焉。乃往見。又一日。孫文定過文勤。文勤語先生曰。孫公實爲子來。當一往以答其意。先生曰。不敢也。將有保舉。恐近自媒。文定終薦之。補國子監學正。

乾隆初元。甯化雷公。以庶吉士散館。特召侍　阿哥書房講讀。嚴正恪勤。於中貴不假辭色。嗣丁憂。編修余棟以　皇太子薨入京。被　命留侍諸　皇子。公奏　皇子

侍奉之人必明大義爲倫理方於學術性情有助余棣父歿未葬若隱忍行走則譏
書至罕我問三年章何以措口於天下風化有關於是編修得終制按公之學出自
漳浦蔡文勤公文勤則李文貞嫡傳也公勁𧻓侃侃如此於安溪一脈不能不
謂之青冰陆侍郎聿桂楊文定公行述稱余編修毋情時文定力言其不可上收回成命文定亦安谿高第
混同頗公蹤太師文端公名八代孫也風骨挺勁在滿洲大臣中與蝶園徐公並稱
時人爲之語曰前徐後顧剛亦不吐　世宗初年設會考府公爲主事杖某親王府
吏親王初不悅而後奇之公嘗持議欲行限田法以均貧富與用事大臣動色爭於
上前無所撓挫有文覺禪師者出都聲勢烜赫騎從如雲道出袁浦兗豫二州方
面大僚率屬郊迎恐後公方與前總漕魏公廷珍相交替皆若弗聞也者公任京師
守制時小車敝帷人以爲斷齋奉　命治漕治南北河久享厚祿老病罷歸至不能
僦一屋以居壁立千仞清絕一塵惟公實允蹈之
康祺少有知識瀏覽近今古文家測其旨趣頗惜長洲彭紹升二林瑞金羅有高臺
山之學陽儒陰釋殊太決其藩籬稍長則聞前輩言臺山游奉化雪竇爲邏者所執
疑爲盜賴吾邑邵侍郎洪得脫吾以爲謝康樂之爲山賊也頃讀惲子居氏大雲山

房集臺山外傳曰臺山少好技擊兼治兵家言晚學於贛鄧元昌修儒者之業於書
無所不窺精思入微遂善佛法自京師歸忽登樓縱火自焚救之得不死遂狂走入
山服沙門服不下疑趺坐與人言孝弟而歌泣無時下揚子渡錢塘過甬東多託遊
佛寺中奉化快手怪其服合儕輩蒙臺山臺山徒手禦之不可近因詣縣趺坐縣庭
爲禪語同年生主事邵君洪時家居識臺山乃釋之遂游普陀嵩西湖已復走京師
乃歸而卒又論曰臺山於倫甚篤所以處之甚厚不得已乃至於如此其諸無愧爲
聖賢之徒者歟按惲氏此文似臺山之入墨亦自有託而逃譬如病榻呻吟聊自縱
其痛苦彼彭二林者又何所爲而甘棄其飲酒食肉之身皆皆呼號靡所脅驅而遽
自淪溺耶噫惲子居大雲山房雜記載康熙十六年七月二十五日特封　世祖章
皇帝之乳母樸氏爲奉聖夫人頂帽服飾照公夫人例嗣後多有乳母之封外廷至
不知其姓氏　本朝推恩之厚家法之嚴具見矣按惲氏以封及乳母爲恩厚不降
明旨爲法嚴其言善矣康祺竊謂　本朝定鼎之初宮府典章多沿明代以奉聖夫
人封天子乳母恐亦是勝國舊稱康雍而後綱紀肅新保姆微勞膺受　渥賚禮亦
宜之奉聖崇封必已裁革宜二百餘年罕見紀述也

和碩禮烈親王　太祖高皇帝次子也從征屢建大功封大貝勒　太祖崩王首倡
議於朝載　太宗爲主　世祖嗣位王次子碩託孫阿達禮謀立睿親王王發其謀
兩人皆伏誅昔蔡仲讓國尚少披荊斬棘之奇勳周公滅親究非鄰寡屬毛之繼體
天祚聖清篤生懿親忠貞神武莫哉　三朝史册所書少與儔二者也
天聰五年　大清兵圍大凌河城生禽明監軍道張春等春見　太宗不跪　太宗
引乃怖之禮烈親王諫曰彼不惟死耳之何爲乃令之春終不失節以壽終我　文
皇帝大度如天從諫如流固宜海內英豪聞風景附歷彼明社有如拉朽摧枯
也
和碩怡賢親王　聖祖皇帝第十三子雍正三年疏請減東南浮賦奉　旨俞允其
年冬總理水利營田事濬畿甸河渠闢荒地數千里務民耕種期年而有收王屢承
詔決大獄多所寬釋因奏言聽訟之道求之辭色以察情偽設誠以待之據理以
折之未有不得其實者若概用刑求三木之下何求不得此冤抑之所以難伸也
世宗以其言頒示直省有司刻木榜於堂四年　御書忠誠敬直勤慎廉明八字以
賜復條析王善行宣布中外比薨　詔奉天直隸江南浙江各爲王立祠爲天潢懿

戚振古未有之榮蓋　世宗之於王恩誼隆稠不啻布衣昆季而王之謙畏寅恭善
承　睿睞亦殊足以上契　聖心吁難已盛已按賢王政績畧見前碑頌讀宗室王公傳尤得其詳補錄於此
和碩鄭獻親王爲　太祖皇帝弟之子　世祖嗣位與睿親王同輔政功亦相埒屢
駕入關封信義輔政叔王十二年上疏推述　太祖　太宗遺烈以爲平治天下
在信詔令順人心前方降　詔恤滿洲官兵疾苦已復令修乾清宮詔令不信何以
服人又請設起居注官垂信萬世　世祖善之夏薨於位遺言勸　上以統一四海
爲念　上哀慟　詔圖像宮中
咸豐三年四月命大臣監視銷化內府金鐘凡黃鐘二太簇一皆乾隆五十五年
所鑄辨鐘也蓋是時軍餉方亟庫藏空虛　聖心焦勞甚矣
翁文端公以大理寺少卿丁艱服闋還京補國子監祭酒祭酒秩從四品理少秩正
四品例不得補時　宣宗亟欲擢用故有是　命也於是文端兩爲祭酒儒者榮之
乾隆間四庫書成庋藏　文淵閣始置官典守雖兼銜貼職實爲辭館諸臣清要之
任朱文正公首直閣事　皇十一子成親王刻石印贈之嗣阮文達公繼充是選文
正遂以印付之文達

安徽布衣胡文忠，當賊破定遠時，家毀於難，納其女，隻身赴京師，謁林達村侍御之望，曰：督師者久無功，又驕縱好聲色，皖名城多陷，苗沛霖跋扈，反形日露，督師者若不知，民無生望，使前督師者終不去，皖何至是。前督師三人也。若有言責，當入告。侍御唯唯。胡不及待，遂自縊死。死猶懷書，責林語益激。林乃並書疏聞，未幾，督師者以地危詔許來京，而復以前督師者往。見許宗衡玉井山館筆記。

本朝宗藩懿戚中，學術之正，政治之醇，莫如簡儀親王德沛。王為 太祖皇帝弟濟爾哈齊四世孫，早歲應襲父爵，為鎮國將軍，讓與從子，入西山讀書。 世宗以果親王薦，召見，問所欲，曰：願側身 孔廟，分特豚之饗。 世宗大器之，授兵部侍郎。王益折節嚮學，立志希聖，一言一動，必由仁義。乾隆初，嘗以吏部侍郎兼祭酒，每入學，潔俎豆，不忍決舍。嘗集太學諸生講大學首章，圜橋門聽者千餘人，靡不悅服。獨助教王之銳以為未盡，復陳說己意，王欣然下階，三揖而謝。初，甘肅地瘠，歲常歉，有司視為固然，無報災成例。王始外任，即撫甘肅，兩月不雨，立馳奏賑之。 高宗即位，遷湖廣總督，調閩浙，再調江南，所至黜陟至公，尤重民事。乾隆七年，淮揚大水，王慮漕粟往，民不及炊，乃買麥餅千艘，蔽運河兩岸，饑民喻聲若流，菜色立蘇，命府縣官於手開倉以賑，嘗濫毋濫。是役發動地丁關稅鹽課銀一千萬兩，奏銷時，屬吏皆以為危。 高宗弗問，蓋信之有素矣。

簡儀親王督閩浙時，遍歷諸郡，所至必先謁 先師廟，即升明倫堂講易，屬吏列侍於後，諸生環立於前，函丈之間，雍雍肅肅。其駐節杭州時，於敷文書院繪河洛方圓羲文諸圖，揭於屏間。王手執松枝，伫立指點，講解移晷，纓笏塞巷，巾卷充庭，莫不傾聽忘倦。僉謂天潢節鉞中，古今一人。王在閩有鰲峯書院講學錄，行於世。所著復有易圖解、實踐錄二書。康祺敬按 本朝滿洲儒臣，理學經濟，代產巨人，尚未有膺孔庭從祀之榮者。如王及文定公徐元夢、文端公倭仁、文忠公文祥，亦無愧兩廡人物，惜無人焉為之抗章乞請也。康祺以京官謁選時，自意依流平進，得量移臺省，尚非妄冀。國家闕典如此類者甚多，謬冀有所論列，私居削稿，謀君成紘，則不宜徇出矣。

巨清開國元輔，在漢臣中必首推范文肅公文程。其遭遇如漢之留侯、明之誠意，而建樹宏遠則過之。世傳其三大議，尤足關根本。流賊破明燕京，吳三桂來乞師，睿親王召公籌策，公曰：賊罪稔矣，可一戰破。惟好生者天之道，古未有嗜殺人而得天下者。 國家欲統一方夏，非乂安百姓不可。王用其言，入關申嚴紀律，妄殺者罪，遂定

燕下鄉脞錄　卷一　五

京師。一大議也。明季賦額屢增，民不堪命，公廷對，請用萬歷時額，從之，天下大悅。二大議也。闖獻亂後，土曠民稀，公條上墾屯事宜， 詔議行之，流亡漸集，裁兵不講。三大議也。公以孔孟之學術，為伊旦之經綸，張劉兩文成烏足語此。

盛京大庫有老熊皮一具，雄烈如生，我 太宗文皇帝御獵所獲也，歷 朝藏弆，以示服猛。

歐陽文忠公像在滁州官庫。乾隆己卯，新建尚書裘文達公典試畢，由京進呈 御覽，題詩以為鎮滁之寶。

嘉慶辛酉，京師大水，科場改九月，詩題百川赴巨海，乃謝康樂擬建安七子陳思王一首。取天下歸仁意。闈中罕得解，前十本將進呈，韓城王文端公以通場無知出處為憾。房考高侍讀鶚搜遺卷，得定遠陳黻卷，亟呈薦，遂得南元。他房落卷有晷涉正意者，搜棄補薦，皆中式。

乾隆間，某太史諂事豪貴，其妻某氏始拜金壇于相國夫人為母，如古所稱乾阿㜷者。嗣相國勢衰，又往來錢唐梁尚書家，蹤跡暱密。有朝士嘲以詩云：昔年于府拜乾娘，今日乾爺又姓梁。赫奕門庭新吏部，淒清池館舊中堂。郎如得志休忘妾，妾豈無顏只為郎。百八牟尼親手挂，朝回猶帶乳花香。時相傳冬月嚴寒，梁尚書早朝，某長楓先取朝珠溫諸懷中，親為懸挂，故云。自來諂臣媚妾，悅人雖恐不工，事有甚於此者，然閨房隱祕，豈外人所與知，況尚書名臣，即某太史妻亦不過熱中趨附，何至為婢妾伺侯之所不為，殆傳聞者過於粧誨甚其詞也。又道光朝一翰林夙出濰縣陳文懋公官俊門下，文懋喪耦，翰林為文以祭之，有喪我師母，如喪我妣之句。翰林妻又嘗為許文恪公乃普之義女，有詆之者集成語作聯，揭諸門外，曰：昔歲入陳寢，苫枕塊；昭茲來許，把衾與裯。二事略同，一詩一聯，皆為言官登白簡，至今有餘臭焉。余之紀此，將使十鑽千拜之流，稍自顧其名節，而才士之筆端剽悍者，亦當稍留地步，勿謂箭在弦上，不得不發也。

嘉慶甲子， 車駕幸翰林院，欲令與宴者即席為詩，朱文正公奏諸翰林皆蒙 賜酒觀戲，恐心分不能立就。 仁宗允之。公歸語諸翰林曰：若是日即席為詩，諸君能不鑽狗洞乎。文正性善詼諧，此其一節也。康祺按：乾嘉文物，慎選清班，當時詞苑中人，尚不至為應制一詩，遽穿狗竇，公特慮醉後失詞耳。

朱文正公清德素修，為時宗仰，薨之日，卧處僅一布被布褥，其別舍則殘書數簏而已，見者莫不悲感。 仁宗親賜奠，甫至門，即放聲哭，且 賜以挽詩，有半生惟獨立，一世不言錢之句。 天章論定，公亦當含笑於九原。

燕下鄉脞錄　卷一　六

乾末嘉初滇省運銅為最苦之差一經派出即身家不保推原其故凡全滇屬員中有虧短者有才具短絀者有年邁者本管道府即具稟委令運銅於承領運腳時即稟明藩司將所短各數扣留藩庫以至委員亦手動身止有賣銅一法所短過多或報沈失或交不足數至參革而止此數十年弊政也自將礪堂相國攸銛任滇藩查得銅廠內有提拉水浅一項每年應發銀二十萬兩八成給發扣存二成得四萬兩於四正運每船津貼銀八千兩副運減半於起運時給發一半船至湖北全給之保舉運員須本管府道加考以並無虧空年力正強為合格此法行至道光年尚無更變人不以為畏途矣見崇慶楊龍侯國楨自定年譜楊亦道光初藩雲南者今滇銅久不採運舊章未必遵行錄此以為講銅政者之一助

楊龍侯在滇兩署藩篆其時各省採銅委員率羈留至四五年侯訪知四川烏坡廠銅可以搬運遂呈請大憲任烏坡採買銅二百萬斤五省委員咸獲齎運雖銅價畧貴而運腳節省合計有盈無絀此亦留心度支所當知者

雨陂類稿中有恭紀蘇撫任內迎 鑾盛事云某日有內臣頒賜食品並傳 諭云宋犖是老臣與眾巡撫不同者照將軍總督一樣頒賜計活羊四隻糟雞八隻糟鹿尾八個糟鹿舌六箇鹿肉乾二十四束鱘鰉魚乾四束野雞乾一束又傳 旨云朕有日用豆腐一品與尋常不同因巡撫是有年紀的人可令御廚太監傳授與巡撫廚子為後半世受用等語此世俗深明寵威之所希聞而以 萬乘至尊垂念人臣餔啜之需乃至纖至悉如此宜身受者舉箸不忘也

文端伯相伍彌泰乾隆四十八年以吏部尚書協辦大學士明年七月授東閣大學士越二月和珅亦以冢宰拜參知矣世多以伍相為和珅外祖以年輩論之似不甚符或文端女為和珅繼母耳相傳文端家有急需公子輩貸二千金於珅公聞之詒諸公子云既已向借遄還不情命取田契價值相當者畀券歸償珅力辭使者三返始勉受珅之貪汚殆公所素嫉故以之示意歟

高宗在藩邸鄒宗伯一桂亦以工畫值 內廷令內侍持箋 命畫宗伯以未奉諭旨不敢應 高宗登極賞其謹慎擢用卿貳

一絲一粒我之名節一釐一毫民之脂膏寬一分民受賜不止一分取一文我為人不值一文誰云交際之常廉恥實傷儻非不義之財此物何來此儀封張清恪公任督撫時禁止饋送檄也質確如古謠詞按又一本大同小異一命以上當舉為金繩鐵矩

張清恪生長河堧熟諳水性嘗面奏河務事宜 聖祖偶有所詰問公即袖出地圖口講指畫兵部侍郎牛鈕在側斥伯行書生但據紙上陳言妄奏 上曰畢竟是他留心即書本亦是他看過爾等誰留心者康祺敬按書本陳言原有迂闊不適用處洞達時勢方為有用之才然傳古證今究勝於空談逞臆況清恪之於河道實有心得并非藉圖書以緣飾乎留心書本數語 聖謨洋洋握數奏功實之本矣

阿文成公在金川時曾薦岳大將軍參劾獲咎嗣文成總督雲貴岳適降補雲南提督心常惴惴文成偶詠詩示岳云鳴鏑一聲山響谷長空飛鳥漫相疑岳始釋然

武臣鮮以詞賦受知者徐侍郎湛恩明功臣中山王後也明季以關外都指揮家遼陽入 皇朝隸正藍旗漢軍由貢生應武科中康熙四十四年武進士授侍衛執戟殿下賦詩稱 旨特改兵部郎中後官至閣學兩出治河以廉幹稱至今羽林佽飛之班稍通文墨者猶豔述其遭遇云

徐文穆相國本手告歸杭州適里中社事正盛晝夜相競立戲場數處各以臺上燈聯求書卻之不可乃大書曰防賊防奸防火燭費錢費力費工夫復書一扁曰戲無益眾喻其意遂止是真士大夫居鄉之軌範也

李敏達衛長於治盜所轄地方不逐娼妓不禁樗蒱不擾茶坊酒肆曰此盜線也絕之則盜難蹤迹矣按敏達與田端肅文鏡皆雄恣不馴純任權術而皆立功名雍正朝凡二公旌麾所駐盜賊為之潛蹤敏達之柴網闊疏是或一道與

閩中蔡殿撰以臺赤貧至孝無以為養將鬻妻其夫人不忍拂請行抵富家白其故乞改執爨役主人感動遂如指一日召墨客入書齋適遇夫人相對泣主人駭詰之知客即蔡也乃送還夫人未幾蔡聯捷會狀屢典文衡激厲寒畯現身說法初不以此事為諱見童通副師過庭筆記康祺按鬻妻養母非遇大亂奇荒萬難兩全之會其事不足為訓而出而教士不諱其少歲之寒餓俾多士有以自壯則可謂能舉其職者也

甘肅自康熙六十年至雍正四年司庫虧帑至一百六十餘萬案牘散佚莫知所由武進劉文恪公於義署總督設法清釐不藉一家不咨一吏而咸獲歸款亦可見綜核之才已

邵二雲學士垂髫時侍寢於乃祖每丙夜老人睡醒輒持學士足令背誦日間所讀書或舉經史疑義前賢故實相告語不熟記則搖之使不得暢眠以是學士淹洞家語卒成通儒

燕下鄉脞錄卷一終

燕下鄉脞錄卷二

清　鄞陳康祺著

天命八年。太祖御八角殿。訓諸公主。以婦道毋陵侮其夫。恣意驕縱。違者罪之。按唐南平行執笄盥饋之儀。宋荆國以寶帶器幣為壽。傳之史冊。久為嘉談。我朝崇戎衣鉞伐之年。即已敕從閨箴。修明陰教。天桃穠李。比王化之所由基與。

乾隆丁巳。長蘆運使將國祥。以事謫戍軍臺。其子韶年。屢求代父不得。壬戌五月。出塞省父。慟哭求臺帥。帥憐之為奏請。果獲俞旨。其父歸。尋卒。韶年旋亦放還。見漢陽沈郎中秋曹日錄。記之以貽表獨行者。並使後世孝子順孫不幸遭罹家難者。知我先皇孝思錫類。曾有此曠蕩之深恩也。

定例。京控案件。由步軍統領都察院通政司上達者。率奉旨交督撫提案研訊。或令督同臬司。嘉慶二十四五年。童通副師方。以勤慎受天子知遇。上念山東積牘如山。清釐不易。遂以公調任東臬。每案輒奉特旨。尋交審訊。定讞後即單銜奏結。在任一年。二十餘年積案千餘起。無復留滯。釋獄囚無罪者一千三百餘人。並審結本任內案一千八百起。天心嘉悅。有東公辦理不避嫌怨之褒。然公自此招中外忌嫉。寄廟以庚辰七月賓天。九月即調公湖北。十一月授通政使司副使。明年被傷屬誣訐。吏議降四級調用矣。

客有藏隨園十三女弟子湖樓請業圖者。後附一小幅。曰後三女弟子圖。前後凡二跋。其前跋云。乾隆壬子三月。余寓西湖寶石山莊。一時吳會之弟子。各以詩來受業。旋屬尤江二君。為寫圖布景。而余為志姓名於後。以當陶貞白真靈之圖。其在柳下撫琴者。乙卯經魁孫原湘之妻席佩蘭也。其旁側坐者。相國徐文穆公之女孫裕馨也。手折蘭者。皖江巡撫汪又新之女纖祖也。執筆題芭蕉者。汪秋御明經之女妽也。稚女倚其肩而立者。吳江李寧人臬使之外孫女嚴蕊珠也。憑几拈毫若有所思者。松江廖明府之女雲錦也。把卷對坐者。太倉孝子金瑚之室張玉珍也。隅坐於几旁者。虞山屈宛仙也。倚竹而立者。將少司農戟門公之女孫心寶也。執團扇者。姓金名逸。字纖纖。吳下陳竹士秀才之妻也。持釣竿而山遮其身者。京江鮑雅堂郎中之妹。名之蕙。字芷香。張可齋詩人之室也。十三人外。侍老人側而攜其兒者。吾家姪婦戴蘭英也。兒名恩官。諸人各有詩。現付梓人。嘉慶元年二月花朝。隨園老人書。時年八十有一。又一跋云。乙卯春。余再到湖樓重修詩會。不料徐金二女都已仙去。為淒然者久之。幸問字者又來三人。前次畫圖不能羼入。乃託老友崔君。為補小幅於後。屑就其家寫真。而得其手折桃花者。劉霞裳秀才之室曹次卿也。其飄帶佩蘭而立者。句曲女史駱綺蘭也。其披紅襜褕而若與之言者。福建方伯興沙先生之季女錢林也。皆工吟詠。綺蘭有聽秋軒詩集行世。余為之序。清明前三日。袁枚再書。康祺以謂隨園風流放誕。充隱梯榮。詩格極卑。碑版亦多不根之作。其著述惟駢體文差強人意。（駢文才氣縱橫。洞足自成一家。惟隸事多強古就我。若劉霞裳詩序上貴太保專等篇。佻達荒唐。未免肆無忌憚。）餘無足觀。其攀附公卿。提倡騷雅。志不專在擬名。蔣苕生蠹蟫獺祭之詞。趙耘菘虎帳蛾眉之檄。同時儁彥。都已窺破。此老心肝。惟生際承平。天假耆壽。文名蓋代。福慧雙修。殊為文人難得之遭遇。湖樓請業一圖。香粉琴尊。丹青炤映。不可謂非湖山韻事也。

江甯杭州駐防營殉粵匪之難諸忠臣。余已紀之前筆矣。茲又得江南大營文武死事畧於西人所刊瀛環瑣記。爰表錄之。湖北提督向榮。四川成都人。由行伍從楊遇春平滑縣賊。有敘積功至提督。粵西寇起。以宿將被命。與都統烏蘭泰分統左右軍。屢蹶屢起。咸豐三年。督師江南。始至營鍾山。逼賊東竄。時兵不滿萬。又分援揚州東壩徽甯等處。勢益單。六年四月。鎮江師潰。賊橫溢不可制。欲營次丹陽。圖後舉。會病發。薦張國樑自代。卒於軍。諡忠武。署江甯將軍蘇布通阿。滿洲人。隸向榮左翼長。從征江南。署江甯將軍。卒於軍。諡果勇。甘肅涼州鎮總兵馬龍。四川人。忠勇善戰。隸向榮右翼長。日夜謀攻。後不克。憤嘔血卒。諡剛愍。候補知府謝繼超。廣西人。倜儻任俠。隨向榮征江南。總理營務。咸豐四年。粵人劉麗川踞上海。官兵攻之。久不下。奉令招撫。被賊誘執。脅降不屈死。江蘇巡撫吉爾杭阿。滿洲人。咸豐二年。由工部郎中。奉旨以道員揀發江蘇。署按察使。嘉定民人周立春。鉤扇粵人劉麗川。連陷浦東西六廳縣城。奉督府檄。率師復其五。授常鎮通海道。旋擢布政使。駐上海勦賊。四年六月。授巡撫。斷賊糧運。五年正月。克之。賞一品服。勇號。幫辦向榮軍務。移攻鎮江。六年四月。偪東王楊秀清由金陵悉銳至。海總兵虎嵩林壘甚急。聞報輕騎哭圍入。賊繞之數匝。糧盡。手發火鎗。洞胸卒。諡勇烈。候補道江甯府知府劉存厚。四川人。（上元江甯志作山東人。）入貲為刑部學習主事。咸豐三年。以侍郎王茂蔭薦。奉命從軍江南。八月。上海事起。率偏師克復青浦。功第一。以知府發江蘇補用。賞瑚松額巴圖魯名號。軍興文職錫勇號。自存厚始。旋補江甯府。留勦賊上海。平。以道員用。隨征鎮江。六年四月。吉爾杭阿既死難諡壯烈突圍出遇害江甯將軍和春滿洲鑲黃旗人深沈有將略由湖南參將從廣西軍升總兵官與向榮分統滿漢隊咸豐三年奏派專攻鎮江一路尋奉

命赴皖督師六年向榮卒由江南提督佩　欽差大臣關防視師句容始至薦張國樑可大用俾總統諸軍壁壘一新堅城迭拔每報捷推功讓能其下樂為用七年鎮江既克用張國樑計會師揭金陵圍城築圍賊屢撲屢却勢窘甚會浦口黃池溧水甯國諸軍失利分兵往援死傷畧相當士氣稍弱十年正月賊間道陷杭州尋由廣德掠東北而西饋道中絕外圍壞環營火起與張國樑走鎮江冀收合餘燼未幾聞丹陽失守總督何桂清棄常州逃殘軍瓦解憤甚手火鎗貫脅未殊行至滸關仰藥卒諡忠壯江南提督張國樑廣東高要人起推埋中按原本作以推埋中賊受撫非也降從勦兩粵土寇游升都司隨向榮東征先登陷陣戰功冠江南名滿天下擢漳州鎮總兵官咸豐六年向榮卒中外交章論薦　命幫辦軍務總統諸軍尋授湖南提督改江南會師金陵城下以恢復自任十年師再潰憤功業不竟投丹陽尹公橋下人馬俱沒事聞

賜諡忠武其事實詳見碑記浙江提督鄧紹良湖南人由行伍起家咸豐二年守長沙城功最從征江南分援皖南徽甯諸郡晉提督九年灣沚失守遇害諡忠武直隸通永鎮總兵戴文英廣東人同死難諡武烈湖南提督周天受四川人由行伍從征江南派援甯國累著戰功督辦軍務咸豐十年江浙相繼失守甯國孤懸賊中苦守數月城陷遇害諡忠壯湖北提督周天培四川人天受弟由行伍從軍累功至提督駐守浦口咸豐九年師潰遇害諡武壯直隸通永鎮總兵虎坤元四川人趫捷善戰輕財募死士有名將風咸豐六年鎮江下蜀街之役以七百人走劇賊數萬擢總兵年甫二十四八年攻溧水中礮卒諡忠壯總兵熊天喜湖南人隸和春親兵游保至壽春鎮總兵官十年閏三月賊攻丹陽師潰中礮卒諡勤勇廣西提督張玉良四川人由行伍從征江南曉暢軍事屢獨將破賊威名亞國樑人以小張呼之咸豐十年杭州告急率三千人馳援至則城破已三日鼓行先登賊出不意棄城走既蘇常相繼淪沒潰兵趨杭州勢洶洶幾變巡撫王有齡令玉良招合亡散攻嘉興不下賊趨浙東移師克嚴州城進拔常山江山二縣十一年五月賊渠李世賢自江西東犯江常復陷總兵李定太方統三衢軍棄浮石渡不守賊掠龍游破金華窺諸暨全浙大震時巡撫主兵柄有齡貪而驕擅而復以市儈至高位貿然自謂知兵雖者拌遇害而滿營諸忠憤賊雅將兩浙大局全壞於一人之手朝廷憫其死事始命深求而與論至今無習至有牽牛馬笑於其身將卷將軍瑞昌擁總統虛號唯諾受成玉良以客將

孤寄提殘卒不滿五千崎嶇犄拒危苦萬狀省中又時時齮齕之玉良憤欺扼腕意氣彌厲所至扶朔衣一襲自隨識者早知其必死十月杭州再被圍由桐廬浮江下孤軍深入破賊壘十數抵鳳山門遣人請兵出禁通饋道不應越宿外圍合玉良駐師江岸猶日夜鬪瘡傷勉忠義往來部署忽飛礮隻石足折股卒杭人至今哀之諡忠壯內閣中書陳克家元和人工詩得山谷神髓甲辰舉人從軍金陵為張國樑掌書記保中書舍人十年師潰遇害山東直隸州州判吳士諤沭陽人己酉科拔貢生以本班就職分發山東奉檄解江南軍火投効和春營與陳克家同日被害內閣中書馬釗長洲人甲辰舉人習小學句股喜談兵先以搢紳理劉存厚營餉敘青浦功保中書藍翎十年從總兵熊天喜為幕客死丹陽之難

瑣記又載有思屺主人金陵問答一篇云密默子薄游金陵有逆旅主人過而言曰

昭代龍興我江南沐浴生息嬉然不見兵革者二百有餘載劇寇歷境三辰失守金陵遂淪為異域合東南行省甲兵財賦將才物力之盛聲師城下與敗相繼殆至么麽駭坐大熾　兩朝之宵旰勞生靈之膏血自癸丑迄甲子十有二年而始復其失也若隤石之易得也比推山之難天不降康民其何罪吾于積勞兵間熟悉情狀其能以金陵已事詒子乎密默子曰不知而言不智知而不言不忠賊萌芽于金田咆哮乎永安跳盪乎長沙橫決乎江漢其間命將出師兵事連歲不解功罪之迹利鈍之機傳聞異詞請從蓋闕洎乎棄武昌蹦彭澤掠皖城趨釆石舳艫千里直指石頭如飛蝗蔽天莫敢仰視猛獸出柙市壓盡空夫以江南恬嬉偷玩之俗脆薄柔靡之民倉卒遇敵應時崩摧勝敗之故無待蓍龜矣蓋賊之覬金陵非一朝取之以積威而據之以全力踞京口掠廣陵瞰中原窺半壁天贊　廟算先機謀帥琦文勤邦上之捷向忠武鍾山之師夾江而陳控扼南北賊自是不敢過蘇常高寶一步吳越生民驚魂復定者又七八年然金陵依山阻江城高廣甲天下賊渠楊秀清以梟桀之姿擁百萬之衆據形勝之地我兵初至士氣單弱　中旨敦迫嚴責師期堅城在前芒刃久頓賊得以其隙憑陵楚皖橫溢江淮羽翼四張爪牙森布雖　朝命重臣分路致討而往來有牽綴之慣彼此無聯屬之權畛域既分事機屢失迨庚申辛酉間官兵挑敗江浙沈淪賊意驕氣盈酣嬉淫縱無復闘志猾虜之貫已盈元元之禍應革　沖聖當陽時荅方召東南再造悉畀元臣於是乘建瓴之勢鼓行而東遡游江淮直擣腹心而金陵始復為我有傳曰多難興邦殷憂啟聖又曰非常之功必

待非常之人何其盛哉主人曰寇之顛末既聞命矣抑吾聞之向公嗟嗜宿將和公亦身負重名手握牙璋艤行　天罰激然各以平賊自任而乃百計仰攻俛得從矣卒以嶔岱之智受困滿池覆轍相尋其故安在密默子曰向公受任危難之際奉命顛跛之餘方其下潯陽趨建業裹創疾馳倍道追躡始至江南兵不滿萬累戰累捷拔鍾山而守之未幾賊由浦口分道北犯浦東皖南後先告警羽書日數至　詔書譏讓趣令濟師兵將勁兵分援南北無虛日丙辰春夏揚鎮兩軍相繼覆敗賊氛滬不可遏孤軍中縣肘腋罷露不能不左次以避其鋒然且輿疾視師屏蔽南服帳中符印付託得人而公亦從此逝矣兵法云揭瑕則堅者破又曰十則圍之五則攻之和公初克潤城氣吞江表大建旗鼓會於金陵時我師在城下者裁五六萬而沿江數千里賊蹤延蔓幾十倍其數首尾銜貫隱然敵國為和計者連衡湘楚力爭上游支雖羣凶迎刃斯解是為上策重兵扼徽甯奇兵拔采石水陸列戍壁賊使東是為中策全軍孤注併力攻堅外撲內衝冀博一當是為下策且夫古名將之用兵也淬厲其志氣而勞苦其筋力內形既充百用不頓而乃開塹築圍星羅碁置連營列柵二百有餘里備多則力弱戍久則師老罷癃敵而無用士醉飽而就嬉當事者且詡

犄穴擒渠功在眉睫人人有裂土拜爵之想而不知李秀成輩方日夜陰聚謀所以覆其局也執偏隅而昧全圖狃近功而忘遠畧僨車負乘又何責焉主人曰向公初麾張高要名震天下厥後庚申之變論者謂高要督師必不至此然則和張之優劣可得聞歟密默子曰和公之初至江南也高要已被總統之命金陵將卒皆其心腹奉號令惟謹和公深沈而機警知三軍皆為彼用且高要方膺　殊寵負中外重望遂一切委任之推賢讓能歡洽無間高要忠勇善戰輕財養死士兩軍相角當幾制勝一時罕有其儔至於長駕遠馭深心大用緩急之序而決成敗之幾則兩公皆不能無憾主人曰吾聞庚申之變和公擁餉數十萬將士饑疲解體東南半壁遂以不支信乎密默子曰和公天姿刻深自奉儉約無聲色裘馬之嗜甫拜　命渡江與制府約將帥主兵事地方籌軍實覈計水陸軍需月五十萬金糧臺籍其數上之督府督府以授藩司覆核發金常州依時散放各營弁目至丹陽關領而行閒嘗不名一錢以若所聞督師累擁厚貲則當賊勢披猖饟道中絕懸金募士何敢不擁又安至徒手叫呼上下坐困而卒為悍賊乘哉太史公曰要之死後然後是非乃定夫受鉞登壇膺丈人長子之任喪師失律何所逃罪乃悠悠之口騰播無稽一倡百和幾

成冤獄嗚呼亦可哀也已主人唯唯遂摭問答之語綴為是篇康祺按余撰紀聞不錄他人詩文全作以此作敘事詳核立論亦平允不偏鉛版外無傳本故亟錄之以補近刻官書編纂之所未及以備他時史乘功罪之所依歸又按曾文正金陵軍營官紳昭忠祠記於江南北大營分併勝收始末敘次井然簡當有法惟意主進諛不涉覆敗未若是作之詞氣抑揚功咎均見蓋文章各有體裁也

順治末年以滇閩用兵加天下練餉五百萬魏文毅公奏請　敕部計軍需足用即止　詔除已派外並停止康熙元年雲南平上疏請撤滿洲兵還駐荆襄扼天下形勝消姦宄之萌為部議所沮復請　命湖廣總督自武昌移駐荆州從之及吳三桂反湖南州縣俱陷卒不得以隻輪匹馬踰及荆湘人以是服公之先慮康祺按公自臺垣至作相先後二百疏忠誠耿耿上軼鄭公此三摺尤有裨大計孟子所謂社稷臣也

武定李文襄公之芳為言官侃侃謇謇　聖祖呼為真御史出任封疆勳績尤著當康親王統師入閩公方督兩浙移鎮衢州遣師平江西諸賊民有陷賊來歸者為茅屋二千餘間別男女居之給其食有田者予以耕種具又命屬官於入閩通衢設粥食饑民凡五年活民一百二十餘萬視富鄭公之賑青州有其過之按花村下閩紀事稱公為蠻子佛或其時滿兵四出滿人呼漢人本有蠻子之稱或吾浙人呼山東人有稱為山東蠻子者以公籍山東而名之均不可知然稱為佛則公之慈祥惻怛出於有

深入人心者宜至今遺愛未湮也

康熙十年二月肇舉經筵大典於　保和殿以孝感熊文端公為講官知經筵事頃之　聖祖以春秋兩講為期闊疏遂　命公日進講　弘德殿每詰旦進講　聖祖有疑必問公上陳道德下逮民隱引伸觸類竭盡表裏洵明良之慶也

李文定公天馥昔所稱合肥相國者也康靜寬和尤慎刑辟每預廷議務持平同官或厲辭色公笑語之曰君何至是凡事平其氣而可也吾初亦爾後既然漸平也康祺按宋韓魏公與范文正公同朝偶論西事不合文正拂袖欲出魏公從其後呼之曰希文事豈不容商量耶休休之度公實同之

李文定以母喪歸結廬墓側有雙白燕翔於舍前久之不去公性好施予至是窮民歸之遂成聚落歲旱鄉民憂惄公為禱墓前齋三日禱於天方蒲伏雨立沛及秋飛蝗蔽天衆復強公出禱如前而蝗盡去比卒於位鄉人哭之如喪所親夫瑞燕來巢饑蝗避舍及甘霖應候一事禨祥之感召容或適然而鄉望允孚必非倖致士大夫發名成業安得不從家庭里黨間一言一動始哉

國初崑山三徐名位相埒文學稱健菴尚書而風節操持不能不首數公肅相國公

官修撰。世祖常召見討論經義。賜鞍馬御膳。恩如家人。章皇帝晏駕。公哀痛
哭泣羸瘠不勝。康熙十九年從謁孝陵。猶悲慟不止。捐例初開。但令得官後三年稱
職。上官保舉。否則罷。既又令輸銀免保舉。即聽遷轉。公初為祭酒。即請免納粟入監
之例。及是又言國家大體所關。惟賢不肖之辨而已。若捐銀得免保舉。是金多者與
稱職同科也。（按此論與陸清獻疏意同。可謂不謀而合。）因堅請停止捐例。後事例既罷。而府部寺院筆
帖式近三千人。復求開例出知州縣。其以京察大計被議者。亦謀復官。廷議時。公爭
之三日。卒從其言。二十二年大計。一切餽遺無敢及門。其所彈劾。亦不避權貴。詳見
長洲彭紹升測海集。康祺按。郭華野參疏不及公。而康熙已後諸名人詩文筆札
於徐氏子弟之豪橫。聲氣之驕蹇。頗有微詞。即亭林致諸甥書。亦屢以權勢非福為
戒。然紹升公卿人。其言殆可據也。

桐城張氏父子繼相。兄弟多登九列者。文和長軍機時。其子姪宗族及姻黨姚氏占
仕籍者至數十人。時為之語曰。張姚兩姓。占却半部搢紳。劉文正公統勲以聞。請量加
裁抑。三年內停其升轉。高宗從之。文正與文和故交。此奏可謂愛人以德。（按文正相中葉。
參尚書公訥親以一人之身兼理數處。任事過銳。非懷謙集益之道。請訓示。上亦如所請。訥亦同領機務者。）

劉文正累主會試及順天鄉試。門下屑友。往往以暗中被擯人無怨言。所得士雖已
列仕版。公多不識其面。康祺按。科場通榜。自關非宜。公昌黎不容擯古人以自解。蓋
無以別於因緣聲利者也。若舉主門生誼同師弟。則唐宋以來積成風俗久矣。而持
正如公。自不可及。

雲南貴州廣西三省蠻苗。雍正初屢次煽動。自鄂文端公任滇撫。奏言欲保百年無
事。非改土歸流不可。欲改土歸流。非大用兵不可。奏上。世宗大悅。親諭養心殿
鑄三省總督印授之。果成大功。

高宗登極所布詔令。善政絡繹。海宇覩聞。莫不蹈舞。或語鄂文端歸功明贊。公蹴然
曰。天生聖人。天下之福也。老臣何力之有。蓋公於是晚節彌慎矣。

陳恪勤公鵬年。官江甯知府。大著廉聲。為總督阿山所誣論死。（按阿山欲增地丁銀耗羨光公責為公所
持。大恨之。以公嘗於樂寮舊地與士民講演聖諭。從坐以大不敬。）一日。聖祖問李文貞公。阿山何如人。對曰。臣
嘗與同僚。廉幹果於任事。其失民心。獨劾陳鵬年一事耳。遂奉旨召恪勤入京。張
清恪公撫江蘇。與總督噶禮互糾。命使往讞。久不決。詔罷噶禮職。復清恪官。
文貞亦與有力焉。

婺源之大畈汪氏有節母樓。節母程氏。程克家女。幼字汪鴻階。鴻階卒。節母年十五未嫁
也。欲身殉。父母泣戒之。則請詣夫家守貞。既歸汪。屏妝飾。樓居四十二年不一下。
粵匪至。嗣子奉以避。今相國左公勦賊過皖。訪得其實。書此樓千載四大字。褒其門。康
祺按。女子未嫁守義歸夫氏。謂不合於禮經。近代文人。又多引據經傳。與歸氏相
詰難。余謂朝廷有旌典。（咸同至今。以貞女旌者不下數千百人。）士大夫即不得妄作高論。議其過中。
況如汪節母者。凡閨閣中嘗幼字。既子婦也。錄之以告後世傳列女者。

馮福基。代州人。幼隨父焯潛山縣天堂巡檢任。九歲解周易大義。衆稱神童。咸豐七
年。賊犯潛山。福基年十四。隨母他所。藏利刃。奮身出賊。執之。思刃其酋。弗得。隨賊至
黃梅。宿藥肆。夜竊藥置賊飯。衆中賊中毒死者十七人。懼事泄。吞餘藥而臥。賊覺去。
越二日。福基蘇。自度必不活。寫書訣父母及天堂諸父老。父老得書。遍弓兵故執役
巡檢署者。求訪得之。福基猝見。益悲慟。創裂腸斷。臨死猶握弓兵手。屬齒曰。我大
清人。殉以大清服。勿斂賊為也。弓兵與戶行九日。達天堂。面如生。鼠齧。是又一童
汪錡矣。此與前一事。俱見吳桐雲年丈大廷小酉腴山館文集。吳文詳。余刪潤存之。

江陰縣志載。乾隆三十三年。秋旱成災。鄉民相率鬨縣堂。學使景福甫下車。出而撫
慰。衆即解散。越日。巡撫彰保統兵至。欲痛勦之。景與議不合。歸即草疏。陳饑民疾苦。
懸賞貸急。足約七日至京師。比彰保捐到。以民亂聞。上不直巡撫言。召前學政曹秀
先問故。秀先具述災狀。蓋天旱時。曹率屬禱雨者也。遂特旨罷起事閧堂一二人
於法。餘皆罔治。攷甯化雷副憲視浙學時。浙西被蟲災。無入告者。副憲致書巡撫邪
省。遂自以聞奏。旨振恤。巡撫得罪去。是學政雖職在典學。而湯節親推。有輶軒采
風之責。原不宜置民瘼吏疵於不問也。若其炫才沽譽。有意侵職。臨吏之權。則人不如
嘿若寒蟬矣。

康熙十五年。科臣王光前請加練餉。十六年。科臣甘文焜請查漏丁。均經魏敏果公
疏駁。

大河衛人阮給諫應商。官戶部郎。猾吏怵息。由其到任第一日。即以衣服邀制。提從
事二人。督治文案。惟令抱牘待判。不得出一語。威聲所至。故雲南一司。無不洗手奉
令也。（按戶部雲南司總管倉場出納與山東司之司政。總辦相同。其可辨收支。至今猶然。）官吏科給事中。尤著風節。其時吏部
選人。或違例壓缺。改易文憑。駁進停放。除授不公。給諫上書極論。纚纚數百言。指斥
無隱。銓曹多被議者。直聲大振。一日。聖祖御門。有所咨諏。特指名命對。給諫從容

蚊依衆皆屬目嗣是連次 御門輒垂問阮亦簡任在外蓋知其廉潔有節行將大用之矣以疾告歸遂卒朝野惜之

汶上老人白英前代之有功黃河者也立祠戴村子孫蔭襲頂帶自入 國朝未叅明奇康熙間河東河道總督漢軍朱公宏奏請仍給八品世職叅 旨允行嗣後凡遇險工益昭靈異論者謂江西張道陵後人以斗米道尊依託鬼神更歷年運濟蹈履秩祀之典禮則白氏子孫之受賞不為忝竊也

李侍御森先巡按下江優人王紫稼（按吳梅村詩王郎曲即此人）及三遮和尚滿答無狀皆杖斃之豪有貴人咸為股慄李所書鐵面冰心額今猶懸陝西道署中

偽朱三太子一案在康熙初三藩叛正之時其人冒名楊起隆令其黨李株等糾約滿洲各官家奴將於元旦起事經監生郎廷樞上書告變 聖祖鎮靜如常時密遣捕獲株等二百餘人誅之謠言始息起隆旋亦就獲處以極刑蟊蠹潛生忽集於城陽之下閔宜殄不崇朝矣

乾隆三十五年 皇太后八旬萬壽凡六十以上齊眉命婦均得邀緞匹珍品之賜漢臣中同時受 賞者吏部尚書程景伊妻金氏禮部尚書蔡新妻何氏吏部侍郎曹秀先妻劉氏三人閭閻傳為榮遇

燕下鄉脞錄　卷二　九

燕下鄉脞錄卷二終

燕下鄉脞錄卷三

清　鄞　陳康祺著

乾隆十八年近畿蝗曹文恪公秀先為御史疏請 御製祭文頒發有蝗郡縣虔黃祭告并稽古典舉行蜡祭 手敕曰蝗蝻害稼惟當實力撲滅此人事所當盡至於祈神報賽禮亦宜之若欲假文詞以期感格如韓愈之祭鱷魚其鱷魚之遠徙與否究亦無可稽求未必非好事者附會其說朕非有泰山北斗之文筆似此好名無實之舉深所弗取所請不必行按文恪立朝端謹此摺固非迎合揣摩 純皇帝寢斷精禋猶必毅然謝絕設有以封禪讖緯之說進者其能稍瀆 聽乎不問蒼生問鬼神賈長沙生不逢時耳

純廟南巡江浙者老婦女道旁瞻仰有稱 皇帝老爺者前驅衛士將執而治之純皇亦驚詫詢之尹文端公公奏南方愚民不明大體往往呼天為天老爺天神地祇無不老爺者 純皇大笑起從諸臣遂不復言公奏對敏慧為廷臣所交推玩此數語洵稱得體

鄂襄勤伯容安西林文端公長子也家傳方略勇敢性成連任疆圻多所籌畫乾隆二十年偕班第公駐守伊犁值阿睦爾撒納叛逆力戰自盡 上深軫悼及閣臣議謚以公由詞苑起家擬文剛文烈以進 高宗抹去二文字取剛烈二字以賜蓋夙知其忠義果毅不欲復以常例拘之

燕下鄉脞錄　卷三　一

國朝賢臣必以于清端為清廉第一羅城非人所居即于恒石崇到此豈復能豪舉公之得力在動心忍性不必以儉德稱也自江防遷閩臬舟將發趣人買蘿蔔至數石人笑曰賤物耳何多為公曰我沿途供饌賴此矣其自北直赴江甯也與幼子僕騎車一輛各袖錢數十文投旅舍未嘗煩驛遞公館也在制府署日惟啖青菜江南人或呼為于青菜僕從無從得茗則日採衙後槐葉啖之樹為之禿諸子冬衣褐或木棉袍未嘗製一裘官楚時長公子將歸署中偶有醃鴨割半與之民間有于公豆腐量太狹長公臨行割半鴨之謠公卒之日僚吏見牀頭敝笥中惟綈袍一襲靴帶二事瓮甕中粗米數斛鹽豉數器而已公之賢不僅以廉儉見特公之清操苦節更險一致尤為人所難能若夫身為大臣但能卻苞苴安澹泊於國計民生坐視其隳敗惰偷而絕無補救然則植木偶於庭并水不飲不更愈於祇飲盃水者乎

陳恪勤公初知西安縣邑經耿逆變後版籍殘缺豪強侵佔多至數十百頃而無稅

其流亡歸籍者，往往無田可耕，而轉困追呼。公下車，即以清丈為急務，使稅出於田，田歸各戶，民慶更生。於公生日，醵錢歡飲，號陳公會。邑有溺女之習，公懲勸兼施，洗俗頓革。民生女，半以陳名，或以湘名，以公湘潭人也。烈女徐氏含冤死，公為建祠以發其節。邑人為鑄鐵塔冤傳奇。公忠清強直，為康熙朝有數名臣，百里報最之初，固應早著循績也。

阿芸，蘇州女伶也，失其姓。超勇公海蘭察平定臺灣，還過吳，當道餞之虎邱，畫舫芸出侑酒。公大鍾愛，為脫籍，挈之去，寵專房。公性麤躁，縱嗜欲，芸婉曲陳諫，多所保全。公子安祿尤不檢，芸能裁抑之。公歿之日，芸不哭泣，獨絮絮向安祿規勸，語以功臣子孫不易為，貴家門戶不易守，安祿甚感其言。是夕，芸投繯死矣。公暗嗚叱咤，氣蓋萬夫，備有此纏綿悱惻之貞姬報公一死，英雄兒女，奇事奇人，惜無譜宮商以流傳樂府者。（惟公孫女未嫁守節，曾蒙特旨旌獎，其事獨湮沒，惜哉。）

滿洲宗顏給諫阿什坦，通經學，篤於踐履。順治初，翻譯大學中庸孝經諸書刊行之，以教旗人，皆出其手。時稗官小說盛行，滿人多翻譯。給諫上言：學者宜以聖賢為期，經史為導，此外無益雜書，當屏絕。又請嚴旗人男女之別，定部院九品之制，俱　報可。康熙初，退閒家居。鰲拜專政，欲令一見，終不往，嗣以薦起。　聖祖嘗召入便殿，問節用愛人，對曰：節用莫要於寡欲，愛人莫先於用賢。　聖祖顧左右曰：此我朝大儒也。

于清端羅田之治，備載政書，稍語掌故者耳熟能詳矣。既貴而後，清操如故。康熙二十年，公方以兵部尚書總督江南江西，在官日食粗糲，佐以菜把。年饑，屑糠雜米為粥，舉家食之，客至亦以進，謂曰：如法行之，可留餘以賑饑民也。

清端晚歲或有以蜚語聞者，公心動。時熊文端罷相居江寧，一日過文端，命坐梧桐樹下，語及之。文端曰：公亦慮此耶？大丈夫勘得透時，雖生死不可易，何況其他。公曰：敬受教。其明年乞休，弗許，再過文端，有憂色。文端厲聲曰：遂忘梧桐樹下語耶？未幾，公卒於官。康祺按　本朝名臣踵接，康熙間尤衆正盈廷。至清貞介特如于公，不可謂非鐵漢，然憂讒畏譏，賢者不免，卒賴　天子神聖，末路倖全，公亦可無憾已。熊文端梧桐樹下數言，良臣蹇蹇，良友偲偲，全是一腔浩氣。

即墨郭總憲琇，康熙間與莆田彭中丞並以直聲震中外，世稱彭郭。總憲錫藏家居時，佛倫為山東巡撫，劾公父景昌原名爾標，曾入賊黨伏法，並誣公私改父名，濫請封典。部議追奪，並奪公冠帶，逮赴江甯勘治，議遣戍，得旨寬免。後再起，督湖南。（按時湖南為總督所轄。）入覲，具疏訟冤：臣父郭景昌，係縣庠生，邑匪郭爾標，無妻室，安得有子？不知佛倫何所聞而誣蔑若此。佛時已入相。　上親詰問，以外錯對。　命仍給誥軸，然已被誣十年矣。（二十九年奪，三十九年復給。）光山胡侍郎煦，亦康熙朝道學名臣，治易，究圖書之蘊，著函書數十萬言。　聖祖屢召見，問易象疑義，　命直閣講說，歎曰：真苦心讀書人也。雍正九年，祭河南水災，忤總督田文鏡。（按時河南不設總督。）文鏡參侍郎子胡基孟本民籍，不當冒官卷中式。　詔斥基孟，侍郎亦落職。乾隆元年，弟句入覲，復原官，並復基孟舉人。然亦被誣六年矣。以　聖祖　世宗之聖明，郭總憲、胡侍郎之氣節學問，久邀知遇，而佛倫、田文鏡亦尚非神姦巨慝，乃至家庭骨肉之間，搆散傾誣，至十年、六年之久，不敢以一言昇白於　君父。設使人壽不及待，則其含冤負屈於地下者，當復何如？吁！直道難行，仕途荊棘，可畏哉！可畏哉！

湯西崖少宰未遇時，與西溟先生同客都下，每出，則從西溟借馬乘之。一日，西溟以詩云：我馬瘦郎當，崚嶒瘦脊梁，終朝無限苦，馱水復馱湯。一時傳以為笑。按西溟先生，吾鄉文雄，呼瘦瘦為獨，亦吾鄉土語也。

雲中配錢稗勺藏瓜，以哈密為上。　上常以之　頒賜，皆西陲所貢者。每見郎錢山石進獻有樹次瓜，閩中臘月進瓜。按紀康雍間人，今郎鈔無進瓜事，亦不知始何時。

稗勺述高南阜云：漁洋先生前身為高麗國王。將誕之夕，有人止村廟中，見庭中羽旗鼓吹，儀衛甚盛，其人駭懼，詢之從者，云高麗國王降生新城王家。其人素甚封翁，急入城探訪，先生已墮地矣。南阜與王氏交好，此說得之於其後嗣，非齊東野人之語也。康祺按　本朝名臣張文端，為王敦後身；裘文達有河神感夢；河間湘鄉兩相國亦相傳靈物降生。此外見之紀載，不可枚舉。風節文章，如文簡固應生有自來。

昔有粵西撫軍，假公事謁制府於粵東。東撫面詆其非，西撫不堪其辱，云公不可獨為君子。東撫答云：那簡教汝做小人。或謂東撫是佟胥村法海。

雍正三年八月，有虎夜踰城。八年，大將軍定。是月，大將軍被逮。右二則亦見紀氏稗勺。

純皇帝朝，新安曹文敏公文埴，以大司農歸養，　特賜藏佛於其家，為父母壽，天下榮之。

紫幢王孫所錄天潢之詩，為宸萼集，分上中下三卷，共二十八家，計詩三百七十六首，各著小傳。自序一篇，撰於康熙庚辰歲第一卷中。 世廟與焉，蓋 潛邸之作也。

鴻博科之初開，以議修明史，始自高等者授官過優，外間遂有野翰林之目。此舉主司為寶坻杜文端、高陽李文勤、益都馮文毅、崑山葉文敏四公，有以詩諷之者曰：旬古文章推李杜，而今李杜實堪嗟。葉公懵懂遭龍嚇，馮婦癡獃被虎爬。宿構零耕瑕玉賦，失拈落韻省耕詩。（試題為璇璣玉衡賦、省耕詩。）若教修史真羞死，勝國君臣也皺眉。按此必當時制科翰林所為者，妬寵爭榮，甘為妾婦，於持衡四公，得第五十人，何損乎。

吳蘭次守吳興日，崇尚風雅，延致海內名士，山水游讌，極一時之盛。解組後，梅村贈以詩，有云：官如殘夢短，客比亂山多。州人至今能誦。

施愚山先生嘗製出帳，題詩其上，遠寄友人。一時文士多屬和，名曰詩帳。徐蝶園相國嘗創製詩扰，當世名流亦多題詠。二事極新，為他日詞賦家添一佳料。

西溟先生葦間集中，苦熱行、苦寒行，頗寓諷刺。又有詠史二疏事一篇，注云：龔芝麓司馬欲告假，而其子尼之，余為此詩以諷錢飲光，持以示龔。（按飲光子澄之，桐城人，著有田間集。）龔讀之，謂是有心人，數日遂以病告。西溟是舉洵不愧古之友道矣。乃若芝麓亦賢者也。

兩江制軍沈文肅公葆楨以御史典郡，咸豐六年守廣信時，粵逆楊輔清由吉安長驅直入，所過輒陷。公激厲兵民登陴死守，城卒獲完。其受 知大用，蓋始於此。相傳當圍城岌岌時，林夫人撤內署金帛犒士，列巨鍋於大堂，親職炊爨以飽饑疲。時公卧起陴，晚間督士卒守禦，慕僚星散，軍火易薪，文檄判牘咸出夫人手。士民感頌慈蔭，與章貢長流。夫人林文忠公女也，蓋家教夙漸已。（按文肅夫婦守城事，曾文正公以之入告，亦歸美於文忠家法。）

沈文肅公以知府告養， 溫旨慰留，擢吉南贛甯道，復申前請， 許之。江皖軍事棘，命赴曾文正營，未出境， 特旨超擢江西巡撫。時 明詔有云：該撫雖係因籍養親之員，第賊匪一日未平，則臣子之心一日不得自安，況移孝作忠，古有明訓，該撫家有老親，因擇江西毘連省分，授以疆寄（敬按旨意以公籍福建，與江西毘鄰也。）風土不殊，迎養亦近。如此體恤，如此要任，諒不至再有瀆請也。公自此一出，累任封圻，擲舉船政武功煒耀，吏事修明，咸惠滂敷，中外翕服，卓然為東南柱石者二十年，即此見 兩朝簡拔之真。

高宗生而神靈，天挺奇表，規度恢遠。年十二謁 聖祖於圓明園之鏤月開雲，見即驚愛， 命宮中養育，撫視周摯。其年秋，隨侍避暑山莊， 賜居萬壑松風，讀書其中。一日望見 御舟泊清碧亭畔，聞 聖祖呼名，即趨巖壁而下。 御訓勿疾行，恐致蹉跌，愛寵殊常。獅子林北為 世宗藩邸，扈蹕時 賜園。 聖祖幸園中，進膳，特命孝敬憲皇后率 孝聖憲皇后問安拜覲。 天顏喜溢，連稱有福之人。次年隨 聖德豫信也。木蘭秋獮，入永安莽喀圍場。 高宗甫上馬，熊突起。 控轡自若。 聖祖御槍殪之，事畢入武帳，語 溫惠皇貴太妃曰：是命貴重，福將過予。厥後 聖祖聖孫至德同揆，大福亦復同符，三聖相承，非偶然也。

雍正元年，次年祈穀禮成，為 世宗登極初次大祀之典。 特召 高宗入養心殿，賜食一臠，蓋以為他日付託之本。仰告 昊蒼，故俾承福受祚也。是秋八月，即遵聖祖故事， 御乾清宮密書 純皇帝名，緘存寶匣， 召諭諸王大臣，敬藏正大光明殿扁額上。

葉文敏公夙著清操，家無餘財，以斯文為己任，詩宗蘇陸，文宗眉山。生平服膺王阮亭、許汪鈍翁文，而公實兼有二家之長。 予告歸崑山，有留陳其居鄉不法者， 上命蘇撫田雯察之，雯以鄉評之賢入奏。 上曰：朕固知葉方藹不如是也。

鈞廊偶筆：王西樵常語子弟曰：陳其年短而髯，不修邊幅，吾對之祗覺其嫵媚可愛，以伊胸中有數千卷書耳。按此語頗可激厲後生，可見熏香傳粉，世所稱翩翩佳公子者，儻捫腹唐虛，西樵見之，有不驚其醜怪與。

華亭周茂源釜山官秋部時，以恤刑駐節雪苑，有山人得罪別駕，欲加以刑。山人倉卒中託言秋部執友，冀緩其責，實未嘗謀面也。別駕謁周問之，答曰：此余好友，辛苦相諒。山人得無恙。一時推為長者。按釜山後守處州，有鶴林雲岫樵風諸集，詩名在施愚山宋直方之間。有子名綸，字鷹垂，羈丱之年，嘗謁客，以其詩雜釜山集中，客無以辨。由是著名，著有芝石山堂集。綸子稚康，少年作錢唐觀潮賦，為時傳鈔。下筆千言，天才雄放。嘗署門聯云：論家世如閣帖官窰，可稱舊矣；問文章似談箋顧繡（按二物皆松江產），換得錢無。其不羈若此。周氏三世清才逸韻，屢見於居易錄、池北偶談、今世說、鈞廊偶筆諸書，可謂一門風雅矣。

秀水三李，曰以武、曾為、白眉，說鈴稱武曾善為古文，間作排偶體，脫稿輒棄去，客問其故，曰：吾家伯季並擅斯長，阿京未敢爭勝耳。阿京，武曾小字。其風趣殊不減魏晉間人。

紀伯紫灕洋詩友，有妹映淮，字阿男，亦工詩，嫁莒州杜氏，早寡，年五十餘以節終。池北偶談載昔在秦淮賦詩云十里清淮水蔚藍板橋斜日柳毿毿棲鴉流水空蕭瑟不見題詩紀阿男伯紫見之歎不置康祺按漁洋近體詩先選詞而後運意意為詞縛亦隨詞轉詞鮮妍而意拚抑反在有意無意之閒即漁洋所謂西川織錦坊及所謂神韻也此絕祇是否不得紀阿男三字好詩料耳秦淮板橋棲鴉斜柳宜憑弔寇白門鄭妥娘一流人千白頭孀婦何事宜伯紫之見慍也

鶴汀相國賽尚阿道光朝嘗出使朝鮮攜彼國中詩翰一冊（按中縫字紫霞）歸示朝士筆墨嫻雅稱曰溪先生曰翁文達公蓋東人私謚也皆雞林賈舶購白香山詩此事尤為儁雅

中興人物多由辟幕起家其最著者如合肥二李之客曾文正左劉二公之客駱文忠尤為表表頃讀祁文端公寯藻䜱䜱亭集載文敏節相百齡督兩江林文忠及陳芝楣中丞鑾均為幕僚文敏均許以封疆之才後果不誤陳中丞左文敏時居署西偏池上有八十竿精舍嘗作小篆牓於亭曰个中樂及陳權兩江督篆復居此亭嘗同幕友傾蒐為作个中真意圖僚屬多有題詠

靜濤相公柏葰以咸豐戊午科場事被戮世皆知肅順端華修夙憾也按公嘗於道光朝以少宰使朝鮮朝鮮國王餽五千金卻之請益堅攜歸奏聞請存禮部還其使臣清節如此通榜受賂良非信讞矣

道光丙戌春闈廣東一百三歲老人陸雲從應會試　恩賜國子監司業銜同時朝臣多以詩筆紀述盛事（按陸廣州府三水縣人百歲始入學）

本朝三元僅江蘇錢棨廣西陳繼昌兩人陳為桂林相國文恭公元孫故嘉慶庚辰臚唱時　仁宗尤極嘉悅　御製詩有大清百八載景運兩三元舊相留遺澤新英進正論之句

崑山徐氏遂園耆年禊飲圖禹鴻臚筆也圖凡十二人常熟錢陸燦孫暘崑山盛符升徐乾學徐秉義長洲尤侗何棅太倉黃與堅華亭王日藻許纘曾上海周金然無錫秦松齡通得年八百四十二歲其修禊之日則康熙三十三年甲戌三月三日也

道光戊申正月二日　上以元日晴朗年豐兆象嘉與耆臣　特賜大學士潘世恩太傅紫韁時年八十　賜大學士寶興太保尚書保昌阿勒清阿李振祜左都御史成剛太子太保年均七十以上

澄懷八友己紀之初筆矣茲讀䜱䜱亭詩注知繪圖在乾隆丙子歲越九年甲申閏中人惟無錫張公仍內直其七人或遷或歸陸續入直又得七人則吳縣徐公兆潢海任金公甡文園李公中簡把總盧公文弨金匱謝公墉敬堂倪公承寬曉園汪公承錫也因補識之

翰林例由京察一等外遷道府道光甲辰乙巳閒　召對詞臣　特旨簡用知府者鄒爾恒惲光宸劉源灝徐之銘胡正仁祁宿藻先後凡六人蓋　宣宗晚年爰求治之日諭知承平之難特破格求才之殊不止此也

南書房舊直廬在　禁闈東如意門外乾隆年閒翰林入直之所嘉慶初復於　勤政殿東垣　賜屋三楹地逼清切而舊直廬亦不廢道光初年凡奉命交勘書畫輒留進呈日諸臣退直餘暇亦時憩此有宮監守之見祁文端䜱䜱亭集直廬槐樹詩注

國學東廂舊有丁香一株明嘉靖二十一年司成龍石許公賦詩寄興張水南王前峯諸公和韻鐫石傳為掌故　國朝康熙五十七年司業昆明謝公補栽數本與司成花西坡李南屏宣之諸公並賦古詩以繼前軌道光二十三年松岑尚書花沙納方官祭酒復補植紫白二株賦詩追和並屬翁玉泉孝廉摹圖以紀之詩書精妙酬唱徧於朝雅許公初植時歲在壬寅四月相距三百年歲月適符亦一奇事康祺按尚書經畫邊事致有桂花柏葉之譏其政蹟自有定論若太學種花繪圖索句不可謂非儒臣雅韻也（又按吳穀人小酉腴山館詩有將軍詩注云花文定師詩畫之外兼善散曲蓋文定亦倚聲手也可見文定平生風流儒雅惜斯求千胡載原無姓名本無家也）

訥親以恃寵驕佚復貽誤金川軍務致罹重譴關其人操守頗廉介當隆隆赫赫時門無苞苴部院司員以公事關白必反復駁詰見有才器出眾者薦引惟恐後人訥贊樞垣時武毅謀勇公兆惠誠謀英勇公阿桂均為庶僚訥即密保二人內堪尚書外堪督撫無一知者迨訥身後　高宗將原摺發出人始服其論薦之公然則訥雖功名不終其識量才猷殊非拱默私祿者可比宜　高宗之異常眷倚也

乾隆初年奏事太監係秦趙高三姓蓋　高宗借以示儆也秦太監為　先帝舊僕偶有過失譴罰必嚴後世臣民皆以　高宗為寬閎闊達之主而謹小慎微乃如此聖人之所以不可測與

軍機處寄信直省將軍督撫例於恭錄　諭旨前一行用滿漢居首大臣掛銜嘉慶二年阿文成公卒九月　太上皇召見樞臣於萬壽山　諭和珅曰阿桂宣力年

久且有功汝亂同列銜事尚可行今阿桂身故單掛汝銜外省無知必疑事皆由汝甚至稱汝師相汝自揣稱否詞色甚厲嗣後遂止寫軍機大臣不列姓名著為例可見　高宗之於和珅不過使貪使詐如古之俳優弄臣遠不逮文成諸公真倚為股肱心腹也

山陽潘際元德輿所著養一齋詩文集與李申耆集同名其學行亦原本經術貧時令望阮文達公及朱莊恪公桂楨周文忠公天爵皆漕運時皆願與納交文忠至欲微服往郊外相訪潘以義無所居徒駭流俗力辭文忠喟然有望塵之歎世兩賢之

林文忠戍西域時南中紳民有贖鍰之舉不期而會集白銀至鉅萬公聞之郵書婉謝而公子汝舟言尤切至遂不果行未幾即　賜環且重膺節鉞矣是舉在三吳士民自出於中心感激之私不暇權衡審度而揆之大臣事君之義身罹譴籍方自咎辜　恩溺職貽誤封疆何敢冀　君父垂憐尚有生入玉關之一日當公在伊江即罄私家之財足以自贖度公亦必不為況質出他人乎公父子忠孝純篤能見其大固非世俗所知而　宣宗皇帝之明聖雷收電霽廣念勞臣卒有以慰中外喁喁之望書之史策千載一時已（按宗侍御稷辰躬恥齋文鈔倡是舉者唐步瀛金省生而述遍之公既命子辭遂以金還諸其人）

湯文端公以公康強正受知　三朝　宣宗在潛邸夙敬禮公　登極後言聽計從如石投水屢被　命馳傳出使七年九月使山右明年使宣化十月使四川明年四月還至寶坻復奉　命循漢而東治獄於武昌六月抵京師十月又使閩中英漢所屆申枉鋤強不可殫紀其奏疏最有裨國脉者嘉慶間尚書英和請定州縣陋規限制道光初總督孫玉庭請南漕浮收不準過八折公皆痛陳流弊其事獲寢世多稱公為小雎州公特無道學名耳於雎州奚愧哉

湯文端治川陝獄時署按察使李廷錫知洛州楊上容知沃津縣郭彬圖皆公門下士並罣吏議公當官而行無所阿比人稱其平康祺屋主朱文端公風標公同縣後進也嘗語康祺此案全卷吾盡見（按侍御史許球劾楊名颺縱獄一事）公劾章適當其咎不徇私誼而避重就輕亦非沽虛譽而矯枉過正也康祺敬對曰此文端之所以為端公首肯未半年而吾師騎箕易名之典適符湯相亦奇

吳三桂開邸滇雲擅選月官時號西選年羹堯在西域行營引用私人但咨吏部不由奏請謂之年選隆科多長吏部時所辦銓選官員皆自稱為佟選佟其姓也三臣罪狀磐竹難書皆制誥封君合符剖後三桂伏天誅羹堯　賜自盡隆科多死於禁錮不知當時依草附木之輩於列長名榜上者作何面孔向人

姚姬傳在京師與遼東朱孝純子潁冉從王文治夢樓最稱深友一日天寒微雪偕過黑窯廠置酒縱談詠歌聲節旁若無人明日盛傳都下既而王自雲南罷官旋里朱為兩淮運使聞姬傳歸三人者相約從聚於揚州朱特修書院梅花嶺側一夕植梅五百株延姬傳主講席即梅花書院所自始（按江陰亦有梅花書院在君山麓）

王次山侍御峻常熟人在臺垣忠氣嶽嶽到官三日劾罷都御史彭維新稱其很伎無學術時論嚮之退歸修蘇州府志有明李大倫曾汙偽命者其子孫乞為之諱餌侍御不可賂千金不受介要津求更一二字終不許剛耿如君吾甚惜其歸田之早也

燕下鄉脞錄卷三終

燕下鄉脞錄卷四

清　鄞陳康祺著

關忠節公天培，道光朝名將也。起行伍，拜專閫，官廣東水師提督。時海警方萌芽，與林文忠經營十臺，累戰克捷，奏上，公卿相賀。嗣以和戰聚訟，廷議蜩螗，孤軍莫援，公卒身受數十創以殉，天下痛之。方公以海運入都，常從故人飲酒肆中，醉而言曰：「日者謂吾生當揚威，死當廟食，今吾年四十餘，安有是哉？」及難起，緘一匣寄家人，堅不可開，及後啟視，則墮齒數枚、賜衣一襲而已。蓋死志早定也。嗚呼！庚辛海上之變，文臣中可倚以禦侮者，僅林文忠公一人，次則裕靖節耳。奈懿親重臣，臨戎畏縮，備防媚敵，惟恐失懽，以致窮島魍魎之徒，橫行溟渤，攫利而食，而一時築室之議，反以開釁責文忠，以窮蹙而死。諒靖節亦右燒城。天地易位，至今猶有拾唾餘者。至於陳忠愍公之守吳淞，葛壯節、王剛節、鄭忠節三公之守定海，及公之守虎門，皆以同舟匪夫，援絕鼓死，結纓免胄，顏我長城。余生庚子，世貫海東，采父老之傳聞，覩近年之世變，濡筆紀此，憤氣填膺，恨不能起憍帥殘魂，纏劉寸剸，充死事諸忠臣祠廟犧牢之用。嗚呼，亦何及已！（按關忠節在廣著籌海集，其奏疏亦俊偉光明，咸出公手，非假幕僚，慷生水平，亦彬彬儒將也。）

裕靖節公之殉節，中外亦多異論。以康祺所聞，公之死，提督余步雲陷之，而公則從容就義者也。方道光辛丑七月，廈門失守，公得報，集兵鎮海，率文武僚屬刑牲釃酒，誓於衆曰：「逆虜悖天，寔盬得氣於屢鬬，不為備罷，兹堵毒，今乃揚颿起椗，捲衆北趨，鎮軍葛、鎮軍王、鎮軍鄭，先帥偏師急趨定海，幕府總統大兵相機援應。且虜數和以要我，今日之事，有死靡他。幕府四世上公，勳烈不沫，受命專討，義在必死。文武將佐敢有異心，受夷一紙書去鎮海一步者，明正典刑，幽遺神殛。」音詞慷慨，聞者奮。及三鎮畢命，定海告陷，公知不濟，歎曰：「昔先義烈公以乾隆二十一年八月死於難，今道光二十一年八月，諒在此，命也夫！」謂其將曰：「明日將戰，今先有言，凡軍中諭旨、奏疏及他文簿，貯行館中。」又曰：「余無子，可以德峻承祧。」又曰：「吾所草諸疏，藏之家祠。朝廷有所推問，以此進。」將戰，又曰：「公等去城西數里外，觀我破賊，急草露布；不者與家人會於餘姚，勿顧我。我死，提督必以我說於夷，夷雖得鎮海，不能有也。朝廷復命大將斷曹娥江而西，東南尚可為。勉之！」公浩氣忠肝，成算風定若此，豈猶夫智窮數極，一死塞責者比哉！而其時余步雲守招寶，早怏怏懷二心，方事起，公與約分險駐軍，步雲忽稱疾。二十六日，公登城誓戰，親援枹鼓，戰方交，而步雲單騎上城

有所議，公不答，旋去，復來曰：「我死固當，如百口何？且步雲有息女，今日嫁，何如哉？」公曰：「兒女情故不免，然忠義事大。」步雲既歸，招寶山提標兵即潰，公遂不能支矣，投身泮池，命傾危，特以死。步雲亂終伏國法，而荒裔鬼蜮從此益輕中國。黃犬東門，朝衣西市，豈足蔽辜。

蒙古文清公松筠，嘉慶十九年大拜，越二年，緣事罷官，僅賞一驍騎校，兼兵丁披補之附也。　奔捌外遞，擇日奉移　觀德殿，　宣宗哭泣步送，王公大臣以下俯伏甬道旁，伺袍如霰，幾及萬人。　宣宗步行方半，忽趨至甬道邊，扶一跪伏者之手，痛號失聲。跪伏者亦搶地大慟，衆遠竢之，則松公也。翼日即有副都御史之命，公仍衍在右贊，獲咎魚水之契，殆非偶爾。

松文清公貲能食貧，老不忘事，出為伊犁將軍，未幾疾，存屆一日，選役至京附銀五十兩，將以迎夫人也。役未行而銀已他用，即亦不復寄貲。公于少宰熙昌竭力拼擋，始籌就道。夫人既至，則置之別院中，日扃其門，供餼之外，月與錢十千，婢媼僕從均取給焉。其內召為冢宰也，行抵涿州，僧喇嘛一騎連夜至圓明園，家人咸反這迎者，供不及知，到園即其捐次日召見，即進講大學首章治國平天下，當自正心誠意始。晚仍宿園中。又次日入城，先赴吏部之任，日晡方歸家。其妾迎於中門，公顧問誰家戚誼，公子曰：「此某姨娘也。」公始恍然。梁氏歸田瑣記載公逸事甚多，余節採其二，而公之忠勤廉正略見一斑矣。

道光五年，楊忠武公遇春以固原提督署理陝甘總督。六年，公子國楨權河南撫篆。明年，即真。又明年，公征討叛回，凱旋抵京奏　謝，實授陝甘總督。欽公奏請假道豫省，與臣子楊國楨講求營伍及操兵之法，並求於陝甘將弁對調一二員赴豫教練。　宣宗許可。令在豫多住幾日，將平日得心應手處詳告爾子，使將來好為朕出力，亦可繼爾家聲。按以武調文，及父子同時為督撫，皆為　開國已還漢員所僅見。然忠武父子繼世忠貞，毅然以國事為家事，亦差可仰酬　異眷矣。（按忠武身任數將，固原提督以公族。子勤勇公芳調補勇將興公兵，麾生平戰子弟皆出隸實家也。）

楊忠武殁後，襲昭勇侯，海梁撫軍服闋入都。　成皇帝召見，細詢忠武病原。奏　天顏慘怛，而諭云：「朕望爾父親多活幾年，如國家有事，他雖不能親戰陣，我問問他也得主意。他殁時並無大病，說說斯無疾而終。爾父親忠勇，朕深信不疑，爾總要體貼爾父親實心報國，他在地下也是歡的。」謝畢，嗚咽者久之。我　聖朝篤念勳舊

恩誼網幾錢無異家人骨肉貂蟬兜鍪之徒尚不出心肝以圖報效眞犬馬不如矣

無錫嵇霞滄先生棟高舉經學入都荷蒙　召見　而諭云看汝年衰是以與令回籍頤養將來朕巡幸江南尚可見汝嵇奏云　皇上還要南巡嗎　高宗默然旋賜國子監司業銜放歸先生奏對質直罔不改經生醇樸之氣而　聖天子優容詞學度量與天地同符已

雍正二年　特旨令前明後裔世襲侯封俾承廢祀屏藩永守此三代興滅繼絕之盛典也惟當時　諭旨稱於篋中檢出　聖祖遺詔因而補發云云豈　世宗之歸美　先皇耶抑康熙一朝反側未定山陬海島往往借前朝名號潛煽愚頑故三恪之封遲迴有待與　聖作　聖述權衡至精管蠡淺見烏足以知之

田文鏡撫河南御史謝濟世劾其貪贓壞法適臨川李侍郎入覲於　上前奏文鏡舉劾失平　世宗遂疑言官受指使　命王大臣嚴訊侍御曰文鏡之惡中外皆知濟世讀孔孟書粗識大義不忍視奸人罔上故冒死以聞必欲究指使者乃獨有孔子孟子耳拷掠急復大呼　聖祖仁皇帝王大臣皆悚然起立乃罷訊入告曰是狂生妄欲為忠臣口刺刺稱孔孟不休終不言指使者　世宗意亦解曰是欲為忠臣且令從軍遂　命往阿爾泰軍前効力乾隆朝復再起再被劾卒荷超雪放歸生際　聖明直如弦者固不至死道邊也

雍正之初興縣孫文定公以檢討上封事三曰親骨肉曰停捐納曰罷西兵　世宗以其言戇召掌院切責之顧謂朱文端曰汝意云何對曰其言誠戇臣服其膽　世宗大笑曰朕亦不能不服其膽立　命進對授國子監司業

順治十年恒雨為災給事中周曾發請停造　乾清宮以錢糧賑濟軍民　詔從其請夫　宮殿為臨御臣民循行典禮之所非若離宮別館但備游觀　大聖人從諫如流愛民若子乃不惜節土木丹青之費嘉惠窮檐　開國規模豈復三代後帝王所有

少時即聞鄉里父老言施世綸為清官入都後則聞院曲有詞有演唱其政績者蓋由小說中刻有施公案一書比公為宋之包孝肅明之海忠介故俗口流傳至今不泯也按公當官實廉強能恤下初知江南泰州值淮安下河被水　詔遣兩大臣涖州督隄工從者驕騎閭里白其不法者治之湖廣兵變援剿官兵過境沿途擾掠公具芻糗以應而令人各持一梃列而待有犯者治之兵皆斂手去守揚州江寧所至

民懷以父憂去（按公為靖海侯琅之子）乞留者萬人不得請乃人投一文錢建亭於府街前名一文亭累遷督漕運奉　命勘陝西災全陝積儲多虛耗而西安鳳翔為甚將具疏總督鄂海以公子知會寧也微詞要挾公笑曰吾自入官身且不顧何有子卒劾之鄂以失察罷公平生得力在不俯仰不畏強禦二語蓋二百年來衆搢紳稱之口不盡無愧也

康熙甲辰有星孛於翼軫抵降婁占驗者以為合與淮楊侍郎雍建時官給事中獨疏請修省　聖祖優詔答之遂赦天下宥赦後紅本下二獄內當決楊封還紅本有旨三法司再議二囚得不死按給諫本掌封駁　本朝名臣亦間有行之者惜寥蜩伏馬中孤鳳皇不恒見耳

天津城南五里有水田二百餘頃號曰藍田因田為康熙間總兵藍理所開濬也河渠圩岸周數十里藍嘗召閩浙農人督課其間土人稱為小江南

光祿王西莊先生鳴盛家居時有無賴子與人賭勝醉罵王氏之門門者不能尤先生力止之次日無賴子酒醒其母挈之詣先生家請罪笑謝之曰昨汝酒醉我卻不怪但以後醉了若罵他人恐致禍從無賴子惶恐而歸戒酒終身卒無事先生涵養如此宜其晉目復明年躋大耋也

本朝家法不立儲貳然亦自乾嘉以後始明宣　諭旨舉為　祖訓　開國未嘗有也　聖祖晚年儲位未定康熙五十年後太倉相國王公掞先後七上密疏請早建國本至六十年復申前請適御史十三人合疏上陳與公不謀而合或疑公指使　聖祖怒發公前後疏　手詔切責　命御史十三人及公之子奕清以額外章京銜往軍前効力至乾隆初始召還公雖以此舉獲譴而老臣納約之忠天下後世當共喻之

魏青天者廣昌魏少宰定國知湖廣應城縣時楚民爭稱之者也公善決獄愍政入人心鄰縣訟者咸赴愬上官亦知之雲夢孝感民為有司所虐閉城罷市大吏親臨不得入檄公往民望見衛牌譁曰魏青天至矣皆羅拜旋解散嗣守杭州谿浮橋外盜賊戢旗兵民感戴如在楚時會巡撫黃叔琳獲罪或言叔琳弟叔琬為御史巡臺澳過杭掠民民罷市　世宗命將軍總督會訊訊日觀者如堵牆叔琬內愧噤不語將軍呼三木脅之公率錢塘令廷階上抗聲曰府縣司地方地方罷市府縣不知請先劾府縣且閩城老弱萬千在庭下每將軍一問有無立剖安用刑為將軍目外然

諸百姓，聞伏闕籲留，如府君言，歲遂得釋。公後以陳泉鐵幟拷人致死，謫戍黑龍江。乾隆元年，與楊名時、魏廷珍同 召見，出撫安徽，入貳吏部，終其身，世稱懸青天。

康熙五十九年，漢軍高文良公撫粵西，會橫苗叛，公單騎入寨宣布 朝廷威德，苗衆投刃拜馬前，受約束而還。雍正初，遣宗貴總督西藏用兵，公遣兵迎剿大小三十二戰，平魚魁茅洞諸寨逆渠，次第就擒。三年，調浙閩。福建饑，公入浙境，即發溫台倉穀以賑，弛臺灣米禁，閩人大安。平生痛阿密氏之亂，捷聞， 世宗喜曰：卿在閩，朕無南顧憂矣。公為人淵深，勤於治事，胸摩文紫肉腋起，累任盤錯，不喜功，不釀亂，發刃森然，劇即開解，所至人咸懷之。吾友小琳刺史文良公曾孫也，為余言家世本末甚詳。

尹文端晚年入相，與傅文忠意見未融。文忠奉 命征緬甸，文端獨抗疏，傅恒碩德重望，軍旅非所夙嫻，況以首輔之尊，從戎邊徼，萬一蹉跌，稍損國體，再四諫沮，至於涕流。可見輔弼交富，斷斷廷爭，原無一毫私見也。

天台雁宕之勝，甲於東南，傳之圖志。 高宗南巡，侍臣多稱述及之。一日， 召見齊侍郎召南，詢以兩山古蹟，侍郎以未經游覽對。 上問籍隸台州，因何不到。侍

郎云：山勢岩嶅，谿流深險，臣有老母，孝子不登高，不臨深，是以不敢往游。 上適奉孝聖皇后南來，聞侍郎言，遂不從巡幸浙東。

康熙三十二年，俄羅斯遣使進貢。 仁皇帝諭曰：外藩朝貢雖屬盛事，恐傳至後世，未必不因此反生事端。總之中國安寧則外釁不作，當以培養元氣為根本要務。 仁皇帝又云：島國互市廣東，百年後必為中國之患。 聖明遠慮，早洞見今日時勢矣。

康熙季年，使人徐采給事藩邸，嫉備者殺人，事下九卿議，有欲脫采以傭抵，趙恭毅公獨據刑部獻論，采主使坐絞，已而采竟減死充邊。及 世宗即位，仍逮采於邊，論如律。下 詔褒公，一時豪強大猾為之悚慄。

趙恭毅起家牧令，刻苦自厲，清不近名。開藩吾浙，謂欲令州縣無衍帑，當先革藩司陋規，故有錢糧加平、時節饋送、兵餉掛發、奏銷部費諸款，一切禁絕，條屬凜凜奉法律。由浙撫調湖南，禁州縣額外加派、裁粳棱硬駝、公費、腳價諸名色。時苦鹽貴，公諭商人盡革諸衙門陋規，自巡撫、司道以下視之，毋得更高價累民。入長臺垣，因萬壽恩詔，請免官地民房新舊租稅。舉使陝西，請蠲潼衛大同府本年應徵米豆草

束，皆 報可。公生平政蹟，犖犖指其大者，不外損上益下，扶弱抑強，助 聖天子培樹國脈，蓋古所謂社稷臣也。

常熟蔣氏再世名相。河南學道萊田先生，遺澤也。公為文肅父，康熙十八年，滇閩方用兵，征調四出，又廣開捐納事例。公官御史，繪十二圖以進（按蔣氏世工畫，學亦自公開之）：一曰難民甚女圖，二曰刑獄圖，三曰寒窗讀書圖，四曰春耕負耘圖，五曰催科圖，六曰鬻兒圖，七曰水災圖，八曰旱災圖，九曰覩榜圖，十曰廢書圖，十一曰暴關圖，十二曰疲驛圖。復為疏極言其狀。 聖祖動容嗟歎，置諸左右。又嘗為五疏，論救荒之策，言切而哀。適年 駕東巡，道多饑民， 聖祖顧近臣曰：此蔣伊所繪流民圖也。公為學道，以經術造士，屏絕干請。居鄉好施予，多所全活。詳見公家傳、行狀。三槐、駟馬，益信古人之不欺。

孫文定在先皆任內，獲譴罰修順義城。御史金溶奏，以孫嘉淦之操守，不免議罰，恐天下督撫聞而自危，為他日地步。金即文定所取士也，坐是落職。然以公之廉正，罰鍰助工，力必不逮，有言責者分應上陳，不得疑其阿附師門也。後卒起用，益見我朝巢銷之公。

德格勒，鑲藍旗人，康熙朝官侍講。李安溪嘗薦其學行，屢 召見論經義，德性骨鯁，不附權勢。偶屆 駕巡行，時相明珠見其將嚮用也，使人畀千金為裝，卻不受。會大久不雨， 聖祖命德格勒筮之，遇夬，曰：澤上於天，將降矣，一陰居上，天也，其當決之，即雨。 上愕然曰：安有是？以明珠對。明珠聞而大恚。二十六年冬，坐私刪起居注論死，遇赦，以謫籍終。按侍講志節貞亮，芥視千金，因事效忠，志除奸慝，其敷陳經義，蓋漢之劉更生，而非明之藍道行，事雖不成，於為主有光矣。愛賢如安溪，汲引於先，乃不能昭雪於後，豈亦畏明珠氣燄，恐罹黨禍，始聽懷忠抱怨之士老死窮荒歟。

國朝名人集中多紀述孝子遺蹟，余屢擬撫錄成書，以備他日傳獨行者之采擇。既而思之，凡已受 旌典者，其事實必已達部，即不然，而州郡志乘亦當搜輯無遺，何待余為瑣瑣。石氏獨學廬稿，如蘇州呂孝子兩則，尤難能可貴。已孝子嘗從父汎舟吳淞，父失足溺於水，孝子即躍入洪流中，負之而出，其平日實不諳水性也。狂風駭浪，竟獲無恙。鄉鄰不戒於火，及呂氏廬，孝子突燄而入，負父而出，燄及門，所居室燼焉。涉險蹈危，若有神相，豈當時所及料與。

嵇文恭公精相士，吳縣石琢堂太史以諸生入謁，公即語之曰：子當以第一人及第

嗣石六試不遇。公許之益堅。乾隆庚戌。石果大魁天下。而公適以是年　恩賜重赴瓊林。聞喜宴日。公撫髯對太史曰。殿撰公。我豈妄哉。同年九十七人。咸爲歎服。

順治一朝。漢大學士。如范文肅公文程。及應州鮑公承先。（從以史分）皆自先朝外。漢臣歷枚卜之選者。凡二十三人。其中通籍前明。夾輔　新運。如涿州馮銓。南安洪文襄公承疇。德州謝清義公陞。皆萬歷年間進士。曲沃李建泰。商邱宋文康公權。皆天啟乙丑進士。溧陽陳名夏。崇禎癸未探花。海鹽陳之遴。崇禎丁丑榜眼。靜海高文端公爾儼。崇禎庚辰探花。掖縣張文安公端。大名成克鞏。皆崇禎癸未進士。安邱劉正宗。崇禎進士。吳江金文通公之俊。萬歷進士。高郵王文通公永吉。寶雞党崇雅。皆天啟乙丑進士。井研胡世安。曲沃衛文清公周祚。皆崇禎進士。共十六人。至康熙初。尚有益都孫文定公廷銓。寶坻杜文端公立德。及正定梁清標。三人。皆崇禎進士。蓋　天祚興朝。氣機鼓動。腐敏之士。不覺翻然來歸。然釋褐過早。身事兩朝。則又諸公之闕憾也。

林清之變。吳曹州堦寶爲首功。嘉慶十八年七月。金鄉縣邪教萌抗。巡撫同公興以吳可任大事。屬往捕。遂由泰安權金鄉。時八卦教滑縣曹衛間數十州郡。密訂變期。仍言八九月有白陽大劫。誦八字訣。可不死。愚民狂驚。悉從。金鄉教首崔士俊遂藏劉林爲教主。劉林即林清也。逆情日恣。吳至。走詗其迹。以計獲士俊。並其徒黨數十人。亟送省獄。悉斬之。大府始得以士俊等從林清謀逆。內連宦豎狀飛章上變。並以逆黨之隸直隸者。馳告直督。賊由此驚惶自亂其約。而究渠林清闖入　禁闥。首尾失應。遂得旦夕殲滅。吳在金鄉。逆奇縛姦。完危城。保良弱。賊鋒猝興。累戰皆靡。鄉團助順。縛賊送城下者。凡斬馘五十。斷脛斷筋者八十有奇。而金鄉以靖。明年。曹衛悉平。　仁宗着天人交感說。亦以吳之竭忠濟難爲足多也。論功。　賜花翎。升署曹郡。入都。　上急欲見之。詢大臣曰。吳堦來未。大臣以告。　特旨令即日入見。　召對。諭戰守顛末。獎勵優異。越三年。復朝京師。　天顏霽和。重衰乃縟。深廑其病喉。慰諭至再。既而失察所屬鄆城單縣獄。部依法兩議降調。　仁宗始則優詔許留。繼則　召至闕下。予復秩。見喉音未愈。　聖情惓惓。命善自養。每山東大吏述職。必　詢及之。吳雖未大顯。而遠臣之遇主。至於如此。則亦足慰其勞勤也已。

道光朝內閣中書舍人。多異材偶彥。龔自珍定盦以才。魏源默深以學。宗稷辰越峴以文。吳嵩梁蘭雪以詩。端木國瑚鶴田以經術。時號薇垣五名士。考中書省。地望清要。咸豐以後。與翰林並稱華選。　本朝名臣名儒。亦多由此進。其中。自捐例推廣五貢及捐納與人。均可報捐。於是　絲綸清切之地。竽濫滋多。文章無色矣。

張文和與何文勤。最相得。文勤子文成公。初在朝列。文和視之如子弟。一日。見文成疾趨。諭之曰。汝讀劉之然。當持以凝重。君子不重則不威。文成終身誦之。劉文正與興縣孫文定。（本朝謚文定者三人。一康熙朝大學士益都孫廷銓。一□□朝戶部尚書濟甯□□。一即興縣相國。其最著者。）亦最相得。文定子孝愉。官秋曹。爲文正屬吏。文正待之尤嚴。曹中悉以委之。至廢寢食。文定偶以爲言。文正曰。此姑息之愛也。文定語塞。觀此。見前輩公卿之交誼。不以科場通榜。館閣派系。爲厚其通家子姓也。

高宗嘗諭傅文忠公恒。佛法清淨。於身心亦有裨益。公餘宜肆究內典。公奏云。佛法先戒貪嗔癡。　皇上天亶聰明。尚有時嗔怒過節。如臣庸愚。恐學亦徒勞。又一日進見。　高宗偶論魏徵敢諫。公云。魏徵每陳諫牘。唐太宗不但不怒。並有容納。魏徵見是敢諫。便宜故不憚直言。　上頷之。偉哉文忠。得大臣納誨之道矣。

年羹堯征青海日。營次忽傳令云。明日進兵。人各攜板一片。草一束。軍中不解其故。比次日。遇塌子溝。（淤泥深坑也）令各將束草擲入。上鋪板片。師行無阻。時賊人方倚此爲險。不意大兵驟至也。遂破賊巢。又年征西藏時。一夜漏三下。忽聞疾風西來。俄頃即寂。年急呼某參將。領飛騎三百。往西南密林中搜賊。果盡殲焉。人問其故。年曰。一霎而絕。非風也。是飛鳥振羽聲也。夜半非鳥出之時。必有驚之者。此去西南十里。有叢林密樹。宿鳥必多。意必賊來潛伏。故鳥羣驚起也。年雖跋扈不臣。罹大譴。其兵法之靈變。實不愧一時名將之稱。

岳威信公征青海。行至崇山。見野獸羣奔。曰。此前途有敵卜賊。尋食迹驅。果擒百餘人。自此探信賊蹤。得擣穴獲醜。與年事略同。

桐城派古文。望谿開之。海峯繼之。至惜抱而其傳始大。此天下之公言也。惜抱出於劉門。世幾有青藍冰水之喻。然惜抱之學。師法家法。殆兼有之。惜抱之世父薑塢編修範。博聞強識。誦法先儒。與海峯友善。諸子中。尤愛惜抱。每談文。必令侍側。惜抱幼時。即喜親海峯。客退。輒肖其衣冠談笑爲戲。故編修授以經學。而復使受古文法於海峯。

惜抱先生纂修秘書時。于文襄雅重之。欲一出其門。竟不往。書成。當議遷官。劉文正公以御史薦。已記名矣。未授。而公薨。先生遂決計去。既退歸。梁階平相國屬所親傳語曰。姚若若出吾當狩薦。可得殊拔。先生婉謝之。集中所謂從張君青也。南康謝方伯啟昆兄先生。退而歎曰。姚先生如醴泉芝草。使人慶俗都盡。青浦王侍郎。集海內詩。至先生。曰。姬傳識然孝弟。踐履醇篤。有儒者氣象。見石甫所作家狀。按先生每以義理考訂文章並稱。謂非邃於義理。安能出處光明。萬流仰鏡若斯乎。

索綽絡氏文莊公德保。任翰林學士。僅九日晉內閣學士。後其子相國英和。任詹事亦僅十日。晉閣學。相國嘗語人以為　國恩家慶。亘古希遺也。

燕下鄉脞錄卷四終

燕下鄉脞錄卷五

清　鄞陳康祺著

高郵王氏。理學經學。代為儒宗。初竟遠之矣。頃讀宗侍御彤耘齋文鈔。稱文簡公次子彥和。守海州。訪知奧匪渠魁。請大府痛勦。不聽。觀察皖南。嚴治土匪。焚鋤至數百人。自季弟殉節。痛念　國憤家仇。約束部伍。志在殲決。本　命赴浙。委往嚴州軍營。中途以勞瘁死。文簡季子忠介公。寄同侍御。稱其於韻學。能契祖庭不宣之蘊。於小學經學。能補庭訓未及之端。分轄漢黃。學寇至。力戰陣亡。仲子恩晉隨殉。　哀旌廟食。卹典極隆。一家父子兄弟。忠孝堂堂。樹節奇偉。蓋又不第仍世樸學之傳。為足力振門緒也。

王觀察東槐。初入臺。即以犯顏自任。以鹽漕敝政。請參折中。闢中法。納米麥以代鹽課。兼可裁漕運。雖格不行。多韙其論。山東忠盜勍主名大小吏十餘員。斥州縣二十餘。紫密按皆實。國受　宣廟知。道光二十八年。時議開礦。蓋弊藪已。　允行矣。公敬陳　列聖封禁成訓。謂開採者上非良吏。下非良民。請繳其令。事竟寢。任街道時。思王府木器車。橫行中路。輒答之。巡北城時。訪得惡魁曹七。為民害。迅命治之。革下皆畏憚。庚戌正月。議陳　先帝硃諭　郊配　廟祀二條。謂善至孝。裁義至精。不可沿例而損。　題疏上。發還。夜半。公為哭失聲。（時議按為宜宗遺命二條。曾文正時為禮部侍郎。亦有書指陳。據禮持論。此正其一也。）後又陳初政闕失。事關禁密。未發其詩。經費支絀。言利繁興。公疏言破患貧之見。而後治本可端。元氣可培。人心可固。其正大之氣。洵足為古之遺直矣。（按閩禮地當有廿入卅。即今礦字。開礦之禁。在今日似不能不行。而實皆非人未能無弊。公於戊申初諫阻開採。不可謂非頭責忠謨。愚三十年為一世。時勢變遷。僅先此一事。與異說。）

仁宗皇帝一日召見英相國和。　諭曰。汝家事朕皆深悉。惟當日和珅如何欲與汝締婚。汝父何言以謝。對曰。臣年八歲。和珅初為侍郎。至臣家。適遇臣於門外。但問臣年幾何。及臣十一歲。臣父為聘故漕督阿思哈之女。越二年。未歸。此外別無所聞。迨臣父亡後。大學士公阿桂向臣言。當日和珅隸內務府大臣。全顧為其女作伐。臣父婉辭。　仁廟嗟歎久之。諭曰。汝父生前受和珅之譖多矣。相國因泣對。不獨生前受譖。身後遺指。尚為遏抑。次日蒙　特恩追賜相國父前禮部尚書德保謚文莊。並文莊兄前禮部尚書觀保謚文恭。

孫修撰承恩大魁時。不肯欺君。貴兒事詳前筆。其弟亦崖孝廉晤。賢才人也。以科場徼。謫戍邊外。家　恩放還。己卯　聖祖南巡至蘇州。問孫暘在否。暘獻詩　行在有君王猶記小臣名之句。爲時傳誦。夫以海隅下士。曾竄遐荒。湯網宏開。堯天重戴。已是再生莫大之　恩。乃事隔數年。　天語拳拳。猶齒及菰蘆之姓氏。此則夜郎僇耳。皆所無此遭逢。想一時獻賦迎　鑾。儒冠萬頂。當無不感激涕零矣。

常熟錢錦城牧齋宗伯孫也。少承家學。以詩名。乞其家副憲朝鼎爲之序。嘗攜集就正新城尚書。新城一見其序。即曰。家有湘靈。（按湘靈名陸燦著有湘靈集及閒閒居士集）舍之而求副憲。是欲以爵位傳也。擲去不觀。噫。今之自刊詩文集。求貴人作序。其難免新城一擲者多矣。

道光乙酉。成邸王子載鍾病故。其妻闞氏未經過門。情願守節。經宗人府奏聞。特旨旌表。金枝玉葉中。亦復有此霜松雪柏。足見　聖朝風教之醇。化行自近也。

道光二十七年正月。兵部尚書金陵何恪慎公汝霖之太夫人。以年躋九旬。五世同堂。親見七代。蒙　恩賜壽。於是　上命樞臣傳諭中外文武大臣有老親年屆八十以上者。悉列以聞。時協辦大學士吏部尚書陳公官俊母壽九十。都統祿公普浙江巡撫梁公寶常母壽均八十。以上咸拜　恩賜。工部尚書瀛州杜公受田。其尊人石樵侍郎致仕家居。年亦八十有四。兩朝耆舊。三世清華。特荷良玉文綺之　賞錫。賚尤爲醇渥焉　御書敎忠篤慶四字匾額賜之。

大內南書房後院壁有　世祖皇帝幼年習彈痕跡。又桐城張文端靜海勵文端二公。在南書房。每入直於阬。（按阬炕坑三字皆無牀榻義今北人習呼牀榻爲阬故鮑氏沿用之）而髮印漬紙。至今尚存。（按此指康熙末雍正初而言）見長興鮑氏亞谷叢書。

汪蛟門懋麟。田綸霞雯。宋牧仲犖。曹頌嘉禾。丁幼華又旦。顏修來光敏。葉井叔封。曹升六貞吉。謝千仞重輝。同稱詩輦下。時號十子。亦見亞谷叢書。

姜西溟太史。與其同年李修撰蟠。同典康熙己卯順天鄉試。獲咎。是科與甲不利。已見前筆矣。時蓋因士論沸騰。有老姜全無辣氣。小李大有甜頭之謠。風聞於　上。以致被逮。姜竟卒於請室。第前輩多紀述此事。而不能定其關節之有無。昔讀結埼亭先生墓表。稱滿朝臣僚。皆知先生之無罪。而王新城亦有我爲刑官。今西溟以非罪死。何以謝天下之語。知同時公論。早以西溟之速染爲冤。詞開先師徐榔泉先生云。小說紅樓夢一書。即記故相明珠家事。金釵十二。皆納蘭侍御所奉爲上客者也。寶釵影高澹人。妙玉即影西溟先生。妙爲少女。姜亦婦人之美稱。如玉如英。義可通假。

妙玉以看經入園。猶先生以借觀藏書就館相府。以妙玉之孤潔而橫罹盜窟。並被以喪身失節之名。以先生之貞廉而瘐死圜扉。並加以嗜利受賕之謗。作者蓋深痛之也。徐先生言之甚詳。惜余不盡記憶。此編網羅掌故。從不采傳奇稗史。自汙其書。惟紅樓夢筆潔媚雅。屢見稱於乾嘉後名人詩文筆札。偶一援引。以白榔先生千載之誣。且先師遺訓也。

國朝初定江浙。士大夫猶沿明季遺習。方州大縣。立社自豪。聞一知名之士。則彼此爭闘入社。甚至挾兵刃弓矢以劫之。文酒翰墨之場。至效惡少椎埋道途交鬨。何其僨也。相傳海甯有二社不相下。一社偏致三吳諸名流。推吳梅村爲祭酒。舟楫絡繹數千里。三月某日。方過嘉興。將以次日大會。其泊舟處。賢明大書一聯於野廟門外云。鼎湖莫挽龍髯日。鴛水爭持牛耳時。蓋是日乃明思陵殉國之日也。見者氣沮而散。

咸豐三年。金陵失守。中外輿論。咸歸咎制府陸建瀛之僨事。蓋萬口一詞矣。時祁文端公弟文節公幼章方伯。以守城悲憤。嘔血殞命。文端哭弟詩云。巖巖制府公。抵掌運才智。提兵扼九江。庫藏悉羅致。神礮五百餘。盡數充武備。（原注。上海賊僅以四十尊守城。）京帑六十萬。併取毋遺置。（原注。部議三十萬守城。督帥悉撤取之。）三遺之以危城。置之於死地。又云。彊帥控上游。初議豈不壯。舳艫亙千里。江皖賴保障。前茅甫遇賊。一戰總戎喪。翩然乃退飛。踉蹌棄兵仗。匿迹歸白門。吾民復奚望。城中十萬戶。潰決各奔放。大府方閉閣。猶嫌仍未忘。又云。追思僨事繇。復懦而前亢。若使謀乃進。據險審所當。縱退時猶紆。援軍勢可仰。（原注。時向軍自湖北追賊。已及九江。）巖城民氣固。內外力足抗。（原注。弟偕都各關紳練勇布置周密。民不驚從。若前軍徐退小孤東西梁山重險不撤。則向軍援至。勝負未可量也。）此錯竟誰鑄。此哭實無妄。讀公此詩。可見制府之貽誤大局。實軍興第一罪魁。詞以解若黃巾。身膏亂刃。　顯皇帝憫其一死。即亦不復追咎封疆。此正　聖朝體卹之深心。包涵之大量。康祺竊謂鄭祖琛。何桂清輩。本以試帖楷書進身。驟昧空疏。游膺節鉞。猝罹禍變。顛蹶何奇。沔陽制府平日賓禮賢士。學究儒書。迹所施爲。尚不肯自居庸懦。不意臨變失措。頓喪生平。以致東南門戶。江皖藩籬。盡壞於九江之一著。較張浚符離之敗。房琯陳陶之潰。殆有過之。士大夫與人家國。操人軍師。顧可不自審量。貿然一出與。

平定張石洲先生穆。融貫經史。學窮九流。山右自閻徵君後。勃窣羣書。斷推先生爲眉目。客京師。與壽陽祁相國。歙縣程侍郎。及何子貞。苗仙麓。何願船。俞理初諸君子。

以絶業相切劘。比年廠肆舊書。遇有石洲手校之本。靡不精審。康祺心竊慕之。頃讀程侍郎遺集送張石洲歸里詩云。逸氣凌參墟。清眄徹水鏡。朱邸延不起。書窟卧以詠。注云。恵邸慕君名。懸榻以待者三年。卒辭不就。更可見先生之植品矣。（按先生初名瀚遷）

祁文端公之先德鶴皋先生。韻生邃于輿地掌故之學。其所著 皇朝藩部要畧。西陲要畧。西域釋地諸書。綱領秩然。甄採有法。穆然見 列聖綏養藩服長駕遠馭之規模。洵必傳之作也。先生提調史館。舉介休劉澄齋錫五自代。總裁阿文成公問曰。此非上書某公者耶。骨氣如此。可勝提調任矣。蓋劉官翰林時。有文章鉅公答拜稍倨。嘗上書規切。先輩之取人以此。

鶴皋先生于役西陲。文端方十三歲。太夫人課讀。冬夜視參星西没為度。文端題朱蘭坡學士霜帷課讀圖有云。世間冰櫱何處無。我亦傷心讀此圖。翔風捲地參横屋。萬里閨門夜讀書。令人誦之欷悒。

衢州孔氏。世稱 聖裔南宗。而江蘇青浦縣城北。亦有孔宅。攷孔宅志。孔子二十二代孫潛。字景徽。先居梁國。為漢太子太傅。避地會稽。遂為郡人。至三十四代正。為蘇州長史。隋末亂離。奉 先聖衣冠寶玉。葬於大盈浦上。立家廟以祀。子孫家焉。又攷邑志云。宋滔熙間。慧日院僧疏廟陜渠。得寶玉六事。三璧二環一笏。藏縣庠。或云瘞于墓側。殆即長史所藏也。康熙四十四年三月。 巡幸江浙。塗經青浦。貢監生員孫鋐等籲請 御書匾云。聖蹟遺徽。聯云。澤衍魯邦。四海人均化育。裔分吳會。千秋世永蒸嘗。雍正十二年。詔立五代王祠。乾隆十一年。禮部題準春秋祀生。四十四年。巡撫楊魁疏奏估修。嗣後多請帑重修。沿為故事。 聖代崇儒。至矣極矣。（康祺按。青浦之名縣以邑有青村子將曾過此也。乃孔宅南遺逸書新土。實足為山川志乘之榮。）

乾清宮每歲封寶後。工部內府進鐙竿六。盤龍楠木柱。高與 宮檐齊。上銜五色八角圓鐙。樹於東西墀中。又封寶日。宮中駕幸之所。以爆竹前導。

宮中門聯。例用白絹錦闌。墨書輝映朱門。色益鮮潔。聯語翰林撰寫。又臘日。 內廷翰林題椒屏進上。謂之椒屏歲祝。皆桃符遺製也。

封寶前一日。例進門聯。立春日。南齋翰林進春帖子詞三章。五言一首。七言二首。用硬黃綾紙小摺細書。拜箋恩牋紙之 賜。

御筆福字。賜近臣。舊例也。道光初年。加 賜壽字。

新正二日。 重華宮茶宴聯句。已上五則。皆見祁文端公䜣䜣亭集。消寒四集。分詠

得桃符詩注。錄之以紀承平歲時之盛。

江西南昌府屬之甯州。毗連楚境。嘉慶三年。教匪潛入州境滋事。經鄉團勦滅。六年春。 特諭撫臣查在事出力者。分別賞給職銜。並以甯州士民急公向義。錫名義甯州。嘉慶丁卯。義甯州萬文恪公承風。奉 命充浙江鄉試正考官。 上於召見時。諭之曰。汝上書房年久。操守朕所素信。浙江大省。故令汝去。又 諭曰。試官固有關防。地方事無從知悉。若學差則不然。當據實陳奏也。後果於闈中拜督學江蘇之 命。蓋陛辭時已微示 意旨矣。

江陰學使者署。有燕喜堂。為彭文勤公侍母繆太夫人之所。書聯云。母福建兒身。八歲辭家。七旬就養。紀實也。堂內額賞輝頤祉四字。嘉慶九年。相國劉文清公母太夫人九旬時所 賜。後義甯萬文恪督學江蘇。奉母蒞署。亦居此堂。文恪思不辱恭紀。有燕喜堂詩。

程春海侍郎。為蘭魁學士昌期晚年愛子。乾隆間學士嘗值上書房。比道光元年。侍郎亦以編修奉 命在南書房行走。 召諭曰。汝父蘭魁先生品學。朕昔年最欽。汝之聲名。朕亦皆知。宜更守素行。時祁文端方長戶部。同蒙 召見。親聆 聖訓。出語同朝。皆榮之。按侍郎後於十二年十二月。復被 命入上書房。課惠親王學。父子相繼入上齋。亦罕覯事。

程侍郎為阮文達公再傳弟子。例稱門人。文達入相。與侍郎結鄰。尚以䟽相講習。文達校毛詩。有椒其馨。椒字訛馥字。其訛久在六朝。罕可相語者。持示侍郎。侍郎謂詩苾芬孝祀。韓詩作馥芬孝祀。馥字毛韓兩見。形聲不謬於六書。為加一證。侍郎又謂近人治算。由九章通四元。可謂發明絶學。而儀器罕有傳者。乃與鄭君復光有修復古儀器之約。又嘗深究開元占經。謂道光七年。木火同度。當有火災。果驗。古地棗錢因水之故。曾文正問古有之乎。侍郎對水醫王季墓。見棺之前和。見呂覽所撰國策。地名考。謂孟津在河北。非今孟津縣。亦非古河陽縣。蒲反非舜都。乃衛蒲邑。以當入秦仍歸。故曰蒲反。其援據博洽如此。文達甚韙之。世盛稱侍郎詩文。康祺謂侍郎亦漢儒實事求是之學。不隊師門家法者也。

余嘗欲輯上齋南齋故實。勒為專書。以誌 本朝右文之盛。既思官非清貴。學復弇鄙。揭厲鋪張。嫌於非職。坐是中輟。前編曾記樂泉食筍齋諸典。畧存澄懷風景。若於未詳。頃讀䜣䜣亭詩。及義甯萬文恪公集。歙縣程侍郎遺集。又得數事。樂泉為乾隆

己卯歲張文恪公泰開直上書房時得於園廬之東愛其甘洌甃以文石繪圖徵詩
公遂自號樂泉老人比嘉慶間泉漸蕪沒僅餘涓滴道光戊子田季高嵩年慕夫棲
力淘濬深八九尺甃石無恙果有泉自西北石罅涌出逾日而清澈一泓其光可鑑
環植新柳頓復舊觀同直咸有歌詠又葉棣如閣學觀儀卜宅處有一小阜可望西
山閣學築亭其上名之曰葉亭戴文節熙作畫沈文忠兆霖作記時道光己酉二公
同直友也又祁文端於道光辛卯奉母入都筮得井之上爻已而被　命重直南齋
並　詔許就養園廬因名直園屋後之井曰孚井嗣徐少空士芬居之製竹篇為恒
升車仿區田之法試之有驗辛丑季秋置酒邀孫文定瑞珍杜文正受田賈文端楨
張文毅芾何制軍桂清觀刈稻孫杜諸公亦當時兩齋詞臣也又祁文端有食筍齋
十詠曰竹徑齋南竹三叢當塗手植遂以名齋東南隅兩叢西北牆下一叢文端所
補也春夏雨足筍迸地而出交柯亂葉款扉者披翠而乃入焉曰老屋循竹而西過
牆而南老屋三間榆柳之下園廬昔燬於火獨此屋與近光樓巋然尚存曰借春陰
館館當老屋之北檐角海棠一枝高三四丈花時與客飲酒賦詩其下取放翁詩意
名之曰東峰上有老榆高出群木下有樂泉清冷如鏡峰在齋東故名曰月湖門對
南湖水天一碧園木蔥蔚到此豁然開朗曰影荷橋石橋界南北兩湖之間荷花開
時紫紅漾碧如畫舫然曰見山臺橋東北水折處突起一小岡出館之背頂若平臺
登之可見西山曰藥坡岡自北而南尾注於齋奇石環之高下雜植藥草桔梗數叢
挺秀可愛花開如紫玉琖野菊緣坡入秋特盛曰雨香浒齋之後為北湖鎖以重岡
跨以橫橋林陰四匝幽邃無盡曰洗硯池北湖之滙藥坡之腳爰有盤石可濯可沿
此十景皆文端命名也又程侍郎直舍在東峰下有屋一區侍郎題曰樂泉西舫又
食筍齋後土阜有嘉樹三居者過者皆罔識其名程侍郎擬為極因著柤賦以上俱
澂懷掌故之瑣瑣者暇日終當搜討各書分類編紀為獲侍承明者慶遭際也
父子同值上書房又有青陽王氏其一家家　睿之厚尤為志乘所無當文僖公懿
修官禮部侍郎道府大司馬宗誠已為侍講學士同值　蹕東巡　睿皇帝幸翰林
苑父子同席　賜宴和詩　純皇帝實錄成尚書方以詹事為纂修　賜宴禮部而
文僖公適長春官為主席比文僖以年引退尚書即相繼入值上齋　登章珍罷
賞賜重疊雖　睿皇帝亦嘉歎其兩世知遇忠謹自將時發　天音而垂　清問也
文端公顧八代精騎善射以擺牙喇從征雲南先後參鎮南將軍褒壯公莽依圖平

南大將軍襄毅公賴塔軍比有功游長禮部列內臣班顧公雖以武功起居家好治
經義矻矻如諸生居母喪三日不食三年不入內立朝持大節不附執政索額圖為
所抑居要地數十年致仕卒無以為殮　世宗在藩邸遣王府官治其喪乃克成禮
吳三桂開藩雲南留劉昆江從界地路紫番賊籍尚留尚書范公承勳督雲貴奏除
之
漢軍王侍郎國安康熙初撫吾浙勤敏強記所部吏民賢不肖及姦宄姓名各有記
籍摘伏如神嘗晨坐聽事官屬以次晉謁復延見鄉里耆老問疾苦閭閻龐儆服
行閭閻或單騎出入山谷訪諸不逞者立擒至官遠近駭服會　朝議欲棄舟山
徙民內地公上疏力言不可乃止即今之定海廳也浙人呼公曰王閻羅
鈕祜祿氏文清公格爾古德繼于清端撫直隸疏薦盧龍令衛立鼎靈壽令陸隴其
眾論翕然及詔舉賢能九卿交推公清廉莫及按是舉公以入已叩初執時蓋正己廣賢惟康吏
能知廉吏也公與于公誠洽皆以清字昔之保障蒙輔者足為諸道表率如此
衛盧龍立鼎山西陽城人後行取官郎中今直隸晴治行與陸清獻公相伯仲　聖
祖嘗命刑部尚書魏敏果吏部侍郎科爾坤巡察畿內至盧龍治具不為食啜茶一
甌曰令飲盧龍一杯水耳吾亦飲令一杯水諸大獄悉以咨之立鼎引經準律敏果
大稱善
大內文源閣藏書六萬卷裝潢經史子集以異色別之仿隋唐舊制也每卷首各印
文源閣寶上加　古稀天子圖璽
黃陂姚撫部締虞康熙十七年以禮科給事中主考江西還奏免江西逋賦二百十
餘萬以文字之職而議及民瘼竟邀　曠典故事未嘗有也初憲臣艾元徵請禁科
道風聞言事進言者日少撫部抗疏請　聖祖檢閱　世祖朝言官章奏如何寬採
今相率以頗熟為風恐平時無以作其敢言之氣臨事必無肯為　皇上盡忠者頃
之　聖祖御乾清門召諭曰朕親政以來諸臣何嘗以言獲罪對曰　上即不譴言
官但有此處分條例諸臣方跼蹐畏罪誰復肯發奸指佞者　聖祖色霽因曰人臣
論事當擇其大者遠者如魏象樞[illegible]程汝璞亦是風聞已而糾閩得實本朝原未有
風聞之禁也將退　詔以所言宣付史館撫四川請罷蜀中采木之役仁言利
溥撫部之謂矣
乾隆七年　詔求骨鯁質樸之士如古馬周陽城者九卿咸有薦辟廷試策論　上

親取青浦胡清恪公寶瑔第一公時官中書舍人用大學士查公薦也後公官御史
有敢言之目任封疆能持大體卒為名臣相傳公將生之夕父教授君夢王文成遣
以金軸曰五十年後煩送至吾鄉及　高宗南巡至會稽遣公齋　御書名世真儒
額及　御祭文祀文成方悟前夢因為題曰三不朽懸諸祀堂按夢境渺茫豈可據
為典要而碩輔真儒之魂魄千載如生絲綸俎豆之　恩榮九幽亦感此則犒然可
信者也

袁於東華門外酒家晤一老吏自言作幕二十年作官三十年游歷九行省極論兵
亂以前各省吏治之壞滔滔汩汩口若翻瀾且云當時知府知縣幸不甚知知則劫
富民嚇弱戶索土產興陋規百姓更不堪命巡撫巡道幸不常巡巡則攪驛道折夫
馬斥供張勒饋賂屬吏更不堪命仍苦百姓耳其言殊太激切天下之大百官之衆
小廉大法豈繄無人錢唐袁枚令沭陽南靖莊廉訪亨陽以淮徐海道來巡就館餽
報燕受之止袁共飲問沭水原委簿領利病甚悉旁及山經地志星象樂律甚辨翼
日會諸生於學講中庸卒章款款盡意聞者色動翼日校丁壯發矢矢旁決熱火器
器閑諸丁伏地請罪袁亦起謝廉訪乃弛外衣手弓而前教如法矢發十八人無不
當鵠者火器亦如之畢就坐笑謂袁曰而為儒懦耶肅心治民吾職在巡年年來為
子教之可也從蒼頭二人僮一人皆自飲其馬臨去犒以金堅不受後公卒於官民
為罷市號哭賻以錢一日至六千緡嗚呼巡道如公民方恐其來遲之暮也

亭林董浦諸先生自云吾不如某某吾不如某某余已紀之郎潛初筆矣頃讀武進
劉禮部逢祿集歲暮懷人詩小序有云敦行孝友厲志貞白吾不如莊傳永思通造
化學究皇墳吾不如莊珍藝精研易禮時雨潤物吾不如張皋文文采斐然左宜右
有吾不如孫淵如議論激揚聰明特達吾不如惲子居博綜今古若無若虛吾不如
李申耆與物無忤泛應曲當吾不如陸劭聞學有矩矱詞動魂魄吾不如董晉卿數
窮天地進未見止吾不如董方立心通倉籀筆勤金石吾不如吳山子可見宏開劭
學之士未有不翩翩髦髦集思廣益者禮部所舉皆同時一州之人宜曾文正薦舉
人才疏稱常州荃裏應虞人才輩生洵不誣也又張茗柯門人江承之安甫受鄭氏
禮虞氏易通大義禮部門人潘準彥甫夙慧嗜學通六書九曉經緯文史皆年十八
卒江歙人為常州之學潘亦常州人猶惜其秀而不能未成通儒
劉禮部為相國文定公孫字申受年二十五學使賞其文以廩生充拔貢時與同邑

李申耆先生兆洛名號常州二申
乾隆甲子科前期　上聞士習不端懷挾擬題之風日甚思痛懲之　命親王大臣
嚴立搜檢之法得一人者賜軍役一金士子襪及褻衣貢院內外枷杻相屬比日晡
受卷入場者寥寥也時士子多退歸寓舍將就寢矣忽傳　旨盡放進比　欽命題
下曳白者乃至二千餘人下　詔切責並裁減各省中額有差

燕下鄉脞錄卷五終

燕下鄉脞錄卷六

清　鄞陳康祺著

今各省鄉試官生卷什九呈薦其事始於富陽董文恭公以官生應試時乾隆庚辰秋劉文定公與介野園少宰典京兆試有同考官某素識文恭名得一卷呈介公介公不取某曰觀其詞采富麗必董公子也時文恪公邦達在翰介公大怒曰科場法至嚴截果爾即奏聞賴文定力為寬解乃悉取官卷付介公去取自此沿為成例順天鄉試官生卷遂盡呈主考而外省亦然矣是科揭曉後文恪公聞文定排解事退朝即率文恭踵門謝命稱弟子見文定孫禮部集記董文恭公遺事

乾隆間故相和珅屢奉　派預文字之役在　純皇帝聖意不過欲其追從儒臣練習文采耳而珅忮刻特甚凡得卷非其屬意者先視其筆誤幹補處抉去之其無筆誤則妄摘瑕疵以指甲深畫之　南巡召試數與梁文定朱文正董文恭諸公同閱試卷或取或舍珅輒專決其謬妄可想其氣焰亦可想

董文恭公居太夫人憂常徘徊一室若有所甚憂或執象笏擊几笏為之裂人疑公與和珅同居樞密必有所甚不得已者嘉慶初元珅勢益張外而封疆大吏領兵大員內而掌銓選理財賦決獄訟主諫議持文柄之大小臣工順其意則立榮顯稍露風采折挫隨之太傅朱文正公以德行文學受　兩朝知遇數歷中外垂五十年時以　內禪禮成例得進冊珅又多方遏之既上珅又指摘之　純皇帝諭曰師傅之職陳善納誨體制宜爾非汝所知也旋　名公以吏部尚書協辦大學士　仁宗作詩寄賀屬稿未竟珅取以白　上皇曰　嗣皇帝欲市恩於師傅耶　上皇色動顧董文恭公曰汝在軍機刑部之日久是於律意云何公叩頭曰　聖主無過言　上皇默然良久曰卿大臣也善為朕以禮輔導　嗣皇帝乃降旨朱珪仍留兩廣總督之任旋又改巡撫安徽是時直內庭者無不色變震恐文恭獨從容謝過書旨而退右見劉禮部集續此見文恭之忠亮格天深心調護真有功宗社之大臣亦由　兩朝　聖人　善作　善述　止孝　止慈　訓政者一時罔極之心　傳祚者萬世無疆之業卒非僉壬所能熒聽也

嘉慶癸酉秋林清李文成等倡亂三省　上方謁　東陵回次白澗行宮猝聞禁城迩警扈　蹕諸臣多錯愕不知所計有欲奉　駕之京東調大兵成列而後進者董文恭公曰是滋亂也賊俘者且至矣即日進次燕郊適提督英和以所統兵焚橫村

及宋家莊董家莊賊穴并擒賊目迎　駕還宮三日而定論功公與托公津桂公芳盧公蔭溥英公和皆第一陞賞有差衆謂公之臨變鎮定尤不可及云

高密李元直官御史八月章數十上最後語侵諸大臣尤切　世宗召元直及諸廷臣入歷舉中外大臣有名迹者詰之元直抗言無所避　上徐謂諸臣曰彼言雖野心實無他異日復　召入慰之賜荔枝數枚出於是都人呼為荔枝李

吾邑入　國朝來史立庵先生大成順治乙未首魁天下鄉人至今豔稱之徒以其科第官階耳按先生貳宗伯時同人議裁孝子節婦廩給曰彼分內事何與朝廷先生毅然曰為子不孝為婦不貞亦何與朝廷必以法繩之耶議遂寢先生性至孝會其父思之繪已容以寄亦令先生繪已容寄父先生聞命驚怵晨夕不安故事京察六年俸滿方得請假歸先生僅四年不合例乃上疏自陳曰臣父思子不見思見子之儀容呼子不來頻呼子之名字臣而忍此不可以為人子亦何以為人臣　世祖覽奏惻然特許終養及中途而父凶聞至哀毀成疾遂以養母家居按今世說新語稱先生以母病乞養為當事所格曰吾豈以一官易一日之養乎遂家居十年例應補官起說誤也先生充諸官主貢舉皆有建白忠孝大節彰彰如是詎以一甲進士二品京堂為輕重與

台州府太平縣李氏女許嫁於林未嫁而夫死女奔其喪奉舅姑以終林故貧族女以鍼黹營生節衣縮食有餘即置田塵積十餘年有田六十畝因無後可立以其田呈請學使每歲按試取第一人者主之計所入息分為四以其三助文生之貧不能應省試者而以其一助武生知縣事某書其事入志乘乾嘉間事也偉哉此女亦貞孝亦賢達懷清義與天台比峻矣

幼時聞人言郭制軍琇令吳江時簠簋不飭大吏將劾之郭立誓痛改令役擔水洗縣堂及內室示民以更新後果操行峻介卒稱直臣以其事無稽姑置之偶讀新城陳侍郎用光應詔言事摺子有云臣聞湯斌為江南巡撫時將劾吳江縣知縣郭琇琇請見願以治行自贖斌許之遂一變而為良吏且致位卿貳以名臣顯是人言不盡子虛矣康祺按康熙二十五年文正撫蘇嘗薦琇居心沖澹蒞事精敏宜行取部以催徵未完礙格　特旨允行授御史又三十八年春　聖祖南巡至德州見琇跪道旁　諭閣臣曰郭琇前令吳江百姓至今感頌其人有膽量無朋比可授湖廣總督知郭制軍之在吳江其改轍以後必有循良慈惠深饜人心者至於居臺垣時劾河臣靳輔治河無功劾大學士明珠余國柱結黨營私背公納賄少詹高士奇都御

史王鴻緒等招搖依附。一時方嚴抗直之聲。幾使輦下栗然。朝貴側目。詳見公所著華野疏稿
其丰裁氣骨。作今時必已不凡。特年少闊疏。人言偶惑。宜文正微慍而獎掖之不然
士大夫一命甫膺。甘為墨吏。素絲已點。白璧難磨。尚何晚蓋立功之可冀乎。命世如
郭公。仍不能掩其生平之一節。有位君子。庶知懼焉。

姚姬傳先生主講鍾山時。袁簡齋以詩號名後進。先生與異趣。而往來無間。簡齋嘗
以門人某屬先生。願執贄居門下。先生堅辭之。及簡齋死。人多勸先生勿為作墓誌
其人率皆生則依託取名。歿而窮極詬厲。先生曰。設余康熙間為朱錫鬯毛大可作
誌。君許之乎。曰。是固宜也。先生曰。隨園正朱毛一例耳。其文采風流有可取。亦何害
於作誌。按秀水蕭山二先生。其學問有根柢。其立身處世。亦未肯隨逐波流。隨園似
微有不類。然而姚先生之言。公言也。

邵叔山太史齋燾。工東京六朝之文。其玉芝堂集。淵懿鎔洋。鯨鏗春麗。駢偶家奉為
鴻寶。太史溫溫不自許。嘗用陳思王語。僕嘗好人譏彈其文八字。鐫諸小印。即此見
前輩之虛心。

試帖初興。多尚典贍。紀文達公始變為意格。運題館閣諸公。每呼此體為紀家詩。見

公詩集自注。

千叟宴。外吏惟封疆大臣。年齒及格者或得　恩旨踰入。餘皆弗預。嘉慶丙辰。奉新
劉鐵樵刺史。適牧通州。獲與京職一體入宴。人以為榮。劉繪　恩宴臚歡圖。倡和成集

先山胡文良公煦。著周易函微。推闡精微。窮搜象數。與洛閩頗有異同。經河南撫臣
於采書之役。繕呈　御覽。公本無謚。因是書收入四庫。始追　賜焉。紀文達公有句
云。四代經神四胡氏。原注。宋胡瑗有周易口義。元胡一桂有易本義附錄纂疏易學啟蒙翼傳。明胡居仁有易象鈔。兩朝耆宿兩
文良。原注。雍正中高公其倬先謚文良。可云典切。

黃烈女。楚人。許字同縣李子。未嫁而李先逝。女誓死歸守三載矣。一夕夢李子來迎
次日往與母訣。未及返而卒。女家執古禮。葬黃氏塋旁。其舅往哭之。女墓忽自裂。兩
家歎異。乃與李合葬焉。夫弟然山太史為之傳。紀文達弔以七律二章。有云。延陵掛
劍心相許。屬國吞氈志竟成。特與人間存大節。不關兒女有私情。又云。延津寶劍終
雙去。合浦明珠解自歸。誰與重翻新樂府。古來曾唱華山畿。直寫出烈女心事。

陳碩士宗伯。為魯山木先生九皋之甥。而姚郎中其本師也。故宗伯亦以古文名。堅
守桐城新城之家法。山木官夏縣三年。不名一錢。沒後。諸子奔走衣食。無恒產以自
存。惜抱後人。亦鬻田他姓。無力以贖。宗伯於道光戊子。奉　命督閩學。乃出其養廉
買田五十餘石。為舅氏祭產。復出八百金為師門置田。俾姚氏諸子。祭掃之餘。得粗
給饘粥。風義如許。足以激薄澆澆矣。

順治六年己丑會試。中式四百人。閣臣七人典試。前代未有。時兩廣初定。二甲授參
議。三甲授知府。進士釋褐。即官四品。亦奇遇也。

順治十四年丁酉。湖廣鄉試中式百六人。捷南宮者至六十四人。世稱盛事。時典試
者。檢討蘇洪。給事中孫光杞也。

國初掌文衡者。間用舉人出身人員。不必皆甲科也。康熙二年癸卯。兵部主事蔡驄
充雲南鄉試正主考。五年丙午。戶部主事曹首望充廣西鄉試正主考。皆以拔貢與
試。尤為渥典。首望兄鼎望。是科以刑部外郎。典試湖廣。

河南鄢陵王鳴球。順治庚子解元。康熙三年成進士。至六年丁未補應　殿試。適其
子曰溫。以是科捷南宮。父子同日對策　大廷。時論稱羨。

殿試卷。先擬十本進呈恭候　欽定名次。自康熙二十四年乙未會試始。

康熙三十八年己卯。北闈有廣東貢生黃章。年已百歲。入闈時。大書百歲觀場四字

於燈。今其曾孫為之前導。以上六則。見貢舉考畧。

朱竹垞官翰林時。尋訪永樂大典不獲。每太息曰。彼李自成襯馬蹏矣。不知三百餘
年。埋藏厭塵中。卷帙實裒然無恙。紀文達公在翰林院著齋戒。始於敬一亭上得之。
按鮚埼亭集。謝山先生書與臨川侍郎就翰林院同抄永樂大典中秘佚。是物已此書不始於文達。殆以閣清嚴。除紙筆外。自二公後。無問津者。故文達以為創獲耳。
每直宿之暇。翻閱一過。已記誦大畧。後纂輯四庫書。經文達一手裁定。宜其淵源微
委。抉奧提綱。如駕輕車而就熟道也。見劉文恪公權之所作公遺集序。

紀文達平生未嘗著書。間為人作序記碑表之屬。亦隨即棄擲。未嘗存稿。或以為言
公曰。吾自校理秘書。縱觀古今著述。知作者固已大備。後之人竭其心思才力。要不
出古人之範圍。其自謂過之者。皆不知量之甚者也。我輩薄植。偶作一二短書雜說
颿姑姁姊妹有亟於衣裾之心。讀此能不顏厚。

乾隆四十五年。　高宗五巡江浙。三月初六日。　諭賞福建百歲舉人郭鍾岳為進
士。並賞舉人陳應騰等。　御書緞匹荷包。時鍾岳諸人俱來浙迎　鑾也。

鮑覺生侍郎桂星督學中州。嘗受代聞林清之變。上書陳十事。兵馳至京。　仁宗亟
稱之曰。卿疏指已次第施行矣。復以少空總裁武英殿。條陳　殿事。劾提調及副管

不職狀。提調互訐之。遂落職。逾五年。復編修。　宣宗即位。以編修奉　獨對。上語之曰。汝所劾者。今朕撫其職矣。於是隆隆屢遷。復至卿貳。世但目侍郎為文士耳。不知其任事敢言。練習大政。久為　兩朝所深知。故偶蹶而終顯也。

乾隆元年正月。奉　旨著大學士鄂爾泰、張廷玉、朱軾、左都御史福敏、侍郎徐元夢、邵基為皇子師傅。著欽天監擇日開學。旋擇得二十四日吉。是日清晨。　皇長子、皇次子到學。總管太監傳　旨。皇子應行拜師之禮。諸臣固辭。遂長揖。　賜賚文綺、筆硯之屬。與雍正元年同。少頃。　召皇子及廷玉等六人進見。　面諭曰。皇子年齒雖幼。然陶淑涵養之功。必自幼齡始。卿等可殫心教導之。倘不率教。卿等不妨過於嚴厲。從來設教之道。嚴有益而寬多損。將來皇子長成。自知之也。　上又諄諄諭皇子師傅之教。當聽受無遺。見張文和公自訂澄懷主人年譜。我　朝青宮毓德。家法之善。較之泉陶教胄。桓榮授經。又遠過已。

令甲。凡遇更換學政之期。吏部開列與考試差諸臣姓名。候　上簡派。開有服滿病痊未與考差而奉　命視學者。衆以為異數。道光年間。商城程侍郎國仁。方以御史巡漕江淮。舟抵通潞。奉督學粵東之　命。尤為　特恩。而御史俸滿例可出守。公屆其時。　睿皇帝命部臣更例。凡在學政者。歲滿注選。其端亦發於公。比由巡撫擢貳刑部。緣事左遷。　宣宗登極。補刑部郎中。旋擢廣東布政使。復內召為少司寇。仍出撫陝西、貴州。蓋公受　兩朝恩遇。敭歷中外。均不由階資平進云。

丹徒戴蔑門尚書。以知縣起家。政蹟多可紀者。其知邛州時。州民黃子賢等嘯聚亡命。約以州試日為亂。公偵之確。屆期試士如平時。而密遣民壯。潛赴衆謀處捕獲。無漏網者。人尤服其靜鎮之度。受　宣宗知。於是乎始。

李中丞兆棟嘉道間賢大吏也。官川滇最久。屢樹邊績。其為人實恂恂儒者。任館職時。讐校精審。為　高宗所知。一日。代人撰日下舊聞考表文。　高宗亟稱善。嘗為雲南山川地理圖二卷、夷人圖二卷、圖後各系以說。又嘗刱修四川通志。詳實不蕪。又嘗購書以惠湖南嶽麓書院之弟子。又於江甯建長干橋。繕莫愁湖而誌以詩。又築補梅亭於湖南御署。以誌嗣美梁文定之名蹟。宦轍雲馳。風流四映。儒臣應如是矣。

高士熙湖北詩錄。載鍾祥楊學士炳。雍正元年癸卯　恩科會元。卷呈　御覽。奉　硃批。卓識名言。不獨優於諸卷。即近科亦不見。　殿試以第三人及第。即　名入內廷。　賜廬圓明園左側。蓋不世之遇也。

雍正初元四月鄉試。按李調元淡墨錄作二月。誤。以張文和、朱文端兩相國主考順天。九月會試。仍　命二公並　名。諭不拘朕定進士一百八十名名數。不拘省分。不限額數。有可取佳卷。選出另行具奏。其信任至此。

朱高安少好學。用志不紛。塾師嘗會飲。公不與。讀書不輟。師命饗夫遺以酒肉。置座間。若無覩也。每見古大儒名臣循吏之行。輒筆記之。見余金熙朝新語。康祺謂公年譜。此乃公年十八讀書龍城寺事。

朱高安以康熙三十二年癸酉。領江西解。長洲宋太史大業拔之落卷中。評語嘉賞極至。末云。曠世逸才。伯祥太士之後。一人而已。拔冠多士。以為振靡起衰之式。米為大學士文恪公子。揭曉相見。歎曰。河目海口。昔惟先公。今見吾子。是太史又不僅文章巨眼矣。

高安撫浙。崇儉獎廉。諭民嫁娶之節。里黨賓蜡燕會。止五簋。俱有常品。浙人呼為朱公席。道見一婦人盛妝。問其夫。賣菜者。命入署。至廚下。問誰為夫人。時夫人與女奴雜作。婦人莫之辨。公指示之曰。此炊者夫人也。命留侍夫人午飯。饌惟蔬菜。食畢。命之出。自是浙俗一變。按董通副師槐僅庭筆記。載高安撫浙。見署前屠戶妻艷飾倚門。召入署。至廳升坐。指一織婦曰。此我之一品夫人。試觀彼服何如。所作何事。汝夫殺生命養家。贍侈乃爾。不速改。當杖懲。於是闔省婦女。盡相飭以勤儉。蓋同一事而傳聞互異也。又按袁隨園亦記此事。謂其名而大肆訕謗。隨園亦通品。其非笑正人。得罪名教。真不知是何肺肝。

揚蓉裳員外芳燦。與弟荔裳方伯揆。俱有美才。工儷體。人稱無錫二裒。按彭文勤公為江蘇學政。以昔主試時笑楊氏兄弟也。因以兄女妻授。蓉裳初令甘肅。屢膺煩劇。在伏羌時。值回民田五為亂。蓉裳先期募勇。招降人登陴共守。閱五日夜。解圍。知靈州時。嘗單騎諭散奪米饑民。請借口糧。設粥廠以安衆。平日坐堂皇判事。罷即手一編。就几讀。人以為書癖。而臨變敏決若是。故阿文成諸公極器之。嗣入貲為戶部郎。旋丁內艱。貧不能治裝以歸。遂不復出。世咸笑文士如珠玉組繡。不適於實用。觀於君。何如哉。

自北宋范文正公。已來士大夫多仿為義莊。　本朝崇尚風義。凡以義田義產敬宗收族上聞者。歲不下十百家。以康祺所聞。其一家父子兄弟。賡續推衍。立法之善。及其後遺澤之長。莫如江右新城陳氏。陳據高貲已百年。自贈光祿大夫凝齋先生道始立義田二千石。其孺子金衢嚴道守誠、陳州府知府守貽、內閣中書守中、江蘇按察使守訓、內閣中書守馨、先後增益學田、祭田、小宗義田至七千石。嘉慶二十九年。詳具文簿。牒於縣府行省。以達於部。得　旨旌獎。時光祿之孫倉場侍郎觀、禮部侍郎用光曾孫工部侍郎希曾均在朝列具摺入謝。睿皇帝召見而垂詢焉而希曾兄浙江道御史希祖用光姪翰林蘭祥及其他封胡羯末官曹郎監司取甲乙科者期功房從中多至數十人可謂極盛余素不談報施之說而易言福善書載餘慶其理則皎然可信如陳氏者非其明徵乎先義行公嘗倡設義莊於慈谿東鄉田舍陳以贍遠族孤寡殘廢有恆給婚嫁喪葬有特佽訓稱有塾聚族有祠祀先有田捨幣有山規畫周詳嘗出公手（詳見康祺所撰先塾錄）所惜不肖奔走南北宦學無成析薪負荷遠媿宗袞記此爲汝然者久之

初筆所載康熙大科四布衣之一嚴繩孫方被薦初貽書京師諸公曰聞薦舉濫及賤名某雖愚自幼不希無妄之福今行老矣無論試而見黜爲不知者所姍笑即不爾去就當何從哉竊謂堯舜在上而欲全草澤之身以沒餘齒詎有不得惟幸加保護時有司奉詔敦趣引疾不許既抵京赴吏部自陳疾不能應試狀至再四終不允　御試之日發題賦詩各一首中允僅賦省耕詩一首而出冀被放也　聖主素稔其姓字　諭閣臣曰史局不可無此人仍用翰林在職五年嘗侍宴　保和殿和聖製昇平嘉讌詩稱　旨特命撤　御前金盤粟脯以賜又從容語左右嚴某好

人中外皆知時論謂旦夕當大用而中允拂袖遽歸此固　聖天子知人之明愛才之篤而難進易退若中允眞不改布衣面目者矣

聖祖朝魏蔚州李安溪諸公皆以湛深理學邀受　宸眷一時風氣遂不免以緣飾外貌高談性命爲投時嚴孫友在翰林極厭薄之嘗於衆中大聲曰吾一生所見眞道學惟睢州湯潛庵先生一人座上莫不咋舌

答峴山人無錫秦諭德松齡康熙乙未詞科人物也先於順治乙未入翰林以通糧案罷歸然其文集載上座主胡山陰書（按胡名兆龍乙未總裁）中有某久在京師素知功令漭田五頃輸賦獨先本籍欠糧之冊絕無賤名祇以同族婚姑遠在鄰邑平日不相聞問不知何人所使詭將彼戶濫注卑銜遂賦三分致干　國憲直俟檄提之日方知受罪之由云云按江南通糧之獄搢紳連染極多葉文敏公方藹僅欠綠毫亦遭削奪故時有探花不值一文錢之謠余已紀之郎潛初筆矣合觀此事想見　國初憲典之嚴詢之戶部友人近年吳中風氣變本加厲蘇松膏腴之壤幾什五不爲　朝廷有有官守言責者柰何不援成例以整齊之

康熙十五年冬　天子以閩海初定思得文武兼濟之臣以鎮靖之　特擢吳興祚爲福建按察使吳公籍山陰時方知無錫縣也無錫當南北孔道苦供億公抵任時前官虧帑金罷不得歸者三人役之在獄者三十餘人公慨然力爲補苴請豁官得歸役得出獄僉曰吳公生我縣田久不清丈飛詭隱匿弊百出輸役者至破家公以入官田千餘畝責爲役費民害遂除康熙八九年水旱洊臻公爲分鄉賑恤之法全活無算蘇州駐防兵圈旗公請令箭於都統單騎彈壓有取民一雞者立笞之以故兵過而民不知其他惠政多類此宜　聖祖破格登庸以七品卑官驟遷憲長也公後撫閩平臺一役厥功尤多（前筆所載未詳實政故復筆此）

吳督部興祚仕宦四十餘年位一品所得祿賜盡以養戰士遺親故而居無一屋處無贏金自兩廣還京師與無錫秦諭德遇於瓜洲脫粟枯魚酸寒相對諭德曰公貧乃至此乎明日興別公喜見眉宇告諭德曰適有餽米數十石者不憂餒矣見諭德所爲公行狀從古天挺偉人樹立勛代固無不自清操峻節中來也

順治乙未會試榜發　世祖章皇帝正留意文學命取原卷進御　覽之稱善者數四比　廷試卷進呈　世祖閱至第三人卷顧謂讀卷官傅聊城以漸曰卿知此卷爲誰傅公謝不知　世祖曰此會元秦鉽作也朕於其書法知之拆卷果然　世祖

大悅　召見南海子賜袍服比第一人

容城孫徵君奇逢爲湯文正所師事當明天啓中周旋東林黨人以節概聞天下後日益韜晦其學宗陽明而歸本於愼獨先居五公山既渡河止蘇門入　本朝屢卻徵聘率諸弟子躬耕習三代之禮人無賢愚導以爲善蓋孟子所謂天民也近儒確守程朱者詆先生淵源之不正大非篤論

光祿寺少卿楊魁靜山康熙朝循吏也知固安預修永定河故事秋汛畢即興工時永定河道黃某賦役錢不均遲延及冬朝涉者股戰公意憐之許日出後下鏟黃巡工遲民之來欲笞之公力爭不得乃直前犇焉至凍處曰公能往民亦能往此時日高舂公重裘尚瑟縮乃責此赤脛者戴星來耶黃大恚將繕牒劾會巡撫李文貞過柳家口聞其事召謂曰汝年少能然古之任延也　勞以酒解裘衣之事得釋調宛平　聖祖巡畿南固安老幼爭乞留　聖祖曰別與汝固安一好官何如一女子對曰何不別以好官與宛平耶　聖祖大笑以爲誠許食知州俸仍令固安尋遷雲南麗江府麗江故苗地新歸版籍公乃名土官爲典史諸里魁以頭目充令人樹榆一本畝蓄水一潢建文廟定婚喪之制期年歲熟俗爲一變民飾廟以祀號第一太守

祠祭還至四川巡撫乾隆初緣言事罷再起以光少告歸公奉天人隸正黃旗籍與錢泰補念參政鉞及其族孫荅峴諭德松齡同在翰林時人呼之曰大泰小泰大泰性方嚴同館三十餘人讀書之暇或聚而嬉語涉詼諧率相戒勿令大泰知

燕下鄉脞錄卷六終

燕下鄉脞錄卷七

清　鄞陳康祺著

湯文正撫蘇奏毁上方山五通神廟世以比之狄梁公程明道至今嘖嘖攷同時漢軍郭尚書世隆督浙閩時閩俗信鬼多淫祠黠者斂錢民間輒數十萬尚書檄諸州縣毁之離省治八百里有山奉五顯神廟貌壯麗甲閩中一日野火自起燎無寸椽火熄而檄適至仁廉剛直之氣震懾淫昏公足舉可儕文正矣

湯蕭山初入史館朝貴爭羅致之謝不往而時時徒步從大興朱文正公游請業督過如古聖賢相為師友前後大庾戴公鉛山熊公延館其家雖居門下後進諸國老大人皆嚴憚之

漳浦蔡文恭公致仕家居每遇巡撫與史亦執禮甚恭或以為過與台欲使鄉民知位至宰相必敬父母官知父母官之尊雖宰相必致敬庶幾常存不敢之心而犯上作亂者或鮮矣故終公之世漳浦民無滋事者見栗菴林中丞歸田瑣記按昔賢有以宰相居鄉刖縣官過門必起立拱手者有在籍顯官道逢丞尉遭呵斥不校者前史多傳為美德公亦有所受之也

盛京大庫藏弆　列代彝器已詳初筆矣富郎中泰云　太祖　太宗所御之甲儲藏陪都者長如今人一身有半今今人極長者立交椅上比試猶下與地齊也又先朝所御皮鞾滿洲語呼為烏拉長尺有二寸可知　神靈誕生果有天日河嶽之表

金陵之失祁文端詩歸獄洒陽可謂允矣見前卷項觀山陽魯一同通甫類稿安徽巡撫蔣公神道碑復得安徽失陷之詳碑云當日陷敗由於壽春鎮之去自古以孤城當賊衝未有不為犄角之勢而能禦敵者壽春鎮公之手足而皖省之肢體也制府既奪公之手足而斷皖省之肢體矣易之以江南新兵二千駐之城外二千人皆容兵王鵬飛又客將其心已與撫標不一彼見制府統大衆趨上游耳目聲息皆視上游為進退制府走則二千人之心去二千人去則守城數千之兵與城中數萬之衆之心俱去雖有孫吳之法墨翟之守不能善其後矣竊今制府奏調之日公上疏力爭以本鎮不可調新兵容將不足恃賊至猶可一戰乃公舊為制府屬吏而制府矜而輕人也而　朝廷新向用制府知恩鎮之能便於自助而不恤其他恩鎮有治軍之長用違其方而卒見枉害公有深遠之慮抑於統帥孤立無援而全局去矣又曰賊入湖南公奏言安省庫帑無餘請將司庫續收地丁契雜蕪關雨關徵存一併存留以備軍需制府以為迹涉張皇漸生異議又奏調江蘇兵三千制府以江蘇重地

衡不與。已而制府督師至皖城。公戎服出見。乞海防之舢板船。陽許之。又不與。又曰。三年正月。賊陷武昌。順流而東。出與官軍遇於九江。賊艘蔽江。建瓴大墮。壽春鎮恩長敗沒。益惶惑不知為計。遂發輕舟東走。順流達皖城。遣人報曰。賊衆不可當。制府歸守江東。已過矣。沿江守兵遂散。賊大至。公知事不可為。草遺疏。向 闕叩頭。吞金不死。息從屬為家人縛入肩輿。遇賊被害。適甫所述。較文端詩尤詳。一夫輕退。而兩藩陸沈。汕陽淪死有餘辜矣。康祺竊以將公之抑於統帥。孤立無援。碑文誠非曲護。然公自本藩開府。經營累年。巡撫為古連帥節度。蘇皖中隔大江。不得以郡方伯之同城徐局相例。當金陵騷動之時。不能博訪賢才。收羅名將。簡軍儲。飭閫戎。砥閑而從衛一壽春鎮為長城。比狂寇突來。又不聞有畫江一旅之師。嬰城一日之守。旁黃引決。禍及東南。公在九原。當亦耿耿有遺憾。特其心可原耳。公名文慶。漢軍人。進諡忠愍。

知人則哲。惟帝其難。獨於我 朝一二大憝巨奸。然不及身誅殛。且必宣示罪狀。與衆棄之。此天下所以咸服也。如康熙初年之公爵內大臣鰲拜。則以專權自恣。擅作威福。與內大臣飛揚古有隙。坐以怨望棄市。並殺其子。籍其家。又與蘇克薩哈論事齟齬。因蘇克薩哈籍隸正白旗。遂欲以薊州遵化遷安諸屯莊。改撥鑲黃旗。而別圈民地給正白旗。 詔遣大學士蘇納海與直督朱昌祚巡撫王登聯丈量。所易。經朱昌祚等勘明。奏請停止。鰲拜即坐蘇納海撥地遲誤。昌祚等紛更妄奏。均逮治棄市。又還怒蘇納海族人英俄爾岱。令部臣盡削世職。並誣蘇克薩哈懷奸蓄異。應磔死。聖祖不允。鰲拜攘臂強奏。私予絞決。並誅其族屬。又嘗請申禁言官不得陳奏。時有竊鰲拜馬者。捕斬之。並殺 御馬群牧長。又嘗欲文武官盡出伊門下。與穆里瑪等結成黨與。凡事在家定議。然後施行。倚仗凶惡。毀棄國典。 聖祖遂得降 諭旨革職。籍沒。鰲拜父子拘禁伏辜。康熙中年之總督噶禮。撫山西時。先經御史劉若鼐疏劾。貪婪無厭。虐吏害民。計贓數十萬兩。回奏得辯釋。復經平遙民郭明奇等列款呈請。御史袁橋入奏。一通省錢糧。每兩索火耗銀二錢。除分補大同諸處虧帑外。入己銀四十餘萬兩。一指修廟宇。用印簿分給通省勒捐入己。一縱令汾州同知馬遴婪贓分潤。一令家人赴平陽汾州潞安三府。勒取富民饋送銀兩。一因詞訟索臨汾介休富戶亢時鼎銀兩。一納知縣杜連登賄。許調缺。及許以貪婪被揭。曲為庇護。一隱匿平定州雹傷不報。 旨又下噶禮回奏。得消弭。擢任兩江。辛卯科場。與考官趙晉通同售賣關節。為巡撫張清恪公訐參。兩 遣大臣審訊。始得實。罷噶禮任。未

幾其母叩 闇稱噶禮種種忤逆。並與弟色勒奇子幹都。置毒於食中。謀害母命。請正典刑。下刑部訊鞫。議凌遲。 旨令自盡。妻子從死。至雍正初年之隆科多。為 孝懿仁皇后父佟國維之子。襲公爵。官吏部尚書。加太保銜。並 諭啟奏處寫舅舅隆科多。 上敬禮之如此。後以四十一款重罪應誅。五年獄成。奉 旨免正法。於暢春門外。造屋禁錮。死於禁所。其獄詞云。私抄 玉牒收藏在家。大不敬之罪一。將 聖祖仁皇帝御書。貼在廂房。視為玩具。大不敬之罪二。妄擬諸葛亮。奏稱白帝城受命之日。即是死期已至之時。大不敬之罪三。盛京兵部主事瑪岱之事。屢奉 聖諭。隆科多明知。干犯復行妄奏。大不敬之罪四。 皇上賞銀三千兩。令修理公主墳墓。隆科多遲至三年。竟不修理。大不敬之罪五。 仁廟升遐之日。隆科多並未在 御前。乃詭稱曾帶匕首以防不測。欺罔之罪一。狂言妄奏。提督之權甚大。一呼可召二萬兵。欺罔之罪二。時當太平盛世。隆科多故作有刺客之狀。將 壇廟桌下搜查。欺罔之罪三。妄奏被劾知縣關暾原係好官。欺罔之罪四。 皇上謁陵之日。妄奏諸王心變。紊亂朝政之罪一。妄奏調取年羹堯來必生事端。紊亂朝政之罪二。妄奏舉國之人俱不可信。紊亂朝政之罪三。交結阿靈阿揆敘。邀結人心。姦黨之罪一。保奏大逆之查嗣庭。姦黨之罪二。徇庇傅鼐沈竹戴鐸巴海。不行查參。姦黨之罪三。比昵門下行走之蔡起俊。姦黨之罪四。徇庇阿錫鼐法敏將倉場分賠之案。巧為袒護。具奏。姦黨之罪五。曲庇菩薩保。囑託佛格免參。姦黨之罪六。任吏部尚書。將所辦銓選官員。自稱佟選。不法之罪一。縱容家人勒索招搖。肆行無忌。不法之罪二。徇庇提督衙門筆帖式詹泰。囑託吏部侍郎勒什布。改換成例。不法之罪三。發遣安西人犯應給口糧。並赤金等處應裁應補兵丁之處。故行推諉。欲以貽誤公事。不法之罪四。捏造惟有人冬耐歲寒之語。自謂姓應圖讖。不法之罪五。自知身犯重罪。豫將金銀私寄菩薩保家。不法之罪六。挾勢用強。恐嚇內外人等。不法之罪七。索詐安圖銀三十八萬兩。貪婪之罪一。收受趙世顯銀一萬二千兩。貪婪之罪二。收受滿保金三百兩。貪婪之罪三。收受蘇克濟銀三萬六千餘兩。貪婪之罪四。收受甘國璧金五百兩。銀一千兩。貪婪之罪五。收受程光珠銀五千兩。貪婪之罪六。收受六格貓睛映紅寶石。貪婪之罪七。收受姚讓銀五百兩。貪婪之罪八。收受張其仁銀一千兩。貪婪之罪九。收受王廷揚銀二千兩。貪婪之罪十。收受吳存禮銀一萬二千兩。貪婪之罪十一。收受鄂海銀一千五百兩。貪婪之罪十二。收受佟國讓銀二千四百兩。貪婪之罪十三。

收受佟世祿銀二千兩。貪婪之罪十四。收受李樹德銀二萬一千四百餘兩。貪婪之罪十五。收受菩薩保銀五千兩。貪婪之罪十六。又太傅一等公大將軍年羹堯。初以平西藏平青海功。　恩寵莫比。罪蹟漸彰。中外交起彈劾。得　旨。令王大臣三法司九卿會議。旋奏羹堯有大逆之罪五。一與靜一道人鄒魯等。謀為不軌。一奏繳　硃批諭旨。故匿原摺。詐稱毀破。倣寫進呈。一見浙人汪景祺西征隨筆。詩詞譏訕。及所作功臣不可為論。語多狂悖。不行劾奏。一家藏鎖子甲二十八。箭鏃四千。又私貯鉛子。皆軍需禁物。一偽造圖讖妖言。其欺罔之罪九。一擅調官兵捕郃陽鹽梟。致死良民八百餘。奉　旨查詢。始奏並無傷損。後乃奏止傷六人。一南坪築城。官弁騷擾番民。不即劾奏。一詭劾都統武格等。鎮海堡失律。一西安解任時。私囑咸寧令朱炯。賄奸民保留。一縱令劉以堂。詐冒已故保題武功令趙勳名姓赴任。知而不奏。一將幕友張泰基等冒入軍功。共十八案。一家人魏之耀。家產數十萬金。羹堯妄奏毫無受賄。一西寧效力者。實止六十二員。冊報一百九員。一退役王治奇冒軍功。得授州判。其僭越之罪十六。一出門黃土墊道。官員補服淨街。一擬有武官。用綠頭牌引見。一設座當龍牌正座。一穿用四衩衣服。鵞黃佩刀荷囊。一擅用黃袱。一官員餽送曰恭進。一縱子穿四團龍補服。一與屬員物件。令北面叩頭。一令總督李維鈞。巡撫范時捷跪道迎送。一令蒙古扎薩克郡王額駙阿寶下跪。一行文督撫。書官書名。一進京沿途墊道疊橋。市肆俱令閉戶。一館舍墻壁彩畫四爪龍。一轅門鼓廳畫龍。鼓吹樂人蟒服。一私造大將軍令箭。將頒發令箭毀壞。一賞賚動至千萬。提鎮叩頭謝恩。其狂悖之罪十三。一兩次　恩詔到陝。並不宣讀張挂。一奏摺不穿公服拜送。祇於私室啟發。一不許同城巡撫放礮。一勒娶蒙古貝勒七信之女為妾。一以侍衛前引後隨。執鞭墜鐙。一大將軍印不肯交出。一妄稱大將軍行事。俱循俗例。一縱容家僕魏之耀等。朝服蟒衣。與司道提督官同坐。一違　旨逼取儀徵。一勒令川北總兵王允吉。以老病乞休。一要結邪黨沈竹戴鐸等。懷欺惑衆。一袒庇私人馬德仁。阻回甘撫石文焯參劾奏疏。一本內引用朝乾夕惕。故作夕惕朝乾。其專擅之罪六。一建築郃陽城堡。不行題請。擅發銀兩。一委侍衛李峻等。署理守備。奉　旨飭駁。仍不即行調回。一擅用私票行鹽。一　諭停捐俸。仍令照舊公捐。一捕獲私鹽。擅行銷案。一守備何天寵患病。不照例填注軍政。又囑直督李維鈞。勒清苑令陸篆接受前任王大獻虧項。其忌刻之罪六。一凌虐現任職官。縱任私人奪缺。一軍前官兵支糧實冊。不先

咨督撫諸岷。欲令遲誤致罪。一尚書綽奇。自軍營回辦糧餉。清字咨文。不交新任總督岳鍾琪。欲令遲誤軍需。一擬參夔州知府程如絲。販賣私鹽。殺傷多人。欲令李維鈞為巡撫。曲陷原任巡撫趙之垣。一遏抑中書阿炳安等軍功。其殘忍之罪四。一郃陽鹽梟案內。故勘良民無辜。濕豬頭至死。一鎖禁筆帖式戴蘇。一劾金南瑛等七員。急欲出缺與私人。一不善安輯蒙古台吉孫克濟扎卜等。致困苦失所。其貪黷之罪十八。一收受題補官員銀四十餘萬兩。一勒索捐納人員銀二十四萬兩。一趙之垣罷職發往軍營。羹堯勒餽金珠等物。價值二十餘萬兩。一受樂戶竇榮銀兩。一收受宋師曾玉器及銀萬兩。一編置私人私行鹽茶。一私佔咸寧等鹽窩十八處。一收受鴻臚寺少卿郭繼孔古玩。一索屬員傅澤澐賄。不據實劾虧帑。一西安甘肅山西四川四省效力人員。每員勒銀四千兩。一受參革知府欒廷芳賄。奏隨往陝省。一抗各番衣服為己有。一私征新撫各番租糧。一擅取蒲州盤獲私鹽價銀一萬兩。一遣僕販賣馬匹。一私販馬發各鎮。勒重價。一遣莊浪縣典史朱尚文赴湖廣江浙販賣四川木植。一令人賣茶得銀九萬九千餘兩。其侵蝕之罪十五。一冒銷四川西寧等軍需入己。一冒銷軍前運米費入己。一侵用各員弁俸工。凡五年。皆入己。一築布隆吉爾城。冒銷工料入己。一隱匿夔關稅銀。又加派糧規入己。一盤獲私茶。取罰贖銀入己。一侵用河東鹽政盈餘入己。一西安米萬石。未運至西甯。冒銷運費入己。一甯夏各衛貯倉穀。及留西甯養馬銀。並收入己。一侵用城工餘銀入己。一抄沒塔兒寺硼砂茜草諸物。私變價銀入己。一侵用紀運韶等捐解銀入己。一斫桌子山木植入己。共計贓銀三百五十餘萬兩。罪凡九十二款。供狀明白。律應大辟。其父及兄弟子孫伯叔伯叔之子。兄弟之子。年十六以上皆斬。十五以下。及母女妻妾姊妹並子之妻妾。給功臣家為奴。奏上。　恩予自裁。子富立斬。餘十五歲以上之子。發極邊。其父遐齡。兄廣東巡撫希堯革職免罪。嘉慶四年。大學士公和珅。經御史廣興。直督胡季堂。疏發其罪。　恩賜自裁。亦將大罪二十。傳示中外。其詞曰。當　上冊立為　皇太子時。先期預呈如意。洩機密以為擁戴功。大罪一。　圓明園騎馬。直入中左門。過正大光明殿。至壽山口。大罪二。肩輿出入　神武門。坐椅轎直進　大內。大罪三。取出宮女子為次妻。大罪四。川楚教匪滋事。各路軍營文報。任意延擱。不遞。大罪五。純廟聖躬不豫時。毫無憂戚。逢人談笑自若。大罪六。　純廟力疾批章。間有未真之字。輒口稱不如撕去另擬。大罪七。管理吏戶刑三部。將戶部事務。一人把持。變更成

法不許部臣參議一字大罪八西甯報循貴賊番聚衆搶劫殺傷將原摺駁回隱匿
不辦大罪九 國服曾有 中旨令蒙古王公未出痘者不必來京乃故違 諭旨
無論已未出痘俱不令來大罪十大學士蘇陵阿以姻親匿其重聽衰憊之狀侍郎
吳省蘭李潢太僕卿李光雲以曾在其家教讀俱保列卿階兼任學政大罪十一軍
機處記名人員隨意撤去大罪十二私蓋楠木房屋僭侈踰制其多寶閣槅段仿照
寧壽宮式樣大罪十三其墳塋設立享殿開置隧道致居民有和陵之稱大罪十
四所藏珍珠手串二百餘串較 宮中多至數倍并有大珠較 御用冠頂尤大大
罪十五其寶石頂非所應戴乃藏數十餘顆并有整塊大寶石為 御府所無者不
計其數大罪十六家內銀兩衣飾等物數逾千萬大罪十七夾墻藏赤金二萬六千
餘兩私庫赤金六千餘兩地窖埋銀百餘萬大罪十八通薊地方當舖錢舖資本十
餘萬與民爭利大罪十九家人劉全資產亦二十餘萬且有大珠及珍珠手串大罪
二十此皆 本朝大案類識之為辜恩負國之徒垂炯戒焉

王方伯篤韓城文端公孫也道光朝以翰林繼起出視蜀學以倫理課其行以經史
文韻考其藝而尤重默經一試士之熟習十三經者皆得以自見由是羣用力於實

學蓋源本文端督浙學時節目也任滿 宣宗召對以無忝爾祖勗之天下咸謂文
端有後

道光中夷船入江金陵戒嚴兵民乏食山陰人張澄齋（名同穆宗廟諱應以字行）為白[illegible]衙舊
慨然發倉粟三千石傾家財七萬有奇悉以供軍糈振民饑城完寇退口不言功大
府上其義行有 詔褒錄留江南以知府用並 賞孔雀翎是亦我 朝一卜式矣
惜澄齋需次歲餘遽謝世不及稍有所厝施也

文宗登極求直言極諫都御史王廣蔭薦給事中王東槐忠鯁可大用升內閣侍讀
學士旋出守衡州故事給諫外用多監司閣讀學更無用知府者 上面諭云以汝
樸實故任以外事蓋楚南當李沅發亂後 文宗亟欲得良二千石以拊循之也後
果擢武昌道署臬事以丁憂人員殉節

仁和沈觀察廷芳乾隆鴻博科人物也為御史號勁直督山東賑鄒壽拜登萊青道
之 命以萊州老儒高鳳起法坤厚毛贊睟名樂道有加禮焉暇則屏騶從入村舍
延視稼穡問民疾苦人識其所乘白馬見其馬來曰我使君也遷河南按察使入覲
奏言母年九十乞歸養 高宗俞其請並 賜御書旌之服除陳臬山東仍乞歸老

其歸也數千人送至崮山驛皆曰使君前者去不數歲復來今當以何時至邪慰之
曰父老意良厚其各訓子弟勉為善良毋為縈念矣流涕別去觀察歷官中外雖甚
鞅掌不廢撰述蓋桐城方侍郎弟子云

乾隆壬申會試在八月秀水錢籜石侍郎載是科進士也題即二十年前雍正壬子
公中副車題也與韓退之不貳過論題事正相類（按歲貢己未福建鄉試題為大學之道四字明年會試題適與之同聞人朱君鴻瀾未中鄉捷均中第六名尤為巧湊）

籜石侍郎襟情蕭曠豪飲健談每偕朱竹君王石臞諸公過法祭酒冬夜消寒巷波
浮白必至街鼓三四下竹君盛推戴東原經術侍郎獨有違言論至學問得失處輒
發赤聚訟紛拏酒罷出門猶囂囂不已上車復下者數四月苦霜淒風沙蓬勃餘客
拱手以俟無不掩口笑者

厲樊榭徵君意制拙率不修威儀嘗曳步緩行仰天搖首雖在衢巷時見吟詠意市
人望見遙避之呼為詩魔

建寧朱仕玠仕琇兄弟皆為教諭仕琇名尤高師事朱笥河善為古文仕玠工詩為
歸愚尚書所契賞閩中人士有六詩三筆之譽

乾嘉間滿臣篤嗜風雅愛友若渴者莫如法時帆祭酒嘗集海內名流投贈諸作儲諸一室
號曰詩龕又以所居積水潭為明李東陽故宅因修其祠墓為作年譜其襟抱可想已

笥河先生先主劉文正公家文正大拜後先生不復通刺往候一日文正遇先生於
朝戲之曰其忘我邪先生正色曰非公事不敢過丞相門文正稱為狷者狷者

浙西先輩多稱湖州三炳秀州二年二年指李斯年良年兄弟浙士皆能舉其文行
三炳人知有東甫徵士炳震耳東甫所著新舊唐書合抄廿四史四譜闕為史學津
梁其弟炳巽絳旂有補正水經注炳謙幼牧說五法九政受知浙督程元章亦舉大
科蓋皆無媿兄風者也二陸三張令人翹慕

唐宋名臣多由子孫條上政蹟始得美謚 本朝則或出 特恩或付禮臣議定無
子孫請謚之例前卷紀英相國和之先德文莊公至嘉慶年追謚益 仁宗夙知公
被和珅屈抑故 特旨易名非由相國自乞也攷康熙朝永嘉縣知縣馬琇殉難因
其子疏請追謚忠勤又六十一年十一月西安副都統阿魯疏奏臣父濟世哈因軍
前効力擢用至正紅旗都統刑部尚書三等男於康熙元年病故未蒙 賜謚伏乞
皇上加恩 世宗允之得謚勇壯此曠世 殊恩後亦無敢援例者

兩淮都轉。撫東南財賦之雄。此席得人。於席鹺政均有裨益。道光中。陶文毅整理淮綱。選江甯守平羅俞君德淵爲之。運使君初到揚。運庫若洗。次年遂有三百萬之儲。繼後則高陽李廉訪僉通。亦能一塵不染。諸務肅然。去任時。鹺商例有重贐。廉訪力卻之。陳泉兩浙卒後。靈櫬過邗。商家仍申前請。其妻子仍力卻之。謂遵令然也。嗚呼。脂膏之地。爲守難兼綜核之才。公私是賴若二君者。可以風矣。

道光二十二年六月。夷船入長江。鎮江不守。屠戮甚慘。揚州官紳。令餘東場鹽大使顏崇禮。效鄭商人弦高故事。始犒以羊酒雞豚。繼賂以金幣。書說並有頭項說帖說於江干語。復許番銀五十萬。相約不入揚州城。卒以無事。梁茝林中丞浪迹叢談極稱之。又特表但都轉。周觀察之主持。與阮文達之坐鎮。至以漢末黃巾。避鄭公鄉爲比。噫。何其謬也。此舉倫出自淮商。爲捍衛身家。保全揚邑起見。當時和戰未定。或可行權。若都轉觀察。則皆守土之大官。奈何質城以求活乎。文達老成持重。殆別有堅定之志。不肯以先去惑人。茝林中丞當海氛萌芽。連章乞病。時爲江蘇巡撫。已不能自顧其生平。及僑寓維揚。反若韋錢神之有靈。以媚敵爲巧計。大書特書。歸功當道。何其謬也。中丞素而好學。卓然名鄉。叢談中是段及後二則議論。可謂無識。

浪跡叢談記康熙朝士。有宮僚雅集杯。蓋其時十人。各製酒器十事。互相招邀。杯以白金爲之。分別大小。如杏杯式。白質黑章。外界烏絲花草。內鐫諸公姓字里居。旁鐫宮僚雅集四字。以量之大小爲次。首湯斌字潛庵。河南睢州人。次沈荃字繹堂。江南華亭人。次郭棻字快圃。直隸清苑人。次王澤宏字昊廬。湖北黃岡人。次耿介字逸庵。河南登封人。次田喜霈字子湄。山西代州人。次張英字敦復。安徽桐城人。次李錄予字山公。順天大興人。次朱阜字即山。浙江山陰人。次王士禎字阮亭。山東新城人。皆一時同官坊局講讀者。承平雅識者。俊遺風百世下猶足鼓人清興也。梁氏書中記是杯淵源綦詳。飾潤存之。爲後來吉金錄中增一故事。又按錢唐汪遠孫詩集有宮僚雅集酒器歌敘云孫兩人表丈出以宴客。兩人頤谷子。是此杯後入仁和孫氏矣。汪詩又云。前杭復梁兩勤款以一合十觴醲酬。自注。是酒陳卷兩先生。皆善飲。能盡一套。

梁茝林中丞章鉅。獲見宮僚雅集杯。屢思仿製。就養溫州。追溯開藩吳下時。有小滄浪七友之集。皆壬戌同歲生。曾繪成長卷。又勒石於滄浪亭。至是復鑄成銀杯。亦以酒戶大小爲序。鐫名杯底。七友者。首安化陶文毅公澍。元和吳廷琛棣華次之。溧縣朱珔蘭坡次之。中丞又次之。寶應朱文定公士彥次之。吳縣顧蒓南雅次之。華陽卓文端公秉恬殿焉。中丞復誌以七古。亦見叢談。

浪迹叢談稱阮文達退歸後。初署門聯曰。三朝閣老。一代偉人。下句蓋敬錄 天語。非自誇也。然公終恐涉於炫耀。遂改對語。爲九省疆臣。康祺竊謂名德如文達午橋綠野。誰不欽遲。自撰門聯。仍嫌好事。

吳槐江督部熊光。由楚督調粵督。引對時。 上曰。教匪淨盡。天下自此太平矣。公奏曰。督撫率郡縣加意撫循。提鎮率將弁加意訓練。使百姓有恩可懷。有威可畏。太平自不難致。若稍形鬆懈。則戎伏於莽。吳起所謂舟中皆敵國也。 仁宗大韙之。

皋文先生七試禮部而後選散館。已以部屬用。朱文正公特奏改授編修。文正薦進達之。而皋文斷斷以善相諍。文正言 天子當以寬大得民。皋文言 國家承平百餘年。至仁涵育。遠邁漢唐。吏民習於寬大。奸孽萌動。宜大伸罪罰。以肅內外之政。文正言 天子當優容有過之大臣。皋文言庸猥之輩。倖致通顯。復敢壞 朝廷法紀。惜全之何益。文正喜進淹雅之士。皋文言當進內能治官府。外能治疆場者。皆炎炎大言。救時藥石。見惲子居大雲山房文稿中。世以經生文士待先生。蓋屈先生久矣。

臺灣平後。雍正年間。有請建城垣者。 憲聖諭云。臺灣非內地比。此次之易於收復。亦因賊無險可據。設有城垣。賊必負隅抗拒。更費兵力矣。故至今臺灣郡縣。猶用刺竹。

燕下鄉脞錄卷七終

燕下鄉脞錄卷八

清 鄭陳康祺著

超勇公海蘭察不檢細行和珅與之齟齬一日於 純聖前訐其在甘肅勦賊回京收受皮張等物 純聖諭云海蘭察能殺賊皮張收以禦寒何必詰責汝等既不能殺賊亦豈能謝絕人情乎和珅語塞

前明王弇州觚不觚錄云京師自內閣以至大少九卿皆稱老先生門生稱座主亦如之蓋稱謂之最尊者也外省則敘憲以上悉以此稱巡撫若稱按部使者則止曰先生大人而已阮亭居易錄云京官沿明舊稱如內閣部堂彼此曰老先生翰詹亦然給事曰掌科御史曰道長吏部曰印君曰長官自 國初以來皆然余再入京師則諸部郎官以下無不稱老先生者矣柳南隨筆引此兩條而又伸之曰阮亭所云康熙己巳年事比弇州時風氣已異今則一登兩榜未有不老先生之者蓋三四十年風氣又為之一變康祺入都在同治初所謂掌科道長長官者絕無如此稱謂惟印君則六部掌印者皆然不獨吏部而老先生三字則貴賤上下滿朝無一人稱者按詞林掌故翰林前輩稱後輩曰老先生近亦不行閣最時新進士稱先達曰前輩此稱甚古而今則惟內閣

翰林院吏部禮部都察院及軍機章京以此相呼蓋由貲郎日多仕途淆雜惟此數衙門尚須正途出身故相沿未改也余謂內閣衙門今亦有以捐納得官者或輸餉賞舉人報捐中書或以恩貢歲貢遵例捐納六部主事每科以進士拔貢 上點用者亦不絕凡科甲中人正宜循前輩後輩之稱而不必兼及嚕蘇功名志業稍自矜奇事雖細微而所關亦鉅也

吳退旃尚書椿人言其生平有四反體極羸弱而豪飲之氣辟易萬夫一也不喜談文章而屢司衡鑒二也家居極儉約而推財濟物豪無所吝三也前司空時以不擅工作為歉而督辦浙江海塘將數十年未修之工同時竣事四也

退旃尚書道光己丑以光祿寺卿被 命典春官試凡禮部題請會試考官光祿卿例不列銜此 特恩也

詩人遭際唐宋至 本朝以長洲沈尚書為第一天下孤寒幾視為形求夢卜矣當公進呈新詩時中有夜夢俞淑人一首未經刪去 高宗見之謂汝既悼亡何不假歸料理因 賜詩送行還朝後同內直諸臣恭和 悼孝賢皇后輓章中有兒字亡字難於措詞公獨云齊天俱灑淚老耄似童兒又云海外三山杳宮中一鑑亡命即寫卷後傳示諸臣及公告歸 命大司馬梁詩正奉 御製十二本令德潛逐日校閱先繳進四本 上命之曰改幾處俱依汝惟大鐘歌中云道衍儼被榮將命汝改榮國因道衍封榮國公也榮將本黃帝時鑄鐘人汝偶然誤會然古書讀不盡有我知汝不知者亦有汝知我不知者餘八本盡心校閱不必依違至於 賜序私集俯和原韻稱老名士老詩翁江浙大老渥眷殊恩幾於忘分公亦何修得此乎

歸愚尚書主吳下壇坫時門下士王光祿鳴盛錢詹事大昕王少寇昶曹侍講仁虎趙少卿文哲吳舍人泰來黃明府文蓮彙刻吳中七子詩以文章氣節重天下談宗派者至今稱頌康祺以為就今日論之師徒著述強半流傳二王錢曹諸公其才學實出歸愚上而在當時則陶成獎借尚書未必無功世之身負達尊有氣力足以庇士者其亦留心雅道收桃李門墻之效哉成就人才挽回世運是當今第一事業命已上均有此旨但為史書所傳學業淵源起見猶淺論也

一物不知以為深恥陶宏景語也遭人而問少有寧日皇甫謐語也百詩先生集以題柱用自策勉宜其邃學通經積成儒碩歟

惠天牧先生初生時父夢東里楊文貞公來謁遂名士奇年十二善為詩有柳未成

陰夕照多之句為名流激賞弱冠補諸生人戲謂之卿熟史記漢書試為我誦封禪文即應聲朗唱終篇畧無譌脫康祺昔作幼慧論有云韓昌黎送張童子序稱其生九年自州縣至禮部試一舉而進又二年復通二經有司復上其事由是拜衛兵曹之命唐四百年科第之盛當無其偶而新舊唐書曾未一見姓名宋時以神童解者歲至數百人而成大名者不多得蓋極言天質之不可恃觀於先生雖生有宿根恐亦賴濡染家學潛心稽古之效也不然吳中惠氏三世經師豈元龍定宇兩先生皆為名臣轉世

定宇先生之弟子最知名者為江聲叔澐余蕭客仲林仲林撰古經解鉤沈三十卷書將成適嬰疾無暇校正遂有疵闕然不能不謂之精博也病愈損其目生徒求教但以口授時人稱為盲先生

叔澐徵士愛古成癖平生不肯為俗字尺牘書疏皆依說文其寫尚書澀水依淮南作塵汝乃是不發依爾雅義作孟人頗怪之遂不改也內行甚修對家屬如賓客交友不妄取孫淵如以一縑贈累書十言卻而後受嘉慶元年舉孝廉方正不仕卒於家徵君常欲舉經子古書繩以說文去其俗字命曰經史子字準繩此書若成真不

朽之業也。

乾隆朝舉經學，顧陳吳梁四君，同授司業。顧陳以老辭，吳遷講學，陞侍講，梁擢至少詹事。然顧先生雖未一日立朝，而眷遇之隆，在三君上。先生嘗成進士，與陳司業同，其補中書舉鴻博，則陳所未有，此猶浮榮也。當先生詣闕祝 皇太后萬壽時，數被引 對，曲加恩禮，既辭去將發，製七言詩二章美之。 高宗幸江南，又 賜御書，加二秩為祭酒，三十年。 諭曰：儒林亦史傳所必及，果經明學粹，不論韋布，豈以品位拘，如近日顧棟高輩，終使淹沒無聞耶。嗣是史館始立儒林傳，先生之所遭，殆視包咸桓榮有過之已。

無錫顧祭酒少治春秋，篤好左氏學，晝夜研誦，輒未暫輟。偶悵悵忿懥，家人以左傳一卷置其几上，怡然誦之，不問他事。自壯至老，懃懃訂述，常若不及。夏月閉戶不見一客，卸衣解襪，據案玩索，膝搖動不止，每仰視屋梁而笑，人知其一通畢矣。

介休梁詹事著有易經揆一，始被薦，即錄上之。 高宗嘉焉。 敕將梁錫嶼所著經學，翰林中書各謄寫一部，紙札給於官。金匱吳侍講鼎所著易例舉要、東莞學案，亦奉 諭著錄四庫。我 聖朝尊經重道，蹤跡不遺，宜乾嘉後樸學蔚興，繼四先生而起者，家許馬而人鄭孔也。

四先生中，薦而未出者，僅常熟陳先生一人。先生自雍正元年禮部中式，不與 殿試，拂袖南歸，僦屋華匯之上，執沖慕道，清靜自養，求執業者，裹糧相從，不肯出門候人。惟長洲沈德潛、宜興儲大文嘗一詣之，衰衰華閒，率爾休帳。嘗謂人曰：吾老是鄉矣。會 詔天下徧設書院，大吏聘為蘇州紫陽院長，移徐州之雲龍，又換安慶之敬敷，揚州之安定，皆強而後可，不久辭去。人問其故，慨然曰：士習未醇，師道不立，懼負 朝廷，招物議也。又此席似宋時祠祿，仕而不遂，可以處焉，吾不求仕而久據之，人縱不言，吾自覥汗無厝矣。乾隆十五年，公卿交薦經學，終不肯起。 天子重之，即家拜為司業。觀先生行事，覺東西京處士風流，去今未遠。

凡王公大臣 召對賜坐，故事蒙 諭宣賜，叩頭即坐。自嘉慶初年，成哲親王秉性謙溫，謝而不坐，遂以為例。道光初，諸臣面奉 諭旨，仍復舊制。

嘉慶十八年，鐵冶亭尚書保、王文僖公懿修為大宗伯，秀楚翹堃、胡西庚長齡、英相國和、汪文端公廷珍為少宗伯，鐵出王門，胡汪英秀前後均出鐵門，時有春官六座六師生之語。

嘉慶二十三年大考之次日， 仁宗召英相國諭曰：汝子奎照奎耀試作，耀當在二等，照次之。今日閱卷，未嘗宣露一字，俟拆封後看若何。既而耀居二等，照列三等，仍為滿洲第二名。越日， 聖駕詣東嶽廟，小黃門傳 諭云：文章自有定評，日昨所斷竟不爽。 仁宗幾暇留心詞賦，當時操玉尺者，洵未易也。

列聖每於年終， 御書福字，賜中外大臣及翰林之值 兩書房者，其兼 賜福壽字為異數。其 召入覲，賜 御書，即時受賞者，尤為異數。至於嘉平朔日， 聖駕在重華宮，以康熙年間賜福蒼生筆書福字斗方十幅，則用以張貼宮庭，從不頒賜臣下。道光三年， 宣宗御此筆，於十幅外，別書福字一幅，交總管太監祺寶傳旨賞協辦大學士英和，寵出非常， 恩遇前後俱未有云。

國學禮器多貽自前朝，乾隆三十年， 上復於大內尊彝中，親選十器，頒予成均。凡犧尊一，雷文壺一，子爵一，內言卣一，康侯鼎一，明簋一，雷紋觚一，召仲簠一，素洗一，犧首罍一，皆周以前法物，陳設於 大成殿廷。同治壬申仲秋，康祺嘗偕友盥祓瞻仰，典重璘[illegible]，莫名其寶，歸後擬分賦十器，輒以才薄，呼奈何也。按乾隆四年，送闕里孔廟陳設祭器，爵一，鉶十六，簠一，簋一，籩四，豆四，乃新製者。

順治乙未冬，名日講官五人進講，王文靖公熙講尚書堯典，稱 旨。奉 諭嗣後講官不必立講，遂侍坐。講官之設坐，自文靖始。

康熙中修四書講義，至鄉黨篇羔裘玄冠不以弔，玄字為聖祖諱，葉文敏公方藹商之同僚，均未有以對。翰林典簿穆維乾曰：大字當仍原字，以尊經；小字改元字，以避諱。文敏問何所本，對曰：中庸慎獨，乃原字，小注改慎為謹。文敏從之，大加拔擢。或曰：康熙年間，翰林遴選博雅，何至今典簿有言。康祺以為文敏以院長之尊，督修書籍，不自斷決，詢及微僚，正前輩貴人風氣也。

康熙甲戌， 特旨令禮部取霸州庠生林佳陰充內官學漢教習。 諭廷臣曰：是朕教書林師之孫，其家甚貧也。時 上御極已三十餘年，佳陰方為諸生，林師何人，而 聖祖惓惓乃爾。錄此以諗熟於國故者。此事文獻徵存錄、海島逸志均紀之，均未詳其出處。

同部噶爾丹叛，擾我喀爾喀各盟部。 聖祖親征凱旋，駐蹕歸化城，大饗軍士，俾因有老胡者，善吹笳，口辯通漢語。 上賜之潼酒，使歌之。曰：雪花如血灑戰袍，奪取黃河當馬槽，滅吾名王兮虜我使歌，我欲走兮無駱駝，嗚呼黃河以北奈若何，嗚呼北斗以南奈若何。乃伏地謝，眾大笑。老胡一歌，傳之後世，蓋亦天山敕勒之嗣音也。

聖祖嘗諭閣臣曰。天下黎元。皆朕赤子。朕最憫念者。有三等人。一讀書寒士。一饑寒窮民。一無知犯法之人。昔成湯之立賢無方。文王之哀無告。夏禹之泣罪人。我 仁皇帝殆兼之矣。

溧陽史文靖公貽直。與年羹堯為齊年。年敗後。 世宗問文靖曰。汝亦年羹堯所薦乎。公免冠對曰。薦臣者年羹堯。用臣者 皇上也。 世宗意解。

漳浦藍氏。代產名將。獨鹿洲太守鼎元。博覽前籍。有志經世。以循吏稱。嘗參從兄南澳總兵廷珍軍事。經畧臺灣。多所籌畫。閩中大吏知張清恪輩咸倚信之。令廣東普寧潮陽。決獄平恕。治盜及訟師獨嚴。民心大洽。忤惠潮道樓儼。誣以贓。私儼遣臬司益周內成獄。總督鄂彌達知其冤。留之幕府。並具疏白受誣狀。徵詣 闕廷。擢知廣州府。 賜賚褒異。初起廢籍。即躐升階。在 聖朝自不屈一士。惜到官一月即卒。未及報 世宗特達之知。按鼎元以舉職卓異知縣陞升知府。若依近年吏議。則第一次保免罪。二次保開復。三次保免繳捐復銀兩。四次保仍留本省以知縣用。五次保免補本班以同知直隸州用。六次保補同知直隸州後以知府用。七次保免補直隸州以知府仍留原省補用。八次保歸入候補班。其間又有捐免保舉捐免引見之條。而所謂知府者。仍一賦數應官之缺補人員也。京外選補大抵知此。有志之士。未免灰心。康祺人地卑微。何敢橫生議論。竊見今日時勢。部院行省皆若官多而臨事輒有乏才之歎。愚意以謂異奇有用之才。越二三階而宜為倖擢。開其無能之輩。列八九品。而亦是濫躋。文法限人。資格用士。雖東閣虛求。思愛計子。

雍正元年。黃崑圃先生叔琳。典江南鄉試。填榜竣事。揖監臨曰。一榜三經師。可為朝廷得人慶矣。蓋謂荊谿任啟運。常熟陳祖范。當塗徐文靖也。

八九十年來。吾郡教授。以博雅著聞者。必推前丁後馮。馮即御東先生。杰。見前 丁蓋小疋先生杰也。歸安人。少以清苦建志。家貧不能得書。日就書肆中讀。自朝至晡以為常。肆主閔之。為具食。不食也。久之。博學多通。應鄉試以策問大戴禮。所對獨精。遂中式。入都。交朱竹君。盧召弓。戴東原。程易疇諸君子。學益進。聚書益多。通籍得縣令。以親老。乞為儒官。始來吾郡。先生所藏書。皆審定其句。博稽他本同異。以紙反覆細書下簽其中。孫頤谷侍御志祖嘗戲之云。君書頗不易讀。遇風紙輒四散。不可復詮次。奈何。鄉先輩相傳先生最寶愛其書。每厚糊粘紙八九層為面葉底葉。見者輒笑曰。此丁氏藏書也。康祺幼時。見吾家鄰街有小酉山房書肆者。其主人丁姓。每與之指價購書。喜其樸吶。兵後不復見矣。嗣知小酉山房即小疋先生集名。而書肆主人姓又適合。豈即先生一家耶。憾當時鄙陋。尤甚不及就詢先生遺著。思之歉然。

軍機大臣穿綠牙鈍襬。自嘉慶二十一年。 特旨賞托津盧蔭溥始。並 諭嗣後軍機大臣俱准穿用。

乾隆五十二年。軍機章京給事中按近例打道無銜軍機者劉謹之病故。其妻湯氏夫亡殉節。事聞。 賞謹之鴻臚寺卿銜。並 賜銀一百兩治喪。湯氏 特旨旌表。夫以妻榮。極胄之異數也。

畢秋帆尚書開府武昌。幕下賓僚多一時方雅之士。曾重修黃鶴樓成。江都汪中為之銘。歙縣程瑤田書石。嘉定錢坫篆額。過客登樓。歎為三絕。

寶應劉端臨先生台拱。學宗康成。行儀紫陽。舉鄉試後。兩上公車。不復出。為丹陽訓導。課士之暇。閉門著書。事繼母至孝。常家信來。輒目瞤。先覺一夕。忽心動。請急歸視母果病。月劇。亟嘗醫藥以進。母瘥之曰。如吾子。不過所生耶。連遭二親喪。哀毀過情。蔬菲四年。人以為難。

青浦王侍郎嘗曰。吾於淮海得四士焉。給事中王念孫。及子引之。善蒼雅之學。汪中為楊馬之文。劉台拱有曾閔之孝。時謂四士三美宜矣。

甘泉焦里堂孝廉循。鄉舉後僅一試禮部。遭母喪。既免。病足。移居村舍。築小樓數間。凡榻之外。書研茶具而已。嘗語人曰。家雖貧。幸蔬米不乏。天之疾我。福我也。吾老於

此矣。孝廉為阮文達姻連。學深於易。世多習之者。

湯文正公撫蘇。步訪徐枋。世謂枋避而不見。余既於一筆辨之矣。公任潼關道副使時。朝邑雷子霖。以理學顯。公治事之暇。時造其廬。以誌景慕。歿後。漢陳蕃守豫章。禮下徐穉。守樂安日。亦特設一榻。以待周璆。自來賢者涖官。固無不以訪隱求賢為汲汲也。

湯文正赴嶺北道任。僅一簏。載襆被出關去。及移疾受代。衣物了無所增。

湯文正之奏革淫祀。投五通神像於湖中。世多紀之。先是上方山民掘地得碑。其文曰。肉山酒海。遇湯而敗。可知淫昏氣燄。必待正人得位而始衰。亦早有定數也。

湯文正內召去蘇。其夫人乘輿出。有敗絮墮輿前。老少見者為泣下。至京。貧益甚。賃居委巷。禦寒只一羊裘。冬月入朝。衛士識與不識。咸目之曰。此羊裘者。即湯尚書矣。先義行公最喜談于清端。陸清獻。及文正遺事。嘗訓康祺曰。清儉非必皆名臣。名臣未有不清儉。或曰。儒家本殷富。入官必勉學寒素。亦似矯情。先公曰。褕衣珍食。聲色狗馬。其人本不宜官。若自奉厚薄。原可各行其素。但不可有意求精。蓋於日用嗜好中。多用一分心。必於民生國計上。少用一分心。此即不肯清儉之病也。不肖

為外吏不遠矣。世守先曉勢。未能如操門務巻之夫。過自畫苦。惟於有意求精四字。庭詔在耳。豈忍背之。豫約妻孥。同遵彝訓。

明季講學諸家。入 國朝後。東林高顧兩家子弟。頗能不隕其家學。攀龍從孫愈。世仍廉白。守靜不苟。晚歲清寠至極。啜粥七日矣。方挈其子臨城眺。眺不改其樂。嘗曰。士求自立。當自不忘溝壑始。人有憐愈至愈前。輒自媿曰。是可令紫起見乎。鄉人以道學相詆娸。至於愈。僉謂此醇備長者也。同縣顧棟高事愈。談經誨誘不倦。棟高每歎曰。便便之腹。真五經笥。但不為孝先之假卧耳。儀封尚書撫吳。嘗請主東林會講。愈以疾辭。

愈從父世泰。親受業攀龍。名尤甚。學甚該究。晚葺道南祠。麗澤堂。以梁谿為講習地。祁州刁包。關解諧之兩人。非同門學也。而更相切磋。學者以為美談。由是南梁北祁之號起。陸清獻、張清恪。皆與友善。若孝感相國。則世泰之徒所成就者也。汪學聖講學於鄉。發揮聖道。頗雜玄言。既一至梁谿。惘然自病。學聖里人汪知默、陳二典、胡淵、汪佑、吳慎、朱宏、施璜等。先於紫陽書院為文友之會。講論闕學。則學聖至梁谿。遂各相從問道。奉書稱弟子。二高先生含沖隱居。守先待後。他日有輯 本朝學案者。當無得而遺焉。

盧抱經學士少傳父業。按學士父存心。嘗舉鴻博科。未赴。敦篤嗜古。婦翁桑調元時之盛德。甚推器之。以為風韻似其外祖馮景。其湛深乃過景也。學士父藏景遺稿於家。有示學士詩云。外祖馮山公。文章驚在宿。衣缽無後人。瓣香落汝手。學士謹識之。晚乃出景解舂集。請長洲彭紹升別擇繕行。

調元世稱弢甫先生。著述宏富。為工部郎。忽棄官徧游五岳。人競高之。先生父文侯。真孝子也。家貧。粥角黍於市。親病閉鬲。合羊脂和粥以進。終不痊。抱鐺而哭。人為繪抱鐺圖。萬徵君光泰贈詩云。羊脂數合米一匊。病父在牀唯啜粥。父能啜粥子亦甘。粒米勝於五鼎肉。升屋皋某無歸魂。束薪斷火鐺寒恩。牀前呼父鐺畔哭。抱鐺三日鐺猶溫。恨身不作鐺中米。臨沒猶能進一匕。謂鐺不聞鐺有耳。丁卯冬初。康祺乘輪船北上。狂飆巨浪中。泱涍涍下。同舟以為性悍波濤。其實見有攜鐺煮粥者。偶諷萬詩也。是編鮮錄尋常詩詞。以此首音節哀惻。足發至性。登之。

何義門學士。用李安谿薦。以一寒士 賜舉人。侍直南齋。再 賜進士出身。改庶常。散館入下等。仍留館肄業。尋 授編修。被參解官。仍令書局校書。 聖祖之矜全極矣。然康乾間文士。似此受知者尚多。惟義門歿後。奉 旨贈侍講學士。以被議七品官卒於牖下。身後 晉秩。特超坊局五階。曠世之遺。義門果何德以堪此。

何義門僻望駭俗。其所著書。所謂道古錄者。既云為人竊去。其校定困學紀聞。則前讓閻微君。後媿全吉士。至以詞科習氣譏厚齋尚書。正不知義門於詞科之學。有無夢見。居然應發大言。按四庫提要及簡明目錄。困學紀聞條。於焯之妄抵掊。大有微詞。謝山作紀聞序。亦謂為批尾家當。若世所傳流之讀書記。即義門弟子。亦早云真贋參半。不出焯手矣。我 聖祖之破格優崇。本出安谿乞請。姑令厠之編纂。以示一技之不遺。至康熙季年。按為焯以己女寄皇子允禩撫養。及為潘耒之子寄緣。雍正初年。按為焯名世實。則何焯之不識恩義。行止不端。遂明見之 兩朝諭旨矣。海內人士。幸勿以浮名而震之。按謝山表墓。稱義門少書從坊社時文行世。講海之內。五尺童子皆道之。而不知非為劉遺原洪野盛事。余以為謝山此數語。天下自有當之者。而義門非其人也。

程易疇先生瑤田。少入塾。師謂童子盍言爾志。曰無志。窮達由天。窮為匹夫。不得曰非吾志而卻之也。達為卿相。不得曰吾志不及此而逃之也。坐者起曰。是聖賢之志也。先生曰。讀書不當師聖賢耶。

易疇先生為嘉定教諭最久。齋規嚴整。踵法蘇湖。士習為之一變。乞病歸。邑人賻忠烈名流手蹟贈之。先生曰。鄉賢手蹟。宜藏於鄉也。對曰。先生不取吾邑一錢。豈破紙亦不受耶。乃受之。王光祿詩曰。官惟當湖陸。師則新安程。康祺屢讀通藝錄。焯然知此語之不誣。

結埼亭外集記 本朝江浙兩大獄。一為莊廷鑨史禍。一為戴名世南山集之禍。談舊事者。所當知也。錄之。 明相國烏程朱文恪公。嘗作明史舉大經大法者筆之。已刊行於世。未刊者。為列朝諸臣傳。國變後。朱氏家中落。以稿本質千金於莊廷鑨。廷鑨家故富。因竄名已作刻之。補崇禎一朝事。中多指斥 昭代語。歲癸卯。歸安知縣吳之榮罷官。謀以告訐為功。籍此作起復地。白其事於將軍松魁。魁移巡撫朱昌祚。朱牒督學吳尚衡。廷鑨並納重賂以免。乃稍易指斥語。重刊之。之榮計不行。特購得初刊本上之。法司事聞。遣刑部侍郎出讞獄。時廷鑨已死。戮其尸。誅其弟廷鉞。舊禮部侍郎李令晳曾作序。亦伏法。并及其四子。令晳幼子年十六。法司令其減供一歲。則得免死充軍。對曰。予見父兄死。不忍獨生。卒不易供而死。序中稱舊史朱氏者。指文恪也。之榮素怨南潯富人朱佑明。遂嫁禍。且指其姓名以證。并誅其五子。松魁及幕客程維藩械赴京師。魁以八議僅削官。維藩戮於燕市。昌祚、尚衡。賄讞獄者。委過於初申嚴之學官歸安烏程兩學官並坐斬而二人幸免湖州太守譚希閔蒞官甫半月事發與推官李煥皆以隱匿罪至絞湖墅關榷貨主事李尚白聞閶門書坊有是書遣役購之適書賈他出役坐其鄰一朱姓家少待及書賈返朱為判其價時主事已入京以購逆書立斬書賈及役斬於杭鄰朱姓者因年踰七十免死偕其妻發極邊歸安茅元錫方為朝邑令與吳之鎔之銘兄弟嘗預參校悉被戮時江楚諸名士列名書中者皆死刻工及鬻書者同日刑惟海寧查繼佐仁和陸圻當獄初起先首告謂廷鑨慕其名列之參校中得脫罪（按小說傳奇咸謂繼佐由吳六奇得脫漁洋文集亦云然非也）是獄也死者七十餘人婦女並給邊蕃浙之大吏及讞獄之侍郎鑒於松魁且畏之榮復有言雖有冤者不敢奏雪也之榮卒以此起用幷以所籍朱佑明之產給之後仕至右僉都。

桐城方孝標嘗以科第起官至學士後以族人方猷丁酉主江南試與之有私並去官遣戍遇赦歸入滇受吳逆偽翰林承旨吳逆敗孝標先迎降得免死因著鈍齋文集滇黔紀聞極多悖逆語戴名世見而喜之所著南山集多采錄孝標所紀事尤雲鶚方正玉為之捐貲刊行雲鶚正玉及同官汪灝朱書劉巖余生王源皆有序板則寄藏於方苞家都諫趙申喬奏其事九卿會鞫中戴名世大逆法至寸磔族皆棄市未及冠笄者發邊朱書王源已故免議尤雲鶚方正玉汪灝劉巖余生方苞以謗論罪絞時方孝標已死以戴名世之罪罪之子登嶧雲旅孫世樵並斬方氏有服者皆坐死且剉孝標尸尚書韓菼侍郎趙士麟御史劉灝淮揚道王英謨庶吉士汪份等三十二人並別議降謫疏奏　聖祖惻然凡議絞者改編戍汪灝以曾效力書局敕出獄方苞編旗下尤雲鶚方正玉免死徙其家方氏族屬止謫黑龍江韓菼以下平日與戴名世論文牽連者俱免議是案也得　恩旨全活者三百餘人康熙辛卯壬辰間事也（莊廷鑨事前筆紀之未詳故補錄全氏語）

燕下鄉脞錄卷八終

燕下鄉脞錄卷九

清　鄞陳康祺著

阿文成公云康熙間臺灣叛警報（按叛作亂恐誤）到日　仁聖正率　諸皇子在暢春園習射　諭令該部知道旋報全臺失陷仍如　前諭　諸皇子請宣旨指授機宜　仁聖不答射畢回宮始　召諸皇子諭之曰閩省距京數千里臺灣復隔重洋平日用督撫提鎮原為地方有事而設伊等自能就近籌辦若降諭旨豈能悉合海外情形督撫不遵是違旨遵則誤事未幾全臺收復矣見海虞吳督部熊光伊江筆錄錄凡五卷有關於掌故甚多中有余所未見者刪節登紀是條合下六則皆是

阿文成公云　純聖壯年曾患瘧甫愈醫云須養百日元氣可復　孝賢皇后聞知每夕於　上寢宮外居住奉侍百日滿後始回宮

阿文勤公克敦管理刑部時諸曹司屢請纂修則例文勤置不答因逸公子文成公代請仍不答文成惶然得間復以為言文勤喟然曰汝何不曉事至此近日刑名從重辦理乃一時權宜辟以止辟之義若纂為成例則他日刑官援引傷人必多豈尚德緩刑之道乎文成每為司讞者述之康祺敬按　世宗臨几末命有云雍正一朝凡刑部辦案比傅重典者悉令改從舊例可見　聖君賢相一德交孚其猛以濟寬實萬不得已而為此也

襄壯公阿里袞管理步軍統領時番役報單無不收閱然隨即廢匿從不示人既稔知法和尚之奸擒斃杖下此外細故不苛求一事京城帖然前後執金吾罕有其比

阿文成征金川一日安營已定忽傳令遷移諸將以天晚力阻公隨發令箭云違者立斬合營雖從之而不免怨誹迨昏夜大雨前此營基水深丈餘幾可漂沒咸詫為神奇公曰我有何異術特見羣蟻移穴知地熱將雨耳康祺按文成此舉不難於先見而難於實言稍有權術者必又以為遁甲奇門矣健兒難莽肯受吾紿

康熙間俄羅斯貢使入京　仁聖令選善撲虎有力者在館伺候凡俄國一使一役出外必有一善撲者隨之俄人雖高大強壯而兩股用布束縛舉足不靈偶出擾民善撲者從其後踢之輒仆地不能起以此凜然守法

侍郎錢樾值　上書房適某　皇子叱辱諳達麟寧過當麟已拜參知侍郎以　皇子不應凌虐大臣正詞規勸　皇子亟謝過後侍郎視學江蘇途次遇學政處督船烜赫逾分訾附摺陳奏絕無瞻顧

文房佐供以錫或磁為之用以養筆者世皆稱為筆掭賀筆飲也倡自梁山舟學士學士工書負重名以毛穎染墨後一經燥枯便不適用爰出新意採錫方二寸餘高如之面設四竅大小各二以受卓筆中容水數合使得上潤毛穎不至漸濡而止名曰筆飲學士自造銘以寵之

趙谷林徵君昱家藏側理紙蓋南越人以海苔為之質堅而膩世不輕有　高宗南巡獻之　行在拜　賜宮錦四端沈觀察椒園以賜錦名其堂張觀察瑤峯為之書沈宗伯歸愚記之梁少師薌林書以勒石

錢塘丁處士敬韜伏荒江兀傲自負博物工詩尤專門金石之學方制府觀承愛其鐵筆媚制府者欲得其一二方通意指而忍辭殷精屢驚而逸去江苑卿春世所稱鶴亭主人者雖起家鹽筴而頗嗜風雅慕處士詩將之武林以幣幣謝勿與通江亦畏其鋒瑟縮不敢進雍乾之閒杭人金冬心厲樊榭張叟盧奚鐵生輩咸以孤崎與博著稱而處士尤為高絕

樊榭先生之詩詞與金農冬心之書畫鄉里齊名人稱為金厲

金冬心續集自序多述其自少至七十所遇前輩詩老聞人評詩贊美之語文

頗詭瑋無縕幅而感惓知己真氣在胸卿條數段以存逸事　南山之南吳慶伯徵君隱居（按名花作）閑關卻軌著書比牛腰粗隔月昇頓與過談亦諳（按亦諳杭詩僧）禪寂見予林道墓上作謂亦諳曰吾新營生壙宜乞此子寒瘦詩何師為吾乞之吾以高辛氏銅盤太康玉辟邪相報百載後吾幽光猶之不泯也　丙戌渡羅剎江訪九十一翁毛西河太史至會稽禹穴觀窆石作九言詩太史激賞誇示賓坐曰吾年逾耄耄忽覩此即君紫豪一管能顛狂耶　謁書吳中秀水朱檢討在慧慶寺主東南詩盟懷刺往謁檢討出迎笑曰子非秀水周林張高士宅賦木蓮花錢塘金二十六乎吾齒雖衰脫猶能記而歌也　辛丑游揚州謝秀才前羲（按名湜王江都人）馳譽江表不可一世見予景申集雕本搥壁發顛曰吾目如炬不輕讓第一流何來狂夫奪吾赤幟　予赴萊東道經臨淄邂逅趙秋谷詹事索予詩啞啞撫掌曰子詩造詣不涉尋常物亦不屑就吾鄉家雞聲（按秋谷所謂鄉雞殆指漁洋尚書仍不忘戕龍舊隙也）自成孤調　客澤州陳幼安學士四載相國午亭留詠殆遍邸中除王屋無處不放膽題詩學士歎曰吾不幸十六中進士翺翔禁庭十年龍歸不深讀書今夜鐙相對受益良多君鄉查翰林兔園抉策吾最薄之君詩如玉潭如雲湫綆汲不窮非吾友實吾師也從此執業稱詩弟子矣

華亭張得天尚書（按即文敏公名照）曾屏車騎訪予櫻桃斜街云昨見君風氏園古松歌病虎癡龍造語險怪君善八分遐敝外城爭購極類建寧光和筆法曷不寫五經以繼鴻都石刻吾當言之曲阜上公　予在新安臨川李侍郎來游黃山乃云君刻集自稱冬心先生吾滿官時曾諾君作記記古人自稱先生四十九家今可償夙願矣若君詩凌顏轢謝含任吐沈久播人口吾不復稱說也原序甚長未免近於自炫然冬心高士所記必無虛詞亦足見前輩之禮遇孤寒游揚雅道非可望之今之據高位席盛名者噫

劉文恪公權之酒戶極洪官京朝時非前門湧金樓之酒不飲罷相南歸門人史望之尚書致佩核公飲數於樓肆據公邸第自取者五十年中不下二十餘萬錢燕會饋遺不計也

曹文正公振鏞性謹慎每奏事手捧黃匣必高於頂晏典存官終日危坐寡言盡心衛校朝房侍漏坐而假寐默誦經書數十年如一日云

義烈公納木扎勒伊犂將軍保文端公之父乾隆閒葉爾羌殉烈至今城門上時現公像伊犂南門外龍王廟相傳龍神像似義烈公或當時軍士愛戴為之也

比年京官冗雜內閣六部多以輸貲得官即翰林衙門亦因　點用稍寬散館時又不甚改汰院中人數視嘉道年間不啻倍加以致翰林之望開坊部曹中書之望補缺非別有差使保舉者幾乎難於河清一時戲言遂有帝師王佐鬼使神差名目皆美授也凡詞臣奉　旨在　弘德殿　毓慶宮授讀者曰帝師凡部曹中書充軍機處及總理衙門章京者以其襄佐　恭邸（按軍機大臣總理各國事務大臣近年皆以恭親王領班）故曰王佐若鬼使則出使外洋之員以西人初入中國人皆呼為鬼子也神差指神機營差使惟滿臣得充之四者升途較捷得亦較難京師多失意濩落之人慣有此等輕儁口角識之以見風尚之所趨

張船山太守在都沈酣詩酒豪狂不可羈紲一時朝士上至諸王公識與不識稱為老船

烟波釣徒查翰林已紀初筆玖鮚埼亭外集稱初白編修先以澤州相國薦起　命直南書房明年始　賜出身由庶常授編修時族子昇以宮坊久侍直宮監無以別之呼初白為老查聲山為少查老查少查與卷六之大桼小桼作對直天然佳耦也

吾鄉先進與修明史者人知有萬氏父子（季野先生與兄子九沙太史經及河太守言）及西溟耳左教諭

臣黃。亦嘗從事秘書。並參明史館務。詳見謝山先生所作教諭墓幢銘。教諭古丈有盛名。其為人疏散。任本色。最重名節。同縣周鄮山徵君容。明遺民也。志行孤貞。皦然歷表。顧以名高未絕酬應。教諭嘗諷之。一日忽諮之曰。商容易代。受武王表閭之寵。赴謝鎬京。道逢伯夷。勸其改節。信有之乎。徵君笑不答。康祺每誦此語。嘆其敏妙詼奇。為晉宋後雅謔清談所未有。尤難於微言諷諫。有愛人以德之心。宜謝山謂徵君大節不愧遺民。而先生不失為諍友。並可傳也。

江陰楊文定在詞館中。蕭然如窮諸生一日。聖祖問李文貞。朝臣操守有如張鵬翮趙申喬者乎。以公對。遂命提學直隸。直隸學臣以檢討任。前後均未聞也。遷侍講丁艱。服滿。自河工還朝。未補官。有旨令主陝試。亦出特恩。雍正間。以雲貴總督兼雲撫。時於奏牘中。言存誠主敬之學。世宗手批答之云。吾君臣萬里談道。不亦樂乎。兩聖人之褒尚儒臣。誠非三代下帝王所可逮已。

湯西崖少宰右曾。以詩名世者四十年。其懷清堂集。未及手編。身後門下士王雪子收拾之。得二十卷。而湯氏後人陵替。是集為人賺而有之。黃崑圃先生方罷浙撫。僑吳中。聞之悵惋。為追理而仍歸湯氏。並鈔副本藏於家。初侍郎為掌科。視學中州。清介無匹。及廻翔槐棘。聲名頓減。歿後頗叢訾議。崑圃先生曰。湯侍郎勵名操。他年國史自有定論。吾輩可弗深求。但平情而論。謂非文苑之渠。詞人之傑。蹤不可得。則聽其生平著述流落散漫。詎非後死之媿。坐客聞此言。皆為於邑久之。

梁薌林相國詩正為戶部侍郎時。值封翁七十壽。高宗諭賜官誥。又賜以五言近體一首。又賜以傳經介祉四大字。相國兄設林。方以庶常侍養家居。特旨免其散館。授編修。及相國參大政一日。上忽語之曰。汝父明年八十矣。即日錫以閣部之封。踰年辛巳。南巡。封翁迎駕於吳江。上停舟勞問。召見行幄。令二子扶掖上殿。稱其多福。賜貂賜幣賜餈餌。又賜以七言近體一首。又賜以湖山養福四大字。封翁既退。偕浙東西士大夫為太后祝釐於淨慈寺。上復賜燕湖上。瀕行。又賜相國臺階愛日四大字。又賜以白金三百兩。為封翁頤養之資。高宗聖孝邁古。是歲適遇慈寧萬壽。娛愛似媛。舉以時巡故。嘉惠耆臣。尤為破格。大君之錫類。臣子之顯揚。至斯歎觀止已。

雍乾朝士。主張陸學者二人。一臨川侍郎。一南昌萬學士承蒼也。學士有賢母李氏。方孕時。每默祝於影堂曰。不願生兒為高官。但願負荷先世之學統。以萬氏先祖如明刑部侍郎虞愷。光祿卿汝言。皆講學於陽明念菴之門。號為碩儒者也。學士少入塾。果喜讀宋人講學之書。論者謂得之胎教。

吾邑邵學阯先生基。為康雍乾三朝近臣。久以卿貳參風司。先後侍直兩書房。出撫江蘇。方貴盛時。妻不衣帛。旁無姬侍。客至魚菽蕭然。人多譏其矯。及公卒。諭祭使者至門。隘巷不足容肩輿。則步以入。矮屋不足以容廣筵。則畢事於簷溜之下。中外知交。始歎公貞操不可及。公子檢討鐸。早卒。孫洪。官至禮部侍郎。克繩祖詒。清恐人知。

尹文端督兩江時。常一月間兼攝將軍。提督。巡撫。河漕。鹽政。上下兩江學政。九印彪列。簿書填委。而公判決恢然。猶與諸生論文課詩。見袁枚所作公神道碑。按袁文多夸誕。一月攝九印。恐無是事。或數月中嘗經攝。已絕無僅有之奇遇矣。阮文達官粵時。以兩廣總督。兩廣鹽政。攝廣東巡撫。太平關稅務。廣東學政。粵海關稅務。時公適生孫。因名六印。見弟子記。及梁章鉅浪迹叢談。二公皆青年科第。白首耆英。儒雅風流。功勛赫奕。惟知人善任。用能曆施裕如也。

世多傳孫文定少年嘗報仇殺人事。迹未著。幾視公為朱家郭解一流人矣。康祺按陳兆崙所撰公神道碑銘。稱公伯兄楨滏。無故為人所戕。公父不勝忿。手刃其仇。吏持之亟。公未弱冠。奔走呼籲。一晝夜行三百里。叩大府。自承代父罪。事竟得解。讀此知公之孝弟過人。知勇兼備。非貿然以血氣自雄者。按盧抱經作公傳。稱公伯兄為趙氏子所殺。既論抵。賕緣得脫。贈公時年十八。乘間刃趙氏子。死。跳身出。一晝夜行三百里。至會城。別以事與人訟於縣。令泰知公。拒移逮者。謂殺人實非公。事遂解。先正事略亦云然。而他書並有云公仲兄洩忿殺人。公代承之者。三說不同。其為不反兵之讐。則無異議也。

令軍機章京。無以翰詹充補者。乾隆間。大庾戴文端公。初授修撰。典湖北試。回奏旨仍直軍機。按公以舉人應天津召試。賜內閣中書。即直樞府。令軍機章京外放。後無入都仍充章京者。乾隆間。新建裘恭勤公。行簡。初以舉人中書入直。守寧武平陽數年。以母老請內用。補戶部員外郎。仍直軍機。今大學士無為巡撫者。乾嘉間。嵇文恭公撫浙江。朱文正公撫安徽。均已入相。今兩書房。無以科道行走者。雍正間。吾邑邵學阯中丞。以給事中直上齋。今部曹無得學政者。同治初。偶一簡用。詞臣均以為破例。乾嘉已前。部郎視學。不可指數。風氣遷變。未解何緣。

戴文端公薨於位。嘉慶十六年四月朔日也。翼日。既命榮親王奠醊矣。越六日。世俗所謂首七之期。仁宗復親臨喪次。舉哀奠爵者三。卹終典禮之隆。為近世輔臣所罕遇川陝教匪之役，經略威勇公額勒登保、撫馭各路，以五路帶兵大臣位望相埒，奮引嫌上疏，請止舉勍麾下功罪。時袁恭勤公方伻 特旨攝軍，奏謂五路將士宜咸聽經略節制，以一事權，並移書川督威勤侯勒保，為陳廉藺相讓之義，兩帥大和，師比有功，世多恭勤論事中機，宜得大體，然亦由威勇威勤皆名將，故正言易入也。康祺按，咸豐閒粵逆初起，永安州之圍，勢可聚殲，烏武壯、向忠武二公，亦皆名將，積有齟齬，江忠烈在烏營調和之，苦甚於恭勤，而向公戲氣未平，故執圍師闕隅之說，撓此事機，迫擬猷逸，而河沙飛東南，不復可收拾，忠武藎臣，至今豈忍責備，或劫數使然歟。

乾隆四十一年，大小金川平，頭人七圖葛拉爾思甲布傳送 行在，純皇帝命軍機大臣問為逆狀，對甚悉，復言昭底木達時，四川提督董公天弼將所部二百人，抽短兵力戰，不可敗，夜半，領兵頭人以鳥槍數百斧環擊殺之，先是在軍諸大臣劾董失守要隘，純皇帝徙公之子聯毅等伊犁，至是 赦還，復聯毅舉人原資，賜內閣中書，古人論於蠻荒，聖天子乃察及俘虜，宜萬里行軍，咸在 日月照臨之下也。

董提督天弼性忠勇，貌魁奇，臨陣常身先士卒，所向無前，隨征金川，有哈薩克二赤驃馬極雄健，將軍溫福常索之，對曰，天弼上陣，倚此二馬，金川小醜，必蕩平，俟手梟二逆，并二馬上將軍，後與將軍同殉難，志竟不遂，然其言壯已。

吾鄉甲第，南宋以來，推史氏第一，世所稱史趙豐樓表三家，孫支均式微，獨史氏入國朝，科名不絕，槐棘之閒，世有令人，其尤異者，立菴先生大成，以順治乙未大魁天下，歷官至禮部侍郎致仕，其從子慎齋先生在甲，亦由翰林九遷至禮部侍郎，亦未及年而乞休，適甲子一周也，二公立朝貞亮，有信史在，不假鄉邦後進之替歌，即此遭縈勇退一端，昔二疏父子以同時，今二史父子以繼起，亦足為高門儀矩矣。

荊溪任釣臺宗丞以雍正癸丑通籍，年六十四矣，殿試之明日，以能通性理八人引見，世宗皇帝仄席下詢，奏對詳盡，蒙 恩獎，人甚聰明，即授檢討，上書房行走，逾年抱疾，上屢 賜藥，賜醫至於院使，無日不出日傳 天語之辭，辭越月趨謝，特諭免御而進，再四慰安，務自保愛，並 命侍臣扶掖以出，憑御座遙望之，高宗登極，乃令直書房，充講官，擢中允，由左僉都御史游升卿貳，偶遭傾跌，賜藥賜食，服食寢興時降 清問，而且官翰詹，則免其考試，佐憲職，不責以糾彈，迫

乾隆己巳，宗丞棄世久矣， 詔舉經學士， 聖諭猶舉以為勸，有故宗人府府丞任啟運研窮經學，敦樸可嘉之褒，嗚呼，兩朝聖人，隆禮儒臣，一士之身，成全至此，理學經術，如宗丞亦自無負知遇，然繩樞甕牖之士，有宗丞之學之才，而生不逢時，韜伏埋晦，以沒世者，豈少也哉。

順治朝，魏柏鄉相國疏糾首輔劉正宗， 世祖震怒，以公不早言，並下獄，然卒直公出之，時方久旱，公甫出獄，甘霖大沛，嘉慶朝，洪稚存太史以上書成親王朱文正公妄言時政，譴戍伊犁，明年，京師旱， 上諭壇祈禱，減軍流罪，不雨， 詔赦直言獲罪洪亮吉歸，是日大雨，天人之感應捷矣。

池北偶談記同時御史敢言，惟荊元實、任葵尊二人，葵尊名宏嘉，釣臺宗丞族兄也，釣臺清芬樓稿稱康熙中，葉御史喋不言，人謂為鶚解角，自公入臺垣，而言路始振，章數十上，咸有益國計民生，巡視北城，親王諸府公侯第宅多在轄下，驕悍尤難治，公偶出，有錦衣駿馬突其前，公叱呵之，眾不敢曰，此某王所嬖千金旦也，公大怒，身逐之，隸走卒奔，抵王府，坐其門，譟必得旦，乃已，王曰，是申申者何也，即出，敢若何，旦出，公叱縛之，予杖四十，王大恚，入奏， 天子曰，非凌汝，行者吾法，汝庇優，虧吾法，王殼觫稽顙出，馬三爺者，戚畹某弟，登城私，公執而鞭之，告其兄，兄面謝過，已而謀齮齕公，公廷發其姦某婚辨， 天子命掌其頰三十，又聲九門提督罪， 詔立斥罷公，會慨然流涕曰，宏嘉之得保首領， 天子賜也，蓋信而後諫，其遇不可及云。（又漁洋詩鈔林扑道西街門齊戲，貂裘豬剝猓，昨夜五更寒徹骨，滿朝誰不怒，葵尊此雖戲言，亦足見公風骨矣。）

任葵尊通政督學奉天，革生童納金之陋習， 上知之，戲示百官曰，是韋者乃不識錢， 天語煌煌，榮於華袞。

武進宿儒鄭先生環，乾嘉之際，以經學名宇內，躬行峻潔，志在經世，自以學成不得用，常與當路言民間疾苦於兵政海防屯田，尤詳切，人或勸且厭，先生囂囂不已，蓋冀其偶一聽用也，嘉慶十一年，卒甘泉訓導官署，客或往唁，見先生朝衣冠端坐，持筆疾書，客大驚，問先至者，則曰，先生以丑初疾革，浴畢，斂以公服，天始曙，忽起索紙筆，曰，吾注易有四卦未卒業，是以回光續成之，客坐候至酉，先生始擲筆長歎而瞑，急昇上牀，身已僵冷，而卦注畢矣，見包世臣慎伯藝舟雙楫，慎伯即往唁之客之一也，康祺按，茲事奇誕駭聞，為講學家所弗道，然慎伯非妄言者，且細思其故，儒者讀書一生，時時以濟人利物為志，當臺期進德，欲淨理純，其耿耿不昧之精靈，收攝片

時原可去來付之此仍聖賢臨深履薄之功非二氏羽化涅槃之幻也
竹汀詹事之家學其兄子坫實為嫡傳坫字獻之邃經學小學金石之學篆書尤空
絕前後然在家未嘗學篆也初入都省詹事詹事授以李陽冰城隍廟碑責夜習之
三月不能成字忽患瘵醫者診之脈無病而手足厥冷目瞠視鼻微有息而已如是
者七日忽中夜躍起濡墨作篆書乾卦象畢不勝餓而飽異早詹事來視病君尚未
寤見案上篆大驚呼問病狀君答曰兒故無病夢至石室見唐巾老者指授篆法七
日夜作成觚此非敢後書乾卦象老者曰可矣兒遂覺追憶筆勢中夜作此幅詹事
細詢夢中所見蓋即少溫云時都中能作篆者唯翁學士方綱聞是事索君書歎絕
以為神授君篆書遂名天下殆所謂思之思之神明通之驗

查查浦翰林嗣瑮奉使典試粵東午門宣 旨恭紀詩云敢謂 九重親試用尚煩
諸老更廷推自注是日 命下復令九卿公核賢否殆康熙間故制如此

聖祖南巡澤州相國方扈從既至杭州公乞假游西湖一日奉 旨免朝且云廷敬
老臣遇宮眷東不須避路洵 承平盛事也見查浦詩鈔

雍正庚戌科會試 特命廣額四百名又會試之前奉 諭凡雍正七年大臣子弟
鄉試失舉者米中十二名又雍正壬子科各省鄉試奉 旨每額十名加中一名有
零者亦加一名蓋名場曠世之 恩也

查查浦詩集有恭紀神靈瑞應九章自注甚詳皆符瑞志中史料也別擇登之 一
天臺山民於雍正七年十一月見神鳥飛鳴石梯兒溝各臣民於八年正月見鳳凰
翔集峯頂 一 景陵碑文初勒時即有靈芝繞石之瑞 世宗按原注御今上 龍興之
始 孝陵晉英屢見 一雍正四年黃河六省俱清五星聚於奎壁 一南掌貢象
生發瑜丁西邊亦皆臣服 一四川撫臣奏七年七月六日捷為祥雲捧日山西撫
臣奏十二月保德州祥雲繞日三環臨晉縣慶雲屢見河東督臣奏十二月登萊二
府祥雲互見雲貴督臣奏七月至閏月有五色雲凡七次見八月慶雲六次見九月
新峒營亦屢見又重建孔聖廟大成殿上樑前二日卿雲見於闕里 上命親詣丈
廟設奠以申感慶 一七年九月雲南白崖鄉約等呈報地方少水本年閏月平地
湧出甘泉二股一出仙女莊一出蝦蟆口 一湖州府有萬繭同功之瑞按同功繭京師亦見前
筆 一磁州民拾遺金四十兩錢三千悉候原主還之 一七年冬奉天將軍奏小
米一斗價三分豆一斗價一分二釐十一月貴州撫臣繪瑞穀圖進呈一穗三莖以

至一穗十五六莖者不等庚棋敬按列聖家法惟知 敬天勤民從未嘗侈言祥瑞
然雍正初數年之間卿雲甘醴鳳集河清嘉穀靈芝神鳥瑞繭凡古來祥符上瑞駢
集於薄海內外者至於史不勝書 三聖繼興萬葉輩作太和翔洽事宜偶然則亦
載筆之士所未宜闕畧者也

湘潭周侍郎系英嘉慶戊辰以侍讀學士奉 命直南書房保薦時 諭掌院曰朕
意中止一周系英可將其名列入薦牘未幾上書房出缺例由掌院擬正陪而入侍
南齋者不列侍郎復牌 特簡且 命之曰不但授讀作詩文須教阿哥為人居心
以忠厚為要因奏書房例課八韻詩臣愚以為宜令阿哥加讀資治通鑑以知今古
治亂興衰之故悉民間之疾苦 上是之

燕下鄉脞錄卷九終

燕下鄉脞錄卷十

清 鄞陳康祺著

海甯查慎行夏重嗣瑮查浦昆季皆負儁才少以詩文相劘切康熙庚辰癸未後先成進士入詞苑同館十年夏重年六十四告歸又二年查浦從順天學使因病辭職年適與同夏重七十外刻詩查浦繼之兄弟互相為序天倫唱和之樂坡谷不如余久遭鴒原之痛者讀二查集不覺黯然

冬心徵士以書畫遨嬉名勝四十餘年所攜僮從亦各擅一藝甬東朱龍善琢硯新安張喜子界烏絲闌會稽鄭小邑兒工鈔書吳趨莊閏郎操縵能理琴曲溧陽蔡春解歌元白新樂府自徵士辟好畫竹長幅矮卷日竟十數蘭陵陳彭亦學畫竹竟可亂真庸保都養乃有如許雅材徵士之識趣可想

圖文襄公海初為中書舍人 世祖幸南苑公負寶以從 上見其舉止嚴重立授內閣學士不數年洊至大學士及康熙初兩征捷鉞果建大勛

文襄公明亮少尚履親王邸主王母妃薨奉移之 東陵道路稍淤舁夫憚行公躬行泥淖猶導舁夫不從令者以杖撻之在道數日隊伍整肅如行軍王竊歎曰吾家快壻 國家大將材也公卒以金川湖北軍營立功

三藩之變禁旅南征宿衛盡空及察哈爾叛京師無兵可調敘廷震愕 聖祖命選八旗家奴之健者付圖海北征公赴得勝門外教場閱畢即日趣行不許信宿所過州縣村堡騷掠者置不問比出塞至賊境下令曰察哈爾元之後裔數百年珍寶山積爾等能破之富且百倍眾踴躍無不一當百勝於節制之師遂破之歸而請豁所過租稅以卹邊氓蓋以烏合之眾禦方張之寇非此無以得其死力淮陰侯驅市人而戰知此術矣按魏源聖武記載此事亦以淮陰為比而深恐後人之藉口意甚深遠

乾隆朝名將以超勇公海蘭察為冠邊功戰略炳蔚旗常無待述矣其行軍實由天授有為自古名將所未嘗到者自結髮從戎每臨陣微服率數十騎繞出賊後知何處有瑕可蹈輒衝入賊隊右左疾射使其陣亂而我兵乘之又能望雲氣決賊勢之盛衰比戰之勝負察山川脈絡知安營汲水之宜聽地窖識賊馬之多寡驗馬矢料敵去之遠近即倉猝間手彈弓弦亦能預測利鈍以故進必殲敵退亦全師操縱神奇不可殫述按望氣之說屢見史策古名將皆能之北齊時斛律金行兵用匈奴法望塵知馬步多少嗅地知軍遠近超勇蓋古人或得秘傳不知今尚有傳者否魏氏 聖武記稱天生海公以成就福康安之功名康祺謂是直天生李晟為社稷耳豈獨文襄一人福命致之哉

川楚用兵以忠毅公額勒登保為經略奏帶郎中胡思顯代具奏稿每有小紕繆陳不諱 仁宗嘉公不欺並加胡思顯三品卿銜然後知名臣幕府未可參佐非人

阿文成公立功絕域將材相業冠絕一朝相傳公在行營每軍務倥傯帳中獨坐飲酒吸淡巴菰秉燭竟夜或拍案大呼或喜然長嘯拔劍起舞則次日必有奇謀尤善拔擢人材每散僚卒伍一二語即知其器識輒登薦牘故人樂為用嘗識興奎於軍校奇其狀貌令攻某寨即日授副將海超勇權奇自負同時無一當其意獨服公驅使奔竄惟命遇他帥雖禮下之不樂為用文成洵神人哉

國朝武功鑠千古而將才輩出亦頗隨地脈為轉移從龍諸佐蔚起關外及康熙平三藩後則漢臣名將西北為多如提督侯爵張勇及其子雲翼提督男爵孫思克及其子浙閩總督雍提督子爵王郎及其子總兵守乾提督陳福及子提督大用廣東提督殷化行貴州提督楊天縱提督副將軍董芳皆陝西人雲南提督伯爵趙良棟及子廣東總督宏燦巡撫加總督銜宏燮提督將軍王進寶及子總兵用予提督岳昇龍及弟提督超龍子威信公大將軍鍾琪提督鍾璜孫巡撫濬提督馬際伯與弟提督見伯總兵覲伯副將顯伯提督潘育龍與姪孫提督元善提督韓良輔與子提督勳總兵師帝賓與子提督懿德提督與廷與子總兵總文又兄弟總兵康泰康海總兵圖形紫光閣高天喜皆甘肅人及三省教匪靖而蜀將競興東南海賊橫而閩帥繼起至於粵匪盪平凡著名將帥盡隸湖南勦捻之役參以皖將二百餘年來以一省人材備五等封爵者前惟四川嘉慶中十七省提鎮四川居十之九後惟福建近年之湖南所少者公爵耳如曾文正左相國封侯曾中丞國荃封伯李忠壯公臣典劉京卿錦棠封子提督蕭公孚泗令長江提督黃公翼升封男而又有併騎都尉雲騎尉為子男之爵者數家蓋楚才獨盛矣總觀前事地脈遷變理或有之然苟非一二命世大人提倡忠義物色英雄訓練而羈縻之恐瓌異傾牧之材沈淪草澤或反桀驁為鄉里患者豈少也哉

南城曾撫部燠今人猶稱為曾都轉以公官鹺留揚州最久也紅橋竹西賓從文讌之盛遠踵韓歐劉蘇諸公近接樅園漁洋雅雨諸老輩蓋幾幾乎海內龍門矣觀其遭際亦自不可及公由翰林散館授戶部主事甫擢員外郎即蒙 高宗特簡兩淮運使既洊陟封圻矣乞養事畢 仁宗以淮鹺疲憊日甚特命公以巡撫銜巡視

兩淮鹽政公先後游揚皆出意表江山勝處文翰鉅仰人地契洽良有夙緣

國家人惟求舊漢臣中纘世入相者凡七家常熟蔣氏桐城張氏漳浦蔡氏武進諸城兩劉氏無錫嵇氏大庾戴氏武進大庾皆叔姪餘則皆父子也戴可亭相國世居江蘇甘泉縣相國祖攜子旅食大庾始著籍焉然則七家之中江南實居其五可謂人傑地靈

長興臧壽恭眉卿烏程嚴可均鐵橋兩先生者同籍湖州同時號通經博學顧極不相能楊太守峴臧先生高席弟子亦嘗從嚴先生游一日太守自長興歸舟泊城外鄰舟有命酒獨酌者視之嚴也詰何自以實對詆曰是却夫子堪若師乎它日太守叩臧先生嚴某何如人曰祇能誦三字經三字經者學童初入塾試誦者也文人相輕不意經生亦然

鐵橋少負糧課跳入京師用宛平籍充鄉舉明年會試主試者貴人得其卷欲魁之以詩失諧斥或勸鐵橋詣謝貴人喜且慰之曰君大博通顧詩失諧何鐵橋瞠目曰唐始以律詩取士今所傳失諧者十九矣貴人失色罷鐵橋有一子初墮地自卜子六齡當孤命曰六孤呼何其讖也

燕下鄉脞錄　卷十　三

大庾之戴自文端公父太僕寺少卿第元始以翰林起家乾隆乙未僕少弟可亭相國子心亨同成進士散館皆授編修戊戌文端繼之以大魁除修撰父子兄弟並在詞垣而主試督學之差星軺交馳絡繹道路故其時階皆未崇天下翕然稱西江四戴

故事內外大臣親屬任科道者對品迴避嘉慶朝戴文端公在樞府其季父可亭相國以學差還都方官掌京畿道例改六部員外郎　純廟命以科道應升之鴻臚少卿候補時當　訓政燕翼謀至深遠見可亭相國才器堪大受不欲使更滯郎署也

可亭相國督南河積勞遘疾假歸里門時河工未蔵兩江總督鐵冶亭保請帑六百萬　睿廟以斯事艱鉅　命戴文端偕覺羅長文敏公麟赴工審度並　諭文端曰清江距江西才二千里使事畢卿可一歸省卿叔父故文端紀　恩詩有此去竹林勤問訊親傳　天語到柴門之句以朝夕夾輔之重臣　恩予往返四千餘里以慰其家庭骨肉之私為史冊紀載所未有蓋　睿廟極重戴氏叔姪欲並寄以股肱心膂其備參大政之意已於是乎定矣

嘉慶二十五年七月滿相托文定公津漢相大庾戴公均元扈灤陽圍甫　駐蹕聖躬驟有疾不豫變出倉猝從官多皇遽失措二公督內臣檢　御篋十數事最後近侍於身間出小金盒鐍固無鑰文定撲金鎖發盒得　寶書遂相偕奉　宣宗即大位率文武隨　端即行禮乃發喪中外晏然服二相之鎮定（敬按是則本包世臣大庾神道碑所言所紀猶異）

可亭相國清慎懇誠蒙　仁宗破格恩以漢臣總理內務府工程處革變積習而公三督工程皆獲咨議初以監修　吉地失察工弊奪一官褫宮銜花翎繼以　裕陵隆恩殿導金四柱俱大二圍大木而十五六年之間遂致霉朽公方由河督起病坐是還副都及公既予告歸適　寶華峪地宮滲水被　嚴旨與英相國和同逮籍家產才值萬餘緡　宣宗意稍解除名放還包慎伯撰公墓碑遂謂舊例內務府事務不使漢大臣參預良有深意康祺以為慎伯之言非也內務府即本漢已後之少府在周官屬之冢宰滿漢大學士均得與聞儻必防遠嫌之禁人聽滿臣之家決大臣謀國義不宜然

三代賢臣享年最永者以召公奭為第一春秋則推蘧伯玉　本朝宰輔陳壽引年可亭相國其稱首矣公年九十有五公長子戶部郎中詩亭侍養在籍年八十依

燕下鄉脞錄　卷十　四

依膝下如嬰兒人呼為小萊子

索佳氏約齋侍郎額勒布官戶部郎中時以管部王大臣密薦廉能第一　特旨擢本部侍郎管錢法堂事務異數也

乾嘉已前淮綱繁富甲天下視鹺使者驕貴簡出出則與從華盛倍封圻金錢揮霍一斥鉅萬額少農勒布官兩淮力矯積弊常從二三騎自策羸挈街巷禱雨甘泉山輒步烈日中往返三數十里舊例別庫歲徵錢千萬乃鹺賈結交勢要物聽使者主持公壹不聞游容來謁自餽肴蔬果餌數器而已曰吾為揚州鬧一生面也嘉慶戊辰被議入都鹺賈送至王家營環跪納會子四紙紙各鏹十萬公詰何為僉曰大人節官費歲數十萬又奏增鹽息至分半歲溢且二百萬計大人按臨六載眾商所受恩且累千萬區區者誠不足言報稱公曰我前節官費以為今日地是懷慚渠所應有也請增鹽息者為岸猾持若短長耳若等竟以作市價是揹民以益商我負疚滋重況分若肥耶必不聽者以狀上　聞矣是年秋公故當覲　聖例以珍玩為向貢公閱實製備僅值十六萬先期貯京第及至都部議當差熱河不得面無用貢公漸赴戍遣使悉送還揚州費腳價銀六千實己資也嗚呼膏脂不潤如公誠可質古人

宗。（按公以時脩典至山西。土人醵金爲壽。公一無所受。事聞仁宗。大嘉許。叩知自古名臣必於微時培養風節。百爾君子盍共勉之。）

吳槐江制軍充軍機章京久。阿文成公甚器之。大學士伯和珅同掌樞府。稍不平。嘉慶初。政文成既薨。純廟幸灤陽。訓政憂勤。或午夜視事。一夕以宣軍機大臣不得。命召章京。唯吳公已上直入對。稱旨。少頃珅至。上曰。軍機事日繁。傳旂吳熊光皆任事。可在軍機大臣上行走。以助若。珅謂吳官纔五品。不符體制。（按公時官通政司參議。）上命加三品卿銜。珅又曰。其家貧。大臣例用轎。恐力不辦。上命賞戶部飯銀一千兩。又曰。戴衢亨出身狀頭。官學士已四品。任軍機日久。與吳同用。吳不如用戴。上曰。此豈殿試耶。珅語塞。乃承旨。然文端卒與公同加三品銜。拜命而班次乃居公下。珅之奸詐如此。珅之能行其奸詐者。亦僅如此。（按傳公未任侍郎久。前一日召見。詔問甚悉。人共危之。及上直。乃知聖意疑公識度或未勝大用。試而後授也。）

嘉慶丙辰。川楚軍興。賊氛逼荊州。州城岌岌。無守禦。漢壽亭侯忽示夢於馬撫。獲礮九位。石子十萬斤。奏聞。錫名曰神賜大礮。攻荊州大廟。即當日幕府故址。宜祚順佑民。威靈尤赫赫云。

凌曉樓先生曙。嘉慶間江淮大儒也。治何氏春秋。鄭氏禮尤精密。其少時讀書之苦。有與牧豕負薪相彷彿者。先生以一孤童貧而居市。十歲就塾。年餘讀四子書未畢。即去香作雜傭保。然停作輒默誦所已讀書。苦不明詁解。鄰之富人為子弟延經義師。先生乘夜狙其軒外聽講論。數月其師覺之。乃閉外戶不納。先生憤甚。求得已離句之舊籍於市。私讀之。達旦而日中傭作如故。年二十。乃棄舊業。集童子為塾師。童子從君游。則書必熟。作字正楷。以故信從衆。脩脯入稍多。益市書。遂博通。嫥壹學以大成。先生甥儀徵優貢生劉文淇。少貧。似舅。先生愛其穎悟。不忍棄之。逐末自課之。且教且學。劉齒未壯。並成通儒。觀凌氏舅甥。有志之士。其勿以孤寒自沮矣。

包慎伯作甘泉薛傳均子韻墓碑。敘述交友。多嘉道間漢學之儒。頗有裨於纂學案記師承者。為節錄其大略。以貽學子。碑云。子韻少與儀徵劉文淇孟瞻。涇包慎言孟開。旌德姚配中仲虞。及予弟季懷（按名世榮）五人者。相結為本原之學。孟瞻孟開季懷治詩攻毛鄭。氏治易攻虞氏。子韻治小學攻許氏。皆旁通羣籍。而據所業為本。砥礪以有成。近世言許氏者。推嘉定錢氏、金壇段氏。子韻究其得失。而右錢氏。又云。予弱冠展側江淮間。物色樸學。得陽湖黃乙生小仲。通鄭氏禮。行不違其言。武進劉逢祿申受。通何氏春秋、虞氏易。雖情鍾勢耀。而讀書如有嗜好。江都凌曙曉樓。治何氏春秋、鄭氏禮。困學而不厭。同邑（按謂涇縣）人胡世琦玉樵。墨守鄭氏。有綴殘補缺之勤。嘉定湛鴻詒望之。能錯綜許鄭以適大義。丹徒柳興宗賓叔。治詩禮史漢。能依雅訓以捍俗說。寶應劉寶楠楚楨。上世故崇漢學。能不墜其家法。儀徵汪穀小城。卑精許鄭。尤長於地理。黟俞正燮理初。通鄭氏禮、杜氏春秋。烏程凌堃厚堂。綜漢義說易禮春秋數十萬言。與理初並長推步算術。吳越英雋。略備於斯。然必守許氏以推原賈馬鄭服訓詁者。卒莫如子韻之善。慎伯是作。於近時漢學家數。蓋已什得八九矣。

曾文正公文鈔歐陽生文集序云。乾隆之末。桐城姚姬傳先生鼐。善為古文辭。效其鄉先輩方望溪侍郎之所為。而受法劉君大櫆。及其世父編修君範。三子既通儒碩望。姚先生治其術益精。歷城周永年書昌為之語曰。天下之文章。其在桐城乎。由是學者多歸嚮桐城。號桐城派。猶前世所稱江西詩派者也。姚先生晚主鍾山書院講席。門下著籍者。上元有管同異之、梅曾亮伯言。桐城有方東樹植之、姚瑩石甫。四人者。稱為高第弟子。各以所得。傳授徒友。往往不絕。在桐城者。有戴鈞衡存莊。事植之已久。尤精力之過絕人。自以為守其邑先正之法。禮之後進。義無所讓也。其不列弟子籍。同時服膺。有新城魯仕驥絜非。宜興吳德旋仲倫。絜非之甥。為陳用光碩士。碩士既師其舅。又親受業姚先生之門。鄉人化之。多好文章。碩士之羣從。有陳學受藝叔。陳溥廣敷。而南昌又有吳嘉賓子序。皆承絜非之風。私淑姚先生。由是江西有桐城之學。仲倫與永福呂璜月滄交。月滄鄉人。有臨桂朱琦伯韓、龍啟瑞翰臣、馬平王錫振定甫。皆步趨於吳氏呂氏。而益求廣其術於梅伯言。由是桐城宗派。流衍於廣西矣。昔者國藩嘗怪姚先生典試湖南。而吾鄉出其門者。未聞以相從學文為事。既而巴陵吳敏樹南屏。稱述其術。篤好而不厭。而武陵楊彝珍性農、善化孫鼎臣芝房。湘陰郭嵩燾伯琛。溆浦舒燾伯魯。亦以姚氏文家正軌。違此則又何求。最後得湘潭歐陽生。生。吾友歐陽兆熊小岑之子。而受法於巴陵吳君、湘陰郭君。亦師事新城二陳。其漸染者多。其志趨嗜好。舉天下之美。無以易乎桐城姚氏者也。讀此則古文家桐城一派。亦已什得八九。（按歐陽生名勳。）

漁洋居易錄云。弋陽汪少傑赴一中官請設飯。止半盂。而香滑迥異常米。問所從出。云是四川以歲例入貢者。其米生於鸕鶿尾。尾止二粒。取出放去。來年則更取之。康祺按。米產鳥尾。事太不經。即有此貢。殆亦如燕銜海魚、猴採山蕨物。以罕異見珍。故明代因以進御。然他處不見紀載。（按錢唐張[illegible]有鸕鶿米詩。亦漁洋一說。初非實有聞見。）想幸值聖明。從前蜀帥必已抗疏裁罷矣。

無錫楊明府夢椽，乾隆間以孝廉令四川鄧都。值金川酋逆命，調赴監製礮位，屢有功。癸巳六月，大軍至木果木山。夜半，賊劫礮局，遂擁之去，環叩用礮之法。明府陽許之，而陰詭其製，反裂殪賊無算。賊酋切齒，刳其屍如泥。事聞，詔贈兵備道，賜祭葬，蔭一子，如其官。嗚呼，烈且智已。

嵇文恭公當國，其相業人共稱之。其清操容有不甚知者。比公晚年予告，常膳至不能具東味。歿未一載，嬾眠胡同第宅即屬他姓。中外感服，始歎公之清。恐人知公將張雲敖詩有云：「老屋區區留不得，而今始識相公貧。」蓋紀實云。

羅貫中《三國演義》多取材於陳壽、習鑿齒之書，不盡子虛烏有也。太宗崇德四年，命大學士達海譯《孟子》、《通鑑》、《六韜》，兼及是書，未竣。順治七年，演義告成，大學士范文肅公文程等蒙賞鞍馬銀幣有差。國初滿洲武將不識漢文者，類多得力於此。嘉慶間，忠毅公額勒登保初以侍衛從海超勇公帳下，每戰輒陷陣。超勇曰：「爾將材可造，須略識古兵法。」以翻清《三國演義》授之。卒為經略三省，教匪平，論功第一。蓋超勇亦追溯舊聞也。明末李定國初與孫可望並為賊，蜀人金公趾在軍中，為說三國演義，每斥可望為董卓、曹操，而期定國以諸葛。定國大感曰：「孔明不敢望，關、張、伯約，不敢不勉。」自是遂與可望左。及受明桂王封，竭力報國，洗去賊名，百折不回，殉身緬甸，為有明三百年忠臣之殿。則亦傳習郎書之效矣。

康熙三十八年，聖祖三次南巡，由浙回蘇。駕幸洞庭東山，有水東民人告菱湖坍田賠糧，收紙付巡撫。上問扈蹕守備牛斗云：「太湖廣狹若干？」奏云：「八百里。」上云：「何以《具區志》止稱五百里？」奏云：「積年風潮衝坍隄岸，故今有八百里。」上云：「去了許多地方，何不奏聞開除糧稅乎？」奏云：「非但水東一處，即如烏程之湖濱，長興之白茅嘴，宜興之東塘，武進之新村，無錫之沙墩口，長洲之貢湖，吳江之七里港，處處有之。」上云：「朕不到江南，民間疾苦利弊，焉得而知耶？」遂諭令查明奏免。康祺敬按：聖祖德量同天，六十年中，如此偏恩，豈勝枚數。惟牛守備以末弁前驅，忽邀清問，在他人當已踧踖非常，而乃奏對從容，既歷舉夙所諳習之江浙水道地形，復毅然為民請命，其學識殆出儒臣上矣。

無錫惠山寄暢園有樟樹一株，其大數抱，枝葉皆香，千年物也。聖祖南巡，每幸園賞撫玩不置。第六次回鑾後，猶憶及之，問無恙否。查慎行詩：「合抱凌雲勢不孤，名材得並豫章無。平安上報天顏喜，此樹江南只一株。」迨聖祖賓天，此樹遂枯，亦可異也。

康熙乙酉，五次南巡，至蘇州。三月十八日，諭江南上下兩江舉監生員等，有書法精熟願赴內廷供奉抄寫者，著報名，齊集江寧、蘇州兩處，俟回鑾日親加考試。越一月，命掌院學士揆敍赴府學考試，進呈冊頁，取中汪泰來等五十一人，同前考過郭元釪等十八人，俱赴行宮引見，各蒙賜御書石刻《孝經》一部。

常熟翁鐵庵司寇受要人旨，劾湯文正而據其位，何義門請削門生籍，屢見前人紀載，余初筆亦述及之。唯《嚴闇叢話》稱：即墨郭公琇令吳江時，前撫余國柱方掌綸扉，徵賄巨萬，不與，嗾人劾奏，虞山司寇從而和之。長洲貢生何焯在京考選，為司寇門生，遂登翁之門，唾罵不已，索還門生帖，否則改稱不認為師。義門由是知名。與他說稍異，未知孰是。

乾隆四十六年，逆回犯蘭州，而甘肅冒賑事發，獄已成矣，誅戮者幾百人，而獨不及陝西巡撫畢沅。昆明錢南園通政灃方為御史，奏言：「冒賑折捐，固皆由王亶望亂法營私。但查亶望為藩司，畢沅曾兩署陝甘總督，近在同城，豈竟毫無聞見？誠使早發其奸，則播惡不至如此之甚，即陷於刑辟者，亦不至如此之多也。原雖不敢必其利令智昏，甘受人餌，惟是瞻徇回護，不使舉發，甚非大臣所以居心。」奏入，上是之，奪沅爵三級。先是科道衙門自李漱芳左遷後，無人敢言事者，自此疏出，而一時臺閣凜然生風。

錢南園通政復有疏劾東撫國泰一事，甚有益當時大局。奏言山東吏治廢弛，偕納貢名，貪婪無厭，官民苦之，所屬州縣虧空累累，請旨拔問。且言副從願皇上勿受貢物，俾天下督撫無以藉口。上覽奏，即命軍機處傳訊。已而有旨，隨同軍機大臣和珅、劉墉、諾穆清等前往查訊。其時和珅柄國，而國泰素奔走其門下者，人皆為通政危。及抵境，和已授意國泰彌縫，輒以危言相恫喝。幸劉文清深知其弊，常與通政密商。比到省盤查，則和先揚言不用全數彈兌，抽查至數十封，無短缺，和遽起回館舍。通政請封庫，次日徹底拆封，則多係圓絲雜色銀，蓋借諸商賈以充數者。因詰庫吏，得其實，遂出示召諸商賈來領，大呼曰：「遲來即入官。」於是商賈紛紛具領，庫為一空。復往盤他府，亦然。案遂定，和亦無如何也。於是國泰與藩司于易簡俱逮交刑部治罪。高宗嘉之，許為敢言。語云：「批龍鱗易，捋虎鬚難。」通政是歟？若非聖君在御，賢相同舟，其不為珅所搏噬也幾稀。

錢南園視湖南學，不通干謁，不受苞苴，取上至公，士子莫不誠服。期滿留任，適丁毋

憂聞訃之日星夜出城宿於旅舍即委員齎印交迎撫次早啟行大吏已下追送時
儀皆拒不受嗚呼舉察廉孝者身範當如是已
錢南園重入諫垣（按南園以督學湖南時荊州水災城圯及孝感有活埋人命之案不行查奏部議革職留任後復加恩以主事用考令甲革留加恩應改降調不應以通副員外六品再擢始仍官御史事在乾隆末年始知和珅與有力也）時軍機大臣和珅與阿文成議論
不和辦事不同一處慮開朋黨之禍南園上疏曰軍機大臣應同在公所辦事互相
可否此定例也近惟阿桂在軍機處餘或在　內右門內或在南書房或在造辦處一
切咨事書稿司員趨走多歧恐生事端況　內右門近接　養心殿不能不與制監
習狎萬有一如從前高雲從之事雖立正刑辟而所繫已多請　飭諸大臣循照舊
章同止軍機處其　圓明園辦事亦同一體以昭畫一之規　高宗覽奏切責大臣
謂錢灃所奏甚是即令在軍機章京上行走當時阿文成已下咸稱為南園先生不
以名也惟和珅廋加究詰欲窮以難處之事卒不能屈

燕下鄉脞錄卷十終

燕下鄉脞錄卷十一

清　鄞陳康祺著

本朝狀元自順治三年迄同治十三年凡九十三人江南一省得四十五人常熟一
縣已得六人蓋順治戊戌孫承恩康熙己未歸允肅庚辰汪繹戊戌汪應銓咸豐丙
辰翁同龢同治癸亥翁曾源也翁氏叔姪八年中兩得大魁科第之盛已無比儷（謝初）
筆所尤奇者道光丁未龐文恪公鍾璐以第三人及第翁文端弟子也越庚戌一科
至咸豐壬子楊太常泗孫以第二人及第亦文端弟子也復越癸丑一科至丙辰文
端子適為第一人天干一周三鼎甲蟬聯鵲起同在一城又同承文端公門牆棠棣
之遺衣鉢箕裘之緒談形勝者謂虞山地脈使然豈果專藉地脈歟（按三君在朝與以文章政術見稱流見文端遺澤之遠）
鎮洋制府撫河南乾隆五十二年湖北荊州府江水暴漲隄潰城決淹沒田廬人民
死者以數十萬計七月朔得襄陽飛信制府即日先發藩庫銀四十萬兩星夜解赴
賑濟一面奏聞　高宗大加獎賞不數日擢兩湖總督昔汲長孺之發倉猶待矯詔
且所發粟數史亦無徵制府此舉固由仰體　聖慈其識量亦不愧封疆矣

錢梅谿泳履園叢話耆舊一門載畢秋帆督兩湖時值公相和珅年四十自宰相已
下皆有幣帛賀之惟秋帆獨賦詩十首並檢書畫銅瓷數物為公相壽梅谿曰公將
以此詩入冰山錄中耶秋帆默然乃大悟終其身不交和相云云康祺按秋帆制府
愛古憐才人所共仰其交和珅懾於權勢未能泥而不滓亦人所共知梅谿畢氏客
固宜諱莫如深惟欲以拒絕權門歸功於一言之諫詎其然豈其然乎
吳文節公文鎔之督兩湖也粵賊方由江西回竄田家鎮師潰省城戒嚴時咸豐三
年九月公受任甫三日也巡撫崇綸懼欲逃揚言督兵營城外公策馬往詰則曰饟
絀兵單城豈能守公正色曰汝朝廷二品官何出此語此時吾輩舍城存與存城亡
與亡八字外豈有他策撫臣曰公欲死節博美名耳軍興疆臣多徇節吾二人頭顱
儻再落幺麼手如國體何公怒不能遏拔佩刀斫几上曰誰再言出城者汙吾刃撫
臣齒戰面土色惕惕然不復能正視公嬰城固守數十日竟擊退劇賊城賴以完
撫臣則大憾所舉措悉反公所為撤饟撤兵百計齮齕十一月公遵　旨督兵攻黃
州賊少有斬獲明年正月移駐堵城（距城五十里）賊縱火焚營壘士卒驚潰公遂被害公
雖以同舟非人躬覆淪沒而建祠　錫諡卹典崇優彼撫臣者旋奉　嚴旨逮問徒

以畏罪自盡，俾免秋官失律之誅，亦足見 聖朝之彰癉矣。士君子讀聖賢書，食君父祿，時變倉卒，匡濟無功，堂堂七尺之軀，奈何不以馬革裹之，而幾使歐刀飲血哉。咸豐間，髮捻縱橫，英夷內擾，侍郎某某輩，廣貿鋒鋩，裴蒙充投效，託詞養親乞退，計將為多年翁老矣。轉徙兵間，生事日迫，而同治初元，劇寇以次削平，還顧堂上衰病無恙，則又款段入都，疏稱大亂初已，時事艱難，臣受恩最深，臣親尚康健，不敢不出云云。朝士詫異，有改成語以譏之者曰：世亂見孝子，家貧出忠臣。夫仕宦娼巧之習，後生輕薄之談，不足污吾筆，姑錄其事，為進退失據者戒也。諱其姓名，存忠厚也。

近數十年，殿廷考試專尚楷法，不復問策論之優劣，以致空疏淺陋，競列清班，甚至有抄襲前一科鼎甲策，仍列鼎甲者，而讀卷諸公，評騭楷法，又苛求之點畫之間，有一字古體帖體，依說文篆隸而不合時式者，即工楷亦置下等。康祺偶見殿肆有乾嘉年間殿試策，不爾也；朱侍講迫然云：其先德侍郎公及第時，不爾也。此風不知開自何時。後詢之童少宰華云：宣宗初登極，以每日披覽奏本外，中外題本蠅頭細書，高可數尺，雖窮日夜之力，未能徧閱，若竟不寓目，恐啟欺蒙，嘗試之弊，嘗問之曹文正公振鏞。公曰：皇上幾暇，但抽閱數本，見有點畫謬誤者，用朱筆抹出，發出

後，臣下傳觀，知 乙覽所及，細微不遺，自不敢怠忽從事矣。 上可其言，從之。於是一時廷臣承望風旨，以為奏摺且然，何況士子試卷，而變本加厲，遂至一畫之長短，一點之肥瘦，無不尋瑕索垢，評第妍媸。以 朝廷掄才大典，欲賤工巧匠雕鏤組織者之程材，而士子舉筆偶差，關繫畢生榮辱，末學濫進，豪傑灰心，波靡若斯，雖堯舜皋夔之聖賢，豈能逆料與。文正晚年，頗以為悔，故少宰獲聞之。康祺嘗謂今日科舉望其得士，必自殿廷考試用謄錄始，試質之有心者。

李敏達公衛為浙江總督時，疏言鄞縣大嵩港，灌民田數萬畝，日久淤淺，且無支河蓄水，請疏通大嵩港，於港口建壩，分瀦支河，於通海之橫山頭等處築土塘，並石閘六，又鎮海之蟹嶼太邱二鄉，有浦口通流入海，閘已圮廢，應築塘修閘，以資蓄洩，並從之。吾郡僻處海東，距省會四百餘里，大吏耳目所不及，寇亂已前，凡捐輸抽釐之事，則以為商賈輻輳，土壤膏沃，所以擾民者無不至，而農田水利，及守土長吏之貪廉，大府無過而問者。敏達雖特氣驕倨，不純用儒術，而澤及海隅，蓋猶封疆中之佼佼者。

前卷紀和珅為伍彌泰外孫，蓋滿洲人多云然。而吳督部熊光亦著之筆錄者也。康祺謂伍公與和珅，先後入相，或是珅繼母之父，苦無確證。頃觀包愼伯中衢一勺，郭君傳云：嘉公謨為河庫道，大學士忠襄伯和珅，其外孫也。珅少貧，毋遣僕劉全從步往返五十里，求飲助，嘉公資以白金五十兩，君方為河庫道吏，與全飲而勸語之曰：子且貴，何為人僕從苦如此，亦資之。如嘉公數，珅嗣以家眾，遣全求嘉公助白金三百，嘉公怒，詈遣之。珅遂私出都，詣嘉公，公怒甚，欲治以逃人之法，君從容語嘉公曰：吏見和郎君貴，當在大人上，大人毋薄其窮，且大父以三百兩助外孫，事甚小，何苦怒如此。嘉公曰：汝善和郎君，何不自助之。君曰：大人不助，和郎君吏不敢先嘉公。乃出金授君曰：即日為我遣之。君招至酒樓，握手曰：郎君不日當大貴，貴後願毋忘今日為天下窮黎乞命。既為具鞍馬，又自以白金三百助其裝，其後珅以戶部尚書為軍機大臣，扈 蹕下江南，至紅花埠，遣全馳詣君，約相見於仲輿，君曰：吾始謂若主濟世才，今乃招權納賄，為贓吏逋逃藪，毒流生民，吾懼謝脂不幾逭治以逃獄外遣之罪，若主僕旦夕且無死所，毋累我。遂與絕。後卒如君言。嘉公後官漕運總督，據此則珅實有兩外祖，且皆早識珅奸矣。郭君名大昌，山陽人，洞徹水性，窮極事變，乾嘉之際數十年，凡奉 特旨持節治河，及經制官河督以下，遇事諮決，倚為安危，蓋

振奇士也。

傳又記郭君治老壩工一事，其卓識廉操，尤播人口。當嘉公擢總漕時，開郭君吏缺，為上客，淮揚道以河方多故，就嘉公乞君，襄其事，郭既客河道署，忤南河總督吳嗣爵，遂貧居清江浦之五聖廟。時乾隆三十九年七月也。是年八月望後，清溜切灘，南卧決老壩口，一夕塌寬至百二十五丈，跌塘深五丈，全黃入運，廠闕關署被衝，瀕運之淮陽高寶四城，官民皆乘屋，而山東逆匪王倫方滋事，相距才數百里，吳公惶懼無所措，昧爽至五聖廟，排闥款延，君拒之，吳公再三謝罪，君曰：大人成見若何？吳公曰：嗣爵有成見，即不煩先生，然嗣爵意此役必速舉，錢糧五十萬，限期五十日，何如？君曰：如此則大人自為之，大昌不敢聞命。吳公曰：決口雖鉅，然五十萬不為少，五十日不為速，過此恐干 聖怒，罪且不測。君曰：山東匪勢披猖，與江南接壤，塞決稍遲，恐災民惶惑生他變，且 聖上見兵水交至，未審虛實，必 發重使，大人固欲以堵合事煩使者耶？必欲大昌任此役者，期不得過廿日，帑不得過十萬。吳公再拜請受事。君曰：有一言，不能從，不敢任也。調文武汛官各一，使得以冠蓋刑杖任工彈壓，此外如有員弁到工者，大昌即辭事。吳公敬諾。君又曰：購料皆任洪福莊，距工咫尺，宜

聽調取倉猝辦文稿不可得大人出圖章一付大昌飭庫道見片紙即發帑吳公如
約至期遂合龍共用料土作支并現帑合計十萬二千兩有奇吳公繕摺入告又三
日欽使乃至蒲君故善河事至是益知名然終以省工費拙言語觸衆怒嘉慶初舉
豐工工員欲請帑百二十萬河督議減其半商於君君曰再半之足矣河督有難色
君曰以十五萬辦工以十五萬與衆工員共之尚以為少耶河督怫然君自此遂絕
意不復與南河事康祺按老壩工一役吳公之信任君不可謂不專且篤也功成入
告何未聞端牘薦賢耶豐工一議吏役弁兵衆口交詈意中事也河督亦怫然何為
者耶然則治河之事可知已顧才如郭君設稍假以尺寸之柄前明潘季馴　本朝
靳文襄何足多耶

百年來談篆隸漢分之學者多首舉完白山人鄧石如（按以字行）山人少產僻鄉所朋
見游壽州晤亳人梁巘始究古法至江甯為梅文穆公季子客獲覩梅氏所弆藏祕
府異珍暨秦漢以來金石善本篤志臨摹日嘗昧爽起研墨盈盤至夜分盡墨乃就
寢寒暑不輟如是者八年學益大進顧知者猶罕也一日訪黃山至歙鬻篆於買肆
張皋文編修方客授修撰金榜家編修遂篆學見山人書歸語修撰曰今日得見上
蔡真迹修撰驚問語以故遂冒雨偕詣山人於荒寺修撰即備禮延之金氏家廟甚
壯麗其楹皆貞石而刻楹及懸額修撰精心寫作蓋百易而後定謂莫能加於此也
及見山人書即鳩匠斲其額石楹既豎不便磨治架屋而卧楹請山人書之刻成乃
重建其傾服至此山人既交兩太史遂輾轉與曹文敏劉文清上海陸副憲鎮洋畢
尚書相周旋奉手而絕藝傳矣物登明堂喬喬皇皇士負不世才豈不賴二三名公
出氣力以提挈之哉

鄧山人雖以一技名其立品甚高潔乾隆庚戌曹文敏以祝　釐入都强山人同往
山人獨戴草笠躡芒鞋策驢後文敏三日行文敏與從以山東發水轉後與山人相
值於開山時巡撫以下命吏郊迎文敏山人策驢過轅門門者呵止之文敏坐堂上
望見山人趨出延入讓上座語諸公曰此江南高士鄧先生也四體書皆　國朝第
一諸公大驚為具車從文敏曰吾屈先生甚乃肯來都卒不肯同行願諸公共成其
志乃率諸公送之轅門外上驢去後入畢尚書兩湖幕與中名士多在節署裘馬都
麗山人獨布衣徒步居三年辭歸尚書留之不可乃為置田宅為終老計而觴山人
之行曰山人吾幕府一服清涼散也今行矣甚為減色四座慚沮當山人初入都都

中作篆分者咸以卑鄙學士為宗師山人獨不肯一謁遂篆詆娸歸南中則陽湖錢
魯斯嘉定錢獻之同負世譽未免以私意相凌山人不與校然則書學雖小道非有
志節度量者亦未能坐致千秋也

吳江陸朗夫中丞官運河道時壽張逆匪嘯聚距濟甯州才二百里良民生長太平
猝驚駭公嚴禁諸官所毋或遠行滋民疑鄉人爭入城慮良奸莫辨議閉門公曰賊
未至何示怯耶且忍拒吾民使散逸被賊害或脅誘耶洞開重闉身坐其閒稽察容
納民心以安未幾而　天兵殲賊人皆重公鎮靜有方略預識為封疆大器云
陸中丞撫湖南最饒政績勞悴卒官其初涖長沙夢吟七言長篇記一聯云能開衡
嶽千重雲但飲湘江一杯水被其澤者揮涕誦之

徐大令念祖桐鄉人幸蒙陰稱神君慈父詩文書法力追古人餘事適士適之術乾
隆乙丑二月翰林錢嶼沙琦屬課與分校不大令曰魁罡並到喜氣非凡意元卷出
公房乎會元蔣元益狀元錢維城果皆出其門從並官六卿蒙陰獄逸囚課之當在
治東三十里外水草之交為陰人所察躬率役追捕半日餘不得過小村落令役具
餐自憩柳下還見一池中有叢草回顧有老嫗立簷閒注目向池若意喻者飭役入
池遂擒之因蓋立水中央手縈叢草覆其頂凡奇中多類此

乾隆十五年庚午元旦　恩錫大廷筵宴王大臣九卿而下翰詹科道得與庶吉士
亦得與自次年辛未後元旦多停止筵宴於是曾與斯盛者益自幸榮遇躬膺獲飽
飫　堯尊舜卣也

乾隆六十年乙卯例舉鄉闈海內重赴鹿鳴宴者四人廣東馮潛齋太史成修湖北
陳雲仲太史中龍江西李西華侍郎友棠浙江馮孟亭侍御浩自來重宴鹿鳴從未
有在一朝紀元之中者以乾隆元年舉人與乾隆六十年舉人同宴而四人者又皆
嘗捷南宮陟詞苑（潛齋己未陳壬戌李乙丑孟亭戊辰）潛齋最長是年已幾百歲矣塲屋美談　朝廊
鴻慶曠不易逢

桐鄉馮少司寇景夏瀋江左時屆雍正壬子科秋試總理塲務見貢院地勢卑溼捐
俸三百金於各號舍加厚板一塊鋪地以防雨水灌浸後遂相沿為例越二紀少寇
孫孟亭浩典試江南猶賦詩追紀之馮氏子孫累世貴顯康祺按此雖小事非熱腸
者不肯為況一舉而惠及萬夫政不得云煦仁孑義也

雍正五年馮少寇以知州開復蒙　世廟超授廬州知府並於請　訓之日　特賜

貂裘錦綺端硯法帖諸珍五品微員初起廢薪仰膺 特達至此中材以上蔑不奮
興矣
三藩未變以前 仁皇帝偶思營建時李文勤相國方掌邦計 上詢有項可動否
公奏云戶部無可動之項事遂止未幾吳逆事起 上憂及餉項空虛公奏云戶部
存項敷用 上詰以前語公正色云部帑原備緩急之需若平日耗於土木緩急將
何支持 上頷之仰見 開國名臣經國大猷去皋夔旦奭不遠或曰馬文穆公齊事考文穆康熙八年始入官十四年始官戶部曹郎安得於三逆未變之前先有奏對談

施愚山先生講學白鷺書院一日講長幼有序因自言少年孤露中鮮兄弟至於啜
泣座中有鬨牆者為之悔感愚山實儒者其道學轉為詞章掩耳

鄧宗伯鍾岳以雍正初督學江左有童子史姓年四十餘其冊籍書祖可法名鄧詢
之則前明史閣部孫也蓋督師赴揚州寄孥白下有孕妾後生一子因家焉鄧為錄
之邑庠此與初筆所紀湖北學政凌如煥取明臣楊漣元孫充拔貢部議降級蒙
世宗寬免一事蓋不啻重規疊矩云

乾隆五十三年臺匪林爽文平 純廟召見德少司空成以福康安視阿桂何如詢
問少空奏云阿桂能指撝海蘭察福康安則極力周旋之方得海蘭察之力以此不
如阿桂 上云汝所言亦是但阿桂出師西域海蘭察係末弁夙感阿桂拂拭之恩
故願效驅策海為金川參贊福康安尚係領隊一旦驟臨其上不能不謙謙自下倚
為干城兩人境地不同福善周旋是以平賊 聖天子於臣僚分量洞若掌紋宜
授鉞專征無不膚功迅奏也

武進趙恭毅公貞操偉節諸家紀述詳矣其令商邱時白太夫人在養官署寄家信
購物僅紅頭繩一兩胡粉一匣見公家世守家書真迹由偏沅巡撫迎 駕清江往
返僅用白金五十兩見公所手治官書公以大儒為名臣此特其清介之一節

阿文成公持節堵青龍岡工副將李榮吉以為進占得占大工所深忌宜緩之得實
而後進以防陡蟄文成斥其撓眾急趣之既合龍文武皆賀惟榮吉不至召之則於
壩上再拜使者曰為榮吉謝公相壩實未穩固榮吉不敢以賀公相故離工致疏虞
督土料追壓閱兩日竟不守文成中夜聞壩蟄馳至榮吉已掛纜落水文成令曰能
出之者官擢三等兵吏賞千金未幾舁榮吉至文成垂涕親去其溼衣以 上賜黑
狐端罩覆之良久乃甦文成遂自劾而薦榮吉稱謂李副將膽識過人不阿貴近其
才豈獨可以任河工而文成忠實勿欺不肯屈人材以怙己過寔先咎者存乎悔宗
臣器量洞乃可法可師

乾隆朝回疆與平廷臣有新開郡縣之議阿文成言回部性頑難治以漢法宜擇酋
建國而駐大將軍於烏魯木齊責其貢賦不然恐辦事領隊大臣或有嗜財好色不
過六十年後終當有變及張格爾事起適符其期參贊大臣武公隆阿因重進此說
上遂命直督那公馳往密議洽以除夕擒張逆於鐵蓋山蓋犬羊之性驟未可以冠
帶治之文成之慮遠矣

魏文毅公嘗侍直 中和殿泛論史略 世祖偶稱唐太宗英主對曰晚年無魏徵
苦諫遂窮兵高麗至貽後悔矣 世祖頷之

紀河間性坦易喜滑稽名言雋語流播最多相傳其奏對之敏捷亦為一時朝士所
深佩嘉慶初 實錄館請議敘或言其過優 仁宗以問公公不言可否而對曰臣
服官數十年無敢以苞苴進者惟戚友歿臣為其先人題主或銘墓雖厚幣輒受之
矣 上憮然曰然則朕為 先帝推恩何嫌其厚遂如所請行此猶小事也乾隆某
年考試差後有宣布前列詩句者臬臣密以告將興獄矣 高宗召公問之公頓首
曰如臣即洩漏亦問何故曰書生習氣見佳作必吟哦或記誦其句欲訪知為何人
手筆則無意中不免洩漏矣 天顏大霽遂寢其事

高文恪在康熙朝世亦稱其對揚之敏妙第聞文恪直南書房時嘗攜金豆滿荷囊
如 上閱某書近侍以告則酬以一金豆即抽某書涉獵之偶 天語垂問無不能
對大意者以是益蒙 嘉賞以廷臣中博雅可與道古莫士奇若也又文恪貴盛後
頗通賓客或謂士奇樸被入都今但問其家貲可得贓狀一日 上問之則曰督撫
諸臣以臣蒙 主眷多有餽遺其實 聖明威福不旁落臣何能參預一字在彼誠
無益在臣則寸絲粒粟皆 恩遇中來也 上微笑置不問康祺按文恪以單門白
士徒步游長安街遺侯還時平陟通顯 仁皇帝數十年之矜全培擭斷非他人夢
寐所敢幾奈詞章而外他事無聞其結権內侍納賂疆臣無非為身家富貴之計依
恃 寬大巧言自文不以墨敗幸也視世之五諫從諷片語迴天者辟諸草木區以
別矣

宣宗中年尤崇節儉嘗有 御用黑狐端罩襯緞稍闊令內侍將出四周添皮內府
呈冊需銀千兩乃 諭勿添明日軍機大臣入侍 諭及茲事自是京官衣裘不出

風者十有餘年。

康熙十七年。魏敏果公以左都御史遷長刑部。上言臣忝司風紀。職多未盡。敢援漢汲黯自請為郎故事。乞辭新命。仍領舊秩。聖祖鑒其無欺。乃加刑部尚書銜。仍留原任。一時百僚肅然。人以公為不負所言。克舉其職。

自有制科來。無以舊作特文受主知者。長洲韓文懿公菼。康熙癸丑科。會試殿試皆第一。撤闈後。上取墨卷覽之。稱主司得人。是年冬。召至起居注。命將平日窗稿進呈。遂以刻本五十篇進。復召至弘德殿。問平日所作必多。館師熊文端公代奏曰。尚有三十二篇。以題目小。不敢進呈。上曰。不妨都進。秉其三篇。即鄉試墨卷也。康祺按公學問經術。蔚然儒宗。其出處。咸有軌法。原不獨以制藝見長。而以是渥受恩榮。正足為潛心舉業者勸。益可見右文天子。曲藝旁通。即時文小道。亦莫不洞知奧窔也。

聖祖第二次南巡。以江蘇巡撫宋尚書犖。居官安靜。深得大臣之體。手詔褒美。恩誼甚洽。公面奏宋臣范成大。蒙孝宗賜石湖二字。後世傳為美談。孝宗偏安主。我皇上乃堯舜之君。相去霄壤。臣功業不及成大。遭逢之盛。自謂過之。臣家有別業在城西陂。乞賜書西陂二字。上許之。時直幄諸臣見上顏色藹霽。競進求書。公奏曰。臣老矣。以齒當先。賜臣。上大笑。走筆書西陂二大字。立時頒賜。明良喜起之盛。熙熙一堂。直三古以還所未有也。

康熙朝召試鴻博之次日。聖祖方幸霸州。攜諸卷親覽。翼日。下三相國公閱。上忽問媧皇補天事。信乎。蓋毛西河檢討卷中。有此語也。馮文毅公溥奏。淮南子有之。上曰。徒記事耶。則楚辭列子。早及之。何止淮南。第未知傳信何如耳。文毅曰。賦主鋪張。古籍宜可用。於是西河列上卷。聖學淵博如此。聖心復詳盡如此。昔陶士行云。大禹惜寸陰。我輩宜惜分陰。科目庠序之士。幸生聖朝。其無自惕矣。

太宗嘗與群臣論遼事。當以呂尚為法。忠勇公石廷柱對曰。呂尚能專制閫外生殺。故所向有功。今臣等若有過。下所司逮訊。雖佐領以下。亦當與之比肩對簿。其何以堪。大臣以其言過戇。請議處。上特寬宥。

乾隆五十年。舉行千叟宴。漢大臣與宴者。以嵇文恭公領班。公年八十。與高宗同庚。生辰本在六月。值班口奏。臣不敢先君。擬改期於萬壽後。上許為知禮。因代定八月十五日。遣侍衛為之稱觴。時以為榮遇云。

高陽李尚書鴻藻。咸豐間以編修視河南學。按試未周。奉特旨召還。授穆宗毅皇帝讀。毅皇帝登極後。弘德殿師傅之任。雖廣延耆宿。而以尚書為甘盤舊學。兩宮眷倚尤專。並已令參機務矣。同治五年。丁太夫人艱。懿旨開戶部侍郎缺。守孝百日。仍赴弘德殿及軍機行走。尚書累疏陳情。乞歸終制。吏部尚書文文忠公為之代奏。同時授讀諸臣。大學士倭文端公。徐尚書桐。翁侍郎同龢。亦代為乞恩。卒邀俞允。至光緒年。高陽已官正卿。遭本生太夫人終堂之戚。以本房主後無人。具呈禮部。請守制三年。亦經禮部議准。尚書之為人子。可謂守經盡禮。不愧儒臣。

燕下鄉脞錄卷十一終

燕下鄉脞錄卷十二

清　鄞陳康祺著

塔忠武公之戰績載在琅書諸葛大名垂宇宙矣公性忠勇亦最慈祥統兵岳州即
於左臂涅忠心報國四字洪山之捷麾軍逼賊於沙湖塘角闘賊爭赴水死中多幼
孩公見之大哭傳令拯救得數百人賊因而乞命者又七百有奇誅其極悍者餘
盡釋之一日力戰歸左右以海鰓啗進公曰吾母夫人在都不知能給朝夕否忍甘
此耶德化令進莞席以士卒皆臥草土卻弗受其篤孝貞廉又如此從古名將秉氣
之純如公亦少覯也
中興名將塔羅彭楊四公隨曾文正剏立楚軍首開忠毅堅貞之風氣稍後則滿臣
惟忠勇公多隆阿漢臣唯子爵提督鮑公超驍勇敢戰與之齊名軍中呼為多龍鮑
虎
狀元雖三年一人而自唐宋重科目已來凡廷試掄元鮮有不游蹟華膴者海鹽朱
朶山殿撰昌頤平生六易官階終於六品殆由數奇初以選拔充小京官升用主事
一也道光丙戌成進士一甲一名授翰林院修撰二也嗣升贊善三也緣事降調適
得光祿寺署正四也由光署正捐主事五也升員外得御史矣復干吏議鐫級歸咸
豐朝起廢員仍
賞主事命來京六也散秩浮沈旋亦垂垂老矣名場顯晦各有前
因修撰鄉望頗隆蹭蹬終身義可無悶
福文襄王總制雲貴值南掌國貢馴象四並言被交趾諸國刦掠無禦敵器以餘象
一求予巨礮文襄檄諭以國家法制森嚴賞賚有節兵火利器不容妄求還其象不
予之礮
上韙之
福文襄生出首邊功在
社稷其生平所受
恩寵亦復空前曠後冠絕百僚初以
領隊大臣隨征金川攻克得楞山
賞嘉勇巴圖魯後即以嘉勇二字為封爵徽
號異數一也索諾木就縛金川平
封三等嘉勇男班師
上幸良鄉行郊勞禮
賜御用鞍轡馬一疋
御紫光閣飲至
詔圖形閣中
上親製贊異數二也甘肅
逆回田五等滋事
授參贊大臣擒賊首張文慶等
晉封嘉勇侯異數三也臺灣
逆賊林爽文圍嘉義
詔以為將軍馳驛往勦立解縣圍捷聞
封一等嘉義公
賜寶石頂四團龍服異數四也生擒林爽文檻送京師臺灣平
賜金黃帶紫韁金
黃辮珊瑚朝珠又
命於臺灣郡城及嘉義縣各建生祠再圖形紫光閣
上製贊
如初異數五也廓爾喀賊匪亂後藏
詔以為將軍蕩克賊寨奏入
御製誌喜詩
書箑以
賜佐以
御用佩囊異數六也甲爾古拉集寨之捷酋懼乞降
詔許班
師晉大學士
加封忠銳嘉勇公曾十五功臣圖像成
上復親為製贊時大學士
阿文成以未臨行陣奏讓首功異數七也尋
賞一等輕車都尉
命照王公親軍
校例給六品藍翎三缺
賞其僕從異數八也由川督移雲貴會黔苗石柳鄧圍大
營嗅腦營松桃𡻕三城楚苗石三保圍永綏廳逆渠吳半生附之有
旨命督師進
勦未市月立解三圍
賞戴三眼花翎異數九也屢敗賊營奪賊卡降七十餘寨
詔晉封貝子銜仍帶四字佳號照宗室貝子例給護衛異數十也吳半生降
賞公
子德麟副都統銜授
御前侍衛異數十一也積功無可加賞
晉公父文忠公貝
子爵異數十二也迨公薨
特旨賞郡王銜賞庫銀萬兩治喪並於家廟旁
特建
專祠以時致祭其父傅恒
追贈郡王銜子德麟襲貝勒銜八城
親往賜奠
御
製詩哭之配饗
太廟並入祀賢良昭忠二祠復奉
諭德麟承襲貝勒後其子襲
貝子孫鎮國公罔替異數十三也其他封贈蔭襲之稠部院封圻之重瓌珍瑋寶之
錫
雲漢綸綍之褒為彝常將相所罕有者不勝縷述異姓世臣叨被至此
本朝
第一人也
山陽汪文端公廷珍年十二而孤母程太夫人撫之成立值歲凶母子日一食或終
日不得食太夫人終不肯使人知曰吾非恥貧恥言貧耳言貧則疑有求於人故不
為也歲除無米使僕索舊逋城外抵暮歸無所得各飲茗一甌嘗鹽菜數莖就臥及
公貴風裁嚴峻正色立朝造次必於禮法太夫人教也
汪文端之相業不以隆隆赫赫為名高其行誼文章海內識與不識推為正人無異
喙
仁宗知公深故在內則長成均直
上齋游充總師傅在外則安徽江西浙江
連任學政始終委寄不外文學侍從之任公為大司成選刊成均課士錄教學者以
義法三省試牘皆曰立誠編猶前志也又嘗撰為學約五則以訓士一曰辨塗謂喻
義喻利人心之分盡於此為己為人學術之分盡於此有志者當力辨乎豪釐千里
之差一曰端本謂士者四民之首天下事皆吾分內事也自公卿至一命之吏皆讀
書人為之故貴通古今達事變相期為有體有用之學一曰敬業時文者古文之一
體猶之碑誌傳記表疏論序云耳以摹擬剿竊者之不足言文乃並時文而小之過
矣一曰裁偽謂昌黎論文惟其是吾論文惟其真蓋必能真而後是非可得而論也

申韓莊列異乎吾道者也而朱子以為先有實而後託之文非以其真耶一曰自立文之不能不變者時也挽其變而歸之正或因其變而愈益神明於正學者事也苟非克自樹立隨風氣為轉移取已陳之芻狗沾沾然倣效之庸有幾乎哉其因文見道大指不出乎此　宣宗在青宮公盡忱啟迪非法不道　登極後獻納尤勤道光三年　手敕稱汪廷珍於師道臣道之義二者兼備然則公之輔翼　聖聰成三十年仁孝太平之治上與伊傅比徽矣相業醇潔何足議之

高宗御製詩云有以沙汰僧道為請者朕謂沙汰何難即盡去之不過一紙之頒天下有不奉行者乎但今之僧道實不比昔日之橫恣有稍於儒氏辟而闢之蓋彼教已式微已且藉以養民分田授井之制既不可行將此數千百萬無衣無食游手好閒之人置之何處故為詩以見意云頹波日下豈能迴二氏於今亦可哀何必闢耶猶況古留資畫景與詩材真洋洋　聖謨也康祺少時好發奇論嘗謂今之僧道可編為土兵縣留一寺額設若干人半月誦經半月習武合一省一府均其寺廟為養贍之資才足馭百人千人者別畀其名目或許酒肉或許婚娶有事則老弱留守壯者聽調出軍有功許薦舉出籍為武弁人咸詭之既又曰僧尼宜因田設額仍其舊產縣留二所以別男女非鰥寡孤獨喑聾跛躄者不得濫給度牒人亦以為不能行敬繹　聖制蓋亦借紺宇紅牆為安置窮民之藪澤芻荛之言似後一說猶堪備采也

漁洋晚年寄宋商邱云尚書北闕霜侵鬢開府江南雪滿頭誰識朱顏兩年少王揚州與宋黃州讀者多未測其旨後始知為趙秋谷發也蓋秋谷罷館職後益修憾漁洋漁洋游吳中屢語人曰通日論詩惟位尊而年高者斯稱巨手耳時商邱方巡撫吳門聞是語遂述於漁洋故答詩云爾阮吾山茶餘客話謂此特漫堂假阮翁以自矜耳其實漫堂固不在秋谷指議中也康祺按商邱風雅不減漁洋吾山斯言未免鍥薄

康熙朝刻耕織圖係焦秉貞畫　萬壽盛典冷枚畫秉貞濟寧人欽天監五官正冷枚膠州人又避暑山莊三十六景圖內務府司庫沈喻畫見茶餘客話

張稷若先生云強記之法每讀一書遇意所好即劄錄之錄訖乃朗誦十餘遍黏之壁間每日必三十餘段少亦六七段掩卷輒就壁間觀所黏錄日三五次以為常務期精熟一字不遺黏壁既滿乃取第一日所黏者投笥中俟再讀有所錄補黏其處隨收隨補歲無曠日一年之內約得千段數年之後腹笥自富康祺按他書記此法黏壁之後尚有分為二笥者一虛一實今日採左笥所儲逐條溫覽投之右笥明日採右笥亦然其功尤為精密余性嗜古書記性最劣偶有誤述輒須尋檢翠兩下筆難免舛譌憾年少在塾不依此法行之汎覽健忘致成枵腹後生志古尚其鑒諸

今水晶眼鏡徧天下市井闤闠且用之矣此物興於　國初珍貴逾珠玉康熙癸未賜少宗伯孫岳頒晶鏡時蔣文肅以庶常值　內廷奏臣母曹氏年老眼昏　上亦賜之當世以為殊榮

舉人大挑始於乾隆丙戌科吏部新議選法一等用知縣者又借補府經歷直隸州州同州判屬州州同州判縣丞鹽大使藩庫大使凡九班二等以學正教諭用借補訓導凡三班時謂之九流三教按此語猥巧不足錄錄以紀大挑緣始及當時銓補章程耳

蔣文肅官庶常即蒙　聖祖賜第西華門右　御題匾曰揖翠堂雍正戊申大拜後復　賜新第於得勝門舊例年終　賞大臣福字皆用紅箋丁未冬　世宗以公母曹夫人服未除　特書金箋福字以賜壬子　賜人參至十二斤皆人臣不世之恩遇

恭讀　純廟聖製文南薰殿奉藏圖像記知列代帝后圖像傳自勝國典在有司歷有年所自　純廟幾暇省閱內庫偶得展覲遂　命工重加裝池襲以綿錦尊藏於紫禁西南之南薰殿復令王公大臣詳定位置謹其籍識次第甲乙又以明諸帝王冊今貯工部外庫慮其散軼因附藏　殿之西室俾庋視焉既竣事　親灑宸翰勒石前榮以示永久蓋　繼承帝統嘉惠前朝　聖人之用心若是其誠且篤也其圖像軸數法祭酒式善陶廬雜錄嘗紀之云　南薰殿藏古帝后像凡軸七十有五伏羲氏像一帝堯像一禹王像一商湯王像一周武王像一漢武帝像一唐高祖像一太宗像三後唐莊宗像一宋宣祖像二太祖像四太宗像一真宗像二仁宗像一英宗像一神宗像二哲宗像一徽宗像二欽宗像二高宗像一孝宗像一光宗像一甯宗像一理宗像一度宗像一明太祖像十二成祖像一仁宗像一宣宗像三英宗像一憲宗像一孝宗像一武宗像一興獻王像二世宗像一穆宗像一神宗像一光宗像二熹宗像二宋宣祖后像一真宗后像一仁宗后像一英宗后像一神宗后像一哲宗后像一徽宗后像一欽宗后像一高宗后像一光宗后像一甯宗后像一明孝

慈高皇后像一。凡冊十五。歷代帝王像一冊。自伏羲氏起。至宋甯宗止。凡十六葉。每
葉像二。聖哲賢臣像一冊。自伏羲氏起至韓信止。凡二十三葉。宋朝帝像一冊。自宣
祖起。至度宗止。凡十六葉。元朝帝像一冊。自太祖起至甯宗止。凡八葉。宋后像一冊。
自宣祖后起至甯宗后止。凡十二葉。元后像一冊。自世祖后起至后納罕止。凡八葉。
末四條。無標題。元后妃太子像一冊。自仁宗后起至后納罕止。六葉。第二三像無標
題。末附太子像二。明帝后像二冊。上冊。自太祖起。至孝欽毅皇帝止。凡九葉。下冊。自
世宗起。至熹宗止。凡八葉。尚有歷代聖賢像一冊。孔子世家像一冊。至聖先賢像一
冊。歷代聖賢名人像一冊。皆藏於　殿中。

道光九年十月。緬甸國王遣人進金葉表。因奉　天朝平定回疆。生俘首逆。恭進
皇太后徽號之詔。畏服歡喜而來賀。此為向來緬王所無之事。故雲貴總督代為奏
進。

黃岡曹學士本榮。為　國初理學名臣。其學初從陽明入。直悟心原。繼加以踐履篤
實之功。著五大儒語錄。及周張精義。王羅擇編。居要錄。切問錄諸書。其論次五大儒。
以程朱薛與陸王並行。嘗應　詔上疏。請舉四書五經及通鑑中。有裨身心要務治
平大業者。朝夕討論。從此設誠致行。自能祈天永命云云。優旨嘉納。官司業。刊白鹿
洞學規以教諸生。日侍講幄。論辨經義。問無不對。對無不盡。同年生譚鳳祠殁於京
師。學士為之治喪。譚妾生子。令室中婢乳之。後成立。魏敏果為賦古人交行。學士既
卒。蘇門孫徵君慟惜之。謂商周之際。道在箕子。宋元之際。道在許子。明　清之際道
在曹子。世以其言為不可易。康祺於道學家言。了無所得。亦不知程朱陸王之所以
異同。如學士者。其視箕子果何如。視魯齋先生又何如。徵君所言。無能別其然否。惟
觀學士之事　君侍友。曠然不欺。為詞臣菜食布袍。求盡職業。恐即此便是道學。不
必高語商周宋元。定與古人鼎足也。

桂林朱伯韓觀察。居諫垣。與蘇賡堂陳慶鏞。齊聲號稱三直。筆見前又從倭文端。唐確
慎。李文清諸公遊。與聞道學之統。其經術考據。則與曾文正公。何子貞。張石洲諸君
相切劘。其工詩古文。與梅伯言。邵位西。張端甫。吳子序。余小頗。陳藝叔。劉椒雲。馮魯
川六七君子。及其鄉人龍翰臣。王少鶴。同時各成一家。蓋道光朝魁偉振異人也。粵
西賊起。方在籍辦團練。扶獨秀峯題壁詩詆毀觀察甚烈康祺偏考他書非事實也且題壁詩本淺俗不知世人何故傳誦張忠武公
之來歸也。官書多疑之。觀察獨謂忠果可任事。毅然以十口保其無他。忠武卒為名

將。蒞閩論者謂李白之識郭汾陽。殆遜之矣。按此所云忠武事語。與平定粵匪紀略。剿匪之紀。山村附馮氏桂芬李氏元
度[illegible]朱後以道員游吾浙。浙撫王有齡。駭不知兵。假寄餘名。恣苛斂。觀察每有
言。嫉其迂闊。賊既圍城。觀察守清波門。督士卒守禦甚力。食將盡。偶得米猶分數斗
餉鄉人伊樂堯。樂堯經生。觀察道義交也。城陷罵賊死。觀察忠孝大節。炳若日星。而
力保張忠武公。功績尤偉。其圍城饋米一事。亦見平生風義云。

李文恭公星沅由翰林外簡。卽出不十年。至兩江總督。所至百廢具舉。棱棱有風骨。
既以母老乞病歸。　文宗御極。召用懇請終養。曾學政浙時。而林文忠公道卒。　朝
廷以文恭能任事也。詔以　欽差大臣關防畀之。而公又殁。方公抵粵西。與賊甚寢
食失常度。每謂人曰。此賊非眼前諸公可了。時周文忠向忠武烏武壯。皆與共事。意
不謂然。公曰。後當思吾言耳。公疾革。以關防送文忠。而遺表薦烏向可任。其後三公
皆殉身軍事。粵逆奔突偏天下。征討十餘載。糜餉萬萬。逆氛始洗盪無遺。公殆見洪
楊初起勢。剽悍驍劇。不易摧。思得當鄭重一戰。豈懦帥畏事比哉。

海昌三異者。安陽許侍郎三禮。卒海甯特。浙人傳為瑞應者也。時自燕來巢。朱露降
於庭柏。海潮當至而不至。與論美之。故公然侍郎作令日。每夕焚香告天。如趙清獻
故事。別立書院。延黎州先生主皋比。招高才生雅歌釋奠。而親受先生易學。稱弟子
焉。行取御史。疏請花武臣守倒之例。遷理少。講河圖洛書。甚有條理。　聖祖嘉美。自
庶僚至卿貳。每歲必貽書黎洲問學。歛然也。康祺按侍郎少執業於孫徵君。他日有
編次峯南雷學案者。當兩收之。

南雷講學吾州。相從問學者。以吾宗為最夥。而怡庭編修錫瓛。其衛道至力者也。康
熙十七年。　詔徵博學鴻儒。掌院葉文敏公將特薦。奇之以詩。從臾就道。南雷答詩。
勉其承莊渠魏氏之絕學。而告以不出之意。文敏以編修為黃氏高業。函其敦勸出
山。編修驚曰。是將使先生為疊山九靈之喪軀也。不如其已也。再三往辭。文敏乃止。
編修論格物之學。於師門不甚合。然黎州屈指門下。必首推其篤行。

嘉慶初。李忠毅公長庚。勦除洋匪。屢敗蔡牽於浙洋。以閩師掣肘。牽尚遊弋海上。
上聞逮治督臣。而代者入閩中丈武之譖。疏參忠毅逗留。捏報斬獲。　諭密詢浙撫
清安泰。公賴公力陳忠毅勦賊之勇。海戰情形之難。　仁宗委任忠毅。由是益篤。當
時賊中謠。有不怕千萬兵。只怕李長庚之語。亦達　天聽。

仁和紫虎臣先生紹炳。明遺民也。少有至性。生計清寒。父亡於官。求商人附載東去。

迎棺歸葬。躬自負土成邱。時節祭奠。涕淚迸涌。松草為之萎絕。里中有避父笞出亡者。先生遇之。問得其故。大悲曰。爾有父笞非苦。我無父笞。乃苦耳。為賦遊子遇孤兒行。其人垂泣自恨。卒為孝子。偷兒夜入先生室。覺其為鄰人也。默不言。捃摭及衣被。徐曰。獨不能留此為吾禦寒耶。偷兒驚而止。遂勸其改行。檢枕畔百錢予之。及冢上銅器一二具。令持出。其人嗚咽去。入國朝。居南屏山。貧甚。屏絕餽饟。賣藥自給。先生於象緯律歷輿地禮制農田水利戎兵賦役。莫不研講。康熙八年。敕舉山林隱逸之士。浙撫范忠貞公親詣之。請以應詔。固辭。卓卓乎東京人物也。

乾隆辛未。聖駕南巡。幸無錫秦文恭公家寄暢園。秦氏子姓迎鑾者。孝然年九十。樹然年八十七。敬然年八十五。榮然年七十。壽然年六十九。芝田年七十六。瑞熙年六十一。茅田年六十。東田年六十二。九人得六百餘歲。皆近房也。漢碑云。國有仁澤。民多世壽。信夫。

雍正中。太常寺卿吳隆元奏修天壇。摺內有蜈蚣八字糯語。上命交部嚴議。以其不敬也。壇廟大典。襄事者可不慎諸。

天台齊侍郎敏悟强識。觀書目十行下。一覽則終身不忘。其應徵北上時。謁某邑宰。留宿署中。見架上有異書八冊。請借觀。主人曰諾。次日將登程。主人奉書以出。侍郎曰。已閱訖矣。主人未之信。抽一二冊詢之。探喉而出。不譌一字。

桐城諸生潘天成。錫嘏。世稱潘孝子。幼與父母避仇相失。天成乞食求之。往來休甯山中。跣走哭泣。每至聚。持一鼗鼓大聲為鄉語。觀者從之而笑。莫測其意也。行至江西界。其母從巷中出。頗疑天成非丐者。詳問所由。相持而悲。因又詢知父所在。迎之歸里。天成論學。祖姚江。又從荊溪湯之錡受東林之學。後事宣城梅文鼎。略涉歷算。狷潔長貧。老以餓死。

本朝古文家。必推桐城方侍郎為正宗矣。其裁成而引掖之者。實賴吾鄉一二先喆。侍郎少遊京師。下筆為古文。輒工。季野先生奇之。告之曰。勿讀無益之書。勿為無益之文。侍郎終身誦之。遂一心窮經。後讀徐氏所雕九經解三遍。為文益峻潔。西溟編修方以古文伏天下。揚於眾曰。後來之秀也。侍郎名遂大起。

吳徵君晨祥。學長於史。兼工詞賦。乳哺時。啞啞私語。皆建文遜國時事。過十歲。方不言。蓋生有宿根云。按徵君與吳任臣生同里閈。年少皆博綜能文。時呼為虎林二吳。

梁侍講幼時。其父文莊相國。猶未達也。居鳳皇山麓。夫人夜績。兒嬉於旁。虎突入戶。

夫人驚絕。侍講戲如故。問之。曰。有大獸來。回顧而去。

山舟侍講書名壓一代。性獨孤僻。作書喜用許虛白紙。夏岐山。潘岳南。筆刻石。必陳雲杓。陳如岡。馮鳴和。後虛白齋紙盛行。馮潘夏陳。因以致富。

臺灣開於鄭芝龍。順治初。其子成功。復往據之。時出沒江海為大患。廈門民掘地得一碑。文云。生女滅雞。十億相倚。見者莫能測。後鄭氏為姚尚書啟聖所殄。乃知十億兆也。加一女。姚也。鄭從酉。雞也。滅雞。滅鄭也。鄭氏初起海上。尚書始生。傳四世六十年。而公適為閩督。遂平臺灣。執鄭克塽以歸。此讖識之有驗者。然亦我聖清之威德震鑠。師武臣力。有以應之。

會稽姚尚書平定臺灣。袁枚作公神道碑。謂大功為施琅所攘。謝山鹿洲亦云然。康祺按之官書及他紀載。知枚言不甚有徵。顧尚書長子儀。亦英物也。儀雄偉與公肖。嘗驅駟馬駕乔車。自後掣之。馬前卻不自由。挽强弓。百步外可洞四札。閩人望見。前鋒曰。此姚公子旗也。以功游擢開封府知府。諭以京堂用。自請效力從戎。改實南總兵。本朝文臣自請改武。自此始。按儀有貞畏軒詩集。

澤州相國在直廬。聖祖皇帝嘗傳問今之詩人為誰。相國以周起渭。史申義。對時有兩大詩家之目。相國予告陛辭。聖祖問將來誰可代者。相國復舉周名以對。惜起渭甫進宮坊。未肩大任。僅以詩集傳耳。

黎侍御吉雲以翰林入臺垣。道光中。英吉利船窺津門海口。侍御獨上疏言島夷不可縱。和議不足恃。條用兵事甚悉。彈主款大僚。言詞切直。比款議決。遂引疾歸。咸豐改元。廣西軍事急。御史方家居。忽辦裝詣京師補官。劾湖廣總督程矞采。庸怯誤事。繼賊深入湘中。將為天下患。已而賊果圍長沙。破武漢。連陷江南。蹦及畿輔。都城戒嚴。侍御奉命駐東城。一日。語守者曰。城上宜多積磚石。守者謬諾之。督責益急。謂明日不具。將治爾。守者懼獲罪。走愬諸大僚。大僚言。御史恐我明日寇將至也。大僚聞於朝。以恇擾降。時論惜之。康祺謂明日寇至。固守者之甚其詞。第被命守城而不作寇至之想。守何事矣。粵匪之變。所以狼奔鼠竄天下無完城者。大抵皆明日必不寇至之念誤之也。嗚呼。粵匪平矣。明日顧可恃哉。

貴筑黃觀察輔辰官考功郎時。遇事侃侃。持正不阿。嘗忤尚書恩桂。又與侍郎張公芾爭易州牧俞黑事。抗論再三。同官咸目之硬黃。鐫石以贈。觀察少奇困。嘗屑糠和麥焚為粥。又不給。則就鄰生。擷園中桃實生啖之。意充然。不厭學。蓋所蘊實深。不第以

風骨標異者

嘉慶二十三年 萬壽恩詔普免天下積欠錢糧各省惟牘爭造册送戶部安徽民欠三百萬鳳陽一府尤多巡撫康公紹鏞開册已定未及奏遷去繼之者姚公祖同疑民欠不實行令諸道府大為覈減屬吏震公威勒令諸州縣減造十分之四以其欠數虛報存庫州縣苦之勢洶洶將上聞姚先奏以為官吏欺侵造册不實請展限覈減 硃批云損上益下朕之願也存心刻薄有傷政體姚大慙六百里行文以原册上大哉 王言古稱蕩蕩如天何以加焉

燕下鄉脞錄卷十二終

燕下鄉脞錄卷十三

清 鄞陳康祺著

聖祖皇帝八歲 世祖賓天十一歲 慈和皇太后崩逝當時呼搶哭踊盡禮盡哀聖孝純誠已為薄海傳誦比康熙二十六年值 太皇太后違豫 上躬侍寢榻廢餐輟寐衣不解帶者至一月餘復自宮中步禱 南郊親製祝文詞義懇篤太常宣讀之際涕泗交頤文武從官靡不感泣以上略見前筆既遺 慈寧大喪三日以內悲號無間饘粥水漿不入於口居廬席地毀瘠過甚至於昏暈嘔血 梓宮啟攢之夕攀慕不勝左右大臣固請升輦 上堅不就駕斷去車靷慟哭步送刻無絕聲毋昇校吏番輒長跪伏泣直至郊園 殯宮頹悴足疲悽感衢陌又傳 旨回宮之日仍居幕次乾清門外並定志服三年喪不忍以日易月經王大臣等屢疏乞既葬除服祗行心喪臺省諸臣引經据古切諫過中太學諸生咸以節哀順禮為請 上罔立長號勉釋衰絰而有觸輒痛憂瘁慘損之容閱三年不改 聖祖之至德純孝洞慼舜後一人已詳見崑山徐尚書憺園集尚書蓋其時襄理喪儀者

乾隆辛丑進士李惺以錢唐令起家洊升順慶守告養起復年七十餘矣長鬚彪彪華采熠鑠陛辭日 上甚賞歎令赴政事堂共觀之同時以為異遇見陳太僕兆崙紫竹山房詩榮哉此髯其可謂絕倫超羣矣

前卷紀朝鮮士人私謚翁覃谿為文達以為藝林佳話茲誦張石洲另齋集為朝鮮貢使題書話知貢使之師金正喜前充貢使時與 中朝儀徵相公之學別署阮堂阮堂為彼國通儒性喜古籍朱氏算學啟蒙中國久軼阮堂於其國得之攜以來京展轉入儀徵手及屬羅君次球校算付梓道光朝士多與阮堂師弟納交石洲亦嘗以儀徵所著詩書古訓及自撰亭林年譜郵贈詩中所云敬以老阮書用慰阮堂情是也近賢自蘇齋而後江號鄭堂李字鄦齋各自明其瓣香所在不圖此俗沿及東瀛

平定張石州穆以優行貢成均道光己亥應順天鄉試攜瓶酒入監搜者呵曰去酒石州輒飲盡而擲棄其餘滌監者怒命悉索之破筆硯毀衣被無所得石州捫腹曰是中便便經笥若輩豈能搜耶監者益忿乃摭筆囊中片紙有字一行誣曰此懷挾也送刑部獄白其枉然竟坐擯斥石州淵博無涯涘世以東京儒蔡目之微嘗見黜固由賦命之奇然亦太使氣已

羅壯節公遺骸撫吾浙坐席未暖遽為狂寇所乘省城被陷公以身殉婦𢵧相隨盡節吾浙人猶以公短將略訾之康祺竊謂公循吏也由牧令擢封圻所至大著名績官湖北時佐胡文忠公整飭吏治籌畫儲胥文忠倚為心腹外任三十年身後止薄田四十畝土屋十餘間亮節清風為近代疆臣所未有以視後此失守之巡撫擁貲百萬貪虐昏愚徼倖嚴之門戶塞明越之咽喉彖齒焚身禍延南紀其汙廉仁暴豈復可同日語哉

張石州跋漁洋草稿內一札云佐計部七年無所短長徒以區區冰檗之操受知九重擢總臺憲石州謂與漁洋年譜所稱時捐納方開多相緣為奸利山人一無所豫戒司官凡捐納事勿以一呈一稿至前在戶部七年皭然如白圭振聲[illegible]朝皆能諒之云云如出一吻康祺按今部寺堂上官遇事不概心者必別摺陳奏始免會同畫押漁洋當時即以開捐為非而身為少農七年之久凡涉捐務竟能不置一詞不畫一諾亦可見　國初令甲之寬公卿中力持清議者居然得行其志也

本朝定制凡以尚書協辦大學士者不開尚書缺既大拜或仍預部務則曰管理某部不復繫尚書原銜亦有以大學士尚書管理順天府者曰兼尹兼尹一職較管部尤繁冗易招過差未久輒更代惴惴以無事為福獨華陽卓文端公自憲長汔登揆席充兼尹者幾二十年羣僚肅然百廢具舉無纖毫干吏議人以為難

太祖嘗出獵雪初霽恐草上浮雪沾濡攝衣而行侍衛輩私語曰　上何所不有而惜一衣耶　太祖聞之笑曰吾豈無衣而惜之吾常以衣賜汝等與其被雪沾濡何如鮮潔為愈躬行節儉汝等正當效法耳自是八旗臣民無敢以褕衣華服從事者

乾清宮敬藏　太宗實錄中有戰圖八冊乃　盛京舊本　高宗以尊藏之帙子孫不能盡見因於辛丑春　命依式重摹二本以一本藏上書房一本恭送　盛京藏弆示不忘　先朝桓烈之勳也

本朝八旗勁兵善以少擊衆蓋　家法也　太祖以十三甲破尼堪外蘭薩爾滸之戰　太宗以三十精騎敗明兵四十萬載在琅書千古無對矣頃讀開國方略　太祖丙戌四月破哲陳部諸路兵於界藩南山乃以四人而敗八百人之衆尤為　神武邁倫四人者　太祖與弟穆爾哈齊及近侍延布祿烏凌阿也

江南人文甲天下每鄉試合江甯江蘇安徽三布政司所屬士子恆萬六七千人入鎖院時唱名授卷竭一晝夜之力未能竣事有擁擠顛仆者林文忠公為監臨創設信礮立燈牌陰以兵法部勒之日晡而畢世謂文忠當官無一事不盡心故無一事無良法誠然

河工為　國家漏巵二百年矣道光十一年林文忠公擢東河總督奏言稽料乃河工第一弊端其門垛灘垛併垛諸名目非抽拔拆視難知底裏遂將南北十五廳各垛逐查有弊者緊治所屬懍然歲省度支無算得　旨向來河臣從未有如此精核者

林文忠公以粵事議戍有門下士官陝迎謁公嗽露不平見公談笑自若不敢盡其言退謁鄭夫人曰甚矣此行也夫人曰子毋然　朝廷以汝師能舉天下大局付之今決裂若此得保首領　天恩厚矣臣子自貽　國耳敢憚行乎按前卷紀沈文肅公困守廣信卒完危局並述及林夫人內助之功文肅文忠快婿也然則文肅夫人微特大義素嫺抑非是母不生是女已

乾隆中大庾戴篔圃僕少請增　至聖誕辰祭祀　高宗諭曰國家尊師重道備極優崇自有常制援據禮經實不同於尋常廟祀戴第元乃欲於彝典之外輒增一祀轉為褻越不足以昭隆禮士不通經所奏宜擯原摺發還

故事琉球國間歲一貢道光十九年　詔改每四年遣使朝貢是歲中山國王尚育咨達閩撫謂琉球地瀕海最患多風惟朝貢以時則風雨和順每遇貢年歲必大熟又貢船出入閩疆歲領時憲書得以因時趨事庶務合宜又琉球不產藥材賴貢船載回應用至航海鍼法全賴隨時學習番休更替若四年一朝則豐歉不齊人時莫授藥品缺乏鍼盤荒疏請奏復舊制時撫閩使者為吳文節公文鎔疏聞　手敕報曰據奏情辭真摯如所請行並　允令陪臣子弟隨同貢使入監讀書按琉球臣服大朝最稱恭順在我　國家八荒亭毒原望其承庥衍緒永為瀛海維屏也

中興名將帥世隸旗籍者必首數塔忠武及今將軍都興阿公天下無異詞其驍果任戰蓋樹大勳與兵事相始終尤以忠勇公多隆阿為八旗勁旅中功第一顧世猶謂公冥將耳乃其料敵審機出奇不測雖韓淮陰魏武帝不復過之咸豐八年冬公偕提督鮑超援安慶攻賊一日賊犯鮑軍急來請援公辭不赴特張樂宴諸將酣呼達旦賊偵知無備遂舍寘營乘夜來襲公預伏兵要隘賊至大敗之十一年七月賊由英霍趨太湖連營數十里公命佯敗以誘之稱病甚不能督軍賊至偃旗息鼓閉關不出賊大詈如弗聞也者如是數日夕賊終疑之尋獲我間諜謂公實大病遂來

犯公預伏二十營於左右路賊至夾擊皆棄械弁桐城嗣是追逐截擊捷報日聞一夕公登轈車遠眺曰賊衆十倍我連戰皆捷今知吾所在夜必來劫營乃潛徙其軍賊夜至得空營大驚自相踐藉死無數引去安慶之克公功最多蓋天授將略其神勇尤出塔公都公上云

多忠勇公治軍二十年所得廉俸悉以賞健士恤傷亡官文忠公知公貧郵寄三千金贍其家公知之馳卒追取為戰士購征袍方公盩厔受創時　上發內府珍藥敕治並　命黑龍江將軍傳知其子雙全馳驛往視而忠勇無家其子絮衣舊履寄食親串將軍資以行裝始得上道忠勇遺疏有云不使家有長物身有餘財確非虛語

長沙陳岱雲太守源兗生平以氣節自高與曾文正公為密友卒殉咸豐三年廬州之難官編修時分校禮闈首輔穆彰阿有子與試分試十八人皆其門下士也十七人者爭覓公子卷冀得一當獨惲太守方正甚適在太守房以埶劣未呈薦同事物色之且以情告太守亟加批抹焉穆相無如何也

徐司寇被議放歸欲延潘次耕於家而亭林書尼之其詞甚激至云彼之官彌貴容彌多便佞者留剛正者去今且欲延一二學問之士以蓋其羣醜不知薰猶不同器

而藏也吾以六十四之男氏主於其家見彼蠅營蟻附之流駭人耳目至於徵聲發色而拒之僅得自完讀此知當日崑山兄弟鄉居怙勢招致賓游蘭艾鼎雜然並進其氣燄實不可近故亭林痛嫉之也

李學士中簡值　上書房最久　諸皇子皆服其品學乾隆乙酉秋　上偶以鳩喚雨命題試　內庭諸翰林學士詩最先成中一聯云從陽猶可挽拙性本無他即小喻大時皆稱其得體

汪容甫少狂放肄業安定書院每一山長至輒挾經史疑難數事請質或不能對即大笑出孫編修志祖蔣編修士銓皆為所窘時僑居揚州者程太史晉芳任禮部大椿顧明經九苞皆以讀書該博負盛名容甫衆中語人揚州一府通者三人不通三人通者高郵王念孫寳應劉台拱與己是也不通者即指程任諸人適有薦紳家居者請容甫月旦容甫大言曰君不在不通之列其人喜過望容甫徐曰君再讀三十年書可以望不通矣其詼諧皆此類

稚存太史容甫明經同肄業揚州書院一日偕至院門外各跨一石狻猊談徐氏讀禮通考得失忽一商人冠服貴倨肩輿訪山長甫投刺適院中某生趨出足恭揖商人述連日趨謁狀商人微頷不答容甫憤甚潛往拍商人項大聲曰汝識我乎商人逡巡曰不識識向之趨揖者乎曰亦不識也曰我汪先生趨揖者某先生汝後識之乎曰識之矣曰汝識之即速去毋溷吾事商人大懼登輿去夫商人謁山長某生之趨出足恭自取辱也於石狻猊上談讀禮通考者何與講學家聞之必以容甫為誕率然今日講學家一遇冠服貴倨之商人吾甚憾其不誕率也蓋汪先生一某先生者百也

蕭山湯文端相國金釗每遇奏事日前一夕宿澄懷園必靜數更籌時閱晷刻偶假寐輒懼然起坐自咎失時其小節必謹如此

萬古愁曲子沈鬱詭瓌於自古聖賢君相信筆詆訶而獨痛哭流涕於桑海之際蓋明遺民歸莊元恭所作魏叔子元恭壽序及之沈繹堂詹事荃謂　世祖章皇帝嘗見此曲大加稱賞命樂工歌以侑食黍離麥秀之歌乃獲播於　興朝之鍾呂亦異事也　按元恭與亭林齊名即前輩所稱歸奇顧怪者

陶紫笥進士元淳崑山常熟兩尚書之鄉里也年少入都能文章尚志節李野百詩皆忘年交之崑山領史局李野為之任考索而頗委紫笥以文已而為忌者所排欺

崑山絕紫笥甫通籍一日在翁邸翁之子妄人也辱何義門於衆中紫笥憤甚請翁出以正誼責之翁護其子甚不直紫笥紫笥長揖出且謂之曰明公之力不過使陶生不為翰林請從此辭已而果不與館選出令粵之昌化有惠政嗚呼紫笥設當時稍依違其間驥尾青雲宜可旦夕致通顯然而冰山一頹西江莫濯安得復與燕閒諸老宿追逐於文苑儒林二傳中哉

仁和沈端恪公少時嘗在靈隱寺中為僧　世宗夙耽禪悅一日公獨對　上問之曰汝於宗門必多精詣試言之公對曰臣少年潦倒偶逃於此幸得通籍方留心經世之學以報　國家日懼不給不復更念及此亦知　皇上聖明天縱早悟大乘然萬幾為重臣願　陛下為堯舜不願　陛下為釋迦臣即有所記安敢妄言以分睿慮　上改容領之公真受孔子戒者矣　按臨川李侍郎在朝　世宗嘗問汝於書無所不讀二氏諸書亦盡通否侍郎對曰臣向於藏經亦諦觀之然無補於天下國家上笑曰汝言良是二公奏對若合符節前輩未詳是附紀之

曾文正公致其弟威毅伯書云聞林文忠三子分家各得六千串督撫二十年家私如此真不可及吾輩當以為法讀此見文忠之清操亦見文正兄弟之志趣

道光二十九年　聖躬不豫自夏徂冬猶力疾視事不趨簡便三十年正月十四日

皇四子（敬按即文宗顯皇帝）始代閱章奏。召見大臣。事甫畢。而宣宗龍馭上賓。蓋以七十天子。篤疾半載。其不躬親庶政者。僅彌留之頃也。見曾文正公日記（敬按是則與初筆記引季文敏所紀互有詳略謹補錄之）

高要張忠武公年十五。貫廣西貴縣。為土豪所辱。怒率眾毀其家。官名捕亡命江海。伺奸商黑吏。奪其貲。鞠孤振窮。戒其曹不得輒犯人。為之語曰。濟弱鋤強張嘉祥。嘉祥。公原名也。

張忠武公駐師金陵。大小數百戰。未嘗挫衄。一日偶傷指。向忠武以聞。文宗軫念。賜御用藥散。公深感焉。自向公卒。和帥驕恨忌公功。遇事齮齕。公度不濟。誓以身殉。抉一指寄家。示無還意。蓋是指即用　御藥瘳者。不欲使落賊手也。

以翰林入直軍機者。上元董文恪公教增其一也（按公乾隆五十二年一甲三名進士）。出為外吏。彊毅不阿。任川藩時。俗尚華侈。公力矯之。務為儉約。每公宴誡不用優伶。總督勒公以春酒召公。至門。已通刺矣。聞音樂聲。即返去。勒公為之撤樂。乃復至。飲盡歡。風尚為一變。蜀人兩賢之。

何子貞太史在國史館。每日手鈔十頁。錄東華錄所不載而事有關係者。約五十字。曾文正日記謂為敏而好學。太史所鈔。不知今尚存否。

同治三四年。皖南到處食人。人肉始買三十文一斤。後增至一百二十文一斤。句容二溧八十文一斤。慘矣。今兵事大定。年穀屢豐。願有位者無忘在莒也。

同治間奏裁南河各官。計裁去河督一缺。河廳十缺。佐雜六十四缺。武員七十六缺。新添總兵一缺。改二十四營為十營。留舊操防兵二千七百餘人。以修防改為操兵。五千九百餘人。每年省工程銀一百三四十萬兩。省廉俸三萬餘兩。曾文正謂近來大政。此事最有條理。噫。承平二百年。　國家崇尚寬大。不復校及細微。自海上多故。軍興地險。時有遷改。冗兵替夫。獨南河也歟哉。

阮文達精心金石文字。能以彝器鼎諸器。通倉籀之學。其所輯積古齋鐘鼎款識。雖奇炫爛。貫串墳典。嗜古者家置一編矣。顧是書雖由文達審定。而編釋屬稿。實出平湖朱侍郎為弼。侍郎。文達弟子也。其初稿尚世守。先署己名。後改題文達著。蓋屋路慎莊。獨山莫友芝咸有跋。路莫亦文達門下士。言當不誣。康祺按是書。考義釋文。達駕歐薛。文達與侍郎。皆當代藎臣碩學。雖不必以之為重輕。而攘箸清塵。功不可沒也。

林文忠公服官中外。常以封翁賜谷先生飼鶴圖。珍襲行篋。徧索題詠。一時作手。闡述其先德甚詳。此舉尋常不足錄。而齊東之言。有謂文忠本徐姓。育於封翁。通籍後每自愬。閣者可灼然辨其謬矣。

上海顧少詹。以舉人擢用翰林。官至三品。其遇甚奇。雍正七年閏月。　世宗查閱蔡嵩寓中筆札。見有舉人顧成天皇城草詩一首。寄情寓意。似有查嗣庭呂留良諸人感憤譏刺之心。因傳　旨詢問蔡嵩。顧成天平日有無詩文著作。於是續查出顧成天所刻詩一冊。中有　聖祖仁皇帝輓詞六章。詞意悲切。　上覽之。淒然墮淚。諭稱以未登仕籍之人。懷感恩戴德之誠。惻則其秉性善良。居心忠厚可知。皇城草一詩。乃別有寄託。為不如己意之人而作。因行文江南督撫。將顧成天送部引　見。聽候錄用。成天遂仰蒙　眷眄。洊陟清班。　先聖皇之慶賞刑威。不設成心如此。

乾隆三十七年。木果木之變。李恭勤公世傑。方以蜀臬總理登春滿糧臺。值黑夜降番猝發。大學士溫公戰死。糧臺在促浸者。百無一存。公聞變。集夫役。擇險路守。遙望隔山賊眾如蟻。風馳電捲而來。四無援兵。審勢不敵。因下令曰。事亟矣。棄此不保。非資寇也。糧宜亟焚。帑則任爾曹取之。不爾罪。既以一炬盡儲胥。夫役咸攜白鏹遁還內地。公退保老營（今隸撫邊屯距美諾三十里）。飛檄日隆關官兵。凡逃兵入關。置簿善款之。檢搜腰纏。而薄責其行。旅帑藏竟得無缺。是役也。糧不被掠。帑仍運回。夫役不亡失一名。錄功最懋。　恩賞孔雀翎。公饒權術。而有毅然任事之略。肫然愛民之誠。其由流外至兼圻。非幸也。宜也。

銅山張督部亮基。初以中書從王文恪公治河工。適林文忠謫襄河務。獨契公。時公嘗郤河弁餽金三千。文忠密識諸簡。未以告人也。逮公為永昌守。文忠方由西域賜環。授滇督。公道謁焉。文忠懽甚。出手籍。記郤金日月。公愕然異之。蓋不復省記矣。公之清。恐人知。文忠之求賢若渴。殆未易於今人中求之（按文忠書疏薦公云其才勝臣十倍宣宗恤知公可大用）。文忠之識公。實基於郤金一事。

百文敏公督兩廣。以海盜方張。銳意滅賊。過皖。貽皖撫董文恪教曾詩。有云。嶺南一事君應羨。殺賊歸來啖荔支。及盜魁張保就撫。文恪遺書曰。昔蒙贈詩。當更一字。為撫賊歸來也。文敏報書引咎。

百文敏壯年官京師。有子不育。屢荷　仁宗垂詢。嘉慶十六年九月。　萬壽之辰。樞臣面奏公得子。　上喜甚。下詔曰。百齡年逾六旬。望子甚切。連年任事。有裨封疆。故

得上賞　天祐老年生子朕甚為欣悅可錫名札拉芬（譯言長壽也）國公奏謝　手詔優答有天賜麟兒語　堂廉一德父子家人之誼不是過矣

同治三年粵匪平長江奏設經制水師以一提督節制五鎮官兵首被　命膺此選者三等男長沙黃公翼升也公起家材官隸曾文正戲下久任軍事力濟巨艱功與彭楊埒初隸水軍方監造戰船有龍降其舟色正青長五六寸隱見倏忽或曰此黃河廟中常示現者也文正偕幕僚往觀之信嗣是公每戰龍見則必捷戊辰秋官軍蹙捻寇於燕齊接壤之運河時河水淺躍馬可渡公慮賊之潛過也禱於龍神廟禱畢龍復見水不雨而漲賊突圍不濟遂盡殲焉公忠忱耿耿戰績洸洸訓士則以匈奴未滅為激昂論功則以雍齒且侯為慰藉其厚得神助有繇來矣

今長江提督黃公初從曾文正游嘆州鮑軍門超夫婦來長沙以貧故謀生計不就久之貲罄存錢止數百鮑故烈士以錢市酒有買醉將與其夫人飽飫以死鄰嫗知之以告公公亟往敂門則户鍵矣毀門入鮑夫婦方對案舉箸公問何為以實對公喟曰壯士奈何效匹夫匹婦死溝瀆鮑曰奈絕食何公曰子主我隸名軍籍中豈惟不死且可闖進取王侯將相庸有種耶鮑泣拜公遂挈以歸進之曾文正不數年鮑由步卒起戰比有功官浙江提督　封一等子與公對樹旌節列爵苴茅海內識與不識爭以郭李韓岳相比擬然則鮑固人傑公亦鉅眼矣哉

威毅伯曾公之撫晉也值山右大祲赤地千里前撫喋不以聞公下車即飛章請命於是公私賑貸集金粟至亡算晉民始蘇龍山典史朱克敬筆記稱公初次禱雨未即應下令誡所部官吏畢至壇紳士自康生以上皆集積薪塞廟門誓次日不雨即自燔雨果應時至晉父老感涕謳歌乃家尸而戶祝之論者謂公此舉視昔年攻拔金陵平積年僭號之賊功相等蓋一則奪數百萬生靈於鋒鏑封豕之吻一則活數百萬生靈於溝瀆餓殍之餘前古勳臣未有幹回元化大任疊肩建立如斯其偉者也

吳文節公文鎔自道光十八年奉　命查辦安徽浙江江甯東河各事件副蕭山湯相國以行回京即　授福建巡撫調湖北復調江西調浙江擢雲貴總督調浙閩復調湖廣遂殉粵匪之難前後十有七年自出國門每旦必焚香北向跪拜雖郵程戎幕亦然見公年譜

楚人好鬼越人好禨自古而然雲貴僻處天西其崇信鬼神乃復不亞中土省城舊有華光寺城內外與之同名者凡數十處俗稱某天子廟又曰某天壇某天臺住持僧道叛設無稽神像詐言禍福惑民漁利道光間督部吳文節公撫部銅山張公深惡之檄屬親督兵役將各州縣所供奉不經之土木偶像投之濁流並將廟宇分別毀折或改為善堂義塾或改祀正神淫祀遂革

嘉慶十四年殿試後兩月給事中花杰誣劾戴文端公營私舞弊各款並連及狀元洪瑩謂與戴衢亨交結情密故援引為一甲一名　仁宗特派滿洲軍機章京將洪由福園門帶至上書房命二阿哥監看令其默寫試策核與原卷相符　上稱為真才實學並以洪橫被詆誣　賞紗二件以示獎異花杰所劾文端他事經諸大臣會訊均屬子虛交部議罪按文端賢相洪亦宿學之士花杰乃欲以青蠅貝錦之伎倆欺蔽　聖明洵自貽伊戚矣

嘉慶十三年以誕育　皇長孫中外大臣具摺陳賀侈陳吉祥並奉　嚴諭斥責提督仙鶴齡摺中至有誕降重熙承華少海玉質龍姿前星拱極本支百世派衍東宮諸語　上益震怒將仙鶴齡及擬稿之營書郭裕昆改擬之幕友石先巍先後降旨褫職治罪有差

乾隆二年五月　特旨准本年新進士條奏地方利弊

康熙中準夷入寇　聖祖命大學士李文貞公蓍之遇復之上六文貞變色上笑曰逆虜犯順自蹈迷復之凶我戰必克矣遂下詔親征果大捷經生家之拘文牽義終不如　聖天子之應天順人也

燕下鄉脞錄卷十三終

燕下鄉脞錄卷十四

清　鄞陳康祺著

平江李元度編次　國朝先正事略。搜羅宏富。其業偉矣。頃讀其文集。國朝先正文略自序。發皇　祖德。揚詡　神功。眷最　列聖御世諸大政。提綱舉要。以類相從。足為學討掌故者之一助。敬節錄之。三代下得天下者。以漢明為正。然亭長也。僧也。於前代究有君臣之誼。我　朝龍興東土。與前明為敵國。明運告終。中原無主。吳三桂迎請入關。定鼎。葬莊烈帝以禮。令臣民服喪三日。於揖讓征誅外。別開一局。得國之正。此其一。　聖祖御宇六十一年。　高祖御宇六十年。為　太上皇又四年。各以一朝絜漢唐晉漢周五代而復過之。自殷中宗後無能企及者。享國之永。此其一。中國既大一統。又合以東三省。內外蒙古。前後藏。及雍正中。滇黔川楚粵改土歸流諸郡縣。乾隆中。復蕩平準部回部。拓土二萬里。為開闢以來所創見。疆圉之廣。此其一。國初平大小金川。平臺灣。平西藏。平新疆。其在內地則平甘回。平湖貴苗。平川楚教匪。平粵寇捻寇。及黔之苗匪教匪。滇及陝之回匪。皆若炳炎火以燎枯蓬。武功之盛。此其一。自康熙三十年至乾隆六十年。　詔普免天下錢糧凡八次。蠲免七省漕糧凡二次。其餘因　恩詔。因軍務。因水旱偏災。蠲豁民欠者。不可以億兆京垓計。蠲卹之優。此其一。康熙中。減地丁銀四十萬。雍正初。減蘇松一道地丁銀四十五萬。南昌一道地丁銀十七萬。乾隆二年。減江浙地丁銀二十萬。同治四年。減江南地丁銀三十萬。舉南宋前明之苛政。以次除之。減賦之仁。此其一。自古有丁即有役。康熙五十二年。　特詔滋生人丁。永不加賦。雍正四年。　詔攤丁於地。別無力役之征。宮中有大工役。發帑雇工。給傭值如平人。乾隆十一年。停婦女編審。二十七年。并停編審。民閒益相安於無事。力役之寬。此其一。功令。死刑分二等。曰情實。曰緩決。又有雖情實而不勾決者。勾囚之日。　皇帝賜大學士坐。一一商榷之。講官科道侍。先時縣部核定爰書。加以九卿會議。法司詳商。蓋自有司定讞。至予勾決。更心目以數十。計凡肉刑。及夷三族。廷杖。下鎮撫司獄。妻女發樂籍諸條。一概革除。刑獄之平。此其一。自古宦官女禍。至漢唐而極。漢之十常侍。唐之門生天子。明之九千歲。及呂武韋諸后。覆轍不可枚數。我　朝宮闈肅穆。內官不過六品。斜封墨敕諸敝政。一掃而空之。家法之善。此其一。前代人主。率耽安逸。明神宗二十八年。不見大臣。我朝　列聖宵衣旰食。無日不召見臣工。文自知縣。武自守備以上。一一寓目。雖在萬里外。纖悉必聞。政治之勤。此其一。凡興朝於勝國諸忠義。多仇視之。　國初甫入關。即　褒卹崇禎殉難諸臣。　欽定通鑑輯覽。　命附紀唐桂二王事蹟。　欽定勝國殉節諸臣錄。凡明季抗王師殉節。及建文朝殉難諸忠。並予專謚。所以維萬世綱常也。忠義之崇。此其一。凡降將宣力興朝。殷士祼將。周京。皆締造時所不廢。然臣節當為之坊。乾隆中。特命國史館編立明季貳臣傳。得謚者追奪之。雖有功不覽入。命貳臣傳。分甲乙二編。俾人品仍有區別。以示萬世之公。袞鉞之嚴。此其一。至若　聖學淵深。天章美富。　聖祖御製詩文集百七十六卷。　世宗御製詩文集三十卷。硃批諭旨三百六十卷。　高宗御製詩文集五百餘卷。合詩文四萬二千餘篇。古今儒生窮年著述。無希其萬一者。　仁宗　宣宗　文宗聖製奎章。後先輝映。並能超軼三五。　御集之富。此其一。經史子集各門皆有　列聖欽定之書。發凡起例。悉衷　聖訓。至四庫館啟存書三千四百六十種。計七萬五千八百五十四卷。建七閣儲之。以嘉惠士林。為中經新簿所未有。右文之化。此其一。按李氏此作。可謂煌煌大文。昔曾文正保擬撫其下筆千言。有秋人之才。非阿好也。

勞文毅公崇光宣力中外。練達堅貞。其開府滇粵。尤為盤根錯節之遇。先是泰西人攘粵海。番舶逼五羊城。前督葉名琛被刼。洪逆依回。惜一死。粵東大亂。西人入居節署。及民屋。文武官避居佛山鎮。會城空無人。公聞　命。兼程抵廣州。從者請緩。公叱曰。非爾所知也。屬吏叩馬諫。公曰。吾奉　天子命。來為督撫。不入城。將焉往。遂單騎疾驅入。西人亦駭愕。遂與營弁列隊郊迎。洋酋請見。公見之。若無事者。及論事。則折以理。不為少屈。明日商民復業者數千家。西人莫測公所為。氣奪。因退去。其督雲貴也。雲南漢回民方互鬭。黠者煽為亂。目署督潘忠毅鐸殉難。後會城為回所踞。守土大吏徐之銘輩。復與為緣。公自勘黔案。拜總督之　命。馳抵昆明。僚屬裹足不敢進。止公。或阻其出入。公曰。吾嘗單騎入廣東。島夷萬計。視之蔑如也。豈懾叛回哉。遂入城。回漢軍民並郊迎。如抵粵時。既至。語屬吏曰。漢回仇殺。乃械鬭案。非軍務也。益開誠心安反仄。武員中有持兩端者。感公忠蓋。皆革面。以功名自奮。滇事始可收拾。賊乃漸平。公嘗佩小印。文曰。忠信篤敬。至是人益服其可行蠻貊云。

康熙初。陝西提督王進寶。保奏其子王用予材武可勝副將。嗣大軍進恢漢中。進寶遣用予前驅。繞出武關後。與大軍夾攻。奪險而前。所向無敵。遂抵保甯。擒渠殲敵。詔擢用予松潘鎮總兵。父子同建節鉞。雍正元年。雲南總兵趙坤。擢貴州提督。陛辭

日請以其子候補參將趙秉鐸補貴州提標參將 上允所請三年冬調湖廣提督
四年二月復 特命坤子秉鐸調湖南提標參將此固由 兩聖人度外用人推心
置腹而進寶坤以一介武夫公忠質慤儼有祁奚舉子之風宜其起家卒伍卓立邊
功也
孫文定公官祭酒嘗舉其弟揚淦為國子監學正同時侍郎陳樹萱奏保族弟盟大
使陳大芬為 高宗譏責可知 聖朝彰癉無私內舉不避之名亦非巧詐者所能
假託也
以父舉子以兄舉弟前既詳之而又有以子舉父一事雍正六年 上命內外諸臣
各保舉一人衡永郴桂道汪樹保舉其父原任刑部司官汪漋學問優裕政事練達
忠愛之性出於至誠奉 旨汪漋補授四川敘州府知府 聖朝之立賢無方洵書
史所未聞者
平滇之役趙襄壯公良棟實為首功而操守尤不可及城破時諸將爭取子女玉帛
公獨戒所部營城外秋毫無所犯又訪得吳逆司筦庫之人以藩宮簿籍進呈於是
諸將所乾沒盡發覺而三桂寵姬二人一歸將軍穆占一歸總督蔡毓榮者事亦上
聞公獨以廉潔蒙 聖祖褒獎蓋公雖武夫居然有曹武惠下江南氣象矣
自軍營火器之利興凡百戰名將躬親矢石無不受創徧體其臨戎日久僅傷一二
處者蓋幸事也獨 本朝楊忠武公結髮從軍大小數百戰皆陷陣衝鋒身先士卒
冠翎屢碎袍袴屢穿而公身從未受毫髮之挫公晚年 仁宗詢及歎為真福將
吳文節公撫浙時鹺商獻羨餘八千金卻之及殉難湖北家無餘貲商人感公清德
欲以此為賻公子養源曰若義也先公早受之矣先公卻而某受之是墮先公之德
也敢辭強之卒不受是不愧清白吏子孫矣
咸豐癸丑粵賊由武漢獗江下九江不守江西巡撫司道皆帥師出防會城戒嚴市
肆晝閉鄧廉訪仁堃方守南昌揭示曰太守料賊犯金陵志不在我不然敢以八旬
老母為孤注乎爾軍民其安堵無恐示出市立開賊果不至而設備益嚴當時江右
文吏號知兵者鄧君名鐵與廣信太守沈文肅埒
咸豐間黃縣相國遭母喪有 詔奪情瀏陽鄒侍御正杰疏劾之 文宗手諭褒答
云持論甚正已令其開缺即日扶柩回籍矣前代羅倫劾鄧州吳趙諸人劾江陵朝
拜疏而夕幾死於杖下以今視昔非 君明臣直烏能轉圜如斯哉

本朝特科得人最盛康熙戊午舉博學鴻詞得彭少宰孫遹等五十人乾隆丙辰再
試鴻博得劉文定綸等十九人乾隆己巳 詔舉經學得吳司業鼎等四人又康熙
朝兩次 南巡江浙召試諸生得吳文恪士玉等七十三人乾隆 六巡江浙得王
司寇昶等八十五人 三巡山東得初尚書彭齡等十七人 四巡天津得姚文僖
田等十六人 巡幸五臺得龍殿撰汝言等九人他若藍太守鼎元雍正初以特薦
召試放方伯如煜嘉慶初以孝廉方正 召試並稱 旨授知縣皆為名臣而乾隆
十七年桐城黃太守良棟以國子監生肄業期滿奏留亦奉 特旨親試立授赤城
令尤為奇遇後亦以循吏稱說 國家自康雍已來拘守秋鄉春會三年一試之成
例彼特科登進諸賢恐槁項黃馘老死蓬衡竄姓名於狐貉之口也久矣噫
湘鄉劉忠壯公松山從征粵逆捻逆功俱在諸將上入秦勦回匪縱橫掃蕩威震西
陲自結髮從戎轉戰十四行省殊庸茂績有 國史在無庸贅矣當公力攻金積堡
礮中左乳創甚張目語諸將曰我受 國恩未報即死毋遽歸我喪當為厲鬼助君
等殺賊及官軍平金積堡執俘稱公盡節後夜輒聞戈馬聲如怒潮湧至賊疑官軍
來襲莫敢解衣臥左侯相駐軍平涼時一夕聞大聲嗚嗚震山谷察之了無所見疑
必有異未幾捷音至是日馬化隆就擒矣化隆者公所誓不與俱生之賊魁也見公
敕建祠碑忠義之氣生英死靈紀此事者殆非神奇其說
乾隆初年 上諭古來制誥多出詞臣之手必學問淹雅識見明通始稱華國之選
有裨於政事今翰詹官員甚多於詩賦外當留心詔敕掌院學士以下編檢以上可
各以己意擬寫上諭一道陸續封呈朕覽儻有切於吏治民生者朕亦即頒發見諸
施行則詞曹非徒章句之虛文而國家亦收文章之實用矣庶吉士散館後即照此
例行欽按 高宗是諭實足以培植儒臣俾各儲經邦濟世之略設永永遵守則西
清東觀必無復有空疏不學謬玷華資者矣
乾隆十三年三月 孝賢皇后侍奉 東巡崩於德州水程 上深痛悼親製輓詩
有 聖慈深憶孝宮壼盡稱賢之句因即以孝賢二字為謚越月復 諭乾隆九年
蠶壇成 皇后率妃嬪行親蠶禮求桑獻繭效績公宮數年來親繅告登命官染織
御衣以朝以祭皆其所供也章采猶新褘褕遽渺繼自今繅盆餘縷安可復得耶是
命藏諸太常傳示永久以志遺徽世世子孫其保守之欽哉 聖心眷念至此則二
十二年中淑順賢明 內佐之徽音可想矣

寬永為日本紀年。其錢文曰寬永通寶。乾隆間。以沿海地方。行使寬永錢甚多。疑為私鑄。 諭令江蘇浙閩各督撫。窮治開爐造賣之人。經兩江督臣尹繼善。江蘇撫臣莊有恭疏奏。此種錢文。乃東洋倭人所鑄。由商船帶回。漏入中土。因定嚴禁商船攜帶倭錢。及零星散布者。官為收買之例。當時原疏引朱竹垞集內載有吾妻鏡一書。有寬永三年序。又徐編修葆光中山傳信錄內載。市中皆行寬永通寶。為據事載高宗實錄。按汪大令輝祖夢痕錄。稱朱徐二書。為其館某縣時所考得。尹文端公大加褒賞。遂有宰相須用讀書人。作官作幕。尤不能不用讀書人之語。（又按尹莊二公博雅愛士。朱集及中山傳信錄。尚非僻書。不應專待幾莊之考核。且讀書宰相一語。出宋書竇儀傳。儀實未嘗讀書。然論于蜀去宋未遠。紀元非細事。號文之識甚不足奇。考唐初輔公祏僭號。亦稱乾德。儀既讀書。何竟不能舉及耶。詳見余船覆精舍筆記。）

乾隆初年。大兵西征。鄂剛烈劉文正諸公。當奉 命考西域地名沿革。以戎馬倥傯。未能就緒。事平。開西域圖志館。始知伊犁為烏孫。喀什噶爾為疏勒。葉爾羌為莎車。烏魯木齊為車師。庫車為龜茲。闢展為鄯善。樓蘭。塔爾巴哈臺近哈薩克即康居境。談地理者。不可不知。

咸同中興。楚材蔚起。其識拔而獎成之。展轉推挽。以應名世之期者。駱文忠公也。公

鎮楚蜀。經畫儲胥。論者以蕭何關中。寇恂河內。為比。以湖南復湖北。以湖南北復東南諸行省。雖勳望不逮曾胡之赫赫。而功亦偉矣。當舊輔賽尚阿之挾鉞也。軍過湖湘。供張獨薄。賽因奏湘撫吏治廢弛。公遂奉 命內召。時粵逆已躪及轄境。暫留籌防。嗣以力完危城。文宗益知公可倚任。仍畀封圻。有益於時局者甚大。設當日楚疆不擊。文忠被劾入都。非列閒曹。即淪廢籍。二三豪傑。未必盡出風塵。舊輔一言。不幾長城自壞歟。故大臣任事。闒冗庸闇之患。輕忮刻驕奢之禍大。

高宗駐蹕盛京。祇謁 陵寢。以祭器潦草錯誤。革盛京禮部侍郎世臣職。又以世臣詩藁。有霜侵鬢朽歎途窮之句。 諭謂卿貳崇階。有何途窮之歎。彼自擬蘇軾之謫黃州。以彼其才其學。與軾執鞭將嗤而棄之。世臣詩又有云。秋色招人懶上朝。 諭謂寅清重秩。自應夙夜靖共。乃以疏懶鳴高。何以為庶寮表率。詩又云。半輪明月西沉夜。應照長安爾我家。 諭以盛京為豐沛舊鄉。世臣不應忘卻。 嚴旨斥責。即令滿員官盛京者。各書一通。懸之公署。

旌德呂文節公嘗云。為文不經石州訶斥訂正。未可示人。又言石州學經似賈長頭。考史似劉子元。譚地理似酈善長。王伯厚。論治體似陸敬輿。白居易。行誼卓絕。大詞瑰偉。則又似蕭穎士。徐仲車。昔江陳給事慶鏞。直聲震天下。獨俯首石州。曰。今斯人著獬豸冠。樹立過吾輩遠甚。石州即前卷所紀平定張先生也。

乾嘉鉅卿魁士。相率為形聲訓詁之學。幾乎人肄篆籀。家耽蒼雅矣。諏經摧史而外。或考尊彝。或訪碑碣。又漸而搜及古專。謂可以印證樸學也。於是苗先路得君子館專於河間。李申耆得康頔墓專於壽州。儀徵太傅及桐城吳廷康所得尤夥。而陽湖呂堯仙撫部。古專文拓本著錄者。至二百五十三專。嘉興馮柳東著浙江專錄。編為四卷。其散見近賢詩文集者。數不可殫述。亦一時風氣然已。（近聞太倉陸莘農年丈。歸安陸存齋觀察所得古專尤富。惜尚未見其拓本也。）

莫寶齋侍郎任倉場時。因常州武弁旗丁。與州縣互控。牽涉多人。滿侍郎淵祥議交刑部審訊。公議咨交兩江總督。就近鞫之。淵祥持不可。公不為屈。遂各執奏陳辨上前。 仁宗卒從公議。今通州倉場署滿漢兩祭。各榜和衷報國四字。 仁宗綸音為公立也。公視學江蘇。劾署藩司鄂雲布。玩公獲妞。道光二年。以通場盤米事。與戶部互訐。連拜三疏。措詞峻激。至以胡塗昏憒不通文義詆部臣。而以洞悉倉務無逾於臣自詡。時戶部滿漢兩尚書。皆軍機大臣。方嚮用。朝士皆為公危。 上竟不之罪。

諭稱莫督所論。皆屬因公。惟負氣辯論。失敬事之道。僅令降一級。為內閣學士。公謝疏有云。 主聖則臣自直。仰欽 厲世摩鈍之精心。 恩深而命轉輕。彌堅報國忘身之素志。朝野誦之。（康祺按。戶部覆奏時。右侍郎湯文端公。獨自行檢舉。蓋信莫公素對必不妄相糾彈。故深自引咎也。忠實如兩公。足為吾越人重矣。）

黔俞君正燮。宏達淵涵。愷深經術。嘉道間一通儒也。公車久不遇。道光癸巳。儀徵太傅主會試。 命下。諸鉅公輒相與賀曰。理初入彀矣。榜發報罷。已而知卷在王菽原禮部房。禮部固力薦。而新安相國深嫉迂誕之學。綑束置高閣。儀徵覓未見也。後十年。為人述此事。猶扼擥太息。禮部既得君。則大喜。延入邸中。索觀所著書。為醵金付彫。即今所傳癸巳類稿也。愛士若兩公。士雖不遇。不足嘅矣。（按俞君又有癸巳存稿。刊於石埭楊氏叢書中。）

嘉道名將。楊忠武而外。必推新野齊勇毅公。為一時瑜亮矣。回部之役。回人讋一公威名。稱忠武曰哈薩譜班。而稱公曰獻龍譜班。哈薩華言虎也。獻龍華言龍也。忠武請老。 天子從容問異日如有軍務。武臣中誰可繼卿者。忠武奏齊慎材任將帥。公自征川楚教匪。征滑縣。征閩臺。征逆回。均與忠武俱。枕戈秣馬。不啻百戰。勇名聞天下。粵海事起。 命公為奕山參贊。徒以將將匪人。束手而無所用其武。然撫夷之

議獨不會銜公雖武臣不誠凜然鬚眉丈夫哉
齊勇毅公之為參贊大臣也事在道光二十二年公聞 命即率親兵馳赴廣東比撫吏議成他將多以軍士積勞呈請獎勵公獨自慚無功不為麾下請一錢賞公之得勇號也 御筆親改為謙勇巴圖魯世以為謙字尤不媿云
道光二十三年春有白氣自天西南隅絕九州殊域直掃參旗經五六十日不滅御史高要蘇公廷魁抗疏數千言大旨以時政乖違歸過樞相穆彰阿輩立請罷黜而勸 上下罪己之詔開直諫之門語切至多所指斥 宣宗覽奏動容 特旨嘉獎公即前筆所紀諫垣三直之一
東河縣丞趙君學彭武進恭毅公五世孫也蘭陽之役姚亮甫中丞夜出視工員勤惰見君頹且寒慰之曰才不可恃此為腥羶地有才者尤當慎君對曰學彭先恭毅裔職雖卑家法不敢踰中丞解衣衣之曰李制軍世傑即由丞倅起家君勉之矣康祺竊謂上官如姚公下吏如君皆足為今之從政者法
本朝欽卹民命慎重刑章大少司寇多以出身刑部司員者任之高平祁恭恪公其尤著也公自為司員屢乘傳隨堂上官讞山西直隸湖南廣西諸省獄道光五年武康徐蔡氏案臬司至自引決 特命公往鞫之得其旁證果雪奇冤相傳公內召為侍郎時有挾怨燒殺一家數命者司員以誤遺火種風烈延燒為詞公不答徐取日記小冊示之曰某日之夕星斗爛明無風君為因地獨不為一家數命地耶卒擬抵自是司員不敢欺

百詩先生遭母喪疏食三年服既闋哀其母不忍其父之獨處也不入內而臥起於父側者又一年父踰之十百不肯去世但知先生博學耳乃其內行款篤若此此之謂經師人師
江筠江聲兄弟並學問浩博精詣古人時有休甯二江無雙之譽（按二江籍吳縣曰休甯者其祖貫也）聲字艮庭尤貧絕質時又援何山大小之例稱曰小江
胡稚威蹭蹬不遇晚依蒲州田侍郎懋以太原志屬焉偶攖疾太守周西鯨來視稚威已憊悵盛服殮殯舉手曰別矣既瞑氣蒸蒸若騰煙須臾復張目曰不能不再生人間為南人乎北人乎周泣下曰南人歸南曰然遂氣絕
陳句山太僕兆崙書法蘭亭取意簡遠侍講梁山舟曰本朝不以書名而書必傳者陳文簡元龍及太僕也

吾邑名宦鄉賢祠明降臣張軍門杰謝太僕三賓亦濫列焉當時不知何人謬為陳請謝山先生年十四補諸生例謁學宮見二人木主大怒曰此反覆賣主之亂賊奈何汙宮牆也亟掣取擲碎之投之泮池乳虎初生已具食牛之氣信然
乾隆末年白蓮教初起蔓衍極廣當劉之協之徒張正謨聶人傑輩嘯聚倡亂於枝江縣時當陽縣令剛鑾坐聽事傳集書役語之曰白蓮教已反賊踞枝江之灌灣腦與本邑界連邑中習教者宜先名捕以防內訌書役齊聲曰我等即白蓮教也更誰捕令拍案怒罵汝輩反乎曰反即反耳何怒為令拂袖起群役爭先拉殺之遂嘯聚據當陽縣城嗚呼世教不明邪說蠱惑星星之火坐視燎原一命食係與有責焉可不祇懼哉
杭堇浦趙飴山為百詩先生作傳志俱稱先生晚年名動九重 世宗在潛邸手書延請後至京師執手賜坐呼先生而不名凡飲食藥餌衣服及几研陳設諸物罔不精腆先生偶感疾命太醫院朝夕視既病劇求移館 世宗固留不可則命以大牀為輿上施青紗帳二十人舉之至城外十五里如臥牀不覺其行也歿後親撰文以祭並 賜輓章先生子詠作行述亦云然惟禮親王昭槤嘯亭雜錄則謂延接先生乃安郡王瑪爾渾非 雍邸事 憲皇龍潛謹介尊嚴不與外人相見因安王邸俗呼四王府故致譌傳及張石洲纂先生年譜援據極精始知嘯亭之說不足信蓋瑪爾渾為岳樂世子何敢擅冒 皇子令輓章尚存明稱 皇四子多羅貝勒則非瑪爾渾明矣

康熙丁巳戊午間入貲得官者甚眾繼復薦舉博學鴻儒於是隱逸之士亦爭趨輦轂惟恐不與西溟先生有句云北闕已除輸粟尉西山猶貢采薇人時以為實錄
康熙己未試鴻博科時有進三不如之說於 上前以毀百四十三徵士者（按施愚山年譜作一百七十五人竹垞年譜作一百九十餘人王氏池北偶談方濶仁松窗筆乘及鶴徵錄引李武曾所記均作一百八十六人此則引張石洲閻百詩年譜仍其原文）上意浸衰一時譁然以為與李林甫表賀野無遺賢無異見閻百詩與陸翼王書（或曰進三不如說者高江村也）
休甯汪舟次方伯楫以諸生 召試一等授檢討尋奉 命冊封琉球為其國撰孔子廟碑餽贐極豐腆力卻不受國人為建卻金亭嘉道間猶歸然翼然丹青無恙按冊封一役以王人之貴惠臨下邦但求其文采風流不辱使命耳嚴燕公四裔之版贍陸生南粵之裝取豈傷廉辭尤得體清節若方伯宜東人辯香祝之若夫閒海互

市之日。金元交聘之年。存國體於衣冠。寄王靈於旌節。片言必慎。妙選四方專對之長。一介宜嚴。無忘六計弊廉之義。

燕下鄉脞錄卷十四終

燕下鄉脞錄卷十五

清　鄞陳康祺著

太祖高皇帝自天命元年丙辰建元以後。益勤勞國政。靡間晝夜。每五日一視朝。焚香告　天。宣讀古來嘉言懿行及成敗興廢所由。訓誡國人。以議政五大臣參決機密。以理事十大臣分任庶務。國人有訴訟。先由理事大臣聽斷。仍告之議政大臣覆加審問。然後言於諸貝勒。衆議既定。猶恐或有冤抑。令訟者跪　上前。更詳問之。明核是非。故臣下不敢欺隱。民情皆得上達。國內大治。蓋敷教明刑。其難其慎。早具帝者規模矣。

初葉赫貝勒揚吉弩識　太祖為非常人。言我有幼女。俟其長。當奉侍。　太祖曰。汝欲締姻盟。盍以年長者妻我。揚吉弩曰。我非惜長女不予。恐未足稱嘉耦。幼女容儀端重。舉止不凡。堪為　聰睿貝勒配耳。　太祖因聘焉。是為　孝慈高皇后。誕生太宗文皇帝。　奕門軒渚代緒遙遙。　聖女來歸。實啟萬年靈長之祚。蓋非呂公賓敠輩僅識英物者所能等觀已。

太祖朝。環境諸國。均已削平。境內所產東珠。人葠。紫貂。黑狐。猞猁猻。諸珍異之物。足備服用。明國亦遣使通好。歲以珍幣聘問。爰於撫順清河寬甸靉陽設四關口。互市以通商賈。而長白山之鴨綠江路。尚有抗阻。　太祖乃遣兵招撫之。盡收其衆。時辛卯年春正月也。

太祖擊敗葉赫哈達等於古呼山一役。九部合兵。分三路來侵。　上遣武理堪往偵。由東路行百里許。度嶺。羣鴉競噪。若阻其行者。欲還。鴉乃散。再行。鴉復噪飛鳴。撲面幾不能前。武理堪異之。馳歸以告。　太祖命由札喀路。向渾河部偵之。亟馳往。果見敵兵。

太祖聞葉赫兵來時。已夜半。恐我軍昏夜出。致驚國人。傳語諸將。旦日啟行。遂就寢甚酣。妃富察氏呼　上覺。謂曰。九國兵來攻。何反酣寢耶。豈方寸亂耶。懼之耶。　太祖曰。我果懼。安能酣寢。吾若負彼。天必厭之。安得不懼。今我順天命。安疆土。彼不我悅。糾九國之兵。以戕害無咎。天必不佑也。安寢如故。次日。祝告　堂子以行。果獲大捷。斬級四千。獲馬三千匹。鎧甲千副。正正堂堂。以整以暇。而破九部二萬之衆。自此軍威大震。遠邇懾服矣。

王壯武公鑫。由湘鄉團練起。勦賊楚粵江西。紀律整嚴。機神敏妙。屢建大功。賊衆駭慴至有出隊莫逢王老虎之譟公幼英毅自隸羅忠節門下始折節讀書治軍以訓練為急所部壯丁習刀矛火器之暇以孝經四書轉相傳誦每營門夜扃書聲琅琅出壕外不知者疑為村塾也軍麾所至輒以忠義風動其民能使頑懦感悟江西撫建各屬士民稱為恩人呼為青天臨戰則自相糾集負戈裹糧候公指撝蓋儒將之效至此嗣公以積勞卒於樂安軍中年僅三十三天下痛之

今相國左公與撫部劉公嶽昭先後參駱文忠幕府贊畫軍謀料事切中人皆稱為諸葛劉公後任蜀藩綿州之捷賊中亦有稱諸葛之稱壬戌八月賊渠李泳和藍踣犍為之龍究場楚軍圍攻累月未克駱文忠檄公親往視師至軍四日克之縛逆魁俘其黨五千餘人皆聚殲焉當公初至賊即自相驚曰賴諸葛又至矣遂無戰志按公在秦咨左相國書詳論將略謂武侯所遇尚未若今日之不幸篤末並有蒙以武侯一席相讓所不敢當謹以攀鑒之語勉二公亦嘗以諸葛亞推矣詳見公養晦堂集

舊制臺灣鎮道得奏事臺灣鎮為掛印總兵　王命在焉每決囚道至鎮署會鞫行刑奏事例銜道居鎮後決囚坐次如之上元葉撫部世倬為臺灣道謂坐次不合力爭奏事亦由道主稿他鎮武人悉聽之都統音登額為臺灣鎮時兼攝吏治閩道中稿嘗有商改遂為葉所銜道光初年葉公方大用　陛見奏公有微詞　上猶念公功第改鎮天津而已見姚石甫識小錄康祺按　本朝定制司道本可奏事不特臺灣道為然鎮道皆二三品大員坐次列銜分應先文後武且武臣專閫未必皆如音公嫺雅奏摺主稿亦自以道員為宜此制不知今若何友人張筌垣軍門方鎮臺灣惜客歲入都未一詢之

威勇公額勒登保討白蓮教時繼福文襄為經略賊甚畏之每戰張左右翼以降賊居左張紅旗鄉勇居右張白旗皆為前鋒賊望見紅白二旗則羣相驚曰額爺兵至矣皆奔公既善用兵尤喜以身先士卒臨陣輒以兩人肩竹兜乘之銃礮矢石常從肩耳過左右失色公不少避督戰益力尤嚴操守賞士不惜萬金而不以一錢自奉督撫饋遺一無所受用兵歲久諸將無不蓄貲財凱旋過蘆溝橋雖名將如德侯亦輜重纍纍公獨蕭然行李一騎負一襆被而已

額威勇初有一子為侍衛卒公方治軍得書不言亦無戚容中夜歸帳乃哀明日治事如故回京後復生一子　上賜之名甫數月而公薨　上親臨奠取公子置諸膝即　命襲封逾歲亦卒康祺竊謂　仁宗之於公恩誼綢繆直不啻家庭骨月公歿無子未免益　九閽之軫悼然以公忠貞果毅誠貫天人　清廟分配饗之榮尊祠

有遺官之祭豈若馬醫夏畦之鬼必待子孫薦食哉或曰公久在行閒誅戮太過其然豈其然乎

額經略征教匪時獲賊男女付有司訊供由異長過堂開單呈經略初分三等定罪賊目以上凌遲持械拒敵官軍者斬被虜者釋遣而愚民被脅者大抵當拒敵居多經略悉誅之不赦諸將屢言之始下令從賊不及三月免死遂多全活然亦有曲為開諭而自甘就戮者不少蓋為邪說所中竟無術活之也其頑可憫其愚抑可憫已

雍正中有議變取士法廢制義者　上問張文和對曰若廢制義恐無人讀四子書講求義理者矣遂罷其議康祺按公言良是但不知宋元以前制義未興大學中庸何以久列禮記中論語孟子二書何以不廢且宋元諸儒講求義理至精皆在制義取士以前而四子書無人不讀

乾隆四十八年有俄羅斯人四十餘戶由科布多投誠求內附奉　諭撫慰按戶賜予口糧令其同國之邊界居民乃有願隸俄籍者俄雖外夷亦當追念　天朝之寬大也

姚石甫識小錄云衢州人言陳總河鵬年始為西安令行鄉徵糧至徐忠壯公言祠徐氏子孫張公像陳為之避坐更至留氏祠留氏亦張夢炎像陳見之大怒作像於地杖之二十先是留氏子孫猶盛多典者自杖後留氏遂敗乃無入庠者按恪勤此舉未見他紀載其嫉邪崇正足為士民勸懲墨綬翩翩已綽有名臣風範矣

德州李源星來順治丙戌進士授河閒令有能稱罷歸為人和易謙退好讀書至老不倦於古今河渠漕屯兵農諸事討論尤精濟南府志稱源歸里後築退庵因以自號植花竹購圖書善談易歎崑山顧先生聞而歎曰今之管輅也按亭林稱源為北斗家

羅壯勇思舉初征白蓮教後平永州苗為嘉道兩朝赫赫然名大將籍四川之東鄉少亡賴數行竊令捕之杖斃棄諸野中夜而甦匍匐至一老嫗家周之乃改行投身軍營驍勇冠絕儕輩遂歷保至專閫　錫封子爵嘗趙金龍之亂羅受命與總督盧公坤往平之賊已困將擒矣時　宣宗以尚書宗室禧恩來督軍未至諸公議待禧至羅曰圍久師怠賊必遁糜帑可惜遂違衆一戰殲賊且盡禧公為親信重臣督撫以下皆降屈為禮怒羅之不待也盛氣陵之羅不為屈且面折之曰諸公貴人多顧忌羅思舉一亡賴耳受　國厚恩至提督惟以死報不知其他禧甚怒而無如之何羅每對人言生平作賊事不少諱並請文人歷叙其事洵奇男子也按魏氏聖武記云思舉忠孝

人也其始單中莫知所自來及為副將自徽州被湖北各州縣銷積案數十云所補剿流匪某分已為畢宣力具冊復林連世始知其前事與此少異

羅壯勇既行後始娶妻忽患奇疾百方不治一道人過門曰有方可救但得錢三十千乃能配藥羅自念貧窶安得三十千錢語其妻曰吾病且死汝亦餓死耳尚鬻汝得錢買藥則兩活矣妻不可強之再三泣而從之病果瘳羅既官游擊乃遣人訪其妻以重金贖還為夫婦如初報其鬻身救夫之義也此事不足訓然以視少共艱苦既貴而厭棄其糟糠者其厚薄之區殆不可以道里計天生豪傑磊磊落落安得以道學家之律繩之

處州青田故有鶴而山以鶴名端木舍人國瑚產是邑生而神貌肖之其大父取易乾中孚兩九二之義字之曰鶴田舍人晚歲乃自號太鶴山人海內外知者多稱太鶴先生當阮文達輶軒兩浙得舍人以詩示同朝曰吾得青田一鶴矣由是聲聞天下及嘉慶戊午登賢書明年文達佐朱文正主會試闈中相期以得鶴為幸鶴竟不翔後三十餘年君已官於朝文達適自滇黔覲京師遇君郊外與之酹酒文正墓猶言嚀昔闈後文正以失鶴為悵惘惘者至數月也是年癸巳三月文達方陛辭

宣宗留之入會闈錄異才三數人君始在選朝士驚咤曰褷褷老鶴尚能高飛耶君遂於易汪文端曹文正曾交薦之又嘗 召相吉地 賜中書加六品秩俸未滿即求去生平辭縣令至再杜門著書談易而外無他嗜好矯首雲路斂翮山阿皓質清姿飲啄不苟若君者可謂自愛其羽毛矣

嘉慶十一年黃勤敏公充湖北鄉試正考官榜首劉學霽試前夢至一處有古衣冠者上坐傍一人指謂曰此汝師也問上坐者為誰曰鄭康成醒而異之既獲解謁勤敏與夢中所見面貌無異因自述其異是科第二名徐躍元日所夢亦同二人一孝感一蘄水相隔數百里異事也

嘉慶二十五年會試當塗尚書充正總裁入闈時夢兩廣總督阮公元來拜並贈貂裘一領及傳臚後始悟阮公字伯元以姓與名字合之恰為三元而阮字偏傍又為陳姓之半阮督兩廣三元隸廣西貂裘則翰林所著也又陳中解元時本名守詮會試前夢報已中二十二名名陳繼昌二十四名則陸名沅報者云二十四名亦係汝醒而悟其祥因改名及入場至號舍所坐乃二十二號問二十四號果陸沅也榜發俱中式陳竟得三元始悟沅字水傍三筆為三元兆陸字亦得陳姓之半也此與前一則均採勤敏年譜按名場吉兆屢見世俗因果之書即夢中豫識座師紀文達筆記中亦有是事可見崇科美第任鬼神亦殊異其遭逢特人不知自重科名事業文章絕無表見則亦草亡木卒已耳

國初高士蕪湖蕭雲從尺木工畫山水人物具有北宋人遺軌閉門著述品格亦復高峻乾隆甲午四庫全書館進尺木所畫離騷圖 高宗命館臣為補天問以下蓋尺木所未圖也又 題其山水長卷詩云四庫呈覽離騷圖始識雲從其人也羣稱國初善畫人二王原祁翬 惲壽平 黃鼎 伯仲者二王惲黃手蹟多石渠所藏屢吟把蕭則石渠無一藏侍臣因獻其所寫詩凡二十六叶仰見 聖人愛惜人才雖荒江野老一藝之長身後猶蒙甄錄著之 天章尺木可不朽矣自尺木畫邀 宸賞江南大吏好事者遂訪其蕭家巷老屋遺址猶存其所著易存杜律細若干卷亦收四庫存目中惜後人僅一擔水夫老病不足自活噫

嘉慶十年歲在乙丑十一月黑龍江將軍觀明獻白雉一籠表請 宣付史館以昭瑞應 睿皇帝謙德不居 詔以特和年豐民安物阜為瑞僅 敕令內廷諸臣賦詩紀之按孝經援神契春秋感精符咸以白雉來翔為祥徵慶貺自越裳進獻而後漢唐舊史亦復侈陳至哉 聖人直軼周成而過之無論後世矣

嘉慶五年冬阜里克圖親王拉旺進白麐科爾沁達爾漢親王丹忠旺布進海東青上召畫工各繪為圖 命供奉內廷翰林分賦

陳恪勤公守江甯為總督阿山所齮將入獄神色迫然自憶未了事曰杜茶村未葬某僧求書未與布衣王安節缺為面別從容料量承鐶而行其鎮定如此公宦蹟所至嘗表東海孝婦廟建狄梁公祠立陸績廉石復劉蕡後人祖徭任蘇昇鬱林石於郡學游焦山遣人泗水出瘞鶴銘為亭覆之世知公蓋忱直節理學儒臣而不知其風雅復如此

陳恪勤之被逮入都也除夕市米潞河主人詢客何來曰陳太守是湘潭陳公邪曰然曰是廉吏安用錢為反其值問寓何所次日門外車檻檻饋米十石書一函稱天子必再用公公宜以一節終始毋失天下望紙尾不署姓名問擔夫曰其人姓魏訪之則閉戶他出矣蓋隱君子也

彭文勤公之先德補堂宮詹廷訓嘗拜 聖廟御銘松花石硯之 賜及文勤直南書房 高宗復以松花石硯 賜之亦經 聖廟御銘者時謂之雙硯合璧公因畫賜硯圖以慶遭遇公在乾隆朝所受歲時例賞文房珍物與叙其被者不可殫計其

被　特恩尋賜。亦有二硯。一為進重排千文所　賜。鳳沼澄泥硯。本秀水朱氏物。一為編類千叟宴詩冊所　賜。仿宋梁苑雕龍端石硯。文勤尤珍襲之。與合璧二硯同庋。以詒後人。至公孫邦峙。繼美為詞臣。理可得硯。然以遺命。世世傳大宗。遂歸硯於湖南知縣邦峙。・國恩門緒。永戴光榮。片石璆然。與彝鼎寶珪等貴矣。

道光元年六月。黃勤敏公悼亡。越二日。　宣宗即命軍機章京戶部郎中趙光祿齎朱筆宣慰。　諭云。伉儷之情。自難強抑。然卿已逾七旬。氣質非十分強壯者可比。別天時暑熱。祇可於無可如何之中。節之以禮。切勿有過哀傷。總之國事為重。倚任方深。務加意自重。永保康強。佐朕以襄上理。勤敏北嚮頓首。感極涕零。次日。即入　朝內直如故。康祺每誦　列聖諭旨。於二三耆舊。室家憂樂之私。略分言情。體恤微至。實有平交親串所不逮者。　泰交一德之契。靡復加茲已。

左恪靖侯請以桂廉訪超萬。政蹟宣付史館。初筆已述之矣。廉訪晚年。以避寇至閩。徐清惠公樹人。撫署福建按察使。蓋諗其方廉強直。破格舉之也。廉訪任事後。綱紀大張。百僚畏懾。惜年已篤老。遽以疾終。方大漸。親起握筆。馳書恪靖。嚴州皆次。滔滔千百言。皆吏治兵事之要。並云軍中疾疫繁興。當請於　上帝。誓為神荼。啖食厲鬼。其遺書。字體端勁。無一筆懈怠。而訃至之日。果陰霾烈風。山鳴潮立。隱隱若有大冠絳衣乘雲氣而東走。僉曰。廉訪桂公之靈也。蓋義膽忠肝。英魂毅魄。正氣所聚。神明不渝。是說也。世之詖良能者。或譏以為誕。康祺愚陋。則固深信而無疑。

咸豐三年六月。武昌不守。署按察使糧道唐縣李愍肅公卿穀。偕藩司剛介公岳興阿。臬司曹公懋堅。殉難。李公之死。自縊於寓館之後樓。屬官僕從數輩。亦同死。賊目踞其室。每欲登樓。必有異香襲人。頃刻頭痛欲裂。遂封閉之。公子武愍公孟群。時由廣西即用知縣。積功至道員。聞變後。嘗膽枕戈。誓不與此賊同戴日月。自湖南勦賊至湖北。從胡文忠公克復省城。武愍先縋而入。甫闔尋父屍至寓樓。見髑髏。白骨縱橫布樓上。獨愍肅屍面色如生。毫髮無損。泣血殯之。陷賊居民。復爭述其靈異如此。文忠以入告焉。後武愍署皖撫。殉廬州之難。砦破猶持矛屹立。圍牆厲聲高罵。手刃悍賊數名。力竭死。一門大節。青史長留。祠廟巍峨。楚皖士民。椎牛釃酒以祭者。至今不絕。又按庸閒齋筆記稱武愍有妹名素貞知書工騎射熟孫吳兵法於天文占驗之學亦能究其奧旨奇之武愍討賊楚北女亦從軍中戎裝畫策累建奇功武愍嘗被圍十餘重他將不能救女怒馬獨出於槍林彈雨中突圍殺賊援其兄以歸甲裹均赤賊眾驚為天神後胡文忠攻漢陽賊堅不下女與武愍謀夜襲之率軍深入中伏血戰死年二十餘耳此事雖不見他書當非一無依傳忠孝家風巾幗紅顏碧血允宜祔食崇祠

他塔喇氏壯毅公裕泰。歷大圻六七行省。鋤強去莠。匪醜必禽。所捕邪徒。皁隸姦宄。重囚。嚴以數百計。崇陽逆民鍾人杰。新甯逆民李沅發。即公督湖廣時所勦平也。初。公由藩臬入佐兩京刑部。持法寬平。世頗疑公。擢封疆後。稍更其素。康祺按公為督撫。政道光季年。承平日久。綱紀潤疏。內地亂民已萌蘖。公蓋亟思以法令整齊之。而不意其身之遽沒。而羣盜亦遂蠭起也。

裕莊毅公彭年。即補官學生。考取繙繹中書。家貧也。日趨內閣。必徒步。李太夫人與錢買小食。母歸多不用。其清儉為世所罕。故既貴。顯於民生之困苦。莫不洞知。而自奉菲薄。澹然如老書生。

卓興以州縣殉節者。不可枚舉。而上元縣劉公同纓烈聲最著。公初權吳縣。善捕盜。移治上元。丙年。尤得士民心。咸豐二年。聞武昌警。當上防江策於總督。不能用。自九江師潰。總督陸公歸。布政祁公憂憤疾篤。公羅掘得五千金。穀二千石。為民倡儲粟。運石修火械。召義民登陴力捍。三年正月至二月。半十餘晝夜不稍懈。地雷陷城。突入賊數百人。公揮眾殲之。城復完。賊緣梯而上。如蟻集。眾寡遠不敵。守者潰散。公還署。殺二妾。朝服坐堂皇。賊望見顏色懍然。皆嘆曰。若好官。吾儕勿相害也。公大罵。跳入署後潭中以死。後潭旁每夜見神鐙旗旄。賊甚怖之。相傳公智深勇沈。志節遠大。罵賊而賊不忍害。賊且知公好官矣。而奈何防江策之不見用也。

長洲之文。累世儒雅。待詔之書法。三橋之篆刻。世寶貴若球璜。至文肅公震孟。復以經綸氣節。領袖東林。事載前史。無庸贅矣。入　國朝。文肅之孫處士君點。又負盛名。詩古文辭書畫金石。咸不失高曾矩法。執親喪三年。止酒徹肉。晝夜居廬。服除。祀事惟謹。朔望。肅衣冠拜宗祠。遇祭日。雖風雨。必返祭。仲父秉。投命家產破落。君乃怡然依墓田以居。凡然為逋賦所累。君轉貸親故。輸之官。薄遊京師。有貴人欲以國子博士薦。君力辭引去。富人子具兼金求畫。期以三日。走取。君恚曰。僕非畫工。安得受促迫。擲金於地。其人再請。不顧。嘗舍蓮涇慧慶寺。湯文正公撫蘇。屏騎訪之。問為政之要。君曰。愛民先務在去其害。如虎邱采茶。府縣吏絡繹徵辦。積弊有年。公能除之。即善政矣。文正乃伐其樹。公嘗語君曰。聞先生存田三畝。何以給饘粥。君對曰。貧者士之常也。公稱善。一亭戶擁厚貲。以千金為君壽。請通姓名於文正。君曰。湯公以道義交我。我豈負之。若既傷惠。吾復傷廉。奚取焉。亭戶慚而退。康祺按世多重君翰墨。謂衡山三橋子孫耳。君所不愧為文氏子孫者。獨翰墨也歟哉。君字與也。

康熙十七年。仿唐制開博學宏詞科。四方之士待詔金馬門下。率為二三耆臣禮羅延致其客。益都相國馮公邸第者尤極九等上上之選。都人稱為佳山堂六子。蓋錢塘吳君農祥。仁和王君嗣槐。海甯徐君林鴻。仁和吳君任臣。蕭山毛君奇齡。宜興陳君維崧也。時益都預讀卷。卷不彌封。人謂六子者且並錄。及命下。奇齡維崧入史館。而四子者皆見遺。惟嗣槐因年老。賞內閣中書。乃歎馮公之無私。尤服諸君不肯干進也。

徐徵士林鴻善鑒賞別書畫僞真。兼善飲。嘗過顏御史豹文別業。御史知其大戶。出靈尊貯酒容一斗。賓客多避席。徵士連舉者三。御史曰。此何年製也。徵士笑曰。北齊文宣帝天保六年避暑晉陽宮所作也。驗其下款識果然。

汪鈍翁編修居堯峰。以古文自矜異。少可多怪。見俗子談文章者。恆面斥之。同時尤西堂以檢討告歸。家居距堯峰不百里。延接後進。以詩文縑素請者盈庭戶。有求必滿其意。年少略能弄翰。獎飾不倦。故人咸畏縮堯峰。而樂西堂之和易也。然而堯峰之道尊矣。

無錫嚴蓀友宮允秋水集詩文與竹垞次耕葉埒名。書法亦入晉唐之室。善繪山水仙佛花木蟲魚。靡不曲肖。尤精畫鳳翔舞悚峙。五色射目。觀者歎美。以為古畫家所無。

庸吏庸言。蜀僚問答。讀律心得諸書。為南豐劉觀察衡慶光之際任四川牧令時所作。觀察政聲茂著。言行相符。近已奉諭入史館循吏傳中。按四川廣東均請以入祀名宦祠允之其事蹟宣付史館則由同治四川學政楊秉璋疏請其歷官任內。於大堂旁懸鑼一面。號達情鑼。令有冤抑者擊之。即出坐堂皇。立為聽治。民用是感之尤深。到今劉大鑼之名。西川父老猶傳念不置於口。

康熙四十三年。聖祖仁皇帝南巡。德清胡朏明先生渭撰平成頌。并所著禹貢錐指獻詣行在。有詔嘉獎。召至南書房直廬。賜饌。御書耆年篤學四大字賜之。儒者皆以為榮。後閻潛邱垂老入都。諄諄以求御書為言。蓋深羨朏明之遇也。

咸豐四年。粵賊據揚州。諸將帥圍攻之。賊守堅不能下。乃奏請決湖水以灌之。文宗皇帝手詔答曰。揚州可緩取。無并傷吾百姓也。後揚州亦卒復。聖人之愛民深矣。

聖祖不飲酒。尤惡吸煙。溧陽史文靖。海甯陳文簡兩公酷嗜淡巴菰。不能釋手。聖

祖南巡。駐蹕德州。聞二公之嗜也。賜以水晶煙管。偶呼吸。火焰上升。爆及唇際。二公懼而不敢用。遂傳旨禁天下吸煙。蔣學士陳錫詩云。碧椀瓊漿瀲灩開。肆筵先已戒深杯。瑤池宴罷雲屏敞。不許人間煙火來。即紀此事。

吾鄞文獻世家。宋元之世。如攻媿樓氏。清容袁氏。藏書之富。冠絕一朝。明代儲藏家則天一閣范氏。至今猶甲天下。而四香居陳氏。南軒陸氏次之。本朝繼范氏而起者。首推盧氏青厓先生址。詩稱抱經樓。自少博稽嗜古。尤喜購書。遇善本不惜重價購之。聞朋舊得異書。必轉借鈔。晨夕讎校。矻矻三十年。得書十萬卷。慕天一閣為樓以貯之。名之曰抱經。蓋取昌黎贈玉川子詩語也。同時杭中有召弓學士。里居不遠。與青厓同宗同嗜好。亦號抱經。於是浙中有東西抱經之目。按抱經樓[illegible]門太守[illegible]

江甯嚴冬友侍讀長明幼讀書十行並下。年十一。臨川李閣學典試江南。聞其早慧。欲見之。因介[illegible]編修本往謁。閣學與子夏二字令對。即應聲曰[illegible]。閣學大奇之。謂方侍郎及楊編修繩武曰。此將來國器也。公等善視之。後從經二人之門。學以大成。

燕下鄉脞錄卷十五終

燕下鄉脞錄卷十六
清　鄞陳康祺著

王白田先生編輯朱子年譜去取精審於年月先後尤斷斷少壯精力專注一書世
稱先生為紫陽功臣不誣也先生性介澹嘗謂友人曰老屋三間破書萬卷平生志
願於斯足矣後雖以薦起　特授編修侍值華要而先生無日不以山林為志既丁
母憂家　世宗皇帝賜內府白金佽喪葬踰年入都謝　恩遂以老病辭時年僅五
十餘耳歸田後杜門著書當路貴人皆前時　禁廷宿侶未嘗以竿牘及之即故人
天上偶落雙魚亦未嘗以寸牋答覆也先生名懋竑寶應人
歡喜老人生海甯居海鹽留心浙江海塘垂五六十年捍禦修培堅守古法當事極
倚重之老人陳氏名訏字言揚嘗官溫州府學教授年八十時第三子存齋方伯世
倕以河南按察使入覲蒙　世宗垂詢年齒履歷　御書松柏堂匾額並　賞人葠
貂皮甯紬諸品俾歸遺其親　諭云爾父有德有壽給他老人家歡喜老人感激
聖恩遂有是號
仁宗之於朱文正禮數迴涯恩榮終始前輩紀之詳矣公歿後數年公姪錫爵方為

山東藩司而山東學政黃勤敏公亦文正昔所特薦也　仁宗批勤敏謝恩摺云朱
錫爵才勝於德汝應念石君師傅之舊恩時加訓戒毋忽并令轉諭知錫爵令其回
奏　御筆於石君二字上空一格　聖天子之尊師念舊歷久不渝有諭教之責者
宜如何捫心自效與
黃勤敏公自道光六年七十七歲蒙　恩予告十八年戊戌猶　特賜人葠八兩飭
公子祠祭司員外郎富民赴樞廷祇領並奉　手諭云江湖阻隔倏爾數年矣想精
力自必如常知卿原不假葠苓之力聊伸眷念耳轉瞬明秋特頒慶賜卿其善自節
攝朕欣待之也蓋次年八月為勤敏九十生辰　聖心已先計及之公跪讀祇領感
泣至不能起立康祺按勤敏年七十時在部蒙仁宗賜額賜銅佛玉如意及珍玩大緞諸品公致仕後遇八十九十均蒙宣宗賜御筆匾聯及諸珍物令其子祇領寄家三次眼壽耆臣罕有之榮也
舊例禮部主客司歲額六安州霍山縣進芽茶七百斤計四百袋袋重一斤十二兩
由安徽布政司解部其奉檄摧茶者則六安州學正也聞是役在昔頗為民累竊惟
京華人海百物充牣　聖人愛民如子他日封疆賢大吏必有奏請免進以蘇民困
者

武進臧鏞堂在東經師玉林孫也受業於盧召弓學士經史小學精審不苟殆過其
師每歲除夕陳所讀書爾衣冠而拜之故又字曰拜經蓋慕其遠祖榮緒庚子陳經
之故事也其弟禮堂學亦深邃持父喪白衣冠而處不與人見
郭頻伽名麐吳江才人嘗以水利闖索人題詠同縣女士汪玉軫題之云深閨未識
詩人宅昨夜分明夢水村卻與圖中渾不似萬梅花擁一柴門頻伽乃倩奚鐵生補
為萬梅花擁一柴門圖以代前軸亦可謂風流好事矣
乾嘉間元和三蔣伯生於野仲徵蔚將山季甗布甫皆工詩人各一集幾乎王謝家
風矣蔣山尤淵博治經史小學兼通象緯著述甚精詩文才力雄富無所不有弱冠
游浙江阮文達公一見傾倒留之學使署約為兄弟之交公復序其經學齋詩謂研
精覃思夢見孔鄭胄許時不失顏謝山水懷抱也
阮文達視學浙西賞石門吳曾卅之才為易名曾貫吳善五言長律時修表忠觀新
仪成命之賦詩吳用八庚全韻為五排不遺一字於工穩中時露神韻公因稱之曰
吳八庚試杭州時新製團扇適成紈素畫雅頗極雅麗遂以仿宋畫院製團扇命題
詩佳者許以扇贈錢唐陳雲伯大令文杰纔為諸生賦詩最佳即以扇與之人稱為

陳團扇文達久官吾浙其識拔寒畯憐才雅舉不勝書此二事絕相似且並紀定香
亭筆談爰類次之
陳方伯奉茲負人倫鑒於海內文儒老學莫不識其姓字而知其所長嘉慶紀元
詔舉孝廉方正之士直省名單至方伯與友人書曰　皇衢大亨賢人道長特科妙
選竟得三君東南人望盡於此矣三君謂江蘇錢大昭可廬安徽胡虔雒君浙江陳
鱣仲魚也或曰安徽當以程瑤田易疇為第一而胡君亞之知言哉
是年吾郡舉孝廉方正六人鄞袁鈞陶軒工詩古文專治鄭學於鄉邦故實尤多掌
錄立品方嚴為時儀表慈谿鄭勳簡香博核多藏書門法儒雅定海李巽占有孝行
授徒某姓不食館餐蓋其家貧歸侍母同食番薯不忍獨飽稻肉也又嘗受富家課
子聘知友人方謀奪力辭之終受館穀之賤者他行類是是年舉主阮文達也可見
上有賢大吏下有賢守令堂堂紀元特科何至不能得士
康熙朝鴻博科讀卷諸臣照前代制科分等第進士科分甲乙例判作四等拆卷曰
上問有不完卷者何以列在中卷蓋嚴繩孫僅作一詩也衆對曰以其文詞可取也
上又問上二卷內有驗於天者不必驗於人語無礙否蓋彭孫遹卷也衆對曰雖意

圓語滯無礙。上又問賦首有或問於予曰中有唯唯否否語。豈以或指朕予自指耶。蓋汪琬卷也。眾對曰賦體本有子虛亡是之稱。大抵皆寓言。似不必有實指也。以上見制科雜錄 上問詩中有云杏花紅似火。菖葉小於釵。菖葉安得似釵。蓋朱彝尊卷也。眾對曰。此句不甚佳。上曰斯人固老名士。姑略之。以上見詞科掌錄 上又曰。詩賦韻亦學問中要事。賦韻且不論。即詩韻任取中卷者。亦多出入。有以冬韻出宮字者。潘耒卷 有以東韻出逢濃字者。李來泰卷 有以支韻之旗誤作微韻之旂者。施閏章卷 此何說也。眾曰此緣功令久廢詩賦。非家弦戶誦。所以有此。然亦大醇之一疵也。今但取其大焉者耳。上是之。以上亦見雜錄 可見當時法律之寬。 聖心愛賢之篤。

康熙二十六年正月二十六日。諸王大臣議禮。永康左門。諸王以次環坐內閣九卿科道議畢。閣臣白其議。向諸王長跪移時。武定李相國之芳年老跪地。華亭高太常層雲時官給諫。抗章彈奏云。天潢貴胄。禮當致敬。獨集議國政。無不列坐。況永康左門乃 天子禁門。非大臣致敬諸王之地。大學士輔弼大臣。當自重。諸王宜加以禮接。疏入。交宗人府吏禮二部議。凡會議時。大臣見諸王。不得引身長跪。著為令。按東華錄紀康熙二十七年。有給事中高層雲疏參大學士王熙向康親王傑書等跪語。王俱坐受一揖。與此則引觸紙殊者少異。未知同事異傳。抑別一事也。

選庶吉士改編修。同在一年者。世已罕見。乃竟有先授編修。後選庶常。在數月中者。仁和沈筠開平。上海錢金甫越江。康熙大科。既膺薦舉。又同中戊午己未鄉會試。三月。 御試授為編修。五月選庶吉士。復並列其名。三閱月中。再入詞曹。士林以為絕無僅有之遇。

施愚山分守江西。政聲藉甚。時論以為不日當開府。忽遭東閣。蓋安邱劉相國正宗當愚山持節山左時。有所干請不遂。至是修怨焉。然益見愚山之不畏強禦矣。

毛西河少與凡萬並知名。人呼小毛子。性恢奇。負才任達。善詩歌樂府填詞。所為大率託之美人香草。以寫其騷激之意。纏綿綺麗。按節而歌。使人悽悅。又能吹簫度曲。游靖江。當罏馮氏者。悅其詞。欲私就之。西河謝曰。彼美不知我。直以我為狂夫也。徑去。見施愚山所作毛子傳。康祺按西河少年落拓江湖。無復繩幅。結埼外集痛詆之。他書亦多詆議。是舉拒奔女於旅肆。尚不失為君子之行。特蒙難出亡。對酒冢婦吹簫按節。其人去狂且幾何。況既知引避。又復以彼美之姓氏里居。播告朋輩。則仍西河之所以為西河也。

國初儒者。運城張先生鵬翼。篤信程朱。銳意問學。自治甚嚴。整終日端坐。跬步不苟。盛暑不袒裼。事親養志無違。居喪蔬食三年。不外游。不內寢。動必以禮。嘗曰。孝享易簣之年。乃我下帷之始。蓋晚焉日有學焉。不知其老且耄也。所居鄉曰新泉。男女往來分二橋道。不拾遺。市中穴易。先讓外客。皆服先生之教也。漳浦蔡文勤公書醇學二字表其閭。按先生與柏赤章童玉鉉李鋭峯董若水四君友善。號曰四思偶四愚。亭於雁宕山中。先生隱結屋居山之深邃處。晚年與長江黃霖陽偕游。其及門則尚足中劉偉先傳其業。晚迹將漂劉總臨聞先生諸琴作劍至郎侍快。敦之先生白衣把琴不彈。嘗歸知其離至卒歸。歸凡此淵源事迹。亦它日纂新泉學案所必及者。爰附錄之。

嘉慶六年辛酉。例舉大挑時。 仁宗以畿輔久旱。盼雨甚殷。挑日適甘雨應時。 上喜極。傳 諭賞本日挑取一等舉人葛紗各一匹。

後鴻博科。吾浙方聞博學之士。浙東推謝山。浙西推堇甫。猶康熙大科之有秀水蕭山也。康祺少時。則聞堇浦負謝山於死後。而未得其詳。頃讀先師徐先生煙嶼樓文集。有記杭堇浦一篇。謹節錄之曰。始二人以才學相投契。最為昵密。客京師維揚。無一日不相見。談笑辨論。相服相稱歎。數十年無間言也。既而謝山膺東粵制府之聘。往主端谿書院。堇浦同時為粵秀書院山長。謝山自東修外。一介不取。雖弟子饋時物。亦峻拒之。而堇浦則網載湖州筆數百萬。乞粵中大吏函致其僚屬。用重價強賣與之。謝山貽書規戒。謂此非為人師所宜。不聽。謝山歸。以告揚州馬氏兄弟。他日堇浦至。馬氏秋玉嶰谷詰責堇浦。堇浦不敢辨。而怨謝山切骨。而謝山不知也。謝山既卒。其弟子如蔣樗庵董小鈍諸君。念其師執友莫堇浦若。乞之銘墓。堇浦使來索遺集。與之。久無報章。屢索還遺集。終不報。而堇浦道古堂文集雕本出矣。諸君視其目。有結埼亭集序。忻然檢讀。則若嚳若嘲。莫解所謂。細繹之。又似謝山有敗行者。皆大驚怪。世有以徐先生言為太過者。試一考全杭交誼。並取此序閱之。又徧視其他文。則竄謝山文為己作者六七篇。於是知堇浦賣死友。而不知其賣之之故。既而有自維揚來者。道其詳於樗庵。始悅然大悟。其後樗庵弟子有抄結埼亭集。而以杭序冠首者。樗庵見之大怒。乃手記堇浦負謝山始末於序後。而此書後歸徐先生。故先生詳述之如此。樗庵固不妄語。徐先生亦不輕詆前輩者。且堇浦粵游集。每有以湖筆餽某官詩。其文集中。考據論辨之作。頗與結埼相出入。然則才如堇浦。竟有文無行至此。亦可唏矣。按仙畫掛堇浦性情博見。月袒小衣入茶肆。與里少年游鬭牌拍張。各不相識。適學使者過見之。領而去。眾驚問。則曰我鄉門中後輩也。因博者始知為堇浦。蓋此則堇浦之行檢過脫。本與謝山異趣。愛其才不與之比。仍謝山之過也。

河工之築壩護隄。以磚代石。自衆恭勤公始。是後每有大役。碎石稭掃。工用大減。數年省官銀百三四十萬兩而工益堅自奏為定例省費更不可訾算矣然公於河實殫竭心力體驗入微平居河勢曲折高下嚮背皆在其隱度中或報水漲隄將壞公曰無妨或限去水遠公曰水將至矣急備之果如公言衆乃大服任事五年河不為患官吏皆慶為天幸然前公任三年河決祥符公卒一年南岸決逾年又決然則豈非人事哉

錢唐吳清皋清鵬穀人祭酒第六第七子也兄弟孿生（按以先生者為兄從簡家言）清才雅趣得筆得之清皋以孝廉授中書晉階侍讀考御史第一未及補　擢守江西之撫州宣宗召見曰汝師傅吳穀人之子耶汝學問乃不得進士也世以為且大用乃自撫州調南昌僅一攝吉南贛甯道再攝鹽法道事卓異入都道卒清鵬以高第歷職清曠自放於詩酒終順天府府丞所遇閒劇不同而官皆至四品再世仍隸仕籍人遂謂以生年月日推富貴壽夭其說果不甚誣而不知祭酒之遺澤遠矣

道光朝士無不知湖南有海秋湯鵬者海秋二十成進士三十補御史意氣蹈厲勇言事未踰月三上章最後以言宗室尚書　叱辱滿司官事在已奉　旨處分後罷御史回戶部原官時英夷擾海疆求通市海秋憤不得言事猶條上尚書轉奏籌夷務善後三十事詞西夷求改關市約有君奏中不可許者數條人以是服其精浮湛部曹不得志退而著浮邱子一書大抵言軍國利病吏治要最人事情偽開設形勢尋攝要眇凡九十篇四十餘萬言每遇人輒曰能過我一讀浮邱子乎其自喜如此年僅四十餘卒康祺按海秋與胡文忠同縣曾文正官京朝時嘗與海秋為深友中有違言文正頗自咎設天假海秋以中壽人事磨鍊才學器識當益醇粵逆事起戎幕需材展轉汲引未必不躋　中興勳輔之列年少氣豪銳意世用一蹶不自克卒推頹鬱塞以死悲哉

吳江吳兆騫漢槎嘗與二三朋好同出縣東門意氣岸然不屑中路忽顧汪鈍翁述袁淑語曰江東無我卿當獨秀傍人為之側目此所謂名士習氣也康祺憶戊辰春闈後從先叔父兵部公散步虎坊橋適某相乘轎過車馬雜沓飛埃滾滾咫尺迷濛余舉扇自障曰元規塵起汙人先叔父回首斥之云名士習氣切不可學因漢槎事棖觸先訓敬誌之以自箴

陳碩士侍郎家本素封以諸父輩仕宦中落侍郎自御史回翰林原銜門貲益甚人勸其出遊公曰吾近臣矣又為人容奈何一日有貸於友人至則弈棋賦詩盡日暮

忘所事而返後驟遷至閣學　宣宗諭之曰汝非有保舉人朕知汝靜退有操守進汝官　天語五字可為侍郎一生定評矣

道光十五年江甯鄧督部廷楨受　命總制兩廣自安徽入覲時公同鄉官京師者公子子久編修外幾二十人公未明入　朝出答賓客之造請及暮歸寓館與鄉人述故老逸事商論文史辨訓詁音聲於三百五篇詩刺取聲韻變遷者左右逢原如取物篋笥中人皆神開意新日聞所未聞臨別鄉人為繪宣南夜話圖張之以詩此雖小事然作官數十年以耄耆老宿與後生分席談經非記誦博洽者不能作答十餘日以封圻貴官與鄉里通宵話舊非神氣閒定者亦不能

合肥前相國李文定公在位數十年尤篤於人物如李太史因篤趙參政進美徐檢討松齡諸君公為學士時薦以應博學鴻詞科者也陸清獻公邵參議嗣堯彭巡撫鵬公為吏部時所薦以洊至大官為名臣者也下至單門寒畯聞聲相思惟恐其不登用蓋公生平汲汲於以人事君其所薦引非有鄉里姻戚年家故舊之私非有竿牘苞苴揣摩迎合之弊蓋謀國之忠知人之哲如合肥前相國者則誠不負　聖明矣

梅村集太倉十子詩序琅琊太原兩王公而後雅道淪滅吾黨出相率通經學古為高然或不屑屑於聲律又二十年而十子者乃以所為詩聞海內十子為周肇子俶王揆端士許旭九日黃與堅庭表王撰異公王昊惟夏王忭懌民王曜升次谷顧湄伊人王攄虹友自子俶以下皆與雲間西泠諸子上下其可否端士惟夏兄弟則為兩王子孫

國初詩人崔不雕漁洋房考門人也居太倉之直塘性孤潔寡合吳梅村祭酒目為直塘一崔居易錄稱崔華詩清異出塵有句云丹楓江冷人初去黃葉聲多酒不辭人目為崔黃葉又歷城王進士苹能詩嘗有句云亂泉聲裏才通屐黃葉林間自著書又云黃葉下時牛背晚青山缺處酒人行漁洋亦目之為王黃葉考自來謝胡蝶鄭鷓鴣袁白燕鮑夕陽紅杏尚書三影郎中之類多以詩詞斷句膾博高名即漁洋賦郎似桐花妾似桐花鳳一詞亦有王桐花之號然文人標榜數見不鮮風雅如漁洋抑何未脫臼窠乎

吾邑陳莘學先生汝咸隨父講學證人社中專力於慎獨之旨梨洲嘗謂人曰此程門之楊迪朱門之蔡沈也康熙三十年成進士（按國朝先正事略稱汝咸會試第一誤是科會元乃欽塍座主李

文貞方以講學招來後進。或邀之往。先生謝不與。散館改知縣。宰漳浦十三年。循績惠政。不可殫紀。調南靖。浦人相率赴省城。留不可。歸收田器塞縣門。晝夜環守。去之日。民扶老攜幼。環跪街巷泣曰。公毋去。活我百姓。擁肩輿不得行。先生下輿步入李太學家。夜半。假城守二騎。作巡邏者。開道從北門遁去。民追思不已。即於北門捐月湖書院。塑先生像瞻拜。月湖。吾邑城中湖。世稱月湖先生也。任南靖。善治盜。任未期月。犬不吠夜。頌聲大作。內召由主事擢御史。疏言閩海掛號之弊。 聖祖嘉納。賞賚食物。時海賊陳尚義乞降。先生自請入海撫之。陛辭。 溫諭曰。汝乃近御之臣。風濤不測。不必親下海。後隨行之千總出。遇颶風事敗復命。 聖祖又諭曰。汝若同入海。不受驚耶。五十二年。奉使至湖廣。祭告諸陵。兼容駐防士卒。先生出入紅苗界。默寓靖久遠之策。猺洞長官有出迎者。撫其土音。先生為竹枝詞。宣布太平威德之盛。使習之。明年。陝西甘肅報荒。復奉使出撫。臨行。 聖祖諭曰。窮邊恐不得食。彼所出肉莜容土。饒膳亦嘗之。頗美。可嘆也。先生頓首謝。入境見野有餓殍。即不復御酒肉。撫慰饑民。步行一日。踰九嶺。至平涼。發帑糴米。并移鎮原倉米賑之。以勞卒於固原地方。有司檢視其囊。衣一襲。錢一緡而已。訃聞。 聖祖憫悼。連稱好官可惜。先生官不過理少。而當時 主眷之隆。已駸駸以重臣相待。蓋閣中作令之政聲早達 聰聽也。

康熙間。吾鄉前輩有聲臺垣者。二人而均出吾宗。一理少。一則非園先生紫芝也。先生初官詞曹。即不受外僚書帕之敬。入臺尤持風紀。嘗疏請裁屯衛。頒禮書。除南城大猾鄧二。皆 允行。時疆臣多由閣部保舉。湖廣巡撫張汧。大學士明珠所私也。恃勢貪暴。廷臣不敢糾。先生具疏劾汧。且請罪其保舉之人。奏入。 上語之曰。滿朝為所賄屬。爾小御史乃爾敢言。翌日面 諭九卿。即與內陞四品卿。（按蔣學鏞樗庵存稿謂原保大僚十餘人。因之降黜。新修鄞縣志從之。非事實也。康熙二十七年明珠革職。上諭尚以保舉張汧官員未經議罪責其包攬。亦見明珠傳。）先生益感激思報稱。一日。於朝房值明珠。延坐進茗。飲之歸。寓暴卒。（按明珠延坐一事。見萊州府志鄭琇傳。）在明相黷貨攬權。勢居騎虎。固不避妨賢害正之醜聲。惜濟濟盈廷。無一人為之舉發者。而先生之方剛見憚。嶠直寡援。益見矣。

秀水朱氏曝書亭。久廢為桑田。南北垞種桑皆滿。亭址無片甓存。獨嚴藕漁太史所書匾無恙。而荷鋤犯此地者。其人輒病。或竹垞先生魂魄猶戀此土耶。嘉慶間阮儀徵視學按臨。醵貲重建。

甘泉江鄭堂藩。海貫經史。博通羣書。學及九流二氏之學。無不綜覽。詩古文豪邁雄俊。才氣無雙。嘗作河賦。以匹郭景純木元虛江海二作。受業惠氏。弟子余仲林嘗得其傳。諸經多有發明。其為人則權奇倜儻。能走馬奪槊。狂歌豪飲。好游好客。至貧其家。儒林文苑游俠三傳。令後世難於位置。

蕭山毛西河。德清胡朏明。所著書。初時鮮過問者。自阮文達來撫浙。學為作序。推重之。坊間遂多流傳。時蘇州書賈語人。許氏說文販脫。皆向浙江去矣。文達聞之謂幕中友人曰。此好消息也。

前筆紀謝金圃少宰之禮下汪容甫。歎為今人所難。頃見焦里堂撰少宰遺事一篇。言乾隆丁酉。值選拔歲。所拔如汪容甫中。顧文子九苞。陳理堂燮。程中之贊和。郭職民均。江秋史德量。劉又徐玉麟。宋首端綿初。皆一時通經能文之士。時譏容甫者甚多。少宰選衆論特拔之。容甫感聞。每來謁則戒司閽者。俟其行遠而後發聲。又嘗薦容甫於醝使者。容甫偶不合。艴然去。少宰為之謝罪云云。一片熱腸。愛才如命。茲補錄之。以告居大位者。康祺獨怪容甫受少宰曠代之知。復得儀徵相國鎮洋制府送抱推襟。殷殷以國士相期待。乃其集中如自序。弔黃祖。弔馬湘蘭。弔狐父之盜諸篇。憤鬱牢騷。幾若失職辱身。舉世欲殺。塊然無一人可伍者。不知世有容甫之學之才。並無容甫當日之遇。荒山破屋。頭白無聞。其斫地問天。又當如何也。

吳薗次以順治九年拔貢生。授中書舍人。夙負才望。尤以詞曲名。奉 詔譜楊繼盛傳奇。譜成。稱 旨。即以楊繼盛之官官之。時以為奇榮雅遇。薗次有入署拜椒山楊先生祠。時奉 命譜椒山傳奇詩。或曰。今崑曲有鳴鳳記院本。演椒山劾嚴嵩事。殆即薗次所撰進後。遂徧傳教坊也。第考梨洲先生太夫人嘗有壽日見演鳴鳳記。因之慟哭一事。見梨洲子百家跋子劉子所作壽序後。是鳴鳳記明末已行。薗次所撰。當別一本。試諗之識曲者。

承平將帥。專尚騎射。段提督秀林。官古北口時。扈從熱河。 高宗召見。問爾年逾七十。尚能射否。對曰。騎射。武臣職也。臣雖老。尚能跨鞍彎弧。為將士先。一日。 上在宮門懸鵠。命秀林射。秀林一發中侯心。 上甚喜。 賜穿黃褂。

泰州陳諭德厚耀。與梅文穆公同直 內廷。嘗承 聖祖指授算法。已詳一筆矣。當文穆初入見。 上嘗語之曰。汝知陳厚耀否。他算法近日精進。向曾受教於汝祖。今汝祖若在。尚將就正於彼矣。諭德侍從多年。嘗 賜書籍文具錦綺瓜果之類。尚為近臣所恒有。其 頒賜儀器。時人家詫為未見。一日。又 賜熱河光木供之几案。光皎如月。諭曰：以助汝鉤稽布算之勤也。諭德有奉　敕賦夜亮木詩，懿戚動憔，咸羨其遇。

常州王君應長，以嘉慶辛酉進士選四川新繁縣知縣。到官，頗得士民心，而縣素號饒邑，君絕苞苴之私，不能飾廚傳，稱過客，故上游及同列皆不喜。戊辰冬舉計典，有日者素識君，而往來於藩司之門，自省中遺君書云：方伯將以計典黜君矣，得金若干乃可免。緘其書，以方伯印封發之。君得書笑曰：鬼蜮乃敢白晝見！藏其書，而以其事白制府。制府以為脇持也，怒，以才力不及填計典入奏，立委員攝印署理。委員至，君拒不見，委員譟於庭，君乃出索其委牌，而委員以制府促督，不及待司文，無以應。君笑曰：此亦可詐耶？呼隸械之，委員恐，馳去，訴制府，謂某敢抗制府命，且辱之。制府大怒，命中軍提兵隨成都府知府往捕，闖其署，大索，獲日者所致書，毀之，捆君歸於省，置諸獄，以抗不交印奏，禍且不測。於是四川諸州縣大譁，騰謗書徧於道路，頃之聞於　朝。御史或摭以入告，奉　旨查辦，然後出君於獄，救之歸，而以病風痺奏焉。以飲食饋贈之微，釀成如許大案，固知仕途之險巇。然世有諂事上官，厚結寮佐，下至胥徒臧獲之輩，靡不各饜其私，冀彌縫於纖瑣，而事出意外，終亦罷去，或反以虧帑累身家者，又當如何而後可？曰：事上以敬，不挫；交友以誠，不驕，不惰；禮無不及，情無太過；無脂韋以徼福，無矯激以賈禍；升沈得失，天馬者司之，而何預於我？

興縣康光祿紹鏞值軍機時，勤於趨職，專心掌故，以周知當世之務為急。大樞董文恭、戴文端、盧文肅諸公咸倚如左右手。嘉慶十八年，林清倡亂，畿南、山東、河南響應，公方隨扈，即以各省應行防堵之處，及將弁姓名、曾否經歷行陣、所轄兵數多寡，作一小冊以自隨。會　上詢問各要隘將弁，當軸即以其冊進。　上由是知其才可大用，遂擢鴻臚卿，歷封疆，於此兆矣。按此舉頗足為士大夫法。我輩既讀書筮仕，即官非樞密，時非軍務，凡海內人才，中外地勢，及水陸兵額多寡強弱之數，孰不當隨處留心與？

甘泉鍾明經懷，文選樓所刻《鼓篋考古錄》，其所著也。譔述通慧，制行動中禮法。嘉慶甲子，督學劉文清公舉為優貢生。君入謁，抑抑若不自勝，自謂譽咎殊多，不稱此目。家庭朋友間言屢及之。嗚呼！　朝廷設科取士，使與其選者盡如君之顧名思義也，科目洵足重矣。

劉文清按部揚州，江都焦孝廉循，時年十七，應童子試，取入學。覆試日，公問詩中用

韞櫝字者誰也？孝廉起應之。問二字何所本，以文藪桃花賦對，且述其音義。公喜曰：復學經乎？孝廉對曰：未也。公曰：不學經何以足用？爾盍以學賦者學經？明日復謁，公復呼孝廉至前曰：識之，不學經無以為生員也。孝廉歸，乃屏他學而學經，卒成經師。孝廉嘗作《感大人賦》以識知己之恩，今冠《雕菰樓集》首。康祺年十七為秀才，長沙周侍郎亦於眾中謬加褒賞，謂他日當以文章名，贈以書籍、箋紙及京師佩用之物。越二年，京江張文貞公繼公視學，歲科九試，每出入場屋，必召至案前，諄諄以名世壽世相勖。今年將四十，羈紲冷官，學問無成，脩名不立，以視孝廉五經紛綸，著述盈笥，不負文清之知遇者，譬諸草木，區以別矣。回首師門，慚惶無地。

本朝漢臣以佐雜至大官者，雍正間之李衛、田文鏡，嘉慶間之李世傑，最有聲望。乾隆朝揚州楊公景素，以一縣丞浮躋開府，總督兩廣、浙閩、直隸，亦未易才也。初投效直隸河工，以精敏為河道忌嫉，將笞之。公躍馬馳去，投河帥愬曰：景素功臣後（按湖壯公撫為嘗祖），有罪宜殺，不可辱。且陳河渠利病，帥奇之，遂游保至大用。巡臺灣，值漢民與熟番搆釁，生番亦乘閒焚殺漢民。公案界掘深溝，築土牛以為之限，許令熟番薙髮留辮，以別於生番，永杜假冒。官直隸布政司時，山東賊王倫方熾，公奉　命防河西，賊眾兵寡，撫回人子弟而用之，得二十人，勇氣百倍，剿捕堵禦，以底於平。其他歷官政蹟，亦多可述者。蓋科第中人，按格推排，歲擢年遷，或以庸庸據高位；若起家雜流，忽膺　異眷，無問其治術之醇疵，進身之邪正，而其人必有出眾之幹，可無疑義也。

嘉慶間平閩浙海盜，李壯烈伯實為首功，太平參將李成隆亦有勞焉。龍王堂松門之役，成隆婦新產，風雨破其屋，驚死不顧，立率師往勦，安南夷匪及鳳尾幫流，皆以此舉就擒。時亦稱成隆小李將軍。

燕下鄉脞錄卷十六終

跋

緦士先生刊其所著燕下鄉脞錄屬命崇敬校讐事竣乃跋其後曰自南董不作載籍多誣唐宋以來是非奪於愛憎功罪淆於恩怨前代名人言之詳矣　本朝列聖代嬗公道大明四庫所錄　御製各書皆折衷羣言垂憲百世則凡紀錄之家秉筆之士宜如何恪秉　聖裁務歸至當乃以崇敬所聞有不盡然者我　朝崇尚理學程朱陸王並行不廢乃孫承澤以方回之重臺拾陳建之舊唾醜詆姚江自命衛道其人不足重也陸清獻沈潛理窟冠冕羣儒亦復堅持門户附和同聲謂明之亡不亡於流賊而亡於陽明此等議論其可據乎　國史館纂修列傳於臣僚功過兩不相掩所以存直道也而私家撰述猶不喻此意傳狀事實類多掩飾如張清恪謝濟世之獄張文端孫文定皆以奉　命往勘瞻徇失實得罪清議乃煌煌大傳見於名人文集中不一而足直若一代名臣絕無瑕玷者此等紀載其可信乎乾隆中川楚用兵　高宗首賞胡世顯之不欺以風動天下而積習相沿深根莫拔羅壯勇之擒熊老八參將陳弼攘其功　聖武記記之石三保聶人傑之事誣罔　朝廷李忠毅不為嘯亭雜錄記之咸豐中上海之亂首逆周立春等皆報擒斬而近人筆記有謂諸逆多不死且有商於外洋者推此以言中外章奏亦有未可盡信者矣不特此也康熙大科得人最盛學問經濟照耀千古繼之者乾隆丙辰也是科徵士中全庶常祖望遠紹深甯近衍南雷融貫朱陸靡所偏倚其學近於湯文正桑主事調元傳餘山勞氏之學恪守師承宗主洛閩其學近於陸清獻二公其眉目也庶常之不與試或謂張文和以其負氣故齕之然主事亦未取餘若顧棟高徐文靖程廷祚沈彤牛運震任瑗陳黃中沈炳震王文清諸公皆淹通經史績學之士若厲鶚胡天游劉大櫆沈德潛萬光泰李鍇張庚黃之雋諸公文章詩賦亦堪方駕古人若裘文達方恪敏曹文恪金德瑛錢載諸公尤卓然不愧名臣當時二百餘人大半經桐城臨川兩侍郎月旦然後登諸薦牘故其中博學篤行之士幾居什九設令碧海遺珠盡收珊網豈非一朝盛事乃張文和以舊臣當國與方李二公所學異趨適奉　命主試事遂假慎重之名苛繩謚取以呈　御覽兩侍郎所舉一士不登名流獲雋者僅齊召南杭世駿輩數人士林咸失所望文和之咎大矣然前人未有言之者何歟是書與前筆皆掌故淵藪採摭之勤網羅之富所不待言至於闡揚幽滯考證得失並存數說不徇一家則知幾史通病其踳駁容齋隨筆遜此精詳矣又其論斷所施和平嚴正無一孔迂腐之見以輔翼名教為宗昔人嫌河間五筞以鴻才碩學評隲鬼狐有乖立言垂教之旨如先生是書復何憾乎光緒壬午春弟子鄭崇敬謹識於暨陽官舍之燕詒堂

三借廬筆談

鄒弢著

上海文明書局印行

敘

曩讀大箸澆愁集以為才人諷世妙筆言情瑰奇之辭感憤所出耳茲承示筆談一書如君
以涵今茹古之深有說禮敦詩之雅學術宏富體裁精能收鐵網之珊枝翦雲機之錦段傾
其瀝液瞥此琳琅採擷皆見見聞聞徵引必原原本本足使學人斮首詞客醉心舉彼莊列
之寓言虞初之志異一洗而空之昔之所測不亦淺乎夫劇談著錄康駢賓退之餘泊宅成
編方勺旅居之日想其片氈坐破寸晷多閒雨晦風瀟雞談對罷香温茶熟雁侶來遲緒芸
帙而繹舊聞展繭絲而哦新句缸花紅笑如晤美人帶華碧抽宛逢宿士眄明月兮可共拈
清風以時來況復氣未除豪儒不甘腐稽周官掌故名世文章踊陸贄疏書救時樂石鑿窮
魯壁抱切杞憂直將擊碎唾壺不特閒揮麈尾也間覩近世不少作家演說奇聞荒唐狐鬼
編排詩話阿比如交耐冷有譚祇臚舊什耳食成錄漫綴麗詞妙緒參將名編舉似意惟耻
兩般秋雨君能應以同聲若更陳百衲瑤琴我願彈夫古調（余古編輯安客畫竣故云）
光緒七年辛巳八月長洲弟潘鍾瑞拜序於香禪精舍

序

鄒子翰飛吳中名下士也十年前以書訂交所作詩詞已超出流輩心焉企之後就館滬上
因得時相過從見其著作日益進而尤長於駢體文典麗矞皇洋洋數千言燕許手筆也然
翰飛富於才而窮於遇當世卿大夫無非慕其名愛其才者而絕不聞一為推挽至以賣文
餬其口可謂窮矣去年冬出其所著三借廬筆談若干卷索予一言序其端將梓而行之予
曰晚近稗史家言層見疊出幾於汗牛充棟若何必以此爭勝乎束之高閣者數月今年春
復以書相迫乃取而閱之卷中所載大抵表揚忠孝闡發貞烈以及搜羅山林之佚稿閨閣
之殘編足備異日輶軒之采至於傳奇述異結撰維新亦自別饒風趣固非以牛鬼蛇神山
魈木客動人聽聞也是烏得以稗譚而棄之乎雖然翰飛以沉博之才當壯强之歲一旦釋
褐登朝賡天祿石渠之選獻甘泉賦上河清頌陳七德歌必有能潤色鴻業斧藻隆平者區
區稗譚云乎哉則是編之作直等諸唾餘可耳因其請遂書以歸之
光緒十一年乙酉暮春之初上海葛其龍隱耕氏序

三借廬筆談目錄

卷一

孤臣忠烈　張香濤制軍奏疏　爽地
關韻　詩謎　詩境
白嶽山樵　杜方伯　吳秋孃
韻人韻事　南錢草堂　林文宗為城隍
乩詩　倪雲劬　李芋仙
陳慧娟　改李詩　詒安堂
寫景　康守　贈劍索劍
菊社　認賢　曉屏相國
寶帳　論詩　鵑紅
詩言志　盧聽鶴　楊妃
顧孝女　張和合　馬相如
張少崖

卷二

粵東索　李蘭　畫梅
曾朗甫　琵琶遺韻　嘲吸煙
情殉　詩讖　侯翔千
顧月卿　君臣姊妹　宮怨
網珠　子安誤用典　共賞集
感夫詩　異俗　寄生稿
采菱曲　金鳳鈿　智女
倦繡吟　女中狂　楊利叔逸事
顧仲安　寶崖竹枝詞　百花冢
江南有猿　四子書別解　沈夕陽
詩徵福澤　鏡中人　鴛鴦陣
大愚和尚　王夢薇　信緣生
瞿渺濱　徵書閣詩　集唐

吹玉生　馬貞烈女　詩有相似
傳誤　歷香　游劍人
吳逸夫　吟詩卻賊　盧花詠
李曉雨　府界伶派

卷三

岳鄂王墓　白巖旅壁詩　秦始皇
櫻樹墳　周存伯　詒瓶集
空花泡影　丐癖　詩胎
春鶯詞　馬湘蘭印　奇句
用典適合　羅甸國　落拓
有美篇　三色詩　雪月詞
詩肖其人　江秀貞　中秋月
時曼亭示夢　張巡殺妾　求雨聯
瘦紅館　詩僻題壁　建庶人
幽夢影　孫暢生　詩各入妙
蘇婉儀　風弋壁　恩怨分明
楊耀卿　沈酒船　習俗
夏令儀　九秋吟　慘綠吟
聽松居士　李芋卿　黃笠雨
人文蔚起　通商

卷四

賦秋詞　紅顏福薄　紅孃子
恩竹樵　胭脂井　糟酋
映江　俞吟香　出家詩
晚香閣　長輓句　望榜
李文恭公　滄江老漁　捐輿
夢幻　小說之誤　妙判
余成之　李小寶　學識

子母銜蟬圖　書傭　脫調
眉綠樓　一門殉難　寅姑
報應難憑　蒽生感懷詩　紅花埠
春子良　楊見山　奇女子
一得齋　浙秀　楊茘裳
倡隨豔福　春夢菴
卷五
太常仙蝶　眉心室　蕭棣香
太瘢　紉秋館　問花樓二
張蓮氏　方薌卿　懷珠閣感事
陳阿尖　遊杭詩題詞　筆籙
新燕詞　短棗　賢藩
八字佳句　助賑　適園
辨水　擊筑餘音　脫胎李詩

宋浣花　荼磨山人　織雲樓
易解　柳漪　棲溪漁隱
鷹洋　高麗朝貢考　花韻居
卷六
瀞英詩績　留鶯閣雅集　紫伯康
證緣　宣爐考　憤言
詩謔　叔石　鬼詩
侶鳳　阮秋儂　金烈女
女子宜有才　碧桃館　寄蕃詩鈔
沈同甫　彈指集　江州生誕
鐵華仙館　硃穴　黃金孃
雅婢　長安宮闕　大憲多情
徐烈女　顧萃耕　琴漠道子
莊蓮佩　篠綠館　錦瑟詩解
彝臣詩續　柳枝詞　李如姑
燈花　代課　蒲留仙
佩秋閣　詩丐　詠鏡
兵兆　碎錦　番俗
採梅詩
卷七
楊柳樓臺　訊朱　問花樓
閨律　秋風詞　七夕吟
解律妓　瞿紫仙　吳琴仙
紀文達　海外詩人　跣足俗
西藏陋俗　獨清閣槁　江閣仙詩
葵愁湖詩　李晴　榑洲詞
彭宮保題壁　倪雲劬
卷八

承平國富　楊公睨刑語　宮怨言情
吹雲石　江才女前生夢　塔影
西湖詩　顧吳優劣　花影娟
優孖　容膝廬稿　潘湘紅
續清平調　王康君　虐佃之報
惡蟲　溫飛卿詩注有誤　毒藥
集錦圖　山寶　故鄉風味
細餘小草　忠信解　月出詩
朱註不明　古墓　長抛玉軫圖
陸鐵莊　尋夫　墨壽閣主
黃漁莊　從遊集　夢異
妓詩　巧漏　臺臣深見
粘罕　風流罪過　作詩要訣
詩境　甘姬　書畫格

懷珠閣危言　　墅青　　曲園書目
一門濟美。
卷九
變祠　　沈文蘭　　橫塘舊
陳蓉酩　　詩癖　　花神議
河神　　芍藥吟　　詩人得意
程仲承　　舞劍臺詩　　箏
雪中玩月　　空山聽雨圖　　先輩眼力
花間覓句　　三歎濤　　金桃墩
華巽仙　　佩香扇　　徐丙菴論詩
蓮霞　　桑花吟　　用典入妙
秀芬㬅證　　劉猛將　　畫膳
落花詩　　白門新柳　　京城考
林典史

卷十
義賊　　快快撒穀　　踈香小影
感事詩　　績百宜箴　　瘦羊
餘情詩序　　孫梅菴　　聖恩寺
綠梅菴　　昨夜歌　　語意相同
蝶詠　　軍中秋興　　飯顆山樵
春心秋心　　李新卿　　藕生
金孝子　　朱烈婦　　詞鏡姓氏錄
曹笑拈　　天韻堂　　朱英甫
耕樵樓　　真娘墓詩　　舞劍器
從堂絲竹　　山塘竹枝詞　　誓神文
議李　　七絕　　交無始終
惜花小影　　蕉葛蓉裳　　菊影倡和詩卷
天南遯叟

卷十一
盛梅夫人　　簃龍　　汪柳門
述德　　讀書之難　　吹花錄節略附衍波詞
逃熱　　寤崖子　　昨非集
貽硯齋詩刪　　西江詞派　　七圓
救命大仙　　消寒社　　辨擬體
成容若　　趙文卿　　捐秀才
袁軒集　　珊瑚樹　　懊儂詞序
江文湖女史　　紅豆詞郎　　馬廖合錦
兒菊花　　題畫　　石頭記
許伯謙　　紅樓四詠　　小姐
郁阿多
卷十二
割臂圖　　紈榻　　判事
文章笑柄　　綺霞　　將軍大座

惡不肖　　李嘯珠詩　　楹聯
石緣生　　碧螺山館　　閨中詩
曹曉雲　　陶子春　　夢晚生
芥航　　好名　　桂珠書
絕命詞　　任畫　　黃陶菴
秋香　　河東君　　出局
蘭畫生　　林文忠　　閨七夕詩
山歌　　寫韻集　　過貞女
趙仲穎　　菊詞　　四鬩
相術不驗　　姑惡　　秋聲句
詩媒　　舟人女　　瑤京瑤生
山產　　樹堂　　韓韻
程紫衔　　詩肯性靈　　糊塗
王樂山

三借廬筆談卷一

金匱鄒弢翰飛纂

孤臣忠烈

皋蘭吳柳堂先生可讀以進士官烏臺文章氣節彪炳一時嘗劾甘涼提督成祿言過激鐫職提牢時屢撫椒山先生手植柏樹欷歔灑淚平日存心惟以主恩難報寢食不安人以為楊忠愍後身今上御極恩召復起供職吏部值大行穆皇帝永遠奉安山陵先生以大統之歸上疏請定疏既上先生仰藥死於薊門之東作絕命詞云回頭六十八年中往事空談愛與忠抔土已成黃帝鼎前星預祝紫薇宮相逢老輩寥寥甚到處先生好好同欲識孤臣戀恩所惠陵風雨薊門東相傳先生被召入京時往辭先塋因以祖宗葬所示君子若侄有請先生營生壙者則曰吾不復葬此矣及奉安禮成先生獨留僦屋於馬伸橋之三義廟畫則扃戶出覘鄉人之漁者夜則秉燭達旦蓋製疏也疏上後欲縊首屋梁高不可及始仰藥死事詳本傳中

張香濤先生奏疏

張香濤制軍之洞宏才博學近世無儔在廷時尤正氣敢言光緒六年滿洲崇地山宮保厚出使俄羅斯索還伊犁俄人挾勢要盟貪求無厭欽使辱命拿交刑部問罪時先生為翰林院侍讀上疏曰翰林院侍讀臣張之洞奏為要盟不可曲從禦侮宜早籌計謹熟權利害披瀝上陳仰祈聖鑒事竊臣近聞邸抄因俄國定約使臣辱命有廷臣集議之旨所有條約傳聞大概臣竊不勝憤懣謹將此約從違利害縷晰為我皇太后皇上密陳之新約十八條他姑勿論其最謬者如陸路通商由嘉峪關西安漢中直達漢口秦隴要害荊楚上游盡為所據馬頭所在支蔓日甚消息皆通邊圉難防堂奧已失不可許者一東三省國家根本伯都訥吉林精華若許其來船至此即與東三省全境任其游行無異陪京密邇肩背單寒是於綏芬之西無故自蹙地二千里且內河行舟乃各國歷求而不得者一許俄人效尤踵至不可許者二朝廷不爭稅課體恤商民若準回兩部蒙古各盟一任俄人貿易概免納稅華商日困猶末也以積弱貧苦之蒙古徒供俄人盤剝以新疆鉅萬之軍餉徒為俄人委輸且張家口等處內地開設行棧以後逐漸推廣設啟戎心萬里之內首尾銜接不可許者三中國屏藩全在內外蒙古沙漠萬里天所以限俄人即欲犯邊逾北一面總費周章如蒙古台站供其役使彼必將重利以啗蒙人一旦有事音信易通糧餉無阻勢必煽我藩屬為彼先導不可許者四條約載俄人准過卡倫三十有六延袤太廣無事而商往則譏不勝譏有事而兵來

則禦不勝禦不可許者五各國商賈從無言許帶軍器之例今無故聲明人帶一槍其意何居若十百為羣闌然竟入是兵是商誰能辨之不可許者六俄人商稅種種取巧如各國布匹均沾漢關稅課必然歲絀數百萬不可許者七同治三年新疆已經議定之界可以內侵斷我南通北城之路新疆形勢北路荒涼南城富庶爭磽瘠棄膏腴務虛名受實禍不可許者八伊犁塔爾巴哈臺科布多烏里雅蘇臺喀什噶爾烏魯木齊古城吐魯番哈密嘉峪關等處准設領事官是西域全疆盡歸控制有洋官斯有洋商有洋商斯有洋兵初則奪我權勢繼則反客為主馴之彼有官而我無官彼有兵而我無兵且各國通例惟沿海邊疆准設外邦領事若烏里雅蘇臺科布多烏魯木齊古城哈密嘉峪關乃我境內地今日俄人作俑設若各國援例將十八省腹地遍布洋官不可許者九所還伊犁三面山嶺內卡倫外盤踞如故據高臨下險要失矣割霍爾果斯河以西格爾滿以北開墾無區畜牧無所地利失矣金頂寺久為俄人市廛現與約定俄人產業不便交還是伊犁一綫東來之路必穿俄巢出路盡矣窮寥遺民彼又遷之以往人民空矣擲二百八十萬有用之財索一無險隘無地利無人民無出路之伊犁將安用之不可許者十俄人索之可謂至貪至橫崇厚許之可謂至謬至愚皇太后皇上赫然震怒譴使臣下廷臣集議可謂至明至斷上自樞密總署王大臣以及凡百官僚人人皆知其不可所以不敢出言改議者誠懼一經定議又改或啟釁端然臣以為不足懼也必改此議不能無事不改此議不可為國請言改議之道其要有四一曰計決二曰氣盛三曰理長四曰謀定何謂計決無理之約使臣許之朝廷未嘗許之崇厚誤國媚敵擅許擅歸國人皆曰可殺者也伏望拿交刑部明正典刑治使臣之罪即可以杜俄人之口按之萬國公法既有不准違訓越權之例復有臣執全權可否仍主朝廷之條正與崇厚不遵密函不請諭旨之罪相似耆英之獄成憲昭然故云誅崇厚則計決何謂氣盛俄人欺我使臣孤懦遂脅畫押施一償百意猶未饜不料俄羅斯醜然大國乃敢出此不特中國憤怒即環海萬國亦必不直其所為俄使不待約定聲明歸國外洋亦無此例況凱湯德係署理公使豈能擅歸其為恫喝無實情形顯然儘可任其去留不必過問莫如明降諭旨將俄人不公不平臣民公議不願之故布告中外行文各國平其曲直兼飭會堂將我國家情理兼盡之處刊入新聞明諭邊臣整備以待據眾怒難犯之情執中國必不能從之志俄國雖大自與土耳其苦戰以來師老財竭臣離民怨近歲其國王屢有防人行刺之事若更渝盟犯順國遠勞民必且有蕭牆之禍行將自斃焉能及人故明示中外則氣盛何謂理長種要扼皆由伊犁而起若盡如新約所得者伊犁二字虛名所失者新疆二萬里之膏腴而

每年尚耗四五百萬之餉需以供邊師防軍建城開渠之用是有新疆不如無新疆也索伊犁而盡撤其情即曲在我還伊犁而仍責以言則曲在彼況使臣畫押未奉御批未領御寶一如載書未歃豈足為憑俄人理屈詞窮焉能生釁故縱索伊犁則理長何謂謀定俄人而議估其兵端可以不開若俄人必欲背公法棄和好謀防之處大約三路一新疆一吉林一天津左宗棠席屢勝之師兵力素強金順劉錦棠錫綸張曜亦皆健將以靜待動俄人必勞聯絡喇嘛根噶扎空參遏其歸路彼將隻輪不返若出吉林過地遼遠林木叢雜其地去俄都二萬里孤軍深入饋餉艱難不能用衆特簡才兼文武之將予以重權資以軍餉分南北洋防海之術為經略東三省之貲命左宗棠金順調直隸東三省之兵之將東來聽用招集索倫赫津打牲人衆教練成軍其人素性雄勇習與俄鬬定能制勝即小有挫衄堅守數日必解而去天津一路逼近神京然俄國兵船扼於英法口例向不能出地中海即強以商船裁兵而來亦非西洋有鐵甲船者比李鴻章高勛重寄藏糜數百萬金錢以製器械而養淮軍正為今日若并不能一戰安用重臣伏請嚴飭李鴻章諭以計無中變責無旁貸及早選將練兵仿照德國新式增建礮臺戰而勝則酬以公侯之賞不勝則加以不測之罰設即以賠伊犁二百八十萬金雇募西洋勁卒亦必能為我用俄人蠶食回疆併吞浩罕意者拊印

三　借箸筆談　卷一　三

度之背不特我之患亦英之憂也李鴻章若以此開悟英使輔車唇齒當視同仇近年立功宿將如彭玉麟楊岳斌鮑超劉銘傳善慶岑毓英郭松林宋慶壽昌彭楚漢鄭寶昌曹克忠李雲麟陳國瑞等或現任或退閒或處廢籍如酌量宣召來京詳議籌策分駐京通津沽及東三省以備不虞山有猛虎自可建威消萌故修武備則謀定臣非敢迂論高談以大局為孫法惟深規此變日益艱難西洋挾我權政東洋思啟封疆今俄人又故挑釁端若更忍之讓之從此各國相逼而來至於忍無可忍讓無可讓又將奈何無論我之禦俄本有勝理即或疆場之役利鈍無常臣料俄人雖有戰而不能逾嘉峪關雖有勝而不能薄盛古塔終不至掣動全局曠日持久頓兵乏食其勢自窮何畏之有然自及今一失乃中國強弱之機尤人材消長之會此時猛將謀臣足可一戰若再閱數年左宗棠雖在而年已衰李鴻章未衰而亦已老精銳漸盡欲戰不能而俄人則已城於東屯於西行綫於北縱橫窟穴於口之內外通兩藏脅朝鮮不於今日捍之於藩籬而於他日鬬之於庭戶悔何及乎要之武備者改議宜修不改議亦宜修伊犁者改議宜緩不改議亦宜緩崇厚者改議宜誅不改議亦宜誅此中外羣臣之公言非臣一人之私言也輔謀在樞臣作氣在百僚據理立辯在總理衙門而決計獨斷始終堅持則在我皇太后皇上事關宗社大計坐視不能緘默不敢仰懇將臣

此疏一併發交廷臣會議不勝憂憤迫切之至伏乞皇太后皇上聖鑒謹奏疏上下廷臣議奏先生復上疏云奏為馭俄之策斷宜先備後議詳籌邊計以定宸衷恭摺仰祈聖鑒事竊臣於三月十五日曾上一疏備論俄約從違利害皇太后皇上既一再下廷議矣臣前疏之意要以急修武備為主獨揆朝廷之意亦未嘗不以修備為是而似不免以修備為難豈非洞見二十年來邊備一無可恃遂覺中國大勢斷不足以禦強鄰故不免長慮卻顧不得已而出於講耶臣愚以為無備則不能戰無備則並不能講及今而言備尚有可備之兵尚有可備之餉尚有可備之人茲就前疏未盡之意詳切臚陳惟聖明鑒察焉備之之法曰練兵曰籌餉曰用人練兵如何首練蒙古兵蒙古各盟與聖清累朝同休戚與今日中華同利害雍乾間征討準回各部均資其兵力以集大勳近年各藩無事日就貧弱俄人乘機闌入烏梁海南北受其牢籠喀爾喀河東西侵為田牧漸且盡奪其脫雜居無限一旦有事卡倫鄂博直如虛設彼將徑叩邊牆擬請特命蒙古王大臣隨帶曉習邊事文武數員周歷各盟體察土謝圖等四汗所屬情形息耗強弱諸王台吉才智高下纔晰以開布告各盟曉以俄人叵測意在蠶食蒙疆激厲所部講求牧政簡練成軍創辦之始酌給餉需蒙古以畜牧為耕鑿若多發帑金市其戰馬配給邊軍蒙人得全我軍得馬邊軍得馬則兵強蒙馬易售則蒙

三　借箸筆談　卷一　四

人因富而亦強設俄人內犯我堅守邊疆蒙人截其輜重擊其惰歸其師必盡蒙古強則我之侯遮也蒙古弱則彼之魚肉也出入之間利害不可以道里計矣其次練西兵沙漠荒寒馳騁搏擊南人十不敵北人一關內人三不敵邊外人一劉錦棠之軍名為湘營實多隴西壯士關外流人以故所向有功額魯特種人資性強悍阿拉善王部內向練有喇嘛兵數千亦甚可用若推廣於西北各部喇嘛擇其傑出者多假以呼圖克圖名號必能號召約束執殳前驅哈薩克雖為俄人所脅逃出歸化者不少若令錫倫招徠此輩加以訓練庶湘營之勢不孤以後屯戍之役更不煩徵調南軍矣其次練東兵黑龍江人素樸勇古有滿萬無敵之稱國朝名將多出其間將軍得人則盡人皆勁旅吉林金匪盤踞日久黨類繁多必欲勦捕驅除盡空其地斷無是事莫如撫之使為我用免為俄人所誘轉致多樹一敵又其次練北洋兵李鴻章新購蚊子船頗稱便利惜為數不多其價尚廉似宜向歐洲續造數十艘專泊航頭分屯北洋大沽營口燕臺三處一方有警兩口赴援伺敵登岸困其舟而焚之敵無歸矣惟舟師海戰淮人十不敵閩廣人一請敕閩廣督臣擇熟悉海戰將弁數人招募閩廣精銳來津聽用水陸之備已完如更密諭曾紀澤結英圖俄攻所必救以奪敵勢此亦一計也籌餉如何北洋所需今有海防經費或各關提存二成內酌撥惟整頓蒙軍及沿邊重鎮

如科布多烏里雅蘇臺歸化城庫倫張家口諸處。雖係沿邊。如從容布置。亦須增兵增餉。籌思各省營勇。除津防西征兩軍外。現存不下數百營。節糜省之虛糜。即可供邊軍之餉。飭撫請飭下各督撫。酌量裁撤。大約汰四存六。而邊餉出矣。此外若倍征洋藥稅釐。可得數百萬。酌提江廣漕折運腳。亦可得二三十萬。整頓淮綱。但能專杜商私。所得亦不下數十萬。錢流地上。得人斯理耳。用人如何。蒙古部當以蒙古王率之。科爾沁親王伯彥諾謨祜。世篤忠貞。康樸勇敢。若令其總統各盟。副以大臣。分防烏里雅蘇臺庫倫兩路。當能遠追超勇親王策凌之英風。近昭忠親王僧林格沁之餘烈。劉錦棠前敵大將。若假以重權。則聲威益振。錫倫現扼塔爾巴哈臺。爲極邊張曜。可使備科布多爲後路。均宜重其任。厚其兵。裕其餉。使三軍相爲犄角。則俄馬不敢西牧矣。至東三省。內撫外攘。斷非長才不辦。現任各將軍。才皆不逮中人。恐不足以備緩急。可否於京外人員中。遴選數人。特降諭旨。令將經畫關東方略。條議以聞。就中察其實有條理氣闊志壯者。授以東方之任。若夫綜覽九邊。指揮諸將。一若問耕問織。當責之素習之人。似宜密諭左宗棠。將各路戰守機宜。明白條上。設異日俄人敗盟。必開兵端。則令左宗棠別薦老成。屬以隴事。而身自來朝入閣。以備廟堂諮訪籌策。亦無不可。昔范仲淹自請行邊。識者以爲措置西事。當在中書。可見運籌決勝。不在自將臨邊鎮一方。

何如策全局乎。其次餉事。此尤在度支得人。侍郎閻敬銘。長於綜核理財。有效。朝野咸知。今雖養疴山居。並非篤老。閻敬銘之心。何嘗一日忘天下哉。若溫旨宣召。動以時艱。諭以大義。該侍郎豈忍堅辭。俾閻敬銘以理度支。當不復憂餉匱矣。此外文武之才。儲備宜廣。擬請敕左宗棠李鴻章。切實薦舉。以備錄用。邊才本屬專門。方今京外通弊。冗員多而真才少。不索何獲。不學何能。即如李鴻章左宗棠等。若非中原多故。久歷兵間。其才何由而成。何由而顯。伏望敕下各部堂官。各省大吏。就屬員中訪求志節可造之人。有願講求邊事者。即行奏請。發往東西兩邊。以資練習。其隱逸與士之未仕者。亦許一體引薦。數年之後。人才輩出。安知不更有駕左宗棠李鴻章而上之者。何至朝廷西顧東瞻。興不得頗牧之歎哉。出使絕國。漢有專科。必如陸賈之辯。蘇武之節。傅介子陳湯之權。常惠班超之勇。方稱斯職。並請諭令疆臣。亟爲物色。備行人之選。庶可與謀臣戰士。相輔爲功。有備如此。可以戰矣。然臣如國家之意。非欲戰也。即臣之意。亦非求戰也。必實有戰心。實有戰具。而後可以爲講之地也。則請更籌講法。一曰責以義。自我聖祖以來。與俄國久通盟聘。不以藩屬畜之。並不以外夷目之。我兵圍雅克薩城。俄人窮蹙。聖祖不忍。舍而弗攻。前有徐元文之碑。後有察畢那之纂。載在盟府。炳若日星。是我之有德於俄一也。迭次所獲羅剎宜番等百餘人。不加誅戮。賜居京師。

編爲佐領。是我之有德於俄二也。世宗時。俄國官生來學。於是議建俄羅斯館。立俄羅斯學。醫則遣蒙古醫往學喇嘛經典。則遣託波羅番僧往。是我有德於俄三也。哈克圖開關互市。以利俄商。繼茶黃出口。以活俄民。乾隆時。俄人渝約犯禁。我高宗如天之度。不加以兵。因其悔罪。仍許通商。是我之有德於俄四也。我有四德。俄不如報。咸豐八年。乘我方有兵事。給奕山而攘我烏蘇里江東之地五千里。又誑我沿邊常住卡倫以外之地萬餘里。文宗念舊盟。重鄰誼。閔兩國生靈。因而畀之。環海四洲。莫不以俄爲曲。今又乘我天子沖齡。還園甫定。扶小惠以徼大利。俄之君臣。獨不畏違天不祥之咎乎。二曰折以約。陸路通商。不使原許酌商。不得節外生枝。則有咸豐十年之續約第十四條在。有緊要姑礙之處。尚未限滿。立即議改。則有同治八年。改訂之約第二十二條在。界牌理無更改。他地並不侵占。則有咸豐十年之續約第一條在。邊界既定。登冊繪圖。兩國理無此疆彼界之爭。則有咸豐十年之約第九條在。張家口不設領事。不立行棧。則有同治八年。改定之約第四條在。京城恰克圖二處公文。準用臺站。站費兩國共之。今之在蒙古地方。天山南北。行路寄信。概用臺站。新約有。舊約無。準設領事。向止伊塔喀三城。今又增爲烏魯木齊六處。新約有。舊約無。入邊道路。止恰克圖。近邊馬頭。止張家口。今又取道關隴。以達漢口。新約有。舊約無。松花江行船。至伯都訥。與沿江一帶居民貿易。新約有。舊約無。俄人來路。間出北道。尚免西陵。今科布多過歸化城。運貨前往天津。新約有。舊約無。蒙古貿易。或準或未準。今忽以中國蒙古。並蒙古各盟。已設官未設官之處。括之新約有。舊約無。不納稅者。向止兩邊界百里內爲然。今云在中國蒙古地方。關外天山南北。概不納稅。新約有。舊約無。通商總例。向完正稅子稅。今云陝甘漢口。不納子稅。新約有。舊約無。交易原須兩利。華商豈可偏枯。今云準以貨物抵帳。新約有。舊約無。通商許人帶兵器一件。未言大器。查洋鎗洋礮洋火藥。向係禁物。今云人帶一鎗。新約有。舊約無。領事官向止與地方官並行。自不得與大憲抗禮。今領事與大憲往來用信函。會晤用友邦禮。新約有。舊約無。就臣所指駁者。已如此其多。其他或自相矛盾。或影射欺蒙。若總理衙門更按各國條約。參酌比例。並檢俄國歷屆照會。逐細研求。可駁者更復何限。以此詰俄。俄其何辭。三曰怵以勢。俄人懾於義。箝於約。善矣。若猶不聽。則請說之曰。俄逞威貪利。將謂中國仁讓不能勝也。我守已固。我軍已蒐。閉關絕市。茶黃不出。東結混同江。思歸之義民。西收哈薩克布魯特反正之舊部。俄西犯。則我以一軍襲居布楚東冠。則我以輕騎破浩漢。復伊犁。俄人萬里孤軍。長城前。戈壁後。士卒餉芻糧絕。俄軍必殲。即或我軍不克。我力不支。則我又出下策。擲孫注。西委阿里以賜英吉利。使之越裏海以取土爾扈特舊牧地。東指臺灣山後以賜日本。使之復庫頁島。以斷東海口。激土耳其以宿憾。使仇俄。啗日耳曼以重利。使絕俄。兵連禍結。俄之精銳竭於前。亂黨起於內。恐比得羅堡國都。非俄之有也。俄人自命大國。比年歸納難民。代采單薄。其心亦頗欲市義沽名。今見我有備。而又容理勢兼剛柔以動之。蔑不聽矣。至使臣。緩急變通。則當更求操縱之法。或新約不許。而增兵費卹款之數。以易伊犁。或新約不許。而令左宗棠畫窮邊荒遠無關要害之地數百里與之。盡歸伊犁山川要隘。是我棄一石田。而得完伊犁也。新約不許。伊犁不歸。則令歸我罪人白彥虎。我後以償款酬之。此一役也。俄又所得既足。以戢戎心。我除遺孽。亦足以存國體。此三者為奇兵。為活著。若臨事相機。則在使臣之善應矣。綜而論之。備為主。講為輔。操縱為變化。我若無備。俄人知我虛實。肆其恫喝。雖有辯士。將不得言。言亦不信。雖然。修備之道。並非朝廷頒一詔書。臚吏辯一覆奏已也。竊念自咸豐以來。無年不辦洋務。無日不講自強。因洋務而進用者數百人。糜耗者數千萬。冠蓋之使。交錯於海邦。市舶之司。日增於腹地。屈己捐嫌。將曰待時。事閱三朝。積弱如故。一有俄事。徬違莫決。搢紳束手。將帥變色。即號憂國持高論者。亦徒吁嗟太息。而不能知其所以然。泄泄悠悠。委其憂於君父。今猶中興時也。不知十餘年後。又將何以處之。有七年之病。而不蓄三年之艾。此古來志士仁人所謂搤腕而飲恨者也。伏願皇太后皇上自今日始。君臣上下。嘗膽卧薪。戒酖毒之安。惕肘腋之患。專以求賢才破格行賞罰。如仍有以含垢姑容養晦縱敵之說進者。一切斥勿用。然後修備。始非虛文矣。昔者晉無失德。苻堅恃強而伐之。渡淮而堅滅。宋無亂政。完顏亮亦恃強而伐之。臨江而亮亡。天眷所在。雖偏安一朝。猶足以勝強敵。況以國家德澤之深。疆域之廣。物力雖絀。而未窮。人才雖稀。而未盡。如謂修德修政。竭禹跡九州之全力。而不能與鄰國抗。殆亦數千年來史冊所未有者也。仰懇皇太后皇上。將臣此疏交再議之王大臣等議奏。以備裁擇。茲事體大。臣書生之見。不知有當萬一否。伏祈皇太后皇上聖鑒。謹奏。疏上之時。朝廷已易曾劼剛襲侯紀澤為使至俄定盟。準如新約十八條。索回伊犁。約繁未錄。

輿地

輿地開於漢。廣於唐。復狹於宋。明過於宋而不及於唐。本朝遠略鴻圖。駸駸乎駕唐而上矣。江南本處蠻夷。自漢武伐南越。始通中國。而閩越諸省。以次歸附。西粵則其西路進兵之地也。唐全有漢地。分天下為十道。十五采訪使。南北萬里。東西萬七千餘里。州府三百五十八。縣一千五百五十一。又有通四夷羈縻路。一曰營州入安東。二曰登州海行入高麗渤海道。三曰夏州塞外通大同雲中道。六曰安南通天竺道。七曰廣州通海夷道。故東至安東。西至安西。共府州八百五十六。至宋北失燕雲山前後十五城。於遼西北失銀夏靈鹽四城甘涼鄯廓七城於元昊。西失松叠等十一城於羌。西南失滇雲全省。故雖分天下為二十三路。實不如唐地遠甚。

關韻

汪燕庭詩人。與潘順之閣學道根。嘗送友人登舟。即事各口占送行詩一首相贈。起句皆用第一橋邊泊畫船。第二韻限肩字。燕庭云。第一橋邊泊畫船。湖雲如絮壓詩肩。頗極巧妙。閣學笑謂燕庭云。我有肩字韻差勝於君。問之。則秋痕涼到鷺鷥肩七字也。遂共歎服。

詩謔

女子心靈。故偶濟學問。使能以細膩勝。凡閨中尋常言情之作。吾輩所不能透達者。一經香口。頓覺新麗。杭州李仲容茂才室洪翠雲工詩善謔。有表妹初嫁。洪作新娘詞調之云。流蘇寶帳怯春寒。日影初驚上曲闌。鏡裏雙眉羞畫畢。怪郎偏要泥人看。曉妝初竟換羅襦。問了姑安看小姑。惱煞閑人齊笑謔。鳳凰明歲可將雛。翠翹珠絡七香車。歸省雙親笑語初。最是一言慚答應。阿娘私問婿何如。眼前語卻宛是嬌羞口角。未詳與某女子雙頰羞紅難答應。阿娘私問有身無意同。見閨詩。

詩境

僧覺阿山中詩云。竹戶無人風自開。茶煙滿榻夢初回。老猿飲澗垂藤下。落葉打窗疑雨來。余始但愛此詩之佳。而不知其所以佳。及住山中久。次第領略。聞葉落宛類雨聲。可見天下事非深歷其境者。必無真見。

白嶽山樵

米灘綿瀠。地勢險惡。行舟者往往費力。白嶽山樵黃佐卿炘詩云。大川西去畫圖開。到眼山環水又迴。也似詩文平不得。一灘過後一灘來。屯溪道中云。幾樹梅花帶雪寒。樓臺縹緲聳雲端。篁墩西去溪南路。水榭風廊入畫看。

杜方伯

秀水杜小舫方伯文瀾。開藩江蘇時。余曾請其詩而愛之。後見其題潘季蘭遺稿采桑子一解。亟錄之云。繡簾評點閒花朵。（原註：稿中有詠花二十首）各寫幽姿。各繫新詩。付與檀郎好護持。彩雲易散香猶在。聊寄相思。重見何時。碧落黃泉有夢知。

吳秋孃

丹徒吳秋孃。寒族也。父某為諸生。早故。母某氏。世家女。生子女各一。長即秋孃。秋孃美而慧。

歷綫之餘，兼事翰墨，能課其弟。吳縣紳僕陳兆饒於貲，涎女美，頭娱欲羅致之。女母以相隔遠，但知陳為紳，不知其為僕，竟許之。陳就婚女家。女見陳不韻，對母輒泣，默不言。母見壻蠢，亦心鄙之。數月，女隨陳回吳，盡得梗概，乃大慨，欲寄書其母，然後自裁，恐傷親心，未果。而與陳終不甚歡洽。陳知輕己，漸亦反目，且虐之。陳常晚歸，見釜已虛，促女起為炊，朦朧中誤以釜污陳衣，陳怒，以鎚擊其趾，復踢其腹，痛嘶踣地，不能起。陳益怒，以鎚連擊數十下，血雨橫飛，哀號終夜，晨勉起，作書告母，瞞紫霞膏吞之。夜半自帳中躍起，呼其母者數，陳知其中毒，亦不救，遂死。其母來，蘇人欲訴之官，經勸而止。共撰女書來，中有銅鎚亂擊，宛轉以哀嘶，血雨橫飛，偏艱難以覓死，多情誤我，薄命憐儂等句。書長不贅錄。時光緒庚辰七月也。江建霞曾為作傳，并言女死非其所洵然。

韻人韻事

女子聰明，便多韻事，苟復加以識字，即一嚬一笑，尤見天真。弟子萬蕙生珊、玉蘭生珂、玉姊妹，年既相若，閨中唱和，韻語極多。蕙生嘗有即事詩調蘭生云：踏蹤躡足過牆匿，一眥驚鴻影已藏。拍手花陰呼阿姊，紅絲縛得小螳螂。姍姍細步出芳叢，花暈猶留兩頰紅。才坐花叢驚嬌唉，急鬟還摸得刺毛蟲。有蘭生之憨情，須有蕙生之妙筆傳之。

南錢草堂

余幼從錢乙生姻丈國祥游，即喜讀其南錢草堂詩，輒手錄之。辛巳秋，師復命輯入贅談，因摘錄於下。送春云：郊外春歸早，舟中客起遲。頻添羈旅感，為賦送春詩。風動草連陌，日斜花滿枝。綠陰今冉冉，清潤勝芳時。看楓葉贈李聽雨云：地占煙霞境，天開錦繡圖。非花偏耐冷，有客不嫌孤。風月供吟枕，湖山一酒徒。停車頻眺望，遺宅訪凡夫。送汪柳門內兄赴浙試云：忽聞江上片帆開，流水迢迢別緒催。入世正逢多難日，論文幾見不凡才。斜陽照恨花千樹，春色銷魂酒一杯。染得六橋楊柳汁，相期衣錦好歸來。村居云：野外初聞拙鳥呼，溪邊水暖泛鳧舒。見笑余詩想，如春懶吟，到斜陽一字無。客夜云：可憐咫尺亦天涯，客裏無聊感歲華。好夢不如春意惡，夜深問路自還家。

林文宗為城隍

陳維之鵬與其戚童立人交莫逆。陳死半年，其子尚幼。一日，忽倒地，家人大驚，扶之起，忽作父聲曰：為我請童某。既某來，家人以其昏瞀，漫應之。子立催之，比童巖至，子拱手曰：故人尚憶陳某否？吾生平無過，今為林大人記室。林大人本為浙江城隍，今調任蘇州，所謂林大人者，即前任學院林錫三天齡也。此辛巳秋七月事，吳桂門親為余言之。

乩詩

扶鸞之戲，不知始於何時，而往往有奇驗。丁丑十一月，聞蘇州桃花塢周姓家來一術士，能請乩，余與屠侯始得見乞請乩叩終身，有紫霞真人降壇，判數人皆以詩，余亦得一絕云：也曾丹竈學長生，偷顧蘭芝誤上清。記否醉中同博戲，仙雲遙護許飛瓊。秦廣甫亦請乩，有仙女韓碧霞，自稱紫府侍書，降乩書一絕云：重將舊事說瑤流，一隔人天歲月賒。記得花陰同立候，郁洲山上看雲生。黃薔初先生填沁園春詞一解，詳集中。兩詩俱不能解。夫今生海闊，豈前生尚有夙緣歟。

倪耘劬

桂林倪耘劬司馬鴻，為張南山先生弟子，風雅好游，蹤跡幾遍天下。著有桐陰清話、風義錄等書。需中江時，與齊玉谿參軍學裘、哀翔甫大令祖志、萬隱耕姚賦秋借秋，流連詩酒，相得益歡。辛巳秋，余至中，晤司馬於楊柳樓，歡如舊相識，為錄其都中述懷詩云：朝天萬里上金臺，塵海今添眼界開。自分出山同小草，不辭衝雪共寒梅。參方我學遊僧去，道嫁人嗤老女來。聞道帝城槃敦盛，雲龍可許角蘇才？無田何敢說歸耕，且束輕裝賦北征。攬鏡驚心雙鬢改，據鞍放膽一身行。看花始達長安道，如豆曾居短簿名。休怪宰官邊太驟，同袍幾輩早專城。圖畫江山滿路看，嶙峋詩骨不禁寒。丹黃自挾蟲魚業，朱紫誰迎螞蟻官。鏡海觀潮杭一葦，車塵度嶺歷千盤。此行定閱風霜苦，纔覺安居羨伯鸞。浮沈宦海十餘年，先著輸他祖逖鞭。雙脚慣行千里路，一心但信七分天。飛騰何日山公薦，物色誰人國士憐。從此盧溝橋畔月，夜深常伴客星圓。時君正入都引見，故為此言。

李芋仙

忠州李芋仙孝廉士棻，由軍功保舉知縣，以事忤中丞某，解職歸，遂絕意進取。為人好俠好義，揮金如糞土。蘇州某方伯贈二千金，一月用已盡。居京師時，受優人杜芳洲勸，費千金，或勸少節，不顧也。比罷職，落拓海上，猶豪如昔。而芳洲已得意，乃罄囊報之，說者謂比李郎之於畢制軍為尤難焉。芋仙詩有奇氣，曾見庚辰遠遊詩云：秋田輕擲等鴻毛，便受飢驅敢告勞。旅伴獨攜三尺劍，俠腸終類五陵豪。重攀白下雷初柳，一看元都去後桃。醉倒陶然亭子上，到時佳節趁題餻。臨岐更觸故鄉情，愛惜初心有此行。敢倚文章留重價，全拋福力換虛名。憐才淚足流無盡，感舊詩多記不清。香火因緣湖海氣，未磨前路少進逃。

陳慧娟

陳慧娟女史寶玲，秀水陳旻壽之婚公子也，工詩善畫。人以不掛進士目之。余因旻老，曾得其所畫梅花小幅及山水摺扇。靠香疏淡。淡墨淋漓。真寫生妙手。所作詩甚多。錄其呈晚香詩。兼題江左游草云。鳥逐白鷗鏡中行。婧推羣公到處迎。淮上明河篇賦罷。文章畢竟服先生。書記翩翩幕府依。六朝風格逝南推。同時月旦高變陸。駢體如何學得來。三山聯句壓群公。史有奇文奪化工。請到宜黃縣學記。（張源江先生容洲州志）鑄金我欲事南豐。題畫云。筆仿襄陽妙絕倫。淡描淡寫見天真。夕陽帆影波光遠。水市爭喧晚渡人。

改字詩

徐州孫蔚初秀才娶呂氏。美慧能詩。伉儷極篤。同心十載。一索未能。思子頗切。每欲令夫置小星。而艱於啟口。適就試金陵。友人代置席姓女為妾。挈而歸。恐大婦不容。藏嬌別所。時推故往宿。未幾妾有孕。不能同寢處。思告呂迎妾免臨產無所主。比寢。乃宛轉言之。至於屈膝。呂傷作惱。因改李玉谿無題詩示之曰。今夜妝頭露口風。別營金屋怕河東。綢繆久作雙飛翼。消息曾無一點通。喜得歡隨潮信杳。說來羞與酒顏紅。婉求屈膝儂心軟。豈肯臨危不轉蓬。明日果以鼓樂迎歸。月餘舉一子。閨中甚歡。人以為風流韻事焉。

詒安堂

上海王叔蘩觀察。慶勳。為道咸時名士。與秦次遊。張筱峯。鴻卓。吳清如。嘉淦。等。中興詞學。著有詒安堂詩餘三卷。平生極服蘇辛。故集中多豪邁之作。祝英臺近云。日將升。煙未散。蒼莽溫堤柳。亂朵無聲穩。潑水紋蹙。祇憐蘆岸涼紅。孤汀幽碧。把詩夢一痕圓瘦。浸叉手。試看料峭寒風。渾欲刺唫袖。衷若衾稠。光喚暖芳酒。還教寄語深閨。客中風露。卻慣共鷺鷗消受。寄家卜算子云。推倒四千年。幾個真名士。豔說書生報國心。僅仗文章耳。可笑覽中天。偏自誇青史。誰料昂藏七尺軀。只耀毛錐子。（餘從略）鵲橋仙云。燈搖酒盞。煙霏香篆。簾嚫侍兒休卷。憐他嬰母不知愁。鎮日把郎名屢喚。三聲歌板。數聲河滿。觸起春心無限。宵來風雨太無情。又吹落桃花一半。

寫景

眼前風景。一經好手寫出。自然入妙。錢乙生師石湖云。越城橋畔頻回首。十八花牆賣酒家。申柳莊舟中云。橫塘一棹秋風緩。敗荷新蒸入畫看。朱鄂卿即事云。手把重簾齊捲起。當前開遍小桃花。家敬齋郊外云。楊柳綠維漁子艇。菜花黃到野人廬。俞吟香遣興云。一抹谿光初霽雨。板橋叉手看春耕。葉綬卿木瀆云。菰蒲渚外張漁網。楊柳陰中出酒旗。陳少愚行舟云。閒鷺谿頭疑點雪。瘦螢水際當浮星。潘湘紅女史小園云。斜陽滿樹花爭落。錯誤風前亂蝶飛。徐拙庵西湖云。一水綠環堤外去。孤山青到墓前來。家元卿叔祖谿頭云。溪上桃花凝

蜨露分明映水一枝紅。王廉君京口云。滿地月華疑潑水。隔江漁火當流星。孫則莊晚眺云。日斜人影長過岸。魚躍波文圓作錢。裴東詩客客路云。寒帷忽見前村近。一抹土牆開杏花。楊楨遊望云。野鎮荒涼村舍遲。雨三芽店市梢頭。楊旭東題畫云。山半寺藏修竹裏。夕陽西下一僧歸。盧聽鶴水禽圖云。蓼花紅處荻蘆淺。水鳥一雙高下啼。無名氏秋色云。畫出河橋斜照裏。亂鴉衰柳片帆秋。（皆畫所不到）

康守

江夏胡鐵生太史。令嵩。刺揚州時。康介叟氏。官嘉若沈適錯後。新舊道員。累數萬金。而先生泊如也。嘗公子官當於學。長以孝廉待知縣。銓選安徽。公每誡之云。去貪養廉。勉為正人。語不及私。乃到任未二年。忽得疾。一日前任太守英式渠傑來拜。語移時揖之出。知將死。力疾作書上大憲。中有某一生貧困。多逋欠。然有子可以終債。今將別。切懇者。不聞弔治喪。幸公預無瓜代。使孤兒寡婦。得扶櫬回足矣云云。比死猶執長公子手訓曰。做好官。不要錢。復自作輓聯云。伏枕臣心愧。官守騎箕魂鬼掃檐搶益。公平日以天下為己任。時彗星夜見。故借以為聯中語。死之日。士民咸集。哭聲遍閭巷。幾至罷市。時光緒辛巳七月也。公嘗有解嘲詩云。有金焉用避。無盤復何懸。可想其清貧之概。

贈劍索劍

族素儀為樹棠從妹。適瞎橋王毓仙秀才。嫁後樹棠以所藏寶劍贈毓仙。且寄詩云。慨贈龍泉劍。深君寶匣藏。千金留故物。珍重莫輕忘。未幾毓仙賦悼亡。似有詩讖。後樹棠欲索還。毓仙留劍贈以詩云。手把芙蓉劍。回頭淚黯然。情絲割不斷。割斷好姻緣。

菊社

庚辰秋九月。長洲姚芷芳。嘉興楊南湖。伯瀨全君兔癡。於海上豫園大開菊社。南湖首倡二絕句。一時中外詩人和者數百家。裝集而後。此亦足以自豪矣。惟二首原韻最為難押。余獨愛芷芳次韻二首。錄其一云。詩成莫漫肆閒評。對菊開尊醉有名。一角樓臺涼枕水。獨留花月占雙清。更製一聯云。勝事讓名園。瀹茗登樓。對此三徑秋英。忽憶到白衣送酒。幽花無俗韻。呼朋入座。解到一官春夢。使容將烏帽題詩。時來遊者多俗。此聯蓋譏之也。倪思勉秀才亦次韻云。一籬佳卉植黃花。瘦影殘香處士家。可惜煙波數重隔。臨風空對幾枝斜。把酒登樓細品評。箇中高會早傳名。半簾花影西風裏。也學詩人骨格清。

課贊

詩關風化。隨氣運為轉移。自三百篇後。歷漢魏六朝唐宋以至於今。家派之分。別作法之精

嚴戧今畏難者望而卻步。其中一代有一代之詩。一人又有一人之詩。今之評詩者動曰過近唐人。神似劍南。而作者亦居之不疑。抑何可笑。夫果近唐人。不過唐人之詩。果似劍南。不過劍南之詩。非本朝自己之詩也。昔李義山白居易喜學少陵之詩。而集中全不似少陵。蓋入手必須由古人。所以有範圍。成功不可泥古人。所以能脫化。此詩訣也。

曉屏相國

吾家曉屏相國（炳泰）未遇時。嘗訪友他郡。失路宿破廟中。時過三更。月明如畫。輾轉不寐。忽聞東廊步履聲。疑為暴客。微窺之。一青衣女子出廊下。行步蹣跚。面色慘淡。眉目澤然。不可辨。向月膜拜。拜已。復入廊下。手持一物出門去。心知為鬼。即亦不懼。潛至東廊覘之。一棺後和脫於地。始識為殭屍。乃藏去。後和。欲窮其異。出廟躡之。見屍彳亍月下。若甚得意。鄒拾瓦片遙擲之。數擲。一適中其顱。屍顧見人。反而追。鄒入廟。急閉門。力拄扃。脫屍追已至。鄒奔入庭。見敗垣。急逾而出。屍為所阻。不得行。但以手作攫人狀。鄒知其不能出牆外。拾亂石擊之。屍遁。鄒恐其從門中出。潛隱他所。屍乃去。入棺失和。仍至覘於牆。鄒見其出。復擲以石。相持至天明。屍倒。鄒訴於人。使焚化焉。將少鶴為余言。然鄉閭父老。從未有述此事。且譜乘他書亦無載者。姑存之以為妄聽妄言而已。

寶帳

煬帝迷樓設寶帳四。曰散春愁。醉忘歸。夜酣香。延秋月。以袁寶兒等居之。瘦紅女士煬帝本事詩云。延秋館啓玉成圍。天子多情召月妃。如許春愁消不散。醉酣香澤夜忘歸。蓋指此也。

論詩

閱學人詩。不可恕。閱女子詩。不可不恕。評人詩。不可恕。錄人詩。不可不恕。存自己詩。不可恕。論他人詩。不可不恕。看詩雖知家數。須要有眼力。作詩雖有天資。須要有學力。律詩易於絕句。近體易於古風。轉韻易於一韻。七言易於五言。近時海上盛行報紙。苟有所作。美惡同登。在佳者固宜傳示於人。而初學咿唔。亦思寄刻。宜詩伯之多。詞壇充塞也。

鵑紅

張鵑紅女史。詩筆神俊。絕無脂粉氣。猶記其題木居士咄咄吟詩云。昨從海上駕帆來。親見飛濤捲砲台。番舶畫聞軍鼓靜。舟山秋霧陣雲開。亦知議戰非常策。可惜安邊少將材。回首沙場成一哭。如麻白骨散蒿萊。女史有夢游天台圖。在蘇州徐姓家。葛蘭生女史題一絕云。回頭蹤跡掛塵寰。夢裏相逢采藥還。到得天台人不見。桃花如錦滿春山。

詩言志

昔有評學杜詩者云。人非天寶。官非拾遺。何必作此無病呻吟。此意雖是。而言則太過。夫人各有志。志之所觸。發而為言。不得其平則鳴。亦詩人之恒事也。聖人云詩可以怨。三百篇思婦勞人之作。孔子尚取存之。倘學杜陵者。必性情相近。遭際亦同。而後有此牢騷抑鬱之言也。若性情遭際夷如彼。而所作偏如此。是徒慕名而學之也。算他人之詩則可。若作我之詩亦殊無足取耳。

盧聽鶴

吳縣盧聽鶴先生（福昌）。余幼讀時。即聞其能詩而未得見。茲錄其游仙詩云。石室深藏太古初。洞門寂寂小龍居。瑯嬛久鎖無人到。仙吏從來不讀書。雁字云。秋風瑟瑟起江隈。塞草初肥北雁來。寄語空中休作字。有人樓上望書回。題淮南朱唫山集云。負才自古少知音。跌宕愁懷付短吟。同是壯心消不盡。秋風落日吊淮陰。楊妃云。雨淋玲曲作秋聲。正好仙山賦定情。天上夫妻能久住。莫來人世誤長生。抵揚州云。天涯不少短長亭。今古江流肯暫停。自倚春風蓮腳坐。金焦兩點雨中流。輓李聽雨云。洵是人間八斗才。無端梁木忽驚摧。如君玉樹長埋處。值得西州一慟來。

楊妃

楊太真本壽王妃。古人言之詳矣。生時有玉環在左臂上。隱起太真二字。故名之。馬嵬變後。明皇思之苦。令方士王丹致太真魂於殿上。如漢武見李夫人故事。妃復以玉環贈帝。相持痛哭。方士入幃。妃忽不見。僅玉環在帝手。方士曰。妃昔之死。尸解也。今為蓬萊某洞仙。相見有日。無自苦。事甚不經。與長恨歌異。故湯子康比部續長恨歌有多情天子常悲苦。空憶埋香三尺土。早知尸解惑君王。當年密誓曾何補。清虛府宜在蓬萊。金殿深深寶帳開。此日玉環誰出土。當年錦襪況成灰等句。蓋力辯其非也。

顧孝女

孝女顧嗣徽。字亞芬。號賦茗。金匱縣附貢生顧慶陞女也。生而明敏。幼讀一二過。即能背誦。十歲後。棄讀習女紅。有巧思。年十六。遇庚申變。隨父母避鄉間。閒居無事。父以文藝詩詞課諸兒。女聞而欣慕。從之學。間亦作詩。出一語。雋爽出兄弟上。半年餘。遂工吟咏。父母鍾愛。每嘆其不櫛。女以是博堂上歡。藉以曲慰親心焉。乙丑冬。返回里。父母相繼病。女刲臂和藥。結痂如杯。起具疏祈神。乞以身代。終罔效。沒後。女痛不欲生。屢思身殉。以救兄。而哀毀骨立。病不能興者數月。初。親之歿也。奸奴思間其骨肉。訴語雜至。女更不聊生。勸者謂母之將亡也。以弟屬汝。今家庭之事。汝實擊之。即不為自惜。獨不為弟計乎。況母命之謂何也。因含淚而山兵燹後祖廬盡毀無枝所兒又他從不顧女乃挈弟居鄉室暗如漆且多閒人擾乃閉門塞竇獨處其中寒暑每把卷坐三年未嘗踰閾外不知者謂為無人亦無有過而問者於是學益進著有紙香吟草數卷服筍甚富嘗顧所居曰此史公蠶室也夜臺況味諒亦如斯余得先富之多亦以是歸必詢其課而飲食衣服調護必周已則終年服素亦食淡有人來請入佛教者斥之曰仙佛之說余弗深信至於食淡之故非若輩所知人各有志毋相混也其人慚而退及服闋為弟畢姻乃以家務告新婦繼而笑曰數年苟活心事能償今日可以告父母矣舉所著詩詞悉投之火謂此薄命詞無留世間徒使人酸鼻是夕遂仰藥死年僅二十六歲時庚午二月也有司上其事得旌如例咸誦孝女之名余因伊弟顧振卿所寄孝女事略遂節錄之如右

張和合

金匱張蓮洲步瀛詩云西風刀尺一燈涼塞外寒多妾自傷只恐衣成難寄遠萬回哥處暗燒香萬回哥三字或不能解余曰此和合神也太平廣記內載萬迴師閿鄉人也俗姓張兄戍安西音訊隔絕父母日夕涕泣迴曰詳思我兄所要者衣裘糗糧巾履之屬請悉備焉兒將往省一日朝齎所備而往至夕返家告父母曰兄平善矣袖出携歸之物視之果兄迹也

宏農去安西萬餘里故云萬迴田汝成西河游覽志載宋時杭城以臘日祀萬回哥哥其像蓬頭笑面身著綠衣左手擎鼓右手執棒云是和合之神祀之可使人回萬里外張詩當用此典

馬相如

毗陵馬相如茂才寅清號栁隱詞人性奇逸甚鍾於情嘗見其所著春山草堂詩詞稿詩筆秀麗詞逼近夢窗如夢令云昨夜春風輕透吹徹暗香時候消息落花知試問東君知否如否知否應是一般消瘦菩薩蠻旅店云半窗冷月扶殘夢寒光壓得孤衾重何處柝聲涼無城一夜霜短檠懸半壁馬嘶留無力容路最淒清荒雞第一聲一痕沙云記得綠窗人靜低喚小鬟肩並一笑兩心知偕嬌癡明識蕭郎階下故把紅妝輕卸半晌睡絲絨罵尖風高陽臺云繡箔垂紅重簾障冷闌心月上來時望眼中天憐他著意矜持嫦娥不是多情甚怎今宵背想相思浸嫌遲有恨鍾聲無恨鐙兒天風環佩珊珊落是人間青女容付情癡冰透纖痕一般清絕階墀花容月貌頻消受想天台例有分司且休離畫閣開尊綵筆題詞小梅花集成語云擎天手誅天口雲夢胸中吞八九溫太真周伯仁此中容得卿輩若干人茫茫四海知誰是劍拔弩張空復爾歌嗚嗚撫髀呼復有昔年屠狗者在乎囊中處嗟無補生乃與嗜伍韓伯休李鄴侯誰是英雄摧盡古今愁豎儒毀敗乃公事奴輩利財倪得志操刀笑屠沽沐猴何必生子當如孫仲謀

張少崖

丹徒張少崖廣文震次白門風流好事嘗作春淮餞春詞三十首綺旎多情手神猶絕將其錄數首於下詩云梅柳曾臨春渡江而今春恨酒難降怕將紅豆相思句譜入桓伊笛裏腔近淮水閣綺窗孤絲鬢和雲不忍梳江令黑頭儂去問春愁兩字怎生書長板橋頭草已蘇殘紅猶是逐春驅東風不管花零落寂寞清溪蔣小姑繡被頻年賦鄂君烏衣巷口踏斜曛者番講得春歸曲祗唱當年白練裙簾前流水響潺潺簾外春光去不還柳葉已拋學畫遠眉官有六朝山清歌難覓印君箴尚有遊人溫畫燒聽說春歸眉欲蹙攏枝搖擺女郎腰春光荏苒信無憑三月繁華悵秣陵為問麗華祠在否掃花愁煞悟禪僧

輪船考

黃帝刳木為舟剡木為楫以濟不通中國舟楫當以此為最古自是而降若秦之太白吳之舳艫隋之五牙宋之神舟元之皮艇其自出聰明製就者公輸子則有木鳶漢武帝則有戈船漢成帝則有沙棠虞允文則有海鰌侯景則有艨艟王濬則有樓船鄴君則有青翰類皆

變通古制隨時定名要不若近日輪船之妙也按中國輪船之說始於宋史楊么禦陽湖之戰偶一用之今泰西之輪船其說聞於國初康熙間然略而不詳且祇有明輪未識暗輪之用乾隆時有西人從中國帶去暗輪小樣方知勝於明輪時中國海禁未開運載多用快帆船有一枝桅二枝桅三枝桅名目大者可容一二千噸駛遍歷地球國初有桅船帆船駛來中國間亦偶用輪船皆以馬牛人力推挽勞而無功英歷一千八百六十九年有巴柄者始得用汽之法欲向博物會借銀試造一船不允嗣後英人納各美及華特始以汽運輪於是美和加人富當亦造輪船一隻制小而行疾一刻行十五里當道使之監造自後相繼而起者瑞士國人用鴨掌之形法人用龍骨於船底自首至尾轉動不息皆以汽機鼓動一千七百六十六年美人又造一船用吸水筒合水自船首進船尾噴出其船自能前行然用汽均在鞲鞴以下若鞲鞴上下用汽則以華特為始英歷一千八百零七年美國黑生河有痾立而孟船容一百六十噸越十一年倫敦德米斯河有克斯船祇容七十噸後蘇格蘭人那比而造牢部來船容九十噸此時輪船雖各國通行然制小而行不速迨一千八百十九年英國造一船名些凡臘容三百五十噸汽力之外兼用風帆一千八百五十七年又造泰東輪船長六十六丈寬八丈三尺深五丈八尺明輪一馬力千匹暗輪一馬力千六百匹桅杆

六烟囱。五容二萬三千噸。以其艱於行遠。遂廢置海中。時英國商船有二千餘艘。戰船尚不在內。考其大略。始用一輪。輪凡三瓦。繼用雙螺輪。今則有用六螺輪者。鐵甲戰船創於咸豐五年。在英法合攻俄國時。鐵厚四寸半。法國始造者。名俄利亞。三年而成。鐵甲加於輪身中段。首尾無之。既而英德相繼創造。遂有水雷船、衛船、礮臺輪等名目。而鐵亦日益加厚。有厚至三尺者。水雷船乃船小物堅。行速。衛船利於攻擊。為美人愛立克生所創。首尾近水之處裝置銳大鋼角。一下鐘行五十里。轉動靈捷。遇者輒碎。礮臺船亦愛立克生始造。船首水下有暗孔。以備觸碰駛位。一切安置妥當。船出水祇三尺餘。船面鐵木各一層。內有大力機器。與便暗輪。鐵甲三尺四五寸。板中釘大抽木。臺中大礮三。活台。並用機器紐轉。靈便殊恆。英國船局總辦里德始猶以美之礮臺船為非。今亦盡心仿造。國中已有六七艘。每船有礮台二。船面俱鋪鐵板。嗣因鐵多船重。二台佔地太多。易於受彈。故改為一台。其鐵要處厚。兩間處薄。排礮均在高處。大抵兵船之砲。不在礮數之多少。而在安置之得宜。直攻橫攻斜攻反攻。務須轉圜如意。考西國記載。愛立克生自得造鐵甲船法。名重各邦。後將其法授法王拿破崙第三。繼而與司米德合創暗輪船一艘。名波零司。而獨巧其製。直行汽機。能在船內水面之下排列。令其不露。刻下此法最善。各國從之。其鐵甲船之最強者。為意大利。前已造有兩艘。一名哆伊羅。一名單大羅。各砲台兩座。每座置一百噸大礮兩尊。彈丸重二千五百磅。今又造一鐵甲快衛船。名盧基隆的落利屋。亦有礮台。船長三十二丈八尺。闊六丈八尺。深三丈六尺。壓力一萬六百噸。身裹純鋼。後膛大礮重百六噸者兩尊。首尾巨礮四尊。小礮十尊。連環礮二十六尊。水底放水雷機器兩具。行船機器兩具。各馬力五千匹。以上三艘。天下之鐵甲船無有出其右者。迄今地球各國戰船。為數之多。以法蘭西為最。故鴟張跋扈。先佔我南越。繼擾我台疆。無理之尤。令人髮指。而要亦有所恃而無恐也。夫窮兵海徼。本非王道所宜。然時勢遷流。已成戰局。徒侈口於三王五帝。安得與夷類爭雄哉。

三借廬筆談卷二

金匱鄒弢翰飛纂

香閨

倦繡吟草一編。為吳縣汪峻卿茂才元配潘孝蘭女史所著。峻卿故儒。具翰墨。持稿來。且謂曰。先生憐才。素德有美必彰。此可採入筆談乎。余錄其感懷云。每值殘秋倚吟懷。暗自傷。烽煙千里攪風雨。一燈涼。壓線縫成批吟詩。且學狂。最憐炊爨斷。支絀計閨房。新秋寄外云。新詩強半是悲秋。遙寄天涯慰客愁。屈指歸期應漸近。待將瓜果拜牽牛。哭魁兒云。兒轉瞬擬情痛茹支。消宵又夢弄兒嬉。泉台果有還魂藥。但許重來不恨遲。桂林陽小谷司馬肇先題其稿云。絕世手神出世姿。一編香草美人思。自從倦繡道吟稿。蕃養弟傳幼婦詞。山陰王又川學川題云。天靳才兼壽。人疑善不昌。古今同一哭。巾幗更堪傷。貧薄詞章富。艱難孝義敦。明珠三十六。應待斗牛光。

畫梅

建霞為余言。湘陰彭雪琴宮保玉麐幼時。玉貌風流。丰姿俊雅。隣女梅仙見而悅之。託媼致意。願委身以從。宮保感其意。頷首肯。後格於勢。事遂寢。女因而致死。宮保傷之。誓願畫梅花十萬幅以報。故其題采石磯太白樓詩云。詩境重新太白樓。青山明月正當頭。三生石上因緣在。結得梅花當寨修。到此何嘗敢作詩。翠螺山擁謫仙祠。頹然一醉狂無賴。亂寫梅花十萬枝。姑孰溪邊憶故人。玉臺冰澈絕纖塵。一枝留得江南信。頻寄相思秋復春。太平鼓角靜無譁。直北旌旗望眼賒。無補時艱深愧我。一腔心事託梅花。或謂此事未確。可以不必流傳。然兒女英雄。多情一轍。無關為賢者諱也。

曹朗甫

吾鄉曹朗甫茂才國鑑。長厚多情。與人交。始終無貳意。年未壯即歸道山。人皆惜之。平生喜吟咏。著有亦倉書詩稿。雜詩云。新製春衫著體便。風流儀度愛翩翩。多情誰似臨溪柳。慣向長堤看少年。輕風拂拂扇微和。鬢影衣香小隊過。最喜今年天景好。晴時較比雨時多。采蓮云。新試羅衣別樣紅。低頭生怕有人逢。如何靦面漁郎至。不看蓮花只看儂。

琵琶遺韻

琵琶行一首。風流韻事。千古豔稱。嘗見錢塘梁晉竹孝廉一絕云。夜半琵琶發曼聲。青衫司馬淚縱橫。空江一個商人婦。傳到而今沒姓名。此意未經人道。無錫侯蓉莊明經鄉闈落第。有索題潯陽琵琶圖者。明經作七絕應之曰。我為卿卿喚奈何。秋江寂寞悵空波。蛾眉莫怪終身快自古商人重利多。登疋一曲怨秋娘。別鵠離鸞枉斷腸。紅袖青衫同薄命。琵琶冷落況文章。四絃彈罷不勝情。痛到香山淚滿盈。一自蘆花楓葉跡。年年江上滿秋聲。

嘲吸煙

自外夷通商。而阿國芙蓉膏。流毒殆遍中國。近更有加無已。幾於家置一燈。至有婦女亦嗜此者。蘭房繡室。而以此等物溷厠之。殊覺不雅。有人作斷句嘲之云。寶奩分得買花錢。裝管雕鏤估十千。近日高唐增妄夢。為雲為雨復為煙。

情殉

英雄兒女。千古並稱。吾輩多情。固無庸曲為之諱。然須斟酌乎事理之宜。而後無邪於正。乃有事出萬不得已。而以一死殉情。如番禺陳南海者。夫亦可憫。不足惜矣。陳富家子。敏慧能吟。尤善書法。真書得松雪真傳。草書則神似懷素。藏有象管兩枝。每有所作。不輕易贈人。人得片紙。珍如拱璧。嘗眷蘇妓白玉香。有終身約。格於父母。不得遂。乃各全死。死前盡焚其稿。惟僅存緘封所書代李康民作蘭英三絕云。算來話別已多時。別後初嫌相見時。記否並肩私誓語。此情只有兩聲知。料是新愁兩地同。夢魂猶繞桂堂東。無情豈但湘江水。腸斷秋波信不通。家在蓬山第幾村。青苔暗鎖白雲門。何時明月紗窗夜。倒盡鵝兒酒一尊。其外復有舊院尋春圖三首云。蹈青此地易魂銷。回首荒庭往迹遙。賸有多情隄畔柳。春來依舊舞纖腰。六朝金粉已成烟。尚說當年貯管絃。隔院一聲長笛杳。夕陽紅到酒旗邊。一痕殘月遠峯低。芳草萋萋故徑迷。花外秋千空弄影。滿林紅雨亂鶯啼。兩詩一真一草。現存張硯農茂才處。易簀時。徵吟臨流淺土。斜月芳祠八字。凡數過。宛轉而逝。以青年妙緒。而竟為王伯輿之所為。殆真癡心男子歟。

詩讖

昨非錄載文成公與人書云。後生美質。須令晦養深厚。天道不翕聚則不能發散。花之千葉者無實。為其英華太露耳。余按此言。真少年才子藥石。故舒城沈季堂哭友詩云。修短難將理問天。人間福慧總難全。他生好向閻羅乞。少占才華自永年。

侯翔千 附錢澥生

錫山侯翔千茂才。家風。俊才綺貌。自顧無儔。余耳識數年。未嘗謀一面。乙卯秋試。道出梁溪。訪吳念農秀才。於案頭見翔千題李香君三十六歲小影。壺城路兩解。亟錄之。其一云。南朝遺迹飄零盡。美人尚留眉嫵。社黨陳吳。闖兒馬阮。一例西風禾黍。顰眉鼓數。笑哀哀諸公。誰如兒女。往事沈吟。杜鵑啼斷秣陵雨。淮流北軍飛渡。笑齊梁夢未醒。歌舞滿目。江山斜陽

影裏。消得春燈一炬。婆空燕去。問金殿薰風。幾曾藏汝。舊日侯生。展圖翻弔古。其二云。生綃三尺。剩霜重。桃花舊痕猶污。已滅香情。全消粉淚。遍閱興亡如許。微歌漫興。想當日香樓守紅。最苦圖就。真真翠鬟。絲眉影總淒楚。人間粉雲朝鄰。問吹簫舊侶。飄零何處。罵座驚台。卻喜鶯閣。傳遍云亭樂府。男兒看取。倘不上凌烟。誰伊千古。除了清才。豔詞休浪賦。同邑錢澥生茂才。亦次前調原韻云。丹青不寫人憔悴。盈盈遠山遠嫵。曉日妝樓。媚香莫問。已逐椒宮離黍。前程細數。想訪翠娥香。一時士女。扇底桃花。斷紈零落化紅雨。旌旂片帆飛渡。忘安排燕子。霓裳猶舞。羅幕風尖。畫簾花影。淚灑難成蠟炬。天涯郎去。羨桃葉桃根。有人接汝。遺恨如新。曲來成往古。又云。仙仙已去。留餘影。尋尋鏡中春汝。如是腰支。橫波眉黛。往日風流何許。而今試與較。一樣滄桑消沈。誰苦。陳迹難存。尚書門第已荊楚。芳華縱教非幕。只秦淮煙水。招魂無處。蒼涼鶯花。彩鸞驚夢。總然中朝少府。歌筵聽取。況省識春風。更傷前古。可惜文園劫餘。猶獻賦。茂才名廣濤。為揆初先生令嗣。少工吟詠。有冬柳詩四首。膾炙人口。詩云。飛龍藥店瘦難支。曾記傳神太液池。別樣宮眉銀管夾。常年殿腳錦帆知。極天遠堠歸征鳥。五夜寒星溼酒旗。寄語東風鶯燕侶。枯條轉盼最高枝。天涯風雪溼弓衣。望裏樓臺影更非。量帶十圍驚易老。縈絲千縷見應稀。空枝壁月應相照。隔浦銀雲凍不飛。縱使渡江消息近。征人心事又重違。莫循紫陌問鳴珂。暫眼蕭森奈爾何。勝地畫圖金粉盡。故人消息白楊多。臨觴罷壓吳姬酒。踏月齊疑杜渚波。元髮如君休更妬。新翻捉搦不成歌。流水寒鴉路舊經。情從昨夢感青青。日斜斷岸猶聞笛。潮落荒陂不種萍。隔竹已驚山慘澹。飛花重恨雪飄零。比來怕憶屯田曲。欄外西風不可聽。

顧月卿

申江為華洋雜處之地。銷金鍋子。滿地煙花。夾道青樓。大半庸俗。有顧月卿者。本揚州宦者女。父死。家道中落。從母來滬上。私立門戶。不與眾妓群。故知之者鮮。母死無依。始入平康籍。然名猶未噪。月卿本能吟。至是盡棄之。專習歌唱。半年而藝精。遂有王孫公子。奔走妝臺。為月卿牛馬。有福建姚生者。風流玉貌。少負才華。以事來申。瞷月卿素頗充。乃傾心相與。月卿亦甚愛其才。不以纏頭相責。陳詭稱孝廉。將應京兆試者。一日至月卿處。忽欷歔泣下。問之。則曰。川資已竭。無力至京。惟有一死殉情。將與卿纏綿不久耳。月卿不知其詐。立出三百金相贈。約試竣回申。圖偕老。陳一去不回。待至兩年。月卿始他適。然猶悒悒不歡。作寄懷詩十首。中有紅閨少婦傷春淚。紫塞征夫憶遠心之句。嗚咽凝情如此。愛才如此。吾遇月卿。願為妝樓掃除隸。特恐風塵青眼。負此寸心耳。

君臣姊妹

秋雨盦隨筆有別久愁看花姊妹病多難配藥君臣一聯而歸德周星巖女史病後云病多漸識君臣藥別久還思姊妹花西江尤鳳台明經寄所歡云姊妹花從愁裏憶君臣藥半病中知皆將數字顛倒用之不甚更易亦一奇也

宮怨

班姬團扇之吟梅妃珍珠之詠深宮密院中道棄捐回憶恩寵之時歌能酬綺春寒賜錦以令較昔盛亦大可憐矣況乎燕子東來自傷命薄下陳玉砌有終其身而不能望幸者反不如民間伉儷猶得雙宿雙飛過一生也元順帝時龍妃程一寧有絕句云蘭徑香銷玉輦蹤梨花不忍負東風綠窗深鎖無人見自碾硃砂養守宮懷怨之情溢於言表

網珠

江山船伎柳愛春廣州人豪俠能詩與田生有終身約田客次鄞省父之無信愛春思之苦聲棹尋之忽颶風起舟覆海邊有求魚者張網得之遂遇救更名一月春尋田述其故相與慶歷畫網珠圖朱鹿園孝廉題浪淘沙一解云風吼大江湖浪湧山高蛟龍跋扈海魚驕爲覓良緣浮一葉豪氣難消驀地覆輕舠鷗身逐飄誰知忠信涉波濤性命重爭漁父網又覩花嬌

子安誤用典

王勃滕王閣序南昌故郡按唐以前南昌稱縣不稱郡西漢南昌縣隸豫章郡東漢南昌縣揚州豫章郡晉代與東漢同南宋揚州作江州亦名縣南齊同唐屬江南西道洪州宋屬江南西路隆興府元屬江西省龍興路明始作府屬江西又縣名屬江西省周顯德六年南唐始升爲南昌府是南昌爲府當在唐後王氏不知何據稱郡且云故也子安年少典實恐未必精況當時操筆立就無書可稽或以此而誤歟

共賞集

太姑錢秋潭先生裒集故友遺詩爲共賞集凡數十家劉辰生題二律錄一首云蒐羅廿載未因循辛苦編刊付手民筆墨叢殘師友淚山邱零落醉吟身長留詩卷知何日角立詞壇更幾人篋衍集成同感慨重經展讀爲愴神又題上海劉書樵晉遊草云遠遊蹤跡雪泥鴻百感蒼茫眺覽中河曲濤聲來朔漠太行樹色倚晴空句追奇景才逾拓筆挾高秋氣自雄宋老即今推健將長城堅守更誰攻

感夫詩

女子適人定終身苦樂所夫不良使對鏡不能解非若男子之曠達也新建程伯明少喜狹邪遊達香澗穩樂而忘歸妻張玉儀憂之寄以詩云歌舞樓中列綺筵等閒花草亦因緣可曾記得癡情性郎不歸來妾不眠程讀之泣而返伉儷篤從此不出

異俗

南甸宣撫司屬有婦人能化爲異物富室化牛馬貧者化貓犬至夜伺夫熟睡以短木置夫懷如夫即覺仍與同寢否則婦隨化去攝人魂魄至死食其尸肉故死者之家必多人聚守至葬乃已客過其境時相警戒不敢睡又孟密所屬有曰地羊者當官道黃睛紫面狀類鬼翁自膝至面以舊銅器聯絡爲飾有妖術能易人心肝腎腸及手足耳鼻而不知過其地者必曲意承順投以鐵線果食不則離羅死而腹中皆木石矣

武將粗率

張璧田單門起於行伍短小精悍驍勇善戰官至提督所賜黃馬褂雖軍中倥傯必著之戴珊瑚頂蓋故炫其榮所以激勵將士也然目不識丁軍書投贈至有顛倒閱之者惟恃幕中人爲主同時有吳總戎眇一目所戰必克敵聞其名皆退避有吳瞎子天王之目亦不識字嘗延僧道爲先僧請三代諱氏瞠不能答久之方悟笑曰不拘便了僧不敢填疏吳乃召文案撰付之武將粗率大都類此

寄生稿

錢辛生嫻伯家吉有寄生詩稿數卷經難燬於火茲從共賞二編中錄其詠新月云我意愛新月人皆愛月圓月圓容易缺新月最嬋娟晚登隱仙樓云登樓放眼意茫然雲樹千家入暝煙波影綠浮新漲水山光青媚晚晴天狂吟直欲聲驚鬼小飲何妨酒學仙值得此間謀息壤閒招猿鶴到窗前白荷云淨根清託碧雲鄉不愛濃妝愛淡妝風裏納涼池畔立月明如水只聞香

采菱曲

采菱曲須要兩意夾寫方有情味無名氏云放棹入菱塘閒鷗對對起風來歌亦香身入菱花裏元和呂湖之光第秀才云蕩槳回塘天盡綠雙雙驚起鴛鴦宿菱絲十丈引波長如妾相思無斷續山陰方月如云蘋蕪橫塘苦妾心尖尖菱角刺愁深情波更有絲如許引起相思何處尋吳縣陳賞甫學瀚云瘦損菱花漫整容撐回小艇鬢蓬鬆相思怕被菱絲繫可奈雙鴛驀地逢余尤愛楊蓉裳先生芳燦一絕云湖上輕風吹面涼紅巾拂水浪花香菱絲不解牽郎住只共相思較短長名家吐屬畢竟不凡

金鳳鈿

湯臨川牡丹亭曲膾炙人口相傳揚州有女史金鳳鈿（梅仙云蘇州人不知其姓名）少父母皆故弟年尚幼家素業鹺遺貲甚厚鳳鈿幼慧喜翰墨尤愛詞曲時牡丹亭書方出因讀而成癖至於日夕把卷吟玩不輟時女未字人乃謂知心婢曰湯若士多情如許必是天下奇才惜不知里居年貌爾爲我物色之我將留此身以待也婢果託人探得耗知若士年未壯已有室時正待試京師名藉藉傳人口即以覆鳳鈿鳳鈿默然久之作書寄燕都達意有願爲才子婦之句年餘無覆書蓋已付洪喬公矣復修函寄之轉輾浮沈半年始達時若士已捷南宮感女意星夜來廣陵則鳳鈿死已一月矣臨死遺命於婢曰湯相公非長貧賤者今科貴後倘見我書必來相訪惟我命薄不得一見才人雖死目難瞑我死須以牡丹亭曲殉無違我志也言畢遂逝若士感其知己出己貲力任葬事廬墓月餘始返因理全氏產并其弟悉載以去後弟亦成名楊雲生爲余述

智女

江甯黃婉梨女史名淑華早失怙歲癸丑髮逆陷金陵女甫五齡兄乃珠邑諸生以母老且病弟妹幼倉卒不及避匿農圃以免女天資聰穎從兄讀漸能文間作韻語稍長有令姿母兄深以爲憂女曰無慮兒讀書頗明大義決不貽父母羞甲子六月官軍復金陵之前二日有兵至殺兄於庭牽女出弟牽其衣母跪哀之并殺其母及弟掠女行女悲哭痛詈求速死兵笑曰予愛汝不殺也挾之登舟屢欲犯之以計免有金姑眉壽者亦被掠被逼不從躍江死女念茫茫大江非無死所惟大仇未報姑隱忍伺隙至湘潭舍舟登陸女將因此殺之適有與兵偕行者不得間夜投關王廟旅店張燈關飲乃討訪使醉殺兩兵自縊於梁明日見者莫解其故有旅人曰昨有二男子攜一女止宿飲酒嬉笑雜以歌曲夜半猶未止既聞若推拒聲者俄而寂然想三人之死必有故也鳴諸官驗而殮之一中毒死一被劍死女周身縫紉懷中得一帛書自述顛末並附十絕又一紙糊壁間與帛書同此同治甲子九月十八事時女年十七也蔦隱耕孝廉有長歌詠其事載寄庵詩鈔中余不奇官兵之死於女手而獨奇女母及兄弟之不死賊手而反死於官兵之手而更奇女因討死官兵遂縊而死亦不甯死於官兵之手然則官兵之爲官兵可知而所以使之爲官兵者更可知矣

倦繡吟

倦繡吟草爲琴川繆珊如女史寶娟之作女史妙才淑德幼有令姿姊式如妹畹如皆能詩女史適本邑李搏霄中翰挈之京師江山助豪風月含雅詩筆益工月夜聞笛次畹如妹韻

云夜色涼於水誰家玉笛橫似將凄切調吹作別離聲楊柳關山怨梅花客館情倚樓三弄罷餘韻滿江城過朱仙鎮岳忠武祠云祠宇千秋在風雲擁渺茫但逢唐太子便是郭汾陽凜凜餘生氣茫茫弔戰場平沙望不極今古感興亡鐵馬云一片琤琮何處鳴擁衾將覺嫩寒侵春風樓閣驚鬧夢秋雨簾櫳碎客心如遇廬陵聽繡瞼縱非伯樂也知音本來聲價金珠重莫笑依簷伴苦吟馬嵬坡云女斗宮鬟總難論坏土青青尚淚痕一角荒山春寂寞月明何處喚香魂夏夜云石闌西畔竹簾東紈扇輕搖趁晚風七尺湘簾扶不起半階花影月明中春日云垂楊千縷拂簷低十二湘簾春未齊深院無人春寂寂碧桃枝上一鶯啼又如燈影三更靜煙痕一縷斜陣雲千障合塞草滿城秋苔坳容積水樹杪漏斜陽四圍遠樹低平野一角斜陽上小亭風送清聲鳴竹葉月扶瘦影上梅花等句頗可誦姊式如有寄懷詩云夜涼如水薄寒侵回首撥情思不禁何日伊川重證夢一簾明月寫秋心雲山迢遞意悽然別緒無從寫錦箋重憶小園同鬬草春情如水總年年此詩蓋珊如者也

女中狂

乙亥春有吳姓母女坐薄笨車招搖過市自云係某觀察夫人爲觀察所棄遂竄之蘇寓程姓客棧母女好學工吟熟通典籍而落拓殊甚俯吟杳聞其名訪之女誦文選如鳳擯論駢儷薄陳吳嘗出詩稿示人余但記其女即事一首云一雨忽收霽殘蟬沸滿天中庭殘暑退前渡濕雲連山遠淨如拭林深涼欲煙詩情秋洗透凝立小橋邊又寒林落日聲鴉下秋夜西風一雁來寒燈多慘淡歸夢不分明兩聯皆佳

楊利叔逸事

秀水楊利叔（象濟）嘗遊都中圓通寺有老衲見之謂人曰楊君前生乃本寺靈蛇也事雖無稽亦似有理蓋其舌常吐口外夏日喜卧陰濕地嘗謂人生之樂無過於此亦無他疾更喜畜龜見某將軍家有白龜乞之不可隱懷於胸盜後櫪馬夜行百里探胸視之死矣哭瘞之嘗洗龜庭中大小羅列適有所交某中丞來拜略不顧洗畢始起爲禮其性癖如此在蘇郡書局時嘗出遊市上見一少年哭甚哀一人以銀一包與之不受怪問之知少年幼聘某富紳女後家漸落紳悔盟遣人持所受聘金返少年令作退婚書如不從則吾女將嫁十日內須以三百金來方過門爲若婦蓋知少年貧必難措巨資所以難之也利叔廉得其實解散衆人詢少年里居姓名而謂之曰汝回去待我十日庚帖切不可還退書切不可寫聘金切不可受我爲若謀之成即幸也乃赤日張繖歷叩所交富室門得如數贈少年富紳無辭遂以女嫁其生平事類如是餘見李子遂先生所撰傳

顧仲安

道光時吾鄉顧仲安閒均工詩畫富收藏一門風雅愛盆梅摟羅各種一經栽培罔不入妙每逢元夜城外藥王廟借其梅以為供觀者濟濟藏有古琴名玉玲瓏遂築玉玲瓏館首唱盆梅四律和者甚衆久而成帙刻玉玲瓏館盆梅唱和詩分初續三為三冊館中陳設諸器無一不作梅花式與借𤰞阿尤交好嘗聞劉韶珊中丞在都中時遇有與顧相識者中丞輒問曰仲安安否近日雅興如何賞則中丞但聞其名見其詩並未謀面也其為人傾慕如此

寶崖竹枝詞

余於書賈處得錢塘陳寶崖珙桂堂詩鈔略鈔中有西湖竹枝詞風情獨絶句云山抱雙湖湖抱城盈盈桃柳一隄横橋名錦帶非無意莫是當年綮舊情翠壁紅窗幾處鄰珠簾繡幌各家陳欲知樓上無窮景畫裏春光鏡裏人南峯舊與北峯齊兩處朝雲暮雨迷峯若與郎同潮使朝還東向暮還西美人家住湖水湄生小學得竹枝詞只因斷送長條盡不唱柳枝唱竹枝又有古宮詞四十首自吳迄明皆擇其未經人道者詠之措辭命意別出一杼余按吳為曹秋岳弟子故其詩秀雅頗得師承云

百花冢

百花冢在白雲山地名小梅坳明李張二喬麗人所葬處二喬本歌者生前著豔名沒僅二十一歲彭孟陽為營此冢一時諸名流各植一花於墓遂以傳名咸豐乙卯番禺陳奎恒起鳳等約同人醵金重修未果馬嘯嚴孝廉有過百花冢詩云穠華深護殯宮門猶把風流韻事論地下玉人何處去百花香裏賦招魂

江南有猨

徽州巴蜀多猿江南山中罕有見者余自金陵應試返阻風燕子磯舟坐無聊閒步岸上性愛獨遊乃翻南小嶺從徑迤邐而行至所謂勞勞亭者上有從此天涯四字已剝落不可識復折而西附葛攀藤行草莽亂石中有里許見面前石壁高可四五丈蘿薜垂垂濃陰欲滴下則古松數株愛其靜選石憩坐出所攜酒飲而賞之忽砉然一聲壁上墜一物下驚視之猿也拾石片擊之逸去仰壁上復有一猿眈眈視見人若甚驚者擊以石亦墜下余手無器與不能擒亦逸去歸後欲吟未就後見震澤王夢薇貳尹廷鼎入越吟詩有總澗藤梢突下猿句不覺拍案稱妙然江南山中有猿無人知者記之以廣見聞

四子書別解

論語作者七人節與逸民節原屬一章而不降其志與下自為一章原思為之宰本從上承

口氣而來非記事也下子曰二字應刪毋以與爾原屬一句毋猶言毋寧也孔文子本非孔圉朱子乃以孔圉當之不思易名舉謚乃彰善大典孔圉所為直是小人無忌憚之心豈聖人輕許之乎況勤學好問舉動必法聖賢豈孔圉所能之乎大學小人之使為國家之使應倒轉作使之諸陽貨謂孔子曰節兩曰不可之曰乃陽貨心口相商之詞非孔子之答辭也我將仕矣方是孔子之言故加孔子曰三字以別之孟子宜與夫禮句與字作干旗為一句下夫禮又自為一句言聞命而反不朝宜乎恐於禮不合也志至焉氣次焉次字解如左傳次於涓次於乾谿是也不日成之非作不終日解靈臺雖殊瑤臺之壯麗然經營非易豈聖如文王肯驅數千百人不終日必要成之者此不日蓋言不設期日也政逮大夫不自季武子始宣公元年季孫行父如齊納賂請會以定公位時已預國政十八年歸父如晉欲去三桓文子逐東門氏遂獨秉國政則文子已專國政矣五十學易本與雅言一章且五十不必作卒可作大衍之數解蓋詩書禮皆可言傳易則必須學而後明故禮加執字易加學字不挾長之長應作平聲蓋他處長字皆註上聲如滕更章挾長而問長字註明上聲此處並未註明也寢衣長一身有半言長較一身僅有其半非一身之外再加長半身也夫右袂且欲其短而寢衣乃如是之長如何着如何脫將交於牀上而始着始脫乎累墜煩瑣聖人必不至此況中宵假寐豈無衾裯何藉此一半之衣以覆足哉

沈夕陽

長洲沈閬生孝廉傳桂又號伽叔工詩古文詞著有東雲草堂古文集韻箖齋詩稿俱未刊僅刊清夢盦二白詞四卷頗怨悱哀豔幽情孤豔直駕南宋諸家而上之矣先生與曹艮甫未酉生彭詠莪潘功甫韋君繡吳清如顧道先生為吳中七子又後與從昆弟朗甫華結社稱北郭十子詞中愛用夕陽字故吳中皆以沈夕陽呼之小浮山人云走報城東沈夕陽蓋紀實也家素守不殺戒翕鮮充後圃生趣盎然孝廉生於乾隆丙午閏四月沒於道光己酉閏四月生死皆閏且逢四月亦一奇也所著二白詞卷中如花心動詠荷云蘭殺皺寒漾清芬依依野橋荒渚十里斷煙青蓋亭亭恐覓蹋波游女夢攜單舸迎空翠正秋在瘦蟬吟處墮歌晚湖雲自漾綠鴛何許媚賦香邊俊句人獨倚斜陽怨紅誰主落盡舞衣南浦西風付與一鷗涼語露珠濃瀉仙盤碎妝鏡冷豔痕流去正岑寂洪花更搖暮雨醉落魄云繁雲飄颭梅英落盡聞凄唱江亭細雨香塵漲短草平波催送人雙槳斷夢零散剛半晌黃昏媚揭紅羅帳一痕斜月妝樓上瞑翠低煙愁鴛鴦樣生查子云斜日小樓西沒露梨花面皆下軟金鉤隔斷穿簾燕春草玉鞭香遠赴櫻桃宴萬一踏青來陌上重相見

詩徵福澤

詩以言志下筆措辭可徵福澤有同詠一題而哀樂異情邪正異趣者此心性使然遽難勉强也瘦紅女史葛蕙生秋海棠云幽怨盈盈點露叢空階消瘦不禁風斷腸染出胭脂淚化作啼妝一樣紅妹蘭生云秋芳一簇曉含烟相對嬌紅鏡裏妍不似春華工獻媚濃香冶態博人憐兩人一以衰一以正者也吾邑談畹香女史云紅妝別自占風流飲露含煙七月秋同荷多情閒覺惱千生從不識春愁滿江紅羽仙女史云密約難尋瘦莫支妝成空負好年姿中庭明月無人見正是含情悄立時此又一以樂一以邪者也詩雖各有妙處而性情厚薄遭際遂殊蕙生之遇人不淑無論已若羽仙之妙齡遺亂誤墮平康厥後從良仍遭薄倖鬱鬱以死豈非詩關福澤耶

鏡中人

嘗於照相家見有窺鏡美人貌甚娟麗愛之價昂未置旋為他人所得後訪鶩湖孫幸田熙曾見案頭詠鏡中人一解即指彼美也余告之故幸田狂喜自謂老眼無花因亦倩余和之詩録華田詞云罷新妝還對鏡一笑菱花斜睇秋輸調脂縷竟眼溜秋波淨楊柳手姿蕙蘭心性欲叩卿卿芳姓無耶幾聲呼不應怕有羞紅暈

鴛鴦陣

戚少保善用鴛鴦陣每陣連隊長共十一人隊長舉旗在前之右偏陣前二人各舉大藤牌一圓一如圭平列執狼筅長（八尺首有利刃長一尺刃下約鏃四面用粗大堅實竹枝枒列）者二各跟一牌以防拿牌次列長鎗四人每二人分保一筅後短兵（形如戟長六尺）二人防長鎗進老可以相接凡持牌者選力壯筅選靈捷鎗選修長兵選精悍之人各有長腰刀一柄短兵則否如遇敵之長鎗向上則以牌抵之使從頭上過向下則以牌抑之向左則筅拿之向右則短兵以腰刀砍其鎗然在抵拿之時左右長鎗須一齊急出短兵隨鎗出殺以防長鎗伸進太過不及收次則深資短兵接氣也陣中或添藤牌兵二人隨長鎗滾出短兵繼之如敵人亦有十餘人則執牌者低頭前進左筅防左右筅防右各隨左右筅出殺短兵隨鎗出殺藤牌乘筅勢滾出循環相應故所向有功

大愚和尚

余在山中時曾遇一大愚和尚時從羅浮來遊洞庭者（摶古外六木云大愚以筆功加二品術歸隱其姓名從未示人人無知者）數日即去嘗見其篋中手定經世新編都行兵要訣禦砲之法尤為詳備大約以五行生剋水以制火可以反砲傷敵別有煙火算風順之日吹去能令鎗砲不靈其論遁甲陰陽二遁配以干支十二宮共陰陽各三百六十局八卦方位亦以震東兌西離南坎北巽東南艮東北乾西南坤西北為內卦每一局又先推八神順逆行次再推直星在何宮此宮何時應臨何門旬首在何卦亦有超神接氣置閏諸說總以天地二盤作柱天盤活用地盤死用然太乙之方先合天盤復視地盤與陰陽遁各五百四十局者似微有不同旨頗明晰惜當日尚未聞覓即為攜去然此中奧妙未得真傳局外人終望洋而歎耳

王夢薇

震澤王夢薇賓尹（廷鼎）年少多才工詩詞畫尤善駢儷春膚雨時為余述及之求其詩不得但見其入越吟一卷西照亭小憩云獨上黃妃塔蒼茫夕照邊雲開鶯翮健風細鵓錫圓酒旆花間市漁罾柳外船全湖春浩蕩歸路認炊煙小金山云峭峭怪石起山坳直向江干欲化蛟春濤聲噎足底雨餘嵐翠撲眉梢壽藤縫澗魚成市古樹開雲鶴結巢惜我遲來蕭寺廢破鐘寂寞任風敲自問水亭泛舟白沙隄云春湖一碧水如油隄北隄南縱遠舟恰向西泠橋畔去桃花紅裏酒家樓鳳林寺外水泠泠蘇小墳頭草遍青生惜吾身非女子至今還有慕才亭雨後小步云芒鞋幾緉濕蒼苔宿靄園林障不開只怪南屏雲一片如何還要出山來贈徐花農云塵妝結束怯清寒我亦勞人欲跨鞍敢戀春江花月夜竟將西子等閒

看雜句如閒鷺依秋渚冷蛩絮晚晴江湖欺岸濶戀翠撲湖濃雲聳危石墜濤挾暗沙奔冷霧橫江沈戍鼓暗潮催艇撼城闉四圍山色昏於墨百道泉聲響過潮雲勢欲拖雙塔去雨聲陡合四山來饑猿閒出偷山果雛鶴低飛蹴嶺雲念盧詩爭題摺扇寄來書促補秋衣一枕關山聯斷夢通宵風雷鬧孤燈因風向背憐荷葉隨勢低昂笑竹枝皆有性靈

信緣生

信緣生無題云記取仙源路不差曾留幾度飯胡麻水窗拍曲雲停樹寶鏡臨妝月照花豔雪穠酥嬌欲絕生香活色畢難加司勳又入揚州夢禪榻茶煙詎敢誇友人謂無題不從溫李冬郎入手終不能佳今觀此詩豈亦從三家消息耶

瞿迦濱

張文昌作節婦吟郤李師道之聘陳后山賦妾薄命以明不負南豐即至近時呂李輩皆以香奩體答友此即三百篇之比體也瞿迦濱謝同社贈詩云纏頭頻擲感難酬可惜王嬙鬢已絲月下那堪歌舊曲花前無復記相思腰支何幸還承寵眉樣而今不入時誰使多情來買笑教儂顧影為郎羞

微雲閣詩

嘗與賦秋生約。此後不作綺語。而未免有情。癡根旋茁。暗賦秋時。因以此語言之。各大笑。賦

秋因自述在彭氏。微雲閣即事云。玉樓延露篆煙微。一曲吳娘識者稀。墨竹枝如人影瘦。紅

梅花似酒顏肥。唇燈悄語人何昵。急雨催宵夢欲飛。二十華年彈指去。樽前莫說妓成圍。君

吐屬終與衆殊。今觀此詩。別有意趣。非尋常贈妓語也。

集唐

集成句為詩。須要自然。吳縣金子春四十述懷。有集唐四律。工力悉敵。詩云。四十無聞懶慢

身。戴叔倫朱涯還似舊時貧。朱慶餘誰能阮籍樽懷酒。劉長卿自歎虞翻骨相屯。許渾藥圃茶園為產業。

白居易柴門草舍絕風塵。劉長卿物情多與閒相稱。劉禹錫卻恐閒人是貴人。李山甫一想流年百事驚。

許渾青袍今已誤儒生。劉長卿時難何處披懷抱。劉禹錫身賤多慚問姓名。盧綸薄有文章傳子弟。白居易

更無書札答公卿。方干壯心暗逐高歌盡。許渾白髮新添四五莖。許渾出門何處望京師。戴叔倫幾度

臨風動遠思。羅隱多病漫勞窺聖代。羅隱無才不敢累清時。王維蹉跎冠冕誰相念。許渾寂寞煙霞只

自知。許渾一臥滄江驚歲晚。杜甫芭蕉葉上獨題詩。韋應物不解謀生只解吟。鄭谷寒齋長掩暮雲深。

唐彥謙未酬關澤傭書債。韋莊卻用文君取酒金。李商隱紅蠟有時還入夢。羅隱青雲無路覓知音。趙嘏

年年今日誰相問。杜甫採得黃花且獨斟。司空圖白下周曳山京楊柳樓臺題贈袁翔甫云。使

君還寄謝臨川。許渾新卜幽居地自偏。羊士諤寒釀滿瓶書滿架。白居易綠楊如髮柳如煙。崔魯細推物

理須行樂。杜甫頗覺生涯異俗緣。齊己諳閒行藏誰得似。朱灣詩家才子酒家仙。趙嘏壁間章句動風

靈。羅隱門外松寒覆碧苔。姚合閉戶著書多歲月。王維一家終日住樓臺。元稹奇花異草分明看。施肩吾

珠箔銀屏迤邐開。白居易到此詩情應更遠。張籍不知身世在蓬萊。張昕月色江聲共一樓。雍陶人間

亦自有丹邱。許渾平鋪風簟尋琴譜。皮日休醉折花枝當酒籌。白居易舊業已隨征戰盡。盧綸煙波別

駐古今愁。李郢詩肩裝向樓頭聳。杜荀鶴一字知音未易求。白居易百年身世不勝悲。杜甫向秀歸來

父老稀。韋莊未以彩毫還郭璞。李羣玉卻將遠信寄袁絲。溫庭筠寸心欲抗三千載。皮日休兩地空傳七字

詩。劉禹錫已被秋風教憶鱠。張南史更攜書劍到天涯。許渾

吹玉生

同邑王毓仙秀才。大綸別號吹徽玉笙樓主人。余庚辰春所交友。三月來城。忽忽借得流桂

集原稿及三借廬吟稿數卷去。舟泊閶門。為胠篋者竊去。招求未獲。至今惜之。君亦耿耿然。

此中有數。無所勉強。且留示於人。或有蟠車覆瓿之厄。或天意為予藏拙。借毓仙之手。而亡

之。未可知也。君學詩不名一家。而獨入手於溫李。題黃漁莊漁莊黃棟人。壯於風雅。為村學究。詞極佳詞稿云。如

此清才尠賞音。中年哀樂感芳心。綺羅舊夢從頭憶。花月新詞脫口吟。半面因緣偏我阻。一

時風調想君深。曾攜手稿長洲去。偏向湖山畫裏尋。題恭煙鶴避圖云。何人兀坐百花洲。綠

酒青山感舊遊。彩筆重摹新粉本。春風曾共小紅樓。年年塵夢愁邊寄。點點泥痕畫裏留。領

取此中清豔福。泉聲鶴唳助吟謳。滿庭空翠結芳鄰。泉自流香鶴自馴。春沸一爐清茗熟。秋

摩萬里健精神。曾從霄漢傾凡羽。肯向煙霞老此身。飛到遙天莫回首。紫雲堆裏是紅塵。輓

曾朗甫云。荷花郎裏畫堂深。猶記當年擁鼻吟。黃土生香埋俊骨。青衫濺淚哭知音。秋墳春

草三杯酒。天上人間兩處心。請到招魂君到否。夜闌勞我夢中尋。即事云。姑蘇城外翠雲堆。

回首家園事可哀。春好何人管風月。花開依舊倚樓臺。年年草色連天去。夜夜鄉心入夢來。

正是五更眠不穩。寒山寺裏曉鐘催。白牡丹云。一抹閒情印淺濃。尋芳擬到最高峯。月華滿

地春無迹。人在瑤臺第幾重。題鄒吟香小影云。琴書曾伴苦吟身。桂子天香種夙因。好向廣

寒宮裏去。隱囊紗帽寫丰神。其五言詩不多見。僅記其贈許道人并題照云。何處飛瓊侶。蕭

然品不同。笑將清瘦格。寫入畫圖中。琴軫秋壇綠。煙霞夜嚼紅。昨宵欹枕後。飛夢上瑤宮。

金匱鄒弢翰飛著

岳鄂王墓

岳鄂王精忠遇害。人皆冤之。墓在西湖側。前鑄鐵像四。為秦檜夫婦張俊万俟卨。過客溺其頂。批其頰。猶無錫賀蘭進明之跪張睢陽王廟也。吾友汪燕庭邑詩云。依然坏土閟精忠。劫後重瞻湖灩叢。半壁湖山天水碧。千秋涕淚滿江紅。金牌使出由中旨。雪窖魂歸失故宮。頑鐵縱教臣構鑄。諸陵何處跪當途。意議精邃。可謂傑唱。

白巖旅壁詩

畢節縣白巖旅壁。有兩女史詩。一為籍香女史。詩云。雞聲茅店楚歸鞭。無那愁思滿眼前。雪壓山頭如琢玉。雲迎人足似銜煙。安興怎慣鞍韉苦。何堪鳥道遙。一步踟蹰十句佛。惟期仗此慰安然。此殆宦女扶櫬經此。結句宛是女兒壯險情事。一為宛溫女史。詩云。半捲湘簾半掩門。曉臨池畔對花論。天然亦是多情物。倩影非花莫浪吞。華亭朱蓮生先生蓮甲謂籍香詩哀而婉。莊而肅。讀之令人敬。宛溫則新雋側豔。風致絕佳。余謂一則雅頌之音。一乃國風遺韻也。

秦始皇

詠史詩須掃盡陳言。別出新意。余最愛杜龍庭清風店題壁咏秦始皇二絕句云。盡收金鐵怕兵戈。內徙豪強入陝中。獨有斬蛇三尺劍。未曾搜刮到新豐。掘斷龍蟠臂一彎。秦淮新漲綠潺湲。誰知五色興王氣。不在鍾山在碭山。匪夷所思。獨有千古。

檀樹墳

浙江海寧陳氏。祖本渤海高姓。後相傳其祖為米其業。曾偷葬一地。甚吉。名檀樹墳。堪輿家謂莫此應得一石八斗芝麻官。迄今將三百年。計十三世。舉貢進士至二百餘人。宰輔者三。尚書侍郎巡撫藩臬者十三。榜眼二。徵召十一。祀名宦十一。祀鄉賢八。昭忠十。簪纓華胄。惜無狀元。為美中不足耳。

周存伯

鴛湖周伯存附貢。詩畫並名。著有范湖詩詞集。力追少陵。規模嚴整。性喜遊。嘗至蘇。舉菊花會。集名士賦詩。一時稱盛。余幼時曾見之。而未讀其詩也。去冬於杜晉卿茂才求聰寄其題冶遊集一首云。去歲得讀子詩好如春花。今歲識緒君東江梁溪諸梅卿蔡新妙句奇而能。始知吾鄉里作者猶可誇。把卷滌塵眼。所惜在天然清新流麗。可見一斑。其歿後。家人以范湖草

堂所藏書數萬卷盡售於人。可勝惋惜。

詅癡集

元和蔣采臣司馬廷泉所著詅癡集。力宗少陵。余數年前曾刻入質學之。茲就所記者錄出。俠客行云。騎馬出門去。不謝主人恩。丈夫重意氣。片言可殺身。未報主人仇。託迹主人門。主人祖餞酒未熟。案上頭顱刀上血。秋抵皖營云。縱橫烽火欲何之。迢遙關山匹馬馳。水鳥寒棲沙渚月。秋蟲僵抱木棉枝。五更戍角千營靜。萬里雄心一劍知。未斬樓蘭懸北闕。鏡中不許鬢成絲。四支能押什字韻。兵氣尤非易事。重過皖省云。又唱離亭送別歌。半肩行李一肩蓑。秋風函谷長斷騎。燈火潼關夜渡河。閱世春光枯樹盡。出山心事落雲多。何時歸放江南棹。蘇小樓頭載酒過。明皇幸蜀圖云。草草埋香土一邱。玉鉤何處結鵑愁。鶻鵑啼夜雨荒山驛。語西風故國秋。南內宮人空有淚。唐家天子亦無愁。翠華飄泊紅顏死。漫溯前因問女牛。出使東沼別云。風塵又理紫騮鞍。八州城樓身倚遍。場肉拋來詩作伴。英雄老去酒為鄉。多情燭炬猶含淚。解語花枝欲斷腸。史閣陽關三疊曲。要他一字一沾裳。代人悼龍姬云。畫樓十二影重重。曲沼迴環次第通。愁絕清風明月夜。一潭秋水葬芙蓉。春閨云。杏花輕雨幾枝開。翡翠輕風拂落梅。正是愁心無著處。流鶯聲裏送春來。春夜懷人云。幾年風雨隔紅樓。懶去尋

芳杜若洲。寂寂簾櫳明月夜。一庭花雨背離愁。旅夜云。天涯隨處駐征鞍。酒內能酣睡亦酣。一夕相思人萬里。杏花春雨夢江南。白門登高云。玉樹金蓮何處求。蕭條楊柳白門秋。憑高一灑西風淚。落日寒鴉點點愁。

銀珠

詠仙館主春一姬曰王銀珠。屬余作聯嵌之。云。銀燭高燒。只恐夜深花睡去。珠簾暮卷。似曾相識燕歸來。後上金陵。見河房中亦懸是聯。一字不易。兩意相同。真無獨有偶。惜惺忪醉眼。不記下款何人。然亦奇矣。

潘慎生詞

懷盈潘慎生子慎詞筆綺麗。嘗見題江秋珊詞稿倚望湘人一解云。把流雲一抹。明月二分。和愁收入筆底。指摘橙紅。心消翠紫。負盡年華流水。一縷花魂。一絲春夢。柔情如此。漫斷腸輕折湘絃。彈到落紅風裏。惆悵筆邊句子。原注余有望真閣詞梅新盟未踐。舊恨記起。望明璫幽怯。向瑚奩倚並。相逢一笑。綰紫絲秋矣。究底為誰悲喜。尚有個面許嬌分。好共蛾眉心死。

秋雲居士

寄於友人書舍見懸梅花摺扇小幅上題七絕一首云。寒風滿紙透香痕。吹出陽春一縷魂。

恰好空山人不到橋頭明月自黃昏後署秋雲居士丹題比閱閨評載陳州袁氏姓婦自號秋雲居士性聰穎視富貴如浮雲夫援例得副職即閨俗言女子無才為貴不宜作詩傷閨化以戒其姊妹不聽作如故嘗以觀劇詩寄夫云紅氍毹上擁仙妝舞袖歌衫列畫堂華燭影仙金碎粉珠簾花拂繡衣涼古人夢醒從前樹轉眼史聞即散場豪竹哀絲誰識此心人心處處是文章牡丹云色香浪被古人詬可識繁華易冷清那及素心花耐久誤他富貴是虛名識解俱超丈夫中吾見亦罕

空花泡影

女子曠逸能如秋雲者可謂錚錚矯矯者矣然人生難何終歸於盡仙佛我不得見而聖賢豪傑學士文人著作等身功德震世儒林史館姓氏脩存惟已死之後雖名垂千古終不能重出土壤再活數十百年聽後人之稱頌也以故功名二字皆是第一種醉人毒藥雖孔孟亦未參透惟有及時行樂無負平生耳謝韻卿女史讀書誌感云詩骨老懷兩分終自勞心苦覓田宅買錢新天地此可憐總有一燒晚南湖閒愁娟女士性曠逸有落落丈夫氣愛山水結屋湖濱攜弟及二婢從之所刊小印曰此身恨不為男兒著蕉林草堂詩鈔二卷秋夢巷詞一卷介其戚姚姓寄示余猶記其讀史一絕云文章經濟苦相爭有史誰存姓字榮

今日試將書細讀可憐大半不知名讀之輒喚奈何

丐籍

余館常城橋時有趙姓者性喜為丐北寺故丐聚處有人題額曰義盛卑田有丐首一人凡欲為丐者必先入名籍中謂官丐方可任其所之不則為本丐欺且無捨者趙某家本小康妾亦美惟家居三四年必棄之去以錢一貫入名卑田籍丐知其富優待之於是甘之如飴又胥門洪某亦有丐癖嘗寄身北寺入義民籍（即卑田籍余曾見其冊有八十餘人）家人覓得之強使返今稱素封矣按唐書載後齊武平時後主於後苑內作貧兒村帝親衣襤褸之服行乞其間以為樂以一國之尊而甘心為此理亦有之不可解也

詩胎

嚴海珊（遂成）鵰盤大漠寒無影冰裂長河夜有聲一聯滿紙秋聲極有神韻後人遂仿其體如釋覺阿（祖觀）之燈搖雪屋寒無焰冰裂花瓶脆有聲已入小家陳布雲（兆崙）之火明荒冢綠無色花墜殘枝紅有聲亦落纖巧若金子春閣之蛙鳴佛腹飢無食犬嚼人頭脆有聲雖奇趣然忍心害理已入魔道不可學矣

春鵑詞

江陰葛湘吟（助）春鵑詞兩卷板燬兵火其宅相周勛初為重刊錄其菩薩蠻云曳蛾入鬢雅堆綠春恣細削纖纖玉故故傍蓮仁心兒更有人綠窗幽語切同坐玲瓏月秋水一眶明燕人心上清如夢令云耽耽孤衾不暖細數秋街更轉繞到夢成時點點滴滴燈曉鶯斷鶯斷月上紗窗一半迷藏倚清平樂云酴醾架後鴻影翩來驟覓得花枝遮翠袖泥了弓鞋新繡牆邊暫露裙紗牽衣單道無差卻聽雪衣高叫鳥雲落滿桃花

馬湘蘭印

陳龍巖（伯）別駕曾從軍出塞故自號三齋退卒偶得馬湘蘭玉印遍徵題詠遂仲賦七絕四首美人名士相得益彰矣詩云篆紋淺刻玉猶溫夢雨分明古白門乞取研裘深抑處照人顏色泥人魂金粉飄零勝六朝芳蘭憔悴盡難描酒旗歌扇尋常事消得當年舊板橋北里烟花沒殺梁小名流播亦前因如何名氏書紅刺笑倒長安一市人小印摩挲劇可憐風流轉眼付雲烟俠腸傲骨真相稱恨我遲生二百年按國初有人於長安市上得敝刺一大書客氏拜三字以三錢得之裝作冊遍徵題詠第三首指此也

奇句

汪燕庭（巳）茂才嘗為余述其友人李純客太史觀潮詩二句云風驅水立海見底上有萬馬空中行以為奇句而余尤愛勝茶樓壁有風力欲吹人倒走水聲能湧月橫行一聯姚賦秋題拔戟圖有聖王歸去霸王來頭如落葉刀如雪一聯更覺奇險至李聽雨之我有昵戲求善價不知誰是捉刀人二句則奇之又奇矣

用典適合

作詩用字有不知為典而適與典合者余枕上口占云倚枕挨寒析幾更者般愁緒不分明相思費盡纏綿意響玉無端夏一聲當時有以響玉問者實不能對及閱南部烟花記載吳主亮以后思竹響玉夜不成寐常為作薄玉龍數十枚懸檐外夜中因風相擊謂之響玉

羅甸國

貴州古羅施鬼國自蜀漢有彝酋曰火濟者從武侯征南有功封羅甸國王後歷唐宋皆不知爵土洪武初元宣慰使靄翠與其同知宋欽歸附高皇仍封原爵靄翠死妻奢香代立宋欽死妻劉氏代立劉多智時馬燁以都督鎮其地思滅諸酋以流官代故尋隙裸撻奢香欲激變開兵端也諸彝怒謀反劉止之走愬京師上召奢香至慰曰汝誠苦我為除之不識何以報朕奢香曰世戢諸彝不為亂上曰此汝常職耳奢香曰貴州有間道可通四川願刊山通之使驛使上許之謂馬后曰朕知馬督無他腸然何惜一人以安一方乃召馬斬之遣奢

香歸月是歸來大服。

落拓

湯伯笙茂才藏，陳伯堂先生酒渴思吞海，函先生為乾嘉名士，負才傲物，手一杯終日不離。嘗鴆鶴酒遊壚，發鬧就月下飲，夜深家人促之回不應，扶之大罵，不得已令一僕從行，月未沈兒已醒，乃赤裸身坐作衲子狀，錢映江題六言四首，錄其二三云：不是（此二字不可解）過海也非杯渡浮河，把盞臨崖趺坐，前身酒肉頭陀。日月壺中跳蕩，滄桑眼底變更，風濤供我吞吐，不管蛟龍夜驚。

有美篇

投閣之作，能備點綴描寫閨秉，顧最妙者則搖筆傾心，括盡服飾，有何趣味。徐韻笙作有美篇，賦秦宮內云：有美人兮騎絕嬌，芙蓉面，飛燕體，若雙眸炯炯秋水涼，猿臂不關時世妝，美人生長王侯第，錦衣玉貌瑤閨藏，家徐神臨寶鏡，象牀深坐無明燈，相依快婦金張，已驅使上將奴婢行，美人仙姿具俠骨，傾城傾國神飛揚，柴髯蝟磔匕首殺，空空妙手爪中藏，腥膻夜半摘珠去，翻圖一瞥驚鴻翔，美人身在九重上，位尊元后龍鳳裳，書裡副琅琊法服金釭，壁帶居朝陽，如山如河儀可式，胡天胡帝貴莫當，美人青春東奇淵，華容桃李傑松，蛍低鬟淡肖謝妝飾，粗絲大紩為衣裳，心朗前身證明月，纖塵不染清於霜，彼美人兮兮閑無清奇，濃淡或殊常，周規折矩流輝光，徽音佩玉鳴鏘鏘。

三色詩

郁南隨筆載王露滑喜押青字，杜集採得此韻，喜溢眉宇，否則必潛易或強易之。歿後同社輓之云：一事思量投所好，哭君詩句韻拈青。惜未見其青字如何佳處，而吾郡馬鹿門先生則喜押黃字，塞上云：嚴夜孤燈吟慘碧，胡天落日作寒黃。有憶云：殘菊不憐人病瘦，還將愁艷比儂黃。又朱卯船布衣喜押紅字，有全身涼意衷煙翠，一路花光腥血紅，蓋賊平回里經山中作也。

雪月詞

江都錢沁巷有雪景四詠，倚滿江紅調，茲錄其二。江湖云：天意荒寒，正客裏、江湖催老。更孟日冷煙斂，瞑同雲黯。曉浪卷千層，鋪玉練，碇艦高，迴銀嶠待迎風，吹作水龍吟，誰同調，聽洲畔夜鴻吒。看檣上飢烏號，歎天涯飛絮飄零未了，望遠怕看遙海月，憶人空近山陰棹，卻輸他耐冷立漁磯，披蓑釣。關塞云：極目平沙，恨天際、關山難越。況幾度，朔風刮面，雲深如鏹土。雖難消，氈幕冷，凍塗經試，輪蹄滑，聽前村落日皂旗翻，寒雲壓。望千仞，鵑飛絕，指千里，人

蹤滅。甚冰天冢闕，寒侵毛骨，練影冷搖蒼客劍，笳聲吹落蘇卿節，即史人人清夜奏廬笳，聲淒咽。又胡杏村蘇幕遮詞云：粉牆高，花影碎，明月窺窗，窗上紗籠翠，欲卷晶簾看似水，卻問誰鬟，小鼎香燒未，展紅氍，臨玉砌，昨夜還虧，今夜團圓未，拜罷宜歸深閣裏，露重寒多，莫待三更睡。蓋深肖待月作也。

詩肖其人

詩以言志，故讀其詩可以知其人。海陽徐儷文女史，端麗自好，喜修飾，妝樣位置，雅潔無點塵，夫許作梅，亦能吟，得隨其樂，女詠何云：連花清潔最堪珍，水面亭亭獨立身，縱有風來吹得落，一生端底不沾塵。岳端沈麗姑姿容嬌媚，愛濃妝，適孫季和秀才，亦少年，玉貌同季和看牡丹云：名花絕代不勝嬌，人幸容華亦未凋，每到鏡屏雙照處，大家都覺福難消。臨汾陶仲棠秀才妻邢氏，清癯冷逸，每深夜坐靜閨中，焚香品茗，自遣幽致，詠瓶梅云：暗香疎影伴清吟，沒得寒泉養素心，暗把癯仙藏繡閣，瞞他明月入簾尋。台州李脩蓉女史，蕙心珠轉，善以冷雋語誚人，詠春蠶云：生涯紙上亦堪憐，盡味醇醇可細研，空有凝心成脈望，卻知何字是神仙。四詩皆肖其人，所謂天真也。

江秀貞

鹽城江秀貞女史，有艷名，父以從軍殁，女依母藉鍼黹度日，刺繡外間學吟詠，性雖和順，然一言許，必當面指斥，升徒莊某，貴於邑中，善居積，貌亦文雅，母聞之招居外宅，有相攸意，女亦屬意焉，許字後，以繡詩囊相贈，有一絨並一線，手製君莫忘，點點相思淚如珠，繡入囊之句。未數月，莊忽得癇疾將殆，女願隨侍，莊弗顧，竟去，女愧悔，默無可向人言也。後風鵲相傳謂莊已死，女誓以身殉，丁丑除夕，竟絕粒死，孰知人言不信，莊已病愈，別締新歡，娶樓正穩，蓋得新歡而忘故劍矣。戊寅秋，莊忽疾作，常喃喃不知何語，稍醒，便見女在側，於是復昏。一日女借莊語曰：妾與渠前生本怨耦，故有今世孽，惟今日之來，為明妾心，非索郎命也。郎無子，妾已求冥王賜一麟兒，但須為妾從祀否？家人環叩應之，並為位以祭。女又曰：郎多行不孝，然親長以後，能匡正其罪，妾方去。眾又叩應，拉莊跪父母前悔過，良久女去，而莊病若失。余謂莊之薄倖，已不可恕，況又加以不孝耶。商賈中往往無良，若莊者，當首屈一指。

中秋月

中秋月詩，前賢名作如林，幾無遺意。余在省門時，女弟子湘蕙生有一絕云：瓊樓玉宇慣相思，天上姮娥知未知，生恐今宵圓滿後，明朝便是易虧時。煙閣語一往情深，如聞香口。而衛嵐女史亦有一絕云：一家同作廣寒仙，水殿樓臺影倒懸，歡樂未央回首望，眼前已到十分

圓。定晏是吾儕得經外言。新淦女史中秋月云。慣經離別轉安然。容易中秋又一年。不是阿儂偏妒月。是他有意做人圓。蓋女適顏鐵生。平生善遊者也。

時芝亭示夢

吾人嵌崟終身。雖抱奇才。終為蝦蟆所笑。至心淡塵俗。不得已退而著書。名之傳不傳付之身後。當時難逆料也。浙江時芝亭先生。博學有大志。而終身抑塞。賫恨而歿。歿未幾。示夢於女弟子孫蕊芬曰。余一生潦倒。世未傳聞。惟秋海棠一詩。尚在汝處。可為我傳之。精靈不泯。猶想一詩之傳。吁可哀已。

張巡殺妾

王阮亭池北偶談。載張巡妾報冤事。余謂此亦文人好無稽之談耳。當睢陽被圍。糧絕勢危。南將軍借餉未回。張公殺愛妾餉眾。所以結眾心。而報國也。豈有忠如睢陽。而妾得以報冤者。即有冤苦。其主亦應閔恤。俾各相安。何至含恨至千年後而始報哉。況公為厲鬼。亦不應設一鬼妾。吾友秦脩雨有張巡殺妾歌。奇詭恣肆。足為報冤事下一注釋。詩云。妾身不殺軍士饑。將軍愛妾乃為私。妾身一殺軍士活。將軍之愛為國割。睢陽城外賊告警。睢陽城中雀鼠盡。三軍斷食飢欲死。將軍殺妾餉軍士。喚使蛾眉出玉帳。豐肌旋登刀俎上。美人如花刀如雪。將軍無情心如鐵。心如鐵。為守城。此時將軍不知有妾知有兵。豈惜一妾死。但願三軍生。妾肉乃為軍士食。妾身雖死死為國。名不沒。將軍殺妾實愛妾。君不見六龍西幸帝蒙塵。萬衆猶難活婦人。佛堂自縊楊妃死。何況區區賤妾身。

求雨聯

道光時。吾邑旱。邑令捐職者也。至崇安寺求雨。久不得。民心惶懼。故例凡求雨。官不動刑。時徵冬漕。民閒以歛收遲。難清繳。令日動刑比追。血肉狼藉。某生暗書一聯於堂上云。血板比銀漕。上干天怒。白衣求雨水。聊慰民情。陰刻之至。

瘦紅館

葛蕙生詩筆本佳。更好學不倦。功遂日進。長短句。頗有風致。著有瘦紅館詩稿。嘗偕其女弟韻生。問字於余。凡二年。余曾未與之見也。比嫁。始來謁別。時余館紫藤書屋。小晤而去。匧中稿。聞為其夫某燬於火。幸余早為摘出。擇其佳者。錄之。題畫云。荒蘆荻蕭蕭。人語野渡靜。一片照空明。夕陽淡秋影。秋夜閨感云。怕作紅樓夢。眠來總不安。簫聲涼夜月。燈影瘦秋寒。酒重愁千疊。天高月一丸。鄰家諸姊妹。笑語正闌珊。從母進香支硎。復遊白雲菴云。禮罷空王後。來遊小閣前。境閒禪影寂。風定磬聲圓。山遠疑浮髻。林深暗鎖煙。占將清福好。身傍白雲邊。七言如贈別云。細參宮羽訂聯吟。牛耳騷壇此主盟。白石詞仙偏善恨。青衫名士總多情。風流弁授閨中業。著作爭傳海內名。倚徙臨岐還訴別。紫藤花下拜先生。澆花云。春來心最惜芳華。著意留香護絳紗。私貯石磁三斛水。背人偷灌並頭花。七夕云。畫樓燈火閉涼青。月滿風疎步從庭。今日最關心事處。為瞞小妹拜雙星。雜興云。晴烟破曉日曈曨。簾外陽和轉逆空。病裏不知春意逗。東風昨夜到簾櫳。斷句如關山勞短夢。風雨鎖春愁。嬌腕偎鴛枕。香泥印屐痕。窗恨分絲淺。燈影伴黃昏。秋水圓魚浪。霜天來角聲。花開花落花無語。只有看花人替愁。一例纏綿花下淚。十分鎖瘦病中身。湖橋楊柳關山月。不負春光有幾人。紅豆相思皆刻骨。青燈別夢易傷心。漁舟野渡喧成市。樵斧空山響入雲。皆一往清峭。

詩餘僅璧

蕙生姊妹始學作詞。以詩韻押韻。詞牌亦間有誤。蓋僅錄余報續上詞數解。其餘皆模詞十餘解而已。自余以詞林正韻及絕妙等詞舉贈。且以所聞於誠菴脩雨填詞之訣。為姊妹述之。不兩月。所作已斐斐可觀矣。蕙生有念奴嬌。為余題瀟湘侍立圖云。紅塵小謫。恨今生誤了。玉京仙宇。回首紅樓當日夢。勾起柔情千縷。汲水澆花。添香撥火。十二釵曾聚。萬竿脩竹。瀟湘風景如許。我亦惋惜顰卿。葬花詩句。血淚拚紅雨。名士多愁工寄託。替為佳人辛苦。癡憶芸花。空花草草。且自調鸚鵡。閒誰相與。迴腸轉出悽楚。御街行舟過横塘云。銀塘畫櫂穿晴旭。鏡裏秋光沐。輕帆一葉翦斜陽。紅蓼風前相逐。長堤秋草。蓋橋秋柳。撲地湘烟綠。此間定有雙鴛宿。歎夢凉邊續。樹藍深處采菱歌。料得伊人如玉。鏡波照影。水中綽約。野岸歸舟速。誤佳期云。數日東風吹足。滿眼添來肥綠。海棠已嫁莫思量。空把雙眉蹙。記得踏青遊。歡事渾難續。美人年紀好春天。一樣流光速。韻生如夢令云。簾外落紅滿地。簾內愁春何計。此境最難堪。曾得數行珠淚。無謂無謂。儂替東風勸慰。蘇幕遮云。綠雲濃。紅雨亂。病裏懨懨。已是春過半。蝶恨鶯愁飛燕倦。滿地青青。芳草無人管。瘦肌香。消玉腕。忒也無聊。遙聽鶯哥喚。小小闌干簾未卷。窗外殘花。只有愁陽怨。

建庶人

天倫之樂。往往縉紳大族。不及庶民者。蓋得失重。而猜嫌甚也。上至君臣。尤難調劑。晉殺申生。衛殺伋壽。苟無儲立之爭。何至相殘若此。明成祖以燕藩入篡。殺戮忠臣。族方孝孺家。正學二女皆投淮清波河死。時建文帝少子圭方二歲。成祖幽之宮中。號為建庶人。至英宗嗣位。始釋出。已五十七歲矣。出見牛馬俱不能識。故吟香詠史詩云。優柔欲笑明文帝。艱苦須憐建庶人。上句指棣南下。探兵夾河。誤入盛庸營中。盛庸以帝有燕王不可傷。無使朕有負殺叔父名之詒，逸任逸去事，下句即言少子被幽事也。

冬柳詩

江都錢沁菴二府（幽珍）冬柳詩云：衰柳蕭疎剩幾絲，風流無復少年時。髻堆雪色慵遲畫，眉來黛痕盡不宜。月冷灞橋搖瘦影，烏棲漢苑占殘枝。旗亭祇剩重攀折，尚為人間餪別離。西風吹斷萬條金，蕭瑟都非昔日陰。老樹空維漁子艇，短條猶繫故人心。章臺往夢何堪憶，隋苑繁華不可尋。記得漁洋秋柳詠，又驚寒序去駸駸。集中佳句甚多，如「骨幹欹崎如野鶴，胸懷浩蕩抑沙鷗」、「照眼湖光廉押外，隔江山色浪花中」，詠橄欖云「有至味言多澀，是真名士不寒酸」，數聯尤工妙。

幽夢影（鎮洋朱大令錫綬有幽夢續影一編，自署弁山草衣，潘伯寅大司農為刊板京師）

丁丑長夏無事，竊集名言，擇其理之當者，為破睡屢雨卷。蘇韻天都張心齋（潮）幽夢影一書，大半與余相同，因擇言之尤當者錄於左。（按心齋先生又有西泠鴻爪編）讀經宜冬，其神專也；讀史宜夏，其時久也；讀諸子宜秋，其致別也；讀集宜春，其機暢也。天下得一知己，可以無感，不獨人也，物亦有之。如菊之於淵明，梅之於和靖，竹之於子猷，蓮之於茂叔，桃之於避秦人（瘦鶴謂於劉阮或宜），杏之於董奉，石之於米顛，荔枝之於太真，茶之於盧陸（瘦鶴按：盧仝陸羽得謂斯耳，而姓陸），香草之於靈均，蓴鱸之於季鷹，蕉之於懷素，瓜之於邵平，雞之於宋宗，鵝之於右軍，鼓之於禰衡，琵琶之於明妃，一與之訂，皆千秋相契。若松之於呂政，鶴之於衛懿，則又不可作緣矣。為月憂雲，為書憂蠹，為花憂風雨，為才子佳人憂命薄，真是菩薩心腸。花不可無蝶，山不可無泉，石不可無苔，水不可無藻，喬木不可無藤蘿，人不可無癖。上元須酌豪友，端午須酌麗友，七夕須酌韻友，中秋須酌淡友，重九須酌逸友。賞花宜對佳人，醉月宜對韻人，映雪宜對高人。對淵博友如讀異書，對風雅友如讀名人詩，對謹飭友如讀聖賢經傳，對滑稽友如閱傳奇小說。入世學東方曼倩，出世學佛印了元。老成人須有少年襟懷，少年人須有老人見識。景有言之極幽而實蕭索者，烟雨也；境有言之極雅而實難堪者，貧病也；聲有言之極韻而實粗鄙者，賣花聲也。山之光，水之聲，木之色，花之香，文人之韻致，美人之姿態，皆無可名狀，無可執者。因雪想高士，因花想美人，因酒想俠客（瘦鶴曰：因酒想狂士，因劍想俠客），因月想好友（瘦鶴曰：并想妻子），因山水想得意詩文（瘦鶴曰：因得佳品美味想堂上）。並肩看月，交頸聯詩，宮中應制，歷使絕國，皆極人生之樂（瘦鶴曰：飲眠歸安，正逢能詩之皆安，妻亦風雅，尤樂）。生湖山郡，官長廉靜，家道優裕，妻賢妾美，生子聰明，人生可云全福（瘦鶴曰：須值承平世，身所容一日十行更妙）。十歲為神童，二十三十為才子，四十五十為名臣（瘦鶴曰：六十為者，英武為隱士），六十七十為神仙，是謂全人。情必近於癡而始真，才必兼乎趣而始化。方

外不必戒酒，但須戒俗；紅裙不必通文，但須得趣。梅邊石宜古，松下石宜拙，竹旁石宜瘦，盆內石宜巧。凡在月下談禪，則旨趣益遠；說劍則肝膽益真；論詩則風致益幽；對美人則情意益篤。藏書不難，能看為難；看書不難，能讀為難；讀書不難，能記為難；記書不難，能用為難（瘦鶴曰：能化更難）。有工夫讀書，有力量濟人，有學問才力著書，均人生之福（瘦鶴曰：余有工夫無力量買書，只伯將來有力量買書又無工夫讀書矣）。人生求知己於朋友易（瘦鶴曰：朋友甚多且少知己，盖良求勢利以徐諛說友也），於妾妾難，於君臣更難。人生莫樂於閑，閑則能讀書，能著書，能交益友，能飲酒，能看花，能遊名勝，能脩德。水滸是怒書，西遊是悟書，金瓶梅是淫書（瘦鶴曰：然則紅樓夢是情書矣）。人生知己不必定是刎頸之交，大率雖隔千百里遙，皆可深信，不為浮言所動；聞有謗之者，為之辯析事之可否；為之籌決利害關頭，有所需而後濟者，即不必與聞，亦能力承其事，亦不計其負我，此謂真友。風流自賞，祗容花鳥趨陪；真率誰知，合受烟霞供養。我不知於春秋之季，曾一見夷光否；典午之時，曾一看衛玠否；義熙之世，曾一醉淵明否；天寶之代，曾一覩太真否；元豐之朝，曾一晤東坡否。千古而上，相思不止此數人，而此數人為尤甚。又不知在隆萬時，曾於曲院中，交幾個名妓；眉公若士，伯虎亦水，曾與共談笑幾回（瘦鶴曰：莫愁蘇小，我不知見過否；香石湘蘭，我不知曾與訂緣否。瘦羊破問瘦鶴於瀟湘妃子何如）。茫茫宇宙，向誰問之耶。以松花為糧，松實為香，松枝為塵尾，松陰為步障，松濤為

鼓吹，山居得喬松百本，真是受用。文名可當科第，儉德可當貨財，清閑可當壽考。胸中小不平，可以酒消之；世間大不平，非劍不可消之。多情必好色，而好色未盡多情。紅顏多薄命，而薄命非盡紅顏。能詩半愛酒，而愛酒豈盡能詩。梅令人高，蘭令人幽，菊令人野，蓮令人淡，海棠令人艷，牡丹令人豪，蕉竹令人韻，秋海棠令人媚，松令人逸，桐令人清，柳令人感（瘦鶴曰：春海棠令人嫣，秋海棠令人恐，牡丹令人麗，菊令人淡，蓮令人靜，蕉令人涼，竹令人逸，松令人古）。蜘蛛集人面，蚊嘬人膚，渺此微蟲，不知以人為何物。有林泉隱逸之樂，而不知享者，漁樵農圃緇黃也；有園亭姬妾之奉，而不能享，不善享者，富商大僚也。春風如酒，夏風如茗，秋風如烟，冬風如薑芥。多情者不以生死易其心；善飲者不以寒暑改其量；勤讀者不以忙暇間其功。豪傑易於聖賢，文人多於才子。情所以維持世界，才所以粉飾乾坤。鏡不幸而遇嫫母，硯不幸而遇俗士，劍不幸而遇懦夫（原本懦夫）。天下無書則已，有則必當讀；無酒則已，有則必當飲；無花則已，有則必當賞；無山水則已，有則必當遊；無才子美人則已，有則必當愛養憐惜。作文之法，意之曲折者，宜寫以顯淺之詞；理之顯淺者，宜運以曲折之筆；題之熟者，參之以新奇之想；題之庸者，深之使曲；窘者舒之使長；繁者刪之使簡；俚者文之使雅；鬧者攝之使靜，皆關係之文所謂相題裁制。筍為蔬中尤物，荔枝為果中尤物，蟹為水族中尤物，月為天文中尤物，西湖為山

水中尤物，詞曲為文字中尤物。（虞初曰：新鮮菲豆亦蔬中尤物，河豚亦水族中尤物，蘇州江南山水中尤物。）詞為
小人之所羨，毋為君子之所鄙；當為自主司之所擯棄，毋為名流之所不知。　獨樂惟鼓
琴，與人樂惟弈棋，與眾樂惟焉耳。　才子遇才子，憐才之意多；美人遇美人，惜美之情少。我
願來世託生為絕代佳人，一反其局而後快。（虞初曰：君若託生，我亦願從。）　余嘗欲建一無遮大會，一祭歷
代才子，一祭歷代美人。遇有真正高僧，即當行之。（虞初曰：我亦欲作一會，祭歷代義俠之士。）　空山無人，水流花開，極
琴心之妙；胯間欣然，收亦可喜，極手談之妙；帆隨湘轉，望衡九面，極泛舟之妙；胡帝胡天，笑
倩目盼，極美人之妙。　水聲有三：有流泉聲，有瀑布聲，有灘聲（虞初曰：有江潮聲）；風聲有三：有松濤聲，秋
葉聲，波浪聲（虞初曰：余室後有竹，聞雨聲別饒風致）；雨聲有三：有梧蕉荷上聲，簷溜於竹筩聲（虞初曰：酒滴竹筩與梧蕉聲有別況）
（荷上珠跳入水中自鳴耶）　松下聽琴，山中聽瀑，月下聽簫，耳中別有不同。　玉蘭花之伯夷也，秋葵花之
伊尹也，蓮花之柳下惠也；鶴，鳥之伯夷也；雞，鳥之伊尹也；鶯，鳥之柳下惠也。（虞初曰：蟬蟲中之伯夷也，蜂蟲中之伊尹也，蜻蜓蟲中之柳下惠也，諸蟲之伴侶也。）

孫惕生

孫惕生（湘楝）茂苑人，能吟詠，嘗以所著映雪軒詞稿就閱，錄其巫山一片雲云：秋來深院涼生
韻，月兒慣與人親近，吹動萬家砧，紅樓思更深。蕭蕭摇翠竹，分影紗窗繞，含笑卸殘妝，拳帷

低喚郎。

詩各入妙

詩有用反筆正筆，各各入妙者，總在議論之間，翻陳出新，便有意趣。新安王子庭示兒云：寸
陰勸汝須知惜，到底秋花讓春樹。堂從弟云：春花那得如秋草，老去偏能號少年。女士蕙
生云：有意笑儂孤影寂，惱他燕子作雙飛。松江陳梧秋云：愛他雙燕呢喃語，分去離人一半
愁。四意皆妙。

蘇婉儀

閨人工詩雖難，然在書禮之家亦尋常事，而拘迂俗子往往秘閨中筆，不肯示人，一若別嫌
明微者，不知男女一例，造物原無所分。自鄙夫淫賤踰閑，行同禽獸，聖人者出，不得不以禮
防之，然仍為小人，非為君子也。但能天真爛熳，不求合禮而自合禮，則何必分男女哉。蒲州
王庶叔妾蘇婉儀，多情善詠，有四時思夫詞，錄四首云：盈盈十六字王昌，便解私心暗伴郎。
依舊拋儂閒處住，問君何事早求凰。去年春日對妝樓，領略閒情不識愁。記得儂身畔坐，
湘簾親卷看梳頭。秋河皎潔玉鉤低，畫閣前頭曲檻西。記得深宵人睡穩，滿庭風露手雙攜。
天寒風雪自盈門，鴛帳薰香謝夢魂。記得新詩呵凍寫，等閒歡笑亦春溫。時蘇年十八也。庶

叔時出此詩示人，略無嫌忌，余甚服之。見聞錄。

風戈壁

天下奇險之處，如一線浪、黃鶴埂等，聞者往往不信，豈非少見多怪哉。家金本都戎從左侯
帥征西疆，凱旋，嘗為人言塞外至險處，自勝境至七克勝木之南官道中，俗稱風戈壁，當山
五百餘里，妖風時作，來時有數十山行空中，曰飛砂，至有連人馬卷去者。

恩怨分明

余向見他書，有金以兩千酬漂母，雖須六百報平王二句，喜此人恩怨分明，頗與余有同心
者。後閱張遠所撰徐五傳，載徐五，侯官人，不事生產，賃縣前小屋以居，日為人操興得值
自給，博學工詩，署其門曰：自慚不識下門愧，無題午時要能始先生詩名過海內，罷官居里
偶過徐門，見而異之，因與語，徐以麥飯款客，曹索詩，不與，固請之，方得誦，見集中有此一聯，
更奇賞之。文酒之會，必招與共。始徐不齒於人，至是里中稍引重，而徐嶺自若也。曹憐其苦
介所知，聘徐理會計，徐怫然曰：夫君子屈於不知己而伸於知己，今欲以賤務相役，吾不敢
復見矣。曹知之，愧謝過。會革命之際，閩中擁立隆武，徐竊往覘，歎曰：非真主也，吾無死所矣。
遂遁去，不知所終。

楊稚卿

北平楊稚卿獻丑（同姓），縉臣觀察（瑞）之胞弟也。風流蘊藉，有辯才，與余交最昵。君詩喜倒點郎
事云：香篆濃薰睡鴨煙，春慵斜倚繡牀邊。雙清合比燈前影，一笑相逢鏡裏緣。霧眼不花真
我素，風塵何意得卿憐。定情自唱過波曲，正是楊枝未嫁年。嘗謂余云：誰似天理準人情，俠氣
難容事不平。怪底燈前酣飲處，匣中寶劍作龍鳴。梅花帳額云：雲屏月帳號風流，古色幽香
澹處投。怪底夢魂輕似蝶，伴人一夜宿羅浮。綺窗風暖一枝開，辛苦春工費剪裁。月色分明
還似舊，美人今夜莫遲來。中江即事云：香車寶馬太驕狂，新製風流海上妝。似表芳心原潔
白，一齊縞素著衣裳。黃塵一片黯天青，薄俗繁華太不經。日暮爭開香世界，千家燈火閃春
星。

九秋吟

沈酒舲茂才（安）嘗詠九秋詩，錄持米館，端米入贅譚，余最愛秋柱一首云：托根天上本清寒，
花影迷離月下看。十里晴岚香世界，一枝涼到碧闌干。秋林小立身都瘦，禪榻微參夢也安。
最是小山老居士，年年開處盡餘歡。又秋棉陌上平聞三日雪，隄邊涼拂一莖烟一聯，亦佳。

習俗

廣陵山水明秀女子之生其地者大都婉麗溫柔深得六朝金粉氣水平時俗尚脊華畫舫歌聲紅橋月色真足令遊客銷魂惟好利成習凡在中人以下之家養女必先教以歌曲女往往有巨商物色可立致萬金不則入平康籍亦能致富即鄭板橋詩十家養女先教曲十里栽花當種田是也吾友徐拙奔太守亦有一絕云萬姓何如看舸同齊驅鵝鴨唱春風可憐忍把無瑕玉換得黃金當阿翁太守名鈺有西湖寄客詩詞稿

聽松居士

同門趙栖（倜）常州武進人伯厚太史之佳嗣也落拓不羈性愛松因號聽松居士詩筆豪放而多牢騷氣錄其青駝岡題壁云策馬青駝險客情亂崖欹逼夢魂驚腸中塊壘山中路何事崎嶇總不平離家云夕陽古樹滿秋山一片閒雲任往還嗟我年年行役苦西風又別鐵鈴關德州廟中口占云一劍風塵壯志灰思親空自首重回曾經五日山程險夜夜崎嶇入夢來舟中云揚州才過又瓜州蹤跡浮如水際鷗贏得琴書猿鶴伴滿江斜日獨歸舟五律記其別余一首云別君為客去冷落向天涯春意催殘臘寒梅放早花風塵傷駿骨詩酒慰年華風雪樓鴉穩勞人感倍加君憎出門年未壯已蹤遊半天下是故客中之作為多

夏令儀

常熟夏令儀女史工丹青墨竹尤佳名滿天下年七十餘猶濡筆揮灑目力過人余於友人扇頭見畫幾竿秋雨圖吳縣吳佩縑女史蒞題鎖窗寒詞一解云露浥風清依依萬個淡搖空翠腕底蕭疏都是吳江秋意記橫窗夜月朦朧碧紗篩影重重碎更孤燈聽雨黯銷魂者籟聲徐起增媚三分水便醉壓歌餘儘賢俗味彈琴坐嘯想見幽閨詩思襯玲瓏瘦石濃苔牽愁細寫雲烟表怪無端漫寫抛殘不減湘妃淚

黃笠雨

金陵黃笠雨明經（文連）風雅好文意氣真摯遭亂後浮家海上以醫學鳴時申江無名醫書未見塞素樂園議君臣大都聲價自高尋事標榜非重聘不往而笠雨一洗其習與李汶平王春雲嵩隱耕尤為莫逆所居小樓三楹庭中雜栽花木客到則烹佳茗酌香醪揮麈清談日移晷不倦著有綠梅花龕詞稿秋夜倚浣溪紗云涼逼秋衾酒乍醒瀟瀟落葉帶愁聽鐙搖疏夢一簾青四壁冷蛩時斷續五更倦析不分明花梢殘月送雞聲春恨倚水龍吟云怪他芳草無情年年綠遍江南路昔時燕子重尋王謝碧蕪庭宇紅冷東風白迷晴雪一簾花絮悵天涯倦客闌干悶倚終無奈愁如許漫說劉郎前度檢題襟猶留新句驚蕭吹恨魚箋緘淚芳心彌苦喚玉歌樓園香畫檻昔曾遊處數韶華綺麗嬉春紫陌共誰容與秋燕信齊

天樂云年年江上常為客歸則慣逢秋後玉簫風尖紅棣露濕庭院新涼初透烏衣巷口臙一片斜陽幾行疏柳夢冷珠簾昔時王謝非舊春初記尋故壘正落花十里村郭如繡杏雨朱樓梨雲畫棟陳迹何堪回首樓遲未久早相滿天涯旅鴻來候茶語香巢主情惘悵否

修綠吟

癸未冬余與申江黃式椎秀才同主盍閣館筆政皆燈夜飲相得益歡顧家貧多愁不能自適亦可憐蟲也幼有所飾自號夢魂生著有修綠吟稿雨巷七夕云虬箭丁丁夜漸闌金風玉露一憑欄書生應被牽牛笑十萬金錢借尚難題白門新柳記云壁遍秦淮兩岸秋山溫水膩足風流黃金揮盡才人老借得落花當史隨秋花詞云蝶怨蜂悲喚奈何惜花心事總蹉跎擬將舊例翻香閣第一紅顏壽要多題畫云點葉鈎花鬪綺才秋光滿眼曲欄隈好從畫法參文法平淡都從絢爛來贈維伶田桂鳳云綺遊如夢復如雲小閣呼燈夜乍分桂府群仙來月殿廣城舊曲隔花聞秋邊撫笛調瓊尺醉後題詩寫絲裙我亦蘇州狂刺史柔腸惱亂半因君別內云纔說將離淚已彈怕傷心緒強為歡冷數劍歸何日貧賤夫妻別更難漫折柳絲空懊惱早栽竹素報平安天涯芳草無情碧莫使登樓幾度看

通商

中國自開海禁而西人之牟利而來者輪舶相逐重洋飛渡其通商之國如亞細亞洲有日本東土耳其歐羅巴洲有英吉利（州印度）法蘭西德意志（即普魯士又名日耳曼）大呂宋（即日斯巴尼亞又名西班牙）比利時俄羅斯瑞典意大利瑙威與大利（亦名地利）葡萄牙荷蘭與[illegible]尼洲有澳大利亞北亞墨利加洲有美利堅（又名米利堅即合衆國）墨西哥南亞墨利加洲有巴西惟阿斐利加洲無有來者若通商口岸之在中國者如直隸之天津奉天之牛莊（即營口）吉林之琿春山東之燕臺（即芝罘）廣東之廣州汕頭瓊州北海福建之福州廈門臺灣（附淡水雞籠打狗三口岸）江蘇之上海鎮江浙江之寧波溫州安徽之蕪湖江西之九江湖北之漢口宜昌共二十二處若江蘇之江寧四川之重慶雖載條約尚未通商蓋格於民情不能勉強也

李芋卿

茗溪李芋卿茂才（庚）號曼陀羅館主人著有珠江竹枝詞兩卷描寫俗情惟妙惟肖錄其最佳者數首詩云一葉扁舟逐浪回船頭卓立桶裙開嘴郎休說風波惡妾過重洋險處來珠娘玉貌亦娉婷非復當年鬼手腥一曲花林消夜好拗郎明日要開廳（長夜飲并食妓以蒽酒解從有疾者必見於西此酒名為消夜花林粵地名於粵妓處設筵宴客招妓錄事畢至聚羣豪飲日開廳粵俗多嫖遊客恐染此疾每在妓家作）馬路衝來汗漫遊珠簾十二儘句留此中春色藏多少一樹垂楊一畫樓高閣三層傍水隈玻璃面面綺窗開看花

解渴都來此。絕妙風情麗水臺。深宵已約伴雲英。潤老來時俶未成。酣酒攜來真恨煞。大家同醒到天明。

人文府起

本朝文治超越前古。而江浙為尤盛。按蘇浙皖三省。多名宰相。蘇省得二十五人。其中蘇州九人。為宋德宜。為徐元文。為蔣廷錫。蔣溥。為潘世恩。為彭蘊章。為翁心存。為金之俊。為沈桂芬。常州七人。為呂宮。為劉於義。為嵇曾筠。嵇璜。為劉綸。為程景伊。為鄒炳泰。松江一人。為王頊齡。太倉一人。為王掞。鎮江三人。為張玉書。為史貽直。為于敏中。江寧一人。為陳名夏。高郵一人。為王永吉。揚州一人。為阮元。淮安一人。為汪廷珍。浙省得十四人。其中杭州十人。為黃機。為陳之遴。陳元龍。為徐本。為陳世倌。為梁詩正。為孫士毅。為董誥。為章煦。為吳璥。衢州一人。為費淳。紹興三人。為梁國治。為湯金釗。為朱鳳標。皖省得六人。其中安慶二人。為張英。張廷玉。廬州二人。為李天福。李鴻章。徽州二人。為汪由敦。一作浙江錢塘人為曹振鏞。三省四十五人。其中重赴瓊林者三。重赴鹿鳴者七。父子宰相六。一門宰相三。狀元宰相四。出將入相四。配享太廟一。入祀賢良祠十六。生加太傅贈太傅一。加太保一。少傅一。贈少保一。加太子太師二。贈太子太師二。太子太傅兼伯爵一。封公伯爵三。兩次圖形紫光閣一。一次圖形二。特簡定兩將軍一。節制雲兩廣四省官兵總統安南軍務者一。南北洋通商全權大臣一。使相兼總督者十四。不由翰林而登揆席者四。年齒以海寧陳閣齋為最。壽至九十餘。其年逾八十者亦十人焉。二百餘年中。文物之盛。實甲他省。豈古今罕事哉。

三借廬筆譚卷四

金匱鄒弢翰飛纂

賦秋詞

姚芷芳上舍文藻號賦秋生。詩詞俱工。且少年玉貌。有不可一世之概。為余題瀟湘侍立圖。侍沁園春云。積夢成癡。因癡入夢。幻出荒唐兒女情。絲易縛。似飛蛺蝶。幽歡難合。兩字鴛鴦。春閒愁城。香埋怨塚。兒女千秋各斷腸。猜衍烏恨石填來海。不到瀟湘。書生風趣難僜。笑艷福全憑紙一張。看瑤臺人倩。郎真傳粉。木街蹋落。尉遲可香。憐我憐卿。成仙成佛。意趣因緣幾倍長。翻庆過。將同心盟誓。一笑都忘。

紅顏福薄

無聊語入詩。要有生氣。若一味牢騷。索然無氣。犯此者非夭折。必窮苦。鎮江李氏女。適某商。抑鬱不偶。年二十四而殂。臨死自焚其稿。僅傳其敗花句云。穠姿艷質為誰妍。消盡春光亦枉然。翻是半開零落好。等閒猶可傳人憐。蓋慈生適某姓。錢曾也。郎俚無情。女在家頗有所聞。憂之甚。詠落花云。一陣落紅飛過去。縱非溷溷已堪憐。無情况是東風惡。吹向天涯何處邊。蓋某賈川蜀。女知他日必相隨者也。幽怨之情。發乎言表。已非好福相矣。若郴城邵香圃女史秋宵一絕。則尤甚焉。詩云。病餘情思倦吟哦。詩興都非昔日多。更漏沉沉人盡睡。一窗風雨讀離騷。邵亦早卒。然三人之境。較洪氏女。尚勝一籌也。洪建昌人。忘其字。適紈袴子。驕蹇任氣。婚數日。與女不工妖媚。屏居外室。而司衣司溺器。則令女任之。已則日事遊蕩。恒經月不歸。洪稍勸之。某怒謂女子通文。便非善類。從此反目。漸加詬辱。一日某歸。見女方含淚瞋目曰。何事尚不愜意。豈懷春而思吉士耶。恚以奩具鄉之地。令女自獻。嫁時金釧攜去償青樓。洪遭此慘。鬱鬱數月而亡。有夜坐詩云。敢將玉鏡怨妝臺。自覺浮生百事哀。轉念也知求婢達。不由人意上心來。容母云。當年曾作掌中珠。人世由來福命殊。空把兒家鸞鳳看。此生無復望將雛。讀之淚下。

紅娘子

崇禎末。流寇四起。繩妓紅娘子。亂河南。虜杞縣舉人李信去。強委身事之。信不從。逃歸。有司疑信執下獄。紅娘子來救。城中民應之。信仍歸紅娘子。遂與李自成約為兄弟。決意為逆。李信妻湯氏。勸不聽。縊於樓。信去後不知也。年餘。道經故里。至里門。探視謹高園。掩淚而入。比至危樓。見妻已縊。面色如生。未識何時死。乃出。約隊復入。殮之。得絕命詞一首云。三十銀環月華明。控鶴從容上玉京。天曾許儂如意願。悔將後約訂來生。信得詩。大慟。欲絕此事與汪燕庭所傳玉兒事相類。

思竹樵

思竹樵方伯瑮，滿洲鑲黃旗人也。風雅愛才，情尤懇摯。開藩江蘇，余嘗以江上芙蓉賦受知。謂一往清麗，神似六朝，才氣頗不凡也。自後屢承青眼，惜陛見入都，遽赴玉樓召。著有桃雲館試帖、竹如意齋酬唱集、而思承堂詩八卷。尤精樂府，步虛詞云：乘興驂鸞向太空，雲璈相悲落天風。令胡快飲蓬萊闕，醉倒芙蓉第幾峯。玉女傳宣視草辦，玲瓏寶殿敞丹霄。殖仙不解戲儀鸞，校笠還將竹杖挑。

胭脂井

余僂上金陵，求胭脂井不得，後遊清涼山，登清涼臺，寺僧淡然年七十餘矣，誦然法相，工丹青，墨竹尤佳，兼通文史，步履亦健，率遊各處，指門內巨井曰：此即胭脂井也。問臺城，則指前岡。余疑相去太遠，且當時臨春、結綺、望仙等閣，皆在華林園中，陳後主居張孔諸妃於閣，而日棄之，韓擒虎率兵南下，至宮中，後主方知，鑾自天下，乃草草同諸妃結束縋井，則井與閣相近也可知矣。後閱王恒叔先生廣志繹，乃知吳苑城在覆舟山前，對宮門之後，晉臺城即吳苑為之，華林園在臺城內，井亦在園中。淡然所云，俗傳之誤。

糟督

嘗與同人夜話，俞吟香述某尚書一詩，風流蘊藉，可發大噱。尚書故善諧謔，判牘中均雜嘲笑。官漕督時，道出長沙，有善化令已升武岡州牧，置備儀仗，書官銜，誤以漕作糟，尚書寄一詩調之云：平生不作醉鄉侯，況復星馳速置郵。豈有尚書兼麴部，漫勞明府晉糟邱。詩書字要分魚豕，過客風原異馬牛。聞說頭銜已升轉，武岡可是五缸州。後見陳子莊廉訪庸閒齋筆記亦載此，則尚書即雲夢許秋岩也。

映江

館娃宮裏春模糊，館娃宮外雨如酥。歌臺舞榭須臾改，一角青山改得無。此錢映江姑蘇竹枝詞。又登報恩寺塔云：古塔嶙峋逼九霄，江天入望正迢迢。風馳萬里來秋色，江抱三吳卷暮潮。朝國關河猶險隘，晉臺烟景極蕭條。壯懷直欲凌雲去，肯共斜陽一例消。

俞吟香

人謂得一知己，可以無憾。余幼作客，歷館停門，幾及十年，所交亦眾，惟趙夫逐熱，俱非同心。獨吟香一人，可共患難。君姓俞，名達，自號慕真山人，中年累於情，余以惜玉憐香，才人常事，未敢深懲其失也。比來揚州夢醒，志在山林，而塵緣羈牽，遽難擺脫，甲申初夏，遽以風疾亡。

為之歎息不已。著有醉紅軒詩話、花間棲夢中、古鑑閒鷗集等書。詩亦清新不俗，花遊青浦云：一櫂長驅去，蓬窗興不孤。港收陳墓鎮，風送澱山湖。樹影月扶直，船聲浪激紆。魚龍多變幻，放眼亦仙乎。遊磨盤山云：鳥道盤盤徑萬盤，杖支節節步難。獨登臨寺餘半角，佛猶古徑特三叉，去更深。夕照淡扶孤塔，直西風吹緊霜鐘，沈題詩一笑留鴻爪，要與山靈證素心。舟次滸關云：送客風佳指異征，軸櫓聲喧到耳清，分付征帆遲一夕，要留明日別蘇城。遊真娘墓云：何處埋香土一杯，墓前短碣沒蒿萊。芳魂地下曾知否，踏遍斜陽我獨來。雜句如吁吼云：一灣流水繞溪曲，半角斜陽落塔尖。遣懷云：賞慈人憔休莫寄，愁能自遣不妨癡。題虎邱寺壁云：塔風凌鈴語雜，荒池水澀劍光浮。綴筆云：惟有癡情難學佛，獨無媚骨不如人。五言如山中云：林深酣鳥樂，山靜笑人忙。渡太湖云：勢挾魚龍壯，聲騷鷗鷺呼。雪中得句云：花濃忙亂蝶，波靜穩閒鷗。皆佳。

晚香閣

朱韻荷女史，清史文字淥芙，烏鎮山徐韻笙大令之室，有晚香閣詩鈔二卷，近體清麗，五律峭古。閒捉題羅浮春曉圖云：古香寥際天風動，千年送惑羅浮夢，羅浮山下梁南枝，花間翠羽嬉么鳳，當日師雄坐錦苔，翻然林下美人來，華香臺還攜玉手，清歌妙舞自成杯，歌曲未終舞未了，林風吹隱銀蟾小，參橫斗轉玉繩低，元鶴一聲天破曉，揩眼驚看神惘然，茫茫何處覓嬋娟，情天花海真成夢，翠袖紅妝總化烟，卻向名山拔袂起，微塵悟徹都花此。紫華頃刻幻空花，光景遄飛同逝水，一夢居然夢境超，拈花微笑人仙矣，先生梅夢本來無，無夢超然夢醒如已，向花天心靜，脫轉憐人海境模糊，夢回說夢醒甘寢，卻憶羅浮春曉圖，圖中過是梅花樹，山色平明抹綃霧，仙人入夢尚迷花，花外說中不知處，新春泛湖云：綠雲挾春至，溢為十樹翠，浸入湖光中，動搖碧玉碎，幽人打槳來，秀色浮肩紫。

長歎句

徐宋海為余言：其族某眷名妓彭雲香，有婚娶約。徐某故寒畯，適父執某新任江西，招入幕，某與彭訂三年後娶，稍俗而後踐盟。逐去，女迫假母命，強應客，非本心也。卒抑鬱亡。某得耗慟之，為作長聯輓之云：試問十九年父母，卻苦誰來，如蠟自煎，如蠶自縛，沒奈何羅網頻加，曾語余云：君固憐薄命者，忍不一援手耶。嗚呼，可以悲矣。憶昔芙蓉露下，楊柳風前，古妙吳歈，腰輕楚舞，每值酡顏之醉，常勞玉腕之扶。曆卷無此遊，會真無此遇，天台無此緣，縱教善病工愁，憐渠憔悴，尚恁地談心深夜，數盡雞籌，況平時婉婉婷婷，齊齊正正，不圖二三月輕拋浪去，閒魚常渺，問雁常空，料不定琵琶別抱，愁為卿計，爾豈昧夙根者，而肯再失身也。

若是殆其死乎至今荳蔻含消雁無路斷門猶雀認樓巳秦封難招紅粉之魂枉墜青衫之淚少君弗能禱折衝弗能填女媧弗能補但願降神示夢與我周旋史大家猶有惠焉乞還鸞膠或有個夫夫婦婦世世生生

望樓

大比之年士人望樓其魄有不可告人者當相吟寄作望樓詞調寄醉春風云時節重陽近帖子金花㸃無端風鵲忽驚猜聽聽聽人說街頭龍聲傳外金鑼遠近一騎紅塵迅名姓傳來定春雖一線尚牽絲等等等敲殘門庭淒涼斜日墮蕭蕭影形容絕倒局中人亦當失笑

李文恭公

湘陰李文恭諱星沅號石梧聞平生好皮陸詩終日一編晏吟宛唱不少倦余於鄉樓梧校書處得手錄原稿錄其尤佳者訪黍黃樓不果云何處中郎宅琴聲不可聞落霞孤艇亂夕照大江分之子如黃鵠相思空白雲天涯才咫尺搔首歎離羣對酒云眼前𥘿睨傲壘公非夜歎看海日紅世事登場原傀儡書生故步即英雄蛟龍卷甲藏森雨鵰鶚梳翎待朔風舉竟唐衢非俊物向人畢淚哭途窮閨內人聖諭病云東陽消瘦不勝情我已當年識舊盟手熱沈檀參繡佛樂爐經卷其長生倩由子改詩云規放唐賢拾舊聞何當覩笑許三薰妝臺請下媒英拜從此先生屬細君題畫云肯持慧劍斬情絲妾意纏綿郎未知淒絕夕陽江上影離魂空唱小青詩餘如月光低度水石氣細生雲漁梁疏雨滴蝦市晚風腥秋老詩逾淡林深夢亦涼星光沈大野雲氣簇中條讀舊詩如歸遠客坐重簾似住深山天生脩竹宜高士我愛名花當美人頑怪冬烘操月旦可憐春夢誤風流家緣久住添離味人悔多情長病根世外桑麻皆列土山中雞犬亦仙儔或以情味勝或以氣韻勝皆可傳之作也

滄江老漁

金山浜醫士袁滄漁文煥自號滄江老漁余祖執也善談學問淵博兼通詩畫余偶山中胡心田丈處其地皆叢石擾擾熙熙無可談者惟滄漁丈晨夕過從頗以忘年交自居時余初學吟丈為講解因漸識精微甚銘感也別未半載聞丈遽歸道山得耗震驚遂為設位哭祭之丈墓在悟几嶺路側余每遊山中必展拜亦不自知其情之深也丈生平不作詩作亦不自收拾僅記其采蓮詞一首云綠雲隱水化涼烟翠袖凌波骨欲仙惟有鴛鴦禁得起日高猶自並頭眠一曲新歌唱夕陽向舟歸去毅衣涼鏡潭秋水深如許并及儂家綺思長寓君道中云蟬嘶衰柳困秋蘺雁落平沙紀翔燬白牡丹云姚黃歐碧都無色吾道原來尚素王文秋水一泓清見鯽七言亦佳

堪輿

堪輿之說始於郭璞然周公卜洛澗東瀍西當是青烏之濫觴由周公而上溯則相其陰陽記其流泉公劉又為作俑矣惟當時但指形勢險隘言不主吉山言今則黃鼓其說雖士大夫亦相習成風惑於興敗至有懸父世之柩而屢擇牛眠待時不葬者亦可傷也余向疑擇地之說與宅心不符苟豁刻山暴欲福子孫但擇一吉地足矣又何悍而不為惡哉如謂心地不良雖吉地亦不為福則何以擇為心地既良自有吉地又何以擇為恐人不察終成痼疾余故筆以告之

夢幻

孫鐵生為余言幼時與同社黃頌閣友善黃文號振初詩人也歿數年矣光緒庚辰仲冬既望夜忽夢黃衣冠至謂曰僕已為官思念故人有七絕一首相贈孫忘其已死請其詩黃出松花箋一幅上書曰一夢生天又幾年蕊宮金闕雨茫然月明風冷人歸去嶺上梅花迸鐵仙方欲問黃忽不見醒而異之冬十月復夢至一處梅數百本花開如雪圍以紅欄黃坐深林中作羽客狀笑招手問曰詩旨解否孫對不知黃曰惜哉時未至耳飄然踏鶴去孫亦醒每為人言恐不久於人世然孫至今甚健了無他異也

小說之誤

石頭記一書筆墨深微初讀忽之而多閱一回便多一種情味迫目想神遊遂覺甘為情死矣余十四歲時從友處借閱數卷以為佳數月後鄉居課暇孤寂無聊復借閱之漸知妙迫閣竟廢閱盍手不能釋自後心追意仿淚與情多至願為瀟湘館侍者卒以此得肺疾人皆笑余癡而余不能自解也然此書之淫妙在有意無意非粗淺人所得而知聞乾隆時杭州有賈人女明慧工詩以酷嗜紅樓致成療疾綿綴時父母以是書貽禍恨而投之火女在牀大哭曰奈何燒煞我寶玉遂氣噎而死蘇州金姓某吾友紀友梅之戚也喜讀紅樓夢設林黛卿木主日夕祭之讀至黛玉絕粒焚稿數回則嗚咽失聲中夜常為隱哭遂得顛癇疾一日炷香凝跪良久起拔爐中香出門家人問何之曰往警幻天見瀟湘妃子耳家人雖禁之而或迷或悟哭笑無常卒於夜深逸去尋數月始獲

海上新樂府

樂府之體宜以藏鋒露穎之筆攀入深出顯之思其音節長短句調轉換純是天然非寢饋十年不能語此江都鄒外峯少府鍾岳精篆籀學著有說文緯罪我食報等絲詩筆力追漢魏宦浙江與上元宗載之大令得福旌德江秋珊承詒儀徵方芷亭嗣瀾兩大丑等與西冷

杜詩富以海上新樂府命題君半稅單云推商半稅鹽茶中稅洋稅紛如麻近年酒局增物賦半稅徵歸洋稅務誰將洋稅驗過關商人手持半稅單關吏見者皆側目中稅未輸已可贈中稅不足洋稅足須半官云番商雖還番官驗貨懸金錢身佩刀嗚呼中朝好爵公堂食皆互相約華民長跪番民立華官局促番官逸泰西誰家番官志官兮鬼兮稱須事新聞紙云一語出閩閩十日遍寰宇傳者何紛紛借問誰為主道是新聞海上來一唱百和死如賭商賈居貨評低昂史紀傳伶演歌舞蟋蟀蛄囁吶蒼蠅嗚朝政得失何關爾君不見非肖官府論機樞今朝已上新聞紙裝豬仔云豬仔豬仔番船裝粥身異域謀稻粱吁嗟人兮豈曰豬一再思量不忍吁何異豬都與人都甘心去受番伯虜人可虜兮可奈何人兮豬兮奈若何宗戲之來樓記云男兒不封萬戶侯何不乘槎泛斗牛斗牛之宮高峨峨億千萬里無風波妖姬膜拜諸參舞錯落箏絃急如雨小槽酒滴珍珠紅留髡送客嬉融融五都白日疾如電道里山川復何見歸來奏封伏丹墀異方之樂無窮期君不見天子今年詔書早使節旌旗方戒途他日論功書工考新聞紙云海上新聞報不已中西聞見一張紙龍門貨殖傳監門流民圖所報一一信非誣時而照水犀時而尚方劍一衰一貶或隱或見胡不以此報帝夜所惜主之非其人言者無罪聞者戒日日新聞上街賣方並亭耶穌教云君不見高門大

署耶穌堂雖設丹楹何煒煌吞丹受教拜神甫羣雌粥粥衣裳香民愚民賤民知羞民人折堂官爲僻氏設官分官有主調停但覺官心苦。

妙判

蒲留仙聊齋誌異中胭脂一則事甚離奇判亦敏妙不謂二百年後又有繼者昭文縣陳鈞堂先生康祺以名進士出宰斯邑判龐氏東西交訟一牒巧思綺合幾可媲美留仙先是龐姓延金生蒭如教讀龐妻多疑忌謂其妾周荷姑及婢銀銀與生有私訟之公庭先生鞫之知爲烏有乃當堂作判不加思索頃刻而成以示堂下咸服捷才焉判云照得龐某控金生一案研究數堂迄無確供中冓不可言何況事無實據縲絏非其罪胄教士也含羞本縣覷金生平句書生鄉村學究逍子之館未及半年招我由房難通一面縱使國風好色豈忘君子懷刑龐周氏貌尚端莊年非韶穉久已與龐公而隋隱何至見金夫不有躬龐某生從名閥身襲宗封到堂數言亦知大體決不因主賓失好自污污人大約別嫌明微欲整家門大統爭妍妬寵雖猶婦女芳情周氏附中婦大婦之班又處春帷而忍命金生少經師人師之訓惟恐及是以收斂此多娟娟或偶具西賓之饌羣雌粥粥遂疑適東家之牆龐某偏聽人言恐疎閒範嫁疑雖當自白撿防未免過嚴投牒公堂初非好訟今家口寓同兩心冰釋夫涼與性菊荷非並蒂之花貴賤殊形金銀豈一爐之冶主賓未洽別聘名師妾婢無辜仍還舊主門楣喜保子孫必可興昌屋漏稍虧神鬼豈能省恕倘該封職再房有屬無調家馴獅之術何妨關閭放姬爾童生就館不終遇瓜田李下之嫌益宜守身如玉此判

余成之

同邑余成之龍傷若安先生宅相也古道熱腸頗有任俠氣余因爲君相知獲與君交余多愁復性懶君馳書知誡言不憚煩嗣以所著詩詞稿就質集中如秋風翻白浪落日暗黄塵驚鬢影秋來改江聲酒裏寒月照中天地潮來自古今螢點疏逶夜碓聲急逵空路轉千峯合林深獨鳥飛望裏吳地人千里舊雨杭州酒一杯憐才似我應含笑附眼逢君不作凝三五人家小橋畔柳陰深處掩柴關皆新雋不俗詞筆尤勝錄其蝶戀花云小院幽深春寂寂閒盡泉梨沒個人兒識蘇地思量芳草碧闌干倚遍嬌無力千夢初回渾記得握別黄昏可奈離愁濃透笑濃歡空自憶重簾幾許愁難覓

李小寶

校書李小寶字玉香湖田李珊珠之養女也後徙海上改名墨卿姓朱從假母姓也慧心麗質有大家習余因劉楚卿得相見於眼前小園校書出粉帖余可書長聯贈之云小鳳縱無

愁只顧卿珍重年華流水因緣休省戀有約低徊我荒涼席帆惜花心事做商量下聯秉指琴仙也未幾當道禁煙花校書他徙余同俞蔡真泛舟杀逸遊於虹溪某村舊夢新歡悲喜交集乃各以詩贈蔡真有才子多情原近佛美人有夢勝登仙句余口占云同是浮萍飄泊身者香相見太艱辛勸卿休下傷心淚我是銷魂獄裏人擲嬌難得座營金已負恐闌窗誓心斷送温柔鄉老鴛鴦也是可憐禽比秋試寄詩贈別云又去隨波逐浪遊那堪話別到妝樓算來未必功名好底是星期不並頭

學識

明少保夏原吉云處有事當如無事處大事當如小事若先自張皇則此中無主矣余爲轉一語曰處無事當如有事處小事當如大事若不自兢惕則臨時多悔矣吳江樂秋泉少尹和易近人不露圭角與商難決事從容討議一言破的誠學識兼優者詩筆亦佳僅記其同閨人作七夕詞云秋窗涼靜落燈檠笑指星河數舊盟更比天孫清福好年年不解別離情一往情深令人想見

子毋街蟬園

天台黄漱泉有孫秀谷子毋街蟬園係高道菴樹社所鬻并跋云辛酉四月上浣過訪秋水

先生得快讀其李女秀芬詩詞，并出示所輯銜蟫小錄，披覽一過，見采摭書籍，自經史子說以至稗部，不下數百種，穿穴排纂，分門別表，動合古法，歎其用心之勤，固非尋常詠絮才比也。喜書四體，并仿宣和子母貓圖，以誌欣賞。詩云：蓬萊仙謫本超凡，滿腹才華四部兼。慣寫烏絲依翠幌，戲呼錦帶傍湘簾。能收多向靈臺織，擷祭頻將韻事添。勉為題詩供一粲，披圖慚撫玉纖纖。

書儲

隨園云：吾輩少貧，欲讀書苦無力置書，及有力置書，又苦無暇讀書。然則有力置書者，宜乘暇讀矣。乃八股誤之，嬉遊忽之，每見偷腹青衿，往往五經亦不能背誦，雖在大族，而架上琳琅，腹中酒肉，不亦甚可惜耶。葉茗生鶴陂漁話云：司馬溫公獨樂園中，文史萬餘卷，晨夕繙弄，雖累數十年，皆新若手未觸者。此在惜書者宜然，而余獻其媍周櫟園亮工先生因樹屋書影，述其先人論架上無整齊書，注云：本本精良，一一完善，手且未觸，目於何有，但擬架上，使知腹中。此雖為有書不讀者下棒喝，然亦有理。今之市兒恭富，本不識讀書樂，偏欲與文墨作緣，乃多購書籍，務極精工，置之室中，以壯外觀，而問其此書之旨，茫若聾啞，故有藏一書而累世不壞者。若我輩得一好書，便如性命，翻閱無厭，易至破損，豈能歷久完善。書至江建霞懷珠閣，見案頭書亂無倫次，而張霞愛書成癖，嘗有一生無福堪稱我，到手黃金便買書之句，故學有淵源。嘗為余言：愛書者，愛其能貫我胸中，若但事護惜，是書儲也。余曰然。

脫調

作詩避熟，不可襲陳腐語，然古人亦有鈔人之詩，添易一二字，以為己作者。李嘉祐詩：水田飛白鷺，夏木囀黃鸝。而王摩詰詩但加漠漠陰陰四字，為七言句。古樂府雞鳴高樹顛，狗吠深宮中，而陶淵明亦云：犬吠深巷中，雞鳴桑樹顛。江為詩：竹影橫斜水清淺，桂香浮動月黃昏。而林君復但改竹字為疏字，桂字為暗字。王仲宣詩：從軍有苦樂，但問所從誰。而鮑明遠有客行：有苦樂，但問客何行之句。至國初漁洋山人集中，相類之句亦頗多，如劉長卿白鳥破溪光，阮亭改光為烟；王維青山帶行騎，阮亭改騎為客；李白心與浮雲閒，阮亭改浮為孤。一字之易，便為己作。吳梅村嘗謂閒記既多，故出口便與古人相同，不必力避窠臼。余謂祭酒之言，可概成家，不可概初學。且吾人作詩，先要能避，方可不必避，信如祭酒言，則初學者皆將以剽竊為能，不事精進矣。恭甫亦以為然。

眉綠樓

顧紫珊觀察文彬，自甯紹台道解任歸，於宅後葺莊餘地築一園，名怡園，詩酒自娛，尤好古玩，苟當其意，千金弗靳也。平生愛填詞，著有眉綠樓詩餘。其專詠園者，有倚江南好詞五百首，又擬若詞百解。但詠園中花木，柳梢青詠菜花云：一舖海雲黃，無邊春色，絕大文章。山岸蜂喧，繞籬蝶醉，一片斜陽。祇園布地金裝，憶紅雨桃花下場，擾擾人蹤，鬧泥船繫，十里風香。醜奴兒詠素馨云：佗隨落子雲帆，到海國仙人，小謫紅塵，粉剩吹香，強放蠻王鉤。重訪城西路花家，簇簇蝶冷螢溫，中有娥娟，絕代瑰蹤。鵲橋仙詠牽牛花云：棧羅移渡，橋殘側，消受嫩涼庭宇，風娟月娟，不多時便抵了星期一度。蝶青淺深，花有淚，紗人妒，烟絹織娛裳屏，秋聽葉底蟲蟲機杼。釵頭鳳咏玉簪云：瑣仙醉，搖碎，幻成冰萼庭心墜，粉痕抵，扶無恙，月底迷藏，玉奴偷拾，覓覓紗櫥閑，幽香細，剪成篇，夢釵聲脉，雨風急，殘妝泣，燈約細盟易成拋擲，惜惜惜。

一門殉難

庚申之亂，賊陷蘇城，元和蔣仲呂琛璞先生臨殉命，謂妾郭氏及諸子曰：汝曹速去，毋為賊辱。郭曰：妾不難從君死，惟呱呱者為累耳。急以幼子沈之水，顧諸兒曰：速去為賊擄。諸兒泣對曰：父殉 國，母殉父，獨不許兒殉親乎。卒以次自殺於中庭，闔家五人俱死。蔣采臣司馬有詞紀其事。

寅姑

北里志載潤娘從郭鍜事，可謂遇人不淑者矣。然痛楚方加，新吟旋就，窗下琵琶，竟忘馬嵬之擊，此固於紅顏薄命中，別出一家。多情者悔之，多情者且與之也。以余所聞，揚州妓寅姑連姓，又字小玉，紅能詩，落拓不羈，自高位識，嚴於風塵中而資助之。嚴貴寅姑，委身以從。嚴漸變其性，驕而善怒，待寅姑虐。有徐孝廉與姑善，脫籍後遂不見。一日遇於途，姑舉車簾敘舊情，徐以繡囊貴金擲車中，嚴知之，叱令速歸，繫姑於梁間，而以搗衣杵撻之，體幾無完膚。徐恐不任，親偵之，見寅姑在窗中與小婢作蹴踘戲，見徐笑招入。徐恐貽禍，姑曰：無妨，不過飽幾下老拳耳。出前袞之，徐歸，檢得七律一章云：天忌蛾眉暗自傷，良人昨夜太狂猖。玉鉤倒挂紅繩繫，粉體空懸玉杵當。莫想吟成同命句，最難脩到薄情郎。馬鞭數十猶堪忍，卻怪當年楚潤娘。余謂嚴之殘忍，固可髮指，然寅姑亦太不自檢，且昨夜遭笞，今朝複戲，若無事然者，豈天故生此麗質，供薄倖者之消磨耶，不可解已。

報應難憑

唐韓思復之子朝宗，生平無甚奇行，令人乃竊稱之者，李白一書，遂使人以文傳耳。惟識拔後進，愛慕人才，是其生平好處。 國朝畢秋帆尚書、盧雅雨都轉二先生，愛才下士，一時咸峻之，得以伸拔者，不可勝數。而盧之孫文蕭，仍國逐，食其報。畢氏則門閭衰替，且及身而喪其官。嘗在包氏見磁瓶兩件，計長尋丈，又花梨木炕桌一只。後又於戚姓見大理石屏十二幅，闊丈許，長二丈許，皆畢氏故物。其後嗣零落，至有依人乞食而流落他鄉者。謂天道可愳，未有吾人而不畏者也。

蕙生感懷詩

女子之義，從一而終。擇婿時，父母須有定識，不爲媒妁富貴所惑。其在暴富之家，或婿慣驕縱，家人皆順其性，或家正中落，此等處尤宜詳慎。苟遇人不淑，口雖難言，使有終身失望者矣。慶紅館主蕙生，適鄉間某姓，婿業農，錙銖利無情，沒字碑也。女弄柔翰，叛不許，謂女子以無才爲德，治家在井臼，豈在吟哦哉。蕙生始不從，陳怒虐待之，女始不敢言，飲泣而已。嘗作感懷詩寄聞生云：離鄉屈指已三年，無米難炊屢某烟，儘遣金釵都典盡，教儂誰買貫花錢。光陰如夢又芳辰，姊妹空招去踏春，美煞東鄰農婦好，布衣猶換一身新。阿母書來忍淚看，思兒猶自問平安，怨傷親意難緘答，先把郎君薄倖瞞。淒涼敢怨長卿貧，奈此紅顏薄命身，傳得怨懲鄉里口，大家都說可憐人。問字何從尺素將，那堪回首憶瀟湘，尋來不及儂家妹，猶見封侯夢一場。聞生婿令捐職需次他省，未有指余及聞生也。教學溫柔，怨而不怒，花花僞憶，黯然傷之。

紅花埠

嘉興楊二梅孝廉，俊才早識，矯抗不羣，工駢語，出入漢魏，掃盡膚詞，詩筆亦奇。常宿紅花埠，時寇亂初退，殘燼猶存，看題壁云：鈴語郎當答鬼語，斗大髑髏挂枯樹，霜凝恨血注蒿田，昏悶陰燐聚相護，野風蕭蕭白日寒，烏鳶見客飛不去，斷碑卧道石棱平，昨日採兒磨刀處。紙上陰森，讀之毛悚。其言情之作，則又香草美人，別出機杼。爲黃琴川太守題重刊漱玉詞云：素女爲師佩國芳，同聲翻賦樂三章，人間別有王郎憾，絕妙新詞號斷腸。吉金樂石委泥沙，滿目干戈不見家，羸得頭銜老居士，藥爐茗碗伴天涯。名重王孫大雅輪，仲姬詞調亦無倫，茗華分殿朝南北，一代文章兩婦人。其餘佳句，猶記其入竹總烟色，近山先水聲；寒家行樂仍寒儉，老母加餐便吉祥，兩聯。

秦子良

吳縣秦子良 鳳翔 精岐黃術，能詩，與袁春泉、金子春輩爲文字交，著有螢夜廬稿，書介吟香特來館寓，屬爲定點。余未敢也，因摘其佳句五言，如大雲菴云：鐘聲流寺外，塔影颭林中。黃浦云：浪翻豚出沒，風急鳥高低。廢宅云：空庭狐拜月，舊壘燕留泥。晚歸云：月隨人共到，鐘與水爭流。雜詠云：樹靜風初定，窗虛月自過。夜坐云：月移花倒影，風急樹爭聲。七古如白荷云：托根雖下清難染，出水無多濕亦香。山塘云：七里烟波花世界，滿船燈火水生涯。西湖云：卅里湖堤晚遠望，六橋烟柳鎖春愁。皆清新流麗之作。

楊見山

楊見山太守 峴 倜儻多才，善作八分隸，尤嫻吟詠。嘗題李香君硯背拓本小影云：不堪重憶舊笙歌，紅板橋西水又波，扇底桃花何處去，祗餘鴝眼淚痕多。燈前酒後讀之，直欲擊碎唾壺。

奇女子

郭子美軍門妾劉氏，字蘭卿，本揚州良家女，遭亂落平康，籍非素心也。軍門遊海上，見蘭卿，奇賞之。蘭卿力求脫籍，乃娶歸爲進室，時年纔十五。光緒五年，軍門奉命入覲，旋赴直隸提督任，招姬同赴古北口。王事賢勞，竟嬰病卒。蘭卿服阿芙蓉膏殉，聞者傷之。於是諸名士皆役詩遠弔，凡數十家，錄擷李婉雲女史詩一起云：君不見南山松柏勢嶙峋，一同桃李鬪芳春，蓋臣丰骨十鈞石，慷慨捐軀有幾人，抑笔獨覺聞名教，奇節傳來玉關道。漫云輕薄是烟花，烟花苦抱冰霜操。其收一段云：志決身殲無所戀，芙蓉膏濺芙蓉面，明璫翠羽出帷，貞心天日皆相見。毅然一死尚嫣然，笙鶴遙空玉化烟，應有英魂下箕尾，同騎鸞鶴翔霞天。吁嗟乎，將軍報國豈畏死，烈婦報夫亦如此，芳名天地不能磨，正氣千秋照彤史。

一得齋

從叔祖元卿茂才 起鼎 長厚忠誠，有瀟灑想，昆季五人，先生居四。其長兄竹溪明經，亦一代儒也。先生喜吟詠，力學王孟，著一得齋詩稿。錄其幽居雜詠云：半間松陰半竹陰，隔溪遙望草廬深，清風明月千杯酒，流水高山一曲琴，魚躍秋波催我釣，鳥鳴春樹伴人吟，悠然領取烟霞味，拋卻塵緣見道心。餘如燈下觀書妻問字，雛從摘果女牽衣；筆堪結陣何愁怯，硯亦名田不算貧；放燕忽先開一扇，留香簾早下雙鉤；求名心每隨年淡，倚醉顏稍早成紅；正欲澆花逢好雨，早須栽竹引清風；酒逢得意呼紅友，詩寫真情愛白描。皆一縷清思，引人入勝。叔祖與余最相得，嘗勸勿作風懷詩，余以竹垞不刪風懷詩，寧不食兩廡豚之言爲謚。叔祖曰：非不可作，恐不易作也。若力果兼長，則溫家側豔詞，亦何害於國風之旨耶。

浙秀

浙江閨秀能詩者多，余遠阻山河，恨難採訪，茲就杜晉卿錄寄數則，分采集中。海昌許寶娟女史 韻珠 新柳詩云：眉黛恰似初三月，腰弱難禁五兩風。秀水陳慧娟女史 習珍 畫梅云：春色描來涼有訊冰肖窩出總無痕未佩秋女史（地珍）白秋海棠云月影照來涵玉樹露華流出漾冰魂佩秋肴有沉香樓詩鈔未弁而卒同邑范淑雲女士（秉瑛）輓以詩云迴憶分離閒歲華而今飄泊渺天涯一枝姿地香斷謝凄絕人間姊妹花

楊務菴

吾鄉楊務菴先生（棪）於乾隆辛亥曾從大將軍福嘉勇公征廓爾喀向尚備歷艱難所乘馬墜崖死將軍給一馬又為番兵所食先生計無出徒步行日久鞋底盡脫以五金向行人購一草履一日而毀番地雪大行旅過者往往人馬皆沒後幸得一騾代步始無恙然已徒跣而歸不堪其憊矣回至前藏途中口占云小春氣候轉暄和快馬平沙作隊過賈勇三軍齊脫劍勞旋八部盡吹螺傳來消息人天喜話到艱難涕淚多悵望東歸倚萬里且安行腳禮維摩詩意艱深想見從戎之苦事平由中書擢侍讀賞戴花翎

偽隨艷福

吳縣才女沈蕙孫（纕）善吹簫手定簫譜一冊調宮按孔音節入微間亦吟詠有所作輒自焚去不肯留片紙近時侍誦者祇能殘紅雨到清明七字而已後聯姻劍峯秀才劍峯本工吟大姉倡和甚相得嘗於月夜登園中賸遠樓蕙孫吹簫劍峯曼唱聞之疑為弄玉王喬遂空遊戲也劍峯有無題詩云幽期曾有福能消芳訊頻通轉寂寥憐煞秋波才一寸為儂傳怨又傳嬌色眞無策促黔新凉吹遍幽閒一鬟香情思太多言太少泥人偏是十分莊自摘簾衣落手鈿指不嬌摘蕊檢微偏回身暗把郎衫袖笑指花梢蛺蝶眠

春夢菴

粵逆之亂半天下事平後文人各記兵如癸甲摭談金陵記事可憐集偽宮記等無不備錄見聞以供采擇而沈君懋良江春夢菴筆記尤為詳備因撮其大略而摘錄之據云庚申辛酉間偽宮婦女不下數千大半吳越產處女十三歲外無完璧者偽后一人轄嬪娘一愛嬪二嬉娘二寵嬪二娛娘二位列上等偽王各有好女四妙女八姣女十六姈女二十姘女二十四姱女二十八媌女三十二娟女三十六媚女四十自一品至九品以偽妃二十四人各轄妖女四姹女四娃女四玧女四姽女四一品至五品更有則元女十八六七品更有妖女十人偽幼主宮中偽王妃一人轄美人四麗人八佳人十二艷人十六位列一品至四品偽女司以二品掌率六人各轄女司二十八其幼逆之淫無復人理處子過十歲為污辱而死者不知凡幾洪逆在時偽宮元女三人皆以幼而犯洪逆死未及殮已遍污之死者二人復於偽妃女宮中選百餘人日夕行樂而洪逆之兄洪仁達洪逆之甥蕭全福洪逆義子四王相又各乞數十人以去餘俱屏入女司由偽正王娘袁姓主之為其撵就本上元人專司偽宮棄女出入其手者以數千計當洪逆未死責令各獻婦女多選者列上考曾有偽詔云總自今四郭來朝萬方一統東南貢大妹西北獻嬌娃太平天一統天福儘堪誇又有詔云你們姊妹休違拗肯來做你是要好受打受罵休悔恨打是思情罵是俏聞係洪仁玕所撰逆極貪識之時蒙得恩侯裕寬雅善逢迎專司被擄婦女已嫁者充女司未嫁者充妖女完璧者充元女含羞通符日死數十人裕寬且進醫治元女之說故八九歲以上罕倖免者

洪逆造作邪說謂天父名耶和華生五子一女長耶穌次即已次楊逆王次韋逆女曰宣嬌洪逆義子偽四王相本嘉禾人貌姣好性和平惟淫荒無度過於禽獸五月間天降大霧傳偽詔云現蒙天父降下甜露繼自今大小文武天兵大共變喫甜露不得喫飯合耶花然不知所解後又有偽詔云真神能造山和海任耶妖魔八面來天羅地網幾重圍你到弟妹把心開岳飛五百破十萬何況妖魔滅絕該天父好手段妖魔盡莫不當天一箕天兄好擔當天兵一到妖魔盡滅亡你們軍士暫行安息朕今上天堂向大父天兄領到天兵百千萬大顯權能保固天京你們軍士大共享昇平之福至明日戌刻竟到天上去了荒謬不知所云殊足令人絕倒其偽詔中謂東王楊有和曰和璵西王蕭全福曰福璵于王洪仁玕曰玕胞

侍王李世賢曰賢胞輔逆楊輔清曰輔胞翼王石達開曰達胞忠王李秀成曰秀胞贊王蒙得恩曰恩胞章王林紹璋曰璋胞皆所謂一二等王也衆逆中惟石達開文理優長李世賢李秀清惟謀機變蕭學貴勇鷙絕倫尚有作賊才餘皆昏昏無能祇可作刀頭鬼耳

偽試以每年二月初二日軍師文試取信士一人十二日武試取藝士一人三月初三日監軍文試取秀士二人十三日武試取英士二人四月初四日總制文試取賢士二人武試取能士二人五月初五日省提學文試每五人取俊士一人十五日武試每五人取毅士一人逢榮酉兩年五月二十五日集新舊信賢秀俊士考拔每五十人取傑士一人逢子午榮酉年七月初七日省提考文閣中式者曰約士十七日武試中式者曰猛士皆無定額逢辰戌好未年九月初九日正總裁文天試一甲曰狀元榜眼探花二甲曰國士三甲首名曰會元以下曰達士二十二日武天試一甲與文試同二甲曰威士三甲首名亦曰會元以下曰壯士其榮好二字係強改干支卯丑二字當時有某生借應試為名大肆毀罵先是洪逆閒人道某生才因令製楹聯以試之生書隨曰尖卡試傀聯曰一統江山百零五里滿朝文武三十六行後生分屍死

偽服以黃緞繡龍為上黃次之紅紫次之青藍黑又次之偽冠上三等王用金偽官用紗帽

鄉官用金偽袍上三等。王黃緞繡金三品以上黃緞繡花六品以上黃緞九品以上紅紫以下皆雜色馬褂上三等。王三品至六品與袍同九品以上紅緞以下黃布紅布偽宮人以搭汁代馬褂。以濶平蹬靴纓代紗帽。餘皆同。別有縫裹即濶管褲紐寬褲襠不扣縫而用鈕者。開襠即開襠褲。散寬即裙散袍即斗蓬。遮腿分左右。後三幅束於腰際。乃乘涼所用。皆偽宮女子之服

金陵將復時。偽宮屢見怪異。偽巡查陳全發見西逆府前一物。遍身白毛。高二丈許。駭極而奔。婦女每於夜間見有穿號褂。或頂帽者至。一見即口不能言。任其輕薄。女尤甚。醒後即形若木雞。不許他人入室。既而有無數獼猴魚貫行城東。有長至五六尺者。旋散去。偽宮夜間曾有紅頂花翎面塗五色及黑衣丈夫多人。污偽后賴氏等以下十數人而去。叅逆長女為一白衣藍頂遍身皆毛之怪所祟。怪係美丈夫。僅十餘齡耳。來時火光皆作慘綠色。一日午後有巨聲自東南來。旋聞無數鬼哭。似訴申冤二字。偽逆宮中見有一白髮人。遇人即笑。詰之不應。亦不懼。未幾隱去。偽宮中每見無數紅衣紅面人。立屋脊上。指揮洪仁達巢中。見一頂帽蟒服者。叱之。數人皆一色妝束。真異事也。

三借廬筆談卷五

金匱鄒弢翰飛纂

太常仙蝶

太常寺仙蝶。相傳為明忠魂所化。或云元至正時已有大小凡二。來亦不常。忽隱忽見。衣酣黃色。微間紅白。或云指蝴小妹二目赤丹砂。夜則有光炯炯。時飛入人家園亭。見者呼以老道。輒下止掌中。或戲集婦女釵鬢上。偶舉念欲捕。即引去。所至必有瑞徵。乾隆戊申冬至大祀。純皇駕宿齋宮。太常寺尚書德明面對時奏。及上命宣見。求之寺署不得。有老隸言。當在地壇。往迷。言果飛出。合肥徐正甫云按似應作乾隆庚子冬至大祀禮部尚書石允峻在上前奏及有老隸言當在齋宮果得之遂裝以錦函。時和珅當國。不之信。取視乃一枯蝶也。大笑不止。德明心知其異。仍函進。上啟視。蝶即飛起。廻翔若拜舞然。因賜封太常真仙。仍命送歸。咸豐乙卯十一月。仙蝶至高資大營。張國樑大帥繪為圖。明年丙辰。又至江南大營。許信臣中丞亦圖誌之。徵題詠殆遍。未幾大營潰。戊午十二月天大雷雷。復見於蘇州藩署。王雪軒方伯賦長歌紀之。迨方伯升任去。而蘇城旋陷。庚申四月。復見於蘇撫署。徐中丞有壬以為瑞。拜祝之。即城陷前數日也。長白麟見亭先生曾兩見此蝶。繪仙蝶證緣圖。合肥徐正甫先生參張帥戎幕。及佐王方伯幕中時。亦嘗見仙蝶。故知之較詳。而為人述之甚確。余因參考他書。並采而錄之如此。

眉心室

漢壽葉曾甫孝廉鼎號碧湘秋夢詞人。又字蘭伽。為葉方伯佩紳之子。十五歲即登賢書。少年美艷。嗜學工吟。神似三十六體。七律尤勝。直入唐宋之室。余嘗與黃式權瘦竹論近人詩。共謂富貴吉祥。當以蘭伽為最。曾得其眉心室詩詞稿一冊。愛不忍釋。惜春曲云。小樓夢破桃花雨。窗外東風作人語。流鶯喚起鏡中愁。一桁春寒墜金縷。紅淒綠怨嫣可憐。碧雲裏濕湘江天。烟魂如絲翦不斷。和愁攪入兜央絃。愁比春深覺春淺。江南春去莫相思。相思太長春太短。秋河篇云。碧波界破情天秋。織女欲渡河無舟。環佩如烟泣秋雨。片雲飛墮仙魂幽。愁絲恨縷三千尺。織就霞裳昕宛魄。文犀石爛不補天。填海孤禽早頭白。七律如新柳云。長條跪地拂征鞭。擫笛旗亭客恨牽。才子風流如此樹。美人心事奈何天。三生淨絮飛黃雪。十里樓臺鎖碧烟。莫問章華舊宮伎。舞腰飄泊大堤邊。無題云。仙風吹夢五更涼。露閣雲窗望渺茫。眼界大千皆淚海。頭銜第一是花王。金鑪影暗金蟾月。玉杵聲殘玉兔霜。種遍三生紅豆子。人間天上莫相忘。冰紋一曲鳳求凰。欲把真珠十斛量。翠袖云愁偎燕子。紅橋秋色阻牛郎。生來蓮子心原苦。死傍桃花骨亦香。最是不堪回首處。碧雲樓閣鎖

金壺寄憶云。漫勞千遍喚真真。月地花天總幻因。好色未除才子氣。鍾情何必女兒身。手談鬬罷宜消夏。眉語飛來欲欵春。怕憶櫻桃斜畔路。碧雲如幙草如茵。碧天如水夜吹簫。恐有真靈跨鳳邀。秋月一丸神女魄。春雲三摺美人腰。梅花玉笛聲聲慢。蓮辦金錢步步嬌。漫借琴心通妮語。阿儂腸斷可憐宵。茜紗如霧雨如塵。窣地湘簾鎖緑春。寸管自修香國史。萬花齊現女兒身。新聲乍聽歌歡子。故事還看衍秘辛。分付雲鬟勤捧硯。紅箋小字寫真真。七絕如消夏云。銀塘一碧泛輕橈。水扇雲衣寫寂寥。十里煙波鷗夢冷。藕花香裏月如潮。詩餘如臺城路云。東風不管人間恨。又把臉霞吹歇。留月龍春。移花鑄影。斷取遠山眉嫵。管城春雨。畫一段湘天。二分愁緒。淡點螺青。翠痕爭向筆端舞。此時尖裏羅巾。恨無愁燕子。鏡中偷覷。偕大乾坤。只般才貌。偏乏掃眉佳侶。芳心一縷。莫薄命紅顏。惟儂及汝。翡翠窗閒。有春魂欲語。黠絳脣云。醉倚雕櫳。東風偷入簾縫。一縷春愁。飛上眉尖重。欲步還慵。笑倩檀郎送。春如夢。小桃花影。採得香魂動。賣花聲云。小影落金尊。翠蹙眉痕。東風吹急燕生嗔。萬樹碧桃花似海。閨住春人。十遍喚真真。醉擲紅巾。風塵青眼識王孫。試聽紫雲歌一曲。真個銷魂。

蕭棣香

上海蕭棣香者。生有題紅樓夢百美詞卷。詩四首。膾炙人口。余偶過友人齋頭。見先生擷紅詞稿中。亦載此詩。亟讀之。後忘其一。祇將所記者錄下。詩云。新詞合譜滿庭芳。玉色金聲各擅場。篋裏有花皆芍藥。樓中無蝶不鴛鴦。描將眉影詩成史。領得頭銜也是香。試向禪宗參一轉。未須四壁畫西廂。吟遍花嬌與柳顰。紅樓有夢憶前身。三生怨耦偏嘉耦。絕世才人總美人。自是情天饒艷福。儘教彩筆管濃春。只憐頑石呼難起。誰向荒山叩夙因。信有瓊仙住上清。清風吹落佩環聲。十分春盡參空色。一樣花開各性情。聚散何心愁淺淺。纏綿無語淚盈盈。瑤編珍重緘雲笈。好與西堂補小名。

太凝

蘇州高悞軒。登玉。自號太凝生。年少多情。俊才邁俗。香奩艷體。獨擅勝場。而尤工長短句。洞仙歌詠茉莉花云。冰肌玉骨。自清涼無汗。月透輕紗暗香滿。繡襟開一片。蘭麝撩人。人未寢。同倚枕函微倦。玉奴雙髻子。慣不梳籠。偏愛盤球壓釵畔。花若比如人。人也玲瓏。玲瓏處。最宜人看。但提起芳名實珠來。又爭不如花。並頭交綰。一萼紅贈金鳳云。得人憐。比燕兒更輭。小語太嬌綿。笑臉添窩。纖眉斂恨。檀雲一枕春眠。奈楊柳生來嬌小。付東風。搖曳路旁邊。不似梅花。蘆簾紙閣。春屬神仙。忍說綠波春水。儘烏篷小揭。再見嬋娟。金屋藏嬌。玉臺留聘。重尋一段前緣。但只怕琵琶掩抑。到憑時相向各潸然。還怕香泥墜絮。蹤迹牽連。金縷曲贈余云。騏驥行千里。莽奔騰。天南地北。群空燕市。秋草寒沙無去路。耿耿雄心欲起。埋沒煞世無知己。縱使年來逢伯樂。亦徒然市骨千金費。論吞吐。盡如此。共君飲酒應排死。且由他美人才士。古今同恨。放蕩何容拘小節。譽毀置之而已。還一任蛙跳井底。青眼獨開捴叔夜。看紛紛以外無餘子。知我者。鄱陽耳。君作詩詞有捷才。隨口吟成。雖尋常俗語。都成妙諦。甲申五月。自友人所吟香故後。自謂世之同心。及相遇。悞軒。見其風流倜儻。玩世不恭。宛是吟香小樣。蓋英雄而有兒女心者。惜地北天南。相思空結。近聞為許星臺方伯應聘賞識。聘至浙東滄海從此。後聲價十倍。賢於登龍矣。

紉秋館

吳子芹。菊部名。畹芬。別字紉秋。館主人。梨園中之名旦也。色藝均佳。與想九霄。周鳳林。小桂壽。小桂鳳。諸盈。盈齊名。園中人皆呼為蘭仙。顧主人雖僭盛名。深自韜晦。見人吶吶然如不出之口。性耽風雅。習熟之暇。即學寫生。所畫墨梅墨蘭。尤得新田筆意。惟不甚多作。時人得其片紙。珍若連城。主人有小榭花韻午晴。初手卷。名人如楊見山。峴。楊縵臣。峭。兩太守。倪雲劬。司馬。鴻。皆題詠殆遍。余亦曾題二首。甲申夏。主人自申返吳。余髫髮不自得。寄二律云。花前狎酒酒邊吟。簫史初逢愜素心。曾倚清歌傾四座。難消艷福值千金。別時瘦鶴長相憶。去後仙蹤不可尋。寄語丹陽須保攝。嚴寒已是十分深。來既無時去已休。霞河月冷阻紅虬。湘波練怨情難寫。銀管題詩淚不收。蘆荻江邊猶暫住。鶯花隊裏怕重遊。倘憐小友相思苦。好附征鴻一紙投。主人見余詩。黯然久之。若有大不得已者。嗚呼。蓮性易貽。藕絲難殺。有情人大抵皆然。况吾輩耶。

問花樓

蕙生詩多愁怨。人謂其無福澤。若蘭生人既風流。詩亦温雅。讀其問花樓稿。通集無頹喪語。適人後。寄詩云。猶有來生未了因。今生莫漫誤君身。相期勞力秋風裏。休憶紅閨薄倖人。丈夫已遂凰鳳飛。何事重將舊事提。留得相思勝相見。大家杉筆寫無題。一往情深。真乃以古誼相勖。其稿本藏余處。後為取去。姑就摘出者錄之。閨中口占云。日暖晴光麗。吹來淡淡風。落花紅不定。香氣入空濛。舟過橫塘云。一棹橫塘路。人疑鏡裏過。平沙眠鴨穩。清水聚魚多。小市喧前渡。斜陽媚晚波。秋風聲斷續。何處采菱歌。和蕙姊遊山詩云。第一吳中水。重來品雨前。壁心輸佛證。世故悟僧緣。花雨空談法。山雲欲化烟。蕊珠宮不遠。欲嘯洛誰邊。調余云。凝絕瀟湘竟。當真多情。肯耗讀書身。題詩笑倩磨香墨。也做門生侍立人。送春云。誰將肥綠換新紅。今日天光已不同。儂亦留春留不住。子規空自喚東風。雜詩云。無人庭院夢初回。

重聲運軫倦眼開。日影未斜簾早捲。蘋他燕子好歸來。花時韻事最關情。偏是傷心物候更不爲傷春詩思懶。斜風細雨過清明。閒拋錢繡倦無聊。尚有柔情不肯消。最是秋來風雨夜自扶小婢種芭蕉。嫦娥云。紫府窮通何足觀。曠懷隨遇亦能安。一生獨有關心事。春月秋花次第看。對鏡云。嫣然相對鏡中嬌。絕世丰姿畫裏描。怪底旁人齊說好。憐卿儂也自魂消。題梨花白燕圖云。濃雲飛白鎖黃昏。寫出銀箋墨尚溫。嫁得東風原有夢。照來明月了無痕。院深人悄悲春語。簾靜香凝讀雪魂。卻愛俾儂清絕處。碎瓊滿地不開門。爲姊催妝云。強含珠淚賦催妝。一寸柔情九曲腸。鳳髻龍釵綽約娘。眉細尚愁縈鬢長。私成寶樹三生果。留得天羅七日香。此去莫忘同命鳥。好將彩筆繪鴛鴦。其餘如詩味餐香草。文心觀落花。情多詩亦豔。量窄酒難賒。離別常思母。嬌癡亦愛儂。風流傾四座。綺旎證三生。遺角沈哀響。殊星耿曙光。吟來好句狂呼婢。縫得深情不贈人。壓線每因吟事誤。浣花不管繡工忙。落花怨極翻無語。薄倖東風那得知。長堤春草多添恨。親近宮鞋步步嬌。其餘佳句尚多。不能備錄。

鬼寄書

胡芑孫畫士嘗言。其祖與蔣生某善。後以蔣從某大令爲長隨。胡鄙其行。交遂絕。數年後偶遇於塗。蔣華服要邀入酒肆。且謝曰。幾年貶節。致好友背盟。今痛悔前非。已不爲門下客。幸

再賜青顧。言已。出翡翠鼻烟壺餽烟本。胡。胡終以故好鄙蔣之意頓消。但問現作何事。居何處。家中興慧耶。蔣曰。家中但託孤某逃爲司巷官有一書煩君代寄。某甚第幾家與某姓同居者即含下也。隨出一函付胡。少飲即匆匆別去。胡袖函往至其家。婦線經出。胡甚訝。因道其故。出函付之。婦慘然曰。伯得毋誤耶。夫亡三年。今將服闋矣。胡更疑。代啟其函。但見楷書一行云。宦如此。吏如此。民亦如此。已如此。可以不如此。果蔣親筆也。相與驚異而返。孫鉄生爲余言。

張蓮氏

僧覺阿。祖觀。著梵隱堂集。余嘗錄其探梅詩兩律。其未出家時。本姓張。名京度。字蓮民。元和諸生也。有通隱堂稿。憩歸雲庵掛甑堂云。溪光化白烟。風吹滿山暝。荒巷眾綠中。水竹色相映。天寒雲未歸。老僧候離徑。空堂坐閒寂。松陰洗窗淨。叢花開春妍。林籟集遠聽。欲問挂甑人。夕陽冷疏磬。尋泊云。幽夢不離水。醒來秋滿天。波光冷浸月。露氣溼歸烟。落葉無人掃。荒鐙獨夜船。座中休繫纜。恐有鷺鷗眠。宿懶雲上人禪房云。一榻維摩室。茶烟颺鬢絲。風簾燈焰細。雨閣試香遲。夜氣孤琴得。秋心老樹知。楓林看霜葉。頓定出山期。贈朱酉生云。西風梟梟雨沈沈。有客高齋動越吟。落葉橫塘秋士夢。寒雁空谷美人心。溫那埋玷塵華淡。屋宋文

章泐淚深。脆管豪絲方競奏。許從海上聽牙琴。五人墓云。靈風怒卷夕陽沈。尺土中埋俠氣深。市井稱人真特異。屠沽好義有同心。蒼涼姓字留孤碣。絕好頭顱值萬金。緹騎憑陵從此止。死留餘力護東林。題陳雲怡詩稿云。載酒明湖幾度春。重談恨事黯傷神。青衫一掬桃花淚。芳草天涯哭美人。河東君道裝像云。一抹春山替鬢真。茜裙改盡道裝新。黃絁若向空門老。勝作尚書傳裏人。送雪上人云。飢時喚飯困來眠。得歇狂心便是禪。踏破青山成底事。有人要莫草鞋錢。舟中云。林鴉啼罷草蟲鳴。露下空江月正明。水驛叢祠三十里。野航一夜載秋聲。殘冬云。殘冬似夏仍依舊。孤客如僧已棄家。昨夜夢歸西崦路。四山風雪哭梅花。題畫蟹云。蘆花風起晚潮回。稻蟹初肥出水隈。記我夜船清雪路。一鐙紅處擬聲來。斷句如五人墓云。西市頭顱游俠傳。東陵涕淚黨人碑。同謁上人夜話云。窮交餘老衲。寒雨聚孤鐙。結草菴云。鐘聲沈暮氣。彩影亂春流。贈友云。舊業餘長鋏。深情許寶刀。冬夜云。霜重烟初凍。風乾葉有聲。梅花云。流水欲無影。遠風時一香。夜起云。村虛森夜氣。山遠化烟痕。吾與菴云。到門烟篠映。深碧亙屋野花開。小紅獅林云。鏡裏明妝中婦豔。水邊珠嘅麗人行。不倒翁云。老輩性情空執拗。兒曹伎倆善擠排。秋感云。禪榻鐘餘人病酒。破樓風雨鬼吹鐙。即事云。獵火明山驚宿鳥。酒香迷路醉行人。道中云。斷霞古道無人候。野水荒橋獨樹村。感懷云。世故縱深

仍兀傲。親年易老況飢寒。桃花開罷云。金谷綠珠空絕世。漢宮鉤弋未承恩。南潯云。寒鴉著樹作殘葉。漁火隔江沈遠星。贈雲怡云。末路親朋翻覆易。少年夫婦別離多。秋興云。暮寒盡樹羣鴉亂。秋淨遙天一雁高。入太湖云。洪濤滾滾公無渡。大地茫茫我欲愁。人日集讌云。柏葉新年官樂酒。梅花人日草堂詩。龍爲云。提攜雖切非知己。飲啄無多亦累人。皆有雋味。

木理

康熙甲子春。海鹽張氏佃戶鋸一木。中成王大宜三字。筆畫清晰。邑適有王大宜爲武弁。聞而毀之。道光二十七年丁未正月晦。廣州清遠縣濱江司屬之浸潭斗村墟鄉人伐枯樟樹。梢將摧。忽躍起分擘。審植之。冬青樹。樹心木理成天開文運四字。一面一背。筆力端古類火筆。巡檢傅燮基文繪爲圖。傳觀殆遍。同治丙寅十二月。上海縣漕河涇趙姓有古樹。數百年物也。欲折爲薪。見杈中生大菌。具人形者三。一破於斧。一爲工人竊去。僅存其一。眉目口鼻具備。如彌勒像。丁卯二月。莫家塘古墓有枯死烏柏樹大十餘圍。伐之。得紅芝一枝三歧。上有佛像。皆趺坐。家有大樸樹公産也。伐爲薪。鋸之。中現釣魚翁竹竿蓑笠。惟妙惟肖。後爲族人強持去。失於賊中。余按彙苑詳註。齊永明九年。秣陵安時寺伐古樹。木理成法天德三字。范鎮東齋記事。宋慶歷三年。澧州獻文木。有太平之道四字。沈括夢溪筆談。宋治平初。杭州

南新縣民家析柳木，中有上天大國四字，頗顏魯公體，兩木合之如印。又治平四年六月，汀州進桐木板二丈，曰天下太平，見宋史五行志。

方蘿卿

余嘗從王康君題姬人深夜吹簫圖，今康君書來，知姬人姓方，號蘿卿，亦能詩。即事云：良宵淡淡月如銀，步步長廊綺恨新。七尺闌干閒凭遍，滿身花影裹儂身。春晝云：午夢初回散髻鴉，鴨爐香灶篆烟斜。春風小院無人到，手製新詩詠落花。頗有新意。

懷珠閣感事

懷珠閣者，江建霞取水懷珠而川媚之意以名其居也。建霞年少多情，有懷珠閣感事詩百絕，摘其尤佳者數首。詩云：垂楊初碧杏初紅，一帶疎籬掩映中。吾有護花旛子在，風姨敢道昨朝雄。一晌光陰一刹那，天孫依舊渡銀河。桂堂東畔風微動，十二珠簾盡起波。空廊鸚鵡傍儂啼，閒殺多情肯鬱騰。留得一雙金約指，教人忍想手如荑。湧海妝梳小小鬟，素心一簇自幽閒。水晶簾底分明見，那辨花顏與玉顏。無限柔情亂若絲，斷腸詩句寄將誰。博山香裊簾初動，燒盡紅箋側豔詞。

陳阿共

無錫北門塘陳阿共，農家子也。六七歲時，有販魚者攜魚過其門，陳赤體竊一尾，背貼牆上，掩之，復竊兩尾，夾兩腋垂於下，客不知也。比去，陳持以歸，母大喜，陳亦自得計。因頗學竊意，由是專志拳棒，習輕身術。數歲藝成，所耕田在塘之南，須迂道從橋上過，方可耕作，陳能以鐵鋤點水，超越而過。有巨盜泊舟塘岸，見而大驚，因從去。陳雖偽為力田，實則行竊。數年後，家大裕，亦不作農矣。嘗於雪夜往蘇州，一夕竊二千金，歸藏圯橋下。去時雪上無迹，回則倒著草履，至南門天猶未曙，故竊實貲家銅具，為主人所見，縛送邑宰禁之。明日蘇人失竊鳴縣捕之，有老捕見草履印，疑陳所為，至錫探之，則是日行竊實貲家犯案，非能至蘇州者。其草履迹印，故示奇也。釋後，行竊他省，道經海鹽。時陳姓以富名天下，而家中上下俱有絕技，有幼女年及笄，尤驍勇矯捷，與婢住旁樓，司守銀室。陳思竊之，而畏不敵，姑匿身入高牆，望樓中一燈熒熒，人聲俱寂，疾下，出其燭之，見鐵柵封鎖甚固，知為鐵鏁所扳，去鐵條，方欲入，忽窗環作聲，一青衣女自樓飛下。陳大驚，欲遁不及，出利刃與鬭，青衣起一足踢去之，陳遂為所執，提置樓上。見一女坐牀頭，紅裳繡領，美麗絕倫，笑謂陳曰：子亦太不諒，欲錢則不妨明言，何作此不良行？試問汝有何術？陳唯唯稱不敢。固問之，曰：輕身耳。女顧青衣取大簏笆至，置樓上，令陳足履其口，不得已走之，五十餘周，汗出如瀋，遂下。蓋陳雖身輕，百餘步必一履地，蓄力乃可重走。女曰：如此伎倆，亦思作賊？吾家小婢尚可勝汝。命青衣試之，數百周不下，並無喘色。陳愈驚，知不能免，遂瞯樓後有一窗未鍵，乘不備，聳身疾遁。女以泥彈擲之，曰：便宜汝，不追也。陳覺臂奇痛，星夜回里，燭之，青紫已滿，醫數月而愈。然竊心未改，後竟被獲。邑令以陳罪甚多，詳置重典。臨刑，呼母至，謂欲一含乳，死乃目瞑。母憐其子，袒胸使含之，陳儘力咬去一乳，恨曰：若早勗我以正，何至今日。

遊杭詩題詞

茶磨山人汪燕庭遊杭詩兩卷，館在胡雪巖方伯家時所作也。西湖故多詩客，如退省菴彭雪琴宮保、梁辭廬辭悲晨御鑒藥、俞樓俞蔭甫太史藥諸處，每月皆有吟社。君去後，乎章山水，吟興益豪，久遂成帙，示余，請之不能贊一辭，但賛一詩，亦佛頭着糞耳。西脊山人秦膚雨雲題云：舊游悵觸憶西泠，蘇小祠前一棹停。雙屐殘山雲外碧，六橋衰柳劫餘青。吹簫恨我棲吳市，載酒輸君泛越舲。何日秋風騎背跨，舞詩同上冷泉亭。吹徹玉笙樓主王毓仙大令題云：揚柳春城放棹回，還窗高詠識清才。靜涵秋墅水雲氣，遠帶浙江風雨來。白社吟箋誰共闢，青邱詩派此重開。他年著作名山去，欲泥先生撰杖陪。

筆錄

虞山邵梅生先生，時文稱名手，下筆極速，小試臨場，嘗作文十八篇，揭其出號，啟日猶未昳也。相傳先生素鍊筆錄，故神速如此。余聞先師言，筆錄易誤人，非有根氣者不能學。臨下筆時有符咒，能將平日所用之功齊赴筆下，書凡見過，雖遇遺忘，當時亦能記誦，已不能主也。文畢始醒，再思之茫然矣。有某生喜閱敘白袞及西廂牡丹亭曲文，及應試，題為蚤起施從良人之所之，生鍊筆錄，作中一段云：睡眼惺忪，曙色朦朧，月斜簾外霜華重，嬌怯怯披衣起，慵恨郎君富貴情濃，不解溫柔，左抱右擁，想是他很逐豪華，嬝嬝爭抱安仁，奉也量起恨萬重，緩步從容，但見他前路匆匆，形狀殊寒，酒肉家家挑送，皆天然佳妙。後生竟被黜。是則筆錄可輕易學哉。

新燕詞

余托孤依人，即硯賦較豐，猶不免歲典春衣，為剜肉補瘡之計，蓋家無恒產，勢使然也。辛丑歲，移館吳江陸姓，時居停挈眷寓胥門洪氏，纖微必較，吝嗇殊恒，蓋平生有非常之慳，非本意也。因作新燕詞云：羽翦風前拂處斜，雙飛況恨共天涯。時有弟子蔣植三隨讀　上林何處無喬木，猶入尋常百姓家。婚春舊夢憶誰邊，空悵東風二月天。薄命生平巢寄慣，雕梁雖好不能遷。王謝堂荒付劫灰，江南絕火好樓臺。傍人門戶終非計，何取年年作客來。風流回首感秋煙，入戶難尋故主。賢愚豈可情成悵惘。盧家少婦又今年。

短票

志異續編。載有寡媳求去。而翁姑不允者。勒谿涉訟。媳以多金求訟師作票。詞云。妾不幸。夫亡早。姑多病。翁年少。哀哀上告。稟上。罕立釋媳。而責翁。

賢治

受知師譚序初方伯。數年前。先後刺常蘇兩郡。式靡抗浮。一以務本為治。乃世多小人。往往加以蜚語。而庸庸無能。苟安塞責者。轉私頌之。世情如此。深為吾道憂也。嘗見鄉子林有拙政生題壁詩十餘首。猶記中二首云。變俗偏難順俗情。空將條教諭分明。可憐世已違濂甚。猶欲優柔飾太平。誰將導俗救荒溫。哀哀諸公屬望深。天遣愛民皆太守。不因恩怨變成心。其餘不能復憶。數日後索筆往錄。已為人揭去矣。

八字佳句

余嘗求劉展孫先生詞不可得。但從瓶仙手錄詩鈔中。見有題程仲虎戴笠小像詞中有立瘦斜陽。看凝花影八字。覺丰神駘蕩。情景纏綿。即此一斑。可概全豹矣。

助賑

己卯庚辰兩歲。皆豫省荒。東南諸善士往助賑事者。皆竭力殫心。可謂急公好義者矣。黃高峯撰以書畫冊易資助賑。雖杯水無多。亦以見其胞與之公也。吾友杜晉卿題詩贈之云。圖寫流民代乞憐。救災高誼慕前賢。揮毫共灑憂時淚。結社爭投潤筆緣。翰墨適靈能造福。人心好善可回天。琳瑯滿紙勞珍襲。藝苑青華萃一編。

適園

元和袁春巢明經。力學苦吟。隨作隨刪。著適園叢稿。七言近體最長。游滄浪亭謁蘇韓道像云。獻歲椒盤溷俗塵。南園憑眺寄閒身。亭臺風月詩仙宅。香火因緣古佛鄰。鐵券敘名塵事業。梅花消息報新春。看山體背清涼士。合伴浮杯諸史人。秦淮雜詩云。照日丹心記侍中。一時橋下殉雙忠。石邊血印分明在。春暮花開作慘紅。彈箏壁阮興堪乘。一曲歌酬一束綾。滿地月明人盡醉。水亭涼熱幾枝燈。十六樓傾珠市空。宜春子弟渺東風。無邊金粉飄零盡。併入愁烟恨雨中。偶成云。畫簾風度賣花聲。兩岸紅窗拓曉晴。莫詩妝成羞照水。波中人影太分明。東風吹併廟門開。茶磨掙伽翠色堆。儂坐前與郎坐馬。湖堤一路看春來。其餘如望江云。雲氣蒸山千樹暝。湖聲吹夢大江秋。桃葉渡云。船底櫓聲三月暮。波中人影六朝春。春日云。花裹笑將人鬭草。柳邊風影燕銜泥。故生池云。鷗波瞑閃青蘆影。魚夢涼拿翠荇風。村行

云。比戶蠶眠桑葉老。隔牆人語棗烟斜。燕子磯云。雲氣白蒸瓜步樹。江光青送海門潮。皆集中最警者。

辨水

茶經水辨。載唐李季卿嘗刺湖。遇陸處士之。使取南零水歸煮茶。陸揚以杓曰。江則江矣。非南零。似石城下水也。既傾至半。曰是矣。使大駭服。曰某取南零水。抵岸蕩覆過半。挹岸水增之。李亦奇其能辨。乃詢海內諸水優劣。羽曰。楚水第一。晉水最下。遂將二十水次第之。歐陽公傳羽論水。以山水為上。江次之。井又次之。按張又新小記云。劉伯芻謂水之宜茶者七。皆出於羽。余令次劉陸所品之水錄之。劉謂揚子江第一。惠山石泉第二。虎邱石井第三。丹陽寺井第四。揚州大明寺井第五。松江第六。淮水第七。而羽則以廬山康王谷為第一。惠山石泉第二。蘄州蘭溪石下第三。峽州扇子峽蝦蟇口第四。虎邱第五。廬山招賢寺下方橋潭第六。揚子江南零第七。洪州西山瀑布第八。桐柏淮源第九。廬州龍池山頂第十。丹陽觀音寺井十一。揚州大明寺十二。漢江金州中零寺十三。歸州玉虛洞香溪十四。商州武關西路水十五。松江十六。天台千丈瀑布十七。郴州圓泉十八。嚴陵灘十九。雪水二十。其所定如此。余嘗同從弟樹棠瀹茗清談。樹棠潛心茶味。能辨水之新舊。屢試之不爽。若余者。但求解渴。不復分而辨之。誠所謂野能知味者矣。因家樹棠言及辨水。故就所知錄之如右。

繫筑餘音

余嘗見繫筑餘音曲十六首。淋漓悲壯。直欲以銅琶鐵板浮大白歌之。或謂係熊公開元所作。按熊公為明季進士。崇禎末官行人。副使嘗召對。面劾首輔下詔獄。廷杖幾死。尋遣戍。明亡。雜髮為吳市僧。號蘖菴和尚。其孤忠憤激。生不忘君。宜詞旨之沉痛也。惜此曲為暨陽張懷白先生皇口授。抄本不載牌名。因錄之以俟識者訂正。詞云。太極混元包。忽被那盤古皇無端嘩喚。生刺刺搥兩丸泥彈子。擺幾粒碎塵碗。云是烏飛兔走。嶽鎮山朝。更抓幾條兒疥蟲路。撮半掌兒斑泥。本道到今來。崑崙萬仞撐天柱。江漢千支入海潮。弄這虛囂。第一首女媧氏。你斷甚麼柱。天纔有巢氏。你架甚麼避風巢。更有那不識字的老包羲。你畫甚麼奇和偶。不知味的老神農。你嘗甚麼卉和草。更有那忒是非的軒轅。你偏天擺下魚龍陣。平地裝成虎豹韜。便留下萬古一把殺人刀。第二首笑笑笑。笑那膺廷受禪的女夫姚。你終日裏咨稷契拜臯陶。命四岳自己的丹朱不來教道。笑笑笑。笑那嘮叨置閏的老唐兒。你何不把殺三苗省方興。錯這逍遙。到頭來只博得湘江血淚斑新竹。衡岳枯骸葬野蒿。試向那九疑山。聽杜宇一聲聲。到不如歸去好。第三首可憐那崇伯子。脛無毛。平水土。服勤勞。他家落得昏

那好。誰知轉眼兒卻被那寒家小史牽了頭線。更找一齣沒下梢的禁死在南巢。那小子便真無道。聽了一箇老慶夫。開手兒便把君王剗。他只道山中享國能長久。七聖風流儘可褒。誰知道六百年來一夢覺。寬家到。不相饒。瑤臺萬照青燐冷。隻首孤懸太白搖。方信是因果難逃。第四首 伏黃鉞陣雲高。鷹揚戰血漂。誰知有同室鴟鴞。破斧興朝天順掉刀。縱然有能幹蠱的宣王也救不得驪山一炬。宗周燎。秦邦夜半催書到。泗濱項刺洽神寶。試聽那慼慼行邁黍離歌。依稀似漸漸麥秀傷殷操。第五首 那其間有弄筆頭的老尼山。把二百四十年的死骷髏。顛得他七顛八倒。有那受關當的老嶧山。把五帝三王的大頭巾。碰得他沒頭沒腦。還有那騎青牛的說玄道妙。跨鵬鳥汗漫逍遙。也記不得許多名號。秦關楚塞。閙鄉鬼老。都只是扯虛牌。斷不斷的葛藤。騙人弄猢猻的圈套。第六首 矗蜂氣正豪。六龍巢俱掃。狼那碑。鐫不了秦宮號。綠雲鬟。禁不了阿房俏。童男女。採不迭長生料。登魚膏。照不見黃泉道。誰知有那赤帝子。向芒碭山中斬蛇當道。重瞳興。那戈倒幟道旁嬰。萷道若不是咸陽三月做天紅。怎息得六王泉下心頭惱。第七首 更有那杯亭長唱大風歌一套。便做了漢家天子壓群豪。更有那小秦王下殘棋幾道。便做了唐家天子擁神皐。還有那香孩兒結相知幾老。便向那陳橋古驛換黃袍。當日個將蕭曹文學廣姚。草纖儀闕。共道是金甌無缺玉燭常調。誰知醜巨

魁早纂撊了金滕稿。小曹瞞奪篤定了山陽表。漁陽鼓驚破了霓裳調。碭山賊鑿開了九龍沼。五國城陷困着雙昏。趙阜亭山明欺那孫兒貌。試看那未央春老華清秋早。六陵樹杳。一抔子兒跡狐蹤。荒烟蔓草。何處覓前朝。第八首 那其間有幾個狗偷鼠竊的權和操。有幾個馬前牛後的翁和燠。有幾個狗屠驢販的奴和盜。有幾個梟唇鴃舌的蠻和獠。亂紛紛。好一如螻蟻成橋。鳩鵲爭巢。蜂蠆跟淘。蟹蜞隨潮。也沒有閒工夫記這許多名號。第九首 惟有我大明太祖高皇帝。定鼎金陵。早敺跑虎貔皆豪。南征北討。霧散烟消。將一片不見天日的山前山後盡洗得個風清月皎。將一番極齷齪不知潔淨的胡言胡服生闘做了中原爽撲。真個是南沖瘴海樹銅柱。北譬冰崖峙寶刀。更可喜那十七葉的聖子神孫。一個個要寬闊道。食旰衣宵。誰知天地變箕星翦鳳枝。剛生幾個毫毛。換幾條短刀。不提防沖破了崤峨道。望秦川。提櫃正擁指燕雲。旌旗正高。霎時間把二百七十年的神京生端做妖狐淖。第十首 痛痛痛痛。那十七年的聖天子。掩面向煤山吊。痛痛痛痛。那掌上珍的小公主。一劍向昭陽倒。痛痛痛痛。那有令德的東宮。生斫做血蝦蟆。痛痛痛痛。那沒罪過的二王。倒做了一對開刀料。痛痛痛痛。那詠關雎嗣徽音的聖母。尸撇在後宮門。沒一個老宮娥私悲悼。痛痛痛痛。那受寶冊坐長生的皇身兒先陷在賊窠巢。第十一首 恨只恨這些幾班官。平日裏受皇恩沾封誥。烏紗罩

首。金帶橫腰。到今日一個個將首賊廷。懷揣着幾篇兒勸進表。還有那叫做識字文人草的幾句兒登極詔。更有那不管事的鑫公侯。如羊如豕。都押在東城坳。夾撥着追金寶。妓滿滿的女妖嬈。白日裏恣淫賤。俊翩翩的縉紳兒。都牽去做供奉的龍陽了。可恨那九衢萬姓悲無主。三殿千官慶早朝。便萬斬也難饒。第十二首 沒一個舉義旗下井窟的張天討。沒一個脑鐵騎渡黃河的把賊胆搖。沒一個痛哭秦庭效楚包。沒一個洒淚新亭似晉導。沒一個擊江楫風湧怒濤高。沒一個舞雞鳴。半畝月痕消。沒一個罵賊嚼血濺似常山杲。沒一個守孤城碎首在睢陽廟。大都來鶴唳風聲狗逃。把青齊六兒。雙手兒捧得早。第十三首 金陵福主興江南。斗星照。欲想中興。把鈇券兒恍。招狐羣樹狗黨。蟬蜩般嚖嚖。可憐那掌大的兩淮也供不得羣狼抄。便半壁江南也下不得諸公鈞。反譲那晉劉氏倒做了哭義帝的漢高皇。軍谷素縞可憐那猛將軍。倒做了絕救兵的李都府。辮髮頭毛兒的不悶殺人也麽哥。兀的不痛殺人也麽哥。還要會天功。向秦淮渡口把威權名。第十四首 胡哄哄閙一回。痴迷迷醉幾朝。獻不迭歌喉舞腰。還不迭花容月貌。終日裏醉醺醺。坑刀御量千盃少。更傳聞聖躬坐具春教雷。還虧了蟾酥秘藥方真妙。沒來由羽書不迭。甘泉報。翠華先上了潼關道。一霎時南人膽搖。北人志驕。長江水漾。鍾山氣消。已不是大明的年號。第十五首 寶庭瓦礫拋。陵寢松楸倒。只聽得

忽剌剌半天胡哨。車兒上滿載着瓊瑤。馬兒上斜擐着妖嬈。打狼虎把胖兒膘。忍得那些槃不盡的蛍子們。恨不得向那大鼻子的把都兒做個覲奇叫。第十六首

脫胎李詩

袁簡齋詠楊妃詩。唐書新舊分明在。那有金錢洗祿兒。二句傳誦一時。隨園亦自詫得意。而不知有所脫胎也。李義山碧城三首中有云。武皇內傳分明在。莫道人間總不知。事同調同。豈吳梅村所云讀書既多。下筆自然流出乎。

宋浣花

長洲宋浣花先生。詞筆幽峭。直登白石之堂。蓋平生極服姜夔。故顏其居室曰梅笛菴。取梅邊吹笛語意也。著浣花館詩詞。梅笛菴詞若干卷。殁後經亂。遺稿零落。其門人李彤伯。搜其散失。得詩兩卷。詞一卷。為付梓行世。題曰浣花賸稿。集中皆酬應之作居多。非生平傑構也。為錄其詩餘數解。詠美人蕉調倚臨江仙云。綠滿晴天秋最好。和花悄立牆陰。相思還望碧雲深。竹邊羅袖薄。一寸展紅心。卻悔愁根當日種。嬌娘憔悴難禁。隔簾聽雨夜沈沈。西風進暮矣。斷夢可能尋。菩薩蠻云。亭亭翠蓋搖珠露。凌波小試寬裳舞。花氣悄熏愁。湘簾都下鉤。采蓮人早散。嬌夢兒央顛。吹盡半湖烟。鬧紅香到天。昏花鬘云。悵絕可憐宵。風雨瀟瀟。雨晴

又見落紅飄。明月不歸寂寞。還照蘼蕪。昨夜夢無聊。今夜魂消。愁絲繫在兩眉梢。花不替儂描。別恨儂替花描。

茶磨山人

吳中有三山人。朱子磐皆為胥母山人。汪君燕庭芑為茶磨山人。蔡君廣甫雲為西磧山人。咸豐丁巳燕庭合刻三人所作。為吳中三山人詩。經亂板燬。今各有專槁矣。朱君余未識。汪蔡二君。已先後論交。詩酒論心。意氣相洽。甚幸事也。汪君之詩。余以次第編錄。茲復錄江上觀潮云。三郎廟前江岸陡。緣岸千人如蟻走。一綫微穿髲子亹。婦稚齊呼齊拍手。大船峨峨纜緊牢。黃頭棹郎嗜不驚。潮來未來風日靜。蘆盦獨樹秋蕭蕭。匹練濤頭江面入。靈風驅水水壁立。伍胥餘怒峯雲旗。馮夷轉戰屯犀中。前潮砰訇後潮沸。滿空蒸溼蛟龍氣。聲喧萬騎撼回塘。勢蹴千山作平地。城根齧石驚雷鳴。欹然倒捲洪愁行。象鼻一嘴雪千尺。餘怒直欲吞西興。扁舟如鶩迎潮駛。擊汰持竿者誰子。波心出沒浪掀天。皆見參差落船尾。是時沙岸明斜暉。空翠欲溝山四圍。巨魚揚鬐純拜舞。江風獵獵吹人衣。水腥潑面濕毛髮。宇宙大觀此第一。底張鐵弩壓狂瀾。硬語盤空一枝筆。茶磨山人次韻云。曲岸人如蟻。聚湖明夕陽。湖音啞寺古。山影壓波涼。詩碣留南宋。烟鐘落上方。草堂春未鮮。圖擬繪漁莊。贈劉拙菴云。段橋西去路。烟柳白堤塚。身健貪搜討。官閒任往還。詩情樊榮月。鄉夢六朝山。卻憶年時侶。清遊髮齒慳。東東洲上人云。瀟瀟風雨滿雲林。坐對禽燈客思深。一步出門行不得。要緊我輩住山心。詠南宋史云。本來勝算是和戎。佳士南歸作相公。為底格天憑一德。蠟丸不徑達深宮。趙宋小吾顛曲圖云。雲郎年貌雪兒歌。檀板清樽喚奈何。試把客中襟袖撿。淚痕應比酒痕多。君又有隨院雜詠十八首。茲錄其二。呼文如云。花前雙淚墮金卮。惜別心情記曲知。羨煞倚樓風雨裏。扁舟桃葉渡江時。原注。文如江夏妓。著有呈羅紀四時曲。與卿謀之定盟。卿父不許。別後。嘗寄畫扇。訂盟堅。一日雪甚。謀之倚樓念遠。忽一小艇冒江飛擲下。推篷起者則文如也。迎上樓。言叛母釧賣金。將鬻之云云。相持哭。乃成禮。事詳謀之遥集編。王修微云。布袍竹杖飄然出。元嶽匡廬討勝還。便不掃除天下事。終須鍵戶著名山。原注。廣陵妓。所與遊。皆知名士。嘗遊廬江匡廬。訪白洞草堂。參憨公於五乳。歸於禪悅。自號草衣道人。著樾館詩數卷。自序中有生非丈夫。不能掃除天下之語。又撰集名山志百餘卷。

織雲樓

織雲樓詩集。為泉塘王碧仙女史是秩所著。女史世代詩家。一門風雅。幼隨父宦四川。集中佳句。如四川道中云。舟前山色移圖畫。峽裏灘聲動鼓鼙。詠梅云。味冷最宜同雪嚼。品高尤喜帶霜開。白菊云。三徑月明移瘦影。一籬霜重透寒香。春郊云。新水一溪村女浣。夕陽滿樹牧童歸。感事云。世亂轉憐兒女小。囊空便覺笑啼難。五言如春日病起云。晚樹鶯聲細。寒簾燕影斜。雜感云。字生蛛絲韻。心亂怯穿針。即事云。香殘烟未盡。愁重酒難降。花放風中暖。山遠劫處青。皆妙。汪閬卿女史瓶題其稿云。胖吟即席悲離思。乍得相逢窈窕時。白雪千篇傳舊稿。紅蓮一詠普新詩。原注。碧仙紅蓮詩為人傳誦。梁家夫婦同心侶。蜀國江山絕妙詞。恨底集名詩織錦。文章原是七襄遺。閬卿亦泉塘人。嫁未流年而寡。著有斷腸集。其贈碧仙詩有云。十月婚姻憐我短。三生豔福羨君修。讀其詩。皮其遇矣。

易解

志異續編談易理。多託於狐鬼。頗得妙解。如釋河圖洛書云。河圖者先天也。生成之數合一而不分。故全也。全故其數十。洛書後天也。五行之質各守於一。偶不能全也。不全故其數九。釋大衍云。析圖書之半而為五十。一陰一陽之道也。配六八之爻而餘二數。亦一陰一陽之道也。一動一靜。則一用一不用也。釋震百里云。百里成數也。亦止數也。震一陽二陰之卦。陽數九。陰數八。以先天八卦位次推之。震居第四。一陽得四九。三十六數。一陰得四八。三十二數。再一陰。再得四八。三十二數。合計得一百數。數止於百。故曰百里。不然。何不云八十九十八百九百乎。又云五行之中。水火並時而生。未有天地之先。只有水火。天一生水。地二生火。易首乾坤。即天地也。終之以既濟未濟。易包天地。以水火相終始。故水火先於天地也。其解參天兩地云。參當讀三。蓋天地數各五。三與兩合成五。倚者始靠得住。天地數也。又云參為三。奇也。陽也。兩。偶也。陰也。乾卦三爻皆陽。三而三之。故爻辭皆曰九。坤卦三爻皆陰。二而三之。故爻辭皆曰六。其乾之不言一者。一與二合而為三。言三則奇中有偶。故不言一也。論謙卦云。易貴乎陽。觀始於震。終於艮。可見兩儀四象八卦以後。謙剝二卦。同一太陰。謙屬艮內。艮之卦至謙而止。剝屬坤內。坤之卦至剝而盡。二卦各得一陽。而謙之一陽。正當其位。故其陽生生不已。且將生否之三陽。革之二陽。晉之二陽。遯之一陽。觀之二陽。比之一陽。剝之一陽。至剝則陽將盡。不能再生。既不能生。又不當位。故云剝也。剝卦山在地上。是露昭然其上。草木鳥獸。寶藏悉備。勢必羣陰附至。貪取無厭。非剝蝕之象與。謙卦則山在地下。地厚重而能藏。一切挽攫推折之事。皆地截之。而山退處於厚重之下。非特不能剝。且亦不能見。萃晉豫觀等卦。皆仰藉一陽之所生。而復抑然自下。不以為功。此所以成謙讓之象。而六爻皆吉也。

柳游

苕溪沈柳游鏡蓮為滔齡令弟。幼習賈。雖持籌握算。而雅好吟哦。有西湖竹枝詞。頗為時流傳誦。茲錄其三。詩云。六橋春水皺如羅。一葉扁舟鏡裏過。笑指好山搖櫓去。紅亭西畔碧雲

多西竺鐘聲散淡煙結緣歸去月丸涼波光瀲灔燈光燦合作琉璃照上方誰家姊妹鬪輕梳翠鈿明妝望裊娉欲問因緣如意事湖心亭畔豈香燒

棲溪漁隱

作豔體詩費風華點染不脫不粘如射者之中的脫手彈丸仍復心閒神定余最愛棲溪漁隱閒情詩數首錄二首云玉釵墮燭影鬖鬖小閣金尊客兩三最是閒情忘不得紅窗東北月西南　親劃銀鈎事遠將無人不識杜蘭香芳名傳遍梅花驛豔說江南第四娘

鷹洋

英法兩國所用之洋各有欵式彼此不能通用今中國所用之洋面上有鷹遂誤鷹洋爲英洋謂洋自英吉利所鑄而不知非也此洋皆鑄自墨西哥運來中國實與英吉利無與此洋亦不能用於英國墨西哥國在北亞美利加洲去英國甚遠俗人以英字而誤之真失之毫釐差以千里矣

高麗朝貢考

高麗本號朝鮮僻處東隅南北相距約千八百里東西最寬處祇千餘里腰狹而首尾皆闊灣曲頓似靴形東西南三面濱海西北至盛京以鴨綠江爲界北接吉林東北毘連俄羅斯島嶼紛羅顛撞形勝自箕子受封秦始皇時爲遼東外徼漢末公孫度據之尋滅於魏五代時改號高麗其後子孫屢朝貢中朝歷四百餘年未嘗易姓明洪武二年國君專奉表章賀太祖太祖即賜以金印誥命封高麗國王傳二十五年子瑤昏庸不德衆推門下侍郎李成桂爲王更名旦遣使告知中朝詔許自立聲教復號朝鮮遷都漢城厥後世世繼承相傳勿替萬歷間國中有難神宗遣兵平之我朝定鼎燕京朝鮮望風歸附叩關稱臣朝廷遣使封王并頒定歲貢章程內載黃金百兩白銀千兩米糧萬斛綢紬二千疋羅綾三百疋綿布千疋粗麻布四百疋純麻布百疋楮貨大小各千張利刀二千柄虎皮百張獺皮四百張國王遣使春表至中朝亦厚遇之大饗使臣厚賚其王并飭領欽天監時憲書以歸此臣服中原之明證也惟國中向本閉關自守效法先王今爲西法所撓朝廷上下人民頗不喜悅辛巳歲大院君以其子即位之後擅更成法遂有廢立之意國中人知其意相率爲亂戕害日本商民中朝遣兵平之執大院君以歸羈於保定以大院君高王之父故不予誅夷也甲申冬相臣洪英植等與日本使臣竹添漸郎謀叛意欲歸附東瀛事洩被誅然區區一隅日本人虎視其旁究非善計也

花韻居

上海依綠篛女士慶松自號補羅山人幼字某姓無賴不偶女士薄命自憐守閨不嫁椎拈弄筆墨消遣身世而已著有花韻居詩詞稿悱惻纏綿時寓哀怨之旨蓋傷心人也春閨云湘簾草地掩重門病起傷春拭淚痕小院斜陽人寂寂一杯香土葬花魂自悼云已將恩業阻靈脩漫把傷心訴女牛倪倖今生成薄命賺人憐惜累人愁詩餘如卜算子云日暖晝簾纖紫燕雙雙語叩得絨條出繡扃倩絮春光住悄立掩閒花香霧融泥絮一陣輕風過玉樓潤遍棠梨雨

三借廬筆譚卷六

金匱鄒弢翰飛纂

淥天詩續

晚香閣近體詩瘦硬新麗似學宋孟而兼溫李者爲摘采數首春夜遊女伴不至云峭風動重簾盼斷聯吟侶梅影月移窗珊珊疑靜女落花云滿地紅飛碎錦叢狂風迅掃歛芳華頗添十萬司香尉一箇花仙葬一花冬柳云寫盡離愁又一年車聲鞭影總成烟强開老眼餘乾笑冷看旁人倍可憐踏雪漁翁尋酒肆負暄村女戲秋千風塵暫喜腰停折安得長全樸野天秋懷云自信前身碧落遊一生有味是清秋金風著體遺仙骨珠露橫眉洛昧眸天地蒼茫閒灑淚山河須澗怯登樓思量杭草浮瀛海員嶠方壺作泛鷗雜句如自覺形姿如野鶴情疑心地放幽蘭海氣涵成萬山雨湖光化作六橋烟高士梅花同格調春人楊柳鬪丰姿余尤愛其詠武侯之北地梓橋同涕淚南陽天地入遼廬一聯尤佳集後附詩餘一卷卜算子云綠暖一湖烟花氣薰人醉淡月溶溶畫柳陰雙鶴鳴空翠鏡水洗眉山倒影浮春黛一曲淩風吸露華愁笑鶯聲囀筆致頗清俊

留黛閣

賞同數友集留黛閣翦燭聯吟清談竟夕麗仙以綠珠樓楊妃墓西施村桃葉渡四題令各賦詩俞吟香西施村云吳宮恩寵忽重提陳迹而今半已迷獨有苧蘿村裏月多情猶照浣紗溪桃葉渡云六朝勝迹幾低回夢舊風流冷水隈春漲年年雙槳杳渡江姊妹不重來葉綏卿楊妃墓云香消羅襪了無痕宿草萋萋遍墓門已作蓬萊仙女去月明何處再招魂主人亦有墜樓人把桃花比一片桃花一縷魂兩句咏綠珠也

柴伯康

常熟柴伯康孝廉文杰天姿穎異落拓不羈精書畫尤長吟詠時人以三絕稱焉晚年累於阿芙蓉寄迹吳門筆畫自給余屢求其詩不得但記秦甫雨云爲余誦嘗悵頭顱堆作枕沙場燐火大於星廢寺烟花僧富貴沙場金粉鬼風流兩聯頗有奇趣

證緣

辛巳夏余訪金逸香於洞庭山有前村趙仲甫介人來謁年五十餘鬚髮已霜神致飄灑見余執禮甚恭因言讀詞人詩神交心愛五載於茲矣七古神似梅村近體則奄有衆長直咀唐含宋無體不工駢文詩餘亦有家數年來從他處鈔錄幾二百餘首朝夕諷誦嘉詞人去葉風流誰知猶翩翩也因誦余各詩一字不脫固邀至家以鄉味相餉并出其浮鷗集屬校感其意終夜點讀之集中如落花云一任風羕雨颯索不自由可憐花落處片片是春愁秋夜云夢入秋無迹陪人鶴一雙尖風閒覓韻涼月暗移窗心地幽蘭悄情懷濁酒降宵深詩未就燈叢妥寒釭鄭生云當年未把太公烹已負軍前約誓情說士於今甘作肉好憑劉季一杯羹偶成云睡眼惺忪出草堂已經日影度輪匡春深總是無消息昨夜新紅上海棠皆新雋可愛君名封本河南人遷於洞庭者今聞將回里矣

宣爐考

余於金石家學素不潛心偶有問者漫應之而已家向藏宣爐二一形似爵杯兩耳三足中作水紋一形方圍廣七寸無耳無足供神前爲人竊去至今惜之然真僞未能辨也後閱鼎彝考顧氏金石錄帝京景物略及方坦庵宣德時遵生八箋諸記載頗不詳其製者近觀柳南隨筆亦載一則摭錄之以備好古之助明宣德時內殿火金銀銅佛像俱融一處遂命鑄爲爐凡銅經六鍊則生寶光上命加大七鍊以銅鐵爲飾格以赤火鎔條取其極清而滴條下者爲爐存格上者製他器此宣爐之寶也爐制略如宋瓷其上者曰百摺彝曰乳足曰花邊曰魚耳曰歛耳曰蚰蜒耳曰薰冠曰象鼻曰石榴足曰橘囊曰香奩曰花素曰方員鼎下者曰索耳曰分襠曰判官耳曰角端曰象高曰雞腳扁曰香球曰六稜曰四方曰直腳曰漏空桶曰竹節其款陰印陽文真書大明宣德年製又有篆款者最難得此宣爐之名即可知其形也宣爐妙處在色蒸火久則假色外炫真色內融爛然善變嫩如喪梨入口欲化凝如魚凍呵氣便消須有此兩種光景方爲佳品又有製時空隙以赤金衡滿之者名曰衡眼得火則金色盡顯暗淡中愈發奇光火候既到即久納汙泥中取出拭去汙而顏色不改此辨宣爐之真者也其僞者雖火薰火養終不能然且爐色又有初中末三年之分初仿宋燒斑尚沿永樂爐舊製中年用番涵浸擦薰天成茶蠟色亦間有涂金者末年則露本質著色更淡矣其色有五曰栗殼曰紫瓶曰茄皮曰褐色而藏金鉞色爲上乘更有所謂燭淚痕者或在口或在腹下在口爲覆祥雲在腹下爲湯祥雲皆火氣凝成更非易得此宣爐之色也自兵火頻乘真鼎漸少市儈營利往往以僞混真好古之士又不多覯真識益少真物愈藏宜其瓦釜雷鳴也噫

憤言

近來洋務紛繁俄人猖獗虛聲恫喝陰有挾制中朝之意當事者推諉苟安因循不振大局日壞矣有蘇人耘陽作憤言八首剴切直陳無異當頭之棒特全錄之詩云中興歲月慶承平北鄙無端覓海盟從古艱難誠感業至今氣節作干城主憂反是因臣辱和議偏教與國輕自有鈞衡操勝算何須痛哭到蒼生玉關萬里一丸封戡亂三番紀武功肯使樓蘭窺土

宇直救回輔化沙蟲紫宸史輔虛姬亦（清字將相）尚專征伏名公（琦公年已七十餘將帥第一）人心尤足恃。草莽也說。松和戎。誤國年年說。當强金銀億兆出重洋。攜來利器千鈞炮。費盡軍資萬萬餉徑。無隙能乘先自怯。及鋒而試向誰爭。樓船來去如排闥。關吏猶誇有海防。英舊重臨使者東。出猶循復誦高升。威儀爭看朝陽鳳。志趣原來底井蛙。臣子果能尊國體。外夷何敢弱中華。參謀更有王欽若。百萬無妨歲幣加。欲將忠骨到何時。天道循環亦可知。如此艱危猶有待。舟圖振作恐無期。盡東其畝難為國。惟楚有材敢敵師。（謂左侯帥）築室聚謀難決計。因循最怕眾心離。用夷變夏竟何如。為問東施效得無。漫笑寓言多數刻。還期大事不糊塗。窮功也要來豪傑。王道何嘗屬腐儒。為問羣臣何策善。與川自治是良謨。好官祇是為多財。衰衰諸公亦可哀。柔遠也須分族類。建章何處認樓臺。逃名詎必皆畸士。據敵居然號異才。二百餘年恩澤厚。男兒切莫使心灰。儘多蓋襲衣冠不少。遺賢詠考槃。萬里行師爭餉急。十年樹木歎才難。誰能國事如家事。莫使偷安作治安。夜半雞聲眞不惡。隔窗燈透劍光寒。

詩讖

隨園詩話載。有人以詩就質。問何氣息。隨園曰。甜詩耳。要覩不解。先生曰。詩如不甜。何以有唐味。一時傳為雅謔。余慕其謔。嘗有徐姓從鄉間寄陳姓詩一卷來。屬采集中。余閱一過。見大半盜襲古人之作。而於陳雲伯頤道堂之詩為尤多。因置案頭數月。徐姓函催摘錄。并欲索回原稿。余但評曰。胸有成竹。便多妙句。雖不免陳陳相因。幸捉刀艱辛。與古究合。若置頤道堂集中。當無以辨。遂付驛使璧回。時健初叔在側。猶未遽解。且曰。君愛才。見詞必錄。何不采數語。余曰。此人曾作賊。故不欲污吾集。使後人向我追贓耳。吟香爭曰。吾素聞其人甚好丈。且家亦小康。恐不為此。余笑曰。既不作賊。奈何他人之詩。為彼竊去耶。相與鼓掌而笑。

叔石

吳縣程叔石茂才世坤。跌蕩落拓。善詼諧。惟不修邊幅。故頗不滿儒林之口。晚年窮益甚。至為采謝石測字之業。著怡春館詩鈔。詠西瓜燈云。兒女庭前戲晚涼。青瓤燈裹閃秋光。一經雕琢便成器。從此冰心換熱腸。落葉云。夢殘燈暗月如銀。金井蕭蕭落葉新。不怨飄零身世感。要憑風力去驚人。惜春云。一般心事夢難成。我亦深知賈島情。但願東風今夜猛。替人藏過晚鐘聲。寄託遙深。別有懷抱。

鬼詩

士重德行。女重節行。稍涉苟且。顯報隨之。讀書人尤宜致意焉。浙江某生名下士也。風流自好。漁色持甚。嘗眷鄰女。有婚姻約。不幾女有孕。生無計彌縫。致女自縊。後生入闈。已交卷矣。返號若有所思。忽大哭不止。題二絕於壁。出號狂叫而死。詩云。記否花陰立月時。偷聞偷賦定情詩。而今覲試秋風冷。水透羅鞋君未知。黃土無情玉骨眠。可憐歡意渺秋煙。何須更續登科記。修到鴛鴦便是仙。

侶鳳

金匱倪侶鳳女史。風流揚叔。眉秀才之女甥也。叔眉曾為余道其詩筆之佳。余求之數年不得。近有友人錄其題嚴芝楣威莪廢吟圖五律一首云。久失椿萱蔭。悲懷深益深。晨昏餘滿淚。風雨數謳吟。白髮衰親暮。青編孝子心。義詩方韻罷。回首恨難禁。鼎當一讀。勝麝佳珍矣。

阮秋儂

維揚阮芷孚女史字秋儂。少伴季綺香夫人。讀遂嫻吟詠。落花云。一任紅顏與玉姿。飴華消受幾多時。憐他嫁向東風後。便是漂泊子滿枝。著有晴霞樓詩稿一卷。佳句如。舊恨隨流水。閒愁付落花。月窺珠箔靜。風過翦刀寒。年華空自惜。刀尺為誰忙。鏡裏好花皆薄命。匣中美玉自無瑕。嚼香羹蟻沿牆走。貪食癡魚上釣來。深宵貪看樓頭月。風露欺儂卻未知。余尤愛其即事一首云。深樹雲迷暗隱烟。秋風池館晚涼天。多情猶有荷塘月。照見鴛鴦兩兩眠。後綺香夫人隨宦粵中。阮不能從。依姆家。姆貪錢鏹。鬻女於秦中賈人。年五十餘。目不識丁。秋儂竟以抑鬱卒。嘗題驛壁云。輕調瓊簫暗自憐。誤儂幻夢小遊仙。如弓明月初三夜。似翦春風十五年。壓線黃金傷不偶。玉終白璧歎難全。無端嫁作商人婦。飄泊萍蹤永驛遠。更有次首中有命薄身隨十萬錢句。亦可想見其志矣。

金烈女

天下忠孝節烈之行。當其志決身受。初非欲見知於人。故在鄉僻之間。往往有湮沒不彰者。自經兵燹。義烈尤多。里黨無文學士。誰為報請邀　恩光。及泉壤者。而衣冠洋溢往往邀卹典。晶頂煌煌。問其職。曰雲騎尉也。噫。其父果殉　國而亡耶。抑從賊而轉為賊殺或病死難中耶。不可言矣。清河縣北四十里徐家溜地。當要衝。附近莠民每誘少年婦女伴行客宿。名曰趕店。有金姓女。乳名和仔。幼失怙恃。氏本玉之妹也。豐姿淑性。幼許明尚忠嗣子鳳岐為婦。金貧。賣身邊門。尚忠本漏盜。同治十年。鳳岐已十五歲。尚忠欲令女趕店。女不可。尚忠疑鳳岐使意。盡擬之。遂亡去。里中紛傳為尚忠活埋死。女亦疑焉。歸寶兒素善。亦無如何。越二年。尚忠計賺女歸。即令趕店。又不從。撻之。遂亡。於是日夕鞭笞。冀其轉意。女矢志益堅。誓之如死。尚忠無如之何。商於妻曰。彼所以堅不應者。為未失身也。若強污之。彼見節已破。當可從。於是授計於客。欲強姦。女叫寬力拒。客懼而遁。尚忠怒。以油捻紙。炙其手臂腳脛至前油滴瀝絕無衣乞順從意尚忠懼女允相訟決計殺女以滅口遂褫剝衣裩縋三匝縛凳上更益火灼其頭面漸下至足膏脂焦黑血肉模糊計灼半夜女始死足猶動復灼之尚忠怒未息刀斫其面更割二乳始舉而投之河鄉里竊聞之咸髮指咬女兄訟官尚忠獲供女有外遇甚供疑夫亦有姦故尚忠憤而死女女兄懦不能辨官亦不察據供詳康訪廉公閱牘疑之密訪得實乃反其獄抵尚忠夫婦於法詳請具奏得旨建貞烈坊於徐家滙人皆快之

女子宜有才

諺以女子無才為德然則有才者盡無德者耶愚謂有才而善用其才則畫荻教書丸熊佐讀人稱重之有才而誤用其才則廉閣留札月下琴心人非笑之蓋女在賢不賢不在才不才也閨中沈氏女詠春草云別情隨處縋魂鎖草色迷人入望遙如此青青回首憶似郎袍袖色裙腰崇安李月娟云萌芽一雨茁芳塵遠浦離離盡帶春路入江南青不得斷腸猶有未歸人香山童氏女幼慧父教學吟未幾便工詩父母死女無所依寄養舅氏恩盡坎坷既嫁得姑嫜歡春草寄感云萌芽初出嚮朝烟恩受東皇轉自憐記得枯根風雪裏不圖新綠有今年溧水宋玉生選室李嚴香能詩宋寓次稼省大婦妒不容宋知之挈李去嚴香詠春草贈夫云當年霜雪過清芬吹醒銜無草又薰不是東風開愛惜詎能平地變青雲又淮山胡管侯婦張婉娘有刺事詩錄其二云揃成雲鬢插花初低喚嬰兒略倩扶生小天然原愛好不因人見著工夫衣香人影滿花衢閒裏低頭整翠釵繫得湘裙忘略短無心偏露鳳頭鞋以上數人皆多福壽豈以才為累耶

碧桃館

仁和趙君蘭女史我佩名士秋舲先生慶熹之女也先生以詞曲著名著有香消酒醒詞二卷曲一卷女史家學淵源九歲即能吟著碧桃館詞人有謂先生手段者余觀女史詞實出先生之上人言不足信也卜算子云一樣雨和風各樣愁人聽樓外垂楊樓上人同是懨懨病低映水紋窗其把闌干凭昨夜西風今夜寒瘦卻紅花影密意亂如絲別淚濃於酒眉上青山臉際霞多為春宵瘦記得去時言約在梅開候風信而今過海棠到底歸來否清平樂云愁推不去沒個藏愁處小小眉彎擔不住做出恨烟顰雨連朝飛瓦清霜病餘怕倚迴廊已是傷秋傷別可堪又過重陽眼兒媚云白蘋江上晚來秋風定柳絲柔今宵酒醒昨宵人去多少離愁銷魂最怕黃昏候獨自上高樓三更疏雨半牀殘夢一葉扁舟蘇幕遮云曲廊斜深院靜樓外秋千迭遍垂楊影燕子不來春又盡幾折闌干獨自和愁凭暮雲低眉月冷人瘦如花花也如人病小夢惺忪眠未穩燭燼香消依舊今宵醒如夢令云今夜夢魂無定多被瓊簫吹醒簾外月如湖翠袖宵來慵凭人靜人靜風弄一簾花影虞美人云落紅滿地鶯聲老春去愁難掃背人無語整雙蛾可奈桃花臉薄淚痕多畫樓一角斜陽悄香靜簾波裊是誰喚醒夢南柯半晌起來埋怨到鸚哥清新俊麗獨有千秋不減許蘋香稿也

寄蝸詩鈔

上海蔣隱耕孝廉其龍神交數年未嘗謀一面間以詩函相投頗獲切磋助君為人熱心古道有長者風時中江甚風雅而君為祭酒詩學極服梅村近體則參以王孟著寄蝸詩鈔四卷偕友泛舟東湖聽少卿校書彈琵琶云白傅江州歌當哭傷心翻得琵琶曲張郎亦是斷腸人紅粉青衫同感觸憶昔東湖鱉畫舫同尊載酒蕩春潮輕波渺渺流桃葉新月彎彎上柳梢五鳳蟬娟年十七檀槽手撥神凄絕漢塞初聞鐵騎鳴洞庭猶聽流泉咽雙眸如水鬢如雲暗把心情訴與君一見應憐韋刺史三生重憶杜司勳烏絲寫贈銷魂句歌罷滿終不能去卻恨情天誤落花生憎別夢隨風絮重經鴛水訪秋娘閒把鴉鬟客異鄉楊柳門邊春冷落梧桐院裏夜淒涼梧桐楊柳都堪聞蛺蝶兵氛流數郡鶴唳歌殘子夜哀烏啼譜入家山恨萍梗飄零各一天釵聲花影渺如烟渭城舊曲君還記天寶新詞我亦憐黃塵苦竹同

羈旅往事思量淚如雨狂士風流浪得名美人憔悴遠無主勸君莫更唱梁州鐵板銅琶戰壘愁蘭槳無人曾送客夜音猶繞弄珠樓大風歌云白蛇已斬鹿已死天命終歸赤帝子酒酣擊筑臨高臺歌聲忽發大風起鴻門當日飛劍芒玉玦破碎心傍皇亡秦滅楚猶猛士何不留取守四方雲氣蒼蒼飛出芒碭歔欷盡悲來如夢想嫚罵安知天子尊猶是當年一亭長白蓮云銀塘小立絕無塵似此丰姿孰比倫芳潔自存君子品空明如現玉人身冷雲十里尋秋夢流水三生結淨因雖織凌波微步處盈盈目斷幾同頻題桃花扇云妝閣荒涼鎖碧苔桃花落盡問誰栽卻從一柄歌姬扇演出南朝大局來烟柳淒迷舊板橋青溪殘夢付春潮云亭樂府流傳遍一樣傷心弔六朝西湖云油壁香車已化塵孤墳猶占六朝春修培幾費名流力僥倖千秋一美人送春云不道流離後他鄉又送春青山拋舊友白髮戀殘草木愁中景干戈劫外身故園歸未得目斷乳溪濱其餘如野花之生就鉛華空媚世不施膏沐也傾城詠菊之香凝殘露寒無語影立西風瘦不如枯樹之縱遭剝擊心逾勁不藉攀援勢更奇月樓圖之一角畫樓橫遠影半鉤新月掛愁痕廢寺之樹迭劫復偏增壽佛到窮時亦不靈白蓮之烟消遠渚鷗頭宿風定秋江一鷺飛落葉之肅殺何嘗非轉運凋零未必盡凡材皆獨出新意

沈同甫

琴川沈同甫秀才，余已卯闈中舊雨也。為人姝姝暖暖，一往情深。知余有香談之刻，見寄玉梅盦本事詩云：含烟楊柳怨丰神，修到如花妙絕倫。記得生辰三月暮，玉梅香裏祝長春。小別無端又幾年，回頭夢影總成烟。落花流水真無賴，苦逼秋霜上鬢邊。又白牡丹一首云：萬紫千紅鬧豔陽，獨持白賁傾群芳。人疑西極來瑤母，天為東周出素王。不染紛華真富貴，能標本色始文章。得時莫道春光晚，月滿瑤臺玉有香。

彈指集

余不喜彈指詞，惟集中寄吳漢槎金縷曲二解，知己情深，讀之令人淚下。友人謂余曰：梁汾之詞，古淡高超，非學到其境，不知其妙。余曰：詞尚側豔，即學到其境，亦不必作。後晤秦膚雨談及詞派，亦不喜顧詞，謂理趣太深，而丰韻少也。余頗以為知言。

江州生誕

咸豐壬子，余纔三齡，從大父賀歲來蘇，猶記游虎邱，觀賽會，雨濕帽簷事。即楊芸士廣文祭白傅時也。後閱鷗陂漁話，載是歲正月十九為白公降生後第十九甲子轉頭之年，廣文招邀朋侶，設醴陳牲，展拜虎邱祠下，談讌竟日。王韞齋（汝玉）即席賦二律云：千餘載後作生朝，一瓣心香喜共燒。詩滿袖中人盡讀，春留堤上姓還標。好將私祭今番創，況是崇祠勝地（表春集云一作良敢謁侶）邀。笑識公靈來陟降，合歌暮雨正瀟瀟。閒說西湖祀典隆，（杭州舊有香山生日會，杭文達公元嘗浙榮復任浙撫，杭人因文達與香山同號，故舉是會，至今弗替。）年年瞻拜向東風。稱觴更喜添吳下，勝舉偏教屬廣公。嫩柳碧含山色外，玉梅香沁酒痕中。坡翁雅集蘇齋盛，臘尾春頭此後同。廣文海寧人，名文燾。

鐵仙花館

華亭張雲泰司馬（家鼎），為雲閒先生喆嗣，筱峯先生（沐章）猶子也。風雅傳家，各有專集。司馬著鐵花仙館吟草。中滿遇風云：狂颷四起江雲黑，地軸欹翻震霹靂。波濤萬頃衝舟來，怒挾風威奮一擲。生平忠信輕江湖，欲挽狂瀾愁無策。我生有命且聽天，一卷班書浮大白。放聲快誦大風歌，歌罷蒼茫怒濤息。遊西湖云：急篙撑破碧淪漣，紅藕香中泊酒船。我與孤山同入畫，水搖楊柳欲生烟。數行官樹蘇堤畔，一塢雲封古塔前。最是湖心亭子好，綠波青嶂夕陽天。弄珠樓云：夕陽隨我挂帆來，近水軒窗面面開。風峭亂鴉圍禿樹，林疎凍鶴啄寒梅。幾星漁火前洲聚，一線潮痕到岸回。（原注：湖生東潮而止。）快詠水亭舊題句，詩心誰繼阿師才。（原注：借山上人說詩有月光，照古在水中句。）銀河棹歌云：碧海青天望眼賒，銀潢清淺學乘槎。昨宵親見雙星渡，五色雲扶七寶車。雜句如：水清魚入定，樹密鳥棲烟。龕火靜依佛，爐烟香上衣。秋風來木杪，人語隔

溪烟。橋低流水漲，山斷濕雲堆。月籠三徑鶴眠候，烟鎖一簾人靜餘。清識敢談當世事，窮途每憶故人情。佛地幻成黃葉路，香花空對白雲心。皆輕清流麗之作。

硫穴

硫穴在淡水港東北甘答門山下，溪廣四五丈，皆沸泉，為硫穴所蒸也。地多蓟茅，高丈許，茅下有徑，僅容側身入。近硫處地皆溫熱，草色萎黃無生意。山半麓白氣縷縷，如雲蒸，風至則硫氣甚惡。生硫之穴，兩邊草木不生，地熱如炙，且多巨石，為硫氣所觸，剝蝕如粉。白氣五十餘道，皆從地底騰激而出，沸珠噴濺，去地尺許。穴中怒雷震蕩，與沸鼎驚濤相似。穴周廣百畝，如一大沸鑊，聞其氣觸腦欲裂。旁有一溪，聲如倒峽，即沸泉所出源也。見郁滄浪日記。

黃金娘

名妓黃金娘，色藝均絕。聞故老言，住虎邱之留春榭，恃才不肯交俗客。蔣果臣嘗贈以詩云：修到鴛鴦便是仙，春來好賦定情篇。梨花明月吹簫夜，柳絮東風倦繡天。閒倚朱闌調笑語，醉扶紅袖上秋千。況卿和我傷春句，先向妝臺擘錦箋。

雅婢

天台陸李和有婢娉娉，喜吟詠，陸屬意焉。婢淑儀知之，戲以詩云：郎君最愛婢嬌憨，臉際眉間笑意含。怪底昨宵鬧鬧草，輸他兩次得宜男。論心我亦喜溫柔，每有新詩與唱酬。今日喚他纔一看，羞紅雙頰便回頭。閒時說到眼前春，一個嬌羞一個嗔。戲語兩家都莫惱，明年莉我作冰人。令番望眼總盈盈，撮合何難要妾行。但問同心歡結後，不知爭樣謝儂情。及娉娉備小星，淑儀復調之曰：青衫紅袖兩情濃，今日妝成意態慵。含笑問花花不語，此時眉眼卻羞儂。娉娉答云：欲通私語怕娘嗔，但任娘行笑妾身。舉止本來羞澀慣，大方何敢學夫人。樂而不淫，頗得關雎之旨。

長安宮闕

秦都長安宮闕之制，備極壯麗。漢因秦長樂宮外，又造未央宮，東西對峙。長樂垣牆周二十里，未央牆又加廣八里，殿高三十五丈。武帝時又造建章於城外，高五十丈，跨城為閣道，飛輦可度。而甘泉、明光、離宮又百餘座，土木經營，不知耗財力幾許。當時城郭反不脩治，惟用繚垣周築三百里，何緩於設險而不務本也。明時鳳陽閒當時亦無城郭，龍興地不為備險，誠不可解。

大憲多情

李文恭撫蘇時，嘗名優人演長生殿傳奇，至埋玉一齣，不覺歎息失聲，淚為之墮，即席詠其

第云戈馬思良起范陽。插間鈴語喚郎當。凭肩有客同牛女。指血無端作帝王。自倚蛾眉甘謝鑑。可憐黃土忽埋香。金釵鈿盒傾史改。莫再含情問上皇。羅襪淒涼墮劫灰。洗兒錢杜售疑猜。謂傳宮禁司香帝。幾見雀王草檄來。一死功能扶社稷。他生羞已注蓬萊。驟歌暗灑青衫淚。曾醉沈香亭酒杯。次首即用馬嵬一死諸軍退。妾為君王拒賊多。意蓋美人例為人憐惜。如錢乙生鹵祥師詠西施之可惜越王無見識。黃金不鑄女功臣兩句之旨同也。

徐烈女

徐貞烈女忘其名。如皋人。年十九。許江蘇候補縣徐炳奎為婚。既卜吉有期。徐卒。女欲縊經入門。抱木主行夫婦禮。母勸勿往。女號泣曰。兒既許徐氏。即為徐婦。安得復有他志。遂歸徐。撫棺大慟。絕食七日而卒。又汪貞女者。吾族祖萱琴先生之第三女也。許字芳橋汪竹村之子。汪子卒。女食頓減。且時有淚痕。堂上察其情。知不可奪。遂令歸汪焉。

顧草耕

顧草耕。珠江人。性喜詼諧。而家貧無擔石。就幕河間。寄家書。詭言娶妾。夫人伊氏答以詩云。當年曾賦白頭吟。此去何妨別抱琴。郎欲藏嬌儂敢妒。只愁築屋少黃金。蓋明知其紿而故揶揄之也。顧死。王棠仙寄詩一卷示余曰。此草耕一生心血。先生有贊詩之作。可肯存其人乎。余錄其竹枝詞云。豔陽天氣鳥聲催。杏臉含嬌柳眼開。芳草如茵花作幛。紅妝一路踏春來。即事同閨人作云。郤愛新涼值早秋。湘簾都不下銀鉤。紅閨今夜清如水。月色簫聲共一樓。饒有風致。

琴溪道子

琴溪道子吳瀚海武尹廣東。為人豪俠不羈。性好遊。蹤跡遍天下。并歷泰西諸國。所交多名下士。身畔常攜一匣。不輕見人。中藏小劍。長五寸許。鋒利無倫。髮繩數十丈。繫於劍柄。蓋幼時曾習劍術。中年益精。能於百步外刺人。不少爽。詩有奇氣。余僅記其在美國華盛頓京城感懷數首云。闖來矯首向天歌。奇氣如虹貫碧蘿。劍頸書空疑快當。筆鋒蘸海欲停波。拽碑才器今原少。擊楫風情古不多。三十酉顛程十萬。故山猿鶴奈人何。苦向滄溟屢擲身。叩天無路獨艱辛。骨經鍛鍊羊腸峻。腹具興衰滿淚真。浪浪雙丸催壽命。勞勞鼎革困風塵。不才久作賓遊鄧禹。何心尚笑人。歸來久分附柴關。風捲閑雲又出山。得意要須及年少。撫心詎肯避時艱。英雄肝膽千秋壯。兒女風懷一例刪。滄海無情天地窄。驅馳容易誤朱顏。蒼茫雲水望中收。便擬詩名滿八陬。萬里豪情羈斗室。三冬物候似初秋。折衝無地追樽俎。風土何煩問馬牛。昨夜故人通尺素。相思飛渡海西頭。

莊蓮佩

陽湖莊蓮佩女史盤珠。生有神異。穎慧好讀。所著秋水軒詩詞合稿。筆致淒麗。嘗病臥。夢見天后遣侍女來迎。醒語其夫吳孝廉軾。遂含笑而逝。異香滿室。空中似有音樂。時年二十有五也。集中佳作甚多。病中偶成云。如水涼生雨過時。小齋鐙暗夜遲遲。霜華欲下秋聲節。序料來病骨知。初戒酒杯同辟穀。新開醫案忌吟詩。近來倍覺腰支瘦。小步還須倚侍兒。其詩餘一卷。尤極幽怨。的是漱玉之遺。秋感倚清平樂云。暝烟欲上。畫閣根憐許亂鴉風底颺。笛令殘秋門巷。柳梢一箇明星。闌干短倚長凭。若要心兒不轉。除非沒有黃昏。柳花倚蘇幕遮云。早抽絲。遲作絮。不見花開。只見花飛處。蛛網縈簾留不住。打個盤旋。又被風吹去。野棠枝。芳草渡。雌郤枝頭。總是傷心路。待付殘春春不顧。異闌空池。恨結萍無數。荷亭即事倚前調云。水亭閒。槐晝永。倚看游魚。又怕危闌凭。響雨欲來風片緊。紅藕花梢。無數蜻蜓影。瓦松明。階蘚潤。瀉玉跳珠。不許闗何定。一霎涼雲都散盡。梧葉含秋。簾角斜陽冷。

篠綠館

錫山周綸仙暖。有篠綠館詩稿。未經行世。亟錄數首。以見一斑。舟夜云。山氣鬱蒼蒸。江流瞑遠天。角聲京口戍。燈影海門船。衣食違長策。文章誤少年。勞歌誰與和。漁板起寒烟。赤壁云。傳聞吳魏此爭雄。壁壘千秋劫火紅。賦手有時遣我輩。霸圖何處問東風。武昌春近花含笑。峰家西來浪打空。今夜月明乘興到。放歌且作醉家翁。感賦云。長沙日落水雲橫。異館鄮臺氣肅清。囊口悲風浮四極。刀頭亮月照三荊。上游重鎮陶都督。末路才人禰正平。促漏還鐘聽欲倦。一時併入斷猿聲。過彭澤縣云。山頂孤城百雉開。抗懷往事劇堪哀。可憐五斗官家米。只有淵明捨得來。楊柳詞云。和雨含烟翠色勻。長條蘸水亂橫斜。若教繫得春光住。只種垂楊不種花。其餘如人歷長途俄老眼。事多失意怕深談。疎樹斷雲揚子驛。高檣斜日海門船。自煮雪水嘗佳茗。獨對梅花看異書。俱有新意。蓋得力於少陵。又參以王孟者。故神韻風情。兩擅其勝也。

錦瑟詩解

玉溪生之詩。不可解者儘多。讀者亦當以不解解之。如錦瑟詩起句曰。五十絃。夫瑟絃五十。盡人知之。何以曰無端也。有儀父謂義山此詩。為斷絃悼亡之作。謂瑟本二十五絃。今無端為五十。則兩斷矣。自謂獨得妙解。不知如此解詩。是穿鑿矣。惟何義門太史解此詩頗近理。謂錦瑟詩。是玉溪自題其全稿之作。首二句言平時著述。遽已成集。而一言一詠。俱足追憶生平也。次聯言集中諸詩。或自傷出處。或託諷君親。作詩之旨。隱寓於蝶鵑也。三聯言清辭麗句琢玉淵而韻多激昂感慨又有根柢栽培所以自明其匠心之巧也結二句云詩之陳事雖堪追憶惟回首當年無窮悵惘猶望後之讀其詩者知人論世或想見其生平大凡也太史讀詩有妙解余曾見其手校溫飛卿集一字必辨其評經故監崔揚州南唐舊居詩來舟見吏句謂用晉書桓彝去官所見如吏部郎事令題係故監而但用見吏二字是飛卿讀晉書既句矣其博學心細如此

詩中七賢

陳心友（簡）茂才華富麗與人落落寡合平生於時流中惟心折七人作詩中七賢歌云纓笭仙史美少年筆花絢爛生白蓮雜林笋債重謫仙（蔡紫笭名爾康）瀟湘侍者瘦娟娟愁紅慘綠寫錦箋流將血淚啼杜鵑（謂余）奇陣縱橫老詩顛長戈利甲總森然（程竹水名嗣[illegible]）渾渾盡盡追昔賢感今懷古橋長篇用之舟楫濟長川天家奇材貢楩楠（黃聽村名其龍）白衣卿相比屯田曠懷極視匡廬巔呼吸之氣雜雲烟（姚芷芳名文藻）參僻滄浪上乘禪詩情古淡圖畫傳彷彿月夜咽寒泉（杜香卿名[illegible]）來吞卿才子馳八埏驊騮不須施長鞭（秦清雨名雲）病客可憐瀉歸船萱醒酒地與花天何當拜倒瑤池邊拈韻剝燭張廣筵

采臣詩續

近又於徐保之處得將采臣手錄全集知君已晉衛觀察集中佳者尚多因復錄之別內云攜手花間月上時離居況味要卿知焦窗夜雨詩千首鎖閣春風笛一枝心似垂楊愁遠別淚隨紅燭訴相思他年忽憶今宵景翠袖銀燈映玉卮宿嚴寺云薄暮迷征途投宿招提境衰草覆寒階敗垣圍古井白楊夜蕭蕭鬼嘯秋風冷殘燭慘無光僮僕語相警匣劍忽飛鳴月下美人影邊詞云棘戰沙場惛氣豪涼州一曲醉蒲桃醒來飲馬長城窟點點霜花落戰袍羽檄連催戍白登將軍年少氣飛騰天寒一陣西風緊鐵馬黃河夜踏冰

柳枝詞

柳枝詞須要手神駘蕩有不可一世之概余曾見他書有數首已忘作者之名詩云只管歡娛不管愁瑯琊大道接金溝侯家亦有封侯婿莫遣飛花墮玉樓窗外西風一晌斜從來不信有天涯忽看遊子踟蹰處滿眼迷離遍是花勞勞亭外化蒼烟猶憶青溪泊畫船千古風流成悵惘可憐張緒已當年李石梧中丞云綠黃如畫照春痕往日嘗和有舊恩生恐路人攀折盡更無青眼到王孫柳葉盈盈湘水春柳枝詞唱曲江濱為誰化作相思樹才解迎人便送人袁滄漁大云東風婀娜最魂銷殘夢無端渺六朝記得當年攀折處清明烟雨自瀟瀟嘉興楊小鐵詠南湖柳枝云一棹尋春正未遲滿湖晴綠漾絲絲小蠻本是腰支好況是垂髫十五時二十八字神味盎然將采臣云一樣相思兩地分溼將飛絮證前因妾身得似長亭柳盡把柔條折贈君江閬仙女史云烟雨迷離六代莓白門新綠又毿毿年年杜自垂青眼浪蝶遊蜂總不堪潘小峯云長亭烟景太蒼涼萬縷千絲總斷腸多少行人難綰住祇將青眼對斜陽陸釣漁云一樹婆娑老白門臺城十里路秋痕烏啼日落荒寒甚難見當年張緒魂各有妙處

李姒姑

李烈女姒姑監生李蘭雲之第三女也幼淑順許字鄒人殷人殷聰明力學蘭雲以佳婿目之光緒四年女十八歲卜吉有期矣人殷忽病危姒姑頗有所聞食頓減而形憂色時見淚痕母覺之須以吉語勸慰歲將終人殷竟卒姒姑一慟幾絕已而偽素泣拜父母曰兒字鄒氏十有二年令禮垂成而婿死兒何敢獨生請往哭其靈以抒吾痛否則兒目不瞑堂上堅弗許遂絕粒不入口促之亦不食徐泣曰惟酒或可解耳初宅有鼠患備毒鼠藥竊得之至是母予之酒防少疎竟下藥酒中少頃毒發嘔吐大作向父母跪謝呼不孝數聲而絕時十二月朔也目初瞑猶淚涔涔下飲畢貌如生微帶笑容比奉柩若空棺然因歸鄒合葬余作詩弔之其起一段云悲風亂吹白榆死愁雲踏天天如紙鳳凰啼斷夜臺空烈魂長埋呼不

起隴西李女秉奇烈心腸冰雪裹桃李一朝化作杜鵑魂西風血濺芙蓉紫餘載集中

詞品

詞學衰於康雍朝乾嘉時樊史輩出詞學中興至今日填詞家益衆然皆不免拘守姜張而學北宋四大家者甚少不知姜張之詞純乎白描無才力以學之猶畫虎類犬反為所誤矣余嘗見海寧吳子律先生詞話中載吳江郭祥伯十二詞品而金匱楊伯夔又續十二品如詩品然以四言句推廣其意句多不能載但錄題首二字郭所撰為幽秀高超雄放委曲清脆神韻感慨奇麗含蓄逋峭穠豔名雋楊所續為輕逸綿邈獨造淒緊微婉閑雅高寒澄淡疏俊孤瘦精鍊靈活明乎此能事備矣

燈花

倪思勛茂才（朝谷）燈花詩十首余但記其一首云靜對銀釭臥轉遲近來何喜報人知青凝小豆擇江管紅吐奇花映畫帷結到並頭符暗卜燦成五色照相思宵深不肯敲棋子留待郎歸話別離

代課

余館山中時有弟子顧姓曾且蠡年十五曉畢四子及詩經講解文義十無半明春夏日長

飯後余每同友人往山居消夏日斜始歸臨行必出一對於諸徒返則問之僴生索室當以下岸開茶館對余前村問酒家余笑曰汝欲作茶博士耶恐樵青不肯從亡何一日余以鳥鳴山樹靜命對比歸僴生對魚躍浪花圓遂驚其精次日出蝶擬尋夢去是日余在館未出僴生不能對越宿夜課對為蜂重抱香歸余拍案叫絕決其非自己出嚴詰之始言其姊昨日歸甯兩對皆倩代也余問爾姊能詩否曰未嫁時嘗見吟唔今不知若何余令歸向姊索稿未幾徒來為余云姊稿在婿家僅乞得薛濤箋一幅詩兩首云先生索詩特為吟就不可見人余請之云夏木陰如許文窗畫拓紗綠雲三面合涼翠一簾遮嫚母言休訴兒央夢亦賒荷池香冉冉閒得並頭花又云籃輿歸省拜慈親猶作當年掌上珍知道兒家耽小飲瀹荷新釀百花春下書思儀初草蓋即事詩也

蒲留仙

蒲留仙先生聊齋誌異用筆精簡寓意處全無迹相蓋脫胎於諸子非僅抗手於左史龍門也相傳先生居鄉里落拓無偶性尤怪僻為村中童子師食貧自給不求於人作此書時每臨晨攜一大磁甖中貯苦茗具淡巴菰一包置行人大道旁下陳蘆襯坐於上烟茗置身畔見行道者過必強執與語搜奇說異隨人所知渴則飲以茗或奉以烟必令暢談乃已偶聞一事歸而粉飾之如是二十餘寒暑此書方告蕆故筆法超絕王阮亭聞其名特訪之避不見三訪皆然先生嘗曰此人雖風雅終有貴家氣田夫不慣作緣也其高致如此既而漁洋欲以三十金售其稿代刊之執不可又託人數請先生鑒其誠令急足持稿往阮亭一夜讀竟略加數評使者仍持歸時人服先生之高品為落落難合云

佩秋閣

佩秋閣詩兩卷為吳縣吳佩纕女史蓮遺稿女史少孤依寡母長適城中汪桐子未幾而寡頻經離亂詩益工襟懷曠達家本鄧尉嘗月夜獨行深山吟詠忘倦故其為詩絕無脂粉氣擬古云青青河畔草離離芳春碧娟娟當軒女軋軋弄機匹脈脈含愁意纍纍揚玉澤顏色似羅敷東心如皦日十載隔隴沙膏沐為誰飾池上雜興云壇坫風流歇星萍復此偕環青門外岫蘆白竹間齋古柳烟無際方舟水一涯淒涼吳苑路老樹弔宮槐詠梅云纖塵漫染洛中衣臨水人家半掩扉林角烟消初日淡竹梢風定暗香微夢回紙帳梨雲冷酒醒羅浮翠羽稀莫問江南春早晚迴橈無那只依依寄懷仲姊云寫韻閒披女史箴同懷惜別鬢毛侵碑蘿日暮吟山鬼芸葉香殘掃素琴寒雨空村千嶂暝西風高閣一燈深平原十日難辭醉感舊題詩又滿襟書所見云江鄉滿地拂黃沙轆轆聲多坐小車一望平郊秋色好西風

斜笠捉棉花其餘如西來秋氣壯東下大江橫蘆荻秋翻雪魚龍夜吼潮明月刀環冷殘山鼓角聲斜月簾鉤風弄影小窗燈火夜填詞國香猶艷春難住倩影扶愁夢未真皆佳女為許鶴巢中書（賡颺）之高弟汪然庭詩人（芑）之姪婦故學有淵源也（鐵叔石曰女史住山中時遍題壁乃持刀生當木材為自畫竹大書八字於壁曰得死此堂千古不朽見者大服）

詩丐

丙子春南鄉來一丐敝衣敝履日行街頭一回旋宿破寺不言不笑亦不乞於人人舍則取之或蹴爾而與便反目相向設所得足一日餐雖猶舍者亦不顧而去人以其廉也頗重之一日忽狂歌市上作種種戲麈兒圍隨之然口中所歌非詩非曲甚典雅吾友丁小舟異其人夜深躡往破寺訪之不見書小舟致謁四字於壁越日再去見寺壁墨迹淋漓筆勢飛舞則七絕詩兩首也詩云怕作人間公與侯風塵落拓誤瀟流果然大地無青眼要去乘槎上斗牛雄心磊落總難平匣裏龍泉久候鳴只有小舟能識我他年書記要留卿下書蒼雷子右光留別數日迹之其人終杳知為奇士然終莫詳詩意今小舟已歸道山未死前數日錄此事并詩寄余因采入焉

詠鏡

詠鏡之作男人固多佳句然終不如閨閣之言為能親切有味也青州董叔齊婦周氏十四歲讀古今詩數千首嘗詠鏡云菱花光彩自晶瑩轉覺相看影過清生質那能皆美秀年華猶恨有枯榮縱無思怨干卿事從此悲歡異世情留得輕塵遮蓋好照人何必太分明常州王氏女云高堂明鏡感青絲女伴閒來照影時見得分明全不語教他好醜自家知蘇州葛蕙生云秋水分明月一周暮儂頻笑對儂愁怪他脈脈全無語誤盡紅顏到白頭會稽程幼環云思量對面誰着身相看半姿總出塵畢竟笑他含蘊少一絲瞞不容人昭文江閒仙云坐對茫茫忘爾我含情脈脈自春秋可憐圓缺原無定賺得紅顏到白頭淳安趙玉磬云垂髫全改舊丰神對鏡渾如又一身自笑娉婷年十六生疎從未識斯人蓋新嫁時作也德州秦芷香云開奩相對倚妝樓不見芙蓉現上頭惱煞終朝無個事看人顰笑看人愁蓋詠其婿也瓘峯陳安瀾云輕攜寶鏡照嬌紅玉貌應誇粉澤融我欲笑卿卿亦笑兩人笑態怪相同上元劉玉芳云無情畢竟恨條銅草草紅顏換鏡中縱使而今誇美色到頭嬌媚總成空新昌胡管侯婦張氏詠宮鏡云不見當樓見鳳蹁故宮無復照春魂深深埋玉知何處斑漬殘紅尚淚痕詠古鏡者雲和魏蕊賞有句云飲盡光華歸黯淡深於閱歷始模糊魏有小姑甫十歲指古鏡令詠姑應聲答云古鏡何如古月圓不知入世幾十年月光猶比鏡光好

此鏡都應在月先。愈擬愈妙。愈拙愈靈。上海姚椿蘭云。園圃雜誌一匯。清剝蝕苔花紫鏽生。似識而令人面改。故鑑光彩不分明。

兵兆

合肥李少荃爵相。位業崇隆。相傳其未貴時。家有大池。冬日水涸取魚。池底得三寸餘長土偶以萬計。人馬戈甲。雕鏤精絕。遠近傳聞。觀者塞戶。不知何兆。既而登第入詞林。統師剿賊。始信土偶之兆。又蘇州胡貴以園圃為業。種落蘇半畝許。盡結小人。有荷戈執旗者。有擎弓負矢者。有無頭而手足不全者。鎧甲悉備。鬼斧神工。不可方喻。某甲謂胡曰。此係兵兆。賊將至矣。胡恐張揚。攫拏悉剷去而瘞諸土。當時故並無人知。賊平後始為人言之。

碎錦

詩有以神韻勝者。如徐拙庵之雁呼沙渚寒無色。馬踏黃河夜有聲。張研生之沙飛極浦鷹呼雨。草盡秋原馬背烟。汪燕庭之海翻地動日無色。風挾沙飛波有棱。蔣承臣之四壁秋燈人不寐。五更寒雨雁呼群。五言如徐根甫之大河況夜色。涼雨送歸橈。是有以幽秀勝者。如汪子魚之離花墜粉紅黏蝶。漢柳垂陰綠染魚。顧荷女史之青柳晨風絲細細。白蓮照月玉亭亭。五言如李文恭公之落霞樓渡口。疎柳挂斜陽。金子春之一徑竹烟暝。半龕花雨春。是也。有以感慨勝者。如張香岩之通靈文字偏多難。有約科名不厭遲。楊佩甫之世事每同雲聚散。行蹤一例雁飄零。蔣偉堂之無錢不敢輕言俠。有淚何曾浪哭人。子頌之藥石豈能延薄命。膏肓多半誤庸醫。葛隱耕之馬蹄狼藉原無奈。燕羽飄零不自持。金子春之天遠殘月又新月。世上老年雖少年。亂離景象描來易。情緒襟懷寫出難。蔣承臣之世事真堪吟楚些。壯心枉自託吳鈎。笑傲一生輕將相。功名終古恥英豪。劉閬生之磨牛踏地總陳迹。暮鳥依人無樂聲。太瘦生之逢人留貴擎中策。傳世文章身外身。無名氏之客思紛如群樹葉。宦途忙似出山雲。末路人情知已少。英年旅況寫懷多。孫如之之五夜聞雞消壯志。一時屠狗亦高官。陳仰泉之人世定當憂患始。高才偏值亂離多。五言如無名氏之劫大生原偉。途窮死亦難。俞吟香之功名如意少。文字誤人多。袁滄漁之庸才皆入仕。末路羨為僧。錢乙生師之少壯偏多病。衰寒況不才。是也。有以高淡勝者。如葛隱耕之不承當識寒。適徹得過栽培晚更香。秦子良之戶外客來先吠犬。竹間書靜自鳴雞。劉閬生之家儉尚憂殘歲逼。地偏翻恨故人疎。江閬仙之數載之中差有悟。一身以外更無緣。無名氏之自釀不沽村市酒。客來旋摘野棚瓜。家元卿叔祖之拚與春衫沽酒飲。自康日曹買花看。五言如萬愚生之畫寂雲為伴。宵深月當燈。王敏仙之清閒原壽考。著作算科名。是也。有以典雅勝者。如徐韻笙之華過金陵桃葉渡。秀於東海為枝濃。衣裳之工部多才。窮亦命中書。傳句貴如金陵燭門之鼓鐘。清廟元和粟。黃鶯揚州大業花。沈峙公之破除鄉里雞兒酒。妝點新聞燕子箋。是也。有以道峭勝者。如劉辰生之森聲隱砌涼餘響。花氣撩人靜始知。張雪蕃之千里音書勞驛使。半生心事託寒烟。蔣承臣之荒山飢虎晨窺壁。古塚妖狐夜媚人。汪燕庭之排岸千枝強弩。射江一葉峭帆。勝虛堂綠竹涼生雨。靜夜茶瓜味近秋。孫草田之危石倒懸山更陡。虛窗半敞月逾閒。五言如程叔石之夜惟花有夢。秋借月無聲。倪雲帆之形影殘燈下。思量古劍知。朱韻荷之春暖鳥窺檻。午晴蜂鬧衙。秦子良之有酒難溫夜。無花亦算春。是也。有以閒都勝者。如徐廋珊之紅葉林前叉手立。玉梅香裏掉頭吟。繆芳臣女史之深樹一圍狐鳥樂。落英滿地數蜂爭。是也。有以疏俊勝者。如俞學周之一雙翠羽銜烟出。三兩騎人踏月來。宋奉庚之繡褵寶劍燈前影。破帽殘衫物外身。孫渠思之夜月冰梭神似淮。秋鷹華頂骨偏奇。五言如雷蕃之月明孤枕影。人靜四絃秋。白嶽山樵之寒埋千峰翠。冷壓萬家烟。是也。有以情景勝者。如葛香庵之遠岫疎林高士畫。漢宮團扇美人吟。褚二梅之活水半篙楊柳色。屋角三面海棠風。汪子魚之楊柳綠於河畔草。杏花紅出水邊牆。孫桂之平疇早麥青如畫。照水梨花白似銀。樊紫石之猛風撼樹千重過。冷月隨人一夜奔。無名氏之十里湖光烟外寺。一天雲氣雨中山。秦夙釗之浪。劉石湖雙燊白山分茶嶼一簾青。五言如李石梧之家人圍暝樹。漁火散疎星。玉香銖之細蝶拖蠅去。飢鷹攫鳥飛。是也。有以穠艷勝者。如貝子木之輝碧樓臺花富貴。吹簫院落月精神。鄒樹堂之晚妝樓上花含笑。閒倚東風送夕陽。五言如李酒春之流雲銜月朗。細雨養花嬌。許湘雯女史之綠陰三徑暗。紅雨一簾寒。秦子良之稻香連郭外。山色滿樓中。是也。有以旖旎勝者。如周朗亭之不解溫柔偏宛轉。太難位置是相思。楊姍姍之許我溫柔甘下氣。憐儂憔悴戒傷春。盛雨祥之解得嬌憐方倚玉。絕無風趣莫論交。是也。有以含蓄勝者。如陳曼壽之世逢大半矜浮豔。吾輩相期在令名。方華喬之君子情懷須冷淡。美人心地自光明。金子春之歷苑池臺餘夕照。舊家簾幕自春風。是也。有以奇麗勝者。如袁益三之寬身丹霄落秋吐。混作法雨生寶光。宋淥芙女史之湖光月光一氣化。雙螭嘘吸搖烟中。郁餘生之醉中戲博雙龍劍。推倒蓬萊第一峯。秦賡雨之蟠桃花落瑤池紅。偷桃小兒俄成翁。是也。零金碎玉。各有妙處。學者當合眾長而法之。

番俗

臺灣之北有地名半線者。番地也。人不分男女。每日暮浴溪中。其俗以文身為飾。如錦繡然。人各佩一刀。頃刻不離。斫伐割剝皆用之。婦人背腹文繡都遍。獨頭面蓬垢。以無鏡可照故不勤修飾。下體以繡錦一幅長三尺許。濶尺許。遮其前。背後股盡露。富貴皆然。惟別以繡錦半線以北。男女皆剪髮覆額。若頭陀狀。胸背作豹文。如半臂之在體。番兒大耳如盤。立則垂肩。行則撞胸。同類竟以耳大為豪。故不辭痛楚為之。猶中國之纏足然。且其髮甚多。而不梳櫛。蟣蝨滿兒。時以五指代梳。俗不知交易。借貸隣里不相通。貧者亦不向富人行乞。但以逐獸為生。腹大則走不疾。自孩提時即束其腰。至長不弛。故常有足追奔馬者。及結縭之夕。始斷其束。其處又有所謂社商者。番人得鹿。俱以相付。謂之充賦。惟頭腸留與妻孥共享之。遇秋米登場。即以為酒。男女椎髻劇飲。歡歌嫚舞。晝夜不輟。興盡乃止。既止即不得再有歌舞。違者死。番語不可辨。皆浪古作都盧唎轆聲。俗皆以壻紹瓜瓞。子不得承父業。絕無他家。故不知姓氏譜系。苟其女與人私通。亦任其自擇所愛。番人夫婦每持杯為射魚唱歌。自樂竟夜。烏烏其相習成風。有出於倫常之外者。王紫綸司馬有半線竹枝詞。余猶記中一首云。被髮文章別樣妝。蠻姬蹀躞共登場。秋風裸笑開番宴。夜半跳歌唱踏郎。（原注踏郎歌名番婦又踏郎者又手而唱婦女踏郎唱和）此事。海外采風集記之甚詳。惜未付手民。司馬已赴玉樓召。又無後嗣。稿不知落何人手。以上所記。余從禆海紀遊中。撮其大略耳。

探梅詩

探梅詩多矣。不過山林隱逸賞心樂事等語。亦無甚趣味。湯雨生都督嘗招趙李由太守六舟覺阿兩和尚。探梅孤山。飲酒賦詩。獨覺阿兩首最佳。詩云。春風細柳亞夫營。有約探梅趁嫩晴。畫舫牙旗名將傳。銅堤寶馬少年行。琴樽湖上廬前席。瓶鉢生涯了此生。記否冷遊西崦路。暗香深處坐吹笙。放鶴空亭者夜登。通仙有墓枕湖稜。寒梅無恙應還我。好友同來半是僧。晴雪嚴阿花四照。初登黑貓閣三層。分明僕子當年話。點到清秋悟上乘。幽秀峭麗。真無些子蔬筍氣者。

三借廬筆譚卷七

金匱鄒弢翰飛纂

楊柳樓臺

辛巳春。錢塘袁翔甫大令祖志。於滬上北郊闢三弓地。高樓大適。踠地垂楊。對宇為西人花園。屋之後悉曲院。月夕花晨。笙歌四起。致足樂也。大令榜其門曰穎園詩社。楊南湖伯潤題其額曰楊柳樓臺。秀水金吉石書長聯云。入座逞豪情。好銷磨月夕花晨。詩天酒地。憑欄覽勝覽。任領略馬龍車水。人影衣香。皆大令手製。樓中茗碗薰爐。位置雅潔。葛隱耕孝廉首倡七律兩章投之。一時和者幾及百餘家。自題四首。錄其二云。要把繁華俗轉移。大張旗鼓日吟詩。春歸楊柳千條盡。人在樓臺四望宜。十里笙歌花簇簇。六街燈火漏遲遲。貪來百事從人借。借得園林景更奇。偶然平地學神仙。名士名姬盡有緣。百首新詩題壁上。一樽清酒醉花前。纔看棋局爭雌雄。又聽琴聲響七弦。也是浮生行樂處。何須十萬買山錢。黃笠雨文達云。柳陰四圍碧。人在畫圖間。殘照送流水。孤雲歸遠山。花香吹斷續。鳥語弄綿蠻。佳士座中滿。徜徉風月閒。忠州李芋仙士棻云。吾曾無地起樓臺。一室俄驚廣廈開。六代精靈高會處。九州人表不羈才。午風白袷穿花出。斜日紅裙鬬草回。認是倉山詩世界。壁間珠玉朗吟來。余亦有七古一章云。綠痕壓夢春雲冷。詩心洗透塵心靜。一片濃陰潑畫樓。繁華中闢清涼境。夙昔園林祖澤誇。倉山有主管鶯花。可憐兵燹消風月。竟使滄桑感歲華。餘生飄泊天涯走。辛苦微官躁五斗。隴上猶懷諸葛桑。宅邊已負淵明柳。何處烟江侶釣徒。吟身銷盡屢窮途。縱思金谷千樽酒。難展平泉一幅圖。生涯文字沾餘稅。經營買得三弓地。近市聊遷平仲家。卜鄰許遂歐陽志。勝情何地不樓臺。了鳥文窗四洞開。幽綠一壺清暑穩。涼青滿地溼雲堆。撲簾烟重羅空翠。七尺闌干春晝媚。長晝薇薰花氣濃。斜陽悄逗詩魂醉。閒來選勝裙屐樓。春浦吟朋載屐招。名士清樽千日酒。美人紅袖一枝簫。推袁壇坫僕驂雅。千里投詩兼寄屐。翰墨爭聯滄海緣。風流重續香山社。耽愁惟我憐蹉跎。株守窮廬涕淚多。門外暴無青不了。相思空自託烟波。

說朱

今人讀書於朱注。往往索瘢求疵。實以朱注解釋未明。而重注之處太多。此節注某字某解。彼章又然。其當注之處反無一字注之。避難就易。考據空疏。宜人之不滿於心也。廣閒齋筆記載。歸安凌厚堂堃以舉人大挑授金華教諭。性堅僻。初到官即書一聯於明倫堂云。金匱萬千裏孔子曰孟子曰。華袞百廿作帝者師王者師。論學直宗孔孟。於宋儒一概抹煞。而尤惡朱子極口詆之至謂朱子之父名松與秦檜之檜同而朱子名熹則與檜子秦熺無異語極狂悖謀人譏止訥白文嘗與同鄉孫柳君孝廉談及考亭。孫捐右之遂拍案大罵至欲加以白刃。其惡朱如此然胸中海博。卜醫星相無不精絕應驗若響著德輿子外集數十萬言皆未經人道者己未元旦卜知明年將有大難爰棄官歸明年杭城果陷其湖州城陷之前預知賊某日犯鎮屆期開門延友飲酒以待賊至執之去偽王夙耳其名令為軍師大罵不肯命之跪罵益甚偽王緩頰曰一揖即縱若去亦不肯。偽王怒揮令斬之延頸受刃顏色不變而死亦奇矣哉

問花樓

惡生詩多愁豔人謂其無福澤若蘭生人既風流詩亦縕藉讀其問花樓稿通集無頹喪語適人後嘗寄詩云文鳥己逐鳳凰飛何事重將舊事提留得相思勝相見大家彩筆寫無題一往情深真乃以古誼相勗其稿本藏余處後為取去姑就摘出者錄之園中口占云日暖晴光麗吹來淡淡風落花紅不定香氣入空濛舟過橫塘云一棹橫塘路人疑鏡裏過平沙眠鴨穩清水敗魚多小市喧前渡斜陽媚晚波秋風聲斷續何處采菱歌和蕙姊遊山詩云第一吳中水重來品雨前壁心輸佛靜世故喜僧緣花雨空談法山雲欲化烟懸珠宮不遠

咳唾落誰邊調余云凝絕瀟湘竟當真多情肯艱讀書身題詩笑倩磨香墨也做門生侍立人送春云誰將肥綠挽新紅今日天光已不同儂亦留春留不住子規空自喚東風雜詩云無人庭院夢初回雲髻蓬鬆倦眼開日影未斜簾早捲讓他雙燕好歸來花時韻事最關情偏是驚心物候更不為傷春詩也嬾斜風細雨過清明閒抛鍼繡倦無聊尚有柔情不肯消受聽秋來風雨好自扶小婢種芭蕉贈姊云榮辱窮通付達觀曠懷隨遇亦能安一生獨有關心事春月秋花次第看對鏡云嫣然相對鏡中嬌絕世丰姿畫裏描怪底旁人齊說好憐卿儂也自魂銷題梨花白燕圖云濃雲飛白鎖黃昏寫出銀箋墨尚溫嫁得東風原有夢照來明月了無痕院深人悄愁春語簾靜香凝縷雪魂卻愛雙棲清絕處碎瓊滿地不開門為姊催妝云強含珠淚賦催妝一寸柔情九曲腸鳳髻替籠金綽約娥眉細畫黛鸞長種成寶樹三生果留得文羅七日香此去莫忘同命誓好將彩筆繪鴛鴦其餘如詩味餐香草文心麗落花情多詩亦豔量窄酒難勝離別常思母嬌癡亦愛儂風流傾四座綺旎證三生遺角沈哀響疎星耿曙光吟來好句狂呼姊縕得深情不贈人壓線每因吟事誤澆花不管繡工忙落花怨極翻無語薄倖東風那得知長堤香草多濃福覩近弓鞋步步嬌秦始皇云縱使仙丹求海上可憐黃石未曾逢其餘佳句尚多不能備錄（此則已見卷五）

閨律

兩般秋雨盦載廣野居士妬律一則律例俊長如老吏斷獄讀之使悍婦氣懾茲芙蓉外史又有閨律一卷雖亦遊戲之筆而判文之工巧命意之新奇尤足令薄倖郎君知所忌憚是亦閨房中輔化之初桄也因備錄於下

吏律○一凡青樓女子無論色藝若何概不准往來違者照官員私通外國例杖一百。發外房門充當苦差　判曰鳳子壽芳易入迷香之洞鵝兒愛鈔輕抛買笑之錢一登歌舞之場遂陷風流之陣章臺柳任人攀折大隄花惹眼顛狂須防惡疾纏身冉伯牛空歎芣苢最恨窮途落魄鄭元和竟唱蓮花律以通姦之條允當眠香之罪杖懲既決戈荷難覓磨玷有期賜環不吝○一凡男子有事出門歸家以日暮為限踰時不至照違限例治罪若未經稟白留宿他所先杖八十。再問有無宿娼情弊殆寔另擬　判曰花閒短晷盼盡金烏樓上寒更燒殘銀燭妾向空閨待燕郎如岐路亡羊悔將鷄鎖輕開遂使樊籠巧脫試問青樓捉醉何處追歡且言翠被薰香誰人伴寢楚岫之閒雲暗度秦臺之明鏡高懸既負良夜之遊合聽公庭之讞供如不寔法定加嚴○一凡遇閨人譴責宜低首恭聽不得遽怒小聲違者照虐害平民例笞八十罰跪一炷香。　判曰唾面自乾豈復有丈夫之氣翻羹不怒亦斷無宰相

之懷乃我方獻其箴規而彼反遺以箠楚秉性依然執拗借題偏易發揮身辱泥中畢竟伊罹乎罪肉登几上豈容郎虐無辜徒因逆耳之言故作刪牙之勢薄懲不貸長跪莫辭○一凡與閨人聚處不得嗟聲歎氣作種種不悅之色違者照誹謗朝廷例杖四十罰獨睡一個月。　判曰紅窺簾隙初開踯躅之花綠滿窗前新種忘憂之草大抵閨房之地宜多歡樂之思有何心事難言惟見眉痕常皺豈為鶯閨燕語惱亂情懷無非楚館秦樓牽連愁緒腹誹暗誹嫌儂拘禁之嚴翼果能飛任爾遨遊之便不須研鞫徒飾虛辭決予杖而示懲請分牀而各夢○一凡遇閨人責罰婢女不准代為乞免違者照屬員請託上司例杖四十即以該婢應得之罪罪之　判曰摧花折柳儂豈甘心惜玉憐香郎何情重倘念嬌肢費力不妨代我揮拳怎當怒氣填胸輒欲為伊緩頰護身符巧為遮飾覆盆冤轉替呼號毫無皮肉相連何關痛癢只覺心腸太軟憤發慈悲乞寬解網之恩恐有同裳之好諒甘身代難徇情私饒舌可憎扑臀非枉○一凡男子外間有事不能陪侍閨人一日須至閨中起居數次違者照無故不朝參公座例笞四十拘禁內房一個月。　判曰影隔罘罳已等山遙水遠身踰閨闥便同雁杳魚沈既違共食之常兼失問安之禮縱談有客難教鸚母呼君獨繡無人只賸狸奴伴我可惜香閨翠幙蜂慣雛銜緣何燈炧銀釭燕纔飾壘比擬朝參之失允符吏議之公

加以拘攣申明法度。○一凡婢女分食糕果不得從旁乞取違者照興盜不飭例姑免笞責。罰銀二兩充公。判曰紅梨白棗羞分奴輩之甘剩餅殘餻恥作乞兒之相豈是清饞莫解不覺流涎並非異味難嘗也思染指徒貪饕浪頤食嗟來雖飢渴之常情亦風流之小過倘使分羹示惠易啟黏花惹草之端如其與塊索餔定學紛臂奪衣之狀既官箴之有玷宜閫法所難寬刑杖姑饒罰鍰允當○戶律○一凡閨人遇事他出或留婢女在家看守房屋不得乘機引誘違者照搶奪良家婦女例加一等杖八十枷號外房門一個月 判曰荆璧跛扈常存鬪鼎之心陽虎猖狂時作緇弓之想徒以扞掫之密難為寇盜之乘乃儂因留以巡警纔可離夫戎帳而郎已勇於挑戰竟思抉彼重關事悔疏防罪難曲宥傷邊有禁那容函谷偷關鼻闥獨嚴不許陳倉暗度褫衣重責囊木加刑毋使息肩庶期革面○一凡婢女在旁給使不准語言戲謔眉眼傳情違者照拐騙人口例杖八十罰跪一炷香再聽發落 判曰弄月嘲風怪爾言多輕薄撚花撥柳禁他情不顛狂慣來鸚鵡窗前戲擬游語要向櫻桃樹下密訂佳期縱非有意留情亦覺旁觀不雅莫謂偶然調笑個男兒盛德無傷須防從此纏綿小鬼頭春心亦動剃膚自取大杖難逃屈膝休憐炷香為度○一凡親戚年輕婦女往來雖准其相見然宜引嫌雖坐不得挨近身體恣意談笑致生事端違者照強姦有夫婦女

未成例杖八十枷號外房門一個月 判曰朱鳥窗前原許劉楨平視青綾幛外堪同道韞清談惟是禮別巾櫛豈可擿裳聯袂嫌多瓜李那容浪謔狂言雖然彼美堅貞自切投梭之拒只恐個人佻健妄邀解佩之歡隨身未及周防出語總嫌唐突合褫衣而重責并荷校以示懲○一凡閨人妝奩中物如釵環鈿釧搔頭約指之類概不許私自送人違者照偷盜倉庫例撈一次敲八十原物追還 判曰鏤鳳雕龍鈿盒是定情之物嵌珠點翠簪環多賠嫁之資倘違沽酒留賓金釵願拔那許借花獻佛彤管私貽因為雜佩之投來作大弓之竊匳開碧玉錢訝蚨飛箱啟翠雲杯疑羽化探丸自得祗圖揮霍之豪胠篋偏工豈任慢藏之咎事同貓食律並鼠偷聊示薄刑責歸原璧○一凡庭前雜種花卉祗供閨人插戴不許折贈鄰家姊妹犯者照糜費錢糧例撈一次敲四十原物追還婢女傳送并罪 判曰采蘭贈芍無非鑽穴之媒報李投桃總是踰牆之漸自會眉邊染黛何須鬢上添花任他淡淡妝梳豈干卿事要爾紛紛饋送去助誰嬌思憑滿苑芳菲暗遞隔牆消息漫勞稚蝶引來窺玉之人擬託狂蜂帶去偷香之客非關姑息械指須嚴春從鏡裏追回罰比泥中加等○一凡男子需用箱籠中物須咨禀閨人親手檢付不得擅令婢女啟鑰違者照私虧錢糧帑銀例笞八十婢與同科 判曰巧瞞鸚母偷開翡翠之籠私喚鴉鬟輕啟葳蕤之鎖不顧衣裳顛倒任將箱

篋翻騰可知室有小君取攜甚便莫謂家無長物搜索無妨青衣之側媚堪憎赤棒之嚴威何在因援漢律同糜內府之金試問秦人誰掌北門之管雖非鼠竊終覺狐疑先責憸奴次懲蒴婢○禮律○一凡尼菴女觀不准借燒香為名私行遊玩違者照奉行邪教例杖六十鎖禁外房門一個月至僧道寺院不問 判曰青豆房中巧蟠藏香之窟黃花觀內私開行雨之場名為剪髮披緇皈依清淨實則貪風愛月引誘輕狂只知彌勒龕深不顧金剛杵猛豈顧郎登蓮界惟防媚奪瑤光佛門廣大而能容閫法森嚴而莫挽蒲鞭既試木索須關如從釋道往還不在閨房例禁但無留宿概免深求○一凡外間婦女私贈表記如荷包手帕巾鞋香串等物概不許攜帶入房犯者照士子懷挾入場例杖八十追贓入官 判曰酒邊喝雉賭來妙使香囊枕畔聞雞偷得佳人羅帕緣訂衾裯之好遂邀瓊玖之貽貧看繡鳳描龍誇他心巧愛嗅麝香斷粉惹爾魂迷藏諸懷袖之間已覺罪無可逭攜入閨房之內尤為法所難容試援攜置之條允合科場之弊宜加重杖并索真贓暫令小婢收藏以備下人賞賜○一凡遇閨人訓飭當面耳順受深自悔過不許曉曉置辯違者照鼓噪公堂例笞一百罰跪一炷香 判曰誨爾諄諄不斷耳提面命聽雞喈喈還防口是心非緣何舌竟翻瀾居然強項不信頭難點石太覺頑皮惟聞一派胡言敢藐三章約法豈是無瑕可索偃故吹毛

須知有迹堪憑郎難置喙欲懲狡獪姑予薄刑近曳牀頭痛加鞭背更令泥首用肅房規○一凡遇親戚閒話不許談論閨人短處違者照卑幼辱罵尊長例杖四十批頰八十罰飲洗臉水一碗 判曰爍金口眾但憑人吐雌黃費玉情深當為儂分皂白豈有同衾鳳侶反來止棘蠅譏浪云情性乖張心堅似石動誚容顏粗醜眉遠非山不嫌外客多疏背毀可恨即使細君有過面諫何妨居然娓娓堪聽不啻申申其詈杖臀難宥抉舌姑寬將儂醋臉香湯為爾滌腸妙藥休嫌脂膩定要杯乾○一凡男子或因閨人約束過嚴有意捏造旁人譏訕之詞暨聲驕閫察出照妖言惑眾例笞六十批頰四十罰飼犬三日 判曰蠆尾興歌要爾關心則甚蛾眉見嫉任他饒舌何妨乃因防範之嚴故作招搖之語術工搗鬼志在嚇人豈真川潰難防不容掩塞縱使風聞是實也合包瞞何來詭計多端假說謗書盈篋郎自啟讒夫之口儂甘居悍婦之名罪合敲牙刑先杖臀罰供賤役庶警刁風○一凡遇閨人將有差遣不得預先躲匿違者照臨場規避例笞八十罰跪一炷香 判曰疊被鋪牀自有丫頭服事煎茶換水敢令夫子當差偶然對鏡盤雲花須爾戴或者開簾拜月香要郎燒無非暫當嬌娥不算輕勞貴手豈意狡同兔脫翻嫌驅使之煩居然巧比魚潛預作迷藏之計不甘供役偏愛偷閒例以校士規條無許臨場丐免竹刑宜服鞠跽從寬○一凡遇閨人對鏡理妝

須在旁手進箆梳。不得與小鬟從背後扮作鬼臉。違者照朝賀失儀例杖四十。罰倒洗臉水兩個月。　判曰。筆尖染黛。畫眉爭羡張郎。奩內凝香。碾粉曾傳簫史。只要多情之夫壻。便留佳話於閨房。乃毫無愛賞之心。而反作揶揄之狀。似謂鬟非墮馬。何須貼翠塗黃。定嫌貌醜沈魚。不配濃妝淡抹。妄議綠窗之梳洗。致干烏府之糾彈。有忝朝儀。須繩關律。官刑罔貸。婢役宜供。○兵律○一凡男子未曾稟命。私自買妾。別置房屋。潛往食宿。係出照謀反叛逆已成例。杖一百。夾二次。發灶下婢為奴。永不許入房。妾發官賣。房屋器具衣飾衣物。查抄入官。知情不舉者。坐同謀者照本犯減一等治罪。　判曰。握雨攜雲。別築藏嬌之館。偎紅倚翠。新翻得寶之歌。暗將桃葉迎來。偷把珍珠量去。鴛幃密擁。忍拋並蒂之蓮。兔窟潛營。巧覆旁生之蔗。黑心符誰能遣此。白頭吟於女安乎。雖云買妾無妨。娶何不告。可識停妻有罪。法更難容。須服上刑。痛懲大逆。即交爨婢。俾作鉗奴。既無伉儷之情。宜絕綢繆之愛。楊枝立遣。瓜蔓全抄。根究加嚴。株連並逮。○一凡男子有事他適。當先至閨中稟白。不准私自出門。違者照武弁擅離汛地例。笞四十。嚴加審訊。若與婦女有約。乘間竊往。再杖八十。鎖禁外房門一個月。　判曰。柳巷花衢。固非君等遨遊之地。茶寮酒肆。亦豈文人徵逐之場。只貪微服而行。不告當官之假。尋幽來蹤去跡。累儂挂肚牽腸。先予海懲。更加嚴鞫。可是玉扉輕叩。潛為花底之

三借廬筆談　卷七　六

遊。或因金鎖偷開。巧赴桑中之約。非北里之名倡暗誘。即東鄰之美女私招。供狀既真。爰書立判。米甕再擊。黑索牢拴。○一凡婢女年已及笄。應聽閨人遣嫁。不得從中牽制。違者照阻撓軍務例。杖六十。婢仍遣發。　判曰。懷春有女。剛逢嫁杏之期。獨處無郎。已及摽梅之候。祇合售同玉衒。備彼雉媒。豈宜秘共珍藏。遮他鸞偶。儂方切結褵之誠。爾偏存留帶之思。倘非欲炙流涎。何因越俎。不是看花眼熱。那用遮攔。分明意在偷歡。遂至事多掣肘。杖宜立決。法不容撓。速賦催妝。毋勞妄想。○一凡閨中情事。不得與外人談論。違者照洩漏軍機例。批頰八十。罰倒腳盆水十次。　判曰。閨房之事。有甚畫眉。牀笫之言。豈堪饒舌。徒以供人諧謔。遂同笑柄談來。居然賣弄風流。不礙和盤托出。博得閧堂大噱。爭禁滿座傾聽。細摹雨意雲情。郎顏太厚。盡吐花盟月誓。妾面堪羞。爰擬罪之條。恰合漏師之例。扑臀雖恕。批頰非寬。飭傾葚蔻之湯。俾識蓮花之味。○一凡遇閨人訪問外間情事。須據寔稟供。不准隱瞞。違者照地方官諱盜例。杖四十。再訊。　判曰。女子善懷。難免尋蹤問跡。男兒薄行。須防竊玉偷香。然來溫嶠之犀。形原莫遁。照到秦宮之鏡。膽亦應寒。乃不將寔事招承。而反用虛言搪塞。非比捕風捉影。那容露尾藏頭。雖然自己含羞。終當告我。豈有外人可道。偏要瞞儂。既囫圇飾之工。須下榜笞之令。事宜根究。語漫支吾。務得真情。期成信讞。○一凡男子差遣婢女。須先向

閨人稟明何事何往。方准出門。違者照擅調官軍例。笞六十。再問有無潛往所私處饋送物件。傳遞消息等弊。審寔另擬。該婢不即首告。私自奉行。并罪。　判曰。臧原獨擅。曾藏閫內之符。令豈自公。誰擊軍中之鼓。不謂無端之差調。反為有意之隱瞞。豈欲請命而無從。遂至甘心於獲咎。應是以報瓊貽玖。暗通黃犬之書。或因之密約幽期。藉作青鳥之使。重加榜掠。速即招供。彼非恃為腹心。焉肯資其臂指。即無受賄。亦是獻勤。並制官刑。用申閨禁。○一凡閨人委辦事件。立即奉行。不得遷延觀望。違者照違誤軍機例。笞四十。事仍發遣。　判曰。下旋閨之將令。嚴若雷霆。發香閣之兵符。急於星火。傳命比郵籤之速。剋期防羽檄之遲。是宜踴躍以趨公。豈得因循而誤事。何用瞻前顧後。徒存玩法之思。依然陽奉陰違。顯蹈失機之咎。既干閫政。應隸刑書。須遵帷幄之謀。莫待析楊之至。速圖後效。以贖前愆。○一凡閨人遇事他出。將次回家。須在門首恭候。不得遠離。違者照遲誤驛站例。笞四十。罰煎茶三日。　判曰。香飄翠幰。乘來油壁之車。影豔紅窗。迎到沙棠之楫。微遮金扇。生怕人看。滿隔珠簾。應聞郎笑。豈意重門寂寂。徒勞尨吠花陰。綠何深院沈沈。但聽鸚呼架畔。殊失趨承之節。應干疏慢之愆。究從何處陶情。不甘孤侍。試問今宵挽頸。可要雙眠。姑予輕笞。罰司香茗。欲尋鸞夢。須追龍圖。○一凡遇閨人燈下針黹。須在旁陪伴。不得託故先睡。睡者照營務廢弛例。笞四十。

三借廬筆談　卷七　七

罰獨睡一個月。有病免究。　判曰。銅荷小剔。紅搖一穗之燈。繡譜閒翻。彩擘五紋之線。倘肯同消良夜。何妨陪爾讀書。縱教閒坐深更。也合避儂就枕。豈是宿酲未解。不禁倦態難支。先登雲雨之峯。身將誰伴。孤擁薰香之被。夢亦何甘。試聽寒漏聲遲。不顧空房膽怯。宜加懲創。以醒瞢騰。既貪永夕之安。且識獨眠之況。如逢小疾。合示優容。○刑律○一凡閨人年不過四十以上。不准起意蓄妾。違者照圖謀不軌例。杖一百。徒半年。期滿釋回。再聽發落。　判曰。白傅之求樊素。已在衰年。坡公之納朝雲。亦非壯歲。大抵偏房之置。恆為娛老之謀。乃今則妾尚朱顏。采葑竟遺下體。郎猶青鬢。看花莫禁狂懷。妄思取媚爭妍。祇是喜新厭故。逆端既兆。春秋嚴誅意之條。香夢徒縈。帷幄重詰奸之任。宜懲官杖。俾隸鬼薪。庶待及瓜。再歸司李。○一凡婢女年過十四以上。男子不得入其臥房。違者照黑夜入人家非姦即盜例。杖八十。枷號一個月。若係該婢勾引。依例減一等。婢發官賣。　判曰。顛狂粉蝶。祇防深入花叢。隱現金鱗。偏愛潛藏水底。彼已及破瓜之歲。爾或存咬蔗之心。須知賤列青衣。承恩最易。豈謂近逮朱閨。越境無嫌。棒喝先施。枷懲不貸。或者態工狐媚。妄擬西子之顰。因而語學鶯偷。思擅東君之寵。郎宜末減。婢定難容。速倩蜂媒。售充魚媵。○一凡孌童兔客。以及年少優伶。概不准交接。違者照結納匪類例。杖一百。罰倒馬桶一個月。與文人往來聽　判曰。花陰解佩私

鬬斷袖之歡。席畔飛觥。遙密分桃之愛。别有兔園可入。居然烏道能攀。洞許尋源。不顧陰陽顛倒。戰誇背水。任教雲雨掀翻。祇因戀彼後庭。遂至虛儂前席。事同胯辱。罪合肉刑。既喜納汚。宜令滌廁。倘使交來文字。捉塵談詩。不妨款以壺漿。殺雞為黍。無庸鼓瑟。速遣調糞。〇一凡外間使令。皆用公頭。不得私畜俊僕。違者無論有無情弊。俱照雞姦例杖八十。枷號一個月。該僕逐出。　判曰。忍笞不去。難求穎士之奴。飲水偏甘。誰似子淵之僕。只要履箱解捧。垢面何妨。但期詩料能馱。蓬頭亦稱。祇是尋常之役。何須婉孌之僮。分明愛彼卯宮。遂欲藏之甲帳。薰香婢周防有我。兔鬮採花讀書堂照顧無人。任伊鐵李既貪烏合。當置象刑。先撻尻輸。次加頸木。亂風必儆。禍水速除。〇一凡婢女傳送茶湯。不得牽拽衣袖。按扼手腕。犯者照強姦良家婦女例。杖八十。罰樓板上睡十夜。　判曰。不是臨歧。執别何須擘子之袪。並非拯溺從權。豈得援人以手。私遞雙眉之語。陰圖一握之歡。婢子情多。定必隨郎宛轉。女兒膚膩。豈容任爾摩挲。但教低捧金甌。非供調笑。倘使頻沾玉體。難免橫陳。因盟染指之思。致取剁膚之痛。休嫌席地。不准同牀。〇一凡交游毀處。不准談論他家婦女姿色。及一切褻褻之事。違者照誣告平民例。批頰四十。與談之人。立即逐出。永不許往來。　判曰。手揮塵尾。居然自詡風流。目斷鴻姿。輒欲共評月旦。妄擬瘦肥之態。兼工淫褻之辭。言之若甚快心。聞者皆將

掩耳。修眉廣額。徒供諧謔之資。斷雨零雲。總屬荒唐之語。君偏樂道。儂已私聽。事涉閨幃。罪同誣衊。姑從寬典。僅置薄刑。宜嚴遊客之條。永著絕交之令。〇一凡遇閨人卧病。須終日在房料理湯藥。并聽使喚。不得托故躲匿。違者照罪人逃亡例。杖四十。鎖禁內房。候病起釋放。　判曰。禁寒惜暖。全憑體貼之人。嘗藥和羹。較勝粗心之婢。欲識恩情之重。但看疾病之時。如其憐我呻吟。當必為儂憔悴。豈意滑藏裀外。不管醫來。翻因宛轉牀頭。巧從郎便。匿迹祇圖安逸。捧心誰替摩挲。忍教顛頓鸞衾。蕉萃久困。任使呼嫈紫茗。鶯鸑凶靡。刑難寬圈豚。立禁待離鸞枕。始赦雞笄。〇工律〇一凡閨人有事他出。房中扃鎖箱櫃。不准私自開動。違者照侵盜公項例。撈一次。敲四十。再問有無偷盜情弊。依律重擬。　判曰。守藏人虛。空有魚扃之設。洞垣術巧。忍萌狗盜之思。或因情急呼盧。探偷鳳釧。豈是計圖換酒。笑典鸘裘。漫為盜篋之捜。竟等叢閫之穽。私開金鑰。撩亂衫裙。重檢香奩。拋零環佩。作賊斷無空過。得贓那許終瞞。僅施敲扑之威。未蔽穿窬之罪。再從嚴訊。冀獲真情。〇一凡閨人委辦物件。須挑選上等精選之品充用。不得以低爛惡劣者塞責。違者照承辦工程不力例。笞四十。發回另辦。　判曰。翠鈿珠環。只怕爐工欠巧。杏衫蓉帶。總宜花樣翻新。雖然粗蠢容顏。無須愛好。爭奈嬌癡心性。偏欲爭高。緣何閨閣之需。必較錙銖之值。不是儂貪錢貴。可知佛要金裝。髻添時式

之釵。人因增媚。身曳舊裁之錦。郎亦無光。加以鞭笞。破其慳吝。再令適市。勿惜傾囊。〇一凡閨人給予物件。如荷囊繡帶等類。不許私自送人。違者照盜賣官物例。杖四十。原物追繳。給過之物。一併追還。　判曰。新挑錦綫。繡成五綵之囊。巧度金鍼。刺就百花之帶。中有同心之縷。暗藏比翼之歡。只宜密繫郎腰。豈得輕拋人手。捐同佩玦。徒為敝屣之遺。投並瓜桃。竟作弁髦之棄。儕觀已褻。脫贈奚甘。倘非索自丁娘。定必貽之子國。唾絨猶潤。枉教工費春纖。佩韘何存。不僅威收夏楚。須嚴杖比。務使珠還。〇一凡婢女衣裙鞋膝及簪環等物。俱憑閨人賞給。男子不可私製擅與。違者照擅自造作例。杖六十。追贓入官。　判曰。採來萁帚。何須體被羅裳。捧到盤匜。不配頭安花鈿。只要衣衫無垢。烏容環瑱生光。乃儂方高德耀之風。不嫌粗服。而郎豈有李倫之富。故遣華妝。分明愛彼嬌嬈。因欲投之香餌。倘更施其膏沐。直將寵以專房。法必防微。懲宜從重。仍令返樸。毋許誨淫。

秋風詞

元和江建霞秀才標。少年俊逸。好學聰明。尤工篆籀。與余為莫逆交。君詩筆超逸。長歌心折梅村。而别饒跌宕之致。十五歲時。作秋風詞云。五夜清風透肌骨。簫聲吹上樓頭月。綺紗窗外露華濃。立冷空堦溼羅韈。才人生小解溫柔。粉落香銷易結愁。厭逐尋春追瘦蝶。空樓設

榼祭牽牛。秋風偶到城西路。天上蘭香邂逅遇。豈因修飾便多嬌。不假鉛華嬌更露。偶傳眉語便多情。何必琵琶始解聲。細說從頭恩怨事。教人多作不平鳴。美人家住橫塘曲。門外春波可憐綠。鬬葉年年慣采菱。簾捲悄悄常藏玉。一從選入長干里。飄零只為飢寒起。秋月新愁品洞簫。春風舊恨吹羅綺。天然生小慣嬌癡。亂挽雲鬟髻髩嚲。前生合是綠衣人。一轉便瞳剪秋水。愛他碧玉正華年。學唱新歌上舞筵。笑語三更都是夢。琵琶一曲不論錢。登場羞按霓裳譜。咽咽清音珠玉吐。縱教強按嫩兒簫。未應浪打花奴鼓。凝羞未肯下妝台。侍婢低聲緩緩催。細蹙雙眉金鳳瘦。偶開小攏玉蝸來。銀箏未按秋先動。江頭幾唱新囉嗊。淚可如珠一線穿。情多無緒雙絃攏。柔情脈脈恨悠悠。雨打桃花逐水流。說到令人腸斷處。不堪珠淚咽香喉。逢卿恰又春光暮。不數潯陽江上路。細說當年一段緣。殷勤半是淒涼句。詞人淪落未逢時。閱盡歡場夢也癡。惆悵倉皇分袂日。驚魂破碎淚胭脂。移燈欲寫猶停筆。江郎才盡思多窒。難達驚愁燕怨情。聊傳蕙韻蘭香質。秋風苦守枕稜單。身瘦羅衣不耐寒。窗外月華空自好。團圞未就莫多看。

七夕吟

七夕詩作者甚多。已無餘意。然但能借懷抒寫。雖不脫前人窠臼。亦未始竟不可。觀鎮江王

氏女年十四作七夕詩云四海烟沈望下方笑他癡女惑荒唐小仙果有無窮巧一歲如何一見郎代天孫著想妙有意思太原李秀蟾適王氏伉儷甚篤七夕詞一首云碧漢紅牆亦可憐迢迢一度一宵緣兒家自結同心後已抵雙星五百年故作相儆語令天孫羨而且妬葛恩生女史云歲一相逢離思濃盈盈望眼又西東人間莫道天孫巧銀漢因緣無計通妹蘭生云製錦勞勞幾萬年靈霄猶久聘時錢天孫果有投梭巧多織何須債久延作謔笑語亦有意趣周天娟女史云相隔銀河望渺然一年一會最堪憐阿儂總怪天孫拙橋斷猶須倩鵲填沙頭有胡姓市賈也重利輕情妾揚州紳女被難家亡為胡所得胡不韻妾自傷之詠七夕詩云百歲同心僅百天也如人世惡姻緣上方可惜無精衛盡把銀河兩岸填余亦賀蘭生七夕詩十餘首稿為攜去憶錄一首云明明天上好仙妝撮合何人誤鳳凰白笠青蓑還赤腳天孫應悔嫁牛郎

解律妓

有書生精於五音者聞某教坊來一妓能辨律往訪之託故辭不見惟令一小婢出應客生曰夙慕貴主人名特來聆妙緒不意無緣令人悒悒婢曰小婢蠢愚亦嘗私淑於主姑願請其旨倘有所知不敢自秘生言僕嘗參攷律書見每歌一字有五聲所歌之音出口輕重反側之間轉若樂音與古音無涉者豈本有兩致耶婢曰非也字之五聲見於古韻之通轉填曲家按律選字雖若未辨於五聲而細按之律自未背苟取樂歌試之其出韻收韻陰陽平仄皆暗叶五音大抵隋韻二百部唐併為一百六部而細核之古韻通用仍不過五部即宮商角徵羽也舊定五聲每以喉舌齒唇分配宮商角徵羽第一宮部為喉音今韻東冬江陽庚青蒸七韻是也七韻中每字讀訖必返喉而翁於鼻唱曲家呼為鼻音第二商部為齶音今韻真文元寒刪先六韻是也六韻中每字讀訖必以下舌抵上齶唱曲家為恩痕音以收聲在此二字間也至角部古音則為魚虞蕭肴豪歌麻尤八韻每字讀訖必懸舌居中徵部齒音則為支微齊佳灰五韻每字讀訖必以舌抵齒羽部唇音配以侵覃咸鹽四韻中每字唱畢必以兩唇相闔以上三部歌曲家俱呼為閉口音凡唱一字將畢聲視其口審其閉否以定優劣故曰字祇五讀韻祇五押樂祇五收古人有韻文字無不限此生曰五聲既得聞命矣左傳昭二十年晏嬰侍齊侯於遄臺辨和同之異有曰一氣二體三類四物五聲六律七音八風九歌或有解二體為二舞三類為風雅頌四物為四方之物以成飛七音為武王伐紂七日而克因合其數而製樂九歌為六府三事合而成之其故何歟婢曰是又不然其云一氣者聲出於氣也二體者聲有陰陽也三類者分上中下也凡樂中聲謂之樂極極即

中也上下聲之有清濁大小也若曰風雅頌則是詩非聲矣四物者四倫倫類也聲有四時之氣配以春夏秋冬故歌法有四聲圓轉至六朝以後以平上去入代之謂之為聲非也蓋即下八音也五聲宮商角徵羽六律黃鐘至無射大呂至應鐘也七音五音兼變宮變徵也今有變羽非是至武王云云伶州鳩之妄言也八風即八音九歌五聲兼四清也謂六府三事是樂章名非聲數矣若夫清濁小大高下則以聲言短長疾徐哀樂則以調言至於歌唱但有五聲倘再高只將五聲高字重一遍再低則將五聲低字重一遍雖有七聲不過於宮商之間多一聲遂變為七聲矣至隋蘇祇婆彈胡琵琶則全用七聲創為新調其後金章宗時造樂府亦效之而元世因焉遂有南北調之分南調祇五聲北調有七聲今元曲中如點絳唇新水令之類皆用七聲此其驗也清辯滔滔淵源歷歷婢尚如是主更可知生驚服不敢請見

瞿紫仙

湯梅仙為余言其家有西席瞿紫仙者年六十餘猶苦吟不輟而從不見錄一稿三年已來僅得見其秋暮漫興一首囑為錄之詩云涼雨颯然至晚來風滿樓敲詩孤館興落葉萬山秋疏竹更清瘦燈挑古愁美人遲未至蟲語小窗幽詩已成家而猶不肯示人其孤詣苦心正不可及

吳琴仙

琴仙本姓王名蟾忠厚溫柔無青樓習喜談終夜不倦交未半載余館金山時琴仙囑紅豆館主趙姓作詩四草見寄中一首云銀河倒瀉月光流如此良宵動遠愁跳盪秋心無著處隨風捲去入紅樓余次韻答之云當年一夢誤風流舊事重提轉自愁記得蘇臺花月夜銀燈小語住紅樓後琴仙遇人不淑復墮平康飄泊申江遂隔芳訊丙子返吳重遇之聽松小築招琴仙及余買棹月夜遊黃天蕩座中為彈一曲幽怨動人余作琵琶篇長歌贈之復作長聯曰可憐老矣仍謫風塵問卿家轉徙江湖曾遇著幾個多情種子相見悽然休提心事歎我輩飄零身世尚留這一番未了因緣

紀文達

厲閣齋筆記載純廟最惡淡巴菰凡值宿近臣皆不敢嗜而河間紀文達公酷好之頃刻不離其烟房大可寘三錢許人呼為紀大烟袋一日當直正吸烟忽特命獨召公急以烟袋插靴筩中趨入奏對良久烟房內餘火未息熾及襪痛甚難忍不覺嗚咽流涕上驚問之對曰臣靴筩內走水乃急揮之出比脫靴視之則襪已燒穿而膚焦灼矣公步履本遠彭文勤公

呼為神行太保。至是不良於行者一月。公自言為豐亀蝉生，多費力，每日不離婦人，一日夜間須御女數次，蓋精蓄於內，不洩便漲痛不可忍，出之乃快，亦理之不可解者。

海外詩人

己卯春閏，屬雨自滬歸，與余細瀝遊情，因言承諸名流如裕君玉谿、葛君隱耕、劉君拙菴、姚君蕊芳、陳君李樂、楊君曜卿等推襟送抱，詩酒招邀。閩王谿言日本相臣副島種臣，愛才下士，每歲以康俸所入金片三千，養文人趙宇下者，咸稱廣廈相公。馮詩筆亦精卓。又有竹添進一號漸卿者，日本名士也，性喜遊，蹤跡幾遍天下，步履甚健，蜀遊三日，以半歷其勝，著棧雲峽雨集，中有雲氣亂堆巴樹白，子規啼破蜀山青之句。漸卿與陳雯書交莫逆，余曾介雯書轉索其稿，未得也。

跣足俗

四川婦女多殊色，冶妝而跣其脛，無膝衣，無行纏，素足如霜，行廣市中。粵中風俗亦然，而乘以木屐，屐雖皦，猶蹩躠然。著以行，惟士大夫歷官南北者，歸而變其制，競習弓鞋，婦女亦多不韈。

西藏陋俗

旗林記略云：西藏達賴圓寂，將尸入棺，以鹽漬之，俟棺底鹽水滴出，後以黃土調和，刻作木像，名曰鹽水佛，後即裝入佛塔，罩以鎏金，飾極輝麗。若濟仲第穆諸僧罕死，則以上上藏香焚化，斯亦慘矣。其尤無理者，惟尋常官民為更慘。死之日，有力者擇吉將尸擡至寺前，剮飼鷹鷂，名曰天葬；次則細縛一處，首垂入膝，背至河邊，剉以飼犬，其骨則用石臼杵碎，和糌粑拋飼，名曰地葬；惟頭骨剮者攜回，留作火藥，其下則將死者飼魚，名曰水葬。蓋貧乏之家，不能用司剮，而自剮者也。司剮者即丐頭，多擁巨貲，亦有碟巴管束。苟俗中不將死者剮碎，一見全尸，蠻役即報浪子轄查辦，至傾家而後已。亦間有不葬者，將尸吊挂空房，封為人腊，配火藥售人。其俗之慘忍如此，故血氣尊親之語，恐未必盡然耳。

獨清閣稿

常熟江閣仙淑則，廣文樹叔先生之女，幼美，十一歲即能詩，年二十二，適同邑俞幼蘭鍾綸，倡隨甚樂，嫁四載，以產後不蹇升血而亡，亦紅顏薄命之一證也。著有獨清閣詩稿四卷、賦一卷，尋尋獨造，無脂粉氣。春日舟行云：畫出東風稿，江南二月天，杏花深巷雨，楊柳小橋烟，隱約山如笑，依稀春可憐，扁舟尋勝去，清景落杯前。閑居云：吾愛閑居樂，雲深隔市囂，山光凌水鏡，花氣撲晴簷，好景良難駐，清時不易消，最宜明月下，夜弄一枝簫。秋興云：百年局促

竟何之，仰屋偏驚白日馳，擫笛好從秋起處，銜杯常在酒醒時，閉門木石皆如友，開卷賢豪盡可師，若遇旁人應竊笑，疏慵一味只吟詩。送春云：蛺蝶無心花不知，相依三月忽相辭，算來離合皆如夢，悟得悲歡不是癡，還望暫儂留片刻，何堪把酒訂他時，殘紅一陣風吹去，愁煞尋春杜牧之。即景云：翹首長空思不羣，何堪着迹托塵氛，興來便欲乘鸞鳳，飛上青天捉白雲。竹枝詞云：時樣新妝迥不同，桃花人面兩相紅，花香怎及衣香好，恰喜吹來逆面風。美人蕉云：別樣丰姿畫不如，綠雲疊疊入窗虛，閒庭冷落無人到，獨抱芳心自卷舒。納涼云：一片蟬聲曳夕陽，柴門吹過稻花香，自攜小扇當風坐，短竹籬邊納晚涼。春暮云：小園紅紫鬥芳姿，轉眼名花墮溷時，會得盛衰原有定，任他開落不題詩。雜句如落月鐘聲出，殘陽樹影稀；雲歸殘月暗，風到葛衣輕；書就多忘格，詩成半失題；人靜宵聞犬，春深月掩門；高山流水琴三弄，明月清風酒一尊；愁城欲破爭禁酒，瘦骨難支幷廢眠；入夢詩魂應化蝶，撲簾花氣太撩人；嚴城刁斗驚過夜，古戍旌旗慘暮秋，皆饒神味。

江閣仙詞

女史吟詠外，更業詞，亦甚清麗。踏莎行云：新月初娟，良宵正靜，無聊獨自穿芳徑，金鈴小犬吠花陰，池塘星點涼波浸。詩思頻勾，綺懷誰省，深林宿鳥枝頭警，不教幽夢落銀床，弓鞋露溼蒼苔冷。如夢令云：不解春歸何處，望斷天涯雲樹，啼鴂又聲聲，夢破香壓烟縷，無語，無語，一陣亂紅飛去。

莫愁湖詩

麟見亭、李松雲兩先生有莫愁湖詩，膾炙人口。丙子秋，余赴金陵試，見鳳樓梧校書一絕云：千頃荷花入望遙，莫愁湖水不通潮，英雄兒女歸何處，付與烟波送六朝。元和倪思劬秀才朝棨，朗山先生賢嗣也（先生曾刊雪鴻鈔，皆錄諸旅客題壁詩），訂交，即以詩稿見示，中莫愁湖一首云：殘棋剩劫亦傳名，有客登樓感慨生，終讓英雄操勝算，湖山烟雨一楸枰。笠澤席玉華女史鈺，風華典雅，時人號女書倉，著有雨窗掌故八卷，詩筆雄健。莫愁湖一首云：風流舊夢憶南朝，勝迹無端一例消，淘盡英雄兒女恨，年年忙煞大江潮。余亦有一絕云：淒迷烟雨六朝秋，誰把湖名讓莫愁，自被英雄贏一著，城西奪得勝棋樓。而余尤愛中州男子周春暄題壁數首，云：賞心亭畔水雲西，湖雨湖雲漲滿隄，遊客出門先問訊，秣陵第一好烟溪。未通江路送潮音，不與秦淮一徑尋，自有淵源自成派，名湖名士兩同心。垂楊深處起層臺，畫棟珠簾面面開，細向鷗隄高處望，烟霞樓閣小蓬萊。重闌深鎖桂蘭香，中奉金釵十二行，嫋嫋婷婷開水鏡，芙蓉園住鬱金堂。百戰雄風片楮留，美人名字定千秋，我來恰值新涼後，不為芙蓉也上樓。白

浪全無畫舫橫水天入望總空明等闋消得東坡句屏絶纖塵渾太清盧家少婦洛陽姿詭到石城事已奇更擬列仙增一笑莫愁何必不男兒東南道變不能忘四字貞珉繼老湯坐聽棋聲對秋色一湖菱芡即甘棠兩代名臣堪合傳一時豔婦豈同科碧紗籠上詩千首兒女英雄語太多別出心思不落前人窠臼

李靖

唐李靖用兵精風角孤虛空亡而要不過於時日方位及九宮等精辨之其要有四字曰背虛擊孤便可致吉其入門遁甲逐時分開休生傷閉景死驚方立太乙局又逐日分主客勝負若出城布陣則逐時占斗柄天角所指之方然歷玩其用有時亦以天官時日為用而不用於天官時日者所貴變而化之神而明之也又李靖六花陣外方內圓奇正相生皆本於武侯之八陣而變其式有謂八陣以九宮為法六花以七軍為法是不知陣法之善變也夫六花之變變其刑向其為正為奇為制營為結伍周意為鉤連委情為曲折種種位置仍歸於一未當大變也余嘗觀吳子明所錄韓氏新書意脈明晰其中仍用智攻心攻氣攻力攻聲攻每分八法又分六十四法中方位太乙孤虛及支干皆以九宮活用可與前人之書相合惜一時遽難參透彼戚少保之言曰符籙之屬所以穩兵心非所以致敵懶則又以訓練為主是仁義之師矣

勒少仲詞

勒少仲中丞江西人有才子之目閒譜蘇省時風雅愛才與吾邑錢揆初先生勛等皆友善中丞詞筆直造兩宋予所見樗洲詞尤為句新韻協熙絡春云一片冰蟾夜深光照梅花底畫闌閒倚驚覺棲鴉起歸掩畫簷細領愁中味移燈睡峭寒孤被夢醒人千里菩薩蠻云暗風蕭颯搖窗紙殘燈暈落新愁起吹透雨聲寒雁聲空外酸尋思愁底許懸亂無頭緒一枕抱秋眠夢痕涼化烟醉花陰云湖上長堤烟壓樹暝色催津鼓水闊雁聲寒喚起離人夢醒荒洲渡秋來已是添愁緒更向天涯去爭得不淒涼一陣西風一陣蘆花雨

彭宫保題壁

辛巳春同陸養和丈暨大父遊無隱菴在龍見壁上粘小箋上書七絶一首云無隱菴中小有天白雲深處任僧眠青山亦解風塵倦許我來參上乘禪下書洞庭七十二峯樵子余知為彭雪琴宫保所作以問僧寂三茫不能知小沙彌曰前兩日見一老叟布衣草笠至此書紙粘壁不知作何語門以外似有數人類兵卒者伺候良久遂去未識何許人也

倪雲劬

桂林倪雲劬司馬鴻為張南山維屏黃香石培芳兩先生高足弟子博學工吟詩筆逼近樊榭官粵東二十年所得俸悉以購書平生愛才好遊蹤迹半天下曾著桐陰清話風義錄退遂齋詩集等書甲申春余客徐家匯君巾車過訪始得相見錄其五言如搏羅舟次云帆卸荒城下詩成野水隈烏鴉馱日去白鷺拜風來雨雪三春冷江山一路開客愁無賴甚小醉賀村醅前山寨云到此疑無地重洋界渺冥歷侵城郭赭山繞寨門青鵝鸛軍威肅魚龍海氣腥黃昏閒譙上鼓角不堪聽七言如蘇小墓云金粉飄零怨六朝芳魂剪紙邈難招山痕天半描青黛草色三春門綠腰松柏同心詩可印梨花和淚酒空澆香車油壁歸何處明歲西泠弟幾橋贈郭子徽軍門云戟門開處士如雲椽燭高燒醉夜分帳下弓刀皆部曲座中裘帶此將軍一枝老我難投筆百戰推公早策勳聞道汾陽家伎好何妨歌舞出紅裙七絶如獨酌云夜雨沈沈獨酌時滿腔悲憤少人知防身剩得龍泉在欲斬仇頭作酒卮出門云穩駕飛聞勝駕車誰憐琴劍客天涯等閒應被鶯花笑如此春光不在家其餘佳句如不多浮白量無賴闌紅詞獨樹當門立雙江抱郭流山色添詩料潮聲入酒杯詩人呼酒地天女散花場守隘戍兵吹角立趁墟猺婦帶刀來收拾狂名遊俠傳銷磨豪氣少年場紅日光搖詩扇小青峰影落酒杯圓幾折闌干圍蛺蝶二分烟水養鴛鴦風月儘招裙屐醉江山都當畫圖看功名槐國三春夢香火蓮臺兩字因日月肯添詩卷富乾坤不及酒杯寬皆佳

三借廬筆談卷八

金匱鄒弢翰飛纂

承平國富

我朝自咸同軍興以來，庫款支絀，至於設局抽釐，以濟軍餉。近年來製造軍械，籌辦海防，以及出使外洋，動費鉅款。聞國初帑藏充盈，庫中歲積。順治初年，除明季三餉，兩浙、八閩、楚、蜀、兩粵，猶須征伐，用兵之銀，歲千三百萬，加以官俸二百餘萬，而歲入賦額千四百八十五萬，是出浮於入八十七萬五千有奇。其時朝廷惟尚節儉，迨削平三藩，至康熙六十一年，戶部存款八百餘萬。雍正間積至六千餘萬，自西北兩路用兵，動支大半。乾隆初，部款不過二千四百餘萬，及新疆開闢後，費帑三千餘萬，而戶部庫中祇存七十餘萬。四十一年，兩金川兵事又用帑七十餘萬，是年詔稱庫中仍存六千餘萬。四十六年，又增至七千八百萬，而南巡六次，免天下錢糧四次，如此鉅用，庫中仍不少減，較近時竭蹶，大相逕庭矣。

楊公臨刑語

楊維斗為復社巨擘，國變時匿迹深山，為邏兵縛去，備極慘掠，而仍罵不絕口，裂其襟衫，得血書絕命詞十二首，志氣浩然，擬迹文文山。後跋云：後人念我，當思忠孝。臨刑時仰天長嘯，連呼大明，頭已落地，而大字尚有聲可聽，亦烈矣哉。

宮怨言情

吳禮堂明經（嘉亨）少工詞賦，詩筆清麗，中年不遇，好以宮怨言情。卻友人結社云：欲把開元舞門新，徵歌直到補蘿人。入宮不是防謠諑，記謝鉛華已廿春。感恩也學畫眉長，對鏡沈吟偶自傷。龍腦香消金縷盡，綢痕難慰舊霓裳。病未赴試，和友人見懷云：長門深鎖又經年，冷眼多蒙阿監憐。不少承恩蟬鬢女，錦袍新賜綉簾前。憫捐帶下堦遲，憔悴驚看鏡裏姿。縱使宮紗終繫臂，風光不似鬬錢時。以上二則節錄集苕生鷗波漁話。

吹雲石

山城偶和集一卷，杜晉卿寫龍游時與石翰臣孝廉（綸）、陳曼壽明經（鴻誥）酬答之作也。中載曼壽吹雲石歌自註云：江灘獨步，拾得小石一拳，紫赭間色，周雜白點，高二寸許，徑圜三寸有奇，狀如蹲犬，首尾眼耳鼻喙俱備，真希世玩也。錫以今名，用元遺山賦武伯英雲巖韻紀之。詩長不錄。

江才女前生夢

閨仙女史慧美多才，工愁善病，年二十五而夭。未卒前二年，嘗夢至一處，溪水垂楊，梅花晴雪，閣以竹籬，有美人似曾相識，邀與偕遊。問姓名，笑不答。登其庭，花木扶疏，蕙蘭夾徑，導入一室，殘編秘笈，多未見書。美人忽笑曰：妹猶記此何所？閨仙茫不能憶。美人太息曰：一別廿餘年，梅花猶戀，已昧宿修，瑶妹真誤人也。因折梅而贈以詩曰：手贈梅花一笑迎，前身偕我住蓬瀛。而今還謫紅塵裏，猶占春風第一名。一推而醒。閨仙夢中亦有和詩，詳集中。

塔影

塔影河在吳縣何山之西、岩橋之北。余嘗舟過其地，自北而南，將近岩橋，見靈岩山塔影倒映。土人謂：河中過數步即隱。以二十里遙隔之塔，而影落於此，亦一異也。

西湖詩

西湖為山水名勝，文人之游其地者，類有吟詠。余最愛沈歸愚尚書數首云：六橋楊柳罥輕烟，細雨絲絲泛畫船。不識淡妝西子面，亂頭粗服更天然。意行初過望湖亭，教傍樓邊步暫停。禪榻鬢絲空覓道，閒情猶問葛西泠。葛翁嶺下半閒堂，騰起驪珠御墨光。今日寒烟籠蟋蟀，路人猶說賈平章。此三首余從江氏所見，蓋書於扇頭而贈介生者也。

顧吳優劣

吳梅村祭酒為一代詩人，直紹唐賢之學，而身為貳臣，名為之稅。當時身復出仕，涕泣謂人曰：余非負國徒，以有老母，不得不博升斗供菽水耳。余嘗非之。

當國變之初，吳平西為圓圓被虜，憤怒借兵復讎，祭酒作詩刺之，有全家白骨成灰土，一代紅妝照汗青，痛哭六軍皆縞素，衝冠一怒為紅顏等句。作此詩時，設心未嘗不佳，及身居其境，未能篤守而安，乃推諉以文其詐。若謂家有親老，則崑山顧亭林先生境非當饒，堂上亦有老親，何以數詔不起？且觀其日知錄、郡國利病等書，經濟宏深，豈不肯為世用者？先生嘗語其甥徐立齋相國曰：有體國經野之心，而後可以登山臨水；有濟世安民之略，而後可以考古論今。何等抱負，勝梅村遠矣。

花影搭

山陰黃閒梅（鍾）十二歲時，嘗有一簾明月妥花影，滿樹春風搖夕陽之句。葉春生廣文見而擊賞之，招至家張宴款待，出雙飛蛺蝶卷命題，將欲試其才，以選東牀也。閒梅立成一律云：曲折雕闌麗日光，雙雙飛去繞羣芳。幾重簾幙迷花影，一角樓臺戀夕陽。抱得癡情尋舊夢，偷來金粉襯衣香。上林不少句留景，莫怪春風綺思長。廣文大悅，即以季女玉姑妻之。時人謂花影夕陽媒，君故有花影小印，亦風流佳話也。

優孺

崇禎時邑耕從上舍與蘭陽王序文莫逆俱有優癖一家溺焉婦女皆好之一日家人共演西廂記子婦及女分扮張生紅娘鶯鶯等人令李女乘婢僕扮孫飛虎已則僧衣短裾作惠明狀正登場演樂其友某翁新捐敘事將之京待選忽來辭行婦女皆驚避去已不及更衣僧服相見翁愕然曰君胡為者道其故相與捧腹後見柳南續筆云王序家居時邑令往謁值王方傅胡粉衣婦人服登場令入家人散去王不易服直前迎令令訝甚問主人何在王為婦人拜徐答曰奴家王序是也其女嫁某家既婚壻設席候之王朱其面綠袍跨馬作壯繆狀至門壻出迎殊不顧下馬胡旋口唱大江東一曲而入座中皆駭匿引滿巨羅而歸兩家如出一轍癖好如此真不可解

容膝廬稿

堯峯逸老陳寔甫學洲能詩余於其姪孫卓軒待詔處見寔甫容膝廬遺稿一卷采蓮云二八輕盈蕩一舟嬌音嗯嗯轉珠喉鄰家小女無知識笑指蓮花說並頭贈夜客云家貧長物原無有何事關防固設扉案上僅存新著稿篋中已盡舊藏衣輕塵點點風隨柿更漏沈沈月送歸此夜偷勞君子辭不須疑懼待人稀除夕戲筆云祭詩詩鬼叱送窮窮鬼笑撫心獨悲詫從此勿復道放懷云平生無所好耽情詩與酒詩以陶我情酒以說吾口酒不辨濁清詩不計妍醜興來萬事忘一笑何所有嘗作三言夜坐吟云夜沉沉獨坐吟凭淨几袒塵襟吟已倦撫瑤琴奏一曲誰知音又云兩三椽喜開颱風徐來月初上發狂歌欲拍掌酒自斟隨俯仰余最愛其夏日弄孫四言句中一段云盼彼童孫循牆而走嬉戲一堂不殊小友索果啞啞繞膝前後爭稱阿翁頷撫首問伊所欲笑指厥口投以所好剖分瓜藕三人成衆爭奪左右始乃多取終嫌寡有傾筐倒篋挈瓶翻甑失手敗壞詭言某某忽捉迷藏頭面蒙垢喧聲殷殷啼笑拍手誰能遣此大呼主婦寫得小兒情狀如在目前

潘湘紅

吳縣管秋初少府斯駿悼其元配潘孺人之亡作七律三十章介丁又生轉寄感其意為作徵詩啟秉載駢文集中潘湘紅女史雯賦寄一律云曇影人間倏渺然可堪白髮哭堂前香留寶鏡塵封淚聲咽瓊釵玉化烟薄命芳蘭傷幻夢寒閨遺杼憶當年蓬山路遠魂難返腸斷淒涼錦瑟篇

續清平調

李白進清平調三章恩眷日隆而高力士以脫靴之恥私譖於貴妃謂以飛燕之賤相比妃憾甚卒阻白官此亦小人羅織之常技也然此三章風流綺旎音韻鏗鏘趙氏之典白非有所譏諷他人為之亦不免有瑕可索吳門徐雨廬先生嘗續一絕云開元天子最風流秉燭春宮夜夜遊遙聽花神呼萬歲次呼妃子十千秋自註佛書有十千天子金聖歎杜香草歎為仙才

王康君

丁丑春以事至鎮江有王康君來見出其姬人深夜吹簫圖屬題余愛康君自題一律云銀河高淡互牽牛夜色蒼茫望眼收雲卷一天澄玉宇月明滿地浸紅樓雕闌風細流清韻小院涼多弄晚秋生怕飄然仙化去笑同秦女廣寒遊康君名鍾廣西人

虐佃之報

陳墓舉人張倬堂灝有恆產其待佃戶甚虐凡積欠者私加非刑以兩大篠捲一佃置人於中包口故有四耳兩包共八耳相合牢縛拋置廳事家人共為地毬戲東西南北隨意踢滾人在其中哭聲不顧也有老佃所虧甚微張盡拔其鬚其暴如此後張白日見城隍神坐堂上遂驚死嗣亦絕

愚蟲

牡蠣附石而生磈礧相連如房故曰蠣房一名蠔山生海畔身如拳石四面漸長有一二丈者一房內有蠔肉一塊肉有大小隨房而生潮來則諸房皆開有小蟲入則合之以果腹又蟟蛣棲蟹腹中蟹飢則蟟蛣出覓食蟟蛣飽後仍回蟹腹蟹亦飽矣蟟蛣似皆蟹食者夫小蟲貿入蠣房自為安宅而不知即入死所至蟟蛣則勞勞覓食費盡心機孰知即為蟹果腹之地彼蟹安享無慮何其知也嗟乎天下事大抵如是吾不恨蠣蟹之逸而獨怪小蟲蟟蛣之愚

溫飛卿詩注有誤

溫飛卿集外詩卷九瑟瑟釵曾注出程大昌演繁露唐語林盧昂主福建鹽鐵有瑟瑟枕大如斗或云美石非真瑟瑟或煉石為之云云與題釵字意無涉按博雅瑟瑟碧珠也杜陽編有瑟瑟幕其色輕明虛薄無與為比若以釵字論當引博雅碧珠之說為是又反生桃花發顧注引漢武內傳云食輒收其核收字當作錄收誤也又處士盧岵山居詩遙識主人家注一作遙指楚人家楚乃楚字之誤也洞戶詩青鎖顧注沈嗣立按云青鎖事俱未詳弢按青鎖當用唐王璠傳事過華清宮詩澀浪和瓊甃上二字未注按楊慎外集蔡衡仲一日舉溫庭筠華清宮詩澀浪浮瓊甃問予澀浪何解也予曰子不觀營造式法乎宮牆基自地上一丈餘壘石凹入如崖隃狀謂之壘澀石多作水紋謂之澀浪詩當是此典又感舊陳情五十韻獻淮南李僕射嗣立按引李茂休事當時李德裕紳珏蔚皆帥淮南此詩非蔚乃紳也又

重游東峯宗鏡禪師精廬結句宋雲。顧注但引晉天文志。非也。按宋雲係魏人。名略見洛陽伽藍記。又傳燈錄云。達摩葬熊耳山。起塔定林寺。其年魏使宋雲蔥嶺回。見祖手携隻履翩翩而逝。雲問何往。曰西天去。乃歸具說其事。典與此合。非雲如車也。又湘東宴曲。似賦元帝宮人李桃兒事。按南史梁廬陵王續傳云。元帝臨荆州。有宮人李桃兒以才慧得進。及還以李氏行。時宮戶禁重。續具狀以聞。帝懼。送李氏還荆州。所謂西歸內人者是也。

毒藥

陸放翁避暑漫鈔內言。宋毒藥庫藥共七等。用以殺不廷之臣。鴆毒則在第三。其上更有手腦骨。嗅而立死者。不知何藥。按南墨利加諸島有毒木。人近其影即死。手觸其枝葉亦死。見海國圖志。

集錦圖

賦梅客感云。三更鐵馬敲香夢。一點燈花結古愁。江關仙女史秋柳云。五更落葉迷寒露。數樹殘蟬咽夕陽。無名氏張良云。大勢已成諸呂亂。如何覓作赤松游。葛慈生與妹不睬云。詩情畫意人雙璧。花影簫聲月半簾。葛隱耕秦淮云。夜月畫船桃葉渡。曉風妝閣柳枝娘。龐釆臣居庸關云。大寒鷹隼盤空起。草熟牛羊入塞來。春日云。楊柳曉風三月渡。杏花細雨一犁春。

徐韻笙云。夜氣茶香參活火。冬心詩味抱寒燈。岸涌風聲青失樹。江涵雨氣白連天。孫月坡云。貧不依人無媚骨。詩能泣鬼是奇才。陳寔甫放筆云。一身但願貧常健。萬事休將夢當真。徐拙齋秋郊閒眺云。寒山馬足盤歷路。大道蟬聲沸樹秋。吾家佩蘭女史病感云。著雨香殘花薄命。抱枝聲碎鳥相思。哀春巢天甯寺云。花院棋聲仙鶴聽。竹窗茶夢老僧圓。潘麐生阻風云。失勢魚龍輸去鳥。駭心波浪欲移山。姚夢仙秋興云。草枯風勁雙鷹疾。木落天高一雁飛。秦膺雨邊草云。平沙大漠人燒火。落日荒原馬嚙烟。端木仕清云。邊塞音書空朔雁。寒隄燈火駁征衣。以上諸聯。或蘊藉。或雄健。或高古。或感慨。或綺麗。皆可尋味。

山寶

南陽山在長洲縣。去城二十里。聞父老言。每年山中生蘭花一莖。香聞數里。土人循香覓之。終不得。聞花已通靈。山之異寶也。虎邱山後有石橘。可達仙境。終歲不啟。嘗有販橘者。冬夜遇仙。遊其中。比返。已明年六月。擔中橘仍如故。病者食之立愈。因以致富。吾鄉東三里許。王宮蕩即閶閭曾經築城處。今水蘆叢生。尚隱有城址。聞先代祖鄧望曾失寶磨一塊在蘆水中。此磨有磨米成珠之異。今每年有無節蘆一根出。磨管中妝媪於燒柴時往往得之。而不能求其所生之地也。吾室西月臺佳基即鄧房居宅延廣共里許。今有南花園香花橋月臺等名。聞皆係鄧望之園。今香花橋後假山尚在。庚申賊掠時。有刈草者得素蘭一枝於月臺住基。以為草也。歸以示人。識者即共所得處尋之。杳矣。

故鄉風味

當同王甌仙家健初叔樹堂弟論家鄉風味。余獨以銀魚為最。家之南二里許新橋渡北五里許馬塘橋。每春夏之交出是物。其魚游時頭皆出水。土人用密麻布網之。所得無算。價甚廉。大者斤不過二十文。多則五十餘文。以雞蛋和之。配以鮮筍。煮為湯。美勝他味。但不能越宿耳。

紉餘小草

紉餘小草一卷。吾家佩蘭女史遺稿也。女史為壯節公鳴鶴之女。適湯口華氏。卒年四十。錄其小閣云。一屋小於舟。四面蒹葭水。坐看白雲飛。墮入蘆花裏。悼幼妹云。霓裳詠罷夢初迴。滄海成塵劫灰。記得大羅天上事。前身還是散仙來。題畫云。小樓四面綠雲遮。一剪春風透碧紗。涼雪滿山香似海。月明何處夢梅花。似此清癯冷不禁。關山一夜雪痕深。殷勤憑寄東風信。為道春寒自小心。送別云。楓夢蘆花雨岸秋。陽關一曲又生愁。恨他隄上青青柳。不繫歸舟送去舟。夜泊燕子磯云。荒磯一片燕飛遲。江上蒼烟鎖寂寥。南北千秋爭戰地。乾坤終古去來潮。霄漢寶氣金陵盡。沙浸寒光鐵未消。惆悵西風明月夜。數聲漁笛在橫橋。金陵懷古云。十四妝樓久寂寥。風流誰與續南朝。板橋烟雨蕭疏柳。畫舫春波上下潮。名士舊遨桓子笛。美人近憶嫩兒簫。多情贈有當時月。冷照清溪碧木銷。書餘如眉峯碧云。一點燈光黯歸信。運難定。昨夜歡娛今夜愁。更重說黃花病。淚溼文鴛冷。無奈宵長醒恨煞。寒雞不肯啼。分明要把愁支領。

忠信解

倪紫珍渡江遇風云。且言柁櫓立。獨抱忠信臥。下句即高達夫送柴司戶忠信涉波濤詩意也。友人王樸菴引忠信可為甲冑解。是并未見家語矣。按家語孔子自衛反魯。息駕河梁。見懸水三千仞。圜流九十里。有一丈夫安以濟焉。問之。則曰始吾之入也。先以忠信。及吾之出也。又以忠信。詩意當用此典。

月出詩

詩月出章。舒窈糾兮。舒懮受兮。舒字應作夏徵舒解。蓋陳靈淫其母。徵舒深心窺伺。謀刺其君。每逢月出之時。即是設防之際。窈糾懮受。正其心之毒而不平也。勞心悄。勞心慘。言耳境之靜。而謀之難也。故下株林三章直接此詩。如此講去。方不浮泛。若從朱註男女有私解。直

是不關痛癢矣

朱註不明

吾豈匏瓜章朱註謂匏瓜繫於一處云云模糊了事今學者轉昧真詮好奇者謂匏瓜在天為星在地為物仍與孔子立言之旨相悖即作現身說法則匏瓜兩字無端引入未免無理此句當作視斯指掌神情講去便得其竅孔子以子路之言自明堅白說至不淄句適見庭中有匏藤瓜緊其上即指之曰吾非此繫而不食之物也此即用我有為之意若謂不能飲食豈匏瓜之自能飲自能食耶

古墓

丙子正月吳縣橫山側土人鋤地得古墓復鋤之土崩似露墓穴窈而黑冷氣陰森幾不可近墓磚甚多土人爭拾市人可作硯有太元五六七八九年某月作等隸字書或一面有吉三平字樣人不知為何墓也余按太元為晉孝武年號似此墓即為廢帝海西公墓蓋當桓溫謀逆時海西廢居吳縣十有六年薨葬吳縣西未為桓溫弒也長洲潘麐生明經有太元磚石考此事頗詳

長抛玉軫圖

從女弟素儀幼而慧讀書明理適瞻橋王毓仙秀才大歸三年伉儷一別人天毓仙悼痛之因取唐人劉損玉軫長抛懶續絃句意繪為圖室置琴斷一絃水亭外烟波佈漲隱露遠山已則長袖青衫立而望遠致甚也自題四律凄麗不忍卒讀詩云香沒飄帘何處尋雲深路斷到如今可堪酒綠燈紅地長此青天碧海心忍說相中連著色要從空外去求音春風珍重雕梁燕曾聽當年落葉吟一種閒情若個知此生只合愛陶詩靜中樓閣花開日遠處烟山夢到時彈指彩雲飛極浦無情湘水繞靈祠歷盡下望應相憶畫裏潘郎兩鬢絲東風昨夜夢南朝借取新詩寫寂寥春雨靡蕪紅淚和秋江菡萏綠波遙虛廊前度移輕舫別苑何人撥洞簫記得水仙新定譜玉梅花下坐同調畫影渺然境率地佩聲悟否辟支乘三生了澈聞根寂百感蒼茫觸境增錦瑟年華空自誤焦桐知遇更無憑移情還是滄江去秋在蓬山第幾層寄託遙深神似溫李

陸鐵莊

陸鐵莊栴家貧力學為邨塾師朱大占先生偶避雨村莊見其文大奇之為延譽於其座師秦對巖延之至家名大噪嘗偕華凝脩至澄赴京師王崑繩源劉繼莊獻廷咸與訂交陸不欲久居賦雁詩見志有河朔草深多羽箭江南水淺足菰蘆之句浩然而歸

尋夫

友人為余言辛巳秋中香港市上來一婦年三十餘攜一女僅九齡流離中道菜色可憐凡三四日無過問者自言夫姓李業儒江西吉水人五年前春客民馬姓女女他徙良人歸家盡售其產與女私適人有言其死者氏無以存活出門尋夫將二年矣所携皆已罄祇此一塊肉為累不則何至如此言已嗚嗚而泣適有陳姓老人欲見婦見女面目韶秀因願撫之婦猶始不允繼而同往陳家見室家靜好和氣盎然因亦首肯遂自書庚帖送陳陳贈白鏹五十兩不受且并以囊中所剩銀餅一圓錢百餘亦盡與其女殷勤致囑勿念復請陳翁此後須憐其無依善視之乃將女撫摩半晌泣而去陳妻留之略不顧是夕家人為女易衣於破襟中得詩二首云良人蹤跡渺河邊兩載離家路萬千地角天涯無覓處長途空唱想夫憐忍教嬌女別呼耶泉路難寬痛轉加大海茫茫難洗恨誤人薄命是楊花陳見詩大驚曰此婦死矣遣急足遍覓半月不得乃為招魂設祭上供牌曰烈婦某氏之位蓋未知其姓也

墨壽閣主

壬午春秦中邵幼莊貳尹寄來墨壽閣主人三十初度自填滿江紅四闋余愛其粗豪沈著因全錄之其一云三十頭顱一彈指歲華非故驚滿眼狂花怪鳥凝雲毒霧京洛何時分筆札關河到處聽鼙鼓試銅絃鐵撥唱江東公無渡誰殺盡中山兔誰射盡南山虎想美人佳俠英雄廢武病馬原無鞍可著飢鷹尚有絲能吐看寒星照壁燭花紅婆娑舞其二云人世功名拚拋却隨身草木更說甚禰衡工罵唐衢善哭入市聊從騶卒飲應官恥飽侏儒粟只羸來玉骨瘦支離秋山綠招不到天邊鶴夢不見隍中鹿儘才量八斗愁深萬斛太史馬牛奔走慣劉安雞犬飛昇速歎文章價不抵黃金書空讀其三云跌宕詞場憑交遍迂辛短李數不了尊前岸幘花間倒屣塵柄清談尋墨客羊燈小隊圍筝妓總輸他俠少五陵豪鄰車騎才望也羞龍尾世事也輕蟲臂便懷鉛握槧何供遊戲案上芸編紅蠹蝕匣中蓮鍔青虹悶怪年來下筆帶商聲出并氣其四云海上鍵關消磨盡樂爐茗椀搔短鬢不堪攬鏡朱顏都換片刻樓臺成白蜃頻年音信乖黃犬倘青山真個可埋愁偎書案且莫恥揚雄賤也莫諱嵇康懶但心如潭月眼如雲電蕙帶荷衣居士服菊叢糕鮓騷人膳向深宵一卷自長吟神仙傳

黃漁莊

己巳冬仲余從黃埭歸避雨村農家見黃漁莊詩詞合鈔讀而愛之因問何人老農謂此係

村學究性驕傲不可言。但嗜酒醉中歌唱嬉笑無度狀類於顛故罕有重之者。余曰此奇人也懷才不偶困於泥塗遂遁而為狂其心亦良苦矣。歸後晤王毓仙談此事。毓仙曰此人名綺別字聲吾僕亦久有所聞無從晤對今與君約某日駕一葉舟如陸贄之見張鎰子猷之訪戴逵可乎。余諾之。至期天大雨風繼之以雪比放晴而歲事已逼明春適有申江之行此事中止然耿耿相思終難解也。漁莊詩筆高淡無烟火氣而間學少陵饒有沈雄之致僅就當時強記者錄之。夕陽云。漫望西山墜斜陽映翠微平岡落牛背歸渡戀僧衣碧草黏天淡殘鴉向樹飛明知留不住好景故依依。有感云猶記紅窗月下歔滿身香露溼花梢含將一掬桃花淚為怕傷心不肯拋。登文昌閣云衰草黃雲動碧空寒鴻滿地叫西風關河此夜傳碪急烽火當年落日紅鐵笛咽聲烟水外銅駝泣淚黍禾中登高縱有元規感末路蒼茫志尚雄詩餘但記其憶秦娥一解云香閨冷翠幃孤負鴛鴦枕鴛鴦枕雙雙偏繡並頭交頸自從去後無音信可憐銷瘦菱花鏡菱花鏡問他還似舊時蟬鬢

從遊集

從遊集中余獨愛王虹友先生擁詩沈雄悲壯直接浣花長安雜詩云禁城襟帶鎖重關五色蟠龍晉漢間地劃河流趨北闕天迴鳥道俯南山銅符細柳軍書去玉轡長楊獵騎還輸與相如能獻賦自陪雕輦不曾閒荒楸石馬五陵前江漢朝宗幾歲年遼海旌旗催轉餉薊門烽火罷屯田詞林聲價文章外麟閣勳名武庫邊縱是殿頭承幸處不須宣賜鄧通錢子胥廟云殘碑埋沒長榛蕪永閉祠門白日孤報國有心終遠禍殺身無計可存吳英雄寂寞留陳迹山水蒼涼失霸圖回首荒臺麋鹿地蜀鏤遺恨滿姑蘇而余尤愛其無題中數聯如曲裏綠楊傷別樹詩中紅藥斷腸花枕邊胡蝶征人夢句裏蘼蕪少婦詞一枕無緣悲彩鳳三生有約誓牽牛皆佳

夢異

族人勉齋性誠謹不苟取與一日薄暮自外歸行至廳事見一女背牆而立勉齋以為同居族人也略不顧瞻次日又遇於夾弄中偶一覘之則笑臉花嬌圓姿月潔並不識其誰何疑係族中戚黨亦遂置之夜臥夢此女笑容而至謂曰妾本明朝某官女葬後邊松樹墳下君祖建屋時佔及殯宮初欲尋君報復乃見色不動遂不忍死君今而後當為膩友不敢害君請無慮勉齋始甚驚愕既見其靡顏溫語意良善遂跪叩於地唯唯不敢起女赧然曰癡哉男兒下膝千金反屈體於巾幗何自褻乃爾呼令起細問家中事而已笑曰兒亦有家中欲識之否勉齋又不敢強女挈袖同行數十步已至勉齋默揣此正後門外松樹墳然忽見房

屋數間入其室幽而深陳設位置亦頗雅潔心中頗訝女已知之笑曰君疑此中為墓穴乎是也人居地上鬼居地中地中亦可營建此係妾父遺宅妾戀君居此於墓穴旁闢一區與殯宮僅隔堵耳因導勉齋至隅室適一小窗則朱棺數具在焉重返室中繾綣備至雞鳴送勉齋返戒勿洩勉齋醒後秘不告人比臥女又引之去出酒肉相餉謂得自陽間者強飲而醉顛倒鴛鴦倦而忘曉乃推枕而興披衣促速去臨行勸習賈勉齋以無業對女曰對門水烟鋪主人嫌其無利雅不欲開君速圖之事必成成後兒當助一臂言次已送至家勉齋醒而奇之謂昨夢或偶然耳今日何必夢耶東方既明即尋鋪主人而問之主人驚曰僕才有此意君何由知之然君既欲為此僕當情讓若干乃一說而成約期交替是夕見女拜謝女曰未已也君設肆後妾尚須陰佑俟生涯鼎起白鏹充囊爾時雖鑄金事妾不汗顏矣自此每夕必來開市後交易果盛未及半年勉齋偶洩於人女責之曰昔者每戒汝謹言乃竟忘所囑怪異之端好事者將為口實妾能久居此乎遂不歡而散越數日女率婢攜酒肴至相與同飲旋謂曰妾父在蜀屢有書見招以戀君之故一向因循今義不可留故來相別雖然聚散緣也貧富命也妾欲助君而不能始終其事則數之不可逃而理之不可強也乃命婢收拾飲具嗚咽而去

妓詩

嘉興名妓羅愛愛有對月詩云畫閣東頭納晚涼紅蓮不及白蓮香一輪明月天如水我欲吹簫引鳳凰月出天邊水出湖微波倒浸玉浮屠掀簾欲共嫦娥語肯教霓裳一曲無手弄雙頭末利枝曲終不覺碧雲歛佩環響處飛仙過要借青鸞一隻騎

巧漏

元順帝自製宮漏高六七尺廣半之造木為匱藏壺其中運水上下匱上設三聖殿匱腰立玉女捧時刻籌時至輒浮水而上左右二金甲神一懸鐘一懸鉦夜則神人自能按更而擊無毫釐差鳴鐘鉦時獅鳳在側者皆自翔舞匱上東西有日月宮飛仙六人立宮前遇子午時則偶進渡仙橋達三聖殿復退立如前若巡闕一周者靈心慧手真巧不可階

臺臣深見

嘗異之除姦論云明御史攻嚴世蕃疏中入沈鍊楊繼盛事徐階曰若如是嚴公子騎款段出都門矣手削其稿獨用其通海寇及南昌地有王氣購為第塋等事疏一上而世蕃棄市於以知古人識見之高獨具隻眼

粘罕

粘罕有名將風然多殘忍並兵入宋殺戮太酷此曹武惠所以廟食百世也世宗為千古聖主惜終如始為學人所難況人主乎有謂以奉養宜豐者曰天子亦人耳與宋藝祖言汝謂天子容易做耶意同

風流罪過

朱竹坨先生風懷詩二百韻為小姨而作也夫人馮氏名壽其妹或云字霞錦常依夫人靈心慧質善謳能吟居久因目成焉夫人知之促妹歸嫁逾年復來省姊已抱子矣朱作風懷詩以媚中有梅陰雖結子瓜字尚含瓠句益指此也霞錦得詩甚喜約夫人臥後談夫人已覺其意佯為不知明日即送歸矣問先生昨夜事先生曰無他但憐才心切小叙深情耳夫人終不信作洞仙歌調之中有料消息青鸞定應知莫又道今番不曾真個之句閨房之樂果然才子佳人必無所妒彼王謝諸公應自愧弗如矣

作詩要訣

作詩不論五七古五五七律絕總不外作文之法起承轉合四字古人不輕作詩每得一題窮思極想力透題心今人讀其詩須細審其如何起如何承如何轉如何合章有章法句有句法用意須含蓄用筆須曲折嘔心致志功深十年庶幾稍有領略乎

詩境

蘭生謂唐人詩並無難學甚難於本朝之詩余曰詩之境各自不同唐人之詩非不可學然不可言易須到如何一等境界方看到如何一等地步譬如著棋之巧飲酒之量舉物之力總須由漸功深不能有一毫勉強

甘姬

浙江西泠詩社鐵嘯吾領宗司馬嘗以甘姬曲命題吾友秦膚雨為作長篇計七百餘字一起云碧梧枝上鳳凰泣破巢風雨鴟鴞入獨宿難教守故雄恨他惱鳥為媒急中段又有囊香繫掾定情宵花月臯橋品玉簫畫船打槳迎桃葉金屋催妝貯阿嬌等句篇幅太長不及備錄按甘姬蘇之冶長涇人父母早亡依假母沈氏遂從其姓姿美才豐有一目五行之慧惟多愁善病良辰美景顧影自傷而潔服修容天然娭好門中甘應槐需次吳中以千金置為妾生一女從王壯愍由蘇藩撫浙奏調應槐從幕適粵寇告警姬隨大婦歸里未幾省城陷壯愍與應槐俱殉難姬矢志守節假母至閩贖回蘇逼嫁不從既恐終不得免乃發憤中書及詩稿付之火後賦十歎十訣詞共絕句二十首遂飲阿芙蓉膏死時同治五年十月姬年二十有五也姬事本埋沒為吳子周茂才勤禎及潘麐生明經鍾瑞訪悉其事致書閩中親往鄉閭見認烈婦遺櫬交令甘家人扶之歸葬應槐穴傍又請中丞專案題旌惜其詩稿余未曾見亦一憾也亢鐵卿明經樹滋有甘烈婦傳載集中

書畫格

近日市井兒初學書畫尚未入門便刻仿帖取潤偶有乞書乞畫或無貲或有貲而不豐者往往推故延擱終歲不應付甚至貌為君子口不言錢而曲折揩遊必邀厚酬而後已此亦俗不足言矣然筆墨生涯如真寒士技精亦有佳話鄭板橋先生嘗有自書筆榜云大幅六兩中幅四兩小幅二兩條對聯一兩扇子斗方五錢凡送禮物食物不如白銀為妙蓋公之所送未必即弟之所好也若送現銀則中心喜悅書畫皆佳禮物既屬糾纏賒欠尤恐賴帳老年神倦不能陪諸君子作無益語言也畫竹多於買竹錢紙高六尺價三千任渠話舊論交接只當春風過耳邊此老風趣別致令人發噱此則余見於張仲軒畫裱冊頁中而葉調生鷗波漁話所載公之上脫一益字現銀上脫一凡字恐字改作為字不知何處所見

懷珠閣卮言

陽湖呂庭芷世丈耀斗以詞館轉運觀察甲戌抱鼓盆戚回山數載僑居鴛湖朝夕往還寒暑不間文於長短句剖律考音精微入細撰有鶴緣詞一卷余曾請付梓未許也錄數闋於

左以見一斑南鄉子云客榜又天涯翠被鄉愁一倍賒生怕東風攔夢住瞞他侵曉偷隨燕到家重憶小窗紗穿慢沈沈玉篆斜月又無聊人又睡寒此門掩紅梨一樹花滿庭芳云啼鴂留春游絲惹夢天涯又閏清明夜深人靜獨向六街行月裏幽坊如畫那門邊猶度歌聲閒雛傍尊前擫笛還似訴偎情廿年前舊夢柳枝共挽私語調鶯蘇東風回首觸我飄零料得小墳今夜映梨花一樹冥冥可奈此斷腸詩句月下念教聽擬香及云青鸞鏡裏長相見歎恨還參半班騅一去太忽忽只有淚珠雙墜佳東風重重密約渾難定兩地成孤另思量何事不銷魂第一剪燈深話月當門

張叔鵬翔於市上得鈔本蘇臺竹枝詞百首卷面題曰潛庵蘇臺竹枝詞有小印曰樹臣翰墨究不知其誰氏也詩既工切用典亦雅潔閱其序為道咸間人序中句云詞雖近褻旨則寓規俾後之學者知璧月瓊樹之篇都非佳讖重農務桑之習即是仙源返樸還淳心焉望之云云若預知有庚申之變亦一奇也

華芝九舅氏有故友某幼而穎慧十三歲入泮試古學第一題為繡毬花賦押題字韻曰洵是陽春有腳踢上枝頭要關句工巧無比臨沒寄內句云病裏看梅共消瘦忙中對月又團圞

余於市肆見友鈕古方銅印，長寸有五分，四圍鏤金絲，其細如髮，古色斑斕，文四字，曰「石家侍兒」，知為金谷園物，以賤值得之，珍愛過甚，日繫腰間，為胠篋者剪去，懊悔欲絕，後見於賞鑒家，亟欲贖歸，索價百金，竟無應，惟願後人得之者珍重過余，則不啻余得之也。

余於廢書中得長洲王毅之騎尉嘉福二波軒詞三卷，按二波為惕甫先生中子，出嗣聽夫先生，聽夫殉節，呂堰，二波以門蔭授職，少負絕人姿，讀書十行並下，與伯兄又樓、季弟井叔有三鳳目，余惜其殘編將湮，求人重刊，無有應者，錄其臨江仙和吳山尊記得詞云：「記得董公祠畔住，門前碧水縈洄，玉扉輕叩獸鐶開，上堂人不見，鸚鵡喚茶來。一帳濃雲香未散，困春小夢初回，日長天氣費推排，笑拈紅豆子，雙隻倩郎猜。」「記得嬉春曾有約，未明先啟嚴妝，鏡匳脂盈盡雙眉，雕蘂真解簪上小桃枝，商略衣裳渾不定，雙鬟著意矜持，含愁點黛顰，情凝相逢佯不語，一笑兩心知。」「記得浣紗湖上見，身材翩若驚鴻，羅裙難斂，與風往來，苔徑澀微褪繡鞋弓，倦向紫薇亭上坐，畫樓日暮方中，衣香人影太忽忽，梅梢雙蛺側，斜揮一簪紅。」「記得南歸留一日，聯牀款語輕輕，燈花挑落又重生，說來前後事，數盡短長更，徹夜香醪斟淺白，薰爐人擁愁城，敲殘棋子冷楸枰，最憐簾外雨，做盡別離聲。」「記得五雲堂畔路，紫藤一架濃陰，蘭簾珠箔畫沉沉，琤琮風過處，花片打瑤琴，坐久蘭房聲悄悄，酒邊笑淺顰深，情長情短總知音，郎心須會得，須會得儂心。」「記得玉羅窗檻下，拈鍼學繡圍花，絲絨細嚼吐紅霞，星星香汗濕，衫子換輕紗，昨夜扶頭添酒病，妝成懶卸鉛華，雲鬟展向鏡臺斜，笑拈描黛筆，臨墨學塗鴉。」

嘗有市儈持端硯一方求售，底刻小字，端媚秀潤，文云：「借取吳剛修月斧，琢成良璧相伴圖書，古花落閒窗人晏處，庭前幾點催詩餘。」下書「大德三年二月望前一日道昇書於繡佛樓下」，刊道昇、仲姬圖章各一，皆陰文，知為趙氏物，惜價昂不可得，後為某紳購往閩中矣。余至今惜之。

楊利叔孝廉象濟為浙中才子，詩古文詞無不精到，尤深經濟之學，來吳門為書局總校，余屬在忘年列，未幾歸道山，遺稿零落，為收拾其古文若干首，寄秦淡如觀察校勘，集貲付梓。其詩集生前已刊行數卷，然未盡所作，限於貲也。錄其未刊之佳者，見故友俞桐伯畫贈山水圖扇感賦云：「亂石槎枒落葉蒼，入懷明月想清狂，世間屈死陳同甫，更與何人哭北邙（君有北邙十哭圖）。」「十年歷世盧堪嗟，奇福雙修果是耶，破屋一棺慈母淚，登盤可忍見椒花（君配嚴氏能詩，有椒花館圖，君歿服毒以殉）。」雙槳云：「飛來便槳出橫塘，銀漢紅墻夢未央，分與鶺鴒酬缺月，也知醜醜勝空房。佳人從古宜空谷，凝想遺憐到玉堂，彩筆江郎才欲盡，羣他眉黛遠山長。」漫成云：「春歸顧影少隨肩，江汜思叨大婦憐，儻格可堪長白擬，新詞合鬬小紅娟，鶴如能和皆先澤，

燕待成巢勤隔年，駿馬名姬回首處，吳宮花月奈何天。」讀此可略見一斑。

墅青

元和端木墅青讀書未就，去而學賈，有雜詠數首云：「小住城南十載餘，家風淡泊樂何如，居貧世業人休笑，半作生涯半讀書。」「獸鼎香溫晨細烟，靜中滋味類參禪，只緣塵世知音少，綠綺年年不上弦。」「獨倚闌干對晚芳，果然秋景勝春光，年來怕聽瀟瀟雨，不種芭蕉種海棠。」「指點征鴻結隊翔，幽居消遣興尤長，攜竿閒向清溪坐，秋水蘆花釣夕陽。」

曲園書目

俞蔭甫太史博學通經，為儒林巨擘，僑居蘇城馬醫科巷之西，拓數弓地，雜栽花木，號曰曲園，日惟著書自娛，與李爵相榜其門曰「德清俞蔭甫太史著書之廬」。所著群經平議三十卷，諸子平議三十五卷，第一樓叢書三十卷，曲園雜纂五十卷，賓萌集五卷，賓萌外集四卷，春在堂雜文二卷，續編五卷，春在堂詩編八卷，春在堂詞錄三卷，春在堂隨筆六卷，春在堂尺牘四卷，楹聯錄存二卷，感應篇纘義二卷，袖中書二卷，游藝錄六卷，尚有余所未見者，俟他日續記。

一門濟美

隨園老人天資學力俱造純頂，而獨不能詞畫，即書法亦無可觀，乃繼起有人，兩郎君如蘭村先生通之捧月樓詞，真來先生遲之山水花鳥，弟兄競爽，各擅其才，所謂阿通樂府阿遲畫，都爾與而翁補闕如也。文孫如少蘭太守祖惠之書法，又村大令祖德之忠烈，翔甫大令祖志之風雅，孫女瑤華閣主人紫卿女史綬、湘痕閣主人柔香女史嘉之詩詞，先後聯英，一門濟美，此近世所罕見者。

三借廬筆譚卷九

金匱鄒弢翰飛纂

變祀

宋徽宗以王安石配享孔子。明熹宗以魏忠賢生祔孔子。位皆次孔子之下。古來昏主如出一轍。而宋有靖康之禍。明則竟亡其國。雖以思宗之賢。無補於事。蓋奸閹弄權。無有不危者也。當時有諸生史德醫以逆閹祀聖廟。乞除學籍名。余嘗作詩云。曲奏迎神寶殿開。聖賢逃走寺人來。不妨豺祀翻新樣。客氏應該享一杯。

沈文瀾

同治中。海上沈文瀾詞史。擅才藝之長。作煙花之長。清才芳譽。傾動一時。而乍以華齡。旋圓幻夢。聞者憐之。好事者為築瘞塚於城之隅。表一碣曰。詞史沈文瀾之墓。吾友散花仙史孫華田留照於市上得文瀾小影。有倡四絕句。錄其一云。眉如柳葉面芙蓉。一笑無端鏡裏逢。可惜叢花開易謝。獨留小影對芳容。一時海內詞人和者。幾及百家。汪秀芬女史和原韻二首云。無端又萎玉芙蓉。不到仙山總不逢。身世原來同是幻。夢中微笑鏡中容。畢竟風流誤可憐。人間空喚有情天。廿年留得芳名在。三絕同聲哭鄭虔。王淑娟叔媚女史云。豈是當

年綠萼華。怨慈莫挽五雲車。三千弱水迷無路。十二巫峯別有家。滄海地仙新證果。碧城天女舊司花。好憑九轉金丹就。古洞閒依共吸霞。中江補蘿女史云。空花泡影感多端。墮劫紅塵過電看。幸有鍾情才子筆。春杉玉貌競傳觀。孫瑤仙女史云。我見猶憐合讓卿。應教詞客費經營。悲花詩勝修花史。一樣才華兩樣情。秀水陳季嬰云。命薄於雲劇可憐。飛花飛絮奈何天。憐君覓得驚鴻影。留伴三吳老鄭虔。靡蕪館主云。舊夢重提我欲愁。落花曾逐水東流。芳魂今日空憑弔。蔓草荒煙土一邱。

橫塘感舊

海上某生。自號少華山人。舊家子也。風流綺旎。一往情深。所眷沈雅仙校書。係吳中橫塘人。留嚙臂盟。適山人他出。小別經年。比歸。沈死。悲悼殊深。作橫塘感舊詩四首。而係之以序云。夫數廿四番花風。惆悵陽春之去。灑十八部法雨。銷除煩惱之縷。憶當簾卷人遙。金鍼停繡。庭空花落。香露滴殘。眉語多通。防前頭之鸚鵡。臂盟有約。指天上之蟾蜍。夫其懸解纏綿。妙語諧謔。添五紋的線。鸞鏡新裁。譜一曲薰風。鳳簫倦倚。真使雲想衣裳之盤樹。搖音樂之和。酒快銷愁。花憐解語也已。況乎門巷橫塘。錦繡萬花之谷。才名吳苑。玲瓏十索之歌。呼來明月前身。定作仙人眷屬。而乃吳頭楚尾。時聞怨女之謠。五角六張。大有懊儂之曲。一棹趁春

潮。暗長相逢。正秋色平分。溼我青衫。空泊驚鴻之慨。鄉卿紅豆。金送紙醉之歡。是宜曲譜長生。作名花之領袖。閑將行樂。邀才子之掃眉。何期好月難圓。如烟遽化。粉圍未撤。蠟淚成堆。竟無續命絲牽。剩有談人樂處。風寒葉落。殊紫曼之欽冬。果結花開。等黃梅之厄閏。誰憐無奈。傷何如之。未免有情。吁其悴矣。僕撥除綺業。證徧情禪。語前蹤則悵觸偏多。憶舊夢而黯伊頓起。簡尋殘繡。休然顛倒。粉壁挂遺魂。莫作和鳴望。蹤憶春風之面。識因色悟空。寫金粉之飄零。撫今感昔。熬蘇煙以默叩。誦梵唄而哀聞。嗚呼。聽一百八杵聲鐘。安得右而無死。彈二十五絃月夜。不禁黯然銷魂。詩云。隱約東門路。翠鈿紅闌干外碧簾前。海棠香露春剛半。池柳絲縈月正圓。刺繡停抛緣寫影。搖琴依掛待張絃。相逢草草成離別。懶上剡溪渡口船。香國重來證舊盟。絳仙才望擅傾城。濃薰花氣心先醉。斜溜秋波便目成。碧瑟十絲通宛轉。落梅三弄度分明。玉釵思重橫塘夜。猶是雛數未嫁情。護花身願化金鈴。綠葉春深漸滿庭。灑碧雨飛喧曲院。落紅風捲入疏櫺。信傳青鳥愁多誤。啼警黃鶯夢早醒。悔未判量珠十斛。累他蹤跡等浮萍。潮平兩槳度如飛。金屋嬌藏識向稀。不分曇華成偶現。便游瑤島證皈依。繡幃香冷人初去。琴軫聲悽鶴倦歸。門巷非猶娶到桃花千樹悵斜暉。

陳蓉酩

陳蓉酩孝廉呂庭芷先生升雅之宅相也。博學聰明。幼寡食多病。讀書數遍即喘。先生憂之。偶聞有易筋經可以治疾。乃私習之。百日功成。疾頓已。食亦加數倍。當習學時。謊言養病他處。家人不知也。比歸。身軀雄偉。人皆訝之。孝廉稍露其術。駢兩指搭案。空隨意走。應手處亦隨之行。又置兩案。相去四五尺。頭足各枕案上。空其中如橋然。令數人立身上。顛播略不動。其運氣如此。自此人皆知其有易筋術。稱人廣座。每請一試其技。而名譽著矣。吾家健初族叔亦知此術。而不肯習。恐不成而有害也。按練習此法。須要極靜處習百日。以意運氣。有呼吸等法。凡數十段。日習三五次。練時偶分其心。則氣不歸。在背則筋斷。在眼則眼突出。其為禍甚烈。故雖百日之功。無敢有輕習者也。

詩癖

笠湖朱竹笙秀才。耽吟詠。日夕無少懈。每得意時。雖有人當面相呼。竟不知也。嘗冬夜圍爐飲。吟興怒至。得春入酒杯寬句。一時不得上聯。搖首忘情。坐爐炭上。大熾其衣。家人聞衣焦氣。奔集見之大驚。且脫且撲。朱以為擾其興也。大罵不已。又華亭劉雅謙字讓宗。嘗從西湖歸。月夜於塘棲道中得句云。犬吠孤村月。蛩吟兩岸秋。獨坐船頭朗吟不輟。久之寂然。已墮水矣。遇救得免。好事者為作月夜墮水圖。題詠甚多。兩人好學耽吟。落拓如此。宜賈閬仙之

走入猩十也。

花神議

余嘗同曹醉菴於花誕辰至虎邱花神廟，拜謁花神。見面目甚陋，頗以為憾。欲集古來才子佳人作一司花公議，別建一廟祀之。昨閱曲園雜纂，有花神議一種，因節錄之如左。

正月梅花何遜。按梅為林處士所專。原議以逋仙為梅花之神。然考梁何遜作揚州法曹，廨有梅一株，常吟詠其下。後居洛思之，再請其任，抵揚花正盛，遜對樹彷徨，終日不能去。然則愛梅成癖者，固無如水部矣。杜詩云：東閣官梅動詩興，還如何遜在揚州。宋趙蕃詩云：梅從何遜驟知名。自唐前至宋言梅事者，首推此人。孤山處士尚其後輩，以俎豆讓之，或亦首肯。○二月蘭花屈平。原議二月為杏花，然蘭為香祖，未敢重桃易杏而蘭重國香也。後花者為蕙，雖香亦不減，然不能先芬。奉屈子為神，則固滋蘭而又樹蕙焉。○三月桃花劉晨阮肇。原議以東方朔祀之。然此老饞涎可厭，且志桃實，非愛花也。易以劉阮，則洞口桃花為有主矣。○四月牡丹花李白。原議四月芍藥花，以韓魏公主之。按古無牡丹之名，統謂之芍藥。魏公詩云：鄭詩已取相酬贈，不見諸經載牡丹。自唐始別其名，且有花王花相之說，故改四月為牡丹。以其開獨先也。茲以謫仙為神，三首清平，何異一闋金帶哉。○五月榴花孔紹安。原議以博望侯為榴花之神，蓋以使西域而得此種也。然考博物志，張騫西域所得，尚有胡桃、蒲桃諸種，非僅石榴，故不可專祀。舊唐書孔紹安傳：因侍宴應詔詠石榴詩曰：只為時來晚，開花不及春。且詠榴花，非榴實，詩意自喻甚深，非泛賦一花者比也。薦以馨香，得其主矣。○六月蓮花王儉。原議周茂叔，以茂叔已從祀尼山，未可以花神祀之。南史庾杲之傳：王儉用杲之衛將軍長史，安樂侯蕭緬與儉書曰：盛府元僚，實難其選，庾景行泛綠水，依芙蓉，何其麗也。時以入儉府為蓮花池，故緬書美之。韓偓詩：蓮花幕下風流客。趙嘏詩：一從開著芙蓉幕。並述此典為美談。是則當蓮花之神而無愧。若謝靈運有初日芙蓉之目，然止論其詩，非言其人也。至於陸郎狐媚，遠公緇流，雖有涉於蓮花，亮無關於祀典。○七月雞冠花陳後主。原議七月秋葵，而以鮑明遠主之，因明遠嘗賦此耳。按謝靈運亦有園葵詩，即秋葵花，似鮑謝宜並祀，而於鄙意皆未甚協。考楓窗小牘云：雞冠花汴中名洗手花，中元節兒童唱賣以供其先，即古之玉樹後庭花也。蘇黃門詩云：後庭花草盛，憐汝繫興亡。即詠雞冠花。碧雞漫志非之，然其云吳蜀有一種小雞冠，高五六寸，目為後庭花，則仍與黃門詩合。玉樹後庭花曲，係陳後主所作，風流亡國，詞客憐焉。今以此當之，或者雞口猶勝牛後乎。○八月桂花郤詵。如原議。○

九月菊花陶潛。如原議。○十月芙蓉石曼卿。如原議。○十一月山茶花湯若士。原議以石季倫為山茶之神，猶嫌未協。擬改臨川，雖名輩較晚，而玉茗風流，固勝金谷園之奢侈也。○十二月蠟梅花蘇東坡、黃山谷。原議允協。蠟梅本名黃梅，其改今名由蘇黃始也。

總領群花之神迦葉尊者。原議無，然既有群花，宜有總領之主。昔迦葉尊者於靈山會上百萬眾前，因世尊拈花，迦葉獨破顏微笑，世尊遂以正法眼藏付之。今為總神，色色空空，一以相貫矣。

正月梅花壽陽公主。原議以梅妃為之，允符公論。考海錄碎事，宋武帝女壽陽公主人日臥含章殿簷下，梅花落額，成五色花，拂之不去，自後有梅花妝。其事甚艷，然則移祀壽陽，亦公論也。○二月杏花阮文姬。原議二月梨花，以謝道韞為花神，亦未妥。擬改杏花。釵小志云：阮文姬插鬓喜用杏花，令以配之。紅輕粉溥，占斷風流矣。○三月桃花息夫人。原議允協。○四月薔薇花麗娟。原議亦當。麗娟事見賈氏說。黃金買笑，誠韻事哉。○五月榴花魏安德王妃李氏。原議以石醋醋祀之。醋醋出博異志崔元徽事，然醋醋止是寓名，並無其人，亦猶楊氏、李氏、陶氏，即楊柳、桃李也。考北齊書魏收傳：安德王延宗納趙郡李氏女為妃，妃母宋氏薦二石榴於帝，隱寓子孫眾多意。此榴雖果非花，而舍妃別無其人者，姑以為神，洵吉祥善事也。○六月蓮花晁采。原議西子主之，以有錦帆涅采蓮故事也。惟自梨園傳唱，其事遂俗。考唐大歷中有女子晁采，小字試鶯，少與生文茂有伉儷約。及長，茂寄詩通情，采以蓮子達意，墜一於盆，開花並蒂。母聞之，歎曰：才子佳人，自應有此。遂以采歸茂。此事欽定全唐詩中載之，亦豔絕矣。○七月玉簪花漢武帝李夫人。原議允協。玉簪得名，夫人始也。本以鳳仙為六月花，然六月既有蓮花，無庸兼及鳳仙，或移祀於七月。宋光宗李后諱鳳，宮中命鳳仙為好女兒花，若七月改鳳仙，而以李鳳配，於議亦得。又考花史云：李玉英秋日采鳳仙染指甲，於月中調絃，或比之落花流水，亦韻事也。附發薦章，用備采菲。○八月桂花唐太宗賢妃徐氏。本以嫦娥配之，然嫦娥乃常儀之誤，實無其人，即俗說嫦娥為月仙，究不得即以為花神也。考唐書太宗徐賢妃傳，八歲能文，父孝德使擬離騷小山篇，曰：仰幽巖而流盼，撫桂枝以凝想。然則淮南叢桂，不得專美矣。○九月菊花晉武帝左貴嬪。本議九月茱萸，以賈佩蘭為花神，用西京雜記事也。惟九月不及菊花，終有遺憾，故改菊花，而以左宮嬪主之。菊花一頌，允宜俎豆三秋耳。○十月芙蓉花飛鸞輕鳳。原議允協，事見杜陽雜編，所謂寶帳香重重，一雙紅芙蓉是也。○十一月山茶花楊太真。原議妥。山茶有一種名楊妃山茶，不嫌牽合也。○十二月水仙

花梁玉清　原議以洛妃爲之。以梢嫌附會。按瓶史云。水仙神骨清絶。織女之梁玉清也。因以主之。○總領群花之神魏夫人　原議無之。按南岳魏夫人。女仙中之最貴者。南史鄧郁傳。稱神仙魏夫人。忽來臨降。則事見正史矣。度物異名女夷。乃魏夫人之弟子。則夫人明明爲花神矣。尊以總領。庶傳香秋韻。統攝有資。何慴封家十八姨乎。

度鶴詞人曰。歷觀所議。猶未能盡愜鄙意。梅花何以不及王曾。放翁而歸陽未必果勝江妃。且以江妃之死甚慘。詞客憐之。鷹以明禋。庶無遺憾。梁謝時。宋羅畸何不配祀蘭花。宋子京何不配禋杏花。五月榴花甚艷。可歟須以貞珠嬙易之。七月鷄冠花。形色不佳。何不以謝長裾配鳳仙。或竟用秋葵。而似虞美人。當七月虞姬主之。楊太真主山茶。不如主四月之牡丹。菊花頌但祀左嬪辛氏。不亦太偏耶。且海棠一花色亦嬌豔。花亦可憐。所謂風露清愁令人改去蕃薇。李易安簾卷西風詞。亦可消受菊花之享。若謂左九嬪頌菊。則傅統妻辛氏亦有生感。春古今名人。皆愛惜焉。乃反不得一人主之。盈盈弱質。腸斷西風。其何以爲情耶。況春日海棠。放翁尚奏綠章護持之。可不爲以馨香耶。總神迎葉釋氏空言。魏夫人亦屬縹渺。即使果有其人。則將來一僧一道。徒事雲遊。而花政於是大壞。不如男神歸唐元宗。女神歸金輪皇帝統攝。庶次第花開。無慮秋令春行矣。

河神

黄河之水。爲患中原。歷朝以來。無術可弭。本朝乃特設河督。統攝河道。分司之歲費數百萬。奏安瀾。閒捨險。其故何耶。地土薄。弱水不歸道。司理之員。顧目前之效。不能相輔成功也。故例凡新蒞任之員。先祭河神。而後視事。按河神之懋膺封號者四。一爲衆襄勤公。諱毓美。曾官河督。晉太子太保。道光時人。一爲金龍四大王。姓謝。諱緒。行四。浙江人。南宋諸生。殉國難。以少時讀書金龍山。故有是稱。一爲宋大王。諱之錫。順治丁亥進士。亦浙江人。官河道總督。盡力河防。沒而爲神。一爲黄大王。河南偃師人。諱守才。生而爲神。年七歲。即乘黿飛上緱山。曾楚符而止沁溢。祝天以救杞災。送周王於金陵。三時即返。搖黨柱於荆口。一埽成功。康熙間。自擇地於萬安山嶺。離山坎向。臨死謂子孫曰。余生未受封。死當護國。嗣是屢著靈異。香火不衰。

芍藥吟

芍藥以豐臺爲最盛。其地居民半種花爲業。村有花神二。一花王。爲春社所。一花姑。以貴酒名。其地有普濟宮。尺五莊等勝。西村自張村至樊村。盡芍藥田。接吟連畦。爛熳如錦。有御衣黄。宮錦紅。試曉妝。聚香絲等名。而金帶圍一種爲尤著。蓋花瓣中有黄色一圍。如帶然。以韓魏公得名也。長白兕亭先生。慶麟。嘗游其地。賦詩云。輕風片片雨絲絲。正是豐臺四月時。惱我情懷剛半尾。恨他名字是將離。揚州自昔誇金帶。梁苑空傷倒玉卮。惆悵曼殊多歷劫。不堪重詠落花詩。按曼殊豐臺賣花張翁女。名阿錢。美而慧。爲毛大可西河先生妾。見陳其年毛大可新娶姬人序。時兕亭先生以所亡姬人。係揚州洪氏。絲桐詩畫俱佳。詩蓋對花而有感也。

詩人得意

秀水陳曼壽明經。鴻誥。落拓不羈。晚年挈家僑寓滬上。與姚芷芳上舍。文藻。葛隱耕孝廉。其能。袁翔甫大令。祖志。倡和若豪於飲。以故詩酒文遊。裙屐紛集。阮囊漸罄。乃孑身往東瀛。依太政大臣黎堂爲幕賓。黎公即日本相臣也。日本故好文。明經去後。墨客詩人咸來題詠。明經數與日本詩人添進一字。漸卿大學士。副島種臣。義至是代爲揄揚。得門下士愈衆。至有紅閨繡女。翠袖佳人。咸執贄列弟子行。若琴水。若松江。若小洲。三女士最著也。嘗寄姚芷芳詩云。環珮珊珊問字來。小樓晨夕樂追陪。隨園當日門牆盛。未見搜羅海外才。書生得意之情。可以想見。芷芳答詩云。海外書來得意詩。從來女盡貌如花。搜才縱勝隨園廣。可有當年席道華。

海外吟

曼壽日本山城雜詠。及浪華雜詩。吾鄉趙希雄上舍。酷愛誦之。茲摘數首云。萬里乘槎到海東。元龍意氣自豪雄。他年父老留佳話。曾賦新詩上相公。山色朝朝翠撲簾。吟情畫興逐時添。思量駕徧滄洲景。自笑於陵太不廉。嵐山偎水秀靈鍾。結伴尋幽數過從。好景眼前拋可惜。扶筇春上日支峰。故人家住本蘭橋。自註。謂小淞。着屐能來話寂寥。有約楳湖消夏去。關紅一舸醉深宵。綺席頻開竹與絲。漫拋紅豆惹相思。鴫涯多少如花女。眉樣終嫌未入時。路隔重洋閒幾千。邀攜畫幅並吟箋。平陽婚女真何幸。結此東瀛翰墨緣。自註。時東人求畫者日益衆。書如通姿相地。不自由亭裏寄閒身。興到揮毫快絶倫。博得青蚨謀一醉。阮囊雖澀不愁貧。水國霜寒十月時。芙蓉花發兩三枝。澱江幾度娛清賞。無數雲山要好詩。松島花街地界寬。女閭千百繞團欒。我揩老眼燈光下。一笑真同霧裏看。春宴頭纏素若山堆。忙裏還將卷頁開。日選同人詩幾什。要知東海亦多才。自註。有日本同人詩選之刻。人世仙緣却可知。偶騎赤鳳過瑤池。一叢姊妹花爭豔。舉得春風最小枝。多少長虹臥水中。車行處處路遙通。持觴志乘稽名目。恰與南朝寺數同。自註。大阪橋梁有四百八十之多。癸未春。君因嫁女。自東瀛返。至甲申人日後一日。竟歸道山。惜哉。

程仲永

白門程仲丞明經開基，為吾友黃瘦竹之岳氏，詩學杜陵，終日一編不輟，僑寓申江，年六十餘矣，猶與人唱和，吟興甚健，惟筆下驗愁太露，千篇一律。吞盾內謂其時非天寶，官非拾遺，不必無疾而呻，不知生本多愁，人之恆性，況仲丞境窮潦倒，垂老依人，不得其平則鳴，無足怪者。余錄其答弟江翩庭詩云：文通已患第三書，多謝殷殷問起居。算到謀生情可感，懶於作答意非疏。自傷落拓離鄉久，忍寫艱難下筆初。剩有一端堪告慰，當年狂態盡銷除。北馬南船路幾千，春鞭肯讓祖生先。漫言狡兔營無窟，但望雎鳩賦一篇。（自註：內弟三十未娶。）息報椿萱期壯歲，栽成桃李擁寒氈。同懷病況君知否，瘦骨支離劇可憐。且從紙上話滄桑，家事如毛祇自傷。半世求名悲矮屋，終天抱恨哭高堂。凋零孤雁寒姜被，慚愧飛蚊飯阮囊。說到筆珠心更苦，西風有意阨中郎。天涯誰念客衣單，人到無家去住難。孤露也應增閱歷，玉成先欲試飢寒。凝心每笑愚公詐，捫腹思分漂母餐。祇恐春申江上路，句留彼此總無端。又詠張良貌好果然如婦女，功成祇合作神仙，一聯頗工整。

舞劍臺詩

戚少保舞劍臺詩，刻摩崖上，筆力遒勁，詩亦沈雄跌宕。詩云：霜角一聲草木哀，雲頭對起石門開。朔風吾酒不成醉，落葉歸鴉無數來。但使雕戈銷殺氣，不妨白髮老邊林。勒名峯上吾誰與，故李將軍舞劍臺。

箏

嘗偕友人月夜小步，聽撫西洋琴，益耳可聽。友人謂此即箏之遺制。余曰：不然。攷箏之制，一名頌瑟，秦蒙恬造，長六尺，應律數，柱高三寸，應三才，絃十三，應閏月。今雖有十五絃，然非古制也。彈用鹿角爪，謂之繁爪，又曰義甲，杜詩銀甲彈箏用，蓋即指此。問琵琶所始，余曰：亦興於秦胡中，馬上所鼓，推手前曰琵，引手卻曰琶，四柱四絃，取象四時。初用鐵撥，後易象牙。唐裴洛兒始廢撥用手彈，今皆從之。若洋琴則古之銅琴也。銅琴譜云：剡木作柱，拓銅為絲，敲以細竹，則為洋琴無疑矣。以上兩則，俱見見亭先生鴻雪因緣。

雪中玩月

辛巳二月春戊，族叔敬齋芝汀、光景山蓁，遊祭忠介公祠。大雪數日，若不能歸，晚宿慈山僧樓。擬月出相賞，候至黃昏，雪愈甚，山頭雪月終不能見，亦憾事也。適賦秋生姚芷芳書至，有雪夜歸里看月詩云：咄哉天公真好事，白雲挂眼凍如紙，冷香墜夢雪亂飛，夢落銀河不見水。水府清光攝太虛，瓊宮瑤宇仙人居，一隊霓裳向風立，臨風綽約來仙姝，此身疑入廣寒路，百尺天梯躡雲霧，又疑親向浮羅遊，梨雲漠漠香暗流，世界三千照瑩徹，耳際天風忽破裂，

玉龍舞罷吐銀蟾，花酣月大弄變絕，清歌一曲飛瓊疑仙之人兮手相招，餘音欲斷仍婀娜，吟魂吹挂梅花梢，花梢月落寒虛幌，夢裏仙人猶未往，忽聞鄰舫打冰聲，隔篷誤聽披瑤響。歸里阻風黃渡云：揮手送客行，掉頭理歸棹，（自註：送山人楊仙使之金陵後，道舟泊黑。）仰天發長嘯，顧影轉惆悵，自我離海隅，十載隨塵網，親在勞名心，遂作潛園想，今歲忽不樂，遯跡思異壤，（自註：芙蓉湖未得小休。）私心計終阻，不如就里黨，迢迢故鄉情，落落雁孤往，鼓棹鳴中流，催程趁潮長，夕煙沈遠林，野色舞寒莽，三百里郵程，計日祇須兩，誰知遇失順，常理亦相迕，石尤風打頭，搏水或過顙，叢手搖牟挽，篙亦不得上，退更似鷁飛，進乃不及丈，長夫力已盡，對此空撫掌，我時擁衾坐，嘿焉若在網，人事既不齊，天心可默儻，泊舟且近岸，呼酒出甕盎，鮮膾斫錦鱗，蔬味雜寒薺，微吟答潛龍，餘瀝酹夔魈，一醉自酩酊，旅夢任惝怳，酒醒不知處，江闊水漭漭。

空山聽雨圖

惠山女冠韻香，本姓王，名嶽蓮，住福慧雙修菴，人僅中姿，而腹有詩書，別具出塵之致，所交皆名下士。長白麟見亭以貴家子弟，中道光戊辰　恩科進士，時年僅十九，翩翩公子，偶遊惠山，韻香知之，諷所識招飲菴中，并面畫空蘭以贈，其好名之心，亦太黠矣。嘗畫空山聽雨圖，名士題詠殆遍，阮芸臺先生撫蘇，聞而求之，持以三千金，親齎索圖，不得，加至五十，亦不可，廢然而返。覓韻香所歡者，名投計，令竊以獻，始得之。韻香自失圖，知阮所為，莫可如何，乃與所歡絕，此後竟自縊死。先生得韻香凶耗，悔甚，遣急足持千金往惠山代理喪事，仍以圖付其弟子，令殉葬焉。蘇州汪安齋觀察云：圖已為麟見亭所毀。見亭幼時，嘗為倡題，迨官漕督，門生故吏和者益眾，既而悔幼時之不檢也，因遣人計取毀之，未知孰是。

先輩眼力

朱竹垞少時，猶得見吳梅村，時吳年已八十餘，見朱詩大賞識，謂人曰：此子將來必成名家，惜我年已老，不能見矣，可拭目俟之。先輩眼力，往往有此真識。

花間覓句

吾邑沈蘭谷上舍，為人機警善談，與予交最善，嘗以花間覓句圖屬題，為倚沁園春一解，詳詩餘中。比年楊耀卿少尉為題五絕句云：人生行樂耳，珍重好韶華，不有留春句，能無負此花。兀坐花叢裏，心幽境亦閒，斷窮地盡否，要補屋三間。春如夢影空，境似禪心寂，一縷蕩詩魂，那許塵寰覓。烟雲別有天，山水疑無路，攜得錦囊來，飛到驚人句。

三欸湯

三欸湯在吾里之東二里許，稍偏南首，聞先老言，范蠡自吳宮挈西施隱，西施至此湖，曾三

歟。故名之。西北漢村曰龍頭。樹下有大樹一。迴環數幽。幾四五丈。鬱然其大。如樹頂結一瘤。枝中生龍首。如戲珠然。絕難為賊伐去。村東水道至三歎灣。水中有一墩。曰西施墩。葦蘆叢生。水涸則現。朋葬西施於中。或言吳宮沈西施尸。浮至此。好事者運土為墓。亦齊東語也。惟自蘇至吾鄉青黛湖之東西岸。皆魚池。係范蠡所築。三致金而三散之。此致金之一也。

金娥墩

吾鄉西去三里。有土阜。曰金娥墓。俗名金娘墩。即娥字之誤也。墩方廣數畝。四下皆稻塍。丙子秋。農人深耕於深土中。得石碗二。一燦一濁。製甚樸古。閱之得尺有奇。入水不濁。逢天將大雨。燦者濁。濁者燦。以此驗之。百無一失。亦一奇也。又嘗耕得石一塊。形如壺。厚寸許。鐫一石字。近俱藏樓家廬。或言其中並非墓者值也。墩名向載。道光時以縣志重修刪去。余考記載。金娥為南唐後主李昱之姬。通卜筮。聰明多智。能誦謀。後主敬寵之。武肅攻吳。後主親征。樂之以姬行。姬死於路。即葬金筮之南鄉四十里。穴地作隧。葬禮畢。惟後主親臨墓哭之。作惜分釵詞寄意。詞未成而錢王率兵下。乃引兵歸。是則金娘墓在吾邑也無疑。惟惜分釵詞未成。不見詞中。故無考耳。

華巽仙

同邑華巽仙茂才綸。溫樸有古人風。住鵝湖之濱。與余居相去僅十里許。未嘗一晤也。庚辰冬。來蘇見訪。一往情深。極好承獎。袖出詞稿一卷。屬校錄。其惜分飛云。淺笑濃歡今記否。曾倚雕闌把手。私約黃昏後。相思到處生紅豆。料理琴心還未就。怎奈輕挑淺逗。繡閣倚偎久。腰支斜倚西風瘦。行香子詠秋海棠云。禁得秋光。可奈斜陽。喜伶俜悄倚東牆。似紅還白。有色無香。讓桂些丹。蕉些綠。菊些黃。憔悴啼妝。妒煞嬌娘。猛西風付與淒涼。腰支瘦損。強自扶將。宛醉微醺。羞微暈。睡微佯。

佩香扇

隨園先生書法甚劣。余嘗於賞奇齋見其手書贈女弟佩香摺扇。書僅兩方。尚虛中一方未寫。下幅湘芷女史書。筆致稍勝。上首即先生書也。錄隨園寄懷詩云。小池清淺像銀河。閒倚紅欄看綠波。晴日不愁游女少。美人終竟大家多。春陰似夢花都睡。積雨收聲鳥亦歌。寄語金閨詩弟子。幾時來訪病維摩。詩見小倉山房詩話。湘芷亦錄近作二首云。草綠天涯路幾千。琵琶拉雜四條絃。吳山越水春三夢。今夜長安月下眠。捉搦歌殘子夜詞。侍兒樂府解相思。闌干十二涼於水。愁到紅窗拜下時。按湘芷姓金名兌。十三歲能詩。美人。住桃花塢。

徐雨菴論詩

作詩之道有三。曰寄趣。曰體裁。曰脫化。夫碧海鯨魚。自別於蘭苕翡翠。此體裁也。唐人應制之作。皆合於西方象教。此寄趣也。少陵為詩人宗匠。從熟精文選理中來。此脫化也。作詩須有師承。若無師承。必須妙悟。雖然。即有師承。亦須妙悟。二者不可偏廢也。是故由師承得者。堂構宛然。由妙悟得者。性靈獨至。詩乃清華之府。眾妙之門。非鄙織人可學。洗去名利兩字。天機活潑。無在不舒。而後學詩得其半矣。

太白之詩。以氣韻勝。子美之詩。以格律勝。摩詰之詩。以理趣勝。太白千秋逸調。子美一代規模。摩詰精大雄之學。篇章字句。皆合聖教。合三長而學之。始無愧風雅矣。猶未也。學詩而止學詩。則非詩。學三家而止讀三家之詩。亦非詩。要非天地間之一物一名。古今人之一言一動。國風漢魏以來之一字一句。大而至天地造化。陰陽鬼神。西方象教。一切皆含於胸中。充然沛然。而後因物賦形。遇題成韻。任其妙矣。

歌行最重頓挫。下句及接上之處。尤要警策。用意尤要壁壘。收縱得宜。調度合拍。譬如跳獅子。鑼也好。鼓也好。毯也好。而後三回九轉。跳出來方見全副精神。

作詩須先攻一體。而後逐體次第而進。體體得手。方是到家。苟九分已到。獨有一分工夫不到。則九分終不到也。一分者。法是也。百丈綾錦。未知剪裁。海錯山珍。未知調和。可乎。學古人詩。不可過離。亦不可過即。離則傷法。即則傷氣。必須先從法入。後從法出。能以無法為有法。斯為得之。

詩乃人之行略。人高則詩亦高。人俗則詩亦俗。一字不可掩飾。且其中須有書卷。非故事堆砌也。讀書既多。下筆自有色澤。有不期然而然者。若故意為之。覺見之淺矣。

蓮霞

金陵蓮霞。忘其姓。色藝冠時。蔡香巢於丁字簾前賦。未亂時。年十三四。登場一舞。纏頭累千百。性嗜文字。才人名士。心契久之。亦能吟詠。兼工繪事。習馬守貞黃淑之雙句蘭花。名愈噪。某生故名下士。與姬絕無交。姬邀之至。相見恨晚。懽好甚。欲委身事生。曰。娶姬一律。載在祖訓。不能以青樓人為妾。違之身後不准入祖祠。奈何。因贈以詩云。我有鄉年卿始生。卿成國色我無成。琵琶千古傷心事。誤我華年莫誤卿。姬即席和云。今生何必說三生。抽盡春蠶繭未成。誰解憐才勝憐色。酒醒枕畔喚卿卿。因相對泣下。此咸豐壬子秋夕也。未幾。金陵陷。各分散。城復後。鳳去臺空。以為香消玉碎矣。忽二十餘年。生已貴。拜客出門。見一老婦傍輿而過。面色慘淡。且行且言云。悔餘翁。紅藥生。劍舞叟。皆死。世無知音。以千金市駿骨。與其伍俗子。當赴西江省城。靈均作佳偶耳。生聞而異之。然不知爲誰也。次日。閽人報有老婦求見。生命引入。婦伏地慟哭云。君爲貴人。尚識蓮霞否。生大驚。命起。婦歷述所遭。悲從中來。不可仰視。生更凄絶。强慰之。爰糾合同志。爲之延譽。幸蓮霞一枝枯管。尚能横掃千人。因而文字生涯。乞靈翰墨。藉以充凍餒。嗚呼。當年綺夢。均付斷腸。此日窮途。不堪回首。美人遲暮。名士飄零。千古傷心。如出一轍。

采花吟

余族人自元卿叔祖故後。除樹堂弟外。罕有能詩者。惟敬齋叔氏風雅好客。博學愛才。性鯁直。能盡言以規人過。故忌者甚多。叔間有吟詠。不自收拾。祇記其詠棉詩一首云。避冠東鄉道。秋風看采棉。劉犨鉤纂細。笠影出烟圓。白雪爭相拾。青衣絶可憐。筠籃來陌上。社鼓報豐年。有景有情。頗堪入畫。

用典

甲申初夏。法蘭西爲以越南諒山之衅。駛兵輪船數十。來犯閩中。朝廷特簡張幼樵京卿佩綸督辦福建軍務。時總督爲何小宋制軍璟。巡撫爲張友山中丞兆棟。船政大臣爲何子莪京卿如璋。戎事戒嚴。軍書旁午。有好事者戲作行軍樂傳奇。中有警句云。我從今要裴點西廂。兩箇是傅粉何郎。兩箇是畫眉張敞。聞者絶倒。至八月初。法夷開戰。兵船燬爛。船廠摧殘。督撫及船政大臣皆鐫職以去。作者若有先見之明。亦巨眼也。

秀芬證夢

陳雲伯先生謂楊蕊淵女史。聰明風秉。定係天仙化身。余謂才女而兼多情。即不必相見。一睹已足令人傾倒。况天資之穎敏。遠勝於鬚眉。豈可以凡品目之哉。袁子才先生多豔福。門牆執贄。如席道華。金纖纖等。皆生有自來。惟孫雲鳳之妹秀芬。未列門下。而秀芬之才實別有風懷。想係飛瓊蘭芝之流。誤謫塵世者。女史嘗有夢仙詩一首。小序云。庚申元旦晨起。忽肝痛甚。因而假寐。夢至一所。重檻曲室。花柳明媚。方徘徊間。見一童子。髫齡丫角。錦衣短襖。容色端麗。向余宛轉歌生天曲。歌訖遂寤。而痛已愈矣。因思黄庭經所云。心部之宮蓮含花。下有童子丹元家。老子中經以爲心神。名丹元。居絳宮。狀如嬰兒。則余所夢殆心神也。夢醒。成二十字。詩云。柳徑何紆徐。花房深曲折。穿將七竅心。題作玲瓏室。

劉猛將

如皋縣志。載劉猛將軍。宋將劉錡也。舊祀於宋。北直山東諸省。常有蝗蝻害。禱之輒止。又清嘉錄載劉猛將軍能驅蝗。初封揚威侯。加封吉祥王。怡菴雜錄云。即宋名將劉武穆錡也。殁

按史。錡字信叔。甘肅秦州人。紹興二十七年。擢太尉。還鎮江都統制。金人圍順昌。錡大敗之。三十三年卒。謚武穆。其驅蝗事蹟闕涉。今俗皆奉爲驅蝗神。且與夫等亦推爲香火之主。不知何據。常熟縣志。劉太尉廟祀劉錡。則又不稱爲猛將矣。蘇州府志及姑蘇志。載猛將軍名鋭。即宋將軍劉錡之弟。嘗爲先鋒陷敵而死。後封爲神。然宋史劉錡傳。但有姪汜並無弟鋭名。劉鋭別見宋史。但云端平三年。知文州。北兵來攻。鋭久守無援。乃集家人盡飲以藥。皆死。聚屍焚之。已亦自刎。今俗又以猛將作劉錡。彼按宋時福建人。字仲偲。欽宗時。以資政殿學士使金營。不屈自經死。皆於驅蝗事無涉也。柳南隨筆載劉漫塘宰金壇。人殁而爲神。掌蝗蟲。俗呼爲猛將。而欽縣志又載劉猛將軍名承忠。吳川人。元末授指揮。使弱冠臨戎。兵不血刃。適江淮有蝗災。承忠揮劍追逐。蝗出境外。後鼎革。自沈於江。是猛將又爲元人。以數人而各兼猛將之名。衆說荒誕。殊不足信也。

畫賸

四明逸士陳級齋先生。畫賸一册。中有題句甚佳。爲錄數首。五絶云。水際招涼好。虛亭面面開。白雲知我至。放膽入窗來。老屋三四間。半被白雲住。想見羽衣人。適負采芝去。危亭卓天際。俯臨千仞壑。白雲界其間。蒼龍噴古雪。溪上雨初過。不覺衣裳濕。奚起湘竹簾。一放山光入。瀟雲當頭飛。數點催詩雨。幽人罷釣歸。棹入烟中去。七絶云。百畝田頭日已斜。滿林紅葉亂啼鴉。野航恰受人三兩。來自前村賣酒家。寒鴉幾點遠林秋。雲上人家倚碧流。漁父不來江水闊。西風吹老白蘋秋。山氣濛濛水氣昏。數家茅屋自成邨。夢中昨夜騎鯨去。五嶽歸來畫掩門。樵歌聽罷又漁歌。霜落蒹葭水又波。閒字歸來斜日墜。扁舟載得晚涼多。秋草荒陂剩夕陽。數家生計在魚鄉。可憐漁子歸來晚。網得寒烟過石梁。誰家艇子泊河濱。野鴨群呼鬧比鄰。水北桃花水西柳。爲君寫出可憐春。俱有丰神。又題瀑布。流到人間須子細。莫從閒處作波瀾。兩句亦妙。

落花詩

仁和方亦莊巖有落花詩三十首。余錄其三首云。勸恩逝水惜流年。富貴山林一例捐。塵世繁華春夢短。生平豔福幾人全。綠珠墮後樓長在。丁令歸來鶴亦仙。權作天宮離恨想。任他滄海復桑田。唱徹陽關歎逐塵。劇憐紅袖尚含顰。人吹玉笛愁都絶。燕蹴香泥跡已陳。有淚暗零三月雨。無言辜負一年春。天涯歲歲多離別。鴻爪東西記不真。尋常冷暖較分明。歷盡冰霜世又更。小住豈眞誇隱市。論才原不讓連城。情因失路無知己。悔被虛名誤一生。那有閒懷管風月。勞勞塵世浸違迎。寄託遙深。益有所感而言也。

白門新柳

金陵自遭髮逆之變南朝金粉一洗而空經曾文正公克復城垣栽培花柳於是渡喧桃葉水綠秦淮六代胭脂管絃又沸全椒薛慰農先生有白門新柳詞云白門有容情方華依觸前遊舊酒家多少幽懷成影事故將彩筆記烟花結伴尋春得得來亦倘橋畔重長回可憐一樣秦淮柳都是紅羊劫後栽酒櫳茶籃載上船有人艷說歲神仙那知容易無形感半在渦條冶葉邊先生曾著白門新柳記泰淮艷品兩冊時適因李宗羲制軍督兩江素以道學自命凡此書即燬板禁之今雖有重刊本已借他人名矣

京城考

燕京為　帝都之地城分內外內城乃永樂七年將元故城重拓周四十里門九正南曰正陽俗稱前門南之左曰崇文又曰海岱右曰宣武又曰順城北之東曰安定西曰德勝東之北曰東直南曰朝陽又曰齊化西之北曰西直南曰阜成又曰平側外為重城廣二十八里門七正南曰永定南之東曰左安西曰右安北之東曰東便西曰西便正東曰廣渠俗多名沙鍋門正西曰廣甯又曰彰義內城中為皇城廣三千六百五十六丈二尺東西長三百零二丈九尺高三丈門四南曰午門北曰神武東曰東華西曰西華此京師各門之大略也其中勝景如太液晴波瓊島春雲等則均在皇城之內茲不備述

林典史

明季閻典史死守江陰事忠心義節後世傳為美談乃觀林典史之殉節有如出一轍者林福建上杭縣人名汝霖字小巖己未冬署浙江仁和縣典史庚申髮逆之亂杭州失陷公母妻與二姊及長女皆先自縊賊至公危坐堂皇瞋目大罵賊知其忠婉言勸降公大呼曰生不能食汝肉當為厲鬼殺汝隨舉案上硯擊賊首首破賊怒公遂遇害長子懋生年十六投劾浙營冀復仇死於包村之難次子涇生年十二辛酉歲遇冦不屈又為所戕後當道請旌於朝詔贈主簿越七年重葺典史官署得一門忠骸時程貳尹鍇垿為錢塘縣丞因將遺骨殯殮附葬林處士墓側并請列入祀典上海蔡紫黻茂才爾康有詩紀其事茲不贅

三借廬筆譚卷十

金匱鄒弢翰飛纂

義賊

桐廬村義賊苗喜麼短小有力能上五丈餘高牆行城樓上輕捷如猱嘗行竊江南過某村月墮更殘萬籟俱寂聞小屋內有泣聲躡屋窺之見西室內殘燈尚焰一女子披衣跪庭中拄香祝禱泣不可仰聞細語曰弟幼家貧祗此老母相依為私禾報願減壽增母壽算秀王無力為母服藥請以臂肉和血為親起疴求神靈鑒佑言已出小刀白如霜喜知為孝女刲肉療親者哀而敬之躍下中庭女大驚喜握手曰無恐我義賊某來拯卿者無惡意也探懷出銀授之曰此約三十兩可持去作醫藥資數月後當復來刲股傷身不足云孝無學愚人所為請從此別一躍而逝女驚定知遇俠客望空再拜不復刲股乘夜延醫而母竟不起女哀踴不欲生喪葬已女故有戚家亦務農者來迎不可一燈慘淡無弟哭親而兵禍又起數月喜風來探破屋虛封杳無人跡驚疑不解問諸鄰始悉其故先是女母傭城中某紳翁家女從之翁子豪猾也見女涎其美出金啗母欲娶之以有夫醉子怒欲強通之母訴於翁始得直因返家紡績以度然子銜恨未忘也比翁死子思報前怨聞女母亦亡乃受計家人賺女來囚密室比晚公子來盡褪其衣欲汙之女驚呼則以絮塞其口時喜正探得此耗密訪來紳宅聞南樓有呼救聲疾往覘之見其狀大怒破窗入手刃公子救女出負於背履屋如平地至野謂女曰此地不可復居卿弟何在可往吾家避之女再拜曰適墮惡人計弟寄戚家僅里許然以兩人為累於心何安喜曰救人救徹毋作厭聽語乃覓得其弟僱船返桐廬村女感激殊深欲委身事喜曰我豈好色者救卿而復娶卿人將歸我不義也竟為女締姻別娶

快快撒穀

鄉中春暮夏初有鳥來飛鳴陌上留連四五十日其聲曰快快撒穀雖夜必聲或隨飛隨鳴或棲而鳴至五月終即不知所之余向疑非黃鸝即布穀或反舌蓋其身大如勃姑而尾灰翼黃也後閱記載知即鵜鶘詩云維鵜在梁鵜又名提壺水鳥也一名淘鵝俗誤為駝鵝似鶚而大灰色如蒼鵝吳諺云夏至前來謂之犁魂主水夏至後來謂之犁涂主旱然考鵜之屬有漫畫信天緣二種漫畫以嘴畫水求魚無一息停信天則終日凝立不易其處俟魚過取之俗名青翰又名青莊二鳥貪廉異故勞逸分鳥尚如是人可不知所戒乎

睞香小影

吳江葉仲韶女小鸞字瓊章工詩詞許字崑山張立平將婚而殁年十七著返生香集殁後託乩筆與人談禪前生本玉京仙女今證位也生時遺跡香小影上海曹隱耕孝廉題之云樓湖人去清光冷一幅疎香留倩影綽約雙鬟別様妝春風舊住瞻幽靜蓬萊仙子最嬋娟悔結前生一笑緣花架低回情偶動蕉窗宛轉夢難留芳年婚小多才思姊妹聯吟尤韻事姊昭齊妹蕙綢並善吟素手閑臨子敬書紅牙細鏤飛瓊字帷燈香盡倚兒添恰激禪機半偈拈夜靜棋聲枯小院午閑琴韻潤疏簾那知江上風凋早鬢影衣香都縹緲只許琅函寄玉皇小鸞本月府侍書女不教眉史修京兆冷雨孤燈痛阿娘返生猶望杜蘭香含毫血淚親書碑女殁時母宛君書瓊章二字於壁入夢音容幾斷腸華桐浮納傷心容仲韶國變後號華桐浮納逢泉破瓜今又及甲行日注丁亥十月記日今日瓊章忌日也逢米宮中又及破無葉同歸受戒身天台泐子降乩吳門兒君及小鸞姊妹皆攝入無葉堂中同受冥戒鴻都尚覓招魂術松陵遺事話前朝勝有灰囊跡未消小鸞云返生香一一剉正如石灰囊已留一跡一荒役春烟埋紫玉平原秋草弔紅蕭辨才真合生天上詩有靈論云令生辨才天之句十七年華空色相蘭畹妍詞一代詠玉臺新詠千秋賞廣寒飛去苑乘雲姻文沈仲方爲作廣寒返鸞圖留證仙踪續窈聞仲韶著有窈聞續窈聞兩編認取崔徽圖畫好傳神還憶虎頭君

感事詩

感事詩須要蘊藉不露口頭未說心頭已說所謂意在言外也吳縣劉長孫先生書感云銅柱空聞懾百蠻天南瘴雨暗雲山豈無勁旅招邊砦安得奇師報奪關畫像益州知善守勒功車騎惜虛還猶餘十萬橫磨劍將帥韜鈐未等閑長鯨跋浪忽翹東采石西邊列戍空徧是孫盧專拒險況堪李郭失和衷六朝山簇烽烟紫二月花飛戰血紅江北江南莽蕭瑟可憐無地著哀鴻何時敵愾策殊勳偵探猶然誤聽聞建閫又迎新節度籌邊專倚故將軍旌旗畫靜低寒日鼓角宵殘擁陣雲幾似當年趙充國欲收甲仗事耕耘靜鎮由來仗老成閒誰威望作干城新軍整飭如龍武僕射恩慈是父兄到騎鈴轅朝練上開尊幕府夜談兵戈矛山立深防護何似當年細柳營森嚴刀斗壁門開六郡良家應募來此日請纓酬壯志何人飛檄擅雄才孤城陡絕懸軍入小隊分馳斫陣回誰使闖塌拼一擲封侯初願尚餘哀租庸徵調柄誰操取給軍儲計亦勞轉粟蕭何資望重輸財卜式占功高關津路隘屯千騎海市波驚阻萬艘杜牧罪言留感憤能從下策已人豪

續百宜箴

范蛾松秀才有百勿相宜箴言淺意深有益於世道人心不小余又代增數十則即格言聯壁語也句云養德宜操琴練習宜彈棋遣情宜賦詩輔氣宜酌酒解事宜讀史得意宜臨書靜生宜焚香醒睡宜嚼茗體物宜展畫適境宜按歌閱候宜灌花保形宜時樂隱心宜調鶴孤

況宜刪蛩涉趣宜觀魚忘機宜飼雀幽情宜藉草淡味宜掬泉獨立宜觀瀑探勝宜入山閑吟宜倚樹清談宜剪燭狂嘯宜登臺逸致宜投壺結想宜欹枕息緣宜閉戶覽景宜攜囊爽致宜臨風愁懷宜停月豁志宜聽雨元悟宜對雪辟寒宜圍爐空累宜看雲談道宜訪友助豪宜舞劍裕後宜積德

瘦羊

潘瘦羊鍾瑞贈劍辰生云筆花飛去見天真且向書城寄此身悟入雙聲都有據吟成一字不曾貧近郊築舍耽秋氣避俗論交愛酒人許我西窗來話雨生中高論劇津津

餘情詩序

紅豆館主華柳門秀才居吾鄉之東北蕩口鎮嘗寓某處有所眷爲主人所覺遂破好事作餘情詩百首頗極哀豔今錄其序云滕肴劇藝張京兆笑而抽毫粉白修容曹中郎怨而作賦端是前生司馬徹夜調琴劇憐仙籍彩鸞終朝寫韻庭前芍藥縮綣奚多架下荼蘼句留不少偶譜雲和一曲雙成之調難傳仰邀月印半規七夕之盟無據楊妃鸚鵡幾曾解脫籠中蕭史鳳凰徒見荒涼臺上奈何志殊磊落性喜清狂菱枝弱浸於風波桂葉徵香於月露題紅慧性有觸皆靈憐綠少年無端成恨楊雍伯何來白璧月泣藍田郭元振絕少紅絲風牽繡幔天寒倚竹斑斑湘女之愁更盡焚繭閃閃宮娥之憐是以蹤游北里呼盡歌高步近東鄰掩羅偷覷劉家三妹偶孝綽於閒庭周室雙姝獨表靈香之小字曳湘妃之佩妍響珊珊懷韓壽之香醉心春春雙鉤蹴鳳灌秋水以雙鮮一髻堆螺逗春山而一笑慵來搗藥嫦娥凝紅倦起鬪茶鶴鴒浮碧李郎來矣嘗寒卿氏之簾阮子歸哉慣卧盧家之幔城怨傾乎一顧石遂證以三生問今夕何年君須記取說此中佳趣我未分明然而天也無情月兮難滿巫山峰杳滄海珠啼燒寸蠟則將灰僅春蠶其欲死贈卿何物量來一斛珍珠與我無緣脈以何言終愁碧藕綠枯餘香頻歇未到綠楊陰重弱絮先飛扇影釵聲催老東風之夢粉匳脂盞曾銷南浦之魂秋館曉涼醉殘羅綺春燈夜炯擊碎璃琉所幸人面桃花猶得重逢崔護纖腰楊柳長依一拈小蠻招明月之三分雕欄並倚話春風之一度繡幕低垂拍板歌詩晚絕紅牙之唱拔釵沽酒頻勞素手之扶鴛鴦無猜燕鶯不管買得坊間葛蕊香合栽襄摘歸江上芙蓉爛都成錦當年碧玉多應解此深情何日紅綃更復能知芳緒無何子規啼晚姑惡愁春香易冷夫金猊絲難牽乎玉虎劉晨訪舊洞犬驚嗥郭璞遊仙隄鶯喚起鄭交甫江湄之珮已落誰邊班婕妤紈扇之歌徧騰永巷拈來紅豆此生枉種相思拋去紫萱無

處可呼瓊芯玉挼頭記返娘重借我携歸香敵勝應未耐寒個人悄擁三十碧海青漫天不定之鑿廿四紅橋榜貼地無情之月那堪回首直已雖心於意云何遂令丁此由是拔劍而舞彈棋不平思往事而凄其問佳期而誤我笑拈塵隨將化大地埋愁淚倒酒杯付與枯腸化淚奇語海棠傷主須燒燭以催妝漫思隄柳行人再上樓而無寫誰堪披膽覓每奴覓作冰山聲此負心毛錐子可稱劍客生而慧不如勿慧猶能打破愁城道有情卻是無情請劇早登彼岸䑳一枝之禿筆賦百首之俚詞名士愁懷美人豔態同成落魄竟為漂泊孫英完得禎眡庶或人天兩好自今伊始伊始自今翦直快乎并州珠期還之合浦錦心繡口組織甚工後聞女嫁某氏華君嘗投函致意遊不作答益蟬鴛鴦不如家雞鳳矣序後一段指此

孫梅菴

同邑孫梅菴具業以書法游公卿間姿致秀媚頗得香光三昧未知其能詩也近於華梅汀案頭見其索友人贈句云驛路梅花取次開猶思折贈一枝來閒門莫作陳無已詩債從無避債臺調吳姓友人取姬謝客云謝郎同衲賦並頭畫眉樓畔太癡獃廣寒耐冷姮娥慣何事吳剛著意修又交情淡處能忘我世味濃時肯讓人俱清麗可誦

聖恩寺

鄧尉山聖恩寺鐘樓方廣五六丈上有巨鐘大可四圍相傳鑄成時人不能懸有道人以絲帶代懸樓上舉之甚輕臨行令眾亂擊不可少停謂必俟我去遠方止眾從之良久擊者手甚倦姑止少頃而道人猶在林外不聞鐘聲回頭一望笑而去嗣重擊之不復聲矣因名曰啞鐘後有人來取去挂鐘繩益龍筋也鐘內有宋時黃曆一人不能取予游鄧尉時令僧梯視之云完好如故余以足疾不能見後聞寄蝸殘贅云鐘內係某僧血書金剛經非曆本也亦不知何據

蔡梅菴

蘇州蔡梅菴詩雖不甚佳而予愛其對仗工整如脫言契合常懷李萍水歸來作識荊詩寫彩箋誇白戰香添紅袖侍黃昏遺際若同蘇玉局功名敢學蘭相如皆佳君間為長短句更勝余但記其寄友調金縷曲步彈指詞韻半闋云咫尺素音沈久問何因鴻稀雁杳恐忘良友妙筆如君神味俊不學郊寒島瘦胡近日情懷僝僽料得畫眉樓子上意中人婚態難平否儂未解要君剖

昨夜歌

余嘗於友人案頭見昨夜歌一首秀麗清新筆亦靈妙後署鵑月館蕭史不知為何人去年

臨江君建霞候知為其胞兄筱渭明經手筆因向索觀建霞復詢觸皆誤中因錄之詩云昨夜銀河駕鳥鵲翠娥下踐人間約偶風搖曳入簾櫳倚燕泥間切蕾蹤未央宮柳不勝驚一絲斜裊輕復盈眼波兜月春偷瞥眉黛織雲峰情摘此意欲僕僕不得秋波笑溜破猩樓旋螺寶髻駝香霧連鉤雙跳裙邊露婢衫鮮帶壓愁痕釵頭金雀光迴互琪花瑤草故園無何人不惡前春路銀箏一曲按紅牙周郎顧此心然花朝自注此指沖兒玉況是娵泉換人見酡紅已上臉邊霞閣紅羊地理屏隙燕蹴雙雙波漪漾玉闌干外又東風風狼吹綿桃花浪欲雨不雨春冥冥梨雲一片呼不醒座中綺語溫存至門外史覺惧惱聰玉繩低指散璃筵淇園繞竹宜紅泉孫郎蹤有江東恭藏得小喬並屬肩豈無孤鵲梅邊路屏山一曲人千里遠事粉黛蝶嫣嗔更有多魚沈水底自注花魂祇怨其恨且難並流不得一過春顧有留不之漲茶蘼香陣何時了碧樹籠烟誤天曉金烏界破巫山雲愁絲百結隨春晨香車駕兮下畫堂牽裾送別神魂望何物狂奴敢獅吼自注某僕烟門求酬罵意在使刺致情人淚下淚刺刺不休雪鬢風虐沙壓走生憎鵲噪啼寒禁螢觸興來怎消受柳絲撩亂愁千縷失聲啼破黃鶯口起扶闌角花陰立小桃紅褪胭脂濕調停都為惜花忙欲釋愁冰語轉澀此中定有醜渠魁不然何以哭如來自注叙為謀主花神有知須罰往北部令打掃落花三年再刪去如意媧媧為光眠殘花皆成綠章初奏偏遲怨霹靂翕空衆惶怖萬騎斬盡萬根株海棠總伏春陰護自注迷去狂奴留阿嬌主人竟有補天手段留春可計停花轎為卿進酒重開筵織中織就相思字珠淚遲將盤翠鈿齊梁舊族司香吏愛花花亦如人意媧氏能修離恨天劉郎再到前游地盈盈鏡裏雙蛾黛一笑嫣然兩相對文君既悅司馬琴姮娥宜作神仙配夕陽容易又西流一聲去也忍回頭長亭烟柳銷魂地天上人間各自愁

語意相同

瘦紅館主蕙生詠秦始皇云若從海外神仙去鞏鐵河山享不成徐嘯峰觀察云縱然仙去應相悔難捨河山鐵甕堅兩意不謀而合歐陽壁人司馬詠嚴子陵云不見淮陰烹狗慘何如長作釣魚人鄞縣徐植菴亦有一絕云當日淮陰亦老漁看他結局慘何如老夫怕再烹功狗不上雲臺只釣魚兩意亦不謀而合

蝶詠

余嘗於春暮偕俞吟香葉綬卿挈酒榼遊郊外時夕陽在山暮煙籠野尋徑而行得曠地杳無人跡益壙墓而久未修理者藉草為茵置酒斷碑清談小飲味幾遠樹吐月涼風拂襟有老農攜小兒至余喜其同志招與飲閒話桑麻意致頗洽見小兒手持摺扇取閱之上書蝶詩一首云消受群芳活一生修來艷福也非輕楊花飄泊休疑我香草迷離怕夢卿賀帳四

閨春有餘。雕闌幾折雨初晴。自從畫入滕王閣。役粉調脂易染成。字跡甚劣。不知何人所作。比跡猶諷詠不止。後同江建霞於肆中。見揚州馬頭香女史畫蝴蝶手卷。上有此詩。一字不易。益新安曹倣之先生手筆也。

軍中秋興

癸未之春。法夷犯順。北甯一敗。全越俱危。坐使數百年恭順藩封。盡入敵人之手。皇上特命大司馬彭雪琴宮保。視師粵東。辦理軍務。甲申仲夏。法船闖入閩江。燬我船廠。迭擾淡水基隆各處。全臺震動。兩粵皆驚。彭宮保於軍政餘閒。作海南軍次秋興詩二十四韻。膾炙人口。肉食錄之。詩云。九重宵旰切深憂。大將綏邊志未酬。蠔渚波濤番舶險。虎門風雨海天秋。饑思減竈兵難撫。無計量沙餉費籌。殘夜荒邊驚白鬢。品烽倏起動邊愁。八月秋高着氣刪。西風吹冷大刀環。深閨有怨憑誰寄。荒徼長征若箇還。戍馬關山金鼓震。浮鷗滄海蜃魂閒。責生痛哭渾閒事。我亦啣杯淚暗潸。遠戍天南未奏功。蕉廬凋敝透西風。松寒夜月營棚白。柗鎖絳陽旋壘紅。巧婦作炊空妙手。征人無策遣離衷。卅年臚監分江海。難把愁懷問碧翁。營門消瘦菜偏餓。炎嶠秋深柳不凋。芭蕉焦花紅點淡。葵田蒲葉綠飄蕭。歌聲夕起收魚網。帆影中流送晚潮。十里長洲充要隘。礮臺高聳壓山腰。雄軍十萬病侵尋。白骨黃沙淚染襟。毒瘴秋來迷遠岫。輕寒夜半入愁砧。風聲帶怒掀濤立。雲影橫空接地陰。悵望鄉關何處是。峰頭回雁寄情深。白雲山聳白雲隈。雲樹蒼涼翠作堆。秋草黃開驅馬路。夕陽紅冷釣魚臺。征袍寒浸西風緊。腸樂愁沾北闕來。水陸三軍均感泣。天教起死慶生回。瀟湘子弟八千人。同戍交南共臥薪。玉帳枕戈眠夜月。雕鞍墜箭逐征塵。瓊州木落飛黃葉。珠海霜摧老白蘋。歸去暮條條底事。秋風鄉思切蓴鱸。（原注湖南李次青英從陪諸君）夷族山頑恨佛郎。登壇老髮已添霜。平湖潮落蒼烟迥。合浦珠沈碧月涼。匣劍鳴宵充滿膽。枕戈待旦擬詩腸。何時得作金鐃曲。一箭天山壇白狼。星斗光寒劍氣橫。零丁洋面待燒兵。匈奴不滅家何用。法冠齊來穴已傾。軍報羽馳憑電速。礮聲山震擬雷鳴。營排一夜瀟瀟雨。塗透征袍着未成。草滿平原戰馬雄。秋高肥透五花驄。風皺池沼凝深碧。露冷芙蓉墮淺紅。屢見雲龍騰鶚島。任憑霧蜃幻鮫宮。霜天曉角聲清越。塞上旌旗掃玉虹。疊鼓逢逢靖塞氛。十年驅駛有韓文。錢塘破陣留軍樂。越石吹笳散敵群。南海三秋消瘴癘。西風萬里掃愁雲。黃龍痛飲知何日。九伐椎司未立勳。烽烟塵莽未銷兵。協力邊防秉至誠。事劇人和籌範密。秋高氣爽地天清。官軍慎守兵夫壯。寇卒難攻衆志心。一片公忠勤夙略。三江濤浪靖潮平。（自注誦說的在中丞文啟粵香濤制軍之詞）惶恐曾經十八灘。拋開舟楫據征鞍。小臣慣立軍前狀。局境難教壁上觀。瓊島日驚波浪惡。金風時透戰袍

寒。不才深愧肩防務。白盡籌謀到夜闌。幾回抗疏動天顏。塗炭蒸民切痌瘝。撲鼻香來青草瘴。闌腰波潤紫泥關。羊城後路嚴防盜。鱷海中流擁御閒。分付么麼須子細。陳倉暗度不生還。霜降退荒懍誓師。五中三令肅威儀。邊防知此宜知彼。戍守忘安莫忘危。鎮日軍書疲手腕。何時戰陣拚頭顱。南飛烏鵲星稀夜。傳叫風聲有健兒。遠戍瀏陽路八千。湘江作別又經年。紅黃霜葉營前樹。黑白雲花海外天。萬里秋風悲旅雁。一村斜日噪寒蟬。樓前不斬心空赤。汗馬何時謝錦韉。語書屢奏到天南。西貢深巢未易探。牢補五羊憑虎視。涎垂八閩恨狼貪。佛郎終有機心在。海國終歸坐澤涵。密語螢夷早收拾。免教烈日萎傻曇。從來戰守賴堅心。爽狄陰謀古至今。屢雨潮增秋漲冷。颶風時撼敵舟沈。越南捷報飛來屢。臺嶠孤軍繫念深。終夜參星緣底事。嗟人猘犬未成擒。颶挂白鵝潭外舟。蓮花塔古峙中流。荻蘆瑟瑟終無主。禾黍離離歲有秋。圖畫今朝磨盾鼻。欃槍昨夜落旗頭。從來草野多賢傑。策上平夷書蓋籌。瓊島孤懸海外難。深籌餉絀又兵單。但期水陸藩籬固。幸保城鄉枕蓆安。若箇功勳儕李郭。有誰奏疏抗蕭韓。大山十萬欽康境。內缸尤虞起揭竿。秋風頻冷到珠江。火熱惟留血一腔。野蠶吹烟穿草壁。荒營暮雨過蕉窗。灰飛馬尾船遺恨。兜勒雞龍虜受降。滿地干戈嗟敵醜。也應營醒晚鐘撞。頻看蒼狗白雲根。塊壘都教付酒尊。新鬼紙錢焚白骨。忠魂靈櫬奠黃昏。投鞭氣壯流能斷。按劍心雄淚欲吞。敵愾同仇紓義憤。縱橫掃蕩答君恩。瘴雨蠻烟百病侵。來鴻去雁信秋深。回生都仗珍奇藥。卻敵惟堅驚忍心。帳下貔貅皆奮發。海中鯨鱷付升沈。一腔熱血知誰在。義憤能申是赤黔。嶺南風土異尋常。草木頻年不見霜。萬里秋澄營細柳。一林花好艷才梁。獻俘有日忻消患。興歎於今感望洋。炎帝於今猶海熱。九重離照正當陽。

飯顆山樵

海昌杜晉卿茂才。求峰別號飯顆山樵。予神交也。丁丑歲介掃花仙史孫莘田（照曾）以所刊飯顆山房詩選見贈。由是雙鯉往來。更形洽洽。君書法學六朝。而獨得秀媚之致。詩亦高潔不俗。可於鴛湖七子外。別成一家。擇集中尤佳者錄之。閒居云。綠陰庭院最游絲。正是春風扇曉晴。當戶好風皆可愛。入簾明月不嫌遲。閒看負耒農驅犢。怕聽敲門客索詩。屋角夭桃閑未了。隔牆紅出一枝枝。秀州道中云。陰陰夏木綠成堆。笑我扁舟攬勝來。最是南湖風景好。菱花十里傍船開。游滄浪亭云。小橋約略曲欄紅。四壁荷花一鏡中。檻外好風來緩緩。波光人影妨玲瓏。消夏詞云。科頭鎮日擁雙扉。懶去持竿立釣磯。供得膽瓶花數朵。賺他蝴蝶入簾飛。其餘如乘輿牛羊歸逕陌。忘機鷗鷺聚平洲。交密不須肝膽露。情深始覺別離難。漁舟三五自成隊。水鳥一雙飛入洲。金鼎香凝深院落。玉簫聲閣畫欄干。馬趁曉風盟蹟野。鵝

默斜日下晴霄奇峰聳翠爭烟樹瘦石撐流碎浪花五言如峭帆懸海月柔櫓劃江雲服絣隨磬出人影隔花尋年少相逢易前遊寄語難詩狂常忤俗客冷最宜秋生涯爭筆硯事業混漁樵才大難爲用情多不諱癡詩情工入畫人事渺於春退水碧千里夕陽紅一亭有酒客頻至無名花最嬌皆有手致

春心秋心

武昌李素玉以押秋心詩得名因號秋心女史詩云窗外亂蛩挑客夢空中寒雁警秋心野鷺忘機振短翅涼蟾如水洗秋心兩押秋心皆佳金陵有春心居士劉芳梅詩云不辨深宵愁幾許一簾明月卷春心高士梅花尋冷夢美人芝蕉縕春心兩押春心亦自然入妙余寄賦秋生亦有有約綠楊舒倦眼相思紅豆逗春心一聯

李新卿

李新卿詞史汪三官之養女也弱質姍姍工愁善病然喜與人交賓筵廣坐中遇有俗客輒避去惟與碧雲黃葉詞人情頗膠粘詞人嘗調念奴嬌贈之余客澄江倪逸溪嘗爲余述之予大半都忘但記其一起七句云相逢何地在海棠花下笑偎嬌靨故故懷中人倚玉鬟壓春雲香重倦眼惺忪低聲瑣碎一點芳心送一往情深令人想見

筠生

偶翻破簏得吾鄉滕筠生歸國謠小令一篇云梁上燕暮暮朝朝嘗靦面玉人何日來相見拋將春夢難留戀愁無限畫花簾外風如翦

金孝子

余嘗集友人談故實湯梅仙鎮爲舉金孝子事甚奇孝子忘其名字阿玉洞庭山某村農家子也少孤貧依母七八歲時見母夜績孝子輒背燈涕泣詢之則曰兒幼不能奉養累母苦是以悲耳隣叟聞之哀其孝相周恤之令伴兒讀月以千錢畀其母孝子感甚得少暇輒爲翁服役纖瑣必親晚則歸伴母未幾翁故孝子哭之慟立木主祀之晨夕焚香致奠出入必告如事父母然顧依翁家非久計乃訓蒙於家所得貲市甘旨奉母母病樂無效孝子禱於神願假年益母壽徹夜涕泣聲達戶外會冬日母病思食菱藕鄉僻離城遠無所得欲遠出覓須二三日而母又病在牀不能舍躊躇無計思去此七八里陳家湖種菱藕覓泥中或可得侍母睡乘夜携具畚往見一白茫茫冰沍甚堅拾路側石繫竹竿上擊破之飲帶往火酒幾鍾解衣泅入寒不可少忍一手持竿不釋一手摸索泥淤內卒無所得須臾身僵不能自主手脫竹竿漏入冰隙自問必死但呼阿母一聲而已驚恍間似有人挈登彼岸一老人

坐石屋中問曰孝子來乎視挈者爲一童子應曰來矣孝子知其仙乃趨前叩求愈母病老人曰子何愚入冰中倘死母亦死何足爲孝今觀子誠賜百妙丹二粒汝可食之乃出丹授孝子孝子謂丹可樂母病但吞其一執其一方咽下覺四肢熱甚老人以水噴其面曰舉忽身騰半空熱亦頓退眩顛間墜下則身在河岸也顧手中丹尚在以爲遇仙易衣急歸母方思飲乃煎丹奉之病若失亦不思菱藕矣庚申歲孝子二十歲尚無室適賊至孝子負母逃山中爲賊所掠置其母於路側孝子泣願同去一賊曰不如超度其母超度者猶言殺也孝子大慟請以身代忽一紅巾賊至詢故憐其孝挈其母子至金陵館驛令孝子司會計甚寵愛以女妻之亦民間擄得者苟安數月女夜竊謂曰子謂此安樂耶不謀早出殆矣孝子悚然問計女曰妾昨竊得令箭聞彼今夜他出可以乘間逸去乃取金飾密置衣中預備馬令候他所賊去從三人乘人靜各裝男從後門出忽忽尋得所備騎往南門行守者問之以令箭示謂有要故因無所阻聞海上無賊遂行乞來以金飾易錢米賃屋而居作小營運販米始返里今其母已死孝子尚在此事梅仙聞於同僚龔某龔又在輪舟所聞者余姑筆記之

朱烈婦

梅仙又言丹陽有朱烈婦者夫遠賈於外家一姑一夫弟年尚幼賊忽至俱擄去中途殺其姑婦奪刀相格賊亦爲烈婦所殺俄賊酋至烈婦力不能敵擲刀而死血濺噴賊面猶殺賊一人斷一賊臂臨難壯偉如此以視士大夫之畏死逃遁者相去何如

詞媛姓氏錄

海上詞媛姓氏錄華亭朱子美昌鼎所作筆致精潔善爲美人寫照真香影迷離粉痕撲簌矣題詞數十家余獨記杜晉卿三絕云海上樓臺十萬家紅羊劫後劇繁華可憐一片蒼涼境閒遍西天稱意花墜溷飄零事不奢枇杷門巷稱幽棲香名細寫泥金冊多謝人才費品題傷游春夢半模糊閒柳評花興不孤今日一編閒倦眼焚香如對美人圖

曹笑拈

曹笑拈桂坪海昌人與晉卿極相得時有李郭神仙之譽詩有正律在杜陵摩詰之間而濯丰神自不可一世嘗以詩稿見寄囑采入贊談贈晉卿云小杜今時彥攜來絕妙詞愜心三復誦識面十年遲花雪新吟便茶烟舊鬢絲扁舟尋勝去匯裏可無詩送別云未見先傾倒今番握手真襟懷自灑脫吐屬自清新江上暮潮暮渡頭春草春臨華倘相寄卅六紅鱗

天韻堂

燕山徐韻生雄城大令又號網伯熱心古誼好客愛才苟有一技之長使津津齒口間其古

人也。與黄昏鐵孫琴西衣言周存伯閑冶鄭僩俶松羊諸名士。交莫逆。著天韻堂詩存。筆致超脱。雖粗服亂頭。自饒幽媚。月夜花中閑步云。人影偎花影。婆娑自覺妍。更臨明月地。疑作水雲仙。幽思淡無着。云。嫦同未眠。林風吹一桁。巾履總飄然。蕭山道中云。且將馮鋏感。全刪短棹粗。蓬任往還。天作斜風兼細雨。路非紅樹即青山。心緣有會常成熟。身為無才轉得閒。曾是西泠三月住。湖樓暫别總情關。感事云。紫光閣上炳丰標。曠代英雄氣未銷。猿鳥風雲餘想像。旌旗壁壘太蕭寥。頗聞將略傳擒虎。敢薄人才歎續貂。嬌嬌孫臣鑒戰苦。自注：廣東都統烏公蘭泰。猶秉忠勇報皇朝。閨中贈答。上首云。月貌花容競錦袍。髮光如鑑謝蘭膏。勸卿刻意梳低髻。時世而今不尚高。其餘如秋邊夢逐烟雲淡。客裏燈同伉儷親。大地黄盤千騎驃。萬山青鎖一關雄。越嶠雲霞沈王氣。崖門風雨咽悲濤。曉角三秋悲北漢。滿風蕭瑟怯西征。春寒瘦透燈痕碧。夜色稀疏月影黄。千花明宿雨。萬柳醉晴烟。奇雨犯紅日。野花然綠窗。烟肥林霭重。風陡水紋斜。路斷心無隔。書來淚有聲。錦心香在抱。鐵骨冷含春。月色湛虛白。爐烟霏瘦青。皆有派致。

朱英甫

嘉興朱英甫士俊詞華幽豔。得南宋遺響。余屢見其稿。不得。但見其倚四字令題陳曼壽梅窗覓句圖云。花魂吐妍。吟魂繞烟。惺忪紙帳寒煎。正紗窗未眠。彎彎月娟。瓊瓊雪嬛。無言悄卷湘簾。覓姍姍骨仙。杜晉卿酷好誦之。

耕耤禮

每歲迎春。各直省皆舉耕耤禮。然皆率循舊例。草草具文而已。惟皇上耕耤之所。壇地遼濶。縱横原畝中。為太歲廟。前祈穀壇。壇之後為貯耤倉。殿宇壯麗。外皆植松柏。虬枝臥幹。皆數百年物。龍畝前設耕耤臺。以板支之。耤以擡。臺前以五色綢綵蓋山棚。皇帝躬耕所。地均畝許。兩旁分十二畦。乃王公卿貳扶犂所也。御耕牛。色正黄。身披黄緞繡龍襆。以黄絲繩籠其首。頂豎金牌。上嵌紅寶石一。更設農官二。一執鞭。一執便桶隨行。耕時兩旁立校尉執五色春旗共二十四人。歌禾詞者亦二十四人。人依牛行。上下三推畢。春旗者退去。王公之牛。皆以黑紅緞為襆。襄事者俱衣蓑戴笠。以象農事。誠大觀也。

真娘墓詩

真娘墓詩須要做得有感慨有情景有丰神。如兩般秋雨菴中載一律云。兒家生小住金閶。却把金閶作故鄉。馬足殘花憐薄命。牛毛細雨送斜陽。碧苔多處生紅豆。青塚旁邊種白楊。一寸鞋尖一寸草。禁烟時節土猶香。並未說出真娘。却妙能巧合。經亂墓毁。余嘗題詩其碑

云。風流舊數閶誰家。金粉年年怨狹邪。一葬繁華零落後。荒陵紅熱野棠花。追墓亭落成。嘗招俞吟香月夜登亭賦詩飲酒。題一律墓上。夜過半始歸舟宿。詩云。望眼驚秋入澗泓。平林煙樹鬱蒼蒼。荒陵月黑嬉紅鬼。古塚風淒閙白楊。永夜清尊人亦放。六朝豔跡土猶香。傳名我獨輸兒女。冷落青衫孤影涼。後花朝續游。得拄杖容拖烟裏。殷兜衫香影畫中人句。同人多所許可。癖嗜痘痂。亦甚覺其無謂耳。

舞劍器

杜工部舞劍器行。後人多誤為舞劍。若不知劍器舞名也。有胡旋胡騰等。自其序中以觀公孫氏舞劍器渾脱為句。脱音駝。非以劍器為句也。宋中丞洗水續談云。唐長孫無忌以烏羊毛為渾氈帽。則渾脱似是活用矣。沈歸愚尚書嘗細辨其說。

後堂絲竹

蘇州王石鄉先生精金石學。鐵筆尤工。為人品學兼優。媳某氏嫺音律。嘗先生招客彈琵琶不佳。乃令簾中人代奏一曲。客為傾倒。時謂後堂絲竹。杜友蘭為余述。

山塘竹枝詞

張叔朋翔為石梅孫先生之壻。年少能詩。幼時作山塘竹枝詞云。金尊檀板唱黄昏。大樹銀花綺席溫。浪擲年華耽歌舞。揮金未必盡王孫。盈筐要貨盡泥摶。引得兒童片刻歡。世俗本來皆傀儡。不妨塵土亦衣冠。

誓神文

朱竹垞典試某省。嘗作誓神文一首焚之。其詞曰。年月日。具官某等。敢告於天地神祇先師孔子之前曰。某備官禁近。皇上拔於衆中。俾典試事。主恩深重。惟有同事一心。攬真才以佐治。命下之日。師友親戚一概屏絕。令入棘闈。用白於神。如或心存曖昧。過抑真才。徇一人之情面。受一言之賄託。通一字之關節。神奪其算。鬼褫其魄。五刑備其體。三木囊其頸。刀斧分其尸。烏鳶攫其肉。矢言之出。百神共聞云云。文見曝書亭集。

議李

李笠翁十種曲風行海內。遂享大名。其餘韻學亦頗潛心。而常熟王東溆應奎與李不相得。極口詆毁。目之為鄙夫。且謂李略具小慧。全未讀書。故游談之中。不知根據。人稱詞客。吾謂妄人云云。然笠翁之學。雖有可議。而王毀之如此。是亦私刻之甚矣。

七絶

七絶詩須要丰神要奕奕渾脱超妙。二十八字一氣貫通。令人信口曼吟。低回不厭。元和江建

霞雜詩一首云旭日曈曈上小窗萬花扶影各成雙簾前聽得鸚哥喚昨夜新寒早過江而余亦有尋春不遇兩首江君頗愛誦之詩云隔溪彷彿是紅樓縷縷垂楊宛地柔瘦立斜陽人不見離無緣到板橋頭青山一角畫橋西草綠花紅路半迷如此好春尋不着東風吹恨上窗棲

交無終始

趙秋谷宮贊天才俊逸狂氣凌人時革除虞山溫定遠外無所許可自遇新城先生不覺低首帖服矣有顧作抑除隸之語由是閣筆不復作詩歷四五年未嘗成一句吟一字也新城知之頗不安乃張筵招飲固請開禁秋谷始稍稍吟哦然有所作必就正新城惟言是聽交之久以新城甥婿某翰林議論不合趙大拂意讒人又從中相構於是誹謗猜嫌漸成仇怨趙所作談龍錄駁斥前輩頗為詆作新城亦謂定遠所批才調集卑無高論而世乃皈依頂禮不啻鑄金呼佛矣是猶嚼蠟不知其味耳此蓋隱罵秋谷兩人之交有初鮮終大減文人之色矣

惜花小影

嘗於友人處見惜花小影冊名流題詠殆遍係潘蓮巢恭壽所寫并題云滿院春陰鎖畫闌簾前花事剩多殘玉人病較愁懨甚強倚東風小立春下跋柔卿主人多情善病許公子憐而序之余因為作惜花小照并係以詩海內詞宗當有屬而和之者也王夢樓題云萬綠成陰蓋小樓有人樓上迴含愁不緣一片多情月誰護名花到九秋跋云綠扶居士以惜花小影屬題綴以絕句此唐人所謂本事詩也非事外人所能盡喻綠扶見之當失笑云如魚飲水冷暖自知右乾隆辛亥七月既望為綠扶居士題惜花小影并跋惟時許公子小棠無恙也蓮巢無恙也今十年矣蓮巢小棠皆下世昨余又至吳門綠扶出畫相示追思往事如在夢中爰再錄一通噫天下事孰不當作如是觀耶嘉慶庚申春分前二日王文治下又有女道人韻香錄許公子序一首將知讓題金縷曲一解綠扶居士題二絕均已忘之未錄夢樓叟多情者與七十老翁附名於其上可云僥倖余按隨園詩話柔卿為夢樓家歌姬工吟咏又有小記云惜花小影蓮巢為柔卿寫照也十餘年後綠扶居士重為裝池以傳諸詞苑其有和成繡厓公子一絕而夢樓跋中語氣甚不相合且柔卿之母名翠筠以隨園贈詩聲名籍甚故香亭贈詩自序中云庚辰春晤柔卿於吳門題扇怱怱而別丙午歸自嶺南柔卿書來以小照屬為補景並錄前贈詩中芭蕉展盡楊梅老閒到人間最小花之句即用詩意補寫為圖更題三絕句時乾隆丁未四月初十也余意柔卿為夢樓素識題詩尚在未娶之前

後始娶之亦未可知然柔卿未必能歌或別有一人為夢樓姬耳

蕉葛為裳

向見蕉葛為裳不知其典後閱五色錄云粵東人家多植蕉甚大緝之如麻織為衣較葛為美名曰蕉葛非葛也淮海人家取拒霜花木號木芙蓉緝而漂白之織汗衫其白如粉雖可浣而不堅

菊飲倡和詩

余嘗於師鄭室主人家見冒巢民老人庚午菊飲倡和詩手卷為巢民親筆玩其語意蓋已八十一歲居祠屋時作矣上有小引云兩兒產盡而家通盜門移居陋巷與屠沽為比鄰雞內地頗荒曠有舊奴夫婦種菊甚繁閒戊己之歲每秋冬坐臥菊下與客吟飲戊冬忽去人間一晝夜已冬去人間五晝夜得重生句活至今庚午春過八十矣兩秋菊飲詩多至百首今年讖綺戒韻謝絕詩文秋九月從籬下移菊升堂有叢中晚三種各數十品余即於堂中蓮土疊石巖壑數重次第升降種花其間不減圖中猶如畫裏歷陽月五旬此五旬一切俱屏惟坐臥一古藤下對類偈書逢門外日有持金侯小奚貢字易去得錢沽酒擊鮮與客痛飲投詩頗多戒以為戒不和最後得舊令董使君與前學詩水繪張孺子七律詩各二兩君曰今年秋花倍昔老人又開九秩何可少紀年紀事數章毋能堅謝復破戒依韻和之辛未清和鹿牀先生以大文遺令子受伯世兄涉江遠貽為余補祝兼索去年倡和新刻距世外貧賤老病之夫竟臻四極不惟謝絕梓人經年只有哭亡友吳聞瑋八章觀荷賞菊五首而已時目昏百餘日不能作字強書一卷付受伯以慰嗜痂過庭呈尊先生教知令年奇陳百卉不第圖中菊苗肥長毋能持獻九日壽筵受伯稱觴後侍先生直造瓜廬當先期走約錢許二長兄紫綦笠澤中閒香山洛社亦千古未有雖是癡想或天地間有此奇緣異事耶和董使君原韻二首詩云序窮老圃未全荒家寞乾坤夠草堂錬骨甘霜過八十迷花逐客愧原嘗陶潛廬擬白衣酒潘岳偏憐青眼狂怒有同人攜具至與君爛醉碧雲鄉棄濤三秋興又新滿庭秋色不沾塵月餘看到小陽月人外當留老逸人放眼霜花聊寄傲膽懷天地豈知貧（原注董使君原倡云八十誰憐骨貧余曰裏膀貧不貧受降也請易知字）更難陶令仍來往俯仰三年跡已陳尚有和張孺子原韻二首未錄下款則巢氏老人冒襄辛未立夏後四日年開九秩目昏漫書二十一字也

天南遯叟

甫里王紫詮廣文韜又字仲弢才大學博倜儻有奇氣髮匪之亂以過激忤當道遁迹香

江，自號天南遯叟，平身著作等身，有春秋左氏傳集釋六十卷，春秋朔閏考三卷，春秋日食辨正一卷，皇清經解札記二十四卷，普法戰記十四卷，其餘又有瀛壖雜志、遯窟讕言、海陬冶遊錄、弢園詩文集、尺牘等，不下數十卷。壬午春，歸自香海，往訪之，一見如舊相識。時先生年五十餘，雖兩鬢已蒼，而談笑詼諧，猶有豪氣。余因以東方朔比之。甲申春，先生養疴淞北，承賜衛華詩兩冊，避居西廨云：「倉皇烽火逼殘春，蹈死孤臣敢惜身。報國空陳平賊論，辨寃誰作上書人。早拌骨肉填溝壑，妄冀功名動鬼神。一切恩情盡灰冷，君親但結再來因。」紀夢云：「靈簫墨會記神仙，今夕相逢休問年。事到難言卿自解，容誰可比我猶憐。花間玉笛涼無語，枕畔銀釭照不眠。碧宇紅牆原咫尺，重來未必隔人天。」閑興云：「蕊仙書窟寄閒身，紈扇初题墨尚新。新著單紗還怕熱，偷揩香汗避生人。疎桐陰底小庭幽，簾外濛濛雨未收。涼熱夜深花怯病，海棠先帶一分秋。」雜句如「閏月翻波碎，孤雲待鶴飛。」「薄俗輕文字，雄心擬米薪。亂世文章多賈禍，窮途性命尚憂時。」「有憒始知官長賤，無求轉覺布衣尊。」「惡死雄心王景略，一生低首謝宣城。」「雙槳人來曾有約，六朝山好半無名。」「竹葉杯中春似海，梅花帳裏夢如烟。」先生通知西學，日本人多師事之，文人則暖暖姝姝，雅俗無忤，蓋亦篤於情者。

三借廬筆談卷十一

金匱鄒弢翰飛纂

盬梅夫人

盬梅夫人，為陽羨王忠烈公大母，孀居時，有疑之者。時夫人方食盬梅，聞之憤甚，即取盬梅核樹之，矢曰：「妾苟無他志，此核當復生，否則妾當死。」閱數日，果挺萌吐穎，迨成實而味皆鹹。所疑者偶食此梅，遂死。由是人皆信服。小湘公子詠七絕八首記其事，中一首云：「梅根雖活妾心灰，讒口何人播說來。不是天工能創格，此身終古惹疑猜。」小湘名文焞，內府正黃旗人。

籥龍

太姻姑丈錢秋潭先生嘗舟過虎溪，風雨大至，舟覆落水。手中故張繖，力持之，因出水得免。因截繖柄，穿六孔作籥，號曰籥龍。朱子鶴大令增詠之云：「龍兮龍兮，非龍而是龍，曾救詩人出水中。籥兮籥兮，是籥而非籥，詩人曾以命相託。龍兮籥兮，故以名，請君為我歌其情。風波浩蕩青草湖，失足必死活者無。行人視之如畏途，我昔過此身落水，手中惟有一繖耳。繖能扶我我扶繖，爬沙上岸得不死。我因視繖如恩人，藏諸匵櫝春復春。改為籥名以龍，偏徵題贈酬其功。曷不為我備敘顛末題圖中，君言未畢我詫異，既非張華之劍陶侃之梭，長房之杖，何能非龍是龍救人於死地。區區一繖成樂器，較之子晉之笙，李謩之笛，蕭史之簫，安得似此是籥非籥曾作濟人事。吁嗟乎，籥乃盛時樂，龍有用世心。此時要龍不要籥，興雲布雨助戰爭，撲除烽燧寰宇清。那時要籥不要龍，歌舞廊廟告祖宗。」

汪柳門

泉唐汪柳門侍讀鳴鑾未貴時，避難於吾鄉之南鍾，流離辛苦，跼促可憐，故詩多感慨哀思和妹債錢乙生云：「平生性疏狂，語言善戲謔。自經兵亂餘，鬱鬱恆不樂。中江人海中，而我偏落莫。負米敢辭勞，風塵苦束縛。硯田獲幾何，充腹但藜藿。飢腸出冷詞，悲吟振林壑。」感懷云：「平生懷抱向誰開，熱血盈腔託酒杯。殺賊未能終有志，讀書無用敢言才。曾曾遵海何妨寄，庾信江南劇可哀。惆悵家鄉尚烽火，田廬難問劫餘灰。」赴京兆試寄封翁小樵先生云：「東南烽火歎途窮，京國觀光路許通。敢冀功名如拾芥，自憐身世尚飄蓬。親年未老遊能遠，文字全荒氣轉雄。聞道長安居不易，未知索米計能工。」七夕詞云：「天河秋淨極高寒，織女牽牛任臥看。笑語山妻休乞巧，炊成無米總艱難。」其餘如「人生離合屬非數，我輩文游賴有詩。」「事太血心翻自累，情非骨肉總難憑。」兩聯皆佳。

述德

大父生平慈善。勿肯佔人便宜。庚申賊警。一村皆燬於火。惟大年五叔祖家一廂屋巋然無恙。寇退議重造。余家屋地最多。房族某易門前地一間。又於第三進西首借地數弓。旁人皆怒。大父處之泰然。被難苛索族中兩房黨議私賣余家屋前樹分錢用之。族伯希賢奔告。置若弗聞。但曰樹係祖宗物。傳已百年。彼用此錢。非祖宗意也。有掌累者竊聽之。故粉飾其辭以告。族伯某素無賴。登門辱罵。大父匿不出。其下人如此。嘗述古訓謂家人曰。尊者不賤。守田不飢。積德不敗。撑丈不悔。又云。現在之福。積自祖宗者。不可不惜。將來之福。貽於子孫者。不可不培。忠厚刻薄是修短關。謙抑盈滿是禍福關。勤儉奢惰是貧富關。保養縱欲是人鬼關。又云。要好兒孫。須方寸放寬一步。欲成家業。宜凡事忍耐三分。名言至理。凡我子孫當敬而聽。實以行之。

讀書之難

余家素務農。至大父始讀書。而因貧復賈。先君亦試數次。仍棄之。迨遭兵燹。家難頻仍。堂上皆以纖攜相勗。余年十六。以境蹇幾去讀。大父力持之。至十八歲始來蘇從師。是冬開筆。即完篇。越二年。以正月四日應府試。時家無擔石。告貸皆不允。大父身中僅儲錢七文。徒步率余來城。向陸養和戴菊人假資斧。明年五月應縣試。入場後。大父亦徒步先回至蠡村。雷電大作。雨隨其後。而終不及身。至家始傾盆下。為不肖而遭此苦。今生終無以報耳。又先大母最憐余。館蘇州時。欲返必先有信。至期。先大母倚門以待。遙見余回。必笑語相呼。來接余手中物。如余夕返。則徹夜擁衾不眠。俟余至。余一叩門即來啟扉。慈愛之深。思之嗚咽。採芹之歲赴試時。先大母已構病。報捷至家大喜。因少愈。余返已十二月。送司命之辰。相見各汍瀾。復執手笑曰。吾目瞑矣。是夕歡而多食。遂復病。余日夕同臥起。藥餌皆親製。延至明年正月二日竟長逝。彌留前一日。尚謂余曰。善事父母。爾祖為爾大吃苦。我死須各體我心。孝敬事之。余跪受教。至今回憶前言。聲淚俱下。嘗作缺陷詞云。慘憶從前返棹時。隔籬歡喜喚孫兒。如何今歲清明節。獨自還家總不知。（知余返之人。每聞犬吠。輒使喜形於色。即思啟門。）因甑仙云家庭至性不可言語傳。故不存集中。

吹篪錄節略

弟富祥亦甚孝友。幼歲即知艱難。習賈蘇州。因勞致病。日益甚。丁丑七月余攜回至山塘。問將何食。曰燒餅足矣。（俗名燒餅）蓋知余修俸薄。將奉堂上。故不願多費。故詭言以應之也。嘗謂太夫人曰。兒他日之得修俸。當盛供菽水以分兄勞。故在肆中凡師與月費三百文。除洗薙外。必月省百餘文。歸以奉母。七月返時。猶為堂上購剪絨茶食等物。所剩二十餘文。私與弟

妹。惜天不永年。歸未一月即死。合家痛哭。余更肝腸寸裂焉。

遇煞

無錫楊絹甫先生理學沈潛。為人嚴正。所居湫隘。新購一宅在巷外。修葺將完。下遷有日矣。一日匠工歇。惟留二匠管門。先生往觀之。銜粗竹烟管吸而入。至堂階下。忽見一鵝甚鉅。細想之殊非鵝。兩眸炯炯作綠色。睨先生。心知其異。以手中烟管擊其頸。其物驚遁至西北角。伸頸出堂外。怒目若欲噬者。先生少退。則頸愈伸出至十餘丈。復擊之。物昂首吐舌將噬。先生大呼。衆匠至。物始縮頸入內。因告所見。共進覓之。杳不可見。或曰。此即煞神也。以先生正氣制攝。故不及避。亦不敢犯。否則殆矣。

瘖崖子

興化劉融齋先生熙載。聰明淵博。主海上敬業書院。詩古文詞各有宗。學中瘖崖子一卷。較宣物理妙緒紛抽。如鵲占一篇略云。將往食牛。角占於鵲。曰凶勿往。既不從。已乃來。牛人之斛。弗得食之。牛人瘖而悔焉。易牛而毒其角。鵲又將往。復占於鵲。曰吉往哉。既從之。已乃食之而死。有問於鵲者曰。子之占吉凶相反何也。曰占之道。助義不助邪。彼之自問吾移之為禦彼者問也。後又云。或曰。鵲之占何不前從後違乎。曰前占逆欲者也。後占順欲者也。前後從違非去欲者不能也云云。皆別出機杼。

昨非集

先生詩昨非集。亦高淡。信屈聱牙。自發意趣。就其最超時者。如車中曉望云。曙色蒼茫裏。征車正發時。亂山連宿霧。殘月落寒澌。樹遠疑人立。風高誤馬嘶。壯遊平日意。振觸莫稽遲。不衫不履圖云。脫落復脫落。適然見天真。便著衫與履。知非衫履人。襄江夜雨云。楚雨瀟瀟阻客程。蓬窗臥聽對孤檠。鄉愁淮海邊難寄。散作襄江一夜聲。詩餘一卷。送行調點絳唇云。歸意如何。但言欲泛秋江棹。自今垂釣。作箇漁翁好。我送君歸。我尚歸期杳。君應笑。異時同老。白髮看誰早。送春倚前調云。春為誰來。又因誰喚輕歸去。怕看庭宇。花落渾如許。想為繁華鬧久終無據。春應語。欲歸難住。只算來時誤。又南曲一套。賦屈原山鬼辭意。如東坡以歸去來辭作哨遍詞也。為全錄之云。（妙步）徙倚山阿。聲歷悄脉脉。心孤照。風期別樣高。有分能消離佩。皆芳草。不信女妖韶。深居便沒人知道。（解狀）是何方遺得先驅到。諒知音相採在遠遺。定級蘭還采杜衡香。免彈琴空發幽篁嘯。為何疑近又疑遙。只恐幽棲地僻經過少。（皂羅袍）早歲聲華休道。愛冬榮桂樹晚節又高。山陵絕頂莫辭勞。留人處比中途好。孤吟遠眺。雲光下搖。雨多晴少。風聲正號。同心畢竟何時到。（好姐姐）雖無鳳鸞往邀。備朝餐卿尋仙草。彌山野葛

還留路幾條。稀音耗相思未得相逢巧。兩地愁煩各自熬。柳香恨 儘深山驛路德馨懷抱。壺天
日月長多少。看閒中趣饒。看閒中趣饒。掬水勝瓊瑤。陰樹皆烟鳥。細捫心想著。細捫心想著。
還自牙琴失調致誤鍾期不小。見發 坐聽雷雨難眠到。那更 徹夜猿啼木葉飄。始信懷人容
易老。

貽硯齋詩删

杭州仁和秀芬女史恩意又字茗玉。秋水先生之弱女也。兄雲壑柳湖。從姊碧梧名雲鳳。皆能詩。而秀芬生而聰慧。八歲即嫻吟詠。未笄而成作家矣。著貽硯齋詩稿四卷。衍波詞二卷。適同邑錢清鎮陳穎樓明經。風雅士也。閨中唱和。聞者豔之。余友江建霞從市上購得女史手錄遺稿一本。字亦端秀。余假歸讀之。擊節不已。因選錄於後。

絶句

紅深綠暗遶池臺。春色濃於碧玉醅。醉到楊花無氣力。倩風扶入繡簾來。

春暮園中作

春色園林老。悠然獨往時。雨餘芳草長。風定落花遲。角筍穿幽徑。圓荷叠小池。梁間雙燕子。聽我誦新詩。

春草山房即事

花落山房春已回。柴門寂寂閉莓苔。草鋪三徑少人過。蛺蝶一雙時去來。

采蓮曲

花溪打槳乘朝曦。溪風蕩漾波心雲。瓜皮艇子三五並。采蓮驚起鴛鴦。花底鴛鴦忽起飛。自笑吳儂不如彼。幽衷訴與阿誰知。欲去不去心如癡。一時忘卻羅裙溼。低首無言映花立。

即事

新綠如雲壓畫樓。病來鍼線亦慵拈。靜中忽聽金鉤響。乳燕銜花入繡簾。

夕陽

閃閃翻鴉背。遙天一線留。鐘聲孤寺暝。帆影半江秋。流水杳然去。亂山相向愁。憐他無限好。行客莫淹留。

偶成

雨歇園林日未斜。滿庭新綠護窗紗。數聲啼鳥不知處。春在一枝紅杏花。

春寒

春寒惻惻閉房櫳。靜爇椒蘭寶鴨中。楊柳池塘三月雨。杏花時節幾番風。嬌鶯百囀聞猶澀。紫燕雙飛影尚空。只為倦舒衫袖小。不來鬥草小園東。

病中送春

臨風小立漫支頤。幾點飛紅上袷衣。一向吟懷蕭索甚。花前扶病送春歸。

午夜

午夜起憑欄。不知秋氣爽。暗蛩鳴古砌。殘月映疏幌。委巷悄無人。寒更亂空響。

夢中得秋影句因足成之

亂山缺處夕陽斜。茅屋疏籬傍淺沙。流水小橋人不見。一湖秋影白蘋花。

雨中泛湖

萬象共澄鮮。明湖好放船。西風黃葉寺。細雨菊花天。秋水明於鏡。遙山淡入烟。蘇公隄外景。一望更依然。

城北山莊曉起和雲壑兄

曉起閒倚徙。群山尚沈霧。遙聞荒雞鳴。不辨前村路。須臾林收煙。日影破清曙。靜坐北窗下。幽琴話深樹。亂石礙平溪。奔流若相怒。落木散空音。颯颯成山雨。

雨中

綠樹隱茅茨。驟雨來不已。溪雲扶過風。流入山窗裏。

畫眉曲

窗櫺漏日紅一線。鸚鵡嬌呼已千遍。美人扶起意猶慵。羞對菱花怯勻面。徘徊點染費修蛾。枕痕印頰紅雙渦。柳絲一把曲闌外。鏡中相較春如何。十眉圖子今誰擬。寫得遙山一痕秀。莫向堦前數落紅。怕被東風又吹皺。

新秋

新涼透羅衣。蟋蟀啼金井。空堦涼月流。葉葉梧桐影。

西湖

柳絲亂舞颺輕埃。閃閃波光鏡面開。一自湖山春結社。衣香鬢影麗人來。

絶句

詩成意不盡。獨倚闌干曲。小院落花風。茶烟澹空綠。

秋影樓晚晴

崖上飛雨收。平林積烟晦。披襟坐危樓。恰與涼風會。暝色蒼然來。殘陽在鴉背。傾耳何蕭寥。松聲響虛籟。

夜坐
冬夜人孤玉漏長。閒披書簡坐西堂。滿空明月白於水。一樹老梅寒有香。霜重驚尨吹短巷。風高落葉響虛廊。小齋不信無聊甚。靜裏翻教索句忙。

西湖柳枝詞
屠樣無端逼柳條。一年春至又魂銷。分明記得曾游路。烟鎖東風第幾橋。

泛舟東湖
放棹蒼波上。扁舟又一程。樹浮流水動。雲擁亂山行。薄霧風初掃。深陰雨易成。沿隄菖葉綠。布穀喚春耕。

小院納涼
沸樹秋蟬晚響催。嫩涼吹夢好風回。夕陽紅過隣墻去。又送鄰家竹影來。

靈隱
曲磴捫蘿入。幽情亦快哉。路迴疑澗合。雲界一峯開。蕭寺吟秋竹。荒碑蝕古苔。理公卓錫處。花雨滿香臺。

飛來峯

終古不飛去。蒼然臥冷雲。秋高山露骨。石瘦樹盤筋。寶佛留真相。清泉漾縠紋。勝游懷白傅。千載賸遺文。

登鳳凰山
鳳凰山勢鬱嵯峨。俯仰乾坤一浩歌。遠浦潮迴孤雁下。寒林秋老夕陽多。銅駝寂寞埋荆棘。故剎荒涼鎖薜蘿。日暮登高重回首。千年王氣恨消磨。

偶成
睡起惺忪墮寶妝。薄羅衫子透微涼。秋風吹雨忽過去。疏竹帶烟搖夕陽。

美人春睡圖
落花飛絮春茫茫。游絲綰恨白晝長。美人嬌臥慵不起。畫闌十二春風香。鬟雲斜嚲釵頭鳳。錦瑟銀箏閒不弄。隔窗嬰母喚梳頭。花影壓簾春夢重。

對月同顏樓作
風卷浮雲盡。長空皓魄懸。雁隨秋共到。人與月俱圓。雙照憐今夕。題詩憶去年。清吟耽不寐。花影一庭烟。

冬夜
香爐金爐火不溫。重門深掩漸黃昏。凍雲閣住來朝雪。抹上梅梢月一痕。

重九日喜洪稚存先生見過
聞名經十載。翻恨識荆遲。貌古心同古。才奇遇亦奇。黃花開九日。白髮重今時。笑我羊公鶴。尊前敢論詩。

萬里投荒日。蒼茫道路難。直言臣節著。不殺主恩寬。先生以直言忤主遣戍遇赦歸 瀚海悲風壯。天山積雪寒。中宵浩歌起。百怪集毫端。

西村田家
淩晨巾柴車。駕言出鄉曲。連村接桑柘。盎然生意足。寅緣至田家。來客成不速。茅泬三兩椽。四圍蔭脩竹。是時春霽空。千畦搖涼綠。雛雞擭觧包。梢梢筍穿屋。村姑觧留賓。勸我酌新醁。市遠味無兼。松毛煮溪蔌。天晴蜂放衙。日暖櫻初熟。投閒偶過從。小憩亦清福。借問朝市人。何如此幽獨。

寄顏樓
倦遊總為勤佔畢。知爾青編午夜開。孤負西湖花柳意。苦留春色待郎來。

別離情緒總難論。薰盡香篝更不溫。繡閣孤燈書苑月。一般無賴向黃昏。

閨中夜坐
月黑疏星明。空堦滴微雨。不知秋欲來。牆陰一蟲語。

蝶戀花七夕
又見佳期逢七夕。烏鵲橋成。欲度還嬌怯。一歲離情應更切。銀河執手低低說 莫怪天孫腸斷絕。修到神仙。尚有生離別。風露峭涼人寂寂。夜深悄向瑤階立。

高陽臺李香君小影
曼臉勻紅。修蛾鎖綠。內家妝束輕盈。長板橋頭。最憐歌管逢迎。無端鼙鼓驚鴛夢。悵倉皇雲鬢飄零。黯銷凝。舊院春風。芳草還生。 桃花扇子攜羅袖。問天涯何處。寄與多情。廿四樓空。白門月色淒清。江山半壁成何事。但蒼茫一片蕪城。漫傷心。金粉南朝。猶賸娉婷。

點絳唇冬夜不寐
閉了紗窗。月兒斜透窗兒縫。夜深寒重。懶卸釵頭鳳。 數盡更聲。底事難成夢。愁千種。怕拈新詠。只把燈花弄。

如夢令
又見東風歡聚。陣陣撲簾飛絮。一夜替花愁。人在小樓聽雨。無緒無緒。可奈匆匆春去。

菩薩蠻 緡毬花

叢叢晴雪闌干曲。東風碎翦玲瓏玉。蝴蝶打成團。梅花一帶攢。 昨宵林影白。錯認團圞月。曉起卷簾看。羅衣生峭寒。

翠樓吟 秋柳

瑟瑟疏疏，濛濛淡淡，斜陽畫出秋影。自鶯聲啼老，渾不是、鏡中眉暈。愁春夢醒。賸咽露涼蟬，抱枝淒緊。憑誰認。風流張緒，當年姿韻。 曾記。年時向灞橋驛岸，殷勤折贈章臺人去遠。料近日楚腰瘦損。西風光景。看憔悴如斯，那禁離恨。長堤外。晚烟如雨，歸鴉成陣。

賀新涼 紅樓夢傳奇

情到深於此。竟甘心、為他腸斷，為他身死。夢醒紅樓人不見，簾影搖風驚起。漫贏得、新愁如水。知有前身因果在，願今生、滴盡相思淚。頻喚取，顰兒字。 瀟湘館外春餘幾。襯苔衣、殘痕一片，斷紅零紫。飄泊東風憐薄命，多少惜花心事。忍重憶、葬儂句子。歸去瑤臺塵境杳，又爭如、此恨能消未。怕依舊，鎖蛾翠。

菩薩蠻

沈沈漏箭催清曉。鴨爐猶賸餘香裊。吹滅小銀燈。半窗斜月明。 繡衾金壓鳳。好夢同郎共。含笑語檀郎。替儂卸晚妝。

念奴嬌 東洋美人

風鬟霧鬢，記斷腸詩句，蔡郎曾賦。試向畫樓重省識，別是銷魂眉嫵。衣曳鮫綃，釵橫玳瑁，巧樣看梳裹。鮑絲唱罷，背人小立無語。 遙想弱水東頭，三山宛在，定有神仙侶。玉霄雙趺高躡屐，墜倒南朝蓮步。雲海烟深，蓬萊路遠，空惹愁千縷。真真須喚，彩雲怕共飛去。

畫堂春

鸞鏡翠鬟慵理，象牀斑管停拈。不知是病是愁添。鎮日懨懨。 容易年華過盡，好天良夜休嫌。玉梅香隔一重簾。月細風尖。

賣花聲

歸去郡城東。曾記相同。玉梅花下小房櫳。燭影紅搖人倚醉，繡帳香濃。 小別太怱怱。好夢無蹤。幾回追憶轉惺忪。擬把新愁憑燕子，替訴東風。

奪錦標 詠指甲

麂眼籬邊，蛩聲砌畔，又見鳳仙開矣。每偏寫叢輕摘，碎擣金盆，染成霞膩，似唾絨點點，早一夜春生纖指。惹檀郎、時泥人看，笑道宛彈紅淚。 七夕星期，又是乞巧筵前，女伴穿針比更

較昏閨脂暈，臂上砂痕一般妍媚。怕猩紅易褪，遮莫向銀塘頻洗。試瑤琴、月底搊來，彈作落花流水。李玉英事

西江詞派

王東溆先生云：馮己蒼論律，極不服西江派，而於黃陳之作，尤詆駁不遺餘力，謂大略如農夫指掌，驢夫腳跟，本臭硬可憎，而西江派中以為強健；老僧衾枕，嫠女牀席，本穢惡可憎，而西江派中以孤為高；媚之訓媳，師之訓徒，本迂腐可厭，而西江派中以為規矩。若山谷等再起，我必遠避海外，否則別尋生活，永遠不作韻語。其痛恨如此。余謂山谷派雖有可議，然生硬一路，即姜張亦不能免，況涪翁之作，即才如東坡，亦極傾服，未必果出下乘，己蒼之言，非篤論也。

七圓

吳紫璋即事云：蟲燈孤焰滅，蝶夢半牀圓。劉長生縱目云：地擁千林小，天圍四野圓。姚賦秋贈余云：客愁燈影逼，詩夢酒杯圓。陳慧娟秋興云：魚游秋水樂，蟬唱夕陽圓。余不寐懷馬相如云：風絲吹夜細，月影抱秋圓。金子春行春橋云：雲動青山活，風旋碧浪圓。葛蘭生女史和余云：江上琴心杳，風前笛韻圓。七押圓字，各有意思。

救命大仙

吾家做春場後有大松墳，相傳為鬼林。下種發提果，俗名李薺。布賢伯氏嘗於月夜取果田中，聞墳內有呼笑聲，心知為鬼，而膽素壯，故亦不懼，就而覘之，見兩少年共縛一女子將淫之。細看女子，復辨其聲，乃前村某姓女也。知非鬼物所為，持手中鋤大呼入救。少年不言，亦持械來拒，持擊良久，一少年瘡負遁，一少年力不支，棄械奔。伯氏追數武，從腰間抱持之，遂呼救人。村中有未眠者咸集，問見所抱乃一松，而前村婦亦烏有矣。道其故，相與驚咤。先是婦有鬼物夜憑，云是救命大仙，至夕便來，苟夫與同寢，至半夜後婦輒愈，云是夕大仙來招游花林，至松林即欲淫之，而游人甚多，羞而未之遂，為所縛，不料某人之救也。然余謂婦係夢中之魂，伯氏未必能見，而伯氏生平無誑語，又言之鑿鑿如此。

消寒社

辛未冬，浙江消寒詩社開，偶公需次事暇，聯吟極一時之韻事。第八期擬古四題，為分錄其三。旌德江秋珊得李義山燒香曲云：花霧溟濛隔湘水，主人延客驕不起。銀蒜斜挂勞春慧，萬種氤氳入懷裏。美人初見顏如花，春風豆蔻嬌含葩。鸞尾新紅沈水泐，欲吐未吐雙烟靈。餘霞散綺月昏黃，寸心焦熱空彷徨。秋霜欺鬢換殘綠，憔脂悴粉年華促。芬芳已盡念俱灰。

委地紅綃尋墜玉河內白少溪得王仲初鏡聽詞云珍重妝奩合歡鏡聚時照影別時聽空閨終歲卜歸期郎貝封侯謁明聖涼風拂拂吹裙帶盼斷音書心轉悒夜深獨步避人知嘿嘿私語向神拜兒女癡情良可哀何事征夫仍未回吉語初聞心暗喜街頭明月照歸來抱鏡入房猜莫定繡區寶匣自端正明日郎歸笑相見與郎共展芙花面上元梅萬臣得張文昌吳宮怨云芙蓉豔墮橫塘水西風入幕紅蠶死如花越女醉春宮一點芳心捧不起銀釭摇紅照當戶君恩斷絕向誰訴年少青蛾不解愁猶向宮中學歌舞金壺漏促淚暗垂階前紅豆枯霜枝白紵歌闌夜已艾美人自伴君王歸吁嗟乎芋蘿花開春滿地六宮粉黛長捐棄

辨拗體

黃曉生不喜拗體詩見余平野波光高接天句以為不叶余誦劉潤生先生題秋夜讀書圖詩云鳴蟲暗階下識面讀書聲簷影延月住桂香飛露濡孤懷耿殘竹涼意攪深更掩卷出庭戶天空河漢橫此詩若強調平仄有何趣味耶黃遂以為然

成容若

成容若侍衛為明相之子年少多才慷慨豪俠見無錫顧梁汾金縷曲詞竭力贖吳漢槎歸塞自著飲水側帽二詞與彈指詞頡頏年未四十而卒曾聞其刻通志堂經解畀徐健庵尚書費貲四十萬金刻三月而竣卷帙浩繁以急求其成或失於校勘或去取未當何義門太史焯譏之方望溪先生刪之然雖草率未傷大體較近人以數十萬金營一花園不恤寒士者固相去萬萬也

趙文卿

趙文卿校書明眸皓齒善諧工談能以冷語勝人名故未臻品花仙史製聯贈云文如蕉葉清何許卿比梅花瘦幾分紅豆詞郎亦贈聯云文字因緣仙家眷屬卿真靜逸我愧風流益文卿曾與鳳樓梧聯手帕交得翰墨飛當有千里草痕隨夢遠一簾花雨惜春深之句故詞郎作是聯云

捐秀才

潘麐生明經家有四學采芹錄鈔本載康熙十四年乙卯先有廣增附准其一體捐納作貢之令十六年復有撥納生員之例凡舉歲科作各二次得捐生員八百二十五名咸豐間纂輸例凡捐銀二千兩者准廣文武學額各一名許眉叟年譜紀康熙十六年丁巳魏象樞條陳入學每學四名餘每名俱捐銀一百十兩准入泮錢梅溪履園叢話云康熙十七年戊午奉旨令該直省童生每名捐銀一百兩准予入泮一科一歲後不為例大約以魏公之條故有此舉也

袁軒集

余於鐵佛寺見題梅二絕云收拾羣芳錦繡堆獨從冷淡見孤梅華光舊譜都零落吏取生綃寫照來時有清香繞佛龕十分春色靜中參癡心願化身千億一個詩人陸劍南下書袁軒井書近作余愛其詩曾手錄之近閱王毓仙手鈔袁軒詩鈔載此二七絕知吳縣劉長孫先生詩也先生名禧延又字懋階與雷甘溪漢葉苕生廷瑄王子遹叔鈞錢秋潭長諸先生同時著作甚富錄其稿中最佳者春晚道懷云綠影初肥禽語息點空飛絮輕無力午齋簾卷坐攤書風定爐烟杳穗直香殘更熱課書斷獨詠誰為共賞人閒說圃亭事遊談花間絃管樂餘春春晚即景云擁尖柳陰涼侵衣石苔冷鳥散一庭烟空翠漾風影漫書云毒霧黃迷障妖星赤動芒鼓笳移嶺嶠烽火接沅湘地險令分控兵威自蹶張傳聞布新令召募益戎行學耕原拙計初念惜消磨靜境因愁覺歡場抵夢過畏人緘口慣經事悔心多此後知何似達時且醉歌讀史云禍才上將教專征天未檮槍點不明萬里河山爭險要百年鐘鼎幾勳名未妨徐勣稱佳賊莫笑桓溫是老兵閒寄由來非易任妄論成敗有書生讀木居士咄咄吟云海氣沈山不放青破車聲卷怒飛霆荒村夜走陰燐暗廢壘春耕戰血腥幕府籌邊餘涕淚封疆報國在調停從今收拾弓刀夢且閉柴門讀武經寄貝子木云萬里行歸鬢雁新依然書劍老飛塵千金結客誰知己一藝成名亦可人劫後河山餘別感醉中歌哭遣愁身平生詩卷都零落著述由來造物嗔哀程仲虎云枕劍空令抱壯思珠泥百勞供臨池花前小立人癡絕最憶斜陽立瘦時題畫云百道飛泉萬壑松滿天秋色晚霞濃平生似此真奇絕獨立天都第一峯石門道中云落日飛鴉點暮寒釣魚人去臥閒竿疏林斷岸御荒廟此境曾從畫裏看橫塘云半掩蓬窗倚倦身梢聲聽過打魚人柳花飛滿橫塘路一棹烟波獨送春離句如京口之細雨帆收甘露港夕陽簾捲鏡江樓送別之浪遊到處非長策生計隨人易感恩春晴之斜日滿旗官渡航晚風橫笛市樓人村歸之遠山低簇林陰靄細徑橫開草色分局縮之每因悶極多冥想偶值歡時亦強顏五言如讀書高著眼論事放平心時艱多命蹇家破或身留俱有家數

珊瑚樹

吳江沈戟門孝廉倩森寓京師時屬稱後圃有異卉白花朱實形似天竹寶光欲然人多不識某太史曰此珊瑚樹也有之可以徵瑞孝廉倩一斛珠詠之云天工幻絕秋風擘碎珊瑚

眉。玲瓏小顆枝頭結。試問何心網打芝蔴鐵莫是麻姑矜巧黠。丹砂玉綻如丸脫。拈覓對爾殷勤說。世上人情都學君圓活。有典有文。可補羣芳譜所佚。

紅豆詞郎

紅豆詞郎。有中表姊慧姬。絕色也。工書善繡。所居樓曰素豔。窗外白桃十餘本。春日花盛。必吟咏其下。淡妝徙倚。相對欲凝。詞郎少孤。寓其家。時得一賞。而兩小無猜。未嘗加非禮語。嘗繡白桃於綃素。并題四字曰選我本來。此綃余介詞郎因得一見。花縱橫十三枝。字作擘窠體。彷北魏遒邁。而逸心甚敬之。辛巳三月。詞郎忽至。顏色悴悽。駭問之。曰。桃花猶在。人面杳然。我家慧姊已化紫玉烟矣。因述致病之由。先是慧姬寓滬時。年正十四。有老母。女甚孝事。一日鄰被火。母病不能興。揮女去。慧泣跪曰。母生兒亦生。母死兒亦死。因禱空中。火竟及牆而止。然倉卒受驚。神悄不勝。明日晨起。咯血杯許。後以為常。投藥少止。旋返吳。母肺疾復作。日夕哀禱。願以身代。咯血漸減。後母病愈。而慧娘遂不起。臨沒時。詞郎又問疾來。牀前涕出不止。女神清如平時。囑母於奩中出所繡卷付詞郎。且謂母曰。兒一身愛白桃。此卷皆摹花影而成。兒死後恐無珍之者。惟蘇弟(小字詞郎)頗愛之。屢索未與。今可全其願。復謂詞郎曰。柰豔之質。惟自矜憐。當前十餘本。須為我以雕欄護之。母令摧折。姊當俟來生報君。言畢。咯血升餘。宛轉而逝。詞郎受卷失聲。淚珠如織。經營喪葬。頗盡心力。余嘗聞詞郎述其工琵琶。其餘手技。亦皆工絕。惟不肯作詩。但見其手錄今夜月華清似水。照人孤影太分明二句。余甚多慧娘之多情。而尤愛詞郎之守禮。

馬陳合錦

余在江氏見馬江香女士工細畫冊頁八幀。有隨園女弟子陳雲錦所題每幀對題。右畫左詩。一刺薇一枝下乳鴨一雙。題云。乳鴨初啼春色老。刺薇花放別情多。無端引起傷心事。南浦盈盈正綠波。一並頭蕙兩朵魚兒牡丹一枝。題曰。此是並頭花莫與。與情人見更有一枝紅。可是情人面。一碧桃一枝。題云。牆外一枝桃。春色難留住。欲折贈情人。柳絮傷無主。一牽牛花。題云。曉色迷離露未乾。明星合共好花看。笑他一樣同名字。此在人間彼在天。一枸杞一枝上集蜻蜓。題曰。紅實何離離。紫花何的的。枝上小蜻蜓。時來點秋色。一蕙李一叢。題云。讀罷幽風滿口霞。卷簾深愛錫名嘉。即看香色無多媿。已勝人間姊妹花。一杏花上棲一鳥。題曰。二月春風開滿枝。飛來好鳥弄朝曦。去年記得揚州路。如此光陰總有詩。一月季上一雀。題云。鴨爐香煖手頻加。姨日初長掩碧紗。對此名花最堪羨。終年春在阿儂家。

鬼菊花

徐拙菴詩有綠桃春雨鵝兒菜。黃瘦東風鬼菊花。鵝兒菜人人知之。惟鬼菊花三字。某孝廉以為杜撰。余按容齋瑣錄(王秋農撰)揭陽黃岐山西麓有黃月容墓。月容明季女史。江南人。年十五。歸馮元颺為簉室。大婦妒殺。馮哀悼。葬於山麓。明年春自秦返。月容示夢舟中。謂殘室孤芳。為人踐折。乞即相護。馮醒而異之。因詣墓見野菊一叢。大倍常菊。作慘黃色。折枝殆盡。馮知是物。葺欄護之。自後逢春必開。土人呼為鬼菊花。徐當用此典。桐陰清話亦載其略。

題畫

余於郭純卿書室見菊一幀。瘦影疏疏。寒香滿紙。並未署款。不知何人所畫。上題詞一解云。榆落葉階前飛舞。老圃荒涼。碎瓊誰護。把酒黃昏。怕詠斷腸詩句。滿情孤蝶先背秋人去。只有愁蛩還傍著。離根絮語凄楚。倘藏伊金屋。未必瘦來如許。幾枝寒影忘敵住一天風雨。縱傲霜尚有餘花。已是傷心遲暮。草草梳妝。似寫謝娘風度。愛其悽峭。故錄之。

石頭記

樗散軒叢談云。紅樓夢實才子書也。或言是康熙間京師某府西席孝廉某所作。巨家故間有之。然皆抄本。乾隆時蘇大司冦家因此書被鼠傷。遂付琉璃廠書坊裝訂。坊賈藉以抄出付梓。世上始有刊本。惟止八十回。臨桂倪雲癯大令鴻言曾親見之。其四十回不知何人所續。或謂高蘭墅鶚所補。又謂無錫曹雪芹添補。皆無確據。洞庭王雪香先生取此書加以評語。亦無出色。最可笑者。龍潭厂雲友批本共數百條。泛論迂談。無理取鬧。謂欲表作者之苦心。吾不信也。惟顧恩思義一則。及說黛玉身子是乾淨無瑕。故不許其嫁而死。又說黛玉生日。打扮兒如嫦娥。演的新戲蕊珠記說扮的小旦是嫦娥。因墮落人間。幾難完璧。幸觀音點化。未嫁而死。論以為明明說到黛玉深處。又云薛氏梨香院後以居女優。而釵出。既為教戲之所。得勿謂梨園耶。則薛氏可知。而寶釵愈可知。余謂梨香院即隱寓梨園意。院與園音似。雲友此說獨有見到處。

許伯謙

許伯謙茂才紹源論紅樓夢尊薛而抑林。謂黛玉尖酸。寶釵端重。直被作者瞞過。夫黛玉尖酸固也。而天真爛漫。相見以天。寶玉豈有第二人知己哉。況黛玉以寶釵之奸。鬱未得志。口頭吐露。事或有之。蓋人當恩境未平。往往形之歌詠。詩三百篇。大抵賢聖發憤之所為作也。聖賢且如此。況兒女乎。寶釵以爭一寶玉。致矯揉其性。林以剛。我以柔。林以顯。我以晦。所謂大奸不奸。大盜不盜也。書中斲寶釵處如九曰冷香。言非熱心人也。水亭撲蝶。欲下之結怨於林也。借衣金釧。欲上之疑忌於林也。此皆其大作用處。況揚國忠三字。明明從自己口中說出此皆作者弄狡獪處不可爲其所欺況寶釵在人前必故意裝喬若幽僻無人如觀金鎖一段則真情畢露矣己卯春余與伯謙論此書一言不合遂相齟齬幾揮老拳而毓仙排解之於是兩人誓不共談紅樓秋試同舟伯謙謂余曰君何爲泥而不化耶余曰子亦何爲窒而不通耶一笑而罷嗣後放談終不及此君狂放不羈好辯善飲而愛友如命與余交每以古誼相勗亦今人中之古人也

紅樓詩詠

余於女子詩詞故事有見必錄以其有性靈也己卯三月之晦夜探海醉閒桐陰清話摘一則於下云蒲田吳氏粵之鹺商也富而好文大開詩社以紅樓夢分得四題各以七律詠之卷以萬計延番禺洪日崖孝廉評定甲乙取黃星洲等百餘人各酬厚儀先番禺張蘭士女史卷己列第一及開彌封主人以女子壓卷恐招物議遂置第二其實黃詩不及張也亟爲錄之黛玉葬花云攜將鴉嘴紫英囊無賴春心暗自傷未必紅顏皆薄命須教黃土也生香彩旛低護魂應妥濁酒重澆恐恐長底事詠花難握管一般愁緒費商量寶釵撲蝶云沁芳橋畔好春光驚自和鳴草自芳高下蝶隨飛絮舞娉婷人愛繞花忙苔痕狼藉弓鞋濕扇影輕盈寶串香細語喃喃留小步樹陰濃翠欲雲裳湘雲眠芮云灑脫情懷綺麗年要從香界小遊仙花前扶醉風無力夢裏尋春蝶有緣上頰酒濃眉黛皺壓肩香重鬢雲偏睡鄉料得甜何似鶺鴒籬櫳莫浪傳晴雯補裘云翠雨含風缺一翰累人凝病未曾安情懷生小寒暄共罅隙無多組織難燈畔容顏愁慘淡眼前刀剪淚辛酸他年醉擁應須記燭炧房櫳夜半殘女史名秀端著有碧梧詩鈔

小姐

余嘗以小姐二字用入澆愁集及本集中王毓仙以爲太俗按趙甌北陔餘叢考引錢惟演玉堂逢辰錄記營王宮火起於茶酒宮人韓小姐謀放火私奔又引袁堅志散樂林小姐建昌娼女楊小姐兩事又宋有嬙云知是婢妮小姐來是小姐並非俗稱矣

郁阿多

蘇俗帮傭代主措送貨物衆司炊爨者曰出店有郁姓者小名阿多蠡鄉人也傭潘姓錢店隔鄰趙生耽吟詠課徒於家日夕咿唔聲達牆外郁聞而羨之不敢造次謁乃買千家詩閒字於店夥事暇輒就教半載讀詩數百首字義不知也索解於夥不能答苦之因蹈間與鄰生近且勤爲供役於是得以文義就質生以其好學亦樂教之數月後濡染漸深一日持松花箋上錄一詩笑謂生曰初學作詩不知說何語乞先生改之生見題爲富家樂詩云飲酒

聞燒擁侍兒孤寒無復記當時笳聲昨夜西風緊醉卧香衾夢不知益識其主人也生讀之驚服由是益爲勉勵郁學大進明年遣而業儒間郁識字時嘗隨口吟曰怨女鰥夫萬萬千相思兩地亦堪憐老天何不隨緣度兩處牽來一處眠潘某子讀書喜游蕩郁勸之云郎君莫愛閒花草要折秋風桂子香皆靈敏而有至理

楊文乾

田文鏡不喜科目總督河東時祥符令王士俊嘗謁田田問出身王眉蹙口澀若爲禹不得已者對曰士俊不肖但某科翰林耳田以爲訕已愈惡之每見嗔喝吹毛索瘢王恐慌啼容裘沓山高士也被酒大言曰制軍有意相督過將早晚劾公公去無名不如擇一有名事去問何事曰今新河南鹻地增稅民不能堪公以狀啟田田必據此劾公公雖去公名傳矣王深然之繕稿數千言逼牒大府布政使楊文乾心嗛田所爲屈於勢位不能言得王牒驚曰此何時尚有奇男子呼童焚香供牒再拜遽明田果具疏劾王屬楊具詳楊佯助田怒詈曰狡哉王令知公憎故借此求名若據彼牒劾是墮其計也且罷止罷官不如姑舍是而別摘他罪中之使不得舒展田然其說由是王感楊甚每念舍身報無何天子推楊巡撫廣東士俊送出境悲不能止楊亦泫然曰事未可知何忍遽別姑行一驛乎既又留之曰事未可知姑再行一驛乎王自度楊去已必無全理悃悃相隨忽見飛騎北來捧黃封授楊楊下輿北向九叩招王曰我與女同往廣東速歸理裝蓋楊奉旨升任後即具疏力薦王可大用天子許以道府用矣王感激伏地叩謝淚隨聲下比至廣東一年擢高廉道尋擢布政使田卒竟督河東代其位

吳松筠

仙遊墩吳松筠秀才濤號亦僊沈滑卓識好學耽吟余客澄江相見於逆旅推襟送抱頗異尋常索其稿不得後王毓仙郵寄松筠幼作數首因錄其贈友云有家底事涉風塵骨肉飄零勝此身念我無依君莫棄而今好友是親人題美人小影云夢誤天台記問津似曾相識鏡中人多情誰寫傾城格團扇風流二月春又一錢卿爲看囊用百病何嘗買藥醫不耽詩酒終難稚怕負鶯花故覺忙兩聯亦有意思

惠山竹枝詞

竹枝詞不難於雅而難於俗能俗中見雅斯得其三昧矣幼時曾在王稼軒先生處見惠山竹枝詞百首寫景言情豐神獨絕惜未著姓名不知何人所作錄其尤者數首云要向西天乞佛恩瓣香攜去入山門隨緣次第都行遍數得阿羅第幾尊隔宵約伴祝華嚴催坐監輿

遠不嫌行過鹺塘齊住步先教侍女揭垂簾午日烘晴霽色開遊船都是北塘來心知寶善橋邊近再把雲鬟整一回女冠妝束門容華十五盈盈帶雨花玉盌玫瑰留客坐雕盤托出二泉茶隔溪橫石浸危湍照影亭亭玉一團好是美人行曲岸紅衫翠袖鏡中看春園春草氣如薰貼地弓鞋印蘚紋行過小橋還住步暗將纖手束羅裙不二門前繞石闌爐香春午爇沈檀觀音自具莊嚴相那許閒人四面看阿孃押尾婢當前躲避生人亦可憐來到半山修道院教郎親自拜張仙

四洲

泰西人尚地輿之學總宇宙六合凡有人物之所名之曰地球據地學士言東半球一帶地方由東北至西南直路三萬五千餘里分為三大洲一名亞細亞一名歐羅巴一名亞非利加亞細亞界內至大之國為中華次俄羅斯次印度今印度為英吉利屬部又次日本又次東土耳其其餘眾小國未能備列是為第一大洲歐羅巴界內有英吉利葡萄牙法蘭西意大利西班牙瑞典荷蘭德意志日耳曼瑙威埃及等國是為第二大洲亞非利加界內有英吉利法蘭西美利堅屬國又有眾小國類多黑人所居在東半球之南又有大地名噢荷蘭即澳大利國長八千四百里闊六千三百里英國寄籍之人居多近中帶之間海洲羅列各自成國是為第三大洲在西半球地方自為一洲一名北亞美利加一名南亞美利加總名亞美利加二地相連自北至南二萬九千餘里北亞美利加界內有花旗合眾墨西哥滴些士等國南亞美利加界內小國正多筆難盡述地球東西分界有太平洋大西洋以分隔之大西洋東西一萬零五百里南北三萬五千里東方之海此為最大約居地球之半若以全球分而為四則陸居其一而水居其三云

三借廬筆譚卷十二

金匱鄒弢翰飛纂

割臂圖

丹徒包曉村明經祖同嘗得疾藥治無效孺人嚴氏籲天願以身代割左臂療之疾遂瘳而嚴氏因傷致死明經深悼之繪割臂圖遍徵題詠姚湘漁福奎題云古來烈婦義殉夫夫亡誓以身與俱夫病幾危乞身代刲肉療疾勝扁盧爾肉不是返魂香亦非盧循續命湯胡為百藥不奏效餌以臂肉身康強夫病既瘳妾心喜妾病彌留竟不起刀瘢未滅冰肌寒兩載光陰付逝水始知割臂籲天時蓋以妾年益夫紀繪圖騎省劇傷心臂血猩紅如在紙嗚呼婦死名不死芳烈千秋炳彤史長洲陶芑生然云夜半焚香禱玉宸月明如水四無人長卿病起全家賀誰識金閨腕底春展卷難招畫裏魂六年前事與誰論只應借取詩人筆半寫啼痕半血痕

紇榻

余嘗同汪勝蓉集桃花菴戲贈羽士詩中有紇榻幾聲來隔院勝蓉指為不典余曰君不見唐詩乎崔護嘲妓詩云更著一雙皮屐子紇梯紇榻出門前此固以諺語入詩也勝蓉終疑為杜撰余亦笑置之今勝蓉死矣平生所學若吟而下筆嚴重一詩之成必以數月至有終歲始能脫稿者故詩不甚多猶記其題陸某詩稿云兩宋三唐味各含箇中消息許君參何人還把梅花憶詩派重開陸劍南此雖不經意之作而丰韻自佳

判事

判獄之難在當時應變敏速明察無遺就事後論之似覺平易而不知已苦費心思矣

蘇宰某素裕折獄才有鄉民持洋入城兌錢莊夥權之謂鄉民曰此係輕頭少一分半須減六十文蓋錢店取錢名目也鄉民哀求曰家貧乏糧借於他人欲供菽水苟能持歸恐未必肯換且路太遠堂上飢火鳴眼望穿矣償乞勿減可益貧家半日糧也夥曰減則減耳毋多混擾洋擲街中爭論閧宰適遇見而問之夥曰鄉民以輕洋強兌致擾生意鄉民曰此洋借來者欲兌以具母膳彼以輕一分半須減六十文故乞容情彼遂以洋擲街中非相擾也宰怒曰爾誠可惡洋銀既輕自應減價今每洋重七錢三分輕一分半減六十則每分價四十文四七二千八百三四一百二十除去六十共得錢二千八百六十文爾尚不可兌乎呼役責掌二十以洋兌於莊上令鄉民將二千八百六十文持歸謂曰爾須作生意勿吃盡用光也呵道而去人皆快之而莊夥則噤口不敢言

文章笑柄

齊梅麓先生宰某邑時。課童子試題爲今夫蹶者趨者。一童生文中有趨則必蹶。蹶則不趨。此吾人之恒情也。愈蹶愈趨。愈趨愈蹶。乃童子之頑性也。前趨者蹶。則後趨者爲前趨矣。後趨者笑後蹶矣。且後趨或因前趨之蹶而阻其足亦蹶。前趨或顧後趨之蹶而失其足亦蹶云云。頗堪失笑。篤湖錢伯漢太守廉和刺常州府。試童生。題爲子也夫。上截去父字。下截去婦也二字。有靖江縣童生某落下文云。夫婦固父之夫而祖之子也。其後股有夫室中雖不止一夫。而室中已先有一夫彝句。尤堪噴飯。

綺霞

同案顧雲翔從姪弟綺霞者。余族叔儒卿之宅相也。幼甚慧。十三歲時。嘗有人約訪前村美人。其人未至。但以詩詢之。綺霞答云。桂花香裏待君來。步月尋幽又幾回。若問美人何處是。蓬門過地鎖蒼苔。童子有此好詩。自是可人。

將軍大座

范黎明先生。善青烏術。嘗爲余家卜葬地於吳縣鹿山之巔大浮石下。稍偏數尺。作東南向。葬先曾母浦氏。浮石本無根。父老言數十年前。僅方廣數尺。幼時猶陟其上。今則高丈許廣過之。從山下仰望。如一人坐椅上。堪輿家謂將軍大座。

惡不肖

余不喜賭博。尤恨阿芙蓉膏。以其下流無恥。足以喪家而敗名也。然五陵豪俠。一擲千金。失則笑付浮雲。得則揮之如土。此等心腸。獨成仙品。固愛重而景仰之。今試問局博者。知古人之有此豪舉乎。不過局外抽頭。局中罔利。覥覥如鬼。逐逐然欲肆志昏而已。

李愛珠詩

李愛珠詞史。住閶門之宋仙洲巷。佻蕩笑謔。似無甚心機者。江建霞茂才往訪焉。詞史見江扇上自書詩句。吟哦三復。詰其識字。問之不答。知有隱衷。尋善遇之。嗣後每往必索詩。一日出小箋書三絶句。贈江悽然曰。君語多情。余本河南世家女。因荒歲爲人掠賣。作此賤業。見游章臺者多鄙俗。故絶口不作韻語。今讀君詩。不覺脫口成誦。殆有情不自禁乎。詩云。明知薑窖頻斟酒。故識才多屢索詩。此事當非嫌我惡。從來生性本慈癡。桃根桃葉事尋常。爲愛名花惱寸腸。我是文通詩弟子。錦屏端合換門牆。繫泊萍飄誤綺年。好春明日又離邊。縱然賺得江州淚。不灑東風淡杜鵑。詩未必佳。而得此人於風塵中。抑亦罕矣。

楹聯

楹聯不難於纖巧。而難於自然。不難於切題。而難於超脫。若頌揚之體。則宜裔皇典麗。落落大方。挽弔之聯。則宜沈痛。如題情真語摯。即使花間投贈之詞。亦須遺貌取神。巧不傷雅。總須精神團結。不即不離。以清麗之思。運輕靈之筆。措辭用典。食古而化。方稱妙手。余平生所歷見楹聯頗多。恨胸無記事珠。過後輒忘。十無三四。茲將昔時手錄及今日猶能記憶者彙錄於下。蒯子範德模題莫愁湖勝棋樓兩處。聯云。來遊凡幾。不提防瓦礫場空。回思晝夜重重。白酒黃花渾一夢。報最何從。且整頓湖山名勝。留取泥痕點點。殘棋賸粉亦千秋。梅生茂云。勝地快清遊。正梅子黃時。荷花開處。湖樓憑遠眺。看大江東去。明月西來。西林別饌集句云。人言爲信。我始欲愁。子細思量。風吹縐一池春水。勝固欣然。敗亦可喜。如何結局。浪淘盡千古英雄。薛慰農先生云。山溫水膩。風月常閑。幾人打槳清遊。倚小伎新妝。翻一曲齊梁樂府。局冷棋枯。英雄安在。有客登樓憑眺。仰宗臣遺像。感當年帝沐勳名罩白也之術。題金陵後湖湖神廟云。甚繁華六代。莫須提。望無邊烟水。渾隔絶石城冠蓋。金屋笙歌。使看物換星移。覺島嶼瀠洄。總不教鐵板銅琶。拍入江東坡老曲。儘消受一官權當隱。笑隨分經綸。但檢點花柳榮枯。漁樵作息。卻喜清溪紅樹。任車來去往。也算是閒雲野鶴。遊來世外武陵源。彭雪琴宮保云。大地少閒人。誰能作風月佳賓。湖山勝友。前朝多故蹟。我愛此荷花世界。鷗鳥家鄉。薛慰農先生題後湖曾文正公像云。人間宰相。天上神仙。果然蓬島歸真。想圓嶠方壺。有如此水。小隱曾來。大名不朽。留得湖山遺愛。比謝安王導。別擅千秋。龍蟠里薛盦自題云。風起盼翔雲。接武瀛洲學士。龍蟠慵作雨。看名江湖散人。薛盦對門有僧舍曰三松園。中塑佛像。薛慰農先生題之云。醉後逃禪。曲徑迴廊廊可卜。此間無佛。嘲風弄月我稱尊。駐馬坡在龍蟠里之前。與漢西門相近。相傳諸葛武侯曾駐馬山麓。故以爲名。山之半故有武侯祠。毀於兵火。光緒辛巳。經薛慰農山長萊質重建。遂煥然一新。制府劉公坤一題云。許先帝馳驅。東連吳會。有儒者氣象。上繼伊周。全椒薛保棫云。西南諸峯。林壑尤美。春夏之交。草木際天。閒中陳幼蓮宗濂云。風景依然。名士曾抗衣帶水。雲霄如在。寓公爲集草堂貲。金壇馮煦云。駐馬此重經。莫問渠天發殘碑。臥龍如可作。願爲我剪除他族。開濟滄晦。頗有寄託。山水饒客題莫愁湖云。來遊湖上皆情種。定說盧家是純根。薛慰農題蘇州滄浪亭云。百花潭烟水共清。年來畫本重摹。香火因緣。合以少陵配長史。萬里流風波太險。此處滄塵可濯。林泉自在。從知招隱勝遊仙。郭柏蔭云。漁笛好同聽。羨諸君判牘餘閒。消與南樓追庾亮。塵鞅聊一濯。擬明日刺船徑去。還憎滄海婁成連。惠山昭忠寺楹聯幾滿廳事。合肥李鴻章所題一聯最佳。句云。死事念諸君。尚落得一席名山。千秋俎豆。封侯嗟我輩。倒不如杖遊南岳。

對隐西湖語正無多是以包括一切施叔愚廣文代題浙江昭忠祠云將士用命氏庶有力焉是亭是宜世代即令多雨露精魂何依吾為之歸也以妥以侑故鄉無此好湖山丁植卿題忠山張睢陽廟云大地風塵存廟丹心綫猶留江淮保障空山雀鼠亦千秋無名氏集句題蘇小墓云桃花流水杳然去油壁香車不再逢題嚴江關與史廟云八十日帶髮効忠表太祖十六朝人物三十八同心死義存大明一百年江山成同之閒浙江失守有林與史死難事後建祠在和靖墓側中有一聯云大節正閒公取義成仁青史從今尊縣尉忠魂依處士補梅招鶴孤山終古儒林家擬仲賢題武侯祠云鞠躬盡瘁兩代勲猷内經以文外經以武蓋瘁從三分事業人服其智我服其忠李小筌制府瀚章題戲劇聯云誰云皮裏春秋直繪出聖賢面目奸佞心腸是是非非憑半日小輪迴喚醒酒睡漢我亦登場傀儡須扮就名士風流英雄氣慨磊磊落落做一个奇脚色留與後人看現身說法殊有情致曾文正公祭袁錄所載輓聯甚多兹擇其尤佳錄之小門生薛福成云適蕭曹郭李范韓而上大勳尤在薦賢宏獎如公悵望乾坤慟灑淚觀道德文章經濟之全私淑亦東親炙迍疏似我追隨南北感知音李小筌制府瀚章云吳子挽乾坤至今日生榮死哀公真無憾勛名振中外顧此後際艱有細帝曰何人秦澹如觀察湘棠云是名士是名將是名相備於一身衡嶽湘鍾靈

天為中興降申甫有立德有立功有立言足以千古江流助悲哽人誰從起繼蕭曹李葉萬啟深云係安危之重為社稷之臣功名自世將相一家拔彰起草英幕下同僚多節鉞出大賢之門許急流之退憂患相從勘平臥龍騎箕驚此日風前老淚滿江湖部民薛慰農觀察云一个臣休休有容頻年變理絲綸小隊出郊垌慣向山中招鶴埜萬户侯綿綿勿替當代元勛佐命大名垂宇宙豈徒江左誦吾吾益陽胡文忠公林翼東節楚北遭太夫人之喪曾滌生督部輓之云武昌據天下上游看兒郎新整乾坤縱橫掃蕩三千里陶母為女中人傑痛仙馭永辭江漢感激悲歌百萬家又輓湘軍同事羅澤南云率生徒數十人轉戰而來提三尺劍䇿半身書為良將為純儒別有千秋廬山不死報國家二百年養賢之澤殺幾萬賊克廿餘城是忠臣是義士又弱一个湘水無情吾鄉孫葆三明經工詩畫重九日與妻彈琴怒隱几而逝次日復生一子妻輓之云老成尚有典型何當風雨滿城抱琵任彈專一調丈夫愛憐少子更痛參商異處蓋棺未及洗三期侯景文輓云身世了棋枰從今夜雨秋燈局外更誰留冷眼光陰消酒盡徒見殘山賸水個中何處不傷心王仰之輓云造化有何權能貧君不能苦君能死君不能病君此去定非關老意及身可稱儀以詩壽更以文壽以畫壽更以書壽祇嫌未了向平心嚴笑拈輓云生平有樣期有品格有學問有才華超然自得是日猶把酒猶持螯猶下棋猶作畫逐爾仙遊施叔愚輓顧竹軒世丈云十年白下重相提攜惜他時得就菲材莫報我公尺寸一別吳山竟成永訣倘老父相逢泉路為言不肖流離浙江馮聽濤太史崧生以少年科第卒於都中時雙親在堂膝下無子周君達椎輓之云藥石誤醫庸倘觀歸來忍聽羊曇猶哭子文章憎命達發書歎息況兼伯道竟無兒又無名氏輓友云教我作酒狂謂酸亦非宜須擺脫書生氣味如公真健者奈技無與並終消磨名士精神嚴笑拈壽顧雲舫七十云七十古來稀身其康强子孫逢吉九五福曰壽天錫純嘏物我同春我家梅溪先生好學而貧妻亡先生輓之云痛我不底僅留薄命糟糠猶歸泉下端卿來世不過封侯夫婿休到人間頗覺沈痛都中某妓以二月十一生以三月終卒某太史輓云生在百花先萬紫千紅齊俯首春歸三月暮人間天上總銷魂一往情深真乃不食人間烟火者花間楹帖能集成句最妙否則亦要說得一往情深不能作道學語也瘦腰生贈張少卿云須惜少年時怕狂蜂浪蝶紛來錦字泥縅為奏通明殿上常邀卿月照作詞伯醉侯侍從芳名豔福合登聳玉山頭某参戎贈二服云紅豆春生二三月碧梧棲老鳳凰枝又贈玉琴云明月前身可人如玉流水今日伴客彈琴海上周生贈尤南寶云莫教紅豆栽南國且伏青藜檢賀書余贈顧月卿云月傍人圓且從萍海花天麗曲新翻中婦豔卿須自愛莫到燈殘酒醒多情重說少年時蓋遇玉卿正在送春日也

石緣生

同寀顧翔雲茂才汝翔自號石緣生負才落拓性耽飲書畫皆佳所得貲輒易殽頭春藏之客至一尊相對不飲者必强之使醉有饌皆親自烹飪雞豚松韭食品極精平生不多作詩作亦不自收拾僅記其遷居云為愛幽居避俗塵竟同松鶴結芳鄰滿庭花鳥應相賀從此追陪有主人春盡云姹紫嫣紅一度春繁華轉眼總如塵可憐花事成孤負愁煞深閨病裡人風致盎然可儆懷抱

碧螺山館

碧螺山館詩鈔七卷為吳縣金子春先生手筆先生居光福堯峯山西晚年病瞽詩興猶豪每有所吟令諸子手錄之不倦也余從友人處得其手錄稿意致清超別成一派胥江道中云一岸青山迎一岸青山送疏鐘既市昏細雨春帆重轉眗抵橫塘仙陀聞梵誦薄醉倚蓬窗烟波濕詩夢洞庭訪友云路緣洞庭渚問訊隱侯家郭暗綠楊樹水明紅蓼花書聲出蓬蓽人語帶烟霞一笑情如故談詩到日斜村居即景云雨過林塘水氣昏烟郊一色綠無痕桑經采後重生葉秧乍分來未活根黃犢逢人能讓路紅鵝歸柵自知門眼前景物皆吟料

何必尋詩到別村。小圃云。雙雙乳鵲啄秋苔。花落園扉晝不開。鄰圃絲瓜羊眼豆。一齊牽過隔牆來。溪上云。小封溪上獨徘徊。不惜青鞋搨綠苔。潑剌老魚剛戲水。浪紋圓到岸邊來。一聲潑剌浪紋粗。無數游魚戲綠蒲。恰有高泥船隻過。網竿夾得菜花鱸。題齊王谿漁隱圖云。此心曾與白鷗盟。只釣鱸魚不釣名。雨外青蓑煙外笠。從何物色到先生。舟中云。傍岸收帆日未斜。鶯環小港雜蒹葭。客涂難道無知己。一路青山送到家。客至云。連番冠蓋過蘇臺。慁亂衣冠溷草萊。不是諸君皆舊好。野人門巷肯輕開。他如庭竹夏涼雨。潮花然夕陽。濃雲千嶂夕。細雨一帆春。暗水流花徑。斜陽戀竹堂。潮迴沙岸白。日落海門黃。夕陽紅樹顯。秋磬白雲高。鳥聲雨止閒於市。人影日斜長過溪。貨財聚散樗蒱局。臺閣升沈傀儡場。秋水殘荷欺鷺影。夕陽衰柳亂蟬聲。溪邊鴨戲婦淘米。籬外犬瞋人折花。晚風殘月城邊路。細雨輕烟水上樓。絃管久虛堤畔舫。綺羅原少眼中人。湖山代有名流占。風月天資我輩吟。一聲啼鳥日光出。滿地落花人亦稀。皆佳句也。

閨中詩

嘗有人錄閨中詩數十首示余。閱之昏昏欲睡。其人似以余為不知者。因鄭重謂曰。此某中丞詩也。出身太史。即論福祿。已足勝人。況復有才耶。余曰。僅僅一矜。安能閒顧者詩。惟恨當時溫李浪得詩名。無福做達官耶。

曹曉雲

同邑荷花村曹曉雲茂才家徒。天資既優。辨才無礙。且性甚忠直。不肯作阿諛態。少年累於阿芙蓉。貧病相纏。常以為憾。平生極服眉山蘇集。俱能背誦。至作神龕。設木主以祀。拜倒東坡。可云至矣。余嘗作澱上游。與君遇於鴛湖。因相與置酒論諸史。余曰。宋人道學極偏。司馬溫公作鑑。以晉為伊祖。故貶蜀漢而以魏為正統。推其意。不過欲蓋司馬昭篡弒之迹。即以從黨禍之興。諸儒不過自信太深。拘而不化。以至盈朝聚訟。道於何有。學於何有。曉雲曰。君言甚是。吾觀眉山不過一奇士耳。駿馬天閑。不可羈縻。伊川既精道學。動法聖賢。極應以聖賢之度量容之。乃其始必欲引為己用。至不能援之歸己。遂起與為難。此亦偏刻之至。厥後朱子又復徇師力詆東坡。恐孔孟復生。必不願有此道學也。余頗以此論為是。

陶子春

元和陶子春然風雅愛客。善畫山水。能以氣韻勝。至雜卷。謂用筆在米黃之間。洵定論也。君與秦膚雨交最深。余知其能詩。屢求其作。未遂。得膚雨捋其六十述懷詩五首。屬采錄。其一云。往昔成何事。而今甲子周。琴書三代業。衣食一家憂。遊跡雖鷗鷺。勞心亦馬牛。好栽松菊

輕珍重祖詒謀。君居吳江之周莊。有自畫莊村圖。頗佳。余曾見之。

夢畹生

海上黃式權茂才協塤。自號夢畹生。多情善吟。嘗有所眷。作無題詩云。沈香亭子曉簾斜。十二屏山掩絳紗。紅藥將離思婦怨。碧桃如笑美人家。聰心月過宵焚鴨。鏡面波清晚縮鴉。莫說仙山千萬疊。隔花消息即天涯。碧天如水靜舒波。劃偏闌干月影過。曾倚綠筠招燕子。閒拈黃米飼鸚哥。龍春風帊私緘淚。雨鵠笙獨按歌。稽首東皇須護惜。落花休遣胃庭柯。又題清溪釣艇圖云。芙蓉湖上日將曛。激激秋波皺碧紋。白鷺有情如識我。蒼葭無際欲尋君。浮名何處蒙塵垢。清福偏宜狎水雲。分付樵青休打槳。恐驚鷗夢醒江濱。

芥航

余於丁丑歲作澆愁集。稿甫脫。即為坊賈攜去。其中大半點助未備。書出重閱。頗不滿意。至今悔之。黎芥航云。書以輕傳名作廿。事因易處悔心多。頗得我心。

好名

洞庭山富家葉滄莊上舍。風雅好名。雖不能詩。而心喜翰墨。結交文士。千金無少吝。畫五湖漁莊圖。名流題詠殆偏。其所著五湖櫂歌百首。膾炙人口。咸以為出上舍手筆。實則聘浙江名士陸蕭士先生長春所作。以傳名者。非己作也。

桂珠書

有某詞人。嘗訪桂珠校書於來燕榭。見其磨墨伸紙。振筆作書。與所歡者。未幾書成。投筆而起。衣閒之。裁對雖未稍巧。而一往情深。自不可沒。因錄之。書云。睽違數日。恒此三秋。每憶芝儀。殊殷汗愫。比維提躬安燕。玉體吉羊。辱荷知音。定符私頌。妾竊思形體雖隔。肺腑應通。寤寐懷思。祇覺宵長夢短。心神契合。頻添舊恨新愁。悵一水之無涯。暮雲春樹。溯幾回而仍阻。白露蒼葭。竊思燭剪西窗。樽盈北海。閒與梳洗。深淺煩君。下榻綢繆。溫柔許我。何意冰鮮食忽。抱新愁。遂使水遠山遙。竟回梓里。傷心話別。浪邀青眼於東君。無計款留。空望綠波於南浦。言念及此。歎仄奚如。所幸勿藥早占。停雲可佇。鸞棲夢穩。飢渴應償。鳳侶歡濃。恩情莫喻。然尚望人憐薄命。乘雀舫以來遊。書報平安。擘鸞箋而賜答。情長紙短。楮墨難宣。薄媿輕寒。起居自愛。今堂堂七尺軀。不能識一丁者多矣。而教坊中反得桂珠其人。真清濁氣不在鬚眉也。

絕命詞

某女史失其名。有絕命詞四首。甚慘。錄其三。云風敲庭竹雨聲譟。百轉愁腸只自嗟。燈火不

知人永訣寒宵犄放一枝花香焚睡鴨裊青烟哭拜人前訴可憐但願即花憐性轉一坏黄土也安然獨立庭除暗壁扉妾今視死已如歸儘他渠上呢喃燕來日窗前只自飛此女大約過人不淑玩其次首必非甚貧窘者乃才多命薄竟不永年未免有情能無悼惜

任畫

浙江有任渭長者弟阜長名薰子立凡名預寓蘇州皆工畫運筆蒼老奇詭有致說者謂派宗道子故人不可學然乎否乎余固不知也聞家清臣言凡畫更出叔上而落拓殊甚阜長所卧室塵積几案衾帳皆生異蟲立凡則一新衣上身卧亦衣之至敝或天暖乃脱他日易新者則舊者亦亡之從未聞其洗濯者所居畫室銀物隨意堆置故生客避嫌不敢入所得畫資歲及千金已不能指數嘗有友人相訪招立凡同出立凡偶翻紙堆得番餅數十枚大喜身無可藏即以牀頭脱下襪襪貯番餅於中挈身畔隨友醉倡家一夕銀盡揮去明日問之一笑而罷此豈老蓮之流亞耶何佯狂若此也

黄陶菴

黄陶菴先生一代氣節嘗館錢虞山家以不和河東詩見忤於主人人皆知之然其生平學力每在乎此虞山當事時章疏抄報堆積案頭陶菴日爲翻閱一代掌故了然於心故爲文

皆切實不浮此學古居今如有所得也

秋香

華氏婢秋香故事久已膾炙人口皆知爲唐伯虎事近見王行甫耳談載此事始知我鄉陳元超少時事也元超父以疏論嚴氏論死元超歸里致有此事三笑小説蓋本此以譌傳譌耳

河東君

往見書賈持河東君詩稿一册乃惠山韻香尼手錄本字既秀美詩亦淡雅上名士題詠甚多若竹汀蘭泉見亭等均爲製句倉猝中不及購爲有力者取去僅記其夜起二句云初月不明庭户暗流雲重叠吐殘星真得初唐神韻者

出局

出局近人招妓之稱也老學菴筆記卷三載宋杜莘自蜀入朝不以家行高廟諭曰聞卿出局即滿園紙帳如一行脚僧真難得也知出局乃出仕之稱後人譌爲妓耳

蘭臺生

蘭臺生爲某方伯外孫方伯致仕歸治私第於故里園亭樓閣麗甲一郡生年十五長身玉立丰神閒雅方伯甚鍾愛招與同居爲之延名師課讀生慧絶博覽典籍得其大略初方伯以家事屬冢婦吳夫人總理夫人有婢銀蓮者代其司出入登記稔吾誅諝好吟詠方伯視婢僕甚寬厚故銀作句輒呈方伯閲方伯亦爲改削每以爲常一日生過方伯室見案上詩知銀所作遂題其後曰是何名筆勝奇珍抹粉塗脂句自新獨有一端終不醒居然婢敢學夫人蓋以吳夫人亦工詩也方伯歸見之笑曰阿蘭該打竟與銀蓮倡和耶然愛其才不肯罪之後銀持詩去爲夫人所見笑謂之曰好好居然一對詩人閨室閑然銀蓮愁不自容自此亦屬意於生生雖風趣而素性方嚴每見銀未嘗少加詞色故銀亦心重之而外若疏遠明年生以應京兆試入都得榜遂留京聯捷乞假歸娶生早聯姻事皆方伯主之所娶即姨表妹林氏亦方伯女外孫也伉儷甚篤彌月後生以他事往浙三月始歸見銀蓮亦在室駭問之因林已向吳夫人乞得矣初生之往浙也吳夫人招女甥往林見銀蓮愛之一日代銀理篋見生所題句後有一册皆用生原韻成詩百首乃銀所爲也讀之喜甚遂從吳夫人乞銀夫人許之攜歸别具精舍勸生納之生亦不能辭後閨中唱和無虚夕今生僅弱冠也余見其合藁已二十餘卷亦當今韻事也

林文忠

林文忠出戍伊犁時王定九先生鼎持請留辦河工以其諳悉水利遂往行在爲悉陳要始得合龍一日王定九先生大開宴會林居首座忽傳旨到諭曰於合龍日開讀明日啟旨曰林則徐於合龍後着仍往伊犁定九大駭文忠自若即日啟行至伊犁伊犁將軍某素所器重問之曰君欲遠乎欲近乎答曰林某願遠遂批發極遠之所於是詳求水道始開河泊民得其利至今稱爲神人焉以上六則續錄江建霞懷琳閣卮言

閨七夕詩

閏七夕詩詠者雖好而作意頗難揚州方朝霞女史云秋初記得曾相見屈指三旬又渡河一歲縱逢雙七夕仍教離别比儂多姚夢仙云送巧重逢七夕期兩人歡喜各難支相思匝月無多積今夜何勞訴别離俞吟香云姻緣浪説雙星巧修到雙星亦可憐今月宵長前月促好教多與訴纏綿金陵鳳麓仙云别僅三旬亦可憐戀情又續此宵緣人間莫羨雙星會一月相思勝一年麓仙姓鳳名棲梧本良家女遭逆擄平康武孝廉王姓爲其脱籍且以千金贈孝廉死時麓仙年已三旬厭倦風塵賃屋於借綠山房名其閣曰留雲花木自娱閉門謝客無有知者蓋已不從賣笑時姓名也丙子秋余赴金陵試聞其能詩特訪之媪亦耳余名相見如故但戒勿爲外人道别後屢以書來有紅塵誤我遂多紅粉之愁青眼逢君願作青衣之侍云云一往情深甚可笑也余有答書附刊滬上冶游錄

山歌

山歌不知始於何時。鄉老皆謂張良所作。然垓下楚歌。乃留侯以計散楚兵者。今即以張良爲山歌之祖。亦齊東附會之詞耳。雖然。樵牧謳吟。亦有至理。如春風三月暖洋洋。楊花落地筍芽長。記得去年同郎別。青草河邊淚夕陽。又云。郎捉篙兒姐放船。兩人結就好姻緣。生來識得風波惡。不怕江湖行路難。頗有古樂府意。而小曲中。又有醒醒罷你看月兒已照在西窗下。十三字。情致幽悄。雖詞曲家亦爲首肯。

寫箴集

艷體詩不難妖媚。難於典雅。必仿古樂府撰討出來。方能入妙。蓋從古美人香草。比之君子。興託閨幨。旨歸忠愛。致光爲唐末孤臣。與袁聖並著。亮節少年綺旎。正是古人真率處。自宋儒競尚道學。自是而後。遂以三十六體爲非。迨至國朝。詩學大興。然王次回疑雲疑雨兩集作僞之徒。尚有識爲名教罪人者。故竹垞翁不刪風懷詩。有不食兩廡豚之語。當時雖刺陸清獻。實爲今之僞道學。下一鍼砭。辛巳夏。長洲王江建霞自鴛湖寄寫箴集來。凡上下平三十首。愛其典麗。爲錄四首。詩云。梧葉敲窗月滿階。簾旌人影隔天涯。香煞壓枕牽瑜鈿銀燭垂花暗舫齋。小妹攜貓貪夜局。侍兒樂府惱離懷。戲金盆貯秋蟲健。唧唧床頭興自佳。蓋茜風閒綻玉梢兜。央底事若同梁。桃花比命先傷薄。梅子含酸最怕嘲。繡屬偷描翻譜熟。金鴉新學愛詩鈔。綠陰小蓋樓頭靜。午睡涼時扇欲拋。帳底偷翻子夜歌。鏡中難畫石家蛾。偶開玉匣思金屋。很說紅牆即絳河。南內無人留覆紐。北山有鳥怕張羅。那知譜續金荃後。慘綠年華鬢已皤。忍將紅淚哭何戡。纖盡無生現鉢曇。二月仙枝開豆蔻。萬重香雪搗楹枏。飄零一夢絲牽蝶。顛倒三生繭縛蠶。世事大都歸寂滅。不妨求坐遠公龕。吳縣汪燕庭亦有句云。瓊夏相思真刻骨。石蓮辛苦浪關心。拈帶手神臨水見。兜鞋心緒落花知。四時子夜纏綿曲。十索丁孃宛轉歌。楊柳河橋障半袖。枇杷門巷闘雙蛾。俱麗而有則。

過貞女

貞女爲吾邑八士橋過步青秀才雲梯長女。幼讀書明理。閱古來諸烈女傳。及忠孝事。輒欷歔泣下。父歿時。女年十八。哀毀骨立。遵遺命依母居。針線而外。兼課其弟。女生而柔順無疾言遽色。容雖貌豔若花。而性冷若雪。母愛之不啻掌中珠也。女有表弟楊仲寅。焯居江溪橋去八士橋數里許。少孤貧嗜讀。炊爨斷而學不輟。人皆笑其迂。年近二十餘。猶鰥無妻之者。村中好事者。欲爲紅葉介。愁知楊爲過姓戚。往說於過母及女。且附會諸善。以諛仲寅。母夙聞仲寅勤讀。喜其有志。竟許之。時女母擇壻苛。雖縉紳家往往無當意。至是許楊。人共訕笑之

謂窮薄相。但可向灶下作炊婢。與黃頭兒共燕庭。豈有福生金屋。稱命婦耶。女聞之。泣母誡楊曰。人情多鄙視貴賤爲炎涼。宜自勉。青衿可早取。勿令人譏司馬長貧也。因少以膏火贈仲寅泣應之。歸益自勵。明年遂入泮。由是旁人不敢言。方仲寅之捷也。報至岳家。皆大喜。因令卜吉行卻扇禮。婚有日矣。仲寅忽病。奄奄數月。女在家聞之。雖不言。而時有淚痕。母察其意。令女先婚期過門。俗名沖喜。可以起病。亦不經語也。絲與維未發。忽有急足來報仲寅死。女聞訃氣絕。母驚呼且泣。良久漸甦。淚盈盈如貫珠也。泣請母曰。兒命薄。不幸失所天。願全兒志。蓋恐母憐女寡。或別有他意也。是晚果有人以私議進其母者。女聞之。乘間自縊。以救得免。知志不可奪。因共議送女家晨抱木主成親。女宛轉哀啼。旁觀者皆掩面泣。喪事告終。送木主入祠。歸經江溪。女躍入水。衆爭救起。而女終不樂。比返。戚族咸集。以孝母撫弟責女女亦欲絕食戕生。至是始進飲食。然氣噎聲嘶。食下輒吐。人皆謂其氣膈矣。楊但爲予述

趙仲穎

武進趙仲穎都尉。遺有詩懷三十首。錄其三。云。鼓角秋高靜不譁。鴛旗獵獵盡排衙。江山絕徼誇清晏。風雨枯藤久蔓芽。織屑簿書分殿最。蒼茫原隰混龍蛇。一官自古如傳舍。何況苔門萬里賒。宸垣星象拱三台。東閣何因得暫開。但使公卿能倒屣。須知草澤有奇才。一軍轉鬪資辛議千里。登臺弔郭隗。下馬從容磨盾鼻。幾時長見捷書來。嶺海無端作戰場。中兵前後起倉皇。更誰廣詡收盤錯。應悔盧循易陸梁。路險射工能伺隙。山深鼠穴有餘糧。習家池上花如錦。猶憶山公舊酒槍。頗有神味。

菊詞

向於敗紙中。得薛濤箋半幅。作簪花小楷。嫵媚可愛。上錄斷句云。我若是背花陰。你可迴身而抱。我若是現花魂。你可低聲而叫。我只好到明年。再見今番你了。我只怕到明年。又不是今番你了。非詞非曲。幽悄動人。不知何人手筆。後知爲蕩口菊花詞人錢欽三所作。君有菊詞十首。此第九首菊影題也。

四閑

管俊甫云。粉壁浮光閑眼界。青山閑影挂簾鉤。李觴女史云。秋風不管人銷瘦。帶了深涼閑入簾。戴石屏云。隔院簫聲偏放聽。愁魔叢處閑將來。謝玉如爲余述趙芝仙一聯云。草亂蛙成部。萍開魚閑涼。四用閑字俱佳。

相術不驗

趙仲甫爲余言。其業師康茂林先生。樹田山西人。平生落拓。喜詼諧。嘗有相士術素神。言其

五十歲某月日必死至期料理家務訣別戚友易衣冠以待越日仍如故親友共慶慰公作詩云欲把悲懷釋未能黄昏惴惴守孤燈老夫挨過三更漏一半生機不敢憑幾度窗前望曙光閻牢這鬼豈真忘雞聲替我勤催曉莫使今宵比昨長終宵待死死何從旭日光升報曉鐘相見親朋都慶慰笑談留作再生逢先生後又十餘年而卒此與隨園老人事絕相類

姑惡

松江南門外張澤鎮有吳姓兄弟者父早亡兄年二十餘弟亦及冠母為長子娶一媳極孝順而姑素與僧大通者善偶為媳窺見因含恨思子貿易在外比歸母輒愬媳不孝子愚不能辨將媳縛而投之河遇漁船得救送回母家母家究欲匿人構訟女婉勸曰姑之虐兒之命也訟可傾家兒請仍往奉侍加謹姑意或可感動否則戚亦當稍殺母不忍拂惟曰汝雖明大義但恐他日終死於惡姑手耳因集親族泣送之去姑雖納而終以為厭陰囑僧誘女姦許月送銀六兩抵死不從姑愈怒恐為發覺立召子回命幼子為証謂媳與僧姦囑勿仍優容則我亦當死子大怒出外購刀母與次子已將媳縛於柱恐其聲救背家以被蒙首欲舉刃媳從被中泣曰我從汝數載並無失德乃信一面之辭遽以白刃如何忍也子聞言手戰不忍刺母促之甫刺入而手又顫次子奪刀曰汝何無丈夫氣乃同母力從腸下一刺入腸流於外鄰人聞呼救恐釀命案遂排闥入見女一息僅存腸已垂垂如貫珠爲感大抱不平急喚其母至女略述數語且曰此亦夙孽勿累吾姑也遂氣絕母大慟眾將母子三人送之官僧反得脫時光緒七年六月也

秋聲句

楊義門客中云最恨淒涼旅館西窗前一夜滴秋聲綠蘺村秋感云叢竹蕭蕭梧颯颯窗前一夜碎秋聲俞吟香雜詩云風雨急催空外響窗前一夜戰秋聲孫鉄笙旅懷云風雨飄零驚客夢牕前一夜鬧秋聲秋聲句俱同而但換一字便各各入妙

詩媒

杜劍翁有近感祝蘭言秀才者嘗郊行至一古寺十餘武外遥見一美女扶婢向粉壁振筆疾書祝趨前女急避去祝視壁上七絕一首吟云吟詩重過板橋西楊柳垂垂綠一谿正恨好春尋不着流鶯無賴向人啼下書閨步尋春偶占一絕金湖女其下則以避去未及書也祝狂喜熟誦之歸家冥想憐才愛色交縈於中物色數年始知為浙江洪姓女子綠筠猶待字也時祝亦未聘輾轉賄媒媼求之女父母又故意留難討費千金方得娶歸伉儷綦篤新婚三日祝逆口占嘲女云憐才心事亦艱辛今日纔教了夙因卻怪卿家磨折甚不容修到比肖人緣詩答云兩地如何合得來蓬郎多謝有詩媒好將往日艱難意賺取溫家玉鏡臺一時傳為佳話周伴蓮述

舟人女

芷怨詞人薛姓忘其字四川人工辭才余曾遇於虎邱共坐畫舫墓亭相與傾談詞人因述漢陽遇舟女事甚豔女姓慕號徽音詞人雇其舟時夜半月明詞人不能寐起坐船唇吟東坡水調歌頭忽舟末有推篷起者則美人子也舟子皆酣睡女輕步至前欲從請教詞人詳甚擇述去女曰妾向耽此前遇某公子僱舟及半月奉親命就學今相隔數年無從請業幸遇君子伏乞指南父母雖知亦無傷既而父母果覺招女得之詢其故大喜明日笑請於薛曰小妮子頗痴文翰倘不吝教幸甚由是供膳甚豐詞人留連十餘日揮淚珍重而別蓋女之態容亦江山船娘之流亞也并述其詩云秋風鼓棹入煙波一葉江頭去若梭可奈荒唐神女夢年年終覺刺心多噫真耶假耶詞人妄言之余亦妄聽之而已

瑤京瑤生

李瑤京女史吾友司馬懸卿之室也工詩善琴性耽靜逸有妹瑤生適湘南廖思江秀才亦工詩余求瑤京詩不可得懸卿但為誦舟發太湖云扁舟歲歲滯天涯今夜卿心十倍加曉色未開都起碇櫓枝搖夢出蘆花後又持瑤生春閨一律見示詩云瑤笙按罷曲廊行斜日簾櫳天氣清飛絮白翻空裏影落花紅併靜中聲晚風寶串偕香遠小院弓鞋貼地輕十二闌干春色好凝妝悄立弄新晴瑤生著有百美吟惜無從見

山産

靈岩七子兩山故生紫芝鄉民於春間入山往往得之攜貴城中而獨無重生者且不經曝十莖中不過兩三莖可藏吾友畢雄飛吾鬢芝每買於鄉人烹食之味賦而若其堅大者留曝作供或分送友人又鹿山多土參長二寸許大小如指葉細碎而多毛一莖攢生五六枝或十數枝不等狀如𦬊余家先曾祖塋在鹿山工人掘土所得甚多攜帶回數十斤然未有人食也

樹堂

家樹堂弟丰致瀟灑性喜吟哦而不肯存稿隨作隨棄余索其稿無有者遍覓亂紙堆中得零箋數幅已作蠹糧矣兹錄出之九日風雨訪友云秋光憶黄花登高興懶賒那知風雨裏孤棹泊君家訪華巽先云煙徑尋盟印屐痕雞鳴風雨閉孤村紫藤花發香侵几綠樹陰濃雲鎖門流水高山彈一曲文章尊酒快重論長安他日如相遇還憶今朝笑語溫此詩甚先

弟少時作也故摘出之秋到江南畫本開丹黄猩綠映樓臺攜將濁酒供清賞落葉林間自去來巻盡人家水竹西桃花千樹隔清溪路青錢靠騎公子芳草春風趁馬蹄記有云巳卯春與石緣生顧鶏探春鄧尉山云煙波小舫去尋春短棹横塘畫裏人貧看夕陽山外路逢窗時倚醉吟身芳店雞鳴月正横曉裝拂拂赴前程短笻小帽人癡絶來向真孃墓上行山光倒影墮船窗一路閒吟自在身訪得石湖歸隱處青袍紫領拜詩人題貞娘者夫婦合照云長航仙夢了無痕卻向春風畫裏存花月半神雙豔絶丹青合寫美人魂

轉韻

友人問詩之轉韻始於何時一友曰當是國風關雎第二章余曰非也夏五子之歌當為轉韻之鼻祖若關雎之詩明明為五章參差荇菜至寤寐求之為一章求之不得以下又一章末亦當分以為二朱子并為三章誤也友強辯曰帝庸作歌下皆轉韻非在夏前乎余曰此亦各成一歌不然何云又也

程紫荷

程紫荷秀才春航為前輩詩人其七古尤有奇氣而平生抑鬱賫志而殁錄其旅齋夜話云丈向荒城問柳枝銅駝儔侶舊相知江湖詩酒春前約風雨琴尊別後思往事經年如夢逝餘寒二月見花遲何堪小杜零星恨重說香消燭灺時三閭大夫廟枯柏歌云武侯廟前古柏蒼鄂王墳上南枝長靈物盤踞貴得所何況此柏雖奇怪醜非常此柏不知植誰手小枝無算大枝九枝枝拏空畫不成横攫雲飛逆風吼霜皮剝盡老骨堅森森碧影高參天神靈終古默相守空庭僅立忘其年我來廟中拜更訪廟中樹得地因知託根固愛此孿拏未忍去夕陽荒徑何淒迷狐狸出没猩猩啼有時雷雨助聲勢使欲破壁成龍飛倔强由來世所棄十圍千尺材空異並無香葉露文章賸有堅心立天地棟梁莫處巖穴深荒烟蔓草共消沈精靈不為渴枯沒孤潔難辭蠹蝕侵吁嗟木蘭椒桂非奇者得附離騷重聲價惜哉遊生千古下

詩貴性靈

隨園老人云作詩不可堆砌故實自矜淵博致將天真抹煞余謂夕陽芳草鶯花風月等字雖為最好色澤惟用之太熟亦宜稍避至於八股詩文迂腐之氣斷不可用張薌南少府云浪填辟典若搜羅芳草斜陽信口哦更有程朱稱李杜詩中迂氣逼人多横塘王嘯樓嘗為余誦蘇州某紳贈某大僚一聯云十年學問傳人望萬里風雲見將材又云希聖頻勤書萬卷尋春誤認路三叉余笑曰此亦以程朱學李杜然以苛刻論人則下句皆抄人之作上句始為己作耳

糊塗

宋史云呂端大事不糊塗夫大事不糊塗則小事亦未必糊塗然終不能不糊塗也鄭板橋云難得糊塗惟其難得糊塗且不妨有糊塗之處人能此兩語處世修身能事畢矣余平生辦理太明以至人皆欲殺其病在不肯糊塗族叔敬齋嘗寄遣情詩規誡余云十載功名冷裕衣笑同白鷺學忘機年來漸覺閒根寂不管人間有是非羲皇一夢了平生怕見炎涼異世情值得糊塗能受福何堪心地太分明識見高超可作熱鬧場中清涼散

王樂山

無錫王樂山先生忠綬以知縣分發湖北攜子燮同至會城時粵匪三陷武昌圍攻甚急先生抵城閉不得入巡撫陶文節公恩培武昌知府多公山將死之止先生毋入不可遂攜子僕進城明日城陷先生殉難子僕皆從死此咸豐五年二月十七日也六年城復先生次子庭楨入城覓忠骸無得乃奉衣冠葬焉

春在堂隨筆

俞樾著

附小浮梅閒話

上海文明書局印行

春在堂隨筆卷一

清 德清俞樾著

余自幼不習小楷書。而故事 殿廷考試尤以字體為重。道光三十年。余中進士。保和殿覆試獲在第一。人皆疑焉。後知其由湘鄉相公。湘鄉得余卷。極賞其文。言於杜文正。必欲置第一。羣公聚觀。皆曰文則佳矣。然倉卒中安能辦此。殆錄舊文耳。湘鄉曰不然。其詩亦相稱。豈詩亦舊作乎。議遂定。由是得入翰林。追念微名所自。每飯不敢忘也。時詩題為淡烟疏雨落花天。余首句云。花落春仍在。湘鄉深賞之。曰。此與將飛更作廻風舞。已落猶成半面粧相似。他日所至。未可量也。然余竟淪棄終身。負吾師期望。良可媿矣。湘鄉出入將相。手定東南。勛業之盛。一時無兩。尤善相士。其所識拔者。名臣名將。指不勝屈。獨余無狀。累吾師知人之明。同治四年。余在金陵。寓書于公。述及前事。且曰。由今思之。蓬山乍到。風引仍回。洵符落花之讖矣。然比來杜門撰述。已及八十卷。雖名山壇坫。萬不敢望。而窮愁筆墨。儻有一字流傳。或亦可言春在乎。此則無聊之語。聊以解嘲。因顏所居曰春在堂。他日見吾師。當請為書此三字也。

肅毅伯李少荃制府。於鄉榜為同年。于翰林為前輩。然未嘗一面也。同治元年。公奉命撫江蘇。駐上海。有商華伯太守者。亦甲辰同年也。公見之。問曰。浙江同年。有孫琴西俞蔭甫二人。頗識之否。以相識對。問所在。無以應也。適章采南修撰視學閩中。取道上海。亦甲辰同年也。華伯問知余在天津。以告公。公喜曰。若致書。先為吾道意。余聞而感之。然不知公何以知余也。同治四年。余始識公於金陵。請其故。公曰。湘鄉告余也。庚戌會試後。余問湘鄉今科得人否。舉君名以告。因識不敢忘。去年余充江南鄉試監臨官。見湘鄉公於金陵。猶能誦君覆試時詩也。樾歎曰。以樾之不肖。猶未見棄於師友如此。可感亦可媿矣。公又謂余曰。丁未前庚戌一科耳。然丁未翰林入任卿貳出任封疆者數人矣。庚戌何落寞如此。豈所謂榜運乎。余曰。榜則何運之有。存乎人耳。丁未有老前輩一人。榜運安得而不佳。庚戌有學生一人。榜運安得而佳。公大笑。未幾。公延余主講蘇州紫陽書院。適琴西主講杭州之紫陽。余因以書報公曰。庚戌有兩紫陽。老前輩聞之。得無詫榜運之闊乎。

余與孫琴西衣言三為 道光十七年丁酉科。君得拔貢。余中副榜。廿四年甲辰科同舉於鄉。三十年庚戌科同成進士。相得甚歡。而論詩不合。故余嘗贈以詩曰。廿戲名場同得失。兩家詩派異源流。然君刻遜學齋詩十卷。止余一序。余于咸豐九年刻日損益齋詩十卷。亦止君一序也。同治四年。兩人分主蘇杭紫陽書院。又贈以詩曰。廿年得失共名場。今日東南兩紫陽。一時以為佳話。其詩均存集中。

同治四年。余至杭州。時劉笏堂汝璆攝杭州守。奇士也。署中僮僕止四人。內室無婢媪。其夫人至躬洗廁牏焉。自述其家世寒微。父幼時。負炭鬻之市。頗善治生。積貲累巨萬。然盡散之宗族。不名一錢。止存薄田數畝。供饘粥而已。五日一食肉。肉不得踰八兩。性嗜琴。雖逆旅之中。未嘗一日不與琴俱也。母七歲來歸。每日以米少許。襍菜煮粥食之。劉君既貴。為慈蕙圖。紀其事。湘鄉相公曰。子不可有母而無父。乃因父嗜琴。易之為琴蕙圖。圖中琴一張。蕙一莖。無他物。求詩於余。余為作長歌一章。適琉球國貢使東子祥國興過杭州。乃琴西舊為琉球官學教習時弟子也。以琉球紙詒琴西。余因亦得之。為篆書琴蕙圖三字贈焉。君少時。即能飲酒。父戒之曰。非至五十歲不得飲。自是不內勺飲矣。余與同席者二次。未嘗見其舉一杯也。語余曰。吾桂名仕籍。亦父命也。父嘗行市中。遇冠蓋者避不及。前騶者鞭箠及之。微傷於額。歸而慍焉。呼吾而詔之曰。汝過三十歲必出仕。故不得已而從軍。積功得官。慰吾父地下也。

君雖以單功顯。然恂恂儒雅。論為政必以教民為先。議興鄉課。欲行之一州八縣。見余所著羣經平議。曰。是不可不刻也。蓋寫副本畀我。及余臨行。君贈以寫書之費。徐問之。則假之錢肆者也。其夫人亦賢婦。雖居太守署。然守家法。五日市肉八兩如故。君以其病。謀少益之。夫人不可。曰。家法不可由吾壞。若少益之。上何以對舅姑。下何以對子婦哉。君又欲傭一人代之執爨。又不可。曰。君繼母在家。莫為之役。奈何以媪婢役於我。

鎮洋方毓辰著毛詩句解析疑十四卷。每句采先儒舊說。微有折中。雖不能自成一家之學。然其用力勤矣。同治四年。余至上海。於同年應敏齋觀察署中見其書。時方君已死。其子孫不能守。謀并其姓名而鬻之。問其直。曰洋泉一百二十。余謂敏齋曰。賣者不孝。買者不仁。此事君胡與焉。將來倘有餘力。為刻其書。而以其版付彼子孫。使食其利。此則仁者之用心矣。敏齋深然之。余即還蘇州。未知其終。姑記於此。他日或竟有買此書者。易姓名而刻之。得此猶可證其真偽也。

寶山蔣敦復字超存。號劍人。著嘯古堂詩集。方江浙陷賊時。著憤言一篇。議戰議守二篇。萬言書一篇。亦留心天下事者。又著兵鑑一書。剌取諸史中言兵事者。分為四門。曰兵律。曰兵謀。曰兵機。曰兵戒。惜其書未成。其已成書者。惟英志八卷。紀英吉利國事甚詳。英吉利自宋英宗治平元年以來。分為五朝。始有歲月可紀。第一朝曰諾曼的。其二曰北盎大日奈。其三曰都鐸爾。其四曰斯底亞爾的。其五曰伯畨瑞格。今其女主亞勒山的那維多利亞。乃伯畨瑞格朝第六主也。其傳國之法。傳子亦傳女。傳兄弟亦傳兄弟之子。若女傳女子之子。亦傳女子之女。真殊俗哉。

蘇州新設紫陽書院。在梵門橋。舊為吳氏屋。道光十七年。余過蘇州。適 太恭人族弟松田老人主於吳氏。余因得識吳氏昆弟。飯于其聽事之西偏。至道光二十年。其屋歸於邵氏。咸豐十年。賊陷蘇州。據其屋為偽府。官軍收復後。遂改為書院。同治四年。當事者延余主講。乃移居焉。回憶飯此時。止二十九年耳。而屋已再易主。而皆不能有。余以當時一飯之客。反得為此屋暫作主人。夢幻泡影。大率類此。世之人輒思為子孫百世之計。何為者也。松田老人年已七十。尚寓吳中。時來書院與余談舊事甚悉。留此老眼以閱興亡。造物者其有意乎。

論語徵甲乙至壬癸十卷。日本物茂卿譔。其書每葉二十行。每行二十字。每卷首末兩葉版心皆有滕元啟謹書五字。同治五年。戴子高于杭州書肆得之。以示余。其大

旨好與宋儒牴牾。然亦有謂朱注爲是處。議論通達。多可采者。惟謂上論成於琴張。下論成於原憲。故二子獨稱名。此則近於臆說。然亦見會意之巧矣。今錄數事於左。

千乘之國。　萬乘千乘百乘。古言也。謂天子為萬乘。諸侯為千乘。大夫為百乘。語其富也。如千金之子。孰能計其囊之藏適千而言之乎。古來注家布算求合。可謂不解事子雲矣。　學則不固。　謂不固守一師之謂。傳曰。博學無方。孔子無常師。　為政以德。　為政。秉政也。以德為用。有德之人秉政而用有德之人。不勞而治。故有北辰之喻。　五十而知天命。　五十命為大夫。五十而爵不至。有以知天命也。知天之命我。以傳先王之道於後也。　舉直錯諸枉。　蓋以積材之道為喻。積材之道。以直者置於枉者之上。則枉者為直者壓而自直矣。故曰。能使枉者直。　子奚不為政。　我死子為政。謂秉柄於其國也。疇昔之羊子為政。謂秉柄於其事也。此章孔子為大夫時事。聖人施為不與常人同。於其官政不必屑屑然有所更張。然其意豈或人所能知。故引書答之。　季氏旅於泰山。　古注以為譏僭。然觀其引林放。則孔子之譏。在奢不在僭。必季氏為魯侯旅。而其行禮徒務美觀。故爾。後儒每言及季氏。輒謂之僭。豈不泥乎。　禘自既灌而往者。　易曰。觀盥而不薦。王弼引此章。祭統曰。獻之屬莫

重於褋，灌與祼通用。孔子於禘欲觀其大者，而不欲觀其小者，重本也。但易觀盥，凡祭皆然，禘爲大祭，故特言之。　無適也，無莫也。　無量壽經、華嚴經皆有無所適莫之文。華嚴經慧苑音義引漢書注曰：適，主也。爾雅曰：莫，定也。謂普於一切，無偏主親，無偏定疏。澄觀疏曰：無主定於親疏。無量壽經慧遠義疏曰：無適適之親，無莫莫之疏。璟興連義述文贊曰：適，親也；莫，疏也。乃知適莫爲親疏，古來相傳之説。　宰予晝寢　晝，處于寢也。檀弓曰：夫晝居於內，問其疾可也。　孰謂微生高直　高，蓋孔子鄉人，以直見稱，孔子亦愛之，故反言以戲之，親之至也。意者，孔子家乞醯，曰或者，倖爲不知，皆戲言。若他人乞之，則是瑣事，孔子何與聞其瑣事乎。　三年學，不至於穀　穀，祿也。不曰祿而曰穀，謂祿之薄者，蓋廩俸也。學三年而其所學未成可祿之才，是志大而學博也者，故曰不易得也。　達巷黨人　達巷，姓；黨人，名。　食不語，寢不言　語者，誨言也，如樂語、合語之説。古者飲食之禮，如養老有乞言、合語是也。然當食不語，食訖乃語，所以尊道。故君子平日亦依其禮，當食不誨言也。寢者，內侍也。言者，言政事，如高宗三年不言是也。內寢不言政事，所以盡天職。　期月而已可也　先王之政，有月令焉。未期，則設施猶有未周。　齊人歸女樂　據孟子，膰肉不至，不稅冕而行，無歸女樂事。疑歸女樂與不致膰本非一時之事，史公合二事以係于定公十四年，非也。莊周書亦言孔子再逐於魯。　君子惡居下流　謂紂之爲逋逃藪也。衆惡人歸紂，而紂受之。其所自爲惡雖不甚，而衆惡人所爲惡，皆紂之惡也。故曰天下之惡皆歸焉。

華亭尹父叔鋆蕙，以其祖母黃紡織圖索題。圖中題者甚衆。有張春水七古一章，署云吳江張濳未定草，璞卿女史陸惠書。鈐一小印，云文章知己，患難夫妻。張春水、陸璞卿合印，亦詞場佳話也。

同年勒少仲觀察以史忠正祠墓圖索題。圖中有陳君弢詩自注云：史閣部復攝政睿親王書，乃樂平王綱字乾維者代筆，見南昌彭士望恥躬堂集。余惟忠正此書，海內盛傳，然莫知其爲王君筆也，故特表而出之。

余生平謬以文字受海內名公鉅卿之知，雖云過當，然或者尚有以致之也。乃童稚之年，茫無知識，而一二老輩殷殷期許，殊不可解。迄今老大無成，有負其意，爲之汗顏。每擬仿隨園老人作感知己詩，因循未果。偶記二事於此。一爲處士黃公，公忘其名，但記其行伍耳。余七歲時，　先君子爲求昏平泉舅氏第四女。舅氏已許之，妗氏

猶豫，黃公乃妗氏之弟也，偶省其姊，知此事，詑曰：此佳壻也，今失此壻，他日雖列萬炬以求之，豈可得邪？議遂決。是時余一童子耳，讀書魯鈍，不異常兒，不知公何所見而云然也。一爲孫公，公名家球，字竹孫，娶於戴氏，乃先君子中表妹，而吾兄壬甫又公之壻也。故余少時即讀書公家。一日，公與余共飯，譽之不啻口出。時公有兒子在旁，知之，曰：兩俞雖兄難弟，他日顯達，可操券也。公正色曰：爾勿草草，若小俞者，豈獨簪紱中人邪？乃當代之傳人也。余時方治舉子業，爲八股文字，惟不中繩墨，了不知所傳者爲何物也。公卒於道光二十四年，余初舉於鄉，往問公疾，疾已篤矣，執余手曰：吾死後，子爲我作小傳，或名誄，但得見名字於集中，九原無恨矣。今賓萌外集中有竹孫孫公誄一篇，然文體卑弱，未足報公地下也。

上海曹海林學博出示宋勅書一，其文曰：勅朝奉大夫新除司封郎官曹緯。勅文凡七十八字，皆行書，筆勢飛動。末書奉勅如右，牒到奉行。□年四月八日下，惜年字以上皆闕，不知其年號云何也。又有圖像二，緋衣秉笏，儀容甚偉。又有文武登庸曹氏流芳家寶行書十字，大可五寸許，末署梅翁，梅字亦剝蝕，然尚可辨識。惟緯不知何人。曹氏以宋武惠王爲遠祖，武惠七子：璨、玥、瑋、玹、玘、玓、琮，字皆從玉，而此勅書是緯，非瑋字，迹分明，且緯亦未始爲司封郎官，則不得即以爲武惠子也。宋史又有曹輔，南劍州人，輔之子曰紳，豈緯與紳兄弟行歟？又有曹彥約，都昌人，嘗從朱文公講學，此有梅翁題字，豈即彥約之先人歟？是皆不可知。因漫書數語於其後而歸之。

湘鄉相公有聖哲畫像記，其略曰：書籍之浩浩，若江海然，非一人之腹所能飲盡也，要在慎擇而已。余自度其不逮，乃擇古今聖哲三十三人，命兒子紀澤圖其遺像，都爲一卷，藏之家塾。後嗣有志讀書，取足於此，不必廣心博騖，而斯文之傳，莫大於是矣。其圖文王、周公、孔子、孟子爲一圖，左氏、莊子、司馬子長、班孟堅爲一圖，諸葛孔明、陸敬輿、范希文、司馬君實爲一圖，周茂叔、程伯淳、程正叔、張子厚、朱元晦爲一圖，韓退之、柳子厚、歐陽永叔、曾子固爲一圖，李太白、杜子美、蘇子瞻、黃魯直爲一圖，許叔重、鄭康成、杜君卿、馬貴與爲一圖，顧亭林、秦味經、姚姬傳、王懷祖爲一圖。而總論其後曰：學問之道有三，曰義理，曰詞章，曰考據。如文周孔孟之道，左莊馬班之才，誠不可以一方體論矣。至如葛陸范馬，在聖門則以德行而兼政事者也；周程張朱，在聖門則德行之科也，皆義理也；韓柳歐曾李杜蘇黃，在聖門則言語之科也，所謂詞章也；許鄭杜馬顧秦姚王，在聖門則文學之科也。顧秦與杜馬爲近，姚王與許鄭爲近。

皆考据也此三十三子者師其一人讀其一書終身用之有不能盡未復括以歌曰丈周孔孟班馬左莊葛陸范馬周程朱張韓柳歐曾李杜蘇黄許鄭杜馬顧秦姚王同治六年余至金陵湘鄉公留宿節署因得見之而記於此

金陵之遊以元武湖觀荷花為最是日余將行矣湘鄉公餞之於妙相庵先與幕府諸君登太平門樓觀沅浦中丞由地道攻克金陵故迹遂出城至元武湖湖方十餘里徧種荷花各乘小舟穿花中而過紅衣翠蓋亭亭可愛公所坐舟與余輩大小無異而有司供張者以使相之尊不可露坐施小帷帳蔽之然止能繞花而行不能直入萬花深處矣余笑曰山人之樂過於宰相即此可見也

沅浦中丞由地道攻克金陵處名龍脖子時缺口已修補有湘鄉公紀事碑亦甚簡略末有銘曰窮天下力復此金湯苦哉將士來者無忘可見當時力戰之艱同遊者有趙惠甫曾躬在行間於雨花臺望見之云是日為同治三年六月十六日黎明微雨旋霽日中又雨大聲忽發甎石俱飛倏忽之間而煙氣迷漫不見天日及煙散則見城中龍廣山上萬蟻蠕蠕蓋皆人也時我軍已由缺口入城矣俄而旌旗盡開四面齊下而賊所據偽府同時火起矣余入城時上有黑雲大數畝許歷久不變及我兵長驅而入黑雲亦與之俱是殆有神助乎余有詩紀之皆據趙語

江良庭先生生平不作楷書雖草草涉筆非篆即隸也一日書片紙付奴子至藥肆購藥物字皆小篆市人不識更以隸書往亦不識先生慍曰隸書本以便徒隸若輩并徒隸不如耶余生平亦有先生之風尋常書札率以隸體書之湘鄉公述此事戲余因録之以自嘲焉湘鄉公喜諧謔因余銳意著述戲之曰李少荃拚命做官俞蔭甫拚命著書吾皆不為也余聞而自愧亦以自喜然少荃伯相功業爛然為中興之冠余窮愁著書醬瓿上物耳且自中州罷歸已逾十稔而所著書止一百餘卷乃與中興名臣同一拚命豈命果有貴賤乎今列所著書目於此医書二種羣經平議三十五卷諸子平議三十五卷第一樓叢書九種易貫五卷玩易篇一卷論語小言一卷春秋名字解詁補義一卷古書疑義舉例七卷兒笘録四卷讀書餘録二卷詁經精舍自課文二卷湖樓筆談七卷集二種賓萌集五卷賓萌外集四卷春在堂書六種襍文二卷詩編六卷詞録二卷尺牘及隨筆未定卷數楹聯録存一卷外書二種袖中書一卷詁經精舍內外篇未定卷數嗟乎文士名心書生習氣緘石知謬享帚自珍聊記其大略亦見窮命之不值一錢也

余壬子散館後未引 見戲書一詩黏齋壁云天風吹我下蓬瀛敢與羣仙證舊盟好向玉堂稱過客重煩 丹筆注微名升沈有數人難挽造化無心事總平却笑隨園老居士落花詩句太關情跋其後云散館改官口占一律同年愼延青戟林見之而笑及引 見後蒙 恩授編修延青過余齋喟然長歎余問何歎延青曰吾歎此一首好詩將來編集時竟無從安頓也相與大笑然余不久即免官回首玉堂真同過客天風吹我下蓬瀛斯言驗矣延青今已下世不及與之追理前說懷舊悽愴為之腹痛

同治七年余主講西湖詁經精舍精舍有樓三楹余每日凭欄俯瞰湖光山色皆在几席間甚樂也每思造一小舟艤之隄下興之所至縱其所如暮景晨曦隨時領略庶幾不負湖居乃閱西湖志有明人聞啟祥西湖打船啟一篇適與余意合啟祥字子將萬歷間舉南雍與計吏入京師至國門忽意不自得徑返後屢以薦被徵悉辭不赴見錢塘縣志又靈隱寺志稱其絕意仕進築阿西山言語妙天下即此啟足見一班也今録其略云欲領西湖之勝無過山居而予尤不能忘情於舟山居飲食寢處常住不移而舟則活山居看山背面横斜一定不易而舟則幻昔馮開之先生既築室孤山又買一舟佐之白頭老宿時時蕭然讀書其中三十年來風流頓盡罕有繼者予及二三兄弟素懷此志而書生無暇兼亦無貲陸放翁云一事尚須煩布策幾時能具釣魚船正謂是也嚴子印持向有糾會打船之議事未果行今予踉蹌北歸造物予我以閒亟思一舟為避事息躬之所而瓶鉢罄然不能不重理前說願期同志十人各輸十千共成一舟請自隗始其餘次第成就十年以還便可人主一舟舟不必大如少陵云野航恰受兩三人略加開拓可容五六不嘗大矣亦不必華如白傳云細篷青篾織魚鱗略參眉公所謂朱欄碧幄明窗短帆不嘗華矣尤不必高西湖妙在裏湖正如美人寢幃神仙別館窈窕深艷殆不可名今船必着樓逐令斷橋以北六橋以西封以丸泥恍同函谷此何理也放翁又云船設低篷學釣徒却又太低但使俯仰笑談冠纓不礙則亦不嘗高矣楊肥翁有打船說制度詳明可埀金石今舟成之日廣列科條除其苛法約以三章此誠伊人之典型舟居之律令矣篇中所稱馮開之先生名夢禎萬歷丁丑進士官南京國子監祭酒移病去官築庵孤山之麓名其堂曰快雪見錢牧齋所撰墓志舊錢塘縣志稱其晚年製桂舟貯書畫遨遊西湖竟月不返其風趣可想也

偶與樹湖船錄云黃貞父儀部用巨竹為栰浮湖中編篷屋其上朱闌周遭設青幕障之行則揭爲支以小戟其下用文木斲平若砥布於栰上中可容六七胡床位置几席觴豆旁及彝鼎壺洗茶鐺棊局之屬兩黃頭刺之而行吳江周本音名之曰浮梅檻此事極新奇可喜黃以前未有聞後亦無繼者果此制可行豈不視造船更省乎稽仁和縣志黃汝亨字貞父萬歷二十六年進士授進賢知縣遷南京工部主事升禮部郎尋遷江西提學僉事進布政參議謝病不復出結廬南屏小蓮莊題曰偶林有偶林文集三十卷詩六卷蓋其人亦風雅君子也貞父有浮梅檻記一篇今錄其略云客夏游黃山白岳見竹筏行谿林間好事者載酒從之甚適因想吾家西湖上湖水清且廣雅宜此具歸而與吳德聚謀製之朱欄青幕竟與煙水雲霞通為一席令泠如也按地理志云有梅湖者昔人以梅為筏沈於此湖有時浮出至春則開花流滿湖面友人周本音至遂欣然題之曰浮梅檻予時與韻人禪衲徜徉六橋觀者如堵俱歎西湖千載以來未有當時蘇白風流意想不及此人情喜新之談夫我輩寥廓湛妙之觀豈必此具乃與梅湖仙人爭奇哉以上並儀部自記之文同時王在晉作浮梅檻賦湯臨川亦有浮梅檻詩足見其傾倒一時矣其子婦顧若璞有同夫子坐浮梅檻詩

吳江呂本南茂才多保以其先世文穆公墨蹟求題因得展視行書八字大可二寸許云飛翠鳴玉出入禁門又有小字兩行多漫漶不可辨適徐誠庵大令本立來與之審視徐云紙有破碎處裝潢拙工誤顛倒之耳因為移正居然可識其文云齊僕射玄匙有讓表云宋世子老師呂蒙正書然語仍不可解或尚有闕文也卷中有道光十年裔孫晉昭跋云崇禎甲戌五世伯祖非庵公諱一經督學中州五世祖聲玉公隨至洛陽有某氏首卷題首八字係文穆公書遂以金易之珍藏於家云云至此八字未詳所出潘安仁西征賦云飛翠緌拖鳴玉以出入禁門者衆矣齊僕射讓表或襲用其語然僕射亦未知何人題跋諸公都不置一詞余漫題數語而歸之因識於此當更核也

呂本南茂才又以王右軍平安帖墨蹟見示其文曰適得足下書深有感切遂冀平安不晢面王羲之頓首墨色闇淡紙質亦多損壞有內府寶玩印又有張九齡歐陽修名印餘兩印不甚可辨其前有明勑云頃四明所進王羲之平安帖筆畫飛動古勁圓朗真蹟無疑勑卿等重加審定裝演成卷諸跋不必刪去可也宣德四年夏六

月武英殿勑其後有魏徵跋賀知章跋薛紹彭跋東坡居士蘇軾跋黃庭堅跋陸游跋趙孟頫跋班惟志七言絕句一首又有木笛顧瑛許衡張羽李和吳寬朱澤民高啟諸人名印余不能辨其真偽亦不敢率題一語留數日而歸之姑記所見如此

余課士詁經精舍以司馬溫公隸書家人卦賦命題限涑水崖碑半綠苔為韻諸生押涑字皆入屋韻獨朱君鏡清押尤韻余按大徐本說文涑澣也河東有涑水速侯切小徐本涑澣也一曰河東涑水相玉反是此字二徐異讀然左傳伐我涑川釋文涑徐息錄反又音速字林同則涑水之涑當讀入聲固魏以晉來舊讀矣又考玉篇涑先侯切濯生練也又先侯切與漱同又先卜切是漱字有平去入三音讀平聲者即涑澣之本義讀去聲者為盥漱之借字讀入聲者顧野王不說其義而以左傳釋文證之則為涑水字無疑矣朱君故押尤韻未免好異之見也

余又嘗以張景陽有涔興南岑句為題諸生或以涔字作平聲余謂題出文選義本毛詩陸德明毛詩音義云有涔本又作弇於檢反雲興貌李善注文選曰涔與弇同音奄則此字不當讀平聲也及還蘇寓偶以語徐誠庵大令本立次日以一紙見示云涔字韻府羣玉入覃韻無仄聲韻府拾遺入儉韻今坊本或收入平聲或平上兼收以此按集韻覃談鹽沾嚴咸銜七韻俱無涔字上聲五十琰涔字注衣檢切說文雲雨貌或作霒考字典涔字注唐韻集韻韻會衣檢切正韻於檢切並音奄是由唐韻以至韓道昭改併集韻涔字俱讀上聲無入平韻者雖未知平水韻書何如然黃公紹韻會一遵劉氏意平水亦與會同惟陰氏時中反之檢今韻十三覃涔字注烏含切沒也涔之訓沒不知何本疑涔字之假借集韻去聲五十五豔淹字云於贍切沒也可悟訓沒之由乃既以淹為涔又誤於贍為烏含遂以鹽韻而收入覃韻真歧中之歧矣徐君為余三十六年前同補博士弟子員之老友精於音律以一字而偏檢羣籍求其本音亦可謂留心小學者矣聞其著詞律拾遺頗足為萬紅友功臣未知能卒業否其所撰茘園詞二卷余已為序而行之

白太傅詩云猶有誇張年少處笑呼張丈與殷兄然則古人所稱兄者必其年長於己者也王補帆同年小於余者兩歲每謂余宜弟之而忽兄然尋常書問習慣為常率爾落筆輒誤以弟自稱因戲於弟上加衆注其旁曰周人稱兄曰衆錢子密吏部與余約如補帆余亦嘗誤自稱弟子密報云何不用周人稱兄之例亦尺牘中一故事也

余著羣經平議。解尚書巽朕位。巽是篹之假字。及讀辥尚功鐘鼎款識。有宰辟父敦三。其文並云用饌。乃祖考事。蓋假饌爲篹也。可證成余說。又著諸子平議。解晏子春秋賴君之賜。得以壽三族。壽是保之假字。而辥書載叔液鼎。魯正叔盤。並云永壽用之。即永保用之也。亦可證成余說。古彝器銘詞之可寶貴如此。

長洲褚稼軒堅瓠集。有移棋相間。以黑白各三子。三移而黑白相間。自三子至十子皆然。多一子則多一移耳。余試之良然。而內子季蘭復推廣之。自十一子以至二十子。余恐其久而忘也。因筆之於此。三子。左二一左五四左二一四子。左三二右六五右三二左二一五子。左三二右五四左六五右三二左二一六子。左三二右七六左五四右六五右三二左二一七子。左三二右六五左六五右七六左八七右三二左二一八子。左三二右九八左六五右六五左七六右八七右三二左二一九子。左三二右八七左七六右五四左十九右九八左六五右三二左二一十子。左三二右十一十左六五右七六左九八右十九左七六右六五右三二左二一十一子。左三二右十九左七六右六五左十九右十一十左十二十一右七六左六五右三二左二一十二子。左三二右十二十一左六五右七六左十九右十九左十一十右十一十左七六右六五右三二左二一十三子。左三二右十二十一左七六右八七左十一十右五四左十三十二右九八左十九右十二十一左六五右三二左二一十四子。左三二右十三十二左六五右七六左十九右十一十左十二十一右九八左十二十一右六五右三二左二一十五子。左三二右十三十二左七六右十九左十二十一右六五左十九右十三十二左十四十三右十一十左十一十左七六右六五右三二右二一十六子。左三二右十四十三左六五右七六左十九右十二十一左十二十一右九八左十一十右十一十左七六右六五右三二左二一十七子。左三二右十四十三左七六右十二十一左十三十二右六五左十一十右八九左十五十四右十四十三左十二十一右十九左七六右六五右三二左二一十八子。左三二右十五十四左六五右七六左十九右十三十二左七六右十二十一左十五十四右六五左十一十右十九左七六右六五右三二左二一十九子。左三二右十五十四左七六右十二十一左十四十三右六五左十一十右十六十五左十七十六右十四十三左十二十一右十一十左十九右七六左六五右三二左二一二十子。左三二右十七十六左六五右七六左十九右十六十五左十五十四右十一十左十二十一右十七十六左十四十三右十三十二左十一十右十九左七六右六五右三二左二一凡自左移之右。則曰左。從左起數。自右移之左。則曰右。從右起數。

靈隱冷泉亭舊縣一聯云。泉自幾時冷起。峰從何處飛來。亂後失去。寺僧屬吳平齋觀察補書之。戊辰九月。余與內子往游。小坐亭上。因誦此聯。內子謂問語甚雋。請作答語。余即云。泉自有時冷起。峰從無處飛來。內子云。不如竟道泉自冷時冷起。峰從飛處飛來。相與大笑。越數日。次女繡孫來湖樓。余語及之。幷命亦作答語。女思久之。笑曰。泉自禹時冷起。峰從項處飛來。余驚問項字何指。女曰。不是項羽將此山拔起。安得飛來。余大笑。方啜茗。不禁襟袖之淋漓也。

李筱泉中丞以筆見贈。來書云。長頭羊毫。昔姚伯昂先生最善用之。弟苦不能用。管城子歎失所久矣。公精篆隸。必能任意揮灑。而此子一吐其氣也。語意甚雋。余復書云。承惠筆極佳。然佳毫入拙手。仍未得所。公之位置此子。似小失之矣。

余前客新安時。其地當水潦大至。山中往往出蛟。曾作伐蛟行一篇。有云。霹靂一聲裂山出。又云。驅駕雷霆欲出山。想當然語。非紀實也。己巳之夏。在西湖講舍。適天竺山中出一蛟。其夕甚雨。而無雷。後晤何子永舍人。言凡出蛟之日。皆無雷。甚愧前詩體物之未精。已而勒少仲同年言前年其家鄉桃花嶺大出蛟。凡數十處。其出也無不有雷。又似子永之言不塙。事不目覩耳聞。而臆斷有無。不免爲東坡所譏矣。

春在堂隨筆卷一終

清　德清俞樾著

陸存齋觀察心言嘗問余曰莊子稱聖人不死大盜不止此聖人孰謂也余謝不知存齋曰若謂堯舜禹湯諸聖人則聖人之死久矣何以莊子又發此論乎莊子所謂聖人正謂當時諸侯耳余思此言極有理當時田齊三晉皆篡竊之國而儼然列為諸侯僭稱王號乃欲以治小民雖刀之爭正所謂竊鉤者誅竊國者侯也莊子未可明言故恐謬其詞而曰聖人不死大盜不止所謂聖人正以名號推尊之非以德言亦猶古以君子為在位之通稱也禮記鄉飲酒義篇注曰君子謂卿大夫士也卿大夫士謂之君子則諸侯王謂之聖人亦其所矣推莊子之意欲治天下之道必先治天下之諸侯魯臧武仲有言子召外盜而大禮焉何以治吾盜孔子之告季孫亦曰苟子之不欲雖賞之不竊莊子之意亦若是而已讀者徒驚其放言高論河漢無極而不能善會其意非能讀古人書者也

鄭君注儀禮大射儀篇曰豐從豆𡴀聲自來不知𡴀為何字詁經精舍肄業諸生戴君果恒曰𡴀古峯字也從山從二丰丰亦聲此說殊佳說文丰草盛丰丰也山峯之上必有草木丰丰然故從山從二丰正取丰丰之意而即以丰為聲後變為從山夆聲形聲雖同然不如從二丰之有意矣𡴀為峯古文竟是定論故記之

余著羣經平議以梓材一篇為周公營洛邑誥庶殷之詞即名誥所謂越七日甲子周公乃朝用書命庶殷侯甸男邦伯者是也篇首王曰封封是衍字康誥篇首四十八字當移至此篇之首後知金仁山通鑑前編說與余同見書不多遂與前人闇合良自媿恧且恐似此者尚多也聊記於此告世之讀余書者

西人有醫士名合信者著博物新編內載有用電氣製鍊字畫銅板之法其有舊樣者即以白蠟印舊樣為模若作新樣者即以白蠟捻成一版畫工用刀筆劃刻山水人物於蠟版上畫成之後再以黑鉛屑薄糝劃痕乃用鐵線一條長約二尺一端穿繫精錡數片復用清水兩盤一浸蠟版一浸精錡精錡之盤調以磺強水蠟版之盤繳膽礬浸之精錡為強水所化即有電氣發出由鐵線傳遞於膽礬水中膽礬被電氣所逼礬質漸化即有紅銅結積於蠟版上礬盡加礬水涸添水紅銅漸積漸多三四日後銅版厚結二三分許取出刮去白蠟則銅版錚錚凹凸成章幾疑其有鬼斧神功之妙也按此法以之刷印書籍最佳聞滬上已有試為之者未知成否故記於此磺強水又名火磺油西人製磺強水有二法均見博物新編茲不錄精錡質如白鉛亦出外國大約欲為此法則此二物必從彼國購來也

年家子鄒蓉閣在衡于蘇州白喜橋觀音殿得元大德時所鑄文廟編鐘一攜其文以示余兩面皆有太簇二字其一面云大德乙巳平江路總管朵兒赤教授劉惟肖造一面云杭州路儒學樂師施得仲授大德乙巳為成宗九年據元史禮樂志成宗十年命江浙行省製造宣聖廟樂器以宋舊樂工施得仲審較音律運至京師此鐘之鑄必在是時與史差一年者史據其至京之日言之也施得仲既為宋樂工必與宋太學遺制符合數百年後存此一鐘洵可寶貴蓉閣即將此鐘寄至杭州今未知在何所當俟至杭一問之

沈韻初孝廉樹鏞以趙廿二年石刻見示此石在直隸永年縣西六十里婁山其文曰趙廿二年八月丙寅羣臣上醻此石北沈西雝觀察謂是石虎建武六年所刻上溯石勒之年而并數之故稱趙廿二年然金石刻辭從無此例劉寬夫侍御謂漢侯國得自紀年定為趙王遂之廿二年較沈說為得之然考前漢書趙敬肅王彭祖共王充並享國長久後漢書趙節王栩頃王商惠王乾亦享國長久此五王皆得有二十二年侍御止據魯三十四年石刻謂彼刻稱五鳳二年魯三十四年而此不冠以漢年明是漢文帝時未有年號之故遂決以為趙王遂此說亦未足據侯國得自紀年原不必定冠以王朝之年魯三十四年石刻未可泥為定例使必冠以漢年則文帝雖無年號獨不可冠以漢幾年乎侯國之尊王朝豈以有年號而異然則此碑為何王國不能臆決矣

韻初又示余南武陽功曹闕畫象題字并附有樊君文卿釋文其中錯誤甚多或傳寫失之也末行樊釋作昌令於唐四字余審視之唐字實是高字昌字其形作吕必非昌字令字亦不相似似是食字鄭君注洛誥惟洛食曰皆可長久居民使服田相食漢書元后傳云予乃卜波水之北郎池之南惟玉食予又卜金水之南明堂之西亦惟玉此墓闕食字或即此義其𠦪字當是年字年上疑更有萬字萬年食於高下有闕文乃頌禱之詞

會稽大禹陵旁有禹寺三楹老屋無可觀覽其左墉有一碑塵積寸許拂拭而讀之則唐開成五年往生碑也碑皆真書額題往生碑三字其文云唐開成五年歲次庚申皇帝昇極是歲夏五月會稽禹寺請元英法師講金剛經于餘姚平原精舍會次

洛一千二百五十人結九品往生社英公學我真教絕其道蹤施有差等附陳九品寄求頁石書其姓字云云其下列第一品至第九品人姓名男女皆有之此碑乃道光二十年寺僧鉏地所得徐鐵孫太守榮移樹殿中碑文完好字體樸茂亦希覯之物自來金石家未著錄余恩恩拓請未審視其書撰人姓名尚存如此可笑也爲詩存集中幷記大略於此行課托人至越中拓數本以歸也

南鎮即會稽山余登其巔至所謂香爐峰者極高峻雙峰左右立天然如門才容一人西折而進亦奇境也中建佛閣奉觀音題曰南天竺憑欄俯視眼眶頓寬視越郡城僅如衣帶之環繞矣舁夫以兩竹竿懸坐具於下幷懸尺許之竹以承雙足游人躋其上余笑曰大出山行乘橇豈即此歟後聞勒少仲同年云江西多有之名曰攙子攙音讀如篾余疑兜字之轉音又思竹篙二字合書之即爲篙竟名篙子亦於義有取

余從前游地越中止於七星巖一游有詩存集中己巳之夏余至上虞展舅氏姚平泉廣文之墓以舅母黃孺人祔葬焉歸次紹興始徧探禹陵南鎮蘭亭之勝游覽圖亦有緣歟蘭亭時修葺未竟彭雪琴侍郎往游以三百金爲助侍郎之母太夫人乃山陰王氏女也其外家零落侍郎訪求不得故出金助修蘭亭用志渭陽之思而余此行亦因外家窀穸之事因以詩寄侍郎其末云英雄至性果然真不負之江來問津愧我羊曇悲悴甚墓門長拜更傷神

余與彭雪琴侍郎初不相識己巳之春余來詁經精舍開課適侍郎僑寓湖樓一見如舊以望雲思親圖屬題乃知侍郎母太夫人山陰王氏女其外王父游幕皖北太夫人行年三十有五矣猶然待字時封公爲其地巡檢司適喪耦縣令爲作合遂成二姓之好其後封公先卒太夫人守節撫孤備嘗辛苦及其沒也侍郎猶爲諸生不及見其貴顯也然侍郎天資忠孝功業爛然稱中興名臣足以慰太夫人地下矣雪琴侍郎以諸生從戎在軍中二十年戰功卓犖中外共見然其人實溫溫儒雅善畫墨梅因借寓余講舍湖樓許畫梅一幅以當屋租余贈之詩所謂一樓甘讓元龍臥數點梅花萬古春也後果踐斯語余于如冠九前輩處見其所書楹帖有小印云兒女心腸英雄肝膽又聞勒少仲同年言其一小印云古之傷心人賢者多情即此可見矣

余至杭州屢矣游西湖亦屢矣然率皆煙波一棹未及登山也戊辰歲主講詁經精舍始游天竺靈隱諸勝其秋又偕內子往游南山一路未及竟己巳之夏乃快游訖乘籃輿度六橋先至理安時已盡燬於賊正在締造寺僧導觀法雨泉清瑩可愛中有泉龍不過二寸而有四足具五爪僧言由此至龍井有九溪十八澗地極幽秀惜未及往乃由理安至雲棲舁夫憚於登陟取道江干往返皆然殊少味矣雲棲修篁夾道意境殊勝而僧言從前彌望皆綠仰不見天今已濯濯矣飯於寺中僧出示董香光所書金剛經墨蹟遂得敬觀　高宗御題僧言庚辛之亂埋之土中故不毀也復導觀蓮池和尚骨塔其外又有太素錦屏主之塔即其妻也游畢出山至虎跑泉則寺燬未修泉水故在其旁亦蕪穢不治舁夫促還遂不及一品其泉請俟他日矣是日始而陰晦四山雲氣迷濛如欲雨者余用韓蘇二公衡岳故事默禱於神已而晴日杲杲歸途乃誦坡仙率然有請不我拒信我八厄非天窮之句以答神貺

潘少梅以小印見贈文曰西湖長云舊得之市上棱角刓敝而篆文頗古雅有致余雖不敢當然年來適爲西湖詁經精舍山長未始不可妄竊以自娛也監院校官孟君蘭舫因言薛慰農觀察舊年主講崇文書院倩人刻此印僅刻竣不當意遂不復刻

時觀察已移席金陵余因笑曰慰農之不得長爲西湖長而余承之於此其即徵之此印乎已而慰農從金陵來言所屬惜陰書院屋甚精雅門前湖光如鏡芙蕖彌望無際榜曰何必西湖余聞之憬然有會前語信乎人生所至莫非緣也惟念西湖長之名本之東坡東坡守杭守潁皆有西湖故到潁謝執政啟云入參兩禁每玷北扉之榮出典二邦迭爲西湖之長後謫惠州亦有西湖故楊誠齋詩云東坡原是西湖長不到羅浮那得休然則西湖長之名如慰農曾官斯土者方得稱之此印似非山人之所當用也乃本朝有詩僧正巖賦點絳唇詞云來往煙波此生自號西湖長彼釋子可以自號則吾儕或亦無嫌因賦驀山溪詞其首句云飄零書劍老作西湖長居之不疑可一笑矣

慰農主講崇文時曾命門下士造一湖船船未造而慰農去金陵其門下士因以其錢就鳳林寺後隙地築屋三間榜曰辞盧慰農自金陵來余語及之且曰昔人牽船以代屋君今造屋以代船宜曰辞舫不宜曰辞盧也慰農深然之未知果更易否聊記於此

永懷堂十三經注乃明崇禎間金千仞蟠葛靖調鼎兩人彙刻卷首或題明後學金

蝻訂或題明後學葛鼐訂蓋刻書之資出其人耳今其版在浙江書局余取覩之其訛謬甚多尤可笑者孝經題漢鄭氏注而實則唐元宗注也其他從可知矣前有翰林院編修崑山朱天麟序一篇草草下筆不一披覽何歟

咸豐二年餘姚客星山新出一漢碑碑文首有三老二字故即名曰三老碑宗湘文觀察源瀚以搨本見貽余歸視之碑前半分四截其最上一截四行二十二字曰三老諱通字少父庚午忌日祖母失諱字宗君癸未忌日次一截六行四十六字曰掾諱忽字子儀建武十七年歲在辛丑四月五日辛卯忌日母諱捐字□君建武廿八年歲在壬子五月十日甲戌忌日次一截六行三十八字曰伯子玄曰大孫次子但曰仲城次子紆曰子淵次子提餘曰伯老次子持侯曰仲雍次子盛曰少河最下一截五行二十九字曰次子邯曰子南次子士曰元士次子富曰少元子女曰无名次女曰君明其後人且書三行共八十二字曰三老德業赫烈克命先己汁稽履化難名分而右九孫日月虧代猶元風力射邯及所識祖諱欽顯後嗣蓋春秋義言不及尊與上也念高祖[illegible]（字失鐫入左[illegible]）至九子未遠所諱不列言事觸忌貴所出□及□敬曉末孫□副祖德焉詳其文義三老生一子而有九孫此碑乃九孫中第七孫名邯者

所立以識祖父名字且存忌日然祖及祖母忌日有日而無年月亦疎略矣所引春秋之義殆即穀梁傳孔父不名為祖諱之說意其人乃為穀梁之學者也父沒於建武十七年則九子之生必有在王莽之世者莽禁二名而提餘持侯名皆二字其亦有用漢臘之意乎名字俱而備姓氏竟不得詳更當考之又其文字有不可識者姑作空圍記之聞藏是碑者為周君世熊字清泉有釋文當求其詳并證異同也

余既得三老碑搨本未數月即有以周君釋文清泉題文見示其所釋與余微有異同三老諱通字少父少作小母諱捐字□君君上是謁字次子盛盛作盆次子士曰元士士字均作土字女曰无名无作元汁稽履化化作仁貴所出□及□出下是嚴字及下是焦字敬曉末孫□副祖德焉孫下篤字注曰疑古莫字因附於此俾覽者詳焉其題跋曰先君子解組後卜居邑之客星山下嚴陵塢即徵士嚴先生故里也咸豐壬子夏五月村人入山取土得此石平正欲以甃墓見石上有字歸以告余余往視碑額斷缺無從辨其姓氏幸正文完好共得二百十七因卜日設祭移置山館建竹亭覆之按東漢光武晉惠帝東晉元帝後趙石虎西燕慕容齊忠明帝魏北海王皆紀元建武惟光武有廿八年且值壬子碑紀其母忌日即未必刻於是歲字法由篆入隸與永平建初諸石相類定出東漢初無疑三老諱通邑志失傳掾諱忽字子儀考後漢書任延傳延為會稽都尉時避亂江南者皆未還中土會稽頗多士如董子儀嚴子陵延皆以師友禮待之此諱忽字子儀者沒於建武十七年時地悉合豈即董子儀歟（案志云吾邑董氏出于漢代宜以晉董黯見太平御覽北堂書鈔注引會稽典錄謝承後漢書會稽先賢）漢碑盛桓靈朝當建武時碑制未備額石之形類碑字未篆其文與衍大意為子儀第七子邯進處而作祖母以下有諱字而不及氏末云貴所出嚴及焦或二母之氏歟人云碑出咸豐壬子上溯建武壬子正得一千八百一年辛酉之亂賊火吾廬亭相去稍遠得不燬事平碑仆於地旁瓷漢晉甎數十如鼂突然蓋賊以此作炊者石受薰灼左側黔黑而文字無恙凡物隱顯成毀固有定數此碑幸免劫灰先賢遺跡賴以不墜知海內好古家同此愉快也

余在會稽寓寺見唐開成五年往生碑已載其大略於前矣後至省垣以語如冠九前輩遂託人至會稽搨數本見貽因載其全文於此碑額書往生碑三字前有題曰云結九品往生社井序沙門處訥撰文云唐開成五年歲次庚申皇帝昇極是歲夏五月會稽寓寺請玄英法師講金剛經于餘姚平原精舍會次募一千二百五十人

結九品往生社夫為善者迷於所趣無量壽佛近念不息遺民掛冠康樂投簪史氏稱之其風不泯英公所以載其教拖其遺踪雖有等差階前九品旁求貞石書其姓字不以予管見命序其事云第一品僧處訥僧永端徐十一娘第二品第三品將建達第四品朱寧第五品僧良從僧陟霄僧獻通僧惠平潘翊魏宬邵仕興蔣沛呂三娘張喜悅梁出世陳卅一娘胡大惠第六品僧雅操僧智源蘇約染十一娘邵玘陸逵徐文政方榮進鄭大娘馬超朱越七尼淨嚴第七品僧閒居僧清晏僧履言潘雅傅成申晉徽潘存約陳卅娘項卿朱清淨尼宛輪第八品尼堅持李皋高二娘鄭閬盧仿朱智明許三娘宋十四娘僧法敬僧元宥第九品方榮進鄭師爾危倫吳貫之許玩楊成方常和徐武繆阡從繆令繆陶晏鄭協繆日華李瑜戚通方子明邵强謝行恭翁珍周慶徽馬訓徐公佐蘇澄尼契能尼深淨尼志常尼弘政尼弘辯尼契虛尼圓政尼遠照尼體常尼契端尼目淨尼妙喜潘妙性染出世徐十二娘徐三娘朱十二娘方二娘姜三娘張圓滿沈十一娘鄭三娘丁蓮花邵六娘董法超劉智滿胡二娘梅十二娘張八娘施十一娘劉一娘周三娘胡福相沈九娘盧清淨黃二娘王三娘葉四娘吳卅娘江十一娘李志圓黃三娘李圓滿繆真性鍾元成宋怦胡仲芳劉叔俞子

興朱琰蔣仕琳及用陸嵩劉文傑賈政沈顏龔榮盛瑩陳可津按碑文稱一千二百五十人而所列止二百三十三人第二品下不列姓名殆不得其人而闕之歟碑中男女出家僧尼碌碌至為可笑余詩所云坐惜蚩蚩民作事等兒戲以此求西方往生庸可冀備錄其文姑以詒好事者云衢瞿字不可識殆當時俗體序中某字依文義當作摹亘誤字耳未必用六書假借法也染出世一人而既列第四品又列第九品此不可解

吳平齋觀察示余石刻鄭板橋字一紙其文云大幅六兩中幅四兩小幅二兩條幅對聯一兩扇子斗方五錢凡送禮物食物總不如白銀為妙公之所送未必弟之所好也送現銀則中心喜樂書畫皆佳禮物既屬糾纏賒欠尤為賴賬年老神倦亦不能陪諸君子作無益言語也又附一詩云畫竹多于買竹錢紙高六尺價三千任渠話舊論交接只當秋風過耳邊末署乾隆己卯板橋鄭燮平齋跋其後云板橋道人此書為吳山尊學士所刻歲己巳夏四月范湖居士退樓主人重刻於滬上此後范湖退樓書畫潤筆皆準板橋所定即以此帖為例單不復增減退樓即平齋自號范湖居士乃周君存伯也余謂東坡先字在當日只換羊肉而已吾輩率爾落筆便欲白銀亦大罪過然年來以筆墨為人役亦甚苦之請板橋此帖輒為誦古詩曰齊心同所願含意俱未申退樓諸公聞之當乾笑也

湖壖雜記載宋神宗時高麗國王祈子於佛得一子常啼惟聞木魚聲則止有聲自空來尋聲所自起愈尋愈遠逾海而南得之武陵鏡湖之畔一僧端坐擊魚使者告以故且言世子臂間有佛無靈字僧遂偕往見世子曰此吾師也吾師先為與夫肩輿得金自給之外以餘貲投井積久建剎於湖上一年而師跛明年盲三年為雷擊死吾因題佛無靈三字于其臂孰意其生於此乎王曰如是則佛有靈矣因為建寺其地額曰高麗按高麗寺即慧因寺後唐天成二年吳越王建宋神宗時寺僧淨源疏釋經義流傳殊域致高麗國王之子僧義天航海而來乞為弟子及還國以青紙金書華嚴經三百部并經閣之貲附貢舶以進遂建華嚴大閣藏之俗因呼為高麗寺詳見慧因寺志及明潘晟重修慧因講寺記然則寺建于吳越非宋時剏造且非高麗所建也高麗所造特華嚴閣耳佛無靈之說是流俗所妄傳明矣

余游淨慈寺寺僧大圓指門外百工池謂是宋時顛僧道濟遺蹟余按西湖志云宋建炎已前寺累遭火劫為荊墟熙甯間有善青烏之術者云須鑿池以禳之寺僧賢文乃募化開池與力者萬人故名則此池之開非道濟也世俗知有道濟不知有賢文傳訛久矣

道光三年直隸正定府元氏縣民劉黃頭掘地得一石為唐宣城縣尉李君之妻賈氏墓志末行刻後一千三百年為劉黃頭所發十二字自道光三年上溯葬年唐建中二年年雖小差而姓名不爽亦可異也戴子高以搨本見示余按其文夫人諱嬪字淑容長樂縣人李君隴西人舉賢良授宣城尉先卒夫人以建中二年十二日卒于其從父之弟趙州元氏縣官舍即以其年三月窆於其義原從子文則為之銘其銘詞末二句曰一局泉壤萬歲千秋殆因是語而推算之遂得黃頭發冢之事乎末行所書與全碑字體一律是即其從子為之矣

吳興沈吉齋名夢巖二十年前曾以所著題榴庵詩集求序于余今存賓萌外集中然久不與通音問矣同治六年朱君采孫以其書來乃知吉齋著述繁富有廿二史裸說尚書彙解內譜匹夫小史古韻通叶庚癸一家言等書其內譜體例與王季子家求相類不知何以為此名匹夫小史記常言俗事庚癸一家言則專記禦賊之難者也余皆未之見惟尚書彙解曾得讀之似于經學尚疏余貽書吉齋小有規正而此後竟不得其一字蓋未見采納也余憫其窮老著書終就湮沒略識梗概於此

鄱縣董梓庭吏部名作模道光三年進士嘗以事戍伊犁辛丑壬寅間從靖逆將軍于廣東龍歸遂僑居揚州十年一夢極烟花三月之樂今歲行年七十有七矣腰腳猶健自言昔歲遊西湖尚步行三十里也時從廣東載書數萬卷至蘇州求售蘇州太守李薇生為之先容頗有所獲與余相過知余有群經評議已刻版為印百部去余笑曰揚子草太玄同時有尚白之嘲覆醬之譏今鄱人殺青甫竟而公即以奇貨居之勝古人多矣

福建南臺有閩越王廟無諸廟庚午之春余至閩因往觀焉廟在山上前殿祀王後殿并祀夫人夫人居左而王右之以漢制尚右也其後有釣龍臺釣龍井云是王故蹟泉水甘冽瀹茗頗佳其巔有榕陰山館憑欄俯視海外帆檣歷歷可數亦壯觀也前殿兩廡從祀者四曰白馬王曰吳巖王曰顯惠將軍曰協惠將軍皆不知何人嘉慶間碑稱兩王皆無諸之孫白馬王即郢君丑吳巖王即吳陽其說尚可采而又以白馬王謂即白馬三郎余按白馬三郎乃五代時閩王王審知也以為無諸之孫謬矣又稱白馬王有射殺溪惡鱔事因有射鱔尊王之稱荒誕益甚余謂無諸建國于茲

允宜廟食以史漢閩越傳考之無諸之後有閩越王郢閩越王餘善皆以背漢不善其終非祀典所宜及推繇君丑是無諸孫以郢等首惡不預謀立為越繇王奉閩越祀其後又有繇王居股以殺餘善自歸封東成侯又有越衍侯吳陽越建成侯敖俱以殺餘善功吳陽封卯石侯敖封開陵侯此四人者於從祀為宜又有東越將多軍降漢封無錫侯亦可在從祀之列此外若吞漢將軍騶力及史失其名之徇北將軍皆叛臣之黨不得與于此矣閩俗尚鬼祀典多不經余憫無諸之廟而從祀諸人陋俚無據因書所見如此官斯土者有好古君子當于余言有取焉

余因白馬三郎之稱而思閩王王審知亦五代時賢君也自宜廟食閩土春秋崇祀余至閩適當春仲見當路諸公于祀典所有事者犧牲玉帛奉行如例而王審知之廟無聞焉豈非閩中一缺典乎唐天祐二年為審知建祠福州侍郎于兢撰碑文其略云公器局端雅識理融明及膺帝命寵陟藩垣一年而足食足兵再歲而知禮知義方隅之內仰止攸同使之以時齊之以禮故得江來盡闢雖大相聞特和年豐家給人足俊造相望康秀特盛閩川以南地雖設險人尚爭雄公感之以恩綏之以德示以寬仁俾之柔服遂使數十年之氛祲處致廓清一千里之封疆旋觀昭泰兵戈

浮起綃庾多虛凡列土疆悉重征稅商旅以之而壅滯工賈以之而殫貧公則盡去繁苛縱其交易關譏鄽市匪絕往來衡麓舟鮫皆除守禦故得填郊溢郭擊轂摩肩竟敦廉讓之風驟覩樂康之俗據此則王氏之造福閩疆亦不讓吾浙之有錢氏矣此碑今尚在余于壬甫兄福防署中見其搨本因錄章較如右

禹陵窆石文康熙間張編修希良視學吾浙屬部吏搨之以意屬讀得二十九字惜其釋文今未之見王氏金石萃編阮氏兩浙金石錄均有所審定然至今可辨者止曰王石乾象并天文晦真黃十一字而已象字止存上半之刀晦字止存左半之日以余觀之象字可信晦字猶存疑也其右刻詩一章當是宋元人之作除前人所辨識外余又加審定其不可識者四字詩云沐雨櫛風無暇日胼胝還見聖躬勞古陌口口口元氣梅梁起海作波濤至今遺跡衣冠在長使空山魑魅號欲覓口陵尋窆石山僧為我剪蓬蒿余去歲游禹陵窆石惜未及手搨以歸今春魏嫁孫以搨本見示因得諦觀之而錄于此

余前視學河南時香巖制府英桂方為河南巡撫今一別十五年矣庚午歲重見於閩中公為言咸豐九年自豫入覲文宗顯皇帝召見語次及樾有俞樾寫作俱佳八頗聰明之論是時臣樾去官已一年有餘矣何意蟣蝨微臣尚在宸注之中昔蘇軾聞神宗有奇才之歎痛哭失聲樾之才固不足以比蘇軾而以天涯殘客重聆先帝玉音亦不禁涕淚之橫集也

吳仲英大令恆居家時有李君覺仙館其家一日晨起有客來訪之覺仙臥未起乃去已而又至窗外覘之仲英笑曰覺仙還未覺客應聲曰張子又來張仲英大驚遽出延之入問其姓名乃張君日熙亦武林名下士也遂與定交以一聯作合是亦坐蘭譜中一佳話也

西湖北山路由岳王墳而進有三洞曰香山曰紫雲曰金鼓庚午初夏余往游焉香山洞甚淺無可觀紫雲金鼓洞無殊太甚有兩道士居洞中衣服挾斯髮鬖然殊可憎惡昔人改郭景純詩云青谿三千仞中有二道士輒誦斯言一笑而出惟紫雲洞極有致其前洞廣修可百筵中間一徑纔通人石巉然可畏術首而入猶懼觸額既入則豁然開朗與前洞等內鑿佛像數軀且有泉水注崖石間泠泠然僧言此中可銷夏六月中游屐相繼此時尚早也張平子云幽谷嶜岑夏含霜雪信夫

余將從天竺至龍井僧言踰棋盤嶺取道較近遂從其言輿轎踰嶺上下各三里昇

夫頗以登陟為艱然山徑曲折蒼翠四合若無路者亦山行之勝致也登其巔則錢唐江在前西湖在東湖中游船了了可數距余所居詁經精舍若在咫尺矣山岬有僧寺不知何名壁縣一鐙書安隱堂殆其名也有老僧以采樵為業時方揀擇新茶因取極細者烹以供客即龍井茶矣僧自言不知佛法亦無布施終歲自食其力乃削髮一山農耳然其人頗不覺可厭視叢林大和上或轉勝之也

西湖之勝尤在裏湖兵燹以來名勝之地化為榛莽惟錢王祠岳王墓和靖先生祠蘇白二公祠及平湖秋月三潭印月湖心亭稍稍修葺以供游覽而六橋以西無游蹟矣余獨棹扁舟進蘇隄第三橋泛於裏湖至于茅家步又進玉帶橋訪金沙港關廟遺址頹垣蔓草幾不復識惟池水尚未枯竭然徧地荊榛不能臨流賦詩矣內存殿屋三間亦危欲傾圮倘及其未圮修葺之事半功倍然無人議及也回憶道光丙申余初至其地至今三十五年不勝今昔之感

阮公墩在湖心亭之西去年彭雪琴侍郎謀築屋其上親履行之而泥土甚鬆以篙刺之應手而入始知其不可屋笑語余曰此真軟公墩也然余謂築屋雖非宜祼蒔花木當無不可若於其四面臨水處徧種芙蓉花時照耀中流爛如雲錦亦奇景也

惜無好事者與誅之。

余居西湖寓樓，樓多鼠，每夕跳踉几案，若行康莊，燭有餘夷，無不見跋，始甚惡之，繼而念鼠亦飢耳，至於余衣服書籍，一無所有，又何惡焉。適有餽餅餌者，夜則置一枚于案頭，以飼之，鼠得餅不復嚙蠟矣。一夕，余自食餅，覺不佳，復吐出之，遂并以飼鼠。次日視之，餅盡，而余所吐棄者故在，乃笑曰：鼠子亦狷介乃爾。是夕置二餅以謝之。次日，止食其一。余歎曰：不惟狷介，乃亦有禮。

佛家放生，儒家亦放生，或謂孔子釣而不綱，弋不射宿，是孟子數罟不入汙池，魚鼈不可勝食之意，非是愛惜物命。余謂君賜生，必畜之，可見總以不殺為是。不然，推君言不宿之義，大君有賜，自宜即付庖廚，何為而必畜乎？庚午五月，余以小舟載雞六頭至淨慈寺，交寺僧大圓畜之，歸而漫書數語，示好殺者。

洞庭山出茶葉，名碧蘿春。余寓蘇久，數有以餽者，然佳者亦不易得。屠君石巨居山中，以隱梅盦圖屬題，餉一小瓶，色味香俱清絕。余携至詁經精舍，汲西湖水瀹碧羅春，歎曰：窮措大口福，被此折盡矣。

春在堂隨筆卷二終

春在堂隨筆卷三

清 德清俞樾著

上虞有文衡山所書前後出師表石刻，末署嘉靖三十年辛亥七月二十四日文徵明書，時年八十有二。又有葛楠跋云：余待白姑蘇，倚衡山翁知最稔，為余書武侯出師二表，以余世系出瑯琊也，命工鐫石以傳，珍翁之楷法者，不因武侯盡瘁之心乎。古虞葛楠識。沈肖巖為上虞校官，搨以見贈。余觀其首行書出師表三字，末書諸葛武侯四字，亭林先生日知錄云：萬曆以後坊刻盛行，每題之文，必注其人之名於下，而刻古書者，亦化而為同，變古書以肖時文之面目，使古人見之，當為絕倒。今觀此刻，則嘉靖間已然，雖衡山翁亦不免從俗，可歎也。

余舅氏平泉姚公嘗著疇經，借洪範九疇衍為八十一疇，其書未成。然宋蔡沈著洪範皇極內外篇，已衍洪範九數為八十一章矣。公又以唐宋之閒，散而無紀，不得拘薛歐兩史之例，以五代為正統，欲撰一書，名十一國志，以李克用為首，次王建、朱溫、楊行密、劉巖、王審知、石敬塘、劉知遠，而以劉崇附之，又次為李昪、郭威，凡十一國，仿陳壽三國志之例，國自為書，而楚與南平、吳越別為載記，其書亦未成。然國朝吳任臣已有十國春秋之作矣，乃歎吾人偶有所見，前人都已先為之。正如郝元經撰續後漢書，而不知宋蕭常先有此作矣。至於議論之偶同者，更當不可勝數，余所著書，恐皆不免。

勒少仲同年方錡，嘗攝政江蘇臬使，至三年之久。余寓吳下，往來甚密。後奉檄至皖北，筦釐捐局事，寄宣紙長一丈有二尺者，索余書大字，作楹帖。其來書云：曩在京師見伊墨卿先生以六尺素紙作五言楹帖，可喜之至，惜未購得，至今憾之。同年中平時欽佩出於肝鬲無過兄者，若不能多得兄書，他日老去，定以為憾矣。余深媿其言，自惟筆力孱弱，方之墨卿先生，無能為役，乃承良友拳拳如此，心誠慚白髮公信夫。

吾家德清東門外之南埭，數百年矣，莫知所自始，相傳元提舉希賢公始居於此。先朝議君詩云：我家巾山陽，溯源自元末，堂堂希賢公，孫謀善貽厥。注云：見明沈御史松族譜序中。然希賢公名諱無聞焉，先世多隱於農，故譜牒不著。庚午歲，余于吳中見候補縣丞俞君永恭，字棣華，徽州婺源人，為余言天下俞氏皆出於徽，徽有十八派，今家祠有屋宇十八區，清明大祭，十八派皆有至者，各以其派居祠屋中，以三日為率，祭日及前後各一日也。三日中有供張，或道遠多留一二日，則須自具矣。子姓稱多爲婺若姓余因求觀其譜而譜在徽越數日鈔示大略始祖曰縱二世曰歸三世曰貞四世曰奇富五世曰桀六世曰中曰安曰吉七世曰永宗曰永崇曰永深曰永沅沅始由宣州遷歙沅之子曰植植之子曰昊曰昱曰晃曰昌昱遷浙昌遷婺所謂十八派者皆遷婺後所分也然則吾浙之有俞氏尚在十八派未分以前所別出矣俞縱俞歸俞藥皆見史譜牒家所引據不甚可信自沅以來當不誣也用識於此殊深藉氏數典之懼

趙忠節名景賢字竹生乃先君門下士甲辰之秋余與同舉於鄉者也自幼倜儻雖翩翩公子而有俠丈夫風呼盧縱飲意氣浩然及咸豐之季粵寇南陷君獨守湖州城愷三載餘卒死於賊論者謂張睢陽文信國合爲一人洵不虛也歲在庚午余偶在吳下君之從孫曰鍅者以君遺墨一册見示爲文者一爲詩者六爲帛書者六其在賊中所作五律四章合肥相國曾以入奏有云亂來卑棲處危冠獨坐時海內誦而壯之其帛書則皆在危城中使諜者從間道寄其族父吟樵觀察于上海者藉蠟出於若而蠅頭細字皆幕中客所書末署清灝蓋恐諜者或爲賊所得故變其名不欲使賊知也或親筆作數行附後則仍署名書中多隱語曰子固則爲湘鄉相公曰琅琊則謂浙撫王壯愍曰包魚則謂鮑提督超曰黑糖則謂火藥曰軟硬白物則謂銀米曰當十青蚨則謂大錢口曰勃如色則謂戰曰屢博得綵則謂戰而勝頗有古人參錯翻覆之意亦足見時事之艱危而用心之苦矣至云作一日事盡一日心又云力竭矣而心不敢謂竭勢危矣而身不以爲危守死善道以盡臣子之責而已讀之可以廉頑立懦嗚呼睢陽聞笛之詩信國衣帶之銘君之遺墨追配無愧不圖吾榜有此偉人因題七律一章歸之而撮其大略於此

同治己巳江寧蘇州杭州武昌四書局有會刻二十四史之舉余聞其事在詁經精舍曾以會刻全史章程命題肄業生潘鴻字儀父擬章程八條以進今錄其四條一曰二十四史總計三千二百九十四卷四局分刻當各得八百二十餘卷今擬以史記漢書後漢書三國志晉書宋書南齊書梁書北齊書爲一分共八百三十卷陳書魏書周書南史北史舊唐書新唐書爲一分共八百三十五卷隋書舊五代史新五代史宋史爲一分共八百八卷遼史金史元史明史爲一分共八百二十一卷二曰二十四史除殿版外有汲古閣十七史本明南北監版二十一史本其單行本之佳者史記兩漢書新五代史有明汪氏本史記漢書有凌氏評林本後漢書有元刻

本南北史新舊唐書各有合鈔本舊唐書有明聞人詮本其間異同不一應作校勘記附末三曰備校各書如吳仁傑兩漢刊誤補遺潘眉三國志考證梁玉繩史記質疑王念孫讀書雜志錢大昕廿二史考異三史拾遺諸史拾遺王鳴盛十七史商榷皆足考訂異同其他如通典通鑑通考續通鑑宏簡錄宋史新編東都事略李燾長編歷代名臣奏議宋元學案王鴻緒明史稿吳任臣十國春秋厲鶚遼史拾遺之類凡足資考訂者皆宜購備四曰天文律歷等志非平時所專肄者不能訂其訛舛每局應延請精于歷算星學者一二人專校天文各志

何子貞前輩爲余言治經使人靜細治史使人浮躁又曰予居京師久矣嘗見座主之請門生矣以一柬招之則無不至至而主人不遽出也客畢至然後乃出揖之坐則坐命之飲則飲惟吾所欲言無不諾諾此史學也又嘗見門生之請座主矣先十日而聚謀衣冠登門而具柬焉既屆期昧爽咸集客至肅以入側耳而視側耳而聽惟恐不當其意此經學也余謂先生之取譬妙矣先生又言經有學史無學余則曰經學無底史學無邊經學深故無底史學太汗漫故無邊

余同年生謝夢漁以庚戌進士第三人及第學問淹雅官京師二十餘年鬱鬱不得志嘗語余曰學問是一事科名是一事祿位是一事三者分而不合有學問者不必有科名也有科名者不必有祿位也余深韙其言偶以語何子貞前輩先生曰傳不傳又是一事

余在詁經精舍曾以天竺山訪周伯溫題記命題然恨未見搨本辛未之春肄業生陳桂舟殿英入山搨得數紙以一紙見詒文字完具篆法遒勁洵石墨之奇珍也其文曰理公嵒晉高僧慧理師嘗燕宗焉在錢唐虎林山天竺招提之東南玲瓏幽邃竹樹芬蔚至正九年上人慧苣來尸觀堂起廢緝衖爰闢是嵒窈窕縈複窮如堂皇雲涌雪積發洩幽蘊後七年少丞綏寧楊公之弟元帥伯顏清暇游憩挾奇樂靜捐金庀工鑿嵒石刻十佛及補陀大士象金碧炳赫恍躋西土冀徼福惠爲我重龕利我軍旅久釋氛沴永奠方岳嵒之異勝誕增於昔爲虎林奇觀寔苣公軌行精慤有呂致之居民號曰菩薩蓋非夸益天竺味尚允嵩師臘且八十與苣同志徵文示久乃篆諸石浙省參知政事番陽周伯琦伯溫記并書右篆書二百十一字爲十三行行十七字惟第八行止十六字則以氛字下石有泐處也第十行菩字下亦有泐處故其上號曰二字較小然則當日竟是據石書丹非鈎摹上石也文中慧苣之苣不

作炬糾崩之崩不作𡵉鄙如之鄙不作廓州丞之州不作左游愒之愒不作怨尒釋之尒不作冰皆與說文合然亦有好古而反失之者如丝遂之丝自當作幽說文幽隱也从山中丝丝亦聲此云丝遂義屬山嵒則以幽字為宜幽必從山猶遂必從穴也乃作丝字反失之矣又如霝蘊之霝自當作靈曾子天圓篇陽之精氣曰神陰之精氣曰靈字云霝蘊正謂精氣所蘊結則以靈字為宜乃作霝字說文霝雨零也反失之矣伯溫六書正譌一書頗為後人指摘觀此刻者但玩其筆意可也末有隸書小字兩行云此碑闕口葉子得之理公嵒搴蘿剔蘚相與太息何二百年來人莫知而忘莫戳邪豈尤物神護將光終難掩文寶久秘者必彰刻雖晚出余與郎子愛其古也用表於世嘉靖戊戌冬十二月立春日葉彬題按闕下一字似是敦字漫漶難辨郎子亦不知所謂首行託於掩字下尚有數字損者未全也將光二字相連屬將字止有上半殆由鉤摹上石紙本粘合故不分晰耳以是古人磨崖必據石手自書丹也

世傳鐵樹每逢甲子歲開花同治甲子余在天津元旦賦詩曰喜逢鐵樹開花歲應是銀河洗甲年後見七修類稿云鐵樹遇丁卯年則開花因將此詩改易然長洲褚稼軒堅瓠集云鐵樹即紅豆樹我郡東禪寺中有之天啟甲子開花與否無考康熙二十三年甲子其花盛開結實纍纍是甲子開花之說又信也福建福甯府署中有鐵樹一株嘉慶己卯歲開花葢園太守誠安曾題嘉樹二字以識其事至今歲同治辛未五十三年矣吾兄壬甫適守是郡樹又作花然則鐵樹開花初無定歲但必數十年始一花耳

余舅氏姚平泉先生溫良樂易君子人也嘗自謂以出世之心行入世之事斯言余終身誦之今年校其遺書屬先生門下士陳子莊大令付之剞劂有瑣談二卷內一條云凡人以君子之心度人未必皆中然我不失為君子況乎以小人之心度人未必不中然我不免為小人況不中乎數語亦名言也謹識於此以代几席之銘

余長子紹萊幼聘仁和周氏雲笈大令之第三女名芝字叔英雲笈知江西安義縣冠至死之女距父死一月無疾而卒余有傳存集中偶檢舊麓得曩時手書傳稿末附軼事數則輒錄於此　女生前有手植桃樹一株在家園中臨卒前數日自至樹撫摩數四歎曰吾數年心血也　女臨卒之日家人為其父作紙錢將焚之女亦助之作復微哂曰不知冥中需此何為　女既卒數月其姊仲英夢有人以父命召之

乃偕往至一處甚閎敞中設一案父據案南面坐女旁侍西面坐女見仲英至頗若微戚者仲英入拜父怒視曰聞家人議吾何不稍避而死於賊吾何避哉吾何避哉且爾曹不好慰爾母終日號泣何也言已起入內女出一紙示仲英字小不甚可辨中數字稍明曰曰萬事如電耳正欲諦視有人自內出曰速去速去仲英驚寤其長姊伯英同夕得夢亦如之但稍糊模耳又一夕仲英夢女入其卧內仲英知其已死且知己之為夢也因問其死狀女曰亦不自知但鶻突間恍有人引至父所耳問我他日死亦能見父否曰可凡死者皆相聚如生前即印雪老人亦常在我處或時作畫甚樂也女所稱印雪老人蓋即　先君子余家僑寓臨平時以印雪二字顏所居軒　先君生時能畫墨菊或以淡墨作山水小幅然不輕為人作故無知者即周氏與余家親串往來甚密亦未之知也女能於夢中言之良足異矣女又言其從兄嫂有身必女也已而果生女　初女聞雲笈之計微謂其家人曰仕途何味凡今之仕宦者宜早勸令歸休矣此時余方視學中州其明年以人言免歸女此言豈為余發乎　余家初聘女時女始六歲女卒後其母姚恭人為余言是日然兩燭於堂前女嬉戲滅其右之一并錫檠踣焉因共祕其事不以聞噫豈與吾兒無緣乎因憶前明才女葉小鸞許嫁張氏壻家以棗名為謝俗所重也若中乃有斷玉搔頭一枝大驚谿棄之後果未嫁而夭事見其父天寥先生年譜與此相類夫小鸞特才女耳若乃父為忠臣女為孝女如叔英者不尤可傳乎余既為之傳又書其軼事如此冀當世好事君子或為詩文以張之也

廣東粵秀山之麓舊有道觀曰應元宮祀雷神王補帆同年官廣東布政使時即其地建書院為舉人肄業之所仍其名曰應元蓋以大魁望多士也因於講堂之左闢一軒曰仰山移奉雷神於其中補帆手題楹聯云嶽峙層霄海內斯文尊北斗雷鳴昨夜天公有意屬南州跋云用宋人黃仲昆故事預為肄業孝廉來歲大魁之兆至明年為同治辛未科會試應元書院中得儁者九人而狀元梁君耀樞即九人之一梁君字斗南楹聯中北斗南州已早寓之矣補帆時官閩撫因郵寄一聯懸其講堂云瑞兆豈無因不負隔年彈柳汁科名原有定適逢佳會種梅花其云柳汁者因庚午春闈課有柳汁染衣賦題也其云梅花者補帆五世伯祖樓村先生康熙癸未會試及廷對皆第一所居曰十三本梅花書屋補帆以書院落成適屆未科因於左偏餘地築屋植梅樹十三本亦顏之曰十三本梅花書屋為諸孝廉兆也補帆書來述及

以為佳話且曰此凱泰一大快事君宜錄入春在堂隨筆中因書大略如此又補帆在閩時因久旱禱於雷神有撰更題一聯於仰山閣云統閣雲山收一覽出山當雨慰群生時補帆因水土不宜擬引疾歸有人誦此聯以為必不得請未幾遂簡撫江蘇

元和陳幾亭吏部鶴著明紀一書體裁明密決擇謹嚴頗具史才五十三卷後其孫以閣中書克家續成之中書佐張忠武戎幕死庚申之難孫維驥抱遺書奉其母走海上流離轉徙辛獲保全中書故人吳平齋觀察取其書擬刻之未果也已而江浙間有會刻全史之議初同治八年春余在蘇寓得浙撫李筱荃中丞書謀合江甯蘇州杭州三書局合刻二十四史屬余謀之江南諸當事余因移書問兩江制府馬端敏復書許刻至隋書而止則甯局所刻凡十五種矣又以告蘇撫丁雨生中丞中丞稍難之曰蘇局已刻資治通鑑應敏齋廉訪又購得畢氏續通鑑版歸局中則自明以前事迹具矣吾再刻一明史而三千年往事燦然在目何事二十四史為余曰固也然公幷明史不刻則已耳既刻明史則一大部也何不更刻一二種以成此美舉乎中丞首肯乃以刻遼金明三史自任此非惟新舊兩唐書薛歐兩五代史宋元兩史耳遂以告筱荃中丞大喜即定議吾浙刻兩唐書及宋史而以兩五代及元史請李少荃伯相刻之於湖北伯相不願刻元史復移書丁中丞請以元史歸蘇局而刻明史其意謂元明一也可以交易而不知適與丁中丞初意相左矣於是平齋觀察乃出明紀示余曰子盍與中丞言之與其兩局爭刻一明史何如刻此書哉余因與丁中丞書公欲刻明史以補畢氏通鑑所未及使學者不必讀二十四史而數千年事犂然大備此意甚盛但明史與通鑑體非一律若刻陳氏此書則與通鑑體例相同合成全璧洵可於二十四史外別張一幟矣中丞然之遂以書付蘇局開雕書成而中丞已奉諱去繼之者為張子青中丞因其書無序請馮景庭中允為之序中允為述刻書緣起而未盡其事曲折蓋此事為余知之詳也故紀之於此以告海內讀明紀者

家兄壬甫前在京師時見有以太極數為人推算行年者其人坐一室二僕侍焉案上陳硯一筆一算盤一旁列二長几積書如堵客以生所值支干告之其人就算盤推算珠走如飛琅琅有聲亦莫知其為乘為除也算已謂其僕曰幾千幾百幾十有幾僕即於几上檢書一冊示之其人任舉一事問客或曰君兄弟行當第幾或曰君室中人年如干歲其有不合則又推算如前大約一事相符則其餘皆合自少至長

或逐年或逐月歷歷如繪然至此日此時而止過此以往茫如捕風矣今年與潘君子駿言及潘曰其推已往者先天數也其推未來者後天數也先天數準後天數不準若將未來事亦作已往事以先天數推之則無不準矣因言有蘇君曰新字紫垣皖人也以縣令需次吳中有鄉人來欲居會館館人拒之因蘇君以請乃許焉久而知其人精於太極數蘇君就之推算且曰吾今年三十有幾請作五十有幾算之其人不可強而後可翌日持一函來告曰以後事盡此中矣然今年不可啟俟至明年穀雨日乃可啟之屆期發書乃止十二字曰露結之霜既忠東流之水已盡不解所謂姑置之至是年九月以奉諱歸適在霜降後應上一句至十二月蘇君物故應下一句乃歎人生世間事皆前定精於數者固能前知也

金眉生都轉安清負才望喜談天下事亦振奇人也自西事之興士大夫持正者多言戰眉生獨主和議曰人知和之可恥而不知戰不勝而求和之更可恥人知戰之為上而不知不戰而能屈人之更為上咸豐戊午舉朝議和約頭緒綦多而入京入江兩端所關尤鉅萬耦船尚書力阻入京宋雪帆侍郎力阻入江眉生作泰西說一篇請以寬免沿海關稅抵其入江入津兩事當時不能用然實正論也國家無洋稅宜遂不能立國而夷夏之防不致潰決則所得多矣偶見其上湘鄉相國書云和之一字乃南宋以後第一惡名而北宋以前無此成見也三代下主戰亡國者有之未有以主和亡國者漢高祖以三十萬眾困於平城非婁敬之策則遂無漢矣先帝殂於白帝吳蜀不共戴天而武侯卒不與吳爭後人無識其忘仇家詬者回紇吐蕃其辱唐肅代德三宗極矣而汾陽鄴侯皆主款及北宋之寇萊公范文正公富鄭公司馬溫公於遼於夏無不議和神宗踐阼富公即云願陛下二十年口不言兵此十數公者豈皆古來無氣男子哉厥後蔡攸童貫思恢復幽薊之奇功橫挑邊釁宣和因而北轅韓侂胄希不世之功一戰而腰領不保此非古事之得失昭昭可見者乎今海內新遭髮捻之禍元氣已極敝矣無業之游民失職之游勇伏戎於莽紛紛皆是此時鎮定安集之不暇若又從而為意外之圖則如大病甫愈之身尚欲負重致遠一有蹉跌禍不可知夫泰西各國鼎峙緩則相噬急則相援禍天下之力敵一國可也而不敵衆國支一時可也而不可支數載況外釁一起內訌必生洋人用財如沙泥沿海五六省之莠民為其所嗾揭竿而起則洋人不必親執戈矛而中土已不勝其敝矣故攘外必先自強而自強在於刑政修人才盛二者苟備則九世之讎可

從一毀之甲可與非賢賢然恭虎高汧撫劍矣規者所可與議也其書十餘言通達
治體今錄其大略如此
江浙之間書局也余曾有續刻　皇清經解之議因博訪通人蒐羅衆籍戚子高望
以書目一紙見示條綱略備乃當事諸君子莫有從余議者余衰老且病此志終不
果矣高子鳥所錄書目猶在篋中因錄於此俟後之君子周易則有若莊氏存與之
彖傳論象傳論繫詞傳論說卦傳論卦氣解八卦觀象解張氏惠言之虞氏易言虞
氏易事劉氏申受之虞氏易言補易虞氏五述李氏銳之周易虞氏略例胡氏祥麟
之虞氏易消息圖說姚氏配中之周易姚氏學尚書則有若莊氏存與之尚書既見
尚書說莊氏述祖之尚書考證尚書記劉氏申受之書序述聞宋氏于庭之書譜龔氏
自珍之尚書序大義尚書馬氏家法大誓答問魏氏源之書古微周氏用錫之尚書
證義焦氏循之禹貢鄭氏釋宋氏右曾之逸周書補注詩則有若莊氏存與之毛詩
說莊氏述祖之毛詩考證周頌口義江氏龍之毛詩異義陳氏奐之詩毛氏傳疏毛
詩說音義類胡氏承珙之毛詩後箋馬氏瑞辰之毛詩傳箋通釋宋氏右曾之詩地
理考實魏氏源之詩古微儀禮則有若褚氏寅亮之儀禮管見張氏惠言之儀禮圖

胡氏承珙之儀禮古今文疏義胡氏培翬之儀禮正義儀禮宮室定制攷吳氏卓信
之喪禮經傳約吳氏嘉賓之喪服會通董氏蠡舟之釋祀徐氏養原之儀禮古今文
疏證飲食考鄭氏珍之禮經小記周官則有若莊氏存與之周官記周官說莊氏受
甲之周官禮鄭氏注箋莊氏有可之周官指掌沈氏夢蘭之周官學溝洫圖說徐氏
養原之周禮故書考鄭氏珍之輪輿私箋錢氏坫之車制考禮記則有若王氏聘珍
之大戴禮記解詁莊氏述祖之夏時說義夏時等例夏小正文句音釋劉氏申受之
夏時經傳箋黃氏模之夏小正分箋夏小正義異魏氏源之曾子章句子思子章句
金氏鶚之禮說春秋則有若龔氏自珍之春秋決事比魏氏源之春秋公羊古微柳
氏興宗之穀梁大義述洪氏亮吉之春秋左傳詁梁氏處素之左通補釋臧氏壽恭
之春秋左氏古義朱氏右曾之春秋左氏傳疏董氏斯垣之國語正義黃氏模之國
語補韋汪氏遠孫之國語古注輯存國語韋注補正國語明道本考異論語則有若
江氏聲之論語竢質程氏廷祚之論語說錢氏坫之論語後錄宋氏于庭之論語發
微徐氏養原之論語魯讀考包氏慎言之論語溫故錄孟子則有若宋氏于庭之孟
子趙注補正孝經則有若周氏仲孚之孝經集解爾雅則有若戴氏鎣之爾雅郭注

補正丁氏傳之爾雅釋地以下四篇注小學則有若鈕氏樹玉
之說文段氏注訂桂氏馥之說文義證王氏筠之說文解字句讀嚴氏可均之說文
翼以上共九十四種此外若毛氏奇齡之尚書廣聽錄舜典補亡孝經問四書改錯
聖門釋非錄阮氏學海堂本未刻宜補刻劉氏逢祿之公羊何氏釋例公羊何氏解
詁箋學海堂本多脫誤宜重刻又阮刻體例未免稍亂續刻者宜以經歸經而別為
經義文鈔一書附後以采輯諸家文集及說部書中之有涉經義者均子高說
子高嘗為論語注專以公羊家師說說論語蓋亦一家之學也偶檢舊槁得子高手
書一通皆蠅頭細書錄注中義六十三事貽之於余因擇其尤平易者識之　因不
失其親因讀曰姻姻外親也姻非五服之親然猶必不失其親以其亦有宗道禮記
曰外宗為君夫人猶內宗也外宗為姑姊妹之女舅之女及從母　井有人焉井穽
之假字仁讀曰人　子路曰予行三軍則誰與當別為章　啟予足啟予手啟啟之
段字省視也　不踐迹迹亦不入於室言不踐善人之迹已然亦不能入於善人之室
去兵謂去力役之征去食謂去粟米之征　君子上達言作君作師上通天道小
人下達言務工作力田野下通物性而已　賜也賢乎哉賢勞也　道不同不相為

謀若或遠或近或去或不去　往者不可諫來者猶可追往往世也諫猶正也來來
世也言待來世之治猶可追乎明不可追莊子述此詩曰往世不可追來世不可待
右皆子高之說余因子高解往者不可諫而悟來者猶可追之義周官追師注追猶
治也猶可追言猶可治也夫子刪詩書定禮樂贊周易脩春秋為後世法皆所以治
來世也公羊子曰制春秋之義以俟後聖以君子之為亦有樂乎此也深得孔子之
意而皆自楚狂一言發之楚狂之功大矣
傅長虞七經詩乃後世集句之祖藝文類聚載之而尚書一篇缺焉余曾為補之其
辭曰我聞在昔維彼陶唐克明峻德光于四方迪維有夏亦粵成湯誕作民主率由
典常丕顯文武無怠無荒萬邦作式四夷來王俊乂在官嘉言孔彰即我御事咸懷
忠良維民從乂若綱在綱聞於上帝至治馨香皇天眷佑降之百祥歲則大熟身其
康強後王立政不和政龐勿畏入畏不臧厥臧維貨其吉謂暴無傷珍禽奇獸峻宇
雕牆流毒下國乃有以亡嗚呼羣后無傲從康此詩乃余幼時之作雜采枚書殊不
足錄然人或賞其掇拾之工聊故錄之於此
白日一去不可追以後稱今成昔時山澤所樂世莫禁金石之辭臣能為六經既明

有若作為念盡滅無思維登高而立及者遠此理自古長如斯右七言詩一章乃集繹山碑字所為余嘗集繹山碑字為楹帖得一百聯因成此詩戳金彫玉亦劌胃腎鉥而存之庶無負一時之興也

潘孝廉鴻字儀父肄業詁經精舍三年乃精舍之高才生也余嘗見其與兒子紱萊書洋洋千言頗有所見今錄其略云士必通經方足致用六藝雖不完大旨皆具漢初師儒淵源不遠其所推暨復有以補益之若賈之於禮董之於春秋皆原本經術為犖犖大者遷之史體圓而用方固之書體方而用知亦尚書春秋之大宗子也劉子政詩書春秋學皆名家七略之作尤六藝百家之總匯子歆乖背家學張皇古文竄亂尚書周官以左氏為春秋傳與博士爭師心媚俗誠千古之罪人不獨劉氏之不才子矣唐人所領正義實為滅裂經傳之首易用輔嗣書傳偽孔詩棣毛鄭三禮以後鄭盡掊前儒論語用何晏左氏春秋用杜預均無當也　本朝創明絕學時亦出入門戶異同皆為妄論但求師法大義之所在彼紛紛者與宋人說經一丘之貉而已夫說易者因施孟京梁丘而下至鄭荀虞氏不為元虛所惑則先後天之誣妄何敢緣隙奮筆說書者墦守伏生參馬鄭之一二王肅之流無可試諆則枚賾之才

逮出張霸下何敢黎丘畫見說詩者篤信毛公為子夏其傳知三家皆後起即韓嬰之洞達天人郎顗之旁推政化尚在無達詁之例何論讖緯襍書支離怪誕致開新安疑序之變說春秋者師法胡毋生董子之條例則公羊科旨皎然明白亦也之書裨益穀梁丘明固不傳春秋者何足與議三禮實未嘗致力不敢妄論然操此以往其不合者尠矣說經諸書大都簡要者多得繁蕪者多失審乎家法明乎大義自然別黑白而定一尊素不願如東原一流人句櫛字比鉤考一名一物耗心竭神僅成數卷殘縑竊謂周孔復生講求平治必在教養用人理財諸大端至於宮室衣服器用去其奇衺太甚而已易桌椅而為几席易樓閣而為堂室易杯盤而為俎豆能乎不能此所以與子高輩終古不合也兵者五禮之一儒者所當知弟所見兵家言自周秦以下凡數十種而孫武子十三篇最為近古致力三戴為之考證注釋其不能自信者漢藝文志有孫子圖一種今不傳往往於九地等篇無以定其方向故未敢自信為成書也百家爭鳴或傳或不傳而言之有故持之成理者屈指可盡漢世諸子大元法言實不在孟荀下好學而深思之當不河漢斯言

余有學校祀倉頡議一篇載賓萌集後應敏齋同年以金岱峰廣文所著尊經閣祀典議見示則知倉頡之祀有行之者矣今錄其議文曰溫州府教授金衍宗為重修尊經閣落成倡祀字祖經師詳請立案事竊照前任臨安縣教諭臨重建尊經閣崇祀歷代經師於閣上恪遵功令以十三經注疏為主其已入兩廡者不贅易祀王弼韓康伯孔穎達詩祀毛亨周禮儀禮祀賈公彥禮記祀戴聖左傳祀杜預公羊祀何休徐彥穀梁祀楊士勛孝經祀邢昺論語祀何晏孟子祀趙岐孫奭爾雅祀郭璞大戴記祀戴德盧辯國語祀韋昭說文祀許慎并坿祀功在群經之河間獻王劉德暨作群經音義之陸德明共二十一人及在溫教授任適重修學宮與尊經閣甫竣竊見凌部傅廷堪校禮堂文集有倉頡廟碑云甘泉始立廟祀又聞杭州刊刻惜字錄奉倉頡為字祖勸於書院家塾各設神位因於閣上兩旁各設神廚東奉黃帝史官倉氏頡沮氏誦神位西奉歷代經師神位二十一人如臨安故事字祖經師同日致祭庶於敬教報功之意美備無遺斯亦贊興文教之一助總按金君於臨海創祀經師事在道光十九年於溫州創祀字祖經師事在咸豐元年字祖之名頗嫌不典然亦無以易之至崇祀經師尤足補祀典所未備全謝山鮚埼亭外集有尊經閣祀典議云今聖廟學皆有尊經閣登斯閣者以敬學尊師之意修追遠報本之文則俎豆於

斯為合蓋以尊經而及傳經之祀則凡得載於箋疏得見於儒林者無不可也不特春秋之鄒夾詩之齊魯韓暨北宮司馬仲梁諸子固所當祀即其人或未醇若張禹何晏劉炫邢昺皆可存何也節取其功而錄之固不可與坐聖人之廡下者同年而語則稍恕焉而未濫也金君此舉即本全氏之議而變通之以漢唐經師不勝枚舉故以一列在學宮之十三經注疏為主尊功令嚴祀事也然其祀典錄自序曰余在臨水倡祀經師初議首祀孺悲繼以孺悲當列七十子中不當僅以經師祀之姑闕之以俟又宋史理宗端平二年詔祀蘇軾在張子二程子上不知何時罷祀大率以與伊川不合去之至夏小正經傳編次詮釋始自宋傅氏崧卿功不可沒雖止大戴記中一篇當與盧僕射並祀是金君固自有遺議樾謂學校嚴重事在官司宜從功令至書院家塾有舉行斯典者當從全氏之議博考漢唐經師使抱殘守缺之功不致泯沒而學者亦得以聞風興起也

春在堂隨筆卷三終

春在堂隨筆卷四

清　德清俞樾著

自軍興以來。捐輸廣。不能不以給於捐輸。今朝廷恩施優渥。除本人得獎敘外。有加廣學額之者。誠曠典也。惟東南兵燹之後。市廛寥落。邨聚凋殘。學額雖增。而應試之人轉減。兒以入學甚易。乃有未冠六甲。已博一衿者。文風日薄。士習日囂。議者謂不如請減學額。仍如原定之數。而酌加鄉試中額以償之。此議甚善。惜無人言之於朝廷也。憶戊辰之春。余在杭州。見陳子中太守言是年二月舉行縣試。而於潛令適於是日至省上謁。問何不縣試。曰本縣止童生二人。其一甫學作起講。未成篇。其一在鄉間開酒店。農事尚早。飲酒人多。不克分身應試。皆須待三四月閒也。是歲此二人者皆入學。舉此一端。學校之失之太易。亦可見矣。

余嘗於舊書中見文字數篇。皆論列時事者。不知何人之作。其說多迂遠難行。惟有二事似頗可採。今錄於此。其一事曰。我清朝堂陛森嚴。京官除各部院堂官及道科外。外官除督撫藩臬外。均不準專摺言事。所以杜僭越而靖紛紜。其制固甚善也。然竊謂庶僚之中。有宜許其進言者。內則編檢。外則道府。既可以廣采納之途。亦可以寓考課之術。惟在示以限制。使無妨政體而已。考翰林之官。始於唐代。唐書職官志謂翰林之職。本以文學備顧問。因得參謀議。納諫諍。然其時醫卜伎術之流。以至方士浮屠。皆得待詔翰林。非盡文學之士也。今之編修檢討。皆由庶吉士授職。士林欣羡。以為榮遇。而謀議不參。諫諍不納。僚友過從。但以詩賦楷法。互相砥礪。兵農禮樂。都未講求。此豈我國家儲材之本意乎。愚以為凡事之上關君德。下繫民生。以及學術所宜辨明。典禮所宜釐訂者。翰林院官。除未留館之庶吉士外。其業經授職之編修檢討。如果確有所見。宜皆準其繕寫封章。自赴宮門呈遞。惟不準其參劾保舉。以杜侵官之漸。如此則翰苑諸臣。皆知上意所求。不止在詩賦楷法。必將留心時務。討論典章。以成有用之材。而即其所言。觀其所學。亦足知其人之賢否。不必專以詩賦楷法工拙為升降矣。若夫道則領數郡之事。府則領數縣之事。外官而至道府。其職任不為不崇。漢時太守。皆得自達朝廷。今則有督撫藩臬臨乎其上。古今異宜。非可一概而論。地方公事。自宜申詳司院。由督撫具奏。以符定制。若令其自行陳請。則意見各殊。事權不一。於公事轉多窒礙矣。然道府簡放後。例須謝恩。由外任升擢者。亦必進京引見。向來每蒙召見一次。天威咫尺。該員等心存敬畏。多未能盡其所懷。愚

以為道府新任。均宜令其呈遞封章。指陳時事。而亦不準其參劾保舉。并不準其論列本省上司僚屬賢否。以為市恩報怨之地。其有勤懇陳言。毫無實用者。密諭該省督撫。俟其到任後。留心察看。如有議論詳明。通達治體者。即於召對時。再行詳悉垂詢。若其敷陳曉暢。氣度從容。即是真才。可備大用。是亦觀人之一道也。虞書曰。敷奏以言。明試以功。若無敷奏之言。又何明試之有。愚謂京官編檢。外官道府。宜許其進言者。正以此耳。又一事曰。我朝因仍明制。以八股時文取士。康熙閒曾議廢之。不久而復。誠未有以易之也。愚以為制藝雖在所宜廢。而成法亦不可驟更。若必舍舊謀新。責人以素所不習。亦非所以順人心而服士論也。夫國家取士。原未嘗專以制藝。其第三場之策。本足以考取真才。乃士子所用心。試官所注目。止在頭場經文。已不甚講求。策問更視同贅設。此則奉行之不善。而非立法之未周也。今雖明降諭旨。令考官於第三場悉心衡校。不過習為故事。陽奉陰違。宜即舊制而變通之。請自明年會試始。飭令總裁官照欽定額數。加一倍擬中。即將擬中第三場試卷。先行進呈御覽。欽派大臣閱看。擇其根柢經史。通達古今者。取中如額。然後知會闈中。照常出榜。若所進之卷。不敷取中。奏請再行補進若干卷。并將總裁同考各官交部議處。則衡校諸臣自然加意鄭重。而各舉子知科名得失。以此為定。亦不得不誦習經史。以求實學矣。會試如此。則鄉試士子於第三場。自不敢如前草率。而各省主考官。亦必仰承意旨。與會場一律認真。風氣所趨。日新月異。數年之後。天下士子將自厭制藝之空疏。從而廢之。自無異論。即或不廢。而將第三場改作頭場。則制藝雖存。不過以今之經文視之。總以頭場為重。而科舉所得。多閎通之士矣。

宋于庭先生翔鳳。嘗與余言。近日士子不讀經書。不通經義。有學使者以多聞闕疑命題。一生文中用所聞異辭所傳聞異辭二語。居然高等。彼殆不知異辭二字作何解也。余謂先生此論亦太苛。此生畢竟曾見過公羊傳。尚有并此二語而不知者。先生又謂之何。至於引經不合本義。古人亦或有之。漢光武建武十九年詔曰。春秋之義。立子以貴。東海王陽。皇后之子。宜承大統。按公羊傳。立適以長不以賢。立子以貴不以長。所謂立子者。謂立庶子也。公羊此文蓋明立適立庶之不同。上言立適。下言立子。子對適言。則是庶子可知矣。建武詔書既云東海王陽皇后之子。宜承大統。則是主於立適也。而反引公羊立子之文。殆未知立子二字作何解乎。漢世多通公羊者。而當時秉筆之臣。鹵莽若此。何責童蒙之深也。于庭先生乃莊葆琛先生之甥。能

傳莊氏之學。嘗語余曰。子見歸藏之易乎。余曰。未也。先生曰。說文始一終亥之書。即歸藏也。余不能通其說。因亦不問。後以語戴子高。子高曰。此皆莊氏之微言。先生歿。微言絕矣。

汪調生道鼎。乃汪春生前輩之從弟。癸卯歲。余客春生玉山縣署。適調生亦至。與共晨夕者數月。調生負才自喜。而與余極相得。每夕縱談至漏三下始休。嘗以漢書古今人表有古無今。擬為補之。是歲除夕。兩人聯句達旦不寐。其明年。調生還浙。余寄詩曰。一燈見句過除夕。九等論才到古人。皆紀實也。調生久下世。詩亦不存集中。已忘之矣。偶於書肆見調生所著坐花誌果八卷。皆記三十年來耳目見聞之事。頗足資懲勸。追念舊事。為之泫然。其書名坐花誌果。未知所出。安得起九原而問之也。

漢書公孫宏傳。凡為丞相御史六歲。年八十。終丞相位。所言如此而已。漢武故事乃云。上常輕服為微行。時丞相公孫宏數諫。弗從。宏謂其子曰。吾年已八十餘。陛下擢為宰相。士猶為知己死。況不世之君乎。今陛下微行不已。社稷必危。吾雖不逮史魚。冀萬一能以尸諫。因自殺。上聞而悲之。自為誄。此事與漢書絕異。使宏果以尸諫而自殺。則亦漢之賢相矣。漢武故事。舊稱班固撰。然其載長陵女子徐儀君事云。至今上元延中。已百三十七歲矣。按元延乃漢成帝年號。則此書乃成帝時人所為。非班固也。晁公武讀書記引張柬之洞冥記跋。謂出於王儉。益無據矣。余從前與汪調生擬補漢書今人表。調生以公孫宏為阿世之學。頗貶抑之。今偶閱漢武故事。得此一事。惜調生久作古人。不及更與之論定也。

咸豐十一年十月。賊陷諸暨。有包立身者。縣之包村人。倡義集團。遠近附之。攜家來投者不下十餘萬人。賊屢以大隊擊之。輒敗。誘之降。不從。同治元年三月。偽侍王約湖州之賊偽梯王。由富陽進攻包村。環數十里為營。立身善以少擊衆。相持八九月。先後殺賊十餘萬人。是夏大旱。水涸。汲道為賊所遏。村中人衆。食不繼。賊又絕其糧道。勢危甚。然主客萬餘人。無一降者。七月朔。賊由隧道攻之。村陷。立身與妹美英率親軍數千人潰圍出。至馬面山。賊追及之。圍數帀。立身中炮死。美英手刃數賊。知不免。自刎死。其兄立忠、立賢。皆死於陣。父建勲。母虞。二嫂曰任曰王。妻虞。弟婦屠。妹彩福、彩官。姪和尚。女鳳娥。姪女大姑、二姑。同日死之。凡包村死者。一萬四千七十七人。同治三年。護理浙江巡撫布政使蔣公益澧。以其事聞。詔從優議卹。按包立身之初起也。人或傳其有異術。能布香灰為城。然朱久香前輩嘗見之。其人恂恂如常人。初無他異。而能於賊勢方熾之日。全省糜爛之餘。且又無名位之可以號召。乃以國家綱常斬木自成一軍。與賊相持久而不下。遠近景附。遂成邑聚。既陷之後。同日赴義。烏乎。可謂豪傑之士矣。當日浙中闡練。以吾湖趙忠節為最。今觀包村之事。其難更有甚焉。中興以來。世多知有包立身之名。而莫詳其事實。余偶於斷爛朝報中。得蔣中丞奏疏。因書其大略如此。

辛酉歲。余避兵上虞之搓浦。偶從友人借得金罍子一書。書每葉以故紙襯之。其中有舊書數十紙。啟視之。得一百有九字。顛倒錯亂。不可讀。參其文義。知為秦會稽刻石之詞。行遠中無史記無可取證。且會稽秦刻久已無存。亦未敢臆斷也。筆墨黯淡。紙質糜爛。且粘連於書。不可取出。乃影寫其字而藏之。姑以為疑而已。其明年。航海至天津。假得史記。逐字排比之。則自皇帝休烈至貴賤並通。四十三句。尚存大半。此後無一字矣。蓋石之前半也。不知好事者依史記戲為之邪。抑會稽一石。尚有臨摹之本。留傳人間邪。夫秦刻之存於今者。太山琅邪。止數十字。繹山僞刻。已失其真。近虞山楊氏刻徐鼎臣所臨碣石頌。真偽難明。何意窮海之濱。覩茲奇跡。雖真偽亦不可知。未可聽其泯沒也。因臨數本分詒好事者。吳下顧駿叔茂才承之。曾得其一。

同治初。上海修縣志。余參預其間。故老相傳。有楊天相事。舊志不載。莫能詳也。今讀故人汪調生所著坐花誌果。內有楊協戎一條。頗具本末。其略云。乾隆末。有盜橫行江浙洋面。下詔書名捕之。為崇明副將楊天相所獲。提督陳大用飛章入告。倉卒未會總督銜。總督某忌而欲且銜提督之獨奏也。思有以中之。已而有上旨。命兩江總督審明正法。盜因以十萬金賄總督。總督受之。適揚州某太守。自侍御外擢至江甯。上謁。總督語以是案尚有可疑。太守遽曰。綠營習氣。往往誣平人為盜。以自邀功。宜詳察之。總督大喜。即以此案屬之。竟以誣良為盜定案。出盜於獄。而殺楊天相於海口。提督亦坐免。戍軍臺。楊天相死之明日。總督出行香。若有所見。即日死。逾年。盜忽至山東巡撫衙門自首。歷言在江南被獲。行賄得脫狀。東撫不欲興大獄。誅盜而諱其事。按楊天相之獄。既未平反。載筆之士。難於敘述。此舊志之所以不載也。然天相死時。提協兩標兵。皆呼冤擊鼓。願罷伍歸農。幾成大變。而上海之民。為天相焚紙錢。積灰如山阜。至今父老猶能言之。則此事固不可沒。其實也。因書其大概如此。上海志書聞已告成。未知於此事果否載入也。

先大夫言。小車俗名二把手。遇順風。有以布為帆者。曩於山東道上見之。口占一絕云車行如駛不須推陸海茫茫妙想開偷得船家使風法布帆三尺樹陰來及自通州坐船進京船皆以驢曳繂他處未有也乃歎天下事無獨而必有其對因復成一絕句云舟行忽與坐車同妙法偏宜六閘中邪許不勞喧兩岸一繩驢背去怱怱右見印雪軒隨筆卷一余咸豐中奉使中州行河陝間山路崎嶇輿行必以繂夫挽之與行舟無異乃作繂夫行一篇其首四句云嶺青巒碧起迎面高可千盤寬一綫輿丁欲上愁邅延乃仿船家例用繂此與先大夫所見可云三異矣至於輪船入中國而船亦用輪此又事之愈出愈奇者也

葉調生鷗波漁話載杭州錢雲如女史母夢年羹堯而生此事大奇女史不知何人既為年大將軍後身定當比蹤彥雲非尋常脂粉也姑記于此當訪之杭人耳

浙西人家晨起皆啜粥乃觀宋杜清獻公文集有奏劄云今范鍾令臣粥後過堂議事臣筋力雖未強只得勉從其言在初八日粥後一往若凌晨朝參尚畏風寒又當遲以數日云云然則晨起啜粥宋時已然且形諸奏劄則知當時上下通行雖宮禁亦習聞其語也清獻公名範宋理宗朝宰相

張肖眉洵仁和人余乙巳會試與同寓全浙會館相得甚歡肖眉後以翰林直南

春在堂隨筆　卷四　五

書房辛酉歲杭城再陷肖眉適在籍死焉及余主講詁經精舍捐舍故有遺愛先覺正氣三祠乃道光初從金沙港移坿於此者遺愛即名宦也先覺即鄉賢也正氣即忠義也庚辛之亂杭州死難諸公均入正氣祠而君獨未之及余曰是一缺典也乃以屬監院校官俾告之大府而補入焉令撿敝簏偶得君戊午秋寄懷二律時余新從河南學政罷歸拳拳慰藉其意良厚故人之筆不可再得吉光片羽謹錄而存之其詩曰喧啾市虎竟何如脫卻朝衫樂有餘詩句難消才子氣烽煙未定故山居歸來元亮應耽酒老去康成好著書慙愧東華門外客軟紅十丈倦驅車茫茫身世等浮漚莫向長安問昔遊每聽笛聲悲舊雨（自注謂雲閒同年）忽看棋局動新愁天邊燕子真如客江上鱸魚況已秋翁笠簑衣家具在相從應有五湖舟

馬君晉蕃字蘊香黃君式三字儆香亦於是年入祀先覺祠馬君乃余老友乙巳之春與同北上乘小車自丹陽至京口甫至江干蘊香指示余曰此金山也余有句云故人知有看山癖一見金山指向人一時光景依然如昨而君已故人矣黃君初不相知同治初與和甫學使余同年生也按試甯波以明堂考命題有定海諸生黃以周據隋宇文愷傳以考工記夏后氏世室堂修二七二為衍文學使訝其與余羣經平議說同詰所自來乃以其父式三所著明堂步筵說進學使即錄其說寄余與中并曰可附羣經平議第十四卷後余因黃君雖亦以二為衍文然其說實與余異故未附入其時黃君下世久矣學使報滿引疾歸不久亦卒而其來書猶存篋衍偶一披覽既喜黃君所見之略同又重違學使拳拳之意因節錄其大略於此云考工記曰夏后氏世室堂修二七隋書宇文愷傳言記文云堂修七讎校古書並無二字式三案殷度以尋堂修七尋周度以筵堂修七筵則夏度以步堂修七步鄭君康成以堂修七步為隘注有令堂修十四步之文假令之辭也而後人乃依此作二七字宇文愷所見固得其實也記云廣四修一者以修七步三分之堂室之修各得二步又三分之一堂室之廣有四步者其修則一也記云五室三四步四三尺中大室南明堂北元堂廣四步三尺其餘堂室廣三步四尺也記云門堂三之二室三之一者明堂周垣有四門以三之二為門之堂以三之一為門之室堂之左右為室所謂塾也記云周人明堂東西九筵南北七筵凡室二筵凡室者四隅之室非大室也記文止言四隅之室二筵而大室與四正堂之丈尺自明以此推之大室東西五筵南北三筵明堂元堂東西五筵南北二筵青陽總章東西二筵南北三筵四隅室廣修皆二

春在堂隨筆　卷四　六

筵合之為東西九筵南北七筵畫之為圖井然有理矣先生著述甚富有易釋尚書啟幪詩序通說傳箋通說傳箋通考春秋釋周季編略炳燭錄鄭君粹言朱呂問答儆居文集俱未刊行惟論語後案曾以聚珍版印之和甫處有一本余未見也

自來經生多不工詞翰宋于庭先生翔鳳傳常州莊氏之學而所著洞簫樓詩多清麗可誦余於戊午冬移居石氏五柳園有詩四章一時和者頗多今皆不存惟先生詩尚在而五柳園鞠為茂草矣感念今昔為之惘然其詩曰城郭園林畫不如寬閒合作寓公居貯囊未必存餘俸插架猶堪列 賜書人境移家非寂寞天街思舊費踟躕商量此後誰千古時盼高軒過敝廬此閒一律佳名賢往迹流傳過百年（自注康熙間為何義門學士故宅嘉慶間石琢堂編修居之）不乏清風與明月何勞鑿石更疏泉書成自具胸中竹語妙能生舌底蓮觸熱衝寒正無數任他蚍蜉各相憐重到真教老眼揩回思昔日訪高齋（自注琢堂先生與先君庚戌同年知鳳每還家必往謁見）論文忽忘前脩遠道古方聽新論偕詩與吾徒開境界要知此事類梯階栽培先問淵明菊早向東籬次第排吾生刻意慎風波其奈風煙滿地多無奈衆憂人局促緝麻敢即市樝婆漸闌驅儈充流品聊與高賢寄詠歌相約閉門參運會坐看山月上藤蘿

落漢中尚有蔣叔起超伯七古一章。其題云。天祺節庵游同樂。獲覩福海瑶臺之勝。歸而得讀大集。率成一詩奉柬。蓋是時叔起猶官比部。値　樞廷也。詩曰。昨游昆閬循舟楫。海天一碧揩瑠璆。雲韶樂分坐立部。雞婁鼓動騰贊毬。球陽使者適來覲。瓜果頻見中璫齎。厲車庵從豈不好。顧我野性同山麏。歸來袒衣復不憤。欲裏廠布師岐叅。忽開君詩掃煩暑。爽若快雨驅貢虻。君身具有廣長舌。下筆便掩閬浮提。奇奇怪怪譎難識。不但骫骳兼撑犂。俗兒所藏鼠角耳。如君乃握天曹犀。草書況通肚痛帖。才翁兄弟應難齊。隱居吳中亦不惡。時有後懊花閒啼。我詩相貽譬礧磔。乃辱報之金褭蹏。從來南斗醉如泥。祿命誌人來取攜。惟當留亂暖下臍。勞生何者非畏畦。此詩神味絶似坡公。奇恣可喜。余官京師時。屢與叔起最近。晨夕過從。每讀余詩。輒擊節不置。謂當代不得不以此事相推。余甚媿之。此事亦極顛倒。從聞叔起官廣東。尚有見懷之作。則余未之見矣。

孫琴西同年衣言。嘗以琉球貢紙書詩二首見贈云。前接來詩。恩恩未及和。頃鍾六英同年。自杭州來相見於補老處。云至蘇可相見。忽然興發。即書兩首奉寄。其一云。握手重來翰墨場。莫嫌髭鬢與青陽。承明舊事都如昨。項領羣公不可當。垂老中興

思衮職。遠方消息説戎行。河汾要及當持用。欲借元經史熟商。其二云。青山無恙舊戰場。國故有大儒紫陽。自注云杭州紫陽書院建自徽州鹺賈按是年琴西正主講紫陽也議郎博士我敢望。大師祭酒君能當。越吳兩國四百里。經書一目十數行。賞音忽得子期去。異義更就康成商。琴西詩筆高邁。同時作者無與抗行。余嘗與論詩不合。戲曰。吾所師者唐之白。子所師者宋之黄。無怪其齟齬矣。其所著遜學齋集十卷。余爲序而刻之。年來不甚作詩。故無續刻者。此二詩未知其存稿否。即其生硬之致。可知其辭者所在也。

余少時。即斐然有著述之志。嘗戲草骫骳子一卷。多悠謬之談。滑稽之論。其稿久不存。清夜思之。偶得數事。聊錄於此。以資一噱。　伏羲氏畫八卦既成。以示骫骳子。骫骳子曰。子畫卦以何爲始。伏羲氏曰。吾始於一畫。骫骳子曰。子誤矣。當始於一豎也。夫一豎者。引而上行。則輕清爲天。引而下行。則重濁爲地。是故一豎者。天地之象也。天高而地下也。一畫者。日月之象也。日東而月西也。今以一畫爲始。將先有日月而後有天地乎。　堯在位七十載。倦于勤。讓于許由。許由不受。讓于巢父。巢父辭焉。讓于骫骳子。骫骳子受之。立爲天子。三月而返之堯。堯歸而見巢父。巢父曰。鄉者吾與子友也。今子受堯之天下。非吾友也。請與子絶。骫骳子笑曰。子何視天下之重。而視吾之輕也。夫吾視天下之去留。猶蚊虻之過眼也。是故立爲天子。而吾不以爲榮。返爲匹夫。而吾不以爲高。今子以辭天下爲高。將無以受天下爲榮耶。　禹受命治水。將行。問於骫骳子曰。天下之水。無大於河。敢問治河有道乎。骫骳子曰。子意如何。禹曰。吾將鑿龍門以受之。骫骳子曰。子未知治河也。夫河出於昆侖之墟。千里一曲。其曲也。皆有大山以當其衝。故河不得而不曲也。吾嘗登昆侖而觀焉。其一曲有山。是曰規山。其二曲有山。是曰積石。子盍往而鑿之。是二山者。苟能通其一。使河不折而入中國。此一日之勞。而萬世之逸也。禹不從。卒鑿龍門。骫骳子歎曰。中國世有河患矣。　成湯出。見人張網四面。湯解其三面而祝之曰。欲左者左。欲右者右。不用命者。乃入吾網。諸侯聞之曰。仁哉湯也。德及禽獸矣。歸之者四十國。骫骳子聞之曰。不仁哉湯也。夫禽獸猶罪其不用命。況諸侯乎。居無何。湯興師伐夏。放帝桀於南巢。　伊尹放太甲於桐。往見骫骳子。骫骳子曰。子天民之先覺者也。子始耕於有莘之野。挾堯舜之道以要湯。後世以山林爲捷徑者。子覺之也。五就湯而五就桀。後世朝秦而暮楚者。子覺之也。相湯而伐桀。有其天下。後世以臣伐君者。子覺之也。已立太甲而又放之。後世置君如弈棋者。子覺之也。夫子覺者也。覺人多矣。伊尹大慙而去。其明年。

太甲潛出自桐殺伊尹。　武王既伐紂。伯夷叔齊恥之。逃於首陽山。采薇蕨以爲食。骫骳子載米三十車以餉之。伯夷叔齊不受。曰。子之粟。周粟也。骫骳子曰。子胡不達之甚。子之心而有周邪。薇亦周薇也。蕨亦周蕨也。子之心而無周邪。子所戴之天。猶商之天也。子所履之地。猶商之地也。子所飲之水。猶商之水也。子所食之粟。猶商之粟也。二子不聽。遂餓而死。骫骳子歌而弔之曰。登西山兮采我蕨。黄農虞夏兮猶可追。思二子兮我心悲。　孔子既成六經。告備於天。門弟子皆賀。骫骳子弔焉。子路怒曰。吾夫子之書成。門弟子皆賀。而子獨弔。何也。有説則可。無説則血吾劍。骫骳子曰。吾非弔夫子也。乃弔天下後世讀夫子之書者。夫以夫子之身。而再逐於魯。削迹於宋。然則讀夫子之書者。能無尼乎。而絶糧於陳。菜色於蔡。然則讀夫子之書者。能無窮乎。昔倉頡作文字而鬼夜哭。悲患難之始此也。夫識倉頡之字。且爲不祥。況乎讀夫子之書。子路以告。孔子憮然曰。吾厄窮而不怨也。雖然。骫骳子之見遠矣。

余少時。曾作影頭詩一首。編詩時。以其題目過小。削之。然通篇描寫頗爲曲盡。今不屑爲。今亦不能爲也。因補錄於此云。人生尺寸膚。何一不當寶。豈其疾在首。而乃難

同草乃有古人語頗足備一考。髟部鬊使澙然何有蝨與蚤。以髮治山賊當先除其道。此語雖為之髮鑠伏波老。試之小黃門一時定絕倒。其後文文山有詩載遺髮亡心則存想見懸如擲。而我生於今頗覺此事好。既免壯士衝亦滅商山皓。經句不一髮朝剃乃如蓬篠離歟。職其役短衣而破襖。入廚呼作湯。鬣走宜薙。拭淚注水洗頭鉅伏而盥其臚一尺布。不縫鹿皺更甚。曹縞以代。礪石磨仍能芒。刃保但聞雀霍聲如割田中稻。其下承以盤。奉若圭垂鑠。過眼天花飛。滿頭敗葦掃。吞非陶彭澤折腰亦弗惱。甚或閉兩目不辨白與皁。低昂黍參頭。忽已新如棗。倘有蝶蛛跽。勿問胎與夭。既而據髮三舍。舊吏新造奕。何青珊瑚纓絲黑瑪瑙。吾身散剛久如木科上槁。滿乃手推敲有若苦吟島。耳門不容拳。亦復恣探討。其與炊一篇合。喚胡盧絕倒。更挾盡奏頻更飲水滌顧視種種鬚。風戾未及燥。酬之青銅錢。俾就酒家媼。而我坐一室。耳目滌煩燠。起觀晴窗外。既日尚杲杲。豨奴未足前。髮神或可禱。聊以醒低睡。非敢矜速藻。

余癸卯歲將之江西。苕上章君紫伯以永嘉瓶贈。瓶長尺廣半之。四面有字。其文曰。吳興烏程俞道由。俞道初。凡弟治作之。永嘉元年八月十日立功。余為賦長歌曰。永嘉元年八月中。吳興烏程始立功。治且作者凡弟同。道由道初皆吾宗。為是吾宗特

見贈。臨歧意百朋勝。麻布紋猶散似花。青泥質已堅如鐵。而我匆匆啟別筵。到今始勞發皮篋。不去搜奇金石錄。不來數典永嘉年。祗憐得姓良宗早。世系茫茫竟難表。黃帝之將曰俞跗。遥遥華胄無從考。列子三醫俞氏存。寓言十九恐非真。已傳漢世改從俞。(俞東)更見吳時賜姓孫。(俞河)要之江東有俞氏。亦有一二見於史。將軍俞恭敗可憐。都督俞贊降可恥。幸而東晉又起家。一才一節俱堪誇。俞縱捐軀死蘭石。俞歸高論屈重華。如何俞谷仕前趙。竟以常侍弄牙爪。要知此姓在江東。自晉而下頗不少。宋有將軍俞伯奇。又有欣之與湛之。俞僉永嘉一郡吏。而以孝義千秋垂。堂堂史有茶陵子。(俞道)乃與此瓶名酷似。降而南齊亦有人。傳中一見俞公喜。是時門第雖未崇。頗亦不與寒門同。欲使俞藥改姓喻。咄咄怪事蕭老公。雲旗將軍終不改。姓自臣始語何偉。惜哉隋有俞普明。以術者傳無乃猥。不如文俊在唐朝。慶山一諫其人高。小兒節療有俞竇。能以醫傳亦足豪。厥後錢氏有吳越。閩人又見俞公帛。俞壽俞浩雖無聞。亦有姓名留載籍。宋史列傳登三人。曰充曰臯曰獻卿。隱逸傳中俞汝尚。藝文志內俞庭椿。為問元朝有誰某。蒙山縣男堪不朽。(俞述祖)勝朝佐命數河間。一姓四公古無有。(俞通海通源通淵)嗚呼。上從五帝迄元明。滄海桑田幾度更。系無宰相難成

表。代有偉人亦足榮。青史論人人不足。何妨更取叢編續。俞益期見水經注。俞郢見於清異錄。我將宦績數從頭。頗亦不媿甘棠稠。已見順昌留政績。(俞偉)更聞力戰在嘉州。(俞興)我將著述問先哲。頗幸名山人未絕。十卷尚書集傳成。(俞元叟)叢談豈僅題螢雪。(俞元迮)我將經義窮搜羊。麟經獨抱漢與臯。(俞漢俞臯)風流更有玉吾叟。(俞琰)搖頭說易慾忘勞。我將書法問前代。書史之中有人在。紫芝翁仿趙鷗波。(俞和)建德君師李北海。(俞[illegible])我從詩國溯風流。秀清二老俱千秋。(俞紫芝俞紫琳)佩韋齋集十六卷。至今猶荷四庫收。(俞德鄰)而要詩人不止此。唐宋遥遥兩進士。(唐俞簡宋俞桂)更有金山寺壁詩。誰歟作者名俞(俞作)。山人俞逸神仙姿。俞浙潛心注杜詩。豈獨異人有俞叟。豈徒識味有俞兒。所嗟譜牒令無一三。恒七掾憑誰說。子美難歸五派中。伯魚敢謂諸田出。自明以後數難終。欲稽所出嗟無從。漫將吹律誇清閟。誤欲分柴到漢封。走也烏巾山下住。摩挲偏認先人樹。元朝提舉布貲公。實始移家來此處。今為雁戶隱花汀。屋後山光空復青。難將靈運山居賦。寫作蘭成思舊銘。此瓶未識何年出。思古幽情難抹撥。姓氏初非豆麥殊。當年何必無瓜葛。冉冉頻驚人事遷。斑斑猶帶土花圓。待將華表歸來鶴。重認烏曹舊日瓶。人笑郭韜強依附。我道顏標非認錯。不見當年觸觸生。殷勤來拜羲皇墓。

此詩作時。頗費蒐輯之功。後以遺漏尚多。故編詩仍從芟薙。然以作之之難。亦覺棄之可惜。仍錄於此。以備吾家故事云。

辛未歲。竹樵方伯(恩錫)開藩吳下。相與唱和甚樂。余因言蘇州府學有宋紹熙間唱和詩石刻。方伯即搨一紙見贈。其首唱者建安袁說友。和之者浦城張體仁。晉臺成欽亮。浦城宗灝。晉臺唐子壽。晉臺王夔。三山陳德明。桐川周承勛。晉臺胡元功。浚儀趙彥衛。浚儀趙彥瓖。浚儀趙彥真。書石者歷陽龔頤正。碑額分書同年醵倡四字。蓋諸君皆同年也。袁公原唱云。同年幾合幾分違。三十年間見日稀。尊酒相逢今也幸。詩書論舊政焉依。悠悠故事今回首。吳地清談對落暉。平世功名在公等。尚期努力佐龍飛。其詩亦不甚佳。和者似較勝也。前有范石湖序。頗足見宋人同年之重。因錄於此云。進士科始於隋。盛於唐。本朝因之。偕升者謂之同年。衣冠之好由來尚矣。唐人尤意期集燕設之名。亡慮十數。而曲江大會。長安坊市為半空。天子至御樓以觀。當此時適榜之士。意氣相予甚厚。否則有紫陌青雲之譏。本朝略去浮侈。但存聞喜一燕。而為之同年之制則加詳焉。既朝謝於日集貢院。奉賜第錄黃於香案。列拜庭下。禮畢更以齒班立。四十以上東序西鄉。未四十西序東鄉。推年最長若最少者。各

一人升堂長者中立南鄉少者北鄉春官史贊拜少者拜又贊答拜長者洎兩序皆再拜謂之拜黃甲叙同年所以明章風期寄萬里契同曲之意過唐遠矣士大夫宦得輕負此意契然雲散異日相視如塗之人矣紹熙改元建安袁起巖張元善俱使浙西始以歲五日會同年之在吳下者於姑蘇之臺登臨勝絕傾倒情素獻酬樂成賦詩相屬州里衛從一夕殆徧好事者據爲高會以爲伐木之詩也起巖謂僕嘗忝春闈俾爲序引僕時位下渠足數獨以親見諸公貴名之起又嘉二使君能脩舊好略記閣司故實以代揚觶之詞庶幾凡號稱同年者聞風動懷增重名義或於雅道小有補焉非直爲一觴一詠設也二月望石湖范成大書按此刻自來金石家未著錄惟錢竹汀先生養新錄曾載其大略余讀范石湖序慨然增同年之重輒依韻爲一詩擬徧徵諸同年和而名位卑下未可執牛耳且主齊盟聊發此議而已詩曰笑容銳下久睽違落落晨星比昔稀豈以雲泥今隔絕遂忘蒲稗舊因依翱翔霄漢誰先路憔悴江湖已夕暉記否鵷鸝初展翼煙波鷗鷺也同飛

春在堂隨筆卷四終

春在堂隨筆卷五

清　德清俞樾著

年家子鄒崧閣以張文毅公冰溪吟草一卷示余乃甲寅夏日公罷江西巡撫僑居玉山縣而作縣有水曰冰溪戴叔倫詩所稱冰爲谿水玉爲山者是也故題曰冰溪吟草首爲廣哀詩四十三章序曰自粵賊犯順以來用兵五年又各處土寇竊發其間殁於

王事者未易更僕數今年夏閒居無事因取平生師友姻黨及江西將吏之死事者各系以詩用志吾哀略以時日之先後爲次下吏未秩匹夫匹婦亦皆與焉忠孝節義不可以貴賤論也其詩每章皆以嗚呼發端首章云嗚呼林文忠次章云嗚呼李文恭他章皆然詩雖止四十三章然七章嗚呼武昌城十五章嗚呼石頭城皆羅列多人固不止四十三人也又七言古詩一篇題曰去年七月朔余在南昌守城督戰奴子鄭貴侍側與材官哈恩俱斃於礮血濺余身今一年矣感而有作詩曰去年今日豫章城我在城頭督戰兵賊礮如雨向城擊忽然鮮血濺我纓左右駭愕環相顧中有二人中礮仆材官哈恩僕鄭貴淋漓血染城頭路哈恩碎顱氣僅存鄭貴洞腹猶能言首問主人受傷否次言有母乏饔飧我聞此語心悲切世人枉自談名節此僕二十不讀書臨死之言何烈烈人生忠孝賦於天我今報

國知何年將毋猶荷君恩重愧汝國殤空淚漣公諱芾字黼侯陝西涇陽人以翰林起家官至江西巡撫守南昌省城百餘日有功東南大局後在籍充團練使死回民之亂事具

國史余於公爲詞館後輩初不相識讀其詩重其爲人錄存此詩亦足見一斑也

陳子莊大令其元嘗受業於余甥氏姚平泉先生少時恃才自喜芥視青紫道光戊子歲初應鄉試試畢與數友遊西湖適有請箕仙者子莊率爾問今科中否盤中書曰爾甲子舉人也戊子至甲子相去尚遠子莊意頗不然大言曰仙人不靈盤中又書曰靈靈靈相與轟然一笑而散乃屢試秋闈一衿如故而距甲子之科亦不遠矣無何東南大亂蘇杭淪陷甲子科竟不獲舉行至賊平後始補行之則子莊已需次江蘇矣乞假而歸將復就試學使者以其既列仕籍擯不錄送無如何也復與數友游湖上語及前事曰仙人真不靈矣一友笑曰靈靈靈子於甲子之歲爲左季高制府所薦舉疏云爲敬舉人材仰求錄用事然則子非甲子舉人乎子莊亦憬然信乎事皆前定也子莊宰青浦時有歸思繪峯泖蒓思圖求題於余余信筆書五言三章曰之子有歸思秋來聞水濵欲將種花手去作採蒓人煙雨扁舟活丹青一幀新鄉

山九十九，蒼翠撲船窗。我欲留君住青山，負草堂。我將勸君隱，丹鉛惜循良。且喜宦遊地，依然雲水鄉。何妨緩歸棹，在此作龍黃。我讀君詩句，因之自汗顏。早經謝朝籍，仍欠臥鄉關。東舍採菱去，西家穫稻還。還來應笑我，吳下鬢毛斑。余生平題圖之作，多不存稿，此詩乃興到語，然人或賞其流動有致，姑錄於此。其餘類此者尚多，然旋作旋忘，思之不得。輒自笑曰：姑聽後人收作集外詩矣。

南海桂皓庭孝廉文燦，自金陵來吳下，以戴子高、劉叔俛兩君書來見，亦博學士也。所著有易大義補、禹貢川澤考、詩箋禮注異義考、周禮今釋、春秋列國圖考、箴膏肓評、起廢疾評、發墨守評、論語皇疏考證、孟子趙注考證、孝經集解、孝經集證，以上諸種，總名經學叢書。同治元年，進呈，曾邀乙夜之　覽。又有說文部首句讀、四海記、經學博采錄、與執堂集。其經學博采錄，與江氏藩漢學師承記體例相似。君知余謀著，頃竄索觀，已刻各書，并未刻者錄目以去，其亦將采入之歟。

余於道光丁酉歲，應鄉試，曾中式副榜，因考宋時解試有所謂待補小榜者，其今副榜之權輿乎。宋趙升朝野類要云：待補者，三場內只第一場合格，及補試內只大場合格。益恐黜落之可惜，故以此勉其學者。洪邁夷堅志載吳淡事云：營道士人吳沂，淳熙丙午獲鄉舉，丁未下第。夢二龍夾其體，又夢人令更名淡，則當再薦至己酉，遂更名，果再預選，榜首蓋其叔應龍，而待補小榜，有石應龍，遂符其兆。又載黃竑事云：竑習春秋，已為考官所黜。同院建昌教授包履常得其論，卷愛之，欲寘諸待補小榜。令鈞前後兩場草卷參讀，見首場經義批抹數十條，不可復收，乃攜謁本考官共議將令另勝錄其人。閱所黜義，大悔，前失曰：非君見臨，幾失一士。過不憚改，還恤其他，遂取已入等者，摘其疵病，寘于待補之冠，而以竑居第三。觀此可知宋時待補小榜即今副榜也。余中副榜時，年纔十七，故　先大夫勗以詩曰：共說終軍纔弱冠，已成龐統半英雄。又曰：閉戶曾窮皓首經，先人晚謝一衿青。不圖世澤延孫舍，早有清芬接祖庭。蓋謂　先祖南莊府君，曾副乾隆甲寅賢書也。又曰：只憐燕市人如舊，未見鵾鵬化北溟。謂是歲壬甫兄應京兆試未售也。及癸卯歲，兄舉於鄉，至甲辰歲，余繼之。或曰：祖孫副榜，兄弟聯科，是亦君家佳話矣。

余登丁酉鄉試副榜，是科同邑中式者五人，歸君真字璞人，車君玉階字墨林，江君毓荃字巽齋，戴先生福謙字貽仲，蔡君篤培字補宸。迄今不過三十五年，而五人者墓草宿矣。獨余尚在耳。江君篤信紫陽之學，著讀朱階梯一書，其自序云：朱子云：四子，六經之階梯；近思錄，四子之階梯。愚續之曰：朱子文集語類，近思錄之階梯；薛文清、胡文敬、陸清獻、張楊園諸先生之書，又朱子文集語類之階梯，則欲讀朱子書者，必自薛胡張陸之書始。由是而上溯真文忠、許文正兩先生，以及朱子門人，如陳北溪先生之書，熟觀而深究之，始能得其要領云。其書十四卷：道體一，論學二，致知三，存養四，克治五，家道六，出處七，治體八，治法九，政事十，教學十一，警戒十二，辨異端十三，論人物十四。每類先錄朱子文集語類，而以所見聞明之，或仍證以朱子之說，或博采前人之說以證之。其於諸類無可附麗者，別為餘論三卷。君家藏書甚富，又素留心經世之學，故治體治法諸類頗有裨實用，非空談心性者比。手自錄稿，稿凡七易，而晚年定本竟毀於庚辛之難。余於其從子子平孝廉處見此書，點竄塗改，尚非定本，未能刻以行世也。余憫其一生心血，恐終歸淹沒，故錄其大略於此。

徐誠庵大令為余言，向見吾邑蔡氏家譜有前輩書小字一行云：元制庶民無職者不許取名，止以行第及父母年齒合計為名。此制於元史無徵，然證以明高皇所稱其兄之名，正是如此。其為元時令甲無疑矣。見在紹興鄉間，頗有以數目字為名者，如夫年二十四，婦年二十二，合為四十六，生子即名四六；夫年二十三，婦年二十二，合為四十五，生子或名為五九，五九四十五也。以上並徐君說。余考明勳臣開平王常遇春，曾祖四三，祖重五，父六六；東甌王湯和，曾祖五一，祖六一，父七一，亦以數目字為名。又考洪文敏夷堅志所載宋時雜事，如云興國軍民熊二，又云劉十二，鄱陽城民也；又云南城田夫周三，又云鄱陽小民隗六，又云符離人從四，又云楚州山陽縣漁者尹二，又云解州安邑池西鄉民梁小二，又云董小七，臨川人；又云徽州婺源民張四，又云黃州市民李十六，其僕崔三；又云鄱陽鄉民鄭小五，又云金華縣孝順鎮農民陳二，諸如此類，不可勝舉。又載陽武四將軍事云：訪漁之家，無有知之者，亦不曾詢其姓第，識者疑為神云。按言姓第，不言姓名，疑宋時里巷細民，固無名也。

吳牧騶太守仰賢手錄所為詩一冊見示，內有紀歲珠一首，序云：歙人某娶婦甫一月，即行賈，婦刺繡易食，以其所餘，歲置一珠，以綵絲繫之，曰紀歲珠。夫歸，婦歿已三載，啟篋得珠，已積二十餘顆。余謂此婦幽貞自守，而紀歲珠之名，亦新豔可傳，惜不得其姓氏也。

同治十年冬，余自西湖精舍還吳下寓廬，迂道德清，省視先人邱壠。十一月辛丑，泊舟城中，而自坐小舟出南門，至金鵞山展先通奉君之墓。留奴子沈貴守舟，忽有一人可四五十歲口操德清土音至舟求見沈古以主人不在其人必欲入舟沈詰其姓氏其人告之約略是劉字沈曰卯金刀乎曰非也木字偏旁耳沈以主人桑梓之鄉處是親故未敢阻之即從之入其人入舟略視即去亦不復再至余歸沈以告余亦漫置之然以木旁字而音似劉字且為姓氏所有者惟樓字而吾邑亦無樓姓莫知何人也及歸吳下適同縣江子平暨康蔡瑜卿秀才皆在因以訪之且曰非樓即柳邑中有是姓乎兩君無以應也已而兩君回德度歲偏訪邑人則不特無樓姓并無柳姓因告余曰此事絕異豈柳侯乎柳侯者吾邑總管神也吾邑總管神三曰戴曰柳曰葉而柳實先於戴葉唐武后時初設德清縣柳侯即來為縣令侯名察躬乃柳子厚之祖集中先侍御史神道表所稱德清君者是也有惠政既沒而邑人祠之歲久祠廢及戴侯興而邑人即以柳祠故址為之祠於是祀戴兼祀柳後又附以葉竝詳縣志余羇旅四方久不獲躬拜祠下自惟素履硜硜自守未必獲罪明神若謂文章道義足以感動幽明則余又非其人也兩君云云無乃諛語姑記於此以為修省之資

余從前客授新安歲一往還皆從錢唐江溯流而上過嚴先生祠凡一十七次皆未及登壬申春余至福甯省視　太夫人起居道出桐廬維舟祠下遂一登覽祠乃亂後重修亦無可觀其旁有客星樓登樓平視頗盡江山之勝俯視余舟若在舄下矣釣臺兩臺兩峰並峙高出層霄余無濟勝具不克登其巔不知先生當日如何垂釣也按水經漸江水篇云又東南流逕桐廬縣東為桐溪自縣至於潛凡十有六瀨第二是嚴陵瀨酈道元注云瀨帶山山下有石室漢光武帝時嚴子陵之所居也故山及瀨皆即人姓名之山下有磐石周迴十數丈交枕潭際蓋陵所游也今石室及磐石均未之見又據經云自縣至於潛則與今水道亦不合疑漢晉間所謂嚴瀨者或未必即此也

福甯府署後圃有大鐵錨二長五六尺許不知所自來或云官軍征蔡牽時所得或云府城象船形故以此鎮之也又於三堂門外見石鼓二其右一鼓刻云至正五年歲在乙酉常住誌亦不知所自來或云取之佛寺或云郡齋本由佛寺改建也檢尋郡志均不得其詳余謂壬甫兄云東坡有鳳翔八觀之詠此亦可云福甯二觀矣

壬甫兄示余舊鈔書二册曰文房四友除授集首册所錄中書令管城子毛穎進封管城侯制石鄉侯石虛中除翰林學士誥陳玄除子墨客卿誥賜楮知白詔各一篇其譔人名氏不書但題安晚先生四字又代毛穎謝表代石虛中謝表代陳玄謝啟代楮知白謝表各一篇譔者為竹溪林史君注云名希逸字肅翁次册一制二誥一詔三表一啟並如前譔者為後村劉中書注云名克莊字潛夫又擬彈中書令管城侯毛穎疏擬駮石鄉侯石虛中除翰林學士奏擬駮陳玄除子墨客卿奏擬駮召楮知白奏各一篇則新安胡謙厚所譔也紙墨雖舊而文字完好可讀卷首有林肅翁序其略云淳祐丙午安晚先生以少師領奉國節鉞留侍經帷寓第湧金門外養魚莊日有湖山之適僕時備數校讎府官閑無他職頗得奉公從容一日謂僕曰某嘗為文房四友除授制誥因官湖外而歸舊稿蠹蝕不復存今僅能追憶一二語僕因請聞其略公曰容某思之又數日公連以數則示徵曰余因子之請遂得追補成之僕讀而喜曰此前人文集所未有也然既有除授而無謝可乎遂各為表啟一首以呈公公大加稱賞踰年公再入相僕謹閟不敢出今既補外無復爭名求進之嫌因取而刊之郡齋云云所稱安晚先生乃鄭清之也清之有安晚堂集考宋理宗端平二年乙未六月以鄭清之喬行簡為左右丞相兼樞密使明年九月以有事明堂大雨震雷二人俱免自是至丙午為淳祐六年正其優游湖山之日至七年清之復為

太傅右丞相兼樞密使即序所謂踰年再入相者也清之與史彌遠議廢立得至宰輔其再相則年衰齒暮政歸妻子相業更無足稱林竹溪劉後村並依附賈似道亦非端士然此卷以文為戲頗有可觀亦舊籍之幸存者也余語壬甫兄當付之剞劂以詒好事者因先記大略如此惟讀胡謙厚序知尚有李幾復所作一奏三狀代四友辭免者惜不可見矣

余自浙入閩行經福鼎縣境見一嶺上有馬仙娘廟不知何神也及檢福甯府志乃有二說方外志云馬真人溫麻里馬氏女也乾符中入崑田山煉丹仙去今丹井回尚存又外紀云壽邑有馬仙者相傳江南人女隨父宦來閩抵壽年甫十八死于鵲鵑杜鄉人廟祀之祈禱輒應倭寇壽城黃昏時忽見旌幟彷彿有女將率兵至倭駭甚遁去此二說者未詳孰是壬甫兄云是必一人而傳者異其詞

楊石泉中丞偶得沈端恪年譜四卷其書乃未定稿本屬余為定因於吳下屬盧校讀一過付鈔胥寫之仍為四卷端恪名近思字位山仁和五杭村人始為僧於靈隱寺後入錢唐縣學仕至左都御史贈禮部尚書葬吾湖歸安之埭溪高安朱文端公表其墓曰理學名臣亦康熙雍正間一時人望也彭尚書啟豐撰公墓志銘末云謹

按公年譜志之裒錄其時自有年譜行世而此譜多引彭志為證又彭志稱負笈虞山錢圖沙嚴損成之門而此譜則謂考公詩文無與錢嚴二公往來之作然則彭所據者非此譜也公所著天鑒堂詩文集余均未之見故於此譜無所增改一仍其舊文而已

朱定甫司馬示余古鐘搨本其文屈曲不可識余以意度之曰古雷字也說文靁古文作䨻其中有回象回轉之形今此鐘文左半作畾各從作畾各從四回所謂古籀文多繁重也論衡雷虛篇稱古人刻尊為雷之形一出一入一屈一伸為相校軫則鳴校軫之狀鬱律㟪壘之類也以是言之古人為雷形多作此象其為古雷字無疑矣斯鐘也請即謂之雷鐘以配古之雷鼓可乎

蘇州府署舊有白香山所書木蘭堂額道光中盱眙汪君云任來守是郡摹此三字鐫石寄歸其家并跋其後云丁酉九秋余守吳郡年五十有四矣昔白公亦以此年來判是州千百年間官齒符合登堂瞻仰益深欽幸余家南園故多木蘭因摹三字鐫石寄歸余不敏何敢僭擬古人竊冀解組歸山得如公之享高年遣逸娛樂於頤斯凡發誌本末并繫以詩詩曰千載風流刺史賢木蘭題字尚依然恰當賤子官吳日正合香山領郡年擬續新詩鐫石上歸將遺蹟榜堂前他時得占園林樂定和先生池上篇及庚辛之亂郡齋無恙而是額失焉同治十一年李薇生太守復從盱眙汪氏乞得搨本摹刻以存其舊余生平最喜白太傅詩適寓吳中得從太守借觀搨本因記大略如此

道光癸未歲杜石樵先生視學吾浙於四月八日隸試吳興適得相國文正師泥金之報乃題聞喜軒額於試院東楹至同治辛未丁濂甫同年紹周視浙學亦於四月八日隸湖越三日而嗣君立瀛成進士捷音至乃又顏其室曰疊喜宗湘文觀察時守湖郡賀以詩濂甫次韻和之其詩曰聞喜名軒事亦奇師門遺墨尚淋漓四千里外登龍日五十年前噪鵲時艷說宮花分棣萼（原注姪立幹戊辰進士本科同應殿試）敢云階樹盡瓊枝吳興太守多情甚貽我瑤箋索和詩一時和者甚衆壬申春日余與濂甫相遇於杭州因亦成三律云試院論文正賞奇興來酒味不嫌漓自從老杜留題後又見雙丁競爽時藝苑留傳稱盛事師門珍重出孫枝阿翁聞喜軒中坐會喜還成叠韻詩先後相符亦一奇須知風會未曾漓蓬山未報登瀛信苕水仍逢浴佛時鵲語報新兼話舊羊年異榦卻同枝傳家畢竟金籯好記否趨庭課學詩儻到花箋共說奇廿

年榜運判醑湍請看子舍聯策日正是庚科鼎試時（庚戌一榜向來落莫至去年明汴生湘令先後得傳郎而午家子姪亦多成進士入詞林者或謂榜運一轉機）老我漁樵分半席諸君鸞鳳在高枝鶺鴒有子爭相和絕妙卷阿吉士詩三詩走筆而成不存於集偶記於此聊存科名盛事兼為苕霅美談也

蘇州府太湖同知駐東山即所謂莫釐峯也故人朱君守和字璞山居是官樂其民情之樸山水之佳謂仕宦清福盡此矣嘗因京師舊友問太湖政績以詩報之云萬仞青山當畫城一湖煙雨放船行地真山水爭奇處人是羲皇向上情大半漁樵為世業無多雀鼠任鄉評武陵何用官經理不必桃源問政聲

邵步梅變元示余邵氏家乘云邵氏本康節之裔宋南渡應名至臨安後分支姚江元至正末有名阿毛者始占籍仁和明初政令嚴託以乳名立戶故其名不傳有洪武六年戶部由帖花邊細書一戶部阿毛係雪白百姓按雪白百姓殆即清白良民之意其名甚奇可入詩料也

徐誠庵本立著詞律拾遺一書補萬紅友所未備頗足為萬氏功臣其書甫脫稿即以見示余小有歎賞偶錄數條雖皆小小者似亦論詞者所宜知耳辛去疾哨徧詞有云東游入海此計直以命為嬉二句嘗於海字絕句文義甚明今必以計字為韻則兩句遂不可讀不特計字韻複而已此誤以非韻為韻而失之者也趙以夫薄媚摘徧上段云先生底事有賦飄然剛道為田園獨醒何為持杯自勸未能免下段云歡娛終日富貴何時一笑醉鄉寬倒載歸來回廊又月滿皆隔六句而後得韻殊太疏闊疑園字寬字亦韻乃平仄通叶體也此誤以韻為非韻而失之者也趙孟頫長壽仙北段云翠光飛禁苑正淑景芳妍彩仗和風細轉下段云八音奏舜韶慶玉燭調元歲歲龍輿鳳輦數語字句俱同乃上段苑字叶而下段韶字不叶疑是紘字之誤蓋平仄通叶也又元絳映山紅慢上段云羅幃護日金泥皺映霞腮動檀痕溜下段云佳人再拜擡嬌面歛紅巾捧金杯酒兩語字句俱同乃上段皺字叶而下段面字不叶疑是手字之誤亦韻也此皆以一字之誤而失其韵者也夫叶韵乃詞中最要之處而以流傳失真并是韻非韵尚莫能辨況其他乎宜乎協律之難矣

余嘗見吳江張瀌有一小印曰文章知己患難夫妻張春水陸璞卿合印已載於第一卷矣徐誠庵自言曾見陸璞卿咸豐庚申避地滬上寓魚行橋趙氏屋居停主人即璞卿之女壻也偶來其家故誠庵得見之年已五十餘頗有林下風時春水已亡璞卿授徒藉脩脯自給及門受業者皆習舉業為八股文字已成篇者五人未成篇

者六七人。洵不媿女士之目矣。其名刺書張陸惠三字。惠其名也。合張陸二姓幷書之。蓋仿衛夫人稱李衛之例。雖小事。亦與率爾下筆者不同。

徐誠庵又手錄一事見示云。巳亥歲。與同縣沈閬亭先生夜話。縱論邑中諸人。先生皆搖首閉目。不置一詞。問吾邑竟無一人乎。先生瞑晚良久。忽曰。若知有俞蔭甫乎。曰。固識之。乃與同補博士弟子員者。曰。是吾邑之傳人也。吾衰且老。可息肩矣。諸君欲與並驅中原。恐終為虬髯公耳。其推重如是。嗟乎。余與先生行輩較後。未嘗攜文章謁。後慶也先生何所見而以傳人許我乎。此與第一卷所載黃孫二公事相類。皆事理之不可解者。今老大無成。深負諸老輩期望之意。為之恧然。先生名雲中。辰進士。終廣西縣令。有子三人。皆流寓粵東。聞所著有水利與地書數種。今不知存不也。

寶應王子中先生名懋竑。海內所稱白田先生者也。其族元孫補帆中丞刻其讀書記疑十六卷於閩中。余為校正誤字。屬補帆改刊。惟其中有原書錯誤者。改之則失其真。若遂聽之。則恐疑誤後學。因錄數事於此。告世之讀先生書者。漢書地理志□□下云。有周天子祠二所。故曰胡。武帝更名湖。此故字乃新故之故。言舊名胡而武帝更令名也。夏陽下曰。故少梁。秦惠文王十一年更名。霸陵下曰。故芷陽。文帝更名。如此者甚多。先生誤以故為承上之詞。乃云有周天子祠。何以云胡。語不可解。失之矣。後漢書列女曹世叔妻傳。昭女妹曹豐生。女妹之名。明見爾雅。謂夫之女弟也。而先生謂女妹有誤。或女當為夫。失之矣。晉書后妃傳。贊。倚尺威帝。乃晉成帝時庾后事。困學紀聞卷十三已詳考之。而先生疑是孝武定王皇后事。前勖傳。立書博士。置弟子教習。以鍾胡為法。鍾謂鍾繇。胡謂胡昭。見張彥遠法書要錄。而先生謂胡不知何人。亦偶未考也。著書之家。千慮一失。往往有之。不足為先生病。又國語一條云。切設庭燎。切當為夕。其實國語本無切字。乃由合刻宋氏補音本。此句上適有餘許氣切一句。誤將切字認作正文耳。此則當從刻削。勿使為全書之累也。

沈仲復觀察與嚴少藍夫人。伉儷均能詩。仲復在京師。得一異石。文理自然成魚形。剖而琢之為二硯。硯各一魚。夫婦分用之。名曰鰈硯。其名頗新。余為賦五言詩一章。首云。何年東海魚。化作一拳石。天為賢梁孟。產此雙合璧。亦文房一佳話也。

俞氏不詳所自出。余嘗賦水嘉瓶歌。博考吾宗之著名前代者。而未云自明以後數難然。欲稽所出。嗟無從。蓋昧有稽氏數典忘祖之懼矣。偶讀宋吳曾能改齋漫錄。喻氏姓一條曰。芸閣姓苑云。喻氏出汝南。其先帝顓頊之苗裔。周文王之裔。繼左傳鄭公子渝彌。為周司徒。後立別族為渝氏。歷秦漢至景帝皇后。諱志。字阿渝。中元二年避諱。改水為口。因為喻氏。元和姓纂云。喻見姓苑。亦音樹。南昌有喻氏。東晉有喻歸。譔西河記三卷。予案南史陳慶之傳云。梁世寒門達者。惟慶之與俞藥。藥初為武帝左右。帝謂曰。俞氏無先賢。世人云俞賤。非君子所宜。改姓喻。藥曰。當令姓自於臣。然藥竟不知中元二年避諱改喻邪。以上並漫錄之說。按上文但言渝氏改水為口。因為喻氏。未嘗言俞氏改喻也。乃謂俞藥不知中元二年避諱改喻。於文疑有闕誤。或傳寫奪渝也。但以姓苑所說考之。宣三年左傳。鄭文公又娶於蘇。生子瑕。子俞彌。俞彌早卒。其字正作俞。不作渝。釋文亦無作渝之本。且云早卒。則未嘗為周司徒。其不合一也。漢景帝六年。皇后薄氏廢。七年立皇后王氏。中元二年避諱改姓。則所避者王皇后也。史不詳其名字。然漢時遼西郡有臨渝縣。未聞更名。司馬相如上林賦。乃奏御之作。而有巴渝宋蔡之句。是漢人不諱渝也。其不合二也。隋書經籍志。西河記二卷。記張重華事。晉侍御史喻歸譔。南昌姓苑所云。自為有據。晉書張重華傳。康獻皇后遣御史俞歸。進重華為涼州牧。重華謀為涼王。不受詔。歸曰。先王之制。異姓不得稱王云云。重華遂止。喻歸俞歸。當即一人。余疑喻氏乃俞氏之別。而

俞氏為鄭公子俞彌之後。或可信。蓋俞彌雖云早卒。然僖二十四年左傳。鄭公子士洩堵俞彌帥師伐滑。杜注雖云堵俞彌鄭大夫。而馮繼先春秋名號歸一圖以為一人。俞彌既能帥師。則非殤可知。不過先文公而卒。故云蚤耳。俞氏之出於俞彌。當不妄也。其後不知何故。又別為喻氏。而喻氏之後。不知其先由俞加口。轉謂由渝改水為口。遂改俞彌為渝彌。與左傳不合。譜諜家之不可據。往往如此矣。

黃巖盧孺人焦尾閣遺詩。余為序之。已刻入春在堂襍文矣。孺人在室時。聞所許嫁之王君病人。因父老廢學。意甚鬱鬱。故其課子詩云。矮屋數椽鐙一點。吾家喜有讀書兒。蓋失望於前。而欲取償於後也。其子禹堂字竣甫。登庚午賢書。孺人雖不及見。亦足告慰泉壤矣。竣甫取孺人詩意。繪秋鐙課詩圖。乞題。幷以孺人詩來。余重一流覽。五言如鳥聲過雨潤。蟬語引風長。七言如清磬一聲聲破曉。閒花如雨下春山。皆可誦也。

厲樊榭徵君墓在西溪法華山之王家隖。因即奉栗主於西溪交蘆庵。事詳吳穀人祭酒樊榭徵君墓田碑記。道光庚寅。戴文節偕徐汪兩君。至庵祀徵君。歸而寫為長卷。山水蓊鬱。雜篁幽蔚。樊榭詩所謂一曲溪流一曲煙者。盡此尺幅中矣。舊藏章次

白廣文梅竹山房。亂後失去。丁君松生又購得之。因付交盧庵僧收藏。以存名蹟。時交盧庵亦因亂後傾圮。如冠九觀察出資修葺。並屬何子貞先生書徵君及月上姬人栗主。仍奉庵中。今又得交節此卷。名流韻事。後先輝映。足為西溪生色矣。松生以示余。故紀其畧云。

李子和制府鶴年。乙巳前輩也。同治十一年。公自豫撫遷閩浙總督。道出姑蘇。留一宿即發。有年家子鄒容閣少府。其親家也。往見之。偶語及余。公曰。吾同年也。此行匆匆。不及一訪。君可為我致意。越數日。容閣來告。余初不知與公為同年。聞容閣乃知甲辰之歲。與同舉於鄉也。後至杭州。語同年蒯士香廉訪。且曰。同年中落寞如余者。而公知之。顯達如公者。而余不知。人之才識相去豈不遠。夫廉訪曰。是皆得之矣。顯達之同年。可以不知。落寞之同年。不可以不知。

宕陰存稿十三卷。補遺一卷。日本國人鹽谷世宏著。有六藝論六篇。大旨謂先王之教。以六藝為先。禮樂所以養仁也。書數所以養智也。射御所以養勇也。漢之學得四而失二。其大壞者。禮樂而已。尚得射御書數焉。唐之學得二而失四。雖失禮樂射御。猶兼書數焉。宋元明之學得一而失五。專於讀書。而附之佛理性命之說。高而經綸之業疏。誅心之論深。而馭材之術失。似亦非無見之談。其意尤在於寓武。故其序步操軌範曰。唐虞三代之世。其講兵演武何其深也。典樂大師之教。執干戚而舞。肆手足勢也。表綴兆樹羽旄。北出南旋。夾振駟伐。肆坐作進退疾徐疏數之節也。軍之大用在車。故一器而工聚焉。致精於器械也。子生則射焉。入學則射焉。鄉人聚則射焉。王侯有賓客則射焉。士自非疾病。不得以不能辭之。重威遠之用也。以此造材。故及其成。大可以任將帥。小可以執干戈。後世記覽文詩之習盛。而六藝寖廢。於是乎文武岐為兩途。而士之實材。漢晉以還。夷患日滋者。豈非禮樂崩而武備墮之故歟。其人蓋留心經世之學者。余從陳子莊太守假觀其書。因撮記大略如此。宕陰者。愛宕山之陰。其所廬也。

余嘗泛舟西湖。進錦帶橋。散步北山之麓。見一廟。署曰古鄖王廟。入而視之。有額曰三九鄖王。不知所謂。視其神位所書。乃知神杂姓。諱憲保。字仲永。歸而求之西湖志。載有靈濟廟在吳山。引錢唐縣志曰。祀唐杂憲保。憲保行九。故俗稱杂九郡王。乃知三九者。杂九之誤。可以配杜十姨矣。

甘露餅出天長縣。一餅直錢九。味不過甜。而鬆脆異常。勒少仲同年偶得百枚。分詒吳平齋、應敏齋及余各二十四枚。媵以書云。此餅風味頗佳。請試嘗之。不知尚足一說否。余報以書云。此蘇家為甚酥也。偶書於此。識老饕口福。

余名剩作隸書。或以為怪。因學紀聞卷二。引宋景文筆記云。楊備得古文尚書釋文。讀之大喜。書訊刺字皆用古文。然則古人有先我為之者矣。因識之以解嘲。楊備字修之。楊億之弟也。

春在堂隨筆卷五終

春在堂隨筆卷六

清 德清俞樾著

癸酉春日偶石泉中丞招同彭雪琴侍郎至雲棲作竟日之游是日宿雨初霽清談極歡侍郎左手持盃右手執筆即席賦詩四章余因亦口占二絕句云藍輿屈曲入山行天為清游特放晴郤好五雲最深處閒鷗盛鳳共聯盟此來襟帶有江湖（先走湖隄後徧江岸）自覺尊前詩膽粗不及老彭豪更甚右拈吟管左提壺侍郎和云昨宵風雨又天晴結伴尋春款款行一幅梅花無恙在我來恰好證前盟（原注己巳春游此曾畫梅花一幅至今在壁上）廿載從征意氣粗而今小隱戀西湖彭郎雖老狂猶在一醉何妨酒百壺余詩率爾之作不存集中因有侍郎和作聊記於此存一時雅集也

凡至杭州者無不知游西湖然城中來游者出湧金門日加午矣至三潭印月湖心亭小坐再至岳王墳林處士祠略一瞻眺暮色蒼然榜人捉歸棹矣入城語人曰今日游湖甚樂其實謂之湖舫雅集則可謂之游湖則未也西湖之勝不在湖而在山白樂天謂冷泉一亭最餘杭而甲靈隱而余則謂九溪十八澗乃西湖最勝處尤在冷泉之上也余自己巳歲聞理安寺僧言其勝心嚮往之而卒未克一游癸酉暮春陳竹川沈蘭舫兩廣文招作虎跑龍井之游先至龍井余即問九溪十八澗輿丁不知問山農乃知之而輿者又頗不欲往蓋自龍井至理安可由翁家山不必取道九溪十八澗溪澗曲折厲涉為難非所便也余強之而後可踰楊梅嶺而至其地清流一綫曲折下注瀄瀄作琴筑聲四山環抱蒼翠萬狀愈轉愈深亦愈幽秀余詩所謂重重疊疊山曲曲環環路丁丁東東泉高高下下樹數語盡之矣余與陳沈兩君皆下輿步行履石渡水者數次詩人所謂深則砅也余足力最弱城市中雖半里之地不能舍車而徒乃此日則亦行三里而遙矣山水之移情如是

西湖山洞之最著者在北山路曰香山曰紫雲曰金鼓而以紫雲為最余曾有詩紀之在南山路者曰煙霞曰水樂曰石屋而以石屋為最軒敞如夏屋然洞後一穴上寬下窄署曰滄海一螺象其形也兩旁皆有石級可登左曰石別院右曰石樓石樓之前有一穴洞口甚窄入之則豁然開朗日光穿漏可容三四筵許劉玉坡制府署曰氣雲亦天然一勝境也余前此未及游茲因理安至虎跑便道及之煙霞洞稍費登涉之勞水樂石屋均在道左耳

余至龍井憩一土神廟額曰顯應中有神像二左曰胡大明王右曰郎夫人不知何神也故余詩云龍井寺久廢但有土神祠翁媼相偶坐不知所祀誰及考之西湖志載顯應廟在風篁嶺畔引咸淳臨安志曰胡則婺之永康人天聖丙寅明道癸酉兩守杭有惠政在郡時獨無潮患以兵部侍郎致仕葬龍井山中建炎間方寇猖獗聚永康方巖山賊夜夢紫袍金帶神人見赤幟於空中隨就勦滅朝廷褒嘉為建廟封顯應侯然則此廟所祀即其人也志又載宋兵部侍郎胡則墓在龍井廣福院之麓引范仲淹胡公墓志曰夫人潁川郡君陳氏祔然則此所云郎夫人者或有誤乎

萬松嶺有雙吊墳聞祈禱有驗香火甚盛癸酉春余至敷文書院訪同年杜蓮衢侍郎乃過其地因墳為屋塑男女二像門外一碑載其大略曰嘉慶閒有崔升者京師人攜其妻陳氏來杭州落魄不能歸或有以夫婦兩全之說進者陳不可後益窮困同投環死錢唐令哀而葬之并建亭曰節義夫匹夫匹婦固窮守志至死不移事固可風矣然其生也窮困不能自活其死也靈爽乃爾亦不可解殆所謂生而有成神之骨者非偶然也

孤山新建林公祠祠後即其墓林公名汝霖字小巖閩之侯官人為仁和縣典史庚申之變其母先縊其女兄妻女從之公朝服坐堂皇戕於賊賊退後得其屍面如生好事者收其全家之骸骨葬於孤山因其與和靖先生同姓也公妻周氏與余家有葭莩之戚其幼時屢見之不意其克成大節為湖山生色也余在詁經精舍曾以孤山林公祠碑命題袁君建萃銘曰將侯鍾阜閩尹江南同為縣尉得公而三斯言允矣

林公之歿也其父率諸孫匿於獄賊退乃出收其全家之屍即典史署中掘地而瘞之將徐謀遷葬而杭城再陷於賊父亦旋死遂無知者及亂定偶治地而得其屍面如生一舊役識之曰林公也於是改葬於孤山至今祠墓巋然矣然其舊瘞之處全家骸骨容或掇拾未盡吳康甫大令廷康攝仁和尉乃就其地立石識之并建祠而肖其象朝衣危坐手一巨觥蓋其授命時情狀如此也又訪有張秀寶者林公之義女為賊所殺分其屍為七至今署中時見靈異因為請旌附祀於祠中

青浦萬以琮以六世祖母萬孺人節壽圖屬題蓋孺人五十有五歲時其從父全士萬君所為圖也圖中衣冠而立者為母之子依母膝下者為長孫隨其父之後者為次孫保母抱而立者為幼孫沈歸愚全謝山諸老輩皆有題詠此圖久已失去亂後里人於灰燼中得之復歸其家溯自繪圖於雍正初年至今一百四十餘載矣梵弓

復得，頗非偶然。余為題七言詩一首，不存於集，因錄於此。詩曰：自從大盜起西粵，兵燹東南半淪沒。金題玉躞化為灰，三閣遺書纔殘缺。況此私家一幅圖，流傳猶自雍正初。妙畫通神久失去，雖有顧陸無從摹。何意失之數十載，今日得之來意外。翻從兵火劫灰餘，留得蘭亭真本在。圖中清氣何淋漓，冰雪風神如見之。賢子趨庭孫繞膝，森森玉樹土瓊枝。我願雲仍長護守，重還故物真非偶。從來松柏有清陰，浸熾浸昌期厥後。

浙東諸山，以天台、雁蕩為最，而游者甚尠。然自杭州往，五日而至天台，八日而至雁蕩，初不為甚遠，但無人發此清興耳。癸酉之春，家兄壬甫太守捐館於福甯郡齋，余聞信馳赴，取道於台，天台、雁蕩皆過門而不入，室亦自歎山水之緣慳也。惟天姥寨則經由其下，有天姥寺，即在道旁，因入一觀，亦無可游覽。門外立一石，曰「李白夢游天姥處」。余謂刪「天姥」二字，止題「李白夢游處」，豈不甚佳。異日倘得再過其地，當書此五字刻之也。

杭州有西湖，台州有東湖。東湖之勝，小西湖也。出東郭一里而近，四山環抱，一水如鏡，有隄以分裏外湖。外湖之中，有湖心亭，傑閣三層，頗極軒敞。亭後一平橋，曲折以達於隄，橋之半，亦有小亭，書曰「半句留處」。東湖書院面湖而建，有小樓三楹，足攬全湖之勝。其後即裏湖，有東湖樵夫祠，建文時殉難者也。不知姓名，彼中人私謚曰忠逸先生。余偕陳鹿笙太守往游，因記崖略。

黃巖縣之南，有委羽山，道書所謂第二洞天也。余偕孫歡伯明府、王渠城孝廉往游。山不甚高，大穴亦不甚深，不知何以遂列第二也。山中有方石，雖碎至一黍米許，而其形未有不方，蓋其文理然也。惜無大者，否則取以鐫刻名字小印，亦文房一雅物矣。又有方竹，然細弱不可作杖，但可用以吸淡巴菰耳。

王家之輿地碑記目，處州載李陽冰所書者七：黃帝祠宇篆額、縉雲縣城隍廟碑記、修夫子廟記、忘歸臺銘、倪翁洞三字、初暘谷三字、阮客洞詩。又有雲壇銘，但署李氏，不知是少溫否也。余自福甯歸，道處州，屬潘雲臺太守求之。及行至縉雲，朱葆青明府以搨本見贈，得黃帝祠宇、倪翁、阮客、初暘四種。未幾，太守又寄所搨來，則但增城隍廟碑一種耳。餘三種或已無存矣。初暘谷三字是真書，非少溫筆；阮客詩篆體瘦逸有致，首一行云「題阮客舊居」，次一行云「縉雲令李陽冰」，則亦非少溫也。詩云：阮客身何在，仙雲洞口橫。人間不到處，今日此中行。橫字作攜，日字作㫚，頗不合六書。處字

春在堂隨筆　卷六　三

從虍從人，形似虎字，史為訛舛。

癸酉福建鄉試，王補帆中丞為監臨，力除積弊，場前手治官書不下百餘紙，條教詳明，意思剴切。入闈後，鉅細躬親，寬猛竝濟，諸事秩然。闈中與余書，臚陳五效，謂撫閩三年，第一愜心之舉。其略云：向來點名，或至次日天明始封門，今未正已蕆事，效一。向來士子皆短衣，今則九千餘人無不長衫，效二。向來士子入龍門後，東西亂走，今則入號即閉柵門，無一人在號口探望，效三。傳遞之風，闈中最盛，今於闈前訪獲積慣傳遞者十二人，放牌時，親坐頭門，但許士子出，不許一人入，而傳遞以絕，效四。添注塗改，以少報多，緣為謄錄修改地步者，一概貼出，而謄錄之積弊清矣，效五。并寄示闈中即事詩四首，余和之云：聖主臨軒親政年，覃敷聲教到南天。鸞翔鳳翥仙軺下，玉律金科幕府先。雲路飛騰看後輩，棘闈辛苦感前緣。白門回首當年事，一樣風霜矮屋邊。（君原詩云：秋風回首白門天。）萬緒千端細講求，要將杞梓貢皇州。珠投珊網能增色，魚到龍門敢混流。但覺儒冠都濟濟，更無輿賣尚容留。節堂費盡經營意，一舉真看眾效收。手種梅花又幾株，講堂燈火夜深俱。（君原詩云：先植梅花斸講堂。）經年培植同蘭玉，一榜科名盡䆊珠。政體真能濟寬猛，頌聲定已徧賢愚。上心翁服羣疑釋，初笠張弧後說弧。（闈內積習相沿，君痛抑之，始而羣情疑懼，繼乃大服。）吳中游客傳名揚，敢以鯤鵬比鳳凰。劇喜郵筒來戊苑，流傳詩句過錢唐。（君書及詩皆高滋圃都轉自杭州寄來。）紫泥色豔飛吟管，（君來書用闈中紫筆。）白雪歌成索和章。遙想一箋入君手，雕弓束矢正登堂。（時君將主試武闈。）詩不工，初不足存，存於此者，聊識君勤職之美耳。

蒲留仙聊齋誌異一書，膾炙人口久矣。然世所傳本皆十六卷，但雲湖前輩評本亦然。乃今又見乾隆間余厯亭、王約軒摘鈔本，分十八卷，以類相從，首孝次弟，終以仙鬼妖狐，凡分門類二十有六，字句微有異同，且有一二條為今本所無者。卷首有乾隆丁亥橫山王金範序，其略云：柳泉蒲子以玩世之意作覺世之言，其書汗漫，亥豕既多，甲乙紊亂，又以未經付梓，鈔寫傳訛，浸失其舊。辛巳春，余給事厯亭同王約軒假得曾氏家藏鈔本，刪繁就簡，分門別類，幾閱寒暑，始得成帙。然則其書亦舊本也，其異同處多不如今本，不知誰是留仙真蹟。至所分門類，則無甚深意，殊覺無謂。又刪異史氏曰四字，其評語亦不全。惟今本所無諸條，好事者宜錄補之。

李鷳堂同年桓自江西巡撫謝病歸，寄情山水，去歲偏游浙東，於天台、雁蕩、普陀皆窮其勝。歸而方子穎觀察為繪三山歸櫂圖。余從前避兵定海，去普陀咫尺耳，未及

春在堂隨筆　卷六　四

一游今年因遭先兄之變馳赴福甯雖取道台處而來往匆匆天台雁蕩過門而不入寔益游覽之福不及鬫堂遠矣鬫堂評三山之勝曰天台雄勝雁蕩奇勝普陀幽勝山靈有知必以為知己也

杭州高螺舟先生人鑑翰林前輩也余未及見彭雪琴侍郎乃其門下士為言其軼事云道光間先生奉　命封琉球國王禮成散步於館外見一屋中有棺焉前和有題識曰　天朝參將某公之柩異而詢之則乾隆間護送封王之使至彼國而以病死者也問何不歸曰海船忌載柩先生曰是俗忌耳何足慮吾當歸之謀於副使副使不可先生曰吾兩人猶彼也萬一死海外亦無歸乎請以吾舟載之雖沉溺無悔而一舟之人亦皆執不可先生怒曰此吾舟也吾為政卒載之行未一日風浪大作舟中人咸歸咎於柩請棄柩先生不可而風益暴求者益眾其勢洶洶殆不可止先生歎曰彼在外國固幸無恙吾載之歸反棄之海吾何以對死者乎汝曹可為設祭吾視告死者以不得已之意眾聞之踴躍從事數人舁柩至船頭又數人為陳設祭品又數人告具於先生先生衣冠而出登木而坐謂眾曰速投之海眾愕然請先生下先生曰吾不下矣吾與俱投於海耳眾大驚爭前挽先生

先生叱曰何敢然吾意決矣吾以一柩故累爾眾人不投之海無以對生者然吾不與同投於海又何以對死者吾意決矣眾人環顧罔措手足正相持間風浪亦息先生笑曰舟平如席汝曹何紛紜乃爾姑徐之風作再議可也於是仍舁柩下而自此風恬波靜安抵粵東參將故粵人訪其家而歸之仁者必有勇先生之謂歟而忠信之可以涉波濤益信矣先生曾視學廣東時海警初起先生屢上封事且劾粵督甚切俄擢先生衢州府知府侍郎其部人也方應童子試先生見而才之招至署中教以讀書作文之法衢陽一縣應童試者千餘人入學頗不易侍郎是歲縣試正場及初二覆不出前三名咸擬正案第一侍郎亦自謂然及終覆之日黎明縣集縣官忽府吏持東來請縣令令乘轎去未久即反點名給卷如常至正案發乃第三越數日名而語之曰以文論汝宜第一矣亦知不得之故乎謝不知曰府尊意也終覆之日來名我即為此府尊曰彭某他日名位未可量一衿之得失遲早皆可不計今歲在吾署讀書若縣試第一人必謂明府推屋烏之愛耳是其終身之玷矣是歲侍郎竟不入學後數年始隸諸生之籍侍郎以此感先生知遇益甚余謂先生與侍郎皆有古人風也因并記之

蘇撫張振軒中丞命僚屬各抒所見有紹興趙君沛然陳十事錄稿見示內有一事云定例各省驛馬每年存七倒三報銷倒馬之皮每匹價銀五錢在工料項下扣解伏思　朝廷財賦歲入數千萬金散於天下之官俸兵餉以及年例應支之款豈惜此區區倒馬之皮必令州縣變價乎馬雖賤畜然為　國家効力行間飢渴奔走觸風雨冒寒暑以至於斃亦可憫也各省倒馬皮價每年不過數千金得之甚微失之何損若取閏款之節省以抵皮價之開除凡驛馬倒斃者念其勞而全其身舁諸曠野而瘞之亦　聖朝及物之仁也按此議不為無見儆帷不棄為埋馬也少盡其力充棄其身田子方之所歎也余故錄之於此仁民愛物之君子或有取乎

靈隱冷泉亭舊有一聯云泉自幾時冷起峯從何處飛來其語甚雋左季高伯相大書一聯云在山本清泉自源頭冷起入世皆幻峯從天外飛來為山靈作答語亦妙金眉生康訪則又作一聯云泉水澹無心冷熱惟主人翁自覺峯巒青不了去來非佛弟子能言此亦山中一重公案矣

理安法雨泉有泉龍形如蜥蜴而五足寺僧言是有神異取置他處能復還余從僧

乞其一携歸詁經精舍畜之水中是夜竟失所在豈果如僧言乎抑或此本蜥蜴之屬不必定在水中故能出盆盎外去之他所也宋史程顥傳云茅山有池產龍如蜥蜴而五色祥符中曾取二龍入都半塗失其一中使云飛空而逝乃知此類固有之

余前在上海曹海林學博出示宋敕書一其文曰敕朝奉大夫新除司封郎官曹緯余載入第一卷中而不知曹緯何人也今偶觀胡元任漁隱叢話卷五十四引桐江詩話云潁昌曹緯彥文弟組彥章俱有俊才彥文釋褐即物故母王氏亦能詩乃知上海曹氏所藏宋敕即此人也因識於此海林已下世倘見其子孫當告之

杭州徐文穆公本為　國朝賢相乾隆九年引疾去位高廟賜詩以寵其行云杖卜資賢輔調元贊渺猷忠一心切論道八年同靖茂台衡列勤宣警蹕中百司方仰矩二豎偶興戎遽爾辭榮祿能無遊退沖青門名不滅黃閣惜何窮別緒紛秋日歸舟順北風尚期食履健重入紫扉崇同朝諸公恭和者自鄂文端張文和以下十有四人嵇文敏奉敕書為長卷今其子孫猶世守之花農茂才公之裔孫也出以示余因得敬觀之記其大略如此

余在姑蘇偶一日過盛家浜見有小廟榜曰宋敕封皮場大王廟不知其何神也後

見夷堅志云秀州外科張生其妻遇神人自稱皮場大王授以癰疽異方一冊疑皮場大王乃瘍醫所奉後又見留青日札云行都試禮部者皆禱於皮場廟皮場即皮剎所也建中靖國六年傳聞皮場土地主瘍疾之不治者詔封靈貺侯益信前說之不謬然所云皮場即皮剎所終不得其說及至詁經精舍觀西湖志祠宇門載惠應廟在吳山至德觀右引西湖游覽志云俗呼皮場廟有神張森相州湯陰人縣故有皮場鎮萃河北皮鞹蒸潰產蝎螫人輒死神時為場庫吏素謹事神農氏禱神殺蝎鎮民德之遂立祠凡疹疾瘡瘍有禱輒應宋時建廟於汴京顯仁坊建炎南渡有商立者攜神像至杭州舍於吳山看江亭因以為廟額曰惠應咸淳德祐累封王爵兩廡繪二十四仙醫相傳佐神農氏采藥者也觀此然後神之名氏及建廟始末釐然可考即皮場二字亦得其解他日歸蘇寓遇吳中父老當更證之也

西湖游覽志乃明嘉靖時田汝成所著內有一條云除夕官府封印不復僉押至新正三日始開然則明代封印殆止此四日歟今制未知何時更定亦宜考也

花朝無定日有以二月二日為花朝者有以二月十二日為花朝者西湖游覽志云二月十五日為花朝蓋花朝月夕世俗恒言二八兩月為春秋之中故以二月半為花朝八月半為月夕也按此說殊有理又十二月初八日僧寺作浴佛會幷送七寶五味粥與門徒謂之臘八粥見夢華錄而西湖游覽志云十月八日以白米和胡桃榛松之類作粥謂之臘八粥按月令臘先祖五祀本在孟冬之月左傳虞不臘矣亦謂是十月其下云冬十二月丙子朔晉滅虢杜注云周十二月夏之十月是也然則十月初八謂之臘八亦古義矣

甲戌之秋浙江書局議刻諸子購得十子全書一部時余在吳下從坊間假此書觀之乃嘉慶甲子重鐫本也十子者老莊荀列管韓淮南揚子文中鶡冠也首刻康熙十六年張芳序則為莊子而作不知何以取冠全書又刻嘉慶丁卯黃丕烈序則為王子興刻九子而作九子者荀揚文中老列莊鶡冠管子淮南也視十子少韓非子不知何以并為一談也十子全書本非佳刻而此重鐫本又坊間逐利雜湊而成體例不一未可據依因詒楊石泉中丞書力言之然恐善本難得姑就此本中斟酌取裁使之稍異俗本蓋其中如荀子用嘉善謝氏本淮南子用武進莊氏本尚不乖大雅較其他之用明人圈點評本者尚可節取也

彭雪琴侍郎先世務農貧無田佃人之田其先德鶴皐贈公幼讀書年逾弱冠府縣試屢居前列而未得入學其伯叔父及諸昆弟嘖有煩言曰吾家人少每農忙時必備一人助作此子以讀廢耕徒費膏火資又不獲青其衿為宗族光寵甚無謂也贈公之父重違衆意命輟業其年除夕會食畢有伯叔尊行一人授以鋤曰詰朝元旦大吉之日宜發鋤一試也贈公勉受教是歲春夏沾體塗足以服農事幸無誤既獲請於諸父諸兄至衡山進香其地距衡嶽不百里農務畢往酬神鄉俗然也以錢三百文行越數日自衡山寓書還并所餘錢二百其書曰兒勉從嚴命棄詩書執耒耜非意所欲亦非力所任從此逝矣非有寸進不敢回顧大人割姑息之愛譬如膝前無此不肖子也錢二百行篋所餘以奉吾母於是舉家大驚度其不可追亦姑聽之贈公輾展流徙至江南鎮江府賣字為活或見其字頗端好憐其窮遂招入書院肄業居數年或薦之漕艘授童子讀遂至京師考取供事積勞得官始一歸已去家十餘年矣又數年乃選授安徽某縣巡檢初在家時聘某氏女未嫁而卒至是尚未娶某縣令為作合始娶丞夫人夫人之年三十有五矣事詳第二卷中後贈公以奉諱歸遂卒太夫人撫諸孤家居時已有薄田數畝歲得穀四十石族中人豔其有將不利於其孤侍郎兄弟二人分父字為字侍郎字少鶴厥弟字少泉少泉尚幼一日太夫人命其持一文錢至市買鹽行至田塍遇一人其族父也捉其髮而投之河適又有人至其族父去人見水中有人拯起之知彭氏子送之歸問得故太夫人泣曰是不可居矣乃命侍郎至書院讀書而送少泉於城中市肆使學賈皆避害也少泉不樂為賈輒亡去先至浙江後又入蜀不通音問者二十餘年以為物故矣侍郎既貴始訪求得之今以鹽莢起家積貲巨萬信彭氏父子兄弟皆非常人也

偶於舊書中得一紙題曰讀易有得方不知何人所傳頗有思理誠用其方則五藏皆受其益洵卻病延年之上劑也因錄於此以廣其傳其方曰艮君子以思不出其位此方治心心之官則思多思傷心受之以艮則隨事順應無入而不自得矣損君子以懲忿窒欲此方治肝治腎多怒傷肝多慾傷腎懲之窒之則肝木不致妄動而腎水亦易滋長矣頤君子以慎言語節飲食此方治肺治脾多言傷肺多食傷脾慎焉節焉可以保肺而健脾矣

余乙亥之春至西湖三潭印月訪彭雪琴侍郎見案頭一箋云西湖今日放扁舟淡淡輕烟隔畫樓不料功風名雨際三潭別有小瀛洲下署日本處士王半田詢所自來則上一日有一東海客游此所作此客頷下無鬚而喉間則鬚甚多時日本變從

西洋之服而容所衣猶襃衣博帶也殆亦彼中有志之士歟功風名雨四字未詳彼國當自有所出耳

曩在京師許文恪招飲於其養園花木翳然屋宇幽雅頗擅園林勝事文恪云冉地山侍郎嘗游吾以楊木為屋恐不耐久吾曰君視此屋可支幾年冉曰不過三十年耳吾曰然則君視許須生尚可幾年邪冉亦大笑余謂公此論真達人之見也未幾數年公歸道山屋園未圮而已易主矣余在吳下築春在堂亦有隙地治一小園名曰曲園平用衛公子荊法以一苟字為之或慮其不固余輒舉文恪語以解嘲焉

光緒元年舉行恩科鄉試浙江於九月十三日出榜杭州趙君守成適擇於是日合卺及榜出趙君中式第三十六名於是廳堂艷之為製二牌迎其親迎之輿一曰金榜題名一曰洞房花燭一佳話也

潘安仁笙賦云詠園桃之夭夭歌棗下之纂纂此尋常偶句耳即繼以歌曰棗下纂纂朱實離離兒其落矣化為枯枝人生不行樂死何以虛謚為此歌殊無謂因歌棗下之纂纂而撰此一歌然則上句詠園桃之夭夭何不并撰一詩乎乙亥秋日余在西湖精舍王夢薇少府廷鼎以宋蔡忠惠所書笙賦墨蹟見示賦凡八百餘字一筆

不苟洵為真蹟歌棗下之纂纂句下無此歌不知忠惠所刪邪抑宋時文選有無此歌者邪俟更考之

咸豐間諸暨包村義民包立身團鄉兵殺賊相持幾一年力盡死之余已載其事於前卷矣乃諸暨人所傳則其事甚怪立身本農家子有膂力且善走年二十許時往往兀立田間若有所思見者咸以為癡咸豐十年六月夜宿場圃忽聞有呼其名者視之一老翁也翁問識我乎曰不識翁曰某年月日汝甫七齡為牆所壓不死我救汝也汝頗憶之乎汝他日當為大將我乃汝師也某日遲明我待汝於紹興昌安門外石橋上汝毋爽約言已別去行數武忽不見明日詢之父母則幼時牆壓不死事固有之屆期立身欲赴約請於父母不可是夜輾展不成寐同榻者問之曰欲至紹興訪友苦無舟資耳其人探枕底錢予之雞初鳴攜錢出門去至山陰劉龍溪適有小舟遂乘之往至昌安門天未明也自包村至紹興郡城地近百里亦不知何以迅速如是也而老翁已待於橋上曰俟子久矣拉之行至一山中有廬舍入有二少年在焉老翁出酒肴共食酒色赤肴則皆白食畢延入後堂見西階下有大刀翁曰試舉之力弗勝也翁命一少年舉刀舞光閃閃如電繞室寒風肅然翁曰余初授彼刀彼亦如汝恇怯天下事苟不畏難自能勝之汝盍再試一舉乎立身如其教果輕如一鈞全矣翁乃教以刀法又授以咒語曰此先天一目斗咒也立身辭歸則父母已遣其兄往尋之至劉龍溪問舟子咸曰今晨無放棹者兄乃返而立身已在家中矣具道其事共怪之越日又失立身次日而返詢之謂翁引至諸暨南鄉斗子巖樓閣院宇迥非人世有數儒士讀書堂上數武士角力堂下皆翁之徒也翁以香與之曰焚此可降上界真仙又曰吾白蓮仙人也明初助戰有功受封金井上帝使我掌叢於此又使至嚴顏望氣見諸暨一邑四面皆黑氣惟東面稍淡曰此殺氣也淡處當小減耳汝歸宜勸世人勉為善事也自是邑人皆呼為包神仙遂緣此起義兵臨陣白衣白冠而出賊輒披靡戰前一夕必焚紙錢曰犒陰兵也又或賊至不出戰曰天香未發非戰時也俄而曰可矣各鄉兵亦如聞異香勇氣百倍故戰無不勝賊眾訛傳包神仙能飛竹刀斷敵人頭云余謂白蓮仙人石橋之約幾與黃石公相類然死守孤村卒無成就仙人此舉不太無謂乎意者洪賊罪惡滔天鬼神亦共憤之假手斯人以稍洩其憤不顧事之成敗也

方蘭坨太守云包立身實農家子初無異人處但形體長甚高於常人者幾二尺許

食粟而已不識一字其他更勿論也咸豐間紹興有趙氏者富人也生一子廣額方頤耳垂肩手過膝術者訣之謂有帝王相趙翁因之蓄異志見立身奇其狀曰此可藉以惑眾也乃密招之來置諸後園中人無知者乃日課以識字讀書并啖以大力丸又使人教以諸兵器用法如是者兩年餘乃以夜半縱之出使歸其家其家久失立身一旦忽得之宗族鄰里咸集問訊立身曰吾遇仙人招入山中授我兵書戰法異日當為大將也其言蓋亦趙翁教之者眾咸不信試授以書則能讀授以刀則能舞與平時絕異大詫乃曰仙矣仙矣包神仙之名從此而起及後事敗趙翁父子亦同死包村中

光緒元年十一月二十有九日余在吳中寓廬夢見曾文正公來直造余曲園中徘徊曲水亭上其西北隅本無山也夢中見有土山甚高公攝衣登其巔余不及從也俄而公扶一從者以下余自敞春在堂西偏小門導公出遂寤其明日陳君容齋省衙以公手書一冊見示其前繪有公像乃歎疇昔之夢蓋非無因殆所謂幾者邪因書一絕句於其後云淋漓妙墨一編開坐對還如笑語陪我讀公書拜公像昨宵公自夢中來

杭州陸璣。道光間名諸生也。豪於飲。能詩文。且善畫。恃才傲物。不可一世。遇才名出己右者。必力折之。每於樽俎間走筆為詩文。洋洋數千言。用相凌轢。務令懾伏乃已。人多愛其才而畏之。一日至西湖。縱飲大醉。命僕磨墨。僕以硯進。怒曰。此豈足而翁用耶。必斗墨乃可。僕不得已。覓得巨墨數笏。杵而碎之。貯水於土瓮而和之。奉以進。喜曰。可矣。攜之至金沙港關廟。廟有素壁。累桌而登。其巔濡巨筆。就壁作畫。須臾之間。畫為山水。煙雲滃渤。氣勢淋漓。因題詩其上曰。一甌逸氣向空噴。化作西湖壁上雲。袖裏煙霞亂飛去。千秋抹殺李將軍。曾將造化拜吾師。泣鬼驚人筆一枝。寄語山靈勤護惜。不逢奇士莫題詩。時學使者為吾師史蘅塘先生。越數日。適至廟中。見畫驚曰。吾前游未見此也。誰為之者。讀其詩。視其所題。曰是陸璣耶。徘徊久之。憮然曰。吾固以大器期之。今乃知一狂生耳。是歲為丁酉拔貢之年。公本以拔貢擬陸。至是乃擯不與。陸嗣是坎坷失志。屢應鄉試不中。納粟得一官。入蜀待缺。又不得補。抑鬱以終。光緒丙子。余游西湖。坐客猶有能誦此詩者。蓋陸之才名。尚在人口也。然士先器識。吾師之相士精矣。

春在堂隨筆卷六終

春在堂隨筆卷七

清　德清俞樾著

王琦字文璵。錢塘人。明永樂甲午領鄉薦。會試中乙榜。授汝州儒學正。擢河南道監察御史。遷山西按察僉事。提督學校。改四川。致仕而歸。清介絕俗。竟以饑寒死。項麒字文祥。以正統丁卯領鄉薦。官至工部郎中。以病乞休。居家清苦。無隔日之糧。與王公並以清節著。杭城褚家堂。故有褚僕射祠。祀唐右僕射褚遂良。正德中。巡按唐公儀鳳附祀王項二公於褚祠。因名其里曰忠清里。忠謂褚公。清謂王與項也。嘉靖中。知府陳仕賢。又別建王項專祠。額曰揚清。至本朝循之。春秋致祭焉。庚辛之亂。祠毀於賊。亂定。復建之。余在詁經精舍。曾命諸生作重建揚清祠記。因書其大略如此。

元劉大彬茅山志云。姚俊。錢塘人。為交阯太守。漢末棄世入增城山中。道成。來洞中。秉北河司命。主水官之攷罰。陶隱居曰。有塚在錢塘臨平。墳壇歷然。苗裔猶在鄉。近時聞鼓角之響。故人不得侵毀之。皆為呼姚司命塚。余童幼時。久寓臨平。不聞有此塚。然余外家固臨平姚氏。豈即司命之苗裔乎。姑記於此。遇臨平人。更訪之。

日本人竹添光鴻。字漸卿。在其國時。即聞余名。及來中土。至西湖精舍見訪。而余已還蘇。因又至蘇寓。過我春在草堂。以詩文見示。並以棧雲峽雨日記求序。蓋其自京師首塗。由河南陝西而至四川。又由蜀東下。以達於吳。記其途中所歷山川形勢。民風土俗。其學識頗有過人者。贈余詩有云。神仙若使玉堂老。辜負湖山晴雨奇。亦頗有意也。余與之筆談。及其國事。漸卿曰。十年以前。封建為治。列國皆有學宮。諸國之士。皆是世爵祿者。自幼入宮肄業。從其學之淺深而列之位。故文學頗盛。自封建廢而諸侯失國。士亦削祿。列國學宮。多用西學。以謀仕進之捷徑。孔孟之道。幾乎掃地。一時殆有焚書之議。近時風俗偷薄。廟堂亦頗悔悟。稍知聖道。而西洋諸國。源源而來。交際之道。非通西情。則受彼之侮。故聖學洋學。混為一途。終不能復昔時之盛。又曰。此番睽國。必當再來中國。然朝廷之許與否。不可知。若不得請。惟有退而授讀田間。以避西風之偪人也。味其言。蓋亦彼國有志之士矣。又以其國大槻磐溪所著愛古堂漫稿見贈。而為磐溪求書獄雪樓三字額。余見磐溪詩中有入獄事。問其故。曰。戊辰之年。薩長土三藩覬幕府德川氏。東國諸藩皆不服。合從以拒之。獄雪主人亦是迂儒。憤三藩之詐謀。憾西人之跋扈。主張合從之說。故至下獄也。又自言是時亦獻言於舊君細川侯云。三藩可討。德川氏可救。亦幾不免於禍。賴舊君保全之耳。其游西湖以存屬自隨言東國之人來游西湖者亦多然挹婁拏乜振山巾梅旻爲子者止僕一人頗足詫故鄉諸友也余因問尊夫人亦能詩乎曰止能爲本國歌謠中國文字則不能解余問貴國與中國本同文之國亦有異同乎曰別有俗字謂之普通字至中國文字則惟讀書人識之不能盡識余因記乙亥之春在西湖彭雪琴侍郎處見日本布衣王半田詩有功風名雨句不詳所出（詩已載第六卷）因舉以問之曰此亦杜撰也作此詩者則國識之姓上田名休字半田與僕同為細川侯臣彼居要路我作儒官封建廢後半田不喜新政推慕中國常曰身死為域於廟足矣然性褊狹見人不善則望望然去之亦一奇人也余因問貴國昔年有安井平仲著管子纂詁者亦識其人否曰此僕所師事也容歲九月以病卒此翁死而吾國讀書種子絕矣治古文者則尚有之其餘所言尚多不能盡錄余因其名字適與家諱同問其別字曰井井因即以井井呼之然其在本國則尚有俗稱曰竹添進一竹添其姓進一其俗稱也又加尊稱則曰竹添進一殿殿之名通乎上下

自鴉片烟入中國而受其害者日甚於是戒烟之方亦日出然效否固不可知也有人傳一方只用紫皮水梆之莖連根拔出洗去其泥用清水煎成濃汁以之代茶數

日後使覺烟味大變久之似聞其臭不聞其香三月之後自厭棄之不戒自絕矣蓋梆花午開子落翁衆花子開午落物性相反故能相制似亦有理姑識於此以廣其傳想必有益無害也又云紫南瓜花連其蒂與根藤石臼中搗汁服之亦效並可救食生鴉片者

青浦縣北數里有地名孔宅者隋大業中孔子裔孫名楨流寓於此因孔林遠隔靡寄霜露之思乃仿葬衣冠之例瘞孔子所遺寶玉六事璧三環二笏一而祀之明正統間四明張楷字式之巡按三秦刻有孔子聖蹟圖萬曆時雲間倪甫英得其搨本適式之曾孫名九德者為松江太守乃刻石置孔宅歲久遺失有方學正之裔孫名正范者於　國朝康熙中又補鐫焉今尚存孔宅啟聖祠中年家子汪戸卿宰青浦搨以見贈第一圖徵在禱於尼山第二圖兒戲陳俎豆第三圖為委吏第四圖為司職吏第五圖為學琴師襄第六圖問禮老子第七圖在齊聞韶第八圖晏子沮尼谿之封第九圖修詩書禮樂第十圖會于夾谷第十一圖攝行相事第十二圖齊人歸女樂第十三圖匡人拘孔子第十四圖擊磬於衛第十五圖為衛靈公次乘第十六圖桓魋伐樹第十七圖去宋過鄭與弟子相失第十八圖有隼集陳庭第十九圖臨河不濟第二十圖衛靈公仰視蜚鴻第二十一圖問津沮溺第二十二圖在陳絕糧第二十三圖子西沮書社之封第二十四圖叙書傳禮記刪詩正樂攷易彖象第二十五圖西狩獲麟第二十六圖負手曳杖逍遙於門第二十七圖子貢廬墓第二十八圖先聖小像附子思像於後第二十九圖漢高皇過魯祀孔子其前刻孔子世家一篇則朱文公論語集注所攷訂之本非史記全文也余觀其圖宮室車輿多非古制人則高坐馬則單騎尤與古違明人之作固難與深攷耳

秀水沈蓮溪先生乃先君子同歲生也著述甚富晚年有閑門書所憶一卷寥寥數事未足成書今錄其一則云余初入刑部見一案因被毆格一回毆者之械誤傷旁人致斃罪坐格者余心疑之夫格者不能不格而毆者可以不毆何以不坐毆者且毆者志在傷人而格者僅圖自免今不格則死於械格而又死於法其情不可原乎因具說帖上之旋由律例館議准改坐毆者遂著為成例因循檢舊案本皆坐毆者乾隆二年有格回器械誤斃毆者之父者坐毆者流遞部臣意以父子均死為可憫駁令皆坐格者其說曰假令格回器械即將毆者斃宜此命遂可不抵乎然自此之後又有兩案一因擲磬毆斃將磬格回誤斃胞伯父一因被毆格回誤傷期親尊長

身死皆斬決若如舊案坐毆者則兩人皆可不死是出一生入兩斬決也此豈初議改例者所及料乎因此亦見議例之難詩云不愆不忘率由舊章良有以也

吳江陳宗恕字侃府著書甚富余所見者六種曰詩經音韻曰春秋年譜曰春秋氏族譜曰春秋輿地譜曰說文攷略曰數學一隅亦好學深思之士也惟輿地譜於浙江首列鄋瞞曰今湖州府武康縣此則有誤按文十一年左傳鄋瞞杜無注釋例云鄋瞞長狄國闕是杜征南未能定指鄋瞞所在也國語魯語以防風為汪芒氏之君守封嵎之山者韋注封封山嵎嵎山今在吳郡永安縣又在虞夏商為汪芒氏於周為長狄韋注周世其國北遷為長狄也然則以今武康縣為防風之國則可為鄋瞞之國則不可說文邑部鄋北方長狄國也是從古相傳以鄋瞞為北狄陳君固治說文者於此殆偶未檢乎

嘉興沈西雝先生濤著銅熨斗齋隨筆八卷攷證經史頗為精審惟有一條云也為女陰見說文今人讀為必平聲殆篆文也字與必相近而誤劉貢父中山詩話云上官佖奮勵石少傅中立憤憾石勃然怒曰上官佖如下官口何是宋時已作此音今按此條未覈據司馬溫公涑水紀聞卷三云石中立性滑稽朝士上官闘訾諫之曰

公名位非輕，余何談笑如此。中立曰：君自為上官，鼻對下官口。溢公於斷字下注云：借聲為鼻。然則石語自以上官鼻對下官口，為嘲弄語耳，嗣與佖二字不同，未知孰是。然其借聲為佖則同，不謂女陰也。沈公此條未免誤會矣。

自來賦七夕詩詞，大率傷其離多歡少，否則羨其有生離無死別耳。丁丑七夕，恩竹樵方伯賦訴衷情詞索同人和，潘玉泉觀察和云：仙家歲月與人間，彈指便經年，一年一度一相思，小別即團圞。此意頗未經人道也。

玉泉觀察六十生日，賦水調歌頭四章，於上下疊兩六字句，皆叶仄韻，云用東坡體。余按東坡則有數時有一首，誠然。然東坡他作，亦不盡爾。如云：我醉歌時君和，醉倒須君扶我，此叶韻也。其上半云：一旦功成名遂，準擬東還海道，則又不韻矣。怨變軒昂勇士，一鼓塡作氣，此叶韻也。其下半云：煩子指間風雨，置我腸中冰炭，則又不韻矣。今夜清樽對客，明夜孤舟水驛，此叶韻也。其上半云：豈意彭城山下，同泛清河古汴，則又不韻矣。是此兩句或韻或不韻，東坡亦所不拘。惟賀方回有一首，起句云：南國本瀟灑，六代浸豪奢。灑字奢字，平仄皆韻。以下叶仄韻者九，叶平韻者七，此則於律尤細。余曾擬為之，存詞錄中。

春在堂隨筆　卷七　四

寧波鎮海縣有義火祠。以其地貧乏者多賃屋以居，高曾祖父之木主，遷移無定，不幸至於滅絕，則委棄寺觀，歲久析之為薪。乾隆間，邑令周樽字壽南，創建此祠，凡無祀之木主咸畀於斯，捐俸置田，以供香火之費，故命之曰義火，固與滅繼絕之雅意也。祠中有楹聯云：咳！可憐窮性命，做鬼無依，禁不住放聲大哭，苦雨淒風燐火三更搖慘淡；呸！你看好兒孫，充家有幾，倒弗如異姓同堂，秋霜春露義田萬古薦馨香。雖涉俗調，亦有意味。咳當作唉，史記項羽紀：唉！孺子不足與謀。索隱以為歎恨發聲之詞是也。呸是俗字，當作否。說文云：相與語，唾而不受也。

秦將軍蒙恬築長城，絕地脈，致不得其死。今長城之下，未知尚有蒙將軍廟貌否。乃吾湖之善璉村，則固有蒙公祠，其地皆以筆為世業，筆工不忘所始，故有祠宇以祀蒙公，香火頗盛。蒙公本秦將，乃以有功翰墨，千秋廟食，度亦非其意計所及矣。

吾邑西門外，有瞞公橋，云昔有婦人出私財建橋，不欲使其翁知之，故有瞞公之名矣。余每歲上先大父冢，必乘小舟過此橋下。今年鎮海縣修志書，屬余審定。其山川中，有名送婆嶺者，舊志云：明嘉靖間，有嚴樂氏早寡，為其姑改嫁於城中。有女十歲，隨之往，而樂氏至孝，凡遇時物，必遣女踰嶺餽其姑。夏日，女度嶺中暑死，即葬山側。嶺由是名。送婆嶺與瞞公橋，可云絕對矣。

謝蘊齋廣文言：往年攝嚴州府教授時，曾奉太守檄至梓潼鄉清丈田畝。其地距郡城百里而遙，所行皆山路，路小而曲，下臨不測之深淵，遇轉折處，輿在空中，不能不舍車而徒也。既至其處，則豁然別有天地，於萬山環抱中，仍有平原曠野，田疇池沼，居民千餘家，風俗敦龐，衣冠古樸，父老執香迎於道左，導入王公祠。王公者，故嚴州太守，曾禱雨於其地之龍湫，故至今有祠宇存焉。祠中懸王公像，首則朝冠，足則草履，其禱雨時如此也。父老言：自王公來後，百餘年矣，今日始再見官至。接待甚殷，每家皆欲以酒食招延，謝君力辭之。公事畢而返。方明賊之亂，無所不到，而其地止一綫之路，居民力扼山口，竟不能進，故猶完善，未遭兵火，真桃源福地也。余戲謂謝君：自王公之後，惟君繼往，他日必附祀君於王公祠，可題為王謝堂矣。

余同年王文勤公，以翰林起家，官至福建巡撫，余兒女親家也。嘗署所居齋曰儉明簡，為之說曰：居官之要，清慎勤而已。惟儉也，故清而不濫；惟明也，故慎而不惑；惟簡也，故勤而不煩。是三者，清慎勤之本也。余為作神道碑，已載其說矣。後讀吳郡徐學卿錫麟所著熙朝新語云：滋陽牛真谷運震，雍正癸丑進士，後官陝西知縣，嘗與人書曰：僕為縣官有三字，曰儉簡檢而已。儉者薄以自奉，量入為出，此不虧空不貪贓之本也。簡者毋苛碎，毋拘執，儀從可減則減之，案牘可省則省之。檢者天有理，人有情，吏部有處分，上司有考課，入一錢乙諸簿，將毋納賄，施一杖榜諸冊，將毋濫刑，此檢字訣也。乃知文勤三字，儉簡實與闇合。而所謂明者，非以察察為明，亦不過善自檢點而已。能檢則自無不明，此一字亦異而同也。

夷堅志載淮甸間一農夫病腿足甚久，但日持觀世音名號不輟，遂感觀音示現，因留四句偈曰：大智發於心，於心無所尋，成就一切義，無古亦無今。農夫誦偈滿百日，狀病頓愈。又載紹熙時明州王百娘患瘡甚，夢世音授以偈曰：淨土周沙界，云何獨禮西，但能回一念，觸處是菩提。誦之踰月即愈。余按此二偈，語意平易，人罕知者，故特表出之，以廣流傳。

東坡石鐘山記，歎酈元之簡，而笑李渤之陋。至今游石鐘山者，皆以坡語為然。余親家翁彭雪琴侍郎，以舟師剿賊，駐江西最久，語余云：湖口縣鍾山有二，一在城西，濱鄱陽湖，曰上鐘山；一在城東，臨大江，曰下鐘山。下鐘山即東坡作記處，然東坡謂山石與風水相吞吐，有聲如樂作，此恐不然。天下水中之山多矣，凡有罅隙，風水相遭，

春在堂隨筆　卷七　五

皆有唱吆鍠鞳之聲何獨菰山為然乎余居湖口久每冬日水落則山下有洞門出焉入之其中透漏玲瓏乳石如天花散漫垂垂欲落途徑蜿蜒如龍峭壁上皆枯蛤粘着宛然鱗甲洞中寬廠左右旁通可容千人前上層則皆黑不可辨燭而登其地平坦氣亦溫和蝙蝠大如扇夜明砂積尺許旁又有小洞蛇行而入復寬廣可容三人坐壁上鐫丹序二字且多小詩語皆可喜如云我來醉臥三千年且喜人世無人識又云小憩千年人不識桃花存滅洞門關無年代姓名不知何人所作也蓋全山皆空如鍾覆地故得鍾名上鍾山亦中空此兩山皆當以形論不當以聲論東坡當日徜過其門而未入其室也

明史宦官傳鄭和雲南人世所謂三保太監者也永樂三年命和及其儕王景宏等通使西洋將士卒二萬七千八百餘人多齎金幣造大舶修四十四丈廣十八丈者六十二自蘇州劉家河泛海至福建復自福建五虎門揚帆首達占城以次徧歷諸番國宣天子詔因給賜其君長不服則以武懾之先後七奉使所歷凡三十餘國所取無名寶物不可勝計而中國耗費亦不貲自和後凡將命海表者莫不盛稱和以夸外番故俗傳三保太監下西洋為明盛事云是鄭和之事在明代固赫然在人耳目間光緒辛巳歲老友吳平齋假余西洋記一書即敷衍此事作者為羅懋登乃萬歷間人其書視太公封神元奘取經尤為荒誕而筆意恣肆則似過之乃彼皆盛行而此顧不甚著何也文章之傳不傳若有數存雖平話亦然歟平齋曰此必明季人所為以媚權奄者余謂不然讀其序云今者東事倥偬何如西戎即敍當事者尚興撫髀之思乎然則此書之作蓋以嘉靖以後倭患方殷故作此書寓思古傷今之意抒憂時感事之忱三復其文可為長太息矣書中卻有一二異聞如術家有金水木火土五行遁法見於諸書者字皆作遁此獨作囤未詳其義又世俗所傳八仙此書則無張果何仙姑而別有風僧壽元壺子不知何許人豈明代有此異說歟圖畫見聞錄孟蜀張素卿畫八仙真形有曰長壽仙者或即此風僧壽乎書雖淺陋而歷年數百使有可備攷證者未可草草讀過也

世間有才牌數一書言近而指遠占者亦時有巧合之余聞許子社言杭人有為之箋注者惟其中有五鬼鬧判一語不知所出以問余余亦無以應也今乃知出於西洋記第九十回云靈曜府五鬼鬧判即其事也開卷有益信夫

世俗有祝冥壽之說達禮者非之然顧亭林先生有丁貢士亡考衢州君生日詩其

序云君子有終身之喪忌日之謂也世俗乃又以父母之生日設祭而謂之生忌禮乎攷之自梁以後始有生日宴樂之事父母之存固已嘗為之矣則於其既亡而事之如存禮雖先王未之有可以義起也丁君雄飛乃追溯其考之年及其生日而曰吾父存今八十矣乃陳其酒脯設其粢盛如其存之事而求詩於友人其亦孝思之所推歟然則祝冥壽之說固亦君子之所許亭林此序知之者鮮故為表而出之

明人殷無美文稿鈔本八冊故人之子小坡孝廉文焯出以示余余初不知無美為何人讀其文稱不佞都乃知都其名而無美其字也又稱吳郡殷生知其為吳郡人攷明史蘇州府屬六縣吳長洲吳江崑山常熟嘉定而其壽徐明府序云吾邑僻在海上其常熟人乎贈東武賈君序稱代匱奥旭蔣江陵張公序稱予為兵官蔣趙侯序稱持御史中丞節出撫鄖口是其生平迴翔臺省敭歷中外頗不碌碌而余竟不知焉是可愧矣文凡三十七首皆贈人之序然有意義非苟作者明史蔡義傳止言子英有詩名以蔭為尚寶司丞歷官太常少卿而此冊中有贈少司馬巴蜀蔡公序稱忠定子英荃丞尚璽是蔡義有二子曰英曰荃並蔭尚寶司丞是可補史之缺又姚汝皋以議禮廷杖明史止附見其姓名於何孟春傳中此冊有賀右轄襄城姚公序稱右轄公之父職方公正德之季上有所幸臣導以游幸職方公抗疏極論杖之闕下嘉靖初始復原官而尋復以議禮被杖及出參貴竹又以不能詭遇自免所稱職方公即姚汝皋也汝皋為人大略如此亦可補史缺又明史七卿表有徐晞為兵部尚書正統七年任十年十月致仕檢王弇州山人史料文臣異述一條知其人起於吏員而此冊贈宣城杜君序云吾鄉徐孟晞以掾吏為大司馬乃知徐晞字孟晞蘇州人也若此之類亦史學中之散金矣惟晞字不可識疑必睎字之誤名晞字睎義正相應也

錢涉園先生名遴字枚一安徽懷寧人著綱目攷訂一書其書成於康熙戊寅歲刊板行世而 四庫未收人罕知者亂後原板燬於兵火其鄉人楊君鳳儀邵君景壽醵錢重刻之問序於余視其自序有小印二方一曰錢遴之印一曰己丑進士余按己丑乃康熙四十八年也然其子鵬字扶南者有叙一篇言癸未冬鋟板過半先大人抱微疴有手不停披踰月病革呼不肖而命之曰余年已七十有四逝復何憾惟此書述儒先之緒論備求學之津梁剞劂未竣是吾憂耳然則先生卒於癸未乃康熙四十二年不得為四十八年進士疑己丑當作乙丑傳刻誤耳乙丑是康熙二十四年

先生於癸未歲年七十四，則當生於明崇禎三年庚午，至康熙乙丑為五十六歲。卷首有張文端公英序文，稱先生晚捷南宮，信矣。人云出宰粵之茂名，以年向七十，未半載即請告歸田。據沈鎬序云歲甲戌陟園錢先生自粵東致仕歸，甲戌為康熙三十三年，先生年六十五矣，故云年向七十也。

人家有喜慶事，以梨園侑觴，往往以筠園終之，蓋演郭汾陽生日上壽事也。內子姚夫人謂余曰：「他筠滿堀，可謂盛矣，過此以往何如？」余曰：「子必有說，試言之。」夫人曰：「請為誦詩。『門前不改舊山河，破虜曾輕馬伏波。他日獨經歌舞地，古槐疏冷夕陽多。』此趙嘏經汾陽舊宅詩也。『汾陽舊宅今為寺，猶有當時歌舞樓。四十年來車馬散，古槐深巷暮蟬愁。』此張籍法雄寺東樓詩也。欲知筠園以後之事，請誦此二詩。」余為黯然。今夫人亡矣，追憶其言，筆之於此。

余備有學校祀倉頡議，後見金兆鏊廣文尊經閣祀典錄，喜其先得我心，已載入第三卷矣。今讀朱蘭坡先生 國朝古文彙鈔，有陳浩倉聖祠記，乃知倉頡之祀，河南固有之。余從前祗舉其地而未之知，殊自愧矣。因錄其大略云：古稱六書之作，始於倉頡，蓋黃帝臣也。而路史所傳，則謂之倉帝史皇氏，都於陽武，終葬利鄉亭南。今河

南陽武縣猶有利鄉亭遺址，云世有倉氏、史氏、侯氏、侯岡氏、夷門氏、倉頡氏，其皆倉帝之苗裔歟。乾隆二十三年，退居授學於汴城，蓋倉帝之跡，相傳者多在於此。倉氏之後猶居之。有倉聖廟者，自中年來，將為神立廟，歲時以祀，乃屬某為文。倉聖之為帝為臣，古史異詞，可弗深攷，而要為畫卦以後之聖人也。茲役也，起於乾隆二十七年十月，訖於二十八年十一月。鳩工者，倉氏昆弟候補道聖裔、處州府知府聖瀚、戊子舉人聖脈。

光緒己卯歲，花農為我製一舟於西湖中，欲延余吳下曲園中小浮梅之名，又擬以余姓姓之，曰俞舫，以書來問。余因名之曰小浮梅。俞，蓋用說文空中木為舟之本義，猶云小浮梅船耳。並跋其後有云：「人生斯世，養空而浮，當知我亦一俞也。勿曰俞必屬我也。」自是以後，湖上艋叟艑郎，詫為新製，六橋烟柳中往往指而艷之，遂有倣此製而為之者，乞名於花農，花農名之曰采蓮舟，且為題一聯云：「喚作采蓮舟，最難禁露冷風香，夜半紅衣清不寐也；如浮梅檻，容幾許詩瓢酒盞，此中畫稿我先成。」異日有續樊榭先生湖船錄者，當又為西湖添一佳話矣。

俞樓未成之前，知之者即已甚衆。花農書來云：「篙工爰女，爭望落成，得鼓船呼渡於其下。」非虛語也。及樓成，余有俞樓經始一卷，刻入俞樓雜纂中，流播藝林，文墨之士遂無不知有俞樓者。其明年正月，杭城元夜，張燈有為謎語者，以「俞樓經始」四字隱四書人名二，或射之曰徐辟、彭更。蓋俞樓之作，發端於徐花農，而彭雪琴侍郎又廓而大之也。其寓意亦可云巧矣。

余於道光癸卯歲如江西，道經龍游，賦徐偃王廟詩，有云：「朝發龍游縣，小泊徐王祠。」云祀徐偃王，中有昌黎碑。然寔未嘗游其廟，讀其碑，不過據昌黎集而云然耳。後於咸豐辛亥歲至蘭溪縣，其地有偃王廟，余嘗游之，其中為偃王像，兩旁列三十六諸侯，皆冕旒執圭，頗有古意。同治壬申歲，余如福建省視太夫人，趁居由錢唐江舟行至蘭溪，適門下士吳煥卿紹正為蘭溪令，余偶一言及，煥卿曰：「聞龍游縣陵山有偃王廟，廟有韓碑，尚存半段，當移書龍游訪之。」余詩云：「王座荒涼異昔時，蘭溪城外偃王祠。何當更訪陵王廟，手搨昌黎半段碑。」為此作也。至光緒庚辰歲，余於杭州晤斯地丞觀察邦瀛，其人好尚風雅，曾官衢州太守，余以此訪之。觀察欣然致書龍游大令，辛巳之春，果以二搨本來，其一止半段，乃原碑也；其一不知何時重立，字跡完善，碑文亦全，然非其舊矣。余因取叢頭所有東雅堂韓集以校原碑，小有異同。原碑每止存行十三字，間有十四字者，計其全石每行五十六字，是以銘辭攷之可見。今每

行存十三，當缺四十三字，乃有缺至四十五字者，亦有止缺四十一字者，參差不齊。其寔缺四十三字者，除銘辭外，止二行耳。然則碑文與集本固不盡同也。篇首云：「偃出柏翳。」碑文則似是伯益。金仁山以柏益為即柏翳，此碑之文頗可為證。踐字跡漫漶，然尚約畧可辨也。余因表而出之，以告攷古之士。此外如「繼跡史書」，碑文跡作迹；「鑱之於石」，碑文作鐫之石；「徐由邈絲」，碑文由作繇。此皆無關文理，不足論。惟「圖像之威，黜昧就滅」，碑於黜下多晦字，則黜晦昧就滅五字為句，殊為不辭。然此行從黜字起，圖像之威四字在上一行之末，已不可見，或黜字當連上讀，作圖像口黜，與集本不同乎？嗟夫！浙東西漢石不可多得，唐碑已可寶貴。余於己巳歲游紹興，得見唐開成五年禹寺往生碑，惜自來金石家未及著錄，曾屬精舍諸生作詩以張之。今昌黎此碑，高出彼上，豈止什伯？余數十年訪求而不得者，今乃得之，不可云非眼福矣。又按銘辭有云：「誅其利害，孰與王當。」碑此行從利字起，誅其二字在上一行末，不可見，而「利害孰與王當」六字，則筆畫分明，乃東雅堂本云與字方從洪氏石本作當，按方謂方崧卿作韓文舉正者，洪則洪興祖也。其所見石本不知又是何石，豈宋時別有一石刻歟？然此與字改作當字，語不可通，殆必有誤，未可執以獻疑也。

咸豐二年，餘姚客星山新出一漢碑，碑文首有三老二字，遂名之曰三老碑。余既詳載其文於第二卷矣。碑云：三老諱通，字少父，庚午忌日。祖母失諱，字宗君，癸未忌日。但云庚午癸未，不載年月。余始譏其疎略，既而思之，其於父母既備載年月日，何於祖父祖母遂疎略如此？此必有故也。竊疑古人以幹枝紀日，不以初一初二紀日，其家相傳三老於庚午日死，祖母於癸未日死，相傳既久，忘其年月，民間不知歷術，安能推知其為某年某月某日乎？於是子孫遇庚午癸未日，則以為忌日。蓋古人忌日之制本是如此。試以子卯疾日證之：子卯有二說，鄭司農以為五行子卯相刑，此不必問其何月也。而賈逵云：桀以乙卯日死，紂以甲子日亡，則有日無月，似不可通。乃鄭康成、何劭公等翕然宗之，無異詞者，蓋援忌日之例，止論幹枝，不問為某月第幾日。如紂以甲子亡，以三統術推之，為武王十一年二月五日，至次年二月五日，乃上年紂亡之日。在今人必以此為疾日矣，古人不然。二月五日不值甲子，即非疾日，而凡遇甲子即是疾日。一年有六甲子，是有六疾日也。疾日忌日，其例並同。今人但以父母亡日為忌日，非古矣。因三老碑而得古人忌日之制，故補記之於此。

彭恭齋端淑有白鶴堂集，石蛤生宋石芝傳：蛤生負異才，不見於世，晦迹人外，以終其身，獨與石芝善。石芝從靖逆侯張勇平滇亂，建奇功，功成亦隱。兩人皆奇士也。而劉繼貢紹攽文集亦載其事，石蛤生為石蛤興，宋石芝為宋釋之，未知誰是也。汪孝峯集有黃孝子傳：孝子名洪元，父國相為虞庠所殺，孝子與弟俱幼，後稍長，聞之，欲報仇，母泣止之。及母死，既合葬，兄弟哭拜別墓，懷刃往殺庠，詣縣自陳，有司義之，免其弟，頌繫孝子。後一年，上官竟脫孝子罪，遂去為浮屠，易名光空。而陸稃亭先生集亦載其事，黃孝子為王孝子，虞庠為虞翔，亦未知孰是也。夫以本朝之人而傳聞異辭已若此，然則伯益之為柏翳，逢蒙之為蠭門，壽夢之為孰姑，包胥之為勃蘇，固無怪矣。余友李𥶺堂中丞著國朝耆獻類徵，蒐羅宏富，然猶未知宋釋之之或為宋石芝，黃洪元之或為王洪元也。亦見網羅放失之難。

金剛經第八分云：若復有人於此經中受持乃至四句偈等，為他人說，其福勝彼。按所謂四句偈者，不知何指。自來解金剛經者云，經中四句偈有二：若以色視我，以音聲求我，是人行邪道，不能見如來，一也；一切有為法，如夢幻泡影，如露亦如電，應作如是觀，二也。愚按若以色視我四句見二十六分，一切有為法見三十二分。佛說第八分時，尚無此四句偈，安得便使人受持乎？或又引一書云：天親菩薩請問彌勒：如何是四句偈？彌勒以無我相四句答之。余未見其書，不知可據否。然上文但言有我相人相衆生相壽者相，則非菩薩。又云是諸衆生無復我相人相衆生相壽者相，而無我相四句，則見於第十四分中，是此時亦未有此四句也。且我人衆壽乃是隨舉之詞，楞伽經又有成人衆生壽命長養士夫之說，是不盡於此四者也。即以此為四句偈，於義未該矣。然則四句偈云何？余按楞伽經云：佛告大慧云：大慧，彼四句者，謂離一異俱不俱、有無非有非無、常無常，是名四句。大慧，此四句離，是名一切法。大慧，此四句觀察一切法，應當修學。然則四句偈當即指此。蓋佛門舊有此四句，人人皆知之，故佛以告須菩提，而須菩提亦不問四句云何也。余因表而出之，以告誦金剛經者。但四句中有無非有非無句最為明白，當即金剛經無實無虛之旨。經中即非某是名某二句凡十四見，即非者非有也，是名者非無也。常無常義詳見六祖壇經，其餘二句皆不可曉，安得善知識人一問之。

金剛經靈異最著。余自姚夫人亡，手書金剛經數過，然冥冥中，然泉路茫茫，究未知有益否也。嘗閱袁子才先生小說，金剛是佛門中木強之神，常同伐說，不問曲直。有人為逝者誦金剛經，即有金剛在冥中作鬧，向冥王強取罪人以去，冥王不得已示夢於誦經者，戒使勿誦。余按此經本名金剛般若波羅密經，金剛者言如金之剛堅，般若乃梵語，猶云智慧。金剛般若四字，在儒書則智勇二字耳，本非專名金剛經，且與金剛之神何涉？袁說真可一噱。太平廣記卷一百八引報應記云：邛州人張政暴亡，見四人來捉行，使小聲念金剛經，使者色變。入城見胡僧長八尺餘，罵使者曰：何不依帖亂捉平人？及領見王，僧與對坐，曰：張政是某本宗弟子，被妄領來。王曰：待略勘問。僧色怒，王判放去。僧自領政出，曰：汝識我否？我是須菩提。乃知是持經之力。其說雖誕，然此經佛為須菩提說，唐以前小說家言，亦必根據本書，異於後世之束書不觀，游談無根者也。

宋時人臣有身後賜致仕者，如寧宗嘉泰二年，追復朱熹煥章閣待制致仕是也。宋史列傳中，如余端禮薨，授少保郇國公致仕；李壁卒，進資政殿學士致仕；饒虎臣卒，追復原官，守資政殿學士致仕；曾彥約卒，以華文閣學士轉通奉大夫致仕，若此者甚多，不可勝舉。尤袤傳云：時上已屬疾，國事多舛，袤積憂成疾，請告不報，疾篤乞致仕，又不報，遂卒，年七十。遺奏大略勸上以孝事兩宮，以勤康庶政，察邪佞，護善類。又口占遺書別政府。明年，轉正奉大夫致仕，贈金紫光祿大夫。是尤袤卒於官，卒後致伯本傳叙述甚明光緒辛巳歲有以長洲顧少卿曾校綠草廬集求叙者集中有尤袤詩一篇蓋少卿嘗與修無錫縣志此即志中之文尤袤固無錫人也其傳止就宋史本傳稍節之無甚異同乃其末云乞致歸八年卒則與史大異矣按宋史本傳雖不言袤卒於何年然袤於光宗紹熙元年除給事中光宗本紀紹熙三年十一月丙戌日南至給事中尤袤上疏請朝重華宮其時尚是給事中也後除禮部尚書史不言其年當在紹熙四年以下有偕請重華宮據本紀自三年朝重華宮後至四年冬又兩朝重華宮也五年五月壽皇崩矣而袤道其尚勸孝事兩宮則知除禮部侍郎不久即卒安得歸八年而卒乎若歸八年而卒則其卒也在寧宗朝矣按之本傳其説殊甚不知何所據而云然余作顧集序已及之然叙中未便斥言故又記於此

光緒二年春余在杭州西湖下曲園中牡丹將放內子姚夫人徘徊花下口占一詩其末二句云東風莫輒放留待主人來余歸為余誦之今忘其全詩矣偶閱太平廣記卷一百八十一載盧儲在官舍迎內子有庭花開乃題曰芍藥斬新栽當庭數朶開東風與拘束留待細君來此與內子詩意適遙相對內子作詩初不知有盧詩也盧儲娶李翺女即所謂第一仙人許狀頭者其事至今豔稱之而庭花之詠知之者尠故表而出之以見此兩人者真神仙眷屬也余與姚夫人四十年伉儷雖未足比美古人亦庶幾其萬一自夫人亡而余久不至曲園幾於蕪廢追惟曩昔為之悵然

春在堂隨筆卷七終

春在堂隨筆卷八

清　德清俞樾著

夏夜每有蟲行几案間亦能飛人習見之不為異呼其名如曰章郎不知是此二字否也兒童輩嘗問余此蟲有可攷否余謂自來注爾雅廣雅及本草者從不言有章郎蟲惟乾隆時錢唐趙學敏注本草綱目拾遺蟲部有竈馬云俗呼贓郎人作蟑螂治疔瘡及一切無名腫毒及小兒疳疾綱目所謂蜚蠊也因注本草陶注云形似蠊蟲輕小而能飛本在草中八月九月知寒多入人家屋裏逃爾有兩三種以作廉薑氣者為真南人亦啖之余謂此蟲雖廉薑氣然實生在屋壁間不在草中四五月間即有非至八九月間畏寒入室也陶注所云未知是此蟲否蘇恭注云此蟲味辛辣而臭漢中人食之言下氣名曰石薑一名盧蟹一名負盤然則此蟲即爾雅蜚蠦蜰矣郭璞注曰即負盤臭蟲邢昺疏曰蜚是臭惡之蟲害人之物故春秋左氏傳曰有蜚不為災亦不書然則此蟲又即春秋莊二十九年有蜚之蜚矣漢五行志引劉向説以為蜚色青近青眚也此蟲之色不青未必即春秋所書者轉展推求究無確據惟廣雅有一説曰蜚蠊蜚蠊也然則此蟲即周禮注所謂蠊也夏官赤友氏凡隙屋除其貍蟲注謂䗪肌蛷之屬按肌蛷蓋即蠷螋今所謂蠹衣蟲也䗪即此蟲矣之二蟲皆藏匿牆壁內赤友氏掌除牆屋故主除之亦可證其非生於草間也蟑螂皆俗字贓螂亦無義殆即䗪字之合音按字典䗪字有張略一音今呼章郎者即張略之轉也為此一小蟲援引經史至數百言老人多事亦可笑矣

古今注云曲蓋太史所作也武王伐紂大風折蓋太公因折蓋之形而制曲蓋焉曲蓋之制於古無徵余觀馮氏金石索載嘉祥劉村洪福院漢畫像石有周公輔成王像成王居中旁一人執蓋其蓋折而下垂此正古曲蓋之制蓋太公因折蓋而制曲蓋自當折而下垂若曲而上則失其義矣世人罕知此制故特表出之

余從前試學中州每試一郡畢吏輒具卷請召諸生逐寫所作詩文謂之三五七蓋大學前列七卷中學前列五卷小學前列三卷例應解送禮部故為修飾盡善使膳寫之余曰如此不近於欺乎吏曰故事如此乃亦聽之後觀太平廣記卷一百七十九引乾𦠆子載閻濟美事云榜出與狀頭同參座主座主曰諸公試日天寒急景寫札雜文或有不如法令恐文書到西京須呈宰相請先輩等各買好紙重來請印如法寫淨送納抽其退十云云然則此等事古固有之矣

澗旨叔水乃子山觀察之子。行年四十有九。然自訟閣閣中坐者立者各一人。若官與史然。跪者一人若對簿然。三人貌即一人。皆自肖其像也。余率題二絕句云。當遙伯玉知非歲。策遇王孫自訟齋。此後可知定無訟。訟庭都被落花埋。我我周旋總不真。陶公贈答影形神。史從有相歸無相。便是如來三種身。或問自訟齋出處。余曰。此宋時趙不惪事。見宋史宗室傳。不惪乃濮王曾孫也。惟惪字竟不可識。康熙字典補遺心部有惪字。引字彙補云。音未詳。宋宗室趙不惪字仁仲。余按日知錄引雲麓漫鈔。古宗籍凡袒免親以上皆賜名。乃有寓不典之言。乃取怪僻字以為戲笑。此不惪亦其一也。然怪僻之字。亦必字書所有者。若惪字。則字書不載。治平四年。司馬光等奏上類篇亦無此字。當時何所據而賜此名乎。竊疑此必傳寫之誤。定即惪字。據說文。㥁息之㥁。本當作惪。若變字。則和之行也。此以不變為名。乃用其本字。即不變也。論語曰。仁者不變。故字仁仲。以字證之。其為惪字之誤無疑矣。

武林徐氏。自文敬崛起。文穆繼之。遂成浙右大族。數十年來。稍稍不振。至光緒庚辰。而花農入翰林。又復掀起。極可喜也。其家自文敬以來。入翰林者六人。而皆在辰戌丑未之年。文敬癸丑。文穆戊戌。文穆之子。即花農之高祖。諱以烜。字㵐亭者。庚戌。花

農之十世伯叔祖。諱杞者。壬辰。花農之伯叔高祖。諱景蕙者。己未。而花農又以庚辰。計丑未年各一。辰戌年各二。以五行論之。此四年皆屬土也。光緒辛巳夏。花農重建文敬公祠。同人集湖上落之。樊薇有詩。余次其韻有云。科第前賢接後賢。最宜丑未戌辰年。蓋紀實也。

同年徐壽蘅侍郎。樹銘。撰其封公漁臣先生家傳。余論贊中。引東坡語云。李郃博學隱德之類。在其子固。蓋據東坡晁君成詩集序語云爾。然坡公此語。實不甚塙。按後漢書方術李郃本傳。郃後舉孝廉。拜太常。元初四年。代袁敞為司空。在位四年。坐請託事免。安帝崩。北鄉侯立。復為司徒。明年免。將作大匠翟酺上郃潛圖大計以安社稷。封郃涉都侯。辭讓不受。卒於家。是郃位至三公。爵為通侯。固已大顯於世。如坡公言。殆似乎潛德不耀者。蓋徒據其為漢中候吏時。而未覩其終也。

余四歲時。即從德清遷臨平鎮。臨平屬仁和縣。東西不過三里。南北不過二里。然其名則甚古矣。舊有沈東江先生臨平志一卷。不分門類。惟依時代編纂。道光中。康蓮伯子蘭雨君續修之。則倣州縣志書體例。采輯甚富。時先兄壬甫館鄭夢白中丞家。鄭氏多藏書。先兄每助之采輯焉。亂後。東江舊志尚有流傳之本。康氏之書不可見矣。兩君數十年心血付之雲煙。殊可惜也。偶於舊書中得一紙。乃先兄為福寧太守時錄寄吳中者。蓋節錄舊志傳文。亦臨平一故事也。今錄於此云。蘇城既陷。賊將張健馬流攻無錫。遂據吳城。既自海虞由婁縣東犯。與賊別將戰。破之。進屯烏莒。吳興內史虞潭。遣將姚休為前鋒。與賊戰。沒。眾還守紫壁。時賊黨方熾。人咸勸眾過浙江。眾曰。不然。今保固紫壁。可全錢唐以南五縣。若越他境。使為寓軍。控引無所。非長計也。臨平人范明。亦謂眾曰。此地險要。不可委也。眾乃推明為參軍。明率宗黨五百人合諸軍。凡四十人。復進討健。健退於曲阿。先兄手注其下云。烏莒紫壁。兩地當在松江嘉興石門一帶。范明即今臨平人無疑。余按今臨平尚有范氏。當是范明之後。明所率宗黨五百人。則其時臨平范氏之盛可見。烏莒紫壁均不可考。或烏莒即今之烏鎮歟。

余每年蘇杭往返。必紆道還德清。上先人冢。舟楫所經。有曰五林頭者。自杭之德清。必由之路也。余謂五林乃五鄉之訛。明史地理志。湖州府德清縣下云。有下塘巡檢司。後遷五鄉港口。即其地也。案頭無德清縣志。據新修湖州府志。於德清縣村鎮。止於十六都有五林二字。蓋不知元名為五鄉矣。

紀文達公嘗言。聊齋志異。一書才子之筆。非著書者之筆也。先君子亦言。蒲留仙才人也。其所藻繢。未脫唐宋人小說窠臼。若紀文達閱微草堂五種。專為勸懲起見。敘事簡。說理透。不屑屑於描頭畫角。非留仙所及。余著右台仙館筆記。以閱微為法。而不襲聊齋筆意。秉先君子之訓也。然聊齋藻繢。不失為古豔。後之繼聊齋而作者。則俗艷而已。甚或庸惡不堪入目。猶自詡為步武聊齋。何留仙之不幸也。留仙有文集。世罕知之。朱蘭坡前輩 國朝古文彙鈔。曾錄其文二篇。其用意其造句。均以纖巧勝。猶之乎志異也。留仙之子名立惪。字東石。亦有文集。筆意頗肖其父云。

張朗齋軍門。曜。為蒯士薌廉訪賀蓀。妻昆弟之子。余與廉訪同年舊好。而與軍門未一謀面。光緒元年。軍門曾以賀蘭小獵圖寄浙江介廉訪。索余與彭雪琴侍郎題詩。余為題七言古詩一首。仍交廉訪寄還之。未得其復書。廉訪旋即下世。未知此詩得達否也。頃有人從杭州來。言眾安橋河下岳忠武廟中見蒯廉訪手書楹聯。有跋云。咸豐中。蓀丁外艱。奉命墨絰赴光州任。時賊氛方熾。道過湯陰。及朱仙鎮。謁王祠。夜夢王延入旁坐者為張桓侯。王指謂蓀曰。汝妻姪張曜。乃桓侯後身。令以助汝。是時賊圍固始七十餘日。力戰解圍。曜有力焉。嗣後在豫二十年。轉戰數千里。皆曜為先鋒

云云顧諟不應作妄語然則軍門之爲桓侯後身信矣世傳桓侯後身在唐爲張睢陽在宋爲岳忠武故前人作桓侯祠楹聯有唐曾爲姓宋留名之語今在我朝爲軍門則又一爲姓矣惟忠武既爲桓侯轉世何以康訪夢中見忠武又見桓侯殆前身後身非一非二是以如來隨衆生意現種種身神道與佛理固無異也

錢梅谿先生縮臨唐碑百餘種刻石揚州江小雲觀察人購得其殘石數十種以歸謀嵌之詁經精舍之壁余爲言之梅小巖中丞中丞欣然出白金百兩屬梁敬叔觀察主其事遂使精舍中增此一鉅觀甚可喜也惟諸碑中譌字甚多蓋由舊碑漫漶使然梅谿跋瑞州石室記云畢公論作畢公今改正之然未及改正者亦殊不少即如幽州昭仁寺碑有云殊質文於車服改正朔於寅山心宙丑之說謂夏建寅殷建丑也又云翔八正道示如來藏入正必八正之說八正見大品經謂正見正思惟正語正業正命正精進正念正定也他如坐元應游舉爲舉爲當作舉爲應選列辟詳觀郡帝郡帝當爲羣帝一碑之中譌字之多已如此安得一一校正之檢王氏金石萃編惟寅丑字不誤餘亦同此

王蘭泉先生金石萃編卷八十八載涌志昭墓志銘其文有曰以戊子歲寔沈月五

日癸酉殯於長安龍首鄉後又有一行云天寶七載七月五日景時先生跋云天寶七載爲戊子歲禮記孟夏之月日在畢注云孟夏之月日月會於實沈是實沈爲四月然通鑑目錄天寶七年四月庚子朔五日是甲辰非癸酉七月己巳朔正是癸酉則碑云寔沈月者所未詳也余按先生此說殊爲失攷由未知辰與建之異也蓋十一月斗柄建子而日月會於星紀則位在丑十二月斗柄建丑而日月會於元枵則位在子故子與丑合也正月斗柄建寅而日月會於娵訾則位在亥十月斗柄在亥而日月會於析木則位在寅故寅與亥合也三月斗柄建辰而日月會於大梁則位在酉八月斗柄建酉而日月會於壽星則位在辰故辰與酉合也五月斗柄建午而日月會於鶉首則位在未六月斗柄建未而日月會於鶉火則位在午故午與未合也四月斗柄建巳而日月會於寔沈則位在申七月斗柄建申而日月會於鶉尾則位在巳故巳與申合也二月斗柄建卯而日月會於降婁則位在戌九月斗柄建戌而日月會於大火則位在卯故卯與戌合也周官大師掌六律六同以合陰陽之聲其義即如此而大司樂所謂奏大呂歌黃鍾奏大蔟歌應鍾奏姑洗歌南呂奏蕤賓歌函鍾奏夷則歌小呂奏無射歌夾鍾者亦取子與丑寅與亥辰與酉午與未巳與申卯與戌之相合也鄭康成注大師職曰辰與建交錯貿處如表裏然賈疏申之曰斗柄所建十二辰而左旋日體十二月與月合宿而右轉斗之所建在地上十二辰故言子丑之等辰者日月之會會在天上十二次故言娵訾降婁之等十二月皆先言建後言辰皆倣之亦先言建後言辰假令十一月先舉黃鍾後言星紀復之則先舉大呂後言元枵十二月皆然義可知也然則子丑之等與娵訾降婁之等不過取以識別或舉地上十二辰或舉天上十二次初無深義假如十一月言斗柄建元枵日月會於丑亦無不可也推之七月斗柄建申謂之建寔沈可也日月會於鶉尾謂之會於巳可也此碑以七月爲寔沈月蓋唐以前人猶有古義也今蘭泉先生但知孟夏之月日月會於寔沈遂以寔沈爲四月不知四月者建巳之月也而寔沈之位在申不在巳若以四月爲寔沈月則是以四月爲申月矣豈可通乎自來言十二次之位莫詳於皇甫謐帝王世紀今錄於此云自斗十一度（漢志作十二度）至婺女七度曰星紀之次於辰在丑斗建在子自婺八度至危十六度（漢志作十五度）曰元枵之次於辰在子斗建在丑自危十七度（漢志作十六度）至奎四度曰豕韋之次於辰在亥斗建在寅自奎五度至胃六度爲降婁之次於辰在戌斗建在卯自胃七度至畢十一度曰大梁之次

於辰在酉斗建在辰自畢十二度至東井十五度曰寔沈之次於辰在申斗建在巳自井十六度至柳八度曰鶉首之次於辰在未斗建在午自柳九度至張十七度曰鶉火之次於辰在午斗建在未自張十八度至軫十一度曰鶉尾之次於辰在巳斗建在申自軫十二度至氐四度曰壽星之次於辰在辰斗建在酉自氐五度至尾九度曰大火之次於辰在卯斗建在戌自尾十度至斗十度百三十五分而終（漢志作斗十一）度曰析木之次於辰在寅斗建在亥此文分別辰與建甚明白若依唐人書碑之例以紀月則正月析木月二月大火月三月壽星月四月鶉尾月五月鶉火月六月鶉首月七月寔沈月八月大梁月九月降婁月十月豕韋月十一月元枵月十二月星紀月亦金石家一變例也又按此碑書景時景時即丙時蘭泉先生以爲丙辰是也蓋甲己日始甲子乙庚日始丙子丙辛日始戊子丁壬日始庚子戊癸日始壬子即術家所謂五鼠遁也癸日壬時爲子則丙時爲辰矣

術者以日推時則有五鼠遁如前所云是也以年推月則有五虎遁凡甲己年始丙寅乙庚年始戊寅丙辛年始庚寅丁壬年始壬寅戊癸年始甲寅其術皆主淺顯惟以年月推其日則雖精李虛中之術者不能知而晉者屈指推算不勞而得之不知

其何術也。或言是有秘訣，不以授人，人亦不可驟學之。學之必損其目。殆或然歟。坊間所刻子平淵海等書，卻亦載有一法。其法視九年前正月朔日是何幹枝，大月順數五幹九枝，小月順數四幹八枝，即本年正月朔日幹枝。二月以下視此。視本年十二朔日是何幹枝，上月大，逆數五幹九枝，上月小，逆數四幹八枝，即九年前十二月朔幹枝。十一月以上視此。余用此術推之。同治十二年正月小，辛巳朔，順數四幹八枝，至光緒七年正月，得甲子朔。光緒七年十二月己未朔，十一月大，逆數五幹九枝，至同治十二年十二月，得乙亥朔。其法信不謬矣。然月之大小，非翻憲書，豈能記憶，且不能推知閏月，則仍不能無誤。從晉者所用，必非此法也。

余嘗用此法校杜氏春秋長曆，從隱元年順推隱九年，不合者三月，又從隱十一年逆推隱三年，則無一不合。杜氏本不知曆法，惟以經傳所書月日前後推排而成，此術隱元年之不合，殆由杜氏失之。若改作五月大，六月小，七月大，八月小，九月大，十月小，則亦無一不合矣。今列於左。

隱元年	隱九年
正月小辛巳朔	正月大甲子朔合
二月大庚戌朔	二月小甲午朔合
三月小庚辰朔	三月大癸亥朔合
四月大己酉朔	四月大癸巳朔合
五月小己卯朔（應改五月大，六月小）	五月小癸亥朔不合
六月大戊申朔	六月大壬辰朔合
七月小戊寅朔（應改七月大，八月小）	七月小壬戌朔不合
八月大丁未朔	八月大辛卯朔合
九月小丁丑朔（應改九月大，十月小）	九月小辛酉朔不合
十月大丙午朔	十月大庚寅朔合
十一月大丙子朔	閏月小庚申朔合
十二月小丙午朔	十一月大己丑朔合
二年正月大乙亥朔	十二月小己未朔合

隱十一年	隱三年
正月小癸未朔（十年十二月大）	正月大己亥朔合
二月大壬子朔	二月小己巳朔合
三月小壬午朔	三月大戊戌朔合
四月大辛亥朔	四月小戊辰朔合
五月小辛巳朔	五月大丁酉朔合
六月大庚戌朔	六月小丁卯朔合
七月小庚辰朔	七月大丙申朔合
八月大己酉朔	八月小丙寅朔合
九月小己卯朔	九月大乙未朔合
十月大戊申朔	十月小乙丑朔合
十一月大戊寅朔	十一月大甲午朔合
十二月小戊申朔	十二月小甲子朔合

余偶檢篋中，得門下士王夢薇書，末附一行曰：日直泰之侯爻，蓋用卦氣直日之法以紀日，亦文人好奇之過也。卦氣直日，本古法。揚子雲，西漢大儒，而作太元以準周易，有八十一首，歲事咸貞之說，是西漢經師固有此說矣。然古法每卦直六日七分，不可用以紀日。若欲用以紀日，則當用北齊天保歷之說，其卦一月五卦相次用事，從大雪節起，一日未濟初爻，二日蹇初爻，三日頤初爻，四日中孚初爻，五日復初爻，至第六日，又值未濟二爻，十五日，大雪節終，而五卦之內卦終，又十五日，冬至節終，而五卦之外卦亦終。其說本之易通統軌圖，今無其書，然要亦出於稽覽圖，非異書也。余用其說，列三百六十日值日之爻，倘遇好事之士，用以紀日，不費檢尋矣。

	正月	二月	三月	四月	五月	六月
初一	小過初六	需初九	豫初六	旅初六	大有初九	鼎初六
初二	蒙初六	隨初九	訟初六	師初六	家人初九	豐初九
初三	益初九	晉初六	蠱初六	比初六	井初六	渙初六
初四	漸初六	解初六	革初九	小畜初九	咸初六	履初九
初五	泰初九	大壯初九	夬初九	乾初九	姤初六	遯初六
初六	小過六二	需九二	豫六二	旅六二	大有九二	鼎九二
初七	蒙九二	隨六二	訟九二	師九二	家人六二	豐六二
初八	益六二	晉六二	蠱九二	比六二	井九二	渙九二

初九	漸六二	解九二	革六二	小畜九二	咸六二	履九二
初十	泰九二	大壯九二	夬九二	乾九二	姤九二	遯六二
十一	小過九三	需九三	豫六三	旅九三	大有九三	鼎九三
十二	蒙六三	隨六三	訟六三	師六三	家人九三	豐九三
十三	益六三	晉六三	蠱九三	比六三	井九三	渙六三
十四	漸九三	解六三	革九三	小畜六三	咸九三	履六三
十五	泰九三	大壯九三	夬九三	乾九三	姤九三	遯九三
十六	小過九四	需六四	豫九四	旅九四	大有九四	鼎九四
十七	蒙六四	隨九四	訟九四	師六四	家人六四	豐九四
十八	益六四	晉九四	蠱六四	比六四	井六四	渙六四
十九	漸六四	解九四	革九四	小畜六四	咸九四	履九四
二十	泰六四	大壯九四	夬九四	乾九四	姤九四	遯九四
廿一	小過六五	需九五	豫六五	旅六五	大有六五	鼎六五
廿二	蒙六五	隨九五	訟九五	師六五	家人九五	豐六五
廿三	益九五	晉六五	蠱六五	比九五	井九五	渙九五
廿四	漸九五	解六五	革九五	小畜九五	咸九五	履九五
廿五	泰六五	大壯六五	夬九五	乾九五	姤九五	遯九五
廿六	小過上六	需上六	豫上六	旅上九	大有上九	鼎上九
廿七	蒙上九	隨上六	訟上九	師上六	家人上九	豐上六
廿八	益上九	晉上九	蠱上九	比上六	井上六	渙上九
廿九	漸上九	解上六	革上六	小畜上九	咸上六	履上九
三十	泰上六	大壯上六	夬上六	乾上九	姤上九	遯上九
	七月	八月	九月	十月	十一月	十二月
初一	恒初六	巽初六	歸妹初九	艮初六	未濟初六	屯初九
初二	節初九	萃初六	无妄初九	既濟初九	蹇初六	謙初六
初三	同人初九	大畜初九	明夷初九	噬嗑初九	頤初九	睽初九
初四	損初九	賁初九	困初六	大過初六	中孚初九	升初六
初五	否初六	觀初六	剝初六	坤初六	復初九	臨初九

初六	恒九二	巽九二	歸妹九二	艮六二	未濟九二	屯六二
初七	節九二	萃六二	无妄六二	既濟六二	蹇六二	謙六二
初八	同人六二	大畜九二	明夷六二	噬嗑六二	頤六二	睽九二
初九	損九二	賁六二	困九二	大過九二	中孚九二	升九二
初十	否六二	觀六二	剝六二	坤六二	復六二	臨九二
十一	恒九三	巽九三	歸妹六三	艮九三	未濟六三	屯六三
十二	節六三	萃六三	无妄六三	既濟九三	蹇九三	謙九三
十三	同人九三	大畜九三	明夷九三	噬嗑六三	頤六三	睽六三
十四	損六三	賁九三	困六三	大過九三	中孚六三	升九三
十五	否六三	觀六三	剝六三	坤六三	復六三	臨六三
十六	恒九四	巽六四	歸妹九四	艮六四	未濟九四	屯六四
十七	節六四	萃九四	无妄九四	既濟六四	蹇六四	謙六四
十八	同人九四	大畜六四	明夷六四	噬嗑九四	頤六四	睽九四
十九	損六四	賁六四	困九四	大過九四	中孚六四	升六四
二十	否九四	觀六四	剝六四	坤六四	復六四	臨六四
廿一	恒六五	巽九五	歸妹六五	艮六五	未濟六五	屯九五
廿二	節九五	萃九五	无妄九五	既濟九五	蹇九五	謙六五
廿三	同人九五	大畜六五	明夷六五	噬嗑六五	頤六五	睽六五
廿四	損六五	賁六五	困九五	大過九五	中孚九五	升六五
廿五	否九五	觀九五	剝六五	坤六五	復六五	臨六五
廿六	恒上六	巽上九	歸妹上六	艮上九	未濟上九	屯上六
廿七	節上六	萃上六	无妄上九	既濟上六	蹇上六	謙上六
廿八	同人上九	大畜上九	明夷上六	噬嗑上九	頤上九	睽上九
廿九	損上九	賁上九	困上六	大過上六	中孚上九	升上六
三十	否上九	觀上九	剝上九	坤上六	復上六	臨上六

歸安吴味琴先生諱篭。乃余老友平齋觀察之先德也。工書法。始學李北海。後學趙吴興。雖率爾命筆。動合法度。亂後。散佚無存。平齋於故紙中。得其四紙裝成一小冊。寄以示余。蓋其家田畝契券之標題也。每記皆有青氍二字。蓋先生一字青氍故云

爾其文則云某人田若干畝契幾紙收某戶在當時不過草草紀載之筆而字字可入名人法帖中洵可謂一筆不苟者矣

吳中老輩余所及見者二人一宋于庭先生翔鳳一陳碩甫先生奐皆乾嘉學派中人也于庭先生兼工吟咏曾贈余詩四章乃和余遷居之作已載入第四卷矣碩甫先生專治毛傳吟咏非長然能為篆書嘗書楹聯見贈云金尊日月三都賦玉洞雲霞二酉文其書甚佳既非如老人輩作篆書罷筆頭為之者亦非時下人專摹鄧完白一派者可比從以兵亂失去意甚惜之聯句亦工麗然不知為何人之句其語意亦不甚可解耳

桐城吳康甫大令廷康官吾浙數十年或云年且九十矣卒莫知其年幾何矣所謂世人知老不知年者其此公之謂乎嗜古成癖至老不衰尤善摹篆凡金石文字一經寫刻幾可亂真洵近代一奇士也嘗就余所刻䌷中書內摘錄湘鄉合肥兩相國語各十六字為楹聯見贈曰碩學宏文煕耀百世雁行服鄭抗手班張此十六字湘鄉公語草思閎簡述作成書希蹤古人嘉惠來者此十六字合肥公語斯亦楹聯中創見之格矣

洪敬叔觀察書楹聯見贈云家有百句老母身為一代經師結構雄壯頗有伊墨

卿先生筆意然下句非所克當雖受之而未敢縣也擬請易其下句云春在一曲小園戊寅歲老母見背遂亦不復以此請矣恩竹樵方伯亦嘗書一聯見贈乃用隨園老人舊句云已頌海內推前輩尚有慈親喚小名余則欣然受而縣之戊寅以後始撤不縣今所縣者有勒少仲中丞一聯云著述至二百卷外逍遙于一曲園中又有彭雪琴侍郎一聯云蓬瀛舊籍三朝遠雲水閒身二品榮則即余詩中語矣

湖上俞樓成以楹聯贈者極多然推崇過甚非鄙薄所克承當余嘗戲語諸君子云神祠中楹聯固多諛詞然神像乃土木偶耳傫然坐其上不知愧也余則尚非土木偶朝夕出入恆於斯對此諸聯視吾色不且赧赧然乎諸君何恐作劇如是也因思諸同人投贈之句頗有可摘作楹聯者如馮聽濤檢討有句云諸子羣經平議兩吳門浙水寓廬三蓋余所著書兩平議為最大而蘇州有曲園杭州有俞樓有右台仙館皆余寓廬也語頗切當正擬寄書都門屬其寫為楹聯乃書未發而聽濤之訃至矣不禁泫然

余於庚辰歲既免喪其明日即手題一聯縣春在堂云越水吳山隨所適布衣蔬食了餘生杜筱舫聞之曰布衣蔬食恐非吾輩所能辦不知余居家所服之服無非布者惟出而與人周旋則易其外矣蓋不敢以大布之衣登人之堂使人詫為怪物也至蔬食則數歲以來已習以為常一月中不蔬食者不過一二日耳即偶一食肉亦不過一片此外如雞鴨魚蝦之類概不沾唇曾有詩載春在堂詩編第九粗述此意

俞樓之初名雖三楹實則兩楹耳適彭雪琴侍郎巡江過蘇州見內子姚夫人力勸使至俞樓養痾及侍郎至杭州觀俞樓而小之謂不足以居眷屬乃出貲增築其西偏之屋余百哀詩中所謂添築西頭兩間屋多情更感老彭鏗者是也至西爽亭之築則又在樓成之明年矣自俞樓至西爽亭中間隙地尚多吳叔和壽臧乃晚帆方伯之孫少年好尚風雅於辛巳夏間又就隙地布置於是有所謂伴坡亭者因余詩有山下吟庵伴老坡之句也有所謂靈松閣者因是年春金華將軍之神降於其地松樹上也有所謂小蓬萊者則孤山舊有此名襲用之也從此俞樓之勝又增於昔總

俞樓初成杭人以俞慶經始隱四書人名徐辟彭更已載於第七卷矣今則踵事而增日益開拓徐辟彭更而外又須增一吳充矣因書於此以補俞樓經始之遺

余築右台仙館之明年諸同人小集於此酒後至浴相寺啜茶余先歸同人後之汪

柳門侍讀徐花農庶常偶見寺之壞垣其上一瓴若有文字乃使從者二人一躋其下一踏其肩以上取得斷瓴一塊視之則福壽二字完備無缺其筆意非隸非楷亦頗古雅二君大喜袖之以歸留置山館曰欲以為先生壽余謝不敢當乃花農即為作記潘風洲并為製銘其事遂傳播一時先是李龍堂方伯曾用東坡石鼓詩韻為余作書冢歌余既一再和之至是因又用坡韻為福壽瓴歌同人中和者甚多花農彙而刻之題曰名山福壽篇

既得福壽瓴之後越五月同人又於俞樓後山上得摩崖四大字曰斯文在茲皆大驚喜花農孟薇馳書以告余吳下謀於西爽亭後闢一門以通其地余曰福壽二字猶可竊以自娛斯文在茲四字萬難干以取戾斯舉可不必也書此四字者為趙人張奇逢乃直隸獲鹿縣人也順治五年為杭州府知府自來言西湖金石者均不知有此四字蓋淹沒至今而始顯者也

西湖小蓬萊有二一在孤山乃宋時延祥觀中閣名一在雷峯塔之東乃宋時甘園也吳叔和築室於俞慶之後山而徐花農名以小蓬萊其與余書但言孤山舊有此名故襲用之余初不喻其旨孤山亭館之名亦多矣何獨取此三字邪既而思之甘

然而悟蓋欲以鄙人與老彭為對偶也彭雪琴侍郎築退省庵於三潭印月其臨湖有樓曰小瀛洲故以小蓬萊配之耳余因有詩云說與老彭應一笑小蓬萊對小瀛洲為花農說破此意然小瀛洲仍在湧金門外問水亭南今三潭印月亦用此三字亦非其舊也

春在堂隨筆卷八終

春在堂隨筆卷九

清　德清俞樾著

余幼時讀康誥至子弗祗服厥父事大傷厥考心于父不能字厥子乃疾厥子于弟弗念天顯乃弗克恭厥兄兄亦不念鞠子哀大不友于弟惟弔茲不于我政人得罪天惟與我民彝大泯亂曰乃其速由文王作罰刑茲無赦竊疑為之論曰聖人之言亦不能無失乎夫兄不友弟不恭此固同之猶之可也若子不祗服父事與父不能字子則輕重之相去天淵矣乃比而同之概曰刑茲無赦乎若然則瞽瞍有完廩浚井之事皋陶即當執而誅之不待其殺人矣此雖戲言亦自有理乃讀通典卷六十九引董仲舒春秋決事云甲有子乙以乞丙乙後長大丙所成育甲因酒色謂乙曰汝是吾子乙怒杖甲二十甲以乙本是其子不勝其忿自告縣官仲舒斷之曰甲生乙不能長育以乞丙於義已絕矣雖杖甲不應坐此論尤可怪夫甲雖以乙與丙然不得謂非父子子可杖父人理滅絕矣雖漢儒緒言吾不取也

般若波羅蜜多心經云色不異空空不異色色即是空空即是色余謂既云不異不必更云即是矣誦此經者人人皆以此四句為精語寔複語也及讀世說文學篇注引支道林即色論妙觀章云夫色之性也不自有色色不自有雖色而空故曰色即為空色復異空此二句語簡而意該疑經文本云色即是空空即是色色復異空空復異色蓋即金剛經非法非非法之旨所謂無罣無礙也余於金剛經注言之詳矣譯者誤耳

玉吾集十八卷朝鮮人宋相琦字玉汝者所撰玉吾其別號也詩文皆有可觀末卷附神道碑銘及謚狀稱公於崇禎丁酉十一月二十日卯時生癸卯六月一日卒春秋六十有七攷明崇禎十七年中無丁酉年疑有舛誤及讀卷末附其孫名載禧者跋語稱崇禎三庚辰十月乃知彼國在清朝定鼎之初尚不奉大清年號而仍以崇禎紀年其生於崇禎丁酉寔清朝順治十四年也卒於癸卯寔清朝雍正元年也至其孫所稱崇禎三庚辰寔清朝乾隆二十五年也蓋以崇禎十三年歲在庚辰至此凡三厯庚辰耳夫清朝龍興之始朝鮮沿襲亡明年號或尚可附于洪範十有三祀之義至乾隆中葉彼國久列藩封世膺封號乃尚以崇禎紀年不亦傎乎

余同年生孫琴西太僕有海客受經圖蓋琴西曾充琉球官學教習也余以虛名流播海外甲申歲有日本東京大藏省官學生井上陳政字子德者來見願留而受業

於門固居之於俞樓子德喜談世務及從余遊改而治經嘗以毛詩義質問余隨筆谷之浸錄數條此眞海容受經也　問雎鳩郭陸楊三說孰是余謂郭陸無大異楊以爲白鷹則非是據爾雅雎鳩王雎鵰白鷹分而爲二則非一物也　問君子好逑余謂逑字當從緇衣篇所引作仇其義當從毛傳作匹說文仇讎也讎猶譍也譍以言對也是仇亦有相對之義故得訓匹作逑者假字耳逑斂聚也非其義也鄭以左傳義易毛非是許君於逑字下附怨匹曰逑之說亦爲後出之左傳所惑　問兕觥何以爲罰爵余謂周禮小胥觵其不敬者鄭即以兕觥說之然詩人所言兕觥無一是言罰者周禮言觵不言兕閭胥小胥所用之觵未必是兕觵也比而一之鄭誤　問樛木韓詩作朻木孰是余謂說文下木句曰樛又朻高木也則二字義別此喻逑下有當作樛木作朻者段字　問螽斯斯字是否語辭余謂毛傳螽斯斯螽並訓蚣蝑誤也斯螽即爾雅之蜤螽斯螽一聲之轉耳乃所謂蚣蝑也至螽斯羽則斯是語詞螽即阜螽今之蝗也王氏廣雅疏證辨此甚詳　問維鳩居之毛傳云鳲鳩鴶鵴古今注以爲鳴鳩何也余謂古今注云鳴鳩一名鳩鳩疑鳴鳩乃鴶鵴之聲誤也明陳耀天中記又引古今注云鶻鵃一名元鳥則又與今本不同此等恐不足據自以古

義爲正　問于以采蘩蘩不在七俎之數其用未見于經采之何爲余謂鄭云以豆薦蘩菹則蘩在豆不在俎也據醢人四豆之實有韭菹菁菹茆菹葵菹芹菹亦無蘩菹然茆芹皆水草蘩亦其類或亦可爲菹乎　問展衣之色是白是赤余謂正義言之詳矣然孫毓推衍毛義未免破亂不如鄭說之有條理且詩云瑳兮瑳兮其之展也以瑳擬色色必相同許書云瑳玉色鮮白又云𧝓丹縠衣則是以白玉擬丹縠語意不倫毛誤許亦誤不如從鄭則白衣白玉適相稱也　問采地采祿之制余謂采地據周禮有家邑大都小都三采祿止見毛公緇衣傳正義云采謂田邑采取賦稅祿謂賜之以穀則二字當分說　問二矛重喬余謂毛義有二說正義謂重累相負揭釋文引舊說云刻矛頭爲荷葉相重累也鄭義亦有異說正義但言毛羽不言雉釋文則云喬居橋反雉名此必爲鄭學者相傳之說愚謂毛云累荷必是重累相負荷葉之說無據鄭既云毛羽則必有所指相傳以爲雉當不誤

乙酉夏日余在吳下有以雲麾將軍碑見示者舊搨本也然取金石萃編校之已闕數十字矣惟銘辭赫赫復三字下萃編空一格再作空圍誌其所泐之字乃接振振秩宗句此本振振上是子字筆畫分明乃知其文本是赫赫復子振振秩宗復子用復子明辟事謂中宗復辟也據序文公推宗疏雖無年月以文勢觀之當在中宗復辟以後子上空一格序文有復辟字辟上一空亦格正一例也此子字萃編所無然則當時王氏固未之見此本洵可貴矣題數語歸之並記於此

虞山王應奎柳南隨筆謂曹大家家字當讀姑錢宗伯詩誤讀本音余謂此論亦未是蓋家字讀如姑乃古音如此左傳姪從其姑六年其逋逃歸其國而棄其家離騷羿淫游以佚畋兮又好射夫封狐固亂流其鮮終兮浞又貪夫厥家並其證也若以古音讀者不特大家之家應讀姑即凡國家室家字無不應讀姑若依今音讀則何不可皆讀如加也後漢書曹世叔妻傳帝數召入宮令皇后諸貴人師事之號曰大家章懷注云家字無音可知唐初並無異讀廣韻集韻十一模皆不收家字不從今音則曹大家之家字竟無韻可歸矣唐宋婦人每稱其姑曰阿家以曹大家例之似阿家亦應讀姑然馬令南唐書李家明傳注曰江浙謂舅爲官謂姑爲家若家必讀如姑宜官必讀如公耶

光緒乙酉四月余孫陛雲入學余有詩誌喜有昆字韻和者或用玉出昆事論者謂周興嗣千字文玉出崑岡是崑非昆即尚書火炎崑岡字亦從山不得作昆也然余

讀鹽鐵論力耕篇云美玉珊瑚出於昆山珠璣犀象出於桂林則玉出昆三字正自有本因筆之於此然解嘲焉

吳縣謝蕙庭元慶善士也余讀其子家福字綏之者所撰行述云道光歲辛卯江北水患災民麕集府君與韓公桂舲潘公功甫潘公梅溪諸君集貲設廠留養今閩撫寶應王公凱泰時在災民中府君覘其不凡言於諸君各厚助之余謂此事未足信閩撫王文勤公余親家翁也知之最詳公生於道光癸未至辛卯纔九歲耳必不能以一身就食江南必其家長老挈之而來乃是時其家初無變故余撰文勤神道碑即據其子儒卿等所撰行狀言公年十有一四子書十三經皆卒讀其父贈資政公親爲講授大義然則文勤幼時必無流離轉徙之事余又爲文勤之封公戟門先生撰家傳即據文勤所爲節畧當更可信云道光十一年大水明年饑公戒鄉人飲中酒起曰吾儕飲酒樂甚如溝中瘠何乃議率錢賑之活數萬人道光十一年即辛卯歲也然則辛卯壬辰間文勤之父方在本籍賑饑文勤何至身入蘇州災民廠也潘順之前輩及余蓮村善士所撰謝公傳均不載此事不知行述中何以有此綏之勇於爲善誠寔有父風必非率臆造作者或當時寔有王氏舊家子遂訛爲文勤耳古來

訛傳之事如蔡中郎父母餓死荒年皆與正史不合而始則盲翁傳唱繼且優孟登場文勤之事亦作如是觀可也

歐陽文忠公集有尚書都官員外郎歐陽公墓誌銘其叔父也又有尚書職方郎中分司南京歐陽公墓誌銘其仲父也皆止書官書姓氏不書叔父仲父蓋以誌銘所以告萬世非一家之私也然攷唐李文公集有叔氏墓志則但稱叔氏矣柳河東集有故叔父殿中侍御史府君墓版則稱叔父而不書姓氏宋王荆公集有叔父臨川王君墓誌則稱叔父又書姓氏而不書官位宋陳后山集有仲父榮州資官縣尉陳君墓誌銘則書仲父書官書姓氏於文為備矣竊謂歐陽之例究不可用李習之但書叔氏墓誌又嫌太略後有作者宜如后山之例可也且歐公於其父之墓表題瀧岡阡表於其母之石槨銘稱母鄭夫人然則至親至尊固不得同於他人也叔父仲父乃竟同於他人乎至唐呂溫文集有唐故湖南團練觀察處置等使通議大夫使持節都督潭州諸軍事潭州刺史中丞賜紫金魚袋贈陝州大都督東平呂府君夫人河東郡君柳氏墓誌銘此其父母也但讀其文方知不讀其文則竟不知人子為母作矣攷柳河東集有伯祖妣趙郡李夫人墓志銘叔妣吳郡陸氏夫人誌文伯叔母且然况其母乎呂衡州之例不可用也

明楊循吉吳中故事云况公鍾江西人寔姓黃氏余嘗載之茶香室續鈔然以史不言公本姓黃頗以為疑桐城蕭敬孚穆云往年曾讀况太守集况氏世為南昌靖安縣甘家巷人太守之祖名淵值元季兵變合家遇害太守之父名仲謙時年六歲僅而獲免同里有黃勝祖者收養之遂從黃姓仲謙生二子曰鍾曰鏞故太守自幼至出仕皆為黃鍾太守父臨終遺命二子當一歸本宗不忘所自一承黃姓以報其德至宣德四年太守時官儀制司郎中乃請復姓並請給復姓誥命皆報允以上並蕭敬孚說據此則况其本姓黃乃寄姓耳吳中故事所言未得其寔也明史不言公請復姓事此可補本傳之闕

宋孫奕示兒篇載晨孝經酒孝經余已記於茶香室叢鈔矣酒孝經不著撰人名氏今檢崇文總目小說類有酒孝經一卷劉炫撰而宋氏藝文志小說類則云皇甫松撰愚按劉炫有孝經述議五卷此酒孝經乃小說之類未必炫所作也宋志以為皇甫松撰疑為得之皇甫松曾撰醉鄉日月酒孝經亦其類耳宋何剡有酒爾雅見清朝郎廷極勝飲篇當亦必有可觀也

余作余君蓮村墓志銘有云九歲讀書於塾或授以俗本酒詩君以酒乃誤人之物辭弗習蓋據其門下薛君所撰年譜余初不知酒詩為何書吾鄉亦無以此授童子讀者今觀郎北軒勝飲篇著述類有酒詩并引清雪居士曰酒詩乃邨學究以教兒童者相傳是涂孟規作孟規名魏字守約孟規其別號洪武時宜黃人乃知此書傳世亦頗久矣

唐沙門慧苑華嚴經音義南海伍氏刻入粤雅堂叢書然其中頗多不合六書者云如決定字從兩點其從水者乃是水行之決字又云況字正體兩點經有從三點者說文謂之寒水殊乖暫況之義按古無從兩點之決字況字決定暫況皆宜從三點也又云秘訓秘與秘字有從禾作者乃是香草按謂秘不從禾是也謂秘是香草非是香草字作當苾信南山篇苾苾芬芬是其字也古無秘字又云瞽三蒼曰無目謂之瞽字從皷按說文鼓擊字從攴鍾鼓字從𡔷段氏訂作從𡔷無從皮之字瞽字從鍾鼓之鼓不從皮也慧苑之書凡鍾鼓字皆謂宜作皷故瞽字亦作瞽矣又云㮚彼錦切字宜從米古文作㮚按㮚從禾古書無從米者謂古文作㮚亦無義又云鎚仗字宜從立人有從木者棒杖字或從手扶托字按鎚仗與棒杖有何分別扶字托字均不見於古書又云共字從廾不從廿橫畫必須連按此以隸體言耳若篆書作𠬞則橫畫以不連為是凡此之類皆不得以唐人古籍而苟同之也又云鬻與六切玉篇鬻賣也賣鬻從每鬻從米按此說亦可疑據今本玉篇鬻之六切糜也鬻羊六切鬻賣也則與慧苑所說正相反豈其所見與今本不同乎說文鬻鬻也則二字同一義至賣鬻字寔當作𧶠說文貝部𧶠衒也讀若育此其本字經傳作鬻皆叚字耳不得分鬻鬻二義以當之也一鬻字從毓以為從每亦誤

言古音者至清朝而大備矣然古音之學溯源於吳才老而明陳第之毛詩古音攷亦其先河也焦竑為作序稱其有三異身為名將手握重兵一旦棄去之缾鉢蕭疏野衲不若一異也余讀之不知陳第為何許人深愧譾陋及觀絳雲樓書目陳第毛詩古音攷二冊陳景雲注云陳將軍季立出戚少保麾下一時名將也然後知陳第為戚繼光部將而檢明史戚繼光傳又未附見其人更當詳攷之

東坡詩安得道人殷七七不論時節遣花開元李冶敬齋古今黈云古今詩話韋七七每醉歌云解醞逡巡酒能開頃刻花又詩史載殷七七有異術顧屏上畫婦人應聲隨歌十餘曲然則使花開者乃韋七七非殷七七坡詩誤以韋為殷以上並敬齋

之說。余謂殷七七事見太平廣記五十二，云殷七七名天祥，又名道筌，解醞逡巡酒二句，即其醉中所歌也，又詳載其於重九日開鶴林寺杜鵑花一事。然則坡詩自不誤，敬齋自不攷耳。翁覃溪作蘇詩補注采用李說，非也。又按韋七七、殷七七當即一人。呂氏春秋慎大覽曰：親郼如夏。高注曰：郼讀如衣，今兗州人謂殷氏皆曰衣。言桀民親殷如夏氏也。然則殷之為韋，猶殷之為郼，皆以音近而訛。

方夢園所著前塵叢話，有鳩巢鵲占一則，余載之茶香室續鈔矣。王夢薇謂余曰：此說究非也。鵲巢於冬而哺於春，人人見之，從未見有鳩為巢者。鳩卵於夏，往往占鵲之敗巢以哺，蓋鵲雛既長，各依茂樹以棲，其視故巢已同敝屣，鳩寔據之以哺其子，事之常也。大凡禽之營巢專為哺雛計，平日皆不巢居。鳩哺之時，鵲雛已散，無所用巢。安有反占鳩巢之事乎？疑方君所見本是鵲巢，其時稍早，鵲尚戀巢，鳩欲早據，故為鵲所逐。方君見鳩去而鵲存，遂誤以為鵲占鳩巢矣。又鳩之所占，不定鵲巢，嘗於杭寓見高梧上有鷺來巢，蓋鷺雖水鳥，而哺則在樹，亦哺於春，至三月暮攜雛而去，鳩來據之，生子五，其一為大風吹墮而死。五月四雛長成，不知所之，而巢亦壞。鷺與鳩均不復顧問矣。方君謂鵲占鳩巢，為無此事，即沿詩人之辭，謂鳩必占鵲巢，亦非理也。以上皆夢薇說。余於月夜納涼，與兒媳輩言此，二兒婦姚曰：謂鳩必占鵲巢固非，謂鳩必占他鳥之巢以為巢亦非。蓋鳩當伏卵之時，適無他鳥之巢可占，則亦自為之，但不工耳。曲園中有二鳩巢，其一在曲水亭，亭故有匾，其下附於壁，其上距壁幾及尺，鳩即巢其中，雛成飛去，取而視之，則亂草叢葺，不成其為巢，此鳩所自為也。又其一在小竹里館林竹中，甚工緻，推原其初，乃白頭翁之故巢耳。大兒媳樊言：叢居中年滁署，多鳩，自或為巢，或占他鳥之巢，為巢其自為者率不工，古人言鳩性拙，不虛也。此與夢薇說可發明，而亦可補其所未備。又曲園後垣外某氏院落有大銀杏一株，每歲有鵲來巢，鵲未去，鴉來奪居之，鴉未去，梟又來奪居之，方其相爭時，聲甚喧嘈，數日始定。深秋銀杏熟，其家撲而取之，巢傾欹，乃去。此一巢率三鳥居之，歲以為常。然則鳩固不必定占鵲巢，而占鵲巢者亦不必定是鳩也。

清朝無名氏訓蒙類篇有貓眼定時歌云：子午綫，卯酉圓，寅申巳亥銀杏樣，辰戌丑未側如錢。余載之茶香室續鈔。王夢薇云：貓秉陰精，其目夜明而晝眊，午時日光正烈，貓睛畏日，每閉目而眠，或啟視之，則為陽光所逼，其睛斂如一綫。辰巳日威未熾，申酉日欲已夜，故皆縮而如棗核然。至夜則六時皆圓，惟提向燈下觀之，亦如棗核然。是燈光也，其不如綫者，燈光究不敵日光也。曾記一日貓伏案頭，時正卓午，呼至後軒驗之，睛僅微纖耳，提向南窗，則緊閉其目，扶而觀之，頗縮如綫。又一日風雨如晦，時亦正午，視其睛，仍圓也。同一午時，而晴雨異，同在一日，而又以地之明暗異，可悟其理矣。昔人定時之歌，特因晝所見而推之，於夜實亦未嘗細驗之也。余按夢薇之說頗有理。酉陽雜俎云：貓目睛旦暮圓，及午豎斂如綖，則古人固止以晝言耳。

蹉跎乃詩中常用字，然和人詩遇原韻有蹉跎字者，竟無他義，只可仍用蹉跎，儻平仄不相當，則通篇皆須移易矣。余讀清朝褚人穫堅瓠集，載明蕭山魏文靖驥作老態詩，有云：兩肩酸痛脊梁跎。然則俗語所謂跎背者，昔人亦嘗以之入詩。今年朱修庭、范月槎兩觀察示我自壽詩，皆有蹉跎字，余和朱云：自愧我只十年長，老態龍鍾肩背跎。和范云：年華我甫六旬過，老態龍鍾肩背跎。雖以俗語入詩，不免為大雅所笑，然亦有本也。

余嘗見浙江臬使署懸一楹聯云：看階前草綠苔青，無非生意；聽檐外鵲啼鵲噪，恐有冤民。歎為仁人之言。今讀吾鄉戴簏塘先生藤陰雜記，乃知為徐公士林所撰。徐公康熙癸巳進士，歷官江蘇巡撫，沒祀賢良祠，此聯題於江蘇臬署，公曾官蘇臬也。浙臬署有此聯，不知始何人，今蘇臬署轉無此聯矣。

火輪船中擊鐘報時，與自鳴鐘異，一時四擊，自一至八，周而復始，一晝夜凡擊鐘四十八回。余丙戌春自上海坐海晏輪船至天津，舟中有詩云：依然一室話喁喁，浮海乘桴姊暨從。我嫡支頤無一事，靜聽四十八回鐘。然乍聞之，猝不易辨，今記於此：

子正正一 丑初初二 丑初正三 丑正初四 丑正正五 寅初初六 寅初正七
寅正初八 寅正正一 卯初初二 卯初正三 卯正初四 卯正正五 辰初初六
辰初正七 辰正初八 辰正正一 巳初初二 巳初正三 巳正初四 巳正正五
午初初六 午初正七 午正初八 午正正一 未初初二 未初正三 未正初四
未正正五 申初初六 申初正七 申正初八 申正正一 酉初初二 酉初正三
酉正初四 酉正正五 戌初初六 戌初正七 戌正初八 戌正正一 亥初初二
亥初正三 亥正初四 亥正正五 子初初六 子初正七 子正初八

余丙戌入都，寓潘家河沿，庭中有花盛開，淺紅淡白，色頗嬌豔，余初不識，問花農曰：此鸞枝花也。子原則云鸞枝花深紅，今色淺，非是，乃榆葉梅耳。余偶閱吾鄉戴簏塘先生藤陰雜記，言鸞枝花者有二事，其一事云：護國寺西，先為張文和公廷玉第，後賜史文靖公文靖薨賜錢唐王文莊公公子紉栴招余飲堂前鸞枝花下有感乙未譙集賦詩云鸞枝繞放泉晴空竹石參差臉幾叢絳萼依然開爛漫紅牙猶憶唱玲瓏西州感逝懷喬木東閣承家紹素風不盡銜杯曾縱綾柏臺行見驄花聰又一事云查他山慎行飲嚴侍御曾榘鸞枝花下作云嘗花聲裏過斜街不記招尋月幾回只有繡衣真愛客印泥封酒必同開僦居喜近慈仁寺移得鸞枝隔歲栽報道退朝今日早東欄昨夜有花開此花南中罕見故錄此二詩以識之戴詩云絳萼依然開爛漫則子原謂鸞枝深紅信矣

子原來余寓齋以三女史詩見示其一曰吟香館詩草蓋即許氏之女於子原為凡弟之子而子原竟不能舉其名矣內有自感一首云楪期自許有誰同此恨難將問碧穹千古孟光稱淑女也應夫婿是梁鴻豈其人固抱天壤王郎之感者耶余題一詩云如此清才得未嘗一篇自感費評量碧翁果否安排定能以侯光配孟光其一曰傷心集則廖惟珍韵香所著皆其哭父母哭兄哭弟之詩卷首有自敘一篇粗述生平其全集曰慧花軒稿則未之見也余題二絕句云凋零骨肉感平生自定傷心小集名豈以外成忘一本諸姑伯姊也關情愁苦慳愉句總工慧花全集嘆俄空幸存五十一年事都在秋閨自序中其自序作於咸豐甲寅秋日也又一集云孀仙吟稿潘合珠孟卿所著觀其詩知其人曾從京師首塗遠至滇黔又嘗至江西游歷頗廣詩亦較工余題一詩云文章要得江山助不謂閨中亦有之諸葛寨邊曾問俗越王臺下又題詩居然流覽關河勝豈是尋常聲悅詞柳絮因風詩句好定知傳誦徧滇池集有花朝大雪一首自注云作於雲南故結語及之余諸詩不存於集而子原之意欲其附見余集中以成諸女史身後之名故附記於此

道光辛丑歲英夷犯定海陷之浙東西皆聳余為樂府四章曰曉峯嶺美死綏也曰招寶山刺債事也曰杭州城美生鎮也曰臨平鎮述亂離也時余寓臨平年甫二十有一自以年少不應妄論時事故四詩不存於集今亦忘之矣至光緒丙戌余送孫兒陛雲入都應禮部試有王湘岑都閫來見自言王剛節公之曾孫以公遺像乞題則即辛丑死定海之難者也余因記曩所作樂府其曉峯嶺一篇即為剛節而作首云曉峯嶺高插雲王將軍勇冠軍末云嗚呼挽之數日真英雄將軍之死非無功君不見同時大官走且死朝廷一體酬其忠酬忠同死難異至今曉峯嶺下過餘威猶使夷人悸惜全詩不復記憶年老才盡亦不能補綴成篇矣湘岑名燮雖官右職而

能詩文喜風雅其弟酌升孝廉名炳去年出徐花農太史門下亦余門生門下之門生也忠義之後必有昌大其家者為湘岑昆仲望之

余在都下有以海昌小桃源朱氏三世九節徵詩者曰諸生濟任妻查曰廩生濟時妻李曰廷校妻潘曰諸生廷植妻褚曰諸生廷彬妻金曰浩然妻楊曰監生榮業妻吳曰始然妻查曰禮然妻黃濟任濟時為一世廷校廷植廷彬為一世浩然榮業始然禮然為一世余率題一詩而跋之不存於集姑記於此詩云帨紅十丈疋花旌扆卷欣看冰雪光一髮千鈞宗系重九人三世婦姑行小桃源派傳遺澤古柏升詩貢廟堂愧我秋殘稱舊史不堪彤管寫幽芳

王介航編修廉宋孟芳主事淑信皆余視學河南所得士聞余來京師謀招飲於嵩雲草堂余自戊寅以來不赴讌會於今九年矣因謝不往而問嵩雲草堂築自何年在於何地乃知同治間毛旭初尚書袁小塢侍郎於炸子橋松筠庵對門購地築屋小有亭榭雜蒔花木為同鄉諸君燕息之所兩公皆中州人故以嵩雲名其堂此堂甫成而兩公先後歸道山竟不及一日觴詠於其間於是中州諸君咸謂松筠庵為楊忠愍故宅今於其對門築嵩雲草堂大書嵩字揚之門楣忠愍有知必當痛恨宜斯堂之不利也草堂之上本奉岳忠武栗主蓋沿京師會館之例各祀其鄉之先賢也乃撤去嵩雲草堂額改題岳忠武祠然知者尚罕凡有雅集仍書故名但易嵩字為崧字耳余謂此事極可笑兩公之逝會逢其適豈忠愍為之也且據吾鄉戴菔塘先生藤陰雜記云松筠庵塑幞頭神像相傳為城隍神楊給諫壽楠李都諫融視城訪知為楊忠愍故宅其時曹宗丞學閔阮司寇葵生鄭侍御澂倡義鼎新榜曰忠愍故宅仍號松筠而漁洋集中筠作雲並未指為忠愍故宅然則松筠庵是否忠愍舊蹟亦未可知姑記其事為京師一故事耳

王漁洋香祖筆記言京朝三品官以上在京乘四人肩輿輿前藤棍雙引喝道四品官自僉都御史以下只乘二人肩輿單引喝道按此可見國初京朝官威儀之盛余道光中入都尚書以上猶不無肩輿者至光緒丙戌余送孫兒陛雲入都會試相國張子青尚書徐蔭軒見訪寓廬皆乘四人肩輿然時謂漢人肩輿止此一頂半而已所以云半頂者以蔭軒尚書乃漢軍不純乎漢也後聞潘伯寅許星叔兩尚書皆乘肩輿則余已出京矣

潘伯寅尚書以所刻沈欽韓文起范石湖詩集注見贈內有摘用事之誤者兩條其

再用乙未元日韻詩一笑徵官陪蝦飛注引釋蟲云。蝦飛蛺蝶。郭云有翅。然則蝦字連下讀。今云蝦飛。得無誤讀耶。又晚歸石湖詩。年來斬著惰游冠。注引禮記玉藻。垂緌五寸。惰游之士也。然彼惰游乃謂罷民。非倦游意也。余謂蝦飛尚止誤讀。惰游乃並誤解。詩人不通經義。由來久矣。

光緒丙戌會試。有河南人白焯者成進士。余初不知其人。宋孟苕戶部來言。此人亦余視學河南時取入學者也。其入學在咸豐丙辰年。三十年來。困守一衿。未有寸進。至前年科試在高等。餼於庠。去年登賢書。今年遂聯捷。亦士之晚成者也。余心識之。已而廖仲山閣學來見。時新進士覆試。仲山與閱卷之役。余問白焯列何處。曰三等之末。問何以致此。以詩出韻。蓋詩題爲流水無聲入稻田。得聲字。白詩用紅字入韻。故抑置末名。及進呈政府諸公。以非尋常小疵。宜停　殿試一科。而　皇太后以三等向無停科者。准其一體　殿試。誠寬典也。已而　朝考後引　見。竟得以知縣即用。此君可謂大幸矣。誰其尚有後福也。紅字與八庚韻字。迥不相似。豈其人讀紅字似衡字歟。聞從前有安徽舉人覆試詩題得春字。而其人全用二冬韻。余謂其人春字必讀春字如衝字也。宋陳鵠耆舊續聞云。閩人以高爲歌。真宗朝試天德清明賦。有閩士破題云。天道如何。仰之彌高。考官閩人。遂中選。然則方音誤韻。古固有之。不足爲斯人病矣。

搜神記載吳時有徐光者。嘗行術於市里。從人乞瓜。其主勿與。便從索瓣。杖地種之。俄而瓜生蔓延。生花成實。乃取食之。因賜觀者。鬻者反視所出賣。皆亡耗矣。按蒲留仙聊齋誌異有術人種桃事。即本此。乃知小說家多依倣古事而爲之也。

樗蒲。古制久失其傳。宋程大昌演繁露言之最詳。其略云。古惟斲木爲子。一具五子。故名五木。後世轉而用石用玉用象用骨。故列子謂之投瓊。律文謂之出玖。唐世則鏤骨爲竅。朱墨雜塗。數以爲采。亦有取相思紅子。納之竅中。使其色明豔。溫飛卿艷詞曰。玲瓏骰子安紅豆。入骨相思知也無。予直爲骰不爲投。其體制與用木時異。方其用木也。五子之形。兩頭尖銳。中間平廣。狀似今之杏仁。一子兩面。一面塗黑。黑之上畫牛犢。一面塗白。白之上畫雉。凡投子者。五皆現黑。則其名盧。盧者黑也。此爲最高之采。挼木而擲。往往叱喝。使致其極。亦名呼盧也。其次五子四黑而一白。則是四犢一雉。其采名雉。用以比盧。降一等矣。至骰子之制。則有六面。是裁去五木兩頭尖銳。而蹙長爲方。既有六面。又著六數。不比五木但有黑白兩面矣。以上並程氏之說。

余謂盧者。五子皆黑也。雉者。五子皆白也。純黑純白。皆爲高采。白雖遜黑。然五子皆白。亦爲得采。與他色異。晉書劉毅傳。毅擲得雉。大喜。褰衣繞床。叫謂同坐曰。非不能盧。不事此耳。蓋毅所擲五子皆白。亦爲難遇。使無得盧者。則毅已獨勝。故以此自喜。然以五白究不知五黑。故又云。非不能盧。不事此也。姑爲大言以自快也。劉裕惡之。因挼五木久之曰。老兄試爲卿答。既而四子皆黑。其一子轉躍未定。裕厲聲喝之。即成盧焉。此則得五黑。勝于毅之五白矣。故毅意不快。曰。亦知公不能以此見借也。程氏說五木之制甚詳。但謂五子四黑一白爲雉。則殊失之。老杜今夕行曰。馮陵大叫呼五白。袒跣不肯成梟盧。此正用劉毅傳語。然則雉之爲五白。唐人猶知之也。程氏誤以四黑一白爲雉。轉疑杜詩爲誤。何哉。程氏又謂梟采甚低。非盧比也。老杜概言梟盧未諦。余謂此亦不然。鄭艾曰。六博得梟者勝。竊疑梟即盧也。蓋五黑五白。同爲勝采。而盧更勝於雉。故得盧者。謂之梟。以別於雉。杜詩正得其義。韓子曰。儒何以不好博。博勝者必殺梟。是殺其所貴也。儒者以爲害義。故不博。程氏據此證梟采甚低。余謂殺梟之制不可知。惟韓子明言爲所貴。而儒者並以殺之爲非義。則梟在諸色中。爲尊無二上。可知程氏之說誤也。宋張端義貴耳集引五木經注則云雉爲二梟爲六盧爲四

又按杜詩呼五白。本於楚辭招魂篇。其文云。成梟而牟。呼五白些。二語不得其解。疑兩家皆得梟。則謂之牟。牟之言齊等也。齊等無以制勝。必得雉以助之。王逸注曰。言已棊已梟。當成牟勝。射張食棊。下屈於兆。故呼五白以助投也。語亦不可解。然呼五白以助投。則語句明白。蓋盧雉同爲勝采。若一家得盧。又得雉。則梟亦不能勝之矣。古所謂殺梟者。或即指此。陸放翁詩。呼盧喝雉連朝暮。盧固可呼。雉亦非竟不足喝也。

唐李肇國史補云。洛陽令崔師本。好爲古之樗蒱。其法。三分其子。三百六十。限以二關。人執六馬。其骰五枚。分上爲黑。下爲白。黑者刻爲二犢。白者刻爲二雉。擲之全黑者爲盧。其采十六。二雉三黑爲雉。其采十四。二犢三白爲犢。其采十。全白爲白。其采八。四者貴采也。開爲十二。塞爲十一。塔爲五。秃爲四。撅爲三。梟爲二。六者雜采也。貴采得連擲。得打馬。得過關。餘采則否。新加進九退六兩采。按崔師本之說。未知果爲古法否。然梟采甚低。恐於古未必合也。

易笏山方伯佩紳。自言前生爲唐六如。又前生爲支道林。中秋之夕。與眷屬同游虎邱。賦水調歌頭二闋。用東坡韻。次日以示余。余和之曰。大有因緣在。是地到吳天上

湖桃花仙館。二百有餘年。再溯千年以上。晉代高僧支遁風骨閒清。寒巖居士生在彈指剎那間。對明月。思往事。夜忘眠。畢竟今生最好。才具擅方圓。管領三吳勝地。又值良辰美景。樂事賞心全應。笑曲園叟虛賦月嬋娟。

董若雨說楝花磯隨筆。但有鈔本。沈敕臣庶常以示余。字跡皆草草。殆村學中童子所書也。其中載朱文公祝融峯詩云。我來萬里駕長風。絕壑層雲許盪胸。濁酒三杯豪氣發。朗吟飛下祝融峯。有校者云。下當作上。余按頭無朱文公集。未知孰是。然以愚見論之。作下者殊勝。蓋既御風而行。則搏扶搖而上。背負蒼天。視祝融峯轉在下矣。故云飛下祝融峯也。若作上。則與芒鞋藤杖攀援而上者何異。一字之分。仙凡頓別矣。當與敕臣言之。未知以為然否。又董若雨世皆以為明人。而楝花磯隨筆有一則云。庚申二月。在鷓鴣溪艇子上。見陽明先生書迹。念先師所許一凝字。及補山堂一涼字。皆書花未發之祕。偈與釋南潛。然則此老為僧後至康熙十九年猶在。入清朝不可謂不久矣。顧林亭王船山。皆明之遺老而卒於清朝。則皆清朝人物也。董若雨亦可援此例乎。攷汪謝城南潯志。董若雨卒於康熙二十五年丙寅。年六十七。則明亡時纔二十五歲耳。其為清朝人無疑。潯志列入明人。是論其志。非論其世。

楝花磯隨筆有一則云。客有載星卯余門云云。此客出門徧告市人曰。高蟬生直是退財白虎。余按汪謝城南潯志董說傳。所載名字甚多。初名說。字若雨。號西庵。自稱鷓鴣生。又稱斯張子。閒谷大師。錫名智林。國變後改姓林。名蹇。字遠游。號南村。亦稱林翳子。又稱槁木林。靈巖大師名之曰元潛。字俟庵。為僧後更名南潛。字月涵。亦作月函。號補樵。一號楓庵。又名本以。而無高蟬生之名。此可補潯志之缺。

春在堂隨筆卷九終

春在堂隨筆卷十

清　德清俞樾著

余四歲時。即從德清遷居臨平鎮。臨平屬仁和縣。猶有沈東江先生臨平記四卷。錢唐丁氏刻入武陵叢書。余取讀之。釣游舊地。歷歷在目。長夏無事。流覽載籍。有涉臨平故事。輒錄出之。猶有數十事。門下士張小雲明經。又因余書廣收博采。成臨平記補遺四卷。余書可廢矣。然補遺成書之後。余又續得數事。姑記於此。補補遺之遺。　宋錢儼吳越備史云。梁開平三年十月。刺史高澧叛。焚義和臨平等鎮。　又云。沈夏海鹽人。性兇暴。以所得衆七千餘人聚於臨平山下。擇幼弱者盡殺之。惟餘三千餘人。徑往嘉興劫吳公。約同入海為亂。所圖無成。始復歸王。　宋吳自牧夢粱錄云。唐杜牧墓在南山東南。與佛日山夾境。名杜牧塢。　又云。亞父冢在皋亭山。按佛日皋亭皆臨平之山。則此二事亦宜收也。

皋亭山亞父墓。余既載入茶香室三鈔矣。初疑亞父即范增。何以葬此。及讀本朝倪璠神川古史考云。皋亭山有亞父冢。陳時有亞父陳重生。稟生有靈異。壽百餘而終。顯靈其地。世傳為亞父冢。乃知非范增也。

東江先生臨平記。以唐詩人邱丹為臨平人。考全唐詩云。邱丹。蘇州嘉興人。諸暨令。歷尚書郎。隱臨平山。則臨平乃其流寓。而非土著也。邱丹有湛長史草堂一首。沈記已錄之。而失其序。序有云。余聖唐山令臣也。屏居臨平山墅。亦有年矣。序末署貞元六年。歲在庚午。檢校尚書戶部員外郎兼侍御史邱丹誌。是其官位固有可考。沈以其屏居山墅而遂謂之臨平人。并以為隱淪之士。胥失之矣。又邱丹有石門觀瀑詩序云。余六代叔祖梁中書侍郎。則即邱遲也。梁書稱邱遲為吳興烏程人。是其先世又出吾湖矣。余戊子歲作臨平雜詩。末一首云。去歲今年兩度過。釣游舊地總情多。莫教補入臨平志。恐與邱丹一例訛。

余自德清南塿。四歲由故居遷居臨平。至三十二歲授館職。始移家入京師。凡寓臨平垂三十年。可謂久矣。初寓臨平。賃史家埭戴氏之屋以居。有樓臨街。每歲正月上元張燈。輒侍　太夫人登樓觀之。余和思竹樵方伯元夕詞云。無端觸起中年感。憶兒時鳩竹。隨處嬉遊。竟夕看燈。喧闐史埭。潘橋即紀此也。潘家橋在史家埭之西。史埭以史翰林得名。史名尚節。康熙丙戌翰林。潘橋則不知所始矣。

吾邑徐晦堂先生承烈燕居瑣記云。明末一鉅公。與泰州鄧孝威漢儀善。明亡。孝威諷其徇節不從後孝威遊楚歸鉅公索閱近作有題息夫人廟一首云楚宮慵掃黛眉新祇自無言對暮春千古艱難惟一死傷心豈獨息夫人公愀然廢卷而起入內遂患心痛卒按千古艱難二句至今膾炙人口莫知為誰作且不能舉其全篇故表出之

南宋臨安有劉貴者字君薦妻王氏妾陳氏一日攜其妻往視妻父壽妻父王翁以其貧也予錢十五貫使營什一留女而遣壻先歸途遇其友同飲而醉及歸妾見所負錢問其故劉貴醉後戲之曰吾因家貧不能共活已質汝於人矣此質錢也明日當送汝去言已就枕即入睡鄉妾思告知其父母乃之鄰人朱三老家告以故且寄宿矣黎明即行而劉貴固熟睡未醒有賊入其家竊其錢劉驚覺起而追之適地下有斧賊即取斧斫劉殺之盡負錢去次日鄰人見其門久而不啟入視得狀朱三老乃言夜間其妾借宿事因共追尋妾行路未半力疲少憩有崔甯者自城中賣絲亦借錢十五貫與之同憩追者至并要之歸聞於官謂崔與妾有姦殺其夫竊資偕亡也竟尸於市後其妻以夫死家貧其父王翁使人迎之歸塗遇大雨避入林中為盜所得據為妻偶言及數年前曾為賊入人家殺其主人得錢十五貫妻乃知殺其夫者即此盜也乘間出告於臨安府事乃白殺盜沒其家貲以半給其妻妻遂入尼庵以終按此事不知出何書余於 國初人作小說曰今古奇聞者見之與今梨園所演十五貫事絕異且事在南宋非明時也疑自宋相傳有十五貫獄後人改易其本末附會作況太守事耳十五貫奇偵乃本朝吳縣朱素臣作去況遠矣

余乙巳春計偕北上車行失道露宿黃河之隄作詩紀事中有云竊思河出崑崙墟其勢定可吞埏垓何乃千里一曲直如汞瀉地往復回必有大山當其衝約束河伯難為灾河圖龍象幾荒誕非等方士誇蓬萊一曲規山二精石地肩地腹皆可推神禹龍門費穿鑿已令萬古驚奇傀何如於此鑿混沌洪流放出如奔雷不入龍門走滄海一綫直捷金銀臺中原從此失河患方朔石涵何有哉云云詩載春在堂詩編二後讀漢書溝洫志云齊人延年上書言河出昆侖經中國注勃海是其地勢東北高而西南下也可案圖書觀地形令水工準高下開大河上領出之胡中東注之海如此關東長無水災乃知古人固有此說矣光緒十三年河決鄭州安徽董紫珊毓琦獻二策一曰固本略言河以蘆葦為隄穰以沙土每遇大溜衝決成災宜用外洋鐵柱之法鄭州決口八百丈每丈一柱只須八百柱所費不過二百萬即成鐵岸一勞

永逸一曰清源言河源出大敦腦兒至積石山之南為川蜀所阻逆流繞積石而北至河套入龍門若於逆流而北處順其勢南瀉入海則甚便其地與金沙鴉龍二江相距不遠掘百餘里與二江合一復由金沙江白郡山掘五十餘里通於瀾滄江而出南海復於瀾滄江掘三十餘里通於怒江而出緬海三處分黃河之源中國永無河患矣愚按鐵柱之說議者以為可行然黃河之水與泥沙偕下水去而沙停久而愈高雖使全成鐵岸可以御其潰決不能禁其滿溢即鐵柱亦可加高然使歲高一尺十年一丈百年十丈數百年後黃河之水真在天上矣謂之一勞永逸恐未必然至清源之說即齊人延年之故智延年未知彼中地理但云出之胡中不言使出何地董君則歷歷言之不言出東海而言出南海於地勢合矣或言爾雅云河出崑崙墟色白所渠并千七百一川色黃今即掘而放之南海亦止其出崑崙者耳其一千七百一川仍在水勢恐仍不小余謂此說雖有見然經流已斷則支流之勢亦必少減矣為中國計減得一分來源自免却一分水患方今西人於開鑿最其所長火輪車道有礙雖高山峻嶺可闢成康莊如借其力以成此役漢武所不敢為者或竟能為之亦千古一快事也

諸葛武侯所書黃牛廟碑在湖北歸州黃陵磯黃陵廟中戊子夏有以拓本見示者云甲戌之歲羅芴臣鎮軍脩廟得之破壁余謂此偽蹟也黃陵與黃牛固非一廟黃牛之廟祀佐禹治水之神見水經江水篇注黃陵之廟祀舜二妃見水經湘水篇注黃牛之碑何為而在黃陵之廟乎陸放翁入蜀記但言黃牛廟有張文忠贊不言有武侯碑則宋以前無此碑也碑文不載年月亦無書撰人姓名但以篇首云僕躬耕南陽之畮遂蒙劉氏顧草廬計事善之情好益密遂拉總師云云故知其為武侯之筆夫武侯為黃牛廟作碑何必以己之出處發端若然則武侯每作一文必當首述此數語矣有是理乎作偽者蓋欲以不出姓名歲月自掩其作偽之跡而又欲使人一見即知為武侯所作故篇首以此發端不知此數語中偽態畢露矣且拉之一字古訓止有摧折之義並無招邀之解而云遂拉總師豈武侯語乎余因其人乞題數語而歸之不欲明言其偽故又記於此

沈穀人庶常以藏弆集見示皆前明及 國初人尺牘有周文煒與[illegible]王荆良一牘云今人無事不蘇矣東西相向而坐名曰蘇坐主尊客上坐客固辭者再久之曰求蘇坐此語大可嗤三十年前無是也坐而蘇矣語言舉動安得不蘇若使賓客端端

正正南向。主人端端正正北向。覲謁既正。禮儀自肅。按今人分賓主。賓東面相向。往往有之。然無銖坐之名矣。又據此。可見前代禮席。賓南向。主則北向。今亦無是

又載王相說一牘云。秀才要中兩榜。如一日定於兩餐。少一餐便餓。決不可耐。中後做官如飲酒。興會所至。不妨多數行。或主人意懶。或席有客驟坐。使可拂袖去。余謂此語甚雋。俗生平兩餐已具。但少飲幾杯酒耳。聊記其語。可一笑也。

宋邵氏思姓解一書。久佚。遵義黎氏得之於日本。刻入古逸叢書。因有山陽段氏朝端為作辨誤一卷。其所糾正。頗足為邵氏功臣。然亦有小誤者。余覽之。偶得一事。因書於此。蒯姓下云。史有蒯聵。段氏辨誤云。蒯聵。衛太子名。恐不得以蒯為姓。愚按此蒯聵非衛太子也。淮南子主術篇云。故握劍鋒。以離北宮子司馬蒯蕢。不使應敵。注云。司馬蒯蕢。其先程伯休父。宣王命以為司馬。因為司馬氏。蒯蕢其後也。周衰適他國。蒯蕢在趙。以善擊劍聞。然則邵氏所云史有蒯聵。即此蒯蕢。聵與蕢古字通耳。段氏以為即衛太子。誤矣。惟此蒯蕢乃司馬氏。史記自序云。自司馬氏去周在趙者。以傳劍論顯。蒯蕢其後也。當正之云。蒯聵氏司馬。蒯聵二字。其名也。不氏蒯。則可以正邵氏矣。

春在堂隨筆　卷十　四

又按邵氏姓解。朝姓下云。紂臣有朝涉。余已載其說於茶香室三鈔矣。惟尚書斮朝涉之脛。自來無以朝涉作人姓名解者。後檢廣韵四宵部。朝字下云。亦姓。左傳有蔡大夫朝吳。涉遂切疑邵氏讀此麤略。或所據本偶缺吳字。遂以朝涉二字連讀。而臆造紂臣有朝涉之說耳。觀邵氏於常丘下云。風俗通有常丘崎。段氏正之云。廣韻於丘字複姓連舉常丘崎丘數姓。邵氏直以常丘崎三字連讀。為一人姓名。大謬。然則邵氏讀書不精審。此朝涉之說。亦由誤讀廣韻可知矣。余載入茶香三鈔。未免好奇之過也。

日本國人林春信所著梅桐集。有百二十詠。其自序云。百二十詠。唐李巨山所吟也。傳播於本朝。余頃患眼。然坐終日。偶乘吟興。就巨山之本題。逐一賦焉。按其詩皆五言絶句。殆李巨山之原詩固爾邪。其題乾象十首。日月星風雲烟露霧雨雪。坤儀十首。山石原野田道海江河洛。芳草十首。蘭菊竹藤萱萍菱瓜茅荷。嘉樹十首。松桂槐柳桐桃李梨梅橘。靈禽十首。鳳鶴烏鵲雁鳧鶯雉燕雀。祥獸十首。龍麟象馬牛豹熊鹿羊兔。居處十首。城門市井宅樓池橋舟車。服玩十首。牀席帷簾屏被鏡扇燭酒。文物十首。經史詩賦書檄紙筆墨硯。武器十首。劍刀弓箭弩旌旗戈鼓彈。音樂十首。琴瑟琵琶箏簫笛笙歌舞。玉帛十首。珠玉金銀錢錦羅綾素布。李巨山為唐詩人。檢全唐詩無之。此百二十詠。佚於中國而存於日本。每題十首。不無挂漏之嫌。惜未得其詩而讀之。

蔣澤山孝廉贈我一梵字言石刻。在峽西。下有跋語云。義靜三藏於西天取得此梵書唵字。所在之處。一切鬼神見聞無不驚怖。并有太宗皇帝讚云。鶴立蛇行勢未休。五天文字鬼神愁。儒門弟子無人識。穿耳胡僧笑點頭。不刻年月。不知此太宗皇帝。為唐為宋也。余謂義靜即義淨。高僧傳義淨字文明。髫齔落髮。年十五。便欲遊西域。咸亨二年。年三十七。方遂發足。經二十五年。歷三十餘國。以天后證聖元年夏。還至河洛。得梵本經律論近四百部。先天二年卒。春秋七十九。法臘五十九。然則此梵字。必其所得。其還也在天后時。則距太宗遠矣。計此人生於太宗貞觀九年。則至貞觀末年。纔五歲耳。何得太宗為製讚乎。是宋非唐。可一言決之。（所引高僧傳未見原書[illegible]得之古今圖書集成）

余故里無家。甲申歲。送孫兒陛雲至德清應縣試。試畢。又至湖州府試。皆以船為家。二兒婦攜孫女慶曾從焉。凡舟居者匝月。其明年。又送之至湖州應學院試。舟居者匝月。前一舟子。以聯額索書。余書四字為額曰。六句泛宅。又書一聯曰。晝夜六時大安樂。一翁孫兩月此句留。走筆所書。未錄入集。今年又坐此舟。見聯額故在。有感舊游。聊記於此。

張貞竹。字碧筠。慈谿女子也。其祖客湖北。工會計。頗有居積。遂於漢口開藥材行。其祖死。其父不能嗣其業。久之。大折閱。遂踉蹌而歸。歸而故鄉親友皆責夙負。不得已。至杭州投其所親。而所親死矣。僦居一單棚。有縣役欲為子求娶其女。不可。役大怒。買其所僦草棚而焚之。遂無所棲止。寄居尼庵。貞竹當祖在時。家固溫飽。延師課其兄。貞竹亦從之讀。師能為大字。貞竹兄妹日觀其用筆之法。遂亦能書。至是兄前死矣。獨貞竹在。既窮困甚。乃於路旁賣字。今處州太守陳君六笙時在省垣。其僕出行於市。見而異之。言於陳君。陳君召而試之。大悅。為之延譽。稍稍有所得。陳君旋赴處州。貞竹失所依。母又病。遂又大困。聞余至杭州。詣右臺仙館求見。余言於當事諸公。稍潤色之。已而又至吳下。余屋後適有小屋數間。即使居焉。吳中求書者頗衆。得洋錢三百枚。辭余入京。依其親串。後聞其親串又前死京中。不能久居。仍復南歸。今不知所往。此女頗有樸茂之意。所書字。有大至一丈者。曾書一鶴字見贈。長八尺許。筆力雄偉。不似出女子之手。亦可異也。余欲張其名。因許之剡一小印。曰曲園女弟子。

春在堂隨筆　卷十　五

蘇杭間佇淵筆硯蠻未始不因此然其父聞其挈妻女游行四方非計之得者且恐此女將來未必能得所歸偶憶及之為之太息

休甯孫殿齡字蓮叔家世富饒生十五六而孤擁貲百萬以年少不更世事偶傭賈笑傳爲呼盧不十年耗其貲十四五矣然其人實恂恂儒雅且天資絕人能為詩兼善畫余甲辰歲始至新安蓮叔一見如故長於余一歲有異姓昆弟之約余未通籍前館新安汪氏者五年距蓮叔所居霞塘二十里而近時相過從每宴客必招余往張筵演劇燈火通宵亦少年遊冶之一樂也粤寇之亂蓮叔避居山中猝遇寇至死之老母年九十餘亦與斯難妻孥俱盡家業凋零亂後止存二子余頗思為作小傳以存其人因循未果然有哭孫蓮叔五古一章存集中敘次頗詳亦足見其崖略也丁亥秋聞其次子祖思字澤臣至吳下求見衣敝履穿面目憔悴殊令人有雨散萬傾之歎出舊時翦燭談詩圖乞題圖中二人相對即蓮叔與余也感念盛衰為之憮然為題七言古詩一章亦存集中

古今圖書集成神異典神廟部彙考所載各處神廟頗有足廣異聞者聊記一二秋胡廟在山東嘉祥縣南俗傳秋胡妻邵氏為神山下居民邵姓者自稱秋胡妻族廟中所祀秋胡之妻非秋胡也　殘苔廟在山西曲沃縣西北關舊志云介之推從重耳出亡追者甚急推以其子林代死後重耳入晉推妻並林妻舁推至此聞其死於綿山二人投井而死鄉人立廟後訛為蠶姑廟　九娘子廟在安徽和州祀歷陽侯范增女慶歷初東冠王倫圍歷陽恍若有見已而潰散遂就勦滅故祀之　假王廟在浙江西安縣郊原村落往往有之或與項王大禹並列或為專祠其專祠則有茅楊蔡衛四令公分侍於側土人所敬畏以茅令公為最　高府君廟在嚴州府神名頵漢時人素善天文曉遁甲與嚴子陵有舊嘗自石城適富春訪其廬時值大旱即叱劍登壇嚴叱曰此地有蛟龍當起行雨未幾雷雨交作秋遂大熟邑人感其德立廟祀之　張昭烈廟在湖北德安府孝感縣唐張忭與張巡同死睢陽南霽雲斷指忭亦截一指自誓後人立廟祀之　按秋胡妻姓邵氏介子推有子名林范增有女九娘嚴子陵有友高頵張巡將有張忭皆人所未知也餘假王祠浙東多有余從前曾於蘭溪縣瞻禮其祠兩廡塑三十六諸侯而茅楊蔡衛四令公則未之見不知何許人也天下各行省神廟如此者當不少矣如一一表而出之不特足供談助亦表微之義也

姚書盧景裕傳是時又有人負罪當死夢沙門教誦經如所夢嘿誦千遍臨刑刀折主者以聞赦之此經遂行於世號曰高王觀世音按此乃高王觀世音經行世之緣起而其名為高王則未及其義也太平廣記卷一百十一引冥祥記云孫敬德奉釋教當造觀音像後為劫賊所引不勝拷楚忽夢一沙門令誦救生觀世音千徧臨刑刀自折為三段膚頸不傷三易其刀終折如故所司奏聞丞相高歡表請免死及歸觀其家觀音像項有刀迹三敕寫其經布於世今謂高王觀世音經於是至今相傳以為高王之名由高歡而得也其實不然佛家稱謂凡尊之則曰王如虎曰虎王象曰象王須彌山則曰須彌山王皆是也王而再加以尊稱則曰高王大藏聖教法寶標目有一切法高王經一卷云與諸法最上王經本同然則一切法即諸法高王即最上王矣高王觀世音經言此觀世音經於諸經中為最上也非由高歡得名也標目所載又有金光明最勝王經大方等頂王經以此例之最上王即最勝王高王即頂王今人多誦高王觀世音經而莫能詳其名義故具說之

青浦俞廷颺字稷卿以諸生而館於庠者也自幼讀書過目不忘有神童之目事母至孝又以孝稱李小湖學使深賞之嘗招致幕中以母老不赴七應鄉試六薦而不售年四十一以疾終有一子亦死其所著曰紫花松館襍文詩賦鈔八卷皆散失無存有人誦其詩曰人歸燈影瘦春足月光肥余頗喜之為書其大略如此冀不泯其人也

定遠方濬頤夢園叢說云叔平言吾邑[illegible]地當孔道明季張獻忠八次來犯不能破良由官民戮力眾志成城故也時邑侯為直隸進士楊公爾銘年甫弱冠豐姿玉映貌如處子而折獄明決善治軍事賞罰無私戰守有法兵民皆嚴憚之每出巡城著小靴長不及六寸扶僮從肩緩緩而行人多疑為女子即聊齋所誌易釵而弁之顏氏也大約顏楊音近而訛傳之耳又得鳳陽巡撫史可法廬州守將靖南伯黃得功為外援獻賊相戒不再犯桐城邑侯楊公以行取入都代者為張公忘其名辦善後亦極有法今楊公張公史公黃公皆各有專祠按聊齋所記顏氏事初以為小說家裝點語耳今乃知其力守危城身當大敵至今猶廟食一方洵奇女子哉案頭無聊齋志異俟假得其書當更證之

宗子戴孫婿自常熟書來言一事甚可笑有徐木君者江甯人在常熟開錢店常熟顧姓家藏有余所書楹帖一聯徐木君因有喜慶事借去懸之楹間數月始以歸還

則略沾水迹。紙色黯淡。墨跡剝落。顧姓者以為必是私向上海石印局照印。致損其真跡。怒而不受。時上海有售余楹聯者。徐木君以洋錢二枚買得一聯。償之。顧以非原物。仍不受。且曰。此聯吾展轉託人求得之。價值百金。爾僅償吾洋錢三十。不但舊價抵銷。且需補足七十之數。不然者。行且興訟。木君大窘。因素與宗氏往來。遂買紙介子戴。請余補書之。余復子戴書曰。為地不過百里。為時不越十年。而拙書已幾肇訟端。然則數百年後。不大可慮乎。是亦足一大噱也。

花農太史自山西典試還京。以漢周勃所繪壽星石刻搨本一紙見贈。余細審乃贗物也。額有篆書漢丞相周勃立六字。已覺可異。壽星之上有正書讚語八句。尤俚俗。其左旁題云。漢孝文皇帝壬戌元年春王正月□□丞相周勃立。元字雖漫漶而尚可辨。漢文元年。其年為壬戌。然是時未有年號。但書元年。未有書壬戌元年者也。豈亦如西涼李暠之庚子元年。竇建德之丁丑元年乎。作偽者不達古制如此。石旁題云。某年知真定府事。前河南道監察御史。北平武尚賢重識。年字之上字蹟盡泐。不可辨矣。

自馬伏波立銅柱。後踵其故事者。有唐馬總。五代馬希範。二人皆自謂伏波之後也。

春在堂隨筆　卷十　八

乃唐時有何履光。明代有鄭毅。則不必馬氏。而亦立銅柱矣。詳見余茶香室三鈔。光緒十二年。吳清卿副憲大澂奉命勘定中俄邊界。立銅柱識之。清卿為孝廉時。曾肄業紫陽書院。亦余門下士也。以銅柱拓本示余。余為仿秦刻石體題之。其辭曰。皇帝在位十二年。海內大治。乃飭紀綱。乃定封畛。以杜覬覦。惟俄與我。犬牙相錯。奚取奚棄。乃命大臣。仗節出疆。釐定其地。壤地既定。無有華離。中外咸利。立此銅柱。刻此銘詞。昭示萬世。

光緒己丑會試。余孫陛雲及孫女婿宗子戴舜年。皆薦而未售。兩卷並薦在潘伯寅尚書處。陛雲卷批惜之二字。子戴卷批惜哉二字。蓋均以額溢而遺。余自述詩所謂惜之一嘆惜哉又。惱亂尚書老鄭庵是也。乃其年十二月。花農書來。以沂水劉次方給諫衷綸詩寄示。其題云。蔭甫前輩丈學冠一時。久以未得諸其著述為憾。其文孫陛雲魁卷出。留一寓目。愛其筆氣疏爽。瀟灑出塵。己丑分校會闈。得一卷。用筆迥不猶人。因語同事諸君曰。此必俞君陛雲之作也。因復檢浙省三卷。分薦總裁。而此卷屬潘伯寅。及填榜。三卷皆獲售。而此卷獨遺。後查檢卷名。果是俞君。自負目力之未昏。以小詩紀之。其詩曰。江東才子早知名。祕鑰傳家舊有聲。竊喜預標非誤認。敢云著眼尚分明。照眼明珠竟使沈。誰知藝海費搜尋。來年杏苑看花日。證取焚香選士心。此亦一重文字因緣也。余因和其原韻。仍由花農寄劉君。詩存集中。不載。錄原唱於此。識劉君雅意。兼勗吾孫。

金石文字。例不書初一初二。而書甲子乙丑。余案頭每置萬年書。以便檢尋。惟坊間所行小本萬年書。率多錯誤。余偶觀其論合婚之法。以生氣天醫福德為上婚。絕體遊魂歸魂為中婚。五鬼絕命為下婚。託之呂才。未知然否。但以一三、二七、三一、四九、六八、七二、八六、九四為福德。則誤以天醫為福德。以一九、二六、三二、四六、六四、七一、八九、九八為五鬼。則誤以絕體為五鬼。此於吉凶尚未懸殊。至以一八、二四、三六、四二、六三、七八、八一、九七為天醫。則誤以五鬼為天醫。以一九、二六、三四、四三、六二、七八、八七、九一為絕體。則誤以福德為絕體。吉凶不大謬乎。總之此數即八卦九宮之數。坎一。坤二。震三。巽四。坤五。乾六。兌七。艮八。離九是也。而八卦以坎離震巽為東四宮。乾坤艮兌為西四宮。凡兩數同宮者吉。生氣福德大吉。天醫歸魂次吉。兩數異宮者凶。絕命五鬼大凶。絕體遊魂次凶。今以坎一艮八為天醫。則異宮者反吉矣。以坎一離九等為絕體。則同宮者反凶矣。持此校正之。其理易見。余恐淺人為小本萬年

春在堂隨筆　卷十　九

書所誤。故書之於此。其詳見余所撰游藝錄相宅篇。

乾隆中。有至聖六十九代孫繼汾撰闕里文獻考一百卷。其世系考載四十二代光嗣。唐昭宗天佑二年。以齋郎授泗水主簿。遭亂失爵。初宋元嘉間。賜魯郡民孔景等五戶。供孔子廟洒掃役。其裔孫末見孔氏子孫衰弱。謀冒聖裔竊世爵。遂計害公。洪末當乾化三年也。子仁玉。字溫如。生甫九月。母張抱匿外家。後唐明宗長興元年。魯人愬於官。乃誅末。以公主孔子祀。授曲阜主簿。封文宣公。後世以孔氏幾絕復興。號中興祖。歲時祭其外祖張溫之墓。為置祭田。請蠲其繇役。又藝文考載明張敏所為報本酬恩碑記云。四十二代光嗣。其室張氏。世為曲阜張陽里人。時值五代四方弗靖。有偽孔氏孔末者。因世亂。欲以偽亂真。將孔氏子孫戕滅殆盡。難興之日。光嗣被害。張氏抱子仁玉逃依母氏。得免其難。雖脫巨害。向非外祖張溫保養安全。其何以有今日乎。張氏子孫家在張陽里。至今猶稱為張溫馬。以上並見闕里文獻考。長沙李黼堂方伯據此著論。謂張溫以異姓之親。持危扶顛。為緜宗祀。允推孔氏功臣。溫雖仕隱無徵。而里居墳塋班班可考。且締姻孔氏。在當時必為詩書舊族。況歷世久遠。猶以其姓名名其鄉。如蘧伯鄭公故事。意其生平亦必卓卓可傳。宜於崇聖祠配位

孟皮顏無繇曾點伯魚孟孫激之下。周輔成張邁程珦朱松蔡元定之上。增位奉祀云云。錄稿寄余。余記其大畧於此。以待後之君子。惟所云偽孔氏末者。不知何人。宋元嘉中。獨孔景等五戶。亦必以為孔子之後也。孫末既其裔孫。則亦聖裔。何云偽乎。謂之支庶奪嫡則可。謂之以偽亂真。恐未然也。仁玉為其外祖張溫所撫養。恩義深厚。乃即以外祖之名為字。何不為母諱乎。此亦事之不能無疑者也。

壽陽驛有昌黎詩石刻在亭中。其詩云。風光纔動別長安。及到邊城特地寒。不見園桃兼巷柳。馬前惟有月團團。花農典試山右。歸過其地。見亭已荒廢。因寓書當事者屬為修葺。小助土木之費。為賦四詩。由京師寄示余。按漁隱叢話引唐語林云。退之二妾。曰絳桃。曰柳枝。皆能歌舞。初使王庭湊。至壽陽驛。絕句云云。蓋寄意二姝。還歸柳枝踰垣遁去。家人追獲。故鎮州初歸詩云。別來楊柳街頭樹。擺亂春風只欲飛。還有小園桃李在。留花不發待郎歸。自是專寵絳桃矣。據此。則昌黎此詩。有為而作。乃余檢東雅堂韓集。載此詩。其題云。夕次壽陽驛題吳郎中詩後。夫云題吳郎中詩後。則詩意應為吳郎中而發。疑非寄意二姝矣。然此詩之後。即繼以鎮州初歸詩。注引邵氏聞見錄云。孫子陽為余言。近時壽陽驛發地得二詩石。唐人跋云。退之有倩桃風柳二妓。歸途聞風柳已去。故云。則前說又鑿鑿可據。今壽陽驛止一石。且是乾隆四十四年。邑令李廷儀所刻。則非宋時出土之原石。而鎮州歸詩石刻。更不可得。不知唐人所謂跋者。為何人矣。余謂不得吳郎中詩。及唐人跋語。此重公案。終不得而明。然合誦兩詩。尋其詞意。則唐語林所說。必非無因。因和其詩。質之花農。其詩曰。古驛流傳吏部詩。詩中本事可曾知。柔情不為剛腸滅。也是黎渦笑對時。高論能傾嵬落河。文章氣節重元和。誰知垂老楊枝別。情比香山太傅多。我因石墨便低徊。曾見奇光出土來。可惜兩詩止存一。何時重與剔蒼苔。昔年慷慨吊田橫。此日淒涼錦瑟聲。覓取吳郎中舊句。好將綺語雪先生。花農得詩。欲刻之晉中。余謂此詩一刻。必有謂余掇拾小說。污衊大賢者。力阻之。因亦不存于集。而姑錄附於此。

袁隨園紀遊冊。乃其元孫潤字澤民所藏。介沈旭初觀察攜來乞題詩。展卷第一冊即云二月初七日午刻。同霞裳下船。不書某年。計其程。則自金陵啟行。由蘇而杭。而回金陵。計其日。則自二月初七至五月二十四。凡一百一十餘日。此一役也。又云乙卯年往如臬筆記。二月初一日啟行。至二十九日至儀徵而止。又云閏二月往杭筆記。則初八日啟行。自蘇杭至浙東。於二月二十七日回家。此皆乙卯年事。又一役也。

乙卯為乾隆六十年。檢萬年書。是年為閏二月。與所紀符。先生時年八十矣。其前所紀。自金陵至蘇杭。必是乾隆五十九年甲寅歲之事。檢萬年書。是年二月小。三月亦小。與所紀相符。先生是年七十九。蓋世俗祝壽。必於逢九逢十之年。先生兩年出遊。皆為避壽計。其中載一詩云。到處採奇逢地主。避人作壽走天涯。是其證也。論及學問者。止有兩條。一云。論詩必宗唐。猶講學必宗宋。然學唐而得其皮毛。學宋而流於迂腐。似覺無味。而流弊甚大矣。又云。聖門四科兼收。而宋人只曉德行一科。此人才所以廢敗也。此外無非記與友朋往返。及尋山問水。訪美論詩而已。所到之處。大家閨閣。以及風塵中人。各有品評。乃至於慈溪縣中。偕牙役至管押處。看所押之二妓。則未免太不自重矣。又載劉霞裳妻曹氏臉盤好。眉目秀。惜肌膚非玉雪。手爪欠青蔥。只算六七分。以門生之婦。而評騭至此。亦殊太褻。後與劉霞裳有隙。亦因此。余於隨園詩文。初不甚非薄。然觀此等事。不能不為先生惜。率題數絕句而歸之。詩亦不存於集。聊記於此。詩云。襍鈔朋舊數篇詩。詳記筵前花幾枝。到老愛才兼愛色。八旬人似少年時。友朋投贈見情深。此老能存坦白心。記載分明無諱飾。幾般禮物幾封金。日日舟窗幾局棋。輸贏幾子必書之。忽然大怒因棋局。趣筆兼傳一扣兒。衛士江湖不是仙。每因文士得流傳。許公九十一年壽。祈字先生陸在田。垂老年華至性存。殷殷不忘故人孫。途中持贈無多物。報答當年薦館恩。天生原是不羈才。未免難將禮法裁。可笑敎鶯因鳳處。先生亦為看花來。斜斜整整不成行。更有捉刀人在旁。此是歐公于役志。不論工拙盡文章。

隨園遊記中。有可佐談助者。聊記數條。　在運臺衙門。見金蛙將軍。初見色紅。少頃變淡綠。雙目直視。足似馬蹄。　房主人王公。說千人共見三鬼甚奇。見鬼於紅河橋上。時七月十六。（是杭州事。紅河橋即橫河橋音訛）　山舟說黃百穀成神事。并令還願者。到大路上候命鵰老爺。以所獻神者轉獻之。　二月十六甚煖。幾欲穿紗。十七大雨雪。著兩件大毛。猶覺其寒。（乙卯年事）　三世兄說鑼鼓可愈瘧。（當是溧陽史氏事）　文靖公拔毋髻下場。書辦之子勸之。乃取闢節而去。主考有意中人卷放榜下。千尋不得。急欲得人。書辦竟以文靖卷呈上。遂中。且聯捷。中尚有記不清處。當作字鵬姑問之。（此條語不甚明。所云文靖。乃乾隆朝大學士史貽直）　惠山見沒臉之乞丐。真混沌也。一歪洞為口。家有千金。　呂滌甫送喚吉利人歸。即患病。口稱十月十三日。要往海外作和尚。　錢雲起說印工某甲。二百張太史紙。廿錢二分左右。墨在外。排工每甲六七釐。外加飯錢。至多一分一甲。太史紙一塊時價三兩二錢福建汪潮進士歸班知縣能食磁盤春闈遇於席間即以五寸盆一隻嚼而咽之一熱茶時已盡矣云好喫出奉化北門抵雪竇山雪堂和尚出上通禪師小像云是唐黄巢也秦運臺云在陝西見李闖之先鋒李赤足年已百外面如樹皮問以養生之術答曰人之生死猶孩童放紙鳶放之則長生收之則立死我得享年譬如斷線風箏隨風而去放者不知也

許氏長外孫女三多自幼不讀書十齡外譜蘅塘退士所撰唐詩三百首止讀其半然其後喜觀人詩集不數年居然能詩矣于歸後為其婿捉刀作試帖詩甚工婿李亮字琢晸王司莊女子能詩者多能為試帖者頗少因錄二首重簾不捲留香久得簾字詩云久悟閒中趣焚香讀易兼欲教留一炷不使捲重簾雞舌濃餘裊蝦鬚隔漫嫌濃收銀押底清逗玉鉤尖繡簡低還顫羅衣薄更添燕歸人悄悄鴨睡篆纖纖馥熱堪驅冷光涵未透蟾御爐烟惹袖佳句放翁拈又卓犖觀羣書得書字詩云獨具超羣志欣觀萬卷書人真稱卓犖時亦愛居諸探源奇才倚探源奮念遽每從搬簡後追溯結繩初放眼空千古羅胸富五車誤能思虎豕注定陋蟲魚執筆刪蕪穢閒編悉獵漁喜逢文治盛珥筆侍丹除

余作鏡屏串月歌同年嚴緇生辰讀而喜之詳問其法余又賦一絕示之曰金波瀲灎太玲瓏竟與牟尼一串同若問如何成此景只緣斜射鏡屏中蓋月光斜射鏡中鏡中自然成串無他巧也緇生試之而驗大喜乃作串月弟子詞見示曰曲園先生天下師師其經學兼文詞曲園先生亦我師師其串月一事奇中秋串月石湖畔萬人空巷誇吳兒越人但識三橋印那能一串如牟尼先生高坐曲園內獨出新法思匪夷鏡無大小可納月橫串側串無不宜何必石湖遠跋涉凡月到處皆可為示我一篇串月歌不覺欣羨情為移先生所學學不到此事卻可肄效施願叩其詳幸指示每逢月望輒效之果然明月不私照鏡中得月無賢愚一個姮娥化無數宛如有意相娛嬉仰視天心仍一月東坡化百復在茲處處得兒童仍狂叫破鏡掬取唯恐遲忽比春在堂前月沆瀣一氣無參差串月我堪稱弟子問以他學無所知經學猶為門外漢卿因問月一送難春秋二百四十年不記月食義何在坎離分宮非日月似與當風不相識一月壬辰旁死魄雖定武成從復宋如月之恒平讀去詩有古音例何亂大明生東月生西幽噎成說誰能覺何以今月卻生東古月豈當里差算先生笑謂串月耳何必五經內貫串文詞說月多異名請與先生約寒拜烘雲託月畫家訣吟風弄月詩家情踏月祇須安步去載月不過泛水行剪月未免涉荒誕拜月不離通精誠誰能跳月學苗猺安得游月偕仙靈呂錡射月固夢寐吳剛倚月亦杳冥文士詞人古不少隨月侍月皆平平太白捉月最奇事捉之不獲空騎鯨先生創此串月法捉一得十驕長庚大神通作小遊戲想因年老將成精願月常圓人常在先生弟子同長生串月既宜驥尾附鼓月可許龍門登若把此詞傳唱出定知私淑徧寰瀛此詞才氣橫溢想見其年老而興豪矣緇生欲附入余詩集中而余詩已刊困錄存隨筆中庶不負其意也

熊襄愍公集有壬戌寄示珪璧琮三男五言古詩一首凡二千零十字計二百零一韻敘遼事始末甚悉通體用七陽韻而襍以他韻字自注音切有與古音合者亦有不合者不知遵用何韻也此公生於陳第之後殆已知有古音之說聞其略未得其指乎今錄其字於後亦聊廣見聞耳楹叶羊鳴謀叶明茫叶雄攝江庭徒陽埌姜叶并那叶征叶橫黃叶蒴叶朋旁叶攻光叶窮狂叶誠長叶衝抗叶工光叶輕姣叶驚姜叶傳鄉江空康叶冥芹叶名叶聲商叶兵邦叶營羊叶傾商叶情牆叶號陽叶衝昌叶撄央叶撐抽叶生商叶同唐叶珍章叶庚岡叶抨切普岡廷徒陽鋒叶拳祥叶成常叶沖如陽興荷叶處羌叶迎卯叶精姜叶神切成江中江叶紛方叶鄉康叶城常叶京姜叶聽通江令良叶鐙長叶承郎叶傾匡叶東當叶爭長叶庸羊叶窮良叶平切抱羊功光叶程長叶龍徒叶乘切山宗崩邦叶貞章叶亭當叶馮良叶從林叶形光叶達叶彭章叶丁切川江銘昌叶此七十五字中錢字最為可異乘音山宗切仍不能入陽韻或刻本有誤也

春在堂隨筆卷十終

小浮梅閒話

余曲園之中。有曲池焉。曲池之中。有小浮梅檻。僅容二人促膝。夏日。余與內子坐其中。因錄其閒話稍有依據者。為一編云。

嘗論天地開闢事。云有演義一書。書中詳言布置日月星辰事。鄙俚可笑。余曰。此本之佛經也。按大集經。珠致羅婆菩薩告諸龍言。賢劫初。有一天子。名大三摩多。其夫人與驢交而生人。委棄廁中。有羅刹婦收養之。及至長成。身體端正。福德莊嚴。惟脣是驢。故號為佉盧虱吒大仙。漢言驢脣也。驢脣仙人學於聖法經六萬年。翹於一脚。日夜不下。天見大仙受如是苦。時諸梵衆及帝釋天并餘上方欲色界等和合。悉來禮拜。問大仙聖人欲求何等。驢脣言。我念宿命過去劫時。見虛空中有列宿日月五星晝夜運行。此賢劫初無如是事。汝等憐我。願說日月星辰法。用置立安施如我所願。諸天皆悉歡喜。於是二十八宿及日月大小星宿。皆次第安置。據此則日月星辰乃驢脣仙人為之也。演義家敷衍此事。泰西人又屬之天主。

又論武王伐紂。壹戎衣。天下大定。而世俗有封神傳一書。賁如許戰爭。一切仙佛皆來助戰。究竟何所本。余曰。東晉人偽作武成篇有云。惟爾有神。尚克相予以濟兆民。使有此意。周書克殷篇。武王遂征四方。凡憝國九十有九國。馘魔億有十萬七千七百七十有九。俘人三億萬有二百三十。魔與人分別言之。不知所謂魔者何謂也。使易封神傳為馘魔傳。不亦有典有則乎。至太公封神之說。相傳甚古。史記封禪書。始皇遂東遊海上。行禮祠名山大川及八神。求仙人羨門之屬。八神將自古而有之。或曰太公以來作之。此即太公封神之說所自來。太公金匱云。武王伐紂。都洛邑。明年陰寒雨雪十餘日。甲子平旦。五丈夫乘馬車從兩騎止王門外。尚父曰。四海之神與河伯風伯雨師耳。使謁者各以其名召之。五神皆驚。武王曰。天陰乃遠來。何以教之。皆曰。天伐殷立周。謹來受命云云。此亦可附會為太公封神之一證也。漢書藝文志有太公二百三十七篇。謀八十一篇。言七十一篇。兵八十五篇。是太公之書甚多。其間奇怪之事。當必不少。封神傳所稱太公射死趙公明事。考太公金匱云。武王伐紂。丁侯不朝。尚父乃畫丁侯於策。三旬射之。丁侯病大劇。問卜者。占云。祟在周。丁侯恐懼。乃遣使者詣武王。請舉國為臣虜。乃以甲乙日拔其頭箭。丙丁日拔其目箭。戊己日拔其腹箭。庚辛日拔其股箭。壬癸日拔其足箭。丁侯病愈。四夷聞之皆懼。各以其職來貢。趙公明事。即本此敷衍也。他如元始天尊為道教之祖。見隋書經籍志。廣成

子為古仙人。見莊子在宥篇。赤松子見史記留侯世家。赤精子見漢書李尋傳。九天元女見黃帝本紀正義引龍魚河圖。舊唐書經籍志兵書有黃帝問元女法三卷。云元女撰。元史輿服志有東南西北天王旗。並繪神人。右手執戟。左手奉塔。然則托塔天王亦有本也。哪吒事疑亦出於佛經。按夷堅志程法師條云。值黑物如鐘。從林間直出。知為石精。遂持哪吒火球呪。俄而火毬自身出。與黑塊相擊。然則哪吒風火輪亦必有本也。妲己見尚書牧誓疏傳。史記殷本紀。固經史明文也。晉語云。殷辛伐有蘇。有蘇氏以妲己女焉。韋注曰。有蘇。己姓之國。妲己。其女也。史記索隱亦云。妲字。己姓也。是妲己姓己。而袁子才小說乃妄云妲婦官之號。己者以十干為次第。真無稽之言矣。晉語云。黃帝之子青陽與夷鼓同為己姓。然則妲己固貴族之女矣。代醉篇引古今事物考。謂商妲己狐精也。或曰雉精。猶未變足。以帛裹之宮中。效矣。委巷之談。即今演義家所本。考竹書紀年云。帝辛九祀伐有蘇。獲妲己以歸。通鑑前編則在八祀。初學記引帝王世紀曰。紂二年。納妲己。未知其究在何年。至其死也。藝文類聚及御覽等書引帝王世紀曰。周公為司徒。賜以黃鉞斬紂頭。懸於大白之旗。召公為司空。又賜以元鉞斬妲己頭。懸於小白旗。是殺妲己者召公也。古今注云。武王以黃鉞斬紂。故王者以為戒。太公以元鉞斬妲己。故婦人以為戒。則殺妲己者又太公也。周書克殷篇云。乃適二女之所。既縊。王又射之三發。乃右擊之以輕呂。斬之以元鉞。孔晁注云。二女。妲己及嬖妾。史記亦云。已而至紂之二女。二女皆經自殺。則妲己之外。尚有一人也。帝王世紀云。紂自燔於宣室而死。二嬖妾與妲己亦自殺。則妲己之外。更有二人也。此固不可考。演義謂妲己有同類姊妹三人。適與故事有合。又論伯邑考事。余曰。史記管蔡世家但云伯邑考既已前卒矣。不言其所以卒。而殷本紀正義引帝王世紀云。紂既囚文王。文王長子曰伯邑考。質於殷。為紂御。紂烹以為羹。賜文王曰。聖人當不食其子羹。文王得而食之。紂曰。誰謂西伯聖者。食其子羹尚不知也。是伯邑考見烹於紂。其事乃真有之。非小說妄言也。然伯邑考事。亦自有異同。蓋史記謂之前卒。固先武王而死者。乃禮記檀弓篇。文王舍伯邑考而立武王。鄭注曰權也。正義曰。文王在殷之世。殷禮自得伯邑考而立武王。而言權者。殷禮若適子死。得立弟。今伯邑考見在而立武王。故云權也。據此又似文王之崩。伯邑考未死也。又論小說中多言驪山老母。余曰。驪山老母實有其人。非烏有也。史記秦本紀申侯言於孝王曰。昔我先驪山之女為戎胥軒妻。生中潏。以親故歸周。保西垂。西垂以其

故和睦。按上文顓頊之苗裔孫曰女脩。女脩生大業。大業生大費。大費生二子。曰大廉。曰若木。太廉元孫曰孟戲中衍。中衍之後。遂世有功。其元孫曰中潏。生蜚廉。蜚廉生惡來。以是言之。戎胥軒爲中潏之父。則中衍之曾孫也。酈山女者。中國之女。故申侯曰。我先酈山女。中國姜姓。則此女姜氏也。謂之酈山女者。中國之君娶於酈山。而生此女。故以母名女。謂之酈山女。亦猶左傳頴谿姬。聲姬之例也。其後自蜚廉至造父五世。周穆王封之於趙城。春秋時趙氏其後也。自惡來至非子六世。周孝王封之秦。至始皇而遂有天下。酈山女之遺澤長矣。漢書律歷志載張壽王言。酈山女亦爲天子。在殷周間。考酈山女爲戎胥軒妻。正當商周之間。意其爲人。必有非常才藝。爲諸侯所推服。故後世有傳聞爲天子之事。而唐宋以後。遂以爲女仙。尊曰老母。神仙感遇傳。載唐少室書生李筌。常遊嵩山。得黃帝陰符經。過驪山老母。指授秘要。宋鄭所南有驪山老母磨鐵杵欲作繡鍼圖詩。小說所稱。非無自矣。又論太上老君。余曰。太上老君有二說。舊唐書經籍志丙部有太上老君玄元皇帝聖經十卷。唐尊老子爲玄元皇帝。則太上老君。即老子也。隋書經籍志曰。有元始天尊。生於太元之先。稟自然之氣。常存不滅。每至天地初開。或在玉京之上。或在窮桑之野。授以秘道。謂

之開劫度人。然其開劫非一度矣。故有延康赤明龍漢開皇。是其年號。其間相去。經四十一億萬載。所度皆諸天仙上品。有太上老君。太上丈人。天真皇人。五方天帝。及諸仙官。轉共承授。據此則太上老君。又非即老子矣。

古書言美人多曰毛嬙西施。毛嬙究何人也。余曰。莊子齊物論篇釋文引司馬彪曰。毛嬙古美人。一云越王美姬也。毛嬙無事蹟可考。固不足論。惟西施事蹟甚著。而亦有可疑者。管子小稱篇曰。毛嬙西施天下之美人也。考管子在吳夫差前幾二百年。而其書已有西施何歟。然有可解曰。管子之書。多後人附益。或非其本文也。乃莊子齊物篇。厲與西施。釋文出西施字。而引司馬曰。夏姬也。夫司馬彪乃晉秘書監。西施事昭然在載籍中。已數百年。彪豈不知之。而顧以爲夏姬歟。此真不可解矣。或者司馬原文本云吳王美姬也。與毛嬙稱越王美姬一例。傳寫脫誤耳。至扁舟五湖。古今豔稱之。而墨子親士篇云。比干之殪。其抗也。孟賁之殺。其勇也。西施之沈。其美也。西子又似不得其死者。丹鉛總錄曰。修文御覽引吳越春秋逸篇云。吳亡後。越浮西施於江。令隨鴟夷以終。且爲之說曰。浮。沈也。反言耳。隨鴟夷者。子胥之譖死。西施有力焉。胥死盛以鴟夷。今沈西施。所以報子胥之忠。故云隨鴟夷以終。范蠡去越。亦號鴟夷子。杜牧之遂以子胥之鴟夷。爲范蠡之鴟夷。乃墮後人於疑網。以上并升庵多膽語。未知可據否。然范蠡事亦有異辭。呂氏春秋悔過篇云。箕子窮於商。范蠡流於江。離謂篇云。范蠡子胥以此流。是范蠡之死。與子胥同。賈子新書耳痺篇云。范蠡負石而蹈五湖。大夫種緊領謝室。渠如處車裂回泉。自此之後。句踐不樂。憂悲偽至。內崩而死。可知越之君臣。皆不令終。疑吳亡之後。西子仍歸范蠡。及范蠡負石蹈湖。越人亦沈西施於江。使從范蠡。故曰令隨鴟夷以終。此鴟夷仍謂范蠡。若是子胥。當云浮西施於江。以謝鴟夷。豈得云從鴟夷以終乎。終對始而言。西施未嘗從子胥。又何終之有。升庵此解。殆失指矣。要之范蠡西施事。不妨兩說並存。如吳越春秋所云。乃乘扁舟。出三江。入五湖。人莫知其所適。則西子亦從范蠡而去。杜牧之詩云。西子下姑蘇一舸逐鴟夷是也。如呂覽賈誼所言。則西子亦從范蠡而死。吳越春秋逸篇云。越浮西施於江。令隨鴟夷以終是也。二者孰是。固不可考矣。

因毛嬙論及王嬙。余曰。王嬙事具正史。漢書匈奴傳。竟甯元年。呼韓邪單于復入朝。自言願壻漢氏以自親。元帝以後宮良家子王嬙字昭君。賜單于。號甯胡閼氏。生一男伊屠智牙師。爲右日逐王。呼韓邪死。立雕陶莫皋。爲復株絫若鞮單于。復妻王昭

君。生二女。長女云爲須卜居次。小女爲當於居次。新都侯王莽秉政。乃風單于。令遣王昭君女須卜居次云入侍。師古曰。云者其女名。後漢書南匈奴傳。昭君字嬙。南郡人也。初元帝時。以良家子選入掖庭。時呼韓邪來朝。帝敕以宮女五人賜之。昭君入宮數歲。不得見御。積悲怨。乃請掖庭令求行。呼韓邪臨辭大會。帝召五女以示之。昭君豐容靚飾。光明漢宮。顧影裴回。竦動左右。帝見大驚。意欲留之。而難於失信。遂與匈奴。生二子。及呼韓邪死。其前閼氏子代立。欲妻之。昭君上書求歸。成帝敕令從胡俗。遂復爲後單于閼氏。前後漢書所言止此。至西京雜記。乃有誅畫工之說。所誅畫工毛延壽。陳敞。劉白。龔寬。陽望。樊育。不止一毛延壽也。至馬上琵琶。實非昭君事。文選有石季倫王明君詞一首。其序曰。昔公主嫁烏孫。令琵琶馬上作樂。以慰其道路之思。其送明君。亦必爾也。然則琵琶作樂。乃因烏孫公主而推之昭君。想當然耳。而至今流布丹青。傳之樂府。杜少陵亦有千載琵琶之句矣。琴操曰。王昭君者。齊國王襄女。年十七。獻元帝。此可補漢書所未及。琴操又云。昭君吞藥而死。此殆如長笛賦所云。屈平適樂國。介推還受祿。非事實也。元人馬致遠漢宮秋曲云。明妃和親行至黑龍江。投江而死。良由惜其淪落。故創此說。爲美人一洒之。事雖失真。不必辨也。

俗傳秦築長城有范郎之妻孟姜送寒衣至城下聞夫死一哭而長城爲之崩范郎妻果何人歟余曰唐釋貫休禪月集有杞梁妻一首云秦之無道兮四海枯築長城兮防北胡築人築土一萬里杞梁貞婦啼烏烏似乎哭長城而崩者即杞梁妻矣日知錄謂其并左傳孟子而未讀此固不足據所謂范郎妻者究不知爲何人漢書匈奴傳漢軍乘勝追北至范夫人城應劭曰本漢將築此城將亡其妻率餘衆完保之因以爲名然則范郎妻疑即范夫人乃夫死而保完其城非夫死而一哭崩城且漢時人非秦時人也傳者以此事傅合杞梁妻事致失其實

俗傳馬融附梁冀及清河王即位冀爲人所構融禍其女以免此事有之乎余曰此流俗妄傳也後漢書馬融傳曰桓帝時爲南郡太守先是融有事忤大將軍梁冀旨冀諷有司奏融貪濁免官髡徙朔方自刺不死得赦還復拜議郎重在東觀著述以病去官又曰初融懲於鄧氏不敢復違忤勢家遂爲梁冀草奏李固又作大將軍西第頌以此頗爲正直所羞是融生平以此二事得罪名教至今蒙垢士君子立身不可不慎也考梁冀傳順帝時已拜大將軍帝崩冲帝始在繈褓太后臨朝詔冀與太傅趙峻太尉李固參錄尚書事冲帝又崩冀立質帝帝少而聰慧嘗朝羣臣目冀曰此跋扈將軍也冀遂令左右進鴆加煮餅帝即日崩復立桓帝至延熹二年帝使光祿勳袁盱持節收冀大將軍印綬徙封比景鄉侯冀即日及妻壽皆自殺是時桓帝立十三年矣清河王蒜者乃清河恭王延平之子據本傳冲帝崩徵蒜詣京師將議爲嗣會大將軍梁冀與梁太后立質帝罷歸國蒜爲人嚴重動止有度朝臣太尉李固等莫不歸心焉初中常侍曹騰謁蒜蒜不爲禮及帝崩公卿皆正議立蒜而曹騰說梁冀不聽遂立桓帝蒜由此得罪建和元年甘陵人劉文與南郡妖賊劉鮪交通訛言清河王當統天下欲共立蒜事發覺文等遂劫清河相謝暠將至王宮司馬門曰當立王爲天子暠爲公暠不聽罵之文因刺殺暠於是捕文鮪誅之有司因劾奏蒜坐貶爵爲尉氏侯徙桂陽自殺是清河王蒜在當日實有賢名冲質兩帝之崩皆議立之乃一時人望所歸爲冀所阻不得嗣統并不得善終而至今流傳猶有清河王爲天子之說直道在人千載不泯固如是夫冀憚清河賢明立質帝而質帝有跋扈之疑立桓帝卒爲所誅小人誤國而仍無益於身家何益哉至馬融有女則見後漢書列女傳曰汝南袁隗妻者扶風馬融之女也字倫少有才辯融家世豐豪裝遣甚盛及初成禮隗問之曰婦奉箕帚而已何乃過珍麗乎對曰慈親垂愛不敢逆

命君若欲慕鮑宣梁鴻之高者妾亦請從少君孟光之事矣云云與傳奇事完全無一合又云倫妹芝亦有才義少喪親長而追感乃作申情賦云是融不止一女也因馬融遂及蔡邕事余曰此則前人論之詳矣元高則誠琵琶記本爲王四而作託以琵琶名以其中有四王字也託名蔡邕者以王四少賤嘗爲人種菜也按唐李肇國史補載江西有驛官以幹事自任白刺史驛已理請一視之初一室爲酒庫其外畫神曰杜康又一室曰茶庫復有神曰陸羽又一室曰葅庫復有神曰蔡伯喈則蔡菜同音沿訛已久元曲以菜傭爲蔡邕非無自矣惟後漢書本傳云父棱亦有清白行謚曰貞定公注又引祖攜碑云攜字叔業順帝時以司空高第遷新蔡長年七十九卒長子棱字伯直處俗遜退不協於時垂翼華髮人爵不升年五十三卒則中郎家世烋然可考不似俗所傳也陸放翁詩云身後是非誰管得滿村聽唱蔡中郎然則中郎事之流傳失真不始於元曲矣長洲褚人穫堅瓠集引唐人小說云唐有襄節度者微時與牛相國僧孺之子繁同學邂逅文字交尋同舉進士才蔡生欲以女弟字蔡蔡已有妻趙矣力辭不得既而牛能將順於趙趙亦無妨於牛東嘉惑其事而作此書果有此書則與琵琶記適合惟唐人小說不知何書考玉泉子（闕人名氏）載鄧敞以孤寒不中第牛尉兄弟僧孺之子謂敞曰吾有女弟未出門子能婚乎當爲君展力時敞已婚李氏私利其言許之既登第就牛氏婚不日挈牛氏而歸牛氏至知其賣己也請見李氏曰吾父爲宰相兄弟皆在郎省豈無一嫁處耶其不幸豈惟夫人今願一切與夫人同之云云此事於牛丞相女頗符而蔡趙皆不合未知堅瓠所引即此事否恐亦不足據也

又問貂蟬事有其人乎余曰王允與呂布謀誅董卓初無婦人與其事惟後漢書呂布傳曰卓以布爲騎都尉誓爲父子甚愛信之嘗小失意卓拔手戟擲之布拳捷得免布由是陰怨於卓卓又使布守中閤而私與傅婢情通益不自安然則俗傳鳳儀亭擲戟事固出有因而所謂貂蟬者即因傅婢事而附會成之也後漢書董卓傳卓朝服升車既而馬驚墮泥還入更衣其少妻止之卓不從此少妻當別一人非即呂布所通之傅婢也至呂布妻不詳何人三國志呂布傳注引英雄記曰布見備甚敬之請備於帳中坐婦牀上令婦向拜酌酒飲食又云建安元年六月夜半時布將河內郝萌反將兵入布所治下邳府詣廳事閤外同聲大呼布不知反者爲誰直牽婦科頭袒衣相將從溷上排壁出詣都督高順營又曰布欲令陳宮高順守城自將騎斷太

社稷。遂。布妻謂曰：宮、順素不和，將軍一出，宮、順必不同心共守城也。如有蹉跌，將軍當於何自立乎？妾昔在長安，已為將軍所棄，賴得龐舒私藏妾身耳。今不須顧妾也。布得妻言，愁悶不能自決。是布固惟婦言是用，然不知妻為誰氏也。又關雲長傳注引蜀記曰：曹公與劉備圍呂布於下邳，雲長啟公，布使秦宜祿行求救，乞娶其妻，公許之。臨破，又屢啟於公。公疑其有異色，先遣迎看，因自留之。雲長心不自安。據此則呂布妻必美，且又牽涉關公。雜劇有關公月下斬貂蟬事，即因此附會也。

俗傳關公善用刀，至今有關刀之名。考之正史，張益德之用矛，則信有之。本傳云：先主奔江南，曹公追之，一日一夜，及於當陽之長阪。飛據水斷橋，瞋目橫矛曰：身是張益德也，可來共決死。此張益德用矛之證也。關公本傳無一刀字。傳云：紹遣大將軍顏良攻東郡太守劉延於白馬，曹公使張遼及羽為先鋒擊之。羽望見良麾蓋，策馬刺良於萬衆之中。按周禮考工記：刺兵欲無蜎。鄭注云：刺兵，矛屬。古人用字精審，公傳既用刺字，則其殺顏良，疑亦用矛。若用刀，必不用刺也。吳志魯肅傳：肅住益陽，與羽相距。肅邀羽相見，各駐兵馬百步上，但請將軍單刀俱會。此卻有刀字，然恐是佩刀耳。明章潢圖書編軍器類中，列鞭鐧二圖，稱鞭為尉遲敬德所用，鐧為秦叔寶

春在堂隨筆　小浮梅閒話　七

所用。識者譏之。世稱關刀，殆亦秦鞭尉遲之鐧類也。又考殺顏良事，見本傳。至文醜則非關公所殺。魏志武帝紀云：紹騎將文醜與劉備將五六千騎前後至，縱兵擊，大破之，斬文醜。世以顏良文醜並關公所殺，非事實矣。又殺良醜在建安五年，至六年，紹使劉備畧汝南，汝南賊共都等應之。遣蔡揚擊都，不利，為都所破。是斬蔡揚事與顏良文醜事不在一年。世并以蔡揚為關公所殺，史失之矣。演義事不勝辨，偶因顏良事而及此。

問諸葛武侯六出祁山事有否。余曰：此增飾之談也。考蜀志諸葛亮傳，建興五年，率諸軍北駐漢中。六年，身率諸軍攻祁山，馬謖為張郃所破，亮拔西縣千餘家還於漢中。此一出也。是年冬，亮復出散關，圍陳倉，曹真拒之，亮糧盡而還。此再出也。七年，亮遣陳式攻武都陰平，魏雍州刺史郭淮率衆欲攻式，亮自出至建威，淮退，遂平二郡。此三出也。九年，亮復出祁山，糧盡而退。此四出也。十二年春，亮率大衆由斜谷出，據武功五丈原，其年八月，亮疾病，卒於軍。此五出也。然則亮自出伐魏，止有五次，且惟第一次第四次至祁山，則六出祁山，非事實矣。後主傳：建興五年春，丞相亮出屯漢中。六年春，又書亮出攻祁山，以亮本傳考之，此實一役，蓋以五年出，六年還也。俗傳六出，或即因後主傳分書兩年而致誤耳。

因三國演義而及西遊記。余曰：取經之事，自古有之。隋書經籍志云：張騫使西域，蓋聞有浮屠之教。哀帝時，博士弟子秦景使伊存口授浮屠經，中土聞之，未之信也。後漢明帝夜夢金人飛行殿庭，以問於朝，而傅毅以佛對。帝遣郎中蔡愔及秦景使天竺求之，得佛經四十二章及釋迦立像，并與沙門攝摩騰竺法蘭東還。此中國遣使求經之始。又云：甘露中，有朱仕行者，往西域，至于闐國，得經九十章。元康中，至鄴譯之，題曰放光般若經。晉元熙中，新豐沙門智猛策杖西行，到華氏城，得泥洹經及僧祇律。義熙中，沙門支法領從于闐國得華嚴經三萬六千偈，至金陵宣譯。又有沙門法顯，自長安游天竺，經三十餘國，隨有經律之處，學其書語，譯而寫之，還至金陵，與天竺禪師跋羅參共辨定。後魏熙平中，遣沙門慧生使西域，采諸經律，得一百七十部。此皆中國至西域求經故事。而法顯之役，至今尚有佛國記一卷，備載顛末。始於後秦姚興宏始二年，與慧景道整慧應慧嵬等同發長安，度隴，至乾歸國，耨檀國，度養樓山，至張掖鎮，又遇智嚴慧簡僧紹寶雲僧景等諸人，或分或合，或先或後，慧景度小雪山，道整留中天竺不返，獨法顯順恒水東下，乘商人大舶，泛海至青州長廣郡界。計自發長安，到中國，即中天竺停六年，還三年，往返凡十五年，從陸路往，從海道

春在堂隨筆　小浮梅閒話　八

返。其中事蹟頗亦詭異，使敷衍成書，亦一西遊記也。乃元奘事至今婦豎皆知，而此等事湮沒不著。事之顯晦，固亦有數耶。

據唐書方伎傳：僧元奘，姓陳氏，洛州偃師人。大業末出家，博涉經論，謂翻譯者多有訛謬，故就西域廣求異本，以參驗之。貞觀初，隨商人往遊西域。元奘既辨博出羣，所在必為講釋論難，蕃人遠近咸尊伏之。在西域十七年，經百餘國，悉解其國之語，仍采其山川謠俗土地所有，撰西域記十二卷。貞觀十九年，歸至京師，太宗見之，大悅，與之談論。於是詔將梵本六百五十七部，於宏福寺翻譯。是元奘此行，並非奉敕，而往惟其還也，詔為翻譯耳。所著西域記，惜不得見。太宗三藏聖教序云：翹心淨土，往遊西域，乘危遠邁，杖策孤征，積雪晨飛，途間失地，驚砂夕起，空外迷天，萬里山川，撥煙霞而進影，百重寒暑，躡霜雨而前蹤。誠重勞輕，求頓深遠。此數語亦足見其梗概矣。又太平御覽引獨異志及唐新語云：沙門元奘，唐武德初，往西域取經，行至罽賓國，道險，虎豹不可過。奘不知為計，乃鎖房門而坐。至夕開門，見一老僧，頭面瘡痍，身體膿血，牀上獨坐，莫知來由。奘乃禮拜勤求，僧口授多心經一卷，令奘誦之，遂得山川平易，道路開闢，虎豹藏形，魔鬼潛跡，遂至佛國，取經六百餘部而歸。此即小說家之

濫觴歐陽文忠集于役志云壽甯寺本徐知誥故第甚宏壯畫壁尤妙周世宗入揚州時以為行宮盡圬墁之惟經藏院畫元奘取經一壁獨在然則元奘取經事在五代時已流布丹青矣

問世傳西遊記是邱真人作借以演金丹之旨信乎余曰此妄傳也按錢大昕補元史藝文志地理類有長春真人西遊記二卷注云李志常述邱處機事此別是一書按元史邱處機傳太祖自奈蠻命近臣持詔求之乃撥撫州經數十國為地萬有餘里蓋蹀血戰場避寇叛域絕糧沙漠自崑崙歷四載而始達雪山常馬行深山中馬上舉策試之未及積雪之半此邱真人西遊故事記中所載多及西域地理故入地理類俗人不知乃以元奘事當之大非其實矣

後漢西域傳論有曰梯山棧谷繩行沙度之道身熱首痛風災鬼難之域注引前書杜欽曰罽賓悔過來順使者送至縣度歷大頭痛小頭痛之山赤土身熱之阪臨崢嶸不測之深行者騎步相持繩索相引又引釋法顯游天竺記云西度流沙上有熱風惡鬼遇之必死云云然則火燄之山流沙之河乃真有之又述異記云大食王國在西海中有一方石石上多樹幹赤葉青枝上總生小兒長六七寸見人皆笑動其手足頭著樹枝使摘一枝小兒便死亦見舊唐書西戎傳是所謂人參果者亦竟有也

春在堂隨筆　小浮梅閒話　九

因論世間小說亦有所依託不盡無稽梁紹壬兩般秋雨盦隨筆稱隋唐演義所載隋唐間事幾於無一事無來歷信乎余曰所載煬帝事皆本海山記迷樓記開河記三書此三書並載明吳琯古今逸史中無撰人名氏本非實錄小說家據以敷衍較之鑿空撰造者稍有據耳惟矮民王義實自宮不盡妻子帝未遇害義先自刎死則小說所載又不無增益其詞也至煬帝諸子並無至突厥者隋書煬三子傳齊王暕遺腹子政道與蕭后同入突厥處羅可汗號為隋王中國人沒入北蕃者悉配之以為部落以定襄城處之及突厥滅歸于大唐授員外散騎侍郎是入突厥者煬帝之孫非趙王杲杲死江都之難未嘗至突厥而政道又與儲位非如小說所云王義夫婦奉之而去也

又此書說始於秦叔寶事多異猶考羅藝傳曹州女子李氏為五戒自言通於鬼神高祖聞之詔赴京師因往來藝家謂藝妻孟氏曰妃骨相貴不可言必當母儀天下孟篤信之命密觀藝又曰妃之貴者由於王王貴色發矣十日間當昇大位孟氏由是逆亂乃孟及李皆坐斬是藝妻孟氏非秦也所傳秦叔寶事多非其實

因秦叔寶事類及薛仁貴余曰據舊唐書本傳薛仁貴自恃驍勇欲立奇功乃異其服色著白衣握戟腰鞬張弓大呼先入所向無前太宗遙望見之遣馳問先鋒白衣者為誰特引見賜馬兩匹絹四十匹則俗傳白袍小將固有徵矣高宗稱其北伐九姓東擊高麗漢北遼東咸遵聲教者皆卿之力也則其為一朝名將固不必言其子訥自有傳始為藍田令其後突厥入寇武后以訥將門使攝左武威將軍安東道經略又當邊鎮之任果有戰功開元二年討契丹為所覆訥脫身走免制削其官爵吐蕃寇臨洮以白衣攝左羽林將軍為隴右防禦使大破賊衆錄功拜左羽林軍大將軍復封平陽郡公卒諡昭定史稱其沈勇寡言臨大敵而益壯是訥固不愧為將門之子其弟楚玉開元中為幽州大都督府長史以不稱見代而卒訥子暢拜朝散大夫薛氏一門可考者如此世人附會云薛家世為名將則非也

舊唐書高祖二十二子傳衛王元霸高祖第三子也早薨無子武德元年追贈衛王諡曰懷是元霸一無事蹟而小說家乃傳其神勇不知其所自矣

問虬髯公事有否余曰此雖本唐人小說亦不足據虬髯本傳稱貞觀中靖位至僕射東南蠻奏曰有海賊以千艘積甲十萬人入扶餘國殺其主自立國內已定考新

春在堂隨筆　小浮梅閒話　十

舊唐書並無扶餘國惟高麗百濟並云扶餘之別種也高麗國中有扶餘城武德七年高麗王建武懼伐其國乃築長城東北自扶餘城西南至海千有餘里是高麗方據扶餘城以自固豈他人得襲而有之也又考薛仁貴傳云乾封初高麗大將泉男生內附遣將軍龐同善高等迎接之男生弟男建率國人逆擊仁貴領驍勇赴救乘勝進攻扶餘城遂拔扶餘城扶餘川四十餘城乘風震懾一時送款使誠有虬髯事亦不久殘破矣

演義家所稱名將在唐曰薛家皆薛仁貴子孫也在宋曰楊家皆楊業子孫也薛家事既考之矣楊家事如何余曰楊業諸子見於史者曰延朗延浦延訓延環延貴延彬而延昭最知名即延朗改名也史稱延昭智勇善戰所得奉賜悉犒軍未嘗問家事出入騎從如小校號令嚴明與士卒同甘苦遇敵必身先行陣克捷推功於下故人樂為用在邊防二十餘年契丹憚之目為楊六郎至今楊六郎之名固猶在人口也延昭子文廣以封賊張海功授殿直范仲淹宣撫陝西置麾下從狄青南征後為定州路副都總管遷步軍都虞候蓋亦不墜其家風者此楊家之大略也

因論宋人之最著者曰包龍圖幾於婦豎皆知所傳事實有徵乎余曰包孝肅之為人宋史本傳稱其性峭直惡吏苛刻務敦厚雖甚嫉惡而未嘗不推以忠恕則與世所傳亦小異矣惟史載其知天長縣時有盜割人牛舌者主來訴拯曰第歸殺而鬻之尋復有來告私殺牛者拯曰何為割牛舌而又告之盜驚服則亦頗有鉤距之術世所演為龍圖公案者或即由此也至元人百種曲有斷立太后事此乃借李宸妃事為之考宋史李宸妃杭州人初入宮為章獻太后侍兒真宗以為司寢已而生仁宗章獻以為己子仁宗即位妃默處先朝嬪御中終太后世仁宗不自知為妃所出明道元年疾革進位宸妃薨年四十六後章獻太后崩燕王為仁宗言陛下乃李宸妃所生仁宗號慟尊為皇太后是李宸妃本末如是安有如俗所傳者哉直以為章獻所抑當時本有死於非命之說故傳至後世猶有此紛紜之論耳按王銍默記載有王氏女自言得幸神宗生子令青以繡抱肚為驗趙概包拯鞫得其奸詐狀並處死則與世所傳適相反也而默記又載張茂實太尉章聖之子尚宮朱氏所生章聖畏懼劉后凡後宮生皇子公主俱不留以與內侍張景宗令養視遂冒姓張又云厚陵為皇太子茂實入朝至東華門外居民繁用者迎馬首連呼曰虧你太尉茂實惶恐

執詣有司以為狂人而黥之是當時此等異說甚多宜流傳至今以為口實也

又論狄青事余曰狄青本傳但云臨敵被髮帶銅面具出入賊中皆披靡莫敢當無他異也然起家行伍位至樞密使史稱言者以青家狗生角且數有光怪請出青於外以保全之歐陽文忠集有論狄青劄子極言其以武臣掌機密而得軍情於國家不便且以朱泚事為戒則在當日已嘖有煩言小說家神奇其說固無怪矣清波雜志云向於建康於鄰人狄似處見其五世祖武襄公收儂智高時所戴銅面具及所佩牌上刻真武像世言武襄乃真武神也此即小說家所本

因問宋時貝州王則之亂如俗所傳否余曰王則之亂在宋仁宗慶曆七年冬凡六十六日而平其討平之者文彥博明鎬也王則事詳明鎬傳曰王則本涿州人歲饑流至恩州隸宣毅軍為小校恩冀俗妖幻相與習五龍滴淚等經及圖讖諸書言釋迦佛衰謝彌勒佛當持世州吏張巒卜吉主其謀約以慶曆八年正旦斷澶州浮梁亂河北會其黨潘方淨以書謁北京留守賈昌朝事覺被執故不待期亟以七年冬至叛僭號東平郡王以張巒為宰相卜吉為樞密使建國曰安陽改年曰得聖是張巒卜吉皆實有其人餘則烏有子虛也宋史列女傳云趙氏貝州人王吉辰聞趙氏有殊色使人劫致之欲納為妻趙日號哭慢罵求死賊愛其色不殺多使人守之乃紿曰必欲妻我宜擇日以禮聘賊信之使歸其家家人懼其自陷得禍於賊益使人守視賊具聘帛盛輿從來迎趙與家人訣曰吾不復歸此矣問其故曰豈有為賊污辱至此而尚有生理乎遂登輿涕泣而去至州廨縶簾視之已自縊輿中死矣今小說亦載此事蓋真有之

因問宋江方臘事余曰宋江事見張叔夜傳叔夜再知海州宋江起河朔轉略十郡官兵莫敢嬰其鋒聲言將至叔夜使閒者覘所向賊徑趨海瀕劫鉅舟十餘載鹵獲於是募死士得千人設伏近城而出輕兵距海誘之戰先匿壯卒海旁伺兵合舉火焚其舟賊聞之皆無鬬志伏兵乘之擒其副賊江乃降是宋江降後無使討方臘事方臘事見童貫傳云方臘者睦州青谿人也世居縣堨村託左道以惑眾初唐永徽中睦州女子陳碩真反自稱文佳皇帝故其地相傳有天子基萬年樓臘益得憑藉以自信時吳中困於朱勔花石之擾比屋致怨臘因民不忍宣和二年十月起為亂自號聖公建元永樂蘭谿靈山賊朱言吳邦剡縣仇道人仙居呂師囊方巖山陳十四蘇州石生歸安陸行兒皆合黨應之做宗始大懼遣童貫譚稹為宣撫制置使率

禁旅以東三年四月生禽臘及妻邵子毫二太子偽相方肥等五十二人又韓世忠傳方臘反世忠以偏將從王淵討之時有詔能得臘首者授兩鎮節鉞世忠窮追至睦州清溪峒問野婦得徑即挺身仗戈直前度險數里擣其穴格殺數十人禽臘以出辛興宗領兵截峒口掠其俘為己功是禽方臘者韓世宗也乃生前既為辛興宗冒功而數百年後稗官演說又歸之於武松抑何蘄王之不幸也惟侯蒙傳宋江寇京東蒙上書言宋江以三十六人橫行齊魏官軍數萬無敢抗者其才必過人今清谿盜起不若赦江使討方臘以自贖帝曰蒙居外不忘君忠臣也命知東平府未至卒是赦宋江以討方臘侯蒙有此議而實未之行小說家即本此附會耳又宋江原止三十六人周公謹載其名於癸丑雜誌云宋江晁蓋吳用盧俊義關勝史進柴進阮小二阮小五阮小七劉唐張青燕青孫立張順張橫呼延綽李俊花榮秦明李逵雷橫戴宗索超楊志楊雄董平解珍解寶朱仝穆橫石秀徐甯李英花和尚武松今小說家以三十六人為天罡又增益地煞七十二人而此三十六人中晁蓋不與焉李英亦訛為李應皆非其真也明郎仁寶七修類稿云三國宋江二書乃杭人羅本貫中所編昨於舊書肆中得鈔本錄鬼簿乃元人大梁鍾繼先作載元宋傳記之名而

於二書之事尤多據此知原亦有本因而增成之也

嘗織論傳奇因及崔張事余曰此本唐人會真記夫人而知之矣惟所謂鄭恒者據唐宰相世系表鄭氏二房允伯後實有名恒之人今濬縣有一碑云唐故滎陽鄭府君夫人博陵崔氏合祔墓誌銘給事郎試太常寺奉禮郎攝衛州司法參軍秦貫撰碑稱府君諱恒則即其人也其云高祖世斌曾祖元嘉祖有常烈考探徵按世系表世斌元嘉實有之然恒則敬道之後與碑固不符也據碑恒享年六十夫人以大中九年正月十七日病終年七十有六女一人適范陽盧損之嗣子六人頊珮瑾玘璩琔考金石者謂足辨會真記之誣然此有二碑一碑云府君諱恒一碑云府君諱遇文皆相同疑好事者偽鄭遇碑而易其名以欺世耳未足據也

又及王十朋事余曰此瀾言不足據諸人稱堅瓠集引南窗閒筆云錢玉蓮宋名妓從孫汝權某寺殿梁上題信士孫汝權同妻錢玉蓮喜捨又引聽雨增筆云孫汝權乃宋朝名進士有文集行世玉蓮則王十朋之女也十朋劾史浩八罪乃汝權嗾之史氏子姓怨兩人刺骨遂作荊釵記以玉蓮為十朋妻而汝權有奪配事此二書余

皆未之見未知足據否要之王十朋事與蔡中郎同一不根也

又及西樓記余曰袁子才隨園詩話云龔端毅公定山堂集有觀袁凫公水部演西樓傳奇一首蓋康熙初年事也所云虞叔夜即凫公之託名王子堅先生曾親見凫公短身赤鼻長於詞興莫素輝亦中人之姿面微麻貌不美而性躭筆墨故兩人交好為趙某所忌故假趙伯將以刺之又紀文達如是我聞云西樓記稱莫素輝豔若神仙吳林塘言其幼時及見之短小而豐肌一尋常女子耳以袁紀兩公所言徵之則莫素輝果實有其人

元人雜劇有呂洞賓度城南柳事然則世所傳柳仙其信有之乎余曰此傳訛也據宋傳景望蒙齋筆談云余記童子時見大父魏公自湖外罷官還道岳州客有言洞賓事者云近歲常過城南一古寺題二詩壁間而去其一云獨自行時獨自坐無限時人不識我惟有城南老樹精分明知道神仙過說者云寺有古大松呂始至時無能知者有老人自松巔徐下致恭故詩云然按四庫全書題要云全書即葉夢得巖下放言文然則老樹乃松也非柳也傳寫者誤老樹精為柳樹精遂訛傳為柳仙亦可笑矣洪邁夷堅志岳州城南有呂仙翁詩所謂惟有城南老樹精分明知道神仙過也至建炎中松猶存紹興二十三年大風拔樹無數此松遂枯有道人適至折已仆一枝插於旁呪曰彼處難安身移來這裏活自是日以暢茂即今稱松也道人蓋翁云然則此松當日固在人耳目前豈得改為柳也

坊間有今古奇觀一書襍取古事敷衍成書如許武事見後漢書許荊傳此固本之正史者他如羊角哀事出烈士傳引見文選注吳保義事出紀聞引見太平廣記裴晉公事出玉堂閒話李汧公事出原化記但不云李汧公其餘如金玉奴為紹興間士人事王嬌鸞為天順間周廷璋事芙蓉屏為至正中崔英事鳳皇球為萬歷初吳江錢生事鴛鴦簿為嘉靖間崑山民事百寶箱為萬歷間浙東李生事有情史一書羅列無遺惜情史不注所出書余亦不能言也又蔡女忍辱報仇見祝允明野記蓋亦明代事按七修類稿云小說起宋仁宗時太平盛久國家閒暇日欲進一奇怪之事以娛之故小說得勝頭迴之後即云話說趙宋某年云云然則此書固小說之正宗矣惟以伯牙為俞姓則不可信偏考古書未有言伯牙之姓者不得假借為衰宗生色也

紅樓夢一書膾炙人口世傳為明珠之子而作明珠之子何人也余曰明珠子名成德字容若通志堂經解每一種有納蘭成德容若序即其人也恭讀乾隆五十一年

二月二十日上諭成德於康熙十一年壬子科中式舉人十二年癸丑科中式進士年甫十六歲然則其中舉人止十五歲於書中所述頗合也此書末卷自具作者姓名曰曹雪芹袁子才詩話云曹練亭康熙中為江甯織造其子雪芹撰紅樓夢一書備極風月繁華之盛則曹雪芹固有可考矣又船山詩草有贈高蘭墅鶚同年一首云艷情人自說紅樓注云傳奇紅樓夢八十回以後俱蘭墅所補然則此書非出一手按鄉會試增五言八韻詩始乾隆朝而書中敘科場事已有詩則其為高君所補可證矣納蘭容若飲水詞集有滿江紅詞為曹子清題其先人所構楝亭即曹雪芹也

小浮梅閒話終

薈蕞編

俞樾 著

上海文明書局印行

弁言

吾浙俞蔭甫先生著作等身才華蓋代久已在人耳目間無煩贅述今年秋謝君芹香持先生手輯薈蕞編若干卷走商於鏞欲付手民繙閱一過皆捃摭各書所有忠孝節義等事之可歌可泣者彙萃成書搜羅宏富去取謹嚴大要總以感發人之善心懲創人之逸志不啻詩三百篇於温敦柔厚中寓筆削褒譏之意讀是編者當令成仁取義之志油然自生誠當代之完書斯民之極築也憶先生主講武林詁經精舍亦既有年戊辰歲鏞在精舍肄業半載雖未獲向先生執經問業而挹當牙之餘芬已令人心脾俱沁厥後鐵驅奔走由蘇而滬案螢死守不得覩矣於几杖間而復讀春在堂全集及小品耳郵隱語等書亦足以蕩滌胸中塵俗益復自喜顧竊附於私淑之班今復得是書而快讀之其敢私為己有而不一廣先生覺聾振聵之苦心也乎急商諸尊聞閣主人仿聚珍板排印問世校閱既竣附誌數語於簡端佛頭着糞之譏所不遑計也

光緒七年歲在辛巳小雪後三日山陰後學何鏞桂笙氏識

薈蕞編自序

國朝二百餘年來人才特盛其大者見於金匱石室之書次者散見於名家碑傳之文道光間嘉興錢衎石先生有國朝徵獻錄一書亂後散佚而平江李次青廉訪乃有先正事略之作近者湘陰李黼堂方伯又有耆獻類徵之作蒐羅宏富識者沈之盛心也雖然子夏不云乎賢者識其大者不賢者識其小者愚以為諸巨公之磊落軒天地者不患無傳惟匹夫匹婦一節之奇往往淹沒不著識私心悼之流覽諸家文集隨手摘錄積久遂多不忍遽棄箧而藏之昔唐鄭處采輯異聞成書四十卷名曰薈蕞言多小碎之事如草之小而多也輒襲其名題之簡端云

光緒七年賞沈月曲園居士書

薈蕞編目錄

卷一

雙孝　雙節

奇影子　趙管

謝萬程　宜興民曹姓

郭老僕　昝僕齋

邢瘋子　毛瘋子

黃洪元　顏中和

耕者王清臣　潁州匠

王廣文　徐元英

王都閫嫁難女　劉梅嶋

呂雲奇　徐三瘸腳

采薇子　一壺先生

朱長源　楚壯士

奇奴　田鈍庵

丁公子　錢一本

卷二

沈應奎　吳嘉紀

孫默　申自然

李孺甫　吳伯宗昆弟

黃廷璽弟兄　三烈

劉公言　王次泉

顧繩詒　傅鼎卿

吳野翁　陸周明

雲夢山人　申子純

賓成　陳朗生

劉叁餘　周光緩

鮮快　雪峯

吳鍾庵　汪渢
卷三
俞節孝　邱維屏
餅庵　顧耕石
趙希乾　彭竆
孝烈張公　李一足
白衣先生　殷岳
戴山人　費大受
馬羽長　郈山人
吳湛　馬雲翎
雪灘頭陀　吳雁鶴
牛太初　李栩
東海處士　孫頻庵
二俞
卷四
劉宏甲　徐仁寰
瞿秋崖　張麒
王將軍　蔡舍人
高文彩　李若連
王百戶　陳裒畫
王大本　諸天祐
王義士　劉長庚
五公山人　胡穆孟
某千總　劉龍光
陳繹思和本初　東江先生
王冰庵　毛鶴汀
嚴孝子　白雲先生
卷五

孫將軍　陳鵬沙嚴弓父
華豫原　李復新
韓晉之　齊望子
鄭瀛居　楊安城
呂尚義　孝義吳君
盧必陞　王獻我
謝隱君　李永昌
慶州老人　沈貞孝先生
楊氏雙孝　東氏三節
卷六
曲阜顏氏事　郭海若
咸默　滄浪水樵
高查客　楊藝
王默城　顧玉停
邱天民　隨州牧翟侯
田贈公　范芝巖
李孝子　阮世恩
趙萬全　李晉福
戚弢言　盧象晉
何靜山
卷七
汪龍　蔡文侯
陸德本　姚孝廉
倪懋功　石哈生宋石芝
宋釋之　王時翔
康績　薛孝子
王思榮　王元趾
俠老人　夏羽王

仲子　胡上琛
吴子方　吴隱君
義烈黄公
卷八
周貞靖先生　吴重光
馬生　陳曹二子
張三愛　程士章
吴虚壑　黄孟通
榮小兒　葉尚泉
坦然先生　蔡湘
金丈　八大山人
唐太史　胡孝廉
陸永祺　俞老僕
卷九
金隱君　草庵先生
夏士友　貞憲先生
菊隱先生　唐復思
黄道本　義行孝史
寒支先生　丁隱君
孫藥臣　鐵脚板
唐肇濱　蔣通園
侯夷門　劉勝庵
張士仁　謝振宗
卷十
祝曰三　嘯莊先生
汪霖　姜瑢
傭者誰　鄭賓日
翁運標　項為楷

王林屋先生　王仲韻
袁昌齡　張乞人
姜元凱　牟康民
和州二薛　張淑旺
吴憲　許四先生
尚處士　顧童子
曹起鳳　盧太公
蕭曰曉　許承科
銀查子
卷十一
徐驌　邵如梧
吴澄公　張若筠
董十先生　郭六
張瑛　王敏
董丙齋　洋和尚
温煕水　王次瑶
跣足僧　李松亭
李仲謀　彭梅谷
董靜芳　趙雨亭
葵湖先生　滕家瓚
張星象
卷十二
壽先生　吴鈞翁春
錢繩升　鄧觀瀾
周書昌　吴大始
吴祿堂　許剛中
僧如鵬　何梅生
沈屺望　吴星萃

樵煙野谷　王瘦山
許所望　白廷英
魏興　徐金霖
汪良緒　壽州某孝子
浦近倫　呂德興
戴兆峯　程永傳
江廷燦
卷十三
俞鎮璋　方錦全
徐有章　陳紹箕
孫俌　孫福
沈仁業　李文淵
周顗　胡其愛
張予焯　陳黃中

高士楨　吳氏兄弟
莆田僧　補履先生
打卦者　海老八
汪初　汪楊嚴三文學
萬大賓
卷十四
沈起　蔣之魁
史以慎　藍忠
徐夢麒　盧和
楊老痴　方召
劉日暘　金俊明
翁天章　王武
沈通明　張霖
劉任　曹永鼎

詹學詩　劉宗洙劉思廣
霍亮雅　沈順
孝賊　汪魏美
王征南
卷十五
周夫人　沈雲英
畢著　王秀女
廖氏　李孝貞
林氏雙烈　張氏五烈
女奴紫　濮氏女
蔡氏　董嫗
項淑美　馬烈婦
張有　王孝女
阮貞孝　嚴烈婦

黃氏　羅氏
秀水張氏雙節　常孝女
王去華　王節婦
傅節婦　宋烈婦
謝烈婦　海烈婦
卷十六
秦甯三烈　秦節婦
祁烈婦　沈孝女
唐烈婦　蔡烈婦
郭烈婦　卜氏
郭孝婦　魏烈婦
王氏姑婦節烈　徐烈婦
吳烈女　張烈婦
閩中三烈婦　李貞烈

徐烈婦　冬青女
王氏女　金壇三烈女
梅節婦　仲烈婦
張烈婦　朱貞女
孫婦李孺人
卷十七
陳烈婦周氏　陳烈婦李氏
羅烈婦　節婦陳氏
宋景衛　蔡蕙
王烈婦　朱如五
曹借姑　姜桂
烈婦馬氏　茅貞女
廖氏　馬孺人
殷烈婦　文鸞

章貞女　蔡孺人
林烈婦　貞節林母
龔烈婦　冷節婦
桐鄉諸節婦
卷十八
朱烈婦曹氏　沈烈女
黃烈婦　陳節婦
俞秀　吳珏
孫秀姑　陳三淑
史八夫人　樊烈婦
曹六姑　魯巳姑
馬母　洪烈婦
薛坤　孝婦吳孺人
趙氏老婢　江南二烈婦

蔡貞仙　韓烈婦
卷十九
劉烈母　章孔樣
吳節婦　李氏
五烈　司貞女
許福弟　唐鳳鸞
萬蘭娥　周孝貞女
徐催　宋烈婦
李貞孝　顧節婦
武昌縣某節婦　吳節婦
陳劉氏　伍五姑
張貞女　黃氏
鮑烈女　段烈婦
卷二十

林烈婦　陳貞婦
黃氏　楊烈女
張烈婦　林娃
胡氏張氏彭氏　王貞
支貞女　蔣貞女
袁烈婦　林貞女
朱烈婦　張烈婦
萬節婦　祝貞女
江小娘　朱節婦
沈貞婦　許謝氏
史烈女　姚烈婦
王貞女

薈蕞編卷一

清　曲園居士纂

雙孝

秦郵王君新畬篤行長者也歛配陳先刲股療姑疾後一載新畬又刲股救其父病皆愈新畬夫婦歿鄉人榜其堂曰雙孝見李蓮舫竹賞集

曲園居士曰春秋二百四十年人材可謂盛矣而左傳以頴考叔冠首重純孝也余掇拾舊聞託始於此亦左氏之義歟此事不記年月李蓮字助庵順治乙酉舉人則此事必在國初也

雙節

郝生名奇遇字會明世居栢鄉城南之西汪里甲申之變郡城失陷郝生聞之不勝痛憤謂其妻趙氏曰我欲死義爾其能從乎妻曰夫子將蹈高節妾請先之其夜即飲藥死郝生不舉哀不成服次日昇而瘗之祖塋之側令兩弟召其親舊與之永訣親舊咸止之曰政不及已不踐其難今以草茅賤士而捐軀殉國奚益乎郝生悵然曰嗚呼是何言士固有志身死則心安且吾將以愧夫今之士夫懷二心而事其君者也或又以無後為言郝生慨然曰忠孝豈能兩全哉吾志決矣衆知其志不可回同兩弟更番坐守生舉動談笑如平時旬日後防衛稍疏遂飲藥以死鄉人義而共殮之歟妻趙氏之穴窆焉樹碑於道左曰郝生忠義雙節墓見魏蔚介兼濟堂集

奇窮子

奇窮子者環極魏生以號蔚之舊弁也弁姓易名柏字敬南生而頴異美須髯貌磊落有丈夫氣官洗馬林守備不克終歸焉卜宅數畝蒔花樹石貧不貲性好客典衣充酒資飲不醉不撥醉後或歌或詩動百言多羽音二冬煤盡家人索之則曰屋上椽非吾薪乎成毀吾事耳攜草廬棲之亦不怪客有忠米者傾以易花環列几前除龍諸鳥能語者當聿部鼓吹日或不再食曰胸中兒俗足矣飽何為耶藏古琴玉環各一朝夕摩弄手譜數曲名曰壯士操每一臨絃鳥鳴花笑彈罷抱琴而泣曰此吾生死交也又摩其環曰安得君子兮贈之以白玉後以草廬斂穴地五六尺許妻子同居其中遇元旦服葛衣行市上手攜二子身無完衿裹鹿革緩步各不少亂於里中之大賈巨家投一刺以為賀嗟乎若衆南眼孔中視人之酒囊飯袋規規擁銅臭以為莫予過者不知作何等矣此魏生所謂奇窮子者也為作奇窮子傳見魏象樞寒松堂集

趙登

趙登者真定農家子為趙學博家僕學博謁選得肥鄉登隨之拮据行李頗艱苦有學博同選某子甲見登服勤欲誘以役己乃借役於學博詭為思甚渥且許以妻婦田屋登不肯怫然辭歸仍事學博學博再歷任勝遊挂冠登服勤如嚮昔與學博家析居登乃設筵酌醴奉學博居上坐己奉白鏹數百長跽以獻學博驚曰此何為登曰老僕數年所積願供主朝夕學博辭之曰汝所積吾忍取之耶登泣數行下曰僕身主之身則物皆主物也學博辭益力登泣愈甚不得已取半無何學博念其役久遣還鄉里登泣而去每值歲時伏臘若學博初度登必具雞酒為壽日未出已及門如是者又數年學博謝世登具衰服披髮自其家至哭如喪所生襄事乃返里人曰子何苦如此登曰主恩未可忘也見梁清遠祓園集

謝萬程

謝孝子南陽唐縣人名萬程娶妻李氏是人也事親孝父死不克殯夫婦號泣擗踊里巷慘戚亦不克助萬程目其妻泣若有言不忍李氏知之請自鬻為喪具郡村董官居有王全者先有子七歲而殤悼之遇唐縣道中有翁媼拾而養之遂以為子義不得返乃議置妾以二十四金買李氏李歸馬泣而請曰妾生士家知詩禮翁死不得已而出願早夜供績紝全妾節君德益洪遠必昌欲嗣全許之越明年全子所養其家之翁媼皆死得歸全兒大有以為逃人也愬於觀察使詞連李氏時南陽郡丞漢陽張公名三異有奇政屬之捕王全至偕少男子曰非逃人我子也向掠今歸耳詢少婦何人曰此是我妾非我妾也唐縣謝萬程之妻鬻我為妾妾來惟涕泣不從為妾從織紝而已召萬程康之萬程言所以鬻其妻者張公歎曰古有傭身以葬其親者世傳至孝爾若此可謂孝矣乃笞王大有而畀全金責萬程歸夫婦完聚如初而旌其門曰節孝雙奇見魏宗裔日華堂集

曲園居士曰謝之孝李之節是固奇矣乃王全者亦天下之義士也不旌其門何歟陳書徐陵傳弟孝克當侯景之亂京師大飢賣妻臧氏與孔景行妻不肯辛貰之以其貲養母景行既歿妻歸謂孝克曰往日之事非為相負今既得脫當歸供養遂復為夫婦徐孝克之賣妻養母與謝萬程之賣妻殯父其事正同乃孝克之妻不克完節而歸則以買者非王全也故余反復此事而歎王全高義尤不可及

宜興氏曹姓

宜興民曹姓者有姪逋漕八十餘斛無償其妻已聘未婚妾而他匿奴氏代為整辦皆備至無以償私計曰嘗挾之妻不少補乎已而復念曰吾兒亦有婦將婚其存姪婦而鬻吾兒婦乎戴尹岳修知司漕政得其情慨然歎曰吾不忍無辜士女仳離至此極也雖然公家之賦不可缺也于是計常俸外多方稱貸代償之曹氏子姪之婚姻如故（見周叔高澹木齋集）

郭老僕

郭老僕者明户部尚書侯恂之僕也尚書之子方域有郭老僕墓志銘其文曰老僕名尚十八歲事余祖太常公方司徒公之少而應秀才試以及舉孝廉登進士第老僕皆身從之司徒公嘗道經華山攀崖懸澗而陟且顛老僕則手挽鐵索從馬華山老道士年百八十歲矣謂司徒公曰公貴人也然生平豐於功業嗇於福用此僕一月難作凡有五大難過此壽可耄耋此僕當濟公於難者也幸善視之然老僕殊不事事司徒公嘗遣視南圍之墅久之所司皆荒失命人迹之則老僕自携琵琶與一婦人飲於鹿邑之城門樓司徒公怒斥之不使近戊辰赴官京師老僕固請從至則日酣飲於城隍市積二歲餘以為常司徒公為烏程相所搆下獄顧謂諸僕曰爾輩皆衣食我今誰從我者老僕涕泣拜於堂下司徒公孰視曰嘻爾豈其人耶老僕前曰主人盛時安所事老僕老僕亦酣醉耳今老僕且先犬馬死主人又患難豈尚不盡心力主人不憶老道士言乎自此不飲酒亦不與其家相通從司徒公於獄者七年烏程相與韓城相相繼秉政皆苛深託諸緹校詗察在事士大夫親朋奴僕往往避匿去老僕嘗夜斂衣星出月入以事司徒公初燕女有姚氏者數椽不終餽於賊每曰我當椽官人耳老僕乃偽為官人娶之日取其財易酒食交歡諸緹校者故得終始不及於難後姚氏察知其偽大哭罵老僕以手提其耳齧其面面上痕常滿及司徒公出視師乃以軍官冠將軍冠服將軍服以見姚氏姚氏則大喜老僕入謝司徒公曰老僕嗜飲酒今七年不飲酒此後願日夜倍飲酒以償之久之飲酒積病遂以死（見侯方域壯悔堂集）

昝僅齋

昝宏祖字寅谷自名其齋曰僅學者稱僅齋先生世為懷甯人既大鋮之母先生姑也以姑命召致先生欲官以同知則謝曰親知邀光寵多矣留賓筵中一布衣高歌謔浪不所得更多乎遂告歸卜築桐江之梅渚五十後復避地于龍山之杏花村自

書斗室曰慎無戾忍無辱靜常安儉常足卒年七十八於是大雪深數尺先生旃被起曰吾生也大雪今去亦大雪吾行光潔中至樂也遂瞑（見梅文鼎績學堂集）

曲園居士曰先生書室四語極有味余每誦之故錄於此至昝姓不詳所出廣韻四十八感有昝字子感切姓也是古有此姓矣說文曰部朁篆下臣鉉等曰今俗有昝字蓋朁之譌然則昝即朁字也梅勿庵先生乃以為系出漢相國鄼侯即鄼之省則字當作贊不當作昝恐未足據

邢瘋子

邢瘋子濟陽人賣菜傭也無名字不讀書能道古人忠孝事有母有兄每晨出鬻菜而傳妝或塗墨簪草花或歌或哭童稚羣姍侮之不為意崇禎壬午癸未間行市中口嘖嘖如有所詬詈或詰之輙純筍劇談上自乘輿下迄邑宰尉無不指斥其非時中外大用兵制府閫帥能一一舉其姓名若者貪若者懦若者縱部曲擾掠民若者樹黨行私罔君父有無真偽人不能辨雖顯官悍將概醜詆詛呪之鮮所顧忌且語且泣目眵口涎交下手揮涴人衣聽者恒堵立咸嗤以為狂譏已荷戈去有嘲之者謂爾口喋喋爾肩不脫是擔奈何瘋子瞪目厲聲曰咄咄若謂我若是擔乎是非我不任今朝中宰相閫外將軍誰克任是擔者益嘖嘖不休菜常不鬻鬻則買酒肉奉其母母兄謂非貧家計也共誚讓之瘋子乃據地大哭雜引王祥孟宗事以譬解母始釋一日倩人書一紙實封投官府謗云陳地方利害啟之皆指守令不道事官府初欲朴之左右曰瘋子也不足治僅而獲免甲申流寇破城不見或云死兵死水又云削髮去為僧不知所終（見邢棠學流堂集）

毛癱子

毛癱子者天長縣人胎而癱者也以兩手拄地坐行乞然雖乞人竊好義順治十六年海賊陷江甯天長亦為鹽寇劉澤所據縣令自縊於里巷門數日暴其屍毛適過之泣曰縣爺耶乃殮於演武廳寇平新令至聞其事大義之遂書一竹版署毛為義濟院長旌之於是毛出入乘一丐者肩若騎而行者羣丐屬目甚榮之焉毛既為丐者長而縣歲有給市月有錢遂有草屋三楹一妻一妾而以癱也不設几榻薦草為席妻臥上席妾側席歲時妻妾置酒羣丐上壽賊而羣宴而樂者也一日當除夕妻妾置酒已毛夜半睡熟夢一金甲者攫其衣領起曰上帝直汝矣辭爾一廢人能脫三人死乃又以一手曳其足曰直毛大驚覺備牆走妻妾驚起以大視曰誰敝曰我曰

何為走也。乃告之漢。曰尤猶夢乎。曰醒也。然而錢活三人者。曰昨也。先是。毛於除日乞市側錢而歸。大雨雪。而負之行者凍且僵。路過一鋪遞所。稍休。乃坐毛於几而相拂雪。毛忽訝曰。此中何有呵呵聲。鬼嘯歟。命一丐者曰。入視之。出曰。穴窺一室。有三人。一老者僵卧息絶。一微喘者。而呵呵者。則一壯者也。曰為何者。曰以雀角訟繫役索錢。眞於此。於是毛命丐者曰。疾與酒。丐者從穴進酒。毛令之曰。壯者先飲。又令曰。壯者飲喘者。俄而二人倚酒起矣。又令曰。二起者。扶息絶者而微飲之。頃之鼻有聲。亦起而坐。於是丐者欲負毛以歸。曰未也。又問三人者曰。室能炊乎。曰無。錢毛又出所乞之米與錢。為買薪數束。納於穴而歸。歸而遂有夢之異焉。時毛方語夢於妻。未已而天曙。雀丐到門。相顧大驚。遂擁毛入市。而毛則揚揚步出里巷門。過市屋一市大驚。語夢於市。宋子曰。昔齊人以乞驕妻妾。而毛則以乞行義。不又可驕富貴耶。從數年。有人見之。且鼓腹挺挺。有昂藏氣。豕噫乞人也。能自立若是哉。見宋和倚西軒堂集。

黃洪元

黃孝子名洪元。丹陽人。其父國相。以武斷豪於里中。有虞庠者。與國相同里。不相能。遂發國相陰事。欲致之罪。國相行賄得不坐。庠反以誣受杖。乃僞引謝。具酒食交歡

而私遣惡少年詗國相。會國相被酒夜行。從其後捽項反接之。負以石。沈諸河。里人皆知庠所為也。莫敢問。時孝子與弟某皆幼。其後稍長。微聞之。乃哭告母曰。殺吾父者虞庠也。母急掩其口曰。勿妄言。禍及矣。孝子每號慟。母輒呵禁之。於是中夜飲泣至旦。且椎牀曰。死耳。母亦泣曰。汝父未葬。我老矣。俟我死。則聽汝。孝子始受命。兄弟共適市。數市利斧藏之。虞庠頗自疑。更好言孝子曰。孺子未昏。吾婿汝。孝子陽謝曰。公我丈人行也。得為公婿幸甚。退而切齒曰。賊如欲以而女易我父耶。久之母死。既合葬。兄弟哭拜墓上曰。兒飲血含憤十年矣。今日願與父母訣。遂懷斧往來迹庠。未得間。故事。春社必盛陳優戲。里人觀者環集。初國相亦社時被酒遇害。至是又直社。孝子見庠在社所。馳歸呼弟。各挾斧往殺庠。庠方上坐觀優。意揚揚自得也。孝子直入。肩擠之。謂庠曰。速起。我送汝死。庠起笑曰。孺子醉耶。荅曰。將醉汝血。援斧斫庠。庠應手仆。眾驚。二子橫斧揮其眾。大呼曰。去去。毋當我刃也。皆卻立不敢動。兩斧並下。庠遂死。於是四顧拱手謝曰。某無禮。倉卒乃驚父老。兄弟挾斧緩步出。翌日詣縣自陳狀。有司義之。免其弟。頌繫孝子於獄。康熙十一年四月某日也。後一年。上官竟脫孝子罪。遂去為浮屠。易其名。曰光空。見汪琬堯峯集。

曲園居士曰。太倉陸世儀桴亭集有丹陽二孝子記。亦即此事。惟黃國相為王國相。虞庠為虞翔。吳音王黃不分。而庠翔又音同。未知孰是。國相妻虞氏。洪元弟福元。則可補此傳之缺。又以兩孝子報讐為奉母臨終遺命。亦小異也。

顔中和

顔中和。本名發祥。吳之楓橋人。其父宏仁。順治初。有怨家周昌者。乘亂偕其黨十餘人。誘宏仁閉空舍中。殺之。而棄其首。已顔氏得道旁屍。驗之良是。屢購其首。無有也。及物色殺者主名。知其為昌。連控之於官。不得直。於是宏仁有長子孟和。次則中和。中和年甫十三。痛其父被殺。嘗取析薪斧出礪之。復束稿草如人形。書昌姓名其上。以試斧。如是者數矣。鄰里知者。數易中和。以此為稺子戲耳。即昌聞之。頗心動。然亦未暇備也。逾三年。中和懷斧竊告其母曰。兒將往復父讐。母大駭。搖手止之曰。昌無橋有膂力。汝弱小。何能為。慎勿自速死也。中和奮衣出門不顧。是日直昌市中。中和陰尾之行。昌不知也。行稍前。遽自後揮斧中昌首。流血被面。昌方左右顧。又斧之。而會其母趨孟和尾視弟。孟和趨至。昌已死。兄弟乃相率號於衆曰。盍偕我詣官首罪乎。衆知其言。既至縣庭。中和與孟和爭自承殺人。官不能決。衆從旁分別言之。始下

中和於獄。其母匍伏往視之。且哭且撫其背曰。騃兒。豈不聞殺人者死。顧欲以父子兩命易人一命耶。中和怡然曰。父讐得復。死不憾。其明年。巡按御史錄囚。遂釋中和。而周昌前所與共殺宏仁者十餘人。後先皆病死。臨死時。皆言顔泰如守我。徧體青赤色。若有擊者。或又言泰如幸縱我。泰如者。宏仁別字也。不期年。十餘人無一在者。而中和至今亡恙。汪子曰。顔氏聚居楓橋市中。其先有佩韋者。中和之從祖父也。明天啟中。與衆共訴周忠介公寃。毆殺錦衣衛所遣官校。被法死。佩韋以義。今中和以孝。皆卓卓有立。顔氏信多賢哉。見汪琬堯峯集。

耕者王清臣

天啟初。張元度買田潁南之中村。地多桃花林。元度攜榼獨遊。見耕而歌者。徘徊噎聞。聽之。皆杜詩也。遂呼與語。耕者自言王姓。清臣其名。世為潁人。舊有田。畏徭役盡委之其族。今來為人傭耕。差自適。少曾讀書。略識字。客有遺一書於其舍者。卷無首尾。讀而愛之。故嘗歌。亦不詳杜甫為何人也。問能作詩乎。曰。間為之。遂留共飲。吟一詩。傾榼而去。異日。元度過其家。見舊壁背煤字漫滅。乃燒細枝為筆。所書皆所為詩。經亂。不知所終。見劉體仁文集。

潁州匠

萬曆末年，詹公懋舉為潁監州。召一匠入，公方彈琴，匠立戶外，橋首畫指，若議其善否。公問知其能，使之彈，匠即據坐鼓前曲。詹大驚異，問所自。匠曰：家在西門外，住見賀新者入城，則易酒而出，擔頭常置此，因請解而諦視，及聞其聲，心復甘悅，遂往來受學。公贈之金，不受，曰：匠賤工也，受匠之直而已。詹公時時邀之入，更學其法。匠曰：公琴皆下林，匠有琴，即賀新者所貽，今獻公。果良琴也。如是久之，人終不知匠為監州揖客。見劉體仁文集。

王廣文

王孝子名廣文，台州黃巖甯溪人，農家子也。其父王興，就母夏氏生子三人，孝子居其長。康熙乙卯秋，大兵恢復黃巖，其母并兩弟為披甲所掠，歸于杭州南新橋營中。孝子年十七，乞食尋省，識其所在，計所以贖母與弟者，靡厥貲，乃用利錐穿其脹，貫以鐵索而鎖之，羸胈露胸，沿街募化，血淋淋滿頭項間，見者酸心銷骨，競為醵貲而解其鎖。奈主者高其售，三解而三穿之，舊瘡再合而再創，痛哭顛連，至不能進飲食。一日，藩臬閩諸宰官輦過而遇于途，廉其狀，共相嗟歎，須臾得六十金，持至營，訣兄者尚三金有七，執不放。孝子仰天長號，絕而復蘇。營中有義兵者，不知姓名，自解腰中橐，如數給之，孝子乃得偕其母與弟而歸。見洪若皋南沙文集。

徐元英

徐元英字華國，吳江人也。少貧，與二弟仲季分田。仲曰：季田腴，必易之。相爭不決。華國謂仲曰：我田亦腴，可畀汝，毋與季易。於是兄弟以和。有富家欲以女妻之，華國曰：非吾姻也。及吳氏庚帖至，不發緘，照於日中，識其姓，曰：此吾妻矣。遂娶之，生三子，長卯，次崧，次艮。華國曰：吾惟一子。兩卯艮果殤，惟崧成立。人怪而問之曰：君預知妻姓吳氏，惟有一子，何也？華國曰：吾昔夢神人使吏與我一牒，有文曰：室吳氏，年終四十三，子兩耳佳。兩耳一人也，天定之矣。及病革，家人請禱，不許，曰：命乃在天，何以禱為。遂卒，年四十三。見唐甄圃亭集。

王都閫嫁難女

龍眠王公家裕，以都閫守常德衛，事多惠政，軍民信之。康熙二十一年夏，偶至廠中別門，有老漁伺于外。公謂其獻魚也，呼之，乃前跪曰：民前日捕魚荒洲間，聞呼救聲，望之，乃一女子縛覆舟上，急往解其縛，飲以湯，徐問之，乃曰：妾本南甯張氏士人女，年十八，避亂山谷。大兵克滇，搜獲，欲肆行，妾罵，又毀容，堅拒獲免，猶自誓若昔同所來死不得。師旋，從馬上縛來，又登舟，復縛之舟尾。次桃源白馬渡，與通舟得脫，浮水直人盡沒，妾獨以繫在尾，出水上，不死，流至此三日矣。翁若再遲至，寒餓死矣。今遇翁實再生我。旋解身中所餘簪珥見貽，民不受。女曰：既活我，益厚矣，翁家倘寄信父母來迎，當有厚報。民云：我非望報，但生涯一葉草廬，半間置汝其中，人必猜，報官詰治，則汝我皆受累矣。女曰：翁處既不可，抑思善良有力之家，可轉送收養乎？民曰：人難深信，非眾家即計財貪色，倘以為側室，或轉鬻求利，是我負汝矣。今守常衛王公，君子也，好行其德，必能全汝。女首肯，故民夫婦同載以來。民先詣治前，不得通，因伺於此，求得見公。公亦此女之緣也夫。公立命家人迎至，則端潔婉婉，雖久在兵馬中，閨範凜然。問之，以遭亂故，猶未字。公乃與夫人命女拜為父母，而手持十金出給漁者。漁曰：民今年七十餘，夫婦二人，并無子女，一簑一笠，終老煙波足矣。初不望報于後，何用知姓名為？終不肯言而去。王公既畜女，同己出，又數因人寄信其家，卒無人至。心念女所長，欲為擇配。會有貴州武舉原籍常衛人周名臣，偕兄來常祀祖，晉謁王公。見其年少倜儻，即意屬焉。叩之，尚未娶。及他日再來，遂留飲，同坐有趙某者，周中表兄也。公以意語之。趙驚曰：此殆天緣矣。乃言周於數月前，夢授職歸，拜香火堂，都不見一切神位，惟小屏上書一天字。入內拜其尊屬，則見一女子，持紅絲侍側，飲食甚盛，同飲者為王公玉，相與劇醉，讀史適至東漢秦嘉妻小傳而寤。次日以夢告我，等草相賀，謂授官必得上缺，授後當有姻締之喜，豈知先有此遇，而我公之姓又適符所夢邪。語罷，又一友驚呼曰：王姓非應在公，乃我也。我同姓王，字公玉，天其令我作合哉。蓋此友自岳陽來，公雖與久遊，亦不知其字公玉。周就視公玉，貌與夢中無二，乃拜求執柯。王公欣然報允，以女歸臣侯云。王公施德於不相知之人，拯女以九死，全其身，卒得正耦；漁人救女於死亡中，引見王公，而先後無所取，皆可以風矣。見李念慈谷口山房集。

劉梅塢

劉侶字武功，晚號梅塢先生，蜀之某邑人。登崇禎壬子科賢書，就天官試，得州大夫，秩授滇建水。建水為臨安郡附郭首州，臨守缺，公以司馬攝府事。會所屬阿迷州土酋沙定州叛，破省城，遣勁兵還攻臨安。公竭力捍禦，凡三晝夜，城中大姓內應，不克守。公預以少子付鄉人王之藎，令急去，遂與妾楊氏、何氏率家人大小告天，北面拜

畢以序就縊一時署中同赴義者男女二十六人公因告曰闔室得死所矣遂自於
堂棟之中位投繯氣將盡而寇猝至刃絕其繩爭抱而灌之逾時乃甦寇相謂曰公
胡自苦土師素服公廉威令城下勿驚公家今胡闔室至此各解所縊者二十六人
皆已絕不復生公瞪目大罵以首觸刀鋒血流被面復前奪寇所執刀欲殺賊賊怒
遂反接之置空室中次日拔營去郡民號泣奔視傳呼劉父幸尚在公曰吾守此土
而不能禦寇致寇內竄蹂躪入吾室中且盡死義吾不幸獨生雖符印完庫俱無恙今
百姓仍奉我約束縱朝廷閒而寬我我何以對諸父老又何以對室中就義之二十
有六人耶屢覓死左右護之甚謹公乘間封印綬遁去隱姓名於石屏山中旋落髮
披緇深入雲龍山獨自往還童子亦莫知所適第時見衣袖為淚漬濕亦竟不敢言
朔望或於峯頂北望拜號哭失聲如是者一年忽危坐禪榻數日足不履地但飲水
合許亦不言病一日忽跏趺坐口占一絕句云風雨正迷津南天仗劍人此身應已
度花老故園春吟罷而逝時戊子年五月某日見姚文燮無異堂集

呂雲奇

呂孝子名雲奇字石英太倉沙頭人少有至性談古忠孝事悲憤激壯髮上衝嘗隸
立冰雪中氣勃勃膚理不為動讀陳情出師二表必反覆流涕曰手方正學于忠肅
楊忠愍集心嚮其為人往往中夜起立長嘯聲悽愴如鶴唳乙酉七月清兵昧爽至
奇與父偕匿叢薄中兵得其父欲加刃奇跳身出乞父命兵不聽奇環抱乞代死父
子皆被殺及死奇猶垂首著父胸若吮乳狀見者悲之妻龔氏與奇同志操倉猝殮
其舅裙衵皆盡禮夫次之曰此我夫志也及夫殮引刀斷一指血淋漓悶撲地徐拾
燒爐中曰我誓死如此指左右皆泣下州守白公旌其門曰節孝雙奇見黃與堅願學齋集

徐三瘋腳

徐三瘋腳瀛之野民也世業農未嘗知書識字少時獨知不喜奉釋氏間有釋氏至
門持推遂之覞於塗必毒詈之曰懶奴懶奴及長因痘疔瘋其腳故以瘋腳渾其名
行三人皆曰三瘋腳值明之末耳聞紛紛起義泣對其父曰我家胡不起義父曰癡
兒子我鄉人也而安於農起義胡為瘋腳大恚其父曰懦夫懦夫疾走村學究所詢
忠義二字書法學究寫二字與之歸即裂白布一幅照前點畫大書二字於中明日
揭竿標諸宅前父知之驚墜於牀下裂布折竿大唾其面曰我一家幾死於爾也瘋
腳氣憤裹被卧於牀日無言喚之起不應與之食傾於側積五日母探之瘋腳已僵

矣告其父曰知予胡以死啟其牀五日之飯粒粒猶在見沈寓白半巖廠稿

采薇子

國初縉溪之嶺北有宿於路亭者拾枯枝撫野菜入沙罐煮食之鶉衣百結間入書
館作字題詩詩不可解而字甚工自署曰采薇子見汪有典文集

一壺先生

一壺先生者不知何許人也衣破衣戴角巾佯狂自放好飲酒每行以酒一壺自隨
故人稱之曰一壺先生知之者飲以酒即留宿其家間一讀書欷歔流涕而罷不能
竟讀也嘗往來登萊間與即墨黃生萊陽姜生善然先生對此兩生每瞠目無語輒
曰行酒來余為汝痛飲叩之不答康熙二十一年去即墨久矣忽又來居僧舍每夜
半即放聲哭閱數日自縊死年垂七十矣見汪有典文集

朱長源

朱長源大興諸生乙酉夏豫王下江南郡縣推長源起義兵敗被執隸正黃旗欲宣
府人姜納吾居性佞佛王賜以婦人頗辭不受掌科楊某死於難夫人華墮德勝隊
王賞以賜人夫人難髮以距王既賢長源滋欲賜以婦遣入德勝院恣所擇長源既
聞楊夫人墮是院也遂弗辭見裹佛巾者知其楊夫人大言曰予大興故殉難巡撫
朱之馮子也若道裝予亦道裝大興達毘陵程易與耳毘陵者夫人故里也夫人知
其非常人亦弗辭長源以夫人歸姜家向夕夫人叩長源曰君脫難人於危哀難人
否長源曰為全夫人節非特哀之而已是時姜納吾伏童奴數輩偵兩人而長源據
椅誦佛燭且盡聲益高至曉不輟納吾異之抵夜復令童奴以班伺長源誦如初二
夕伺之又復如初納吾畏興盥洗更衣候門啟抱長源足叩頭呼活佛徐曰君既不
近婦人何貸疣此一受為長源曰此搢紳婦吾非欲妻之欲完若璧以歸恐機洩弗
果吾願故且同室然非誦佛無以明心不意為君偵得幸為我諱毋敗機事也納吾
曰君義動鬼神毋復夕夕苦君為治別室遣老姬侍楊夫人久之聞於王王愈益賢
長源名長源曰君誠異人吾為公合浮屠尖趣長源令夫人具書達毘陵以其母與
弟來王資送之還平江夫人歸踰年長源示微疾跏趺而化見汪有典文集

楚壯士

楚壯士年未二十質精然甚弱也甲申秋奉母來避亂金陵或問其姓曰我楚人也
姓楚耳問其名曰我壯士也名壯士耳家貧不能事生業時乞食市上以養母市上

人笑其態。壯士亦笑曰。我顛也。冬十月。京營大閱。士卒擐攘。馳射擊技。直省兒戲耳。閱畢。士卒斂散。壯士鼓掌大笑。笑罷大哭。哭罷走入場。場中列石鼓二。各重四五百斤。挈而壘之。復手挾二石鼓走場中。周數匝。還分列。再走堂上。取架上刀。可六七十斤重。提走場中。盤辟。舞罷又大哭。哭罷又大笑。有言於馬士英者。召之。或曰。可得之以養母也。壯士笑曰。國賊耳。將取其血以淬吾刀。或曰。不如因之。壯士笑曰。既事之。何可刃焉。亡去。後母死。或勸之走淮徐。謁督師。以貧故不能往。乙酉春。興城伯趙某募勇敢。游應募。頃又匿去。江東張國維者。起授戎政尚書。建節開府金陵。壯士欣然來謁轅門。有偉男子豬眉戟髯。繡服錦幘。佩刀。坐轅門。主謁。壯士敝衣冠。足躡蹀破革舄。揖偉男子而進。偉男子顧而笑曰。是頹然者。奚謁焉。壯士奮起。取壁上勁弓二。並握一開。二弓俱折。見者莫不驚羨。偉男子竟不與晉謁。至日晡。壯士怨發大哭。取所折弓弦疾走去。次日有人云。功臣廟樹底。壯士以弓弦自縊死。見何梁晴江閒集

奇奴

康熙甲子秋。皇帝避暑塞外。有人衣短後。無冠。跪道旁呼萬歲。上聞。止輦問之。對曰。條奏時務十二事。上覽其奏。而未半也。問若何人。對曰。臣北部郎中某甲家奴也。上怒曰。是爾所宜言耶。杖而流諸關外。監行伍伯路問曰。若何為者。朝中人林立。少若言耶。奴仰天歎曰。吾為人奴。雖勞苦。不廢書。見今世務宜言甚多。意頗望當首。或此月不言。必他月也。久之無聞焉。又謂今年不言。或明年。至明年復然。自今以往。不可復待。故迫而為此耳。創甚不能行。未出關而沒。伍伯還京師。告人如此。馮子聞之流涕曰。嗟乎。奴人者不言。適為人奴者言耶。皇帝仁聖。固能虛己納諫者。特不欲以一奴辱朝廷。輕當世士。其尊貴有位君子何等也。是奴。奴其身而儒其行。真奇奴也已。見馮景解舂集。

田鈍庵

田鈍庵名世亨。字子貞。鈍庵者。則以生平所往多與利反。故用之以為號也。先世以武功。為睢陽衛指揮。父時暢。中崇禎辛未進士。為藍屋令。鈍庵幼而失怙。復不見戀於母。家業飄零。一切人世易致之事。至鈍庵而所謀輒左。布政使邱公茂華。藍屋公同年友也。撫州守徵。鈍庵狀州守多方延致至。則親具湯沐。更衣磬折。備主人禮。鈍庵私念曰。以往衣食。不復足慮矣。既而曰。邱公得毋以此去乎。坐未定。邱公左官之問果至。曲周李公。繼來杲撫。鈍庵以年家子上謁。李公存恤周至。許拔其子入庠。入

爭為賀。鈍庵曰。命乎命乎。會當有變。已而學使者以遷去歸德。遂不果。試鈍庵每出雖晴。則曰是必雨。人皆笑之。已而果雨。每訪人近村。則曰是必不遇。人且不謂然也。已而果不遇。持錢入市。則曰是必不得所需。人猶疑其未可知。已而所求之物果告匱。久之。人始共信曰。鈍庵拂逆之遇。識如所言非誕也。見田蘭芳逸德軒集。

曲園居士曰。此等人古亦有之。太平廣記引異苑云。有人姓劉。人若與之言。必遭禍難。惟一士謂無此理。劉聞之。忻然而往。自說被謗。君能見明。答云世人雷同。何足恤。須臾火發。資畜服玩蕩盡。於是舉世號為鵂鶹。脫遇諸塗。皆閉車走馬。掩耳奔避。又引獨異志云。淮南有居客盧嬰。氣質文學。俱為郡中絕人。患以盧三郎呼之。但甚奇蹇。若在羣聚中。主人必有橫禍。或小兒墮井。井幼女入火。時元伯和為郡守。始至。愛其材氣。特開中堂設宴。衆客咸集。伯和戲問左右。小兒墮井乎。曰否。小兒入火乎。曰否。伯和謂坐客曰。衆君不勝故也。是日軍吏園宅。擒伯和業而。此二人視鈍庵更甚矣。

丁公子

丁公子之出亡也。乘一驢而去。念四方無能匿我者。惟故客某。食於吾家久。今往依之。必能庇我。遂疾驅而抵其家。相見輒流涕。匿公子於其內。曰。若深藏。吾入縣察之。翌日還。謂公子曰。吾家村落耳。不足隱公子。縣中某家可居也。乃與公子徒步而詣縣。中途。公子倦不能行。客忽瞋目怒罵曰。汝猶恃汝勢力耶。吾今送汝于官矣。汝不行。吾笞汝。公子大恐。伏而泣曰。公在吾家久。事急相投。公乃作此態耶。客不聽。忽一樵者負薪至。客呼曰。此丁公子也。其與我執而送於官。樵者曰。丁不丁。何與吾事。吾市我薪耳。客曰。痴奴。汝薪值幾何。獲丁公子。有重賞。吾與若公之。樵者曰。信如公言乎。恐有誤。客曰。吾在渠家多年矣。朝夕識之。熟且久。不誤也。樵者倚杖而問公子曰。汝識此人乎。公子涕泣不能言。但曰唯唯。樵者色忽變。鬚髮上指。舉杖擊客首。仆地。遂斃之。謂公子曰。去。吾亦逝矣。問其姓名。不答而去。見鄭康桐下堂集。

曲園居士曰。丁公子不知何人。明史丁汝夔嘉靖中為兵部尚書。以俺答入寇。斬於市。妻流三千里。子戍鐵嶺。所謂丁公子者。殆即汝夔之子歟。

錢一本

錢一本字國瑞。武進人。世稱啟新先生。明萬曆癸未年進士。除江西廬陵令。擢御史。按西粵。嘗疏建儲改期。抗章不避觸諱。又疏論輔臣罪十條。疏俱留中。明年還孟

給諫養浩。杖闕下。株連一本。削籍為民。其學凡經史濂洛關閩書。無不窺。而尤深於易。居家凡二十六年。一日。忽謝友人之鄉。嘗治北城。以寄寓道客自誌。啟土。得宋紹熙錢。背復鐫一元字。臆之。當是紹熙元年。其年為庚戌。以日易月。是歲九月為庚戌。因作詩。有庚戌年逢未易逢。今年九月便相從之句。已歸。果九月庚戌卒。人皆以為讀易前知云。見陳玉璂學文堂集。

薈蕞編卷一終

薈蕞編卷二

清　曲園居士纂

沈應奎

沈應奎。字伯和。號湛源。常州武進人。為人矜氣節。然諾不苟。喜急人難。有絕人力。置鐵簡自隨。意有不平。輒執簡起舞。光上下閃閃。颯拉有聲。舉萬曆乙酉孝廉。公車經費縣山中。與山人昇入古廟。少年數輩。扛巨木椅其門。應奎睨而笑曰。是須數輩乎。揎袖平舉之。一少年指神前石鼎曰。能舉是乎。應奎挈之。行數十步。復置故處。少年舌吐不能合。應奎曰。吾所至。嘗欲陰求天下士。爾等不足為也。拂衣去。河間邸舍有虎食人。觀者環列不敢救。應奎趨曰。奈何縱獸食人。持鐵簡徑入。三撲三避之。又撲簡入目尺許。乃仆。其人已失半面。伏地狂號。望應奎猶作叩頭狀。應奎少時。經鄉之陳渡里土人家。方產牛數月。力猛如虎。人稍近。輒被嚙。土人家釜甑瓶缶之屬。皆無完器。屋且折其兩角。厭苦無如何。應奎瞋目久之。躍身跨牛背。牛奔十里許。應奎舉道旁古樹。并力以兩足夾牛。起懸牛於空。有頃。復措之樹。從容而下。曳其牛。仍來之歸其家。蓋其好奇矜氣力類如此。盧孔禮者。交河義士也。路遇不平。毆其人立斃。繫獄論死。父老聚語。道旁太息。應奎聞之。立詣縣語令曰。方今倭躪朝鮮。交河輪蹄四接。流賊白晝劫行旅。公何不以誤殺貰之。俾部署少年。守閭里。卒有事。可效死力於君。毋徒殺壯士。令因釋孔禮。而語之曰。非吾釋君也。吳中沈某實救之。及應奎下第。復經交河。孔禮同子弟輩伏道左。迎歸。妻女治餐餅上食。兒子持土瓶出沽酒。而里中輩少年。聞沈公來。皆至其家。叉手代孔禮稱謝。又三四少年。持尊酒隻雞至。願與沈公共飲。應奎狂飲大醉。持簡起舞。談說古今壯勇義烈事。激昂流涕。羣少年皆仰天叩頭。誓為沈公死。孔禮再拜把酒曰。孔禮與諸兄弟。既以身許公。公如有事。當率五百人裹糧服矢以待命。惟公之所使之。應奎後官刑部主事。出知汀州。稅監高寀播虐。將由汀入粵。應奎大書榜示。直達會城曰。稅監將入海從倭。抵汀境。太守當傾吏民擊殺之。寀聞。屏氣不敢經汀。尋以繼母病。棄官歸。復起為光祿寺少卿。以東林削籍。年七十餘卒。夫椒山人曰。光祿負絕人之力。又得壯士五百人。思以身許。卒不得用以死。及光祿死。而天下且大亂。思得如光祿者。而不可得。豈非天哉。見陳玉璂學文堂集。

吳嘉紀

吳處士名嘉紀。字賓賢。一字野人。泰州人。家州之安豐場。地濱海斥鹵。居人煮鹽為其性剛悍豪闘遇凶歲即起為盜平居無事口吻憤怨輒殺人處士獨以溫然儒者居其鄉初事科舉後遂棄去閉門窮居蓬蒿土室名所居曰陋軒終日把一卷苦吟自娛晚年善病或并日一食不以告人里人不知也近海多暴風疾雨水湧數丈處士廬舍浸汙每歲水至常及半床井竈盡塌苦吟不輟其為詩工為嚴冷危苦之詞所撰今樂府尤悽急幽奧近代嚴狡之作鮮有過之者周櫟園王阮亭兩公雅重之有陋軒詩若干卷版行於世（見汪懋麟百尺梧桐閣集）

孫默

孫處士名默字無言人無識不識皆稱無言因以字行休甯人遊於揚州居一椽從一奴白衣青鞋蔬食而水飲鄉人多大佑居積於揚糠尚居室衣服飲食伎樂處士望見輒搖手閉目去見通人大儒即折節願交而於寒人畸士工文能詩或書畫方伎有一長必委曲稱說令其名著而伎售於時也然後快以故四方知名及伎能之士多歸之朝一客至即叩諸聞人之名曰某某來暮一客至又叩之不倦處士長身高足深目朗眉被服甚古見其遇風日以扇障面疾行衢巷或踯躅霜雪泥淖知必四方客至而處士為之來叩也見即出卷帙閱袖中纍纍曰此某某作也如是者自壯至老如一日不事生產終其身於交友文字中未嘗涉毫髮私死之日猶啟斂笥理四方友朋書疏授其子其重交好文固如此（見汪懋麟百尺梧桐閣集）

申自然

申自然松江人故明博士弟子豐於財明亡自然棄制舉業散家財結客欲有所為未發謀洩有司捕得之同坐者六七百人皆論斬自然已押西市矣忽有從衆中易之者雖自然亦不自知其故也於是自然得亡去既亡抵家而其家人七十二人以自然為必死皆先期縊死自然之妻孕既懸於梁而胎隕犬守之鄰人之犬欲啖其胎者守犬輒鬭殺之凡殺犬者四而此犬之力竭亦死自然既坐法亡匿家人又盡死孑身奔走天下然善畫以此餬其口轉徙至徐之沛縣有陳昭大者其叔任沛縣教諭昭大從之見自然之畫於淮堤廢壁間善之叩之蒼僧而識自然性嗜酒必極醉醉則歌呼之聲不絕至舉為犬吠而後已昭大詢之不答至踰年然後泫然告昭大曰往者吾婦死於縊而胎隕鄰人之犬爭啖之者吾之犬輒殺之凡殺四犬而吾之犬亦死吾每念之痛心故醉而為犬吠也吾家貴賤七十二人無一生者吾嘗赴西市矣忽有易吾於衆中者而吾不知脫我於死者之為誰也吾於明時為博士弟子不忍故主之亡破產結客今雖家破身亡不悔吾名自然則自然之不必叩吾之名諱也吾為松人則松人之不必悉吾之里邑也然後昭大乃知自然之為人後自杭州貽昭大書曰吾之友陷大獄得三千金可免死吾將貨畫於杭城幾得半矣將之金陵脫吾友於獄則還就子以送終老焉久之自然所謀脫獄者竟論死自然亦於是日扼吭死（見昌方慶文集）

李葆甫

李葆甫名日煒福建安溪人以諸生高等貢入太學能文章有幹略安溪在萬山中與永春德化二邑接壤蔽谷深險菁篁叢蔽盜賊之窟其間者官司威莫能詰順治乙未丙申間海宇輯寧未久所在賊依險以居率掠人索厚賂葆甫有弟携妻挈居山堡一日賊至弟及弟婦與其從子女十二人為賊所擄葆甫徒步入賊營以情告懇更慷慨陳禍福賊感動將盡反其家人子弟有阻之者乃止會得間葆甫弟婦及一從子得出十八人者終無還理葆甫練鄉兵謀劫得之賊所居地名摩頂峰三面皆可攀援而升置邏卒戍守惟山後絕壁峭立非猿猱不能至賊不為備葆甫募得樵采二十人由山後蟻附而上令人截一大竹筩吹之如萬衆聲振林木葆甫則身率鄉兵自山下鼓噪天將明雨驟集泉聲頭洞氣霧瀰漫溪谷咫尺不辨人賊出不意大驚相分觸逃走葆甫遂挈其弟及一從子以歸然尚有八人在賊中賊恚恨糾合餘黨及三縣之脅從者萬人日夜挑戰葆甫冒矢石攻殺五月餘所破皆以數十計葆甫兵嘗不滿百一日立營柵方定軍中無糧先遣五十人運糧城中僅留四十人守柵賊聞之率其衆八百掩至咸相顧失色或勸堅壁勿戰葆甫曰不可賊驟來此必知吾虛實以數百人攻一空柵吾必盡矣不如先迎之與一決四十人者分為二隊以二十人守柵二十人迎賊隔溪水而陣相距五步許賊列營百餘齊發人皆倚樹閒避之賊賊窮渡溪水徑前格鬭二十人反舉礮擊之中其渠帥再發仆其蠢賊黨亂葆甫益率兵合守柵二十人前進格殺數百人相枕藉死者無算賊宵遁葆甫直進至其所還秀才蕭某謂曰君家賊山下賊動靜必知之君第為我言李葆甫安溪男子誓不與若曹共生且早出決戰毋自逃匿山谷間為也秀才具以告賊賊懼僞許還其家口而縲紲如故蕭恥失信於葆甫率其族人子弟與葆甫合兵破賊賊黨盡奔其子弟八人者以歸賊之魁某某走至漳州請降於是三縣山寇悉平有司上其功將不次擢用而賊某降於大帥者為譽所殺賊黨根葆甫刺骨誣以同謀殺人欲深

丈入倖甫罪事雖得白其功亦竟未敘録云（見徐乾學憺園集）

吳伯宗尋弟

吳伯宗山西稷山縣民弱歲喪父母兩弟俱幼相依一日其少者忽失去伯宗訪求數年未得其次者忽又失去伯宗哀切不能已遠近尋覓稍有音問則以負販為名不憚千里庶幾得之後其少者得之都中為高姓人僕高遇之頗厚且感其兄之義謂之曰吾為子善撫以待子訪求次弟有行來時可并歸也時已微聞其次之信乃在甯古塔將軍所部下甯古塔者北去遼陽盛京尚數千里烟瘴失明墮指裂膚之地國家所以處罪人也伯宗慨然與季別曰吾得仲則偕返不返則并吾之妻子屬子矣至則其弟果在彼將軍訟之使部下將領質焉中間伯宗忽躍起不跪將領怒而撲之血被面伯宗徐曰民非敢與官抗適見略吾弟者奴吾弟者皆王法不宥之人也美衣帽平立官側民見弟良家子為奸人誘掠萬里投命官不急明其冤而以罪因相待是以不服將領意悟白將軍歸之自出關至入歷三時其在甯古塔正冬月節候極寒足凍盡見骨兄弟相扶數日行冰雪中僮仆幾不能起嗚呼其懇勤可書也（見李光地榕村集）

黃廷璽尋兄

黃梨洲有萬里尋兄記曰義六世祖小雷府君諱璽字廷璽兄弟六人長伯震商於外踰十年不歸府君魂祈夢請卜之璞茅蚌殼之間茫然不得影響作而曰吾兄不過在域內吾兄可至吾何獨不可至乎蹻屩出門鄉黨阻之曰汝不知兄之所在東西南北從何處尋起府君曰吾兄商也商之所在必通都大邑吾盡歷通都大邑必得兄矣於是裂紙數千繕寫其兄里系年貌為零丁所過之處輒榜之宮觀街市間其兄或見之即兄不見而知兄者或見之也經行萬里三山豫洞八角蠻陬蹤跡殆徧卒無所遇府君禱之衡山夢有人誦沈約盜賊際狼狽江漢行者覺而以為不祥還士人占之士人曰此杜少陵春陵行中句也春陵今之道州君入道州定知消息府君遂至道州徬徨訪問音塵不接一日奏廁置傘路旁伯震過之見傘而心動曰此吾鄉之傘也循其柄而視之有字一行曰姚江黃廷璽記伯震方驚駭未決府君出而相視若夢寐慟哭失聲道路觀者亦太息泣下時伯震已有田園妻子於道州府君卒挽之而歸（見黃宗羲南雷文約）

三烈

濰陽于生娶其妻館穀於益都劉氏生弱冠恂恂雅飭妻新婚綽約修潔明靚常愛憐妝書舍去濰陽近百里抵秋婦思歸甯劉以道艱懼多莽伏止之婦兒女子情不聽愈欲往計即往當編服避暴客婦靚妝一如平時生妻各跨一驢與劉家一僕持徒行不數里秋田中忽呼哨聲五六賊露刃出生跳而逸伏數步外以伺賊急持婦僕奮挺擊之賊叢刃焉遂縶婦婦大呼曰吾父吾夫皆諸生義豈為賊奴所辱以手抉賊面血濺衣襟生聞之奮而前徒手搏賊遂遇害賊恨甚乃支解婦磔其體詰旦劉氏聞行路藉藉往視之收殘屍且棺衾瘞焉其父老諸生來會葬歸痛哭以死踰年流寇陷京師賊黨糾為大盜與一女巫言戕婦時截其足歸置簷間已乾腊取而玩之碧纏緗絢色澤黯淡矣慘哉婦死於夫夫報婦死僕為劉氏僕亦奮梃鬬死使三人者幸而膺國家之任卒有非常勢必抗吮決脰以報君父無難也于生名陞字霞舉婦兒氏僕名三保（見安致遠安靜子集）

劉公言

劉先生諱公言字德白父瑜世襲青州左衛指揮僉事先生其仲子也生有異徵少為文章空明駘蕩一洗程式熟爛之習乃數踏省門不見收輒謝去舉子業專肆力於詩古文詞汲古之餘旁及方術諸家而尤邃於星命之書以人始生年月日所值星辰推人壽夭貴賤不失豪髮淄川韓允嘉累困鎖院先生謂其一生科祿皆會於戊當於是年得舉人以戊非鄉試期疑之迨順治三年山左再開省闈實為丙戌韓果發於鄉及戊戌始成進士其信而有徵皆此類自推命數年七十當死但不喜樂農糾纏狀莽滄頓差異世人耳歲在辛卯年數適符老妻借春鄒家先生閉門獨坐及啟扉先生死矣先生詩最富所著五行之書亦數種鏤版行世者惟投老吟一卷斗數九辨一冊而已（見畢濬文集）

王次泉

世祖章皇帝討平僭逆撫有九有惟天命既去於有明喪厥師凡陵寢所在敕護視加於尤哀懷宗之志而憫其亡也嘗祭於其陵而為文以告之于時民間始稍稍言懷宗梓宮在殯時事初闖賊之禍帝后既崩以車一乘載以出東門外棺以柳木置道旁久之僞府下昌平令葬而不給於見錢時皆僞官無有為意者于是有十人者痛哭相與出家財啟懷宗妃田氏之墓以葬既掘復痛哭各散去十人者既不自言於官而世亦無有跡之者康熙十有四年有王生啟者狀其父之行曰方僞府下

州州藏無一錢請於府府若弗知也復下之州州官必益急吾父聞則日夜泣倡九人者各傾其貲産得錢三百有五十千為請於官迎梓宮而合之于妃墓凡畚鍤斥復之事吾父無不親也又曰墓中有殿異然者二後殿則妃棺在焉梓宮既下常居中后居左而易妃其右梓宮無槨以妃之槨承之后與妃竟不及槨也于是始知十人者有王君而其九人則生亦忘之矣王君諱政行號次泉世居昌平之福會里祖父皆業農不仕君當崇禎末官守備顧瞻天下慨然曰非我所能也遂棄官歸居鄉樂善好施自甲申後益自屏跡然聞人窮急輒救助之歲饑全活人無算嗚呼如君之行皆可書也（見韓菼有懷堂集）

顧繩詒

明仁壽令顧公諱繩詒字敬承故大司馬少保公諱其志之仲子也崇禎庚午舉鄉薦是科得人最盛榜首楊公廷樞外如張公溥陳公子龍鄭公敷教盛公王贊諸賢皆宿負舉望時論翕然一日大會於虎邱諸賢畢集言論風采各各自得酒酣楊公離席起大聲揚觶而言曰吾兄弟中有能為方正學楊椒山其人者乎此爵楊公蓋自謂眾亦共目之顧公應聲起端拱趨出曰小弟能為引爵一飲而盡一坐大驚公生平豈弟多智詼諧滑稽嘗一言傾其坐人人皆解頤指之曰此俊物非龍逢比干也及崇禎末公官成都之仁壽令獻賊破蜀據會城以公循吏得民心因遣人招公公慷慨指天誓不屈即馳馬入學宮縊而死嗚呼公之言驗矣此甲申七月事也（見徐枋居易堂集）

傅鼎卿

臨朐傅國字鼎卿第後授通許令有善政升部郎督餉遼左不如法削籍歸築室亂山中置書萬卷自號雲黃山人以石為門鐫雲黃山人自序文其上望之如阡墓閒綽楔云內置一樓顏曰凝道以木為複道直通寢室外築土為牆垣僅與眉齊每春和出遊必未夜進賢冠肩輿繖去蹻帷具女先適平壽張氏貧不能具嫁裝乃迎歸大為治裝具衣服具鼓樂擇吉日令其壻復行親迎禮其任誕多類此（見安致遠安靜子集）

吳野翁

吳野翁名光字與嚴江南武進人自為野翁傳以見志其略云野翁無姓氏問其年亦不記甲子性不喜城市雖居城市胸中自謂有邱壑也故自號曰野翁翁為人少可而多怪落落然寡所諧於世然又平易近人雖樵夫牧豎相對歡然未嘗有忤於物少讀書每厭章句得古人大意便爾欣然晚年一切度置高閣編茅插籬於中田

桑柘之閒十畝閒閒將終身焉不復問人間世亦不復知有人間世人或謂翁胼胝之業田家亦以此為苦而翁獨甘之無乃不近人情乎翁笑曰吾自樂此不為疲也作苦之餘把壺自傾舉杯邀月不覺歌吟嗚嗚而翁從未嘗以詩酒問世世亦未嘗以詩酒多翁翁所最適意者荊扉晝掩閒居靜坐曰吾於今日猶能置身羲皇以上標枝野鹿庶幾未遠翁自號曰野翁人亦因而稱之曰野翁野翁云（見李容二曲集）

陸周明

陸周明名宇燝鄞縣人也少與錢司馬肅樂讀書慷慨有大志以好事盡其家產室中所有惟草薦敗絮及故書數百卷及卒家中整頓其室得布囊於亂書之下發之則人頭也其弟春明識其面奉之而泣曰此故少司馬篤庵王公頭也初司馬兵敗梟頭於甬之城闕周明思收葬之每徘徊其下一日見暗中有叩首而去者蹤跡之入破屋周明曰子何人其人曰漁人也周明曰子必有異無為吾隱其人曰余毛明山曾以卒伍事司馬周明相與流涕而詣江子雲計所以收其頭江子雲者故與周明讀書錢公之將也失勢家居會中秋競渡游人雜沓子雲紅笠握刀從十餘人登城遊戲至頭所問守卒曰孰戴此頭也者卒以司馬對子雲佯怒曰嘻吾怨家也亦有是日乎拔刀斫之繩斷墜地周明明山已豫立城下方是時龍舟噪甚人無回面易視者周明以身蔽明山拾頭雜稠人而去周明得頭祀之書室蓋十二年矣至是而春明始瘞之（見黃宗羲南雷文約）

雲夢山人

雲夢山人孫斯億字兆孺華谷人也生而慧且美未弱以疹眇七歲能賦詩年十四補弟子員聲稱籍甚久之上書督學棄巾襤冠乘陽巾渡江如淮覽京口三山歷姑蘇汎錢塘徘徊會稽天目之間返憩金陵歷豫章再遊京師日與世外人交不袖一刺還訪鹿門登麥山南謁衡岳東入郢北游蘇門百泉嵩高所至徧覽名勝慷慨懷古長嘯高歌時人莫之測也於時若王元美汪伯玉諸公靡不側席延致山人山人傲然無所屈意有所適往往不謝去浪游數十年未嘗以私干人山人曰吾五十年來足履所歷天下郡國十之五所探名山水十之七所交賢豪大夫士十之九今其休乎遂歸里入元石山中頹然自放以終遠近問字之士日無虛席天下無知不知咸稱雲夢山人山人殆古詩人之狂者也（見嚴首昇瀨園詩文集）

申予純

申氏自按察公夫婦以下世有文筆子純者按察之孫也甫周晬母顧病殁子純啞啞悲啼人以為嬰兒故然及臨殮號泣不休始知其為孺子慕也父異之乃名之曰孝十六歲補博士弟子父嘗病癱雞治子純朝夕吮其毒穢惡之氣浸淫臟腑間遂悶絶恍惚至上帝所帝曰以汝孝特生汝父賜之青冰乃蹶然醒嘔出毒涎數升許父喜曰吾名爾孝不虛矣見朱長孺悲庵小集

賞成

賞成蜀人桐城守將廖應登之小卒也應登以川兵三千防桐崇禎辛巳流賊張獻忠盤居六皖山中數出攻破城邑惟桐城不下賊攻之益急應登輕騎出請救於廬州道出舒城方解鞍飯賊騎突至劫之去因挾還桐城使誘降是時桐城受圍久糧且盡守者皆倦有異心賊知之命應登擇卒中能言為營中素信者使招諭城兵廖舉成許之賊夾以精兵二人加利刃其頸迫至城下成紿曰吾稍覺我使守城兵得見我面我好與語既見城上兵大呼曰我賞成也主將為賊劫回逼我招汝等降幸堅守城勿生異志賊中甚苦西門掘地道穿城今掘皆遇石不能穿且糧盡火藥盡賊本無多餘皆烏合無能為也城中宜速請救兵我拚死報汝城中人知賊急以利刃破其腦且破且號至死號不絶城上人望見之皆焚香叩首守城官亦望而拜造祈割既盡乃止相與哭泣設主即日建祠祀之賊旋解圍去見錢澄之田間文集

陳朗生

陳朗生名昉樅陽人孕十四月而生少負奇氣岸然習舉子業非其好也既試有司不得志益務博覽飲酒自適意於詩好李長吉徐文長於文喜李卓吾諸書然亦隨其意興涉獵而已不竟讀也喜為詩多自撰造不入常格宅故倚山山石磽确塊然壓宅而踞其左君毅欲鑿去之鑿十三年而塊然者悉破除鏟平半壁削立因其方廣搆軒曰石舫內供魯仲連李太白元次山黃山谷王丈成五先生山谷則相傳宅後山為其讀書臺要無所據其四先生出處學術固不同不知君何取而合供之一室也自石舫循半壁上有屋如巢曰舫閣閣中見江及江南諸山色焉閣後為浣齋以課子而江以蕪廣山以益近君每憑檻顧望而大樂之而君之家以罄矣顧好客客益盛時時置酒石舫召妓佐客觴流連日夕皆當產稱貸為之以是益貧崇禎壬午秋流賊從至君方飲於下市酒酣或告曰賊至矣則大罵賊至始奔回家人業已避賊先去君被執至義津橋使負擔不勝斫之仆地死猶背剌十四創斫未殊賊去

復甦自顧頸血淋地成塊撮而吹之俊賊至佯死有二小賊見之曰此血黑竟血也又視之曰陳先生也試喚之若能欲猶可以活因連喚陳先生君微欲喜曰可救矣為合其頸取汗污氈帽燒灰傅之上下縛定扶起擡其首掖以行行至楊老媪家以所掠簪珥絲帛雜物給之屬其善視陳先生也媪視惟謹已稍愈昇歸卒不知二小賊為誰氏子既至家故居盡燬瓦礫滿地即其地蘧廬卧焉是時賊去諸子避賊返朝夕不給諸人出行汲於水際得金數鋌以歸皆黝色似甫出土者君叱之問所從來具以告命諸子隨諸人俱往復得若干於是諸子於瓦礫中捂鼎炊餅日嘗錢數千食飲以足益求醫藥調治創漸合平復如常噫嘻君死而不死乃重活四十餘年更於廢址次第結搆稍復舊觀斯以異矣人謂君性怪癖故遘奇禍其死而不死則以君平生熱腸好施得報也君嘗見有人被誣為賊者其人實非賊須賣補償所失乃得免君慨然解囊如其數償之補得不去同里生負博錢謗以他故告急於君君方當產餘三十金即持付之皖人范生於通市過羅時犯禁為市人裸擊幾斃君以歸為衣襦食飲之事解乃令去其急人難如此然君非有心要人感激值其血性偶動則為之亦不常為也樅陽故有上下市橋以通相傳橋有怪日落輒出魅人君嘗飲下市大醉夜半逃席歸叩門家人見其獨返大驚問之曰一老人提燭送我來徧覓無有是時市門已閉久矣又有請乩於陶氏宅者方縱筆忽停曰陳朗生過門是人狂生且俟其去又一日醉卧鄰人請乩仙至自書姓名則陳朗生也由此觀之君不畏鬼神乃為鬼神所畏又復遊戲鬼神之間豈非狂者哉晚年貧益甚諸子養必以酒得酒卮挂樹枝上往來過其下輒就樹飲醉拾敗葉破瓷片書所得句吟數過棄去以為常改革後禿頂服古衣冠久之冠服敝甚白髮鬖鬖望見相識即引去紙窗土壁上徧書為天下真逍遙叟得世間大自在人袁中郎詩句也死年八十一臨終自為墓志只數語云平生所嗜山水詩酒風月閒靜而已治亂何有哉又自為石舫老人衣制誡子孫不得用世俗禮親書銘旌題為閒翁石舫老人之柩見錢澄之田間文集

劉叅齋

劉若宜字宜之號叅齋皖之潛山人故明兵部職方司主事甲申國變公遯跡浣花庵雜衆為僧賊物色得之絷至營會賊敗倉皇西奔遂得逸改革後歸皖故與公同譜者多列當道交相薦辟皆不就謝以詩曰山僧久卸朝天路只整威儀拜法王自是閉門卻掃絶跡不入城市作不入城說託詞於老貧病不欲以高尚為名也定如

斗大客至促膝而坐僅一傖僮晝諜生於市則自攜茶進客終歲不窺門門外委土成培塿高數尺許送客出則相與攜手一至其上以是為登眺云自為靜室銘曰六尺地半間屋靜則有餘動則不足木為鋪葦為幕冬無甚寒夏無甚燠常寘心時閉目不出戶庭直遊造物背實錄也（見錢澄之田間文集）

周光綬

崇禎十年丁丑永新周孝子以刲股死邑侯閔公命諸生採事實以聞諸生具狀上言孝子名光綬字弱生為邑博士弟子幼有至性父宏謨負才以老抑鬱善怒並是或非其過綬怡然不敢懟父寢疾決年綬晝夜調藥餌坐卧牀側再拜向醫者乞方醫知其不治謬曰人肉可療也綬信為然刲股肉熱而獻之負痛傷筋憊甚寢於別室父急呼綬兒安在綬恐傷父心聞命踴躍跛而來血淋漓不止頃之父病篤綬憂痛不能起遂先其父三日死當刲股時父初不知為子肉食之頗快綬喜復刲其左臂家人覺爭奪其刀竟以此為憾云（見賀詒孫水田居士集）

髯俠

髯俠者武昌舟子不告人鄉里姓名髯長尺許分五綹甚美人呼為美髯艄公目光如炬獨操一舟往來吳越間崇禎時楚黃陳大巖者有文名訪友於金陵賃得髯舟見髯貌怪之既登舟鼓棹如飛暮宿見水牛十餘頭浴於江坊泊處髯以左右手各持一牛蹄擲岸上如拔鼠鼬數擲而盡其行止隨地不擇地而泊每至孤洲荒嶼急灘迅流留連而止大巖患之髯曰吾舟所至海侯所不敢犯陽侯所不能怒也君何怯焉每過壇廟輒詬責鬼神叱咤不休忽大巖見舟尾幔內有二八女郎嫺雅似士族子益怪之而未敢言一日晚起遙望風吹酒帘有惠泉字頗謂髯而能為我市酒乎髯曰諾即索百錢去大巖起招女郎問曰汝誰家人胡從髯遊髯何人耶試私語我我能脫汝女泣然曰妾杭人從父官於粵西及歸舟次湘潭盜夜劫舟殺妾父母一家十人投於江欲掠妾去俄頃髯從他舟至揮刀殺盜十餘人無有脫者妾叩頭請死髯曰吾非盜乃為汝殺盜者今汝父母讐已報吾將訪汝兄弟而歸焉脫無所歸當為汝擇佳壻吾義不污汝勿怖吾也遂令妾入彼舟髯獨宿蓬上風雨雷電無所避所往來四五人相與入蛟宮探虎穴得虎蛟肉為脯佐酒四五人切切私語不知所語云何但見哭笑無端或登山而觀天象歸舟不樂取酒大醉醉復大哭妾不知為何如人也語畢髯持酒脯至大巖迎拜曰吾有目不識異人遂相與共飲飲酣髯曰汝水相逢一言為驗可乎君雖有文無科甲相無子以兄子為嗣兄子亦無祿也大巖拜祈曰貴賤命也得一子承祧窮約所甘心焉髯曰無能為也忽躍然起曰君有子矣吾舟處女有福相知君役偶可配為繼室此女當生五男以君相孫止得一男今日良吉吾為君成之即呼女郎更衣取酒合卺成禮忽以前盜所刦千金歸焉大巖既婚思歸髯一人自挽舟送至九江縣辭曰天下將大亂君其入山自愛吾亦從此逝矣大巖夫婦牽袂苦邀之不可絕袂覆舟而去不知所之其後大巖所嗣兄子果夭所娶舟中女果產五男前四子殤惟季子存（見賀詒孫水田居士集）

雪衣

僧雪衣不知何方人亦不自言姓名國變後所過題壁稱雪衣子遂呼之為雪衣雪衣不誦經不持戒飄然獨行踽踽於江楚閩越間意氣豪上詼諧笑傲旁若無人有贈以錢布者盡以沽酒飲必極醉醉必大罵罵已必撫胸慟哭所寓多在村市與近市儒生樽酒談文終日不倦及拂其枕席則皆淚痕也好為七言詩捷奇抉奧好用險韻僻事見者驚為叔穫而雪衣全不經意醉後走筆頃刻數十首有如宿搆所遊之地詩必盈橐臨去則捲為大束以付酒家曰與爾覆瓿其詩不知所感何事所指何人但見其悲酸沈痛如猩啼如猿號如怒濤崩石如凄風慘雨知為英雄失路無可奈何之詞也至雲陽訪劉安于於舊宦某中丞家值其衆飲安于挽之共飲巨觥屢進竟不與主人交一言酒罷忽指堂上所懸壽軸熟視主人曰誰搆此文安以忠孝許君君亦儼然安受顏何厚也主人以安于故忍怒佯笑曰長老醉矣遂辭去入益陽抵郭天門先生家先生一見即抱頸共哭促膝細語語罷相持又哭留連三月贈以金令遊衡岳下武當自是江楚間無復雪衣杖履矣郭氏子弟問郭先生雪衣何人先生默不應再問強答曰雲間陳卧子其故友也吳人戴翁客永新自言識雪衣揚州興化人姓李名仕魁崇禎壬午舉人曾王監國時受翰林院官（見賀貽孫水田居士集）

吳鋒庵

吳鋒庵名璪字澹元歙人也與伯兄珍會俱太學生席產豐饒風雅擅文學多購古書畫唐宋以來名蹟及商周秦漢彝鼎尊匜圭璧之屬兄弟鑒賞遑旦之間雖鼎革之際然如也乙亥寇亂伯珍會罹于難先是族有無賴子焉獷負勇力號千觔者嘗有憾于伯陰附寇寇至村里咸空舍以避君趣伯避伯謂烏合尋撲滅耳而意殊戀戀書畫玩不能舍督君挈其孥以行而身自守廬不虞千觔之媒於賊也至則盡

掠室中。毀器玩。殺伯。焚其廬而去。君號哭返。乃瘞伯灰燼中。訴之有司。誓必報。及賊平。千劒遠去。君乃衣短衣。躡屩重繭。偕一二邏卒。徧大江南北不得。乃北濟河。憔悴勞皇。面無人色。有識之者憐之。告曰。爾仇在沭陽。君則趨沭陽。遇族子尚木。尚木者。幼爲伯所厚。知仇所在。憤曰。我願執兵以陪。顧夫夫勇。不易聚也。君曰。奈何。曰。有六人可與俱。六人者。嘗因亂殺人亡命江淮間爲駔俠。予習之。於是相與見六人。而告之故。六人弗許。君出橐中金。人畀之五十。泣以請。六人曰。譬弋焉。吾羅之。汝繳之。鸞鳥吾罥之。汝牲之。六人者乃佯謁千劒。與納交。千劒不疑也。一日。六人飲千劒酒。酣。猝起乘之。千劒驚而仆。急抽刀粹中弗及。擒詣蹴人。六人者縲絏之以授君。君起尚木去。弗顧。君告沭陽令。請繫之獄。沭陽令曰。仇耶寇耶。徵之人。吾何越俎焉。君怒。尚木謂曰。不早自決。徒生得失耳。何惄爲。遂夜半手刃。凡所以戕伯狀。恙償之。焚香酹酒。呼凡魂而哭。告成事。千劒垂死。臂縛皆穀。見吳肅公街南文集。

汪渢

汪渢。錢塘人。字魏美。初爲諸生。試輒高等。文奇恣汪洋。頃刻數千言。未嘗懷刺一見當事。與人落落。性不好聲華。時人號曰汪冷。年二十二。中崇禎己卯舉人。未聘婦。里富人欲女女以千金。渢不許。而錢太守以女字之。既成禮。渢從容謂錢氏曰。吾本寒儒。得連姻貴室。所望知禮義。孝事姑嫜。和妯娌足矣。侈靡綺繡之飾。毋庸也。錢氏於是去服飾。屏侍婢。以疏布親操作。乙酉。渢執友大行陸培自經死。渢私爲文祭之。一慟幾絕。內𡢃欲彊渢試禮部。出千金。視渢妻曰。能勸夫子駕。則畀汝。對曰。吾夫子不可勸。吾亦不受此金也。當事或割俸金爲渢壽。不得。卻。坎而埋之。里貴人請墓銘百金。拒弗許。自是嘗出游之天台。居石梁左右。反河渚。徙孤山之匡廬黃山白岳。所至與異人高士游。晚好道。能數日不食飲。有授黃白術者。試之驗。棄去。教以驅役鬼神。亦驗。而棄之。年四十八卒。渢病痰咳五月餘。一日。晨起視日。曰。可矣。命子林蓮具紙筆。自書五言詩十句。投筆就寢而逝。詩曰。大化無停軌。道術久殊轍。住世守頑形。問塗猶未徹。至人本神運。可會不可說。冰泮水還清。雲開月方潔。一旦破樊籠。逍遙從此別。見魏禧叔子集。

會蕞編卷二終

會蕞編卷三

清　曲園居士纂

俞節孝

俞塞。字吾黝。號無忠。發源心性。孝友。好讀書。遇有得。顧影獨笑。坐達旦。忘寢。肌膚紫交。嘗曰。使我爲伊周難。爲孔顏易。或疑且怪。塞曰。士不得志。必不能爲伊周。我欲爲孔顏。孔顏即吾心。孰能禦之。又曰。士不知命。日趨利避害。惑也。塞往年將之邑。計里橐少錢。且餒。黎明出門。遇道上餓夫。輒捐橐予之。已念我餓若何。未幾。渴就泉飲。掬水見遺金一鋌。撥視之。適如鄉予餓夫數。塞於是得不餓。比歸。念古不拾遺金。復出。友贈塞者。如數置泉側。聞者嗤塞迂。塞自信益堅。平居見理明。持論峻。方避亂信州。邂逅楚別山同郡。與塞語。奇之。同郡故江陵相國裔孫也。一日問塞。先相國本末具在若史氏深文。何。塞曰。世詆相國。言過也。塞以爲權相耳。然權之去姦間不容髮。惜當日不勉爲賢相。貽世口實耳。同郡默不應。居白下。窘甚。曾巨猾屬所親操書幣請塞爲子弟授經。歲致脯脩百餘。塞目攜所親曰。若豈能以金餌俞子哉。卻不報。適安人裴書詆塞。有友謂塞曰。是非至今日淆亂久。奈何以口舌爭脂韋。彈謗可也。塞裂背曰。予謨矣。是非不明。故爭。爭而後是非始明。不然。春秋是非二百四十二年。皆亂世。非治世也。塞不意予竟罪仲尼深也。友人慚沮退。塞少工戈法小楷草書。頡頏鍾王。揮毫立就。以善病。涉岐黃家言。輯醫易。自謂不研易理。不能精醫。決諸症治奇中。儕輩雖侈稱其能。非所好也。塞以古大儒自任。恥章句學。天假之年。馴致曾閔無難。不幸年五十死。葬長干破山之南。爲勒其碑曰。故處士俞塞吾體之墓。同學私諡曰節孝先生。見柴自烈文集。

邱維屏

魏叔子邱維屏傳云。邱維屏。字邦士。甯都河東八禧之姊婿也。父如泰。直諒好學。與先徵君爲至交。故特以吾姊字邦士也。或謂邱生貧甚。君女不思啜飯處乎。徵君曰。在我耳。分僮婢田宅錢財嫁之。而邦士性不事生產。內外皆倚辦吾姊。嘗絕炊。姊屬邦士借米鄰家。久不至。使人瞯之。則袖手立塘塍上。看往來行人。姊別借米炊既熟。使人請邦士食。亦終無一言也。爲人高簡率穆。讀書多元悟。生平最得意所自作時文。謂包籠三百年先輩大家之長。而別出機軸。然其所作古文。乃獨爲吾黨所推。性靜嘿。與人對。數日不發一言。不識者以爲村老。嘗不與拱揖。有問之者。日夜言娓娓不依。至爭閧事理，輒高聲氣湧，面發赤，頷下筋暴起如蚓。嘗與予爭辯時文體製及繼統者必爲之予。至坐中人皆罷酒，聲震山谷，旰睢者悉驚，竊不爲止。廉於財，非其義，一介不取也。志意慷慨，若揮擲千金不介意者。所居室若斗大，牀竈雜處，雜陳衣破敝，不能易。然人嘗迎致精舍，衣以裘，終亦著不離。蓋視之與陋室敝衣等云。晚尤精泰西算，易數歷法，皆不假師授，冥思力索而得之。桐城方公以智以僧服來，嘗與邦士布算，退而謂人曰：此神人也。所著易勳說易數歷書高三尺許，皆垂成未竟。他時文雜古文各百數十篇。邦士爲文，深思窮力，一字不輕下，嘗數月數日不成篇。既脫稿，隨手散漫，或爲鼠嚙去，或人傳覽相失，亦不自惜也。予嘗謂邦士和而介，今之柳下惠也，其不恭亦絕似之。邦士年二十三，補弟子員第一。甲申後，棄諸生服，隱翠微山中。死年六十六。（見魏叔子集）

缾庵

吳門楓江之市，有若子焉，人皆稱曰缾庵。或曰守口如缾，取謹言之義；或曰缾窄口而廣腹，善容物者也。缾庵幼失怙，廢學，長自力於學，好文墨士，於賢人隱君子，尤尊敬之。朋友之窮老無所歸者，曰：於我乎養生送死。於是士君子皆賢缾庵。嘗僦小舟，問舟子曰：幾何錢？曰：若干。缾庵曰：未貴甚。如是，汝安得自活？乃增其直。故負販人亦曰缾庵盛德長者。缾庵年六十，家人將觴客，缾庵曰：吾將歸故鄉，以是費爲祖宗祠墓費。吾六十善病，不於此時一拜先隴，更何待耶？於是去，倡建始祖祠，修五世以上墓，拜故舊之隴而酹之，不令其子孫知。事竣，力疾游黃山而後返。識缾庵者曰：缾庵姓吳，名傳鼎，禹存其字，或曰雨岑，蓋徽之休甯人。（見魏叔子集）

顧耕石

顧柔謙，字剛中，居蘇州之常熟縣。父龍章，府學生，早卒，家難蜂起，先世所遺資產園林書畫好玩具以至祠墓之木皆盡。君幼，嘗同兄出門，游有數人擁之行，行乃擠墮大澤中。母忍心動，急呼老僕往跡之，得俱不死。補弟子員，值甲申之變，君哀憤，往往形詩歌，讀者悲之。君二子，長祖禹，次安世。祖禹亦棄舉子業，日侍君臥起。見君常閉門嘿坐，或竟日不食，祖禹叩頭覓饜。君乃曰：汝能終身窮餓，不思富貴乎？祖禹跪應曰：能。汝能以身爲機上肉，不思報復乎？祖禹復應曰：能。君乃大喜曰：吾與汝偕隱耶。遂更名隱，字耕石，署其室曰伐檀。常中夜蹴祖禹起曰：汝他日得志，如舊怨何？祖禹曰：每憶幼時祖母抱兒置膝上，爲言家難及墮大澤中事，祖禹不敢忘。君曰：噫！汝何見之隘。吾家數傳以來頗盈盛，以汝祖之才，而竟中折夭也，於彼何尤？且彼毆我家者，曾有勝我乎？吾苟有力，猶當衣食而覆被之，慎無以前事爲念。且夫同室之中，甯彼以非禮加吾，不可以非禮報。汝謹識之。祖禹博學善著書，甯都魏禧客吳門，見方輿紀要，奇之，曰：此古今絕無而僅有之書也。（見魏叔子集）

趙希乾

趙希乾，字仲易，南豐河東人。幼孤，依其大母，母皆嫠婦，希乾殊有篤愛。家人嘗覩優爲劇，見安安事，即用呼希乾，希乾由是小字安安。既娶婦，以不能事其姑，出之。年十七，希乾母病瘧，希乾念父之死於瘧也，心甚惶惑，請日者卜之。日者遂瞷希乾而嘻曰：危矣，剖心其可瘳乎。聞者皆怪日者語何決至此。希乾心識日者言，歸齋沐浴，中夜起，作疏告神，書遺言付仲父及弟，封識之。即取刀坐牀上，割其胸肉置几間。而是時天大風起，衝其門，希乾輒驚，爲家人知之。頃之無有，希乾竊捫其心，不可得，更反刀剜其胸，腸大出，心終無所取。無何，引刀斷腸數寸，內其餘，裂紙稍窒其穴，呼弟妹起，令取几上肉并腸煮，進其母。是時天既明，其仲父出見，以爲希乾割股也，顧希乾血出處悶絕於牀，乃大呼，謂希乾死矣。久之而甦，比創合，希乾竟無恙。予怪希乾腸已斷不復屬，而嗽飲如恒人，求覩其胸下腸，截竹一筩，貫腹間，筩腰鼻皆有帶，懸繫於頸及背，承所出腸。筩既解，而腸端澀濡濡下。如是不死，死洵不以刀刃哉。（見邱維屏邦士文集）

彭賓

彭賓，字若柯，狀貌古樸如愚，平生少喜慍色，對人終日非問不答。祖志尹，厄於場屋，嘗三副鄉元，卒困窮以死。父兄力學，亦並不見於當時，以此遂絕意，不令賓就學。故生平未嘗從師受書，未嘗應童子試。家多藏書，私竊學焉。然資質過人，好學，通五經，博覽群書，一過成誦，不遺一字。如洪武正韻、箋字彙小注，亦能誦其八九。邑貴胄子弟，各執一經問業，皆析義滿懷而去。爲文章極簡潔秀逸，雖小品題，其轉運結構，游戲滑稽處，無一不從子長、韓、歐中來，以自成其爲古人之文。詩自漢魏至唐宋，皆得其意，而未嘗專學。家貧，拙於治生，年三十未娶，親友斂資醵贈，始得贅潢溪龍舌村廖氏。外舅予硯田五十畝，因學稼，有學稼詩。歲儉賦煩，不免凍餒，稍教授童子，取脩自給，不足則結網罟爲業，有爲罟詩。一襆著十年，既破不能再製，有赤腳詩。（見彭任文集）

孝烈張公

公諱清，緋字玉楚。世居潛山縣北鄉。父純吾公，生三子。長即公，次清憲，次清寀，皆業儒。清寀死，公晝夜哭，憤以頭觸柱，遂眇左目，人咸敬之。其家在城北白玉澗之濱，距城八里。崇禎八年，獻賊焚殺北鄉，舉家逃頭塞。公力勸父避寨上，父不可。時年八十矣。公乃偕幼子超藝侍朝夕。外報賊勢急，父病將革，命公攜超藝去。公痛哭挽父起，父瞋目曰：吾恨不能殺賊，同畢此命。言未訖，氣絕，猶視公。公抱父痛，幾隕復甦。超藝同僕雲滿從容中昇棺，具衣冠以斂。賊將至，滿趣公去。擗踊叱曰：吾身親身也，肉未寒而舍之去，將安歸？汝從超藝伺澗中，倘焚廬，吾以身殉。滿曰：滿年七十餘，敢惜死，願守棺。然茶待賊。公從之，於是蹲伏梁隅，超藝匿廁舍。賊擁入，大索不得，欲開棺。滿奉茶叩頭乞免。賊將加刃，一賊曰：徐之，老僕尚知禮。一賊抽刀進逼其喉，曰：出汝主，貸汝。一賊裂衣布拭膏，繫竿首，將舉火。滿仰屋睨公，公從梁間墮。賊大驚，斬棺。公撫棺哭，以兩手覆棺，手斷，血濺賊手。群賊笑，賊怒，砍公仆地。超藝聞殺公，從廁旁躍出，泣求代，伏公背。賊舉刀斫其首，父子死焉。超藝死年十六，英爽不群。賊悔而憐之，相與移棺中堂，以草覆公父子屍而去。有頃，後堂火發，滿登屋以帚清水撲之，火滅。越三日賊去，滿泣告鄰人，乞兩棺殮主屍，長號不食死。見王猷定四照堂集。

李一足

李一足，名夔，未詳其家世。有母及姊與弟。貌甚癯，方瞳微髭。生平不近婦人，好讀書，尤精於易，旁及星歷醫卜之術。出嘗駕牛車，車中置一櫃，藏所著諸書，逍遥山水間，所至人爭異之。天啟丁卯至大梁，與鄢陵韓叔夜智度交，自言其父為諸生，貧甚，稱貸於里豪，及期無以償，致被毆死。時一足尚幼，其母銜冤十餘年。姊適人，一足亦婚，母召其兄弟告之。一足長號，以頭搶柱大呼。母急掩其口，不顧，奮身而出，斷一梃為二，與弟各持，伺仇於市，不得；往其家，又不得；走郭外，得之。兄弟奮擊，碎其首。仇眇一目，抉其一，祭父墓前，歸告其母。母曰：仇報，禍將及。乃命弟奉母他徙，逸則去。時姊夫為令於兗，往從之。會姊夫出，姊見之驚曰：聞汝擊仇，仇復活，今偏跡汝，其遠避。為治裝，贈以馬。一足益恚恨，乃錫其梃曰：沒棱難砍仇人頭。遂單騎走青齊海上，見漁舟數百泊市，一足求載以濟，捨騎登舟，渡海至一島，名高家溝。其地延袤數十里，五穀鮮少，居民數百户，皆蠻籍。風土淳樸，喜文，無從得師，見一足至，各率其子弟往學焉。其地不立塾，晨令童子持一錢詣師，師書一字於掌以教之，則童子揖而退，明日復來。居數年，積錢盈室，辭去，附舟還青州。六秩邪，不盡日，錢盡散，終不及私。餘遁西

過三峽，越晉歷甘涼，登華岳，入於楚，抵黔，植視歷閩海吳越間，各為詩文紀遊二十餘。乃反其家，仇死，所坐皆赦，母亦没，發其墓大哭，數日不休。自以足跡徧天下，恨未入蜀，會邵陵劉觀文除夔守，招之同下三峽，遊白帝，歸梓諸山，著依劉集一卷。其弟自母喪，不知所往。一日，欲寄弟以書，屬韓氏兄弟投汴之通衢。緯如其言，俄一客衣白，裕幅巾，草屨，貌與一足相似，近前揖曰：我張大英也。見書已，棲言訖不見。辛巳，李自成陷中州，諸鄉韓氏兄弟避亂至泗上，見一足於塗，短褐敝履，須髮皆白，同至玻璃泉，談笑竟日，數言天下事不可為。問所之，曰：往勞山訪徐元氣。韓笑之，一足正色言曰：此山一洞，風雨時披髮鼓琴，人時見之，此三國時徐庶也。約詰朝復來，竟不果。甲申後，聞一足化去。先一日徧辭戚友，告以遠行。是日鼻垂玉筋尺許，端坐而逝。袖中有周易全書一部。後數月，濟人有在京師者，見之正陽門外，又有見於趙州橋下，持梃佇立，慨然若有思者。見王猷定四照堂集。

白衣先生

新安有隱君子，曰吳浩然，諱道爵，休寧陸溪人也。當明社變革之際，徵聘烽燧四起，鄉先輩正希金公既以孤臣誓死，而閭里豪猾鱗集，先生知其勢必終潰，與其玉石俱焚，不若潔身遁世，乃至虞山家焉。自是身被白衣，雖至市衢，未嘗變服。素不喜酒，後忽嗜之，飲輒酣，醉輒哭，識者悲其隱衷，非酒狂也。先生湛深經學，尤留心於世務。當明之季，慨慨然有所為，既以易代隱居，遂絕口不言時事。門弟子問業者趾相錯，惟與講說經義，若及帖括，輒睥睨不屑也。先生行既高，邑中遂以白衣先生稱之。識其名者，往往為之格邪悔過，部鄭康成王彥方復出也。有司欲舉鄉飲賓，先生固卻，乃止。臨歿戒勿立墓碣，以許平仲識得韓處之語為恥。先生介然特立之志，信可表白於後世矣。見彭定求南畇文集。

殷岳

殷岳，字伯巖，先世自山西遷鶴濮，父太白，仕至陝西按察副使。楊嗣昌誣以逗遛，當坐法，而副使以病卒。先生再疏為父乞遺骸，歸自漢中。及家，京師已陷，先生遁居西山，與弟淵討賊事。淵被執，不屈死。永年申涵光素與先生為友，留城中，聞賊索先生急，募死士夜馳與賊戰，脫先生於難，遂渡江同游吳越，逾年乃還。吏部按籍除先生知睢甯縣事，布袍皂帽，騎驢至官舍，為政持大體，治辦甚著。涵光遺書勸之歸，先生慨然曰：我豈以一官易我友哉？遂力請上官，投劾歸，騎驢出縣門，學宮諸生送之

于郊。先生亟以朝參衣盡與之。仍布袍皂帽還里。所居鄉曰小岱。草屋三間。與涵光晨夕唱和。甚樂也。讀書必窮義理。其拒異端邪說尤力。知睢甯日。有僧用鐵釘木室坐其內。募金錢。男女往膜拜。先生怒欲焚之。僧叩頭乞哀。舁與之杖。里居有祠。曰三教堂。塑釋迦佛像於中。而孔子末坐。先生過之。恚甚。鬻所有田。改塑孔子於中。俾釋迦隅坐。傴僂若奉教狀。既成。為義學以教鄉之子弟。先生產雖破。意欣然自得。（見宋琬安雅堂集。）

戴山人

潘耒戴南枝傳云。戴山人易。字南枝。不詳其世系出處。語操越音。數稱說劉念臺先生及酉戌間事。蓋越之遺民云。來游吳門。年七十餘矣。蒼顏古貌。幅巾方袍。技擅妮喜吟咏。能作徑寸八分書。先師徐俟齋性行高峻。平居閉戶不見一人。特與山人相得。稱老友。先師欲自營葬地。以告山人。山人曰。堪輿家言人人殊。且君無力延致。吾粗明此術。當為君求之。先師沒。僅一嫠婦一孤孫。饘粥不繼。謀葬於祖塋而族人不可。山人曰。某業為俟齋任此事。不得地。一日不了。於是棄絕百事。買小舟偏歷諸村。舟所不至。徒步跋涉。高山荒谷。無不窮探。風餐水宿。無間寒暑。經年。乃得地於鄧尉之西真如塢。價須三十餘金。無所出。耒先以十金成券。餘將徐圖之。會耒有黃廬之游。山人募於人。無應者。乃矢願鬻字以買地。初求山人八分書者。非其人多不應。得者必厚酬。至是榜於門。書一幅止受銀一錢。人樂購之。貲稍稍集。又相旁地當買者并買之。凡四十餘金而地畢入。耒遠遊歸。驚喜過望。既得地。則葬費猶易舉。耒於是力任之。親故聞有助者。而先師竟葬矣。山人非有葭莩之親。釜豆之雅。徒以片言心許。不惜傾身命以踐之。豈非天下之高義哉。（見潘耒遂初堂集。）

貴大受

貴孝子名大受。字任宇。世居吳江西操里。父九湖。母陳氏。甲申乙酉間。盜寇蠭起。盜入人家。輒執其主加楚毒焉。以求賄。或縛去施酷刑。要重賂乃免。賊至西操。孝子扶其父母以避。而父老憊。為賊所得。孝子匿其母。而奮身詣賊曰。此吾父也。老不任事。請釋之。而以我代。賊不聽。劫其父求藏金。父無以應。將兵之。孝子以身蔽父。賊怒。將刃孝子。孝子延頸受刃。賊斫之數四。終不捨父。賊亦感動。曰。真孝子也。難得難得。併其父免之。後十餘年。邑令霍勳以綽楔旌其門。將白之上官。聞於朝。孝子堅讓乃已。（見潘耒遂初堂集。）

馬羽長

馬鳳毛。字羽長。世為揚州如皋人。前朝正德初年。南京雲南道監察御史馬繼祖以忤劉瑾致仕。直聲震天下。先生其五世孫也。高祖孝廉公紳。祖進士公洛。復相繼以顯。德馬一族。幾幾乎甲天下。德馬者。始御史公同朝三馬。時有德馬駿馬惡馬之謠。德馬則公也。先生才氣蓬涌。頃刻數千言。周秦兩漢六朝唐宋諸書。靡所不覽。嘗所為文。世或往往不解。應小試。輒擲筆扼腕大言曰。大丈夫讀書慕義。以名公卿子孫。熟識古今盛衰成敗本末。何必起而為吏乎。生不為將相。得以布衣然諾為里閈所恃。是亦足矣。四方賓客。如吳門金申之。鹽官陳則梁。俱稱莫逆交。他若丹青繪畫方外伎藝諸人。絡繹而歸之者不絕也。性喜潔。蕭然一室。庋數百卷書。日吟嘯其中。審歌曲。解聲伎。畜兒舞女。一曲入微。手按其分寸。酒闌月落。猶流連其音拍而不自已。城外十五里有一別業。曰新莊。四面花木楚楚。日焚香啜茗於其中。泊如也。年六十有六卒。卒之前一日。語其子世芑世芬曰。吾生平讀書數萬卷。今死矣。他無所愛者。其以杜子美詩六本。李義山詩二本而殉我焉。從之。（見陳維崧湖海樓集。）

鄧山人

鄧山人名潛。字滑夫。揚之通州人也。生即聰敏異常兒。顧授以經生家言。則恚甚。不肯讀。或授詩賦古文辭。則大喜。晝夜疾讀不輟。閒操筆為之。則大工。山人雖名家子孫。然家實貧。性又不善治生產。婦。里中小家子也。庸奴其夫。日求去。婦既去。山人貧益甚。拾橡剡薦以自給。性卞急。與人語稍牴牾。輒謾罵。食物多禁忌。間會食。食器中有非山人所素食者。輒叱去不顧也。里中兒爭詬笑之。山人亦不樂居里中。則去而客游。居南中。為李本甯先生上客。客之梁溪。則鄒彥吉先生客之。來吳中。而與王百穀穉登莫詩一晝夜也。客久。不得志。閒一歸通州。而屬有世難。里門譌析。則轉徙於阜之委巷中。山人既無婦。老又無子。僅覓一里媪給晡食。室中止庋書數十卷。門無杜戶。無虞彥或瞰之。則鎚縛其樞耳。生平業數十金。貸諸胥牘濺剝。家息子母錢以餬口。或給之卒不償一錢者。縣令嘗餽以金。一夕為小偷胠篋去。立盡。山人恨且慨。與客語。輒詬罵不絕云。山人於周秦兩漢六朝書無不習。尤善者文選。詩則工五言古詩。精籀篆。善八分書。最攻字學。然畫不少作。著書數十萬言。多為人取去。殘失過半。已刻者州乘資失箴志。鄧山人詩集。（見陳維崧湖海樓集。）

吳湛

吳湛字濟明一字又鄰又嘗自謂匣吟子陽羨人也自祖父來業農有兄四人皆農家者流獨湛幼即穎悟年十八應邑侯校奇之置第一遂補博士弟子員家居食貧久鬱鬱不自樂則從其族子禮部主事吳貞啟游於粵東粵東多佳山水一時名士如黎孝廉遂球陳公子喬生梁孝廉祐逵羅孝廉大觀無不與訂莫逆交暇則御遊覽聞摘其風土人物幽麗可嬉者錄為粵遊日記自粵歸適甲申之變上書廣使者畫其諸生而與里中任元祥吳帝賚諸人隱於詩酒間自吾黨一二人外布識其面熟坐一室時見其讀王陽明龍溪兩先生書或與之談乾竺家言則津津不置又好言丹鉛黃白之術語多蟬連不可曉然卒以死年三十八見陳維崧湖海樓集

馬雲翀

馬翀字雲翎文肅公之孫也君就外傅方課以識字頗有自解其義者不知其所由得也稍長喜為詩詩類李長吉而多為餐霞御風之言嘗夜漏下三十刻不寐則得詩五十章旦起疾書題曰鶴上謠蓋古小游仙之類也吳大司馬留村為縣令知君才拔以冠軍每高會賦詩必速君於坐以誇賓客嘗曰吾今無所得獨得一才子於忠臣之門至今言之輒自喜也壬子舉江甯鄉試兩試禮部不第當在都有欲致君門下者使人微諷意君謝之作靜女吟以自寫好陰行善凡饋粟而衣帛疾與藥而死給之棺下及鳥獸蟲魚歲所縱放不可勝數乃至白死獄之非其罪與活道殣之未殊死者其事至今多在人口靈巖穀菴禪師一見君悵然曰噫此吾二十年前同參某師也師臨寂自言當生此世且必在江南數百里忠臣孝子之家吾心識其言矣一遇之久矣乃今見君舉止性情皆類君亦怳怳不自以為非也復卒依穀菴禪師於邑之柏城菴傳頌悟及病一夕索筆書曰刀所虛空于吾何有十里桃花千溪楊柳遂卒年三十見陳維崧湖海樓文集

曲園居士曰此傳所云文肅公乃馬公世奇也以左庶子死甲申之難贈禮部右侍郎諡文忠本朝賜諡文肅

雪灘頭陀

雪灘頭陀者東吳文學顧有孝茂倫也生而長身玉立秀出人表自少游於陳大樽先生之門為諸生有聲申酉之交焚棄儒衣冠與山陬海澨之客相往來然意氣甚豪擇編傳纂窮日夜不休用是業益困而茂倫固泰然不屑也嘗竊慨於唐人之詩選者承譌踵繆千百年來未能洗刷為之揚搉論次擇其真實者命之曰唐詩英華

搜撫新舊唐書以及紀事藝文志人自為傳臚而陳之虞山宗伯稱其不立阡陌不樹藩棘分曹逃秦煥然復見唐人面目書成凡扶餘日出之國無不爭購於是茂倫詩名及於海外然其自為詩每矜慎不苟作偶有分題擊鉢者恒終日不成一字而閒出片語必雋永傾其坐人人以是益推服之至其訂證經史左圖右史丹黃錯互必窮究根柢不泛泛為漁獵故事故名益大起四方之士有過松陵者必停棹問茂倫起居而茂倫家故貧或不能治鮭菜必具脫粟與之對飯客每欣然一飽而去間有紹者嘗至下榻經旬雖蕭然無宿舂而歡笑宴如人有窮孟嘗之目其郵筒往返所得投贈之作恐發聚如所謂驪珠歲郵諸集往往不甚持擇世或以是譽訛茂倫而爰非茂倫志之所在也晚而須鬢蒼然長肩皓幽幅巾布袍儼如圖畫經生執業者日益進抉摘字句搜討典故之餘必為之追話前輩風流逸事令人聽之娓娓忘倦先自號雪灘釣叟雪灘故在垂虹亭畔為少伯浮家天隨泛宅之鄉海內同人賦雪灘釣叟歌以贈者盈數十百首其臨歿也夢陳大樽先生招之語頗近俗不足傳自為遺令屬門生勿擬私諡親友勿作祭文并令諸子以頭陀殮因更號雪灘頭陀見徐釚南州草堂集

吳耀鶴

耀鶴先生名亮思字幼容姓吳氏廣濟東鄉石港山人也屢試鄉闈不第學宮饑滿貢入春官崇禎十三年有詔拔才歲貢額外更試百人進先生年甫踰四十大宗伯林公欲指耳先生名且以應選而權貴人私其子弟親戚先生無與援攜不與策下物議洶洶先生發憤上疏言皇上求賢適急而臣下奉行濫據皇上求賢愈公而臣下奉行適私上命指實覆奏疏言臣楚人吉楚大學士姚明恭以其弟居恭進兵部左侍郎王道直以其親戚龍納職進背公狗私尤為可歎三疏言指斥閹切關擬奏亮思抉私責奏候任官日罰俸當是時吳貢士三疏稿郵傳徧天下甲申京師陷先生時客金陵馬士英阮大鋮表裏亂政日貴計殺東林復社諸君子先生仰天歎歎曰詩不云乎人之云亡邦國殄瘁已矣遂歸隱石港山不出客至飲以酒酒酣談往昔耳目所覩記事至更闌燭跋不休追論挺擊紅丸移宮顛末皆歷歷指諸掌嘗作山居謝客篇論國家陰陽倚伏之故而追始禍於神宗靜攝之季後人無以易也先生居約好飲偶攜族子歌鄰舍拇陣角勝負族子醉拉鄰人奪仆地詰朝所訟之官族子逃先生就理撫髯談笑若無訟然司理潘君志且以先生抵會王子雲客司理

所言吾老友嘗三上疏發大臣陰事者歸田憊矣褐寬博安能殺人遂平反引為上容茶酒內猶得聞所未聞司理許諾事乃解歸而窮益甚然吟詠不絕口性戇不能容人過然語及孝子順孫義士節婦輒紀述淋漓跌宕不啻親見之也有兒女適姚踰一年寡誓守節歸依先生石瀧居寇至渡江僑居沙洲癸未寇警女晨入呼家人擔松柴瀕江盥沃更衣與往柴圍坐及眉目火起焚死鄉里數千人聚觀太息以為難先生作節姑吟邑人到今傳焉所著有石巖子集若干卷見金德嘉居業齋集

牛太初

牛翁名位坤字調均別號太初世居澤州高平邑父某倜儻磊落好賑施一方推為長者翁生而英穎喜讀經史百家言癸酉挾策試太原會流寇起張甚剽鄉井翁聞中道亟還翼其父避南山之南猝遇賊翁度不獲免策其父疾趨身故遲遲而行委以餌盜父得脫翁遂被執刃及頸者四斷未及喉強以肘衛項血淋漓佯偃臥得免寇稍戢益發憤卒業肆力古今文翼一弟為父歡父尋卒事繼母以孝聞未幾　皇清定鼎翁遂混迹博徒酒人里俠以與自豪絕不復言科舉事生平慕陳同甫為人晚復愛孫太初因為號葺一亭顏曰六宜偃臥其中且讀且耕且賈以餬其口與賢

豪長者語道理衡古今事當否人物高下則雄談橫辯慷慨激直不一字少借以故鄉先生臧否得翁一言為輕重里井中為不義者不畏有司畏翁知翁真不愧太邱云翁生子三長兆捷進士仲兆甲季兆鼎皆鄉學生方翁之脫父患于南山也父潛匿古廟假寐夢神賜青獅二忽一人蒙髮濺血持而去覺見翁來被賊刃創甚如夢狀因鑿石獅子二期翁顯翁不顯而顯其子人嘖嘖以為祥見許汝霖德星堂集

李栩

李栩字蘧蘧戶部尚書精白子潁川人也以明經貢入太學崇禎八年李自成將窺潁栩預畫戰守計與當事者相左栩歎曰潁不可保矣吾先人止二子弟已死吾再死誰主先人祀一日遁去人不知也已而賊屠潁人皆謂李公子死矣忽挾數騎從山東來韎韋跗注結束精嚴人見之驚喜諸避賊遠竄者皆歸倚栩團結栩散家財募壯士三百親教之無不一當百監司謝肇元至始奇其才是年九月賊東奔至茨河鋪栩率兵截殺之賊夜遁去又至焦陂集栩偵其出沒處設伏待之擒賊首白虎神闖塌天等督臣朱大典署栩潁營都司栩謁上官抗言曰前賊屠潁時吾父櫬燬於火吾妻子皆伏節死吾誓不與賊俱生聞者壯之十年八月賊左衿王等突至潁

東門栩城門不閉出謂賊曰識我否賊悉帥伏兵精卒騎視不敢逼栩選健兒乘夜四面砍賊營賊不測其所至比曉渡河走栩提全軍縱擊生擒跳澗虎油葫蘆草上飛等溺死二千餘賊奪回男婦七百口驢牛千餘頭潁城復全捷聞授參將當是時栩威名大震賊相戒不敢犯潁逃賊叛將附栩無虛日然上官請事須賄而後報聞否則阻不行故栩不得盡其所為十五年九月栩已招降賊首袁時中袁時中號小袁營會汴梁陷時中黑跳去而殺賊李奎恨栩前殺其黨過多勸時中叛栩因邀入營議事遂害之於王老人集潁人聞者無不流涕當事亦失所倚為之氣短栩生平喜讀書交天下名士每晨具數百人飯延客分飲賦詩聲伎滿前酣飲達旦遇有警即介而馳有古豪傑風栩雖功不成然數年間河洛陸沈兩淮晏如栩之力也見范光陽雙雲堂集

曲園居士曰據明史流賊傳則杞縣舉人李信者逆案尚書李精白子也投自成改名曰巖說自成勿殺人收天下心又造迎闖王不納糧之謠是李精白之子李信即李巖乃賊也此所云李栩者何人歟又史云杞縣人而此云潁川人則亦不合宜更考之

東海處士

處士姓郭名士髦字斯士號覺海太倉州劉揚堡人幼多病年十三病愈始就傅負笈入城尋師而受業焉學益進文譽隆隆起而省試屢不利疾復作還居海上編茅結廬朝夕海潮聲與誦讀聲相應和意自得也甲申之變妻挈避居他所獨偕其父守舊廬見舍傍池水汪洋指而歎曰此余死所也一夕披衣起見月光滿地潛啟戶而出欲自沈於水適其父睡醒驚呼曰大郎早起何之乎因遷延復返蓋處士之欲以身殉而隱忍不決者徒以親故也及移朝改朔舊居屯兵無所歸遂寄居茜涇時家業蕩盡以授徒自給未幾父亡自此無意人間事矣年六十五卒弟澥婦未遇亂避兵海南望見兵至恐被辱遂赴海死後見夢於澥曰上帝見憐已得為水神矣附著之亦見處士之家風其清貞義烈萃於一門也見唐孫華文集

孫頖庵

孫頖庵名和鼎字九實頖庵其別號中丞大東公長子也中丞以援勤兵譁見法國論惜之先生痛父以忠勞勤王事死非其罪比晉王裒之傷其父儀而又奉中丞遺教以伍員為父讐君之為非扼憤鬱塞瞶眊煩冤蓋無一日釋懷抱也中丞知兵乃其天稟而又精於西術凡衝堅陷陣制勝設伏道閒用謀運若神鬼至於繕城垣製

器械。咄嗟辦治。人莫窺其際。以書生贊軍事起家。歷職至登萊巡撫。所在有顯功。為勢家所濺忌者所撓。功罪不白。齎志以殁。所著水一方人集。其生平英謀勝算。及所歷勞績。略見此書。而卷帙繁重。先生撮舉要領。以子美出師未捷身先死。常使英雄淚滿襟。分十四卷。綮言紀事。以類相從。枯坐水亭。足不踰閾。稿凡數易。年未及耆。病輻結以死。既彌留。呼其子。不及他事。惟以先集不得行世為憾。中丞死忠。先生死孝。蓋亦不忝前人者已。見趙俞紺寒亭集。

曲園居士曰。明史莊烈帝紀。五年春正月。孔有德陷登州。巡撫都御史孫元化副使宋光蘭等被執。尋縱還。秋七月己未。孫元化棄市。此所云中丞。即其人也。登州之陷。咎由元化。安得云死非其罪。趙家泉乃孫氏之壻。故有曲筆耳。若頴庵者。固不失為孝子。

二俞

義與之賢。有窮而無告以死者。曰俞紱。字佩兮。其弟曰綰。字又申。佩兮之為人也仁而明。强而正。早孤。事母孝。撫待又申甚有恩。又申外若疏簡。內井井有條理。事佩兮不為貌承。中心恭謹甚。佩兮能知人。人賢不賢。一見決。事始萌芽。曰。後當如何。成敗利鈍。無不驗者。又申於人少可。世俗事不屑意。然善清言。詼嘲微中。此其所長也。兄弟並喜讀書。治舉子業。並有名。佩兮弱冠補博士弟子員。愈自奮。念厥先高曾祖故明時相繼為達官。今門户中落不一奮。無以答前人。晝夜刻勵。不問家有無。日用不足。促家人鬻產以給。曰無溷我。又申稍試不利。年未及壯。盡東去制舉文字。自城邑徙居洞山。師蔣偉葊人學為詩。三年盡得其法。帶經抱史。行吟高歌。督家僮治田圃甚勤。盛夏日卓午。戴一笠巡行畔間。呼咤指揮。汗注如雨。神色弗倦。山居十餘年。壬子歲。遘疾幾殆。秋稼被歉。娛食其心。公祖私用無所出。鬻產以給。當是時。佩兮終已不得志。鬻產幾盡。二人自此困於饑寒矣。又申病中受氣訣。病起。益喜養生家言。終日鍵户默坐。廣眾對客。忽閉目無語。求如曩時詼諧嘯歌。邈不可得。佩兮既窮困。縱飲自放。遇事憤懣。飲輒倍蓰。頹然大醉。醉則忘其所之。一日以某事不平。呼酒盡醉。踉蹌夜走。誤入萬山中。虎聲四起。攧蹶山谷。始畏怖。步履如飛。神以火導之。抵山麓居民家。乃免。距所飲地六十里矣。佩兮病且死。呼又申謂曰。吾墓勿題茂才。稱醉鄉老人足矣。又申如其言。不數年。又申亦死。年五十。並不盈佩兮。無子。論曰。余與二俞子交最深。知其人之為賢也。佩兮嚴于臨財。非其應得。一介不取。晚節極貧。守之彌堅。不賢而能之乎。又申既熟神仙方士之說。冠箬冠。著道士服。日以出家為念。緣佩兮病。不果行。及卒。周身附棺。以及葬埋。勻貸自益。不從苟簡。事兄若此。不可謂不賢也。觀人於大且難者。大且難者然。斯無不然矣。見陸棣在堂集。

藝叢編卷三終

薈蕞編卷四

清　曲園居士纂

劉宏甲

劉宏甲。字天繩。單父之城南人也。父字曰具瞻。以康熙十年經歷雲南澂江府。道遠故。宏甲及其弟宏基。奉母趙氏留於家。及吳藩難作。不通問數年。寇平。道復通。宏甲與其弟。亦已先後為弟子員。乃以尋親事。請於母曰。宏基可任子職。願無以兒為念。於是以壬戌七月。攜一僕渡河。越二月。達貴州平越府。及其僕病於旅次。無何僕死。宏甲伏枕痛哭。不知所為。會居停主人王良梧者。素慷慨好義。聞哭聲。訊而心憐之。曰孝子也。若好將息。南行事吾將為若謀。於是良梧為營葬其僕。而宏甲病亦少差。因以言察其意曰。爾有人可共緩急。與俱之澂江者乎。良梧唯唯。有間。又問曰。君以孫弱人不測新定之地。而欲求可與俱。殆非吾所知。可知獨有吾耳。宏甲感極而泣。因以酒酹道路之神。約為兄弟。離平越而去。是時越州土寇起。城鎮戒嚴。常露宿而幸無虞。良梧力也。又宜良縣裁軍劫略路人。大哨坡遇數騎持刃怒逼良梧。良告以尋父事。賊義之。得不死。腰纏外舍衣被於地。曰汝好人。留此衆。而良梧所分挾金。獨以智匿得全。故可資以達澂江。然澂江經歷司已有別員。詢舊所。始知其父任永昌數年矣。宏甲念當更行二千餘里。辭良梧。良梧曰。為德不卒。吾當以為憾。行耳。他無可言者。及至永昌。始聞其父實在騰越州之界頭鎮。州過府治三百餘里。界頭又西行百二十里。瀘水出其東。緬甸八百媳婦。皆在其北。有永昌張姻買一山居焉。而其瞻為其贅壻。宏甲喜。倍道重趼至其門。疾入而呼。有長須出曰。來奚自。且何音似山東。蓋此時昔從任之僕從也。有頃。父亦出。宏甲跽捫其足而哭。父愕然曰。子為誰。曰我子某也。乃亦撫其背而哭焉。於是問家事畢。命宏甲以諸母之禮見張氏。張故賢。亦為慶勞云。乃婉言開導張。意以癸亥十月。奉親還單父。王良梧至鎮遠始別去。其籍本山西平陸。後一年來省。分以田宅。並其弟有妻子於單。成土著。以嘗與宏甲約為兄弟。不忍離也。其後具瞻卒。張氏與趙氏居甚歡。及既葬。亦以疾卒。宏甲附其柩於父。使張之義男宏兆主祀事。以昔母子之養田三百畝畫予之。見盧陽晉尚志堂集。

徐仁宸

徐安世。字明儀。號仁宸。考諱廷錫。號穀我。以長子韶階貴。封中憲大夫。君齒居季。天性至孝。輕財好施。弱冠補博士弟子員。明天啓朝。魏璫用事。令其黨崔文昇來江南。名為督漕。實則乘間抵隙。借以排陷搢紳家。而穀我性嚴毅。素不悅於里黨。遂以官戶誤漕羅織。穀我名以上。於是文昇疏入。緹騎猝至。急命縣令逮人赴淮就質。穀我不得已。拂袖欲往。君牽衣泣曰。大人老矣。奈何遠行。且逆者魏璫柄權。擅作威福。舉朝士大夫俱橫被刑僇。官署一空。而伯兄居官久。為羣小所側目。大人往知必不免。兒願乞哀緹騎。請以身代。死生聽之。穀我強留之。不可。乃行。抵淮。文昇凡坐堂上。詰責君堂下。君反復抗辯。不少屈。文昇怒。杖君。君隨杖下斃。家人輿尸出。悲動行路。猝遇黃冠道者從東方來。熟視之。曰。死者尚可生也。爰取袖中末藥。咒劇處。君立醒。黃冠倏不見。或者歎為神助云。文昇信君死。事得解。君扶創歸。父子相抱大泣。繼復引觴大笑。由是邑中咸稱君孝子。名籍甚。厥後懷宗即位。魏璫伏誅。然國脈已大傷。君遂棄舉子業。鍵關遁世。時時以詩酒自娛。入國朝。與鄉黨二三君子唱酬往還。嘯傲山水。論者謂有陶阮風致焉。見姚欣在陵宗堂集。

瞿秋崖

瞿秋崖。名士履。字縵雲。上海邑庠生。性孝友。父病劇。夜籲天乞減己年。以益親壽。居喪不飲酒食肉者三年。後遭母喪。亦如之。其篤於至性如此。初江南巡撫朱國治性殘刻。尤與士大夫為讐。命守令查逋賦者。臚列其名以上。聞且謂不重懲無以示警。於是闔省搢紳之官於朝者。居於鄉者。或官於四方者。自科目貢監以至諸生。其甲戶之名。有欠一兩或五錢下至於三五釐者。無不被褫革繫囹圄。而郡邑庠中文學之士。無一二存者。秋崖之長兄青岑。時為粵西岑溪令。有政聲。而竟以逋糧錢被逮。秋崖與仲兄為梟相對泣曰。伯氏曾邀恩典。榮及父母。家之賴也。我名可黜。兄名不可玷。于是為纍代其兄下獄。秋崖盡鬻其田。代償厥逋。卒之。青岑以降級免。而秋崖竟坐詿誤。其孝而能友又如此。庚子辛丑間。士之抱奇才負積學。而以此案終其身淹沒不彰者。不可勝數。而秋崖則以友愛得之。於是江東之人。無不嘖嘖操觚之士。無不出其門。咸謂之江東夫子云。秋崖有子曰標奇。其文品一如秋崖。秋崖父子之在里門也。各館於某氏家。歲時伏臘。從館歸。父子相聚談。燭不再跋。不休。及卧。不歸私室。父子必同寢。父抱子足。子抱父足。一若慈母之戀嬰孩。嬰孩之戀慈母。雖頭白未嘗有異焉者。嗚呼。孝子之後。必生孝子。於秋崖父子信之。見張永銓閒存堂集。

張麒

張孝子名麒。字瑞徵。山陰人也。長於京師。十八歲。遭闖賊之變。城陷時。孝子父兆遊

未歸急匿其母他所旋牢其妻賊已大入度不免呼妻倒其首作徊櫃堅扃而身吻
俱斷乃去遇賊縛之榜掠無完膚罵不屈紿賊登樓自後竄踊身下悶絕樓下故亂
石堆無寸隙稱石劃然開身無損忽一老扶杖至二犬躍躍隨之跪請救老人曰
吾覓爾久矣急去吾救爾言畢不見出果免又聞道涉海溺焉若有物負之出得不
死妻被刃亦未殊三日夜氣不絕救之復生終身不怨又為夫置側室乃前十年死
見王源居業堂集

王將軍

王將軍名好智其先山東新城人遷遼東海州衛少從戚將軍繼光游戚甚重之教
以兵法中萬歷某科武鄉試歷任邊疆最久及遼左兵興隸島帥毛文龍麾下年已
五十餘累功至副將將軍為人高顴長須偉幹沈勇多力挽弓八鈞揮雙鐵鞭重斤
二十有四號王鐵鞭後文龍以譖死將軍懼得罪帥壯士五百人入海島漁獵自給
久之聞周將軍遇吉鎮甯武關遂往依焉當是時李自成勢甚張崇禎十七年正月
賊圍太原分兵向甯武周將軍再戰再捷殺賊萬餘人賊益兵來攻戰不利將軍時
年八十每食尚能盡一豬首二鵝謂周將軍曰事急矣我與公共命殺賊庶可退乎
周將軍曰止賊勢大將不支我且死爾無疆埸責無祿胡為爾翁去矣將軍毅然曰
吾豈不食君祿乎今得効死報國恩幸也且公遇我厚我不應死報公乎我八十矣
更何求言罷目閃閃慷慨奮袂推案起周將軍壯之相與痛飲披甲上馬時大風起
沙飛晝晦周將軍出南門當賊鋒將軍由北門出為奇兵横擊之賊列陣十餘里將
軍揮鞭大呼競入賊披靡殺數百人顧賊眾與周將軍勢分不能合或傳周將軍被
圍則深入救之不知所在出則又入賊大驚曰此老將銳不可當難與敵乃選善射
者千人環射之麾下士俱盡將軍力不支遂死周將軍血戰兩日夜殺賊數千人力
竭被執大罵不屈賊磔之夫人劉氏率內丁巷戰亦殺賊無算被磔與將軍三首同
懸市上見者流涕將軍一僕曰王印匍匐亂屍中尋將軍不見見一馬死草澤間泥
沒腹箭集身如蝟鐵鞭一倚鞍旁則將軍之馬與鞭也印大哭即為僂求之得一臂
一束帶臂有誌識之曰此將軍臂也遂以帶繫鐵鞭百之奉其臂與將軍之孫永命
招魂而葬之 見王源居業堂集

曲園居士曰周忠武死甯武將事跡甚著而王將軍事無知者不可不表而出之
也俗傳周忠武為亂箭射死殆即由王將軍事而訛

秦舍人

秦舍人諱傳字公麟京師人也勇敢多智略人有急則毅然出為排解力護持之孫某
者布政使子舍人妹婿也夙無行與舍人有隙闖賊陷都城孫為賊獲索金十萬繩
其臏孫謗曰吾有金數萬匿內兄秦生所得秦金即得賊果繫舍人舍人至見孫號
轉哀號睛突出寸許遽呼曰渠實有金付我釋渠即有金賊喜釋之顧舍人曰金安
在舍人笑曰安所得金賊怒曰若適言有金誑寸磔矣舍人復笑曰非誑也實有金
顧危城中我貧士土垣敗牖數萬金匿何所我蓋受而藏之百里之外公請釋之去
身往過十日無以獻鼎鑊惟公命賊渠共十八人方擁婦人飲酒啃曰此秀才亦通
規雖然而公烏能待而以十日三日可舍人即曰三日可賊大喜縱孫去而與舍人
飲酒大醉期三日後納金無爽舍人歸念計無所出惟罵賊死耳俄道逢一賊從百
許人呵而過顧見舍人大呼曰若非秦郎耶今將安往視之則故孫氏家奴從賊為
裨將者下馬握手慰勞舍人泣告以故奴問十八人名曰此妄耳此甚微何得索人
金郎君無恐即引以見一賊魁請令往縛十八人者悉斬之舍人乃得脫舍人為文
縱横奇宕名重庠校及鼎革益放文益高癸卯始登賢書甲辰成進士丁未授內閣
撰文中書舍人 見王源居業堂集

高文彩

高文彩字奎所京師人初為信王書堂宮龍飛授錦衣衛百戶晉千戶闖賊陷京師
文彩拔刀顧其子必卿曰我布衣從龍得至此不能為國殺賊一死不足報國恩我
欲全家死國爾得無怨乎必卿應聲奮衣拔刀起先自殺其妻文彩亦殺其妻家人
大呼擾亂闔門男女無少長皆手刃之一孫甫數歲乘間匿牀下呼之不應其父頓
足曰惜失此兒父子遂相向自刎越二日其從兄文極使人偵之見屍骸相枕藉驚
哭謂為賊所屠孫聞人聲自牀下走出使者曰若非某郎君耶抱持之哭且問故孫
具言歷歷如成人且曰阿翁連呼我不應我兩日未敢出使者負之歸文極大驚棺
殮之父子猶手握刀不釋 見王源居業堂集

李若連

李若連字方山上林苑人崇禎元年武進士授錦衣衛千戶掌北鎮撫司坐失出降
秩二等革任家居壬午起補南鎮撫司僉書賊犯京師與駙馬都尉鞏永固守崇文
門城陷歸書絕命詞于几曰上林李若連為官不受錢身名豈肯辱清白及黃泉冠

帶縊死。後賊居其宅。見絳衣人舒拳毆之。賊畏之。他徙。人謂李公爲厲鬼殺賊云。見王源居業堂集。

王百戶

王百戶。逸其名。亦京師人。官錦衣。與庶吉士周鍾善。鍾主其家。賊圍城。百戶知不可守。與鍾約同死。鍾佯許諾。城陷。百戶繫兩繯於堂。酌酒謂鍾曰。此我兩人報國時也。鍾俯首默不應。百戶又曰。君名重當時。死即千秋。不則不值一錢。我平日重君。以君讀書稱學者。今可猶豫持兩端乎。鍾唯唯。頃之易服竊出降。百戶追及門。力挽之。鍾絕帶去。百戶歎曰。周鍾降賊。不唯負國。且負我。國家設科目取士。所得乃若輩。亡國宜矣。我不忍與同生。乃縊。見王源居業堂集。

陳袞壹

陳袞壹。逸其名。以字行。鳳陽諸生。幼喜兵。好奇計。岸異有大志。鄉里一男子。忽歐袞壹門。直入叩頭求救死。袞壹叱曰。若狂耶。我初不識若。何罪。我何力救若死。男子曰。我夜夢鬼卒攫去。曰汝應死。某惶泣竊生。過一廟。卒曰。廟中神可活汝。某曰。何神也。曰。此汝邑陳君袞壹也。遂挾之入而覺。言罷。復叩頭流涕。固以請。袞壹大笑。書赦汝二字擲之。曰吾赦汝。其人欣然謝去。遂無恙。袞壹由是益自負。巡撫鳳陽朱大典聞其名。聘之。不能用。三上書閣部史公。亦不用。汝甯大俠劉扁子者。聚鄉勇數萬。保山砦拒賊。獨與袞壹深相結。會南都潰。扁子自盡。其衆亦散。久之。袞壹不自聊。歎曰。吾不能爲將相封侯。當作神仙。白日超舉耳。遂棄家爲道士。游五岳。徧歷九州名勝。求神仙。涉海數萬里。訪三山。西過洱海。北出嘉峪關。東北越松花江千餘里。乃神仙卒不可得。而袞壹且老。歸語人曰。神仙必可得。但未遇耳。使我壽百年。神仙豈終遠乎。袞壹後頗得延年術。服食導引。年八十餘。精力不衰。見王源居業堂集。

王大本

尉氏有王大本者。諸生。爲賊帥。封伯。京師陷。大本與他賊四人。共得懿安皇后。四賊不遜。大本怒曰。此一代國母。胡可干也。手刃之。懿安死而未廢。顛上高澤生爲余言。澤生字孔霖。留心當年軼事。其言足信。見王源居業堂集。

諸天祐

諸天祐。山東東昌人也。少任俠。喜交游。倜儻有大志。游關中。數年不歸。崇禎十六年。西安陷。關中望風降附。天祐率壯士十八人。入河州據之。募兵千人。欲襲西安。賊遣萬人攻之。大敗。依山結營不敢出。久之。天祐率三十騎開道出山。後偵賊。望見賊無備。乃留騎山上。令曰。我下襲之。若見賊亂。即馳下。乃單騎緩轡詣賊營。賊初不疑。近始呵之。天祐大呼曰。我大膽諸將軍。來取賊首。躍馬繞營走。賊錯愕爭搏之。營亂。三十騎自山上馳下。呼曰。大軍至矣。賊驚潰。天祐擒斬數十人歸。由是名震關中。十七年。賊長驅渡河。向京師。分遣偽權將軍。以精兵十萬取河州。天祐力不支。亡走山谷間。三月。賊陷京師。天祐復起兵鳳翔。凡四十二人。號虎頭。嘗從總制洪承疇殺賊立功。後解去。隱居終南山。天祐遣其將沃廓窓柳谷往請之。虎頭慨然曰。諸公以義召我。我何辭。我年幾六十。尚惜死乎。立起謁天祐。當是時。自鳳翔以北。南達漢中。西踰隴山。砦豪傑莫不暗受天祐約束。賊中亦有期內應者。候天祐大衆集。同日起。天祐猶不能待。與虎頭等出山號。招降諸賊。步騎數千。至即前突之。斬其前鋒將。殺數十百人。初天祐在河州。嘗與賊戰。望見賊中軍大纛。挺戈突入。賊將辟易。橫刺拔纛者下馬。奪其纛馳還。賊將隨後呼曰。諸將軍。我知公天威。今奪我纛。何面目見人。幸哀憐還我纛。天祐大笑擲與之。至是其將適在軍中。目曰。此諸天祐也。賊大驚。益調兵圍之。天祐知事不濟。歎曰。我起兵報國。卒困於此。天也。吾當畢命此賊。馳赴之。賊圍之數重。天祐四面馳突。王某望見曰。事急矣。潰圍入。解甲授天祐。翼之出。遂各脫身走。天祐馬蹶。死於陣。虎頭爲賊獲。大罵不屈死。關中豪傑聞之皆流涕。見王源居業堂集。

王義士

王義士。失其名。山東人。幼業農。嘗從兄耕。時多盜。兄誡曰。慎奴聲。盜聞將劫吾牛。義士方八歲。揮鞭大呼曰。賊來即殺之。兄懼走歸。義士驅牛耕達旦。鄉里皆驚異之。及長多力。善擊刺。精火攻。膽略過人。忠誠出於天性。嘗有友避難。託其妻。義士躡屩挽車。送之歸。關旋千里。未嘗敢仰視。以是名益重。諸天祐者。秦中大俠。號捷善戰。憤逆賊猖獗。欲合義旅勤王。與義士結爲兄弟。部署既定。大衆未集。時四十二人先起於鳳翔。賊發步騎二千急擊之。鼓行而前。天祐以二十人分兩翼逆擊。斬一裨將。殺百餘人。賊大驚。擾亂退數里。復合兵環而進。矢石雨下。四十二人談笑接戰。後殺賊數百。屢戰三日夜。賊益衆。力竭。天祐遂爲賊困。圍之數重。義士大呼躍馬馳入。左手運矛。右手解甲。與天祐。天祐不受。義士曰。天下可無我。不可無公。強擐之。潰圍翼天祐出。四十人爭呼曰。王君真義士也。遂各脫身走。天祐竟以馬蹶被執。前所部署皆解散。義士痛哭曰。兄死。我不欲獨生。生終必爲兄報仇。乃撫其妻子。並辭墓。拐四方

奇士固再興會國變遂隱身蔡晉間或曰今在山東人嘗見其蹤跡瀕海上云觀王源居業堂集

劉長庚

同州諸生劉長庚字醉白少剛介尚義負士望崇禎十六年督師孫公傳庭戰歿賊乘勝陷西安關中望風降服長庚歎曰勢不可為矣乃趨孔子廟哭拜焚衣巾於殿下歸而拜辭祖考登樓痛飲悲歌竟日題詩滿壁上妻黨氏妾雷氏子二女一皆幼謂其妻曰若老矣可無死為我撫二子顧其妾曰若少將安歸妾泣曰君死敢不從君死長庚笑曰信乎妾曰君不信妾請先君死長庚大笑起而揖之指樓前地謂妻曰葬我於此於時拔刀先殺其六歲女繼殺其妾然後從容整衣引帶自縊死其妻葬之樓下邑人聞之皆流涕國初建祠祀之康熙三十七年知州金人望修其祠訪其後人二子死矣獨一孫窮甚餅乃請於學使假以諸生服祀其先又捐金為娶婦置產以延其後云觀王源居業堂集

五公山人

五公山人隱者也隱於五公山故號五公山人王姓名餘佑字介祺保定之新城人負王佐才年七十不遇卒門人私謚曰文節先生初山人父延善縣諸生尚義天下亂散萬金產結客三子長曰餘恪次即山人季曰餘嚴山人出繼世父建善聞賊陷京師山人父率三子及從子餘厚餘慎與雄縣馬魯建義旗傳檄起兵討賊擒偽官郡丞續等斬之大清師入山人父為仇家所陷執入京餘恪餘嚴謀曰父死吾兄弟何面目視息人間仲繼世父不可死吾二人其死之乃赴難夜馳至琉璃河聞人唱伍員出關曲餘恪慨然曰阿弟誤矣吾二人俱死誰復仇者若壯可復仇我死之乃揮餘嚴去自赴京大呼我起義生員王某長子也來赴死遂父子畢命燕市餘嚴歸率壯士入仇家殲其老幼男婦三十口無遺於是急捕山人兄弟會保定知府朱甲易州道副使黃國安力為解乃免山人於是隱易之五公山與太原傅山同郡張羅喆呂申諸子日相切劘嘗集古人經世事為居諸篇十卷萬勝車圖說一卷兵民經絡圖一卷諸葛八陣圖一卷皆霸王大略兵機利害也又十三刀法一卷湧幢草三十卷文三十二卷其為文數千言立就書法遒逸而感慨激烈之致一發於詩與人和易從容簡諒至論忠孝大節談兵述往事目炯炯如電聲若洪鐘或持兵指畫須戟張騰身一躍丈許馳馬彎弓矢無虛發觀者莫不震慄色動曰王先生命世才也

觀王源居業堂集

胡穆孟

胡穆孟閩人其先以武功世襲衛指揮父上琛當唐藩亡國率家人朝服北向再拜仰藥自盡闔門殉難僅餘二子穆孟其長也穆孟少遭變故孤苦無依右衛守備王邦鎮有女素聰明知大義以穆孟忠臣之後因許字焉穆孟將門子韜略騎射少成習慣喪亂無以自効勉應武科拔鄉試而連江沈廷棟以同年友雅善穆孟嘗讀書山寺寺有荒寺至夜輒聞人語讀穆孟潛往窺見燈燭煌煌數十人列坐左右分校簿籍若掾吏狀穆孟竊疑荒山中豈有長吏則會簿書如是其急耶微詢故有對者曰逋者刲逆將與四方有亂民遣兵戈刑獄之所不可數計凡劫中人悉已定此其籍也穆孟試取一帙就視則已名在籍中倉皇自失衆忽不見穆孟自是始戒心淡然無復功名之志矣甲寅靖南王反偽武甲武科以為東騎驍騎諸常侍穆孟堅辭偽命逃之連江就廷棟家廷棟房師為某縣知縣某以事至省廷棟具書幣修候已入城未發也穆孟竊視其書中述靖藩舉動乖亂人心不屬難成大事駭曰此何等語豈可形之筆札聞耶往必取咎因取書潤色之稍隱約其辭自為更書入故紙而廷棟未之知也以付使人至城下為門者所詰索得其書涉誹謗發書刑曹逮廷棟窮治伏辜論死穆孟聞之直奔還謀諸婦曰沈七罪固當然其母老妻艾煢煢未有後若救之痛可念為之奈何婦曰沈母春秋高臨年見愛子受戮必無生理其妻無依亦必偕亡是沈君一死而三人俱斃也君素善沈君安容坐視穆孟曰然今惟吾可以代沈君死但未知卿意何如耳婦曰殺身取義此烈丈夫事也君為奇男子妾甘守愚婦乎若忠臣之後有呱呱在膝下天道不遠必不使胡氏無後孰與沈君有滅族之慘耶君勉之毋以妾為念也顧策將安出穆孟因語之故即赴刑曹具狀自伏刑曹疑之召廷棟與質廷棟實不知易書由爭死甚力穆孟曰書實吾所為此易辨耳今第使兩人各具書書跡同者坐復何辭刑曹然之使書果穆孟筆乃釋廷棟而辟穆孟論決之日王氏設奠西市哭極哀取其首而縫之具衣服殮且市兩棺屬其子於廷棟與穆孟之弟令撫視之而自縊于尸側觀者數千人莫不感激泣下傷穆孟之無辜而歎王氏之烈明年王師復閩贈穆孟官廕其子而沈廷棟亦以武科需次授永定門千總云觀遠方

某千總

京師有金剛寺。蜀僧友蒼居之。萬歷末。一男子甿逸東過寺。友蒼壯其貌。飯之。贈之金。國變後。友蒼南游。過徐州。泊舟登岸閒行。至一寺。時初冬天寒。寺荒落無人居。友蒼排徊太息。見廡下一瞽者。踞而暴。問曰。公何自來。友蒼曰。自京師。曰。京師有金剛寺。曾過來。曰。吾所居也。瞽者矍然起曰。友蒼和尚。公識否。友蒼怪之曰。吾亦與交。但子何由知之。曰。吾曾甿逸東。友蒼飯我。贈我金。我不忍忘。友蒼始追憶其事。大笑曰。我即是也。瞽者驚喜。直前捉其衣曰。公真是耶。伏地拜且哭。友蒼且答且掖之起。而挾之舟中。曰。子何以至此。瞽者曰。我至關東。受知經略熊公。拔為千總。後熊公被逮。久之。聞被戮。予仰天哭曰。國家失熊公。不可為矣。晝夜哭。月餘。淚盡血出。遂以瞽。既廢。又遭亂流離。輾轉無家。行乞於此。友蒼欷歔泣下。飲之酒。大醉曰。我今其可以死矣。夫濤暮別去。次日訪之。自經死矣。見王源居業堂集。

劉龍光

順治乙酉五月。王師破建昌城。明益王遁去。長史劉君某挈家亡匿山中。卒。其伯子龍光。即孝子也。為諸生。先赴試歸。吳未得父耗。憂泣成疾。戊子歲。始決策至盱江時。亂後。藩府毀廢。舊人無在者。邑有張令公祠。宿禱焉。夢中恍惚如聞人語曰。若居石漈者。醒求其地不得。徬徨道左。遇一尼謂曰。石漈在閩廣交。今方阻兵。道塞。有徑潛行。七日可達也。遂如其言。取道往。所過藤峽通仙。一綫天。皆山谷窮絕處。蒲伏晝夜行。數百里不見人煙。最後至白石嶺。嶺陡切雲漢。阪道側者纔六七寸。俯臨不測之淵。捫壁絕險。既上復下。履巉巖。銜虎豹。攢棘披膚。血流殷足。每仰天一號。則陰風颯然。山木悲嘯。瀕於阽危者數矣。嶺盡得村。尋得父所依姚氏居。母嘗攜人在焉。既入門。母子相持而泣。已問知父喪。行一年所。則號絕仆地。久之始甦。居數月。間關興櫬。復侍母而歸。初長史避難數遷。獨攜先世世系圖冊一篋。自歲戊子。母時聞有聲窸窣出篋中。啟鑰無有。閉則復然。一日。母見緋衣人數輩冉冉自篋中出。益大驚。遽宿而孝子至矣。其所居村曰見娘堡。舊傳宋王龍山者。於此見母得名。異矣哉。鬼神幽明之故。君子之所慎言也。而父子骨肉之間。顛沛流離之際。又往往若有陰相之者。非苟然而已也。孝子字犂龔。蘇之長洲人。見姜宸英湛園未定稿。

陳繹思和本初

陳雕。字繹思。金陵人。從父官長沙之湘鄉。遂家焉。為人尚大節。不治生。工詩。字所居一茅廬。書數卷。竹數竿而已。與北方人和本初友善。本初者。其父由武舉官守備。而

本初事文藝。隸善化庠。名藉甚。繹思好游。歷九嶷。登滕王閣。走山陰道上。歲以為常。本初連試有司不得志。亦下舟淮揚間。康熙癸未春。有官粵者。羅本初幕下。本初曰。吾有友陳某。客永新。不相見數歲。能迂道訪之。從公游。其人許之。中途易小舟。邊道入永新。未至。誤墮水死。時繹思從夏萬民幕永新。意忽忽無聊。移寓蕭寺。日買酒爛醉。醉則吟。搖筆如飛。聞狂歌拔劍。呼故人姓名。萬民莫省其故也。本初訃至。疾走撫棺大哭。氣幾絕。家人救復甦。有聞曰。本初為我死。吾何復求活。吾將從好友地下矣。不食卒。兩主人各厚殯之。買舟送歸長沙。人無識不識。皆太息云。見李[illegible]清閒集。

東江先生

先生姓唐。名孫華。字實君。江南太倉人也。別號東江。晚又號息廬老人。九歲。織簾先生顧麟士見而奇賞之。十九歲補博士弟子員。恒為諸生領袖。時復社餘波判二派。曰慎交。曰同聲。各植門戶。張旗鼓爭欲致先生。慎交得之。而彌謐里中張氏有學山園。邱壑絕勝。主人延先生坐園中。順康之間。文風初變。操選政者無慮數十家。坊賈爭請刊布。朴視行否分贏絀。先生乃裒名流傑構。評騭為學山園選本。自是而諸本悉廢。業科舉者人挾一編。若金針寶筏。熟其程度。取青衿登上第。猶掇之也。而先生顧浮沈諸生中。且三十餘年。省試入場屋。常自晦匿。不欲人知。郡鋪中有問字者。竊覷先生卷端。見籍貫姓名。驚曰。乃唐夫子耶。招手相告。語傾號合。聚觀羅拜。請教益。年五十一。始以明經貢入太學。崑山徐健庵司寇一見禮重。時健庵以文章聲氣籠蓋一世。海內名士奉為宗工。既盡出所纂經解。付門生納蘭容若校讐而梓之。請先生曰。惜未與君一一商榷也。納蘭容若者。北門相公之子也。負軼才。不永年。有弟納蘭愷功。方求知名士為師。北門相公遂禮先生。而致之賓館。愷功年富志銳。慧辯過人。每舉史傳僻事疑義以相質難。先生引端竟緒。答無留滯。愷功心厭氣折。後位至六卿。久長翰林。其視諸翰林莫先生若者。先生解組後。存問不絕。為刊詩集若干卷。晚年寄華堂資。而先生始有息廬之築。當丁卯之在北門館也。先生初舉京兆試。明年成進士。年五十有五矣。念太翁春秋高。遂歸侍。時健庵司寇亦去官歸。奉詔修一統志。以書局自隨。開局洞庭東山。廣集賓從。招先生往同事。一時湖山詩酒。縹緗翰墨之樂。望而生羨者。數為神仙中人。健庵卒而局散。北門復移書固邀先生入都。甲戌。太翁趣就選。得陝西朝邑令。上省訪實學。廷臣多舉先生以應。遂召對乾清宮西暖閣。稱旨。改授儀曹。兼於翰林院行走。蓋異數也。明年調吏部考功。又明年典

試浙江撤棘有考功司詿誤處公即脩然而歸自是不復出太翁號丹崖湛深經術為復社眉目先生歸之明年為太翁舉九十壽觴先生年六十有四斑衣華髮人謂老萊子復見也先生之歿也年亦九十父子大耋若東符券致可異云先生為諸生蓋三十年而贏登第仕宦不及十年而優游林下則亦近三十年既歸田謂人曰吾結髮受書五十餘年而於經學未歷其堂奧吾將從事焉吾以懸車之年為鼓篋之始其可哉由是學彌邃癸未上南巡先生迎蹕於吳門納蘭憺功以掌院學士在左右私於先生曰上注意先生先生亦有意復出乎謝曰吾年七十矣即在位義猶當退顧且出何所求耶先生不講道學而見微名理踐履平實不詭宗旨而深達諸相空諸一切飲酒不能盡一卮食恒不令飽嘗云吾見人腰腹偉然善噉兼人卒不過中壽衛生要術肥不如瘦故先生雖末年耳目聰明手足便利或云七十以後令少女同起居長則遣之皆宛然處子也見顧存撰誌

王冰庵

太倉詩人甲吳會百年之中名家輩出推巖領袖皆曰唐玉唐謂東江吏部王則冰庵太守也公名吉武字憲尹別號冰庵公生三歲不好弄惟與之書一冊則反復不

厭五歲痘疹發瀕危而蘇大父作痘吉志喜詩就塾後授以唐律誦如素習師出句索對應如響而句輒新異壬子與經師周章庵同發解丙辰成進士授中書舍人陟民部郎出守紹興治用寬簡迕大吏意甫二年中計典去年五十耳敝廬數椽汙萊二頃日匡坐雒誦不輟公於詩固由天性亦稟家風祖孫父子兄弟人有集而母吳夫人及三女咸工詩家庭無事輒命諸子女拈題分詠夫人為第其高下以為笑樂既嫁至老猶詩筒往來不絕明季若趙凡夫陸卿子沈君烈謝少君夫婦唱酬擅吳江佳話未足多也公與唐吏部東江詩名相埒交亦相厚然不為苟同每集公所若燕會東江劇談今古掀髯抵掌娓娓不斷公則凝神定息不發片語有當於心聽然而已公艱於子養子宗驥猶子安國安國為諸生傳詩學見顧存撰集

毛鶴汀

毛先生名健字今培號鶴汀江南太倉人弱冠補諸生祖中書公欲令專事三場為援例入成均先生於科名得失殊不介意數年選得贛地訓導其地有裔山九華之勝欣然命駕未匝歲丁外艱服除選望江以母老不赴又數年選祁門以疾辭竟不復出婁東詩社甲於江左論先生之世首尾康熙六十年間其初年則有十子之目十子以後名流益衆唐東江王冰庵為之茶酒而先生已綴其列其晚年則有蕙菴涇東洗桐裘山敬亭之屬而先生猶儼然臨其壇建其旗鼓初太原王秀才漢舒工填詞詞曰香雪無敵手王涇東顧洗桐繼以填詞相頡頏王詞曰香海顧詞曰片香三香若鼎足詩家皆謂餘事因推讓焉二子頗自負獨下漢舒千芯帶攻作軋病語砭舍去先生笑曰吾老於詩不律充矣請嘗試之後遂取王洗馬所輯歷代詩餘攻之踰兩月不出戶一日謝集出所填詞數闋示二子二子色然駭曰何工之速也相顧歎異見顧存撰集

嚴孝子

山陰嚴某於康熙甲戌乙亥間挾貲入粵東轉客瓊州往來貿易於海北貲漸饒寄籍樂會置田園娶婦生二子歷三十載未嘗通音問於家方出門時有子甫三齡其婦教育婚娶得為諸生授徒以給食一日其婦呼子而謂之曰汝父客外久我向不令汝往尋者以汝尚幼且無兄弟也今幸有孫矣天下豈有無父之人哉其子承命往廣州遍問於人或傳在高涼或傳在粵西於是由高州入嶺西無蹤跡復回廣州而資斧已竭遂入海珠寺為僧欲陰以訪父信主僧憐其孝許之一切文疏俱委焉雍正五年嚴某攜貲由海舶往省城過大風濤禱於神而安及到省酬神於海珠寺

其子為書鄉貫姓名心頗訝之急問其客游歲月知即父也泣跪於地曰兒生三歲父遠行今三十年矣尋父兩載不獲流落為僧日夕禱祝今果得見吾父而某復詳問家中事皆合於是相抱大慟出五十金謝主僧而攜其子歸寓貨貲得千餘金偕歸山陰借忘孝子之名見沈元滄滋蘭堂集

白雲先生

張怡字瑤星上元人也父可大明季總兵登萊會毛文龍將卒反可大死之事聞怡以諸生授錦衣衛千戶流賊陷京師遇賊將將辱掠其黨或義而逸之久之始歸故里寄攝山僧舍不入城市鄉人稱之曰白雲先生當是時三楚吳越耆舊多立名義以文術相高惟吳中徐昭法宣城沈眉生躬耕窮鄉然尚有楮墨流傳人間先生則躬樵汲口不言詩書四方冠蓋日往來踰山不知山中有是人也架上書數十百卷皆所著經說及論述史事或請貳之弗許曰吾以盡吾年耳已市二甓下棺則并藏焉卒年八十有八親故夙市良材為具棺槨聞而泣曰昔先將軍致命危城無親屬視含斂雖改葬親身之櫬弗能易也吾忍乎趣易棺乃卒或曰書已入壙或曰經說有副尚存其家見方苞望溪集

薈蕞編卷四終

畬蕺編卷五

清　曲園居士纂

孫將軍

孫將軍名守法。字繩武。陝西臨潼人也。家酷貧。廢書務農。然多智謀。膂力絶人。性復任豪俠。喜交游。嘗飲於市。酣醉兀兀。輒撫膺奮欸曰。不掃妖氛。死不休。市人皆大笑。以為狂。時流寇猖獗。將軍仗劍入行伍。為制府洪承疇戍旗健卒。每出。輒敢當先。以單騎擒賊首點燈子。不沾泥。斬獲甚衆。授守備。又與闖王高迎祥力戰。迎祥棄馬入溝中。將軍亦棄馬逐之。迎祥故壯悍。將軍與之手搏。卒生擒以歸。收其軍。餘賊為之氣奪。授秦將。轄卅營。蒲練營副總兵。威望日隆。所向無前。高傑者。號翻山鷂。雄勇有才略。為賊羅汝才副將。將軍知其可用。單騎入傑壘慰降之。傑感。將軍恩為泣下。以父事焉。歲時必西向拜。誓死報朝廷。從封興平伯。將軍力也。李自成僭號西京。將軍仰天慟哭。棄家保秦世子。以孤軍退守興安之五郎壩。自成招降。將軍數殺來使。監義旗募兵。約總兵賀貞。為恢復計。會我朝定鼎。孟公喬芳督關中。悲其志節。屢以書招將軍。將軍以未得手刃李賊。抱志不出。慷慨悲歌。有妻子可殺。君父之仇不共戴天等語。聞者哀之。尋為土人所害。始將軍鎮長安時。歸葬其父。偕里中父老浴溫泉。解其衣。偏體創瘢。幾無完膚。人為將軍泣。將軍意落落也。為人嚴重雄威。而和平坦易。性至孝。篤於友誼。每好與儒者遊。及臨陣遇敵。則猛如虎兕。見者以其面黑。稱曰孫蠻。君云。用兵如神。善撫士卒。能得人之死力。廣西提督吉公孫略。副總兵孫公麟。皆將軍義兒。湖廣提督胡傻子。瓊州總兵高進庫。皆將軍門下裨將。其他千百夫長以功名起者。蓋不可勝記也。而將軍竟以抱志死。悲夫。論曰。吾為童子時。聽人言孫將軍戰功忠勇事甚悉。及後讀諸家紀流寇事始末。乃若不知有將軍者。甚矣史傳之缺也。將軍事。今關中人人皆能道之。蓋其出身如狄武襄。敢戰如李英公。而退保深山孤軍。誓死則又田橫之客也。而泯沒無聞。忠臣之血千年化碧。可勝慨哉。（見康乃心莘野集）

陳鷗沙嚴弓父

陳鷗沙先生名所學。字行之。鷗沙其別號也。家世籍江浦。性耿介。不苟合於人。獨與同學嚴弓父交最善。一切括帖家言。皆弗屑。力鑽穴諸典籍。有疑義必與弓父究極其指歸。弓父喜為詩。而先生晨夕與倡和。弗輟也。先生故與弓父居浦口城。鼎革後則手裂其諸生巾。舉巨椎椎碎其家具。命奴僕折毀其所居室數十楹。盡以其材俵瓦甓。施道士為東嶽廟。而避跡於窮鄉數十里地曰三汊河。編黃茅屋三間。居四十餘年而卒。卒時年八十九。有詩數十卷。風調頗香山。大率多與弓父倡和之作也。嚴先生亦江浦人。名天表。字弓父。其先有明時為黃海衛指揮。先生長子當世襲。乃讓其季。而已自為諸生。先生潚灑絶羈束。諧謔似魏晉間人。陳先生鷗沙。居三汊河。而先生亦棄城中居。卜築高橋濮。去三汊河五里而近。凡一月必與鷗沙數數飲。會則欲飲各涕泣。已而操筆各為詩。鷗沙性不飲。先生則豪飲無休時。間或袒裼裸縱酒淋漓。而鷗沙則怡然堅坐相對也。嘗得櫝材。自製櫬。櫬凡有得意句。即書而刻之。久之櫬內外皆滿。年六十餘。嗜酒如故也。一夕。自鷗沙所醉而歸。忽無病而卒。（見劉巖集）

華豫原

無錫有奇士。曰華豫原。方歲乙未。撫吳儀封張公坐事逮。部使者偕制府即訊於潤州。而羈管公城隍廟中。甲而守之。生猝如乳虎。非若門籍。不得輒出入。門生故吏無敢嚮邇者。豫原聞難。自無錫疾馳。一晝夜踰三百里。至京口。嗒焉既抵廟門。不得入。而顧見有官人傳呼來。帶弓鞬騎而從者數人。至門。門焉者皆卻立。官人下馬入。從者皆入。豫原則闖然隨之入。數折而達張公請室門外。即又不得入。徘徊往來。所以屬其門者方故萬端。然卒不得入。門者曰。客何為者。始吾以客為從官人來。故不詰何客。乃令知妄男子耳。不去且得罪。制府怒不可犯也。豫原大笑應曰。若乃以制府嚇我耶。向令吾惴惴制府者。吾安得至此。且天下事不可知。往者張公嘗與噶禮訟矣。部使者按事至再。無直張公者。賴天子明聖。張公撫吳自如。而噶禮卒抵罪。今張公雖就逮。萬一上復有復命如異時事。若等何面目復見張公。言已索筆大書其鄉里姓名。付門者達張公所。曰可達達之。不可則以此紙上制府。言狀。惟制府死生。當是時日漸西夕。而豫原語侵制府益急。門者縮頸既已無可奈何。則入白守者。而守者亦頗聞餘語色動。為言於張公。張公命之入。豫原乃入。相勞苦如平生歡。良久乃去。越數日。而部使者之祠報燬矣。初。部使者視學江左有聲。吳中人士。為祠於江陰。歌舞之。當張公之與噶禮交訟也。部使者按事至吳。吳中自士大夫下。遮馬首以十萬數。願無奪我張公。而部使者頗不直張公。吳中人固怒甚。及是役也。部使者與制府劾張公欺護不道。罪且至殊死。吳中人咸涕泣。不知所為。而會豫原自京口來。具言張公就逮良苦。則益洶洶然。顧無所發怒。豫原遂言曰。狄梁公之有祠魏州也。其子景暉弗類。魏州人燬之不復祠。今日之事。得復有香火情耶。於是衆數千人。奔部使者祠下。爭撤屋瓦投之。以巨牛東西曳。榱棟盡折。或焚燒其餘。呼聲動天。埃起旅數十里。明日。制府聞狀大駭。陰使人廉問主名。疏以去。然竟無如何也。當是時。豫原毀不免。亦以此名聞江淮間。豫原名希閔。著有廣事類賦等書行世。其人欲進就懦。粥粥若無能者。而遇公正。發憤乃若此。上卒不用部使者議。而驛召張公。命以白衣領倉場職。見方苞集，如古文

曲園居士曰。所云部使者。乃張文端公鵬翮也。嘗以兵部侍郎。視江蘇學政。文端亦一代名臣。而此事不能無遺議云。

李復新

孝子李復新者。襄人也。世居城之東村。崇禎十四年歲饑。復新出糴於郢。土寇賈成倫劫其家。執其父。際春殺之。復新歸。痛哭絕而復甦。裹刀衣縫中。日夜謀所以報父讐者。是時天下大亂。法令不行。控告無所。而成倫強悍。所以防衛甚嚴。復新伺其隙不得。且恐其他奔。即又謬為懦弱狀。揚言於衆。以示無復讐意。成倫聞之。信以為然。安居如故。國朝定鼎。復新潛之省城。訴於太守。逮問具服。繫成倫於獄。會大赦。減為徒。還襄起解。復新先伏道旁。俟其過。舉大石擊之。中其腦。已死。復連擊之。解者欲奪執之。復新曰。吾報父讐耳。豈畏死者。乃自詣縣。願就死。令憐其孝。不忍寘刑。乃手自為狀。以具白所以。且曰。如復新者。宜表其閭。以旌其孝。到府。太守難之。駁其議曰。賈成倫事在赦前。業已降罪為徒。而李復新斃之。宜如殺人之律。事下。令不能對。縣有掾老不視事。素巧。詳文案牘。一出其手。無能易者。令强起之。乃復議曰。蓋聞父母之讐。不共戴天。古云殺人者死。未聞復讐者死也。又云凡報讐者。書於士。殺之無罪。復新固已屢訴矣。且赦罪者一相之仁。復讐者千古之義。成倫之罪可赦於朝廷。復新之讐。難寬於人子。成倫且欲原赦。而復新不免極刑。平允之論。似不如是。父子何辜。並遭大罹。凡有人心。誰不共憤。伏願貰以無罪。且旌其孝。太守不能難。卒如其議。表其閭曰孝烈。見劉青藜高陽山人集

韓晉之

韓廷錢。字晉之。侯官人。幼聰慧。九歲背誦六經。略無舛訛。未弱冠。舉止如老成人。家素貧。菽水不給。而臨財毋苟得。膏火不具。而開卷必衣巾。當萬歷季年。補博士弟子員。時習經者。類鹵莽滅裂。晉之必研究終始。條理貫通。又嘗以字學壞於鍾王。故悉

力於大小篆。終身不作行草。雖朋友往來短札。無非大小篆也。執親之喪。三年未嘗見齒。或親戚措話不能斷絕。則衰麻隨身。親攜草墊。在處據地以坐。識者以為今世之王偉元、徐仲車也。少時見其所讀漢書二十六册。手注。與史記異同詳略之處。細加評隲。皆作蠅頭斯籀。朱書日久。吐鉛斑剝陸離。可愛可寶。見余句集

齊望子

齊莊。字望子。閩縣人。世居齊坑。幼嗜學。家貧不能具膏火。為人夜舂。手足操作。而置書其旁。注視之。舂事未嘗不辦也。弱冠。以五經領袖童子試。當萬歷季年。閩習漸尚軋茁。至天啟初愈甚。科歲試場中。有諸生自命不作第二人者。搖筆苦吟。改竄數行。下旁生問之曰。君文早完。奚為苦改。應不冠軍耶。曰。然。文章早就。看來逐句可解。如何能出人頭地。須臾苦吟改竄。如故。旁生復問故。則曰。經改後。學使者不得其解矣。然吾猶能解之。必至於不能自解。方可一不可二也。爾時風氣如此。望子獨原本六經。不稍雜縱橫家語。前後衡文者。莫不以國士相賞。累十數試。輒空其群。從游數百人。往往擬科第而去。旋躋膴仕矣。望子棲遲窮巷。自甘貧賤者三十年。暮年著史論四十卷。自西漢迄於元代。見余句集

鄭澹居

越有隱君子。曰鄭澹居先生。高曾祖父。奕葉光顯。有聲先朝。先生恂恂儒雅。不啻單素。早棄科舉之學。一意以棲遁為樂。豪於酒。遇飲輒醉。春秋佳日。喜出遊。所至主人觴焉。輒留。未嘗拒。先生工書。吾郡自徐青藤、王謔菴以書法名海內。先生起而繼之。幾與之埒。求書者踵至。先生皆無所靳。凡士大夫名園甲第。高樓曲榭。必以先生書與琴尊彝鼎相錯。扉窗几案。醉墨淋漓。獲之若珍寶。故知與不知。咸熟其姓名。嘗僕身游京師。時朝廷開館閣。招四方文學士繕緝秘書。于是四方之士。雲集京師。皆思以其技自獻。幸為主者所錄。隆恩異數。幾出制科右。先生苟欲於此時干進。彈指石渠金馬矣。而先生浩然襆被以歸。戚友扣其故。漫應曰。吾不忘紹興家釀耳。噫乎。非隱君子。能若是乎。見金烺化武山房文集

揚安城

安城楊公。故山陰處士也。少喜讀書任俠。年十七。為諸生。思陵末造。天下多故。慨然有濟世志。與里中高才生及四方豪俊交。名日起。然生是流離絕域數十年而歿。始公與朱伯虎、吳佩遠、魏雪竇游。奴視齷齪士。士亦莫之敢近。及伯虎死。佩遠入滇。雪

實為怨家所搆稱與張煌言交通罪不宥詞連長興錢允武允武妻貸千金屬公營救書為邏者所獲嚴拷允武索公甚急允武死不承公遣人謂允武曰吾名在牘詎能免我出則君究自白毋自苦也遂詣獄具魄饋坐死公流甯古塔康熙壬寅仲冬也時大雪出塞膚肉凍結耳鼻手指觸物輒墮過混同江入那木色窩喬木夾道蔽日月老根穿裂石罅冰雪灌積馬行輒蹶豺虎困兩白晝嘯呼徹山谷同行者慟哭惴惴不免公獨周覽山川險阨歷書所見作詩歌紀其事不異平日明年仲春抵甯古塔為金元上京會甯府地近冷山五國城距京城三千里矣土人及駐防將士皆樸魯衣魚皮漢人以罪至者多依為生傭使之公至獨為屋以居入山伐木壘土石為坑皆身自壁畫土人初奇公狀貌至是益服其才公稍出漢物與市土人貴漢物爭出菽粟來易遂約漢人共罰菽粟漸饒土人既仰給於眾不敢輕漢人矣公曰未也尚不知禮教於是教之讀書崇退讓躬自養老撫孤贖官奴婢同難蕭山李兼汝蘇州書賈朱方初沐黔國忠顯弟忠禎皆廩焉贖朱大典孫婦劉振英河南李天然及其弟諸生希聲夫婦湖廣衛守備王某皆罪隸也凡貧不能舉火及婚喪者公為倡率周之富人感其義爭助公以不與為恥曰吾不可以見楊長者公居甯古塔數十年安其俗嘗奉巴將軍檄練水師混同江禦俄羅斯移家小烏喇既而罷歸性至孝母喪年餘訃至哀毀骨立杜門三年子賓出塞省公公年六十八髮未半白善飯步履如飛堂下能小楷語至夜分以為常賓歸訟冤闕下南巡復叩閽請率妻子代戍衛士綦之幾斃卒格不行公竟歿戍所年七十公黑而長修髯偉幹娶范氏公出塞例僉妻行或請代范夫人毅然不可三子賓寶寵皆夫人出公歿不得返與賓寶泣請兩督幾二載憐而許之夫人扶柩入關土漢送者哭聲填路公初名春華出塞更名越號安城其所居鄉也（見余懋杞東武山房集）

脊莊編　卷五　五

呂尚義

大庾縣呂尚義世居南源山下其地在大庾崇義二縣之間土出肥美然界連廣東層巒峻嶺山有錫礦礦徒出沒洞老則亡為盜賊剽掠村莊人莫敢居惟尚義結廬其下數十年賊莫能害尚義與妻俱善用鳥槍發無不中施放尤敏十步可放三槍每遇賊至夫婦二槍連環不絕歲殺賊無算賊恨尚義刺骨康熙四十年有廣東萬縣山賊渠魁某率賊二百餘人白日持槍礮過大庾嶺昌言將往南源殺尚義復仇南安參將營兵莫敢阻扼閣之贛鎮楊鈞隨遣二守備率兵數百人往捕比至南源則賊已為尚義擊敗竄匿山谷矣時尚義妻已歿一女亦能用鳥槍父女二人共殺賊五十餘人其餘匿山谷者尚未解散官兵以林深箐密莫敢搜捕尚義慨然前行曰第隨我來賊可盡得也尚義鷹目洞微見遠茅草中有伏賊百步外能見之發槍即中賊驚起遂踰山以逸官兵環視不敢捕惟得沙礮三位而還崇義高令尚瑛召尚義至衙予酒食賜銀欲署為捕頭大庾令亦欲委之彼此列狀爭於府尚義俱謝不受委曰吾農民不願充役但兩縣官長為安靖地方計吾所居在兩縣間何敢辭勞南源一帶吾女在可無事其餘兩縣地方但有山賊吾願隨官兵往捕賊聞吾至即逃矣于是兩令大喜厚賜而遣之然廣東礦賊自是役大創亦不復至南安云（見李紱穆堂初稿）

孝義吳君

晉江吳君歿二十年安溪李侍講清植始為之傳而私諡以孝義君諱鴻錫字允康生七歲而海寇亂考諱萬佑挾以避居浙江適兵部車駕司郎中滿洲噶公尼布奉命來造戰艦延君考於幕數月君考卒噶公挈君歸京師命其家人忠樸者父之君請呼以叔曰父一而已噶公大奇之曰七齡兒能辯此耶噶公清宦家漸困君亦稍長助任牧芻精勤勇猛芻恒有餘因以易錢市書册弓矢私習之又市果酒就能者質焉數歲遂通滿漢文精騎射一日噶公閱射方怒拙射者君從旁指導噶公謂汝能耶汝手之君徐進縱送合法三發皆中噶公益奇之歲癸丑君從兄雲鱗以平臺灣功授溫州營參將引見至京因就噶公乞之歸噶公喜遽諾之君獨潸然流涕曰我未可以歸也我七歲育於公所我壯而公老矣三子始扶攜安所恃必俟公子成立我乃可歸耳噶公聞言持君大慟遂不果行正紅旗謙郡王之孫鎮國公海清噶公婿也高君義請隸其公府佐領俾久居旗下以成君志從之明年噶公果歿夫人以哀毀得狂疾長子和順甫七歲次和鼐六歲和麟五歲族中之豪與隸人悍者眈眈欲蠶食其家君信行素孚又材且武諭以義懾以威咸莫敢如何家故不及中人君精心計權子母贏縮歲入恒倍日以饒延良師課噶公三子食飲必親饎業稍進則頓首謝師感之並盡心又親教三子國書稍長並為娶名族女君尤謹於禮冠帶終日不怠歲時慶祀君盛衣冠率家人入執事事畢親率以出中外翕然和順年十六有忌之者推為護軍將因苦之每番直君佩刀以從夜直則露坐終夕人莫敢加害顧念非通仕籍無以免厥役而噶公故交無能相援者惟大學士阿公蘭泰曾同

脊莊編　卷五　六

任兵部又以事相失君獨謂阿公長者可以義動日率三子候公門外公得其情果
惻然問諸子習國書乎曰皆習孰最優曰和順傴公諾以中書用之既而首輔索公
額圖欲用其族子君即為書言和順孤苦狀伺索公出跪而上之索公大怒擲書去
不顧君跪其門五晝夜水漿不入口困乘篼索公大驚曰世乃有義烈如子者乎吾
用順矣順就內閣試果補錄乙亥歲聖祖親征厄魯特君勉順曰國家有事正臣子
効命之秋亦子發跡地也亟為治裝請從征遂從大將軍伯費揚古由西路進君結
束從行數日家中宵小擾提劍起使人追君還君泣謂順曰吾不得偕行矣雖然死
生命也戰陣無勇非孝即非忠子必勉之怒馬抵家宵小亡匿訖無事而順亦自力
矢石間得功牌二凱旋議敘升禮部主事有約順會飲者以博具佐觴政君知其匪
人也拔刀衝座執其人數曰飲博非居官所宜順孤子汝何得以此誘惑必殺汝刀
觸席鏗然其人大呼乞命叩頭不已使捽而去之引順而歸或問人可殺乎君正色
曰殺人者不過死耳吾已許噶公撫諸孤而坐視其溺於燕朋誠生不如死吾死而
諸孤加勉則死賢於生矣然順自是不復與燕會癸未山東大饑朝廷遣官往賑和
順在行君曰此仁人君子盡心時也從以往分賑武城廩未發君即以私錢市米囷

逐戶稽冊先量給之又念民居有僻遠不能至縣者度四鄉中地得南魯集為散賑所
又懼民饑久不勝任負日為蒸餅萬計人給大餅二然餓腸驟飽有致斃者或言先
飲稀粥湯則無患亟為湯蓋日活民無算事竣歸武城泣送者數千有送至京者歲
丁亥順奉命收密雲關稅君贊曰負販小民不可取其稅倘額不及以家財足之可
也民大悅競趨之額亦敷噶公次子和鼎習舉業遇鄉試君述先德勸課涕泗交頤
猶懼其怠穴其几貫鐵索自繫以守之鼎驚謝請脫繫不許讀益力遂中式以微誤
抑置副榜君弗慊為送例律館任校錄鼎弟和鼐年十六君即攜赴永定河効力為
通籍資河故名無定河水怒土疏潰壞無常君為覘督畚挶隄成而水驟漲君晝夜
守視增卑培薄直隸巡撫于公成龍夜出視隄遙見有拜於隄上泣籲河神者召詢
之則君也于公歎異脫裘衣贈之是歲隄壞者多鼐所占獨不壞以功議敘補筆帖
式蓋噶公三子皆賢而君所以成之者為尤力君卒三子去纓席地婦皆披髮去璫
如居父母喪葬之日皆徒步扶柩至塋蓋君所以感之者深矣初君以噶公育己恩
矢扶其孤不得歸念父母卯塋南望椒隕涕募良工追寫父母像遇忌辰及歲時伏
臘率妻子泣奠竟日檢匳得歿考遺衣冠就噶公墓相近地招魂葬之寒食拜掃盡
哀每歲除尤嚴餽奠終夕欷歔徘徊歿考及噶公兩墓間達旦始返或謂虜解辛苦
君不歸家人何以安則泫然曰吾少孤不逮養義不當受家人之養也年五十有八
長子世久仕至王府親軍校次常德丁未科進士見李紱穆堂稿

盧必陞

浙之東有盧孝子焉諱必陞字寀臣號玉若世居姚江後遷山陰祖諱楹生子五人
長諱芳字南江孝子之本生父也次諱茂字懷江無子以孝子嗣焉孝子始生時祖
母張太君病甚本生母朱孺人禱天自代是夕夢神益冀并賜汝孫及覺而生孝子
少時知孝敬有異敏嘗從學舍歸懷江公以新學生餽對即應聲曰古君子懷江公
大奇之九歲南江公病思得螯蜞炙孝子潛攜一筐抹沙口為風潮所沒得漁者救
以竹筏筐終不釋手而螯蜞滿貯甲申之難流賊未攻懷江公負俠氣常仗劍獨行
不知所往孝子聞即奔覓諸暨山中查循林箐隱夜則崎嶇蒲伏而行失道投僻路
伏屍枕藉驚跳疾奔兩足為沙石所嚙血縷縷漬地行跡皆血遇一山僧攜之抉與
俱遇虎匿高樹大呼山神救我虎竟去閱數日得奉父以歸壬子土寇竊發懷江公
陷賊營孝子伺間探其穴饋以金不應繞岸哭三晝夜不絕聲賊感動為引至父前

時賊首毛在二人欲得懷江公降脅以刃不從斬所俘者以示又不從賊怒拔刃環
向刃欲下數次孝子冒刃叩頭血流大呼乞命忽狂風四起大雨如注舟幾覆山寨
震駭乃得釋時賊中有倪姓者因而歎曰真孝子也乘間逸之孝子既奉父生還逆
知賊必追已遣人馳報張太君盡室以行明旦賊果追之不及縱火而去先是孝子
為繼時懷江公有女忌分其貲百計傾之孝子處之泰然至是奉徐孺人命往雲間
舟過石門盜擊之垂死盜曰爾死毋我讐我奉某命來也孝子佯死盜縛而投之水
遇富陽支姓者救之得免人或勸之訟於官孝子泣曰吾自出繼以來蒙吾母恩育
十有餘年且母只此一女故不忍以女故傷母心上書徐孺人前自謝不謹被盜不
及他徐孺人亟召之歸母子相孝愛如初雍正二年浙江巡撫李公請旌於朝見紫世遺
二希堂集

王獻我

王公名策字獻我順天霸州文安縣人父應霖明萬歷庚辰進士官至湖廣參政應
霖弟應期萬歷乙丑進士官至刑部郎中策舉萬歷庚子鄉試為山西太谷令有惠
政罷官里居崇禎戊寅本朝兵圍文安人知城必陷紛紛各以其孥出公獨毅然曰

同爲王臣。里居何殊官。次棄城倡逃可乎。諭子孫家人。有走匿者。不忠不孝辱吾莫大焉。舉家惴惴知必死。濼公言莫武、戴城陷。公朝服坐廳事中。兵入。罵聲詈。遂遇害。妻妾子孫男女僕婢。大小近百口。無一免者。公三子。長曆城。次礪燕。三添丁。曆城、添丁從公死。礪燕先亡。婦郭氏。挈居雄縣。光祿卿存謙女也。光祿憐愛女甚。城危時。知公剛執難辭。詭令其子潛迎女。不告公。雄城去。公既知。怒甚。遽爲書絕之。雄送郭曰。吾家誓不留此臨難苟免之婦也。兵退。郭氏歸。徵。後廳材。爲三十餘櫬以斂葬焉。茹貧守志三十餘年。以壽終。見徐用錫圭美堂集。

謝隱君

隱君姓謝氏。名辨。字爾翼。號恕園。浙之會稽人。幼負大志。年十六。補博士弟子員。遭時鼎革。甲申、乙酉間。所在蠭起。浙東山寇以白巾裹首。號白頭兵。焚掠諸暨、嵊縣等處。隱君廉得其可破狀。料合鄉勇。夜渡七沙河灘。擊潰其衆。所獲輜重盡散里人。是年爲丙戌。隱君甫十九。以孤童子率一旅之師。用計智克敵。由是知名。明年王師南下。徵隱君至軍。參振武軍事。督武林諸道糧餉。強而從行。事竣論功。擬授殊職。隱君辭不就。浙閩總督姚公啓聖。與隱君少同里閈。以意氣相友善。後開府福州。帥師駐廈門。進討台灣。遣使迎隱君。隱君爲悉心贊畫。澎湖既克。姚公欲以名上聞。隱君笑而謝之曰。吾覬得官耶。當督餉東南時。富貴可早致矣。本欲故人成不世功。故輕數千里而來。豈故人知公。公不知故人也。及姚公歿。隱君哭之慟。悼世無知己。云家素豐厚。急人之難。無少顧惜。嘗言吾爲友三破家。今其人皆將相矣。問其姓名。終不答。其高義類如此。戊午自京師徙居江甯。己巳再遷江都。因占籍焉。而桑梓之思日切。每語子弟。吾卯墓在越。顧爾輩終爲越人也。工吟咏。六十以後。雅不欲與人問事。惟日哦不絕口。凡其有所紀於外。有所動於中。悉著於篇。辛卯冬。一取而焚之。存者僅二三百首。聞適之作而已。從目盲。不能視日。命諸孫誦有明一代之作。據案莊聽。欣然而喜。慨然而悲。家人莫能測也。善草書。入懷素之室。所著有尺牘鈔四十卷。中朝疏稿二十卷。甲乙新聞五卷。素無疾。庚子七月。一病不復起。戒子孫曰。聖朝重遺老。他日吾墓道上。書賜粟老人足矣。年九十有三。見唐紹祖攸堂文鈔。

李永昌

吳三桂叛滇中。東南騷動。江右界在兩湖閩越間。三面鄰賊。李將軍名永昌。號鳳山。奉新人。以從譚閩山收江西。起行間。積功至把總。甲寅。檄守南豐。五月。閩賊犯城。將軍鼓勵士卒。同長子世芳。三子名芳。奮勇出戰。自初八至十四。轉戰七晝夜。斬賊四百餘級。來勝追逐至沙洲。近賊巢。將軍所將百餘人。酣戰。分隊所向披靡。賊衆數千。從林谷中猝出。撞搪衝擊。我軍不得合。名芳以馬陷汚田中。爲賊所害。將軍戰益力。絃絕矢盡。猶手刃數十人。乃顧謂其下曰。事無可爲。吾惟以死報國耳。遂遇害。世芳將數騎從閒道突圍出。尋父弟不得。而將軍戰馬忽從賊中歸。哀鳴躑躅。若有所訴。而後知將軍殉焉。後三日。購屍以斂。猶握刀甚固。英氣凜然。見者咸哀之。奉旨贈永昌參將。名芳都司僉書。見帥我霑澗亭集。

虔州老人

虔州老人武平宇。不知其真氏名。年七十餘矣。康熙戊午。從來福州。寓居余西園東偏。嘗步臨池上。與予兄弟遊。爲予誦尚書禹貢甚熟。自言弱冠爲虔陽諸生。任俠好酒。嘗因醉殺所愛婢。因亡命爲賊。將天啓六七年也。又言闖獻皆從起。闖獻感晤已革心歸明。宏光後隸興平伯高傑軍中。腰玉矣。本朝兵南下。遂遁跡入河南。入吳。其門下人。從新朝。往往有至藩臬都帥者。語未竟。泣數行下。自是數來書室。輒縲縲吳祭酒梅村所著綏寇紀略。案其語。日月不失尺寸。如孫督師傳庭出關敗師狀。及四鎮爭揚州時事。所語尤詳。其貌不踰中人。平居恂恂。不妄發一語。不知其爲武人者。遇有所感觸。輒奮袖起舞。意氣激昂。顧影自詫。謂尚可一用。撥地話窮則兩淚龍鍾。問之。俛不肯自道也。丁卯冬。將送其女於汀州。與予兄弟來道別。云此去將與君永訣矣。平生一腔熱血。今灰心矣。亟挽問其姓名。堅不肯。應曰。吾子尚不知。君勿復問也。明年果卒於汀州。見林佶樸甯集。

沈貞孝先生

貞孝先生者。沈留耕先生之私謚也。先生諱澈。字亦清。晚廬留耕草堂。又號留耕。本生父諱應本。生妣潘氏。嗣父諱鈐。早卒。母姚氏以節孝稱。先生少失恃。本生父不甚愛憐之。童時常從父至會城。城中肩摩轂擊。不能辨路岐。誤走入旗下。旗下人留以爲予。遇之厚。已而欲妻以女。先生以未奉父命。固辭不得。遂潛歸。是時。本生父欲爲弟鈐立後。思先生方亟節孝。亦賢先生歸。爲之娶於董而立之。先生偕董孺人事節孝。朝夕惟謹。節孝愛之若己出。時有節孝戚某代理家事。忌先生得母心。思間之。然節孝素嚴。所居有銅墻鐵壁之謠。雖至戚不得常見。會節孝病。與婢阿都謀所以間先生者。以節孝管鑰付先生。先生故質直。爲母病。固當代母勞。遂不辭。某因譏之曰。

姊以為澈孝乎殆甚利若死耳節孝驚問狀乃婢與同謀以軌管對節孝愬命先生夫婦出居外屏不與見先生自傷幼失愛於本生父至是人失嗣母歡憂懼不知所出每中夜呼天願減年以益母又徒行數百里禱九蓮華山一步一膜拜足以重繭已而母漸愈初母病時先生雖屏居外舍日往節孝所候安否不得已私問婢婢所對率不實至是聞母愈而未敢信也會母欲檢點奩中物先生竊喜曰母能檢母果起矣然以前曾代持管鑰中感與婢謠節孝疑終不解一夕大風節孝方獨坐忽有呼母聲入耳甚悲節孝心動曰何其聲之似澈也驚問婢婢詭曰弗聞先是數聞是聲亦數問婢婢輒如是對至是心意其為先生也婢復對如初因恍然悟婢之詐而先生無罪也叱婢立召先生先生至淚猶汪然跪節孝膝前痛哭不止節孝亦哭責問阿都阿都具白前事則皆戚某利節孝所有誑娶阿都為小妻而為之用也遂為母子如初然節孝自是默默不自得未幾董孺人病亡節孝益不快傷疾復作節孝知病不可為而先生未舉子即命先生續娶陳氏數月而節孝卒先生痛哭幾絕而蘇未期即營宅兆於里之棲軍兆親負土畚為傭者先奉祠父之喪合葬焉去墓數十步有丙舍曰留耕草堂先生即廬於是墓旁有田數弓著麻衣荷耒躬耕以祭既終喪而先生亦病矣嗌嘔血若膿者及百日而卒年四十一孤子樹德未及三歲後二十年乃允葬是歲陳孺人與姑姚同表門閭稱雙節云（見楊循吉古柏軒集）

楊氏雙孝

楊氏有孝子曰有貞孝婦曰唐氏有貞名士遴蘇州吳縣人唐即有貞婦也有貞六歲入塾塾師講古孝行事同舍兒多倦聽有貞獨詰問原委並為人解說見者異之或哭以果餌必攜歸餉母母嘗暑夜課績有貞手扇驅蚊仍口講所業人咸謂是兒孝穎性然也父公瑞故業儒家中落乃謀治生行賈中州債耗其貲不得歸鬱鬱致疾病且殆有貞年甫十六獨行省父道經長江風雨暴至白日為晦鄰舟覆者數矣有貞泣禱曰某數應死但願一見父扶歸故里死無所恨禱畢風漸微雨亦漸止舟竟得全人呼為孝子舟時父病日久家耗隔絕自分無生還期忽夢人告曰若有孝子行且至矣當即歸無恙已而有貞果至父驚喜過望病頓愈有貞遂奉父歸而身代父勞出經營四方從此家漸裕父有所欲雖遠必致嘗思食龍眼時遷居下堡去城遠而洞庭東山稍近因渡太湖覓之中流遇風同舟數人皆落水中適有救生船至數人者為風浪衝激不知所之獨有貞得救人謂此亦孝感所致也唐氏相有貞

事舅姑初有貞家貧脫簪珥佐朝夕值遇歲歉身食饘粃而甘旨不缺隆冬寒甚以針指所得置棉衣四父子姑媳各衣以一氏謂有貞曰舅姑年老非重棉不能禦寒吾與君尚壯可忍耐也因解衣衣姑有貞亦解其衣衣父夫婦俱單衣卒歲卒無悔恨姑多病常沈迷牀蓐間一日雨甚雷電繞屋不止氏跪階前禱曰氏果有罪不敢逃死但勿驚吾姑已而雷止雨收姑忽起曰媳安在吾病行愈矣姑復病癰醫者咸謂不治氏抱姑大慟親以口吮之出膿血數盌明日醫來曰毒已盡去今可治矣數日而姑愈聞者以為奇孝古來有也居喪哭泣盡哀目腫出血歲時祭享夫婦盡志淚下霑衣年老不衰人以是稱為雙孝（見楊循吉古柏軒集）

東氏三節

三節者何東氏三節也東氏者何河南光山縣人也光山縣人何以祀於通海東氏有婦曰盧氏死於通海也盧何以死於通海以其舅東旭謫戍通海也旭何以謫戍以官御史也官御史而謫戍其以言得罪歟其非以言得罪歟不可得而知而考其時則當有明洪武年旭謫通海遂死通海歟非也死於中途也死於中途盧何以死通海旭既死有司起其家以續戍也起其家以續戍於是旭之妻旭之子旭之女無一免焉者矣東欽者旭之子也為光山縣生員率妻及姊奉母以行未至戍而亦中途死者其母也既至戍而謫海外者其妹也未幾而欽亦死焉欽之死以戍兵調征和泥歿於陣也于是乎東氏所遺惟欽妻子然一身矣其妻痛一門喪亡俱盡子身無子女日夜號痛誓守節終身以奉東氏祀困苦窮施衣食常不給然志彌堅也俄而某姓者謀欲聘之欽妻峻拒之言者不已遂縊於室鄰究而救之得甦遂不食鄰婦勸之屢日氣稍平某姓又強致聘與欽妻棄其物門外拊膺大慟仆地欲絕復不食者三日適欽妹自海外來勸使從己避於其家欽妻許之行及海畔令欽妹先行度相距遠遂躍入水中欽妹急還救之則死也即盧氏也死之日洪武辛未七月二十八日也嘉靖丙戌歲立祠于湖上盧氏之死也以念夫也欽之死也以代父也旭之死也以承君也婦以夫死烈也子以父死孝也臣以君死忠也三者天下之大節也而卒于東氏一門于是額其門曰東氏三節云（見趙誠集）

薈蕞編卷五終

耆舊編卷六

清　曲園居士纂

曲阜顏氏事

曲阜顏檢討光斆。海內所稱學山先生者也。光斆同母兄弟三人。伯光猷。由翰林出為安順府知府。稍遷河東鹽法道。光敏由中書為吏部考功員外郎。父某。母朱氏。魯藩近屬也。明崇禎十五年冬。我師入內地。郡縣失守。時光斆祖慶明。以河間太守。署自焚。家人呂某從烈燄中抱主少子逃匿。後為新州通判。光斆父聞亂。急省親河間。我師已下兗州。道梗不得前。父踰城傷足。為邏者所及。見偉幹修髯。不忍殺。詰所職。以實告。即共與至家。發藏果然。旗長知為亞聖裔。乃大驚曰。二等聖人。從圍如此。其不敢乎。遂詢一家老幼所在。答以親守巖疆。妻子逃散。生死皆不可知。旗長始言河間守已焚死。或言近郊一少婦不肯入伍。被斫。父曰。此必吾婦也。往視猶未殊。急裹創載歸。則又驚曰。二等聖人家男女盡如此節烈乎。已而圍解。呂奉主少子歸。獨不知光敏所在。光敏甫二歲。孫嫗抱走被擄。嫗固黑而有力。以水負易糗。兼二男之九。營中利賴之。不殺。其兒或更相慍抱。至關外始得間脫走。距兗州百餘里。嫗一日盡氣奔回。則巷無居人。蠨蛸在戶。以為主家已喪亡。倚墻悲哭不能止。曰吾重跰至此。祇為顏氏一塊肉。今安所置之乎。良久得一人。告以顏氏已歸曲阜矣。此空宅也。嫗聞收淚遽起。時日將暝。嫗又狂走三十里。抵曲阜。顏父在庭。嫗無所見。直入內室。以光敏置朱氏懷中。曰還主嬰兒。拍地大笑不止。朱曰。汝顛耶。嫗笑既久。乃徐言亂離復情事甚悉。朱曰。自今以後。嫗永子之可也。後光敏得官。常迎養嫗。逮嫗死。為持喪三日。光猷光斆皆先母十年死。朱氏享年九十。一日沐浴冠帶。與家人訣曰。吾可以逝矣。端坐而瞑。朱夫人族某遭亂散走。婢張氏抱嫡子流離旁郡。行傭不給。一巨室以朱氏子為嗣。已用巨室籍為諸生。會今上初載。下寬大之詔。俾先朝苗裔得復本姓。歸其田廬。張氏乃為朱氏子泣言所以。朱氏子既復姓。乃置酒召耆老及諸所與游者。言欲為張氏加冠事之如母。張氏艴然曰。吾朱氏之不成妾也。今主君主婦何在。而吾敢乘時竊位。吾以姐始。亦以姐終。願勿復言。見張符驤依歸草。

郭海若

先生姓郭氏。諱允觀。海若其字。山陽縣學生。少持重。跬步不苟。學者皆尊事之。游其門者數百人。閻都御史子弗閑於教訓。都御史弗能禁。先生以歲首謁文廟。遘閻子於途。衣婦人衣。怒褫之。予杖二十。且曰。閻氏子非吾徒也。都御史踵門固請。乃爲摩之。蓋見絕於先生之門。懼鄉里終身以為貶議。其言規行矩。風度凝遠。若不問而知為先生弟子也。鄰與延燒數十家。先生親殯在堂。卒不得動。火及門。先生號泣。僂伏棺上。欲與親骨俱燼。四圍盡爇。而先生居舍巋然獨存。今表其廬曰孝子之門。海州一老先生與先生同姓。避亂攜妾僑山陽。有子八齡。而同姓病困。妾苦啼。慮無以送死存孤。同姓曰。聞此間有郭海若先生。義士也。亟請以往。則言身後欲以累公。先生深念久之。曰。公所託。不敢辭。然當歸謀所以安公妾者。乃惟命耳。遂去。旦夕復往。謂同姓曰。公可以瞑目矣。吾闢舍旁一室。以閒置公妾。雖盛暑不得出。吾令人穴其窗。度可錯食。兼有一老嫗與起居。公八歲兒吾教之。不令絕公讀書種子。其區區衾斂。更不足為公憂。同姓遂瞑。先生殯葬之成禮。迎其寡婦孤兒於家館餼之。久不厭。孤兒年十八。補海州學官弟子。於是同姓妾閒置已十年。先生乃破戶出之。俾與俱去。且曰。吾幸不負若翁垂絕之託。吾家貧。本不足以贍若母子。顧義不得辭耳。今若長。宜自供母。而歸守先人廬墓。吾又為若營館穀。不憂無以為生也。同姓子與其母感泣。乃謝去。先生行誼卓卓可稱道。多此類。見張符驤依歸草。

成默

成參軍名默。字大成。山陽縣人也。少補諸生。負氣節。用邊才薦。為左懋第參軍。先是崇禎末。懋第奉使察核左良玉軍。未報命。而北京陷。宏光襲位。懋第請往哭殯。圖通盟好。默以執事從。既至燕。懋第辭氣不撓。因留不遣。江南尋入版圖。所在嚴薙髮令。懋第從事副將艾大選。率先應詔。懋第怒笞之。大選愧憤自殺。懋第逆論死棄市。司務陳用極。遊擊王一斌。都司張良佐。王廷佐。守備劉統。皆同日就刑。于時默慷慨流涕曰。不有死者。何以報國。不有生者。何以報公。乃負懋第骸骨。葬之萊陽。又歸葬用極於崑山。皆哭之成禮。一斌以下四人。為埋屍燕山。潛識之。默既沒。人莫知其處。晚託業青烏。芒鞵所至。人有識之者曰。故參軍。辛巳秋始識默于淮陰。讀所作哭萊陽詩。以為此舉羽之徒也。相與抵掌易代時事。默言南中第王之明時。已親在燕都。知烈皇之無嗣。亦已失矣。而廟算之巧。欲渙敵國之人心。故與之以成。方遣使自為聯絡。而奸臣不察區區。用爲不疑之故智。何其愚也。又言三百年之天下。時文壞之。嗚呼。豈不然乎。見張符驤依歸草。

滄浪水樵

滄浪水樵者。逸其名。父爲隆武順官。與鄭芝龍不協。仰藥死。水樵傷父死國亡。易代後。不求聞達。惟以名山水自娛。五岳四瀆遊蹤幾徧。貝勒初定七閩。下教錄用故明大臣子弟。水樵不出。則使索之山中。水樵蓬首跣足。出見使者曰。哀哉天乎。余何僇然衰絰之中。而靦顏衣錦臨民者乎。使者感動。終貝勒卒後。屢辟不起。或徵其離。水樵慷慨出涕曰。吾極知與朝用人不次。無論憑藉先人餘蔭。足以坐致通顯。即令某捉三寸管。與諸少年角。亦未必不博一第。今已矣。自吾考逆溯而上。世爲亡國師保。受恩深重。非他族比也。已矣。長爲農夫以沒世矣。生子不令就試。但知書識字。諳於大義而已。海甯張子岫而高之。欲邀與語。水樵嚜然。鼓枻滄浪而去。或曰。此前孝廉與化李李子也。（見張符驤依歸集。）

高查客

高君不騫。字查客。世稱小湖先生。松江華亭人。仁皇帝南巡至松。詔求名士可備顧問者。提帥張侯雲翼以君對。以布衣召試行在。稱旨。是日聞射渠。命獻詩及駢體序。日已晡。不創稿。立成。經進大悅。賜帑銀百兩。又命張侯賜其家。俾扈從入都。既至。賜第西華門。供奉內廷。偕翰詹諸臣摹書南薰殿。累朝祕書。多貯皇史宬。人莫至。命丹乘厩馬入宬檢書。御衣御書御硯內府珍味。賜賚與諸臣班。紀恩詩屢奏。未嘗不稱善也。如是者九年。上以君効力久。欲予翰林官。諭掌院事掌院學士敘有現缺。以高不騫補授。時中允缺官當補。而事聞銓曹。不下。君亦退讓。不願躐取通顯。遂授翰林院待詔。兼三朝國史館收掌官。纂書如故。君乞旨。教所司引行釋褐禮。許之。人以爲榮。居官二年。因乞假葬母。遂予假歸里。不復出。幼多疾。十三始識字。十五畢四書五經。通其義。不屑習舉子業。著述程古作者。挾詩文遊吳越間。朱檢討彝尊高學士士奇咸推轂君。太史何焯張大受輩交莫逆。所至文壇騷壇。傾其坐人。然不求聞達。自署葦鄉釣師以見志。是故行年將五十而後受知天子也。及其歸也。年及耆矣。圃廬數椽。從深竹間入。俯臨荷池數畝。敗壁頹垣。圖書充積左右。蕭然自得也。問字求詩筆書翰者。限戶數穿。肆應匆霍。幾不滿志去。亦以是給朝夕。與縉紳文學。說古今典禮據經援史。紛紛不已。大吏涖斯土。及四方使軺至者。恒造廬。君必延見。精力健王。善劇談。騶從饑疲。促倚窺賓主方促膝抵掌。民事損益。邦邑利弊。留連未能別也。林下二十九年。如是者以爲常。娶徐氏。生二子。俱前卒。六十四。側室生子羽翼。府學生。八十生子爲人後。八十四生子木李。君教子。以窮經博古。勿專尚舉業。羽翼十六始冠。行

笠曰醮客之禮。近代未聞也。君食椒而壽。冬至後。無病卒。年八十七。所著有榷集。羅裙草。傳天集。松圩書屋集。晚歲爲詩尤典奧。必自注釋。未成。（見黃之雋唐堂集。）

楊蟄

臨桂楊義士。名蟄。行二。字碩父。福王時。廣西巡撫瞿式耜客也。少年落魄任誕。言人休咎頗中。動無所忌諱。幕中人稱其痴。蟄因自號楊二痴。終已不合去。順治六年春。定南壯武王孔有德帥師入湘潭。執何騰蛟。傳檄至粵。粵人懼。時式耜以閣臣留守桂林。而張同敞督師以禦我。七年十一月。王破永及全。直抵靈川。入嚴關。諸偏將遠遁。同敞乃夜獨泅灕江。入桂林。見式耜相對。泣相誓以死。王既下會城。執瞿張令降。不從。幽之月餘。而後殺諸市。式耜被執時。家屬匿數所。事發並執妾。妾不屈。王義而釋之。式耜死。蟄服衰絰。懸紙錢滿衣。行窸窣有聲。號哭營市間。見蟄弁袜鞾短復衣者。輒叩頭。請言於王。收歛主人。王聞之曰。瞿某有客義若此乎。并同敞屍許之。遂得葬。時有釋性因者。永明王時給事中金堡也。謫戍不赴。爲浮屠於桂之茅坪庵。亦上書定南王。言收歛瞿張事。其略曰。古之成大業者。必表揚忠節。殺其身而愛敬之。若唐高祖之於堯君素。周世宗之於劉仁贍。元世祖之祭文天祥。明太祖之祠福壽。是也。褒國之忠臣。與開國之功臣。皆受命於天。以分任乾坤之事。天下無功臣。則世道不平。天下無忠臣。則人心不正。事雖殊軌。道實同源。王既殺兩人。則忠臣之忠見。功臣之功亦見矣。抑又王見德之時也。夫殺兩人於生。王所以爲功於本朝。禮兩人於死。王所以爲德於天下萬世也。請具衣冠。爲兩人歛。并擇付親知。歸葬故里。則王播仁義之譽於無窮矣。侍者詣府將投書。遇蟄。知已得請。遂不上。後以其書貽瞿氏。式耜予俾其書以行。而不及蟄。由是楚粵間但知性因文字有名。而蟄泯泯也。堡後徙粵東。更名今釋。號澹歸。有集百餘卷。其言蟄事甚詳。且曰。以吾書掩蟄功。吾爲竊名。瞿氏子爲負德。或曰。蟄式耜同邑人。（見黃之雋唐堂集。）

王默城

王君諱之麟。字對揚。默城其號。常熟人。庚子舉於京兆。雍正六年揀選知縣。君願改教職。遂補淮安府安東縣學教諭。明年淮儀大水。上臺檄君分查安東飢戶。時一望瀰漫。君乘小舟行田中。舟膠。乘馬。馬躓。乃騎牛。衣履霑濕。徧歷村戶。得飢民二萬餘口。以報縣令。令愕眙曰。君所查一隅耳。乃若此。如合縣何。請減之。君曰。吾所目擊。皆旦夕死。孰當賑。孰當死。不知所減。爭不得。馳訴於府。府難之。適布政使白公按行至

君痛哭陳所查災民寒餒狀力懇全賑白公心動許之旋委君借賑時無穀以銀代君計銀經胥吏手災民十不得五矣乃按戶口親自核析為萬餘封三日夜始竟目眶盡赤是時飢民洶洶縣令出賑裂其輿丞倅脫其靴君至則老稚歡呼曰活我者師爺也於是他所未經君勘者胥怨當事固并檄君覆查自東邑及鄰境凡十八處復得應賑者數萬戶當事重君悉如所擬全活甚衆乾隆二年秋邑復被水君奉委查賑自八月至十月冒風雨霜露跋涉沮洳泥濘間無晷刻息者自十一月嚴寒疾疫方作君感之卒病僵臥餓殿中星夜舁歸遂不起見沈起元敬亭集

顧玉停

顧陳垿字玉停號賓陽子太倉州鎮洋人乙酉舉於鄉康熙間以薦入湛凝齋纂修六壬易課律數淵源中和樂府諸書書成議敘補行人司行人君資稟超卓諸書必諳微多冥契創獲不主故說為詩詞數百言立就逸趣宣溢然以為戲其傑構必窮日晷力追古人而後止詼諧跌蕩善談言於義理精奧是非疑似以單詞剖晰然聞者頤解心折遇所不可持論斬斬責育不能奪乙酉計偕入都常客相國西田公所公以國士目之癸巳萬壽加科春鄉秋會常熟嚴僕少虞惇典湖北鄉試君故交也邀君任閱事畢而嚴公病劇執公手欲有託君許以送喪歸里嚴額謝而瞑君經紀其喪弔者至為之拜賓送柩東下中道嚴公長子至忒謂嚴公子來君從此入都尚及秋試君曰吾已許嚴公矣可食言乎卒送抵家遂不會試輦下公卿聞之益以是重君安溪李公虞山蔣公爭欲羅致門下君不可在湛凝齋也所纂修皆出君手每書上聖祖必嘉獎屢得溫旨總裁於是契君禮遇出同館右時總裁館事者皆滿郎也郎貴重館中人惴惴將事承意恐後君氣和而守介非館事郎有所委輒不應廩餼外郎有所贈同館皆受君獨辭某郎有著作必屬君點定一日盡駁其繆郎怒擲稿於地君徐拾起曰王何怒為去取在王郎復詰畢竟誰是則曰陳垿說較長既退衆為握汗同館方學士苞曰君奈何捋虎鬚君曰吾所守者是非之正守正無罪阿則罪矣明日郎卒從君說愈推重稱為顧夫子未幾賜第京師飭官津送封公來京就養封公至君方在熱河聖祖遣官護君回京省視諸異數皆郎轉奏之力也然竟不得一第每榜前胥謂顧玉停作會元乃稱及榜發主試者以不得顧玉停為恨及第者亦慨榜無顧子及就館職議敘以去諸郎咸惜之而君顧不以介意為行人頒詔於浙浙撫方監臨鄉試移文欲止詔書境外以俟撤棘君移牒接詔重於監臨且

非內簾比使臣不敢宿君言於蕪郡也撫軍遽出迎詔人謂君得使臣體性至孝先居母喪不飲酒食肉不內寢麻衣草屨未嘗一日去身未俗吳喪衣墨凡君衣如雪婦豎嗟歎目為真孝廉自行人假歸侍奉封公益謹家故貧間出負米不踰百里復不踰一旬乾隆元年詔起官辭弗應尋詔中外舉博學鴻詞顧公琮巡撫江蘇欲以君應君力辭而王宮詹奕清已以名聞部檄敦迫竟以親老辭封公歿君年已六十有三哀毀一如居母喪余時官河南欲延主大梁書院講席援范文正公憂中掌學睢陽故事以勸君執象山責呂東萊故事堅謝不赴少讀皇極經世書至無口過易無身過難無身過易無心過難四語憬然汗下後讀參同契首楞嚴謂性命之精在此二書實一貫也手自箋注晚讀象山集掩卷歎曰先生之學以躬行實踐為主謂其近禪者妄也自命為象山後人有以程朱之學諷之者君亦無所逆然所心得所服膺則在是君生平絕學有三曰字學曰算學曰樂律嘗造八矢注字圖說謂字學居六藝之和聲音樂也形體書也而口出耳入手運目存則皆有數焉惠學士士奇豫通政觀得其書置酒延君請其說君為言經緯音闢發收閉之旨及每矢實義一矢未發則聲不能出字有所避八矢盡而音完字死矣二公歎為天授在湛凝齋外廷送算學三百餘員候試主者令君與試聖祖親策之得七十二人君為冠內廷呼為算狀元君於字學算學溯流窮源遂通樂律兼精醫術所著有洗桐集九卷抱桐集三卷八矢注字圖說一卷鍾律陳數旋宮知義各一卷無益之言一卷讀四書偶見三卷讀內則一卷內則音釋一卷合注龍虎上經參同契二卷注首楞嚴五卷癸巳治疫記三卷見沈起元敬亭集

邱天民

滕縣令邱君天民字次衡襄陽宜城人雍正八年選拔入貢故事貢入太學次補教職世宗不次求才特詔天下貢士廷試後引見拔其尤以知縣用君得與選發往山東試用初攝霑化坐事被劾後河東制府王公薦復起攝鄒平旋調陽信時有老瓜賊出沒山東河東直隸間為行旅患老瓜賊者專伺孤客一賊眠客同止宿詐客早行餘賊為坎道旁俟客至蜂出縊客破其腹裸而埋諸坎攜臟以逃慘毒甚於他盜而地無屍迹死者家不得死所無可控賊不果踪捕治不即得乾隆五年巡撫朱公奉上諭嚴緝擇幹吏八人責之君與焉半載後君訪得賊首楊姓誘之至其人魁岸駢脇年五十餘能數人敵庭詰之無懼色君念事無左證不可以刑好言語之潛令人

取其家所藏贓物示之。色微沮，卒不吐。復飲之酒至五斗。賊大呼曰：今日願就死耳。具吐平日殺人狀及年月日、殺者姓名、瘞屍所、同黨某某，漏盡四鼓，盡得實。翼日飛檄分捕同黨，盡獲。三省謀殺五十餘獄，皆用得所埋屍二十六，撫軍具以報，咸置之法。自此瓜賊滅迹，君之功最。先時沂水有曹黑三人謀死鴻石二人，一事獄久定。君鞫瓜賊時，賊具言殺沂水二人狀，乃知殺人者非黑，而黑已斬二人在獄，衆讙前。人不欲平反。君曰：黑死誤耳，一誤可再誤耶？力白於院，讞定，乃出二人於獄，前令及主是獄者皆獲罪，於是民胥頌君神明，而忌者逢衆，旋以卓薦調滕縣，失知府意，被揭去官。（見沈起元敬亭集。）

隨州牧翟侯

翟侯名枚吉，浙之秀水人。治隨十年。乙為民去害興利者不勝述，其最大而奇者，丁酉平逆一事。初湖南人萬育生自言有妖異術，能致神兵，奸民附之，陰結為羣，仰者六七人偽造劄四出煽誘，連河南勞逆郎，聚徒至數百人，謀於隨之光化舖起事。康熙五十七年四月某日，焚民廬舍，持挺刃大噪，趨據獄山，居民出不意，無以禦賊。至山半，風雨大作，沙石飛擊，向賊驚潰，民乘勢發壘石擊之，賊不得上，乃徑趨州城，呼噪闖數十里，沿路焚劫，而隨素無防守將卒，變猝起，州民大恐動。侯見事急，親跨馬將左右數十人，大呼：吾民勿怖，第從我，立取賊。民喜躍，立聚數千人擁侯馬而前。賊望見稍卻，侯馳入賊中，叱從騎縛其魁六七人者，諭其餘曰：賊魁已得，汝曹皆脅從。吾當言上官宥爾命。有敢抗者，吾縱騎殲爾矣。衆皆崩角稽首曰：公幸活我。是日也，賊以辰來，至申而定，縛七人外，餘數百人皆散，不知所之。蓋侯素嚴保甲，賊初入境，即廉得其蹤。侯故密有備，故倉卒出此奇。當是時，民咸以為神。先是獄山寺中舊藏兵器若干。夜中居民望寺內火光燭天，爭趨救，則所藏刀箭鎗礮皆起赤燄熊熊然，如是者三夜乃息。及賊發，縱火燒民舍，勢甚洶洶。總督滿公率諸監司，急勒兵趨隨，比至，州事已定。侯俘七人以獻。滿公大喜，即以囚畀侯，命竟其獄。獄上，督撫杖七人斃之。（見王汝驤集。）

田贈公

田贈公名雨時，字霖蒼，陽城諸生也。明末流寇入山西，所至州縣多附賊。陽城人聚而謀曰：賊所過，以城抗者必盡殺乃已。今旦夕至，且若何？贈公曰：舉城畀賊，城中人皆賊矣。與為賊，毋寧死。然徒死而城終勿完，死無益。不如避之，賊何利吾空城？且無所肆其毒。與其以百萬衆攖賊鋒也。衆曰善。陽城得弗殘於賊，亦無一人從牧者。方賊之逼也，贈公盡室行，當是時，幼子年幾歲，兄之孤年五歲，及瀕猝遇賊，公度弗兩全，遂棄幼子，而負其兄之孤入威神嶺，竄崖谷以免。賊去，贈公返而求諸途，則幼子匍匐深草中，望父而啼，携以歸，俱免於難。鄉人高其義，多以鄧伯道事歸之。贈公曰：不然。吾子與兄子均耳，顧當倉卒時，念伯氏所遺止此子，此子死，是死伯氏也。吾不忍以吾子易伯氏，終亦不忍必死吾子也。倘有天幸，果不死，猶令克死，若謂我忍棄吾子，博名高耶？願諸公勿復言。迨終，贈公世竟弗言。故相國文端公者，贈公仲子也。未嘗知有存兄子事。久之，文端公令英德，少宰而江仇公過焉，前所存兄子曰慎典者與少宰縱談生平事，具道五歲時從叔父避賊始末。少宰作而起曰：是史氏之責也。夫翌日為文表贈公之墓，其事乃大著。（見汪由敦松泉文集。）

范芝巖

介休范芝巖諱毓䭲，字芝巖，明初有至剛者，自介邑徙居張原村，七傳而至君祖肖山公，家大起，市易遼城，以信義著。國朝定鼎，初仍至京師，授以職，力辭，因命主貿易事，賜產張家口，為世業，歲輸皮幣入內府。子德瀾繼之，中歲感疾歸，君代其事。承祖父遺業，晚暢邊地阨塞險易，蒙古諸部長往往知君名，親戚內外藉君衣食者數十百輩。君一見悉知其人材具短長，敏鈍程材而授之事，事無不舉。燕楚交廣諸大都會多所貲辦，從君口授指畫，雖生其地者弗能易。生平坦肝膈示人，人樂為用。康熙丙子丁丑間，聖祖有事準噶爾，官軍餽饟，率以百二十金致一石，且或後期苦不繼。辛丑西征，官運視前值為準，君熟籌之曰：三之一足矣。遂以家財運饟萬石，贍察漢叟兒軍，費一如所計，刻期至無後者。雍正五年，世宗討策零，師出西北兩路，籌饟孔亟。怡賢親王知君前運饟有成效，以君名薦，立報可。君感上知遇，悉力自任，計穀多寡、差道路遠近，以次受值，曰洪郭爾鄂倫，曰鄂爾坤推河，曰塔木爾，曰查克拜達里克，蒙古爾拖羅海，曰烏里雅蘇泰，白格爾，曰察漢叟爾，而以科卜多為最遠。其值自一十一兩五錢至二十五兩有差。其先後籌運米石，有請於察漢叟兒官倉存贍借支補運者，有請於直隸山西州縣及湖灘河所倉粟支給，而輸其值歸司庫，俾出陳易新者，有頓遞於羅鄂淑，沿途支給者，擘畫悉中機要。計部一如所請，不少掣其肘，君益得自展布。車輪駝負所需人工牲畜器具資裝糗糧鞦韆，率先期集辦，臨事咄嗟應手。得經窮荒沙磧不毛之地，崇山沮澤，作屏蔽治，接軫銜尾，幕府所在，儲胥充裕。

單得宿飽前後十年所運米凡百餘萬石所省大司農金錢六百餘萬較最先所定值不啻百億萬矣辛亥壬子閒寇犯北路所失米十三萬餘石牛馬橐駝稱是憲皇帝命據實報銷君以軍興急不可懸待俟補運如所失數費白金百四十有四萬不以上計部至大兵既撤所運科卜多米旨改輸近地計部概以近值核銷運戶前所受遠值當追繳君曰運戶悉窮子所受值隨手盡改運已無力況追所受值乎且追亦何可得也即如所改地償其值而代輸所應追者二百六十二萬餘兩先以歷年應領米鉛價九十餘萬兩扣抵餘立五限輸計部乾隆三年奉命採辦洋銅運京局以抵分限應輸之數又奉命採參烏蘇里綏分歷三年所入視前為多迄不數成額八年部議以應折參價及所逋運值凡百十四萬兩有奇悉辦洋銅輸西安保定湖北江西江蘇五布政司備鼓鑄銅產東南外洋長崎諸島賈舶風帆出沒洪濤巉嶼中倭夷居奇留難承辦官羈十餘年不得如額指為畏途君曰吾受恩重此吾分也立遣人駕巨舟赴洋採辦其始終任事不擇險易類如此以雍正七年特恩優敘予太僕寺卿銜再加二級章服同二品前此所未有也十一年以部案波累削職而所供辦悉如故國家因才器使善用其長委任當而無遺賢有如此而君之智力誠亦有過人者蓋兩得之矣見汪由敦松泉文集

李孝子

李孝子名維墭字裕光江南寶山人也生十歲而父歿哀慕逾常絕終三年不離柩次人呼曰小孝子家貧無以養母乃棄舉子業任門戶力求甘脆進母而自食藜藿母偵知之呼與共食遂長齋淡食以慰母焉母得喉閒疾醫不能療孝子籲天三晝夜母夢道者授以針曰以汝子故為汝治之汗流浹背而愈又嘗患背瘡醫言當用艾灸孝子恐母不勝痛先自試輒以大痛乃止稽顙北辰願己壽以益母壽尋亦獲愈雍正十年七月海上颶風大作孝子所居江塘距海不二十里水至屋將圮孝子負母匿几下俄鄰屋俱毀而孝子屋獨全從兄錫泰巡撫廣西欲招孝子俱行孝子曰吾安能以一日而遠吾母哉遂謝之先是孝子喪父逾年又遭祖喪數年無以營葬常布衣屏居不與宴會人或勸之輒流涕曰禮不葬不釋經吾有痛于中也及卜地虩滸隆冬冰雪手運灰土僵臥垂絕有匠人過之熅火灌以湯乃甦體素羸竟以是劇將卒暮屬二子事祖母奉母手大慟瞪目而絕見彭啟豐芝庭文集

阮世恩

阮君世恩字聿修桐城人也父曰暉吉兄世忠兄弟兩人生而相友愛無閒相對則惟甚一人以事出則皆終日徬徨不寧夜常同榻而臥有疾病則親視湯藥未嘗頃刻離世忠讀書佛寺忽嘔血世恩時以為憂丁卯之春世忠自為棺而世恩監匠者髹漆其上漆者言兄死當在七八月世恩即慘怆悲懷自以二子小百曉日皆成人而兄一子無母且幼未授室願以身代禱于上下神祇凡刺血書詞十七紙而世恩是年遂得疾踰年世忠病甚醫多言不治世恩與同榻臥而使其二子更迭候夜閒則復禱如前又刺血書詞十七紙世忠尋愈而世恩遂於是年七月四日卒然不以告於世忠既沒而曉日出其父書詞然後知之烏乎世恩可謂善事兄長者矣見劉大櫆海峯集

趙萬全

明莊烈帝時會稽人趙應麟者為書生貧不自得託教授去遊北方與其家約數年當復還後絕無有聞知留所者應麟有子萬全始二歲依母丁以居及年十許問父何忘迹今為何在也丁持萬全泣曰兒知憶爾父安使爾父誠得歸卒撫汝吾萬全遂大痛食飲卧夢若不甘者至十九請於丁願出求父丁勿許萬全曰母固憫兒獨兒去無奉母者雖然願即行勿顧時月幸必以父還始應麟困敝甚走之京師冀以獲富貴久客益流落挫折崇禎末大盜入國都天下鼎沸干戈棘道路客游者多不得歸應麟自咤意失竟轉徙趙代之閒以死棄其家二十年矣萬全既獨行求父遍淮南北環齊魯秦豫迤燕薊窮數日乞不得食裂趼乳血髮肉脫易朽然如斷椶然終已不遇心疑應麟死覩骸骼之殘委溝野者劙膚血滲之堅不入乃舍去復號呼於塗萬全之始出也懼己不省父狀取牘書應麟鄉里名氏年歲張于背以行久之乃至馬邑邑故山西邊萬全旁皇邑中不得去張文義者邑人也聞之歎曰豈為趙君兒乎急走來視誦所負牘良契文義趙萬全過我過我勉具客我辛識而翁昔亡自兵中稱何從來五十餘耳顧已耄即無所寄食窮歸我當為我主書方且哀其旅死也而櫬封之手樹之柳亦拱於原得示子矣萬全擗地哭奔之隴所仆地不能起已太息曰吾初誓求父生迎使還天胥靳毒予雖然固甚不安于藁痛若羅腰脊庶招魂魄歸猶或少解吾毋竟裹應麟骨步負以復於其家萬全既歸極勞勤養其母母亡舍於墳三年以康熙乙巳歲卒後四十年大官有康其事者表萬全異孝為祠之廟琢石旌其門見胡天游石笥山房集

李晉福

李晉福者景州諸生趙遵諧為僮崇禎中兵入塞破畿南郡縣略地至景州晉福方隨遵諧行野外倉卒被擄去家人未知也去數日晉福潛自兵中還言狀遵諧家皆痛哭旋呼晉福已不知所之意其亡去也後三歲遵諧忽自歸家人且惟且懼以問遵諧皆晉福所為晉福初以被擄告其家即從遵諧出塞外備歷危苦遵諧初見俘時本乘馬馬為人奪與晉福徒跣行居塞外久之有騎過遵諧識為己馬直奪之騎者怒拔刀斫遵諧仆地流血幾死晉福負歸土舍中求藥裹創僅乃獲愈遵諧性驕貴氣不能為人下晉福戒曰若此且速禍當忍俟之脫可得歸縱不然猶幸免為人戮而尚欲如家居態乎兩人在兵中日益習其弁校試問晉福晉福詭言遵諧吾弟也兵中嘗呼遵諧有所役使晉福輒曰彼小弱不任為代遵諧役兵中既多喜晉福者後稍弛其防晉福乘間乃遵遵諧亡歸竟得至家遵諧歸一年晉福亦逃入塞見遵諧相持泣也遵諧於當時無晉福者擄死久矣晉福崎嶇不顧患難死亡以從遵諧卒能全而脫之而己亦免嗚彼所謂古烈丈夫之風者耶（見胡天游石笥山房集）

戚弢言

戚孝子名弢言字魏亭德清人父麟祥康熙己丑進士官侍講學士以納故禮部尚書蔡升元妾被劾學士故隸尚書門下部議援卑幼擅娶尊長妾為側室例發遣寧古塔時孝子已登賢書隨父往茹龁齧雪萬苦畢嘗孝子朝夕左右無倦容渠帥咸敬禮之歷五年雍正庚戌會試孝子欲弗往學士強之行道出賀蘭山下驢逸去被盡失孝子徒步走會日暮迷失路逢有老人持燈火導之追及驢老人倏忽不見孝子嘗言當行時北風捲沙林木怒號狐嗥虎嘯之聲不絕於耳自分幾無生理也及至京師襪穿履脫兩足僵裂沃以溫湯半日始醒赴禮部投名去試期僅二日主者憐之得入闈竟以是科成進士分發福建學習三年令連江有聲乾隆初詔刑部行文赦諸罪人戍邊者學士格於吏議不果赦孝子聞之頓足泣欲去官或告之曰不念得少俸以為菽水計乎且機會尚可俟也孝子不得已視事如初未幾制府郝公玉麟入覲孝子往送伏地不起叩首乞代陳郝公難之孝子膝行前持郝公裾號泣言曰弢言所以緩須臾死靦顏而食祿茲土者冀得一當明公意雪父冤耳今明公置勿理復何望哉引佩刀欲自裁郝公眙愕亟止之孝子旋取所上書出袖中皆刺指血為之郝公素愛孝子能吏事及是惻然動容許諾比入告天子憫之特旨放學士還學士以迎養至連江部民携酒為賀孝子與之飲盡歡而罷益勤厥職明年學士病卒孝子撫櫬歸哀毀骨立未終喪而卒時乾隆七年九月二十二日也年四十有四（見李有大集）

盧象晉

宜興盧象晉字晉侯在天啟崇禎間與兄象昇弟象觀皆以氣節顯名於時象昇殉難死賈莊閩變象觀起兵軍敗死震澤時母李太夫人年已七十餘矣有何姓者與其族某訟辭連象晉趣象晉急避毋相累不聽守驗視其頂髮偏寡謂已薙從生象晉厲聲曰未也守怪之趣薙髮象晉曰我先朝遺老也兄弟俱死國吾頭可與髮俱斷吾髮不可薙守怒榜掠之具獄當大辟巡撫疑之詰責郡守郡守懼緩象晉死乃遺書脇其母象晉不薙髮罪且及太夫人自詣獄持象晉而泣守猝入縛象晉而髡之既而釋之既出獄則辭其母投佛寺為僧太夫人卒象晉視含斂會葬畢即棄去遊名山大川所至一宿又去人無識之者長子勵徧求之僅一再見之上郡鄜陽間一日忽返宜興其弟之子以尚止象晉象晉曰我將死矣我歸我告爾葬處乃自題其碣曰委蛻碣且戒之曰慎毋殮以棺盛以缶遂終（見胡宗緒環溪集）

何靜山

何鼎字夏九號靜山其上祖當宋南渡從自河南元武宗至大三年始卜居浙之山陰自六世祖詔以下至公世居山陰其著籍於湖廣之靖州也由公之再從祖希公以康熙丙午舉湖廣授河南長葛縣知縣歲旱蝗禱於神蝗滅某甲殺人辭連乙屢鞫不就理公怒擲刀於地佯笑曰甲豈殺人者哉甲即起持刀去還詰之甲伏罪上官奏循良公第一擢江南安慶府知府調浙江嘉興府知府公越人例不得調越天子曰朕知子山陰人也雖然何嫌何疑而引避哉遂之任與其鄉人訣曰今日予越人也明日嘉興太守矣初太恭人之有身也有道士款門而語曰汝家任子二年而生生而秀挺絕貴顯家人異之已而果然蓋公任二十有四月而後生也公子五人皆仕宦經亮經文經永經襄籍從楚起貴籍從越（見胡宗緒環溪集）

薈蕞編卷六終

汪龍

清　曲園居士纂

汪孝子龍，歙縣人。祖客死蘇，柩殯焉。父之歐，衔往迎，溺采石。當是時，龍六歲，哀慟如成人。母偕祖母止一室，龍日夕侍，無違禮。比稍長，詳祖柩殯所狀，大慟，拜祖母與母，立起如蘇。會撫軍禁浴柩，令無主者概焚之。龍徧索柩，無知者，從大慟，自分柩已焚矣。歸邸而燈坐，偶繙卷帙，行間忽忽現徑寸字二，曰以京。以京者，龍祖名也。龍驚起諦視，字輒隱，已而忽忽復現。悟曰：神其以兆予。復往訪，倏遇潍闈吏前告曰：是役吾所隸也。略悉從柩顛末。龍偕吏往，諸殯柩縱橫錯置，陰風颯颯射毛髮，在晝猶昏，秉燭下上，不可得。復叩諸室柩左右前後視，又側卧地仰視，卒不可得。最後一室叢柩紛如，抵拒撐拄中，拂塵映視，斜隱露漆字七，幾漫滅矣。再三諦審，祖名良是。撫柩痛絕，絕而蘇。當是時限叢柩不可出，議毀櫝，倏霪雨大作，牆外崩，柩出。見者以為孝感也。龍謝吏，奉柩還，色養祖母。母終其身。方龍之奉母以居也，一夕疽發於背，委頓甚，秘勿使母知，入侍譚笑揚揚如平常，溺再下，告退出寢門，輒仆地，舁牀側卧，始徐徐呻吟曰：醫至，割腐肉以藥爇創口。復徐步整冠入侍，越數旬而始復，母竟不知。孝子時年六十三，後五年卒。康熙中有司上其事，詔旌其門。見馬榮祖集

桑文侯

桑翁諱天顯，文侯其字。世居餘姚，遠祖仲才公仕於唐，歿為明神，載在祀典，族姓環廟而居，悉安耕讀。自翁遷錢唐，蘄析其堂構，皆其子弢甫辛苦問學，學成名立，卒光顯其前人，世咸歎翁有子。翁童時以孝聞，後以捍衛鄉井辭功不受賞，遂以孝勇大著於時。家酷貧，無以為養，廢書治生，力為善行，至老如一日。翁行三，昆季相繼歿，十三喪母，十八後喪父。父患反胃，飲食鮮進，謀所以療父疾者靡不至，五六十年來里中有稱善養其親者，其人輒舉翁曰：吾何敢望小壽伯。有不善養其親者，其父母詈之即曰：若奈何不效小壽伯。小壽者，翁小字也。甲寅耿精忠反，翁年甫冠，衆服公義勇，請於官，推翁為練長。翁默禱於祖廟，即誓衆廟中，導以進退更番之節，約束既定，一軍屹然。九月一日，海上賊舟大至，忽遥望空中火炬燭天，旌旗紛簇如雲擁左右，與擐甲突出，旻摩鐵然中一人戎服勒馬立，揚鞭指麾，遂驚遁。海上居民具見之，皆咋舌以為誠感，至今海頭高阜矗立者數處，湖上不能嚙，即昔日防哨出沒地也。土人因呼桑公墩。翁既學治生，尤精岐黃術，窮探古方，自以意酌量損益，望色洞臟腑，立起奇疾。風雪酷暑中一聞剝啄，披衣遄往，所全活無算，不取直，即有與者，緣手散盡，或無以卒歲，意恒晏如。一夕里人入户，四顧無人，取物納懷中，翁與子從屏隙窺見，亟搖手屏息，任從取，既去，戒子勿洩，曰：吾不能早周急，令至此，可愧也。又偷兒逾夕入户，坐守驅之，後夜分穿穴者再，翁以鐵器擊地，偽聲曰：偷不可為也。其人躍出，伏於地曰：自今死不敢為偷，顧無資以營生，奈何？翁憫之，給以十緡去，卒改行為良民。弢甫業以文章發皇其篤行，同學生無以抗行。或謂翁曰：翁積德生此高才郎。即愯遽却立曰：昔人種德，謂後世必有為三公者，吾不德，亦庶幾後世必有為端人者。高才能文章，兒何遽能爾，然亦非所蘄也。年七十，有司議舉翁鄉飲賓，力辭謝曰：吾何德以堪之。後九年而卒。翁雖遷錢唐，未嘗一飯忘故里，尋常與人語，語皆錢唐。至歲時享祀，祀品則喃喃採土音。每至餘姚省墳墓，顧弢甫泫然曰：他日葬吾先人側，吾魂魄應惓惓此土也。弢甫泣受命。大殮之夕，雨如注，號奔而來者塞衢巷，哭立雨中，良久不忍去，則昔日受恩與起奇疾者也。見馬榮祖集

陸德本

陸紹源，字德本，荊溪運溪里人，幼倜儻若成人。當明季政苛，賦役煩重，父濱洲又不善治生，致逋賦，役急逮之，而諸子皆他適，惟君最幼，獨在，慨然曰：吾雖幼，亦子也，奈何使捽摔者凋吾父。則隨役以往，不令父知。至縣，縣令方怒甚，坐堂皇，督逋賦，階下鞭撻杖如雷，人人股栗，次及君，君徐行前曰：民逋糧罪當死，死杖下無辭，願竭一言，畢命無憾。令見君年小，霽顏曰：若亦何言。曰：公欲糧完耶，逋耶？令曰：國課安敢言逋。曰：公為民父母，欲民生耶死耶？令曰：吾亦欲民生耳。曰：民有兩言於此，一者民生而賦入，一者民死而賦逋。夫民積歲而逋之，安能一日而入之？公緩其期，寬其政，令自今粟自石至斗，銀自兩至錢，皆續入而不加責，則民生而賦不逋矣。不然民且死杖下，安能使杖下之鬼供賦哉？令曰：孺子言是。與定納期而返。時甫十有二歲，聞者翕然稱曰能。年十八，則又有北解之役。北解者，明時所謂白糧運者也。明初都金陵，內膳米皆民所供，後遷北平，詔蘇松常嘉湖五府供內府白秔秋米及各府部秔米，凡十六萬石，俾民運，不以軍，而運道出長江，越金焦，泝黃河，經呂梁上、候、漕頓莊十有六閘，過北海口，入通惠河，其險阻既非民所素歷，而運軍又數凌轢之，爭道故遲，險輒覆，覆則身葬魚腹，復於其家責償，鬻妻及子者無算，以故聞簽為領解，舉家號慟。

君聞發慨然曰父兄勿憂源願往期年果還而返聞者益翕然稱能爭欲一識其面鼎革時土寇掠其村挾君去至其寨魁大驚曰此陸公也鄉里被公澤多矣我何敢犯禮而歸(見任啓運清芬樓集)

姚孝廉

孝廉姚之駰字樹西號梧軒漢陽黄陂人也姚故世族當孝廉時猶未衰顧無貴介氣布衣蔬食淡泊自甘性卞急不能容人遇有非禮者輒面爭之嘗居京師其鄉先達為詩會大集鄉人招孝廉偕至則高會飲酒孝廉進而言曰盍拈韻其曹曰姑緩已而酒酣孝廉則又進曰盍拈韻其曹曰苟藉此以聯桑梓申款洽耳奚以詩為孝廉艴然曰我以諸公為文會是以詰朝來今若此此佚遊也何以會為拂衣竟去孝廉方居鄉其所受知者適為令孝廉不一私造令召之輒託故謝及令去官候代則日踵其廬雖大風雨必往讀書不屑屑訓詁好為詩時有奇氣尤熟二十二史郡縣多聘主誌局森然有法與人談古今事慨慷持所見雖羣非之不少回至口沸目赤必伸其說而後已自少時慕閔仲叔范史雲之為人一介不苟妻徐氏刺布操作能成其夫子之高(見邵大業謙受堂集)

倪懋功

倪公懋功諱闓珍其先江南人我朝定鼎有邦俊者以勦撫十三家賊為成都撫標游擊家焉公其孫也寡言笑尚氣節康熙丁酉舉於鄉雍正壬子揀發粵西授義甯令義甯之東北曰雙江苗民雜處與楚城步綏甯二邑紅苗接壤計千餘里凡口十堡七十有二大小寨凡數百鳥言露居不通教化百年來僅設雙江巡檢以羈縻之而已公既至之明年楚人黄順英吳萬全煽惑粵苗偽稱名號公捐金令堡目密入苗峒誘出擒之諸苗覺中道劫還合楚苗為姦公牒文武諸大府請兵防衛提督譚某發兵四百駐之苗稍靖當事者意在撫公力陳利害勿聽知府張永嘉巡檢蔡多奇迎合上官意曰小醜何能為但得一二人往陳大義足矣當事者以為然遂撤防衛之兵而遣公與多奇及縣丞吳嗣昌等諭之公歎曰此所為投虎以肉徒肆其噬耳然業奉成命不敢辭數日近苗穴遥望苗人蜂擁蟻聚喧聲震林谷多奇潛易衣逃衆俱股栗失色或告曰虜逆已決不去禍將及公公曰吾固知犬羊之性不先於威不可以德化也去則示以怯今日之事有死而已惟朝廷印篆不可失也付健役自閒道還曰諭我義甯父老堅壘城垣以待援兵無復念我言畢正襟危坐顏色不亂如常俄而苗突至取弁官及隨行隸三十餘人盡殺之禁公於土窖絕粒六日縛至烈日中去其衣掘土埋足至膝强之降公罵曰逆虜吾汝父母汝速死吾敢降吾耶苗以紙筆付公曰若能為書大府償黄金萬斤得不死且歸若公裂紙擲筆於地大罵曰逆虜國家失一縣令若毫毛汝類當無噍類矣苗怒剔其齒血流被衣公罵聲益厲苗盡截其舌公不能言猶仰面噴血作罵狀苗衆爭擊死沈其屍於潭中事聞當事者諱前非作公罪上後遣貴州總督張某經略楚粵與提督某合兵剿之殲其魁得公屍并公前後狀具奏賜祭葬贈奉政大夫按察使僉事廕其子(見彭端淑白鶴堂集)

石哈生宋石芝

石哈生者或曰秦人或曰蜀人長七尺餘力能扛鼎無妻子生業自鬻於西安某家供芻米薪水之役惟謹無大小皆善之居常寡言笑無喜愠色人莫測其為何人詢之不言問其名亦不告因共呼為哈生哈生者諺所謂無能而虛生也獨與富平人宋石芝善石芝嘗游滇南察吳三桂必叛因潛匿及三桂之叛也我朝遣大將軍商善貝勒及將軍班第討之與賊相拒於滇之石萬溪其山三面險峻獨一面稍平賊據之期年不能克朝廷復遣張勇助之勇兵西北人滇路崎嶇值霖雨多疲敝扶杖而行旗軍見之撫掌笑曰是尚能殺賊耶號其軍曰張娘子軍於是石芝黄冠道服詣勇轅門軍校疑為賊諜拘以見勇石芝長揖不拜勇詰之曰某與將軍同里聞將軍尊將略兼下士特為百萬生靈塗炭而來獻破石萬溪之策勇奇之以禮見屏人語曰策將安出石芝曰賊所恃者石萬溪也彼負險以抗必將深老吾師故為將軍計利在速戰非用奇不可勇曰用奇奈何石芝曰此山東南隅有閒道險阻無備可通人旗軍攻其前將軍以鋭卒襲其後樹旗鳴鼓令軍士齊聲大呼曰大兵已據此山矣賊衆聞之必驚怖散亂破之如振槁耳勇善其計次日大將軍督戰勇託病使副將將其兵以行而潛引三百鋭卒從閒道步行沿崖攀葛以上悉如計賊兵果亂遂破萬石溪勇以為能留軍中參議其後平定諸藩多出石芝策嘗閒居與勇語曰某生平少知己勇曰如某者不足為公知己耶曰某與將軍一言偶合非知己也所稱知己者獨石哈生而已及歸西安每訪哈生於其家必攜酒從後戶入相見偕至僻地趺坐對飲劇談談罷大笑笑罷復大哭興盡棄其飲器而散又嘗於將軍幕中大會賓客設席虛左或問之曰此待吾友人石哈生也俄而哈生草冠褐衣草屨昂然而入揖衆直踞其席石芝傍侍執壺傾酒甚恭哈生亦不稍遜持杯豪飲傍若無

衆賓客也衆大驚駭卒莫測其為何人後哈生病篤其主人將為殯殮之具哈生曰待吾友人宋公備之來人愛其不及有頃石芝果至哈生張目視之不發一言遂卒石芝為痛哭竟日殯斂成禮而去天下既定將軍勇欲表薦石芝於朝謝之贈以金亦不受遂隱於華山云石芝一出而為張將軍畫策建奇勳功成身隱哈生見重於宋其才智必有過人者乃為人奴而不辭彼其中固有不可測者耶哈生既没或傳其善天文故明宗室子以石為姓有託焉爾要之此兩人亦奇矣哉（見彭端淑白鶴堂集）

宋釋之

宋釋之家富平好讀書貧無以資有渭南石哈興者傭於釋之鄉見而奇之縱令學以其値給之發憤鍵門徧讀諸經史自朝迄夜漏下十餘刻不寢每丁夜居都睡醒猶聞度紙聲顧不為章句學學成賣卜長安靖逆侯張勇方少賤食俉常從卜輒竒心奇之屢立功至建牙欲倚佐釋之不可乃以千金壽其母迫與俱事必諏而後行其秘謀密計人莫得聞然勇所向制勝皆本於釋之故秦人誇曰勇之功釋之功無何吳逆蠕動勇督師鳳翔寶雞間是時三藩聯絡勢蔵猖獗自大散關以西皆屬於逆逆屯兵關口有驍將馬三保在滇素所委任僞令三保至兵始出秦隴諸戍卒洶

洶無鬭志日夜望三保來即款附勇雖擁重兵而部下解體一日迴翔與室釋之潛至拊其背曰嘻公無以逆故勇愕然曰將若何曰安坐封侯耳再問不對而出勇思居恒遇機要釋之不盡言而半語隻詞靡不奇中乃一意堅壁嚴斥堠申約束士伍肅然既而三保為子娶婦遷延不至七月淋雨浹旬軍皆黑痢疺勇鼓行薄之不亥刃而蕩平逆投首蓋天祚聖朝而釋之先見若此事定勇受上賞封靖逆侯勳高傲睨獨嚴憚釋之釋之視一切世故泊如也以師事哈興於是歸大陳金幣邀哈興至欲拜之哈興瞪目厲聲曰始吾以若為非常人乃為他人作嫁衣裳反以是啗我耶不顧而去釋之奉母老青鞋布襪徧游名山川勇蹤跡不可得或云訪王無異於華山入不返當靖逆侯時天下初定呼吸風雲凡珍奇瑰異王侯卿相所不能致者皆歸於勇勇必為釋之壽釋之曰若功成吾去矣勇固留防衛甚周一朝扃戶不啟勇排闥入則釋之遁矣几帳依然所餽金寶珠玉皆區之土牀中籍記分寸不失夫天下衣冠方幅稽稽稍自好而錙銖成市所爭毫釐反顏相向視釋之為何如哈興卒無聞士論尤高於釋之釋之能前知世多異之或伺其出竊發其篋亦無他奇惟多有太一占（見劉紹攽集）

曲園居士曰劉繼貢所為宋釋之傳與彭樂齋所為石哈生宋石芝傳互有異同叙宋事劉不如彭之詳而石宋張三人交識本末則劉傳較具矣故並錄之惟石哈生為石哈興宋石芝為宋釋之音近字訛未知孰是

王時翔

閩之建甯屬縣二曰建安曰甌甯境域遼夐民多山居竟歲或不入縣令是者率季冬歷村落督逋賦名曰鄉徵雍正十年鎮洋王公時翔令甌將舉是約以一役與一僮一役往客爭之曰君行日主進夜必會之民多道遠行乞判狀須二記室與傔僕從胥徒數十人毋省與馬飲食問甲長意重煩之俾知吏來不易早急公也建令亦期往歲騶從且偕牙儈竊丐行太守聞之急召公曰國家惟正在此一役君儒者也約已懼無以集事何弗詢建令公皆謝之太守賓客相與笑之曰迂比出舍甲長道見公色大沮呼之讌巡甲長歛賦者也令行責供具甲長藉肆侵吞聞公捐舊例則無以魚肉公知其意諸人騶集父老子弟曰鄉徵所以便汝輩無跋涉有糧糗也顧與從廝役粱肉芻茭供自甲長甲長于汝曹取盈視糧糗費數倍吾故單車弗扶客會計判狀力能辦則決不待時否則歸而治之非晚日需飯一盂蔬一盤令自治之

安事廚民為于是甲長束手不敢譁于鄉父老子弟固已心感公矣而建令到鄉重箠楚民懼之皆亡走山谷巖石間令不得民則掊鎖啟扃搜取雞豚牛馬米鹽之屬牙儈估以入賦巨室則令竊丐卧其戶罵之甌民益相戒爭輸是時甌民德公而建民畏其令如虁既罷不復見令停數日無所施及歸雞豚牛馬米鹽之屬盈庭而不可作賦儈持適市則市滿酬賤竊丐卧其戶卒無得亦竊散去賦終虧而甌民攜錢持鏹來者踵接肩摩至道不得行甫浹旬而賦完公上考建令坐下第太守賓客乃相與嘆公之不迂儒之可用（見劉紹攽集）

康績

義士姓康名績字方陸陝西人有文武才而豪於義見不平怒從中出弗自禁方國家有事西陲某王督邊事募能效力運糧糗者績慨然應募至半道會歲荒民乏食無以自存績即盡以所運賑貸而歸白其狀願自償所運也王愕然而重其義軍法當斬乃上狀云績法宜死而心宜生上異而赦之王知其賢而能也留帳中參機宜事王或過飲以女樂自娛輒諫王改容謝之一日復極飲為樂績驀踰垣入立王前王怵然績指羣飲者曰皆若輩導誤耳持拳縱擊拳之所下筋絶骨折號痛不勝王

震懾為踞乞乃已有縣某好富暴橫不義素矣弟死孤幼欲逼其婦嫁而奪之貲婦堅不從綱以計將不脫績與其儕飲或歎息訊得其實弟故其庠文弱生也績忽不見行途中遇乘馬者假之載乘馬者難以不識也績推之奪其馬而馳至治者家不言所以取薪斧而去踵暴橫之門鼓樂喧闐人馬蹂雜以彩繒橫縛輿甚固將肩之行績近而呼曰輿中為某嫂乎內聞呼聲亟口喊救不絕碎輿而出之逢首涕淚寃慘不可名狀暴橫者出不意率群暴奔至績提斧迎擊輒倒眾奔潰婦奪績斧從擊暴橫者頭如泥曰毋以死累君也之官績曰吾惡其不義而殺之婦曰渠第仆之地耳碎其首塗其腦我也會邑人醢不義者暴橫纍纍上官曰如是猶未足伏其辜耳遂皆貰其罪得不死又某邑宰貪虐甚民蓄怨久會旱不雨宰弗顧民請於遠方能禱雨之道者至應祈雨降宰懟辭道者示於市民狂沸宰出績自肩輿中曳出眾叢毆之尸糜如山而死為虀粉大府憤宰之不職為民殃而又素愛績仁義之士也俱弗深究而與衆薄其讞云曾他出宿於逆旅見老嫗攜小兒至兒戲仆傷面一少婦出撫其兒批老嫗頰者數績以為此主母也然兒自仆耳無與老嫗事何不審耶既有告以此乃阿姑者績怒甚氣從項中燄起直入捽少婦出捶之無算幾死夫自外至惶遽愁責其大不孝叩首求免至再四久乃得解其義氣之不可犯也如此見蔚祖亮兩閒閣集

韓孝子

韓孝子陽生者名有年常之武進人也孝子之父晉申年五十生孝子家貧而好施常苦不給孝子甫就塾即慨然曰吾當成父志既冠力田治生歲給饘粥有從弟某孤弱不能自存孝子勉為完配且置產以贍之族黨閒有匱乏者父所欲周卹雖不逮也父嘗病目幾喪明孝子走數十里外延醫嘗百藥不效乃子夜跪而舐之久之翳盡得復見天日父又遘疾勺水不入口三晝夜孝子焚香籲天願以身代父夢神降稱巫咸曰汝子孝上帝許活汝矣驚呼家人進粥啜之盡二盂明日病良已優游里閈以樂餘年孝子時屬親朋具酒肴閒進博奕諸戲具道錢纍纍稱貸以供父不知也日進杖頭取適以為常父壽七十八而終孝子廬墓下天寒月黑悲風蕭颯孝子拊膺夜哭與嗥狐啼猿相應和如是者三年其後遭母喪孝子痛母如父目失明耳失聰血枯骨立見者以為人腊也積哀成疾疾亟口念父母不置嗚咽而卒論曰毘陵朝京門外蓋有兩孝子云何孝子者幼失父即外出求之走萬里歷十餘年卒得其父以歸而薛孝子則依依子舍委曲承歡服勤至死先是有陳申者以府佐攝邑篆建生祠於郡亭之東偏竟以墨敗紳士仍其室為一總祠兩孝子於其中春秋合祀見吳龍見行帷集

王恩榮

王恩榮者字仁庵山東登州府蓬萊縣人也蓬萊縣小吏尹奇强性險猾頗以巫醫之術有寵於官恩榮父永泰因買庠與角口被毆中要害立死時恩榮甫九歲祖母劉氏年高門戶軟弱訟之官不得直但給埋葬銀十兩祖母內傷自縊恩榮母劉氏健婦也塵其姑藁厝永泰棺於帷傚屋其旁居之大書曰豎子殺爾父者誰也泣血三年病甚呼恩榮至榻前授以官所給銀曰汝家以三喪易此滴枯石爛存此志恨不可忘也豎子識之恩榮既孫罹大事家益落依舅以居屬志讀書稍長補諸生誓於父柩前報仇以斧自隨其舅患之誘居長山島中禁勿令出因諭之曰豎子之志固當但殺人者死是國法也爾父之鬼餒矣恩榮流涕聽命恩榮嘗取史記伍子胥白公列傳朗誦讀已痛哭夜靜焚香長跪告天絮語達旦時或困倦假寐輒驚醒疾大呼怨家在此年二十八舉子辭於舅曰可矣遂行踰月忽遇奇强於途掉斧急擊稍遠不中乃投以石仆地道旁人爭抱持之得免奇强諱不言裹足不出一日偶立門首又為恩榮所見直前斫中其首帽厚偏引至耳扶傷脫走其家奔訴於官時已年遠吏胥案牘無可證恩榮出母故所弆銀陳之訟庭碟批爛然旁以血書鈐之縣令歎曰至性人也何不幸而遇此吾欲尼爾則傷終天之恨吾欲聽爾則違累赦之條周禮調人之法具在各為趨避已耳恩榮于是嗷然而哭縣令亦哭堂廡內外觀者盡哭恩榮既再舉不得奇强亦遠遁捿霞相隔八年適蓬萊縣人有患病者力延奇强禱治奇强亦以事久稍安入城過一小巷叩顧無人方徘徊間俄而恩榮突出扼之奇强皇窘伏地乞哀恩榮謂之曰吾父遲爾久矣遽劈其腦腦裂以足連蹴其心而絕于是見者驚出不意相率前擁恩榮恩榮笑曰豈有白日殺人乃畏死者遂自繫赴縣會奇强家訟當日永泰故自縊非毆死縣令欲開棺驗視恩榮請曰小人已有子矣甯抵死不忍再暴父骸以受殘折叩頭出血縣令惻然乃為博間於介衆皆曰恩榮言是遂徑詳法司法司議曰古律無復仇之文然查今律有殺擅行凶人者子杖六十其即時殺死者不論是未嘗不教人復仇也恩榮父死之年尚未成童其後報殺不遂雖非即猶即矣況其視死如飴節烈之氣有足嘉者相應將子開

釋。俟其諸生。即以原貯埋葬銀給還尹氏。以章其孝。且將具題旌禮恩榮之。舅聞之。見有司曰。豎子求見其父母耳。夫人遺奇禍。以邀旌門式閭之榮。又何忍矣。法司歎曰。汝亦賢者也。遂止。而祀其母於祠。時康熙四十八年也。（見全祖望鮚埼亭集）

王元趾

王文學元趾。名毓蓍。紹興會稽人也。幼時樸吶不慧。就塾師受句讀。苦不甚記憶。年十六。才學為文。即遠過作者。尋補邑諸生。聲聞日起。多四方之交。其所至賓朋高讌。好挾小史歌兒。彈絲品竹。雜坐命觴。呼盧投壺。酒酣以往。調笑跌宕。竟日夕忘倦。素出念臺劉公門。最契重之。甲申之變。南都新政。元趾逆知其敗。遇越人有自白下歸者。從訊時事。輒搤腕浩歎曰。休矣。吾恨不立磔柄人。肉餵吾家豚犬也。大兵南渡。比戶醵金。具牛酒迎犒。元趾以大義白兩兄曰。弟已矣。身為越國男子。宜蒙面活耶。兩兄意稍難之。元趾笑曰。舍生取義。吾不食言。願以稚子為託。既而復為致命篇。又上書念臺劉公曰。門人某已得死所。願先生早自決。毋為王炎午所弔。蓋聞公赴水不殊。餓十日未瞑也。肅衣冠出。榜其詩文于宋義士衛士唐公祠。趨文廟四拜。曰。君殉國。士殉泮。正也。泮水淺。乃之柳橋下。家人聞。以報兩兄。兩兄曰。噫。死矣。吾弟哭而跡之柳瀆。見元趾端坐水一方。衣冠如故。顏色不變。同邑有儒士潘集。字子翔。聞元趾殉。為文慟哭之。竟出東門外半里許。袖二石。自沈渡東橋下死。（見柴紹炳省軒文鈔）

佚老人

佚老人。姓顧。諱大信。字成之。一字夭目。晚年乃更號佚老人。嘗言吾靜觀世人。熙熙攘攘。非役於名。即役於利。莫不終其身焦愁其心思。耗敝其形神。奔走於萬物。而不能自休。而吾幸無慕乎彼。得優游閒適。以老佚矣。以此自稱佚老人。老人不絕物為高。亦不苟徇時俗以為和。人情所共為。不必不為。人情所共好。不必不好。但涉而不著。每於其中蕭然焉耳。既著身黌序。已而上公車。一再不售。即棄去。獨注意古文辭。尤專精於詩。雖疾病危苦。幽憂拂抑。艱難困阨中。未嘗一日輟吟咏。所存稿填委篋笥。至莫可清錄。於古人書。多所涉獵。悉曉解大義。刊訂譌舛。篆評音注。丹鉛不去手。四方有高僧逸士。騷客詞人。及挾醫藥卜筮諸方技來者。人人厭其欲以去。性通透疏脫。冬一裘。夏一葛。裁取足蔽體。鄉故多先達。衣冠輿蓋。烜煜一時。老人時方袍幅巾。掀髯抵掌於其閒。蹴踏蹤浪。若不知其為顯貴。飲酒不能多。有設具以招者。亦欣然往。往輒先醉。醉即頹然假卧。鼾鼽。座客號呶。主人摰曲。或優伶歌妓。婉轉雜遝於前。弗知也。喜鑒別古器物。真贗立分。一切法書名畫。及種種諸玩具。儲蓄多佰值。好友相對。時出品題高下。遇知交能賞識者。輒持以贈人。故家無長物。老人於世閒。既淡然一無所營。其性情所寄託。可得而指數者。於業。嗜為詩。嗜著書。嗜點定簡冊載籍中疑誤。嗜名理清言。嗜作書。嗜鋤泥種竹。於花。嗜梅。嗜菊。於禽鳥蟲魚。獨嗜蟋蟀。其聲清越激揚。似異人長嘯山谷閒。於境。嗜雪。嗜月。嗜舟行。嗜空林遠眺。於味。嗜茶。并為著書一編。曰茶約。品泉瀹具。候火貯湯諸論說。補茶經茶訣所未足。老人著述甚富。今梓以行世者。如茗鐫隨筆。夢萱堂稿。白門杜刻。梅菊新篇。蟋蟀茶約諸集。其一班也。（見王大經獨賞文集）

夏羽王

公諱某。字羽王。崇邑人。幼倜儻有大志。既就外傅。喜讀先秦兩漢文字。作舉子業。發明大旨。不以絺章琢句為工。每就試。操筆疾書如宿搆。名噪一時。周藩延為世子師。先生據皋比。闡經義。世子北面執弟子禮。王亦虛懷折節。不敢以食客視之也。流寇圍汴。城堅而守固。王既捐金募士。畢力防禦。而公更從中指授方略。以是屢敗賊。乃夜占星象。知不可守。遂辭王冒雪歸。公歸而賊決黃河以灌城。城流。人服其見幾之早。旋以明經考上第。授武昌司李。未赴而國變。公微服南遷。卜居南郊芙蓉山之側。自號芙蓉老人。葛巾野服。不入城市。與二三老友談經味道。暇則課諸孫學業。丹鉛考訂而已。素復康勝。不嗜飲。己丑冬。忽抱微痾。因自念洗腆酳爵。古以養老。亦以養病。乃小飲數杯。每歲時伏臘。花晨月夕。輒陳觴列豆。兒孫侍坐。或擊筑高歌。或持杯長歎。甲子春。不豫滋甚。仲夏望前三日。召家人語曰。此月之十七。吾將逝矣。乃命筆作絕命詞。及期晏坐而逝。年八十有四。（見張怡白雲集）

仲子

辛巳冬。汪文烈公假滿入都。至慶雲。邊烽方急。公以傷骨調治。寓城外逆旅中。稍愈。散步驛舍。見貯餉若干。公駭然曰。盜賊公行。此豈貯餉地。且司農仰屋。若胡為滯此。解官答曰。主臣有之。但賊騎充斥。途無行人。若此累累者何。欲入城而令病之。閉不納。奈何。公憫甚。歸詢邸主人曰。此閒頗有俠士。可與語者乎。主人曰。去此二十里。有仲子者。仲由之後也。豪有力。鄉里畏而服之。然不可招致。公欲晤。則就見之。公曰。諾。凌晨持名刺。邸主人導之往。至則告以故。仲子曰。是不難。公以木天貴客。為國事下交士。為知己死。已矣。三日後。當為公解赴司農。取部收來。公曰。善。甚須護騎幾何。當謀之邑令仲子掀髯笑曰若輩何用用若輩何為其自有所與游者公以名紙全福二十單帖二百來公曰諾塗費幾何曰是無煩公慮矣長揖而別三日後仲子報謁曰人力集矣公與解官語之乃同至驛則橐鞬而魚列者約二千人衷甲裹糧儼若營陣公駭然曰諸君何來曰皆某同人家子弟也因呼其長二十人拜公廡下曰此皆壯士某所與游者命取餉出皆緘木鞘中曰是不可以遠行亟碎之分攜以往解官惟懼不敢任公曰無傷是在我遂碎之分置橐中上馬馳去時多為公危曰此輩聚山藪似大盜萬一去不返奈何公笑曰安之世豈有欺人烈士哉不半月主人言仲子單騎歸矣公急出迓曰若何曰幸不辱命袖中出部收與公公大喜曰前同行諸君若何當語令一犒之仲子笑曰此輩豈屑酤須酒食耶幸事畢各返村舍矣公曰君大將才也當特薦君且大用仲子怫然曰此非知己之言也我以公憂國急公慨然見信試效一臂耳此世界豈容我輩耶幸勿復言一揖徑去明日公肩輿往謝則應門者長跪以辭曰主人與客為泰山游昨暮即行矣（見張怡白雲集）

曲園居士曰汪文烈公名偉字叔度休甯人寄籍上元崇禎元年進士十一年由慈谿知縣行取入翰林擢檢討都城陷自經贈少詹事謚文烈本朝賜謚文毅明史有傳此事不特見仲子之才幹亦見汪公之識力然餉銀在塗逆旅中一翰林官碎其鞘而分攜之不知誰何之衆解官不敢爭縣令不敢問亦可見前代法令之疏闊矣

胡上琛

胡上琛字席公始祖某佐高皇帝有功世襲福州右衛指揮使舊制軌衛得與試武科丙子中式甲申聞變公倡義勤王乙酉典禁軍授御營都督為鎮國將軍未幾關兵潰公自延平步歸福州奉老母及妻子吳氏獨與妾劉慧娘留曰城破我殉國慧娘曰公死妾亦殉公於是豫求毒草蓄之及大兵入城公易朝服北向拜次拜其先人次拜老母像乃設案危坐坐慧娘於側供具如常既酣索所蓄草根搗入酒各飲巨觥毒未發公起步數巡復坐笑曰藥豈不靈乎又嚼其葉吞之須臾終慧娘亦終俱端坐不動（見薛鍇南窗草存）

吳子方

吳楷字子方閩縣人性樸直不容人過輒揚罵始為郡諸生至丙戌當為歲貢生聞閩將不守自榕城移鼓山為終隱計是冬聞果破乃祝髮稱冐僧鼓山固名勝距郡三十里逸人韻士載酒游則訪冐僧冐僧與語極歡間有所借貸必唾罵乃已或貴人至則謝不與通永和尚者開堂鼓山稱院為天下僧俗敬禮時接見護法諸貴人冐僧不悅罵永和尚永和尚亦輒謝戒其徒毋犯冐僧云（見薛鍇南窗草存）

吳隱君

吳隱君威克者孝子也父華元以誠愨交於士大夫崇禎末有丁員外郎奉詔採銅滇蜀與華元善挈俱往病卒於黔山間至威克年甫十八麻衣芒屩辭家遠奔行次潯陽值左良玉兵敗于賊舳艫相銜沿江殺掠威克不得進甲申六月南都李博士頒詔往蜀威克從之張獻忠既屠楚犯蜀黔與滇吳皆震動督師李若星駐偏橋衛扼五省要害將軍方國安屯常德既殘破後涉江乏渡一翁駕小舟至熟視曰子何為者抑似重有哀者子將何之威克泣曰僕歙人籍居儀徵將求父柩於黔失路恐客死不得與父柩相見翁曰毋悲老夫方將軍幕客也可隨吾行至常德以屬副將王某抵偏橋距黔尚六七百里王曰前此不能相伴矣地險多寇其慎之威克泣別所過萬山叢立有狖無鷄犯猺乘亂截劫遇棺輒疑藏金必破之威克觸頸流血得免掠衣糧禁錮夜逸去跣走十五日抵貴陽見親柩擗踴氣絕經日始蘇旋乞募舁夫跪而告曰吾曹遭斯亂姑同寸進見食衆曰吾曹感君誠孝忍不助力於是取道義山中間道無煙火拾橡栗充食晝則同衆舁柩夜則相與擁肩露坐達旦二十晝夜至漢陽乙酉三月抵金陵以世亂不用術家言竟瘞葬焉（見顧景星白茅堂集）

義烈黃公

黃公名明邪字君亮歙之孝行里人父柱以繪事顯名一時公夙具巧慧善談諧能世父雅藝遂耕硯自給壯不婚娶所需日用飲食皆手自庖饌汲名泉煮佳茗供客談笑終日不倦乙酉九月大兵入郡公掩扉絕食示諸子弟曰余雖山澤褐夫衣草茹菽受本朝雨露且七十年安忍復見此事子弟勸慰者多嚴謝之居恒所御紙屏竹榻皆分布諸子弟是夜引被偃臥引匕首自刎濺血盈席諸子弟奔救不得截喉篝燈歸視公猶瞑目張拳抵夜午抉脰而長逝矣其族之儒者相與議公私謚曰義烈先生（見許楚青巖文集）

薈蕞編卷七終

清　曲園居士纂

周貞靖先生

周貞靖先生齊曾字唯一。癸未進士。除廣州順德令。自解官歸里。丙戌後入山為沙門。人稱曰囊雲大師。其歿也。里中謚為貞靖先生。不使淪於沙門也。先生生平出處大節。及他言行著作。俱岸然無所附。自為童子時。讀論語孟子治本經。俱不喜兼集注。率大書正文。默解其義。是其少讀書也。蓋不附傳注。諸生競為揣摩場屋之文。先生盡擺落華藻。自書所得。會試吳磊齋先生奇其卷。判曰自成一解。遂得中進士。是其為制義也。蓋不附主司。當先生時。三吳諸名士競尚標榜。先生漠然無所向。是其於士類中。蓋不附品目。其為順德令。治行第一。當事使攝香山。香山時為上相里。先生與相忤。即日解組。當事留之不得。是其為吏也。蓋不附上官。不附鄉大老。會稽行朝失守。淛河以東士大夫率俱出。上謁郡縣。通往來。先生不可。盡薙髮入山。白石一鉏。蒼松一笠。同年生有為郡觀察。招以書。先生謝不往。且曰孤雲去來。朝不知暮宿所。從此無更費八行。是其出處大節。蓋不附一世。先生家居。每一匠者入門。即審視

其法。自仿造所用器。輒能善其事。及於盤谷構山房。束竹覆茅。盡出己手。得懸崖一奇木。製為養和。日坐臥其間。拾燒餘以為爐。狀絕古。先生復能受勞苦。其入山當由一溪。水嘗沒踝以上。先生謂過溪若須筏。即須竹。須舟即須版。須篙須絲。即須編柴即侍負亦須人。不如用吾腳吾脛自善涉。嘗與諸禪人涉。俱不脫芒屨。先生謂沙石齒齒。芒屨質柔。不及吾足版。竟跣而涉。萬悔庵先生嘗訪先生山中。先生為設麵下以豉汁麥甚麤。先生笑曰。此吾上客供也。時諸公避跡沙門。率受諸釋老衣拂椎鼓上堂。稱其法嗣。先生獨不肯。雪竇石老人。其欲傳先生盂久矣。然徵聞先生時一歸村居。仍入彥倫之室。遂得止。是其遯於釋門也。蓋不附釋門。閒為詩古文詞。未嘗有所擬議。單言片句。不蹈前人。是其為文章。蓋不附諸大家作者。梨洲黃先生以先生與會稽余若水合銘。兩先生風格並高。未嘗相往來。先生謂自潔其身耳。吾耕不須耦者。吾負不須載者。是其避世也。蓋不附同隱。見李鄴嗣杲堂集

吳重光

吳重光。桐鄉人。幼失父。恃其祖成立。祖歿。與幼弟居。粗知書。以家落不競。嬉好氣任俠。先是。光外姑。絕愛憐光。苦其貧。出若千金為營衕屋。作門戶。一日。衆胥訓與例金。詰所自。衆告之故。擲諸地曰。此業錢也。安所不得一盂飯。乃從地獄中覓衣食乎。自是絕足不入官。甲申春。官征三餉甚急。挈弟之鄉理蠶務。完官稅。提籃乞於野。風聞燕京不守。棄筐走入城。問京城壞乎。衆雜曰然。皇帝奈何。曰與城同壞。帝二子何在。曰聞業自帝安所得二子者。捫腹曰。痛甚。繞屋而啼。踰牆入。仰天號曰。一至此乎。小人革命。遂伴皇帝死足矣。作數字。押硯底。遂自經。弟以鬻飢飱不至。覓兄不得。入城跡之。鄰母曰。頃聞哭聲戶出。而扃如故。可疑也。急排牆入救之無及矣。其硯猶濕。見周拱宸集

馬生

馬生。甯夏人也。幼工騎射。讀書曉大義。不喜為經生制舉藝。見天下方亂。歎曰。誤天下事。制舉經生也。以任俠流落山東河南北間。夙善羅汝才高迎祥李萬慶輩群賊張作亂屠掠。馬生輒棄去。弗與游。嘗過朱仙鎮。拜岳忠武祠。為文祭告忠武。時明崇禎十三年也。是年河南諸土賊蜂起。開州袁時中者。衆數萬。最雄傑。所部年皆四十下。健壯標悍。號小袁營。郟州賊蓋有袁老山。時中故號小袁營以自別。十四年。時中度可衆二十萬。羣賊多懾附焉。自成攻陷洛陽城。尋圍開封。破歸德。諸土賊多來附。十

五年。朝廷命兵部侍郎某督援勦兵援開封。自成復陷歸德。開封亦遂陷。時中以其衆合自成。自成許配以女。除歸德城外地。璧高臺十座。列騎張繡。徵梨園伶人十部。臺並奏樂。使演曲其上。馬生乃往說時中曰。將軍視闖王何若也。附之為尊。安乎。兵興以來。王嘉允被誅陽城。高迎祥劉哲獻俘闕下。混天王授首於祖大樂。黑殺神飛山虎輪殺於盧象昇。他如闖道神。爬天王。獨行狼等。悉以怙逆眛順。身家顛殘。將軍視闖王何若也。附之為尊。安乎。時中躍起曰。作賊宜本願。我獨不得傳汪二公歸命耶。孫督師阻城遂闢。丁公恐未足以共濟。君其為善圖。無兩相負。生於是走援勦軍門。拜伏侍郎前。力為時中乞降。侍郎乃索輸賂百萬為代請。生因極言時中實無有委積。且須四五十萬。生更反覆陳說。慷慨涕泣。候軍門數日。因大言曰。時中為自成軍鋒。素有部。且冠雄諸賊。將懷不並立之勢。若諸路官軍進蹴其前。時中從中起擊其堅虜。自成可一戰擒也。異時闖部不從萬監軍撫招納羅汝才。俾賊至是。可為近鑒。今失此機。生見神州陸沈矣。侍郎終以弗輸賂故。竟不為受。時中降十六年。自成殺賀一龍羅汝才。并其軍。汝才大呼恨未能從馬生言決降。固當至此。時中聞之益不平。蓋嘗許女曰。時中巳引軍去。頗悉開別營矣。至是復用生計。斬自成僞官。並游

騎頭送河南巡按御史乞降自成以軍攻殺時中而小袁營以滅自成部曲至百萬衆馬生曰我不忍獨負時中因自縊岳忠武祠內馬生嘗導李為變降為殺者賊中號塌天者也襄城之役卒能臨危致命賊非盡無良在御之者耳馬生生平惟稱生不自名（見何叔晴江聞集）

幽園居士曰考明史崇禎十五年春正月癸未孫傳庭為兵部侍郎督京軍救開封六月庚申詔孫傳庭出關兵部侍郎侯恂督左良玉軍援開封此云授勳某侍郎蓋即侯恂也明季政以賄成并軍前事亦取辦於賂烏呼朝政至此不亡何待

陳曹二子

陳子名允昌字充彝鎮江丹徒人少為諸生薄制舉業從事天文地理律歷旁及太極六壬奇門諸書與同縣曹子去非相友善陳子學既博人鮮窺涯際乃語去非獨解領明崇禎時徐相國光啓推定歷用勾股測弧法主黃道緯度陳子願言未悉合參取劉基郭守敬一折衷利瑪竇間以占候罔不驗吳姓將出師先事向人言輔臣行出將弗及寇決還已而言果中大兵未渡河輒數語人某時渡河某時且渡江生平所著天文地理圖說卦變論星辰躔次歲時占驗教學參同辨正凡若干卷曹子

去非名廷傑家貧善讀書更喜飲酒以跛坐臥一小閣元日拜先聖廟與師景城何公神主終歲不再出酒後搦管立草數千言家人告斬水匱絕吚唔弗顧也陳子數諷止其飲曹子笑曰遭時濁亂我當希與陶阮仙遊子達者願止我飲乎明天啓間嘗一至京師代諸詞臣館試輒擢高等館都御史楊漣家時漣疏糾逆奄魏忠賢二十四大罪疏草出曹子手曹子聞以示陳子陳子覽未畢色勃然變數咄咄曰謀害皇親一案引督師輔臣為徵此大錯國家方倚高陽公為安危致奸璫日媒蘖君側其不壞我長城倖矣然璫運已促諸君留身為斬主資甚踰於捐軀無濟也初奄黨疑疏出繆昌期陷之獄曹子心竊恨之是後遂杜門不出（見何叔晴江聞集）

幽園居士曰楊忠烈劾魏忠賢二十四大罪世莫知其出曹廷傑手也宜表而出之然二十四大罪實無謀害皇親引督師輔臣為徵之語此所云云又可疑矣

張三愛

張三愛叙人也年四十不娶受役於其主主貧或告之曰妻之可乎張曰否愛主在不並受他人恩也主固老縣令逋租今索租急當予杖愛屢代主受笞至百數不少懟愛為人修長且健筋力多種蔬售之以其貲歸輒充衣肉於主且曰主老不忍一日衣肉缺也獨養母所充衣肉與主同一日母病且篤愛家貧自度力難置藥乃乞牛蒡於道路路人曰若愈母使可以肝愈之邀而禱於神曰母病人告我以肝愈我且以肝愈母乃出短匕首自劃其胸五臟皆見不見肝從默禱之神曰久矣哉愛之不誠也須臾肝墮出愛急仰右手以匕劃肝如指許徐以左手緩緩還其破肝納於腹束以白麻以肝和藥奉母母一飲而輒愈先是愛恐自昏憒默祝於神至是不大痛苦明日其凡聞諸醫醫七日而創亦愈愛主老未娶乃以弟之子嗣嗣為人性黠故數恚愛主易簀時曰若事我我且逝女可使逃去愛弗肯事而嗣如事主且曰不敢受主遺墨輒遠齒平人自大也嘗與其里人修荒墓之約凡里中貲乏不能以掩者無主暴露者愛自度貧無力悉相率其鄰近荷鋤載畚以封築完固之（見王晫當中秘文集）

程士章

孝子姓程氏名士章伯達其字世為歙巖鎮人生未識父父嚴註以太學生操監筴開種遼陽外未幾卒所交馮都司者葬之高達子阡付牒守焉語蒼頭識其地而歸訃於時孝子生六年矣母王得訃慟幾絕孝子亦慟絕如成人其祖拊之曰兒至性如是他日歸骨有望矣蓋姑語慰王耳孝子聞輟哭瞠立問遼陽道人嘖異之二老

暨王相繼厭世孝子年十二稍長惴惴懼不立王前已為聘鮑氏女既受婚謀之比鄰翁將為父歸骨翁語孝子遼陽八千里徒御風而往乎因言之方司徒任子以巽而授計焉以巽心重孝子常語人吾當成其志孝子用是依之十四年適以巽暴卒孝子大慟曰天不欲吾歸父骨而奪方公乎巽子士達慨然曰父志也諭諸同志而身捐其半以三百金假孝子孝子感泣遂辭行蓋是時蒼頭可法八十猶健也挈之從孝子附舟入漕夜夢天垢若有神謂之云覺而水發舟中衆譁莫措孝子泣禱水忽退舟衆弗測至直沽發裝則魚茸鍊就謂孝子異人不知為孝子也歷八月始抵其地訪高達子已久下世主僕惶惶莽曠一路人睨法不去法就詢則高子世勳故童時執役註者因相持泣出牒證墓所孝子具棺啓窆則儼然冠服肩背也伏之慟再拜起遂失所覩惟骸骨而已孝子以生未識父不敢誤萬一嚙血濡之良然手其骨諸指如或撫之者集而失一膝孝子慟曰是其安之也忽巨蛤吠不已凡若乘物焉視之即膝在焉易殮以一蔴載骨南道山海關蔴躑躅不進孝子待註出關投符奠而號之曰父可入關矣跛若掣而蔴從入自是道無留凡四月抵家未至一夕孝子母鮑夢偉衣冠丈夫偕王坐堂上明日註骨至合王葬焉（見王晫遂生集）

吳虛堅

王不庵有吳虛堅小傳云。虛堅吳氏名懷。始安人。早喪母。從父偶齋公南雍。落落鮮合。寓齋公卒。虛堅遂孤身狂走。西登嚴子陵釣臺。默坐竟日去。乙酉春。予游天姥。獨踞峯頂。有風自東北來。山谷鳴吼。亂雲如擲絮。偶諷太白句。失聲長嘯。虛堅聞之曰。非吳爲者。循聲而至。相見則大喜。一語連日夜不休。自是浙東千里名山大川。毋論昔人扣舷伐木之地。即古今共棄人所不道者。予兩人無不歷險窮走。往往落日孤峰。徘徊不忍去。時有蔣生者從予遊。每作處。輒爲吟詠以示兩人。但顧笑而已。蔣生竟不得意趣所在。月餘先舍去。虛堅乃出所經山川險隘遠近諸圖數十繙示余。余以各得辨證之。虛堅復大喜。酌酒慷慨謂予曰。子有父兄在。非可同余浪游。余將舍子孤往。苟慷吾懷。熱骨寒泉無恨也。未幾去而復來。來又去。數載始聚。予曰。可已乎。曰未也。又忽去。後予遊於禪關。虛堅在吳。吳中人莊事之。有以詩文贈貽者。一日即棄去。諸人則日置酒擊鮮爲奉。虛堅傲然曰。爾將尸居吳懷乎。竟馳去。詣余。余固止之。而虛堅是時亦倦游矣。友人曹生謂予。虛堅奇男子。既鮮兄弟。不可使無嗣。予語虛堅。虛堅良久曰。必醜陋無一能非處女則可。生不測所謂。予曰第從之。得曹氏女曾適洪者。姿貌既拙。僅能事中饋。閒則兀坐如立檔。予過虛堅。必聯牀夜話。往往達旦。曹生亦時時來。聚杳不聞帷內聲。食具即自供。午夜炙酒瀹茗不倦。予因歎曰。此真吳虛堅婦也。虛堅喜讀史。至是益肆力焉。嘗於夜讀有感。撫案痛哭。聞窗外有物騰突去。叢箐作摧裂聲。敫敫動人。次日見籬下虎跡大小不一。谷口農家犬豕皆爲虎攫去。虛堅貽予柬云。中夜忽感舊游。放聲一哭。林間葉落不已。山婦執炬起立助予哭聲。震空山。虎豹聞聲遁去。此時況味。恨不得王生共之。予賦空山哭紀其事。又數月。虛堅竟去。期於次春還。不至。前所從遊蔣生者。有故人自衡山歸。言虛堅卧病山寺。予念甚。屢於夢中哭之。又越歲竟不至。亦無從通一字。復有識虛堅而自楚來者。曰聞有狂生久病山寺中。後不知所往。或云虛堅已歸矣。或曰猶在衡永間。予曰虛堅安所歸哉。殆死矣。其婦還依母。則猶曹生授餐也。（見王晫湖遂安集）

黃孟通

黃孟通名憲。華亭人。少即無賴。年十三。誤殺人。逃之嘉定。日糾里中小兒爲搏戰戲。一日羣聚數大隊聞命。羣兒列於前。獨坐石臺上。指揮叱咤。有老人覘之曰。豎子喜是乎。何不從師。孟通然之。欲毆之。近輒頓仆。遂拜於臺側。師之。盡得其技擊。嘗附一商

船。舟人盜也。縛其商沈於水。語孟通曰。汝自投死耶。孟通視諸盜中。一人持大斧。猝起。因僞伏哀請。遽起奪其斧。斫之。盜墜水死。餘皆驚遁。孟通救商於水。得不死。撐舫急去。易舟。匿蘆葦中。盜蹤跡至。不得。乃免。商人以百金謝。不受去。既復以殺人下獄。歲得出。乃從吳淞千總張奇與校監徒出沒海洋。奇與敗。孟通潛遁太倉。偵觀察沈公選將材拔用。孟通矯捷過人。每從檣上窺賊。能相去數丈。持刀躍入賊舟格殺之。賊覘知孟通。即避去。又嘗入嘉定訪舊。已醉臥。主人忽譁訴其仇。孟通默無語。數以空拳擊脚。既得其里居。曰吾欲睡。卿可去。主人去。孟通踰垣出。抵所讐之居。急叩門。以他事引出。拳殺之。明日傳其死。主人奔告孟通。孟通謬相循快。竟不言也。賊犯安慶。孟通隨總戎許自強進剿。宿松之敗。自強僅以身免。孟通獨將三十騎。縱橫賊隊中。歸而備兵使者馮公。奉巡撫張公命。選將材。孟通復就選。諸藝過人。而不諳策論。視平日之能文者。奪其策以獻。遂得第一。謁謝時。馮公稱其文武材。孟通以實告。公益喜曰。此即英雄舉動也。白之張公。授把總。後以許某副將貪汙。爲自強所忌。斃之海舟中。（見王晫湖遂堂集）

榮小兒

榮小兒者。古逸城人也。父凱歿。家落。母趙氏。雖不出貴族。恥依人作臧獲。久之。竟無棲止。乃假市廛中邏卒半舍以居。草廬葦席。鶉面鵠衣。苟延巳耳。小兒幼而聾。父母以其痴也。不命名。但以小兒呼之。人呼之亦同。自壯至老不易。小兒既痴。不能貿易。兼無貲。日乞於市。性至孝。每出門。必向母叩頭。歸亦如之。食必跪進。擇其旨者食母。餘自給。母食之甘。則起舞。否則泣。或值所乞無幾。母留之以哄予。小兒見食不如常則泣。如是者終身如一日。小兒雖行乞。土人重其孝。無空者。或間以酒肉饋之。坐是小兒得養其母。至七十餘。以無病終。死之日。小兒痛不欲生。時人哀之。為助棺。葬於邑西之二郎山。自是小兒日則叩頭於母之舊坐處。歸亦如之。擇其乞之旨者。不得跪進。每傳俚賠啼。泣不已。郡北舊俗。清明前三四日。爭挂紙錢於邱隴。麥粥杏酪以祀祖先。趾相錯也。小兒走墟。饋遺盈筐。攜之二郎山。祀母。抱卧古樹下。為狐狸鴉雀食之。比醒。疑母之果食也。踊躍起舞。既而覺其非。伏地大慟。土為之溼。鄉之耆老聞於邑宰。邑宰錄孝子扁旌之。小兒不知。行乞拜跪自若。每思母。哀哀而已。年七十餘亦以無病終。土人義之。為附葬於其母旁。（見陳鼎武山學堂集）

葉尚皋

永嘉狂生葉尚臯字天章順治丙戌秋甌始歸附尚臯婆娑市上或歌或泣如優人狀家有妻女皆棄不顧夜則假卧市旁或數日不食如是者八閱月丁亥仲春上丁狂益肆陳詞孔子廟橫甚郡伯朱公執白兵使者雜治城隍廟中時尚有欲活尚臯者曰且繫獄在獄三月多作詩歌一日取亮楮作自叙賦絕命詞以手扼吭而斃時端陽前一日故其詩有未斟蒲酒腸先斷不沐蘭湯骨已香之句（見朱[illegible]竹[illegible]）

坦然先生

先生姓周諱文煒字赤之祥符人素行屹立人稱為如山先生先生曰吾如山哉吾乃坦然者耳因以自號云少以文自豪尤喜賓客嘗數至千金蛹為人緩急立盡而先生固安之游太學久以例補諸暨諸暨令某貪而善獄每以意旨諷先生先生固爭之有妬婦以炮烙斃其妾令屬先生驗邑人觀者傾市先生逮婦痛笞之人無不稱快者其夫詭曰是婢也毆婢死法不至抵先生曰創非刑斃人家自為律其罪甚於殺人奮筆擬死比復令令已入其夫重賄庭質婦觀者隨往見令反杖妾父所引斷乃如其夫所言遂相與譟于庭謂令乃不若蒲令方抱慙恨及先生至又嚴詞色與令力爭客乘閒謂先生曰先生自屹然如山耳安所見坦然哉先生曰噫此固吾之所以坦然者也當爭則爭于吾正為平易而子何疑哉今日夜衡之而先生初不以為慮方日與其邑人陳洪綬者為五洩游歷七十二峯且徧往返至六七每當奇嶠處洪綬作畫而先生自為詩卒以忤令左遷王府官屬會母喪過哀竟以病去官家金陵教其長子成進士出為濰令歷官中外至戶部侍郎人以為先生榮而先生自若子所居為昔有園與向時名賢觴詠其中謂之秦淮釣侶又豫置一柩當風日晴好被酒入則使諸孫輩繞呼之或擁製衾出使競相舁抬以為笑樂更自撰為墓志無何而侍郎被逮詣詔獄客為先生憂先生曰吾今固甚念之然吾生平無一念足死吾子而吾子又賴我於理不死行當還耳卒與客飲酒自若已而事果得雪如先生言子二長即侍郎名亮工以德業文望著學者稱櫟園先生次亮節（見董以寧正誼堂文集）

蔡湘

蔡湘字竹濤松江上海人也幼穎敏讀書目數行下里有董先生者授湘學悉以藏書畀湘因得縱覽博通年十八治裝別其父母曰兒居海濱終無所成就願北學中土庶從賢豪閒游歸侍大人未晚也遂渡江踰淮客齊魯已而轉入京師南海程職

方見湘詩大為延譽於是萊陽宋觀察新城王考功皆迎致之湘才既高性又伉爽不肯脂韋從俗醉輒詈其座人人目為狂沛縣閻山人飲合肥龔尚書坐尚書酌山人曰君名能相人此間誰定奇士山人睨視良久撫湘曰吾所知布衣一人殆異才公為致之問其名曰上海蔡湘尚書立騎邀之湘敝衣冠惆悵而前一座為改容已各賦詩衆客方沈吟閣筆而湘泚筆疾書不加點尚書擊節歎其敏且工也經歲西去踰井陘將歷龍門太華之勝經太原會嘔血太原周郡守館留之其友潘稼堂見湘稿向作多削去問之曰燔矣君其謂我畫地而趨乎即此亦烏足存爾詎知異日之不為灰燼乎未幾之交城謁趙令君令君與語相得館之邑署旬餘始出襄宗伯程職方雨手書訴其初不以通曰公賢無須此所以出視者不可沒兩公意也在交署七月病劇潘自太原往視之執手泣曰君來吾瞑矣問所欲曰吾負大人吾負大人為吾謝職方君不及報矣須臾氣絕年二十六（見周篔采山堂集）

金文

金文者業販鹽浙中為東南財賦之藪而海濱斥鹵鹽賦與焉給引於商者曰官鹽舍是悉為私販賣及買者兩罪之文少與仲氏出沒江湖閒凡販鹽之徒遇輒相邀劫奪為利獨文兄弟所至人無敢攖者既而仇家縛仲刺兩目縱之文為稍戢來家禾之梅里歲丙戌鼎革之初愚民多相聚為盜距梅里半舍曰嘉會都者為其巢穴四月下旬盜率黨來劫居民狼駭豕奔恐其焚擾是夕文載鹽五六艘歸近市望見火光知有變乃部署諸艘退伏支港約曰賊歸繞出其前後呼應相接并力擊之賊可殲也乃率四五人往拔移竇橋橋為賊歸要路文持槊餘人彎弓貫矢以俟羣盜舟方滿載首尾銜次相與謳歌笑樂是夜雲霧塞天相對昏黑莫辨而賊舟炬火獨明將至橋所十餘丈大呼詰曰來舟何為者盜錯愕悶對矢發貫賊手賊遽擾亂後舟詰之如前不能對輒注射之餘舟擁擠不敢從前賊數十人乃執炬持器械舍舟登岸循伏舟銜賊前至呼詰相應文輒持槊從橋上躍就之左右刺賊前二舟舟覆後賊皇遽亦多赴水以逃文躍入賊舟橫刺之是時伏舟出賊後者亦銜至相與呼應遂合力奮擊殺聲震四野賊不支悉投舩顛仆落水溺者甚衆其登岸散走竄伏榛莽其伏閒者村人又搜捕之皆反手縛送至文所文至西塘口南面坐諸人持刀斧繩索立其旁以聽命列群盜於前驗其足泥深及髁踝者多推入水中閒或擲火焚之其強武有力為賊首及偵探為賊耳目者疑似閒不能悉辨死八九方是時兵燹猶熾

盜賊多有故文以匹夫得生殺之莫有非者羣盜就戮率恣意以逞或繫樹仰射或斷手足或截腰剖腹血肉淋漓而觀者方恨賊深不以為怪也是日有一塾師晨出露草沾裾疑盜也縛而焚之頃其徒來始知故非盜其他寃抑者可勝計哉是役也盜約計五百人自溺死者三之一縛而投水者五之一斬斫焚燒死者十之一餘則散走村堡擊掠以死其得免歸者不過十數人而已里人多其功向所戴黜大室斤率以百計小户以差減咸五其償償之并所入盜遺金錢衣飾充溢棟宇家大殷富矣初文少壯無室窺酒家女新寡有姿容且能持門户求焉不獲至是强擁負歸人不敢問也時有曹某者嘗與文角訟不相下一日出郡人舟皆失蓋文陰賊之也其縱恣如此方其擊賊也當事畀之欲招致麾下文謝曰某一介無他能會賊自潰散因擊之某何功焉卒不就顧謂其曹曰吾少無家室嘗觸法犯禁不以為慼今幸有妻且衣食粗給又安能趄趄俯仰為人驅役耶乃大治其室宇華美越常製服用器具務求精麗日與其曹縱博劇飲妻為擊鮮割脯佐之未幾晨出近鄉竟為人磔殺莫知主名後鄉人有疾常憑依焉禱之則愈（見周貿林山堂集）

八大山人

八大山人者故前明宗室為諸生世居南昌弱冠遭變棄家遁奉新山中薙髮為僧不數年豎拂稱宗師住山二十年從學者常百餘人臨川令胡君亦堂聞其名延之官舍年餘意忽忽不自得遂發狂疾忽大笑忽痛哭竟日一夕裂其浮屠衣服焚之走還會城獨身徜徉市肆間常戴布帽曳長領袍履穿踵決拂袖蹁躚行市中兒隨觀譁笑人莫識也其姪某識之留止其家久之疾良已山人工書法行楷學大令魯公能自成家狂草頗怪偉亦喜畫水墨芭蕉怪石花竹及蘆雁汀鳧翛然無畫家町畦人得之爭藏弆以為重飲酒不能盡二升然喜飲貧士或市人屠酤邀山人飲輒往往飲輒醉醉後墨瀋淋漓亦不甚愛惜數往來城外僧舍雛僧爭嬲之索畫至牽袂捉襟山人弗拒也然貴顯人以數金易一石不可得以故貴顯人欲求山人書畫乃反從貧士山僧屠沽兒購之一日忽大書啞字署其門自是對人不交一言然善笑而喜飲益甚或招之則縮項撫掌笑聲啞啞然又喜為藏鉤拇陣之戲賭酒勝則笑啞啞數負則拳勝者背笑愈啞啞不可止醉則往往欷歔泣下山人有詩數卷藏篋中秘不令人見山人題畫及他題跋皆古雅間雜以幽澀語不盡可解而徵題豐下而少髭初為僧號雪個後更號曰人屋曰驢屋驢曰書年曰驢漢最後號八大山人云（見邵長蘅青門麓稿）

唐太史

太史唐公名夢賚字濟武淄川人也生有異質二十三歲登上第入詞林三年授史官章皇帝初親大政一日有中涓奉二冊書至政事堂命詞臣之通國語者繙譯以進乃玉匣記元帝化書也公曰此非聖之書何由得瀆御覽詰旦拜疏陳說孔孟之道謂不在六經之科者不當並進越數日又爭御史張煊給事陰潤事侃侃數千百言甚切直忌之者必欲得而甘心焉卒賴聖明僅罷官去閉户讀書益肆力於詩歌及古文詞世皆推服性耽山水日與司寇高公念東宮詹李公吉津徜徉嘯傲為林下遊歷燕趙吳越悠然忘返在廷諸大臣有欲薦之者公遁跡惟恐不深雖姓字亦不輕示人桐城方樓岡學士至廣陵一大吏問曰公同年生有方吉者乎方愕然大吏曰旦有懷是刺見顧者問何自曰自山東來微聞其從者曰己丑進士也故問公方曰此必予友唐濟武也拆其唐字為姓名耳追之不及（見王晫霞舉堂集）

胡孝廉

胡孝廉名貞開字循蜚生而夙慧九歲時父仲宣國博同叔休仲庶常攜之過苕溪

溪有施竹捷截流而室魚者庶常戲問曰捷前後左右皆水也魚觸捷當別去何依於此為人所烹對曰獨不見蒼蠅之投窗紙乎求進太猛求明太急知進而不知退見明而不見晦是以不免比長補杭郡諸生游吳門訪金沙周介生約合南北同人結大社檄徵四方文輯萬餘篇選八百有奇名石鼓桐鏤版行世孝廉少任俠好與邊人武士接習弓馬旁通劍技有蕭塘顧四者以善相馬游貴公子之門偶攜襄東貢家紫騮來孝廉以百五千錢易之常馳戲兩峯三竺間一日從湖隄出定香橋會樊學使致虛讌像友於湖酒酣步隄上小坐龍王堂桃花下肴核既具意氣方豪孝廉忽驟馬直前勢不能東几席為之傾倒落英如雨坐客皆辟易有仆地者學使怒命隸追之至隄盡處有橋橋上輿臺廝養摩執梃杖截馬首禁不得行孝廉乃退馬逵橋六七丈提鞭外向大喝一縱徑過度葛嶺邐迤循城而東涉沙河出皋亭之背穿林越莽而歸日尚未暝也學使以大索不得令城中凡有馬者悉詣官按驗孝廉聞之大笑年三十八舉於鄉為崇禎己卯歲也流寇起關右朝廷從大司馬議令今年鄉試舉子於中式後別試騎射如果超距破的拔擢按即行咨部擢以異等顧天下承平久士大夫恥言介胄佔畢家多不識決拾為何物九月上旬監臨王侍御同

主考衛宮諭頗兵疎洎提調監試諸司升武帳集舉人於墀下張侯較射衆謝不能孝廉獨馬挾大黃拓弦三發皆貫革主司大喜明年下第南還遇賊於汶水之西同行者瞻顧不敢進孝廉起馬獨發抽矢引滿弓逐賊四十里過市下馬裸衣踞胡牀納涼樹下諸同行者方到相與上酒樓劇飲咸驚歎為天人甲申後將以孝廉老矣新令仕宦者不應詔禍且不測制府聞孝廉名强出之署嘉興府刑官兼攝鹽官縣篆選湘衆司李謫商邱丞罷去所至具有實政然皆非其志也嘗謂耳體空受感最捷因號耳空居士孝廉本無意於時既歸乃鑿宅之西北隅為池卷池土而上為岡為嵁為絕壑為磵道為小橋平坡坡之將築室三楹轉而入閣閣旁複道架小屋五椽螺叟藍田杣傚南宮父子雲山一版因顏曰米山堂堂中設長几一以庋書畫方几二以時食飲竹牀木凳石盆瓦罏不使有塵俗氣虛閣望遠岫平疇四時陰晴變幻不一屋內書數架備觀覽早起參楞嚴經一則自言收其放心非佞佛也飯罷讀史有當意者隨筆記之午餘臨法書一兩行或作奇峯一幅以寫胸中壘塊客到則烹岕茶劇談世外事小住即與蔬食濁醪為秉燭之歡興至步月不送不迎雖居近市屢閉門風雨如深山然故仍稱孝廉以明志見王晫霞舉堂集

陸承祺

陸孝子名承祺字又祉父涉蘭客死粵西鬱林時方軍興踰年而凶問至承祺與弟承祚年尚弱號慟拜辭其母王氏曰兒不得父骸不生還矣家酷貧二子斃屣走萬里道乞食其間疾風盲雨之所飄搖懸崖絕壑深溪仄徑之所危恐山妖水蜮猩䶂豺虎睢盱而上下而又有烽烟戎馬關塞譏訶之警卒至鬱林入鬼門關數十武有老嫗煮糜以給餓者二子跽問父柩所在老嫗指叢箐中云彼累累道殣率朽敗不可問傳聞是中有浙江人是耶非耶二子乃詣前刺血滴骸凡閱十餘棺皆格不相入二子乃拊膺呼天哀感行路而忽遇父故人道棺在蕭寺二子隨以往撫棺一慟皆隕絕時聚觀者見二子死皆大呼孝子孝子急以水漿灌其喉久之承祚醒而承祺竟氣結不屬死矣承祚孑然匱兩骸左擔以出蠻煙瘴雨之鄉繭足黧面還家報母母已蓋棺數日先是承祚道遇鄉人寄書歸母慟嘔血曰不意吾兒先我見夫子於地下也既卒哭歎曰夫柩已歸吾何戀絕粒六日而殁見馮景解舂集

俞老僕

馮山公有俞老僕墓誌曰老僕姓俞名文金華人少讀書明大義身長八尺廣眉修髯耳長三寸許發聲如鐘為豐家所賂囚於獄吾父出之德焉委身為奴老僕性嚴未嘗見齒僕輩憚之然事主恭謹老僕析薪姑蔑山家中爨不乏嘗行山遇虎挺擊之虎人勸勿再往老僕不應其婦哭而牽其祛老僕怒叱曰人生聽命於天乎抑聽命於虎邪絕袪以去時年七十矣予兒時好嬉戲老僕常柔聲規戒予易之不以介意數抽秫為矛與鄰兒十餘輩戰於園皆蒲伏而歸老僕有子年與予齊亦召之使戰老僕瞷笞予數十予始憚老僕從此罷嬉老僕在家日少歸必問予所讀章句請誦之熟則大喜以山中五色文石獻予予樂焉每歸自塾釋書於几揖父母起居畢徑詣爨下望薪有無以驗老僕至否蓋予年十二猶數望薪老僕一夕醉進諫曰官乎此非弄石時矣日長炎炎去成人幾何不書之愛而石是好蘭溪之石可勝幾乎失時不學負老奴矣其聲益嗷予悲傷其意凡心作遂大奮於學然猶歸家數望薪念老僕不忘石也康熙癸丑秋敝廬大火老僕年七十九左擔而趨出於火中者率為人奪去惟老僕不失一物至今又十許年老矣不能入山析薪猶自扶杖至江干問薪價低昂云老僕在余家三十八年未嘗一日病今丙寅夏臥牀不起聞予自淮歸强起謂其婦曰扶我謁相公老僕于余凡三易稱兒時曰官壯有室則曰爺予游京

師上書當塗名聞天下老僕歎曰此真相公矣遂稱至今蓋老僕三易稱而予髮亦種種矣沒之日予見薪而泣明日執爨者告市薪予益泣飲之如禮葬於不食之地遂誌之見馮景解舂集

會蕞編卷八終

金隱君

清　曲園居士纂

金隱君名光，字公絢。義烏人也。少好學，凡天文、地理、奇門遁甲、壬律、醫卜等書，靡不畢究。性好遊，居家歎息曰：丈夫固跼蹐戶庭邪。時崇禎時，毛帥鎮東江，金君附商賈至其地，縱觀海外形勢，大喜。無何，政府惑處士策，校謀殺毛帥。帥麾下杖戈泣，又數見疑斬餉，麾下舊部憤曰：大將軍死一書生，吾儕安向。遂掠定長山五島，率民兵萬餘，航海歸朝，而金君始罹難矣。時崇禎甲戌七年，即大清天聰八年也。南望輒淚下。南人為將領者，客金君。時諸道統帥智順王等求採訪客，卒不得。智順王康知之，召金君。智順王者，平南王始封爵也。金君佯為許諾，與書記悉西僧多雜處，弗與言，乘間逸去。國法嚴，笞之百。又逃，縛而大創之。又逃，督捕者請於朝，將斬之，坐金君纛下。帳下爭以酒肉進，金君酣酒啖肉，大笑曰：速殺我，吾生不能歸，魂歸矣。智順王大驚，馳馬至，若非金某，君誤矣。別以他囚殉。舍人子流涕謂金君曰：王愛公，奈何負王。金君悟，入謝王，王大悅。凡十年，王倚之如左右手。然南望必淚下。喜登高山，觀日曈曨升，則大喜，或悲哀雪涕，以頭頓地，人不測其故。一日又出遊，西僧躡其後，稍選騎相逐。望其山形盡曰：山腰懸紅燈二。山忽動，跡之，乃巨蟒也。金君驚，將返轡，西僧曰：慎無恐，吾命之退。馬上嗚嗚作梵語，蟒如疾風馳去。金君歸語人曰：吾向慈若嘗緇，自今毋輕相天下士。順治元年，王從攝政王及恭順王、懷順王入山海關，會平西伯兵大破賊李自成，走之，遂入京。金君與俱入關時，策馬歎息泣下曰：吾曩日冀魂歸，今生歸矣。未知較魂歸異若。大清定鼎，都北京，更從王定太原，克延安。明年下九江，左甯南全部降，品隲諸降將，數與金聲桓語。聲桓欲得金君，王不許。其後聲桓敗，王笑曰：吾從其請，汝敗矣。金君亦笑曰：聲桓不得光，故至於敗。又明年取湖南，王與諸王會師，咸重金君。王入朝，改封平南王。王欲敘金君功，固辭。己丑，王始與靖南王取廣東，攻南雄，取韶州，襲清遠，降從化，始抵廣州。運籌發策，敵無不知有金君者。諸將欲屠城，必勸王戢止。凡二年，始克廣州。又二年，定高、廉、雷、瓊等州，戰取疾徐，咸受成算。又明年，大破李定國於橫州。敘平粵功，當同三品，固辭不拜。金君欲歸隱，王卒不許。王以其子尚郡主，三辭不允，始成禮。金君歎曰：王遇我厚，失我初願，奈何。吾航海北渡十有一年，從陸入關，當時不能退，今又幾何時。言未已，淚下。文村者，故明虎賁將軍王興所踞地也。處萬山中，左峭壁，右大海，險為順而背不陸，羊腸鳥道，刺竹叢雜，即步兵施之，卒不得入，思持久困之。一日，興遣卒設罵曰：若陳兵百萬奚益，汝軍中金先生們知，吾降矣。守陴者以告。明日，復設罵如故。金君聞之，慨然請行。王及旗帥皆撫大史驚，以幾無信，奈何失金君。金君排列座曰：光應去。令一騎釋甲前導，傳呼曰：金先生來。村口卒馳告興，興曰：偽耳。令素間諜者覘之，急奔告曰：果金先生。興命以入，徑數里，甲兵森艾山。興出迎，問曰：君護騎幾何。金君曰：一騎。興曰：君何信我。金君拱手曰：汝先信吾，安敢不信。興登堂，磬折如客禮。王將軍從容言：吾祖宗受約束，為藩籬外臣，於今二百八十餘年矣。衆者藉兵為故主仇，臧泣至再。雖然，興豈為降將軍邪。語未竟，忽一人啟扉突出，則故明侍郎、前兩浙督學臣王公應華也。與金君有舊，相持拜跪，哽咽卒不能語。王將軍設席，呼二人曰：且飲。一飲凡三日。王將軍把臂歎曰：君來，興宜踐前諾。命五子出拜，指金君曰：汝曹善事汝父。更酌金君酒，眦目撫髯，降席請曰：興死矣，興毅魄不死，藉汝大書冢前：大明虎賁將軍王興之墓，足矣。金君瞠目錯愕，應曰：諾。王將軍召妻妾登層樓，自爇連珠礮，轟然雷震而沒。越三日，金君攜其五子出，納敕印、土田冊籍，降者次第出。金君曰：興獨焚，亦忠臣也。吾不負死者。勸王請於朝，恤其五子。鸞齋感泣，而金君名益著。金君佐王幕，始終不受官。然金君隱軍中幾五十年。王欲官其子弟，卒不許。登粵王臺，凌風長嘯，謂吾曩時濱海觀日出，今又濱海數數觀日出，吾得跳天門，依日月足矣。臨死歎息曰：吾少時幾死而不畏死，今老矣，願速須臾死，顧難蹤以死。隱忍五十年，竟死矣。金君未死時，澹歸大師為君作留須子傳。（見林瑞巖寒堂存稿）

草廬先生

草廬先生，不知其名字氏族。始居豐樂橋南，又徙而之鐵冶嶺。經歲不出戶。一日，客訪其居，童子曰：方臥廬上，未敢通。日移晷，徑披其帷，闃其無人。已而床上有聲磬欬，見唾壺狀，始盤旋下床立，帳啟露廬，語曰：天寒甚，客從何方來。先生衰既帽，加以布帽，帽束悅望之，頭上高二尺許。坐語移時，呼童子進酒。衣厚如重錙，袖臃腫，手不得卒把杯。望其床廬，高於几，迫而視之，計二十八簾，夾床高五尺耳。受廬二十八簾，簾以寸計，高二尺八寸。受臥只二尺餘，扳而上，如登山，偃而下，如墜谷，勞矣。無何，先生醉，又上廬臥。案上詩文高與廬等，竊而讀之，似不從人間來。客大笑曰：昔司馬子長好游，故其文日益奇，乃公跼蹐戶庭，固於廬上得之者也。先生踞廬，不得坐，忽下床曰：客惡知我。吾東覽以遲日，與名公卿賢豪長者相把臂，迄於今。有蟬蛻軒冕者，有山林終者，有白髮頂為僧者，有小草生寒畦者，有起以大慰蒼生者，有墓木已拱久者，有餬口四方，金盡裘敝者，有憔悴且行吟者。吾老矣，猶得卧篛上，迫李秋帆、益府。吾不意竟莅至二十八簏也。汝慎無言，吾又將卧。於是里中人咸呼曰草篛先生云。或曰先生毛氏，名先舒，字稚黃，古錢唐人。（見林璐歲寒堂存稿）

夏士友

夏士友，江夏人，孝子也。居保安門外。家故寒微，十餘歲喪父，業雞鴨以養母唐氏。不足，則減己食。母之養，未嘗缺。鄰里有遺食者，必先為母市肥甘，然後往，不忍背母獨美食也。每天風寒，晨起自炊，溫語慰母曰：天寒甚，無遽起。炊熟，爇炭置床前，溫語奉母飲食。畢，則又溫語曰：兒出市，即迴。老年人須善自愛護，無為風所襲。如是者二十年不少懈。凡力所獲，悉以養母。故年四十而猶未有室。邑某姓有妾，不容於嫡，欲嫁之。或謂之曰：夏某事母孝，盍贈焉。遂以贈士友。士友欣然，以為可以代母之勞也。居半歲，士友自外歸，婦與姑詬誶於室。士友淚流滿頰，嗚咽而言曰：吾安用汝為。吾有汝以慰母也，汝不能慰吾母，吾安用汝為。携至某姓家，涕泣道其故而出之。後年餘，士友以疾卒。母痛士友亡，而悲已七十之年之將擠於溝壑也，日夜哭之哀。有張姓者晉人，僦居於鄰，聞之曰：此老嫗何哀若是？人告之故，曰：嘻！世固有孝子其人哉，世固有孝子其人而母不得終養者哉！我養若母，且我得與孝子為弟行，幸甚。趨詣其家，詣母前，願為義子，月供薪米奉以終身。（見傅以漸集）

貞憲先生

貞憲先生，姓王氏，諱泰際，字內三，中崇禎癸未科進士。與黃陶庵先生為同邑同年友。陶庵集中有答王研存書，商畧處患難，為隱身不出計者，即先生也。其書中之言曰：吾輩埋名不能，而潛身必可得。冠婚喪祭，以深衣幅巾行禮，終身稱前進士。一事不與州縣相關，絕迹忍餓可也。又謂此大關係處，不得不以真語就正。前世如龔君賓、謝疊山及國朝龔安節，而在其商略不過如此。噫！黃先生與先生皆非畏死者，苟可以不死而仍不失吾之所守，亦何必以其身委之一爐。士之有君，猶女之有夫也。其以身殉夫者，烈也；終其身守之不變者，貞也。士不幸而遭國家喪亡之日，所出惟有兩途，與夫既嫁而孀居者何異哉。黃先生既所處在必死之地，而死之得其所矣。先生道當可以無死而完其終身不改之節，一如黃先生書中之語，亦復何憾哉。先生所居，在縣之六都，家本崑山，遷至嘉定，三世皆隱而不仕。先生三子，兩孝廉：君欽、汝楫、汝皆，居於城。然人罕有於城市見先生者。縣徵舉鄉飲大賓，曰：吾第不死而已，奈何以此困我。食淡衣麤三十餘年，以丁卯之冬無疾而卒。殮以深衣幅巾，如平日所服。邑之學者私謚曰貞憲先生。（見張雲章樸村文集）

菊隱先生

菊隱先生，姓陸氏，名元輔，字翼王，嘉定新涇里人。初就傅，即知向學。既長，取十三經注疏伏而讀之，章通句解，寒暑晝夜無所間。嘗夏夜酷熱，斗室中蚊聚如雷，同學者造先生，先生方危坐讀儀禮，執筆丹黃，汗流被肘，呼之不應。因前勸先生曰：鬱蒸如此，盍少休乎。先生曰：果熱耶？吾心入書中，不自覺。其劬學如此。明亡，抵至嘉定，陶庵以下相與抗節。先生脫去弟子籍，分將潛深伏奐，以布衣老矣，而當世大人先生以其經師，必欲力致之。先生念己於前朝未有祿仕，出亦無害，而以貧故餬口四方，亦非不義之粟，故以禮來聘者，先生不之拒。於太倉則太原王氏，崑山則東海徐氏，南陽葉氏，長洲則廣平宋氏，而東海公乾學力趣先生入都，則又有宛平王公崇簡、孫公承澤，蔚州魏公象樞，江寧王公宏澤，皆虛己授餐，或俾子弟執經焉。先生所主，既皆海內巨室大家，發其藏書，益資宏覽。每挑異比，則前後書卷，屹然如城，手披口吟，午夜不徹。又往往徧借異書，手自繕錄，腕脫不倦，積多至千卷。先生於是遂博極天下之書。康熙十七年，詔舉博學鴻儒，前大學士吳公正治首以先生名薦，州縣敦迫至京。先生念其時師友嘗抱隱痛，又既棄諸生，不欲違初心，召試託不入格。又多規切語，主者得之不敢獻。然先生輩三四人，諸公雅重其名，因奏未與選者年近七十以上，加中書正字等銜以寵之。時先生年六十有三，具以實對，遂罷去。先生前後客京師幾二十年，諸公貴人爭羅致之，慮不可得。海內魁士名人，咸欲就先生質經義。天子嚮意儒術，累召文學侍從臣親試賦詩、記說、箴銘等，或有所徵用故實，欲求其所從出，或時被顧問，懼不能對，咸退而諮先生。先生為具道某書某事，觕舉其詞與其首尾，即檢書以驗，無一誤者。士大夫相語，往往稱陸先生。先生雖不舉其字，而知必其人也。束脩所入，大半用以購書。在京師有書數千卷，力不能致之家，以是欲去而徘徊者二三年。既歸，貧不自給，復館徐公家。所著有十三經注疏類鈔、續經籍考、明季爭光錄、菊隱紀聞及文集各若干卷。先世本姓王氏，曾祖松撫於陸氏，遂冒今姓。（見張雲章樸村文集）

唐復思

宋介山有唐復思傳云唐復思閩人也不知其出處國初往來嚴州之淳安遂安諸山寺康熙十九年余嘗遊遂安見僧舍郵亭多有唐復思題壁書法老縱詩怨悱孤放而不自容知其為高隱者矣明年余復至遂安一日過同鄉程廷周家見席中一老人豪飲而巨顙豐頤長目顧盼程更出圖畫十許幅請老人南嚮坐而題詠老人則執筆崛然起視之則真七尺古丈夫署紙尾則曰唐復思題余始驚即唐復思也為人嚴立不倚惟放廢於酒遂人言其初入懸南門也已沈湎矣僧伽帽插花袒臂歆倚歌道中而人既聞廬烏言嘵嘵時山谷猶多警門者以故縛之縣令則陰察其非常僧而陽以為醉僧也笑釋之由是遂常游食於淳遂之諸山寺至甲寅滇閩大亂而淳遂之地年餘忽不見唐復思跡及歸乃云自泰中來縉紳之徒因疑其志興稍稍謝絕之余自程廷周家識先生後明日過訪之往還既數而先生有攜杖童子漸與余習熟因徵以先生事跡之童子曰我不知吾先生但常見其中夜起視星氣有時或哭而其枕匣有大銅章一閒嘗啟匣手弄秘之不知何為者余意童子則未賂官司符篆耳然則先生固前朝仕官者耶又一日過先生先生病吏暴作心痛見余至瞠目而視曰復思死矣恐死而世不我知然復思非我名而唐則我外家姓也余為烈皇帝御覽進士言至此則淚又曰後仕宏光語未絕而適痛稍差遂不復言固問其姓名亦終不答先生病愈乃去遂而之滈二十九年先生又在臨安臨安之廣文某謂先生即莆田之進士林鋒云見宋和雪晴軒集

黃道本

黃孝孫道本者武昌人也字羽南始名士鵠以夢其祖母易今名當其祖母死孝孫目泣血浸至嘔血病三年矣其祖母夢之曰孫易名道本則壽可五十五是時孝孫年十九也年十六即刲股療祖母病著孝先是父母舉孝孫輒夜啼母抱之久且怠一夜啼更急母與父時皆年十五至是其祖母過而讓其婦曰老姑豈易得孫而少婦殊不難其子也遂自抱乳孫至去乳能言即口授孫論孟孝孫年二十即以幕游今四十矣嘗曰道本以貧而託於幕雖寡學問然頗知大義者以從乳口中熟祖母訓也當祖母病篤時其母亦病孝孫思刲股以療祖母乃私草一疏告母竊見疏草泣曰我婦兒孫也吾當刲欲抽刀以刲孝孫泣曰母病何堪刲且兒即母也請易刲於是母子皆未刲而心相防頃之孝孫託宿外館延醫覓刲股當引刀下肉時則頭目昏昏仆地一人俯而曳之起類尚被其輔頰間蕭蕭也反顧忽不見明日和藥以進而祖母夜已死以館宿去家遠不知也至則始聞號泣聲入視之尚微一息乃以藥投之竟甦孝孫念曰吾股一割且起死再割不愈病乎遂夜宿城隍廟案間淅再下矣抽刀割若有物肘之者遂撲地不省及覺則五鼓矣孝孫喜曰神不我割病當愈因復筮卜亦云愈至家其祖母果稍愈無何忽病篤竟死孝子痛神之誤之也故目泣血浸至嘔血病三年云見宋和雪晴軒集

義行李叟

李叟振陽諱生春商邱人薄有田廬力耕而好義有從伯者善治生銖累所積至八百金比疾革趣召叟至則無所語如是者數終不及語而卒叟奉訃往赴則管遺者迎哭戶內已而指橐中裝謂叟曰此汝伯終身所蓄也遺命畀汝與爾兄平分之向之所以屢召汝而終無言者為此耳叟聞之哭曰伯雖無子固有女在此八百金皆伯父忍嗜欲瘠手足所經畫而積貯者也豈不欲有子而遺之不幸終無所出而至於大故顧以義割恩不畀其女而畀某兄弟某何心私據之昧義而傷伯之隱向之所以數召而終無語者固命我矣願以某所應分者均之二姊焉及兄至舉其半以進而告之故兄曰汝能是其以我為獨匪人耶其悉輟以資伯女勿更言受金事也人嘗售宅於叟者償剩既立予之直矣乃不責以移居逮數歲則其家有閱牆變察知其由蓋以移房故叟置酒召其兄弟曰野人幸有數椽避風雨忍使同氣異宮而交相為瘠乎因折其券棄之曰汝兄弟其終有此毫末之積聊供伯仲一日歡其後貿遷嘉善有負其價至數百緡者計無以償謀鬻其子之夫婦以輸叟遽止之曰奈何以抵債傷父子恩勿庸其人謝曰公德我良厚無以報即輟子夫婦終事公叟曰欲完人骨肉而自有之是陽義而陰為利也余豈忍出此揮去不顧叟之重義輕財多如此見田蘭芳逸德軒集

寒支先生

先生李姓勝國諸生也甯化泉上里人名世熊字元仲自號曰寒支子自經史子集以及秦漢唐宋近代百家靡所不覽獨好韓非屈原韓愈之書故其為文沈深峭刻雄偉淩厲與博離奇雖非盛世和平之音蓋自稱其所遇也時當天啟崇禎間若預知有甲申以後事者每論古今興亡儒生出處及江南北利害備兵屯田水利諸大要未嘗不慷慨欷歔惓惓有所屬望大清定鼎閩中尚擁唐王未歸命故大學士黃道

周何楷並薦寒支尚志博學徵拜翰林博士不赴丁亥王師入閩序應歲貢辭自比杜門絶迹城市有詆毀於郡帥者帥遣某生移書邀入郡寒支復之曰天下無官者十九豈盡高士來書謂不出山恐有不測之禍夫死生有命寧遂縣於要津且余年四十八矣諸葛瘁躬之日僅少一年文山盡節之辰已多一歲何能抑情違性重取羞辱哉時蜚語騰沸勢洶洶不測寒支矢死不爲動疑謗亦釋寒支既以文章氣節著一時名聲大衆辛卯壬辰間建昌潰賊黄希孕剽掠過泉上㘭有卒摘寒支圍中二橘希孕立鞭之駐馬閫側視卒過盡乃行粤寇至燔民屋火及寒支闔其魁劉大勝遣卒撲救曰奈何壞李公居室是時天下人雖盜賊亦知有寒支矣乙卯耿精忠反遣僞使敦聘絡繹踵門寒支嚴拒之自春徂冬堅卧不起乃得免寒支自甲申以後山居四十餘年鄉人宗之脫號媿庵顔其齋曰但月年八十五以疾卒於家（見[illegible]）

丁隱君

丁隱君名敬字敬身號鈍丁自稱龍泓山人家在候潮門外鄰保皆野人也釀麴蘖自給身則儒服未嘗自異顧好金石之文窮巖絶壑披荊榛剔苔蘚手自摹搨證以

志傳者武林金石錄分隸皆入古而於篆尤篤嗜秦漢銅器宋元名跡入手即辨性躭孝養家貧不能出重資購買門攤市集眼光所駐無留良焉小樓三楹庋尾滿室皆異冊也詩學其所專長布衣金農相距一牛鳴之舍與之齊名美髯秀異敬或不及鋪陳終始豪放不可覊縶農不能逮也寒人張沅字長盧號獻邨老棲荒江之上兀傲自負敬與酬和疊險韻至無算而氣不竭故談藝者以城南為詩國閒房冷刹青林丹嶂之區足跡無不到題詠無不及也鄰人不戒火及其廬所收蓄皆盡而樓亦燼焉方制府觀承愛其鐵筆媚制府者欲得其一二方通意指而惡聲殷殷厲驚而逸去江苑卿春慕其詩將之武林以幣贄謝勿與通晚買宅於張紗衚衕將遷矣而以母柩先往親串有以不吉告者勿為動曰吾母不及見也未幾竟死此宅（見杭世駿道古堂集）

孫夔臣

孫孝子夔臣先世居江南休甯之桂里父學詩遭亂數遷定居常熟遂為常熟人孝子生三歲生母程沒育於女兄稍長隨父讀書虞山中某寺冬歲盜入搜衣物孝子驚起獨身追之盜顧曰兒不惜命耶孝子曰父凍且死敢惜命耶盜聞言擲一被去父病水蠱孝子日為父摩腹口就臍吸之歷數月病良已已復病泄瀉中裙廁牏皆親自澣滌不以假人先是孝子母沒時其父未有定居既家常熟乃使人改營宅兆承事者謊云遷葬已畢及孝子往省竟不知母墓所在於是慟哭行求哀感行路有告以桂里宗祠眾主例書生卒年月及殯所者孝子闖入祠祠主積多不可辨而亡失者亦往往有之存否不可必也且拜且慟慟絶不能出聲宗老急呼之甦曰墓在塋在孝子張目持告者曰墓安在即詳應曰主在東廡得主即得墓矣至東廡拜捧一主果孝子母也族衆咸歎息稱異既啟視知母厝東門路旁圃中孝子悲號撫膺捧主就墳露處者累日夜又以去家遠乃即其地買田供祭祀焉孝子生不識母哀思特切有從母金與母相依久每命畫師畫像肖之於金歷久弗克肖孝子念從母老矣脫不諱誰省識者中夜徬徨涕泗交下詰朝畫師持畫至曰昨夢一婦云至自桂里醒憶所見亟繪以來金見之曰似矣目未肖也孝子喜且泣越數日畫師復夢前婦曰我孫女貴孫目肖我貴孫者孝子同母兄之女也亟述以告即重畫示金金顧孝子泫然曰此何肖汝母之甚耶孝子泣家人聚觀者亦泣鄉里聞知僉然稱為孝子孝子云（見劉湘章南野堂文集）

鐵腳板

鐵腳板者眉之鄙人也姓陳名登皞生有膽識膂力過人家貧獵獸自給常奔走逐鹿豕奔嶄嶄叢竹中里許而足不傷人目之曰此鐵腳板也登皞曰呼我甚當於是足不著屨行縢止及脛終身如常獻賊據成都遣僞將耿三品等略眉先期傳示云除城盡勦民不悟攜老幼入城乙酉正月五日賊驅城中人至原田上盡殺之又搜戮四方居民登皞突起忿言曰洗頸待死與抗賊殺死等死奈何袖手待盡耶遂裂白衣為旗招各山亡命少壯大書於上曰敢與殘忍流賊張獻忠為敵者從我數日內不期而集者千人登皞持獵械貫恭弓竹矢赤足先趨千人者各執白梧相隨據城西醴泉河斬木立柵標所書白旗於前名曰鐵勝鐵勝者取己勝賊之義也遂與賊持前後殺獲甚衆賊大懼取道潛移東館登皞又令民兵數百具羊酒僞為投順者賊帥納之營中夜半登皞率衆大至鳴金鼓大攻賊營數百人從中噪而應之內外夾擊賊衆大亂死者不可計數乃遁去於是眉之多月鎮斑竹王二郎壩諸村各聚衆自守皆名其營為鐵勝賊聞之不敢逼而鐵腳板之名大播南川嘉定向成功亦起師拒賊秦有衆五千欲節制登皞不從率兵圍之甘溪口登皞勢弱不敵力戰

死之。成功駐兵石佛站。修木城。鑿濠塹。招集三萬餘人。分五營四哨。抗拒官兵。丁亥三月二十八日。我朝肅王以大兵至。攻破木城。成功中流矢死。其黨乃散。（見彭遵泗集）

唐肇虞

吳縣唐孝子肇虞。字順江。父歿時。孝子尚幼。執喪如成人。晝夜哭不絕聲。母止之。孝子曰。母哭。能禁兒勿哭耶。家故貧。母以女紅佐薪水。孝子見之。心怦怦焉。恨不得致甘毳以養母。使母自勞苦也。稍長。治生理。晨夕色養。母樂而安。明政不綱。四方盜賊竊發。甲申。世祖皇帝定鼎燕京。而江南土寇獨未寧靖。所過劫掠一空。孝子奉母避山谷中。行數日。倉卒遇寇。失母所在。孝子呼天號泣。誓不獲母不獨還。遂徧訪村墟邑井間。無影響。旁及他郡縣僻地。亦無知之者。時兵燹四起。孝子宵行晝伏。屢與寇遇。往而獲免。渡江而北。復從北而南。足跡所經。凡數千里。再歷寒暑。風餐露宿。艱苦備嘗。孝子體素羸。至是憔悴骨立。非復人形矣。會天下已定。避難者稍稍復城市。一日孝子過金陵。衆以其形之異也。詢所自來。孝子泣以實告。有一嫗前問曰。若母非戴姓耶。孝子曰。然。嫗引之歸。則其母在焉。且喜且悲。相持大慟。旁觀亦為之隕淚。孝子侍其母歸。又十餘年。母以壽終。孝子壽亦永。歿之時。年七十有三。子若孫皆克有成立。（見倪永清憺庵集）

蔣適園

公諱堅。字非磷。號適園。江西鉛山人。精法家言。諸侯爭迎之。代州有大獄。因禦囚何隱人。撫軍檄岢嵐牧甘公辦治。甘聘公佐。獄立具。殺七人。釋無辜者百八十人。酒姓娶婦月餘。弟迎姊歸。將入村。失姊。懼反誣酒氏。官下酒氏翁於獄。七年不決。公從太原返。吏指前樹林曰。此酒氏家也。公心動。駐馬而之乎山凹。有人扃戶博。瞯之。一兒覺異。拍髯者肩告之。衆咸喈曰。鬼耳。人則安能來。公馳歸。白甘公。募取鉤距求縣者所略也。臨汾令某縱吏暴征。民變。棄家登山。撫軍檄澤州牧佟公辦治。聘公行。日馳三百里。至平陽。能屬者裁四騎。山上人如蛾蠖。樹鉤鎗為兵。張旗洶洶。公手令箭而先開山呼曰。撫軍知爾等良民也。為奸胥逼反。特遣佟使君來活汝。宜各歸爾家。有目者視此箭。山上人禁聲。稍稍下。公導餘騎入縣廷。民蝶山積。令從夕室出。率犯法吏六人跪佟前。民環門而罵。欲毆之。公叱曰。勿妄動。有王法在。乃榜吏於庭。血流。民懽噪拜謝去。次日四鼓。肅官吏詣者。白撫軍。撫軍大悅。飲佟酒。而手炙鹿尾啖公。公幼即以智俠自居。七歲隨叔父詣法雲堂。聽僧誦經。廡下坐縣捕數人。私語某寺僧被殺。主名不得奈何。公附耳於叔曰。殺人者堂上老僧也。叔訶之。曰。渠誦經屢顧。不在經矣。故疑之。捕者隨僧去。一訊而服。十七歲阻風瑞洪鎮。有少年同舟。舟人哺食。少年登岸再食。再登岸。公疑而跡之。見其踞古廟大鐘下。色爛然。喑也。曰。余南昌熊曰龍家奴。告急於河口。戚不逃。反寄食於舟人。未償其值。而又阻風。舟人將不余食焉。故避此。語畢泣。公亦泣。強入舟。與共食。而資以金。熊感謝。歸。邂逅其家。見母。母為兒泣居亡何。熊來曰。權弟金獲利三倍。今將販繒臨安。無所託母。故求弟。知吾父有養子曰蛟乎。素無行。脫有故。弟善持之。言畢去。逾年。繒主人執訊來曰。熊某死矣。餘金若干。目且瞑。屬曰。為我報蔣君。公陰念歸熊。恐非蛟不可。而蛟見金必匿。淵乃札覆主人。授部署法。遲十日。告熊母。母果遣蛟往。已而召公哭曰。蛟至浙。兒櫬已焚。闕然在櫬。舟人自之納我國。此外不有其藏一錢。奈何。公慰母再三。而身自往閩哭視舉走出。母衛公袍曰。聞繒主以兒金寄君。金之來由君。然買易者與有勞焉。盍析半惠老身。公未答。蛟突前脫曰。須南昌廳事明之耳。公叱曰。何必南昌廳。召二三鄰父來即明也。蛟嘆喈咼公去。俄而厖眉者六七叟至。公曰。所以囁嚅者。受亡人託。防蛟故也。防蛟為母故也。今母見逼。不得不速明。請詣閫。乃繞櫬而號曰。白龍知我。白龍知我。斧之櫬底。脫鏹三具墮地。光瑩瑩然。鑄金也。衆以籌數。衆取視。感泣嘆。老嫗目眯不知人。未幾。蛟果竊金遁。公有神力。而敏於為善。遇盜許昌。雨騎截路中。五人行劫。公怒。射一人顛。再發再顛。盜驚。舍所劫者搏公。公縱馬入。刺殺一人。馬逸。公仆。躍起復殺二人。餘盜乃竄。被劫客為公牽馬出林。羅拜問姓名去。又嘗行岢嵐道中。雨岑央溪。天暴雨。泥沒馬鼻。有婦抱兒騎。一童子負笈從。公慮其溺。救之。非錢莫以也。乃解數緡挂馬首。須臾婦溺。童子驚亦溺。公大呼。救者蠅錢萬。拯其溺。纔錢鏘鳴。塗人應聲俱皆救之起。送歸其家。公四十六歲始舉鍾夫人。生子士銓。官編修。公捐館時年七十一歲。猶及見士銓舉於鄉也。（見袁枚小倉山房集）

侯夷門

天台侯嘉繙。號夷門子。字元經。詩文迅疾。十指雨下。字跡旁行斜上。如長河堅冰風裂成文。莫知條理。而天趣可愛。先受知於督學帥公。貢於鄉。連試不售。出為主簿。謁江寧丞。既不得志於時。愈自縱。一日大醉。登報恩寺殿。摩古佛羅漢數百尊。各贈詩萬餘言。書其頂。箕坐大呶。窗外風雨暴至。電光燭其手。益甚。奮筆不能休。且吐且書。取殿旁石臼戴頭上。折旋舞如風。衆僧疑為鬼神異物。不敢逼視。酒既醒。雷雨亦息。

觀其詩奇字奥句不能讀也舉其曰重二百斤鎮江黄太守慕其才招至署未浹旬早起不見見之赫然死厠旁（見袁枚小倉山房集）

劉剃庵

劉先生永錫字欽爾號剃庵魏縣人中崇禎丙子鄉試癸未選長洲學教諭署崇明縣事庭無留獄未幾遭鼎革隱居相城有文吏造其室欲强之出先生袒裼疾視曰我中州男子年二十渡漳河登大伾躍馬鳴鞘兩河豪傑誰不知我乃以此相逼將詡我畏死耶取壁上挂劍欲自刭門人抱持之得解尋移居陽城湖之濱妻梁氏子臨女郎織席以食先生攜席市中見者呼席先生食不繼時不舉火有遺之粟者非其人不受有老奴從魏縣來勸之歸曰室廬故在也先生曰我非不欲歸奉君命來此義不可歸命其子同老奴歸謁祖宗邱墓責在汝魔之去時歲荒得食艱難每雜糠粃作飯妻病不能下咽竟餓死先生未之長洲也以女許字同邑葉氏子葉氏宦於粤音問阻絶十餘年矣至是請於父曰兒不幸遭國家之變翁家生死存亡不可知留其身爲大人累無爲也遂自經死其子同老奴歸傷於盜墜車折臂歸即死女死之日問適至先生既無家買一破船往來江湖間嘗泛舟中流鼓枻而歌曰白日

隤兮野荒荒遂亂離兮侶牛羊壯士何心兮歸故鄉風水蕩激歌聲甚遒聞者哀之某尚書念其窮招之往先生曰尚書爲黨魁受主眷救卜時天子以伊傅期待豈宜忘之耶卒不往志老而彌堅訖窮餓死弟子徐晟陳三島友人陸漻經紀其喪葬先生於虎邱之山塘晟字禎起三島字鶴客長洲人漻字秋玉常熟人皆志士漻無家圖已像於水墨尺幅中自號水墨中人（見沈德潛歸愚文鈔）

張士仁

孝子姓張名士仁字奉田崑山雪莊里人也父文元母蔡氏孝子方六歲母病篤號泣籲天曰願減兒壽活我娘娘叩頭濱血不止見者哀之母病旋愈年十三與父同寢父醉臥有仇家預伏牀下孝子忽心動起剔燈仇露刃自牀下出孝子呼父不應遽以手當之指欲墮度不能免乃涕泣延頸求代仇感動擲刃於地呼其父醒曰爾有此子吾不忍害爾也父惶遽如夢中良久始定兩人矢天日釋怨如平常時母殁孝子哀毁過禮三年中枕席血痕斑然已而父娶後母孝母性卞急小不可意撻遽加孝子跪而解不得即不起母怒解乃起久之母化而慈撫之如己出孝子嘗於冬夜遇火災從鄰起延及寢室倉皇中負其父出復冒火入負其後母母復抱幼子力既不勝煙焰迷目幾不能出忽返風回火俱無恙先是孝子父以力農爲家家漸起能恤其族黨里人然以不能徧及爲恨至孝子治田尤有法度每歲入倍於尋常家稍羸凡姻族婚嫁喪葬力不足者助之無力者代之鄰里有以無業及急難告者應之至於賑飢者衣寒者藥病者棺殯者至老不衰當事行恩乞之典時論謂有孝有德盛世所重欲舉孝子以光大典孝子堅謝之年八十五殁（見沈德潛歸愚文鈔）

謝振宗

謝孝子名振宗字奕超會稽人山西稷山令雨亭公兆龍子也雨亭公去任虧無賸金亦不負人錢平陽守馮國泰奕超婦翁也居官豪放病卒侵官帑二十萬有奇傾家貲不足抵株婣黨乞貸者馮氏媳婭指稷山三萬金按無左驗媳曰婚家耳適財當左驗耶羣進賄謠時撫晉撫高成齡鍛鍊之下雨亭公稷山獄具奏立限追繳踰期予大辟限將屆禍不測矣奕超年二十餘誓以死救父瀝陳冤狀莫爲省視雍正七年三月某日冒死進天安門攀石柱袖椎擊落石獅首旂守者驚起執訊之奕超曰無感我逸也父冤不伸來觸禁死耳寧避禍耶出冤狀累累數百言即日上聞天威大震越日命往黑龍江充當苦差議者謂奕超無生理矣聖恩寬處若此其有以

感聖心也踰年馮氏所涎金邀豁免出雨亭公於獄奕超抵配所上自將軍都統下訖小吏旂民等知奕超以救父得罪稱謝孝子謝孝子奕超心懷父母無一日釋乾隆七年雨亭公凶問至奕超哭曰天乎父死不得奉含斂矣觥觥老母誰爲供菽水者悲痛之聲達户外聞者無不泣下將軍傅公森廉其事憫其情謂都統卜公巡察富公曰謝某以孝得罪與衆殊科皇上孝治天下我不忍孝子老死沙漠也無感格於吏議具疏代爲陳請疏上奉旨謝振宗准其回籍養親（見許嗣集）

薈蕞編卷九終

薈蕞編卷十

清　曲園居士纂

祝曰三

祝曰三。佚其名。故相國高公宏圖家僮也。明亡。相國時已致仕。寓會稽野寺中。閉戶不食。家人環泣請。不顧。已而開目索飲。祝年十二。侍於旁。進曰。大人幸復食。飲祇可惜枉餓過三日。公頷之。遂閉目絕粒九日卒。相國之支族將軍文煬微時與祝兄弟交。命子孝廉某呼祝為丈。往來侍酒。跪起如子姪。將軍都統江西。孝廉初以舉。偕肯家居。廣開亭館。置姬妾。日夜飲酒高會。將軍年老。思子不時至。親友皆勸駕。久之未有行意。祝聞之。晨往孝廉飲。倦臥欹枕。使兩女子捧觴。召見祝。坐對床。都不言。但吭喉高歌。蔡公思子一闋畢。遂趨出。孝廉即日束裝。祝隨至南昌。將軍歡甚。贈衣一襲。精於繪事。寫人物如生。鄉人重其義。所至延為上客。見法坤宏鏡野文集

嘯莊先生

先生諱廷翼。字虞部。即墨人。晚慕阮嗣宗之高致。自號嘯莊。世父副都御史琇。世所稱華野郭公者也。公中年無子。愛先生聰慧。立為世嫡。晚乃舉二子。公迺疏權貴直聲震天下。公歿。二子方提抱。權貴黨餘。誣謗謠騰興。先生慨謀所以自全。乃痛斂圭角。黜聰明。一意放浪於酒。年甫三十。絕意仕進。築慕雲樓。藏書。閉門誦讀。言不及世事。客至。飲以酒。自飲巨觥。為一隊。座客以次角。製酒牀出飲他家。則舁牀以隨。日暮大醉。舁而歸。以為常。乾隆某年。天子錄用故大臣子孫。先生仲弟廷翥。以孝廉起家。知嘉興府事。幼弟廷翰。舉辛酉孝廉。公去世久。謗讟息。先生亦頹然老矣。昔司馬昭歷論朝臣。獨許阮嗣宗為至慎。余於先生亦云。見法坤宏鏡野文集

汪霦

汪君名霦。字雨蒼。號椅園。歙西巖鎮人。身長不滿七尺。英毅精悍。雖強武者遇之皆自失。常游武林之西湖。聚無賴子弟數十百人。方翊持一新安客。勢洶洶。張甚。驀視之。則故人也。君怒奮臂直入。翼故人。縱橫出數十百人中。數十百人咸自遑擊顛踣。股栗蔫亂。有僵不能起者。君顧視大笑。徐把臂去。又嘗渡錢塘江。潮怒卉汲。君攫身入巨浪。左右騰跳拯撈。盡出溺者。排岸觀者如堵。呼聲若雷。皆以為神人。於是人爭傳君材武。有願奉千金請授技者。君麾之去。自悔曰。以拳勇名。非夫也。終身不復言技擊。性好客。善飲。飲酣。縱談前代興亡治亂賢奸義烈事。輒抵几慷慨。若不自勝。坐

容皆竊竊訝歎。以為狂。君既不遂生產日薄。一日。婦脫頭上簪易斗粟。市人倍與之。君曰。誤也。歸其贏。冬夜行市中。見裸臥而呻於途者。即視且覓。急歸持所覆衾覆之。然家故無餘衾也。晚歲縱情詩酒山水間。或童冠者雜坐。竟日燕笑。無倦容。時復曳杖獨出。意行無定向。偶過村巷籬落間。聞吟誦聲。輒低徊駐聽。聲寂乃去。葺一椽步可容膝。課其子。手書為善最樂。讀書更佳八字顏之。指謂其子曰。此吾志也。汝其識之。年七十有二。以太學生考授州司馬。卒於家。孫百名。乾隆癸未進士。見鄭虎文吞松閣集

姜瑢

滇有孝子。曰姜瑢。其先江南人。愛峨嵋山水。築圃於南河濱。遂家焉。代有聞人。而清可公尤善詩。瑢父文柄。詩人清可之裔也。性嗜飲。每貸易得錢。輒償酒債。瑢痛母早逝。事父先意承志。竭力供子職無缺。娶趙氏。生承宗。承先。趙故。繼娶楊氏。賢。克相夫志。相與操作養親。嘗遠出。久不歸。音信闃寂。瑢戚甚。乃訣妻子。裹糧周歷。遇父於元江。相持大慟。勸之歸。乃喜。家貧。析薪治圃為養。先儲父酒資。餘給家。晨出採薪。必挈壺置肆間。反攜酒刈蔬。妻潔治以進。聞或因事偶滯。疾歸。妻楊已命子取酒奉親矣。厥後家益窮。父為罷飲。屢勸不聽。命子承宗跪請曰。孫力能自薪矣。吾父給衣食。孫供祖飲。裕如也。祖非飲不樂。奚自苦為。翌日。適山樵採。買酒以歸。共勸酣飲。嗣日習以為常。及親歿。春秋祭。提父嘗飲壺。薦酒哀慟。墓前。楊氏卒無子。又娶闞氏。生承澤。聰慧能讀書。有其先清可公風。承宗。承先。力圃謹事。瑢五十壽終。今人過南河。稱其圃為孝子圃。見周於智集

傭者誰

郭兆甫有傭者誰傳云。北平傭者。不傳其姓氏。但號為傭者誰云。傭為人敦誠實寡笑言。氣力過人。日所食亦倍於人。甚見重於主人。主人者。都御史魏公也。傭有兄一人。貧失業且老。不能自存活。往依之。食主人食既數日。傭心獨念兄非己。無所得食。已且為傭。食於主人。主人以己故。暫食兄。兄食主人食。無功。義不以己兄故多食主人食。而己非主人食。又無所得食兄。乃亟請於主人。計其常所食之數。出粟自爨。減其食之半以為兄食。又時取其傭之直。節省之。具肉食為膳。常少。度不得皆飽。膳具則託以事出。令兄前食。食已乃至。啖其餘。兄或不留餘。輒以草具自飯。其兄安之。久之。兄乃以肉食可常繼。閒一不得。則怒且詈。人所不能堪。傭前謝焉。顏色愈和。事之數年。終不改。兄亦如故。於是人皆稱傭之賢。而以兄為非人也。宗伯方公曰。彼兄乃

真賢者也夫外人德之可也吾弟德之不可也彼惟不外人其弟故以食之得肉為嘗其侍之非弟之能事我也安之也固宜其不得之是弟之不能事我也怒且詈之也亦無不宜如隱者豈不謂賢乎哉猶全乎人者也全乎人之與全乎天者相去遠矣見郡姓集

鄭賓日

常州之鄭初在南唐保大中有本初者自新安仕晉陵卜居郡西北江濱曰鄭港二十三世琢庵公章為邑諸生生三子長曰之翠字晨宗又字賓日世為武進人六歲大父留耕公授以小學問問兒喜書中何句對曰仁者不以盛衰改節義者不以存亡易心大父奇之留耕公之妻惲有段氏妹以其孤女孫約為昏姻故君聘於段已而女患風痹右肱拆右足蹶欲辭婚君甫九齡父詢之對曰是不歸兒無歸矣曰後得無悔乎曰大人義不以孤女負諾兒忍負心耶年十九果歸踰年患目疾逆醫段勸君買妾君不肯琢庵公笑曰予嘗以劉得之取瞽女為難不意汝今能之越二年段卒父為繼室於卜觀見後即令謁段之墓而迎其母顧養之終身卜氏以田六畝歸君曰母道命也君卻之年三十一入府學為諸生授館於外所得脩脯養親及兄

弟之子為從兄弟授室無私財焉妻卜卒遂不娶先是族人修譜遠引漢康成宋仲素為始祖而削本初公以下十一世琢庵公力爭之不得至是君命其子環更正之曰不敢誣其先也君嗜學工古今詩文辭與同縣劉文定公為老友文定以宰輔家居過君竟日談君猶呼之曰世兄云見朱珪知足齋集

翁運標

翁孝子曰運標父惺庵餘姚諸生也孝子父好遊其後遊死於楚而家人不知以為遊故自若也孝子無他兄弟有姊一人其家恐并失孝子往往禁孝子求父孝子求父經年不遇輒進孝子反孝子娶婦有子成進士終不能自抑一日心動告母曰兒不得父兒不活於人世矣母抱孝子而泣孝子去求父五年無所遇傍徨泣於路路人皆憐之往宿南嶽嶽神啟孝子孝子如神指抵道州新塘遇老父焉老父有弟擴舟棄附流尸不死德而葬之留尸物為驗老父出驗而流尸者果孝子父也一市皆驚孝子後分迎道州建父祠新塘朔望祠見朱仕琇梅崖居士集

項為楷

項孝子名為楷字端培歙南文公舍人也父一溶字鑑蒼客荊州產業豐厚性豪俠豁達好施母程氏誨子尤嚴慈備至是時孝子年僅十四齡其兄為楫年僅十七士中存母年三十八歲病且殆呼兩兒而泣曰嗟乎吾兒慎自愛吾佐汝父經營堂構恨不及享其成且恨不及見吾兒之樹立也是時兩兒晝夜侍榻前及母歿欲偕居墓側曰吾兩人不能隨吾母於地下忍使寒煙冷露棄吾母於荒原乎既而孝子沉思良久謂其兄曰吾兄弟皆依母塋善矣顧念吾父客遊誰歟司管鑰吾父在室誰歟侍晨昏兄年稍長可以延賓客設門庭弟幼無能為役兄侍父弟侍母可乎其兄泣而諾既而殯母於弁山隅中孝子縗絰至墓前即留宿不忍去使人謂其父曰兒願侍吾母終三年矣父強之歸即誓以死父命人百端勸慰皆弗從父亦憐其孝乃構數椽於殯旁延師而授讀焉廬中僅留一老僕供炊爨給茗粥而已孝子朝夕焚香呼母而泣終歲不一歸惟元旦進家至父前跪拜畢即返墓廬當夫返照將終悲雲密合四山皆瀰漫啾啾聞鬼哭聲或震電晦冥雷雨又至孝子則跪柩前而泣曰兒在此母無懼每夜分篝燈則吟誦聲與悲泣聲相間行路者皆惻惻動容非至性之感人能若是歟見曹學詩香雪文鈔

王林屋先生

先生姓王氏名愫字存素林屋其號也世居太倉鎮洋縣之東鄉墅溝祖諱玠始入城居南園父杳濟公性倜儻喜賓客先生少穎異讀書園中賓至則侍杖履其文考覈必中理聊老宿咸心折之弱冠補博士弟子員顧性不好帖括嘗下帷默坐為深湛之思暇輒作畫寸縑尺素皆有態度既念杳濟公年邁冀以科第顯其親乃屈意攝斂至廢寢食入闈日苦心孤詣不肯下一字恒以嘔血汚卷被放士子主司歸安吳收園得先生卷欲以魁鱗繼卒以後場一二字賦目見遺自是先生知窮達有命遂於進取益以詩畫自娛詩宗王孟高簡駘宕超然町畦之外畫於諸大家臨摹殆遍獨香光在吳興富陽董江疊嶂長林古木鬱勃淋漓而不失清遠秀潤之致京華故交有欲僑入畫苑者先生笑曰余自知才不足用世故寄意丹青奈何借胸中邱壑為終南捷徑耶晚患失聰於人世事都不措念乃一意作畫詣乞者戶外屨滿先生亦樂此不疲煙雲供養神采清勁卒年六十有八見毛詠集

王仲穎

河間王仲穎先生諱之銳號退庵仲穎其字也年十四讀書至吾十有五章瞿然曰先師成童已志大學吾去成童一年而曾小學之未通乎苦心焦思深自淬礪嘗中

扁齋明誠服語書揭臥次。夜必整衣端坐。或竟夜不寐。康熙丁丑。學使安溪李文貞公按河郡。以課講受知。曰。南方無此學者也。選貢之。使從游。既攜之直撫幕下七年。盡聞文貞性命河洛算數音韻之學。文貞入相。招至京師第邸。與景州魏大司空廷珍。交河王少宗伯蘭生。偕一日語三公曰。盍從我。街迎駕熱河乎。於時內廷新立求書房。集文學才技之士。先生心知將薦己也。不欲以技進仕。辭。文貞心重之。不復強。已而魏王入內廷。癸巳魏捷鼎甲。辛丑王賜第。皆入翰林。先生怡然安之。獨與江陰楊文定名時。以切劘身心。研究經義為務。文貞常語人曰。從吾游者不啻數千人。然而潛心學問。不求聞達。南楊北王而已。其為文貞推重如此。館於恂邸。王雅敬禮之。一日小疾。王遣醫來。醫者方必首蔘。復出王府。先生曰。吾疾果非蔘弗瘳乎。醫曰。此故事耳。蔘出可弗用也。先生笑命去之。以纂修周易折衷。敘廣東陽春令。至數月。不能拮据。復上改教職。歸雍正六年。里游儀。先生家餒困。依所親河南確山令。適有旨召詣京師。將有賞。豫督不知所緣。逮之。鋃鐺送刑部。至則以國無罪也。一訊罷遣。除萬全教諭。乾隆四年。趙泰安相國疏薦其學行。擢國子助教。己巳冬。詔舉經學之士。梅總憲穀成。何少司空國宗。並以疏舉。壬申上詢國子耆學。祭酒以三人上。先生與焉。召之見。病不能行。其二人皆超擢司業。而先生竟以明年謝病。卒於家。（見戈濤集。）

袁昌齡

烏程有刲肝以療母疾而愈者。有司與其國人。咸稱曰袁孝子。孝子名昌齡。事在乾隆四年。時孝子年已五十有二。其母年七十有一矣。方母之疾也。孝子婦已前死。一切煩辦之事。皆孝子親執之。至是醫療百方。卒無效。病且殆。傍徨無措。隣閭中若有告之曰。服龍肝濕疾可瘳。顧龍肝安可得。忽念己生之年。歲在辰。辰龍屬也。得非神命我刲肝乎。乃潔誠虔禱。夜半倚戶。以刀刲胸之左偏。深寸許。以指剜取。中熱如沸湯。不得入。昏暈而僵。旋似有趣之起者。驚視創處。肝已突出。遂刲之。作湯以進。疾良已。人無知者。越數日。近出過橋。失足顛於橋下。創裂暈絕。子宗耀亟往把持歸。解衣見創次。束以帛。血斑斑然。漬其上。猶靳靳之不言。泣固請。始言之。子倉黃延醫用善藥敷治。莫效。夜又若有告之曰。服藕汁可愈。如言而創始合。令甘泉羅君悰聞之。親式其閭。他日人有訟其子不孝者。有司訊於市。延孝子並几坐。指以示其子曰。此刲肝袁孝子也。居同里而不知所效。飛杖之。孝子憮然不懌者累日。越十二年而卒。其母後一年乃終。（見盧文弨抱經堂集。）

張乞人

張乞人。永清縣南門外貧民也。父歿。行乞養母。止無廬舍。穴土為居。嘗天大雪。知縣魏繼齊過其處。聞歌聲出地中。怪之。左右曰。張乞人也。呼出問之。答曰。今日我母生辰。歌以勸餐耳。命車載其母子至官廨。繼齊母餽其母大布及粟。繼齊餽乞人錢十緡。乞人叩頭曰。官母賜我母。不敢不受。官賜我。我不敢受。繼齊曰。與其殘盃冷炙。日夕沿門也。答曰。殘盃冷炙。我母安之久矣。且無所汚也。我愚民不知此十緡。官何所受之。我母年八十。我年六十有一。為官清白。百姓足矣。繼齊慚汗下。不復強。挍為營室於城內金花巷。將命居之。乞人負其母去。不知所終。（見趙佑清獻堂集。）

姜元凱

姜孝子名元凱。華亭人也。五六歲。往來親黨間。與之果栗。輒勿食。問其故。曰。我以奉父母也。父游京師。奉母家居。甫入學。必執書囊依膝下。既問安。然後去。暮歸。率衣侍側。或誘以嬉。不一動。比歲。校繼疫。孝子默禱于神。方夜讀書。聞空中語曰。里中有孝子。勿可犯。時道路死者相枕。與孝子為鄰者皆無恙。一日隨父渡江。中流暴風。舟幾覆。孝子哀慟籲天。忽若有挾之以登岸者。人咸以為至行所感焉。聖祖南巡。內大臣馬公扈蹕至松。館孝子家。欲挈之往京。以親老辭。未幾。其父失明。孝子迎醫療之。百無一效。竟嘔血死。其臨終詩曰。但願曾西養曾皙。誰知顏路泣顏回。聞者莫不悲之。（見黃達一樓集。）

牟康民

牟生康民。當天啟初。蜀中安靜無亂形。牟生遽投牒告於巡按御史吳公曰。明年蜀有難。定之者方伯朱公。朱公者名燮元。號恒岳。山陰人也。方是時。吳公老。將挂冠歸矣。而朱公亦適以齎捧行。吳公率群僚餞之郊。既畢。乃屏人流涕。謂朱公曰。公此行毋久稽。是間生蠱。何啻百萬計。將寄命於公。且夫牟生者。年雖少。天下奇士也。他日即有事。宜與牟生謀之。朱公大駭。不解所以。姑唯唯。及奢酋之難作。朱公始大悟。急具禮幣聘牟生。牟生辭不至。復書累累數百言。大約謂朱公宜竭力守禦。毋憚百日勞苦。賊今走矣。果百有二日而圍解。先是牟生居內江山中。上官無知之者。而賊故知之。奢酋既至成都。即遣數騎往跡之。謂之曰。牟生在否。為我捽以來。至則牟行矣。他日聞牟生坐室中讀書。徹晝夜如故。又遣騎往跡之。則又行矣。賊亦以為奇。其後天子命朱公巡撫蜀。又命公總督滇黔楚蜀兵討水西賊。牟生不肯一至軍中。然軍中有大進止必能書問年生年生坐山中懸斷數千里外歷歷不爽毫髮許著名聲之將叛也年生隱以戒朱公曰天將雨穴中蟻且鬬年生語皆與不甚可解而驗之輒奇中崇禎十一年年生書至曰公今年剋度不佳當尋赤松之約某亦塵緣將斷不久留人世矣亡何朱公卒於軍而年生亦不知所終（見[illegible]數柳集）

曲園居士曰明史朱燮元傳初官陝西時遇一老叟載與歸盡得其風角占候遁甲諸術將別語燮元曰幸自愛他日西南有事公當之矣內江年康民者奇士也兵未起時語人曰蜀且有變平之者朱公乎是年生之事固見史惟所謂老叟者又不知何人也

和州二薛

和州二薛孝子者天門山南陳橋洲農家者傭也兄名文弟名化禮有母老矣兄弟相與謀曰有母而無以為養非人也母老有二子而不得具甘滑瀡瀡之奉以盡天年母所生子非人也顧我兩人貧甚何所致之計可以得錢致養者獨傭耳然兩人俱傭是無子矣母側不可不設一人在母側一人出傭傭者出一人在者則潔治茅屋中央坐母絮絮語移日以俟傭者歸日將旰傭者擔荷自村外來白粲一甌酒一壺市脯或生肉用楊柳貫魚鱉以至至則兄弟奔走臠切熟烹酌酒奉飯跪以進母問母甘否母食且頷之則跳舞以侑食日以為常時或天寒朝冽伸手皴瘃母為之不饜兄弟左右抑搔撫摩更負母出曝於戶外一人前後為侏優斑斕郎當作態以博母笑久之母益老篤病且死所傭主家怪二傭久不聞而心念力田絕人無過此二人者蹤跡至其家二人則支離骨立不可起見人至哭益哀主人不忍視為逡巡留護問鄰人索粥糜冀活之數日兄弟竟俱死知州何偉書表其廬學正徐世濂為作贊後四十四年乾隆丙子徐世璉來知州事世璉偉之妻之姪故知孝子事至則問二薛後已無人廬已無有而偉書及世濂贊顧在僧寺中世璉太息曰是則奈何會有書偉與石參先後知是州有恩於和和人合祀之曰雙清祠今二薛孝子何公所表也宜可祔於是迎取書及贊置祠中而為二薛孝子文木主祔祀云（見休琦[illegible]集）

張淑旺

張淑旺海豐人年九歲父存心商於塞外既行絕音耗淑旺依母以居旋卒乃啓葬其母為姊弟畢嫁娶移居宛平冀近父得遇知父蹤跡者也已而聞在瀋陽往從之既至無所遇慨然曰我不能徒返也塞外艱苦寒然商有廣至彼以利我以孝親設道途而徒還見禪緇不如剃將何以子為於是衆素絹書為字乃標於背遂行關外歷古北口熱河土城子諸處度瀚死不為險然卒無所遇旋從至錦州禱於神詢其夜有門而懸者趙告曰某乃肖百琴張存心也自言有妻子在鄉里足不良於行老矣不能歸也子孟求之如其言往詢之士人言遠驛閭里皆未識曰此張存心子也孝子也然而爾父前死矣導之登北山坡得其墓乃召其弟淑敬同奉骨歸與母合葬吏為制服三年（見朱竹[illegible]集）

吳憲

明天啟中吳氏有名憲者始自歙遷於杭為杭之始祖憲字叔度一字無懷明制設科之法士自起家應童子試必有籍籍有儒官民軍醫匠之屬分別流品以試於郡即不得就他郡試而邊鎮則設旗籍校籍都會則設富戶籍鹽籍或同商籍山海則設竈籍士或從其父兄遠役數千里戍千里歲歲歸就其郡試不便則令各以家所業閒著為籍而就試於是郡杭為南方一大都會故未有商籍也憲與同邑汪生文演上書當事力言杭所以當設商籍者臺臣以聞報可於是憲遂得試於杭而為商籍諸生杭之有商籍皆憲倡之憲與一時知名之士考地吳山之陽建書院以祀朱子歲時朔望則咸來登拜以其暇日更立期會為文章相討論今所謂紫陽書院是也方熹宗朝諸郡爭為魏忠賢建生祠而杭州之祠巍然與紫陽書院相逼處其黨謀取書院地更拓而大之憲聞令長子璟招同學諸生數百人會祠下璟慨然曰鳳不與鴟鴞同巢麒麟不與狐狸同野今日是矣諸生皆慟哭既發憤爭門而入守者不得禦則更指忠賢像大罵罵已則共擊碎之投溷中盡撤其祠書院賴以不毀閹黨以憲名聞時方起大獄因羅織之主者構憲廷訊不服即逮京師詔獄少子炎從行將以身殉父也明年忠賢伏誅事得白放歸遂不仕而獨肆力於詩書及古鼎彝碑版六代唐宋以來書畫可珍玩者既作樓以貯之又刻水晶徑寸以小篆法書樓名虛白室憲日日讀書則必手書書一卷書成必取虛白室小印印卷首而藏其刻本於樓中不復請徐徐出其所珍玩摩挲考據至秉燭而罷有子四人伯璟仲琦叔瑞季璩皆不仕年皆過九十歲未嘗析居異爨或偕行出游於兩峯三竺之間衣冠顏色典型儼然好事者或畫商山四皓圖以傳其事琦之曾孫名祿乙字錫疇孝友君子也避雨於市古貨器者之家買水晶小印持歸家於故書卷首合之宛然虛白室章也（見朱竹[illegible]集）

許四先生

先生諱某字季鶯海甯袁花人行四皆曰許四先生少以俠聞既而折節讀書以聖賢自任親歿水漿不入口者七日杖而後能起自呼復含斂以及殯葬虞祔卒哭祥禫皆依古禮世俗不知喪禮有非笑之者不顧卜塋兆於某原躬自畚鍤負土成墳廬舍朝夕號哭不輟何商隱姚贄菴兩先生往弔相謂曰吾輩當盡禮慎毋倉卒為其所陋也約日至墓所使介通命先生固辭不獲始受弔號泣降自墓門東階拜其辱然後升哭拾踊者三兩先生出先生送於墓門外拜而稽顙姚何兩先生歎息曰近世以來所未見也先生身長七尺白皙竦眉如畫吐欬作洪鐘響稠人廣坐中議論鋒起即遇甚口者無不折其角而去出而交游四方公卿大夫聞先生名爭致之海昌頻遭饑饉先生致書當路議甚剴切當路韙其言海昌多巨族先生籍記其姓名下注某出粟若干榜於通衢以片紙責取巨族素信先生無有難者共得粟數萬石又籍記饑民村里年貌并戶口多寡按日到城隍廟以次而給人人得所欲而去初先生與同邑查某投契最密查擬巍科躋貴仕先生杜門隱居甘貧食淡查沒賜祭歸葬葬地侵許氏祖墳兩家子弟交搆先生曰吾終不以死友賣祖父也訟之官連年不決查許本通家姻戚居閒者以十數先生誓曰頭可斷此地不可讓閒者乃止後查以通海容誣先生大吏鍛鍊周內置先生於獄會有知其誣者營護得解仇者百計必欲殺先生先生乃走山陰避之數年卒蹤跡得之使幹役十餘人鋃鐺縶以去先生知不得復生義不辱因於獄中碎磁器作屑吞之而斃（見黃璋大俞山房集）

芮處士

溧陽處士芮城字巖尹農家子也幼隨父過村塾聞羣兒讀書纔一徧各為覆誦如流乃令就學補縣弟子員旋食餼是時明社將亡流寇訌海內惟江左半壁晏然知名士方盛修壇坫而城獨與同邑陳名夏趙理之吳頴彭旭史爣馬世傑世俊等合社講學以忠孝大節相切劘稱瀨上十三子甲申之變聞朝臣或逋或降而名夏官給事中亦污偽命則益悲咤及賦滄浪吟數十篇且歌且泣聞者擬之謝臯羽西臺之作云福藩稱制捕諸從逆者名夏逃歸里詣城城面壁卧曰君亡不死安用子見為名夏跽且哭曰嘗再縊不幸為救者蘇城厲聲曰胡不三逐麾令去及我朝受命諸人多以文章勳業奮跡自庸而城已謝諸生服矣名夏柄中樞屢專使以大魁招城出不應隱居荒野幅巾褒衣終身弗變初名夏之歸自北也彭旭輩同學攻訐之

過後修郄將中旭以危法既成獄適奉敕來江南城乃乘肩輿伍而徇其外名夏高遽出迎叩何言城陽惟語曰從公乞彭旭耳名夏立應諾釋旭訖不一見而返城於書靡所不讀嘗有賈挾二十一史截䣊句挑之城應聲指卷頁無一錯賈不取值而去一異僧自遠方來博辯罕對比推七十三甲子溯歷元僧大歎服乃下拜或曰僧故崇禎朝名進士隱於浮屠者也城之學博而能精經史疑義具載匏瓜錄他著述半為人更名刊布其卒也前一日階前紅牡丹花盡白（見彭鈛光斗雲漢章堂文鈔）

顧童子

顧童子吳縣人年九歲遭母疾且殆藥不效童子竊從鄰家貰薙髮刀歸止戶外爇火煮湯握刀割肱肉置鐺中方沸母呼湯急遂傾盡中以進母飲之盡而童子袖間血漉漉出母驚問故以實告鄰家聞者爭來觀為褒劇母病起童子創亦合於是吳人嘖嘖稱顧孝子居無何孝子以家貧隸樂部為伶人逐隊至安慶按察使王君聞其割肱事召見童子出金八十兩贖之名之孩良字以九齡館之內署令從師讀書迎其母而養之居三年王君遷布政使以詿誤去童子惘然無所依遂奉母歸巡撫楊公前在安徽時故相識因令入平江書院從學於講教平先生瑶海先生為言之太守李君與其同官四人醵金二百五十兩以其息膳母朝夕復屬縣令為買屋以居（見彭紹升二林居士集）

曹起鳳

曹孝子名起鳳字士元先世徽州人父子文遷崑山賈於蜀歲寄金錢歸俄而耗絕孝子年十六矣有蜀客來問之曰噫死矣問死何地弗知也孝子大慟絕而蘇將往求其骨貧不能行長洲潘君為縉好義士也贈孝子百金將行其叔父尼之願自往挈其去久之無所獲而歸孝子既壯每念父輒情痛欲絕潘君復贈之金四十兩遂就道陸行道河南歷陝西走成都南抵滇界西達金川書牒於背逢人輒哭訴所由無知者逾年金盡返成都乞於徽蘇人之為客者合助之得二十金禱於諸葛武侯神示所向遂東行道險蹕血流匐伏失道七日無人蹤及酉陽積雪盈尺不能前踣土穴中兩日有土人項生許生過之聽有鴉繞穴而鳴即之見僵尸焉而氣微屬視背牒咤曰孝子孝子挾之歸飲以湯問故止孝子宿進酒肉弗食曰誓不見父棺不食此矣其夕夢經荒原一老父與數人坐林中見孝子拍手大笑語曰月還古蕉中鹿兩壬申可食肉覺而識之遂辭去兩人止之曰此處逼苗疆天寒地凍前行且餒

死。盡度歲乃行。不得已從之。一日隨兩人出行。過荒原。如夢所見。白楊下有棺纍纍然。孝子心動。淚下不止。兩人問故。語之夢。兩人曰。有徽人胡生者居此日久。盡往問之。從之。胡生良久曰。噫。信頗記十年前。鄉人曹氏客死。殯于是。以所遺牙牌納棺中。其殆是乎。然非白之官。莫驗也。遂引訴之酉陽巡檢。巡檢告知州白君。飭里長察諸棺。多有主名。一棺獨無。啟棺見骨。孝子清血驗之。沒骨。棺有牙牌。文曰蕉鹿。孝子曰。是矣。月邊古胡也。蕉中鹿牌也。何疑乎。遂拊棺大哭。收骨行。項生許生為設祭。祭畢。以餕肉食孝子。曰。向之不食肉者。未見父棺也。今則既見矣。憶與子過穴中。日在壬申。今六十有一日。而又值壬申。夢盡驗矣。豈非天哉。孝子起再拜謝兩人。交餽之贐。孝子遂負骨行。既歸。母見牙牌而哭曰。嗟夫。此我鎖匙牌也。爾父出門時。取鎖及牌去。不見是者二十餘年矣。復取棺以殮。而納牙牌焉。葬崑山之郊曰朱提村。孝子收骨時。在乾隆十四年。既老尚健飯。月必再三詣冢上。灌所植樹。刈藤葛。徘徊久之然後去。（見彭紹升二林居士集）

盧太公

太公諱存心。字敬甫。其先為范陽盧氏。隨宋南渡。五世祖寰始遷杭州仁和之東里。

太公少穎敏。讀書數行俱下。家有書數簏。桑先生弢甫每來就太公談至夕。挾兩冊去讀之。太公亦夕讀兩冊。明夕又更互讀之。且相見各舉所得相考證。如數指上紋。如道家常織悉事。相與拊掌稱快。因名其居曰三益堂。已而兩人同補諸生。皆第一。太公為文。下筆輒數千言。為詩輒累百韻。桑先生亦然。有倡必繼。繼必務出奇以相勝。桑先生語太公曰。吾兩人生相得。死當相鄰。他日峙雙冢於湖山之畔。一題曰大清文人盧君之墓。一題曰大清詩人桑君之墓。不亦快乎。桑先生素以詩自雄。尤以文推太公。故其稱如此。已而桑先生自悔其所為。一以躬行為先務。太公嘗應博學鴻詞徵。弗就。晚日蔬韜晦。粥粥若無能者。子文弨。官至翰林院侍讀學士。（見彭紹升二林居士集）

蕭曰曠

蕭孝子。諱曰曠。江都人。其母朱氏病且殆。孝子剖腸割肝。使婦虞氏和藥進母。母愈。而孝子死。孝子既喪。虞氏稍稍初愈。不當使聞悲慟。乃匿語姑曰。曰曠商出耳。殯孝子他室。奠則麻衰絰而哭孝子。入則常服而奉進食藥。孝養十餘年。姑死。虞氏守節以終。孝子事在康熙時。墓在梅花嶺東。邑人祠之於墓側。（見姚鼐惜抱軒文集）

許永科

許孝子名永科。婺源許村人。初就塾讀書。遇天地君親字。必起立莊誦。父起碩嘗役甲。從科自塾歸。知父往邑當受責。夜奔赴縣。以身代。邑令嘉之。父獲免。或赴宴會。父母所嗜不敢食。必懷歸以進。父病。醫欲驗糞。科嘗糞。母臧氏病奄牀第。衣不解帶者閱四月。父母沒。廬於墓前。後六年。既歸。遇生辰及伏臘。則設饌為位。拈香往墓。請父母歸饗。途遇牛馬輒引避。曰。毋或驚犯也。有榛荊剔去之。曰。毋刺衣履也。經里閈門闕。祝曰。無傾顛。迎至家。請即席上食。如平生。久之乃餕餘。既畢。如前導復於墓。祝醊息。乃返。鄉人或愚之。或疑其矯。科行之如故。歷三十年。或以他事出。其妻代行之。一如禮。初習舉子業。親沒。不復應試。乾隆癸酉。郡守何公達善廉知其事。大書因心篤孝四字贈之。科大驚。痛自責曰。不能揚名以顯父母。乃以父母博名耶。甲戌補博士弟子員。案發。嘖嘖人口。爭聚觀許孝子。壬辰旌表建坊。（見王佩蘭松翠小菟裘文集）

銀查子

銀查子沈氏。諱鶴齡。字海籌。德清縣之新市鎮人。慕張騫乘查入斗牛事。故又號銀查子。幼不慧。日讀書三四行。引喉咿唔。頰面甚赤。及掩卷。卒不能誦一字。好以片紙置書下。作繪事。貽同塾兒。畫人人肖。畫蟲鳥蟲鳥肖。師威以夏楚。弗止也。後移家杭

州。悅寫貌者陳蒼巖。遂往受業。既卒業。不敢自炫鬻。曰。奈何奪吾師衣食耶。尤善臨摹古人仙佛神鬼士女。及龍虎鸞鶴之屬。或自出機軸。亦深得古人妙意。出藍之譽日起。益不自安。去游嘉禾姑蘇。所至輒爭致。然不受迫促。一圖或數年不成。有欲速就者。紿之去。閉深齋中。而扃其外戶。焚香瀹茗。飲饌惟所欲。多陳列名畫佳硯。其厚淳贊歎者。即奉為潤筆貲。然後伺間語之。初甚艴然。既知不可出。遂留二三日。為成之而去。性好游。稅駕地必窮極佳勝。衣履喜奇古。不久即棄去。更為之。故所得緣手盡。有金陵富人某挾萬金來新市貿絲。耳銀查子名。因所主者延之往。儀節頗闊略。中作設飯。又不具賓主禮。銀查子怒。推案起曰。來來爾貌不敵一駿騾。顧欲畫工我耶。又誚所主者曰。君誤我。令筆墨數十日臭。遂袖所畫紙趨出。明日富人款門謝禮益恭。卒不顧。有以銀查子名聞上游。致書勸駕。銀查子曰。一富兒尚辱我。況青油幕下面孔耶。竟不往。丙辰秋。右體忽不仁。卧牀第久。性益下急。時欲引刀自刎。曰。方恨不能乘查泛天河。乃使我至此極耶。竟鬱鬱死。死時丁巳六月八日也。銀查子天性放曠。口吶吶如不能語。又善忘。有詢其年者。輒瞪目不能答。及其含毫舐墨。心靈手敏。古畫過目。終身不忘。與其人殊不類異矣。（見沈赤然五研齋文鈔）

耆獻編卷十終

薈蕞編卷十一

清　曲園居士纂

徐驌

徐驌。蘭溪人。七歲失父。及長。有巧思。其俗設祭。每刻楮作魚龍花鳥置盆盎間。驌為之。工不與他人等。以是鄉里報賽。輒多得錢。市肥鮮以奉母。必捐值以告。俾食而安之。已常蔬食。弗之共也。母疾。禱於神。刲左肱和藥以進。疾良已。母歿。塟賈龍山下。乃築及肩之墻。庋木爲屋。以稻草上漏下濕。非人所居。迅雷大風雨。則終夜起立。篝火燭之。蝘蜓即且之屬。槃槃也。時見雄虺猛獸。近墓輒避去。旁近人或求與語。必諄諄勸其為善。久而化之。禾稼既熟。周數里不設守望。歲時有攜菜茹拜驌父母墓者。因以遺驌。驌弗受。即傾筐而去。驌嘗掘地作渠汲水。人稱為孝子渠云。邑令左君聞之。乃詣墓所。揖驌出。為沐浴易衣。導以儀仗鼓吹。觀者如堵墻。驌猶不欲去。號哭乃行。左君使從書院肄業。歲給麥八石。驌曾祖介昱。曾祖妣余氏。年二十而寡。攜其子依母家以居。為諸娣執爨。終歲勤苦。未三十。而傴僂如老婦。兒年十三。復攜之以歸。歲大祲。哭曰。天乎。與兒俱死矣。夜夢神語之曰。有雞可賣。何泣為。詰朝視塒。殊無雞也。見舊床草在門後。試屈折之。宛然雞也。悟曰。此豈可賣耶。復翦紙為冠距。傅之翼。命兒攜以適市。人競取之。一雞得三錢。母子藉以俱飽。蘭溪阮長姜炳璋作母有雞詩曰。阿母饑。饑兒啼。兒毋啼。母有雞。有雞無饑。神告之。母青年。貌若嫠。索雞不見雞。乃見藉床草。屈草作雞形。翦紙鋪與爪。一雞三青蚨。百雞一束蒿。雞乎雞乎饑母飽。母有曾孫。其名曰驌。三年藉草。二親墓旁。白日暗黃墟。雞聲號晚霜。一門節與孝。千秋揚其芬。見莊圻集。

邵如椿

邵君諱如椿。字莊園。浙江紹興人。考南之。挾申韓之術。游陝西最久。君遂占籍咸寧。補弟子員。能世其父業。攜挈就通渭知縣之聘。乾隆四十九年五月。甘肅逆回田五由鹽城南竄。距縣城信宿而近。諜者以告。知縣將逃。君曰。子宰一邑。而使城中生聚皆陷於賊。其可乎。且逃則死於法。守則死於賊。與死於法。寧死於賊耳。縣令許諾。然恇怯不任事。君乃立於門闑。祖而大呼曰。好男子當從我守城殺賊。俄頃應者數千人。乃令壯者執刀矛。老弱運礮石。並集城上。而身率猶子曾樊登西墉以當賊衝。十一日。賊至城下。城垣庳薄。又倉卒不能具火器。賊蟻附而上。君手短刀。格鬬良久不

支。被執。見賊方屠戮。乃曰。首議守城者是我也。何多殺他人為。賊遂所劖批耳。斷膕洞腴。腹剜左右臂。凡十三創。而詈。樊奮力捍衛。亦被十一創。偕君罵不絕口以死。知縣匿民舍得免。事定。逮入都。以失陷城池論如律。見莊圻集。

吳漫公

漫公。情諧而性狷者也。少時讀書不成。然通六書之義。事之所指。形之所象。與夫形聲會意之趣。轉注假借同異之說。有號為文人者所不能知。而漫公一一知之。由小篆而上溯之。至於大篆古文。鐘鼎款識之別。於時代者。靡不徧觀而盡識焉。既知之。又學而能書之。故他人之書。由真行而通於隸篆。漫公書則濫觴於篆籀已。乃順而摭之。於是行楷八分。皆有法度可觀。然家貧。必自食其力。嘗曰。雕蟲篆刻。豈壯夫果不為耶。遂肆力於繆篆。工摹刻。售其技。而因以名於時。江寧沈君凡民。權徽州府同知事。以篆刻知名者。久有天下圖書第一之目。見漫公所作。嘆曰。藝蓋至此。漫公喜。將往謁之。一日。沈君至府。漫公望見之。華顛白鬚。面斑斑如凍梨。乃輾然而咍曰。吾觀若長我且三四十年。我如其年。藝或當過之。遂不復往見。其自矜而善詭也如此。人無識與不識。欲求書分篆刻者。苟見其面。攀延之。未嘗辭。至或數日不歸。思歸矣。或援而止之。則遂止焉。巨室富家知其如此。以為易致之也。冀其一來。要之且至於再三。往往終年不見其至。其家有吉祥喜事。賀客滿堂。坐中必無漫公。初漫公為汪氏學生子。一母既不能乳兩子。而家貧又不能致乳者。會吳氏佩蘭翁。亦貧家也。無子。遂抱歸乳之。而翁旋卒。母氏青年守節。撫之育之。俾至於成人。母卒。格於旌例。漫公乃請於郡守徐公。縣令張公。並給匾額以褒之。合於名律養子從姓之條。遂成室於吳。娶王氏。而漫公所自出之母年老矣。思念之。因言於吳。為娶曹氏。已而漫公同產之兄死。有一子。亦相繼而亡。於是漫公寢疾。自念不能起。乃親書遺言。付二子士懋。士慎。而命士懋承汪氏祀。蓋士懋曹氏所生子也。此所謂亡於禮者之禮。其亦禮之善物矣夫。漫公名兆傑。字儁千。號曰漫公云。見程瑶田集。

張若筠

張君諱若筠。字竹鄰。丹徒人。好學。於書無所不窺。聞有異書。輒重價購之。或手迻謄校勘。矻矻不少休。同縣蔣舍人宗海藏書三萬餘卷。多善本。君所藏踰二萬卷。而法書名畫吉金貞石之文。別為卷軸。不在此限。京口士大夫收藏之富。推此兩家。君性簡重。寡言笑。不妄交人。晚年益屏人事。掃一室。日坐卧其中。子弟僮僕。非呼召不至

流沈潛玩索神凝氣靜過之者以為無人也與兄坤弟堂相友愛家有園亭竹木之勝兄弟並能詩善飲精鑒賞暇日具壺觴召朋舊流連倡和互出所藏元明人書畫品題甲乙以為樂坤子奎堂子鉉及君之子銓亦能詩奎兼工畫揚州某氏藏書為江淮間第一其子孫不能守君聞即冒風雪渡江購得宋槧書數部以歸奎為作風雪載書圖一時名士皆為之題詠京口多佳山水君興至即出游愛八公洞林壑幽邃讀書深雲精舍者數年大江南北名勝之區屐齒殆徧而杭之西湖凡七至君少以諸生高第食廩餼循例貢太學遂不就試其居鄉睦婣任恤樂振人之乏絕嘗以田百畝為書院諸生膏火資邑有留養局以養鰥寡孤獨貧病之人君以田四百畝佐其費鄉人德之嘉慶三年卒年六十四見劉台拱集

董十先生

先生名懷書字遂學世居宜興縣西南山中胥井村號胥井董氏父啟峯公舉五丈夫子先生其季行十學者稱董十先生生有異稟跅弛不羈五六歲時鄰家醵酒仰臥其下以口承之大醉淋漓濡首廁閒諸書聲則喜竊聽一二過即背誦如流水九歲就鄉塾頴悟絕人年十一瀏覽左國漢史諸書輒捉筆為文勃勃有奇氣尋丁父憂以貧故廢學業農兼服賈伯兄某以百金命之潤州貿易數月傾其貲而歸伯大怒先生雅不屑意也然緣此益窘乃更折節砥行發篋陳書晨耕夕讀或采樵山中高歌秦漢人文字尤嗜韓昌黎吟誦不少輟里中課藝常荷鋤徑造援筆立就每冠其曹名震一邑工文士爭先結納於是輟耕樵業教授生徒而所得脩脯輒以沽酒垂手立盡貧益甚酒興日益豪每醉則哭或放聲長號儕輩皆怪之以為狂平川蔣公以詩古文辭伏一世猶心折先生謂其子楚誦曰此振古豪傑士也年垂三十尚困童子試一日自塾中歸聞縣試期迫即夕束縕夜行試畢復夜馳歸往返二百里深山峻嶺高吟長嘯聲震林谷竟冠一軍即於是年籍於校先生長身鶴立慷慨負大節以古人自期家徒壁立而揮財如糞土意氣浩然公正事輒發憤遇豪強黠桀不少慴避而山棠升科一事有德於民滋鉅其他義激公憤挺身犯大難者數矣卒得無恙亦屬有天幸云生平尤篤友誼應試澄江白下輒沽酒買精饌招同志諸人痛飲雖金盡典衣不顧也嘗曰考試甚苦余獨甘之非為沽名樂與素心人共晨夕耳先生歿後頗著靈異聰明正直死而為神理或然歟墓在寒墅祖塋側過之者雖樵夫牧豎必肅拜殆類江都相之下馬陵云見湖研璣偶用古文集

郭六

郭六者江陰市人也其鄰吳某以乙科將令青神而艱於裝吳之僕有紿六者曰若居積於市拮据所得日百錢耳曷以所有奉我公隨官人高車駟馬且償而息十倍六是之乃罄其貲得百金以獻而隨入蜀既至青神六無一長居署中執爨而已久之吳公亦已忘郭六之所以入蜀也而役使之其公之子若猶子下至臧獲胥役使之而六亦不自言日執爨事惟謹久之吳以侵冒軍儲落職於是諸子諸猶子下至臧獲各席捲其貲或不告或詭告以故皆去比吳入獄挾襆被從者郭六一人耳吳公性仁而闇諸子用事欺之以至於敗既敗諸子爭擁厚貲歸而吳公特貧甚六忍饑寒事之彌謹時獄中諸官凡數人常詩酒過從六竊私念我公數飲食諸君而諸君間至醵酒不設非報稱禮乃私以百錢市酒脯伺公與客談且久而敬進之客既去公問以情告則怒而詈之六直受不敢出一辭詰旦竟去去久之突以僧服至青神假謁公泣拜階下公且喜且泣下曰若胡以僧為余所虧項賴僚友相周十有六七俟諸子鬻產至可千金幸而集猶有首邱想而胡以僧為袖出一金若將去伺逆旅中朝夕當入見我六頓首謝去之旅次忽病略不省人事沈沈如醉凡十日而吳卒以限滿不償論斬斬之日逆旅主人彊扶六起椎其胸號而告之六瞑目直視忽疾趨出至市中伏公屍而哭極哀一市人胥出涕既殮葬城外隙地凡知公者咸來唁六衰麻被體執杖匍匐柩前稽顙荅拜慟如孝子云儲王聞者故嘗之青神交吳公雅知六因勸之歸且曰爾有父母曾聘妻未娶豈得僧終異鄉者余不久南還盍隨我返六不應既而候王閒於寓泣而告曰六不歸矣黃連二觔幸致六父母為賂老嫗囑六妻速嫁六不歸矣則再拜號慟而去異哉郭六之為人也無故棄其垂白之親已聘未娶之妻室捐百餘金隨人於七千里外而為之賤役為之子甚而為僧其無乃非人情然以其人親所生之子若姪暨用事童僕籍其財捋臂去不顧而一鄰人之子又愍其破家自隨而託患難生死以之則又何也不亦異乎見儲研璣偶閣文集

張瑛

張瑛字玉采汾陽縣人家素饒每於歲杪出粟若干周鄉鄰中之貧者以為常康熙三十六年饑瑛既出財粟助賑而賑所不及者持田契求售踵接於門皆自貶損價值瑛第如其願售之價視平時蓋不及十之二於是得田且千畝明年大熟瑛徧持券村民願贖者聽原約盡贖去其行事大致類此瑛所居曰西宮村先是順治六年

姜瓖之亂，東官村趙姓者，衆乘亂刦其家，男婦俱被殺，獨一稚子奔至瑛所，瑛納之。衆索之，瑛曰：是不可得，必欲得者，吾兩村且鬭。視強弱，及亂平，瑛助趙氏稚子白諸官，治罪者十餘人。當盜賊之蠭起也，瑛之村人將逃避賊，瑛曰：賊至，知而先離散，能保即獲全乎？孰若為守計。衆以村故無堡寨，未可。瑛曰：堡寨誠不可猝為，環村而溝焉，其可。遂相率為溝，廣一丈有奇，深約倍於廣，東西設吊橋各一。又以其家積儲，封貯村人財物其中。既而賊大至，踰溝，村之人退入。瑛見一賊方據椅坐，左右指麾，急趨有力者，舉石礮投擊中之，身首俱碎，立斃，乃其渠魁也。餘賊怒，攻之急，樓上瓦石亂下，不得近，乃取薪積於門，欲火其樓。宅舊有井，僅供汲用，至是泉忽大湧，男婦遞傳水於樓以撲火，賊計不得施，又失其魁，數日稍稍去。瑛曰：可以出而逐之矣。相與持械出，大呼擊鬭，賊奔潰。方是時，瑛年纔十有九，遠近村被賊殘破不一處，而瑛之村獨完聚如平常，人服其智勇。瑛九十有一歲，視聽不衰，不脫齒，行不杖，一日無疾卒。（見戴震戴氏遺書）

王敏

王敏，汾陽縣武生也，廉潔自持。值歲饑，斷餐二日，得一飯，弟手白金至，曰：少易粟。敏正色語弟：奈何干人敗家風。令持去。嘗有督理事，司出入事，竣，衆指餘金曰：準材計貲，不宜餘，殆君之物，誰入於內耳。敏曰：諸君謂我貧，意以餘金畀我，公事不可實私橐。友以其困，欲有贈，袖百金至，坐語竟日而返，難出之袖中也。遠近咸呼王廉士。然生平勇於為人，衆以公事宜謁有司，二日不得達，敏至，徑入陳，衆方疑甚，而敏詞氣慨然，有司無以屈之，卒如其議。一友人觸官長，在縲絏，親戚畏避，而敏徐來省視，官長訪知其名，不加怒也。敏老而無子，一婢自幼畜之，長有姿容，或勸納以為妾，敏曰：吾貧困，何又重累少年。尋有不惜三百金來購此婢者，或以勸，答曰：貧，吾分也，祇因婢取財，況不得其所，彼之生死事大，吾雖終窮，弗忍為。於是即為擇配嫁之。敏嘗徒步赴省試，旅舍中遇一稚子，察知為被誘者，走百里送歸其家，則寡婦撫此兒，忽失之，正遑急不欲生，望見兒，母子如獲更生，願酬謝。敏曰：吾憐稚子無依耳，何謝為。遂行。敏狷潔多近義，是以人嘖嘖喜稱道。年七十有一卒，送葬者塞於途。（見戴震戴氏遺書）

董丙齋

董君諱達存，字華星，號丙齋，先世自歙授公博古官於昆陵，因家焉。君七歲就外塾，矢口成文。家故貧，且體羸多病，而刻苦自厲，不間寒暑。中乾隆庚午科舉人，登壬申科進士，授國子監學正，以太孺人齒高，遂請終養歸里。太孺人壽九十六而卒，君哀慕如嬰兒焉。家傳青囊書，少即有神解，後出游，從穀異人授凡形家日者星命壬遁諸術，無不洞達其奧，然頗自秘，惟以相宅墓諳者，率應之，所至為人審決衰旺吏易向背，克期輒有神驗，以此名日隆。東南自大府以下，每營廨宇，必得君一臨相度為幸，所聘遺亦不贄，而君受之澹然，行囊及家，未嘗自潤，購吉壤為先人改葬，建宗祠，置田百畝，以供歲時祭饗，所居數椽，僅蔽風雨，冬夏衣故表葛，塵垢色黝，弗厭也。曾郡東郭欲建普濟堂，贍老疾之無依者，久未經始，君慨然獨捐千金倡之，乃得集事。君謙易近人，而遇所不可，毅然弗屑。嘗有淮陰鹺賈，具重幣延君，中道忽不就，單車徑走二千里外，為故人卜兆域，以踐宿諾，飄然而返，其孤介如此。（見錢維喬竹初文鈔）

洋和尚

洋和尚，南豐瑶坪村人，姓曾氏，名不傳，人以其兩目顱綠睛，頂髮禿，但呼洋和尚云。年十五，為邊將所掠，負軍裝出入塞上，壯遂趫勇雄其曹，能馳騾馬，挽強弓，左右射。聞吳三桂叛，南方騷然，潛脫身歸里，聚子弟之壯健者，陰部勒之。尤有智能料時變，知耿精忠必叛，叛必遣賊由汀州窺南豐，趨江西，謀禦若保鄉民，先挫賊鋭，得三百餘人，推牛軍山神廟，灑酒歃血，慷慨論大義，綠睛光閃閃，衆感泣，怒憤願致死力。仰見神面皺，衆喜曰：神助我，神助我。軍山者，南豐邑之鎮山也，高聳天表，村距山近，多詭嶂奇石，上有天生城，稍可砦，其最險者曰虎頭砦，多石屋，可容千餘人，南僅線一綫如穴，縋之上，塞一石，可限萬夫，足砦兩翼，可出守。望洋和尚笑曰：天險賜我，賊不足禦也。乃聚糗糧，屬器械，備井竈，依瀑泉流，指畫戰守計，徙閩村民居其上，寄語城中人：爾第固守，吾必盡剿之砦下。已而賊前鋒果至。先是，洋和尚勇聞江閩間，賊計啗以官，作鄉導，及至，仰望砦形猙惡，斗絕如虎牙，下闞四壁，皆欲攫人，猿猱無敢踰。旗幟鉦鼓珠森嚴，賊既膽懾，雲梯呂公車不可設，砦中飛石檑樗如雨下，擊殺賊數百人。賊怒，毀村屋材，薪其下，思燔砦，而石壁皆含泉脈，天生滋潤，水恒淋漓，滴火不能爇。賊計窮，請其渠曰：砦險而固，破不易，盍棄之而趨建昌。渠曰：不可，建昌有官兵在，吾戰則洋和尚必躡吾後，背腹受敵，危矣。以一月報攻之，必殘，然後西出耳。遂掘塹守之，乘間出他村焚掠。洋和尚佯與衆賊歌飲，俟賊少怠，率死士二百餘，從他險縋而下，直所賊營，砦上婦女各擊銅器助鉦鼓，聲撼天地，石泉風樹皆震嘯若萬騎下，賊駭懼，不知所為，自踐蹂戮之過半。洋和尚斬其渠頭，大呼鼠輩敢辱吾刃，令汝取逆戴其頭來既歸若謂其衆曰小勝勿驕賊必悉精銳來吾粮僅足支一月耳若遣健足蓊血詞間道赴省城告急十餘日僞帥李以大軍繼洋和尚預設伏唐刀渡左崖穴俟賊半渡標幟突發射殺前隊數將賊驚多墮盱江死氣爲奪猶若切齒罵曰吾不血此若醢洋和尚内喂大誓不生遂掘長塹築高壘待若粮盡乃屠之洋和尚每出奇計射賊相持三十餘日賊不能動織壘而江西大營提兵至僞帥迎戰南豐東郊官兵陣稍却洋和尚盡其衆下若奮力夾斫之賊大敗遁歸汀州南豐以全帥召洋和尚至給牛酒慰勞曰使江西半壁不動者汝功也將奏之朝予以官洋和尚叩首固辭帥曰義士義士即百年後汝鄉人當祀之社厚予白金彩繒洋和尚盡散之鄉人葺破廬安生業矣乃日與其徒蝨衣草屦漁釣射獵爲樂春秋佳日挈鮮提瓮登觴若狂呼酣飲逍遥四十餘年歿壽八十鄉人憶帥言塑其像甃而鐙祀諸社歲旱以簫鼓彩幟舁行墟市中呼曰洋和尚來洋和尚來天果雨洋和尚終身無妻子老猶自製竹扇易錢沽酒醉作擘窠草書甚佳也見張凡鉞陶園文集

温樵水

樵水姓温名廷鈞字右衡樵水其别號也祖籍浙之長興高祖美如遷仁和樵水生

及晬因厭其啼置其祖膝上季父世珍誦書其側啼遽止遂頻頻爲誦書狀已乃咿唔成聲日爲常五歲其季父語以讀書樂則欣然倚白其祖就隣塾記誦之捷常兼他童子年十五入邑庠二十赴省試育於成均其學業始嗜詞賦熟精於文選所作叉手立就奇字㸌如觀者竟日才名播一時久之乃謂所業弗善取六經三史熟之條具疑義作古今體詩文率行以唐宋大家法雖應試不易也雖躓不悔也嘗語其游曰讀書不第自不折閲不汲汲於經史而以兎園册子老乎同里陳翁寓以窮經論史爲業名流就攷問者日無虚年倍樵水矣而相得如等夷每著經説必俟其過從商校竟日每詠史必索和焉樵水性貞介氣清可畏人以是多望之見其來稍稍引去然語崖岸嶄然之行則莫不推樵水第一語能詩之才之浮於名者則莫不推樵水第一年二十八病心血耗卒卒前三日猶寓書陳翁論韓詩商頌説翁議刊其遺稿屬其季父蒐輯於其家苦散佚不多有見蘇師埈栽良堂集

王次瑶

當世多治鄭氏易綱羅放失是正文字彰矣德清王君南湖攷證之作句櫛字比疏通證明使北海微言復闡於既絶之後厥功偉焉君諱瑶字次瑶南湖其號也晚又號退思乾隆甲午科舉人丁未會試大挑一等分發直隸補成安縣知縣少嗜易著易集解備究衆説又能研窮形聲訓詁作集韻正以糾曹氏刊本之失作説文編韻讀各從義以補徐氏朱氏之音作爾雅疋義刊誤以匡邵氏之違既而專思畢精於鄭君注易之意心知其故攷經以釋文爲主不言鄭本者舉所標他本參訂之攷注則汎采羣籍擇善而從旁及異義以附鄭説因推所存知其所佚引伸觸類以達厥指官成安時以風俗教化爲己任聽事之暇召邑諸生以講經説義吏胥子弟能文者咸進與焉有師氏兄弟爭田相毆傷置之一室使不傷者養傷者而身譬喻之兄悔悟泣拜讓田爲公産上官以爲賢將換授繁劇意不樂引疾去讀書終身君世居德清千秋鄉之闔山六世祖樵移居於南莊祖繼聖父元鼎兩世居杭州君仕而歸卜居秀水之秋涇槐莊於錢塘長壽鄉白沙山仙家隴見王宗炎晚聞居士集

跣足傭

跣足傭者楚人也隱其姓才高其名少孤鮮兄弟窮不得活去之寧州東南長茅里終歲傭人以脱於饑寒跣足役作雖巉巖荆刺中履蹈如坦途無所苦人以是羣呼跣足傭者傭狀甚癯蓬頭垢面膚如漆攤激移補綴針紉纍纍若蟣虱然嚴冬無床

褥稭稻草藉地而寢嘗暑月從客宿館舍客張帷夜半苦蚤不得寐起燭之則傭方倚墻壁鼾鮃雙眸炯炯蚊蚤嘤喝喝咀噬容吃曰欸子何不撣之去傭笑頷之睡如故生平不葷不飲酒不畜妻子其傭於人也日取十錢多與之不受暇則閉户捆屨三四日不食亦不饑也掘土納積月檢視遇廢疾餓寒者出投之任歲傭留暑蹋毛竹山喝甚求飲不得幾死適刈蕨者憫之斷節揉汁以甦傭歸盡發所藏即其地搆亭日煮茗飲行者又廣其惠於他地焉一日傭被髮持長鑱雜衆中艾人田衆再休獨傭俯首病瘦剷鋤不輟衆固止之固勿聽衆怫然既相與斥之曰吾儕與子俱傭也傭無常主吾儕食倍子取又倍子而人卒不聞異視子然則子何太自苦爲傭曰然予輩所求乎人者誠是雖然吾性拙又衰得飽一日腹即窮一日力猶懼怠事獲天殃敢舍業嬉乎今予輩不已之求而使吾效尤可乎言訖愈執業不輟見萬承風思不辟齋文集

李松亭

李君諱鎔字興凡號松亭其先范氏自宋世居登封爲著姓迨明中葉有諱尚者遷魯山遂别族爲李氏君姿貌沈毅目炯然射左右望之屹不可犯然性獨樂易好與

人酬接庭前蒔老梅數株多叢竹菊雜花卉身自灌溉有老松偃僵如龍蒼鬣壓屋
客君顧之而嘻輒盤桓其下號所謂松亭由此也暇則摹繪事酒酣引筆落落自喜
或劇飲懽甚與好事者校拳勇大相娛樂以故人多愛從君遊有裙黃者依門下未
幾以他事被繫君身在任而驁游逸去蹤跡莫可得幾為當事者所中傷君益不置
意而好容如故他日君獨游縣之東山遭羣惡少脇掠一少年少年左右顧顒躑不
肯行詢之則羣惡少出穢言欲行強污者君大怒徒手搏數人盡仆奪少年以歸遣
僕護送之固近村田家子也君負氣而尚義烈其遇事奮發類如此（見武億授經堂集）

李仲謀

李君坊字仲言後易字仲謀籍祥符入開封府學為廪膳生方十五六歲時伉俠慕
交游然性尤簡易奴視其儕伍居嘗佯佯不適欲得友有風烈者或以某告君趨見
而返恚曰向殊妄聞此曹徒一行尸耳乃勞某過從耶他日君在京師鄉人宦廣平
者慕君邀君主其幕不合意棄去聞從李西村官所前後幾五年自西村初署縣事
及得補實君恒不避嫌怨為之左右其僮奴僕御胥吏外內聽從日有常約違輒痛
繩之或有驕頑在手扑其人一罷飲嗜莫不屏懾從西村以憂去君於交代委籍悉

強力綜練條分簽疏事覈其實以故與後事者忤至詬厲不少顧俾西村幸無累然
後自謀歸策蹇走三千餘里轉貸以抵里門至是亦倦於游矣初君在京師謝弔者
當過一顧人自具小柬書名投其門竟去人多以是非君君曰吾狙野習安識所謂
士大夫禮且如公等指即謹易手本亦與今外司道府謁尚書同儀獨非僭耶禮不
下庶人吾諸生何殊於庶人幸勿復言聞者羣服其辨而不知君固負氣以說詞辭
也（見武億授經堂集）

彭梅谷

彭梅谷名遐齡明末奇士也家河南魯山生十月能言十歲通毛詩禮記春秋比長
益博綜羣書下筆千言立就兼嫺武畧能騎生馬駒上坂馳左右射發無不中自謂
辛稼軒陳同父一流人崇禎丙子年十九應省試以五經格於例置副車改就武闈
試亦然為解首撫按以文武才薦而廟堂偹資格寢不報己卯再以五經試仍置副
車自是遂罷舉益務為任俠行總兵陳永福招之遂暫留參永福軍潼關兵敗永福
降賊梅谷陷其軍中先是賊相牛金星本寶豐舉人授經魯縣館梅谷家梅谷幼師
事之及金星從賊往來河南嘗蹤跡梅谷梅谷深自韜匿至是聞在永福軍大喜趣
召之曰若我弟子也來則立富貴不來且死梅谷大言曰若已為賊即死寧從賊邪
金星命收之而梅谷已竊騎逃一日夜馳五百里越大行乃得脫間行至江南度時
事無可為謀歸夏邑中途遇盜刦不得已因故人薦入直內院數月出主江浦謝忤
上官拂衣歸順治八年卒於百尺河之野年三十四死卒時自撰年譜謂生平流離
奔走無日不在憂患中遺詩一帙亦多感時念亂識者讀而悲之（見盧學楨澗泉文抄）

董靜芳

董靜芳祝魯齋婿也為人慷慨勇於義自以幼失怙恃既婚於祝傾貲為外氏營生
送死最後有信陽負骨事初魯齋祖曉前公由副貢令清苑有五子十孫登進士舉
茂才者八先後殂謝盡君皆葬之獨魯齋之伯中調公病卒莊浪官舍叔懸亭公客
死信陽骸骨久未歸魯齋老貧無子言輒涕泣告其女以為大憾君聞而心識之會
游秦遍訪得中調公後人以告魯齋喜曰吾祖其不餒矣顧叔向為異鄉之鬼可若
何魯齋沒後十數年君有武昌之役遂取道德安府貽書應山令莫公子槐告以收
骨事給文沿途查訪由應山至信陽州百餘里至州城北有珊瑚寺院者乾隆丙子
丁丑年懸亭公嘗掌教於此院側伴書庵老僧猶能言之而不詳死狀時知州事者

諸公以謙鄉人也投以文翌日遣役來得公之去妾春梅嫁後僕寡言公有殤女曾
許字爵官吳棟之子又紹興徐書紳者久負公之銀乃共謀葬之於城北三十里許
祝家墳時徐已故吳年八十餘偕之出城荒塚纍纍中見羣鴉噪一大樹跡之得土
中仆碑鐫曰浙杭海寧縣歲貢生祝諱濩字懸亭公之墓吳曰此徐所立也三十餘
年矣請於官收骨貯篋中歸瘞之祖塋告祝氏家廟此癸丑冬事先是君之伯慕祿
公殁其長嗣曰可大無子而久客於楚君喟然曰大宗何可絕乃乞其弟虎文子善
餘攜之武昌後之益其往也為董氏綿宗祀其歸也為祝氏殮旅魂數月之間兩舉
大義事厥功偉矣（見劉鳳叢蘭嵐詩文集）

郝雨亭

郝雨亭名穩安徽桐城人少讀書性倜儻不羈輕財重然諾有古俠士風丁未歲過
長楊大名尹葉君賜琛甫踰月賜琛事戍伊犁戚友奔避星散奴僕脫身去賜父母
老且病痛子孑身投篋日夜憂泣雨亭毅然曰與人共安樂而不與共患難者非義
也玉門關外不能生度耶余雖老尚堪一行遂偕往羅馬鳴鞘踰無難色至伊犁將
軍受賜和置幕中甚得所雨亭始告歸曰汝居此安余且歸侍汝父母當再來終不

使汝寂寂萬里外也歸一蔵賜母辛雨亭處賜聞訃哀毀復往慰之至關外斷腸隨將軍移駐塔尔巴哈台改轅而北將軍聞雨亭至降堦執手曰義士果來矣撫棺慟亟由是雨亭之名大著關外將歸將軍厚贈之俾同肯馬者行重其義也先有葉椿者賜族孫河州牧中之子也以監粮事久戍伊犁雨亭再出關椿母以金託寄伊犁在烏魯木齊西塔尔巴哈台在烏魯木齊北相距遠甚音問阻絕雨亭歸路出呼圖壁遇巡檢陳君栻陳亦皖人因述椿始知椿死伊犁久雨亭曰椿家無三尺童白頭老母日望其子歸今椿死遠域旅魂飄泊情何忍且余既挟若貲來當攜若柩歸因與陳君貸貲助費迂道八千里載其柩以歸於桐（見李宗漏海門文鈔）

奚湖先生

先生姓王氏名繼統奚湖其別號也生有異稟神寒而貌癯幼從塾師讀肆經學稍長即旁通諸史百家以名諸生丁明之季乃絕意仕進退而放浪於荒墟絕嶼之間扁舟草服自樂也未幾明亡乃益頹然自廢不求聞知於人世世亦無有知之者一日停舟江上擊楫作歌以自娛其聲鏗然若擊金石鄰舟皆起坐驚視是時海宇初定值英王巡行江上亦於舟中聞之心奇其人欲致不得因以詰而後就見怡然談笑如生平交偶及世故且喜其不凡因給劄命出爲丞佐對曰臣故村野鄙人但得具雞黍課漁稼以終其天年足矣安能有豪毛之利益於國家耶某奚堪此郡佐爲長揖不受而歸日鍵其戶足不履城市者且二十年著有奚湖文集若干卷（見王灼集）

滕家瓚

滕家瓚者麻陽縣人也居高村與苗壤接乾隆六十年苗民石三保等叛大掠麻陽家瓚悉出家財數十萬招集鄉里丁壯數千以禦苗殺賊無算苗深讐之一日家瓚率衆守溪口苗賊賺圍高村曰出家瓚乃已於是家瓚之族弟家泰挺身出而語其村人豈可惜吾一身而延害一村遂大罵賊我即瓚也賊剝家泰皮家泰罵不絕口至死不更一辭又執其家口始知其非家瓚也瓚聞而馳歸救之已無及矣家瓚屢以殺賊有功大吏具聞上命賞以八品職官一日戰歸福督部親見勞之家瓚曰瓚既受國恩敢顧家耶且家已破矣苗讐也有殺賊報國而已復慷慨往溪口與數百人共守之賊大至急攻之家瓚力闘絶援其從者曰賊指名索夫子殆難免矣盍易服而行以求援也易服而死賊去官軍至求家瓚所在以易服故賊不識其屍遂收其屍塟焉家瓚仗義輕財好施與又善撫衆有信行遠近之人一時皆稱家瓚名不舉其姓但稱瓚也瓚有力嘗負一鐵礮擊賊無虛云（見徐[illegible]玉山閣集）

張星象

張星象字介萬古田縣學生生有異稟嘗作書數千言抵冀進士景瀚願受業爲弟子冀奇其文言於督學朱文正公歲科兩試拔冠其曹試事既竣公選九郡諸生之尤者福州十人外郡二十四人肄業鼇峯書院親課之寧化張騰蛟孟詞最爲公所賞識介萬異軍特起乃拔戟自成一隊閩中因有二張之目時閩藩雨松徐公與文正公同號知人能得士嘗謂朱門之有介萬如韓門之有劉叉也癸卯鄉試將揭曉文正公置酒招致門下士孟詞輩皆在坐介萬烏衫躡高屐最後至公目笑之曰昌黎詩有云冥觀洞古今象外逐幽好可爲孟詞詠又有云雖作乘閒騁交驚舌牙齾非介萬其誰既而孟詞領解在坐者多獲售而介萬報罷介萬文詰屈生澀不可句讀一題入手狂搜險覓得未曾有非文正公莫之奇介萬亦淡然落落謂從此長已矣新督學至公薦士十人介萬與焉且恐其文不得當以爲是實神駿當相賞於牝牡驪黃之外新督學惑其言書院初課故抑之且面加誚讓介萬弗能堪自念居深山讀史漢莊荀揚十數年不遇一遇矣又不能及時自奮道師方行而齗齗之者踵至懼一旦遭黜辱爲當代大賢羞時方寓龔家早飯罷赴書院課而是日實未作文嘿嘿不樂者終日次早獨行出西門至虹山橋徘徊橋上再四遂自投於水以死年止三十有一龔使人尋之書院不得啟其臥室於案上見其訣父書及與己訣書拍案驚呼曰介萬死矣三日得其屍於白沙舖端坐沙中面如生其下有清泉一泓先是介萬喜扶乩有白泉沙者附焉辯論相往復文思益奇至是而其讖乃驗龔既買棺以殮呈其書於徐公且述其死狀公喟然署其紙尾曰嗚呼生奇死矣自石君去後余不能早爲扶掖致生益孤憤余不能辭責矣介萬卒之十年孟詞始登癸丑會榜爲忌者中傷乙卯赴補殿試卒於京邸竟不得成進士與介萬皆酷貧無子詩文皆散佚（見朱東然知古堂文集）

會蕞編卷十一終

壽先生

清　曲園居士纂

乾隆五十一年。林爽文反臺灣。不旬日。有衆數萬。於是彰化陷。鳳山所嚮如破竹。獨淡水城不下。淡水圍竹木為城。無土石。自其年十二月至明年五月。攻最久。而城獨完。民不為賊。文武官莫在。惟諸暨人壽先生為之守。先生姓壽名星。字向春。以字行。而壽先生之稱為著。以習文法佐人治吏事。至臺灣。當是時。淡水同知潘凱前沒於生番。代者程浚方按捕大甲。城中空無人。爽文以其衆入。程浚子倉卒攜印走。而浚別戰死。先生與其輩數十人。俱縛坐堂皇下。賊故聞壽先生能識官事。顧不知孰為先生。一一詰何之。已乃從先生求計畫。先生曰。而屬以烏合之衆。頓兵荒城中。何以食。官軍至。聚而殲。旂靡及矣。凡兵分則見強。合則示弱。而奚若。賊故搜城中無積儲。則皆曰然。因脫先生械。留其黨守城。而自出四掠。於是壽先生客淡水久。其胥徒皆故熟習。其士民皆故信服。頤指目語。精神嚮答。潛糾義兵。風雨隙合。出不意。就同知廳事。駢斬留守賊三十六人。即日閉城門。為朝廷守。賊聞大駭。悉衆返攻。先生部勒其民。日夜登陴。樵蘇既斷。發屋探鼠。得閒輒出邀鋒擊賊。有死者。明年五月。賊稍稍引却。道路通。署同知徐夢麟始以印至。次第招安白石湖。勒洗金貂尾寮。擒叛官彭喜。一切倚先生為辦。是時爽文負隅據大里杙自固。我兵環營其外。疑莫敢入。先生不勝忿。謂夢麟曰。賊介恃其衆。今日戰明日戰。可勝殺乎。不如入也。速入取其首。餘將瓦解。夢麟以其言上書軍門。不報。三請。然後得。指麾由大甲分六路進攻。先生別以若干人由西路入。而鹿港之兵遷延失期會。既入無援。馬蹶被獲。賊恨先生久。至是大喜。相與攢刃支解之。時先生年七十有一矣。又明年。嘉勇郡王渡海檻爽文斬京師。臺灣平。有旨贈先生知縣。廕其子聰一官。見王芑孫淵雅堂集。

吳鈞翁春

吳鈞字陶寧。自號曰玉田生。江蘇華亭縣人。其曾大父懋謙。以能詩有名國初。世謂之華翠山人。至是百餘年。而鈞復用布衣稱詩。鈞生平不屑舉。不知家人生產所好讀書。旁通天文句股金石篆隸刻印之術。而尤自力為詩歌古文辭。其於文好深湛之思。於詩不苟作。務自矯厲。不同俗。性介潔。時時為人教小蒙童以食。有一子三女。無完衣。所居梅花書屋在城東委巷中。詭垣塌井。鈞處之浩然。不輒受人一錢。人亦不

敢輒餽之。華亭自明入本朝。代有聞人。文章氣節輝映一世。鈞生其絕之後。憫傷鄉先生風流墜地。文獻軼亡。乃日曳敝屣窮閭巷間訪求遺文。滃墨故紙。手自編綴。人各為傳。欲用漢唐人總集之例。悉錄當時撰著。勒成一書。以為掌故。未及成而卒。年五十四。鈞雖踸踔退。足迹不出數百里。交游不過五六輩。無由自發其憤。然既讀書考論天人之際。究觀今古。其氣耿然不可下。又頗近酒。酒酣嘆噏。輒以謂其坐人莫識也。既以窮死。縣人乃掇拾其所為獨樹園詩亂撲詞各一卷。為刊版以行。鈞故寡與。獨與其同縣翁春交善。翁春字曙樵。一字辯登。亦字澹生。別自號石甑。不知其家世。小時與母沈居北郭外。蒔花澆菜自食。偶過里塾門外。里塾兒負誦。春為誦之如流水。塾師怪問。則曰。顧常往來聞師教讀習之耳。指其字。初不識。春便從塾師乞問大義。歸而以意推測句讀。遂自能讀書。又別丐市肆藁本。從牆壁間畫字。人以是誇詫之。聞於縣貢生姚培謙。姚故以著述自名。家多藏帙。奇愛春。畀以所宜讀書。且周給之。使卒學。已而里人沈大成致之門下。講以所聞。遂能詩。於詩好元人。不言李杜。於作字好孫過庭。其為人耿介。與鈞相似。博覽感激。豪宕不如鈞。而周謹亦過之。對客清坐。如木佛。寡言笑。有招之飲。靡不往。歲常拜培謙大城墓下。與其里人沈梅相交。惟餘三十年。生館其家。死殯其室。梅亦雅操士也。先時大學士諸城劉公。以侍郎督視學政。行縣聞其名。欲見之不可。公乃手書為卷以贈之。旁縣王侍郎昶中歲假歸。禮先於春。春亦莫逆也。性篤孝。善事其母。不娶無子。有同產弟不知書。其故人門弟子相與葬春。并葬春母。又哀校其所為賞雨茅屋詩四卷。與鈞詩偕行於世。見王芑孫淵雅堂集。

錢繼升

繼升錢氏。昌其名也。居吳江之保障里。今屬震澤。崇禎八年。以選貢授郡通判。不就歸。是時天下多盜。而含山盜最桀惡。繼升家饒於財。一日有二人踵門云。奉主命貸銀數千兩。必得以返。詢之。乃含山所遣也。繼升勞以酒食。為好言慰之曰。銀不能卒備。幸緩數月。當齎至山中。其人約期而去。繼升念曰。盜不可藉之銀。且豺狼無饜時。不如以家之所有募士守禦。庶幾全吾鄉里。因具狀請於官。得便宜從事。乃立格募兵。歲方饑。聞者先後至。家有大木仆地。繼升言於衆曰。能舉此木者留。未幾有崇明武學生黃扶搖等四人至。皆黃姓。號曰四黃。遂命訓練曹伍。里人吳彥康等亦別集壯丁自衛。皆聽繼升指麾。含山盜惡繼升負約。率其黨至。鉦鼓喧闐。若甚可畏者。里中武

士皆持兵毅弓指之。盜惶駭。詭言吾曹欲往木瀆取糯。不過假道貴邑。何紛紛爲。繼升使謂之曰。爾既無意侵掠。何不藏爾兵器。盜不得已。舉兵器斂之。繼升縱兵奮擊盜殲焉。久之。盜有沈判者。乘大舟。擁貲蓄。駐野泓蕩。聲言欲爲含山報仇。繼升兵少。力不敵。時職方主事吳公易。以兩都失守。倡義起兵。有衆數十人。因振職方借其兵爲先。初難之。卒與舟師二百。而黃扶搖等率之。以歸繼升。偵判船設砲患之。遣人僞爲乞人。至其船丐食。潛以鹽滷滴礮中。及判發礮。皆不起。繼升用砲壞其船。遂獲判。先是扶搖獻計謂盜來必乘舟。舟必蔽以葦席。若用鯀附絛。而灼膏射之。則糜爛矣。從之。於是盜船盡焚。煙焰四起。李膏樂者。判黨之勇者也。繼升與搏戰。幾殆。有許某者。斬膏樂懸其頭溪橋。繼升乃徐訊所獲之盜。殺其素爲盜者。赦其脅從者。頃之。盜復夜入里中。不遂。自是不復至。閩藩聞繼升名。使以禮聘。謝不往。而吳職方敗走。大軍購之甚急。跡及繼升。繼升與吳彥康皆被逮。繼升有辭得免。并彥康亦免。繼升與弟威皆能文。威中順治丁酉鄉試。以同榜有事。謫甯古塔。繼升亦牽連至京師。病卒。見張士元嘉樹山房集。

鄧觀灝

鄧君觀灝。洋鄉故家子。幼有至性。隨父悔庵公官京師。師授詩至蓼莪。輒泣。人異之。父遷蜀提刑。以巡鹽舊案。逮還論死。賴朝恩矜恤。繫囹三載。灝夙有句贖志。父慮其無濟也。漕督楊勤敏公。諗乃公爲吏部清介。官當不以貪敗。爲灝謀者屢。乃偏走齊鄭燕趙間。嘗夜隨叢莽。狐鬼嘷嘯相逼。一僕劉章阻勿行。弗顧。遇獵火出焉。聞閩抵京。訴步軍統領阿果毅公。叱曰。爾擅入禁地。不畏死耶。命縶暗室。君度父無生理。誓自殞。守者一武弁。聞哭聲。詢故義釋之。他日復伺閩訴於相國傅忠勇公及阿公馬前。傅語阿曰。稚子冒譴救親。難能也。宜上請。阿亦惻然。二公取其辭入奏。得旨准贖。傳遣飛騎爲孝子賀。蓋深重之也。納鍰入。父獲免。見劉鳳誥存悔齋集

周書昌

周先生永年。字書昌。濟南歷城人。結茅林汲泉側。因稱林汲山人。先生衣服飲食聲色玩好。一不問。但喜買書。有賈客出入大姓故家。得書輒歸先生。凡積五萬卷。先生見收藏家易散。有感於曹石倉及釋道藏。作儒藏說。約余買田築借書園。祠漢經師伏生等。聚書其中。招致來學。苦力屈不就。縣令胡德琳。延先生與青州李文藻同修歷城縣志。郎出其書。肆力搜討。既成。學士朱筠目以詳慎。後成進士。欲入山治儀禮被徵纂修四庫書。授翰林院編修。文淵閣校理。當是時。海內學士集輦下。皆欲納交投刺踵門。然深相知者。新安程晉芳。歸安丁杰。餘姚邵晉涵數人而已。借館上書爲四部考。傭書工十人。日鈔數十紙。盛夏燒燈校治。會禁借官書。遂罷。先生於經史百氏之言。覽括畧盡。觀其大義。譬章不句。自謂文拙。不存稿。故歿後無傳焉。見桂馥晚學集。

吳大始

吳君諱宗元。字大始。號岱芝。浙江石門縣人也。少敦至性。砥節勵學。以歲貢生終。嘗遊省會。天台齊息園師主敷文書院。執經從焉。書院居萬松山頂。有一樓。居極高虛。君榻其上。每日讀經史雜文。至午刻則始去。取工部全集朗誦之。聲徹遠近。每首必百過。隨以丹鉛。率至夜分屏。越次日復然。先是君熟於明詩綜所作詩。酷肖高青邱李崆峒諸家。嘗錄以正於息園師。評點記謂曰。詩儘佳矣。百尺竿頭。可進步乎。李杜韓蘇四家外。勿寓目可也。自是遂專志杜陵。性奇偉。不羈。不好與凡人儔伍。嘗與朱笠亭沈雲椒祭漢叟諸先生相唱和。餘弗顧也。嘗言吾少時。曾作一圖。橫劍三尺南華翁居左。指說之。一虎士類荊軻者。居右聳聽。己居中央。作撫掌大笑狀。名曰說劍圖。其雄致如此。既專精讀書。不下樓者月餘。忽值意有所觸。輒入西湖山中。經宿

不返。每談及浙東山水。如天台雁宕赤松四明諸勝。輒勃勃然欲往。然卒不果。以老親在堂故也。自壬午至甲辰。迎鑾獻賦者三。受知於竇東皋李鶴峰錢穆軒諸學使復攜詩質於沈歸愚先生。名稱籍然。屢擯棘闈。一不以介意。謂子侄輩曰。吾以勵汝曹耳。通塞之故。命也。亦時也。吾不得而知之矣。中年後頗出游。南浮嚴瀨。北抵燕臺。東至登萊瀕海諸郡。游蹤所至。慷慨懷古。一寓於詩。客囊如洗。不計也。歲戊申。子文照領鄉薦。赴都門。君欣然東裝同往。泊舟京口。抵焦山。大雪忽作。遂冒雪登岸。冰凝路滑。藉槩竹作杖。歷崎嶇而上。懸崖冰箸長二三尺許。拂之鏗然有聲。乃觀周鼎。讀瘞鶴銘。謁焦先生像。俯眺海門。周覽崖壑。比返舟中。已濕透重綿矣。其豪縱好游蓋天性然也。鄒曉屏先生聘入山右學使幕。得一佳卷。輒朗誦不去手。素不諳律。而明敏有斷制。鄒公每以大案相質。未嘗不心折。晚歲家居。栽花課孫。里中以詩文就正者踵相接。有片長。津津樂道。預修嘉興府志。表揚節義。不下百餘人。精醫理。頗諳內典。耽心禪悅。手撰四十二章經施諸寺院。蓋閱歷既久。進詣益精。從前雄傑之氣。漸時淡泊之神。不知者謂爲殊趣。在君則一以視之而已。歲庚申七月初十日。微疾。正襟端坐而逝。年六十九。有南樓稿若干卷。見戴殿泗風希堂集。

吳祿室

吳翁名祿室字在中涇縣茂林都人也父一橋早卒母楊氏遺腹生翁家貧啟讀有成某携之至南邑為人襄質庫事會計旁午無少閒然念念不忘母氏一夕薄暮陰雨中蒼頭持書至翁色變以為吾母病矣啟緘讀之信然即擬疾馳歸其肆主慰之曰君固當速歸奈大雨如注何翁不聽持燈就道行至次晚則前溪阻隔大水汪洋求一筏不可得天忽昏黑居人動色以公無渡河為戒翁曰不念母何以子為燭跋易以新光散亂不甚明遂脫衣履擎諸手徑衝波去初祇沒脛愈進愈深至中流燈失水沸騰直際頸頷翁號泣曰天不使我見母耶俄而身體上踴浮出水面兩足跟如有物度之立者忽撞入淺瀨則安然登岸矣旋着濕衣履魁行踉蹌抵其家叩門入省母母曰苦我兒矣日者言我年盡五十一今已及矣忽得腫脹疾飲藥無效殆將不起耳有頃醫至診視訖曰疾不可為也翁聞之痛迫於中俯首雨泣旋閉入廚下袖一刀詭無人處以口嚙左股刃之得肉寸餘擣切如泥暗投糜鼎雜諸羹以進母啜之疾頓瘳自後更二十有一年至乾隆乙卯母始卒初翁受創後痛而跛半晌時強起清血痕裹以布小甫畢鄰人見翁神色異常時詢之不告以實嗣後見翁舉臂無力且不時病伺而觀其裸堅詢始知之仍戒勿洩見朱龍集

許剛中

君諱穆宗字剛中號履亭姓許氏世為海甯人早失父家貧乃輟儒業習賈無一椽之居賃屋於吏部橋南奉其母而身往來吳越間嘗雪夜步行百里并日而養母供養備已而家日裕作室龍山之龐橋名其堂曰經德樓曰萼棣塾曰汲脩以孝友忠信教其子延名師誨之學皆克有成君貧時嘗夜得遺金於途伺其人而還之為人賈有誤畀以五十金者數百里返之其營宅也里人有將擴營者潛以骨一甖寘其下君見之惻然命改地瘞之加蓋薦馬其人大感愧一夕移之去且詣君謝君終身不言其人嘗就相人相曰公瘦形鵠立音聲越然身有二十餘子如丹砂法當立其家然有大戹今且至已熟視指之曰此所謂陰隲文免矣未幾鄰家火火延三十餘家比至經德堂風返火息有於火中見神人巫導火行至君之屋而洩衆以為陰德之致云見張惠言茗柯文集

僧如鵬

如鵬不知其何處僧宋先生大樽過之天台則以為台山僧矣舊傳台山中虎不噬生肉麋鹿見人不驚古以為佛國諸老僧多葺茅居之狀甚癯問其年搖首不答與之金帛無受者是既可怪今聞如鵬偉然七尺軀目如巨星語纏縷咲舌詘古吐令何為而亦於是邪入其茅不設門戶聞其吟處石裂而谷響紙稿投大鐵甕人鮮得見之天下僧寺天台方廣亡多度前代大藏佛書如鵬借之觀期月以偏茅中無食具日或飲一瓶水盡一溢米或數日否其貌益壯豈不更怪矣哉見帥誡白雲文集

何梅生

君名承先字梅生甘肅武威人幼而岐嶷邈然高隱嗜讀書熟于注疏尤精綜史漢凡鄭賈之說顏李之注皆言之鑿鑿如以串貫肉乾隆乙卯鄉試經題為詩小戎首章之前六句典試者苦不得佳構從落卷中搜獲君文考據獨詳激賞之視所謂四書制義皆超逸非俗手可辦乃拔第一為解元時典試者湖南羅翰林修源也得君喜甚延譽公卿閒而其名日起嘉慶乙丑成進士改庶吉士戊辰散館授知縣官福建長泰君於事御之以簡時或登山臨水賦詩自娛而尤湛于酒庚午調南安未抵任病卒繼君任者曰鳳有神降其署畫字粲沙中為詞一闋署梅生衆懼曰梅生先生來也先生喜飲曷飲乎則又書曰予為盧江城隍神將至某處鞫案忽忽不暇飲見張掛養素堂集

沈屺望

沈祖惠字屺望號虹舟烏程之馬要人父在莪贅吳江平望李氏祖惠生而母卒育於外王父母仍為外氏贅壻外氏無嗣因冒李姓乾隆壬申領解第一其秋會試第二改復沈姓除江西高安縣知縣祖惠殫精帖括弱冠有聲屢困場屋年三十四游陝甘學政幕中始銳意詞章為西征賦兩年乃成賦既脫稿并自注合一萬五千六百四十許字賅洽閎深上掩潘岳父河王侍郎蘭生曰千餘年鉅製也其詩亦各體穠稱五律尤高渾峭拔逼真唐音年四十一而倦游以帖括授徒鄉里潛心理學厥薄詞章先時葉李彝之徵麗與並世名流絕不通聞問並世名流亦鮮或稱道之登第後為四書講義自負理學正宗復不為時論所重以故祖惠畢生無詞章名亦無理學名及卒其高弟子王元文蒐輯遺詩得三秦游草四卷洞庭游草一卷拾存草二卷經進草一卷謀付梓不果余得之合編為虹舟集見嚴可均鐵橋漫稿

吳星萃

吳君諱星萃字東曦陽湖馬蹟山人父桂技以名進士為經師受業弟子數百人修

撰金先生棪太保大學士董公誥其尤著也君未冠即補學官弟子已而依董太保於京師凡客京師三十年屢試不售欲南旋因循不果年未三十即喪婦無子亦不更娶有友人姚君者官曹縣令請於太保偕君而東嘉慶十八年林清之黨將為亂金鄉令吳堦捕得崔士俊即羽檄各縣緝賊至曹姚令不之信君力陳利害並為設鉤致方略甚具姚意稍動而吏役多賊黨弃告其魁知事洩遂先期攻縣署入之急求得君叱曰勸令捕我輩者汝耶君曰然恨令早不聽我言使汝曹猖獗至此吾年七十有二豈畏死耶賊益憤攢刺之被數十創姚令一家亦遇害賊去有營兵數輩至君卧積屍中見之呼曰吾已無生理幸加刃令我即死兵憐之為斷氣管乃絕吳堦既得崔士俊旋誅其黨數十人金鄉獲全遣人間行求得君屍棺斂如禮請以君名附奏得旨入祀忠義祠（見陸繼輅崇百藥齋集）

樵煙野客

盛子履有樵煙野客傳云樵煙野客者居於韜光靈隱之間丙子秋余過西湖冷泉亭憩飛來峰下聞呼猿洞口有吟聲攀崖入有屋數椽童子倚門余問吟詩者誰不對請見不許固強之乃導余入松毛為屋藤蘿倔曲屋小而深筆牀茶竈位置整潔一客凭几而吟年六十許頎然秀削清而不枯鬚髮蒼然衣冠甚古揖余問所從來余曰聞吟聲故來客曰余不知詩何能吟且請坐命童子煮茶談吐極清遠其音吳音也叩以姓氏不答亦不問余姓氏余心異之見几上有山居圖卷自題樵煙野客即呼之曰樵煙客喜謂余解人見余扇頭自書秋草詩頗欣賞取別紙手錄字法秀勁道逸於宋大家中絕似山谷余更異之客呼余為秋草君薄暝余辭去客亦不復留越三日余復造焉則客已先坐冷泉亭邀至舊所居處瀹茗溫酒摘園蔬烹池魚殷勤勸餐笑語歡洽酒半酣縱談史傳上下千古如示諸掌兼及文章詞賦升降源流羅列淹貫而於近人著述皆似無足當意者余大驚索其詩文則皆隨手散棄惟示和余秋草詩四首讀之琅琅然瑟瑟然而頗有哀悽之意余屢詢之客曰僕非逃世者流少年亦嘗弋獵浮譽中年人事多故鬱鬱不樂所居近市往來皆駔儈無可談者余乃攜書一篋放懷山水作詩文以自娛此處離家不過二三百里然已六七年不歸矣余為黯然客曰君可作竟日談遂欣然留宿自童子外別無他僕門庭閒然一樽相對意致閒暇余又以里居姓氏問客曰君何俗見之未除也竟不告明日余歸客吟孟襄陽待到重陽日還來就菊花之句一笑而別翌日余復往則落葉滿

階蓬門深掩立於叢篁雜樹中見水聲潺潺過澗一僧從澗後出余問客何在僧曰客為誰曰樵煙曰樵煙為誰余指其廬僧曰是偕童子買小舫載書簏移居於雲棲寺後矣余悵怏而歸夜不成寐晨起策蹇孤往歷梵村入雲棲深處徧問之茫然不知山中有是人也（見盛大士蘊愫閣集）

王瘦山

瘦山王氏諱熺字緝熙華亭人家赤貧瘦山刻苦讀書為學官弟子授徒養其母道光三年夜雪雨江以南皆澤國松江尤甚斗米錢五六百瘦山脩脯不能餬其口然堂上甘旨無少缺未幾疫大作母遘疾不起不克斂貸三十鎰始成喪然後不盥洗不寢息埃垢積首泥生髮膚拊膺而呼悲酸結塞一日天未明憑棺慟哭退而自書曰不孝子王熺生無以為養死無以為禮以親喪故累人不如死即潛入後舍啟其扉扉臨河自投於河而死平明家人起視後舍扉啟庭中闃無人大駭適買棉紗人來曰吾見南門大張涇東岸白楊樹下有一尸麻衣草屨者此其是耶急覓之則瘦山也面如生戚族賻以斂皆痛哭買棉紗人亦大哭有吳司訓惕庵倡義葬其母并葬瘦山邮其寡稚月如千錢（見盛大士蘊愫閣集）

許所望

許所望字叔勉安徽懷遠縣諸生工為詩而通兵法喜慷慨趨義嘉慶壬戌冬宿州亂民王朝民李勝才破宿州所望嘗率其戚屬士冠英出積粟三千石餉軍且助平賊於陳家集嘉慶癸酉秋九月河南亂民李文成據滑縣內結林清為京師其黨走山東林清既伏誅山東平王師方會圍滑縣兩江總督百齡駐徐州安徽巡撫胡克家駐亳州為江南防守亳州有歸德人楊七郎者盜魁也擁眾引河集其黨洪廣漢據保安山與潁州亂民沙占魁等互勾結伺隙未動胡中丞知所望名以書招之使師鄉勇助防勦所望集邱忠齡張國綱謝崇訓等十一人為隊長率八百人至亳乃畫策曰楊七郎猛且狡聞吾在軍備且密宜計誘之命張國綱謝崇訓率健兒八人偽為逃丐投詣楊楊果喜越五日誘至邱家集楊忽疑曰若為許所望來耶時楊眾百餘人崇訓出不意斷楊左臂眾大驚張國綱疾呼曰吾張國綱也立刺殺數人國綱萬人敵與邱忠齡同攻破宿州城者賊素震其名遂大潰所望率兵至賊黨擁七郎奔或謂七郎死于路云於是保安山洪廣漢眾亦大潰沙占魁等竄至永城白廟所望追殺數人會滑縣平其餘黨來合與亳賊南焚會亭所望戰於公基湖令列十火

鎗土埤上。曰賊至二百步發。令衆伏地勿動。曰鎗發乘煙突擊之。賊大潰。追數十里。斬獲無算。廬州罷防守。蓋不煩五營一弁一卒也。當百制府防守徐州時。儀徵縣督倬率河南人張永祥團練鄉勇三百人。將助徐州防事。平解去。張永祥嘗以鄉勇四百人。擊破川楚賊於盧氏縣。議功補外委。張永祥不知書。而悃愊知讀書人。人呼之為張鐵鎗云。謝崇訓以功授練潭汎。所望兩辭。盧鳳道珠隆阿及胡中丞之叙功。以諸生應鄉試。（見陳用光太乙舟文集。）

白廷英

白君諱廷英。字嶽鍾。始祖貞。興平人。前明漢中教授。遂家洋縣之仙里村。君讀書通大義。率妻子耕作養母。中年家漸饒。七十後。復閱舊書不倦。數為適人排難解紛。而無所恥。建宗祠。延師訓里中弟子。纂族約家法。意嚴厲不苟。乾隆乙卯。君年六十八。縣延舉鄉飲酒之典。君力辭未與。鄉人咸謂君之齒德固無愧也。是時湖北教匪縱橫。嘉慶丁巳臘月之末。由蜀渡漢江而北。約十餘萬。蹤跡蹦終南之南。近山幾無完村。明年戊午春。督鄉人築村後之張家寨以避寇。二月二十四日。賊陷城東。雍家寨使人馳覘之。歸報狀。君熟視己寨曰。吾寨庶幾免乎。歘後賊數萬突從東來。鄉人望風股栗。多不敢居寨上。寨上人不二三百。賊急攻。鎗矢雨下。君戒寨上人堅守。而賊衆大呼曰。逃為善。否且屠。衆莫固志。丁壯悉由塞而墜去。賊蟻附而登。君知不免。大罵遂遇害。君之次子僅君頭負去。賊逐之。僅倒。頭落山下。從弟廷才。廷揚。亦抗不屈。俱戕且焚之。明日。舉家號哭求君尸。尸焦爛不可識。以右手駢指辨得之。頭不可得。諸子號呼禱祈山靈。得於谷底。次子婦李氏同日刺死。又殺其二孫。寨之將陷也。有健者以石碎賊之腦。立死。或曰。君之姻黨張清。或曰。君之從孫德助之從子文翠。被脅不降。至寨西廟坐子。縛梧桐下。剖其腹。梧桐由是立枯。（見岳震川賜葛堂集。）

魏興

興安新城城隍廟旁有孝子。曰魏外。父成祥。母張氏。生二子。長魏興。次繼宗。成祥早歿。皆充伍鎮營。嘉慶二年。繼宗戰死龍王溝。興以母年將八十。貧不能娶妻。遂退伍。樵漁以供母。嘉慶五六年間。歲凶。斗米過千錢。嘗易米為母作餐。而私食糟糠。腹常不果。今興年六十九。無以養。拆屋半間。賣瓦木易米。又賣屋後柑樹。安康廩生張鵬翼聞其事。欲親見狀。晨訪之。託言買柑樹。將入門。興阻之曰。母尚未起。令鵬翼從牆外望見焉。入門。炊爨了無欸曲。鵬翼往新城。每日自塾歸。過其廬。輒私窺之。見魏興侍母。左右扶持。問燠寒。如孩提狀。因問其鄰童子。魏叟與其母。日何食。童子曰。興啖包穀麩。其母所食麥麪也。鵬翼許興目不識丁。人方厭其耄耋。事母乃能如此。方其壯年。能樵漁易食。今年衰。不賣屋。樹何待。賣屋樹後。又何物奉母耶。知府上元葉君蓓任。鵬翼上書言其事。請以粟周之。葉公從所請。每月禮賜之粟。繼又捐廉為之區處。作長久計。使興母子飽飯以為常。（見岳震川賜葛堂集。）

徐金霖

徐金霖。字翔千。號湘坡。為長洲諸生。世居吳縣洞庭之東山里。人以徐夫子稱之。欽其行也。居父喪哀毀骨立。母嚴太孺人以悲痛成心疾。往往喜怒失常。嘗終夜不睡。惟聽人歌始睡去。公於是令諸婢皆習歌。時或怒。盡斥諸婢去。命公及其弟諱文鵬者歌。公不能歌。取古詩曼聲誦之。弟為之和。又以弟體弱。恐其以勞致疾。因請曰。是愚且音不佳。不如我善歌。太孺人頷之。於是命公獨歌。每夜深諸婢睡熟。公獨嗚嗚不已。輒至達旦。或命之舞。輒奮袖低昂。作拍張狀。（見顧[illegible]純集。）

汪良緒

孝子姓汪氏。名良緒。字纘武。吳江人。世居城中。其父邦楨。以好博破家。母張氏。直諫忤意。為所逐。孝子日夜號泣。求返其母。父怒。并逐之。於是奉母至平望之戰河。依其妻父王某以居。久之。父窘困不能自存。亦來依其子。初汪氏本素封。張亦饒裕。母雖被逐。尚攜其奩中物。值數百金。孝子為置田四十畝。以供養膳。至是父又盡斥去其田。乃貧無立錐。惟賴孝子館穀以養。然孝子奉事惟謹。即與他人言。未嘗一語以父為非也。暑月多蚊。為父置帳。輒鬻之。以償博進。孝子撤己之帳以與父。父又鬻之。如是再四。孝子無如之何。則亦裸臥。飽蚊。晨起。蚊跡斑斑然徧其體。其妻欲為之假帳度。孝子慼然曰。吾父無帳。吾其忍安寢乎。其母抑鬱多病。孝子親侍湯藥。未嘗稍離。母歿之歲。適館他所。聞母疾作。亟歸。而河冰合。舟楫不通。徒步數十里。值津渡處履冰而過。見者皆股栗。蓋急于視母疾。不自知其蹈險也。其居母喪。哭泣無常。朝夕則躃地。不稅經帶。雖寐必屢起。覺則連呼阿母不止。鄰人聞者皆為流涕。如是久之。遂以毀致病。未及終喪而歿。歿後人視其枕。則以麻布包土塊也。年二十有八。無子。一女尚幼。孝子能為詩及古文。有遺稿若干首。（見顧汝敬研漁莊集。）

壽州某孝子

壽州某孝子。生而父以歲凶出謀食。遂不返。孝子長。母告之。既貧。且足跡未嘗出里閒漢然無可為計見其鄰有招魂者私念虛空可以神氣致乃於人靜後登野橋四面呼父半年後聞一面似有應聲益疾呼之又數月聲漸近久之若咫尺乃問曰吾爹耶爹安在曰吾死矣循聲往骨可得也明日裹飯而往循聲行竟夜三四十步比曉而宿速夜復行三數日聲止不前比曉乃詢其里人言姓名狀貌斂曰是某也死四五年已瘞某所因發而抱其骨以歸母方以孝子不返屬里中求之而孝子已負父骸至乃大駭羣稱孝子焉嘗授州中人令補載州志久而忘其姓名矣（見李兆洛養一齋集）

浦近倫

浦孝子名恒字近倫常熟縣東北鄉曰福山鎮瀕海而俗獷悍浦氏獨柔愿至孝子尤恂恂如不勝衣家貧販於江北一夕心悸曰吾父殆病矣急航海颶風陡作檣帆摧折前舟俱覆榜人不知所為孝子自操舟徑渡父果病亟孝子事醫禱目不交睫者十晝夜刲股進之竟獲瘳又數年乃卒孝子縛草墓側日負販養母夜則宿草舍中值風雨嚴坐達旦人多憐之孝子弗顧也孝子年六十餘每祭奉桮棬未嘗不泣下嫁其兩妹析家其三之曰女弟猶弟耳方父病亟時鄰夜火既延及矣孝子以身蔽父風猛甚火忽越廬而過左右鄰蕩如而孝子家獨無恙孝子父士瑜善事母數歲

時侍母食日止粥一餐士瑜食故緩所持實空器母察而憐之近倫之孝有自來矣（見孫原湘天真閣集）

曲園居士曰王藝齋家相茗香堂集亦有浦孝子傳言父病割股以進母病復割股妻王氏竟以哭姑死其妹當母病革時亦割股一門純孝无所難也附著之以補斯傳之缺

呂德興

旌德廟首呂氏有樵而孝者曰德興以鬻薪為養性質直與人無拂有不可雖衆強之弗能得人號之曰冷面惟事親則融融然所居先世遺宅與衆十數家分室而居一日宅中火起衆盡出孝子不見父所在亦出出而求其父不得則冒火復入見其父於煙焰中欲負以出而火延無路父寃之曰我已老不得出數也爾隻身犯火可脫顧我俱死何益孝子泣曰父在火中子焉有出之理遂以身擁衛其父於所居室中俄而室之四周盡燬而此室獨完孝子與父均無恙人見其冒火入也曰是必死相與歎息見室未壞異之既得其狀則皆曰天相孝子天相孝子事在康熙十七年今其室尚存村人咸目其地曰火難圍室曰孝子居云（見董桂敷自知堂集）

戴兆荼

旌德留村有戴孝子名兆荼縫人也少隨其父以縫衣為業年十三母歿哀毀異常兒以父故時自節抑每忌日生朝則慘泣踊曰事繼母如母既娶常執業隨父不離左右父病噎孝子亦自減飲食百計求所以療治者不得則刲肱肉糜以進卒不起孝子慟甚既葬廬於墓朝夕稽顙哭聞之者為之感愴墓距家三里許念繼母時歸省視止於中堂不入內妻出見但戒以善事養語無他及居墓者三年矣其情如一日里人時於暴風苦雨中見墓所若有神物來降者又有芝草之異以為孝德所感云（見董桂敷自知堂集）

程永傳

程孝子名永傳字子亮小字八十官世居婺源城西父宗裕服賈楚蜀間十餘年不歸無音問死生莫知也當父出門時孝子甫四歲家貧年十二即隨祖父習賈江右既而母及祖父相繼卒孝子年二十乃子身走數千里尋其父旅食或乏絕既盡楚地入蜀抵重慶府詢之鄉人容其地者則其父實死於是六年矣孝子慟絕亟叩求其瘞人曰初葬江南義冢後有故交石某以其地卑濕移至高原未審其處也孝子

則日泣從故葬處躋山越阻徧求之不可得返守故葬處晝夜哭有老僧導以禱神如其言依方步祭以往距義冢蓋十數里高阜蔓草中一碣露出逼視之則其父姓氏里居具焉孝子跪而抱之曰吾父在此耶哀號不自已觀者為隕涕遂啟壙視棺前和字符合乃扶柩附舟東下舟中坐臥不離柩朝夕食必奠過三峽大江彭蠡風濤之險輒撫棺哀籲於天既歸葬服喪三年於是邑中人皆稱程八十官孝子也（見董桂敷自知堂集）

江廷燦

江先生諱廷燦字英三號蓮峯系出蕭江先世自邑之江灣遷城東祖父以上皆未列士籍先生少讀書貧不能從師諸經皆自誦年十八為邑庠生乃肄業郡城紫陽書院從方遜高鄭炳也諸先生學為時文其文以前明隆萬啟禎諸名家為宗尺寸理法芟除枝葉獨樹質幹試輒黜終不改為人介直自生徒束脩外不妄取一錢先生為塾師神志氣爽終日不出館舍督課有常講書詳盡無燕談之友或首末離塾不過十日故生徒無曠業邑中稱良塾師者僉曰江先生江先生云（見董桂敷自知堂集）

薈蕞錄卷十二終

俞鎮璋

清　曲園居士纂

俞君諱鎮璋字佩廷號素園世居安徽婺源縣東鄉永川里遠祖卑宋末以春秋經學著聞入元不仕君少孤有兩兄一弟同鞠於母家壁立衣食皆母倚母晚病君夙夜侍既歿常思既還居顏堂曰思恩雖耄述母常淚下初母命服賈無資後以才實萬或貸之金乃鬻茶於粵東自後歲常之粵東粵東人士及諸商旅接君者咸信悅君稱曰大伯爺大伯爺里諺尊稱也君老不粵遊寄盤問俞大伯爺者猶歲時相繼商人重利君以義初鬻茶主於某後某虧洋人金諸商恐累易主去君曰故交也獨不去而是年洋總商事者適更代代者至與某前厚令諸洋人毋促其金售茶必自此出於是諸商去者復來某濟之而益重君君於是利亦倍家寖裕儉約如寒素而豐於義里中立義倉君命諸子捐白金數千兩以倡大吏上君名予獎見董桂敷自知堂集

方錦全

旌德方君錦全世居隱龍方氏故旌望也國初有字季五五玉者兄弟皆好善君自隱龍徙居版書家不適中人之產而淳樸惻隱有其素風年七十偕妻汪氏進香九華過太平縣許家磡河口見山水驟漲木橋被衝縛筏以渡有隨而漂沒者盡然傷之即欲易木以石歸而省嗇衣食計日儲資以待至道光二年思償宿願而其地已有先君而為之者今所建仰山橋是也君乃慨然召其二子大廷大成謂之曰人之好善誰不如我人既為之而我獨無所效乎於是其所居村口有長楓樹河發源績溪水勢較許家口稍殺河身亦稍隘而每逢春夏盛漲其奔衝漂沒之患則略同君自以年老與所積資畀二子建造石橋且令速成之以及身親覩為快次年值大水隄岸頹壞工費更繁君慮事之不集遂得狂易疾大廷等尅期於五年二月興工橋成而君疾愈蓋時年八十一矣君之欲建許家岸橋也志在必成徒以歲之不易力之未有闕不成於彼而卒成於此大平麻川一名仙源今以名是橋者從其始願而稱之也見胡承珙求是堂文集

徐有章

徐孝子名有章字子蘭其先名履泰自崑山縣移居吳中孝曰明字自遠明崇禎末選拔貢生遊都下甲申之變孝子生一年矣明之兄吳庠生曰時者挈孝子隱居靈巖山之家形巷不復出順治初方需人才令勝國貢舉人並就吏部常調孝子父明為人所持度不免就注廣東瓊州府某縣教諭寓書於兄以妻子為託時怒詢之曰生無相見音問遂絕而廣東為桂王據洎其滅尚可喜鎮之後連亂不定明之作止不可悉久乃寓其稾宮為傳蓋激於兄之言云孝子稍長壻吳江金文通公邸第朝夕南嚮悲慼曰吾父何往乎遂裹糧若浙若閩而廣之瀕海若貝山流土所治靡不至觸戈矛犯蛇虎三十餘年無所聞自是終身修扎無伸眉日傳道述之士往往萃滇蜀然二方尤荒憬孝子年六十矣益令家人縫帩製跛蹻為萬里行計會婦家金氏授四川松茂道招孝子往則喜曰吾自此穿褒斜入劍閣關由江油左擔窮黑水入番境不得父將自越嶲涉大渡至兩林盡滇界金沙之源雖足之窟必有遇不則僵仆霧露不空歸矣呼畫師圖其貌與家人訣而行至松潘未幾病卒於城西南之大悲寺其二子某某扶櫬迎其喪臨發往辭金氏返見圖像有書數行云形容憔悴獨坐何為紙上相逢令人傷悲又系七言詩四句不署姓名墨漬未乾也驚問寺僧曰適某寺老僧來書此自言亦姓徐吳人二子大駭浼寺僧往跡之曰日暝且城下鑰矣比曉叩其廬應者曰乍出未歸歸無時也二子欲止櫬期必遇金氏再使人探之則已打包去因止之曰爾祖已離世網度必不歸且知爾父歿於此適來即逝豈而兄弟所冀遇乎二子不得已奉孝子之喪而歸明竟不知所終見沈欽韓幼學堂集

陳紹蕃

陳翁名紹蕃字翰亭世為常熟右族父廷安既歿奉母益虔隆冬必溫衾俟寢而後即安夏日則以井水貯盆徧涼牀蓆數易不懈或遘疾則衣不解帶手治湯液以進兄弟兩家父析產各欲迎養翁卻之蓋其母非翁不樂翁不見其母亦不樂也壯歲鰥居有勸續娶者輒堅拒之常謂人曰我雖無婦必不令我母甘旨有虧正恐續者不能如我母之意反累我母不適耳嘗清晚謁廟為母祈福路過石梅滑入深淵攝衣上岸衣不沾濡人以為神明護祐與福構造祖塋督率工匠晨出暮返一夕夜半獨步歸大風炬滅時星月無光迷失道墜叢薄傾跌數四忽見燈光遠映如有在前引之者遂循其光而行抵家雖二鼓矣人尤以為孝感云見王家相茗香堂集

孫偁

孫先生名偁字仲山辛酉其別號也武威人祖諱官湖北布政使先生少孤乾隆庚申學使嵩大司馬拔貢成均先生年未冠也而劣於文既以高等為貢生鄉人竊議之以為大司馬與方伯有舊故膺此選先生聞而媿焉發憤為學適遭母喪廬於墓三年

夜讀書不輟。學漸有成。而是時山左牛木齋先生運震。宰平番。木齋號博學士。多就之者。先生喪既除。往從之學。同門爲吴進士墱。吴孝廉鎮。吴秀才懋德。皆負俊才。善詩文。有三吴之稱。先生來學既晚。質又魯。木齋未之奇也。而先生勤學。心專容寂。物不能搖。木齋每於課期。張燈宴演劇。約諸生先納卷者入座。文不就。不得與於酒讌。每吴墱先納卷。文且佳。先生深思力說。成文甚艱苦。終木齋之世。未獲一與於宴。而文亦佳。木齋嘗曰。吴超溪氣輕清而上浮。孫仲山氣重濁而下凝。固皆奇士。而孫之品。視吴爲優。超溪。墱字也。其人不羈。故木齋云。先生學既成。於制藝所造尤邃。以乾隆庚午領鄉薦。半未成進士。是科狀元吴鴻雅以制藝自負。見先生文。欣賞焉。欲彙梓其行書爲孫吴合稿。先生以吴文肥重。不之許也。而先生文名。自此噪四方矣。官廣東翁源知縣。性坦率。不能事上官。未幾罷去。浪遊江湖。凡數年。落拓以歸。歸而從學者日衆。先生隨其材之高下。而導之文。各就矩範。往往擬高科以去。嘗語及門。制義代聖賢立言。非體會聖賢之理。文未有不駁雜者。以駁雜之文弋科第。幸得之矣。其人亦必駁雜。此世之大患也。先生名譽日崇。至今陝以西。言理學必曰孫酉峯。酉峯名景烈。武功人。乾隆己未翰林。而言文學。則曰孫仲山。其爲學者所推服如此。見潘挹奎集。

孫福

孫孝子名福。元和縣人。生三歲。其父游雲南。久之絶音耗。孝子稍有知識。從母索父。知其故。則啼然曰。是豈天上耶。兒當別母往矣。母以幼小之妄語也。呵止之。年十二。家日窘。急養母計。不得已而傭於人。積貲十數年。遂嫁其妹。娶婦奉母。乃泣下。長跽請曰。兒終不能爲無父人矣。婦侍姑。兒尋父矣。母亦泣下。止之曰。兒父之出廿餘年矣。雲南路一萬餘里。父即生。兒能識耶。則是終不得遇父。兒不得父。兒且不歸。老身將寒餓死。孝子大慟。又一年。有赴官雲南者。復請於母。母無如之何。遂受傭任。抵雲南。徧問無知者。孝子於無人處。仰天泣。又時時從睡夢中躍起。或慟之。或笑之。一夕。忽夢有人。如神人者。命孝子往見父。孝子違父時。方三歲。實不識父。而夢中神人爲孝子言。從子往。當見父。則果見一老人。貌類己者。攬袂欲言。一哭而醒。以爲積思所致也。後二日。於城南市肆。遇一老人。如所夢。詳問姓氏及鄉貫。真其父也。喜極而慟。慟定。言所夢。父乃定期偕孝子歸。蓋其父初至雲南。拙治生計。稍後賃骨董爲業。有所積。方圖歸。思而又恐廿餘年中。人事變遷。歸且無以爲家。比孝子至。知妻尚存。女已嫁。子有婦。則欣然欲歸。孝子辭其所傭者。奉父就道。而父於途中感危疾死。見宋綿初止堂集。

沈仁業

沈先生諱仁業。字振先。吴縣人。父某。服賈安南。娶於會安地之林氏。林氏生二子一女。先生爲長子。年八歲。隨父航海歸。而常以母羈海外爲憾。父歿。先生年已長。乃圖父生象。渡海省母。凡二年。竟奉母及弟妹以歸。初賈人至安南。娶彼中女爲婦者。不得攜婦入中國。先生之至會安。又值兵亂。林夫人攜子女竄山谷中。不食七日矣。先生求得之。而無所爲計。有彼中人翁隊祿者。義而陰脫之。具舟。舟及海。颶作。觸五指山。舟人恐。手足失措。先生抱母泣。仰天而呼。有東風自空來。挾舟過山。達廣東之瓊州境。瓊州故海口。凡與安南貿遷者。皆由是入內地。國家設重鎮於此。譏察甚嚴。先生至瓊州。而外洋女不得入中國。上下僕數。稽留久之。涕泗以請。莫應也。有老吏稔其狀。謂康熙間曾有是事者。檢故文書中。得前案。乃得如例以歸。見宋綿初止堂集。

李文淵

李文淵。字靜叔。益都人。生九月而能言。早穎。嘗詈其師。母邢笞之數十。乃折節讀書。以古人爲師。視流輩。鮮當其意者。事母孝。母多疾。而靜叔知醫。故母尤倚之。歲丙戌。靜叔病。母持其手泣曰。爾死。我何生爲。靜叔亦泣對曰。兒無患也。靜叔夢兩齒及己身。嘗以語妻。妻曰。聞姑言。夢齒者喪父母。非吉徵也。未十日。母果病。靜叔彊起視藥。口不交睫者數日。母歿。疾遂劇。自爲文志其墓。又月餘死。既含而蘇。然毀瘠日甚。明年春卜葬其母有日矣。靜叔復病。自度不能送葬。日夕哭。至嘔血不止。比葬。舉家扶柩出。惟一醫者守之。靜叔不食亦不語。閱三日卒。以衰絰斂。年二十有六。靜叔之兄素伯。工古文詞。故靜叔亦好爲古文。所著論辨說。凡二十餘篇。嘗言昌黎韓氏之說。後人陰祖而陽絀之。如云性有三品。而後云所以爲性者五。蓋已分氣質理義而二之矣。後人謂分氣質義理言性。自宋儒始。何也。呂東萊疑爲兼愛。以其言一視同仁。而未及篤近舉遠也。然則原人一篇。兼西銘之旨而過之矣。後人尊西銘而不及原人。何也。又言唐詩於本朝事。每無所忌諱。猶變雅之遺也。忠厚如宋。而蘇子瞻以詩下獄。至白樂天爲樂府諷時政。遂召入翰林。唐詩所以不可及者。豈獨字句之工哉。其議論有根據而不苟同。多類此。既歿。同學私謚之曰孝悼子。見錢大昕集。

周顥

周山人顥。字晉瞻。號芷巖。世居嘉定城南。性磊落不羈。而未嘗與物忤。家無儋石儲。而未嘗以衣食累人。讀書不應科舉。於畫獨有神解。仿古賢山水人物。皆精妙。尤好畫竹。

興酣落筆風枝雨葉無不曲肖嘉定自朱松鄰父子以畫法刻竹厥後有沈兼吳之璠
周乃始諸人皆精其藝山人更出新意作山水樹石叢竹用刀如用筆不假稿本自成
邱壑其皴法濃淡凹突生動渾成畫手所不能到者能以寸鐵寫之當時以為絕品山
人亦雅自負其運刀時若絲髮未稱意雖垂成亦斧以斯之山人多髯而善飲自號髯
痴富人慕其畫或致金幣不即得偶然欲畫畫成隨手與人無吝色人有延之者或留
半年數月或到即辭去嘗遊齊魯間與單縣朱翁交利得朱將往江南山人附其舟歸
朱之兄方令嘉定山人不知也抵吳門始知之不告而歸朱令異而訪之避不見朱去
任卒於蘇乃幅巾往弔而哭之其介持多此類少時常病瘡一夜醉歸逢老叟衣冠甚
異出一丸啖之五臟皆爇忽失叟所在經夕猶有異香自是宿疾盡去終身無纖介之
疾年八十餘善飯健步不異少年乾隆三十八年卒年八十九族子笠字牧山亦工畫
山水晚以鑒事遊淮揚間諸公爭出重價購之鄉人近日言畫者稱大小周云見錢大昕集

胡其愛

孝子胡其愛桐城人也生不識詩書時時為人力傭而以其傭之直奉母母中歲遘罷
癃之疾長臥牀褥孝子常左右之無違自臥起以至于飲食溲便皆孝子躬自扶抱一

身而百役靡不為也家無升斗之儲母晨起為母盥沐烹飪進朝餐乃敢出傭其傭地
稍遠不及炊則出勺米付鄰媼而叩首以祈其代爨媼諾叩則行數里外遙致其拜焉至
夜必歸歸則取母中裙褻衣汙自浣滌之孝子衣履皆敝垢而時致鮮肥供母其在所傭
之家遇肉食即不食而請歸以遺其母同列見其然而分以餉之輒不受平生無所取
於人有與之者必報母又喜出觀遊村鄰有優伶之劇孝子每負母以趨為揭草安坐
候至夜分人散乃復負而還母欲往宗親里黨之家亦如之孝子以生業之艱遂不娶
惟單獨一人竭力以養終其身母陳氏以雍正八年病至乾隆二十七年乃以天年終
蓋前後三十餘年而孝子奉之如一日也母既歿負土成墳即墳旁挂片席而居懷傷
成疾逾年癸未孝子卒見劉海峯集

張于焯

張翁于焯字澹文崑山陳墓人也早歲有至行父疾刲臂肉和藥以進父歿祭祀必涕
泣及病垂絕喃喃呼父不置也篤於三族患難共之出私財葬族人棺凡六七漆工祁
天章者年四十不娶翁與之金勸之娶祁諾受金而去明日過祁察其容甚戚詰
之不肯告詢其鄰曰嘻是以金歸而遁遁翁反具金如前往語之曰遁有道乎曰否如

是者三翁笑曰汝欺我耶出金袖中曰此非汝遺何祁大喜以為誠然道見貴業傭失
百錢忿欲死翁呼傭至家令家人平菜而陰置百錢采甲中錢墮地翁佯驚曰爾錢乃在
用是家中語而施不衰一夕歲除慨然語其妻曰吾往歲除夕母懷金二十兩饋貧交
未嘗有餘今饋損於前而金不盡書未既有相訪者出餘金予之年饑平價糶於其鄰
不計直也陳墓人至今思之見彭尺木集

陳黃中

陳和叔名黃中吳縣諸生也自少通敏為學長於史深究前代治亂往復所由以達於
當世之務乾隆初應博學鴻詞科被黜乃客遊南臨洞庭登衡山東浮錢唐入閩北馳
驅燕齊河岱間當是時上即位數年銳意賡續列聖治績紹往古絕業中外大臣承明
德爭延致天下豪俊虛己訪時政闕失而和叔為大學士海寧陳公所知乃上書陳公
論用人理財治兵三大事其用人之目有十曰分科取人曰慎擇舉主曰重名節曰辨
邪正曰加奉曰汰冗員曰寬法網曰覈名實曰懲貪曰酌道里以銓選理財之目有六
曰定折制曰榷錢幣曰興西北之水利曰輕征榷曰減漕粟曰定鹽政治兵之目有六
曰謹邊防曰嚴海禁曰練土兵曰修軍器曰簡帥臣曰加月餉陳公韙其言頃之詔求

骨鯁質樸之士陳公欲舉和叔應時和叔已去京師屬其友沈椒園招以書和叔辭焉
先是湖南巡撫馮公聞和叔名辟置於府土苗有小警欲興師勦之屬和叔奏記和叔
曰此召亂也撫而輯之其可弗聽和叔遂行亡何苗叛用兵期年乃靖已而漕督顧公
湖督孫公閩撫王公先後聘主章奏援古證今剴切詳盡所奏或中格每執奏至再三
得請乃已期於尊主庇民不肯趨避形勢揣摩風氣為巧言而諸公亦委心任用不疑
沮也自諸公先後殂謝和叔落落無所合遂杜門不出初至京師時善山陰貢士胡天
游天游故奇士負才氣及見和叔服其才傾心相引重天游豪宕自喜不肯循尺度為
勢要所排斥竟窮死和叔介然有節概審去就嚴取舍之辨而其窮與天游等年五十
九卒居常恨宋史蕪雜是非失平刪其繁累搜討先正舊聞成宋史稿一百七十卷又
著新唐書刊誤國朝諡法考殿閣部院年表督撫年表十餘卷詩文集四卷其卒也貧
甚不能治喪具斂襲或以金賻者妻張氏固卻之曰奈何以貧故傷夫子義鬻居以葬
見彭尺木集

高士禎

高士禎字廷三山陰縣之梅里人早孤而貧與寡母弱弟居稍長入里塾肄書法曰亡

不能存不養豈與羣兒咿唔時耶遂舍去從其鄉人之服賈者業於杭不數年母棄養念所業惟杭土宜遷地勿良也始卜居杭之泥孩兒巷留其弟守墳墓里中歲時伏臘度江拜掃望松楸蔚然泣數行下又慨同產異居相對欷歔輒數日不忍別幼既失學中年頗悔恨聞人讀書輒傾耳聽即不解亦欣欣自得尤喜談塞翁失馬張公藝書百忍事得意時曳杖高歌雖詞淺俚率皆勉人為善語笑之弗顧也有鄰家屋將傾謀以木楮之而正當其門礙出入咸謂弗可許笑曰不能助之新更速其壞耶脫不虞安知被壓者非吾與若耶卒許之又數為輕薄子所侮後其人無俚甚來稱貸慨然如所求而亦無德色人以是咸呼為高佛兒云其初至杭也衣被單寒嘗雪夜臥破屋中殘硯不能堪晚視被上已積雪二三寸故後雖豐膴常舉往事語人不敢浪擲一錢以自奉至義所當為雖數十百金不恡又早失怙恃風木之痛不去於心家人偶為製一鮮衣設一美饌輒揮涕屏去曰吾先人未嘗衣此食此也生平未嘗使人滌溺器曰奈何以不潔役人遇老疾者乞食必手自付與視他丐獨多曰吾敬其老矜其疾也或詈以過自貶削輒搖手曰吾土老得至此顧不知足耶年七十有五無疾終乾隆某年月日也士楨年四十時苦溲溺不通諸醫皆束手有戚某夜夢人曰活高某者湯打彈也明日物色之得其人於花市街一賣藥庸叟耳語之故湯曰吾知賣吾藥而已烏知醫雖然有鄭某者余友也盍往致之如其言一劑而愈（見沈赤然五研齋文鈔）

吳氏兄弟

合浦縣張王墟多大岡複嶺地幽阻産介獸居民掘土取之乾隆己丑歲吳氏兄弟仲叔季持器入山發未及穴虎突至搏仲齧其肩口半張叔以鋤擣其喉鋤柄短手入虎口虎齧手叔蹌季惶急挺鍬柄連擊虎背骨折弗能奮季益力疾擊鍬柄折虎伏地吼震林木季力竭手柄喘虎旁仲叔負痛匍匐號村人糾眾趨視見季與虎交困前搏虎虎驚起血淋漓踉蹌曳尾遁叢莽中會日暮眾莫能蹤舁季歸後數日邑侯汪公龍岡過其地召[illegible]創且詢人虎相搏狀感其篤兄弟義給資療之復免其傜役焉（見李符清海門文鈔）

莆田僧

莆田有官家子年少出家里之某寺中寺前多龍眼僧眾資之以自給已而為里中無賴子百十人所姤龍眼熟盡而取之寺僧弱不能與爭寺遂零落是僧既出家得其故憤然棄去不知所往閱三年復歸寺寺僧怪而問之是僧曰吾入少林學拳勇將以禦暴也及龍眼熟無賴子數人復來取是僧執之而不擊也叱之曰吾知若輩成羣有百十人來姤吾寺若輩恃眾也若輩敢與我一人鬥乎若輩能勝吾一寺前後龍眼惟若輩取之我一人勝若輩若輩當服我數人叩首去約於某地鬥力至期無賴輩執兵械以待僧以一棍八揮之如折枝也於是無賴子盡伏地誓不敢姤寺並戒以勿姤里中也于是拳勇之名震莆田然其技一試於此後遂絕口不道有少年嗜拳勇且自負其技甚高慕僧名欲一得當於是僧既見僧絕口不言拳勇少年曰吾嗜拳勇甚以是游於世所游之地莫余敵者慕師久敢以是謁師師其以是教我僧堅拒之少年請益力僧不得已乃曰試若技或能當吾意略以吾法示若可耳少年大喜踴躍試棍法僧止之曰若技甚俗不足以進於是也少年心不服大言曰師欺我僧曰我何為欺汝汝棍圓而不方濯而無毛少年益不服曰棍本圓而濯者也奈何以為俗僧曰圓者方之濯者毛之進乎技矣少年曰奚為而方奚為而毛僧曰是難言也若與我交則知之矣少年踴躍以棍與僧交僧執一竿坐迎之棍交竹竿竹竿粘棍隨之東欲西不得西竹竿西棍隨之西欲東不得東若膠之不可解若風絮之不自主也如是久之竹竿忽上揭棍入雲霄僧曰是之為方是之為毛少年乃自愧其俗不敢請（見汪縉汪子文錄）

補履先生

蘇州府治東舊有學廢為文信國祠祠之西數十步有儀屋半間以居者補履先生也人持敝履往則為補治得錢以自給先生少未嘗讀書目不識字以補履所入從人問字識一字則餽以一錢後遂能徧讀群書門內橫白木板三四尺凡亂書雜於物其上其屋壁間亦多古書以是從之游者慕其好學皆稱之曰補履先生其論書略觀大意未能深造也然一言感觸輒迎敏服膺大要以不欺為本與人言輒引之於善娓娓然若懸壺而瀉水也里中童子有來就學者不問脩脯往往多至二三十人然不加督責任之而已以是未久輒散去散則補履如故卒年七十有五姓錢名近仁崑山人（見汪縉汪子文錄）

打卦者

華先生兄弟忘其名儌儻不羣家無錫之蕩口日晡微行至某里東見眾方圍聚一人使打卦其辭旨精與類有元解者異而尾綴之比歷數家益信其人出華自後曳之問焉張目答曰打卦者固問答如前華曰敝廬咫尺能一見過乎遂邀歸問答問意殊傲睨尋復持其具欲去華彊之坐使子弟出拜願受業門下打卦者顧而嗤曰乞子固足任教此哉不可良久乃許之頃之華姻親某持盜刺來華譁言夜且被劫盜刺者將

刼巨室。先書名紙使人投之。以為信。蓋緣古先禮後兵之意。且以耀其威武也。某述之。窘甚。華為言。家有子弟師。異人也。若請之。其可。當有效。某從華往請。打卦者俛首自術其髮久之。曰。事亦易易。然使人慮不足任。必親往乃可。某曰。先生與若有故邪。打卦者唶曰。彼盜安得故我。我豈與盜故哉。怒欲弗往。某跪而泣。華亦前謝。乃往。既至。相其宅居曰。盜當從某至。取瓶甖列門外。為數甖。誡家人但闔戶寢。勿驚。家人陽諾之。實不敢寢。而打卦者寢自如。俄聞門外有人馬聲。隙窺之。見盜怒馬列炬。劍戟摩戛。聲錚然。前後約三五百人。及瓶甖而驟旋繞之。自初更至達旦。迄不進。盡異之。打卦者亦寤。問盜來乎。曰。來矣。來焉在。曰。在門外繞瓶甖。曰。然則吾當出遣之去。衆於門外設坐擁之出。坐定。衆座麾盜。若寐盡仆。顧曰。繩縛之。衆出繩。次第反接之。驅至前跪。打卦者大言曰。男子負膂力。不能為國家效命。反棄身匪類。以汚辱鄉里。誠一死不足以贖。吾今貰若。謂某可畀而百金。若再。終不汝宥也。命解其縛。叱之去。打卦者亦取道歸。自館於華。饋遺贄幣。悉不受。强之。則曰。吾今無事。此姑留於君。俟異日有用。當即取也。一日。趣華治具。僦以米四斛。云旦有客至。華如言具。至則二僧。儀狀雄偉。操閩音。始見。皆拜伏。起而肅立拱侍。命之坐。不敢坐。有問則跪而對。打卦者語之曰。止。今豈可以昔比邪。吾之在此。汝具知之。汝之蹤迹。吾亦自無不知。各以心喻。不在瑣瑣也。可即去。勿再至。吾已為若一供矣。因出所具以食。僧袒衣大啖。俄頃而盡。摩其腹曰。徑飽。自此至彼三十里。可弗再餐也。起而為別。再拜。皆欲泣。打卦者亦黯然。僧遂行。打卦者留居華氏凡十二年。後值九日。生徒盡散遣去。打卦者獨與華兄弟俱遊遠隴畔。自得也。已指一地。問近屬誰氏。具答之。曰。後可即葬我於是。華以其言為不祥。笑曰。何為修短有數。吾已盡明日矣。華兄弟驚而泣曰。自蒙先生不棄。承視杖屨。有年所矣。然終不獲一識先生里居姓氏。實所遺恨。今日月淹迫。先生甯忍竟無一言邪。打卦者亦泣曰。薄劣誠不足為長者道。必欲識者。吾腰帶間藏有小佩囊。歿後可取視之。翌日竟卒。啟視。果有小佩囊中帛書徑寸。語皆隱約。玩之。蓋鄭氏故臣。而隱以遯世者。僧當即其屬將。故在播遷猶不失禮如此。乃具棺斂禮葬之。如其指。別備特室奉其主。世祀之。囊頗秘。不肯示人。聞至今尚存藏於家。見毛嶐傳木葵初稿。

海老人

昔傳海上翁乘槎入天漢。見織女。得支機石而歸。迹涉虛無。初不深信。後有人從番舶還。訊所經歷。云航海。先至崑崙山麓。艤岸取水。賽神。乃發。仰眺崑崙。半入雲表。人罕至之。莫測高廣。山半飛瀑。從天而下。夯流入海。去百里。砰訇之聲如震雷。不可逼視。相傳為天河下游云。意其迹猶未之信也。及游珠崖。與鴻合谿日夕盤桓。各述異事。合谿云。郡中有海老人者。孑無家室。來往聚落間。相傳百有八十歲。貌如少艾。行步如飛鳥。不食不儲。多食不飽。叩其術。曰。無之。自言其故。則甚誕而不經。曰。壯時嘗為海舶舵師。一日。航海。連十二艘出港口。黑風暴作。漂泊星散。各不相知。老人艘入陰霾中。不計日夜。同舟大恐。籲天。乃免。須臾風息波靜。遥見一島。兀立中流。艤舟就之。島上有尊官。下車離輿。竚立。行冊候來船。既維舟。尊官勑吏唱名。舟中估客無一遺者。各令登岸。乃點檢貨物。按籍貯庫。然後領衆見其國主。主大怒曰。若前許送十二艘來。今惟一至。得不大誤公事乎。遣人從之還報曰。已逐矣。不可及矣。左右請曰。貢期迫近。不容少稽。盍遂其最背者。約而獻之。三請而主乃可。下令捜於內帑。次日。百珍七寶。絡繹登舟。明珠拱把。珊瑚尋丈。未嘗見也。將解纜。操舟之徒。皆用彼人。來者無一與焉。老人止之曰。此吾舟也。術國借之爾。人操之。萬一有失。將誰問乎。必吾與乃可。否則有死而已。舟不可奪也。使不得已。還白其主。三復而後許之。偕然亦間於舟中。彼人操舵。出沒巨浪中。如履平地。老人善之。行一日。見海中洲。高豎石碣。大榜其上曰。河海分界。弗解其義。遂順風揚帆源流而上。遠矚水勢。如疊嶂。如層灘。如梯階之待登陟。漸近漸平矣。行一日。乃得安流。祥風搖曳。卿雲繚繞。夾岸居人。碧闌朱戶。男女耕織笑語。無異人間。老人茫然不知所屆。欲往問之。風迅帆疾。舟不為駐。行一日夜。晚起見日光發海底。隱隱聞鼓吹聲。仰視城郭金碧。迴環貝闕。瓊宮香雲。靉靆。舟既泊岸。復有尊官檢視如前日狀。惟按籍呼名。老人弗與。尊官叱曰。此何地耶。凡夫乃與俱來。使者曰。此舟主也。不肯捨舟與我。以死請。主弗獲已。乃許之。尊官回奏。可其請。偕之升殿。殿上垂旒衮衣。儼若至尊。老人戰慄頓首。不敢視。須臾命坐。賜饌。衆皆坐。惟老人久立。布末席。乃令之坐。坐定。上食行酒。皆冠冕貴人。飲食非人間有也。老人跼蹐不自安。酒三行。乃辭出。尊官引至邸舍。謂老人曰。汝得至此。天幸也。食天厨食矣。既活汝命。且獲長生。老人諾諾致謝。究不知其所屆也。既發舟。瞬息還至其國。國主不復見矣。老人索還前貨及同舟之估客。使者以實告曰。此龍宮也。昨納貢者。天帝釋也。與汝同舟。盡入水族。不可復還。惟汝幸食天食。得歸人間。延年住世。善保汝體。可成地仙。否則無病脫去耳。老人疑懼交集。固請不已。乃引至海濱石竇中。諸估客咸在焉。面目猶人也。四體已為魚鱗。相視墮淚。不能語矣。老人恐。乃乞歸。有人操一葉舟。招之使渡。遂附焉。令閉目。少頃抵岸。失舟所在。問其國士則交趾海濱也恍惚其事如夢初覺值鄉人之商于交者載之歸越三甲子矣其自述如此他無可驗惟食天廚膳至今毛孔常有香氣鄉有病癩者與之宿輒得痊耳始信天河下游與海相接逆流而上復入天河容或有之因為之傳用釋乘槎之疑（見釋纈刪集）

汪初

汪君名初字絳人先世徽人遠祖某始徙居杭刑部主事名寓者君之祖候選大理寺寺丞名瑜者君之父君自少倜儻未十歲即耽吟咏稍長博習經史十七歲入邑庠君母梁安人山舟學士女姪也學士精鑒賞君數從評論學士喜收弃前人題尺而君獨愛詩牋門攤書肆有所見必購得之裒成十數巨冊國初諸老輩手蹟皆得之遇佳風日輒焚香展諷意僁然甚適偶拈筆為山水小幅清拔似元人風雅士多樂與君交君亦灑落自喜大理君家素豐既而中落鬱鬱不自得徙居吳門又屢失意於省試遂慨然入都謀諸友人輸貲為庫大使試仕於蜀君少工詞所為滄江虹月詞少司寇王蘭泉先生見而激賞比入蜀攬山川奇險則詞益進黃天蕩馬當滻陽驛樓諸懷古作峭蕩蒼涼深得騷雅遺意廉使方公績愛君才招入幕中文酒娛讌不以屬吏待也嘉慶十三年

六月四川馬邊廳猓夷作亂總督發兵勦捕君從廉使往凱旋上將吏功君名在焉以縣丞補用而君遽歿矣君體素羸善病能食酒而飯不過一甌其歿也年纔三十有二（見許宗彥鑑止水齋集）

汪楊嚴三文學

諸生汪家禧仁和人楊鳳苞嚴元照歸安人儀徵阮侍郎元督學浙江三人並以高才生受知嘉慶四年侍郎巡撫浙江立詁經精舍招致三人在其中家禧年最幼而沈篤銳敏好學尤甚性謙下常若不及六一泉有神位數百類皆前明湛族破家之遺老莫知其蹤跡家禧一一鉤考得之撰六一泉神位考三篇閱書積千餘種其他所著有意林異東里學人詩文集鳳苞早以西湖秋柳詞有名於時為人性僻不樂至城市於經學小學皆有根柢尤熟諳明末事嘗為南疆逸史跋十二篇終身不娶六十外卒元照生而識字四歲能作大書八齡嫁業作諸體書求書者盈戶外江南以為奇童性倜儻不樂市井所著有悔庵文鈔詩鈔詞鈔娛親雅言爾雅匡名等書三人者皆方聞彊記有守君子人也楊許宗彥為之傳（見許宗彥鑑止水齋文集）

葛大賓

葛先生諱大賓字興森號寅軒先世自蘇州徙居湖南遂為湘鄉人幼而端重動止異於常兒長而益自檢飭終日危坐言笑不妄盛暑不袒焚香把卷默識微吟性耐劇飲雖醉不亂或久無酒終亦不索怡然若有以自得也乾隆之末海內文人以靡麗辯博相高昆明錢南園侍御澧獨以剛方立朝視學湖南以正誼篤行風楚之人所取率多端士先生既受知於錢公補縣學生員益折節自礪雖步必衷於古訓學徒遊其門則先教之以忠孝大節下至飲食起居出處語默取與毫釐各有法式從則貞吉違則恥辱至不得齒於人聽者往往汗下先生四歲喪父哀毀若成人年十三值父忌日出主以祭主動仆地粉面剝落脫去葛字微露周字蓋木工飾周姓廢主為之者也先生痛哭引咎告墓易主卜日乃祭事寡母左孺人也鉅細必躬疾必嘗藥生徒有餽必歸以獻嘗隆冬獨坐心動急自館所馳歸入門款呼母母方與仲兄負暄後院聞聲趨出而屋後山忽墮壓坐席破碎坐之人以為先生誠孝之所感也母歿勺飲不入口者五日既葬衰服終其身腰以下無復存寸縷兄弟五人既分居矣適負纍纍無以自存先生則請於母復同居如初即有所入絲髮不以自私兄弟歿則庇其喪無子為之立後道光二年朝廷開孝廉方正之科有司與先生應詔或勸之一詣京師謁選先生曰是可

以躁求邪十二年壬辰十月二十九日卒於家春秋七十有一配左氏前卒時先生年纔三十有奇終身不更娶（見曾文正公集）

薈蕞編卷十三終

沈起

清　曲園居士纂

沈君諱起。初名方。好學。善屬文。工詩歌。通經史百家言。不拘箋注。能自出意解。皆成確論。家貧。冠折巾。衣襟裾不完。往往至日暮不能舉火。饑寒益自奮。時海甯查孝廉繼佐負重名。傾動天下。士爭歸之。君一日叩孝廉之門而請見焉。孝廉與語。奇之。曰。吾相天下士多矣。無如君者。君亦曰。是真能知吾者。君之名於是大振。會閩中許公豸為學使者。君應試卷越幅。乃揭編號餘紙書曰。身本孤寒。年幾三十。無所見知。公人倫冰鑒。方遴選真才。而身又累越幅。良用自悼。然愛才如公。幸勿以微眚束之高閣。許君得君卷奇之。及見此紙。尤奇之。遂錄補博士弟子員。覆試日。故呼君怵以感君。應對不屈。許益奇之。時年二十有八矣。自是試輒高等。查孝廉嘗選政。君實佐焉。已而孝廉曰。君嘗自出手眼。與世共見。書賈亦遂聘選。有臨秋等集。學者宗之。君素好奇。有直指某者。橫甚。按嘉禾郡守以下皆膝行怵惕。謁文廟。命君講。君進攻乎異端章。曰。太祖高皇帝云云。直指倉皇出位。旁立鞠躬屏息。終講不敢忤視。既欲搆君過不可得。又以知名士。乃止。

甲申變聞。君痛哭出血。既聞馬阮所為。益憤甚。顧無可一用其奇者。乙酉六月。君病劇。乃走東禪寺。慨然賦詩。若將以緇服終者。因更其名。而字曰墨庵。世遂稱墨公云。君既棄世。益肆力於文。以自成其一家言。拔新領異。探幽抉奧。莫不羽翼六經。而文勢縱橫。不可方物。江左名士。咸推重焉。君常曰。明之亡也不亡於闖賊。而亡於東廠。因作明書傳集吏原禍。始絕筆於成化十二年秋始設西廠。又學圃集八卷。大易測詩逆春秋經傳引四書慎思錄各一卷。測杜少陵詩一卷。今國語八卷。續集一卷。詩存資暇錄各一卷。宗門近錄二卷。康熙二十六年七月十六日卒。年七十一。天水法嗣如庵經理其喪。葬某都某鄉。在東禪寺之東南隅。題曰。故明秀才墨庵沈公之塔。見曹道扶集。

蔣之翹

秀水聞溪。為江浙接壤。其族大者。為聞氏王氏若蔣氏無聞焉。至啓禎朝。有蔣處士者。與俗殊尚。孤清刻苦。家多藏書。博古自好。而不遇於時。當弱冠應小試。為妄人所誘。遂陷於理。罣誤終其身。益杜門讀書。通五經之學。裹糧至南都。遊於焦弱侯先生之門。學益進。而處士務自韜晦。海內未有知之者也。年三十。注釋離騷。鐫行於世。識者翕然稱之。而處士之名始著。復訂定晉書。乙注其謬誤。漳浦黃石齋先生見之。嗟賞。于是天下咸嚮是集。而處士之名益著。及年四十。復綜次韓柳集。據文箋注。悉考之新舊唐書。通年。書成。饑當鼎革。其板質之他郡。成帙鮮少。學者求之不即得。價益騰踊。處士之名復大。爲自兵燹以後。閩溪災。資業傾歷。遷處不常。漸至貧困。困下帷以授生徒。生徒益於時。尚處士必教以經史及先輩名文。生徒相率遁去。而處士益困。旋始變計。志圖貿易。念先世以貿絲爲業。遂操作於權衡之中。凡貿易之術。主客往來。主人務爲推詞說說曲致殷勤。以誘致權客。處士恥之。立言必誠必信。欲以移風易俗。未幾。巨商大客皆散去。就他賈。而處士益大困。久之。欲盡鬻其書籍。自念非天下名流能通舊籍者。我不輕授也。俄秋嶽曹公以憲副歸里。風慕隱德。下交於處士。言論相洽。隨以所藏書歸於曹公。公得書。報以兼金。得免於困。處士既受金。即閉關不與世往還。同里陶孝廉子襄筵仕景陵令。將之楚。欲就問景陵風土人物及為政大端。不得入。乃縋垣而與語。閽者怪之。揵戶二年。蒐葺檇李一郡詩。名集。自洪永訖啓禎。采定詩歌若干卷。題曰檇李詩乘。郡之高賢大良貞夫隱士。得藉以表見。其有功於檇李人物為甚大也。自詩乘告成。始啓關延客。繕寫副本藏於家。越兩年而處士歿矣。處士名之翹。字楚穉。別號石林。生於明萬歷甲辰。歿于今康熙丁未。年六十有四。其詩歌自甲申以前。名曰甲申前集。後之所

作。名曰甲申後集。處士自注騷後。欲髣髴三閭遺迹。裹糧入楚。游南嶽。覽三湘七澤之勝。隨所感觸。往往見之於詩。故集中楚詩為多。見沈墨庵集。

史以慎

史孝廉諱以慎。字真常。任邱人也。幼穎慧。日誦千言。年十七。中前明庚午順天鄉試。數上公車。不第。甲申後絕意進取。顏其堂曰粥若山房。讀書賦詩其中。累旬日不出。若介寡合。同邑惟劉常也心一兄弟及殷摘四李性符相友善。晨則分題命酒。不及世事。晚慕竹林諸人高自脫略。使酒作達。遇飲必醉。醉必發狂。或歌或哭。跳擲跑躁。倒漾淋漓。蹟濁。人厭避之。呼為酒狂。或露頂行街市間。逢人輒問我醉否。或言醉則怒。未醉則曰與我飲。一夕。同殷李諸人飲醉。乘城見支吏。吏大呼曰。殺殺。卒以為賊也。奔告邑令。令倉卒偕數役弓刀來捕。至城。悄然惟聞鼾聲相和而已。乃以燭照。劉枕戶限臥。樓中吐痕宛然。殷坐倚窗下。孝廉伏城垛垂頭向外而睡。令曰。飲何乃至此。命役分扶歸舍。他日過徐金吾。呼飲。時釀熟未壓。就瓮挹而飲之。孝廉曰。斗撒吾醉耶。以廉作酒傾之馬槽中。即坐槽上歌老驥伏櫪志在千里。慷慨悲壯。未有也。又入張別駕舍。廷客未集。陳設甚都。主人望見避去。孝廉徑詣爐取酒獨酌。張僮遏強奪。問名。僅以某對。

孝廉大罵曰往延史公不如是以彼位高多金耶掀衣出醜穢瀝漫堂中而去其醉往多類此然性至孝事母劉孺人依戀如嬰兒家甚貧供母務求甘旨夜必上堂問孺人安侍婢答曰安然後歸寢雖極醉不失常儀親友知其然值狂發設以家媼出呼曰孺人安君醉可睡去孝廉輒俛伏移時成眠亦足見其天性矣歲荒家用不繼間日一舉火未嘗告人邑令翁年奕賢者也聞而餽之粟孝廉曰此沽卑田院中人物也甯可入史公腹辭不受其介若此歲乙巳以疾卒生平著作多乘醉為之醒亦略不收檢散失不存惟李性符齋中藏其粥若山房詩一册雜文十餘首見龎雪崖集

藍忠

藍忠字宜侯福建漳浦人也生有膂力讀書知大義能孝於親配卓孺人尤盡婦道宗族稱之所居村曰敦內在萬山之中故有虎患歲甲子有巨虎奇橫往來百里內傷人不可勝計臘月十二日抵某村為伏弩所傷甚憤四顧無人跳踉大叫聲裂山谷所觸草木皆糜爛直奔墩內村過土地神廟張牙舞爪咬泥像碎之居民閉戶惴息莫敢有出聲者公父元章叔父裕公比屋而居時漏下可二鼓皆已熟睡虎既碎土地神猶咆哮不肯已衝撲附近人家倒某門攫二豕啖之裕公夢中大喊虎怒撲其門以世居山中防虎患門內植二柱衡橫木擎之虎竭力衝撲不可以入裕公恐益大喊虎聞喊聲益大怒狂跳登屋破屋桷直下斃裕公糜爛其體公父元章公聞弟有虎患發聲助喊虎復狂跳破公屋撲元章公仆地公持長刀直前鬬虎卓孺人攜杆從之虎舍父撲公公舉刀刺虎中其咽喉及入腹中三尺許拔刀不得出手餘脫柄虎負痛復撲公孺人從後抱虎雙手搤虎頸虎內既重創不能自脫公持手中柄連擊數下惶急中卒無以斃虎孺人呼曰斧公急從門後取斧竭力連劈之比雞唱夫婦氣力皆疲瞪目熟視則虎已死矣急視父尚卧地呻吟乃共扶入寢所以藥敷治之天明村人屠虎得肉二百有餘斤越翌日元章公竟死公及孺人哀痛急切喪葬悉如禮觀者莫不下淚里中父老士大夫謀欲白其事於令長請以上聞公泣且謝曰忠不孝獲罪於天致使父叔喪於非命忠雖倖留殘生此心已死久矣若又因以為名是幸災而樂禍忠尚得為人類乎請謝尊長切勿復言殺虎事諸父老持之再三公辭益力僉曰姑置之無傷孝子心也天道有知大節豈終泯沒尚留以有待焉公長子韜略後為武諸生以卒見藍鼎元鹿洲初稿

徐夢麒

徐夢麒字忠移潮陽人少孤從叔父明經轍受業博極群書以五經中辛卯副車甲午

登賢書性剛方不屑治產業家貧甘處之泰然所得脩脯悉與猶子均分事叔母如母邑人推孝友焉先是麒為諸生教授達濠有寒士陳某邑之華里來人亦訓蒙於其地兩人交相善也已而陳病且死與麒訣曰死不足惜但無後負不孝罪耳昔有某娼婦一男頗佳願為某嗣有成議今已矣言訖嗚咽而卒家不能具殯殮麒拮据為之經營窆焉訪所謂娼婦男者則陳外遇產也笑且詈曰豎子此不切事今死矣弗足責無後為大猶愈於他人子也詢其狀非六金不可麒徧貸親朋得金六取其子躬抱至陳家里人聞輿中有呱呱而泣者以為女客來矣至門停輿皆駭愕不知為誰氏親眷孰趨視與夫揭簾見抱兒出者則厖然長鬚昂藏一丈夫也里人皆大笑麒從容呼其父母告以故舉兒畀之里人皆感激泣下相謂曰此義人也麒仍時省視周其困乏今兒已成立生孫矣麒生平慷慨好義大都類此見藍鼎元鹿洲初稿

盧和

盧和潮州靖海廳人居惠來縣東郊塗城身長七尺黧面長須為邑壯丁順治乙酉林學賢為寇攻縣城圍困數月援兵莫至內外信息不相通縣令沈維煌與紳士謀求救夜召和入計事命突圍赴郡乞師和曰諾胸藏血書懷二鴿從城南縋出夜暗如墨人對面不相見和匍匐膝行十五里至神前遵海而東從守禦所過潮陽入郡至則放鴿為號夜或遇賊則蹲伏如狗又或似棄屍賊竟以此給去書得達如是者二十四次援兵至圍解見藍鼎元鹿洲初稿

楊老痴

老痴姓楊氏名貞字彥恒宣城北鄉人也晚自號老痴人皆曰老痴老痴云老痴少孤篤學獨喜為詩不干仕進顏其堂曰戀壽奉母濮陽無晨夕離出則衣短褐與農人餉婦課耕田間意有所適便朗吟清嘯不務刻琢略似陸放翁士大夫多樂從之游成化間翰林簡討莊昶閒老痴名自江浦肩輿訪之值一野老荷鉏問老痴何在荷鉏者微吟自若莊笑曰公即老痴耶對曰然遂握手交極歡老痴嘗暮春見數士游學有飢色吟以諷之曰山前山後子規啼聲聲叫道不如歸士聞聲曰不是歸人歸不得莫聽山禽說是非老痴驚問姓名曰左輔字廷弼江西進賢人因揖留之曰才如是乎老夫伴讀居歲餘去成進士以老痴嘗授古琴劍自京師致琴一劍一而老痴已卒左輔官行人册封海外既返為迂道哭祭其墓感動行路先是御史賀某按部作憶母詩限呵字不成召問老痴輒續之云回思拜別寒窗下凍手縫衣帶線呵賀叫絕學為之禮其為

詩任真捷給多類此所居曰斗山有斗山集藏於家又愛橫塘山水遂移家焉其地一名燕窩辛年六十有七子綱緝世其業族益繁今號燕窩楊氏（見施閏章愚山集）

方召

方召字虎鄉宣城人爲諸生負褰失志明亡山谷兵起召輒集鄉里號義兵久之不利聞明之宗藩有稱國閩浙間者脫身走從之授兵部司務署衢州江山縣事縣介閩越道苦騷驛官又乘亂漁利自便有急則走民益病召至禁父老寬征斂自謂官兵曹法得戢兵禁往來驛使毋暴民毋橫索廚傳民呼眞父母時清師定浙江金華府久抗不下屠其城師次江山人皆震恐召謂事已去毋徒殘民許父老迎師而肘繫其印冠帶北向拜曰孤臣無狀以死報陛下自投井死丙戌八月七日也在縣僅二十九日出其尸如生咸歎曰骨冷泉香矣今置亭井上曰冷香亭蓋縣齋之西偏也晝夜常形見官爲位祀於署民像祀於廟左右二楔大書不愛錢不怕死蓋其視事時常牌書此六字出則使人負以前驅云墓在城南景星山碑曰明忠烈江山縣侯方公之墓康熙七年同里施閏章過江山至井所弔以詩曰濯骨寒泉迥絕塵爲全黎庶不全身誰知一月江山令竟作千秋俎豆人（見施閏章愚山集）

劉日陽

劉生日陽字若木宣城北鄉人父大生爲諸生知名早卒生依母氏體羸貌寢鄉人不能識生生亦不往干人獨族弟祖琨善之嘗借書誦午夜不輟已習爲詩所居臨溪窮僻無事獨吟修諸大澤間不知者以爲狂而其人實恪謹貧甚爲童子授句讀間與郡中諸詞人往來業日進焚其舊稿益肆力學古日有常課毋敢缺順治辛丑冬娶某氏貌亦寢夕將婚俄中疾若斷股劇臂者不能交禮移宿召醫醫皆愕然就醫於郡疾革載歸及門而卒年二十有五貧不能殮祖琨爲經紀其喪其詩清新瀏爽余嘗得數紙誦之灑然如疏鐘江岸寺細雨板橋村葉黃山下路霜白渡頭船荒村羣鳥亂破屋一燈白市近魚蝦春入饌時危鼓角暮關心古杉抱閣日光碧芳藥垂階露氣涼鶴聲一徑竹風內煙火數家梅雨時皆警句爲人所傳然所積詩頗多歲常成帙或數易稿死而零散不見其全爲可惜也日陽奉母謹母死日夜哭已夢來告曰兒夙世戒僧也以心動墮此法不當婚若不婚猶可數年活云（見施閏章愚山集）

金俊明

金先生諱俊明字孝章吳縣人少從其父宦甯夏往來燕趙間馳騁游獵頗任俠自喜遼左多事諸邊帥爭欲延之入幕府先生意不屑也既歸里始折節讀書受經于孝介朱先生之門朱先生數數異之補縣學生名隱隱起數試於鄉不見收最後復赴試以焦氏易筮之得蠱之艮其繇詞云云先生愀然太息曰天豈欲我高尚其志乎吾將從此逝矣遂不終試而歸歸即謝諸生杜門以傭書自給是時明猶未亡也踰年流賊陷北京又踰年王師渡江吳人始深諗先生知幾云先生幼以善書著譽吳中小楷師曹娥碑行書師聖教序卷有法度晚益自名一家兼工詩古文詞四方士大夫聞先生名以書若詩文來請者相次不絕里中窶人子手不持一錢亦日夕踵門乞先生書先生欣然應之不少厭也以是三吳碑版旁及僧坊酒肆率多先生筆得之者爭相誇示以爲幸間喜畫樹石皆蕭疏有致其墨梅最工吳人尤傳寶之先生年七十徧乞常所往來者賦生輓詩引陶淵明自祭文爲況蓋其爲風流雅趣如此嘗有學使者慕先生名願招致之不可得因歎曰清眞絕俗雖古之沈昊不過也壽七十有四（見汪琬堯峯集）

翁天章

翁君名天章字漢津吳縣人以諸生入國子上舍爲人喜聲色縱游俠邪順治十四年來京師與妓馮金者相好也已盡散其所攜貲不數月馮竟棄君去更歸他氏而君猶

日夜歎詫不自得每對客必曰吾負馮生吾負馮生云於是京師人皆以君爲狂翁氏世居洞庭之東山君之族人有逢春者故明中書舍人也其豪邁尤與君類客金陵時有所狎妓寇氏以色藝擅名南苑中先後費錢帛巨萬始得娶爲外婦已復游臨安輦橐中金二千於虎廡下一日被酒歸蹴金傷其趾遽怒呼曰吾明日用汝不盡不得復稱俠矣遂徧召故人游士及妖童監倡之屬期詰旦集湖上是日艤舫兩泠橋合數十百人置酒高會所贈遺纏頭無算抵暮問守奴餘金幾何則已告盡矣又有彥登者亦君諸父行也少任智數武斷山中當明愍帝時置姬十二各建一樓居之高甍畫棟制如掖庭爲怨家飛章所訐下廻撫捕置於獄於是君與其族人出家財居間久之始得解蓋翁氏以意氣相尚類如此今相距不過數年逢春死彥登老且病而君亦淹落長安中迄無所遇翁氏幾無復前日之盛矣然君意氣如故終不以此自悔恨也豈眞古之范少伯原巨先之流耶（見汪琬堯峯集）

王武

王先生武字勤中明太傅文恪公六世孫也以諸生入太學少時風流儇與不屑意舉子業自讀書賦詩外若投壺蹴踘彈棊馬射伎擊之術與夫執花種樹養魚籠鳥之方

無不通究而尤長於畫素善鑒賞當王氏家門鼎盛其先世所遺及平時購蓄者率多宋元明諸大家名蹟往往心摹手追務得其遺法故其所寫花鳥動植信意渲染皆有生趣家本饒裕而王先生雅不事生產數爲傜賦所困又性好施予親故閒或有負之者亦概置不問計一歲所入輒緣手盡以是其家遂落甫壯乃屏絶諸好獨以高潔韞揞自持所居爲文恪公故第其旁怡老園有亭榭花木水石之勝恒與賓從及諸昆弟具蔬果酒食觴詠其閒值其空無時亦必清坐相對談笑移日不倦家既益落而所作畫益工諸好事者評王先生畫雖前輩陳山人道復陸處士叔平不能過也前太常王翁煙客亦善畫尤亟稱之曰近代寫生家多畫苑氣獨吾勤中所作神韵生動當在妙品中於是其聲譽大噪四方士大夫走書幣造請者日夕相屬寸縑尺素流傳遠近莫不鄭重藏弆甚有作僞筆以售者京師貴人爭慕王先生名出兼金訪求其畫不能得內閣宋文恪公即王先生妹婿也方貴顯於朝移書招先生入京師先生笑而不應嘗語人曰古之善畫者莫一非高人傑士以文行著者也有如文恪公諸客沈徵君唐解元文待詔之屬其人皆能爲畫重不則畫豈能重人乎蓋晚而自號忘庵或徵其說王先生告之曰魚相忘於江湖人相忘於道術令余之補劓息機於此也世忘余乎余忘世乎兩相忘則去道也近矣其高意超卓如此年僅五十有九卒於家居平善病晚歲病屢發不復多作畫故人有貧乏者輒强之使作王先生欣然執筆曰願以佐吾子晨夕需族父年老有孫女不能嫁王先生復力疾爲作數幅俾鬻以治奩具客有以病諫者王先生曰吾財不足而力有餘敢自愛耶先是積藏諸名蹟及他玩好甚夥中歲斥以易薪米殆盡矣疾既革又命諸子盡出篋衍中所餘贈遺諸親故無復存者（見汪琬堯峯集）

沈通明

淮安沈通明字克亦嘗爲前明總兵官任俠輕財好從中原士大夫游士大夫皆稱之數與賊戰有功順治二年先是有巡撫田仰者素習通明之爲人加禮遇焉至是見明將亡遂屬其家通明而身自浮海去通明匿仰妻子他所會王師渡淮購仰妻子急蹤跡至通明家且並捕通明是時通明已散遣所部杜門久矣捕者凡十餘輩合譟圍其居通明走入寢門飲酒數斗裂帛束縛其愛妾負之背而牽騎手弓矢以出大呼曰若輩亦知沈將軍耶遂注矢擬捕者皆逡巡引卻通明疾馳與愛妾俱得脫竄居蘇州變姓名賣卜以自活未幾愛妾死意不自聊入靈巖山祝髮爲浮屠已

復棄浮屠服北訪故人於鄧州通明故魁壘丈夫也美須髯以飲酒自豪又善度曲每醉輒歌呼鄧州市上間以曼聲雜之酸楚動聽一市皆以爲狂而彭公子鏡其州人也素有聲望於江淮間罷巡撫家居獨聞而異之偵得通明所在徒步往與之語通明默不應已詢知爲彭巡撫乃大喜吐實公捉其手曰君狀貌稍異必將有物色之者非我其孰爲魯朱家乎引與俱歸公亦豪於酒日夜與通明縱飲甚歡居久之遇赦始得出通明少以勇力聞嘗與賊戰賊射之洞腹通明急拔矢裂甲裳裹其創任逐射者竟殺其人而還由是一軍皆壯之令且年八十矣膂力雖稍衰而飲酒不減少時任俠自喜亦如故也始居蘇州變姓名曰申宗猷及爲浮屠又名元弇劉吏部公勇曾有序贈之至比之前宋姚平仲龍伯康云（見汪琬堯峯集）

張森

張處士森者字杏橋世爲新城東南杜柯村人處士居張店鎮之東偏有田數十畝闢圃一區種松百頭其南築小臺東望花鐵馬公諸山其北有亭有池綠葵紅蓼早韭晚菘取給有餘處士生萬歷中時海內無事不樂仕宦獨喜賦詩飲酒以善釀聞鄉里歲所收秔稻租賦外盡以供釀中更世變拜屏跡逃俗褒衣博帶婆娑田野以終其身始余過野寺見處士題壁詩異之康熙甲寅過訪其園居處士欣然倒屣出坐于池上倚松謂余曰是皆老夫手植今五十年矣時處士年已八十意氣遒勁引滿勸客如少壯人自言生平不入城市不謁官府歲正月則畢納一年之賦稅於官故胥吏追呼未嘗及門今老矣旦暮且死死則遺令子孫以布衣斂即日入壙中不棺槨不封樹少讀漢史慕楊王孫之爲人願以末路師法其爲一具言曠達如此（見王士禎漁洋山人集）

劉任

劉任字宏父一字繹弦潁川人生而一瞳子正方登隆慶丁卯賢書嘗著唐巾衣淺紅窄衫乘駿馬挾彈林薄間或目笑之先生弗屑意也一日謂家人曰仙伯期我海上某日偕還當設醴相待題一詩有明明白來時明白去君看直北起巫峯之句遂瞑至日空中聞笙鶴聲香氣冉冉下人稍稍異之後十年先生故人客燕中者來云見先生書一詩於西山蘭若僧曰日者一先輩留題亦時時往來寺中問其狀皆先生也逃寺中數日待之不復至矣每問及見先生者曰承平時士大夫高自標持先生居東郭門從內置於一局有過者輒留與戲賭負償保皆倂掀局攫辟其閒其於世

無眨哇皆此類（見劉體仁文集）

曹永鼎

曹永鼎自號真陵子汝陰人予於己庚間年少氣盛妄意當世之略真陵謂予曰世將易矣宜勿事事眎一圖記乾象之變閉其期曰殆不出十年因悚慨歎息真陵家故饒招致四方士談天文遁甲風角鳥占諸術善騎射技擊又妙解音律好彈琴下及絲竹匏革凡器之可以成聲者無不觸手調諧其與世若嬰兒每稊屣使雜占射覆為笑樂率易其語又嘗夜與步中庭真陵曰火在斗當有主兵大臣當之以日占之在內不在外未閱月大司馬陳新甲以泄禁中語坐他罪死甲乙間依余居己丑春余出遊真陵忽盡焚所藏讖緯諸書獨留一册付侍者曰以此貽劉子越日卒蓋文數篇皆論琴理（見劉體仁文集）

詹夢符

詹篆文名夢符父曰景明甲寅山寇之變景明病足匿居旁草樓篆文則脫身林莽間見鄰村賊有舉火者篆文心動復還曰賊至此樓必為灰燼盍亟去景明曰若偕行則父子俱死無益汝慎為宗祧計篆文號泣不忍舍竟負父以逸未里許為賊所及篆文被數創死而景明以老病得免聞者皆為泣下初篆文誕時景明夢箕星入室欲名應箕以志其瑞時貴池有吳應箕者亦感異夢而生負重名海內景明不欲相襲遂改名夢符後吳應箕以諸生死國難而篆文卒冒白刃以身殉父豈忠孝之氣上為列星先後固以類感耶（見毛際可安序堂集）

劉宗洙劉恩廣

孝子劉氏宗洙字長源恩廣字錫三河南襄城人四沖之二子也明季闖賊搆亂督師汪喬年於襄城四沖以從事佐城守城陷督師罵賊死並執四沖身被數創幾斃恩廣兩耳皆斷號泣負父以歸時宗洙已遁去聞父難往赴賊怒截其耳鼻後數載四沖遘疾宗洙取糞嘗之事甚秘鄰人郭景儀妻從壁隙窺見之以告景儀令海內傳襄城有嘗糞孝子者是也父歿破產營葬同季弟宗泗合爨養母數十年家庭雍睦其居有六燕共巢又芝生於寢門者三人以為孝友所感已而宗洙以明經授州司馬恩廣屢試不第遊太學當得官皆以母老不仕及母卒結廬墓側毀瘠骨立居歲餘恩廣竟得歐血疾學博馬奇錫至榻前反復慰解恩廣曰勿復言吾五內裂矣尋卒宗洙亦以積哀兼痛弟故相繼歐血遂不起里中私謚其兄弟曰孝友曰

純孝云（見毛際可安序堂文鈔）

霍亮雅

霍則白字亮雅曲周人原名奇字則白以字行近世少以字行者亮雅與友人刺署字蓋以為名也而友人不知以為慢己亦以字答之後聞之啞然一笑也父如白公以進士為參政好飲早休致亮雅好飲如其父父喜更縱之飲性脫落恥問家人細事與人無競終其身無疾言怒色迨其老貧矣卒不肯廢額向人貌清癯如鶴語操南音乍見之不知其為河朔間人也生平好尚屢遷好理學嘗刻行先儒語錄好佛茹素持準提戒勤須菩提象虔事之好仙奉呂純陽憑箕語倡和談謔如生人好詩文古人書無所不翻閱閒為詩清迥脫俗尺牘隨手類蘇黃小品讀之解頤好書畫古玩能鑒別真贋不與得名人手蹟雖片紙寶惜之必裝潢為卷帙瓦尊銅鼎皆法物位置精雅好客所居第宏敞甲於邑多叢臺複閣吳越之士至者如歸供其館穀輿馬之費無夕不高會家以是中落不恤也好歌常自畜優伶其自遠方至者必窮其技好博作博疏摹畫博事曲盡酒闌燈灺呼聲動天地常負負益豪不以勝敗為意好遊遊不出數百里外乘小犢車車中自攜酒所至有招之者輒出己酒飲之或贈以金幣聽人自取去好潔日輒數浴几案無纖埃令兩童子執箕帚隨之涕唾必拂除客謂其庭一草一木皆有六朝風致晚多病諸好悉罷獨好客益甚不能飲而臥觀客飲客歡乃大喜久之病益劇自知死期與親故別談笑而逝年五十歲（見申鳧盟集）

沈頲

沈頲字朗仲美鬚秀頎自幼不肯治舉子業喜神農氏之學黃帝扁鵲之書受學於徐悁庵李士材切脈處方為人治病決生死多驗崇禎十一年授太醫院吏目不赴居數年而天下方亂兵駐蘇州無貴賤主客文武悉就君及錢唐人劉默生所治病兩人齊名後默生將治病太倉鬼嘯于病者之榻曰劉生來吾事不濟矣其一曰不如先殺劉生明日默生入室將診暴病卒於是獨有君著有病機合論若干卷付其門壻陸其清藏於家庚戌十一月受戒於靈巖儲和尚修出世法明年正月卒年六十有九君寫字賦詩畫山水小景皆有法以治病掩其他長（見顧云美集）

孝賊

賊不詳其姓名相傳為如皋人貧不能養母遂作賊久之為捕者所獲數受笞於有

司賊號曰。小人有母。無食。以至此也。人且恨且憐之。一日母死。先三日。廉知鄰寺一棺寄廡下。是日。召黨具酒食。邀老僧。寺中痛飲。伺其醉。舁棺中野。負其母屍葬焉。比反。僧尚酣臥也。賊大叫叩頭乞免。僧驚。不知所謂。起視廡下物。亡矣。無何。强釋之。廉後不復作賊。見王猷定四照堂集。

汪魏美

汪魏美。諱渢。新安人。徙於錢唐。孤貧力學。舉崇禎己卯鄉薦。乙酉兵亂。奉母入天台。海上師起。羣盜滿山。始返錢唐。僑寓北郭。室如懸磬。處之淡如。當是時。湖上有三高士之名。皆孝廉之不赴公車者。魏美其一也。當事亦甚重之。監司盧公尤下士。一日。值魏美於僧舍。問汪孝廉何在。曰適在此。今已去矣。盧公怒之。不知應者之即魏美也。盧公遣人通殷勤於三高士者。置酒湖船。以世外之禮相見。其二人幅巾抗禮。盧公相得甚懽。惟魏美不至。為恨事。已知其在孤山。放船就之。魏美終排牆遁去。魏美不入城市。不設伴侶。始在孤山。尋遷大慈庵。又遷寶石院。匡牀布被之外。殘書數卷。鎖門而出。或返或不返。莫可蹤跡。相遇好友。飲酒一斗不醉。氣象蕭灑。塵事了不關懷。然夜觀乾象。晝習壬遁。知其耿耿者。猶未下也。乙巳七月三十日。終於寶石僧舍。

年四十八。臨殁。悉舉書卷焚之。詩文無存者。嘗思宋之遺民。謝翱、吳思齊、方鳳、龔開、鄭思肖為最著。方吳皆有家室。翱亦晚娶劉氏。開至貧。畫馬。有子同居。惟思肖孑然一身。乞食僧廚。魏美妻死不更娶。有子。託於弟。行事往往與思肖相類。遺民之中又為其所甚難者。見黃宗羲南雷文定。

王征南

少林以拳勇名天下。然主於搏人。人亦得以乘之。有所謂內家者。以靜制動。犯者應手即仆。故別少林為外家。蓋起於宋之張三峰。三峰為武當丹士。徽宗召之。道梗不得進。夜夢元帝授之拳法。厥明。以單丁殺賊百餘。三峰之術。百年以後。流傳於陝西。而王宗為最著。溫州陳州同從王宗受之。以此教其鄉人。由是流傳於溫州。嘉靖間。張松溪為最著。松溪之徒三四人。而四明葉繼美近泉為之魁。由是流傳於四明。四明得近泉之傳者。為吳昆山、周雲泉、單思南、陳貞石、孫繼槎。皆各有授受。昆山傳李天目、徐岱岳。天目傳余波仲、吳七郎、陳茂宏。雲泉傳盧紹岐。貞石傳董扶輿、夏枝溪。繼槎傳柴元明、姚石門、僧耳、僧尾。而思南之傳則為王征南。思南從征關白。歸老於家。以其術教授。然精微所在。則亦深自秘惜。掩關而理學子。皆不得見。征南從樓上穴板窺之。得梗概。思南子不肖。思南自傷身後莫之經紀。征南聞之。以銀卮數事。奉為美檟之資。思南感其意。始盡以不傳者傳之。征南為人機警。得傳之後。絕不露圭角。非遇甚困。則不發。嘗夜出偵事。為守兵所獲。反接廊柱。數十人轟飲守之。征南拾碎磁偷割其縛。探懷中銀。望空而擲。數十人方爭攫。征南遂逸出。數十人追之。皆踣地匍匐不能起。行數里。迷道田間。守望者又以為賊也。聚眾圍之。征南所向。眾無不受傷者。嘗歲暮獨行。遇營兵投刀擬之。征南手格者。而營兵自擲仆地。鏗然刀墮。如是者數人。最後取其刀投之井中。營兵索綆出刀。而征南之去遠矣。凡搏人皆以其穴。死穴、暈穴、啞穴。一切如銅人圖法。有惡少侮之者。為征南所擊。其人數日不溺。踵門謝過。始得如故。牧童竊學其法。以擊伴侶。立死。征南視之曰。此暈穴也。不久當蘇。已而果然。征南任俠。嘗為人報讎。然激於不平。而後為之。有與征南久故者。致金以讎其弟。征南毅然絕之曰。此以禽獸待我也。征南名來咸。姓王氏。征南其字也。自奉化來鄞。祖宗周。父宰元。母陳氏。世居城東之車橋。至征南而徙。蓋少時。隸盧海道若騰。海道較藝給糧。征南嘗兼數人。直指行部。征南七矢破的。補臨山把總。錢忠介公建閫。以中軍統營事。屢立戰功。授都督僉事。副總兵官。事敗。猶與華兵部勾致島人。藥

書往復。兵部受禍。讐首未懸。征南終身菜食。以明此志。識者哀之。征南罷事家居。從其才藝。以為貧必易致。營將皆通殷勤。而征南漠然不動。鋤地擔糞。若不知己之所長。有易於求食者也。一日過其故人。故人與營將同居。方延松江教師講習武藝。教師倨坐彈三弦。視征南麻巾縕袍。若無有。故人為言征南善拳法。教師斜睨之曰。若亦能此乎。征南謝不敏。教師軒衣張眉曰。亦可小試之乎。征南固謝不敏。教師以其畏已也。强之愈力。征南不得已而應。教師被跌。請復之。再跌而流血被面。教師乃下拜。贄以二縑。征南未嘗讀書。然與士大夫談論。則蘊藉可喜。了不見其為麤人也。予嘗與之入天童。僧山焰有膂力。四五人不能掣其手。稍近征南。則蹶然負痛。征南曰。今人以內家無可炫耀。於是以外家攙入之。此學行當衰矣。忽忽九載。征南以哭子死。見黃宗羲南雷文集。

薈蕞編卷十四終

薈蕞編卷十五

周夫人

清　曲園居士纂

前明周忠武公遇吉之忠勇世多知之乃其妻亦奇女子也世則未有知者山東李織齋焕章有周夫人傳今錄於此云周夫人者山西總兵左都督忠烈公周遇吉元配也將家子貌美麗姣好纖小盈盈有異力善騎射挽弓數百石讀兵家言傳李衛公兵法妻佐忠烈公立奇功崇禎末從忠烈公寧武帥幕中李自成西入潼關據西安稱大順王僭號永昌夫人謂忠烈公曰明年寇必渡河將軍當奏之朝統兵禦之河上天下事猶可為也忠烈公是之不果行明年正月寇分四將軍兵出河懷蒲津自分兵四十萬由西安東收諸塞上兵趨宣府居庸犯京師是時忠烈公在雁門聞諸鎮路將皆降乃擇標兵三千人屯寧武寇至忠烈公迎之戰三大敗之俘斬數千計自成驅榆林甯夏兵共攻忠烈公又大敗之追戰陷重圍中奮力格鬭俘斬愈多日暮寇已退馬中流矢忽蹶忠烈公拔佩刀自殺夫人貫重鎧持矛三陷陣入中堅折其牙旗斬最驍將寇大崩壞莫敢當自成至日暮又合圍夫人潰圍出標下健兒盡矣夫人怒自鞚馬擁其賊前隊將而舞寇披靡自成大驚遯去陣潰亂夫人乘亂攻之所擊殺近萬忽聞傳云忠烈公已就斃夫人大呼曰天乎天乎將軍死戰何為耶亦自殺時有一將軍最勇亦死軍中史氏並軼之余來趙城學博文水武公君子不妄語人也為予言其本末為之傳附忠烈公傳後（見李煥章文集）

曲園居士曰按明史周遇吉傳夫人劉氏素勇健率婦女數十人據山巔公廨登屋而射每一矢斃一賊賊不敢逼縱火焚之闔家盡死是公之夫人為劉氏其勇健誠有之如此傳則并能持矛陷陣力戰捐軀凜然烈丈夫矣錄之亦可補史傳之遺周遇吉謚忠武此云忠烈何歟

沈雲英

沈雲英浙江蕭山人居長巷里中父至緒崇禎辛未武進士為道州守備雲英性聰慧工書旁涉經史癸未張獻忠破武昌入湖南湖南郡縣皆靡惟道州以至緒力戰得全既而再與戰馬驚仆隕於陣雲英聞父變奮呼持矛趨賊奪父屍還賊環攻之雲英左右支格賊莫能傷完守入保而道州終不可破湖撫王聚奎疏聞烈帝詔贈至緒昭武將軍而授雲英游擊將軍仍代父為守備守道州雲英所適四川人賈萬策為荊州督師營中策分守南門城陷不屈死雲英聞夫變慟哭辭職去間關數千里出入賊中扶柩歸蕭山從隱居教授里中兼以書法訓後學族子兆陽受春秋胡傳為知名士卒年三十八（見汪啓淑文集）

畢著

歙縣畢氏女名著字韜文亦國初人布衣王聖開之妻也年二十隨父官薊邱父與流賊戰死屍為賊所得著身率精銳劫賊營手刃其渠眾潰與父屍還葬金陵之龍潭夫婦偕隱以終有紀事詩云吾父矢報國戰死於薊邱父馬為賊乘父屍為賊收父讐不能報有媿秦女休乘賊不及防夜進千貔貅殺賊血漉漉手握仇人頭賊眾自相殺屍橫滿坑溝父屍輿櫬歸薄葬荒山陬相期智勇士慨然賊同仇蛾賊一掃盡國家固金甌又有村居詩云席門閉僻水之涯夫壻安貧不在家明日斷炊何暇問且攜鴉嘴種梅花（見國朝閨秀正始集）

曲園居士曰畢著事與沈雲英相類故並錄之正始集中又載許夫人奉天鐵嶺人鎮平將軍一等男徐都治謚襄毅公之妻也精韜鈐善騎射偕襄毅公出兵毋自結一隊相為犄角康熙十三年吳三桂犯湖南襄毅往援彝陵夫人駐防江口十五年鎮將楊來嘉叛夫人脫簪珥犒師沿江勦殺屢卻之八月俘犯鎮署夫人中礮歿將軍蔡毓榮等以聞將旨優䘏予雲騎尉世職以次子永年襲何國初奇女子之多也朝廷一例哀榮以命婦而從陣亡恩例賞延於世亦非常曠典也而其時之師武臣力即可於斯徵之矣

王秀女

烈女王氏名秀女開封浚儀人王碧少女也年十七許字于之瑞子天祥未幾天祥死父母匿不以聞將擬別議改適烈女始知之斷髮奔喪父母不能止遂與偕往是日為天祥小祥烈女出向所受聘陳之靈几擗踊絕粒者二日父母促之歸烈女願留事舅姑之瑞令妻與女伺其臥起踰年瑞女適人姑獨與烈女居烈女聞天祥幼育於陽武王姓已為娶妻生子輅妻死遺孫就哺外戚烈女思自撫之為于氏宗祧計王堅不與烈女益失望適天祥大祥烈女哭祭不食終日姑倦寢烈女夜起自經是夕有大星隕於家黑白二氣自屋角出久之乃滅鄰警夜者怪之及曉烈女死顏色皎然如生初之瑞有刈麥刀二其一忽失去至是從烈女枕下得之益信其死志非一日矣（見毛際可安序堂文鈔）

廖氏

廖氏者河南開封府祥符縣人流寓東南嫁沈大誠美容儀工挾彈走馬及鞦韆蹴鞠高緬諸技所至人遮道觀皆笑烏程道上羣少年方逐射顧見紙鳶一人出錦纈成約曰即中與若錦不中罰如約於是少年皆不中廖氏行而前曰妾請為君彈之一發而得戮其錦以去後十年移家嘉興值歲大旱村人多絕食廖氏為給一月糜粥以全者數家亡何大誠死慨然曰吾少之所為長而悔焉所為浮沉者壻非此不活也今壻死甯復為葬人賤行哉遂瞽比卯服邀其鄰一老媪俱入阜亭山結茅廬栖衣蠣食焚香誦佛見者不能仰也山有猛虎常殺人過其門率馴擾而去山中人益異之（見李良年秋錦山房集）

李孝貞

李孝貞名廕秀州李夢康女也事父終身不嫁夢康士而貧夕不再炊女織紝以佐尸饔吟誦與杼聲相間也父疾禱於天有鳥銜果蘇墮藥杵中嘗而進之脫然愈里中世族爭求帛儷皮徵孝貞孝貞益不自安一日請於父曰女孰賢佯曰善事舅姑耳女曰休矣焉有舍我父事他人親以為賢乎竟不可奪閭巷聞而化之諸婦女有爭言詬誶相恐嚇戒勿令孝貞知時復為之語曰生女慎勿嗔終養父不嫁有孝貞孝貞何私謚也先父死年四十七（見丁澎文集）

林氏雙烈

林氏在太平為望族孝廉君甦恆之長子有茂娶同邑崔氏女甫二載而茂卒崔以娠故未殉子生而殤崔於是仰天長歎曰吾所以忍死待者為未亡人植遺腹耳今已矣吾何求哉盡出其箧中資以奉姑以分妯娌給奴婢初取鉛粉咽之弗死吞金屑又弗死族家人防稍懈投繯而死孝廉君有女字石埭方生未歸聞方生病篤女減食輟膏沐若欲與同生死者比卒家人匿其訃音女疑之究轉詰侍兒乃得實即衣請往奠弗許哭三晝夜不絕聲水漿不入口孝廉不得已與期曰奠畢即返依舅姑不若依父母便女唯唯於是與送方生葬所哭奠如禮歸拜舅姑畢乃引鏡自刺其面湟守志之道與返不肯返曰凶服在身不敢侍父母側迨明年翁復殯姑李氏自刎以殉人意此時女必死女泣曰兩叔幼伯舅姑老我死誰為翁姑殯者於是凡附棺之具纖悉治具無不至越十日命侍女具湯以沐湯至紿侍者出而雉經於妝奩任繩隗為作太平雙烈傳（見任繩隗直木齋集）

張氏五烈

甯晉張來鳳兄弟以詩書世其家者也戊寅冬聞賊陷甯來鳳之母李率其妻劉暨弟起鳳妻霍附鳳妻章從弟嘉猷妻王死之初賊薄城下勢且殆諸婦謀諸母母曰吾輩婦子有死無二相與亡匿文廟中見古井泓然指而歎曰吾一家得死所矣我先之若等從而後諸婦請曰姑畢年盡少不死即死姑老矣其何為母曰雖然終不潔褰裳而趨諸婦挽之力咸跪請曰姑老矣不死終無憂母熟視良久賊洶洶踰牆外紿曰然若志自行之我當反諸婦泣且拜以次挾稱子投井中母仰天呼曰吾貞其舍兒豈生邪躍而入有婢名秋湄救不及亦死之越日賊去來鳳兄弟出諸婦及母屍如生劉及章猶抱一子未棄也道旁觀者歎泣命其井為第一泉謝令鼎新易名曰五香顧令予咸又改稱五洌勒石以紀其事（見程可則海日堂集）

女奴景

澤州陳文貞公有記女奴景事一篇云女奴景贅夫柴乙貧從予京師乙病景與以歸及家而乙死既瘞景時節哭瘞所虎銜豕來熟睨景景哭極哀不見虎樵人遥見呼景景近虎尺許虎亦不傷也其家諸柴數逼景嫁不從朝夕虐酷之居二年人或益不堪謂當以告吾家景曰吾居主家久主不預外人事吾柴氏人豈以吾事累主耶諸柴愈洶洶環伺將奪之景乘夜奔訴之縣道遇虎當路景趨過虎旁虎臥如故景抵邑門坐守至天明門闢撾鼓庭號訴縣令哀其情召諸柴數而笞之復令行祭境中景遮道訴又數而笞之愈笞虐愈慘乃念乙死時言主家遇我厚我死終不能報主人恩甚恨之景於是提攜其九歲女六歲男泣涕銜匃乞食野宿走京師行五閱月而達計程二千里中多峻山大水水潦秋方盛深及腰腹以上景凡涉水則先負一兒抵岸再返負其一兒日數涉涉幾死者數矣蓋其艱如此至之日家人以告予詢之言歷歷感其事不禁泣下女奴微者耳名義所不責而能卓然自立使人感動如此豈非出於至性者歟（見陳廷敬午亭集）

濮氏女

沈略子有桐鄉濮氏女傳曰余姨母米適於濮其家財萬金無子姨悍夫不敢畜媵妾止一女計以萬金遺女為擇壻吳生吳生貧買利田宅予之給奴婢什物夫妻美衣食娛佚遊如富人居女獨自念母以女故斬濮氏祀義不忍從容白母阿母即百歲後安能饗吳氏一杯羹且令濮氏世世宗祠不血食乎母怒罵曰吾用萬金餉汝

犬豕猶知人意。況人乎。女於是不敢復言。一日。父過其家。女私語父曰。母之心。父所知也。女為父置婢。父時至。令侍巾櫛。生男。存濮氏祀。女死瞑目矣。父喜過望。感且泣。與女約。生男而長。萬金共女中分。女笑不荅。歲餘。生果男也。女度不可隱。載而之母家。會濮氏一二長老。翩見男。具白母。母有子矣。為母賀。母見之大驚。疾怒。次骨不可忍。然已不可奈何。行復自念。女逆我如此。何用逆女為。不若長養此兒。誓不予女一錢。是固女命絕之時也。於是收其田宅奴婢什物。驅就他舍。勿復相見。女生日窘窮愁苦。鄰里親戚。故所與遊者。皆誚笑之。生憤恚。婦欲刃之。婦度無所容。遂自經以死。見沈術耿嚴文選。

蔡氏

蔡氏。閩漳浦之舊鎮女也。為里人張延祚妻。少有大志。膂力過男子。而延祚亦以勇聞。稱義士云。王師既下閩。濱海數百里。猶多負固。有方祐者。大舉兵。兵經延祚里。延祚與語不合。被殺。氏哀號日夜不絕。謀於夫之昆弟。欲盡散家財。購死士。為夫報讐。諸昆弟曰。是豈兒女子所能耶。出聲吞族。亦矣。氏不敢復言。撫十數歲孤兒。晝則相抱哭泣。夜磨刀霍霍。仰天踊起。誓必殺祐。一日。聞祐兵宿某地。距其鄉甚近。日夕。帕首袴靴。衣短後衣。藏利刀。突至祐營。未及數十步。反顧見其子跟蹌來。愕甚。執之耳語曰。若安得至此。曰思母耳。氏頓足自念曰。兒死。不可舉事。且吾以死決。兒脫有不測。張氏斬矣。遂挈之歸。一軍無知者。踰月。祐悔禍投誠。自束縛詣郡縣。郡縣官憐而釋之。俾復比編户。已而娶於蔡。為氏王母女弟。氏因得常常見祐。每見。恚髮皆豎。反覆然不令祐覺也。祐且為甘語市之。氏亦曰。死者不可復生。方君舉兵時。肝腦塗地。寧獨夫也。君縱勿相慰。余忘之久矣。祐意大安。氏則益憤勵。齧指出血。每當更闌漏下。人聲寂然。轉展牀第。或起立。闢門左右顧。旋入仰臥。泣聲嗚嗚。握利刀刺壁。壁既穿。刀刺猶不已。如是以為常。踰年為戊子春。氏偵祐往從父家。大喜。陰挈其孤。止某地之松林。度祐必經此。氏椎髻偏髮。挾刀以俟。日午。祐果至。椎服怒馬。顧盼自如。氏突出林中。大聲叱祐。祐驚。遽召其從者。從者駭走。氏急持刀斫祐墜馬。祐負創狂奔。氏疾追之。行人麕至。環而譁。氏厲聲曰。吾夫為此賊所害。妾安可活。有助賊者吾與俱死爾。聞者雪妾。當就死於官。且言且馳。祐攀松枝與鬪。中氏額。血被面。鬪愈銳。淚血相迸淋漓。往來衝突。疾若飛鳥。俄而祐被擒。氏以左手把其髮。右手奮刀提其胸。旋斷其首。擲道旁。觀者瞋目結舌不能下。氏又揚言於衆曰。吾夫為賊所害。歲餘目猶未瞑。必思飲其血。復提其頭。竟奔延祚墓。置頭墓石上。泣告所以殺祐狀。把酒澆墓凡三。行拜畢。攜幼子。直赴巡按御史衙門請死。御史霍達異之。欲縱之去。然疑有主者。氏慟哭曰。所以不即死者。為三尺孤耳。今孤且勿顧。容受他人指使耶。幸勿以妾故亂國法。霍默然良久。卒縱之。見陳玉璂椒峰集。

董嫗

董氏。江都韓文適先生家嫗也。嫗給事韓久。有恩。當乙酉城破時。先生與夫人蕭氏及其長子將就死。夫人痛韓氏之絕也。抱三歲兒哭拜嫗。嫗泣受襄。諸懷。即夜逾。當是時。蕩馬屠城。城中火起。照鋒刃如雪。天大雨淙淙。與戈甲聲亂。殺人塞坊市。嫗匍匐蛇行刀頭馬腳之下。伏死人中。祝兒曰。天不絕韓氏。勿啼。兒果屏息懷中。從城竇出。匿江灘。拾麥穗哺兒。得不死。亂定。投韓之故人高氏。義育之。及長有成名。娶宋醉白。醉白將婚。嫗病甚。熟視新婦。泣曰。婆子病且死。不及見爾夫婦之好矣。善事爾夫。爾夫昔抱持從萬死中活。有今日。其為人賢且才。雖貧勿憂。後必大。毋效世俗兒女子易爾夫也。婦敬謝之。嫗即沒。年八十有三。見汪懋麟百尺梧桐閣集。

項淑美

項烈婦諱淑美。湣安東錫溪里人。適茶坡方希文。希文好學。烈婦獨總家政。年三十。未有子。為希文置一妾。未幾。烈婦生子瑞合。人謂賢婦之報云。丙戌春。潰師駐湣安。沿江數百里皆屯兵戍守。所在縱掠。希文攜家避諫村。烈婦念田畝遠。饑無以自給。會親族姨姒皆居西坑山谷險峻。去家近。得以兼綜諸務。遂徙依焉。希文雅好古圖書萬軸。悉載以往。五月四日。妾子病疹。希文攜瑞合。延醫百家坪。烈婦與一嫗一婢俱。是夕兵驟至。因風縱火。火將及。婢泣挽烈婦衣。欲俱出。烈婦正色曰。出則死於兵。不出死於火。等死耳。死火者不辱。若能死從我。不能亟去。時嫗已先逸。見火熾甚。復奔入呼曰。火封舍矣。又呼曰。某某已出匿他所矣。皆不應。積書左右。坐其中。火焚書燼。烈婦死。見方象瑛健松齋集。

馬烈婦

馬烈婦閻氏。青州安邱人。適同邑馬元成。元成遘瘵疾。烈婦晝夜視藥餌。見其夫痰悶喉中咯咯作聲。輒傍以手承之。疾可歲餘。咳唾未嘗至地。迨元成病革。捐及飲食。烈婦如之。已而日僅進一粥。烈婦如之。屬纊之前。絕水漿者六日。烈婦亦如之。元成竟死。烈婦形神慘淡。有求死之志。家人知之。防閑甚密。欲呼鄰嫗伴宿。婦曰。東家小姑可與共話。何必攬老人夜眠邪。其意以少女易寐。俟其睡。可自裁也。姑覺。竟以老嫗伴之。又史八日。其姑偶出為姻家送葬。烈婦取衆。令其弟礶之作糜。復紿其弟覓菜市中。反關伺嫗於別室。乃繞出孝堂後。由北扉入。躡棺而上。先以繩自結其頸。復縶梁間。足甫離棺。烈婦死矣。烈婦年十五歸元成。二十七喪夫。後其夫十二日死。時康熙二十五年三月六日也。見張貞文集。

張有

張氏者。高唐朱母劉孺人侍兒也。名有。鄒平農家子。其父以歲祲乏食。鬻之孺人。時女才十歲。性柔順。孺人絕愛憐之。及長。欲為議婚。女聞色變。詢之。掩淚以對曰。妾幼曾許字某氏。今改適。是渝前盟也。死不敢從。孺人嘉其節。亟覓原壻付之。及得其人。已有妻子。女纍纍矣。以語女。女曰。渠雖別娶。亦須相從。不願更事他人也。壻以兩室非貧家所宜。終不肯。女守義彌堅。孺人益重之。撫若己女。服食居處。不令與儕輩偶。年三十。以疾卒。康熙壬申三月二十一日也。見張貞集。

王孝女

王孝女。慈溪王孜之女也。居城之東偏。歲丁巳七月十八日。夜二鼓。失火。孝女母卒。停柩於中堂。孝女處樓上。趨至中堂。疾呼舁柩。無應者。已而火至。孝女伏棺上。不肯去。其父從火光中遙見之。抱之而出。則已死。灌以糞水。稍甦。聲出喉間。僅絲髮。問母棺出否。家人不答。遂哽咽氣絕。時年十五也。先是四月之盡。城中菊花盛開。觀者絡繹。不知其為何祥也。至是而有孝女之事。古來火逼親棺。守死不去者。東漢之蔡順古初。晉之何琦。晉之傅珧。梁之徐普濟。元之余丙。祝公榮。郭通。陳汝楫。明之楊敬。祝大昌。鄧雍。陳偘。然皆幸而得免。其不免者。則宋胥思聰。李孝子。明唐治始。三人。然皆男子。以弱女而殉身者。僅一孝女而已。見黃宗羲南雷文約。

阮貞孝

貞孝姓阮氏。鳳陽天長人。諸生阮振聲女。許字王博士瑞之子道聲。未嫁而道聲死。阮氏年十五。告於父母。服喪服。驅車詣王之門。登堂拜夫。不哭。拜舅姑。遂留守夫喪。舅姑不復言。其初父母未許。舅姑亦辭。已而知志不可奪。遂從之。既力行婦道。侍姑費氏疾。至於刲股。姑卒。喪之如禮。始歸寧。舅再娶林氏。阮曰。吾可歸家矣。歸事林如費。林復遘危疾。阮衣不解帶。每夕禱於天。願以身代。林病良已。於是即縣以阮氏貞孝之行。白於巡方御史。上之朝。以符旌。見歸莊恆軒集。

嚴烈婦

洞庭東山有嚴烈婦陳氏。于歸未幾。而嚴生夭。乳哺孤兒。不三歲。亦不育。於是日夜集其翁之葬嚴生凡七年。而後葬。烈婦質奩資。悉傾於夫之病與喪。女紅自給。未葬。即殮諸為人刺繡簪飾者。歸之。自製附身服物。皆極整辦。葬之三日。往奠於墓。哭盡哀歸。而於其夜自經死。見朱用純愧訥集。

黃氏

黃氏。應山明經黃思閔之女也。少學書。略通古史。受涂氏長男聘。年十七。而涂氏子病且篤。女請命於父。往訣。因袖刀至涂宅。竟日而涂氏死。遂欲自刺。思閔故無子。泣下謂女曰。禮。女未嫁則從父。汝父況無子。汝為夫死。如汝父何。女乃止。周身素衣。從容經理纖悉必謹。淚後歸。再請父命。以其妹許涂氏次子。期年父死。遺貲可千金。女三分之。以其一治父後事。葬祭皆成禮。其餘分半與妹。而以其半予族弟。立為父後。條理井然。區畫無遺。告家眾曰。某乃今從涂氏子於地下矣。於是擇期歸於涂。初思閔存時。客有為女改嫁地者。言未畢。女即於室中舉刀截指。數指俱斷。客驚走出。故人皆知女志不可奪。至是莫有阻沮者。屆期。族黨皆具素冠。以喪禮相送。女拜別。更拜父墳。哭盡哀去。觀者塡路。無不泣下。至涂宅。不食七日死。死之前一日。應山令聞而奇之。亟詣涂宅。入室求一見。是時女奄奄垂絕。猶引被覆面。不見邑令。邑令僅見其手。無左指。亢然一掌。歎息良久。為之泣下。涂氏厚殮之。與其長男同穴而封。應山令為勒石紀其事。見嚴首昇瀨園詩文集。

羅氏

羅氏華容嚴循開之妻也。循開性通敏。喜飾儀容。好學廣交。善滑稽。開口而笑無虛日。羅氏年十八。歸循開。貌寢而拙。期年生一女。無何為循開所棄。不入其室者十餘年。羅氏獨與其女共晨夕。拮据米鹽。不啻未亡人。然事舅姑彌謹。春中饋無闕。每客至。循開未嘗入謀。而杯盤應時具。雖夙敏同心者。容未逮也。於是循開母及祖母及伯仲母。咸責怨循開。為羅氏不平。久之。循開病。羅氏就臥床側。煮藥進糜。夙夜不稍懈者二百餘日。循開病漸不可起。羅氏私自泣。目盡腫。抱其女屬姑曰。脫有不諱。當以身殉。願姑視此女如子。勿但以為孫也。比循開死。羅氏哭盡哀。兩手掊地。十指冰裂。爪甲殆盡。姑令婢子輩防守。是夜潛盡同守者。縊於棺側。同穴而封。里中人為歌挽。則異室死則同穴之章以誄之。頃之。其女亦死。循開竟無後。見嚴首昇瀨園詩文集。

秀水張氏雙節

秀水諸生張三錫妻許氏。儒家女也。孝而賢。常刲股療姑疾。居數歲無子。媵高氏。有二子雋發雋升。乙酉三錫攜室避兵。相家蕩。盜劫其貲。縛三錫沈諸河。許氏將殉之。高氏止之曰。二子在。未可以死也。許氏挾二子與俱。亂而免。亂既定。偵得盜。攜二子哭訴兵備使者佟公國器。收盜抵法。人咸稱許氏之智也。許氏復為二子拮据。皆授室。凡十四年而許氏歿。高氏教二子有成。雋發有名諸生間。雋升治生以養母。益擴其先業。又十餘年。高氏年已五十餘。人咸稱二氏之苦節。一死一生。皆不愧亡者於地下。列狀上有司。學使者李公廷桂采之。表其閭。見彭孫貽文集。

常孝女

孝女姓常氏。毘陵農家之弱息也。幼失恃。依其父以長。年十二。父病且死。撫其女曰。吾不及覩汝成人矣。奈何。女悲父言。誓不嫁。募地半畝。負土成墳。窆其父。即墓側營草廬。獨修其中。墓地為不肖弟鬻之者三。而孝女三贖之。歲大饑。流入其室。被劫幾死。卒守父墓不為動。壽六十餘。郡人孫文介公慎行。特造其廬敬謁之。嘶然其經營終身如一日也。又恐歲月漸遠。一坏蕪沒。乃度女弟子二人。嗣守之。里人哀其志而欽其行。就草廬為祠宇。名貞孝庵。在郡東二里許。毘陵薛少公先生為之碑。載其與人決休咎如響。人稱常孝女。亦曰仙女。此明萬歷間事。見張光緯息廬賸稿。

王去華

烈婦字去華。僉鎔名方伯若水王公孫女。嫁諸生陳謨正夫。有才色。年二十二。隨母避亂咸塘。正夫時病足。謁醫客路。會兵數萬自石門喋縣西諸村落。殺老弱亡算。將近咸塘。初正夫大父蒼梧令元亭先生。生平癖書畫。多秘珍者。盡以予謨。謨尤愛蘇文忠書醉翁亭記真筆。常自襄之出。必藏烈婦所。是日平明。烈婦改服蓬首。棄簪珥衣襆。獨持一手卷著胸前。與其母倉卒離鄭家濼。晡時兵噪呼自後至。烈婦屏不能前。哭地上。欲遲其父翰卿及弟惟崴。而翰卿以晚行見殺。不來。母強挾之。稍前行。得一池。烈婦止不動。麾母曰。娘老矣。疾走毋返顧。告陳郎求我屍此地。急置卷池旁。一躍入池死。母尋亦死。三日兵盡。翰卿屍先得。或傳言烈婦入軍中矣。當是時。民追贖妻女者載路。正夫意不樂。直視久之。弟踊且哭曰。若尚不知吾姊乎。吾姊前與母發咸塘。語絕痛。誓必死者。但南求。無北索。我保姊不妄言。遂共行到池上。亡有。眾皆曰。死三日半。而肉不浮乎。惟崴不聽。使人涸其水。則烈婦在焉。出之泥。若一折藕。浴而凝肌顏玉雪。惟十指甲盡脫。血凝碧。時兵所過。女子無佳惡。馱以副馬。或連繩縛去。踏溪水。衣帶漂水面。輒長戟鉤取。無完者。烈婦脫不自舍入泥中。入泥中不力者幾不得死。正夫及是慟絕。喪之加於禮一等。見傅占衡湘帆堂集。

王節婦

節婦詹氏。年十七。且笄而字北塘王朝宷。朝宷儒生也。抱羸疾。不克親迎。節婦欲往省。而難其家人。朝宷母命與舁至。勉合巹焉。亡何朝宷卒。距其合巹三旬有七日耳。此三旬七日中。罔非辛苦悲惕之夙夜。而無所謂燕昵靜好之晷刻也。股以糜羹。涕淚以和湯藥。而朝宷竟不起。無已。剪縷髮納殯。號呼而矢曰。予其殉也。顧無子而莫為之喪。三年之喪畢。不相從於地下者。有如此髮。聞者皆哽咽泣下。自是勤女工。時慰解其姑。嘗歸甯。母勸之易慮。輒以死拒。久之服且除。而勿除也。或疑其緩死。緩死者懼死也。懼死而志或移乎。一日。悉檢衣飾以還母。而次第辦其常服。詰朝寢不起。姑及諸姒排闥入。則衣盡紉結。擁被兜轃。若劇痛不可忍。而息微屬。曰。死若是難歟。枕側有餘瀝。視之鹽滷也。嘗曆苴為腐。故私貯啜之。遂絕。時丙子四月之十二日。朝宷之死以癸酉正月。至是凡週歲者三。而又逾三月。服闋而勿除。非緩死也。推其意以三年之喪為三週。而又三月禫也。初不諳禮制之為廿有七月耳。抑賢者以過期為厚邪。見吳肅公街南集。

傅節婦

節婦吳氏。年十七適黃池傅生光箕。時傅生抱病矣。踰年傅生死。父母以年少諷之。旋因歸甯。留婦而責贍於傅。且訟之。頻噪逼節婦。節婦託鄰媼潛舟往傅。傅以訟故怒弗內。節婦大窘。欲自沉婢野死。無以自明。隱忍掩泣而返。請自食。無以朝夕累父母。因力為紡事。東鄰軋軋。霜月炎宇。飲淚悽魂而已。顧媒媼恒窺其戶。向父母刺刺不休。節婦覺。輒覓死數數也。於是更僦舍以居。崇禎時。歲殲歉。扃戶而餓。鄰餽之弗受。族姊魏母亦孀也。遺之米。乃半易糠覈。或怪之問故。曰。雜糠之。可一月不死也。久之。積紡資。買女雛十歲許。拾穫供爨事。日購腐滓。女雛對咽之。率以為常。女雛者曰春蘭。先是有自鬻僱之者。不耐餓。尋去。春蘭亦善自衛。里媪或呼春蘭食。節婦必審所自。戒毋輕受食。春蘭自是即不受里媪食。今年四十餘。無他。見吳肅公街南集。

宋烈婦

吳門宋賓穎母葉氏。以名族歸子堅先生。嫺於內則。為子婦。為妻。為母。皆有法度。乙酉閏六月雉堞令下太湖中有起者城內外火光燭天實頴與父謀出避兵夫人正色曰出走者汝輩事爾吾婦人夫將安之昔伯姬不避火春秋美之火且不得避況兵乎於是實頴奉父出而夫人閉户坐達曙俄聞有兵持刃觸門者門未啟夫人跪同李子實方女雪姚實頴婦朱氏率袂奮身赴井死仲子實栗號泣井旁曰母死兒何心獨生亦赴井死兵既去實頴負母及實栗屍從井中出顏色如生而實方與妹及實頴婦俱植立井中竟日不死（見魏禧叔子集）

謝烈婦

謝烈婦甯都諸生蕭某妻性好潔而弛緩時避兵某村天大暑將浴兵驟至亟揮手指其負幼兒闖道逸去謝為部將所掠悅其色將妻焉詢其家世及夫謝應對惟謹因斂手致辭曰今日從將軍無疑然須澡浴畢惟命部將大喜聽之久之不出趣室中視則引繫刀自剄死矣部將大感動歎曰此眞烈婦也特植木表屍旁大書其夫家世姓名趣令收葬三日後兵退色如生衣私澤無一亂者某葬之於西郊淨樂僧舍後易堂諸子並為詩傳誄而祭之易堂魏禧專與烈婦從兄弟也禧之詩曰婦既烈火義如從水人智也生婦智也死蓋人之節烈固亦有非智不能成者謝氏死如是可無愧禧言矣（見彭士望恥躬堂集）

曲園居士曰此傳所謂易堂諸子者詳見魏叔子集翠微峰記曰翠微峯距甯都城四十里邑人彭氏於山之中幹闢平地作屋其後諸子講易蓋所謂易堂者也予同伯兄季弟大賞其修槃遠近之賢附焉即此所謂易堂諸子矣

海烈婦

烈婦海氏徐州人也其夫曰陳有量家貧甚而海氏有姿為江陰卒伍訛傳姪得志乃夫婦遇江投之及至姪亦貧甚勉贈二金以別是時江南漕兌方集常州運軍皆徐淮諸衛海氏夫婦欲歸徐而不能自達居常州逆旅冀覓親識附艘歸久之未得而所贈二金者稍稍消盡旅食錢與所出旅主楊二見海氏有艾姿以為奇貨可居曾運軍伍長林顯瑞饒貲好淫酒中輒肆大言則楊二因而囮之顯瑞窺見海氏則心蕩迷乃相與設謀紿其夫入艘非惟附行且得直也海氏覺耳目有異不肯從而楊二故逼索旅錢以劫之顯瑞若得為同舟而代償者以要之其夫故愚人無聊又為二人所持乃强海氏登林艘海氏不得已居稍艙堅閉艙門顯瑞欲一窺而不可得使舵工婦誘之不聽顯瑞失望尤楊二楊二曰既在君艘君為政何怯也於是為

必得之計使其夫往蘇州買貨索錢因借酬神名聯三艘演劇冀以戲海氏海氏不視然而顯瑞已視氏為几上肉矣海氏自夫去度不免密縫其上下裏衣針縫無隙及顯瑞中夜破門入强海氏海氏悉力拒之且罵且泣求間縊死時康熙二年正月二十六日也顯瑞急呼人解屍雖已嗚矣遂與弟林四謀匿屍米中而欲追殺其夫以滅口水手藍廷九不平乃紿請追夫而赴司理密首司理朱公立委經歷繆公檢驗林顯瑞楊二皆伏其辜海氏小殯於娘娘廟側弔者如市今立廟與龍興寺對香火頗盛（見任源祥鳴鶴堂集）

曲園居士曰海烈婦之烈非藍廷九則或淹沒不著矣藍廷九亦義烈之士也錢唐馮山公鮮春集有義士藍九廷序今附錄於此云丙子冬日予行清和坊避雪宗人藥室有壯士晬目豐頤長不滿八尺而腰大九圍敝衣穿空望見予愀然欲前致辭予奇其狀貌揖以入宗人舉手歡靦曰公無然此齊人也壯士慚慊而退時雪霽予乃踏街而走追及壯士而問之對曰身姓藍名九廷山東人少為糧船篙師剳北居貨貿易致千金散予親故立盡隨予臺灣今夏乘海船北歸至四明遭風覆溺身攀木緣崖得生歸而無資以是行乞於杭市得三金可抵家矣予憫而止之宿醵錢告同志事立辦九廷大感明日將行予夕飲之酒酒酣九廷拊膺太息曰身亦曾讀書了了明大義少時卻曉為烈婦申冤人稱義士今不幸遭患難飢餓瀕死竊自念天道苟可知決不填溝壑異鄉果遇公獲濟予因問烈婦為誰曰徐州海烈婦者是也康熙六年烈婦堅拒旗軍林九功夜穴艙強奸自縊死節方是時身卻九功媚嗚官官來出屍米中玉色如生袒衣窮袴皂縷如裹藥言未既予離席翔膺酌九廷三大觴亦自觴曰嗚呼何幸見義士吾故知君非常人果然且君非遭海風覆舟予奚由見君君亦奚由至吾前述二十年已事予將舊筆表君使百世下知有篙師藍九廷者義士則天道果可知也九廷喜甚飛酒就駿雞初鳴起篝火磨墨索予書書已天亦明九廷再拜予去按此序與任息齋先生所載海烈婦事微有異同海烈婦傳稱事在康熙二年正月十六日而此序則云康熙六年或藍九廷所追述偶誤二為六邪傳云運軍林顯瑞而此云林九功殆運軍亦有名有字顯瑞其名而九功其字邪至傳云藍廷九而此云藍九廷則當以此序為正此乃藍所自述不容訛也至周青士采山堂集亦有海烈婦傳但云藍九則更為不辨矣

薈蕞編卷十五終

薈蕞編卷十六

清 曲園居士纂

泰甯三烈

泰甯縣諸生廖愈達妻李氏好讀書通詩書大義愈達嘗學制舉業與者每旦至夜分不少輟李氏辟纑以佐然嘗有不豫之色愈達怪而問之數不應久之曰君尚無子子與科名孰重愈達憮然於是勸愈達納汪氏女為妾數年又無子更為娶張氏而愈達益事制舉業不樂家居築別業於隔河石壁下李氏每女紅間則持女孝經及女小學正席南向坐二妾東西侍為講章句大義旁古今貞淫善惡感應事二妾遞當日供菜果餌以為常愈達一日自別業歸聞誦書聲駐戶外竊聽李氏則教二妾識仁字語諄復不休已愈達入而笑李氏正色曰志士仁人有殺身以成仁毋求生以害仁丙戌愈達挈家避亂石輞之新塘坑於窩室得國變錄一冊愈達取閱之慮作中止李氏乃盡夜讀至竟明日呼二妾告曰予昨夜讀國變錄甲申三月十八日簡討汪偉知京城不守誓死為厲鬼殺賊夫人耿氏曰妾則請從十九日聞城破耿夫人執樝承飲請偉共酌畢五拜起偉縊於右夫人縊於左夫人既引頸就帛忽顧偉曰雖顛沛不可失夫婦之序乃皆出帛易左右位縊以死李氏語至是哽咽不能出聲淚落如雨二妾亦相持悲號主人婦疑愈達妻妾失歡競來慰藉卒不知為何事九月初三日敵兵逼新塘愈達攜妻妾同鄉人夜走南石砦砦素號天險四壁巉立遠近指紳富人處其中明晨敵兵前後攻砦門甚急礮聲震天地砦中人欲竄徙他去愈達亦率妻妾至砦口則萬人奔擠不得下李氏顧愈達曰君何必出砦門出砦門者吾三人事耳愈達曰汝輩願得出耶未及答羣呼兵自後門入李氏即從砦口展兩手投崖下愈達既已無可奈何更攜二妾奔別崖巖中巖多棘刺男婦數十人先伏處未幾搜牢兵至愈達遽起發仆地而張氏投巖死矣愈達出金進兵兵得金去汪氏牢把愈達衣伏其後頃之遙見一朱纓窄袖者拔刀南向立諸小卒執檛挺東向侍指揮巡邏山前後獰猙無人狀汪氏乃大哭曰君善自保從身投崖石石石擊搏於巖左右支解然是夜雨甚兵宿崖頂明晨兵退諸鄉人婦與愈達同伏巖中者皆得免見魏禧叔子集

泰節婦

泰節婦劉氏年十七繼室文學君甲祐六年而君疾革又踰年而卒前子四齡方九歲子四採一歲節母艱難以教二子者三十年而後乃以壽終嘗訓二子曰非荒眾人之荒也學荒則吾兒之荒也兵亂眾人之亂也心亂則吾一家之亂也魏禧以為嗚呼可以傳矣見魏禧叔子集

梁烈婦

烈婦張氏清苑梁公以樟妻也公以進士授太康令明年調商邱時賊犯開封所至橥爛公語烈婦曰吾為天子命吏誓必滅賊與城存亡烈婦曰諾因公佩刀各舊衣而起壬午賊李自成合袁賊羅賊眾數十萬攻商邱公乘城拒守既夕胄而進拜辭其父中議公並與烈婦訣曰城且陷倘陷我必死知汝亦必死左右皆掩面泣烈婦指所居樓示公曰尸我於是命老僕楊材積薪環其樓且告曰若城朝以陷則火朝以舉夕以陷則夕以舉毋遲我死公胄而出呼守陴者發礮石頗擊傷賊賊稍卻烈婦傾橐裝市牛酒以賞軍賞垂五日賊攻益急仰射人人頗死鼓音四面不止相驚以賊至夜過半一城傳呼曰賊入公嬰城以戰賊刀公仆地烈婦聞之驅婦媵登樓曰吾夫死矣若等從我死毋苟活遂衣平日白衣縲於梁將自縊呼楊材舉火材哭不忍發烈婦厲聲叱曰汝忘爾主訣別時而背之乎賊至等死少延使我不速死汝罪莫贖矣材伏哭叩頭舉火烈婦死三十餘人從死一子變方九歲隨烈婦登樓火燃哀號焰中老嫗急抱之曰主人惟此郎若得脫歸以後梁氏從樓上推墮兒僕王政負兒逃是夕邑民求公亂屍中救之越三日甦而烈婦則死矣商邱人立烈婦祠春秋祀之昏夜嘗見白衣人立樓址間則烈婦固不死也見王猷定四照堂集

沈孝女

錢塘沈孝女父人驥母周氏嫁陸有鈞母病歸侍母母瀕殆每云父老弟少母何可以死兒願代母死樂於生矣母日益危孝女乃伺夜靜深人悄潛自割其左臂肉血濡縷不肯止猶忍之煎湯進母母啜之盡問母好否曰好乃退仆著地不能起呼聲慘慘父入但曰兒死矣死矣竟不言其故其父見血大流滿驚而抱之久之竟殞及將殮浴見創而始知其以是亡蓋使人知用藥裹止血亦可生而必不言世俗人知割股事則疾者無效阻於是母病乃旋以甦身代之志竟符奇孝格天信哉見毛先舒思古堂集

唐烈婦

烈婦曹氏海甯唐之坦妻也夫病婦奉湯藥半歲不解衣病益亟志矢以死預治殮

其毋物必以副為夫殉家已亦繒家家人固怪之夫且死毋勸之食曰夫絕粒矣我何忍獨食夫食乃食耳比夫死將服砒毒以殉妯娌見而奪之稍閒更啜灰水腹痛終夕不死復取三錢呑之毋意奪其一而兩錢已下咽又不即死乃哭以殮殮畢歸就潛以滷置牀下中夜服之碎其杯家人覺而不及救有頃大吠臟腑如欲裂者再忍大吠竟不死砒灰水錢滷四物皆能殺人要非可探手即得婦悉蓄儲以待以此知欲殉其夫非一日也既盡服四物不死乃大慟曰天乎天乎死固若是難乎毋固不殺人乎雖然吾必死吾且以水死舅姑與母更勸說之萬方度不可奪則戒之曰與其水死寧絕食死遂復絕食二十二日而猶不死乃夜啟牖自投於河鄰婦救出之氣絕復甦水汩汩循腸下所呑錢隨而出衆更强之食乃曰諸大人能强我食不能禁我死無何夢其夫迎與俱去曰百日為期夫死之日丙辰九月二十八日也遂以十二月望拜訣舅姑復絕食家人見其然且敬且憐之既已無可奈何則曰婦要當死無久困婦為也於是不復勸又十五日為歲除內外倥偬忽失婦所在行視柩側麻衣纍然懸帨在焉烈婦死矣（見潘耒遂初堂集）

蔡烈婦

蔡烈婦孫氏福州侯官人父諸孫穀詒有高操與同里蔡其聰相好也烈婦有姊嫁其聰次子以仕而烈婦歸少子以位家酷貧以位棄其業與鹺商同事至頎邑遇禁行販私鹺者呵止之起而格鬬以位被創死婦聞悲慟勺水不入口者數日潛自縊以救解迎喪江干奮身投水有持之者不克死其姨以義責之曰若幸有子即死如立孤何乃不復求死官捕得私販者法當抵死而律令須檢傷乃定罪檢傷者洗肉見骨慘不忍言婦曰是重傷吾夫也痛不欲檢而非檢則寃不伸理官悲其意為杖斃首惡二人婦感理官刺骨每夜焚香祝天然如恨銜哀終身未嘗露齒足不踰戶閾同產凡擧子迎之暫歸終不往有疾不肯服藥其姊慰勸之萬方終不解語次嘗以孤屬其姊喪且再期謂其姊曰吾兒幸稍長襪履可取諸市不煩手縫矣兒向苦瘠今愈矣不累吾姊矣有言既祥而姑在當具淺色綦履者婦曰無庸姑緩之姨祭其有異陰守護之大祥之日顧從容如平時哭奠畢就寢稍休久之不出姊趣視之則閉戶引經自經矣時康熙乙亥七月十三日也年三十有九（見潘耒遂初堂集）

郭烈婦

郭烈婦林氏閩縣人嫁為郭繼汾妻繼汾聰穎善讀書工楷法然嗜飲喜遨遊得病嘔血猶弗改婦數數苦諫詰宜節飲擇交繼汾怒將不見答婦亦不怨也脫簪珥為湯藥覆斷髮誓天夫病篤屬兄嫂善事大人毋以我為念夫歿撫屍慟哭即日投井死後蔡烈婦一日耳年二十四（見潘耒遂初堂集）

卜氏

卜氏周孝廉妻孝廉名宗彝字五重別號青雒海甯硤川里人崇禎己卯擧北闈甲申之變宗彝絕粒數日卜氏强勸之食曰君亡國破死固其宜然竊聞江左尚有推戴事未可知也盍俟之宗彝復蹶然興盡傾其家貲募勇敢練鄉兵水陸設重關複柵以捍衛井里未幾南都不守大兵且下浙宗彝與弟啟琦同蹈兵而死卜氏號而召妾張氏王氏曰吾固知有今日但張也生男尚在孩抱孰能為周孝廉作程嬰乎二妾相顧曰死易立孤難也卜氏遂束其子明球於懷躍池水中二妾從焉乳母輩赴水死者十餘人越數日從姪明俶具棺殮卜氏及二妾猶屹立不仆面皆如生里人遂名其池為節義池（見許汝霖德星堂集）

郭孝婦

孝婦開封郭鍾琇妻而王指揮堯臣女也明崇禎間李自成兩攻開封不克總兵陳永福子射其一目眇大恨於十五年四月率衆毀四郊麥百計攻城城中乏食推官黃澍括民粟三次麪一斤直銀二十兩纓絡草小紅蟲瓦松蝶螂每觔至三緡人相食孝婦家計口日熟麪水一盌繼以糠覈庭前蒲蓟啗其葉盡姑年七十餘不能食孝婦懷有乳嬰乃以潼哺姑如是數月嬰日減嬰餓搯呱呱泣孝婦撫之亦泣接頤也猶强笑語上堂乳其姑九月十九日賊灌黃河水入城家衆號巢木上乳絕潼涸滴僅奉姑嬰竟殞已而水益漲俘高福得一小桴鍾琇扶母上命孝婦同乘樹長兒圻墮而身與弟別出桴漂巨浪中隨波湧竟達岸四顧皆賊壘無所之有絳衣老父須髯皤然曳杖來曰爾郭氏妻挈邪焉知路可隨吾行抵河干不見一賊引入草舍甚潔曰此有粥食之又曰吾引爾渡河相懸命登一舟姑勞生而氣絕孝婦擗胸泣曰天乎吾願貸年活姑以乳哺姑口夜半甦曰渴欲沸水孝婦曰此舟中也安得沸水仍以乳哺之翌日抵河北岸絳衣老父已先候無何送指鍾琇曰爾家生全矣遂不見（見李埰恕谷集）

魏烈婦

烈婦王氏新城王五公先生之孫女年十五六父曙光許歸魏氏事舅盥石姑田氏

盡婦道夫充儉病弱相之敬而順康熙三十二年充儉補易州諸生嘗讀書保定府城內時病旋劇烈婦聞之自易州倉皇入侍左右奉養卒不起烈婦擗踊長號曰吾無天矣可生耶吞毒半下咽姑見以指出之大哭呼曰吾與汝舅俱有年汝夫之二弟稚汝夫死汝又死是死吾夫婦也灌以藥日夜令人防且曰若叔後日產子首即與汝烈婦時年十九矣乃強理生計茹荼攻苦不少懈數年後季子克肅生子繼先遂以嗣之烈婦撫育甚摯習針黹外傅隨兩叔父學夜歸必令背誦初克儉葬兆坎下村側至康熙四十八年甌石立新阡營葬烈婦同穴之志怦然動淚甚裳不可抑已而佯為歡笑時甌石率二子入府試烈婦撫繼先曰汝祖及叔父出祖母室無人兒可伴祖母寢繼先牽裾不去也及夜視兒寢熟乃盥漱櫛縰以手畫壁曰吾事畢矣志遂矣端坐几上雉經而卒見李塨恕谷集

王氏姑婦節烈

王烈婦岱州衛訓導周天顧女性貞敏通孝經列女傳有殊色適王永命崇禎五年毛文龍之變將耿仲明等據岱州叛縱兵淫掠將污周周大罵賊將逼辱之周乃紿曰我不從有親喪耳今設祭釋服當更妝從賊信之已而閉戶自縊死賊怒支解之

當叛兵之逼烈婦也永命匿不敢出烈婦紿賊去倉皇出持烈婦泣烈婦曰我死耳君欲擲賊刃而使我為賊汙乎走也胡泣為乃逸事平結少年偵賊所在斬其首以祭烈婦鼎革後從入關中順治丙戌進士仕至大同知府子業昌康熙癸卯科舉人潘縣知縣娶彭氏名德貞德貞喜讀書明大義其先江西廬陵人祖士宏為南宮知縣闖賊陷南宮士宏將死之顧謂家人曰奈汝曹何德貞方八歲應聲曰國而忘家翁夙訓也屬再計乎士宏瞿然曰孺子言是遂死之業昌卒彭方二十四歲矢志不再適力學讀書著有毛詩義疏詒燕其門子二曰爵曰鴻女子子一曰琇皆負異才彭自訓之鴻不仕工詩歌劍術精技擊書數所交多奇材俠士爵為人負氣好談罵琇嘗作短劍行諷之曰西風激射劍鳴中夜周君子身稍不輕借百煉之器折則弗興苟非大故納蔺勿開母見之曰女顧出兄上邪家亦貧母安之二子介然自守不稍屈今家通州人呼王節婦家云見王源居業堂集

曲園居士曰周天顧即周忠武之兄而王永命者其祖王好智與忠武同死甯武關即所謂王鐵鞭者也世稱忠臣義士往往無後王鐵鞭之後奇才異操不已多乎

徐烈婦

烈婦朱氏永康侯徐錫允夫人年十七寡無子錫允庶伯應垣襲其爵夫人屏鉛華坐臥一樓讀書學書法善彈琴每月夜闔庭戶焚香獨奏尚調激楚聞者悲之事姑孝謹姑憐之時與同臥起甲申三月十九日都城破家人聞難皆避去保姆曰夫人避夫人笑曰我何避保姆曰夫人即死如太夫人何太夫人曰吾婦且不避吾何避皆不避於是夫人奉廟主至中堂積薪於庭再拜太夫人曰請與姑侍廟主同以火太夫人曰諾乃取命服漬油服之太夫人西鄉坐夫人東鄉侍命舉火火舉太夫人倉皇欲避不得出繞屋而號夫人堅立不動喻之逮乎火而死夫人侍婢四皆聰慧教之習書彈琴及夫人將火揮之去曰若毋火四人泣曰夫人死婢子焉避死請皆火火發烈焰蔽庭戶忽一婢若有物挈之出擲鄰屋瓦上膚髮皆焦灼半日甦方避去事定始出見故人為流涕述其事如此見王源居業堂集

吳烈女

烈女吳氏吳人也少失母弟妹四人俱幼烈女撫之甚篤許字宋氏未嫁宋氏子死欲自盡顧弟妹無所依弗忍乃請往成服父色然駭叱曰若室女也胡為此矣若翁更為若擇嘉耦烈女痛哭累日夜欲赴井家人持之吞金約指宋所聘也將死父憐之且悔急藥之得不死慰之曰兒毋死我成兒志特不得往成服耳我養若終其身不亦可乎女頷之乃復食女故慧婉事父母孝長讀書識大義至是吳下競傳之閭里莫不稱歎而其父乃更納他氏聘親迎有日矣女聞之太息泣下乘父他出時兒寢乃繫帛於梁置二金鳳釵於几皆宋聘也手書繫衣帶請以釵易棺歸屍宋氏遂自縊死宋氏聞之大驚痛悼再請其喪與宋氏子合葬吳下士爭為詩文以誄之時丁丑四月也見王源居業堂集

張烈婦

婁縣烈婦張氏者農家女嫁曾氏夫家故非良姑與夫迫使為私以為利婦恚不從姑大怒箠撻之凍餒莫之恤凡三四載志終不變聞語所親涕泣以死自誓既而其夫劫之他往婦知不免夜啟戶躍入萬安橋水中死越八日里人獲其屍色如生時丁丑三月年方二十一歲云見王源居業堂集

閩中三烈婦

三烈婦其一為陳東生妻李氏雍正乙巳東生弟大生卒東生傷之其明年春東生

復卒李氏誓死相從既成服即自經其奴急救之甦姿由解勸佯為聽從越旬餘忽梳洗靚妝盛飾以出奴怪而問之則曰哀極無聊將出遊以寫我憂奴信其語弗之防也既而入戶自以羅帕經臥榻中蓋越夫卒甫十五日云其一為岐江林氏女適遊沙唐氏子唐為巨族而氏夫業操舟往來江湖間歲一歸家處數日其母輒詬氏盡其夫丙午冬唐氏子病瘵卒林氏解髻結夫髮擁屍臥至日中不起姑呼使起氏大聲曰此槩者屍也即竟日寢屍何傷既而延唐族諸明經列庠序者語之曰為我備兩棺余越三日將從夫死是日天陰無雨利於觀者諸族人咸勸諭堅勿聽則為之市新衣一襲以進且白其事於官至期結高臺具鼓吹氏服新衣登臺四拜南向立母家夫族次第行奠氏笑容可掬立而受之至其父奠則答拜如禮奠畢撤饌取五穀拔衽拋四方祝曰今吾鄉時和年豐毋為厲也轉身即次就鏡臺解髮取一銀簪綰所懸繩復取兩珥呼其嗣子與之曰以是作留念遂手挽其繩稍短呼父攜机掖之升解所佩帕纏繩引頸以入即伸手長逝姑急登臺撫屍踊且泣曰甚矣吾之不知人也曩者誤詬若若無恫老嫗是日天陰曀無雲雨臺下觀者數千人皆嘖嘖稱奇共牒令請旌令以格於例不許其一為方氏女許配林氏子家素貧賣餅於市別就屋以婚結褵之次夕延客未散卒中不起林有義父語女曰新婦甫一夕耳奈何女泣曰吾自有處死吾分也居停主人知女志不可奪即謬為大言曰吾賃若屋不利死人一之為甚其可再乎女不應即趨市就餅肆自經死時雍正丙午歲之十二月（見方遵集）

李貞烈

李貞烈江南太倉人父李蘊石夫黃繼姚未嫁夫卒奔舅以待嗣嗣立舅終還以死殉原其始貞女也要其終烈婦也彼君子易名美必重書傚其義核其文駢貞烈不目女婦庶乎其可貞烈自髫齔別席性岸然異不苟言動無巾幗態兄浩以才氣冠其儕輩當女弟猶倬之年十一江夏黃永思為子委禽焉十九瀕行矣而黃氏子卒康熙丁酉孟秋也貞烈辭父母赴哭殯絕既視殮拒戶自經舅解其懸慰之曰吾失子得汝吾子視汝不女視汝吾擇子失母吾使母視汝不嫂視汝他日次子有子則汝後也貞烈俯不應舅令二女謹伺之重陽日貞烈夕奠畢乘間復自經舅又覺而免之父兄聞馳至責曰汝何舍難而苟為易也汝不當代夫子事君舅乎代君姑畜諸稚乎待孫子生而育之教之以續死者乎貞烈蹶然起曰敬諾俟二姑去吾不敢

死無相守為矣無何二姑相繼歿李且初亦歿姚雍正乙巳卒生男彭名之曰仲康命貞烈子之貞烈喜且悲告於繼姚之靈而誓之引刀斷一指寘奠筵曰所不盡心力以鞠此子所不酬吾初志者有如指指先往矣見者大驚以哭失聲庚戌舅歿貞烈曰吾其可從夫子侍覲地下躍入井旦初承統而下出之踴號泣曰覲未葬嗣未成人前後事甚殷非夫人莫之如隕越何願且留貞烈頷之乾隆丙辰葬舅姑以繼姚附其兆既虞聘兄浩女室仲康即命從浩就業時仲康年十二年矣明年寒食曰貞女省墓徘徊松楸間顧嗣子曰吾事無餘矣初姑適某氏若早寡有腴田二頃夫之昆弟覬而攘之至是歸甯其嫂愬其事切齒揮涕貞烈曰尊章在乎曰亡矣有兒女乎曰無有也然則安所用田曰無田何以生曰汝生亦贅也盍死乎死易不死難耳如不信者吾為汝先語訖從容如平時潛縊梅樹下久不移呼之不前遍視之縊矣乾隆丁巳孟夏也距夫死二十一年（見顧陳垿集）

徐烈婦

烈婦張氏居上海黃浦東川沙城堡其夫徐俊以病歿死獄中有豪某素覬烈婦姿而莫敢以犯也烈婦夫死時仲夏天暑熱烈婦為其尸哭五日而卒無棺以斂豪乘其急以貲畀之烈婦勿受乃鬻其女以買棺而斂而烈婦之姊悍而貪有周某為豪計曰是可以貲餌也於是厚以遺其母其母逼烈婦改適豪曰汝改適則汝生不改則汝死矣烈婦痛哭曰吾死可也而何以改適為持刀截其髮劙其面血淋漓駭人周猶唆其母逼之勢終弗肯已烈婦遂自縊死其長女已鬻於人其乳下女方呱呱然也（見劉彝集）

冬青女

冬青女和州陳氏女也初名冬女性喜冬青樹冬青者女貞也於是請父名曰冬青女冬青女年十八而死於其夫黃氏子之家黃氏子曰龔鍅冬青女許而未歸而龔鍅死冬青女聞之泣請於父母欲往焉而龔鍅之兄曰元棱者弗許將往又弗許已葬乃堅以請元棱不得已許之往一夕而冬青女以髮繩自勒其頸死焉元棱則以為檅虐也急除之以桃葪而舁戶而歸之至陳氏門則烈風自輿中起颺輿蓋空中啟輿而面色尚如生陳氏之父母遂棺而斂之臨弔者數千人無不下泣者有司往祭之越三年乃得聞於朝旌黃氏閭而卒與龔鍅合葬焉（見劉彝集）

王氏女

女王氏亳州人襁褓中喪其母其父許同里李氏子曰殿機者為婚俄而殿機父以犯法死母沒入旗給象房校尉為配殿機方三歲隨母入象房後復鬻身於廂紅旗巳牙嗽厄爾庫為奴執拾糞役厄爾庫胃蕭氏女配之殿機與王氏女家絕不相聞者二十餘年矣初王氏女稍長而其父死死時執李氏所納簪珥而泣曰此李氏家物也數年人傳殿機已死女之叔與兄迫女使改適人曰殿機沒入旗久矣或云今巳死即不死當必不得歸即歸而沒乃為旗下廝養婦吾恥之女泣曰殿機縱不歸寧為殿機死而已幼已許為殿機婦雖廝養其何辭而叔與兄所以奪之愈益急女嘗數數欲自求死既而泣且曰吾與其今日而遽死也吾不如匍匐赴京師得一殿機消息然後死鄰有范翁者年七十餘故與其父為莫逆交而女素以父行呼之者女乃哀乞翁求挈之赴京師抵殿機所其叔與兄知其意乃使之升樓而去其梯女暮縋樓下密僦騾車與翁晨夜走達京師入象房而殿機母死已久問殿機皆不知女大號哭諸校尉大驚而老校尉知殿機鬻身處引之至厄爾庫所呼殿機出則殿機荷畚自馬棧中出翁讓而語之故女以父所遺簪珥持示之則相對大號泣諸市行人如蟻而至者皆流涕觀之而厄爾庫大義之亦為之下涕於是捐貲使殿機挈蕭氏與女俱歸巡城御史以聞時康熙二十八年四月二十九日也下部議議允其歸且令王氏叔與兄以裝奩給之使無失所時女巳年三十有四云（見劉巖集）

金壇三烈女

出金壇郭門南徑三十里為長蕩湖濱湖有墓高四尺木數拱矣黝然如銅鐵而樝枿皆以三相綴視其肄亦如之詢諸長老長老曰嘻此三烈女墓處也烈女者王氏其二為同產其一為諸姊妹當大兵之初下江南也曲阿以東賊猬起而金壇倪文炳為之魁其掠人也嘗以晝遇晡則攻剽倪曰吾不似諸君之似亂者當是時烈女家濱湖年各十六七以往三人相從紡績已而相從避寇隨母兄延緣葦間日且入則相率歸其居旦起復避去以為常一日道僕渡岸西市小食物而遇賊方晝掠歸欲兵之問誰與主人翁者僕怖道而之葦間賊掠無所得而顧有三女子在焉遽劫縛登筏以去中流三女則大哭泣且詈而視賊方持己急因跌蕩不自止良久筏傾三女子死焉賊數輩亦皆溺無一脫者方賊之劫三女子去也離而行每一女子輒兩賊夾之背反接牢甚明日屍浮水上縛盡弛三女子攜手如平生而髮相縻類有綰結之者家人歷諸湖濱表以樹於今甲申六十年所矣烈女之欲也無槥其家以故匱之級三重者瘞斡而艮掩之初所道僕阿寄也後死於廡下無他而賊之渠魁倪文炳者去烈女死一年遂殲於豐義儲氏（見方蘂如集虛齋古文）

梅節婦

節婦姓李氏安順梅運昌妻也運昌崇禎己卯拔貢知四川江津縣氏攜子赴任而流寇張獻忠構亂道梗不通遂抵平越寄居母家已而訃至則運昌死城守矣氏仰天號泣業不欲生而子建方六月女三歲念無可依以活者乃忍死為撫育計丁亥流寇餘孽蔓延黔中氏與容鬅向倉皇出走使老婢負其女而自抱其子復挾利刃以防不測至貴陽城陷旋奔威清竹亭寨是時賊騎充斥大路崎嶇山徑中攀崖踰澗艱險倍甚其間望塵起立匿身叢箐以脫須臾之命者屢矣及抵竹亭疾呼寨下曰吾安順梅官婦也急啟關納我先是有譚姓者嘗避亂寨中以遺橐屢挾勢索償居人苦之以故聞氏言輒拒不應氏計無所出恐賊至痛哭欲自刎有張氏婦見而憐之語云若勿云官家也當得入遂割所居舍之糧盡翦衣製履使老婢易米而食未幾寇至寨人降日肆搜羅氏復挾子女潛匿巖洞中時既逼寇虐而荒山豺虎出沒不時輒轉遷徙寄生者七十餘日始得返安順焉喪亂之餘家業蕩然氏甘淡泊習勤苦事厪值兇荒而家計不匱子女婚嫁卒能成禮安順地雜苗蠻苗俗好畜蠱蛇之毒陰以唉人名曰下蠱中者無久近必死又或取人服飾之類為妖術以詛咒之終氏之身子建食飲不無出己手者其殘衣敗履必深藏篋笥中凡所以保護之者類如此然其教之也則又嚴而有方午夜篝燈呼起坐督雖誦無間寒暑聞則道其祖父遺事及流離奔竄之狀以相勸勉康熙庚申卒年六十一方運昌之歿於蜀也氏年僅二十有五距其卒凡三十六年其間兵火盜賊饑饉天人家國之變叢集交困氏以孱弱幼婦出入萬死一生中既能保身全節而又教育稚子克有成立聞者無不難之（見劉青藜高陽山人集）

仲烈婦

烈婦姓年氏仁和諸生萬安女年十五歸仲氏踰年仲氏子卒烈婦慟絕自言無子當從夫地下其家大窘守之母氏泣撫曰汝出閣時汝父游學京師今將歸矣不能少緩一見父乎始勉存視息既父歸就慰且勉曰慷慨從容為節雖一致然難易則有間矣阿子信賢當為其難者且若翁早世若夫又至此太翁姑春秋高若能節不能兼取孝行乎烈婦反復覓日始泣拜受命自是素衣蔬食為孝養計益篤以嚴太

翁苦患危疾，視者咸謂不起，烈婦涕泣，夜焚香告天，祈代。越日竟愈。在蘇十年，太翁姑皆逾七十，憐烈婦年猶盛，終無所依，密謀嫁之。有日矣，烈婦驟聞，哀慟達中夕。明日姑往視，發扉闃然，閣中橫一几，趺燭燼，香猶在，地布氈履若奔告之，設急索之不獲。家背河，啟後戶，及岸，得其常服屐及箴筦諸物，始知烈婦自沈也。沿河尋訪數里，許無有。忽有人自上流來曰：某溪中一女子僵立。疾趨視之，則烈婦也。蓋烈婦既死，其屍逆溯，又剌入旁溪里許，止焉。溪上山，即烈婦夫所葬，其靈異如此。舉歸就殮，則衣裾綦及裳相屬，至襪履皆綴縫無隙。當事自大吏以上聞之駭歎，設奠奉主祀杭故忠節祠。水性上漫下激，入焉即仆，自非烈婦正氣之盛，烏能以弱質抗洪濤逆溯所宜依歸而卓然若是哉。見李紱穆堂稿

張烈婦

烈婦姓劉氏，漢軍某旗人，鄉貢進士張子四維妻也。張子字若仲，浙江錢唐儒族，少失母，父某以微貲賈於粵，挾若仲與俱，至潮州府。有中表某在知府劉某幕中，來過訪，見若仲髫年端雅，聰慧絕人，數稱於劉守。劉有數女，無子，因令入見，大愛之，以次女許字焉，即烈婦也。既若仲隨父歸，貨窳不售，盡喪其貲，若仲又以疾跛其一足。劉守有弟官浙江，見而恥之，寓書其兄，諷使負婚約。劉守夫婦惑焉，將別字他官子。烈婦以死自誓，父母勸譬百方，莫能奪，乃召若仲往就婚。烈婦既失愛於其父母，又其姊贅壻為顯人子，同在署，榮悴相形，受侮益不堪。烈婦勸若仲挈己歸，若仲念家窶，濡忍不能決。烈婦恚曰：若少負儁才，乃無丈夫氣耶？遂辭以行，奩具一無所取。既歸，無以為生，烈婦工繡，習繪事，晨起作畫，夜刺繡，給薪水。若仲感其意，力學補弟子員。康熙庚子歲，余典浙江試，得一卷，絕整雅，自破題至結語皆排對，而讀者不知為排。亟取之，即若仲也。明年計偕下第，卒於京師。柩歸，烈婦號不絕聲，未幾竟死以殉。哀哉烈婦，屈志艱苦，佐夫未嘗隕穫，至夫沒，遂以死殉者，謂絕意而無可復望於世也。亦烏知世猶有為之文以傳其事，重欷累歎而不能已耶。彼其父母之鄙，與所謂贅壻顯人子，不過與草木同腐，固不足復道，即若仲或不死，備名位，烈婦與彼顯榮偕老，亦不過聊以愧世俗鄙薄而已，烏能發志士之悲，至於如是哉。烈婦亦可以欣然於地下矣。見李紱穆堂稿

朱貞女

節孝朱貞女，江西高安人，冢宰公軾之長女，少司空李公鳳翥之冢婦也。李公子家

駒，實聘貞女，未娶而歿。云貞女幼惡華綵，服加身輒驚啼。稍長，或以絳總其髮，輒捫得擲之地。酷嗜書，夜偕姊挑燈繹誦不輟。動止言笑必以禮，不失尺寸。王父母、父母絕愛憐之。性至孝，膳飲必躬進，父母食，必侍立，比撤乃去。暮必手整父母衾席，出立戶外，俟臥乃休。事諸母，咸得其歡。然當女眾宴笑時，聞貞女至，則斂肅斂容。諸弟或嬉戲，相嘗警戒勿使知，或詒之曰至矣，則皆走。然貞女和愉婉娩，不知何以見憚也。歲辛卯，李公子發賢書，未幾以疾卒。訃至，家人祕之，貞女涕涔涔下，曰：何等訃也？不使吾知者，吾知之矣。飲泣不食者三日。冢宰以常理譬慰，貞女哽咽曰：大人良愛兒，兒志決矣。不得已許之。以常服行，發舟，乃持服。李氏聞貞女至，舉家白衣冠號慟出迎。貞女從容謁祖姑暨舅姑如儀。適喪次，一慟幾絕。廟見後，執婦禮甚備。家人往視之，則曰：歸語大人，兒無苦也。百年瞬息，未亡人待盡而已矣。祖姑熊太夫人疾，衣不解帶者三月。比卒，李公致書冢宰：我羈京師，不能終事吾母，賴冢婦盡孝，君女也，刻骨難忘矣。時士大夫爭傳貞女事，當道欲旌其家，貞女請於姑，達之李公，峻拒乃止。且書告冢宰曰：兒事非中道，自行所志而已，脫以名加之，兒滋愧矣。已而不茹葷血。冢宰曰：何自苦乃爾？對曰：偶甚耳。然以是終其身。冢宰丁外艱，時以西陲用兵，奉詔奪情，再疏請終制，賓友勸阻萬端，貞女流涕曰：大人不得歸，雖官柱國，年上壽，猶無與耳。彼姑息之愛，非所以全我父也。聖主必鑒吾父之誠矣。累疏卒得歸。甲辰元日，鄰人不戒於火，火勢甚烈，家眾倉皇遷避，貞女端坐室中曰：死，吾分也，吾豈且嘈雜從避火求生者。眾惶駭莫措，熊夫人破戶入，持之出，火遂息。是夏之季，冢宰聞仲弟訃，慟甚，嘔血不止。貞女歸省，私泣達旦，以是得寒疾，不肯醫藥，曰：吾女子也，吾手何可令醫人診視。死之前三日，謂兩弟曰：我一生未嘗有寸金尺帛加吾身者，死無負我。既卒，合厝於李公子之殯宮，時雍正二年也，年三十四。見蔡世遠二希堂集。

孝婦李孺人

孝婦李孺人者，武定翰林院庶吉士丹書先生之正室也。系王氏，年十六，歸於李氏。君舅封公，先相國文襄公介弟也。繼姑劉太君，性格嚴峻，孺人嫻於禮法，奉其規條，靡有失墜。太君晚歲嬰痼疾，輾轉牀褥，歲月滋深，動息須人，雖婢媼中號為忠謹者，氣衰力殫，不能無怠，惟孺人躬自執勞，至竟日終宵，寢食俱忘，如是者七年。病之劇也，孺人祈禱誠懇，計無復之，一夜人靜後，孺人獨趨神堂，閉門久之，出而手自煎藥以進，病良已。當孺人趨神堂時，一僕婦私躡其後，從門隙竊窺，見孺人向神前跪祖

左臂彷彿似持刀刲割狀徐脫裏衣燭影下鮮血淋漓滿袖裹刀而懷之以出臨人面不改色動作如常豪無悽楚之容餘人莫知也僕婦亦勿敢言數日後乃稍稍為人述之（見蔡世遠二希堂集）

薈蕞編卷十六終

薈蕞編卷十七

清　曲園居士纂

陳烈婦周氏

烈婦周氏雍正七年正月歸陳國材九年三月二十日戌時年二十六殉夫死去其夫之死五十日夫既死計為夫將來立嗣盡二月待其夫之姪男至告以故付以嫁時衣飾曰以是累君其父隔江來白其志訣別焉其父勸無死烈婦曰陳氏無舅姑子女將何依隨父歸人必曰陳某妻謀再醮去矣辱孰甚議既定明日遂沐浴紉綴其衣裳極周緻顧語人曰殮時幸無以寸絲易吾衰麻也吞金至五錢不死羸憊久餌大黃若干莫瀉下氣脫反下所吞金又不死粒米勺水不入口已十日自勒手他不死凡前後二十日卒餓死烈婦上元醫士鑑侯女國材江都縣民（見徐銘旭孝録）

陳烈婦李氏

烈婦李姓父楚人從軍家閩既老貧困鬻女於洪塘林氏林故宦宅憐烈婦慧而少養為己女稍長容色端好眾莫不賢之先是林有女婚於陳無子歿至是林以烈婦歸焉年二十矣陳素患癩疾與烈婦處五年僅生一女有姑嘗病刲股進不能活夫病亦如之家人莫知也夫垂沒語烈婦曰吾病度不能生所念者汝而已將若何烈婦泣曰夫何言亦惟有死而已夫頷之及夫沒棺殮鬻藥諸費負逋數十金又有幼女在度未可即死乃日夜勤女工所克饘粥以其餘償諸貸家又念老父無人養乃迎父於家父病沒為喪葬皆從十指辦之不以累夫家也幼女得痼疾久之卒不愈時已踰祥烈婦欲殉之或勸之曰若夫未葬堂中柩數世壓封即若死骸當何時歸土也烈婦艱苦彌厲久之銖累黍積得二十餘金始辦身後事遂以四月二十八日治棺二十八日卜穴五月三日卜葬布告諸戚屬會送者咸集烈婦治酒食如平時夜既寂乃沐浴更衣謂其妯邵曰妾死期近特來相別貌諸嗣孤更以為託邵姑應曰諾烈婦出堂見家人皆熟寐帷燈熒熒然拈一香對夫靈前叩首徐曰時可矣步入房前小廳家人覺有聲起視竟縊死矣時年三十康熙之三十三年五月三日子時也周身衣袂皆緊嚴縫家人因舉而納諸棺即日與其夫陳及前婦林氏合葬於雨郊之洪塘山郡中聞者或拜於墓或弔於家無不嘆息泣下（見林佶樸學齋集）

羅烈婦

烈婦姓李氏歸於羅死於羅故稱羅烈婦浙之龍游人文學壁之女也歸仁美為繼

家性沈毅遇事一以義自裁順治二年王師下江南抵揚州人情洶懼仁美思奉母盡室以行虞不能兩全徘徊未決烈婦泣語夫曰事迫矣全母與子君之責也君當行我當死姑以我為屬遂先戒所使婢積薪樓下屬潤危即舉火未幾城破烈婦登堂拜別其姑偏與家人訣抱所生期歲女登樓婢遂舉火火然婢亦登樓衆感泣從之者十人烈焰赫赫勢如天崩地塌仁美知無可奈何乃撫膺大呼負母挈子以奔時四月二十有四日也與烈婦同難者其姒劉氏仁美側室梅氏李氏前室所生女官姑舉火婢菊花餘六人身與名氏俱燼矣烈婦焚宅在新城廣儲門內遺燼合葬西藥門外（見王湘集）

節婦陳氏

節婦陳氏福建福清縣庠生峻生女年十七適本里林其默逾年其默病氏日夜侍湯藥不解衣交睫者數月既而大漸氏泣謂其默曰君即有不諱妾惟相從地下耳其默曰固知若能為此顧我上有祖父暨兩尊人且無後嗣若其可竟死乎氏號泣承命其默卒氏纔十九強存活冀以踐遺命俄而夫翁逝又值耿逆變亂流離奔竄與祖姑劉氏姑陳氏相依為命幸而獲全家居攻苦食淡而奉二老則甘脆畢備二十餘年不少怠內外咸以孝稱自其默沒後十年諸弟未有子氏日夕憂之已而長叔舉一子因念嫂青年守志繼嗣不宜久虛請於尊人願即以此子繼兄後氏感泣拜謝立為嗣命名嵩基焚香告夫靈曰君今有子矣撫育顧復不啻所生少長即延師授學夜歸則篝燈一室躬績紡佐讀輒夜分始罷嵩基年十六即補弟子員為邑名諸生又為擇婚配無何長叔卒無他子嗣族黨咸以嵩基出繼於先且節婦撫育恩甚摯義不可背次房當議別繼氏曰奚為迂迴若此嵩基於長叔所生也於未亡人繼也生者還所生繼者復別繼不兩得乎衆皆感動即日命嵩基為所生父成服別擇某叔子立焉恩勤一視嵩基而於嵩基仍厚遇之不衰氏幽閒淑慎自為林氏婦聲不出戶外六十年如一日以雍正六年卒年七十有七（見甘汝來甘莊恪公集）

宋景衛

貞女宋氏名景衛長洲人性敏慧諳書工詩言語舉止動中禮則十歲喪母父以家政委之井井有條理許字程玉生樹樹母宋與貞女姑姪行見貞女才且淑遂為樹委禽焉樹年十二通十三經應試使院日亭午三藝俱就講說易文言及觀漸卦義復誦周禮左傳爾雅如瀾翻學使者奇之遂擢前茅未及婚遭其大父比部君喪痛哭遘疾殞貞女聞變即不食誓以死殉諸父昆弟咸勸止之父曰與其輕生毋寧守貞

議擇日送歸程氏持喪以終其志踰年未及舉行會其父復有事越中貞女乃上書於父其略曰自去春驟聞慘變遽欲以身殉之自明從一而終之義緣大人諄切曉諭茍延殘喘偷生視息實非衛之初志也許使料理過門不即入於九原猶得侍姑嫜於一日豈料一載於茲事多周折進退維谷衛之立心行事非若尋常女子遷延歲月可以改絃易轍者今亦豈欲遽離膝下哉奈昊天不弔降此荼毒抑鬱自傷久而成病愁多食少日甚一日恐非藥石能療終歸泉壤當此之時前後失據齎志以沒未能立一事未能成一行同一死也豈不惜哉豈不痛哉父愛重貞女過於諸子其遲之又久者實以他事間阻非過違女志也既還自越遂送貞女歸程氏時姑亦前殁初姑病亟貞女以不獲侍湯藥刺指血書疏籲天請減算以代人尤重其孝而姑竟不起貞女既歸於陳益讀書以禮自閑閒遇節烈事作為歌詩有西河陳烈婦詩六十四韻穿穴經義發抒己志讀者既歎其志節之堅并驚其學術之茂也論曰女子未嫁而以節著我何昉乎昉之柏舟也柏舟之詩曰髧彼兩髦實維我儀鄘仲與釋之曰兩髦卝也齊風甫田總角卝兮是也顧麟士申其說曰髦童子之飾也內則未冠笄髦禮男子冠而後娶共伯兩髦故知共姜未嫁也未嫁之女能以節著固不悖於經義而為聖人之所許矣後儒不察輒謂非禮之正豈不固哉（見偈然武古柏軒集）

曲園居士曰儀禮既夕禮云既殯主人脫髦注云兒生三月翦髮為鬌男角女羈否則男左女右長大猶為之飾存之謂之髦所以順父母幼小之心又喪大紀云小斂主人脫髦注云士既殯而脫髦此云小斂蓋諸侯禮也然則親在之時子雖既冠猶未脫髦玉藻云親沒不髦可知親在必髦也此據髧彼兩髦之句為共伯未冠之證似於經義猶疏然共伯之死自是千古疑義以睿聖武公之賢而有弒兄自立之事一可疑也共伯既立為君而詩序猶稱之為衛世子二可疑也共伯自殺在其父釐侯既葬之後則久已脫髦矣而詩有猶髧彼兩髦之言三可疑也武公九十五猶能箴誡則其薨也年近百齡矣在位五十五年則其即位也必四十以外而共伯又為其兄齒必長矣共姜年齒亦當相若何父母猶欲奪而嫁之四可疑也史記此事未可盡信索隱固已非之然則以為未婚而死或亦一說與

蔡蕙

蔡孝女蕙泰州人父孚琦母王氏女兄弟五人而蕙為之長生有至性不妄言笑知服勞奉侍承父母歡既長許字鹽生繆楷未出閣會孚琦被吏議當棄市蕙即絕嗜

味屏服飾玩好。夜不解衣而寢。晨夕必焚香籲天。為父請命。如是者四年不改。嚴寒大雪中。風四入烏烏。蔥不設鑪火。寢苫枕塊自如。蔚度孕琦不可活。欲完婚媾。迎蔥歸。蔥揮涕謝媒氏曰。父亡與亡。毋乃言其他。己巳春。上復幸江南。蔥草狀匍匐訟冤。上曰。是女子也。而為父乞命。嗟嘆久之。有司希上意。以為縱繫復生也。孕琦由此得平反。蔥歸滸。未一年。病卒。見張符驤依歸草。

王烈婦

烈婦湯氏。適太倉王既遜子均。湯居瀕海。為當民。均入贅。薄其貧。不禮焉。婦即與均辭去。均授徒。婦勤女紅以自給。節衍脯。奉舅姑。雍正壬子七月。大風海溢。均夫婦被漂。婦得登岸。均死於水。湯氏翁媼幸均死。得更擇佳壻。不復求均屍。婦泣。命其僮阿午曰。汝為吾求不得屍。吾有死耳。午遍歷港汊三日夜。從數百積屍中得之。馳報婦被髮徒跣赴哭。幾絕。既棺殮。湯氏欲火之。婦不可。均有所置田十二畝。湯攘其十。餘二畝。婦埋均棺田畔。誓守志。時以粟麥錢布陰餽舅姑。次年。遺腹生一女。於是湯氏日夜謀嫁之。十一月二十四日丙夜。紿婦內戚某家相迎。婦覺之。則麻衣要絰。抱其嬰繞場而號。遠近驚起聚觀。無不歎息酸鼻。湯竟刦婦納輿中。行。婦急以布自經。周上

下無隙。至嘉定某家。哭不止。數人迭守之。一夕。伺守者懈。遂自縊。湯氏逼婦行時。奪其嬰。將碎諸石。阿午從旁奪得之。夜奔入城。以歸既遜。貧不能乳。謀於其戚顧行人玉停。行人令其妾育之。名之曰潮音。四歲痘殤。阿午者。均家僮也。均死。仍傭於湯。烈婦之死。獨午知之。湯切屬勿泄。既遜老瞶。亦謂婦死於疫。午心實憤湯氏所為。念均夫婦僅留一孤女在。時入城至行人所。省視潮音。則抱而之既遜家。或嬉他所而後去。潮音之殤也。阿午夜心動。不能寐。若有促之入城者。清晨及門。則潮音已死。午痛哭極哀曰。吾主人夫婦孝烈。乃天絕之若此邪。行人詰之。午頓足嗚咽。具言婦死狀。且曰。烈婦棺尚在嘉定某家墓旁。午屢欲盜與主人合葬。舁者憚。不敢行。行人曰。盜不可也。其鳴之官而歸之王乎。湯氏聞之。即密令某家火婦棺以滅跡。午詭稱湯使往視。斂其骨。以空罌易之。奔告行人。行人令以其骨與潮音同瘞於均墓。噫。湯固市儈。既薄貧壻。又因壻而致殺其女。何不仁甚哉。然以湯之翁媼而有是女。異矣。非午則均屍不復得。非午則潮音亦不全。非午則烈婦之死遂無知者。烈婦之骨。亦不得與均同穴矣。其奪嬰。勇也。詭收婦骨。智也。謂之義士可矣。見沈起元敬亭集。

朱如玉

孝婦姓朱氏。名如玉。字又寒。仁和朱久亭女也。嫁同邑魯君旋長子縣學生宗鎬。宗鎬家故貧。孝婦甫歸。事舅姑。得甘旨。必先以進。解己衣衣其姑。斥己裝以資遣其夫之妹。嫁時物蕩盡。人為之不堪。孝婦無纖毫苦難意。戚黨某挾訟來求貸。宗鎬謝不能。則恚甚。孝婦曰。若憒急耳。勿與校。脫衣襦質白金四笏畀之。其人欣然去。或以重賄求宗鎬為關說。勢炎炎。孝婦勸勿受。宗鎬曰。我度是無關利害耳。孝婦曰。世上不義事。皆從無關利害處做起。奈何以貧故隳素行。宗鎬感悟。謝不與聞。其舅聞之。謂宗鎬曰。兒婦真若嚴師矣。戊申六月。宗鎬感疾幾殆。閱兩月始愈。婦晝夜侍湯藥。遂以勞悴致疾。是年十有二月丙申歿。得年三十一。一女生九歲。名學班。孝婦體弱。素多病。顧強自搘拄。不以貽舅姑憂。已不食。猶力疾執爨。其舅課生徒。讀書過午夜。孝婦亦坐候具茶餌。不就寢。其歿也。舅之及門士。為痛哭失聲。中表兄子姚虞士喪之若親叔母。其賢能感人如是。姑有胃疾。間數月輒發。孝婦身不去牀第。酷暑。汗下如雨。不敢揮扇。以袂拭面。衣裾濕浹。日夜為姑撫摩。稍間。為誦彈詞稗史。以解姑痛。比孝婦歿。姑疾作痛苦。輒長號曰。吾媳若在此時。不離牀右。斂戢矣。善詩。工屬對。能為設色花鳥。死之日。預知時刻。見汪由敦松泉文集。

曹借姑

孝節婦姓曹氏。小字借姑。一士之從姑母也。父天策公。為擇對里中。得陸君韜。未成童。入府庠。有能文名。遂以字之。年十六。歸陸氏。陸氏姑孀居。有節操。婦事之惟謹。中外稱其賢。未幾。夫病瘵。累年卒。孝節婦年纔二十三耳。舉子女各一。子不育。至是乃立嗣子。嗣子則又不育。族人無肯以其子嗣者。有陸尼者。微諷曰。少寡肩絕。姑老女弱。將奈何。孝節婦恚甚。立椎胸嘔血。尼驚走出。自是終身不復見其面。康熙八年。姑疾。日侍榻前不去。已而疾大漸。乃中夜焚香祝天。引翦刀翦左臂肉。無血。創甚。不敢出聲。還入房。為羹以進。姑不食者數日矣。曰此何物。乃有異香。飲之至盡。遂愈。并不使小女子知之。後乃曰。世傳為此者。遲閱一日。則病者多活一年耳。紡木棉以養。閱十五年。姑乃卒。女字邑右族張氏。贅而依焉。壻家亦貧。族兄弟共迎養之。卒年七十四。距喪所天時。計五十有一年。三黨咸尊之。稱曰節孝婦云。節孝婦年三十三時。母楊老疾。醫者云不治。孝節婦復中夜焚香祝天。引翦刀翦臂肉。血溢手腕。創甚。不敢出聲。還入房。雜米湯中以進。母哺米至盡。餘一粒。大如豆。曰此何物。又汝肉耶。哽咽淚下簌簌然。推去不竟食。遂卒。初節孝婦往來一士家。士年尚幼。輒牽衣問姑前後所割臂

瘋處。欲一覩。慨然不悅曰。郎君輩何自知之。此自愚婦計無復之。姑出此耳。郎君輩安用見之。（見曾晅一馬齋集。）

姜桂

貞女姜氏。桂名。芳垂字。孝廉本渭之季女也。世居萊陽。今籍元和。年十歲。字於張。未行。而張以瘵疾卒。女年十九矣。訃聞。泣三日。遂自經。昏迷中若聞有呼者曰。爾當享大名。何為是。乃甦。而縊已解。時父以應試在京。女即告其母曰。女子從一。改適不可。可改字乎。為白父。勿萌他念也。父以書援禮經曲折諭之。女曰。父言誠是。但女賦性如此。不可變。富貴福澤。非所好也。拂其性而為之。無生理矣。居三年。戚屬爭言不宜聽女守。父母亦意其志少衰。復垂涕為言。女曰。女不悲。母何悲也。人生適性為樂。遂女志則樂甚。何悲之有。夫言有可忘。有不可忘。既許字矣。雖終身其可忘哉。父知其不可奪。強齋沐而禱於神。神示吉兆。遂聽之。貞女乃畫蘭。漸乃繪山水。父假諸名迹示之。畫日進。駸駸逼雲林黃鶴矣。而端靜之意。亦流露豪素間。用志不紛。乃凝於神。其尤可貴重也夫。（見陶正靖晚聞先生集。）

烈婦馬氏

烈婦馬氏。故福常把總馬成功女。適福山章揆蒼生子。輒殤。揆蒼病且殆。屬以奉舅姑。涕泣受命。揆蒼歿久。未克葬。鬻於某所。舅學洲貧老且病。瘋或為之謀。謂婦父亦族姓。少即嫁之。聘錢可獨有也。營將某。致重幣。及富人嚴某先後來。遂皆死拒得免。學洲固深惡之矣。章有族孫曰小五。土豪盧某之甥也。說盧謂能致之。與馬相卿者定謀。使其姑。紿以俱往省某親。婦覩姑升輿。不疑。遂舁以如盧氏。及門。覺有變。顧不得脫。乃散髮踞地坐。哭且詈。盧大驚愕。俾嫗為好言。許送歸。婢女日夜謹伺之。誘譬萬端。大陳金綺為餌。氏厲聲曰。吾翁與若為姻家。胡無良至此。吾所以求歸者。為夫骨未埋。且遺言不可負耳。若必欲見迫。即此為吾死所矣。焉用金綺為。悉擲之庭。盧度終不可犯。顧重惜聘財。又恐一旦致死而破家也。踰三月。始送歸。而小五等以償錢脅學洲。復為學洲謀築室于田。使獨居以守。實盧之別業也。居數日。盧盛服至。婦憤觸柱。抵几折一齒。盧益懼。乃陽白縣聽歸。而使學洲戒門絕之。烈婦呼搶哀求。方嚴冬。屏營戶外。風雪僵凍。卒不納。寄居舍旁尼庵。又不許。亦小五等謀。蘄其困而改圖也。婦有妹在楊氏。將為訟冤。盧又恐。枝蔓學洲。迎還畜以奴隸。食以犬豕之食。烈婦安之。無怨言。尋復逐之。守備陳某見而問狀。俾其族之隸麾下者。諭以大義。學洲不得已。納之。未踰月。又怒而擯之門外。烈婦乃拊膺曰。非一死無以明我心。或勸為尼。烈婦曰。身體髮膚。不敢毀傷。吾向以憤怒折齒。至今悔之。且吾違翁命。不孝。從翁命。不節。不孝不節。苟活何為。孰與全而歸之。見故夫地下。即走其夫殯所。哀號徹日夜。遂潮上時。拍手連呼曰。盧賊殺我。盧賊殺我。跳波中死焉。時雍正六年十月二日也。年四十有二。屍隨潮上下。後十日。獲之蕭家橋。邑侯親臨。視其裏衣。皆密縫紉。佩一小囊。貯所折齒。侯歷詢鄉老。具言其節烈不污。萬口無異詞。嘉歎良久。捕諸凶鞫治。而章小五者。竟匿不出。（見陶正靖晚聞先生集。）

茅貞女

茅貞女。通之泰興人。年十六。許適張氏子。張貧窶。棄家為僧。致詞於貞女之母。母許之。貞女素嚴重。不遽以白。越二載。復字他氏。歸有期矣。乃遣乳媪白貞女。貞女聞之。泣。徐謂媪曰。吾女子。安敢逆母意。然聞張氏姑老且病。窮餓不能自存。吾心怦怦然。今欲有遺於張。非汝莫可使者。汝為吾密致之。吾無恨矣。媪許諾。出。貞女即閉戶自經死。方媪之諾而歸也。金藏諸笥。為不肖子胠去。甚皇遽。徐聞貞女死。即隱不發。忽數日。媪狂叫自責曰。汝尚為有人心乎。盜吾金而負吾約乎。數自批其頰曰。若子所盜金。今具在。吾為汝往取。立起如指所。金果在。持詣張氏姑。長跽泣曰。吾不得事姑。罪通於天矣。今以此為姑壽。遂奉金進。伏地號哭不能起。張大駭愕。無何。媪甦。具以白。乃悉其故。異哉。事在康熙初年。（見顧之嵩耕雪齋集。）

廖氏

廖氏者。蜀江津縣民戚成勳婦也。成勳僻居山中。值獻賊窺。倉卒奔竄。廖弱不能從。不得已。置之去。廖堅閉重門。自誓以死。逾數月。賊不至。倉中積穀頗饒。資以食。數年。荆棘叢生。蔽其宅。遂與外隔。其後食漸不繼。向宅池邊種穀。續之。以草為衣。四十餘年。亦不知成勳之存亡生死矣。成勳竄入黔中。久之。別娶某。生子二人。年六十餘。歸訪舊里。是時天下甫定。川中土滿人稀。田園半沒深菁。虎豹豺狼出沒縱橫。人跡罕到。無從覓其故居。但識其向而已。因倩人力持斧斤。斬竹伐木數日。望其宅頹敝尚存。大樹如圍。自屋中出。微烟出沒。異之。固不知其妻之猶存也。及近宅。廖忽從樓上呼曰。汝輩何人。成勳惶怖失色。倉卒厲聲答曰。吾此宅主人戚成勳也。廖窺視良久。覺衣冠迥異昔時。而聲音容貌。彷彿似其夫。泣語曰。君妾夫耶。妾廖氏也。可將君身餘衣褲與妾。得蔽體相見。成勳怪之。然聽其言。似非無意者。即解衣擲樓上。須臾。

氏自樓下。而目盡黑。髮亂如蓬。戍勳恍惚莫辨。廖備述其由。兼言當日事歷歷。夫婦相泣如再世。偕至鄜家。復自黔挈其妻子還。年各九十餘始卒。（見彭端淑白鶴堂集。）

馬孺人

孺人馬氏。河南郏縣人。繼室於同邑古村之劉翁。生一子而寡。崇禎末。中原流寇起。孺人嘗指後園井語家人。脫有不虞。當索吾於是。比寇氛益急。里戚婦女皆出避。要孺人與偕。然弗應。固要之。則曰。吾計之熟矣。吾閉門不出。猶冀匿蘺壁以免。出而遇賊。身之不免。且重辱。凡所為婦女遠丈夫也。而吾又髮也。蓬首垢面。雜稠人中。匿草間求活。雖幸免。為辱已甚。吾弗為也。乃令奴犧警者伺門。而身恒不出堂帷。無何。盜至。見堂宇頗壯。即縛門者拷治。索財物。且訶問主者為誰。門者惶遽曰。主翁死。郎君適遠出。家惟主母在耳。孺人立堂後。微聞其語。曰。嗟乎。誠不免矣。趨自沉於井。（見觚賸。）

殷烈婦

殷烈婦胡氏。殷士膺之仲婦也。士膺長婦汪氏。以節稱鄉里。而仲婦胡氏乃復以烈聞。汪氏之寡也。姑亡矣。而舅衰叔幼。家貧甚。其母氏欲奪之。使來。汪引刀激瑚使者。

歲時泣拜其夫衣冠於堂上。督家政。及胡氏夫亡。有遺腹。汪以義諭之。不死。且得男。未及百日。而孤又亡。汪氏曰。嗟乎吾嬸。乃今死矣。强慰之曰。嬸與吾俱寡。顧忍令汝姆獨活邪。烈婦曰。姆獨活。持殷家門戶良難。吾且為姆報伯氏於泉下。於是家人衛之儆夜。婦益故攝事。衛稍懈。而戶忽扃。乃驚相告。爭曰。毀門。門毀。婦固從榻後立。衆笑曰。娘子何驚人也。爭前持諦視。頂有組下垂。頸痕寸許。而一小刀血淋漓地上。嗟乎。蓋迫於救。援環不及。而急自刎也。時雍正十三年。年十九。閱一日。母家來視。猶植立面色婉孌如生。汪氏哭曰。孀。汝亦殷家婦。獨以死瑚邪。（見張尹石匱集。）

文鶯

李長祥。字研齋。四川夔州府達州人。崇禎癸未。選庶常。京師潰。乘間南奔。起兵浙東。結寨上虞之東山。大兵以全力壓之。追至奉化。依平西伯王朝先。復合衆於夏蓋山。由健跳移翁洲。入朝。加兵部左侍郎。初。侍郎之在寨中也。寄帑上虞之趙氏。及寨潰。相傳侍郎已殪。其夫人黃氏聚其家人謀共死。有僕婦曰文鶯。夫人婢也。曰。夫人當為公子計。以延李氏香火。惡可死。曰。然則奈何。曰。婢子死罪。願代夫人。以吾女代公子。而俟死於此。而夫人速以公子去。夫人泣曰。安忍使汝代吾死。曰。小不忍。最害事。逸驅之。而山中有羅吉甫者。至是奔至曰。夫人公子。我則任之。雖以是死。甘心焉。於是夫人抱其子。徧拜吉甫。且拜文鶯。文鶯曰。夫人休矣。捕者行至矣。甫出門。捕者至。以文鶯去。吉甫既匿夫人。知朝先之於侍郎姻也。乃以夫人母子往。則侍郎已先在焉。相見痛哭。為言文鶯。一木訥女子。今若此。而文鶯被逮。居然以命婦自重。雖見大府。不肯稍屈。莫不以為真夫人也。時例應從遼左。按察使劉公自宏者。淮人。一日五鼓。傳令啟城門。命吏以文鶯就道。不得少待。或曰。劉蓋憐侍郎之忠。亦壯文鶯。密取歸。養於家。而以囚中他婦代之云。而侍郎之自翁洲亡命也。又與夫人失。及居山陰。則夫人又自海上至。得再聚。侍郎既寓江寧。夫人已卒。總督馬公陽禮之。而終疑之。曰。是子然者。誰保之。侍郎微聞之。時江寧有閨秀曰鍾山秀才者。善畫竹。容色絕世。乃娶之。朝夕甚昵焉。督私謂人曰。李公有所戀矣。未幾。侍郎乘守者之怠。竟去。（見全祖望結埼亭集。）

曲園居士曰。結埼亭集載明季遺臣事甚詳。以全集具在。故不備錄也。文鶯事附見李公研齋行狀。摘錄其事。亦不賢者識小之意耳。

章貞女

貞烈女章氏。錢唐磐如里人。六歲。同里蔡松為其子九經相攸。貞烈女年十九。九經

以不得志於有司。病且死。貞烈聞訃。引剪刀自刺。亟救則生。生則紿其母。請弔於蔡。母則與偕往。及至蔡。衰慟行婦禮。遂辭母。登姑氏樓。勸之歸。則截髮以誓。已而闔門苫坐。寒暑不變。所臥榻不張帷。亦兩扉。晨昏持鑰自啟閉。其嚴整如此。姑疾篤。貞烈刲股以進。未幾。乃其翁相繼亡。貞烈執二喪。皆冠縗倚杖。隱拜帷內如人子。不忍以無嗣恫舅姑之心。斯所謂禮以義起。蓋其孝也。家甚貧。倚女紅自贍。晚乃賴諸姪稍稍致饔飧。歲大祲。里中賢者。奉粟米致堂下。必再拜。强而後可。諸有司貴人命隸人齎錢帛到門。往往不受。其天性高潔又如此。生隆慶庚午。卒於順治丙申。祔蔡子之穸合葬焉。（見孫治集。）

蔡孺人

孺人蔡氏。閩縣西仲林先生雲銘元配也。先生以順治戊戌成進士。授江南徽州府推官。明年。海寇犯江南。偽諜四遍。至徽。警兵殲先生與刺史蘭矢。登陴死守。慮為家累。屬孺人歸閩。孺人指劍誓曰。苟不測。從君伏此劍耳。惡子衆。越數月。偽諜擒叛兵亦逃去。先生急治行。嘗類其署曰。焚香告天處。當夜焚拜。孺人從。先生曰。此吾職。汝何為者。孺人曰。吾亦有祝。願與君生入仙霞關。灌園為食。不願久作吏也。丁未裁缺。

先生自獄奉封君居建寧耿逆反繫先生籍家三就戮復獄與子沅皆殆孺人灼香構左臂爛寸餘弗恤也王師入閩先生始出獄計在繫十有八月矣孺人憂懼久吐紫血多且覺女瑛佩刻臂肉煎飲之乃甦瑛佩者閩清諸生鄭郯室初孺人年十六歸先生孕輒女欲得男為先生嗣續計時時勸納媵自孺人年二十有五至卒年四十有八凡納媵七孺人素孝謹善容下所納媵必開誠撫遇恩視姊妹分與妯娌均先生或暫過諸媵孺人必多方餽至釋乃已以故諸媵亦恭順無閒言每當夕皆惟孺人命及媵生丈夫子孺人保抱攜持同卧起如己出所親有婦與姑而五十無子者孺人延至家使視己治家狀三日請歸為夫買妾舉二子於是諸所親婦或忤其夫共指孺人以勸皆媿悔曰勿使孺人知云及遊武林越壬戌冬孺人卒諸媵哭之哀有嘔吐血濱死者見薛鍅南窗草存

林烈婦

烈婦翁女也年十九歸林雲禧雲禧以嗜學病危烈籲天割股糜之以進病遂愈久之復作死烈哭絕而甦引魂帛經柩側以婢救免乃取雲禧絲縧繫腰際婢告姑姑屬烈母伺甚密烈詭謂姑曰兒今不死矣屬婢滌房帷如素焚修示無死意月餘

晚沐浴早起盥櫛紿其母出後襲衣縞帶縫結扃戶自經先是雲禧與烈決許以死其翁曰我兩老人方哭子不能再哭婦也姑與家人俱以翁意勸烈曰固也吾甚者以死許之矣且吾姊未婚而殉夫吾婚兩載猶偷生不愧吾姊哉竟死有遺詩四章烈姊名茂宋所殉夫林耀祖雲禧宗也烈名水宋與茂宋皆明經翁輔女翁林皆福清大姓世婚也見薛鍅南窗草存

貞節林母

母三山陳公泗水女年十八以繼室歸培生林公以嗜學病瘵卒時母年十九甫舉孤九閱月號慟幾絕而甦曰是誠不可以死乃畢喪攜孤及前母所舉幼孤與女各一依泗水公撫教備諸艱縫刺以給事泗水公尤謹泗水公卒年七十遺一孤甫六月以屬母母撫教如孤長為置婦視如婦前母孤某先母卒婦某舉一女或諷婦女固有姑在婦何自苦婦泣言為死者育女以事姑亦欲學姑耳舍姑與女奚之竟不奪而泗水公所屬六月孤某與婦某朝夕養甚恭曰吾姊乎哉吾母也卒年六十有三見薛鍅南窗草存

龔烈婦

烈婦謝氏揚之興化人夫龔行縣頻年被水室廬蕩沒貧無依隨其夫攜女客京口南城外河干腐豆為生時京口設重鎮分屯戍卒雜民居處無賴子竄入為曹每恐豬聲威吞噬細民江寧人田五者向屯卒朋放息錢肆舍與行居相望窺謝及女姿儀媚之嚴拒匿其女不出一日行晨以外事田即挾羣少過謝佯酒後索茶乘醉遂犯謝謝倉皇號呼田怒即仆謝地掌毆之女出救隨犯女女急走脫猶憤憤欲入內值鄰眾集擁多人始揚揚去謀之黨何三何三者狡黠為黨渠魁乃教田作偽券即聲過索負因痛毆行鄰並實知之素怵田莫敢為行直者行不能伸乃奔訴之官官漫弗省反笞行勒償田負且逮謝庭訊行歸語謝謝與女仰天呼曰冤哉天乎此誰控乎已隸復擁行去篠謝猶篝燈候行夜深不返乃持女手泣曰以吾故陷汝父黑冤中即吾死不足恤獨憐汝耳女亦泣曰母死女何能獨生即生亦蒙不潔名願相從得仍為母子謝曰悲哉恨汝父不即歸痛無一言與相訣耳言訖復相持哭哀號之聲慘動鄰室比舍莫不聞者迨雞三唱時遂不復聞聲乃以繳赤帶繫身及女臂閉門逝袂投河津死及曙鄰媪往視室無人因共奔告行隸猶詗行匿妻弗出也及行至河濱屍雙湧從水中出時盛暑歷五日殮面如生莫不驚以為神謝時年三十四

女十七名巧或曰烈婦時已有身蓋殞三命云前二年有趙氏婦亦死於烈邑紳士里民感其節千餘人為文肅祭鼓樂白衣冠奉柩送葬釜鼎山下道經謝戶外謝聞之特與女出視吁嗟歎羨以為榮曰人生如是足矣及凶既伏辜奉命坊表邑紳士里民為文肅祭鼓樂白衣冠一如前趙時舉二柩復送至釜鼎山下與趙墓並叙列葬表其坊墓前而歸見冷士嵋江泠閣文集

冷節婦

節婦夏姓父處士君有文學立身方嚴不苟尺寸節婦年十六歸冷君二與二與少浮薮日湎於酒節婦屢規之不從卒以此積病不起歿時年二十七二與未死之前二年即已病節婦私念既諫莫入而又身未嘗娠脫有不諱冷氏將何承乃日夜促其夫置側室夫不可節婦曰君縱不自為計如先世何乃強為之未幾孕是時二與病已劇節婦每私祝曰使生男冷氏其有祊矣已而免身果男節婦喜不勝甫十月而二與歿時節婦年二十六云私謂庶曰我矢志保此兒存冷氏汝將安從庶泣對曰母尚戰敢有他耶因共相要以一節然冷氏自二與時家已落節婦與庶日夕惟仰給於其指姑性尤戾而苛不以子婦禮禮節婦詬誶聲時相聞也兼復有他侮橫

逆之來無日無之狼狽顛倒非復人理節婦與庶特志意諧協無少怨言每風雨夕一室中影相吊也燈前少倦即抱兒置膝上與庶蝦紙相對欷歔初二與歿時有勸節婦謀他計者節婦輒恚責曰吾誓為冷氏保此兒人有志何相黷也父處士君素知之乃取枇杷一枝插階下識歲月於壁曰此木晚翠使汝志果堅後當實否則萎耳後枇杷長日益茂不數年蒼翠蔚然結實盈柯條纍纍凡數十百顆遠近聞者莫不相諮嗟太息曰此節婦徵也節婦歿時年六十有五而十月子巳年四十矣庶陳氏長節婦二歲子名利德見冷士嵋江泠閣文集

桐鄉諸節婦

室女守制兩人戴禹功妻陳氏莊大成妻蘇氏未婚守制兩人朱辰宿妻楊氏朱康妻茅氏夫蹔誓嫁一人陸廷璋妻倪氏夫赤貧誓嫁一人張冲和妻周氏陳之值戴歿也聞訃謂父母曰不容往送當自經也至則抱屍大慟剪夫髮及夫爪甲為佩告舅姑曰此吾夫也已遂對屍成夫婦禮挾老婢與俱坐卧一小樓四十年如一日蘇氏則甫十四耳聞夫歿毀形衰服矢志弗易翁姑感其義迎歸守制拜廟受笄修婦道終身楊之歸朱也未婚而夫病劇翁利其有紿之來來三月而不成婦夫卒遂拜棺成禮翁姑尋亦卒力營三墳皆就緒茅歸朱以夫病亦不成婦侍夫湯藥祝以身代卒不起其翁姑迫之他適勿聽詬厲之飢凍之亦勿聽為是悛而止陸之聘倪也閱三月旋瞽陸請辭婚氏言曰古有男室瞽女況吾夫乎卒歸陸周氏生四歲許張氏子父母死育於外大父張酷貧更許他姓及長議婚奔歸抱父木主而啼曰吾父在聞字張張即赤貧奈何廢死父之命挾利刃訴之官官為動容俾配合焉又有徐洙妻祈氏陳敏才妻施氏朱一豹妻張氏費可學妻張氏倪大緯妻嵇氏皆弱齡于歸皆有子皆砥孀節而皆玉子於成諸婦俱桐鄉人外史氏周拱宸葺之郡志復為之贊見周拱宸集

薈蕞編卷十七終

薈蕞編卷十八

清　曲園居士纂

朱烈婦曹氏

曹氏者武進縣新塘鄉曹昌女嫁無錫富安鄉朱承宇為妻承宇業農以叔賤若貧賴氏紡績以食生二子一女矣承宇死弟甫利秦傭賻金覬言兒在時負貸今責償逼氏嫁氏以死拒傭聞之則向甫索所輸金金已盡甫乃與其族叔某者益逼氏不容他徙多端恐怖之奪其懷中兒提擲於地身盡血腫氏痛兒言終喪當如叔命而甫先是已諾傭言氏允贅且有期矣故不許至請期又不許氏乃好言謂甫曰是固當以身償安可累叔但須容我一見吾姊甫喜許諾氏即於一日夜敗兒女斂衣裳補綴浣濯畢攜而詣姊家姊迎之曰聞叔禁爾足乃許來耶氏曰本不欲從叔者以吾夫魂魄應在吾左右耳今已矣固當聽之特不能棄撇抱女兒去作新婦故暫以累吾姊三日後取歸慎毋以與吾叔姊意頗不悅而謾許之因顧其子女曰姨今固是爾母矣復問以家事不應徐曰姊日後自知之適兒啼索乳氏泣曰痴兒母豈能長乳爾耶時面如死灰色已又青赤若有痛割不可忍者既辭出門復回顧子女再三屬姊姊曰三日耳何言之數也氏始別去至夫墓墓即在舍旁高阜氏號哭至暮始入門而秦傭所遣鄉村酒至矣鄉村酒者娶婦家以熟食遺婦家即曰聚鄉村劇飲者也氏遂投環自經姊聞之即攜其子若女往視見目猶注視姊姊乃撫屍長慟曰噫誰知爾昨日之言皆誑我耶非真耶然則向者請終喪請及期亦不過以子女之故冀得遷延以稍緩須臾之死耳爾豈真許叔以嫁耶則豈肯以子女遺爾叔耶遂許養其子女成人不負氏託氏目遂瞑至殮見左臂有刀創未愈凝血尚殷紅色始知承宇病時曾為割股云父昌訟於縣縣令吳公論如律附祀慧山貞女祠見董以寧正誼堂文集

沈烈女

沈烈女吳江望族沈秀才之女也秀才名樞家居傍城牆下登城望之其家之戶牖井竈屏帷衣桁之屬無不悉見女以故深自閉匿而都圖鄙氏子稔聞其美也藉樺炫服日登城以窺之久不得見一日會女病推簾欲唾遂得一見適硯秀才他往竟踰垣潛入卧所夜將二鼓矣見女從燈下刺繡就向前抱之遽撲火女驚呼捉賊恐力不能拒取架上剪刀自刎其喉婢僕來爭持杖擊賊賊就擒燭火視之則周都圖刁

平時茜禪炫服於城上往來者也繩牽之無何閘戶內仆地聲急往視女見水喉已斷頸血如泉方爭救女而鄒氏子脫矣女竟死矣死時雷電水激里人震異嗚於官越五日丞往驗色如生洗視頸領間翦刀痕凡八鄒氏子倚其家貲不少憚仍茜禪炫服揚言於衆曰是向與我有私所以死者羞婢僕耳押其金屬吏張挺徧賂幾脫於罪挺歸廨啜粥忽顧見女形而驚急語家人即扶箸含粥而死事聞縣始再讞論如律女生於順治庚寅年死節於康熙丙午（見董以寧正誼堂文集）

黃烈婦

烈婦姓周氏其先華亭人徙居泖涇年十九歸江陰縣諸生黃晞為繼室不數年而黃氏家難作先是晞父毓祺字介子前明啟禎間以文章道德為諸生祭酒甲申間竄仰天痛哭擗踊嘔血已乃類中風狂走者為怨家所告捕繫金陵按察司獄後竟死獄中晞兄弟四人同坐收籍其門沒入縣官周氏名在籍中當行初毓祺亡命時晞挈氏轉匿窮山偶出為邏者所得繫縣獄晞自分不免手書與氏訣氏大驚是夕引練帶就牀第自縊死婢覺救之得不死然傷甚頸面殷紫逾月既念夫在獄饋粥繾洗匪妻孰職乃潛返故居日挑野菜屑糠覈為餅餌以誑口充腹而餽獄食必謹

家居夏月不施帷帳蚊虻聲營營撲緣達旦曰吾逆與獄中人共苦耳繫獄十閱月會事小解得釋歸及是晞再就逮烈婦撫膺歎曰吾不免矣時方避地董氏屋後有深池烈婦潛夜出投水死比覺蹤跡至池上則屍已浮水面舁入室久之嘔出水斗許又不死而董西來者亦義士語其妻曰吾聞服金屑能殺人烈婦聞喜甚曰何不昨語我西來晞之姑子家故貧其妻釵環俱質錢亟取歸屑而服之三錢盤旋腸胃間如剸刃然又不死俄伍伯騶之入舟抵郡晞有友某者來視烈婦或言金不赤不能殺人友疾趨歸脫其妻約指燬屑以遺烈婦服之又不即死然烈婦已陰挾利刃藏衣縫中矣是日詣府當發解太守出坐聽事左右吏卒擁立按籍呼烈婦名不應亦不跪直趨上陛右引袂障面左手抽刃自刺喉茹刃者再垂欲斷血衝涌仆地太守怛然失色左右皆大驚是日也日食既陰風怒號正晝如晦星見或謂烈婦所感云一時好事者醵金治木為烈婦殮甦及夜半喉間稍作聲漸活又不死太守既心動又值天變見輿情洶洶暫釋而上其狀於按察烈婦創甚臥淨土庵庵主涵輝姊也為言鴨血解金毒强烈婦飲烈婦終不肯飲曰家門禍卑重何蔑求生亡何頸創漸合金亦竟無恙按察得太守所上文書大怒追逮愈急縣卒及里鄰十餘人入庵

索周氏聲洶洶烈婦故徐行出應曰我在也乘家令老僕呼巾車來返其家耑語卒曰我不畏若輩徐之伺我氣絕若輩第持片紙去即官事易了也又手檢單衫一付老僕曰主人出門久無裏衣備浣濯汝持此寄之已乃入室闔戶自經死烏乎烈婦求死者五矣死縊不得死溺不得再死於毒不得死於刃又不得至是乃得死頃之卒闢戶入見烈婦帶纏項神色如生皆羅拜歎息去烈婦死於順治庚寅年二十有八是時晞尚頌繫按察司獄董西來走金陵具說前事晞曰吾固知吾妻必死不意其能從容乃爾晞乃就獄神廟下倚牀泚筆作黃烈婦事述頗詳晰晞坐沒入輸旗下為奴年餘同鄉人斂金贖出之乞食南歸子身授徒毘陵大室爭延致為子弟師晞學有原委對客議論經經緯史上下貫穿千餘年斐亹不倦幅巾白布袍終其身晞字仔新齡七十餘卒所著詩文百餘篇毘陵士友家多有其鈔本（見鄒長觀集）

陳節婦

節婦姓陳氏嘉之西里陳某之女年二十一為沈君宣繼室四年生女二又二年生子一子三歲君宣攖疾不起惓惓以鞠子屬婦婦諾君宣卒無升斗儲節婦晝績緝以自給誓不改適某某者利之去節婦志益堅死亦甘耳不為失身婦也某曰何不

遂死節婦曰孤子幼我責也我任之矣於是率二女勤織紝久之購田三畝俟子壯學耕謂本業可資生其叔某又覬之有田不得耕節婦竊自語曰我不讓田將我且益甚竟棄其田子既長務誠慤不負其母節婦明義理言動有矩則吳之俗好巫覡節婦秉正志諸不典祀弗奉也嘗沴氣流行牽纏病患為害連里巷節婦恆不恐或姑姊姒姪家苦疵癘卧於牀莫有視湯藥者節婦調視累日夕無纖毫病從者塗黃巽胡蔥心神猶恍惚節婦不少怖也（見陸時隆郁亭三編）

俞秀

烈婦名秀閩之融人也父俞長祚素有膽略少以武事死封疆婦為兒時常恨非男子不得從父以死年十六而歸翁處士鏡鏞好學家貧不能卒業將客遊泰川以父母老語其妻曰父母疾將汝倚汝必能代我去之明年而姑有疾婦夜前語百靈疾呼願以身代姑死及姑愈而鏡客死泰川矣己亥旋凶問至先是屋有三鳥集於堂其音如鴞又夜有牛喘於婦前其日黃昏婦哭曰翁郎是妾盡頭之日也夜半忽陰雨從天撲下婦大哭曰翁郎若者行相見邪乃徐取所佩小刀向頸喉一刲氣量不絕婦曰未拜姑嫜未辭慈母可乎乃洗去血餓汗者以左手中指曲剔入旋以

食指側抽喉横筋絲絲漇漇觀者為之股慄婦舅髮聞而止之婦曰兒不孝使兒得見亡夫兒願足矣翁郎豈無伯與叔氏者有之矧其室尚餘婦也顧謂其姒曰若善事姑母以余亡余且瞑目數尺之棺母以余身而見恐母見余而哭徐謂母曰兒不孝負母將死於夫則不得不背兒母若戀兒母則兒不得死於夫且不得見兒死父語畢鄰媪皆來婦無愁容唯取少時所誦盂蘭經誦畢雞鳴斥侍兒出割正喉血盡氣絶遲入聽事治歛且復蘇吁聲曰翁郎是使余再留耶則不得一見耶未幾氣絶（見王鳴雷王中秋文集）

吳珏

節婦姓吳氏名珏京口吳萊公女也襁褓受教輒不忘稍長好弄筆硯兄笑曰汝亦欲作女博士耶凡刺繡織紉見無不能諸技巧類是率非所好雅好古書洞悉大義年十七歸邑子鄭義義素尫羸好學比合卺益讀書不輟疾作經年竟死節婦痛哭欲殉母氏曁姑氏鄭同辭語曰我兩人老矣汝今死兩老人能生耶汝夙孝今以夫死忍令兩老人亦死耶節婦乃頷強起旦夕臨哭母欲且歸寧節婦曰守志者不出歸母家也服闋鄰嫗微煽之曰守志良苦曰此定命矣苦固所甘也無積聚奈何曰守志豈在家之貧富耶未舉子奈何曰守志豈在子之有無耶有子則守是守子非守志也於志何有凡有款門請謁指柱間琴曰無絃不理幾何時曰未亡人不理久矣不計其時曰長齋甚善不事佛不雜髮何也曰未亡人不舉酒肉為吾夫非為佛也於是年纔二十會族子鵬生立之念翁姑老子幼食貧無資非治女紅無以為生初學繪事於凡工特甚乃布繡紋黹絢增華人人爭購得之以是持針綫往往達旦倦不自支燈火燎椎髻稍髻僅僅拂去紉繡如初歲儉自食雜糠覈舉精鑿奉姑餘以飯兒姑一日病醫弗效剮臂肉以進姑霍然愈嫂范氏從絺衣中稍稍見創痕詢得其實驚歎起熟視痕且有兩蓋在室為母割者曰痛何似曰不覺也嫂曰宜乎兩老人痛汝矣為女為婦如此而深自秘藏歷年數十雖古史所載無以加矣（見梁汾懷萬壹文集）

孫秀姑

孫氏名秀姑浙之錢唐人少喪父十一歲歸楊鼎元子文龍為待年婦楊父子常遠賈家止秀姑依姑侯氏居候潮門外之三角地室湫隘甚與鄰舍共椽柱僅一版隔右偏有閩士積者素悍虐日與不逞之徒胡起龍數輩相徵逐窺秀姑而美之至是秀姑年十五士積一日假求火徑入廚下强捉秀姑臂秀姑大恐嚙其手血出始釋去秀姑以語翁姑鼎元畏士積不敢校既而楊又走販衢州士積度其家無人瞷秀姑晚浴暗以手度檻下驟把其足秀姑驚起泣訴之姑侯氏呼鄰里共責讓士積士積不能難約詰晨詣門自謝厥明偕胡起龍以來秀姑怒舉杯擲士積不中中起龍面面被創起龍大恚罵不絶口士積益咆哮謂吾不致汝於亂非夫也秀姑恐甚是夜密縫上下衣裾陰懷死志次日又聞士龍輩惡聲意愈決入房漬鹽水中盡飲之出奉羹湯饍畢淪茗以進心痛殆不可支侯氏詰問吐實有頃遂死蓋戊寅六月十九日也鄰里扶侯氏控於官士積計免乃殮以薄棺時當盛暑屍數日不壞無蠅蚋敢集人以是數異撫軍廉其事擒士積置之法並杖起龍死自為文遣官致祭遠近來觀者數千人或云士積嘗自言十五年前因姦不成蹴死一尼疑秀姑是其後身然則秀姑堅貞之性固有由來而士積強横至死不悛其斃於法宜哉（見王時霑鄰堂集）

曲園居士曰袁子才新齊諧亦載此事頗有異同此云秀姑歸楊鼎元之子而彼則云歸李氏子此云閩士積而彼則云嚴虎恐當以此為正閩與嚴音相近其云虎者殆失其名而以虎目之謂其凶暴之行人而虎者也自當以此傳所紀為得其實至此云撫軍廉其事擒士積置之法則於情事猶有未備果誰以聞於撫軍耶新齊諧則云秀姑既死之後無為具呈告官者忽有異香發於秀姑所臥處達於道路嚴虎置死貓死狗於其門口欲亂其氣而香愈烈有總捕廳某路過其門聞香而異之遂訪得其實頗可補此傳之缺也

陳三淑

貞女陳三淑杭州錢唐人武略將軍某之季女也自兒時不喜偕羣兒嬉每不可於意輒怏怏累日人悅之萬方終不啟齒以是羣兒憚與游亦坐是失母黃氏歡十歲通孝經二南列女傳義十五學作詩率詠古史節義事每成一篇則坐而微吟吟罷哭哭罷復吟吟一再已焚其稿香爐烟物物疏櫺間與香氣雜如是有年并焚其筆不復詩歲丙辰杭城為採選訛言一時嫁娶殆盡貞女年十九矣父倉卒用媒妁言許字同里沈某之子煜煜後以家貧廢業客游雲間不果歸煜之父因媒氏以辭婚貞女不知也時貞女父從戎於滇母操家事復用前媒妁言改許富家子某納采且有日至是貞女聞哭不食母勸之食曰若是死耳何食為富家聞亦卒不敢顯然布幣行禮其後貞女父戰死無後後其姪則貞女兄兄賈人惟嫂言是聽貞女雖有妹乃兒時素憚者亦與其嫂兄親於是一家之中咸憎貞女而前媒氏又貞女同母舅

也勸其母改字蔣乃母與凡決意字富家子度貞女不可則先揚言曰沈郎已娶守此何為者貞女聞之披髮大慟曰其然兒亦不復再適人徑起引刀截其髮髡首以昕母一家皆驚乃不敢復言姻事貞女自是遂有病壬戌冬病益甚或累日不飲食焚香危坐與之語不答有時哭極哀鄰人徐西泠者俠士也每聞垣内哭詢而得其由悲傷其志乃造沈煜門告以故煜適歸自雲間意陳女已嫁久聞是說殊不信西泠憤然曰女子志如是不可負也吾勸其母矣若即貧吾能為若備婚禮煜唯唯越數日將就婚母復為說五不可徐子又以事東渡江事復寢癸亥春二月貞女病不起母始以妹言招沈煜煜乃往其母命登樓省之貞女方寐呼曰沈郎至矣貞女遽寤手自下帳帷蔽面煜問可有言乎貞女徐曰既有成言何為又他娶也煜辨其誣貞女都無一言惟以袂掩淚煜睇幅巾其自知向所傳非妄願覩雖瘠膚色如玉亦謂病可起者煜既歸貞女泣不已已而歎曰彼既知吾心吾死可矣遂絕食并藥不御越一日死時為二月二十九日煜既見後二日也年二十有六殮時身輕如蛻面目猶生胸中熱氣蒸衣外見湯景觀餘集

史八夫人

八夫人者姓李氏宛平人史文忠可法夫人之姊而公弟可則之妻也可則早世文忠公殉國難八夫人奉太夫人夫人居金陵浙人偽部伯者嘗入文忠幕狀貌類文忠冒文忠名集亡命數百人破巢縣破無為州提督率省兵擒之堅冒文忠名眾莫辨召三夫人認識乍其妄始吐實而八夫人有國色為眾所窺會金聲桓反豫章禁旅往討駐金陵邊官蕭三婿少年某豔八夫人强為委禽八夫人遣婢拒之不聽詈之又不聽須臾一婢奉黑漆盤進蕭曰奉八夫人命恐若所為蕭視之則一髮髻一耳一鼻也血淋漓漆盤蕭失措急躍馬馳去見汪有典集

樊烈婦

烈婦姓張氏襄城人也家世忠貞節義聞於遠邇及笄適同邑樊廷柱生子二曰威曰茂而廷柱卒烈婦撫二子誓守足不踰戶廷柱父没與廷柱弟寵同居以養其姑七年矣同里有王荆州王習武者皆兵家子素無賴兇暴橫里閈間聞烈婦美色豔悅之不得間康熙壬申四月寵與姑同赴村穫麥二子方就塾師因與二子居城中二十四日巳刻荆州竄二子入塾知其家無他人乃與習武直入其室烈婦大驚急走避曰若何為荆州直前持之烈婦大呼且罵習武扼其吭嚇曰從則活否則死烈婦曰死耳强犯之時惶急烈婦取菜刀揕其面荆州奪擲地烈婦疾入寢室合扉不及乃抽牀頭刀刀長操其室方出鞘而習武從後掣其肘又奪之於是兩賊共曳烈婦伏地伏輒躍起屢伏屢起捽其髮髮縷縷脫而烈婦呼罵聲益急賊轉迴時終不得犯將舍去荆州固恨甚又恐洩遂以所抽刀斫其頸血迸出淋漓過體倒於地猶罵不絕口習武復以菜刀斷其喉烈婦死且走恐或復甦更以巨石壓其胸踉蹌出門去時日方午二子自塾歸見母被殺狀號哭奔告地方曹青雲來驗視青雲亦知其被殺而恐累已遽以自刎鳴於官時令晨者為金溪許子尊遂置不問事且已寵歸與烈婦兄本訟憤其事訟之至五月四日令乃率仵作至其家檢驗距烈婦死旬有一日矣天且溽暑啟其棺面如生鮮骼如新顙上刀痕直貫其頂喉橫斷深寸餘決非自刎者令不得已乃令青雲蹤跡賊方烈婦被殺時其鄰人有見荆州習武身帶血跡倉皇自其家出者然不敢訟言攻之而里巷間嘖嘖私語咸指目兩人青雲乃以荆州習武供比逮詢兩賊各不承將刑而荆州父故悍卒突前瞋目咆哮以為無端誣其子擒荆州去令無誰何也因罷訊自是都司康宣嘉守備劉伏振力持之曲為庇護加以囑賄令素怵營弁不强爭久且依倚為奸於是寵本訟控於各上憲檄

下嚴訊令定訊期約在十餘日後邑人咸計日而望不能待比及期則改期又十餘日期凡三數易而詭變百出矣及訊忽有戍卒黃應魁四人證習武是日同在靈樹堡戍所去城數十里又王雲等五人證前數日與荆州同持羽檄赴南陽在三百里外寵本訟力辨其詐青雲亦詰習武荆州言是日與兩人凡數見在何處作何語皆鑿鑿有據兩人語塞而應魁等九人鬨於堂上會日亦暮罷訊令遂以靈樹南陽及應魁等姓名具詳於上寵本訟益憤而烈婦英靈不死風雨晦冥家人恍惚若見其出沒或時聞其歎息聲昏夜無形有聲與家人述其遇害事甚悉且言賊終必正法寵本訟志益銳屢控上憲本嚴檄務期得賊令乃與營弁謀不坐張氏及寵罪以杜其口則控不已於是令颺言曰此必張氏有淫邪行故致此且殺人者非他人必寵也已而訊於城隍廟邑搢紳若士聞之大譁數十百人共前爭之令仍執前語眾曰張氏累世忠貞節義且烈婦貞潔之操里黨所共聞知安得以此相污吾等願各以百口誓神白烈婦冤令慚汗不能答眾又曰坐寵殺人何據耶令曰按律有叔殺嫂罪則為寵殺無疑眾曰律之罪何所不有律無强盜過奸殺人罪耶律無故縱强盜殺人失出罪耶語侵令令惶謝曰公等退行為緝賊自是不復為此言遂延二歲餘緝

紳若士或懸請或憤爭令惟以婉言相應然卒牢不可破自此獄益解荊州習武且釋去其後令緣他事被劾以罪罷署篆承竄皆以事不由己一仍前轍及黜中劉公子章來令襄則事已四載且注銷矣常憾其事欲復理之會河道周公銓元署臬司事翻閱前案曰此事何為疑獄城中殺人非荒郊比且日午非昏夜比賊有主名非捕風捉影比種種弊竇置之不理令死者含冤生者漏網耶遂檄縣嚴覆劉公立逮諸囚而荊州前兩月間忽發狂大叫歷言與習武通奸殺人事已遽曰天殺我遂自經死獨習武乾鞫劉公方嚴鞫直久為營弁所懾不敢以私干及廷讞營卒亦無一人敢相窺者習武勢孤氣懾未及刑一訊即伏獄具巡撫都御史上其事為烈婦建貞烈坊而斬習武於市見劉青藜慎獨軒集

曹六姑

曹六姑餘杭縣舊市曹女錢唐縣餅窯洪婦也未歸而夫夭求奔喪不獲誓曰我生不洪氏婦死終洪氏鬼耳絕食數日不死啟窗見庭前秋海棠曰此花名斷腸草也我畢命於是矣扃戶擣汁家人知之急排闥入頃又不死因共慰曰母在奈何使母傷苦女感泣遂不死輒持所聘幣展對哭泣母陰謀反洪女曰此非聘兒物耶不可

反又不忍留盡製為經蓋旛帳以施供佛康熙壬子五月陸病女刲股以進不應燃香於臂稽首籲天請以身代不應陸死女遂決死諸姆凡嫂曰環守諭曰盍送斂乎既又勸曰盍終葬乎不可則又曰明年正月上旬母百日也盍俟期乎臘盡水漿不入口者十日舅家命婢往女閉絕而復蘇蹶然曰我終不能死乎元旦縫衣衾治殮事泣告凡嫂曰吾當死十餘年矣遷延至今徒以有老母今母死我將從夫地下以終吾志遂縊於母之室其日疾雷震動是為癸丑正月四日也女五歲而喪父十五而字人十七而夫殞三十而母終蓋守節十四年而後死見唐靖前溪集

魯巳姑

魯烈婦生康熙丁巳年故小字巳姑父君貞母姜氏會稽縣皋步魯家溇人年六歲許字徐鉅卿子世茂康熙三十一年越郡訛言起一時嫁娶殆盡俗謂之荒親姑年十年歸於徐方姑妁婚時世茂固無疾比年十三染瘋疾姑之歸也世茂疾大作強挽成禮後各告寢不適衾席者二年世茂父鉅卿即世姑擘而哭甚哀又三年姑父君貞亦歿姑聞訃遑行姑張泣而送之曰好新婦兒誤女女姑返返而兒脫慰迎女各相向哭失聲而訣姑返哭其父如翁即蔬食朝夕膜拜誦佛號報父母恩居母家者逾八年而世茂疾終不起姑張令妁婚者來諭姑改適姑泣下即不食凡聖瑞聖用錢國瑞䟽慰姑姑終不解康熙四十三年十七日夜赴湼水死年二十八家人跡之湼上露其髻立水中衣斬縗色如生世茂家窶甚不能歸其屍聖瑞殯之門左見[illegible]川集

馬母

母丁氏馬叔續配也揚州舊城人夫兄弟三人析產而家獨夫伯兄以訟家破母義不已食雖壺酒豆肉亦分著以養然有養奴必有謝母語夫曰伯氏不謝安我養內之也奴必謝不安我養外之也本以家養奈何使外之盍致家於伯氏夫曰諾致家後事奴如姑伯如舅鹽米瑣屑一歸奴手即嫁時衣裝首飾約臂皆不私謀之盡也其家服賈伯更善賈既有其家所藏累積家漸饒富而母無家矣夫或有所請於奴奴不時給夫怒曰乃我家所有嫂何與母曰讓而怒是爭終也奈何以讓而爭半人矣我讓矣母之行己皆以退退富而處貧退智而處愚退匹耦而處妾媵生一子一女其女亦能退而處下子亦雅量能清濁不挽於胸見宋和雪晴軒集

洪烈婦

烈婦葉歙人洪志達妻順治二年歙四郊未靖葉從志達避亂淳安縣鄭家塢明年二月鄭人譟曰兵下青溪矣於是居民皆竄匿而葉之色奇麗也乃匿諸澗中草蒙其面無何游騎至睨澗中曰草中何豔曳出之曰豔哉草中人乎迫抑之志達年雖稚然長軀而拳勇憤然扶一騎仆地眾怒拔刃起志達拳白刃疾聲呼眾且仆且起不勝則環射之中數矢猶張拳鬭最後一矢貫其臆洞顱死葉僵前抱其屍眾挾之上馬夫葉美而智馬行平坡廣陌間踏草弄花不哭而嬉騎擁之閑閑也望遠將至一峻巘臨不測顧持己者曰兒嫺嬉矣乃縱馬峻巘騰身崖下死居數日有徐茂孝廉過崖下見一女子坐溪畔石倩妝而愁徐睨之曰神與曰兒洪婦也曰封而遺者耶曰死此谿矣為語兒家取兒屍其淵岸斷谿深漸崩杳渺莫測屍跡家人祝曰昨娘神語徐秀才果神無自溺也祝已屍浮色如生未殮其體香三日既殮則三日臭縣志載其事勒石祠之自是卜禱皆應康熙四十四年淳安大水集夢徐孝廉曰洪波駭來斷碑嗤廟矣視之果然復新其廟里人云神既墜崖死自是谿上見月明風細衣綃衣戴霞冠流水中時時聞環佩聲珊珊也神乎見宋和雪晚軒集

薛坤

許坤者和歸德虞城人生而端慧少長能於父母言之所命與色之所向取父母歡父母奇愛之擇同邑耿懿之子孙許字焉卜以康熙壬申十月二十八日適耿氏而孙先期以病亡坤慘變常度灼灼然有死志矣父母覺之語曰婚禮未親迎則不成為夫婦欲殉過也坤默然意蓋弗從也母復命其姊以婉語譬之曰妹未為耿家一日婦而欲為之死義與情均無處無處而死是為徒死且辜父母恩古者當婚而壻若婦或遭喪則使人告曰不得嗣為兄弟蓋請其別配也夫在且可以別配而無嫌未婚不成其為婦故也今委曲以順父母命於禮又何愆乎何慕乎衰世戔戔好名者之所為哉坤曰耿氏之婚命之父母納采以來國人皆知坤為耿家婦矣親姻則共指而稱之為耿家婦矣即坤之心亦久自期為耿家婦矣今不幸耿氏子死父母欲留我豈能聽其白首閨中邪若改行是將辱以身繫他姓一身而使名為二姓婦心竊恥之且父母命為耿氏婦而坤終成是命正為順非為逆又可以為辜恩邪姊難其辭正不復更有所說坤終自縊死年十七見田蘭芳逸德軒集

孝婦吳孺人

孺人姓吳氏世武進人父母撫愛之如子不忍遠遣婚擇配邑東馬蹟山許翁次子宏度為贅婿宏度習奏記歲游幕外出孺人性至孝嘗遇母疾革刲肱肉和藥以進母為少差尋復不起繼念翁年浸高往佐館山中宏度脩脯之入不時至孺人苦營針黹翁膳必精腆而自與二幼子尚忠遵恩同糲食每哽噎交歡雍正壬子秋翁病瀕危醫不肯予藥孺人俯張無措獨爇香中庭嘿若有所禱還拊二子背夜深兒且卧娘淪翁炒米湯訖來看兒翌旦二子寤覺問娘脅血何漉漉出曰誤捻破雞耳即挈之走省翁翁言天將曙我神爽勝常趣醫覆診訖曰脈頓起乃今可勿藥嘻異已尚忠突出丐傳膺方訊所用以孺人告約少選過舍取刺叩之曰日者心駭而翁症忽變而娘得毋割股乎尚忠謝不知然竊記孺人在室時事忡忪歸拉弟索母於房則方裂幅布裹肱創血益漉漉出二子哭且叫孺人急手堵其口曰勿使人知人知翁弗效猶汝外婆娘白喫一痛矣白喫一痛蓋孺人前已刲左肱至是當刲右而左手澀又齒齧肱肉引刀急刲遂并及脅因語兒吾曩救母裁延一月息吾孝不至方惕不欲生有世母來慰諭說割股者須聶切如星子破病者照一星可一年活而以全盌貯藥汁固無濟昨吾滲翁湯少不減十數星也時翁病瘵年政六十一逮乾隆己未得壽六十有八孺人常追悔昔謂呷湯不盡顧常恨恨焉孺人既貧困早衰庚申卒得宏度與中訃銜恤治裝從尚忠奔迎而首涂遘疾半為惡奴刻兒者乾沒孺人愈不給越辛未五月竟卒年五十見劉綸繩庵集

趙氏老婢

婢失其姓少鬻於趙氏始有名繼而趙氏憐其節且祖若父所畜也輒不忍呼則呼之曰老阿姐云方其十五六時有以路瑑子之學于趙氏者趙氏則戲為婢算其人曰噫是何樣命也是殆將七易其夫而後已者眾皆笑而譏而婢頸赤面發熱氣結不得語已則仰天而呼曰嗟乎吾嫁則有夫吾有夫則有死吾今且不嫁為之夫者誰耶自是蓬首垢面澣衣以自韜晦媒氏至罵詈詬誶不可近主人申誨之則搶首乞哀願終役事無他適已而察其志堅乃相與聽之趙氏有婚嫁之事婢匿避空室不肯與過新房寓足彳亍不肯前客自外至蒙面睢目不肯視辨色而興治醯醢供灑掃夜則燭滅然後敢息其勤又若此既病主人量藥劑主婦奉湯餌視惟謹綿惙將絕氣老稚皆行哭失聲棺櫝衾殮悉從厚葬於祖兆之域外立碣以表比於千大令為保母李意如壙志例見杭世駿道古堂集

江南二烈婦

烈婦顧氏江南泰州人夫張世英日謫婦淫而欲因以為利婦不可則與母韓氏共迫之其濱於死者數矣鄉人某瞰婦悅之餌世英錢世英陰誘婦與私可無償也私許焉某至出錢沽酒與世英飲韓氏呼婦出婦不應與之酒覆盃大慟某驚逸去不敢犯乾隆十六年十月世英私語婦冬寒無衣盍如我言即得錢衣汝乎婦應曰我寧死不辱也世英恚甚搤其吭以死婦年十五歸張夫與姑淩辱萬端自飲鹽滷不死而卒死於其夫之手年十七烈婦張氏江南丹陽人適萬城民陳彭年十載矣彭年貧無賴勸婦更嫁可兩活婦泣涕不應乃紿婦出而密約媒者一人偕行婦覺之號慟求死有邏卒過偵知之執至官杖彭年而令婦歸母家婦不肯曰吾適陳矣死生以之居無何彭年復逼婦婦度彭年意終不已從容言曰我無如何今任君矣起隨彭年走出至村外時塘水方盛漲婦奮身躍入水死死之日為乾隆十九年六月二十日見廖鴻章南雲書屋文集

蔡貞仙

貞仙蔡氏父無子自教之讀書每日請其父說忠孝節義事字於同邑之于氏年十九將嫁夫大病卜者曰迎婦則吉時父方殁母難之貞仙請於母曰往而吉還之不

仁且無義也母然之遂往夫死分所簪如意釵箝其一於夫首脫一釧納夫之腕哭而絕復甦初聘時夢金釧入手斷為草嶭取銀釧復斷如初珠翠皆成紙花至是驗云及殮截髮納棺縊於柩旁救之不死旋墮樓弗克夢其父示以節孝二字曰宜兩全於是和顏事舅姑時姑尚未舉次子乘其喜常為說古今賢婦人為夫廣妾媵獲福報者姑從之且使主家事忌者譖之貞仙辭於姑曰媳不才家事弗能理也忌者又譖之謂其有他志貞仙乃泣曰節孝寧復能兩全耶於是取所讀書幷自書手迹與所作詩詞泣而焚之啟匣檢所存如意簪手釧各一泣玩良久載而復脫者三嗚咽俯仰悲不自勝從老嫗先寢更衣對鏡掠鬢服素縞纏如意簪於髻甚固抹釧默默顧女婢曰以託汝倘死勿為人所脫也旦起盥櫛故衣問安於姑所辭色和婉如平時午侍食既撤入房而縊時乾隆丁巳六月五日也年二十有五貞仙父字斗南其叔字秋巖秋巖館句曲每歸必視之問曰聞舅姑以讒常撻汝有之乎對曰否天下無不是底父母古賢婦有訟其舅姑者乎即死切勿有他言(見史農林集)

韓烈婦

烈婦姓李濰縣李斌女也性至孝年八歲會歲饑斷炊父食以餅留不食問之曰須母出歸來當饑為副室於同邑諸生韓君夢齡佐大婦事堂上堂上安之凡操汲舂揄績紡紉澣諸瑣屑事必身必先凡八載夢齡沒哭撫其所生子若女以勉自活未幾復相繼殤遂絕哭念韓氏有主者義可以死慮家人覺之佯理故絮作禦冬具坦坦如平常父斌來則泣謂曰兒不得終事吾父矣痛吾母沒不及見兒今日父不悟慰諭而去越日遂自經礩室中室卑懸繩長跪承以項卒面如生殮之日有香盈鄰者異之(見鄭虎文吞松閣集)

薈蕞編卷十八終

薈蕞編卷十九

清　曲園居士纂

劉烈母

烈母姓劉氏郯縣臨渠劉翁妻也翁居鄉多惠愛盜伐其屋後樹翁望見輒屏匿卻走盜得從容捆載去舍南有疏圃里中兒日往來採擷或詰曰若何從市此對曰吾取劉臨渠家菜不為盜也其厚德如此烈母為翁繼娶能與翁同志翁好施與母無忤色翁或遭誣欺相顧益喜曰非君誠德其何敢然翁既沒中原盜起郯汝之民皆空屋以走家人來告曰寇至矣請亟去母織不顧則又請曰寇大至不去禍且及織仍自若已而呼告曰寇及郊又告曰寇及郭又告及門遂連呼曰寇入矣不奔去以及於是母罵曰豎子賊捲地至吾婦人去將安之雖然義不可辱賊手趣走後圃沈井以死家人曰奈何母獨死即俱死賊無所發怒下巨石壓之盡燬其廬乃去其子自宅邑歸出母屍井中瘞其旁大椿樹下鄉人呼為劉烈婦井(見王大岳青盧山房集)

章孔榮

孺人姓章氏諱孔榮陝西秦安人年十五嫁張廷桂為後妻廷桂者字相如江南常熟人雍正中避事至秦安因為章氏贅婿居八年與孺人情好甚篤頃之孺人父母相繼卒廷桂事葬解乃與孺人歸常熟廷桂貧無居舍孺人盡鬻妝具得百餘金賦屋三間居之夫或遠出自以盛年草蓐常懸劍帳前以擬倉卒生二子俱殤最後生一女名催鳳乾隆九年廷桂病歿撫寵明年二月訃至孺人哀慟隕絕柩歸既窆孺人欲投穴中家人共持止之夫從弟廷梅許俟有子後兄孺人乃鬻其居得錢買田十餘畝自給而依廷梅居焉閉戶織作所處雖淺隘鄰婦罕見其面夫先入貲戶部牒授主簿夫歿或購其牒覬以冒銓孺人曰吾以貧故鬻牒欺罔國家罪也况夫名可使有二耶立焚其牒十二年五月服除奠畢闔戶自縊家人覺解之防守甚至次日既夕守者稍懈潛至水側抱夫畫像置岸上自沈死比曉家人始知之見屍面夫畫像端坐不動時按察使孝感程公光鉅聞之立往率屬設祭親拜其屍上其狀請旌初孺人嫁時不知書廷桂時時教之久遂通解粗涉傳記將歿作絕命詩辭數章詞旨哀惻其末一篇云憶往事兮雙淚沾巾想當年兮妾病沈恨感君愛兮信誓殷勤云妾歿兮君必亡身嗟今日兮命不由人君先亡兮妾豈偷存痛萬里兮生會無因輕一命兮地下從君求神明兮引我孤魂覓天涯兮不惜艱辛得伴君兮死亦歡

忻十七年兮夫婦深恩食糟糠兮敢怨君貧中路訣兮命蹇時屯喪葬畢兮不死何
云傷幼女兮夫毋誰親死為君兮此外何論又留書與夫諸從弟曰初聞訃即欲死
念夫無後無人喪葬今日服除一死更無別事前議俟叔生子為夫立後勿誑我無
後孤魂但家事空空無可如何止有田十四畝可將十畝與所嗣子四畝與鳳女我
死棺木不可多費使我心不安有許氏屋價十金乞將我埋先夫塋次愚嫂章孔棻
手留孺人卒時年三十四催鳳始七歲明年亦夭夫諸從弟曰益貧所遺田盡廢竟
以子姓凋少未立後廷桂有老僕數畨營葬孺人不果乾隆三十一年三月二十八
日邑諸生柏渭吳慶長等始葬孺人廷桂墓中因共立碣表墓見邵齊燾玉芝堂集

吳節婦

節婦朱氏父為鹽邑庠生居本邑之澉浦城五歲許字同里吳生吳生年十八謂其
家人曰男兒立世固不能如賈生蹤係單于終軍牽致勁越老死牖下胡為者我父
毋死矣不為千齡萬代計耶請從此辭志不立不歸也節婦家固窘甚父以傭書餬
口迨老鄉之人以其耳廢也固辭之節婦朝辟纑夜業儳以贍其親天寒十指裂血
漬布衣甚至兩臂班駁如霜皮弗顧也父數憐之節婦每僞匿勿使見凡悍甚以節
婦之不肯改適也屢辱之節婦笑而謂之曰我固不識所謂吳郎者特以兄之貧力
不能食我父我父衰廢勢不得不就兄食姑留此助我兄耳凡固利節婦之能養父
也計稍緩若此者有年節婦年五十八父且死吳郎不歸也吳之族於時喟然興歎
曰婦有苦節家之福也老而不歸胡以訓也迎節婦以歸為立嗣焉節婦歸吳後早
起晏息勤操作率勵後嗣後嗣得藉成立娶婦節婦且抱孫矣而吳郎者固未歸也
見祝華泉集

李氏

李氏蜀之郫水人袁榮妻也本農家女不知書而性沈毅歸榮生子數周耳木工閔
子儒嘗以傭至其家見氏而悅之謀與榮交者假室而同居與氏宇相對也氏勤女
工不數數出子儒間與語多不答欲挑之不敢發將以暴而懼為鄰里之所聞則紿
榮曰某寺之田肥饒之廬而耕所獲且倍榮信之攜妻子往耕焉廬去寺遠左右無
居人而田實瘠乃不及向所耕榮悟其紿己將遷而依其兄子儒念事不成不如殺
榮彼婦人何所逃將遷之夕氏方篝燈為組絍聞其室有大聲特異趨視之則子儒
已持斧擊榮死矣氏大呼出户子儒追執之手斧而示之曰而夫已死而將焉往此
地去人居二三里而號安所得聞亟止而嘿否則與而子俱死斧下矣拉而閉諸房
加扃焉氏遂不復嘿子儒既埋榮屍率婦若子與俱遁行山谷無人之地七日而達
巴縣鍵氏於室賃田而耕則復無左右鄰居者也居三年氏未嘗與一語子儒晨出
暮歸出則扃户佩一刀甚利雖寢臥不暫脫氏自念吾與讐人處三年矣彼伺吾將
吾無可報讐者不如死復又念曰吾不死於斧今自引決勢必與吾子俱死死則晚
矣剏讐終不可復且吾伯氏不知不且以吾與若共謀以殺吾夫者乎居久之復又
念彼之日夕伺吾者以不與言也佯與之言彼必喜不疑乃得乘間以白吾冤遂與之
言且歡洽子儒果大喜解佩刀啟户竟出氏度其遠抱其子走未數里遇縣役悉愬
其事令拘子儒至訊之得實遂伏法見錢維城茶山文鈔

五烈

平山堂右有列冢纍纍然是為五烈之墓五烈者池氏霍氏裔氏程氏周氏也池烈
女故貧家子早失毋及笄父以女許嫁吳某子廷望廷望從軍死於閩吳請於女父
欲以改配其次子有成言矣女偵知之伺其父出自縊死霍九女者事父母以孝著
年十九許嫁李正榮閩名旬日正榮死女聞之自殺里人義之葬於池烈女之墓右
稱雙烈云其後有裔氏為孫某婦姑及其二女皆不潔他日歸與白母且矢曰弗死
懼及吾無以視人世既而還家則姑及二女方共宴飲婦恥之乃扃户紉其衣自祖
而裎而裾緎連不解乃以青白緩二縷經其脰死事聞郡守孔毓璞歎之為立墓於
雙烈之旁程氏者項起鵠妻也成婚三月起鵠賈於外死粵西諱氏哭辭舅姑且
屬其叔以善養遂自經也周氏者江甯人適程國材移家於揚國材暴疾終氏誓以
身殉父往慰諭之泣曰兒有宜死者三上無舅下無子且貧若此衣食安所賴兒志
決矣卒不食死見汪增甫灊遺集

司貞女

司貞女者高唐司氏女也受聘禹城縣諸生于竺養年十九聞夫病泣於父母請視
夫病不許既而聞夫病益危復請往且曰地下相遇幸識面也不許然則女縊而死
耳乃許女往當是時竺養臥牀蓐氣將絕其父呼竺養汝婦來視汝矣竺養瞠目視
婦微笑貞女親奉藥進夫藥三匙嚥之舉手指婦面若為婦拭淚狀遂卒棺斂畢衆勸
貞女返不返遂守制夫家竺養父憐貞女無依取堂兄幼孫禮子為之子貞女紡績
易粟恒不給乃躬荷鋤刈園地多植野菜日摘菜葉雜糠麩煮羹自食而以所易粟

食梭子癸亥鄉疫癘大作有巨眼鬼長二尺許結隊叫嘯諸病家或夜聞巨眼鬼相戒明日日晡時碧霞宮宮娥當來我等散去毋犯也病人家使人伺宮娥至期見婦人攜幼子就立門檐下問之則貞女歸甯母家而避雨於此也於是避雨家病人竟愈越數日貞女歸衆男婦執酒漿遮道挽碧霞宮宮娥過其家卻巨眼鬼貞女曰吾鬼婦而鬼畏我乎何誑也不顧而去先是貞女許嫁某養父母製衣裙贈嫁及貞女守志夫家悉與以遺女十有四年而其鑰未啟也某養父後衆明經仕始見食造貞女生壙某養家右樹女貞木數十本一歲成林見蘅鐵非滑疑集

許福弟

孝女名福弟徽之歙縣許氏女也年十八夭死而歙之人士爭以孝傳云女年十三能割肱以療母病因並道其祖許尷齡素有割肱事其女孫蒸觀型有自云孝女少孝謹乾隆八年夏母病既久不痊念父客外閨中弱女無能遠求醫藥聞人肉可治病遂引刀自割其股雜飲食以進內外人無知者閱五年女疾且篤母撫摩其手得一凹形急詢之俯首嗚咽不肯言母徵問益急乃垂泣道狀母相持慟哭而女竟死見味道凝齋先生遺集

唐鳳鸞

唐氏女者滬安人唐介五繼室所生女也母孕時父夢鳳與鸞交舞於庭及生女字之曰鳳鸞許字歙縣章岐人汪榮泰女幼讀書知大義事父母以孝聞暇則端坐小樓覓日善女紅機履衣裳藏於笥者皆手製也歙與滬雖接壤而媒氏他出未歸故納采未通而介五死母惑於讒更許字河村他姓女聞即嗚咽不食晝夜泣及行納采禮衆方讙於室而小樓中有碎綺零紈紛紛而擲則女方悲憤而剪裂其手製之機履衣裳也衆方色然駭俄而樓上砉然有躍而出者衆大驚奔救則女已墜樓死矣榮泰聞女死哭而迎其柩母不許曆淺土者數年而小樓陰晦夜時時聞悲泣聲或見女倚欄垂淚舉家敬祀以為神明母驚且悔未幾亦死乾隆丙辰春榮泰夢女泣曰妾不幸不能生登君堂猶願死同君穴今母已死君曷由青溪至滬迎妾柩以歸乎榮泰哭而寤烈女之姊嫁於青溪某者榮泰之姻也是夜夢如之其姊夢亦如之而烈女之幼弟學旭夢亦如之於是其姻某日夜盼榮泰之來青溪也而榮泰果至俄而幼弟亦至各敘其夢愕而歎且泣榮泰乃至滬迎女柩其幼弟願抑柩三日祖於郊滬邑遠近人士環觀者數百人爭設酒奠且賦詩贈其行鼓吹與旌旗相導儼然新結縭也見曹學詩香雪文鈔

葛蘭娥

葛孝女名蘭娥揚之江都人也幼讀書工詩文性婉順父母愛憐之父允堅為仇陷害傾其產恨且死三子皆幼顧而泣曰嗟乎予以憤死藐孤未成立無有能雪予仇者予目不瞑矣時蘭年十八痛父言遂以復仇為志然家已蕩盡不能葬父柩菆揚之城西古尼庵蘭與母及弟减寄食其內乃控郡鳴父冤仇家以利賄吏不為理蘭直則赴愬夜苫塊柩旁得食先進母與弟而己或忍飢夜侯母寢乃撫柩旁痛哭孝廉黃君正學真州人也客庵中見其母子哀慘詢其故悲其孝惻然贈之金母感之有窘輒訪孝廉家告急孝廉即他出必備其室人周之母益感孝廉德慨以蘭許字焉孝廉謝吾憫若母子窮且孝故竭力助豈斷以婚報耶且吾已有室奈何以困急婚孝女哉吾義不為若勿復言然母終感孝廉甚念舍此無以報於是伺孝廉出投蘭庚帖而去當是時蘭日夜以父仇未復為恨守今莫為理因赴會城控大吏往來金陵廣陵間冒寒暑忍饑渴困頓萬狀如是者數年既而母以病死諸弟或逃散或為黃冠蘭獨攜幼弟仍處古庵中而復仇之氣不衰仇家畏之伺其再赴金陵嗾鳥趙某伺於中途聚惡少擁之去蘭行故常持匕首乃截髮毀容罵曰吾已許嫁有夫女也若將何為速令歸否則吾先斷若首後自畢命鳥不敢犯留月餘令老媼勸之蘭誓志不移求死者數不得死復自念身死而父仇終不能雪也乃密書片紙遣幼弟夜走真州求救於孝廉不相值蘭乃自書牒復潛命弟控江都令令為追捕鳥大恐乃縱蘭出令杖鳥遣蘭歸蘭終以父仇未復無意就婚而孝廉亦始終無婚蘭志久趙公為制府蘭復持牒控車下容色淒楚詞氣激烈公憐之乃命江甯府為伸理乘廉得其許定孝廉始末撽召孝廉證其事時孝廉以南宮近入都甫三日撽至撫然歎曰吾偶以熱腸救若母子乃牽率至此乎雖然予不歸蘭蘭竟終不雪遂馳返白其事制府嗟歎蘭孝而兼嘉孝廉之慷慨尚義也明日復召孝廉熟訪其顛末益嗟歎賜以金幣書籍且書額旌蘭一曰閨閣完人一曰堅節縹霜復檄江揚兩守以蘭父母柩還葬真州取仇家繩以法追其產還蘭蘭於是至柩前哭而祭曰兒已雪父仇父可瞑目矣葬後制府命孝廉娶蘭孝廉堅辭不得乃聘為側室制府導以儀仗鼓吹搢紳人士皆造賀夾道觀者萬人嘖嘖稱異事見曹學詩香雪文鈔

周孝貞女

周孝貞女幼端淑習孝經列女傳明大義及笄父為僦避仇遠出弟升甫四歲大父母俱垂老越二年母旋以憂歿免喪後戚黨有為女議姻者女矢志不嫁奉大父母躬治甘毳織悉必周病侍左右不暫離以督弟升嚴諸書籌婚宦夜分乃已大父母相繼歿含斂封窆無不中度升歲長為之娶婦既婚即促弟出尋父令二老僕隨之女在家焚香籲天祝弟早與父遇比父子相見升歲請父歸父曰吾已為世外人家中有兩姊在吾其老於山水間矣毋累我也升歲涇述父語女痛哭數日尋復遣弟徃父已歿乃扶櫬歸女迎於江干哀感行路洎奉父柩合葬母竁而女年逾四十矣遂長齋飯佛依弟以終年七十有九先是女有叔父曰震亨嘗聘嫂鳳里李氏女未及婚震亨病歿李年十九聞訃即飲泣不欲生父母苦勸之且嘉其志不復他許男姑憐之將迎歸女曰守義也往非禮也竟老於家年六十有八時周女在室聞之乃請其柩與震亨合葬見毛詠集

徐傕

徐氏女名傕者秀水人父曰邦彥母孔氏孔氏連乳二女及傕之孕日夜望其生男而又得女意頗不樂一老媼進曰取其胞衣反之後舉必男第恐此女不育耳孔氏意在得男遂反其胞凡呼之曰傕男後三歲果得一男而女幸無恙長遂以傕為其名云傕年若干歲其父客游京師數年不歸故時僮婢皆散去惟傕與二姊一弟奉母以居姊年稍長足不踰閾弟在襁凡出入奔走之役悉傕任其勞室無經宿之儲一切醯米蔬菽必資於市隆冬沍寒一童女子往來負任跉跰風雪中鄰里莫不憐也年十八歸葉氏子芝山事其姑以孝聞越歲米省其母母憐之不忍令遠去俄而芝山以暴疾死傕倉皇奔赴既恨不及送其夫又不敢告其母之留已茹哀飲痛一慟幾絕未幾姑亦死遂大歸於徐已而其父復以客死乃偕其母來依叔父以居傕性婉淑能執勞自下勤於操作工力兼人事其母黎藿之外時進甘鮮一皆取給十指戚黨父鯁其賢有來求聘者孔氏憐其少寡令叔母微諷之傕默然下淚曰傕亦念之留此不肖之軀始終貽母以戚請從先夫於地下可乎語已即起入室叔母急抱持之曰何遽如是為涕泣數噫加撫慰焉其議遂寢先是傕父自京師歸復得一弟長者客死西粵幼弟三娶無子亦遂遠出不歸凡孔氏生養死葬悉傕為經理人謂傕始生之日孔氏恨其非男然其奉母實無愧其為男也見王元啟祗平居士集

宋烈婦

宋烈婦父後卿母沈氏山陰人嫁諸暨宣拱之初沈母多病拱之療之遂安時拱之老矣旋遘瘵疾室人交憎之婦奉事惟謹無何拱之竟死人始見婦婉好謂拱之非耦死輒為婦幸而婦號慟不欲生觀者異之比葬乞其夫兄名君修者子為後君修弗肯而陰以婦許一富商為室商復厚賂其姑為主婚行且有日婦聞之大驚度不可脫乃佯喜改裝為適人狀使其家不疑十一月十三日夜天大寒風冽姑與夫兄皆熟寢室無人婦密紉衣履潛出戶攜所用剪尺置隣媼窗檻轉至屋側下堰塘取巨石鑿冰冰破投入死時年廿七隣媼者婦所善嘗見婦剪尺心愛之故臨死以為贈焉及明夫兄蹤覓之得剪尺責媼家匿婦索無獲則疑隣人之他適者挈以逃諸族人爭嘩之曰是何言婦必投水死耳遂共之下堰塘時婦穴冰處已凍合冰厚不可鑿其老者前祝曰婦苟盡節此池盍遂穴冰以出祝未已有聲砉然如雷鳴自池底上冰忽裂屍起僵立色如生夫兄驚走入室尋發病死諸族人乃相與葬婦於何山之麓後二十餘年里人白其事於有司為建祠以祀且碑其死所名之曰盡節池見王元啟祗平居士集

李貞孝

李貞孝者海甯李家勳字紹衣未婚婦也姓楊氏父某監生母某氏家世殷富而李族貧居袁花里賃種監生田恒不給租入監生性褊急頗重文一日躬下田見童子赤脚供饁資格清秀問之即李翁子家勳也九歲矣異而勸之學使入所立義塾申資給之數年讀五經畢以應縣試第一監生喜欲妻之妻若子恚曰是老顛當悲女無家而棄之佃人子乎乃館生於家偕其次子學積不合生年十五入泮時女年十四監生乘李翁踵門謝袖女庚帖示之遽出女與生拜於庭衆愕然不及阻監生亟營妝奩具甥舍期一舉成禮顧連不得志家人日相靳薄女忍之父竟以致疾不起而婚期益眇矣于時勳已二十外性倜儻不羈好游學日進游益廣出入無時一夕連呼燈無應者女自帷激之曰丈夫不自處高明何依人受慢為生故識女聲大驚悟徑出門不顧女初不意生之不復顧也乾隆庚午生年二十六領鄉舉女母兄將擇吉生獨以不宦不娶辭而北留滯又數年越甲戌始考補內廷教習益發憤忽得咯血症卒年止三十信聞女知母兄且有他議欲自引決屢矣既而思徒死無益乃泣告母曰李郎所以不歸而死者皆女故也憾深矣願暫容持服侍其喪還一臨其櫬悔已然後聽所為耳母信焉比櫬至女哭迎之郊倉卒要母以歸李不可則又泣

告母曰壻為女死而翁姑老且瞽無別子女欲得當以報九原也母誠愛女與其迫之嫁而死曷若縱之歸而生女閨中所有皆父賜唯母與兄命之足給養勿女慮矣皆不得已許之廟見卒哭朝夕起居於舅姑一切經紀操持如禮於是內外矜式之咸相呼曰貞女曰孝婦而孝貞孝之名達城鄉矣貞孝性婉順而用心沉毅其委折有非丈夫能到者莫大於為翁納媵一事嘗請於姑曰婦所賴以守者子也今族中鮮可繼盍選侍天幸生小叔待其長而生子即婦有子不虛耳已而姑歿遂大斥所有成其事時翁且七十果生男德茂二歲而繼室又歿乃躬撫教之翁壽踰八十瞽忽開親睹晚子之嘻嘻十齡遺命呼娌娘笑而瞑翁平居見貞孝必起拜必答曰非但吾德若吾先世咸賴若之繼絕也越數年德茂已娶生子貞孝已得旌矣貞孝歿於乾隆五十四年己酉壽六十有四守貞三十六年事翁姑二十一年以其坊價佐兩世葬巢而後終或曰州志稱貞孝姓徐氏見姚佺洲獻堂集

顧節婦

蘄州顧節婦者蓋顧景星之姑初嫁時其夫墮水死既而舅姑及夫之兄弟皆死無所歸則仍歸於顧而顧之長兄弟亦皆死惟存一小弱弟父病篤流涕屬之曰守汝之節撫我之孤可乎節婦應之曰可顧氏之在蘄也為巾幗父既歿族人欲瓜分其產無日不利孤死鄉里無厲亦相顧起屬以梃刃者數矣節婦不懾也挺身出與之搘拄涉訟廷益侃侃發舒郡縣有司皆高其義為痛繩無厲者無厲者乃相顧胸胸曰女虎不可犯以故卒全顧氏之家比張獻忠之亂節婦年七十矣所謂小弱弟者亦已四十餘并其妻及景星以及他婢僕共七人出走有賊酋騎馬來從奴賊十餘皆持刀六人者皆向賊叩頭號泣乞代節婦死賊不之許也傾怪之方詰難聞節婦坐於地大聲曰止我白頭老寡婦受朝廷旌表恩今日事至此死不為枉何至向賊乞生因顧騎馬賊罵曰汝楚言非吾楚人乎少年好軀幹不出力殺賊為將乃作賊倚賊勢荼毒鄉里豬狗將不食汝餘賊憮然刀墮於地良久曰聞母言使人大慙雖然吾豈甘心作賊者母且休矣急騎馬去須臾又騎馬以脯糒來曰頃母教我最可念此少物姑為母一日糧但母當東行慎勿南三日後拔老營此地無寸草矣母可微語諸同鄉使知之於是節婦遂沿江東下止於崑山蘄州之顧祖崑山故里也其後節婦終於崑山而景星讀書崑山有聞於時入國朝始還蘄州見茹敦和集

武昌縣某節婦

武昌縣節婦某氏田家也生兩男而寡無姑與翁居張獻忠將至武昌人洶洶其翁買一舟載所有挈節婦并兩孫逃之湖湖者距樊口十餘里葭葦叢雜煙水渺瀰頗曠宿縣人向所避亂處也節婦至則見避亂者纂纂來拆幕而前後左右且萬舟節婦乃微語其翁曰吾之來以逃寇今逃寇者萬舟是召寇非逃寇也此不可處明矣然是時節婦舟為他舟所裹不可動其翁方戀其所載次且閒節婦大聲曰事急矣乃各抱一兒輾轉緣他舟以出另覓一小舟夜去孤泊港漵間無何寇至先以鐵騎列湖干斷四走之路然後按舟殺無一免者而節婦之家以小舟孤泊獨存節婦有田數十畝亂後二子耕之以小康終其身見茹敦和集

吳節婦

婺源吳節婦吳亨之女王文燎妻乾隆癸酉文燎遇疾篤時舅姑並在堂文燎氣絕目不瞑吳令兩孤跪而泣曰孤有母敢不使如有父不瞑如初吳則自跪舅姑前泣曰婦在敢不如子在即瞑越二年舅又死獨姑存兩叔一九歲一七歲兩孤一九歲一四歲同祖弟兄未析爨食而先世遺田故薄且不給從兄來書曰弟婦賢哉毋太自苦若不忘弟之孤者幸毋徇曲持小節勉行矣或有餘財施及前子所謂兩利而俱存也吳仰天泣曰夫兄是何言氏王氏婦也未死耳幸諸孤長大惟伯父教之孤飢孤寒勿相累也從兄退從娌日日來嘵嘵詐語甚且手批之鄰婦為之不平吳勿與校里人爭數息相與議分薄田數畝菜畦一區在屋後以畀吳吳則閉戶治女紅易滑甘白粲以薦姑姑曰若貧若安得具此對曰女紅所易不費也姑喜為之卒一餐曰若後毋然暇則行屋後畦躬視畦菜春種萵苣秋時菘周畦半畝布種列行二百計吳則自提甕行汲必周畦引水循行行徧溉而罷歲癸未縣中旱荒午日下暴菜盡萎而吳所種菜獨青青若宿昔之拔心而不死也則刈以佐姑食惠及於鄰母鄉人詫之指其圃為孝婦圃曰天耶非獨溉有力也其年姑六十一而病篤吳營計無所出則避人刲肱一臠投藥沸之以進姑病頓瘥夢有告者曰孝婦活汝姑自顧病已失則嗚咽呼吳前曰若煎若肉飲我而脫我病邪他日若婦必若若順若恒不病姑自是行年八十而健自吳當室為兩叔娶婦成家教兩子成立次子晉讀書通禮經有聞所居懸畫竹一幅晉小時輒見之二十年未嘗易他幅晉問請曰母何以恒懸此曰有節者不易也見朱筠河文集

陳劉氏

李敬堂孝婦阡記曰集令鄮之七載己亥冬坐聽事有投牒者蓋鄮東鄉耆士保民舉孝婦陳劉氏事孝婦農家女年二十五幼為養媳翁陳際亭年八十姑金氏七十二夫文世力田為生二月姑病噎醫不治孝婦割臂肉和藥得少閒六月病復作十日不食垂盡矣夜三更孝婦私下中堂家止二鷄割其一以告天地持小刀者然自割其胸二寸許血如注肝出割其半遂暈絕久之若有人挾之云起救爾姑百神伺汝矣乃起坐以布束胸刀口遂合不覺其痛持肝雜鷄肉煮湯以進姑久不言忽云湯香以匙頻下之寢甚酣天明即索稀粥不數日病愈而孝婦之創亦悉平孝婦無恒產雖終歲勤動恒不給令作而歎曰此長吏責也去孝婦所居二里許得大阪約三頃阪之麓有水田七區其南屋十一間前有門三楹進院院旁翼屋二中有堂有房咸樸緻完好得場圃約十餘畝可蒔梁黍蔬果阪之周圍大樹百數小者不可勝計保之民願出售令以百二十緡購之給印照俾孝婦子孫世守曰孝婦阡（見李集鄮學齋集）

伍五姑

五姑秀水伍氏女也父某業牙行居市五姑明大義嫻女紅能得親歡心及笄許字王氏子歸有期矣王暴卒姑知之即誓死不食母強之曰若婉順能佐母母善病倚若為命今若死母不獨生也於是五姑復食素精敏能理內政家多遠商中廚繁劇又諧弟稱妹竟日諠呶織紝履綯一手紛應無少倦然窺其燕居時多淚容衣飾釵珥悉屏去日食止菜果羣居不一露齒笑隱然如未亡人母憐之而卒無以解踰半載親知為議婚行問名禮是夕姑閉樓扉自縊垂死矣計救之得甦哽咽告母曰女志決矣殺女何為由是絕粒十日不死更服鹽汁吞鉛銅不死咬斷腸花根不死夜坐露臺受寒霜達夕不死引小刀自刺不死凡所以速死之具無不為也而卒不得死每當引絕時母抱置膝上一縷氣微微噓噏因大慟曰兒不聽母何自苦若是稍醒輒長跪引罪曰女不孝誠負親恩然女志決矣於是伍氏內外無安寢者家傍市前臨通衢鄰樂肆後戶枕溪水曰斜雁居樓三楹樓西為灶灶庭有井乃鍵戶塞井撤牆垣為備稍一聞警舉族恐後於是伍氏房窗無完繕者五姑乃喟然曰不肖女若是重我親憂也遂起事事母寢處與俱見其坦坦施施朝夕有愉色心竊喜久而防稍懈一夕母熟寢已失女所在起視之則裂衣襟續若綆懸樓下瞑目死矣時乙亥六月斂若貌如生三日殮蠅不敢近蓋距王氏之歿一載云（見李集鄮學齋集）

張貞女

張貞女許嫁之夫曰葉孝思孝思父母皆老病將死獨有孝思一子又病瘵甚篤欲迎張氏侍其父母疾張氏親戚皆難之女曰既以身許人奈何聞其危篤安坐以待其死乎即布衣乘輿入葉氏視其公姑及夫疾晝夜不怠一年而舅姑及孝思皆死僅有屋三間張氏迎父弟共處以屋居父而已所處幾於不蔽風雨時為父浣炊為弟縫紉晝夜營女工以為生及父死而治其喪立族子友賢為子聘姪張氏為婦保孫曰傳興一年而友賢又死其婦亦能效其姑立節撫孫焉（見姚鼐惜抱軒文集）

黃氏

金匱梅里黃氏年十九歸里人吳德星之子希言德星性疏曠不治生黃倚姑以績織為活三年生一子越三月希言死而子亦殤姑以哭子及孫相繼殁黃年方二十二德星累遭喪益困益自放不顧家黃仰天哭曰吳氏之祀斬矣雖然翁在可為也則盡斥賣嫁時簪珥衣被買妾進之妾入門有身甫五月而翁又死黃復仰天哭曰嗚呼天尚憫予志願以男畀吳氏彌月妾生子男也黃大喜告於翁主名之曰鑄居三月妾委兒而去黃自兒殤後乳絕湩已二年矣日抱鑄於懷哺以糜啼則以乳就之亡何而湩忽生黃復大喜曰今知天之不絕吳氏也終乳之鑄年七歲將入學或以無錢難之黃曰屋可賣也人不讀書豚犬耳鑄學五年賣屋五間錢易者吳氏之戚也館鑄於家資之學既冠通文理為童子師黃乃於乾隆三十四年買地陽山之西葬其舅姑及夫旋為鑄納婦而黃年垂五十矣（見彭紹升二林居士集）

鮑烈女

鮑烈女祠在山陽縣南門外二里許烈女葬處也祠三楹祀烈女以王媪配碑記烈女字李恪未娶而恪卒父母為改嫁將歸烈女曰吾得一祭李郎墓願足矣許之家故業楮鏹烈女黏楮為衣漬以油衷之襲以素服偕弱弟與一老媪適墓所至則令弟携與夫他所以故遣老媪乃大焚楮鏹縱身入其中油楮熾衣焚肉焦而死時明萬歷四年也還我朝乾隆六年歙人程鍾為請旌得旨建祠先是烈女墓為人所發王媪鳴於官得復故以配祀云（見蛾夢周理堂文集）

段烈婦

烈婦盧氏少歸段藉隸河南延津縣夫傭食他往久不返氏獨撫子女紡績為生所居泥堋二堵堵以外皆隙地也同里有無賴者瞯氏子處數數往挑不應遂於昏夜

穴牆入。氏驚起叱之。急手掩氏口曰。非偷也。勿叱。氏怒。齧其指。無賴者負痛。捽而搤之壁。隅氏氣結。徐吐指云。姑釋我。及起。則抵捍益力。無賴者知不可奪。憤甚。攬繩束其喉。三匝之。復取絡柱鍼連刺氏腹。乃死。迴顧小兒女踞炕嗚嗚。慮其嗥。焉並斃之。狀未幾。事露。具獄。建坊旌氏。而磔無賴者於市。時乾隆十八年季秋也。氏死在是年春。里民走報縣尹。尹驗知非盜。顧莫得殺者主名。為默禱於神。會月食。與同官禮護畢。隱几睡。突見一馬人立而語。矢貫其胸。覺異焉。適奉文派夫濬河。乃往取村戶版籍。按名數之。至第七人。曰許忠。尹心動。得非若耶。蓋許為午。言午言為馬語。矢貫胸則忠字也。詰見。許兩手伏地。其一蹺曲袖中。令出視。有片絮裹指。齒痕宛然。裸其體觀之。則自項及胸脊股掌間。爪痕參錯。莫可數計。一訊吐實。始悉氏死時反覆抵拒狀。而獄定矣。（見彭光斗雲溪草堂文鈔）

薈蕞編卷十九終

薈蕞編卷二十

清　曲園居士纂

林烈婦

烈婦王氏。侯官人。為林守仁繼室。守仁以優行貢太學。卒於京。無子。一女汀哥。前妻出也。始烈婦聞訃時。即欲誓死。或勸之。為立嗣。因稍稍自釋。強嬉笑為樂。顧日獨望守仁之喪。期年。喪始至。烈婦理喪事備。復自言必死。誡家人以白衣斂。一日。呼老媪浣衣曰。潔之。過此不再相煩也。遂談笑至夜。衆視其色歡。不之疑。越明。起為汀哥製履。成。歎曰。生一日。當作一日事。語已。顧汀哥曰。母去。兒勿恐。但歲時具杯酒一塊肉。母即歸。不相嚇也。頃之。午食訖。言覓茶飲。起入內。不出。視之。室扃鐍如故。破戶而入。經死矣。藏香屑袖中。避屍氣也。（見林樹蕃集）

陳貞婦

陳貞婦。侯官人。林沂雲之妻。生二子。賜振。而沂雲沒。婦年少。貧無以自存。兄公欲嫁之。乃陰與媒人謀。將受聘。婦聞。則大怒詈曰。誰為是言者。吾將與之拚死。兄公懼。乃止。時賜僅數歲。振在襁褓中。婦晝夜勤女紅。育二孤。顧牀上一敝絮衾。兒先寢。乃獨篝燈。忍寒縫衣裳。徹夜不寐。終日一餐饘粥。兒鬧飯香。則輾然笑。既稍長。令賣餅米為食。天黎明。則自起執爨。促兒起入市。當歲暮霜風寒冽。兒跣足走市中。鼻涕滿面。見者憐之。或起時稍晏。葸縮不欲出門。輒笞之。曰。嗚呼。兒之不肖也。兒泣。婦亦泣。鄰人聞之。皆泣。性嚴毅。未嘗容人過。人無敢犯者。里中惡少年見之。皆避去。（見林樹蕃集）

黃氏

順德縣倫教村婦黃氏。年十九而嫁。夫性憨。為人佐刺船。與乙角戲。乙失足溺死。法論抵減死戍。貴定官符下。妻免僉。婦搏膺呼曰。妻從夫義也。焉有官府而陷人不義者。不聽。從吾當自刎其頸。譁諸縣門。官改容。增婦名。遂盡鬻嫁時物。奉舅姑。自製竹擔。荷具。隨夫行。黔去粵四千餘里。有九谿七盤之險。夫中途患痢。劇。婦侍湯藥。滌帬腧。拭拳梏。披之行。薄險則以身負。而公人聳敬。不忍促。貸盤沿村唱勸孝順木魚歌。貸錢易肉食。奉其夫。木魚歌者。粵廣土音也。聞者酸楚。爭醵錢以贈。夫病尋瘳。遂成所。居十七年。生一子二女。而夫歿。初。婦私計邀恩赦。奉夫歸。及死。聞舅姑尚在。急以負夫骨歸。詣縣請舊例。戍所死即瘞其地。不聽。返。婦望而跪縣門。額連連觸地。血流被面。伺官出入。輒良額。凡二十餘日。官讚曰。剛哉。婦吾當成其義。力白上司。得報可。

即日懷牒文畏夫背負筥置小兒女子身行長女嫁農家子者牽裾泣揮之不顧時黔東多虎患白晝出官道傷多人捕之不息而俗禁獵殖不許入旅店婦日汲澗水燒松枝以爨夜宿古廟蹋虎所殘人骨血狼籍中昂然不少動路人爭呼好男婦好男婦竟歸倫教村婦齒既長而黝黑醜惡又語雜羅施音鄰里駭為鬼各走避忽野外有老叟熟視之曰兒歸耶指道旁縈縈而翁冢也而姑僅牆陰不食已一日婦奔至牆陰得姑兩目盼瞎尪甚婦引其手拊橐中骨及筥中兒女姑抱而咽婦大號筥中兒女亦號聲震林木風起鳥皆悲鳴鄰里稍稍來始奉姑僦屋以居順德人士以其事入詩社賦者多至五六百首讀者為泣下羊城馮孝廉公侯者勇義人也聞其貧無以贍姑走告同儕炎日中蹶張目如炬五日而斂番銀三百枚使授婦有微廛薄田矣而順德李侯鈆其允人士請給扁曰節孝含辛導鼓樂旗幟金字大書周子寬之妻節孝黃氏旌其門人遂名其詩曰含辛集婦入黔十九年而歸人或呼之曰女蘇武云（見張九鉞陶園文集）

揚烈女

偃師女揚氏父為縣廐卒母與兄皆沒依嫂以居字李恒子嫁有日矣一日大雪

嫂歸甯道女獨居鄰屠蕭諒先暴無行素豔女色瞯知嫂出挾刀踰牆排闥入女坐燈下罵曰汝何人敢宵夜入吾家屠出刀恐之掣其衣女左手牢持衣帶而以右手奪屠刀叫罵益厲屠知不可犯大憤以刀斷其頭并截右手五指身仰地霍霍跳屠懼越牆去父眠廐中忽聞窗外女聲連呼蕭諒殺我大駭起城門久扃父蹶踰城淤深積雪不敢躍若有掖之下弗苦抵室女屍橫室中頭及五指在地左手猶牢持衣帶不可解號之鄰迹雪中血跡入屠家得血衣及刀羣縶屠訴於縣官至驗視女左手衣帶乃解鞫屠屠作女言盡吐狀下獄中獄未上屠候守懈雉經死官竟從吏言寢其事女葬隄兒頭洛水流經墓前每旋轉作悲咽聲四十餘年矣會天子登極詔直省大吏搜遺行裏城李緝者以明經任縣訓導廉知女烈欲上其事令以伊父死無質證且年久執不可緝憤怒自臚女死狀懷牒赴大梁訴河東制府白公鍾山公憐而題之具疏入告天子特命旌其閭入祀節孝祠祠臨市衢數年後有醉者衝戶入卻臥地下恍惚見羣婦女皆冠帔擁然起叱逐之有一女厲聲曰吾隄兒頭楊大姑也醉者驚急奔出祠顛踣至家發狂疾鄉人醵牲醴詣祠為連連叩頭乞罪狀久之乃蘇（見張九鉞陶園文集）

張烈婦

烈婦單縣史槐村民王思周女貧居土窯足跡不出戶外年十七歸里民張良善事舅姑以孝聞父傭於外母孫氏迎烈婦歸其居族姪王保子者無賴人也常驅賊負煤過思周門是日瞯知烈婦母出未歸夜獨與幼弟二體宿窯萌淫念三更潛移刀排窯門門固閉以刀穴門旁土轟轟落烈婦覺疑為賊也呼不應披衣起將躡之土崩門塌保子入烈婦驚問為誰保子求姦烈婦熟其聲叱之曰我爾族姑也禽獸何敢為不義速出免死保子拔刀脅之烈婦厲聲曰刀何為者任爾殺不懼保子慚不從已以刀刺烈婦中左脅血從襦中噴出數步益怒罵保子連連刺左右肋乳烈婦跳奪刀刀劃烈婦掌掌裂碎之於地而二體亦驚覺連呼保子殺我姊保子并斫其臂僵於牀烈婦奮身從地起血淋淋滴奔出窯門外大呼殺人而鄰居殊遠保子追出烈婦創重躓於石顛棗樹下罵益厲保子攬其髮刀抉其口烈婦口齧刀齬齬有聲保子搖刀出割頰及腮至耳烈婦不能言矣吽聲猶不絕身霍霍躍勒其喉斷乃死時乾隆三十五年十月十五日也保子歸匿刃滅衣血跡驅驢揉行天明有鄉約過見烈婦被殺死奔告其父與夫入窯中裹二體創少甦哭述姊被殺狀眾擒保子

入縣驗鞫得實弔而哭者日千餘人獄具詔予旌建坊祀節孝祠誅保子暴屍於市（見張九鉞陶園文集）

林娃

林烈女名娃閩縣人少失父母撫於叔父許嫁同里張天章未婚而天章咯血死死之數月媒氏來議姻其叔父叔母方密語私室女行竊聽之得天章死狀驚而失色叔父出辭笑而謝眾不疑也次夕既寢矣忽起束髮作高髻其妹問故以他辭對丁夜視之則女自經死矣初女聞天章之病亟也微以詞問其叔母曰咯血可死人乎叔母知其意漫曰是多不死死者偶耳久之有言及未同牢為不成夫婦者女長歎曰有是哉嘻吁而起至是遂死天章之死以八月二十六日而女死於十一月三日天章死旬日女猶浼所善鄰媼往問疾媼不以實對故其死相去數月云（見龔景瀚澹靜齋文鈔）

胡氏孫氏彭氏

胡氏者湖北孝感人金壇縣知縣名志熊女也許嫁漢陽選拔貢生蕭君之子國子監生貿貿卒女請於父母守志於蕭氏時乾隆四十六年某月也自孝感赴漢陽渡

江中流風作舟覆溺者不可勝計獨女所乘舟安然無恙若有神物護持云高郵孫氏者己卯江南省解元同敞之女少許聘竇應王氏王氏女外家也母卒王氏之黨往臨其喪舟覆溺死數人婿與焉是時女新喪母哭泣悲哀人皆以為為母哀莫能測其意女有妹亦許聘竇應服闋將嫁之父自失內助家事大小悉倚女乃舉之行事已治裝將歸女曰外祖父母愛憐我比其喪未嘗一哭請拜而後行父以為然許之既至曰我以家禍累夫子我尚何歸遂留王氏南昌彭氏者兵部尚書南昌公第四女許禮部尚書新建曹公為子婦曹氏子殤女尚幼已確然有志操非歲時家慶不御朱紫家人未之覺也稍長為議婚女乃言曰母也何不諒人豈不見女數年中服飾乎父母慰諭之終不可乾隆四十九年七月曹公薨於位既殯擘而往稽顙哭踴退拜其姑於喪次姑以喪子失明執婦手相持哭是時女年十七內外觀者近千人無不歎息泣下天子聞之曰可憐可憫每尚書進輒問貞女天語褒嘉不置云見劉台拱端臨先生遺書

王貞

王烈女者太倉璜涇里東鄉人馮生萊勳之聘室也名貞字慕貞自其欲從夫氏之喪而不得也曰先祖錫名曰珍吾改稱貞以廣志也女四歲而孤與伯父諸生杏同居幼學於舅氏通訓詁汎覽諸史皆曉析與生年亞舊有連生字又琦幼穎出能應試矣訃聞烈女三日卧不食泣血斑斑母強之糜乃稍稍起欲歸馮母不許將婚他族輒宛轉號呼欲速盡聘者浣娠黯以金珠烈女擲之地且泣遂止屢屢然矣久之聞生且葬堅欲往兄曰彌去矣為曰吾但一見郎柩戶其旁彼宗人嗜曰此吾馮氏人也憫其誠得尋蠛蠓足矣兄曰若然且俟吾死遂止乃謂其同譽戚曰郎柩既不獲殉獨無郎像乎戚為竊購烈女謹襲之流涕益哀母瞷得之故終母身未改字也無何母殁烈女曰而今可以歸馮矣楊甲者馮舊蒼頭奴也往來為傭烈女圖言於馮以誠告曰自吾遭殞所天母持之牢若決絕歸馮危懼不測故隱忍遣令十三年矣今當得馮一廛織絍為生足畢此生馮不許我我則致死於馮不再歸矣楊持其說聞里婦有處子嫁死夫者乎皆笑曰無之乃不新馮也而是時杏老病為杏後者女之兄也前死獨恃烈女在亦幸其有家耳曾里有聞名者杏浸應之烈女察知之諗戚曰死於聘前完然王氏女也死於後即非完人矣遂賦詩五章人定後扃戶縱家人覺之排闥持火入烈女奮袖撲火火滅家人益駭愕遍號鄰媼復持火入結半甚解之則既絕救之夜半轉甦戲然曰曷為而復活我也時乾隆戊申臘月八日也烈女既甦風聞播脊猶熾則兩移書於媒卻之媒其外兄也畧謂貞不幸遭罹大故三年之內凝苦枕塊之罪人也而可以議婚姻乎某子年方少宜擇對相當者不可坐失盛年幸寢其事則肉骨之恩也蓋烈女閹以通喪纔婚潛一扃與諸馮則求者不卻自息而市儈憒於禮且遂納幣故烈女卒自戕也於是楊至則哭讓之曰吾召汝不來今朝暮人耳不可歸馮矣授楊詩一帙曰示戚懿通文者悉散遺其斷養假疾卧不食卧八日而歿距母喪四月其夫之從兄偉在虞山感靈夢歸往奠祭題曰從弟又琦聘室遂迎其主歸與生之主謁祖布筵受奠焉君子曰亡於禮者之禮也猶義也夫見馮偉仲康文集

曲園居士曰此文敘次錯綜且辭亦甚繁今刪節如此惟中間兄曰彌去矣為兄曰若然且俟吾死兩兄字疑皆母字之誤以無可校故不易也

支貞女

支貞女者常熟農民支見龍女幼字金匱朱燦燦夭貞女年二十四矜其喪誓死不嫁燦所居地名羊尖距城八十餘里其俗多姦頑逞強為雄然言及貞女無不悚貞女者衆議立貞女後序推其夫同祖兄文耀子應埈時貞女姑尚在有田二十餘畝屋八九楹貞女上事姑下撫稚子無閒言逾四年姑歿又三年應埈死衆議為貞女他立嗣文耀乃謀諸其族曰材任者材任曰嗣殤以母無母何子乃賄女媒而勸之嫁且言汝不嫁將納強人污汝貞女皆不答文耀又謀諸材任百計辱貞女貞女日對夫棺泣族有舉人汝霖者知之召其族人具貞女狀聞於學使學使下學校官康之果實書額以獎貞女文耀既莫可誰何材任暨一指示文耀曰黨者擊也羊尖人方言由是文耀屢糾其衆擊貞女貞女泣赴淵將投淵遇其弟支錫昌而告以故且曰爾畏朱氏暴不敢過羊尖而坐視我死我死而白諸天錫昌曰邑有令公在不生白之而死白之乎乃偕入金匱縣而訟諸令令方貞女之拒女媒不嫁也文耀有妹嘗假貞女穀而貞女母家舊傭人黃催又假其姊穀數相等也其姊謂貞女我貞若穀而催負我穀請以催穀償若穀而令而弟索之催甚便貞女諾之文耀乃揚言貞女陰以穀贈催冀以污貞女材任率文耀男婦碎貞女闥劫貞女出嫁催貞女大嗑取剪刀欲自戕鄰里聞貞女呼聲急擁入救貞女得不死貞女訟於令口訥不能具狀令捕文耀不至三捕之始至既吐實衆跪階下詈材任非人類堂下環視者數

千人皆眥裂欲噬文耀面令先以大杖杖材任文耀棨朱氏譜擇其族文熙子守信母貞女無何文耀轉訟於學使下郡守鞫之郡守議材任文耀當流徙以事在赦前從寬典何校通（見秦瀛小峴山人集）

蔣貞女

貞女師濱蔣氏子蓍女三歲喪母既長貞靜寡言笑家貧所居陋室數楹以葦箔蔽一椽爲寢處所貞女操井臼習女紅寂不聞聲非至戚比鄰莫知子蓍室中有女也年十五許字胡氏子彥喻越三年彥喻夭胡故後塘世族而彥喻幼孤依嫡母以居亦貧甚貞女聞訃告於父請奔喪不許貞女飲泣不食者三日子蓍百計慰解之貞女曰兒業受胡氏子聘雖未成婚夫妻名分已定曾有夫死而不哭臨者乎父乃與約奔喪遄返既至胡氏謁夫墓縮酒酹地號慟幾絕徐起拭淚去衰麻易素服入室拜姑姑泣止之曰余老矣家四壁立無可爲生計徒累賢女無益也貞女曰姑老矣又喪子有媳在猶拮据以養若并遣媳姑真無活計矣乃哭告其父曰兒不返矣兒受胡氏聘即胡氏婦也死此耳父兄強之女折箸以誓曰兒志決矣有姑在堂未可遽死事姑天年終所不從夫於地下者有如此箸子蓍乃不復言胡既室如懸磬而子蓍父子復貧之不能自存貞女躬紡績易粟米以養姑而拾野蔬雜糠粃以自給於是胡氏族中義之公祠歲給米數斗而彥喻從兄瑞麟亦時有佽助貞女晉節嗇以奉姑而自食菲惡如故彥喻貧未克葬權定屋後隙地貞女稍贏輒至其所手除荊榛一日見數瓶破缺即以新瓶調灰傳之歸而假寐見一少年語之曰吾不祿以重累汝汝叢苦如是乃不我忍而汲汲顧我乎室後隙地叢草中有楄莢試往探之可充數日種也女驚寤以告姑姑曰吾子也相持悲慟如言往果得豆盈筐而歸貞女歸胡氏凡十有八年卒訖克如前誓云（見鐵研[illegible][illegible]圃古文集）

袁烈婦

袁烈婦邢氏河南洛縣人也嫁同邑袁興旺興旺故馬姓爲袁顯合義子顯合繼妻任氏老而淫其適袁已先死一夫矣及顯合死與里中牛文錦唐謹存唐有會唐可法私烈婦遇惡少往來輒詬厲文錦等與任氏商謂得新婦共宿則吾輩可恣行無忌詗烈婦烈婦峻拒乃屬任氏百端折辱冀其順從終弗挫一日烈婦過任氏室閫文錦竊令肆侮手攫而逃匿母家其父邢有才貧且懦仍送女還諸惡少與任氏責其私歸詭有才曰苟欲留若女則雖死于邢無與强有才書一紙爲據有才不識字可法竟代書之是夜初更文錦邀諸惡少至任氏家可法病未往時烈婦已就寢赤身牽曳下牀縶其手繫其項於廊使興旺先擊之烈婦痛而呼興旺釋手則任氏接擊之烈婦不勝痛呼益甚於是文錦疊繩爲束令衆相助勢洶洶興旺欲號救禁不使聲有會緊烈婦縛令不能稍轉側謹存持所束繩過掠其體數十處無完膚遂死嘉慶四年三月初四日也自爲婦至此逾一年年二十一烈婦既死文錦等令興旺以刀斷其頸飾爲自剄者召有才視斂乃散興旺初雖屈於威終不平遂鳴之官獄具烈婦得旌於朝文錦論棄市任氏謹存有會皆絞首可法戍邊興旺論徒援赦減杖（見趙懷玉亦有生齋集）

林貞女

太平林氏自幼許字同里田某先娶之一月而田某病女聞之則憂形於色夕必私焚香祝曰願以身代田某死夭其尚聽予無何而田某死女將之乎田氏而臨其夫喪田某有兄妾人也不哀其弟之死而幸其速死以爲莫與己分貲也而女乃斬焉衰絰哭而來於田氏之門妾人則謂女曰爾夫爲吾弟婦不當爲吾弟也守幸去毋溷我女固不肯歸妾人則又固拒女乃斷其髮尺拜而繫於夫之殯所曰此以志也遂哭而歸里之人嘖嘖曰是女也其知義矣因又竊竊然議妾人妾人病人之議己也請啟餽穀十斛女則辭之曰彼義而留我可以食其食彼不以我留爲義不可以食其食雖然不可以累吾兄弟幸幼工組繡吾仗吾十指以活矣女終身不歸不茹葷食肉以人則女以事則貞故謂之貞女（見盧學[illegible]鶴泉文鈔）

朱烈婦

烈婦姓姚氏農家女年二十一繼室桃源里朱崧崧老且貧屠沽爲活烈婦安之四年而崧病死烈婦腐豆自給舊嘗貸兄錢因過責償不得輒走持旋唐壯去不得殷索逋者往往幸其嫁烈婦悲憤甚因提三歲孫檢室所有呼娣屬曰幸撫若長延宗祀我固不可獨生也娣爲寬譬不應乃拉諸姒娣陰防護之數日不即死人遂疑其偽或竊笑之既忽晨起治飯一盂菜一器陳崧靈次哭極哀退吞滷而死時雍正十年某月日也（見周廣業逢廬文集）

張烈婦

張烈婦姓徐氏山東嶧縣人監生淳女年十九歸同縣監生張承之季子士景三年而士景死烈婦從死烈婦爲人端謹寡言笑與士景相愛又能使士景行加修而學

加勸侍士景疾三十餘晝夜不一步離士景疾甚目無睹頻呼婦安在他人雖指婦曰在婦飲泣曰君所在吾焉不在君往吾斯往矣已而士景沒家人知婦必死遲守之婦雖摧毀斷飲食猶故洋洋作不死狀欲以懈守者伺其間不可得既三日矣乃肅容詣舅姑前長跪若有所啟舅姑知其意慰諭之防守益密又明日天將曉烈婦欠伸謂守者曰若等環以守吾不勝勸即吾亦勸極矣今第欲少息指旁一婢曰姑令若伴我寢何如眾果不疑遂與婢偕入室扃其戶指臥榻承塵語婢曰此上有圖扇亡人物也吾欲取苦不能及汝暫蒲伏以背承吾取之婢童昏莫省所謂如其言伏遂登良久戶外守者呼婦婦不應呼婢婢不應乃舉譁排戶入赫然見婦自縲承塵間婢為所壓氣閉不得語解視婦衣間刀一金剪一蓋先時所藏欲以伺守者之間者也烈婦之死後士景四日（見王芑孫淵雅堂集）

萬節婦

萬節婦蕭氏事孀母孝母老病刲股進藥勿使知十七歸萬一載姑亡又一載夫亡翁衰癃夫家無強昆弟一子甫五月忍死以節誓翁故治鹺窶不給歲丙午大祲晨夕溲粉糜饋翁自率未嘗飽夏疫力疾侍翁疾翁趣引避輒愀然曰老人至此無子也婦即子忍暫離左右翁歿無以斂躬提汲寒具聽手椰枕揮逐蠅蚋訖兩晝夜既葬家益困孤稍長責之讀書且曉之曰若學不成廢固失墜如若祖父地下何同室從子女四無怙恃衣食娶嫁咸任之有適沈者患癱廢迎歸悉力療治它苦心慈行類如此嘉慶庚午有司表乞旌如制癸酉以明經拔萃科薦其子於朝（見劉鳳誥存悔齋集）

祝貞女

貞女祝氏世居海甯之袁花里父某諸生母朱氏女行四幼端嚴寡言笑稍長讀書通大義遇古人節烈事必手抄成帙時諷咏之許字海鹽徐生杼生勤學得瘵疾纏綿數年卒訃至父母知女性烈秘不以聞忽一日閉戶飲泣父母啟扃入女哽咽曰徐郎死矣昨示夢於女以不得入祠為恨父母能如女願當往成徐郎志否則從此絕粒矣兄弟輩百方勸慰女惟俯首啜泣乃往告徐徐初難之姑燮然曰有婦如此而使之齎恨以終乎遂諏日成禮於庚子三月歸徐女時年二十七距生歿已三年矣登堂拜姑從奉主入祠布衣蔬食儼然未亡人也女事姑孝姑謂人曰我得此婦二郎若不死姑遇疾女醫禱罔效含斂畢屢欲引決有宗長謂之曰婦之來為夫計也今兩世未葬嗣子未立遽捐生如死者何始收涕謝之徐家故貧女與伯叔析居

受齋田三十畝多浮糧遇侵歲饘粥恆不給女性勤儉至是為筐筥計晝夜操作指為之皴明年冬歸奉母病不解帶者三月母歿哀毀盡禮女念父老多疾留侍養逆時節及諱日始往家祭祀亦時迎父於家歡奉之紉綴浣濯不假手他人歲四載以父病歸侍室內無人偷兒穴垣入室所儲去女聞之號曰天乎是十指所積欲為舅姑與夫營兆者也旋居父喪女以痛父故且念貲盡失葬無所措悲憤成疾疾稍間又念年力尚壯或可復圖力疾強起用燕節作益勤雖困頓不恤久之歲薰見女憔悴甚知以攝生且即欲為立嗣女曰壽夭命也婦職未盡何以子為作不輟癸丑秋積勞成疾瀕死者數少瘥詢悉醫藥費所耗殆盡懊恨見於辭色初女得生遺像瘞諸房日夕焚香病時為人所碎見益悲慟是冬以哭弟觸怔忡大作泣謂所親曰女不夭所隱忍至今者為兩世遺骸計也門內無人相助者惟兄弟今弟又夭死兄復旅食頻年手口所營一空於盜再耗於病竊體又不任勞作是天不欲我畢大事也但恨辜負此十餘年耳素蓄一婢至是遣去惟孑身焉蓋自裁之計決矣嗣後兆痛無虛日丙辰春女自知力不支欲鬻產營葬眾尼之不果成三月杪絕粒八日不死至夜投繯而絕年四十三歲嗣子鳴珂乃女歿後所立叔子也（見洪亮吉集）

江小娘

烈婦江小娘合肥縣梁鄉人休甯縣學生黃某妻黃父貿梁鄉家焉崇禎甲申流寇猝至一家人悉走小娘守夫病堅不去寇入室見小娘美欲犯之小娘急掣牀頭刀自剄脰絕身不仆賊大駭羅拜去（見左輔念宛齋集）

朱節婦

節婦俞氏溧陽縣朱安多妻也年十六歸多翁慶桐早歿姑胡氏守志歷年忽嬰瘵痺疾手足不能舉多以家貧出外謀生無兄弟姊妹凡姑食息起居婦一身任之年十八多忽以疾卒氏欲以死殉慰之者曰女固不自惜矣姑老病在牀究徒四壁將誰賴氏頓悟遂收淚茹痛吞聲於姑前絕不作悲泣狀嗣後事姑愈謹姑體素肥氏歲疾扶掖恆不勝然勉為之無怨色夏則搖扇向風冬則負姑就日遇族黨有吉慶宴會事遲將姑扶至坐間氏旁立進羹不欲使姑寂寞也或姑不願往則又撮取各存攜歸以獻姑憫其少寡無依欲嫁之氏長跪泣告曰婦去如姑何其母亦微授之意氏正色謝曰從一之意豈以貧更且獨不欲生我姑耶自後無敢言者以針黹易米僅能餔糜以奉姑且朝不給夕其伯祖慶昇者六十餘無子以[illegible]股

分米三石與之姑可繼饔飧又念亡夫乏嗣血食將斬皇皇為承祧計適族中有二歲兒其父母以貧不能育遂以其兒為多嗣氏撫之如己出兒稍長曰令嬉笑姑前以為娛姑亦幾忘其老且病也居無何婦以憂勞成疾越三載益劇將其子寄養外家而於姑晝夜服勤視未病時不改會天暑姑欲沐氏自竈前提水器將至室力竭仆於地湯淋漓徧體幾不免半晌方能起亦不令姑知也姑於枕上聞僮仆聲偵之得其情淚涔涔然下久之復以湯進頮畢抱姑大痛曰已矣婦今生不能再頮姑矣姑亦泣既而曰汝苦如此天其佑汝無恙不數日氣息漸微遂瞑屬纊時惟以目視姑口呼姑者再而已見朱龍摹

沈貞婦

沈貞婦王氏名卓浙江嘉興人幼事二親動循禮則以其暇留意書史輒能誦記妙解其意年二十三字沈惟梅惟梅嗜學攻苦嘗得瘵疾嘉慶乙丑秋昏有日矣卒白氏家氏父客粵母驚惋未言氏即毀容自誓或沮之時惟梅新游庠名紙在楹間氏指而言曰曩誰為賀今誰為訃恥吾父壻之矣吾不夫之乎雖然在家從父禮也區區之意願得以請而終焉乃馳書於父父母咸許之遂歸於沈既喪而見乃收涕言

曰惟梅不幸死婦不幸後惟梅死而來歸命也舅姑其無憂自今當竭力甘旨以佐娣姒以待兄公與叔之子為惟梅後而撫之成人然後從惟梅地下婦志畢矣自後茹泣承歡者歷二十餘年戚黨率遣其女子子來師氏設內塾焚香潔几諸弟子擁磬執經而前里中比之宣文君云平生所作秘不示人族人得其所與父書曰卓未笄奉父母教少知大義不幸家中落父遠游煢煢依母又不幸遭此阨伏念卓為女子白華之養已不能申庶幾少答劬勞者無父母遺憾而已庭訓昭昭至今在耳敢不篤志守貞為我二親羞耶卓讀禮有齊衰往弔之文故於訃至日即從南枝叔父奔喪躬視含斂以明為沈氏婦之死雖他孤當此之時搏膺裂髓不敢隕生者恐傷母心而重父命也是以弔已而歸奉書陳詞幸無以不辰之女為念倘鑒其誠哀而許之卓在王為從教之女在沈為守義之婦兩得之矣夫復何悲見沈寶麟雙峯樓集

許謝氏

廣州番禺謝氏女早孤字同邑許某某病咯血甚氏母臨問知不起歸而戚氏含淚默然陰屬婢子製朱衫衰服藏之未幾凶問至氏涕泣求奔喪母禁曰兒未嫁女何往為婉諭百端不聽則告其家長危詞厲色禁之又不聽哭且訣曰兒受若聘矣如死者何兒不獲往死耳其母知不可奪許之於是籌所以往服者氏乃命婢子出所藏則朱白粲然備矣遂行至匍匐稽顙姑前姑訝且拒之曰汝何為者婢具以告姑心動然終拒之曰汝何為者汝完然女也且守節難吾家薄汝舅見背孀庶子女婚嫁多故未知他日汝年少一轉首樂地多矣何自苦為汝速去無自誤氏泣曰薄命人失所天尚何去乞留之連頓顙於地顙肉隆隆起高寸許觀者咸感歎姑憫其誠益心動乃手起曰果爾尚何言氏入室櫛沐服朱衫出拜祖及姑畢易衰跪苫柩傍哭之慟聞者涕落俗禮必予若妻乞水沐浴然後冠服氏冒雨出汲往返泥濘中數里氏自辭母至詣迄殯殮凡三日夜不食不飲哭不成聲姑強之始歠粥飲水許番禺之望族也越日尊長咸造且弔且賀為之約曰某已矣有妻如此他日諸弟娶妻誰先子者必以嗣不如約一族爭之諸弟曰諾許氏廟祀故事頒胙紳耆是歲祭畢特致氏胙歲為例見盧湘棨

史烈女

史烈女秀水史家村人年十六許字仁和沈守坤守坤為觀察世敘次子觀察罷官後僑居於杭而以官遊四方守坤年十七赴童子試於杭州以疾歸旬日而死訃

之女家女方刺繡聞變即以剪刀盡碎之七日不食痛幾絕泣請於父母曰壻雖死兒誓不為他氏婦曷令兒即歸乎父母度不可驟移其志也姑以觀察未歸安之女日夜飲泣見守坤於夢守坤足微跛舉足示女言自杭州來女驚寤徵之所親而信於是求歸之意益急先是守坤死厝柩於茶禪寺東僧舍女廉知之乃請其祖母禮佛寺中寺故多舊棺女顧老僧歷問其姓氏若無意者至守坤柩遂色變不復詢歸而謂其婢曰吾必歸於沈否則我必死我死無易我衣斂慎誌之毋泄蓋女自聞變後即衣素衣麻結髮雖令節不易如是者二年女年已二十矣既而觀察自楚返女之隣有卜嫗者數往來於城女聞觀察歸即促母倩嫗以己意告沈嫗未往觀察微聞女意而未悉也召媒曰禮女未嫁壻死斬衰往弔葬而除之未嫁守節非古也汝曷為我以禮辭之女知媒來急出聽聞所語黯然向父母曰兒實自願沈豈必不欲兒之歸乎且兒歸猶得與父母見也父母不以女言告媒媒竟去女乃歎曰已矣勿復言矣時日方午女攜水入卧室頃之不聞聲婢疑焉排戶入則浴畢整衣投繯氣絕矣媒所居距史十餘里急追之猶在中途也觀察命僕婦馳視殮天酷暑一晝夜而女貌如生死之日為嘉慶元年六月十七日越三日舁其柩同厝寺舍見錢寶甫怡壽遺稿

姚烈婦

烈婦。金女也。父秉中。以許姚氏子之李。曰聖天者。錢塘郭北同里閈人也。及秉中沒。乃依其兄。移居仁和之打鐵關。而壻於是時適勞疾。且以兩家貧。各不能舉禮。故女之待嫁及二十年。金族人嗾其母。令絕婚者數矣。女拒以父命。謂不歸姚氏。吾無死處也。歲既久。先時媒妁無在者。其從兄裕堂。再三趣姚成曰。妹壻病朝露。吾妹之志即昏成婦。且稱未亡。得逮事老姑。不怨也。殺禮舉之何忌。婦遂以嘉慶二年二月十八日歸於姚。姚氏子。曰統天應天者。婦兄公也。先喪偶無嗣子。以弟聖天病廢久。故亦不願其昏事。比婦入門。頗以女功佐助醫藥。聖天得少延矣。三年八月。病又劇。乃吞聲私語婦曰。汝何歸哉。汝何歸哉。吾終且負汝。能舉他家節婦。吾死。姑益老奈吾家獨居者何。婦益心痛。借他語閒之。遂數日出入不言語。至其月晦日之夕。坐視聖天呻吟楔齒。婦閉目不忍視。伺聖天聲息。竟闔戶。詰衣裭服。酒死。聖天甦而慟。且以掌擊床木者再。曰吾有婦矣。繼亦死。見陳斌白雲文集

王貞女

貞女者。富平縣西鄉民王生輝之女也。家貧甚。幼字科子村溫振邦之孫繩武。溫亦貧甚。有妻高氏。年俱七十餘。子早歿。止繩武一孫。年十八。為人傭作。苦未能親迎也。嘉慶二十三年二十六日。繩武病殂。女聞之欲奔喪。其父阻之。女堅欲往。彊阻之。既而念己貧。溫姓子畢謀以女適他人。女知之悍痛。潛詢溫氏之居址何許。徑路何嚮。於二十四年。乘間奔赴溫氏宅。痛哭柩前。極哀畢。即拜見祖舅姑。言己終身奉養祖舅姑。決不願他適。意振邦夫婦曰。吾家貧。身且老。旦暮謝人世。無所依賴。恐誤汝終身。汝其往汝家。貞女則泣曰。兒甘心食貧。堅守志節。若有變改。死不蔽辜。溫氏夫婦方旁皇無可奈何。會其父蹤跡至。呼女返。女堅不肯。其父彊欲挽回。貞女望井投隕。鄰里觀者感慼咽。良久勸其父從女志。勿彊也。其父乃旋。是時女年十三歲。昔王蠋未擄齊主而死於燕師。魯仲連固布衣而不肯帝秦。貞女之束身溫氏。即此志矣。明洪武初。諸暨孟氏女。為同邑蔣文旭所聘。文旭年十七。官監察御史。請歸親迎。值條奏時事。忤旨賜死。孟氏哭告父。謂文旭既親迎。有吉日。禮宜往弔。不許。請往事舅姑。又不許。乃瞯柩過門。躍出隨之。俟舅姑亡。仍歸家。築一樓以居。名曰柏樓。宣德中旌之。我朝康熙時。仁和討一姑。許同里陳桓為妻。桓從軍閩海。身歿於陳。一姑過桓家。親為操作。且給綠餬錫。日取傭值。以養桓二親。廷議亦予旌。何嘗非時王之制乎。見張澍養素堂集。

卷二十終

圖書在版編目(CIP)數據

清代筆記叢刊/(清)劉獻廷等著. —濟南:齊魯書社，2001.1（2013.1 重印）
ISBN 978-7-5333-0691-5

Ⅰ. 清... Ⅱ. 劉... Ⅲ. 筆記小説一作品集一中國一清代 Ⅳ. J242.1

中國版本圖書館 CIP 數據核字(2000)第 74201 號

清代筆記叢刊
(清)劉獻廷等 著

出版發行	齊魯書社
社　址	濟南市英雄山路 189 號
郵　編	250002
網　址	www.qlss.com.cn
電子郵箱	qilupress@126.com
印　刷	上海世紀嘉晋數字信息技術有限公司
開　本	787mm×1092mm 1/16
印　張	235.25
插　頁	12
字　數	4000 千
版　次	2001 年 1 月第 1 版
印　次	2013 年 1 月第 2 次印刷
標準書號	ISBN 978-7-5333-0691-5
定　價	**1280.00 圓(全四册)**